Henri Lœvenbruck

Henri Lœvenbruck est né en 1972 à Paris. Naviguant entre thriller et polar historique, il est l'auteur de plus de quinze romans, traduits dans de nombreuses langues. Après, entre autres, la trilogie de *La Moïra*, *Le Rasoir d'Ockham* et *L'Apothicaire*, il a également publié *Nous rêvions juste de liberté*, en cours d'adaptation pour le cinéma. Qualifié de « nouveau maître du thriller français » par *L'Obs*, il se passionne aujourd'hui pour la littérature d'aventure et les grandes épopées historiques. *Le Loup des Cordeliers* (XO Éditions, 2019), un polar haletant situé au cœur de la Révolution française, est le premier volume autour de Gabriel Joly, brillant précurseur du journalisme d'investigation ; ses aventures se poursuivent dans *Le Mystère de la Main rouge* (XO Éditions, 2020) et dans *L'Assassin de la rue Voltaire* (XO Éditions, 2021).
En 2022, paraît chez le même éditeur *Les Disparus de Blackmore*, une plongée dans l'univers gothique d'une île anglo-normande dans les années 1920.

LES DISPARUS DE BLACKMORE

ÉGALEMENT CHEZ POCKET

Les enquêtes de Gabriel Joly
Le Loup des Cordeliers
Le Mystère de la Main rouge
L'Assassin de la rue Voltaire

Les Disparus de Blackmore

HENRI LŒVENBRUCK

LES DISPARUS DE BLACKMORE

XO EDITIONS

ISBN : 978-2-266-33309-2
Dépôt légal : janvier 2024

Au maître de Providence
et aux habitants d'Aurigny,
qui me pardonneront d'avoir quelque peu
transformé leur belle petite île...

1.

C'est en voyant se dessiner, à travers le brouillard, les contours de l'île de Blackmore que, au soir du samedi 24 octobre 1925, Lorraine Chapelle entendit pour la première fois ce son si singulier qui allait la hanter des jours durant. *WI-IH-ISH*… Les gens du cru l'appelaient le *murmure des brumes*. Il résonnait en toute saison dès que le vent se levait de la Manche pour se faufiler entre les blocs de granite de l'île, produisant ce sifflement sinistre, comme autant de plaintes échappées des bouches torturées de mille fantômes. *WI-IH-ISH*… Lancinant, obsédant, il semblait ne jamais s'éteindre. Il n'y avait guère que le bruit d'un orage pour le faire oublier un instant.

— Devriez pas rester su'l'pont, mam'zelle, la mer est mauvaise ! La passe est dangereuse, ça va secouer !

Le matelot du SS *Courrier* – le gros bateau à vapeur qui, deux fois la semaine, et pour quatre shillings, faisait la liaison entre Guernesey et Blackmore en un peu moins de deux heures – soupira en baissant les yeux vers les petites chaussures salomé à talons de la frêle passagère. Fine, élégante, la Parisienne de vingt-quatre ans, au regard vert absinthe, arborait tous les attributs de la jeune femme ayant embrassé à corps perdu le mouvement libertaire de l'après-guerre, que, plus tard, d'aucuns qualifieraient d'Années folles, ou de *Roaring Twenties*. Certains y voyaient la désinvolture provocatrice d'une jeunesse privilégiée, d'autres, plus perspicaces, y reconnaissaient le combat légitime des femmes pour leurs droits les plus élémentaires.

— De temps en temps, il faut accepter de se faire un peu ballotter, répliqua Mlle Chapelle dans un anglais impeccable. Cela remet les idées en place.

Le marin ronchonna. Elle lui adressa une sorte de moue pincée, dans laquelle seuls ceux qui connaissaient bien la jeune femme eussent pu déceler la trace d'un sourire amusé. Puis elle renfonça sur sa coupe garçonne la calotte de son chapeau cloche et s'agrippa fermement au garde-corps, se tenant tout entière face aux offensives du vent. Elle n'aurait manqué la vue pour rien au monde.

De fait, le fier deux-mâts de cent cinquante pieds de long, qui pouvait transporter jusqu'à cent passagers mais n'en comptait qu'une vingtaine ce soir-là, livrait bataille contre la grande houle, se soulevant et retombant avec fracas, tandis que de la large gueule de sa cheminée jaune montaient des nuages de fumée. L'histoire de Blackmore regorgeait de naufrages funestes, tel celui de la *Blanche-Nef*, qui emporta avec elle la famille d'Henri Ier d'Angleterre, le privant d'héritier. De toutes les îles Anglo-Normandes, l'approche de celle-ci était réputée la plus périlleuse. Pour l'expliquer, certains disaient que pareille beauté se méritait, d'autres affirmaient que l'île n'aimait guère les visiteurs…

Le visage fouetté par les embruns salés, clignant des yeux lorsqu'une vague venait se briser sur la coque, Mlle Chapelle se laissa un instant hypnotiser par la circonvolution régulière du phare qui, au sommet de l'îlot de Bragbury, signalait aux navires la proximité du littoral.

— Quel est ce bâtiment qu'on aperçoit derrière le phare ? demanda-t-elle au matelot qui s'affairait encore sur le pont.

Pas plus qu'elle ne donnait à voir ses sentiments, Lorraine était de ces personnes dont la voix n'est teintée d'aucune variation tonale, d'aucune amplitude, si bien qu'elles semblent être tout le temps d'une même humeur morne et sombre. Beaucoup y lisaient la marque du dédain, de la froideur ou de la suffisance, là où en réalité se cachait la retenue d'une âme d'observatrice, mesurée et réfléchie. Si Mlle Chapelle était pleine d'assurance, elle n'en faisait jamais un étalage tapageur. Simplement, la courtoisie soumise de sa gent lui était devenue insupportable : Lorraine était une amazone qui parlait aux hommes comme à ses égaux, et soutenait leur regard avec un soupçon de défi, prête à décocher sa flèche au moindre faux pas.

Elle pointa le doigt vers l'ombre lugubre qui, évoquant l'architecture d'un vieux manoir hanté, flottait mystérieusement au cœur des ténèbres, seule sur son rocher.

L'homme hésita à lui répondre.

— C'est l'sanatorium de Bragbury. C'est là qu'ils y mettent les tuberculeux et les dingos. À cause de la contagion.

La lumière orangée du phare vacillait dans les nappes de brouillard, pendant que les prodiges de l'horlogerie faisaient tournoyer ses lentilles, telle la petite ballerine d'une boîte à musique. Chaque fois que son faisceau éclairait, sur son passage, un nouveau rocher aux formes inquiétantes – s'érigeant parfois jusqu'à plusieurs dizaines de mètres –, on eût dit le soldat d'une armée de géants en faction qui, assis au milieu des flots, suivait la progression du bateau de son regard hostile. Le SS *Courrier*, zigzaguant courageusement entre ces funèbres gardiens, continua pourtant sa course le long de la côte nord. De phare en phare, il traversa le courant piégeux du Swinge jusqu'à ce qu'apparût enfin la silhouette élancée du brise-lames, une jetée de près de mille mètres qui protégeait Port Brayne des fureurs de Neptune. Au-delà de ce môle éreinté par les assauts quotidiens de la mer, la baie se distingua peu à peu. À l'ombre du fort Daunay, on vit s'allumer une à une les fenêtres des rares maisons qui entouraient les docks.

Sitôt la digue passée, le tangage s'estompa et le navire put s'approcher lentement du ponton de pierre grise. La fin de la manœuvre fut signalée par un tintement de cloches, et le SS *Courrier* s'immobilisa enfin.

À cet instant, Mlle Chapelle, troublée par la fin du voyage, devint la proie d'une secrète mélancolie. Tandis qu'elle observait à l'horizon le relief arboré de l'île, des images de sa première visite, quand elle avait douze ans à peine, vinrent s'incruster dans ce décor, à la fois gothique et romantique. Sous le manteau de la nuit, là où l'imagination vagabondait à loisir, les ombres de Victor Hugo et de quelques créatures fantastiques ne se croisaient-elles pas ? Il lui sembla alors sentir la main de sa mère qui serrait la sienne, sur ce même bateau, douze années plus tôt. Et, dans le souvenir de ce geste affectueux, dans ces doigts maternels pressés contre les siens, elle crut percevoir la mémoire d'un message un peu flou – un mélange de complicité et de réconfort. Lorraine se demanda alors si, au fond, ce jour-là, en l'emmenant sur cette île lointaine, sa mère ne l'avait pas invitée à quitter les rives obscures d'une enfance malheureuse. Ou bien avait-elle voulu lui dire autre chose ?

Lorsque l'équipage s'apprêta à amarrer, la pluie s'invita au spectacle. Partout on se mit à presser le pas dans un ballet effréné : les matelots vers les cordages et les treuils, les lamaneurs aux anneaux d'amarrage, les postiers aux sacs de courrier, les porteurs aux valises et, enfin, les voyageurs vers la passerelle, qu'on venait de descendre. Le capitaine, mains croisées dans le dos, s'inclinait poliment pour dire au revoir à chacun d'eux. Lorraine, qui tenait son chapeau d'une main et sa malle de l'autre, appareil photo en bandoulière dans son dos, descendit le pont de bois en trottant entre les autres voyageurs. La pluie, sans vergogne, glissait déjà sur son échine. À mi-chemin, plissant le nez, elle fut saisie par l'âpre odeur de poisson qui submergeait Port Brayne. Une odeur si forte et si tenace qu'elle ne paraissait pas naturelle : on se fût cru arrivé dans les entrailles de quelque monstre marin.

À terre, enveloppé dans une vareuse de gros drap gris, le gardien du port agitait une lampe-tempête pour guider les voyageurs vers la petite place de la capitainerie. Obligé de crier au milieu du vacarme que produisaient autant l'agitation des hommes que l'ardeur des intempéries, il récitait, tantôt en anglais, tantôt en français, son message d'accueil rituel :

— Bienvenue sur l'île de Blackmore, m'sieurs-dames ! S'il ne reste qu'une île, ce s'ra celle-là ! Merci de présenter vot' passeport sanitaire. L'omnibus pour la ville partira dans quinze minutes, pas avant, pas après ! Et oubliez pas la p'tite pièce pour les porteurs, à vot' bon cœur !

L'employé rondouillard contrôlait une à une les fiches brunes cartonnées des nouveaux arrivants, obtenues après une visite médicale la veille ou le jour du départ et garantissant que leur détenteur ne risquait guère d'importer tuberculose ou choléra sur l'île.

Port Brayne, qu'on avait aménagé à la fin du siècle précédent pour remplacer l'ancien port, mal protégé, lui, des courants marins, était à moins de deux kilomètres de la ville qui arborait fièrement le nom de l'île. En dehors de la capitale, modeste – elle dépassait à peine mille âmes –, ce *morceau de France tombé dans la mer*[1], de six kilomètres sur trois, ne comptait que sept villages, les ruines d'un château et d'une abbaye, ainsi que trois imposants forts militaires. Hormis les mardis et samedis, quand le SS *Courrier* faisait son aller et retour pour Guernesey, on ne croisait à Port Brayne que des marins pêcheurs. Certains occupaient les maisons avoisinantes, et la plupart, à cette heure tardive, étaient amassés à quelques pas de là, dans la salle enfumée du *Spade & Flea*, un pub où les habitants de l'île qui

---

1. « Les îles de la Manche sont des morceaux de France tombés dans la mer et ramassés par l'Angleterre », *Les Travailleurs de la mer*, Victor Hugo.

ne travaillaient pas en mer osaient rarement s'aventurer. Pour cultiver sa sulfureuse réputation, le patron de l'établissement affirmait que celui-ci avait été jadis le repaire des corsaires et des contrebandiers – publicité qui ne résistait guère à l'analyse historique : le port de Blackmore se trouvait en ce temps-là de l'autre côté de l'île…

Passant devant le débit de boissons malfamé, Lorraine entendit les rires gras s'élever à l'intérieur et comprit rapidement qu'ils étaient motivés par le claquement saugrenu de ses talons de ville sur le pavé, où elle trébuchait un pas sur deux à s'en tordre les chevilles. Il y avait là une demi-douzaine de marins patibulaires, aux manteaux de toile goudronnée, coiffés de larges chapeaux cirés et chaussés de hautes bottes. L'un d'eux retint son attention, comme elle s'était arrêtée pour leur adresser une mine de défi. C'était, parmi cette bande hilare, le seul qui ne riait pas, et, en sus d'une figure de lutteur au nez épaté, il avait dans le regard quelque singularité que Lorraine n'aurait su décrire. Une sorte de noirceur inexplicable. Elle s'apprêtait à montrer verbalement à ces marins moqueurs de quel bois se chauffait une Parisienne quand une voix distinguée lui fit tourner la tête du côté opposé.

— Mademoiselle Chapelle, je présume ?

Le sexagénaire qui, avec une révérence retenue, tendit vers elle un large parapluie avait l'apparence du *butler* anglais dans toute sa splendeur flegmatique : veste longue et gilet noir sur mesure, chemise blanche coupe Windsor, cravate grise et pantalon à rayures assortis, gants d'un blanc immaculé, port altier, visage impassible, le geste lent, gracieux mais ferme, un *King's English*[1] à la diction sophistiquée, le ton placide et le discours parcimonieux. Et de sourire, jamais. Un raffinement qui détonnait insolemment avec l'habit fruste des marins alentour.

Lorraine, trempée jusqu'aux os, s'avança volontiers sous l'abri généreusement offert.

— Merci, monsieur. À qui ai-je l'honneur ?

L'homme la soulagea de sa lourde malle.

— Mademoiselle peut nous appeler Arnold. Je suis le majordome de sir Ronald Waldon. Nous nous sommes rencontrés quand Mademoiselle était enfant, mais elle a tant grandi que je n'étais pas certain de la reconnaître.

Lorraine hocha la tête sans mot dire, se remémorant vaguement, en effet, la silhouette de l'élégant domestique.

— Si Mademoiselle consent à s'avancer vers notre automobile…

Avec une nouvelle inclination cérémonieuse, Arnold fit un signe vers la Rolls-Royce Silver Ghost rutilante qui, moteur allumé, bourdonnait derrière lui.

— Je pouvais prendre l'omnibus, affirma Lorraine d'une voix tiède.

Pour toute réponse, le *butler* haussa un sourcil presque offensé, posa la malle sur le marchepied de la luxueuse voiture puis, sans jamais cesser de protéger son hôtesse de son parapluie, ouvrit la portière arrière.

— Si Mademoiselle veut bien se donner la peine…

---

1. En référence à l'ouvrage de grammaire homonyme publié en 1906 par les frères Fowler, on désignait ainsi la forme la plus distinguée de la langue anglaise.

La Française se hissa sur la banquette de cuir épais et s'y installa, avant de se frotter vigoureusement les mains et les bras pour les réchauffer. À travers la vitre embuée, elle regarda la vingtaine de passagers qui, alignés en file indienne sous la pluie battante, montaient piteusement les uns après les autres dans l'austère navette municipale. Sur la façade de la capitainerie, derrière eux, une banderole ballottée par la pluie annonçait l'imminence de la célébration annuelle locale : « *Blackmore Week, October 26-31* ».

— Si Mademoiselle a besoin de quoi que ce soit pour la nuit, reprit le sexagénaire qui était passé derrière le volant, nous pouvons la conduire au manoir, avant de la déposer à son hôtel.

— Merci, j'ai tout ce qu'il me faut.

Le majordome acquiesça diligemment et mit la voiture en route, abandonnant derrière eux le tohu-bohu du port et de la mer déchaînée, pour s'enfoncer dans les ombres vaporeuses des terres insulaires.

Lorraine poussa un long soupir. Ce voyage tenait presque du pèlerinage. Ses yeux d'adulte verraient-ils ce que la jeune fille de douze ans n'avait pas pu voir ? Trouverait-elle une réponse à ses plus secrètes questions ? Un remède à ses maux les plus inavouables ? Une chose était sûre : Paris était loin derrière elle, avec ses lumières trompeuses, ses foules immenses, ses bons et ses mauvais souvenirs. Là, dans un isolement paisible et déraciné, tout tenait dans le creux d'une main et, sans doute, cela favoriserait l'introspection. Le temps lui paraissait s'écouler déjà plus doucement, comme si les aiguilles d'une horloge cosmique s'étaient mises à ralentir en résonnant sous la voûte céleste. *Clic, clic, clic…*

Moins de dix minutes plus tard – après un trajet cahoteux sur Brayne Road, la route pavée qui, à travers la campagne, menait du port à la ville –, ils arrivèrent à une bifurcation qu'éclairait péniblement un lampadaire, perdu parmi des chênes dégarnis. Au sud, la route conduisait vers le centre de Blackmore. Au nord, elle se resserrait en un chemin de terre étroit, portant le nom français de clos de Pierre. C'est dans celui-ci que la Rolls-Royce s'engagea prudemment.

— Vous… vous l'avez vu ? demanda soudain Lorraine en posant une main sur l'épaule du chauffeur, comme pour l'arrêter.

— Qui donc ?

— Le petit garçon ! Là ! Il y avait un petit garçon tout seul, au bord de la route !

Perplexe, elle essaya de retrouver, dans la pénombre, la silhouette improbable dont l'apparition venait de la troubler. Elle aurait juré que l'enfant, immobile et stoïque, en bras de chemise dans le néant, l'avait dévisagée, regardant passer la flamboyante Silver Ghost d'un air mauvais. Elle revoyait ses yeux grands ouverts, comme insensibles aux bourrasques et teintés de cette même lueur noire qui assombrissait ceux du marin silencieux, dans le port…

— Cela devait être l'un des enfants de l'Armée du salut. Que Mademoiselle ne s'inquiète pas.

— Que fait-il donc tout seul, sous la pluie, à une heure pareille ?

— Dieu seul le sait. Certains de ces petits ont indéniablement un géranium dans le crâne…

Au même instant, la voiture s'arrêta au bout de l'allée, devant l'imposant hôtel de trois étages où Lorraine Chapelle avait réservé une chambre.

Éclairé par de timides rayons de lune et deux lanternes à gaz, le bâtiment figurait un vaste cube à la sage architecture néogeorgienne, qu'égayaient deux rangées de pilastres ornementaux encadrant l'entrée et les fenêtres qui la surplombaient. Le nom de l'établissement, dont on devinait que la splendeur passée peinait à être entretenue, s'affichait en grand au sommet de sa façade, sur une orgueilleuse enseigne en lettres rouges aux proportions démesurées : *Mousetrap Inn*.

La pluie, plutôt que de cesser, tombait là plus fort encore que sur Port Brayne.

— Par Jove ! frissonna Arnold en regardant l'hôtel, catastrophé. Mademoiselle est absolument certaine qu'elle ne préfère pas séjourner au manoir ? Nous y comptons de nombreuses chambres pour les invités…

— Non, je vous assure : je serai très bien ici.

— Bonne grâce ! se lamenta le majordome avant de lui ouvrir la portière.

Il prit les bagages de la jeune femme et l'accompagna jusqu'à la réception, d'où il ne daigna repartir que lorsqu'il se fut assuré que tout était en ordre, qu'on avait donné sa clef à Mlle Chapelle, qu'on lui avait attribué la meilleure chambre, et que quelqu'un se chargeait d'y monter la lourde malle.

— Je souhaite à Mademoiselle une nuit aussi bonne que le permet pareil endroit. Je viendrai la chercher demain matin, à sept heures précises, pour la conduire auprès de sir Ronald, qui l'attend pour le petit déjeuner.

— Merci, Arnold…

Avec un air digne, il feignit de ne pas avoir vu l'offense dont la Parisienne, croyant bien faire, s'était rendue coupable en tentant de lui glisser un shilling dans la main. Puis il s'inclina avec son masque glacial, tourna les talons et, de sa démarche quasi militaire, sortit de l'hôtel.

Lorraine scruta la petite dame, grêle et décharnée, au regard torve, aux cheveux d'un blanc opalin et à la peau à peine plus foncée, qui, installée derrière le comptoir d'accueil, lui avait remis sa clef.

— Me serait-il possible de boire un verre, avant de monter dans ma chambre ?

Mme Fletcher, épouse du propriétaire, avait tout juste soixante-dix ans mais en paraissait aisément dix de plus. Lorraine n'aurait su dire si ce trait de caractère était ancien ou nouvellement acquis, s'il était habituel ou circonstanciel, mais une chose était sûre : la petite dame n'était pas bien aimable et ne semblait pas prête à déployer quelque effort pour y remédier. Et surtout, elle avait dans le regard cette même lueur étrange, ou plutôt cette absence de lueur. Aussi Mlle Chapelle se demanda-t-elle si ce n'était pas une spécificité de l'île, comme une mélancolie que l'isolement et l'austérité eussent imprimée dans les yeux de ses habitants... Ayant le loisir d'inspecter ce mystère de plus près, elle remarqua que les iris de son interlocutrice étaient entourés d'une sorte de couronne brune qui, en effet, les assombrissait.

— Le bar ferme à vingt-deux heures trente, répondit sèchement l'hôtelière.

La jeune femme leva les yeux vers l'horloge, pour être sûre de ne pas se tromper.

— Il est à peine vingt-deux heures. Il est donc encore ouvert ?

— Oui, oui, c'est bon, allez-y ! Mais je vous préviens, à vingt-deux heures trente, je ferme, que vous ayez fini ou non !

— J'avais déjà bien compris la première fois, merci.

Avec un soupir agacé, Mme Fletcher secoua la tête et désigna à sa droite la double porte vitrée qui donnait sur le bar.

À l'évidence, le *Mousetrap Inn* avait connu des jours plus glorieux. Derrière le triste délabrement qui l'avait désormais envahi, on devinait les fastes d'une époque révolue. L'hôtel, qui demeurait malgré tout le plus luxueux de l'île – les trois autres étant, à vrai dire, plus que modestes –, avait rencontré un joli succès dès son inauguration, en 1870, s'imposant d'emblée comme le point de chute incontournable des visiteurs aisés. Les photos encadrées qui ornaient les murs du lobby témoignaient de la belle société, non seulement jersiaise et guernesiaise, mais aussi britannique et française, qui s'était pressée ici, quand le développement du tourisme sur l'île avait été fulgurant. Parmi les riches hommes d'affaires, les artistes célèbres, les personnalités politiques et les têtes couronnées qui avaient honoré les lieux de leur présence, Lorraine, du coin de l'œil, avait reconnu les portraits du roi Édouard VII, de l'écrivain Oscar Wilde, du peintre Pierre-Auguste Renoir et de l'inventeur Thomas Edison. Et puis la Grande Guerre était venue et, du jour au lendemain, le tourisme s'était arrêté. La moitié des hommes adultes étaient partis au front et l'économie de l'île s'était effondrée. Ainsi, sept ans après la fin du conflit, alors que les grandes villes d'Europe s'enivraient de jazz et de danse dans une euphorie réparatrice, profitant, avec plus ou moins de réussite, de la spectaculaire croissance économique américaine, l'île de Blackmore, elle, n'était pas parvenue à se redresser. Là, la plus grande victime de la der des ders[1] avait été le tourisme. Le *Mousetrap Inn*, qui, naguère, avait affiché complet plusieurs mois à l'avance, atteignait désormais un taux d'occupation annuel qui ne dépassait point dix pour cent ! Endetté, le couple Fletcher n'était plus en mesure d'entretenir les lieux et désespérait de trouver le moindre repreneur.

C'était un spectacle bien triste à voir. Les tapisseries de qualité s'étaient boursouflées, pendaient sous les effets d'une humidité qu'on ne combattait plus et la vibrance de leurs couleurs originelles s'était effacée dans une terne monochromie brunâtre. Les tapis étaient si usés que, par endroits, leurs motifs disparaissaient complètement. Les miroirs s'étaient piqués, les voilages aux fenêtres avaient jauni, les boiseries avaient perdu leur vernis, les cuivres s'étaient nappés de vert-de-gris et, quand il restait des fleurs pour garnir les multiples vases en bronze, elles étaient mortes. L'air, enfin, était empesté par une odeur de moisi, de poussière et de vieille térébenthine.

Le bar, néanmoins, profitait d'un peu plus de soin que le reste de l'établissement, sans doute parce qu'il était le dernier lieu de vie, depuis que le restaurant et

---

1. Ainsi désignait-on alors la guerre de 14-18, en espérant qu'elle serait « la dernière des dernières guerres ». L'histoire, malheureusement, ne tarda pas à montrer que la bête immonde est toujours prête à revenir.

la salle de bal avaient fermé. Tout de bois, de verre et de cuivre, évoquant davantage un club privé américain qu'un pub britannique, il offrait une atmosphère paisible et chaleureuse, baignée de la douce lumière d'un feu de bois et de quelques lampes à pétrole. Adressant un sourire à l'unique occupant des lieux – un employé en smoking impeccable qui, derrière le long comptoir doré, était en train d'essuyer des verres d'un air absent –, la jeune femme prit place sur un tabouret de velours près de la cheminée et tendit les mains vers les flammes crépitantes. À l'autre bout de la pièce, un gramophone diffusait discrètement le délicieux *Charleston* de Paul Whiteman et son orchestre.

— Française ?

Lorraine sursauta et, se retournant, écarquilla ses grands yeux verts lorsqu'elle découvrit le barman qui se tenait devant elle, comme un diable sorti de sa boîte. Ne s'était-il pas trouvé une seconde plus tôt de l'autre côté du comptoir ? Ou bien s'était-elle assoupie devant l'âtre ?

C'était un grand Noir athlétique, dont on n'aurait pu deviner qu'il avait un âge avancé si ses cheveux crépus ne l'avaient trahi en se teintant d'éclats argentés. Appuyant sa question d'un haussement de sourcil, il croisa derrière le dos ses mains gantées de blanc.

— À quoi l'avez-vous deviné ? demanda Lorraine, s'efforçant de recouvrer le calme que la surprise lui avait dérobé. Mes habits ?

Le barman sourit et répondit dans un français nimbé d'un discret accent antillais :

— Sur l'île, comme en Angleterre, le service se fait au bar. Quand un client entre ici et ne vient pas directement me passer commande, une fois sur deux, c'est un Français.

— Ah. Et quand ce n'est pas un Français ?

— Alors c'est quelqu'un qui n'a pas soif.

— Ou un Français qui n'a pas soif…

— Saperlotte, ça, je n'ai jamais eu l'occasion d'en rencontrer !

Lorraine, chez qui le rire était rare, se contenta de hocher la tête.

— Mademoiselle désire-t-elle quelque chose ?

— Quelque chose pour me réchauffer et passer une bonne nuit…

— Un vermouth, proposa-t-il sans hésiter.

— Un vermouth, acquiesça-t-elle.

Le barman revint quelques instants plus tard avec un plateau d'argent sur lequel étaient posés un verre très généreusement servi et quelques chocolats.

— Merci, monsieur…

— Lucius.

— Merci, Lucius, et, c'est promis, je finirai mon verre avant vingt-deux heures trente.

Le grand Noir lui retourna un sourire entendu.

— Prenez tout votre temps, mademoiselle. Je vais dire à Mme Fletcher que je ferai la fermeture à sa place. Ce n'est plus tous les soirs que j'ai le plaisir de servir une compatriote !

La jeune femme avait à peine fini sa première gorgée que la porte du bar s'ouvrait avec un grincement, laissant apparaître un homme à l'impressionnante moustache en guidon, qui, portant sur le bras un long duffle-coat détrempé, dégoulinait lui-même de la tête aux pieds.

— Bénissez mon âme ! s'exclama le nouveau venu dont l'accent laissait peu de doute sur l'anglaise origine.

Lorraine reconnut aussitôt le passager qu'elle avait aperçu à bord du SS *Courrier*, non pas tant grâce à sa splendide moustache qu'au long parapluie bleu à manche doré qu'il tenait dans la main d'une manière si naturelle qu'on eût dit un prolongement de son bras.

Ce que Mlle Chapelle ignorait, à cet instant, c'était qu'elle n'était pas si loin de la vérité, car s'il y avait une chose dont le détective Edward Pierce ne se séparait en aucune circonstance, c'était bel et bien ce fameux parapluie bleu.

2.

— Verriez-vous, mademoiselle, quelque objection à ce que je prenne place près de vous, afin de profiter de la cheminée ? demanda l'homme au parapluie bleu, s'en revenant, dans son costume dégoulinant de pluie, du bar où il avait passé commande.

Les traits fins, les yeux bleus, la moustache et le cheveu blonds, il avait une trentaine d'années et un accent anglais si délicat et si précieux qu'on eût pu croire à une caricature.

Lorraine hésita brièvement, se laissant le temps de deviner les intentions réelles de son interlocuteur.

— Êtes-vous homosexuel, monsieur ?

Le Britannique se pétrifia.

Si l'Europe rencontrait depuis quelques années une lente libération sexuelle, et si la publication, trois ans plus tôt, du *Sodome et Gomorrhe* de Marcel Proust avait aidé certaines langues à se délier sur la question de l'homosexualité, la hardiesse de l'interrogation n'en restait pas moins incongrue et, pour beaucoup, des plus désobligeantes.

— Je… je vous demande pardon ?

— Je vous demande si vous êtes homosexuel, répéta Lorraine sur le même ton désinvolte, son verre à la main. C'est une question assez simple.

L'Anglais regarda autour de lui, craignant que le barman n'eût pas été le seul témoin de cette stupéfiante entrée en matière. Il balbutia quelques syllabes inaudibles, puis il éclata de rire et considéra Lorraine avec un œil nouveau, comme s'il découvrait un oiseau rare qui eût illuminé la journée d'une âme blasée par la monotonie.

— Ma foi, oui ! Je le suis ! concéda-t-il finalement, sans qu'une certaine perplexité s'effaçât de son visage. On eût dit qu'il était surpris lui-même d'avoir ainsi répondu.

— Alors asseyez-vous, je vous en prie, l'invita Lorraine en désignant le tabouret près du sien.

Le Britannique partit d'un nouveau rire, puis il posa son parapluie devant l'âtre et prit place, comme Lorraine l'avait fait quelques minutes plus tôt, se réchauffant les mains qu'il tendit vers les flammes.

— Eussé-je répondu par la négative, ne m'auriez-vous guère laissé m'asseoir près de vous ?

— Je ne suis pas d'humeur, ce soir, à dépenser de l'énergie pour repousser une vaine tentative de flirt. Maintenant je sais qu'avec vous je suis tranquille.

— Et vous avez présupposé que je pouvais être… inverti en jugeant sur ma seule apparence ? Je ne sais pas si je dois être amusé, impressionné ou offensé.

— Il n'y a rien d'impressionnant ou d'offensant. Les femmes ont ce pouvoir, voilà tout.

— Voyez-vous cela ! Et quel attribut m'a trahi ? Le parapluie bleu ? La moustache ?

— Rien de tout cela. Il y a une théorie, avancée par le grand physiologiste Ernest Starling lui-même, selon laquelle les hormones que sécrète le corps humain ont une odeur. J'ai tendance à penser que les femmes, au cours des millénaires, ont développé un odorat subtil et sont capables de reconnaître les hormones du rut. Les vôtres m'ont semblé absolument pacifiques.

— Eh bien ! Le moins qu'on puisse dire, c'est que vous n'êtes pas ordinaire, mademoiselle ! Voilà qui est rafraîchissant.

— Si l'ordinaire consiste à ne pas oser verbaliser ses pensées de peur de heurter son interlocuteur, en effet, je ne m'y inscris guère. Les filtres sociaux m'ont toujours paru être une terrible perte de temps. Si une personne que je rencontre doit ne pas aimer ma façon de penser, par courtoisie je préfère qu'elle le sache tout de suite. Un psychiatre qu'on m'a présenté récemment m'a dit que je souffrais probablement d'un syndrome de désinhibition, peut-être causé par la maladie de Pick[1]… Je lui ai aussitôt répondu qu'il était épouvantablement laid.

— Je vois. Et vous ?

— Et moi, quoi ? Si je suis laide ?

— Non. Aimez-vous les femmes ? demanda-t-il à mi-voix.

— Ah ! Non. Moi, je n'aime personne. Pas même les animaux. Et surtout pas les enfants.

---

1. La maladie de Pick, décrite dès 1892 par le psychiatre tchèque Arnold Pick, résulte d'une détérioration des lobes frontaux et temporaux du cerveau. Ses symptômes comprennent un déclin du comportement social, tels que désinhibition, manque de tact, infraction à l'étiquette.

Et, pour la troisième fois, l'Anglais s'esclaffa de bonne grâce.

— Vous étiez à bord du SS *Courrier*, n'est-ce pas ? demanda-t-il alors que sa voisine terminait une gorgée de vermouth.

— Oui. J'ai eu la chance d'être attendue par une voiture, précisa-t-elle, comme pour s'excuser.

— Votre allure et le chapeau que vous portiez sur le bateau m'ont laissé croire que vous étiez française mais, à présent, votre anglais est si parfait que je doute de mes savantes déductions.

— C'est très aimable, mais je suis bien française.

Il s'inclina poliment.

— Edward Pierce. Enchanté, mademoiselle…

— Lorraine Chapelle. Et vous, monsieur Pierce, d'où vous vient cet accent britannique ?

— Je suis originaire de Canterbury, comme les contes et l'archevêque, mais il se peut que mon accent, par coquetterie, se soit légèrement teinté lors de mes études londoniennes.

Au même instant, Lucius fit une courte apparition pour déposer sur la table basse la tasse d'Earl Grey qu'Edward Pierce avait commandée, et dans laquelle il versa, bien sûr, un nuage de lait.

Il régnait dans la grande pièce une atmosphère si paisible, si suspendue, qu'il en émanait quelque chose de mystérieux. On se fût dit dans quelque *histoire extraordinaire* d'Edgar Allan Poe, où le silence et le calme précèdent souvent l'irruption de l'étrange. L'écho lointain de la voix de la grande Bessie Smith sur le gramophone, le cliquetis de l'horloge, le clapotis de la pluie contre les carreaux de verre, le crépitement des flammèches qui s'échappaient de la cheminée, ces petites virgules dans le silence, le vacillement des lampes à pétrole, l'odeur du feu, du vieux cuir et des tissus emplis de poussière... tout concourait à maintenir le bar entre une impression de calme rassurant et une sensation d'inquiétant flottement.

— Avez-vous remarqué ? murmura Pierce en s'approchant de Lorraine, qui regardait le serveur s'en aller.

— Quoi donc ?

— Les gens de l'île... Certains ont un petit quelque chose de singulier dont le barman est dépourvu...

Lorraine fronça les sourcils. Le Britannique venait-il de lire dans ses pensées ?

— Leurs yeux ? chuchota-t-elle, étonnée.

Il se contenta d'acquiescer, satisfait, puis reprit place sur son tabouret, de peur que l'employé de l'hôtel, retourné à son poste, ne surprenne leurs échanges à voix basse.

— Est-ce la première fois que vous venez sur l'île ? demanda-t-il.

— La deuxième. Et vous ?

— C'est pour moi une première. Je suis ici pour rendre visite au prêtre de Blackmore, le père Molloy, qui est un ami très cher. Vous le connaissez ?

— Pas du tout. J'avais douze ans l'unique fois où je suis venue ici.

— Je vois. Laissez-moi deviner...

Le Britannique, dans une posture assez curieuse, la regarda en plissant les yeux et prit un air pensif.

— Vous êtes parisienne, n'est-ce pas ?

Lorraine hocha la tête.

— Érudite, curieuse, indépendante, quelque peu désinhibée en effet... Vous êtes venue seule. Hmmm...

Allez, je me lance : je dirais que vous êtes étudiante à l'Institut d'art de Paris et que vous êtes ici pour étudier l'architecture des forts de Blackmore, qui vous avaient fait impression lors de votre première visite !

— Pas tout à fait. Je viens de terminer mes études à l'université de Paris, en effet, mais dans un autre institut…

— Ah ! Les lettres ? tenta l'Anglais.

— La criminologie.

Edward Pierce eut un petit geste de surprise.

— Par le saint Christ ! Vous devez être l'une des premières femmes diplômées de la place du Panthéon ! Toutes mes félicitations !

— À vrai dire, je suis la première, acquiesça Lorraine. Monsieur est familier de Paris…

— Oh, j'y ai séjourné plusieurs fois. Une ville formidable ! Et je suis moi-même détective privé. Ce n'était pas le métier auquel me destinaient mes études à l'Imperial College à Londres, où je me dirigeais vers une carrière scientifique. Mais la guerre et l'état de santé de ma pauvre mère en ont voulu autrement. Bigre, n'est-ce point un hasard amusant ? Envisagez-vous une carrière dans la police ou, comme moi, dans le secteur privé ?

— Je viens de postuler au laboratoire de police scientifique de Lyon, mais je n'ai pas encore obtenu de réponse. Vous en avez entendu parler ?

— La prestigieuse institution de ce cher Edmond Locard ? Je vous souhaite vivement d'y être admise, mademoiselle. C'est une maison que le monde entier envie à la France, véritable tête de pont de la police scientifique ! Mais alors, si vous n'êtes pas ici pour vos études…

— Je suis venue voir un vieil ami, comme vous. Pour être exacte, il s'agit de sir Ronald Waldon, un ami de ma défunte mère. Et, pour tout vous dire, je me demande s'il n'était pas son amant…

— Sapristi ! Votre maman avait des amis en haut lieu !

— Elle n'était pourtant que femme de chambre. S'ils étaient bien amants, ce serait finalement d'une décevante banalité : un millionnaire qui trousse une femme de chambre…

— La mienne était couturière, et son meilleur ami était conservateur au British Museum. Comme quoi, la lutte des classes s'accorde parfois d'heureuses fraternisations…

Les deux étrangers continuèrent à parler ainsi de longues minutes près du feu, et la Parisienne dut admettre en son for intérieur qu'elle passait un moment agréable, se réjouissant d'avoir trouvé là un interlocuteur érudit et prévenant, à l'humour certain. Quand, un peu avant vingt-trois heures, ils convinrent l'un et l'autre qu'il était temps d'aller dormir, ils se levèrent, saluèrent le barman qui partit aussitôt éteindre les lampes une à une, puis se préparèrent à gagner chacun sa chambre.

— Tenez, mademoiselle, dit Edward Pierce en lui tendant une carte de visite avant que leurs routes ne se séparent dans le dédale des couloirs de l'hôtel. J'ai passé à vos côtés un délicieux moment. J'espère que j'aurai le bonheur de vous revoir sur l'île mais, si ce n'était point le cas, n'hésitez pas à me faire signe lors de votre prochain voyage en Grande-Bretagne. Après tout, c'est une île à peine plus grande que celle-ci.

Lorraine jeta un coup d'œil aux lettres soigneusement imprimées sur le papier couché et grimaça en découvrant ce qui était inscrit sous le nom de l'Anglais.

— *Détective de l'étrange* ? lut-elle à voix haute en l'interrogeant du regard.

Pierce sourit en s'appuyant de ses deux mains sur son parapluie bleu.

— Il y a deux ans, après un étonnant voyage qui m'a mené jusqu'à Constantinople, en compagnie du père Molloy, justement, j'ai décidé de me spécialiser quelque peu. Mon agence de Canterbury ne traite désormais plus que des affaires liées à… l'inexplicable. Les sciences occultes, dirons-nous.

Lorraine fit une moue sceptique, presque déçue.

— Les sciences occultes ?

— Au sens large, oui.

— Les deux mots sont parfaitement contradictoires.

— La contradiction n'est-elle pas le meilleur moteur de la réflexion, laquelle mène alors à la connaissance ? répliqua Pierce, espiègle.

— Allons, monsieur ! La science et l'occultisme sont le fruit de démarches diamétralement opposées, qui ne peuvent coexister, lâcha Lorraine avec une pointe d'agacement dans la voix. La première tente d'expliquer l'univers et ses lois par des hypothèses qu'elle confronte à la méthode expérimentale, la seconde s'efforce de le rendre aussi mystérieux que possible, en s'affranchissant de toute démonstration empirique.

— Ma foi, mademoiselle, peut-être n'avez-vous pas encore assez voyagé. Pour ma part, j'ai déjà eu l'occasion d'être très empiriquement confronté aux manifestations de l'occulte.

La Française haussa les épaules. Pour avoir plusieurs fois croisé le fer avec quelques indéboulonnables adeptes de la théosophie, de l'Aube dorée, de la Rose-Croix ou d'autres mouvements ésotériques encore très en vogue dans certains salons parisiens, elle savait que ces conversations ne menaient jamais nulle part et préféra laisser filer.

— Eh bien, je vous souhaite une bonne nuit, monsieur Pierce, en espérant qu'elle ne sera pas dérangée par de vilains fantômes !

— Au terme de « fantôme », je préfère celui de « hantise », mademoiselle. Et il est des hantises des plus aimables, conclut le Britannique avec un clin d'œil.

Après un baisemain raffiné, il s'en fut avec grâce vers sa chambre.

3.

Père Pat Molloy
17 Devon Street
Blackmore
Blackmore Island

À l'attention de
Edward Pierce
16 Margaret Street
Canterbury, Kent
England

Blackmore, le 3 octobre 1925

Mon cher Edward, mon ami,

Fasse le Ciel que cette lettre te trouve en bonne santé et que, dans ta grande bonté, tu pardonnes le long silence dans lequel m'ont plongé les derniers mois. C'est le cœur lourd de contrition et l'âme piteuse que je t'adresse ces lignes, confus de ne t'avoir donné de nouvelles plus promptement, et plus encore de le faire quand les circonstances me poussent à te demander un service.

On m'a fait savoir que ton agence de Canterbury se portait fort bien, et je m'en réjouis pour toi. Après les nombreuses épreuves que le Seigneur, dans ses arcanes mystérieux, a semées sur ta route depuis la guerre, tu méritais de rencontrer le succès. J'espère qu'il t'apporte aujourd'hui un confort et une sérénité bien légitimes.

Rentré tout juste de Constantinople, comme tu le sais sans doute, et préférant me faire oublier des autorités britanniques, je suis venu prendre la charge de curé sur l'île de Blackmore. Mon ami le Dr Callum McCann - qui, depuis la fin de la guerre, dirige le sanatorium de Bragbury - a en effet eu la bienveillance de m'informer que la mort soudaine du précédent prêtre avait laissé sa place vacante.

Tu en riras sans doute, et le Seigneur me pardonnera peut-être l'audace pécheresse qui, riche des compétences de faussaire que m'ont conférées mes années de résistance au sein des Irish Volunteers, me fit réécrire quelque peu le passé afin de me présenter ici comme un prêtre anglican, et non plus catholique...

Toujours est-il que, depuis plus d'un an, j'officie, non sans bonheur, sur cette petite île éloignée du monde, partageant mon temps entre la lecture, les messes que je donne tantôt en ville, tantôt dans les chapelles alentour, les visites aux paroissiens et les œuvres de charité. L'isolement imposé par les lieux m'a fait d'abord le plus grand bien...

Toutefois, depuis plusieurs semaines, l'île est confrontée à une série de drames. L'inaction de la police m'a conduit à mener mes propres recherches, et ces recherches à faire de très étonnantes découvertes, qui ne sont pas sans évoquer les mystères que nous avons connus, toi et moi, sur la route de Constantinople. C'est pour cette raison que, rendu à une impasse et conscient des limites de mes compétences, je sollicite désormais ton assistance. J'ai peu de doute que les faits invraisemblables qu'ont révélés mes recherches soulèveraient, chez d'autres, la plus moqueuse des incrédulités, et que toi seul oseras fouiller à mes côtés derrière l'inconcevable, à la lumière de ton esprit indépendant comme à celle de nos explorations passées.

Décidé à conduire mon enquête dans le plus grand secret, j'ai pu réunir, grâce au très respectable Pr Vandekade, docteur en histoire et directeur de la bibliothèque de Blackmore - le seul que j'aie choisi de mettre, partiellement, dans la confidence -, une somme de documents non négligeable. Les implications en sont effroyables et donnent à voir le début d'une explication aux phénomènes singuliers qui se sont emparés de l'île - explication que d'aucuns s'empresseraient de qualifier d'extravagante, mais dont je me permets de croire qu'elle est fondée et puise ses origines dans une époque bien plus ancienne que je n'aurais pu l'imaginer. J'avoue compter à présent, malicieusement peut-être, tant sur ton érudition que sur ton insatiable curiosité, afin qu'elles te motivent à venir m'épauler dans ces investigations aussi ardues qu'éprouvantes. Oh, Edward, il reste tant de fils à démêler dans cette sombre affaire que l'ampleur de la tâche me submerge !

Une hardiesse que tu comprendras sans doute m'incite à ajouter, en guise de conclusion, que cette humble demande revêt quelque caractère urgent, à l'heure où, Dieu me pardonne, je commence à craindre non plus seulement pour ma santé mentale, mise à rude épreuve par mes découvertes, mais aussi pour ma personne physique. Je présume en effet que mes recherches ont pu m'attirer quelques inimitiés sur l'île... Je ne connais pas encore le visage de mon ennemi – je ne suis même pas sûr qu'Il en ait un, à proprement parler –, mais je sais qu'Il est là.

Rassure-toi, je comprendrai sans peine que ton travail ne te laisse guère le loisir d'entreprendre le voyage jusqu'aux îles Anglo-Normandes, mais si, en souvenir de notre amitié, tu parvenais à en trouver le temps, je resterais à jamais ton éternel débiteur.

Où que tu sois, Edward, que Dieu te bénisse,

Pat Molloy

Le détective soupira en posant sur la table de nuit la lettre qu'il avait déjà lue au moins dix fois. Il éteignit la lampe Pigeon et s'allongea dans le lit glacé du *Mousetrap Inn*. Dehors, la pluie battait toujours son plein. *Dans quelle histoire t'es-tu encore fourré, mon vieux Molloy ?* songea-t-il en lissant sa longue moustache blonde. Le prêtre, avec lequel une aventure périlleuse et extraordinaire lui avait fait nouer d'inaltérables liens, était un homme passionné, pour ne pas dire enflammé, qui conserverait à jamais la fièvre des luttes armées de sa jeunesse irlandaise tout comme la ferveur de sa profonde foi. C'était un ami généreux, un compagnon de route au cœur aussi grand que son courage, mais aussi un exalté qui avait une soif d'aventure dévorante, sinon un goût inavouable pour le danger. À jouer si volontiers avec le feu, cet enfant de Derry, qui avait connu la famine, la misère et les guerres, s'était souvent brûlé. Peut-être fallait-il trouver dans la mort de ses deux frères aînés l'explication de ses téméraires bravades, comme si la perspective de les rejoindre précipitamment était une tentation quotidienne.

Pierce secoua la tête, souriant dans le noir, tandis qu'il se remémorait les prouesses les plus hardies du prêtre gaélique. Il était, en somme, bien impatient de retrouver son intrépide ami.

Quand Edward Pierce s'endormit enfin, et fort tard, le vent facétieux continuait de siffler au-dehors entre les rochers de l'île de Blackmore. *WI-IH-ISH*…

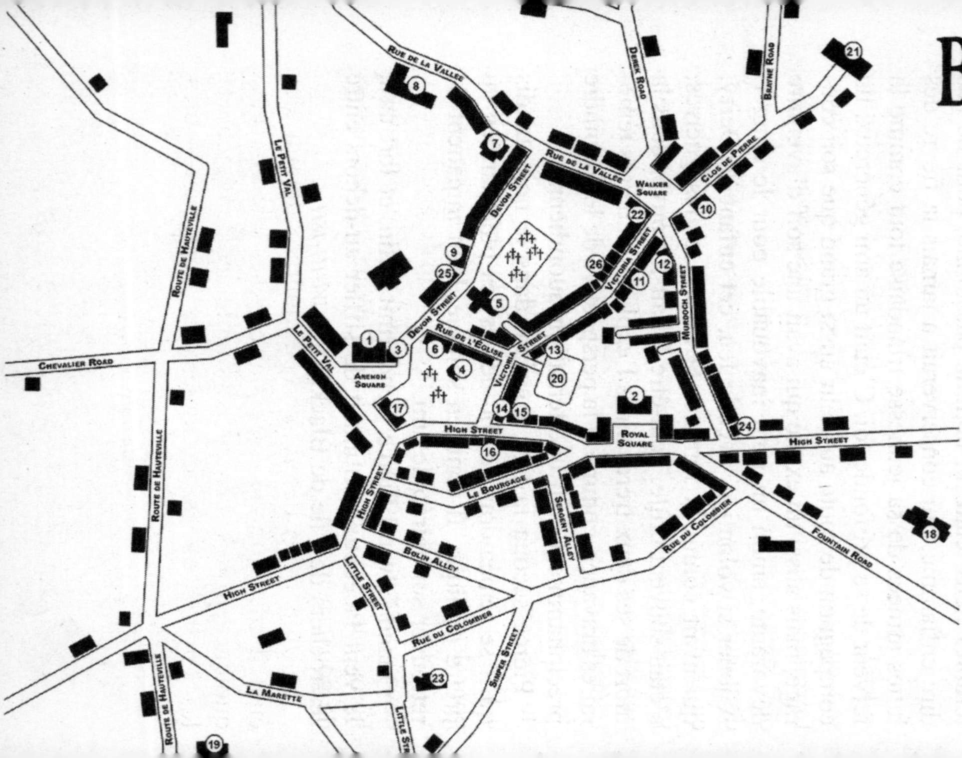

Blackmore
La ville

1 - Chambre de l'île
2 - Maison du gouverneur
3 - Bibliothèque Glover
4 - Tour de l'horloge
5 - Église Sainte-Anne
6 - Palais de justice
7 - École des garçons
8 - Centre médical Sainte-Christine
9 - Caserne des pompiers
10 - École des filles
11 - Pub *Goose & Grill*
12 - Magasin d'antiquités
13 - Poste de Blackmore
14 - Banque de Blackmore
15 - Gillan's Department Store
16 - Armée du salut
17 - Temple maçonnique
18 - Murdoch Manor
19 - Edgecombe Manor
20 - Terrain de football
21 - Hôtel *Mousetrap Inn*
22 - Commercial Hotel
23 - Redman Manor
24 - *Blackmore's Gazette*
25 - Presbytère
26 - Enzo's Motorcycles Shop

4.

En la traversant à bord de la Rolls-Royce que conduisait en silence le majordome de sir Ronald Waldon, Lorraine Chapelle eut tout le loisir d'observer la ville de Blackmore en plein jour. Malgré la tristesse que donnaient à la petite agglomération les mornes pierres en granite gris de ses cottages aux toits de tuile, la jeune femme trouva un charme désuet à la juxtaposition des noms de rues, tantôt français, tantôt anglais. C'était comme si un village de l'East Sussex était venu se glisser dans un bourg du Cotentin. Ainsi, on passait du clos de Pierre à Walker Square, de la rue de la Vallée à Devon Street, puis on empruntait la rue de l'Église pour descendre Victoria Street, et, plus loin, on découvrait sur Royal Square la célèbre maison du gouverneur, devant laquelle se dressait la statue de Phillip Murdoch, héros national, dernier dignitaire d'une longue lignée de gouverneurs.

La ville, quasi déserte en cette journée dominicale, était d'une propreté exemplaire – ses rues pavées, quoique étroites, étaient admirablement entretenues, les vitrines et les enseignes des boutiques toutes pimpantes –, mais l'absence de foule lui donnait un air factice. Si Blackmore avait une âme, celle-ci était bien cachée ce matin-là. Seules quelques rares maisons aux façades peintes de couleurs vives venaient faire mentir l'impression morose qui se dégageait de cette quiétude déconcertante.

Murdoch Manor, reculé au numéro 11 de Fountain Road, était très certainement l'une des maisons les plus imposantes et les plus singulières de l'île. Quand la Rolls-Royce franchit le portail en fer forgé et pénétra dans le vaste parc sous les bourrasques qui faisaient virevolter les feuilles mortes, Lorraine n'eut aucune peine à reconnaître la propriété de sir Ronald Waldon : celle-ci avait déjà fait sur elle forte impression, douze ans auparavant.

La bâtisse était à la fois splendide et lugubre, évoquant par ses parures inquiétantes et son architecture victorienne le manoir hanté d'un roman gothique d'Ann Radcliffe ou de Nathaniel Hawthorne, l'*Angeline* d'un Émile Zola… Nul doute que le ciel gris d'octobre ne fît qu'accroître l'étrangeté de sa funèbre figure ce matin-là.

Dressée au cœur d'un vaste jardin où deux fontaines asséchées s'abîmaient sous une végétation galopante, la propriété de trois étages, en bois sombre, accueillait les visiteurs de sa façade aux planches disjointes, érigée entre deux tours hexagonales. Flanqué d'une aile sur sa droite comme sur sa gauche, le manoir aux toits à la Mansart eût pu être qualifié de château, eût-il disposé d'un plus vaste domaine ou de fortifications. Deux terrasses en bois couvertes encadraient le double escalier en arc de cercle qui menait à l'entrée principale, et sur les corniches s'alignaient de terrifiantes gargouilles de granite, dignes des plus belles cathédrales du passé. La plus sinistre se dressait à même le sol, entre les bras du perron : une créature ailée de trois mètres de haut, un griffon tout droit sorti d'un bestiaire médiéval pour mettre en garde le visiteur indésirable.

Ce qui rendait ce tableau fantastique plus troublant encore, c'était l'état de délaissement dans lequel se trouvaient les lieux, pourtant occupés. La maison n'avait pas trente ans, et elle était si mal entretenue qu'elle en paraissait le triple. Le lierre courait partout, le bois pourrissait, la pierre était fendue par les gelées. S'il n'y avait eu quelques fenêtres allumées, on eût pu aisément imaginer que la bâtisse était abandonnée.

Dernier héritier de la célèbre famille qui avait donné à l'île de nombreux gouverneurs, Francis Murdoch – rentier guère connu pour sa modération – s'était fait construire en 1899 cet orgueilleux manoir, bien qu'il vécût seul, sans femme ni enfants. Meurtri depuis que sa famille avait perdu la charge de gouverneur un siècle plus tôt, l'homme avait voulu s'offrir ainsi une demeure plus grande que la maison du gouverneur. Malheureusement, emporté par la tuberculose, il n'avait pu assister à la fin des travaux. La lignée s'étant éteinte avec lui, l'édifice fut mis aux enchères. Le richissime sir Ronald Waldon, que Lorraine venait voir ce jour-là, en avait ainsi fait l'acquisition en 1901, et la propriété conservait encore en 1925 le nom de Murdoch Manor, bien qu'aucun Murdoch n'y eût jamais vécu.

— Que Mademoiselle veuille bien pardonner le spectacle désolant des extérieurs du manoir, soupira Arnold en ouvrant la portière, les paupières tirées par le poids de la honte. Sir Ronald a perdu la vue, et l'entretien des jardins et de la façade ne l'intéresse malheureusement plus depuis longtemps. Sans jardinier, le temps dont je dispose me permet seulement de balayer l'allée et les escaliers. Cela fait des années que je répète à Monsieur qu'il faut faire venir une entreprise pour rénover la façade, mais il dit qu'il se moque des apparences et que, dans une maison comme chez un homme, c'est ce que l'on découvre à l'intérieur qui importe…

Le majordome avait certainement remarqué dans le rétroviseur l'étonnement de la jeune Française quand ils étaient entrés dans la propriété. Il paraissait aussi contrit qu'impuissant à l'idée de la recevoir au milieu d'un si grand délabrement.

— Il n'y a rien de mal à laisser la nature s'exprimer librement, dit doucement Lorraine, comme pour le consoler.

Arnold fit une moue sceptique, puis il l'invita à le suivre en haut des marches.

La porte passée, la jeune femme put constater que, de fait, le luxueux intérieur bénéficiait d'une plus grande attention. Si tout était patiné par les années, si les peintures et le papier de tenture manquaient de fraîcheur, là au moins tout était propre : les poussières étaient faites, les vieux cuivres lustrés et, de pièce en pièce, Mlle Chapelle s'extasia devant la richesse du mobilier, la finesse des boiseries qui offraient au regard les attraits d'une maison de maître. Dans un silence de mort que seul le claquement de ses talons sur le parquet dérangeait, elle se laissa conduire, de hauts couloirs en vestibules, jusqu'à l'aile droite du manoir, où se nichait un salon, envahi par l'odeur d'une large cheminée. En entrant dans cette pièce confortable, Lorraine fut saisie par la différence de température : on passait d'un froid presque hivernal à la chaleur des tropiques. Des armoires et des casiers de chêne couvraient les murs du sol au plafond, débordant de vieux livres, de bustes, de vases, de gravures, de globes terrestres et autres bibelots antiques dont les contours vacillaient dans la lueur des flammes crépitantes. Une imposante pendule portique, posée sur le linteau de marbre, faisait résonner sous le plafond surélevé le cliquetis de son balancier. Son *clic clac* était si lent qu'on eût dit qu'ici le temps s'écoulait avec paresse, avec prudence, à moins que ce ne fût de la déférence… La pièce tout entière semblait figée dans une douceur ténébreuse.

Devant l'âtre, tournant le dos à la porte, la silhouette du vieux lord au crâne dégarni était enfoncée dans un fauteuil crapaud en cuir molletonné, sa tête légèrement inclinée dans une immobilité glaçante.

Le majordome, debout sur le seuil, se racla la gorge avant d'annoncer cérémonieusement l'arrivée de la visiteuse.

— Mlle Chapelle est ici pour vous voir, sir.

Après un moment d'inertie d'une durée embarrassante, le vieillard en robe de chambre finit par lever la main droite et faire un vague geste pour inviter son hôtesse à approcher.

Lorraine traversa le salon sur la pointe des pieds, comme si elle avait eu peur d'abîmer le parquet. Tenant contre son dos la besace et l'appareil photo qu'elle gardait toujours en bandoulière, afin d'éviter qu'ils ne heurtent un meuble, elle prit place tout au bout du sofa qui faisait face à l'octogénaire.

— Bonjour, sir, dit-elle tout en scrutant le visage impassible du millionnaire.

En douze ans, l'homme avait beaucoup vieilli. Il offrait à la vue une figure pâle et maigre, usée autant par les jours que par les tracas, un front haut et étroit, auquel les taches brunes n'avaient pu toutefois ôter la fierté de jadis, un nez aquilin qui s'était épaté avec l'âge, et tout ceci entourait tristement les yeux éteints d'un vieillard qui ne pouvait plus voir. Sous ce labyrinthe de rides vénérables, qui étaient comme autant de témoignages inscrits par la pointe acérée du temps, se devinait néanmoins l'expression d'une profonde bonté.

— Vous n'avez pas changé, ma petite, s'amusa sir Ronald Waldon de sa voix posée et caverneuse, comme s'il avait deviné les pensées de sa jeune invitée.

La Française fronça les sourcils.

Près de son fauteuil, le vieillard avait posé une longue canne blanche. Imaginée quelques années plus tôt par James Biggs – ce Britannique qui, après avoir été renversé par une voiture, avait cherché un moyen de se rendre plus visible par les automobilistes –, la canne blanche était devenue l'accessoire dont les aveugles s'armaient de plus en plus souvent.

— Aha ! Vous pensez que je ne vous vois pas ? reprit Waldon. Ce n'est pas parce que mes yeux ne vous distinguent plus que mes autres sens ne vous perçoivent guère, savez-vous ? Oui, certes, vous êtes une femme, à présent, mais vous n'avez pas changé. Vous aviez douze ans quand vous êtes venue ici avec votre pauvre maman, n'est-ce pas ? À douze ans, les traits d'une femme sont déjà fixés, pour la plupart. Je me souviens très bien de vos grands yeux verts et de vos petites fossettes.

— Je garde moi aussi un souvenir vif de ma visite ici, affirma-t-elle sur son habituel ton monocorde. C'est un bon souvenir.

Dans le clair-obscur, la jeune femme laissait son regard glisser sur les nombreux tableaux du salon, tous sombres et surprenants : des représentations fantastiques, baroques, mettant en scène, sur fonds noirâtres, des personnages tourmentés ou des créatures mythologiques hideuses – ici un sphinx attaquant une ville, là un géant dévorant des enfants… Et ce tableau d'une hydre se dressant au milieu des cadavres, n'était-il pas une huile originale de Gustave Moreau ?

— Oh, mais par Jove ! s'exclama sir Ronald Waldon. Ce qui a changé, en revanche, c'est votre anglais ! Votre voix, pondérée, imperturbable, n'a peut-être pas évolué, mais votre anglais, pardon ! Vous le parlez désormais comme une langue maternelle !

— C'est un peu grâce à vous.

— Voyez-vous cela ! Et pourquoi donc ?

— Quand nous sommes venues ici, avec ma mère, j'ai éprouvé une grande frustration en me trouvant incapable de comprendre vos échanges, si bien que, à mon retour en France, je me suis mis en tête d'apprendre l'anglais. J'ai fini par me passionner pour la langue de Shakespeare. Depuis lors, je lis tous vos grands auteurs dans le texte…

— Splendide ! Mais vous dites que ce sont *mes* auteurs… Si je puis me permettre, Lorraine, je ne suis pas un citoyen britannique. Certes, j'ai quitté Blackmore très jeune pour aller étudier à Édimbourg et je suis resté en Grande-Bretagne pendant toute ma carrière, mais je suis revenu il y a déjà vingt-quatre ans sur cette île qui m'a vu naître. Je ne saurais revendiquer d'autre nationalité que celle que m'offrit ma naissance. À moins que vous ne vouliez parler des auteurs de Blackmore, auquel cas je m'incline, car je n'en connais moi-même que deux ou trois, qui en outre écrivaient non pas en anglais, mais dans notre délicieux patois local, si proche du normand.

— Non, admit Lorraine. Vous avez raison, pardonnez-moi : je voulais bien parler des auteurs britanniques…

— Et lequel donc aurait votre préférence ?

— J'en apprécie un grand nombre, sir. Mais en ce moment j'ai un petit faible pour Wilkie Collins, dont les romans à suspense me tiennent tellement en haleine que j'ai l'impression de les lire en feuilleton, comme ils étaient publiés en leur temps.

— Ah, sacré Wilkie ! Je l'ai rencontré à Londres, lors d'un repas organisé par M. Dickens, au terme de la tournée d'adieu de ce dernier. C'était en 1869, si ma mémoire est juste. Le pauvre Collins était déjà très atteint par les effets de l'opium qu'il prenait pour soigner sa goutte. Figurez-vous qu'il a passé tout le dîner à parler avec une personne imaginaire, qu'il voyait assise à table, à côté de lui. C'était tout à fait désolant.

— Vous avez connu Charles Dickens ?

En posant cette question, Lorraine se rendit compte qu'au fond, de cet homme qui avait tant compté pour sa mère, elle ne savait presque rien, hormis qu'il était riche, très riche, qu'il était généreux, bienveillant, discret, et qu'il avait joué quelque rôle mystérieux dans la vie d'Anne Chapelle, quand celle-ci s'était trouvée veuve, à cause de la Grande Guerre.

— Connu, pas vraiment, mais disons que je l'ai un peu fréquenté…

Sir Ronald Waldon laissa passer un curieux instant de silence, comme si son esprit s'était soudain perdu dans les souvenirs. Et ce silence ne fit qu'accroître l'atmosphère déconcertante. Lorraine s'empressa de le rompre.

— Étiez-vous l'amant de ma mère, sir ?

La jeune femme avait à peine fini sa phrase que le *butler*, à l'autre bout de la pièce, s'étouffa dans un spasme embarrassé. Le vieillard, lui, se contenta de sourire.

— Je pourrais vous répondre, Lorraine, mais cela vous regarde-t-il ?

— Je ne dis pas que cela me regarde, je dis que cela m'intéresse.

— Votre mère et moi ne nous sommes vus que très rarement, en revanche nous avions des échanges épistolaires fournis, et nous nous aimions énormément.

— Cela ne répond pas vraiment à ma question.

— La réponse que vous attendez n'appartient qu'à votre mère et moi-même.

— Celle que vous me donnez ressemble à un aveu.

— Contentez-vous alors de cette ressemblance, et laissez votre imagination faire le reste. Savoir si cet amour fut consommé me paraît moins important que de savoir qu'il était d'une grande force. Après tout, une lectrice de Wilkie Collins ne peut pas détester qu'un mystère subsiste…

Lorraine hocha lentement la tête.

— Cela me va.

— Tant mieux, car, ma douce enfant, je ne vous ai pas fait venir jusqu'aux îles Anglo-Normandes pour vous dire si j'ai vu ou non les fesses de votre maman… Comme je vous l'ai écrit dans ma lettre, j'ai sollicité votre venue afin de vous confier une mission de la plus haute importance, pour laquelle je suis disposé à vous offrir la somme de cinq cents livres sterling, plus les frais.

— Cinq cents livres sterling ? s'exclama la jeune femme, hébétée. Sir, c'est très généreux, mais, enfin, c'est une somme totalement disproportionnée !

— Il me semble, mademoiselle, que le privilège d'estimer si un prix est trop élevé revient au seul client…

— Le plaisir de rendre visite à un « ami » de ma défunte mère suffit à justifier mon déplacement, sir. Elle m'a souvent dit que vous vous étiez montré des plus charitables avec elle, et si je puis vous être d'une quelconque assistance, ce sera en souvenir de sa reconnaissance.

— Allons, c'est avant tout la jeune criminologue que j'ai invitée, et j'espère que mes liens avec votre mère, quels qu'ils fussent, ne vous empêcheront pas de me considérer comme un client ordinaire. En outre, tout travail mérite salaire. Et celui que je veux vous proposer ne sera pas une mince affaire. Je me suis laissé dire que vos études avaient épuisé vos économies, et je sais que la vie parisienne est terriblement dispendieuse. Vous avez besoin d'argent.

— J'en conviens. Mais je vous dois d'être honnête, sir : vous êtes la première personne à faire appel à mes services. J'ai à peine terminé mes études et je n'ai aucune expérience professionnelle.

— Je le sais bien, Lorraine. J'ai suivi votre parcours de près.

— Je vois cela.

— J'ai appris avec bonheur cet été que vous aviez reçu votre diplôme, après vous être spécialisée dans la médecine légale et la psychologie criminelle, une science particulièrement ardue ! Or, pour qu'une jeune femme soit la toute première diplômée de l'Institut de criminologie de Paris, qui n'accueillait jusqu'ici que des hommes, c'est qu'elle doit être plus méritante encore que tous les candidats masculins. Je sais très bien comment sont les hommes, et quelles qualités il faut à une femme pour qu'on lui accorde la même considération. C'est bien regrettable, mais les femmes, pour réussir, doivent faire la preuve de leur talent deux fois plus que les hommes. Cela me confirme en tout cas que, si inexpérimentée que vous soyez, vous devez être la plus brillante criminologue de votre génération et la personne la plus qualifiée que je connaisse pour mener à bien une enquête que les misérables policiers de Blackmore n'ont su conduire efficacement. Car, voyez-vous, Lorraine, cela fait quelques mois que notre pauvre île est en proie à une série de drames terribles.

— De quel ordre ? s'enquit Lorraine, qui, à la vérité, attendait la réponse à cette question depuis qu'elle avait reçu la lettre de Ronald Waldon, deux semaines plus tôt.

— D'ordinaire, une île comme la nôtre ne connaît que très peu de crimes. Les vols sont rares, sur un territoire si petit, et les quelques homicides que l'on a eu à déplorer ces dernières années étaient le fruit de disputes entre mauvais voisins ou entre marins éméchés. Mais voici que, depuis l'été, Blackmore est le théâtre de tristes événements d'une tout autre nature : trois personnes ont disparu au cours des derniers mois ! Et si je demande votre aide, Lorraine, si je prends cette affaire tant à cœur, c'est que la troisième personne qui a disparu n'est nulle autre que ma petite-fille.

Le vieil homme poussa un long soupir, et son corps, envahi par les ombres, sembla se voûter encore davantage.

— Margaret, que vous aviez vue lors de votre première visite ici, s'est volatilisée le 2 octobre dernier, dans des circonstances parfaitement incompréhensibles.

— Je suis désolée, sir…

— Sans sa petite-fille, la vie est devenue insupportable au vieil homme qui se tient humblement devant vous, mademoiselle. Aussi, je veux vous demander, vous supplier, même, de mener une enquête afin d'expliquer l'inexplicable.

5.

Parapluie bleu en main, Edward Pierce descendit lentement la chaussée pavée de Devon Street, dans la lueur froide de ce matin d'octobre. Observant le décor austère que le ciel taciturne peignait d'ombre et d'anthracite, il songea que Blackmore n'était pas sans rappeler certaines villes de la campagne anglaise – ces bourgades fantomatiques du Kent qui apparaissaient au milieu d'étendues sombres et sauvages, entrecoupées de barrières, de collines, et balayées par le vent de la mer. Tout était calme et froid. Au loin, par-delà les champs en cascade où s'éparpillait le bétail, les flots gris de la Manche se confondaient avec les nuages, si bien que l'île tout entière semblait coupée du monde, enfermée dans une immense sphère opaque. Les maisons, dont les plus hautes ne dépassaient guère trois étages, étaient pour la plupart construites en pierre sèche, extraite du granite argenté de l'île. Percées de fenêtres à guillotine, couvertes d'ardoise, bien alignées, elles avaient cette uniformité toute britannique. Seules quelques demeures plus bourgeoises prenaient leurs distances avec la rue, abritées derrière des fossés plantés de haies d'épines.

Si l'automne avait déjà drapé les feuilles de leur robe orangée, on devinait, à la profusion des arbres, la clémence d'un climat tempéré. Les chênes, les myrtes et les lauriers se disputaient la place que leur laissaient, entre les bâtisses, les saillies de roches déchiquetées.

En chemin, le détective n'avait aperçu que deux ou trois personnes, et encore celles-ci avaient-elles le regard rivé au sol, évitant de croiser le sien – ce qui n'avait pas manqué de l'étonner. Sans doute s'était-il attendu à la chaleur naturelle des gens de la campagne : un sourire de bienvenue ici, un aimable signe de tête là. Pour un dimanche matin, la ville semblait bien silencieuse. Tout juste avait-il entendu, à l'angle de la rue de la Vallée, l'écho lointain de cinq notes de violon qu'un amateur maladroit jouait en boucle sous les toits, comme on répète ses gammes. Cinq notes lancinantes qui résonnaient encore quand il arriva à destination.

Le presbytère, sis au numéro 17, se trouvait dans un petit immeuble de deux étages qui faisait face à l'église Sainte-Anne. Sur l'une des portes, qui menait vraisemblablement au premier étage, une plaque, en langue française, précisait : « Presbytère Sainte-Anne ».

Un sourire nostalgique se dessina sous les larges moustaches d'Edward Pierce quand il se saisit du petit heurtoir de cuivre pour taper trois fois à la porte. Il n'avait pas revu le père Molloy depuis leur retour de Constantinople, au début de l'année 1924, et à cet instant il mesurait à quel point la crinière rouge du tonitruant Irlandais lui avait manqué. Quelle surprise lui réservait-il à présent ? Les aventures et les drames qu'ils avaient traversés ensemble en suivant la route de l'Orient-Express les avaient rapprochés comme deux frères de sang. Aucune distance, fût-elle dans le temps ou dans l'espace, n'aurait pu abîmer liens si profonds. Le détective était certain d'éprouver l'impression de n'avoir jamais quitté l'homme qu'il verrait apparaître derrière la porte. Malheureusement, celle-ci resta close, et aucun bruit ne se fit entendre à l'intérieur.

Pierce frappa trois coups plus forts à la porte rouge, toujours en vain. Sans hésiter, il tourna les talons et traversa la rue pour se diriger vers l'église. La messe du dimanche n'aurait pas lieu avant deux bonnes heures, mais le bon Pat Molloy était peut-être déjà à la sacristie pour la préparer.

L'église Sainte-Anne, mère de la Sainte Vierge, avait été bâtie en 1850 pour remplacer la précédente, devenue trop petite, et dont il ne restait plus guère que le clocher, qui se dressait à quelques pas de là. Consacrée par l'évêque de Winchester, la nouvelle église était la plus grande de celles présentes sur les îles Anglo-Normandes, bien que Blackmore fût un modeste territoire de l'archipel. Elle comptait en effet près de neuf cents fauteuils pour les fidèles, et il s'y tenait trois messes par semaine – deux en anglais, le mardi et le dimanche, et une en français, le samedi.

Construite dans le pur style normand, elle s'étirait d'est en ouest, et du nord au sud, figurant le Christ crucifié, et rappelant que son amour s'étendait jusqu'aux extrémités de la terre. Les murs, élevés dans le granite gris de l'île eux aussi, étaient néanmoins habillés de pierre blanche de Caen. Du côté sud se dressait une élégante sculpture du Bon Pasteur ramenant sur ses épaules l'agneau égaré.

S'appuyant sur son parapluie comme on l'eût fait sur une canne, le détective gravit la volée de marches du terrain en pente et se dirigea d'un pas preste vers la porte occidentale où se situait l'entrée principale.

À peine le seuil passé, Pierce ôta son chapeau et se laissa envahir par l'atmosphère sacrée des lieux. Un silence caverneux régnait sous les hauteurs, dérangé seulement par l'écho vertical que produisait le moindre pas, le moindre murmure, tandis que la douce lueur de quelques cierges allumés dansait parmi les ombres.

L'intérieur de Sainte-Anne était dépouillé de toutes fioritures, se révélant avec parcimonie dans la juste harmonie de ses proportions. Pierce longea les dix-huit arcs en ogive qui menaient au chœur, lequel s'élevait sur trois marches. Là, les transepts se ramifiaient à droite et à gauche pour former la croix, et le détective s'immobilisa, comme pour éprouver la solitude formidable de la Passion.

Fouillant chaque recoin du regard, il n'y trouva âme qui vive. Alors qu'il marchait vers la sacristie, à gauche de l'autel, une silhouette apparut à la porte de celle-ci, accompagnée d'un grincement aigu qui résonna longuement. Lorsque cette silhouette sortit des ombres, l'Anglais ne put réprimer sa déception en découvrant que ce n'était point le père Molloy qui approchait péniblement, mais une vieille femme replète et voûtée, de petite taille, qui portait la robe noire et le voile d'une diaconesse. Sur son visage grisâtre à la pilosité disgracieuse, au milieu d'un entrelacs de rides profondes, se dessina une sorte de grimace contrariée.

— L'office, y n'commence qu'à onze heures, el'dimanche, annonça-t-elle dans un anglais approximatif et roulé de *r* gras et dentaux.

— Bonjour, madame. Oui, je suis au courant, et je vous prie d'excuser mon irruption. Mais je suis venu voir mon ami, le père Molloy…

La vieille dame hocha vaguement la tête d'un air bourru.

— Y n'est point encore là. Y doit être chez lui…

— C'est-à-dire que je ne l'y ai pas trouvé, rétorqua Edward sans se départir de son accent aristocratique.

Cette fois, la petite femme difforme fit une moue amusée.

— Oh, pour sûr qu'y z'y est ! Mais y a des matins où que l'père Molloy, y a l'sommeil plus profond qu'à d'aut'.

— Je vois. Dans ce cas, j'y retourne de ce pas ! Merci, madame, que Dieu vous bénisse !

Sacré Molloy ! songea le Britannique. Il allait donc falloir le réveiller ! Tandis qu'il se dirigeait vers la sortie, le détective ne put s'empêcher d'arrêter son regard aiguisé sur l'un des vitraux du transept, dont l'allégorie lui parut se démarquer des autres, où se succédaient les témoignages rendus au Christ par les prophètes. Sur cette peinture-là, on voyait Jésus poser sa main droite sur le front d'un aveugle, et de la gauche porter l'index à sa bouche, comme pour lui intimer le silence. Pierce crut y reconnaître une scène de l'Évangile selon Marc, où un miracle du Christ permettait à l'aveugle de Bethsaïde de recouvrer la vue, à l'issue duquel celui-ci était tenu au secret messianique. Mais ce qui avait retenu l'attention du détective dans cette composition de verre coloré, c'étaient surtout les yeux du Galiléen : n'étaient-ils pas identiques à ceux des quelques habitants de l'île dont Edward avait remarqué le singulier regard ? N'avaient-ils pas, eux aussi, cette étrange lueur sombre qui entourait l'iris ? Tout autre observateur n'eût sans doute pas noté ce détail, ou n'y eût vu qu'une coïncidence, une fabrication de l'esprit. Mais Edward Pierce, détective de l'étrange, ne put s'empêcher, lui, d'y voir le signe de quelque arcane mystérieux, un message.

6.

Droit comme un peuplier, Arnold venait d'apporter en silence une théière fumante et des tasses de porcelaine sur un plateau d'argent quand sir Ronald Waldon, le front soucieux, entama sa relation des faits. Celle-ci, grave, s'inscrivait fort naturellement dans le décor funèbre du salon aux volets fermés. L'on eût dit la prestation d'un conteur qui eût ménagé ses effets au coin du feu pour retenir de son auditoire la plus grande attention.

— Tout a commencé le 4 août dernier, expliqua-t-il de sa voix sépulcrale, tandis que les flammes de la cheminée agitaient sur son visage les ombres d'une rangée de pièces d'échecs. C'est arrivé la nuit. Chaque fois, d'ailleurs, cela arrive la nuit, quand l'île tout entière est endormie, hormis les pêcheurs qui partent au large. Ce fameux 4 août, donc, M. Élias Carteret, journaliste pour notre hebdomadaire local, la *Blackmore Gazette*, a tout bonnement disparu. Au petit matin, le jeune homme n'est pas venu travailler, et ses collègues, inquiets, sont allés le chercher chez lui. Il n'y était pas et il n'a pas reparu depuis.

Lorraine sortit un carnet et commença à prendre des notes méticuleusement.

— Un mois plus tard, environ, le… Mon Dieu, quel jour était-ce, Arnold ?

— Le 18 septembre, sir, intervint le majordome tout en versant le thé.

— Oui, c'est cela, le 18 septembre : ce jour-là, ce fut la pauvre Diana Tudor, l'une des institutrices de l'école des filles. Cette brave femme a disparu à son tour, dans la nuit, sans laisser plus de traces. Envolée. Et à son domicile : rien.

Les yeux vitreux du vieux lord, perdus dans le vague, oscillaient vivement de droite à gauche, expression involontaire d'un trouble profond.

— Et voilà qu'il y a un peu plus de deux semaines, le 2 octobre dernier, donc, le même sort mystérieux s'est abattu sur ma petite Margaret.

Ses mains se crispèrent sur les bras du fauteuil.

— La vie, ma chère Lorraine, s'est arrêtée pour moi ce vendredi-là. A commencé alors une longue nuit dont je ne puis me libérer. Depuis ce jour, je ne suis plus qu'un fantôme qui hante son manoir, drapé dans le désespoir.

— Mais… comment a-t-elle disparu ? Et où ? Ici ?

— Dame ! Nous n'avons aucune explication rationnelle quant aux circonstances de sa disparition, mon enfant ! Comme chaque soir, vers dix-neuf heures, Margaret a quitté les locaux de l'Armée du salut, où elle travaillait depuis ses dix-huit ans, et puis, voilà : elle n'est tout simplement jamais rentrée. Personne ne l'a vue disparaître, et personne n'a pu retrouver sa trace.

C'est comme si ma douce Meggy s'était évanouie dans la nature… Vous vous souvenez d'elle, n'est-ce pas ?

— Je ne l'ai vue qu'un seul après-midi, ici, et nous étions toutes deux des enfants, mais oui, je me souviens d'elle. Nous avons joué ensemble tout en haut de l'une des tours de votre demeure.

— Dans la chambre de Meredith, mon ancienne intendante, en effet. Meggy allait toujours se réfugier là-bas, quand elle était punie ou qu'elle ne voulait pas rester avec mes invités…

— Quel âge a-t-elle aujourd'hui ?

— Elle vient d'avoir vingt et un ans. C'est une jeune femme épanouie, habitée d'une resplendissante joie de vivre, bien que, comme vous, elle ait perdu, trop tôt, ses pauvres parents. Elle est d'une force et d'une bonté admirables. Elle est le soleil qui éclaire les dernières années de mon existence…

— Un soleil, confirma Arnold d'un air désolé en regagnant sa place près de la porte.

— Elle n'aurait jamais quitté le manoir sans m'en avertir. Je puis vous assurer, Lorraine, qu'elle n'a pas fugué, au cas où vous envisageriez cette éventualité. Elle a été enlevée, comme les deux autres disparus, par un ou plusieurs personnages des plus machiavéliques qui rôdent impunément sur notre île…

— Vos soupçons se porteraient-ils sur quelqu'un ?

— Personne en particulier, répondit le vieillard après un bref silence.

Mlle Chapelle ne put s'empêcher de remarquer l'accent qui avait été mis sur les deux derniers mots.

— Que dit la police ?

— La police de Blackmore ne retrouverait pas un nez au milieu d'une figure, mademoiselle ! s'emporta sir Ronald Waldon en frappant de son poing l'accoudoir. Nous ne disposons, pour toute l'île, que de quatre misérables policiers. Ce sont de parfaits incapables aux ordres du juge Gaudion. Je suspecte celui-ci d'obéir aux requêtes de notre gouverneur, Archie Glover, qui ne veut pas que ces histoires de disparitions s'ébruitent, de peur que l'économie du tourisme sur l'île ne s'effondre davantage. Mais voilà, ma petite-fille a été enlevée, comme deux autres habitants de l'île avant elle, et on étouffe l'affaire en haut lieu. C'est la raison qui me pousse à faire appel à vos services, ma chère enfant… En tant qu'enquêtrice privée, vous n'aurez aucun compte à rendre à nos gouvernants !

— Le fonctionnement de vos institutions ne m'est pas familier. Le gouverneur est-il la plus haute autorité de l'île ?

— Ah, il faut reconnaître que les choses sont un peu compliquées, chez nous, se lamenta Waldon en levant les mains au ciel. Blackmore, sans faire partie du Royaume-Uni, est malgré tout placée sous la suzeraineté de la Couronne d'Angleterre. Celle-ci est chargée de notre défense militaire et assume une certaine responsabilité dans nos relations internationales, mais nous jouissons de l'autonomie du bailliage de Guernesey, auquel nous appartenons, et nous avons en effet notre propre gouverneur.

— Est-il élu par les habitants de l'île ?

Une grimace déforma les lèvres du vieil homme.

— Non, la charge s'achète, mademoiselle. La Révolution française n'a pas su traverser la Manche.

Le gouverneur est néanmoins assisté par l'assemblée de la Douzaine, notre parlement local, si vous voulez, dont les douze membres sont bien élus, eux, chaque année, au mois de novembre. Pour ce qui est de la police, si on peut désigner ainsi les quatre imbéciles chargés de nous protéger du crime, elle est subordonnée au juge, nommé directement par le roi, ce qui lui confère une autorité presque aussi grande que celle du gouverneur.

— En somme, la politique est aux mains du gouverneur, M. Glover, et la justice aux mains du juge, M. Gaudion ? demanda Lorraine en inscrivant les noms sur son petit carnet.

— Vous avez tout compris. Et l'un et l'autre semblent peu enclins à résoudre le mystère de ces disparitions, malgré les éléments qui ne laissent aucun doute quant à leur origine criminelle.

— C'est-à-dire ?

Le visage du vieillard se couvrit d'un nuage plus noir encore.

— Montrez-lui la lettre, Arnold, murmura-t-il lentement en levant la main avec une pesanteur théâtrale.

Lorraine se tourna vers le majordome, lequel extirpa une enveloppe de la poche de son veston et vint cérémonieusement la porter jusqu'à elle.

— Les proches des deux autres disparus ont trouvé une enveloppe similaire dans leur boîte aux lettres, le lendemain de leurs disparitions.

— Voulez-vous bien la poser sur la table ? demanda la Française en faisant signe qu'elle préférait ne pas la toucher à main nue.

— Oh ! s'exclama Arnold, piteux. Oui, bien sûr, pour les empreintes, c'est cela ?

Lorraine acquiesça tout en se levant, puis fouilla dans sa besace pour en sortir une paire de gants et un petit flacon de poudre métallique.

— Vous croyez vraiment en l'efficacité de cette méthode ? intervint derrière eux sir Ronald Waldon, qui n'avait pas quitté son fauteuil.

— J'ai suivi la formation du commissaire Jules Belin, de la première brigade mobile de la Sûreté nationale, et c'est grâce aux empreintes, sir, qu'il a pu confondre l'ignoble Landru, il y a six ans de cela. Sans compter Bertillon, qui a arrêté la bande à Bonnot de la même manière, quelques années plus tôt… Cette méthode n'est pas infaillible, mais il ne faut négliger aucune piste.

La mine du vieillard s'éclaira d'un sourire retenu, comme si cette réponse lui confirmait qu'il avait fait le bon choix en demandant l'aide de la jeune Française.

Penchée au-dessus de la table, celle-ci inspecta minutieusement l'enveloppe. Elle ne portait pas plus d'inscription que de timbre.

— Elle n'a pas été postée, murmura Lorraine. L'expéditeur aura donc couru le risque de se faire prendre en la déposant lui-même dans votre boîte aux lettres ?

— C'est ce que nous pensons, mais personne ne l'a vu.

— Et vous dites que les familles des deux autres disparus ont reçu la même chose ? Dans les mêmes circonstances ?

— Oui, une lettre semblable, déposée chez eux dans des enveloppes tout aussi vierges.

Lorraine hocha la tête et saupoudra délicatement de sulfure de mercure la surface de l'enveloppe, qu'elle photographia aussitôt. Puis elle l'ouvrit et répéta l'opération sur la lettre elle-même, avant d'en inspecter délicatement le contenu.

En dépliant la page, elle découvrit trois lignes d'étranges symboles, tracés à l'encre noire, qui consistaient en des arrangements successifs de simples petits bâtons, verticaux, horizontaux ou obliques.

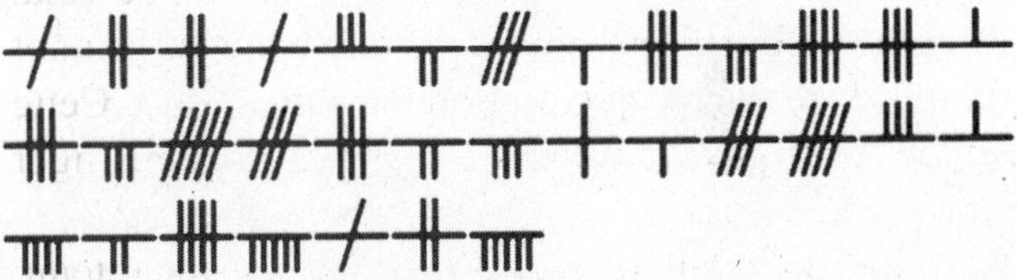

— Pourquoi donc crypter une lettre anonyme ? maugréa-t-elle en observant de près cette énigmatique série de symboles.

— Arnold m'a soigneusement décrit cette lettre, et il m'apparaît que nous avons affaire à un anonymographe des plus tordus. Peut-être pourriez-vous l'identifier en analysant son écriture. N'est-ce pas une technique de M. Locard que vous avez étudiée ?

— Si, bien sûr. La graphométrie ne nous permet pas forcément d'identifier l'auteur d'une écriture, mais elle peut au moins nous donner des indications à son sujet : son sexe, sa nationalité, s'il est droitier ou gaucher… Malheureusement, dans notre cas, nous avons affaire à de simples traits, sans doute tracés à la règle – leur alignement est d'une parfaite exécution. C'est astucieux, d'ailleurs, car cela empêche d'identifier une graphie. Ces symboles ne vous disent rien ?

— Non, affirma le vieil homme avec un raclement de gorge.

Lorraine eut le sentiment que sir Ronald Waldon ne lui disait pas toute la vérité. Qu'avait-il donc à cacher ?

7.

Aucune fumée ne s'échappait de la cheminée sur le toit de la maison, ce qui eût pu trahir la présence d'un occupant. Edward Pierce tapait en vain à la porte du presbytère depuis trois bonnes minutes quand, en proie à un mauvais pressentiment, il se décida à la crocheter plutôt que d'aller quérir la police, pour laquelle il n'avait plus, depuis longtemps, qu'un respect de courtoisie.

Un rapide coup d'œil vers la rue lui permit de constater qu'elle était déserte. Personne en vue pour surprendre son effraction. Il sortit aussitôt de son veston une petite poche de cuir dans laquelle étaient soigneusement alignés quelques outils miniatures. Après avoir étudié la serrure, choisissant avec savoir-faire le bon crochet et le bon entraîneur, il se mit à l'ouvrage.

Lorsque, avec un claquement sec, la porte s'ouvrit sous ses doigts agiles, il aperçut une ombre vers le haut de Devon Street, du côté de la caserne des pompiers. Une silhouette qui s'effaça sur-le-champ, comme si quelqu'un l'ayant épié en secret avait soudain repris sa cachette. Sans hésiter davantage, le détective se glissa à l'intérieur du petit immeuble et referma rapidement derrière lui.

— Hé ho ? lança-t-il en montant doucement l'escalier qui menait à l'étage. Pat ? Es-tu là ?

Aucune réponse. Le cœur du détective s'emballa alors que croissait son inquiétude. En haut des marches recouvertes d'une épaisse moquette poussiéreuse, il découvrit l'entrée modeste du presbytère. À côté d'une armoire des plus rustiques trônait un portemanteau, dont il nota qu'il était désespérément vide. Partant de ce vestibule, deux portes. Celle de gauche conduisait vers une salle d'eau. En face, la seconde menait au salon.

— Pat ? Es-tu là ? répéta Pierce en l'ouvrant. C'est moi, ton vieil ami Edward !

L'Anglais pénétra lentement dans cette grande pièce que des volets fermés maintenaient dans une douce pénombre. Trouvant une lampe à huile sur un guéridon, il l'alluma, alors l'intérieur lui apparut plus clairement.

Il y avait là un désordre immense, certes, mais un désordre organisé. Pas de ceux que laissent des cambrioleurs après avoir fouillé une pièce, mais bien celui occasionné par un propriétaire tel que le père Molloy : un désordre personnel. De manière incongrue, une table occupait presque tout l'espace, au centre du salon dont on avait écarté fauteuils et canapé, comme s'il n'avait plus eu d'autre fonction que d'accueillir cette surface de travail. De fait, la table était couverte d'un indicible fatras, si bien qu'on eût dit le bureau d'un étudiant en pleines recherches : des piles de livres, certains ouverts et emplis de notes, des liasses de coupures de presse retenues ensemble par des trombones, des pages noircies, des cartes diverses, des photos étalées, une loupe, des ciseaux, plusieurs règles… Fichtre, même sur son propre bureau, Edward n'avait jamais vu pareil fouillis ! Aux murs, les bibliothèques débordaient de livres, de feuilles et de carnets, disposés pêle-mêle sans précaution. Et le sofa relégué près de la cheminée ne valait guère mieux, enseveli sous autant de papier et de volumes reliés.

— Mais que fabriques-tu donc ici, vieux chenapan ? chuchota Pierce.

Le détective se remémora bien sûr la lettre dans laquelle Pat Molloy disait avoir mené des recherches et réuni « une somme de documents non négligeable ».

Mais la phrase qui le hantait était celle qui, à la lumière des circonstances, prenait une tournure véritablement préoccupante : « je commence à craindre non plus seulement pour ma santé mentale, mise à rude épreuve par mes découvertes, mais aussi pour ma personne physique ». Était-il arrivé quelque chose au père Molloy ?

Pierce parcourut brièvement les livres et les documents qui étaient entassés sur la table, repérant ici et là, à la hâte, les sujets auxquels ils étaient consacrés. Certains étaient liés à l'ancienne colonie de Roanoke – une vieille et étrange histoire dont Pierce avait déjà entendu parler –, d'autres abordaient le mystère des quatre mégalithes de Blackmore ou encore la chute d'un météore au large de ses côtes, en l'an 1700. Plusieurs articles évoquaient la disparition de soixante-deux soldats de la milice locale, en 1887, au fort Victoria, et d'autres encore décrivaient des événements violents inexpliqués, survenus sur l'île au cours des derniers siècles, allant de plusieurs séries de meurtres à un nombre singulier de naufrages, de catastrophes naturelles…

Perplexe, Edward abandonna la table pour s'avancer lentement vers l'autre bout du salon, où subsistaient deux portes fermées.

Derrière la première, il trouva une simple cuisine, dans un ordre respectable. Tout était propre, tout était rangé : on eût même dit qu'elle n'avait pas servi depuis plusieurs jours. La dernière porte, enfin, donnait sur la chambre à coucher. Là aussi, tout était en ordre : le lit était fait, les rideaux tirés, les armoires et les tiroirs fermés.

De plus en plus alarmé, le détective entreprit de fouiller les meubles, d'inspecter chaque recoin, jetant un coup d'œil sous le lit, éprouvant la poussière sur les surfaces boisées. Rapidement, à l'aune de son expérience d'investigateur, il aboutit à ces premières constatations : il se trouvait dans la chambre d'un homme qui avait soigneusement fait ses valises. Des espaces vides dans les alignements de vêtements, dans la rangée de chaussures, la trace rectangulaire laissée sur le lit par une lourde malle, l'absence d'un nécessaire de toilette dans la salle d'eau… La chose lui parut plutôt rassurante : le prêtre était peut-être tout simplement parti dans la précipitation, hypothèse bien moins inquiétante que celles qu'il avait commencé à envisager.

Revenu sur ses pas, il était en train de fouiller l'entrée quand il entendit trois coups secs frappés contre la porte du presbytère. Le détective se plaqua aussitôt contre un mur et ne fit plus un bruit. Un bref silence, puis on cogna de nouveau, plus longuement et plus fortement. Lorsqu'il entendit la porte s'ouvrir en bas des marches, Pierce serra la mâchoire et fila sur la pointe des pieds dans la salle d'eau, où il se tapit tant bien que mal derrière la large cuve en bois qui y faisait office de baignoire. Les bruits de pas montèrent lentement et une voix s'éleva dans l'entrée. C'était celle de la diaconesse.

— Père Molloy ? Z'êtes là ?

Edward se recroquevilla et retint sa respiration lorsque la porte de la salle d'eau se mit à grincer, juste devant lui.

— Père Molloy ?

Pierce ferma les yeux, et alors les secondes de silence lui parurent interminables, jusqu'à ce que les pas, enfin, s'éloignent vers le salon. Ils résonnèrent dans la chambre, avant de revenir vers l'entrée.

— Mais qu'est-ce qu'y a fabriqué encore, çui-là, Sainte Vierge ? maugréa la vieille femme dans sa barbe en poussant des soupirs exaspérés. Où qu'il est donc, bon sang ? Seigneur, c'te foutoir ! Ah ben y d'vait être encore dans un drôle d'état, l'Irlandais, tiens ! Pour un peu qu'il est même pas rentré d'la nuit ! L'a même laissé la lumière allumée et la porte ouverte !

Elle continua de ronchonner tout en descendant l'escalier. Le détective attendit d'entendre la porte claquer pour sortir de sa cachette, essuyant les gouttes de sueur sur son front.

N'écoutant plus que son instinct, il enfila une paire de gants et retourna d'un pas preste vers le salon. Là, il se saisit d'un carton qui traînait au sol et dans lequel, à la hâte, il entassa les documents étalés sur la table : photos, notes, coupures de presse…

L'instant d'après, il sortait du presbytère à son tour, non sans s'être assuré, en entrebâillant la porte, que personne ne pourrait le voir.

Une fois dans la rue, carton sous le bras, il se mit prestement en route pour l'hôtel. Par prudence, il emprunta les petits chemins de terre qui longeaient les jardins de derrière et contourna ainsi Walker Square, où il eût été exposé au regard des fidèles qui s'en allaient à la messe.

Arrivé au *Mousetrap Inn*, il monta directement dans sa chambre pour y examiner de plus près les documents du père Molloy.

8.

— Voici la chambre de notre chère Margaret, annonça tristement Arnold en ouvrant une porte à l'étage de Murdoch Manor, au bout d'un long couloir.

L'élégant majordome alluma cérémonieusement deux lampes à pétrole. Lorraine le remercia d'un signe de tête en pénétrant dans la grande pièce aux volets fermés. L'homme, debout sur le seuil, la regarda commencer son investigation.

Sans toucher à quoi que ce fût, elle fit d'abord le tour de cette chambre cossue, comme on visite un musée, afin de se représenter l'occupante des lieux. Tenant fermement son précieux Leica entre les mains, elle s'arrêtait ici et là pour prendre une photo, ainsi que le lui avait appris le commissaire Belin lors de la formation qu'elle avait suivie auprès de lui. Au moment du développement des clichés, on remarquait parfois des détails qu'on avait négligés sur place.

Tout était soigneusement rangé, ordonné – presque trop –, et la première chose qui frappa Lorraine fut que nulle part il ne subsistait d'objets qui eussent pu appartenir à Margaret Waldon quand elle était enfant.

Pas d'anciens jouets, pas de poupée en porcelaine usée, pas de dessin conservé avec nostalgie, pas de vieux certificat de scolarité accroché aux murs, aucun trophée du temps jadis… Il n'y avait là, bien rangées au milieu des boiseries et des moulures en plâtre défraîchi, que les affaires impeccables d'une jeune femme sérieuse, sans fantaisie. Le seul vestige du passé que Lorraine put trouver fut la photo d'un couple de trentenaires, posée sur la table de nuit. Elle devina qu'il s'agissait des parents de Mlle Waldon.

— À quel âge Margaret est-elle arrivée ici ? demanda la Française à Arnold tout en continuant son inspection.

— Elle avait six ans quand ses parents ont été emportés par le choléra, en 1910. Dieu les bénisse. Elle a dû être rapatriée de Milan, pour vivre avec nous, à Blackmore. Elle ne nous a pas quittés depuis lors.

— Et sir Ronald, lui-même est revenu sur l'île en… ?

— En 1901. À la mort de M. Cornelius Waldon, son père, sir Ronald a pris sa retraite de la Bank of Scotland, quitté Édimbourg et acheté Murdoch Manor, pour s'installer ici définitivement.

— Et être auprès de sa mère ?

— Non, Mme Waldon n'était déjà plus de ce monde, répondit le majordome avec un soupir désolé.

— En somme, sir Ronald n'est revenu sur l'île que lorsque ses parents n'y étaient plus…

— C'est une façon de voir les choses, répondit Arnold, légèrement offensé. Je pense que la mort de son père a simplement réveillé chez Monsieur un certain mal du pays.

Lorraine s'arrêta devant un tableau de belle facture, quoique lugubre, où l'on voyait le manoir, représenté à l'heure bleue, dans ces premiers instants de la tombée du soir, que l'on appelle « entre chien et loup ». Une seule fenêtre y avait été peinte allumée, et il sembla à la jeune femme qu'il s'agissait précisément de l'une des trois fenêtres de cette chambre.

— Pourquoi a-t-il acheté ce manoir ? N'y avait-il point de propriété familiale ?

— Je suppose que Monsieur ne voulait pas vivre parmi des fantômes. Ce manoir n'avait jamais été occupé avant nous, puisque sir Francis Murdoch, qui l'avait fait construire, mourut avant qu'il fût terminé. Cela nous assurait au moins qu'il n'était pas hanté…

Lorraine hocha la tête avec un semblant de sourire, se remémorant sa conversation de la veille avec Edward Pierce, le « détective de l'étrange ». Elle s'immobilisa ensuite devant une vitrine où une splendide collection de fossiles était consciencieusement exposée. Des ammonites, des trilobites, des empreintes de végétaux prises dans la roche sédimentaire : c'était un véritable cabinet de paléontologue.

— Ah ! Vous avez trouvé le trésor de Mlle Margaret ! intervint Arnold qui se tenait devant la porte. Elle nourrit une passion pour la géologie et l'archéologie…

Lorraine se colla à la vitre pour mieux observer. Aucune de ces momies de pierre ne portait la couleur caractéristique du granite de Blackmore.

— Les a-t-elle ramassés ici ?

— Non. Je ne crois pas qu'il y ait beaucoup de fossiles par ici. La plupart viennent de Guernesey.

— Elle s'y rend souvent ?

— Moins maintenant. Mais elle aimait y passer ses samedis, quand elle était adolescente et que le SS *Courrier* permettait de faire un aller et retour dans la journée.

— A-t-elle des amis à Guernesey ?

— Pas que je sache. Je crois qu'elle s'y promenait seule, pour ramasser des fossiles, ou pour faire, de temps en temps, un pèlerinage à Hauteville House, la demeure de Victor Hugo, qu'elle aime follement. Margaret est très sensible à la poésie, voyez-vous. À vrai dire, elle est un peu poète, à sa manière…

— Et ici, sur Blackmore, compte-t-elle beaucoup d'amis ?

— Des collègues de travail à l'Armée du salut, essentiellement. Vous savez, Margaret a toujours été une jeune fille solitaire. Attention, je ne dis pas qu'elle soit malheureuse ou qu'elle peine à se faire apprécier. Au contraire, tout le monde l'aime, notre chère Margaret. Mais voilà, c'est dans son caractère : elle chérit l'isolement. On associe souvent, à tort, la solitude au chagrin. Il est des âmes seules plus heureuses que des esprits mondains.

— Certes, et avoir trop d'amis, c'est n'en avoir aucun… Quels sont ses rapports avec sir Ronald ?

— Oh, ils sont excellents, comme il vous l'a dit ! Margaret est une jeune femme délicieuse, et je peux dire sans la moindre hésitation que ces deux-là s'aiment tendrement. Je ne crois pas exagérer en vous confiant que sir Ronald ne vit plus aujourd'hui que pour Margaret.

— Aurait-il voulu corriger le passé en offrant à sa petite-fille l'amour que, trop occupé par sa carrière à la Bank of Scotland, il n'avait jamais su témoigner à son propre fils ?

Le silence du majordome valait acquiescement.

— C'est elle ? demanda Lorraine en s'arrêtant devant un magnifique portrait, orné d'un cadre aux arabesques dorées.

En réalité, elle connaissait déjà la réponse, car elle retrouvait les traits et la chevelure rousse de Margaret, quand bien même elle ne l'avait vue qu'enfant.

— Sir Ronald lui a offert ce portrait pour ses dix-huit ans.

— Qui l'a exécuté ?

— Un peintre de l'île dont le nom m'échappe.

— Il est saisissant, affirma la Française en reculant de quelques pas pour le voir mieux.

Hormis la lumière, qui donnait à l'ensemble une aura fantastique, la toile était d'un réalisme si troublant qu'on eût dit que son sujet vous dévorait des yeux. Le visage adolescent de Margaret, quoique fort pâle, paraissait habité d'un esprit si vivant qu'on s'attendait à le voir bouger. Le regard brillait d'intelligence, le front était empreint de mélancolie et les sillons qui bordaient les paupières conféraient à cette figure une sorte de sagesse, de sérénité triste, qu'on ne trouve d'ordinaire que dans les yeux d'une personne âgée.

— Tiens donc, murmura Lorraine en notant un détail au centre du tableau.

Elle le prit en photo et poursuivit son exploration, déambulant à présent le long de la bibliothèque, qui couvrait un mur entier de la chambre.

Convaincue que l'on n'en apprenait jamais autant au sujet d'un être qu'en consultant ses livres, la Française s'attarda devant les étagères emplies d'ouvrages, dont beaucoup étaient des éditions remarquables. Classés par thèmes et par auteurs, ces beaux livres témoignaient non seulement de la fortune de sir Ronald Waldon, mais aussi de l'intérêt de sa petite-fille pour des domaines du savoir bien particuliers : l'archéologie, en effet, mais aussi la philosophie, l'anthropologie, l'alchimie, les civilisations et les mythes anciens. Entre autres titres d'une grande rareté, Lorraine repéra la traduction latine du *Liber divinitatis de septuaginta*, du savant arabe Jabir ibn Hayyan, datée du XIIe siècle ; la traduction anglaise du très étrange *Livre d'Eibon*, que la légende attribuait à un sorcier de l'Hyperborée ; une reproduction de la fin du XVIe siècle de l'ouvrage inachevé de sir Walter Raleigh, *The Historie of the World, in five bookes*, et aussi des ouvrages plus récents, mais non moins rares, comme l'*Itinerarium* de Cyriaque d'Ancône ou l'*Essai sur l'origine et la progression des êtres*, de Jacques Boucher de Perthes. Margaret Waldon, qui lisait non seulement l'anglais, mais aussi le latin et le français, n'était pas une jeune femme comme les autres, songea Lorraine en caressant le cuir des reliures.

Elle sourit intérieurement : ces livres, à n'en pas douter, eussent fait tomber M. Edward Pierce en pâmoison, lui qui, la veille au soir, lui avait avoué sa fascination pour les sciences dites « occultes ». Mais elle sourit davantage encore en constatant que ce corpus ésotérique, si sérieux qu'il se voulût, devait tolérer pour voisin, dans cette bibliothèque singulière, un rayonnage entier réservé aux revues de littérature populaire américaine, ces fascicules modestes où le fantastique côtoyait le roman policier, l'aventure exotique et la science-fiction, dans les collections intégrales des *Detective Story Magazine*, *Argosy All-Story Weekly*, *Black Mask*, *Weird Tales* et autres *pulp magazines* bon marché auxquels

Mlle Waldon était abonnée de longue date – son nom figurait sur les petites étiquettes collées en quatrième de couverture. Réunie dans ces pages granuleuses de papier bas de gamme, on trouvait la fine fleur des auteurs populaires de l'époque : il y avait les jungles et la terre creuse d'Edgar Rice Burroughs, les Indes et l'Égypte de Talbot Mundy, les monstres indicibles d'Abraham Merritt ; il y avait les voyages extraordinaires de tous ces auteurs à l'imagination débridée, ces enfants de Jules Verne et de H. G. Wells que Lorraine lisait elle-même à Paris, en secret, avec un mélange de gêne et de passion. Et aussitôt elle éprouva pour Margaret Waldon un élan de sympathie, une sorte de sororité littéraire, car sans doute avaient-elles accompli ensemble, par l'esprit, les plus beaux des périples, ceux qui vous transportaient en quelques pages vers des planètes lointaines, des continents oubliés ou des ruelles sombres où fourmillait le crime. N'y avait-il rien de plus magique, au fond, que les livres, quand ils offraient aux âmes solitaires un pont réconfortant entre leurs tours d'ivoire ?

Bribe de sourire aux lèvres, Lorraine allait quitter la bibliothèque pour reprendre sa visite quand les pages d'un livre ouvert, posé négligemment sur le rebord de l'une des étagères, attirèrent son regard.

Fronçant les sourcils, elle rabattit doucement la couverture de vélin pour en découvrir le titre : *Cath Maighe Tuireadh*. Sans en comprendre le sens, elle reconnut dans ces mots leur racine gaélique, probablement irlandaise. Le livre lui-même regorgeait d'une foule de symboles celtiques – triskèles, croix, nœuds et entrelacs divers – qui laissaient peu de doute quant à son origine. Au milieu des ouvrages anglais, latins et français, ce livre au beau papier de Chine, qui contenait moins de cent pages, détonnait déjà quelque peu, mais ce qui avait attiré l'attention de Mlle Chapelle se situait au cœur de la double page à laquelle elle l'avait trouvé ouvert : on y voyait, dans un cercle, un ensemble de symboles qui lui parurent fort proches de ceux tracés sur la lettre anonyme qu'avait reçue sir Ronald Waldon. Les mêmes arrangements de petits bâtons entrecroisés. Après avoir noté le titre du livre sur son carnet, elle prit en photo les étranges symboles.

9.

Dehors, sous le ciel gris, les pluies d'octobre frappaient aux fenêtres avec un tintement aigu qui se mêlait aux murmures lancinants du vent. Cela faisait près d'une heure qu'Edward Pierce, dans la semi-quiétude de sa chambre d'hôtel, étudiait, de plus en plus interdit, les notes et les documents de son ami le père Molloy. Ici et là, il reconnaissait l'écriture de l'Irlandais. La frénésie de ses ratures comme de ses soulignements témoignait de l'exaltation qui avait dû accompagner ses recherches. Elle lui rappelait celle qui les avait animés tous deux lors de leurs découvertes, fantastiques et terrifiantes, sur la route de Constantinople. Quel terrible secret le prêtre avait-il pu mettre au jour sur cette île coupée du monde ?

Si la majorité des pièces rassemblées là concernait l'histoire de Blackmore et certains mystères qui lui étaient rattachés – tels ses mégalithes, ses épisodes d'hystérie collective ou la chute d'un météore en l'an 1700 –, une quantité non négligeable traitait, elle, de la colonie de Roanoke. Celle-ci n'avait, à première vue, aucun rapport avec Blackmore, mais deux similitudes permettaient toutefois de penser que la présence de ces documents dans les notes de Pat Molloy n'était pas due au hasard. Et, songea le détective, ces deux similitudes devaient être au cœur des fameuses « étonnantes découvertes » que le prêtre avait mentionnées dans sa lettre.

D'abord, Roanoke était une île, elle aussi. Une île un peu plus grande, au large de la Caroline du Nord, célèbre pour avoir accueilli la première colonie anglaise en Amérique, en l'an 1584. Chargé par la reine Élisabeth Ire d'Angleterre d'établir une communauté au nord de la Floride, sir Walter Raleigh y avait effectué un premier voyage pour choisir le site idéal. Optant pour cette île aux ressources nombreuses, il y fit venir sept navires, avec six cents colons à leur bord. Rapidement, les Anglais s'installèrent à Roanoke et y bâtirent des maisons. Au cours de l'hiver suivant, les conflits avec les populations amérindiennes locales se multiplièrent, alors que les ressources de l'île commençaient à s'épuiser. Walter Raleigh entreprit donc un voyage vers l'Angleterre, afin de ramener vivres et renforts. Quand il revint aux Amériques, en juillet 1586, il fut confronté à un mystère stupéfiant : en débarquant sur l'île, il trouva le site désert, abandonné, comme si tous les colons avaient soudain disparu. Le fort, les maisons, les rues, tout était vide, abandonné, et aucun indice ne permettait de conclure à une éventuelle attaque. En explorant le village, Raleigh découvrit sur un poteau un indice troublant : quelqu'un y avait tracé le mot « Croatoan ». Huit lettres gravées à la pointe d'un couteau, comme un message mystérieux que les derniers colons avaient laissé à la hâte, avant de disparaître. D'aucuns avancèrent l'idée que la colonie avait dû être rasée par les Amérindiens de Roanoke. Mais alors pourquoi n'y avait-il aucun signe de bataille ? Aucun cadavre ? Où diable étaient-ils donc passés ?

Après plusieurs mois de fouilles acharnées, l'on se résolut à conclure que tous les colons étaient morts, bien qu'aucun corps ne pût être retrouvé. Depuis des siècles, archéologues et historiens tentaient en vain de trouver une explication à ces disparitions mystérieuses, et l'on appelait désormais la colonie de Roanoke la « colonie perdue ».

Or, il se trouvait qu'un événement de même nature s'était déroulé sur Blackmore, trois siècles plus tard. En témoignaient plusieurs coupures de presse réunies par le père Molloy, dont un article publié en septembre 1887 dans la *Channel Islands Gazette*, intitulé « Les disparus de Blackmore ». On y apprenait en effet que, dans la nuit du 19 août 1887, les soixante-deux soldats de la milice occupant le fort Victoria avaient, eux aussi, mystérieusement et soudainement disparu ! Aucun signe d'attaque sur le fort, aucun désordre, aucune piste laissée sur les terres alentour. Malgré de nombreuses fouilles, les militaires anglais chargés de protéger l'île n'avaient pu être retrouvés, et ces disparitions restaient aujourd'hui encore une énigme…

Était-ce donc là le mystère autour duquel enquêtait le père Molloy, et quelle découverte suffisamment édifiante avait-il faite pour demander au détective Pierce de le rejoindre au plus vite ?

L'Anglais était en train de parcourir d'autres notes de son ami quand ses yeux s'arrêtèrent sur une page manuscrite où trois noms, chacun accompagné d'une date, avaient été entourés plusieurs fois, d'un geste rageur. « Élias Carteret, 4 août 1925 », « Diana Tudor, 18 septembre 1925 », et « Margaret Waldon, 2 octobre 1925 ». Pierce fronça les sourcils en reconnaissant le dernier patronyme. Waldon. C'était celui du millionnaire que Lorraine Chapelle, rencontrée la veille là même, lui avait dit être venue voir. Et dans l'esprit d'Edward Pierce, ce genre de coïncidences n'existait pas.

Alors qu'il venait de plier cette feuille volante et de la glisser dans la poche intérieure de son veston, on frappa lourdement à la porte de sa chambre d'hôtel.

Intrigué, le détective alla ouvrir. Sa surprise ne fit que croître en découvrant le visage des deux policiers qui attendaient sur le palier.

— Monsieur Edward Pierce ?

— Détective Pierce, corrigea le Britannique.

— M. le juge Gaudion nous a demandé de vous escorter sur-le-champ jusqu'au palais de justice, afin qu'il puisse s'entretenir avec vous.

— Par Jove ! Mais à quel sujet ?

— Au sujet de la disparition du père Molloy, monsieur.

10.

— Non, mademoiselle, ce n'est pas possible. Vous serez mignonne, vous refermerez bien la porte en sortant.

Lorraine s'efforça de ne pas se laisser atteindre par la condescendance odieuse de son interlocuteur. Elle tenta, une dernière fois, la méthode douce et polie, quand bien même elle avait cessé depuis longtemps de croire à l'efficacité de celle-ci.

— Permettez-moi d'insister, monsieur : j'ai été missionnée par sir Ronald Waldon pour retrouver sa petite-fille. J'aimerais donc simplement m'entretenir un instant avec M. le juge Gaudion, afin qu'il puisse, s'il le veut bien, me dire où en sont les recherches concernant les trois personnes disparues. Ce ne sera pas long.

Le palais de justice de Blackmore, sis au coin de Devon Street et de la rue de l'Église, était un bâtiment haut de deux étages, dont la façade jaune se dressait derrière une grille en fer forgé et arborait fièrement, sur un drapeau, les armoiries de l'île. Figurant deux lions face à face sur un pont, elles faisaient référence aux armes du duché de Normandie, dites « de gueules à deux léopards d'or ». L'ajout du pont symbolisait ici le lien qui, par-dessus la Manche, unissait à jamais Blackmore aux terres normandes. Siège de la justice pour toute l'île, le palais renfermait un tribunal, mais aussi les bureaux du juge et de ses employés, deux geôles et les locaux de la police, laquelle était dirigée par le connétable Parker. Ce dernier était un homme d'une quarantaine d'années, grand et maigre, aux joues creuses, à la bouche fine, aux yeux enfoncés et habités d'une roideur rebutante ; sur son crâne se livraient bataille des cheveux aussi gras qu'ils étaient rares. Sa voix, à la fois enrouée et serrée, n'était pas fondamentalement plus attrayante.

— Missionnée ? Mais à quel titre ?

— Celui de détective privée.

— Détective ? Une femme ? s'étonna le connétable avec aplomb, comme si son étonnement eût été légitime.

Le pauvre homme ignorait que cette petite phrase venait de sceller son sort à tout jamais.

— Il n'est pas plus étonnant de voir une femme détective qu'un homme totalement crétin, vous savez ?

— Pardon ?

— Dites à M. le juge que j'aimerais le voir, et allez jouer avec des cubes, s'il vous plaît.

Décontenancé, le connétable se mit à bégayer bêtement en la dévisageant, les yeux écarquillés.

— Mais… je… enfin… des cubes ? Quels cubes ?

Lorraine fit de grands gestes explicites.

— Vous Parker, moi Chapelle. Vous chercher juge.

M. Parker, qui était resté assis jusqu'alors, se dressa d'un bond, l'air fâché et menaçant.

— Mais, enfin, mademoiselle, cessez de me parler de la sorte ! Je ne suis pas complètement stupide !

— Dans ce cas, vous êtes un comédien hors pair. Changez de métier. Y a-t-il un théâtre sur Blackmore ?

— Bon, écoutez, votre plaisanterie de mauvais goût a assez duré. De toute façon, M. le juge ne reçoit pas au pied levé. Si vraiment vous voulez le voir, il faut envoyer une lettre.

— À quoi bon envoyer une lettre, puisque je suis ici ?

— Afin qu'elle puisse être lue et votre demande étudiée !

— Par qui donc ?

— Eh bien, par le secrétaire de M. le juge !

— Dans ce cas, laissez-moi voir ledit secrétaire, je me ferai une joie de lui signifier tout de suite, et de vive voix, ce qui se trouverait dans cette missive. L'urgence de cette affaire ne saurait souffrir la lourdeur d'une correspondance plus qu'elle ne souffre déjà la vôtre.

— M. le secrétaire ne reçoit pas non plus au pied levé, mademoiselle ! Je vous l'ai dit : il faut une lettre.

— Si je devais en envoyer une, monsieur, ce serait au lieutenant-gouverneur de Guernesey.

Après les rapides explications de sir Ronald Waldon, Mlle Chapelle avait pris le temps d'étudier plus avant l'organisation politique des îles Anglo-Normandes. Le lieutenant-gouverneur – en tant que représentant du monarque britannique dans le bailliage de Guernesey – était la plus haute autorité de l'État, surpassant celle du gouverneur et du juge de l'île.

— Et que lui diriez-vous ? rétorqua le connétable sur un ton de défi plein de suffisance.

— Que vous êtes fort divertissant mais dangereusement incompétent, et donc tout à fait incapable de mener cette enquête.

— Incompétent ? s'exclama Parker.
— Dangereusement.
— Mais de quel droit l'affirmez-vous, mademoiselle, puisque vous ne savez rien de notre enquête, et que c'est justement pour cela que vous voulez la connaître ?
— Du droit de toute femme et de tout homme à combattre par le raisonnement ce qui lui paraît nuisible, à défendre par les actes ce qui lui paraît juste et utile, et à opposer au droit du plus bruyant celui du plus capable.
— Pardon ? Vous êtes complètement folle !
— Prouvez-le ! Opposez à l'erreur la vérité, plutôt que la colère au raisonnement ! Usez du peu de facultés dont la nature vous a parcimonieusement gâté pour distinguer la tutelle publique de la raison individuelle et…
— Je… je ne comprends rien de ce que vous dites…
— Manifestement. Allez me chercher un responsable !

Au même moment, comme l'avait espéré Lorraine en cherchant volontairement à provoquer chez son adversaire une rogne tapageuse, la porte la plus éloignée du comptoir d'accueil s'ouvrit brusquement et l'on vit apparaître un homme mûr, en robe de soie noire de magistrat, c'est-à-dire ornée d'une cravate blanche, large et plissée. Avançant d'une allure nonchalante, les épaules voûtées, l'homme agita mollement ses larges mains, tandis qu'une grimace d'agacement et de lassitude se dessinait sur son visage tout en longueur. Son collier de barbe, son nez aquilin, ses joues marquées d'un grand sillon, ses larges oreilles et son épaisse chevelure en pointe lui donnaient de faux airs d'un Abraham Lincoln sexagénaire et désabusé.

— Mais qu'est-ce que c'est encore que tout ce ramdam, monsieur Parker ?

— Eh bien, c'est cette demoiselle, monsieur le juge, qui me dit que le droit… que la raison… Que dites-vous, déjà ?

— Lorraine Chapelle, se présenta calmement la Française en tendant la main au juge Gaudion. Vous tombez à pic : je voulais justement m'entretenir avec vous, au sujet des disparitions des derniers mois, et en particulier de celle de Mlle Margaret Waldon. Je conduis une enquête sur la jeune femme.

— Une enquête ? Mais à quel titre ?

— Ah ! C'est exactement ce que je lui ai dit ! intervint le connétable, reprenant soudain un peu de contenance.

— Je suis diplômée de l'Institut de criminologie de la faculté de Paris, Votre Honneur, et mandatée par sir Ronald Waldon pour retrouver sa petite-fille dans les plus brefs délais.

Au même instant, du côté opposé, la porte d'entrée du palais de justice s'ouvrit. On y vit entrer le sieur Edward Pierce, et son parapluie bleu, encadré par deux policiers.

— Tiens ! Vous êtes là, vous aussi ? s'étonna le détective en découvrant Lorraine.

Commença alors une scène légèrement confuse qui, dans d'autres circonstances, eût pu être qualifiée de burlesque, tant l'enchevêtrement des dialogues qui suivirent cette deuxième entrée théâtrale évoquait un vaudeville à peine digne du pauvre M. Feydeau :

LE CONNÉTABLE

Aha ! Vous vous connaissez ? Comme c'est bizarre !

LORRAINE *(à Edward)*

Je mène une enquête sur une disparition… Mais vous, que faites-vous là ?

LE JUGE *(aux policiers)*

Est-ce bien l'homme qui a été vu ce matin chez le prêtre ?

EDWARD *(à Lorraine)*

Une disparition ? Vous êtes donc au courant, pour le père Molloy ?

UN POLICIER *(au juge)*

C'est en effet M. Edward Pierce, qui…

EDWARD

Détective Pierce, je vous prie ! Sujet de Sa Majesté le roi George V.

LORRAINE *(à Edward)*

Que voulez-vous dire ? Le père Molloy aurait-il disparu, lui aussi ?

LE CONNÉTABLE

Ce ne sont pas vos affaires, mademoiselle ! Laissez la police…

LORRAINE

Taisez-vous donc, misérable sot…

EDWARD *(à Lorraine)*

Comment cela, « lui aussi » ? Mais qui d'autre a disparu ?

LE CONNÉTABLE *(au juge)*

Avez-vous vu comme elle me parle, cette… cette insolente ? Nous ne pouvons pas laisser une femme – étrangère, de surcroît – parler ainsi à un représentant de l'ordre.

LORRAINE *(à Edward)*

Margaret Waldon, la petite-fille de sir Ronald Waldon, ainsi que deux autres habitants de l'île avant elle…

LE JUGE *(au connétable)*

Sur le fond, mademoiselle n'a pas tout à fait tort…

EDWARD *(à Lorraine)*

Saint Christ ! Attendez voir… Se pourrait-il qu'il s'agît d'Élias Carteret et de Diana Tudor ?

LORRAINE

Précisément ! Comment le savez-vous ?

LE CONNÉTABLE

Mais enfin, monsieur le juge…

LE JUGE, EDWARD ET LORRAINE *(de concert)*

Taisez-vous donc !

UN POLICIER *(au juge)*

Que doit-on faire de M. Pierce, Votre Honneur ?

EDWARD

Détective Pierce ! *(Puis à Lorraine :)* Je vous expliquerai, la chose est un peu compliquée…

LORRAINE

Cela fait donc quatre disparus, désormais ! Ah, mais çà, monsieur le juge, vous n'allez pas pouvoir étouffer cette affaire plus longtemps !

LE CONNÉTABLE *(au juge)*

Elle m'a demandé d'aller jouer avec des cubes ! Vous rendez-vous compte ?

— Il suffit ! s'exclama le juge Gaudion en frappant du poing sur le comptoir d'accueil. Que tout le monde se taise ! Vous ! Faites entrer mademoiselle et monsieur dans mon bureau, et les autres, disparaissez de ma vue !

Le policier sollicité s'exécuta. Avant que la porte du bureau du juge ne se referme derrière elle, Lorraine adressa un baiser distant au piteux connétable, qui semblait avoir perdu en quelques minutes au moins le quart de sa taille.

11.

— Votre Honneur, puisque vous nous affirmez que rien ne vous tient plus à cœur que d'élucider le mystère de ces trois disparitions, qui en sont devenues quatre, j'en déduis que vous vous réjouissez de l'aide que deux investigateurs privés pourront vous apporter et que vous ferez donc tout ce qui est en votre pouvoir pour faciliter notre enquête…

Le cabinet du juge était d'un faste ostentatoire : la finesse des marqueteries le disputait à celle des bronzes, les pendules resplendissaient sur des meubles – secrétaires à cylindre ou bureaux Mazarin – qui ne pouvaient être sortis que des ateliers de grands maîtres ébénistes, les bordures de glaces, les plafonds et les boiseries étaient aussi magnifiquement ouvragés que s'il se fût agi d'un cabinet royal, et le large bureau ministre derrière lequel le magistrat se tenait crânement dans un fauteuil Louis XV était au moins aussi long qu'une table de billard. Quant au sourire infatué dudit magistrat, il en disait autant sur sa suffisance.

— Sans vouloir vous offenser, mademoiselle, quel âge avez-vous, et depuis combien de temps êtes-vous sur notre île ?

— J'ai l'âge auquel les facultés intellectuelles d'un être humain sont à leur sommet, Votre Honneur. Une étude récente tend à prouver que le déclin de la mémoire s'amorce aux environs de la vingt-cinquième année – il y a fort longtemps pour vous, donc. Et la mémoire étant l'un des outils fondamentaux de l'investigation, il ne me reste plus guère que quelques mois, j'en conviens, pour être à l'apogée de mes capacités de déduction. C'est pourquoi nous devons faire vite. Quant à savoir depuis combien de temps je suis sur votre île, dois-je comprendre que, comme moi, vous pensez que la distance que j'entretiens avec elle est un atout majeur, garant de mon objectivité, et me mettant à l'abri de toute connivence avec d'éventuels suspects ?

Edward Pierce, assis près de Mlle Chapelle, lissa ses magnifiques moustaches pour tenter de cacher le rictus de délectation que lui inspirait l'effronterie de sa voisine. Faisant mine de regarder ailleurs, il en profita pour admirer une sculpture de bois représentant un apprenti tailleur de pierre qui, marteau et ciseau en main, dégrossissait un rocher. Sur le socle de ladite statue, on avait gravé un emblème qui n'échappa point au détective féru de symbolisme : une équerre et un compas entrecroisés. Il se demanda alors s'il était possible que ce juge fût initié aux mystères de la franc-maçonnerie. Le matin même, de Devon Street, Edward avait justement cru apercevoir, au loin, un temple maçonnique aux dimensions impressionnantes…

Pour sa part, le magistrat, ayant écouté la réplique de la jeune Française, se montra bien moins outré qu'il eût pu l'être et, à vrai dire, il parut aussi amusé que le détective.

— Le tout est donc de savoir, mademoiselle, ce qui prime dans une affaire de justice : l'intelligence de la jeunesse, ou l'expérience du vieux sage. Je vous accorde volontiers un don pour la première, mais laissez-moi vous faire profiter de la seconde. Vous êtes sur une île de mille habitants environ. Ici, tout le monde connaît au moins le cousin germain de quelqu'un, et ce depuis des générations. En revanche, comme en toute terre insulaire, on se méfie des étrangers. Il suffit de voir se dresser les trois forts militaires sur nos falaises pour mesurer combien la peur de l'invasion forge le caractère d'une communauté isolée par les flots. Lors, si charmante que soit votre pétulance toute parisienne, je me permets de vous mettre en garde contre les inimitiés qu'elle pourrait vous attirer.

— Je ne suis pas venue chercher l'amitié, Votre Honneur, mais la trace d'une jeune femme disparue.

— Soit. Faites donc à votre guise. Et vous, monsieur, pouvez-vous me dire ce que vous faisiez, ce matin, chez le père Molloy ?

— Nous avions rendez-vous.

— Et l'avez-vous vu ?

— Eh bien, non, puisqu'il a disparu.

— Pourtant on vous a vu entrer chez lui, insista le juge en levant un sourcil suspicieux.

— La porte était ouverte, mentit Edward, et la lumière allumée. Nous sommes suffisamment proches pour que je prisse la liberté de monter, en espérant le trouver et lui faire une surprise. Malheureusement, il n'était pas là.

— Et vous êtes alors retourné à votre hôtel, plutôt que de venir directement ici signaler sa disparition ?

— Pardon, mais à ce stade, je n'avais pas conclu à une disparition, simplement à une absence.

C'était, évidemment, un nouveau mensonge. Edward Pierce – qui s'était déjà fait, lui aussi, une petite idée de la qualité de la police locale – préférait garder sous silence le motif réel de son retour à l'hôtel, n'ayant pas la moindre intention de partager avec le juge les documents qu'il avait trouvés chez son ami.

— Rien n'indiquait qu'il eût été attaqué ou même cambriolé. J'en ai déduit que la sérénité de votre île expliquait qu'on y laissât aisément porte ouverte, et que le père Molloy devait être auprès de l'un de ses paroissiens. J'ai décidé d'attendre la fin de la messe à mon hôtel, pour retourner le voir cet après-midi.

— Cependant, en arrivant ici, vous sembliez persuadé que le père Molloy avait disparu, rétorqua le magistrat avec l'air satisfait de celui qui croit vous avoir pris en défaut.

— Parce que vos éminents policiers ont eu l'amabilité de me l'apprendre sur le trajet, précisant qu'il ne s'était pas présenté à la messe…

Le juge Gaudion soupira, peu convaincu. Il adressa au détective un regard entendu, qui signifiait : « Je n'insiste pas, mais je sais pertinemment que vous me prenez pour un imbécile. »

— Quels sont vos liens avec lui ?

— Je crois pouvoir dire qu'il est mon meilleur ami, Votre Honneur, quand bien même son installation sur votre île l'an dernier nous a tenus trop longtemps éloignés l'un de l'autre. Il y a quelques jours, j'ai reçu une lettre, par laquelle il m'invitait à venir le visiter. Je me faisais un plaisir de le retrouver – plaisir auquel je me refuse à renoncer. Vous risquez donc, tant qu'il n'aura pas été satisfait, de me revoir aussi souvent que Mlle Chapelle.

— Ô joie ! railla le juge.

Lorraine sembla ne pas avoir entendu ce sarcasme fort indélicat. En réalité, cela faisait un moment qu'elle observait, en silence, l'un des nombreux tableaux qui ornaient le bureau du juge. Non pas que l'œuvre fût d'un quelconque intérêt artistique, mais parce qu'elle représentait un homme dont la physionomie lui était familière, sans qu'elle pût dire pourquoi. Fidèle à ses habitudes, Mlle Chapelle n'hésita pas à verbaliser ses pensées.

— Cet homme me dit quelque chose, annonça-t-elle en pointant le doigt vers la peinture, dans le dos du magistrat.

Le juge se retourna.

— Ah ! Naturellement : il s'agit de l'honorable Cornelius Waldon, mon prédécesseur.

— Mais bien sûr ! s'exclama la jeune femme, faisant soudain le lien avec les traits du vieux lord. Le père de sir Ronald Waldon ?

— Lui-même. Je vous l'ai dit à l'instant : Blackmore est une toute petite île. Les grandes familles se comptent presque sur les doigts de deux mains.

— Tout le monde se connaît, mais tout le monde ne s'apprécie pas forcément… Auriez-vous quelque différend avec sir Ronald Waldon ?

— Aucun. Son père a été l'un des plus éminents juges que notre île ait connus. Nommé en 1854 par la reine Victoria elle-même, alors qu'elle faisait un séjour remarqué sur Blackmore, il a conservé cette digne charge jusqu'à sa mort, en 1901. C'est avec beaucoup d'humilité que je lui ai succédé.

— Voilà qui est bien dommage…

— Pardon ?

— Eh bien, s'il était encore là, sans doute serait-il plus enclin à enquêter sur la disparition de son arrière-petite-fille que vous ne semblez l'être.

Le juge secoua la tête, entre soupir et sourire.

— Je suis bien plus préoccupé par le sort de cette jeune femme que vous ne pouvez le croire, mademoiselle.

— Dans ce cas, si nous en venions à présent au seul sujet qui puisse rendre cet entretien un tant soit peu intéressant : les progrès de votre enquête au sujet des mystérieuses disparitions qui frappent les habitants de Blackmore ?

Le juge, se renfonçant dans son large fauteuil, écarta les bras d'un air impuissant.

— Eh bien, comme vous le dites fort justement, elles demeurent mystérieuses. Aucun des trois individus qui ont disparu n'a laissé de trace, et personne n'a été témoin d'un enlèvement. Nos policiers ont procédé à de nombreux interrogatoires, qui ne leur ont pas donné l'ombre du soupçon d'un début d'indice. À ce jour, la thèse la plus probable reste que ces individus ont tout bonnement décidé de quitter l'île, ce qui est leur droit le plus strict. Chacun est libre de quitter Blackmore, vous savez ? Même vous…

— Ces personnes n'auraient-elles point été vues à bord du SS *Courrier*, si elles avaient quitté l'île ? Avez-vous seulement interrogé le capitaine, les matelots ?

— Bien sûr ! Aucune de ces trois personnes n'a été aperçue à bord. Mais il y a d'autres façons de quitter Blackmore, mademoiselle, ne serait-ce qu'avec un bateau de plaisance.

— Mais si elles avaient vraiment quitté l'île de leur plein gré, comment expliquez-vous que leurs proches aient tous reçu, le lendemain de chaque disparition, une lettre similaire, anonyme et cryptée ?

Le juge ne put retenir une moue de surprise. Sans doute avait-il pensé que Mlle Chapelle ignorait ce détail, qui était pourtant loin d'être anecdotique. Cela signifiait-il que l'histoire des lettres anonymes avait été passée sous silence ?

— Nous n'avons pas été en mesure de décoder ces messages farfelus. Mais comme ils ont été envoyés après les disparitions, et non avant, je suppose qu'ils sont seulement l'œuvre d'un mauvais plaisantin. Nous en comptons malheureusement quelques-uns dans notre communauté.

— Indéniablement.

— Votre Honneur, intervint Pierce, au nom de votre amour évident pour la Justice, auriez-vous l'amabilité de nous laisser lire les rapports de police concernant les nombreux témoins que vous dites avoir entendus ?

— C'eût été bien volontiers, mais l'absence de témoignage concluant n'a pas justifié le moindre rapport écrit. Les policiers m'ont simplement fait un compte rendu oral : personne n'a rien vu.

Lorraine secoua la tête.

— Pas de rapport d'enquête non plus, concernant les relevés d'empreintes, les fouilles approfondies des domiciles et les battues que, bien entendu, vous avez diligemment conduites ?

Le juge haussa les épaules.

— Mais dites-moi, Votre Honneur, vous êtes à la tête d'un véritable New New Scotland Yard[1] ! Vos hommes sont à la pointe de la criminologie ! Ils devraient donner des cours dans les plus grandes facultés d'Europe et d'Amérique…

— Sachez, ironique demoiselle, que notre île a le plus faible taux de criminalité de l'archipel.

— En ce qui concerne le niveau de vos forces de l'ordre, le faible taux de criminalité en est plus probablement la cause que la conséquence… Allons, devant l'incapacité de vos policiers à résoudre ces mystères, ne devriez-vous pas envisager de faire appel aux enquêteurs du bailliage de Guernesey ?

Un ricanement déforma le visage du magistrat.

— J'ai songé à le proposer à sir Archie Glover, notre gouverneur, mais à présent que nous avons sur l'île deux éminents détectives venus l'un de France, l'autre d'Angleterre, cela ne me semble plus si opportun. Un tandem comme le vôtre devrait être en mesure de résoudre cette affaire en deux coups de cuillère à pot, n'est-ce pas ?

Lorraine et Edward échangèrent un regard perplexe. En vérité, cet entretien calamiteux ne leur avait certes

1. En 1890, Scotland Yard, quartier général de la très réputée police londonienne, fut délocalisé sur Victoria Embankment. On lui donna alors le nom de « New Scotland Yard ».

apporté aucune réponse, mais il scellait leur collaboration. À cette minute précise, le sort avait fait de ces deux étonnants investigateurs un couple bien plus redoutable que le juge n'eût pu l'imaginer.

12.

— Ces symboles vous disent-ils quelque chose ?

Lorraine venait de tendre la lettre anonyme à Edward Pierce, tandis qu'ils se dirigeaient ensemble vers le presbytère.

Toutes proches, les cloches de l'église se mirent à sonner vigoureusement, répétant par deux fois une simple mélodie de cinq notes. Il était deux heures de l'après-midi, et les rues de Blackmore étaient toujours aussi désespérément vides. Ce n'était pas que la ville fût déserte, mais plutôt que ses habitants se terraient chez eux, se cachaient peut-être. Le froid modéré du mois d'octobre ne pouvait justifier la chose à lui seul. Lorraine eut l'impression que, derrière les rideaux aux fenêtres, on les épiait. Elle avait même cru voir des silhouettes s'effacer au coin d'une ruelle, et elle eut le sentiment désagréable qu'ils étaient suivis. Elle se retourna plusieurs fois nerveusement, comme si ces regards indiscrets avaient provoqué une démangeaison sur sa nuque.

— Bien sûr, répondit le détective, luttant contre le vent qui s'acharnait à vouloir replier la feuille entre ses doigts. Il s'agit là d'une écriture oghamique.

— Oghamique ? Mais encore ?

— Une forme primitive d'alphabet celtique, ou irlandais, pour être plus précis. Dans la pratique, l'ogham n'est plus utilisé depuis le XIe siècle, mais il arrive qu'on le retrouve encore… dans certains cercles.

— Quel genre de cercles ?

— L'ogham est considéré, par quelques-uns, non comme un simple alphabet, mais comme un système magique et divinatoire à part entière, à l'instar des runes. Pour ma part, je n'y crois pas un seul instant. Les dernières découvertes archéologiques vont d'ailleurs dans mon sens : elles confirment que l'ogham, et ses petits bâtons, était juste un alphabet, utilisé dès le IVe siècle. Il permettait d'inscrire aisément les messages que l'on voulait graver dans la pierre. Contrairement aux runes, auxquelles les druides avaient en effet recours dans leurs incantations magiques, l'écriture oghamique n'avait aucune fonction occulte et n'était utilisée que pour les épitaphes laissées sur les pierres tombales ou les monuments commémoratifs. Certains cultes modernes, toutefois, lui prêtent aujourd'hui une dimension magique, mais on entre alors dans le registre du charlatanisme ésotérique…

— Tiens donc ! s'amusa Lorraine.

Un léger sourire se dessinait sur ses lèvres d'habitude si discrètes.

— Eh bien, quoi ? Ah, je vois ! Vous pensiez qu'un détective de l'étrange devait forcément accorder du crédit au moindre mouvement occultiste ? Vous vous trompez, Lorraine : je suis, au moins autant que vous, un pourfendeur de toute supercherie ésotérique ! J'aime la science comme vous, sinon plus : je lui fais suffisamment confiance pour expliquer, un jour, le mystère des mystères. Ce qui nous différencie, voyez-vous, c'est que moi, je laisse une place au doute, mademoiselle, plutôt que de me nourrir de certitudes ! Ne sauriez-vous donc point admettre que l'inexplicable puisse forger la science de demain ? Que l'imperceptible ne soit que le fruit de notre ignorance ? Et que ce que l'on appelle surnaturel aujourd'hui puisse n'être qu'un naturel qui nous échappe encore ?

— Fichtre, quel plaidoyer ! Je n'ai rien dit, se contenta-t-elle de répondre d'un ton un peu taquin. Et donc, vous sauriez traduire ce texte ?

— Allons, ma culture a ses limites… Je ne connais pas l'alphabet oghamique par cœur. Mais il suffirait que nous trouvions une table de correspondance, et nous pourrions nous y employer.

— Fort bien. Quoi qu'il en soit, je vous tire mon chapeau. Figurez-vous que, dans la chambre de Margaret, il y avait justement un livre irlandais dans lequel j'ai cru reconnaître les mêmes symboles…

— Quel livre ?

Mlle Chapelle sortit son carnet de notes, de peur d'en écorcher le titre.

— Le *Cath Maighe Tuireadh*.

À ces mots, Pierce s'arrêta brusquement de marcher.

— Saperlotte ! Mlle Waldon avait le *Cath Maighe Tuireadh* dans sa chambre ? demanda-t-il, interloqué.

— Oui, pourquoi ? Serait-ce un livre rare ?

— S'il s'agit d'une édition récente, pas vraiment…

— Elle date du siècle dernier, il me semble.

— Alors ce n'est pas d'une grande rareté, dit Edward en reprenant sa marche. L'édition la plus ancienne connue – un manuscrit conservé au British Museum – remonte au XVIe siècle. Non, ce qui m'intrigue, chère amie, c'est que j'ai vu précisément le même ouvrage sur la table de travail de mon ami le père Molloy !

— Étrange coïncidence, en effet.

— Vous avez dit « étrange » ? la titilla l'Anglais.

— Et de quoi traite-t-il, ce livre ?

— C'est un récit mythologique qui relate les guerres des Tuatha Dé Danann, ces demi-dieux qui, venus de quatre îles légendaires, auraient importé en Irlande la science druidique…

— Quatre îles légendaires ?

— Falias, Gorias, Findias et Murias.

— À vos souhaits ! Et où se trouvent-elles, ces îles ? Pierce sourit.

— Bien plus au nord que Blackmore, si c'est ce à quoi vous pensez. En réalité, ce sont des îles mythologiques, qui n'ont probablement pas existé…

— *Probablement* ?

— Par amour de la féerie, laissons, je vous prie, une toute petite place au doute. Disons qu'il est fort probable que ce ne soient que des lieux symboliques. La légende celtique les place « au nord du monde », quelque part dans cette région que nous nommons désormais l'Arctique, et où vivait jadis l'antique peuple de Thulé.

— Blackmore aurait-elle des origines celtiques ?

— Les Celtes y ont certainement séjourné, mais cela demande vérification… Vous voyez ? Je n'avance rien sans preuve !

Quand ils arrivèrent devant le presbytère, dont la porte avait été cadenassée par la police, Lorraine donna un coup de coude discret à son compagnon de route.

— L'avez-vous vue ? lui glissa-t-elle discrètement en faisant un signe de tête vers l'église.

Pierce acquiesça.

— Non seulement je l'ai vue, mais je la connais : c'est la diaconesse. Elle nous observe depuis que nous sommes entrés dans Devon Street. C'est elle qui a dû dire aux policiers que j'étais entré ce matin chez le père Molloy. Soit dit en passant, elle est loin d'être la seule à nous épier depuis que nous avons quitté le palais de justice…

Il s'avança nonchalamment vers la porte du presbytère.

— Dans ce cas, est-ce bien raisonnable ? demanda Lorraine à voix basse, comme le Britannique soulevait sans vergogne le volet de la boîte aux lettres.

— Pour ce qui est de la diaconesse, nous n'avons rien à craindre : nous sommes dans le même camp. Ce que j'ai vu d'elle me confirme qu'elle aime profondément le père Molloy. Pour ce qui est des autres… Bigre ! Je ne vois aucune contre-indication à ce que l'on sache sur l'île que, désormais, quelqu'un a bien l'intention de lever le voile sur le mystère qui s'y noue. Nous devons être le petit grain de sable qui vient se loger dans l'engrenage, mademoiselle Chapelle, le bâton dans les roues qui poussera notre adversaire à bouleverser ses plans, et ainsi à commettre sa première erreur. Nous serons, vous et moi, le coup de pied qui manque à cette fourmilière. Et puis, tout compte fait, il n'y a aucun mal à jeter un coup d'œil dans la boîte aux lettres d'un ami…

Et ce disant il s'exécuta.

— Par ma moustache, rien ! dit-il, non sans une nuance de désappointement dans la voix. Elle est vide.

— Les lettres anonymes n'ont été déposées que le lendemain des disparitions… Peut-être devrions-nous revenir demain.

— Ou bien la police aura trouvé le courrier avant nous. Je pense que la disparition du père Molloy date bien d'hier. Cela dit, je ne crois pas qu'elle soit arrivée dans les mêmes circonstances que les précédentes…

— C'est-à-dire ?

— J'imagine que le père Molloy, avant nous, a dû vouloir donner le premier coup de pied dans la fourmilière. Il se peut que, contrairement aux autres, il n'ait pas été enlevé. Tel que je le connais, ce coquin d'Irlandais a dû prendre les devants : il sera allé affronter le danger, le couteau entre les dents. Reste à savoir où. Comme il attendait ma venue, je suis seulement étonné qu'il ne m'ait guère laissé d'indices pour me guider dans la même direction que lui. Peut-être est-il parti dans l'urgence, ou bien devrais-je étudier ses notes de plus près…

Lorraine, se retournant vers l'église, vit que la petite femme replète, bras croisés, les dévisageait encore du portail. Non sans ironie, elle lui adressa un salut de la main.

— Voulez-vous que nous allions les étudier ensemble ? demanda-t-elle au Britannique dans son dos.

— Excellente idée, ma foi ! Je ne serais pas fâché de croiser votre analyse avec la mienne.

Ainsi, bras dessus, bras dessous, ils se mirent en route vers le *Mousetrap Inn*.

13.

— Pourquoi êtes-vous venue ici, Lorraine ? demanda Pierce alors qu'ils arrivaient en vue du grand hôtel à la mine si triste.

— Eh bien, parce que j'ai été invitée par sir Ronald, qui…

— Certes, certes, mais pourquoi avez-vous accepté son invitation ? Pour l'argent ?

La jeune femme regarda son compagnon de marche, hésitant avant que de répondre.

— Ma situation actuelle de jeune diplômée ne me permet pas de faire la fine bouche devant un premier salaire, j'en conviens, mais ce ne fut pas le moteur principal de ma venue.

— Quoi donc, alors ?

— Je ne sais pas… Comme je vous l'ai dit, je me suis souvent demandé si sir Ronald n'avait pas été l'amant de ma mère. Peut-être ai-je eu envie de savoir…

Edward, qui avait attendu sinon espéré cette réponse, eut un sourire attendri.

— Cela changerait-il quelque chose, pour vous ?

— Fichtre, vous voilà devenu bien curieux ! N'est-ce pas le genre de confidence que l'on offre un peu plus tard, sur le chemin d'une longue histoire d'amitié ? La nôtre est encore dans l'œuf.

— Certes, mais j'entends profiter éhontément des effets désinhibants qu'a sur vous la maladie de Pick…

— Dans ce cas, je vais vous faire une première confidence : je n'ai pas la maladie de Pick. J'éprouve simplement un amour immodéré pour la vérité, qui m'empêche d'en avoir honte. Et je dois admettre que les effets de ma désinhibition m'amusent souvent…

— Il faut avouer que vous êtes assez drôle, dans votre genre. Mais donc ? Si vous deviez découvrir que Waldon fut bien l'amant de votre mère ?

— J'en serais ravie pour elle, mais cela me conduirait à une autre question, plus fondamentale pour moi : pourrait-il être mon véritable père ?

— Aha ! s'exclama Pierce. Enfin ! Voilà qui est intéressant ! En envisageant cette éventualité, pourrais-je répéter la même question : le fait de savoir que Waldon serait votre père changerait-il quelque chose pour vous ?

— Vous pensez à l'héritage ? Ma foi, je n'ai jamais couru après l'argent. Tant que j'ai de quoi me payer une chambre sous les toits, des chaussures salomé, un peu de lecture et un bon americano de temps en temps, je suis une femme comblée. Les personnes les plus riches que je connaisse sont souvent les plus malheureuses. Mais mon père, Roland Chapelle, qui resta, toute sa vie, ouvrier à l'usine De Dion-Bouton à Puteaux, était une véritable ordure et un triste ivrogne. Il a passé ses dernières années à me cogner, à cogner mes frères aînés, et à cogner ma mère. Aussi, ayant craché sur sa tombe avec enthousiasme, en 1917, alors qu'il venait de tomber sous les balles allemandes au Chemin des Dames, je ne serais pas mécontente d'apprendre qu'il n'était finalement pas mon père naturel…

— Et s'il l'était ?

— Alors je miserais sur les failles de la théorie de Mendel[1] en espérant que je n'aurai point trop hérité de sa personne, et n'en aimerais ma mère que davantage. Mais je vous retourne la question, Edward : pourquoi êtes-vous venu sur Blackmore, vous ? En pinciez-vous pour le père Molloy, vilain chenapan ?

— Nullement ! N'en déplaise à la tradition catholique, Pat est un homme à femmes, figurez-vous ! Un grand consommateur, même, oserais-je dire. Mais il se trouve que je voue à l'amitié le même culte que celui que vous vouez à la vérité. Les gens comme moi souffrent d'une solitude plus grande encore que le commun des mortels, et quand on a la chance d'avoir un ami comme Pat Molloy, on ne manque jamais à l'appel.

— Croyez-vous vraiment que *les gens comme vous* aient le monopole de la solitude, mon cher ? Je crois, moi, que la solitude est l'état le plus universellement partagé par les êtres humains.

— Les autres peuvent l'adoucir en vivant leurs amours au grand jour…

— Oh, détrompez-vous : l'amour, qu'il soit hétérosexuel ou homosexuel, est la plus grande manifestation qui soit du mal-être solitaire.

1. Gregor Mendel, botaniste autrichien, est considéré comme le père fondateur de la génétique, ayant défini, le premier, la manière dont les gènes se transmettent de génération en génération.

— C'est fort joliment dit, mais l'affirmation est un peu bancale…

Ils venaient d'arriver à la réception du *Mousetrap Inn*, où Mme Fletcher se montra à peu près aussi aimable que la veille. Lorsque Lorraine et Edward passèrent devant l'hôtelière, celle-ci ne releva même pas la tête, marmonnant dans sa barbe d'un air bougon. Ils s'en amusèrent à voix basse tandis qu'ils montaient les marches, plaisantant notamment au sujet du faible taux de remplissage de l'hôtel, dont la cause n'était pas compliquée à établir… N'ayant croisé personne d'autre dans ces murs depuis la veille, ils se demandèrent même s'ils n'étaient pas les seuls clients du triste établissement.

— Je crois bien que c'est la première fois de ma vie que j'invite une femme à entrer dans ma chambre d'hôtel, annonça Pierce en glissant la clef dans la serrure.

— Vous filez un mauvais coton, mon garçon…

À peine Edward avait-il ouvert la porte qu'il se pétrifia.

— Saint Christ ! s'exclama-t-il avant de se mettre à courir soudain à travers la pièce, dont la fenêtre était grande ouverte.

Lorraine lui emboîta le pas.

— Là ! Il s'enfuit ! s'écria le détective en pointant le doigt vers le parc de l'hôtel. L'empaffé ! Il a pris les documents !

Pierce fit volte-face et retourna vers le couloir.

— Que faites-vous ? s'exclama la jeune femme, perplexe.

— Il faut le rattraper, pardi !

— Mais, enfin, ça irait plus vite de…

Lorraine n'eut pas le temps de lui expliquer qu'il était plus logique d'emprunter le même chemin que le cambrioleur : Edward avait déjà disparu dans l'escalier. Avec un haussement d'épaules, elle ôta ses chaussures, enjamba la fenêtre pour descendre la façade et s'agrippa à la large conduite d'évacuation qui courait le long du mur.

À deux mètres du sol, elle se laissa tomber, se réceptionnant avec adresse au milieu des herbes hautes. Puis elle se lança à la poursuite du voleur. Et quelle poursuite ! Il eût suffi de savoir que Lorraine – contrairement à ce que pouvaient laisser penser à certains esprits étriqués ses tenues apprêtées de Parisienne coquette et raffinée – était une grande sportive, qui pratiquait chaque semaine de nombreuses disciplines, pour comprendre comment il lui fut possible de gagner si rapidement du terrain sur sa proie. Pieds nus, elle bondit comme un puma en chasse au cœur de la forêt. L'homme derrière lequel elle galopait était en outre embarrassé par le large sac où il devait avoir fourré, à la hâte, les papiers du père Molloy. S'écorchant les pieds, Mlle Chapelle fila dans la végétation, slaloma entre les arbres dont les branches lui griffaient le visage, et fondit sur sa cible comme une avalanche sur la vallée. Sans doute l'eût-elle rattrapé si, à l'embranchement de deux chemins de terre, le fuyard n'avait soudain sauté sur une motocyclette, qui l'attendait là, moteur tournant.

Courant de toutes ses forces, Lorraine s'entêta quelques secondes encore, jusqu'à devoir se rendre à l'évidence : l'allure de la machine était au moins cinq fois supérieure à la sienne. Rapidement, le brigand disparut à l'horizon.

À bout de souffle, la jeune femme tourna en rond en pestant, les mains posées sur ses cuisses endolories par l'intensité de l'effort.

Elle était en train de revenir vers l'hôtel, dépitée, quand elle vit Edward Pierce arriver en courant, son parapluie bleu serré dans son poing gauche, un revolver dans le droit.

— Où est-il, cet escogriffe ?

— Par là-bas, répondit Lorraine en faisant un signe derrière elle. Ne vous fatiguez pas, il était à motocyclette…

— Mais co… comment avez-vous fait si vite ? ânonna-t-il piteusement en arrêtant sa course à quelques pas de Lorraine. Et sans chaussures ?

— Je suis passée par la fenêtre, tête de pioche ! Vous m'auriez donné votre revolver, j'aurais pu tirer dans ses roues !

— Savez-vous donc tirer ?

En guise de réponse, elle lui lança un regard exaspéré.

— Ah, oui, pardon ! soupira Pierce. Suis-je bête ! Forcément, vous savez tout faire ! Vous êtes mademoiselle Lorraine Chapelle ! Et la motocyclette ? Avez-vous vu le modèle ?

— BSA modèle L, monocylindre de 450 centimètres cubes. Et elle était verte.

Edward la dévisagea longuement, se demandant si la jeune femme était sérieuse, ou si elle se moquait gentiment de lui.

— Eh bien, quoi ? soupira la Française, en lui adressant un regard condescendant. Mon père travaillait chez De Dion-Bouton, je vous l'ai dit. Il a construit toute sa vie des moteurs pour les plus grandes marques de motocyclettes. La première Harley-Davidson elle-même était équipée d'un moteur français, monsieur le détective de l'étrange ! Les rares bons moments que j'aie partagés avec mon géniteur présumé se résumaient aux courses qu'il m'emmenait voir, aux départs du Paris-Mantes-Paris, du Paris-Deauville ou du Paris-Nice. On y voyait des Triumph, des Peugeot, des Terrot, des René Gillet, des Motosacoche, des Norton, des Douglas et… des BSA !

— Soit. Je ne sais que dire, admit le Britannique, presque vexé.

— Alors dites-nous plutôt si notre cambrioleur a pris tous les documents du père Molloy, dans votre chambre ?

— Je n'ai pas eu le temps de vérifier, mais j'en ai bien peur.

— Merde !

— Sainte merde, oui ! Nous avons perdu de précieux indices… Seule consolation : j'ai eu le temps de les consulter ce matin. Ce que j'y ai vu ouvre quelques pistes que nous pourrons creuser. Il parlait notamment de la colonie de Roanoke et d'une série d'épisodes violents, des scènes d'hystérie collective qui auraient émaillé le passé de l'île, et au sujet desquelles nous devrions pouvoir nous renseigner assez aisément.

— Il me reste tout de même la lettre anonyme de sir Ronald…

— Et moi la missive de mon ami.

Lorraine fit un signe de tête vers le *Mousetrap Inn*.

— Un verre ?

— Un verre. Et une ou deux petites questions à Mme Fletcher, peut-être…

14.

Il n'était pas six heures de l'après-midi et, déjà, derrière le rideau des nuages, le soleil d'octobre descendait lentement vers la mer, quand Lorraine Chapelle et Edward Pierce arrivèrent ensemble devant les locaux de la *Blackmore Gazette*.

Comme ils avaient pu s'y attendre, interroger la propriétaire de l'hôtel n'avait rien donné, sinon un fort aimable « Ça vous apprendra à laisser vos fenêtres ouvertes en plein automne ». Personne n'avait été aperçu dans les environs, et Lucius lui-même, qui les avait néanmoins réconfortés en leur offrant un gin des plus fameux, assura, bien désolé, qu'il n'avait rien vu ni entendu de suspect dans les minutes qui avaient précédé leur fâcheuse découverte. « Les vols sont extrêmement rares, sur l'île, et encore plus dans notre hôtel », avait-il affirmé, ajoutant que la chose était d'ailleurs assez surprenante. Quand les deux clients lui avaient dit qu'ils n'avaient pas l'intention de porter plainte auprès de la police, persuadés que cela ne servait pas à grand-chose (sans préciser que les documents volés n'étaient, en outre, pas censés se trouver dans la chambre), le barman s'était contenté de leur retourner un sourire entendu.

Dépossédés des notes du père Molloy, les deux investigateurs s'étaient mis en tête d'aller interroger les proches des trois premiers disparus, afin de lancer véritablement leur enquête. Renseignements pris, l'école et l'Armée du salut étaient fermées au public le dimanche. Aussi avaient-ils repoussé au lendemain l'audition de l'entourage de l'institutrice et de Margaret Waldon. Pour l'heure ils allaient se contenter de celui du journaliste, Élias Carteret.

La *Blackmore Gazette* existait depuis 1875. Long de huit pages, ce journal à la maquette sobre, agrémentée de rares photos ou gravures, était publié un samedi sur deux. Il jouissait sur l'île du monopole de l'information, si bien que plus de la moitié des habitants y étaient abonnés, quand bien même nombre d'entre eux recevaient aussi les numéros du *Guernsey Evening Press*, que le SS *Courrier* livrait chaque mardi et chaque samedi.

Tout en brique rouge, le bâtiment qui abritait le journal, à l'angle de High Street et de Murdoch Street, était haut de deux étages. Au rez-de-chaussée, la devanture se divisait en trois belles vitrines de verre teinté, qui arboraient en lettres d'or le nom du journal et les armoiries de l'île.

Après avoir poussé la porte dans un tintement de cloche, Lorraine et Edward découvrirent l'immense désordre que les baies vitrées opaques cachaient aux regards des passants. Si les locaux de la *Blackmore Gazette* n'avaient bien sûr pas la taille des salles de rédaction de grands quotidiens nationaux comme *L'Écho de Paris* ou le *Daily Mail*, ils présentaient néanmoins le même foisonnement visuel. Ils étaient en effet envahis non seulement par l'encombrant matériel d'imprimerie, mais aussi par un enchevêtrement chaotique de placards, de caissons à tiroirs, de tables et de bureaux sur lesquels s'entassaient machines à écrire, appareils photo, téléphones, livres, dossiers et documents. Les rares pans de murs qui n'étaient pas occultés par un meuble supportaient des cadres où s'affichaient les photos et les unes les plus mémorables du journal.

À cet instant, cependant, une seule personne travaillait au rez-de-chaussée : un jeune homme à la chevelure rousse et bouclée, qui portait un tablier de cuir et avait le bout des doigts couvert d'encre noire. Occupé à ranger des caractères de plomb dans ce long casier de bois que l'on appelle la casse, il s'affairait énergiquement entre la haute presse à cylindres, qui occupait près d'un quart de la pièce, et les alignements d'étagères où s'empilaient les plaques servant à la similigravure des photographies.

— Si c'est pour une petite annonce, il faut la déposer dans la boîte, à gauche de la vitrine, lança-t-il en adressant à peine un regard aux arrivants.

— C'est bien aimable, répondit Edward, mais, sans vouloir vous déranger, nous sommes plutôt venus pour vous poser quelques questions au sujet de M. Élias Carteret.

Cette fois-ci, le jeune imprimeur se retourna tout à fait en essuyant ses mains sur un chiffon.

— Ah, je vois. Dans ce cas, veuillez patienter un instant, je vais aller chercher M. Morris.

Empruntant l'escalier à l'autre bout de la pièce, il disparut à l'étage. L'homme qui revint avec lui portait une moustache au moins aussi grande que celle d'Edward Pierce, mais il n'avait plus de cheveux pour couvrir son crâne bien rond, et celui-ci était si large que même les branches de ses lunettes demi-lune semblaient écartelées. La soixantaine, petit et bedonnant, pour ne pas dire obèse, l'homme à la figure affable portait un costume trois-pièces trop étroit, quoique impeccable, qui semblait dater, par sa coupe, du siècle précédent.

— Madame, monsieur, bonjour. Isaac Morris, rédacteur en chef de la *Blackmore Gazette* ! s'annonça-t-il fièrement, avec une courbette que sa bedaine trop encombrante rendit maladroite.

— Bonjour, monsieur Morris. Merci de nous recevoir à l'impromptu. Je suis le détective Edward Pierce, et voici Mlle Chapelle, criminologue.

Lorraine adressa à son voisin un regard d'étonnement. C'était la première fois qu'on la présentait ainsi. Au fond, il fallait qu'elle s'y habitue : diplôme en poche, c'était bien la réalité.

— Nous enquêtons sur les personnes disparues au cours des derniers mois, et donc sur M. Carteret, qui travaillait ici, n'est-ce pas ?

— Absolument. Malheureusement, nous n'avons pas revu Élias depuis le mois d'août… Notez que c'est bien dommage, car c'était un excellent journaliste. Et notre pauvre Mlle Appleton doit maintenant assurer toute seule la rédaction du journal, en attendant que je trouve quelqu'un pour la seconder.

Plutôt que d'inviter ses visiteurs à s'asseoir à l'une des tables, comme l'eussent voulu les convenances, il resta debout, planté devant eux, donnant à penser qu'il espérait que l'entretien serait bref.

— Avez-vous une idée de ce qui a pu lui arriver ?

— Oh, je ne peux pas être sûr, mais, si vous voulez mon avis, il a rejoint la France.

— Comment cela ?

— Élias, qui était fort discret mais qui ne manquait guère d'ambition, a toujours rêvé de devenir reporter à Paris… Je pense qu'il est allé y tenter sa chance.

Les deux investigateurs échangèrent un regard perplexe.

— Vous… Vous ne pensez pas qu'il a été enlevé ? demanda Pierce.

— Oh, non, monsieur !

— Permettez-moi d'être surpris : les circonstances de sa disparition ne sont-elles pas un peu… étranges, tout de même ?

— Oh, vous savez, les circonstances exactes, personne ne les connaît vraiment ! Un matin, il n'est pas venu travailler, voilà tout. Tout le reste relève de la supposition. Ce qui est sûr, c'est que la police n'a rien trouvé de suspect chez lui, et que personne ne l'a vu se faire attaquer ou je ne sais quoi d'autre. Vous savez, l'économie s'est beaucoup dégradée sur notre île, et les personnes qui rêvent secrètement de la quitter sont nombreuses. Elles ne s'en vantent pas, bien sûr, car la chose est très mal vue, ici. Ce qui explique qu'en général elles partent sans prévenir, comme ça, du jour au lendemain. Pour ma part, je ne peux pas leur en vouloir. Il est vrai que l'âge d'or qu'a connu Blackmore avant la guerre est bel et bien terminé et, pour tout vous dire, il n'est pas impossible que je quitte moi aussi les lieux, quand le journal aura trouvé repreneur.

— Mais… n'avez-vous pas reçu, vous aussi, une lettre anonyme des plus singulières, le lendemain de sa disparition ?

— Ah ! La lettre… Oui, bien sûr. Mais, allons, je suis persuadé qu'il ne s'agit que d'une vilaine farce fomentée par l'un de nos facétieux concitoyens. C'était un assemblage ridicule de petits bâtons, on eût dit un vulgaire code de boy-scout ! Vous ne devriez pas accorder trop de crédit à cette histoire…

— Vous l'avez conservée ?

— Non, je l'ai donnée à la police.

— Vous leur avez donné l'originale ?

— Eh bien, oui.

Au même instant, une jeune femme blonde aux traits anguleux, chignon tressé et tailleur strict, apparut à son tour au bas des marches. Après un distant salut de la tête, elle se mit à fouiller dans un placard, situé juste derrière la presse. En observant discrètement les gestes de la nouvelle venue – dont elle devina qu'elle devait être la fameuse Appleton mentionnée par M. Morris –, Lorraine eut le sentiment que celle-ci ne cherchait rien de précis en vérité, mais qu'elle était plutôt descendue pour écouter la conversation.

— Votre journal a-t-il tout de même consacré un article au sujet des trois disparitions ? insista Pierce, que la nonchalance du rédacteur en chef laissait pantois.

— Non, non, il serait idiot d'alarmer les gens pour si peu. Je vous l'ai dit : il n'y a rien de mystérieux à ce que de jeunes personnes veuillent quitter notre île.

— L'institutrice n'est pas vraiment ce que l'on peut appeler une jeune personne…

— Oh, Mlle Tudor a la quarantaine, c'est encore jeune, non ? Et, dans son cas, je pense que son célibat lui pesait. Elle sera partie chercher l'amour à l'étranger…

— Vous savez, le célibat n'est pas forcément un poids, intervint Mlle Chapelle. J'ai plutôt tendance à penser le contraire : il n'y a rien de plus pesant qu'un mariage.

— Oui, certes, je conçois que cela puisse être pesant pour une femme de devoir se soumettre à un époux…

— Vous m'avez mal comprise. Si le mariage existe toujours, c'est que certaines femmes y trouvent leur compte, sinon cela ferait longtemps qu'il n'existerait plus. Nous sommes assez malignes, figurez-vous. Le célibat est un choix tout à fait acceptable, et agréable, même si je peux comprendre que certaines femmes optent pour le mariage, en y voyant une source de financement honorable pour élever leurs enfants…

— C'est un peu réducteur ! Il faut bien avoir un époux, pour avoir des enfants…

— Non. Pour avoir des enfants, n'importe quelle femme sait qu'il suffit de saisir la première bite qui passe. Cela ne manque pas.

Le rédacteur en chef, estomaqué, se mit à rougir.

— Je… Oui… Certes, mais enfin… Il faut aussi pouvoir les élever, après…

— Il est des pères qui sont formidables à distance, vous savez ?

— Mais enfin, certains pères ont envie d'élever leurs enfants !

— C’est leur problème. Ils n’ont qu’à adopter.

— Personnellement, cela ne me dérangerait pas, intervint Edward en toussotant.

Lorraine lui adressa un clin d’œil.

— Je… Je ne sais que dire, balbutia le rédacteur en chef, se demandant s’il était ou non l’objet d’une farce.

— Revenons-en aux disparitions, suggéra Edward. N’avez-vous pas eu envie de mener, au moins, une petite enquête ? Vous êtes journaliste, après tout !

— La *Blackmore Gazette* n’a pas vocation à mener des enquêtes de police. Le juge Gaudion et notre connétable s’en chargent bien mieux que nous. Chacun doit savoir rester à sa place.

Il n’en fallut pas plus à Lorraine et à Edward pour mieux comprendre ce qui se tramait là : comme l’avait laissé entendre sir Ronald Waldon, le juge – et le gouverneur sans doute – avait demandé au patron du journal de ne pas donner d’écho à cette affaire, de peur qu’elle leur fît une mauvaise publicité. M. Morris, profitant certainement de substantielles subventions municipales pour faire vivre sa publication avec un lectorat si limité, devait se plier au moindre de leurs désirs…

— Vous ne lui connaissiez aucun ennemi ? insista Edward, en désespoir de cause. Des gens qui auraient été mécontents à la suite de l’un de ses articles, par exemple ?

— Aucun.

Voyant que son compagnon, déconcerté, ne savait plus que dire, Lorraine se décida enfin à intervenir. De sa voix morne et basse, elle se livra à son exercice préféré.

— Excusez-moi, monsieur, nous aimerions vous demander une dernière faveur, avant de vous laisser tranquille. Vous resterait-il encore, malgré l'heure et malgré l'âge, suffisamment de forces et de bonne volonté pour nous montrer une photo de M. Carteret ?

La figure du sexagénaire se figea.

— P… pardon ?

— De toute évidence, l'éventualité qu'il soit arrivé malheur à votre ancien employé pèse moins lourd sur votre conscience qu'une bourse de trente deniers dans les mains d'Iscariote, mais un ventre aussi large que le vôtre a forcément assez de place pour qu'un cœur s'y niche, si modeste soit-il : auriez-vous donc l'obligeance, s'il vous plaît, d'y trouver le soupçon de résipiscence qui saurait vous conduire à nous montrer une photo de M. Carteret ?

— Je… je… Eh bien, d'abord, je n'ai pas de photo de lui sous la main, mademoiselle ! Et quant à vous, mademoiselle, je ne vous…

— Pardonnez-moi, monsieur ! intervint derrière lui le jeune imprimeur, sur le visage duquel se lisait un discret sourire narquois. Mais souvenez-vous ! Il y avait une belle photo d'Élias dans le premier numéro auquel il a participé !

M. Morris, la figure rouge, ne sembla guère apprécier l'ingérence malicieuse de son employé.

— Mais non, mais non, Simon…

— Ah si ! Je vous assure ! C'était dans le premier numéro de juin 1921, monsieur. Je peux aller en chercher un exemplaire tout de suite…

Le rédacteur en chef, coincé, fut bien obligé de lui donner suite, pour ne pas perdre la face.

— Ah, eh bien, oui, faites donc, se résigna-t-il, de mauvaise grâce.

L'instant d'après, le rouquin apportait fièrement un exemplaire de la *Blackmore Gazette*, daté du samedi 4 juin 1921, qu'il tendit à Lorraine d'un air complice. En deuxième page, on pouvait effectivement voir une grande photo du sieur Élias Carteret, que la légende présentait comme « notre jeune et brillant nouveau collaborateur ».

— Formidable ! Je peux le garder ? demanda la Française en agitant le journal dans sa main.

— Eh bien, euh, oui, d'accord…

Lorraine glissa le périodique dans sa besace.

— Vous êtes trop bon, monsieur.

— Dites-moi, cher ami, reprit Edward, qui avait lutté pour ne pas rire pendant la tirade de sa voisine. Si vous le permettez, et sans vouloir abuser de votre patience, j'aurais moi aussi une dernière question, avant de partir : pourriez-vous nous dire où habitait votre regretté journaliste ?

— Je lui louais un petit appartement, au bout de la rue du Colombier, mais je l'ai cédé à quelqu'un d'autre, fin septembre, comme il m'a paru évident que M. Carteret ne reviendrait pas. Bien, je ne voudrais pas vous chasser, mais…

— Et que sont devenues ses affaires ?

— Je les ai données à la police.

— À la police, bien sûr, grommela Edward. M. Carteret n'a pas de famille sur l'île ?

— Non. Il était fils unique et orphelin : sa mère est morte de la tuberculose, quand il était très jeune, et il a perdu son père pendant la guerre.

— Je vois. Eh bien, nous n'allons donc pas vous embêter plus longtemps, monsieur Morris…

L'homme, dont le visage s'était empourpré, moitié de honte, moitié de colère, avait aussi changé de ton : il répondit assez sèchement.

— C'est-à-dire qu'en effet j'ai encore fort à faire. Nous sommes dimanche, et la Blackmore Week, qui commence demain, nous donne beaucoup de travail…

— Pour sûr ! Alors bon courage, monsieur ! Et merci pour votre diligence admirable ! Mademoiselle, jeune homme…

Edward Pierce les salua avec sa grâce habituelle, remit son chapeau et, parapluie droit devant, il sortit dans la rue en entraînant Lorraine derrière lui.

— Ah, ma chère, vous êtes intenable ! s'esclaffa-t-il une fois dehors. Mais je suppose que vous pensez comme moi…

— Oui. Enfin… sans doute un peu plus vivement !

— Vilaine bête ! Bref : on ne tirera rien de cette marionnette, qui mange probablement chaque matin dans la main de M. le juge Gaudion.

— Certes, mais il faudrait revenir quand il ne sera pas là. Quelque chose me dit que ses employés seront bien plus loquaces.

Ils étaient en train de remonter High Street en direction du centre-ville quand, en passant sur Royal Square devant la statue majestueuse de Phillip Murdoch, ils entendirent des pas approcher dans leur dos. Se retournant de concert, ils virent la jeune employée du journal qui venait dans leur direction en trottant. Mais au lieu de s'arrêter à leur hauteur, comme ils eussent pu s'y attendre, la belle blonde continua sa trajectoire rectiligne sans même leur adresser un regard. Et tandis qu'elle les dépassait, à la manière d'un ventriloque, elle leur lança du bout des lèvres :

— Retrouvez-moi dans les tribunes du terrain de football.

Ils la regardèrent s'éloigner, perplexes.

— Seigneur Jésus, quel suspense ! Il faut croire que l'acte II de la *Blackmore Gazette* va se jouer plus tôt que prévu, s'amusa le détective en serrant le bras de Lorraine.

15.

Enchâssé dans le grand triangle que formaient High Street, Victoria Street et Murdoch Street, le terrain de football de Blackmore était d'une taille remarquable pour une agglomération comme celle-là, signe que l'île devait avoir hérité de l'amour inconsidéré qu'éprouvait l'Angleterre pour le ballon rond. La pelouse, magnifiquement entretenue, arborait fièrement le nom du Blackmore FC, tracé à la peinture blanche le long de ses deux lignes de touche.

À cette heure, l'endroit était désert.

En inspectant l'immense esplanade dans les dernières lueurs du jour, Lorraine et Edward comprirent aisément pourquoi l'énigmatique journaliste leur avait demandé de la rejoindre là : afin de se prémunir contre le bruit que devaient occasionner les matchs, aucune des maisons qui faisaient comme un rempart autour du terrain ne comptait de fenêtre qui donnât de son côté. En somme, là, bien qu'en plein centre-ville, on était à l'abri des regards.

Pourtant, à cet instant, sans pouvoir vraiment l'expliquer, Lorraine eut de nouveau un sentiment étrange.

— J'ai encore l'impression qu'on nous espionne, confia-t-elle au détective.

— C'est très probablement le cas, ma chère. Depuis ce matin, on ne nous quitte pas des yeux. Au moins, ici, notre indiscret limier sera bien obligé de se tenir à une distance d'où il ne pourra pas nous entendre…

La quiétude qui pesait sur une surface si grande lui conférait une atmosphère fantomatique et lugubre, à moins que ce ne fût le sifflement du vent, qui faisait tournoyer là, comme partout sur l'île, son entêtant *WI-IH-ISH*.

— Tenez, elle est là-haut, murmura Lorraine en repérant, dans le clair-obscur, la jeune femme assise sur le banc le plus élevé des tribunes en bois.

Pressant le pas, ils grimpèrent jusqu'à elle et prirent place à ses côtés.

— Mlle Appleton, je présume ? demanda poliment Edward en soulevant son chapeau.

— Vous pouvez m'appeler Priscilla.

— À quelle heure débute le match ? s'enquit Mlle Chapelle d'un ton très sérieux.

La journaliste concéda un rapide sourire. Son apparence soignée, stricte même, lui donnait quelques années de plus que les vingt-quatre qu'affichait son état civil. Lorraine, à qui ses études de psychologie criminelle et sa sagacité naturelle avaient offert quelque don pour la perception de la nature humaine, perça rapidement à jour les motivations de leur interlocutrice. La jolie blonde avait dans le regard la lueur ardente de ces jeunes gens que le désir de réussite anime plus que tout, et qui n'ont de temps que pour la carrière qu'ils entendent se construire. Dans ses gestes se devinait une vive impatience, que camouflait à peine une indéboulonnable assurance.

— Pardonnez la forme quelque peu dramatique de ce rendez-vous, mais vous allez vite comprendre ce qui motive mon désir de discrétion.

— Laissez-moi deviner, proposa calmement la Française en la fixant. Ce cher M. Morris cherche désespérément à vendre son journal. Vous rêvez de le lui racheter, mais vous êtes issue d'un milieu modeste et vous n'en avez pas les moyens. Aucune bague à votre annulaire, et donc aucun époux fortuné pour courir à votre secours. Ainsi, pour qu'une banque vous accorde le prêt qui rendrait la chose envisageable, vous avez besoin de vous faire une réputation, en devenant, par exemple, la jeune et brillante journaliste qui aura révélé au public la très mystérieuse affaire des disparus de Blackmore. Vous aimeriez donc nous proposer un échange de bons procédés. Malheureusement, vous ne pouvez pas le faire devant votre rédacteur en chef, qui n'est pas seulement un vieil imbécile, mais un vil délateur, un misérable pantin asservi au juge et au gouverneur, lesquels tiennent à étouffer cette affaire. Vous entendez donc mener votre enquête en secret et, quand elle sera terminée, vous menacerez M. Morris de la donner à un journal de Guernesey s'il ne la publie pas dans le sien. Qu'il cède ou non, vous deviendrez la reporter vedette des îles Anglo-Normandes, et un prospect plus intéressant aux yeux de votre banquier…

Malgré un discret sourire au coin des lèvres, Mlle Appleton était restée impassible pendant l'exposé de sa voisine. Quand il fut terminé, elle hocha la tête d'un air exagérément admiratif.

— Félicitations ! C'est presque un sans-faute, hormis une petite erreur, laquelle, cela dit, est tout à fait pardonnable, car vous ne pouviez pas savoir qu'Appleton n'est pas mon véritable patronyme.

— Fichtre ! Et comment vous appelez-vous donc ?

— Eh bien, puisque nous sommes ici pour parler sans fard, en témoignage de ma bonne volonté, et en misant sur votre discrétion future, je vais faire une exception et vous confier ce qu'ici personne ne sait : je suis née à Bristol, sous le nom de Priscilla Wills.

— Wills ? À Bristol ? s'étonna Pierce en fronçant les sourcils. Comme Henry Overton Wills, le géant de l'industrie du tabac ?

— Mon grand-père, acquiesça la jeune journaliste. Un philanthrope qui, malheureusement, n'a pas su transmettre ses plus belles valeurs à certains de ses enfants, et surtout pas à mon géniteur. Ainsi, voyez-vous, mademoiselle Chapelle, je ne viens pas d'un milieu modeste, et loin de là, en vérité. Mon père est l'un des principaux actionnaires de l'Imperial Tobacco Company et jouit de l'une des plus grosses fortunes du Royaume-Uni. Une fortune à laquelle j'ai cependant renoncé, définitivement, et sans regret, il y a près de trois ans. Je venais d'atteindre la majorité et de finir mes études de littérature à l'université de Bristol quand j'ai décidé de fuir la cage dorée dans laquelle on entendait m'enfermer. J'ai changé de nom et je suis venue m'installer ici, loin de l'emprise familiale, dans le plus parfait et le plus libérateur anonymat. Mais, au fond, vous n'étiez pas loin de la vérité, puisque je suis en effet, à présent, sans argent, et que je n'ai d'autre choix que de réussir par moi-même.

— Je vois, concéda Lorraine en inclinant la tête. Toutefois, sans vouloir éreinter votre élan admirable, êtes-vous certaine qu'un journal puisse être lucratif sur une île qui ne compte qu'un millier d'habitants ?

— Mon dessein n'est pas de faire de la *Blackmore Gazette* une affaire juteuse, mais seulement une affaire rentable, notamment en la faisant passer à une périodicité quotidienne.

— Pardonnez-moi, et c'est sans aucun jugement, mais je peine à croire qu'une femme comme vous puisse se contenter d'une affaire *seulement rentable*…

— Et vous avez parfaitement raison, rétorqua Mlle Appleton tout sourires. Mais qui vous dit que je n'envisage pas de me servir de ce marchepied pour acquérir par la suite un deuxième titre, sur une autre île, puis un troisième, et un quatrième ?

— Ah, tonnerre de Brest ! La première baronne de la presse ! Voilà un portrait plus convaincant ! En somme, vous voulez vous faire un nom, qui ne soit point celui de votre père…

— Exactement.

— C'est tout à votre honneur. Complètement stupide, mais tout à votre honneur. À votre place, je lui aurais pris un ou deux millions avant de partir.

— Ne l'écoutez pas ! intervint Edward en levant les yeux au ciel. Rien n'amuse autant Mlle Chapelle que de se faire passer pour plus détestable qu'elle ne l'est. Pour tout vous dire, je crois qu'elle craint d'être aimée…

— De grâce, monsieur Pierce ! Ne vous vautrez pas en public dans une psychanalyse de comptoir. Allons ! Ouvrons plutôt les négociations : qu'avez-vous à nous offrir, mademoiselle Appleton ?

La journaliste, ne ménageant guère ses effets, fouilla dans son sac et en sortit une enveloppe qu'elle posa sur ses genoux, d'un geste théâtral.

— Je suis prête à vous révéler tout ce que je sais, et tout ce que je pourrai apprendre par la suite.

— Mais encore ?

— À cette heure, je peux déjà vous donner de quoi vous faire avancer significativement dans votre enquête.

— Et en échange, donc, que demandez-vous ?

— Le plus classique des donnant-donnant : que vous me confiiez vos propres découvertes futures, à condition, bien sûr, que je puisse m'assurer de leur véracité. Je prends mon métier au sérieux.

— Vous faites bien, il l'est. En somme, vous aimeriez que nous partagions nos informations, quand nous sommes certains de leur authenticité.

Lorraine, avec un haussement d'épaules, se tourna vers le détective.

— Edward, qu'en pensez-vous ?

— Tout dépendra de la qualité des informations que mademoiselle pourra nous fournir… Mais si elles en valent la peine, je n'ai aucune réticence à ce que nous lui retournions la faveur. Après tout, je préfère une presse bien informée que mal renseignée.

— Alors c'est un marché conclu, confirma la Française. Nous vous écoutons, Priscilla.

La jeune journaliste leur adressa un signe de tête reconnaissant, puis leur tendit son enveloppe.

— Voici déjà une copie de la lettre anonyme qui est arrivée au journal, le lendemain de la disparition d'Élias. Je l'ai photographiée avant que M. Morris ne la porte au juge Gaudion.

— Judicieux et prudent ! la félicita Edward.

Et il ouvrit la feuille de biais, afin que Lorraine pût la découvrir en même temps que lui.

Il s'agissait de plusieurs lignes de signes, quatre cette fois, et toujours en alphabet oghamique.

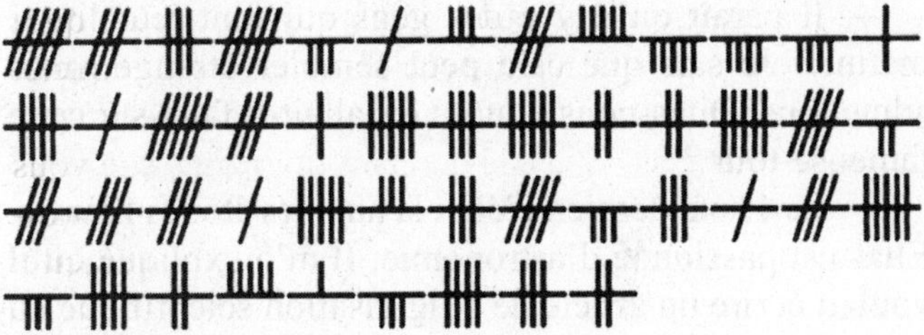

— Mystère des mystères, murmura Pierce en lissant ses belles moustaches blondes. Pouvons-nous la conserver ?

— Je vous en prie. J'ai la photo originale.

— Formidable. C'est un bon début, mais que pouvez-vous nous dire de plus ?

— Je ne peux pas vous dire grand-chose sur la vie d'Élias, qui était un garçon très secret, très discret. J'ignore, par exemple, s'il avait des ennemis sur l'île – ce dont je doute néanmoins, car c'était une personne des plus aimables. Je peux vous dire en revanche où il se rendait, le soir où il a disparu.

— Où donc ?

— Sur la tour du télégraphe. Je ne peux pas affirmer qu'il s'y trouvait au moment précis de sa disparition, mais c'est en tout cas l'endroit où il avait prévu de passer une bonne partie de la nuit. Contrairement à ce que laisse entendre M. Morris, Élias n'avait aucune intention de quitter l'île. Et je suis persuadée qu'il n'est pas revenu chez lui, cette nuit-là.

— Pourquoi ?

— C'est moi qui ai alerté la police, quand son absence est devenue inquiétante. J'étais présente lorsqu'ils ont ouvert sa porte. Tout était en ordre, et le lit était fait.

— Il paraît qu'il y a des gens qui font leur lit, le matin… Je sais que cela peut sembler étrange, mais admettons. Dites-nous plutôt : qu'allait-il faire sur cette fameuse tour ?

— Le 4 août dernier, c'était la nuit des étoiles filantes. Élias est passionné d'astronomie. Il m'a expliqué qu'il voulait écrire un article de vulgarisation scientifique au sujet de ces phénomènes et en profiter pour raconter l'histoire de la tour du télégraphe.

— Où se trouve-t-elle ?

— À moins d'une demi-heure de marche, dans la campagne, au sud-ouest de Blackmore, où l'altitude de l'île est le plus élevée. Il y a un peu plus d'un siècle, en pleines guerres napoléoniennes, on a fait construire cette tour afin de pouvoir communiquer avec Guernesey par sémaphores. Elle n'est plus guère utilisée aujourd'hui, et le mât a disparu, mais la tour en pierre est toujours là, et de son sommet on a une vue splendide.

Lorraine, comme à son habitude, prit des notes sur son petit carnet.

— Devait-il s'y rendre seul ? demanda-t-elle.

— Je crois. En tout cas, il ne m'a pas dit qu'il serait accompagné. Élias est un garçon solitaire. Il n'a pas de petite amie, à ma connaissance, et je ne l'ai jamais vu en compagnie du moindre camarade. Il consacrait tout son temps au journal et à sa passion pour l'astronomie.

— Très bien, la remercia Edward. Et au sujet de Mlle Tudor et de Mlle Waldon, auriez-vous des choses à nous apprendre ?

— Rien d'intéressant, à ce stade, je le crains. Mais, n'en déplaise à mon rédacteur en chef, il est évident que, tout comme Élias, elles n'ont pas quitté l'île de leur plein gré. Il leur est arrivé quelque chose, j'en suis persuadée.

— Et quoi donc, à votre avis ?

— Diantre ! Si je le savais, je n'aurais pas besoin de votre aide. Mais il existe une piste qui, selon moi, mérite d'être fouillée, quand bien même elle pourra vous paraître quelque peu farfelue…

— N'ayez crainte, M. Pierce a une véritable adoration pour les histoires farfelues.

— Nous sommes tout ouïe, confirma le détective.

— Il y a une rumeur obscure qui court au sujet de notre île. Les premières fois que je l'ai entendue, je n'y ai guère prêté attention, tant elle semblait relever du folklore et des légendes que l'on retrouve dans toutes les régions du monde. Mais, depuis trois ans que je vis ici et que je travaille pour le journal, cette rumeur m'est revenue trop souvent aux oreilles, au détour de conversations, et à demi-mot, pour que je ne finisse pas par m'y intéresser davantage. Ce qui m'a intriguée, en réalité, c'est que, contrairement aux légendes habituelles que les gens aiment raconter pour offrir un peu de mystère à leur région, ici, c'est tout le contraire : la plupart des personnes que j'ai interrogées ont refusé de m'en parler et ont coupé court à la conversation. Comme si la chose leur faisait peur et que les habitants de l'île craignaient même de l'évoquer. Pourtant, plusieurs éléments tangibles pourraient nous pousser à accorder à cette rumeur quelque crédit, si prudent soit-il…

— Dame ! Vous piquez ma curiosité, Priscilla ! De grâce, brisez donc cet insupportable suspense !

Les traits de Mlle Appleton s'étaient soudain tendus, et si son visage s'était assombri, ce n'était pas seulement à cause du soleil couchant. À l'évidence, elle éprouvait quelque trouble inattendu à l'idée d'en dire davantage. Silencieuse, elle regarda longuement les deux investigateurs, avant de reprendre :

— Selon cette rumeur, il existerait sur Blackmore une sorte… eh bien, oui, une sorte de culte. Un culte très ancien, caché, qui œuvrerait en secret depuis des siècles et se livrerait encore aujourd'hui à des rituels obscurs, à l'abri des regards. La chose, j'en conviens, pourrait paraître fantasque, au premier abord, et l'on serait en droit d'en rire s'il n'existait plusieurs indices qui, au minimum, nous obligent à envisager cette histoire avec pragmatisme, avant de la tenir pour une simple affabulation. Au premier rang de ces indices, pour le moins tangibles, il y a…

— Les quatre mégalithes de Blackmore ! la coupa frénétiquement Edward Pierce, dont le regard brillait d'exaltation.

Mlle Appleton, d'abord surprise, puis rassurée d'avoir trouvé une oreille attentive, hocha lentement la tête.

— Absolument. Les mégalithes ! Leur origine, attestée comme fort ancienne, demeure un mystère pour tous les historiens qui les ont étudiés. Certes, leur seule présence ne constitue aucunement la preuve qu'un culte sévit en ce moment même sur l'île, mais au moins qu'il en exista un jadis, dont l'histoire est restée secrète, puisqu'il n'est mentionné nulle part.

— Qu'un culte païen ait existé sur cette île par le passé n'a rien d'étonnant, intervint Lorraine. À vrai dire, il serait plus surprenant qu'elle n'en eût point connu. De même, l'hypothèse qu'un groupe de personnes, plus ou moins illuminées, s'évertuent à perpétuer aujourd'hui un antique culte païen n'aurait rien d'extraordinaire ; on voit régulièrement fleurir, un peu partout, des sectes paganistes dont les adeptes jouent au druide, à la sorcière ou au chaman…

— Si vous estimez pertinent de nous parler de cette rumeur, Priscilla, c'est que vous avez trouvé d'autres indices qui vous laissent penser qu'un tel culte existe aujourd'hui sur l'île, n'est-ce pas ?

— J'y venais. C'est un indice des plus minces, certes, que je n'ai pu étayer, et qui ne révèle pas grand-chose, mais c'est un indice. L'an dernier, le matin du 1er novembre, et donc au lendemain de la fête qui clôture chaque année la Blackmore Week, en me rendant à l'extrémité orientale de l'île, vers les carrières du Quesnard, au sujet desquelles j'avais un article à écrire, j'aperçus au loin de la fumée dans les ruines de l'abbaye de Pennygarth. Intriguée, je m'en approchai sans attendre et constatai que quatre colonnes de fumée étroites s'élevaient entre des murs effondrés. Leur forme et leur faible intensité me rassurèrent quelque peu, évoquant davantage l'extinction récente de plusieurs feux de camp qu'un possible incendie. Toutefois, les lieux, considérés comme fort dangereux, étaient formellement interdits au public… Aussi mon étonnement me poussa-t-il à franchir la grille qui entoure le terrain, et à aller voir cela de plus près. Là, parmi les ruines, à l'endroit où se trouvait jadis la chapelle, je découvris ce qui ne pouvait être autre chose que les restes d'une fête, ou plutôt d'une sorte de célébration. Les colonnes de fumée s'échappaient de quatre tas de cendres, répartis sur un cercle qui s'inscrivait lui-même dans un cercle plus grand, jalonné de torches éteintes. J'envisageai d'abord que de jeunes galopins eussent organisé ici quelque fête clandestine, mais la chose me parut peu crédible car, la nuit du 31 octobre, tous les habitants de Blackmore, ou presque, participent avec enthousiasme à celle qui se déroule ici même, sur le terrain de football, et je doute fort qu'il se trouve une seule jeune personne sur l'île pour manquer ce grand raout. En outre, l'absence de déchets, que de jeunes fêtards eussent très probablement abandonnés derrière eux, me fit douter encore davantage de ma première hypothèse. C'est alors que, poussant plus avant mon investigation, je tombai sur un nouvel indice qui m'invita à en formuler une seconde : à l'extérieur du cercle que formaient les quatre amas de cendre, un sillon, large de deux mètres environ, était creusé dans la terre. En l'inspectant, je découvris une accumulation de traces de pas et fus rapidement convaincue qu'elle ne pouvait qu'être le fruit d'une longue procession au cours de laquelle un groupe non négligeable de personnes s'étaient livrées ici à quelque circumambulation, telle qu'on en pratique dans de nombreux rites et religions… Quand, dans les jours qui suivirent, j'essayai de savoir si quelqu'un était au courant d'une célébration à laquelle on se fût livré dans les ruines de l'abbaye de Pennygarth, je fus confrontée aux mêmes réactions étranges que lors de mes précédentes recherches au sujet du culte : la plupart des gens que j'interrogeai se montrèrent embarrassés ou inquiets, nul ne confirma, et certains refusèrent même de répondre en me faussant prestement compagnie. En somme, on me fit comprendre, par le silence, qu'il valait mieux que j'oublie cela et que je n'en parle plus jamais.

— Fichtre ! lâcha Edward Pierce, pendu à ses lèvres.

— Mais qu'est-ce qui vous fait penser que cette drôle d'histoire puisse avoir quelque rapport avec notre affaire de disparitions ?

— D'abord, il y a ces lettres anonymes qui, vous en conviendrez, ne sont pas sans évoquer, par leur forme, quelque origine ésotérique…

— Vous pouvez même dire païenne, intervint le détective. Leur écriture est d'origine celtique…

— Pour le reste, il ne s'agit que d'un pressentiment, je vous l'accorde. La criminalité sur l'île, depuis des années, est quasiment inexistante. Élias, Mlle Tudor et Mlle Waldon sont des personnes sans histoires, très appréciées par les habitants. Ainsi, en l'absence de toute autre explication logique, et même si rien ne peut le prouver à ce stade, il ne me semble pas totalement inepte d'imaginer que leur disparition puisse être l'œuvre d'un groupe de fanatiques qui se livreraient sur l'île à d'étranges rituels païens…

À cet instant, Edward se pencha vers Lorraine et lui posa une question à voix basse. La jeune femme répondit d'un simple hochement de tête.

— Bien, fit alors le détective en se redressant sur le banc. Conformément à notre accord, à notre tour de vous livrer une information qui, justement, pourrait apporter de l'eau à votre moulin. Dans la chambre de

Margaret Waldon, Mlle Chapelle a trouvé un ouvrage ouvert en évidence à une page qui contenait l'alphabet utilisé dans les lettres anonymes. Et mon ami, le père Molloy, avait également cet ouvrage chez lui. Les chances pour que cela soit une coïncidence sont très faibles. Sans négliger la prudence et la mesure qui s'imposent, cet ensemble de concordances nous permet toutefois d'envisager le scénario suivant, qui n'est pas nécessairement le seul possible : la personne ou *les personnes* responsables des trois premières disparitions entretiennent manifestement un lien avec la culture celtique et entendent le laisser savoir, par l'entremise de leurs lettres. Pour l'instant, nous ne sommes pas en mesure de le prouver, mais il pourrait très bien s'agir d'un culte païen, une résurgence celtique, sévissant sur l'île. Lors, la présence du *Cath Maighe Tuireadh* dans les affaires de Mlle Waldon nous laisse imaginer que, comme vous, elle enquêtait en secret sur ce culte, et que son indiscrétion a pu motiver son enlèvement, si c'est bien de cela qu'il s'agit... Il pourrait en aller de même pour mon pauvre ami, le père Molloy. Auquel cas, je ne saurais trop vous inviter à la plus grande vigilance, Priscilla... Votre enquête pourrait très bien vous avoir mise en danger, vous aussi.

— J'en suis parfaitement consciente, et je suis sur mes gardes, comme le prouvent les précautions que j'ai prises en vous donnant rendez-vous ici.

— Vous avez bien fait. Encore une fois, tout ceci n'est qu'une supposition. À ce stade, nous n'avons d'autre choix que de procéder par tâtonnements, pour dégager des premières pistes à suivre, dussent-elles s'avérer non concluantes. Cette histoire de culte mérite en tout cas que l'on s'y intéresse, et je vous promets que nous allons la creuser et vous tenir informée.

— Je vous en saurais gré. Chers amis, nous aurons sûrement encore bien des choses à nous dire, mais le temps passe, et je dois absolument retourner au journal afin de préparer la couverture de la Blackmore Week et surtout d'éviter qu'une absence trop longue n'éveille les soupçons de M. Morris. Si vous voulez vous mettre en rapport avec moi, vous pouvez déposer une petite annonce dans la boîte du journal, en la maquillant un peu, pour m'indiquer une heure et un lieu de rendez-vous.

— C'est entendu, sourit Edward en lui serrant la main. Quant à vous, vous pouvez nous laisser un message au *Mousetrap Inn*, en prenant garde toutefois à ne pas trop en dire, car…

— … car Mme Fletcher est une odieuse harpie, je sais ! termina la journaliste à sa place en leur adressant un clin d'œil.

Elle les quitta promptement.

— Doux Jésus, se réjouit Pierce en se frottant les mains, voilà enfin une rencontre enrichissante ! Et il était temps ! Je commençais à croire que cette île n'était habitée que par de fâcheux esprits !

— Sir Ronald est un homme délicieux, rétorqua Lorraine tandis qu'ils descendaient à leur tour les marches de la haute tribune.

— Je n'ai pas eu la chance de le rencontrer…

— Je vais faire en sorte que ce soit le cas rapidement. Après tout, puisque nous avons décidé de faire équipe, mon petit Edward, il me semble important qu'il fasse votre connaissance, avant que je lui demande de vous verser la moitié des honoraires qu'il m'a promis.

— Vous n'y pensez pas, enfin !

— Allons, pas de manières, gros bêta ! C'est dans l'ordre des choses. Je vous préviens : si vous refusez, je mets un terme à notre collaboration et je m'associe au connétable.

— Oh, le pauvre homme ! C'est fort aimable de votre part, Lorraine, et j'apprécie infiniment l'attention, mais vraiment, cela me gêne…

— Votre gêne sera vite oubliée quand vous découvrirez le montant des honoraires, croyez-moi ! Sir Ronald est à la tête d'une fortune colossale, qui n'a de mérite que si elle est redistribuée. Et il n'a, à l'évidence, aucune notion de la valeur réelle des choses, ce qui, dans son cas, n'est pas très grave.

— Je vous rappelle que vous parlez d'un homme dont vous envisagez qu'il puisse être votre père…

— Justement ! Profitez-en avant que je n'aie une raison de surveiller ses dépenses afin de préserver mon héritage !

— Lorraine ! Vous êtes si odieuse, parfois, qu'on pourrait vous confondre avec un mâle ! Méfiez-vous, je vais finir par tomber amoureux !

— Mon pauvre ami, vous vous rendriez vite compte que, pour vous satisfaire, il me manque l'essentiel.

— Un cœur ?

Ils étaient arrivés au bord du terrain quand, sans dire un mot, Lorraine se lança dans une course effrénée en direction de High Street.

— Qu'est-ce qui vous prend ? balbutia Edward. Je plaisantais…

Mais, rapidement, voyant avec quelle énergie et quel acharnement Mlle Chapelle continuait sa chevauchée, il comprit qu'il se tramait quelque chose et se mit à courir derrière elle.

Alors que Lorraine, malgré son avance, était encore à une dizaine de mètres de la rue, une détonation retentit dans les airs.

16.

Quand elle arriva dans High Street, à bout de souffle, Mlle Chapelle poussa un cri de rage, manifestation de colère qui n'était pourtant guère dans ses habitudes.

En passant la rangée de maisons, elle avait tout juste eu le temps d'apercevoir, au loin, la moto qui s'enfuyait à vive allure, et de reconnaître la silhouette de son pilote.

La jeune femme baissa lentement la tête. À ses pieds, le trottoir offrait le terrible spectacle qu'elle avait immédiatement imaginé lorsque le coup de feu avait déchiré le ciel. Le corps de Priscilla Appleton, figé dans une posture effroyable, gisait sur le pavé. De l'orifice qui s'était logé au beau milieu de son front s'écoulaient d'affreux ruisseaux écarlates.

Ivre de colère et de frustration, Lorraine se laissa tomber sur les genoux à côté de la journaliste. Dans un geste aussi vain que naturel, elle posa la main sur son épaule, comme pour offrir à la morte un dernier réconfort de sororité.

Abattue, elle ne prit pas la peine de se retourner quand elle entendit Pierce arriver dans son dos.

— Oh, mon Dieu ! s'exclama le détective, horrifié en découvrant la scène à son tour.

Tout en répétant plusieurs fois cette lamentation, il vint s'agenouiller près de Lorraine.

— Comment… comment avez-vous su ? Vous êtes partie avant le coup de feu…

La Française mit un moment à répondre, comme si la question avait dû franchir de nombreuses barrières pour la sortir enfin de sa torpeur.

— J'ai reconnu le bruit de la motocyclette, au loin… Mais je suis arrivée trop tard.

— C'était la même qu'à l'hôtel ? la pressa Edward. Le même homme ?

Elle hocha la tête et tendit la main vers le bout de la rue.

— Je l'ai vu s'enfuir par là. Je n'ai rien pu faire. Bon sang, nous aurions dû la raccompagner… C'est notre faute, Edward.

— Ne dites pas de bêtises, Lorraine.

— Vous êtes conscient que c'est parce qu'elle nous a parlé qu'elle a été tuée ?

— C'est possible, mais cela ne nous rend pas responsables du meurtre. La seule personne responsable, c'est celle qui a tiré.

Autour d'eux, un attroupement se forma, mais il s'avéra bien moins grand qu'on n'eût pu s'y attendre. Lorsque la police arriva, il n'y avait guère plus de douze personnes autour du corps, Edward et Lorraine inclus. Plus étonnant encore, ce petit groupe de curieux, plutôt que de produire un brouhaha de commentaires, de plaintes ou de récriminations, resta discret et silencieux.

Tout juste put-on entendre quelques larmes et soupirs désolés.

Dans les minutes qui suivirent, la gestion du drame, laborieuse, fit une nouvelle fois la preuve du terrible manque d'expérience dont souffraient les forces de l'ordre locales. Toutefois, en de telles circonstances, Pierce et Chapelle se retinrent de les accabler. Ils s'efforcèrent de les assister et prodiguèrent quelques conseils avisés sur le traitement de la scène de crime, la recherche des indices et le recueil des premiers témoignages, en prenant garde néanmoins à ce que cette aide ne puisse être interprétée comme de la condescendance. Ce faisant, ils purent constater que, quoique mal formés, sous-équipés et manquant autant d'assurance que d'entraînement, les quatre policiers de Blackmore semblaient désireux de bien faire, ne manifestant aucune hostilité à l'égard du détective et de la criminologue. On pouvait même deviner dans leur regard, comme dans leur attitude, une aversion contenue pour leur supérieur, le connétable Parker.

Une heure plus tard, alors qu'une ambulance transportait le corps de Mlle Appleton vers la morgue du centre médical Sainte-Christine, Lorraine et Edward furent conduits de nouveau au palais de justice. L'échange qu'ils eurent cette fois avec le juge Gaudion se joua sur un ton bien différent. Le magistrat se retrouvait désormais avec un homicide sur les bras et sans doute avait-il bien conscience qu'il ne pourrait pas étouffer cette affaire-là.

Sur le trajet, à voix basse, Chapelle et Pierce s'étaient mis d'accord sur l'attitude à adopter. Ainsi, en apparence du moins, ils jouèrent la plus grande transparence, répondant à toutes les questions du juge et lui racontant les événements dans leurs moindres détails, à l'exception de certains éléments, qu'ils avaient donc choisi de conserver pour eux. Au sujet de la première apparition de la moto et de son chauffeur, à l'hôtel, ils ne précisèrent pas l'objet du vol, à savoir les documents découverts chez le père Molloy. Au sujet de Mlle Appleton, ils se gardèrent de dire qu'elle leur avait remis une copie de la lettre anonyme, et ils passèrent sous silence l'évocation d'un mystérieux culte païen. Quant à l'identité réelle de la journaliste, enfin, ils respectèrent la discrétion qu'elle avait espérée d'eux et n'en firent guère mention.

— Mademoiselle, monsieur, je vous remercie de votre collaboration, conclut le juge Gaudion d'une voix qui paraissait sincère. Je suppose même que je vous dois des excuses, n'ayant guère fait preuve d'une grande affabilité à votre endroit, ce matin. Ma méfiance instinctive envers les étrangers et les réserves que j'éprouve à l'égard des enquêteurs privés m'ont sans doute rendu moins accueillant que je n'aurais dû l'être, et je le regrette. Toutefois, nous nous trouvons maintenant face à un crime avéré, grave. Comme je devine qu'il ne fera que motiver davantage votre désir d'enquêter, nous devons trouver un moyen de travailler en bonne intelligence, afin de nous prémunir contre toute nouvelle contrariété et de faciliter la résolution de ce mystère, plutôt que de la ralentir.

— À la bonne heure ! approuva Pierce en inclinant la tête.

— Aussi, voici ce que je vous propose : reconduisons ensemble l'accord que vous a proposé Mlle Appleton, et promettons-nous un échange d'informations, fondé sur la réciprocité. Je m'assurerai personnellement que la police vous tienne au courant, au fur et à mesure, de toutes ses découvertes, et j'attendrai de vous que vous en fassiez autant.

— Cela nous semble tout à fait honorable.

— Mais attention ! Cette proposition s'accompagne de conditions strictes : qu'à aucun moment vous ne vous substituiez aux forces de l'ordre, que vous fassiez appel à elles chaque fois que vous serez confrontés à une situation qui incombe à leur seule fonction, et que vous respectiez scrupuleusement les règles qui encadrent votre profession. Je ne vais pas vous les apprendre : vous avez le droit d'effectuer des filatures, tant qu'elles ont lieu sur l'espace public, d'auditionner des témoins, tant que vous n'usez pas de la contrainte, de faire des demandes, auprès de mes services, pour obtenir l'accès à des archives d'ordinaire fermées au public, etc. Je m'efforcerai de vous assister avec la plus grande détermination, de faciliter sans délai toutes les démarches administratives que pourrait nécessiter votre enquête, mais si j'apprends que vous commettez le moindre délit, la moindre intrusion non sollicitée dans une propriété privée, le moindre vol de preuves, le moindre acte de violence, alors j'ordonnerai, sur l'heure, votre expulsion du territoire. Sommes-nous bien d'accord ?

— C'est la moindre des choses, et, depuis le temps que je l'exerce, jamais il ne me viendrait à l'idée de trahir le code déontologique auquel ma profession m'oblige, Votre Honneur !

Cette promesse solennelle, dans la bouche de l'homme qui, le matin même, avait crocheté la porte du père Molloy et emporté un carton empli de documents privés, ne manquait pas de sel.

— Mademoiselle ? lança le juge en se tournant vers Lorraine.

— Votre Honneur, qu'on ouvre ma poitrine, et l'on découvrira alors, sur mon cœur, un seul mot gravé : probité.

— Oui, oui, c'est très beau… Malheureusement, mademoiselle, je ne juge jamais une personne sur ses mots, mais seulement sur ses actes. Je vous aurai donc à l'œil, vous pouvez me croire !

— C'est noté. Et pour ce qui est de la motocyclette ? lança Lorraine en dévisageant le juge Gaudion. Sur une île de mille habitants, le nombre de personnes qui possèdent une BSA modèle L de couleur verte doit pouvoir se compter sur les doigts d'une seule main. Et encore…

— Je vous ai dit que j'allais m'en occuper. Mais détrompez-vous : il y a bien plus de motocyclettes sur Blackmore qu'on ne pourrait le croire. Notre île peut se vanter d'avoir l'un des plus anciens moto-clubs au monde, le BMC, qui a été créé en 1905. Il compte désormais une quarantaine de membres, qui organisent tout au long de l'année de nombreuses courses dans le nord de l'île, mais aussi une célèbre épreuve de *hill climbing*[1], qui se déroule pendant la Blackmore Week – cette semaine donc – et qui attire des spectateurs

1. Dans cette épreuve motocycliste, parfois appelée « montée impossible » en français, les participants affrontent une côte naturelle de plus de 45 % de pente, boueuse et difficile à franchir.

venus de tout l'archipel. Enfin, nous avons dans Victoria Street un magasin de motocyclettes. J'irai évidemment interroger Enzo, son propriétaire, dès demain, à la première heure, et je lui demanderai de nous fournir la liste des propriétaires de BSA. Bref, je ferai ce qu'il faut, mais il se peut que cela soit plus compliqué que vous ne le pensez.

— C'est compris.

— Bien. Une dernière question : êtes-vous armés l'un et l'autre ?

— Je possède un Smith & Wesson de calibre 38, répondit Edward en soulevant son veston pour faire apparaître le holster sous son épaule, et je dispose d'un permis de port d'arme en bonne et due forme.

— En ce qui me concerne, je n'ai ni l'un ni l'autre, enchaîna Lorraine.

— Ah. Mais savez-vous tirer, mademoiselle ?

La jeune femme, qui ne s'était pas attendue à ce que la conversation prît cette direction, ne put retenir un petit air surpris.

— Eh bien, oui. À vrai dire, j'ai pratiqué le tir sportif pendant quelques années.

Aussitôt, le juge ouvrit l'un des tiroirs de son large bureau et en sortit un revolver qu'il lui tendit.

— Ce qui s'est passé aujourd'hui nous invite à la plus grande prudence. Il est fort probable que votre enquête vous met en danger l'un et l'autre. Je serais plus tranquille en vous sachant armée, mademoiselle. Promettez-moi seulement de n'en user qu'en cas de

---

Le gagnant est celui qui sera arrivé le plus vite et le plus haut dans la pente.

légitime défense et de me restituer l'arme quand vous quitterez notre île.

Lorraine hocha la tête, et cette fois sans ironie.

— Parfait. Je ne vous retiens pas plus longtemps, il est déjà fort tard. Mes hommes vont vous reconduire à votre hôtel. Et n'oubliez pas : je vous ai à l'œil.

— Et nous de même, glissa malicieusement Lorraine.

— Une dernière chose, Votre Honneur, si vous le voulez bien : le palais de justice dispose-t-il d'une bibliothèque ?

— Oui, à l'étage, pourquoi ?

— L'*Encyclopædia Britannica* s'y trouve-t-elle ?

— Évidemment ! Nous possédons les vingt-neuf volumes de la onzième édition, qui est sans conteste la meilleure.

— Splendide ! Me permettez-vous d'aller y jeter un coup d'œil ? Cela ne devrait pas me prendre plus de cinq minutes…

— Je vous en prie.

17.

Bien que le bar de l'hôtel fût officiellement fermé, Lucius, qui avait appris la terrible nouvelle, avait eu l'amabilité de monter discrètement dans la chambre d'Edward Pierce une bouteille sans étiquette. « Cela devrait vous réconforter un peu, avait-il glissé avec un clin d'œil amical. C'est un rhum martiniquais, qui vient de la distillerie où travaille mon oncle… »

Encore ébranlés par l'épisode qu'ils avaient traversé ensemble, Lorraine et Edward restèrent silencieux un long moment. Il devait être près de minuit quand, n'ayant aucune envie d'aller se coucher, ils décidèrent ensemble de jeter un coup d'œil aux lettres anonymes. Edward avait eu la lumineuse idée de recopier le tableau de correspondance de l'alphabet oghamique qu'il avait trouvé dans l'*Encyclopædia Britannica* du juge Gaudion.

Ainsi, s'assistant mutuellement, ils remplacèrent les symboles des deux lettres anonymes par leur équivalent dans l'alphabet latin. Malheureusement, le résultat fut d'une déconcertante nébulosité.

Le texte sur le message adressé à sir Ronald Waldon donnait la série de lettres suivante : M-O-O-M-T-L-P-B-W-F-E-U-H-V-F-R-P-U-L-F-A-B-P-X-T-H-S-L-E-N-M-O-N.

Et celui sur le message adressé au journal : R-P-V-R-F-M-T-P-Q-N-S-S-A-E-M-R-P-A-I-W-I-O-O-I-X-L-P-Y-Y-M-I-T-V-Z-F-V-M-P-J-F-E-O-K-H-F-E-U-O.

— Bon. Ce n'est donc ni de l'anglais ni du français, soupira Mlle Chapelle. Pensez-vous qu'il puisse s'agir d'un authentique texte celtique, et qu'il nous faudrait donc un dictionnaire afin de le traduire ?

— J'en doute, répondit Edward. Je pense qu'il s'agit bien d'une langue contemporaine transcrite en lettres oghamiques, mais que le texte est chiffré.

— Quelle tannée ! Il n'y a même pas d'espaces entre certaines lettres qui nous permettraient de distinguer des mots !

— L'absence d'espaces dans un texte n'empêche jamais de le comprendre, avec un petit effort. Regardez.

Sur son carnet, il écrivit « VOUSÊTESIDIOTE ».

— Je vous remercie. Et donc ?

— Et donc, si mon hypothèse est la bonne, il nous manque seulement la clef de chiffrement. Cela ne nous empêche pas de tenter un décryptage. Procédons dans l'ordre : en supposant qu'il s'agisse d'une simple substitution de lettres, méthode de chiffrement la plus élémentaire, et donc la plus courante, il peut s'avérer payant d'effectuer une analyse séquentielle.

— C'est-à-dire ?

— Si les messages codés sont en langue anglaise, les lettres les plus fréquentes sont, dans l'ordre, le *e*, le *t* et le *a*. S'ils sont en langue française, il s'agit du *e*, du *s* et du *a*. Il faut donc d'abord que nous relevions le nombre d'occurrences de chaque signe.

Et c'est ce qu'ils firent. Cela leur demanda de longues minutes. Le résultat, une nouvelle fois, fut peu concluant. Aucune lettre ne se distinguait clairement des autres par sa fréquence.

— Fichtre ! Il se pourrait donc que ce soit un chiffrement plus compliqué que par substitution. Un chiffrement par permutation, ou par décalage multiple, peut-être, ce qui rend le décodage moins aisé, puisque, dans ce cas, la même lettre chiffrée peut en remplacer plusieurs.

Lorraine soupira.

— Vous me donnez déjà mal à la tête, Edward. Je vous laisse faire, vous semblez bien plus calé que moi sur ce sujet. Pendant ce temps, je vais relire mes notes.

Ainsi, les deux investigateurs cogitèrent une bonne heure encore, chacun de son côté, griffonnant par moments sur leurs carnets respectifs, poussant un juron par-ci, un soupir par-là, et ponctuant leurs recherches de courtes pauses alcoolisées.

Lorsqu'il fut près de deux heures du matin, Lorraine, sans conviction, déclara :

— J'ai peut-être un petit quelque chose…

— Vous avez de la chance ! Moi, je n'ai rien. Je penche de plus en plus pour un chiffrement par décalage multiple. Mais sans connaître la suite de chiffres utilisés pour décaler les lettres successives, il faudrait non pas des heures, mais des jours, peut-être même des semaines, pour déchiffrer ces textes.

— Faites donc un effort, Edward ! le taquina Lorraine.

— Je fais de mon mieux, vilaine marmotte, mais force est de constater que mon cerveau, pourtant bien plus développé que le vôtre, ne suffit pas. Et qu'avez-vous trouvé, vous ?

— J'ai repéré une coïncidence qui pourrait bien ne pas en être une. Mlle Appleton nous a dit qu'Élias Carteret devait se rendre sur la tour du télégraphe, la nuit du 4 août, sous prétexte que c'était la première nuit des étoiles filantes. Il est vrai que les premiers jours d'août sont réputés pour être favorables à leur observation. Toutefois, en consultant le calendrier de mon agenda, j'ai été étonnée de voir que le 4 août correspondait à une nuit de pleine lune. Or, si M. Carteret était réellement passionné d'astronomie, comme nous l'a affirmé la journaliste, il devait savoir qu'une lune pleine, au contraire, engendre une pollution lumineuse qui nuit à l'observation des étoiles… Titillée par la chose, dans un accès de génie indéniable, j'ai eu l'idée de consulter les dates des deux autres disparitions.

— Et alors ?

— Et alors figurez-vous que le 18 septembre, date de la disparition de Mlle Tudor, tombait une nuit de nouvelle lune. Et que le 2 octobre, pour Margaret Waldon, tombait de nouveau une nuit de lune pleine. Un dénominateur commun qui, je vous l'accorde, est très mince, et probablement fortuit, mais je ne pouvais pas le passer sous silence, surtout auprès d'un homme comme vous…

Le visage de Pierce s'illumina.

— Et vous avez bien fait, ingénieuse petite fouine que vous êtes !

— Ah ! Et pourquoi donc ?

— Parce que le calendrier celtique, ma chère, était, justement, un calendrier lunaire, et que les quinzaines s'articulaient autour des lunes pleines et des nouvelles lunes.

— Tiens donc…

— Il y a une trentaine d'années, des fragments de bronze, couverts de gravures, et remontant au IIe siècle après Jésus-Christ, ont été découverts en France, à Coligny. En les reconstituant, les chercheurs ont pu mettre au jour un calendrier celtique, sur lequel les mois dépendaient en effet du cycle lunaire. La date des disparitions serait-elle une nouvelle référence à la culture celtique ?

Lorraine haussa les épaules.

— Tout cela est fort ténu…

— Certes. Mais quand les conjectures se multiplient et pointent toutes dans la même direction, l'investigateur n'a pas le droit de les négliger.

— J'en conviens. Une chose est sûre : la prochaine lune pleine aura lieu, comme par hasard, samedi prochain, le dernier jour de la Blackmore Week, et cette nuit-là, si j'étais un habitant de Blackmore, je serrerais vivement mon popotin…

— J'espère bien que nous aurons résolu notre enquête avant cela…

— Il y a tout de même un sujet que nous n'avons pas abordé, et qui me turlupine.

— Je vous écoute…

— Vous vous souvenez, hier soir, quand nous nous sommes rencontrés ?

— Comment oublier ? répliqua Edward d'un ton exagérément nostalgique.

— Nous avons évoqué ensemble une particularité au sujet de certains habitants de l'île, qui nous avait frappés tous les deux…

— Les yeux ?

Mlle Chapelle hocha lentement la tête.

— J'avoue que j'ai du mal à imaginer qu'il puisse y avoir là matière à enquêter, et pourtant… Ce particularisme, que je décrirais comme une sorte de couronne brunâtre qui entoure l'iris, je l'ai d'abord remarqué dans le regard d'un marin, qui m'avait dévisagée quand nous avons débarqué à Port Brayne. Je l'ai vu ensuite dans les yeux d'un enfant un peu étrange, qui, au beau milieu de la nuit, et sous une pluie battante, se trouvait seul sur la chaussée, et m'a regardée d'un air singulier, alors que je passais devant lui à bord de la voiture de sir Ronald. On eût dit un guetteur qui surveillait la route qui va du port à la ville. Et enfin, je l'ai remarqué dans le regard de cette charmante Mme Fletcher, notre hôtelière acariâtre. Cela faisait déjà beaucoup. Mais ce qui m'intrigue le plus, à présent, c'est que j'ai retrouvé cette même bizarrerie dans un portrait de Margaret Waldon, qui trône dans sa chambre, tout comme sur la photo d'Élias Carteret.

Elle posa l'exemplaire de la *Blackmore Gazette* où figurait le portrait du jeune homme.

— Qu'en dites-vous, Edward ? La chose est pour le moins singulière… Et c'est vous, après tout, le détective de l'étrange !

— Mon trouble est aussi grand que le vôtre, Lorraine. J'ai observé moi aussi cette anomalie dans les yeux de quelques habitants, à commencer par la diaconesse de l'église Sainte-Anne. Plus intrigant encore :

sur l'un des vitraux, un personnage biblique était atteint de cette même bizarrerie. Il y a peut-être matière à creuser, en effet, mais je ne suis pas sûr que la chose relève de mes compétences en sciences occultes. Elle semble relever davantage de la pathologie, vous ne pensez pas ?

— Une maladie génétique qui toucherait plusieurs familles de l'île ?

— C'est certes l'explication la plus rationnelle…

— Devrions-nous alors interroger un médecin ?

Edward, songeur, se frotta le menton un instant.

— Le père Molloy a mentionné un certain Dr Callum McCann, dans sa lettre, en me précisant qu'il était l'un de ses amis, et qu'il dirigeait le sanatorium de Bragbury…

— Bigre ! Du bateau, j'ai aperçu ce bâtiment, isolé sur un îlot, au nord-ouest de Blackmore. Il m'a semblé tout à fait lugubre !

— Un sanatorium est rarement folichon… Mais je pense qu'en nous recommandant du père Molloy il y a des chances que ce médecin-là soit plus loquace qu'un autre. Les gens n'ont pas l'air d'être très bavards, sur cette île. En outre, peut-être pourrait-il nous éclairer sur ces histoires de scènes d'hystérie collective dont parlait Pat dans ses notes, et dont le passé de Blackmore fourmillerait. La chose relève sans doute de la psychiatrie…

— Soit. Nous essaierons de le voir demain. Mais avant cela, il nous reste à interroger l'entourage de Mlle Tudor, à l'école des filles, et celui de Margaret, à l'Armée du salut. La journée ne sera pas de tout repos !

— Pour les sages, il n'est d'autre repos que la mort…

— Dans ce cas, permettez-moi, Edward, d'aller mourir quelques heures. Nous ressusciterons pour le petit déjeuner.

18.

Ce lundi 26 octobre 1925 marquait l'ouverture de la Blackmore Week, fête annuelle de l'île, qui se tenait traditionnellement durant les cinq jours précédant le 31 octobre, veille de la Toussaint, où l'on se livrait alors aux festivités d'*All Hallows' Eve*[1].

C'était, pour Blackmore, l'occasion d'une semaine de réjouissances, au cours de laquelle des festivités diverses étaient organisées aux quatre coins de l'île : concerts, bals, parades, spectacles de rue, œuvres de charité, élection de Miss Blackmore, compétitions sportives… Un programme destiné aux gens de tout âge, qui attirait toujours de nombreux visiteurs, au point que le SS *Courrier* faisait exceptionnellement un aller et retour quotidien afin de permettre aux habitants de Guernesey et d'ailleurs de venir participer à la fête. Au plus fort de l'événement, la population de l'île passait aisément du simple au triple.

Ainsi, dès le réveil, Lorraine et Edward découvrirent la ville sous un jour nouveau. Fort paradoxalement,

1. « Veille de tous les saints ». Avec le temps, par contraction, le nom de cette fête s'est transformé en « Halloween ».

alors qu'un homicide avait eu lieu la veille, en pleine rue, Blackmore leur parut soudain bien plus joyeuse. Leur première surprise fut, au petit matin, de voir que le *Mousetrap Inn* s'était soudain considérablement empli, renouant, bien que très provisoirement, avec la folle effervescence d'un passé révolu. Se retrouvant au rez-de-chaussée à l'heure convenue pour profiter ensemble du *full English breakfast* de l'infatigable Lucius, ils passèrent devant une file surprenante de clients, jeunes comme âgés, qui attendaient que Mme Fletcher leur remette la clef de leur chambre.

« Il fut un temps où l'affluence était la même chaque matin, hiver comme été », leur confia le barman à mi-voix, en déposant sur leur table deux belles assiettes garnies d'œufs brouillés, de bacon, de saucisses et de toasts nappés de haricots blancs à la sauce tomate.

Et quand, une heure plus tard, ils arrivèrent en ville, leur étonnement fut plus grand encore : de Walker Square, ils purent admirer l'enfilade de bannières colorées qui s'étendaient d'un côté à l'autre de Victoria Street, affichant en couleurs vives les armes de la ville et l'élégant logotype de la Blackmore Week. Il n'était pas une vitrine de magasin qui ne fût décorée pour l'occasion, et cette artère qui, la veille encore, leur avait paru si déserte était à présent noire de monde. À une trentaine de mètres à peine, une foule remarquable se pressait devant le *Goose & Grill*, unique pub du centre où, malgré l'heure, la bière coulait déjà à flots.

— Eh bien… On ne dirait pas vraiment une ville en deuil ! fit remarquer Lorraine, sur le ton du reproche, en regardant le spectacle qu'offrait la rue commerçante.

— J'imagine que l'on a fait en sorte de ne pas trop ébruiter le meurtre de Mlle Appleton, pour ne pas effrayer les visiteurs. Fichtre, on se croirait à Londres un vendredi soir !

Mlle Chapelle grimaça.

— Il n'y a rien de tel qu'une foule euphorique pour me rappeler à quel point je déteste mon prochain.

— Tss, tss… Lorraine ! Je vous connais désormais suffisamment pour que vous cessiez de vous donner la peine de vous faire passer pour misanthrope. Ce petit jeu ne prend plus avec moi.

— Détrompez-vous. Tenez, par exemple : levez les yeux, Edward, et regardez la taille de l'école des filles, où nous nous apprêtons à entrer. Elle ne fait pas même le quart de celle des garçons, là-bas, à l'autre bout de la rue de la Vallée. Comment voulez-vous que j'aime une espèce qui, elle-même, néglige la moitié de ses individus ?

— Parce que vous savez que ceux qui sont responsables de ces injustices ne sont qu'une minorité. Une minorité qui a encore le pouvoir, certes, mais une minorité, et qui tombera un jour. Vous êtes la première femme diplômée de l'Institut de criminologie de Paris, mais vous n'êtes pas la dernière. Il y en aura bien d'autres après vous. Il faut des tempéraments comme le vôtre pour ouvrir la voie, il faudra d'autres Théroigne de Méricourt, d'autres Louise Michel, d'autres Maria Deraismes, d'autres Emmeline Pankhurst et d'autres Marie Curie pour qu'un jour on ne juge plus un être sur son sexe, mais sur ses seules qualités. Ce sera long, sans doute, mais l'humanité est ainsi faite que les luttes les plus justes, dussent-elles prendre des siècles, finissent toujours par aboutir. En attendant, allons donc rencontrer les collègues de Mlle Tudor, cette institutrice dont, j'en suis convaincu, le combat, s'il fut plus silencieux, ne fut pas moins louable que celui des suffragettes.

— C'est beau. Vous allez me faire pleurer, se moqua Lorraine.

— Mais taisez-vous donc, infâme foutriquette !

Ainsi ils entrèrent ensemble dans l'école des filles, une modeste institution ouverte en 1860, soit plus d'un siècle, en effet, après celle des garçons. Au lendemain de la guerre, une loi avait rendu l'*elementary school* obligatoire pour tous les enfants de l'île, de l'âge de quatre ans jusqu'à l'âge de quinze ans, quel que fût leur sexe, si bien que l'école des filles, jadis réservée aux familles les plus aisées, souffrait désormais d'un terrible manque de place et d'effectif. Les institutrices, en nombre insuffisant, n'avaient d'autre choix que de faire des classes de plusieurs niveaux, réunissant jusqu'à trois tranches d'âge différentes : l'on pouvait voir des élèves de six ans étudier dans la même salle et avec la même maîtresse que des élèves de huit ou neuf ans… Au-delà de quinze ans, la plupart des enfants de Blackmore entraient dans la vie professionnelle, et seuls les plus fortunés intégraient la *secondary school* de Guernesey, ce qui impliquait d'y être pensionnaire, en raison de la distance et de la rareté des transports pour s'y rendre.

Le bâtiment, aux murs peints du même jaune que ceux du palais de justice, n'était pas bien grand, et les deux investigateurs n'eurent aucune peine à trouver le bureau de Mme Elsie Montgomery, la directrice.

— Oh ! Dieu vous bénisse ! s'exclama cette fine sexagénaire à la pâleur quasi maladive, quand ils lui expliquèrent le motif de leur visite. Puisse-t-Il vous guider dans vos recherches et vous aider à retrouver notre chère Diana ! J'espère qu'elle n'a pas connu le même sort que cette pauvre Mlle Appleton. Il ne se passe pas une journée sans que l'absence de Diana nous pèse, à moi comme à toutes ses collègues, non pas seulement parce qu'elle effectuait ici un travail remarquable, mais surtout parce que c'est une femme d'une bonté sans égale, qui n'a de cesse qu'elle n'ait rendu service à son prochain, et surtout à nos petites élèves. La perspective qu'il ait pu lui arriver malheur m'est insupportable, et je n'arrive pas à me résoudre à l'idée que qui que ce soit puisse vouloir du mal à une femme si dévouée…

— Avez-vous une idée des circonstances qui ont conduit à sa disparition ?

— Parbleu, aucune ! C'est un mystère qui nous hante toutes encore, comme je l'ai dit au juge Gaudion. C'était dans la seconde quinzaine de septembre, l'école n'était ouverte que depuis quelques jours. Un soir, elle est rentrée chez elle, comme tous les soirs depuis près de vingt ans. Et le lendemain, elle n'est pas revenue. Je n'ai pas la moindre idée de ce qui a pu se passer cette nuit-là, et la police n'a rien trouvé chez elle qui puisse nous fournir une explication…

— Vous êtes certaine qu'elle rentrait chez elle, ce soir-là ? N'aurait-elle pas pu avoir quelque autre chose de prévu ?

— Oh, j'en suis sûre et certaine ! En partant, elle m'a dit qu'elle allait passer la soirée à corriger les copies de ses élèves. Je m'en souviens fort bien, car c'était le premier devoir qu'elle leur avait donné. Grâce à ce contrôle préliminaire, Diana pouvait comparer le niveau de ses élèves d'une année sur l'autre et s'assurer ainsi que la qualité de notre éducation ne se dégradait pas. Comme elle était notre institutrice la plus expérimentée, elle s'occupait exclusivement des élèves en dernière année, et elle le faisait avec un zèle admirable.

— Vivait-elle seule ?

— Eh oui, sainte femme ! Sa vie tout entière ne tournait qu'autour de son métier.

— Et a-t-elle de la famille à Blackmore ?

— En dehors de son frère Nicky, aucune. Ses parents ne sont plus de ce monde depuis bien longtemps. Pour ce qui est de Nicky, c'est un brave garçon, mais elle ne le voyait pas souvent : il est marin pêcheur et passe le plus clair de son temps à naviguer au large. Non, vraiment, la vie de Diana se résumait essentiellement à nos élèves, qui l'appréciaient d'ailleurs autant que nous. Sa disparition restera pour moi le plus grand mystère et le plus triste drame de ma carrière… Chaque jour qui passe m'entraîne un peu plus à imaginer le pire, et l'horrible assassinat de Mlle Appleton hier soir n'arrange rien. Je prie aujourd'hui pour que votre enquête fasse mentir mes craintes…

Malgré toute la bonne volonté dont Mme Montgomery faisait preuve, Edward et Lorraine comprirent rapidement, après lui avoir posé les questions d'usage, qu'elle ne pourrait leur donner aucune piste intéressante au sujet de la disparition de Diana Tudor.

— Accepteriez-vous, madame, de nous dire où habitent non seulement Mlle Tudor mais aussi son frère, qu'il serait bon que nous rencontrions ?

— Oh, mais, bien sûr ! Je ne trahirai aucun secret ! Vous savez, ici, tout le monde sait où habite tout le monde ! Diana occupe la petite maison à l'angle de Little Street et de la Marette, à l'extrême sud de la ville. Quant à son frère, Nicky, il a un appartement dans le nord de l'île, pas très loin du port, à Madison Bay. Je ne saurais vous donner une adresse précise, mais il vous suffira de demander sur place au premier passant venu. Cela dit, il me semble qu'il n'y est pas souvent.

Après avoir dûment remercié la directrice de l'école, Lorraine et Edward en prirent poliment congé et se retrouvèrent bientôt dehors, dans l'agitation de la Blackmore Week.

Sur Walker Square, une fanfare installée devant le monument aux morts était sur le point de jouer son premier morceau, tandis qu'une maigre foule de personnes âgées s'assemblait autour d'elle.

— Je ne sais pas ce que vous en pensez, Edward, mais, personnellement, j'irais bien jeter un coup d'œil au domicile de Mlle Tudor…

— Qu'est-ce que vous entendez par « jeter un coup d'œil » ?

— Eh bien, disons que, si nous y trouvions un ouvrage sur la culture celtique, notre faisceau de conjectures deviendrait un faisceau de preuves… Et la lettre anonyme, peut-être ?

— Auriez-vous déjà oublié les commandements du juge Gaudion ?

— Absolument pas : il a dit qu'il serait fâché s'il apprenait que nous avions désobéi à ses injonctions. Mais s'il ne l'apprend pas, il n'a aucune raison d'être fâché…

— Ce n'est pas faux, dit le détective en souriant. Allons donc jeter un coup d'œil.

À peine s'étaient-ils mis en route que la fanfare derrière eux entama son premier morceau.

— Décidément ! lança Edward en fronçant les sourcils.

— Qu'y a-t-il encore ?

— Cette musique !

— Eh bien ?

— Vous ne la reconnaissez pas ? Ce doit être l'hymne de Blackmore. C'est l'air que jouaient hier les cloches de l'église…

— C'est fascinant. Bon. Y allons-nous, ou préférez-vous aller jouer du trombone ?

— Allons-y, allons-y, se résigna Edward.

Il avait sur le visage ce petit air suspicieux que Lorraine commençait à connaître.

19.

La maison de Mlle Tudor était parmi les plus modestes de la ville, pour la plupart disséminées à la périphérie de celle-ci. Comme beaucoup d'entre elles, ce n'était pas une maison en pierre, mais en bois. Quoique modeste, elle ne manquait guère de charme, soigneusement entretenue et décorée avec goût. De plain-pied, elle devait compter une soixantaine de mètres carrés sous son toit, et un garage jouxtait son mur méridional. Volets fermés, elle semblait certes inoccupée, mais pas à l'abandon.

— Regardez les fleurs aux fenêtres, fit remarquer Lorraine au détective tandis qu'ils approchaient de la bâtisse.

— Eh bien ?

— L'institutrice a disparu depuis plus d'un mois. Quelqu'un, à l'évidence, vient les arroser régulièrement. Et la petite allée serait couverte de feuilles mortes si l'on ne venait pas la balayer de temps en temps…

Edward hocha la tête, puis inspecta les alentours.

— Bon. Sommes-nous sûrs que c'est une bonne idée, alors ? grommela-t-il, inquiet. Quelqu'un pourrait venir.

— Mais non ! Tout va bien se passer.

— En général, quand quelqu'un prononce cette phrase, cela finit mal…

— Je ne vois personne dans les environs. Si vous voulez, nous n'avons qu'à passer par-derrière.

— J'allais justement vous le proposer.

Ainsi, après s'être de nouveau assurés que personne ne pourrait les voir, ils contournèrent discrètement le terrain par la droite, se faufilant entre les arbres. Mlle Tudor faisait partie des nombreux habitants de l'île qui n'avaient pas le souci de délimiter leur terrain par un muret ou même une simple barrière, si bien que les deux investigateurs purent aisément rejoindre la façade arrière, où se trouvait une seconde porte. Un potager trônait au milieu du jardin, mais il semblait, lui, ne plus être entretenu.

Après avoir fouillé les environs, Lorraine revint avec une sorte de barre de fer qu'elle avait trouvée plantée dans le sol et qui avait dû servir naguère de tuteur.

— Que faites-vous ? s'exclama Edward en la voyant approcher d'un pas décidé.

— Eh bien ? Pour faire levier ! Avec la porte !

— Mais ! Avez-vous perdu la tête ? Espèce de barbare !

Il la repoussa gentiment sur le côté et sortit sa petite trousse à crochetage de la poche intérieure de son duffle-coat.

— Laissez donc faire les professionnels !

Lors, le Britannique se mit à l'œuvre. Il ne lui fallut guère plus d'une ou deux minutes pour parvenir à ouvrir la serrure à l'aide d'un crochet et de son entraîneur.

— Et voilà le travail ! murmura-t-il en poussant doucement la porte d'un air victorieux.

— Dame ! Cela fonctionne à tous les coups ?

— Depuis le temps que je m'entraîne, j'ai atteint un taux de réussite qui frôle les quatre-vingts pour cent, mademoiselle !

— Mazette !

— Allons, pas de bruit !

Ils pénétrèrent prudemment dans ce qui s'avéra être à la fois une cuisine et une salle à manger. En son centre était disposée une petite table carrée, en pin, entourée de quatre chaises, mais l'on imaginait aisément que Mlle Tudor devait y souper seule la plupart du temps. L'absence de bibelots, de tableaux, le sol en tomette et les murs blanchis à la chaux témoignaient de l'usage fonctionnel de la pièce et de la volonté d'en garantir une hygiène facile à entretenir. Quelques rares gouttes d'eau s'écoulaient sous une haute glacière à compartiments, indiquant que la glace, qu'il fallait réapprovisionner d'ordinaire chaque semaine dans le récipient supérieur, avait fondu depuis longtemps et que le bac de récupération devait fuir légèrement. Une armoire en bois polyvalente accueillait vaisselle et batterie de cuisine. Sur le mur qui lui faisait face, un évier et un égouttoir jouxtaient un large poêle. C'était à peu près tout. La pièce était d'une propreté irréprochable, que seule la petite flaque qui s'était formée sous la glacière venait altérer.

Lorraine fit signe à Edward qu'elle allait ouvrir la porte de droite. Il acquiesça et se dirigea vers celle de gauche.

Il n'y avait pas un seul bruit dans la maison, et tout indiquait qu'elle était vide, mais cela n'empêchait pas la prudence. La jeune femme tourna la poignée aussi délicatement que possible et découvrit un couloir aux murs lambrissés, dans lequel elle se glissa.

À droite, une porte donnait sur une petite salle d'eau. À gauche, un salon, plongé dans la pénombre de ses volets fermés. Lorraine, parvenant à deviner les silhouettes du mobilier, avança précautionneusement, à tâtons. Ici un piano droit, collé au mur, là un sofa, plus loin une bibliothèque, débordant de livres…

Au centre de la pièce, elle s'immobilisa, intriguée. Une odeur lui était montée aux narines. Et cette odeur… était celle qui se dégage subrepticement lorsque l'on éteint la flamme d'une bougie. L'information, et ses conséquences évidentes, avait à peine atteint son esprit que Mlle Chapelle entendit, mais trop tard, un bruit sourd dans son dos. Aussi n'eut-elle pas le temps de se retourner pour parer l'attaque. Elle se retrouva alors avec l'avant-bras de son assaillant autour du cou. Collé derrière elle, l'homme, surgi de nulle part, commença à l'étrangler.

Lorraine, qui ne manquait ni de force ni d'agilité, tenta de se libérer de la prise, mais sans succès. Son agresseur, qui la maintenait fermement, avait une vigueur phénoménale. Rapidement toutefois, Lorraine comprit qu'il n'essayait pas de la tuer, mais seulement de l'immobiliser. Aussi, suffoquant après une ultime tentative infructueuse, cessa-t-elle de lutter, espérant que ce geste de soumission éviterait que son ennemi ne change d'avis.

— Vous êtes qui ? cracha l'homme contre son oreille. Qu'est-ce que vous foutez là ?

La jeune femme s'apprêtait à lui répondre péniblement quand, plus loin derrière elle, résonna le cliquetis caractéristique d'un revolver dont on arme le chien. Lors, la voix providentielle d'Edward Pierce, à la fois douce et ferme, s'éleva dans la pièce comme une sentence divine :

— Lâchez-la, monsieur, ou je tapisse les murs de votre cervelle !

Il y eut un moment d'hésitation, et la poigne de l'homme se détendit.

Lorraine, libérée mais la gorge en feu, fit un pas en avant, puis se retourna subitement, pour découvrir son attaquant qui, les mains en l'air, la dévisageait avec une rage indicible.

— Vous êtes Nicky Tudor, n'est-ce pas ? devina-t-elle en se frottant le cou.

— Vous faites quoi chez ma sœur, vous aut' ? grogna-t-il en guise de réponse.

L'homme, aux épais cheveux bruns coupés fort court, avait le corps et la figure d'un boxeur. Il devait avoir dépassé la trentaine depuis peu. Les épaules et la nuque larges, le nez épaté, la mâchoire carrée, les lèvres épaisses, les sourcils saillants et entrecoupés de cicatrices, il n'était toutefois pas vilain garçon, arborant plutôt le physique d'un baroudeur endurci, marqué par les épreuves, certes, mais doté du charme singulier de quelque gladiateur romain. Un Spartacus.

— Baissez votre arme, Edward. Nous devons à ce monsieur des explications.

Le détective hésita un instant, puis, désarmant son revolver, il le baissa lentement. Toutefois, il le garda bien en main.

— Je me nomme Lorraine Chapelle, et voici Edward Pierce, détective privé. Nous enquêtons sur les disparitions qui ont eu lieu au cours des derniers mois. Nous aimerions donc comprendre ce qui a pu arriver à votre sœur et aux autres…

— Détective privé ? Alors z'avez rien à foutre ici. Sortez !

— Si c'est vraiment ce que vous voulez, Nicky, nous allons sortir. Mais peut-être serait-il plus sage que nous discutions, calmement. Ne souhaiteriez-vous pas que nous puissions retrouver Diana ?

— J'vous ai dit de sortir, répéta le marin, qui n'avait guère quitté son air courroucé.

— Savez-vous ce qui a pu lui arriver ?

L'homme se tourna lentement et, le regard menaçant, fit un pas vers Edward.

— Si vous sortez pas tout de suite, va falloir user de votre arme, monsieur !

— Vous avez reçu une lettre, après sa disparition, n'est-ce pas ? insista Lorraine derrière lui. Si seulement vous vouliez bien nous la montrer, cela pourrait nous aider à…

— J'ai reçu aucune lettre ! Foutez le camp, que j'vous dis !

À cet instant, les sens aiguisés de Lorraine reçurent tous les signaux qui, dans le langage corporel, trahissent le mensonge. Le mot « lettre » avait fait tiquer l'homme : une déformation du visage imperceptible au plus grand nombre, mais qui n'échappa guère à la criminologue.

Avec un soupir, la Française jeta un dernier coup d'œil alentour, puis elle fit signe au détective.

— Allons-y, Edward, laissons M. Tudor tranquille, lança-t-elle avant de se diriger vers le couloir par lequel elle était arrivée. Si vous changez d'avis, monsieur, et que vous ayez la bonne idée de nous parler, nous séjournons au *Mousetrap Inn*.

— Allez en enfer !

Il claqua la porte derrière eux.

20.

— Merci, Edward. Vous êtes arrivé à point nommé…

— Il est charmant, ce jeune homme ! s'exclama le détective tandis qu'ils s'en revenaient vers le centre-ville.

— L'aurions-nous été davantage, à sa place ?

— Oh, vous, probablement pas, j'en conviens !

— Pour tout vous dire, j'ai le sentiment que ce Nicky Tudor n'est pas un mauvais bougre. Un peu rustre, certes, mais un brave type, légitimement sur les nerfs. C'est lui qui vient arroser les fleurs de sa sœur, je pense… Il doit être dévasté. Figurez-vous qu'il s'agit du fameux marin de Port Brayne dont je vous ai parlé. Celui qui m'a dévisagée sur le quai lors de mon arrivée. Vous avez remarqué ses yeux ?

— Bien sûr. Le disque brunâtre, autour de l'iris… Ce qui peut laisser penser que, si c'est bien une maladie génétique, sa sœur l'avait peut-être aussi, comme les deux autres disparus. Mais, pour l'heure, la question qui me préoccupe vraiment, c'est de savoir si ce monsieur va aller se plaindre auprès du juge Gaudion, auquel cas nous devrions préparer nos valises…

— J'en serais très étonnée. Je ne pense pas que ce jeune homme soit un grand admirateur de la chose policière. Quoi qu'il en soit, nous n'avons pas tout perdu en venant ici.

— Comment cela ?

— J'ai eu le temps d'apercevoir quelque chose qui n'a pas manqué d'éveiller mon intérêt, pendant notre petite conversation.

— Mais encore ?

— Sur la bibliothèque, il y avait une photo qui m'a paru ancienne, où l'on voyait une fille dans un parc… Et derrière elle, on distinguait un grand bâtiment dont la silhouette m'a semblé familière. Je suis presque sûre qu'il s'agissait du sanatorium de Bragbury. Ainsi, je me demande si Mlle Tudor n'y aurait pas fait un séjour, lorsqu'elle était enfant… Non pas que je sois certaine que cette information ait une quelconque importance dans le cadre de notre enquête, mais sait-on jamais. Cela sera une question supplémentaire à poser au directeur du sanatorium, l'ami du père Molloy.

— Je ne vous cache pas que, les notes de mon ami nous ayant été volées, je suis assez impatient de savoir également si ce médecin a quelque chose à me dire au sujet de ces histoires d'hystérie collective que Pat mentionnait.

— Cela ne m'étonne pas de vous.

— Que diriez-vous d'une répartition des tâches, dans ce cas ? Vous iriez à l'Armée du salut interroger l'entourage de Margaret Waldon, et, pendant ce temps-là, j'irais voir ce fameux Dr Callum McCann, sur l'îlot de Bragbury, et le Pr Vandekade, le directeur de la bibliothèque, auquel Molloy m'a dit avoir beaucoup parlé ?

— La probabilité qu'un inconnu tente de m'étrangler dans les locaux de l'Armée du salut étant relativement faible, je ne vois pas d'opposition à y aller seule… C'est une bonne idée. Nous gagnerions du temps. Nous nous retrouverons en fin d'après-midi à l'hôtel.

— Soyez prudente, Lorraine, et ne vous fâchez pas avec tout le monde !

— Je serai sage comme une image, ô mon sauveur !

Ainsi, sous le ciel gris d'octobre, les deux investigateurs se séparèrent, décidés à avancer rapidement dans leur enquête.

Il n'était pas loin de onze heures du matin quand Mlle Chapelle, emmitouflée dans son manteau de laine et coiffée de son petit chapeau cloche, arriva devant les locaux de l'Armée du salut, au beau milieu de High Street. La ville résonnait déjà du bruit des premières festivités. À quelques pas de là, devant les vitrines du Gillan's Department Store, le plus grand commerce de la ville, un couple de marionnettistes jouaient devant un jeune auditoire le célèbre spectacle de Punch et Judy, qui était à la culture britannique ce que Guignol est à la culture française. L'histoire que racontaient ces saynètes avait toujours paru pour le moins étrange à Lorraine, lorsqu'il s'agissait de la présenter à un jeune public :

Judy, qui doit s'absenter, demande à son mari Punch de surveiller leur bébé. Mais le père finit par s'agacer et jette le marmot par la fenêtre. Quand son épouse revient et constate qu'il a tué leur enfant, elle le tape avec un bâton. Punch se défend et finit par la tuer. Après avoir échappé à la police, à la Mort et au Diable, le vilain séduit Jolie Pollie, une belle courtisane, avec laquelle il s'en va vivre des jours heureux…

Morale singulière, donc, à moins que le dessein de ce spectacle fût de montrer aux enfants que, finalement, leur père n'était pas si méchant que ça. Lorraine secoua la tête et se tourna de nouveau vers le Poste, comme on désignait ce temple de l'Armée du salut.

C'était une bâtisse austère, assez large, dont la façade – affichant son ostentatoire « Salvation Army » en grandes lettres d'or – n'était pas sans rappeler, par ses fenêtres en ogive, ses vitraux et la gargouille ailée qui la dominait, celle d'une église, bien qu'elle se trouvât engoncée entre les deux maisons qui la jouxtaient. Outre ses bureaux et ses espaces d'accueil, elle abritait une authentique chapelle.

Cette œuvre caritative, fondée soixante ans plus tôt par un pasteur méthodiste londonien soucieux de propager la foi et de lutter contre la pauvreté dans les quartiers défavorisés de la capitale britannique, s'était depuis lors beaucoup étendue. S'il était assez naturel d'en trouver une branche sur une terre où le protestantisme s'était bien implanté, celle de Blackmore, ouverte en 1882, n'en restait pas moins remarquable par son envergure. La maison salutiste de l'île était même une véritable institution, qui prenait chaque jour une part active dans la vie de la commune. Là, conformément à la devise de l'organisation (*Soup, Soap, Salvation*[1]), on s'attachait à apporter aux habitants les plus démunis un soutien matériel autant qu'un chemin spirituel. Tout en propageant auprès d'eux l'Évangile de Jésus-Christ, les « soldats » de l'Armée du salut s'efforçaient d'offrir aux habitants défavorisés des conditions de vie décentes.

1. « De la soupe, du savon et le salut. »

On leur proposait une aide alimentaire, et on pouvait également leur fournir vêtements et biens de première nécessité, mais aussi les accompagner dans leurs éventuelles démarches administratives et leur proposer des cours d'alphabétisation. L'hiver, chaque soir, on servait de la soupe à l'entrée du Poste, autour d'un brasero, ce qui permettait aussi à cette population souvent isolée de profiter d'un moment de sociabilisation bienvenu.

Au lendemain de la Grande Guerre, le nombre d'enfants et d'adolescents que la perte d'un père avait plongés dans la misère s'était considérablement accru, si bien que l'organisation avait dû multiplier ses actions en faveur de la jeunesse et s'était grandement développée.

D'inspiration martiale autant que religieuse, l'œuvre avait adopté un règlement des plus stricts, de telle sorte que ceux qui y travaillaient, bénévoles ou non, portaient un uniforme militaire bleu et se soumettaient à une hiérarchie rigoureuse, allant du simple « jeune soldat » à l'officier, et jusqu'au général. Singularité notable, toutefois, les postes les plus élevés pouvaient être aussi bien occupés par des hommes que par des femmes. Et justement, l'Armée du salut de Blackmore était dirigée par une femme, Nancy Donahue, qui portait le grade de major et le titre de pastoresse, et avec laquelle Mlle Chapelle obtint rapidement un entretien.

Quand Lorraine découvrit la femme assise derrière le large bureau, à l'étage du Poste, elle ne put s'empêcher d'éprouver de la surprise en constatant que celle-ci était aveugle. La pastoresse de l'Armée du salut devait avoir dépassé les soixante-dix ans et avait ce regard vitreux et tremblotant, qui semblait fixer un invisible lointain, par-delà le plafond de la pièce. Posée contre le bras de son fauteuil, on pouvait apercevoir la poignée d'une canne blanche, semblable à celle de sir Ronald Waldon.

— Prenez place, mademoiselle, je vous en prie.

Tout en s'installant, Lorraine ne put s'empêcher de continuer à fixer les yeux de Mme Donahue. Toute rationnelle qu'elle fût, et quand bien même la probabilité pour que plusieurs personnes aveugles se trouvassent sur l'île était fort grande – il y en avait certainement bien plus que deux –, la Française peinait à ne pas s'interroger sur la coïncidence. Se pouvait-il qu'il y eût un lien entre la cécité et la particularité qu'Edward et elle avaient remarquée dans les yeux de certains habitants, dont deux au moins des disparus ?

— On m'a informée que vous enquêtiez pour le compte de sir Ronald Waldon…

— En effet.

— Bien. Je me réjouis d'apprendre que des femmes peuvent exercer aujourd'hui le métier de détective privé.

— En réalité, je suis criminologue.

— Encore mieux ! Mes félicitations, mademoiselle. Alors, que puis-je vous dire au sujet de Margaret que son grand-père n'ait déjà pu vous dire lui-même ?

— Je sais votre temps précieux, major, tout comme le mien. Aussi, j'irai à l'essentiel : avez-vous une idée de ce qui a pu lui arriver ? Avez-vous noté, ces derniers temps, quelque chose qui soit sorti de l'ordinaire dans la vie de Mlle Waldon ?

— Rien de particulier, non. Quant à savoir ce qui a pu lui arriver, je n'en ai pas la moindre idée non plus. Le drame qui a frappé notre ville hier soir, d'une violence à laquelle nous ne sommes guère habitués, me fait craindre le pire. Et si vraiment je devais formuler une supposition, je dirais que Mlle Waldon a dû tomber dans les griffes d'un homme malintentionné. Margaret est une jeune femme d'une grande bonté, charitable, dotée d'une nature bienveillante. Elle a commencé ici comme bénévole, il y a trois ans, et, très vite, constatant ses qualités, je l'ai incitée à suivre la formation d'officier pour intégrer notre congrégation de manière professionnelle. Son altruisme et sa compassion lui donnent ici toute sa place, et son travail est inestimable. Malheureusement, ces mêmes qualités constituent aussi sa plus grande faiblesse dans la vie civile. Mlle Waldon n'est pas une femme assez méfiante, elle offre trop aisément sa confiance au premier venu, ce qui en fait une cible de choix pour les quelques crapules dont, hélas, notre île ne manque pas. Si vous voulez mon avis, Ronald l'a beaucoup trop couvée quand elle était enfant, espérant compenser ainsi la perte de ses parents. Ce faisant, il ne l'a pas préparée à la réalité du monde... À l'adversité.

Lorraine releva que la pastoresse, pour évoquer le millionnaire, avait employé juste son prénom.

— Vous connaissez bien sir Ronald Waldon ?

— Oui, nos parents étaient amis. Nous avons près de dix ans d'écart, mais nous nous sommes croisés souvent dans notre jeunesse, et quelquefois depuis qu'il est revenu sur Blackmore. Je n'ai rien contre lui, simplement je pense qu'il n'a pas su jouer le rôle qu'il aurait dû jouer, après la mort de son fils et de sa belle-fille. Je ne dis pas qu'il est responsable de ce qui est arrivé à Margaret, mais que, peut-être, il aurait pu empêcher cela en l'armant davantage contre le monde extérieur. Savez-vous pourquoi William Booth, le fondateur de notre congrégation, lui a donné le nom d'Armée, et a tenu à ce que nos membres arborent un uniforme et adoptent une discipline toute militaire ?

— Pas vraiment…

— Précisément pour cette raison ! Il voulait ainsi éviter que nos ennemis – car nous en comptions beaucoup, à l'époque, parmi les hommes politiques et les classes aisées – ne confondent charité et faiblesse. Porter l'uniforme et se doter d'une organisation militaire était une démonstration de force, un acte de défi contre les violentes oppositions auxquelles nous étions alors confrontés. Nous sommes des soldats au service des plus pauvres, mademoiselle. Nous menons un combat contre l'injustice et nous entendons le faire savoir à quiconque verrait dans notre altruisme la marque d'une vulnérabilité.

— Je vois… Mais, pour en revenir à Margaret, savez-vous si elle avait quelque chose de prévu, le soir où elle a disparu ?

— Je ne pense pas. Comme chaque soir, elle a veillé à ce que notre équipe de bénévoles prépare bien la distribution de soupe, et puis elle est partie, comme à son habitude, vers six heures et demie, pour rentrer chez elle, je suppose.

Lorraine hocha la tête, d'un air pensif.

— Je vais vous poser une question qui pourra vous paraître incongrue, mais qui a son importance pour mon enquête.

— Je vous écoute.

— Margaret conserve-t-elle son uniforme quand elle quitte le Poste, le soir ?

— Non. Comme tous nos employés, elle se change en arrivant le matin, et de nouveau le soir. En repartant, elle laisse son uniforme ici, dans son casier. Pourquoi ?

— Un uniforme est un signe distinctif non négligeable. Si des gens l'ont aperçue, elle était donc en tenue civile. Me permettriez-vous d'aller examiner ce fameux casier ?

— Ma foi, puisque vous travaillez pour son grand-père, je n'y vois aucune objection.

— La police l'a-t-elle inspecté, lors de son enquête ?

— Non, répondit la pastoresse avec un léger ricanement.

— Très bien. Je ne vais pas vous embêter plus longtemps, madame.

— Vous ne m'avez pas embêtée, et j'espère que vous retrouverez Margaret saine et sauve. Je vais demander au gardien qu'il vous ouvre son casier.

Ainsi, on conduisit Lorraine au sous-sol du Poste, où se trouvaient deux vestiaires réservés aux employés et aux bénévoles, l'un pour les hommes, l'autre pour les femmes.

— Je vous attends devant la porte, expliqua le gardien après avoir ouvert le casier de Mlle Waldon, visiblement gêné de rester dans cette petite pièce, vouée à l'intimité des seules dames.

À l'intérieur du haut compartiment de bois, Lorraine fut bien déçue de ne trouver que l'uniforme de Margaret. Aucun sac, aucune trousse, aucun carton abandonné là, qui eussent pu révéler quelque secret, aucune lettre, aucune photo collée derrière la porte, comme on en voyait parfois dans les pensionnats de jeunes filles, et qui eussent pu mettre au jour une face cachée de

Mlle Waldon. Avec un soupir, la jeune femme glissa tout de même une main dans les poches de la veste bleue, sur la manche de laquelle était cousu l'écusson rouge et or de l'Armée du salut. La première était vide. Mais dans la seconde, ses doigts trouvèrent la surface lisse d'une feuille pliée en deux. S'en saisissant aussitôt, elle l'extirpa pour l'examiner.

Lorsqu'elle découvrit le contenu de ce qui s'avéra être un billet doux, Lorraine eut un discret mouvement de bouche, mélange de surprise et de satisfaction.

Ma douce Meggy, mon p'tit amour,

Bon Dieu, c'est enfin vendredi ! Qu'est-ce que c'est long, une semaine sans toi. Je t'attendrai ce soir à sept heures, au même endroit que la semaine dernière. La vache, j'ai le cœur qui palpite drôlement, tellement que je suis pressé de te sérré contre moi. J'aurai ma moto donc je pourrai te ramené chez ton grand-père pour le soupé, c'est promi.

Ton p'tit Tony qui t'aime

La jeune femme, le regard soudain illuminé, replia la lettre et la glissa dans sa besace.

— Eh bien, murmura-t-elle, il n'est pas très doué en orthographe, notre motocycliste…

Quelques minutes plus tard, Mlle Chapelle sortait prestement du bâtiment, revigorée par sa découverte. Elle n'avait pas fait deux pas sur le trottoir que, titillée une nouvelle fois par le sentiment d'être épiée, elle jeta un rapide coup d'œil dans son dos. Sans pouvoir en être sûre, il lui sembla avoir vu un rideau bouger à l'étage de l'immeuble de l'Armée du salut. Comme si quelqu'un, à l'intérieur, l'avait regardée s'éloigner…

21.

En descendant, seul, sur la jetée, Edward Pierce ne put retenir un frisson, non pas tant à cause du vent froid qui lui fouettait le visage, mais plutôt à cause du spectacle inquiétant que le sanatorium offrait au visiteur. Entièrement reconstruit quelques années plus tôt, le bâtiment en lui-même n'avait rien de lugubre, mais, par son isolement et par sa nature, il inspirait instantanément une appréhension aussi funèbre qu'irrépressible. À l'abri des regards, là se nichaient la souffrance, la mort et la folie.

Trois fois par jour, matin, midi et soir, le *Marie-Madeleine* – un bateau à vapeur qui pouvait transporter jusqu'à vingt personnes – faisait l'aller et retour entre le petit port de Kimton End et l'îlot de Bragbury. Ce lundi-là, pour le trajet de la mi-journée, le détective s'était trouvé l'unique passager à bord, avec pour seuls compagnons le capitaine Stout et deux matelots, ce qui n'avait fait qu'accroître l'atmosphère sinistre de son excursion. Avant de descendre, il glissa une pièce dans la main du brave marin édenté avec lequel il avait fini par papoter.

— Merci, m'sieur. Y a un chemin par là, pour aller chez les fous, mais faites-y gaffe, l'est point dans un bel état. Sinon faut prendre la route, mais à pied c'est plus long, à cause qu'elle fait deux fois l'tour de l'île, pour monter.

Sur le débarcadère de ce grand rocher de granite, un énorme panneau rappelait, en lettres rouges, l'heure du dernier retour : six heures du soir. Il précisait ensuite aux visiteurs que, s'ils manquaient ce rendez-vous et qu'ils dussent passer la nuit sur place, ni le sanatorium ni le phare n'offraient de solution d'hébergement. Les dimensions fort impressionnantes de la pancarte laissaient deviner que plusieurs voyageurs inattentifs avaient dû découvrir là, par le passé, les joies d'une nuit à la belle étoile… Peu tenté par cette perspective, Edward sortit sa montre de son gousset, vérifia l'heure et remonta énergiquement le mécanisme. Puis, s'appuyant sur son parapluie bleu, il entama la lente ascension du sentier qui conduisait au bâtiment.

L'immense édifice, accroché en terrasses successives au sommet de la petite île, était déjà visible de la mer. Quand, en débarquant sur l'île, on arrivait enfin à son pied, sa silhouette devenait saisissante. On se sentait alors comme sous son emprise, comme aspiré par elle. À cet instant précis, Edward eut l'impression que, si le *murmure des brumes* – ce mystérieux sifflement que le vent poussait à travers les montagnes – devait prendre naissance quelque part, c'était peut-être là, dans les sous-sols du sanatorium de Bragbury.

Élevés sur trois niveaux, les différents bâtiments de ce grand ensemble, encerclés par une muraille infranchissable, obéissaient à une architecture symétrique : la grande allée centrale, que l'on voyait monter vers une sorte de petit temple à colonnes doriques, divisait une succession d'ailes gauches et d'ailes droites parfaitement identiques.

Quand le détective arriva enfin, essoufflé, devant le haut portail en fer forgé, il s'arrêta pour observer, à travers les barreaux, la prodigieuse perspective. Dans les galeries, les cours et les jardins, au loin, on devinait les silhouettes de quelques patients, qui portaient la blouse blanche, et du personnel de l'établissement, qui était, lui, vêtu de bleu. Les malades déambulaient lentement, comme écrasés par quelque pesanteur singulière et malicieuse qui ne se fût exercée qu'une fois passé la sinistre enceinte du sanatorium.

À gauche du portail, un volet s'ouvrit, mais à moitié seulement, sur le mur extérieur de ce qui devait être la maison du gardien.

— Permis de visite ? lança une voix masculine peu amène.

De là où il était, Edward ne pouvait pas voir la figure de l'homme qui lui parlait.

— Je suis venu voir le Dr McCann…

— Vous avez rendez-vous ?

— Non, mais si vous aviez l'amabilité de lui faire savoir que le détective Pierce aimerait s'entretenir avec lui, de la part du père Molloy, je vous en serais fort reconnaissant.

Un soupir résonna à l'intérieur.

— Bon. Attendez là.

Et le volet se referma aussitôt.

Les minutes qu'Edward passa à attendre dans le froid, devant la grille en haut de laquelle se déployait en lettres dorées le nom du sanatorium de Bragbury, lui parurent une éternité. Il était un peu plus de deux heures de l'après-midi quand apparut enfin dans l'allée centrale un homme en complet noir qui descendait d'un pas preste vers l'entrée principale. Alors que l'individu franchissait la centaine de mètres qui le séparait du portail, Pierce put distinguer peu à peu sa physionomie.

De taille moyenne, plutôt mince, le cheveu rare et clair, les traits anguleux, les joues creuses, les lèvres fines et serrées, le quadragénaire portait de petites lunettes rondes argentées, dont l'un des verres était entièrement noir et opaque. Edward songea que sa figure avait quelque chose de germanique…

— J'arrive, monsieur ! lança le nouveau venu en trottant vers la grille. Désolé de vous avoir fait attendre !

Il avait une voix forte, quoique légèrement nasillarde, et parlait vite, comme ces gens qui semblent craindre de ne jamais avoir le temps de dire tout ce qu'ils ont à dire. Après avoir trouvé au fond de ses poches un énorme trousseau de clefs, il entrouvrit l'un des battants du haut portail.

— Dr Callum McCann, se présenta-t-il en tendant la main. Enchanté.

Quand il tournait la tête, on avait un aperçu de ce que cachait le verre gauche de ses lunettes : sous les paupières closes, il manquait un œil.

— Détective Pierce, Edward Pierce, répondit l'Anglais en lui serrant amicalement la main. Je vous remercie de me recevoir ainsi au débotté. Je suis désolé de vous avoir fait descendre jusqu'ici… Pat, que je considère comme mon plus cher ami, m'a dit le plus grand bien de vous dans sa dernière lettre, et je vois qu'il ne mentait pas : vous êtes fort aimable.

— Oh ! Sacré père Molloy ! C'est donc vous, le fameux Eddie avec lequel il est allé à Constantinople ? Il me parle souvent de vous, voyez-vous. Comment va-t-il ?

Edward fronça les sourcils.

— Vous n'êtes pas au courant ?

— Au courant de quoi ? Nous vivons un peu coupés du monde, ici, voyez-vous.

— Eh bien, Pat a disparu, hier, ou plus probablement avant-hier. Toujours est-il que personne ne sait où il se trouve à l'heure qu'il est. Tout était en ordre chez lui, alors j'ai tendance à penser qu'il est parti de son plein gré, mais dans l'urgence. Reste à savoir où et, surtout, pourquoi.

— Par Jove ! Voilà qui est troublant, très troublant… Est-ce le motif de votre visite ?

— Pas directement, non, même si la disparition de Pat fait partie de l'enquête que je suis en train de mener. Je suppose donc que vous n'êtes pas au courant non plus du meurtre de Mlle Appleton ?

— La journaliste ? demanda le médecin, épouvanté.

— Elle a été tuée hier soir, en pleine rue, par un homme qui a pris la fuite.

— Mon Dieu ! Quelle horreur ! Mais quel mal s'abat soudain sur notre pauvre petite île ?

— C'est l'objet de mon enquête. Et, dans ce cadre, j'aurais des questions d'ordre médical à vous poser, si vous voulez m'accorder un peu de temps.

— Mais bien sûr, bien sûr ! Les amis du père Molloy sont mes amis, voyez-vous.

Edward sourit, ayant immanquablement remarqué le tic de langage du Dr McCann qui, en plus de parler à toute hâte, ponctuait ses phrases d'un « voyez-vous » machinal.

— Suivez-moi, si vous le voulez bien. Nous allons nous mettre au chaud, dans mon bureau.

Ainsi, ils se mirent en route côte à côte, montant l'allée de gravier qui conduisait à la grande cour centrale de l'établissement.

— Pat, je l'ai connu à la fin de la guerre, expliqua le directeur. Ça crée des liens, voyez-vous.

— Bon sang ! Cela me revient, maintenant ! Seriez-vous le fameux médecin qui lui a sauvé la vie en France, après la seconde bataille de la Somme ?

— Exactement ! C'était à Amiens, pour être précis. 11 août 1918. De fort mauvais souvenirs. Amiens… Une véritable boucherie. Une de plus. En trois jours à peine, plus de quarante mille morts du côté allié, et au moins autant du côté allemand. Que des gamins. Pat était salement amoché quand je l'ai récupéré au poste médical. Et moi, j'avais déjà perdu mon œil à Cambrai, l'année précédente. 26 novembre 1917. J'étais diminué, voyez-vous. J'ai eu bien du mal à l'opérer. En outre, les conditions… Oh, je vous épargnerai les détails. Disons que ce sacré Molloy, après ce jour-là, avait une dette de plus envers Notre-Seigneur. Un miraculé, vraiment !

— Il m'a beaucoup parlé de vous, lors de notre périple jusqu'à Constantinople. Il vous était infiniment reconnaissant… Mais il ne m'avait pas précisé votre nom. Je m'en serais souvenu.

— Oh, vous savez, c'est une période sur laquelle nous restons tous évasifs. Nous avons vu des choses, là-bas… Bigre ! Des horreurs indicibles. C'est ce qui m'a poussé à œuvrer pour que le sanatorium de Bragbury soit totalement reconstruit.

Il fit un geste vers les bâtiments au-dessus d'eux.

— Avant la guerre, je travaillais comme aliéniste, à l'hôpital de Jersey. À l'époque, le sanatorium de Bragbury n'était qu'un bâtiment modeste, destiné seulement à recevoir les patients de l'archipel atteints de la tuberculose. De fait, ce petit îlot réunissait les conditions favorables au soin des tuberculeux : traitement par cure d'air, de lumière et de soleil, éloignement de la pollution des villes… Son isolement permettait en outre de minimiser le risque de contagion sur les îles. Mais, début 1919, une fois la guerre finie, quand je suis revenu, plutôt que de reprendre mon poste d'aliéniste à l'hôpital, je me suis senti comme investi d'une mission. Je n'ai cessé de me battre pour que les autorités de Jersey, de Guernesey et de Blackmore acceptent de financer ensemble la reconstruction de ce sanatorium, afin d'y ajouter un département psychiatrique digne de ce nom. Car, voyez-vous, il fallait de toute urgence accueillir les nombreux soldats traumatisés par la Grande Guerre.

— Je comprends, et…

— Cela n'a pas été simple au début. Cela nécessitait un budget colossal, et les caisses étaient vides, après la guerre. Mais, quand les hôpitaux de Jersey et de Guernesey se sont retrouvés débordés, les gouverneurs ont fini par accepter mon projet, d'autant que j'avais œuvré pour qu'il fût soutenu par quelques-unes des plus grandes fortunes de l'archipel – de généreux donateurs, comme les familles Barkley, Dewert et Waldon, ainsi que plusieurs institutions charitables, comme le Lion's Club et la loge de Blackmore.

— Ah, il y a bien une loge maçonnique à Bla…

— Oui. Le temple est sur Arenon Square. Bref, une fois ces questions de financement résolues, nous nous sommes inspirés des asiles les plus récents. Je voulais que notre établissement soit à la pointe des méthodes thérapeutiques. Quand les travaux ont été terminés, en 1921, on m'a proposé la place de directeur…

— Eh bien, félicitations, docteur !

Edward, en réalité, était surtout impressionné par l'incroyable débit de son interlocuteur. Il avait rarement vu homme capable de parler aussi vite et autant, avec un enthousiasme indéniablement communicatif. Le Dr McCann, à l'évidence, était un homme passionné, habité par sa mission.

— Je fais de mon mieux. Nous avons un peu plus de quatre cents malades en ce moment, dont la grande majorité sont des hommes, bien sûr. Essentiellement des vétérans, voyez-vous. Certains finissent par se remettre des atrocités que nous avons vues pendant la guerre mais, pour d'autres, c'est beaucoup plus difficile.

— J'imagine… Je ne suis resté qu'un an sur…

— Il faut du temps et…

Cette fois-ci, Edward, qui commençait à être légèrement agacé, refusa de se laisser couper la parole et continua sa phrase :

— … qu'un an sur le front. En 1917, mon frère a été tué à Verdun. On m'a rapatrié à Canterbury, afin que je puisse m'occuper de ma mère. Mais le peu de temps que j'ai passé au combat me permet de comprendre aisément l'effet que les monstruosités de la guerre ont pu avoir sur certains soldats.

— Terrible ! Terrible ! Pour sûr ! Certains ont vu des abominations innommables, qui ont dangereusement porté atteinte à leur santé mentale ! Ce que l'on appelle le *traumatisme de guerre* a produit de graves commotions, conduisant parfois à des névroses sérieuses, des psychoses ou même à l'hystérie. C'est pour cette raison que j'ai voulu que notre sanatorium soit à la pointe de la thérapeutique. Voyez plutôt : j'ai fait construire de nombreuses divisions, tant dans le quartier des femmes, qui se trouve à notre droite, que dans celui des hommes, à notre gauche.

Il pointa le doigt vers les différents bâtiments qui, en effet, s'étendaient de chaque côté de l'allée centrale. On y voyait des hommes et des femmes qui marchaient, hagards, le long des colonnes, ou qui tournaient en rond autour d'un arbre en marmonnant des paroles inaudibles. Certains évoluaient seuls, d'autres étaient accompagnés par des gardiens qui, aux aguets, leur tenaient le bras. Par moments, des cris s'élevaient dans le lointain. Derrière les fenêtres à barreaux résonnaient des râles, des rires hystériques qui s'arrêtaient soudain. Le directeur, continuant son exposé, semblait ne plus vraiment les entendre…

— Cette organisation en divisions distinctes permet de traiter séparément les patients, en les classant d'une manière méthodique, en fonction de leur état. Ici, on met les simples mélancoliques, qui ne restent jamais longtemps ; à côté, ce sont les tuberculeux et, au fond, les infirmes et les paralytiques. Les cas les plus compliqués se trouvent sur la terrasse supérieure : là, les monomaniaques, plus loin les imbéciles et les épileptiques et, dans le dernier bâtiment, les agités. Enfin, le long du mur d'enceinte se trouvent les cellules réservées aux aliénés furieux, que nous devons tenir à l'écart des autres, bien évidemment.

— Ils peuvent être dangereux ?

Le médecin leva un sourcil, comme si la question lui avait paru un peu sotte.

— Très. Lors des périodes de crise aiguë, nous avons huit cellules de force, là-bas, tout en haut. On peut y isoler les furieux pendant quelques jours, dans l'obscurité, en les attachant sur des chaises, le temps qu'ils se calment. En général, ils se calment. C'est en dernier recours, voyez-vous.

— Je… je l'espère, oui. Mais sinon, quels sont les soins que vous prodiguez aux patients, quand vous ne les enfermez pas ?

— Très bonne question ! Nous visons l'excellence, voyez-vous. D'une part, il y a les activités que nous proposons à nos pensionnaires : les jeux, les divertissements… Nous avons même une salle de bal et une bibliothèque, avec un coin lecture. Ensuite, il y a bien sûr les moyens thérapeutiques traditionnels : l'administration de médicaments, analgésiques, sédatifs, anesthésiques rachidiens, antispasmodiques, hypnotiques ou neurotoniques, ainsi que les saignées et surtout l'hydrothérapie.

— L'hydrothérapie ?

— Bien sûr ! Les bains surprise ou les douches froides ont des effets remarquables, voyez-vous.

— Vraiment ?

— Absolument ! Et puis, c'est moins barbare que ce qui se pratique dans d'autres établissements. Tenez, par exemple, j'ai banni l'usage de la lobotomie, ici. Ce n'est pas que je nie son efficacité, mais disons que son aspect irréversible me dérange un peu.

Au même instant, un hurlement suraigu et inhumain retentit dans le bâtiment le plus proche. Edward sursauta, terrifié.

— Ah ! Vous voyez ? Ça, par exemple, c'est un bain surprise !

— Ça… ça n'a pas l'air très agréable.

— C'est un peu froid. Mais, quand le patient en ressort, les bénéfices sont visibles immédiatement. Oh, je sais, vus de l'extérieur, nos soins peuvent sembler un peu rustiques, mais je vous promets que nous sommes à la pointe de l'innovation, dans notre domaine. Ayant moi-même connu les horreurs de la guerre, je m'attache à ce que le sanatorium de Bragbury soit un établissement modèle. Regardez : sur la plus haute terrasse se trouvent deux jardins, l'un pour les hommes, l'autre pour les dames. Les malades peuvent s'y livrer tous les jours à la promenade. Et, une fois par semaine, des excursions sont organisées au-dehors, sur l'île, pour ceux qui sont en état d'y prendre part.

— Je vois, je vois… Et cette espèce de temple, là, tout en haut, avec ses colonnes et son fronton ? Qu'est-ce donc ?

— C'est une chapelle. Le père Molloy venait justement y dire la messe, une fois par semaine. Fichtre, j'espère qu'il ne lui est rien arrivé, il va falloir que je trouve un aumônier…

Pierce, qui était en train d'observer l'architecture anachronique de la chapelle, se tourna vers son interlocuteur, l'air froissé.

— Pardonnez-moi, docteur, mais, si je puis me permettre, le plus embêtant, dans sa disparition, n'est pas le fait que vous deviez lui trouver un remplaçant…

— Certes, certes, je me suis mal exprimé.

En haut d'un large escalier, ils venaient d'arriver sur une grande esplanade, dite cour de l'administration.

— Voilà, mes bureaux sont ici ! J'espère que je ne vous ai pas trop ennuyé avec mes histoires ? Je suis tellement fier de ce que nous entreprenons que j'ai tendance à en parler beaucoup, voyez-vous.

— Non, non, je vous assure.

— Parfait, parfait. Suivez-moi.

Ils montèrent un escalier en colimaçon et prirent enfin place dans le bureau du directeur.

C'était une pièce fort grande, magnifiquement décorée, tout en boiseries, et dont les murs regorgeaient de volumes par milliers. Parcourant de loin le dos en cuir des livres soigneusement rangés, Edward ne put s'empêcher de remarquer, parmi les nombreux traités de médecine et de psychiatrie, la présence d'ouvrages plus singuliers. Fort de son érudition dans le domaine des sciences occultes, il en reconnut certains sans peine. Il y avait là *Les Noces chymiques de Christian Rosenkreutz*, d'un auteur anonyme du XVIIe siècle, une copie des *Constitutions d'Anderson* de John Montagu, texte fondateur de la franc-maçonnerie spéculative, *Les Cinq Livres des mystères* de John Dee, *Le Livre des esprits* d'Allan Kardec, le *Zohar*, qu'on appelait parfois *Livre de la splendeur*, ainsi qu'une version latine, visiblement très ancienne, de *La Table d'émeraude*. À n'en pas douter, le Dr McCann entretenait un intérêt certain pour l'ésotérisme…

— Bien. Alors, détective, venons-en au fait : que puis-je pour vous ?

22.

— Malheureusement, mademoiselle, nos recherches n'ont rien donné de probant, annonça le juge Gaudion, sincèrement désolé. Pour tout vous dire, je n'ai trouvé la trace que d'une motocyclette BSA de type L sur l'île, et elle n'est pas verte – pourtant la couleur standard de ce modèle – mais rouge. Et d'un rouge vif, même, car son propriétaire, Roland Boyle, que je connais très bien par ailleurs, l'a repeinte l'année dernière. Roland est un homme qui a passé la cinquantaine, membre honorable du BMC, le Blackmore Motorcycle Club. C'est un honnête citoyen dont j'imagine mal qu'il soit notre assassin. Vous pouvez bien sûr aller l'interroger, en vous recommandant de moi, mais je suis certain que ce n'est pas la bonne piste.

— J'en doute, en effet, soupira Lorraine, notant toutefois le nom sur son petit carnet. Je n'ai pas vu son visage, mais notre suspect m'a paru beaucoup plus jeune.

— Comme je vous l'avais promis, j'ai également interrogé M. Rivarin, propriétaire du magasin de motocyclettes, qui se fait appeler Enzo. Il m'a confirmé qu'en dehors de celle de Roland Boyle il n'a importé sur notre île aucune autre BSA de ce modèle-là. En revanche, il a vendu plusieurs modèles E, bien plus courants, et j'ai ici la liste de leurs propriétaires. Peut-être avez-vous confondu les deux modèles, dans la précipitation.

Il tendit la feuille à la jeune femme.

— Non. Il s'agissait d'un monocylindre. Le modèle E est un bicylindre, beaucoup plus gros. J'aurais fait la différence.

Le magistrat eut un petit hochement admiratif.

— Dans ce cas, l'explication la plus probable est que cette motocyclette a été importée sur l'île par son propriétaire, sur un bateau privé.

— Peut-être. Pour ma part, j'ai trouvé ceci.

Elle posa sur le bureau le billet doux qu'elle avait découvert dans les affaires de Mlle Waldon, à l'Armée du salut.

— Regardez, expliqua-t-elle. L'expéditeur lui donne rendez-vous un vendredi. Or, Margaret a disparu le 2 octobre, un vendredi soir… Cela m'incite à placer ce fameux « Tony » – visiblement propriétaire d'une moto, qui plus est – tout en haut de ma liste de suspects. Connaissez-vous un jeune homme sur l'île qui se fait appeler Tony, et qui pourrait avoir une motocyclette et entretenir une relation secrète avec Mlle Waldon ?

Le juge relut plusieurs fois la feuille avant de la rendre à la jeune Française.

— Cela ne me dit rien. Sans doute un Anthony quelque chose, ou Antoine, ou Anton ? Je vais demander à ma secrétaire d'éplucher nos registres d'état civil pour établir une liste. En attendant, peut-être pourriez-vous aller voir M. Rivarin à votre tour et lui poser la question. Sa boutique est dans Victoria Street… Je retournerais bien le voir moi-même, mais je suis déjà fort occupé par les nombreuses démarches qu'entraîne le meurtre de Mlle Appleton. Pour l'instant, nous n'arrivons à localiser aucun des membres de sa famille, afin de les informer de la triste nouvelle. Nous avons beau chercher, nous ne trouvons aucune trace administrative de cette pauvre journaliste, ni sur l'archipel ni même en Angleterre, d'où elle était originaire. C'est comme si elle n'existait pas !

S'étant engagée à protéger le secret de Mlle Appleton, Lorraine choisit de ne pas expliquer au juge Gaudion qu'il ne cherchait pas le bon patronyme, et garda le silence.

Ainsi, après avoir remercié le magistrat d'avoir tenu parole, elle en prit congé et se rendit dans la rue commerçante de Blackmore.

Il n'était pas trois heures de l'après-midi, et cette artère colorée de la ville était pleine d'une cohue joyeuse. Sous les guirlandes bariolées de la Blackmore Week, on chantait, on riait, on parlait fort. C'était un va-et-vient continu de groupes de badauds plus ou moins fournis, plus ou moins jeunes, plus ou moins alcoolisés… Les rares voitures qui s'aventuraient là peinaient à se frayer un chemin à travers la foule. Chaque arrivée d'une Ford ou d'une Austin s'accompagnait d'une myriade de coups de klaxon, auxquels répondaient en écho les *bou-hou* des piétons.

Mlle Chapelle, dont on sait à présent à quel point elle détestait la multitude, renfonça un peu plus son petit chapeau sur sa tête, releva le col de son manteau et traversa la chaussée en trottant.

L'Enzo's Motorcycles Shop était une boutique assez modeste, à la devanture de bois clair, coincée entre la quincaillerie Saverio et un petit restaurant français. Sur le trottoir, à gauche de la porte d'entrée, une ancienne moto grise, à la ligne gracieuse, trônait fièrement pour appâter le chaland. Lorraine reconnut sans peine cette Harley-Davidson de 1911, modèle emblématique de la marque, que l'on surnommait le « *silent grey fellow*[1] », car il avait été l'un des premiers à être dotés de silencieux efficaces. Derrière la vitrine, on distinguait cinq ou six autres motocyclettes, bien plus récentes, et des pancartes annonçaient la liste des marques anglaises et américaines importées par le propriétaire.

Mlle Chapelle, que ces images renvoyèrent inéluctablement aux rares souvenirs heureux qu'elle gardait de son père, du temps où il l'amenait aux départs des grandes courses, ne fut pas sans éprouver des émotions contradictoires en passant la porte du magasin.

À l'intérieur régnait un délicieux bazar qui, dès le premier coup d'œil, enchanta la visiteuse. C'était un paradis tout de chrome et d'acier. Des pièces détachées, neuves ou usées, s'entassaient dans des grands bacs superposés sur des armoires en fer, des roues et des pneus pendaient du plafond, les murs étaient couverts d'affiches publicitaires, de plaques d'émail vantant les mérites de telle huile, de telles bougies, il y avait çà et là des bidons de toutes les tailles, alignés sur des étagères ou posés à même le sol… Partout, les logotypes flamboyants des grandes marques se disputaient la vedette : les Royal Ruby, les Villiers, Rudge, Alcyon,

1. « Compagnon gris silencieux ».

Velocette, Atlas, Excelsior, Connaught, Royal Enfield… Plus loin, dans un large placard, on avait soigneusement disposé les accessoires essentiels de la parfaite tenue de gentleman motocycliste : les fameux pulls à col de tortue Dehen, qui faisaient la fierté des pilotes, les casquettes en cuir à courte visière, les gants allongés et robustes, les vestes en coton ciré et les hautes bottes, inspirées des tenues équestres d'antan, les longs manteaux de coupe militaire, hérités de la Grande Guerre, les lunettes d'aviateur… Sur un présentoir, près de la caisse, enfin, on pouvait trouver, d'un côté, une pile d'anciens numéros de *The MotorCycle* et, de l'autre, des rangées de paquets de cigarettes que le propriétaire proposait à la vente.

Prenant une profonde inspiration, les yeux fermés, Lorraine fut propulsée, l'espace d'une seconde, vers les rives d'un passé lointain. Elle avait retrouvé cette odeur si singulière d'huile, de graisse et de métal usiné. Cette odeur inoubliable qui envahissait les ateliers de Puteaux, où son acariâtre paternel n'avait parfois eu d'autre choix que de l'emmener. Il exigeait alors que la petite fille timide se niche sagement dans une caisse en bois, sous un établi, dont elle ne devait pas bouger tant que sa mère ne pourrait venir l'y chercher. Elle se surprit pourtant à éprouver quelque nostalgie inexplicable pour une époque qu'elle avait si souvent maudite…

Le cœur et la gorge un peu serrés, elle rouvrit les yeux et aperçut, tout au fond de la boutique, dans la partie qui servait d'atelier, la silhouette d'un grand gaillard qui, allongé sur le dos, travaillait sur le moteur d'une vieille Triumph. Plutôt maigre, le crâne dégarni, avec un nez épaté au milieu de sa longue figure aux joues creuses, il devait avoir une bonne cinquantaine d'années et portait, au coin des yeux, les rides souriantes d'une sympathie manifeste. Le mégot d'une cigarette, éteinte depuis longtemps sans doute, pendait au bout de ses lèvres charnues, et de petits tas de cendres s'étaient accumulés sur son débardeur maculé de taches brunes.

— Qu'est-ce qu'elle veut, la p'tite dame ? lança-t-il sans tourner la tête, les mains toujours occupées par la mécanique.

— Êtes-vous bien M. Rivarin ? demanda Lorraine en s'approchant.

— Ben ouais, pardi ! Y a qu'moi ici, hein, ma cocotte. Mais on m'appelle Enzo. Pas d'chichis. Tenez, soyez gentille, apportez-moi l'graisseur à huile, là, qu'est sur la table à roulettes. L'espèce d'arrosoir avec marqué Shell dessus…

— Merci, Enzo, je sais reconnaître un graisseur à huile, soupira Mlle Chapelle en lui tendant la petite burette.

— Ah, merci, z'êtes un ange. Foutues soupapes latérales : j'ai jamais vu un plan de joint qui s'déformait comme ça, nom de Dieu de merde ! Pardonnez mon langage, hein ?

— Oh ! Ne vous retenez surtout pas avec moi ! Foutre ! Les jurons, c'est mon dada !

— Haha ! À la bonne heure ! Tenez, vous voulez d'la saucisse ? Là, y a d'la bonne saucisse de chez Langley, sur l'comptoir. Coupez-nous donc une ou deux tranches. N'y allez pas d'main morte, hein ? Le gras, c'est bon à la santé. Et pis r'mettez-moi un p'tit verre de rouge, tenez, tant qu'vous y êtes, vous s'rez bien aimable. Et servez-vous aussi, hein ? Faut pas hésiter.

C'est du vin français, c'est pas du clairet dégueulasse de chez les Brits[1]. J'termine, et j'suis à vous dans une minute !

Lorraine, immédiatement conquise par la bonhomie de ce grand zèbre à la voix de stentor, retourna volontiers vers le comptoir, où, non sans surprise, elle trouva une bouteille venue de Nuits-Saint-Georges, petit village qui produisait l'un des meilleurs vins de la côte de Nuits, et une assiette pleine d'une belle saucisse. Attrapant deux verres à la propreté douteuse, elle les emplit avec entrain, coupa quelques tranches de charcuterie et retourna s'asseoir sur un petit tabouret, à côté du patron encore étendu sous son moteur.

— L'avantage avec les soupapes latérales, dit-elle d'un ton nonchalant tout en posant l'un des deux verres au-dessus de la tête du mécanicien, c'est que les pistons ne risquent pas d'entrer en collision avec elles.

Le fameux Enzo se dégagea aussitôt de sous le cadre et se redressa pour mieux regarder la visiteuse, la dévisageant, amusé.

— Comment qu'vous savez ça, vous ?

— Et vous, Enzo ? Où trouvez-vous des bouteilles de nuits-saint-georges ?

— Ma parole, mais c'est-y qu'vous seriez française ?

— *Oui, monsieur*, répondit Mlle Chapelle dans la langue de Molière.

Elle leva son verre pour l'inviter à trinquer.

— Nom de Dieu ! J'aurais dû m'en douter ! Çà ! Les Françaises, c'est aut'chose quand même ! Mes parents, ils m'parlaient uniquement dans l'patois d'ici, et un peu

1. Surnom donné aux Britanniques dans les îles Anglo-Normandes.

en français. Pouvaient pas blairer les Brits. Mon vrai prénom, c'est Jean-Pierre, mais j'me fais appeler Enzo, c'est mieux, pour la mécanique. Allez, *vive la France* !

— *Vive la France !* lança Lorraine en écho.

Et ils trinquèrent.

— Pour répondre à vot' question, mon nectar, je l'fais venir de chez mon ami Dumontel, qu'est négociant à Guernesey, et qui sait qu'j'aime les vins bien corsés, juste comme çui-là.

Il but une gorgée, fit claquer sa langue, puis il se releva péniblement avant d'essuyer ses mains pleines de graisse sur le torchon déjà bien sale qui pendait de la poche de son bleu de travail.

— Alors ? Qu'est-ce que j'peux faire pour vous, *mademoiselle* ?

— Eh bien, cher Enzo, vous allez peut-être trouver cela étrange, mais je cherche un jeune homme de Blackmore. Il se fait appeler Tony. Et si je vous demande à vous, c'est parce que ce jeune homme aurait une moto. Je me suis dit que, peut-être, vous sauriez comment le trouver…

— Oh là ! Elle s'rait tombée amoureuse d'un p'tit gars d'chez nous, la Française ? s'amusa Rivarin avec un clin d'œil malicieux.

— C'est le contraire, à vrai dire. Si j'arrivais à lui mettre la main dessus, il se pourrait que j'aie plutôt envie d'en faire un steak à la tartare et d'assaisonner le tout avec le jus de ses roubignolles…

Le patron resta pétrifié un instant, avant de partir dans un éclat de rire tonitruant.

— Eh bien, mazette ! J'aimerais pas être à sa place ! Ma foi, j'réfléchis, mais j'crois pas connaître de Tony parmi les gars de l'île. Comme ça, là, ça m'dit rien. Mais j'vais m'renseigner si vous voulez ?

— Ce serait bien urbain de votre part.

— Décidément ! Tout le monde en veut aux motocyclistes, aujourd'hui ! C'matin c'est l'juge Gaudion qu'est v'nu m'tirer les vers du nez !

— Je suis au courant. En réalité, c'est au sujet de la même affaire…

— Ah. Les disparitions et le meurtre de la p'tite Appleton ? fit Enzo, retrouvant soudain un air plus sérieux.

— Précisément.

— Tsss, sale histoire, ma parole ! Et y aurait un motocycliste qui serait lié à tout ce bazar ?

— C'est possible.

— Ça m'étonne, c'que vous m'dites. Vous savez, les gens qu'ont les moyens de s'payer une machine comme ça, c'est rarement des voyous, hein ? R'gardez, not' moto-club, par exemple, c'est plutôt le rendez-vous d'la haute et des gamins de riches, si vous voyez c'que j'veux dire…

— Il y a des voyous très fortunés, vous savez ?

— C'est pas faux ! concéda le patron en se grattant la tête. Ou alors, c'est p'têt un militaire, vot' gars ? Depuis la guerre, les soldats, ils se sont tous mis à la motocyclette ! Ces années-là, toutes les marques ont participé, pour soutenir les troupes. Douglas, Triumph, BSA… Ils ont tous fait tourner les usines jour et nuit. L'armée, elle est rev'nue du front avec tellement d'machines qu'ils savent plus quoi en faire.

La Française hocha lentement la tête. Un militaire… C'était assurément une piste intéressante ! À en croire le billet doux qu'il avait adressé à Mlle Waldon, le fameux Tony semblait n'avoir que ses vendredis soir de libres. N'était-ce point là un emploi du temps qui eût tout à fait pu correspondre à celui d'un soldat ?

— Bon, eh bien, je vous remercie, Enzo. Ne serait-ce que pour le verre de vin…

— Oh, y a pas d'quoi. Promis, j'vais m'renseigner. R'passez m'voir à l'occasion, j'vous dirai si j'ai trouvé quelque chose, et on boira un coup…

— Avec plaisir !

Elle lui adressa un salut reconnaissant et se dirigea vers la sortie. Les yeux tournés vers les cinq modèles exposés dans la boutique, elle s'immobilisa d'un coup.

— Dites-moi, Enzo, vos motos… vous arrive-t-il de les louer, parfois ?

Rivarin prit un air surpris.

— Les louer ? En voilà une drôle d'idée ! C'est sûr, quand j'reçois un nouveau modèle un peu sportif, il m'arrive de l'prêter à un bon pilote, sur une course de piste en terre, pour faire un peu d'publicité. Mais les louer, non ! Les motos, moi, j'les vends et j'les répare, et c'est déjà bien assez d'boulot !

— Ne feriez-vous pas une exception, pour une petite Française ?

Il la regarda, stupéfait.

— Vous voulez louer une moto ?

— Eh bien, oui. Pourquoi ? Les femmes ne conduisent-elles pas, sur Blackmore ?

— Ma foi, si ! Il y a même deux femmes dans l'moto-club, et elles ont des sacrés bons résultats en endurance, d'ailleurs. C'est juste qu'en général c'est pas les dames qu'achètent leurs motocyclettes, c'est leurs maris. C'est pour ça que ça m'surprend un peu. Faut pas m'en vouloir. Mais, de toute façon, j'vous l'ai dit, j'les loue pas, mes motos. J'suis désolé, *mademoiselle* !

— Je vous en aurais bien acheté une, mais je ne vais pas rester ici très longtemps. C'est dommage, car cela reste sans conteste le meilleur moyen de se déplacer sur une île comme la vôtre…

— Z'êtes pas ordinaire, vous, hein ? sourit le grand drille.

— On me l'a déjà dit.

Lorraine poussa un soupir puis, remontant le long de la rangée de motocyclettes, elle s'arrêta devant la dernière.

— Elle est magnifique, cette Harley-Davidson, dit-elle en caressant doucement le guidon.

Le propriétaire la rejoignit, les poings fièrement calés sur les hanches.

— Vous pouvez l'dire ! C'est une JD 1 200 centimètres cubes. Ce qui s'fait de mieux de l'autre côté de l'Atlantique !

— J'en ai déjà vu une, à Paris, mais elle n'avait pas un réservoir comme celui-là…

— Ma parole, z'avez le coup d'œil, vous, hein ? C'est l'tout nouveau réservoir. Ils appellent ça « en goutte d'eau ». Ça permet d'embarquer quinze litres d'essence, au lieu de dix.

— Ça lui donne une belle silhouette. Combien coûte-t-elle ?

— Ah, çà, c'est pas donné ! Avec les frais d'importation et tout le toutim, je la vends cent vingt livres sterling. Vous imaginez un peu ? Vous pouvez vous acheter deux Ford modèle T, à ce prix-là !

Lorraine hocha lentement la tête, s'agenouilla près de l'engin et inspecta le moteur, faisant glisser ses doigts le long des deux cylindres en V. Ce nouveau réservoir, plus large et majestueux, comme bombant le torse, le cadre bas et plongeant, qui s'écartait de la large selle en suspens, le moteur imposant, qui remplissait avec la pompe à graisse tout l'espace intérieur… Jamais la ligne d'une motocyclette ne s'était autant éloignée de celle des vélos d'antan. La jeune femme eut le sentiment d'observer un véhicule d'une nouvelle espèce, qui lui procura la même fascination qu'une œuvre d'art avant-gardiste.

— Voici ce que je vous propose, Enzo, dit-elle enfin en se relevant. Je vous achète cette moto, là, tout de suite. Quand je quitte l'île, vous me la reprenez, à un tarif qui tiendra compte de l'état dans lequel je vous la ramènerai. Qu'en dites-vous ?

— Z'êtes pas sérieuse ? s'esclaffa Rivarin.

— Je le suis tout à fait.

Il croisa les bras, pencha la tête d'un air suspicieux et dévisagea la jeune femme, se demandant si elle se moquait de lui. En soutenant le regard immobile de Mlle Chapelle, il fut rapidement convaincu que non.

— Et si vous avez un accident et que vous la détruisiez complètement ?

— Eh bien, dans ce cas, tant pis pour moi ! répliqua Lorraine avec un haussement d'épaules.

— Dites donc, c'est un sacré risque, tout de même ! Vous êtes très riche ?

— Non. Je conduis très bien.

Une nouvelle fois, Rivarin éclata de rire.

— Bon sang ! J'vous ai à la bonne, ma p'tite dame ! J'en ai rarement vu, des comme vous ! Comment qu'vous vous appelez ?

— Lorraine Chapelle.

— Eh bien, *mademoiselle* Chapelle, c'est un marché conclu !

Ils se tapèrent dans la main, puis l'homme baissa les yeux vers les chaussures de la Parisienne.

— Il va vous falloir des bottes, aussi…

— Ne lésinons pas. Je vais vous prendre la tenue complète, Enzo.

23.

— Je devine, à votre bibliothèque, que vous nourrissez quelque intérêt pour l'ésotérisme ? demanda Edward, les yeux encore tournés vers la remarquable collection du Dr McCann.

— Parbleu ! Vous êtes doté d'un sens de l'observation et d'une perspicacité admirables, détective !

— Ma foi, dans mon métier, c'est un minimum requis…

— Évidemment ! Suis-je bête ! Eh bien, pour tout vous dire, je suis membre de la St. Thomas Lodge of Blackmore, la loge maçonnique dont je vous parlais tout à l'heure, qui a participé au financement des travaux de ce sanatorium. Nous menons essentiellement des actions caritatives, des œuvres de bienfaisance, mais nous ne négligeons pas le travail ésotérique propre à notre société initiatique. Aussi, sans me départir du regard critique et cartésien de l'homme de science que je suis, je m'applique à m'instruire sur tous ces sujets, voyez-vous. Certes, depuis la perte de mon œil, je lis moins qu'avant, car ma vue se fatigue plus vite, mais disons que j'essaie toujours de concilier mon travail avec une perpétuelle quête spirituelle, débarrassée des dogmes. J'ai toujours pensé qu'il était important de donner du sens à mon bref passage sur terre.

— C'est tout à votre honneur ! affirma Pierce en inclinant respectueusement la tête. Je me passionne moi-même pour les sciences occultes, en les soumettant à l'analyse logique d'un détective qui cherche sans cesse à percer les mystères, même les plus insondables. Mais alors, dites-moi, l'île compte-t-elle de nombreux francs-maçons, qui œuvrent à vos côtés « de midi à minuit », comme on le dit chez vous ?

— Ah, cher ami ! répondit le médecin avec un sourire entendu. Puisque vous semblez connaître un peu nos coutumes, vous me pardonnerez la réponse d'usage : nous sommes… un certain nombre ! La plupart de nos membres ne cachent pas leur appartenance à la franc-maçonnerie, mais nous faisons serment de respecter le désir de confidentialité que formulent quelques-uns d'entre eux. Sachez néanmoins que notre loge existe depuis 1851, et que la plupart des gouverneurs de Blackmore y ont été initiés. Allons, je ne trahirai aucun secret en m'autorisant à satisfaire un peu votre curiosité : ceux-ci revendiquant ouvertement leur appartenance, je peux au moins vous confirmer que notre gouverneur actuel, sir Archie Glover, et le juge Gaudion comptent tous deux parmi nos frères.

— Pour ce qui est de ce dernier, quelques indices dans son bureau me l'avaient laissé soupçonner…

— Contrairement à la maçonnerie française qui, depuis la Révolution, a dû se faire plus discrète pour se mettre à l'abri de ceux qui continuent de lui prêter des complots ridicules, notre besoin de secret, ici, est assez limité. Le temple de Blackmore a pignon sur rue. Vous l'avez peut-être aperçu, d'ailleurs, sur Arenon Square…

— De loin, en effet. Il est impressionnant…

— Notre loge est très présente dans la vie quotidienne de l'île, et je crois pouvoir dire que nos œuvres de bienfaisance sont appréciées par les habitants. Mais, dites-moi, cher ami, je pensais que vos questions avaient trait plutôt au domaine de la médecine… Nous en voilà bien éloignés !

— Certes, admit Edward en souriant à son tour, pardonnez, je vous prie, l'insatiable curiosité du détective que je suis ! Commençons donc par la première question que je voulais vous poser et qui, vous allez le voir, relève bien de vos compétences de médecin. En arrivant ici, j'ai remarqué… Comment dire ? Eh bien, j'ai remarqué une particularité troublante, une sorte de curiosité physique commune à plusieurs habitants de Blackmore. La chose, je vous l'avoue, m'intrigue quelque peu. Les yeux d'un certain nombre de vos concitoyens présentent une sorte de cercle brunâtre…

La mine du médecin, restée circonspecte dans un premier temps, s'était soudain détendue.

— Ah ! Je vois ! s'exclama-t-il, presque rassuré. Une fois de plus, monsieur est fort perspicace ! Et vous avez raison : la réponse à votre étonnement relève bien, cette fois, de la seule médecine ! En effet, les îles comme la nôtre – où une population réduite, et isolée par son insularité, entraîne souvent des mariages consanguins – peuvent souffrir de divers maux, dont la gravité varie selon le niveau de ladite consanguinité. Celle-ci peut avoir de nombreuses conséquences, comme un plus fort taux de mortalité infantile et une diminution de l'espérance de vie, mais aussi une surreprésentativité de certaines maladies congénitales. Ce risque, quoique mieux défini aujourd'hui, est connu depuis l'Antiquité, et il est d'ailleurs à l'origine de la condamnation morale ou pénale de l'inceste dans la plupart des sociétés. Ainsi, la singularité que vous avez pu remarquer dans les yeux de certains habitants de Blackmore est le résultat d'une pathologie congénitale, qui se nomme maladie de Wilson, et qui, pour les raisons que je viens d'évoquer, frappe un nombre non négligeable de nos concitoyens. Au sein d'une large population, on rencontre en général un cas de maladie de Wilson pour vingt mille habitants, guère plus. Ici, selon mes dernières estimations, nous sommes plus proches des cinq pour cent...

— C'est un écart considérable ! s'exclama Edward.

— Je ne vous le fais pas dire ! Malheureusement, comme on ne sait pas encore guérir cette affection et qu'elle n'a cessé, depuis des siècles, de se transmettre de génération en génération, elle continue de se répandre sur Blackmore, voyez-vous. La maladie de Wilson a une chance sur deux d'être transmise à un enfant quand l'un de ses parents en est atteint, et elle se communique systématiquement aux enfants dont les deux parents sont affectés. La solution, bien sûr, serait d'interdire à deux personnes malades de se marier ou, au moins, de procréer. Malheureusement, aucun gouverneur n'a jamais voulu imposer cette mesure qui, selon moi, quoique cruelle et liberticide, serait pourtant la seule à même de faire disparaître cette maladie, ou, disons, de diminuer fortement son incidence.

Le médecin se leva et, tout en continuant son exposé, partit se laver les mains dans un petit lavabo, au fond de son bureau. Il fit la chose avec un tel naturel qu'on y devinait un mécanisme auquel il ne réfléchissait plus, et on avait l'impression qu'il n'avait même pas conscience des gestes qu'il était en train d'accomplir.

— Le problème, voyez-vous, c'est que les personnes atteintes de Wilson, sur notre île, ont tendance, au contraire, à se marier entre elles ! La chose peut sembler étrange, *a priori*, compte tenu de ses conséquences, mais, en réalité, elle est tout à fait explicable. Les individus sains, sur l'île, refusent presque toujours d'épouser une personne infectée, craignant de voir leur descendance hériter de la pathologie. Il en résulte que les victimes de Wilson souffrent d'un impitoyable ostracisme qui les oblige à se réfugier dans le communautarisme. Les malades s'entourent de personnes qui partagent le même sort et, rejetés par les autres, finissent par se marier entre eux… C'est un serpent qui se mord la queue.

Pierce secoua la tête d'un air attristé, tout en commençant à prendre des notes sur le carnet qu'il venait de sortir.

— Pouvez-vous me dire quelles sont les caractéristiques exactes de cette maladie ?

— C'est une pathologie assez sérieuse, en vérité, qui touche à la fois les yeux et le foie. Dans les cas les plus graves, elle peut aller jusqu'à causer une mort prématurée. L'un des symptômes est cette fameuse coloration marron clair, qui se dessine sur le pourtour extérieur de l'iris, et qui donne à ses victimes ce regard particulier qui a retenu votre attention. Malheureusement, c'est une maladie encore mal connue. Elle n'a d'ailleurs été baptisée ainsi que depuis une quinzaine d'années, du nom du médecin britannique qui venait de la décrire pour la première fois : le Dr Samuel Wilson. Quant aux cercles qui colorent le pourtour de l'iris, on les appelle les « anneaux de Kayser-Fleischer ». Selon ces deux éminents confrères allemands, ils seraient le résultat d'une trop grande accumulation de sels de cuivre dans le sang, conséquence directe de la maladie de Wilson. Quoi qu'il en soit, cette affection provoque une dégénérescence du noyau lenticulaire. Plus rarement, elle peut déclencher des troubles psychiques tels que l'hyperémotivité, la mélancolie ou même des états de psychose. Nous avons ici même, au sanatorium, quelques pensionnaires touchés par la forme la plus grave de la maladie de Wilson.

— C'est terrible ! Cette dégénérescence peut-elle aller jusqu'à provoquer la cécité ?

— Cela peut arriver, oui…

Marquant une pause, Edward, songeur, se tapota le menton du bout de son crayon. Ce faisant, il ne put s'empêcher de fixer son regard sur le squelette entier qui, suspendu à une tige de fer, trônait derrière le fauteuil du médecin.

— En somme, ce regard étrange serait le seul fruit d'une maladie congénitale…

— Vous semblez déçu. Espériez-vous une explication plus… ésotérique ? demanda McCann, un peu taquin.

— Non, pas du tout ! s'excusa Pierce. Je réfléchis à voix haute, voilà tout. Bien. Ce mystère étant résolu, j'en viens, si vous le voulez bien, à ma deuxième question : parmi les personnes qui ont disparu au cours des derniers mois figure une certaine Mlle Tudor. Je suppose que vous la connaissez ?

— Oui, bien sûr, l'institutrice de l'école des filles.

— Lors de mon enquête, je suis tombé sur une photo où on la voyait ici, au sanatorium de Bragbury, alors qu'elle était enfant.

Le médecin fronça les sourcils et frotta un instant son crâne dégarni.

— Diana ? Oh, non ! Mais je crois deviner la source de votre méprise, cher ami ! Le cliché que vous avez vu était probablement une photo de sa petite sœur, Sarah.

— Ah ? J'ignorais qu'elle avait une sœur. Je croyais qu'elle n'avait qu'un frère, Nicky.

— On aura omis de vous mentionner Sarah, du fait qu'elle n'est plus de ce monde. Seigneur Jésus, la pauvre enfant ! Elle était la petite dernière de la fratrie. Ses parents l'avaient placée au sanatorium de Bragbury, en effet, mais c'était avant la guerre, avant que je ne travaille ici. Ce devait être dans les années 1908-1909, je dirais.

— Et pourquoi l'avaient-ils envoyée ici ?

— La tuberculose, sans doute, puisqu'à l'époque c'était le seul mal qu'on traitait ici. Attendez, je vais regarder.

Il alla chercher un vieux registre dans son armoire, au milieu d'une somme considérable de dossiers, et en éplucha longuement les pages, approchant une loupe de son seul œil valide.

— Ah, voilà ! C'est bien cela ! Sarah Tudor est entrée au sanatorium le 13 janvier 1909. C'est d'ailleurs sa grande sœur, Diana, qui a signé le bulletin d'admission.

— Tiens donc ? Ce serait l'institutrice qui aurait fait interner sa propre sœur ?

Le médecin haussa les épaules.

— C'est possible. Ou bien, plus probablement, leurs parents étant analphabètes, elle se sera chargée des démarches administratives.

— L'admission d'un patient tuberculeux n'est-elle pas faite à la demande d'un médecin ?

— Pas forcément. Elle peut l'être à la demande de la famille, puisque c'est elle qui prend en charge les frais. Pour être honnête avec vous, à l'époque, le diagnostic de cette affection était encore un peu flou, voyez-vous. On parlait tantôt de « consomption », tantôt de « phtisie »... Je crains bien qu'il n'y ait eu par le passé quelques patients placés dans des sanatoriums après une erreur de diagnostic, et qui ont ensuite véritablement contracté la maladie, au contact des autres pensionnaires.

— Quelle horreur !

— Hélas, oui. Ce qui prouve combien la recherche médicale est importante, car elle seule permet les progrès qui nous sauvent de ce genre de tribulations. Il en va de même pour les traitements qui, ma foi, étaient encore assez rudimentaires.

Tandis que le professeur rangeait son registre, Edward eut l'impression d'entendre, au-dehors, les cris de quelques patients, et il se demanda comment les employés du sanatorium pouvaient supporter chaque jour pareil environnement. Avec le temps, finissait-on vraiment par s'habituer à la folie humaine ?

— Toujours est-il que la petite Sarah, qu'elle fût réellement victime de la tuberculose ou non, mourut ici, dans les murs de l'ancien sanatorium. Nicky Tudor a tenu mes anciens confrères pour responsables de cette triste fin et leur en a beaucoup voulu, se montrant parfois fort agressif à leur endroit. Je ne saurais l'en blâmer. Vous qui m'avez confié que vous aviez perdu votre frère pendant la guerre, vous devinez la douleur que Nicky et Diana ont dû éprouver en perdant leur jeune sœur. Si elle avait profité des soins que nous prodiguons aujourd'hui dans mon institution, peut-être aurait-elle survécu… Mais que voulez-vous ? Ainsi va l'histoire de la médecine. Ses plus grands progrès sont souvent le fruit des tâtonnements du passé…

— Figurez-vous que j'ai eu l'occasion de croiser ce fameux Nicky. Il m'a semblé qu'il avait, lui aussi, ce cercle brunâtre autour des yeux, provoqué par la maladie de Wilson. Savez-vous si c'était également le cas de Diana, sa sœur, l'institutrice disparue ?

— Absolument. Je vous le confirme, détective. Leurs parents en souffraient tous deux, et les trois enfants ont donc fatalement hérité de cette pathologie.

— Je vois.

Edward griffonna sur son carnet, puis il marqua une nouvelle pause, plus longue cette fois, comme s'il hésitait à poursuivre. Quand son silence devint trop gênant, il se décida enfin à reprendre, d'un ton presque embarrassé :

— Ma troisième question, docteur, sera un peu plus vague, et peut-être vous paraîtra-t-elle étrange…

— Allons ! Ce n'est pas moi qui vais vous apprendre qu'il n'est aucune question qui soit idiote, mais seulement leurs réponses possibles. Je vous en prie, cher détective…

— Soit. Alors voilà : il se trouve que j'ai eu l'occasion, quoique trop brièvement, d'apercevoir des notes de notre ami commun, le père Molloy. Il y faisait référence à des événements passés qui m'ont… intrigué.

— Lesquels donc ?

Le regard de Pierce, comme il essayait de guetter la moindre réaction sur le visage de son interlocuteur, se fit à la fois plus sibyllin et plus intense.

— Pat mentionnait dans ses papiers plusieurs épisodes, aussi effroyables qu'inexplicables, qui auraient marqué l'histoire de Blackmore. À en croire ses écrits, il y aurait eu sur l'île, au cours des derniers siècles, un nombre étonnant de vagues de violence, de folie ou de fureur, entraînant presque chaque fois la mort d'un grand nombre de personnes…

Le médecin ne sembla guère surpris. Au contraire. Il hocha lentement la tête.

— Je vois très bien de quoi vous voulez parler, monsieur, car notre bon père Molloy m'a interrogé à ce sujet, il y a quelques semaines.

— Tiens donc…

— Un jour, il est venu me voir et m'a demandé mon avis sur plusieurs événements malheureux qui, il est vrai, ont émaillé l'histoire de Blackmore. Je ne sais pourquoi il s'intéressait à tout cela. Installé depuis peu, s'interrogeait-il sur l'équilibre entre les forces du Bien et les forces du Mal sur ces terres ? Se demandait-il si le pouvoir du diable s'exerçait plus vigoureusement sur une petite île comme la nôtre ? Je n'en sais rien. Quoi qu'il en soit, comme je le lui ai dit ce jour-là, je dois vous avouer que je ne me sens guère qualifié pour déterminer si la récurrence de ces drames, dans le passé, revêt quelque anormalité… De tels phénomènes ont été relatés aux quatre coins du monde, et je ne dispose d'aucune donnée statistique qui me permettrait de dire si leur nombre fut plus grand sur notre île qu'en tout autre lieu. Sans doute faudrait-il poser la question à un historien. Par exemple au Pr Vandekade, le directeur de la bibliothèque de Blackmore, qui a enseigné l'histoire pendant de nombreuses années à Cambridge.

— C'est prévu, assura Edward. Mais, si nous laissons un instant de côté la question de leur fréquence, anormale ou non, je me demandais simplement si votre expérience dans le domaine de la psychiatrie vous permettait d'envisager une explication scientifique à ces mystérieux épisodes. Si mes souvenirs sont exacts, le père Molloy mentionnait, entre autres, un funeste procès, qui aurait eu lieu au palais de justice de Guernesey, vers 1570, et au cours duquel quatre adolescentes de Blackmore auraient été accusées de sorcellerie. Ces jeunes femmes auraient manifesté simultanément des crises qualifiées de « surnaturelles » par leurs contemporains. Après avoir donné la mort à plusieurs animaux, elles s'en seraient prises aux habitants de l'île, se rendant coupables d'une dizaine d'homicides, avant d'être arrêtées dans leur folie meurtrière.

Pierce humecta le bout de son index et tourna les pages de son carnet pour retrouver les notes qu'il avait prises.

— Plus loin, Pat évoquait un autre événement, qui aurait eu lieu aux environs de l'an 1650 dans l'abbaye de Pennygarth, où une religieuse, en proie à un délire subit, aurait commencé à mordre les autres sœurs de sa communauté. Petit à petit, la fureur qui la possédait aurait gagné toutes les femmes de l'abbaye. De nombreuses attaques par morsure seraient rapportées dans les annales de l'époque, où l'on aurait déploré la mort d'une vingtaine d'habitants de l'île ! N'ayant pu parcourir ses notes qu'une seule fois, je n'ai évidemment pas tout mémorisé, mais je crois me souvenir que le père Molloy y avait relevé au moins une douzaine d'épisodes du même acabit s'étant déroulés sur l'île, tous aussi violents et étranges… Comment l'aliéniste que vous êtes expliquerait-il ces atrocités ?

Le médecin, après avoir remonté ses petites lunettes rondes qui, quand elles glissaient trop sur son nez, laissaient fâcheusement apparaître le haut de sa disgracieuse énucléation, écarta les bras, presque désolé.

— Bigre ! Tout ce que je puis vous dire, c'est qu'il s'agit là, me semble-t-il, de cas d'hystérie collective. Ces phénomènes divers ont été étudiés par certains de mes confrères. Malheureusement, à ma connaissance, il n'en existe aucun qui se soit produit à une époque suffisamment récente pour pouvoir être analysé, de près, avec les outils de la psychiatrie moderne. Tenez, par exemple, les cas décrits par le passé comme relevant de la sorcellerie ou de la possession seraient très probablement qualifiés, par un observateur moderne, de crises épileptiques. De même, il arrive, lorsqu'une personne est atteinte d'une affection aux symptômes frénétiques et inquiétants, qu'un certain nombre des membres de son entourage, sous les effets de l'angoisse, s'imaginent souffrir à leur tour du même mal. On parle dans ce cas d'hystérie épidémique. Il existe tant d'hypothèses possibles ! Plusieurs études très sérieuses envisagent que la morsure d'insectes venimeux – en particulier celle de

Latrodectus, cette araignée appelée plus communément « veuve noire » – puisse déclencher de violentes crises de psychose chez leurs victimes. D'éminents confrères, encore, proposent une autre explication à ces soudaines irruptions de frénésie de groupe : l'éventualité d'une contamination par *Claviceps purpurea*, l'« ergot du seigle », ce champignon qui se développe parfois sur les graminées et provoque une maladie que l'on a nommée l'ergotisme. Celle-ci, infligeant à ceux qui en sont atteints des douleurs insupportables, peut les conduire à des accès de fureur parfaitement effroyables. Au Moyen Âge, quand le manque d'hygiène favorisait le développement dudit champignon dans les céréales, ce mal était assez fréquent. On l'appelait alors « feu de saint Antoine », « peste de feu » ou « feu d'enfer », car le malade avait le sentiment d'être dévoré de l'intérieur par des flammes ardentes.

— Je vois, acquiesça Pierce, avec une conviction toute relative. Cependant, si vous le permettez, un détail m'a intrigué, dans cette longue liste établie par le père Molloy : selon lui, cette série d'événements sinistres aurait soudainement pris fin en l'an 1700. Depuis cette date, et jusqu'à la nouvelle série de drames que Blackmore traverse désormais, aucun épisode de violence similaire n'aurait été relaté sur l'île. Or, coïncidence ou non, il se trouve que c'est précisément en l'an 1700 qu'un météore s'est abattu sur Blackmore. Un événement dont vous avez sûrement entendu parler…

— Oui, bien sûr ! D'ailleurs, si je puis me permettre, le météore ne s'est pas abattu sur l'île, en vérité, mais au large de ses côtes. Quoi qu'il en soit, pour ce qui est de cette concomitance de faits, je suis parfaitement à l'aise en vous affirmant que je n'y vois, pour ma part, que pur hasard. La chute d'un météore est un phénomène astronomique relativement ordinaire. Si le souvenir que je garde des quelques articles que j'ai pu lire à ce sujet par le passé ne me trompe guère, il tombe chaque année sur terre plusieurs centaines de fragments rocheux venus des profondeurs du ciel.

— Certes, mais celui-là était d'une dimension remarquable, se défendit Pierce. Le fait qu'il signa la fin abrupte de ces épisodes violents mérite, au minimum, qu'on s'y interroge.

— Ah, je ne dirai jamais qu'on a tort de s'interroger en toute circonstance, bien au contraire ! Le doute est la ressource première de l'intelligence, nous sommes d'accord ! Cependant, si gros que fût ce météore, démontrer qu'il puisse exister un lien entre la chute d'un corps céleste et la disparition de phénomènes sociaux ou médicaux au sein d'une population entière me semble une entreprise fort hasardeuse. Il m'apparaît bien plus prudent et raisonnable d'estimer qu'à partir du XVIIIe siècle les progrès de la médecine, la meilleure diffusion du savoir et, surtout, l'amélioration considérable de l'hygiène et des conditions de vie ont permis de mettre un terme à ces crises d'hystérie assez courantes au Moyen Âge, et…

Le médecin fut interrompu par un impétueux tambourinement à la porte de son bureau.

— Docteur, docteur ! s'écria une voix dans le couloir.

McCann, brutalement coupé dans sa verve superbe, fit une grimace agacée.

— Eh bien ? Que voulez-vous donc ?

— C'est une urgence, docteur…

— Diable ! Mais entrez, imbécile !

Un gardien du sanatorium, en nage et écarlate, apparut dans la pièce. Il regarda l'hôte du directeur d'un air un peu benêt, comme s'il n'osait pas parler devant lui.

— Que se passe-t-il, Warner ? le gronda Callum McCann. Je vous écoute, nom d'une pipe !

— Nous avons… nous avons un problème de protocole 3 dans la division des agités, monsieur le directeur !

— Et alors ? Vous n'arrivez pas à régler ça tout seul, cornegidouille ?

— C'est-à-dire que cela a pris beaucoup d'ampleur, très vite, et que cela s'étend maintenant aux divisions voisines. Nous… nous sommes complètement débordés !

D'un coup, un nuage sombre enveloppa la figure immobile du médecin.

24.

Rhabillée de la tête aux pieds en parfaite aviatrice, il ne fallut guère plus d'une minute à Lorraine pour sortir de la ville au guidon de sa Harley-Davidson, loin des foules de la Blackmore Week. Il fallut un temps plus court encore pour que cette incroyable sensation de liberté offrît à son visage un sourire qu'elle n'y déliait que fort rarement. C'était là le sourire, euphorique, de la plus irrésistible délectation solitaire. À peine lancée sur les routes sinueuses de la campagne automnale, elle se laissa griser non seulement par le décor de l'île, aux vifs camaïeux bruns et orangés, mais par la vitesse, le bruit ensorcelant du moteur, les vibrations galvanisantes de la machine et la vive caresse du vent. L'on n'eût pu dire si les larmes qui coulaient sur ses joues étaient le fruit des courants d'air qui assaillaient ses yeux écarquillés, ou la manifestation d'une irréfrénable allégresse. Mais lorsqu'elle plongeait son engin dans un nouveau lacet ou qu'elle se sentait aspirée d'un coup par l'accélération soudaine qu'occasionnait une descente inattendue, ce sourire déjà si rare se muait en rires véritables, en acclamations de délice. « *Ihou !* »

hurlait-elle, espiègle et radieuse, à la face des nuées qu'elle semblait embrasser.

Pendant la demi-heure que dura sa course folle, Mlle Chapelle éprouva une plénitude dont aucun être sur terre n'eût pu comprendre la profondeur, car, à la vérité, elle n'avait plus ressenti plaisir si intense depuis de très longues années. Et alors plus rien n'exista en son cœur blessé que le défilé des arbres, les successions de collines bienveillantes que sa chevauchée avalait l'une après l'autre, la révérence complice que lui adressaient, sur son passage, les phares haut perchés, les ruines lointaines et les voûtes de granite, les claquements délicieux des cylindres que les gorges de roche grise lui renvoyaient en écho, comme autant d'ovations miséricordieuses. Plus rien n'exista que la terre et le ciel, et aussi longtemps que continua cet instant suspendu, ils lui appartinrent tout entiers.

Il était quatre heures passées quand la jeune femme, sa nouvelle casquette de pilote solidement enfoncée sur le crâne, arriva en vue de la tour du télégraphe, dans le sud-ouest de l'île, là où les falaises atteignaient leur point culminant. Ralentissant un peu, elle quitta la route de Westcliff et s'aventura sans vergogne dans une expédition cahoteuse au milieu des mottes de terre, filant tout droit à travers champs, debout sur les cale-pieds pour préserver son dos des violentes secousses.

Arrivée enfin devant l'édifice, Lorraine, à regret, coupa le moteur de la motocyclette. Elle descendit, les yeux encore illuminés de ferveur, et la cala contre le mur.

La tour de pierre circulaire – dont la fonction première avait été abandonnée – était inoccupée, bien que, assez récemment encore, elle eût servi d'abri au club de golf de Blackmore. Construite en 1811, dans le climat des guerres napoléoniennes, elle avait permis de signaler la position des navires français en communiquant par sémaphore avec l'île de Guernesey à l'aide d'un ingénieux système d'indicateurs lumineux, visibles à plusieurs dizaines de kilomètres, et articulés sur un mât. Ce dernier, perché en haut de la tour, avait désormais disparu.

Reculant de quelques pas sous les assauts de la bise qui courait à la surface du plateau, Lorraine passa un petit moment à regarder le monument dans son ensemble, ainsi que son environnement.

Le journaliste Élias Carteret avait-il disparu là ? Certes, sa consœur, feu Mlle Appleton, avait expliqué qu'il devait se rendre à cet endroit précis le fameux soir du 4 août. Mais rien ne permettait encore d'affirmer qu'il s'y fût trouvé réellement, et que quelque chose lui fût arrivé là. Et si oui, quoi ? À première vue, il n'y avait là aucune bizarrerie qui eût pu frapper Lorraine comme un indice évident – une bicyclette abandonnée, des traces de pneus dans le sol, que le départ ou l'arrivée violente d'une voiture eussent laissées, un bout de veste déchiré, la porte de la tour enfoncée, ou un cadavre, même…

— Que s'est-il passé ce soir-là, monsieur Carteret ? murmura la jeune femme en essayant d'imaginer la scène. Étiez-vous tout là-haut, en train d'observer le ciel, quand on vous a attaqué par surprise ? La vue est si dégagée alentour : comment auriez-vous pu ne pas voir arriver votre agresseur ? Peut-être n'avez-vous point été attaqué. Peut-être êtes-vous parti de votre plein gré, comme le pense votre employeur. Mais où, alors ?

Luttant contre le vent qui soufflait de plus en plus fort, elle revint au pied de la tour. La porte en bois, étroite et basse, était fermée seulement à l'aide d'un loquet. Lorraine se glissa à l'intérieur.

Les appareils permettant jadis d'actionner le système de sémaphores avaient été enlevés depuis longtemps et les lieux étaient entièrement vides. À vrai dire, pour une tour ouverte au public, ils étaient même d'une propreté étonnante ; il n'y avait pas un seul déchet qui traînât sur le sol, aucune dégradation visible, aucune pierre éboulée trahissant un manque d'entretien : tout était propre et net. Après avoir fait le tour de la pièce, la jeune femme monta l'escalier qui menait au premier étage, où elle fit le même constat. Il n'y avait rien d'autre à voir là que les murs et le sol, lesquels étaient de la même tenue. Au deuxième étage, pareil. Du côté sud, une échelle en bois s'élevait jusqu'à une trappe dans le plafond, laquelle était fermée. Lorraine ramena sa besace et son appareil photo dans son dos, grimpa, souleva l'écoutille et se hissa sur le toit, accueillie aussitôt par une bourrasque formidable. *WI-IH-ISH*… Sur le point le plus haut de l'île, le fameux *murmure des brumes* devenait un hurlement.

Tenant la visière de sa casquette d'une main, Mlle Chapelle s'avança jusqu'au muret, au sommet de la tour du télégraphe. Hypnotisée par les rafales stridu-leuses qui tournoyaient avec une vigueur grandissante, elle se laissa envoûter par les splendeurs funestes de la baie, tandis que les pans de son long manteau de cuir se soulevaient derrière elle. Le ciel, encore bleu quelques instants plus tôt, commençait à noircir, comme se formaient ici et là des nuages sombres, qui gonflaient à vue d'œil. La mer sembla se réveiller, se mouchetant de moutons blancs qui, en se soulevant, faisaient, sur cette étendue obscure, de longues crinières d'écume. Et ainsi, sous le regard hypnotisé de la jeune Française, l'île de Blackmore se laissa gagner par les prémices d'une tempête formidable. Bientôt, l'air lui-même parut se charger d'électricité. À deux cents mètres de la tour à peine, là où s'arrêtait brusquement le plateau de roche sur lequel elle était érigée, on devinait le précipice, et l'on entendait le son étouffé des vagues furieuses qui venaient se briser au pied de la falaise. Par moments, l'agitation de l'onde était si grande que les rochers, dispersés au large des côtes, disparaissaient sous les flots. Et puis une brume distante se forma, telle une armée qui se lève au fin fond d'un champ de bataille. Dans sa danse macabre, elle effaça peu à peu la ligne qui séparait la mer et le ciel, bouleversa l'horizon. Lorraine, quoique son corps fût secoué par les assauts capricieux d'Éole, était comme pétrifiée, étourdie par la beauté du spectacle autant que par son inquiétante noirceur. C'était un tableau lugubre et magnifique, une fresque gothique qu'un peintre céleste ne cessait de venir retoucher sous ses yeux, ajoutant à chaque nouveau battement de cils un peu plus d'obscurité, un peu plus d'épouvante. Il fallut l'illumination soudaine et aveuglante d'un premier éclair dans le lointain pour sortir la jeune femme de sa torpeur.

Marchant péniblement contre le vent, le visage fouetté par le haut col de son cache-poussière, Lorraine rabaissa ses lunettes d'aviateur et retourna vers la trappe, dans laquelle elle se glissa prestement. Après avoir refermé l'écoutille, non sans difficulté, elle descendit l'escalier de la tour au pas de course. Arrivée dehors, elle s'apprêtait à enfourcher sa motocyclette quand un détail sur le sol, à quelques mètres à peine, la coupa dans son élan.

Alors qu'un roulement de tonnerre grondait au large, Mlle Chapelle s'avança lentement vers l'arrière du bâtiment, du côté opposé à la mer, et s'agenouilla dans l'herbe en fronçant les sourcils.

25.

— Monsieur Warner, veuillez escorter le détective Pierce jusqu'au portail, s'il vous plaît, ordonna le Dr McCann d'un air préoccupé, en se levant de sa chaise.

— Que se passe-t-il ? demanda Edward.

Le médecin hésita, comme embarrassé.

— Vous qui m'interrogiez tout à l'heure au sujet des phénomènes d'hystérie collective, je crains que ce qui m'attend dehors ne s'en approche quelque peu…

— C'est-à-dire ?

— Nos gardiens doivent adopter le protocole 3 de notre règlement de sécurité quand plusieurs malades de la division des agités entrent simultanément dans des crises de psychose aiguës. Visiblement, c'est le cas.

— Cela arrive souvent ? s'enquit le détective en se levant à son tour.

— De temps en temps, surtout parmi ceux que l'on appelle les « aliénés rebelles », mais M. Warner semble décrire un épisode plus violent qu'à l'accoutumée…

— Beaucoup plus, monsieur le directeur ! confirma le gardien, dont le poing était serré sur le manche de la matraque qui pendait de sa ceinture.

Callum McCann ouvrit alors un placard dans lequel il se saisit d'entraves, de manchons et d'une grosse seringue préremplie qu'il glissa dans sa poche en secouant la tête.

— Bien. Il faut que j'aille voir l'ampleur de la chose. Monsieur Pierce, je suis désolé de devoir ainsi vous chasser, mais je n'ai d'autre choix que de gérer cette crise avant qu'elle ne se propage. Suivez M. Warner jusqu'à la sortie, je vous en conjure : notre règlement nous interdit d'exposer nos visiteurs au moindre danger.

Edward, un peu désemparé, se mit diligemment en route derrière l'employé en blouse bleue, lequel, le regard sombre, lui fit signe de se presser. Ensemble, ils dévalèrent l'escalier qui conduisait au rez-de-chaussée. En bas des marches, le gardien détacha sa matraque et s'en empara fermement.

— Restez près de moi en toute circonstance, monsieur.

— Bien sûr.

Lors, Warner prit une profonde inspiration puis, d'un coup sec, ouvrit l'épaisse porte qui donnait sur la cour de l'administration. D'un seul élan, ils se précipitèrent au-dehors. Mais après une première foulée à peine, Edward se figea devant le spectacle qui s'offrait à ses yeux et le vacarme que, de l'intérieur, il n'avait pu entendre.

D'abord, il y avait le ciel. Pendant l'heure qui avait précédé, enfermés dans le bureau du Dr McCann, qui était dépourvu de fenêtres, ils n'avaient pu assister au changement soudain des conditions météorologiques. Une tempête, indéniablement, était sur le point d'éclater, annoncée par de gros nuages noirs et des rafales de vent d'une force vive. On eût dit qu'un brouillard de carbone, une fumée produite par quelque houille immense était en train de descendre, des nuées, sur l'île.

Mais surtout, il y avait les hommes, fussent-ils pensionnaires ou infirmiers. Le désordre alentour était tel qu'on ne savait plus où poser le regard. De toutes parts s'élevaient les échos de cris, d'injures, de grognements, le bruit des pas de plusieurs courses folles, le fracas de portes ou de fenêtres qui claquaient, de bois qui craquait, de verre qui se brisait… Là, le long de la première galerie, trois gardiens tentaient de maîtriser au sol un malade. L'aliéné poussait des cris inhumains et gesticulait avec une violence telle que ses geôliers peinaient à l'immobiliser. Plus loin, un pensionnaire hagard titubait, nu, au milieu de la cour, les yeux perdus dans le vide. Son torse comme le pourtour de sa bouche étaient couverts de sang. À ses pieds gisait un employé du sanatorium, immobile, sa blouse maculée, au niveau des entrailles, d'un liquide écarlate et poisseux. Plus loin, des agités se battaient entre eux avec une férocité abominable, à coups de barre de fer et de hache à incendie, pendant que d'autres essayaient d'enfoncer une porte. Il y en avait qui couraient sur les toits, il y en avait qui fuyaient vers les jardins, il y en avait qui sautaient des fenêtres, qui rampaient sur le sol, et il y en avait trois, enfin, qui avançaient dans leur direction, armés de bâtons et de chaînes.

— Doux Jésus, murmura Edward, horrifié.

— Pour l'amour de Dieu, venez ! s'écria Warner en l'attrapant par le bras pour l'obliger à le suivre.

Se ressaisissant, le détective fit volte-face et lui emboîta le pas. Alors que des hurlements bestiaux s'élevaient dans leur dos, ils plongèrent sous la grande arche qui séparait la cour de l'allée principale, s'engouffrant dans l'ombre que le bâtiment produisait sur toute sa largeur.

Ils allaient sortir de ce tunnel quand, à l'angle de l'édifice, le détective entra en collision avec un malade, surgi de nulle part. L'homme, décharné, livide, avait une figure effrayante. On eût dit le visage d'un macchabée, deux ou trois jours après son trépas. La peau était sèche et grisâtre, les yeux vitreux, enfoncés dans leurs orbites, et l'horrible bougre n'avait pas plus de sourcils sous le front qu'il n'avait de cheveux sur le crâne. Reprenant son équilibre après l'impact qui avait failli le faire tomber, le malade se tourna lentement et leva les mains vers Edward, dans l'intention sans doute de l'étrangler.

Obéissant aux réflexes que sa profession et son expérience avaient imprimés, Pierce dégaina son revolver et le colla sous le menton de l'aliéné, avant de plaquer celui-ci violemment contre le mur.

L'homme, plongé dans une léthargie profonde, se laissa faire mollement. Au moment où l'arrière de son crâne heurta la pierre, ce fut comme s'il n'avait éprouvé aucune douleur. Ses yeux, injectés de sang, fixaient le Britannique, et l'on avait l'impression qu'il n'y avait plus rien d'humain derrière ce regard. Puis, du bout des lèvres, il balbutia un mot étrange, d'une voix rauque et caverneuse :

— *Croatoan*.

M. Warner, qui était revenu sur ses pas en voyant que le détective ne le suivait plus, s'écria :

— Mais que faites-vous, pour l'amour du Ciel ?

Edward maintint l'aliéné contre le mur encore quelques instants, le canon de son arme toujours collé sous la mâchoire de l'épouvantable personnage.

— *Croatoan*, répéta celui-ci calmement, comme une litanie funeste.

Cette fois, on eût dit qu'il souriait.

Edward, lui, était livide. Car ce mot, il le reconnaissait. Il l'avait vu dans les notes du père Molloy. C'était le mot étrange qu'on avait retrouvé sur une maison, gravé dans le bois, après la disparition de la colonie de Roanoke.

— Lâchez-le et rangez votre arme, je vous en supplie ! lança le gardien en s'approchant lentement.

Edward, reprenant ses esprits, obtempéra. Après avoir repoussé fermement l'aliéné sur le côté pour s'assurer qu'il ne pourrait l'atteindre, il rengaina son revolver et fit signe au gardien qu'ils pouvaient reprendre leur course.

— On ne sort jamais une arme à feu dans un sanatorium, malheureux ! chuchota Warner d'un air réprobateur tandis qu'ils se remettaient en route.

L'aliéné squelettique n'essaya pas de les suivre. Il se contenta de les regarder s'éloigner, répétant en boucle ce mot énigmatique, *croatoan*, *croatoan*, tout en se dandinant sur place comme un somnambule.

— Lorsqu'on m'attaque, je sors mon arme où je veux, et quand je veux, monsieur ! répliqua l'Anglais, catégorique.

Ils coururent ainsi jusqu'en bas de l'allée principale. Dans leur dos résonnaient les bruits étouffés de l'émeute. Par chance, cette partie du sanatorium était encore épargnée. Aucun enragé en vue.

— Ouvrez le portail ! cria le gardien en voyant son collègue planté sur le seuil de sa petite maison.

— Qu'est-ce qui se passe, là-haut ? répliqua celui-là, presque fâché.

— Nous avons déclenché le protocole 3 ! Ouvrez le portail, bon sang, et laissez M. Pierce sortir !

Le gaillard s'exécuta en grognant.

M. Warner escorta le détective jusqu'à la sortie, le poussa au-dehors et referma derrière lui.

— Rejoignez le débarcadère, monsieur, et attendez le départ pour rentrer sur Blackmore, lui dit-il d'un ton autoritaire à travers la grille.

Edward sortit sa montre.

— Mais le *Marie-Madeleine* ne part pas avant près de deux heures !

— Qu'importe ! Attendez en bas, nom de Dieu ! répéta le gardien, agacé. Et ne revenez pas ici, sous quelque prétexte que ce soit ! Quand vous serez en ville, prévenez le juge Gaudion qu'il y a eu une rébellion dans la division des agités, qu'il envoie des policiers !

— Vous n'avez pas de téléphone ?

— Si. Mais il ne marche pas toujours, par gros temps. Je préfère prendre mes précautions. Allez ! Filez, parbleu !

Le gardien tourna les talons et se lança de nouveau dans l'allée principale, matraque au poing.

— Que Dieu vous garde ! lui cria Pierce avec compassion en le regardant s'éloigner.

L'Anglais, encore sous le choc, resta un petit moment devant le portail. Au loin, des éclairs zébraient le ciel obscur, alors que la lumière du phare, par-delà le sanatorium, tournoyait dans les airs, plus vive que jamais.

— Fichtre, murmura-t-il pour lui-même, la traversée ne va pas être de tout repos.

Après un long soupir, il rajusta son duffle-coat et entama la longue descente vers le débarcadère de Bragbury. À chaque pas, il devait livrer bataille contre le vent retors qui semblait vouloir l'empêcher de quitter les lieux. La tête rentrée dans les épaules, les jambes arquées, se servant de son beau parapluie bleu comme d'un piolet de randonneur, Edward avança sur la pente périlleuse avec prudence et acharnement.

Perché sur cette roche isolée au milieu d'une mer de plus en plus déchaînée, abasourdi par les grondements du tonnerre, Edward éprouva un sentiment de solitude et d'écrasement. C'était comme si ce grand rocher, suspendu entre la colère du ciel et celle des flots, était devenu l'épicentre d'un chaos cosmogonique, dont il fût l'unique créature, chahutée par les éléments sous le regard moqueur de quelque cruelle déité. *WI-IH-ISH !* N'était-ce point là le rire sardonique d'un démiurge malicieux, qui s'amusait avec son jouet ?

Il était à la moitié du chemin qui descendait vers le ponton de bois quand il aperçut le bateau à vapeur qui l'avait amené là, et qui était encore amarré. Et il en était aux deux tiers quand, poussant un cri d'effroi, il vit le *Marie-Madeleine* cracher des volutes de fumée noire et se mettre en route.

— Mais que font-ils, bon sang ? grogna Pierce, paniqué, tandis que le bateau s'éloignait lentement.

Comme frappé par la foudre, le détective se lança dans une course folle, manquant de glisser cent fois sur les graviers sournois qui roulaient sous ses pieds.

Dévalant la pente, il agita son parapluie dans les airs pour tenter de se faire remarquer par l'équipage.

Il n'était pas six heures, mais l'arrivée inéluctable de la tempête avait dû décider le capitaine et ses deux matelots à rentrer plus tôt, avant qu'il ne soit plus possible de prendre la mer. De fait, celle-ci était déjà si agitée qu'il était peut-être même trop tard.

Refusant de se résigner, et fort peu motivé par la perspective de passer la nuit sur l'île de Bragbury, alors que le sanatorium lui-même était en ébullition et que le ciel menaçant annonçait des intempéries épouvantables, Edward prit son revolver et, sans cesser de courir, tira trois coups de feu en l'air. Compte tenu du vacarme ambiant, il misait davantage sur les gerbes d'étincelles que sur le bruit occasionné. L'idée n'était pas saugrenue, mais elle ne fut pas suivie d'effet. Le bateau, qui était déjà à une centaine de mètres, poursuivit sa désolante trajectoire dans les flots en furie.

— Bordel de Dieu ! hurla le détective en arrivant sur les planches du ponton. Ohé ! Ohé ! Capitaine Stout ! Revenez, malheureux !

Les vagues, de plus en plus hautes, venaient se briser contre les poteaux de l'embarcadère. Et elles étaient si violentes que le Britannique se demanda si la structure pourrait résister longtemps. Dans un accès de rage, il tira encore deux coups de feu en l'air. Mais toujours rien. Le *Marie-Madeleine* s'en allait, et il ne restait plus qu'une seule cartouche dans le barillet.

— Foutre Dieu !

Edward, ivre de colère, partit au bout de la jetée aussi vite que le permettait son sol dangereusement glissant. Là, dans un ultime espoir, il tira sa dernière balle vers le ciel, en hurlant aussi fort qu'il put et en faisant de grands arcs de cercle avec son parapluie.

Rien. La détonation se perdit dans le fracas.

À bout de souffle, étourdi par le bruit et le bouillonnement du sang qui palpitait sous ses tempes, Pierce rengaina son arme et se laissa tomber sur les genoux. Il regarda, impuissant, la silhouette du navire qui s'éloignait sous les vrombissements des cieux noirs et de la marée fulminante. Dans les nuées, les roulements de tambour semblaient une déclaration de guerre.

Abattu mais résigné, il était en train de se redresser quand une lame formidable se souleva sous ses pieds. Avant même qu'il n'eût pu s'agripper à la corde qui longeait le ponton, le détective fut emporté par cette gifle foudroyante de Neptune. Son corps bascula dans les flots. S'enfonçant dans les profondeurs, renversé, assommé, tous ses sens s'embrouillèrent. Bientôt, égaré dans l'obscurité impénétrable, il ne fut plus en mesure de dire où était la terre, et où était le ciel. Partout autour de lui, ce n'étaient que ténèbres. Incapable de résister au courant qui l'emportait, Edward s'agita, cherchant du bout des doigts quelque ancrage où se retenir, avant que le torrent sous-marin n'aille le broyer contre les rochers.

C'est alors qu'une vive douleur lui déchira les reins, comme sous l'effet d'un grand coup de massue qu'on lui eût porté au dos. Il s'en fallut de peu pour que cet instant ne fût son dernier. Ironie du sort, ce qui sauva Edward, sous l'eau, ce fut son parapluie ! Dans le réflexe désespéré mais salvateur de celui que seul l'instinct de survie anime encore, il parvint à accrocher la poignée de son fidèle pébroc au pilier de bois qu'il venait de heurter. Lors, tirant sur ses bras, il se rapprocha du poteau pour s'y agripper fermement. Il lui fallut une force phénoménale pour rester en place et résister au courant, qui continuait de vouloir l'emmener vers une mort certaine. Du coin de l'œil, il vit le reflet d'une lumière qui flottait au-dessus de sa tête. Celle du phare, peut-être ? Non ! Une lumière plus proche, effleurant l'onde, comme le faisceau d'une lampe qui se fût promené sur du verre. Aussitôt, puisant dans ses poumons le dernier souffle de vie, et dans ses membres les dernières vigueurs, Edward se hissa vers la surface. Vers cette lueur au bout du tunnel.

Il ne lui restait plus que quelques centimètres à parcourir quand, percuté en pleine tête par une chose invisible, le détective perdit connaissance, avant même d'avoir pu regagner la surface.

Au même instant, dans un vacarme assourdissant, un éclair fantastique déchira la toile du firmament.

26.

— Vraiment, vous devriez pas rester là, mam'zelle ! cria M. Murphy, le surintendant portuaire, emmitouflé dans son manteau de toile goudronnée.

Il attrapa gentiment Lorraine par l'épaule.

— J'dois fermer l'ponton !

Le port de Kimton End était balayé par un vent du diable. Chaque nouvelle vague qui venait s'écraser sur le brise-lames dans un fracas tonitruant paraissait plus forte que la précédente. Les nuages noirs étaient si bas, désormais, qu'ils engloutissaient l'île tout entière dans une vapeur ténébreuse, que la lumière du phare elle-même peinait à percer.

— Et le *Marie-Madeleine* ? hurla la Française en pointant le doigt vers la mer, de l'autre côté du long mur entouré de pierres brutes qui, tant bien que mal, protégeait la rade.

Le bruit de la tempête était assourdissant, il fallait s'égosiller pour se faire entendre.

— L'capitaine Stout il est pas assez fou pour faire la traversée par un temps pareil ! Y viendront pas, j'vous dis, ils ont dû rester à Bragbury ! Rentrez chez vous, mam'zelle ! C'est trop dangereux dehors ! R'gardez, y a des tuiles qui volent de partout ! Z'allez vous faire couper la tête.

Lorraine grimaça. En son for intérieur, elle savait pertinemment que le surintendant avait raison. Mais l'idée de partir sans avoir la moindre nouvelle de M. Pierce lui était insupportable.

— Avez-vous rappelé le sanatorium ?

— Hein ? brailla le responsable du port en soulevant le bord de son large chapeau ciré.

— Le sanatorium !

— L'téléphone y marche point, j'vous ai dit ! Allez, soyez gentille, v'nez avec moi, faut que j'ferme l'accès au ponton, c'est la règle !

Le visage trempé, il lui adressa un regard suppliant.

La Française, habitée par un terrible pressentiment, quitta finalement la plate-forme en bois au côté du brave homme qui, la tenant par le bras, l'accompagna jusqu'à sa motocyclette, garée entre deux voitures, à l'entrée du port.

— Z'êtes sûre de pas vouloir attendre à la capitainerie, le temps que ça s'calme ? demanda M. Murphy, inquiet, en regardant la Harley-Davidson. J'peux vous y allumer un feu, vous r'fermerez en partant.

— Ça va aller, ne vous inquiétez pas.

L'homme, de guerre lasse, haussa les épaules.

— Soyez prudente, hein ?

Mlle Chapelle se pencha sous le réservoir pour ouvrir le robinet d'essence, puis fit pivoter la pédale de kick. Debout à droite de la machine, les mains sur le guidon, elle tourna la poignée deux fois pour faire venir le carburant, se hissa sur la pédale et s'apprêta à s'y lâcher de tout son poids afin de démarrer le moteur, mais soudain, au loin, elle entendit la voix étouffée du surintendant qui poussait des exclamations.

Lorraine regarda en direction du port et, à son tour, distingua, dans le brouillard, le halo jaune d'une lampe puissante qui vacillait au-dessus des flots, de l'autre côté du brise-lames.

Le cœur battant, elle abandonna sa monture et se précipita derrière M. Murphy qui, déjà, lampe-tempête à la main, retournait vers le ponton dont il venait de fermer la barrière.

— C'est le *Marie-Madeleine* ? le pressa-t-elle, fiévreuse, en arrivant près de lui.

— On dirait bien, ma parole ! Y sont fous !

Le tonnerre gronda une nouvelle fois, si fort que la terre sembla trembler sous leurs pieds.

— Nom d'un chien, ça faisait longtemps que j'avais pas vu pareil ouragan ! grogna le surintendant en lui tendant le bras.

Ils grimpèrent prudemment sur la digue, en haut du brise-lames. Par un si mauvais temps, l'ouvrage élevé à l'entrée de la rade, et au bout duquel se dressait le phare de Kimton End, peinait à remplir son office. La mer était certes moins épouvantable de ce côté-ci que de l'autre, mais elle y restait bien assez agitée pour que la houle y fût encore forte.

— Bon sang, c'est bien elle ! s'écria le responsable du port, qui n'en croyait pas ses yeux. Ventrebleu ! Y n'vont quand même pas…

Luttant contre les bourrasques, l'homme s'approcha dangereusement du bord et porta les deux mains à son front pour mieux voir à travers les nuages et les embruns.

— Mais qu'est-ce qu'y foutent, nom de nom ? Pourquoi qu'ils attendent pas une accalmie au large ? Doux Jésus, si l'capitaine Stout il arrive à accoster sous un temps gros comme çui-là, j'mange mon chapeau !

Et de fait, quelques instants plus tard, dans le faisceau circulaire du phare, on vit le *Marie-Madeleine*, brimbalé sur les vagues furieuses, passer aventureusement devant le brise-lames et entrer dans la rade. Le capitaine était bien décidé à le conduire à quai.

M. Murphy se tourna vers Lorraine, l'air alarmé.

— Fichtre Dieu ! Y doivent avoir une avarie, ou une voie d'eau, pour accoster comme ça contre vents et marées ! Faut qu'j'aille les accueillir, nom d'une pipe ! Vous sauriez m'filer un coup d'main, mam'zelle ?

— Je… Oui, enfin… je vais faire de mon mieux !

Il l'aida à redescendre jusqu'au ponton, qui faisait une équerre entre la face arrière du brise-lames et la rive, où s'étendait son couloir le plus long.

— Va falloir les aider à s'amarrer ! V'nez !

Elle courut derrière lui jusqu'à un large coffre, au bout de la plate-forme, dont il sortit une deuxième lampe-tempête qu'il alluma péniblement à l'abri du vent.

— Tenez. Avec une houle pareille, y faudra pas mollir pour passer les aussières aux pointes et aux gardes, ou y pourront pas accoster ! En espérant qu'ils aient l'ancre parée à mouiller de l'aut' côté, sinon le *Marie-Madeleine*, il va s'écraser sur le quai comme une crêpe !

Hissée sur la pointe des pieds, Lorraine essaya de voir ce qu'il se passait sur le bateau, mais le brouillard et les mouvements intempestifs de l'embarcation l'en empêchaient. Une chose était sûre : il avançait désormais droit sur eux !

— Vous croyez au bon Dieu, mam'zelle ?

— Non.

— Ah. Ben, priez quand même, on sait jamais !

Se penchant de nouveau sur le coffre, il en sortit un large pare-battage de chanvre tressé.

— R'gardez comment que j'fais.

Le surintendant s'agenouilla près d'un pilier du ponton et amarra la défense, du côté de l'eau, là où le pilier croisait le plancher.

— Z'avez vu ?

— Oui.

— Bien ! Faut qu'on en mette à tous les poteaux, jusqu'à l'angle, là-bas, au cas où qu'ils auraient pas eu l'temps d'en mettre assez sur l'bateau ! Si l'capitaine Stout il pense comme moi, y va tenter d'amarrer en dent de peigne ! Faites comme j'ai fait, et après, vous resterez à l'autre bout, en tenant vot' lampe bien haut. Si on vous jette une aussière depuis l'bateau, une corde quoi, vous la tournerez au bollard qui s'ra devant vous !

— Au quoi ?

— Au bollard, la bitte d'amarrage ! Savez faire un nœud d'amarrage ?

— Non ! cria la jeune femme, désemparée.

— C'est rien facile, z'allez voir.

Il se baissa et lui fit une démonstration avec un cordage imaginaire.

— D'abord vous faites un premier tour mort complet, et pis après deux demi-clefs, mais comme ça, l'une au-dessous de l'autre. Voyez ?

— Je crois…

— Z'en faites pas, comme on dit chez nous, *un tour mort et deux demi-clefs n'ont jamais largué* !

— Faut-il que la corde soit tendue ?

— Un peu, mais vous embêtez pas, c'est eux autres qui les tendront depuis l'bateau, avec des treuils. Allez ! On y va.

Ils firent alors une série d'allers et retours entre le coffre et le bord du ponton pour disposer les défenses une à une. Mlle Chapelle, inspectant celles du surintendant, s'efforça de régler les siennes à la même hauteur. Quand elle eut terminé, elle releva la tête. Son cœur tambourinait si fort sous sa poitrine qu'il lui semblait l'entendre malgré le tonnerre. Le *Marie-Madeleine* n'était plus très loin, sa cheminée crachant des volutes d'une fumée plus noire encore que les nuages.

— Allez, mam'zelle ! Filez à l'autre bout ! Bien haut, la lampe ! Et ratez pas l'aussière, quand ils vous la lanceront, hein ? C'est l'plus important ! Vous allez y arriver !

La jeune femme acquiesça, comme pour se convaincre elle-même, puis galopa à l'angle du ponton. Une fois en place, elle leva le bras aussi haut que possible, tenant la lampe fermement par son socle, afin d'éviter qu'elle ne balance sous les effets du vent. La flamme, protégée par l'épais globe ovoïde et le couvercle, résistait mieux aux intempéries qu'elle ne l'eût imaginé.

Le sort, à présent, en était jeté. Après avoir manœuvré dans la rade pour se mettre face au vent, le

Marie-Madeleine, encore rudoyé par les flots, s'approcha de la rive en formant un angle qui avoisinait les quarante degrés. L'instant d'après, Lorraine, crispée d'appréhension, crut apercevoir la silhouette de deux matelots qui s'affairaient sur le pont, couraient de bâbord à tribord dans un ballet incessant.

Le bateau s'approchait, et la jeune femme, frustrée de se sentir si impuissante au bout de la jetée, se demanda s'il n'arrivait pas à une trop vive allure ! Diable ! Mais comment pouvait-il, à une vitesse pareille, s'arrêter à temps ? Lorraine, qui commençait à craindre pour elle-même, lança des regards furtifs vers M. Murphy, espérant trouver dans son attitude quelque réconfort. L'homme, malheureusement, lui tournait le dos, et elle ne put voir s'il était confiant ou affolé.

Lors, le temps sembla s'arrêter brusquement, comme pétrifié par l'imminence d'une irréversible catastrophe. Mais la lumière du phare, elle, continuait de tourner. Et le ciel continuait de tonner. Et la mer de rugir. Et les nuages de grossir. Et le vent de souffler. *WI-IH-ISH*...

Quand l'étrave du navire ne fut plus qu'à une quinzaine de mètres, le capitaine fit pivoter le gouvernail à l'écart de la rive. Il poussa aussitôt, quoique très brièvement, le moteur à pleine puissance, dans un rugissement rauque et métallique de la machinerie qui permit d'éloigner la proue du quai et de placer le bateau sur un axe parallèle au ponton. La cheminée se mit à cracher, pendant que le bateau faisait machine arrière toute, dans un vacarme formidable, soulevant des trombes d'eau derrière lui. Et ce fut comme un coup de frein sur les eaux, qui immobilisa l'embarcation, tout du moins autant que la chose fût possible pour un vaisseau sur une mer si agitée.

La jeune femme, pour qui l'art de la navigation restait un mystère, n'en fut pas moins convaincue qu'il avait fallu au capitaine une grande connaissance de son navire, du courant et des vents. Malgré les conditions calamiteuses, le *Marie-Madeleine* était là, à quelques mètres à peine du ponton, et dans la position idéale.

Tout, alors, se passa très vite. Des ordres claquèrent du bateau, dont le sens obscur échappa à Lorraine. Du jargon de marins… Simplement, du coin de l'œil, elle vit l'ancre qu'on propulsait au large. Bientôt, l'un des deux matelots apparut sur le pont, juste au-dessus d'elle. Après lui avoir fait un signe, il lui lança une aussière, alors qu'à la poupe le second faisait de même avec le surintendant. La jeune femme attrapa le cordage à la volée, tira dessus, puis le tourna au bollard, s'efforçant d'effectuer le nœud comme on le lui avait indiqué. L'homme sur le pont put ensuite commencer à tendre l'aussière.

L'instant d'après, à l'issue de quelque acrobatie habile, le second matelot avait déjà sauté à quai pour y capeler une troisième aussière, puis une quatrième. Ainsi, avec l'aide de M. Murphy, il répéta la manœuvre jusqu'à ce que le bateau fût retenu par une dizaine d'amarres.

Sur le flanc du *Marie-Madeleine*, Lorraine aperçut une longue série de pare-battages, situés aux deux tiers de la hauteur du franc-bord. Sans doute furent-ils salvateurs, car, alors, une mauvaise lame fit se heurter le bateau contre les larges piliers du ponton. Le choc, n'eût-il été amorti par les défenses situées sur l'un comme sur les autres, se fût soldé par de funestes dégâts.

Les nerfs à vif, Lorraine remonta le long de la plate-forme, se dressant sur la pointe des pieds tous les trois ou quatre pas pour regarder sur le pont du bateau, qui tanguait encore, malgré les nombreuses amarres. Les yeux écarquillés, elle cherchait désespérément la silhouette du détective Pierce. Mais, arrivée au milieu du *Marie-Madeleine*, elle dut se rendre à l'évidence : il n'y avait que deux hommes debout sur le pont, le capitaine et le matelot.

— Ça tangue trop pour descendre la coupée[1] ! cria Stout au surintendant.

— Eh bien, sautez, nom de Dieu ! répliqua celui-ci, hébété.

— On a un blessé à bord ! expliqua le capitaine. En hypothermie !

Il fit un signe à son voisin et celui-ci partit prestement vers le gaillard, d'où il ressortit en compagnie d'un homme qu'il aidait à marcher.

Paralysée tant par le soulagement que par l'inquiétude, Lorraine reconnut instantanément la figure d'Edward Pierce et son inénarrable moustache blonde. Se tenant d'une main à l'épaule du marin et s'appuyant sur son parapluie bleu de l'autre, le détective arriva péniblement jusqu'au garde-corps. Le pauvre homme avait les traits tirés et le visage couvert de sang. Après l'avoir mis au chaud dans le gaillard, on lui avait changé ses habits : il était vêtu d'un costume de marin et drapé dans une vareuse.

— Edward ! s'exclama Mlle Chapelle.

1. L'échelle de coupée est l'élément mobile qui permet d'embarquer ou de débarquer.

— Oh, bonté divine ! cria-t-il à son tour sur le pont. Mon amie ! Ne vous inquiétez pas ! Rien de grave !

Ce ne fut pas une mince affaire de le débarquer par cette houle. Les quatre hommes qui s'en chargèrent n'étaient pas de trop, car l'Anglais, à la vérité, défaillait. Quand, enfin, on l'eut descendu sur la terre ferme, Lorraine le prit dans ses bras et l'y serra vigoureusement, dans un irrépressible élan de délivrance.

— Ouh là ! Tout doux, Lorraine, tout doux ! toussota Pierce. J'ai quand même un peu mal…

— Surintendant, conduisez-le à la capitainerie. Allongez-le sous une couverture, il a besoin de se réchauffer encore et de reprendre des forces.

— Entendu, capitaine. Mais vous ? s'étonna M. Murphy.

— Moi, je file en ville prévenir le juge Gaudion. M. Pierce nous a informés qu'il y avait une émeute en cours au sanatorium !

Ainsi, sans plus attendre, le capitaine Stout et ses deux matelots partirent au pas de course vers l'une des voitures garées à l'entrée du port.

27.

— Rentrez chez vous auprès de votre épouse, monsieur Murphy, vous en avez assez fait pour aujourd'hui. Nous avons tout ce qu'il nous faut.

— Z'êtes sûre, mam'zelle ?

— Oui, regardez : mon ami est au chaud, près du poêle, et il a déjà meilleure mine. Nous repartirons demain matin, quand il aura repris des forces, en espérant que la tempête sera finie. Je fermerai derrière moi et laisserai la clef là où vous l'avez prise, si ça vous va.

— Parfait. Dans l'placard, ici, vous avez des biscuits et d'quoi faire du thé. Y a une bouilloire que vous pouvez mettre sur l'poêle.

Le surintendant ouvrit le meuble devant Lorraine et lui adressa un clin d'œil, avant d'ajouter à voix basse :

— R'gardez : y a même une bonne bouteille de whiskey irlandais. Hésitez pas, c'est encore meilleur pour se r'mettre de ses émotions !

— Vous êtes adorable, monsieur ! Je vous remercie du fond du cœur.

— C'est moi qui vous r'mercie, vous m'avez donné un fier coup d'main, d't'al'heure, sur l'ponton. Il a d'la chance, m'sieur Pierce. Z'êtes une sacrée bonne femme, moi j'dis !

Elle lui glissa discrètement un billet dans la main.

— Oh, non, faut pas…

— Tsss, tsss. Allez, filez, maintenant ! Votre femme doit se faire du mouron !

Murphy lui fit un petit salut reconnaissant et sortit de la capitainerie.

C'était une pièce carrée, pas bien grande et tout en bois, qui baignait à présent dans une douce chaleur. L'intérieur, éclairé par deux lampes à pétrole et balayé régulièrement par le lointain faisceau du phare, était un peu rustique mais soigné. Un bureau, où étaient rangés codes et registres, une table ronde, où s'empilaient de nombreuses cartes de fonds marins, quelques chaises et armoires, des bouées pendues aux murs, divers vieux bibelots nautiques – flotteurs en verre dans leurs filets, antique barre à roue, horloge des marées et autres instruments de mesure en laiton –, le poêle et un sofa, sur lequel le détective Pierce était allongé, emmitouflé dans une épaisse couverture.

Lorraine attrapa sans vergogne la bouteille de whiskey, deux verres, et vint s'asseoir à côté de l'Anglais dont, quelques instants plus tôt, elle avait fini de nettoyer le visage et de panser les plaies. La blessure qu'il avait sur le haut du crâne, quoique ayant déclenché des saignements fort abondants, était superficielle. En remontant vers la surface, Edward s'était violemment cogné contre une traverse du ponton qu'il n'avait pu voir et s'était ouvert le cuir chevelu. Par chance, le capitaine Stout, dont l'un des matelots avait miraculeusement aperçu le dernier coup de feu du détective, avait déjà fait demi-tour. Il était en train d'éclairer les alentours du débarcadère avec le puissant projecteur du *Marie-Madeleine* quand la providence, encore, lui avait fait repérer M. Pierce, inconscient, ballotté par les flots, et qui commençait à couler de nouveau. Si les matelots affolés ne l'avaient point repêché aussi vite, sans doute eût-on retrouvé, quelques jours plus tard, le corps sans vie du détective, échoué sur les berges de l'îlot de Bragbury.

— Alors ? C'était chouette, cette petite visite ? demanda Lorraine d'un ton nonchalant, en remplissant généreusement les deux verres.

Pierce, qui avait repris des couleurs mais portait encore de beaux cernes sous les yeux, secoua doucement la tête en souriant. Le bandage, qui faisait tout le tour de son crâne en lui passant sous le menton, lui donnait une figure ridicule. On eût dit un œuf de Pâques.

— Ma foi, oui, c'est coquet, mais je pense que c'est plus agréable à la belle saison…

Lorraine concéda l'un de ses rares sourires. Que Pierce n'eût pas perdu son sens de l'humour était plutôt bon signe.

— Disons que c'était surtout fort instructif, conclut-il avec plus de sérieux.

— Tant mieux. Vous me raconterez demain…

— Pardon ? rétorqua mollement le détective. Mais vous n'y pensez pas ? Nous avons tous les deux des choses à nous dire !

— Allons, Edward ! Buvez ce petit whiskey, et dormez ! Vous avez une mine épouvantable ! Cela peut attendre demain.

Offensé, Pierce se redressa lentement sur le sofa, rajusta la couverture sur ses épaules et prit le verre que lui tendait la Française.

— Alors là, ma petite, si vous croyez une seule seconde que je vais parvenir à m'endormir sans que vous m'ayez raconté votre journée et que je vous aie raconté la mienne, vous êtes en pleine fantaisie !

Il tapota sur le canapé, pour l'inviter à s'asseoir près de lui.

— D'accord, d'accord ! céda Mlle Chapelle en se levant.

Elle s'installa en tailleur sur le sofa et, comme elle était ravie, en vérité, de pouvoir se livrer à ces confidences, ses yeux s'allumèrent d'une lueur espiègle.

— Pour tout vous dire, mon petit Edward, j'ai en effet appris bien des choses, pendant que vous vous tourniez les pouces au bord de l'eau.

— Vilaine marmotte !

Et ainsi, dans la lueur tamisée de la capitainerie, les deux amis, revigorés par le malt et le simple plaisir de se retrouver, se racontèrent dans le détail leurs découvertes respectives, au rang desquelles figuraient les indices que Mlle Chapelle avait repérés au pied de la tour du télégraphe.

Quand ils eurent tous deux terminé, Lorraine, en bonne criminologue, se leva et entreprit d'énoncer, d'une voix professorale, la somme de ce qu'ils savaient avec certitude à ce jour, se mettant à tourner lentement en rond dans la pièce. Cette étape méthodologique que l'on appelait l'« évaluation » était essentielle à toute enquête criminelle et devait être régulièrement pratiquée, surtout lorsque la première étape, dite de

« collecte », fournissait un nombre d'indices ou de preuves considérable. Elle permettait, avant l'étape finale de l'« analyse », de prendre du recul et d'avoir une vue d'ensemble sur les progrès de son investigation.

— D'abord, trois personnes, apparemment sans histoires, disparaissent soudainement sans laisser de trace : Élias Carteret, journaliste, Diana Tudor, institutrice, et Margaret Waldon, employée de l'Armée du salut et petite-fille de sir Ronald, mon employeur. Premier point commun : leurs disparitions ont lieu lors d'une nuit de pleine lune ou de lune nouvelle. Deuxième point commun : elles sont atteintes de la maladie de Wilson, qui altère leur iris, et dont souffriraient cinq pour cent des habitants de Blackmore. Troisième point commun : leurs proches respectifs auraient reçu, le lendemain de leur disparition, une lettre anonyme, cryptée à l'aide de l'alphabet oghamique et d'une clef de chiffrement qui nous échappe encore. Nous disposons de deux de ces lettres, mais il nous manque celle de Mlle Tudor.

Elle marqua une pause dans sa marche et se tourna d'un coup face au détective, afin de voir s'il l'écoutait attentivement. De fait, le Britannique, immobile, la fixait avec dans le regard un mélange d'approbation, d'admiration et de tendresse.

— Continuez, je vous en prie…

Lorraine, levant le front d'un air satisfait, reprit sa circumambulation.

— Bien. Ensuite, nous avons deux personnes qui, en secret, motivées sans doute par l'inaction du juge Gaudion, enquêtaient, comme nous, au sujet de ces disparitions. La première, c'est votre ami le père Molloy. La veille de notre arrivée, il disparaît à son tour !

Selon vous, il pourrait s'agir d'un départ volontaire, anticipé. Mais où ? Nous ne le savons pas. La seconde, c'est Mlle Appleton, consœur de M. Carteret à la *Blackmore Gazette*. Malheureusement, la pauvre femme se fait assassiner en pleine rue, juste après s'être confiée à nous. L'homme qui lui tire dessus serait, vraisemblablement, le motocycliste qui, le matin même, avait dérobé les notes du père Molloy dans votre chambre d'hôtel. Pas d'objection ?

— Jusque-là, nous sommes d'accord, confirma Edward.

Dehors, la tempête avait baissé en intensité. Le ciel était toujours noir et menaçant, mais le tonnerre s'éloignait peu à peu et le bruit du vent, quoique toujours présent, s'était amoindri.

— En ce qui concerne cet assassin, reprit Lorraine, nous avons désormais un suspect : un certain Tony, propriétaire d'une motocyclette, avec qui Margaret avait un rendez-vous galant le soir de sa disparition… Pour l'instant, aucune trace de cet amant secret, mais plusieurs indices permettent d'envisager qu'il s'agirait d'un militaire.

— Affaire à suivre.

— Absolument. Pour ce qui est de la disparition de M. Carteret, elle aurait pu avoir lieu à la tour du télégraphe, où, selon Mlle Appleton, le journaliste avait prévu de passer une partie de la nuit. Au pied de ce bâtiment isolé sur les hauteurs de l'île, j'ai découvert des traces qui m'ont paru suspectes. Pourquoi ? Parce qu'elles étaient assez anciennes, remontant à plusieurs mois certainement, qu'aucune autre empreinte remarquable n'apparaissait alentour, et que leur très grand nombre et leur disposition donnaient à penser qu'elles auraient pu être laissées par une personne qui se serait cachée derrière ladite tour, piétinant d'impatience, comme on pourrait le faire en attendant l'arrivée de sa victime. Tout ceci n'est que pure spéculation, fort hasardeuse, mais un détail mérite d'être retenu : au milieu de cette myriade de traces de pas, à un endroit que le sommet de la tour protège des intempéries, j'ai repéré presque autant de petits trous imprimés dans le sol, dont le diamètre nous autorise à émettre l'hypothèse suivante : la personne qui a tourné mille fois en rond derrière la tour du télégraphe était munie d'une canne…

— Un aveugle, peut-être ? suggéra Pierce. Comme votre cher sir Ronald Waldon, ou Mme Nancy Donahue, la pastoresse de l'Armée du salut…

— Par exemple. Les effets de la maladie de Wilson nous invitent toutefois à supposer qu'il y a d'autres aveugles sur l'île. Ou alors, ces petits trous dans le sol pourraient avoir été laissés par un détective britannique, moustachu, qui ne se déplace jamais sans son parapluie bleu…

— Aha ! la coupa Edward en levant un doigt accusateur. Erreur judiciaire, mademoiselle ! Celui-ci a un alibi : il était à Canterbury la nuit du 4 août !

— Moui… Que vous dites… Bref, voilà les faits tangibles dont nous disposons à ce jour.

Lorraine revint s'asseoir près du détective et se servit un nouveau verre de whiskey.

— Excellent résumé, mademoiselle. Si je ne l'avais point perdu en mer, je vous tirerais volontiers mon chapeau. Il me semble, toutefois, que vous avez oublié de mentionner deux informations qui pourraient avoir leur importance.

— Oh, attention, monsieur Pierce ! Je vous connais ! Nous parlons là de faits concrets, d'éléments tangibles ! Pas du fantôme de Canterville, des tables tournantes d'Allan Kardec, de l'Atlantide ou du monstre du loch Ness !

— Mais taisez-vous donc, méprisable péronnelle, et écoutez plutôt ! D'abord, vous avez oublié de préciser que l'institutrice, Mlle Tudor, avait une petite sœur, Sarah, qui est morte au sanatorium avant la guerre.

— Je n'ai pas oublié ce détail, je l'ai volontairement écarté, car il s'agit de ce que l'on appelle une fausse piste, monsieur !

— Lorraine, vous écartez trop facilement… si je puis dire. Le bulletin d'admission de la fillette au sanatorium a été signé non pas par ses parents, mais par sa grande sœur, Diana Tudor. Dès lors, on ne peut écarter l'hypothèse que cela constitue un mobile pour Nicky Tudor, un garçon violent et colérique. L'internement de la petite ayant conduit à sa mort, son frère pourrait très bien avoir nourri une rancœur immense envers l'aînée de la fratrie, la tenant pour responsable.

Lorraine lui adressa une moue dubitative.

— Si vous voulez… Mais je peine à y croire. Il m'a semblé très affecté par la disparition de celle-ci, dont il continue d'entretenir régulièrement la maison, comme s'il attendait son retour.

— Ou par culpabilité, peut-être ?

— S'il était l'auteur de la disparition, pourquoi aurait-il reçu lui aussi une lettre anonyme ?

— Justement ! rétorqua le détective. Il a refusé de nous la montrer, je vous le rappelle. Après tout, sommes-nous certains qu'il en ait réellement reçu une, lui aussi ?

— C'est ce que m'a affirmé sir Ronald, et le juge Gaudion nous l'a également laissé entendre.

— Soit. Admettons. Passons donc à la deuxième information importante que vous avez oublié de mentionner : Margaret Waldon et le père Molloy sont tous deux en possession d'un exemplaire du *Cath Maighe Tuireadh*, dans lequel apparaît le fameux alphabet oghamique. Ça ne peut être une coïncidence.

— Soit. Je vous l'accorde, Edward. Cette fois, c'est bien un fait. Sans doute ai-je négligé d'en parler car je le range dans la catégorie des éléments contextuels, tels que les sujets sur lesquels se documentait le père Molloy : la colonie de Roanoke, les épisodes anciens de violence et d'hystérie collective, les mégalithes et autres météores… Idem pour la rumeur évoquée par Mlle Appleton, concernant la résurgence d'un ancien culte celtique dont les habitants de l'île craindraient de parler.

— Très bien. Dans ce cas, je crois que nous avons fait le tour, ma chère. Et cela laisse bien des pistes ouvertes, bien du travail à accomplir. Ce qui m'invite maintenant à vous proposer un programme pour demain…

— Demain ? s'exclama Lorraine en écarquillant les yeux. Vous n'êtes pas sérieux ? Demain, j'irai enquêter seule, Edward, pendant que vous vous reposerez ! J'ai l'intention d'aller jeter un coup d'œil à la compétition de *hill climbing*…

— Allons, allons ! Après une bonne nuit de sommeil, je serai sur pied, j'en suis certain ! J'irai prendre des nouvelles du sanatorium auprès du juge Gaudion, puis m'entretenir avec le Pr Vandekade, le directeur de la bibliothèque, pour voir s'il pourrait nous en apprendre davantage sur tous ces sujets mystérieux que vous venez d'évoquer. Pendant ce temps-là, vous n'aurez qu'à aller à votre fameuse compétition de *hill climbing*, en effet, afin d'essayer d'y trouver un certain Tony, ou une BSA verte de modèle… truc.

— Modèle L.

— Voilà. Qu'en pensez-vous ? Je suis certain que je serai suffisamment en forme pour discuter avec un bibliothécaire, et que vous serez comme un poisson dans l'eau au milieu des motocyclettes…

— Marché conclu. Ah, d'ailleurs, j'ai oublié de vous dire. J'en ai acheté une.

— Pardon ?

— J'ai acheté une motocyclette. Elle est garée dehors. Ce sera plus pratique pour nos déplacements.

Edward secoua la tête, atterré.

— Vous n'imaginez pas un seul instant que je vais monter derrière vous sur ce machin, Lorraine ?

— Ah, mais si vous préférez courir derrière, je n'y vois aucun inconvénient, détective ! Cent vingt kilomètres-heure, c'est dans vos cordes ?

— Une motocyclette ! Mais qu'est-ce qui vous a pris ?

Lorraine haussa les épaules.

— Je ne sais pas… Une revanche à prendre, peut-être ?

— Ah, je vois ! dit Edward. Une histoire à régler avec papa ?

La jeune femme fit un petit geste d'impuissance avec les mains, puis elle se leva.

— Vous n'avez pas d'histoire à régler avec le vôtre, peut-être ? demanda-t-elle en se dirigeant vers la fenêtre pour regarder le phare qui, au bout du brise-lames, continuait à illuminer la baie.

— Je ne l'ai pas connu. Mais ne changez pas de sujet, mademoiselle. C'est de vous qu'on parle, pas de moi…

Collée à la vitre, Lorraine poussa un soupir, puis laissa passer un long silence. Dehors, la mer s'était apaisée et le ciel se dégageait, ses nuages noirs faisant place au bleu cobalt de la nuit naissante.

— Quand il est parti sur le front, en 1916, j'avais quinze ans, reprit-elle soudain.

Elle avait dans la voix un petit grain de mélancolie dont Edward Pierce ne pouvait se douter qu'il était l'une des premières personnes à l'avoir entendu depuis des années.

— Je venais d'entrer au lycée. En vérité, je crois que ce jour-là fut le plus beau jour de ma vie. Pathétique, n'est-ce pas ? Se dire que votre meilleur souvenir, c'est le jour où votre père est parti faire cette guerre où il allait trouver la mort ? C'était vraiment un sale type, vous savez ? Après son départ, j'ai ressenti une véritable libération… Vous ne pouvez pas imaginer ! Tous les mercredis après-midi, en revenant des cours, pendant que ma mère travaillait, je prenais la Terrot de mon père en cachette, dans le garage, à Puteaux, et je faisais de grandes balades, tout autour de Paris. Parfois, quand je me sentais d'humeur aventurière, j'entrais même dans la capitale et j'allais voir la tour Eiffel. Et quand le week-end arrivait, quand les autres gamins du quartier allaient s'amuser à la patinoire ou dans les parcs, moi, je marchais jusqu'au 16e arrondissement et j'arpentais les trottoirs pendant des heures pour récupérer, dans les poubelles des bourgeois, les bouteilles consignées. Ce n'était pas grand-chose, mais, mis bout à bout, cela me payait mon essence pour le mercredi suivant. Bon sang, qu'est-ce que j'ai pu en faire, des kilomètres, sur cette satanée Terrot ! Je n'ai jamais su si ma mère s'en était rendu compte. Je pense qu'elle n'aurait rien dit. On en avait tellement bavé ! Et puis quand mon père est mort, en 1917, sur le Chemin des Dames, on s'est rapidement retrouvés sans le sou. Je ne sais pas si je vous l'ai dit, mais j'ai quatre grands frères. Oui, je suis la petite dernière. Oh, ça va ! Toute sa vie, ma mère n'a toujours eu qu'une seule idée en tête : payer de belles études à ses enfants. La petite femme de chambre rêvait d'avoir des enfants médecins ou avocats… Alors elle se saignait, pour mes frères et moi. Mais quand on a grandi et que nos études ont commencé à coûter plus cher, elle a eu du mal à faire face, avec la pension militaire et son salaire de misère pour seuls revenus. Elle a décidé de revendre toutes les affaires de mon père, auxquelles elle n'avait jamais touché, et donc, la motocyclette… Je n'ai pas osé lui dire que j'aurais aimé la garder. Je me suis tue. Une fois de plus. Mais ce soir-là, dans mon lit, je me suis promis que j'aurais une motocyclette rien qu'à moi, que je pourrais rouler avec tous les jours, sans me cacher. Et sans penser à mon père. Enfin, pas trop… Voilà. Vous savez tout,

Edward. Allez, à votre tour, maintenant : soyez beau joueur. Dites-moi : ce mystérieux parapluie bleu que vous ne lâchez jamais… Quelle est son histoire, petit cachottier ?

Elle se retourna d'un air goguenard, pressée de voir la tête que faisait le détective. Mais le pauvre bougre, allongé sur le sofa, dormait déjà depuis longtemps…

28.

La tempête de la veille avait laissé place à un ciel dégagé, si bien que les festivités purent jouir d'un ensoleillement inespéré, en ce vingt-septième jour d'octobre. Il y avait déjà foule au pied de la colline de Dartford, et le nombre extraordinaire de véhicules à deux ou quatre roues qui y étaient assemblés occasionnait un vacarme formidable. De toutes parts, c'était un concert incessant où les acclamations du public étaient couvertes par les coups de klaxon, les pétards que de jeunes chenapans jetaient dans les airs et les rugissements des moteurs, que certains visiteurs faisaient volontairement tourner dans le vide pour se donner en spectacle.

Suspendue entre deux mâts d'une belle hauteur, une immense banderole, « *Blackmore Week's 1925 Hill Climbing Competition – sponsored by the BMC* », signalait l'entrée de la manifestation. Là, de longues rangées de barrières divisaient le passage en deux couloirs, celui de gauche étant réservé aux piétons, et celui de droite aux automobiles et aux motocyclettes. Au guidon de sa toute nouvelle Harley-Davidson, Mlle Chapelle emprunta gaiement le second. L'un des bénévoles lui indiqua la direction du parking, où plus d'une centaine de machines étaient déjà stationnées.

— Faites attention, mademoiselle, la tempête d'hier a laissé le champ dans un vilain état.

Derrière elle, Lorraine vit la file de véhicules qui ne cessaient d'affluer, tantôt des motocyclettes sur lesquelles s'agitaient des couples enjoués, tantôt des voitures transportant des engins de compétition, sur une remorque, ou directement sur leur pare-chocs arrière.

La jeune femme alla se garer tout au bout du parking improvisé et, dès lors, put commencer son investigation. Remontant les allées une à une, elle se mit à la recherche de la BSA verte. Presque toutes les marques européennes et américaines étaient représentées, et Lorraine soupira alors qu'elle passait devant une vieille Terrot, se remémorant les confidences qu'elle avait faites, la veille, à un Edward Pierce endormi. Il y avait des Indian, des BMW, des Norton, des Rover, des Alcyon, des Gnome & Rhône, des Henderson, des René Gillet, des Triumph et, bien sûr, des BSA. Mais pas celle que cherchait la criminologue. Celle-ci ne bouda pas son plaisir pour autant, s'attardant avec délectation dans ce gigantesque garage en plein air, avant de suivre, comme à regret, le mouvement des visiteurs qui s'en allaient vers la colline.

Plusieurs centaines de personnes, venues de tout l'archipel, parfois même de France ou d'Angleterre, étaient déjà agglutinées en bas de la côte. Certains amateurs de sensations fortes s'étaient assis périlleusement de chaque côté de la pente abrupte où allait se dérouler la compétition. L'ambiance était à la fête, et les deux buvettes installées autour de la ligne de départ avaient été prises d'assaut dès l'ouverture. Le temps d'une journée, les champs qui bordaient ce versant de la colline étaient envahis par un afflux désordonné, coloré et bruyant, qui circulait librement au milieu des stands, des jerrycans, des bottes de foin, des drapeaux et des caravanes, évitant seulement un sentier balisé, réservé aux deux ambulances qui devaient pouvoir conduire rapidement tout blessé au centre médical Sainte-Christine. Ici et là, les concurrents, en équipe ou en solitaire, préparaient leurs machines sous des barnums, apportant des réglages de dernière minute après avoir observé l'état du terrain.

Agrafées à des poteaux qui bordaient l'allée principale, de grandes affiches annonçaient le programme, axé autour de trois épreuves distinctes. La première était réservée aux petits monocylindres de 350 centimètres cubes, la deuxième aux pilotes amateurs, dits de classe B, et la troisième, l'épreuve reine, réunissait les pilotes professionnels, de classe A, sur les plus grosses machines. Ceux-là devraient affronter, en fin de journée, une piste que leurs prédécesseurs auraient déjà considérablement endommagée, la laissant pleine de rigoles, d'ornières et de pièges.

De droite et de gauche, on avait aussi placardé les photos des motocyclistes les plus renommés participant aux épreuves. La vedette était incontestablement le célèbre Cecil Ashby, double champion d'Europe, originaire de l'île de Man, et qui courait pour la marque Zenith.

Au départ de la piste, une banderole affirmait que le parcours de Blackmore était l'un des plus difficiles d'Europe. De fait, bien plus encore que les pilotes de course, les experts du *hill climbing* étaient de véritables trompe-la-mort, tant la chance de tomber lourdement sur le dos en essayant d'atteindre le sommet était plus grande que celle d'y parvenir. Les accidents étaient fréquents, et parfois assez graves. La discipline était réputée si dangereuse qu'on surnommait les motocyclettes qui y prenaient part les « *murdercycles*[1] » !

En arrivant au pied de la colline, Lorraine dut bien admettre que la pente, d'une centaine de mètres environ, était si forte qu'on eût dit la façade d'un immeuble ! À mi-hauteur, le versant s'aplatissait légèrement, comme pour laisser aux pilotes un ultime répit avant les cinquante derniers mètres qui, eux, étaient quasiment à la verticale. Ce palier permettait aussi d'accueillir un petit stand couvert, dans lequel deux commissaires de course contrôlaient le chronomètre à commande électrique. Lorsqu'un candidat commençait sa course folle, il cassait une ficelle tendue sur la ligne de départ, ce qui lançait la montre. S'il parvenait jusqu'en haut de la colline, sa machine sectionnait une seconde ficelle qui arrêtait le chronométrage. Si aucun compétiteur n'atteignait le sommet, on les départageait en fonction de la distance parcourue.

Mlle Chapelle, n'oubliant pas la raison première de sa présence, commença à se promener d'un bout à l'autre du vaste terrain pour observer la foule avec attention. À la manière des pilotes officiels – pour qui la chose était obligatoire –, de nombreux visiteurs faisaient broder, au dos de leur pull en laine ou sur leur poitrine, leur nom, ou leur surnom, et éventuellement

1. « Motos meurtrières », jeu de mots sur *murder* et *motorcycle*.

celui du moto-club auquel ils appartenaient. Aussi Lorraine s'efforça-t-elle de guetter le moindre Tony, Anthony, Anton ou Antoine… Errant d'un air nonchalant au milieu des badauds, la Française était à l'affût.

Tandis qu'elle suivait un petit groupe de jeunes hommes éméchés, un vrombissement de moteur plus intense que les autres résonna au bas de la butte, immédiatement suivi par la clameur du public. Le premier concurrent venait d'arriver sur la ligne de départ, au guidon d'une Excelsior modifiée.

Cédant à la curiosité, la jeune femme se fraya un chemin parmi les spectateurs pour s'approcher de la piste. Au même moment, un homme apparut au sommet, agrippé à une corde au bout de laquelle était fixé un large crochet. Prudemment, il descendit sur cinq ou six mètres, puis fit signe aux commissaires qu'il était prêt.

Autour de la ligne de départ, l'exaltation du public ne cessait de croître. Lorraine elle-même, heureuse de joindre l'utile à l'agréable, se sentit gagnée par la fièvre.

Avec son casque en cuir, ses grosses lunettes rondes et son pantalon rentré dans ses hautes bottes, le pilote ressemblait à une sorte de jockey dans une compétition équestre futuriste. Il donna quelques coups de poignée pour réchauffer tant son moteur que son audience, et le pot d'échappement dégagea une forte odeur d'huile de ricin. Les machines de *hill climbing* étaient dépouillées de tout ce qui n'était pas nécessaire à la performance et à un minimum de sécurité. Aucun garde-boue, aucun compteur de vitesse, pas de phare ou de klaxon, bref, aucun accessoire superflu qui eût alourdi l'engin. Le moteur, lui, était réglé pour tourner à haute vitesse, pouvant atteindre les sept mille tours-minute, et la démultiplication par la chaîne et les pignons transmettait une énorme puissance à la roue arrière. Pour mieux agripper la terre, le pneu de celle-ci était équipé d'une couronne en acier qui, au passage, arrosait allègrement de boue les spectateurs les plus proches. Enfin, une lanière de cuir, attachée au poignet gauche des pilotes, était reliée à un coupe-circuit, ce qui permettait d'éteindre automatiquement le moteur en cas de chute.

Soudain, l'un des juges de départ fit une annonce dans un mégaphone : « Mesdames et messieurs, chers amis, bienvenue à la compétition de *hill climbing* de la Blackmore Week ! Dans un instant s'élancera le premier pilote de la catégorie des monocylindres ! Je vous demande d'applaudir chaleureusement l'une des étoiles montantes du Jersey Motorcycle Club : M. Jesse Good ! »

Le concurrent salua la foule joyeuse et se concentra de nouveau sur son engin. Le regard tendu vers le haut de la colline, il attendit que le commissaire posté devant la ligne d'arrivée lève son drapeau vert pour lancer l'Excelsior sur la piste, dans un rugissement furieux. Comme un fauve surgissant de sa cage, la motocyclette bondit en avant, produisant dans son sillage un épais nuage de terre et de sable. On eût dit une fusée au décollage !

La première ficelle se rompit d'un coup, et le chronomètre s'enclencha. En quelques secondes à peine, chahuté par les bosses, l'engin se hissa jusqu'à la première plate-forme, au-dessus de laquelle il s'envola, propulsé par la vitesse, avant de retomber, dans un nuage de poussière, au pied de la seconde section. La plus ardue.

À partir de cet endroit, l'inclinaison était si forte que parvenir au sommet semblait chose impossible, à moins de défier les lois de la gravité. Après quelques mètres, la motocyclette, moteur hurlant, perdit son élan, sa roue arrière peinant à accrocher la terre. Pourtant, elle continua de monter, encore, et encore, de plus en plus haut… Et puis, soudain, le train avant se souleva dangereusement. Le pilote, debout sur les cale-pieds, dut se pencher sur son guidon pour faire contrepoids. Du bas de la piste, on avait l'impression qu'il naviguait dans les airs ! Le jeune Jesse Good n'était plus très loin de l'arrivée, prêt à rompre la seconde ficelle, quand, trop pressé sans doute, il donna un peu trop d'essence à son moteur. La machine lui échappa brusquement, se cabrant comme un cheval sauvage.

Des cris de peur et de déception retentirent dans le public alors que le jeune homme basculait en arrière. Rompu à l'exercice, il eut le réflexe de repousser sa monture pour s'en écarter. Le moteur toussota, se coupa, et l'Excelsior retomba sur le sol avec fracas.

Aussitôt, l'homme encordé qui tenait un crochet dans les hauteurs de la piste se jeta vers la motocyclette. Dans une embardée frénétique, il en attrapa la roue avant pour éviter qu'elle ne glisse sur le concurrent à terre. Celui-ci, secouant la tête d'un air dépité, grimpa péniblement pour aider le commissaire à faire redescendre lentement le véhicule au bout de la corde, jusqu'à la plate-forme.

Là, le pilote enleva le crochet, enfourcha de nouveau son engin et entreprit de redescendre sur ses roues jusqu'au pied de la colline. Pour lui, l'épreuve était terminée, mais le spectacle de son parcours en sens inverse n'en fut pas moins réjouissant pour le public : il fallut au pilote bien de l'adresse pour arriver en bas sans tomber, avec son Excelsior au guidon tordu, au cadre déformé et au carburateur empli de terre.

« Ah ! Malheureusement, pas de sommet, aujourd'hui, pour le jeune Jesse Good, qu'on applaudit bien fort, malgré tout, pour sa performance tout à fait honorable ! Et voici que le deuxième concurrent se présente déjà sur la ligne de départ ! Mesdames et messieurs, merci d'accueillir comme il se doit le célèbre Jeff Moreau, membre du Spitfires Motorcycle Flying Crew de Guernesey ! »

Jalouse de ne pouvoir participer à la compétition, Lorraine poussa un soupir et se résigna à reprendre ses recherches, arpentant la foule de nouveau. La plupart des spectateurs avaient les yeux rivés sur la piste, aussi put-elle se livrer à son investigation sans se faire remarquer.

Ainsi, Mlle Chapelle passa une bonne partie de la matinée à se promener, tantôt du côté de la piste, tantôt autour des buvettes ou du parking. Plus la journée avançait, plus le nombre de visiteurs et de véhicules augmentait. Vers midi, Lorraine estima que la fréquentation devait avoir dépassé les mille spectateurs : il y avait, en somme, plus de monde à cette manifestation qu'il n'y avait d'habitants à l'année sur l'île tout entière ! Régulièrement, la jeune femme reconnaissait des visages au milieu de la masse. Des personnes qu'elle avait simplement croisées dans les rues de l'île, mais aussi des figures plus familières, comme celles de Nicky Tudor, qui lui lança un regard mauvais, de la diaconesse, du connétable Parker, qui fit mine de ne pas la reconnaître, ou de Simon, le jeune imprimeur de la *Blackmore Gazette*.

Alors que la première épreuve était terminée et que le public se dispersait alentour en attendant le début de la deuxième, Lorraine s'inséra dans la file qui s'était formée devant un stand de hot-dogs. Elle venait d'acheter un sandwich quand elle sentit une main lui tapoter sur l'épaule.

— Alors, ma p'tite dame, comment qu'elle marche, la JD 1200 ?

Le visage de Mlle Chapelle se détendit aussitôt qu'elle reconnut la voix dans son dos.

— Oh, monsieur Enzo ! s'exclama-t-elle, ravie. Cette Harley, ce n'est pas une motocyclette, c'est un avion de chasse !

Le garagiste, son immanquable cigarette pendue au bout des lèvres, était couvert de boue, de la tête aux pieds. En tenue de travail, des outils dépassant de toutes ses poches, il s'essuyait les mains dans un torchon plein de graisse.

— N'est-ce pas ? Un vrai Boeing ! Avec un engin pareil, c'est pas qu'on roule vite, c'est qu'on vole bas ! Alors, le spectacle vous plaît ? Ça remue, hein ?

— Ma foi, je dois avouer que je suis assez impressionnée. J'ai vu de nombreuses courses de vitesse ou d'endurance en France, mais une épreuve comme celle-ci, jamais ! Pour tout vous dire, cela me donnerait presque envie d'essayer !

— Malheureuse ! N'allez pas faire ça avec votre JD, hein ? J'vous rappelle que l'idée est de me la revendre en bon état, quand vous repartirez…

— Mon pauvre ami, je crains de m'être déjà bien trop attachée à elle pour vous la revendre un jour…

— Ha ha ! À la bonne heure ! Bon, faut qu'je file, j'ai du boulot sur les machines du BMC qui participent à la prochaine épreuve. Mais j'vous ai aperçue de loin, alors fallait quand même que j'vienne vous dire : voyez les tentes, tout là-bas, vers le bosquet ?

Lorraine se hissa sur la pointe des pieds et acquiesça en apercevant une sorte de camping sauvage qui s'était installé à l'orée d'un petit bois. Depuis son arrivée, elle s'était tellement concentrée sur les visiteurs qu'elle n'avait guère prêté attention à cette partie éloignée du site.

— Rapport à c'que vous m'avez demandé hier, au sujet d'un certain Tony, j'crois bien que vous devriez aller jeter un coup d'œil, discrètement, au petit groupe qu'est autour de la grosse tente militaire, là…

Il pointa le doigt vers l'extrémité gauche du campement, où Lorraine distingua une demi-douzaine de silhouettes en uniforme, qui festoyaient gaiement.

— Je vais aller voir. Merci, Enzo !

— Soyez prudente, hein, mam'zelle Chapelle ? lança le garagiste en retournant vers le bas de la piste.

— Toujours !

Après qu'elle eut pris la précaution d'effectuer une large boucle pour arriver en catimini par les bois, la jeune femme se glissa au milieu du village de tentes, lequel était parsemé d'automobiles et de motocyclettes. Ici et là, de jeunes visiteurs qui avaient probablement commencé à s'enivrer un peu trop tôt étaient venus s'allonger un moment à l'écart, avant de s'y remettre, sans doute… Certains, les bras en croix, étaient étendus de tout leur long sur des bancs de bois, d'autres gisaient sur des couvertures, à même le sol, et plusieurs paires de pieds dépassaient de quelques tentes entrouvertes.

Abritée sous les arbres, Lorraine s'approcha aussi silencieusement que possible du barnum kaki et s'arrêta pour observer le groupe de soldats qui y chahutaient, des bières à la main. Tous portaient l'uniforme, mais aucun n'était armé. Cela parlait fort, cela titubait un peu et cela riait beaucoup. S'avançant encore, elle repéra une vieille Ford T, considérablement modifiée, qui était garée le long de la toile, et sous le moteur de laquelle l'un des militaires était en train de s'affairer. La voiture avait été tellement transformée qu'on reconnaissait à peine le modèle original : après avoir abaissé son châssis, on l'avait débarrassée de son capot, ce qui laissait apparaître le moteur, on avait coupé son toit pour en faire une sorte de cabriolet, on avait élargi ses jantes arrière afin qu'elles puissent recevoir des pneus aux dimensions faramineuses, et on avait aminci et ajusté ses garde-boue, de telle sorte qu'ils épousaient parfaitement la forme des roues. Selon toute vraisemblance, cette méchante machine appartenait à l'un des militaires – celui qui était en train de la réparer, supposa Lorraine – et il en avait fait un paradis ambulant, dont l'attrait principal consistait en un énorme fût de bière, astucieusement fixé sur le pare-chocs arrière. De temps en temps, un soldat venait y remplir trois ou quatre verres, échangeait quelques mots avec son camarade enfoui sous le moteur, et retournait gaiement vers l'entrée de la tente.

Après avoir fait prudemment quelques pas de côté pour mieux regarder l'insolite véhicule, Lorraine écarquilla les yeux en découvrant ce qu'on avait peint, en grosses lettres blanches, le long de ses portières : « *The Tony Mobile* ».

29.

Selon le juge Gaudion, l'ordre avait été rétabli au sanatorium de Bragbury. Empêchée par la tempête, la police n'avait pu s'y rendre qu'en fin de nuit. Elle avait alors prêté main-forte aux gardiens et au directeur. Pour mettre un terme à la mutinerie, les policiers avaient été contraints de faire usage de leurs armes, tant la situation s'était aggravée. Au petit matin, outre de nombreux blessés, quatre patients, parmi les plus agités, étaient portés disparus, et l'on déplorait six morts : quatre pensionnaires et deux membres du personnel. Quant aux dégâts matériels, ils étaient considérables : aux dires du magistrat, il faudrait de nombreuses semaines pour tout réparer.

— C'est sans doute la tempête qui a déclenché cet épisode terrible, soupira le juge, affligé. Certains malades de la division des agités sont particulièrement violents, et il suffit d'un rien pour que leurs crises se répandent comme une traînée de poudre…

— Comment se porte le Dr McCann ? le pressa Pierce d'un air inquiet.

— Il n'est pas blessé, grâce à Dieu. Mais il est un peu secoué, vous imaginez bien. Nous avons fait une demande de renforts à Guernesey, qui va nous dépêcher six gardiens supplémentaires par le SS *Courrier* de cet après-midi, le temps que le calme soit revenu. En attendant, les semeurs de troubles qui n'ont pas pris la fuite ont été enfermés de force dans les cellules. Malheureusement, l'initiateur de cette violente insurrection, qui a été identifié, fait partie des disparus. Un certain Phil Sadler, qui était interné depuis une quinzaine d'années.

— Une quinzaine ? Je croyais que le sanatorium n'accueillait des patients aliénés que depuis la fin de la guerre et que la plupart étaient des vétérans ?

— La plupart, oui. Mais pas tous. Celui-là est rongé par la démence depuis bien plus longtemps. C'est une figure tristement connue de notre île. Il a d'abord été interné à Jersey, vers 1910, dans l'hôpital où travaillait le Dr McCann. Des années plus tard, quand ce dernier a fait agrandir le sanatorium de Bragbury, la famille de M. Sadler a demandé qu'il y fût transféré, afin qu'il soit plus près d'elle.

— Je vois. Avez-vous lancé des recherches ?

— Bien sûr. Avec la mer qui nous entoure, les évadés ne peuvent pas être allés bien loin. On a d'ailleurs toutes les raisons de craindre qu'ils aient péri en voulant s'enfuir à la nage. Mais vous, détective ? Comment vous portez-vous ? J'ai appris vos propres mésaventures pendant la tempête…

— À part quelques hématomes, que vous pouvez voir, je vais plutôt bien. J'ai eu énormément de chance que le capitaine Stout et ses matelots m'aient repéré à la dernière minute, et qu'ils soient parvenus à me tirer de là. Sans cela… Quant à M. Murphy, le surintendant portuaire de Kimton End, je lui dois aussi une fière chandelle. Je vous saurais gré de bien vouloir lui renouveler mes plus sincères remerciements.

— Ce sera fait. Pour ma part, en accord avec le Dr McCann, je vous demanderai de ne pas ébruiter ce qui s'est passé hier au sanatorium. Nous sommes au tout début de la Blackmore Week, et les effets de la panique seraient multipliés par le grand nombre de visiteurs que nous accueillons sur l'île à cette occasion. Nous avons fait le choix de ne parler de tout cela à personne, à part les familles des victimes, qui partagent notre avis.

— Je comprends. La *Blackmore Gazette* n'ayant plus de journaliste, vous ne risquez pas non plus d'être embêté par la presse, le titilla gentiment Edward.

— Je me suis laissé dire que M. Morris, le rédacteur en chef, avait trouvé quelqu'un pour remplacer Mlle Appleton et M. Carteret. J'irai le voir…

Ne voulant guère déranger le juge Gaudion trop longtemps dans une journée sans doute déjà bien chargée, le détective prit rapidement congé et se dirigea vers la bibliothèque Glover, qui était à une centaine de mètres seulement.

Arrivé sur Arenon Square, plutôt que d'entrer directement dans le bâtiment, l'Anglais décida de profiter un peu du soleil providentiel et alla se poster au beau milieu de la place, afin de contempler un instant les trois édifices remarquables qui délimitaient, dans un triangle, le centre historique de Blackmore.

À droite se dressait le fameux temple maçonnique, qu'avait mentionné la veille le Dr McCann. Construit en 1865 par la St. Thomas Lodge of Blackmore, le monument était fort impressionnant. Imitant l'architecture d'un temple romain, son corps oblong en pierre blanche était ceint de colonnes doriques, dont le chapiteau était décoré de grenades. Le symbole de la société secrète, équerre et compas entrecroisés, était fièrement gravé sur son fronton, si bien que la nature des lieux ne pouvait être ignorée des passants.

À gauche, la Chambre de l'île, plus large encore, et tout en brique rouge, s'élevait derrière les statues de trois lions à l'allure majestueuse, assis en arc de cercle. C'était là le siège de l'administration de l'île tout entière. Les douze membres de l'assemblée de la Douzaine s'y réunissaient une fois par mois. Ces murs abritaient également les services locaux, état civil, bureaux électoraux, recensement, Trésor public… Les habitants se rendaient donc régulièrement à la Chambre, mais, ce jour-là, la plupart étant occupés par les festivités de la Blackmore Week, Edward ne vit personne entrer ou sortir.

Entre ces deux constructions, enfin, se trouvait la bibliothèque. Inauguré en 1910 par Walter Glover – père de l'actuel gouverneur –, cet édifice de trois étages, en brique rouge également, était d'une dimension exceptionnelle pour une ville si petite. Bibliophile averti, lettré, l'ancien gouverneur s'était laissé convaincre par l'un de ses administrés – le Pr Donatus Vandekade – d'offrir à Blackmore la plus belle bibliothèque des îles Anglo-Normandes. Certains mauvais esprits murmuraient qu'en se dotant d'une église, d'une bibliothèque et d'un temple maçonnique plus grands que ceux de Guernesey, les gens d'ici avaient voulu compenser quelque complexe d'infériorité… Quand le gouverneur était mort en 1915, on avait donné son nom à l'institution. Aujourd'hui, elle était toujours dirigée par le Pr Vandekade, et ce fut dans le bureau de celui-ci qu'Edward Pierce fut conduit, quelques minutes plus tard, par l'un des employés.

Donatus Vandekade, *doctor philosophiæ*, était un octogénaire qui avait conservé une fort belle vigueur. Sa figure fière et sage lui donnait des airs de philosophe grec : le nez aquilin, le regard étincelant et, sous de larges sourcils, les lunettes épaisses de celui qui a passé toute sa vie à lire, le crâne orné d'une couronne de cheveux blancs, la barbe longue et fournie. Sa tournure de vieil érudit, en somme, inspirait la confiance et la déférence. Brillant historien et anthropologue, l'homme avait passé sa vie professionnelle à l'université de Cambridge, où il avait exercé comme enseignant-chercheur. En 1910, après quarante années passées en Angleterre, comme beaucoup d'expatriés il était revenu sur son île natale afin d'y prendre sa retraite. Mais, plutôt que de s'y reposer d'une longue carrière académique, ce serviteur de l'État, érudit et dévoué, avait choisi de prendre, avec passion et rigueur, la direction de la bibliothèque Glover, dont il était, finalement, le véritable instigateur.

— Asseyez-vous, cher monsieur, asseyez-vous ! Ah, fichtre, je suis désolé, c'est toujours un peu la pagaille, ici ! Attendez… Poussez donc cette vilaine traduction de Raymundus Lullus, et installez-vous dans le fauteuil. Cela ne vous dérange pas de vous asseoir à la place de l'inventeur de l'*Ars generalis ultima*, n'est-ce pas ?

Devinant que l'homme était en train de mettre l'érudition de son visiteur à l'épreuve, Pierce répondit, fort adroitement, par la plaisanterie :

— Au contraire ! Je serai le nouveau pseudo-Lulle !

— Ha ha ! Encore un ! approuva l'universitaire, visiblement satisfait.

Le bureau de Vandekade était, pour les yeux, un délice d'enchevêtrement livresque. Edward, conquis, avait poussé un soupir d'aise en pénétrant dans cet antre de papier. Les ouvrages anciens, reliés de cuir, s'érigeaient de toutes parts en piles, faisant, au milieu des boiseries, comme autant de gardes du corps qui eussent protégé le vieil historien des assauts de l'ignorance. Ici et là, entre ces échafaudages périlleux, apparaissaient parchemins, loupes, plumes, statuettes, fétiches, masques, pierres, ornements et autres artefacts étranges qui achevaient de plonger la pièce dans l'atmosphère savoureuse du gai savoir et du mystère.

— C'est donc mon très cher frère le Dr McCann qui vous envoie ? demanda Donatus Vandekade en croisant les mains sur son bureau. Ne prêtez point trop de crédit à ses éloges : l'étendue de mon érudition est moins grande qu'il ne le prétend. Vous savez ce que l'on dit du copinage maçonnique !

— Allons ! Je suis persuadé que votre savoir comblera aisément ma curiosité. Oserais-je l'avouer : il y a trois jours encore, je connaissais à peine Blackmore. Il aura fallu que mon cher ami le père Molloy m'y fasse venir pour que je répare enfin cette lacune honteuse.

— Le père Molloy est votre ami ?

— Je le considère comme mon plus cher complice, oui. Il y a trois ans, nous avons traversé l'Europe ensemble, à bord de l'Orient-Express, et ce jusqu'à Constantinople…

— Ah, c'est vous ! s'exclama Vandekade, enjoué. Mais il fallait le dire plus tôt ! Mon pauvre Molloy ! J'espère qu'il ne lui est rien arrivé.

— Et moi donc ! Sa disparition est d'ailleurs l'objet principal de mon enquête. Vous comprenez mieux, à présent, pourquoi je me suis permis de demander à votre collègue de me conduire jusqu'à vous au plus vite, quand bien même nous n'avions pas rendez-vous : je tiens à mener mon investigation le plus prestement possible.

— Vous avez bien fait. Que Dieu vous vienne en aide, détective ! Ah, ce sacré Molloy…

Le Pr Vandekade prit alors un air pensif, avant de lancer :

— Dans ce cas, venez ! Il faut que je vous montre mon bibliotaphe !

Il se leva et invita Pierce à l'imiter.

— Vous savez ce qu'est un bibliotaphe ?

— Ma foi, je dois confesser que le terme ne m'est pas familier, répondit Edward, embarrassé. L'étymologie m'évoque un tombeau empli de livres…

— C'est un peu ça.

L'historien lui adressa un clin d'œil, puis, pointant du doigt la porte, il ajouta à voix basse :

— Voudriez-vous bien tirer le verrou, afin que nous ne soyons pas dérangés ? Ce que j'ai à vous montrer est hautement confidentiel.

Intrigué, Pierce s'exécuta promptement, puis rejoignit le vieil homme qui, de l'autre côté de la pièce, avait sorti de sous sa chemise une chaîne accrochée à son cou, au bout de laquelle pendait une grosse clef. Après tout un tas de gestes théâtraux, il fit coulisser l'un des panneaux de bois qui recouvraient le mur du fond, laissant apparaître les contours d'une porte dérobée.

— Mon petit passage secret ! Promettez-vous, monsieur, de ne révéler à personne ce que vous pourrez voir derrière cette porte ?

— J'en fais le serment, professeur !

— Parfait. Un bibliotaphe, monsieur Pierce, est un lieu où l'on conserve les livres qu'on ne veut pas offrir à la consultation et que l'on garde jalousement pour soi ! C'est la caverne d'Ali Baba des vrais bibliophiles, en quelque sorte. Le père Molloy fait partie des rares personnes à qui j'ai ouvert cette porte et, en l'ouvrant à présent pour vous, j'espère vous témoigner ma reconnaissance et célébrer l'amitié qui nous lie au même homme !

— Vous m'en voyez très honoré ! balbutia le détective, les yeux brillants d'impatience.

L'octogénaire se saisit alors d'une lampe à pétrole, baissa la poignée de la porte et fit signe à son hôte de le suivre dans cette cache des plus énigmatiques.

La pièce, sans fenêtre, était plongée dans des ténèbres que seul le halo orangé de la lanterne dispersait sur son passage. Elle ne devait pas dépasser les douze ou treize mètres carrés, mais le trésor qu'elle abritait n'avait guère besoin de plus de place. Alors que le vieil homme, le regard espiègle, promenait lentement sa lampe devant les rayonnages, sa collection privée se dévoila peu à peu sous les yeux ébahis d'Edward. Par la grande rareté de ses ouvrages, elle se révéla être l'une des plus exceptionnelles que le détective ait pu admirer de toute sa vie, lui qui, pourtant, avait visité certaines des plus fameuses bibliothèques d'Europe.

— Mon Dieu, murmura-t-il comme pour lui-même. Quelle splendeur !

Sans oser les toucher, il s'approcha d'une rangée de livres, humant leur délicieux parfum. Puis il fit lentement un tour complet sur lui-même, devinant dans la pénombre les contours de sept ou huit cents volumes inestimables.

— Comment sont-ils classés ?

— Malheureux ! Un bibliotaphe, cela ne se classe pas ! Ranger les livres, c'est empêcher les idées de communiquer entre elles. En outre, cela prive le chercheur de découvertes fortuites !

— Je vois… Cependant, rassurez-moi : dans la partie publique de votre institution, les livres sont rangés par thèmes ?

— Bien sûr ! Les gens qui viennent à la bibliothèque Glover sont souvent pressés. Ils cherchent un titre précis, qu'ils ont besoin de trouver aisément. Et puis la plupart sont un peu idiots. Mais ici, on n'a pas le droit d'être pressé. Ni d'être idiot. Dans un bibliotaphe, on ne vient pas chercher un ouvrage, on vient le rencontrer ! Les livres sont comme les hommes, mon ami : quand on les aime, on ne les parque pas en fonction de leurs dénominateurs communs, car alors ils s'appauvrissent. On les laisse se mélanger à leur guise, d'où qu'ils viennent, afin qu'ils s'enrichissent de leurs différences.

De fait, laissant son regard glisser sur le dos des somptueux volumes, Edward ne put distinguer aucune espèce de classement. Si certains domaines se démarquaient par leur occurrence – histoire, anthropologie, ethnographie, religion, mythologie et philosophie –, il se trouvait aussi, çà et là, une quantité non négligeable d'ouvrages consacrés aux sciences occultes et qui, bien sûr, n'échappèrent pas à la vigilance du connaisseur.

Peinant à y croire, Pierce repéra des volumes d'une rareté d'autant plus grande que la plupart étaient conservés, sinon dans leur édition originale, au moins dans une édition fort ancienne. Il y avait là, pêle-mêle, le *Ghāyat al-Ḥakīm*, fameux traité d'astrologie arabe du Xᵉ ou XIᵉ siècle, le *Liber visionum*, écrit à la même époque par le moine Otloh de Saint-Emmeram, une version anglaise du *Codex gigas*, écrit au XIIIᵉ siècle par un religieux anonyme, et que d'aucuns surnommaient « la Bible du Diable », l'une des cinq ou six copies originales connues du *De vermis mysteriis*, que Ludvig Prinn publia au XVᵉ siècle, avant d'être brûlé vif par l'Inquisition, l'édition de 1538 du *De occulta philosophia*, de Cornelius Agrippa, celle de 1471 du *Corpus hermeticum*, symboliquement attribué au personnage mythique d'Hermès Trismégiste, l'édition de 1794, en trois volumes *in-quarto*, de *L'Origine de tous les cultes, ou la Religion universelle*, par Charles-François Dupuis, etc. À chaque pas, Edward découvrait un nouveau titre plus étonnant encore que le précédent. Émerveillé, il se demanda comment la chose était possible, ne fût-ce que d'un point de vue financier.

— Voici le résultat de soixante années d'amour pour le livre rare, expliqua le Pr Vandekade, comme s'il avait lu dans ses pensées. J'ai eu la chance de rencontrer de grands collectionneurs, au cours de ma carrière, des bibliophiles éclairés que j'ai modestement aidés dans leurs recherches. Certains, préférant que leurs livres finissent entre les mains d'un connaisseur plutôt que dans le coffre d'un spéculateur, ont eu la bonté immense de me léguer leur fonds. Je veux croire que mon bibliotaphe fait honneur à leur confiance.

— Je… Je suis sans voix, professeur. Vous ne pouvez pas imaginer le cadeau que vous faites au passionné de sciences occultes qui se tient fébrilement devant vous… Il y a ici des titres que je n'avais jamais vus de mes propres yeux !

— Tout le plaisir est pour moi. Ce n'est pas tous les jours qu'un amateur érudit visite notre île, et les amis du père Molloy sont mes amis. Tenez, voici justement le livre que cherchait le prêtre et qui m'a incité à lui ouvrir mon bibliotaphe. Ces derniers temps, il était venu emprunter de nombreux livres en bas. Comme il ne trouvait pas son bonheur, j'ai fini par lui ouvrir cette porte pour lui montrer ceci.

Edward s'approcha et se pencha sur le volume que le Pr Vandekade avait sorti d'un rayonnage. L'historien, d'un geste délicat, ouvrit la couverture pour faire apparaître la page de titre. Aussitôt, le regard du détective se mit à pétiller.

L'entour d'ouverture indiquait que l'ouvrage avait été imprimé à Paris, en 1754, chez Croullebois, rue des Mathurins. Et le titre était : *Extrait du Mémoire de l'abbé Georges de Puvenel sur le météore d'Ignès, ou la Véritable Origine des mégalithes de Blackmore.*

30.

Alors que le dernier militaire venu se ravitailler au fût de bière était en train de repartir vers la tente, Lorraine se décida enfin à approcher.

— Eh bien ! lança-t-elle en mâchant bruyamment une bouchée de hot-dog. En voilà, une sacrée voiture !

Le soldat, couché sous le moteur, glissa péniblement sur le dos jusqu'à pouvoir sortir la tête de sous le châssis et jeter un coup d'œil à la nouvelle venue.

— Tiens ! s'exclama-t-il en la scrutant de la tête aux pieds, d'un air concupiscent. Si c'est pas la jolie petite détective française !

Lorraine étouffa une grimace et s'efforça de conserver son attitude désinvolte. Les nouvelles couraient bien vite sur une si petite île…

— C'est la vôtre ? demanda-t-elle en désignant la Ford.

— Ah non, malheureusement. J'aimerais bien. Mais c'est la machine à Tony.

Le militaire, les yeux allumés par quelque flamme exaltée, s'extirpa tout à fait pour se relever devant Mlle Chapelle. Il la dévisagea encore, tout sourires, puis, portant une main à sa bouche pour en faire un porte-voix, il s'écria :

— Eh ! Tony ! Regarde un peu qui c'est qui s'extasie devant ta voiture !

L'un des soldats qui papotaient devant la tente tourna la tête. De loin, Lorraine vit la figure du grand gaillard passer de l'indolence à l'affolement. D'un seul coup, son regard fut traversé par la lueur panique d'une proie acculée. Fixant la Française, il recula de quelques pas hésitants, avant de faire volte-face et de prendre ses jambes à son cou.

— Ben ? Qu'est-ce qui lui prend ? balbutia le militaire à côté de Lorraine.

Aussitôt, celle-ci se lança dans une course folle, bien décidée, cette fois-ci, à ne pas laisser filer son homme. Passant comme une flèche entre les jeunes engagés hagards, elle délivra toute son énergie pour tenter de gagner du terrain sur le fameux Tony. Mais le bougre avait une bonne trentaine de mètres d'avance et fondait déjà sur le parking avec une vigueur remarquable.

Après une chevauchée endiablée, Lorraine n'était plus qu'à quelques pas des rangées de véhicules quand elle vit le militaire sauter sur une motocyclette. Non pas la fameuse BSA verte, mais une simple Triumph – la première, sans doute, qu'il avait trouvée et qui ne fût pas attachée. D'un geste habile, rapide et sûr, le soldat se souleva au-dessus de la selle pour faire démarrer le moteur d'un seul coup de kick. Le monocylindre, docile, vrombit sur-le-champ.

Dans son élan formidable, il ne manqua à la jeune femme qu'une poignée de secondes pour attraper le pilote au vol. Elle poussa un tonitruant juron français en voyant la machine décoller sur les chapeaux de roues.

Alors que les regards hébétés des quelques personnes alentour s'étaient tournés vers elle, plutôt que de s'avouer vaincue, Mlle Chapelle reprit immédiatement sa course frénétique pour aller chercher sa propre motocyclette, de l'autre côté de l'esplanade.

Dans l'ardeur de la colère, elle fit démarrer la Harley-Davidson avec autant d'adresse que le soldat et partit en trombe, droit devant elle. Coupant à travers champs, sautant de bosse en bosse en position debout, elle rejoignit la route sur laquelle elle avait vu le fugitif s'engager, en direction du nord-est.

Alors commença une course infernale. Enivrée de fureur, Lorraine ne relâcha la poignée des gaz qu'à l'entrée des virages, flirtant dangereusement avec ses limites comme avec celles de son véhicule. Il n'en fallait pas moins pour avoir une chance de rattraper le militaire.

Dans les courbes les plus serrées, emportée par la vitesse, elle devait pencher fortement la machine pour qu'elle ne quitte pas sa trajectoire – à tel point que les cale-pieds égratignaient régulièrement la chaussée, projetant des gerbes d'étincelles dans un bruit effrayant. Propulsé par ses douze cents centimètres cubes, le bicylindre grondait comme un animal sauvage à chaque sortie de lacet, et les pétarades de ses pots d'échappement résonnaient tel le tonnerre au milieu des collines.

La côte septentrionale de l'île se dessinait sous ses yeux quand Lorraine retrouva enfin sa proie en ligne de mire. Filant vers la mer, en contrebas, le soldat n'avait plus qu'une dizaine de secondes d'avance sur elle, à présent. Profitant de la puissance nettement supérieure de son moteur, de ligne droite en ligne droite, la jeune femme gagnait du terrain. Bientôt, elle arriva dans son sillage, à l'endroit où la route, s'élargissant, longeait peu ou prou le rivage.

Ayant entendu le rugissement dans son dos, le militaire se retourna d'un coup pour regarder brièvement derrière lui. Il grimaça en constatant que la roue avant de la Française n'était plus qu'à deux mètres de lui, à peine. Sa déconvenue fut plus grande encore quand, à la sortie du virage suivant, il vit Mlle Chapelle, qui avait plongé avec audace dans la trajectoire intérieure, se porter à sa hauteur. Enragé, le soldat leva sa jambe droite et donna un violent coup de pied sur le flanc de la Harley-Davidson.

Déséquilibrée, la motocyclette de Lorraine se mit à guidonner brutalement, oscillant vivement de droite à gauche. Il s'en fallut de peu qu'elle ne termine dans le fossé. Par un réflexe salvateur, la jeune femme raffermit sa poigne, serra le réservoir entre ses jambes et porta son poids vers l'avant jusqu'à ce que sa monture, telle une bête domptée, cesse son louvoiement impétueux et reprenne sa course rectiligne.

Dans la manœuvre, Mlle Chapelle s'était fait distancer de quelques mètres. À la faveur de sa plus grande vitesse de pointe, elle n'aurait aucune peine à parvenir de nouveau à côté de la Triumph, mais la tentative précédente s'étant soldée par un échec, elle préféra changer de stratégie. Alors que les deux machines, l'une derrière l'autre, avalaient la route à une allure considérable, Lorraine, sans rien perdre de sa concentration, envisagea plusieurs solutions. N'en trouvant de meilleure, elle vint placer sa motocyclette sur l'arrière gauche de celle qu'elle poursuivait puis, à l'entrée de la première longue ligne droite, lâcha le guidon d'une main pour aller chercher son revolver dans la poche intérieure de son pardessus et le pointer vers la roue du militaire.

Les vibrations du moteur et les ondulations de la chaussée rendirent la manœuvre bien plus ardue qu'elle ne se l'était imaginé. Conserver une visée stable, ne fût-ce qu'une seule demi-seconde, relevait de l'exploit. Mais Lorraine, animée par une détermination sans faille, ne se laissa guère décourager et prit le temps d'ajuster son tir.

Avec une détonation formidable, la première balle manqua sa cible. La deuxième, déviée par les multiples cahots, ne fit guère mieux. La troisième toucha.

Le pneumatique éclata d'un seul coup, se déchirant un peu plus à chaque tour de roue, jusqu'à ce que la motocyclette perde totalement l'adhérence de son train arrière. Incapable de contrôler sa trajectoire, le soldat virevolta vers le talus, lequel, l'instant d'après, projeta puissamment la Triumph dans les airs.

Désarçonné, le pilote fit un vol plané magnifique. Ses bras fouettant le vide avec de grands moulinets désespérés, il retomba dans le champ voisin, longtemps après sa machine.

Après un freinage périlleux, Lorraine mit pied à terre et, l'arme au poing, courut jusqu'au côté du militaire, dont le corps, couvert de poussière, s'était enfin arrêté de rouler.

— Vous êtes folle ! rugit-il, entre terreur et colère.

— Tu aurais dû prendre ta BSA, petit malin, tu serais allé plus vite ! répliqua Mlle Chapelle d'une voix cynique et non moins enragée.

Elle colla son canon sous le menton du jeune homme.

— Hein ? marmonna celui-ci, reprenant vaguement ses esprits, la bouche pleine de sang. Ma BSA ? Quelle BSA ?

— Allons ! La partie est perdue, Tony. Ne me prends pas pour une imbécile ! Qu'as-tu fait de Margaret ?

Il secoua la tête, hébété, avant de balbutier :

— Rien ! Rien, je vous jure !

Lorraine arma le chien de son revolver et pressa celui-ci plus fortement sous la mâchoire du soldat.

— Où est-elle ? répéta-t-elle, d'une voix plus menaçante encore.

— J'en sais rien, j'vous dis ! Oui, c'est vrai, on devait se voir ce soir-là ! Mais elle est pas venue au rendez-vous ! Sur mon honneur !

Lorraine, qui avait longuement étudié le langage corporel des criminels, se laissa gagner par le doute. Pourtant, il y avait bien quelque chose qui ne collait pas.

— Et alors pourquoi t'es-tu enfui en me voyant tout à l'heure ?

— Parce que j'suis le coupable idéal, tiens ! La preuve ! Si vous m'conduisez à la police, j'vais m'faire renvoyer de l'armée ! Et si j'me fais renvoyer, j'retourne direct derrière les barreaux ! J'me suis engagé dans la milice pour obtenir ma liberté conditionnelle ! Si on m'accuse de quoi qu'ce soit, vrai ou pas, j'suis marron !

Mlle Chapelle scruta longuement le jeune homme, cherchant la vérité derrière son regard. Non sans déception, elle dut admettre qu'en plus de pathétique il avait l'air sincère.

Avec un soupir, elle fit quelques pas en arrière et s'assit sur une souche en face de lui. Lentement, elle désarma le chien de son arme, mais garda celle-ci bien en main.

Le militaire, grimaçant et gémissant, se redressa péniblement.

— Reste assis ! lui ordonna Lorraine. Tu vas tout me raconter, dans les moindres détails. Et si tu mens, ce n'est pas en prison que tu vas aller, mais à la fosse commune !

Elle agita son revolver devant elle, comme pour clarifier le message.

— Qu'est-ce qui s'est passé ce soir-là ?

— Eh ben, quand j'me suis pointé au rendez-vous…

— Où ça ?

— Aux carrières de York. C'est là qu'on s'retrouvait tout l'temps, pour être tranquilles. Quand j'suis arrivé, Meggy, elle était pas là. À la place, j'ai trouvé une enveloppe où qu'elle m'avait laissé un mot. Tenez, j'l'ai encore sur moi.

Il plongea la main dans sa veste.

— Hop, hop, hop ! le coupa Lorraine en le mettant de nouveau en joue. Tout doucement, mon garçon !

Le soldat leva la main gauche en l'air et, de la droite, sortit délicatement une enveloppe que Lorraine vint attraper, avant de retourner sur son tabouret de fortune.

Gardant prudemment un œil sur le jeune homme, elle lut la lettre qui, à n'en pas douter, avait été écrite par une main féminine.

Cher Tony,

Je suis désolée : je ne serai pas là ce soir. J'aurais aimé te le dire plus tôt, et autrement, mais je n'avais aucun moyen de te joindre à la caserne.

Je devine que cela va te faire beaucoup de peine, mais j'ai décidé de mettre un terme à notre relation. Tu me connais, je suis incapable de mentir. Alors voilà, je te le dis sans détour : j'ai rencontré quelqu'un.

Je t'en supplie, ne m'en veux pas, Tony ! Tu es un brave garçon, je t'apprécie énormément et je n'oublierai jamais les beaux moments que nous avons partagés, mais, au fond de toi, tu sais bien que nous ne sommes pas faits l'un pour l'autre.

J'espère que tu sauras me pardonner, et je suis certaine que tu trouveras bien vite une amoureuse faite pour toi.

Je t'embrasse affectueusement,

Margaret

— Alors ? Vous m'croyez, maintenant ?

— Qu'est-ce que tu as fait après avoir trouvé cette lettre ?

— Eh ben, j'suis allé au pub, rejoindre mes amis !

— Tu leur as raconté ?

— Non.

— Pourquoi ?

Le jeune homme poussa un soupir en essuyant la boue sur ses joues.

— Mon histoire avec Meggy, c'était secret. Elle voulait pas qu'ça se sache. Sans doute qu'un type comme moi, avec la petite-fille de sir Ronald Waldon, ça aurait fait jaser. J'lui avais promis de rien dire. Quand j'ai appris, deux jours plus tard, qu'elle avait disparu, j'ai rien dit non plus. J'me suis dit que si j'allais raconter à la police que j'la fréquentais et que j'avais rendez-vous avec elle le soir où elle a disparu, avec mon passé, ils allaient directement me prendre pour le coupable. Un peu comme vous, quoi… C'est pour ça qu'j'ai eu peur, tout à l'heure, en vous voyant m'chercher…

— Tu as eu l'air encore plus coupable en t'enfuyant. Que crois-tu que j'aurais fait, si je ne t'avais pas rattrapé ? Je serais allé te dénoncer immédiatement à la police. Ce n'est pas très malin.

Le soldat haussa les épaules.

— C'est pas nouveau. On m'dit souvent que j'suis pas très malin…

— C'est ta motocyclette, ça ?

— Non. J'en ai pas à moi. J'ai que la Ford, moi. Mais parfois, j'emprunte celle-là, qu'est à Mike, mon camarade mécano qu'vous avez vu tout à l'heure.

Il secoua la tête en contemplant la Triumph d'un œil morne. Son cadre tordu, elle fumait quelques mètres plus loin.

— Quand j'allais voir Meggy, j'prenais la moto d'Mike, parce qu'elle aimait bien s'balader derrière moi.

— Et tu n'as pas de BSA ?

— Ben non ! Pourquoi qu'vous croyez qu'j'ai une BSA ? Vous imaginez qu'j'ai les moyens ? La Ford, c'était celle de mon paternel !

— Tu es posté où ?

— À la caserne de Dungate, comme tous les gars d'la milice. Avant, quand on était plus nombreux, on était dans le fort.

— Quel fort ?

— Le fort Victoria. Celui où on raconte que des soldats ont disparu, une nuit, il y a longtemps.

— Ah, oui, j'ai entendu parler de cette histoire…

— J'y crois pas trop. Mais Meggy, elle, elle y croyait. Elle disait qu'il s'passait des choses étranges sur l'île. Faut croire qu'elle avait raison. En tout cas, après la guerre, ils ont réduit nos effectifs. On n'est plus qu'une soixantaine. On sert pas à grand-chose, hein, c'est juste pour la gloriole. Si l'île est attaquée, c'est les Brits qui débarquent.

Lorraine, désormais convaincue de l'innocence du jeune homme, hocha longuement la tête, d'un air pensif.

— Bon. Tu ne t'es rien cassé ? Essaye de te lever.

Il s'exécuta, non sans peine.

— Ça a l'air d'aller, dit-il en faisant quelques pas.

— Bien. Reste ici. Je vais prévenir tes camarades pour qu'ils viennent te chercher et ramasser la moto. Vous la déposerez chez Enzo. Je payerai la réparation.

— Vous êtes sûre ?

— Oui. Et la prochaine fois que tu es innocent, ne t'enfuis pas comme un coupable, espèce de nigaud !

— La dernière fois qu'j'étais innocent, on m'a mis au ballon, mam'zelle, alors vos p'tites leçons de savoir-vivre, hein…

31.

Les deux hommes s'étaient assis côte à côte autour de la petite table ronde qui trônait au milieu du bibliotaphe. À la lumière tamisée de la lampe à pétrole, Edward, passionné, feuilletait le court volume.

— Il faut bien sûr prendre ce livre avec un certain recul, l'avertit le Pr Vandekade. À ma connaissance, aucune analyse scientifique n'est venue étayer la thèse que l'auteur y défend. Comme je l'ai dit au père Molloy, dont l'enthousiasme m'a paru exagéré, il est fort probable que cet ouvrage relève davantage de la fable que d'une étude sérieuse. Mais, au moins, cette fable ne manque pas de saveur. Sans doute ne conserverais-je point ce volume ici s'il ne traitait pas de Blackmore et qu'il ne fût le seul exemplaire que je connaisse.

— Que sait-on de l'auteur ?

— Rien. Il y a fort à parier qu'il s'agit d'un pseudonyme, usage très fréquent pour ce type de textes. Je n'ai trouvé mention de cet abbé Georges de Puvenel dans aucune autre publication, en dehors de celles qui citent directement ce livre, bien sûr.

— Vous me le prêteriez ?

Le vieil homme pouffa.

— Certainement pas ! Dans un bibliotaphe, les livres ne font qu'entrer, détective. Le père Molloy l'a lu sur place. Je vous invite à en faire autant…

— Dans l'immédiat, cela va être compliqué. Peut-être auriez-vous la bonté de me le résumer en quelques mots, osa Pierce en reposant le livre sur la table.

— Bien sûr ! Le texte, qui ne compte que quatre-vingt-quatre pages, est divisé en deux parties. Dans la première, l'auteur relate la chute du météore Ignès, au large de notre île. On utilisait à l'époque le terme générique de « météore » mais, pour être exact, il s'agissait en réalité d'une météorite, c'est-à-dire du fragment d'un corps extraterrestre parvenu jusqu'à notre planète sans s'être entièrement consumé dans l'atmosphère. Toujours est-il que cet événement, qui eut lieu au petit matin du 7 janvier 1700, est célèbre et fort documenté. C'est l'Académie des sciences qui le baptisa *Ignès* ; ne me demandez pas pourquoi… Un jeu de mots avec l'adjectif français « igné », qui veut dire « en flammes », peut-être ? On parle souvent de « météores ignés », quand ils produisent un feu puissant. Ou peut-être était-ce tout simplement le prénom de l'épouse ou de la maîtresse de l'astronome qui le désigna ainsi, qui sait ?

— À moins qu'il ne faille chercher dans l'étymologie grecque du prénom : *ágnos* ?

— La pureté ? Pourquoi pas. Quoi qu'il en soit, ce fameux 7 janvier 1700, une heure avant le début du jour, de Blackmore jusqu'aux côtes du Cotentin, de nombreux habitants virent dans le ciel un véritable tourbillon de feu, qui produisait une lumière plus vive encore que celle de la lune. Des témoignages concordants ont été recueillis non seulement sur notre île, mais aussi dans les villes françaises les plus proches : La Hague, Saint-Germain-des-Vaux, Auderville, Valognes, Cherbourg et d'autres. Certains racontèrent que la lueur était si grande qu'ils avaient d'abord cru que le jour s'était levé ! Mais, lorsqu'ils aperçurent le phénomène, d'aucuns, effrayés, s'imaginèrent que l'Apocalypse était venue, que les sept trompettes avaient sonné et que la terre allait bientôt s'embraser. La météorite, que des observateurs décrivirent comme ayant la silhouette d'un arbre immense, courait dans les cieux en suivant un axe allant du nord-ouest au sud-est. Quand elle heurta le sol, ou plutôt la mer, ce fut avec une violence telle que les maisons des villes précitées en tremblèrent. Tombée à quelques encablures à peine de notre côte méridionale, la météorite s'enfonça dans les eaux, offrant aux témoins le spectacle d'un large vaisseau qui, dévoré par les flammes, se fût rapidement abîmé. Jusque-là, rien qui n'ait déjà été raconté dans de nombreux récits. Mais, dans la seconde partie du texte, l'abbé de Puvenel présente une thèse bien plus singulière : selon lui, les célèbres sculptures de Blackmore, que l'on qualifie improprement de mégalithes, auraient été taillées dans des bouts de roche provenant justement de cette mystérieuse météorite, et ce quelques mois seulement après sa chute.

— Diantre ! Au XVIIIe siècle, donc ? Je les imaginais bien plus anciennes !

— Vous n'êtes pas le seul ! Je dois vous avouer que, jusqu'à la lecture de ce texte, je leur donnais moi-même, comme bon nombre de mes confrères, une dizaine de siècles de plus. En vérité, leur datation n'a pas encore été établie avec les outils modernes dont disposent géologues et archéologues. Les travaux de Marie et Pierre Curie sur le radium et la manière dont il décroît avec le temps nous permettraient sans doute aujourd'hui de savoir précisément quand ces pseudo-mégalithes ont été érigés. J'ai demandé plusieurs fois à des collègues géologues de venir percer ce mystère, en vain. Cela étant dit, je dois admettre qu'un argument joue en faveur de la thèse surprenante de l'abbé de Puvenel : j'ai eu beau chercher pendant des années, je n'ai trouvé aucune mention de ces statues qui fût antérieure à l'an 1700.

— Étonnant, en effet ! Mais alors, l'auteur dit-il qui les aurait érigées ?

— Oui. Avez-vous eu l'occasion d'admirer ces statues, détective ?

— Pas encore, malheureusement.

— Ah ! Je vous invite à aller les voir, dans ce cas ! Cela prend un peu de temps, car elles sont éparpillées aux quatre coins de l'île, mais ce sont des pièces remarquables. Leur matière, d'abord, est effectivement assez singulière : d'un noir profond, lisse, et d'une rare dureté. Les géologues amateurs qui les ont étudiées n'ont pas su l'identifier…

— Eh bien ! Cela pourrait donner raison à Puvenel, non ?

— Peut-être. Ensuite, la forme qu'on leur a imprimée est elle aussi des plus curieuses. La première représente une harpe, la deuxième un chaudron, la troisième une roue, et la quatrième une massue. Cela vous dit quelque chose ?

Le professeur scruta le visage de son interlocuteur en levant un sourcil facétieux.

— Ne sont-ce point là les quatre attributs de Dagda, le dieu celte ?

— Absolument, détective ! Je vous tire mon chapeau ! Ainsi, l'abbé affirme que nos quatre mégalithes seraient l'œuvre d'adeptes d'une sorte de culte celtique qui aurait traversé les âges pour continuer d'exister sur l'île au XVIIIe siècle. D'une manière ou d'une autre, cette légende s'est perpétuée et fait encore partie du folklore de Blackmore… Il se peut qu'en dénichant ce livre j'aie mis au jour l'origine de cette rumeur fantasque que l'on raconte toujours aux petits enfants de l'île pour leur faire peur !

Edward se contenta de hocher lentement la tête. Il ne pouvait s'empêcher, lui, d'établir un lien entre cette histoire et son enquête. D'abord, Mlle Appleton avait dit que cette fameuse rumeur jouait un rôle dans les disparitions. Ensuite, Dagda était l'un des dieux les plus importants évoqués dans le *Cath Maighe Tuireadh*, cet ouvrage retrouvé chez le père Molloy mais aussi chez Mlle Waldon…

— L'auteur développe par la suite sa théorie, sans l'étayer toutefois de la moindre preuve historique. Nous sombrons alors dans le fantastique : selon lui, ce culte celtique étrange, voué au dieu Dagda, serait ni plus ni moins à l'origine de la chute de notre pauvre météorite ! À l'issue d'un long rituel, les adeptes auraient provoqué ce phénomène astronomique.

— Çà, par exemple ! Et pourquoi donc ?

— Pour protéger l'île des forces du Mal ! D'après Puvenel, s'entend. La roche extraite de la météorite – dont il n'explique pas, d'ailleurs, comment ils seraient allés la chercher dans le fond des mers – aurait des vertus magiques. Les quatre statues qu'ils en tirèrent opéreraient désormais comme des gardiens, mettant Blackmore à l'abri des esprits diaboliques... Quelque chose comme ça.

— Je vois. Mais pour apporter un peu de crédit à sa thèse, l'abbé donne-t-il la preuve d'une présence celtique plus ancienne sur l'île ?

— Oh, bien sûr ! Pour le coup, il n'affabule guère : c'est bien le cas. Encore que je n'emploierais le terme de « civilisation celtique » qu'avec prudence, car c'est un fourre-tout qui peut embrouiller les esprits. L'appellation englobe assez largement ces anciens peuples de souche indo-européenne qui présentent une certaine unité culturelle et qui ont occupé pendant des siècles de vastes territoires de l'Europe. Toujours est-il que plusieurs études archéologiques attestent la présence sur notre île de tribus que l'on peut rattacher à cet ensemble, et ce probablement vers la fin du IVe siècle de notre ère. Ces tribus, ayant certainement fui l'occupation romaine à Jersey et Guernesey, seraient venues s'installer ici et auraient baptisé l'île Arenon, qui est, vous l'aurez remarqué, le nom de la place sur laquelle nous nous trouvons en ce moment même. À noter, au passage, que je n'ai relevé, à ce jour, aucune publication avant le VIIe siècle mentionnant directement notre île.

— Pardonnez-moi, je ne suis pas sûr d'avoir bien entendu : vous dites qu'il n'y a aucun témoignage écrit concernant Blackmore avant le VIIe siècle ? s'étonna Pierce.

— Je ne dis pas qu'il n'y en a pas, je dis que je n'en ai pas trouvé, ce qui est très différent. Les premières mentions connues datent de l'an 612, quand Thomas

Blackmore, pieux moine gallois, s'en vint du Glamorgan pour évangéliser la petite île. Il fit construire une chapelle en son centre, sur le site où se trouvent aujourd'hui les ruines de l'ancienne église, que l'on peut voir d'ici, par la fenêtre. Il fit également construire une abbaye, dite de Pennygarth, à la pointe nord-est de l'île, dont il ne reste que de tristes décombres. Au siècle suivant, on canonisa le moine, et c'est en sa mémoire que notre île fut baptisée Blackmore Island.

— Et vous pensez donc qu'il a évangélisé des tribus celtiques qui étaient ici depuis le IVe siècle ?

— Ou le début du Ve, oui.

— La population de l'île aurait donc bien des origines celtiques ?

— En l'état de nos connaissances, on peut songer que les Celtes furent les premiers occupants de Blackmore, en effet. Il n'en reste pas grand-chose aujourd'hui, vous vous en doutez : la population de l'île a connu de grands brassages, d'abord avec l'arrivée dudit Thomas Blackmore, au VIIe siècle, puis l'invasion normande, au Xe siècle, le rattachement au duché de Normandie, etc. En somme, la population de Blackmore a des racines celtiques, mais elle s'est ensuite mêlée aux populations anglo-saxonnes, normandes et françaises.

— Elle s'est enrichie, comme vos livres, plaisanta Edward.

— Absolument ! Aujourd'hui, près de soixante-dix pour cent de la population de Blackmore est d'origine anglaise, mais on y recense aussi quinze pour cent d'Irlandais – en raison de la foule d'ouvriers qui ont été appelés ici lors de la construction du brise-lames de Port Brayne –, dix pour cent de Français et cinq pour cent d'Écossais. Bref, les descendants directs des premières tribus celtes ne doivent plus être aujourd'hui qu'une petite cinquantaine, et encore…

— Je vois. Cela accrédite la thèse selon laquelle il pourrait y avoir sur l'île une sorte de résurgence secrète de ces tribus originelles…

— Certes. Mais si cette résurgence existe, elle n'a qu'une légitimité symbolique. La culture celtique originelle a disparu depuis longtemps. Il n'en reste que le folklore. Cela dit, il est possible que quelques habitants de l'île, descendants directs de ces premiers occupants de Blackmore, se soient mis en tête de faire revivre la culture de leurs ancêtres. Après tout, c'est leur droit.

— Tant qu'ils ne font de mal à personne, oui…

— Pour sûr. Pensez-vous que tout ceci ait un lien avec la disparition du père Molloy ?

Edward écarta les mains, l'air incertain.

— C'était en tout cas un sujet qui semblait l'intéresser au plus haut point, avant qu'il s'évanouisse dans la nature.

— Fichtre ! J'espère que mes explications pourront vous aider !

— C'est fort possible, professeur.

Pensif, le détective se gratta le front un instant, jetant un coup d'œil sur les étagères autour de lui.

— J'aurais, si vous le permettez, encore deux petites questions à vous poser.

— Mais je vous en prie ! Tout ce qui pourra vous aider !

— Cela fait plusieurs fois, dans le cadre de mon enquête, que je tombe sur un mot dont je ne connais pas l'origine. Je l'ai d'abord vu dans les notes du père Molloy, au sujet de la colonie de Roanoke…

— Ah, une drôle d'histoire, en effet ! Ces colons qui disparaissent aux Amériques sans laisser de trace…

— Absolument. Après leur disparition, la seule chose qui fut retrouvée était un mot, gravé sur un poteau. Or, figurez-vous que ce mot, je l'ai entendu ici, hier soir, dans la bouche de l'un des patients agités du sanatorium. Il s'agit du mot « *Croatoan* ». Vous dit-il quelque chose ?

— Croatoan ? Oh ! Par tous les dieux ! Oui, bien sûr, cher détective. Croatoan, c'est le nom d'un Grand Ancien !

32.

Mlle Chapelle n'était plus qu'à quelques centaines de mètres du site quand sa motocyclette commença à toussoter, avançant brusquement par petites saccades, jusqu'à ce que le moteur s'éteignît lentement.

— Flûte ! rouspéta Lorraine en descendant de la Harley-Davidson. Une panne sèche ! C'est bien ma veine, tiens !

Après qu'elle eut péniblement poussé la lourde machine jusqu'à mi-chemin, sa mauvaise fortune prit une ampleur plus grande encore : à la sortie du parking, la jeune femme aperçut, au loin, ni plus ni moins que la maudite BSA verte qui, à une allure tranquille, était en train de s'en aller sous ses yeux !

— C'est pas vrai ! hurla Lorraine.

Elle se mit à courir sur quelques mètres, comme si elle avait pu rattraper l'engin, et eut même l'idée saugrenue de sortir son revolver et de viser le pilote, avant de se raviser.

— Merde, merde, et re-merde ! s'emporta-t-elle en frappant rageusement le sol alors que l'infâme disparaissait à l'horizon.

S'efforçant de recouvrer son calme, elle prit une profonde inspiration. Elle s'apprêtait à pousser de nouveau son véhicule quand son regard se fixa sur le pied de la colline. Là, à l'écart de la piste, elle distingua un attroupement qui s'était formé dans l'allée principale, et qui avait l'air de grossir rapidement. Il se passait quelque chose. Et soudain, elle reconnut la voiture de police parmi la foule. Elle comprit aussitôt.

Abandonnant sa machine sur le bas-côté, Mlle Chapelle courut de toutes ses forces à travers la plaine, en direction du site. Elle sentit son cœur battre de plus en plus fort à mesure qu'elle approchait. Il lui fallut deux bonnes minutes de chevauchée encore pour arriver sur place et découvrir, horrifiée, la scène tout entière.

D'un côté, deux policiers encadraient Nicky Tudor – le frère de l'institutrice disparue – et le maintenaient fermement. L'homme, le regard bouillonnant, se débattait en protestant. Sa chemise était couverte de sang sur tout le torse et ses mains étaient à peu près dans le même état.

De l'autre côté, le connétable Parker était agenouillé avec deux autres policiers autour du corps inanimé d'un homme qui devait avoir trente ans. La gorge tranchée, il reposait sur le dos, au pied d'une tente, dans une mare écarlate. Il faisait peu de doute que le malheureux avait livré son dernier souffle depuis longtemps.

— J'ai rien fait ! hurla Tudor. Lâchez-moi !

Le marin, à l'évidence, avait une force phénoménale, et les policiers peinaient à le contenir.

— Parker ! s'écria Lorraine en se précipitant au côté du connétable. Envoyez tout de suite vos hommes sur la route ! Le meurtrier vient de s'enfuir sur la BSA, par là-bas !

— Mais, enfin, mademoiselle Chapelle ! s'agaça le connétable en faisant de petits gestes pour l'inviter à reculer. Ne dites pas n'importe quoi ! Le meurtrier se trouve juste derrière vous. C'est M. Tudor !

— Foutaises ! cracha celui-ci en continuant de se débattre. C'est pas moi ! Au contraire, j'ai essayé de l'sauver ! Lâchez-moi, nom de Dieu !

Le regard de Lorraine fit des allers et retours entre le cadavre étendu sur le sol et Nicky Tudor, puis la jeune femme se releva prestement et scruta les environs.

— Connétable, dit-elle à mi-voix, en essayant de rester aimable, vous êtes en train de commettre une grave erreur. Faites-moi confiance, je vous en supplie : vous laissez filer le véritable coupable, l'homme qui a aussi assassiné Mlle Appleton, et qui vient de partir sur sa BSA…

— Écoutez, mademoiselle, laissez-nous faire notre travail, soyez gentille.

— Je n'ai pas l'ambition d'être gentille, mais efficace.

— Ce n'est pas vos affaires. Et puis qu'est-ce que vous en savez, d'abord, hein, de ce qui s'est passé ? Vous n'étiez même pas là ! Allez, hop, du vent !

Lorraine se retint de lui taper sur le crâne, et s'entêta :

— Cet homme a manifestement été attaqué par-derrière, par surprise. On lui a tranché la gorge avec une lame très fine, sans doute un rasoir. Je suppose que vous n'avez pas retrouvé de rasoir près du corps ?

— Eh bien, c'est qu'il doit être dans sa poche ! Fouillez-le ! ordonna Parker en se relevant à son tour et en pointant le doigt vers Tudor.

Les policiers s'exécutèrent, alors qu'une Austin 12, arrivée à toute allure, s'arrêtait juste derrière eux dans un nuage de poussière. Quand Lorraine se retourna, elle vit le juge Gaudion sortir précipitamment de son automobile.

— Il n'y a rien dans ses poches, monsieur ! lança l'un des policiers après s'en être assuré.

— Alors il a dû jeter ça dans le coin ! Cherchez autour de la tente !

— Mais qu'il est bête ! pesta la jeune femme qui, cette fois-ci, n'en pouvait plus. Vous ne trouverez pas l'arme du crime, sombre imbécile !

— Pardon ?

— Elle est probablement dans la poche du meurtrier, qui est déjà loin, par votre faute !

Le connétable était sur le point de répondre vertement quand le juge, qui était arrivé dans son dos, le saisit par l'épaule.

— Que s'est-il passé, Parker ? grogna-t-il. Et qu'est-ce que tous ces gens font encore ici ? Faites donc évacuer le périmètre, bon sang, et mettez un drap sur la victime !

— Oui, oui, bien sûr, Votre Honneur. Mais regardez : Nicky Tudor a assassiné M. Galloway, notre nouveau journaliste !

Puis, se tournant vers ses hommes :

— Vous deux, vous avez entendu M. le juge ? Faites évacuer le périmètre et installez des barrières ! Allez, ouste, tout le monde dehors ! Vous aussi, la Française !

— Non, reprit Gaudion, catégorique. Mlle Chapelle va rester avec nous.

Il fit un salut poli à la jeune femme.

— Avez-vous vu quelque chose, mademoiselle ?

— Votre Honneur, je venais de tomber en panne tout près de l'entrée quand j'ai vu notre BSA verte quitter le site et s'en aller par la route. Il me semble qu'il eût été malin de la prendre en chasse, plutôt que d'importuner ce pauvre M. Tudor qui, selon toute vraisemblance, est resté auprès de la victime pour tenter de la secourir.

— Vous êtes sûre que c'était la BSA ?

— Certaine ! s'impatienta Lorraine.

— Parker ? Vous n'avez envoyé personne à sa poursuite ?

— Ben non, puisqu'il est là, le meurtrier ! se justifia le connétable en désignant de nouveau Tudor.

— Mais ce n'est pas possible ! se lamenta Gaudion en levant les yeux au ciel. Vous deux ! Lâchez donc ce pauvre homme et montez immédiatement dans votre voiture pour tenter de rattraper cette maudite motocyclette que je vous demande de trouver depuis deux jours déjà ! Et vous m'expliquerez ensuite comment elle a pu arriver ici sans que vous la repériez !

Les policiers hésitèrent un instant, jetant des regards embarrassés en direction du connétable, dont le visage était désormais rouge écarlate, sous les effets combinés de la colère et de la honte.

— Sur-le-champ ! hurla le magistrat, hors de lui. Et si vous ne retrouvez pas la BSA d'ici vingt minutes, vous revenez. Nous allons avoir du pain sur la planche. Activez-vous, bon sang !

Les deux agents libérèrent le marin et se précipitèrent vers leurs voitures.

— C'est trop tard, lâcha Lorraine, dépitée. Ils ne le rattraperont jamais.

D'un signe de tête, elle invita le juge à l'accompagner auprès de M. Tudor alors que le service de sécurité de la manifestation venait assister les forces de l'ordre pour écarter la foule.

— Racontez-nous ce qui s'est passé, Nicky.

Le marin, en nage, essuya ses mains sur son pantalon et cracha par terre, jetant des regards haineux au connétable qui, prudent, était resté en retrait.

— J'allais rentrer chez moi, alors je m'dirigeais vers le parking, là, par l'allée centrale. Quand j'suis arrivé ici, j'ai entendu des bruits derrière la tente, du genre qu'on fait quand on s'étouffe. J'ai couru pour voir c'qui s'passait, et j'ai trouvé Galloway allongé sur l'dos, qui s'tenait la gorge. Ça pissait l'sang. J'ai essayé de faire quelque chose, mais c'était trop tard. Il a clamsé sous mes yeux. J'ai gueulé pour appeler les secours. C'est là que Parker est arrivé et qu'il m'a envoyé ses sbires sur le dos, au lieu de m'aider, c'te crevure !

Lorraine lui donna une tape amicale sur l'épaule, puis regarda le corps étendu au pied de la tente.

— Qui est ce jeune homme, Votre Honneur ?

— Saul Galloway. C'est l'écrivain public. M. Morris venait de l'embaucher hier soir pour remplacer Mlle Appleton… Il faut croire que notre meurtrier a une dent contre les journalistes.

— Ou qu'il craint qu'ils soient sur une piste. Mlle Appleton avait peut-être trouvé des indices, que son successeur aura récupérés. Il faudrait demander à M. Morris si ce jeune homme a hérité des dossiers de la journaliste. Il est là, je l'ai vu tout à l'heure.

Le magistrat acquiesça et fit signe à l'un des organisateurs d'aller chercher le rédacteur en chef.

Peu à peu, les spectateurs furent repoussés et on les invita à laisser passer l'ambulance. Les membres du BMC installèrent des barrières autour de la scène de crime et se conformèrent aux directives du juge Gaudion, qui s'avéra bien plus efficace que le connétable pour gérer le drame.

Lorraine était retournée auprès du corps inspecter la blessure de plus près quand, parmi la foule qui l'observait, il lui sembla reconnaître un visage.

Elle se redressa pour mieux voir et, cette fois, elle en fut certaine : le garçon qu'elle avait vu, le soir de son arrivée. Celui qui, d'un air étrange, l'avait regardée passer dans la Rolls-Royce de sir Ronald Waldon, au beau milieu de la nuit, sous la pluie battante. Arnold lui avait dit de ne pas y prêter attention, que c'était sans doute un gamin de l'Armée du salut, mais Lorraine avait trouvé la chose singulière.

Intriguée, elle se leva et fit quelques pas vers lui mais, soudain, il n'était plus là. Il avait suffi que deux ou trois personnes se bousculent quelque peu, et l'enfant avait disparu de sa vue. La jeune femme se faufila entre les badauds effarés, écartant les gens sur son passage pour essayer de retrouver sa trace. Il ne pouvait pas s'être évaporé ! Et pourtant, elle eut beau chercher, elle ne le vit nulle part.

Quand, de guerre lasse, elle revint vers les policiers, Nicky Tudor l'attrapa par le bras et lui dit à mi-voix :

— Merci, mademoiselle, pour tout à l'heure…

— Vous n'avez pas à me remercier.

— Si. Et puis… j'suis désolé, pour l'autre jour.

— C'est moi qui suis désolée. Nous aurions dû vous prévenir avant d'entrer chez votre sœur.

— Eh ben, justement, passez me voir là-bas, tout à l'heure. J'vous donnerai la lettre, cette fois.

33.

— Un Grand Ancien ? C'est-à-dire ? s'enflamma Edward Pierce, dévoré par la curiosité.

Le professeur, dont le visage baignait dans la lumière orangée de sa lampe à pétrole, prit un air théâtral et formidablement mystérieux.

— Les Grands Anciens sont des sortes de divinités inférieures dont les traces remontent à la cosmogonie sumérienne, l'une des plus anciennes qui soient.

— Parbleu ! Je dois vous avouer mon inculture totale au sujet des Sumériens.

— Oh, vous n'avez pas à en rougir, détective ! En vérité, on sait encore peu de chose sur la civilisation sumérienne. Tout reste à découvrir. Le passé, parfois, est plus incertain que l'avenir. Cette civilisation, nimbée de légendes, occupait l'extrême sud de la Mésopotamie, au IVe millénaire avant notre ère. Si l'histoire des Assyriens ou des Babyloniens a toujours été connue, grâce à l'Ancien Testament et aux auteurs grecs, l'existence des Sumériens, elle, avait été complètement oubliée, depuis fort longtemps. Et sans doute serait-elle restée perdue dans les limbes de l'histoire si des fouilles, entreprises il y a une cinquantaine d'années sur les territoires de la Mésopotamie, ne nous avaient révélé l'existence de cette extraordinaire civilisation de l'Antiquité.

Le professeur se leva et partit chercher un vieil atlas dans les rayonnages, afin de montrer à son hôte la zone géographique dont il parlait. Elle correspondait quasiment au centre du planisphère.

— Un jour de 1877, Ernest de Sarzec, vice-consul de France à Bassorah, vit arriver dans son bureau un certain Guillotti, directeur des Postes et Télégraphes à Bagdad.

Il indiqua sur la carte l'endroit où se rejoignaient le Tigre et l'Euphrate.

— L'homme, visiblement perturbé, lui raconta que, lors d'une inspection des lignes, il était tombé sur d'étranges statuettes qui jonchaient les bords du Chatt-el-Hai. Ces statuettes représentaient, selon lui, des créatures aux formes si terrifiantes qu'il n'avait même pas osé les toucher et qu'il se refusait désormais à retourner les voir ! Fort intrigué, le vice-consul décida d'envoyer, sur ses propres deniers, une équipe d'archéologues. C'est ainsi que, peu à peu, on découvrit les vestiges de la fabuleuse cité de Lagash, qui s'avéra être la capitale d'une civilisation inconnue. Après de longs travaux de traduction de leur écriture cunéiforme, les tablettes trouvées sur le site finirent par révéler, un à un, les secrets des Sumériens !

— Incroyable ! s'extasia Pierce, passionné.

— Depuis lors, de nombreuses autres fouilles ont été conduites : dans l'ancienne cité de Nippur, puis dans celles de Shuruppak et d'Uruk. La mise au jour de milliers de récits sumériens nous a notamment permis de découvrir leur étonnante cosmogonie. Ainsi, on sait désormais que leur mythe de la création mettait en scène deux déités primordiales, l'une féminine, Tiamat, et l'autre masculine, Apsū. De leur union naquirent de nombreux dieux, tels Enki, Ishtar et Mardouk. Ceux-ci étaient vus par les Sumériens comme des êtres surpuissants, venus, depuis l'origine des temps, du fin fond du cosmos. Des entités extraterrestres, dirions-nous aujourd'hui. Tantôt bienveillants, tantôt vengeurs, ces dieux étaient dotés de pouvoirs qui les plaçaient au-dessus de toute autre forme de vie. Ces démiurges cosmogoniques, pour se nourrir, faisaient travailler des déités inférieures, des sortes de demi-dieux, si vous voulez. Ce sont eux que l'on appelle usuellement les Grands Anciens, qui règnent au-dessus des hommes, mais au-dessous des dieux. Or, la légende raconte que l'un d'entre eux, refusant de les servir, se révolta contre Tiamat et Apsū. Pour le punir, ils l'envoyèrent sur terre, où il aurait trouvé refuge dans le fond des océans… Voici donc votre fameux Croatoan. En d'autres termes, il s'agirait de la seule déité sumérienne que les hommes puissent rencontrer, car elle serait parmi nous.

— Fichtre ! J'avais vaguement entendu parler des fouilles en Mésopotamie et de la civilisation sumérienne, mais de très loin, et je ne connaissais pas cette histoire, admit humblement Edward.

— Édifiant, n'est-ce pas ? Toujours est-il que la légende de Croatoan s'est perpétuée à travers de nombreux mythes et s'est disséminée, par syncrétisme, aux quatre coins de la planète. Ainsi, on en retrouve la trace dans plusieurs récits mythologiques, où son nom connaît parfois des variantes orthographiques, mais qui ne laissent aucun doute sur son origine. C'est probablement ce qui explique qu'on ait pu retrouver la trace de Croatoan aux Amériques, dans la colonie de Roanoke, où il s'est mêlé aux mythes d'une tribu locale…

Après ces paroles, le vieil homme leva l'index, comme s'il venait de se souvenir de quelque chose. Lors, il partit chercher deux livres, à deux endroits de son bibliotaphe. Lentement, il ouvrit le premier volume devant Edward.

— Voici la reproduction d'un manuscrit arabe datant du début du XIe siècle. Il s'intitule *Risalah fi ʿilm al-nujum*, que l'on pourrait traduire par « Opuscule sur les étoiles ». L'auteur, al-Khatib al-Baghdadi, c'est-à-dire « le prédicateur de Bagdad », est un célèbre érudit qui, en l'an 1024, se rendit à Bassorah pour y trouver des hadith, ces recueils de témoignages sur les paroles et les actes du Prophète. Il y découvrit des récits plus anciens encore, car, dans ce traité étrange, mêlant religion islamique et astronomie, il évoque un démon antédiluvien, qui serait « tombé des étoiles ». Il le nomme al-Qroatoan, et nous en livre une représentation fort singulière.

Tournant une nouvelle page avec délicatesse, Vandekade posa le doigt sous un dessin qui mit immédiatement Edward mal à l'aise, comme si cette figure, gravée dans le papier, n'était pas seulement l'interprétation artistique d'un être mythologique, mais un portrait, saisissant, inspiré d'une créature bien réelle. C'est sans doute ce qui glaça le sang du détective.

Le croquis, à l'exécution admirable, représentait un monstre ailé, dont la silhouette était à mi-chemin entre celle d'un homme et celle d'un animal, sans qu'on eût pu dire s'il était terrestre, aérien ou marin. Le corps, couvert d'écailles, semblait visqueux, quoique d'une musculature prononcée. Ses six pattes, disposées sur les flancs comme celles d'un crocodile, étaient pourvues de griffes prodigieuses, tout comme les terminaisons de ses longues ailes membraneuses. Mais c'était sa tête qui inspirait le plus grand effroi. La crinière l'entourant lui donnait quelque aspect léonin tandis que de sa large gueule, dont la partie inférieure évoquait les mandibules sclérifiées d'un arthropode, sortaient une dizaine d'appendices gluants, qui semblaient s'agiter, à la recherche de nourriture, comme les palpes labiaux d'un gigantesque insecte suceur.

L'image, presque vivante, produisait instantanément un sentiment d'horreur. On eût dit qu'elle ressuscitait un être multiséculaire, aux formes épouvantablement éloignées de tout ce qui se trouvait sur terre, suggérant l'existence d'une réalité archaïque, inconnue et abominable, que notre propre espèce n'eût jamais dû croiser.

— C'est surprenant, n'est-ce pas ?

— C'est… c'est le moins qu'on puisse dire, bégaya Edward, sans parvenir à détacher son regard du croquis.

— La manière dont ce livre est venu en ma possession est elle-même un peu particulière. Il figurait dans l'inventaire d'une mise aux enchères des biens de M. Sadler, après qu'il a été interné au sanatorium de Bragbury.

— Sadler ? s'étonna le détective en relevant brusquement la tête. Phil Sadler ?

— Absolument. Vous le connaissez ?

— Bon sang ! C'est l'homme à l'origine de la mutinerie d'hier, et qui est désormais porté disparu !

— Ah, cela ne m'étonne pas beaucoup. La dernière fois que je l'ai vu, il était dans un état de démence avancé… Et cela explique sans doute que vous ayez entendu le nom « Croatoan » là-bas.

— Mon Dieu ! Sait-on ce qui a pu déclencher sa folie ?

— Eh bien, justement… Il se pourrait que ce soit ce livre, cher ami.

Edward baissa les yeux de nouveau et, par réflexe, enleva vivement ses mains de la table, comme s'il avait voulu les éloigner de l'ouvrage.

— Sadler était à l'époque un jeune peintre prometteur, un peu excentrique, certes, mais fort doué, et d'une grande sensibilité. Probablement inverti, si vous voyez ce que je veux dire…

— Je vois fort bien, oui.

— Ah. Bref, un garçon très imaginatif, et assez émotif. Il expliquait que ses tableaux, œuvres des plus gothiques et obscures, lui étaient essentiellement inspirés par les rêves qu'il faisait chaque nuit. C'était un jeune homme qui sortait peu et n'avait de vie sociale que très limitée. On ne le voyait guère que lors du marché d'art organisé pendant la Blackmore Week, où il venait vendre certaines de ses toiles, tout à fait remarquables. Quand son obsession pour ce livre a commencé, sa famille s'est inquiétée : il avait été frappé par une fièvre soudaine, qui lui faisait perdre ses esprits. Selon ses proches, M. Sadler aurait appris l'arabe littéraire dans le seul but de comprendre l'« Opuscule sur les étoiles », qu'il aurait acquis dans une librairie de Séville, lors d'un voyage en Europe. Il se serait ensuite enfermé dans sa chambre, pendant des jours, et aurait commencé à le lire en boucle et à voix haute. Dans les semaines qui suivirent, son état physique et mental se dégrada rapidement. Il se serait mis à hurler au milieu de la nuit, d'abord dans son sommeil, parlant d'une créature maligne qui eût vécu sous la mer, jusqu'à ce que son état délirant se perpétue dans ses phases éveillées. Un beau jour, comme il s'était abîmé dans une démence terrifiante, sa famille décida de le faire interner à Jersey. Lorsqu'il fut transféré à Bragbury, après la guerre, et qu'il fut clair qu'il ne sortirait plus jamais du sanatorium, ses parents mirent ses toiles et sa bibliothèque en vente, afin de couvrir le coût de son internement. Presque tous ses livres étaient consacrés aux sciences occultes. Ce jour-là, j'en ai acquis la plupart. Parmi lesquels l'« Opuscule »…

— Doux Jésus, quelle histoire !

— N'est-ce pas ? Certains livres peuvent avoir des effets dévastateurs sur les esprits un peu fragiles. C'en est un exemple d'une tristesse tragique. Mais revenons-en à notre fameux Croatoan…

Le professeur s'empara du second volume qu'il avait apporté.

— Voici l'*Apocalypsis cum figuris*, rédigé vers 1275 par un moine de l'abbaye Saint-Victor, à Paris. C'est cette œuvre qui inspira celle, homonyme, d'Albrecht Dürer, deux siècles plus tard. L'auteur – anonyme, par peur de l'Inquisition – affirmait que l'Apocalypse était un récit bien plus ancien que la Bible, qui aurait trouvé son origine dans les mythologies de la Mésopotamie. Le mythe aurait ensuite subi un certain nombre d'interpolations juives et chrétiennes, avant de trouver sa place dans le recueil sacré… Selon ce moine blasphémateur, la créature qu'il nomme Khroathoan serait la figure originelle de l'eschatologie cosmique : le signe de la fin du monde et du temps. Et voici comment il la représente.

De nouveau, le professeur montra une gravure au détective. Quoique plus naïf et bien moins effrayant, le dessin était assez proche du précédent. La créature possédait également six pattes, des ailes, et une tête qui évoquait à la fois celle d'un lion et d'un insecte terrifiant.

— Comme vous pouvez le voir, le mythe des Grands Anciens, quoique peu connu, a traversé les âges, et s'est parfois glissé, de façon fort étrange, dans des cosmogonies plus récentes.

— Un jour, on découvrira peut-être qu'il existait même avant celle des Sumériens…

— C'est probable. Cela dit, pour ce qui vous intéresse, je ne sache guère que Croatoan, et la culture sumérienne en général, ait le moindre rapport avec Blackmore. Nous sommes en tout cas très loin de la culture celtique…

— Bien sûr, bien sûr… Une fausse piste du père Molloy, peut-être ? Je vous remercie malgré tout, vous comblez là une grande lacune dans ma culture.

Le Pr Vandekade hocha humblement la tête et partit ranger ses précieux ouvrages.

— Vous aviez une dernière question, il me semble ?

— Une dernière, oui, répondit Edward.

Resté sous le coup de son trouble, le détective s'efforça de chasser de son esprit le malaise que lui avait inspiré la première gravure.

— Je vous écoute, cher ami.

— Ah. Bien. Merci. Pourriez-vous me dire quelques mots de cette fameuse abbaye de Pennygarth, dont vous parliez tout à l'heure ?

— Oh, c'est une histoire un peu triste, qui illustre malheureusement le déclin que connaît notre île, depuis quelques années. En l'an 620, saint Blackmore avait donc fait construire cette abbaye sur le promontoire qui se trouve dans le nord-est de notre territoire. À l'occasion de son millénaire, en 1620, l'abbaye, menaçant ruine, fut entièrement reconstruite par les franciscains, qui lui offrirent une architecture plus moderne et plus vaste. Ils la divisèrent en deux parties, l'une pour eux-mêmes, l'autre pour les sœurs clarisses. Vers 1860, faute de vocations, la communauté des franciscains se retira de l'abbaye, puis ce fut au tour des bonnes sœurs, jusqu'à ce que l'abbaye, qui n'était plus entretenue depuis longtemps, fût totalement abandonnée, en 1908. J'ai supplié mille fois Walter Glover, le gouverneur de l'époque, de financer la restauration de ce trésor de notre patrimoine, mais sans suite. Dix-sept ans plus tard, la pauvre abbaye de Pennygarth n'est déjà plus que ruines.

— Pourquoi a-t-il refusé, lui qui vous avait pourtant accordé la construction de cette bibliothèque ?

— Oh, pour plusieurs raisons, sans doute. D'abord parce que les finances de l'île commençaient à se détériorer. Peut-être aussi parce que Walter Glover était plus bibliophile que pieux. Et enfin, il se peut que la mauvaise réputation des lieux ait joué, vis-à-vis de la population…

— Quelle mauvaise réputation ?

— Eh bien, justement : comme cela se faisait presque toujours, lors de la christianisation de l'Europe,

Thomas Blackmore avait choisi de faire construire cette abbaye sur le site d'un ancien temple païen, qu'il avait fait raser. Comme il y a eu plusieurs histoires un peu scabreuses dans les murs de l'abbaye, on a fini par raconter qu'elle était maudite ou hantée…

— Mais vous n'y croyez pas ?

— Aux fantômes et aux malédictions ? Ma foi, non, pas plus qu'aux Grands Anciens. Vous y croyez, vous ?

— Oh, vaste question ! Je crois qu'il est des phénomènes inexpliqués sur lesquels je m'abstiens de me prononcer, tant que je n'ai aucune certitude. L'univers est pour moi une énigme. Je me refuse à donner à la compréhension que j'en ai les limites de mes sens et de ma raison. Je crois qu'il existe des mystères impénétrables pour nos esprits et notre perception, mais rien ne dit qu'ils le restent à jamais. L'homme qui se tient devant vous, professeur, est un authentique zététicien, comme se définissait lui-même l'illustre Pyrrhon, trois siècles avant notre ère.

— Ah ! *Zētētikós* : « qui aime chercher », traduisit Vandekade en hochant la tête. Sur ce point, je ne puis que vous applaudir.

— Mais revenons-en à notre sujet. Vu ce que vous m'avez dit tout à l'heure, je suppose qu'il n'existe aucune représentation du temple païen rasé par Thomas Blackmore ?

— Pas à ma connaissance. En revanche, il en existe au moins une de la première abbaye, avant qu'elle ne soit reconstruite.

— On peut la voir ici ?

— Malheureusement, non. Mais il me semble qu'un autre frère de notre loge, ce cher Steve Stevens, qui tient la boutique d'antiquités de Blackmore, en possède une. Si vous allez le voir de ma part, je suis à peu près certain qu'il vous la montrera.

— Formidable ! Merci, professeur, du fond du cœur. Je vous suis infiniment reconnaissant de m'avoir consacré un temps si précieux.

— C'est la moindre des choses. Puissiez-vous seulement retrouver notre cher Molloy !

Ici, Edward fit une pause pensive, puis il parut soudain se réveiller d'un songe.

— À propos du père Molloy, et avant de vous laisser enfin tranquille... Vous m'avez dit qu'il avait emprunté plusieurs livres ici, ces derniers temps. Conservez-vous quelque part un tableau des emprunts ?

— Notre bibliothèque fonctionne grâce à un système de fiches de prêt, que nous enlevons du livre quand un lecteur l'emporte chez lui. Nous y inscrivons alors son nom et la date de l'emprunt, et nous la remettons dans le livre, quand il nous le restitue.

— Je vois. Dans ce cas, me permettriez-vous de jeter un coup d'œil aux fiches des volumes consultés par le père Molloy ? J'aimerais voir quelles autres personnes auraient pu lire les mêmes titres que lui. Peut-être y aura-t-il des occurrences intéressantes...

— Eh bien, pour ceux dont je me souviens, bien sûr ! Il suffit de regarder à l'intérieur de chacun d'entre eux. Allons voir ça.

D'un geste, il invita le détective à sortir du bibliotaphe, qu'il referma précautionneusement, puis ils descendirent ensemble au deuxième étage. Là, de mémoire, le professeur donna à l'une de ses employées une liste d'ouvrages. Certains concernaient l'histoire de

Blackmore, d'autres celle de la colonie de Roanoke, l'astronomie, la mythologie, l'histoire des Celtes…

Quelques minutes plus tard, l'employée de la bibliothèque revint avec une pile d'une quinzaine de livres, qu'elle posa sur le comptoir, l'air préoccupé.

— Il y a un problème, professeur, expliqua-t-elle, un peu embarrassée.

— Quoi donc ?

— Les fiches de prêt de ces livres…

— Eh bien ?

— Elles ont toutes disparu.

34.

Le soleil, qui s'était montré si généreux tout le jour, commençait déjà à descendre vers l'horizon, drapant Blackmore dans une douce lumière bleutée.

Quand Lorraine gara sa motocyclette devant la modeste maison de Diana Tudor, elle constata que ses volets étaient encore fermés. De là où elle se tenait, elle ne pouvait voir aucune lumière à l'intérieur. Ce mystère lui donna quelque soupçon. Et si c'était un piège ? L'idée ne résista guère longtemps à la logique. En revanche, que Nicky Tudor ne fût point là était tout à fait envisageable. Pouvait-il lui être arrivé quelque chose ? La jeune femme s'engagea dans le jardin avec circonspection, songeant que c'était assez, pour une journée, que les aventures déjà vécues.

Arrivée devant la porte, elle appela :

— Nicky ?

Comme on ne répondait pas, elle appela encore, jusqu'à ce qu'une voix s'élève dans le lointain.

— Derrière ! Faites le tour, mademoiselle, j'suis derrière !

Ainsi, Lorraine se trouva à refaire le trajet qu'elle avait déjà effectué la première fois, mais non plus en cachette. Quand elle arriva à l'arrière du bâtiment, elle vit le marin qui, un pied sur une pelle, était en train de retourner la terre dans le potager de sa sœur. L'homme, dont la largeur d'épaules valait bien celle d'un lutteur, n'avait pas quitté sa chemise pleine de sang et, malgré le froid d'octobre, il en avait retroussé les manches.

Mlle Chapelle partit s'asseoir sur le pas de la porte que, la veille, le détective Pierce avait crochetée. Elle regarda Nicky Tudor, sa figure un peu rustique, sa silhouette militaire, et elle se surprit à trouver quelque charme à ses allures de gentil mauvais garçon.

— Vous avez l'intention de planter quelque chose à l'approche de l'hiver, Huckleberry Finn ? lança-t-elle, avec un brin de moquerie.

— Et pourquoi pas ? C'est un bon moment pour semer des laitues, des épinards et des radis noirs, répliqua Tudor en donnant un dernier coup de pelle. Vous avez un potager à Paris ?

— Non, admit Lorraine en souriant. Mais j'ai lu tout Mark Twain.

Avec un soupir, il alla ficher l'outil au bord du potager et vint s'asseoir à côté de la Française.

— Vous fumez ? demanda-t-il en sortant un paquet de sa poche.

— Jamais les miennes, dit-elle en attrapant une cigarette.

— Ils ont retrouvé le type sur la BSA ?

— Non.

Tudor secoua la tête, alluma la cigarette de Lorraine, puis la sienne.

— Vous avez des frères et sœurs ? reprit-il.

— Quatre grands frères.

Le marin pouffa, expectorant un nuage de fumée.

— Ah ! J'comprends mieux pourquoi vous aimez pas les gars.

— Qui vous dit que je ne les aime pas ?

— Ça s'voit, c'est tout. Vous en faites pas, j'les aime pas trop non plus. Mais sinon, y a quelqu'un qu'vous aimez ?

Lorraine, qui avait l'habitude d'être celle qui posait les questions incongrues, ne put masquer son amusement.

— Maintenant que vous le dites… pas vraiment. J'aimais beaucoup ma mère. Elle est morte. Je commence à bien aimer M. Pierce. J'espère qu'il ne va pas mourir tout de suite.

— Vous avez pas d'amis, en France ?

— Des camarades. Et vous, qui aimez-vous ?

— Diana, répondit-il sans hésiter.

Un silence s'installa.

Les derniers rayons du soleil n'étaient pas loin de disparaître, et une brise froide se levait, agitant les dernières feuilles de l'automne autour d'eux.

— Ça fait des années qu'elle me dit qu'elle veut reprendre le potager des vieux, mais elle a jamais l'temps, avec l'école.

— Vous lui en voulez, pour Sarah ?

Le marin tourna la tête vers elle.

— Comment qu'vous savez ça, vous ?

— C'est mon métier de tout savoir, vous avez oublié ? Et puis, je suis très intelligente. Alors ? Vous lui en voulez ?

— Pas du tout. Elle y est pour rien. C'est les foutus médecins qu'ont tué notre sœur. Pas elle.

Il tira longuement sur sa cigarette, puis il plongea la main dans la poche arrière de son pantalon, d'où il sortit une lettre pliée en deux.

— Tenez. C'est ça qu'vous voulez ?

Lorraine prit la feuille, l'ouvrit et découvrit le message crypté. Il était du même acabit que les précédents.

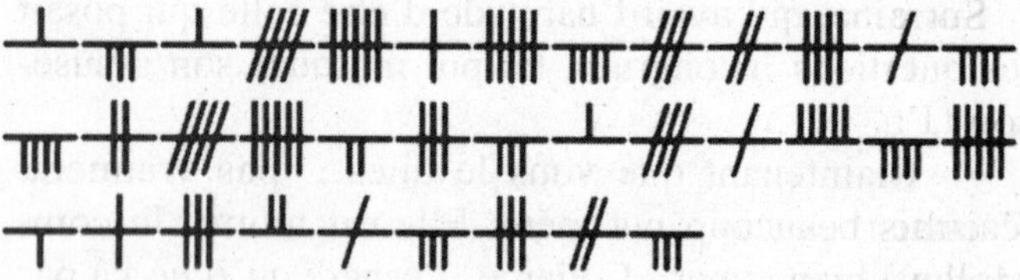

— Vous comprenez ce qui est écrit ? demanda la jeune femme en agitant la lettre devant elle.

— Non. Mais vous allez trouver. Vous êtes tellement intelligente.

— Je peux la garder ?

— Oui. J'vous dirais bien de laisser tomber tout ça et de partir de cette foutue île. Mais vous m'avez l'air aussi têtue qu'moi.

Elle sourit et enfonça la missive anonyme dans sa poche.

— Pourquoi ne me dites-vous pas ce que vous savez, Nicky ? Je devine que vous avez une petite idée sur l'identité de la personne qui a fait disparaître votre sœur et tous les autres. Ou au moins que vous savez pourquoi ils ont disparu…

Il renifla bruyamment et cracha par terre.

— C'qui s'passe sur cette île, mademoiselle, j'peux pas en parler. D'abord, vous m'croiriez pas.

— Essayez voir ! On ne sait jamais…

— Tout c'que j'peux vous dire, c'est qu'vous feriez mieux d'partir. Si j'pouvais, moi, ça fait longtemps que j'serais parti.

— Qu'est-ce qui vous en empêche ?

Il fit un geste de la tête en direction du sol.

— Ça. Cette foutue terre.

Sur ce, il se leva avec un râle.

— D'ailleurs, là, faut qu'j'y aille. Je pars en mer ce soir. J'rentrerai vendredi. Vous m'raconterez.

— C'est à cause du culte ? Votre sœur enquêtait sur le culte, comme Margaret, Mlle Appleton et le père Molloy, c'est ça ?

Nicky Tudor pencha la tête en la dévisageant, puis il eut un petit sourire en coin.

— C'est vrai qu'vous êtes maligne. Mais pas autant qu'vous l'pensez…

— Eh bien, dans ce cas, éclairez-moi ! Vous ne voulez pas m'aider à retrouver votre sœur ?

— Si je savais où est ma sœur, mademoiselle, c'est pas vous qui la retrouveriez, c'est moi. Je suis peut-être pas aussi intelligent qu'vous, mais j'suis pas idiot non plus… Vous croyez quoi ? Que votre envie de trouver ma sœur est plus grande que la mienne ? Pourquoi ? Parce que vous êtes grassement payée par Waldon et que l'argent est plus important pour vous que ma frangine pour moi ? Vous m'faites rire, les gens comme vous…

— Les gens comme moi ? répéta Lorraine, faussement offusquée. C'est-à-dire ?

— Les gens qu'ont d'l'instruction, qui nous regardent un peu de haut, avec tendresse, comme si on était des pauv' gens, gentils, mais pas équipés pour penser. J'vous ai donné la lettre, c'est c'que vous vouliez, non ? Alors allez la traduire, avec votre petite cellule grise, et foutez-moi la paix. Foutez-nous la paix.

Il était sur le point de partir quand Lorraine se leva d'un bond et le rattrapa par le bras. Dans le même élan, elle le repoussa d'un coup sec contre le mur de la maison et se colla contre lui pour l'embrasser avec vigueur, dans cette posture dominante que l'on retrouve d'ordinaire chez les hommes.

Désarçonné, le marin se laissa faire, et il sembla rapidement y prendre goût. Quand il essaya de passer sa main derrière la nuque de Mlle Chapelle pour prendre le dessus, elle lui écarta le bras et se saisit elle-même de la nuque de Nicky Tudor, redoublant l'ardeur de son baiser. Celui-ci dura encore un long moment avant que, avec une tendresse recouvrée, leurs bouches se séparent.

Amusés l'un et l'autre, ils restèrent un instant à se dévisager. Lorraine laissa ses yeux se perdre quelques secondes dans ceux du marin, avec leur petit cercle brun autour de l'iris. Soudain, elle fit un pas en arrière, s'essuya la bouche et lui donna une petite tape sur la joue.

— Vous embrassez comme une fille, Tudor.

— Pardon ?

— Ne vous en faites pas : c'est un compliment.

Et elle s'en alla.

Elle l'entendit éclater de rire dans son dos alors qu'elle se dirigeait vers la rue, et elle n'était pas loin de rire elle aussi quand elle grimpa sur sa Harley-Davidson.

À mi-chemin de l'hôtel, elle passa devant une petite maison en pierre de la rue du Colombier où elle reconnut la voiture des policiers de Blackmore. Deux d'entre eux étaient en train de tourner autour du bâtiment, fouillant le sol. Lorraine arrêta aussitôt sa motocyclette, releva ses larges lunettes et partit à leur rencontre.

— Que se passe-t-il ? demanda-t-elle au premier.

— Ah, c'est vous, mademoiselle Chapelle ! Rien. Nous avons simplement fouillé la maison de M. Galloway, pour y chercher des indices. Nous n'avons rien trouvé à l'intérieur. Mais il y a quelque chose sur le perron. Venez voir.

Il la conduisit jusqu'à la terrasse en bois, devant la porte d'entrée, et lui montra l'une des poutres principales qui en soutenaient le toit. Lorraine reconnut aussitôt les symboles qu'on y avait gravés.

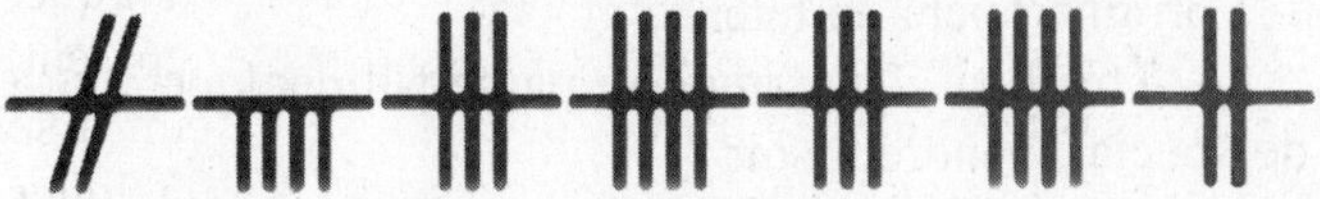

— Fichtre ! Avez-vous relevé des empreintes ?

— Eh bien, non… Nous n'avons pas avec nous le matériel pour le faire. Il va falloir que nous revenions.

— J'ai ce qu'il faut, dit-elle en fouillant dans sa besace.

S'agenouillant devant le pilier, elle procéda avec agilité, saupoudrant délicatement de sulfure de mercure les entailles gravées dans le bois. Le policier la regarda faire d'un air admiratif, bientôt rejoint par son collègue.

— Rien, dit-elle finalement avec un soupir.

Elle passa alors le doigt à la surface de la poutre.

— C'est tout récent. Ça date probablement de cet après-midi. Le meurtrier a dû venir laisser sa signature pendant que votre inénarrable connétable m'expliquait que Nicky Tudor était le coupable…

— C'est un peu comme pour les empreintes, mademoiselle : on fait avec ce qu'on a, glissa malicieusement l'un des deux agents.

Elle sortit un carnet et recopia avec soin le message crypté, puis elle en fit une photo.

— Vous n'avez vraiment rien trouvé à l'intérieur ? demanda-t-elle en se relevant.

— Rien, mademoiselle, je vous promets, répondit l'homme.

— Aucun dossier qui ait pu appartenir à Mlle Appleton ?

— Aucun. Je vous le dirais, vous pouvez me croire.

Lorraine hocha la tête.

— Très bien. Dites-moi, se passe-t-il quelque chose de spécial, vendredi soir ?

— Pas vraiment. Ce sera surtout samedi soir, les grosses festivités, pour *All Hallows' Eve*. Comme chaque année, toute l'île va se retrouver dans le centre-ville, sur le terrain de football. S'il ne fait pas trop moche. Sinon, les gens iront dans les pubs, et ce sera plus compliqué…

— Il n'y aura que vous quatre pour surveiller tout ça ?

— Non. Le dernier jour de la Blackmore Week, on a toujours six policiers qui viennent de Guernesey en renfort.

— Dites au juge de ma part qu'il serait peut-être avisé de demander plus de renforts, cette année.

— Ce sera fait, mademoiselle.

— Quelque chose me dit que la soirée ne va pas être de tout repos.

35.

La boutique d'antiquités de M. Steve Stevens, à l'angle de Victoria et de Murdoch Street, était l'une des plus chics de la ville. Sa devanture en bois, qui s'avançait sur le trottoir, offrait aux regards des passants de larges vitrines où étaient exposées certaines des pièces les plus exceptionnelles du magasin. En jetant un premier coup d'œil, Edward Pierce songea que le propriétaire avait le goût sûr, et des ressources formidables. Là où le détective s'était attendu à trouver un simple bazar ou une brocanterie modeste, il découvrit un établissement d'une qualité qu'on ne trouvait d'ordinaire que dans les grandes villes, et qui n'aurait guère eu à rougir à Londres, sur les pavés de Portobello Road. C'était un authentique cabinet de curiosités, s'adressant manifestement à la clientèle aisée de l'île.

L'émerveillement de Pierce grandit encore quand, ayant passé la porte au son d'une clochette, il put voir de plus près ce qui se cachait à l'intérieur. En plus des artefacts anciens, venus de France, d'Angleterre, d'Espagne ou d'Italie, parmi crédences Louis XIII et commodes George III, il y avait là de véritables antiquités, dont la plupart semblaient égyptiennes.

Le diable s'en mêle ! songea Edward. *Ce n'est pas une boutique d'antiquités, c'est un musée !*

Son regard glissa avec délectation sur les trésors qui s'entassaient là comme dans le repaire d'un pirate : tableaux, gravures, estampes et dessins, ivoires, terres cuites, bronzes et marbres, tabletterie, bijouterie, orfèvrerie, faïences et porcelaines, statuettes, médailles, vases, bustes… Il s'extasia devant une figurine de Ptah, un bronze d'Horus, un médaillon de Ramsès II et une petite tête d'Osiris en bois. Pénétrer entre ces murs, c'était voyager délicieusement dans le temps, plonger dans la nuit du passé. On avait l'impression d'entrer tout à la fois chez un vendeur de meubles d'antan, un joaillier, un horloger, un marchand de musique, un galeriste, et dans l'atelier de quelque artisan émérite…

— Bonjour, monsieur.

La voix grave et profonde qui résonna derrière lui fit sursauter Edward. En se retournant, il découvrit la fière allure de l'homme qui était sorti de l'arrière-boutique. Il fut aussitôt saisi par sa ressemblance avec John Gilbert[1], immense star de la MGM que Pierce venait justement de voir à l'affiche de *La Grande Parade*, le dernier film de King Vidor. En d'autres termes, c'était là un homme d'une beauté saisissante et ténébreuse, aux traits harmonieux, aux yeux spirituels, ombrés de cils

1. L'un des comédiens les plus célèbres des années 1920, surnommé « *the Great Lover* ». Son histoire a notamment inspiré les films *A Star is Born* (1954), de George Cukor, et *The Artist* (2011), de Michel Hazanavicius.

longs et gracieux, portant une chevelure noire gominée, taillée de près, et une fine moustache en fer à cheval.

— Monsieur Stevens, je présume ?

— Lui-même.

— Enchanté, se réjouit Edward en lui tendant la main. Détective Pierce. Je viens de la part du Pr Vandekade.

— Ah ! Alors soyez le bienvenu, monsieur !

— Merci. J'étais littéralement hypnotisé par ce que vous proposez dans votre magasin. Sans vouloir heurter la sensibilité de votre petite île, je ne m'attendais pas à y trouver pareil commerce…

— Oh, c'est gentil. Pour tout vous dire, je vends essentiellement sur catalogue, à des acheteurs étrangers. Ma clientèle locale est très réduite.

— Je m'en doutais un peu, lui confia Edward avec un clin d'œil. Votre collection est superbe, très pointue, et je vois ici des reliques fort rares !

Stevens haussa humblement les épaules.

— En toute honnêteté, je n'y suis pas pour grand-chose. La plupart des belles pièces que vous voyez me viennent de mon père, qui était archéologue. Il a ouvert cette boutique quand il s'est installé ici, à la fin de sa carrière…

— Ah ! Tout s'explique ! Était-il originaire de Blackmore ?

— Non, il était anglais, et il a longtemps vécu au Caire, où je suis né. C'est une longue histoire…

— J'adore les histoires ! rétorqua Edward, qui peinait à détacher son regard des yeux de l'antiquaire.

— Si vous insistez… Quand ma mère est morte, des suites d'une tuberculose pulmonaire, mon père a décidé de quitter l'Égypte, où il avait de trop mauvais souvenirs. Entre vous et moi, il ne s'y était pas fait que des amis. Mon coquin de père s'est parfois montré un peu léger, d'un point de vue éthique. Et fiscal…

— Je vois, sourit Edward d'un air entendu.

De fait, il y avait là des artefacts qu'il était difficile de croire que les autorités égyptiennes, même à l'époque du protectorat britannique, eussent laissés quitter le territoire de manière officielle.

— Ainsi, il a choisi de s'établir à Blackmore pour se faire un peu oublier. Quoi qu'il en fût, il a rapporté du Caire un trésor immense, qui recelait l'essentiel de ce qui est autour de vous. Pour ma part, je suis parti au pays de Galles pour suivre des études d'histoire à l'université de Cardiff, où j'ai ensuite enseigné quelques années. À la mort de mon père, je n'ai eu d'autre choix que de reprendre sa boutique. Voilà, vous savez tout ! Mais cela reste entre nous, n'est-ce pas ?

L'antiquaire avait une élocution admirable, l'élégance et la distinction toutes britanniques d'un universitaire lettré, et son costume était taillé aussi finement que sa moustache. Envoûté par le charme de son interlocuteur, Pierce le rassura aussitôt.

— Bien sûr ! Quelle aventure !

— Oh, tenir boutique, c'est somme toute une vie fort routinière. Quand mon épouse et ma fille étaient encore de ce monde, il nous arrivait d'entreprendre des voyages. Je les emmenais en Égypte, en Éthiopie, au Kenya… Cela nous changeait du train-train quotidien. À présent que je suis seul, je n'en ai plus vraiment l'envie.

Ce disant, le pauvre homme regarda dans le vide, mélancolique.

— Je suis désolé…

Stevens, comme réveillé de sa triste torpeur, se reprit aussitôt en secouant la tête.

— Oh ! Non, c'est moi qui suis désolé de vous ennuyer avec mes lamentations de veuf éploré ! Veuillez me pardonner, j'ai tendance à m'abandonner au spleen, depuis que toutes deux sont parties. Je me plains pour un rien. Au fond, je ne suis pas malheureux de tenir cette boutique. Certes, j'eusse préféré diriger mes connaissances vers une carrière académique, moins mercantile, mais les lois de l'héritage ne m'ont guère laissé le choix. Je me console en profitant des bons côtés que m'offre ce métier : vendre et acheter des antiquités, c'est partir à la découverte des mœurs de nos pères, ranimer leurs cendres et vaincre l'oubli. Bref… Alors, dites-moi, que puis-je pour vous, détective ?

Edward, tenant son parapluie bleu à deux mains, offrit sa figure la plus aimable.

— Ce cher Pr Vandekade m'a dit que vous conserviez ici une représentation de l'ancienne abbaye de Pennygarth, telle que l'avait fait ériger Thomas Blackmore, avant qu'elle ne fût entièrement reconstruite au XVIIe siècle…

— Quelle mémoire, ce sacré Donatus ! Oui, j'ai bien cela quelque part ! Cela aurait-il un rapport avec votre enquête ?

— Très lointain, sans doute. Disons que c'est surtout l'incorrigible curiosité d'un esthète qui m'a conduit jusqu'à vous !

— Ah ! Dans ce cas, suivez-moi.

L'antiquaire guida Pierce vers une seconde pièce, située dans la partie arrière du bâtiment, et qui s'avéra aussi impressionnante que la première, quoique plus désordonnée. Les lieux étaient envahis par tant de meubles et de bibelots qu'ils évoquaient l'entrepôt d'un exportateur.

— Tenez, voici la gravure que vous cherchez.

L'antiquaire lui montra un cadre de petite taille, accroché à un mur parmi de nombreux tableaux.

— Elle est extraite d'un ouvrage très rare, que je ne possède guère, malheureusement : *Les Voyages de Michel Batterel en Europe et en Asie, 1619-1642*. Le Pr Vandekade n'a jamais pu trouver le moindre exemplaire à vendre. Selon toute vraisemblance, il s'agit d'un dessin de l'auteur lui-même. Mon père l'avait reçu par la poste, d'un ami qui, pensant lui faire plaisir, l'avait sottement découpé dans l'œuvre originale. On y voit donc la première version de notre chère abbaye de Pennygarth, telle qu'elle fut construite au VIIe siècle par saint Thomas Blackmore. Comme vous pouvez le constater, elle avait tout du castrum romain en pierre.

Le dessin représentait en effet un bâtiment quadrangulaire fort sobre, flanqué de quatre tours circulaires. L'enceinte, protégée par un fossé, abritait un chemin de ronde couvert. À l'intérieur, on apercevait une église, tout aussi modeste, un puits et quelques dépendances.

— La seconde version de l'abbaye, dont il ne reste plus aujourd'hui que des ruines, était beaucoup plus grande et plus moderne.

Edward, passionné, s'approcha pour observer la gravure de plus près.

— Je me suis laissé dire que Thomas Blackmore l'avait fait ériger sur le site d'un ancien temple païen, n'est-ce pas ? dit-il en se tournant de nouveau vers l'antiquaire.

— Décidément, vous êtes bien renseigné, détective ! répliqua M. Stevens, admiratif.

— C'est mon métier…

— Plusieurs chroniques de l'époque confirment en effet que l'abbaye fut construite sur les décombres d'un lieu de culte celtique. Ce que l'on appelle un *nemeton*. On ne sait pas grand-chose du *nemeton* de Blackmore, dont nous n'avons aucune représentation, mais on peut supposer qu'il suivait la forme classique des nombreux sanctuaires celtiques qui ont disparu après l'invasion romaine. On a trouvé plusieurs traces de ce type de construction, en France, lors de fouilles récentes sur des sites gallo-romains. Attendez voir, il me semble que j'ai le dessin d'un *nemeton* gaulois dans un numéro de la *Revue archéologique*. Cela vous donnera une idée.

Après l'avoir cherché dans une grande armoire, l'antiquaire revint avec un exemplaire de ladite revue, qu'il ouvrit en la posant délicatement sur un magnifique guéridon Napoléon III.

Le dessin d'une sorte de temple archaïque, en pierre, illustrait un article consacré aux monuments gaulois. Tout comme l'abbaye de Pennygarth originelle, le *nemeton* occupait un espace quadrangulaire, dont les murs, ajourés, s'élevaient sur une butte de terre, elle-même entourée d'un fossé. Au centre se trouvait une pièce carrée, couverte, appelée la *cella*, où résidaient le ou les dieux auxquels le sanctuaire était consacré. Devant un autel entouré de trois fontaines, une imposante statue figurait ces divinités. La *cella* était cernée par une galerie couverte, et le reste du temple, à ciel ouvert, encadrait l'ensemble.

— En langue celtique, expliqua M. Stevens, le *nemeton* désigne à la fois l'enclos sacré et le bois où il se situe, car ces temples étaient toujours érigés au cœur d'une forêt. Lors des rituels, seuls les druides pouvaient accéder à la galerie couverte, où ils déambulaient autour du symbole de leur divinité. Les autres fidèles étaient cantonnés dans l'espace délimité par les murs. Toute cette partie du *nemeton* était dépourvue de toit, car on y laissait pousser des arbres. C'est dans ces sanctuaires que se déroulaient les principaux rituels druidiques : ceux de la justice, de la magie, de la divination et de la louange, mais aussi des rituels bien plus obscurs. Les fouilles archéologiques récentes dont je vous parlais ont mis au jour des ossements, non seulement animaux, mais humains, en grande quantité, ainsi que des armes. Ces découvertes laissent peu de doute : on pratiquait là des sacrifices rituels. En vérité, le *nemeton* était un lieu assez terrifiant.

L'antiquaire tourna quelques pages de la revue et montra un passage de l'étude.

— Tenez, voici un extrait de la *Pharsale*, célèbre poème du stoïcien Marcus Annaeus Lucanus, qui nous livre une description épouvantable de ce que pouvait être un sanctuaire celtique.

Fasciné, Edward lut le paragraphe que lui montrait M. Stevens :

« Il y a un bois sacré, qui, depuis un âge très reculé, n'a jamais été profané. Il entoure de ses rameaux entrelacés un air ténébreux et des ombres glacées, impénétrables au soleil. Il est occupé par des sanctuaires de dieux aux rites barbares ; des autels y sont dressés sur des tertres sinistres et tous les arbres y sont purifiés par du sang humain. Les oiseaux eux-mêmes craignent de se percher sur les branches de ce bois et les bêtes sauvages de coucher dans ses repaires ; le vent ne s'abat pas sur les futaies, ni la foudre qui jaillit des sombres nuages. Ces arbres, qui ne présentent leur feuillage à aucune brise, inspirent une horreur toute particulière. Une eau abondante tombe des noires fontaines ; les mornes statues de dieux sont sans art et se dressent, informes, sur des troncs coupés. La moisissure même et la pâleur qui apparaissent sur les arbres pourris frappent de stupeur ; ce que l'on craint ainsi, ce ne sont pas les divinités que la tradition a vulgarisées ; tant ajoute aux terreurs de ne pas connaître les dieux qu'on doit redouter ! Les tremblements de terre font mugir le fond des cavernes, des ifs courbés se redressent, les bois, sans brûler, brillent de la lueur des incendies, et des dragons, enlaçant les troncs, rampent çà et là. Les peuples n'en approchent pas pour rendre leur culte sur place, ils l'ont cédé aux dieux. De jour comme de nuit, le prêtre lui-même en redoute l'accès et craint de surprendre le maître de ce bois. »

— Parbleu ! s'exclama Edward. Voilà un tableau qui ne fait guère envie, en effet !

— Le folklore prête aujourd'hui à la civilisation celtique un charme désuet, mais, en réalité, les Celtes étaient souvent fort violents, pour ne pas dire cruels.

— Tant que ça ? s'étonna Edward. J'ai toujours pensé que l'image sombre des Celtes était le fruit de la propagande de César, et qu'ils n'étaient pas aussi barbares que l'Empire avait voulu le faire croire…

— Détrompez-vous : c'est plutôt le contraire. Les historiens modernes, cédant à la celtomanie de ces dernières années, font désormais silence sur les pratiques les plus primitives de cette civilisation antique. Les druides n'étaient pas d'inoffensifs érudits, amoureux de la nature, mais, *stricto sensu*, les grands prêtres de la mort. Tenez, par exemple, savez-vous que les druides se livraient à ce que l'on appelle des sacrifices « chthoniens », c'est-à-dire adressés aux divinités infernales ? Lors de cérémonies funestes, ils sacrifiaient de jeunes personnes, auxquelles ils coupaient la tête, puis laissaient leur corps pourrir, pendant six mois, dans une fosse circulaire. Ils offraient ensuite leur chair pourrissante aux divinités souterraines, dans l'espoir que celles-ci rendraient les terres plus fertiles.

— Eh bien, je l'ignorais ! avoua le détective. Cela glace le sang.

En son for intérieur, il ne put s'empêcher d'associer ces images terribles aux inquiétantes disparitions de plusieurs habitants de l'île. Et si Mlle Appleton avait vu juste ? Si des illuminés, se réclamant de la culture celtique, étaient réellement en train de se livrer à d'horribles sacrifices humains sur d'innocentes victimes ?

— Allons, reprit Stevens, pour vous faire oublier tout cela, et comme c'est Donatus, mon très cher frère de loge, qui vous envoie, je vais vous montrer l'une des antiquités que mon père m'a laissées, et qui a, de loin, ma préférence.

Il s'éloigna de quelques pas et, d'un cabinet, sortit deux verres en cristal, montés sur de beaux pieds d'argent, et une carafe du même acabit. Posant le tout sur le guéridon, l'antiquaire déploya un large sourire.

— Voici l'un des trésors que papa a rapportés d'Égypte : du shedeh !

— Dame ! Qu'est-ce donc ? s'étonna Edward en inspectant le liquide rougeâtre.

— Un alcool de grenade, tel qu'il se buvait en Égypte antique. Je vous rassure, celui-ci ne date pas de trois mille ans avant notre ère. Il n'a qu'une trentaine d'années, mais il a été fabriqué selon les principes de vinification traditionnels. Si vous voulez y goûter, vous allez voir : c'est tout à fait délicieux !

— Ma foi, bien volontiers.

L'antiquaire servit deux fonds de verre, et proposa une santé :

— À Thot, dieu des sciences, de l'art et de la sagesse !

— À Thot ! répondit gaiement Edward Pierce.

36.

Quand, à la nuit tombante, le détective Pierce entra dans le bar enfumé du *Mousetrap Inn*, il lui fallut chercher longuement parmi la foule qui l'avait envahi pour trouver enfin le visage de Mlle Chapelle. Assise seule à une table près de la cheminée, la jeune femme était en train de lire ses notes au milieu du brouhaha qu'occasionnaient les autres clients de l'hôtel, dont la plupart étaient debout près du comptoir. Certains, leurs vêtements couverts de boue, s'en revenaient indéniablement de la compétition de *hill climbing*. Mais étrangement, plutôt que de se montrer festifs, comme l'eussent été d'ordinaire des spectateurs à l'issue d'une épreuve sportive, ils étaient fort taciturnes.

Après être allé saluer Lucius et lui avoir commandé un verre de brandy, le détective rejoignit Lorraine à sa table.

— Mes hommages du soir, mademoiselle.

— Monsieur.

— Attendez-vous quelqu'un ? sourit Edward.

— J'attends toujours le grand, le beau, le véritable amour. Prenez place, grand fou !

— À la bonne heure !

Les deux compagnons d'enquête passèrent l'heure suivante à se raconter leur journée respective. Prenant garde de parler à voix basse, s'assurant qu'aucune des nombreuses personnes qui les entouraient ne pouvait l'entendre, Lorraine résuma ses aventures dans les collines de Dartford, ce qu'elle avait appris du mystérieux Tony, finalement innocent, comment elle avait récupéré la lettre anonyme adressée à Nicky Tudor, et comment un nouveau meurtre avait été perpétré sur le site de la compétition.

— Ah, je comprends mieux ! Quelle horreur ! s'alarma Edward. Et le meurtrier nous échappe de nouveau, après avoir agi quasiment sous nos yeux !

— Ne m'en parlez pas ! soupira Mlle Chapelle. J'enrage encore. Il s'en est fallu de peu. Et cette maudite BSA que les policiers n'arrivent pas à retrouver ! Elle doit être cachée dans une grange, quelque part. Peut-être sommes-nous passés dix fois devant elle sans le savoir !

Le détective lui dressa alors un tableau de ce qu'il avait pu apprendre de son côté, tant auprès du Pr Vandekade que de l'antiquaire.

— Un très joli garçon, soit dit en passant, conclut-il, le regard pétillant. Bien plus beau que votre rustaud de Nicky Tudor !

— Ah ! Je vois ! Pensez-vous pouvoir le convertir à vos mœurs inavouables ?

— C'est dans mes cordes. Ce ne serait pas le premier…

Lorraine fit semblant de s'offusquer et leva son verre.

— Alors à la vôtre, vilain dévergondé que vous êtes !

Ils trinquèrent.

— Et donc, la jeune Margaret aurait « rencontré quelqu'un » ? s'étonna Pierce.

— C'est en tout cas ce qu'elle écrit dans son mot. Et je devine que, comme moi, vous aimeriez bien savoir qui était ce « quelqu'un ». Cela dit, il est aussi possible qu'elle ait menti, utilisant cet argument seulement pour justifier sa rupture avec Tony.

— Je voudrais tout de même en avoir le cœur net.

— Certes. Et cette histoire de fiches, à la bibliothèque… Vous pensez qu'elles ont été enlevées avant ou après notre arrivée ?

— Comment savoir ? répondit Edward. Une chose est sûre : notre meurtrier s'est intéressé aux recherches du père Molloy avant nous, et s'est donné ensuite bien de la peine pour effacer ses traces. Dans sa lettre, Pat m'a écrit qu'il se savait en danger. J'espère seulement qu'il aura choisi de disparaître, et qu'il ne lui est rien arrivé. S'il avait pu me laisser un indice pour le retrouver !

Autour d'eux, les clients s'en allaient les uns après les autres. Sans doute y avait-il quelque festivité en ville, dans le cadre de la Blackmore Week.

— Après que j'ai récupéré la lettre anonyme de Nicky Tudor, et après l'avoir embrassé, sur le chemin du retour, j'ai…

— Vous l'avez embrassé ? la coupa Pierce, perplexe.

— Mon pauvre ami, contrairement à vous, quand un garçon me plaît, je l'embrasse, et puis c'est tout.

— Mais… Mais… Vous n'êtes pas sérieuse ?

— Ne soyez pas jaloux, Edward. Voulez-vous que je vous embrasse, vous aussi ?

— Plutôt mourir !

— Bien. Alors je reprends : sur le chemin du retour, donc, j'ai aperçu la police qui fouillait la maison du pauvre M. Galloway. Figurez-vous que les agents ont découvert un mot gravé sur l'un des piliers en bois de sa terrasse. Regardez. Le même chiffrement que les lettres anonymes.

Elle lui montra la copie qu'elle en avait faite sur son carnet.

— Bon sang ! On dirait que le meurtrier nous nargue !

— C'est sans doute le cas. Et le déchiffrement a-t-il avancé, affreux paresseux ?

— Et quand donc, malheureuse ? Je n'ai pas eu une minute à moi. Je ne passe pas mes journées à embrasser les marins, moi, mademoiselle ! Et je vous l'ai dit, il nous manque la clef : la série de chiffres qui permettrait de permuter les lettres convenablement. Sans elle, il faudrait des semaines, des mois peut-être, pour décoder les messages. Cela ne vaut même pas le coup d'essayer. Je pourrais les envoyer à Londres, à l'un de mes amis du SIS[1], mais cela prendrait de toute façon des jours !

— Faites donc, cela ne coûte rien.

— À vous ! Mais à moi, cela coûtera certainement une bonne bouteille de bordeaux !

— Eh bien, vous aurez largement de quoi la payer demain. Nous avons rendez-vous à huit heures du matin chez sir Ronald. Il est d'accord pour vous embaucher à mes côtés, mais il désire vous rencontrer.

— Ah ! Ça y est ? Vous me présentez déjà à papa ?

---

1. *Secret Intelligence Service*, service de renseignements extérieurs du Royaume-Uni.

— Qui sait ?

— Peut-être pourra-t-il nous en dire davantage sur l'homme que sa petite-fille aurait rencontré.

Ils restèrent ainsi un bon moment dans le bar de l'hôtel, où ils commandèrent à boire et à manger, alternant cogitations et plaisanteries. Les lieux s'étaient entièrement vidés quand, dans le lointain, la cloche de l'église sonna les douze coups de minuit.

— Diantre ! J'espère que votre Harley-Davidson ne va pas se transformer en citrouille ! s'amusa le détective.

— Vous êtes fatigué, Edward. Ça se sent.

Le visage de Pierce, avant même qu'elle eût parlé, s'était soudain figé dans une expression de perplexité.

— Eh bien ? lança Lorraine en lui secouant le bras. Quelle mouche vous a piqué ? On dirait que vous avez vu un fantôme.

— Les cloches…

— Oui ?

— Les cloches de l'église ! répéta Edward, obnubilé. Elles ont sonné douze coups…

— Certes. La chose est assez courante, à cette heure, vous savez ? Vous me faites peur, Edward…

— L'autre jour, vous vous souvenez ? Cette mélodie que la fanfare jouait ? Je vous ai dit que ce devait être l'hymne de Blackmore, parce que je l'avais déjà entendue auparavant. La première fois, c'était dans la rue. Un violoniste, dont j'ai pensé qu'il devait répéter sous les toits de quelque maison. La deuxième fois, c'étaient les cloches de l'église ! Contrairement à ce soir, où le carillon s'est contenté de répéter la même note pour indiquer l’heure, elles avaient joué cette mélodie, elles aussi. Cinq notes.

Il se mit à fredonner un air, répétant plusieurs fois une série de cinq notes sous le regard pantois de sa voisine.

— Êtes-vous sûr que tout va bien, Pierce ? Êtes-vous certain que l’alcool de M. Stevens n’était pas frelaté ?

— Reconnaissez-vous ces notes, sombre idiote ?

— Non. Chantez encore, pour voir ?

Le détective obtempéra, pour la plus grande joie de Lorraine, qui pouffa.

— Les notes, mécréante ! Dites-moi si vous reconnaissez ces notes, au lieu de rire comme une baleine !

— Euh… je dirais *do sol fa do sol* ? proposa la jeune femme.

— Mais non ! Misérable sotte ! Vous vous trompez d’un ton ! N’avez-vous pas l’oreille absolue ?

— Non, mais elles chauffent, là, soudain.

— *Ré la sol ré la* ! Lorraine ! *Ré la sol ré la* !

— Formidable. Et donc ?

— Ah, odieuse Française que vous êtes ! Réfléchissez un peu ! En notation anglaise ? Qu’est-ce que cela donne, en notation anglaise ?

En épelant les lettres une à une, la jeune femme comprit.

— *D A G D A* !

— Oui ! s’exclama Edward en l’attrapant par les épaules.

Voyant la grimace de la jeune femme, il se ravisa juste avant de l’embrasser.

— Dagda, Lorraine ! Le dieu celte dont les mégalithes de Blackmore représentent les quatre attributs !

— C'est… C'est étonnant, admit Mlle Chapelle, du bout des lèvres.

— Mais bon sang ! Mais bien sûr ! Venez donc !

Il lui prit le bras et la força à se lever.

— Qu'est-ce que vous faites ?

— Venez, bougre d'andouille ! On l'a, notre clef ! On l'a !

Résignée, Lorraine se laissa entraîner jusqu'à la chambre du détective.

— Quatre, un, sept, quatre, un ! s'écria Pierce après avoir claqué la porte derrière lui. Vous saisissez ? Dagda ? La quatrième lettre de l'alphabet, la première, la septième, et la première de nouveau !

Lorraine, vexée, peut-être, de n'avoir point fait le rapprochement avant lui, faisait grise mine.

— C'est un peu tiré par les cheveux, votre histoire, mon garçon ! Ce n'est pas parce que l'hymne de Blackmore fait une référence secrète au dieu Dagda que c'est nécessairement la clef de cryptage utilisée par le meurtrier ! En outre, c'est peut-être un pur hasard…

— Ce n'est pas l'hymne de Blackmore, vilaine ânesse ! C'est un code ! Un code utilisé par les membres du culte ! Et je suis prêt à parier que c'est aussi celui qui a permis de crypter les messages !

— Vous voulez dire que les musiciens de la fanfare et la diaconesse seraient des membres du culte ? se moqua la jeune femme.

— Et pourquoi pas ? Les adeptes sont probablement une cinquantaine, sur l'île !

— Ah, parce que ça y est, la chose est officielle ? Il y a des adeptes sur l'île ? J'ai dû rater le communiqué…

— Tsss ! Taisez-vous donc et laissez-moi vérifier ! J'en suis presque sûr ! Vous ferez moins la maligne !

Avec la fièvre de l'exaltation, il poussa la jeune femme et se précipita vers le petit bureau, attrapant frénétiquement des feuilles, une plume et son carnet.

— Procédons dans l'ordre ! Le premier message, c'était celui laissé à la *Blackmore Gazette*, le lendemain de la disparition de M. Carteret, en août dernier. En voici la traduction en lettres latines : R-P-V-R-F-M-T-P-Q-N-S-S-A-E-M-R-P-A-I-W-I-O-O-I-X-L-P-Y-Y-M-I-T-V-Z-F-V-M-P-J-F-E-O-K-H-F-E-U-O. Maintenant, il suffit de décaler ces lettres, successivement, de quatre, puis d'un, sept, quatre, et un rang ! Et ainsi de suite…

Il trempa la plume dans son encrier et commença à écrire.

— R plus quatre, cela donne V…

Ainsi, il continua à griffonner fébrilement sur sa feuille, tandis que Lorraine, les bras croisés, le regardait sans rien dire. Il s'avéra que la série de lettres obtenues formait un tout absolument inintelligible, et Mlle Chapelle éclata de rire.

— Magnifique, Edward, vous êtes un génie ! Pouvons-nous retourner au bar ? Je n'avais pas fini mon verre.

Il grogna.

— Dans l'autre sens ! Il faut que j'essaie dans l'autre sens. Que j'enlève des rangs à chaque lettre, plutôt que d'en ajouter !

Il se remit aussitôt au travail. Lorraine, exaspérée d'abord, fronça soudain les sourcils et s'approcha. Car cette fois, à mesure que le déchiffrement avançait, c'étaient bien des mots anglais qui se formaient sous leurs yeux !

Quand il eut terminé, Edward, resplendissant de fierté, releva la tête et lui adressa un regard de défi.

— Alors, qui est l'imbécile, entre nous ?

— Ça va, ça va…

Lorraine lut la série de lettres. N-O-O-N-E-I-S-I-M-M-O-R-T-A-L-N-O-T-E-V-E-N-H-E-W-H-O-R-U-L-E-S-O-V-E-R-L-I-F-E-A-N-D-D-E-A-T-H.

La logique permettant de déduire aisément l'emplacement des espaces, elle traduisit à voix haute :

— *Nul n'est immortel, pas même celui qui règne sur la vie et sur la mort.* Saperlotte ! Je m'incline. Vous avez raison, nom d'un chien ! Continuez ! Le deuxième message, celui que m'a donné Nicky ! Que dit-il ?

— Il faut le convertir en lettres latines, d'abord.

Elle lui prêta main-forte.

S'aidant de la table de correspondance, ils traduisirent un à un les signes oghamiques.

H-F-H-X-I-A-J-S-P-G-E-M-S-S-O-X-I-L-V-F-H-P-M-K-S-I-B-A-W-D-M-F-U-G-F

Puis Edward procéda au décalage, et obtint :

D-E-A-T-H-W-I-L-L-F-A-L-L-O-N-T-H-E-R-E-D-O-F-G-R-E-A-T-S-C-I-E-N-C-E

— *La mort tombera sur le rouge de la grande science*, traduisit Lorraine, quelque peu désappointée. Qu'est-ce donc que ce charabia ? Le « rouge de la grande science » ?

— Je ne sais pas, avoua Edward. Nous verrons plus tard ! Poursuivons !

Il décrypta rapidement le troisième message, celui adressé à sir Ronald Waldon, le lendemain de la disparition de sa petite-fille.

I-N-H-I-S-H-O-U-S-E-A-T-A-R-E-N-O-N-H-E-W-A-I-T-S-D-R-E-A-M-I-N-G

— *Dans sa demeure d'Arenon, il attend en rêvant.*

— Arenon ! s'écria Pierce, bouillonnant. C'est l'ancien nom de Blackmore ! Celui que lui donnaient les Celtes !

— Si vous le dites. Bon. Il reste le mot gravé aujourd'hui même sur le porche de M. Galloway.

Excité comme un enfant devant un nouveau puzzle, Edward reprit son exercice.

— G-S-V-E-U-S-B-U. Aha ! J'en étais sûr ! claironna-t-il.

— Quoi donc ?

— Cela donne *Croatoan* ! La mystérieuse divinité dont je vous ai parlé tout à l'heure ! Le Grand Ancien ! Ce mot étrange que répétait l'aliéné dans le sanatorium, et qui fut retrouvé dans la colonie de Roanoke. Bon sang, tout est lié ! Le père Molloy avait raison ! Vous vous rendez compte ?

— Que le meurtrier est cinglé ? Oui, assez bien. Vous devez être content, cela dit. Nous sommes tombés sur l'un de vos compères !

Elle fit tournoyer son index devant sa tempe.

Edward secoua la tête d'un air dépité, prit une feuille vierge et recopia les quatre messages au propre, l'un au-dessous de l'autre.

NUL N'EST IMMORTEL, PAS MÊME CELUI QUI RÈGNE
SUR LA VIE ET SUR LA MORT

LA MORT TOMBERA SUR LE ROUGE
DE LA GRANDE SCIENCE

DANS SA DEMEURE D'ARENON,
IL ATTEND EN RÊVANT

CROATOAN

— Tout ça pour ça, soupira la Française.

— Mais enfin ! Lorraine ! Vous ne voyez pas ce que cela signifie ? Cela confirme que le meurtrier appartient à un culte qui vénère une divinité ancienne. Ce sont des lettres de menace ! Le meurtrier prévient les familles des victimes que nul n'est immortel. Et il affirme que Croatoan est à Blackmore. Ou *sous* Blackmore, plus probablement…

— Bien sûr…

— Il dit qu'il *attend en rêvant* ! Et que donc, un jour, il va se réveiller !

— Ah. Faut-il que je lui prépare un café ? ironisa la jeune femme. Les Grands Anciens mangent-ils des saucisses au petit déjeuner ?

— Vous êtes insupportable !

— La seule chose que nous apprennent ces messages, c'est que le meurtrier est un timbré qui croit en des divinités sumériennes ! Déjà, pour croire en une divinité, il faut être un peu zozo. Mais alors sumérienne, en plus ! En somme, ces lettres anonymes ne nous apprennent rien du tout : nous pouvions aisément nous douter que nous avons affaire à un maboul !

— Le « rouge de la grande science », répéta pensivement Edward, comme s'il n'écoutait plus Lorraine. Mais qu'est-ce que ça peut bien vouloir dire ?

— Que vous êtes aussi fada que le meurtrier ! Sur ce, je vais me coucher, Edward. Nous avons rendez-vous avec sir Ronald demain matin, n'oubliez pas.

— Vous êtes vexée, voilà tout. Vous êtes vexée parce que c'est moi qui ai trouvé…

— Voilà. C'est cela. Allez, bonne nuit !

Elle sortit de la chambre en souriant.

37.

— Mes félicitations ! Mlle Chapelle m'avait bien dit que vous étiez un grand détective, jeune homme !

— J'ai peut-être un peu exagéré, intervint malicieusement Lorraine.

Edward serrait la main que le vieux lord, assis dans son fauteuil, lui avait tendue.

— Oui, confirma le détective. Mademoiselle a beaucoup exagéré…

Le salon de sir Ronald Waldon était plongé dans la même douce pénombre que lors de la première visite de Lorraine. Des braises rougeoyaient dans l'âtre, donnant aux boiseries une belle couleur orangée, tandis qu'Arnold, dans son élégante livrée, apportait de nouvelles bûches.

— Allons, allons, pas de fausse modestie, monsieur. Asseyez-vous près de moi. Ainsi, vous auriez décrypté les lettres anonymes ?

— Absolument.

Edward prit place sur le sofa et, de mémoire, récita les messages au millionnaire. Il avait passé tant de temps à les décortiquer pendant la nuit qu'il les connaissait désormais par cœur.

— Tiens donc, murmura le vieil homme d'un air énigmatique, comme si cela lui disait quelque chose.

Il remua les doigts de ses deux mains sur le pommeau de sa canne blanche.

— Il me reste à comprendre ce que signifie le « rouge de la grande science », dit Edward, qui n'avait rien perdu de son enthousiasme de la veille.

— Oh, ça, je puis vous le dire moi-même, détective ! lui confia Waldon d'un ton grave. Mais avant cela, Arnold, voulez-vous bien nous apporter du thé, des œufs et un peu de bacon ? Nos hôtes doivent avoir faim !

— C'est prévu, sir, répliqua le *butler*, offensé.

Il acheva de rallumer le feu dans la cheminée et s'éclipsa d'un pas martial, une main derrière le dos, l'autre sur le ventre.

— *Ruadh rofessa* ! déclama soudain le vieil homme en roulant les *r*. Le « rouge de la science idéale », pour être parfaitement exact.

— Qu'est-ce donc ? le pressa Edward.

— C'est l'un des surnoms que l'on donne au dieu celte Dagda.

Pierce, aussitôt, adressa un regard stupéfait à Lorraine, qui était restée debout derrière le sofa et semblait davantage intéressée par les murs de la pièce que par la conversation.

— Je suppose que notre anonymographe fait également référence à lui quand il parle de « celui qui règne sur la vie et sur la mort », continua Waldon de sa voix sépulcrale. Dagda a eu bien des surnoms dans la littérature celtique. Il est aussi *Aed*, le « feu divin », ou

Ollathair, le « père puissant ». Il est le dieu-druide que vénèrent les prêtres, celui qui est chargé du savoir et du sacré. Et surtout, Dagda règne sur le temps, sur les éléments et sur l'éternité. En d'autres termes, il « règne sur la vie et sur la mort »…

— Bigre ! s'exclama Lorraine.

L'air soudain suspicieux, elle vint s'asseoir près d'Edward et, les coudes posés sur les genoux dans une posture inquisitrice, elle dévisagea le vieux lord.

— Vous en savez, des choses sur Dagda, dites-moi ! J'ignorais que vous étiez si féru de culture celtique, Ronald !

C'était la première fois qu'elle prenait la liberté d'appeler l'octogénaire par son prénom, exprimant ainsi une familiarité qui avait les accents furieux de l'arrogance. Loin d'en prendre ombrage, le millionnaire laissa un sourire fugitif effleurer ses lèvres.

— Dagda est le dieu auquel Blackmore fut consacrée, dans un temps très ancien. Si l'on s'intéresse un tant soit peu à l'histoire de l'île, on se renseigne forcément sur lui, mon enfant.

— Je ne suis pas votre enfant, rétorqua Lorraine. Du moins, pas que je sache.

— Oh, mais vous êtes encore bien une enfant, en tout cas… Quant à Dagda, il est un peu notre père à tous, ici. Nos quatre mégalithes eux-mêmes représentent ses talismans : la harpe, le chaudron, la roue et la massue.

— Pourtant, l'autre jour, vous m'avez dit ne pas reconnaître la graphie utilisée sur la lettre anonyme que vous aviez reçue. Mesurant votre parfaite connaissance de la culture celtique, je peine à y croire, désormais…

— Je n'allais pas vous mâcher le travail, mon… ma chère.

La jeune femme montra des signes d'agacement.

Au même instant, Arnold reparut et, avec sa discrétion habituelle, servit le petit déjeuner sur la table basse devant eux.

— J'ai le sentiment que tout le monde, sur cette île, en sait bien plus qu'il ne veut le dire ! maugréa Lorraine. Si vous nous cachez des choses, sir, comment voulez-vous que je retrouve rapidement votre petite-fille ?

— Eh bien, grâce à votre sagacité, justement ! Mes connaissances ne m'ayant guère permis de retrouver moi-même notre douce Meggy, il m'a paru intéressant de confier l'enquête à une personne qui possède un regard différent, afin qu'elle puisse aborder la chose sous un angle nouveau. Un regard étranger, débarrassé de toutes nos petites croyances insulaires…

— Foutaises ! s'emporta Mlle Chapelle. Il eût été plus judicieux de me laisser disposer de tous les éléments en votre possession, afin d'accroître mes chances de réussite. Ne serait-ce pas plutôt que vous-même auriez des choses à nous cacher, sir ? Tenez, ces tableaux, par exemple : pouvez-vous me dire qui en est l'auteur ?

Quand bien même le vieil homme ne pouvait la voir, elle pointa le doigt vers les peintures lugubres qui, la fois précédente déjà, lui avaient fait forte impression. Ces figures fantastiques et obscures, ces visages tourmentés, ces créatures mythologiques terrifiantes, ces scènes violentes dont la seule vision glaçait le sang, et dont l'exécution, quoique plus ténébreuse, rappelait le symbolisme mystique d'un Gustave Moreau.

— Ah ! Si vous me posez la question, c'est que vous connaissez la réponse.

— Phil Sadler ? s'enquit Lorraine.

— Lui-même. Son nom serait-il donc lié à votre enquête ? demanda Waldon, sur un ton véritablement intrigué.

— Je crois l'avoir rencontré avant-hier au sanatorium, intervint Edward, que le ton batailleur de Lorraine mettait mal à l'aise. Enfin… Disons qu'il se peut que je l'aie croisé, pendant la mutinerie.

— Ah. Il est donc toujours là-bas ? Le pauvre garçon. J'avais acheté ses peintures aux enchères, afin d'aider ses parents, quand ils l'ont transféré à Bragbury.

— Et pourquoi donc ? relança Lorraine. Vous sentiez-vous responsable de sa folie ?

— Aucunement. Mais elle m'a inspiré une profonde compassion. Celle que m'inspire à présent votre colère…

— Je ne suis pas en colère, je suis agacée. Je n'aime pas être menée en bateau. Vous nous cachez trop de choses, sir. Comment voulez-vous que je poursuive mon enquête ?

— Désirez-vous abandonner, Lorraine ?

Elle poussa un profond soupir et se renfonça sur le sofa.

— Bien sûr que non. Vous me mettez à l'épreuve, c'est cela ?

Le lord ne répondit que d'un silence.

— L'épreuve de l'eau, glissa Edward dans un murmure, comme pour lui-même, en attrapant doucement sa tasse de thé.

Waldon, qui avait très bien entendu, concéda un nouveau sourire. Ses yeux se levèrent, oscillant vivement de droite à gauche, comme le font parfois ceux d'un aveugle qui tend une oreille attentive.

— La tempête nous a fait passer l'épreuve de l'air et de l'eau en même temps, continua le détective, tout haut cette fois. Avant de passer celle du feu, il nous reste... Y aurait-il des souterrains sur l'île, sir ?

Le vieil homme, ravi, donna un petit coup sur le sol du bout de sa canne.

— Ah ! Décidément, jeune homme, vous posez de très judicieuses questions ! Oui : il y a de nombreux souterrains sur Blackmore. On y trouve même plusieurs sources chaudes, que Margaret, passionnée de géologie, aimait aller voir, quand elle était petite, malgré mes nombreuses mises en garde.

— Vous ne pouviez pas le dire plus tôt ? rouspéta Lorraine, toujours fâchée.

— Vous dire quoi donc ? Qu'il y a des souterrains sur Blackmore ? Et alors ? Il y en a sans doute sur toutes les îles. Vous comptez tous les visiter ? Il y en aurait pour des semaines, ma chère ! S'il y avait quelque chose à trouver sous la terre, hypothèse envisageable, encore faudrait-il que je sache vous dire où chercher ! Parbleu, je ne vous savais pas si impétueuse, mademoiselle. Vous devriez prendre exemple sur votre associé...

La jeune femme, comprenant que le lord s'amusait à la provoquer, se contenta de hocher la tête.

— Saviez-vous que Margaret avait un amoureux ? demanda-t-elle plutôt.

— Non. Je l'ignorais. Qui donc ?

— Aucune importance. Si elle ne vous l'a pas dit, c'est que cela ne vous regardait pas.

Lorraine ne put s'empêcher de remarquer le petit tic nerveux qui avait traversé le visage du *butler*. Celui-ci attendait sagement devant la porte, comme à son habitude.

— Le portrait de Margaret, dans sa chambre, est-il également l'œuvre de Phil Sadler ? enchaîna la Française.

— On ne peut rien vous cacher.

— Pourtant, votre cher Arnold m'a dit l'autre jour que vous l'aviez offert à votre petite-fille pour ses dix-huit ans. Il y a trois ans, donc. Or, cela faisait longtemps que le peintre était interné…

— En effet. Je lui en ai passé commande, et il l'a exécuté dans sa chambre du sanatorium, à partir d'une photo.

— Vous avez donc gardé contact avec lui ?

— Je prends des nouvelles de temps en temps. Je vous l'ai dit, Lorraine : j'éprouve pour lui une réelle compassion. J'ai pensé que lui donner l'occasion de travailler ne pouvait que lui être bénéfique dans sa triste condition.

Un silence s'installa, que seul le crépitement des flammes venait troubler. La tension dans la pièce était palpable.

— Bien. Je crois que nous avons fait le tour, dit Lorraine en se levant. Nous allons donc reprendre notre enquête.

— À la bonne heure. Arnold ? Voulez-vous bien remettre à M. Pierce son enveloppe ?

— Oh, intervint Edward, gêné. Ce n'est pas nécessaire, vraiment ! Lorraine a gentiment proposé de partager ses honoraires avec moi.

— Il n'en est pas question ! Tout travail mérite salaire, et le vôtre est aussi remarquable que le sien. Vous méritez tous deux cette somme. Je ne veux plus en entendre parler.

— Très bien, balbutia le détective en acceptant l'épaisse enveloppe que lui tendait le *butler*. Alors au revoir, sir. Nous vous tiendrons informé de nos progrès…

— J'y compte bien. Au revoir, monsieur, et au revoir, mademoiselle Chapelle. Que Dieu vous garde !

En guise de réponse, Lorraine marmonna quelque chose d'inaudible, et Arnold raccompagna les deux invités jusqu'à la porte. Mais alors qu'il s'apprêtait à les saluer, Mlle Chapelle le prit par le bras.

— Vous saviez que Margaret avait un prétendant, chuchota-t-elle en se penchant vers lui.

Ce n'était pas une question.

— Toutes les jeunes femmes n'en ont-elles pas ? demanda le *butler*.

À l'évidence, il était embarrassé.

— Pas toutes, non. Allons, Arnold ! Dites-nous ce que vous savez. Ne vous montrez pas aussi idiot que votre maître ! Vous pourriez nous aider grandement dans notre enquête.

Le pauvre homme, en proie à quelque tourment intérieur, se mit à grimacer nerveusement.

— C'est-à-dire que Meggy m'a fait promettre de ne rien dire, et…

— À son grand-père, bien sûr ! Et c'est tout à votre honneur d'avoir tenu parole. Mais je suis sûre qu'elle vous pardonnerait de vous être confié à des détectives enquêtant sur sa disparition.

Le *butler* jeta un coup d'œil derrière lui, dans l'entrée, puis il poussa gentiment les visiteurs vers le perron, leur emboîtant le pas.

— Meggy a bien eu un amoureux pendant quelques mois, dit-il à mi-voix. Un militaire…

— Tony, acquiesça Lorraine.

Le serviteur eut un geste de surprise.

— Mademoiselle est donc au courant ? C'est un gentil garçon, un peu simple, mais gentil. Elle ne l'aimait plus, et elle venait de le quitter quand elle a disparu…

— Mais elle avait rencontré quelqu'un d'autre…

Arnold, comme à contrecœur, hocha la tête.

— Dites-nous qui ! le pressa Lorraine.

— Je ne sais pas, mademoiselle ! Elle n'a pas voulu me le révéler. Elle m'a seulement dit que c'était une personne respectable. Quelqu'un de bien, qu'elle pourrait présenter un jour à sir Ronald sans en avoir honte, si la chose devait se confirmer…

— Vous n'avez pas la moindre idée de son identité ?

— Aucune. Mais, à sa manière d'en parler, j'ai songé qu'il devait s'agir d'une personne de bonne famille, aisée sans doute. Le fils d'un notable de la ville, peut-être ? C'est tout ce que je puis vous dire. Je suis désolé.

Il leur fit une révérence et retourna prestement dans la grande bâtisse, fermant la porte derrière lui.

Les deux enquêteurs échangèrent un regard, puis traversèrent la cour de Murdoch Manor sous le ciel gris de ce matin d'octobre. Le soleil, ce jour-là, n'avait pas l'air décidé à montrer son nez.

— Lorraine ! s'exclama soudain Edward, tandis qu'ils venaient d'arriver devant la motocyclette garée près du portail. Attendez un instant ! Cela change la donne !

— Quoi donc ?

— Ce que sir Ronald Waldon vient de nous dire au sujet de Dagda !

— Oh ! Vous n'allez pas recommencer avec cette histoire ? Ce sont des foutaises, Edward ! Il n'y a pas plus de Dagda dans l'univers qu'il n'y a de Croatoan !

— Peut-être, mais ce n'est pas la question ! Vous êtes agaçante, à la fin ! Voulez-vous bien m'écouter une seconde, pour l'amour de Dieu ? Ce qui compte, ce n'est pas que vous croyiez ou non au contenu de ces messages ! Ce qui compte, c'est que le meurtrier, lui, y croie ! Et nous devons donc les étudier pour comprendre ce qu'ils impliquent.

Lorraine s'assit sur sa motocyclette en poussant un long soupir.

— Je vous écoute.

— Bien. Si nous considérons que le meurtrier croit à ce qu'il écrit, on peut en déduire qu'il oppose Dagda à Croatoan. Dans le premier message, il dit que Dagda n'est pas immortel, et dans le deuxième, il annonce même son trépas ! « La mort tombera sur le rouge de la grande science » ! Quant à Croatoan, il attendrait, lui, de se réveiller. Peut-être faisons-nous fausse route depuis le début !

Le visage de Mlle Chapelle passa de l'agacement à l'intérêt circonspect.

— Continuez…

— On ne dirait pas que ces lettres anonymes ont été rédigées par les adeptes de Dagda. On dirait qu'elles leur sont adressées ! Je vous en conjure : réfléchissez-y un instant ! Ces messages pourraient indiquer qu'il existe en réalité sur cette île deux factions opposées ! L'une, dévouée au dieu Dagda, et l'autre à Croatoan, le Grand Ancien.

— Le culte celtique ne serait donc pas le coupable, mais la victime ? continua Lorraine, songeuse.

— Exactement !

— Élias Carteret, Diana Tudor et Margaret seraient membres du culte de Dagda, et c'est pour cela qu'on les aurait enlevés ?

Le visage d'Edward s'illumina de satisfaction.

— Reconnaissez que cela colle ! dit-il triomphalement. Et je vais même plus loin ! Tous trois ont un point commun : la maladie de Wilson, qui donne à leurs yeux cet aspect étrange. Serait-il vraiment idiot de penser que les adeptes de Dagda sont tous atteints de cette pathologie ? Imaginez donc : et s'ils étaient les descendants de la tribu celtique originelle, celle qui s'est installée sur l'île aux environs du Ve siècle, et qu'ils conservaient précieusement depuis lors la pureté de leur lignée, entraînant peu à peu l'apparition de cette maladie congénitale, jusqu'à ce que, des siècles plus tard, elle finisse par les atteindre tous ? Le Dr McCann m'a affirmé que, lorsque les deux parents sont atteints de la maladie, ils la transmettaient irrémédiablement à leurs enfants !

La jeune femme hocha lentement la tête, de plus en plus convaincue.

— Mais alors… dans ce cas… sir Ronald…

— Eh oui, Lorraine ! Votre cher lord serait lui aussi membre du culte, comme sa petite-fille ! Ce qui pourrait expliquer qu'il ne nous dise pas tout ! Et sa cécité…

— Bon sang ! s'exclama Mlle Chapelle. Mais le pire, c'est que vous avez peut-être raison, odieux personnage !

— Ah ! Enfin ! fanfaronna Pierce.

— Le meurtrier serait donc un ennemi du culte ?

— Ou l'adepte d'un autre culte, voué à Croatoan. Il y aurait sur l'île deux groupes ennemis, depuis des siècles, qui sait ?

— Ces gens sont fous ! se lamenta Mlle Chapelle en enfilant ses grosses lunettes d'aviatrice. Peut-être devrions-nous les laisser s'entre-tuer, après tout ?

— Certes… Mais ne comptiez-vous pas revoir le beau Nicky Tudor ? Selon notre logique, il serait un adepte de Dagda, lui aussi…

Lorraine sourit.

— Bon. Dans ce cas, on pourrait tous les laisser s'entre-tuer, sauf lui ? proposa-t-elle, espiègle.

— Allons, ne dites pas de sottises ! Nous venons de franchir un grand pas dans notre enquête, mon amie !

— Alors montez, bon sang ! rétorqua la jeune femme en faisant un signe de tête vers l'arrière de sa motocyclette.

— Vraiment ? C'est très désagréable, vous savez ? Vous ne pourriez pas mettre un coussin sur ce maudit porte-bagages ?

— On y pensera. Allez, montez, que diable !

Le détective s'installa derrière elle en grimaçant.
— Où allons-nous ? demanda-t-il en s'agrippant à la taille de la Française.
— Eh bien, voir les mégalithes, pardi !

38.

Il leur fallut près de deux heures pour faire le tour de Blackmore à motocyclette et s'arrêter devant chacun des mégalithes, disséminés aux quatre coins de l'île, tels des points cardinaux. Ce fut, en somme – et malgré le temps maussade –, comme une visite touristique, qui les conduisit des falaises méridionales aux rives rocailleuses des côtes occidentales, en passant par les plaines orientales et les criques septentrionales.

Lorsqu'ils arrivèrent devant le premier mégalithe, l'un comme l'autre furent ébahis par le spectacle qu'offrait cette sculpture avoisinant cinq mètres de hauteur. Perchée fièrement sur un escarpement rocheux de la côte sud, comme un affront à tous les vents, elle figurait une harpe aux formes gracieuses, tout en courbes. Ses vingt-deux cordes elles-mêmes étaient délicatement incurvées, renforçant l'élan aérien qui émanait de l'ensemble.

Quand bien même Lorraine était convaincue qu'il existait forcément une explication rationnelle à son apparence, celle-ci restait d'une singularité stupéfiante : le minéral dans lequel on avait sculpté ce monument ne ressemblait à rien qu'elle pût connaître. D'une dureté inouïe, formidablement lisse, noir sous certains angles et opalescent sous d'autres, il ne s'apparentait en aucune sorte au granite de Blackmore qui, s'il était unique en son genre, ne bénéficiait guère des propriétés admirables de cette pierre-là. Mais quelle pierre, alors ? Si c'était du marbre, il était d'une pureté telle qu'à l'œil nu on ne lui trouvait aucune veine. La surface était si lustrée qu'elle eût pu réfléchir l'univers tout entier.

— On pourrait croire à de l'obsidienne, suggéra Edward en caressant doucement le large socle. Cette roche volcanique, que l'on trouve notamment sur l'île de Pâques, a cette même dureté, ce même aspect vitreux. Mais même la plus belle obsidienne est marquée de petites taches rondes ; or, ici, rien. Où que l'on regarde, le noir est immaculé. Et puis, des blocs de cette taille ?

— Comment est-il possible qu'aucun géologue ne soit jamais venu inspecter ces sculptures ? demanda Lorraine, incrédule. Le Pr Vandekade était-il sûr de lui ? Je n'y connais pas grand-chose, mais enfin, il me paraît évident que cette roche est peu ordinaire.

— Peut-être parce que les autorités de Blackmore s'y sont opposées ? Dans ce cas, cela poserait une autre question : pourquoi ? D'autant que si cette pierre a été extraite de la météorite, et qu'elle soit donc d'origine extraterrestre, elle constituerait à elle seule un attrait touristique considérable, dont l'île a manifestement grand besoin depuis quelques années.

Lorraine hocha la tête puis, s'approchant, elle imita le détective et effleura de sa paume le bas de cette harpe colossale.

— Si c'était bien le cas, Edward, j'aimerais surtout comprendre, pour ma part, comment on a pu aller récupérer une météorite de cette taille au fond de la mer, au XVIIe siècle, et ce en toute discrétion.

— Peut-être qu'un fragment est tombé sur la terre, sans qu'aucun témoin le signalât à l'Académie des sciences.

— Ou peut-être, tout simplement, ne s'agit-il pas d'un bout de la météorite. On aura importé une pierre rare et peu connue d'un pays exotique ?

— Une chose est sûre : ceux qui ont réalisé cette sculpture avaient une grande maîtrise de leur art. Elle est absolument prodigieuse !

Mlle Chapelle acquiesça de nouveau. Ne fût-ce que d'un point de vue technique, l'exécution de ce simulacre était irréprochable. Ses lignes étaient nettes, raffinées, ses courbes parfaites, ses angles si saillants qu'on n'osait y faire glisser le doigt, de peur de s'y couper. Et d'un point de vue artistique… Eh bien, de ce point de vue-là, Mlle Chapelle, une fois encore, devait bien admettre qu'elle n'avait jamais rien vu de tel. La sculpture, d'une bizarrerie impénétrable, semblait sortie de l'esprit d'un artisan venu du futur, ou d'un passé lointain. Fût-elle primitive ou avant-gardiste, elle ne s'inscrivait dans aucune des grandes écoles de l'histoire de l'art que la jeune femme avait pu étudier.

— C'est magnifique ! concéda-t-elle, troublée.

N'eût-elle été l'indéboulonnable cartésienne que l'on connaissait, sans doute eût-elle confié que cette harpe exerçait sur elle quelque pouvoir de fascination irrépressible. Comme envoûtée, Lorraine peinait à en détacher son regard, tant elle était saisie par sa puissance esthétique.

— Il s'agit de *Daur da Bláo*, expliqua Edward tout en tournant autour. Selon le mythe celtique, cette harpe magique connaît toutes les mélodies incantatoires, et elle est capable de les jouer toute seule, à la demande de Dagda.

— C'est pratique, plaisanta Lorraine, comme pour détendre l'atmosphère pesante qui habitait les lieux.

— Dans le *Cath Maighe Tuireadh*, que nous avons trouvé chez Margaret et chez le père Molloy, la légende raconte que Dagda s'en servait comme d'une arme pour terrasser ses adversaires, et que la harpe jouait l'air du sommeil afin d'endormir les armées ennemies. Si notre meurtrier est un opposant au culte de Dagda, il est étonnant qu'il ne soit pas venu vandaliser ces sculptures…

— Il a peut-être essayé, répliqua la jeune femme.

Elle ramassa alors une lourde pierre et s'en servit pour frapper le socle du mégalithe.

— Que faites-vous, malheureuse ?

Elle haussa les yeux au ciel d'un air exaspéré puis passa sa main à la surface de la sculpture, à l'endroit précis où elle avait tapé.

— Rien. Pas la moindre trace de choc !

Elle frappa plus fort encore.

— Mais arrêtez, bon sang ! s'emporta Pierce. C'est une œuvre d'art !

Cette fois, le granite que tenait Mlle Chapelle se brisa en morceaux.

— Je n'ai jamais vu de roche aussi solide !

— Et moi, je n'ai jamais vu de geste aussi stupide, la sermonna le détective. Allons découvrir le prochain mégalithe, Lorraine, et par pitié, contrôlez-vous !

Ils étudièrent la carte de Blackmore puis grimpèrent de nouveau sur la motocyclette. Tandis qu'ils filaient sur la petite route qui longeait la rive, une brume épaisse se leva.

À la pointe nord-est de l'île, ils abandonnèrent la Harley-Davidson pour descendre une sente sinueuse qui plongeait vers la mer. Au bout d'un chemin serpentant entre rochers et forêt, ils arrivèrent sur une crique déserte. Le brouillard drapait la terre et l'eau d'une nébulosité fantomatique.

Ils marchèrent péniblement le long de la paroi rocheuse, assaillis par le vent qui, en sifflant, soulevait des nuages de sable fin. *WI-IH-ISH*…

— Là ! s'écria soudain Edward en indiquant une ouverture au milieu du granite.

Escaladant la roche, ils pénétrèrent dans une caverne lugubre, où la silhouette du deuxième mégalithe se dessina sous leur regard médusé. Il leur fit une impression plus grande encore que le premier : caché dans la pénombre, on eût dit une relique secrète, un trésor oublié. Taillé dans la même roche inconnue, celui-ci figurait un immense récipient, dont le sommet était si haut qu'on ne pouvait voir à l'intérieur.

— C'est *Coire ansic*, expliqua le détective à mi-voix, dans l'écho de la grotte. Le chaudron de Dagda, symbole de l'abondance et de la résurrection.

— Qu'y a-t-il dedans ?

— Du feu. Mais le mythe raconte que le chaudron n'a pas de fond, qu'il puise ses flammes dans les entrailles du cosmos. C'est de ce talisman que se sont inspirées les légendes arthuriennes du Graal, qui produit lui aussi une nourriture miraculeuse, sans cesse renouvelée. On trouve cette même idée dans la corne d'abondance de la mythologie grecque…

Après qu'elle eut fait plusieurs fois le tour de la sculpture, Lorraine grimpa sur une paroi de la caverne, se hissant suffisamment haut pour jeter un coup d'œil à l'intérieur du réceptacle.

— Bigre ! s'exclama-t-elle. Il est vide ! Nous nous sommes fait avoir, Edward ! Pas d'abondance pour nous aujourd'hui.

Le détective secoua la tête.

— Serait-ce un mécanisme de défense qui vous pousse ainsi à tout tourner en ridicule ? Je commence à me demander si ces mégalithes ne vous feraient pas un peu peur, ma chère…

— C'est vous qui me faites peur !

Quand ils eurent fini d'inspecter celui-là, le trajet pour rejoindre le mégalithe suivant s'avéra des plus périlleux, tant la brume s'était épaissie. On ne voyait guère plus qu'à une dizaine de mètres. C'était comme si l'île avait voulu se cacher aux yeux de ces investigateurs indiscrets.

Après s'être offert plusieurs frayeurs, Edward, cramponné à la jeune femme, ferma les yeux, pour ne les rouvrir que lorsque la motocyclette s'arrêta enfin.

La troisième sculpture, cachée au cœur d'une forêt, sur la grande anse de Madison Bay, figurait une roue immense, à huit rayons, prête à s'élancer au milieu des grands arbres.

— La roue du temps, murmura Edward, subjugué. Quand elle passe, elle rend sourd celui qui l'entend, aveugle celui qui la voit, et elle tue celui sur qui elle roule.

— Aveugle ? répéta Lorraine en examinant la structure noire dont le sommet se perdait dans la cime des arbres.

À ces mots, Edward se figea.

— Saperlotte ! s'exclama-t-il après un instant de mutisme.

Il attrapa la jeune femme par le bras et la dévisagea de ses yeux soudain étincelants.

— Comment n'y ai-je pas pensé plus tôt ? Vous avez raison, Lorraine ! La cécité !

— Eh bien ?

— Ça ne peut pas être une coïncidence ! C'en serait une de trop !

— Mais de quoi parlez-vous, nom d'une pipe ?

— Mog Ruith ! Le serviteur de Dagda, le druide-guerrier, qui dirige la tribu tout entière ! Celui dont la magie seule peut conduire les siens à la victoire ! La légende raconte que sa cécité lui conférait un don de voyance !

Lorraine le regarda, hébétée.

— Vous ne seriez pas en train d'insinuer que sir Ronald est un… druide-guerrier ? De grâce, Edward !

— Et pourquoi ne pourrait-il pas être le chef du culte celtique qui s'est perpétué sur l'île ? Ou un ancien chef ?

Absorbé par sa réflexion, le détective se mit à tourner en rond autour de la sculpture.

— Il aurait été remplacé par Nancy Donahue, la pastoresse de l'Armée du salut ? Mais oui, tiens, pourquoi pas ? Ne m'avez-vous point dit qu'elle semblait entretenir avec lui une sorte de désaccord ?

Mlle Chapelle poussa un soupir et posa sur lui un regard affligé.

— Excusez-moi, Edward, mais cela devient grotesque…

— Lorraine, encore une fois, ce n'est pas parce que vous trouvez la chose ridicule que les membres de ce culte ne se prennent pas, eux, totalement au sérieux ! Je ne vous demande pas de les croire, je vous demande de les comprendre ! Quelqu'un qui ignorerait tout de la religion chrétienne ne prendrait-il pas les pratiquants pour des illuminés en entrant dans une église et en les voyant, avec une génuflexion, avaler l'hostie que leur tend un énergumène en robe blanche, leur affirmant que c'est le corps du Christ ?

— Si, d'ailleurs, c'est un peu mon cas, s'amusa la Française. Mais enfin, Waldon ? Un druide-guerrier ?

— Au sens symbolique du terme, oui. Vous savez, il y a sur cette île des francs-maçons dont les dignitaires de haut grade se font appeler *chevaliers du serpent d'airain* ou *souverains commandeurs du temple* ! Si cocasses que ces titres puissent paraître à un profane, ils n'en sont pas moins portés, de nos jours, par des gens comme vous et moi !

— Comme vous, surtout… Bon. Admettons. Mais alors, qu'imaginez-vous ? Que sir Ronald et Mme Donahue se seraient volontairement rendus aveugles pour prendre la direction du culte ?

— Non. Je pense que la maladie de Wilson les a rendus aveugles, et que leur cécité aura incité les membres du culte à les choisir comme chefs, s'imaginant que la chose leur conférait quelque don de voyance. Je n'en sais rien, moi ! Ce n'est qu'une supposition, après tout…

— Entendu. Je la reçois comme telle. Mais à présent, allons voir le dernier mégalithe, et finissons-en. Vraies ou fausses, ces histoires de mythologie celtique commencent à me fatiguer… Tout ce qui m'intéresse, moi, c'est de retrouver les disparus, et d'arrêter celui qui les a enlevés.

Ainsi, ils se remirent en route. La brume était si dense, désormais, que Lorraine dut rouler au pas, effleurant la chaussée du bout des pieds pour prévenir la moindre chute qu'eût occasionnée un obstacle inattendu. Et le vent, de plus en plus fort, jouait lui aussi à présent contre elle.

Traversant des nappes de brouillard opaques, ils roulèrent vers l'ouest de Blackmore, jusqu'à la pointe que formait la côte entre Kimton End et Liverton. Le manque de visibilité rendit leur recherche des plus ardues, et ils durent rebrousser plusieurs fois chemin pour distinguer enfin un sentier de terre, mentionné sur leur carte.

Ayant mis pied à terre, ils montèrent prudemment la côte, restant bien près l'un de l'autre, jusqu'à ce que, tel un diable sorti d'une boîte, le dernier mégalithe surgisse au milieu d'un nuage.

Dressé de biais au bord du précipice, on eût dit un canon menaçant, qui pointait vers la mer. Le hasard, ou le destin peut-être, voulut que cette quatrième sculpture fût la plus impressionnante des quatre. Comme un bâton noueux, cette arme approchant les six mètres de long se terminait par des excroissances en pointe acérée.

— Et voici *Lorg mór* ! annonça Edward d'une voix théâtrale. C'est cette massue qui donne à Dagda le droit de vie et de mort sur les faibles humains que nous sommes. Il la manie comme Jupiter brandit la foudre. Par un bout, elle tue dans notre monde celui qu'elle frappe et, par l'autre, elle le ressuscite dans l'*Anaon*, ou l'Autre Monde, l'au-delà de la mythologie celtique. Traînée sur le sol, la massue de Dagda creuse un sillon dans la terre qui trace la frontière entre ces deux domaines.

Frappée par cette figure aussi majestueuse qu'inquiétante, Lorraine observa la sculpture en silence. Puis elle sortit la carte de sa poche et l'inspecta, la mine songeuse, faisant quelques pas hésitants le long de l'abîme.

— Avec un tel brouillard je ne saurais en être sûre, annonça-t-elle finalement, mais il me semble que la massue est dirigée droit vers l'îlot de Bragbury…

Edward regarda la carte à son tour.

— C'est possible. Si c'est bien à lui que nous devons ces mégalithes, le culte celtique aura voulu ainsi placer l'île sous la protection de Dagda, pour la défendre contre les puissances ennemies. Bragbury aurait-il représenté une menace ?

Cette fois, Lorraine se garda de toute plaisanterie. La découverte des mégalithes la plongeait dans un état de perplexité. Il devenait à ses yeux de plus en plus crédible qu'un groupe de mystiques fanatiques ait existé sur l'île jusqu'à une époque fort récente voire jusqu'à aujourd'hui…

— Le plus étonnant, dit-elle, c'est que ces sculptures, pourtant exceptionnelles, sont très peu vantées. Ce sont certainement les monuments les plus remarquables de

Blackmore, et ils ne sont signalés nulle part. Aucun panneau, aucune plaque… Comme si les autorités de l'île continuaient de leur prêter un caractère sacré, et voulaient les protéger du tourisme.

— Du monde profane, compléta Edward.

Ils restèrent encore de longues minutes au pied du belliqueux talisman, et ils étaient sur le point de repartir quand Lorraine, la moue suspicieuse, s'avança d'une dizaine de pas en direction d'un talus, et appela le détective.

— Regardez : on dirait qu'un ancien sentier partait de là. Il n'a pas été emprunté récemment, mais les herbes sont moins hautes à cet endroit, comme si la terre ici avait été souvent foulée.

— En effet. Allons voir.

Ils s'efforcèrent de suivre ce chemin, à peine perceptible.

— Là ! Le tas de ronces ! indiqua Lorraine en pointant le doigt devant eux, vers l'endroit où l'ancien sentier semblait se terminer.

Elle s'approcha et, à l'aide d'un bâton, écarta l'amas de branches épineuses qui faisaient comme un dôme au-dessus de la terre.

— Bon sang ! s'exclama-t-elle. On dirait l'entrée d'un souterrain !

Edward prit un bâton à son tour et vint lui prêter main-forte. De fait, ils mirent au jour une ouverture dans le sol, où l'on devinait les contours d'un corridor qui s'enfonçait dans les profondeurs obscures.

— C'est sans doute l'un de ceux dont nous a parlé sir Ronald Waldon…

— Allons-y ! proposa Lorraine.

— Tout doux, mademoiselle ! Nous ne savons pas jusqu'où cela peut descendre. Nous devrions peut-être aller chercher un équipement de circonstance, avant de jouer aux spéléologues. Des lampes, des cordes, des grappins, ce genre de choses…

— Du whisky ?

— Évidemment.

— Alors soit.

39.

L'aller-retour en ville n'avait pas été de tout repos : le brouillard avait contraint les deux investigateurs à rouler si lentement que l'après-midi était déjà bien engagé quand ils revinrent devant l'entrée du souterrain.

Là, Edward s'accroupit et déposa le lourd sac à dos sur le sol. À l'intérieur se trouvaient tous les achats qu'ils avaient faits au Gillan's Department Store, le grand magasin de High Street : deux paires de hautes bottes en caoutchouc et de gants en cuir doublés, deux cordes, deux grappins, deux piolets, deux lanternes électriques à piles sèches, une gourde pleine d'eau, quatre bobines de gros fil rouge et, bien sûr, une flasque de whisky.

Lorsqu'ils se furent équipés, les investigateurs entamèrent précautionneusement leur descente. Prenant appui sur leurs piolets, ils avancèrent l'un derrière l'autre, parmi les ombres crépusculaires. Rapidement, la lumière du jour disparut.

Après quelques pas, Lorraine entendit la voix du détective résonner dans son dos.

— VITRIOL.

— Pardon ?

— *Visita interiora terræ rectificandoque invenies occultum lapidem*[1]. C'est l'épreuve de la terre, mademoiselle : nous pénétrons dans les entrailles secrètes du monde !

— Pfff ! Épargnez-moi vos sornettes ésotériques et avancez donc, triste jobard ! Le marchand m'a dit que ces lampes électriques pouvaient tenir huit heures. Et donc, dans les faits, probablement pas plus de six.

— Dame ! J'espère que nous serons ressortis bien avant cela !

Taillé grossièrement à même le granite, le couloir n'avait pas plus d'un mètre cinquante de hauteur, si bien qu'il fallait marcher en se courbant pour ne pas se heurter au plafond rugueux. Sur une pente glissante, à la faible lueur de leurs lanternes, ils découvrirent une intersection.

— Fichtre, maugréa Lorraine. Cela commence !

— Suivons l'exemple de Thésée à l'entrée du labyrinthe, et accrochons ici notre fil d'Ariane.

Ils s'exécutèrent.

Au loin, on entendait vaguement une eau murmurante et quelques gouttes tomber à intervalles irréguliers. Leur écho courait le long des murailles granitiques, et l'on peinait à estimer à quelle distance se situait la source de ce discret bruissement.

— Bon. À droite ou à gauche ? demanda Lorraine.

Soulevant sa lampe, Edward inspecta les deux tunnels. Celui de gauche semblait avoir une pente plus forte.

---

1. « Visite l'intérieur de la terre et, en rectifiant, tu trouveras la pierre occulte », célèbre formule des alchimistes.

— Main gauche, adjugea-t-il.

Ils se remirent en route. À cette profondeur, l'obscurité était totale et, sans leurs lanternes, ils eussent été contraints de rebrousser chemin. Lentement, à la manière du Pr Lidenbrock dans les aventures de Jules Verne, ils s'enfoncèrent vers le centre de la Terre. À chaque bifurcation, ils choisissaient la rampe qui leur paraissait descendre le plus rapidement.

Par moments, le clapotis de l'eau semblait plus proche, puis, l'instant d'après, plus lointain. Mais une chose était sûre : il y avait une source dans les environs.

Plus ils s'engouffraient dans ce puits insondable, plus le passage s'élargissait. Ainsi, ils marchaient depuis dix bonnes minutes lorsqu'ils furent enfin en mesure de se tenir debout, ce qui permit de soulager leurs pauvres vertèbres. En revanche, si l'espace autour d'eux s'était agrandi, l'atmosphère, elle, se faisait de plus en plus oppressante, signe que l'air se raréfiait. Économisant leurs efforts pour ne pas venir à manquer d'oxygène, ils continuèrent silencieusement leur exploration dans ce qui s'avéra être un réseau de galeries souterraines considérable.

À mesure qu'ils avançaient, ils doutaient de pouvoir découvrir là autre chose qu'une succession de couloirs monotones. Quelle superficie couvraient ces souterrains ? Impossible à dire. Des kilomètres, sûrement !

— Si les disparus sont dans les sous-sols de Blackmore, nous n'avons aucune chance de les retrouver ! se lamenta Lorraine.

— Nous aurions peut-être dû nous renseigner davantage avant de venir : quelqu'un possède sûrement les plans de ces galeries, dont la plupart doivent conduire aux différentes carrières de l'île…

— Toute phrase qui commence par « nous aurions dû » ne mérite pas d'être prononcée. Taisez-vous, Thésée !

— Ha ha. *Taisez-vous, Thésée !* Ce que vous êtes drôle ! railla le détective.

Depuis qu'ils descendaient, la température n'avait cessé de chuter, au point que le froid devenait mordant. Chacune de leurs expirations produisait un petit nuage de condensation, et ils furent bien heureux d'avoir songé à prendre des gants.

Quand, après quatre cents mètres, ils furent arrivés au bout de leur première bobine de fil, ils s'arrêtèrent pour y nouer la deuxième.

Edward en profita pour inspecter la paroi de plus près.

— Il y a tout de même quelque chose qui me paraît étrange, dit-il en se grattant le crâne. Je sais bien que le granite n'est pas une roche sédimentaire, comme l'atteste ici l'absence de fossiles, mais je suis surpris de voir que partout, à quelque profondeur que l'on soit, la roche a la même apparence qu'à la surface. On dirait que l'île est formée d'un seul bloc de granite, qui se serait constitué d'un coup à la même époque. Je ne suis pas spécialiste, mais la chose est étonnante, non ?

— Je n'ai pas les compétences nécessaires pour en juger, Edward. Margaret aurait pu vous répondre, elle. La petite-fille de sir Ronald est passionnée de géologie. Elle collectionnait les fossiles, et, vous avez raison, Arnold m'a affirmé qu'elle allait les chercher à Guernesey, et non ici.

Peu à peu, le sol, couvert d'une fine couche de terre, se fit plus humide et, bientôt, leurs pieds se mirent à faire des bruits de succion en s'extrayant de la boue. Plus loin, la lumière de leurs lampes commença à se répercuter sur les facettes brillantes de la masse rocheuse, et le phénomène crût jusqu'à ce que les parois renvoient en tous sens des rayons ardents.

— Cela doit être des cristaux de quartz, supposa Edward, fasciné.

L'impression, à présent, était féerique ! La lumière étincelait dans toutes les directions.

Ils n'étaient pas loin de terminer leur deuxième bobine quand l'air, se faisant plus chaud, s'emplit d'une vapeur aux étranges reflets bleutés.

— Écoutez ! fit Edward en levant la main. Vous entendez le bruit de l'eau ? Nous devons approcher de l'une des fameuses sources chaudes dont nous a parlé sir Ronald Waldon ! Continuons !

Pressant le pas, ils s'enfoncèrent dans une atmosphère de plus en plus humide, une brume de plus en plus dense. Soudain, après un coude, la galerie s'ouvrit sur une immense grotte souterraine, comme un cirque de pierre dont l'aspect, se révélant dans une lueur singulière, les subjugua l'un et l'autre. Cloués au sol, ils restèrent bouche bée devant le spectacle onirique qu'offrait cette vaste caverne circulaire, tout à la fois splendide et angoissante.

Quoiqu'il fût baigné dans une douce clarté qui semblait émaner de la roche elle-même, ici et là, des pans entiers du dôme monumental disparaissaient dans l'ombre. Toutefois, à vue d'œil, on pouvait estimer qu'il mesurait plus de cent mètres de diamètre, et au moins dix de hauteur. Une eau visqueuse et diaphane suintait du plafond jusqu'au sol, donnant à la pierre une apparence gluante, et somme toute assez répugnante… Quand l'eau s'y écoulait lentement, on eût dit que les murs eux-mêmes bougeaient, telles de titanesques muqueuses grisâtres. Partout, des éclats de lumière scintillaient, si bien qu'on avait l'impression de se trouver sous une grande voûte étoilée… De longs bras de fumée bleutée rampaient à travers l'espace, à hauteur de taille, s'entrecroisaient en louvoyant, pareils à des dragons éthérés.

La température, qui avait grimpé d'un coup, dépassait à présent les trente degrés. L'air était si humide qu'à chaque inspiration leurs poumons paraissaient s'emplir de fines gouttelettes.

— Bonté divine ! balbutia le détective tandis que son regard fixait le centre de la grotte.

Car c'était là que se trouvait l'élément le plus insolite de cet incroyable décor. Une chose que ni Edward ni Lorraine n'avaient jamais vue.

Il s'agissait d'une sorte de puits, une bouche de granite striée de renflements effilés, comme l'appendice buccal d'une larve géante, qui s'élevait à trois ou quatre mètres du sol. Sans qu'on pût le voir, on devinait que l'orifice central descendait vers de lointaines profondeurs. Les vapeurs céruléennes s'échappaient de ce méat de roche, se répandant alentour comme des coulées de lave. À tout moment, on s'attendait à voir jaillir de cette gueule rocailleuse quelque terrible langue de flamme.

— Ma parole ! lâcha Lorraine, aussi hébétée que son voisin. Une source chaude, disiez-vous ? Un volcan, oui !

Levant sa lampe au-dessus d'elle, la jeune femme s'aventura dans la caverne.

— Prenez garde où vous mettez les pieds, la prévint Edward. Évitez ces flaques fumantes. L'eau des sources chaudes peut être très acide et atteindre des températures fort élevées.

Pas à pas, ils explorèrent lentement les lieux, chacun de son côté.

— L'air vous brûle-t-il la gorge, vous aussi ? lança Mlle Chapelle en toussant.

La phrase résonna longtemps dans la caverne.

— Oui ! C'est ce que je vous disais ! répliqua Edward, de l'autre côté de l'excavation. Il doit y avoir des vapeurs acides. Mettez un mouchoir devant votre bouche !

À mesure qu'elle approchait du centre, Lorraine distinguait, par-delà le bruit de l'eau, un grondement continu, grave, comme un roulement de tonnerre interminable.

— Qu'est-ce que c'est que ce bruit ? s'écria-t-elle.

— Je préfère ne pas savoir ! répondit le détective, qui avait disparu de l'autre côté du volcan.

Choisissant scrupuleusement chaque endroit où elle posait le pied, Lorraine continua d'ausculter les environs, et elle eut le sentiment de flotter au milieu d'un songe. Son envie de grimper au sommet du gouffre pour regarder à l'intérieur était dévorante mais, à l'évidence, la chose était beaucoup trop dangereuse. Même avec sa corde et son grappin, la jeune femme ne s'y serait pas essayée.

Elle s'était tournée vers la paroi occidentale quand, soudain, elle entendit un autre bruit encore. Faible lui aussi, mais plus proche. Une espèce de frottement. Ou de grattement, plutôt.

— Edward ? appela-t-elle, peinant à masquer l'inquiétude grandissante dans sa voix.

Le nom se répéta plusieurs fois en écho, sans qu'elle obtînt de réponse.

— Edward ?

Toujours rien. Lorraine sentit les battements de son cœur accélérer. S'efforçant de rester prudente, elle contournait la gueule du volcan pour se rendre, aussi prestement que possible, du côté où le détective s'était aventuré.

— Edward !

Mue par l'anxiété, elle venait d'accélérer quand, trébuchant, elle se rattrapa de justesse au manche de son piolet pour éviter la chute. Après une profonde inspiration, elle se remit au pas.

Arrivée du côté opposé, elle distingua un halo de lumière jaune derrière une colonne de pierre, près de la paroi.

— Venez voir ! s'écria Edward, caché par le pilier.

— Vous vous moquez de moi ? s'emporta Lorraine. Ça fait une minute que je vous appelle ! Vous m'avez fait peur, double crétin !

— Désolé ! Mais venez voir, bon sang !

Elle évita les obstacles et rejoignit le détective en rouspétant.

— Regardez ! dit-il d'une voix exaltée.

Il approcha sa lanterne du mur de granite devant lui.

La jeune femme, avec un soupir, leva les yeux.

— Saperlipopette ! bredouilla-t-elle.

À deux mètres du sol, une frise avait été gravée dans la pierre. Disparaissant dans les ombres, on pouvait imaginer qu'elle courait sur une longue distance.

— De l'alphabet oghamique !

Pierce hocha la tête, le regard étincelant.

— Et celui-là n'a pas été laissé par notre meurtrier ! Il est là depuis très, très longtemps. Plusieurs siècles, sans doute.

Par endroits, les lettres archaïques étaient si érodées par le temps qu'on les distinguait à peine.

— Vous arrivez à traduire ?

— Bien sûr que non ! Mais prenez des photos, Lorraine ! Prenez autant de photos que vous le pouvez.

Il éclaira le mur, et la jeune femme put photographier les étranges inscriptions. Lorsqu'ils constatèrent, après quelques mètres, que le texte s'étendait sur toute la circonférence de la grotte, elle n'avait déjà plus de pellicule !

— Il va falloir revenir ! lança Edward, frénétique. C'est… C'est incroyable ! N'est-ce pas ?

Il se tourna vers la jeune femme et vit qu'elle s'était pétrifiée derrière lui.

— Qu'y a-t-il ?

— Vous… vous entendez ? bégaya celle-ci, le front soucieux.

— Quoi donc ? Le grondement ?

— Non. Là ! Ce grattement. Je l'ai déjà entendu. Il est de plus en plus fort…

Edward se figea et tendit l'oreille.

— Bon sang, oui, vous avez raison ! Le bruit a l'air de s'approcher du gouffre, dit-il en pointant le doigt vers le centre de la grotte.

— On dirait… on dirait…

Lorraine ne put terminer sa phrase, s'interrompant par un cri de frayeur assourdissant.

Au sommet de la bouche de granite, une centaine de petites silhouettes noires venaient de surgir parmi les nappes de vapeur. Et, une seconde plus tard, ce n'étaient plus une centaine, mais des milliers d'ombres grouillantes qui dévalaient la pente, se répandant comme une mer huileuse.

— Que… Qu'est-ce que c'est que ça ? bredouilla Mlle Chapelle, dont les ongles s'étaient plantés dans le bras de son voisin.

— Des rats… De gros rats. De très, très gros rats ! répondit Edward, d'une voix à peine plus rassurée.

— J'ai horreur des rats !

— Allons, bafouilla fébrilement le détective, serrant sa lampe, les rats, ça… ça n'attaque pas les humains…

— Ah oui ? Alors pourquoi courent-ils tous dans notre direction ? s'écria Lorraine, terrifiée.

Jaillissant du gouffre, la nuée avançait droit sur eux. Pis encore : elle ne cessait de grossir ! Dans un flot ininterrompu, les formes galopaient, bondissaient les unes par-dessus les autres comme un troupeau infini de créatures maléfiques.

— On s'en va ! hurla la Française, livide.

Sans lâcher le bras de Pierce, elle se mit en route vers la galerie par laquelle ils étaient arrivés. Abandonnant leurs piolets derrière eux, ils trottèrent d'abord, prenant garde aux pièges que le sol abritait. Mais quand ils virent la vitesse à laquelle la masse pullulante approchait, ils firent fi de toute prudence et se lancèrent dans une course effrénée.

Sautant au-dessus des grosses flaques, ils ne purent éviter les plus petites, et leurs bottes s'enfoncèrent plusieurs fois dans les eaux acides, projetant des éclaboussures bouillantes dont ils protégèrent leur visage tant bien que mal.

Lorraine, bien plus athlétique que l'Anglais, courait plus vite. Refusant de lâcher sa main, on eût dit qu'elle le remorquait !

Lorsqu'ils furent arrivés à l'entrée du corridor, la jeune femme, se retournant pour encourager Edward, aperçut l'armée de rats dans leur dos. Ils n'étaient plus qu'à quelques mètres et, fût-ce ou non une exagération inspirée par l'épouvante, il lui sembla les entendre non pas crier mais grogner, comme autant de prédateurs fondant sur leurs proies. Ils étaient si proches maintenant qu'elle put confirmer son impression première : de toute sa vie, elle n'avait jamais vu de rats aussi gros ! Certains dépassaient la taille d'un grand chat !

— Dépêchez-vous ! hurla-t-elle.

Edward, le souffle court, ne répondit que d'un râle. Toutefois, bien qu'il fût déjà épuisé, sans doute trouva-t-il dans le regard horrifié de la jeune femme une motivation nouvelle. Au prix de grimaces de douleur, il parvint à accélérer.

Ils s'engouffrèrent ensemble dans le corridor et y poursuivirent leur chevauchée furieuse. Ils n'y avaient fait que quelques foulées quand, déjà, ils entendirent dans leur dos la cavalcade des pattes griffues qui tintaient contre la pierre, et les couinements démoniaques de cette horde enragée.

— Ce n'est pas possible ! hoqueta Pierce.

Sans ralentir sa course, Mlle Chapelle chercha des yeux le fil rouge. Elle peina tant à le trouver qu'elle dut se rendre à l'évidence : le suivre du regard serait impossible. Sans plus y réfléchir, elle jeta sa lanterne derrière elle afin de libérer celle de ses mains qui ne tenait pas Edward. Avec un peu de chance, la lampe retomberait sur une ou deux bestioles. Puis, s'écorchant la paume dans la manœuvre, elle finit par attraper le fil. Il était grand temps, car celui-ci lui indiqua une bifurcation qu'ils eussent manquée.

— Allez ! lança Lorraine, voyant que son ami perdait de nouveau de la vitesse.

Mais Pierce semblait à bout de forces.

Après une nouvelle intersection, Lorraine sentit son talon heurter quelque chose. Un rat venait-il de bondir vers elle pour essayer de la mordre ? Son incrédulité s'effaça lorsqu'elle entendit Edward pousser un cri de douleur. Il se frappait frénétiquement le mollet avec sa lampe, pour en chasser le rongeur qui y avait planté ses crocs.

À cet instant, la jeune femme comprit que la peur qui les faisait courir n'était pas le fruit d'une phobie insensée : le premier des deux qui tomberait au sol se ferait véritablement dévorer !

Lors, dans un geste brusque, elle lâcha la main du détective et, puisant une énergie nouvelle jusqu'au tréfonds de son âme, se mit à accélérer.

— Lorraine ! hurla Pierce, entre horreur, incompréhension et fureur.

— Faites-moi confiance ! rétorqua la jeune femme sans se retourner.

En quelques secondes à peine, elle l'avait déjà grandement distancé.

Edward, la gorge en feu, la vit tourner au carrefour suivant, et alors il fut envahi par une peur panique qu'il ne fut capable de raisonner. Comment la jeune femme pouvait-elle l'abandonner ainsi ?

Il poussa un hurlement quand un nouveau rat, qui s'était précipité sur lui, le manqua de peu et roula sur le sol. Il s'égosilla encore davantage lorsqu'il sentit que sa botte droite venait d'en faucher un autre en plein vol.

Après avoir essuyé d'un revers de manche la sueur qui lui brûlait les yeux, il se rendit compte que Lorraine avait disparu de son champ de vision. Débarrassée de sa lampe, elle s'était évanouie dans l'obscurité. Dès lors, l'angoisse et la fatigue combinées donnèrent au détective le vertige.

Là, une bifurcation ! Dans quelle direction Mlle Chapelle était-elle partie ? Et la ficelle rouge : où était-elle, bon sang ?

— Lorraine ! lâcha-t-il dans un ultime beuglement désespéré.

Il crut son heure venue, et son esprit fut saisi par une vision d'horreur : il se vit, étendu sur le sol, ses entrailles déchiquetées par des milliers de bêtes voraces. Abattu, il perdit de la vitesse. Dans quelques pas, sans doute, il s'écroulerait.

— Par ici !

L'appel de Lorraine résonna à sa droite.

— Dépêchez-vous !

Dans les derniers soubresauts de son instinct de survie, Pierce s'élança du côté où la voix de Mlle Chapelle avait retenti. Au milieu de la galerie, à quelques mètres à peine, il vit la silhouette de la jeune femme, accroupie dans les ombres, face à lui.

L'esprit embrouillé, le corps meurtri, il mit du temps à comprendre ce que Lorraine était en train de faire. Mais quand il ne fut plus qu'à quelques pas, il distingua le briquet qu'elle tenait dans sa main droite, la flasque de whisky posée auprès d'elle, et il comprit.

Une étincelle, et le sol s'embrasa d'un coup ! Au même moment, Edward puisa dans ses dernières ressources pour bondir. Il enjamba les flammes en hurlant, pour s'écrouler quelques mètres plus loin et rouler sur le sol dans un nuage de poussière.

La barrière de feu s'était élevée dans un souffle furieux. Armée d'une grosse pierre, Lorraine écrasa, en poussant des cris de dégoût, les deux seuls rats qui, pris dans leur élan, osèrent traverser la barrière de feu. Le reste de leurs congénères, terrifiés par les flammes, recula dans un concert de petits couinements.

En essayant péniblement de se redresser, le détective aperçut le visage de Lorraine, dont les formes dansaient dans la lumière vacillante du feu. Et alors il vit sa figure se muer lentement en un masque d'horreur absolue. Les yeux fixés vers le lointain, on eût dit qu'elle venait de voir quelque chose…

— Qu'est-ce qui se passe ? bégaya Edward.

Sortant de sa torpeur, la jeune femme fit volte-face et revint vers lui. Elle l'aida à se remettre debout.

— Qu'est-ce… qu'est-ce que vous avez vu ? la pressa-t-il.

La mine blafarde, elle passa un bras dans son dos.

— Venez ! dit-elle simplement. Nous devons nous remettre à courir ! Le feu ne tiendra pas une minute !

Le pauvre homme, exténué, s'y efforça. Courant aussi vite qu'il le put, il suivit Lorraine dans cette chevauchée, alors que le sang cognait si fort contre ses tempes qu'il crut que sa tête allait exploser.

Par chance, le stratagème de Mlle Chapelle leur avait offert une avance suffisante. Quelques instants plus tard, au terme d'efforts surhumains, ils s'extirpèrent enfin du souterrain et retrouvèrent la lumière du jour.

Sauvés. Ils étaient sauvés ! Éreintés l'un et l'autre, ils allèrent s'écrouler quelques mètres plus loin, au pied de la sculpture.

Ils y restèrent un moment, étendus sur le dos, sans parler, jusqu'à ce que des forces suffisantes leur reviennent pour se redresser et échanger un regard perplexe.

— Qu'est-ce que vous avez vu, Lorraine ? demanda le détective en haletant.

La jeune femme, qui avait à peine retrouvé des couleurs, ne répondit pas. Elle le fixait, sa poitrine se soulevant au rythme de son souffle encore court.

— Qu'est-ce que vous avez vu ? répéta le détective.

Après un long silence, Lorraine parla enfin, mais d'une voix sinistre, grave, atone. Elle semblait encore sous l'effet d'un choc.

— J'ai vu… Quelque chose. Je ne sais pas. Une bête… Un… Je ne sais pas. Quelque chose qui vit sous terre…

— Un animal ?

— Quelque chose comme ça.

— Mais décrivez-le, enfin !

— Je ne sais pas ! cria Lorraine, les yeux injectés de sang. N'insistez pas, Edward ! Il faisait sombre. J'ai vu une espèce de grosse bête qui glissait sur le sol, derrière les rats. C'est tout.

— Lorraine, vous pouvez me parler. Si je vous disais, moi, ce que le père Molloy et moi avons vu, un jour, dans une caverne, vous me prendriez pour un fou…

— Cela fait bien longtemps que je suis convaincue que vous l'êtes…

Mlle Chapelle eut beau tout faire pour le cacher, Pierce vit que ses mains tremblaient. Et ce n'était pas de nervosité. Il se traîna jusqu'à elle et la prit dans ses bras. Elle se laissa faire un instant, puis, après un long soupir, elle se mit à ricaner un peu sottement.

— Je vous avais bien dit qu'il nous fallait du whisky…

40.

Moins d'une heure plus tard, ayant tout juste repris leurs esprits et un peu de forces, les deux investigateurs arrivaient dans la ville de Blackmore. Bien décidés à se remettre de leurs émotions, ils se garèrent dans Victoria Street et, bras dessus, bras dessous, entrèrent dans la salle enfumée du *Goose & Grill*.

Tout en colombages, c'était un pub délicieusement *british*, décoré dans le plus grand respect de la tradition. Sous un plafond bas, au milieu des cuivres, des boiseries, des centaines de cadres et de miroirs, on trouvait tout ce qui faisait la joie des habitués : un bar immense équipé de belles tireuses à bière, un jeu de fléchettes, un billard, une grande cheminée… Selon leur humeur, les clients pouvaient rester debout, s'asseoir aux tables hautes ou se réfugier en petit comité dans de confortables fauteuils, dans les recoins plus intimes. L'*ale* et la Guinness coulaient à flots, et les classes sociales se mélangeaient là comme l'alcool dans un jus de fruits. Car, au fond, c'était bien là la fonction première de ces *public houses* : offrir un espace égalitaire où toutes les couches de la société pouvaient se rencontrer, sans carte de membre, et où, plus que partout ailleurs, on pouvait aisément engager la conversation avec un inconnu ou un étranger. En revanche, force était de constater que Lorraine était l'une des rares femmes à l'intérieur de ces murs, sinon la seule.

Bien que la plupart des festivaliers fussent en train de participer, ce soir-là, à l'élection de Miss Blackmore dans le théâtre de la ville, le pub était bondé.

Edward et Lorraine s'enfonçaient dans la salle quand une voix s'éleva derrière eux.

— Détective Pierce !

Tournant tous deux la tête, ils aperçurent le Dr McCann, le Pr Vandekade et l'antiquaire, Steve Stevens, réunis à la même table. Tous trois étaient fort endimanchés.

— Voulez-vous vous joindre à nous ? proposa le médecin.

Pierce interrogea Lorraine du regard. Celle-ci hésita un instant : après ce qu'ils venaient de vivre, ce n'était pas de cette manière qu'elle avait espéré terminer la soirée. Ces trois-là, néanmoins, avaient peut-être encore des choses à leur apprendre. Elle hocha finalement la tête et, gardant le bras du Britannique, rejoignit avec lui les trois gentlemen.

Edward, chapeau sur la poitrine, fit les présentations.

— Ah ! Voici donc votre fameuse acolyte ! se réjouit le professeur en courbant le buste. Nous sommes enchantés, mademoiselle ! Prenez place, je vous en prie !

Lorraine salua poliment la compagnie et s'installa.

— Je n'imaginais pas que je vous trouverais tous trois à cette heure dans un pub ! lança Edward en s'asseyant à son tour.

— Oh, c'est une vieille tradition ! répondit McCann en faisant rouler mystérieusement son œil valide. Pour tout vous dire, détective, nous sortons de notre tenue[1]. Et, à l'époque où elle n'avait pas de temple, notre loge se réunissait dans le *snug*[2] de cet établissement, voyez-vous.

— Cela se faisait beaucoup au siècle dernier, précisa Vandekade. Certains d'entre nous ont gardé l'habitude de venir partager un verre ici, à l'issue de nos petites réunions…

— Ma foi, c'est une excellente habitude !

— Le juge Gaudion n'est-il pas avec vous ? s'étonna Lorraine. Il fait pourtant bien partie de votre loge, n'est-ce pas ?

— Certes, répondit McCann, mais il a fort à faire, avec la Blackmore Week. En outre, il nous accompagne rarement ici, préférant consacrer à sa famille le peu de temps libre qui lui reste.

Lorraine eut une légère moue de surprise.

— A-t-il des enfants ?

— Il a un fils, Cyril. Oh, à vingt-cinq ans, il serait en âge de vivre seul, mais Cyril a toujours été un garçon un peu… compliqué.

— Tiens donc ! Mais encore ? le relança Lorraine, avant d'adresser discrètement à Edward un regard entendu.

---

1. Réunion régulière d'une loge maçonnique.

2. Dans les anciens pubs, le *snug* (« confortable ») était une pièce privée avec un accès au bar, souvent cachée derrière un miroir sans tain, où les clients les plus aisés (ou ceux qui ne désiraient pas être vus) payaient pour se retrouver en toute intimité.

— Oh, un esprit rebelle, tout simplement. Je suppose que ce n'est pas toujours facile de grandir dans l'ombre d'un homme comme le juge Gaudion. L'année dernière, il a interrompu ses études à Jersey, il est revenu chez son père, sans diplôme, et il n'a pas l'air de vouloir se mettre à travailler…

— Je vois.

Depuis la veille, Lorraine nourrissait en secret quelque suspicion à l'égard du magistrat. Elle avait d'abord trouvé étonnant qu'il fût arrivé sur le site du *hill climbing* quelques minutes seulement après le meurtre de M. Galloway. Certes, elle peinait à imaginer qu'il puisse être l'assassin… En revanche, ce qu'Arnold lui avait appris au sujet du prétendant de Margaret Waldon offrait une nouvelle piste. Un garçon de bonne famille… Et pourquoi pas le fils du juge Gaudion ?

— Que voulez-vous boire, chers amis ? demanda l'antiquaire en se levant poliment.

Les deux investigateurs échangèrent un bref regard et, d'une seule voix, répondirent avec un sourire complice :

— Un whisky !

Stevens, d'abord surpris par cette réponse collégiale, s'inclina avec élégance et tourna les talons pour se diriger vers le bar.

Lorraine le regarda s'éloigner puis, se penchant vers Edward et profitant du brouhaha, elle lui glissa à l'oreille :

— C'est vrai qu'il est beau garçon, votre amoureux. Mon Dieu, ces fesses !

Le détective lui fit les gros yeux.

— Avez-vous avancé dans votre enquête ? demanda le Pr Vandekade.

— Doucement, mais sûrement, répondit Lorraine. Nous sommes à présent sur la piste d'un notable de la ville. D'ailleurs, ce pourrait très bien être l'un d'entre vous !

Le médecin fit une mine horrifiée.

— Bigre ! Que dites-vous là ? Aucun de nous trois ne pourrait vouloir le moindre mal au père Molloy !

— Ah ! Mais aux autres, oui ?

— Non, aux autres non plus ! se rattrapa McCann. Pardonnez-moi ! Vous avez raison : j'ai tendance à ne penser qu'à lui, comme nous sommes amis ! Mais, bien sûr, toutes ces disparitions sont aussi regrettables les unes que les autres !

— Sans compter qu'il n'y a pas eu que des disparitions, mais aussi deux meurtres, insista la jeune femme. Celui de Mlle Appleton, la journaliste, et de M. Galloway, son successeur.

— Je viens de l'apprendre, en effet. Quelle horreur !

— Et vous, docteur ? intervint Edward. Les choses sont-elles rentrées dans l'ordre au sanatorium ?

— Le calme est revenu, grâce à Dieu. Et je suis heureux de vous savoir sain et sauf, malgré vos mésaventures ! Malheureusement, nous n'avons toujours pas retrouvé ceux de nos patients qui se sont échappés.

— Dont Phil Sadler, me suis-je laissé dire…

— En effet, détective. Il semblerait même qu'il soit à l'origine de ce désordre, voyez-vous.

— Est-ce dans ses habitudes ?

McCann prit un air désolé.

— Il n'était jamais allé aussi loin, non. Mais le pauvre garçon est dans un état de démence avancé depuis plus de quinze ans. Il fallait bien que cela arrive un jour ou l'autre.

— Quelle tristesse ! se lamenta le Pr Vandekade. Je vous disais hier, monsieur Pierce, à quel point ce jeune homme était doué. Un peintre exceptionnel !

— J'ai eu l'occasion de voir ses toiles chez sir Ronald Waldon et je dois admettre qu'elles sont saisissantes…

Steve Stevens revint à la table avec deux single malt et trois pintes de bière. Prenant place, il leva son verre.

— Mademoiselle, monsieur, nous buvons à votre santé !

Ils trinquèrent et prirent une gorgée.

— Pardonnez-moi, annonça Lorraine en se levant, je m'absente un instant…

Elle se faufila rapidement entre les nombreux clients et rejoignit le bar.

— Auriez-vous un téléphone ?

Le *landlord*, un homme bien gras aux joues fort rouges, fit un signe de tête vers une petite pièce mitoyenne. Elle s'y rendit aussi discrètement que possible.

Décrochant l'écouteur pour le porter à son oreille, Lorraine se pencha et jeta un coup d'œil vers la salle. Edward et ses trois maçons étaient en pleine conversation. Aucun ne semblait l'avoir suivie des yeux. Elle s'approcha du microphone, glissa une pièce dans l'appareil et attendit qu'une *hello-girl*[1] lui réponde.

---

1. On surnommait ainsi les opératrices dans les années 1920. Un métier que l'on réservait aux femmes, considérant qu'elles

— Bonjour, quel numéro, s'il vous plaît ?

— Bonjour, madame. Pourriez-vous me mettre en relation avec l'Enzo's Motorcycles Shop, à Blackmore, s'il vous plaît ?

— Ne quittez pas.

À une heure pareille, Lorraine n'avait que peu d'espoir. Pourtant, après plusieurs tonalités, la voix du garagiste grésilla enfin dans l'appareil.

— C'est qui ?

— C'est Mlle Chapelle, répondit Lorraine, amusée par le ton sec de son correspondant.

— Oh ! Ma p'tite dame ! Ça y est ? Z'avez cassé vot' machine ?

— Pas du tout. Je suis désolée de vous déranger à une heure si tardive, cher ami, mais j'ai une question à vous poser qui revêt quelque caractère urgent. Pour mon enquête.

— Oui, ben, vous en faites pas, j'travaille encore sur une Triumph, là, de toute manière. J'vous écoute !

— Vous m'avez dit que vous n'aviez importé aucune BSA de modèle L sur l'île, n'est-ce pas ?

— Affirmatif.

— Est-ce que quelqu'un pourrait néanmoins en avoir acheté une à Jersey et l'avoir importée ici ?

— Bien sûr.

— Auriez-vous le moyen de vérifier cela pour moi ?

Elle l'entendit soupirer.

— Z'avez du bon vin ?

— Je vous en enverrai une caisse entière, Enzo !

étaient plus fiables et qu'elles se contentaient d'un salaire plus modeste.

— J'vais voir c'que j'peux faire.

— Vous êtes un amour ! Si vous trouvez quelque chose, laissez-moi un message au *Mousetrap Inn* !

— Ça va, ça va. Allez, bonne nuit ! Et tout doux sur la poignée de gaz !

Quand Lorraine revint à la table, les quatre hommes s'étaient engagés dans de sérieux débats. Reprenant sa place, elle se mêla aussitôt à leur conversation. Il était question des accords de Locarno, que les grands dirigeants européens venaient de signer pour renforcer leur sécurité et affirmer la réconciliation avec l'Allemagne.

La conversation dériva ensuite sur la montée inquiétante du nationalisme en Europe, sur la menace que représentait l'accession de Mussolini au pouvoir, et sur la regrettable libération du sinistre Adolf Hitler, quelques mois à peine après son putsch raté. Les cinq convives partagèrent leurs craintes quant à l'ampleur que prenait son parti raciste, homophobe et antimaçonnique.

Cela faisait une bonne heure que tout ce petit monde conversait avec ferveur, et on était passé à un autre sujet quand Lorraine sembla ne pas avoir entendu la question que venait de lui poser le Pr Vandekade.

— N'êtes-vous point d'accord, mademoiselle Chapelle ?

— Lorraine ? Lorraine ?

La jeune femme, absorbée par tout autre chose, ne répondait pas. Les sourcils froncés, elle avait le regard fixé sur la fenêtre du pub. Rendue translucide par la condensation, la vitre masquait en partie la figure d'un jeune garçon qui, collé au carreau, la dévisageait de la rue.

— Qu'est-ce qu'il y a ? lui demanda Edward, troublé.

Lorraine fit un signe de tête.

— Le garçon, là, dehors… Je crois que…

Elle se pencha en avant pour mieux voir, et elle fut quasiment sûre de reconnaître ce gamin étrange qu'elle avait déjà aperçu par deux fois. Oui, c'était bien lui !

Au même instant, celui-ci posa son index sur la vitre, et le fit lentement glisser. Sous les yeux médusés des cinq adultes, une à une, des lettres se dessinèrent au bout de son doigt, et un message apparut sur la buée, à l'envers. Quand le jeune garçon eut terminé, il ajouta un point sous le mot qu'il venait d'écrire. Lorraine, perplexe, se leva d'un bond.

Se précipitant entre les clients du pub, la jeune femme renversa plusieurs verres sur une table voisine, récoltant au passage une volée de bois vert. Sans prendre le temps de s'excuser, elle ouvrit la porte d'un coup et se jeta sur le trottoir.

Malheureusement, une fois de plus, elle arrivait trop tard : le garçon, plus rapide que l'éclair, s'était déjà volatilisé dans la nuit noire. Elle courut dans un sens, puis dans l'autre, pour tenter de le retrouver, mais en vain.

41.

Il était neuf heures du matin passées en ce jeudi 29 octobre quand, vêtue de sa tenue de pilote désormais coutumière, Mlle Chapelle descendit, guillerette, dans le lobby de l'hôtel.

— M'a-t-on laissé un message ?

L'acariâtre Mme Fletcher se contenta de faire un non de la tête, sans même la lever. Lorraine, avec un soupir blasé, se dirigea vers la salle des petits déjeuners.

Rentrés fort tard au *Mousetrap Inn*, les deux investigateurs s'étaient rapidement écroulés dans leurs chambres respectives. L'un et l'autre avaient dormi profondément, éreintés par leurs aventures souterraines. Quand elle le rejoignit à leur table, Mlle Chapelle constata que le détective, comme elle, avait bien meilleure mine que la veille.

— Bonjour, Sherlock !

— Bigre, je n'arrive pas à m'y faire ! pouffa Edward en la détaillant de la tête aux pieds. Chaque fois que vous arrivez dans votre nouvelle panoplie, je crois voir venir Adrienne Bolland[1] !

1. Célèbre aviatrice française, née à Arcueil en 1895. Le 25 août 1920, elle fut la première femme à traverser la Manche en solitaire, depuis la France.

— C’est fou, ça ! Alors que moi, chaque fois que je vois vos moustaches, je crois que vous êtes un morse ! Quand vous courez aussi, d’ailleurs…

À peine étaient-ils réunis que leur cher Lucius, costume impeccable, se présenta à leur table, tout sourires. Avec son élégance habituelle, il leur tendit le menu des petits déjeuners.

— Mademoiselle, monsieur, mes hommages du matin. Bien dormi ?

— Comme un loir, fit Lorraine.

— Comme une bûche, fit Edward.

— *Full English breakfast* tous les deux, comme d’habitude ?

Ils hochèrent joyeusement la tête, sans même prendre la peine de regarder la carte.

— Café noir pour mademoiselle, et un thé de chez Fortnum & Mason pour monsieur ?

— Dieu vous bénisse ! le remercia Edward. Le jour où vous n’en pourrez vraiment plus de Mme Fletcher, je vous embauche à Canterbury !

— Oh ! Pauvre Madame ! Il ne lui manquerait plus que ça ! Je suis une personne fidèle, monsieur Pierce.

— Quelle tristesse !

Le grand Martiniquais fit une révérence et s’éclipsa.

— Bien. Que pensez-vous que nous devrions faire, maintenant, ma chère ? demanda le détective en reprenant un air sérieux.

— Manger des saucisses, du bacon et des œufs brouillés.

L’Anglais sourit.

— C’est un bon début, mais après ?

— Je ne sais pas… Nous n'avons aucune piste sérieuse pour retrouver les disparus. J'aimerais mettre la main sur le gamin d'hier soir et lui demander pourquoi il me suit depuis mon arrivée. Et surtout, pourquoi il a écrit le nom de votre Grand Ancien préféré sur la vitre du pub…

— Pour nous mettre en garde, sans doute ? Ce qui m'intrigue, c'est le point qu'il a dessiné en dessous…

La figure de Lorraine s'anima.

— J'ai ma petite idée, à ce sujet…

— Ah ! Développez !

— Je préfère m'abstenir tant que je ne suis pas sûre.

— Saperlipopette ! Quel suspense !

S'étant réveillés fort tard, ils étaient les derniers clients dans le restaurant de l'hôtel. On approchait de la fin de la Blackmore Week, et les activités en ville se multipliaient, attirant, dès le matin, un public plus nombreux.

— Pour ma part, c'est le père Molloy que j'aimerais retrouver, reprit Edward tristement. Plus les jours passent, moins l'hypothèse qu'il soit parti de sa propre initiative me semble crédible. Pourtant, de nombreux détails dans son appartement laissaient imaginer qu'il avait planifié une expédition…

— Le fait qu'il soit parti de son propre chef n'empêche pas qu'il ait pu lui arriver quelque chose…

— Ne parlez pas de malheur ! Ce qui continue de me turlupiner, c'est qu'il savait que je devais arriver. Le connaissant, il m'aurait laissé un mot ou quelque chose, pour me dire où il allait. Cela ne lui ressemble pas !

— N'a-t-il rien écrit dans sa lettre qui pourrait vous mettre sur sa piste ?

— Non. Il disait seulement qu'il se sentait en danger.

Il fouilla dans la poche de sa belle veste en tweed bleu – assortie, bien sûr, à son parapluie – et tendit la lettre à la jeune femme.

— Regardez, il dit qu'il craint tant pour sa santé mentale que pour sa personne physique…

Lorraine lut la lettre attentivement, puis la lui rendit avec un haussement d'épaules.

— Si Pat est encore en vie, pourquoi n'a-t-il pas essayé de me joindre ?

— Qui vous dit qu'il n'a pas essayé ? Allez savoir, peut-être est-ce lui qui nous envoie le gamin !

Edward leva les yeux au ciel.

— Ne dites pas n'importe quoi.

— Peut-être a-t-il laissé un indice dans son appartement qui vous aura échappé ?

— C'est possible. Il faudrait que j'y retourne.

— Eh bien, voilà, notre emploi du temps pour la matinée se dessine : je cherche le gamin, et vous fouillez chez Molloy. Avec l'autorisation du juge, cette fois.

Et c'est ce qu'ils firent. Aussitôt leur copieux repas matinal terminé, ils partirent prestement en ville, chacun de son côté.

Dehors, le ciel d'octobre s'était couvert de sa plus triste mine. Une mine de plomb, eût dit Lorraine, se fût-elle trouvée d'une humeur plus facétieuse. Les décors festifs envahissaient désormais toutes les rues, mais ni eux ni la foule ne suffisaient à ôter, à ses yeux, le voile gris qui pesait sur l'île comme sur son âme. Importé à la fin du siècle précédent par les immigrés irlandais, le visage inquiétant de Jack-o'-Lantern apparaissait ici et là aux fenêtres, sculpté dans des courges, des citrouilles et des navets que l'on avait vidés pour y installer des bougies. Dans deux jours, la veillée d'*All Hallows' Eve* sonnerait la fin de la Blackmore Week et l'arrivée de l'hiver. Les nuits, de plus en plus longues, agrandiraient encore l'empire des choses mystérieuses, laissant libre cours aux plus sombres superstitions.

Il n'était pas loin de midi quand, comme convenu, les deux compères se retrouvèrent de nouveau au restaurant de l'hôtel.

— Doux Jésus ! s'exclama Lucius en découvrant leurs figures déconfites. J'ai l'impression que vous avez tous les deux besoin d'un petit remontant !

— Quelque chose de fort, confirma Edward.

Le serveur hésita un instant, fixant le plafond d'un air songeur.

— Ah ! fit-il soudain en claquant des doigts. Je sais ce qu'il vous faut !

Ils le regardèrent partir vers le bar, fouiller dans le bas d'une armoire et revenir rapidement avec deux verres et une bouteille blanche sans étiquette.

Plein d'espièglerie, il se hissa sur la pointe des pieds pour s'assurer que Mme Fletcher ne se dirigeait pas vers la salle, puis il servit généreusement ses hôtes avant de leur adresser un clin d'œil.

— C'est un Old Tom Gin artisanal, distillé à Jersey par M. Zylberberg, un peintre de mes amis. Un peu plus sucré qu'un London Dry, il développe un délicieux arôme d'agrumes, et une pointe de gingembre et de safran relève délicatement le goût de la baie de genièvre… C'est un régal ! Mais pas plus d'un verre, sinon, après, on voit flou.

Il porta l'index à sa bouche.

— Et pas un mot, n'est-ce pas ?

Comme à son habitude, il s'éclipsa discrètement.

— C'est vrai qu'il est bon, reconnut Lorraine après une première gorgée.

Pierce goûta à son tour et approuva.

— Alors, Edward ? Qu'ont donné vos recherches ?

— Rien, grogna le détective. Cette seconde visite a seulement confirmé l'impression que m'avait faite la première : Pat est parti de chez lui de son propre gré. Il a bien emporté un sac et quelques affaires. Peut-être même une arme, à en juger par le coffret en bois que j'ai découvert sous son lit, et qui ne contenait plus que quelques cartouches. Et vous ?

Lorraine écarta les bras dans un geste navré.

— Rien non plus. J'ai quadrillé la ville, j'ai interrogé des gens, en leur décrivant mon mystérieux fantôme, mais ça n'a rien donné… La première fois que je l'ai vu, le soir de mon arrivée, Arnold m'a dit que ce devait être un orphelin de l'Armée du salut. Je suis donc allée voir là-bas, mais il n'y avait personne. Visiblement, employés et bénévoles sont tous occupés à tenir des stands pour la Blackmore Week…

— Une matinée de perdue, en somme ! se désola Pierce, dont l'inquiétude grandissante se lisait clairement sur son visage.

— Il nous manque quelque chose, c'est certain, mais ne perdons pas courage, camarade. Peut-être devrions-nous refaire le point ? Tout reprendre depuis le début, pour voir si nous n'avons rien laissé passer. Revenir aux bases méthodologiques, comme nous l'avons fait le soir de la tempête : une petite réévaluation collaborative des indices recueillis ?

— Si vous voulez. De toute façon, je suis à court d'idées.

Ainsi, leur verre fini, ils montèrent dans la chambre d'Edward, où ils passèrent le reste de la journée et une bonne partie de la soirée.

Un par un, ils réétudièrent précautionneusement tous les éléments de leur enquête et se remémorèrent les témoignages des personnes rencontrées. Sur une feuille blanche, comme elle l'avait appris lors de ses études, Lorraine dressa un schéma synthétisant leur investigation, ainsi que la chronologie des événements. En fin d'après-midi, ils se rendirent compte qu'ayant innocenté le fameux Tony, et n'ayant donc plus aucun suspect en ligne de mire, il leur était difficile d'identifier les informations les plus importantes, parmi toutes celles dont ils disposaient.

— Trop d'information tue l'information, murmura Lorraine. Priorisation et hiérarchisation !

Edward secoua la tête en souriant.

— Quelle élève modèle ! Edmond Locard va vous adorer, s'il a la bonne idée de vous embaucher à Lyon !

— On verra… Avec ce que nous sommes en train de vivre, je ne suis plus si sûre d'avoir vraiment ma place dans un laboratoire…

— Tiens donc ! Mademoiselle prendrait-elle goût au terrain ? À la bonne heure ! Je cherche justement un associé à Canterbury !

— Dans votre cabinet de l'étrange ? Il va falloir me payer très cher, monsieur Pierce !

Prenant son crayon sur le bureau, elle entoura plusieurs fois quelques mots parmi les nombreux qu'elle avait inscrits dans son tableau, afin de les mettre en évidence : Wilson, Dagda, BSA, canne, voiture, notable, et Croatoan.

— Voilà ce sur quoi je pense que nous devrions nous concentrer. Les trois premiers disparus ont la maladie de Wilson. C'est un fait. Ils participent peut-être à un culte celtique résurgent sur l'île, voué au dieu Dagda. Le ou les coupables – des meurtres et, espérons-le, de simples enlèvements – croient eux aussi en Dagda mais ne l'aiment pas beaucoup, ce que je peux leur pardonner. S'ils sont plusieurs – ce qui me semble fort probable –, l'un d'eux possède une BSA modèle L, et l'un d'eux possède sans doute une canne et une voiture, à condition que les traces que j'ai trouvées à la tour du télégraphe fussent bien les siennes. L'un d'eux est peut-être un notable, qui aurait pu séduire Margaret pour l'attirer dans un piège. Enfin, ce sont de grands adorateurs de Croatoan, divinité sumérienne dont ils espèrent le réveil prochain. Le reste, c'est de la littérature.

— Eh bien, voilà ! persifla Edward. C'est facile ! Il ne nous reste plus qu'à répertorier tous les notables de la ville qui possèdent une canne, une voiture, une BSA et une carte de membre du fan-club de Croatoan !

Attrapant son parapluie bleu, il fit mine de se mettre en route.

Lorraine posa son crayon et regarda le détective d'un air affligé.

— Pardon, ne vous méprenez pas : vous êtes absolument tordant, mais je ne peux pas rire, j'ai encore des courbatures d'hier.

Pierce se laissa retomber sur son lit.

— Désolé, Lorraine, c'est certes une très bonne synthèse, mais je ne vois pas en quoi elle nous aide…

— Elle doit nous inciter à nous concentrer sur les pistes essentielles. Pour ce qui est de la BSA, j'ai déjà lancé une nouvelle recherche. Pour le reste, je vous accorde que c'est plus compliqué, mais cela nous permet de restreindre le champ de nos investigations…

— Et les recherches du père Molloy, pour vous, ne comptent-elles pas ? Les épisodes d'hystérie collective dans le passé, la météorite, la colonie de Roanoke et la soixantaine de soldats du fort Victoria qui, eux aussi, ont mystérieusement disparu au siècle dernier… Tout ça, nous oublions ?

— Non. Nous n'oublions pas, mais nous rangeons cela dans la catégorie des informations contextuelles, qui peuvent éventuellement nous éclairer sur les motivations du ou des coupables, sans rien nous apprendre d'eux, puisqu'ils n'étaient certainement pas nés lorsque tous ces événements ont eu lieu.

— Soit. Alors que faisons-nous ? demanda Edward, dubitatif.

Lorraine leva les yeux vers l'horloge. Il était près de minuit.

— Pour l'heure, nous allons dormir. Nous ne sommes pas tout à fait remis de la journée d'hier. Ne dit-on pas que la nuit porte conseil ? Demain, nous aurons les idées plus claires, vous serez, je l'espère, de moins méchante humeur, et nous irons donner quelques nouveaux coups de pied dans la fourmilière. J'ai bien envie d'aller secouer un peu ceux qui ont l'air d'en savoir plus qu'ils ne veulent bien le dire…

— Entendu, se résigna Pierce. Et pardonnez mon humeur, Lorraine. Je commence à vraiment m'inquiéter pour le père Molloy…

— Je sais, mon ami. Je sais.

— C'est fou : je ne le connais que depuis trois ans, mais j'ai l'impression de l'avoir toujours connu. Vous savez, cette impression d'évidence, quand un nouvel ami tombe sur votre route ?

Lorraine sourit.

— Je ne l'avais jamais éprouvée jusqu'à ce que je vous rencontre, Edward.

Il lui rendit son sourire.

— Vous êtes gentille. Ce que nous avons vécu avec Pat sur la route de Constantinople nous a rapprochés comme des frères. Au fond, je… Je crois qu'il a pris dans mon cœur la place que la mort de Christopher, mon frère, avait laissée désespérément vide…

En disant ces mots, ses poings se resserrèrent sur son parapluie, sur le manche duquel il avait appuyé son menton.

Lorraine s'approcha et lui déposa un baiser sur le front.

— Dormez, Edward !

Elle se retira dans sa propre chambre.

Après une rapide toilette, le détective ferma les volets et alla se coucher. Malheureusement, quoiqu'il fût convaincu que le sommeil lui ferait le plus grand bien, il eut beaucoup de mal à s'endormir. Se tournant et se retournant dans son lit, il ne parvenait pas à chasser les souvenirs du prêtre irlandais qui défilaient dans sa tête. Il eut beau essayer les techniques de méditation orientale qui, d'ordinaire, parvenaient à l'apaiser, son anxiété se montra la plus forte. Les images se succédaient derrière ses paupières closes : il revit sa première rencontre avec Pat, à Londres, chez le Pr Smith, l'homme qui, après les avoir présentés l'un à l'autre, les avait convaincus de traverser l'Europe à la recherche d'une mystérieuse relique. Il revit les scènes les plus marquantes de leur périple, les combats qu'ils avaient menés ensemble, les embûches, les frayeurs et les fous rires qu'ils avaient partagés. Mais surtout, il revit la crinière rousse et le sourire inextinguible de cet ami intrépide qui lui avait permis de faire, enfin, le deuil de son frère.

Il était six heures du matin quand Edward, qui avait fini par s'endormir, fut réveillé en sursaut par un tambourinement à sa porte.

L'esprit embrumé, il se redressa dans son lit.

On frappa de nouveau, et plus fort encore.

Pierce se leva péniblement. Titubant à travers la chambre, il partit allumer la lampe à pétrole sur son bureau et attrapa son revolver dans le holster qui pendait au dossier de la chaise.

L'arme au poing, il approcha de la porte.

— Qui va là ?

— C'est le pape ! répondit Lorraine.

Atterré, le détective entrouvrit la porte et poussa un grognement.

— Qu'est-ce qui vous prend, vilaine emmerderesse ? Je dormais enfin !

— J'aime beaucoup votre pyjama, répondit la Française. Je peux entrer ?

Prenant un air affligé, Edward ouvrit grand la porte.

— Qu'est-ce que vous me voulez, nom de Dieu ?

— La lettre de Molloy.

— Eh bien ?

— Remontrez-la-moi !

— Là ? Maintenant ? À six heures du matin ? Vous n'êtes pas sérieuse ?

— Cela fait une heure que j'y pense, que j'essaye de me souvenir de ses mots exacts, et, tout à coup, j'ai eu un doute.

— À quel sujet ?

— Montrez-la-moi, bon sang !

Le détective rouspéta encore et alla récupérer les feuilles dans la poche de sa veste en traînant les pieds. Se laissant tomber lourdement sur son lit, il tendit à Lorraine la fameuse lettre.

Mlle Chapelle la parcourut rapidement. Soudain, elle releva la tête vers son ami et écarquilla les yeux.

— Edward ?

— Lorraine ?

— Vous êtes un imbécile !

— Pardon ?

L'attrapant par le bras, elle l'obligea à se lever et l'entraîna jusqu'au bureau, sur lequel elle plaqua bruyamment la lettre.

— Regardez ! Vous aviez la réponse sous vos yeux depuis le début, et vous n'avez rien vu ! Fieffé bourricot !

— Qu'est-ce que vous racontez ?

La jeune femme tapa nerveusement sur les feuilles.

— Vous ne voyez rien ?

Edward, agacé, s'assit et survola brièvement la missive du père Molloy. La connaissant presque par cœur, il ne voyait pas ce qu'il pouvait y trouver de plus.

— Eh bien, quoi ? grogna-t-il.

Attrapant un crayon, Lorraine se pencha sur le bureau et entoura la première lettre de chaque paragraphe : F-O-R-T-T-O-D-U-R-O.

Aussitôt, le détective se pétrifia, le regard cloué à la série de lettres entourées, comme s'il ne parvenait pas à y croire.

— Nom d'un petit bonhomme ! Le fort Toduro ! s'exclama-t-il, abasourdi.

Lorraine attrapa Edward par l'oreille et tira dessus.

— Vous avez dix minutes pour me rejoindre en bas, avec votre sac à dos d'aventurier du dimanche.

Pierce, encore hébété, hocha lentement la tête.

Onze minutes plus tard, chevelure et moustache en désordre, parapluie dans une main, sac dans l'autre, il rejoignait la Française dans le lobby.

Ils allaient sortir quand ils se retrouvèrent nez à nez avec Lucius, qui, lui, venait d'entrer.

— Que se passe-t-il ? demanda le barman en les regardant tous deux, un peu surpris.

— Nous allons faire… du tourisme.

— À cette heure ? Et votre petit déjeuner ? J'allais justement ouvrir…

— Pas le temps, répliqua Lorraine. Le devoir nous appelle !

— Tsss ! *Trop presé pa ka fé jou ouvè !* lança Lucius.

— *Si jou pa lévé, kok-la pa ka chanté !* lui répondit Lorraine en lui adressant un clin d'œil.

Prenant Edward par le bras, elle l'entraîna dehors. Une fois dans la cour, les deux compères se dirigèrent au pas de course vers la motocyclette.

Dans la pénombre de l'aube, le ciel se dessina au-dessus d'eux, empli d'impétueux nuages noirs que le vent du nord faisait courir.

— Mademoiselle Chapelle, vous êtes un génie ! trompeta Edward tandis qu'elle grimpait sur sa machine.

— Je sais. Et vous, une tête de pioche ! Comment avez-vous pu rater cela ?

Au troisième coup de kick, la Harley-Davidson vrombit.

— En selle, grand couillon !

Le détective prit place en bougonnant, et la jeune femme démarra sur les chapeaux de roues.

42.

Ayant eu maintes occasions d'étudier la carte de Blackmore, Lorraine savait précisément où se trouvait le fort Toduro. Penchée sur le réservoir, elle fila comme une flèche, au grand désespoir d'Edward, qui s'agrippa à elle, serrant les mâchoires et fermant les yeux.

Moteur hurlant, la motocyclette traversa la ville à tombeau ouvert. Dans High Street, que les lampadaires au gaz éclairaient timidement, Lorraine évita de peu un groupe de piétons fort matinaux, récoltant au passage une nuée d'insultes colorées. Sortie du bourg, elle se lança sur la route qui grimpait vers les hauts plateaux, dans le sud-ouest de l'île.

Dans la morne grisaille, la campagne défilait comme les images décomposées d'un vieux zootrope. Laissant le village de Liverton sur sa droite, Lorraine arriva rapidement en vue de la mer. Au-dessus des flots agités et obscurs, la lune promenait ses reflets argentés sur la crête des plus hautes vagues.

Lorsqu'il sentit le moteur ralentir, Edward rouvrit timidement les yeux. Tout au bout du promontoire drapé de bruyère, la silhouette du fort militaire se dessina devant eux, dominant la baie de ses sombres remparts.

Bâti dans le granite de Blackmore, encerclé par un large fossé, c'était un ouvrage aussi majestueux qu'inquiétant : sa nature guerrière transparaissait dans son architecture redoutable.

Inspiré des fortifications au tracé italien, Toduro s'érigeait sur un plan en étoile, où quatre bastions pentagonaux figuraient les branches. Ces saillies acérées, parfaitement symétriques, évoquaient quatre flèches colossales, pointées vers l'ennemi comme un ultime avertissement.

— Là-bas ! cria Edward en tendant l'index vers le mur oriental.

Lorraine repéra, dans les ombres, les vestiges d'un pont-levis qui, derrière le glacis en pente douce, enjambait le fossé pour conduire à l'unique entrée du bâtiment.

— Je vais me garer devant ! lança-t-elle au milieu du vacarme.

Son passager leva le pouce en signe d'acquiescement.

Quelques mètres plus loin, Lorraine passa au pas et bifurqua vers la droite pour s'engager dans un chemin de terre cahoteux.

Plus ils approchaient de la mer, plus le vent soufflait. Il était devenu si violent que tous deux ne purent s'empêcher de songer à la tempête qui, trois jours plus tôt, s'était abattue sur l'île. Le souvenir leur inspira les mêmes inquiétudes.

Parvenue non sans mal jusqu'au pont, Lorraine posa les pieds à terre, coupa le moteur de la Harley et ôta ses lunettes d'aviateur pour mieux observer l'édifice, dont les lignes escarpées se découpaient sur le ciel ténébreux.

Construits simultanément au début du siècle précédent, les trois forts de Blackmore partageaient la même architecture en étoile – une invention qui, depuis la fin du XVe siècle, rendait les ouvrages militaires moins vulnérables aux tirs d'artillerie que les châteaux d'antan. Leurs remparts, plus bas, plus épais et à pan incliné, offraient moins de prise aux impacts. Quant aux batteries de canons, perchées au sommet de chaque bastion, les parements obliques leur permettaient de se couvrir les unes les autres et d'infliger à l'ennemi un feu croisé.

Conçus pour accueillir un peu plus de trois cents soldats chacun, les forts de Blackmore avaient d'abord été occupés par des régiments anglais, chargés de protéger l'île contre toute invasion française. En 1856, le rapprochement entre Napoléon III et la reine Victoria avait entraîné le départ progressif des troupes britanniques. Pendant quelques décennies, les forts n'avaient plus abrité que la milice locale. Toduro et Daunay avaient été définitivement abandonnés en 1904, et Victoria peu de temps après la guerre.

À l'image de l'abbaye de Pennygarth, ces bâtiments historiques ne bénéficiaient plus du moindre entretien, et Toduro, déjà, menaçait ruine. Les larges courtines, au sommet des remparts, étaient entièrement recouvertes d'herbe, et de nombreuses pierres, tombées des hauteurs, jonchaient le sol alentour.

— Fichtre, quelle tristesse ! se lamenta Edward en descendant du porte-bagages. Comment peut-on laisser un monument pareil dépérir ainsi ? C'est à croire que Blackmore se moque éperdument de son patrimoine…

Lorraine sortit de sa besace le revolver que le juge lui avait prêté et, l'ouvrant, s'assura que le barillet était plein. Puis elle écarta son cache-poussière, que le vent plaquait contre son dos, et glissa l'arme à l'arrière de sa ceinture.

— Êtes-vous prêt ? demanda-t-elle.

Devinant ce que dissimulait le sourire pincé que le détective lui retourna, elle tenta de le rassurer :

— Edward, nous allons retrouver le père Molloy. Je suis sûre qu'il a agi avec précaution. Ce n'est pas pour rien qu'il s'est donné la peine de cacher le nom du fort dans sa lettre. De toute évidence, c'est un homme prudent…

— À vrai dire, c'est surtout une incorrigible tête brûlée, rectifia Pierce en s'efforçant de conserver son sourire. Mais vous avez raison : gardons espoir.

— Et surtout, gardons les yeux ouverts…

Ainsi, le visage fouetté par le vent, ils partirent vers le pont-levis. Celui-ci se révéla dans un état plus déplorable encore qu'ils ne l'avaient imaginé. L'une de ses deux chaînes gisant dans le fossé, il était désormais bloqué en position ouverte. De nombreuses planches manquaient au tablier, si bien que les deux investigateurs durent sauter plusieurs fois pour enjamber les brèches. Certaines étaient si grandes que la manœuvre s'avéra périlleuse, et ils ne furent pas mécontents d'arriver sains et saufs de l'autre côté du pont.

Les vantaux de la haute porte en bois clouté, gagnés par la pourriture, penchaient chacun dans un sens opposé et les deux amis se glissèrent dans l'ouverture.

Abandonnés sans surveillance, les lieux devaient être visités régulièrement, fût-ce par des touristes ou de jeunes galopins aventureux. L'entrée avait certainement été forcée depuis longtemps.

La muraille avoisinait les quinze mètres d'épaisseur, aussi la majeure partie du couloir qui la traversait était-elle plongée dans une obscurité quasi totale.

— Et si vous allumiez votre lanterne, Edward ?

Le détective hésita.

— Nous n'avons pas changé les piles, Lorraine. Je me demande s'il ne serait pas plus raisonnable de ne l'utiliser qu'en cas d'absolue nécessité.

— Sage décision, admit-elle.

Sortant un briquet de sa poche, elle essaya de l'allumer. Avec le vent qui s'engouffrait jusque-là, c'était peine perdue.

— Bon. Eh bien, il ne nous reste plus qu'à marcher tout droit vers la lumière au bout du tunnel, en espérant qu'il n'y aura pas d'oubliettes sur notre trajet. Ou de rats…

— Laissez-moi ouvrir la voie, proposa Pierce.

Se servant de son parapluie comme un aveugle de sa canne, il se mit en marche, sondant le sol devant lui. Lorraine, sur ses gardes, le suivit de près.

Ainsi, les deux investigateurs progressèrent lentement au cœur des ténèbres, si grandes qu'ils ne pouvaient pas même voir les murs sur les côtés. À mesure qu'ils approchaient de l'issue, la place d'armes, au centre des remparts, se révélait devant eux dans la faible lueur de ce matin d'octobre.

Quand ils eurent enfin franchi la muraille, Lorraine et Edward firent un premier pas au-dehors. Aussitôt, ils furent saisis par le vent prodigieux, tournoyant avec une force telle qu'il rendait la marche difficile.

— Bon sang, cela souffle plus encore que l'autre jour ! grogna Mlle Chapelle en remettant ses lunettes.

Le bruit était si fort qu'il fallait crier pour se faire entendre. *WI-IH-ISH !* Le sifflement strident, là, ne méritait plus d'être appelé le *murmure des brumes* : c'était leur hurlement !

Se tenant par le bras, ils entreprirent l'exploration de la cour intérieure, où une dizaine de bâtiments de tailles diverses se dressaient, à l'abri des remparts.

Les deux plus longs, parfaitement identiques, se faisaient face au milieu de l'esplanade. C'étaient de longues bâtisses rectangulaires, élevées sur trois étages, coiffées de toits en tuile rouge et pourvues de multiples fenêtres, dont la grande majorité n'avait plus de vitres. Leur structure laissait peu de doute quant à leur fonction : il s'agissait très certainement des casernes où les soldats britanniques étaient logés jadis.

Les autres bâtiments – des dépendances plus modestes, d'un ou deux étages – étaient répartis tout autour, au pied de l'enceinte. Ils avaient manifestement abrité, à l'époque, les annexes usuelles d'un fort militaire : magasins, arsenaux, poudrière, intendance, logement des officiers, écuries, réfectoire, infirmerie…

— Commençons par là, suggéra Edward en montrant la première construction sur leur gauche.

Ainsi, les deux investigateurs inspectèrent les dépendances une à une, n'allumant leur lampe que si l'obscurité les empêchait de fureter dans un recoin isolé. Rapidement, ils purent constater que tous les bâtiments étaient délabrés. La plupart des portes étaient absentes ou renversées, les murs en ruine, percés ici et là, les sols jonchés de pierres, de terre et de détritus, et plusieurs escaliers, en bois, s'étaient écroulés, rendant certains étages inaccessibles. Après vingt ans de liberté, la nature avait déjà repris ses droits : du lierre courait sur toutes les façades et des ronces envahissaient pareillement intérieur et extérieur.

Ils avaient passé près d'une heure à fouiller minutieusement les dépendances quand ils sortirent de la dernière, la mine sombre.

— Qu'est-ce que Molloy est venu chercher ici, bon sang ? se lamenta Edward, désemparé.

Lorraine lui serra amicalement l'épaule.

— Allons ! Il reste les casernes.

Il était près de huit heures, et le ciel, tout doucement, s'éclaircissait. Mais le vent, lui, ne perdait rien de sa méchante vigueur. Luttant contre les bourrasques, les deux amis se dirigèrent vers le centre de la place d'armes et pénétrèrent dans le premier baraquement.

Sans surprise, l'intérieur était dans le même état que le reste. Une ruine, vide de tout mobilier, où tout n'était que pierre, bois, poussière et végétation, hormis, ici et là, quelques déchets plus récents, abandonnés par d'autres visiteurs : des bouteilles de bière, des boîtes de conserve, des tas de cendre là où on avait allumé un feu…

— Il y a peut-être un sous-sol quelque part ? envisagea Lorraine quand ils eurent fini d'explorer les trois étages. Si quelque chose ou quelqu'un devait se cacher ici, ce serait probablement… en dessous.

— J'y ai pensé. Mais je n'ai vu aucun escalier qui descende, ni ici ni dans les dépendances. Aucune trappe. Aucune échelle. Rien !

— Allons voir dans la seconde caserne…

Edward acquiesça sans la moindre conviction et suivit Mlle Chapelle vers le dernier bâtiment.

Ils durent vite se rendre à l'évidence : le second baraquement était identique au premier. Par acquit de conscience, néanmoins, ils examinèrent les lieux avec la même opiniâtreté.

Quand ils eurent fouillé la dernière pièce, il était neuf heures passées, et le jour s'était levé. Les faibles rayons d'un soleil timide perçaient à travers les fenêtres, et les ruines, dans la lumière, étaient plus désolantes encore.

Découragés, les deux explorateurs s'apprêtaient à sortir quand Lorraine s'immobilisa sur le seuil.

— Regardez ! Il y a de vieux plans ici !

Reprenant un peu espoir, Pierce vint à ses côtés pour observer le panneau jauni à gauche de la porte. Hélas, son optimisme retomba aussi vivement qu'il s'était réveillé : les plans, très précis, couvraient l'ensemble du fort – bâtiments, murailles, bastions –, et aucun symbole, aucun dessin n'indiquait la présence du moindre sous-sol.

Pierce donna un coup de poing rageur sur le panneau.

— Je ne comprends pas ! s'écria-t-il. Il n'y a rien, ici. Absolument rien !

Le détective se mit à tourner en rond au milieu des décombres.

— Peut-être avons-nous mal compris le message de Pat. Peut-être ne me disait-il pas de venir ici, mais de me renseigner sur l'histoire du bâtiment.

Lorraine fit une moue dubitative.

— Ce serait un peu vague, non, comme indice ?

— Alors quoi ?

La jeune femme se mordit les lèvres et regarda Edward d'un air embarrassé.

— Quoi ? répéta-t-il.

— Je vois deux scénarios possibles. Le pire : votre ami a été attiré ici dans un piège, comme Élias Carteret à la tour du télégraphe. Le moins pire : nous ne cherchons pas au bon endroit.

— Il n'y a pas deux forts Toduro !

— Certes, mais peut-être que le prêtre vous invitait à voir quelque chose *depuis* le fort, et non pas *dans* le fort. Nous pourrions par exemple monter sur les remparts ? Si je me souviens bien, il y a un petit archipel au large de cette côte : les îles de Wickford. On y aperçoit peut-être quelque chose de là-haut ?

— Allons-y, si ça peut vous faire plaisir, concéda Edward. Mais je n'y crois pas une seule seconde…

La suite, malheureusement, lui donna raison. Une fois montés jusqu'à l'un des bastions qui surplombaient la mer, le lever de soleil leur offrit certes une vue splendide sur la Manche et les îles de Wickford, mais ce panorama ne leur livra aucun secret. Rien à l'horizon. Pas de bateau caché, pas de construction nichée sur un îlot…

Debout devant le précipice, Lorraine se gratta le front, ses vêtements fouettés par les bourrasques furieuses.

— Bon, fit-elle en essayant de se redonner quelque vigueur. Il se peut que je me sois précipitée en déchiffrant la lettre de votre ami. Nous avons foncé droit vers Toduro, sans réfléchir, mais il y avait peut-être un deuxième message, caché à l'intérieur, qui nous aurait échappé, et donnerait une autre indication…

— Je commence à avoir du mal à rester optimiste, mademoiselle.

— Le seul secret pour réussir une enquête criminelle, c'est la persévérance, Edward. Avez-vous la lettre avec vous ?

— Je l'ai laissée à l'hôtel.

— Alors rentrons. Nous réfléchirons à tête reposée. De toute façon, si nous restons ici une minute de plus, le vent qui vient à travers les collines nous rendra fous.

Pierce, peinant à masquer son accablement, la suivit sur la courtine sans mot dire. Le périple ne fut pas de tout repos : les rafales étaient si fortes que marcher au sommet du fort était un véritable défi.

Quelques instants plus tard, lorsque, non sans mal, ils furent enfin revenus à la motocyclette, Edward posa un dernier regard sur la forteresse.

— Je sais que c'est idiot, Lorraine, mais j'ai l'impression que Pat est quelque part là-dedans. Je ne peux pas vous expliquer pourquoi…

— C'est tout à fait rationnel : vous avez envie qu'il y soit, voilà tout. Mais il faut se rendre à l'évidence : nous avons cherché partout. Il n'y a pas âme qui vive. Aucun signe de combat ou même de passage récent. Rien. Ne vous laissez pas abattre. Nous irons rendre visite au Pr Vandekade cet après-midi pour lui demander de tout nous dire au sujet de ce fort. Quelque chose nous sautera peut-être aux yeux.

Edward hocha la tête avec un sourire triste et, dès qu'elle eut fait démarrer son engin, il grimpa derrière Mlle Chapelle.

Ils étaient arrivés au bout du petit chemin de terre qui menait au pont quand Lorraine, au lieu de tourner à droite pour rejoindre la grande route, donna un violent coup de frein. Les roues glissèrent sur la terre avec un frottement, avant de s'arrêter complètement.

— Qu'y a-t-il ? lança Edward en lui serrant l'épaule.

La jeune femme lâcha lentement son guidon de la main gauche et pointa le sol du doigt.

— Vous voyez les traces de pneus, là ?

— Eh bien ?

Elle se tourna vers lui, circonspecte.

— Il faisait trop noir quand nous sommes arrivés pour que je puisse les voir…

— Certes. Enfin, votre motocyclette n'est certainement pas le premier véhicule à être venu ici…

— Bien sûr. Mais ces traces-là, détective, je jurerais que ce sont les mêmes que celles que j'ai vues à la tour du télégraphe !

Pierce se pencha pour les inspecter à son tour.

— En êtes-vous certaine ?

— Absolument ! Vous allez me dire : il y a sûrement plusieurs voitures avec les mêmes pneus sur l'île…

— Non, répondit le détective avec un sourire. Je vais vous dire de tourner à gauche pour voir où vont ces traces !

Lorraine lui adressa un clin d'œil complice, réenclencha une vitesse et conduisit la Harley du côté gauche.

Roulant au pas, elle essayait de suivre des yeux les marques imprimées dans la terre. La chose n'était pas des plus évidentes, car, par endroits, les empreintes disparaissaient. S'arrêtant régulièrement pour étudier le sol, revenant plusieurs fois en arrière, Lorraine parvint tant bien que mal à suivre la piste.

Ils avaient passé le fort sur leur gauche quand les traces commencèrent à tourner vers l'ouest, contournant de loin l'édifice. Après quelques mètres, Lorraine fit une nouvelle halte pour se baisser.

— Il y a plusieurs passages ! cria-t-elle. Je compte au moins quatre ou cinq marques différentes, mais toujours issues des mêmes pneus. Certaines sont plus anciennes que d'autres…

— Continuez, bon sang ! s'impatienta Edward en lui tapant le bras.

Elle se remit en route, et la piste déboucha sur un bosquet d'arbres, isolés dans la bruyère, à une centaine de mètres au nord du fort.

Accélérant un peu, Lorraine gagna l'orée du petit bois, où elle arrêta sa machine.

— Allez, descendez !

Quoique fébrile, le détective s'exécuta promptement, et Lorraine en fit de même.

— Regardez ! s'enthousiasma-t-elle en marchant devant lui. Les traces continuent vers le bois !

Elle se hâta et arriva bientôt au milieu des arbres.

— Là ! s'exclama-t-elle, triomphante. On s'est garé ici, plusieurs fois, comme pour cacher la voiture !

Elle s'accroupit pour montrer au détective les nombreuses traces dans le sol. Comme il ne la rejoignait pas, elle leva la tête et vit que Pierce se tenait immobile, trois mètres derrière elle. Paralysé, il était tourné vers le cœur du bosquet.

— Qu'y a-t-il ?

Avec une lenteur pesante, Edward leva le bras droit jusqu'à ce qu'il fût tendu à l'horizontale. Lors, son index se déplia tout aussi doucement, et pointa vers l'intérieur du bois.

La jeune femme se releva et vint à ses côtés. Aussitôt, à une quinzaine de mètres, elle distingua parmi les arbres une sorte de statue, plongée dans l'ombre.

Bien plus petite que les mégalithes, celle-ci n'avait pas été taillée dans cette étrange pierre noire, mais plus probablement dans le granite de Blackmore. De là, on eût dit une sorte de gargouille tombée d'une cathédrale.

Les grandes ailes, la crinière de lion, les six pattes griffues… Lorraine devina ce que cela pouvait être.

— C'est…

— Croatoan, confirma Edward dans un souffle.

— Fichtre ! s'exclama la jeune femme. Allons voir !

Elle avait déjà accompli trois ou quatre foulées lorsqu'elle comprit que le détective, lui, n'avait fait qu'un pas.

Elle s'arrêta, se retourna, et le regarda, planté à l'orée du bois, dans la même apathie.

— Eh bien ? Vous venez, oui ou non ?

— Je n'aime pas ça, Lorraine, dit-il d'un air grave, les yeux rivés sur la sculpture.

— Les statues ? Vous n'aimez pas les statues ?

— Celle-là ne m'inspire rien de bon.

— Edward, dit-elle en lui prenant gentiment le bras. Ressaisissez-vous. C'est une statue en pierre. Et je vous promets que si elle vous attaque, je lui mets une balle dans la tempe.

— Je ne plaisante pas, Lorraine.

— Je… je vois bien, mais enfin, reconnaissez que c'est un peu ridicule, non ?

Il secoua la tête, décrocha enfin son regard de la statue et fixa la jeune femme avec une intensité dramatique.

— Mon enfant… Si vous aviez vu ne fût-ce que le dixième de ce que j'ai pu voir, de mes propres yeux, dans les cavernes de Postumia, dans les forêts de Bulgarie, dans les sous-sols de Vinkovci ou au sommet de la mosquée Rouge, à Constantinople, vous comprendriez peut-être pourquoi j'éprouve à cet instant un fort mauvais pressentiment ! Alors, de grâce, soyons prudents.

Dégainant son revolver, il passa devant elle.

Perplexe, Lorraine lui emboîta le pas. Quand, à son côté, elle arriva devant la statue, elle dut admettre, intérieurement, que celle-ci la mettait mal à l'aise. Et ce sentiment désagréable ne fut pas sans désarçonner l'inébranlable cartésienne qu'elle pensait être. Quoique indéniablement fantastique, la créature semblait si réelle qu'on eût dit qu'elle s'inspirait d'un être de chair et de sang. Mais surtout, l'artiste avait réussi à imprimer dans son allure une sorte de puissance maléfique. À l'instar des plus saisissantes statues gothiques du diable, on avait l'impression que le sculpteur était parvenu à capturer dans son œuvre l'essence même du Mal.

Bloqué par les arbres, dont il maltraitait néanmoins la cime, le vent avait perdu là beaucoup de son intensité, et le bois était plongé dans un silence inattendu. Lorraine, les traits soudain graves, s'approcha lentement de la statue.

De nombreux détails, bien qu'usés par les ans, donnaient à l'ensemble un aspect parfaitement répugnant, en particulier les horribles appendices, tortueux et ondulants, qui paraissaient jaillir d'entre les mandibules de la gueule ouverte. Leur forme était si bien exécutée que leur matière elle-même semblait visqueuse.

Mais ce qui glaça Lorraine, ce furent les yeux du monstre, deux globes immenses, percés d'un trou noir. Enveloppé par les hautes membranes de ses ailes griffues, dans la posture sournoise et menaçante d'un fauve prêt à bondir, Croatoan dévisageait avec malveillance quiconque le regardait. Quand on se déplaçait à droite ou à gauche, quelque illusion d'optique étonnante donnait le sentiment que ses yeux continuaient de vous suivre.

— Bon, elle n'a pas l'air de bouger, fit Mlle Chapelle, comme pour se rassurer elle-même tout autant que le détective.

Mais celui-ci n'était pas disposé à sourire. Après l'avoir longuement observée en silence, il se mit dos à la statue.

— Elle est tournée vers le fort, fit-il remarquer, d'une voix calme. Pourtant… Je ne puis en être sûr, mais j'ai l'impression que cette sculpture est plus ancienne. Toduro a tout juste un siècle, et la statue me paraît en avoir plusieurs.

Lorraine s'était fait la même réflexion en notant l'érosion de la pierre.

— C'est peut-être un hasard. Ou bien il y avait autre chose, jadis, à la place du fort.

Elle se porta à ses côtés.

— Alors ? Que vous inspire-t-elle, cette statue ?

— D'abord, elle nous confirme que la figure de Croatoan, bien qu'elle n'appartienne pas à la mythologie celtique et remonte à des temps beaucoup plus anciens, est présente dans l'histoire de l'île, depuis longtemps. Ensuite, les traces de pneus peuvent vouloir dire que quelqu'un vient régulièrement ici. Pour se recueillir devant le Grand Ancien, probablement…

— Probablement, répéta Lorraine. À moins que…

Songeuse, Lorraine plissa le front, puis se plaça dos à la statue, comme l'avait fait Edward avant elle. Se retournant plusieurs fois vers Croatoan, la jeune femme étudiait la direction exacte de son regard. Elle leva les yeux, et son visage se figea.

— Edward ! lâcha-t-elle avec un sourire malicieux. Ce n'est pas le fort qu'elle regarde !

— Et quoi donc, alors ?

Plutôt que de répondre, Lorraine passa d'un pas preste sous le nez du détective, continuant tout droit dans les bois.

Edward la suivit à la trace. Il la vit soudain s'arrêter devant lui, au milieu de quatre troncs qui, écartés de cinq mètres les uns des autres, traçaient au sol un carré parfait.

Les yeux pétillants d'excitation, Lorraine se tourna vers le détective, et, le fixant, elle frappa le sol plusieurs fois de son pied droit.

Contre toute attente, ses talons produisirent le claquement sec d'une porte à laquelle on vient cogner.

— Monsieur Pierce, claironna-t-elle, tout sourires. Il y a quelque chose là-dessous !

Elle se mit à quatre pattes et commença à sonder les feuilles.

— Aha ! s'écria-t-elle soudain.

Stupéfait, Edward la vit soulever un panneau de bois d'un mètre sur deux, camouflé par un treillis qu'on avait garni de terre, de feuilles mortes et de petit bois. En s'élevant, la planche révéla une ouverture dans le sol.

Pierce, qui s'était précipité auprès d'elle, aida la jeune femme à faire glisser la trappe sur le côté.

Quand ils eurent terminé, les deux amis échangèrent un regard enflammé.

Devant eux, un escalier en pierre de taille, aux larges marches, s'enfonçait dans le sol.

43.

Animés d'un nouvel espoir, mais plus vigilants que jamais, les deux compagnons s'enfoncèrent lentement dans les ténèbres, leur revolver dans la main droite. Dans la gauche, Edward tenait son parapluie, et Lorraine la lanterne électrique. Son rayon n'éclairant pas plus de quatre ou cinq mètres, la lampe révéla peu à peu le décor du souterrain vers lequel ils descendirent prudemment. Contrairement à celui qu'ils avaient exploré au pied du mégalithe, celui-ci était entièrement maçonné : comme les marches, les murs et le plafond étaient en pierre de taille. Indéniablement ancien, le passage était néanmoins fort bien entretenu.

Après une bonne centaine de marches, et à plus de vingt mètres sous terre, Lorraine et Edward arrivèrent dans une petite salle rectangulaire, au bout de laquelle les contours d'une lourde porte en bois se dessinèrent.

— On se croirait dans les caves d'un vieux château fort, murmura Lorraine en promenant la lanterne autour d'elle.

Aux murs, elle dénombra quatre lampes à pétrole. Elle s'avança pour inspecter la première. La mèche était en bon état, et le réservoir empli à moitié. Cela laissait supposer un usage récent. Sortant un briquet de sa poche, Lorraine alluma les lampes une à une. La lumière des flammes vacillantes envahit la pièce tout entière, faisant danser les pierres dans une douce lueur ambrée.

Edward colla une oreille à la porte.

— Rien, dit-il.

Sans trop y croire, il actionna la poignée. Mais, comme l'avaient laissé craindre ses trois grosses serrures, la porte était fermée.

Lorraine, derrière lui, fit un geste désolé.

— À vous l'honneur, Arsène Lupin !

— Pardon ?

Elle leva les yeux au ciel.

— Raffles[1], si vous préférez !

— À votre service, mademoiselle…

Le détective fouilla dans sa poche intérieure pour en sortir sa célèbre trousse de crochetage et se mit immédiatement au travail. L'opération s'avéra plus ardue que chez Diana Tudor : il lui fallut un bon quart d'heure pour venir à bout des trois serrures.

Lorraine, le revolver braqué au bout de son bras tendu, fit signe à Edward d'ouvrir.

S'efforçant de ne faire aucun bruit, il tira le battant avec une lenteur précautionneuse.

Plongée dans l'obscurité, la salle mitoyenne était si vaste que l'on ne pouvait voir jusqu'où couraient ses

---

1. Personnage créé en 1898 par l'écrivain Ernest William Hornung (beau-frère de Conan Doyle), c'est le gentleman cambrioleur dont Maurice Leblanc s'inspira pour donner naissance à Arsène Lupin.

murs. À mesure que celle-ci se révélait sous ses yeux, le visage de Lorraine se crispa. Plusieurs formes indéfinissables se dressaient dans son champ de vision. On eût dit de vieux tombeaux.

Soulevant sa lanterne, la jeune femme franchit la porte à pas de loup.

Derrière elle, Edward décrocha l'une des lampes à pétrole et la pendit au manche de son parapluie pour la hisser tel un lampion au bout d'une perche. Puis il entra à son tour.

Lorraine n'avait fait que quelques pas quand, soudain, il la vit sursauter, et se figer.

— Juste Ciel ! balbutia-t-elle.

Le détective distingua dans la voix de Mlle Chapelle un accent d'épouvante qu'il n'y avait jamais entendu.

Le poing serré sur son revolver, il se pétrifia à son tour, foudroyé par une vision d'horreur.

Dans la lumière de leurs deux lampes, une rangée de six autels de granite était apparue. Parfaitement alignés, espacés d'un mètre, ils évoquaient des lits dans un hôpital. Ou des tombes dans un cimetière… Sur trois d'entre eux reposaient trois cadavres horriblement mutilés.

Après un instant de stupeur, Edward, fébrile, se tourna vers Lorraine et la prit par le bras.

— Sortez… Je vais continuer seul.

La jeune femme, les yeux rivés sur les macchabées, secoua nerveusement la tête.

— Ça va aller, Edward ! J'ai déjà vu des choses similaires pendant mes études.

Son visage, malgré tout, était livide.

— Êtes-vous sûre ?

Elle hocha la tête et, après une profonde inspiration, s'avança vers cette scène effroyable.

Sans les déductions logiques qui permettaient de supposer qu'il s'agissait là d'Élias Carteret, de Diana Tudor et de Margaret Waldon, sans doute eût-il été difficile de les reconnaître : les trois corps étaient dans un état horrifique. Tout juste pouvait-on voir qu'il s'agissait bien de deux femmes et d'un homme.

La main tremblante, Lorraine posa sa lampe sur l'un des autels vides, puis, luttant contre la nausée, porta la main à sa bouche.

— Ce... Ce n'est pas possible, bégaya-t-elle après un haut-le-cœur.

Cela faisait des jours, maintenant, qu'ils cherchaient ces trois disparus, espérant qu'ils seraient encore en vie. Et pendant tout ce temps, ils avaient été là. Sous leurs pieds, presque. Pourrissant dans les ténèbres.

À cet instant, Mlle Chapelle ne put s'empêcher de revoir le visage de Margaret Waldon. Celui qu'elle avait, enfant, quand elles s'étaient rencontrées, comme celui qu'elle avait sur le tableau du manoir, la représentant à dix-huit ans. Comment pourraient-ils annoncer l'horrible nouvelle à sir Ronald ? Cette seule pensée lui fit monter les larmes aux yeux.

— C'est une abomination, chuchota Edward.

Lorraine s'efforça de retenir sa tristesse accablée et de dompter la répulsion qui l'avait envahie. Baissant les yeux, elle vit que leurs pieds trempaient dans une mare de sang. Et il y en avait partout. Sur le flanc des autels, on voyait des centaines de traînées qui s'alignaient comme les coulures d'une peinture rouge sombre.

Les trois corps n'en étaient pas au même stade de décomposition. Celui de la jeune Waldon était moins putréfié que les deux autres. Mais tous trois dégageaient une odeur insupportable.

— Doux Jésus, marmonna le détective en collant un mouchoir sur ses lèvres. Quel monstre d'homme a pu faire une chose pareille ?

Ouverts en deux, leur cage thoracique écartelée, les cadavres avaient été éviscérés. Pis encore : on leur avait ôté leurs yeux, leur langue, et on les avait trépanés ! Il n'était aucune partie de leur corps, ou presque, qui n'eût été profanée.

— Vous... Vous pensez qu'ils ont été torturés ? demanda Lorraine.

— Je ne sais pas. Mais une chose est sûre : ils ont été disséqués, Lorraine. Après leur mort. Bon sang, cela ressemble au laboratoire d'un médecin légiste complètement barbare !

Dominant tant bien que mal ses émotions, la jeune femme se résolut à y regarder de plus près. Se remémorant les cours de médecine légale qu'elle avait suivis à Paris, elle se couvrit le bas du visage avec l'intérieur de son avant-bras et commença à inspecter minutieusement les trois corps.

Elle était en train de regarder le cou du deuxième quand elle releva la tête d'un air intrigué.

— Tiens, marmonna-t-elle.

— Qu'y a-t-il ? la pressa Edward.

— Attendez...

Elle se retourna pour ausculter le cou de Margaret Waldon.

— Elle aussi !

Elle fit signe au détective d'approcher.

— Regardez cette marque sur le côté de sa gorge. Ils ont la même tous les trois. On dirait la trace d'une grosse piqûre.

— Pensez-vous qu'on les a empoisonnés ? fit Edward en examinant ladite trace.

— Peut-être. Mais pas avec une seringue. Elle n'aurait pas laissé une marque pareille.

À ces mots, le détective se redressa d'un coup.

— Une seringue, non, mais…

Il ôta la lampe au bout de son parapluie, attrapa le manche de celui-ci, puis, après l'avoir fait pivoter d'un coup sec, tira dessus, faisant apparaître la longue lame cachée à l'intérieur.

— Avec une canne-épée, peut-être ? fit-il.

— Ah ! Voilà donc le secret de votre objet fétiche !

— Une canne-épée, Lorraine ! Vous me suivez ?

— Oui, oui, j'ai compris ! Nous avons peut-être l'explication de notre mystérieuse canne…

— De nombreux modèles ont un petit récipient au bout, avec du poison à l'intérieur. Un mécanisme permet de le libérer pour en imbiber la pointe.

Il rentra la lame de son parapluie dans son fourreau.

— Et donc, selon vous, le meurtrier aurait empoisonné ses victimes d'un coup de canne-épée ?

— Empoisonné… ou endormi. Avant de les amener ici pour les disséquer.

— C'est crédible, admit Lorraine.

Elle regarda de nouveau les trois cadavres.

— On dirait… On dirait que celui qui a fait ça cherchait quelque chose à l'intérieur. Il a enlevé les organes un par un, méthodiquement. Pour les analyser, peut-être ?

Edward, accrochant de nouveau la lampe au bout de son parapluie, la promena dans les airs pour fouiller du regard les environs.

— Où sont-ils, d'ailleurs ? Les aurait-il emportés ?

— Peut-être devrions-nous inspecter la pièce, proposa Lorraine.

Le détective acquiesça. En vérité, ils n'étaient pas mécontents, l'un comme l'autre, de s'éloigner un instant de ce théâtre monstrueux.

— Restez près de moi, dit Edward en partant vers la gauche.

Ainsi, dans un état second, entre horreur, incompréhension et prudence, ils reprirent leur exploration.

Après quelques pas, longeant le mur incurvé, ils y découvrirent de nouvelles lampes à pétrole. Passant de l'une à l'autre, ils les allumèrent, jusqu'à ce que la lumière fût assez grande pour que les contours de la vaste salle apparaissent enfin.

Tout en pierre de taille elle aussi, mais bien plus haute que la première, c'était une pièce circulaire, d'une bonne vingtaine de mètres de diamètre. Réparties à mi-hauteur sur toute la circonférence de la muraille, douze niches accueillaient les statues de diverses créatures fantastiques, dont le style rappelait celui du Croatoan au-dehors.

— Les Grands Anciens, murmura Edward, lugubre.

Du côté opposé à l'entrée, trois portes en fer, rapprochées, étaient équipées de petites trappes grillagées, comme celles d'une prison. Au milieu de la pièce, enfin, se dressait un large puits dont le muret, en pierre sèche, s'élevait à un mètre de hauteur environ. Le souvenir des milliers de rats qui les avaient poursuivis l'avant-veille saisit Lorraine, qui fut secouée par un frisson. Elle se hâta de chasser cette image de son esprit et fit un signe de tête vers les portes.

Edward acquiesça, et ils se dirigèrent vers elles.

Arrivé devant la première, le détective jeta un coup d'œil dans l'ouverture. Il y découvrit un cachot étroit, plongé dans la pénombre. Contre l'un des murs, une planche de bois, retenue par deux chaînes, faisait office de lit. Imaginant sans peine que les taches sombres qui couvraient le sol étaient des flaques de sang séché, il grimaça, puis passa à la deuxième porte. Il y observa une geôle parfaitement identique. Mais quand il regarda dans la trappe de la dernière porte, Pierce poussa un hurlement qui résonna longuement sous le haut plafond.

— Pat !

Il se saisit de la poignée et l'actionna plusieurs fois avec une rage frénétique. En vain.

— Pat ! s'égosilla-t-il encore.

Lorraine, interdite, s'approcha du détective. Gagné par une hystérie incontrôlable, il frappait la porte du pied, de l'épaule, des poings, ne s'arrêtant, entre chaque accès de fureur, que pour jeter de nouveaux coups d'œil horrifiés par la trappe.

— Est-il vivant ? s'écria Lorraine en attrapant Edward par le bras pour essayer de le calmer.

— Je ne sais pas ! hurla Pierce.

Il se plaqua de nouveau contre la porte. Étendu sur le dos, au milieu du lit, le prêtre ne bougeait pas. Les bras le long du corps, droit comme un peuplier, on eût dit un gisant sur un tombeau. Dans la pénombre, Edward ne put voir distinctement les traits de son visage. Mais c'était lui, à n'en pas douter !

Les mains tremblantes, le détective extirpa sa trousse de crochetage de sa poche et se laissa choir sur les genoux. Il peinait tant à contrôler ses doigts qu'il fit tomber ses outils plusieurs fois avant de parvenir à les glisser dans la serrure.

Lorraine, aussi fébrile que lui, s'agenouilla à ses côtés et posa une main sur son épaule.

— Vous allez y arriver.

À la troisième tentative, la porte s'ouvrit avec un cliquetis libérateur.

Lâchant aussitôt ses outils, Pierce se précipita à l'intérieur. Le visage de son ami se révéla enfin dans un rayon de lumière, et lui glaça le sang.

Le père Molloy, totalement immobile, avait les yeux grands ouverts, rivés au plafond.

— Non ! hurla Pierce, en sanglots, attrapant les bras de son ami dans une terreur panique.

Soudain, Lorraine, accroupie près de lui, s'écria :

— Il respire !

Edward, incrédule, se redressa.

— Qu'est-ce que vous dites ?

— Il respire ! répéta la jeune femme, entre sourire et larmes. Très faiblement, mais… il respire !

Essuyant d'un revers de manche son front trempé de sueur, Edward porta sa main sur la poitrine du prêtre.

— Vous avez raison ! Son cœur bat ! murmura-t-il, les yeux écarquillés.

— Il doit être dans une sorte de coma profond !

Edward prit le visage du père Molloy entre ses mains et lui administra de petites claques.

— Pat ! Pat ! Réveille-toi !

Gênée, Lorraine attrapa le bras du détective.

— Arrêtez, Edward. Il est très faible. Je vais aller chercher du secours. Restez près de lui.

Le détective, se mordant les lèvres, la regarda un instant, comme s'il peinait à réfléchir, puis acquiesça.

— Faites vite, Lorraine ! Je vous en supplie !

— C'est promis. Ne le quittez pas des yeux un seul instant. Et restez prudent. Quelqu'un pourrait venir !

44.

Couchée sur sa motocyclette, Lorraine avait traversé l'île à la vitesse d'un boulet de canon. Pendant le trajet, mille questions l'avaient assaillie, auxquelles elle brûlait de pouvoir répondre, mais, pour l'heure, une seule chose lui importait : sauver l'ami de M. Pierce.

Après avoir fait brusquement irruption dans le palais de justice de Blackmore, Mlle Chapelle courut vers le connétable, qui se levait derrière le comptoir.

— Allez chercher M. le juge ! s'écria-t-elle d'une voix affolée.

— Qu'est-ce qui vous prend encore, vous ? grogna Parker, sur la défensive.

Lorraine, en nage et le cœur battant, essaya de rester aussi courtoise que l'urgence l'exigeait.

— Connétable. Le détective Pierce et moi-même avons trouvé les trois disparus, dans un souterrain près du fort Toduro ! Ils ont été assassinés, de la manière la plus sauvage qui soit. Le père Molloy s'y trouvait également enfermé dans une cellule. Il est dans le coma et a besoin de soins de toute urgence. Voulez-vous bien prévenir M. le juge immédiatement, s'il vous plaît ?

L'homme secoua nerveusement la tête, comme pour s'assurer qu'il ne rêvait pas, puis il prit la mesure de ce qu'il venait d'entendre.

— M. le juge n'est pas là, bégaya-t-il, embarrassé.

— Où est-il ?

— Eh bien… À vrai dire, je ne sais pas. J'ai essayé de le joindre chez lui, mais il ne répond pas. Ce n'est pas dans ses habitudes…

Lorraine se figea.

— Je vois, reprit-elle d'un air grave. Bien. Monsieur Parker, je vous en conjure : quels qu'aient pu être nos différends par le passé, puis-je solliciter votre aide ?

Le connétable hocha la tête avec un grand sérieux.

— Bien sûr, mademoiselle, je vous écoute.

— Il faut envoyer tout de suite sur place des policiers en armes et une ambulance. L'entrée du souterrain se trouve à une centaine de mètres au nord du fort, dans un petit bois.

Parker, qui n'avait cessé d'acquiescer en l'écoutant, décrocha aussitôt le téléphone devant lui et appela le centre de santé Sainte-Christine, auquel il transmit le message.

— De toute urgence ! insista-t-il, avant de raccrocher.

Puis il alla ouvrir un placard, d'où il sortit une carabine.

— Calvin ! Derek ! cria-t-il à travers une porte. Venez avec moi ! Prenez vos armes ! Et vous, Sandra, voulez-vous bien me remplacer à l'accueil, s'il vous plaît ?

L'instant d'après, une quinquagénaire discrète et deux policiers apparurent dans la pièce.

— Vous êtes à motocyclette, mademoiselle Chapelle, n'est-ce pas ? Voulez-vous nous montrer le chemin ?

— Partez devant moi, je vous rejoindrai aussitôt que possible. Je dois passer un appel, qui ne peut pas attendre. À ce sujet : puis-je utiliser votre téléphone ?

— Je vous en prie, répondit-il en sortant au pas de course en compagnie des deux agents.

Elle lui adressa un signe de tête plein de reconnaissance, puis décrocha le combiné et attendit la réponse d'une opératrice.

— Pourriez-vous me mettre en relation avec l'Enzo's Motorcycles Shop, à Blackmore, s'il vous plaît ?

Par chance, le garagiste répondit.

— Ah ! Ma p'tite dame ! Avez-vous eu mon message ?

Lorraine eut un geste de surprise.

— Quel message ?

— J'vous ai laissé un message à votre hôtel, ce matin. Elle vous a pas dit, l'autre maboule ?

— Ah, flûte ! Je devais déjà être partie. Que disiez-vous ?

— Eh ben, comme vous m'l'avez demandé, j'ai vérifié si quelqu'un avait acheté une BSA de modèle L à Jersey, récemment.

— Et alors ? le pressa la jeune femme fiévreusement.

— Rien.

Lorraine, désappointée, laissa sa tête retomber en arrière.

— Mais comme j'suis un gars drôlement malin, et que j'vous ai à la bonne, j'me suis dit que j'pouvais aussi vérifier chez mon collègue de Guernesey, au cas où. Et là, j'vous l'donne en mille, ma p'tite dame : qui c'est que j'apprends qu'a acheté une BSA de modèle L, pas plus tard que l'année dernière ? Le fils au juge Gaudion, tiens ! Cyril, de son prénom ! Il l'a bien cachée, sa machine. J'savais même pas qu'il en avait une, dites donc !

Le visage de la jeune femme se métamorphosa, comme touché par la grâce.

— Une caisse de vin, Enzo ! s'exclama-t-elle en jubilant. Je vous envoie une caisse de vin ! Vous êtes mon sauveur !

Elle raccrocha et prit la main de la dénommée Sandra, qui, debout à côté d'elle, la regardait, hébétée.

— Pourriez-vous me donner l'adresse du juge Gaudion, s'il vous plaît, madame ?

— C'est-à-dire que… Je ne sais pas si je peux…

— Si, si, vous pouvez, madame, je vous assure.

— Ah… Eh bien, il habite la grande maison à l'angle de la route de Hauteville et de Chevalier Road.

— Merci !

Sans attendre, Lorraine courut au-dehors et enfourcha sa Harley-Davidson. Elle n'eut à remonter que trois rues pour arriver devant la demeure victorienne qui surplombait le croisement susdit.

C'était une belle maison bourgeoise, tout en bois peint, qui comptait deux étages, et dont la façade était décorée de moult colonnes et encorbellements. Étrangement, les volets étaient fermés à toutes les fenêtres, si bien qu'on eût pu croire l'habitation inoccupée.

Au bout d'un petit chemin sur la droite, Lorraine aperçut un garage. Elle imagina que la BSA devait s'y cacher depuis le début. « Peut-être sommes-nous passés dix fois devant elle sans le savoir ! » avait-elle dit à Edward trois jours plus tôt…

À peine garée sur le trottoir, Mlle Chapelle se précipita dans le jardin. Elle était encore à quelques pas de la maison quand elle entendit des bruits sourds à l'intérieur. Comme ceux que produit la chute d'un ou plusieurs meubles sur un plancher. Aussitôt, elle attrapa son revolver dans son dos et monta sur le perron, les sens en alerte.

Un nouveau bruit résonna, qui semblait venir du rez-de-chaussée.

Sans frapper, Lorraine essaya d'ouvrir la porte. Fermée. Elle cogna lourdement en s'écriant :

— Gaudion ! Ouvrez !

Non seulement on ne lui répondit pas, mais un silence total se fit.

La jeune femme ne perdit pas une seconde de plus. Y mettant toutes ses forces, après trois coups de pied elle parvint à faire céder la serrure. Le battant de bois pivota brusquement avec un grand craquement.

Les deux poings serrés sur son arme, Mlle Chapelle s'avança dans l'entrée. Il lui sembla voir une ombre bouger dans la pièce voisine. Aussi prudente que svelte, Lorraine s'y glissa. Dans la faible lueur, elle discerna le luxueux mobilier d'un grand salon. Les yeux plissés, elle fit quelques pas en retenant sa respiration. Quand elle vit soudain une silhouette filer vers une porte opposée, Lorraine tira une balle dans sa direction, en visant volontairement un bon mètre à côté.

Le fuyard s'interrompit immédiatement dans sa course et leva les mains en l'air.

— Un pas de plus, et la prochaine balle est pour vous, menaça Lorraine d'un ton calme.

Jetant un coup d'œil alentour, la jeune femme repéra un interrupteur en cuivre sur sa droite. La maison était reliée à l'électricité. En s'allumant, le plafonnier révéla la chevelure et l'allure reconnaissables du juge Gaudion qui, terrifié, n'avait pas bougé. Autour de lui, on pouvait distinguer des traces de lutte : les éclats d'un vase brisé sur le sol, une chaise renversée…

— Où est-il ? lança-t-elle.

— Je ne sais pas.

— Vous mentez ! s'emporta Lorraine. Mettez vos mains sur la tête et tournez-vous vers moi !

L'homme s'exécuta lentement. Lorraine découvrit alors le filet de sang qui coulait sur sa tempe. À l'évidence, il avait pris un coup sur le crâne.

— Vous me menacez avec le revolver que je vous ai moi-même donné, mademoiselle ! C'est ridicule ! Allons, baissez votre arme !

— C'est moi que vous trouvez ridicule ? Prenez-moi encore une seule fois pour une imbécile et je vais vous montrer que je sais me servir de cette arme. Depuis combien de temps savez-vous que votre fils est impliqué dans cette affaire ?

Le magistrat ne répondit pas. Il la regardait fixement, avec une froideur qui, en réalité, ne parvenait guère à masquer ce qu'il éprouvait : c'était le regard d'un homme qui se savait perdu. Celui d'un notable qui comprenait que sa vie tout entière venait de s'écrouler, que sa réputation serait bientôt détruite, et qu'il n'y aurait aucun retour en arrière possible.

Lorraine, toujours sur ses gardes, s'approcha de lui.

— Depuis le début, n'est-ce pas ? La BSA… Vous ne pouviez pas ne pas savoir. Pour un juge, vous avez une drôle de vision de la justice ! Vous me dégoûtez, Gaudion ! Combien de morts fallait-il pour que vous vous décidiez à agir ?

Resté stoïque jusque-là, le juge baissa les épaules d'un air accablé.

— Il s'est fait manipuler, mademoiselle…

— Est-ce une excuse à vos yeux ?

— Vous n'avez pas la moindre idée de ce que c'est que d'avoir un enfant !

— Allez dire ça aux parents des victimes, espèce d'ordure ! Qui l'a manipulé, d'abord ?

— Je ne sais pas. Ils sont plusieurs. Ils veulent tuer les enfants de Dagda un par un…

Le nominalisme affirme que ce qui n'a pas de nom n'existe pas ; le simple fait de nommer le culte celtique l'incarnait soudain dans la réalité de Blackmore.

— Pourquoi veulent-ils les éliminer ? demanda Lorraine.

— Cela fait des siècles que ce culte sévit sur l'île, créant souvent des tensions. Ce n'était jamais allé aussi loin… Ces gens ont embarqué mon fils dans leur vendetta… Mais ce n'est pas un mauvais garçon !

— Il a tué Mlle Appleton sous mes yeux, et M. Galloway ! Je n'appelle pas cela un « mauvais garçon », en effet, mais un meurtrier. Où est-il ?

Le juge resta muet.

Au même instant, Lorraine entendit un bruit à l'étage. Elle força le juge à se tourner de nouveau.

— Mettez les mains dans le dos ! chuchota-t-elle.

— Mademoiselle Chapelle…

Elle lui donna un coup entre les omoplates.

— Les mains dans le dos ! répéta-t-elle, plus fermement.

Elle enleva son écharpe de son cou et s'en servit pour lier les poignets du juge.

— À genoux ! Si vous avez bougé d'un seul millimètre d'ici à mon retour, je vous colle une balle dans la nuque. Est-ce bien clair ?

— Je vous en supplie… C'est un garçon fragile…

— Fermez-la !

Elle revint vers l'entrée, où elle avait repéré un escalier. La voie était libre. Montant les marches une à une, revolver en joue, elle se hissa discrètement jusqu'au premier étage.

Là, de part et d'autre du palier, un couloir s'étendait, qui donnait sur quatre portes fermées. Se dirigeant vers la gauche aussi silencieusement que possible, Lorraine fit volte-face lorsqu'elle entendit, dans son dos, le fracas distant d'un bris de verre.

Elle traversa le couloir au pas de course et se plaqua contre le mur, près de la dernière porte. Plus un bruit. Du bout de la main gauche, elle actionna la poignée et poussa le battant pour qu'il s'ouvre tout seul.

La jeune femme sentit les battements de son cœur accélérer, cognant de plus en plus fort contre sa poitrine. Après une profonde inspiration, elle risqua un coup d'œil à l'intérieur. Elle découvrit une chambre dont les volets étaient grands ouverts, et la fenêtre brisée.

Lorraine s'y précipita et arriva juste à temps pour voir la silhouette du jeune homme qui, traversant le jardin en toute hâte, fonçait vers le garage.

— Ah non, pas cette fois ! grogna Mlle Chapelle, folle de rage.

Dans un élan insensé, elle enjamba la fenêtre et sauta. Alors qu'elle venait de se réceptionner, trois mètres plus bas, elle entendit le moteur d'une motocyclette démarrer.

Les événements, alors, s'enchaînèrent à une vitesse diabolique.

Lorsque la double porte du garage s'ouvrit d'un coup, Lorraine, plutôt que de courir, posa un genou à terre et visa, se préparant à faire feu. La BSA jaillit sur le petit chemin.

— Arrêtez-vous ! hurla la jeune femme, qui avait le pilote en ligne de mire.

Mais le jeune Gaudion, tête baissée, accéléra de plus belle.

Le regard noir, Lorraine ajusta son tir vers le réservoir et appuya sur la queue de détente au moment où la motocyclette passait devant elle.

La balle ricocha contre le cadre dans une gerbe d'étincelles.

La BSA rejoignait la rue quand Lorraine, qui avait continué de la viser de ses deux bras tendus, hésita une toute petite seconde. Le dos du fuyard était parfaitement aligné au bout du guidon de son arme. Si elle tirait, elle allait probablement le tuer.

Baissant sa visée au dernier instant, elle envoya une deuxième balle, dans l'espoir de crever le pneu. En vain. Le fils du juge s'engouffra à tombeau ouvert sur la route de Hauteville.

Avec un hurlement de colère, Mlle Chapelle se releva et courut vers sa Harley, qu'elle fit démarrer d'un coup de kick. Elle prit immédiatement la BSA en chasse.

Les deux motocyclettes filèrent vers le sud dans le grondement féroce de leurs pots d'échappement.

Disposant d'une puissance nettement supérieure, Lorraine gagna rapidement du terrain. Dès la sortie du premier virage, les deux engins étaient déjà roue dans roue. Les pilotes se livrèrent alors une bataille périlleuse sur la chaussée, fonçant de courbes en lignes droites, chacun essayant de pousser l'autre à la faute.

Contrainte de freiner chaque fois que le fuyard la serrait dans un dangereux étau contre le fossé, la jeune femme tentait de s'engouffrer à gauche, à droite, et tous deux s'envoyèrent de multiples coups de pied de leur selle, risquant chaque fois de perdre l'équilibre.

Quand la route filait droit, Lorraine venait pointer le nez de sa machine à côté du fils Gaudion, mais elle devait céder sa place à chaque virage, tant le jeune homme, aguerri, prenait la corde au plus juste.

Arrivés près de la mer, au sud de l'île, ils bifurquèrent vers l'ouest, devant les carrières de York.

— C'est une île, sombre idiot ! hurla Lorraine entre ses mâchoires serrées, comme si le jeune homme avait pu l'entendre. Où crois-tu pouvoir t'enfuir ?

À peine avait-elle rattrapé son ennemi par la droite qu'elle fut sortie de la route par un violent coup de guidon. Ses roues dérapant dans la terre meuble, Mlle Chapelle ne put éviter une bosse qui envoya sa machine dans les airs. Propulsée à vive allure, elle parvint à éviter de justesse la chute, et se retrouva dans les cahots du talus, se faisant rapidement distancer.

L'instant d'après, la jeune femme, horrifiée, vit un arbre qui se dressait sur sa trajectoire, et contre lequel elle allait s'écraser si elle ne parvenait à changer rapidement de direction. À gauche, elle s'embourberait dans un champ. À droite, elle ne pourrait rejoindre la route qu'en s'envolant par-dessus le ruisseau qui, désormais, la séparait de la chaussée.

Se refusant à laisser le meurtrier filer une nouvelle fois, Mlle Chapelle conduisit sa motocyclette sur un monticule de terre qui la fit décoller. Les deux roues, détachées du sol, tournèrent dans le vide, et on eût dit que la Harley restait suspendue dans les airs, avant qu'elle ne retombe brusquement sur la route dans un nuage de poussière.

Il fallut à la jeune femme une adresse extraordinaire pour reprendre sa trajectoire. Ivre de colère, elle fonça droit sur son adversaire. Tandis qu'il plongeait dans le virage suivant, elle refusa de lui abandonner le terrain. Penchant aventureusement sa machine, Lorraine suivit une courbe de plus en plus serrée, et son épaule vint se coller au moteur de la BSA. Poussant l'inclinaison de la Harley jusqu'à son extrême limite, la jeune femme continua d'enfermer son adversaire, qui fut contraint de frôler l'intérieur du virage de plus en plus dangereusement.

Quelques mètres avant la sortie de la courbe, Lorraine joua son va-tout. Prenant le risque d'être elle-même poussée à la faute, elle réduisit son angle encore davantage. Lors, obligé de choisir entre le choc et l'évitement, le fils Gaudion opta pour la seconde solution, mais celle-ci le conduisit tout droit vers le bas-côté.

Sans doute Lorraine fut-elle saisie du même effroi que lui lorsque, à la sortie du virage, une branche d'arbre apparut, pointée vers eux.

Le jeune homme n'eut guère le temps de corriger sa course. Il eut seulement celui de pousser un cri de terreur. Propulsé à une vitesse folle, il s'empala d'un coup sur la longue perche de bois.

Son pilote arrêté net dans sa course, la motocyclette continua seule sa chevauchée, jusqu'à aller s'écraser plus loin contre un deuxième arbre, où elle éclata en morceaux, avant que le réservoir s'embrase dans une explosion assourdissante.

Quand Lorraine parvint à arrêter son véhicule et à en descendre, elle découvrit, à quelques mètres en arrière, l'horrible spectacle : le jeune homme, livide, percé de part en part, était suspendu dans les airs comme une marionnette lugubre. Au milieu de gerbes de sang, ses entrailles se vidaient dans le fossé sous ses pieds.

Mlle Chapelle se précipita à ses côtés. Très vite, elle comprit qu'elle ne pourrait rien faire pour sauver le fils du magistrat.

Embroché, Cyril Gaudion semblait déjà au seuil de la mort. Et pourtant, quand, dans un ultime effort, il leva la tête vers Lorraine, on eût dit qu'il souriait.

— Pourquoi avez-vous fait ça ? Qui sont vos complices ? le pressa Lorraine.

— Vous… vous n'y pourrez rien. Il va se réveiller…

Des bulles de salive et de sang mêlés se formèrent entre les lèvres du jeune homme et, un instant plus tard, il livrait son dernier souffle.

45.

Allongé sur un lit du centre de santé Sainte-Christine, le prêtre était toujours dans le même état que la veille. Les yeux ouverts, il paraissait constamment sous hypnose.

Entièrement passif, son corps n'était plus capable que d'une activité instinctive, automatique. Quand on le mettait debout, il ne marchait pas, mais il parvenait à garder sa position. Le mettait-on assis, il s'y maintenait. Sans donner l'impression de voir, il regardait dans le vide et ne réagissait à aucune stimulation extérieure. C'était comme si sa conscience avait été captivée hors de notre monde par quelque rêve angoissant, qui donnait à ses muscles une rigidité permanente.

Ni le médecin du centre ni le Dr McCann – venu en urgence quelques heures après l'admission de son ami – n'avaient été en mesure d'expliquer précisément le mal dont le pauvre homme souffrait. « Pour l'heure, je ne puis faire que des suppositions, avait expliqué le directeur du sanatorium, d'un air grave. La catatonie, qui entraîne une pareille dégradation des fonctions psychomotrices, est le plus souvent le fruit d'une émotion vive, telle que la perte d'un proche, une immense frayeur, un choc physique ou psychique. On parle alors de stupeur catatonique. Mais elle peut aussi être le résultat d'une infection ou d'une intoxication. En l'occurrence, il m'est impossible de dire ce dont le malheureux a été victime, ni combien de temps durera son état... »

Partagé entre la joie d'avoir retrouvé son ami vivant et la crainte qu'il ne guérisse jamais, Edward n'avait pas dormi de la nuit. Hormis pour livrer son témoignage à la police la veille au soir, il n'avait pas quitté le chevet du père Molloy. Assis sur une chaise près de son lit, il le regardait de ses yeux rougis par la fatigue et l'inquiétude. Cela faisait plus de vingt-quatre heures que le prêtre avait été admis là, et l'après-midi touchait déjà à son terme en ce samedi 31 octobre quand Lorraine fit une nouvelle apparition.

Se dirigeant vers la fenêtre, elle ouvrit doucement les rideaux pour laisser un peu de lumière entrer dans la chambre.

— Vous devriez aller dormir, Edward.

— Je n'en serais pas capable, répliqua celui-ci sans quitter le prêtre des yeux. Qu'ont-ils fait du juge Gaudion ?

La jeune femme, qui, depuis la veille, avait multiplié les allers et retours entre le centre de santé et la maison du gouverneur, vint s'asseoir près du détective et répondit à voix basse :

— Il a avoué avoir couvert son fils, mais prétend avoir essayé de le raisonner... À l'évidence, quand je suis arrivée, ils étaient en train de se battre. Pour l'instant, le juge est enfermé dans l'une des geôles de son propre palais de justice. Mais le gouverneur Glover, qui prend la chose très au sérieux, m'a fait savoir qu'il serait transféré dès lundi à Saint-Pierre-Port, pour y être jugé sous l'autorité du lieutenant-gouverneur de Guernesey.

Cette fois-ci, il n'avait pas été question d'étouffer l'affaire. Le gouverneur, au contraire, avait employé les grands moyens dès qu'il avait été informé de la découverte des trois cadavres. Une équipe d'enquêteurs du bailliage de Guernesey avait été dépêchée sur place, en plus des renforts habituels prévus pour la fin de la Blackmore Week. Les inspecteurs avaient procédé à de nombreux relevés, et Lorraine, à qui l'on avait accordé le droit de revenir sur le site, avait pu constater que la police de l'île voisine disposait d'un équipement et d'un savoir-faire largement supérieurs à ceux de la police de Blackmore. La gravité des crimes et l'horreur de la scène avaient motivé un déploiement armé extraordinaire. Indéniablement, tout avait été fait dans les règles de l'art. À vrai dire, l'île n'avait pas vu autant de forces de l'ordre et de journalistes depuis bien longtemps. On attendait même, dans les prochaines heures, des reporters venus de France et d'Angleterre.

— Avez-vous pu lire le premier rapport ? demanda Pierce, sur le même ton solennel.

— Oui. Les organes des victimes n'ont pas été retrouvés. En vérité, ils n'ont rien découvert d'autre sur place que les trois cadavres. Selon le médecin légiste, celui ou ceux qui ont fait cela avaient forcément des notions d'anatomie et de chirurgie. Il laisse entendre qu'on aurait mené sur les victimes des expérimentations, dont il ignore toutefois la nature. J'ai, quant à moi, ma petite idée…

— Je vous écoute.

Lorraine, hésitante, prit une profonde inspiration.

— Je pense que le meurtrier cherche à étudier la spécificité des enfants de Dagda. Peut-être imagine-t-il que la couleur singulière de leurs yeux n'est pas due à la maladie de Wilson, mais à autre chose...

— Ils appartiendraient à une race à part ? proposa Edward, relevant soudain la figure.

— Une ineptie dans ce genre, oui, se désola Mlle Chapelle. Ce que je n'arrive pas à comprendre, c'est : à quelle fin ? J'arrive à peu près à imaginer pourquoi des déséquilibrés pourraient vouloir tuer les membres du culte, les considérant comme un danger ou une perversion... Mais pourquoi les disséquer ? Pourquoi les étudier comme des rats de laboratoire ?

— Pour découvrir leur secret, sans doute. L'origine de leurs pouvoirs, peut-être ?

Lorraine poussa un profond soupir.

— Je ne m'habituerai jamais à l'insanité de certains de nos concitoyens, Edward...

— Les policiers ont-ils relevé des empreintes ?

— Un grand nombre. Mais ils vont devoir faire le tri, car il y avait aussi les nôtres, celles du père Molloy et des victimes...

Le détective prit la main du prêtre entre les siennes.

Lorraine lui serra l'épaule affectueusement.

— Il va s'en sortir, promit-elle.

— Avez-vous vu Waldon ? demanda Pierce.

— Bien sûr. Il est abattu, vous vous en doutez. Margaret était le dernier membre de sa famille. Elle était tout pour lui. À son âge, je ne suis pas sûre qu'il puisse s'en remettre... J'ai eu bien du mal à le faire parler, mais il semble croire lui aussi à ce que dit le juge Gaudion, qui affirme que son fils agissait sur les ordres de quelqu'un. J'ai rassuré le lord en lui promettant que notre enquête ne serait pas terminée tant que nous n'aurions pas trouvé les autres coupables.

— Qu'allez-vous faire ?

Lorraine fronça les sourcils.

— Qu'*allons-nous* faire, voulez-vous dire ?

— Pour ma part je reste ici.

— Vous me laisseriez me débrouiller seule ? s'offusqua la jeune femme. Vous n'y pensez pas ! Votre ami est entre de bonnes mains, et nous reviendrons le voir aussi souvent que possible. Mais, par respect pour lui comme pour les autres victimes, nous devons continuer notre enquête, Edward. Sans tarder. Et j'ai besoin de vous.

— Je ne peux tout de même pas l'abandonner dans cet état…

Lorraine s'approcha et prit délicatement la tête du détective entre ses paumes.

— Je ne sais pas s'il vous entend, mais je suis persuadée qu'il serait furieux que vous ne vous mettiez pas tout de suite au travail. Ne vous a-t-il point demandé de venir sur l'île justement pour l'aider dans sa propre enquête ? Allons ! Vous savez très bien que j'ai raison.

— Ah, la raison, mademoiselle… Je crois bien que la raison n'a plus grand-chose à voir avec notre affaire…

— Au contraire ! Il n'y a qu'elle qui puisse mettre un terme à cette folie.

Elle laissa passer un silence, jusqu'à ce que Pierce, résigné, se redresse enfin.

— Soit. Que voulez-vous que nous fassions, dans ce cas ?

— D'abord, vous allez m'accompagner au *Goose & Grill*.

— Dans un pub ? Vous n'êtes pas sérieuse ?

— Je ne vous propose pas d'aller boire un verre, bougre d'âne. Je voudrais vérifier quelque chose. J'ai suivi une piste, cet après-midi, et je voudrais vous montrer d'où elle est partie.

Sans conviction, Pierce hocha la tête et accepta d'accompagner la jeune femme au-dehors.

Ainsi, il n'était pas loin de six heures du soir quand ils arrivèrent ensemble devant le pub bondé de Victoria Street.

En ce dernier jour de la Blackmore Week, malgré la nouvelle de la découverte de trois corps dans un souterrain, les festivités arrivaient à leur point culminant. Ce soir-là, sous une étroite surveillance policière, tous les occupants de l'île ou presque allaient se retrouver sur le terrain de football du centre-ville, pour la grande cérémonie de clôture. Si le temps ne se gâtait guère, on y danserait jusqu'à l'aube, oubliant dans la boisson et les rires les horreurs de la veille.

— N'entrons-nous pas ? demanda Edward en voyant la jeune femme s'éloigner sur le côté du bâtiment.

— Non. Venez avec moi.

Elle le conduisit jusqu'à la fenêtre sur laquelle le jeune garçon leur avait adressé un message trois jours plus tôt, en traçant des lettres sur la buée.

— Vous vous souvenez du point que le gamin a ajouté en dessous du mot « Croatoan » ? demanda Mlle Chapelle.

— Bien sûr. Et je me souviens aussi que vous disiez avoir une idée à ce sujet…

— Absolument. En réalité, je me demande depuis le début si le garçon n'a pas tout simplement désigné quelqu'un à notre table. N'aurait-il pas laissé cette trace sur la vitre en pointant le doigt vers l'un de nos trois convives ?

Edward acquiesça avec un petit sourire.

— J'y ai pensé aussi, figurez-vous. Mais j'ai du mal à imaginer que l'un des trois hommes qui étaient avec nous puisse être impliqué…

— Pour le Dr McCann et le Pr Vandekade, j'en conviens, la chose serait étonnante. Encore qu'étonnant ne signifie pas impossible. Mais M. Stevens ?

Elle inspecta de nouveau la fenêtre et posa son index sur l'un des carreaux.

— C'était bien là, n'est-ce pas ?

— Il me semble, oui.

Lorraine écrivit le mot « Croatoan » sur la buée, puis fit un point juste en dessous, au milieu.

— Regardez ! Cela pourrait tout à fait désigner l'antiquaire, vous ne pensez pas ?

Edward fit une moue sceptique.

— Cela dépend de tellement de facteurs que je peine à le certifier. Il faudrait prendre en considération la position du jeune garçon au moment où il a écrit, mais aussi la possible inexactitude de nos souvenirs… Cela dit, admettons. M. Stevens vous paraît-il vraiment un suspect crédible ?

— Que savons-nous de lui, en dehors du fait qu'il est joli garçon ?

— Eh bien… Il n'est pas originaire de l'île. Il est né au Caire, où il a grandi, jusqu'à ce que son père vienne se mettre ici à l'ombre. Il est ensuite parti enseigner l'histoire à Cardiff, et il est revenu sur Blackmore à la mort de son père, qui lui a légué cette boutique. Plus tard, il a perdu son épouse et sa fille…

— Comment ? demanda Lorraine avec un regard mystérieux.

— Il ne me l'a pas dit.

— Eh bien, justement, mon ami : je suis allée me renseigner, ce midi. Il y a trois ans, Steve Stevens a épousé Charlene Gillan, l'une des filles de la famille très fortunée qui possède notamment le grand magasin dans High Street. Il y a un an très exactement, en octobre 1924, l'antiquaire a échappé de peu à la mort, lors d'un accident de voiture survenu sur l'île. Sa femme et leur petite fille de dix-huit mois, elles, n'ont pas survécu. Dans le rapport de police, il est écrit que M. Stevens affirmait avoir perdu le contrôle de son véhicule en voulant éviter un jeune garçon qui errait sur la route, en pleine nuit…

— Fichtre ! Vous ne pensez tout de même pas que… ?

— Je ne pense rien. J'essaye de savoir. La première fois que j'ai vu le gamin qui nous a écrit ce message sur la vitre, le *butler* de sir Ronald m'a dit que ce devait être un petit orphelin de l'Armée du salut. Vous vous souvenez ? J'ai voulu aller vérifier cela avant-hier, mais je n'avais trouvé personne sur place.

— Je me souviens.

— J'y suis retournée tout à l'heure et, une nouvelle fois, je n'ai trouvé personne. Je suis donc allée décrire le jeune garçon au connétable. Celui-ci m'a dit être quasiment certain qu'il s'agissait du jeune Gabriel Donahue, petit-fils de Nancy Donahue, pastoresse de l'Armée du salut. Un gamin qui est connu pour fuguer régulièrement et aller vivre seul dans les bois…

— Doux Jésus. Cela fait beaucoup de coïncidences…

— N'est-ce pas ? Le garçon a la maladie de Wilson, et sa grand-mère, aveugle, en souffre probablement elle aussi. Selon vous, elle pourrait même être… comment disiez-vous, déjà ?

— Mog Ruith ! Le druide-guerrier qui dirige la tribu. Insinuez-vous donc que Steve Stevens aurait pu imputer la mort de sa femme et de leur jeune enfant au culte, et qu'il ait donc décidé de se venger ?

Mlle Chapelle haussa les épaules.

— Nous ne sommes plus à une bizarrerie près. Cela mérite en tout cas qu'on y regarde plus attentivement.

— Maintenant que vous le dites, un élément joue en faveur de votre hypothèse : M. Stevens m'a dressé un tableau très sombre de la culture druidique. Lorsque je l'ai interrogé au sujet du site sur lequel on avait construit l'abbaye de Pennygarth, il m'a parlé du *nemeton*, l'ancien temple celtique, et des sacrifices humains qui y étaient pratiqués en l'honneur de divinités infernales…

Lorraine pencha la tête.

— Et si nous allions rendre une petite visite à votre cher antiquaire ? proposa-t-elle.

— Que lui dirions-nous ? Que nous le soupçonnons d'avoir participé à tous ces crimes atroces ?

— Nous pourrions commencer par lui demander s'il n'aurait pas reconnu le gamin à travers la vitre, suggéra Lorraine avec un petit air malicieux.

46.

À l'approche du soir, tandis que les foules commençaient déjà à se diriger par petits groupes joyeux vers le terrain de football, il n'y avait plus grand monde de ce côté-là de Murdoch Street. Quand ils furent arrivés devant la boutique d'antiquités, Edward et Lorraine virent que les rideaux avaient été tirés sur sa belle devanture.

— Fermée, un samedi ? murmura Lorraine, suspicieuse. Quelle heure est-il ?

— Six heures trente-cinq.

Les horaires sur la pancarte pendue derrière la vitre indiquaient que la boutique restait d'ordinaire ouverte jusqu'à sept heures.

— M. Stevens aura fermé un peu plus tôt à cause de la Blackmore Week, sans doute ? suggéra le détective.

La jeune femme lui retourna une mimique dubitative. Elle fit deux pas en arrière et jeta un coup d'œil à l'étage. Les volets étaient clos. Aucune lumière n'apparaissait au travers.

— J'ai vérifié cet après-midi : votre ami habite là-haut, au-dessus de son magasin.

— Arrêtez de dire que c'est mon ami, bougonna Edward. Si votre intuition est bonne, il se peut que cela soit en vérité l'un de mes pires ennemis…

— Avez-vous vos outils sur vous ?

Le détective leva les yeux au ciel.

— Nous n'allons tout de même pas entrer chez lui par effraction ?

— Vous, je ne sais pas. Mais moi, si !

Perplexe, Edward regarda la Française rejoindre le mur de brique rouge qui encerclait la cour, à droite du bâtiment.

Après s'être assurée que personne ne pouvait la voir, Lorraine sauta pour s'agripper au sommet de la paroi, puis se hissa prestement par-dessus, avant de disparaître.

— Mon Dieu ! soupira Pierce d'un air accablé. C'est reparti !

Arrivé au pied du mur, il lança son parapluie de l'autre côté.

— Attrapez ça !

Les mains libres, il put escalader la paroi et sauter dans la cour.

— Vous exercez sur moi une influence déplorable, mademoiselle, dit-il en récupérant son parapluie.

La cour, invisible de la rue, était dans un triste état. Tout indiquait qu'elle avait dû être coquette par le passé, mais qu'en l'absence d'entretien elle s'était dégradée. Depuis la mort de Mme Stevens sans doute. Les pots de fleurs étaient garnis de plantes mortes dont les branches sèches pendaient désespérément dans le vide. Au sol, la terre et les feuilles jaunies s'accumulaient sur les dalles de pierres plates. La peinture du mobilier de jardin était craquelée, le fer était rouillé, et le toit en bambou d'une pergola bringuebalante s'était à demi effondré. Dans un coin, une balançoire d'enfant s'était détachée d'un côté et oscillait dans le vent.

Sous les lueurs argentées de la lune pleine, Edward se laissa absorber par la désolation que les lieux lui inspiraient. Il en fut sorti par la voix distante de Lorraine.

— Venez-vous ouvrir, ou dois-je enfoncer la porte ?

Le détective leva la tête et vit que son intrépide acolyte avait grimpé un escalier extérieur, le long de la façade arrière, qui conduisait au premier étage.

— J'arrive ! grommela-t-il.

Escaladant les marches métalliques, il sortit sa fameuse trousse et s'agenouilla devant la porte.

— Vous allez encore nous attirer des ennuis, rouspéta-t-il.

Alors qu'il s'affairait sur la serrure, Mlle Chapelle prit le revolver dans son dos et fit rouler le barillet.

— Petit souvenir du juge Gaudion.

Devant elle, Pierce éprouvait quelque difficulté à crocheter la serrure. Ses doigts tremblaient plus qu'à l'accoutumée, et il ne cessait de se frotter les yeux nerveusement.

— Tout va bien, Edward ?

— Je suis un peu fatigué, avoua-t-il.

— J'aurais dû vous laisser dormir, avant de venir ici…

— Ça va aller.

L'affirmation fut suivie d'un cliquetis de bon aloi. La porte s'ouvrit doucement.

S'assurant une dernière fois qu'on ne les espionnait guère de la rue, ils se glissèrent l'un après l'autre dans le bâtiment.

L'appartement de M. Stevens suggérait à peu près la même chose que sa cour : c'étaient ceux d'un homme seul, qui n'en prenait plus soin. L'ensemble détonnait grandement avec les atours alléchants de la vitrine au rez-de-chaussée. La décoration était de bon goût, certes, mais tout était négligé. La poussière envahissait meubles et bibelots, les cadres étaient de travers, et le sol était jonché de cartons vides et autres détritus. Dans la cuisine, les boîtes de conserve s'entassaient autant que la vaisselle sale.

Ce qui devait être rangé était abandonné. Ce qui était cassé n'était pas réparé.

— Bon sang, murmura Lorraine, on n'imaginerait pas un intérieur pareil en voyant le propriétaire des lieux…

— La misère se cache parfois derrière de beaux costumes, Lorraine.

— Espérons que ceux de M. Stevens ne dissimuleront rien d'autre…

Ils entrèrent dans le salon où, avec le même laisser-aller, les œuvres d'art et le mobilier ancien fourmillaient au milieu de la saleté, comme autant de traces navrantes d'un passé aussi fastueux que révolu.

Les deux investigateurs commencèrent à fouiller la pièce précautionneusement. Bien que celle-ci fût déjà dans un désordre indicible, ils s'efforcèrent de ne rien déranger. Chaque statuette qu'ils soulevaient, ils la remettaient à sa place. Chaque tiroir qu'ils ouvraient, ils le refermaient. Chacun de son côté, ils procédèrent à une analyse méthodique du fatras ambiant.

— Que cherchons-nous ? murmura Edward en ouvrant un nouveau placard.

— Des preuves, sombre idiot.

— Quel genre de preuves ?

Lorraine mit un temps à répondre.

— Ce genre-là, claironna-t-elle en levant les yeux vers le détective.

Dans ses mains, elle tenait un album photo.

— Venez voir.

Edward alla regarder la double page que lui tendait Mlle Chapelle. L'une des dernières dans l'épais volume relié de cuir. On y voyait six photos, prises visiblement lors d'une cérémonie, à l'entrée du temple maçonnique de Blackmore.

— Eh bien ? On y reconnaît le Dr McCann, le Pr Vandekade, le juge et le gouverneur… Rien de bien étonnant !

— Certes. Mais l'antiquaire : l'avez-vous bien examiné ? sourit la jeune femme en posant son index sur l'un des clichés.

— Ah, tiens ! fit le détective, intrigué.

Vêtu de son tablier maçonnique, Steve Stevens tenait dans sa main droite une belle canne.

— C'est peut-être un hasard, modéra-t-il. Les frères qui officient comme maîtres de cérémonie en loge portent un bâton de commandement, qui peut ressembler à ce genre de canne…

Il se tourna vers un secrétaire en merisier pour y prendre une loupe et examina la chose de plus près.

— Saperlotte ! s'exclama-t-il soudain. Regardez le pommeau !

Il passa la loupe à Lorraine.

— Tiens donc ! Ne serait-ce pas ce cher Croatoan ?

Le manche en argent, ouvragé, semblait en effet surmonté de la tête du Grand Ancien.

— Cela commence à faire un peu beaucoup, dit Edward en hochant la tête.

— Malheureusement, cela ne constitue pas une preuve.

Continuant à feuilleter les différents albums, ils eurent un aperçu de la vie de l'antiquaire. Celle qu'il avait eue avant la mort de son épouse, essentiellement. Les voyages en Égypte, en Éthiopie, au Kenya… Mais aussi des photos d'une époque plus lointaine, où on le voyait devant l'université de Cardiff ou avec des amis… Plus les photos dataient, plus Stevens donnait l'impression d'un homme heureux, serein et insouciant. Plus elles étaient récentes, plus ses traits se durcissaient. Sur les toutes dernières, il avait l'air d'un homme brisé, son regard devenait sévère, et on ne l'y voyait plus jamais sourire.

— Quelque chose s'est manifestement rompu après la mort de son épouse et de sa fille, dit tristement Edward en refermant le dernier classeur.

— Le contraire eût été étonnant, si je puis me permettre…

— Bien sûr. Ce que je veux dire, Lorraine, c'est que cette épreuve terrible a peut-être occasionné chez lui bien plus qu'une simple tristesse, si profonde soit-elle.

— Jusqu'à lui faire sculpter la tête de Croatoan sur une canne ?

— Par exemple…

Ils poursuivirent leur exploration méticuleuse et s'arrêtèrent un peu plus loin devant l'impressionnante bibliothèque de l'antiquaire. Courant du sol au plafond, elle occupait un mur entier du salon. La plupart des livres avaient toute leur place sur les rayonnages d'un ancien professeur d'histoire, qui plus est bibliophile et fils d'archéologue : des ouvrages sur les civilisations anciennes, des traités d'archéologie, d'anthropologie, des usuels, des thèses universitaires, des atlas, des dictionnaires biographiques, des collections de chroniques couvrant toutes les grandes époques de l'histoire de l'humanité… En revanche, la rangée consacrée à l'ésotérisme ne manqua pas d'éveiller la curiosité du détective.

— Bonté divine ! s'extasia-t-il en effleurant les alignements de reliures.

Rapidement, il remarqua qu'il y avait là un corpus fort singulier, plus singulier encore que ce qu'il avait pu voir dans le bibliotaphe du Pr Vandekade. Car plutôt que les écrits attendus, abordant des domaines variés des sciences occultes, plutôt que la littérature qui ornait habituellement les étagères d'un simple franc-maçon érudit, tous les volumes réunis là, ou presque, traitaient du mythe sumérien, et en particulier des Grands Anciens. Parcourant les titres un par un, Pierce découvrit des ouvrages consacrés aux dieux Tiamat et Apsū, mais aussi à Ashur, Bêl, Isthar, Lakhmu, Mardouk, Shamash, et, bien sûr, Croatoan. En feuilletant d'autres volumes, aux titres moins explicites, Pierce put constater que ceux-là aussi évoquaient tous au moins l'un des Grands Anciens : le *Livre des cultes d'Emegir*, le *De ordine mundi*, les *Manuscrits pnakotiques*, les *Chroniques de Girsu* ou les *Mémoires dravidiens*…

Lorraine sourit en voyant son compagnon se pâmer un peu plus devant chaque nouvel opus qu'il ouvrait.

— Voulez-vous que je vous laisse et que je revienne demain ?

— Çà, par exemple ! murmura Pierce, comme s'il n'avait pas entendu la taquinerie de la Française.

Tenant un livre qu'il venait de tirer de l'étagère, il se laissa tomber sur une marche de l'escabeau derrière lui et feuilleta l'ouvrage d'un air hébété.

— Qu'y a-t-il ? demanda Lorraine.

Elle s'approcha et se pencha pour en lire le titre : *Insula Croatoan.*

— Ce livre parle d'Hatteras, une île qui portait jadis le nom du Grand Ancien ! Elle est située au large de la Caroline du Nord. Et devinez où ? Juste à côté de l'île de Roanoke où ont disparu les colons ! On lit ici que ses premiers habitants, une tribu précolombienne, se faisaient appeler eux-mêmes les Croatoans…

— Fascinant, se moqua gentiment Lorraine.

— Regardez ! insista Edward. Il y a un dessin d'un fort qui aurait été construit sur cette île par les indigènes, au milieu du XVe siècle.

Mlle Chapelle roula les yeux avant de regarder par-dessus son épaule.

— Étonnant, dut-elle reconnaître en découvrant la gravure.

Celle-ci représentait une fortification bastionnée, en forme d'étoile à quatre branches, qui ressemblait trait pour trait aux trois forts de Blackmore. Sans la légende, on eût aisément pu croire qu'il s'agissait d'une reproduction de celui de Toduro.

— Cela dit, à quand remonte ce type d'architecture ? nuança-t-elle. N'était-il pas déjà le plus répandu pour les places militaires au XVe siècle ?

— De mémoire, il fut inventé par les Italiens, mais à la toute fin du XVe siècle… Pas au milieu. Et je n'aurais jamais imaginé que les tribus précolombiennes pussent utiliser cette forme de construction !

— Bah ! Schopenhauer a très bien décrit le mécanisme de ces coïncidences, notamment dans le domaine de l'art ou des innovations. De la même manière que la roue a été inventée simultanément à plusieurs endroits de la planète, il n'est pas rare, dans l'histoire des sciences, que deux esprits étrangers l'un à l'autre, voire de nationalités différentes, parviennent à peu près en même temps à la même invention…

Edward émit un petit ricanement.

— Je ne voudrais pas vous priver de votre sacro-sainte vision cartésienne, Lorraine. Permettez-moi simplement d'envisager une explication autre qu'une improbable coïncidence…

— Laquelle ?

— Les forts de Blackmore pourraient avoir été construits par les enfants de Dagda, qui auraient hérité des connaissances de la tribu précolombienne. Le nom de cette dernière ne peut pas être un hasard !

— Si vous voulez, s'amusa la Française. Mais alors, cela ferait des enfants de Dagda… des Celtes précolombiens ? Voilà un magnifique sujet de thèse !

— Moquez-vous ! Les mythes ont une étonnante habileté à se transmettre d'une civilisation à l'autre par des voies fort mystérieuses ! Toujours est-il qu'une chose est indéniable : notre antiquaire est fasciné par la culture sumérienne, et en particulier par la figure de Croatoan.

— Raison de plus pour continuer à fouiller les lieux, répliqua Lorraine. Au travail !

Ainsi, abandonnant la bibliothèque, ils reprirent leurs recherches. Quand ils eurent exploré intégralement le salon, ils passèrent à la chambre de M. Stevens.

À peine entrés, ils découvrirent, sur un guéridon près du lit, une sorte de petit autel funéraire qui entourait la photo d'une femme tenant un bébé dans ses bras. Il faisait peu de doute qu'il s'agissait de Mme Stevens et de sa fille. Surélevée dans un élégant cadre en argent, l'icône trônait au milieu d'un agencement délicat de bougies, de bâtonnets d'encens, de pierres précieuses et de coquillages, évoquant des offrandes à quelque divinité païenne. L'image, bouleversante, provoqua chez les deux intrus une irrépressible compassion.

— Bigre, quelle tristesse ! souffla Mlle Chapelle.

— C'est terrible, admit le détective.

S'agenouillant devant cette décoration funèbre, il ne put s'empêcher de songer à la douleur qu'il avait lui-même éprouvée quand son frère Christopher était mort. Si insupportable qu'elle eût pu être, il ne parvenait à imaginer celle qui devait s'abattre sur celui qui perd non seulement sa femme, mais son enfant. Sans doute n'en existait-il pas de plus grande.

— Peut-être devrions-nous arrêter là, chuchota-t-il. Ce n'est pas correct, Lorraine…

— Attendez !

La jeune femme venait de s'asseoir devant un magnifique scriban en noyer. Plissant le front, elle sortit du tiroir une liasse de papier à lettres et une règle métallique. Après avoir ouvert le pan du meuble qui servait d'écritoire, elle y posa le papier. Lors, elle prit une plume devant elle, la trempa dans un encrier, et traça une droite sur la feuille, à l'aide du double décimètre.

— Nom d'une pipe ! Venez voir !

Quand Edward fut à ses côtés, Mlle Chapelle extirpa de sa poche la lettre anonyme que Nicky Tudor lui avait confiée et la plaça devant elle. Puis elle leva vers Pierce ses grands yeux verts, écarquillés.

— C'est le même papier et la même encre !

Le Britannique opina du chef, d'un air désolé.

— Cela commence à ressembler à une preuve, murmura-t-il en se frottant le front.

— Continuons !

Le reste de la chambre ne leur apprit rien de plus. Par acquit de conscience, ils jetèrent un coup d'œil à la cuisine et à la salle d'eau, puis ils se décidèrent à descendre l'escalier qui menait à la boutique.

— Restons discrets, préconisa Lorraine. Malgré les rideaux, on pourrait nous voir de la rue.

Ainsi, sans un bruit, ils fouillèrent dans la pénombre les deux grandes pièces de la boutique d'antiquités. Progressant à pas de loup, Edward se concentra sur les recoins qu'il n'avait pu observer lors de sa première visite. Une fois de plus, il fut subjugué par la qualité des pièces que M. Stevens proposait à la vente. Néanmoins, cela faisait près d'une demi-heure qu'ils arpentaient cette oasis de trésors anciens quand il dut se rendre à l'évidence :

— Nous ne trouverons rien de pertinent à cet étage. C'est la partie du bâtiment qui est ouverte au public.

Lorraine fit signe qu'elle partageait son avis.

— Il reste la cave, dit-elle en tournant la tête vers l'escalier.

— Oui. Il reste la cave, répéta Edward en souriant.

— Et c'est toujours dans la cave que l'on cache ses plus intimes secrets, n'est-ce pas ?

— Ou dans le grenier. Mais comme il n'y en a pas ici…

Lors, s'équipant d'une lampe à pétrole, ils descendirent l'un derrière l'autre.

Arrivés en bas, ils découvrirent une vaste pièce voûtée de terre battue, semi-enterrée. Une simple lucarne, percée au sommet du mur nord, laissait entrer les rayons de la pleine lune.

Les deux investigateurs s'avancèrent prudemment. Un petit muret en pierre sèche, à hauteur de taille, séparait l'espace en deux. D'un côté, des centaines de bouteilles de vin et de liqueur étaient soigneusement alignées sur des étagères. De l'autre se dressait une imposante chaudière à charbon.

Lorraine souleva la lampe et, fouillant du regard chaque repli obscur, entreprit de faire le tour du large cylindre en fonte.

— Il y a une porte, ici ! s'exclama-t-elle soudain. Une lourde porte ! Et elle est fermée !

— J'arrive !

Le cambrioleur amateur la rejoignit prestement et se mit au travail.

— Que feriez-vous sans moi ? fanfaronna-t-il en introduisant ses outils dans la serrure.

— Beaucoup de bruit, répondit Mlle Chapelle.

Quand le détective fut parvenu à ouvrir la porte et que la pièce voisine apparut à la lumière de leur lampe, les visages de Lorraine et Edward se figèrent de stupéfaction. Ou d'horreur, plutôt.

Devant eux se tenait un véritable cabinet d'épouvante.

47.

La pièce, tout en pierre sèche et sans lucarne, s'inscrivait dans un grand carré de huit mètres de côté environ. Au premier coup d'œil, on eût dit le simple laboratoire d'un biologiste. Mais l'impression était vite corrigée, sitôt que l'on distinguait la multitude de traces de sang et le contenu des bocaux en verre qui s'alignaient sur une rangée d'étagères, au-dessus d'une paillasse carrelée. Flottant dans le formol, il y avait là une collection macabre d'organes vitaux humains, de membres disséqués.

Lorraine tourna la tête avec une grimace répugnée.

— Foutre-Dieu ! grogna-t-elle, entre haut-le-cœur et colère. Quel esprit malade peut faire une chose pareille ?

Edward, qui n'avait guère meilleure mine, posa une main sur ses lèvres. Le spectacle était véritablement ignominieux, et il l'était plus encore quand on prenait conscience que ces récipients contenaient sans doute les restes d'Élias Carteret, de Diana Tudor et de Margaret Waldon.

Prenant une profonde inspiration, Mlle Chapelle s'arma de courage et s'avança dans cet antre lugubre.

Quoique au milieu de flaques de sang, des outils étaient rangés avec un soin méticuleux autour d'un microscope : piles de lamelles, broyeurs, vaisseaux, éprouvettes, pipettes graduées, balances, seringues, rasoirs et scalpels, ciseaux, pinces et pincettes, thermomètres, tamis, étaux… D'une boîte en bois sombre dépassaient une douzaine de bouteilles emplies de liquides de couleurs différentes. Et quand elle fut assez près, Lorraine poussa un petit gémissement écœuré en apercevant ce qui reposait sur la platine du microscope : un globe oculaire, dont la membrane sclérotique était incisée, laissant apparaître l'humeur vitrée, gélatineuse. Avant de détourner le regard, Mlle Chapelle eut le temps d'y reconnaître le fameux anneau de Kayser-Fleischer, ce cercle brunâtre autour de l'iris qui caractérise la maladie de Wilson.

Avec un frisson nauséeux, la jeune femme releva la tête. Sur le mur central, trois grosses lampes surplombaient l'espace de travail, destinées certainement à lui offrir la plus vive lumière. De part et d'autre du poste principal se trouvaient quatre commodes métalliques, souillées par les mêmes éclaboussures de sang qui recouvraient la céramique blanche. Au-dessus, un même nombre de placards. Sur la paroi de droite se juxtaposaient un fourneau et un alambic. Sur celle de gauche, un large évier en émail, maculé de rouge lui aussi.

La pièce était saturée par une odeur méphitique qui agressait les narines. Et ce n'était pas seulement celle des produits chimiques réunis entre ses murs. C'était le parfum de la mort elle-même !

Les nerfs à vif, Lorraine sursauta quand Edward ouvrit bruyamment une armoire près de l'entrée. Tournant la tête, elle découvrit en même temps que lui les rangées de livres qui se superposaient à l'intérieur.

— Des manuels de chirurgie et d'anatomie, expliqua le détective dans un souffle atterré.

Y regardant de plus près, il lut l'un des titres à voix haute :

— *Traité pratique du microscope, de la préparation et conservation des objets pour la dissection…*

Il referma aussitôt l'armoire avec un soupir.

— Nous en avons assez vu, Lorraine. Sortons d'ici et allons chercher le gouverneur !

La jeune femme ne se fit pas prier. Ils avaient désormais bien plus de preuves qu'il ne leur en fallait pour confondre l'antiquaire, et elle était pressée de quitter ce tableau des plus malsains. Elle fit signe à Edward et lui emboîta le pas.

Mais à peine étaient-ils arrivés sur le seuil qu'un tintement de cloche résonna au rez-de-chaussée.

— Peste ! On entre ! s'affola Edward à voix basse. Cachons-nous !

— Pas là-dedans ! rétorqua Lorraine en désignant avec dégoût le laboratoire derrière eux.

Elle éteignit sa lampe à la hâte, puis prit le détective par le bras et l'entraîna avec elle dans la cave. Sans un bruit, ils se blottirent ensemble sous l'escalier, derrière une pile de sacs de charbon.

En haut, des pas claquèrent vivement sur le parquet de la boutique.

— Je compte deux personnes, chuchota Edward.

Il venait juste de finir sa phrase lorsque la porte s'ouvrit au sommet des marches. Aussitôt, les deux investigateurs se recroquevillèrent encore davantage dans leur cachette et retinrent leur respiration. Imitant sa voisine, le détective sortit doucement son revolver et le tint devant son visage.

Les bruits de pas commencèrent à descendre, juste au-dessus de leurs têtes. Les deux individus devaient être arrivés sur les dernières marches quand Lorraine attrapa Edward par l'épaule et fit une moue inquiète en pointant le menton vers la porte du laboratoire. Ils l'avaient laissée grande ouverte !

Pierce grimaça. Il était bien trop tard pour aller la refermer !

L'instant d'après, deux hommes apparurent dans le clair-obscur du sous-sol. Costauds et trapus l'un comme l'autre, aucun n'avait la silhouette élancée de Steve Stevens.

La mâchoire serrée, Lorraine les regarda passer devant son nez, puis se diriger droit vers la chaudière.

Une voix grave et rauque s'éleva dans les ombres.

— Y t'a donné les clefs ?

— Ben oui, mais c'est ouvert !

— Hein ?

— Regarde ! C'est ouvert, que j'te dis !

Un silence pesant s'installa aussitôt.

Lorraine se crispa en entendant le cliquetis caractéristique d'un revolver dont on arme le chien. Les deux hommes pénétrèrent alors doucement dans le laboratoire. Un silence encore, puis des pas revinrent vers le cellier. La lumière jaune d'une lampe torche s'alluma, et la jeune femme vit son faisceau qui balayait la pièce.

Lorsque des rayons l'éblouirent en passant entre les sacs de charbon, Lorraine resserra son poing autour de la crosse de son arme. Elle sentit le corps d'Edward se contracter à ses côtés. Tandis que la lumière s'attardait sur leur cachette, elle eut l'impression que son cœur allait s'arrêter.

— Allez ! appela une voix dans le laboratoire. Laisse couler et viens m'aider !

— Tss, c'est pas normal ! Y laisse jamais ouvert.

— T'inquiète donc pas ! Y perd la boule, l'antiquaire ! Allez, viens m'aider au lieu d'jaser, empaillé !

À deux mètres à peine, Lorraine entendit l'homme pousser un profond soupir. Puis elle le vit tourner les talons et repartir vers le laboratoire. Discrètement, elle essuya une goutte de sueur sur son front et échangea un regard livide avec le détective.

De la pièce voisine, ils perçurent d'abord le bruit d'une serrure, puis celui d'une petite porte qu'on ouvrait. Un placard ou une armoire, sans doute. Quelques secondes plus tard, ils virent ressortir les deux hommes, portant ensemble une lourde caisse en bois.

— Ma parole ! J'espère qu'on est pas obligés de s'garer trop loin de c'te foutue abbaye, parce que ça pèse un âne mort !

— Mais non, juste assez pour pas qu'y nous entendent arriver.

Les pas, plus lourds, résonnèrent de nouveau sur les marches, au-dessus des investigateurs immobiles.

Quand la cloche d'entrée se remit à tinter et que le silence se fit enfin au rez-de-chaussée, Lorraine poussa le détective et se précipita vers la lucarne.

Se hissant prudemment, la jeune femme jeta un coup d'œil à travers la vitre. À la lumière d'un lampadaire au gaz, elle vit les deux gaillards soulever leur fardeau pour le poser sous une bâche, à l'arrière d'une camionnette Ford TT. L'instant d'après, l'engin démarrait dans un grondement sourd et s'enfuyait vers l'est.

— Pensez-vous comme moi ? demanda Mlle Chapelle tandis qu'Edward, le souffle court, apparaissait dans son dos.

— Qu'ils vont à l'abbaye de Pennygarth, et que c'est le site du *nemeton*, l'ancien temple celtique ?

— Exactement. Et vous souvenez-vous de l'histoire que nous avait racontée Mlle Appleton, à ce sujet ?

— La cérémonie secrète qui se serait tenue là-bas, la nuit du 31 octobre, pendant que tous les habitants de l'île étaient occupés dans le centre-ville ? Évidemment que je m'en souviens ! Et je suppose que vous connaissez l'origine de la fête d'*All Hallows' Eve* ?

La Française hocha la tête.

— *Samain*, répondit-elle, les yeux étincelants.

— La première des quatre grandes fêtes celtiques, confirma le détective. La nuit où l'on célèbre le passage entre le monde des humains et l'Autre Monde, l'*Anaon*.

Le visage de la jeune femme s'anima aussitôt, comme sous le coup d'une exaltation nouvelle. Lors, elle glissa son arme dans son dos et prit vigoureusement Edward par l'épaule.

— Comprenez-vous ce que cela signifie, Sherlock ?

— Que Stevens et ses complices vont profiter de ce que les enfants de Dagda sont tous réunis en un même lieu, loin des regards, pour les attaquer ?

— Cela ne fait aucun doute ! Nous devons aller empêcher cela au plus vite.

Alors qu'elle s'était déjà mise en route, Pierce retint Lorraine par la main et lui adressa un regard autoritaire.

— Allons d'abord chercher le gouverneur !

— Hors de question ! rétorqua Mlle Chapelle. Le temps qu'il nous écoute et qu'il rassemble des policiers, il sera déjà trop tard. On y va tout de suite, et puis c'est tout !

Elle se précipita vers l'escalier et enjamba les marches quatre à quatre.

— Lorraine ! s'agaça Pierce. Ce n'est pas raisonnable !

— Je me fous du raisonnable ! lui lança Lorraine du rez-de-chaussée. Il n'y a que le rationnel qui compte ! Montez, tête de bique, ou je pars sans vous !

Edward, de guerre lasse, monta l'escalier à son tour.

— Ce n'est pas raisonnable, pas raisonnable du tout, grommela-t-il encore entre ses dents.

L'instant d'après, ils grimpaient sur la motocyclette à l'angle de Victoria Street.

À quelques pâtés de maisons, on entendait les bruits de la fête qui, déjà, battait son plein sur le terrain de football. Par moments, les détonations de quelques pétards couvraient la musique d'un orchestre dont les notes se répercutaient entre les façades alentour.

Lorraine enfila ses lunettes d'aviatrice, enclencha la première vitesse et s'engagea dans Murdoch Street à vive allure. Arrivée au croisement de High Street, elle bifurqua vers l'est et, bientôt, ils sortirent des lumières de la ville. La Harley-Davidson remonta les longues rangées d'arbres comme une étoile filante.

La lune était si pleine et si grosse qu'on se fût cru au petit jour. La nature tout entière s'était drapée d'une douce teinte bleutée, et la route scintillait ici et là de vifs éclats argentés. Fonçant vers la pointe nord-est de l'île, ils traversèrent rapidement les villages de Dungate et Dartford, aussi déserts l'un que l'autre. Nulle part ils ne virent âme qui vive et, aux façades des maisons, aucune fenêtre allumée. C'était comme si Blackmore, d'un seul coup – à l'instar de la colonie de Roanoke –, avait été abandonnée par tous ses habitants.

Tandis que la motocyclette approchait des côtes, le vent – ce maudit vent – commença à se lever. À leur gauche, Lorraine et Edward virent se dessiner la silhouette majestueuse du fort Daunay, dont l'ombre protectrice s'étendait sur Port Brayne.

Immanquablement, Mlle Chapelle se remémora le soir de son arrivée, une semaine plus tôt. Elle revit le premier regard de Nicky Tudor sur le quai, hostile et singulier, la silhouette étrange du jeune garçon qui, sous une pluie battante, l'avait observée du bas-côté de la route… De fil en aiguille, ses souvenirs remontèrent le temps pour la conduire jusqu'au jour plus lointain de sa première visite. Et ce fut alors le visage de sa mère qui se forma dans les limbes de son esprit. Son visage éreinté, meurtri par les épreuves de la vie, et pourtant si doux. Pourquoi sa mère avait-elle tenu à l'emmener là ? À lui présenter sir Ronald, son amant probable, fût-ce d'un amour platonique ? Le vieux lord, au fond, n'avait pas répondu à la question qui hantait Mlle Chapelle…

La figure de sa mère s'effaça lentement lorsque Lorraine aperçut, au loin, les ruines de l'abbaye de

Pennygarth, isolées au bout d'une presqu'île dont les falaises abruptes plongeaient dans la mer.

Au même instant, elle sentit la prise d'Edward se resserrer doucement sur ses hanches. Attrapant la main droite du détective, elle la pressa plusieurs fois, dans de petits gestes affectueux, auxquels il répondit pareillement.

Ils n'étaient plus qu'à deux cents mètres à peine du site quand Edward tapa sur l'épaule de la Française.

— J'ai cru voir la camionnette dans les bois, juste derrière !

Coupant aussitôt son moteur, Lorraine laissa la motocyclette filer en roue libre vers le bas-côté. Les pneus craquèrent sur la terre jusqu'à ce que la machine s'arrête doucement toute seule, entre les arbres.

Les deux investigateurs mirent pied à terre.

— Avez-vous vu ? murmura Edward en tendant l'index vers la pointe de l'île.

Au milieu des ruines, quatre colonnes de fumée aux étranges reflets bleutés s'élevaient lentement vers les cieux.

— Cela ressemble à ce dont nous avait parlé Mlle Appleton, acquiesça Lorraine. Mais allons voir la Ford, d'abord.

Ainsi, l'un derrière l'autre, ils rebroussèrent chemin parmi les ombres, marchant aussi silencieusement que possible vers l'endroit où le détective avait aperçu la camionnette. Quand elle apparut dans la pénombre du petit bois, ils se cachèrent derrière un bosquet pour l'observer attentivement.

— Il a l'air de n'y avoir personne, chuchota Edward.

— Restez là, je vais aller vérifier.

Sans attendre, la jeune femme sortit de sa cachette. Filant d'arbre en arbre, elle progressa par étapes jusqu'à l'arrière de la Ford. Là, un genou à terre, elle se hissa tout doucement pour écarter la bâche et jeter un coup d'œil sur le plateau. Vide.

Le dos plaqué à la carrosserie, Lorraine remonta précautionneusement vers la cabine. Elle n'y trouva personne.

Se retournant vers lui, elle fit signe à Edward de la rejoindre.

— La caisse n'est plus là, expliqua-t-elle.

— Ils l'ont déjà emportée vers l'abbaye. Que peut-elle contenir, à votre avis ?

— Je ne serais pas étonnée que ce soient des armes, répondit Lorraine. Allons-y ! Mais passons du côté opposé. Nous pourrons peut-être les prendre à revers.

Le détective acquiesça et, au pas de course, ils traversèrent la route qui montait vers l'abbaye. Coupant à travers bois, ils cavalèrent longuement, jusqu'à ce que les ruines lugubres surgissent enfin à leur droite.

De l'édifice ancien, il ne restait plus que quelques murs – eux-mêmes partiellement effondrés – et de rares toits. Partout, la végétation avait envahi les parois en vieille pierre. Dans les alignements de décombres, on devinait les vestiges de l'ancienne enceinte et, derrière elle, ceux de plusieurs bâtiments, dont le plus imposant était incontestablement l'église romane. Sur son flanc gauche, on pouvait reconnaître les contours d'un cloître. Et c'était du cœur de celui-ci que semblaient s'exhaler les quatre colonnes de fumée.

En avançant de quelques pas, Lorraine et Edward découvrirent un phénomène plus étonnant encore que ces exhalaisons verticales bleutées.

Jusqu'à une dizaine de mètres autour du site, une même vapeur, épaisse, se répandait au ras du sol, rendant celui-ci à peine visible, sous un tapis de nuages lourds. On eût dit que les ruines flottaient sur une mer de brume.

— C'est l'heure de vérité, Edward.

Le détective regarda Mlle Chapelle avec un petit sourire entendu.

— Quelle vérité ?

48.

Sortant des bois, les deux investigateurs se mirent prudemment en marche vers l'abbaye de Pennygarth. Tandis qu'ils approchaient, ils distinguèrent une odeur subtile, dont il fut bientôt évident qu'elle émanait de cet étrange brouillard céruléen qui enveloppait le sol. C'était, en vérité, un parfum agréable, suave, évoquant les effluves d'un encens d'église, comme une résine de Boswellia qu'on eût mêlée à quelques épices délicates.

Ils venaient d'arriver à l'endroit où le tapis de fumée devenait véritablement opaque quand Lorraine fit signe au détective de s'arrêter. Portant l'index devant sa bouche, elle tendit l'oreille et invita Edward à écouter lui aussi.

À peine audibles, les échos fluctuants d'une litanie funeste leur parvinrent alors depuis les vestiges. Sans qu'ils pussent en comprendre les paroles, ils distinguèrent néanmoins plusieurs voix qui, en chœur, récitaient tout bas une incantation aux accents macabres.

Quoiqu'elles fussent fort graves, Edward identifia aisément les cinq notes répétées en boucle : *ré la sol ré la*.

— Vous entendez ? murmura-t-il. C'est la clef cryptée de Dagda !

— Oui, oui ! répondit Lorraine en secouant la tête. Mais qu'est-ce que c'est que ce cirque ?

Le visage du détective s'était couvert d'un voile ténébreux. Immobile, il semblait ne plus cligner des yeux. Lors, sans un mot de plus, il reprit sa marche, et le bas de ses jambes disparut bientôt dans les nuées opaques qui recouvraient la terre.

Lorraine, l'arme au poing, le suivit.

Avançant à tâtons, ils arrivèrent bientôt devant la ligne de l'ancienne enceinte. Remontant vers le nord, ils la franchirent à l'endroit où le pan était le plus effondré.

Là, ils commencèrent à contourner les ruines d'un long bâtiment – le réfectoire sans doute – pour se diriger vers le cloître. À leurs pieds, la couche nébuleuse et mouvante se faisait de plus en plus dense, à mesure que grandissait son odeur capiteuse. À chaque nouveau pas, ils s'attendaient tous deux à buter contre une pierre ou un rocher. Quant à la psalmodie mystérieuse, son écho ne cessait de croître, lui aussi.

Lorsqu'ils parvinrent à l'angle du long bâtiment, les deux acolytes aperçurent, à une vingtaine de mètres, les rangées de piliers qui formaient le pourtour du cloître. Légèrement encaissée et masquée par les galeries, sa cour centrale se dérobait encore au regard, mais, outre les colonnes de fumée, on voyait qu'il en émanait une vive lumière orangée, produite par un grand nombre de torches.

— Nous risquons de nous faire surprendre si nous continuons tout droit, prévint Lorraine.

— Serait-ce si grave ? Après tout, peut-être devrions-nous signaler notre présence et prévenir ces gens afin qu'ils puissent partir d'ici au plus vite.

Lorraine fit non de la tête.

— C'eût été une bonne idée, fussions-nous arrivés avant Stevens et ses complices. Mais, *a priori*, ils sont déjà là, cachés quelque part. Dans la confrontation qui s'annonce, si l'une des deux parties devait surprendre l'autre, j'aimerais autant que ce soit la nôtre.

Edward acquiesça et désigna au sud les vestiges d'un édifice octogonal qui surplombait le cloître.

— Nous aurions sûrement une vue d'ensemble si nous pouvions grimper là-haut, suggéra-t-il. Cela devait être la salle capitulaire. Il y a une grande brèche en haut du mur.

— Nous pouvons essayer, consentit Lorraine. En espérant que l'antiquaire n'aura pas eu la même idée…

Ainsi, courbant l'échine pour se tapir dans les ombres, ils longèrent la façade du réfectoire et se dirigèrent vers ladite salle capitulaire.

À mi-chemin, le détective trébucha. Malgré le soutien de son parapluie, il s'étala de tout son long, disparaissant dans les nappes bleutées.

— Tout va bien ? chuchota Lorraine en l'aidant à se relever.

— Ça va, balbutia Edward. J'ai simplement la tête qui tourne. Ce doit être la fatigue…

— Je n'en suis pas certaine. J'ai moi aussi une sensation de vertige depuis que nous sommes arrivés. Ce doivent être ces effluves qui nous montent au cerveau…

— Hâtons-nous.

Ils se remirent en route, pressant le pas autant que la prudence le permettait. Arrivés au pied du bâtiment octogonal, ils trouvèrent rapidement une ancienne porte et se faufilèrent à l'intérieur.

À peine entrés, ils furent saisis par la fumée qui, retenue par les murs et le toit, était bien plus dense là qu'au-dehors. Ses volutes mouvantes emplissaient tout l'espace d'un voile énigmatique.

— Dame ! bafouilla Lorraine en se couvrant la bouche. Ces émanations finissent vraiment par me donner le tournis !

— Trouvons un moyen de monter là-haut ! répliqua Edward en désignant la brèche dans le mur qui dominait le cloître. La fumée y sera moins épaisse.

À cinq mètres du sol, une mezzanine courait tout autour de la pièce. À condition de pouvoir s'y hisser, elle permettait de rejoindre l'ouverture, laquelle devait offrir une vue plongeante sur le cloître.

Sur sa gauche, Lorraine aperçut un escalier en pierre. Quoique endommagé, il offrait un accès à la coursive. La jeune femme fit signe à Edward de la suivre, et ils avancèrent ensemble vers la volée de marches.

Tout comme la fumée, les échos de l'incantation grave et monotone s'engouffraient dans l'édifice, si bien qu'ils résonnaient autour des deux investigateurs tel un chant liturgique sous la voûte d'une cathédrale.

Évitant les débris de pierre qui jonchaient les marches, ils grimpèrent jusqu'à la mezzanine. Celle-ci avait perdu son garde-corps, aussi se tinrent-ils à l'écart du bord et longèrent-ils le mur prudemment jusqu'à la brèche.

Là, ils s'allongèrent côte à côte, afin de profiter de la vue tout en restant cachés dans les ombres.

Perchés au bord du vide, ils éprouvèrent l'un et l'autre la même stupéfaction en découvrant le spectacle fantasmagorique, en contrebas, dans la cour intérieure du cloître. C'était, en vérité, une scène irréelle, un tableau saisissant, comme tiré d'un songe ou d'une légende ancienne.

Loin d'être un rituel sacrificiel cruel et sanguinaire, la cérémonie s'apparentait plutôt à une orgie antique. Sur la quarantaine d'adeptes qui prenaient part à la célébration, la moitié, au moins, étaient entièrement nus. Et ceux-là s'adonnaient, aux yeux de tous, à des pratiques sensuelles et sexuelles. Mais, à l'opposé de toute sauvagerie, les ébats se livraient avec une grande douceur, si bien qu'il s'en dégageait même une étonnante poésie. Répartis sur quatre estrades – qui, entièrement couvertes de fleurs, évoquaient les chars d'un festival –, ces amants se mêlaient sans distinction : jeunes et vieux, hommes et femmes, chacun offrait avec tendresse à son voisin les plus délicates attentions, allant du simple baiser aux plus intimes caresses, des plus savants massages aux actes d'amour les plus enflammés. Par l'opération de quelque magie esthétique, le décor, la lumière et les nuées vaporeuses affranchissaient cette bacchanale de tout caractère indécent : ce n'était guère la luxure qu'on célébrait là, mais le plus pur amour qui fût.

En observant la disposition de ces quatre plates-formes, Edward ne put s'empêcher de penser aux bastions des forts de Blackmore.

— Quatre estrades orgiaques, quatre branches aux bâtisses fortifiées, quatre mégalithes pour les attributs de Dagda, murmura-t-il.

Outre ces corps emmêlés, le reste des adeptes se divisait en deux groupes distincts.

Le premier était aligné sur le pourtour intérieur de la galerie. Là, un cercle d'hommes et de femmes se tenant chacun à équidistance, vêtus de toges d'un vert émeraude, psalmodiaient, une torche à la main. Leurs voix – à la fois douces et caverneuses – égrenaient à l'unisson, au rythme des cinq notes répétées, les paroles obscures d'une longue litanie. Hormis quelques occurrences des syllabes *Dag-Da*, le profane ne pouvait reconnaître aucun mot dans cette incantation mélancolique, dont la phonologie évoquait néanmoins un anglais des plus archaïques. Parmi les membres de ce chœur dévoué, Mlle Chapelle, hébétée, distingua la silhouette de Nicky Tudor.

— Mais qu'êtes-vous donc venu faire ici, mon vilain marin ? se lamenta-t-elle.

Le deuxième groupe se tenait au centre de la cour, sur une estrade plus élevée encore que celles où se déroulaient les orgies. Entourée de quatre brasiers d'où s'échappaient les colonnes de fumée, cette tribune fleurie accueillait une sorte de représentation théâtrale, dont la figure principale était une femme. Assise sur un trône majestueux, elle portait sur la tête une couronne de lauriers, et tenait un sceptre dans sa main. Malgré la distance et les nuées de vapeur, Mlle Chapelle n'eut aucune peine à reconnaître les traits de Nancy Donahue, pastoresse de l'Armée du salut. Autour de cette allégorie royale, six personnages en costume jouaient une saynète, où un prince se faisait assassiner par quatre hommes armés de poignards, sous les yeux d'une jeune femme éplorée.

Pendant que cet extraordinaire rituel païen, parfaitement orchestré, se révélait sous les lumières combinées des torches, des brasiers et de la pleine lune, de part et d'autre de la cour, de petits groupes d'enfants joyeux couraient et riaient à pleine voix. Accaparés par leurs jeux, ils n'avaient aucune conscience de ce qui se passait autour d'eux, chahutant gaiement dans les volutes vaporeuses.

Lorraine n'aurait su dire depuis combien de temps elle était allongée là, captivée par ce spectacle onirique, quand elle se rendit compte que son regard s'était longuement fixé sur les quatre colonnes de fumée qui tourbillonnaient vers les cieux. Sans qu'elle pût s'expliquer pourquoi, ce fut comme si ces piliers nébuleux s'étaient mis à exercer sur elle quelque pouvoir hypnotique. Les yeux écarquillés, elle contemplait, béate, ces serpentins de brume bleue, elle s'extasiait en les voyant tournoyer et, bientôt, il lui sembla que les quatre colonnes se rejoignaient au-dessus du cloître, s'enroulant mystérieusement les unes autour des autres comme des hélices gracieuses.

Troublée, Mlle Chapelle secoua nerveusement la tête et se frotta les yeux. Elle avait dû rêver. Mais lorsque sa vue s'éclaircit de nouveau, elle fut témoin d'un phénomène inexplicable. Dans une danse volubile, les quatre cylindres s'associaient à présent pour donner naissance à une masse opaque, laquelle, peu à peu, prenait la forme de quelque créature céleste qui flottait au-dessus de l'abbaye. Lentement, dans leurs circonvolutions éthérées, les traits de cette bête fantastique s'affinèrent et grandirent, nourris d'une fumée de plus en plus dense.

Soudain, les lèvres de Lorraine s'ouvrirent dans un rictus d'effarement. La silhouette léonine de Croatoan se formait sous ses yeux. Le corps diaphane du Grand Ancien se dressa lentement au milieu du ciel, dans une posture sournoise et menaçante. Et alors ce monstre aux courbes versatiles déploya ses ailes immenses au-dessus de la cour et, de sa large gueule, une armée de tentacules nébuleux se mit à onduler.

— Ed… Edward, bégaya la jeune femme. Vous… Vous voyez ce que je vois ?

N'obtenant aucune réponse, elle dut lutter pour quitter des yeux le spectacle féerique et terrifiant qui l'hypnotisait, et tourna la tête vers le détective.

— Edward ? répéta-t-elle.

Mais l'homme, plus absorbé qu'elle, ne l'entendait point. S'il regardait bien dans la même direction, il paraissait ne pas y voir la même chose.

— Pat ! s'extasiait-il d'un air émerveillé. Pat ! Tu t'es réveillé ! Oh, mon ami, mon frère…

Lorraine leva péniblement sa main vers lui et balbutia :

— Je crois… Je crois que nous sommes drogués. L'encens…

Elle était sur le point d'attraper son voisin par l'épaule pour le secouer lorsqu'une explosion formidable retentit au beau milieu du cloître, provoquant un éclat de lumière qui irradia l'abbaye tout entière.

Écrasée tant par le bruit de la déflagration que par son souffle, Lorraine crut s'évanouir au moment où une vague brûlante fouettait son visage.

Sortie de sa torpeur par la violence du choc, la jeune femme reprit ses esprits et découvrit, anéantie, le décor épouvantable qui s'offrait désormais à son regard médusé.

49.

En une seconde à peine, dans la cour du cloître, la cérémonie féerique avait laissé place à l'horreur d'un champ de bataille.

À l'endroit où s'était trouvée, quelques instants plus tôt, la tribune centrale, il ne restait plus qu'un cratère noir, jonché de débris fumants. Tout autour, des corps déchiquetés. Des membres arrachés. Du sang et des flammes. Après l'immense déflagration, la cour avait sombré dans le plus sinistre des silences, que seul le crépitement des feux venait déranger.

Pétrifiée d'épouvante, Lorraine resta allongée sur la mezzanine, et le temps lui-même sembla se suspendre, jusqu'à ce qu'une série de détonations retentissent dans de grands éclairs blancs.

Mlle Chapelle sursauta en poussant un cri. Au milieu des colonnes de la galerie opposée, elle aperçut alors la silhouette d'un homme qui, mitraillette Thompson dans les mains, faisait feu sur les quelques survivants qui rampaient ou s'enfuyaient. Profitant de la capacité du chargeur à tambour, il tirait des rafales d'une dizaine de coups.

Lorraine se redressa d'un bond. Edward était toujours allongé, aussi lui donna-t-elle un coup de pied sur l'épaule, espérant le libérer ainsi de sa stupeur. Puis, électrifiée par l'urgence, elle s'abrita à l'angle de la brèche et sortit le revolver de son dos. Retenant sa respiration, elle visa l'homme en contrebas et fit feu dès qu'elle l'eut en ligne de mire. La première balle manqua sa cible. La seconde fit mouche. Touché en pleine poitrine, l'assaillant fut projeté en arrière et s'effondra au milieu des décombres.

Au même instant, Pierce se réveilla. Secouant la tête, il se leva péniblement à son tour, se saisit de son arme et se posta de l'autre côté de l'ouverture. Une nouvelle salve claqua dans le cloître. Plusieurs balles ricochèrent contre le mur, à quelques centimètres à peine du détective.

Un deuxième homme, équipé d'une Thompson lui aussi, était apparu sous la galerie occidentale. Edward sortit brièvement de sa cachette et tira trois coups, sans succès. À peine s'était-il remis à l'abri que son adversaire le mitraillait de nouveau.

— Couvrez-moi ! s'écria Pierce avant de se précipiter vers l'escalier.

Lorraine acquiesça et se décala pour tirer au plus vite. L'homme, contraint de se retrancher, disparut un instant derrière une colonne. Dès qu'il essaya d'en sortir, Mlle Chapelle fit feu, l'obligeant à reprendre sa position.

Gardant sa visée, Lorraine compta dans sa tête. Elle avait tiré quatre balles. Il en restait deux dans le barillet. Elle grimaça : elle n'avait pas d'autres munitions en réserve !

Les bras tendus, les sens en alerte, voyant l'ombre du tireur se remettre à bouger, elle s'apprêtait à appuyer sur la queue de détente quand une détonation retentit dans la cour. L'homme à la mitraillette, foudroyé, s'écroula au pied de la colonne. Le détective Pierce apparut près de lui, arme au poing.

Alors qu'il était en train de faire signe à Lorraine de descendre, Edward poussa un cri en portant la main sur sa nuque. Enfouie dans les ombres derrière lui, la jeune femme crut reconnaître la silhouette de Steve Stevens qui, du bout d'une fine lame, venait de piquer le cou du détective.

Mâchoire serrée, Lorraine hésita à tirer. Non seulement elle devait économiser ses balles, mais, surtout, elle ne pouvait prendre le risque de toucher Edward. Celui-ci, titubant, tourna lentement sur lui-même, avant de s'effondrer mollement, comme une poupée de chiffon.

Ivre de colère, Lorraine bondit vers l'escalier et dévala les marches. Arrivée au rez-de-chaussée de la salle capitulaire, elle fit une halte pour inspecter les quatre murs. En face de la porte par laquelle ils étaient entrés, elle en entrevit une deuxième. Le dos courbé, Lorraine traversa la vaste pièce au pas de course et sortit prudemment du bâtiment pour rejoindre le cloître par sa galerie orientale.

Dehors, il n'y avait plus un bruit. Lorraine, qui était en train d'avancer dans la fumée, entendit les plaintes épouvantables des blessés. Tandis qu'elle s'approchait lentement de la cour, elle aperçut quelques adeptes qui, gémissant, rampaient parmi les cadavres. La vision d'un jeune enfant, immobile, étendu les bras en croix au pied d'un brasier renversé, lui glaça le sang.

Prenant une profonde inspiration, la jeune femme s'efforça de se concentrer sur ce qu'elle devait faire avant tout : trouver Steve Stevens, et mettre un terme à cette folie !

Dans l'espoir de surprendre son adversaire, elle entreprit de contourner le cloître par le nord. Mais elle se faisait peu d'illusions : l'homme avait sûrement déjà changé de position. Progressant furtivement parmi les ombres, elle essaya de ne pas trop regarder vers la cour, préférant s'épargner le spectacle insoutenable de son parterre ensanglanté.

Arrivée au bout de la galerie septentrionale, elle ne put manquer de reconnaître la silhouette de Nicky Tudor, gisant au pied d'une colonne. Horrifiée, elle se précipita vers lui et s'agenouilla.

Couché sur le flanc, le marin respirait encore. Son visage couvert de terre et de sang, il semblait toutefois grièvement blessé.

Lorraine jeta un rapide coup d'œil alentour, puis se pencha vers l'homme et posa une main sur sa joue.

— Nicky ? Vous m'entendez ? chuchota-t-elle.

Les paupières du marin s'ouvrirent péniblement et, dans un râle, il commença à rouler lentement sur le côté.

— Ne bougez pas, Nicky. Je vais aller chercher du secours !

Lorsqu'il fut sur le dos, la jeune femme découvrit que la toge de M. Tudor avait une énorme marque, rouge et poisseuse, au niveau de la poitrine. L'homme avait reçu un éclat de céramique dans le torse. Le tesson, sans doute, lui transperçait le poumon. Ou le cœur peut-être.

— Ça va aller, répéta-t-elle plusieurs fois, comme pour se convaincre elle-même.

Les lèvres de Nicky Tudor se mirent à trembler, et il essaya de parler, mais sa bouche ne put produire que quelques borborygmes incompréhensibles.

Le regard terrorisé, le marin redressa laborieusement son buste et leva une main tremblante.

— Ne bougez pas ! le supplia Lorraine, incapable de retenir les larmes qui perlaient à ses yeux.

Mais quand, au bout de la main du marin, elle vit l'index se tendre, elle comprit.

Aussi prestement que possible, Lorraine fit volte-face. La figure machiavélique de Steve Stevens se tenait à quelques pas, pistolet dans une main, canne-épée dans l'autre.

Mue par un réflexe de survie, Lorraine fit feu. Le tir, mal ajusté, ricocha contre le mur de la galerie. Hurlant de fureur, la jeune femme appuya une seconde fois sur la queue de détente. Sa dernière balle toucha l'antiquaire à l'épaule.

Avec un grognement, Stevens fit un pas en arrière et grimaça en baissant les yeux vers sa blessure.

Lorraine, avec quelque entêtement ridicule, tira encore plusieurs fois. Barillet vide, le cliquetis désolant du percuteur résonna dans la cour, comme un tintement ironique.

Redressant la tête, Steve Stevens tendit son pistolet devant lui et avança vers Lorraine.

Désarmée et prise d'une peur panique, la jeune femme recula à quatre pattes, jusqu'à ce que son dos heurte le mur de la galerie.

L'ombre redoutable de Steve Stevens grossit lentement, et envahit bientôt la cour tout entière. Marchant d'un pas lourd vers Mlle Chapelle, il venait d'arriver près de M. Tudor quand il baissa son bras et pointa le pistolet vers le marin.

— Non ! hurla Lorraine.

La détonation retentit entre les ruines de l'abbaye.

Le corps de Nicky fut agité d'un dernier soubresaut, avant de s'immobiliser à tout jamais.

Étouffée de sanglots, Lorraine crut perdre la raison.

Elle était anéantie et n'avait même plus la force de fuir. De toute façon, l'antiquaire n'était qu'à deux mètres, et sans doute lui tirerait-il dessus si elle tentait le moindre repli.

Adossée au mur, les yeux embués de larmes, la jeune femme regarda autour d'elle, avec un accablement résigné. Sur sa droite, à l'autre bout de la galerie, elle vit le corps d'Edward Pierce.

— Il est seulement endormi, fit Steve Stevens avec un sourire diabolique.

Tournant de nouveau la tête vers l'antiquaire, Lorraine lui adressa un regard empli de haine et de mépris.

— Finissons-en, lâcha-t-elle d'une voix sinistre. Tuez-moi, espère d'ordure !

Il eut une moue contrariée.

— Allons, mademoiselle ! Contrairement aux enfants de Dagda, je ne tue pas les innocents, moi. Et, à moins que vous ne m'y contraigniez, je ne vous tuerai pas plus que je n'ai tué le père Molloy ou votre cher détective ici présent.

— Et Mlle Appleton ? Et M. Galloway ?

— *À moins que vous ne m'y contraigniez*, ai-je dit. Ceux-là ne nous ont guère laissé le choix. J'aurais préféré les endormir, comme le prêtre, mais les circonstances en ont voulu autrement…

— Et les enfants qui sont derrière vous ? N'étaient-ils pas aussi innocents que votre fille et votre femme ?

— Il n'est pas innocent, celui qui porte le sang de Dagda dans ses veines.

Lorraine secoua la tête.

— Que leur reprochez-vous ?

— Vous le savez très bien, mademoiselle. Depuis des siècles, les enfants de Dagda veulent empêcher le réveil de Celui qui Marche dans le Temps. Ils ont même essayé de l'anéantir en faisant tomber du ciel leur météorite.

Sans le vouloir, Lorraine éclata d'un étrange rire nerveux.

— Vous n'êtes pas sérieux ? Vous croyez à ces foutaises ? Vraiment ? Vous croyez que Croatoan est un dieu ?

— Il n'est pas un dieu. Il appartient seulement à une espèce différente de la nôtre. Bien plus puissante, et bien plus ancienne…

— Bien sûr ! se moqua Lorraine, qui peinait à croire que son interlocuteur était sincère. Et là, il dort tranquillement sous la mer, au large de Blackmore, c'est cela ?

L'antiquaire pencha la tête, comme s'il était véritablement étonné.

— Vous n'avez pas compris, mademoiselle. Croatoan ne dort pas au large de Blackmore. Croatoan *est* Blackmore. C'est une partie de lui, en tout cas. Le corps du Grand Ancien s'est éparpillé dans les océans, il y a fort longtemps. Je pensais que vous l'aviez saisi, en découvrant les gouffres dans les souterrains…

— Ah ! Ce seraient ses branchies ? persifla Lorraine.

— C'est un peu plus compliqué que cela, mais, oui, en quelque sorte. Les enfants de Dagda ont cru pouvoir empêcher son réveil en plaçant leurs forts au-dessus des bouches principales, mais c'était peine perdue. Contrairement à vous et moi, Croatoan n'a pas besoin d'air pour se réveiller…

— Tiens donc ! C'est pratique ! Et de quoi a-t-il besoin, alors ?

— Il se nourrit d'hormones humaines. En particulier celles du cortex surrénalien. Celles qui rendent si agressifs les faibles êtres que nous sommes. Chaque nouvel épisode de violence sur l'île le réveille un peu plus.

— Je… Je…

Lorraine se mit à rire de nouveau, incapable de finir sa phrase. Elle croyait rêver. Était-elle encore sous les effets hallucinogènes de l'encens ?

— Vous avez parlé de tout cela à votre ami le Dr McCann ? lança-t-elle avec un soupir. Je suis sûre qu'il pourrait vous accueillir à Bragbury pour un petit séjour…

— Callum est un imbécile. Allons, ne m'en voulez pas, Lorraine, mais j'ai encore beaucoup de choses à faire, ce soir, je vais devoir vous endormir à votre tour.

Pointant sa canne-épée vers la jeune femme, il avança lentement dans sa direction.

— Ne vous inquiétez pas. Vous aurez tout oublié quand vous vous réveillerez.

— Attendez ! s'exclama Lorraine alors que la pointe de la lame affilée n'était plus qu'à quelques centimètres de sa gorge. Puisque je vais tout oublier, ayez au moins la bonté de m'expliquer : pourquoi les avez-vous disséqués ? Qu'est-ce que vous cherchez ?

L'antiquaire s'arrêta et la dévisagea. Il sembla hésiter avant de répondre.

— Les enfants de Dagda ont… un secret. Quelque chose dans leur corps qui les protège. Dans leur sang, dans leurs yeux, dans leur cœur, je ne sais pas…

— Ah ! Je vois ! affirma-t-elle d'un ton faussement sérieux. En réalité, vous êtes simplement jaloux, n'est-ce pas ? Vous vouliez en être ? Vous espériez faire partie du club, peut-être ? Mais vous n'aviez pas les bons yeux ?

À ces mots, le visage de l'antiquaire se métamorphosa. Ce fut comme si un nuage sombre s'était posé sur lui, et ses traits gracieux se muèrent en une expression de colère.

Baissant la canne-épée devant lui, il leva l'autre bras et braqua le pistolet sur Lorraine.

Aussitôt qu'elle vit l'index de Steve Stevens presser la détente, la jeune femme, foudroyée de terreur, ferma les yeux et hurla.

Elle hurla longtemps.

Et pourtant, la détonation ne vint pas.

Lorsque, perplexe, Mlle Chapelle rouvrit les yeux, elle vit la figure hébétée de l'antiquaire, dont le corps oscillait doucement.

Lentement, il ouvrit les doigts de sa main gauche, laissant tomber sa canne-épée, et vint toucher sa poitrine, à l'endroit où une tache rouge était en train de grossir sur la soie blanche de sa chemise.

Et puis, d'un coup, ses yeux se révulsèrent, et il s'effondra sur le sol, inanimé.

Lorraine, bouche bée, vit alors apparaître la silhouette d'un jeune garçon. Elle le reconnut sans peine. C'était celui qu'elle avait aperçu le soir de son arrivée sur l'île. Et plusieurs fois depuis. Celui qui avait désigné Stevens sur la buée d'une fenêtre. Gabriel Donahue, dont la grand-mère venait de trouver une mort violente au cœur de l'explosion.

Dans sa main, il tenait un poignard. L'un de ceux qui avaient servi à la célébration. D'un geste nonchalant, il le jeta au loin, puis il posa son regard sur Mlle Chapelle.

— Va-t'en, Lorraine ! lança-t-il. Contrairement à nous, tu n'es pas obligée de rester, toi.

Incapable de parler, la jeune femme le dévisagea, les yeux écarquillés. Elle n'était pas sûre de comprendre ce qu'il avait dit, ou tout au moins de savoir y lire entre les lignes.

Le garçon lui lança quelque chose comme le plus triste des sourires, et puis, dans un souffle, il tourna les talons et partit en courant.

— Attends ! cria Lorraine en se redressant.

Mais il était déjà loin.

Dans le ciel, la dernière colonne de fumée se dissipa sous les rayons de lune.

Épilogue

Un mois avait passé quand, au soir du 30 novembre 1925, bras dessus, bras dessous, Lorraine et Edward sortirent du *Grasshopper's Inn*, le pub où ils se rendaient désormais chaque jour, au cœur de Saint-Hélier.

— Avez-vous réservé votre retour à Paris, mademoiselle ?

La jeune femme haussa les sourcils d'un air étourdi.

— Oh, flûte alors ! J'ai encore oublié ! Misère ! Vous allez devoir me supporter une semaine de plus, mon petit morse encapuchonné !

— Mais qu'elle est bête ! Qui sait, il se trouve peut-être chez vous une lettre d'Edmond Locard qui vous offre un poste à son laboratoire de police scientifique ?

— Ne m'aviez-vous pas proposé vous-même une place dans votre agence ?

— Tiens donc ! Vous viendriez à Canterbury ? Vous, la Parisienne ? Avec vos petites chaussures salomé et votre chapeau cloche ?

— Je pourrais ouvrir une succursale à Londres !

— Comme détective de l'étrange ? se moqua Pierce.

— Ah non ! *Lorraine Chapelle, détective de la raison pure* !

Au fil des jours, tous deux avaient retrouvé quelque sérénité, et ils riaient de bon cœur ce soir-là, en marchant vers l'hôpital de Jersey.

Une semaine après la *tuerie de Pennygarth*, comme l'appelaient les journaux, le gouverneur de Blackmore leur avait enfin donné l'autorisation de quitter l'île pour rejoindre Jersey, où le Dr McCann avait obtenu que le père Molloy fût transféré, afin d'y recevoir les soins du meilleur hôpital de l'archipel.

L'affaire, bien sûr, avait fait couler beaucoup d'encre, et les articles, quoique sur un rythme moins soutenu, continuaient de paraître, alors que chacun y allait de sa nouvelle explication. Celles d'Edward et de Lorraine, d'ailleurs, différaient grandement, et ils avaient passé de longues soirées à se disputer pour savoir lequel des deux voyait juste : celui qui laissait une place au mystère, ou celle qui n'ouvrait sa porte qu'à la raison. La version du gouverneur Glover, quant à elle, était des plus épurées : sous la houlette de M. Stevens, un groupe de désaxés s'était livré à des crimes odieux sur les membres d'une petite congrégation religieuse. Et c'était tout. Les quatre coupables – l'antiquaire, le fils Gaudion et deux marins – étaient tous morts ; l'affaire était close.

Arrivés à l'hôpital de Jersey, fidèles à leur rituel quotidien, les deux acolytes saluèrent l'infirmière de l'accueil et montèrent au deuxième étage, vers la chambre du père Molloy. Malgré les soins que lui prodiguaient les plus grands médecins de Jersey, le prêtre n'était toujours pas sorti de sa catatonie, et l'espoir qu'il puisse un jour recouvrer ses esprits diminuait comme peau de chagrin à chaque nouveau diagnostic.

Ils étaient parvenus au milieu du couloir quand une apparition arrêta les deux amis dans leur marche.

Devant eux, s'appuyant sur le bras de son irremplaçable Arnold, sir Ronald Waldon sortait de la chambre du prêtre.

Lorraine et Edward échangèrent un regard perplexe, puis s'avancèrent vers le vieux lord.

— Ah ! s'exclama celui-ci en souriant, les yeux perdus dans le vide. Ne seraient-ce point les pas de ma douce Lorraine et de son détective préféré ?

— Si, Monsieur, répondit le *butler*. Les voici qui arrivent.

— Que faites-vous là ? demanda Lorraine, plus sèchement qu'elle ne l'eût voulu.

— Eh bien, nous sommes venus rendre visite à ce bon père Molloy, pardi !

— Vous auriez pu nous prévenir ! rétorqua Mlle Chapelle.

— Nous… Nous vous aurions invités à dîner, ajouta Pierce pour arrondir les angles.

— Dites donc, vous ne manquez pas d'air, mademoiselle ! s'amusa le vieillard. N'est-ce point vous qui me traitez comme un étranger depuis que votre enquête a pris fin ?

Lorraine poussa un long soupir.

— Je suis désolée, lâcha-t-elle. J'ai préféré respecter votre deuil et me faire discrète.

— Tss, tss ! Lorraine ! En quoi disparaître à votre tour pourrait m'être d'une quelconque aide pour traverser mon deuil ? Allons ! Si vous avez quelque chose sur le cœur, dites-le maintenant, ou taisez-vous à jamais !

— J'ai pensé que vous épargner mes reproches dans un moment pareil était sans doute une meilleure idée…

— Vos reproches ? Quels reproches ? la pressa Waldon.

Edward, qui n'avait pas lâché le bras de Mlle Chapelle, le serra un peu plus fort et lui adressa un regard entendu, comme une menace et une invitation à se taire. La jeune femme, forcément, déclina l'invitation.

— Vous étiez peut-être les victimes dans cette sombre affaire, mais vous êtes, au fond, aussi coupables, tous autant que vous êtes ! Combien de vies gâchées au nom de vos croyances ridicules ? Combien d'enfants sacrifiés par votre prosélytisme religieux ?

— Mais, enfin… De qui parlez-vous, Lorraine ? s'offusqua le lord.

— Des enfants de Dagda, sir ! Vous en faites partie, et vous avez entraîné Margaret dans cette folie !

Le visage du vieil homme s'assombrit, tandis que ses deux poings se fermaient sur le pommeau de sa canne blanche.

— Vous vous trompez, ma chère. J'ai quitté les enfants de Dagda aussitôt que j'ai eu atteint la majorité, et je me suis enfui de Blackmore, loin de mes parents et de tout cela. Et sachez que Margaret, paix à son âme, n'en faisait point partie ! Je l'en ai préservée, au grand dam de cette vilaine Donahue ! Le seul tort de ma pauvre Meggy fut d'avoir hérité de mes yeux, ce qui a visiblement incité M. Stevens à la prendre pour une adepte !

Sous le coup de la surprise, les traits de Mlle Chapelle s'adoucirent quelque peu.

— Peut-être auriez-vous dû l'emmener loin de tout cela, dans ce cas…

Le vieil homme eut un petit rire nerveux, derrière lequel se devinait une profonde tristesse.

— J'aurais tant aimé. J'avais pourtant fait en sorte qu'elle grandisse loin de Blackmore, elle aussi. Malheureusement, la mort de ses parents en a voulu autrement… Mais allons ! C'est du passé, tout cela ! Bigre, je suis fatigué. Prenez soin de vous, Lorraine. Et vous, monsieur Pierce, merci de veiller sur elle. J'espère que vous passerez me voir quand vous serez dans de meilleures dispositions.

Mais Mlle Chapelle s'était figée quelques phrases plus tôt. Les lèvres tremblantes, elle regardait le vieil homme.

— *Elle aussi* ? Comment ça, *elle aussi* ? marmonna-t-elle, interdite.

Plutôt que de lui répondre, sir Ronald Waldon donna une petite tape sur le bras de son *butler*.

— Allons-y, Arnold, je suis fourbu.

Embarrassé, le serviteur adressa une révérence à Lorraine et Edward, puis accompagna le vieux lord vers le bout du couloir.

La jeune femme, sonnée, attrapa l'épaule du détective.

— Il a bien dit « elle aussi », n'est-ce pas ? Qu'est-ce… Qu'est-ce qu'il a voulu dire ?

Pierce haussa les épaules, fort mal à son aise.

— Eh bien, je ne suis pas sûr, peut-être que…

Il fut interrompu par l'appel qui résonna juste derrière eux :

— Edward ? C'est toi ?

Abasourdi à son tour, le détective sc tourna vers la chambre du père Molloy.

— Edward ?

Par quelque miracle, peut-être, le prêtre s'était enfin réveillé !

Les deux acolytes se précipitaient dans la chambre de Pat Molloy quand, à des kilomètres de là, par-delà les flots tempétueux de la Manche, une ombre sournoise apparut sur une crique de l'îlot de Bragbury.

Dans la lueur argentée de la lune, au détour d'un rocher, le visage de Phil Sadler se dessina, dégoulinant d'eau salée.

Nu comme un ver, le corps décharné, le peintre posa les mains sur le granite, et on eût dit qu'il l'embrassait.

Ses yeux, alors, étincelèrent, et sa voix rauque se mêla au bruit lancinant des vagues.

— Croatoan, murmura-t-il. Croatoan…

Dans le lointain, ses paroles s'envolèrent au-delà du murmure des brumes.

FIN

Postface :
Hommage à l'oncle Pierre

Tout comme la série des *Enquêtes de Gabriel Joly*, ce roman aux accents lovecraftiens se veut un hommage à la littérature populaire en général, et plus particulièrement aux romans-feuilletons et aux nouvelles des *pulp magazines* de la première moitié du siècle dernier. Mais ces livres sont aussi, plus intimement, une révérence adressée à la mémoire de « l'oncle Pierre ».

Disparu dix mois après ma naissance, je n'ai jamais connu mon grand-oncle, Pierre Lœvenbruck, mais sa personnalité, sa carrière et son œuvre ont bercé de livres mon enfance et mon adolescence. On me demande souvent comment et pourquoi je suis devenu écrivain. Il est difficile de savoir comment un jour on en vient à prendre la plume et à vouloir en faire carrière, mais j'ai toujours pensé qu'il y avait, dans mon cas, un petit peu de génétique derrière tout cela…

Je me souviens encore des heures magiques que je passais, gamin, à feuilleter les vieux bouquins de mon grand-oncle, nichés à l'abri de la lumière, dans le tiroir du bas de la grande armoire paternelle. De vieux romans populaires aux pages jaunies, publiés dans les collections légendaires des éditions Tallandier, avec leurs sublimes couvertures peintes à la main par le grand Maurice Toussaint, et leurs titres qui, déjà, respiraient l'aventure : *Le Secret de l'Antarctide*, *Les Compagnons du dragon noir*, *Les Pionniers de Fachoda*, *La Vengeance du fétiche*, *L'Idole à la lance d'or*… Ces titres, l'odeur du vieux papier, la poussière qui en tombait à chaque page tournée, tout concourait à me donner le sentiment de tenir entre mes mains des trésors, et j'éprouvais une immense fierté à voir tantôt le nom familial imprimé sur ces couvertures (avec l'*e* dans l'*o*, s'il vous plaît), tantôt ces myriades de pseudonymes que je pensais être le seul à pouvoir décrypter : Demousson, Blénod, Maidières…

Mon adorable et fantasque progéniteur me parlait souvent de l'oncle Pierre, avec lequel il avait partagé des liens profonds, et un certain amour pour la pitrerie. C'était la célébrité de la famille mais, surtout, un personnage haut en couleur : consul de France, résistant, officier de la Légion d'honneur, grand voyageur, auteur couronné par l'Académie française, ami de Claudel, de Kessel, de Mac Orlan. Mon grand-père (son frère) le tenait pour un épuisant fantaisiste. Mais moi, sacrebleu, je le voyais comme un héros d'un autre temps ! Une légende, un aventurier, et je crois bien que, toute ma vie, j'ai rêvé de ressembler à l'oncle Pierre.

Las, politiquement, il faut bien l'avouer, je pense que nous aurions eu quelques points d'achoppement. Pierre était un conservateur endurci, amoureux de la chose militaire, catholique pratiquant, et je pense qu'il aurait vu d'un assez mauvais œil le vilain objecteur de conscience agnostique que la vie a fait de moi.

Philosophiquement, toutefois, nous aurions sans doute partagé une certaine foi en la perfectibilité de l'homme. Quoi qu'il en soit, combien j'aurais aimé pouvoir échanger avec lui, ce baroudeur élégant, cet homme érudit et curieux, ce résistant de la première heure, cet amoureux des littératures populaires, qui, en outre, semblait posséder un sacré sens de l'humour.

La vie m'a appris une triste chose : la reconnaissance a la mémoire courte. Les auteurs populaires n'échappent guère à l'adage. Quel qu'ait été leur succès (le sien fut énorme, et sa production gargantuesque), ils tombent facilement dans l'oubli. La plupart de ses textes, il faut l'admettre, ont quelque peu vieilli. Nous dirons qu'ils conservent un charme désuet. Mais, fichtre, avec une telle carrière, l'oncle Pierre n'a même pas sa page Wikipédia (à bon entendeur…) ! Vous me pardonnerez donc d'éprouver ici le besoin viscéral de lutter contre l'oubli et de vous faire connaître la vie mouvementée et l'œuvre foisonnante de Pierre Lœvenbruck. Il était de la trempe de ces grands hommes, ces Romain Gary, ces Joseph Kessel, qui conciliaient un parcours professionnel d'une grande richesse avec une production littéraire faramineuse et un engagement patriotique des plus honorables.

Avant de vous présenter son incroyable biographie, permettez-moi une anecdote amusante, qui démontre que le statut de consul de France n'empêche nullement la fantaisie…

Pour la communion solennelle de mon père, l'oncle Pierre, qui adorait son neveu, décida de lui offrir un étrange cadeau. Ce matin-là de 1950, mes grands-parents eurent la surprise de voir arriver un cocher au bas de l'immeuble, qui conduisait… un âne ! « C'est un cadeau de M. Pierre Lœvenbruck pour votre fils, madame. » Un âne ! Dans la capitale ! Pour un petit garçon de onze ans ! Mon grand-père, furieux, renvoya l'animal à son expéditeur. Vexé, l'oncle Pierre revint deux jours plus tard avec un cadeau moins encombrant, mais tout aussi déconcertant : un fusil de chasse ! De guerre lasse, mon grand-père ne put refuser une seconde fois le présent fait à son fils et emmena donc mon père dans le jardin de leur petite maison de campagne, à Aigleville, où il entreprit de le faire tirer allègrement sur son mobilier d'enfant. Embrassant volontiers ce singulier rituel de passage à l'adolescence, mon père se fit une joie de détruire un par un ses petits meubles bleu pastel avec la carabine de l'oncle Pierre, qui trône toujours aujourd'hui dans la maison familiale.

Aussi, si vous le voulez bien, partons maintenant avec ce curieux ancêtre, auteur des *Captifs de la Vierge rouge*, pour des voyages extraordinaires sur terre, sur mer et dans les airs !

Pierre Marie Joseph Lœvenbruck, né le 2 avril 1891 à Pont-à-Mousson – fief historique de la famille –, est le fils de mon homonyme et arrière-grand-père Henri Lœvenbruck et de Marie Noël. Il grandit avec ses parents, sa petite sœur Jeanne et leur petit frère Émile (mon grand-père) dans la quincaillerie familiale, sise 19, place Duroc, à Pont-à-Mousson.

Le chef de famille, Henri, tient en effet ce beau commerce qui jouxte l'hôtel de ville, une adresse de choix, et ses revenus très honorables permettent à la famille de vivre confortablement. Sur les vieilles cartes postales, on retrouve aisément la trace de cette quincaillerie

Lœvenbruck-Noël, qui – un signe ? – était installée à côté de la célèbre librairie Reboulet.

L'adolescence venue, Pierre fait ses études classiques au lycée de la Malgrange, institution privée de la banlieue nancéenne, puis s'inscrit à la faculté de droit de Nancy.

En août 1914, alors que la Première Guerre mondiale éclate, du haut de ses vingt-trois ans, ce jeune homme promis à un brillant avenir est mobilisé au 269e RI, avec le grade de sergent. Dans *Ceux de la réserve*, il relatera sa campagne d'août à octobre 1914, date à laquelle il fut capturé. Dans *Bouches inutiles*, il racontera ensuite ses quatre années de captivité, dont il conservera à la fois une haine farouche pour les « boches » et une admiration résignée pour leur puissance militaire. Emprisonné en Suisse, il rencontre une infirmière autochtone qui lui sauve la vie, alors que les Allemands l'avaient laissé pour mort : Maria-Antonia Kressig. C'est le coup de foudre. Il ne l'oubliera pas.

Après la guerre, Pierre se présente au concours du ministère des Affaires étrangères et sa réussite lui permet d'obtenir rapidement des postes prestigieux. Il s'installe alors à Paris, au 116, rue de la Convention, dans le 15e arrondissement, où il prend à l'entresol un petit appartement, qu'il gardera comme pied-à-terre jusqu'à sa mort. J'ai passé une bonne partie de mon enfance et de mon adolescence dans cet immeuble, puisque mes grands-parents s'installèrent juste au-dessus de lui. Je me souviens encore quand, étudiant en hypokhâgne au tout proche lycée Blomet, j'allais déjeuner chez ma grand-mère, et que celle-ci me parlait de son ancien voisin du dessous, ce beau-frère un peu farfelu et à la vie si romanesque.

De 1919 à 1920, il est vice-consul à Berne, en Suisse, où il retrouve enfin ladite Maria-Antonia Kressig, qu'il épouse. Il poursuit sa carrière de vice-consul à Hambourg, à Copenhague, puis revient à Paris en 1922. Il est alors nommé au ministère des Affaires étrangères comme rédacteur au Bureau du chiffre. Inutile de vous dire, pour ceux qui ont lu mon roman *J'irai tuer pour vous*, que j'ai beaucoup souri en découvrant que mon grand-oncle avait fricoté avec le 2e Bureau, chargé du contre-espionnage pour la région parisienne, puis avec le SDECE, tous deux ancêtres de la DGSE…

En 1923 – alors que Lorraine Chapelle entreprend ses études de criminologie –, Pierre est nommé à la direction politique de l'Administration centrale. C'est pendant cette période qu'il commence à publier, sous pseudonymes, ses premiers romans populaires, à un rythme infernal, et avec succès. Polars, romans d'aventures, romans fantastiques, romans d'anticipation, romans d'amour, tout y passe !

Puis vient la Seconde Guerre mondiale. Attaché au contrôle des étrangers en 1940, avec l'aide du colonel Mengès, du 2e Bureau, et du lieutenant-colonel Schlesser, chef du 5e Bureau, Pierre entre dans la Résistance. Certains de ses livres ayant été inscrits par les Allemands sur la liste Otto des ouvrages bannis, il est rapidement dans le collimateur. À partir de juin 1942, il devient attaché aux services centraux de la Résistance, à Lyon, au service des faux papiers : il fournit aux insurgés de fausses cartes de vivres, de tabac, de textile, de faux livrets militaires, visas, passeports (on peut imaginer d'ailleurs qu'il y rencontra le beau-père de mon bien-aimé confrère Niko Tackian, un certain Adolfo Kaminsky, le « faussaire du siècle », qui mit ses talents au service de la Résistance).

Très vite, Pierre prend lui-même la direction du service du chiffre, dans un bureau clandestin situé 46, rue Auguste-Comte, à Lyon. En septembre 1943, il s'engage dans la France Combattante, sous les auspices du commandant Hettinghausen, jusqu'à ce que Londres, en octobre 1943, le nomme chef du réseau Froment. Six mois plus tard, le 9 mars 1944, il est arrêté par la Gestapo, enfermé à Fresnes, et n'est libéré que grâce à l'intervention amicale d'un diplomate allemand (un certain M. Kieffer – grâces lui soient rendues) qu'il avait connu à l'ambassade d'Allemagne, avant la guerre.

Pierre, « grillé », est obligé de se faire discret et de prendre ses distances. Malheureusement, dénoncé pour la persistance de ses relations avec l'Armée secrète, ces charmantes personnes de la Milice l'arrêtent de nouveau, le 15 juin 1944, et l'enferment au Petit Casino de Vichy, avant de le remettre à la Gestapo le 20 juillet. Interné à Moulins, il sera heureusement libéré par les FFI, le 25 août 1944.

Pour ces faits, il sera remercié par le général de Gaulle, cité à l'ordre du corps d'armée le 22 octobre 1947, et il recevra la croix de guerre, avec étoile de vermeil. La citation explique qu'il « a assuré, dans des circonstances de plus en plus difficiles et périlleuses, durant trois années, la liaison entre des groupements de résistance et des réseaux de la zone nord et de la zone sud. Il n'a cessé, durant un long séjour dans les cellules de la Gestapo, d'être pour tous ses camarades un magnifique exemple de patriotisme et de courage ». Diantre, à cette époque, se dire patriote, ce n'était pas une simple posture électorale, et je vois bien des patriotes autoproclamés d'aujourd'hui qui auraient très certainement garni davantage les rangs de la Milice que ceux de la Résistance… Bref…

Après la guerre, Pierre Lœvenbruck reprend sa carrière diplomatique ; il est nommé consul général à Bâle, dans la Suisse natale de son épouse. S'il abandonne peu à peu la fiction, il publie de plus en plus d'articles, notamment au *Monde diplomatique*. De retour en France au milieu des années 1950, il quitte soudainement sa carrière diplomatique pour se consacrer à l'une de ses plus grandes passions : la faune. Voyant arriver la soixantaine, il s'achète une petite maison dans la Somme et prend la direction du jardin zoologique d'Amiens. Profitant d'un rythme de vie beaucoup plus calme qu'au consulat, il retourne régulièrement dans sa Lorraine adorée. Puis, pendant sa retraite, il se met à écrire des essais, laissant de côté la littérature populaire.

Devenu commandeur de la Légion d'honneur, Pierre Lœvenbruck s'éteint à Paris le 4 décembre 1972, à l'âge de quatre-vingt-deux ans. Fidèle à sa terre natale, il repose dans le caveau familial, à Pont-à-Mousson.

Voilà ce qu'on peut appeler une vie bien remplie, n'est-ce pas ? Mais permettez-moi à présent d'abuser encore un peu de votre bienveillante patience pour vous dire quelques mots de son œuvre.

Quand l'oncle Pierre se lance dans l'écriture, en 1926, comme ce ne sont pas des romans très « sérieux » pour un vice-consul, il utilise deux pseudonymes (Pierre Demousson aux éditions Jules Tallandier, et Pierre

Blénod aux éditions Ferenczi). Sous ces sobriquets, il publiera jusqu'en 1938 plus de quarante romans !

En 1930, voulant s'essayer à une littérature « plus sérieuse », il utilise pour la première fois son véritable patronyme pour un roman coécrit avec Pierre Hellin, *Les Cahiers du sergent Walter*, qui, primé par l'Académie française, reçoit un joli succès public et critique. Puis, en 1930 et 1931, deux romans autobiographiques, *Ceux de la réserve* et *Bouches inutiles*. Ce dernier, prix du Souvenir, rencontra d'ailleurs un succès plus grand encore, avec neuf réimpressions consécutives, entre 1931 et 1932.

Poussant plus loin le jeu des pseudonymes, il publie en 1931 chez Tallandier *La Surprise*, un roman d'anticipation, prétextant qu'il s'agit d'un ouvrage allemand traduit en français. L'auteur supposé – un certain Oberleutnant Michel T. – y raconte la guerre de revanche préparée par l'Allemagne contre la France… Pour le moins prémonitoire !

À partir de 1932, soucieux de diversifier les genres auxquels il s'adonne, il utilise quatre nouveaux noms de plume : Pierre Maidières, Pierre Dukay, Georges Salin et Georges de Puvenel (cela vous dit quelque chose ?).

À partir des années 1950, il ne publie plus que chez de petits éditeurs, des titres plus confidentiels, consacrés à son amour de la faune sauvage, du cirque et de sa chère Lorraine, alors que ses anciens succès sont régulièrement réédités jusqu'au milieu des années 1960. Pierre Lœvenbruck a soixante-neuf ans quand il publie son dernier ouvrage, *Souvenirs d'un cor de chasse*…

Chacun des six pseudonymes de l'oncle Pierre avait sa logique éditoriale, selon qu'il était utilisé pour un polar, un roman fantastique ou un roman d'aventures, et chacun – comme cela se faisait beaucoup à l'époque – adressait un clin d'œil aux origines géographiques de l'auteur : sa chère Meurthe-et-Moselle. Ainsi, Pierre Demousson était bien sûr une référence à Pont-à-Mousson, sa ville de naissance, Pierre Blénod était un clin d'œil à Blénod-lès-Pont-à-Mousson, Pierre Maidières rendait hommage à cette banlieue homonyme, et Pierre Dukay à la rue du Quai, située à quelques pas de la quincaillerie familiale. Georges Salin renvoyait à Château-Salins, commune voisine, et Georges de Puvenel, enfin, à la forêt de Puvenel, qui borde Pont-à-Mousson.

On dit parfois qu'il n'y a pas de hasard dans la vie… Je ne saurais dire ce qui, dans ma vocation, relève de l'héritage et ce qui relève du hasard, mais toujours est-il qu'il n'est pas un seul de mes romans que je n'aie écrit sans penser à l'oncle Pierre. Comme lui, mon vœu le plus cher est d'emmener mes lecteurs sur les rives de la plus noble littérature qui soit, la littérature populaire ; celle qui nous tend la main pour nous emporter vers l'ailleurs, celle qui nous réunit par le frisson, le rire et les larmes, et qui sait nous tenir autant en haleine que le fit l'œuvre de Wilkie Collins pour cette chère Lorraine Chapelle !

Remerciements

J'ai commencé ce roman en septembre 2021, au soleil du Minervois, et l'ai terminé à Villejuif en janvier 2023.

Avant tout, je veux adresser mes remerciements affectueux à Maxime Chattam, ami de vingt ans et généreux accoucheur qui, quittant son manoir d'Edgecombe, m'a assisté lors de la naissance de la petite île de Blackmore, partageant le même amour (non sans les réserves idéologiques accoutumées) pour l'œuvre de H.P. Lovecraft, maître de Providence auquel ce livre est dédié.

Merci aussi à tous ces amis qui me portent chaque jour sur leurs épaules de géants : Fabrice Mazza, Yves Ragazzoli et ses joyeux Géromois, Renaud Séchan et sa troupe, la Ligue de l'Imaginaire, la fine fleur du ZCR, le Writers' Cthulhu et mes frères Spitfires.

Merci à Rémi Vandeplanque pour le coup de main nautique !

À mes parents, toujours, qui sont un exemple de générosité.

À toute l'équipe des éditions XO, sous le toit desquelles, en haut du mont Parnasse, j'ai trouvé avec bonheur une nouvelle famille. À Sarah Hirsch, éditrice formidable de patience, de bienveillance et d'opiniâtreté. Je crois pouvoir dire honteusement que jamais auteur ne lui en fit autant baver que moi sur cet ouvrage, et j'espère qu'elle trouvera dans ces quelques lignes la force de me pardonner. Et j'adresse aussi ma reconnaissance à notre correctrice érudite, Ève Sorin, tout aussi patiente et vigilante !

Un immense merci, enfin, à Tiphaine, adorable typhon, tout comme à mes trois incroyables enfants, Zoé, Elliott et Malo, qui rendent chaque jour la vie beaucoup plus belle.

Bibliographie documentaire

BLACK Adam et Charles, *The Channel Islands*, Black, 1889.

BONNARD Brian, *Alderney from Old Photographs*, Amberley, 2009.

CHAUVY Gérard, *Les Archives de la police scientifique*, Hors collection, 2013.

CLARKE Louisa Lane, *The Island of Alderney*, H. Brouard, 1851.

CONTY Henry de, *Îles Anglo-Normandes*, Guides Conty, 1904.

GILL Andrew, *Guernsey, Sark and Alderney in 1921*, Amazon, 2021.

JUAN Myriam, *Les Années folles*, Que sais-je ?, 2021.

LE NAOUR Jean-Yves, *1922-1929, les années folles ?*, Perrin, 2022.

MARION Philippe, *Petites histoires de la police technique et scientifique*, BOD, 2018.

MUCCHIELLI Laurent, *Histoire de la criminologie française*, L'Harmattan, 1994.

PARTRIDGE Colin et DAVENPORT Trevor, *The Fortifications of Alderney*, Alderney Publishers, 1993.

PINATEL Jean, *Histoire des sciences de l'homme et de la criminologie*, L'Harmattan, 2001.

POUCHAIN Gérard, *Promenade dans l'archipel de la Manche avec un guide nommé Victor Hugo*, Charles Corlet, 1985.

TIBBATTS Emily, AURIBEAU Philippe, LHOMME Tristan et PUIG Cyril, *Sciences forensiques & psychologies criminelles*, Sans détour, 2013.

Composition et mise en pages
Nord Compo à Villeneuve-d'Ascq

#lisez! engagé
www.lisez.com
Pour plus d'information :
Imprimé sur du papier issu de forêts gérées durablement.

Imprimé en France par MAURY IMPRIMEUR
en janvier 2024
N° d'impression : 275205

POCKET – 92, avenue de France, 75013 Paris

S33309/01

CODE PÉNAL
2023

CODE PÉNAL
2023

TRENTE-CINQUIÈME ÉDITION

La présente édition a été réalisée sous la direction de

David DECHENAUD
Professeur, Droit privé et sciences criminelles
Doyen honoraire de la Faculté de Droit de Grenoble
Université Grenoble Alpes

avec la collaboration de

Guillaume BEAUSSONIE
Professeur, Droit privé et sciences criminelles
Codirecteur de l'Institut de Criminologie et de Sciences pénales Roger Merle
Université Toulouse I-Capitole

Thomas HERRAN
Maître de conférences, Droit privé et sciences criminelles
Université de Bordeaux

Marion LACAZE
Maître de conférences, Droit privé et sciences criminelles
Université de Bordeaux

Cédric RIBEYRE
Professeur, Droit privé et sciences criminelles
Université Grenoble Alpes

Anne-Gaëlle ROBERT
Maître de conférences, Droit privé et sciences criminelles
Université Grenoble Alpes

LexisNexis

LexisNexis
141, Rue de Javel – 75015 Paris

Textes à jour au 20 mai 2022

Avertissement de l'éditeur

Toute utilisation ou traitement automatisé, par des tiers, de données personnelles pouvant figurer dans cet ouvrage sont formellement interdits.

Le logo qui figure sur la couverture de ce livre mérite une explication. Son objet est d'alerter le lecteur sur la menace que représente pour l'avenir de l'écrit, tout particulièrement dans les domaines du droit, de l'économie et de la gestion, le développement massif du photocopillage.
Le Code de la propriété intellectuelle du 1er juillet 1992 interdit en effet expressément la photocopie à usage collectif sans autorisation des ayants droit. Or, cette pratique s'est généralisée dans les établissements d'enseignement supérieur, provoquant une baisse brutale des achats de livres, au point que la possibilité même pour les auteurs de créer des œuvres nouvelles et de les faire éditer correctement est aujourd'hui menacée.

Siège social : 141, rue de Javel – 75015 Paris

ISBN 978-2-7110-3715-5
ISSN 1622-6208

CODE À JOUR AU 20 MAI 2022

Les codes LexisNexis conjuguent les analyses d'auteurs prestigieux avec la richesse des produits et services LexisNexis :

- Les codes LexisNexis conjuguent les analyses d'auteurs prestigieux avec la richesse des produits et services LexisNexis :
- pour la jurisprudence : l'expertise JurisData avec plus d'un million de décisions sélectionnées et analysées par des experts juridiques au sein de 34 Ateliers Régionaux de Jurisprudence dirigés par des universitaires de renom, auteurs et directeurs scientifiques de collections et revues LexisNexis.

Pour vous informer sur nos parutions, rendez-vous sur :

http://boutique.lexisnexis.fr

LISTE DES ABRÉVIATIONS

Ann.	Annexe
AJP	Actualité juridique de droit pénal
ALD	Actualité législative Dalloz
Adde	Ajouter
Al.	Alinéa
Art.	Article
Ass. plén.	Assemblée plénière de la Cour de cassation
Bull. crim.	Bulletin des arrêts de la Chambre criminelle de la Cour de cassation
Bull. inf. C. cass.	Bulletin d'information de la Cour de cassation
Cass. 1re, 2e, 3e civ.	Chambre civile 1re, 2e, 3e de la Cour de cassation
Cass. crim.	Chambre criminelle de la Cour de cassation
Ch. mixte	Chambre mixte de la Cour de cassation
Ch. réun.	Chambres réunies de la Cour de cassation
chron.	Chronique
C. civ.	Code civil
C. com.	Code de commerce
CCE	Revue communication et commerce électronique
CE	Conseil d'État
CEDH	Cour européenne des droits de l'homme
CESDH	Convention européenne de sauvegarde des droits de l'homme
CGI	Code général des impôts
CIC	Code d'instruction criminelle
CJCE	Cour de justice des communautés européennes
CJPM	Code de la justice pénale des mineurs
C. pén.	Code pénal
C. proc. pén.	Code de procédure pénale
Com.	Chambre commerciale de la Cour de cassation
Comp.	Comparer
Concl.	Conclusions
Cons. constit.	Conseil constitutionnel
Contra	En sens contraire
CSI	Code de la sécurité intérieure
D., DA, DC, DH, DP, DS	Recueil Dalloz, analytique, critique, hebdomadaire, périodique, Dalloz-Sirey Informations rapides
D., D.-L.	Décret, décret-loi
Dr. pénal	Droit pénal (Éditions du Juris-Classeur)
Gaz. Pal.	Gazette du Palais
JCP	JurisClasseur Périodique (Semaine juridique) - Dans le présent code, la référence concerne toujours l'édition G (Général), N (Notarial et immobilière) ou CI (Commerce et Industrie) devenue E (Entreprise).
JCl.	JurisClasseur
JO	Journal officiel
JurisData	JurisData, banque de données juridiques Éditions du JurisClasseur/Litec
L.	Loi
Not.	Notamment
Obs.	Observations
Ord.	Ordonnance
Préc.	Précité(e)
Procédures	Procédures (Revue)
QPC	Question prioritaire de constitutionnalité
RAP	Règlement d'administration publique
RJPF	Revue juridique personnes et famille
Rec. dr. pén.	Recueil de droit pénal
Req.	Chambre des requêtes de la Cour de cassation
RDI	Revue de droit immobilier, urbanisme, construction
RSC	Revue de science criminelle et de droit pénal comparé
RTD civ.	Revue trimestrielle de droit civil
Rev. soc.	Revue des sociétés
Cass. soc.	Chambre sociale de la Cour de cassation
somm.	Sommaire
T. confl.	Tribunal des conflits
T. corr.	Tribunal correctionnel
TGI	Tribunal de grande instance
TJ	Tribunal judiciaire
T. pol.	Tribunal de police
V.	Voir
V°	Au mot
Vie judiciaire	La Vie judiciaire

NB : Les arrêts de cour d'appel cités sont référencés par le seul nom de la ville, siège de la juridiction. Par ex, Lyon, 5 janv. 2007, ...

Table des matières

CODE PÉNAL	ARTICLES	PAGES
Liste des abréviations		IX
PARTIE LÉGISLATIVE		1
LIVRE PREMIER – DISPOSITIONS GÉNÉRALES	111-1 à 133-17	3
TITRE PREMIER – DE LA LOI PÉNALE	111-1 à 113-14	3
Chapitre I – Des principes généraux	111-1 à 111-5	3
Chapitre II – De l'application de la loi pénale dans le temps	112-1 à 112-4	29
Chapitre III – De l'application de la loi pénale dans l'espace	113-1 à 113-14	67
Section I – Des infractions commises ou réputées commises sur le territoire de la République	113-2 à 113-5	67
Section II – Des infractions commises hors du territoire de la République	113-6 à 113-14	76
TITRE II – DE LA RESPONSABILITÉ PÉNALE	121-1 à 122-9	87
Chapitre I – Dispositions générales	121-1 à 121-7	87
Chapitre II – Des causes d'irresponsabilité ou d'atténuation de la responsabilité	122-1 à 122-9	148
TITRE III – DES PEINES	130-1 à 133-17	192
Chapitre I – De la nature des peines	131-1 à 131-49	192
Section I – Des peines applicables aux personnes physiques	131-1 à 131-36-13	192
Sous-section 1 – Des peines criminelles	131-1 et 131-2	192
Sous-section 2 – Des peines correctionnelles	131-3 à 131-9	193
Sous-section 3 – Des peines complémentaires encourues pour certains crimes ou délits	131-10 et 131-11	200
Sous-section 4 – Des peines contraventionnelles	131-12 à 131-18	202
Sous-section 5 – Du contenu et des modalités d'application de certaines peines	131-19 à 131-36	203
Sous-section 6 – Du suivi socio-judiciaire	131-36-1 à 131-36-8	231
Sous-section 7 – Du placement sous surveillance électronique mobile à titre de mesure de sûreté	131-36-9 à 131-36-13	233
Section II – Des peines applicables aux personnes morales	131-37 à 131-49	234
Sous-section 1 – Des peines criminelles et correctionnelles	131-37 à 131-39-2	234

CODE PÉNAL	ARTICLES	PAGES
Sous-section 2 – Des peines contraventionnelles	131-40 à 131-44-1	236
Sous-section 3 – Du contenu et des modalités d'application de certaines peines	131-45 à 131-49	237
Chapitre II – Du régime des peines	132-1 à 132-80	238
Section I – Dispositions générales	132-2 à 132-23-2	243
Sous-section 1 – Des peines applicables en cas de concours d'infractions	132-2 à 132-7	243
Sous-section 2 – Des peines applicables en cas de récidive	132-8 à 132-16-5	266
Sous-section 3 – Des peines applicables en cas de réitération d'infractions	132-16-7	272
Sous-section 4 – Du prononcé des peines	132-17 à 132-22	272
Sous-section 5 – De la période de sûreté	132-23	283
Sous-section 6 – Des effets des condamnations prononcées par les juridictions pénales d'un État membre de l'Union européenne	132-23-1 et 132-23-2	287
Section II – Des modes de personnalisation des peines	132-24 à 132-70-3	288
Sous-section 1 – De la détention à domicile sous surveillance électronique, de la semi-liberté et du placement à l'extérieur	132-25 et 132-26	288
Sous-section 2 – Du fractionnement des peines	132-27 et 132-28	289
Sous-section 3 – Du sursis simple	132-29 à 132-39	289
Sous-section 4 – Du sursis probatoire	132-40 à 132-53	293
Sous-section 5 – Du sursis assorti de l'obligation d'accomplir un travail d'intérêt général		303
Sous-section 6 – De la dispense de peine et de l'ajournement	132-58 à 132-70-3	303
Section III – De la définition de certaines circonstances entraînant l'aggravation, la diminution ou l'exemption des peines	132-71 à 132-80	308
Chapitre III – De l'extinction des peines et de l'effacement des condamnations	133-1 à 133-17	315
Section I – De la prescription	133-2 à 133-6	316
Section II – De la grâce	133-7 et 133-8	318
Section III – De l'amnistie	133-9 à 133-11	319
Section IV – De la réhabilitation	133-12 à 133-17	320
LIVRE DEUXIÈME – DES CRIMES ET DÉLITS CONTRE LES PERSONNES	211-1 à 227-33	325
TITRE PREMIER – DES CRIMES CONTRE L'HUMANITÉ ET CONTRE L'ESPÈCE HUMAINE	211-1 à 215-4	325
SOUS-TITRE PREMIER – DES CRIMES CONTRE L'HUMANITÉ	211-1 à 213-5	325
Chapitre I – Du génocide	211-1 et 211-2	325
Chapitre II – Des autres crimes contre l'humanité	212-1 à 212-3	326
Chapitre III – Dispositions communes	213-1 à 213-5	335
SOUS-TITRE II – DES CRIMES CONTRE L'ESPÈCE HUMAINE	214-1 à 215-4	338
Chapitre I – Des crimes d'eugénisme et de clonage reproductif	214-1 à 214-4	338
Chapitre II – Dispositions communes	215-1 à 215-4	339

CODE PÉNAL	ARTICLES	PAGES
TITRE II - DES ATTEINTES À LA PERSONNE HUMAINE	221-1 à 227-33	339
Chapitre I – Des atteintes à la vie de la personne	221-1 à 221-11-1	339
Section I – Des atteintes volontaires à la vie	221-1 à 221-5-5	339
Section I *bis* – De l'atteinte à la vie résultant d'une intoxication volontaire	221-5-6	347
Section II – Des atteintes involontaires à la vie	221-6 à 221-7	348
Section III – Peines complémentaires applicables aux personnes physiques	221-8 à 221-11-1	374
Chapitre Ier *bis* – Des atteintes à la personne constituées par les disparitions forcées	221-12 à 221-18	376
Chapitre II – Des atteintes à l'intégrité physique ou psychique de la personne	222-1 à 222-67	377
Section I – Des atteintes volontaires à l'intégrité de la personne	222-1 à 222-18-3	377
Section I *bis* – De l'atteinte à l'intégrité de la personne résultant d'une intoxication volontaire	222-18-4	401
Section II – Des atteintes involontaires à l'intégrité de la personne	222-19 à 222-21	401
Section III – Du viol, de l'inceste et des autres agressions sexuelles	222-22 à 222-33-1	405
Section III *bis* – Du harcèlement moral	222-33-2 à 222-33-2-3	423
Section III *ter* – De l'enregistrement et de la diffusion d'images de violence	222-33-3	427
Section IV – Du trafic de stupéfiants	222-34 à 222-43-1	428
Section V – Peines complémentaires applicables aux personnes physiques	222-44 à 222-48-4	432
Section VI – Dispositions communes aux personnes physiques et aux personnes morales	222-49 à 222-51	435
Section VII – Du trafic d'armes	222-52 à 222-67	437
Chapitre III – De la mise en danger de la personne	223-1 à 223-21	439
Section I – Des risques causés à autrui	223-1 à 223-2	439
Section II – Du délaissement d'une personne hors d'état de se protéger	223-3 et 223-4	446
Section III – De l'entrave aux mesures d'assistance et de l'omission de porter secours	223-5 à 223-7-1	447
Section IV – De l'expérimentation sur la personne humaine	223-8 et 223-9	453
Section V – De l'interruption illégale de la grossesse	223-10 à 223-12	454
Section VI – De la provocation au suicide	223-13 à 223-15-1	454
Section VI *bis* – De l'abus frauduleux de l'état d'ignorance ou de faiblesse	223-15-2 à 223-15-4	455
Section VII – Peines complémentaires applicables aux personnes physiques	223-16 à 223-21	459

CODE PÉNAL	ARTICLES	PAGES

Chapitre IV – Des atteintes aux libertés de la personne .... 224-1 A à 224-11 460

Section I – De la réduction en esclavage et de l'exploitation de personnes réduites en esclavage .... 224-1 A à 224-1 C 460

Section I *bis* – De l'enlèvement et de la séquestration .... 224-1 à 224-5-2 461

Section II – Du détournement d'aéronef, de navire ou de tout autre moyen de transport .... 224-6 à 224-8-1 465

Section III – Peines complémentaires applicables aux personnes physiques .... 224-9 à 224-11 466

Chapitre V – Des atteintes à la dignité de la personne .... 225-1 à 225-26 466

Section I – Des discriminations .... 225-1 à 225-4 466

Section I *bis* – De la traite des êtres humains .... 225-4-1 à 225-4-9 475

Section I *ter* – De la dissimulation forcée du visage 225-4-10 477

Section I *quater* – Des examens en vue d'attester la virginité .... 225-4-11 et 225-4-12 479

Section I *quinquies* – Des pratiques visant à modifier l'orientation sexuelle ou l'identité de genre 225-4-13 479

Section II – Du proxénétisme et des infractions qui en résultent .... 225-5 à 225-12 479

Section II *bis* – Du recours à la prostitution .... 225-12-1 à 225-12-4 487

Section II *ter* – De l'exploitation de la mendicité .... 225-12-5 à 225-12-7 489

Section II quarter – De l'exploitation de la vente à la sauvette .... 225-12-8 à 225-12-10 490

Section III – Des conditions de travail et d'hébergement contraires à la dignité de la personne, du travail forcé et de la réduction en servitude .... 225-13 à 225-16 490

Section III *bis* – Du bizutage .... 225-16-1 à 225-16-3 495

Section IV – Des atteintes au respect dû aux morts .... 225-17 à 225-18-1 496

Section V – Peines complémentaires applicables aux personnes physiques .... 225-19 à 225-21 497

Section VI – Dispositions communes aux personnes physiques et aux personnes morales .... 225-22 à 225-26 498

Chapitre VI – Des atteintes à la personnalité .... 226-1 à 226-32 500

Section I – De l'atteinte à la vie privée .... 226-1 à 226-7 500

Section II – De l'atteinte à la représentation de la personne .... 226-8 et 226-9 560

Section III – De la dénonciation calomnieuse .... 226-10 à 226-12 560

Section IV – De l'atteinte au secret .... 226-13 à 226-15 570

Section V – Des atteintes aux droits de la personne résultant des fichiers ou des traitements informatiques .... 226-16 à 226-24 583

Section VI – Des atteintes à la personne résultant de l'examen de ses caractéristiques génétiques ou de l'identification par ses empreintes génétiques .... 226-25 à 226-30 587

Section VII – Peines complémentaires applicables aux personnes physiques .... 226-31 et 226-32 588

CODE PÉNAL	ARTICLES	PAGES
Chapitre VII – Des atteintes aux mineurs et à la famille	227-1 à 227-33	588
Section I – Du délaissement de mineur	227-1 et 227-2	588
Section II – De l'abandon de famille	227-3 à 227-4-1	589
Section II *bis* – De la violation des ordonnances prises par le juge aux affaires familiales en cas de violences	227-4-2 et 227-4-3	596
Section III – Des atteintes à l'exercice de l'autorité parentale	227-5 à 227-11	599
Section IV – Des atteintes à la filiation	227-12 à 227-14	604
Section V – De la mise en péril des mineurs	227-15 à 227-28-3	605
Section VI – Peines complémentaires applicables aux personnes physiques	227-29 à 227-32	619
Section VII – Peine complémentaire commune aux personnes physiques et aux personnes morales	227-33	620
LIVRE TROISIÈME – DES CRIMES ET DÉLITS CONTRE LES BIENS	311-1 à 324-9	621
TITRE PREMIER – DES APPROPRIATIONS FRAUDULEUSES	311-1 à 314-13	621
Chapitre I – Du vol	311-1 à 311-16	621
Section I – Du vol simple et des vols aggravés	311-1 à 311-11	621
Section II – Dispositions générales	311-12 et 311-13	642
Section III – Peines complémentaires applicables aux personnes physiques et responsabilité des personnes morales	311-14 à 311-16	645
Chapitre II – De l'extorsion	312-1 à 312-15	646
Section I – De l'extorsion	312-1 à 312-9	646
Section II – Du chantage	312-10 à 312-12	652
Section II *bis* – De la demande de fonds sous contrainte	312-12-1	657
Section III – Peines complémentaires applicables aux personnes physiques et responsabilité des personnes morales	312-13 à 312-15	657
Chapitre III – De l'escroquerie et des infractions voisines	313-1 à 313-9	658
Section I – De l'escroquerie	313-1 à 313-3	658
Section II – Des infractions voisines de l'escroquerie	313-4 à 313-6-2	675
Section III – Peines complémentaires applicables aux personnes physiques et responsabilités des personnes morales	313-7 à 313-9	679
Chapitre IV – Des détournements	314-1 à 314-13	680
Section I – De l'abus de confiance	314-1 à 314-4	680
Section II – Du détournement de gage ou d'objet saisi	314-5 et 314-6	692
Section III – De l'organisation frauduleuse de l'insolvabilité	314-7 à 314-9	695

CODE PÉNAL	ARTICLES	PAGES
Section IV – Peines complémentaires applicables aux personnes physiques et responsabilité des personnes morales	314-10 à 314-13	697
TITRE II – DES AUTRES ATTEINTES AUX BIENS	321-1 à 324-9	698
Chapitre I – Du recel et des infractions assimilées ou voisines	321-1 à 321-12	698
Section I – Du recel	321-1 à 321-5	698
Section II – Des infractions assimilées au recel ou voisines de celui-ci	321-6 à 321-8	707
Section III – Peines complémentaires applicables aux personnes physiques et responsabilité des personnes morales	321-9 à 321-12	709
Chapitre II – Des destructions, dégradations et détériorations	322-1 à 322-18	710
Section I – Des destructions, dégradations et détériorations ne présentant pas de danger pour les personnes	322-1 à 322-4-1	710
Section II – Des destructions, dégradations et détériorations dangereuses pour les personnes	322-5 à 322-11-1	715
Section III – Des menaces de destruction, de dégradation ou de détérioration et des fausses alertes	322-12 à 322-14	719
Section IV – Peines complémentaires applicables aux personnes physiques et responsabilité des personnes morales	322-15 à 322-18	720
Chapitre III – Des atteintes aux systèmes de traitement automatisé de données	323-1 à 323-8	721
Chapitre IV – Du blanchiment	324-1 à 324-9	724
Section I – Du blanchiment simple et du blanchiment aggravé	324-1 à 324-6-1	725
Section II – Peines complémentaires applicables aux personnes physiques et responsabilité pénale des personnes morales	324-7 à 324-9	730
LIVRE QUATRIÈME – DES CRIMES ET DÉLITS CONTRE LA NATION, L'ÉTAT ET LA PAIX PUBLIQUE	410-1 à 450-5	733
TITRE PREMIER – DES ATTEINTES AUX INTÉRÊTS FONDAMENTAUX DE LA NATION	410-1 à 414-9	733
Chapitre I – De la trahison et de l'espionnage	411-1 à 411-11	733
Section I – De la livraison de tout ou partie du territoire national de forces armées ou de matériel à une puissance étrangère	411-2 et 411-3	733
Section II – Des intelligences avec une puissance étrangère	411-4 et 411-5	734
Section III – De la livraison d'informations à une puissance étrangère	411-6 à 411-8	734
Section IV – Du sabotage	411-9	735
Section V – De la fourniture de fausses informations	411-10	735
Section VI – De la provocation aux crimes prévus au présent chapitre	411-11	735
Chapitre II – Des autres atteintes aux institutions de la République ou à l'intégrité du territoire national	412-1 à 412-8	736
Section I – De l'attentat et du complot	412-1 et 412-2	736
Section II – Du mouvement insurrectionnel	412-3 à 412-6	736
Section III – De l'usurpation de commandement, de la levée de forces armées et de la provocation à s'armer illégalement	412-7 et 412-8	737

CODE PÉNAL	ARTICLES	PAGES
Chapitre III – Des autres atteintes à la défense nationale	413-1 à 413-14	737
Section I – Des atteintes à la sécurité des forces armées et aux zones protégées intéressant la défense nationale	413-1 à 413-8	737
Section II – Des atteintes au secret de la défense nationale	413-9 à 413-12	739
Section III – Des atteintes à certains services ou unités spécialisés	413-13 et 413-14	740
Chapitre IV – Dispositions particulières	414-1 à 414-9	741
TITRE II – DU TERRORISME	421-1 à 422-7	750
Chapitre I – Des actes de terrorisme	421-1 à 421-8	750
Chapitre II – Dispositions particulières	422-1 à 422-7	758
TITRE III – DES ATTEINTES À L'AUTORITÉ DE L'ÉTAT	431-1 à 436-5	826
Chapitre I – Des atteintes à la paix publique	431-1 à 431-30	826
Section I – Des entraves à l'exercice des libertés d'expression, du travail, d'association, de réunion ou de manifestation	431-1 et 431-2	826
Section II – De la participation délictueuse à un attroupement	431-3 à 431-8-1	827
Section III – Des manifestations illicites et de la participation délictueuse à une manifestation ou à une réunion publique	431-9 à 431-12	832
Section IV – Des groupes de combat et des mouvements dissous	431-13 à 431-21	836
Section V – De l'intrusion dans un établissement d'enseignement scolaire	431-22 à 431-27	837
Section VI – De l'introduction d'armes dans un établissement scolaire	431-28	838
Section VII – De la distribution d'argent à des fins publicitaires sur la voie publique	431-29 et 431-30	838
Chapitre II – Des atteintes à l'administration publique commises par des personnes exerçant une fonction publique	432-1 à 432-17	838
Section I – Des abus d'autorité dirigés contre l'administration	432-1 à 432-3	838
Section II – Des abus d'autorité commis contre les particuliers	432-4 à 432-9	840
Section III – Des manquements au devoir de probité	432-10 à 432-16	844
Section IV – Peines complémentaires	432-17	868
Chapitre III – Des atteintes à l'administration publique commises par les particuliers	433-1 à 433-26	868
Section I – De la corruption active et du trafic d'influence commis par les particuliers	433-1 à 433-2-1	868
Section II – Des menaces et actes d'intimidation commis contre les personnes exerçant une fonction publique	433-3 et 433-33-1	871
Section III – De la soustraction et du détournement de biens contenus dans un dépôt public	433-4	872
Section IV – De l'outrage	433-5 et 433-5-1	873

CODE PÉNAL	ARTICLES	PAGES
Section V – De la rébellion	433-6 à 433-10	878
Section VI – De l'opposition à l'exécution de travaux publics	433-11	880
Section VII – De l'usurpation de fonctions	433-12 et 433-13	881
Section VIII – De l'usurpation de signes réservés à l'autorité publique	433-14 à 433-16	883
Section IX – De l'usurpation de titres	433-17	883
Section X – De l'usage irrégulier de qualité	433-18	886
Section XI – Des atteintes à l'état civil des personnes	433-18-1 à 433-21-2	886
Section XII – Peines complémentaires et responsabilité des personnes morales	433-22 à 433-26	887
Chapitre IV – Des atteintes à l'action de justice	434-1 à 434-48	888
Section I – Des entraves à la saisine de la justice	434-1 à 434-7	888
Section II – Des entraves à l'exercice de la justice	434-7-1 à 434-23-1	893
Section III – Des atteintes à l'autorité de la justice	434-24 à 434-43-1	902
Section IV – Peines complémentaires et responsabilité des personnes morales	434-44 à 434-48	912
Chapitre V – Des atteintes à l'administration publique et à l'action de la justice des Communautés européennes, des États membres de l'Union européenne, des autres États étrangers et des autres organisations internationales publiques	435-1 à 435-15	913
Section I – Des atteintes à l'administration publique	435-1 à 435-6-2	913
Sous-section 1 – De la corruption et du trafic d'influence passifs	435-1 et 435-2	913
Sous-section 2 – De la corruption et du trafic d'influence actifs	435-3 et 435-4	913
Sous-section 3 – Dispositions communes	435-5 à 435-6-2	914
Section II – Des atteintes à l'action de la justice	435-7 à 435-13	914
Sous-section 1 – De la corruption et du trafic d'influence passifs	435-7 et 435-8	914
Sous-section 2 – De la corruption et du trafic d'influence actifs	435-9 et 435-10	915
Sous-section 3 – Dispositions communes	435-11 à 435-11-2	915
Sous-section 4 – Des autres entraves à l'exercice de la justice	435-12 et 435-13	916
Section III – Peines complémentaires et responsabilité des personnes morales	435-14 et 435-15	916
Chapitre VI – De la participation à une activité de mercenaire	436-1 à 436-5	917
TITRE IV – DES ATTEINTES À LA CONFIANCE PUBLIQUE	441-1 à 446-4	917
Chapitre I – Des faux	441-1 à 441-12	917
Chapitre II – De la fausse monnaie	442-1 à 442-16	934
Chapitre III – De la falsification des titres ou autres valeurs fiduciaires émises par l'autorité publique	443-1 à 443-8	937
Chapitre IV – De la falsification des marques de l'autorité	444-1 à 444-9	939

CODE PÉNAL	ARTICLES	PAGES
Chapitre V – De la corruption des personnes n'exerçant pas une fonction publique	445-1 à 445-4	941
Section I – De la corruption passive et active des personnes n'exerçant pas une fonction publique	445-1 à 445-2-1	941
Section II – Peines complémentaires applicables aux personnes physiques et responsabilité pénale des personnes morales	445-3 et 445-4	942
Chapitre VI – De la violation des dispositions réglementant les professions exercées dans les lieux publics	446-1 à 446-4	942
TITRE V – DE LA PARTICIPATION À UNE ASSOCIATION DE MALFAITEURS	450-1 à 450-5	943
LIVRE QUATRIÈME *BIS* – DES CRIMES ET DES DÉLITS DE GUERRE	461-1 à 462-11	947
Chapitre Ier – Des différents crimes et délits de guerre	461-1 à 461-31	947
Section I – De la définition des crimes et délits de guerre	461-1	947
Section II – Des crimes et délits de guerre communs aux conflits armés internationaux et non internationaux	461-2 à 461-18	947
Sous-section 1 – Des atteintes à la personne humaine perpétrées lors d'un conflit armé international ou non international	461-2 à 461-7	947
Sous-section 2 – Des crimes et délits de guerre liés à la conduite des hostilités	461-8 à 461-17	948
Sous-section 3 – Des groupements formés ou des ententes établies en vue de préparer des crimes ou des délits de guerre	461-18	949
Section III – Des crimes et délits de guerre propres aux conflits armés internationaux	461-19 à 461-29	949
Sous-section 1 – Des atteintes à la liberté et aux droits des personnes dans les conflits armés internationaux	461-19 à 461-22	949
Sous-section 2 – Des moyens et méthodes de combat prohibés dans un conflit armé international	461-23 à 461-29	950
Section IV – Des crimes et délits de guerre propres aux conflits armés non internationaux	461-30 et 461-31	951
Chapitre II – Dispositions particulières	462-1 à 462-11	951
LIVRE CINQUIÈME – DES AUTRES CRIMES ET DÉLITS	511-1 à 522-2	953
TITRE PREMIER – DES INFRACTIONS EN MATIÈRE DE SANTÉ PUBLIQUE	511-1 à 511-28	953
Chapitre I – Des infractions en matière d'éthique biomédicale	511-1 à 511-28	953
Section I – De la protection de l'espèce humaine	511-1 à 511-1-2	953
Section II – De la protection du corps humain	511-2 à 511-14	953
Section III – De la protection de l'embryon humain	511-15 à 511-25-1	955
Section IV – Autres dispositions et peines complémentaires applicables aux personnes physiques et responsabilité des personnes morales	511-26 à 511-28	957
TITRE II – AUTRES DISPOSITIONS	521-1 à 522-2	958
Chapitre I – Des sévices graves ou actes de cruauté envers les animaux	521-1 à 521-2	958
Chapitre II – Des atteintes volontaires à la vie d'un animal	522-1 et 522-2	963

CODE PÉNAL	ARTICLES	PAGES
LIVRE SIXIÈME – DES CONTRAVENTIONS	611-1 et 621-1	965
TITRE Ier – DU RECOURS À LA PROSTITUTION	611-1	965
TITRE II – DE L'OUTRAGE SEXISTE	621-1	966
LIVRE SEPTIÈME – DISPOSITIONS RELATIVES À L'OUTRE-MER	711-1 à 727-3	969
TITRE PREMIER – DISPOSITIONS APPLICABLES DANS LES COLLECTIVITÉS D'OUTRE-MER	711-1 à 717-3	969
Chapitre I – Dispositions générales	711-1 à 711-4	969
Chapitre II – Adaptation du livre premier	712-1 A à 712-2	970
Chapitre III – Adaptation du livre deuxième	713-1 à 713-5	970
Chapitre IV – Adaptation du livre troisième	714-1	971
Chapitre V – Adaptation du livre quatrième	715-1 à 715-5	971
Chapitre VI – Adaptation du livre cinquième	716-1 à 716-16	972
Chapitre VII – Dispositions diverses	717-1 à 717-3	972
TITRE II – DISPOSITIONS PARTICULIÈRES AU DÉPARTEMENT DE MAYOTTE	721-1 à 727-3	972
Chapitre I – Dispositions générales	721-1 et 721-2	972
Chapitre II – Adaptation du livre premier	722-1	973
Chapitre III – Adaptation du livre deuxième	723-1 à 723-6	973
Chapitre IV – Adaptation du livre troisième	724-1	974
Chapitre V – Adaptation du livre quatrième	725-1 à 725-6	974
Chapitre VI – Adaptation du livre cinquième	726-1 à 726-15	975
Chapitre VII – Dispositions diverses	727-1 à 727-3	977
PARTIE RÉGLEMENTAIRE		979
DÉCRETS EN CONSEIL D'ÉTAT	R. 131-1 à R. 722-7	981
LIVRE PREMIER – DISPOSITIONS GÉNÉRALES	R. 131-1 à R. 133-2	983
TITRE PREMIER – DE LA LOI PÉNALE	Néant	983
TITRE II – DE LA RESPONSABILITÉ PÉNALE	Néant	983
TITRE III – DES PEINES	R. 131-1 à R. 133-2	983
Chapitre I – De la nature des peines	R. 131-1 à R. 131-53	983
Section I – Des peines applicables aux personnes physiques	R. 131-1 à R. 131-51	983
Sous-section 1 – De la suspension du permis de conduire, de l'interdiction de conduire certains véhicules, de l'immobilisation du véhicule et de l'obligation d'accomplir un stage de sensibilisation à la sécurité routière	R. 131-1 à R*. 131-11-2	983
Sous-section 2 – Du travail d'intérêt général	R. 131-12 à R. 131-34	985

CODE PÉNAL	ARTICLES	PAGES
Sous-section 3 – De la peine de stage	R. 131-35 à R. 131-40	988
Sous-section 4 – De la peine de sanction-réparation	R. 131-45	990
Sous-section 5 – De la peine de confiscation d'un animal	R. 131-50 et R. 131-51	990
Sous-section 5 (Rédaction antérieure) *– De la peine de stage de sensibilisation aux dangers de l'usage de produits stupéfiants*		990
Sous-section 6 (Rédaction antérieure) *– De la peine de stage de responsabilité parentale*		990
Sous-section 7 (Rédaction antérieure) *– De la peinc dc confiscation d'un animal*		990
Sous-section 8 (Rédaction antérieure) *– De la peine de stage de responsabilisation pour la prévention et la lutte contre les violences au sein du couple et sexistes*		991
Sous-section 9 (Rédaction antérieure) *– De la peine de stage de sensibilisation à la lutte contre l'achat d'actes sexuels*		991
Section II – Des peines applicables aux personnes morales	R. 131-52 et R. 131-53	991
Chapitre II – Du régime des peines	R. 132-45	991
Section I – Dispositions générales	Néant	991
Section II – Des modes de personnalisation des peines	R. 132-45	991
Sous-section 4 – Du sursis avec mise à l'épreuve	R. 132-45	991
Chapitre III – De l'extinction des peines et de l'effacement des condamnations	R. 133-1 et R. 133-2	992
Section II – De la grâce	R. 133-1 et R. 133-2	992
LIVRE DEUXIÈME – DES CRIMES ET DÉLITS CONTRE LES PERSONNES	R. 226-1 à R. 226-12	993
TITRE PREMIER – DES CRIMES CONTRE L'HUMANITÉ	Néant	993
TITRE II – DES ATTEINTES À LA PERSONNE HUMAINE	R. 226-1 à R. 226-12	993
Chapitre I – Des atteintes à la vie de la personne	Néant	993
Chapitre II – Des atteintes à l'intégrité physique ou psychique de la personne	Néant	993
Chapitre III – De la mise en danger de la personne	Néant	993
Chapitre IV – Des atteintes aux libertés de la personne	Néant	993
Chapitre V – Des atteintes à la dignité de la personne	Néant	993
Chapitre VI – Des atteintes à la personnalité	R. 226-1 à R. 226-12	994
Section I – De l'atteinte à la vie privée	R. 226-1 à R. 226-12	994
Chapitre VII – Des atteintes aux mineurs et à la famille	Néant	1000
LIVRE TROISIÈME – DES CRIMES ET DÉLITS CONTRE LES BIENS	R. 321-1 à R. 321-12	1001
TITRE PREMIER – DES APPROPRIATIONS FRAUDULEUSES	Néant	1001
TITRE II – DES AUTRES ATTEINTES AUX BIENS	R. 321-1 à R. 321-12	1001
Chapitre I – Du recel et des infractions assimilées ou voisines	R. 321-1 à R. 321-12	1001
Section II – Des infractions assimilées au recel ou voisines de celui-ci	R. 321-1 à R. 321-12	1001

CODE PÉNAL	ARTICLES	PAGES
Sous-section 1 – Dispositions relatives aux personnes dont l'activité professionnelle comporte la vente ou l'échange de certains objets mobiliers	R. 321-1 à R. 321-8	1001
Sous-section 2 – Dispositions concernant les manifestations publiques en vue de la vente ou de l'échange de certains objets mobiliers	R. 321-9 à R. 321-12	1003
Chapitre II – Des destructions, dégradations et détériorations	Néant	1003
Chapitre III – Des atteintes aux systèmes de traitement automatisé de données	Néant	1003
LIVRE QUATRIÈME – DES CRIMES ET DÉLITS CONTRE LA NATION, L'ÉTAT ET LA PAIX PUBLIQUE	R. 413-1 à R. 431-5	1005
TITRE PREMIER – DES ATTEINTES AUX INTÉRÊTS FONDAMENTAUX DE LA NATION	R. 413-1 à R. 413-6	1005
Chapitre I – De la trahison et de l'espionnage	Néant	1005
Chapitre II – Des autres atteintes aux institutions de la République ou à l'intégrité du territoire national	Néant	1005
Chapitre III – Des autres atteintes à la défense nationale	R. 413-1 à R. 413-6	1005
Section I – Des atteintes à la sécurité des forces armées et aux zones protégées intéressant la défense nationale	R. 413-1 à R. 413-5-1	1005
Section II – Des atteintes au secret de la défense nationale	R. 413-6	1006
Chapitre IV – Dispositions particulières	Néant	1007
TITRE II – DU TERRORISME	Néant	1007
TITRE III – DES ATTEINTES À L'AUTORITÉ DE L'ÉTAT	R. 431-1 à R. 431-5	1007
Chapitre I – Des atteintes à la paix publique	R. 431-1 à R. 431-5	1007
Section II – De la participation délictueuse à un attroupement	R. 431-1 à R. 431-5	1007
Chapitre II – Des atteintes à l'administration publique commises par des personnes exerçant une fonction publique	Néant	1007
Chapitre III – Des atteintes à l'administration publique commises par les particuliers	Néant	1007
Chapitre IV – Des atteintes à l'action de la justice	Néant	1007
TITRE IV – DES ATTEINTES À LA CONFIANCE PUBLIQUE	Néant	1008
TITRE V – DE LA PARTICIPATION À UNE ASSOCIATION DE MALFAITEURS	Néant	1008
LIVRE CINQUIÈME – DES AUTRES CRIMES ET DÉLITS	R. 511-1	1009
Chapitre I – Des sévices graves ou actes de cruauté envers les animaux	R. 511-1	1009
LIVRE SIXIÈME – DES CONTRAVENTIONS	R. 610-1 à R. 655-1	1013
TITRE PREMIER – DISPOSITIONS GÉNÉRALES	R. 610-1 à R. 610-5	1013

CODE PÉNAL	ARTICLES	PAGES
TITRE II – DES CONTRAVENTIONS CONTRE LES PERSONNES	R. 621-1 à R. 625-13	1014
Chapitre I – Des contraventions de la 1re classe contre les personnes	R. 621-1 et R. 621-2	1014
Section I – De la diffamation et de l'injure non publiques	R. 621-1 et R. 621-2	1014
Chapitre II – Des contraventions de la 2e classe contre les personnes	R. 622-1 et R. 622-2	1016
Section I – Des atteintes involontaires à l'intégrité de la personne n'ayant entraîné aucune incapacité totale de travail	R. 622-1	1016
Section II – De la divagation d'animaux dangereux	R. 622-2	1017
Chapitre III – Des contraventions de la 3e classe contre les personnes	R. 623-1 à R. 623-4	1017
Section I – Des menaces de violences	R. 623-1	1017
Section II – Des bruits ou tapages injurieux ou nocturnes	R. 623-2	1018
Section III – De l'excitation d'animaux dangereux	R. 623-3	1018
Section IV – De la violation des dispositions réglementant le commerce de certains matériels susceptibles d'être utilisés pour porter atteinte à l'intimité de la vie privée	R. 623-4	1019
Chapitre IV – Des contraventions de la 4e classe contre les personnes	R. 624-1 à R. 624-7	1019
Section I – Des violences légères	R. 624-1	1019
Section II – De la diffusion de messages contraires à la décence	R. 624-2	1019
Section III – De la diffamation et de l'injure non publiques présentant un caractère raciste ou discriminatoire	R. 624-3 à R. 624-6	1020
Section IV – Du manquement à l'obligation d'assiduité scolaire	R. 624-7	1020
Chapitre V – Des contraventions de la 5e classe contre les personnes	R. 625-1 à R. 625-13	1021
Section I – Des violences	R. 625-1	1021
Section II – Des atteintes involontaires à l'intégrité de la personne	R. 625-2 à R. 625-6	1021
Section III – Des provocations, diffamations et injures non publiques présentant un caractère raciste ou discriminatoire	R. 625-7 à R. 625-8-2	1022
Section IV – Du racolage	R. 625-8	1023
Section V – De la violation des dispositions réglementant le commerce de certains matériels susceptibles d'être utilisés pour porter atteinte à l'intimité de la vie privée	R. 625-9	1023
Section VI – Des atteintes aux droits de la personne résultant des fichiers ou des traitements informatiques	R. 625-10 à R. 625-13	1023
TITRE III – DES CONTRAVENTIONS CONTRE LES BIENS	R. 631-1 à R. 635-8	1025
Chapitre I – Des contraventions de la 1re classe contre les biens	R. 631-1	1025
Section unique – Des menaces de destruction, de dégradation ou de détérioration n'entraînant qu'un dommage léger	R. 631-1	1025
Chapitre II – Des contraventions de la 2e classe contre les biens	R. 632-1	1025
Section unique – Du non-respect de la réglementation en matière de collecte des ordures	R. 632-1	1025

CODE PÉNAL	ARTICLES	PAGES
Chapitre III – Des contraventions de la 3e classe contre les biens	R. 633-1 à R. 633-6	1026
Section I – De la violation des dispositions réglementant la vente ou l'échange de certains objets mobiliers	R. 633-1 à R. 633-4	1026
Section II – De la violation des dispositions concernant les manifestations publiques en vue de la vente ou de l'échange de certains objets mobiliers	R. 633-5	1026
Section III – De l'abandon d'ordures, déchets, matériaux ou autres objets	R. 633-6	1027
Chapitre IV – Des contraventions de la 4e classe contre les biens	R. 634-1 et R. 634-2	1027
Section I – Des menaces de destruction, de dégradation ou de détérioration ne présentant pas de danger pour les personnes	R. 634-1 et R. 634-2	1027
Chapitre V – Des contraventions de la 5e classe contre les biens	R. 635-1 à R. 635-8	1027
Section I – Des destructions, dégradations et détériorations dont il n'est résulté qu'un dommage léger	R. 635-1	1027
Section II – De la vente forcée par correspondance	R. 635-2	1028
Section III – De la violation des dispositions réglementant la vente ou l'échange de certains objets mobiliers	R. 635-3 à R. 635-7	1029
Section IV – De l'abandon d'épaves de véhicules ou d'ordures, déchets, matériaux et autres objets transportés dans un véhicule	R. 635-8	1029
TITRE IV – DES CONTRAVENTIONS CONTRE LA NATION, L'ÉTAT OU LA PAIX PUBLIQUE	R. 641-1 à R. 645-15	1030
Chapitre I – Des contraventions de la 1re classe contre la Nation, l'État ou la paix publique	R. 641-1	1030
Section unique – De l'abandon d'armes ou d'objets dangereux	R. 641-1	1030
Chapitre II – Des contraventions de la 2e classe contre la Nation, l'État ou la paix publique	R. 642-1 à R. 642-4	1030
Section I – Du défaut de réponse à une réquisition des autorités judiciaires ou administratives	R. 642-1	1030
Section II – Des atteintes à la monnaie	R. 642-2 à R. 642-4	1030
Chapitre III – Des contraventions de la 3e classe contre la Nation, l'État ou la paix publique	R. 643-1 et R. 643-2	1032
Section I – De l'usurpation de signes réservés à l'autorité publique	R. 643-1	1032
Section II – De l'utilisation de poids ou mesures différents de ceux établis par les lois et règlements en vigueur	R. 643-2	1032
Chapitre IV – Des contraventions de la 4e classe contre la Nation, l'État ou la paix publique	R. 644-1 à R. 644-6	1032
Section I – De l'accès sans autorisation à un terrain, une construction, un engin ou un appareil militaires	R. 644-1	1032
Section II – Des entraves à la libre circulation sur la voie publique	R. 644-2 et R. 644-2-1	1033
Section III – De l'acquisition de produits du tabac manufacturé vendus à la sauvette	R. 644-3	1033
Section IV – De la participation à une manifestation interdite sur la voie publique	R. 644-4	1034
Section V – De la violation de certaines mesures de police	R. 644-5 et R. 644-5-1	1034
Section VI – Des atteintes aux équipements de secours	R. 644-6	1034

CODE PÉNAL	ARTICLES	PAGES
Chapitre V – Des contraventions de la 5e classe contre la Nation, l'État ou la paix publique	R. 645-1 à R. 645-15	1034
Section I – Du port ou de l'exhibition d'uniformes, insignes ou emblèmes rappelant ceux d'organisations ou de personnes responsables de crimes contre l'humanité	R. 645-1	1034
Section II – Des dessins, levés ou enregistrements effectués sans autorisation dans une zone d'interdiction fixée par l'autorité militaire	R. 645-2	1035
Section III – Des atteintes à l'état civil des personnes	R. 645-3 à R. 645-6	1035
Section IV – De la soustraction d'une pièce produite en justice	R. 645-7	1036
Section V – De l'utilisation d'un document délivré par une administration publique comportant des mentions devenues incomplètes ou inexactes	R. 645-8	1036
Section V *bis* – De l'usurpation de fonction ou de titre de délégué ou de médiateur du procureur de la République	R. 645-8-1	1036
Section VI – Du refus de restitution de signes monétaires contrefaits ou falsifiés	R. 645-9	1037
Section VII – De l'altération ou de la contrefaçon des timbres-poste ou des timbres émis par l'administration des finances	R. 645-10 et R. 645-11	1037
Section VIII – De l'intrusion dans les établissements scolaires	R. 645-12	1038
Section IX – De l'intrusion dans les lieux historiques ou culturels	R. 645-13	1038
Section X – De la dissimulation illicite du visage à l'occasion de manifestations sur la voie publique	R. 645-14	1038
Section XI – De l'outrage au drapeau tricolore	R. 645-15	1039
TITRE V – DES AUTRES CONTRAVENTIONS	R. 653-1 à R. 655-1	1039
Chapitre I – Des contraventions de la 1re classe	Néant	1039
Chapitre II – Des contraventions de la 2e classe	Néant	1039
Chapitre III – Des contraventions de la 3e classe	R. 653-1	1040
Section unique – Des atteintes involontaires à la vie ou à l'intégrité d'un animal	R. 653-1	1040
Chapitre IV – Des contraventions de la 4e classe	R. 654-1	1040
Section unique – Des mauvais traitements envers un animal	R. 654-1	1040
Chapitre V – Des contraventions de la 5e classe	R. 655-1	1041
Section unique – Des atteintes volontaires à la vie d'un animal	R. 655-1	1041
LIVRE SEPTIÈME – DISPOSITIONS RELATIVES À L'OUTRE-MER	R. 711-1 à R. 722-7	1043
TITRE PREMIER – DISPOSITIONS APPLICABLES DANS LES TERRITOIRES D'OUTRE-MER	R. 711-1 à R. 716-1	1043
Chapitre I – Dispositions générales	R. 711-1 à R. 711-3	1043
Chapitre II – Adaptation du livre premier	R. 712-1 à D. 712-9	1043
Chapitre III – Adaptation du livre deuxième	Néant	1045
Chapitre IV – Adaptation du livre troisième	Néant	1045
Chapitre V – Adaptation du livre quatrième	Néant	1045

CODE PÉNAL	ARTICLES	PAGES
Chapitre VI – Adaptation du livre cinquième	R. 716-1	1045
Chapitre VII – Adaptation du livre sixième	Néant	1045
TITRE II – DISPOSITIONS PARTICULIÈRES AU DÉPARTEMENT DE MAYOTTE	R. 721-1 à R. 722-7	1045
Chapitre I – Dispositions générales	R. 721-1 et R. 721-2	1045
Chapitre II – Adaptation du livre premier	R. 722-1 à R. 722-7	1045
Chapitre III – Adaptation du livre deuxième	Néant	1046
Chapitre IV – Adaptation du livre troisième	Néant	1046
Chapitre V – Adaptation du livre quatrième	Néant	1046
Chapitre VI – Adaptation du livre cinquième	Néant	1046
Chapitre VII – Adaptation du livre sixième	Néant	1046

CODE PÉNAL PAGES

ANNEXES 1047

ANNEXE 1 – CONSTRUCTION ET URBANISME 1049

Code de la construction et de l'habitation – art. L. 111-6-1 1049
– art. L. 126-17 1050
– art. L. 111-34 1050
– art. L. 123-3 1050
– art. L. 184-1 à L. 184-9 1052
– art. L. 123-4 1054
– art. L. 143-3 1054
– art. L. 126-3 1055
– art. L. 151-1 1055
– art. L. 181-1 1055
– art. L. 152-2 1055
– art. L. 183-2 1056
– art. L. 152-3 1056
– art. L. 183-3 1056
– art. L. 152-4 1056
– art. L. 183-4 1057
– art. L. 152-5 1058
– art. L. 183-6 1058
– art. L. 152-10 1058
– art. L. 183-11 1058
– art. L. 152-11 1058
– art. L. 183-12 1058
– art. L. 152-12 1058
– art. L. 183-13 1058
– art. L. 241-1 à L. 241-9 1058
– art. L. 263-1 à L. 263-3 1062
– art. L. 521-4 1063
– art. L. 642-28 1064
Code de l'urbanisme – art. L. 610-1 à L. 610-4 1064
– art. L. 480-1 à L. 480-9 1067
– art. L. 480-12 à L. 480-16 1081

ANNEXE 2 – DROIT PÉNAL DES AFFAIRES 1085

I – SOCIÉTÉS 1085

– Banqueroute et délits connexes 1085
Code de commerce – art. L. 653-11 à L. 654-20 1086
– Sociétés 1096
Code de commerce – art. L. 241-1 à L. 243-1 1096
– art. L. 246-1 et L. 246-2 1098

CODE PÉNAL PAGES

– art. L. 820-7 ... 1098
Code monétaire et financier – art. L. 231-1 ... 1111
– art. L. 231-3 et L. 231-4 ... 1112
– art. L. 231-7 et L. 231-7-1 ... 1112
– art. L. 231-9 à L. 231-12 ... 1112
– art. L. 231-14 ... 1113
– art. L. 231-16 à L. 232-1 ... 1113

II – CONSOMMATION ... 1114

– Consommation ... 1114
Code de la consommation – art. liminaire ... 1114
– art. L. 111-1 à L. 112-4-1 ... 1115
– art. L. 121-1 à L. 121-12 ... 1118
– art. L. 121-15 à L. 121-17 ... 1127
– art. L. 121-20 à L. 122-6 ... 1128
– art. L. 122-17 et L. 122-18 ... 1131
– art. L. 131-1 à L. 132-9 ... 1131
– art. L. 132-11 et L. 132-12 ... 1133
– art. L. 132-14 et L. 132-15 ... 1134
– art. L. 132-17 à L. 132-25 ... 1135
– art. L. 132-27 et L. 132-28 ... 1137
– art. L. 212-1 et L. 212-2 ... 1138
– art. L. 221-9 et L. 221-10 ... 1138
– art. L. 224-69 à L. 224-72 ... 1139
– art. L. 224-79 à L. 224-81 ... 1140
– art. L. 224-97 à L. 224-99 ... 1140
– art. L. 242-5 à L. 242-9 ... 1141
– art. L. 242-27 à L. 242-31 ... 1142
– art. L. 242-33 ... 1142
– art. L. 242-36 à L. 242-38 ... 1143
– art. L. 312-22 ... 1143
– art. L. 312-25 ... 1143
– art. L. 312-53 ... 1144
– art. L. 313-24 et L. 313-25 ... 1144
– art. L. 313-30 et L. 313-31 ... 1144
– art. L. 313-34 ... 1145
– art. L. 313-38 ... 1145
– art. L. 313-41 ... 1145
– art. L. 313-58 et L. 313-59 ... 1146
– art. L. 313-62 ... 1146
– art. L. 314-5 et L. 314-6 ... 1146
– art. L. 315-4 à L. 315-7 ... 1146
– art. L. 315-9 à L. 315-11 ... 1147
– art. L. 315-15 ... 1148
– art. L. 315-18 ... 1148

CODE PÉNAL **PAGES**

– art. L. 322-1 à L. 322-3 ... 1148
– art. L. 341-12 à L. 341-18 ... 1148
– art. L. 341-37 à L. 341-44 ... 1149
– art. L. 341-46 ... 1150
– art. L. 341-49 à L. 341-51 ... 1150
– art. L. 341-56 à L. 341-59 ... 1151
– art. L. 342-2 à L. 342-6 ... 1151
– art. L. 413-1 à L. 414-1 ... 1152
– art. L. 431-1 à L. 432-6 ... 1153
– art. L. 433-2 ... 1155
– art. L. 433-9 ... 1155
– art. L. 441-1 à L. 441-5 ... 1155
– art. L. 451-1 à L. 454-7 ... 1156
– art. L. 455-2 ... 1168
– art. L. 511-15 ... 1168
– art. L. 512-4 ... 1168
– art. L. 512-29 ... 1169
– art. L. 521-4 ... 1169
– art. L. 521-16 ... 1169
– art. L. 521-19 ... 1169
– art. L. 521-22 et L. 521-23 ... 1169
– art. L. 523-1 ... 1170
– art. L. 531-1 à L. 531-5 ... 1170
– art. L. 621-1 ... 1171
– art. L. 751-1 et L. 751-2 ... 1172
– art. L. 762-1 et L. 762-2 ... 1172
– art. R. 131-1 à R. 132-3 ... 1172
– art. R. 242-1 à R. 242-20 ... 1173
– art. R. 341-1 à R. 341-27 ... 1175
– art. R. 451-1 à R. 452-4 ... 1177
– art. R. 531-1 à R. 532-2 ... 1178

Loi n° 89-421 du 23 juin 1989 relative à l'information et à la protection des consommateurs ainsi qu'à diverses pratiques commerciales – art. 6 ... 1179

Décret n° 94-699 du 10 août 1994 fixant les exigences de sécurité relatives aux équipements d'aires collectives de jeux – art. 1er à 7-1 ... 1179

Décret n° 2002-1465 du 17 décembre 2002 relatif à l'étiquetage des viandes bovines dans les établissements de restauration – art. 1er à 3 ... 1181

Décret n° 2006-1129 du 8 septembre 2006 relatif à la sécurité des briquets – art. 1er à 11 ... 1181

Décret n° 2016-364 du 29 mars 2016 fixant les exigences de sécurité concernant les bicyclettes – art. 4 ... 1184
– art. 6 ... 1184
– art. 9 ... 1185

– Démarchage à domicile ... 1185

Code de la propriété intellectuelle – art. L. 423-1 ... 1185

– Fraudes ... 1185

Loi n° 94-665 du 4 août 1994 relative à l'emploi de la langue française – art. 1er à 7 ... 1185

– art. 14 à 18 1187
– art. 20 et 21 1187
Décret n° 95-240 du 3 mars 1995 pris pour l'application de la loi n° 94-665 du 4 août 1994 relative à l'emploi de la langue française – art. 1er à 4 1187

III – COMMERCE 1189

– Commerce 1189
Code de commerce – art. R. 330-1 et R. 330-2 1189

– Infractions économiques 1190
Ordonnance n° 86-1243 du 1er décembre 1986 relative à la liberté des prix et de la concurrence – art. 61 ... 1190
Code de commerce – art. L. 410-1 et L. 410-2 1190
– art. L. 420-1 à L. 420-7 1191
– art. L. 441-1 1196
Code de la consommation – art. L. 112-1 et L. 112-2 1197
– art. L. 141-1 1197
– art. L. 224-100 1197
Code de commerce – art. L. 441-1-1 à L. 442-5 1197
Code de la consommation – art. L. 121-3 1209
Code de commerce – art. L. 442-6 à L. 442–11 1210
– art. L. 450-1 à L. 450-10 1212
– art. L. 490-1 à L. 490-10 1221
– art. L. 310-1 à L. 310-7 1223
– art. L. 320-1 à L. 322-16 1226
Ordonnance n° 58-1331 du 23 décembre 1958 relative à la constatation, la poursuite et la répression des infractions en matière de répartition des produits industriels et de l'énergie – art. 1er à 24 1229
Loi de finances n° 63-628 du 2 juillet 1963 rectificative pour 1963 portant maintien de la stabilité économique et financière – art. 1er et 2 1233
Loi n° 72-618 du 5 juillet 1972 relative aux publications, imprimés et objets vendus dans un but philanthropique – art. 1er à 6 1234

– Publicité 1234
Code de l'environnement – art. L. 581-1 à L. 581-20 1235
– art. L. 581-26 1240
– art. L. 581-34 à L. 581-43 1240
Loi n° 93-122 du 29 janvier 1993 relative à la prévention de la corruption et à la transparence de la vie économique et des procédures publiques – art. 20 à 27 1243

IV – MONNAIE ET FINANCES 1245

– Banque 1245
Code monétaire et financier – art. L. 511-1 à L. 511-3 1245
– art. L. 511-5 1245
– art. L. 511-8 1245
– art. L. 511-33 à L. 512-2 1246
– art. L. 512-102 1249
– art. L. 514-1 à L. 515-2 1249
– art. L. 517-1 1250
– art. L. 518-2 1251
– art. L. 518-25 à L. 519-1-1 1251

CODE PÉNAL PAGES

– art. L. 519-4 1253
– art. L. 524-1 1253
– art. L. 531-1 1253
– art. L. 531-11 et L. 532-1 1253
– art. L. 571-1 à L. 573-13 1254

- Bourse 1260
Code monétaire et financier – art. L. 465-1 à L. 465-3-5 1260
– art. L. 341-1 à L. 342-3 1267
– art. L. 351-1 à L. 353-6 1270
– art. L. 464-1 1272
– art. L. 465-4 et L. 466-1 1273

- Changes 1273
Code monétaire et financier – art. L. 151-1 à L. 152-6 1273
– art. L. 165-1 1279
Code des douanes – art. 451 *bis* 1279
– art. 459 1279
– art. 464 et 465 1280
Code monétaire et financier – art. R. 151-1 à R. 152-4 1282
– art. R. 152-11 1283

- Chèque et carte de paiement 1283
Code monétaire et financier – art. L. 163-1 à L. 163-12 1284
– art. R. 163-1 et R. 163-2 1287

- Usure 1287
Code monétaire et financier – art. L. 313-2 et L. 313-3 1287
Décret n° 90-506 du 25 juin 1990 relatif à l'application de l'article 1er de la loi n° 66-1010 du 28 décembre 1966 – art. 1er 1287

ANNEXE 3 - ENFANCE 1289

Ordonnance n° 45-174 du 2 février 1945 relative à l'enfance délinquante 1289
Code de la justice pénale des mineurs – art. préliminaire 1289
– art. L. 11-1 à L. 13-4 1290
– art. L. 111-1 à L. 113-8 1291
– art. L. 121-1 à L. 124-2 1295
– art. L. 211-1 à L. 211-3 1298
– art. L. 221-1 à L. 221-3 1299
– art. L. 231-1 à L. 231-10 1299
– art. L. 241-1 et L. 241-2 1300
– art. L. 311-1 à L. 311-5 1300
– art. L. 321-1 à L. 323-3 1302
– art. L. 331-1 à L. 334-6 1304
– art. L. 411-1 à L. 413-17 1307
– art. L. 421-1 à L. 423-14 1310
– art. L. 431-1 à L. 435-2 1315
– art. L. 511-1 à L. 513-4 1319

CODE PÉNAL PAGES

– art. L. 521-1 à L. 522-1 1321
– art. L. 531-1 à L. 532-1 1326
– art. L. 611-1 à L. 613-1 1327
– art. L. 621-1 à L. 621-3 1328
– art. L. 631-1 à L. 634-1 1329
– art. L. 711-1 à L. 712-1 1331
– art. L. 721-1 à L. 723-3 1331
– art. R. 11-1 1333
– art. D. 12-1 et D. 12-2 1333
– art. D. 112-1 à D. 112-20 1333
– art. R. 112-21 1335
– art. D. 112-22 à D. 112-33 1335
– art. R. 112-34 et R. 112-35 1337
– art. D. 112-36 à D. 113-5 1337
– art. R. 113-6 et R. 113-7 1338
– art. D. 113-8 1338
– art. R. 113-9 1338
– art. R*. 122-1 1339
– art. R. 122-2 à R. 122-4 1339
– art. D. 122-5 et D. 122-6 1339
– art. R. 122-7 à R. 124-6 1339
– art. D. 124-7 1343
– art. R. 124-8 à R. 124-38 1343
– art. D. 124-39 à D. 124-41 1348
– art. R. 124-42 à R. 124-45 1348
– art. D. 211-1 1349
– art. D. 221-1 1349
– art. D. 231-1 1349
– art. R. 241-1 à R. 241-9 1349
– art. 1er et 2 1364
– art. D. 241-10 à D. 241-20 1351
– art. R. 241-21 1354
– art. D. 241-22 à D. 241-31 1354
– art. R. 241-32 et R. 241-33 1355
– art. D. 241-34 et D. 241-35 1355
– art. R. 241-36 1356
– art. D. 241-37 à D. 241-39 1356
– art. D. 311-1 et D. 311-2 1357
– art. D. 322-1 à D. 322-10 1357
– art. R. 322-11 à R. 322-13 1358
– art. D. 323-1 et D. 323-2 1358
– art. D. 331-1 1358
– art. R. 331-2 à R. 332-2 1359
– art. D. 333-1 et D. 333-2 1359
– art. R. 334-1 à R. 334-5 1360

CODE PÉNAL — PAGES

– art. D. 411-1 1361
– art. R. 412-1 à R. 413-3 1361
– art. D. 413-4 1361
– art. D. 422-1 à D. 422-6 1362
– art. R. 422-7 à R. 423-1 1362
– art. D. 423-2 à D. 423-9 1363
– art. R. 431-1 1364
– art. D. 432-1 1365
– art. D. 512-1 1365
– art. R. 521-1 1365
– art. D. 521-2 à D. 521-10 1366
– art. D. 531-1 et D. 531-2 1366
– art. D. 611-1 à D. 612-2 1367
– art. D. 621-1 et D. 621-2 1369
– art. R. 631-1 à R. 634-1 1369
– art. D. 711-1 1370
– art. R. 720 1370
– art. D. 721-1 à D. 721-3 1370
– art. R. 721-4 1371
– art. D. 721-5 à D. 722-1 1371
– art. R. 722-2 à R. 722-5 1371
– art. D. 723-1 et D. 723-2 1372
– art. R. 723-3 1372
Code de la santé publique – art. L. 2324-1 1372
– art. L. 2326-4 1372
Ordonnance n° 59-28 du 5 janvier 1959 réglementant l'accès des mineurs à certains établissements – art. 1er et 2 1372
Décret n° 60-59 du 15 janvier 1960 réprimant les contraventions aux dispositions prises en application de l'article 1er de l'ordonnance n° 59-28 du 5 janvier 1959 réglementant l'accès des mineurs à certains établissements – art. 1er à 3 1373
Code de l'action sociale et des familles – art. L. 227-4 à L. 227-8 1373
– art. L. 321-4 1374
– art. L. 421-1 1375
– art. L. 421-10 à L. 421-12 1375
Loi n° 87-588 du 30 juillet 1987 portant diverses mesures d'ordre social – art. 99 1375
Loi n° 98-468 du 17 juin 1998 relative à la prévention et à la répression des infractions sexuelles ainsi qu'à la protection des mineurs – art. 32 à 35 1376
Décret n° 99-771 du 7 septembre 1999 portant application du chapitre III du titre II de la loi n° 98-468 du 17 juin 1998 relative à la prévention et à la répression des infractions sexuelles ainsi qu'à la protection des mineurs – art. 8 1377

ANNEXE 4 - ÉTRANGERS 1379

Loi n° 89-548 du 2 août 1989 relative aux conditions de séjour et d'entrée des étrangers en France – art. 1er à 9 1379
Ordonnance n° 45-2658 du 2 novembre 1945 relative aux conditions d'entrée et de séjour des étrangers en France – art. 37 1380

CODE PÉNAL	PAGES

Ordonnance n° 2020-1733 du 16 décembre 2020 portant partie législative du Code de l'entrée et du séjour des étrangers et du droit d'asile – art. 1 à 3 1380
– art. 20 1380
Code de l'entrée et du séjour des étrangers et du droit d'asile (nouveau) – art. L. 110-1 à L. 110-6 1380
Code civil – art. 21-27 1381
– art. 25 1381
– art. 47 1382
Loi n° 2019-222 du 23 mars 2019 de programmation 2018-2022 et de réforme pour la justice – art. 16 1382
Décret n° 2015-1740 du 24 décembre 2015 relatif aux modalités de vérification d'un acte de l'état civil étranger – art. 1er et 2 1382
Code de l'entrée et du séjour des étrangers et du droit d'asile (nouveau) – art. L. 142-1 à L. 142-3 1382
Code civil – art. 388 1383
Code de l'action sociale et des familles – art. R. 221-15-1 1384
– art. R. 221-15-3 1384
Code de l'entrée et du séjour des étrangers et du droit d'asile (nouveau) – art. L. 142-4 et L. 142-5 1385
– art. L. 251-1 à L. 253-1 1385
– art. L. 261-1 à L. 264-1 1387
– art. L. 270-1 1387
– art. L. 330-1 à L. 333-5 1388
– art. L. 340-1 à L. 343-3 1389
– art. L. 423-1 à L. 423-6 1393
– art. L. 423-14 à L. 424-21 1394
Convention de New York du 28 septembre 1954 relative au statut des apatrides – art. premier à 5 1398
– art. 12 1399
– art. 31 et 32 1399
Code de l'entrée et du séjour des étrangers et du droit d'asile (nouveau) – art. L. 425-1 à L. 425-4 1399
Code de l'action sociale et des familles – art. L. 121-9 1400
Code de l'entrée et du séjour des étrangers et du droit d'asile (nouveau) – art. L. 425-5 à L. 425-10 1401
– art. L. 510-1 à L. 513-7 1402
– art. L. 610-1 à L. 615-2 1405
– art. L. 630-1 à L. 632-7 1412
– art. L. 640-1 à L. 641-3 1415
– art. L. 700-1 et L. 700-2 1415
– art. L. 710-1 à L. 711-2 1416
– art. L. 720-1 à L. 722-12 1416
– art. L. 730-1 à L. 733-17 1419
– art. L. 740-1 à L. 744-17 1424
– art. L. 750-1 à L. 754-8 1432
– art. L. 810-1 à L. 812-2 1439
Code de procédure pénale – art. 78-1 à 78-2-2 1440
Code de l'entrée et du séjour des étrangers et du droit d'asile (nouveau) – art. L. 812-3 à L. 814-1 1444
– art. L. 820-1 à L. 824-12 1446
– art. R. 270-1 à R. 270-4 1454
– art. R. 330-1 1455
– art. R. 332-1 1455

CODE PÉNAL PAGES

– art. R. 614-1 1455
Code de justice administrative – art. R. 776-1 à R. 776-34 1455
Code de l'entrée et du séjour des étrangers et du droit d'asile (nouveau) – art. R. 810-1 à R. 812-1 1461
– art. R. 814-1 1462
Convention d'application de l'Accord de Schengen du 19 juin 1990 entre les gouvernements des États de l'Union économique Benelux, de la République fédérale d'Allemagne et de la République française relatif à la suppression graduelle des contrôles aux frontières communes – art. 22 1462
Code de l'entrée et du séjour des étrangers et du droit d'asile (nouveau) – art. R. 814-2 à R. 814-4 1463
– art. R. 820-1 1463
– art. R. *821-1 1463
– art. R. 821-2 à R. 822-5 1463
– art. R. 831-1 à R. 831-3 1466
– art. R. *832-1 1466
– art. R. 832-2 et R. 832-3 1466
– art. R. *833-1 1466
– art. R. 833-2 et R. 833-3 1467
– art. R. *834-1 1467
– art. R. 834-2 et R. 834-3 1467
– art. R. *835-1 1468
– art. R. 835-2 et R. 835-3 1468
– art. R. *836-1 1469
– art. R. 836-2 et R. 836-3 1469
Code de l'entrée et du séjour des étrangers et du droit d'asile (ancien) – art. L. 111-1 à L. 111-11 1470
– art. L. 121-1 à L. 122-3 1473
– art. L. 211-1 à L. 213-9 1475
– art. L. 221-1 à L. 224-4 1479
– art. L. 311-1 à L. 314-15 1485
– art. L. 316-1 à L. 317-1 1503
– art. L. 321-1 à L. 322-1 1504
Code du travail – art. L. 1261-1 1505
– art. L. 5221-1 à L. 5221-5 1506
– art. L. 5221-7 1506
– art. L. 5221-10 et L. 5221-11 1506
– art. L. 5523-1 à L. 5523-3 1506
– art. L. 8323-2 1507
Code de l'entrée et du séjour des étrangers et du droit d'asile (ancien) – art. L. 322-2 et L. 322-3 1507
– art. L. 331-1 et L. 331-2 1507
– art. L. 411-1 à L. 411-8 1507
– art. L. 421-1 à L. 421-4 1508
– art. L. 431-1 à L. 431-3 1509
– art. L. 441-1 1510
– art. L. 511-1 à L. 514-2 1510
– art. L. 521-1 à L. 524-4 1519
– art. L. 531-1 à L. 532-1 1523
– art. L. 541-1 à L. 541-4 1526

CODE PÉNAL PAGES

– art. L. 551-1 à L. 556-2 1527
– art. L. 561-1 à L. 561-3 1540
– art. L. 563-1 1543
– art. L. 571-1 1543
Code de procédure pénale – art. 729-2 1543
Code de l'entrée et du séjour des étrangers et du droit d'asile (ancien) – art. L. 571-2 à L. 571-4 1544
– art. L. 611-1 à L. 611-12 1545
– art. L. 621-1 à L. 626-1 1551
Code du travail – art. L. 8251-1 et L. 8251-2 1563
– art. L. 8256-1 à L. 8256-8 1563
Code de l'entrée et du séjour des étrangers et du droit d'asile (ancien) – art. R. 121-1 à R. 122-5 1565
– art. R. 311-1 à R. 311-3-1 1570
– art. D. 311-3-2 et D. 311-3-3 1573
– art. R. 311-4 à R. 311-18 1573
– art. R. 311-31 et R. 311-32 1578
– art. D. 311-33 1578
– art. R. 311-34 à R. 311-36 1578
– art. R. 313-1 à R. 314-1-5 1579
– art. R. 314-3 et R. 314-4 1583
– art. R. 321-1 à R. 321-8 1584
– art. D. 321-9 1584
– art. R. 411-1 et R. 411-2 1585
– art. R. 431-1 1585
– art. R. 512-1 à R. 513-2 1585
– art. R. 522-1 et R. 523-1 1586
– art. R. 523-4 1586
– art. R. 531-1 à R. 531-4 1586
– art. R. 551-1 à R. 553-14-8 1587
– art. R. 621-1 à R. 621-3 1598
– art. R. 625-1 à R. 625-4 1598
– art. R. 625-13 à R. 626-4 1599

ANNEXE 5 – LIBERTÉS 1683

I – BLOC DE CONSTITUTIONNALITÉ 1683
Constitution de la République Française du 4 octobre 1958 – art. 1er et 2 1683
– art. 4 1684
– art. 16 et 17 1684
– art. 26 1684
– art. 34 1684
– art. 36 et 37 1685
– art. 66 à 68-1 1685
Déclaration des Droits de l'Homme et du Citoyen du 26 août 1789 – art. 1er et 2 1686
– art. 4 et 5 1686
– art. 7 à 12 1686
– art. 16 et 17 1687

CODE PÉNAL	PAGES
II – UNION EUROPÉENNE	1687
Charte des droits fondamentaux de l'Union européenne du 7 décembre 2000 – art. 1er à 54	1687
III – CONSEIL DE L'EUROPE	1693
Convention européenne de sauvegarde des droits de l'homme et des libertés fondamentales du 4 novembre 1950 – art. 1er à 18	1694
Protocole additionnel du 20 mars 1952 à la Convention européenne de sauvegarde des droits de l'homme et des libertés fondamentales tel qu'amendé par le Protocole n° 11 – art. 1er à 3	1696
Protocole n° 4 du 16 septembre 1963 à la Convention européenne de sauvegarde des droits de l'homme et des libertés fondamentales – art. 1er à 4	1697
Protocole n° 6 du 28 avril 1983 à la Convention européenne de sauvegarde des droits de l'homme et des libertés fondamentales – art. 1er à 3	1697
Protocole n° 7 du 22 novembre 1984 à la Convention européenne de sauvegarde des droits de l'homme et des libertés fondamentales – art. 1er	1698
– art. 4	1698
Protocole n° 12 du 4 novembre 2000 à la Convention européenne de sauvegarde des droits de l'homme et des libertés fondamentales – art. 1er	1698
Protocole n° 13 du 3 mai 2002 à la Convention européenne de sauvegarde des droits de l'homme et des libertés fondamentales – art. 1er	1698
– art. 3	1698
Convention du Conseil de l'Europe du 16 mai 2005 sur la lutte contre la traite des êtres humains, adoptée à Varsovie – art. 1er à 4	1699
– art. 18 à 26	1699
ANNEXE 6 - PRESSE ET MÉDIAS	1703
I – PRESSE	1703
Loi du 29 juillet 1881 sur la liberté de la presse – art. 1er à 38	1703
– art. 38 *ter* à 70	1760
II – COMMUNICATION AUDIOVISUELLE	1783
Loi n° 82-652 du 29 juillet 1982 sur la communication audiovisuelle – art. 6	1783
– art. 89	1784
– art. 93	1784
– art. 93-2 à 97	1784
Décret n° 87-246 du 6 avril 1987 relatif à l'exercice du droit de réponse dans les services de communication audiovisuelle – art. 1er à 10	1787
III – POSTES	1788
Code des postes et des communications électroniques – art. L. 1 à L. 3	1788
– art. L. 17 à L. 20	1790
– art. L. 26	1791
– art. L. 28 et L. 29	1791
– art. L. 39 à L. 39-6	1792
– art. L. 39-9 et L. 39-10	1793
– art. L. 63	1794
– art. L. 65 à L. 67	1794
– art. L. 72 à L. 75	1795

CODE PÉNAL — PAGES

– art. L. 81 et L. 82 1795
– art. L. 97-3 1796
– art. R. 10 à R. 10-11 1796
– art. R. 20-25 à R. 20-27 1799
– art. R. 30 et R. 31 1800
– art. R. 41 1800
– art. R. 45 à R. 52 1800

ANNEXE 7 - SANTÉ 1803

I – MÉDECINE 1803

A – Exercice des professions médicales et de celles des auxiliaires médicaux 1803
Code de la santé publique – art. L. 4130-1 à L. 4131-2 1803
– art. L. 4141-1 à L. 4141-4 1806
– art. L. 4151-1 à L. 4151-6 1808
– art. L. 4161-1 à L. 4162-1 1810
– art. L. 4163-3 à L. 4163-11 1812
– art. L. 4311-1 et L. 4311-2 1813
– art. L. 4314-1 à L. 4314-7 1814
– art. L. 4321-1 à L. 4323-7 1815

B – Vétérinaires 1819
Code rural et de la pêche maritime – art. L. 241-1 1819
– art. L. 243-1 à L. 243-4 1819

C – Recherches impliquant la personne humaine 1821
Code de la santé publique – art. L. 1115-1 et L. 1115-2 1821
– art. L. 1121-1 à L. 1122-2 1822
– art. L. 1124-1 1830
– art. L. 1126-1 à L. 1126-12 1831

D – Protection des personnes hospitalisées en raison de troubles mentaux 1833
Code de la santé publique – art. L. 3212-1 1833
– art. L. 3212-7 à L. 3215-4 1833

E – Médecine prédictive, identification génétique et recherche génétique 1838
Code de la santé publique – art. L. 1131-1 à L. 1131-1-3 1838
– art. L. 1131-3 1839
– art. L. 1133-1 à L. 1133-5 1840

F – Don et utilisation des éléments et produits du corps humain 1840
Code de la santé publique – art. L. 1221-4 à L. 1221-12 1840
– art. L. 1222-9 1843
– art. L. 1231-1 à L. 1231-3 1843
– art. L. 1233-1 et L. 1233-2 1844
– art. L. 1241-1 1844
– art. L. 1243-1 1845
– art. L. 1243-4 1845
– art. L. 1243-6 1846

CODE PÉNAL — PAGES

– art. L. 1244-3 et L. 1244-4 ... 1846
– art. L. 1244-7 ... 1846
– art. L. 1245-4 ... 1846
– art. L. 1271-1 à L. 1271-8 ... 1847
– art. L. 1274-1 et L. 1274-2 ... 1848

G – Protection de la santé infantile ... 1848
Code de la santé publique – art. L. 2131-1 ... 1848
– art. L. 2131-4 à L. 2131-4-2 ... 1849
– art. L. 2141-1 à L. 2141-9 ... 1850
– art. L. 2161-1 à L. 2162-8 ... 1853
– art. L. 2164-1 et L. 2164-2 ... 1854

H – Interruption volontaire de grossesse ... 1854
Code de la santé publique – art. L. 2212-1 et L. 2212-2 ... 1854
– art. L. 2221-1 à L. 2223-2 ... 1855
– art. L. 5434-1 à L. 5435-1 ... 1856

II – PHARMACIE ... 1856
Code de la santé publique – art. L. 4211-1 et L. 4211-1-1 ... 1856
– art. L. 4221-1 et L. 4221-1-1 ... 1857
– art. L. 4223-1 à L. 4223-3 ... 1858
– art. L. 4243-1 et L. 4243-2 ... 1858
– art. L. 5111-1 à L. 5111-4 ... 1859
– art. L. 5421-1 à L. 5421-6 ... 1860
– art. L. 5421-6-2 à L. 5421-7 ... 1861
– art. L. 5421-9 ... 1861
– art. L. 5421-13 à L. 5421-15 ... 1861
– art. L. 5122-1 ... 1862
– art. L. 5422-1 à L. 5422-3 ... 1862
– art. L. 5422-5 à L. 5424-19 ... 1862
– art. L. 5438-1 à L. 5438-8 ... 1866

III – SUBSTANCES DANGEREUSES ... 1868

A – Substances vénéneuses ... 1868
Code de la santé publique – art. L. 3421-1 à L. 3425-2 ... 1868
– art. L. 5132-1 à L. 5132-9 ... 1871
– art. L. 5432-1 et L. 5432-2 ... 1872

B – Tabac ... 1872
Code de la santé publique – art. L. 3511-1 à L. 3515-7 ... 1873
– art. R. 3512-2 à R. 3512-4 ... 1886
– art. R. 3512-7 ... 1886
– art. R. 3512-9 ... 1887
– art. R. 3513-5 ... 1887
– art. R. 3515-2 à R. 3515-6 ... 1887
– art. R. 3513-2 à R. 3513-4 ... 1887
– art. R. 3515-7 et R. 3515-8 ... 1888

CODE PÉNAL	PAGES

C - Débits de boissons 1888
Code de la santé publique – art. L. 3321-1 à L. 3323-6 1888
– art. L. 3331-1 à L. 3331-6 1892
– art. L. 3332-1-1 à L. 3335-4 1893
– art. L. 3335-11 à L. 3336-4 1898
– art. L. 3341-1 à L. 3342-4 1899
– art. L. 3351-1 à L. 3355-8 1900
– art. R. 3351-1 à R. 3352-3 1905
Code du travail – art. R. 4743-7 1905
Code de la santé publique – art. R. 3353-1 à R. 3353-3 1905
– art. R. 3353-5 et R. 3353-5-1 1906
– art. R. 3353-7 à R. 3353-9 1906
Code du tourisme – art. L. 314-1 1906
– art. D. 314-1 1906

ANNEXE 8 - TRANSPORT 1907

I - TRANSPORT AÉRIEN 1907
Code des transports – art. L. 6142-4 à L. 6142-9 1907
– art. L. 6232-2 à L. 6232-10 1908
– art. L. 6372-4 à L. 6372-9 1910
– art. L. 6433-2 1911
– art. L. 6541-1 à L. 6541-3 1912

II - TRANSPORT FERROVIAIRE 1912
Code des transports – art. L. 2221-9 1912
– art. L. 2242-1 à L. 2242-8 1912
– art. L. 2242-10 1914
– art. L. 2251-1 à L. 2252-2 1914
Décret n° 42-730 du 22 mars 1942 portant règlement d'administration publique sur la police, la sûreté et l'exploitation des voies ferrées d'intérêt général et local – art. 1er 1916
Code du tourisme – art. R. 342-14 1916
Décret n° 42-730 du 22 mars 1942 portant règlement d'administration publique sur la police, la sûreté et l'exploitation des voies ferrées d'intérêt général et local – art. 69 à 77-2 1917
– art. 80 à 80-3 1918
Code du tourisme – art. R. 342-15 1919
Décret n° 42-730 du 22 mars 1942 portant règlement d'administration publique sur la police, la sûreté et l'exploitation des voies ferrées d'intérêt général et local – art. 80-4 à 80-9 1919
– art. 85 et 86 1920

III - CIRCULATION ROUTIÈRE 1920
Code de la route – art. L. 110-1 et L. 110-2 1920
Code de la voirie routière – art. L. 121-1 à L. 123-1 1921
– art. L. 131-1 1921
– art. L. 141-1 1921
– art. L. 151-1 1921
– art. L. 161-1 1921

CODE PÉNAL PAGES

Code de la route – art. L. 110-3 1921
– art. L. 121-1 à L. 121-5 1922
Code de procédure pénale – art. 529-7 à 530-3 1929
Code de la route – art. L. 121-6 et L. 122-1 1931
Loi n° 85-677 du 5 juillet 1985 – art. 1er à 6 1933
Code de la route – art. L. 130-1 à L. 130-5 1934
Code de la sécurité intérieure – art. L. 511-1 1935
– art. L. 512-2 1935
Code de la route – art. L. 130-6 à L. 130-9-2 1936
– art. L. 141-1 à L. 143-2 1939
– art. L. 211-1 A à L. 213-9 1941
– art. L. 221-1 A à L. 221-10 1947
– art. L. 223-1 à L. 225-9 1950
– art. L. 231-1 à L. 232-2 1964
Code pénal – art. 221-6-1 1965
– art. 221-8 1966
Code de la route – art. L. 232-3 à L. 236-3 1967
– art. L. 241-1 à L. 245-2 1984
– art. L. 311-1 à L. 312-1 1989
– art. L. 314-1 1990
– art. L. 317-1 à L. 318-4 1990
– art. L. 321-1 et L. 321-1-1 1993
Décret n° 2010-44 du 12 janvier 2010 relatif à l'information concernant l'interdiction de circulation sur les voies ouvertes au public de certains engins motorisés – art. 1er à 3 1994
Code de la route – art. L. 321-1-2 à L. 324-1 1994
Code des assurances – art. L. 211-1 à L. 211-2 1997
Code de la route – art. L. 324-2 à L. 325-5 1998
Code des transports – art. L. 3242-1 2001
– art. L. 3315-3 2001
Code de la route – art. L. 325-6 à L. 330-8 2001
– art. L. 341-1 à L. 344-2 2017
– art. L. 411-1 2021
Code général des collectivités territoriales – art. L. 2213-1 à L. 2213-6 2022
Code de la route – art. L. 411-2 2027
Code général des collectivités territoriales – art. L. 2512-14 2027
Code de la route – art. L. 411-3 2027
Code général des collectivités territoriales – art. L. 3221-4 à L. 3221-5 2027
Code de la route – art. L. 411-3-1 et L. 411-4 2028
Code général des collectivités territoriales – art. L. 4422-25 2028
– art. L. 4424-21 2028
Code de la route – art. L. 411-5 2028
Code général des collectivités territoriales – art. L. 2521-1 2028
Code de la route – art. L. 411-5-1 2028
Code général des collectivités territoriales – art. L. 4433-24-1-1 et L. 4433-24-1-2 2029
Code de la route – art. L. 411-6 à L. 413-5 2029

CODE PÉNAL	PAGES

– art. L. 417-1 2031
– art. L. 419-1 2031
– art. L. 431-1 2031
– art. L. 433-1 2032
– art. L. 441-1 à L. 444-1 2032
– art. R. 110-1 à R. 110-3 2033
– art. R. 121-1 à R. 121-6 2034
– art. R. 130-1 à R. 130-12 2035
– art. R. 141-1 à R. 143-1 2039
– art. R. 211-1 à R. 213-9 2039
– art. D. 214-1 à D. 214-8 2054
– art. R. 221-1 à R.* 221-2 2055
– art. D. 221-3 et D. 221-3-1 2056
– art. R. 221-3-1 à R. 221-3-5 2057
– art. D. 221-3-6 2058
– art. R. 221-3-7 à R. 222-7 2058
– art. D. 222-8 2069
– art. R. 223-1 à R. 226-3 2069
– art. D. 226-3-1 2080
– art. R. 226-4 2080
– art. R. 231-1 à R. 233-3 2080
Code des assurances – art. R. 211-14 2082
– art. R. 211-21-1 2082
– art. R. 211-21-5 2082
Code de la route – art. R. 234-1 à R. 235-13 2082
– art. R. 241-1 à R. 245-3 2087
– art. R. 311-1 à R. 311-3 2095
– art. D. 311-4 2100
– art. R. 312-1 à R. 319–1 2101
– art. R. 321-1 à R. 321-5 2133
– art. D. 321-5-1 et D. 321-5-2 2134
– art. R. 321-5-3 à R. 325-24 2134
– art. D. 325-24-1 2158
– art. R. 325-25 à R. 327-6 2158
– art. R. 329-1 à R. 330-11 2169
– art. R. 341-1 à R. 344-4 2176
– art. R. 350-1 à R. 350-3 2193
– art. R. 411-1 2193
Code général des collectivités territoriales – art. R. 2213-1 2193
Code de la route – art. R. 411-2 à R. 419–2 2193
– art. R. 421-1 à R. 422-5 2235
– art. R. 431-1 à R. 435-6 2239
– art. R. 441-1 à R. 442-7 2251
Code des assurances – art. L. 113-3 2253
– art. L. 113-8 2253

CODE PÉNAL PAGES

– art. L. 211-1 à L. 211-7-1 2254
– art. L. 211-26 2256
Code de la route – art. L. 324-2 2256
Code des assurances – art. L. 211-27 2257
– art. R.* 211-14 à R. 211-21-7 2257
Code de l'environnement – art. L. 362-1 à L. 362-4 2260
– art. R. 362-2 à R. 362-7 2261

ANNEXE 9 - TRAVAIL 2263

Code du travail – art. L. 1142-1 et L. 1142-2 2263
– art. L. 1146-1 à L. 1146-3 2263
– art. L. 1331-2 2264
– art. L. 1334-1 2264
– art. L. 1152-1 à L. 1155-2 2264
– art. L. 1251-1 à L. 1251-6 2267
– art. L. 1251-42 à L. 1251-44 2268
– art. L. 1255-1 à L. 1255-18 2269
– art. L. 8231-1 2272
– art. L. 8234-1 à L. 8234-3 2274
– art. L. 8241-1 à L. 8241-3 2275
– art. L. 8243-1 à L. 8243-3 2277
– art. L. 4741-1 à L. 4742-1 2279
– art. L. 4741-11 à L. 4741-14 2283
– art. L. 1238-2 à L. 1238-5 2284
– art. L. 8221-1 à L. 8221-6 2285
– art. L. 8224-1 à L. 8224-6 2294
– art. L. 5221-4 2295
– art. L. 5221-8 2296
– art. L. 5221-11 2296
– art. L. 8251-1 et L. 8251-2 2296
– art. L. 5222-1 et L. 5222-2 2296
– art. L. 5224-1 à L. 5224-3 2296
– art. L. 8256-1 et L. 8256-2 2297
– art. L. 5224-4 2298
– art. L. 8256-3 à L. 8256-8 2298
– art. L. 5124-1 2299
– art. L. 5429-1 et L. 5429-2 2299
– art. L. 2146-1 2300
– art. L. 2431-1 2300
– art. L. 2135-2 2304
– art. L. 2146-2 2304
– art. L. 2432-1 et L. 2433-1 2305
– art. L. 2317-1 2307
– art. L. 2335-1 2312

CODE PÉNAL PAGES

– art. L. 2346-1 2312
– art. L. 2434-1 2312
– art. L. 2283-1 et L. 2283-2 2313
– art. L. 1443-1 2313
– art. L. 2438-1 2313
– art. L. 8114-1 à L. 8114-3 2313
– art. L. 5334-1 2314
– art. R. 3135-1 à R. 3135-3 2315
– art. L. 5215-1 2316

Table des textes cités 2317
Index alphabétique 2327

PARTIE LÉGISLATIVE

Livre premier	– Dispositions générales	3
Livre deuxième	– Des crimes et délits contre les personnes	325
Livre troisième	– Des crimes et délits contre les biens	621
Livre quatrième	– Des crimes et délits contre la Nation, l'État et la paix publique	733
Livre quatrième *bis*	– Des crimes et des délits de guerre	947
Livre cinquième	– Des autres crimes et délits	953
Livre sixième	– Des contraventions	965
Livre septième	– Dispositions relatives à l'outre-mer	969

LIVRE PREMIER

DISPOSITIONS GÉNÉRALES

TITRE PREMIER. – DE LA LOI PÉNALE

CHAPITRE I. – DES PRINCIPES GÉNÉRAUX

Art. 111-1. – Les infractions pénales sont classées, suivant leur gravité, en crimes, délits et contraventions.

Bibliographie : *JCl. Pénal Code, Classification des infractions*, par D. Roets. • J.-H. Robert : *Dr. pén.* 1995, chron. I.

1) Aux termes de l'article 1er du Code pénal, l'infraction que les lois punissent de peines correctionnelles est un délit, et que cette règle générale régit les matières spéciales, toutes les fois qu'il n'y a pas été dérogé par une disposition expresse ; les dispositions relatives à la complicité s'appliquent à tous les crimes et délits, à moins que la loi n'en ait autrement ordonné (▪ Cass. crim., 23 févr. 1884 : S. 1886, I, p. 233, note E. Villey).

2) Si, par une dérogation tout à fait spéciale, le mineur âgé de moins de 16 ans, qui a commis une infraction de la nature de celles que la loi qualifie de crimes, n'est puni que de peines correctionnelles, ce tempérament exceptionnel, apporté à la peine en faveur du mineur, exclusivement en raison de son âge, ne saurait transformer le caractère du fait incriminé, dont les éléments substantiels ne sont pas modifiés, et que la matière reste criminelle (▪ Cass. crim., 9 juill. 1891 : S. 1891, I, p. 432).

Art. 111-2. – La loi détermine les crimes et délits et fixe les peines applicables à leurs auteurs.

Le règlement détermine les contraventions et fixe, dans les limites et selon les distinctions établies par la loi, les peines applicables aux contrevenants.

Bibliographie : *JCl. Pénal Code, Principe de légalité criminelle. – Sources du droit pénal*, par W. Jeandidier. • *JCl. Pénal Code, Droit de l'Union européenne et matière pénale*, par R. Grass et Ch. Soulard. • G. Tillement, *Le contrôle de la nécessité des incriminations par le juge pénal* : *Dr. pén.* 2003, chron. 34. • P. Beauvais et M. Massé, *Questions prioritaires de constitutionnalité : nouvelles perspectives* : *AJ pénal* 2011, p. 274. • Ch. Lazerges, *La question prioritaire de constitutionnalité devant le Conseil constitutionnel en droit pénal : entre audace et prudence* : *RSC* 2011, p. 193. • B. De Lamy, *Un nouveau procédé de constitutionnalisation du droit pénal : la QPC : bilan pratique*, in *Mél. en l'honneur du professeur Jacques-Henri Robert* : LexisNexis, 2012, p. 377. • M. Delmas-Marty, *L'intégration européenne entre pluralisme, souverainisme et universalisme* : *RSC* 2016, p. 447. • E. Rubi-Cavagna, *Le droit pénal de l'Union européenne : un droit pénal commun porteur de valeurs ?* : *RSC* 2018, p. 663.

• ***Sommaire***

I – LES NORMES PÉNALES 4
A – Les normes nationales 4
B – Les normes supranationales 4
1° Les normes internationales 4
2° Le droit de l'Union européenne 5
II – L'ARTICULATION DES NORMES PÉNALES 8
A – Normes constitutionnelles 8
B – Normes européennes 8
1° Droit de l'Union européenne 8
2° Convention européenne des droits de l'homme 9

I – LES NORMES PÉNALES

A – Les normes nationales

1) Loi – absence de décret d'application. A justifié sa décision la cour d'appel qui a reconnu coupable le prévenu de l'infraction prévue à l'article 434 du Code rural alors même que les décrets d'application prévus par l'article 466 du même code n'ont pas été adoptés dès lors qu'aucune disposition du titre II du livre III du Code rural ne subordonne l'application dudit article à la parution des textes réglementaires (■ Cass. crim., 28 nov. 1991 : *JurisData* n° 1991-003627 ; *Bull. crim.* n° 447).

2) En prévoyant qu'un décret en Conseil d'État préciserait « en tant que de besoin »les conditions d'application des dispositions du titre XXI du livre IV du Code de procédure pénale relatives à la protection des témoins, l'article 706-63 de ce code n'a pas subordonné à la parution d'un tel décret l'entrée en vigueur de ces dispositions, par ailleurs suffisamment claires et précises pour être appliquées immédiatement (■ Cass. crim., 9 juill. 2003 : *JurisData* n° 2003-020147 ; *Bull. crim.* n° 138).

3) N'encourt pas la cassation l'arrêt qui a déclaré irrecevable l'action publique dès lors que les textes d'incrimination n'ont pas été abrogés, à défaut de ratification de l'ordonnance portant abrogation (■ Cass. crim., 3 juin 2015, n° 13-87.405 : *JurisData* n° 2015-012998).

4) Ordonnance. Si c'est à tort que la cour d'appel a déclaré irrecevable l'exception d'extinction de l'action publique, au motif que l'abrogation des textes visés à la prévention originaire avait été soulevée devant elle pour la première fois, l'arrêt n'encourt pas pour autant la censure, dès lors que ces textes n'ont pas été abrogés, à défaut de ratification de l'ordonnance n° 2010-459 du 6 mai 2010 (■ Cass. crim., 3 juin 2015, n° 13-87.405 : *JurisData* n° 2015-012998).

5) Règlements. Il résulte de l'article 111-3, alinéa 1er, du Code pénal que nul ne peut être puni pour un crime ou un délit dont les éléments ne sont pas définis par la loi ou pour une contravention dont les éléments ne sont pas définis par le règlement. En l'espèce, statuant sur l'opposition formée par la prévenue contre une ordonnance pénale qui pour stationnements interdits l'a condamnée à payer deux amendes, la juridiction de proximité a mis à néant l'ordonnance querellée et, statuant à nouveau, a retenu que les faits ont été constatés par des procès-verbaux réguliers en la forme, a déclaré la prévenue coupable. Cette décision encourt la cassation dès lors qu'il ne résultait des pièces du dossier aucun règlement prohibant le stationnement aux emplacements visés et que les services de la préfecture de police de Paris, par message électronique adressé au ministère public et versé au dossier, indiquaient qu'aucun arrêté n'interdisait le stationnement à ces adresses, ce dont il résultait qu'à défaut d'élément légal les infractions ne pouvaient être constituées (■ Cass. crim., 28 mai 2013, n° 12-86.078 : *JurisData* n° 2013-014452. V. également ■ Cass. crim., 17 déc. 2013, n° 12-87.528 : *JurisData* n° 2013-029904. ■ Cass. crim., 18 févr. 2015, n° 14-84.168 : *JurisData* n° 2015-002879).

6) Circulaires. Il n'appartient pas au juge, en raisonnant par voie d'analogie, de suppléer au silence de la loi et de prononcer des peines en dehors des cas limitativement prévus par le législateur. Doit être censuré l'arrêt qui déclare le prévenu coupable pour infraction à la coordination des transports en se bornant à constater que le prévenu n'a pas sollicité l'autorisation individuelle prescrite par une note de de l'administration alors que n'était constatée l'absence d'aucune autorisation requise en la matière par un texte législatif ou règlementaire (■ Cass. crim., 3 janv. 1978 : *Bull. crim.* n° 1).

7) Doit être censurée la décision du tribunal qui fonde la condamnation pour contravention de défaut de remise d'une attestation d'absence de travail le dernier jour de la semaine précédant le contrôle en se fondant sur la circulaire n° 86-66 du 29 septembre 1986 relative aux conditions de travail dans les transports routiers publics et privés de voyageurs ou de marchandises alors que ni l'article 15.7 du règlement CEE n° 3821-85 du 20 décembre 1985, ni aucune autre disposition légale ou réglementaire n'impose au conducteur qui n'a pas conduit le dernier jour de la semaine ayant précédé un contrôle routier, de présenter, lors du contrôle, une attestation de l'employeur justifiant de son inactivité le jour considéré (■ Cass. crim., 16 janv. 2001 : *JurisData* n° 2001-008270 ; *Bull. crim.* n° 12).

B – Les normes supranationales

1° *Les normes internationales*

8) Primauté des traités. Le cannabis se définit non par référence aux dispositions réglementaires du Code de la santé publique, mais à la Convention internationale unique du 30 mars 1961, qui, en application de l'article 55 de la Constitution, a acquis une autorité supérieure à la loi interne dès sa publication au *Journal officiel* du 2 mai 1969 (■ Cass. crim., 9 mars 1992, n° 90-87.478 : *JurisData* n° 1992-001542 ; *Bull. crim.* n° 103. V. également ■ Cass. crim., 27 févr. 1990, n° 89-86.692 : *Bull. crim.* n° 96).

9) Interprétation des traités. Il est de l'office du juge d'interpréter les traités internationaux invoqués dans la cause soumise à son examen, sans qu'il soit nécessaire de solliciter l'avis d'une autorité non juridictionnelle (■ Cass. crim., 11 févr. 2004, n° 02-84.472 : *Bull. crim.* n° 37. ■ Cass. crim., 15 janv. 2014, n° 13-84.778 : *Bull. crim.* n° 11 ; *Dr. pén.* 2014, comm. 113, A. Maron et M. Haas ; *RSC* 2014, p. 127, obs. J. Danet).

La pratique obligeant un juge, confronté à une difficulté sérieuse d'interprétation d'une convention internationale, à demander au ministre des Affaires étrangères d'indiquer le sens de la disposition contestée pour ensuite s'y conformer en toutes circonstances est contraire à l'exigence d'une juridiction indépendante (■ CEDH, 24 nov. 1994, n° 15287/89, *Beaumartin c/ France* : *D.* 1995, p. 273, note X. Prétot).

Les autorités judiciaires françaises, lorsqu'elles utilisent les informations qui leur ont été communiquées dans le cadre d'une convention d'entraide judiciaire en matière pénale, sont tenues de respecter les règles fixées par cette convention à laquelle s'incorporent les réserves et déclarations formulées, qui obligent les États parties dans leurs rapports réciproques (■ Cass. crim., 15 janv. 2014, préc.).

10) *Contra* : L'interprétation des traités et conventions diplomatiques échappe à l'autorité judiciaire lorsque cette interprétation soulève des questions d'ordre public international. Dès lors, la chambre d'accusation avait le devoir de surseoir à statuer jusqu'à ce que le ministre des Affaires étrangères, qu'il lui appartenait de consulter, ait officiellement interprété sur les points précis dont s'agit, les conventions internationales (■ Cass. crim., 30 juin 1976, n° 75-93.296 : *Bull. crim.* n° 236 ; *JCP* G 1976, II, 18435, rapp. M. Mongin).

Doit être annulé l'arrêt d'une chambre d'accusation qui a déclaré qu'échappent à la fouille douanière les bagages régulièrement en transit, en vertu des dispositions de l'annexe 9 à la convention de Chicago relative à l'aviation civile internationale, sans avoir au préalable consulté le ministère des Affaires étrangères sur les points de savoir : 1) si ces dispositions étaient de nature à s'opposer à l'application de la loi interne en matière de douanes et de change et si les normes et pratiques recommandées, définies dans l'annexe 9 à ladite convention par l'Organisation de l'aviation civile internationale, sont directement et immédiatement applicables sur le territoire français ; 2) dans l'affirmative, si les conditions de réciprocité édictées par l'article 55 de la Constitution se trouvaient réunies en l'espèce, tant en ce qui concerne les dispositions de la convention elle-même que celles de l'annexe (■ Cass. crim., 29 juin 1972, n° 71-91.821 : *Bull. crim.* n° 226. Dans le même sens V. ■ Cass. crim., 7 juill. 1980, n° 79-93.727 : *Bull. crim.* n° 216. ■ Cass. crim., 3 juin 1985, n° 84-94.404 : *JurisData* n° 1985-701753 ; *Bull. crim.* n° 212. ■ Cass. crim., 10 mai 1988, n° 88-81.980 : *Bull. crim.* n° 201. ■ Cass. crim., 27 nov. 1992, n° 92-82.409 : *JurisData* n° 1992-003326 ; *Bull. crim.* n° 394. ■ Cass. crim., 1er avr. 1993, n° 92-82.273 : *JurisData* n° 1993-000774 ; *Bull. crim.* n° 143).

L'avis du ministre des Affaires étrangères a une portée générale et s'impose à l'autorité judiciaire (■ Cass. crim., 26 janv. 1984, n° 83-94.425 : *Bull. crim.* n° 34 ; *JCP* G 1984, II, 20197, rapp. M. Le Gunehec et note D. Ruzié).

11) Coutume internationale. La coutume internationale s'oppose à ce que les chefs d'État en exercice puissent, en l'absence de dispositions internationales contraires s'imposant aux parties concernées, faire l'objet de poursuites devant les juridictions pénales d'un État étranger. Encourt la cassation l'arrêt qui rejette l'exception d'immunité au motif qu'aucune immunité ne saurait couvrir les faits de complicité de destruction d'un bien par l'effet d'une substance explosive ayant entraîné la mort d'autrui, en relation avec une entreprise terroriste (■ Cass. crim., 13 mars 2001, n° 00-87.215 : *Bull. crim.* n° 64 ; *JDI* 2002, p. 804, note C. Santulli ; *D.* 2001, somm. p. 2355, obs. M.-H. Gozzi ; *D.* 2001, somm. p. 2631, note J.-F. Roulot ; *RGDI publ.* 2001, p. 473, note F. Poirat ; p. 507, concl. J.-Y. Launay. V. également ■ Cass. crim., 23 nov. 2004, n° 04-84.265 : *JurisData* n° 2004-026042 ; *Bull. crim.* n° 292. ■ Cass. crim., 2 sept. 2020, n° 18-84.682 : *Jurisdata* n° 2020-012399 ; *Dr. pén.* 2020, comm. 200, obs. A. Gogorza. Rappr. ■ Cass. crim., 13 janv. 2021, n° 20-80.511 : *Jurisdata* n° 2021-000150 ; *Procédures* 2021, comm. 74, obs. A.S. Chavent-Leclerc).

12) La coutume internationale ne saurait pallier l'absence de texte incriminant, sous la qualification de crimes contre l'humanité, les faits dénoncés par la partie civile (■ Cass. crim., 17 juin 2003, n° 02-80.719 : *JurisData* n° 2003-019616 ; *Bull. crim.* n° 122 ; *D.* 2004, p. 92, note J. Daniel).

2° *Le droit de l'Union européenne*

13) Compétence pénale de l'Union européenne. La législation pénale et le régime des sanctions relèvent de la compétence des États membres (■ CJCE, 11 nov. 1981, aff. 23/80, *Casati* : *Rec. CJCE* 1981, p. 2595. ■ CJCE, 25 févr. 1988, aff. 299/86, *Drexl* : *Rec. CJCE* 1988, p. 1213).

14) En vertu de l'article 47 UE, aucune des dispositions du traité CE ne saurait être affectée par une disposition du Traité sur l'Union européenne. Cette même exigence figure également au premier alinéa de l'article 29 UE, qui introduit le titre VI de ce dernier traité. Il incombe à la Cour de veiller à ce que les actes dont le Conseil prétend qu'ils relèvent dudit titre VI n'empiètent pas sur les compétences que les dispositions du traité CE attribuent à la Communauté. Il est constant que la protection de l'environnement constitue un des objectifs essentiels de la Communauté. En ce sens, l'article 2 CE énonce que la Communauté a pour mission de promouvoir un « niveau élevé de protection et d'amélioration de la qualité de l'environnement » et, à cette fin, l'article 3, paragraphe 1, sous l), CE prévoit la mise en place d'une « politique dans le domaine de l'environnement ». En outre, aux termes de l'article 6 CE, « [l]es exigences de la protection de l'environnement doivent être intégrées dans la définition et la mise en œuvre des politiques et actions de la Communauté », disposition qui souligne le caractère transversal et fondamental de cet objectif. Les articles 174 CE à 176 CE constituent, en principe, le cadre dans lequel la politique communautaire dans le domaine de l'environnement doit être conduite. En particulier, l'article 174, paragraphe 1, CE énumère les objectifs de l'action environnementale de la Communauté et l'article 175 CE définit les procédures à suivre en vue d'atteindre ces objectifs. La compétence de la Communauté est, en général, exercée selon la procédure prévue à l'article 251 CE, après consultation du Comité économique et social et du Comité des régions. Toutefois, en ce qui concerne certains domaines visés à l'article 175, paragraphe 2, CE, le Conseil décide seul en statuant à l'unanimité, sur proposition de la Commission et après consultation du Parlement ainsi que des deux organes susmentionnés. Ainsi que la Cour l'a déjà jugé, les mesures visées aux trois tirets de l'article 175, paragraphe 2, premier alinéa, CE impliquent toutes une intervention des institutions communautaires dans des domaines tels que la politique fiscale, la politique de l'énergie ou la politique d'aménagement du territoire, dans lesquels, en dehors de la politique communautaire de l'environnement, soit la Communauté ne dispose pas de compétence législative, soit l'unanimité au sein du Conseil est requise. En ce qui concerne la finalité de la décision-cadre, il ressort tant de son intitulé que de ses trois premiers considérants que celle-ci poursuit un objectif de protection de l'environnement. Préoccupé « par l'augmentation des infractions au détriment de l'environnement et par leurs effets qui s'étendent de plus en plus souvent au-delà des frontières des États où ces infractions sont commises », le Conseil, après avoir constaté que celles-ci constituent « une menace pour l'environnement » et « un problème commun aux États membres », a estimé qu'il est nécessaire d'y « apporter une réponse très ferme » et « de façon concertée afin de protéger l'environnement sur le plan pénal ». Quant au contenu de la décision-cadre, celle-ci dresse, à son article 2, une liste d'agissements particulièrement graves au détriment de l'environnement que les États membres doivent sanctionner pénalement. Il est vrai que les articles 2 à 7 de cette décision comportent une harmonisation partielle des législations pénales des États membres, en particulier s'agissant des éléments constitutifs de différentes infractions pénales commises au détriment de l'environnement. Or, en principe, la législation pénale tout comme les règles de la procédure pénale ne relèvent pas de la compétence de la Communauté. Cette dernière constatation ne saurait cependant empêcher le législateur communautaire, lorsque l'application de sanctions pénales effectives, proportionnées et dissuasives par les autorités nationales compétentes constitue une mesure indispensable pour lutter contre les atteintes graves à l'environnement, de prendre des mesures en relation avec le droit pénal des États membres et qu'il estime nécessaires pour garantir la pleine effectivité des normes qu'il a édictées en matière de protection de l'environnement. Il résulte de ce qui précède que, en raison tant de leur finalité que de leur contenu, les articles 1er à 7 de la décision-cadre ont pour objet principal la protection de l'environnement et auraient pu valablement être adoptés sur le fondement de l'article 175 CE. Dans ces conditions, la décision-cadre, en empiétant sur les compétences que l'article 175 CE attribue à la Communauté, méconnaît dans son ensemble, en raison de son indivisibilité, l'article 47 UE et dit être annulée (■ CJCE, 13 sept. 2005, aff. C-176/03, *Communautés européennes c/ Cons. Union européenne* : *JurisData* n° 2005-400027 ; *Europe* 2005, comm. 36).

15) En vertu de l'article 47 UE, aucune des dispositions du traité CE ne saurait être affectée par une disposition du traité UE. Cette même exigence figure au premier alinéa de l'article 29 UE, qui introduit le titre VI de ce dernier traité, intitulé « Dispositions relatives à la coopération policière et judiciaire en matière pénale ». Il incombe à la Cour de veiller à ce que les actes dont le Conseil prétend qu'ils relèvent dudit titre VI n'empiètent pas sur les compétences que les dispositions du traité CE attribuent à la Communauté. Il importe donc de vérifier si les dispositions de la décision-cadre 2005/667 n'affectent pas la compétence que détient la Communauté en vertu de l'article 80, paragraphe 2, CE, en ce qu'elles auraient pu, ainsi que le soutient la Commission, être adoptées sur le fondement de cette dernière disposition. À cet égard, il convient, tout d'abord, de rappeler que la politique commune des transports s'inscrit parmi les fondements de la Communauté, l'article 70 CE, lu en combinaison avec l'article 80, paragraphe 1, CE, prévoyant que les objectifs du traité sont en effet poursuivis par les États membres dans le secteur des transports par chemin de fer, par route et par voie navigable, dans le cadre d'une telle politique. Il y a lieu, ensuite, de préciser que l'article 80 CE prévoit, à son paragraphe 2, que le Conseil dispose de la faculté de décider si, dans quelle mesure et par quelle procédure des dispositions appropriées pourront être prises pour la navigation maritime et que les dispositions de procédure de l'article 71 CE s'appliquent. Dans la mesure où l'article 80, paragraphe 2, CE ne prévoit aucune limitation explicite quant à la nature des règles communes spécifiques que le Conseil peut, conformément aux dispositions procédurales de l'article 71 CE, adopter sur ce fondement, le législateur communautaire dispose, en vertu de cette disposition, d'un large pouvoir normatif et est compétent, à ce titre et par analogie avec les autres dispositions du traité CE relatives à la politique commune des transports, en particulier l'article 71, paragraphe 1, CE, pour établir, notamment, « les mesures permettant d'améliorer la sécurité des transports »ainsi que « toutes autres dispositions utiles »en matière de navigation maritime (V. en ce sens, s'agissant du transport routier, arrêt du 9 septembre 2004, Espagne et Finlande/Parlement et Conseil, C-184/02 et C-223/02 : *Rec.* p. I-7789, pt 28). S'il est vrai que, en principe, la législation pénale tout comme les règles de procédure pénale ne relèvent pas de la compétence de la Communauté, il n'en demeure pas moins que le législateur communautaire, lorsque l'application de sanctions pénales effectives, proportionnées et dissuasives par les autorités nationales compétentes constitue une mesure indispensable pour lutter contre les atteintes graves à l'environnement, peut imposer aux États membres l'obligation d'instaurer de telles sanctions pour garantir la pleine effectivité des normes qu'il a édictées dans ce domaine. En l'espèce, il importe de constater, d'une part, que les dispositions de la décision-cadre 2005/667 visent, à l'instar de celles de la décision-cadre 2003/80 en cause dans l'affaire ayant donné lieu à l'arrêt du 13 septembre 2005, Commission/Conseil, précité, des agissements de nature à occasionner des atteintes particulièrement graves à l'environnement résultant, en l'occurrence, du non-respect des normes communautaires en matière de sécurité maritime. D'autre part, il résulte de la lecture combinée des troisième à cinquième, septième et huitième considérants de la directive 2005/35 ainsi que des cinq premiers considérants de la décision-cadre 2005/667 que le Conseil a estimé que des sanctions pénales étaient nécessaires pour assurer le respect de la réglementation communautaire édictée en matière de sécurité maritime. Dès lors, dans la mesure où les articles 2, 3 et 5 de la décision-cadre 2005/667 visent à garantir l'effectivité des normes adoptées dans le domaine de la sécurité maritime, dont le non-respect peut avoir des conséquences graves pour l'environnement, en imposant aux États membres l'obligation de sanctionner pénalement certains comportements, ces articles doivent être considérés comme ayant essentiellement pour objet l'amélioration de la sécurité maritime, de même que la protection de l'environnement, et auraient pu valablement être adoptés sur le fondement de l'article 80, paragraphe 2, CE. Au vu de tout ce qui précède, il y a lieu de conclure que la décision-cadre 2005/667, en empiétant sur les compétences que l'article 80, paragraphe 2, CE attribue à la Communauté, méconnaît l'article 47 UE et doit, en raison de son indivisibilité, être annulée dans son ensemble (▪ CJCE, 23 oct. 2007, aff. C-440/05, *Comm. c/ Cons.* : *JurisData* n° 2007-007464 ; *Rev. dr. transp.* 2007, comm. 243, obs. L. Grard ; *Env.* 2008, comm. 39, obs. C. Vial).

16) Interprétation conforme du droit national. Le caractère contraignant des décisions-cadres, adoptées sur le fondement du titre VI du traité sur l'Union européenne, entraîne, dans le chef des autorités nationales, une obligation d'interprétation conforme du droit national. En appliquant le droit interne, la juridiction nationale appelée à interpréter celui-ci est tenue de le faire dans toute la mesure du possible à la lumière du texte et de la finalité de la décision-cadre afin d'atteindre le résultat visé par celle-ci et de se conformer ainsi à l'article 34, paragraphe 2, sous b), UE (▪ CJCE, gr. ch., 16 juin 2005, aff. C-105/03, *Maria Pupino* : *Rec. CJCE*, p. I-5285 ; *Europe* 2005, comm. 274, obs. F. Kauff-Gazin).

17) L'obligation pour le juge national de se référer au contenu d'une décision-cadre lorsqu'il interprète les règles pertinentes de son droit national trouve toutefois ses limites dans les principes généraux du droit, et, en particulier, dans ceux de sécurité juridique et de non-rétroactivité. Ces principes s'opposent notamment à ce que ladite obligation puisse conduire à déterminer ou à aggraver, sur le fondement d'une décision-cadre et indépendamment d'une loi prise pour la mise en œuvre de celle-ci, la responsabilité pénale de ceux qui agissent en infraction à ses dispositions. De même, le principe d'interprétation conforme ne peut-il servir de fondement à une interprétation *contra legem* du droit national. Ce principe requiert néanmoins que la juridiction nationale prenne en considération, le cas échéant, l'ensemble du droit national pour apprécier dans quelle mesure celui-ci peut recevoir une application telle qu'il n'aboutit pas à un résultat contraire à celui visé par la décision-cadre (même arrêt).

II – L'ARTICULATION DES NORMES PÉNALES

A – Normes constitutionnelles

18) Contrôle de constitutionnalité. Les juridictions de l'ordre judiciaire ne peuvent contrôler la constitutionnalité des lois (▪ Cass. crim., 11 mai 1833 : *S.* 33, 1, 357. ▪ Cass. crim., 26 févr. 1974 : *D.* 1974, p. 273, concl. A. Touffait, note R. Vouin ; *RSC* 1974, p. 855, obs. J. Larguier. ▪ Cass. crim., 27 févr. 1990, n° 89-86.692 : *Bull. crim.* n° 96. ▪ Cass. crim., 20 déc. 1994 : *Bull. crim.* n° 424. ▪ Cass. crim., 4 nov. 1998 : *Dr. pén.* 1999, comm. 43, obs. J.-H. Robert. ▪ Cass. crim., 29 mars 2000 : *Bull. crim.* n° 146). Il en va de même non seulement pour une disposition législative ayant délégué au pouvoir réglementaire la prérogative d'édicter des obligations dont la méconnaissance constitue un délit par elle, défini et sanctionné des peines qu'elle avait prévues, mais encore pour les décrets portant application de cette loi tant qu'ils n'excèdent pas les limites de l'habilitation accordée (▪ Cass. crim., 22 déc. 1987 : *Bull. crim.* n° 482). Il n'appartient pas non plus aux juridictions de l'ordre judiciaire de se prononcer sur la constitutionnalité des traités (▪ Cass. crim., 27 févr. 1990 : *Bull. crim.* n° 96).

19) Question prioritaire de constitutionnalité. V. loi organique n° 2009-1523 du 10 décembre 2009 et le décret n° 2010-148 du 16 février 2010, l'article R. 49-26 du Code de procédure pénale, et la doctrine citée au *Dr. pén.* 2010, alertes 14. *Adde RSC* 2010, p. 201, chron. B. De Lamy. V. not. *La question prioritaire de constitutionnalité, premier bilan et perspective : JCP* 2010, suppl. au n° 48 du 29 nov. 2010 ; *JCP* 2011, doctr. 604, p. 1004, B. Mathieu ; *RSC* 2011, p. 193, chron., par C. Lazerges ; *AJ pénal* 2011, dossier « un an de QPC en matière pénale », p. 273 et s. ; QPC et principe de légalité : *RSC* 2012, p. 131 ; la QPC, une question pour la démocratie : *JCP* 2013, suppl. au n° 29-34, 15 juill.

B – Normes européennes

1° Droit de l'Union européenne

20) Primauté du droit de l'Union européenne. À la différence des traités internationaux ordinaires, le traité de la CEE a institué un ordre juridique propre, intégré au système juridique des États membres lors de l'entrée en vigueur du traité et qui s'impose à leurs juridictions ; qu'en effet, en instituant une Communauté de durée illimitée, dotée d'institutions propres, de la personnalité, de la capacité juridique, d'une capacité de représentation internationale et plus particulièrement de pouvoir réels issus d'une limitation de compétence ou d'un transfert d'attributions des États à la Communauté, ceux-ci ont limité, bien que dans des domaines restreints, leurs droits souverains et créé ainsi un corps de droit applicable à leurs ressortissants et à eux-mêmes (▪ CJCE, 15 juill. 1964, aff. C-6/64, *Costa c/ Enel* : *Rec. CJCE*, p. 1141).

21) Le juge national, chargé d'appliquer dans le cadre de sa compétence les dispositions du droit communautaire, a l'obligation d'assurer le plein effet de ces normes en laissant au besoin inappliquée, de sa propre autorité, toute disposition contraire de la législation nationale, même postérieure, sans qu'il y ait à demander ou à attendre l'élimination préalable de celle-ci par voie législative ou par tout autre procédé constitutionnel (▪ CJCE, 15 déc. 1976, aff. C-35/76, *Simmenthal* : *Rec. CJCE*, p. 1871, § 24).

22) Incompatibilité du droit national avec le droit de l'Union européenne. Il appartient au juge répressif d'écarter l'application d'un texte d'incrimination de droit interne lorsque ce dernier méconnaît une disposition du Traité sur le fonctionnement de l'Union européenne ou un texte pris pour l'application de celui-ci (▪ Cass. crim., 5 nov. 2019, n° 18-82.989 : *JurisData* n° 2019-019409. ▪ Cass. crim., 5 nov. 2019, n° 18-80.554 : *JurisData* n° 2019-019410 : *Dr. pén.* 2019, comm. 200, obs. N. Bareït ; *AJ pénal* 2020, p. 81, obs. Th. Herran ; *RSC* 2020, p. 435, obs. B. Aubert ; *Dr. pén.* 2020, chron. 5, obs. O. Cahn). En application des principes de primauté et d'effet direct du droit communautaire, il incombe au juge national, chargé d'appliquer les dispositions du droit communautaire, d'assurer le plein effet de ces normes en laissant au besoin inappliquée toute disposition contraire de la législation nationale (▪ Cass. crim., 31 mars 2020, n° 19-85.121 : *JurisData* n° 2020-005265 ; *Dr. pén.* 2020, comm. 115, obs. J.-H. Robert ; *JCP G* 2020, act. 554, obs. B. Py et F. Vialla ; *RSC* 2020, p. 387, obs. P. Mistretta ; *RSC* 2020, p. 435, obs. B. Aubert).

23) Il appartient au juge répressif d'écarter l'application d'un texte d'incrimination de droit interne lorsque ce dernier méconnaît une disposition du Traité CEE ou un texte pris pour l'application de celui-ci. Doit être cassée la décision de condamnation pour ouverture et exploitation d'un établissement d'importation de produit cosmétique sans déclaration à l'autorité administrative dès lors que la directive du 27 juillet 1976, concernant le rapprochement des législations des États membres relatives aux produits cosmétiques, telle qu'interprétée par l'arrêt de la Cour de justice des Communautés européennes du 5 mai 1993, a procédé à une harmonisation exhaustive des règles nationales applicables aux produits qu'elle vise, de sorte qu'un État membre ne peut subordonner la circulation des produits cosmétiques à des conditions autres que celles imposées par cette directive (■ Cass. crim., 17 oct. 1994, n° 92-84.365 : *Bull. crim.* n° 332. V. également ■ Cass. crim., 27 févr. 1995 : *Bull. crim.* n°s 80 et 81. ■ Cass. crim., 3 avr. 1995 : *Dr. pén.* 1995, comm. 177, obs. J.-H. Robert).

24) Doit être censuré l'arrêt qui déclare le prévenu coupable de fausse déclaration de valeur à l'importation, ayant entraîné une minoration de l'assiette de la TVA et de l'octroi de mer exigibles sur les marchandises importées, alors que la taxe que l'octroi de mer, assis sur la valeur en douane des marchandises au lieu de leur introduction dans les régions de Guadeloupe, de Guyane, de Martinique et de La Réunion, constituait une taxe d'effet équivalent à un droit de douane à l'importation, prohibée par le traité CEE et ne pouvant de ce fait servir de base à des poursuites douanières (■ Cass. crim., 26 sept. 1994, n° 91-87.062 : *Bull. crim.* n° 303. ■ Rappr. CJCE, 16 juill. 1992, aff. C-163/90 : *Rec. CJCE* 1992, p. I-4625).

25) Au nom du principe de primauté du droit de l'Union, application de la règle de prééminence des traités sur la loi définie par l'article 55 de la Constitution, il appartient au juge pénal, comme l'a retenu la Cour de cassation dans plusieurs arrêts, d'écarter l'application d'un texte d'incrimination de droit interne qui méconnaîtrait une disposition de droit communautaire issue des traités ou des textes pris pour leur application. Il apparaît qu'on ne peut imputer pénalement aux prévenus éleveurs en cause, une importation sans autorisation, certificat ou enregistrement, alors qu'en infraction avec le droit communautaire la réglementation nationale leur interdit l'accès à une telle autorisation. En considération de ce qui précède, la relaxe des éleveurs poursuivis en tant qu'auteurs principaux s'impose, à la fois sur le délit d'importation de médicaments vétérinaires sans autorisation, certificat ou enregistrement que sur le délit subséquent de transport de marchandise réputée importée en contrebande (■ CA Pau, ch. corr., 1er mars 2018, n° 14/00183 : *LPA* 28 avr. 2018, p. 15, obs. N. Bareït).

A justifié sa décision la cour d'appel qui a relaxé les prévenus poursuivis pour importation de médicaments vétérinaires espagnols sans autorisation préalable car d'une part, que les éleveurs n'étaient pas tenus, en présence d'une réglementation non conforme aux articles 34 et 36 du Traité sur le fonctionnement de l'Union européenne, de solliciter une autorisation administrative préalable pour l'importation des médicaments vétérinaires considérés, d'autre part, que les obligations en matière de notice, d'étiquetage et de pharmacovigilance étaient inopposables aux éleveurs qui étaient exclus, en méconnaissance du droit de l'Union, de la procédure d'importation parallèle de médicaments vétérinaires (■ Cass. crim., 5 nov. 2019, n° 18-82.989 : *JurisData* n° 2019-019409, préc.).

26) L'interdiction d'importer une préparation magistrale irrégulièrement prescrite par un médecin établi en France, incriminé à l'article L. 5451-1 du Code de la santé publique, est proportionnée à l'objectif de protection de la santé publique qu'elle poursuit, de sorte qu'elle n'est pas contraire à l'article 34 du Traité sur le fonctionnement de l'Union européenne (■ Cass. crim., 12 juin 2019, n° 17-81.235 : *JurisData* n° 2019-009945).

27) L'interdiction de l'épilation à la lumière pulsée par des personnes autres que des médecins est contraire aux articles 49 et 56 du Traité sur le fonctionnement de l'Union européenne. Il s'ensuit que les sociétés prévenues ne peuvent être légalement condamnées pour complicité d'exercice illégal de la médecin (■ Cass. crim., 31 mars 2020, n° 19-85.121 : *JurisData* n° 2020-005265 ; *Dr. pén.* 2020, comm. 115, obs. J.-H. Robert ; *JCP G* 2020, act. 554, obs. B. Py et F. Vialla ; *RSC* 2020, p. 387, obs. P. Mistretta. *Contra* : ■ Cass. crim, 29 janv. 2019, n° 16-85.746). Il résulte de l'interprétation donnée par la Cour de justice de l'Union européenne des stipulations des articles 49 et 56 du Traité sur le fonctionnement de l'Union européenne, en particulier par l'arrêt rendu le 19 mai 2009 dans les affaires C-171/07 et C-172/07, que la liberté d'établissement et la libre prestation de services peuvent faire l'objet de restrictions justifiées par des raisons impérieuses d'intérêt général, dès lors que ces mesures s'appliquent de manière non discriminatoire, sont propres à garantir, de façon cohérente, la réalisation de l'objectif qu'elles poursuivent et ne vont pas au-delà de ce qui est nécessaire pour l'atteindre. La disposition, réservant aux docteurs en médecine la pratique de l'épilation au laser ou à la lumière pulsée, dont le refus d'abrogation est contesté, constitue une restriction à la liberté d'établissement et à la libre prestation de services (■ CE, 8 nov. 2019, n° 424954).

28) Question préjudicielle à la Cour de justice de l'Union européenne. Selon l'article 177 du Traité, les juges d'appel dont la décision est susceptible d'un recours juridictionnel de droit interne, ne sont pas tenus de saisir la Cour de justice d'une demande en interprétation et de surseoir à statuer (■ Cass. crim., 17 juin 1992, n° 91-85.872 : *Bull. crim.* n° 244 ; *RSC* 1993, p. 540, obs. B. Bouloc).

2° *Convention européenne des droits de l'homme*

29) Primauté de la CEDH. Les États adhérents à cette Convention sont tenus de respecter les décisions de la Cour européenne des droits de l'homme, sans attendre d'être attaqués devant elle ni d'avoir modifié leur législation (▪ Cass. ass. plén., 15 avr. 2011, n°s 10-17.049, 10-30.242, 10-30.313 et 10-30.316 : *JurisData* n°s 2011-006080, 2011-006068, 2011-006077 et 2011-006078 ; *JCP* G 2011, act. 483, S. Détraz ; *D.* 2011, p. 1080).

30) Incompatibilité du droit national avec la Convention européenne des droits de l'homme. L'article 2 de la loi du 2 juillet 1931, étant incompatible avec l'article 10 de la Convention européenne de sauvegarde des droits de l'homme sur la liberté d'expression, ne saurait servir de fondement à une condamnation pénale (▪ Cass. crim., 16 janv. 2001 : *Bull. crim.* n° 10 ; *Dr. pén.* 2001, comm. 91, obs. J.-H. Robert ; V. Ann. *Presse*). Cependant, V. CA Paris, 31 oct. 2001 : *Dr. pén.* 2002, comm. 58, obs. J.-H. Robert ; suivant cet arrêt, statuant sur intérêts civils, la loi du 2 juillet 1931 reste applicable. *Adde : Legipresse*, 2002, n° 189, III, p. 31, note E. Derieux.

31) Sur l'incompatibilité de l'alinéa 3 de l'article 38 de la loi du 29 juillet 1881 (alinéa abr. L. 15 juin 2001 et intégré dans l'article 35 *quater*) avec les articles 6, 7 et 10 de la CEDH, V. Cass. crim., 20 févr. 2001 : *Dr. pén.* 2001, comm. 86, obs. M. Véron, et *infra*, Ann. *Presse*.

32) Sur l'incompatibilité des articles 11 et 12 de la loi du 19 juillet 1977, relatifs aux sondages d'opinion en relation avec l'une des consultations visées par l'article 1er avec l'article 10 de la CEDH, V. Cass. crim., 4 sept. 2001 : *Bull. crim.* n° 170 ; *JCP* 2001, II, 10623, concl. D. Commaret, note A. Lepage ; *RSC* 2002, p. 126, obs. F. Francillon.

33) Sur la question de la compatibilité ou de l'incompatibilité de l'article 36 de la loi du 29 juillet 1881 avec l'article 10 de la Convention européenne, V. *infra*, Ann. *Presse*, les notes sous cet article 36, incriminant l'offense publique envers les chefs de gouvernements étrangers (art. 36 abrogé par L. 9 mars 2004).

Art. 111-3. – Nul ne peut être puni pour un crime ou pour un délit dont les éléments ne sont pas définis par la loi, ou pour une contravention dont les éléments ne sont pas définis par le règlement.

Nul ne peut être puni d'une peine qui n'est pas prévue par la loi, si l'infraction est un crime ou un délit, ou par le règlement, si l'infraction est une contravention.

Bibliographie : *JCl. Pénal Code, Principe de légalité criminelle* par W. Jeandidier. • A. Giudicelli, *Le principe de légalité en droit pénal français* : *RSC* 2007, doctr. p. 509. • B. De Lamy, *Le principe de la légalité criminelle dans la jurisprudence du Conseil constitutionnel* : *Cah. Cons. const.* 2009, n° 26. • Ch. Claverie-Rousset, *La légalité criminelle* : *Dr. pén.* 2011, étude 16. • E. Fortis, *De l'influence des QPC sur la définition des infractions ou du principe de la légalité des délits et des peines* : *RSC* 2012, p. 131. • Ph. Conte, *La distinction de la légalité formelle et de la légalité matérielle : ses dits et non-dits* : *Dr. pén.* 2020, étude 23.

• Sommaire

I – PRINCIPE DE LÉGALITÉ CRIMINELLE 10
A – Valeur du principe 10
B – Domaine du principe 11
II – CONTENU DU PRINCIPE DE LA LÉGALITÉ CRIMINELLE 12
A – Légalité des incriminations 12
1° Implications de la légalité des incriminations pour le législateur 12
2° Implications de la légalité pour le juge 14
B – Légalité des peines 14
III – PRINCIPES DE NÉCESSITÉ ET DE PROPORTIONNALITÉ 17
A – Principe de nécessité 17
B – Principe de proportionnalité 18

I – PRINCIPE DE LÉGALITÉ CRIMINELLE

A – Valeur du principe

1) Valeur constitutionnelle. Le principe de légalité des délits et des peines découle des articles 7 et 8 de la Déclaration des droits de l'homme et du citoyen (▪ Cons. const., 22 janv. 1999, n° 98-408 DC, § 22). Le principe de la légalité des délits et des peines a valeur constitutionnelle : le Conseil constitutionnel a ainsi jugé, qu'aux termes de l'article 8 de la Déclaration des droits de l'homme et du citoyen de 1789, nul ne peut être puni qu'en vertu d'une loi établie et promulguée antérieurement au délit et légalement appliquée ; qu'il en résulte la nécessité pour le législateur de définir les infractions en termes suffisamment clairs et précis pour éviter l'arbitraire (▪ Cons. const., 19 et 20 janv. 1981 : *JCP* 1981, II, 19701, note C. Franck). Le principe posé par l'article 8 de la Déclaration des droits de l'homme et du citoyen – selon lequel la loi ne doit établir que des peines strictement et évidemment nécessaires – ne concerne pas seulement les peines prononcées par les juridictions répressives, mais s'étend à la période de sûreté qui, bien que relative à l'exécution de la peine, n'en relève pas moins de la décision de la juridiction de jugement qui, dans les conditions déterminées par la loi, peut en faire varier la durée en même temps qu'elle se prononce sur la culpabilité du prévenu ou de l'accusé (▪ Cons. const., 3 sept. 1986 : *JO* 5 sept. 1986, p. 10789 ; *Gaz. Pal. Rec.* 1986, 2, lég., p. 468). Il appartient au législateur d'assurer la conciliation de la légitime répression de la fraude fiscale avec celui qu'énonce l'article 8 de la Déclaration des droits de l'homme et du citoyen, aux termes duquel : « La loi ne doit établir que des peines strictement et évidemment nécessaires et nul ne peut être puni qu'en vertu d'une loi établie et promulguée antérieurement au délit, et légalement appliquée ». Il résulte de ces dernières dispositions, qui s'appliquent à toute sanction ayant le caractère de punition, comme des principes fondamentaux reconnus par les lois de la République, qu'une peine ne peut être infligée qu'à la condition que soient respectés le principe de légalité des délits et des peines, le principe de nécessité des peines, le principe de non-rétroactivité de la loi répressive d'incrimination plus sévère ainsi que le principe du respect des droits de la défense (▪ Cons. const., 30 déc. 1997, n° 97-395 DC).

2) Valeur conventionnelle : CEDH. L'article 7-1 de la Convention consacre aussi, de manière plus générale, le principe de la légalité des délits et des peines (*nullum crimen, nulla poena sine lege*) et celui qui commande de ne pas appliquer la loi pénale de manière extensive au détriment de l'accusé, notamment par analogie (▪ CEDH, 25 mai 1993, n° 14307/88, *Kokkinakis c/ Grèce*, Série A, n° 260-A, § 52. ▪ CEDH, 15 nov. 1996, n° 17862/91, *Cantoni c/ France*, *Recueil* 1996-V : *JCP* G 1997, p. 212, obs. E. Fouassier et D. Vion. ▪ CEDH, 11 juin 2000, n°s 32492/96, 32547/96, 32548/96, 33209/96 et 33210/96, *Coëme et a. c/ Belgique*, *Recueil* 2002-VII).

3) Valeur conventionnelle : droit de l'Union européenne. Le principe de légalité des délits et des peines fait partie des traditions constitutionnelles communes aux États membres ▪ CJCE, 13 nov. 1990, aff. C-331/88, *Fedesa e.a.*, § 42. ▪ CJUE, 7 janv. 2004, aff. C-60/02, *X*, § 63). Ce principe, tel que consacré à l'article 49 de la Charte, s'impose aux États membres lorsqu'ils mettent en œuvre le droit de l'Union, conformément à l'article 51, paragraphe 1, de celle-ci (▪ CJUE, 5 déc. 2017, aff. C-42/17, *Procédure pénale contre M.A.S. et M.B.* (dit Taricco 2) : *JurisData* n° 2017-027276).

B – Domaine du principe

4) Sanctions ayant le caractère de punition. Le principe de légalité des délits et des peines ne concerne pas seulement les peines prononcées par les juridictions répressives mais s'étend à toute sanction ayant le caractère d'une punition. (▪ Cons. const., 17 janv. 1989, n° 88-248 DC, § 35. ▪ Cons. const., 25 févr. 1992, n° 92-307 DC, § 25 et 26. Rappr. ▪ Cons. const., 28 juill. 1989, n° 89-260 DC, § 18 ▪ CE, 4 oct. 2010, n° 341845, QPC, *Mme Repplinger* : *Rec. CE*, p. 364). Le principe de légalité des délits et des peines s'applique aux sanctions administratives au même titre qu'aux sanctions pénales (▪ CE, 9 oct. 1996 : *JurisData* n° 1996-050697 : *D.* 1996 IR, p. 237).

5) Notion de sanctions ayant le caractère de punition. Présentent le caractère d'une punition les sanctions tendant à empêcher la réitération des agissements qu'elles visent et qui n'ont pas pour objet la seule réparation d'un préjudice pécuniaire. ▪ CE, sect. avis cont., 5 avr. 1996, n° 176611, *Houdmond* : *Rec. CE*, p. 116 ; *RFDA* 1997, p. 1, étude F. Moderne ; *RFDA* 1997, p. 843, note J. Petit. Les sanctions tendant à assurer le respect d'une obligation. ▪ Cons. const., 29 déc. 2013, n° 2013-585 DC, § 97. ▪ Cons. const., 27 mars 2014, n° 2014-692 DC, § 24. ▪ Cons. const., 4 mai 2018, n° 2018-703 QPC, *Sté People et Baby*, § 10.

6) Illustrations. Sont des sanctions ayant le caractère de punition :

– l'**amende civile** (▪ Cons. const., 13 janv. 2011, n° 2010-85 QPC, *éts Darty et Fils)* ;

– l'**amende fiscale** (▪ Cons. const., 30 déc. 1982, n° 82-155 DC, § 33. ▪ Cons. const., 30 déc. 1987, n° 87-237 DC, § 15 et 16. ▪ Cons. const., 29 déc. 1999, n° 99-424 DC, § 53. ▪ Cons. const., 29 déc. 2003, n° 2003-489 DC, § 11. ▪ Cons. const., 20 juill. 2012, n° 2012-267 QPC, *Irène L.*) ;

– la **déchéance de nationalité** (▪ Cons. const., 23 janv. 2015, n° 2014-439 QPC, *Ahmed S*, § 19) ;

– les **sanctions administratives** (▪ Cons. const., 28 juill. 1989, déc. n° 89-260 DC : *Rec. CE*, p. 71. Sanction de la Commission des opérations de bourses. ▪ Cons. const., 2 avr. 1997, n° 97-389 DC, § 30. Retrait de la carte de séjour temporaire ou de la carte de résident. ▪ Cons. const., 27 juill. 2000, n° 2000-433 : *Rec. CE*, p. 121, § 48 à 52. Sanctions prononcées par le CSA. ▪ Cons. const., 12 août 2004, n° 2004-504 DC, § 24-27. Sanction financière infligée par les directeurs des organismes locaux de sécurité sociale. ▪ Cons. const., 30 mars 2006, n° 2006-535 DC, § 36. Suspensions des allocations familiales. ▪ Cons. const., 30 mars 2012, n° 2012-225 QPC. Majoration de la redevance pour la création de locaux à usage de bureaux dans la Région Île-de-France en cas d'infraction aux dispositions relative à l'acquittement de la redevance) ;

– les **sanctions disciplinaires** (▪ Cons. const., 25 nov. 2011, n° 2011-199 QPC, *Michel G.*, § 8. ▪ Cons. const., 17 janv. 2013, n° 2012-289 QPC, *Laurent D.*, § 3. ▪ Cons. const., 28 mars 2014, n° 2014-385 QPC, *Joël M.*, § 3).

7) Illustrations négatives. Ne sont pas des sanctions ayant le caractère de punition :

– les **mesures fiscales** (▪ Cons. const., 29 déc. 1984, n° 84-184 DC, § 28 à 30. La reprise d'impôt après le retrait d'une exonération en raison de la non-réunion des conditions. ▪ Cons. const., 26 juin 2015, n° 2015-473 QPC, *Épx P.*, § 9. Les mesures visant à éviter la fraude et l'évasion fiscales. ▪ Cons. const., 25 nov. 2016, n° 2016-598 QPC, *Sté Eurofrance*, § 9 – des dispositions relatives à l'établissement de l'impôt) ;

– les mesures de **police administrative** (▪ Cons. const., n° 93-325 DC, 13 août 1993, § 57. Expulsion des étrangers. ▪ CE, 17 nov. 2010, n° 329929, *Cne Seillons-Source-d'Argens* : *AJDA* 2010, p. 2238. Retrait d'une autorisation de stationnement de taxi pour absence d'exploitation. ▪ CE, 10 oct. 2012, n° 345903, *SARL Le Madison* : *AJDA* 2012, p. 1930 ; *JCP* A 2013, p. 2066, note J.-M. Pontier – la fermeture d'un débit de boissons dont l'objet est la prévention de la continuation ou du retour du désordre) ;

– les **mesures de sûreté** (▪ Cons. const., 2 mars 2004, n° 2004-492 DC, § 89 s. – l'inscription dans un fichier d'auteurs d'infractions. V. également. ▪ Cass. crim., 31 oct. 2006, n° 05-87.153 : *Dr. pén.* 2007, p. 15, obs. M. Véron. ▪ Cass. crim., 21 janv. 2009, n° 08-84.001. ▪ Cons. const., 21 févr. 2008, n° 2008-562 DC, § 9 : *RSC* 2008, p. 731, obs. Ch. Lazerges ; *D.* 2008, p. 1359 – la surveillance ou la rétention de sûreté décidées en fonction de la dangerosité du condamné et appliquées après l'exécution de la peine. V. également ▪ Cass. crim., 15 oct. 1970 : *Bull. crim.* n° 271. ▪ Cass. crim., 16 févr. 1987 : *Bull. crim.* n° 72. ▪ Cass. crim., 9 oct. 1989 : *Bull. crim.* n° 345. ▪ Cass. crim., 4 janv. 1991, n° 89-82.565. ▪ Cass. crim., 26 nov. 1997, n° 96-83.792 : *D.* 1998, p. 495, note D. Rebut ; *RSC* 1998, p. 539, obs. B. Bouloc).

II – CONTENU DU PRINCIPE DE LA LÉGALITÉ CRIMINELLE

8) Principe. Les juges répressifs ne peuvent prononcer une condamnation que si le fait poursuivi constitue une infraction punissable (▪ Cass. crim., 24 nov. 1993 : *Bull. crim.* n°s 353 et 358 ; *RSC* 1994, p. 549, obs. B. Bouloc. ▪ Cass. ass. plén., 29 juin 2001 : *JurisData* n° 2001-001321 ; *Bull. crim.* n° 165 ; *JCP* 2001, II, 10569, rapp. P. Sargos, concl. J. Sainte-Rose, note M.-L. Rassat) ; et nul ne peut être puni d'une peine qui n'est pas prévue par la loi ou le règlement (▪ Cass. crim., 6 mai et 3 juin 1998 : *Bull. crim.* n°s 154 et 178. ▪ Cass. crim., 18 déc. 2002 : *Bull. crim.* n° 236 ; *Dr. pén.* 2003, comm. 46, obs. M. Véron). Il résulte des articles 8 de la Déclaration des droits de l'homme, 7 de la Convention européenne des droits de l'homme et 111-3 du Code pénal que nul ne peut être puni pour un délit dont les éléments ne sont pas définis par la loi et d'une peine que celle-ci ne prévoit pas (▪ Cass. crim., 7 déc. 2010 : *JurisData* n° 2010-025688 ; *Dr. pén.* 2011, comm. 25, note J.-H. Robert).

A – Légalité des incriminations

1° *Implications de la légalité des incriminations pour le législateur*

• Définition des éléments de l'incrimination

9) Définitions des éléments de l'incrimination. Selon l'article 111-3 du Code pénal, nul ne peut être puni pour un délit dont les éléments ne sont pas définis par la loi (▪ Cass. crim., 5 mars 2002 : *Bull. crim.* n° 56. ▪ Cass. crim., 7 déc. 2010, n° 10-83.902 : *Bull. crim.* n° 198, sur le défaut d'incrimination et de sanction de la soustraction par l'employeur à l'obligation de négociation triennale prévue aux articles L. 2242-1 et suivants du Code du travail).

10) Illustrations. Méconnaît le principe selon lequel les juges répressifs ne peuvent prononcer une condamnation que si le fait poursuivi constitue une infraction punissable la juridiction qui prononce une peine contre la personne qui a refusé de communiquer son identité et son adresse après un accident matériel de la circulation alors que ces faits n'entrent dans les prévisions ni de l'article R. 233-1, dernier alinéa, du Code de la route, relatif aux conditions de l'arrêt et du stationnement des véhicules, ni d'aucun autre texte réprimant les contraventions aux dispositions réglementaires du Code de la route (▪ Cass. crim., 24 nov. 1993 : *Bull. crim.* n°s 353 et 358. ▪ Cass. crim., 2 mars 1994 : *Bull. crim.* n° 86).

11) Selon l'article 111-3 du Code pénal, nul ne peut être puni pour une contravention dont les éléments ne sont pas définis par le règlement ; ni l'article 15.7 du règlement CEE n° 3821-85 du 20 décembre 1985, ni aucune autre disposition légale ou réglementaire n'imposant au chauffeur qui n'a pas conduit le dernier jour de la semaine ayant précédé un contrôle routier, de présenter, lors du contrôle, une attestation de l'employeur justifiant de son inactivité le jour considéré, méconnaît le principe ci-dessus énoncé le tribunal de police qui déclare néanmoins l'employeur ou son délégataire coupable de ce chef en se bornant à retenir que la présentation d'une telle attestation est exigée par une circulaire ministérielle (▪ Cass. crim., 16 janv. 2001 : *Bull. crim.* n° 12).

12) Il résulte des articles 8 de la Déclaration des droits de l'homme, 7 de la Convention européenne des droits de l'homme et 111-3 du Code pénal que nul ne peut être puni pour un délit dont les éléments ne sont pas définis par la loi et d'une peine que celle-ci ne prévoit pas. La violation par l'employeur de son obligation de négociation triennale, prévue par les articles L. 320-2 et L. 132-27, alinéa 2, devenus L. 2242-15 et L. 2242-19 du Code du travail, n'est pas expressément incriminée par l'article L. 153-2, devenu L. 2243-1 et L. 2243-2 dudit code, et ne peut être sanctionnée sur le fondement de ces textes, qui ne punissent que la violation de l'obligation annuelle de négociation, prévue à l'article L. 132-27, alinéa 1er, devenu L. 2242-1. Méconnaît les textes susvisés et le principe ci-dessus rappelé, l'arrêt, qui, sur le seul appel de la partie civile du jugement qui l'a déboutée de ses demandes après relaxe du prévenu, dit établie, pour les besoins de l'action civile, l'infraction de soustraction à l'obligation de négociation triennale dans l'entreprise et condamne l'employeur à lui payer des dommages-intérêts (■ Cass. crim., 7 déc. 2010 : *JurisData* n° 2010-025688 ; *Dr. pén.* 2011, comm. 25, note J.-H. Robert).

• Conséquences du principe de légalité des incriminations

13) Exigences de prévisibilité et d'accessibilité. La notion de loi utilisée dans l'article 7 de la Convention englobe le droit d'origine tant législative que jurisprudentielle et implique des conditions qualitatives, entre autres celles d'accessibilité et de prévisibilité (■ CEDH, 22 nov. 1995, n° 20166/92, *S.W. c/ Royaume-Uni*, série A n° 335-B, § 35. ■ CEDH, 22 nov. 1995, n° 20190/92, *C.R. c/ Royaume-Uni*, série A 335-C, § 33. ■ CEDH, 15 nov. 1996, n° 17862/91, *Cantoni c/ France*, *Recueil* 1996-V : *JCP* G 1997, p. 212, obs. E. Fouassier et D. Vion).

14) Exigences de précision et de clarté. Toute infraction doit être définie en des termes clairs et précis pour exclure l'arbitraire et permettre au prévenu de connaître exactement la nature et la cause de l'accusation portée contre lui (■ Cass. crim., 27 mars 1995 : *Bull. crim.* n° 12) ; ou en termes clairs et non équivoques ; tel n'est pas le cas de celle qui résulte du non-respect de l'obligation prévue à l'article 426 du CGI, dès lors que ce texte, qui a été abrogé par une loi du 3 juillet 1970, n'a pas été rétabli expressément par le législateur (■ Cass. crim., 16 janv. 2002 : *Bull. crim.* n° 6 ; *D.* 2002, jurispr., p. 1225, note M. Dobkine ; *Dr. pén.* 2002, comm. 56, obs. J.-H. Robert. ■ Cass. crim., 25 juin 2003 : *Dr. pén.* 2003, comm. 125, obs. J.-H. Robert). Rappr. ■ Cass. crim., 20 févr. 2001 : *Dr. pén.* 2001, comm. 86, obs. M. Véron. ■ Cass. crim., 24 févr. 2009 : *Dr. pén.* 2009, comm. 71, obs. J.-H. Robert.

15) Il résulte du principe de légalité qu'une infraction doit être clairement définie par la loi. Cette condition se trouve remplie lorsque l'individu peut savoir, à partir du libellé de la clause pertinente et, au besoin, à l'aide de son interprétation par les tribunaux, quels actes et omissions engagent sa responsabilité (■ CEDH, 25 mai 1993, n° 14307/88, *Kokkinakis c/ Grèce*, Série A, n° 260-A, § 52.)

16) Illustrations – non-respect des exigences. V. pour les textes réglementaires imprécis (■ Cass. crim., 1er févr. et 13 déc. 1990 : *Bull. crim.* nos 56 et 432 ; *RSC* 1991, p. 555, obs. Vitu. ■ Cass. crim., 29 oct. 1991 : *Bull. crim.* n° 386).

17) S'il était loisible au législateur d'instituer une qualification pénale particulière pour désigner les agissements sexuels incestueux, il ne pouvait, sans méconnaître le principe de légalité des délits et des peines, s'abstenir de désigner précisément les personnes qui doivent être regardées, au sens de cette qualification (prévue par art. 222-31-1, p. 419), comme membres de la famille (■ Cons. const., 16 sept. 2011, n° 2011-163 QPC, abrogeant ledit article : *JCP* G 2011, note 1160, A. Lepage ; *Dr. pén.* 2011, comm. 130, obs. M. Véron). *Adde*, ■ Cons. const., 17 févr. 2012, abrogeant l'article 227-27-2 du Code pénal.

18) L'article 222-33 du Code pénal permet que le délit de ***harcèlement sexuel*** soit punissable sans que les éléments constitutifs de l'infraction soient suffisamment définis ; qu'ainsi, ces dispositions méconnaissent le principe de légalité des délits et des peines et doivent être déclarées contraires à la Constitution (■ Cons. const., 4 mai 2012, n° 2012-240 QPC : *JurisData* n° 2012-009007 ; *Rev. pénit.* 2012, p. 389, obs. V. Malabat).

19) Illustrations – Respect des exigences. L'article 1741 du CGI définit une obligation claire et accessible, pénalement sanctionnée, dans des conditions compatibles avec les dispositions de la Convention européenne de sauvegarde des droits de l'homme et des libertés fondamentales (■ Cass. crim., 16 janv. 1997 : *JurisData* n° 1997-001201).

20) Les termes de l'article 410 du Code des douanes qui visent « toute infraction aux dispositions des lois et règlements que l'administration des douanes est chargée d'appliquer »ne présentent aucun caractère d'obscurité (■ Cass. crim., 18 sept. 2002 : *JurisData* n° 2002-015767 ; *Dr. pén.* 2002, comm. 138, obs. J.-H. Robert).

21) La méconnaissance des dispositions de l'ordonnance n° 2005-649 du 6 juin 2005 relative aux marchés passés par certaines personnes publiques ou privées non soumises au Code des marchés publics, et notamment de son article 6, qui imposent à celles-ci le respect des principes à valeur constitutionnelle de liberté d'accès à la commande publique, d'égalité de traitement des candidats et de transparence des procédures, entre dans les prévisions de l'article 432-14 du Code pénal. A justifié sa décision la cour d'appel qui conclut que l'interprétation de la Cour de cassation en matière de favoritisme était raisonnablement prévisible dès l'époque où les contrats litigieux ont été conclus et que c'est à bon droit que les premiers juges ont jugé que, loin de constituer un revirement de jurisprudence, la solution adoptée dans les seules décisions rendues par la chambre criminelle le 17 février 2016 était raisonnablement prévisible (▪ Cass. crim., 4 mars 2020, n° 19-83.446 : *JurisData* n° 2020-003053 ; *Dr pén.* 2020, comm. 111, obs. Ph. Conte).

22) Incrimination par renvoi. Recourir à la technique de « législation par référence » pour incriminer des actions ou omissions n'est pas en soi incompatible avec les exigences de l'article 7 de la Convention (▪ CEDH, gr. ch., 29 mai 2020, avis consult. n° P16-2019-001 : *JurisData* n° 2020-007751, *Dr. pén.* 2020, comm. 152, obs. Ph. Conte, *AJDA* 2020, p. 1848, obs. L. Burgorgue-Larsen ; *JCP* G 2020, p. 1111, obs. F. Sudre ; *Gaz. Pal.* 2020, n° 25, p. 28, obs. J. Andriantsimbazovina). Lues conjointement, la norme référente et la norme référée doivent permettre à la personne concernée de déterminer, en s'entourant au besoin de conseils éclairés, quel comportement est propre à engager sa responsabilité pénale. Cette exigence vaut également lorsque la norme référée a dans l'ordre juridique concerné un rang hiérarchique ou un niveau d'abstraction plus élevés que la norme référente (même arrêt). Il appartient à la juridiction nationale appliquant à la fois la norme référente et la norme référée d'apprécier si l'engagement d'une responsabilité pénale était prévisible (même arrêt).

23) Les dispositions de l'article L. 420-6 du Code de commerce, qui renvoient aux articles L. 420-2 et L. 420-1 du même code, ne sont pas de nature à méconnaître le principe de légalité posé par l'article 7 de la Convention européenne des droits de l'homme. Ces textes sont rédigés en des termes suffisamment clairs et précis pour exclure tout risque d'arbitraire et laissent au juge, auquel la loi permet de consulter l'autorité de la concurrence, le soin, conformément à son office, de qualifier des comportements que le législateur, de par leur complexité et leur variété, ne peut énumérer de façon exhaustive (▪ Cass. crim., 9 sept. 2020, n° 18-82.746).

2° Implications de la légalité pour le juge

24) Constatation par le juge des éléments constitutifs. Lorsqu'ils prononcent une peine, les juges doivent, dans leur décision de condamnation, constater l'existence des éléments constitutifs exigés par la loi pour que le fait soit punissable (▪ Cass. crim., 7 janv. 1937 : *DP* 1937, 1, p. 53, note F. Mimin. ▪ Cass. crim., 23 juin 1964 : *D.* 1964, p. 579. ▪ Cass. crim., 12 janv. 1983 : *Bull. crim.* n° 15. ▪ Cass. crim., 2 déc. 1991 : *JCP* 1992, IV, 958. ▪ Cass. crim., 19 févr. 1997 : *Bull. crim.* n° 70 ; *Dr. pén.* 1998, comm. 71, obs. M. Véron. ▪ Cass. crim., 6 févr. 2001 : *Bull. crim.* n° 33. ▪ Cass. crim., 18 juin 2002 : *Bull. crim.* n° 138. ▪ Cass. crim., 7 oct. 2003 : *Dr. pén.* 2004, comm. 39, obs. J.-H. Robert. ▪ Cass. crim., 14 déc. 2004 : *Bull. crim.* n° 318). Le juge répressif ne peut prononcer une peine sans avoir relevé tous les éléments constitutifs de l'infraction qu'il réprime (▪ Cass. crim., 26 janv. 2005 : *Bull. crim.* n° 29).

B – Légalité des peines

25) Affirmations du principe. Nul ne peut être puni, pour un crime ou un délit, d'une peine qui n'est pas prévue par la loi (▪ Cass. crim., 1er mars 1995 : *Bull. crim.* n° 90. ▪ Cass. crim., 13 mai 1997 : *Bull. crim.* n° 180. ▪ Cass. crim., 12 janv. 2000 : *Bull. crim.* n° 20. ▪ Cass. crim., 12 sept. 2000 : *Bull. crim.* n° 268. ▪ Cass. crim., 17 oct. 2000 : *Bull. crim.* n° 299 ; *D. affaires* 2001, jurispr. p. 124. ▪ Cass. crim., 21 janv. 2003 : *Bull. crim.* n° 14, aggravation de peine non applicable ; *Dr. pén.* 2003, comm. 49, obs. J.-H. Robert ; *RSC* 2004, p. 101, obs. C. Ambroise-Casterot). Doit être censurée une décision qui prononce une peine non prévue par les textes dans la version en vigueur à la date des faits (▪ Cass. crim., 17 janv. 2018 : *JurisData* n° 2018-000308).

26) Les juges ne peuvent, sans excéder leurs pouvoirs, prononcer d'autres peines ou mesures que celles prévues par la loi (▪ Cass. crim., 18 mai 2005 : *Bull. crim.* n° 149 ; *Dr. pén.* 2005, comm. 127, obs. J.-H. Robert).

Il n'appartient pas aux tribunaux de se prononcer par induction, présomption ou analogie, ou pour des motifs d'intérêt général ; une peine ne peut être appliquée que si elle est édictée par la loi (▪ Cass. crim., 11 mai 1949 : *D.* 1949, p. 261, rapport M. Pépy. ▪ Cass. crim., 1er juin 1992 : *Bull. crim.* n° 214).

27) Principe d'ordre public. Le principe de légalité des peines est d'ordre public et constitue une exception péremptoire qui doit être relevée par le juge à tous les stades de la procédure (▪ Cass. crim., 27 avr. 2004 : *JurisData* n° 2004-023705 : *Gaz. Pal.* 2004, 2, som., p. 3997, obs. Y. Monnet ; *RSC* 2004, p. 872, obs. G. Vermelle : les juges d'appel ont méconnu le principe de légalité des peines en ordonnant la révocation du sursis avec mise à l'épreuve alors que le délit pour lequel le demandeur avait été condamné n'est pas un délit de droit commun ; V. ss art. 132-41, p. 294).

28) Peines arbitraires. Aucune peine autre que celle appliquée par la loi à la nature de l'infraction ne peut être prononcée (▪ Cass. crim., 5 févr. 1990 : *Bull. crim.* n° 63. ▪ Cass. crim., 10 juill. 1996 : *Bull. crim.* n° 292).

29) Doit être censuré l'arrêt qui prononce une ***peine inventée*** (▪ Cass. crim., 23 août 1810 : *Bull. crim.* n° 105. ▪ Cass. crim., 19 janv. 1978 : *Gaz. Pal. Rec.* 1978, 2, p. 413, note P.-L. G. ▪ Cass. crim., 22 mai 1986 : *Bull. crim.* n° 167. – *Adde*, ▪ Cass. crim., 20 oct. 1986 : *Bull. crim.* n° 292. ▪ Cass. crim., 12 juin 1989 : *Bull. crim.* n° 252).

Encourt la cassation, limitée aux seules dispositions relatives à la peine, l'arrêt d'une cour d'appel qui, après avoir déclaré le prévenu coupable d'outrage à magistrat, délit prévu par l'article 434-24 du Code pénal, le condamne à 3 ans d'interdiction des droits civiques, civils et de famille, alors que, d'une part, l'article 434-44 de ce code, qui énumère les délits passibles de la peine complémentaire de l'interdiction des droits civiques, civils et de famille, ne mentionne pas le délit d'outrage à magistrat, en sorte que cette peine ne pouvait être prononcée en application de l'article 131-11 de même code, et que, d'autre part, cette mesure ne figure pas au nombre des peines privatives ou restrictives de droit énumérées à l'article 131-6 du Code susvisé et pouvant être prononcées à la place de l'emprisonnement ou de l'amende (▪ Cass. crim., 13 avr. 2010 : *Bull. crim.* n° 69 ; *Dr. pén.* 2010, comm. 81, obs. M. Véron).

Doit être cassé l'arrêt qui condamne un enfant de cinq ans à des peines d'amende contraventionnelle alors que l'article 21 de l'ordonnance du 2 février 1945 prévoit que les mineurs de 13 ans ne pourront faire l'objet que d'une admonestation (▪ Cass. crim., 14 nov. 2017, n° 17-80.893 : *JurisData* n° 2017-022805 ; *JCP G* 2017, 1312, note P. Mistretta ; *Dr. pén.* 2018, comm. 10, note J.-H. Robert ; *Gaz. Pal.* 2018, n° 3, p. 43, obs. S. Détraz ; *D.* 2018, p. 399, note M. Bouchet ; *AJ pénal* 2018, p. 38, obs. E. Gallardo ; *Rev. pénit.* 2018, p. 133, obs. M.-C. Guérin).

Méconnaît l'article 111-3 la cour d'appel qui prononce une peine de 2 ans d'emprisonnement assortie d'un sursis pour diffamation publique envers un corps constitué alors que l'article 30 de la loi du 29 juillet 1881 sur la liberté de la presse, qui réprime cette infraction d'une amende de 45 000 euros, ne prévoit pas de peine d'emprisonnement (▪ Cass. crim., 7 janv. 2020, n° 18-87.048).

30) Le juge ne peut prononcer des ***peines anciennes incompatibles*** avec l'arsenal répressif moderne (▪ Cass. crim., 30 avr. 1874 : S. 1874, 1, p. 236, rapp. M.-A. Baudouin et concl. M. Bédarrides).

31) Doivent être annulées les dispositions d'un arrêt prononçant une ***peine complémentaire*** :

– ***non prévue par la loi*** (▪ Cass. crim., 9 nov. 1993 : *Bull. crim.* n° 332 : affichage de la condamnation. ▪ Cass. crim., 12 janv. 2000 : *Bull. crim.* n° 20. ▪ Cass. crim., 13 avr. 2010 : *Bull. crim.* n° 69 ; *Dr. pén.* 2010, comm. 81, obs. M. Véron : interdiction des droits civiques, civils et de famille. ▪ Cass. crim., 12 sept. 2001 : *Dr. pén.* 2002, comm. 6, obs. J.-H. Robert : interdiction de gérer ou administrer toute entreprise commerciale ou artisanale et toute personne morale. ▪ Cass. ass. plén., 24 oct. 2003 : *Bull. crim.* n° 3. ▪ Cass. crim., 19 juin 2019, n° 18-83.659 : interdiction pendant 5 ans de détenir ou porter une arme soumise à autorisation. ▪ Cass. crim., 11 déc. 2019, n° 19-82.092 : le suivi socio-judiciaire d'une durée de 5 ans avec injonction de soins pour des faits de violences sur mineur alors que l'auteur n'est ni ascendant, ni une personne ayant autorité. ▪ Cass. crim., 28 janv. 2020, n° 19-83.205 : interdiction définitive de détenir un animal pour la personne condamnée pour les délits de mauvais traitement à animal placé sous sa garde par l'exploitant d'un établissement en récidive et de détention de cadavre animal dont l'élimination est obligatoire (▪ Cass. crim., 17 nov. 2021, n° 20-86.847 : interdiction de diriger toute personne morale alors que l'interdiction encourue pour l'infraction en cause est limitée aux seules entreprises commerciales, industrielles et aux sociétés commerciales).

– ***non prévue par la loi à la date des faits*** (▪ Cass. crim., 15 oct. 2002 : *Bull. crim.* n° 186 : interdiction professionnelle. ▪ Cass. crim., 10 avr. 2013, n° 12-85.687 : *JurisData* n° 2013-008843 : interdiction, à titre définitif, d'exercer une profession commerciale, de gérer ou de diriger une entreprise commerciale ou industrielle ou une société commerciale en matière d'abus de confiance. ▪ Cass. crim., 17 janv. 2018 : *JurisData* n° 2018-000308 : interdiction d'exercer les fonctions de dirigeant d'une entreprise commerciale ou industrielle ou d'une société commerciale en matière d'abus de biens sociaux. ▪ Cass. crim., 21 janv. 2020, n° 19-80.257 : confiscation de tout ou partie du patrimoine de la personne condamnée pour l'infraction de travail dissimulé. ▪ Cass crim., 8 sept. 2020, n° 19-84.752 : retrait du permis de chasser avec interdiction de solliciter la délivrance d'un nouveau permis pendant deux ans pour l'infraction de violence avec arme prévue à l'article 222-13).

– ou ***non prévue pour l'infraction retenue*** (▪ Cass. crim., 19 mars 2019, n° 18-81.748).

– abrogée (▪ Cass. crim., 16 oct. 2019, n° 17-87.196 : *JurisData* n° 2019-018206 : interdiction d'exercer une profession commerciale ou industrielle, de diriger, administrer, gérer ou contrôler une entreprise commerciale, agricole ou artisanale ou une société pendant une durée de cinq années en application des articles L. 653-8 alinéa 1, L. 653-11 alinéa 1 du Code de commerce déclarée contraire à la Constitution par la décision n° 2016-573 QPC du Conseil constitutionnel du 29 septembre 2016. ▪ Cass. crim., 9 sept. 2020, n° 19-81.770 : peine de publication de la décision pour fraude fiscale déclarée inconstitutionnelle par le Conseil constitutionnel dans la décision du 10 décembre 2010).

– ***excédant le maximum prévu par la loi*** (▪ Cass. crim., 9 sept. 2020, n° 19-82.812 : interdiction d'exercer une activité professionnelle ou sociale prononcée pour une période de 10 ans pour complicité d'escroquerie en bande organisée alors que le maximum prévu par la loi est de 5 ans).

32) Encourt la cassation l'arrêt prononçant ***une modalité d'exécution d'une peine*** non prévue par les textes (▪ Cass. crim., 8 févr. 1977 : *Bull. crim.* n° 51 ; *JCP* 1978, II, 18890, note J. Larguier : suspension du permis de conduire. ▪ Cass. crim., 7 nov. 1977, n° 77-90.815 : sursis d'une peine complémentaire).

33) Doit être censurée la décision qui prononce une ***mesure de sûreté*** non prévue par le texte (▪ Cass. crim., 25 sept. 1990 : *Dr. pén.* 1991, n° 100).

34) Peines abusives. Doit être cassé l'arrêt prononçant une peine dépassant le maximum légal (▪ Cass. crim., 19 déc. 1983 : *Bull. crim.* n° 343 ; *D.* 1984, p. 326, note P. Chambon. ▪ Cass. crim., 26 sept. 2007 : *Bull. crim.* n° 223 ; *Dr. pén.* 2008, comm. 4, obs. M. Véron. ▪ Cass. crim., 7 mai 2018, n° 17-85.477. ▪ Cass. crim., 16 janv. 2019, n° 18-80.900. ▪ Cass. crim., 16 janv. 2019, n° 17-86.698 pour l'emprisonnement. ▪ Cass. crim., 9 juill. 1985 : *Bull. crim.* n° 688. ▪ Cass. crim., 26 sept. 2007 : *Dr. pén.* 2008, comm. préc. ▪ Cass. crim., 25 avr. 2017, n° 16-83.299. ▪ Cass. crim., 19 mars 2019, n° 18-82.601, pour l'amende. ▪ Cass. crim., 30 oct. 1995 : *Bull. crim.* n° 336 ; *Dr. pén.* 1996, comm. 62, obs. J.-H. Robert, pour les peines complémentaires. ▪ Cass. crim., 14 janv. 1998 : *Bull. crim.* n° 19. ▪ Cass. crim., 20 juin 2006 : *Bull. crim.* n° 188, pour la durée de l'affichage).

35) Méconnaissent l'article 111-3 du Code pénal les juges qui prononcent une amende dont le montant excède le maximum légal initialement exprimé en francs et remplacé par un montant exprimé en euros par l'ordonnance n° 2000-916 du 19 septembre 2000 établissant une table de conversion spécifique aux amendes pénales qui s'impose au juge répressif (▪ Cass. crim., 21 oct. 2003 : *Bull. crim.* n° 196).

36) Méconnaît l'article 111-3 la décision qui ordonne à titre de peine complémentaire, en condamnation de l'infraction de soumission à des conditions de travail et d'hébergement indignes prévue à l'article 225-4 du Code pénal, la confiscation du local commercial appartenant à la société condamnée où est exploité un restaurant aux motifs que ce fonds de commerce est attaché à l'immeuble dans lequel se trouvaient les logements loués et qu'il en constitue l'accessoire. En effet, la confiscation ne saurait porter sur un bien non confiscable dès lors qu'il ne ressort pas que ce local commercial était destiné à l'hébergement de personnes ni qu'il ait servi à commettre l'infraction (▪ Cass. crim., 30 juin 2021, n° 20-86.768).

37) Peine aggravée. Encourt la cassation l'arrêt qui condamne la prévenue à la peine aggravée prévue à l'article 286 *bis*, alinéa 4, du Code des douanes de la Polynésie française pour des faits de contrebande, d'importation ou d'exportation portent sur des marchandises dangereuses pour la santé, la moralité ou la sécurité publique, dont la liste est fixée par arrêté du ministre chargé des douanes, dès lors que la cour d'appel n'a pas répondu au moyen faisant valoir que l'absence d'arrêté pris par le ministre chargé des douanes faisait obstacle au prononcé d'une amende aggravée sur le fondement de ce texte (▪ Cass. crim., 15 déc. 2021, n° 20-85.196 : *JurisData* n° 2021-020938).

38) Cumul des peines complémentaires. Encourt la cassation l'arrêt qui ordonne l'affichage et la publication de la décision lorsque le texte ne permet de prononcer que l'une ou l'autre de ces peines complémentaires, dans les conditions prévues par l'article 131-35 du Code pénal (▪ Cass. crim., 12 juin 2007 : *Bull. crim.* n° 156 : à propos du délit de blessures involontaires. ▪ Cass. crim., 17 juin 2014, n° 13-83.265 : *JurisData* n° 2014-013554 : s'agissant de la dénonciation calomnieuse).

39) La cour d'appel qui prononce, à l'encontre d'une société déclarée coupable de prêt illicite de main-d'œuvre, de marchandage et de travail dissimulé, les peines d'affichage de la décision et de diffusion par voie de presse méconnaît le principe de l'article 111-3 car les prévenus encouraient, en application des articles L. 8224-3, L. 8234-1 et L. 8243-1 du Code du travail, dans leur version issue de la loi n° 2014-790 du 10 juillet 2014, ainsi que L. 8224-5, L. 8234-2 et L. 8243-2 du Code du travail, soit la peine complémentaire d'affichage soit celle de diffusion de la décision (▪ Cass. crim., 15 oct. 2019, n° 17-86.838 : *JurisData* n° 2019-019696 ; *Dr. pén.* 2019, comm. 196, obs. Ph. Conte).

40) Extension de la portée d'une peine complémentaire. Doit être annulée la disposition d'un arrêt prononçant une interdiction de diriger ou gérer toute personne morale alors que l'article L. 249-1 du Code du commerce, applicable au délit reproché (abus de biens sociaux), limite une telle interdiction aux entreprises commerciales, industrielles et aux sociétés commerciales (▪ Cass. crim., 21 sept. 2011 : *Dr. pén.* 2012, comm. 9, obs. J.-H. Robert). Méconnaît l'article 111-3 la cour d'appel qui prononce une peine d'interdiction d'exercer toute profession commerciale pour une durée supérieure à celle prévue par l'article 1750 du Code général des impôts, dans sa rédaction en vigueur à la date des faits (▪ Cass. crim., 23 oct. 2019, n° 18-85.088 : *JurisData* n° 2019-018531 ; *Dr. fisc.* 2019, n° 44-45, act. 477).

41) Récidive. Encourt la cassation l'arrêt condamnant à une peine d'emprisonnement une personne du chef d'exercice illégal de la profession d'avocat alors que l'article 72 de la loi du 31 décembre 1971 prévoit que la peine d'emprisonnement n'est applicable qu'en cas de récidive (▪ Cass. crim., 5 févr. 2013, n° 12-81.155 : *JurisData* n° 2013-001600 ; *Bull. crim.* n° 35 ; *Dr. pén.* 2013, comm. 53, obs. M. Véron). Doit être censurée la décision qui condamne un étranger pour séjour irrégulier en récidive à une peine de 5 ans d'interdiction du territoire français au lieu du maximum de 3 ans prévu par le texte car l'article 132-10 du Code pénal ne s'applique qu'aux peines d'emprisonnement et d'amende (▪ Cass. crim., 18 janv. 2006 : *JurisData* n° 2006-032164 : *Dr. pén.* 2006, comm. 56, note J.-H. Robert).

III – PRINCIPES DE NÉCESSITÉ ET DE PROPORTIONNALITÉ

A – Principe de nécessité

V. DDHC, art. 5, p. 1686 et 8, p. 1686.

42) Portée. Le Conseil constitutionnel n'ayant pas un pouvoir général d'appréciation et de décision identique à celui du Parlement, mais seulement compétence pour se prononcer sur la conformité à la Constitution des lois déférées à son examen, il ne lui appartient pas de substituer sa propre appréciation à celle du législateur en ce qui concerne la nécessité des peines attachées aux infractions définies par celui-ci (▪ Cons. const., 19 janv. 1981, n° 80-127 DC. ▪ Cons. const., 25 juill. 1984, n° 84-176 DC). Il est loisible au législateur de prévoir de nouvelles infractions en déterminant les peines qui leur sont applicables (▪ Cons. const., 13 mars 2003, n° 2003-467 DC).

43) Il appartient au Conseil constitutionnel de vérifier, qu'eu égard à la qualification des faits en cause, la détermination des sanctions dont sont assorties les infractions correspondantes n'est pas entachée d'erreur manifeste d'appréciation (▪ Cons. const., 16 juill. 1996, n° 96-377 DC. ▪ Cons. const., 16 juin 1999, n° 99-411 DC). Il appartient encore au Conseil constitutionnel de s'assurer que la répression mise en œuvre permet bien d'atteindre le but que le législateur poursuit. (▪ Cons. const., 10 mars 2011, n° 2011-625 DC).

44) Applications. Le racolage public est susceptible d'entraîner des troubles pour l'ordre public, notamment pour la tranquillité, la salubrité et la sécurité publiques. En privant le proxénétisme de sources de profit, la répression du racolage sur la voie publique fait échec au trafic des êtres humains. La création par le législateur d'un délit de racolage public ne se heurte dès lors à aucune règle, ni à aucun principe de valeur constitutionnelle (▪ Cons. const., 13 mars 2003, n° 2003-467 DC).

45) Les dispositions contestées du premier alinéa de l'article L. 3124-13 du Code des transports punissent le fait de mettre en relation des clients avec des chauffeurs non professionnels d'une peine de deux ans d'emprisonnement et de 300 000 euros d'amende. En instituant l'incrimination prévue par ces dispositions, le législateur a entendu assurer le respect de la réglementation de l'activité de transport public particulier de personnes à titre onéreux (▪ Cons. const., 22 sept. 2015, n° 2015-484 QPC).

46) Au regard de l'exigence de nécessité de l'atteinte portée à la liberté de communication, les autorités administrative et judiciaire disposent, indépendamment de l'article 421-2-5-2 du Code pénal – incriminant la consultation habituelle un service de communication au public en ligne mettant à disposition des messages, images ou représentations soit provoquant directement à la commission d'actes de terrorisme, soit faisant l'apologie de ces actes –, de nombreuses prérogatives, non seulement pour contrôler les services de communication au public en ligne provoquant au terrorisme ou en faisant l'apologie et réprimer leurs auteurs, mais aussi pour surveiller une personne consultant ces services et pour l'interpeller et la sanctionner lorsque cette consultation s'accompagne d'un comportement révélant une intention terroriste, avant même que ce projet soit entré dans sa phase d'exécution. (▪ Cons. const., 10 févr. 2017, n° 2016-611 QPC ; ▪ Cons. const., 15 déc. 2017, n° 2017-682 QPC).

47) Le législateur ne saurait, sans méconnaître le principe de nécessité des délits et des peines, réprimer la seule intention délictueuse ou criminelle (▪ Cons. const., 7 avr. 2017, n° 2017-625 QPC).

B – Principe de proportionnalité

V. DDHC, , art. 8 et 9, p. 1686.

48) Proportionnalité entre infraction et peine. En l'absence de disproportion manifeste entre l'infraction et la peine encourue, il n'appartient pas au Conseil constitutionnel de substituer sa propre appréciation à celle du législateur en ce qui concerne la nécessité des peines attachées aux infractions définies par celui-ci. Les exigences posées par l'article 8 de la Déclaration des droits de l'homme et du citoyen ne concernent pas seulement les peines prononcées par les juridictions répressives mais s'étendent à toute sanction ayant le caractère d'une punition, même si le législateur a laissé le soin de la prononcer à une autorité de nature non judiciaire (▪ Cons. const., 17 janv. 1989 : *JO* 18 janv. 1989, p. 754) ou non juridictionnelle (▪ Cons. const., 28 juill. 1989 : *JO* 1er août 1989, p. 9676). Le principe de proportionnalité implique que le montant global des sanctions éventuellement prononcées – par la Commission des opérations de bourse et par la juridiction pénale – ne dépasse pas le montant le plus élevé de l'une des sanctions encourues (même décision).

49) Si la nécessité des peines attachées aux infractions relève du pouvoir d'appréciation du législateur, il incombe au Conseil constitutionnel de s'assurer de l'absence de disproportion manifeste entre l'infraction et la peine encourue (▪ Cons. const., 22 oct. 2009, n° 2009-590 DC ; ▪ Cons. const., 27 sept. 2013, n° 2013-341 QPC).

50) Applications. Pour des sanctions jugées disproportionnées en matière douanière (infractions à la TVA), V. ▪ Cass. crim., 16 juin 1999 : *Dr. pén.* 1999, comm. 152, obs. J.-H. Robert. ▪ Cass. crim., 24 janv. 2001 : *Dr. pén.* 2001, comm. 76, obs. J.-H. Robert. V. Berr, *Les sanctions douanières sont-elles disproportionnées ?* : *D.* 1987, chron. 119.

51) En revanche, les sanctions prévues à l'article 465 du Code des douanes, qui ont été instituées notamment en vue de la lutte contre le blanchiment de capitaux, laquelle figure parmi les objectifs de la Communauté européenne, sont conformes au principe communautaire de proportionnalité et non contraires aux dispositions de la Convention européenne des droits de l'homme et de l'article 8 de la Déclaration des droits de l'homme (▪ Cass. crim., 30 janv. 2002 : *Bull. crim.* n° 16 ; *D.* 2002, IR p. 780 ; *Dr. pén.* 2002, comm. 43, obs. J.-H. Robert).

– **À noter** que dans cette affaire, antérieure à la modification des articles 464 et 465 du Code des douanes par la loi du 9 mars 2004 puis celle du 28 mars 2007, la Cour européenne des droits de l'homme a retenu qu'il y avait eu violation de l'article premier du Protocole additionnel n° 1 de la Convention européenne, et que la sanction imposée au requérant, cumulant la confiscation et l'amende, était disproportionnée au regard du manquement commis (▪ CEDH, 26 févr. 2009, n° 28336/02 : *Bull. inf. C. cass.* 1er avr. 2009, p. 6 ; *JCP* 2009, II, 10075, note J. Pannier).

52) Le principe de proportionnalité du droit communautaire ne s'applique pas aux sanctions fiscales en matière de contributions indirectes, qui ont le double caractère de peines et de réparations civiles (▪ Cass. crim., 16 janv. 1995 : *Bull. crim.* n° 19).

53) Sur la proportionnalité de la consignation prévue par l'article L. 121-4 du Code de la route avec son objectif, V. ▪ Cass. crim., 19 juin 2001 : *Bull. crim.* n° 145 ; *Dr. pén.* 2002, comm. 17, obs. J.-H. Robert).

54) Sur la recherche nécessaire de la proportionnalité entre le respect de la vie privée et familiale de l'individu et le but recherché par une mesure d'interdiction du territoire, (V. ▪ Cass. crim., 7 janv. 2009 : *Bull. crim.* n° 7 ; *AJ pénal* 2009, p. 305, obs. E. Hartmann, V. art. 131-30-2, p. 224).

Art. 111-4. – La loi pénale est d'interprétation stricte.

Bibliographie : *JCl. Pénal Code, Interprétation de la loi pénale*, par W. Jeandidier. • F. Garron, *L'interprétation des normes supralégislatives en matière pénale : RSC* 2004, p. 773. • G. Di Marino, *Le recours aux objectifs de la loi pénale dans son application : RSC* 1991, p. 505. • M. Touillier, *L'interprétation stricte de la loi pénale et l'article 7 de la Convention européenne de sauvegarde des droits de l'homme et des libertés fondamentales : RDLF* 2014, chron. n° 8. • J.-Ch. Saint-Pau, *L'interprétation des lois : RSC* 2015, p. 272. • F. Stasiak (dir.), *Histoire et méthode d'interprétation en droit criminel :* Dalloz, coll. Thème et commentaire, 2015. • Ph. Conte, *Principe de la légalité criminelle : quelques airs nouveaux sur des paroles anciennes : Dr. pén.* 2020, étude 17.

I – PRINCIPE

A – Affirmations du principe

1) Affirmation du principe par le Conseil constitutionnel. Le principe de légalité impose d'interpréter strictement la loi pénale, de se prononcer sans que son appréciation puisse encourir la critique d'arbitraire (▪ Cons. const., 16 juill. 1996, n° 96-377 DC : *JurisData* n° 1996-765137 ; *RFDA* 1996, p. 538, P.-E. Spitz). Il appartient au juge, conformément au principe de légalité des délits et des peines, d'interpréter strictement les éléments constitutifs de l'infraction (▪ Cons. const., 5 mai 1998, n° 98-399, cons. n° 8 : *JurisData* n° 1998-933376).

2) Affirmation du principe par la Cour européenne des droits de l'homme. L'article 7-1 de la Convention consacre aussi, de manière plus générale, le principe de la légalité des délits et des peines (*nullum crimen, nulla poena sine lege*) et celui qui commande de ne pas appliquer la loi pénale de manière extensive au détriment de l'accusé, notamment par analogie (▪ CEDH, 25 mai 1993, n° 14307/88, *Kokkinakis c/ Grèce*, Série A, n° 260-A, § 52. ▪ CEDH, 15 nov. 1996, n° 17862 /91, *Cantoni c/ France*, Recueil 1996-V : *JCP* G 1997, p. 212, obs. E. Fouassier et D. Vion. ▪ CEDH, 11 juin 2000, req. n°s 32492/96, 32547/96, 32548/96, 33209/96 et 33210/96, *Coëme et a. c/ Belgique*).

3) Affirmations du principe par le juge judiciaire. Les dispositions pénales ne peuvent être étendues et doivent être interprétées restrictivement (▪ Cass. crim., 9 août 1913 : *DP* 1917, 1,69. ▪ Cass. crim., 29 sept. 1992 : *Bull. crim.* n° 287. ▪ Cass. crim., 30 juin 1999 : *Bull. crim.* n° 174. ▪ Cass. crim., 18 avr. 2000 : *Bull. crim.* n° 153. ▪ Cass. ass. plén. 29 juin 2001 : *JurisData* n° 2001-001321 ; *Bull. crim.* n° 165 ; *JCP* 2001, II, 10569, rapp. P. Sargos, concl. J. Sainte-Rose, note M.-L. Rassat). ▪ Cass. crim., 5 mars 2002 : *Dr. pén.* 2002, comm. 86, obs. J.-H. Robert. ▪ Cass. crim., 7 mai 2002 : *Bull. crim.* n° 102 ; *Dr. pén.* 2002, comm. 92, obs. M. Véron ; V. *infra*, ss. C. pén., art. 432-10. ▪ Cass. crim., 22 mars 2003 : *Bull. crim.* n° 151. Sur l'interprétation de l'article 432-7 du Code pénal ; V. note ss art. 432-7, p. 841. ▪ Cass. crim., 22 nov. 2005 : *Bull. crim.* n° 301 ; V. *infra* ss art. 434-11. ▪ Cass. crim., 12 avr. 2005 : *Bull. crim.* n° 129. ▪ Cass. crim., 4 janv. 2006 : *Dr. pén.* 2006, comm. 33, obs. M. Véron ; V. *infra* ss , art. 222-32, p. 420. ▪ Cass. crim., 21 juin 2011 : *Bull. crim.* n° 143. ▪ Cass. crim., 19 juin 2012, n° 11-85.324 : *Bull. crim.* n° 150 ; V. ss art. 226-10, p. 560).

4) Les textes répressifs sont d'interprétation stricte et que les juges ne peuvent procéder en la matière par voie d'extension ou d'analogie (▪ Cass. crim., 7 mai 1969, n° 67-93.750 : *Gaz. Pal.* 1969, II, p. 68).

5) Les textes comportant une sanction pénale doivent être strictement interprétés, dès lors que leur signification est dépourvue de toute ambiguïté (▪ Cass. crim., 10 déc. 1985, n° 85-90.814 : *JurisData* n° 1985-003417 ; *Bull. crim.* n° 396).

6) En cas d'obscurité de la loi, le juge doit la lever dans la mesure du possible, soit en réparant les erreurs évidentes de rédaction (▪ Cass. crim., 8 mars 1930 : *D.* 1930, 1, p. 101, note P. Voirin), soit en cherchant par tous les moyens le véritable sens (▪ Cass. crim., 9 juill. 1970 : *JCP* 1971, II, 16616, note A. Bénabent ; *D.* 1971, p. 3, note M.-J. Littman), soit en cas d'échec, en prononçant la relaxe (▪ Cass. crim., 10 nov. 1959 : *Bull. crim.* n° 476 ; *RSC* 1961, p. 337, obs. Légal).

B – Applications

7) Abstention de témoigner en faveur d'un innocent. Il découle de l'interprétation stricte des dispositions de l'article 434-11 du Code pénal que le délit d'abstention de témoigner en faveur d'une personne détenue alors qu'on a connaissance de la preuve de son innocence, n'est pas constitué dans le cas où cette personne est en garde à vue (▪ Cass. crim., 11 mars 2014, n° 12-88.131 : *Dr. pén.* 2014, comm. 69, obs. M. Véron ; *Dr. pén.* 2014, comm. 80, obs. A. Maron et M. Haas ; *JCP* 2014, note 653, p. 1116, J. Pradel). V. ss C. urb.art. L. 480-4, p. 896.

8) Diffamation. L'article 32, alinéa 1er, de la loi du 29 juillet 1881 sur la liberté de la presse ne permet pas à un État, qui ne peut pas être assimilé à un particulier au sens de ce texte, d'engager une poursuite en diffamation sur le fondement de cette loi (▪ Cass. ass. plén., 10 mai 2019, n° 17-84.509 : *JurisData* n° 2019-007336. ▪ Cass. ass. plén., 10 mai 2019, n° 17-84.511 : *JurisData* n° 2019-007336 ; *Dr. pén.* 2019, comm. 167, obs. Ph. Conte ; *RSC* 2019, p. 434, obs. F. Cordier. – Rappr. V. ▪ Cass. crim., 6 févr. 2018, n° 17-83.857 : *JurisData* n° 2018-001242. ▪ Cass. crim., 27 mars 2018, n° 17-84.509 : *JurisData* n° 2018-004697. ▪ Cass. crim., 27 mars 2018, n° 17-84.511 : *JCP* G 2018, 575, note B. Beigner).

9) Droit pénal administratif : construction sans permis. La loi pénale est d'interprétation stricte ; il s'ensuit que la poursuite des travaux malgré une décision de la juridiction administrative prononçant le sursis à exécution du permis de construire n'est pas constitutive de l'infraction de construction sans permis prévue par l'article 480-4 du Code de l'urbanisme (▪ Cass. ass. plén., 13 févr. 2009 : *Bull. inf. C. cass.* 2009, II, p. 23, rapp. André et avis Mouton ; *Bull. crim.* n° 1 ; *Dr. pén.* 2009, comm. 54, obs. J.-H. Robert). – V. ss C. urb., art. L. 480-4.

10) Droit pénal du travail : infractions aux règles de repos hebdomadaire. Aux termes de l'article 111-4 du Code pénal, la loi pénale est d'interprétation stricte ; l'article R. 3135-4 du Code du travail ne vise pas expressément les dispositions de l'article L. 3134-11 du même code, la mention, dans ce dernier texte, d'autres articles figurant dans le texte répressif invoqué ne pouvant suppléer cette absence.

Ainsi, la sanction de l'article R. 3135-4 susvisé, applicable en cas d'infraction aux règles du repos hebdomadaire dans les exploitations commerciales employant des salariés les jours interdits, ne saurait être étendue à un autre texte ne prévoyant aucune sanction pénale en cas d'ouverture d'un commerce sans recours à des salariés (▪ Cass. crim., 31 janv. 2012, n° 10-86.968 : *Bull. crim.* n° 25 ; *D.* 2012, p. 1047, note P. Hennion-Jacquet).

II – MÉTHODES D'INTERPRÉTATION

A – Interprétation littérale

11) Rejet. L'expression « procès »dans le texte règlementaire interdisant d'une manière générale et absolue de rendre compte des procès pour délits de presse, doit s'entendre comme non seulement les débats de l'audience, mais encore tout ce qui concerne l'instruction d'une affaire (▪ Cass. crim., 17 mars 1854 : *Bull. crim.* n° 76 ; *D.* 1854, 1, p. 165).

12) Le texte d'incrimination qui interdisait aux voyageurs de monter et de descendre lorsque le train est complètement arrêté doit être interprété comme interdisant aux voyageurs de monter dans les voitures ou d'en descendre avant l'arrêt complet du train (▪ Cass. crim., 8 mars 1930 : *DP* 1930, 1, p. 101, note P. Voirin).

13) Application. Doivent être exclues les dispositions particulières des lois qui régissent la presse écrite ou audiovisuelle en ce qui concerne la détermination des personnes responsables pour des faits de publication d'articles par internet, c'est-à-dire par la voie de la communication au public en ligne, car la communication au public en ligne ne relève pas de la communication audiovisuelle, dès lors qu'elle en est expressément exclue par l'article 2, alinéa 3, de la loi n° 86-1067 du 30 septembre 1986 dans sa rédaction issue de la loi n° 2004-575 du 21 juin 2004 (▪ Cass. crim., 5 oct. 2021, n° 20-85.985 : *JurisData* n° 2021-015543 ; *Dalloz actualité*, 29 oct. 2021, obs. S. Fucini).

B – Interprétation téléologique

14) Adaptation d'un texte aux nécessités de la vie actuelle : vol d'électricité. L'électricité peut être considérée comme une chose, au sens de l'article 379 de l'ancien Code pénal, pouvant faire l'objet d'une appréhension (▪ Cass. crim., 3 août 1912 : S. 1913, 1, p. 337, obs. J.-A. Roux).

15) Escroquerie. L'utilisation d'une rondelle sans valeur pour déclencher le mécanisme d'un parcmètre constitue une manœuvre frauduleuse, caractéristique de l'escroquerie, destinée par le déplacement de l'aiguille, à obtenir décharge du prix de stationnement (▪ Cass. crim., 10 déc. 1970 : *D.* 1972, p. 155, note G. Roujou de Boubée ; *JCP* 1972, II, 17277, note R. Gassin).

16) Navigation sans permis. Sans porter atteinte au principe d'interprétation restrictive de la loi pénale, l'extension de l'article 138 à tous les modes de propulsion mécanique correspond à la seule interprétation raisonnable de l'article 138 du Code des voies navigables qui incrimine la navigation de bateau à vapeur sans permis de navigation (▪ Cass. crim., 1er avr. 1965, n° 64-91.961 : *Bull. crim.* n° 106 ; *RSC* 1965, p. 831, obs. R. Combaldieu).

17) Provocation aux crimes et aux délits. Les imprimés visés à l'article 23 de la loi du 29 juillet 1881 doivent s'entendre non seulement des reproductions d'un texte, à l'aide de caractères typographiques, mais aussi de toute reproduction, quel que soit le procédé technique utilisé, dès lors qu'elle permet la publication de la pensée ; qu'ainsi les disques phonographiques doivent être considérés comme des imprimés (▪ Cass. crim., 14 janv. 1971, n° 70-90.558 : *Bull. crim.* n° 14 ; *D.* 1971, p. 101, rapp. F. Chapar)

18) Vol. La détention matérielle d'une chose non accompagnée de la remise de la possession n'est pas exclusive de l'appréhension qui constitue l'un des éléments du délit de vol (▪ Cass. crim., 8 janv. 1979, n° 77-93.038 : *Bull. crim.* n° 13 ; *D.* 1979, p. 509, note P. Corlay. ▪ Cass. crim., 11 juin 1990, n° 89-80.467 : *JurisData* n° 1990-002376 ; *Bull. crim.* n° 238. ▪ Cass. crim., 8 févr. 1993, n° 91-86.622 : *JurisData* n° 1993-000776 ; *Bull. crim.* n° 65).

C – Raisonnement par analogie

19) Principe. La loi pénale, d'interprétation stricte, ne peut être appliquée par analogie ou induction (▪ Cass. crim., 29 sept. 1992, n° 91-86.248. ▪ Cass. crim., 31 mars 1992 : *JurisData* n° 1992-003099 ; *Bull. crim.* n° 314 : *JCP* E 1993, II, n° 409, obs. O. Godard ; *D.* 1993, IR p. 199, n° 29).

20) Exhibition sexuelle. L'arrêt qui condamne un individu pour exhibition sexuelle pour avoir fait un geste obscène en direction d'une des personnes présentes en prenant son sexe entre ses mains à travers son short, alors qu'aucune partie du corps n'était ou ne paraissait dénudée, encourt la cassation (▪ Cass. crim., 4 janv. 2006, n° 05-80.960 : *JurisData* n° 2006-031784 : *Dr. pén.* 2006, n° 3, p. 14, obs. M. Véron ; *RSC* 2006, p. 319, obs. Y. Mayaud ; *Gaz. Pal.* 2006, n° 218, p. 23, obs. Y. Montet).

21) Filouteries. Doit être cassé l'arrêt qui condamne le fait de demander un repas dans une auberge sans avoir l'intention ni les moyens de le payer pour vol sur le fondement de l'article 401 de l'ancien Code pénal car il n'y a pas de main mise ou de soustraction directe (▪ Cass. crim., 5 nov. 1847 : *DP* 1847, 1, p. 510).

La filouterie hôtelière s'entend exclusivement de l'attribution et de l'occupation effective une chambre et ne s'étend pas au non-paiement des prestations telles que les communications électroniques (▪ CA Rennes, 3 mai 2000 : *JurisData* n° 2000-116104 ; *Dr. pén.* 2000, comm. 125, note M. Véron).

22) Homicide involontaire de l'enfant à naître. Le principe de la légalité des délits et des peines, qui impose une interprétation stricte de la loi pénale, s'oppose à ce que l'incrimination prévue par l'article 221-6 du Code pénal, réprimant l'homicide involontaire d'autrui, soit étendue au cas de l'enfant à naître dont le régime juridique relève de textes particuliers sur l'embryon ou le fœtus (▪ Cass. ass. plén., 29 juin 2001 : *Bull. crim.* n° 165. ▪ Cass. crim., 25 juin 2002 : *Bull. crim.* n° 144 ; *Dr. pén.* 2002, chron. 31, concl. O. Commaret ; comm. 93, obs. M. Véron ; *RSC* 2003, p. 95, obs. Y. Mayaud, et les notes et obs. citées. ▪ CA Pau, 5 févr. 2015 : *JurisData* n° 2015-004496 ; *D.* 2015, p. 378, obs. A. Mirkovic. ▪ Cass. crim., 12 juin 2018, n° 17-86.661 : *JurisData* n° 2018-010261. *Adde* ▪ CEDH, 8 juill. 2004, *Vo c/ France*, req. n° 53924/00 : *D.* 2004, p. 2456, obs. J. Pradel ; *JCP* G 2004, p. 1798, obs. M. Levinet. ▪ Cass. crim., 12 juin 2018 : *JurisData* n° 2018-010261 : *Dr. Pén.* 2018, comm. 147, obs. Ph. Conte).

23) Immunité familiale. La disposition de l'article 180 de l'ancien Code pénal est spéciale et restrictive (▪ Cass. crim., 27 févr. 1836 : *Bull. crim.* n° 62 ; *S.* 1936, 1, p. 226). En raison du principe d'interprétation stricte de la loi pénale, *l'immunité familiale* prévue expressément pour l'escroquerie par l'article 313-3 du Code pénal, ne saurait être étendue au délit de falsification de chèque et usage (▪ CA Paris, 10 janv. 2002 : *JurisData* n° 2002-172661 ; *Dr. pén.* 2002, comm. 81, obs. M. Véron).

24) Non-assistance à personne en danger. N'encourt pas la censure l'arrêt de cour d'appel qui caractérise les éléments matériel et intentionnel de l'infraction de non-assistance à personne en danger en se fondant sur ses constatations souveraines selon lesquelles le prévenu, en fournissant les renseignements sur les moyens permettant de se suicider, n'a jamais eu l'intention de porter secours à la personne (▪ Cass. crim., 26 avr. 1988 : *JurisData* n° 1988-700915 : *D.* 1990, p. 479, obs. H. Fenaux).

25) Pénétration dans un établissement scolaire. L'article 431-22 du Code pénal, qui s'applique textuellement aux établissements d'enseignement scolaire, ne saurait être appliqué aux établissements d'enseignement supérieur, à caractère scientifique, culturel et professionnel (▪ Cass. crim., 11 déc. 2012, n° 11-88.431, V. *infra* ss art. 431-22, p. 837).

26) Viol. Le viol ne peut pas être retenu pour les faits d'un médecin qui a contraint trois patientes, à l'occasion de consultations, à introduire dans leur bouche des objets ayant une forme phallique, recouvert d'un préservatif et à réaliser un mouvement de va-et-vient, la fellation impliquant une pénétration par l'organe sexuel masculin de l'auteur et non par un objet le représentant (▪ Cass. crim., 21 févr. 2007, n° 06-89.543 : *JurisData* n° 2007-037895 ; *Bull. crim.* n° 61 ; *D.* 2007, p. 2632, obs. G. Roujou de Boubée ; *RSC* 2007, p. 301, obs. Y. Mayaud).

III – TEMPÉRAMENTS

27) Défaut du port de la ceinture. Justifie sa décision la cour d'appel qui considère qu'un comportement passif, consistant à laisser les gendarmes à verbaliser un automobiliste pour défaut de port de ceinture de sécurité alors qu'il était dispensé de son port pour raisons médicales, constitue le délit d'outrage à officier de la force publique (▪ Cass. crim., 14 nov. 1989, n° 88-83.999 : *JurisData* n° 1989-004197 ; *Bull. crim.* n° 417 ; *JCP* G 1990, II, 21441, note Vitu ; *D.* 1991, p. 447, note A. Fournier ; *RSC* 1990, p. 561, obs. J.-P. Delmas-Saint-Hilaire).

28) Non-représentation d'enfant. Est rejeté le pouvoir formé contre un arrêt qui caractérise l'infraction de non-représentation d'enfant à l'égard de la mère en considérant que cette dernière avait mis en place un stratagème en affirmant au père que leur fille était malade pour empêcher l'exercice de son droit de visite (▪ Cass. crim., 18 déc. 2002 : *JurisData* n° 2002-017427 ; *Bull. crim.* n° 237 ; *D.* 2003, p. 1062, note Y. Mayaud ; *Dr. famille* 2003, comm. 40, obs. A. Gouttenoire).

29) Viol. Justifie sa décision la cour d'appel qui condamne les accusés de viol pour des fellations pratiquées par les auteurs de l'infraction (▪ Cass. crim., 16 déc. 1997, n° 97-85.455 : *JurisData* n° 1997-005461 ; *Bull. crim.* n° 429 ; *D.* 1998, p. 212, note Y. Mayaud ; *JCP* G 1998, II, 10074, note D. Mayer ; *Dr. pén.* 1998, chron. 7, obs. H. Angevin. *Contra* : ▪ Cass. crim., 22 août 2001, n° 01-84.024 : *JurisData* n° 2001-010866 ; *Bull. crim.* n° 169 ; *D.* 2002, p. 1803, note M.-H. Gozzi).

30) Violences psychologiques. La captation d'images ou la simulation de captation d'images effectuée, de manière répétitive et sur une longue durée, caractérise des violences psychologiques (▪ Cass. crim., 16 nov. 2021, n° 20-84.346 : *JurisData* n° 2021-018542 ; *Dr. pén.* 2022, comm. 4, obs. Ph. Conte ; *Gaz. Pal.* 2022, n° 6, p. 51, obs. E. Dreyer).

Art. 111-5. – **Les juridictions pénales sont compétentes pour interpréter les actes administratifs, réglementaires ou individuels et pour en apprécier la légalité lorsque, de cet examen, dépend la solution du procès pénal qui leur est soumis.**

Bibliographie : *JCl. Pénal Code, Contrôle de légalité des actes administratifs*, par W. Jeandidier ; *Droit de l'union européenne et matière pénale*, par R. Grass et C. Soulard. • *JCl. Administratif, Compétence des juridictions judiciaires à l'égard des actes administratifs*, par J. Stillmunkes. • V. Lesclous, *L'appréciation des actes administratifs par le juge répressif* : *JCP* G 1994, I, 3747. • G. Roujou de Boubée, *Exception d'illégalité* : *D.* 1994, somm. p. 155. • N. Dantonel-Cor, *Le juge judiciaire répressif et l'acte administratif unilatéral depuis la réforme du Code pénal* : *RSC* 1998, doctr. 18. • F. Desportes, *Le contrôle de la légalité des actes administratifs... : Rapp. C. cass.* 1997, p. 93. • J.-M. Moreau, *Bilan de 10 années de jurisprudence* : *Procédures* 2005, étude 7, p. 6. • Ch. Vautrot-Schwarz, *La plénitude de juridiction du juge pénal sur l'interprétation et l'appréciation de la légalité des actes administratifs*, in F. Stasiak (dir.), *Histoire et interprétation en droit criminel* : Dalloz, coll. Thème et Commentaire, 2015, p. 61.

• ***Sommaire***

I – DOMAINE 22
II – MODALITÉS DU CONTRÔLE 25
A – Interprétation 25
B – Appréciation de la légalité 25
1° Mise en œuvre du contrôle 25
2° Motifs d'illégalité 27
III – EFFETS DE L'ILLÉGALITÉ DE L'ACTE ADMINISTRATIF 28
A – Portée de la décision judiciaire sur l'exception d'illégalité 28
B – Effets de la disparition de l'acte administratif 28
1° Disparition de l'acte administratif postérieure à la commission de l'infraction 28
2° Disparition de l'acte administratif après condamnation définitive 29

1) QPC. La question relative à l'inconstitutionnalité de l'article 111-5 du Code pénal ne présente pas un caractère sérieux dès lors que le législateur a pu, sans manquer aux principes de légalité des poursuites et d'égalité devant la loi, et dans le but d'accélérer le cours de la justice répressive, doter le juge pénal de pouvoirs identiques à ceux du juge administratif, relativement à l'espèce dont il est saisi (▪ Cass. crim., 4 déc. 2018, n° 18-82.852 : *JurisData* n° 2018-022143 ; *Dr. pén.* 2019, comm. 68, obs. J.-H. Robert).

I – DOMAINE

2) Actes susceptibles de contrôle par le juge pénal. Le juge pénal a tous pouvoirs pour apprécier la légalité des actes administratifs pénalement sanctionnés, tant réglementaires qu'individuels, pourvu qu'ils soient clairs et qu'il ne soit pas nécessaire de les interpréter (▪ Cass. crim., 21 déc. 1961, n° 61-90.710 : *Bull. crim.* n° 551 ; *JCP* G 1962, II, 12680, note M.-J. Lamarque ; *D.* 1962, p. 102, rapp. J.-L. Costa).

– **Actes règlementaires de codification à droit constant.** Le juge répressif peut, sur le fondement de l'article 111-5 du Code pénal, user, d'office, de la faculté d'en vérifier la légalité en s'assurant, notamment, de la conformité d'un texte codifié par une telle ordonnance avec la loi dont il est issu et qui a été abrogée. En effet, l'abrogation d'une loi à la suite de sa codification à droit constant ne modifie ni la teneur ni la portée des dispositions transférées (▪ Cass. crim., 4 mai 1995 : *Bull. crim.* n° 163 ; *RSC* 1996, p. 111, obs. B. Bouloc – à propos des articles 11 et 13 de la loi du 1er août 1905 sur les fraudes et falsifications en matière de produits ou de services abrogés et codifiés aux articles L. 214-1 et L. 214-2 du Code de la consommation. ▪ Cass. crim., 16 oct. 1996 : *Bull. crim.* n° 367 ; *RTD civ.* 1996, p. 778, obs. R. Libchaber – à propos de l'article 5 de la loi du 23 juin 1989 réglementant les loteries publicitaires et articles 44-I et 44-II de la loi du 27 décembre 1973 intégrés aux articles L. 121-1 et suivants et L. 121-36 et suivants du Code de la consommation. ▪ Cass. crim., 19 oct. 2004 : *Bull. crim.* n° 247 ; *Dr. pén.* 2005, comm. 6, obs. J.-H. Robert – à propos de l'article 21 de la loi du 3 janvier 1992, dite loi sur l'eau, devenu l'article L. 216-5 du Code de l'environnement).

– **Arrêté d'assignation à résidence.** Les juridictions pénales sont compétentes pour interpréter les actes administratifs, réglementaires ou individuels et pour en apprécier la légalité lorsque, de cet examen, dépend la solution du procès pénal qui leur est soumis ; tel est le cas d'arrêté ministériel d'assignation à résidence ordonnée sur le fondement de la loi n° 55-385 du 3 avril 1955 modifiée relative à l'état d'urgence »(▪ Cass. crim., 3 mai 2017 : *JurisData* n° 2017-008272 : *Dr. pén.* 2017, comm. 109, obs. J.-H. Robert ; *D.* 2017, p. 1175, note G. Beaussonnie ; *RSC* 2017, p. 337, obs. F. Cordier).

– **Arrêté d'expulsion.** Il appartient au juge répressif d'apprécier la légalité d'un arrêté d'expulsion, acte administratif individuel pénalement sanctionné (■ Cass. crim., 21 oct. 1987 : *D.* 1988, jurispr. p. 58, note S. Kehrig. ■ Cass. crim., 7 juin 1995 : *Bull. crim.* n° 208 ; *Dr. pén.* 1995, comm. 226, 3e esp. ■ Cass. crim., 4 janv. 1991 : *Bull. crim.* n° 8. ■ Cass. crim., 1er févr. 1995 : *JCP* 1995, II, 22463, note N. Guimezanes).

– **Arrêté municipal relatif au stationnement** (■ Cass. crim., 31 mai 1995 : *Dr. pén.* 1995, comm. 227, obs. J.-H. Robert).

– **Arrêté préfectoral de perquisition administrative dans le cadre de l'état d'urgence.** Encourt la cassation l'arrêt d'une chambre de l'instruction qui, pour rejeter le moyen tiré de l'illégalité de l'ordre administratif d'une perquisition pris sur le fondement de l'article 11, 1°, de la loi n° 55-385 du 3 avril 1955 relative à l'état d'urgence et la requête en annulation des pièces de la procédure, retient que le contrôle de l'acte administratif par le juge pénal ne s'exerce que lorsque l'illégalité prétendue aurait pour effet d'enlever aux faits leur caractère punissable, alors que la chambre de l'instruction était compétente pour apprécier la légalité d'ordres de perquisition qui détermine la régularité de la procédure (■ Cass. crim., 13 déc. 2016 (3 arrêts) : *JurisData* n° 2016-026324 ; *JurisData* n° 2016-026322 ; *JCP* 2017, avis 141, F. Desportes ; *D.* 2017, p. 275, note J. Pradel ; *JCP* 2017, p. 363, note J.-H. Robert ; *AJ pénal* 2017, p. 30, note T. Herran et M. Lacaze ; *Dr. pén.* 2017, étude 6, note C. Ribeyre. ■ Cass. crim., 28 mars 2017, n° 16-85.073 : *JurisData* n° 2017-005660. ■ Cass. crim., 28 mars 2017, n° 16-85.072 : *JurisData* n° 2017-005663 : *JCP* G 2017, p. 815, obs. J.-B. Perrier ; *Lexbase Hebdo – éd. Privée générale* 2017, obs. Th. Herran et M. Lacaze ; *AJ pénal* 2017, p. 289, obs. C. Girault ; *Gaz. Pal.* 2017, n° 27, p. 69, obs. F. Fourment ; *Procédures* 2017, n° 5, p. 48, obs. J. Buisson. ■ Cass. crim, 10 janv. 2018 : *JurisData* n° 2018-000058).

– **Arrêté préfectoral de reconduite à la frontière** (V. ■ Cass. crim., 3 juin 1998 : *Bull. crim.* n° 182).

– **Arrêté de sanction.** Dans les poursuites pour refus d'exécution d'une sanction administrative, en l'espèce le retrait d'une licence de transport, les juridictions du fond doivent apprécier la légalité de l'arrêté de sanction (■ Cass. crim., 6 avr. 2004 : *Bull. crim.* n° 85).

– **Autorisation d'urbanisme.** Le juge répressif est compétent pour constater l'inexistence d'un permis de construire obtenu frauduleusement (■ Cass. crim., 9 sept. 2003 : *JurisData* n° 2003-020528).

– **Décision administrative d'injonction de restitution de permis de conduire.** La juridiction correctionnelle, saisie de poursuites pour conduite malgré invalidation du permis de conduire en raison de la perte totale des points, est tenue d'apprécier la légalité de l'arrêté préfectoral enjoignant à l'intéressé de restituer son permis, dès lors qu'elle est saisie d'une exception d'illégalité de cet acte administratif et qu'il résulte des propres énonciations de l'arrêt que le solde des points pourrait être positif (■ Cass. crim., 30 janv. 2008 : *JurisData* n° 2008-042813 ; *Bull. crim.* n° 103 ; *Dr. pén.* 2008, comm. 46, note J.-H. Robert).

– **Ordonnances de l'article 38 de la Constitution avant leur ratification.** Conservent, avant leur ratification opérée par le législateur, le caractère d'acte administratif, les ordonnances, prises dans le cadre de l'article 38 de la Constitution, alors même qu'elles interviennent dans une matière ressortissant, en vertu de l'article 34 ou d'autres dispositions constitutionnelles, du domaine de la loi (■ Cass. crim., 19 oct. 2004 : *JurisData* n° 2004-025541 ; *Bull. crim.* n° 247 ; *Dr. pén.* 2005, comm. 6, obs. J.-H. Robert. ■ Cass. crim., 17 nov. 2009 : *JurisData* n° 2009-050703 ; *Dr. pén.* 2010, comm. 21, obs. J.-H. Robert – légalité de l'ordonnance du 2 août 2005, non encore ratifiée à la date de l'arrêt, relative à la police des ports maritimes).

– **Permis de construire.** Le juge répressif est compétent pour constater l'inexistence d'un permis de construire obtenu frauduleusement (■ Cass. crim., 9 sept. 2003 : *Bull. crim.* n° 155 ; *Dr. pén.* 2003, comm. 128, obs. J.-H. Robert. Sur l'appréciation de la légalité d'un arrêté délivrant un permis de construire, V. : ■ Cass. crim., 6 déc. 2016, n° 16-80.239 : *Dr. pén.* 2017, comm. 25, note J.-H. Robert).

3) Actes exclus. Seuls les actes administratifs, réglementaires ou individuels, entrent dans les prévisions de l'article 111-5 (■ Cass. crim., 25 sept. 1995 : *JurisData* n° 1995-002937 ; *Bull. crim.* n° 279 ; *Dr. pén.* 1996, comm. 14, obs. J.-H. Robert).

– **Acte administratif non pénalement sanctionné.** Le juge répressif n'a pas le pouvoir d'apprécier la légalité d'un acte administratif individuel qui n'est pas pénalement sanctionné alors même que de sa légalité dépend la solution d'un procès (■ Cass. crim., 1er juin 1967 : *Bull. crim.* n° 172 ; *JCP* G 1968, II, 15505, note J. Lamarque).

– **Contrats administratifs.** Seuls les actes administratifs, réglementaires ou individuels, entrent dans les prévisions de l'article 111-5 ; c'est dès lors à tort que le juge répressif se fonde sur ce texte pour apprécier la validité d'un contrat administratif (■ Cass. crim., 25 sept. 1995 : *JurisData* n° 1995-002937, préc.) ; toutefois, la compétence des juridictions administratives pour apprécier la validité d'un contrat administratif ne fait pas obstacle à ce que les tribunaux judiciaires chargés d'instruire ou de prononcer sur les crimes et délits caractérisent les divers éléments constitutifs de l'infraction dont ils sont saisis (■ Cass. crim., 25 sept. 1995, préc. ■ Cass. crim., 22 janv. 1997 :

JurisData n° 1997-001203 ; *Bull. crim.* n° 27 ; *Gaz. Pal.* 1997, 1, pan. jur., p. 106, obs. J.-P. Doucet : sur l'existence et la régularité de la constitution d'une régie communale de pompes funèbres).

– **Décision d'exclusion d'une association intercommunale.** L'exclusion du demandeur de l'association intercommunale de chasse maritime du bassin de Thau, qui est intervenue à titre de sanction en application des dispositions statutaires de cette association, régie par la loi du 1er juillet 1901, ne constitue pas un acte administratif individuel et n'est donc pas susceptible de contrôle par le juge pénal (▪ Cass. crim., 30 oct. 2000 : *JurisData* n° 2000-007087 ; *Bull. crim.* n° 323 ; *Dr. pén.* 2001, comm. 49, obs. J.-H. Robert ; *RSC* 2001, p. 388, obs. J.-H. Robert).

– **Retrait administratif des points du permis de conduire.** Il résulte de l'article L. 11-4 du Code de la route, excluant l'application des articles 55-1 du Code pénal et 799 du Code de procédure pénale, alors applicables, à la perte de points affectant le permis de conduire, que cette mesure ne présente pas le caractère d'une sanction pénale, accessoire à une condamnation, et qu'en conséquence, ni son incompatibilité alléguée avec la disposition conventionnelle susvisée ni son fondement légal ne relèvent de l'appréciation du juge répressif (▪ Cass. crim., 6 juill. 1993, n° 92-86.855 : *JurisData* n° 1993-001584 ; *Bull. crim.* n° 240 ; *Dr. pén.* 1993, comm. 259, note J.-H. Robert. ▪ Cass. crim., 11 juill. 1994 : *Bull. crim.* n° 271 ; *RSC* 1995, p. 344, obs. B. Bouloc. ▪ Cass. crim., 11 janv. 1995, n° 94-80.556).

– **Refus d'accorder le statut de réfugié.** S'il appartient aux juges de l'ordre judiciaire d'apprécier, à l'occasion d'une poursuite pénale pour infraction à la législation relative aux étrangers, si se trouvent réunies les conditions d'application des articles 1er A et 31-1 de la convention de Genève, au regard de l'immunité pénale prévue par ces textes, il résulte des articles 10 et suivants de la loi du 25 juillet 1952, modifiée par celle du 11 mai 1998, que l'Office français de protection des réfugiés et apatrides a seul compétence, sous le contrôle de la commission des recours et du Conseil d'État (déniée par cet arrêt au juge judiciaire), pour reconnaître à un demandeur d'asile la qualité de réfugié avec les droits qui y sont attachés (▪ Cass. crim., 12 juin 2002 : *Bull. crim.* n° 134 ; *Dr. pén.* 2002, comm. 110, obs. J.-H. Robert. Selon cet auteur, il en résulterait que le juge judiciaire ne saurait apprécier la légalité d'un refus de l'OFPRA).

4) Solution du procès pénal. Il se déduit, de l'article 111-5, que le juge répressif peut d'office constater l'illégalité d'un acte administratif, réglementaire ou individuel, lorsqu'il lui apparaît que cette illégalité conditionne la solution du procès qui lui est soumis (▪ Cass. crim., 7 juin 1995 : *Bull. crim.* n° 208) ; qu'il en va ainsi lorsque, de la régularité de ces actes, dépend celle de la procédure pénale (▪ Cass. crim., 13 déc. 2016, *préc.* ▪ Cass. crim., 10 janv. 2018 : *JurisData* n° 2018-000058).

5) Encourt la cassation l'arrêt de cour d'appel qui rejette l'exception d'illégalité du décret du 9 août 1993 relatif aux préparations à base de foie gras, au motif que la discrimination à rebours reprochée par les prévenus découle du seul article 13-1 du décret, de sorte que seul ce texte pourrait être écarté des débats et non le décret en son entier, notamment ses articles 2, 5 et 12, et qu'en conséquence, l'issue du présent procès ne dépend pas de la décision que pourrait prendre la cour quant à la légalité de l'article 13-1 qui ne définit nullement le bloc de foie gras ni ne détermine sa composition pour bénéficier de cette appellation. En effet, la Cour a violé l'article 111-5 du Code pénal dès lors que la violation du principe d'égalité devant la loi pénale par la combinaison des articles 1 et 13-1 du décret, telle qu'alléguée par les prévenus, était de nature, à la supposer établie, à emporter leur illégalité, de sorte que la solution du procès pénal dépendait de cet examen, la cour d'appel a méconnu le sens et la portée du texte susvisé et le principe ci-dessus rappelé (▪ Cass. crim., 29 janv. 2019, n° 17-84.366 : *JurisData* n° 2019-001022 ; *Dr. pén.* 2019, comm. 53, obs. J.-H. Robert ; *RTD com.* 2019, p. 511, obs. B. Bouloc ; *Gaz. Pal.* 2019, n° 17, p. 51, obs. E. Dreyer).

6) Exclusion de la compétence du juge répressif. Si selon l'article 111-5 du Code pénal, les juridictions pénales sont compétentes pour apprécier la légalité des actes réglementaires lorsque de cet examen dépend la solution du procès qui leur est soumis, tel n'est pas le cas des textes qui organisent la mesure administrative du retrait des points d'un permis de conduire et qui sont sans incidence sur les poursuites exercées du chef des infractions visées à l'article L. 11-2 du Code de la route (▪ Cass. crim., 11 juill. 1994 : *Bull. crim.* n° 271).

– Tel n'est pas non plus le cas d'un arrêt d'irrecevabilité d'une exception d'inopposabilité d'un arrêté, cependant applicable de plein droit, qui ne sert pas directement de fondement aux poursuites (▪ Cass. crim., 15 oct. 2002 : *Bull. crim.* n° 186). – De même, la juridiction pénale n'est pas compétente à apprécier la légalité d'un plan de chasse individuel car, de cet examen, ne dépend pas la solution des poursuites dirigées contre le titulaire du plan pour inobservation de ses prescriptions (▪ Cass. crim., 1er oct. 2002 : *Dr. pén.* 2003, comm. 7, obs. J.-H. Robert).

S'il appartient aux juridictions répressives, lorsqu'elles sont saisies d'une infraction à un arrêté de reconduite à la frontière d'apprécier la légalité de cet arrêté, les dispositions de l'article 111-5 du Code pénal ne leur imposent toutefois pas d'étendre leur contrôle à une décision administrative antérieure dont ne dépend pas la solution du procès pénal qui leur est soumis (■ Cass. crim., 3 juin 1998 : *Bull. crim.* n° 182).

7) Illégalité sans incidence sur l'infraction. L'illégalité des décisions administratives ayant refusé l'autorisation de licenciement, à la supposer fondée, n'est pas de nature à enlever aux faits constatés leur caractère délictueux. Il s'ensuit que les juges répressifs, appelés à se prononcer sur le délit d'entrave caractérisé par le défaut de réintégration du salarié protégé mis à pied dont le licenciement a été refusé par l'autorité administrative, n'ont pas à examiner la légalité des décisions administratives intervenues (■ Cass. crim., 11 déc. 2001 : *JurisData* n° 2001-012473 ; *Bull. crim.* n° 266 ; *Dr. pén.* 2002, comm. 45, obs. M. Véron).

8) Également, emporte nécessairement interdiction de chasser le gibier d'eau, au-delà de la date limite, le jugement d'un tribunal administratif portant annulation d'un arrêté préfectoral en ce qu'il fixe une date de clôture pour la chasse de ce gibier au-delà de la date limite possible ; est par suite inopérant le moyen, opposé par un chasseur surpris en action de chasse après cette date, tiré de la prétendue illégalité d'un arrêté préfectoral modificatif, qui, sur injonction de cette juridiction impartissant la fixation d'une nouvelle date ne devant pas dépasser la date limite, a fixé la date de clôture pour la chasse dudit gibier à cette date limite (■ Cass. crim., 18 nov. 2003 : *JurisData* n° 2003-021523 ; *Bull. crim.* n° 216 ; *Dr. pén.* 2004, comm. 51, obs. J.-H. Robert ; *RSC* 2004, p. 865, obs. G. Vermelle).

II – MODALITÉS DU CONTRÔLE

A – Interprétation

9) Compétence du juge pénal pour interpréter l'acte administratif. Il appartient d'interpréter les actes administratifs lorsque de cet examen dépend la solution du procès pénal qui leur est soumis (■ Cass. crim., 31 mai 2005 : *JurisData* n° 2005-029280 : *Dr. pén.* 2005, comm. 143, obs. J.-H. Robert).

10) Interprétation stricte de l'acte administratif. La loi pénale est d'interprétation stricte ; qu'il s'ensuit que la poursuite de travaux malgré une décision de la juridiction administrative prononçant le sursis à exécution du permis de construire n'est pas constitutive de l'infraction de construction sans permis prévue par le second de ces textes (■ Cass. ass. plén., 13 févr. 2009 : *JurisData* n° 2009-047083 ; *AJDA* 2009, p. 1164, note B. Pacteau ; *Dr. adm.* 2009, comm. 62).

11) Obscurité de l'acte administratif. Toute infraction doit être définie en des termes clairs et précis pour exclure l'arbitraire et permettre au prévenu de connaître exactement la nature et la cause de l'accusation portée contre lui ; doit être cassé l'arrêt de condamnation, sur le fondement de l'article R. 362-4 du Code des communes qui punit des peines d'amende prévues pour les contraventions de cinquième classe « toutes infractions »aux dispositions de l'article L. 362-1 lequel – en prévoyant seulement que le service extérieur des pompes funèbres appartient, à titre de service public, aux communes qui peuvent l'assurer soit directement, soit par entreprise – ne définit aucune incrimination ; que dès lors ledit article R. 362-4 ne met pas le juge pénal en mesure de s'assurer que les faits poursuivis sont de ceux que l'autorité réglementaire a entendu réprimer (■ Cass. crim., 1er févr. 1990 : *Gaz. Pal. Rec.* 1990, 2, p. 398, obs. J.-P. Doucet ; *RSC* 1991, p. 555, note Vitu).

B – Appréciation de la légalité

1° *Mise en œuvre du contrôle*

12) Contrôle exercé par le juge judiciaire. Lorsqu'un acte administratif, même individuel, est assorti d'une sanction pénale qu'il est demandé à un tribunal judiciaire de prononcer, les juges ont le devoir, non d'apprécier l'opportunité de cet acte, mais de s'assurer de sa conformité à la loi tant en la forme qu'au fond. Encourt la cassation l'arrêt qui, alors que le prévenu a régulièrement soulevé l'exception d'illégalité de l'acte administratif, qui a considéré qu'il s'agissait d'une question préjudicielle et lui a imparti un délai pour saisir la juridiction compétente au motif qu'il a méconnu l'étendue de la compétence du juge judiciaire (■ Cass. crim., 30 oct. 1989, n° 90-83.282 : *Bull. crim.* n° 367).

13) Le demandeur ne saurait se faire un grief de ce que la cour d'appel a refusé, pour un motif erroné, de faire droit à sa demande de sursis à statuer, dès lors que les juridictions pénales, qui sont compétentes, en application de l'article 111-5 du Code pénal, pour apprécier la légalité des actes administratifs lorsque, de cet examen, dépend la solution du procès pénal qui leur est soumis, n'ont pas à surseoir à statuer jusqu'à la décision de la juridiction administrative devant laquelle un recours en annulation d'un tel acte aurait été formé (■ Cass. crim., 28 mai 2019, n° 18-83.290 : *JurisData* n° 2019-009114).

14) Contrôle de la constitutionnalité des actes. Méconnaît l'article 111-5 la cour d'appel qui s'estime incompétente pour apprécier la constitutionnalité du décret du 9 août 1993 alors que si celui-ci a été pris en application de l'article L. 214-1 du Code de la consommation alors en vigueur, ce dernier texte, qui renvoyait au pouvoir réglementaire le soin de définir les règles tenant notamment à la composition et à la dénomination des marchandises de toute nature, ne contenait en lui-même aucune règle de fond de nature à faire obstacle à ce que la conformité du décret à des normes constitutionnelles soit examinée par la juridiction correctionnelle (▪ Cass. crim., 29 janv. 2019, n° 17-84.366 : *JurisData* n° 2019-001022 ; *Dr. pén.* 2019, comm. 53, obs. J.-H. Robert ; *RTD com.* 2019, p. 511, obs. B. Bouloc ; *Gaz. Pal.* 2019, n° 17, p. 51, obs. E. Dreyer).

15) Recours devant le juge administratif et contrôle de légalité par le juge répressif. Le juge pénal ne peut surseoir à statuer alors qu'un recours en annulation aurait été introduit devant le juge administratif (▪ Cass. crim., 10 nov. 1937 : *DH* 1938, p. 118. ▪ Cass. crim., 2 mars 1971 : *Bull. crim.* n° 72), et est tenu de statuer sur la légalité du règlement même si le juge administratif a déjà rejeté un recours en annulation contre cet acte (▪ Cass. crim., 4 mars 1986 : *Bull. crim.* n° 89).

– Ainsi l'exception d'illégalité du décret relatif aux importations de médicaments vétérinaires qui constitue le fondement des poursuites doit, comme l'article 111-5 du Code pénal l'exige, être examinée par le juge pénal, celui-ci ne pouvant la rejeter au seul motif que certaines des dispositions de ce texte ont été validées par le Conseil d'État saisi d'un recours en annulation (▪ Cass. crim., 17 déc. 2014, n° 13-86.686).

– Les prévenus ne sauraient se faire un grief de ce que la cour d'appel n'a pas fait droit à leur demande de sursis à statuer, dès lors que les tribunaux judiciaires n'ont pas à surseoir à statuer jusqu'à la décision de la juridiction administrative devant laquelle un recours en annulation aurait été formé et doivent au contraire, s'ils en sont saisis, prononcer sur le fondement de l'article 111-5 du Code pénal (▪ Cass. crim., 4 déc. 2018, n° 18-82.852 : *JurisData* n° 2018-022143 ; *Dr. pén.* 2019, comm. 68, obs. J.-H. Robert).

16) Moment de l'exception d'illégalité. L'exception d'illégalité d'un règlement administratif doit être présentée avant toute défense au fond (▪ Cass. crim., 15 janv. 1977, n° 76-93.166 : *Gaz. Pal.* 16-17 janv. 1998, p. 45, obs. S. Petit. ▪ Cass. crim., 29 mars 1995 : *JurisData* n° 1995-001081 ; *Bull. crim.* n° 137 ; *Dr. pén.* 1995, comm. 226, 1re esp., obs. J.-H. Robert. ▪ Cass. crim., 23 mai 1995 : *JurisData* n° 1995-002312 ; *Dr. pén.* 1995, comm. 226, 2e esp., obs. J.-H. Robert. ▪ Cass. crim., 19 janv. 2005 : *JurisData* n° 2005-027054 ; *Dr. pén.* 2005, comm. 59, obs. M. Véron. ▪ CA Toulouse, 31 mai 2006 : *JurisData* n° 2006-308428. ▪ Cass. crim., 19 avr. 2017, n° 16-81.095 : *JurisData* n° 2017-007794).

17) Le prévenu ne saurait valablement prétendre que les dispositions du plan d'occupation des sols relatives à l'espace boisé sont illégales et demander à la Cour d'en apprécier la légalité en application de l'article 111-5 du Code pénal alors que cette exception d'illégalité présentée pour la première fois en cause d'appel, et de surcroît après les débats sur le fond, doit être déclarée comme irrecevable en application de l'article 386 du Code de procédure pénale (▪ Cass. crim., 3 déc. 1997, n° 97-81.408. – Dans le même sens, à propos de la nullité de l'ordre de perquisition administrative en application de la loi du 3 avril 1955 relative à l'état d'urgence, V. ▪ Cass. crim., 9 avr. 2019, n° 18-82.941 : *JurisData* n° 2019-005564).

18) L'exception d'illégalité invoquée tardivement est irrecevable (▪ Cass. crim., 19 janv. 2005 : *JurisData* n° 2005-027054 ; *Dr. pén.* 2005, comm. 59, obs. J.-H. Robert).

19) L'invocation, par le prévenu condamné pour participation à une manifestation interdite, pour la première fois devant la Cour de cassation tant de la régularité de l'arrêté préfectoral, pour la contester, que des dispositions conventionnelles relatives à la liberté de circulation ou au droit de manifester, dont il ne prétendait pas au demeurant avoir usé le jour des faits, est à la fois nouveau et mélangé de fait, et, comme tel, irrecevable (▪ Cass. crim., 24 nov. 2020, n° 20-80.959).

20) Obligation du juge de statuer sur l'exception d'illégalité. (V. ▪ Cass. crim., 30 janv. 2008 : *JurisData* n° 2008-042813 ; *Dr. pén.* 2008, comm. 46, obs. J.-H. Robert. ▪ Cass. crim., 23 oct. 2013, n° 13-80.824 : *Bull. crim.* n° 205 ; *Dr. pén.* 2013, comm. 172, obs. J.-H. Robert : encourt la censure la juridiction de proximité qui ne répond pas aux conclusions contestant la légalité de l'acte administratif réglementaire (d'interdiction de stationnement) en relevant que la réservation du domaine public n'avait été faite que pour les seuls besoins d'un syndicat de police).

21) Contrôle d'office. Il se déduit, de l'article 111-5, que le juge répressif peut d'office constater l'illégalité d'un acte administratif, réglementaire ou individuel, lorsqu'il lui apparaît que cette illégalité conditionne la solution du procès qui lui est soumis (▪ Cass. crim., 7 juin 1995 : *JurisData* n° 1995-001873 *Bull. crim.* n° 208 ; *RSC* 1996, p. 363, obs. B. Bouloc ; *Dr. pén.* 1995, p. 226, obs. J.-H. Robert ; *Gaz. Pal.* 1995, p. 648, obs. S. Petit).

22) La cour d'appel n'est pas tenue d'user d'office des pouvoirs qu'elle tient de l'article 111-5 du Code pénal (▪ Cass. crim., 4 déc. 2018, n° 18-82.852 :

JurisData n° 2018-022143 ; *Dr. pén.* 2019, comm. 68, obs. J.-H. Robert).

2° Motifs d'illégalité

23) Absence ou défaut de motivation. (V. ▪ Cass. crim., 14 mars 2000 : *JurisData* n° 2000-001600. ▪ CA Paris, 2 juill. 2004 : *JurisData* n° 2004-254170. ▪ CA Rouen, 30 nov. 2006 : *JurisData* n° 2006-329566. ▪ CA Paris, 8 mars 2007 : *JurisData* n° 2007-331548. ▪ CA Dijon, 13 févr. 2008 : *JurisData* n° 2008-007876).

24) Il incombe au juge, s'il estime l'arrêté ordonnant une perquisition relevant de l'article 11-1 de la loi n° 55-385 du 3 avril 1955 relative à l'état d'urgence insuffisamment motivé, de solliciter le ministère public afin d'obtenir de l'autorité préfectorale les éléments factuels sur lesquels celle-ci s'était fondée pour prendre sa décision (▪ Cass. crim., 28 mars 2017, n° 16-85.073 : *JurisData* n° 2017-005660. ▪ Cass. crim., 28 mars 2017, n° 16-85.072 : *JurisData* n° 2017-005663 : *JCP* G 2017, p. 815, obs. J.-B. Perrier ; *Lexbase Hebdo – éd. Privée générale*, 2017, obs. Th. Herran et M. Lacaze ; *AJ pénal* 2017, p. 289, obs. C. Girault ; *Gaz. Pal.* 2017, n° 27, p. 69, obs. F. Fourment ; *Procédures* 2017, n° 5, p. 48, obs. J. Buisson. ▪ Cass. crim., 10 janv. 2018 : *JurisData* n° 2018-000058).

25) Absence de notification de l'arrêté municipal (non). Une cour d'appel déboute la partie civile de ses demandes au motif que l'arrêté municipal d'interdiction générale de manifester vise spécifiquement une manifestation annoncée par une association anti-corrida et que même en l'absence de déclaration préalable de manifestation prévue par l'article L. 211-4 du Code de la sécurité intérieure, l'arrêté n'était pas exécutoire à l'égard de l'association faute de notification ; cette décision doit être cassée car, d'une part, l'arrêté municipal litigieux, qui interdisait de manière générale toute manifestation sur le territoire de la commune, constituait un acte administratif de nature réglementaire et, d'autre part, il n'a pas été édicté après une déclaration régulière en mairie de la manifestation en cause, faite en application de l'article L. 211-4 du Code de la sécurité intérieure, de sorte qu'il n'avait pas à être notifié (▪ Cass. crim., 3 sept. 2019, n° 18-83.854 : *JurisData* n° 2019-015231).

26) Atteinte aux droits et libertés fondamentaux. Excèdent leurs pouvoirs de police les maires qui soumettent l'exercice de la profession de marchand ambulant sur les halles, marchés et voies publiques à la délivrance d'une autorisation qu'ils se réservent d'accorder ou de refuser arbitrairement (▪ Cass. crim., 30 janv. 1991 : *Bull. crim.* n° 53), ou le préfet qui édicte une interdiction générale et absolue portant atteinte à la liberté du commerce et de l'industrie en l'absence de circonstances locales précises constituant une menace pour l'ordre public qu'il a mission de préserver (▪ Cass. crim., 18 nov. 1991 : *Bull. crim.* n° 414).

– Les maires peuvent, réglementer la pratique de la planche à roulettes, afin d'assurer le bon ordre, la sûreté, la sécurité et la salubrité publiques ; encourt dès lors la cassation le jugement du tribunal de police qui, pour relaxer le contrevenant, énonce que l'arrêté municipal, pris en application de l'article L. 2212-2 du Code général des collectivités territoriales, qui interdit la pratique de la planche à roulettes en dehors d'un espace spécialement aménagé alors que la mesure prise, qui ne réglemente pas l'exercice d'une liberté individuelle et n'a ni pour objet ni pour effet d'interdire de façon générale et absolue la pratique de la planche à roulettes, tend à assurer le bon ordre ainsi que la sécurité et la sûreté publiques (▪ Cass. crim., 18 nov. 2003, *Bull. crim.* n° 215).

– Si c'est à tort que la juridiction de proximité a dit ne pouvoir discuter de la légalité du texte ayant créé l'infraction qui lui est déférée, alors que l'article 111-5 du Code pénal dispose que les juridictions pénales sont compétentes pour interpréter les actes administratifs, réglementaires ou individuels et pour en apprécier la légalité lorsque, de cet examen, dépend la solution du procès pénal qui leur est soumis, le jugement n'encourt pas pour autant la censure, dès lors que, d'une part, la contravention prévue à l'article R. 322-7 du Code de la route ne constitue pas une entrave à la liberté de domicile et, d'autre part, l'obligation de déclaration de domicile en préfecture a pour but légitime de faciliter l'exercice des poursuites, à l'égard notamment des redevables pécuniairement (▪ Cass. crim., 9 mai 2018, n° 16-86.629 : *JurisData* n° 2018-007628).

27) Atteinte à l'égalité des personnes devant la loi en matière de stationnement réservé (▪ Cass. crim., 9 nov. 1991 : *JCP* 1962, II, 12500, note A. D. ▪ Cass. crim., 14 mars 2000 : *JurisData* n° 2000-001600) ou en matière de dérogation à la fermeture des magasins le dimanche (▪ Cass. crim., 13 nov. 1985 : *Bull. crim.* n° 352).

28) Détournement de pouvoirs. Est illégal l'acte du maire n'ayant pas agi dans un intérêt public et de police (▪ Cass. crim., 21 déc. 1961 : *Bull. crim.* n° 551. ▪ Cass. crim., 25 juin 1964 : *Bull. crim.* n° 220. ▪ Cass. crim., 23 oct. 2013 : *JurisData* n° 2013-023284 ; *Dr. pén.* 2013, comm. 172, obs. J.-H. Robert).

29) Erreur manifeste d'appréciation. (▪ Cass. crim., 21 oct. 1987 : *Bull. crim.* n° 362 ; *D.* 1988, p. 58, note M. Kehrig).

30) Fraude. Le juge répressif est compétent pour constater l'inexistence (et donc la nullité) d'un *permis de construire obtenu par fraude* (▪ Cass. crim., 4 nov. 1998 : *Bull. crim.* n° 286. ▪ Cass. crim., 9 sept. 2003 : *Bull. crim.* n° 155 ; *Dr. pén.* 2003, comm. 128, obs. J.-H. Robert).

31) Incompétence de l'autorité administrative. (V. ▪ Cass. crim., 22 févr. 2005 : *JurisData* n° 2005-027872 ; *Dr. pén.* 2005, comm. 74, obs. J.-H. Robert. ▪ Cass. crim., 28 juin 2005 : *JurisData* n° 2005-029665 ; *Dr. pén.* 2005, comm. 144, obs. J.-H. Robert. ▪ Cass. crim., 23 sept. 2008 : *JurisData* n° 2008-045444. ▪ CA Nîmes, 24 juin 2005 : *JurisData* n° 2005-288633. ▪ CA Montpellier, 8 mars 2007 : *JurisData* n° 2007-339422. ▪ CA Bastia, 26 sept. 2007 : *JurisData* n° 2007-355427).

– Est illégal l'arrêté pris par un maire pour imposer le curage d'une rivière alors que ce domaine relève du pouvoir du préfet (▪ Cass. crim., 3 juin 1935 : *DH* 1935, p. 428) ;

– La délibération du conseil municipal qui ne constitue pas une disposition réglementaire sur la police des lieux publics et ne peut donc fonder une condamnation pénale (▪ Cass. crim., 6 mars 1984 : *Bull. crim.* n° 91).

32) Irrégularité formelle de l'acte. (V. ainsi ▪ Cass. crim., 12 mars 1997 : *Bull. crim.* n° 98. ▪ Cass. crim., 20 sept. 2000 : *JurisData* n° 2000-006340. ▪ Cass. crim., 18 juin 2002 : *JurisData* n° 2002-015307).

– Est illégal un décret qui ne respecte pas les dispositions d'une ordonnance et d'une loi (▪ Cass. crim., 21 mars et 21 oct. 1985 : *Bull. crim.* n°s 121, 320 et 321).

– Est illégal l'arrêté préfectoral pris par un préfet sans la consultation ou l'avis préalable exigé par la loi (▪ Cass. crim., 17 nov. 1984 : *Bull. crim.* n° 345. ▪ Cass. crim., 13 mai 1986 : *Bull. crim.* n° 161).

– Sont irrégulières en la forme les décisions administratives individuelles défavorables qui n'ont pas été motivées conformément aux prescriptions de la loi du 11 juillet 1979 (▪ Cass. crim., 11 oct. 1990 : *Bull. crim.* n°s 339 et 340) ; il en va de même du règlement administratif sur la violation duquel sont fondées les poursuites n'a pas été régulièrement publié (▪ Cass. crim., 5 mars 1991 : *Bull. crim.* n° 111).

– A été cassé l'arrêt d'une cour d'appel rejetant l'exception d'illégalité de l'arrêté préfectoral, en violation duquel il était poursuivi, soulevée par un prévenu de circulation à l'intérieur d'une réserve où il était interdit de circuler, fondée sur l'omission par le préfet d'avoir sollicité l'avis du comité consultatif prévu par le décret portant création de la réserve naturelle (▪ Cass. crim., 26 janv. 1994 : *Bull. crim.* n° 36).

33) Obscurité de l'acte administratif. (▪ Cass. crim., 22 févr. 2005 : *JurisData* n° 2005-027872 ; *Dr. pén.* 2005, comm. 74, obs. J.-H. Robert).

34) Opportunité (non). Lorsque des actes administratifs réglementaires ou individuels sont assortis d'une sanction pénale qu'il est demandé aux tribunaux judiciaires de prononcer, le juge répressif a le devoir, non d'en apprécier l'opportunité, mais de s'assurer de leur conformité à la loi (▪ Cass. crim., 21 déc. 1961 : *Bull. crim.* n° 551 ; *JCP* 1962, II, 12680, note J. Lamarque).

– Excède ses pouvoirs le tribunal qui a cru pouvoir, à tort, se faire, juge de l'opportunité de dispositions réglementaires régulièrement instituées (▪ Cass. crim., 20 mars 1980 : *Bull. crim.* n° 97. ▪ Cass. crim., 30 oct. 1990 : *Bull. crim.* n° 366).

35) Violation de la chose jugée par un arrêté (▪ Cass. crim., 18 janv. 1951 : *D.* 1951, p. 289).

III – EFFETS DE L'ILLÉGALITÉ DE L'ACTE ADMINISTRATIF

A – Portée de la décision judiciaire sur l'exception d'illégalité

36) Incidence de l'illégalité sur l'acte. Si les tribunaux de l'ordre judiciaire peuvent refuser la sanction de l'article 471, n° 15, du Code pénal aux arrêtés qu'ils jugent avoir été illégalement pris, il ne leur appartient pas d'en prononcer l'annulation (▪ Cass. crim., 7 nov. 1908 : *S.* 1911, I, p. 540. ▪ Cass. crim., 30 déc. 1909 : *Bull. crim.* n° 633).

37) Incidence de l'illégalité sur l'issue du procès. L'illégalité prétendue d'une décision de refus d'une autorisation ne saurait suppléer l'autorisation requise et enlever aux faits d'exercice d'une activité sans autorisation leur caractère punissable (▪ Cass. crim., 21 sept. 2010, n° 10-80.354) ; de même, le constat éventuel, par le juge pénal, de l'illégalité d'un permis de stationnement, n'a pas pour effet de conférer à celui qui en est titulaire un titre d'occupation du domaine public (▪ Cass. crim., 26 mars 2013, n° 12-83.889 : *JurisData* n° 2013-007306).

38) Incidence de l'illégalité d'un acte sur la procédure pénale subséquente. En application de l'article 111-5 du Code pénal, les juridictions pénales sont compétentes pour apprécier la légalité de l'ordre de perquisition, qui, sans constituer le fondement des poursuites, détermine la régularité de la procédure (▪ Cass. crim., 13 déc. 2016 : *JurisData* n° 2016-026322, préc.).

B – Effets de la disparition de l'acte administratif

1° *Disparition de l'acte administratif postérieure à la commission de l'infraction*

39) Annulation de l'acte par la juridiction administrative. L'annulation par la juridiction administrative d'un acte administratif implique que cet acte est réputé n'avoir jamais existé et prive de base légale la poursuite engagée pour violation de cet acte (■ Cass. crim., 21 nov. 2007 ; *Bull. crim.* n° 290 ; *Dr. pén.* 2008, comm. 20, obs. J.-H. Robert ; *D.* 2008, p. 112, note D. Caron : 8 – *Adde*, dans le même sens, ■ Cass. crim., 12 mars 2008 : *Bull. crim.* n° 63. ■ Cass. crim., 3 sept. 2008 : *Dr. pén.* 2008, comm. 142. ■ Cass. crim., 13 oct. 2008 : *Dr. pén.* 2009, note 9. ■ Cass. crim., 16 nov. 2010, n° 10-81-740 : *Bull. crim.* n° 182 ; *Dr. pén.* 2011, comm. 35, obs. J.-H. Robert. ■ Cass. crim., 16 nov. 2012, n° 10-83.622 : *Bull. crim.* n° 183. ■ Cass. crim., 20 oct. 2020, n° 19-86.869 : à propos de l'annulation par le tribunal administratif d'une décision préfectorale constatant la perte de validité d'un permis de conduire qui fait obstacle aux poursuites et à la condamnation pour conduite en violation de l'arrêté préfectoral annulé).

– *Contra* : L'annulation d'un acte administratif individuel pénalement sanctionné est sans effet sur une infraction fondée sur la violation de cet acte, et c'est à bon droit qu'une cour d'appel se prononce sur la culpabilité d'un prévenu poursuivi pour s'être soustrait à l'exécution d'un arrêté préfectoral de suspension du permis de conduire, alors même que celui-ci a été annulé depuis la constatation du délit (■ Cass. crim., 18 mai 1998 : *Bull. crim.* n° 169).

40) Retrait de l'acte par l'autorité administrative. Le retrait d'un acte administratif implique que cet acte est réputé n'avoir jamais existé et prive de base légale la poursuite engagée pour violation de cet acte ; dès lors, la rectification des mentions relatives aux infractions poursuivies et le recouvrement de validité du permis de conduire effectués (par l'autorité administrative) postérieurement au prononcé de la condamnation pour conduite d'un véhicule à moteur malgré l'invalidation du permis de conduire ont pour conséquence d'enlever toute base légale à la poursuite et à cette condamnation (■ Cass. crim., 4 mars 2014 : *Bull. crim.* n° 64).

41) Abrogation. N'ayant pas, contrairement à l'annulation, de portée rétroactive, l'abrogation d'un acte administratif individuel pénalement sanctionné est sans effet sur l'existence d'une infraction fondée sur la violation antérieure de cet acte (■ Cass. crim., 19 févr. 1997 : *Bull. crim.* n° 68 ; *JCP* 1997, IV, 1225).

– L'annulation du rejet implicite d'une demande d'abrogation d'un texte réglementaire, en l'espèce un arrêté interpréfectoral relatif aux horodateurs des taxis, n'équivaut pas à son abrogation (■ Cass. crim., 10 janv. 2003 : *JurisData* n° 2003-027054 ; *Dr. pén.* 2005, comm. 59, obs. M. Véron).

2° *Disparition de l'acte administratif après condamnation définitive*

42) Annulation de l'acte par la juridiction administrative. Il n'y a pas lieu à révision de la condamnation prononcée contre le prévenu pour avoir refusé de se soumettre à une décision préfectorale, qui était exécutoire au moment des faits, dès lors que la compétence du juge répressif pour apprécier, en application de l'article 111-5 du Code pénal, la légalité de l'acte administratif, lorsque, de cet examen, dépend la solution du procès pénal, exclut que l'annulation ultérieure de cet acte, prononcée par la juridiction administrative, puisse constituer un fait nouveau de nature à faire naître un doute sur la culpabilité du condamné (■ Cass. crim., C. de Révision, 12 déc. 2002 : *JurisData* n° 2002-017220 ; *Bull. crim.* n° 226 : *Dr. pén.* 2003, comm. 36, obs. J.-H. Robert). Si l'annulation d'un acte par la juridiction administrative prive de base légale la poursuite engagée pour violation de cet acte, elle ne peut avoir d'effet sur une condamnation passée en force de chose jugée, le juge répressif étant compétent pour apprécier la légalité des actes administratifs lorsque de cet examen dépend la solution du procès pénal (■ Cass. crim., C. de révision, 13 oct. 2008 : *Bull. crim.* n° 5).

43) Retrait de l'acte administratif par l'autorité administrative. Le retrait par l'autorité administrative en raison de son illégalité de l'acte administratif ayant fondé les poursuites ne peut avoir d'effet sur une condamnation passée en force de chose jugée, le juge répressif étant compétent pour apprécier la légalité des actes administratifs lorsque de cet examen dépend la solution du procès pénal (■ Cass. crim., C. de révision, 18 févr. 2009 : *Bull. crim.* n° 42).

CHAPITRE II. – DE L'APPLICATION DE LA LOI PÉNALE DANS LE TEMPS

Art. 112-1. – Sont seuls punissables les faits constitutifs d'une infraction à la date à laquelle ils ont été commis.

Peuvent seules être prononcées les peines légalement applicables à la même date.

Toutefois, les dispositions nouvelles s'appliquent aux infractions commises avant leur entrée en vigueur et n'ayant pas donné lieu à une condamnation passée en force de chose jugée lorsqu'elles sont moins sévères que les dispositions anciennes.

Bibliographie : *JCl. Pénal Code, Application de la loi dans le temps*, par W. Jeandidier. • Levasseur, *Opinions hétérodoxes sur les conflits de lois répressives dans le temps, in Mél. Jean Constant* : Faculté de droit de Liège 1971, p. 189. • D. Roets, L'application de la loi pénale dans le temps et la CEDH : *D.* 2004, p. 1991. • G. Mathieu, *L'application de la loi pénale dans le temps : RSC* 1995, p. 267. • A. Dekeuwer, *La rétroactivité* in mitius *en droit pénal : JCP* G 1997, I, 4065, p. 485. • C. Courtin, *La surveillance post-carcérale des personnes dangereuses et l'application de la loi pénale dans le temps : Dr. pén.* 2008, étude 11. S. Detraz, *Les fondements supra-législatifs des principes de non rétroactivité* in pejus *et de rétroactivité* in mitius, in G. Beaussonie (dir.) *Faut-il regénéraliser le droit pénal ?* : LGDJ, coll. Grands colloques, 2015. • N. Bareït, *Le droit pénal transitoire : étais pour une reconstruction : Rev. pénit.* 2016, p. 275.

Voir aussi : *infra* les notes ss art. 112-4, p. 66.

• *Sommaire*

I – NON-RÉTROACTIVITÉ *IN PEJUS* 30
A – Principe 30
1° *Affirmations et valeurs du principe* 30
2° *Domaine de la non-rétroactivité* in pejus 31
B – Lois plus sévères 33
1° *Lois d'incrimination* 33
2° *Lois de pénalités* 35
3° *Lois élargissant la catégorie des responsables* 37
4° *Lois relatives aux immunités familiales* 37
5° *Lois devenues conformes à un texte supérieur* 37
II – EXCEPTIONS 38
A – Rétroactivité *in mitius* 38
1° *Principe* 38
2° *Lois pénales plus douces* 39
3° *Limites* 44
B – Lois particulières 47
C – Dispositions législatives expresses 49
III – MISE EN ŒUVRE 49
A – Détermination du caractère plus doux ou plus sévère de la loi 49
1° *Lois équivalentes* 49
2° *Lois mixtes* 51
3° *Lois successives* 51
B – Datation de l'infraction 52

I – NON-RÉTROACTIVITÉ *IN PEJUS*

A – Principe

1° *Affirmations et valeurs du principe*

1) Affirmations judiciaires du principe. Une loi nouvelle portant aggravation des incriminations et des peines prévues par la loi antérieure ne peut être appliquée qu'à des faits accomplis après son entrée en vigueur (▪ Cass. crim., 15 avr. 1986 : *Bull. crim.* n° 128. ▪ Cass. crim., 2 sept. 2004 : *Bull. crim.* n° 197).

– Lorsque postérieurement à la commission d'une infraction est promulguée une loi plus sévère il doit être fait application au prévenu de la loi la plus favorable (▪ Cass. crim., 15 avr. 1986 : *Bull. crim.* n° 128).

– Une loi pénale modifiant une incrimination ne peut s'appliquer à des faits commis antérieurement à sa promulgation et non encore définitivement jugés lorsqu'elle modifie les éléments de cette incrimination dans un sens défavorable au prévenu (▪ Cass. crim., 8 août 1981 : *Bull. crim.* n° 241. ▪ Cass. crim., 4 juin 1982 : *Bull. crim.* n° 148. ▪ Cass. crim., 15 avr. 1986 : *Bull. crim.* n° 128).

– Une loi pénale étendant une incrimination à une nouvelle catégorie de prévenus ne peut s'appliquer à des faits commis antérieurement à son entrée en vigueur (▪ Cass. crim., 19 juin 2007 : *Bull. crim.* n° 169 ; *Dr. pén.* 2007, comm. 134, obs. M. Véron ; *RSC* 2008, p. 87, obs. C. Ambroise-Casterot. ▪ Cass. crim., 20 oct. 2009, n° 09-81.721 : *Bull. crim.* n° 172, ces deux arrêts visant la loi du 9 mars 2004 généralisant la responsabilité pénale des personnes morales).

2) Affirmation de la valeur constitutionnelle du principe non-rétroactivité. Le principe de non-rétroactivité des lois n'a valeur constitutionnelle, en vertu de l'article 8 de la Déclaration des droits de l'Homme et du citoyen, qu'en matière répressive. (▪ Cons. const., 30 déc. 1980, n° 80-126 DC, § 8. ▪ Cons. const., 22 juill. 2010, n° 2010-4/17 QPC, *Alain C. et a.*, § 15). Si le législateur peut modifier rétroactivement une règle de droit ou valider un acte administratif ou de droit privé, c'est à la condition de poursuivre un but d'intérêt général suffisant et de respecter tant les décisions de justice ayant force de chose jugée que le principe de non-rétroactivité des peines et des sanctions (▪ Cons. const., 14 oct. 2010, n° 2010-53 QPC, *Sté Plombinoise de Casino*, § 4).

3) Affirmation de la valeur conventionnelle du principe par la CEDH. L'article 7, § 1 de la Convention de sauvegarde des droits de l'homme et des libertés fondamentales consacre en général le principe de légalité criminelle et prohibe l'application rétroactive du droit pénal au détriment d'un accusé (▪ CEDH, 25 mai 1993, n° 14307/88, *Kokkina-*

kis c/ Grèce, Série A, n° 260-A. ▪ CEDH, 21 oct. 2013, *Del Rio Prada c/ Espagne*, §116 : *JurisData* n° 2013-026185 ; *Dr. pén.* 2014, étude 2, obs. V. Peltier). ▪ La garantie que consacre l'article 7, élément essentiel de la prééminence du droit, occupe une place primordiale dans le système de protection de la Convention, comme l'atteste le fait que l'article 15 n'y autorise aucune dérogation même en temps de guerre ou autre danger public menaçant la vie de la nation (▪ CEDH, 21 oct. 2013, *Del Rio Prada c/ Espagne*, préc.).

4) Portée du principe conventionnelle de non-rétroactivité. Le principe de non-rétroactivité s'applique aux dispositions définissant les infractions (▪ CEDH, 20 oct. 2015, *Vasiliauskas c/ Lituanie*, §§ 165-166 : *JurisData* n° 2015-023748 ; *JCP* G 2015, 1252, G. Gonzalez ; *Dr. pén.* 2016, chron. 2, § 7, obs. E. Dreyer) ainsi que les peines (▪ Comm. EDH, 8 juin 1995, *Jamil c/ France* : *JurisData* n° 1995-604219 ; *JCP* G 1996, II, 22677, obs. G. Bourdeaux. ▪ CEDH, 17 déc. 2009, *M. c/ Allemagne* : *JurisData* n° 2009-021374 : *JCP* G 2010, act. 63, obs. F. Sudre ; *Dr. pén.* 2010, étude 9, obs. L. Grégoire et F. Boulan).

5) Affirmation de la valeur conventionnelle du principe par la CJUE. Le principe de non-rétroactivité des dispositions pénales est un principe commun à tous les ordres juridiques des États membres, consacré également par l'article 7 de la Convention européenne des droits de l'homme, et fait partie intégrante des principes généraux du droit dont le juge de l'Union assure le respect (▪ TUE, 3 mars 2011, aff. T-117/07 et T-121/07, §§ 131-134, *Areva e.a. c/ Commission* : *Rec.* p. II-633). Le principe de non-rétroactivité de la loi pénale s'oppose notamment à ce qu'un juge puisse, au cours d'une procédure pénale, soit sanctionner pénalement un comportement qui n'est pas interdit par une règle nationale adoptée avant la commission de l'infraction reprochée, soit aggraver le régime de responsabilité pénale de ceux qui font l'objet d'une telle procédure (▪ CJUE, 5 déc. 2017, aff. C-42/17, *Procédure pénale contre M.A.S. et M.B.* (dit Taricco 2) : *JurisData* n° 2017-027276).

2° *Domaine de la non-rétroactivité* in pejus

6) Sanctions ayant le caractère de punition. Le principe de non-rétroactivité ne concerne pas seulement les peines appliquées par les juridictions répressives mais s'étend nécessairement à toute sanction ayant le caractère d'une punition même si le législateur a cru devoir laisser le soin de la prononcer à une autorité de nature non judiciaire (▪ Cons. const., 30 déc. 1982, n° 82-155 DC, § 33 : *Rec. Cons. const.*, 1982, p. 88. ▪ Cons. const., 20 déc. 1987, n° 87-237 DC, § 15).

Notion de sanctions ayant le caractère de punition : V. ss art. 111-3, p. 10.

7) Se référant aux articles 723-29 du Code de procédure pénale et 42 de la loi du 12 décembre 2005 (n° 2005-1549), la chambre criminelle a jugé que, selon le premier de ces textes, le placement sous surveillance judiciaire peut être ordonné à l'encontre d'une personne condamnée à une peine privative de liberté d'une durée égale ou supérieure à dix ans pour un crime ou un délit pour lequel le suivi socio-judiciaire est encouru ; qu'il en est ainsi alors même que le crime ou le délit aurait été commis avant l'entrée en vigueur des dispositions ayant instauré le suivi socio-judiciaire (▪ Cass. crim., 21 janv. 2009 : *JurisData* n° 2009-047084 : *AJ pénal* 2009, p. 124, note M. Herzog-Evans ; *D.* 2009, p. 1326, note G. Roujou de Boubée).

8) Même s'il ressort de l'article 15, paragraphe 4, du règlement n° 17 et de l'article 23, paragraphe 5, du règlement n° 1/2003 que les décisions de la Commission infligeant des amendes pour violation du droit de la concurrence n'ont pas un caractère pénal, il n'en reste pas moins que la Commission est tenue de respecter les principes généraux du droit de l'Union, et notamment celui de non-rétroactivité, dans toute procédure administrative susceptible d'aboutir à des sanctions en application du droit de la concurrence (▪ CJUE, 3 mars 2011, aff. T-117/07 et T-121/07, *Areva e.a. c/ Commission* : *Rec. CJUE*, p. II-633, §§ 131-134).

9) Jurisprudence. Une interprétation nouvelle, qui constitue un revirement de jurisprudence, ne peut s'appliquer aux fusions antérieures à la présente décision sans porter atteinte au principe de prévisibilité juridique découlant de l'article 7 de la Convention européenne des droits de l'homme dont il résulte que tout justiciable doit pouvoir savoir, à partir du libellé de la disposition pertinente, au besoin à l'aide de l'interprétation qui en est donnée par les tribunaux et le cas échéant après avoir recouru à des conseils éclairés, quels actes et omissions engagent sa responsabilité pénale et quelle peine il encourt de ce chef (▪ Cass. crim., 25 nov. 2020, n° 18-86.955 : *Jurisdata* n° 2020-019279 ; *D.* 2021, p. 161, obs. G. Beaussonie ; *JCP* E 2021, n° 2, p. 20, obs. F. Stasiak ; *JCP* G 2021, p. 33, obs. D. Rebut ; *ibid.*, doctr. 27, obs. J.-Ch. Saint-Pau ; *LPA* 2021, n° 5, p. 5, obs. O. Bureth ; *Dr. sociétés* 2021, p. 34, obs. R. Salomon ; *Gaz. Pal.* 2020 ; *AJ pénal* 2020, p. 576, obs. D. Apelbaum et A. Battaglia ; *Dr. pén.* 2021, comm. 2, obs. Ph. Conte ; *ibid.*, étude 7, obs. S. Palmer, A. Dunoyer de Segonzac et Ch.-H. Boeringer ; *RSC* 2021, p. 69, obs. P. Beauvais).

10) Les faits retenus pour établir une faute civile doivent non seulement entrer dans les prévisions du texte pénal, mais aussi relever d'une infraction susceptible d'être poursuivie à la date des faits. Tel n'est pas le cas lorsque les faits poursuivis n'entrent dans les prévisions d'une infraction que par l'effet d'une jurisprudence postérieure qui n'était pas prévisible. Toutefois ne doit pas être censuré l'arrêt qui se prononce sur les intérêts civils sans tenir compte du moyen invoquant l'imprévisibilité du revirement de jurisprudence de la Cour de cassation retenant, en matière d'abus de confiance, l'utilisation au préjudice de l'employeur d'un temps de travail et de moyens humains et matériels mis à sa disposition par ledit employeur dès lors que l'arrêt du 19 juin 2013 de la Cour de cassation, invoqué par le demandeur, a seulement précisé les contours de l'infraction d'abus de confiance d'une manière qui était prévisible au sens de la jurisprudence de la Cour européenne des droits de l'homme. En effet, la Cour de cassation s'est, par plusieurs arrêts antérieurs, engagée dans le sens d'une conception dématérialisée de l'objet détourné (▪ Cass. crim., 30 juin 2021, n° 20-81.570 : *JurisData* n° 2021-010354 ; *Dr. pén.* 2021, comm. 175, obs. Ph. Conte ; *D.* 2021, p. 1708, C. Ballot-Squirawski ; *RSC* 2021, p. 845, obs. H. Matsopoulou ; *Gaz. Pal.* 23 nov. 2021, n° 41, p. 56, obs. S. Détraz).

11) Mesures de sûreté. L'***incapacité attachée à certaines condamnations***, édictée par le texte régissant les conditions d'accès à la profession d'agent immobilier, ne constitue pas une peine complémentaire mais une mesure de sûreté qui, dès l'entrée en vigueur de la loi qui l'institue, frappe la personne antérieurement condamnée (▪ Cass. crim., 26 nov. 1997, n° 96-83.792 : *Bull. crim.* n° 404 ; *D.* 1998, p. 49, note D. Rebut ; *RSC* 1998, p. 539, obs. B. Bouloc ; *Rev. dr. imm.* 1998, p. 310, obs. G. Roujou de Boubée).

12) L'***inscription au fichier judiciaire national automatisé des auteurs d'infractions sexuelles constituant***, non une peine au sens de l'article 7 § 1 de la Convention européenne des droits de l'homme, mais une mesure ayant pour seul objet de prévenir le renouvellement des infractions sexuelles et de faciliter l'identification de leurs auteurs, celle-ci n'est pas soumise au principe de la non-rétroactivité des lois de fond plus sévères (▪ Cass. crim., 31 oct. 2006 : *JurisData* n° 2006-035997 ; *Bull. crim.* n° 267 ; *Dr. pén.* 2007, comm. 15, obs. M. Véron).

L'inscription au fichier judiciaire national d'auteurs d'infractions sexuelles et les obligations qui en découlent ne constituent pas une « peine » au sens de l'article 7 § 1 de la Convention, et doivent être analysées comme une mesure préventive à laquelle le principe de non-rétroactivité énoncé dans cette disposition n'a pas vocation à s'appliquer (▪ CEDH, 17 déc. 2009, n° 22115/06, *MB c/ France*. ▪ CEDH, 17 déc. 2009, n° 16428/05, *Gardel c/ France*. ▪ CEDH, 17 déc. 2009, n° 5335/06, *BB c/ France* : *JurisData* n° 2009-021373).

13) Encourt la cassation l'arrêt qui, pour déclarer la procédure prévue par les articles 706-119 et suivants du Code de procédure pénale, issus de la loi n° 2008-174 du 25 février 2008, non applicable à une personne mise en examen pour des faits commis antérieurement à l'entrée en vigueur de ladite loi et susceptible d'être déclarée pénalement irresponsable, retient que les mesures prévues par les articles 706-135 et 706-136 du même code constituent des peines et qu'une procédure ayant pour effet de les faire encourir ne saurait être appliquée immédiatement. En effet, l'article 112-1, alinéa 2, du Code pénal, selon lequel seules peuvent être prononcées les peines légalement applicables à la date de commission de l'infraction, ne s'applique pas aux ***mesures de sûreté prévues, en cas de déclaration d'irresponsabilité pénale pour cause de trouble mental,*** par les articles 706-135 et 706-136 du Code de procédure pénale et, selon l'article 112-2 du Code pénal, les lois fixant les modalités de poursuites et les formes de la procédure sont applicables immédiatement à la répression des infractions commises avant leur entrée en vigueur (▪ Cass. crim., 16 déc. 2009, n° 09-85.153 : *JurisData* n° 2009-050798 ; *Bull. crim.* n° 216 ; *Dr. pén.* 2010, étude 4, par H. Matsopoulou ; *JCP* 2010, act. 117, note P. Mistretta ; *D.* 2010, act. jurispr. p. 144, note M. Léna ; *D.* 2010, étude et comm., p. 471, note J. Pradel ; *AJ pénal* 2010, jurispr., p. 136, note C. Duparc. ▪ Cass. crim., 14 avr. 2010 : *JurisData* n° 2010-007871 ; *Procédures* 2010, comm. 324, obs. A.-S. Chavent-Leclere. ▪ Cass. crim., 12 oct. 2011 : *JurisData* n° 2011-026652).

Contra : L'article 112-1, alinéa 2, du Code pénal fait obstacle à l'application immédiate d'une procédure (L. 25 févr. 2008) qui a pour effet de faire encourir à une personne des peines prévues à l'article 706-136 du Code de procédure pénale que son état mental ne lui faisait pas encourir sous l'empire de la loi ancienne applicable au moment où les faits ont été commis (▪ Cass. crim., 21 janv. 2009 : *Bull. crim.* n° 24 ; *JCP* 2009, II, 10043, note S. Detraz ; *D.* 2009, p. 1111, note H. Matsopoulou ; *Dr. pén.* 2009, étude 9 par F. Rousseau).

14) La déclaration d'irresponsabilité pénale et les mesures de sûreté qui l'accompagnent ne constituent pas une « peine »au sens de l'article 7, § 1, de la Convention, et doivent être analysées comme des mesures préventives auxquelles le principe de non-rétroactivité énoncé dans cette disposition n'a pas vocation à s'appliquer (▪ CEDH, 3 sept. 2015, *Berland c/ France*, § 46 : *JurisData* n° 2015-019339 ; *JCP* G 2015, act. 974, obs. G. Gonzalez).

15) Si elle n'est ni une peine, ni une sanction ayant le caractère de punition, la ***rétention de sûreté***, eu égard à sa nature privative de liberté, à la durée de cette privation, à son caractère renouvelable sans limite et au fait qu'elle est prononcée après une condamnation par une juridiction, ne saurait être appliquée à des personnes condamnées avant la publication de la loi ou faisant l'objet d'une condamnation postérieure à cette date pour des faits commis antérieurement (■ Cons. const., déc. 21 févr. 2008, n° 2008-562 DC : *JO* 26 févr. 2008, p. 3272 ; *D.* 2008, p. 1359, obs. Y. Mayaud ; *D.* 2008, p. 2025, obs. V. Bernaud et L. Gay ; *D.* 2009, p. 123, obs. G. Roujou de Boubée ; *Constitutions* 2010, p. 235, obs. M. Disant ; *RSC* 2008, p. 731, obs. C. Lazerges ; *RSC* 2009, p. 166). Il s'en déduit que la rétention de sûreté peut être appliquée, conformément aux articles 723-37 et 706-53-19 du Code de procédure pénale, à une personne, même condamnée avant l'entrée en vigueur de cette loi, qui méconnaît, après l'entrée en vigueur de cette loi, les obligations qui lui sont imposées dans le cadre de la surveillance de sûreté (■ Cass. crim., 28 mars 2018, n° 17-86.938 : *JurisData* n° 2018-004699 ; *Dr. pén.* 2018, comm. 118, obs. V. Peltier ; *AJ pénal* 2018, p. 327, obs. L. Grégoire ; *RSC* 2018, p. 468, obs. F. Cordier).

16) La détention de sûreté prévue par le Code pénal allemand, consécutive à la commission d'une infraction, doit être qualifiée de « peine » aux fins de l'article 7 § 1 de la Convention et est donc soumise au principe de non-rétroactivité de la loi pénale (■ CEDH, 17 déc. 2009, n° 19359/04, *M. c/ Allemagne* : *JurisData* n° 2009-021374 ; *D.* 2010, p. 737, note J. Pradel ; *Dr. pén.* 2010, étude 9, L. Grégoire, F. Bouland ; *RSC* 2010, p. 129, obs. J. Leblois-Happe). La détention de sûreté allemande, afin de soumettre la personne atteinte d'un trouble mental à un traitement, ne peut pas être qualifiée de peine et sa prolongation peut être rétroactive (■ CEDH, 7 janv. 2016, n° 23279/14 : *JurisData* n° 2016-000130 : *Dr. pén.* 2016, comm. 70, obs. V. Peltier. ■ CEDH, gr. ch., 4 déc. 2018, n° 10211/12, *Ilnseher c/ Allemagne* : *Dalloz actualité* 18 déc. 2018, obs. M. Recotillet ; *AJ pénal* 2019. 161, obs. L. Grégoire ; *Dr. pénal* 2019, comm. 40, obs. V. Peltier ; *RSC* 2019, p. 180, obs. D. Roets).

17) La ***surveillance de sûreté*** n'est ni une peine, ni une sanction ayant le caractère d'une punition (■ Cons. const., 21 févr. 2008, n° 2008-562 DC : *JO* 26 févr. 2008, p. 3272 ; *D.* 2008, p. 1359, obs. Y. Mayaud ; *D.* 2008, p. 2025, obs. V. Bernaud et L. Gay ; *D.* 2009, p. 123, obs. G. Roujou de Boubée ; *Constitutions* 2010, p. 235, obs. M. Disant ; *RSC* 2008, p. 731, obs. C. Lazerges ; *RSC* 2009, p. 166).

B – Lois plus sévères

1° *Lois d'incrimination*

18) Création d'une nouvelle incrimination. Une loi instituant une nouvelle incrimination ou une circonstance aggravante nouvelle d'une infraction préexistante ne peut s'appliquer à des faits antérieurs à son entrée en vigueur ■ Cons. const., 8 août 1981, n° 81-91.431 : *Bull. crim.* n° 241. ■ Cass. crim., 21 janv. 1982, n° 81-92.914 : *Bull. crim.* n° 23. ■ Cass. crim., 23 oct. 2019, n° 18-85.847.

19) Les principes de légalité des délits et des peines et de non-rétroactivité de la loi pénale plus sévère, énoncés par les articles 8 de la Déclaration des droits de l'homme et du citoyen, 7-1 de la Convention européenne des droits de l'homme, 15-1 du Pacte international relatif aux droits civils et politiques, 111-3 et 112-1 du Code pénal, font obstacle à ce que les articles 211-1 à 212-3 de ce code réprimant les crimes contre l'humanité s'appliquent aux faits commis avant la date de leur entrée en vigueur, le 1er mars 1994 (■ Cass. crim., 17 juin 2003, n° 02-80.719 : *JurisData* n° 2003-019616 ; *Bull. crim.* n° 122 ; *D.* 2004, p. 92, note J. Daniel).

20) Pour d'autres illustrations, V. ■ Cass. crim., 25 févr. 2015 : *JurisData* n° 2015-003552 ; *Dr. pén.* 2015, comm. 81, note M. Véron : à propos de la corruption passive par personne n'exerçant pas une fonction publique. ■ Cass. crim., 15 sept. 2009 : *JurisData* n° 2009-049801 : à propos du harcèlement moral. ■ CA Paris, 23 mai 2002 : *JurisData* n° 2002-180227 : à propos de l'incrimination de publication des sondages à la veille et le jour du scrutin, introduite par la loi du 19 février 2002. ■ Cass. crim., 3 févr. 1987, n° 86-90.370 : *Bull. crim.* n° 55 – à propos de l'incrimination d'ouverture de camping sans autorisation. ■ Cass. crim., 11 janv. 2022, n° 21-80.723 : *JurisData* n° 2022-000594 : à propos du délit de distribution ou mise à disposition du public de médicaments à usage humain collectés auprès du public et inutilisés de l'article L. 4212-7 du Code de la santé publique.

21) Extension du champ d'application d'une incrimination. Une loi instituant une nouvelle incrimination ou étendant le champ d'application d'une incrimination préexistante ne peut s'appliquer à des faits antérieurs à son entrée en vigueur (■ Cass. crim., 21 janv. 1982, n° 81-92.914 : *Bull. crim.* n° 23). Une loi modifiant une incrimination ne peut s'appliquer à des faits commis antérieurement à sa promulgation et non encore définitivement jugés lorsqu'elle modifie les éléments de cette incrimination dans un sens défavorable au prévenu (■ Cass. crim., 22 mars 1983, n° 82-93.731 : *Bull. crim.* n° 88) : à propos des menaces (■ Cass. crim., 22 mars 1983, préc.), d'un élargissement de la définition viol (■ Cass.

crim., 8 févr. 1994, n° 92-86.333 : *Bull. crim.* n° 57. ▪ Cass. crim., 9 févr. 2000 : *JurisData* n° 2000-001496), de la création d'un nouveau cas de banqueroute (▪ CA Agen, 9 nov. 2000 : *JurisData* n° 2000-181549).

22) En introduisant dans l'article 332, alinéa 1, du Code pénal, pour caractériser l'acte de pénétration sexuelle constitutif du viol, les mots « de quelque nature qu'il soit », la loi du 23 décembre 1980 a institué une incrimination plus large que celle qui résultait de la loi ancienne ; le président des assises ne saurait, dans ces conditions, sans méconnaître les dispositions de l'article 4 du Code pénal, poser à la cour et au jury une question leur demandant si l'accusé est coupable « d'avoir tenté de commettre par violence, contrainte ou surprise, un acte de pénétration sexuelle, en l'espèce un acte de sodomie... », dès lors que les faits étaient antérieurs à la date d'entrée en vigueur de la loi précitée. Il n'importe que ladite question ait été posée dans les termes du dispositif de l'arrêt de renvoi (▪ Cass. crim., 4 juin 1982 : *Bull. crim.* n° 148).

23) Méconnaît les dispositions de l'article 112-1 du Code pénal l'arrêt d'une cour d'appel qui applique rétroactivement l'article 223-15-2 de ce code, institué par la loi du 12 juin 2001, à des faits d'abus de faiblesse lui étant antérieurs, alors que ce dernier article, en modifiant les éléments constitutifs de l'infraction définie à l'ancien article 313-4 du même code par suppression de la condition de contrainte, étend le champ d'application de l'incrimination et constitue une disposition plus sévère pour le prévenu (▪ Cass. crim., 23 juin 2009 : *Bull. crim.* n° 131. ▪ Cass. crim., 7 mars 2012, n° 11-83.249 : *JurisData* n° 2012-007581).

24) Méconnaît l'article 112-1 du Code pénal la cour d'appel qui retient la culpabilité, du chef d'exercice d'une activité professionnelle malgré interdiction, d'un prévenu, qui, condamné à la faillite personnelle en 2003, a exercé une activité indépendante en 2006, alors que l'article L. 653-2 du Code de commerce, substitué par la loi du 26 juillet 2005 à l'ancien article L. 625-2 du même code, en ajoutant l'interdiction de gérer « toute entreprise ayant toute autre activité indépendante », a eu pour effet d'étendre le champ d'application de l'incrimination réprimant la violation de cette interdiction et constitue ainsi une disposition plus sévère (▪ Cass. crim., 17 févr. 2016, n° 14-83.663).

25) Doit être cassé l'arrêt qui condamne le prévenu pour corruption active d'agent privé alors qu'à l'époque des faits, ce délit était prévu par l'article L. 156 du Code du travail qui comportait des éléments constitutifs différents dans un sens plus favorable au prévenu, notamment la condition que les faits soient commis à l'insu et sans l'autorisation de l'employeur (▪ Cass. crim., 27 juin 2018 : *JurisData* n° 2018-011247).

26) L'extension aux fossiles de la qualification de biens culturels, par la loi n° 2016-925 du 7 juillet 2016 renvoyant à la Convention de l'Unesco signée à Paris le 17 novembre 1970 concernant les mesures à prendre pour interdire et empêcher l'importation, l'exportation et le transfert de propriété illicites des biens culturels, n'est pas applicable aux importations de ces objets antérieurs à l'entrée en vigueur de la loi (▪ Cass. crim., 12 sept. 2018 : *JurisData* n° 2018-015392 ; *Dr. pén.* 2018, comm. 195, note J.-H. Robert).

27) Doit être cassé l'arrêt qui reconnaît coupables les prévenus de règlements en espèce de dettes supérieures à 1 000 € par un débiteur agissant pour les besoins d'une activité professionnelle alors que le décret n° 2015-741 du 24 juin 2015, qui a abaissé de 3 000 à 1 000 € le montant prévu à l'article L. 112-6 du Code monétaire et financier au-dessus duquel le paiement d'une dette ne peut être effectué en espèces, est entré en vigueur le 1er septembre 2015, postérieurement aux faits commis (▪ Cass. crim., 20 janv. 2021, n° 19-87.955 : *JurisData* n° 2021-001122 ; *Dr. sociétés* 2021, comm. 42, obs. R. Salomon).

28) Changement de catégorie de l'infraction. Est plus sévère la loi qui érige un délit en crime (▪ Cass. crim., 29 juin 1960 : *Bull. crim.* n° 348) ou une contravention en délit (▪ Cass. crim., 21 févr. 1996 : *Bull. crim.* n° 85).

29) Création d'une circonstance aggravante. Une loi instituant une nouvelle incrimination ou une circonstance aggravante nouvelle d'une infraction préexistante ne peut s'appliquer à des faits antérieurs à son entrée en vigueur (▪ Cons. const., 8 août 1981, n° 81-91.431 : *Bull. crim.* n° 241) ; il en est ainsi, en matière de viol, de la circonstance aggravante, introduite dans l'article 332 du Code pénal par la loi n° 80-1041 du 23 décembre 1980 et constituée par le fait que ce crime a été commis sous la menace d'une arme (▪ Cass. crim., 8 août 1981 : *Bull. crim.* n° 241) ou encore de la circonstance aggravante prévue par le 5° de l'article 1741 du Code général des impôts, introduite par la loi du 6 décembre 2013, n'était à la date des faits, qui ont été commis entre le 3 mai 2010 et le 31 octobre 2012, prévue par aucun texte de loi (▪ Cass. crim., 23 oct. 2019, n° 18-85.847).

30) Extension d'une circonstance aggravante. Une loi étendant une circonstance aggravante à une nouvelle infraction n'est pas applicable aux faits commis antérieurement à son entrée en vigueur et ne peut s'appliquer qu'aux faits commis postérieurement (▪ Cass. crim., 5 sept. 1995, n° 95-83.498 : *Bull. crim.* n° 269. ▪ CA

Douai, 10 oct. 2006, n° 05/02868 : *JurisData* n° 2006-320787, à propos de l'article 222-36 du Code pénal ayant créé la circonstance de bande organisée pour l'importation illicite de stupéfiants).

31) Si l'article 47 de la loi n° 2011-267 du 14 mars 2011 a abrogé le 5° de l'article 311-4 prévoyant la circonstance aggravante du vol facilité par l'état de vulnérabilité d'une personne, cette circonstance a cependant été reprise dans l'article 311-5, modifié par la même loi du 14 mars 2011, qui prévoit que le vol commis dans une telle circonstance est puni de sept ans d'emprisonnement et de 100 000 euros d'amende, portant les peines à dix ans d'emprisonnement et à 150 000 euros d'amende lorsque ce vol est également commis avec l'une des circonstances prévues par l'article 311-4 ; qu'ainsi, les dispositions de ce texte, dans sa version applicable à la date où les faits ont été commis, prévoyant, lorsque le vol est facilité par l'état d'une personne particulièrement vulnérable, une peine de 5 ans d'emprisonnement et de 75 000 euros d'amende, portée à dix ans d'emprisonnement et à 150 000 euros d'amende si le vol est commis avec trois circonstances, apparaissent moins sévères que les dispositions nouvelles et doivent, dès lors, s'appliquer en l'espèce conformément aux dispositions de l'article 112-1 du Code pénal (▪ Cass. crim., 21 mars 2018, n° 16-86.974 : *JurisData* n° 2018-004083).

32) Récidive. Lorsqu'une loi institue un nouveau régime de la récidive, il suffit pour entraîner son application immédiate que l'infraction constitutive du second terme soit postérieure à son entrée en vigueur (▪ Cass. crim., 31 août 1893 : *D.* 1896, 1, p. 138. ▪ Cass. crim., 27 mars 1996, n° 95-82.654 : *Bull. crim.* n° 140 ; *RSC* 1997, p. 375, obs. B. Bouloc. ▪ Cass. crim., 29 févr. 2000, n° 98-80.518 : *JurisData* n° 2000-001021 ; *Bull. crim.* n° 95 ; *RSC* 2001, p. 167, obs. J.-P. Delmas-Saint-Hilaire).

33) La peine infligée au requérant, déclaré coupable et en état de récidive dans la procédure litigieuse, était applicable au moment où la seconde infraction a été commise, par application d'une « loi » accessible et prévisible (▪ CEDH, 29 mars 2006, n° 67335/01, *Achour c/ France* : *D.* 2006, p. 2513, note D. Zerouki-Cottin ; *D.* 2006, Pan., p. 1652, obs. G. Roujou de Boubée ; *AJ pénal* 2006, p. 360, obs. C. Saas ; *JCP* G 2006, I, 164, obs. F. Sudre ; *RSC* 2006, p. 677, obs. F. Massias).

34) Doit être cassé l'arrêt qui déclare le prévenu coupable d'association de malfaiteurs en état de récidive sur le fondement de l'article 132-9 alors que la première condamnation pour recel d'escroquerie en bande organisée ne pouvait servir de premier terme de récidive dès lors que le délit n'était punissable, au moment de la commission des faits, que de 7 ans d'emprisonnement (▪ Cass. crim., 11 mars 2020, n° 19-84.887 : *JurisData* n° 2020-003219).

2° Lois de pénalités

35) Aggravation de la peine. Seules peuvent être prononcées les peines légalement applicables à la date où est commise l'infraction lorsqu'elles sont moins sévères que les peines prévues par la loi nouvelle (▪ Cass. crim., 20 nov. 1996 : *Bull. crim.* n° 419 ; *Dr. pén.* 1996, comm. 35, obs. M. Véron).

36) Le Code pénal, dans sa rédaction à l'époque de l'entrée en vigueur en 1994, a fait des actes de terrorisme des infractions autonomes, mais a aussi créé une circonstance aggravante de terrorisme pouvant assortir une qualification de droit commun, qui a pour résultat d'élever les pénalités encourues, ce qui est prévu par l'article 421-3 du Code pénal. Cette circonstance aggravante a été créée après la commission de l'attentat reproché à l'accusé, qui date de 1974. En conséquence, elle n'a pu être visée par l'accusation, en vertu du principe de la non-rétroactivité de la loi pénale plus sévère, prévu par l'article 112-1 du Code pénal (▪ Cass. crim., 14 nov. 2019, n° 18-83.122 : *JurisData* n° 2019-020062 ; *Gaz. Pal.* 2019, n° 44, p. 18, obs. R. Mésa).

37) Aggravation de la peine de réclusion criminelle. Encourt la cassation l'arrêt d'une cour d'assises qui, pour meurtre commis en état de récidive, prononce une peine de 30 ans de réclusion criminelle, alors qu'à la date de la commission du crime, le maximum de la réclusion criminelle à temps était de 20 ans (▪ Cass. crim., 20 nov. 1996 : *Bull. crim.* n° 419 ; *Dr. pén.* 1996, comm. 35, obs. M. Véron).

– Encourt la censure la cour d'assises qui, pour tentatives de meurtres, vol avec arme et tentative de vol avec arme et ce en récidive, prononce une peine de 25 ans de réclusion criminelle, alors qu'à la date des crimes retenus, le maximum de la réclusion criminelle à temps était de 20 ans (▪ Cass. crim., 31 mars 2005 : *Bull. crim.* n° 114).

– En cas de concours de la récidive avec les circonstances atténuantes, la peine était déterminée en faisant application d'abord de l'aggravation résultant de la récidive puis, sur la peine ainsi obtenue, des circonstances atténuantes (▪ Cass. crim., 9 déc. 1998 : *Bull. crim.* n° 338).

38) Aggravation de la peine d'amende. Ainsi encourt la cassation d'office l'arrêt qui, pour contrefaçon ou imitation d'une marque et pour usage de cette marque au mépris du droit du titulaire, inflige au prévenu une peine d'amende d'un montant supérieur au maximum édicté par l'article 422 du Code pénal tel qu'il était rédigé à la date de l'infraction antérieure à la modification de ce texte par la loi du 4 janvier 1991 (▪ Cass. crim., 12 janv. 1994 : *Bull. crim.* n° 19 ; *RSC* 1994, p. 759, obs. B. Bouloc).

39) Méconnaît le principe l'arrêt qui prononce une peine de 50 000 F d'amende en répression d'un délit d'homicide involontaire commis en 1993 alors qu'à cette date le maximum de l'amende encourue était de 30 000 F (▪ Cass. crim., 5 déc. 2000 : *Bull. crim.* n° 363. – Rappr. ▪ Cass. crim., 14 nov. 2001 : *Bull. crim.* n° 236).

40) Il en est de même pour l'arrêt d'une cour d'assises qui, pour viols aggravés commis en récidive, prononce à la majorité absolue une peine de 35 ans de réclusion criminelle, alors que la peine encourue, auparavant comprise entre 20 et 40 ans de réclusion criminelle, selon les articles 56, alinéa 1er, et 332, alinéa 3, anciens du Code pénal, ne pouvait excéder 30 ans, depuis l'entrée en vigueur, le 1er mars 1994, de l'article 131-1 précité, lequel maximum doit être voté, comme le prescrit l'article 362, alinéa 2, du Code de procédure pénale, à la majorité de 8 voix au moins, à défaut de quoi, il ne peut être prononcé une peine supérieure à 20 ans de réclusion criminelle (▪ Cass. crim., 10 nov. 1998 : *Bull. crim.* n° 294 ; *D.* 1999, p. 367, note J. Coulon).

41) Ajout d'une nouvelle peine. Nulle contravention, nul délit, nul crime ne peuvent être punis de peines qui n'étaient pas prévues par la loi avant qu'ils fussent commis (▪ Cass. crim., 30 nov. 1987 : *JurisData* n° 1987-002121 : *Bull. crim.* n° 435).

42) Une loi édictant une ***peine complémentaire*** ne peut s'appliquer à des faits antérieurs à son entrée en vigueur (▪ Cass. crim., 4 janv. 2006 : *JurisData* n° 2006-031786 ; *Bull. crim.* n° 7. ▪ Cass. crim., 23 mai 2012, n° 11-85.768 : *Bull. crim.* n° 132) : la faillite personnelle (▪ Cass. crim., 30 nov. 1987, préc. ▪ Cass. crim., 1er févr. 1988, n° 86-95.678 : *Bull. crim.* n° 47) ; l'interdiction de diriger toute personne morale (▪ Cass. crim., 9 oct. 1989, n° 88-87.545 : *Bull. crim.* n° 345. ▪ Cass. crim., 26 mars 1990, n° 89-80.448 : *Bull. crim.* n° 133) ; l'interdiction du droit de représenter ou d'assister une partie devant la justice (▪ Cass. crim., 30 avr. 1996, n° 94-86.107 : *Bull. crim.* n° 176. ▪ Cass. crim., 6 juin 1996, n° 95-80.924 : *Bull. crim.* n° 242. ▪ Cass. crim., 19 juin 1996, n° 95-83.756 : *Bull. crim.* n° 265) ; l'interdiction des droits civiques, civils et de famille en cas de fraude fiscale commise pour la première fois (▪ Cass. crim., 2 juin 1999 : *JurisData* n° 1999-003159) ; l'interdiction d'exercer une activité professionnelle en matière d'escroquerie (▪ Cass. crim., 29 sept. 1999 : *JurisData* n° 1999-004572) ; la peine du suivi socio-judiciaire (▪ Cass. crim., 2 sept. 2004, n° 04-80.518 : *JurisData* n° 2004-024860 ; *Bull. crim.* n° 197) ; l'interdiction d'exercer une activité professionnelle ou bénévole impliquant un contact habituel avec des mineurs en cas de viol aggravé (▪ Cass. crim., 31 mars 2005 : *JurisData* n° 2005-028299), d'agressions sexuelles aggravées (▪ Cass. crim., 23 mai 2012 : *JurisData* n° 2012-012266 ; *Bull. crim.* n° 132) ou de recel de choses provenant de la diffusion d'images pornographiques de mineurs et de leur diffusion (▪ Cass. crim., 11 mai 2005 : *JurisData* n° 2005-028775) ou d'agression sexuelle aggravée (▪ Cass. crim., 4 janv. 2006 : *JurisData* n° 2006-031786 ; *Bull. crim.* n° 7) ; l'interdiction d'exercer l'activité professionnelle à l'occasion de laquelle l'infraction a été commise en cas de condamnation pour corruption active (▪ Cass. crim., 17 mai 2010 : *JurisData* n° 2010-009474) pour abus de faiblesse (▪ Cass. crim., 10 nov. 2010 : *JurisData* n° 2010-022629 ; *Dr. pén.* 2011, comm. 37, obs. J.-H. Robert) ; l'interdiction d'exercer une activité professionnelle ou bénévole impliquant un contact habituel avec des mineurs prévue par l'article 222-45, 3°, du Code pénal (▪ Cass. crim., 4 janv. 2006 : *JurisData* n° 2006-031786 ; *Bull. crim.* n° 7. ▪ Cass. crim., 23 mai 2012, n° 11-85.768 : *Bull. crim.* n° 132). V. note ss art. 222-45, p. 433.

43) Est encore plus sévère la loi qui institue la peine complémentaire facultative de publicité de la condamnation en matière de fraude fiscale, à la suite de l'abrogation par le Conseil constitutionnel de la peine complémentaire obligatoire ayant le même objet, puisque cette nouvelle loi comble un vide répressif provisoire de quelques jours (▪ Cass. crim., 13 juin 2012, n° 11-86.269 : *JurisData* n° 2012-015060 ; *Bull. crim.* n° 148 ; *Dr. pén.* 2012, comm. 145, note J.-H. Robert. ▪ Cass. crim., 24 oct. 2012, n° 11-85.790 : *JurisData* n° 2012-026486).

44) Encourt la censure l'arrêt qui, pour ordonner, à titre de peine complémentaire, la confiscation de biens appartenant à diverses sociétés, énonce que le condamné avait la libre disposition de ces biens, alors qu'à l'époque des faits, la loi ne prévoyait pas que la confiscation pût être prononcée sur le fondement d'un tel critère (▪ Cass. crim., 29 juin 2016 : *JurisData* n° 2016-012748).

45) Extension du champ d'application d'une peine complémentaire. Est plus sévère la loi qui étend le champ d'application de peines complémentaires obligatoires (▪ Cass. crim., 1er oct. 1987, n° 87-80.334 : *Bull. crim.* n° 326) ou facultatives (▪ Cass. crim., 21 nov. 2000 : *JurisData* n° 2000-007551, pour la suspension du permis de conduire), la loi qui allonge la durée d'une peine complémentaire (▪ Cass. crim., 7 sept. 2011, n° 10-83.153 : *JurisData* n° 2011-021648), qui en élargit le contenu (▪ Cass. crim., 31 mars 2005, n° 04-83.037 : *JurisData* n° 2005-028317 ; *Bull. crim.* n° 114) ou qui transforme une peine facultative en peine obligatoire (■ Cass. crim., 13 juin 2019, n° 18-82.343, à propos de la peine d'inéligibilité en matière de prise illégale d'intérêt).

46) Encourt la censure l'arrêt qui condamne le prévenu pour fraude fiscale à une peine complémentaire, à cinq ans d'interdiction de diriger, administrer, gérer ou contrôler à un titre quelconque, directement ou indirectement, pour son propre compte ou pour le compte d'autrui, une entreprise commerciale ou industrielle ou une société commerciale alors qu'à la date des faits, seule était applicable l'interdiction prévue par l'article 1750 du Code général des impôts, limitée à l'exercice, direct ou par une personne interposée, de toute profession industrielle, commerciale ou libérale, qui ne pouvait excéder une durée de 3 ans (■ Cass. crim., 29 mai 2019, n° 18-81.013 : *JurisData* n° 2019-009075 : *Dr. fisc.* 2019, p. 361, obs. R. Salomon).

– À propos de l'extension du champ d'application de la peine d'interdiction du **territoire français** par la loi n° 2018-778 du 10 septembre 2018 pour une immigration maîtrisée, un droit d'asile effectif et une intégration réussie, (V. Circulaire du 5 novembre 2018 présentant les dispositions de droit pénal immédiatement applicables de cette loi, ■ Cass. crim., 9 juin 2021, n° 20-82.598).

47) Mesures d'exécution d'une peine. V. ss art. 112-2, p. 53.

3° *Lois élargissant la catégorie des responsables*

48) Responsabilité des personnes morales. Une loi pénale étendant une incrimination à une nouvelle catégorie de prévenus ne peut s'appliquer à des faits commis antérieurement à son entrée en vigueur (■ Cass. crim., 19 juin 2007, n° 06-85.490 : *JurisData* n° 2007-039956 ; *Bull. crim.* n° 169 ; *Dr. pén.* 2007, comm. 134, obs. M. Véron. ■ Cass. crim., 20 oct. 2009 : *JurisData* n° 2009-050161 : *Bull. crim.* n° 172 ; *AJ pénal* 2010, p. 31, obs. J. Lasserre-Capdeville. ■ Cass. crim., 20 juill. 2011, n° 10-86.705 : *JurisData* n° 2011-014800). Rappr. ■ Cass. crim., 23 févr. 2000, n° 99-83.928 : *JurisData* n° 2000-001416 ; *Bull. crim.* n° 85 ; *Dr. pén.* 2000, comm. 85, obs. M. Véron).

49) Encourt la cassation partielle l'arrêt d'une cour d'appel qui, pour diffusion en décembre 1996, dans une revue périodique, de messages pornographiques susceptibles d'être vus ou perçus par un mineur, prononce une peine d'amende contre la société éditrice de la revue, la responsabilité pénale des personnes morales et les peines qui leur sont applicables n'étant prévues, pour les infractions définies par les articles 227-18 à 227-26 du Code pénal, que depuis l'entrée en vigueur de la loi du 17 juin 1998 sur les infractions sexuelles et la protection des mineurs (■ Cass. crim., 23 févr. 2000 : *Bull. crim.* n° 85).

50) De même, encourt la cassation, l'arrêt qui condamne une société pour des faits de tromperie et de publicité de nature à induire en erreur commis avant l'entrée en vigueur tant de la loi du 12 juin 2001, qui a étendu la possibilité d'imputer ces deux délits aux personnes morales, que de la loi du 9 mars 2004, qui a mis fin au principe de spécialité de la responsabilité pénale des personnes morales (■ Cass. crim., 19 juin 2007, n° 06-85.490).

Méconnaît ce principe, l'arrêt qui condamne une personne morale pour des contraventions au Code de la consommation commises en juin 2005, alors que la responsabilité des personnes morales a été étendue à ces infractions par l'article 54 de la loi du 9 mars 2004, généralisant la responsabilité des personnes morales, qui est entré en vigueur le 31 décembre 2005 (■ Cass. crim., 20 oct. 2009, n° 09-81.721 : *Bull. crim.* n° 172 ; *Dr. pén.* 2010, comm. 9, obs. J.-H. Robert).

4° *Lois relatives aux immunités familiales*

51) Immunités familiales. La loi du 16 décembre 1992, qui a exclu du bénéfice de l'immunité les soustractions commises par des alliés de même degré, constitue une loi pénale plus sévère et qu'elle n'est donc pas applicable aux faits commis antérieurement (■ Cass. crim., 14 nov. 2007, n° 07-82.527 : *JurisData* n° 2007-041893 ; *Bull. crim.* n° 281 ; *Dr. pén.* 2008, comm. 16, obs. M. Véron).

52) La loi du 28 décembre 2015, qui a écarté l'application du bénéfice de l'immunité lorsque l'auteur des faits a la qualité de mandataire de justice à l'égard de la victime protégée, constitue une loi plus sévère et n'est donc pas applicable aux faits commis antérieurement à son entrée en vigueur (■ Cass. crim., 18 janv. 2017, n° 16-80.178 : *JurisData* n° 2017-000548).

53) Les dispositions de la loi du 3 juin 2016, modifiant l'article 434-2 et excluant l'immunité familiale applicable à la non-dénonciation d'un crime, incriminée à l'article 434-1, en matière d'infraction terroriste ne sont applicables qu'à des faits postérieurs à l'entrée en vigueur de la loi (■ Cass. crim., 15 févr. 2022, n° 19-82.651 : *JurisData* n° 2022-002000).

5° *Lois devenues conformes à un texte supérieur*

54) Refus de se soumettre à un prélèvement destiné à identifier son empreinte génétique. La cour d'appel, qui a déclaré le demandeur coupable de refus de se soumettre à un prélèvement destiné à identifier son empreinte génétique, aux motifs que ces dispositions satisfont désormais aux exigences européennes depuis la loi n° 2019-222 du 23 mars 2019, méconnaît l'article 8 de la Convention européenne des droits de l'homme et l'article 112-1 du Code pénal. En effet, la conformité à la Convention européenne des droits de l'homme du dispositif interne de conservation des empreintes génétiques à la date du 27 décembre 2017, à laquelle l'intéressé a refusé de se soumettre au prélèvement biologique, ne pouvait être appréciée en prenant en considération un texte ultérieur. Au surplus, le dispositif interne de prélèvement et de conservation des empreintes génétiques n'est devenu conforme à cette Convention qu'avec l'entrée en vigueur du décret n° 2021-1402 du 29 octobre 2021, qui fixe le délai à l'expiration duquel les personnes condamnées peuvent solliciter l'effacement de leurs empreintes génétiques (■ Cass. crim., 8 déc. 2021, n° 20-84.201 : *JurisData* n° 2021-019874 ; *Dr. pén.* 2022, comm. 22, obs. Ph. Conte ; *Procédures* 2022, comm. 43, obs. J. Buisson ; *Dalloz actualité*, 15 déc. 2021, obs. M. Dominati ; *AJ pénal* 2022, p. 42, obs. J. Chapelle).

II – EXCEPTIONS

A – Rétroactivité *in mitius*

1° *Principe*

• Valeur du principe

55) Valeur constitutionnelle. Les dispositions litigieuses tendent à limiter les effets de la règle selon laquelle la loi pénale nouvelle doit, lorsqu'elle prononce des peines moins sévères que la loi ancienne, s'appliquer aux infractions commises avant son entrée en vigueur et n'ayant pas donné lieu à des condamnations passées en force de chose jugée ; que, dès lors, elles doivent être regardées comme contraires au principe formulé par l'article 8 de la Déclaration des droits de l'homme et du citoyen de 1789 selon lequel la loi ne doit établir que des peines strictement et évidemment nécessaires. Qu'en effet, le fait de ne pas appliquer aux infractions commises sous l'empire de la loi ancienne la loi pénale nouvelle, plus douce, revient à permettre au juge de prononcer les peines prévues par la loi ancienne et qui, selon l'appréciation même du législateur, ne sont plus nécessaires (■ Cons. const., 19 et 20 janv. 1981, n° 80-127 DC, *Sécurité et liberté* : *JurisData* n° 1981-601435 ; *JCP* G 1981, II, 19701, note C. Franck ; *D.* 1982, p. 441).

56) Valeur conventionnelle : CEDH. L'article 7, § 1 de la Convention ne garantit pas seulement le principe de non-rétroactivité des lois pénales plus sévères, mais aussi, et implicitement, le principe de rétroactivité de la loi pénale plus douce. Ce principe se traduit par la règle voulant que, si la loi pénale en vigueur au moment de la commission de l'infraction et les lois pénales postérieures adoptées avant le prononcé d'un jugement définitif sont différentes, le juge doit appliquer celle dont les dispositions sont les plus favorables au prévenu (■ CEDH, 17 sept. 2009, req. n° 10249/03, *Scoppola c/ Italie* : *JurisData* n° 2009-021385 ; *D.* 2010, p. 2732, obs. G. Roujou de Boubée ; *RSC* 2010, p. 234, obs. J.-P. Marguénaud). Aux yeux de la Cour, il est cohérent avec le principe de la prééminence du droit, dont l'article 7 constitue un élément essentiel, de s'attendre à ce que le juge du fond applique à chaque acte punissable la peine que le législateur estime proportionnée. Infliger une peine plus forte pour la seule raison qu'elle était prévue au moment de la commission de l'infraction s'analyserait en une application au détriment de l'accusé des règles régissant la succession des lois pénales dans le temps. Cela équivaudrait en outre à ignorer tout changement législatif favorable à l'accusé intervenu avant le jugement et à continuer à infliger des peines que l'État, et la collectivité qu'il représente, considèrent désormais comme excessives. La Cour note que l'obligation d'appliquer, parmi plusieurs lois pénales, celle dont les dispositions sont les plus favorables à l'accusé s'analyse en une clarification des règles en matière de succession des lois pénales, ce qui satisfait à un autre élément essentiel de l'article 7, à savoir celui de la prévisibilité des sanctions (même arrêt).

57) Valeur conventionnelle : droit de l'Union européenne. Le principe de l'application rétroactive de la peine plus légère fait partie des traditions constitutionnelles communes aux États membres, de sorte qu'il doit être considéré comme un principe général du droit communautaire dont la Cour assure le respect et que le juge national est tenu d'observer (■ CJUE, 3 mai 2005, aff. C-387/02, C-391/02 et C-403/02, *Berlusconi* : *Rec. CJUE*, p. I-3565, § 68. ■ CJUE, 11 mars 2008, aff. C-420/06, *Jager c/ Amt für Landwirtschaft Bützow*, § 59. ■ CJUE, 6 oct. 2016, aff. C-218/15, *Procédure pénale c/ Gianpalolo Paoletti* : *Europe* 2016, comm. 443, obs. F. Gazin).

58) Le principe de non-rétroactivité de la loi pénale s'oppose notamment à ce qu'un juge puisse, au cours d'une procédure pénale, soit sanctionner pénalement un comportement qui n'est pas interdit par une règle nationale adoptée avant la commission de l'infraction reprochée, soit aggraver le régime de responsabilité pénale de ceux qui font l'objet d'une telle procédure (■ CJUE, 5 déc. 2017, aff. C-42/17, *M.A.S. et M.B.*, § 57).

• Portée du principe

59) Affirmation judiciaire du principe. Les dispositions d'une loi nouvelle s'appliquent aux infractions commises avant leur entrée en vigueur et n'ayant pas donné lieu à une condamnation passée en force de chose jugée, lorsqu'elles sont moins sévères que les dispositions anciennes (▪ Cass. crim., 30 nov. 1994 : *Bull. crim.* n° 391. ▪ Cass. crim., 23 janv. 1997 : *Bull. crim.* n° 36. ▪ Cass. crim., 10 juill. 2002 : *Bull. crim.* n° 152, sur la correctionnalisation des attentats à la pudeur par la loi du 23 déc. 1980 ; *RSC* 2002, p. 817, obs. Y. Mayaud. ▪ Cass. ass. plén., 22 nov. 2002 : *Bull. inf. C. cass.*, 1er févr. 2003, p. 5, rapp. Challe, avis F. Frechede ; *Bull. crim.* n° 2 ; *JCP* 2003, II, 10042, note W. Jeandidier).

60) La loi nouvelle plus douce s'applique rétroactivement, non seulement aux faits commis avant sa mise en vigueur et non encore jugés (▪ Cass. crim., 29 janv. 1963 : *D.* 1963, p. 332), mais également aux faits déjà jugés en première instance et qui peuvent encore être soumis à la juridiction d'appel (▪ Cass. crim., 11 juin 1953 : *JCP* G 1953, II, 7708, note J. Brouchot ; *RSC* 1954, p. 117, obs. Légal. ▪ Cass. crim., 22 avr. 1986 : *JCP* G 1986, IV, 182) ou à la Cour de cassation (▪ Cass. crim., 25 mai 1988 : *Bull. crim.* n° 222), à la condition que cette loi n'ait pas prévu de dispositions expresses contraires (▪ Cass. crim., 6 févr. 1997 : *Bull. crim.* n° 51. ▪ Cass. crim., 20 mars 1997 : *Bull. crim.* n° 116. ▪ Cass. crim., 6 oct. 2004 ; *Dr. pén.* 2005, comm. 9, obs. J.-H. Robert).

61) Domaine. Ce principe est applicable aux règlements et directives communautaires (▪ Cass. crim., 12 déc. 1996, n° 95-81.318 : *Bull. crim.* n° 466 ; *RTD com.* 1997, p. 522, obs. B. Bouloc) comme aux décisions d'un organe créé par une convention conclue entre la Communauté européenne et un État tiers, de telles décisions ayant une valeur supérieure à celle des lois internes (▪ Cass. crim., 29 mars 2000 : *JurisData* n° 2000-001831).

62) Limites. V. *infra* n° 81 et s.

63) Application en matière économique. En l'absence de dispositions contraires, une loi nouvelle même de nature économique, lorsqu'elle abroge une ou des incriminations pénales, ou lorsqu'elle prévoit des pénalités plus douces, s'applique aux faits commis avant son entrée en vigueur et non définitivement jugés (▪ Cass. crim., 3 févr. 1986, n° 85-93.250 : *Bull. crim.* n° 41, premier arrêt de la série, concernant la loi du 25 janvier 1985 sur les procédures collectives. ▪ Cass. crim., 23 févr. 1987, nos 86-90.647, 86-93.817 et 86-93.194, trois arrêts : *Bull. crim.* nos 87 à 89. ▪ Cass. crim., 1er juin 1987, nos 86-93.131 et 86-95.157, deux arrêts : *Bull. crim.* nos 225 et 226. ▪ Cass. crim., 7 déc. 1987, n° 87-81.536 : *Bull. crim.* n° 447 ; *D.* 1988, p. 477, note G. Roujou de Boubée). En l'absence de prévisions contraires expresses une loi nouvelle, qui abroge une incrimination ou qui comporte des dispositions pénales, douanières ou fiscales plus douces, s'applique aux faits commis avant son entrée en vigueur et non définitivement juges (▪ Cass. crim., 25 janv. 1988, n° 86-93.104 : *Bull. crim.* n° 33 ; *JCP* G 1989, II, 21174, note J. Pannier. ▪ Cass. crim., 10 oct. 1988, n° 87-81.854 : *Bull. crim.* n° 335. ▪ Cass. crim., 25 févr. 1991, n° 89-85.863 : *Bull. crim.* n° 95).

64) Le principe de nécessité des peines, dont découle la règle de l'application immédiate de la loi pénale plus douce, commande que, lorsque le juge civil est amené à prononcer une sanction ayant le caractère d'une punition telle que l'interdiction de gérer prévue par l'article L. 653-8 du Code de commerce, la loi nouvelle moins sévère reçoive application aux procédures collectives en cours ; les nouvelles dispositions, issues de la loi du 6 août 2015, qui les ont modifiées dans un sens moins sévère, doivent donc être appliquées à des faits commis antérieurement à leur entrée en vigueur (▪ Cass. com., 24 mai 2018 : *JurisData* n° 2018-008581 ; *D.* 2018, p. 1149, obs. A. Lienhard ; *D.* 2018, p. 1829, obs. P. Cagnoli ; *AJ pénal* 2018, p. 411, obs. J. Lasserre-Capdeville).

2° *Lois pénales plus douces*

• Loi d'incrimination

65) Abrogation d'une incrimination. Une loi nouvelle abrogeant une incrimination s'applique aux faits commis avant son entrée en vigueur mais non définitivement jugés (▪ Cass. crim., 18 juin 1997 : *Bull. crim.* n° 243, sur l'abrogation de la loi du 30 décembre 1906 relative aux ventes au déballage par la loi du 5 juillet 1996).

66) Ont été annulées, par voie de retranchement et sans renvoi, les dispositions d'un arrêt qui, pour usage de faux, condamne un prévenu à une amende par application de l'article 164 du Code pénal alors applicable, ce texte ayant été abrogé à compter du 1er mars 1994 par la loi du 16 décembre 1992 et n'ayant été remplacé par aucune disposition du Code pénal entré en vigueur à cette date (▪ Cass. crim., 16 mai 1994 : *Bull. crim.* n° 183 ; *Dr. pén.* 1994, somm. 204, obs. M. Véron).

67) L'article L. 128-5 du Code de commerce, qui prévoyait et réprimait la violation de l'interdiction de gérer résultant des dispositions de l'article L. 128-1 de ce code, ayant été abrogé par la loi du 4 août 2008, n'encourt pas la censure l'arrêt d'une cour d'appel qui, pour relaxer le prévenu poursuivi pour avoir géré et administré des sociétés commerciales, alors qu'il avait fait l'objet d'une condamnation définitive à 2 ans d'emprisonnement, dont un an avec sursis, prononcée le 13 juin 2000 du chef de complicité d'obtention frauduleuse de document administratif, retient que l'article 70 de la loi précitée, supprimant l'automaticité de l'interdiction, constitue une loi pénale plus douce et l'infraction, commise avant son entrée en vigueur, n'a pas donné lieu à une condamnation passée en force de chose jugée (■ Cass. crim., 16 déc. 2009 : *Bull. crim.* n° 217 ; *D.* 2010, Act. Jur., p. 147, note X. Delpech ; *Dr. pén.* 2010, comm. 23, obs. J.-H. Robert ; *Dr. soc.* 2010, jurispr., p. 77, note J. Lasserre-Capdeville).

V. aussi pour une dépénalisation de l'infraction de vente en soldes en dehors des périodes légales : (■ Cass. crim., 24 janv. 2012, n° 11-87.045).

68) Doit être cassé l'arrêt qui condamne un étranger pour entrée ou séjour irréguliers prévus et punis par l'article L. 621-1 du Code de l'entrée et du séjour des étrangers et du droit d'asile alors que ce dernier a été abrogé par l'article 8 de la loi n° 2012-1560 du 31 décembre 2012 (■ Cass. crim., 14 janv. 2014, n° 12-86.212 : *JurisData* n° 2014-000206. Dans le même sens ■ Cass. crim., 1er avr. 2015, n° 13-86.418 : *JurisData* n° 2015-007043 ; *Dr. pén.* 2015, comm. 81, 2e esp., note M. Véron ; *Dr. pén.* 2015, comm. 86, note J.-H. Robert. ■ Cass. crim., 2 mars 2016, n° 13-80.810 : *JurisData* n° 2016-003701).

69) Une loi nouvelle moins sévère s'appliquant, selon l'article 112-1 du Code pénal, aux infractions commises avant son entrée en vigueur et n'ayant pas donné lieu à une condamnation passée en force de chose jugée, doit être annulée la décision d'une cour d'appel ayant condamné le dirigeant d'une entreprise de transport routier de marchandises pour des contraventions, commises au cours de l'année 2003, d'emploi de salariés au-delà de la durée mensuelle du temps de service en méconnaissance du décret n° 83-40 du 26 janvier 1983, dont les dispositions, en vigueur au moment des faits, n'ont pas été reprises sur ce point par le décret modificatif n° 2007-13 du 14 janvier 2007 relatif à la durée du travail dans ce type d'entreprise. En revanche, demeurent punissables, les dépassements des durées quotidienne et hebdomadaire de travail effectif commis à la même époque, en infraction au même décret n° 83-40 du 26 janvier 1983, dès lors que le texte susvisé ayant modifié ce décret continue à assurer la répression des infractions de cette nature (■ Cass. crim., 15 mai 2007 : *Bull. crim.* n° 125 ; *Dr. pén.* 2007, comm. 119, obs. M. Véron).

70) Une disposition déclarée inconstitutionnelle sur le fondement de l'article 61-1 de la Constitution de 1958 est abrogée à compter de la publication de la décision du Conseil constitutionnel ou d'une date ultérieure fixée par cette décision. Encourt l'annulation l'arrêt qui ordonne, notamment, la publication et l'affichage de la décision, par application des dispositions de l'article 1741, alinéa 4, du Code général des impôts, dans sa rédaction applicable à la date des faits alors que ces dispositions ont été déclarées inconstitutionnelles et que l'abrogation a pris un effet immédiat (■ Cass. crim., 16 nov. 2011, n° 10-88.105 : *JurisData* n° 2011-028842).

71) Encourt la cassation l'arrêt qui confirme la condamnation pour harcèlement sexuel du prévenu pour des faits commis entre avril 2012 et avril 2015, sans préciser la date des agissements alors que d'une part, l'article 222-33 du Code pénal, dans sa rédaction issue de la loi n° 2002-73 du 17 janvier 2002, avait été abrogé à compter du 5 mai 2012, d'autre part, la loi n° 2012-954 du 6 août 2012, incriminant de nouveau le harcèlement sexuel, n'est entrée en vigueur que le 8 août 2012 (■ Cass. crim., 11 déc. 2019, n° 19-80.825).

72) Mais les juridictions correctionnelles restent compétentes pour statuer sur ***l'action civile*** lorsque l'abrogation de la loi pénale survient après une décision sur le fond (■ Cass. crim., 22 mars 2011, n° 10-80.203 : *Bull. crim.* n° 58).

73) Définition plus stricte de l'incrimination. L'article 227-24 du Code pénal, entré en vigueur le 1er mars 1994, reprend pour partie l'incrimination d'outrage aux bonnes mœurs prévue par les articles 283 et suivants anciens ; son champ d'application est limité au cas où le message présentant un caractère pornographique ou de nature à porter gravement atteinte à la dignité humaine est « susceptible d'être vu ou perçu par un mineur » ; doit être annulé l'arrêt d'une cour d'appel rendu avant l'entrée en vigueur du Code pénal nouveau pour permettre à la juridiction de renvoi de procéder à un nouvel examen au fond au regard de celles des dispositions de l'article 227-24 qui, plus restrictives que les précédentes, définissent l'infraction poursuivie (■ Cass. crim., 5 avr. 1995 : *Bull. crim.* n° 150).

74) L'article 227-3 du Code pénal, qui incrimine le délit d'abandon de famille, n'a pas repris les dispositions de l'article 357-2 ancien présumant volontaire le défaut de paiement de la pension ; ces dispositions nouvelles, favorables au prévenu pour ce qui concerne les éléments constitutifs du délit, sont applicables aux infractions commises avant leur entrée en vigueur et n'ayant pas donné lieu à une condamnation passée en force de chose jugée (■ Cass. crim., 28 juin 1995 : *Bull. crim.* n° 243).

Voir : sur la restriction (transitoire) du domaine de l'infraction d'abandon de famille : (■ Cass. crim., 16 févr. 2011, cité ss art. 227-3, p. 589).

75) L'article 226-10, alinéa 2, du Code pénal, issu de l'article 16 de la loi du 9 juillet 2010 dispose, désormais, que la fausseté du fait dénoncé résulte nécessairement de la décision, devenue définitive, d'acquittement, de relaxe ou de non-lieu, déclarant que le fait n'a pas été commis ou que celui-ci n'est pas imputable à la personne dénoncée. Il y a lieu de procéder à un nouvel examen de l'affaire au regard de ces dispositions plus favorables en ce qu'elles restreignent l'étendue de la présomption de fausseté du fait dénoncé (■ Cass. crim., 12 oct. 2010 : *Dr. pén.* 2010, comm. 134, obs. M. Véron). V. notes ss art. 226-10, p. 560.

76) En disposant que les factures doivent seulement mentionner, en plus du prix unitaire, toute réduction de prix acquise à la date de la vente ou de la prestation de services et directement liée à cette opération, la loi du 1er juillet 1996 a restreint le champ d'application de l'incrimination prévue par l'article 31, alinéa 3, de l'ordonnance du 1er décembre 1986 qu'il modifie. Ces dispositions nouvelles, entrées en vigueur le 1er janvier 1997, étant moins sévères que les dispositions anciennes, il y a lieu d'en faire application à des faits antérieurs n'ayant pas donné lieu à une condamnation passée en force de chose jugée (■ Cass. crim., 23 janv. 1997 : *Bull. crim.* n° 36).

77) Depuis l'entrée en vigueur de la loi du 10 juillet 2000 modifiant l'article 121-3 du Code pénal, les personnes physiques qui n'ont pas causé directement le dommage, mais qui ont créé ou contribué à créer la situation qui a permis la réalisation du dommage ou qui n'ont pas pris les mesures permettant de l'éviter, sont responsables pénalement s'il est établi qu'elles ont, soit violé de façon manifestement délibérée une obligation particulière de prudence ou de sécurité prévue par la loi ou le règlement, soit commis une faute caractérisée et qui exposait autrui à un risque d'une particulière gravité qu'elles ne pouvaient ignorer ; la loi nouvelle, qui contient des dispositions favorables au prévenu poursuivi pour blessures involontaires, s'applique aux faits commis avant son entrée en vigueur et non définitivement jugés (■ Cass. crim., 5 sept. 2000 : *Bull. crim.* n° 262 ; *Dr. pén.* 2000, comm. 135, obs. M. Véron ; *JCP* 2001, II, 10507, note J.-Y. Chevallier. ■ Cass. crim., 12 déc. 2000 : *Bull. crim.* n° 371 ; *Bull. inf. C. cass.* 2000, n° 529, p. 3, rapp. Mme Ferrari, concl. Mme D. Commaret).

– Méconnaît l'article 121-3 du Code pénal, dans sa rédaction issue de la loi du 10 juillet 2000, immédiatement applicable, la cour d'appel qui, pour déclarer coupable d'homicide involontaire le prévenu, organisateur d'une sortie au cours de laquelle la victime est décédée des suites d'un accident de plongée sous-marine survenu le 15 juillet 1999, relève à sa charge des fautes d'imprudence et divers manquements à des obligations de sécurité ou de prudence imposées par la loi ou les règlements, sans établir l'existence d'une faute qualifiée (■ Cass. crim., 16 mai 2006 : *Bull. crim.* n° 137 ; *Dr. pén.* 2006, comm. 108, obs. M. Véron).

78) Tel est le cas de l'alinéa 3 de l'article 41 de la loi du 29 juillet 1881 sur la liberté de la presse, issu de la loi du 14 novembre 2008, qui dispose que ne donneront lieu à aucune action en diffamation, injure ou outrage ni les propos tenus ou les écrits produits devant une commission d'enquête créée en son sein, par l'Assemblée nationale ou par le Sénat, par la personne tenue d'y déposer, sauf s'ils sont étrangers à l'objet de l'enquête, ni le compte rendu fidèle des réunions publiques de cette commission fait de bonne foi (■ Cass. crim., 13 avr. 2010 : *Bull. crim.* n° 67 ; *Dr. pén.* 2010, comm. 78, obs. M. Véron. ■ Cass. crim., 8 juin 2010 : *Bull. crim.* n° 104).

79) Changement de catégorie de l'infraction. Doit être annulé, l'arrêt de la Cour de sûreté de l'État qui a prononcé une peine criminelle contre un accusé déclaré coupable d'association de malfaiteurs et la destruction d'édifices par substances explosibles, ainsi que d'atteinte à l'intégrité du territoire national, infraction déjà punie de peines correctionnelles alors que la loi du 2 février 1981 qui a substitué des peines correctionnelles aux peines criminelles pour les deux premières infractions (■ Cass. crim., 11 févr. 1981 : *Bull. crim.* n° 54).

80) La loi du 23 décembre 1980, sanctionnant de peines correctionnelles l'attentat à la pudeur, qui constitue désormais un délit, hormis les cas prévus à l'article 333-1 nouveau du Code pénal, est une loi plus douce. Par suite, elle doit s'appliquer rétroactivement aux faits commis avant son entrée en vigueur et non encore définitivement jugés (■ Cass. crim., 2 juin 1981 : *Bull. crim.* n° 183).

81) Suppression d'une circonstance aggravante. En l'état d'une accusation d'arrestation et séquestration arbitraire avec circonstance aggravante de menaces de mort conférant aux faits une qualification criminelle selon l'article 344 du Code pénal applicable au moment des faits, mais en raison de la suppression de cette circonstance par la loi nouvelle plus douce (art. 224-1 à 224-5, p. 461 alors en vigueur le 1er mars 1994), a été annulé l'arrêt de la cour d'assises prononçant une peine de réclusion criminelle alors légalement encourue (■ Cass. crim., 6 avr. 1994 : *Bull. crim.* n° 137 ; *Dr. pén.* 1994, somm. 147, obs. A. Maron).

82) Définition plus stricte d'une circonstance aggravante. Selon l'article 112-1, alinéa 3, du Code pénal, les dispositions nouvelles, lorsqu'elles sont moins sévères, s'appliquent aux infractions commises avant leur entrée en vigueur.

– Tel est le cas de l'article 222-24, 3° du Code pénal, qui exige désormais que la particulière vulnérabilité de la victime d'un viol ait été apparente ou connue de l'auteur des faits (■ Cass. crim., 11 déc. 1996 : *JurisData* n° 1996-005477 : *Bull. crim.* n° 461).

– V. également à propos du vol aggravé soit par l'usage ou la menace d'une arme quelconque, soit par le port d'une arme soumise à autorisation (■ Cass. crim., 1er juin 1994, n° 93-84.851 : *Bull. crim.* n° 220. ■ Cass. crim., 29 juin 1994, n° 93-85.322 : *Bull. crim.* n° 260).

• **Loi de pénalité**

83) Principe. Une loi nouvelle, qui édicte des pénalités moins sévères, doit être appliquée aux faits commis antérieurement (■ Cass. crim., 20 mars 1996 : *Bull. crim.* n° 120).

84) Aménagement de la peine. Les dispositions d'une loi nouvelle s'appliquent aux infractions commises avant leur entrée en vigueur et n'ayant pas donné lieu à une condamnation passée en force de chose jugée lorsqu'elles sont moins sévères que les dispositions anciennes. Doit faire l'objet d'un nouvel examen au regard des dispositions plus favorables la situation du prévenu qui n'a pas été examinée au regard des éléments désormais prévus par l'article 132-24 du Code pénal, dans sa rédaction issue de la loi du 24 novembre 2009, qui prévoit qu'en matière correctionnelle, en dehors des condamnations en récidive prononcées en application de l'article 132-19-1 du Code pénal, lorsque la peine d'emprisonnement sans sursis prononcée n'est pas supérieure à 2 ans, cette peine doit, si la personnalité et la situation du condamné le permettent, et sauf impossibilité matérielle, faire l'objet d'une des mesures d'aménagement prévues aux articles 132-25 à 132-28 dudit code (■ Crim., 5 nov. 2013, n° 12-85.387).

85) La distinction opérée par la Cour de cassation entre la mesure d'aménagement prononcée par le juge de l'application des peines, considérée comme une loi d'exécution et d'application de la peine et la mesure d'aménagement prononcée par la juridiction de jugement, considérée comme des lois de pénalité, dès lors que le législateur a réaffirmé le principe selon lequel la juridiction de jugement qui prononce une courte peine d'emprisonnement doit immédiatement envisager son aménagement. L'aménagement de peine constitue-t-il, même lorsqu'il émane de la juridiction de jugement, un dispositif relatif au régime d'exécution et d'application des peines. L'application dans le temps d'une telle mesure obéit par conséquent aux règles définies par l'article 112-2, 3°, du Code pénal (■ Cass. crim., 20 oct. 2020, n° 19-84.754 : *JurisData* n° 2020-016431 ; *Gaz. Pal.* 2020, n° 44, obs. Y. Carpentier ; *Procédures* 2020, comm. 232, obs. A.-S. Chavent-Leclère ; *AJ pénal* 2020, p. 514, obs. M. Herzog-Evans ; *JCP* G 2021, p. 150, obs. M. Giacopelli ; *Dr. pén.* 2020, comm. 219, obs. E. Bonis).

86) Contrainte pénale. Si le juge saisi d'un délit puni de 5 ans d'emprisonnement au plus, fût-il commis avant l'entrée en vigueur de la loi n° 2014-896 du 15 août 2014, peut substituer à l'emprisonnement sans sursis la contrainte pénale, en ce que celle-ci constitue, aux termes de l'article 131-4-1 nouveau du Code pénal, une peine alternative à la privation de liberté, la demanderesse ne saurait, pour autant, prétendre à l'annulation de sa condamnation dès lors que l'emprisonnement a été prononcé conformément aux exigences de l'article 132-24, alinéa 3, du Code pénal dans sa version alors en vigueur (■ Cass. crim., 14 avr. 2015 : *JurisData* n° 2015-008115. ■ Cass. crim., 14 avr. 2015 : *JurisData* n° 2015-008134 ; *Dr. pén.* 2015, étude 13, par É. Bonis-Garçon ; *JCP* G 2015, 697, note V. Peltier ; *D.* 2015, p. 1307, note S. Detraz ; *RSC* 2015, p. 407, obs. D. Boccon-Gibod).

87) Diminution d'une peine. Encourt l'annulation, en application de l'article 112-1, alinéa 3, du Code pénal l'arrêt de la cour d'assises des mineurs ayant condamné à 18 ans d'emprisonnement, après l'avoir fait bénéficier de l'excuse de minorité alors applicable, un mineur déclaré coupable de meurtre et de vols avec port d'arme, ces infractions étant punies respectivement de 30 et 20 ans de réclusion criminelle depuis le 1er mars 1994, et la peine prononcée, non encore définitive, dépassant le maximum de 15 ans désormais encouru (■ Cass. crim., 25 mai 1994 : *Bull. crim.* n° 199).

– *Emprisonnement.* Doit être cassé l'arrêt qui, après avoir déclaré les prévenus coupables d'avoir recueilli, entre les années 1990 et 1993, des fonds à l'occasion d'un démarchage financier avant l'expiration du délai de réflexion accordé à la personne démarchée, les condamne à 1 an et 2 ans d'emprisonnement avec sursis, alors que cette infraction est, depuis l'entrée en vigueur de la loi du 1er août 2003, punie, aux termes de l'article L. 353-1 du Code monétaire et financier, de 6 mois d'emprisonnement, méconnaissant ainsi les dispositions de l'article 112-1 du Code pénal (■ Cass. crim., 19 sept. 2007 : *JurisData* n° 2007-040978 ; *Dr. pén.* 2008, comm. 22, obs. J.-H. Robert).

– *Interdiction du territoire.* Aux termes de l'article 112-1 du Code pénal, les dispositions nouvelles s'appliquent aux infractions commises avant leur entrée en vigueur et n'ayant pas donné lieu à une condamnation passée en force de chose jugée lorsqu'elles sont moins sévères que les dispositions anciennes ; tel est le cas de l'article 131-30-2 du même code (L. 26 nov. 2003) qui édicte que la peine d'interdiction du territoire ne peut être prononcée dans cinq cas énumérés par ce texte et, notamment, lorsqu'est en cause un étranger qui réside sous le couvert d'un titre de séjour prévu par le 11 de l'article 12 *bis* de l'ordonnance du 2 novembre 1945 ; doit dès lors, être annulé l'arrêt rendu postérieurement à l'entrée en vigueur de ce texte, et doit être ordonné un nouvel examen de l'affaire, lorsque l'étranger concerné allègue être titulaire d'un tel titre de séjour (▪ Cass. crim., 6 janv. 2004 : *Bull. crim.* n° 3 ; *Dr. pén.* 2004, comm. 45 et 49, obs. M. Véron ; *AJ pénal* 2004, p. 111, obs. J. Leblois-Happe).

– ***Période de sûreté***. Il résulte de l'article 132-23 du nouveau Code pénal que (hormis les cas exceptionnels prévus aux articles 221-3 et 221-4 lorsque la victime est mineure de 15 ans) la durée de la période de sûreté assortissant une peine de réclusion criminelle à perpétuité ne peut désormais excéder 22 ans. A, en conséquence, été annulé, l'arrêt de la cour d'assises qui, après avoir condamné l'accusé à la réclusion criminelle à perpétuité, a assorti cette peine d'une période de sûreté de 30 ans (▪ Cass. crim., 25 mai 1994 : *Bull. crim.* n° 198 ; *JCP* G 1994, IV, 1961).

– ***Réclusion criminelle***. La cour d'assises, statuant par contumace, qui a condamné à 30 ans de réclusion criminelle un individu accusé de vols avec arme et séquestration de personnes comme otages, commis avant le 1er mars 1994, n'a pas prononcé une peine illégale dès lors qu'aucune disposition ne lui interdit de prononcer le maximum de la peine encourue et que, en raison de l'entrée en vigueur des articles 224-4 et 311-8 du Code pénal, les faits poursuivis n'étaient plus réprimés de la réclusion criminelle à perpétuité mais d'une peine maximale, moins sévère, de 30 ans de réclusion criminelle (▪ Cass. crim., 10 juill. 1996 : *Bull. crim.* n° 290).

– Dès lors qu'elle est prononcée à la majorité spéciale imposée par l'article 362 du Code de procédure pénale pour un meurtre commis le 19 avril 1993, la peine de 30 ans de réclusion criminelle, qui constitue le nouveau maximum, moins sévère, pour ce crime puni par l'article 221-1 du Code pénal, est légalement justifiée (▪ Cass. crim., 23 juill. 1996 : *Bull. crim.* n° 300).

– C'est à bon droit qu'il a été fait application à un accusé de vol qualifié des dispositions de l'article 384, alinéa 1, du Code pénal, en sa rédaction résultant de la loi du 2 février 1981, bien que les faits dont il a été déclaré coupable, aient été commis antérieurement à l'entrée en vigueur de ladite loi ; en effet, l'article précité qui exige une durée d'incapacité totale de travail personnel supérieure à 8 jours et qui prévoit une peine de 10 à 20 ans de réclusion criminelle est plus favorable à l'accusé que l'ancien article 382, lequel punissait de la réclusion criminelle à perpétuité le vol accompagné de la seule circonstance aggravante de violences ayant laissé des traces de blessures (▪ Cass. crim., 23 nov. 1983 : *Bull. crim.* n° 312).

88) Interdiction du prononcé d'une peine inférieure à un mois d'emprisonnement. Encourt la cassation l'arrêt qui prononce une peine de quinze jours d'emprisonnement pour prise du nom d'un tiers alors que l'interdiction des peines d'emprisonnement inférieures ou égales à un mois ferme, introduite par la loi n° 2019-222 du 23 mars 2019, est une disposition de pénalité moins sévère applicable aux infractions commises avant son entrée en vigueur (▪ Cass. crim., 11 mai 2021, n° 20-85.464 : *JurisData* n° 2021-007129 ; *Lexbase pénal* mai 2021, obs. Y. Carpentier ; *Dr. pén.* 2021, comm. 137, obs. V. Peltier).

89) Suppression d'une peine. L'emprisonnement ayant disparu de la nomenclature des peines contraventionnelles en application de l'article unique (IV, 1°) de la loi du 19 juillet 1993, qui a modifié l'article 464 du Code pénal, entré en vigueur le 20 juillet 1993 et de l'article 131-12 du Code pénal entré en vigueur le 1er mars 1994, a été annulé aux fins de nouvel examen au regard des dispositions nouvelles plus favorables, l'arrêt frappé de pourvoi qui a prononcé, pour contravention de coups et violences volontaires prévue par l'article R. 40, 1° du Code pénal alors applicable et devenu l'article R. 625-1 du nouveau Code pénal, une peine d'emprisonnement (▪ Cass. crim., 7 avr. 1994 : *Bull. crim.* n° 141).

Doit être cassé l'arrêt qui condamne les prévenus à une peine de 2 mois d'emprisonnement avec sursis pour entrave au fonctionnement régulier d'un comité d'hygiène, de sécurité et des conditions de travail alors que la loi n° 2015-990 du 6 août 2015, a supprimé la peine d'emprisonnement ; (▪ Cass. crim., 28 févr. 2017 : *JurisData* n° 2017-003350).

90) Suppression des peines planchers. L'article 7 de la loi du 15 août 2014, relative à l'individualisation des peines et renforçant l'efficacité des sanctions pénales, portant abrogation de l'article 132-19-1 du Code pénal à compter du 1er octobre 2014, date d'entrée en vigueur de ce texte, est plus doux ; doit être annulée la décision sur la peine qui prononce une peine minimale d'un an d'emprisonnement prévue par l'article abrogé (▪ Cass. crim., 14 oct. 2014 : *JurisData* n° 2014-024158 ; *Dr. pén.* 2014, comm. 153, note É. Bonis-Garçon ; *RSC* 2014, p. 800, obs. D. Boccon-Gibod. ▪ Cass. crim., 4 mars 2015 : *JurisData* n° 2015-004702. Dans le même sens ▪ Cass. crim., 23 juin 2015 : *JurisData* n° 2015-015454. ▪ Cass. crim.,

13 janv. 2016, n° 14-84.200 : *JurisData* n° 2016-000213).

91) Doit être annulé l'arrêt qui condamne les prévenus à des amendes et pénalités fiscales alors que leur situation n'a pas été examinée au regard de l'article 1800 du Code général des impôts dans sa rédaction issue de la loi n° 2016-1918, du 29 décembre 2016, laquelle a supprimé le minimum applicable en matière d'amendes et de pénalités fiscales (▪ Cass. crim., 14 juin 2017 : *JurisData* n° 2017-011588 ; *Dr. pén.* 2017, comm. 146, note J.-H. Robert ; *RDF* 2018, 167, n° 16, obs. R. Salomon. ▪ Cass. crim., 22 nov. 2017, n° 16-83.576 : *JurisData* n° 2017-023505. ▪ Cass. crim., 6 déc. 2017, n° 16-80.216 : *JurisData* n° 2017-024779).

92) Doit être annulée la décision qui fixent les amendes et la pénalité fiscales en application des dispositions des articles 1794 et 1804 du Code général des impôts, alors en vigueur, enserrant le montant de celles-ci entre un minimum et un maximum au motif que la situation du prévenu n'a pas été examinée au regard de l'article 1800 du Code général des impôts, dans sa rédaction issue de la loi n° 2016-1918 du 29 décembre 2016, laquelle a supprimé le minimum applicable en matière d'amendes et de pénalités fiscales (▪ Cass. crim., 11 sept. 2019, n° 18-82.684 : *JurisData* n° 2019-015657. – V. également à propos de l'article 1800 du Code général des impôts ▪ Cass. crim., 18 déc. 2019, n° 19-80.227).

93) Suppression d'un délai préalable à l'obtention d'un nouveau permis. Méconnaît l'article 112-1 alinéa 3 du Code pénal l'arrêt de cour d'appel qui interdit, à la personne condamnée à l'annulation de droit de son permis de conduite, de solliciter la délivrance d'un nouveau titre avant un délai de trois mois dès lors que la loi n° 2019-1428 du 24 décembre 2019 a supprimé la fixation du délai préalable à l'obtention d'un nouveau permis de conduire au profit de l'interdiction, à compter de cette obtention, de conduire un véhicule non équipé d'un dispositif d'antidémarrage par éthylotest électronique (▪ Cass. crim., 12 oct. 2021, n° 21-80.370 : *JurisData* n° 2021-015953 ; *Dr. pén.* 2021, comm. 207, obs. J.-H. Robert).

• Causes d'irresponsabilité pénale

94) Extension des immunités du CESEDA. Constitue une disposition plus douce et applicable aux commis antérieurement à son entrée en vigueur l'article 38 de la loi n° 2018-778 du 10 septembre 2018 en ce qu'il élargit les immunités prévues par l'article L. 622-4 du Code de l'entrée et du séjour des étrangers et du droit d'asile en faisant obstacle aux poursuites pénales dans le cas où l'aide à la circulation et au séjour irrégulier d'un étranger n'a donné lieu à aucune contrepartie directe ou indirecte et a consisté à fournir une aide quelconque dans un but exclusivement humanitaire (▪ Cass. crim., 12 déc. 2018, n° 17-85.736 : *JurisData* n° 2018-022708 ; *Dalloz actualité*, 19 déc. 2018, obs. J. Gallois ; *Rev. pénit.* 2019, n° 3, p. 75, chron. M. Lacaze ; *AJ pénal* 2018, p. 540, note M. Léna ; *AJ pénal* 2019, p. 92, note J.-B. Perrier ; *Dr. pén.* 2019, comm. 33, note J.-H. Robert ; *Rev. pénit.* 2019, p. 122, obs. A. Darsonville).

95) Création de faits justificatifs. Les dispositions de l'article 122-9 du Code pénal, introduites par la loi n° 2016-1691 du 9 décembre 2016, qui institue une nouvelle cause d'irresponsabilité pénale au bénéfice de la personne ayant, dans certaines conditions, porté atteinte à un secret protégé par la loi, s'appliquent aux infractions commises avant leur entrée en vigueur et n'ayant pas donné lieu à une condamnation passée en force de chose jugée lorsqu'elles sont moins sévères que les dispositions anciennes (▪ Cass. crim., 17 oct. 2018, n° 17-80.485 : *JurisData* n° 2018-019326 : *JCP G* 2018, p. 1208, obs. J.-M. Brigant ; *JCP S* 2018, p. 1347, obs. R. Salomon ; *Lexbase pénal* nov. 2018, obs. J.-Y. Maréchal ; *AJ pénal* 2018, p. 574, obs. M.-Ch. Sordino ; *Rev. pénit.* 2019, p. 119, obs. A. Darsonville).

3° *Limites*

96) Abrogation de textes réglementaires d'application d'une loi. Lorsqu'une disposition législative, support légal d'une incrimination, demeure en vigueur, l'abrogation de textes réglementaires pris pour son application n'a pas d'effet rétroactif (▪ Cass. crim., 30 janv. 1989, n° 86-96.060 : *Bull. crim.* n° 33. ▪ Cass. crim., 7 juin 1990 : *JurisData* n° 1990-702364). Justifie sa décision la cour d'appel qui écarte l'application de l'article 28 du décret du 7 mars 2001, ayant relevé le seuil au-delà duquel la procédure d'appel d'offres est obligatoire, dès lors, d'une part, que les faits ont été commis avant l'entrée en vigueur de ce texte et, d'autre part, que les dispositions législatives, support légal de l'incrimination, n'ont pas été modifiés (▪ Cass. crim., 28 janv. 2004 : *Bull. crim.* n° 23 : *JCP* 2004, II, 10084, note F. Linditch).

97) Les dispositions réglementaires nouvelles du Code des marchés publics modifiant les conditions de passation desdits marchés ne s'appliquent pas aux infractions commises avant leur entrée en vigueur, dès lors que le texte législatif, support légal de l'incrimination, n'a pas été modifié (▪ Cass. crim., 7 avr. 2004 : *Bull. crim.* n° 93, arrêts 1 et 2. Dans le même sens, ▪ Cass. crim., 18 janv. 2006 : *Dr. pén.* 2006, comm. 53, obs. M. Véron : non-rétroactivité d'un arrêté administratif relevant la vitesse maximale autorisée).

98) La loi du 10 août 2009, qui réaffirme le principe du repos dominical et vise à adapter, sous certaines conditions, les dérogations à ce principe dans les communes et zones touristiques et thermales, ainsi que dans certaines agglomérations pour les salariés volontaires, n'a pas eu pour effet de priver de support légal les infractions au repos dominical constatées avant son entrée en vigueur (▪ Cass. crim., 16 mars 2010 : *Bull. crim.* n° 52 ; *JCP* 2010, act. n° 441, p. 820).

99) Absence d'abrogation par une ordonnance non ratifiée. Doit être déclarée irrecevable l'exception d'extinction de l'action publique, exercée pour violation de la réglementation viti-vinicole établie par l'ordonnance du 7 janvier 1959, fondée sur l'abrogation des textes d'incrimination par l'ordonnance n° 2010-459 du 6 mai 2010 dès lors que les textes n'ont pas été abrogés à défaut de ratification de l'ordonnance n° 2010-459 du 6 mai 2010 (▪ Cass. crim., 3 juin 2015 : *JurisData* n° 2015-012998. Dans le même sens ▪ Cass. crim., 16 déc. 2015 : *JurisData* n° 2015-028166).

100) Conséquences de l'application d'une incrimination générale à une incrimination spéciale abrogée. La loi du 13 juillet 2006, portant engagement national pour le logement, a abrogé l'infraction spéciale de prise illégale d'intérêts, applicable aux dirigeants et aux employés des organismes d'habitations à loyers modérés, ainsi qu'à ceux des organismes agréés collecteurs de la participation des employeurs à l'effort de construction. La loi nouvelle prévoit que les conventions entre ces organismes et leurs dirigeants doivent être autorisées par le conseil d'administration. Il en résulte, d'une part, que, si la prise d'intérêts par lesdits dirigeants reste punissable par application des dispositions générales de l'article 432-12 du Code pénal, c'est à la condition de n'avoir pas été régulièrement autorisée et, d'autre part, que, s'agissant de faits commis avant l'entrée en vigueur de la loi du 13 juillet 2006, seules les peines plus douces prévues par l'article L. 423-11, ancien, du Code de la construction et de l'habitation peuvent être prononcées (▪ Cass. crim., 9 sept. 2008, n° 07-87.900 : *Bull. crim.* n° 181).

101) N'encourt pas la cassation l'arrêt qui a caractérisé en tous ses éléments, tant matériels qu'intentionnel, le délit, qualifié de publicité mensongère par l'article L. 121-1 du Code de la consommation dans sa rédaction en vigueur au moment des faits, puis qualifié de pratique commerciale trompeuse dans sa rédaction issue de la loi du 3 janvier 2008, dont elle a déclaré coupable le prévenu (▪ Cass. crim., 24 mars 2015, n° 14-82.166 : *JurisData* n° 2015-006307).

102) Décision passée en force de chose jugée. Par application des dispositions de l'article 112-1, alinéa 3, et sous la seule réserve de l'abrogation de l'incrimination prévue par l'article 112-4, alinéa 2, une loi pénale nouvelle, même moins sévère, est sans incidence sur les peines prononcées par une décision passée en force de chose jugée avant son entrée en vigueur (▪ Cass. crim., 22 mai 1995 : *Bull. crim.* n° 183).

103) Principes généraux de droit reconnus par les nations civilisées. Le paragraphe 2 de l'article 7 de la Convention européenne des droits de l'homme a pour but de préciser que cet article n'affecte pas les lois qui, dans les circonstances tout à fait exceptionnelles qui se sont produites à l'issue de la deuxième guerre mondiale, ont été passées pour réprimer les crimes de guerre et les faits de trahison et de collaboration avec l'ennemi et ne vise à aucune condamnation juridique ou morale de ces lois. Elle estime que ce raisonnement vaut également pour les crimes contre l'humanité (▪ Comm. EDH, 13 janv. 1997, n° 29420/95, *Touvier c/ France*. ▪ CEDH, gr. ch., 17 mai 2010, n° 36376/04, *Kononov c/ Lituanie*, § 186).

104) Dispositions législatives contraires (matière douanière). Une loi nouvelle, qui modifie une incrimination ou les sanctions applicables à une infraction, ne trouve à s'appliquer aux faits commis avant son entrée en vigueur et non définitivement jugés qu'à la condition que cette loi n'ait pas prévu de dispositions expresses contraires ; dès lors que l'article 110 de la loi du 17 juillet 1992 prévoit expressément que ses dispositions n'auraient aucun effet rétroactif sur les infractions commises avant son entrée en vigueur, cette loi, qui fait sortir du champ d'application du Code des douanes les importations et exportations de marchandises en provenance ou à destination des États membres de la communauté européenne, est sans incidence sur les poursuites en cours (▪ Cass. crim., 6 févr. 1997 : *JurisData* n° 1997-005671. ▪ Cass. crim., 20 mars 1997 : *JurisData* n° 1997-005655).

105) Le prévenu ne saurait faire grief à l'arrêt attaqué d'avoir jugé que l'article 110 de la loi du 17 juillet 1992, selon lequel les dispositions de cette loi n'ont pas d'effet rétroactif sur les infractions commises avant son entrée en vigueur, n'est pas contraire à l'article 15-1 du Pacte international sur les droits civils et politiques, dès lors que ce dernier texte ne concerne que les sanctions et non les incriminations (▪ Cass. crim., 6 oct. 2004 : *JurisData* n° 2004-025466 ; *Dr. pén.* 2005, comm. 9, obs. J.-H. Robert).

106) Modifications de dispositions non pénales. Le principe de l'application immédiate de la loi pénale plus douce ne trouve pas à s'appliquer lorsque les poursuites ont été engagées à raison d'un comportement qui reste incriminé et que les sanctions encourues n'ont pas été modifiées dans un sens moins sévère (■ Cass. crim., 16 janv. 2019, n° 15-82.333 : *JurisData* n° 2016-024827 ; *Dr. pén.* 2017, comm. 9, obs. J.-H. Robert. ■ Cass. crim., 1er déc. 2021, n° 20-83.235 : *JurisData* n° 2021-019470).

107) Est justifiée la condamnation pour exploitation d'une installation relevant du régime de l'enregistrement sans avoir effectué les démarches d'enregistrement, quand bien même le décret du 21 novembre 2017, augmentant les seuils au-delà desquels l'enregistrement est exigé, ait pour conséquence de ne plus soumettre la prévenue à ce régime, dès lors que les faits ont été commis antérieurement à l'entrée en vigueur des modifications des dispositions réglementaires applicables ; d'autre part, les dispositions législatives, support légal de l'incrimination, n'ont pas été modifiées (■ Cass. crim., 5 janv. 2021, n° 20-80.972 : *JurisData* n° 2021-000010 ; *Lexbase pénal* janv. 2021, obs. A. Vermersch).

108) A fait une exacte application des textes la cour d'appel qui écarte le moyen tiré de l'extinction de l'action publique, en application du principe de rétroactivité de la loi pénale plus douce, aux motifs que l'article 31 de la loi n° 2017-1837 du 30 décembre 2017 a abrogé, pour l'avenir, l'impôt de solidarité sur la fortune. Ce texte qui abroge un impôt et y substitue un autre est étranger au champ d'application de l'article 112-1 alinéa 2 du Code pénal puisqu'elle n'abroge, ni ne modifie aucune incrimination et ne concerne aucune pénalité (■ Cass. crim., 1er déc. 2021, n° 20-83.235 : *JurisData* n° 2021-019470 ; *Lexbase pénal* mars 2022, obs. M. Bardet).

109) Adhésion à l'Union européenne. L'article 6 TUE et l'article 49 de la charte des droits fondamentaux de l'Union européenne doivent être interprétés en ce sens que l'adhésion d'un État à l'Union ne fait pas obstacle à ce qu'un autre État membre puisse infliger une sanction pénale à des personnes ayant commis, avant cette adhésion, le délit d'assistance à l'immigration illégale en faveur de ressortissants du premier État (■ CJUE, 6 oct. 2016, aff. C-218/15, *Paoletti et a. : JurisData* n° 2016-023707 ; *Europe* 2016, comm. 443, obs. F. Gazin), Les éléments constitutifs du délit d'aide à l'immigration illégale dans l'ordre juridique italien sont donc demeurés inchangés, l'adhésion de la Roumanie à l'Union n'ayant produit aucun effet sur la qualification de cette infraction, l'acquisition de la citoyenneté de l'Union constituant une situation de fait qui n'est pas de nature à modifier les éléments constitutifs du délit d'aide à l'immigration illégale (même arrêt).

Il ne résulte d'aucun texte ou principe général du droit de l'Union européenne, ni d'une jurisprudence bien établie de la Cour de justice de l'Union européenne, que le principe de l'application rétroactive de la peine plus légère fait obstacle à ce que soient poursuivis et sanctionnés les délits d'emploi d'étrangers non munis d'une autorisation de travail salarié commis à l'égard de ressortissants roumains et dont tous les éléments constitutifs ont été réunis antérieurement au 1er janvier 2014, date de la levée de la totalité des restrictions à l'accès au marché du travail pour les ressortissants de la Roumanie, laquelle constitue une situation de fait, étrangère auxdits éléments constitutifs de ces infractions. Toute autre interprétation de ces principes et de ces dispositions, dès lors qu'elle aurait pour conséquence d'encourager le trafic de main-d'œuvre en fraude aux droits des ressortissants d'un État ayant engagé le processus d'adhésion à l'Union serait contraire aux objectifs recherchés par le droit de l'Union, tels qu'interprétés désormais par la Cour de justice dans son arrêt C-218/15 du 6 octobre 2016 (■ Cass. crim., 7 juin 2017 : *JurisData* n° 2017-010975 ; *Dr. pén.* 2017, comm. 131, note J.-H. Robert ; *RSC* 2017, p. 759, obs. A. Cerf-Hollender ; *Gaz. Pal.* 2017, n° 36, p. 40, obs. S. Détraz ; *Lexbase Hebdo – éd. Privée Générale*, obs. N. Catelan).

– *Contra* : L'adhésion d'un État à l'Union européenne, dont il devient ainsi membre, a pour effet de faire perdre à certaines infractions leur caractère punissable ; doit être cassé l'arrêt qui déclare coupable d'emploi de deux ressortissants polonais non munis d'une autorisation de travail alors que la Pologne étant devenue membre de l'Union européenne le 1er mai 2004, la totalité des restrictions à l'accès au marché du travail a été levée pour les ressortissants de cet État à compter du 1er juillet 2008, de sorte que l'infraction poursuivie avait perdu son caractère punissable (■ Cass. crim., 15 mars 2011, n° 10-81.510 : *Dr. pén.* 2011, comm. 110, obs. J.-H. Robert. – Rappr. ■ Cass. crim., 8 mars 1993 : *Dr. pén.* 1993, comm. 163. ■ Cass. crim., 2 juin 1993 : *Bull. crim.* n° 80. ■ Cass. crim., 1er oct. 1998 : *Dr. pén.* 1999, comm. 24. ■ Cass. crim., 11 déc. 2012, n° 11-86.415 : *Dr. pén.* 2013, comm. 52, obs. M. Veron). Doit être censuré l'arrêt qui déclare coupable d'emploi d'un ressortissant roumain non muni d'une autorisation de travail, considérant que le fait que ce ressortissant bénéficie depuis le 1er janvier 2014 de la même liberté de circulation que ses homologues européens au regard de la réglementation sociale et qu'aucune autorisation de travail ne soit plus requise pour exercer une activité professionnelle est sans portée dès lors que l'infraction a été commise courant 2010 et 2011. En effet, la Roumanie étant devenue membre de l'Union européenne le 1er janvier 2007, la totalité des restrictions à l'accès au marché du travail a été levée pour les ressortissants de cet État à compter du 1er janvier 2014, de sorte que l'infraction poursuivie avait perdu son caractère punissable (■ Cass. crim., 3 nov. 2015, n° 14-84.459 : *JurisData* n° 2015-024512 ; *Dr. pén.* 2016, comm. 13, obs. J.-H. Robert. ■ Cass. crim., 30 mars 2016 : *JurisData* n° 2016-005806. ■ Cass. crim., 10 mai 2016 : *JurisData* n° 2016-008912).

110) Sortie de l'Union européenne. L'accord sur le retrait du Royaume-Uni de Grande-Bretagne et d'Irlande du Nord de l'Union européenne et de la Communauté européenne de l'énergie atomique ne constitue pas une loi pénale nouvelle justifiant l'application de l'article 49 de la Charte des droits fondamentaux, selon lequel lorsque la loi prévoit une peine plus légère, celle-ci doit être appliquée. Cet accord, dont la conséquence directe est de faire du Royaume-Uni un État tiers de l'Union européenne, est sans incidence sur la décision retenant l'état de récidive, en application de l'article 132-23-1 du Code pénal (■ Cass. crim., 14 avr. 2021, n° 20-82.529 : *JurisData* n° 2021-00524 ; *Lexbase pénal* mai 2021, obs. A. Gogorza et T. Herran ; *Lexbase pénal* oct. 2021, obs. Y. Carpentier ; *AJ pénal* 2021, p. 314, obs. M. Nicolas-Greciano).

111) Modification en raison d'une appréciation économique du marché. Le principe de rétroactivité de la loi pénale plus douce, consacré à l'article 49, paragraphe 1, troisième phrase, de la charte des droits fondamentaux de l'Union européenne, doit être interprété en ce sens qu'il ne s'oppose pas à ce qu'une personne soit condamnée pour avoir indûment obtenu des restitutions particulières à l'exportation prévues par le règlement (CEE) n° 1964/82 de la Commission, du 20 juillet 1982, arrêtant les conditions d'octroi de restitutions particulières à l'exportation pour certaines viandes bovines désossées, par le moyen de manœuvres ou de fausses déclarations portant sur la nature des marchandises pour lesquelles les restitutions étaient demandées, alors que, à la suite d'une modification de ce règlement intervenue postérieurement aux faits incriminés, les marchandises qu'elle a exportées sont devenues éligibles à ces restitutions (■ CJUE, 7 août 2018, aff. C-115/17, *Administration des douanes et droits indirects, Établissement national des produits de l'agriculture et de la mer (FranceAgriMer)* : *JurisData* n° 2018-015832 ; *RD rur.* 2019, comm. 87, obs. Y. Petit ; *Europe* 2018, comm. 350, obs. F. Péraldi-Leneuf ; *Rev. pénit.* 2018, p. 609, obs. S. Détraz).

La cassation est encourue pour l'arrêt qui relaxe les prévenus poursuivis pour fausses déclarations ayant pour but ou pour effet d'obtenir, en tout ou partie, un remboursement, une exonération, un droit réduit ou un avantage quelconque attaché à l'importation ou à l'exportation incriminées aux articles 426, 4 et 414 du Code des douanes, au motif que le règlement (CEE) 1964/82, du 20 juillet 1982, arrêtant les conditions d'octroi des restitutions particulières à l'exportation pour certaines viandes bovines applicable au moment des faits, a été modifié à six reprises entre 1987 et le 20 novembre 2006 et qu'il a été abrogé par le règlement n° 1359/2007, du 21 novembre 2007, lequel a étendu le bénéfice des restitutions aux morceaux issus de quartiers avant et que ces dispositions nouvelles moins sévères doivent s'appliquer. Ainsi, la cour d'appel a méconnu le sens et la portée de l'article 112-1 du Code pénal et de l'article 49 de la charte des droits fondamentaux de l'Union européenne au motif que les dispositions nouvelles, bien qu'issues d'une norme communautaire, ne s'appliquent pas aux infractions commises avant leur entrée en vigueur, dès lors que d'une part, selon l'arrêt de la Cour de justice de l'Union européenne du 7 août 2018, Clergeau e.a., le choix du législateur européen de modifier les critères d'éligibilité aux restitutions de marchandises s'est fondé sur une appréciation économique de la situation du marché de la viande et ne visait pas à remettre en question la qualification pénale ou l'appréciation, par les autorités nationales, de la peine à appliquer à des comportements ayant pour effet d'obtenir indûment des restitutions particulières à l'exportation et, d'autre part, le texte législatif national qui constitue le support de l'incrimination n'a pas été modifié (■ Cass. crim., 16 janv. 2019, n° 15-82.333 : *Dr. pén.* 2019, comm. 70, obs. J.-H. Robert).

112) A justifié sa décision la cour d'appel qui a déclaré coupable le prévenu pour absence ou insuffisance du paiement d'une redevance de stationnement avant le 1er janvier 2018 au regard de l'article 112-1 du Code pénal, de l'article 8 de la DDHC et de l'article 49 de la Charte des droits fondamentaux. En effet, l'article 63 V de la loi 2014-58 du 27 janvier 2014 ne constitue pas une loi pénale plus douce mais une disposition visant à assurer l'effectivité de la réglementation antérieure, dont elle est indissociable, celle-ci n'étant abrogée que pour laisser place à une nouvelle réglementation sanctionnant également, mais selon des modalités différentes, le stationnement irrégulier, de sorte que le législateur n'a ainsi pas entendu permettre le stationnement irrégulier pour défaut de paiement de la redevance et n'a donc pas changé d'avis sur la qualification pénale des faits, l'article R. 417-6 du Code de la route, support de la poursuite, étant par ailleurs toujours en vigueur (■ Cass. crim., 7 déc. 2021, n° 21-81.423 : *JurisData* n° 2021-019941 ; *Gaz. Pal.* 22 févr. 2022, n° 6, p. 47, obs. S. Detraz).

B – Lois particulières

113) Lois déclaratives. La loi du 26 décembre 1964 tendant à constater l'imprescriptibilité des crimes contre l'humanité n'est pas une loi nouvelle plus sévère mais ne fait que constater une règle internationale préexistante déduite de l'accord de Londres du 8 août 1945 auquel est annexé le statut du Tribunal militaire international de Nuremberg (▪ Cass. crim., 26 janv. 1984 : *Bull. crim.* n° 34).

114) Lois interprétatives : rétroactivité. Les lois interprétatives, qui précisent le sens d'une loi ancienne, font corps avec elle : elles ont donc le même domaine d'application dans le temps que la loi interprétée et rétroagissent (▪ Cass. crim., 21 oct. 1943 : *S.* 1944, I, p. 29, note H. Mazeaud. ▪ Cass. crim., 3 déc. 1990 : *Bull. crim.* n° 412). Si une loi à caractère interprétatif a un effet rétroactif et doit recevoir application dans les procédures non encore définitivement jugées, elle ne saurait rétroagir au-delà de l'entrée en vigueur du texte qu'elle entend interpréter et qui a justifié son intervention (▪ Cass. crim., 23 janv. 1989 : *Bull. crim.* n° 25).

115) Lois interprétatives : illustrations. Sont interprétatives :... les dispositions de la loi du 17 juin 1998 qui précisent que l'obligation de dénoncer les mauvais traitements infligés à un mineur de 15 ans posée à l'article 434-3 du Code pénal s'applique également en cas d'atteintes sexuelles (▪ Cass. crim., 12 janv. 2000 : *JurisData* n° 2000-000466 ; *Bull. crim.* n° 20 ; *RSC* 2000, p. 813, obs. B. Bouloc) ;... l'article 222-22 du Code pénal qui précisent par rapport aux anciens textes que les agressions sexuelles peuvent être commises par menace, celle-ci n'étant qu'une forme de la contrainte (▪ Cass. crim., 14 oct. 1998, n° 97-84.730 : *Bull. crim.* n° 263) ;... les articles 222-31-1 et 227-27-2-1 du Code pénal introduits par la loi n° 2010-121 du 8 février 2010 relative à l'inceste (▪ CA Paris, pôle 3, ch. 5, 21 janv. 2011 : *JurisData* n° 2011-006823) ;... l'article 222-22-1 du Code pénal qui précise que la contrainte morale peut se déduire de la différence d'âge existant entre une victime mineure et l'auteur des faits et de l'autorité de droit ou de fait que celui-ci exerce sur cette victime (▪ Cass. crim., 15 nov. 2017 : *JurisData* n° 2017-027455 ; *Dr. pén.* 2018, comm. 24, note Ph. Conte) ;... les dispositions de la loi n° 2011-1906 du 21 décembre 2011 – article 123 venues préciser que le défaut de déclaration aux organismes de protection sociale ou à l'administration fiscale, constitutive de travail dissimulé au sens de l'article L. 8221-3 du Code du travail, peut notamment résulter de la non-déclaration d'une partie de son chiffre d'affaires ou de ses revenus ou de la continuation d'activité après avoir été radié par les organismes de protection sociale (▪ Cass. crim., 23 janv. 2018, n° 16-86.859 : *JurisData* n° 2018-000681).

116) Il résulte des travaux préparatoires de la loi du 3 août 2018 que le législateur a entendu donner une valeur interprétative à cette disposition. Il ne saurait être déduit de l'emploi des mots « sont caractérisés » une analyse contraire. En effet, ce texte ne modifie pas les éléments constitutifs de l'infraction ni n'instaure une présomption d'absence de consentement du mineur de 15 ans. Il a pour seul objet de désigner certaines circonstances de fait que le juge doit prendre en compte pour apprécier si, dans le cas d'espèce, les agissements ont été commis avec contrainte morale ou surprise. Ayant un caractère interprétatif, l'article 222-22-1, alinéa 3, du Code pénal s'applique aux faits commis antérieurement à l'entrée en vigueur de la loi du 3 août 2018 (▪ Cass. crim., 17 mars 2021, n° 20-86.318 : *JurisData* n° 2021-003554 ; *AJ pénal* 2021, p. 266, obs. J. Lasserre-Capdeville).

117) Interprétation jurisprudentielle. En l'absence de modification de la loi pénale, le principe de non-rétroactivité ne s'applique pas à une simple interprétation jurisprudentielle (▪ Cass. crim., 30 janv. 2002 : *Bull. crim.* n° 16 ; *Dr. pén.* 2002, comm. 43, obs. J.-H. Robert).

118) Lois temporaires. Une loi pénale, faite pour un temps déterminé, cesse de plein droit d'avoir effet à l'expiration de ce temps ; dès lors elle ne peut être appliquée, encore qu'il s'agisse de délits qui ont eu lieu sous son empire (▪ Cass., 27 juill. 1800 (8 therm. An 8) : *S.* 1, 1, p. 32). Toute loi pénale cesse de produire ses effets du jour où elle a été légalement abrogée, sans qu'il y ait lieu à distinguer entre l'abrogation par voie législative des lois votées sans limite de temps ni de durée et l'abrogation des lois temporaires résultant de l'expiration de la période pour laquelle elles ont été promulguées (▪ Cass. crim., 24 sept. 1868 : *Bull. crim.* n° 212. Dans le même sens, V. ▪ Cass. crim., 17 nov. 1922 : *DP* 1924, 1, p. 217, note C. Degois. ▪ Cass. crim., 14 janv. 1949 : *Bull. crim.* n° 15).

119) Le monopole communal des pompes funèbres ayant été supprimé par la loi du 8 janvier 1993 et la période de survie des droits d'exclusivité des concessionnaires étant écoulés, les faits réprimés ne sont plus aujourd'hui susceptibles de constituer une infraction (▪ Cass. crim., 22 janv. 1997 : *JurisData* n° 1997-001203 : *Bull. crim.* n° 27, *Dr. pén.* 1997, p. 82, obs. J.-H. Robert). L'action publique pour une infraction prévue par une loi temporaire s'éteint par l'expiration du temps pour lequel cette loi a été faite ; il n'est donc pas possible de poursuivre une personne pour violation du monopole des pompes funèbres au bénéfice des communes après la période transitoire maintenant le monopole avant sa suppression (▪ CA Paris, ch. corr., 13 janv. 1999 : *JurisData* n° 1999-020423).

C – Dispositions législatives expresses

120) Exception aux principes. Une loi nouvelle qui modifie une incrimination ou les sanctions applicables à une infraction ne trouve à s'appliquer aux faits commis avant son entrée en vigueur et non définitivement jugés qu'à la condition que cette loi n'ait pas prévu de dispositions expresses contraires (■ Cass. crim., 6 févr. 1997 : *Bull. crim.* n° 51. ■ Cass. crim., 20 mars 1997 : *Bull. crim.* n° 116. ■ Cass. crim., 6 oct. 2004 ; *Dr. pén.* 2005, comm. 9, obs. J.-H. Robert).

III – MISE EN ŒUVRE

A – Détermination du caractère plus doux ou plus sévère de la loi

121) Pour établir si, aux fins de l'article 7 de la Convention, une loi adoptée après la commission présumée d'une infraction est plus ou moins favorable à l'accusé que la loi qui était en vigueur au moment des faits allégués, il convient de tenir compte des circonstances particulières de l'espèce (principe de concrétisation). Si la loi postérieure est plus sévère que la loi qui était en vigueur au moment de la commission alléguée de l'infraction, elle ne peut pas être appliquée (■ CEDH, gr. ch., 29 mai 2020, avis consult., n° P16-2019-001 : *JurisData* n° 2020-007751 ; *Dr. pén.* 2020, comm. 169, obs. Ph. Conte ; *Gaz. Pal.* 2020, n° 25, p. 28, obs. J. Andriantsimbazovina).

1° Lois équivalentes

122) Principe. Le principe de la légalité des délits et des peines, tel qu'il est exprimé à l'article 7-1 de Convention européenne de sauvegarde des droits de l'homme et des libertés fondamentales, ne fait pas obstacle à ce qu'une loi nouvelle, en ses dispositions équivalentes ou favorables, s'applique à des faits déjà incriminés par la loi ancienne sous l'empire de laquelle ils ont été commis (■ Cass. crim., 12 juin 1989, trois arrêts : *Bull. crim.* n° 251 ; *D.* 1989, p. 585, rapp. F. Souppe et note J. Derrida). Une loi déterminant autrement que la loi précédente les éléments d'une infraction est applicable aux faits commis avant son entrée en vigueur si ceux-ci entrent dans les prévisions de l'ancienne et de la nouvelle loi (■ Cass. crim., 4 sept. 1990 : *Bull. crim.* n° 309. ■ Cass. crim., 13 juin 2019, n° 19-90.013 : *Gaz. Pal.* 2019, n° 40, obs. S. Détraz).

123) Abus de blanc-seing. Dans le cas où une loi nouvelle supprime une incrimination telle que celle d'abus de blanc-seing prévue par le Code pénal ancien, il a été jugé que les constatations souveraines des juges du fond établissent (en l'espèce qui leur était soumise) l'altération de la vérité dans un écrit valant titre et caractérisent ainsi, au sens de l'article 441-1 du Code pénal nouveau, en tous ses éléments constitutifs, le faux prévu par ce texte (■ Cass. crim., 18 juin 1994 : *Bull. crim.* n° 187). L'incrimination d'abus de blanc-seing prévue par le 1er alinéa de l'article 407 ancien du Code pénal, qui n'a pas été conservée dans le nouveau Code pénal, entre dans les prévisions de l'article 441-1 ; c'est, dès lors, à bon droit qu'une cour d'appel, sans excéder sa saisine ni violer le principe du débat contradictoire, requalifie en faux, après réquisitions en ce sens du ministère public, des faits poursuivis comme abus de blanc-seing (■ Cass. crim., 20 juin 1996 : *Bull. crim.* n° 269).

124) Abus de confiance. Il se déduit de l'article 207 ancien de la loi du 25 janvier 1985, selon lequel les malversations incriminées par cet article sont punies des peines prévues par le 2e alinéa de l'article 408 du Code pénal, que le législateur a, quant à la répression, entendu assimiler ces malversations aux faits d'abus de confiance définis par ce second texte ; il s'ensuit que les dispositions de l'article 408, alinéa 2, ayant été reprises, à compter du 1er mars 1994, à l'article 314-2 du Code pénal, les peines prévues par ce texte ont, dès cette date, été applicables au délit prévu par l'article 207 précité (devenu C. com., art. L. 626-12). (■ Cass. crim., 30 juin 1999 : *Bull. crim.* n° 175).

125) Agression sexuelle aggravée. Fait l'exacte application de l'article 112-2 du Code pénal, l'arrêt qui énonce que l'article 222-3, alinéa 2, du Code pénal réprimant le crime de tortures ou d'actes de barbarie en concours avec une agression sexuelle assure la continuité de l'incrimination d'attentat à la pudeur accompagné de tortures ou d'actes de barbarie prévue par l'article 333-1 de l'ancien Code pénal (■ Cass. crim., 11 mai 2005 : *Bull. crim.* n° 146 ; *RSC* 2005, p. 835, obs. G. Vermelle. ■ Cass. crim., 26 oct. 2011, n° 10-87.848 : *JurisData* n° 2011-026672).

126) Codification à droit constant. L'abrogation d'une loi à la suite de sa codification à droit constant ne modifie ni la teneur des dispositions transférées ni leur portée : tel est le cas de l'article 44 de la loi du 27 décembre 1973 relatif à la publicité trompeuse, transposée sous les articles L. 121-1 et suivants du Code de la consommation ; l'infraction commise sous l'empire du texte aujourd'hui abrogé est dès lors sanctionnée par l'article L. 121-6 de ce code (■ Cass. crim., 16 oct. 1996 : *Bull. crim.* n° 367, arrêt n° 1 ; *Dr. pén.* 1997, comm. 47, obs. M. Véron ; *RSC* 1997, p. 632, obs. B. Bouloc) ; tel est aussi le cas de l'article 21 de la loi du 3 janvier 1992, dite loi sur l'eau, devenu l'article L. 216-5 du Code de l'environnement (■ Cass. crim., 19 oct. 2004 : *Bull. crim.* n° 247 ; *Dr. pén.* 2005, comm. 6, obs. J.-H. Robert).

– À propos de la codification à droit constant, *V. l'étude de H. Moysan* : *JCP* 2002, I, 147.

127) Délit de violation de l'interdiction de gérer. Sur l'application dans le temps de la loi du 26 juillet 2005 (article 190) relative à la sauvegarde des entreprises, mettant fin, sans rétroactivité, aux peines d'interdiction de gérer prononcées plus de 15 ans avant sa date de publication, (V. ▪ Cass. crim., 19 sept. 2007 : *Bull. crim.* n° 219).

128) Les arrêtés ou règlements légalement pris par l'autorité compétente revêtent par ailleurs un caractère de permanence qui les fait survivre aux lois dont ils procèdent, tant qu'ils n'ont pas été rapportés ou qu'ils ne sont pas devenus inconciliables avec les règles fixées par une législation postérieure ; il s'ensuit que le décret du 22 août 1990, pris en application de la loi du 23 juin 1989 réglementant les loteries publicitaires, abrogée à la suite de sa codification sous les articles L. 121-36 et suivants du Code de la consommation, demeure applicable et que sa méconnaissance est pénalement sanctionnée par l'article L. 121-41 de ce Code (▪ Cass. crim., 16 oct. 1996 : *Bull. crim.* n° 367, arrêt n° 2 ; *Dr. pén.* 1997, comm. 47, obs. M. Véron).

129) Fraudes aux prestations sociales. N'encourt pas la censure l'arrêt de cour d'appel qui applique l'article 441-6, alinéa 2 du Code pénal, modifié par la loi de financement de la sécurité sociale du 23 décembre 2013, entrée en vigueur le 25 décembre 2013 et remplaçant l'article L. 114-13 du Code de la sécurité sociale, dans la mesure où les nouvelles dispositions incriminent des faits qui l'étaient déjà au moment de leur commission et assurent la continuité de l'incrimination ; les faits reprochés peuvent faire l'objet d'une sanction pénale dans la limite, cependant, de celle prévue par l'ancien article L. 114-13 précité (▪ Cass. crim., 12 juin 2019, n° 18-83.244 : *JurisData* n° 2019-010226 : *Dr. pén.* 2019, comm. 147, obs. J.-H. Robert).

130) Identité de pénalités. Si l'article 221-4 du Code pénal érige en circonstance aggravante la qualité de la victime d'un meurtre, ce texte n'a pas pour effet d'aggraver les peines encourues, pour les faits de même nature, en application des articles 295 et 304 du Code pénal et 720-2, 1° du Code de procédure pénale antérieurement en vigueur ; n'encourt dès lors pas la censure l'arrêt qui ordonne le renvoi de l'accusé devant la cour d'assises, pour un meurtre commis antérieurement au 1er mars 1994 sur une personne dépositaire de l'autorité publique ou chargée d'une mission de service public, en retenant la circonstance aggravante prévue, depuis cette date, par l'article 221-4, premier alinéa, 4°, du Code pénal (▪ Cass. crim., 20 déc. 1995 : *Bull. crim.* n° 393).

131) Est rejeté le pourvoi de la personne condamnée à des peines d'amende sur le fondement des articles L. 317-5 et L. 317-7 du Code de la route, issus de la loi du 23 juin 2003 pour la détention en vue de la vente de dispositifs ayant pour objet d'augmenter la puissance du moteur des cyclomoteurs car la cour d'appel a prononcé des amendes ne dépassant pas le maximum fixé par les textes en vigueur à la date des faits (▪ Cass. crim., 21 mars 2006, n° 05-82.306 : *JurisData* n° 2006-033268).

132) Inceste. Doit être rejeté le moyen qui conteste la condamnation pour viols et agressions sexuelles incestueux sur sa fille mineure considérant que les faits sont antérieurs à l'entrée en vigueur de la loi la loi du 14 mars 2016 et que la qualification d'inceste est une marque d'infamie, c'est-à-dire une peine infamante de stigmatisation ne pouvant être appliquée rétroactivement dès lors que l'article 222-31-1 du Code pénal, introduit par la loi du 14 mars 2016, n'a aggravé ni la définition de l'infraction, ni les peines encourues, et que la cour d'assises a posé la question spécifique d'inceste en application des dispositions de l'article 356, alinéa 2, du Code de procédure pénale (▪ Cass. crim., 27 oct. 2019, n° 18-85.852 : *Gaz. Pal.* 2020, n° 5, p. 47, obs. E. Dreyer).

133) Transports terrestres. Ni la portée de l'article 1er du décret n° 85-891 du 16 août 1984, relatif aux transports urbains de personnes, quant aux catégories d'entreprises de transports concernées, ni l'incrimination applicable, n'ont été modifiées par le décret n° 2011-2045 du 28 décembre 2011 apportant une nouvelle définition des entreprises de transport public routier de personnes, insérée à l'article 1er-2 de ce texte. Dès lors, ne méconnaît pas l'article 112-1 du Code pénal la cour d'appel qui applique cette définition à une partie des faits dont elle est saisie, commis antérieurement à l'entrée en vigueur du décret susvisé (▪ Cass. crim., 17 nov. 2015, n° 14-82.224).

134) Vol aggravé. Les dispositions de l'article 311-8 du nouveau Code pénal, réprimant le vol aggravé, soit par l'usage ou la menace d'une arme quelconque (al. 1), soit par le port d'une arme soumise à autorisation (al. 2), moins sévères que celles de l'article 384 de l'ancien code, s'appliquent aux faits commis avant l'entrée en vigueur du nouveau texte. La cour d'assises ayant répondu affirmativement aux questions, posées dans les termes de l'ancien texte, lui demandant si le vol avait été commis avec port d'une arme apparente ou cachée, l'aggravation de peine prononcée, dans les limites de la loi nouvelle, n'en est pas moins justifiée dès lors qu'il résulte de l'arrêt de mise en accusation que les accusés ont menacé la victime de leurs armes (▪ Cass. crim., 29 juin 1994 : *Bull. crim.* n° 260) ou que l'arme dont l'accusé était porteur était soumise à réglementation au sens de l'article 311-8 du nouveau Code pénal (■ Cass. crim., 1er juin 1994 : *Bull. crim.* n° 220).

2° Lois mixtes

135) Lois indivisibles. Lorsque la loi nouvelle est plus sévère que l'ancienne sur un point et plus douce sur un autre, et que ses dispositions constituent un tout indivisible, il est jugé, tantôt qu'il faut se livrer à une comparaison globale des lois en présence pour savoir si la loi nouvelle est plus douce ou non (■ Cass. crim., 5 juin 1971 : *JCP* 1972, II, 17039, note Vitu ; *RSC* 1972, p. 97, obs. Légal. ■ Cass. crim., 5 janv. 1983 : *Bull. crim.* n° 8 ; *JCP* 1984, II, 20221, note R. De Lestang), tantôt qu'il faut faire prévaloir la disposition principale de chaque loi pour connaître leur degré de sévérité respective (■ Cass. crim., 24 avr. 1883 : *S.* 1985, 1, p. 401, note E. Villey. ■ Cass. crim., 20 mai 1947 : *JCP* 1948, II, 4078, note Blaisse ; *RSC* 1947, p. 579, obs. J. Magnol. ■ Cass. crim., 29 janv. 1963 : *JCP* 1963, II, 13215, note J.-P. Le Gall).

136) Lois divisibles. Il a été jugé que la loi du 23 décembre 1980 ayant, d'une part, élargi l'incrimination du crime de viol en y incluant tout acte de pénétration sexuelle de quelque nature qu'il soit et, d'autre part, correctionnalisé l'attentat à la pudeur, des actes de pénétration digitale commis antérieurement à l'entrée en vigueur de cette loi par un père sur sa fille mineure ne peuvent être retenus que sous la qualification d'attentat à la pudeur, délit se prescrivant par 3 ans (■ Cass. crim., 8 févr. 1994 : *Bull. crim.* n° 57 ; *Gaz. Pal.* 29 mai 1994, p. 16, note J.-P. Doucet).

137) Les dispositions de l'article 432-12 nouveau du Code pénal sont divisibles, de sorte que les dispositions moins sévères relatives aux seuils de tolérance de la prise d'intérêts sont applicables aux infractions commises avant leur entrée en vigueur. La circonstance que le maire ait présidé une délibération du conseil municipal, autorisant la conclusion d'un contrat dans lequel il prend un intérêt, rend inapplicables les dispositions relatives aux seuils de tolérance de la prise d'intérêts au sens tant de l'article 175 ancien que de l'article 432-12 nouveau du Code pénal. Le seuil de 100 000 F prévu par l'article 432-12 nouveau du Code pénal s'apprécie par référence au montant global du contrat soumis à la délibération du conseil municipal, et non d'après le montant de la prise effective d'intérêts (■ Cass. crim., 4 juin 1996 : *Bull. crim.* n° 231 ; *Dr. pén.* 1996, comm. 262, obs. M. Véron).

3° Lois successives

138) Succession d'une loi moins sévère et d'une loi plus sévère. Lorsque deux textes légaux ou réglementaires se succèdent dans le temps pour assurer la répression d'une même infraction, celui qui était en vigueur au moment des faits doit recevoir application sauf si les dispositions nouvelles sont moins sévères que les anciennes (■ Cass. crim., 17 sept. 1997 : *Bull. crim.* n° 301 ; *Dr. pén.* 1998, chron. 11, V. Lesclous et C. Marsat).

139) Il doit être fait application au prévenu de la loi la plus favorable lorsque, postérieurement à une infraction commise sous l'empire d'une première loi, est entrée en vigueur une deuxième loi d'incrimination moins sévère qui est ensuite remplacée par une troisième disposition plus sévère (■ Cass. crim., 22 févr. 2017, n° 15-82.952 : *JurisData* n° 2017-002843).

140) Règlementation fiscale relative à l'alcool vendu en pharmacie. Doit être cassé l'arrêt qui retient la culpabilité des trois prévenus du chef d'infractions aux contributions indirectes au motif que l'article 27 de la loi n° 2012-354 du 14 mars 2012, qui a modifié l'article 302 D *bis*, II, g du Code général des impôts en prévoyant rétroactivement depuis 2002 une exonération de l'alcool vendu en pharmacie à hauteur d'un contingent fixé par un décret à venir, a été abrogé par l'article 56 de la loi n° 2014-1655 du 29 décembre 2014 alors qu'il est peu important qu'il soit abrogé par un texte postérieur rétablissant l'incrimination initiale, les faits ayant été commis antérieurement (■ Cass. crim., 22 févr. 2017, n° 15-82.952 : *JurisData* n° 2017-002843. ■ Cass. crim., 3 mai 2018 : *JurisData* n° 2018-007356 : *Dr. pén.* 2018, chron. 9, obs. S. Detraz).

141) Succession d'une loi d'abrogation et d'une loi d'incrimination. Aucune peine ne peut être prononcée lorsque les faits poursuivis, bien qu'entrant dans les prévisions de deux textes répressifs successifs, applicables respectivement à la date de commission desdits faits et à celle de leur jugement, ont échappé à toute incrimination entre l'abrogation du premier de ces textes et l'entrée en vigueur du second ; a dès lors été cassé d'office et sans renvoi l'arrêt qui a condamné un prévenu pour défaut de maîtrise, alors que cette infraction n'a pas été réprimée entre l'entrée en vigueur du décret du 28 août 1991 et celle du décret du 23 novembre 1992, textes qui, en cours d'instance, ont successivement modifié l'article R. 232, 2° du Code de la route (■ Cass. crim., 24 nov. 1993 : *Bull. crim.* nos 356 et 357. ■ Cass. crim., 2 mars 1994 : *Bull. crim.* n° 86).

142) En cas de conflit entre plusieurs lois pénales de fond successives, lorsqu'une infraction a été commise sous l'empire d'une première loi, dont des dispositions ont ensuite été abrogées, ce qui a eu pour effet de la rendre inapplicable aux faits, cette deuxième loi étant elle-même remplacée par une troisième réprimant les faits objet de la poursuite, le principe de non-rétroactivité de la loi pénale implique que les faits ne puissent plus être poursuivis. Encourt la cassation l'arrêt qui a déclaré le prévenu coupable d'abandon de famille alors que l'article 13, III, de la loi du 12 mai 2009, abrogeant des dispositions de l'article 227-3 du Code pénal, a eu pour effet d'enlever leur caractère d'infraction, dans leur totalité, aux faits objet des poursuites, sans que la loi du 17 mai 2011, modifiant la précédente et incriminant à nouveau les faits concernés, puisse davantage leur être appliquée rétroactivement (▪ Cass. crim., 23 mai 2012 : *JurisData* n° 2012-012895 ; *Bull. crim.* n° 134 ; *D.* 2012, Pan., p. 2925, obs. S. Mirabail ; *D.* 2012, p. 2368, note M. Benillouche).

143) Par application de l'article 112-1 du Code pénal encourt la cassation l'arrêt qui, après avoir condamné les prévenus pour corruption, constate qu'ils sont privés du droit de vote pendant 5 ans et inéligibles pour une période fixée au double de cette durée en vertu des articles L. 7 et L. 0.130 du Code électoral, alors que l'article 7 a été abrogé par l'article 84 de la loi du 30 décembre 1985 et a été rétabli par l'article 10 de la loi du 19 janvier 1995 et que les faits ont été commis de 1991 à 1993 (▪ Cass. crim., 19 sept. 2007 : *Dr. pén.* 2007, comm. 156, obs. J.-H. Robert).

144) Harcèlement sexuel. Doit être cassé l'arrêt qui a condamné le prévenu pour harcèlement sexuel pour des faits commis entre mars 2012 et d'octobre 2013, alors que l'article 222-33 du Code pénal, dans sa rédaction issue de la loi n° 2002-73 du 17 janvier 2002, a été abrogé à compter du 5 mai 2012 puis rétabli par la loi n° 2012-954 du 6 août 2012, car, en n'ayant pas daté les propos ou comportements à connotation sexuelle retenus à l'encontre du prévenu, la cour d'appel n'a pas mis la Cour de cassation en mesure de vérifier que ceux qu'elle a pris en compte ont été commis à partir du 8 août 2012 (▪ Cass. crim., 16 nov. 2016 : *JurisData* n° 2016-024054 ; *Bull. crim.* n° 297 ; *Dr. pén.* 2017, p. 53, obs. Ph. Conte).

B – Datation de l'infraction

145) Contravention de non-désignation de conducteur. L'infraction prévue par l'article L. 121-6 du Code de la route, créé par la loi n° 2016-1547 du 18 novembre 2016 entrée en vigueur à compter du 1er janvier 2017, est constituée dès lors que l'avis de contravention pour non-désignation du conducteur a été adressé après cette dernière date ; doit être cassé le jugement de relaxe au motif que l'entrée en vigueur du texte est postérieure à l'excès de vitesse dans la mesure où l'avis de contravention pour non-désignation du conducteur a été dressé le 8 juin 2017, soit postérieurement à l'entrée en vigueur de l'article L. 121-6 du Code de la route le 1er janvier 2017 (▪ Cass. crim., 11 déc. 2018 : *JurisData* n° 2018-022816 : *Dr. pén.* 2019, comm. 29, obs. J.-H. Robert ; *JCP G* 2019, p. 146, obs. B. Muller).

146) Complicité de corruption. A justifié sa décision la cour d'appel qui condamne un individu pour complicité de corruption par instruction sur le fondement de l'article 445-2 du Code pénal introduit par la loi du 4 juillet 2005 dans la mesure où le prévenu a maintenu, après l'entrée en vigueur de la loi précitée, les instructions données pour la perception des fonds et la provocation à cette action (▪ Cass. crim., 25 févr. 2015 : *JurisData* n° 2015-003552).

147) Infraction continue. Le délit prévu par l'article 225-14 de ce code est une infraction continue, qui se poursuit tant que dure l'hébergement illicite ; qu'il n'importe que l'hébergement incriminé trouve sa cause dans un contrat conclu avant l'entrée en vigueur de ce texte (▪ Cass. crim., 11 févr. 1998 : *JurisData* n° 1998-000906 : *Bull. crim.* n° 53 ; *Dr. pén.* 1998, comm. 65 ; *RSC* 1998, p. 542, obs. Y. Mayaud).

148) Infraction d'habitude. La déclaration de culpabilité du chef d'exercice illégal de la profession de banquier est justifiée par application de l'article 10 de la loi du 24 janvier 1984, en vigueur avant le 1er janvier 2002 et devenu l'article L. 511-5 du Code monétaire et financier, puisque postérieurement à cette date il a perçu le remboursement desdits prêts et a accordé un nouveau prêt en avril 2003 (▪ Cass. crim., 8 mars 2006, n° 05-83.747).

149) Récidive. Lorsqu'une loi institue un nouveau régime de la récidive, il suffit pour entraîner son application immédiate que l'infraction constitutive du second terme soit postérieure à son entrée en vigueur ; doit être censurée la décision qui écarte l'application des aggravations de la peine résultant de l'état de récidive, au motif que le premier terme eu lieu avant l'entrée en vigueur de la loi, car l'aggravation de peine résultant de la récidive est la conséquence de la seconde infraction qu'il dépend de l'agent de ne pas commettre (▪ Cass. crim., 27 mars 1996, n° 95-82.654 : *Bull. crim.* n° 140 ; *RSC* 1997, p. 375, obs. B. Bouloc. ▪ Cass. crim., 29 févr. 2000 : *JurisData* n° 2000-001021 ; *Bull. crim.* n° 95 ; *RSC* 2001, p. 167, obs. J.-P. Delmas-Saint-Hilaire).

150) La récidive ne peut résulter que de la commission d'une seconde infraction ; il ne fait aucun doute que le requérant pouvait prévoir qu'en commettant une nouvelle infraction avant le 13 juillet 1996, échéance du délai légal de 10 ans, il courait le risque de se faire condamner en état de récidive et de se voir infliger une peine d'emprisonnement et/ou d'amende susceptible d'être doublée. Il était donc en mesure de prévoir les conséquences légales de ses actes et d'adapter son comportement (■ CEDH, gr. ch., 26 mars 2006, n° 67335/01, *Achour c/ France* : *D.* 2006, p. 2513, note D. Zerouki-Cottin ; *D.* 2006, Pan., p. 1652, obs. G. Roujou de Boubée ; *AJ pénal* 2006, p. 360, obs. C. Saas ; *JCP* G 2006, I, 164, obs. F. Sudre ; *RSC* 2006, p. 677, obs. F. Massias).

Art. 112-2 ***(Mod., L. n° 2004-204, 9 mars 2004).*** **– Sont applicables immédiatement à la répression des infractions commises avant leur entrée en vigueur :**

1° les lois de compétence et d'organisation judiciaire, tant qu'un jugement au fond n'a pas été rendu en première instance ;

2° les lois fixant les modalités des poursuites et les formes de la procédure ;

3° les lois relatives au régime d'exécution et d'application des peines ; toutefois, ces lois, lorsqu'elles auraient pour résultat de rendre plus sévères les peines prononcées par la décision de condamnation, ne sont applicables qu'aux condamnations prononcées pour des faits commis postérieurement à leur entrée en vigueur ;

4° lorsque les prescriptions ne sont pas acquises, les lois relatives à la prescription de l'action publique et à la prescription des peines.

Bibliographie : *JCl. Pénal Code, Application de la loi dans le temps*, par W. Jeandidier. • C. Courtin, *La surveillance post-carcérale des personnes dangereuses et l'application de la loi pénale dans le temps : Dr. pén.* 2008, étude 11. • Th. Scherer, *La réforme de la prescription en matière pénale sous l'angle du droit transitoire : AJ pénal* 2018, p. 303.

• *Sommaire*

I – LOIS DE COMPÉTENCE ET D'ORGANISATION JUDICIAIRE 53
II – LOIS DE PROCÉDURE 55
III – LOIS RELATIVES AU RÉGIME D'EXÉCUTION ET D'APPLICATION DES PEINES 58
A – Détermination des mesures d'exécution et d'application des peines 58
B – Détermination des mesures plus sévères 59
IV – LOIS RELATIVES À LA PRESCRIPTION 61
A – Prescription de l'action publique 62
B – Prescription de la peine 64

I – LOIS DE COMPÉTENCE ET D'ORGANISATION JUDICIAIRE

1) Principe. Les lois de procédure et de compétence sont immédiatement applicables aux procédures en cours (■ Cass. crim., 27 sept. 1994, n° 93-84.222 : *Bull. crim.* n° 305).

2) Les nouvelles dispositions de l'article 377 *bis* du Code des douanes, en vertu duquel la juridiction répressive, lorsqu'elle est saisie d'une demande de l'administration des Douanes, ne peut, même en cas de relaxe, dispenser le redevable du paiement des sommes qu'elle reconnaît fraudées ou indûment obtenues, sont applicables immédiatement aux instances en cours depuis l'entrée en vigueur de la loi de finances rectificative du 30 décembre 1991 (■ Cass. crim., 29 mars 1994 : *JurisData* n° 1994-000796 : *JCP* G 1994, IV, p. 216. ■ Cass. crim., 20 mars 1995, n° 94-82.476 : *Bull. crim.* n° 113).

3) Applications antérieures à l'actuel Code pénal. L'ordonnance du 2 février 1945 sur l'enfance délinquante et ses dispositions relatives aux juridictions des mineurs sont applicables aux procédures en cours (■ Cass. crim., 20 juin 1946 : *JCP* G 1947, II, 3391, note P. Hébraud).

4) S'applique aux instances en cours l'article 35 de la loi du 5 février 1994 donnant désormais compétence aux juridictions d'instruction en cas de non-lieu, pour prononcer la confiscation et la remise au plaignant de l'œuvre artistique portant une signature frauduleusement imitée, lorsqu'il est établi que les œuvres saisies sont des faux et alors même que la saisie n'a pas été pratiquée par le juge d'instruction (■ Cass. crim., 27 sept. 1994, n° 93-84.222 : *Bull. crim.* n° 305).

5) Applications postérieures à l'actuel Code pénal. Est d'application aux instances en cours la loi du 22 mai 1996 selon laquelle les auteurs et complices de génocides ou crimes contre l'humanité commis au Rwanda peuvent, s'ils sont trouvés en France, être poursuivis et jugés par les juridictions françaises (■ Cass. crim., 6 janv. 1998, n° 96-82.491 : *Bull. crim.* n° 2 ; *D.* 2000, p. 25, note Y. Mayaud ; *RSC* 1998, p. 348, obs. J.-P. Dintilhac ; *RSC* 1998, p. 837, obs. M. Massé).

6) A justifié sa décision la chambre de l'instruction qui, pour confirmer l'ordonnance de placement en détention provisoire, notifiée le 2 janvier 2001, par le juge des libertés et de la détention, à une personne mise en examen le 29 décembre 2000, énonce que l'ordonnance d'incarcération provisoire, pour une durée n'excédant pas quatre jours ouvrables, régulièrement délivrée à cette date par le juge d'instruction, a poursuivi ses effets jusqu'à la date du débat contradictoire sur la détention provisoire et de la décision du juge des libertés désormais compétent, en application des dispositions de la loi du 15 juin 2000, applicables à compter du 1er janvier 2001, pour statuer sur la détention (▪ Cass. crim., 2 mai 2001 : *Bull. crim.* n° 105).

7) En vertu de l'article 112-2 du Code pénal, les lois de compétence et d'organisation judiciaire sont applicables immédiatement à la répression des infractions commises avant leur entrée en vigueur, à la condition qu'un jugement sur le fond n'ait pas été rendu en première instance. L'ordonnance condamnant une personne pour refus de témoigner constituant une décision de cet ordre, la procédure doit se poursuivre selon les règles de compétence et d'organisation judiciaire en vigueur au moment des faits. De même, la pénalité prévue par la loi nouvelle étant plus sévère que l'ancienne, en cas de condamnation, la peine ne pourra, en vertu de l'article 112-1 du Code pénal, excéder le maximum fixé par le texte ancien (▪ Cass. crim., 13 nov. 2001 : *Bull. crim.* n° 236). V. pour l'application immédiate de l'article 177-2 du Code de procédure pénale issu de l'article 87-1 de la loi du 15 juin 2000 ; ▪ Cass. crim., 8 oct. 2002 : *Bull. crim.* n° 180, préc. *supra* « Loi de procédure »).

8) L'article 177-2 du Code de procédure pénale, issu de la loi du 15 juin 2000 donnant compétence aux juridictions d'instruction lorsqu'elles rendent une ordonnance de non-lieu pour prononcer une amende civile contre la partie civile qu'elles considèrent comme abusive ou dilatoire, s'applique aux instances en cours (▪ Cass. crim., 30 janv. 2002, n° 01-83.501 : *RSC* 2002, p. 623, obs. A. Giudicelli. ▪ Cass. crim., 8 oct. 2002 : *JurisData* n° 2002-015969 ; *Bull. crim.* n° 180).

9) Selon les dispositions de l'article 112-2, 1° du Code pénal, les lois de compétence et d'organisation judiciaire sont immédiatement applicables à la répression des infractions commises avant leur entrée en vigueur, tant qu'un jugement au fond n'a pas été rendu en première instance ; il en résulte qu'une juridiction de proximité est compétente pour juger, postérieurement au 15 septembre 2003, de faits antérieurs à cette date à compter de laquelle la compétence pour en connaître lui a été attribuée par le décret du 23 juin 2003 (▪ Cass. crim., 8 déc. 2004 : *JurisData* n° 2004-026412 ; *Bull. crim.* n° 314 ; *D.* 2005, p. 1521, obs. G. Roujou de Boubée ; *D.* 2005, IR p. 388 ; *RSC* 2005, p. 296, obs. G. Vermelle).

10) Ne prévoyant pas de dispositions transitoires particulières, le législateur a entendu donner, dès le 31 octobre 2017, jour de l'entrée en vigueur de la loi nouvelle de procédure, compétence au juge judiciaire pour autoriser, à la demande des autorités administratives, l'exploitation des données saisies dans le cadre d'une perquisition effectuée sous le régime antérieur aux dispositions de l'article L. 229-1 du Code de la sécurité intérieure (▪ Cass. crim., 14 nov. 2018 : *JurisData* n° 2018-020200 : *Dr. pén.* 2019, comm. 8, obs. J.-H. Robert ▪ Cass. crim., 14 nov. 2018 : *JurisData* n° 2018-020185).

11) Exception. S'il est de principe, en effet, que les lois de procédure et d'instruction, comme celles qui modifient la composition des tribunaux et la forme des jugements, sont obligatoires au moment où elles sont promulguées, et deviennent immédiatement applicables aux délits commis antérieurement, jusqu'à ce qu'il soit intervenu un jugement définitif sur le fait poursuivi, il cesse d'en être ainsi, en ce qui concerne l'application d'une loi de compétence, relativement aux affaires commencées qui ont subi, avant qu'elle fût exécutoire, l'épreuve d'une décision sur le fond, alors même que cette décision aurait été frappée d'appel, et que les juges du second degré n'auraient pas définitivement statué avant la promulgation de la loi (▪ Cass. crim., 7 juill. 1871 : *S.* 1871, 1, p. 85, rapp. Saint-Luc-Courborieu. ▪ Cass. crim., 21 mars 1930 : *Bull. crim.* n° 87. ▪ Cass. crim., 11 mars 1942 : *Bull. crim.* n° 21. ▪ Cass. crim., 23 mars 1960 : *Bull. crim.* n° 64. ▪ Cass. crim., 3 mai 1984, n° 83-94.876 : *Bull. crim.* n° 156).

12) Lorsqu'un jugement sur le fond a été rendu en première instance, la procédure doit se poursuivre selon les règles de compétence et d'organisation judiciaire alors en vigueur (▪ Cass. crim., 27 févr. 2008, n° 07-84.257 : *JurisData* n° 2008-043086).

13) Dispositions transitoires. Sauf dispositions contraires expresses, toute loi de procédure et de compétence est d'effet immédiat ; qu'ainsi, lorsque le législateur, après avoir restreint l'application d'une loi de procédure aux faits commis postérieurement à son entrée en vigueur, décide que certains articles seront applicables aux procédures en cours, ces articles s'appliquent aux faits commis avant la promulgation de ladite loi (▪ Cass. crim., 7 mai 1987, n° 87-80.822 : *Bull. crim.* n° 186 ; *RSC* 1987, p. 621, obs. R. Koering-Joulin).

14) Recours en matière de conditions indignes. La création du recours autonome et exclusif permettant à toute personne détenue qui estime subir des conditions de détention contraires à sa dignité, de saisir le juge judiciaire, afin qu'il y soit mis fin par la loi n° 2021-403 du 8 avril 2021 prive de son objet la faculté ouverte de manière générale par la Cour de cassation en raison de la carence de la loi dans l'arrêt du 8 juillet 2020 (▪ Cass. crim., 8 juill. 2020, n° 20-81.739). Toutefois, les moyens régulièrement soulevés avant le 1er octobre 2021 (date de l'entrée en vigueur du nouveau recours) devant la chambre de l'instruction saisie dans le cadre du contentieux de la détention provisoire doivent continuer à être examinés au regard des principes dégagés le 8 juillet 2020, sauf à méconnaître l'effectivité du droit à un recours dans les affaires considérées (▪ Cass. crim., 20 oct. 2021, n° 21-84.498 : *JurisData* n° 2021-016555 ; *Procédures* 2021, comm. 327, obs. A.-S. Chavent-Leclère).

II – LOIS DE PROCÉDURE

15) Principe. Sauf dispositions contraires expresses, toute loi de procédure et de compétence est d'effet immédiat. Il en est ainsi de l'article 177-2 du Code de procédure pénale issu de l'article 87-1 de la loi du 15 juin 2000 qui a donné compétence aux juridictions d'instruction lorsqu'elles rendent une ordonnance de non-lieu, de prononcer une amende civile contre la partie civile qu'elles considèrent comme abusive ou dilatoire (▪ Cass. crim., 8 oct. 2002 : *Bull. crim.* n° 180).

16) Identification d'une loi de procédure. Le deuxième alinéa de l'article 132-19 du nouveau Code pénal, aux termes duquel, en matière correctionnelle, la juridiction ne peut prononcer une peine d'emprisonnement sans sursis qu'après avoir spécialement motivé le choix de cette peine, est une loi de procédure au sens de l'article 112-2 (2°) dudit code ; ne concernant ni la définition des faits punissables, ni la nature ou le quantum des peines susceptibles d'être prononcées, elle n'entre pas dans les prévisions du troisième alinéa de l'article 112-1, en sorte qu'elle ne peut motiver rétroactivement l'annulation d'une décision sur le fond régulièrement rendue avant son entrée en vigueur (▪ Cass. crim., 3 oct. 1994, n° 92-85.663. Dans le même sens, ▪ Cass. crim., 12 mai 2021, n° 20-81.014 : *JurisData* n° 2021-007132).

17) Les dispositions de l'article 6-1 du Code de procédure pénale, issues de la loi du 8 février 1995, entrent dans la catégorie des lois fixant les modalités de la poursuite, dont l'article 112-2-2° du Code pénal impose l'application immédiate à la répression des infractions commises avant leur entrée en vigueur (▪ Cass. crim., 28 janv. 1997 : *Bull. crim.* n° 37).

18) L'article 132-19, alinéa 3, du Code pénal, tel qu'il résulte de la loi n° 2014-896 du 15 août 2014, selon lequel toute décision prononçant une peine d'emprisonnement sans sursis ou ne faisant pas l'objet d'une mesure d'aménagement doit être spécialement motivée au regard des faits de l'espèce et de la personnalité de leur auteur ainsi que de sa situation matérielle, familiale et sociale, ne concerne ni la définition de faits punissables, ni la nature et le quantum des peines susceptibles d'être prononcées, et n'entre pas dans les prévisions de l'article 112-1, alinéa 3, mais dans celles de l'article 112-2, 2°, dudit code ; que, s'agissant d'une loi de procédure, il ne peut motiver l'annulation d'une décision sur le fond régulièrement rendue avant son entrée en vigueur (▪ Cass. crim., 31 mars 2015, n° 14-86.584 : *JurisData* n° 2015-007049. ▪ Cass. crim., 16 juin 2015 : *JurisData* n° 2015-014644. ▪ Cass. crim., 29 juin 2016 : *JurisData* n° 2016-012748).

19) Les dispositions de l'article 99, alinéa 4, du Code de procédure pénale relatif à la restitution d'un bien saisi, issu de la loi n° 2016-731 du 3 juin 2016 fixant des modalités de poursuites et des formes de la procédure, sont immédiatement applicables à une procédure engagée avant leur entrée en vigueur (▪ Cass. crim., 28 févr. 2018, n° 17-81.577 : *JurisData* n° 2018-002698).

20) Applications. Encourt la cassation l'arrêt qui ne fait pas mention du recueil de l'avis du juge d'application des peines pour ordonner la révocation d'un sursis préalable d'un sursis avec mise à l'épreuve prévu à l'article 132-48 du Code pénal, entré en vigueur le 1er mars 1994, alors que les lois fixant les formes de la procédure sont applicables immédiatement aux instances en cours (▪ Cass. crim., 3 avr. 1995, n° 94-81.851 : *JurisData* n° 1995-000991 : *Bull. crim.* n° 141 ; *RSC* 1996, p. 112, obs. B. Bouloc).

21) Les dispositions de procédure de la loi du 30 décembre 1996 relative à la détention provisoire portant notamment modification des articles 144, 145, 145-1, 145-3 du Code de procédure pénale, entrés en vigueur à compter du 31 mars 1997, sont applicables aux poursuites en cours ; a été censuré un arrêt de chambre d'accusation, du 3 avril 1997, se bornant à confirmer une ordonnance du juge d'instruction, du 14 mars 1997, de prolongation de la détention provisoire pour une durée supérieure à 6 mois, et qui ne comportait aucune indication ni sur l'insuffisance des obligations du contrôle judiciaire ni sur l'état et les perspectives d'achèvement du dossier (▪ Cass. crim., 19 août 1997 : *Bull. crim.* n° 284).

22) L'article 40 de la loi du 9 septembre 2002, applicable en vertu de l'article 112-2 du Code pénal aux infractions commises avant son entrée en vigueur, permet de recourir à la procédure de comparution immédiate même lorsque la peine encourue est supérieure à 7 ans d'emprisonnement ; encourt la censure l'arrêt qui, pour annuler le jugement de condamnation prononcé contre un prévenu qui avait été traduit le 24 mars 2003 devant le tribunal correctionnel pour infractions à la législation sur les stupéfiants en récidive, énonce que la procédure de comparution immédiate ne pouvait être utilisée, la peine encourue pour le délit excédant sept ans d'emprisonnement (▪ Cass. crim., 7 janv. 2004 : *Bull. crim.* n° 6 ; *Dr. pén.* 2004, comm. 47, obs. M. Véron).

23) L'arrêté du 22 août 2006, pris en application de l'article R. 213-1 du Code de procédure pénale, aux termes duquel la réquisition adressée à un opérateur de téléphonie fixe pour l'identification d'une donnée à partir de son numéro d'appel, donne lieu à un remboursement de 8,50 € hors taxes est un texte immédiatement applicable aux procédures en cours au sens de l'article 112-2-2° du Code pénal ; n'encourt pas la cassation l'arrêt de la chambre de l'instruction qui, statuant le 23 janvier 2006, confirme la décision du juge taxateur ayant tarifé la prestation fournie par un opérateur de téléphonie fixe requis d'identifier plusieurs abonnés à partir de leur numéro d'appel en ne tenant compte que des difficultés rencontrées et des justificatifs produits. La décision doit cependant être annulée et la cause renvoyée devant une autre chambre de l'instruction à qui il appartiendra de faire application du tarif fixé par l'arrêté précité (▪ Cass. crim., 23 janv. 2007 : *Bull. crim.* n° 13 ; *Dr. pén.* 2007, comm. 47, obs. M. Véron).

24) L'article 13 de la loi du 30 décembre 2004, qui prévoit la possibilité pour les juridictions civiles, pénales ou administratives d'inviter la Haute Autorité de lutte contre les discriminations et pour l'égalité (HALDE) à présenter des observations sur les faits dont elles sont saisies, ne contient que des dispositions de procédure fixant les modalités des poursuites et immédiatement applicables, au sens de l'article 112-2 du Code pénal, aux infractions commises antérieurement à son entrée en vigueur (▪ Cass. crim., 24 janv. 2007 : *Bull. crim.* n° 19 ; *Dr. pén.* 2007, comm. 47, obs. M. Véron ; *RSC* 2007, p. 529, obs. E. Fortis).

25) L'article 212-2 du Code de procédure pénale (prévoyant une amende civile pour constitution de partie civile abusive), institué par la loi du 9 mars 2004, s'applique aux procédures en cours à la date de son entrée en vigueur (▪ Cass. crim., 30 mai 2007 : *Bull. crim.* n° 139. – Rappr. ▪ Cass. crim., 9 janv. 2007 : *Bull. crim.* n° 1).

26) Sont immédiatement applicables à la répression des infractions commises avant leur entrée en vigueur en tant qu'elles fixent les formes de la procédure, au sens de l'article 112-2, 2°, du Code pénal, les dispositions de la loi n° 2005-1549 du 12 décembre 2005 prévoyant que, lors de la mise à exécution de la contrainte judiciaire consécutive à un défaut de paiement de jours-amende, une mise en demeure de payer, adressée par lettre recommandée avec accusé de réception, produit les mêmes effets qu'un commandement de payer. Encourt la censure l'arrêt de la chambre de l'application des peines qui, pour dire n'y avoir lieu à mise à exécution de la peine de soixante jours-amende prononcée pour conduite sans permis en récidive faute pour le condamné de s'être acquitté des sommes exigibles, énonce que la modification législative introduite à l'article 762 du Code de procédure pénale par la loi du 12 décembre 2005, en ce qu'elle fait produire à la lettre recommandée avec accusé de réception les mêmes effets qu'un commandement de payer, a pour effet de restreindre les garanties d'information et de défense du condamné et que, cette disposition relative au régime de l'exécution des peines rendant ladite peine plus sévère, elle n'est applicable qu'aux condamnations prononcées pour des faits commis postérieurement à son entrée en vigueur (▪ Cass. crim., 16 janv. 2008, n° 07-84.584 : *Bull. crim.* n° 13).

27) Sur l'application immédiate de la loi du 27 mars 2012 modifiant l'article 706-148 du Code de procédure pénale concernant la saisie conservatoire des biens de la personne mise en examen, V. ▪ Cass. crim., 9 mai 2012, n° 11-85.522 : *Bull. crim.* n° 110 ; *JCP* 2012, n° 670, p. 1106, J. Lasserre-Capdeville ; *D.* 2012, p. 1652, note Ch. Cutajar ; *Procédures* 2012, comm. 231, obs. A.-S. Chavant-Leclere ; *Dr. pén.* 2012, comm. A. Maron et M. Haas ; *AJ pénal* 2012, p. 427, obs. L. Ascensi. V. également sur l'application transitoire des règles de calcul des réductions supplémentaires de peine, telles que prévues par l'article 721-1 du Code de procédure pénale : ▪ Cass. crim., 16 déc. 2015, n° 15-81.264 : *Dr. pén.* 2016, comm. 39, obs. É. Bonis-Garçon).

28) Une constitution de partie civile peut avoir lieu à tout moment au cours de l'instruction ; que, selon le quatrième alinéa de ce texte, ajouté par la loi n° 2016-731 du 3 juin 2016, d'application immédiate, la recevabilité d'une constitution de partie civile ne peut plus être contestée devant le juge d'instruction ou la chambre de l'instruction postérieurement à l'envoi de l'avis de fin d'information ; qu'il résulte de la combinaison de ces alinéas que la prohibition ainsi édictée ne s'applique qu'aux constitutions de partie civile intervenues avant ce terme (▪ Cass. crim., 25 avr. 2017, n° 16-87.328 : *JurisData* n° 2017-007760).

29) Le caractère terroriste de l'infraction, bien qu'il ne puisse pas être pris en compte pour la qualification de l'infraction, les faits ayant été commis antérieurement à l'incrimination de la circonstance aggravante de terrorisme, a pour conséquence de conférer compétence à la cour d'assises spécialement composée, compétente, selon les articles 698-6 et 706-25 du Code de procédure pénale, quand les infractions ainsi énumérées sont en relation avec une entreprise individuelle ou collective ayant pour but de troubler gravement l'ordre public par l'intimidation ou la terreur, ainsi que l'a jugé la Cour de cassation (▪ Cass. crim., 14 nov. 2019, n° 18-83.122 : *JurisData* n° 2019-020062 : *Gaz. Pal.* 2019, n° 44, p. 18, obs. R. Mésa).

30) En statuant à juge unique, le juge d'appel n'a méconnu aucun des textes visés au moyen, dès lors que les dispositions de l'article 510 du Code de procédure pénale, issues de la loi n° 2019-222 du 23 mars 2019, sont applicables à la répression des infractions commises avant leur entrée en vigueur, s'agissant de dispositions fixant les modalités des poursuites et les formes de la procédure (▪ Cass. crim., 10 nov. 2020, n° 19-86.750 : *Jurisdata* n° 2020-018248. ▪ Cass. crim., 16 déc. 2020, n° 19-86.768).

31) Validité des actes accomplis sous l'empire de la loi ancienne. V. ss art. 112-4, p. 66.

32) Tempéraments. Il résulte de l'article 112-2, 2° du Code pénal, selon lequel les lois de procédure sont applicables immédiatement, que le délai de forclusion institué par l'article 173-1 du Code de procédure pénale, entré en vigueur le 1er janvier 2001, qui impose à la personne poursuivie, à peine d'irrecevabilité, de présenter dans les 6 mois suivant la notification de sa mise en examen toute demande d'annulation de son interrogatoire de première comparution ou d'actes antérieurs, ne commence à courir qu'à compter de la date d'entrée en vigueur dudit article, lorsque la mise en examen a été notifiée avant cette date (▪ Cass. crim., 20 juin 2001 : *Bull. crim.* n° 152 ; *JCP* 2002, II, 10033, note S. Bouretz).

33) L'obligation faite au juge d'instruction de notifier, lors de l'interrogatoire de première comparution, les dispositions de l'article 173-1 du Code de procédure pénale, n'est applicable qu'aux mises en examen effectuées à partir du 1er janvier 2001, date d'entrée en vigueur de l'article 116 du Code précité, dans sa rédaction issue de la loi du 15 juin 2000, et aucune disposition légale n'impose qu'il soit procédé à cette notification aux personnes mises en examen antérieurement (▪ Cass. crim., 12 déc. 2001 : *Bull. crim.* n° 267).

34) Les dispositions de l'alinéa 4 de l'article 469 du Code de procédure pénale qui sont la conséquence de celles du nouvel article 186-3 du même code instituant en faveur des parties un droit d'appel de l'ordonnance de renvoi pour contester une qualification correctionnelle, ne sont applicables qu'aux procédures dans lesquelles l'ordonnance de renvoi est intervenue à compter du 1er octobre 2004 ; justifie sa décision la cour d'appel qui, pour écarter l'application des nouvelles dispositions du dernier alinéa de l'article 469 du Code de procédure pénale entrées en vigueur le 1er octobre 2004 et qui interdisent aux juridictions correctionnelles, lorsque la victime était constituée partie civile et assistée d'un avocat au moment du prononcé de l'ordonnance de renvoi devant le tribunal correctionnel, de se déclarer incompétentes en raison de la nature criminelle des faits poursuivis, retient que la date de l'ordonnance de renvoi est antérieure au 1er octobre 2004 (▪ Cass. crim., 4 janv. 2006 : *Bull. crim.* n° 8).

35) Il n'importe que la plainte préalable à la constitution de partie civile ait été déposée devant le procureur de la République antérieurement au 1er juillet 2007, date d'entrée en vigueur des articles 85 et 86, alinéa 4, du Code de la procédure pénale dans la rédaction issue de la loi du 5 mars 2007 (▪ Cass. crim., 3 mars 2009 : *Bull. crim.* n° 49).

36) Encourt la cassation l'arrêt qui, pour déclarer la procédure prévue par les articles 706-119 et suivants du Code de procédure pénale, issus de la loi n° 2008-174 du 25 février 2008, non applicable à une personne mise en examen pour des faits commis antérieurement à l'entrée en vigueur de ladite loi et susceptible d'être déclarée pénalement irresponsable, retient que les mesures prévues par les articles 706-135 et 706-136 du même code constituent des peines et qu'une procédure ayant pour effet de les faire encourir ne saurait être appliquée immédiatement. En effet, l'article 112-1, alinéa 2, du Code pénal, selon lequel seules peuvent être prononcées les peines légalement applicables à la date de commission de l'infraction, ne s'applique pas aux mesures de sûreté prévues, en cas de déclaration d'irresponsabilité pénale pour cause de trouble mental, par les articles 706-135 et 706-136 du Code de procédure pénale et, selon l'article 112-2 du Code pénal, les lois fixant les modalités de poursuites et les formes de la procédure sont applicables immédiatement à la répression des infractions commises avant leur entrée en vigueur (▪ Cass. crim., 16 déc. 2009 : *Bull. crim.* n° 216, préc. sous l'article 112-1 ; *Dr. pén.* 2010, étude 4, par H. Matsopoulou ; *JCP* 2010, act. 117, note P. Mistretta ; *D.* 2010, p. 471, note J. Pradel).

37) Doit être cassé l'arrêt de la cour d'appel qui, après avoir rappelé les dispositions de l'article 132-24 alinéa 3 du Code pénal dans sa version antérieure à la loi n° 2014-896 du 15 août 2014, énonce que la prévenue, malgré trois condamnations à des peines alternatives à l'emprisonnement pour des faits de vol, n'a pas mis fin à son comportement délinquant et qu'il s'agit de sa seconde récidive. En effet, l'article 132-24 alinéa 3 du Code pénal, qui dispensait le juge, en cas de récidive légale, d'une part de motiver spécialement la nécessité de la peine d'emprisonnement prononcée et le caractère manifestement inadéquat de toute autre sanction, d'autre part de prononcer sur son aménagement, a été abrogé par la loi n° 2014-896 du 15 août 2014 et n'était donc pas applicable à la procédure (■ Cass. crim., 9 sept. 2020, n° 19-85.277 : *JurisData* n° 2020-016823 ; *Dr. pén.* 2020, comm. 199, obs. V. Peltier).

III – LOIS RELATIVES AU RÉGIME D'EXÉCUTION ET D'APPLICATION DES PEINES

38) Principe. Il est de principe que les lois concernant l'exécution des peines sont d'application immédiate aux situations en cours lors de leur entrée en vigueur (■ Cass. crim., 21 nov. 1984, n° 84-90.466 : *Bull. crim.* n° 364 ; *RSC* 1985, p. 793, obs. Vitu).

A – Détermination des mesures d'exécution et d'application des peines

39) Aménagement de la peine. La distinction, opérée par la Cour de cassation, entre la mesure d'aménagement prononcée par le juge de l'application des peines, considérée comme une loi d'exécution et d'application de la peine et la mesure d'aménagement prononcée par la juridiction de jugement, considérée comme des lois de pénalité, doit être abandonnée dès lors que le législateur a réaffirmé le principe selon lequel la juridiction de jugement qui prononce une courte peine d'emprisonnement doit immédiatement envisager son aménagement. L'aménagement de peine constitue-t-il, même lorsqu'il émane de la juridiction de jugement, un dispositif relatif au régime d'exécution et d'application des peines. L'application dans le temps d'une telle mesure obéit par conséquent aux règles définies par l'article 112-2, 3°, du Code pénal (■ Cass. crim., 20 oct. 2020, n° 19-84.754 : *JurisData* n° 2020-016431 ; *Gaz. Pal.* 2020, n° 44, obs. Y. Carpentier ; *Procédures* 2020, comm. 232, obs. A.-S. Chavent-Leclère ; *AJ pénal* 2020, p. 514, obs. M. Herzog-Evans ; *JCP* G 2021, p. 150, obs. M. Giacopelli ; *Lexbase pénal* déc. 2020, obs. X. Pin ; *Dr. pén.* 2020, comm. 219, obs. E. Bonis).

40) Les dispositions relatives à l'aménagement des peines d'emprisonnement sans sursis supérieures à un mois et inférieures ou égales à un an, qui n'ont pas pour résultat de rendre plus sévères les peines prononcées, sont applicables au jugement des faits commis antérieurement à leur entrée en vigueur (■ Cass. crim., 11 mai 2021, n° 20-85.576 : *JurisData* n° 2021-007074 ; *JCP* G 2021, p. 774, note L. de Gentili ; *JCP* G 2021, p. 902, note E. Dreyer).

41) Les lois relatives au régime d'exécution et d'application des peines sont d'application immédiate, sauf si elles ont pour résultat de rendre plus sévères les peines prononcées par la décision de condamnation. Il résulte des dispositions immédiatement applicables de l'article 723-15 du Code de procédure pénale, modifié par la loi n° 2009-1436 du 24 novembre 2009, que les personnes non incarcérées, qui ne sont pas en état de récidive légale et pour lesquelles, en cas de cumul de condamnations, le total des peines d'emprisonnement prononcées ou restant à subir est inférieur ou égal à deux ans, bénéficient, dans la mesure du possible, d'un aménagement de peine (■ Cass. crim., 9 juin 2010, n° 09-87-677).

42) Astreinte du Code de l'urbanisme. L'astreinte assortissant une remise en état des lieux est une mesure à caractère réel destinée à mettre un terme à une situation illicite, et non une peine, et que les dispositions de l'article L. 480-7 du Code de l'urbanisme, dans leur rédaction consécutive à la loi du 24 mars 2014, entrée en vigueur le 27 mars, portant le montant maximum de l'astreinte à 500 euros par jour de retard, étaient applicables aux instances en cours (■ Cass. crim., 28 juin 2016 : *JurisData* n° 2016-012752).

43) Contrainte par corps. La contrainte par corps n'est pas une peine mais une voie d'exécution attachée de plein droit aux condamnations pécuniaires prononcées par les juridictions répressives, dont la durée doit être fixée d'après la loi en vigueur lors de la condamnation (■ Cass. crim., 29 juin 1989 : *JurisData* n° 1989-703053).

44) Doit être annulé l'arrêt de la cour d'appel du 1er décembre 2004 qui a ordonné la contrainte par corps pour le recouvrement des amendes douanières qu'il a prononcées, dès lors que la contrainte par corps a été supprimée par l'effet de la loi du 9 mars 2004 ; selon les articles 198 et 211 de ladite loi, seules les contraintes par corps en cours le 1er janvier 2005 peuvent être exécutées jusqu'à leur terme (■ Cass. crim., 22 mars 2006 : *JurisData* n° 2006-033279 ; *Dr. pén.* 2006, comm. 104, obs. J.-H. Robert).

– L'abrogation par ce texte de l'article L. 272 du Livre de procédures fiscales, interdit que les condamnations prononcées par les juridictions répressives en application des articles 1741 et 1771 à 1778 du Code général des impôts après le 1er janvier 2005, date d'entrée en vigueur de la loi précitée, soient recouvrées par la contrainte par corps ; pour le recouvrement de l'impôt sur les sociétés et les pénalités y afférentes, l'arrêt (du

15 juin 2005) énonce, par motifs adoptés, que la contrainte s'exercerait, s'il y a lieu, pour la durée prévue par l'article 750 du Code de procédure pénale ; en prononçant ainsi, postérieurement au 1er janvier 2005, la cour d'appel a méconnu le texte susvisé (▪ Cass. crim., 4 mai 2006 : *Dr. pén.* 2006, comm. 101, obs. J.-H. Robert. V. aussi ▪ Cass. crim., 9 mars 2005 : *Bull. crim.* n° 82).

– Les articles 198 et 207, II, de la loi du 9 mars 2004 interdisent de recouvrer par la contrainte par corps les condamnations prononcées par les juridictions répressives en application des anciens articles 749 et 750 du Code de procédure pénale, et non définitives au 1er janvier 2005. Doivent donc être annulées par voie de retranchement les dispositions d'une décision ayant prononcé la contrainte par corps, mais n'ayant pas acquis force de chose jugée avant le 1er janvier 2005 (▪ Cass. ass. plén., 16 nov. 2007 : *Bull. crim.* n° 4).

45) Conversion de peine en jours-amende. Il résulte des dispositions immédiatement applicables de l'article 132-57 du Code pénal, modifié par la loi n° 2009-1436 du 24 novembre 2009, que les juridictions de l'application des peines peuvent ordonner la conversion d'une peine d'emprisonnement ayant fait l'objet d'un sursis partiel, assorti ou non d'une mise à l'épreuve, lorsque la partie ferme de la peine est inférieure ou égale à 6 mois, ainsi que d'une peine d'emprisonnement inférieure ou égale à 6 mois résultant de la révocation d'un sursis, assorti ou non d'une mise à l'épreuve, en une peine de sursis assortie de l'obligation d'accomplir un travail d'intérêt général ou en une peine de jours-amende. Pour l'application immédiate de la loi n° 2009-1436 du 24 novembre 2009 modifiant l'article 132-57 du Code pénal (▪ Cass. crim., 12 mai 2010, n° 09-84.030 : *Bull. crim.* n° 85, noté *infra* sous l'article susvisé).

46) Dispositif électronique mobile anti-rapprochement. Le dispositif électronique mobile anti-rapprochement introduit par l'article 10 de la loi n° 2019-1480 du 28 décembre 2019 est un aménagement d'une peine d'emprisonnement qui relèvent de l'article 112-2 3° (▪ Cass. crim., avis, 22 sept. 2021, n° 21-96.001 : *JurisData* n° 2021-014636 : *Dr. pénal* 2021, comm. 194, obs. E. Bonis ; *Dr. famille* 2021, comm. 165, obs. Ph. Bonfils ; *Lexbase* oct. 2021, obs. Y. Carpentier ; *Gaz. Pal.* 23 nov. 2021, n° 41, p. 50, obs. S. Détraz).

47) Libération conditionnelle. A justifié sa décision la chambre d'application des peines qui a déclaré irrecevable la requête tendant à l'octroi d'une mesure de placement extérieur probatoire à une libération conditionnelle au motif que la requête a été déposée après la publication de la loi du 10 août 2011 qui exclut un placement extérieur probatoire à la libération conditionnelle et qui est d'application immédiate (▪ Cass. crim., 15 oct. 2014, n° 13-80.378 : *JurisData* n° 2014-024037).

48) Sursis avec mise à l'épreuve. Les dispositions de la loi du 15 août 2014, ayant supprimé l'obligation de solliciter l'autorisation du juge de l'application des peines pour la remplacer par l'information préalable de ce magistrat, relèvent du régime d'exécution et d'application des peines (▪ Cass. crim., 4 nov. 2015 : *JurisData* n° 2015-024514 ; *Dr. pén.* 2016, comm. 19, note É. Bonis-Garçon).

B – Détermination des mesures plus sévères

49) Dispositions plus sévères. Il résulte de l'article 112-2, 3° du Code pénal, que les lois relatives au régime d'exécution et d'application des peines, lorsqu'elles auraient pour résultat de rendre plus sévères les peines prononcées par la décision de condamnation, ne sont pas applicables aux condamnations prononcées pour des faits commis antérieurement à leur entrée en vigueur (▪ Cass. crim., 26 sept. 1996 : *Bull. crim.* n° 336).

– ***Aménagement de peines.*** Tel est le cas des dispositions de la loi du 23 mars 2019 qui interdisent tout aménagement des peines d'emprisonnement sans sursis d'une durée comprise entre un et deux ans (▪ Cass. crim., 20 oct. 2020, n° 19-84.754 : *JurisData* n° 2020-016431 ; *Gaz. Pal.* 2020, n° 44, obs. Y. Carpentier ; *Procédures* 2020, comm. 232, obs. A.-S. Chavent-Leclère ; *Aj pénal* 2020, p. 514, obs. M. Herzog-Evans ; *JCP G* 2021, p. 150, obs. M. Giacopelli ; *Dr. pén.* 2020, comm. 219, obs. E. Bonis).

– ***Concours d'infractions.*** Tel est le cas des articles 132-4 et 132-5 dudit code, relatifs aux peines criminelles et correctionnelles en concours (▪ Cass. crim., 26 sept. 1996 : *Bull. crim.* n° 336. ▪ Cass. crim., 20 nov. 1996 : *Bull. crim.* n° 418).

Les dispositions nouvelles, même plus sévères, sont applicables si les faits sont commis postérieurement à leur entrée en vigueur (▪ Cass. crim., 22 mars 2000, n° 99-83.501 : *JurisData* n° 2000-001824 ; *Bull. crim.* n° 134 ; *RSC* 2000, p. 813, obs. B. Bouloc ; *RSC* 2000, p. 820, obs. B. Bouloc) V. ss art. 132-7, *concours matériel d'infractions*, p. 256.

– ***Inscription d'une condamnation sur le casier judiciaire.*** Fait l'exacte application de l'article 112-2, 3° du Code pénal, la cour d'appel qui accueille la demande en exclusion d'une condamnation au bulletin n° 2 du casier judiciaire présentée par une personne condamnée pour des faits d'agressions ou d'atteintes sexuelles prévues par les articles 222-23 à 222-31 du Code pénal, commis avant l'entrée en vigueur de la loi du 9 mars 2004 (▪ Cass. crim., 25 avr. 2006 : *Bull. crim.* n° 112. ▪ Cass. crim., 24 mai 2006 : *Bull. crim.* n° 151).

Selon l'article 112-2, 3° du Code pénal, les dispositions relatives au régime d'exécution et d'application des peines qui ont pour effet de rendre plus sévère la peine prononcée contre le prévenu ne peuvent être appliquées qu'aux condamnations prononcées pour des frais commis postérieurement à leur entrée en vigueur ; méconnaît le sens et la portée de ce texte la cour d'appel qui déclare irrecevable une requête en exclusion du bulletin n° 2 du casier judiciaire en relevant que la nature de l'infraction retenue (et prévue par les articles 222-27 et 222-28, 2° du Code pénal) contre le requérant l'empêche, en application de l'article 775-1, alinéa 3, du Code de procédure pénale dans sa rédaction issue de la loi du 9 mars 2004, de bénéficier de la mesure sollicitée, alors que les faits ayant donné lieu à la condamnation sont antérieurs à l'entrée en vigueur de ces dispositions et que la non-inscription d'une condamnation au bulletin n° 2 du casier judiciaire emportant relèvement de toutes les interdictions, déchéances ou incapacités de quelque nature qu'elles soient résultant de cette condamnation, l'interdiction faite aux juges de faire bénéficier un condamné de cette mesure rend plus sévère la peine prononcée (▪ Cass. crim., 24 mai 2006 : *Bull. crim.* n° 150 ; *Dr. pén.* 2006, comm. 108, obs. M. Véron).

– *Période de sûreté*. Le principe ne concerne pas seulement les peines prononcées par les juridictions répressives, mais s'étend à la période de sûreté qui, bien que relative à l'exécution de la peine, n'en relève pas moins de la décision de la juridiction de jugement qui, dans les conditions déterminées par la loi, peut en faire varier la durée en même temps qu'elle se prononce sur la culpabilité du prévenu ou de l'accusé ; que l'appréciation de cette culpabilité ne peut, conformément au principe de non-rétroactivité de la loi pénale plus sévère, être effectuée qu'au regard de la législation en vigueur à la date des faits. (▪ Cons. const., 3 sept. 1986, n° 86-215 DC).

Selon l'article 112-2, 3° du Code pénal, entré en vigueur le 1er mars 1994, les lois relatives au régime d'exécution et d'application des peines sont d'application immédiate sauf si elles ont pour effet de rendre plus sévères les peines prononcées par les décisions de condamnation. Faisant application de cette disposition à l'occasion d'un pourvoi formé contre l'arrêt d'une chambre d'accusation statuant sur un incident d'exécution de peine formé par un condamné pour viols et excitation de mineurs à la débauche, la Cour de cassation, constatant qu'aucune période de sûreté de plein droit n'est édictée en cas de condamnation du chef de corruption de mineur prévue par l'article 227-22 du nouveau Code pénal correspondant à l'ancien article 334-2 abrogé, a jugé que la période de sûreté prévue par l'article 720-2 du Code de procédure pénale en cas de condamnation sur le fondement de ce dernier texte, n'était pas applicable (▪ Cass. crim., 7 juin 1994 : *Bull. crim.* n° 224 ; *JCP* G 1994, IV, 2087).

– ***Sursis avec mise à l'épreuve.*** Tel est aussi le cas de l'article 132-49 du Code pénal qui autorise la révocation partielle du sursis avec mise à l'épreuve sans limitation de durée, alors que, suivant les dispositions abrogées de l'article 742-2 du Code de procédure pénale, une telle révocation partielle ne pouvait être ordonnée que pour une durée n'excédant pas 2 mois (▪ Cass. crim., 12 déc. 1995, n° 95-81.237 : *Bull. crim.* n° 376 ; *Dr. pén.* 1996, comm. 123, obs. M. Véron. ▪ Cass. crim., 24 oct. 2000 : *Bull. crim.* n° 307).

Les dispositions de la loi du 15 août 2014, ayant supprimé l'obligation de solliciter l'autorisation du juge de l'application des peines pour la remplacer par l'information préalable de ce magistrat, qui relèvent du régime d'exécution et d'application des peines et n'ont pas pour effet de rendre plus sévère la peine prononcée, sont d'application immédiate (▪ Cass. crim., 4 nov. 2015 : *JurisData* n° 2015-024514 ; *Dr. pén.* 2016, comm. 19, note É. Bonis-Garçon).

50) Dispositions plus douces. Les dispositions de l'article 730-2-1 du Code de procédure pénale, dans sa rédaction découlant de la déclaration d'inconstitutionnalité du 6 septembre 2019 (décision n° 2019-799/800 QPC) qui n'impose plus, préalablement à toute libération conditionnelle, lorsque les personnes ont été condamnées pour des infractions à caractère terroriste, l'exécution à titre probatoire d'une mesure de semi-liberté, de placement à l'extérieur ou de placement sous surveillance électronique, et qui sont applicables depuis le 1er juillet 2020, sont plus favorables. Doit être annulée la décision de la cour d'appel qui refuse la libération conditionnelle à des étrangers condamnés pour terrorisme en application du droit en vigueur à l'époque où elle a statué, antérieurement au 1er juillet 2020 (▪ Cass. crim., 20 oct. 2021, n° 20-84.240).

51) Crédits supplémentaires de peine. Justifie sa décision le président de la chambre de l'application des peines qui retient qu'en raison de l'abrogation par la loi du 15 août 2014, applicable à compter du 1er janvier 2015, des dispositions de l'article 721-1 du Code de procédure pénale plus sévères à l'encontre des condamnés récidivistes et de l'absence de dispositions transitoires prévues par le législateur dérogeant aux prescriptions de l'article 112-2, 3°, du Code pénal, les réductions supplémentaires de peine relatives aux périodes d'incarcération subies par les condamnés en état de récidive, examinées postérieurement à cette dernière date, doivent être calculées exclusivement selon les modalités plus favorables prévues par le dispositif légal en vigueur (▪ Cass. crim., 16 déc. 2015 : *JurisData* n° 2015-028269. ▪ Cass.

crim., 16 déc. 2015 : *JurisData* n° 2015-028157 ; *Dr. pén.* 2016, comm. 39, obs. É. Bonis-Garçon).

52) Exécution d'une peine prononcée à l'étranger. Les dispositions de l'article 68 de la Convention signée à Schengen le 19 juin 1990, qui permettent de reprendre en France l'exécution d'une peine prononcée à l'étranger à l'encontre d'un Français lorsque celui-ci s'est soustrait à l'exécution de la peine en se réfugiant sur le territoire national, n'ont pas pour résultat de rendre plus sévère la peine prononcée par la décision de condamnation et sont donc applicables immédiatement, conformément à l'article 112-2, 3°, du Code pénal (■ Cass. crim., 4 nov. 1997 : *Bull. crim.* n° 367).

53) Il se déduit de l'article 728-4 du Code de procédure pénale que l'adaptation de la peine prononcée, à l'étranger, à l'encontre du condamné transféré se fait au regard de la loi française en vigueur à la date de son transfèrement (■ Cass. crim., 24 juin 2015 : *JurisData* n° 2015-015411 ; *Dr. pén.* 2015, comm. 133, obs. É. Bonis-Garçon).

54) Les dispositions de l'article 132-23-1 du Code pénal, introduites par la loi du 20 mars 2010, sont plus favorables et immédiatement applicables dès lors qu'avant son entrée en vigueur les dispositions de l'article 132-4 du Code pénal ne pouvaient être appliquées, et les deux peines auraient dû être exécutées cumulativement, pour une durée totale de 33 ans alors que son application à l'espèce conduit à la réduction de la durée des peines à exécuter (■ Cass. crim., 8 janv. 2020, n° 19-80.349 : *JurisData* n° 2020-000064 ; *Lexbase pénal* févr. 2020, comm. Y. Carpentier).

55) Révocation partielle du sursis avec mise à l'épreuve. Les dispositions de l'alinéa 3 de l'article 132-52 du Code pénal, issues de la loi n° 2014-896 du 15 août 2014, qui ne privent pas les juridictions de l'application des peines de la possibilité de ne prononcer aucune révocation du sursis avec mise à l'épreuve, et leur permettent de prononcer, après l'expiration du délai d'épreuve, sa révocation partielle, plutôt que sa révocation totale, seule possible en l'état antérieur du droit, ne présentent pas un caractère plus sévère, au sens de l'article 112-2, 3°, du Code pénal, et sont donc immédiatement applicables à la révocation du sursis avec mise à l'épreuve assortissant la peine d'emprisonnement prononcée contre l'auteur d'une infraction commise avant la date de leur entrée en vigueur, le 1er octobre 2014 (■ Cass. crim., 13 déc. 2017 : *JurisData* n° 2017-025632 ; *Dr. pén.* 2018, comm. 39, obs. E. Bonis).

56) Exception : crédits de réduction de peine. Selon l'article 41 de la loi du 12 décembre 2005, quelle que soit la date de commission des faits ayant donné lieu à condamnation, les dispositions du deuxième alinéa de l'article 721 du Code de procédure pénale, dans leur rédaction issue de ladite loi, qui fixent le mode calcul du crédit de réduction de peine applicable au condamné récidiviste, sont immédiatement applicables aux condamnations mises à exécution après le 13 décembre 2005, date de l'entrée en vigueur de cette même loi ; ces dispositions constituant une exception aux prescriptions de l'article 112-2, 3° du Code pénal relatives à l'application dans le temps des lois fixant le régime d'exécution et d'application des peines et celles de l'article 7, § 1 de la Convention européenne des droits de l'homme, qui énoncent les principes de légalité des délits et des peines et de non-rétroactivité de la loi pénale plus sévère, ne leur sont pas applicables (■ Cass. crim., 9 avr. 2008, n° 07-83-159 : *Bull. crim.* n° 98 ; *Dr. pén.* 2009, chron. 3, obs. E. Garçon).

IV – LOIS RELATIVES À LA PRESCRIPTION

57) QPC. Les dispositions de l'article 122-2, 4° ne sont pas contraires aux principes de légalité des délits et des peines et de non-rétroactivité des lois pénales plus sévères puisqu'elles constituent une loi de procédure et leur sont donc étrangères. En se bornant, lorsque la prescription n'est pas acquise, à rendre immédiatement applicables à la répression des infractions commises avant leur entrée en vigueur les lois relatives à la prescription de l'action publique, laquelle n'a pour effet que de faire obstacle à l'exercice des poursuites, ces dispositions n'ont aucune incidence sur la définition des infractions dont le juge doit interpréter strictement les éléments constitutifs, et des peines qui les répriment (■ Cass. crim., 4 févr. 2020, n° 19-90.036, *JurisData* n° 2020-001876. ■ Cass. crim., 5 mai 2021, n° 20-86.278 : *JurisData* n° 2021-006941).

La différence de traitement qui résulte de l'article 112-2, 4° du Code pénal, entre des personnes ayant commis les mêmes délits aux mêmes dates, selon l'existence ou non d'actes interruptifs de prescription intervenant avant ou après sa mise en application, étant en rapport direct avec l'objet de la loi qui est d'aménager dans le temps les règles relatives à la prescription, le législateur ayant spécifiquement réservé l'hypothèse où celle-ci serait acquise pour exclure l'application de ses dispositions, n'est pas contraire au principe d'égalité devant la loi (même arrêt).

Les dispositions de l'article 112-2, 4° ne portant atteinte à aucune situation légalement acquise, ni ne remettant en cause les effets qui peuvent légitimement être attendus de telles situations dès lors qu'il est à tout moment loisible au législateur, statuant dans le domaine de sa compétence, de modifier des textes antérieurs ou d'abroger ceux-ci en leur substituant, le cas échéant, d'autres dispositions pour autant qu'il ne prive pas de garanties légales des exigences constitutionnelles, ce qui n'est pas le cas en l'occurrence, n'est pas davantage contraire au principe de sécurité juridique (même arrêt).

A – Prescription de l'action publique

58) Principe. Les textes de procédure modifiant les conditions de la prescription s'appliquent immédiatement aux prescriptions en cours (▪ Cass. crim. 28 mai 1974, n° 73-93.260, *Bull. crim.* n° 102). La loi nouvelle modifiant la computation d'un délai de prescription n'est pas applicable aux actions déjà prescrites lors de son entrée en vigueur (▪ Cass. crim., 14 mai 1991, n° 90-83.783 : *Bull. crim.* n° 203).

– *Contra* : une loi nouvellement promulguée ne peut s'appliquer aux prescriptions en cours que si elle était plus favorable (▪ Cass. crim., 18 juin 1812 : *Bull. crim.* n° 176. ▪ Cass. crim., 24 juill. 1924 : *S.* 1926, 1, p. 141).

59) Les dispositions de l'article 9-1 du Code de procédure pénale qui portent sur des règles relatives à la prescription de l'action publique n'instituent ni une infraction ni une peine. Dès lors, le grief tiré de la méconnaissance du principe de rétroactivité de la loi pénale plus douce à l'encontre des dispositions contestées ne peut qu'être écarté (▪ Cons. const., 9 sept. 2021, n° 2021-926 QPC : *JurisData* n° 2021-013898).

60) Limites. Les lois nouvelles relatives à la réouverture du délai de prescription sont sans effet sur les prescriptions qui étaient déjà acquises lors de leur entrée en vigueur, dès lors qu'aucun fait générateur de la réouverture n'est postérieur à cette date (▪ Cass. crim., 3 nov. 1994 : *Bull. crim.* n° 349. ▪ Cass. crim., 3 sept. 1997 : *Bull. crim.* n° 294).

61) Tempérament. Conformément à l'article 112-4 du Code pénal, les dispositions de son article 112-2 – et notamment de son 4° relatif à la prescription de l'action publique – sont sans effet sur la validité des actes accomplis selon la loi alors en vigueur (▪ Cass. crim., 30 nov. 1994 : *Bull. crim.* n° 389 ; *RSC* 1995, p. 369, obs. J.-P. Dintilhac).

62) Droit transitoire. Doit être rejeté le moyen du prévenu selon lequel la loi n° 2017-242 du 27 février 2017 portant réforme de la prescription en matière pénale n'est d'application immédiate en rallongeant les délais de prescription de l'action publique que pour les infractions qui, au moment de son entrée en vigueur, avaient valablement donné lieu à la mise en mouvement ou à l'exercice de l'action publique à une date à laquelle, en vertu des dispositions législatives alors applicables et conformément à leur interprétation jurisprudentielle, la prescription n'était pas acquise. En effet, il résulte des travaux parlementaires que l'article 4 de la loi du 27 février 2017 a eu pour seule finalité, selon l'intention du législateur, de prévenir la prescription de certaines infractions occultes ou dissimulées par l'effet de la loi nouvelle, laquelle prévoit notamment que le délai de prescription de ces infractions, quand il s'agit de délits, ne peut excéder douze années révolues à compter du jour où l'infraction a été commise, alors que selon la jurisprudence constante de la Cour de cassation, ces infractions ne se prescrivaient qu'à partir du moment où le délit est apparu et a pu être constaté dans des conditions permettant l'exercice de l'action publique. Dès lors, ce texte doit être interprété restrictivement et ne saurait avoir pour effet de déroger de façon générale aux dispositions de l'article 112-2, 4°, du Code pénal, selon lesquelles les lois relatives à la prescription de l'action publique sont applicables immédiatement à la répression des infractions commises avant leur entrée en vigueur, lorsque les prescriptions ne sont pas acquises. (▪ Cass. crim., 13 oct. 2020, n° 19-87.787 : *AJ pénal* 2021, p. 87, obs. M. Lassalle ; *Procédures* 2020, n° 12, p. 35, obs. J. Buisson).

63) Il résulte de l'article 4 de la loi du 27 février 2017 que le nouveau régime de prescription ne s'applique pas aux infractions commises avant le 1er mars 2017, lorsqu'elles avaient valablement donné lieu à la mise en mouvement ou à l'exercice de l'action publique à une date à laquelle, en vertu des dispositions législatives alors applicables et conformément à leur interprétation jurisprudentielle, la prescription n'était pas acquise. Ces dispositions ont pour seul objet d'organiser les conditions d'application dans le temps de la loi du 27 février 2017, et non de fixer des règles relatives à la prescription de l'action publique, et ne contreviennent pas aux exigences relatives à la prescription de l'action publique qui découlent des articles 8 et 16 de la Déclaration de 1789 (▪ Cons. const., 9 sept. 2021, n° 2021-926 QPC : *JurisData* n° 2021-013898).

64) Applications. L'article 112-2, 4° du Code pénal, en ce qu'il fixe le champ d'application dans le temps des lois de prescription, n'a pas pour effet de modifier, sur ce point, celles qui ont été promulguées avant le 1er mars 1994. Ainsi les dispositions de la loi du 10 juillet 1989, relative à la prescription de l'action publique concernant les crimes commis sur des mineurs par un ascendant ou par une personne ayant autorité sur eux, demeurent applicables aux faits commis avant leur entrée en vigueur et non encore prescrits, bien qu'il en résulte une aggravation de la situation des auteurs de ces infractions (▪ Cass. crim.,

29 mai 1996 : *Bull. crim.* n° 219 ; *D.* 1997, chron. 138, Ch. Guery).

65) Les dispositions de la loi du 10 juillet 1989, qui échappent à la règle posée par l'article 112-2, 4° du Code pénal, postérieure à sa promulgation, s'appliquent aux délits, non encore prescrits au moment de son entrée en vigueur, lorsque la victime est mineure et que les faits ont été commis par un ascendant ou une personne ayant autorité sur elle ; il en résulte que la prescription de l'action publique, en ce qui concerne ces délits, ne commence à courir qu'à partir de la majorité de la victime (▪ Cass. crim., 2 déc. 1998 : *Bull. crim.* n° 329).

66) L'article 112-2, 4° du Code pénal, en ce qu'il fixe le champ d'application dans le temps des lois de prescriptions, n'ayant pas pour effet de modifier, sur ce point, celles qui ont été promulguées avant le 1er mars 1994, la loi du 10 juillet 1989, qui reporte le point de départ du délai de prescription de l'action publique, concernant les crimes commis sur des mineurs par une personne ayant autorité sur eux, à la date à laquelle les victimes sont devenues majeures, demeure applicable aux faits non encore prescrits lors de son entrée en vigueur (▪ Cass. crim., 7 nov. 2007 : *Bull. crim.* n° 272 ; *Dr. pén.* 2007, comm. 27, obs. M. Véron ; *RSC* 2008, p. 80, obs. Y. Mayaud).

67) Aux termes de l'article 112-2, 4° du Code pénal, dans sa version en vigueur du 1er mars 1994 au 10 mars 2004, les lois relatives à la prescription de l'action publique sont applicables immédiatement à la répression des infractions commises avant leur entrée en vigueur, lorsque les prescriptions ne sont pas acquises, sauf quand elles auraient pour résultat d'aggraver le sort du prévenu ; dès lors, les dispositions de l'article 706-31 du Code de procédure pénale, dans sa rédaction issue de la loi du 8 février 1995, qui ont porté de 10 à 20 ans la prescription de l'action publique du délit de trafic de stupéfiants, s'opposent à ce que ce texte s'applique à des infractions commises avant l'entrée en vigueur de cette loi. Doit, en conséquence, être censuré l'arrêt de la cour d'appel qui, pour écarter la prescription de l'action publique prise de ce que plus de 10 ans s'étaient écoulés entre la décision du 21 juillet 1993 ayant condamné le prévenu pour l'infraction ci-dessus visée et l'opposition fermée par lui le 14 avril 2006, énonce que l'article 706-31 du Code de procédure pénale s'applique à toutes les infractions non définitivement jugées. Par ailleurs, la modification de l'article 112-2, 4° du Code pénal, par la loi du 9 mars 2004, qui a supprimé la disposition relative à l'aggravation du sort du prévenu, n'a pu avoir d'effet sur une prescription acquise, comme en l'espèce, avant l'entrée en vigueur de cette loi (▪ Cass. crim., 6 févr. 2008 : *Bull. crim.* n° 32).

68) Il se déduit de l'alinéa 2 de l'article 8 du Code de procédure pénale, dans sa rédaction issue de la loi du 9 mars 2004, que la règle selon laquelle le délai de prescription des délits commis sur des mineurs ne commence à courir qu'à partir de la majorité de la victime ne s'applique qu'aux infractions mentionnées à l'article 706-47 du Code de procédure pénale et à celles définies par les articles 222-12, 222-30 et 227-26 du Code pénal, à l'exclusion de celles prévues par l'article 222-13. Encourt la cassation en application de ce texte, l'arrêt qui condamne un prévenu pour des violences volontaires n'ayant entraîné aucune incapacité totale de travail, sur des mineurs de 15 ans, infraction définie par l'article 222-13 du Code pénal, alors que les faits ont été commis plus de trois ans avant l'entrée en vigueur de la loi du 9 mars 2004 et qu'aucun acte interruptif de prescription n'ayant été effectué sous l'empire de la loi du 17 juin 1998, la prescription de l'action publique était acquise au moment de l'entrée en vigueur de la loi nouvelle (▪ Cass. crim., 25 nov. 2009, n° 09-81-040 : *Bull. crim.* n° 198).

69) En application de l'article 112-2 4°, a justifié sa décision la cour d'appel qui rejette le moyen tiré de la prescription de l'action publique pour fraude fiscale au motif que le délai de prescription applicable à la fraude fiscale obéit à des règles propres résultant de l'article L. 230 du livre des procédures fiscales et que le nouveau délai de prescription de 6 ans, introduit par la loi n° 2013-1117 du 6 décembre 2013, s'applique aux faits reprochés aux prévenus, commis entre le 1er janvier 2011 et le 31 décembre 2012, la prescription triennale antérieure n'étant pas acquise à la date d'entrée en vigueur de la nouvelle loi (▪ Cass. crim., 9 sept. 2020, n° 19-83.148 : *JurisData* n° 2020-013022 ; *Dr. fiscal* 2020, p. 435, obs. R. Salomon).

70) Interruption. L'entrée en vigueur, le 1er mars 1994, de l'article 441-4 nouveau du Code pénal, qui punit de peines correctionnelles l'usage de faux dans une écriture publique ou authentique, antérieurement réprimé d'une peine criminelle, ne saurait avoir pour effet de remettre en cause l'interruption de la prescription déjà réalisée à cette date ; en ce cas, le délai de prescription de l'action publique de 3 ans ne se substitue à celui de la prescription décennale qu'à compter de la date d'entrée en vigueur de la loi nouvelle, sans toutefois que le délai total puisse excéder 10 ans, depuis le dernier acte interruptif accompli sous l'empire de la loi ancienne (▪ Cass. crim., 29 avr. 1997 : *Bull. crim.* n° 155).

B – Prescription de la peine

71) N'ont pas méconnu l'article 112-2, 4° les juges qui ont rejeté la requête du prévenu alléguant que la peine était prescrite lors de son arrestation, en soutenant que la loi du 31 décembre 1987, portant de 5 à 20 ans le délai de prescription des peines en matière de trafic de stupéfiants, ne pouvait s'appliquer à des faits commis avant son entrée en vigueur, dès lors qu'ils ont constaté que l'arrêt de condamnation est devenu définitif après l'entrée en vigueur de la loi susvisée et qu'il résulte des nouveaux textes que les peines prononcées pour infractions à la législation sur les stupéfiants se prescrivent par vingt ans à compter de la date à laquelle la décision de condamnation devient définitive (■ Cass. crim., 11 mai 1995, n° 94-84.883 : *Bull. crim.* n° 174 ; *RSC* 1996, p. 367, obs. B. Bouloc).

72) Encourt la cassation l'arrêt qui écarte la prescription de la peine, en se fondant sur le caractère interruptif des actes préparatoires à l'exécution de la peine. En effet, les règles de droit afférentes à l'interruption de la prescription de la peine étant en relation avec la détermination de la peine applicable et comme telle du ressort de la loi, les dispositions de l'article D. 48-5, introduites par décret dans le Code de procédure pénale, doivent être écartées, d'autre part, les actes préparatoires à l'exécution de la peine n'ayant pas interrompu le cours de la prescription, celle-ci se trouvait acquise avant l'entrée en vigueur de l'article 707-1 du Code de procédure pénale (■ Cass. crim., 5 avr. 2018, n° 18-81.596 : *JurisData* n° 2018-005168 ; *Dr. pén.* 2018, comm. 119, obs. E. Bonis).

Circulaire du 28 février 2017

présentant les dispositions de la loi n° 2017-242 du 27 février 2017 portant réforme de la prescription en matière pénale

3. Application dans le temps des nouvelles dispositions

3.1. Dispositions allongeant la durée des prescriptions

Le 4° de l'article 112-2 du Code pénal prévoit l'application immédiate des lois de prescription de l'action publique et des peines, sans distinguer selon qu'elles sont plus ou moins sévères.

Il en résulte que les prescriptions plus longues résultant des nouvelles dispositions n'ont aucun effet sur les prescriptions déjà acquises lors de l'entrée en vigueur de la réforme, qui ne saurait les délais de prescription. Ainsi, les délits ou les crimes prescrits au moment de l'entrée en vigueur de la loi, par application des délais de prescription de l'action publique de 3 ans ou de 10 ans, ne peuvent plus être poursuivis. Il en est de même pour les peines correctionnelles déjà prescrites à l'issue de l'ancien délai de 5 ans.

En revanche, s'agissant des prescriptions en cours au moment de l'entrée en vigueur de la présente loi, les nouveaux délais de prescription plus sévères se substituent aux anciens.

3.2. Dispositions relatives aux infractions occultes ou dissimulées

Afin que ces dispositions ne puissent pas être comprises comme susceptibles de remettre en cause la validité des procédures en cours, l'article 4 de la loi précise que cette réforme « ne peut pas avoir pour effet de prescrire les infractions qui, au moment de son entrée en vigueur, avaient valablement donné lieu à la mise en mouvement ou à l'exercice de l'action publique à une date à laquelle, en vertu des dispositions législatives alors applicables et conformément à leur interprétation jurisprudentielle, la prescription n'était pas acquise ».

Il en résulte par exemple que, si un délit occulte ou dissimulé découvert plus de 12 ans après sa commission a donné lieu, avant l'entrée en vigueur de la loi, à une plainte avec constitution de partie civile, un réquisitoire introductif ou une citation directe, ces faits ne sauraient être considères comme prescrits.

Bien qu'il ne vise expressément que les dossiers ayant donné lieu à la mise en mouvement ou à l'exercice de l'action publique, cet article n'implique cependant pas que l'interruption de la prescription par des actes d'enquête émanant du ministère public ou des procès-verbaux dressés par la police judiciaire tendant effectivement à la recherche et à la poursuite de leurs auteurs serait remise en cause en l'absence de mise en mouvement de l'action publique intervenue avant l'entrée en vigueur de la loi.

En effet, conformément à la jurisprudence désormais consacrée par le nouvel article 9-2 du Code de procédure pénale, de tels actes auront valablement interrompu la prescription, qui aura donc recommencé à courir, à compter du dernier d'entre eux, pour un délai de 3 ans s'il s'agissait de faits de nature délictuelle.

La jurisprudence traditionnelle estime ainsi, en cas de correctionnalisation légale de faits criminels, désormais prescrits par 3 ans au lieu de 10 ans, que l'entrée en vigueur d'une nouvelle prescription plus courte « ne saurait avoir pour effet de remettre en cause l'interruption de la prescription déjà réalisée à cette date » (Crim., 29 avr. 1997 : *Bull. crim.* n° 155) et rappelle que « conformément à l'article 112-4 du Code pénal, les dispositions de son article 112-2 sont sans effet sur la validité des actes de procédure accomplis selon la loi alors en vigueur » (Crim., 30 nov. 1994 : *Bull. crim.* n° 389). La chambre criminelle considère par ailleurs que le délai de 3 ans « ne se substitue à celui de 10 ans qu'à compter de l'entrée en vigueur de la loi nouvelle », à condition que toutefois le délai total ne puisse excéder 10 ans depuis le dernier acte interruptif accompli sous l'empire de la loi ancienne. (Crim., 29 avr. 1997, préc.).

C'est dès lors uniquement à compter de l'entrée en vigueur de la loi que le nouveau délai commence à courir, sous réserve que la prescription en résultant ne puisse dépasser celle qui résultait des anciennes dispositions.

Sous réserve de l'appréciation souveraine de la Cour de cassation, les délais butoirs de 12 ans et de 30 ans, même s'ils sont applicables à des délits ou des crimes occultes ou dissimules commis avant l'entrée en vigueur de la loi, ne peuvent donc commencer à courir qu'à compter de cette date, soit à compter du 1er mars 2017.

Cette interprétation est du reste totalement conforme à l'intention du législateur, dès lors qu'il n'a jamais enté soutenu aux cours des débats que les délits occultes ou dissimules commis avant 2005 pourraient être prescrits du fait de l'entrée en vigueur de la loi nouvelle, mais au contraire qu'il a enté expressément indiqué que la loi ne concernerait que les infractions commises après son entrée en vigueur.

3.3. Incidence en matière de réhabilitation

L'élévation de 5 à 6 ans du délai de prescription des peines délictuelles a pour conséquence de prolonger d'un an le délai de réhabilitation prévu, pour des condamnations délictuelles non exécutées, par les articles 133-13 et 133-14 du Code pénal. Les dispositions sur la réhabilitation constituant des lois relatives au régime d'exécution et d'application des peines, est applicable le 3° de l'article 112-2 du Code pénal prévoyant que ces lois, lorsqu'elles ont « pour résultat de rendre plus sévères les peines prononcées par la décision de condamnation, ne sont applicables qu'aux condamnations prononcées pour des faits commis postérieurement à leur entrée en vigueur ». Dès lors, le nouveau délai de prescription de la peine de 6 ans n'aura d'effet que sur la réhabilitation des condamnations prononcées pour les délits commis à compter du 1er mars 2017.

Art. 112-3. – Les lois relatives à la nature et aux cas d'ouverture des voies de recours ainsi qu'aux délais dans lesquels elles doivent être exercées et à la qualité des personnes admises à se pourvoir sont applicables aux recours formés contre les décisions prononcées après leur entrée en vigueur. Les recours sont soumis aux règles de forme en vigueur au jour où ils sont exercés.

1) Existence du recours. Le bénéfice d'un recours demeure acquis à la personne qui en a saisi la juridiction compétente avant l'entrée en vigueur de la loi qui le supprime, quand bien même ladite loi, d'application immédiate, aurait été promulguée avant qu'il ne soit statué sur ce recours (■ Cass. crim., 24 oct. 1988, n° 88-82.350 : *Bull. crim.* n° 361 ; *RSC* 1989, p. 496, obs. Vitu).

2) Est irrecevable la demande de relèvement de l'interdiction définitive du territoire français, exercée postérieurement à l'entrée en vigueur de la loi du 31 décembre 1987, d'application immédiate, venue supprimer le bénéfice de ce recours (■ Cass. crim., 6 juin 1989, n° 88-86.851 : *Bull. crim.* n° 242 ; *RSC* 1990, p. 62, obs. Vitu. ■ Cass. crim., 27 juin 1989, nos 88-87.571 et 88-83.541, deux arrêts : *Bull. crim.* nos 278 et 279 ; *RSC* 1990, p. 66, obs. J.-P. Delmas-Saint-Hilaire).

3) Délais d'exercice des voies de recours. Si les lois de procédure deviennent immédiatement applicables aux poursuites qui sont en cours d'exécution au moment où elles ont été promulguées, le même principe ne saurait être étendu au délai d'appel contre les ordonnances du juge d'instruction dans le cas où a loi nouvelle n'est devenue exécutoire qu'après la décision (■ Cass. crim., 6 juin 1977, n° 75-92.200 : *Bull. crim.* n° 204).

4) Si les lois de procédure deviennent immédiatement applicables aux poursuites qui sont en cours d'exécution au moment où elles entrent en vigueur, ce principe ne saurait, sauf disposition expresse édictant la rétroactivité de la nouvelle, qui n'existe pas en l'espèce, être appliqué au mode de calcul d'un délai d'appel qui était entièrement expiré selon les prescriptions de la législation alors en vigueur, au moment où la loi nouvelle est entrée en application (■ Cass. crim., 9 juin 1976, n° 76-90.684 : *Bull. crim.* n° 202).

5) Sont applicables les nouvelles dispositions de l'article 498-1 du Code de procédure pénale, issues de la loi du 9 mars 2004 entrée en vigueur le 1er octobre 2004, permettant de reporter le point de départ du délai d'appel en cas de condamnation à une peine d'emprisonnement ferme, à la date de la signification du jugement à la personne du prévenu au motif que le délai d'appel n'était pas entièrement expiré au moment où la loi nouvelle est entrée en application (■ CA Douai, 16 mai 2006, n° 05/02466 : *JurisData* n° 2006-314085).

6) Limitation de la portée de l'appel. L'article 502 du Code de procédure pénale, dans sa rédaction issue de la loi n° 2019-222 du 23 mars 2019, entrée en vigueur le 1er juin 2019, prévoit que le prévenu, qui n'a pas limité la portée de son appel lors de la déclaration d'appel, peut toujours le faire ultérieurement, et jusqu'à l'audience de jugement. Ce texte est applicable en l'espèce, car, si l'appel a été formé avant son entrée en vigueur, sa limitation a été faite après cette entrée en vigueur (▪ Cass. crim., 14 avr. 2021, n° 20-82.529 : *JurisData* n° 2021-005244).

7) Recevabilité du pourvoi en cassation. S'il résulte de l'article 4 alinéa 3 de l'ordonnance n° 2020-303 du 25 mars 2020, portant adaptation des règles de procédure pénale prise sur le fondement de la loi n° 2020-290 du 23 mars 2020 pour faire face à l'épidémie de Covid-19, entrée en vigueur le 26 mars 2020, que par dérogation à l'article 576 du Code de procédure pénale, le pourvoi en cassation peut être formé par lettre recommandée avec accusé de réception ou par courriel à l'adresse électronique communiquée à cette fin par la juridiction de première instance ou d'appel, en application de l'article 112-3 du Code pénal, le pourvoi formé par courriel ou par lettre recommandée avec accusé de réception avant le 26 mars 2020 n'est pas recevable (▪ Cass. crim., 1er déc. 2021, n° 20-82.726).

Art. 112-4. – L'application immédiate de la loi nouvelle est sans effet sur la validité des actes accomplis conformément à la loi ancienne.

Toutefois, la peine cesse de recevoir exécution quand elle a été prononcée pour un fait qui, en vertu d'une loi postérieure au jugement, n'a plus le caractère d'une infraction pénale.

Bibliographie : *JCl. Pénal Code, Application de la loi pénale dans le temps* par W. Jeandidier. • Al. Bcheraoui : *JCP* G 199, I, 3769. • G. Mathieu, *L'application de la loi dans le temps* : *RSC* 1995, p. 257. • A. Dekeuwer, *La rétroactivité in mitius en droit pénal* : *JCP* 1997, I, n° 4065. • D. Roets, *L'application de la loi pénale dans le temps et la CEDH* : *D.* 2004, p. 1991. • C. Courtin, *La surveillance post-carcérale des personnes dangereuses et l'application de la loi pénale dans le temps* : *Dr. pén.* 2008, étude 11.

1) Validité des actes accomplis sous l'empire de la loi ancienne. La validité des actes de procédure doit être appréciée au regard des dispositions applicables lors de leur accomplissement et l'entrée en vigueur d'une loi nouvelle de procédure est sans effet sur la validité des actes accomplis conformément à la loi ancienne ; il a été ainsi jugé qu'en refusant de prononcer l'annulation d'actes de procédure accomplis, en violation des articles 679 à 688 du Code de procédure pénale avant l'entrée en vigueur de la loi du 4 janvier 1993 qui a abrogé ces articles, une chambre d'accusation a méconnu ce principe (▪ Cass. crim., 23 juin 1993 : *Bull. crim.* n° 224 ; *JCP* G 1993, IV, 2433. ▪ Cass. crim., 11 juill. 1994, n° 94-81.720).

2) Conformément à l'article 112-4 du Code pénal, les dispositions de l'article 80, alinéa 4, du Code de procédure pénale issues de la loi du 23 juin 1999, selon lesquelles le juge d'instruction ne peut informer sur des faits nouveaux dénoncés par la partie civile en cours d'information que s'il en est requis par le ministère public, ne peuvent affecter la validité de la saisine de ce magistrat résultant de plaintes additionnelles déposées avant l'entrée en vigueur de la loi précitée, les dispositions alors applicables n'imposant pas que de telles plaintes fussent suivies de réquisitions supplétives lorsque l'information a été ouverte sur une plainte avec constitution de partie civile (▪ Cass. crim., 30 oct. 2001 : *Bull. crim.* n° 223).

3) Selon l'article 112-2 du Code pénal, les lois fixant les modalités des poursuites et les formes de la procédure sont applicables immédiatement à la répression des infractions commises avant leur entrée en vigueur. Selon les dispositions de l'article 495-15-1 du Code de procédure pénale, issu de la loi n° 2009-526 du 12 mai 2009, la mise en œuvre de la procédure de comparution sur reconnaissance préalable de culpabilité, n'interdit pas au procureur de la République de procéder simultanément à une convocation en justice en application de l'article 390-1 dudit code. Encourt, dès lors, la censure l'arrêt d'une cour d'appel, rendu après l'entrée en vigueur de la loi susvisée, qui constate la nullité d'un procès-verbal de convocation en justice, au motif que le ministère public avait concomitamment mis en œuvre la procédure de comparution sur reconnaissance préalable de culpabilité (▪ Cass. crim., 24 nov. 2009 : *Bull. crim.* n° 192 ; *Dr. pén.* 2010, comm. 30 ; *D.* 2010, p. 875, note Y. Joseph-Ratineau ; *AJ pénal* 2010, p. 76, note J. Lasserre-Capdeville ; *D.* 2010, p. 44, note E. Degorce ; *D.* 2010, p. 210, note M. Léna).

4) Effet de la nouvelle loi sur la peine. Par application des dispositions de l'article 112-1, alinéa 3, et sous la seule réserve de l'abrogation de l'incrimination prévue par l'article 112-4, alinéa 2, une loi pénale nouvelle, même moins sévère, est sans incidence sur les peines prononcées par une décision passée en force de chose jugée avant son entrée en vigueur (▪ Cass. crim., 22 mai 1995 : *Bull. crim.* n° 183).

5) Il résulte de l'article 112-2, 3° du Code pénal que, sauf disposition contraire, l'abrogation de la loi instituant une peine fait obstacle à son exécution ; il s'ensuit que, les articles 29 à 31 du Code pénal instituant la peine de l'interdiction légale ayant été abrogés par l'article 372 de la loi du 16 décembre 1992, entrée en vigueur le 1er mars 1994, cette peine a cessé d'être applicable aux personnes qui y avaient été condamnées par une décision devenue définitive avant cette date (▪ Cass. crim., 28 juin 2000 : *Bull. crim.* n° 253 ; *JCP* 2000, II, 10375, rapp. F. Desportes ; *D.* 2001, p. 1351, note J. Massip).

6) Si les articles 28 et 34 du Code pénal, instituant la peine de la dégradation civique, ont été abrogés par l'article 372 de la loi du 16 décembre 1992 entrée en vigueur le 1er mars 1994, demeure applicable, en vertu de l'article 370 de ladite loi, l'interdiction de témoigner sous la foi du serment résultant de plein droit d'une condamnation pénale prononcée en dernier ressort avant le 1er mars 1994 (▪ Cass. crim., 8 nov. 2000 : *Bull. crim.* n° 336).

7) Assimilation d'une décision du Conseil constitutionnel à la loi. Les décisions du Conseil constitutionnel s'imposant aux pouvoirs publics et à toutes les autorités administratives et juridictionnelles en vertu de l'article 62 de la Constitution, les déclarations de non-conformité ou les réserves d'interprétation qu'elles contiennent et qui ont pour effet qu'une infraction cesse, dans les délais, conditions et limites qu'elles fixent, d'être incriminée doivent être regardées comme des lois pour l'application de l'article 112-4, alinéa 2, du Code pénal (▪ Cass. crim., 8 juin 2021, n° 20-87.078 QPC : *JurisData* n° 2021-016354 ; *Dr. pén.* 2021, chron. 10, obs. M. Brenaut. ▪ Cass. crim., 9 nov. 2021, n° 20-87.078 : *JurisData* n° 2021-017717 ; *AJ pénal* 2022, p. 38, obs. R. Mesa ; *Dr. pén.* 2021, comm. 218, obs. V. Peltier ; *Lexbase pénal* déc. 2021, obs. A. Capello ; *Gaz. Pal.* 22 févr. 2022, n° 6, p. 45, obs. E. Dreyer).

8) La cour d'appel, qui considère que la peine prononcée pour recel d'apologie d'actes de terrorisme doit cesser de recevoir exécution aux motifs que les dispositions de l'article 112-4 sont de portée générale en ce qu'elles sont la mise en œuvre d'un principe du droit pénal relatif à l'application de la loi dans le temps, à savoir l'application immédiate de la loi pénale plus douce aux situations en cours, a justifié sa décision (▪ Cass. crim., 9 nov. 2021, même arrêt).

CHAPITRE III. – DE L'APPLICATION DE LA LOI PÉNALE DANS L'ESPACE

Bibliographie : *JCl. Pénal Code, Application de la loi pénale dans l'espace* par L. Desessard. • M. Massé, *La compétence pénale française dans l'espace depuis le nouveau Code pénal* : *RSC* 1995, p. 856. • O. Beauvallet, *L'univers intérieur (compétence française pour des infractions à l'étranger)* : *Dr. pén.* 2009, étude 7.

Art. 113-1. – Pour l'application du présent chapitre, le territoire de la République inclut les espaces maritime et aérien qui lui sont liés.

La loi française est applicable aux infractions commises en un lieu qui, à leur date de perpétration, n'était pas en dehors du territoire (à propos d'infractions commises en Algérie avant son indépendance. ▪ Cass. crim., 24 nov. 1965, n° 62-90.011 : *Bull. crim.* n° 249. ▪ Cass. crim., 26 janv. 1966, n° 65-91.605 : *Bull. crim.* n° 23 ; *Rev. crit. DIP* 1966, p. 661, note A. Huet).

Section I. – Des infractions commises ou réputées commises sur le territoire de la République

Art. 113-2. – La loi pénale française est applicable aux infractions commises sur le territoire de la République.

L'infraction est réputée commise sur le territoire de la République dès lors qu'un de ses faits constitutifs a eu lieu sur ce territoire.

• Sommaire

I – LOCALISATION DE L'INFRACTION SUR LE TERRITOIRE NATIONAL 68
A – Principes 68
B – Applications 68
II – PROROGATION DE LA COMPÉTENCE TERRITORIALE À DES FAITS COMMIS À L'ÉTRANGER 72
A – Indivisibilité 72
B – Complicité 73
III – LIMITES 73
A – *Ne bis in idem* 73
B – Immunités 74

1) QPC. Est irrecevable la question prioritaire de constitutionnalité « les dispositions de l'article 113-2 du Code pénal, en ce qu'elles prévoient la compétence territoriale de la loi française, et donc du juge français, sans aucune prise en compte de la conclusion préalable pour les mêmes faits, dans un État étranger, d'un accord par lequel la personne poursuivie a accepté une sanction et reconnu ces faits avec interdiction de les contester publiquement, en contrepartie de la suspension des poursuites dans cet État, portent atteinte aux droits et libertés que la Constitution garantit et plus exactement aux droits de la défense ainsi qu'au droit à ne pas s'auto-accuser qui découle de la présomption d'innocence, garantis par les articles 9 et 16 de la Déclaration des droits de l'homme et du citoyen de 1789 » en ce qu'elle ne porte pas sur le droit français. En effet, l'atteinte aux droits de la défense et au droit à ne pas s'auto-accuser, que le demandeur invoque, n'est la conséquence ni de la loi française, telle qu'elle existe, ni de ses prétendues lacunes (▪ Cass. crim., 4 déc. 2019, n° 19-82.929).

2) Énoncé du principe. Selon l'article 113-2, la loi pénale française est applicable à une infraction commise par une personne de nationalité étrangère à l'encontre d'une victime de nationalité étrangère lorsque cette infraction ou l'un de ses faits constitutifs est commis sur le territoire de la République (▪ Cass. crim., 31 mai 2016 : *JurisData* n° 2016-011074 ; *Dr. pén.* 2016, comm. 122, obs. Ph. Conte ; *D.* 2016, p. 1989, obs. D. Rebut ; *D.* 2016, p. 1597, chron. B. Laurent, L. Ascensi, E. Pichon et G. Guého ; *D.* 2016, p. 2424, obs. G. Roujou de Boubée, Th. Garé, C. Ginestet, M.-H. Gozzi, L. Miniato et S. Mirabail ; *AJ pénal* 2016, p. 487, obs. D. Brach-Thiel ; *Gaz. Pal.* 2016, p. 2277, obs. S. Detraz. ▪ Cass. crim., 4 nov. 2020, n° 20-82.114 : *Jurisdata* n° 2020-017869).

I – LOCALISATION DE L'INFRACTION SUR LE TERRITOIRE NATIONAL

A – Principes

3) Notion d'actes caractérisant un des éléments constitutifs. Il suffit qu'un des actes caractérisant un des éléments constitutifs de l'infraction ait été accompli en France, pour que le délit soit réputé commis sur le territoire de la République (▪ Cass. crim., 4 juin 1969 : *Bull. crim.* n° 190). Encourt la cassation l'arrêt qui, pour déclarer l'incompétence de la juridiction d'instruction saisie, ne s'explique pas sur la question de savoir si un acte caractérisant un des éléments constitutifs de l'infraction poursuivie, compte tenu des données de la procédure, n'a pas été accompli en France, auquel cas l'infraction doit être réputée commise en France (▪ Cass. crim., 13 oct. 1981 : *Bull. crim.* n° 271).

4) Notion de faits constitutifs. Selon l'article 693 du Code de procédure pénale, dont les dispositions sont reprises dans l'article 113-2, alinéa 2, du Code pénal, il suffit, pour que l'infraction soit réputée commise sur le territoire de la République et soit punissable en vertu de la loi française, qu'un de ses faits constitutifs ait eu lieu sur ce territoire (▪ Cass. crim., 26 oct. 1995 : *Bull. crim.* n° 320. ▪ Cass. crim., 4 févr. 2004 : *Bull. crim.* n° 32).

5) Indifférence de la nationalité. En application de l'article 113-2 du Code pénal, toutes les infractions commises sur le territoire français relèvent de la loi pénale française, quelle que soit la nationalité des auteurs ou des victimes. Pour déclarer un prévenu coupable de corruption active commise en France à l'égard d'un ressortissant d'un autre pays, les juridictions pénales n'ont pas à rechercher dans quelles conditions la corruption est punissable selon le droit de ce pays (▪ Cass. crim., 1er mars 2000 : *Bull. crim.* n° 101).

6) Indifférence de la résidence à l'étranger. La loi française, étant d'application territoriale, s'applique à toute infraction commise sur le territoire national, même par un étranger non résident en France (▪ Cass. crim., 29 mars 2000 : *Bull. crim.* n° 146, solution implicite).

B – Applications

7) Abandon de famille. Dès lors que l'un de ses éléments constitutifs, ou un acte le caractérisant, en l'espèce le fait d'abstention volontaire imputable au débiteur d'une pension alimentaire réalisé en France, le délit d'abandon de famille relève de la juridiction française bien que le créancier réside à l'étranger (▪ Cass. crim., 29 mars 1962 : *Bull. crim.* n° 153. *Adde.* ▪ Cass. crim., 29 janv. 2003 : *D.* 2004, jurispr. p. 307, note S. Mirabail).

L'infraction d'abandon de famille est réputée commise en France lorsque le fait d'abstention volontaire imputable au débiteur de la pension alimentaire s'est trouvé réalisé dans ce pays (▪ Cass. crim., 12 janv. 2021, n° 20-87.140 : *Jurisdata* n° 2021-000348).

8) Abus de confiance. Est réputé commis sur le territoire national l'abus de confiance lorsque la France est non le lieu où a été conclu le contrat mais celui où a été commis le détournement (▪ Cass. crim., 30 mai 1972 : *Bull. crim.* n° 180).

– De même, lorsque l'abus de confiance a été commis par un mandataire, quand il a été constaté que la remise des objets a eu lieu en France (▪ Cass. crim., 12 févr. 1979 : *Bull. crim.* n° 60 ; *RSC* 1979, p. 575, obs. P. Bouzat. ▪ Cass. crim., 13 oct. 1981 : *Bull. crim.* n° 271 ; *JCP* 1982, II, 19862, note

P. Chambon). V. *contra*, ▪ CA Paris, 30 mai 2002 : *Dr. pén.* 2002, comm. 132, obs. M. Véron).

– Le détournement à l'étranger d'un véhicule remis en France à un employé de nationalité allemande et domicilié en Allemagne relève de la compétence des tribunaux français (▪ Cass. crim., 2 déc. 2009 : *Dr. pén.* 2010, comm. 42, obs. M. Véron).

9) Atteintes à l'environnement. La juridiction française est compétente pour connaître du délit de pollution d'un cours d'eau, dès lors que l'un de ses éléments constitutifs a été accompli sur le territoire national. Il en est ainsi d'une pollution d'un cours d'eau en Belgique qui a détruit le poisson, nui à sa nutrition, à sa reproduction ou sa valeur alimentaire en France (▪ Cass. crim., 15 nov. 1977 : *JurisData* n° 1977-097352 ; *Bull. crim.* n° 352 ; *RSC* 1978, p. 627, obs. Vitu).

10) Association de malfaiteurs. En l'état de l'entente établie entre plusieurs individus dont un étranger résidant à l'étranger, en vue de la préparation de crimes contre les biens ou les personnes tant en France qu'à l'étranger, peut être jugé en France l'étranger qui participe à une telle association de malfaiteurs, même s'il n'a pas pris personnellement part à la préparation des projets de crimes en France (▪ Cass. crim., 20 févr. 1990 : *Bull. crim.* n° 84).

11) Blanchiment. Le délit de blanchiment est une infraction générale, distincte et autonome. Peu importe donc le lieu de commission de l'infraction d'origine, la législation de ce pays, la nationalité de l'auteur du crime ou du délit dont le produit est ensuite blanchi. Les juridictions françaises sont compétentes pour en connaître dès lors que les opérations de blanchiment ont eu lieu sur le territoire de la République et que les produits blanchis proviennent d'opérations ou d'actes pouvant recevoir une qualification pénale au regard de la loi française (▪ Cass. crim., 24 févr. 2010, n° 09-82.857 : *Dr. pén.* 2010, comm. 42, obs. M. Véron. Dans le même sens à propos du blanchiment de fonds issus d'un détournement de fonds publics (▪ Cass. crim., 1er avr. 2020, n° 19-80.875 : *JurisData* n° 2020-005270 ; *Dr. pén.* 2020, comm. 135, obs. Ph. Conte).

12) Le délit de blanchiment à l'étranger de fonds provenant d'une fraude fiscale commise en France même couverte par la prescription, justifie la compétence des juridictions françaises en application du second alinéa de l'article 113-2 du Code pénal (▪ Cass. crim. 21 oct. 2020, n° 19-87.076 : *JurisData* n° 2020-016969 ; *Dr. pén.* 2021, comm. 23, obs. Ph. Conte).

13) En application de l'article 113-2 du Code pénal, qui régit la compétence des juridictions pénales françaises, interprété à la lumière de l'article 10 de la directive n° 2018/1673 du Parlement européen et du Conseil du 23 octobre 2018 visant à lutter contre le blanchiment de capitaux au moyen du droit pénal, l'acquisition, sur le marché boursier français, et la détention par un prévenu de nationalité française et domicilié en France, d'emprunts émis par la République française, bénéficiant du crédit et de la signature de l'État français, et soumis à ce titre à l'impôt sur le revenu en France, à l'aide de fonds placés à l'étranger constituant le produit d'une infraction, caractérise un fait constitutif du délit de blanchiment justifiant la compétence des juridictions françaises (même arrêt).

14) Contrebande. Les juridictions françaises sont compétentes pour statuer sur les poursuites engagées contre un importateur auquel il est reproché d'avoir déchargé, en France, des marchandises qui circulaient sous le régime du transit externe et qui, ainsi, ne sont pas parvenues à leur destination déclarée, ces faits constituant l'infraction de contrebande prévue à l'article 417 du Code des douanes ; la circonstance que ces faits puissent avoir pour origine une fausse déclaration à l'exportation, commise en Belgique, est, à cet égard, sans incidence (▪ Cass. crim., 27 févr. 2002 : *Bull. crim.* n° 51).

15) Contrefaçon. Les juridictions françaises sont compétentes pour juger l'infraction de contrefaçon lorsque, bien qu'une œuvre protégée ait été reproduite à l'étranger, l'atteinte portée aux droits de l'auteur a eu lieu en France (▪ Cass. crim., 2 févr. 1977 : *JurisData* n° 1977-095041 ; *Bull. crim.* n° 41. ▪ Cass. crim., 29 janv. 2002 : *JurisData* n° 2002-013975 ; *Bull. crim.* n° 13).

16) Corruption. Les juridictions françaises sont compétentes pour connaître du délit de corruption d'agents publics étrangers lorsque celui-ci a été décidé et organisé sur le territoire national où a également été versé le montant de la rémunération due à ce titre (▪ Cass. crim., 14 mars 2018, n° 16-82.117 : *JurisData* n° 2018-003623 ; *Bull. crim.* n° 45 ; *Dalloz actualité*, 4 avr. 2018, obs. J. Gallois ; *Rev. pénit.* 2019, p. 490, obs. L. Desessard ; *Rev. pénit.* 2019, p. 159, obs. M. Seconds ; *Rev. crit. DIP* 2018, p. 643, obs. A. d'Ornano).

17) Délit d'initié. La solution est semblable pour un délit d'initié, caractérisé par la réalisation d'opérations à l'étranger, portant sur des valeurs mobilières étrangères, lorsque la divulgation des informations privilégiées a eu lieu à partir du territoire français, le terme de « marché », au sens de l'article 10-1 de l'ordonnance du 28 septembre 1967 modifiée, s'appliquant à tout lieu où s'effectue le rapprochement entre une offre et une demande portant sur des valeurs mobilières (▪ Cass. crim., 26 oct. 1995 : *Bull. crim.* n° 324).

18) Détournement de biens confisqués. L'infraction de détournement d'un bien confisqué, incriminée à l'article 434-41 du Code pénal, est localisée sur le territoire français dès lors que la décision judiciaire de confiscation rendue par une juridiction pénale française est un fait constitutif de l'infraction au sens de l'article 113-2. Par conséquent, la loi française s'applique aux faits de détournement, par donation, d'immeubles confisqués situés en Belgique (■ Cass. crim., 15 sept. 2021, n° 20-85.840 : *JurisData* n° 2021-014051 ; *Dr. pénal* 2021, comm. 199, obs. Ph. Conte ; *Gaz. Pal.* 23 nov. 2021, n° 41, p. 49, obs. S. Détraz).

19) Diffusion de vidéos pédopornographiques. Selon l'article 113-2, alinéa 2, du Code pénal, il suffit, pour que l'infraction soit réputée commise sur le territoire de la République et soit punissable en vertu de la loi française, qu'un de ses faits constitutifs ait eu lieu sur ce territoire. Tel est le cas lorsqu'il est établi que des actes avaient été effectués en France en vue de la diffusion de vidéogrammes, à caractère pornographique, enregistrés en Thaïlande (■ Cass. crim., 4 févr. 2004 : *Bull. crim.* n° 32 ; *D.* 2005, p. 621, note V. Malabat).

20) Escroquerie. Si de simples allégations mensongères ne suffisent pas à caractériser les manœuvres frauduleuses prévues par l'article 405 du Code pénal, elles peuvent, par contre, constituer l'un des éléments de ces manœuvres. Il s'ensuit qu'un délit d'escroquerie est réputé commis en France, si les allégations mensongères entrant dans le cadre des manœuvres frauduleuses retenues ont été perpétrées sur le territoire national (■ Cass. crim., 19 avr. 1983 : *Bull. crim.* n° 108).

– Tel est aussi le cas d'une escroquerie, caractérisée par la réalisation d'opérations à l'étranger, lorsque la remise des fonds, obtenue grâce à des annonces publiées dans des journaux diffusés sur le territoire national, a été faite en France (■ Cass. crim., 28 nov. 1996 : *Bull. crim.* n° 437 ; *Dr. pén.* 1997, comm. 59, obs. M. Véron).

– Une tentative d'escroquerie est réputée commise en France si des actes préparatoires constituant l'une des composantes nécessaires des manœuvres frauduleuses retenues ont été perpétrés sur le territoire national (■ Cass. crim., 11 avr. 1988 : *Bull. crim.* n° 144).

21) Fraude douanière. Peut être jugée en France la réalisation d'un plan de fraude (en matière douanière) par des étrangers résidant à l'étranger lorsqu'elle implique une fausse déclaration à la douane française (■ Cass. crim., 29 janv. 1975 : *Bull. crim.* n° 34).

22) C'est à bon droit qu'une cour d'appel retient sa compétence pour connaître d'une infraction d'intérêt à une fraude douanière commise à l'occasion de diverses opérations de transit communautaire dès lors que les actes caractérisant ladite infraction ont été accomplis en France ; il s'ensuit, nonobstant les dispositions de l'article 36-2 *a* du règlement CEE n° 222/77 du 13 décembre 1976 relatif au transit communautaire, qui pose une règle de compétence subsidiaire, inapplicable en la cause, que les autorités douanières françaises sont compétentes pour constater et faire sanctionner l'infraction (■ Cass. crim., 12 mars 1990 : *Bull. crim.* n° 113).

23) Infractions commises sur internet. Le règlement (CE) n° 44/2001 du Conseil du 22 décembre 2000 concernant la compétence judiciaire, la reconnaissance et l'exécution des décisions en matière civile et commerciale est inapplicable pour déterminer la compétence des juridictions pénales (■ Cass. crim., 6 mars 2018, n° 16-87.533 : *JurisData* n° 2018-003648 ; *Rev. pénit.* 2018, p. 389, obs. J. Bossan ; *Dr. pén.* 2018, comm. 105, obs. Ph. Conte).

24) En l'absence de tout critère rattachant au territoire de la République les propos incriminés, la circonstance que ceux-ci, du fait de leur diffusion sur le réseau internet, aient été accessibles depuis ledit territoire ne caractérisait pas, à elle seule, un acte de publication sur ce territoire rendant le juge français compétent pour en connaître (■ Cass. crim., 12 juill. 2016, n° 15-86.645 : *JurisData* n° 2016-013713 ; *D.* 2016, p. 1848, obs. E. Dreyer ; *Comm. com. électr.* 2016, n° 10, p. 38, obs. A. Lepage ; *Dr. pén.* 2016, comm. 156, obs. Ph. Conte ; *AJ pénal* 2016, p. 533, obs. D. Brach-Thiel ; *RSC* 2016, p. 535, obs. J. Francillon).

25) La circonstance que, du fait de leur diffusion sur le réseau internet, les propos aient été accessibles depuis le territoire français ne caractérise pas, à elle seule, un acte de publication sur ledit territoire, rendant le juge français compétent, en l'absence de tout critère rattachant les propos incriminés au territoire de la République, les juges ayant pu retenir que la notoriété alléguée par les intéressés dans le seul domaine des affaires était à cet égard insuffisante (■ Cass. crim., 6 mars 2018, n° 16-87.533 : *JurisData* n° 2018-003648 ; *Rev. pénit.* 2018, p. 389, obs. J. Bossan ; *Rev. pénit.* 2018, p. 879, obs. E. Raschel ; *Dr. pén.* 2018, comm. 105, obs. Ph. Conte).

26) Le principe d'égalité ne s'oppose pas, lorsqu'est en cause la diffusion de propos, à l'application d'un critère de compétence différencié selon que cette diffusion a lieu par le biais d'une publication écrite ou audiovisuelle ou par la voie de l'internet, dont l'accessibilité au plan mondial exclut que soit retenu le seul critère d'accessibilité appliqué en matière de presse écrite ou audiovisuelle (même arrêt).

27) En se déterminant par des motifs dont il ne résulte pas que le site Internet hébergé en Allemagne et exploité par une société allemande était orienté vers le public français (en l'espèce, diffusion de phonogrammes d'un artiste-interprète français sans son autorisation), alors que la perpétration de la contrefaçon sur le territoire de la République est un élément constitutif de l'infraction, la cour d'appel n'a pas justifié sa décision (▪ Cass. crim., 14 déc. 2010 : *D.* 2011, p. 1055, note E. Dreyer).

28) Il appartenait à la cour d'appel de rechercher, dans les termes du droit commun, en ayant le pouvoir d'apprécier le mode de participation du prévenu aux faits poursuivis, s'il avait contribué ou s'il savait que les propos litigieux donnés au quotidien italien, étaient aussi destinés à être publiés en France et diffusés sur le site du journal, accessible par le réseau internet (▪ Cass. crim., 23 janv. 2018, n° 17-80.323 : *JurisData* n° 2018-000663 ; *Rev. pénit.* 2018, p. 880, E. Raschel). Rappr. art. 113-2-1, p. 74.

29) Loterie prohibée. La diffusion de bulletins de concours sur le territoire national, qui caractérise une offre de paris faite en France, autorise la poursuite de l'organisateur de la loterie prohibée résidant à l'étranger (▪ Cass. crim., 22 mai 1997 : *JurisData* n° 1997-005647 ; *Bull. crim.* n° 198).

30) Non-représentation d'enfant. Lorsque le droit de visite doit être exercé à l'étranger, l'article 693 du Code de procédure pénale n'est pas applicable, le délit de non-représentation d'enfant n'étant pas un délit complexe. Il s'ensuit que lorsque ce délit a été commis à l'étranger par un étranger, les tribunaux français sont incompétents pour en connaître (▪ Cass. crim., 27 oct. 1966 : *Bull. crim.* n° 244. ▪ Cass. crim., 16 juill. 1969 : *Bull. crim.* n° 228).

31) La décision de condamnation du père d'enfants pour non-représentation, qui se justifie par l'éviction de la décision civile de l'État de la nationalité des père, mère et enfants confiant au premier la garde, pour retenir une décision française fixant la résidence des enfants chez la mère, doit être censurée dès lors que la Cour d'appel n'a pas vérifié la régularité ni la conformité à l'ordre public interne de la décision rendue à l'étranger (▪ Cass. crim., 17 mars 2021, n° 19-84.296 : *JurisData* n° 2021-003797).

32) Proxénétisme. Fait l'exacte application de l'article 113-2 du Code pénal l'arrêt qui, pour fonder la compétence des lois et juridictions françaises, retient que le fait d'escorter des jeunes femmes de l'aéroport de Nice à un hôtel de cette ville, d'organiser leur séjour dans l'hôtel dans le seul but de les conduire quotidiennement à Monaco où elles auraient des relations sexuelles au préalable rémunérées avec les clients ou les organisateurs d'une société constituent des actes d'aide et d'assistance à la prostitution ; ces actes sont des éléments constitutifs de délit de proxénétisme par aide et assistance, ils ont été commis à Nice (ou l'auteur, ressortissant étranger, a été appréhendé) et le juge d'instruction de Nice est compétent en application de l'article 52 du Code de procédure pénale »(▪ Cass. crim., 9 nov. 2011 : *JurisData* n° 2011-024470 ; *Bull. crim.* n° 230 ; *Dr. pén.* 2012, comm. 3, obs. M. Véron ; *JCP* 2011, act. 1318, obs. S. Detraz ; *AJ pénal* 2012, p. 166, jurispr., obs. S. Lavric).

33) Publicité trompeuse. Peut être poursuivi devant les juridictions françaises du chef de publicité trompeuse l'annonceur qui a procédé à l'étiquetage fallacieux des bouteilles sur le territoire national, même si le client trompé était un étranger (▪ Cass. crim., 15 mai 2001, n° 00-85.242 : *JurisData* n° 2001-010106 ; *Bull. crim.* n° 122 ; *Dr. pén.* 2001, comm. 118, obs. J.-H. Robert).

34) Recel. Des faits de recel imputés à un étranger résidant hors du territoire national peuvent relever de la compétence de la juridiction répressive française, en vertu des dispositions de l'article 693 du Code de procédure pénale, non pas en raison de la localisation en France d'un acte caractérisant l'intention frauduleuse. Mais lorsqu'un des éléments matériels constitutifs de l'infraction a été accompli sur le territoire de la République ; il en est ainsi de la prise de possession en France d'objets de provenance frauduleuse réalisée par l'intermédiaire de tiers agissant pour le compte du prévenu (▪ Cass. crim., 1er oct. 1986 : *Bull. crim.* n° 262).

35) Selon l'article 113-2 du Code pénal, il suffit, pour que l'infraction soit réputée commise sur le territoire de la République, qu'un de ses faits constitutifs ait eu lieu sur ce territoire. Dès lors, l'infraction principale, en l'espèce un vol, fait constitutif nécessaire du recel, ayant été commise en France, le recel, commis à l'étranger par une personne étrangère, peut être poursuivie par les tribunaux français (▪ Cass. crim., 26 sept. 2007 : *Bull. crim.* n° 224 ; *Dr. pén.* 2007, comm. 150, obs. M. Véron ; *JCP* 2008, II 10047, note M. Segonds ; *RSC* 2008, p. 69, obs. E. Fortis ; *D.* 2008, p. 1179, note D. Rebut).

36) Soustraction de mineur. La loi pénale française est applicable à l'auteur d'une soustraction d'enfant, commencée à l'étranger et poursuivie un temps sur le territoire national, dès lors que l'infraction prévue par l'article 227-7 du Code pénal présente le caractère d'un délit continu (▪ Cass. crim., 23 févr. 2000 : *JurisData* n° 2000-

001417 ; *Bull. crim.* n° 83 ; *Dr. pén.* 2000, comm. 83, obs. M. Véron).

37) Taux usuraire. Pour des offres de prêt émises avec un taux usuraire à l'étranger mais proposées par des intermédiaires et acceptées en France, (V. ▪ Cass. crim., 14 févr. 1962 : *Bull. crim.* n° 97).

38) Tromperie. Sont considérés comme commis sur le territoire de la République le délit ou la tentative de tromperie sur la nature ou les qualités substantielles de toutes marchandises lorsque ces dernières sont offertes à la vente en France alors même que le vendeur serait un ressortissant étranger et les marchandises seraient livrées à l'étranger (▪ Cass. crim., 19 avr. 1983 : *Bull. crim.* n° 108).

II – PROROGATION DE LA COMPÉTENCE TERRITORIALE À DES FAITS COMMIS À L'ÉTRANGER

A – Indivisibilité

39) Principe. La juridiction française est compétente pour connaître des faits commis à l'étranger par un étranger dès lors que ces faits apparaissent comme formant un tout indivisible avec les infractions également imputées en France à cet étranger et dont elle est légalement saisie (▪ Cass. crim., 9 déc. 1933 : *Bull. crim.* n° 237. ▪ Cass. crim., 23 avr. 1981 : *Bull. crim.* n° 116. ▪ Cass. crim., 20 févr. 1990 : *Bull. crim.* n° 84. ▪ Cass. crim., 20 sept. 2016, n° 16-84.026 : *Dr. pén.* 2017, comm. 5, note Ph. Conte).

40) La loi pénale française est applicable à une infraction commise par une personne de nationalité étrangère à l'encontre d'une victime de nationalité étrangère lorsque cette infraction ou l'un de ses faits constitutifs est commis sur le territoire de la République ; qu'il en est de même lorsque l'infraction est commise à l'étranger, dans le seul cas où il existe un lien d'indivisibilité entre cette infraction et une autre commise sur le territoire de la République (▪ Cass. crim., 31 mai 2016 : *JurisData* n° 2016-011074).

41) Il résulte de ce texte que la loi pénale française est applicable à une infraction commise par une personne de nationalité étrangère à l'encontre d'une victime de nationalité étrangère lorsque cette infraction ou l'un de ses faits constitutifs est commis sur le territoire de la République. Il en est de même lorsque l'infraction est commise à l'étranger, dans le seul cas où il existe un lien d'indivisibilité entre cette infraction et une autre commise sur le territoire de la République, les faits étant indivisibles lorsqu'ils sont rattachés entre eux par un lien tel que l'existence des uns ne se comprendrait pas sans l'existence des autres (▪ Cass. crim., 15 déc. 2021, n°s 21-83.161 et 21-83.162 : *JurisData* n° 2021-020935).

42) Notion d'indivisibilité. Les faits sont indivisibles lorsqu'ils sont rattachés entre eux par un lien tel que l'existence des uns ne se comprendrait pas sans l'existence des autres (▪ Cass. crim., 31 mai 2016, n° 15-85.920 : *JurisData* n° 2016-011074 : *Dr. pén.* 2016, comm. 122, obs. Ph. Conte ; *D.* 2016, p. 1989, obs. D. Rebut ; *D.* 2016, p. 1597, chron. B. Laurent, L. Ascensi, E. Pichon et G. Guého ; *D.* 2016, p. 2424, obs. G. Roujou de Boubée, Th. Garé, C. Ginestet, M.-H. Gozzi, L. Miniato et S. Mirabail ; *AJ pénal* 2016, p. 487, obs. D. Brach-Thiel ; *Gaz. Pal.* 2016, p. 2277, obs. S. Detraz).

43) Connexité. Le seul lien de connexité existant entre plusieurs infractions ne peut avoir pour effet de rendre la loi pénale française applicable à celles commises à l'étranger par une personne de nationalité étrangère sur une victime étrangère (▪ Cass. crim., 15 déc. 2021, n°s 21-83.161 et 21-83.162 : *JurisData* n° 2021-020935).

44) Si plusieurs infractions sont simplement connexes, les juridictions françaises ne sont pas compétentes pour connaître de celles commises à l'étranger par une personne de nationalité étrangère sur une victime (▪ Cass. crim., 31 mai 2016, préc.).

– *Contra* : Malgré les dispositions de l'article 696 du Code de procédure pénale, l'auteur français d'une infraction commise à l'étranger et qui est connexe à un crime ou délit commis en France peut être déféré devant la juridiction française compétente pour juger ce crime ou ce délit (▪ Cass. crim., 20 févr. 1990 : *Bull. crim.* n° 84).

45) La connexité, existant entre une extorsion de signature commise en France et le recel du produit de cette infraction réalisé à l'étranger, ne peut proroger la compétence de la juridiction française dès lors que l'action publique du chef d'extorsion de signature s'est trouvée éteinte par prescription avant le dépôt de la plainte pour recel (▪ Cass. crim., 9 nov. 2004 : *Bull. crim.* n° 274 ; *Dr. pén.* 2005, comm. 32, obs. M. Véron ; *Dr. pén.* 2005, comm. 16, obs. A. Maron).

46) Illustrations positives. Sont indivisibles : l'abus de confiance commis à l'étranger par un Français et celui d'achat de vote commis en France par ce même Français en qualité de complice (▪ Cass. crim., 15 janv. 1990 : *Bull. crim.* n° 22) ; le vol avec arme commis à l'étranger par un étranger et les faits d'association de malfaiteurs commis en France auxquels il est reproché à cet étranger d'avoir participé (▪ Cass. crim., 27 oct. 2004 : *Bull. crim.* n° 263 ; *Dr. pén.* 2005, comm. 32, obs. M. Véron ; comm. 16, obs. A. Maron) ; le délit de fourniture frauduleuse habituelle de visas autorisant l'entrée et le séjour d'étrangers en France, commis à l'étranger, et ceux de recel et usage desdits visas commis en France par une tierce personne (▪ Cass. crim., 15 mars 2006 : *Bull. crim.* n° 78, *RSC* 2006, p. 634, obs. A. Giudicelli. ▪ TGI Créteil, ord., 30 sept. 2004 : *D.* 2005, p. 476, note V. Depadt-Sebag) ; l'association de malfaiteurs reproché au prévenu, de nationalité étrangère et commis à l'étranger, et les faits d'infractions à la législation sur les stupéfiants commis en France (▪ Cass. crim., 11 juin 2008 : *JurisData* n° 2008-044400 ; *Dr. pén.* 2008, comm. 107, obs. M. Véron) ; les faits de proxénétisme accomplis à l'étranger et ceux d'association de malfaiteurs commis en France (▪ Cass. crim., 12 juin 2013 : *JurisData* n° 2013-014439) ; les faits de corruption d'agents publics étrangers imputés au demandeur et les infractions d'abus de confiance, de complicité et recel d'abus de biens sociaux et de blanchiment de trafic d'influence, les ressources de l'intéressé étant susceptibles de provenir des faits de corruption d'agents publics étrangers (▪ Cass. crim., 11 oct. 2017 : *JurisData* n° 2017-019874) ; les faits d'escroquerie commis en France et le blanchiment commis à l'étranger en raison d'une entente préalable entre les prévenus (▪ Cass. crim., 8 nov. 2017 : *JurisData* n° 2017-022190) ; d'une part les délits d'infractions à la législation sur les stupéfiants et association de malfaiteurs en vue de les préparer commis à l'étranger et, d'autre part, l'enlèvement et la séquestration puisque ces derniers ont trouvé leur raison d'être dans le détournement des stupéfiants que le prévenu était chargé de transporter (▪ Cass. crim., 20 juin 2018 : *JurisData* n° 2018-010730) ; en outre, la corruption commise en France et le faux caractérisé par l'établissement et l'usage de factures falsifiées en Belgique visant à couvrir la perception des commissions produisent de l'infraction (▪ Cass. crim., 13 oct. 2021, n° 20-80.527 : *JurisData* n° 2021-016504).

47) Illustrations négatives. Ne sont pas indivisibles (et simplement connexes) : les délits d'usage et de détention frauduleuse de faux documents administratifs commis en France et tentative d'obtention indue d'un document administratif commis à l'étranger (▪ Cass. crim., 30 avr. 2014 : *JurisData* n° 2014-008574) ; des viols commis dans le cadre intra-familial par le père sur sa fille sur le territoire de plusieurs États (▪ Cass. crim., 31 mai 2016, n° 15-85.920 : *JurisData* n° 2016-011074 ; *Dr. pén.* 2016, comm. 122, obs. Ph. Conte ; *D.* 2016, p. 1989, obs. D. Rebut ; *D.* 2016, p. 1597, chron. B. Laurent, L. Ascensi, E. Pichon et G. Guého ; *D.* 2016, p. 2424, obs. G. Roujou de Boubée, Th. Garé, C. Ginestet, M.-H. Gozzi, L. Miniato et S. Mirabail ; *AJ pénal* 2016, p. 487, obs. D. Brach-Thiel ; *Gaz. Pal.* 2016, p. 2277, obs. S. Detraz. ▪ Cass. crim., 4 nov. 2020, n° 20-82.114 : *Jurisdata* n° 2020-017869) ; des faits d'abus de confiance et de blanchiment commis à l'étranger et l'escroquerie commise en France (▪ Cass. crim., 8 nov. 2017 : *JurisData* n° 2017-022190).

B – Complicité

48) Acte de complicité commis à l'étranger. La décision de condamnation pour complicité d'importation sans déclaration de marchandises fortement taxées est justifiée dès lors que l'acte de complicité d'une infraction principale commise en France relève de la loi française (▪ Cass. crim., 30 oct. 2013 : *JurisData* n° 2013-023956. – Dans le même sens ▪ Cass. crim., 13 mars 1891 : *DP* 1892, 1, p. 76. ▪ Cass. crim., 17 févr. 1893 : *DP* 1894, 1, p. 32. ▪ Cass. crim., 7 sept. 1893 : *DP* 1896, 1, p. 434).

La juridiction française compétente pour juger le fait principal l'est aussi pour juger le complice, quels que soient sa nationalité et le lieu où les actes de complicité ont été accomplis (▪ Cass. crim., 29 nov. 2016, n° 15-86.712 : *Dr. pén.* 2017, comm. 32, note Ph. Conte).

49) Acte de complicité commis en France. V. ss art. 113-5, p. 75.

III – LIMITES

A – *Ne bis in idem*

50) Principe. L'exception de chose jugée prévue aux articles 113-9 du Code pénal et 692 du Code de procédure pénale, ne saurait faire obstacle à l'exercice de poursuites exercées sur le fondement de la compétence territoriale française (seul est susceptible d'être éventuellement invoqué l'article 54 de la convention d'application de l'accord de Schengen) (▪ Cass. crim., 26 sept. 2007 : *Bull. crim.* n° 224 ; *Dr. pén.* 2007, comm. 150, obs. M. Véron ; *JCP* 2008, II, 10047, note M. Segonds ; *RSC* 2008, p. 69, obs. E. Fortis). V. art. 113-9, p. 82 ; V. art. 132-23-1, p. 287.

51) Une dénonciation aux fins de poursuites, au sens de l'article 21 de la Convention européenne d'entraide judiciaire en matière pénale, est un acte d'entraide judiciaire n'emportant pas renonciation de la part de l'État requérant à l'exercice de son droit de poursuite. L'exception de la chose jugée à l'étranger ne fait pas obstacle à cet exercice lorsque la compétence internationale des juridictions françaises est fondée sur le principe de la territorialité (▪ Cass. crim., 8 juin 2005 : *Bull. crim.* n° 174).

52) Validité du principe. Les dispositions des articles 4 du protocole n° 7 à la Convention européenne des droits de l'homme et 14-7 du pacte international relatif aux droits civils et politiques, qui font obstacle à des doubles poursuites pour des faits uniques, ne trouvent à s'appliquer que dans le cas où les deux procédures ont été engagées sur le territoire du même État (▪ Cass. crim., 14 mars 2018, n° 16-82.117 : *JurisData* n° 2018-003623 ; *Bull. crim.* n° 45 ; *Dalloz actualité*, 4 avr. 2018, obs. J. Gallois ; *Rev. pénit.* 2019, p. 490, obs. L. Desessard ; *Rev. pénit.* 2019, p. 159, obs. M. Seconds ; *Rev. crit. DIP* 2018, p. 643, obs. A. d'Ornano ; *JCP* G 2018, p. 389, obs. J.-M. Brigant ; *JCP* E 2018, 1363, note E. Dreyer ; *Rev. pénit.* 2018, p. 344, obs. J.-Ch. Saint-Pau ; *Dr. pén.* 2018, comm. 110, note J.-H. Robert).

53) Applications. Doit être cassée la décision qui constate l'action publique au motif que la transaction intervenue entre le prévenu et les autorités judiciaires américaines, ne résultant pas d'un choix délibéré et personnel du prévenu, citoyen britannique, et les faits ayant été commis pour l'essentiel à l'étranger, à l'exception de deux réunions organisées à Paris, il y a lieu de faire application de la règle *non bis in idem*, alors que le prévenu, dont la comparution devant la juridiction française n'est pas régie par les dispositions de l'accord qu'il a conclu avec la direction des affaires criminelles du ministère de la Justice des États-Unis, est libre de ne pas s'auto-incriminer et d'exercer l'ensemble des droits de la défense, la cour d'appel, qui a constaté que les faits, objets de la poursuite, ont été commis, même partiellement, sur le territoire français (▪ Cass. crim., 17 janv. 2018, n° 16-86.491 : *JurisData* n° 2018-003725 ; *Dr. pén.* 2018, comm. 59, obs. Ph. Conte ; *D.* 2018, p. 1243, obs. K. Haeri et V. Munoz-Pons ; *Rev. pénit.* 2019, p. 489, obs. L. Desessard). Le moyen qui tend à soumettre les poursuites régulièrement engagées par une autorité judiciaire française, pour des faits commis partiellement en France ayant fait l'objet d'une transaction aux États-Unis, à un contrôle de nécessité et de proportionnalité est infondé en ce qu'il se heurte à la souveraineté de l'État français et au principe d'opportunité des poursuites (▪ Cass. crim., 1er avr. 2020, n° 19-83.969 : *JurisData* n° 2020-005367).

54) L'exportation de stupéfiants commise en France et, à la supposer punissable, l'importation des mêmes stupéfiants dans un pays étranger constituent des infractions distinctes. Dès lors, l'action publique est exercée à bon droit contre l'auteur du premier de ces délits, sans qu'il y ait à rechercher s'il a été jugé antérieurement à l'étranger pour le second (▪ Cass. crim., 22 nov. 1973 : *Bull. crim.* n° 434).

55) Tempérament. La dénonciation faite à un État étranger, aux fins de poursuites, n'emporte pas renonciation de la part de l'État requérant, à l'exercice de son droit de poursuite. En dehors des cas où un texte spécial en dispose autrement, et sous réserve de la déduction, lors de l'exécution de la peine, de la détention subie à l'étranger de la peine qui pourrait être ensuite prononcée par la juridiction nationale, les décisions rendues par les juridictions pénales étrangères n'ont pas, en France, l'autorité de la chose jugée, lorsqu'elles concernent des faits commis sur le territoire de la République (▪ Cass. crim., 23 oct. 2013, n° 13-83.499 : *Bull. crim.* n° 201 ; *D.* 2013, p. 2950, note D. Rebut ; *AJ pénal* 2014, p. 127, note Th. Herran). V. ss : art. 113-9, p. 82.

– V. sur l'évolution quant à la déduction de la détention : ▪ Cass. crim., 26 oct. 1993 : *Bull. crim.* n° 315. ▪ Cass. crim., 13 mars 2013 : *Bull. crim.* n° 64, et arrêts cités.

56) Limite. V. art. 132-23-1, p. 287.

B – Immunités

57) QPC. Est irrecevable la question prioritaire de constitutionnalité alléguant l'inconstitutionnalité des articles 113-2 du Code pénal et 689 du Code de procédure pénale, en ce qu'ils n'excluent pas la compétence des juridictions françaises pour instruire et juger des faits mettant en cause des personnes bénéficiant de l'immunité de juridiction, dès lors que la question posée, sous couvert d'atteinte aux principes de réciprocité, de souveraineté nationale et d'immunité du chef d'État français, porte en réalité sur la compatibilité de la loi avec le droit international coutumier en matière d'immunité des chefs d'État étrangers (▪ Cass. crim., 28 juin 2017, n° 17-80.258 : *Rev. pénit.* 2018, p. 415, obs. A. Gogorza).

58) Portée. V. ss : art. 113-7, p. 78.

Art. 113-2-1 ***(Créé, L. n° 2016-731, 3 juin 2016).*** **– Tout crime ou tout délit réalisé au moyen d'un réseau de communication électronique, lorsqu'il est tenté ou commis au préjudice d'une personne physique résidant sur le territoire de la République ou d'une personne morale dont le siège se situe sur le territoire de la République, est réputé commis sur le territoire de la République.**

Bibliographie : D. Brach-Thiel, *L'article 113-2-1 du Code pénal, un appel à la modernité ? : Études à la mémoire de Philippe Neau-Leduc. Le juriste dans la cité :* LGDJ/Lextenso, p. 97. • P.-J. Delage, *Brèves remarques sur l'article 113-2-1 du Code pénal : LPA* 2017, n° 179.

Voir : ss art. 113-7, p. 78.

Art. 113-3 *(Mod., L. n° 2011-525, 17 mai 2011).* **– La loi pénale française est applicable aux infractions commises à bord des navires battant un pavillon français, ou à l'encontre de tels navires, ou des personnes se trouvant à bord en quelque lieu qu'ils se trouvent. Elle est seule applicable aux infractions commises à bord des navires de la marine nationale, ou à l'encontre de tels navires, ou des personnes se trouvant à bord, en quelque lieu qu'ils se trouvent.**

1) Les dispositions de l'article 113-3 du Code pénal, qui prévient l'application de la loi pénale française aux infractions commises à bord des navires battant un pavillon français, en quelque lieu qu'ils se trouvent, ne s'étendent pas aux bateaux de navigation fluviale ; méconnaît la portée de ce texte la chambre de l'instruction qui, en l'absence de la requête du ministère public exigée par l'article 113-8 du Code pénal, déclare recevable la plainte avec constitution de partie civile du propriétaire d'un bateau de croisière fluvial immatriculé en France, du chef d'un vol commis à bord de ce bâtiment alors qu'il était amarré sur la rive allemande du Rhin (■ Cass. crim., 18 sept. 2007 : *Bull. crim.* n° 211 ; *RSC* 2008, p. 69, obs. E. Fortis).

2) Les dispositions de l'article 113-3 du Code pénal s'étendent aux infractions, telles que les destructions, dégradations et détériorations, commises à l'encontre des filets de pêche amarrés aux navires (■ Cass. crim., 30 nov. 2016, n° 14-86.980 : *Dr. pén.* 2017, comm. 41, obs. J.-H. Robert).

Art. 113-4 *(Mod., L. n° 2011-525, 17 mai 2011).* **– La loi pénale française est applicable aux infractions commises à bord des aéronefs immatriculés en France, ou à l'encontre de tels aéronefs, ou des personnes se trouvant à bord en quelque lieu qu'ils se trouvent. Elle est seule applicable aux infractions commises à bord des aéronefs militaires français, ou à l'encontre de tels aéronefs, ou des personnes se trouvant à bord, en quelque lieu qu'ils se trouvent.**

Voir : art. 113-9, p. 82.

Art. 113-5. – La loi pénale française est applicable à quiconque s'est rendu coupable sur le territoire de la République, comme complice, d'un crime ou d'un délit commis à l'étranger si le crime ou le délit est puni à la fois par la loi française et par la loi étrangère et s'il a été constaté par une décision définitive de la juridiction étrangère.

(Al. créé, L. n° 2020-936, 30 juill. 2020) **Elle est également applicable aux actes de complicité prévus au second alinéa de l'article 121-7 commis sur le territoire de la République et concernant, lorsqu'ils sont commis à l'étranger, les crimes prévus au livre II.**

Elle est également applicable aux actes de complicité prévus au second alinéa de l'article 121-7 commis sur le territoire de la République et concernant, lorsqu'ils sont commis à l'étranger, les crimes prévus au livre II.

Bibliographie : V. Weber, *La loi du 30 juillet 2020 visant à protéger les victimes de violences conjugales et l'application de la loi pénale dans l'espace : de quelques incohérences... : Dr. pén.* 2020, étude 33.

1) Acte de complicité commis en France. Les dispositions de l'article 690 du Code de procédure pénale qui soumettent à certaines conditions la poursuite en France de celui qui s'est, en France, rendu complice d'un crime ou délit commis à l'étranger, ne trouvent leur application que lorsque l'auteur du fait principal ne peut être jugé par les juridictions françaises. Tel n'est pas le cas lorsqu'un Français s'est, en France, rendu complice d'un crime commis à l'étranger par un Français (■ Cass. crim., 20 févr. 1990 : *Bull. crim.* n° 84).

2) Méconnaît les exigences de l'article 113-5, l'arrêt qui condamne le complice en France, d'une tentative d'importation de stupéfiants perpétrée à l'étranger, sans rechercher si sont réunies les deux conditions d'application de ce texte (■ Cass. crim., 10 févr. 1999 : *Bull. crim.* n° 15 ; *D.* 1999, p. 491, note A. Fournier).

3) Fait une exacte application de l'article 113-5 l'arrêt de la chambre de l'instruction qui refuse d'informer du chef de complicité, en France, d'enlèvement et séquestration commis à l'étranger sans que ces infractions aient été constatées par une décision définitive de la juridiction étrangère (■ Cass. crim., 29 janv. 2008 : *JurisData* n° 2008-042904 ; *Dr. pén.* 2008, comm. 60, obs. M. Véron).

4) Dès lors que, d'une part, selon l'article 113-5 du Code pénal, les faits de complicité réalisés en France d'un délit commis à l'étranger (organisation frauduleuse d'insolvabilité) ne relèvent de la loi pénale française que si, notamment, l'infraction principale a été constatée par une décision définitive de la juridiction étrangère, ce qui n'est pas le cas en l'espèce, et, d'autre part, les juridictions françaises ne sont pas tenues de surseoir à statuer dans l'attente d'une telle décision, la chambre de l'instruction qui a, à bon droit, retenu l'absence de préjudice direct de la société française, partie civile, a justifié sa décision d'incompétence (▪ Cass. crim., 10 sept. 2008 : *JurisData* n° 2008-045342 ; *Dr. pén.* 2009, note 5).

5) **Acte de complicité commis à l'étranger.** La décision de condamnation pour complicité d'importation sans déclaration de marchandises fortement taxées est justifiée dès lors que l'acte de complicité d'une infraction principale commise en France relève de la loi française (▪ Cass. crim., 30 oct. 2013 : *JurisData* n° 2013-023956. – Dans le même sens ▪ Cass. crim., 13 mars 1891 : *DP* 1892, 1, p. 76. ▪ Cass. crim., 17 févr. 1893 : *DP* 1894, 1, p. 32. ▪ Cass. crim., 7 sept. 1893 : *DP* 1896, 1, p. 434).

Section II. – Des infractions commises hors du territoire de la République

Art. 113-6 *(L. n° 2009-1503, 8 déc. 2009).* **– La loi pénale française est applicable à tout crime commis par un Français hors du territoire de la République.**

Elle est applicable aux délits commis par des Français hors du territoire de la République si les faits sont punis par la législation du pays où ils ont été commis.

Elle est applicable aux infractions aux dispositions du règlement (CE) n° 561/2006 du Parlement européen et du Conseil du 15 mars 2006 relatif à l'harmonisation de certaines dispositions de la législation sociale dans le domaine des transports par route, commises dans un autre État membre de l'Union européenne et constatées en France, sous réserve des dispositions de l'article 692 du Code de procédure pénale ou de la justification d'une sanction administrative qui a été exécutée ou ne peut plus être mise à exécution.

Il est fait application du présent article lors même que le prévenu aurait acquis la nationalité française postérieurement au fait qui lui est imputé.

Voir : art. 222-22, p. 405, art. 225-11-2, p. 487, art. 225-12-3, p. 489, art. 227-27-1, p. 618 (dispositions dérogatoires).

I – CONDITION DE LA NATIONALITÉ

1) **Moment de l'appréciation de la nationalité.** Fait une exacte application des textes l'arrêt qui l'arrêt qui refuse de surseoir à statuer pour qu'il puisse être satisfait éventuellement à une demande d'extradition et qui a reconnu la compétence des juridictions françaises pour des faits commis à l'étranger par une personne n'ayant plus la nationalité française dès lors que le prévenu avait la nationalité française d'origine et qu'il n'établit d'aucune façon qu'il l'ait perdue avant que fussent commis les faits reprochés (▪ Cass. crim., 29 déc. 1964, n° 64-92.733 : *Bull. crim.* n° 347. Dans le même sens, ▪ Cass. crim., 7 juill. 1960 : *Bull. crim.* n° 361).

2) **Nationalité du complice.** Ne justifie pas sa décision la chambre d'instruction qui confirme l'ordonnance d'incompétence sans avoir rechercher si la compétence de cette loi ne pouvait être également retenue au titre de la possible implication, à titre de complice, d'un ressortissant français (▪ Cass. crim., 23 janv. 2019 : *JurisData* n° 2019-000660 ; *RSC* 2019, p. 479, obs. A. Giudicelli).

II – CONDITIONS EN MATIÈRE DÉLICTUELLE

3) **Crimes : compétence directe.** Justifie sa décision au regard de l'alinéa 1er de l'article 689 du Code de procédure pénale, l'arrêt de la chambre d'accusation qui, pour ordonner la mise en accusation d'une personne, de nationalité française, du chef de faux en écriture authentique à raison des altérations de la vérité contenues dans un acte de notoriété dressé à l'étranger, constate sa participation à l'établissement de ce faux, après avoir relevé l'accord de la législation étrangère et de la législation française quant au caractère public de l'acte (▪ Cass. crim., 21 févr. 1978 : *Bull. crim.* n° 63).

4) **Délits : compétence conditionnelle.** L'arrêt qui, en l'absence de conclusions des prévenus contestant la compétence des juges du fond, constate l'accord de la législation étrangère et de la législation française pour réprimer un fait commis à l'étranger, établit l'existence des deux conditions nécessaires, aux termes de l'article 689 du Code de procédure pénale, pour la poursuite d'un délit commis à l'étranger par des Français (▪ Cass. crim., 27 nov. 1968 : *Bull. crim.* n° 19).

5) **Double incrimination.** Viole l'article 689 du Code de procédure pénale l'arrêt qui prononce une condamnation à raison d'un délit d'abus de confiance commis à l'étranger, sans constater que le fait est puni par la législation du pays où il a été perpétré (▪ Cass. crim., 19 mai 1971 : *Bull. crim.* n° 164).

6) Méconnaît les dispositions de l'article 689 du Code de procédure pénale l'arrêt qui prononce une condamnation à raison d'un délit de recel commis à l'étranger sans constater que le fait est puni par la législation du pays où il a été perpétré

(▪ Cass. crim., 27 juin 1984 : *Bull. crim.* n° 248. ▪ Cass. crim., 10 oct. 1988 : *Bull. crim.* n° 331).

7) Méconnaît les dispositions de l'article 113-6 du Code pénal l'arrêt qui prononce une condamnation à raison de délits de vols aggravés et d'escroqueries, en récidive, commis à l'étranger, sans constater que les faits sont punissables par la législation du pays où ils ont été perpétrés (▪ Cass. crim., 26 mai 2010 : *Bull. crim.* n° 91 ; *Dr. pén.* 2010, comm. 115, obs. M. Véron).

8) Méconnaît les dispositions des articles 113-6, 113-7 et 113-8 du Code pénal l'arrêt qui prononce une condamnation pour un délit de blanchiment en bande organisée commis à l'étranger sans constater que les faits sont punissables par la législation en vigueur dans le pays où ils ont été commis ou que les victimes sont françaises et sans mettre la Cour de cassation en mesure de s'assurer que la poursuite a été intentée par le ministère public après dépôt de la plainte des victimes (▪ Cass. crim., 25 nov. 2015, n° 14-84.985).

9) La condition de double incrimination que l'article 113-6 alinéa 2 prévoit pour que la loi pénale française soit applicable à des faits commis hors du territoire de la République, ne concerne que les délits commis par des Français ; encourt donc la cassation l'arrêt de la chambre de l'instruction qui prononce la nullité de la mise en examen d'une banque, au motif que la législation de l'État sur le territoire duquel l'infraction a été commise ne prévoit pas la responsabilité des personnes morales pour les infractions de blanchiment et d'association de malfaiteurs pour les personnes morales, dès lors que la société est une personne morale de nationalité étrangère (▪ Cass. crim., 8 nov. 2017, n° 17-81.546 : *JurisData* n° 2017-022190 ; *Gaz. Pal.* 2018, n° 3, p. 42).

10) Ne peuvent être poursuivis devant les juridictions françaises sur le fondement de l'article 113-6 du Code pénal des faits d'interruption de grossesse après l'expiration du délai légal et dans un lieu non autorisé, qui ont eu lieu au Pays-Bas, dès lors que la loi des Pays-Bas autorise l'avortement dans l'établissement où il aurait été pratiqué et jusqu'à 22 semaines de grossesse, soit dans le délai où se trouvait la plaignante (▪ Cass. crim., 20 oct. 2020, n° 20-81.673).

11) Disqualification. Les dispositions de l'article 689, alinéa 2, du Code de procédure pénale sont applicables même dans l'hypothèse où les faits criminels visés dans l'acte initial de poursuite font l'objet d'une disqualification les faisant considérer comme des délits. En conséquence, violent l'article précité l'ordonnance du juge d'instruction ou l'arrêt de la chambre d'accusation qui renvoient l'inculpé devant la juridiction de jugement sans constater que le ou les faits sont punis par la législation du pays où ils ont été perpétrés (▪ Cass. crim., 6 mars 1984 : *Bull. crim.* n° 90).

12) Requalification. Donne une base légale à sa décision au regard des dispositions de l'article 689, alinéa 2, du Code de procédure pénale, l'arrêt qui, statuant sur une poursuite du chef d'évasion par bris de prison commis en Belgique par un citoyen français, constate que le fait n'est pas puni par la législation du pays où il a été perpétré et, le requalifiant, déclare le prévenu coupable de dégradation de monument d'utilité publique, délit prévu et réprimé par l'article 257 du Code pénal français et par l'article 526 du Code pénal belge (▪ Cass. crim., 9 nov. 1988 : *Bull. crim.* n° 385).

13) Prescription. Les articles 689, 691 et 692 du Code de procédure pénale qui régissent les conditions dans lesquelles les infractions commises à l'étranger peuvent être poursuivies en France ne comportent aucune dérogation aux articles 7 et 8 du même code, relatifs au point de départ de la prescription de l'action publique. Il en est de même de la Convention européenne d'entraide judiciaire en matière pénale du 20 avril 1959 (▪ Cass. crim., 16 juill. 1987 : *Bull. crim.* n° 298).

14) Lorsqu'un délit commis par un Français hors du territoire de la République est punissable en France en application des articles 689, alinéa 2, ancien du Code de procédure pénale et 113-6, alinéa 2, du Code pénal en vigueur depuis le 1er mars 1994, le point de départ de la prescription de l'action publique doit être fixé selon les règles prévues par la loi française en considérant la qualification donnée par elle aux faits délictueux. Méconnaît ce principe, la cour d'appel qui, pour fixer le point de départ du délai de prescription retient que le délit reproché au prévenu présente, selon la qualification qui lui est donnée dans le pays où il a été commis, le caractère d'une infraction instantanée (▪ Cass. crim., 5 juin 1996 : *Bull. crim.* n° 239).

15) Il résulte des articles 113-6 et 113-9 qu'un Français, définitivement jugé à l'étranger pour un crime commis hors du territoire de la République et qui a pris la fuite avant d'exécuter sa peine, peut être poursuivi en France pour les mêmes faits si la peine prononcée n'est pas prescrite ; encourt la censure la chambre d'accusation qui, après avoir constaté que la personne poursuivie avait été définitivement condamnée à l'étranger et s'était évadée en cours de peine, a refusé d'informer au motif que les faits ont été dénoncés aux autorités françaises après le délai de prescription de l'action publique, alors qu'il lui appartenait de rechercher si la prescription de la peine était acquise (▪ Cass. crim., 16 oct. 2001 : *Bull. crim.* n° 209 ; *Dr. pén.* 2002, comm. 3, obs. M. Véron).

16) Indivisibilité. La loi française est applicable aux faits d'escroquerie qu'il est reproché au demandeur d'avoir commis sur le territoire marocain indivisibles de ceux de faux et usage de faux susceptibles d'avoir été commis au préjudice d'une personne morale française dont la juridiction française est légalement saisie par suite de la plainte préalable de cette dernière (▪ Cass. crim., 22 août 2018 : *JurisData* n° 2018-014259 : *Dr. pén.* 2019, comm. 6, obs. Ph. Conte ; *Gaz. Pal.* 2018, n° 38, p. 43, obs. S. Detraz ; *AJ pénal* 2018, p. 514, obs. D. Brach-Thiel).

Art. 113-7. – La loi pénale française est applicable à tout crime, ainsi qu'à tout délit puni d'emprisonnement, commis par un Français ou par un étranger hors du territoire de la République lorsque la victime est de nationalité française au moment de l'infraction.

Voir : art. 221-5-4, p. 347, art. 222-6-3, p. 379, art. 222-16-2, p. 399, art. 222-16-3, p. 399 (dispositions dérogatoires).

I – DOMAINE

1) Victime directe. Seule la qualité de Français de la victime directe de l'infraction commise à l'étranger attribue compétence aux lois et juridictions françaises sur le fondement des articles 113-7 du Code pénal et 689 du Code de procédure pénale ; les stipulations des articles 6 et 14 de la CEDH ne sont pas de nature à remettre en cause les règles relatives à la compétence internationale des lois et juridictions françaises ; celles-ci sont, en conséquence, incompétentes pour connaître des faits dénoncés dans la plainte déposée par la veuve et les enfants, de nationalité française, pour assassinat commis en territoire étranger de leur mari et père, lui-même étranger (▪ Cass. crim., 31 janv. 2001 : *Bull. crim.* n° 31).

2) Les règles de compétence extraterritoriale de la loi pénale française permettant aux victimes directes, de nationalité française, d'obtenir en France la poursuite des auteurs d'une infraction commise à l'étranger et l'indemnisation du préjudice résultant éventuellement de ladite infraction, s'expliquent par le principe selon lequel l'État français est tenu d'assurer la protection de ses ressortissants et n'imposent pas que cette protection soit étendue aux victimes par ricochet (▪ Cass. crim., 12 juin 2018, n° 17-86.640 QPC : *JurisData* n° 2018-010250 : *Dr. pén.* 2018, comm. 150, obs. Ph. Conte).

– La veuve française d'un étranger victime d'un crime commis à l'étranger n'est pas la victime directe de l'infraction (▪ Cass. crim., 21 janv. 2009 : *Bull. crim.* n° 22).

– Une femme de nationalité française alléguant avoir subi des préjudices découlant du crime de torture dont son époux étranger a été victime à l'étranger n'est pas la victime directe de l'infraction (▪ Cass. crim., 8 nov. 2016, n° 16-84.115 : *Dr. pén.* 2017, comm. 16, note Ph. Conte).

– Un homme de nationalité française alléguant avoir été victime des préjudices découlant de la disparition forcée et de l'homicide commis à l'étranger sur son frère, ressortissant syrien, n'est pas une victime directe de l'infraction (▪ Cass. crim., 20 nov. 2018 : *JurisData* n° 2018-020767).

3) Il résulte, d'une part, des articles 113-7 du Code pénal et 689 du Code de procédure pénale que seule la qualité de victime directe de nationalité française au moment de la commission d'une infraction commise à l'étranger attribue compétence aux lois et juridictions françaises, d'autre part, de l'article 113-8 du Code pénal qu'en cas de délit commis à l'étranger contre un particulier, la poursuite ne peut être intentée qu'à la requête du ministère public et doit être précédée d'une dénonciation officielle par l'autorité du pays où le fait a été commis ou d'une plainte de la victime française ou de ses ayants droit. Encourt la cassation la décision de la chambre de l'instruction qui omet, d'une part, de vérifier que les victimes directes des infractions visées par les plaintes de leurs ayants droit étaient, lors de l'accident aérien dans lequel elles ont trouvé la mort, de nationalité française, d'autre part, de rechercher, avant d'examiner la portée du désistement des parties civiles au regard des dispositions de l'article 6, alinéa 3, du Code de procédure pénale, celles des plaintes qui répondaient aux exigences combinées des articles 113-7 et 113-8 du Code pénal, conditionnant la régularité des poursuites exercées par le ministère public (▪ Cass. crim., 6 nov. 2013, n° 13-84.377 : *Bull. crim.* n° 216 ; *Gaz. Pal.* 17-18 janv. 2014, p. 19, note R. Mésa).

4) Compétence pour les actes de Guantanamo. Encourt la cassation l'arrêt d'une chambre de l'instruction qui confirme l'ordonnance de refus d'informer rendue par le juge d'instruction sur la plainte déposée, des chefs d'arrestation, séquestration illégale, détention arbitraire, abstention volontaire de mettre fin à une détention arbitraire, par des ressortissants français détenus sur la base de Guantanamo en décidant, par le seul examen abstrait de la plainte, sans rechercher, par une information préalable, si l'arrestation et les conditions de détention des plaignants, qu'elle devait analyser au regard, notamment, de la troisième convention de Genève du 12 août 1949 et du Pacte international relatif aux droits civils et politiques du 19 décembre 1966, n'entraient pas dans les prévisions de l'article 224-1 du Code pénal et, comme telles, en raison de la nationalité française desdits plaignants, ne relevaient pas de la compétence des lois et juridictions françaises, en application des articles 113-7 du Code pénal et 689 du Code de procédure pénale (■ Cass. crim., 4 janv. 2005 : *Bull. crim.* n° 1 ; *RSC* 2005, p. 297, obs. Vermelle).

5) Personne morale. Dès lors qu'une société, victime d'un abus de confiance commis par le salarié d'une société filiale installée en Italie, est française, la loi française était applicable (■ Cass. crim., 25 avr. 2007 : *Dr. sociétés* 2007, comm. 167, obs. R. Salomon). V. *infra* sous art. 314-1, p. 680.

6) Articulation avec le droit international. En application des dispositions de l'article 5, § 2, de la Convention pour la protection des œuvres littéraires et artistiques du 9 septembre 1886, selon lesquelles la protection due à tout auteur d'un pays unioniste est exclusivement dévolue à la législation du pays où elle est réclamée, cette dernière désigne la loi de l'État sur le territoire duquel se sont produits les agissements délictueux et non celle du pays où le dommage a été subi. Encourt la cassation l'arrêt qui, pour déclarer la loi française applicable, retient que l'une des victimes est de nationalité française, et qu'en conséquence les juridictions françaises sont compétentes en application de l'article 113-7 du Code pénal, alors que l'atteinte portée aux droits d'auteur a eu lieu hors du territoire national (■ Cass. crim., 29 nov. 2011, n° 09-88.250 : *Bull. crim.* n° 240 ; *JCP* 2012, note 248, p. 422, E. Dreyer ; *AJ pénal* 2012, p. 164, obs. J. Lasserre-Capdeville).

7) Si l'article 96 de la Convention des Nations-Unies sur le droit de la mer, dite de Montego Bay, doit être interprété en ce sens que l'interdiction absolue, qu'il prévoit, qu'un État exerce sa juridiction en haute mer sur un navire ne battant pas son pavillon ne fait pas obstacle aux poursuites engagées devant une juridiction française, dans les conditions prévues aux articles 113-7 et suivants du Code pénal, à l'encontre de personnes susceptibles d'être reconnues coupables d'infractions commises sur ou au moyen dudit navire et ayant fait des victimes de nationalité française (■ Cass. crim., 16 oct. 2018, n° 16-84.436 : *JurisData* n° 2018-017992 : *Dr. pén.* 2019, comm. 2, obs. A. Gogorza).

8) Articulation avec la compétence personnelle active. C'est à tort que la chambre de l'instruction a décliné la compétence des juridictions françaises qui s'est bornée à analyser les faits au seul regard de l'article 113-6 du Code pénal pour l'absence de double incrimination alors que l'article 113-7 du même code, lorsque la victime est française au moment de l'infraction, prévoit l'application de la loi française aux délits commis par un étranger hors du territoire de la République sans la subordonner à l'existence d'une double incrimination (■ Cass. crim., 20 oct. 2020, n° 20-81.673).

II – LIMITES

9) Immunités de juridictions : chefs d'État étrangers en exercice. La coutume internationale s'oppose à ce que les chefs d'État en exercice puissent, en l'absence de dispositions internationales contraires s'imposant aux parties concernées, faire l'objet de poursuites devant les juridictions pénales d'un État étranger (■ Cass. crim., 13 mars 2001 : *Bull. crim.* n° 64 ; *Gaz. Pal.* 25-29 mai 2001, p. 27, concl. J.-Y. Launay ; *D.* 2001, jurispr., p. 2631, note J.-F. Roulot ; *RSC* 2004, p. 894, obs. M. Masse ; J.-P. Tomasi, *L'immunité d'un chef d'État étranger devant la Cour de cassation : Rev. sc. pénit.* 2002, p. 737. ■ Cass. crim., 2 sept. 2020, n° 18-84.682 : *Jurisdata* n° 2020-012399 ; *Dr. pén.* 2020, comm. 200, obs. A. Gogorza. ■ Cass. Crim., 13 janv. 2021, n° 20-80.511 : *Jurisdata* n° 2021-000150 ; *Procédures* 2021, comm. 74, obs. A.S. Chavent-Leclerc). Le droit d'accès à un tribunal, tel que garanti par l'article 6 de la Convention européenne des droits de l'homme, n'est pas absolu et ne s'oppose pas à une limitation à ce droit, découlant de l'immunité des États étrangers et de leurs représentants, dès lors que cette limitation est consacrée par le droit international et ne va pas au-delà des règles généralement reconnues en matière d'immunité des États (■ Cass. crim., 2 sept. 2020, préc.).

Doit être cassée la décision de confirmation de l'ordonnance disant lieu à informer contre un chef d'État étranger en exercice, suspecté de faits de complicité de destruction d'un bien par l'effet d'une substance explosive ayant entraîné la mort d'autrui en relation avec une entreprise terroriste, alors qu'en l'état du droit international, le crime dénoncé, quelle qu'en soit la gravité, ne relève pas des exceptions au principe de l'immunité de juridiction des chefs d'État étrangers en exercice (■ Cass. crim., 13 mars 2001, préc.).

Est rejeté le pourvoi contre la confirmation de l'ordonnance de non-lieu à informer sur des plaintes relatives à des faits de torture et actes de barbarie à l'encontre du chef d'État égyptien, dès lors qu'en l'état du droit international le crime dénoncé, quelle qu'en soit la gravité, ne relève pas des exceptions au principe de l'immunité de juridiction des chefs d'État étrangers en exercice. Il appartient à la communauté internationale de fixer les éventuelles limites de ce principe, lorsqu'il peut être confronté à d'autres valeurs reconnues par cette communauté, et notamment celle de la prohibition de la torture (■ Cass. crim., 2 sept. 2020, préc.).

– Rappr. ▪ Cass. crim., 15 déc. 2015, n° 15-83.156 : *JurisData* n° 2015-028198 ; *Bull. crim.* n° 631 : *JCP* G 2016, p. 255, note L. Saenko ; *D.* 2016, p. 2424, obs. G. Roujou de Boubée, T. Garé, C. Ginestet, M.-H. Gozzi, L. Miniato et S. Mirabail ; *AJ pénal* 2016, p. 74, obs. L. Chercheneff et D. Ventura : a justifié sa décision la chambre de de l'instruction qui rejette l'exception d'immunité au second vice-président de la République de Guinée équatoriale, dès lors que, d'une part, les fonctions du demandeur ne sont pas celles de chef d'État, de chef du Gouvernement ou de ministre des Affaires étrangères, d'autre part, l'ensemble des infractions qui lui sont reprochées, le blanchiment de leur produit ayant été opéré en France, à les supposer établies, ont été commises à des fins personnelles avant son entrée dans ses fonctions actuelles, à l'époque où il exerçait les fonctions de ministre de l'Agriculture et des Forêts).

10) Immunités de juridictions : anciens chefs d'État. Les faits incriminés, à savoir l'arrestation et le transfert de personnes à Guantanamo, reprochés à un ancien président des États-Unis et à différents membres du gouvernement, fonctionnaires ou membres de l'armée américaine, ne peuvent être assimilés à de simples actes de gestion mais constituent des actes relevant de l'exercice de la souveraineté de l'État (▪ Cass. crim., 13 janv. 2021, préc.).

11) Immunités de juridictions : membres de gouvernement étrangers. La coutume internationale qui s'oppose à la poursuite des États devant les juridictions pénales d'un État étranger s'étend aux organes et entités qui constituent l'émanation de l'État ainsi qu'à leurs agents en raison d'actes qui relèvent de la souveraineté de l'État concerné (▪ Cass. crim., 23 nov. 2004 : *Bull. crim.* n° 292, poursuites à la suite du naufrage du pétrolier *Erika*).

12) Ainsi, justifie sa décision la chambre de l'instruction qui, pour prononcer l'annulation des mandats d'arrêt délivrés à l'encontre du Premier ministre et du ministre des forces armées d'un État étranger, en fonction au moment des faits, retient que le navire ayant fait naufrage avait été mis en service pour permettre le désenclavement d'une région de cet État, qu'il assurait une mission de service public non commercial, qu'il était armé par un équipage militaire et avait le statut de navire militaire (▪ Cass. crim., 19 janv. 2010 : *Bull. crim.* n° 9 ; *RSC* 2010, p. 131, obs. Y. Mayaud).

13) La chambre de l'instruction confirme, à bon droit, l'ordonnance de non-lieu à l'égard des prévenus profitant d'une immunité de juridiction faisant obstacle aux poursuites car d'une part que le navire, dont l'équipage était commandé et encadré par des officiers de la marine nationale sénégalaise et géré par le ministère des Forces armées, qui permettait d'assurer la continuité territoriale du pays, dont une partie était à cette époque sous la menace de révoltes armées, avait coulé en haute mer, d'autre part, que les personnes contre lesquelles il existait des charges suffisantes pour suivre des chefs susvisés agissaient au moment des faits dans l'exercice de l'autorité étatique, en troisième part, qu'en l'état du droit international, les infractions susvisées, quelle qu'en soit la gravité, ne relèvent pas des exceptions au principe de l'immunité des représentants de l'État dans l'expression de sa souveraineté (▪ Cass. crim., 16 oct. 2018, n° 16-84.436 : *JurisData* n° 2018-017992 ; *Dr. pén.* 2019, comm. 1, obs. A. Gogorza).

Art. 113-8. – Dans les cas prévus aux articles 113-6 et 113-7, la poursuite des délits ne peut être exercée qu'à la requête du ministère public. Elle doit être précédée d'une plainte de la victime ou de ses ayants droit ou d'une dénonciation officielle par l'autorité du pays où le fait a été commis.

Voir : jurisprudence afférente à l'art. 691, C. proc. pén. avant son abrogation par l'art. 62 de la loi n° 92-1336, 16 déc. 1992.

Voir : dispositions dérogatoires art. 113-14, p. 87 (infractions portant atteinte aux recettes perçues, aux dépenses exposées ou aux avoirs qui relèvent du budget de l'Union européenne, des budgets des institutions, organes et organismes de l'Union européenne ou des budgets gérés et contrôlés directement par eux). art. 222-22, p. 405 (agressions sexuelles commises à l'étranger contre un mineur). art. 227-27-1, p. 618 (atteinte sexuelle sur mineur de 15 ans moyennant rémunération). art. 435-6-1, p. 914 et art. 435-11-2, p. 916 (corruption et trafic d'influence d'agents publics étrangers ou de personnes exerçant ou contribuant à une fonction juridictionnelle dans État étranger ou dans une juridiction internationale). art. 436-1, p. 917 et art. 436-3 C, p. 917 (délit de participation à une activité de mercenaire). art. 511-1-1, p. 953 (prélèvement de cellules ou de gamètes, dans le but de faire naître un enfant génétiquement identique à une autre personne).

1) Domaine. Les dispositions de l'article 691 du Code de procédure pénale, suivant lesquelles la poursuite en France d'un délit commis à l'étranger contre un particulier doit être précédée de la plainte de la partie offensée ou d'une dénonciation officielle à l'autorité française par l'autorité du pays où le fait a été commis, ne sont pas applicables lorsque ce fait constitue un crime au regard de la loi française. Sont seules applicables, en ce cas, les dispositions de l'article 689, alinéa 1er, du même code (▪ Cass. crim., 25 juin 1974 : *Bull. crim.* n° 237).

2) Requête du ministère public. Aux termes de l'article 691 du Code de procédure pénale, en cas de délit commis à l'étranger contre un particulier, la poursuite ne peut être intentée qu'à la requête du ministère public (■ Cass. crim., 19 mai 1971 : *Bull. crim.* n° 164. ■ Cass. crim., 13 juin 1974 : *Bull. crim.* n° 219).

3) La loi pénale française est inapplicable et les juridictions françaises incompétentes pour connaître d'un délit (abus de confiance) commis par un français à l'étranger, dès lors que les poursuites ont été engagées à l'initiative des parties civiles et non à la requête du ministère public (■ CA Paris, 20 mai 2002 : *Dr. pén.* 2002, comm. 132, obs. M. Véron).

4) Doit être cassé l'arrêt qui ne met pas la Cour de cassation en mesure de s'assurer que les dispositions de cet article ont été respectées (■ Cass. crim., 19 mai 1971 : *Bull. crim.* n° 64).

– Mais c'est à bon droit que la chambre de l'instruction a décidé qu'en l'absence de la requête du ministère public exigée par l'article 113-8 du Code pénal, la poursuite était irrecevable en ce qu'elle visait le recel éventuellement commis à l'étranger par une société (■ Cass. crim., 9 nov. 2004 ; *Bull. crim.* n° 274 ; *Dr. pén.* 2005, comm. 16, obs. A. Maron et comm. 32, obs. M. Véron).

5) Est commis hors du territoire de la République, le délit de menaces émises, dans un pays étranger, par un étranger à l'encontre d'un Français et il n'importe que les menaces soient parvenues à la connaissance de leur destinataire par divers moyens de communication les ayant rapportées. Il en résulte que, par application de l'article 113-8 du Code pénal, la poursuite, s'agissant d'un délit puni d'une peine d'emprisonnement, ne peut être exercée qu'à la requête du ministère public (■ Cass. crim., 8 déc. 2009 : *Bull. crim.* n° 206 ; *Dr. pén.* 2010, comm. 42, obs. M. Véron ; *RSC* 2010, p. 133, obs. Y. Mayaud ; *Dr. pén.* 2010, étude 16 par Th. Garé). V. aussi, ss, art. 222-17, p. 399.

6) Plainte préalable de la victime ou de ses ayants droit. Aux termes de l'article 113-8 du Code pénal, en cas de délit commis à l'étranger contre un particulier, la poursuite ne peut être intentée qu'à la requête du ministère public et doit être précédée d'une plainte de la victime ou de ses ayants droit ou d'une dénonciation officielle par l'autorité du pays où le fait a été commis (■ Cass. crim., 11 juin 2003 : *Bull. crim.* n° 119. ■ Cass. crim., 26 mai 2010 : *Bull. crim.* n° 91 ; *Dr. pén.* 2010, comm. 115, obs. M. Véron).

7) Doit être cassé l'arrêt qui ne met pas la Cour de cassation en mesure de s'assurer que les dispositions de l'article 113-8 du Code pénal, notamment en ce qui concerne la plainte préalable de la victime, ont été respectées (■ Cass. crim., 27 juin 1984 : *Bull. crim.* n° 248. ■ Cass. crim., 26 mai 2010, préc.).

8) C'est à bon droit qu'une cour d'appel déclare que la poursuite est valablement engagée, conformément aux exigences de l'article 691 du Code de procédure pénale, sur la plainte de la partie offensée, dès lors qu'il est constaté que préalablement à cette poursuite exercée à la requête du ministère public du chef du délit prévu à l'article 63, alinéa 2, du Code pénal, il existait une plainte du frère de la victime décédée des suites de l'infraction, et que le préjudice moral invoqué par lui correspondait à une réalité (■ Cass. crim., 3 juin 1976 : *Bull. crim.* n° 198).

9) La poursuite est régulièrement engagée lorsque le procureur de la République a requis l'ouverture de l'information, puis son extension à d'autres faits, à la suite de plaintes des victimes ou de leurs ayants droit qui n'avaient pu mettre en mouvement l'action publique (■ Cass. crim., 11 juin 2003 : *Bull. crim.* n° 119).

10) L'article 691 du Code de procédure pénale ne prescrit pas que la plainte de la personne offensée ait été portée nommément contre le prévenu d'une infraction commise à l'étranger. Il suffit que les faits allégués dans la plainte aient été par la suite régulièrement imputés audit prévenu (■ Cass. crim., 24 mars 1969 : *Bull. crim.* n° 131).

11) Il résulte de l'article 113-8 du Code pénal que, même en l'absence d'une dénonciation officielle, les poursuites contre un Français ayant commis un délit hors du territoire de la République peuvent être exercées en France à la requête du ministère public, lorsque les réquisitions ont été précédées d'une plainte de la victime. Il n'importe que la plainte ait été déposée en France ou à l'étranger dès lors que dans ce second cas, elle a été transmise aux autorités judiciaires françaises (■ Cass. crim., 24 nov. 1998 : *Bull. crim.* n° 312).

12) Il résulte, d'une part, des articles 113-7 du Code pénal et 689 du Code de procédure pénale que seule la qualité de victime directe de nationalité française au moment de la commission d'une infraction commise à l'étranger attribue compétence aux lois et juridictions françaises, d'autre part, de l'article 113-8 du Code pénal, qu'en cas de délit commis à l'étranger contre un particulier, la poursuite ne peut être intentée qu'à la requête du ministère public et doit être précédée d'une dénonciation officielle par l'autorité du pays où le fait a été commis ou d'une plainte de la victime française ou de ses ayants droit. Encourt la cassation la décision de la chambre de l'instruction qui omet, d'une part, de vérifier que les victimes directes des infractions visées par les plaintes de leurs ayants droit étaient, lors de l'accident aérien dans lequel elles ont trouvé la mort, de nationalité française, d'autre part, de rechercher, avant d'examiner la portée du désistement des parties civiles au regard des dispositions de l'article 6, alinéa 3, du Code de procédure pénale, celles des plaintes qui répondaient aux exigences combinées des articles 113-7 et 113-8 du Code pénal, conditionnant la régularité des poursuites exercées par le ministère public (■ Cass. crim., 6 nov. 2013, n° 13-84.317 : *Bull. crim.* n° 216 ; *Gaz. Pal.* 17-18 janv. 2014, p. 19, note R. Mésa).

13) **Prescription de l'action publique.** L'obligation où se trouve le ministère public, en cas de délit commis contre un particulier par un Français à l'étranger, d'attendre, pour engager les poursuites, une plainte de la partie offensée ou une dénonciation officielle à l'autorité française par l'autorité du pays où le fait a été commis, ne constitue pas un obstacle absolu à l'exercice de la poursuite et dès lors ne suspend pas la prescription de l'action publique (■ Cass. crim., 16 juill. 1987 : *Bull. crim.* n° 298).

14) La dénonciation officielle adressée par l'autorité étrangère à l'autorité française aux fins de jugement en France de délits commis par un français à l'étranger est un acte de poursuite interruptif de la prescription de l'action publique (■ Cass. crim., 12 oct. 2005 : *Bull. crim.* n° 260 ; *Dr. pén.* 2006, comm. 20, obs. M. Véron).

Art. 113-8-1 *(L. n° 2004-204, 9 mars 2004 ; L. n° 2013-711, 5 août 2013 ; dénuméroté, L. n° 2020-1672, 24 déc. 2020).* **– La plainte ou la dénonciation mentionnées à l'article 113-8 ne sont pas nécessaires lorsque la poursuite est exercée devant une juridiction pénale disposant, en application des dispositions du Code de procédure pénale, d'une compétence territoriale concurrente et spécialisée s'étendant sur le ressort de plusieurs tribunaux judiciaires ou sur l'ensemble du territoire.**

Art. 113-8-2 *(L. n° 2020-1672, 24 déc. 2020).* **– Sans préjudice de l'application des articles 113-6 à 113-8, la loi pénale française est également applicable à tout crime ou à tout délit puni d'au moins cinq ans d'emprisonnement commis hors du territoire de la République par un étranger dont l'extradition ou la remise a été refusée à l'État requérant par les autorités françaises aux motifs, soit que le fait à raison duquel l'extradition avait été demandée est puni d'une peine ou d'une mesure de sûreté contraire à l'ordre public français, soit que la personne réclamée aurait été jugée dans ledit État par un tribunal n'assurant pas les garanties fondamentales de procédure et de protection des droits de la défense, soit que le fait considéré revêt le caractère d'infraction politique, soit que l'extradition ou la remise serait susceptible d'avoir, pour la personne réclamée, des conséquences d'une gravité exceptionnelle en raison, notamment, de son âge ou de son état de santé.**

La poursuite des infractions mentionnées au premier alinéa ne peut être exercée qu'à la requête du ministère public.

Bibliographie : D. Brach-Thiel, *De la nécessaire réécriture de l'article 113-8-1 du Code pénal* : *RSC* 2009, Doctr., p. 523.

Art. 113-9. – Dans les cas prévus aux articles 113-6 et 113-7, aucune poursuite ne peut être exercée contre une personne justifiant qu'elle a été jugée définitivement à l'étranger pour les mêmes faits et, en cas de condamnation, que la peine a été subie ou prescrite.

Voir : C. proc. pén., art. 692, mod. par l'art. 63 de la loi n° 92-1336, 16 déc. 1992.

I – DOMAINE

1) **Indifférence de la chose jugée d'une décision étrangère pour les faits commis en France.** L'exception de chose jugée prévue aux articles 113-9 du Code pénal et 692 du Code de procédure pénale, ne saurait faire obstacle à l'exercice de poursuites exercées sur le fondement de la compétence territoriale française. (Seul est susceptible d'être éventuellement invoqué l'article 54 de la Convention d'application de l'Accord de Schengen). (■ Cass. crim., 26 sept. 2007 : *Bull. crim.* n° 224 ; *Dr. pén.* 2007, comm. 150, obs. M. Véron ; *JCP* 2008, II, 10047, note M. Segonds ; *RSC* 2008, p. 69, obs. E. Fortis). V. art. 113-2, p. 67 ; V. art. 132-23-1, p. 287.

2) **Autorité de la chose jugée des décisions étrangères pour les commis faits à l'étranger.** Les décisions rendues par des juridictions étrangères n'ont l'autorité de la chose jugée que lorsqu'elles concernent des faits commis en dehors du territoire de la République (■ Cass. crim., 3 déc. 1998, n° 97-82.424 : *JurisData* n° 1998-005114 ; *Bull. crim.* n° 331 ; *JCP* G 1999, IV, 1730 ; *D.* 1999, IR p. 44 ; *RGDP* 1999, p. 92, obs. D. Rebut. ■ Cass. crim., 17 janv. 2018, n° 16-86.491 : *Rev. pénit.* 2019, p. 489, obs. L. Desessard).

Il ressort des articles 113-9 du Code pénal et 692 du Code de procédure pénale qu'un étranger ayant commis hors du territoire de la République un crime ou un délit puni d'emprisonnement contre une victime de nationalité française ne peut échapper à toute poursuite en France que s'il justifie avoir été définitivement jugé à l'étranger pour les mêmes faits (▪ Cass. crim., 2 mai 2018, n° 18-80.860 : *JurisData* n° 2018-008115 : *Rev. pénit.* 2019, p. 492, obs. L. Desessard).

II – NOTION DE JUGEMENT DÉFINITIF

3) Classement sans suite (non). Il résulte des dispositions des articles 113-9 du Code pénal et 54 de la convention d'application de l'accord de Schengen que, lorsque la victime est de nationalité française au moment de l'infraction, un étranger ayant commis hors du territoire de la République un crime ou un délit puni d'emprisonnement ne peut échapper à toute poursuite en France que s'il justifie avoir été définitivement jugé à l'étranger pour les mêmes faits ; un classement sans suite par le ministère public près une juridiction étrangère n'a pas valeur de jugement définitif au sens des textes précités ; dès lors, encourt la censure l'arrêt faisant droit à l'exception d'extinction de l'action publique par la chose jugée invoquée par le prévenu qui, dans une poursuite pour recel commis au préjudice de victimes de nationalité française, se prévalait d'une décision de classement sans suite prise par le Parquet de Bade Wurtemberg (▪ Cass. crim., 6 déc. 2005 : *Bull. crim.* n° 317 ; *D.* 2006, p. 622, obs. J. Pradel ; *RSC* 2006, p. 307, obs. G. Vermelle).

4) Il résulte des dispositions des articles 113-9 du Code pénal et 54 de la Convention d'application de l'accord de Schengen que, lorsque la victime est de nationalité française, un étranger ayant commis hors du territoire de la République un crime ou un délit puni d'emprisonnement ne peut échapper à toute poursuite en France que s'il justifie avoir été définitivement jugé à l'étranger pour les mêmes faits ou s'il établit que la prescription de l'action publique a été définitivement constatée par un jugement rendu à l'étranger ; justifie dès lors sa décision la cour d'appel qui, pour écarter l'exception soulevée par le prévenu, ressortissant allemand, qui soutenait que la règle non *bis in idem* devait trouver application en l'espèce, les faits ayant donné lieu aux poursuites en France étant définitivement prescrits en Allemagne, après décision de classement sans suite pour insuffisance des charges, retient que l'intéressé ne justifie pas de l'existence, en Allemagne, d'un jugement définitif constatant ladite prescription (▪ Cass. crim., 12 mai 2009 : *Bull. crim.* n° 89 ; *D.* 2009, p. 2258, note D. Brach-Thiel ; *JCP G* 2009, 215, note A. Donnier).

5) Il résulte des dispositions des articles 113-9 du Code pénal et 54 de la convention d'application des accords de Schengen que, lorsque la victime est de nationalité française au moment de l'infraction, un étranger ayant commis hors du territoire de la République un crime ou un délit puni d'emprisonnement ne peut échapper à toute poursuite en France que s'il justifie avoir été définitivement jugé à l'étranger pour les mêmes faits. Le classement sans suite, par le ministère public, n'a pas valeur de jugement définitif au sens des textes précités. La décision d'une juridiction confirmant ce classement ne peut être regardée comme un jugement définitif que si, à la date où elle a été rendue, l'action publique avait été engagée ; tel n'est pas le cas de la confirmation, par une juridiction étrangère, du classement sans suite décidé par le ministère public près cette juridiction (▪ Cass. crim., 2 avr. 2014 : *Bull. crim.* n° 101. ▪ Cass. crim., 2 mai 2018, n° 18-80.860 : *JurisData* n° 2018-008115).

6) Transaction (non). Doit être cassée la décision qui constate l'extinction de l'action publique au motif que la transaction intervenue entre le prévenu et les autorités judiciaires américaines, ne résultant pas d'un choix délibéré et personnel du prévenu, citoyen britannique, et les faits ayant été commis pour l'essentiel à l'étranger, à l'exception de deux réunions organisées à Paris, il y a lieu de faire application de la règle *non bis in idem*, alors que le prévenu, dont la comparution devant la juridiction française n'est pas régie par les dispositions de l'accord qu'il a conclu avec la direction des affaires criminelles du ministère de la Justice des États-Unis, est libre de ne pas s'auto-incriminer et d'exercer l'ensemble des droits de la défense, la cour d'appel, qui a constaté que les faits, objets de la poursuite, ont été commis, même partiellement, sur le territoire français (▪ Cass. crim., 17 janv. 2018, n° 16-86.491 : *JurisData* n° 2018-003725 ; *Dr. pén.* 2018, comm. 59, obs. Ph. Conte ; *D.* 2018, p. 1243, obs. K. Haeri et V. Munoz-Pons ; *Rev. pénit.* 2019, p. 489, obs. L. Desessard).

Le courrier adressé par le ministère public près d'une juridiction étrangère aux avocats des parties comprenant une lettre destinée à un établissement bancaire afin de l'autoriser à lever le séquestre concernant une somme d'argent et les informant qu'en raison de l'accord intervenu entre les parties, il procède à l'archivage de la procédure sans autre formalité, n'a pas valeur de jugement définitif au sens des articles 692 du Code de procédure pénale et 113-9 du Code pénal (▪ Cass. crim., 13 juin 2019, n° 18-86.273 : *JurisData* n° 2019-010229).

7) Décision frappée d'un pourvoi en cours (non). L'interdiction, résultant des articles 692 du Code de procédure pénale et 113-9 du Code pénal, d'exercer des poursuites contre une personne justifiant qu'elle a été jugée définitivement à l'étranger pour les mêmes faits n'est pas applicable à la décision d'une juridiction étrangère frappée d'un pourvoi en cassation en cours d'examen. La juridiction française saisie des poursuites n'est pas tenue de surseoir à statuer jusqu'à ce que cette décision étrangère soit devenue définitive (▪ Cass. crim., 10 sept. 2014, n° 14-84.186 : *Bull. crim.* n° 184).

8) **Décision d'irrecevabilité d'un recours contre un classement administratif d'une plainte.** Une décision d'une juridiction étrangère, se bornant à déclarer irrecevable en la forme un recours contre un classement administratif d'une plainte, ne saurait constituer un jugement définitif faisant obstacle à la poursuite des mêmes faits en France (▪ Cass. crim., 20 juin 2012, n° 12-81.729 : *Bull. crim.* n° 156 ; *D.* 2012, p. 2500, note D. Brach-Thiel).

III – ASPECTS PROCÉDURAUX

9) Le moyen de la violation de l'article 113-9, qui n'a pas été soutenu par la prévenue lors de son appel, doit être retenu comme nouveau et mélangé de fait et, comme tel, irrecevable (▪ Cass. crim., 6 janv. 2021, n° 20-80.759).

Art. 113-10 *(Mod., L. n° 2001-1168, 11 déc. 2001)*. – **La loi pénale française s'applique aux crimes et délits qualifiés d'atteintes aux intérêts fondamentaux de la nation et réprimés par le titre Ier du livre IV, à la falsification et à la contrefaçon du sceau de l'État, de pièces de monnaie, de billets de banque ou d'effets publics réprimées par les articles 442-1, 442-2, 442-5, 442-15, 443-1 et 444-1 et à tout crime ou délit contre les agents ou les locaux diplomatiques ou consulaires français, commis hors du territoire de la République.**

1) **Locaux diplomatiques et consulaires.** On peut admettre, comme exception à la règle de droit public selon laquelle les lois de police et de sûreté obligent tous ceux qui habitent le territoire, l'immunité que, dans certains cas, le droit des gens accorde à la personne des agents diplomatiques étrangers, et la fiction légale en vertu de laquelle l'hôtel qu'ils habitent est censé situé hors du territoire du souverain près duquel ils sont accrédités (▪ Cass. crim., 13 oct. 1865 : *Bull. crim.* n° 188).

2) A reconnu à bon droit sa compétence la chambre d'accusation pour des faits d'arrestations illégales, de séquestrations avec prise d'otages, de tentative d'homicide volontaire et d'infraction à la législation des armes, commis par un ressortissant étranger dans les locaux diplomatiques en France, la circonstance que les faits auraient été commis dans l'enceinte d'une ambassade étrangère étant à cet égard sans influence (▪ Cass. crim., 30 janv. 1979 : *JurisData* n° 1979-095043 ; *Bull. crim.* n° 43. Dans le même sens ▪ CA Versailles, 11 déc. 1990 : *JurisData* n° 1990-604091 ; *JCP* G 1991, II, 21690 ; *D.* 1991, somm. p. 212, obs. J. Pradel).

3) Les faits commis dans l'enceinte d'une ambassade française à l'étranger ne sont pas réputés commis sur le territoire de la République. (V. ▪ Cass. crim., 15 mars 2006 : *JurisData* n° 2006-033031 ; *Bull. crim.* n° 78 ; *RSC* 2006, p. 634, obs. A. Giudicelli. ▪ TGI Créteil, ord., 30 sept. 2004 : *D.* 2005, p. 476, note V. Depadt-Sebag).

Art. 113-11 *(Mod., L. n° 2011-525, 17 mai 2011)*. – **Sous réserve des dispositions de l'article 113-9, la loi pénale française est applicable aux crimes et délits commis à bord ou à l'encontre des aéronefs non immatriculés en France ou des personnes se trouvant à bord :**

1° Lorsque l'auteur ou la victime est de nationalité française ;

2° Lorsque l'appareil atterrit en France après le crime ou le délit ;

3° Lorsque l'aéronef a été donné en location sans équipage à une personne qui a le siège principal de son exploitation ou, à défaut, sa résidence permanente sur le territoire de la République.

Dans le cas prévu au 1°, la nationalité de l'auteur ou de la victime de l'infraction est appréciée conformément aux articles 113-6, dernier alinéa, et 113-7.

Art. 113-12 *(L. n° 96-151, 26 févr. 1996)*. – **La loi pénale française est applicable aux infractions commises au-delà de la mer territoriale, dès lors que les conventions internationales et la loi le prévoient.**

1) **Invocabilité de la convention de Montego Bay.** La convention de Montego Bay ne met pas en place des règles destinées à s'appliquer directement et immédiatement aux particuliers et à conférer à ces derniers des droits ou des libertés susceptibles d'être invoqués à l'encontre des États, indépendamment de l'attitude de l'État du pavillon du navire (▪ CJUE, 3 juin 2008, aff. C-308/06, *The Queen, à la demande de International Association of Independent Tanker Owners (Intertanko) et a. c/ Secretary of State for Transport* : *AJDA* 2008, p. 1533, chron. E. Broussy, F. Donnat et

C. Lambert ; *RSC* 2008, p. 713, chron. L. Idot ; *RTD eur.* 2009, p. 402, note J. Makowiak. – Dans le même sens ▪ Cass. crim., 24 sept. 2019, n° 18-85.846 : *JurisData* n° 2019-016448 ; *AJ pénal* 2019, p. 606, obs. Gh. Poissonnier).

I – POLLUTION MARINE

2) Suspension des poursuites dans l'État côtier. En vertu de l'article 228 de la Convention des Nations unies sur le droit de la mer, lorsque des poursuites ont été engagées par un État en vue de réprimer une infraction aux lois et règlements applicables ou aux règles et normes internationales visant à prévenir, réduire et maîtriser la pollution par les navires, commise au-delà de sa mer territoriale, dans sa zone économique exclusive, par un navire étranger, ces poursuites sont suspendues dès lors que l'État du pavillon a lui-même engagé des poursuites du chef de la même infraction dans les 6 mois suivant l'introduction de la première action. L'État côtier peut s'opposer à cette suspension lorsque les poursuites qu'il a engagées portent sur un cas de dommage grave causé à lui-même ou lorsque l'État du pavillon a, à plusieurs reprises, manqué à son obligation d'assurer l'application effective des règles et normes internationales en vigueur à la suite d'infractions commises par ses navires (▪ Cass. crim., 24 sept. 2019, n° 18-85.846, préc. n° 1).

3) Opposition à la suspension. Par application combinée des articles 220, point 6, et 228 de la Convention des Nations unies sur le droit de la mer, lorsque des poursuites ont été engagées par l'État côtier en vue de réprimer une infraction aux lois et règlements applicables ou aux règles et normes internationales visant à prévenir, réduire et maîtriser la pollution par les navires, commise au-delà de sa mer territoriale par un navire étranger, la compétence de cet État est acquise lorsqu'elle porte sur un cas de dommage grave (▪ Cass. crim., 25 sept. 2012 : *JurisData* n° 2012-021445 ; *Dr. pén.* 2013, comm. 10, obs. J.-H. Robert). V. notes ss C. envir., art. L. 218-11.

La décision par laquelle l'État côtier s'oppose à la suspension des poursuites n'étant pas détachable de la conduite de ses relations avec l'État du pavillon, il n'appartient pas au juge répressif français d'en apprécier la validité. Méconnaît ce principe l'arrêt qui, considérant qu'il appartient au juge répressif de déterminer si les conditions préalables ont été ou non remplies ce qui implique l'analyse de la réponse donnée par l'État français à la demande émanant de l'État étranger qui ne fait valoir en l'espèce aucune des clauses de sauvegarde aux termes desquelles l'État côtier n'est pas tenu de déférer à la demande de suspension des poursuites présentée par l'État du pavillon, porte une appréciation sur la validité de la décision du Premier ministre (▪ Cass. crim., 24 sept. 2019, n° 18-85.846, préc. n° 1).

4) Extinction de l'action publique. Est éteinte l'action publique pour des faits de pollution marine dans la ZEE dès lors que les juridictions de l'État du pavillon, ce qui avait entraîné conformément à l'article 228 de la Convention des Nations unies sur le droit de la mer une suspension des poursuites devant les juridictions de l'État côtier (française en l'occurrence), ont rendu leur jugement dès lors que l'article 288 prévoit, quel que soit le jugement rendu au fond contre les personnes, ensuite poursuivies par l'État du pavillon, une cause spéciale d'extinction de l'action publique bénéficiant à l'ensemble des personnes visées par les poursuites préalablement engagées pour les mêmes faits de pollution, par l'État côtier, devant ses propres tribunaux (▪ Cass. crim., 5 mai 2009, n° 07-87.362 : *JurisData* n° 2009-048543). Encourt la cassation l'arrêt qui entre en voie de condamnation des prévenus pour pollution marine dans la ZEE alors qu'il appartenait à la cour d'appel de constater l'extinction des poursuites en tirant les conséquences de la décision rendue au fond par le tribunal de l'État du pavillon par laquelle elle était liée (▪ Cass. crim., 5 mai 2009, n° 07-87.931 : *JurisData* n° 2009-048544).

II – TRAFIC DE STUPÉFIANTS

5) Compétence des juridictions françaises. A, à bon droit, rejeté l'exception d'incompétence des juridictions françaises la chambre de l'instruction qui constate que l'ambassadeur de France à Panama a été informé par une télécopie du ministère des Relations extérieures de cet État que, la veille, celui-ci avait donné son accord à un transfert de la compétence des juridictions panaméennes aux juridictions françaises aux fins de poursuivre les auteurs et complices des infractions (▪ Cass. crim., 29 avr. 2009, n° 09-80.157 : *JurisData* n° 2009-048146 ; *Bull. crim.* n° 83 ; *AJ pénal* 2009, p. 273, obs. G. Royer ; *D.* 2010, p. 187, note Gh. Poissonnier).

6) Arraisonnement d'un navire battant pavillon étranger. Doit être approuvé l'arrêt qui déclare irrecevable la requête en nullité formé par les prévenus poursuivis pour infractions à la législation sur les stupéfiants en bande organisée, pour avoir transporté des stupéfiants par navire, fondé sur le non-respect des dispositions de l'article 17 de la convention de Vienne au moment de l'arraisonnement par les autorités françaises. Si c'est à tort que la chambre de l'instruction énonce que la régularité de la procédure d'arraisonnement d'un navire en haute mer échappe à son contrôle, l'arrêt n'encourt cependant pas la censure, dès lors que les juges constatent qu'en application de l'article 17 de la convention de Vienne du 19 décembre 1988, les autorités britanniques ont donné aux autorités françaises l'autorisation de procéder au contrôle du voilier, immatriculé à Gibraltar, territoire dépendant du Royaume-Uni, et battant pavillon britannique, et ont abandonné auxdites autorités françaises leur compétence sur ce navire (■ Cass. crim., 8 août 2007, n° 07-83.689 : *JurisData* n° 2007-040326 ; *Bull. crim.* n° 190).

Doit être rejeté l'exception de nullité fondée sur l'incompétence des autorités françaises pour procéder à l'arraisonnement d'un navire battant pavillon cambodgien, non partie à la convention de Vienne du 19 décembre 1988 sur le trafic illicite de stupéfiants dès lors que le Cambodge, État du pavillon, a, expressément et sans restriction, autorisé les autorités françaises à procéder à l'arraisonnement du Winner et que seules ont été prises, conformément à l'article 17 de la convention de Vienne, des mesures appropriées à l'égard des personnes se trouvant à bord, lesquelles ont été régulièrement placées en garde à vue dès leur débarquement sur le territoire français (■ Cass. crim., 15 janv. 2003, n° 02-86.936 : *JurisData* n° 2003-017565 ; *Bull. crim.* n° 12).

Loi n° 94-589 du 15 juillet 1994

relative à l'exercice par l'État de ses pouvoirs de police en mer pour la lutte contre certaines infractions relevant de conventions internationales

Art. 1 *(Mod., Ord. n° 2019-414, 7 mai 2019)*. **–** Les infractions dont la présente loi fixe les modalités de prévention, de recherche et de constatation sont :

1° Lorsqu'elles constituent des actes de piraterie au sens de la convention des Nations unies sur le droit de la mer signée à Montego Bay le 10 décembre 1982 commis en haute mer, dans un lieu ne relevant de la juridiction d'aucun État ou, lorsque le droit international l'autorise, dans la mer territoriale d'un État :

a) Les infractions définies aux articles 224-6 à 224-7 du Code pénal et impliquant au moins un navire ou un aéronef dirigé contre un navire ou un aéronef ;

b) Les infractions définies aux articles 224-1 à 224-5-2 ainsi qu'à l'article 224-8 du même code lorsqu'elles précèdent, accompagnent ou suivent les infractions mentionnées au *a* ;

c) L'infraction définie à l'article 450-1 du même code lorsqu'elle est commise en vue de préparer les infractions mentionnées aux *a* et *b* ;

2° Les infractions constitutives de trafic de stupéfiants et de substances psychotropes définies à la section IV du chapitre II du titre II du livre II du même code ainsi que le délit de participation à une association de malfaiteurs prévu par l'article 450-1 de ce code lorsqu'il a pour objet de préparer l'une de ces infractions ;

3° Les infractions définies à l'article L. 622-1 du Code de l'entrée et du séjour des étrangers et du droit d'asile, au I de l'article 28 de l'ordonnance n° 2000-371 du 26 avril 2000 relative aux conditions d'entrée et de séjour des étrangers dans les îles Wallis-et-Futuna, au I de l'article 30 de l'ordonnance n° 2000-372 du 26 avril 2000 relative aux conditions d'entrée et de séjour des étrangers en Polynésie française, au I de l'article 30 de l'ordonnance n° 2002-388 du 20 mars 2002 relative aux conditions d'entrée et de séjour des étrangers en Nouvelle-Calédonie et au I de l'article 13 de la loi n° 71-569 du 15 juillet 1971 relative au territoire des Terres australes et antarctiques françaises ;

4° Les infractions relatives à la sécurité de la navigation maritime mentionnées à l'article 689-5 du Code de procédure pénale.

....

Art. 5 *(Mod., Ord. n° 2019-414, 7 mai 2019)*. **–** Lorsqu'une infraction est constatée, l'exécution des mesures de contrôle et de coercition prévues par la présente loi est placée sous l'autorité du procureur de la République.

Les auteurs ou complices des infractions mentionnées au 1° de l'article 1er commises hors du territoire de la République peuvent être poursuivis et jugés par les juridictions françaises.

Lorsque l'une des infractions mentionnées aux 2°, 3° et 4° de l'article 1er, commise au-delà de la mer territoriale française, est constatée, une demande, transmise par la voie diplomatique, est adressée à l'État du pavillon, tendant à ce que celui-ci fasse savoir s'il consent à ce que les auteurs ou complices de l'infraction soient poursuivis et jugés par les juridictions françaises.

Une copie de la réponse de l'État du pavillon est transmise dans les plus brefs délais au procureur de la République.

Les auteurs ou complices des infractions mentionnées aux 2°, 3° et 4° de l'article 1er commises au-delà de la mer territoriale française peuvent être poursuivis et jugés par les juridictions françaises lorsque des accords bilatéraux ou multilatéraux le prévoient ou avec l'assentiment de l'État du pavillon, ainsi que dans le cas où ces infractions sont commises à bord d'un navire n'arborant aucun pavillon ou sans nationalité.

Lorsqu'aucune suite judiciaire n'est donnée par les juridictions françaises, le compte rendu d'exécution des mesures prises en application de la présente loi est adressé à l'État exerçant, le cas échéant, sa compétence juridictionnelle. Les objets, produits ou documents placés sous scellés peuvent lui être remis.

Les commandants des bâtiments de l'État et les commandants de bord des aéronefs de l'État sont alors habilités à exercer et à faire exercer au nom de cet État les mesures de contrôle et de coercition prévues par la présente loi et fixées en accord avec lui.

Art. 113-13 *(L. n° 2012-1432, 21 déc. 2012).* **– La loi pénale française s'applique aux crimes et délits qualifiés d'actes de terrorisme et réprimés par le titre II du livre IV commis à l'étranger par un Français ou par une personne résidant habituellement sur le territoire français.**

Bibliographie : J. Alix, *Fallait-il étendre la compétence des juridictions pénales en matière terroriste ? : D.* 2013, p. 518. • D. Brach-Thiel, *Le nouvel article 113-13 du Code pénal : contexte et analyse : AJ pénal* 2013, p. 90. • M.-H. Gozzi, *Sécurité et lutte contre le terrorisme : l'arsenal juridique encore renforcé : D.* 2013, p. 194. • Th. Herran, *Réflexions sur l'article 113-13 du Code pénal : Dr. pén.* 2013, étude 10.

Sur la compétence des juridictions françaises en matière de crimes contre l'humanité et les crimes de guerre. V. , art. 689 et s., p. 325.

Art. 113-14 *(Créé, Ord. n° 2019-963, 18 sept. 2019).* **– Par dérogation au deuxième alinéa de l'article 113-6, la loi pénale française est applicable en toutes circonstances, et la seconde phrase de l'article 113-8 n'est pas applicable, aux infractions suivantes commises à l'étranger par un Français ou par une personne résidant habituellement ou exerçant tout ou partie de son activité économique sur le territoire français, lorsqu'elles portent atteinte aux recettes perçues, aux dépenses exposées ou aux avoirs qui relèvent du budget de l'Union européenne, des budgets des institutions, organes et organismes de l'Union européenne ou des budgets gérés et contrôlés directement par eux :**

1° Délits d'escroquerie prévus à la section 1ère du chapitre III du titre Ier du livre III ;

2° Délits d'abus de confiance prévus à la section 1ère du chapitre IV du titre Ier du livre III ;

3° Délits de soustraction, détournement ou destruction de biens prévus aux articles 432-15 et 433-4 ;

4° Délits de corruption prévus aux articles 432-11 et 433-1, ainsi que, sans préjudice de l'article 435-11-2, aux articles 435-1 et 435-3 ;

5° Délits de contrebande, d'importation ou d'exportation frauduleuse prévus à l'article 414-2 du Code des douanes ;

6° Délits de blanchiment prévus à la section 1ère du chapitre IV du titre II du livre III des délits mentionnés au présent article.

Pour la poursuite de la personne qui s'est rendue coupable sur le territoire français, comme complice, d'une infraction prévue aux 1° à 6° commise à l'étranger et portant atteinte aux intérêts financiers de l'Union européenne mentionnés au premier alinéa du présent article, les conditions prévues à l'article 113-5 ne sont pas applicables.

TITRE II. – DE LA RESPONSABILITÉ PÉNALE

CHAPITRE I. – DISPOSITIONS GÉNÉRALES

Art. 121-1. – Nul n'est responsable pénalement que de son propre fait.

Voir : Sur la personnalité des peines, art. 133-1, p. 315.

Bibliographie : *JCl. Pénal Code, Principe de la responsabilité personnelle* par P. Salvage. • J.-Y. Lassalle, *Réflexions à propos de l'article 121-1 du futur Code pénal consacrant le principe de la personnalité de la responsabilité pénale : JCP* 1993, I, 3695. • B. Bouloc, *Existe-t-il une responsabilité pénale du fait d'autrui : Resp. civ. et assur.* 2000, p. 36. • *Les infractions commises au sein d'un groupe informel : Dr. pén.* 2005, étude 8 par P. Salvage. • S. Detraz, *La responsabilité pénale du fait d'autrui existe-t-elle ? in J. Leroy (dir.), Faut-il rethéoriser le droit pénal ? :* LexisNexis 2017, p. 93. • R. Salomon, *Les personnes physiques punissables en droit pénal des affaires (auteurs principaux, complices et receleurs) : Rev. pénit.* 2018, p. 783. • J.-M. Brigand, *Responsabilité pénale du chef d'entreprise : laisser faire et être (présumé) responsable : Gaz. Pal.* 2020, n° 5, p. 79.

Voir : *Sur la délégation de pouvoirs*, V. Demichel : *D.* 1995, chron. 213 ; V. Lesclous et C. Marsat, *Responsabilité pénale du chef d'entreprise : Dr. pén.* 1996, chron. 30 ; M. Giacopelli-Mori, *La délégation de pouvoirs en matière de responsabilité pénale du chef d'entreprise : RSC* 2000, p. 525 ; C. Clément et J.-Ph. Vincentini : *Petites affiches* 2001, n° 210 ; obs. de M. Véron sous ▪ Cass. crim., 6 mars 2001 : *Dr. pén.* 2001, comm. 75, et sous ▪ Cass. crim., 6 févr. 2001 : *Dr. pén.* 2001, comm. 78. V. aussi, F. Douchez, B. De Lamy, M. Segonds, *La délégation de pouvoirs du chef d'entreprise : Dr. pén.* 2010, dossiers 5 à 8.

• *Sommaire*

I – LA RÈGLE 88
A – Le principe 88
B – Les applications 89
II – RESPONSABILITÉ PARTICULIÈRE DU CHEF D'ENTREPRISE 91
A – Les conditions 92
1° *Les conditions relatives au chef d'entreprise* 92
2° *Les conditions relatives au salarié* 93
B – L'exonération 94
1° *La délégation de pouvoirs* 94
2° *Autres motifs d'exonération* 98
C – Textes spéciaux d'incrimination 98
III – RESPONSABILITÉ DES ÉLUS 98

I – LA RÈGLE

A – Le principe

1) Affirmations du principe. La responsabilité pénale ne peut résulter que d'un fait personnel constitutif d'une infraction ou de la participation personnelle à sa commission (▪ Cass. crim., 16 déc. 1948 : *Bull. crim.* n° 291, et les arrêts cités).

2) En principe nul n'est passible de peines qu'à raison de son fait personnel (▪ Cass. crim., 28 févr. 1956 : *JCP* 1956, II, 9304, note R. De Lestang).

3) Sauf lorsque la loi en dispose autrement, nul n'est responsable que de son propre fait (▪ Cass. crim., 23 nov. 1994 : *Bull. crim.* n° 376).

4) Les peines attachées à l'infraction des règlements de police doivent être prononcées exclusivement contre ceux qui s'en sont rendus coupables, alors même qu'ils n'ont pas encore atteint leur majorité, puisque les articles 74 du Code pénal et 1384 du Code civil n'assujettissent les pères et mères qu'à la réparation civile du dommage résultant des contraventions commises par leurs enfants mineurs, habitant avec eux, et les affranchissent même de toute responsabilité, quand ils prouvent l'impossibilité où ils ont été d'empêcher le fait constitutif de ces contraventions (▪ Cass. crim., 28 sept. 1838 : *S.* 1839, I, 445).

5) Valeur du principe. Le principe selon lequel nul n'est punissable que de son propre fait résulte des articles 8 et 9 de la Déclaration des droits de l'homme et du citoyen (▪ Cons. const., 16 juin 1999, n° 99-411 DC : *D.* 1999, n° 27, p. 1, obs. B. Mathieu. ▪ Cons. const., 25 févr. 2010, 2010-604 DC : *D.* 2010, p. 495, obs. E. Allain ; *Rev. pénit.* 2010, p. 895, obs. V. Malabat ; *LPA* 2010, n° 46, p. 3, obs. K. Lesaffre. ▪ Cons. const., 21 janv. 2011, n° 2011-90 QPC : *RFD const.* 2011, p. 611, obs. S. Hutier ; *Rev. sociétés* 2011, p. 721, obs. S. Jambort). L'interdiction de punir une personne alors que l'infraction a été commise par une autre découle du principe de légalité en droit pénal (▪ CEDH, 29 oct. 2010, n° 17475/09, *Varvara c/ Italie*).

6) Domaine. Le principe constitutionnel de responsabilité personnelle en matière pénale est applicable aux sanctions administratives et disciplinaires (▪ CE, avis, 29 oct. 2007, n° 307736, *Sté sportive professionnelle LOSC Lille Métropole : D.* 2008, p. 1381, obs. M. Maisonneuve ; *Gaz. Pal.* 2008, n° 8, p. 12, obs. V. Forti).

– Il est applicable aux contraventions de grande voirie (▪ CE, sect., 5 juill. 2000, n° 207526, *Min. Équipement c/ M. C.*).

– Il est applicable aux infractions en matière économique (▪ CE, sect., 8 janv. 1954, *Dame Llouquet*).

– Il est applicable aux infractions disciplinaires (▪ CE, 25 nov. 1987, n° 70073, *Mme F.*).

7) Conséquences du principe. Doit être déclaré pénalement responsable celui qui, au cours d'une action collective, a été identifié pour avoir accompli personnellement des actes délictueux (■ Cass. crim., 22 juin 1999 : *Dr. pén.* 1999, comm. 140, note M. Véron).

8) Nul n'est responsable pénalement que de son propre fait ; ne justifie pas sa décision de condamnation d'un prévenu du chef d'opposition à l'exécution de travaux publics l'arrêt qui se borne à constater qu'après une manifestation contre la réalisation d'une section d'autoroute au cours de laquelle le chantier avait été envahi par plusieurs personnes, ledit prévenu avait lui-même pénétré sur le chantier, sans rechercher s'il s'était, par son fait personnel, volontairement opposé à l'exécution des travaux (■ Cass. crim., 8 oct. 1997 : *Dr. pén.* 1998, comm. 19, note M. Véron).

9) Encourt la cassation l'arrêt qui établit le délit d'abus de bien sociaux à l'égard d'un administrateur de la société alors que les juges d'appel n'ont pas caractérisé une action personnelle ressortissant aux pouvoirs de l'administrateur, ayant permis la réalisation de l'opération dans laquelle il se trouvait intéressé (■ Cass. crim., 9 mars 2016 : *JurisData* n° 2016-004210 : *Dr. sociétés* 2016, comm. 91, obs. R. Salomon).

10) N'a pas justifié sa décision la cour d'appel qui déclare coupable des militants écologistes de dégradation ou détérioration aggravée du bien d'autrui sans caractériser à l'encontre de chacun d'eux des actes matériels constitutifs de dégradation ou de détérioration, et sans mieux s'expliquer sur leur degré respectif d'implication en qualité d'auteur ou, le cas échéant, de complice de l'action ainsi entreprise (■ Cass. crim., 16 nov. 2016, n° 14-86.980 : *JurisData* n° 2016-024001).

B – Les applications

11) Décès du prévenu. Le principe de la personnalité des peines interdisant de poursuivre le délinquant après son décès ou de suivre la procédure contre ses héritiers, la chambre criminelle doit constater l'extinction de l'action publique en cas de décès du prévenu en cours d'instance de cassation (■ Cass. crim., 13 mars 1997 : *Bull. crim.* n° 104. Dans le même sens, ■ Cass. crim., 21 janv. 1969, n° 68-91.254 : *Bull. crim.* n° 37).

12) Il existe une règle fondamentale du droit pénal, selon laquelle la responsabilité pénale ne survit pas à l'auteur de l'acte délictueux ; constitue une violation de l'article 6, § 2 le fait d'infliger une sanction pénale aux héritiers pour une fraude fiscale imputée au défunt car hériter de la culpabilité du défunt n'est pas compatible avec les normes de la justice pénale dans une société régie par la prééminence du droit (■ CEDH, 29 août 1997, n° 19958/92, *A.P, M.P. et T.P c/ Suisse*).

13) La condamnation au paiement des droits et taxes exigibles ayant pour unique objet la réparation du préjudice que la fraude a causé au Trésor public, elle peut être mise à la charge des ayants droit du contrevenant au cas où celui-ci décède avant la décision définitive (■ Cass. crim., 4 oct. 1972, n° 70-93.139 : *Bull. crim.* n° 267).

14) La confiscation est une sanction non personnelle à caractère réel et survit à l'extinction publique. (■ Cass. crim., 9 déc. 1991, n°s 88-80.786 et 90-85.994 : *Bull. crim.* n° 465).

15) Infractions routières. Aux termes de l'article 9 de la Déclaration des droits de l'homme et du citoyen : « Tout homme étant présumé innocent jusqu'à ce qu'il ait été déclaré coupable, s'il est jugé indispensable de l'arrêter, toute rigueur qui ne serait pas nécessaire pour s'assurer de sa personne doit être sévèrement réprimée par la loi » ; qu'il en résulte qu'en principe le législateur ne saurait instituer de présomption de culpabilité en matière répressive ; que, toutefois, à titre exceptionnel, de telles présomptions peuvent être établies, notamment en matière contraventionnelle, dès lors qu'elles ne revêtent pas de caractère irréfragable, qu'est assuré le respect des droits de la défense et que les faits induisent raisonnablement la vraisemblance de l'imputabilité (■ Cons. const., 16 juin 1999, préc.)

16) Si le titulaire du certificat d'immatriculation d'un véhicule est redevable pécuniairement de l'amende encourue pour des contraventions à la réglementation sur les vitesses maximales autorisées, à moins qu'il n'établisse l'existence d'un vol ou de tout autre événement de force majeure ou qu'il n'apporte tous les éléments permettant d'établir qu'il n'est pas l'auteur véritable de l'infraction, la personne déclarée redevable en application de ces dispositions n'est pas responsable pénalement de l'infraction (■ Cass. crim., 1er oct. 2008 : *JurisData* n° 2008-045556 ; *Bull. crim.* n° 200 ; *AJ pénal* 2008, p. 508 ; *JCP* 2009, I, p. 111, note J.-H. Robert ; *Dr. pén.* 2007, comm. 7, obs. J.-H. Robert).

17) Sont justifiées la condamnation du seul propriétaire du véhicule et la relaxe du conducteur pour la contravention d'émission de bruits gênants par véhicule à moteur incriminée à l'article R. 318-3 du Code de la route (■ Cass. crim., 17 déc. 2013, n° 12-87.646 : *JurisData* n° 2013-029427 ; *Dr. pén.* 2014, comm. 25, obs. J.-H. Robert).

18) Il se déduit des alinéas 3 et 4 de l'article 121-3 du Code pénal qu'en l'absence d'identification de l'auteur d'une contravention d'excès de vitesse, le représentant de la personne morale locataire du véhicule doit être déclaré pécuniairement redevable de l'amende encourue ; doit être cassé le jugement qui prononce la relaxe au motif qu'aucun conducteur n'avait pu être identifié alors que le personne était citée en qualité de représentant de la personne morale, et était redevable pécuniairement de l'amende (■ Cass. crim., 17 mars 2015, n° 14-82.982 : *JurisData* n° 2015-005829).

19) Selon l'article L. 121-2 du Code de la route, que le titulaire du certificat d'immatriculation du véhicule est responsable pécuniairement des infractions à la réglementation des véhicules pour lesquelles seule une peine d'amende est encourue ; doit être censuré l'arrêt qui condamne le propriétaire d'un véhicule pour stationnement dangereux car d'une part, aucune pièce de procédure ne constate que le prévenu ait commis l'infraction, et d'autre part, une suspension de permis de conduire étant encourue en cas de stationnement dangereux, la présomption de responsabilité édictée par l'article L. 121-2 du Code de la route ne pouvait recevoir application (■ Cass. crim., 31 oct. 2018, n° 18-82.003 : *Gaz. Pal.* 2019, n° 5, p. 47, obs. S. Detraz).

20) Le tribunal de police, qui a relaxé l'utilisateur d'un véhicule de location et déclaré pécuniairement redevable le représentant légal de la société de location pour stationnement gênant, au motif le véhicule a été verbalisé plus de 5 heures après que la société a découvert que le véhicule avait été laissé en stationnement irrégulier et recouvré le contrôle et la garde du véhicule, n'a méconnu aucun texte dans la mesure où le véhicule n'était plus loué (■ Cass. crim., 5 juin 2019, n° 18-82.408 : *JurisData* n° 2019-009582 ; *Dr. pén.* 2019, comm. 166, obs. J.-H. Robert).

21) Santé. A justifié sa décision la cour d'appel qui déclare une société coupable d'utilisation d'une allégation de santé non autorisée dans l'étiquetage d'une denrée alimentaire pour avoir commercialisé un complément alimentaire, importé de Monaco, comportant des allégations de santé non autorisée au motif d'une part qu'elle en est l'importateur, étant précisé que la notion de premier metteur sur le marché ne s'entend pas au plan historique mais qu'elle caractérise le premier opérateur dans la chaîne de commercialisation à tout moment, sous peine de vider cette législation protectrice du consommateur de sa substance et, d'autre part, qu'il appartenait au président-directeur général de la société de procéder aux vérifications concernant les allégations de santé litigieuses avant la commercialisation du produit (■ Cass. crim., 20 oct. 2020, n° 19-81.207 : *JurisData* n° 2020-016437).

22) Scène unique de violence. Des violences exercées par plusieurs personnes sur une ou plusieurs autres peuvent constituer un fait unique sans qu'il y ait eu nécessairement préméditation ou concertation, chacun pouvant avoir participé spontanément à la rixe et porte des coups volontairement sans avoir été sollicité par les autres acteurs de la scène de violence (■ Cass. crim., 25 févr. 1975, n° 73-90.330 : *Bull. crim.* n° 65 ; *RSC* 1975, p. 880, obs. J. Larguier et p. 1016, obs. G. Levasseur).

23) Lorsque des violences ont été exercées volontairement et simultanément, dans une intention homicide, par plusieurs accusés, au cours d'une scène unique, l'infraction peut être appréciée dans son ensemble, sans qu'il soit nécessaire pour les juges du fond de préciser la nature des violences exercées par chacun des accusés sur chacune des victimes (■ Cass. crim., 23 mars 2022, n° 21-82.958 : *JurisData* n° 2022-004211).

24) Doit être rejeté le pourvoi qui conteste la condamnation pour violences volontaires à l'égard de deux victimes considérant qu'il n'est pas établi que l'une des victimes ait été effectivement atteinte par le prévenu dès lors que ce dernier avait participé à une action concertée en vue de porter des coups à cette victime et qu'il devait dès lors être retenu dans les liens de la prévention en qualité de co-auteur (■ Cass. crim., 13 juin 1972, n° 71-92.246, : *Bull. crim.* n° 195 ; *RSC* 1973, p. 879, obs. J. Larguier).

25) Est justifiée la condamnation de deux prévenus du délit de violences volontaires ayant entraîné une ITT inférieure à huit jours avec usage d'une arme, et les prévenus ne sont pas fondés à alléguer l'absence de caractérisation par la cour d'appel de leur participation personnelle, dès lors que les victimes ont été blessées au cours d'une scène unique de violences dans laquelle seuls les prévenus étaient armés de bâton (■ Cass. crim., 27 janv. 2021, n° 19-86.714).

26) Responsabilité des élus locaux pour des infractions résultant d'une délibération municipale. Justifie sa décision la cour d'appel qui, pour relaxer des conseillers municipaux, poursuivis du chef de discrimination à raison d'une délibération du conseil municipal refusant un service, retient que cette délibération a été prise par un organe collégial de la commune et ne peut être en conséquence imputée à ceux des conseillers ayant exprimé un vote favorable (■ Cass. crim., 11 mai 1999 : *Bull. crim.* n° 93).

27) Mais justifie sa décision la cour d'appel, qui, pour retenir la culpabilité du maire d'une commune et de son adjoint du chef de discrimination, retient que, si la délibération instaurant une prime discriminatoire a été votée à bulletins secrets par le conseil municipal, organe collégial de la commune, le délit de discrimination est néanmoins imputable au maire et à son adjoint qui ont personnellement participé à l'infraction, le maire, en prenant l'initiative, l'adjoint au maire, rapporteur du projet, en inscrivant la question à l'ordre du jour et en la soumettant au vote (▪ Cass. crim., 17 déc. 2002 : *Bull. crim.* n° 227 ; *Dr. pén.* 2003, comm. 44, obs. M. Véron).

28) Sont pénalement responsables de l'infraction de prise illégale d'intérêts un maire, les maires adjoints et un conseiller municipal qui ont participé aux délibérations et pris part aux votes attribuant des subventions aux associations municipales ou intercommunales qu'ils présidaient alors qu'ils étaient soumis à l'obligation de veiller à la parfaite neutralité des décisions d'attribution des subventions à ces associations (▪ Cass. crim., 22 oct. 2008 : *Bull. crim.* n° 212 ; *Dr. pén.* 2009, comm. 3, obs. M. Véron). V. ss art. 432-12, p. 850.

29) Responsabilité des personnes morales en cas de fusion-absorption. En cas de fusion-absorption d'une société par une autre société entrant dans le champ de la directive 78/855/CEE du Conseil du 9 octobre 1978 relative à la fusion des sociétés anonymes, la société absorbante peut être condamnée pénalement à une peine d'amende ou de confiscation pour des faits constitutifs d'une infraction commise par la société absorbée avant l'opération. En conséquence, le juge, qui constate qu'il a été procédé à une opération de fusion-absorption entrant dans le champ de la directive précitée ayant entraîné la dissolution de la société mise en cause, peut, après avoir constaté que les faits objet des poursuites sont caractérisés, déclarer la société absorbante coupable de ces faits et la condamner à une peine d'amende ou de confiscation (▪ Cass. crim., 25 oct. 2020, n° 18-86.955 : *Jurisdata* n° 2020-019279 ; *D.* 2021, p. 161, obs. G. Beaussonie ; *JCP* E 2021, n° 2, p. 20, obs. F. Stasiak ; *JCP* G 2021, p. 33, obs. D. Rebut ; *ibid.*, doctr. 27, obs. J.-Ch. Saint-Pau ; *LPA* 2021, n° 5, p. 5, obs. Bureth O. ; *Dr. sociétés* 2021, p. 34, obs. R. Salomon ; *Gaz. Pal.* 2020 ; *AJ pénal* 2020, p. 576, obs. D. Apelbaum et A. Battaglia ; *Lexbase pénal* janv. 2021, obs. M. Seconds ; *Dr. pén.* 2021, comm. 2, obs. Ph. Conte ; *ibid.*, étude 7, obs. S. Palmer, A. Dunoyer de Segonzac et Ch.-H. Boeringer). La personne morale absorbée étant continuée par la société absorbante, cette dernière, qui bénéficie des mêmes droits que la société absorbée, peut se prévaloir de tout moyen de défense que celle-ci aurait pu invoquer (même arrêt).

30) Une « fusion par absorption », au sens de l'article 3, paragraphe 1, de la directive 2011/35 concernant les fusions des sociétés anonymes, entraîne la transmission, à la société absorbante, de l'obligation de payer une amende infligée par décision définitive après cette fusion pour des infractions au droit du travail commises par la société absorbée avant ladite fusion (▪ CJUE, 5 mars 2015, aff. C-343/13 : *D.* 2015, p. 1506, obs. C. Mascala ; *ibid.*, p. 2401, obs. J.-C. Hallouin, E. Lamazerolles et A. Rabreau ; *AJ pénal* 2015, p. 493, obs. J. Lasserre-Capdeville ; *Rev. sociétés* 2015, p. 677, note B. Lecourt ; *RTD civ.* 2015, p. 388, obs. H. Barbier).

31) – *Contra* : Aux termes de l'article 121-1 du Code pénal, nul n'est responsable pénalement que de son propre fait ; il s'ensuit, dans le cas où une société, poursuivie pour blessures involontaires, fait l'objet d'une fusion-absorption, que la société absorbante ne peut être déclarée coupable, l'absorption ayant fait perdre son existence juridique à la société absorbée (▪ Cass. crim., 20 juin 2000 : *Bull. crim.* n° 237 ; *D. affaires* 2001, p. 853, note H. Matsopoulou ; *D.* 2002, p. 1802, note G. Roujou de Boubée. ▪ Cass. crim., 14 oct. 2003 : *Bull. crim.* n° 189 ; *RSC* 2004, p. 339, obs. E. Fortis ; *D.* 2004, p. 319, obs. G. Roujou de Boubée ; *Rev. sociétés* 2004, p. 161, note B. Bouloc ; *RTD com.* 2004, p. 380, obs. B. Bouloc. ▪ Cass. crim., 18 févr. 2014, n° 12-85.807).

32) La troisième directive 78/855/CEE du Conseil du 9 octobre 1978 concernant les fusions des sociétés anonymes, qui a été codifiée par la directive 2011/35/UE du Parlement européen et du Conseil du 5 avril 2011, telle qu'interprétée en son article 19, paragraphe 1 par la Cour de justice de l'Union européenne, est dépourvue d'effet direct à l'encontre des particuliers et l'article 121-1 du Code pénal ne peut s'interpréter que comme interdisant que des poursuites pénales soient engagées à l'encontre de la société absorbante pour des faits commis par la société absorbée avant que cette dernière perde son existence juridique par l'effet d'une fusion-absorption. Méconnaît cet article la chambre de l'instruction qui, pour refuser d'ordonner le non-lieu au profit de la société absorbante pour ceux des faits qui auraient été commis par la société absorbée antérieurement à sa radiation du registre du commerce et des sociétés, retient que l'opération de fusion-absorption, en l'absence de liquidation, ayant eu pour effet de transférer, en les confondant, le patrimoine et la personnalité juridique de la société absorbée à la société absorbante, entraîne la transmission à cette dernière de la responsabilité pénale (▪ Cass. crim., 25 oct. 2016, n° 16-80.366 : *D.* 2016, p. 2606, note R. Dalmau).

II – RESPONSABILITÉ PARTICULIÈRE DU CHEF D'ENTREPRISE

33) Principe. Si en principe nul n'est passible de peines qu'à raison de son fait personnel, la responsabilité pénale peut cependant naître du fait d'autrui dans les cas exceptionnels où certaines obligations légales imposent le devoir d'exercer une action directe sur les faits d'un auxiliaire ou d'un subordonné ; que, notamment, dans les industries soumises à des règlements édictés dans un intérêt de salubrité ou de sûreté publiques, la responsabilité pénale remonte essentiellement aux chefs d'entreprise, à qui sont personnellement imposés les conditions et le mode d'exploitation de leur industrie (▪ Cass. crim., 30 déc. 1892 : S. 1894, 1, p. 201, note E. Villey. ▪ Cass. crim., 30 nov. 1944 : *D.* 1945, p. 161. ▪ Cass. crim., 26 févr. 1948 : *Bull. crim.* n° 63 ; *RSC* 1948, p. 294, obs. J. Magnol. ▪ Cass. crim., 3 déc. 1953 : *D.* 1954, p. 419. ▪ Cass. crim., 28 févr. 1956 : *JCP* G 1956, II, 9304, note R. de Lestang. ▪ Cass. crim., 11 mars 1959 : *D.* 1959, somm. p. 47. ▪ Cass. crim., 4 juin 1991 : *Bull. crim.* n° 238 ; *RSC* 1992, p. 104, obs. Ch. Lazerges. ▪ Cass. crim., 28 janv. 1992 : *JurisData* n° 1992-001260 ; *Bull. crim.* n° 36. ▪ Cass. crim., 8 déc. 1998 : *Gaz. Pal.* 21 au 22 avr. 1999, p. 24).

34) Dans les industries soumises à des règlements édictés dans un intérêt de salubrité ou de sûreté publiques, la responsabilité pénale remonte essentiellement aux chefs d'entreprise, à qui sont personnellement imposés les conditions et le mode d'exploitation de leur industrie (▪ Cass. crim., 14 févr. 1967 : *Bull. crim.* n° 65).

35) Si, en principe, nul n'est passible de peines qu'à raison de son fait personnel, la responsabilité pénale peut cependant naître du fait d'autrui dans les cas exceptionnels où certaines obligations légales imposent le devoir d'exercer une action directe sur les faits d'un auxiliaire ou d'un subordonné ; que, notamment, dans les professions soumises à des règlements édictés dans l'intérêt de tiers titulaires de droits et des administrations fiscales, la responsabilité pénale remonte essentiellement aux chefs d'entreprise, à qui sont personnellement imposés les conditions et le mode d'exploitation de leurs établissements (▪ Cass. crim., 17 oct. 1967 : *Bull. crim.* n° 250).

36) Exclusion. Encourt la cassation l'arrêt qui déclare coupable le chef d'entreprise de harcèlement moral pour des faits commis par des salariés alors qu'aucun acte positif constitutif de harcèlement moral n'a été établi à l'encontre du prévenu (▪ Cass. crim., 16 sept. 2014, n° 13-82.468 : *JurisData* n° 2014-020974).

A – Les conditions

1° *Les conditions relatives au chef d'entreprise*

• La notion de chef d'entreprise

37) Gérant. Les gérants de droit ou de fait d'une même société peuvent être simultanément déclarés coupables d'homicide involontaire d'un salarié, dès lors qu'en l'absence de délégation de pouvoirs, chacun des cogérants a le devoir d'assurer le respect de la réglementation relative à la sécurité des travailleurs (▪ Cass. crim., 12 sept. 2000 : *Bull. crim.* n° 268).

38) Directeur général. Les directeurs généraux de sociétés disposant à l'égard des tiers, selon l'article 117 de la loi du 24 juillet 1966, des mêmes pouvoirs que les présidents, l'infraction commise au sein de l'entreprise peut leur être imputée en l'absence de toute délégation (▪ Cass. crim., 6 mai 1998 : *Dr. pén.* 1998, comm. 147, obs. J.-H. Robert).

39) Président du directoire. Le président du directoire d'une société anonyme est responsable pénalement en tant que chef d'entreprise à défaut de délégation de pouvoirs établie (▪ Cass. crim., 21 juin 2000 : *JurisData* n° 2000-003167 ; *Dr. pén.* 2000, comm. 116, obs. J.-H. Robert).

40) Président du conseil d'administration. En déclarant le président du conseil d'administration d'une société coopérative agricole, coupable de l'infraction de poursuite de l'exploitation d'une installation classée non conforme à une mise en demeure préfectorale, la cour d'appel a justifié sa décision dès lors que, si l'article L. 524-1 du Code rural prévoit qu'une telle société est administrée par son conseil d'administration, le président de ce conseil, désigné par lui, exerce un pouvoir de direction de nature à permettre la recherche de sa responsabilité pénale personnelle (▪ Cass. crim., 28 juin 2005 : *Dr. pén.* 2005, comm. 126, obs. J.-H. Robert).

41) Gérant de fait. Peut se voir conférer la qualité de gérant de fait celui qui exerce, en lieu et place du dirigeant de droit ou à ses côtés, des prérogatives normalement réservées au chef d'entreprise (▪ Cass. crim., 19 nov. 2013, n° 12-85.378 : *JurisData* n° 2013-026186).

42) A justifié sa décision la cour d'appel qui condamne le gérant de fait pour travail dissimulé et violation d'une interdiction de gérer puisqu'il résulte de ses énonciations qu'il résulte que le prévenu a personnellement participé aux infractions en accomplissant des actes de gestion en toute indépendance et sous le couvert des organes statutaires des sociétés (▪ Cass. crim., 25 juin 2013 : *JurisData* n° 2013-015233).

43) À la qualité de gérant de fait la personne qui, en dépit de sa démission de ses fonctions de gérant, de la vente de ses parts sociales et de la sollicitation d'un consultant pour la préparation de la liquidation, a poursuivi son activité par l'intermédiaire d'un professionnel en ayant, seul, la signature sur les comptes bancaires, signé des chèques et représenté la société lors de la signature d'un acte authentique de vente immobilière

(▪ Cass. crim., 25 nov. 2015 : *JurisData* n° 2015-026253).

44) À la qualité de gérant de fait le prévenu qui s'occupait en toute indépendance des embauches et de la direction du personnel (▪ Cass. crim., 31 oct. 2017, n° 16-86.894 : *JurisData* n° 2017-021592).

45) Administrateurs judiciaires. Aux termes de l'article 31 de la loi du 25 janvier 1985, l'administrateur judiciaire est tenu, dans sa mission, au respect des obligations légales et conventionnelles incombant au chef d'entreprise, ce texte n'apportant aucune restriction à l'étendue de ces obligations ; dès lors, encourt la cassation l'arrêt qui relaxe un administrateur judiciaire poursuivi pour avoir omis de réunir l'assemblée générale ordinaire des actionnaires dans les 6 mois de la clôture de l'exercice aux fins d'approbation des comptes, alors que, chargé d'assurer seul et entièrement l'administration de l'entreprise en redressement judiciaire en application du texte précité, il était seul investi des obligations incombant au chef d'entreprise (▪ Cass. crim., 21 juin 2000 : *Bull. crim.* n° 128 ; *Dr. pén.* 2000, comm. 116, obs. J.-H. Robert. Dans le même sens, ▪ Cass. crim., 3 mars 1998 : *JurisData* n° 1998-001513 ; *Bull. crim.* n° 82). V. C. Ruellan, *La responsabilité pénale des administrateurs provisoires et judiciaires : Dr. pén.* 2000, chron. 25 et 28.

• La faute du chef d'entreprise

46) Faute personnelle. Seul le chef d'entreprise qui n'a pas personnellement pris part à la réalisation de l'infraction peut, sauf disposition contraire de la loi, s'exonérer de sa responsabilité pénale (▪ Cass. crim., 6 févr. 2001 : *JurisData* n° 2001-009090 ; *Dr. pén.* 2001, comm. 78, obs. J.-H. Robert). *Adde* sur ce principe (▪ Cass. crim., 17 déc. 2002 : *JurisData* n° 2002-016181 ; *Dr. pén.* 2003, comm. 9, obs. J.-H. Robert).

47) Est justifiée la relaxe du conducteur de travaux, qui ne pouvait prévoir et empêcher ce comportement dangereux de la part d'un ouvrier doté d'une grande expérience, n'avait commis aucune faute personnelle qui fût de nature à engager sa responsabilité dès lors qu'elle a sans erreur, déduit de ses constatations que le prévenu n'avait commis aucune faute personnelle susceptible d'engager sa responsabilité (▪ Cass. crim., 14 oct. 1986, n° 86-91.401 : *JurisData* n° 1986-001960 ; *Bull. crim.* n° 288).

48) La juridiction du second degré ne pouvait retenir à la charge du prévenu d'avoir omis de donner au salarié la formation pratique et appropriée en matière de sécurité au bénéfice d'un salarié changeant de poste de travail, prévue par l'article L. 231-3-1 du Code du travail, alors que le changement provisoire d'affectation s'était fait à la seule initiative du salarié et d'un régleur à l'insu de l'employeur et que l'existence d'une faute personnelle qu'aurait commise ce dernier n'était donc pas caractérisée (▪ Cass. crim., 23 oct. 1990, n° 89-84.718 : *JurisData* n° 1990-703670 ; *Bull. crim.* n° 354).

49) Le chef d'entreprise, tenu de veiller personnellement à la stricte et constante exécution des dispositions édictées par le Code du travail ou les règlements pris pour son application en vue d'assurer l'hygiène et la sécurité des travailleurs, est pénalement responsable des infractions constatées (▪ Cass. crim., 22 mai 1973 : *Bull. crim.* n° 230. ▪ Cass. crim., 23 janv. 1975 : *Bull. crim.* n° 30. ▪ Cass. crim., 29 janv. 1985 : *JCP* E 1985, II, 14531, note O. Godard).

50) L'article 3 *bis* de l'ordonnance n° 58-1310 modifiée du 23 décembre 1958 et l'article 15 du règlement n° 3820/85 du 20 décembre 1985 du Conseil des Communautés européennes imposent à l'exploitant d'une entreprise de transports de faire respecter par ses préposés la réglementation des conditions de travail dans les transports routiers ; justifie sa décision la cour d'appel qui fait application de ces textes à un chef d'entreprise qui prétendait que la violation de la réglementation incombait aux conducteurs de ses véhicules (▪ Cass. crim., 28 janv. 1992 : *Bull. crim.* n° 36. ▪ Cass. crim., 4 juin 1991 : *Bull. crim.* n° 238 : *RSC* 1992, p. 104, obs. Ch. Lazerges).

51) Justifie sa décision la cour d'appel qui, pour retenir la responsabilité pénale du président d'une société, dont une filiale a participé à une opération de prêt illicite de main-d'œuvre, retient qu'il avait le pouvoir et les moyens de mettre un terme à cette opération, qui n'a pu se poursuivre qu'avec son consentement (▪ Cass. crim., 12 mai 1998 : *Bull. crim.* n° 160).

52) Présomption de faute. Le dirigeant de droit d'une société est présumé responsable des infractions douanières ou des infractions poursuivies comme en matière de douane commises par celle-ci (▪ Cass. crim., 19 nov. 1998 : *Bull. crim.* n° 310).

53) Justifie sa décision la cour d'appel qui impute le délit de publicité illicite en faveur du tabac au prévenu, dirigeant de la société qui a organisé, à son profit, l'opération publicitaire prohibée, dès lors responsable de plein droit de l'infraction en cette qualité (▪ Cass. crim., 28 oct. 1998 : *Bull. crim.* n° 281).

2° *Les conditions relatives au salarié*

54) Lien de préposition. N'encourent pas les griefs invoqués les juges qui décide que les prévenus, dirigeants d'entreprise, n'avaient pas commis le délit de pollution défini à l'article 434-1 du Code rural dont les dispositions ont été à cet égard reprises par l'article 407 nouveau du même code ; qu'en effet, ayant constaté que le déversement coupable avait pris naissance dans des lieux dépendant d'une autre entreprise, et avait été le fait d'un membre de celle-ci sur lequel les prévenus n'avaient pas autorité, ladite juridiction en a déduit à bon droit que ceux-ci n'avaient, par leur attitude ou leur comportement, pris aucune part à la commission du délit et à la réalisation du dommage (▪ Cass. crim., 10 nov. 1987, n° 85-93.546 : *Bull. crim.* n° 399).

B – L'exonération

1° La délégation de pouvoirs

55) Principe. Sauf si la loi en dispose autrement, le chef d'entreprise qui n'a pas personnellement pris part à la réalisation de l'infraction peut s'exonérer de sa responsabilité pénale s'il rapporte la preuve qu'il a délégué ses pouvoirs à une personne pourvue de la compétence, de l'autorité et des moyens nécessaires (▪ Cass. crim., 3 mai 1995 : *Bull. crim.* n° 162). Il en va notamment ainsi en matière de réglementation économique (▪ Cass. crim., 17 janv. 1994 : *Bull. crim.* n° 22. ▪ Cass. crim., 29 avr. 1998 : *D.* 1999, jurispr. p. 502, note D. Ohl ; *JCP* 1999, II, 10021, note I. Chaubet).

56) L'administrateur provisoire d'une société ne peut s'exonérer de sa responsabilité pénale qu'en justifiant avoir délégué ses pouvoirs dans le domaine concerné par les poursuites (▪ Cass. crim., 5 avr. 2006 : *Dr. pén.* 2006, comm. 102, obs. J.-H. Robert).

• Domaine de la délégation

57) Pouvoirs délégables. Doit être censurée la décision qui retient la responsabilité d'un dirigeant d'entreprise et rejette le moyen de défense alléguant l'existence d'une délégation de pouvoir au motif qu'il serait interdit aux chefs d'établissement de se décharger des obligations que la loi les contraint d'observer alors qu'aucun texte ne prohibe les délégations de pouvoir concernant l'application des règlements de salubrité et de sécurité dans les entreprises (▪ Cass. crim., 14 févr. 1973, n° 71-91.756 : *Bull. crim.* n° 81).

58) Le chef d'entreprise ne peut être exonéré de cette responsabilité que s'il rapporte la preuve qu'il a délégué la direction du chantier à un préposé investi et pourvu de la compétence et de l'autorité nécessaires pour veiller efficacement à l'observation des dispositions en vigueur, auquel cas sa responsabilité est transférée à son délégué (▪ Cass. crim., 23 janv. 1975, n° 73-92.615 : *Bull. crim.* n° 30 ; *JCP* G 1976, II, 18333, note J.-H. Robert ; *D.* 1976, jurispr. p. 375, note J. Savatier).

59) Sauf si la loi en dispose autrement, le chef d'entreprise, qui n'a pas personnellement pris part à la réalisation de l'infraction, peut s'exonérer de sa responsabilité pénale s'il rapporte la preuve qu'il a délégué ses pouvoirs à une personne pourvue de la compétence, de l'autorité et des moyens nécessaires (▪ Cass. crim., 11 mars 1993, n° 91-80.598 : *JurisData* n° 1993-003138 ; *Bull. crim.* n° 112, arrêt n° 4). Encourt également la cassation l'arrêt de la cour d'appel qui, sans examiner la valeur et l'étendue des délégations de pouvoirs invoquées par le prévenu, énonce que le dirigeant de l'entreprise ne saurait s'exonérer en matière économique de la responsabilité pénale découlant de ses obligations relatives à la facturation et au calcul des prix de vente (▪ même arrêt).

– *Contra :* Un chef d'entreprise ne saurait, en matière d'infractions à la législation économique, s'exonérer de sa responsabilité pénale en invoquant une délégation qui n'est prévue par aucun texte de loi en cette matière (▪ Cass. crim., 19 déc. 1977 : *JCP* G 1979, II, 19227, note J.-H. Robert. ▪ Cass. crim., 25 juin 1979 : *JCP* G 1980, II, 19476, note J.-H. Robert. Rappr. ▪ Cass. crim., 15 mai 1974 : D. 1976, p. 226, note J. Vézian : en matière de droit pénal des sociétés. ▪ Cass. crim., 13 janv. 1981 : Bull. crim. n° 18 : en matière de fraudes commerciales).

60) Justifie sa décision la cour d'appel qui, pour relaxer le chef d'entreprise poursuivi pour contrefaçon dans le domaine des industries de l'habillement et de la parure, retient que ce dernier, étant dans l'impossibilité, compte tenu de l'importance de son entreprise, de gérer personnellement tous les secteurs d'activité de celle-ci, avait consenti une délégation de pouvoirs au directeur du secteur commercial de l'habillement, personne compétente investie de l'autorité nécessaire (▪ Cass. crim., 11 mars 1993 : *Bull. crim.* n° 112, arrêt n° 1).

61) Les juges ne peuvent exonérer le chef d'entreprise de sa responsabilité pénale, sans rechercher si la délégation de pouvoirs invoquée s'étendait à la matière concernée par les poursuites (▪ Cass. crim., 7 nov. 1994 : *Bull. crim.* n° 354). En matière de contributions indirectes, les juges ne peuvent exonérer le chef d'entreprise de sa responsabilité pénale sans rechercher s'il avait délégué ses pouvoirs dans le domaine concerné par les poursuites (▪ Cass. crim., 16 janv. 2002 : *Bull. crim.* n° 6 ; *Dr. pén.* 2002, comm. 56, obs. J.-H. Robert).

62) S'exonère de sa responsabilité pénale le chef d'entreprise qui, en matière de démarchage, a transféré à son délégataire, directeur régional, la responsabilité d'apprécier lui-même, fût-ce à l'encontre de directives antérieures, la régularité des procédés de démarchage employés par le personnel sous son autorité (■ Cass. crim., 6 mars 2001 : *Dr. pén.* 2001, comm. 75, obs. J.-H. Robert).

63) Périmètre de la délégation. La délégation de pouvoirs consentie à un préposé en vue de la présidence du comité d'entreprise ou d'établissement et du comité d'hygiène, de sécurité et des conditions de travail ne saurait être étendue au-delà des limites qu'elle définit (■ Cass. crim., 12 avr. 2005 : *Bull. crim.* n° 129 ; *Dr. soc.* 2005, p. 856, obs. F. Duquesne).

64) Est inopérant le moyen tiré d'une délégation de pouvoirs en matière d'hygiène et de sécurité invoquée par l'employeur poursuivi du chef d'entrave pour défaut de consultation du comité d'hygiène, de sécurité et des conditions de travail, dès lors que, même lorsqu'il confie à l'un de ses préposés le soin de le représenter audit comité, il appartient au chef d'entreprise qui prend personnellement une décision d'aménagement important, modifiant les conditions d'hygiène et de sécurité ou les conditions de travail, de s'assurer de la consultation préalable de celui-ci (■ Cass. crim., 15 mars 1994 : *Bull. crim.* n° 230. ■ Cass. crim., 11 juin 2002, n° 01-85.158. ■ Cass. crim., 14 oct. 2003 : *Bull. crim.* n° 190).

65) Limites de la délégation. Les textes sur l'infraction dite « revente à perte »(C. com., art. L. 420-5 et L. 420-6) n'édictent aucune présomption de responsabilité contre le dirigeant de l'établissement où la pratique illicite a été constatée, ce dernier ne saurait s'exonérer en invoquant une délégation de pouvoirs, dès lors que, selon les constatations des juges, la fixation des prix de revente incriminés relève des fonctions de direction qu'il assume personnellement (■ Cass. crim., 17 juill. 1990 : *Bull. crim.* n° 117).

66) Même s'il confie à un représentant le soin de présider le comité central d'entreprise, le chef d'entreprise engage sa responsabilité à l'égard de cet organisme, s'agissant des mesures ressortissant à son pouvoir propre de direction, sans pouvoir opposer l'argumentation prise d'une délégation de pouvoirs (■ Cass. crim., 15 mai 2007 : *Bull. crim.* n° 126 ; *Dr. pén.* 2007, comm. 108, obs. J.-H. Robert).

67) Encourt la cassation l'arrêt de la cour d'appel qui, dans la poursuite exercée à la suite d'un accident du travail contre le salarié d'une société assumant la maîtrise d'ouvrage déléguée d'une opération de construction de logements, déclare inopérante l'argumentation du prévenu prise d'un défaut de délégation de pouvoirs et retient à la charge dudit prévenu, outre le délit de blessures involontaires, une infraction aux règles de sécurité ne pouvant être imputée qu'au seul chef d'établissement ou à son délégataire selon les dispositions de l'article L. 263-2 du Code du travail, devenu l'article L. 4741-1 du même code (■ Cass. crim., 8 avr. 2008 : *Bull. crim.* n° 96).

68) Exclusion de la délégation. Les relations existant entre l'administrateur judiciaire désigné par le tribunal de commerce dans une procédure collective et le chef de l'entreprise en difficulté, qui ne sont pas des relations d'employeur à préposé, excluent toute possibilité de délégation de pouvoirs du premier au profit du second (■ Cass. crim., 30 janv. 1996 : *Bull. crim.* n° 53 ; *Dr. pén.* 1996, comm. 164, obs. M. Véron).

• **Conditions de la délégation**

69) Délégation consentie par le délégant. Le prévenu ne saurait s'exonérer de la responsabilité pénale qu'il encourt à raison de ses fonctions en invoquant une délégation de pouvoirs qu'il n'a pas lui-même consentie (■ Cass. crim., 26 juin 2001 : *JurisData* n° 2001-010662 ; *Bull. crim.* n° 160 ; *D.* 2001, IR p. 2461. ■ Cass. crim., 23 mai 2007 : *AJ pénal* 2007, p. 380, obs. G. Royer).

70) La délibération du conseil d'administration d'une société anonyme, prise en application de l'article 117 de la loi du 24 juillet 1966, qui confère au directeur général des pouvoirs identiques à ceux exercés par le président concurremment aux siens, ne constitue pas une délégation de pouvoirs exonérant le président de sa responsabilité pénale ; justifie sa décision la cour d'appel qui déclare le président du conseil d'administration d'une société anonyme coupable de détention en vue de la vente de produits contenant des fibres d'amiante après avoir constaté, pour écarter le moyen de défense du prévenu, que le président n'a pas délégué ses propres pouvoirs en la matière nonobstant la délégation du conseil d'administration au directeur général, et qu'il ne peut, en conséquence, se prévaloir des subdélégations données par le directeur général à des préposés (■ Cass. crim., 17 oct. 2000 : *Bull. crim.* n° 300 ; *Dr. pén.* 2001, comm. 22, obs. J.-H. Robert).

71) Conditions relatives à la personne du délégataire. Le président de la société dominante d'un groupe de sociétés peut déléguer ses pouvoirs en matière d'hygiène et de sécurité à un membre d'une société filiale placé sous son autorité hiérarchique (arrêts n° 1 et 2).

Le président de la société dominante d'un groupe de sociétés, qui est en même temps dirigeant d'une société filiale à qui la première a sous-traité des travaux, peut également déléguer ses pouvoirs en matière d'hygiène et de sécurité à un membre d'une autre société filiale placé sous son autorité hiérarchique (arrêt n° 3).

Dans ces deux hypothèses le chef d'entreprise s'exonère de sa responsabilité pénale dès lors que les juges constatent que le délégataire est pourvu de la compétence, de l'autorité et des moyens nécessaires (▪ Cass. crim., 26 mai 1994 : *Bull. crim.* n° 208).

72) Est inefficace la délégation effectuée par une gérante de droit à son époux frappé d'une interdiction de gérer (▪ Cass. crim., 13 juin 2012, n° 11-85.280 : *JurisData* n° 2012-015593 ; *Dr. pén.* 2012 comm. 144, note J.-H. Robert ; *D.* 2013, p. 1648, note C. Mascala. ▪ Cass. crim., 22 août 2018 : *JurisData* n° 2018-014262 : *Dr. pén.* 2018, comm. 175, Ph. Conte).

73) Conditions relatives au délégataire : acceptation de la délégation. Il appartient au prévenu qui se prévaut d'une délégation de pouvoir devant être acceptée du délégataire pour être valable, d'en rapporter la preuve dont il a la charge (▪ Cass. crim., 27 juin 2018 : *JurisData* n° 2018-011249. – Dans ce même sens ▪ Cass. crim., 2 mars 1977, n° 76-90.895 : *Bull. crim.* n° 85. ▪ Cass. crim., 13 sept. 2005 : *JurisData* n° 2005-030015).

74) Conditions relatives au délégataire : capacité d'exercice de la délégation. Sauf si la loi en dispose autrement, le chef d'entreprise, qui n'a pas personnellement pris part à la réalisation de l'infraction, peut s'exonérer de sa responsabilité pénale s'il rapporte la preuve qu'il a délégué ses pouvoirs à une personne pourvue de la compétence, de l'autorité et des moyens nécessaires (▪ Cass. crim., 11 mars 1993, n° 91-80.598 : *JurisData* n° 1993-003138 ; *Bull. crim.* n° 112, arrêt n° 4). Encourt la cassation l'arrêt de la cour d'appel qui, se bornant à relaxer le chef d'entreprise à raison d'une délégation de pouvoirs consentie à l'un de ses subordonnés, s'est abstenu de rechercher si ce préposé était investi de la compétence et de l'autorité nécessaires et doté des moyens propres à l'accomplissement de sa tâche (▪ Cass. crim., 11 mars 1993 : *Bull. crim.* n° 112, arrêt n° 5).

75) N'encourt pas le grief allégué d'avoir retenu cumulativement la responsabilité pénale du chef d'établissement, poursuivi du chef d'infractions à la réglementation relative à l'hygiène et à la sécurité des travailleurs, et de son délégataire, l'arrêt de la cour d'appel qui, par les seuls motifs adoptés du jugement qu'il confirme, écarte les délégations de pouvoirs invoquées par le prévenu et le déclare coupable, en relevant qu'il n'est pas établi que le préposé concerné, âgé de 21 ans lors de la signature de la première délégation, moins d'une année après son arrivée dans l'entreprise, ait disposé d'une compétence et d'une autorité suffisantes (▪ Cass. crim., 8 déc. 2009 : *Bull. crim.* n° 210).

76) A justifié sa décision la cour d'appel qui a rejeté le moyen de défense des dirigeants d'une entreprise de transport, tenant à l'existence d'une délégation de pouvoir dès lors qu'ils n'avaient pas permis à la salariée, responsable du secteur d'activité, de procéder au contrôle des heures de conduite des chauffeurs de l'entreprise, faute de l'avoir dotée des moyens nécessaires à l'accomplissement de la délégation de pouvoirs qu'elle avait reçu (▪ Cass. crim., 28 nov. 2017, n° 16-85.414 : *JurisData* n° 2017-024165).

77) Caducité de la délégation en cas de fusion-absorption. En cas de cession d'entreprise par fusion-absorption, les juges doivent rechercher si, en l'espèce, cette opération qui avait donné lieu à la création d'une société distincte de la précédente et à un changement de dirigeant social, n'avait pas eu pour effet d'entraîner la caducité de la délégation de pouvoirs accordée pour la durée de la responsabilité au chef d'établissement (prévenu de prêt illicite de main-d'œuvre) au sein de la société absorbée (▪ Cass. crim., 20 juill. 2011 : *JurisData* n° 2011-014798 ; *Dr. pén.* 2011, comm. 124, obs. J.-H. Robert).

78) Cumul de délégations. Si, en matière d'hygiène et de sécurité, le chef d'entreprise a la faculté de déléguer la direction d'un chantier à un préposé investi par lui et pourvu de la compétence, de l'autorité et des moyens nécessaires pour veiller efficacement à l'observation des dispositions en vigueur, il ne peut, en revanche, déléguer ses pouvoirs à plusieurs personnes pour l'exécution d'un même travail, un tel cumul étant de nature à restreindre l'autorité et à entraver les initiatives de chacun des prétendus délégataires (▪ Cass. crim., 23 nov. 2004 : *Bull. crim.* n° 295).

79) Subdélégation. Justifie sa décision la cour d'appel qui, pour retenir la culpabilité d'un chef d'équipe, pour homicide involontaire et infractions aux dispositions protectrices de la sécurité des travailleurs, relève qu'après une formation théorique et pratique l'ayant rendu particulièrement apte à prendre en charge la sécurité des employés de son équipe, il avait été habilité à cette fin par son directeur, titulaire d'une délégation de pouvoirs, circonstances établissant que le prévenu avait été régulièrement subdélégué pour ce qui concernait la sécurité sur son chantier (▪ Cass. crim., 14 févr. 1991 : *Bull. crim.* n° 79. ▪ Cass. crim., 12 mai 1992 : *Bull. crim.* n° 188).

• Constatation de la délégation

80) Preuve de la délégation. Justifie sa décision la cour d'appel qui, pour retenir la responsabilité pénale du chef d'entreprise, relève que le prévenu, sans produire aucun élément de preuve à l'appui de ses allégations, se contente de soutenir qu'il avait délégué ses pouvoirs à un préposé et que la délégation par lui accordée était orale

(■ Cass. crim., 11 mars 1993 : *Bull. crim.* n° 112, arrêt n° 2).

81) La délégation ne doit pas nécessairement être prouvée par écrit (■ Cass. crim., 27 oct. 1976 : *D.* 1976, IR p. 332. ■ Cass. crim., 15 déc. 1976 : *JCP* G 1977, IV, 35. ■ Cass. crim., 16 janv. 1979 : *D.* 1979, IR p. 260. ■ Cass. crim., 11 mars 1993, préc. ■ Cass. crim., 22 oct. 1991 : *Gaz. Pal. Rec.* 1992, 1, som., p. 110. ■ Cass. crim., 4 sept. 2001, n° 00-87.410).

82) Appréciation de la délégation. La réalité et la portée de la délégation de pouvoirs à une personne ayant la compétence, l'autorité et les moyens nécessaires au sein de l'entreprise, que le dirigeant social peut invoquer pour combattre la présomption de responsabilité qui pèse sur lui, sont laissées à l'appréciation souveraine des juges du fond (■ Cass. crim., 3 déc. 1998 : *Bull. crim.* n° 332. ■ Cass. crim., 15 juin 1999 : *JCP* 2000, II, 10, 292, note D. Guihal, pour une délégation d'un maire à un adjoint. ■ Cass. crim., 22 janv. 2019, n° 18-80.333). La délégation de pouvoirs étant un moyen de défense, il appartient aux juges du second degré d'en apprécier la valeur si elle est invoquée en cause d'appel (■ Cass. crim., 5 janv. 1993 : *Bull. crim.* n° 6).

83) La délégation constitue un motif de défense péremptoire auquel les juges sont tenus de répondre ; ainsi en matière de tromperie (■ Cass. crim., 29 juin 2004 : *Dr. pén.* 2004, comm. 163, obs. J.-H. Robert).

84) Encourt la cassation l'arrêt de la cour d'appel qui, sans examiner la valeur et l'étendue de la délégation de pouvoirs invoquée par le chef d'entreprise prévenu de publicité trompeuse, retient que sa responsabilité pénale personnelle est engagée à raison des faits reprochés, ceux-ci concernant un élément essentiel de la politique économique de l'entreprise (■ Cass. crim., 11 mars 1993 : *Bull. crim.* n° 112, arrêt n° 3).

85) Ne justifie pas sa décision la cour d'appel qui, pour imputer au président du conseil d'administration d'une société anonyme le délit de mise à disposition d'un phonogramme sans l'autorisation de l'artiste-interprète et relaxer le directeur général, énonce que la délégation de pouvoirs consentie à ce dernier par le conseil d'administration ne pouvait avoir de valeur exonératoire pour le président, dès lors qu'elle opérait un transfert de tous ses pouvoirs de direction ; la cassation est encourue, alors que le conseil d'administration détermine l'étendue des pouvoirs délégués au directeur général, mandataire social qui peut être investi des mêmes pouvoirs que le président (■ Cass. crim., 29 avr. 1998 : *JCP* 1999, II, 10021, note I. Denis-Chaubet ; *D.* 1999, jurispr. p. 502, note D. Ohl).

86) Ne justifie pas sa décision la cour d'appel qui déclare coupables d'infraction à la réglementation du travail dans les transports routiers le dirigeant d'une société, et pour une partie des infractions poursuivies ne nécessitant pas, selon l'arrêt, la remise d'une copie des procès-verbaux au contrevenant, le responsable d'exploitation de cette société, après avoir relevé que la délégation de pouvoirs insérée dans le contrat de travail de ce salarié avant la transformation de la société ne pouvait être prise en compte, sans s'expliquer davantage sur les conditions et effets de la délégation invoquée, et alors que, pour les contraventions en cause, la responsabilité pénale ne pouvait être retenue cumulativement contre le chef d'entreprise et un préposé en raison des mêmes manquements (■ Cass. crim., 14 mars 2006 : *JurisData* n° 2006-032887 ; *Bull. crim.* n° 75 ; *Dr. soc.* 2006, p. 1057, obs. F. Duquesne ; *Dr. pén.* 2006, comm. 74, obs. J.-H. Robert ; *Dr. soc.* 2006, p. 1057, obs. F. Duquesne).

• **Effets de la délégation**

87) Exonération. La délégation de pouvoirs entraîne l'exonération de la responsabilité du chef d'entreprise (■ Cass. crim., 12 janv. 1988 : *Bull. crim.* n° 15. ■ Cass. crim., 23 févr. 1988 : *Bull. crim.* n° 93. ■ Cass. crim., 12 mai 1992 : *Bull. crim.* n° 188).

88) Cumul de responsabilités. La responsabilité pénale des infractions poursuivies ne peut être cumulativement retenue contre le chef d'entreprise et un préposé en raison des mêmes manquements (■ Cass. crim., 14 mars 2006, préc.).

89) Délégation inopérante. Justifient leur décision les juges d'appel qui, après avoir caractérisé l'infraction de publicité fausse ou de nature à induire en erreur, énoncent, pour l'imputer au prévenu, gérant d'une société, que celui-ci a participé de manière active à la campagne publicitaire ; qu'ils en déduisent que la délégation de pouvoirs qu'il a consentie au directeur du magasin est inopérante. Le chef d'entreprise qui a personnellement participé à la réalisation de l'infraction ne saurait s'exonérer de sa responsabilité pénale en invoquant une délégation de ses pouvoirs (■ Cass. crim., 20 mai 2003 : *Bull. crim.* n° 101, *Dr. pén.* 2003, comm. 103, obs. J.-H. Robert).

90) Justifie sa décision la cour d'appel qui, pour retenir la responsabilité du prévenu, dirigeant de société, poursuivi pour fraude fiscale, estime que les faits incriminés n'entrent pas dans le champ d'application de la délégation de pouvoirs qu'il invoque et que celle-ci n'a aucune valeur comme délégation de pouvoir effective, de nature à permettre au prévenu d'éluder sa propre responsabilité (■ Cass. crim., 23 mai 2007 : *Bull. crim.* n° 138).

91) Justifie sa décision la cour d'appel qui condamne un directeur régional de société pour travail dissimulé par mention d'horaires diminués sur les fiches de paye, malgré les délégations à des directeurs locaux, dès lors qu'il est relevé que le directeur régional assurait la maîtrise effective des conditions de travail (■ Cass. crim., 9 nov. 2010 : *Dr. pén.* 2011, comm. 39, obs. J.-H. Robert).

92) Dans le cas d'un accident du travail subi par le matelot d'un navire à raison d'agissements imputables au marin d'un autre navire du même armement, justifie sa décision la cour d'appel qui déclare l'armateur coupable du délit de blessures involontaires en retenant que celui-ci, en sa qualité de capitaine du second navire, a omis de remplir les obligations de sécurité lui incombant à l'égard des préposés se trouvant sous ses ordres. Dès lors que les actes et abstentions fautifs en lien certain de causalité avec le dommage sont imputables à l'armateur poursuivi, celui-ci, pour se soustraire à sa responsabilité, ne peut utilement invoquer la délégation générale en matière d'hygiène et de sécurité dont bénéficiait, pour sa part, le capitaine du premier navire (■ Cass. crim., 25 juin 2013, n° 11-88.037 : *Bull. crim.* n° 153 ; *JCP* S 2013, note 1337, F. Duquesne).

93) Le chef d'entreprise est admis à alléguer pour sa défense la délégation de ses pouvoirs consentie à un préposé, mais ce moyen est inefficace si le délégant s'est immiscé dans l'exercice des pouvoirs du délégué, lequel, en pareil cas, peut être condamné comme complice (■ Cass. crim., 9 nov. 2010, n° 10-81.074 : *JurisData* n° 2010-022618 ; *Dr. pén.* 2011, comm. 39, note J.-H. Robert).

94) Responsabilité civile. Le préposé, titulaire d'une délégation de pouvoirs, auteur d'une faute qualifiée au sens de l'article 121-3 du Code pénal, l'infraction fût-elle commise dans l'exercice de ses fonctions, engage sa responsabilité civile à l'égard du tiers qui en a été victime (■ Cass. crim., 28 mars 2006 : *Bull. crim.* n° 91).

2° Autres motifs d'exonération

95) Absence de faute. Il est imposé à l'exploitant d'une entreprise de transports de faire respecter par ses préposés la réglementation des conditions de travail dans les transports routiers ; dès lors que le ministère public a rapporté la preuve, dont il a la charge, de l'existence des infractions à ladite réglementation, il appartient au chef d'entreprise d'établir, pour s'exonérer de sa responsabilité pénale, qu'il s'est acquitté des obligations prescrites par les textes précités (■ Cass. crim., 3 nov. 1998 : *Bull. crim.* n° 284).

96) Force majeure. Les prescriptions du Code du travail en matière d'hygiène et de sécurité sont impératives, sauf dérogation légale. La circonstance qu'elles rendraient le travail plus difficile n'est pas un cas de force majeure et il n'appartient, ni aux chefs d'entreprise, ni aux juges d'apprécier l'utilité de l'efficacité de ces prescriptions (■ Cass. crim., 27 nov. 1990 : *Bull. crim.* n° 409).

97) Caractérise à la charge du prévenu une faute génératrice de sa responsabilité pénale, dont il ne pouvait être exonéré que par la force majeure, l'arrêt qui, d'une part, définit le rôle joué par l'intéressé, ainsi que les responsabilités qui en découlent, dans la direction de l'établissement en provenance duquel le fioul s'est déversé dans le cours d'eau, et, d'autre part, écarte l'existence d'une délégation de pouvoirs spécifique au profit d'un subordonné (■ Cass. crim., 23 avr. 1992 : *Bull. crim.* n° 179).

98) Maladie du chef d'entreprise. Doit être cassé l'arrêt de condamnation d'un chef d'entreprise pour complicité de favoritisme au motif qu'il aurait personnellement avalisé la demande de l'auteur de l'infraction de choisir, hors toute procédure régulière, la personne qui lui était désignée alors que le prévenu se trouvait en arrêt maladie et qu'il n'avait pas pu viser les pièces du marché (■ Cass. crim., 23 nov. 2016, n° 15-87.814 : *JurisData* n° 2016-024760).

99) Cause inefficiente. Le dirigeant de droit d'une société filiale ne saurait s'exonérer de sa responsabilité par le seul fait, que contrôlé étroitement par la société mère, il n'exerce pas réellement ses fonctions (■ Cass. crim., 31 mai 2012, n° 11-86.234 : *JurisData* n° 2012-015056 ; *Dr. pén.* 2012, comm. 132, note J.-H. Robert).

C – Textes spéciaux d'incrimination

100) Certains textes désignent spécialement le ou les pénalement responsables : V. not. art. 433-18, p. 886, L. 29 juill. 1881, art. 42, Ann. *Presse*, p. 1769, C. consom., art. L. 121-5, p. 1769, C. trav., art. L. 4741-1 (ancien art. L. 263-2), p. 2279, C. urb., art. L. 480-4, p. 1069, article 3 *bis*, ord. 23 déc. 1958, Ann. *Transports*, C. route, art. R. 121-1 et s., p. 2034, C. com., art. L. 241 et s, p. 1096.

III – RESPONSABILITÉ DES ÉLUS

101) Délégations de pouvoirs. Un adjoint engage sa responsabilité pénale pour les infractions qu'il commet dans l'exercice d'une fonction déléguée par le maire d'une commune, dès lors qu'il dispose de la compétence, des pouvoirs et des moyens nécessaires à l'accomplissement de sa mission ; justifie sa décision la cour d'appel qui condamne du chef de tapage nocturne l'adjoint titulaire d'une délégation du maire pour les fêtes et cérémonies, en retenant qu'il est l'organisateur d'une fête communale bruyante, dont il surveillait les émissions acoustiques à l'aide d'un appareil approprié (■ Cass. crim., 4 sept. 2007 : *Bull. crim.* n° 193 ; *Dr. pén.* 2007, comm. 153, obs. M. Véron).

102) Validité formelle. Il résulte de l'article L. 2122-18 du Code général des collectivités territoriales que la délégation de fonctions du maire à un élu, opérant transfert de la responsabilité pénale, ne peut prendre que la forme d'un arrêté municipal. Méconnaît ce texte la cour d'appel qui, pour condamner du chef d'homicide involontaire deux conseillers municipaux responsables d'un comité des fêtes, retient qu'ils avaient reçu une délégation de fait du maire de la commune (■ Cass. crim., 18 juin 2013, n° 12-84.368 : *Bull. crim.* n° 141 ; *AJ pénal* 2014, p. 74, note J.-P. Vial).

Art. 121-2 *(Mod., L. n° 2000-647, 10 juill. 2000 ; L. n° 2004-204, 9 mars 2004).* **– Les personnes morales, à l'exclusion de l'État, sont responsables pénalement, selon les distinctions des articles 121-4 à 121-7, des infractions commises, pour leur compte, par leurs organes ou représentants.**

Toutefois, les collectivités territoriales et leurs groupements ne sont responsables pénalement que des infractions commises dans l'exercice d'activités susceptibles de faire l'objet de conventions de délégation de service public.

La responsabilité pénale des personnes morales n'exclut pas celle des personnes physiques auteurs ou complices des mêmes faits, sous réserve des dispositions du quatrième alinéa de l'article 121-3.

Bibliographie : *JCl. Pénal Code, Responsabilité pénale des personnes morales,* par J.-Y. Maréchal. *Dossier La responsabilité pénale des personnes morales : LPA,* 1996, n° spécial 149. • Circ. crim. 98 1/F1 du 26 janv. 1998 faisant le bilan de l'application des dispositions du nouveau Code pénal concernant la responsabilité des personnes morales. • A. Maron et J.-H. Robert, *Cent personnes morales pénalement condamnées : Dr. pén.* 1998, chron. 22, 24 et 28. • C. Ducouloux-Favard, *Quatre années de sanctions pénales à l'encontre des personnes morales : D.* 1998, chron. 395. • D. Mayer, *L'influence du droit pénal sur l'organisation de l'entreprise : D.* 1998, chron. 256. • F. Meyer, *La responsabilité pénale des personnes morales de droit public : RFDA* 1999, p. 920. • D. Vich-y-Llado, *La responsabilité pénale des personnes morales en cas de fusion : JCP* E 2001, p. 838. • J. Amar, *Contribution à l'analyse économique de la responsabilité pénale des personnes morales : Dr. pén.* 2001, chron. 37. • V. Wester-Ollisse, *Le préjudice moral des personnes morales : JCP* 2003, I, 145. • N. Stolowy, *La disparition du principe de spécialité dans la mise en cause des personnes morales : JCP* 2004, I, 138. • P.-J. Delage, *Propositions pour une effectivité de la responsabilité des personnes morales : Dr. pén.* 2005, étude 2. • G. Di Marino, *Le développement de la responsabilité des personnes morales : Rev. pénit.*2004, p. 27. • G. Roujou de Boubee, *La responsabilité pénale des personnes morales : Mél. A. Decocq : Litec,* 2004, p. 535. • B. Tourné, *Un changement drastique de la responsabilité pénale des personnes morales : Gaz. Pal.* 18-20 déc. 2005, p. 2. • C. Mascala, *L'élargissement de la responsabilité pénale des personnes morales : Bull. Joly Sociétés* 2006, p. 5. • M. Véron, *Lois virtuelles : Dr. pén.* 2006, repère 1. • J. Amar, *Conséquences de la généralisation sur les relations de travail : Dr. pén.* 2006, étude 13. • M.-F. Steinle-Fellerbach, *Infractions non intentionnelles et responsabilité pénale des collectivités territoriales : JCP* 2007, I, 173. • J.-Y. Maréchal, *Les incertitudes issues de la généralisation de la responsabilité pénale des personnes morales : JCP* 2008, II, 10082. • V. Wester-Ouisse, *La jurisprudence et les personnes morales : JCP* 2009, I, 121 et 137. • L. Saenko, *Le mode allégé d'engagement de la responsabilité pénale des personnes morales : Dr. pén.* 2009, étude 14. • M. Véron, *Où en est-on ? (L. 12 mai 2009) : Dr. pén.* 2009, comm. 92. • J.-Y. Maréchal, *Plaidoyer pour une responsabilité pénale directe des personnes morales : JCP* G 2009, étude 249. • J. Tricot, *Le droit pénal à l'épreuve de la responsabilité des personnes morales : RSC* 2012, doctr. p. 19. • C.-H. Boeringer et A. Millerand, *La responsabilité pénale des personnes morales : une casuistique diverse au sein d'une jurisprudence cohérente : Dr. pén.* 2014, étude 5. • E. Dreyer, *Irresponsabilité ou responsabilité pénale des personnes morales de droit public ? : JCP* 2016, étude 1256. • J.-Ch. Saint-Pau, *Faut-il repenser la responsabilité des personnes morales, in Faut-il rethéoriser le droit pénal* : LexisNexis, 2017, p. 101 s. • J.-C. Planque, *Comment limiter le recours aux techniques d'évitement de la responsabilité pénale des personnes morales ? : Dr. pén.* 2018, étude 25. • H. Matsopoulou, *La responsabilité pénale des personnes morales : Rev. pénit.* 2018, p. 797. • Dossier *Les responsabilités pénales dans l'entreprise : AJ pénal* 2018, p. 553 et s.

• ***Sommaire***

I – DOMAINE 100
A – Limites personnelles 100
1° Existence d'une personne morale 100
2° Limitation de la responsabilité pénale des collectivités territoriales 100
B – Limites matérielles 101
II – CONDITIONS 102
A – Infraction commise par un organe ou un représentant 102
1° Notion d'organe ou de représentant 102
2° Identification de l'organe ou du représentant 104
3° Commission de l'infraction par l'organe ou le représentant 107
B – Infraction commise pour le compte de la personne morale 109
III – EFFETS 110
IV – PROCÉDURE 111

1) QPC. Non-lieu à renvoi au Conseil constitutionnel de la question prioritaire de constitutionnalité de l'article 121-2, alinéa 1er du Code pénal qui, sous le couvert de la prétendue imprécision des dispositions critiquées, tend en réalité à contester l'application qu'en fait la Cour de cassation et ne satisfait pas dès lors aux exigences de l'article 61-1 de la Constitution (■ Cass. crim., 11 juin 2010, n° 09-87.884 QPC : *JurisData* n° 2010-008735 ; *Dr. pén.* 2010, comm. 111, obs. M. Véron). – *Adde* ■ Cass. crim., 29 mars 2011, n° 11-90.007 QPC : *Bull. crim.* n° 64. ■ Cass. crim., 27 avr. 2011, n° 11-90.013 QPC : *JCP* 2011, étude 6, p. 25, J.-H. Robert (suppl. au n° 41, 10 oct. 2011).

– Non-lieu à renvoi au Conseil constitutionnel de la QPC visant l'alinéa 2 de l'article 121-2 du Code pénal, ce texte ne créant pas une dérogation injustifiée au principe d'égalité devant la loi (■ Cass. crim., 16 nov. 2011, n° 11-21.203).

I – DOMAINE

A – Limites personnelles

1° *Existence d'une personne morale*

2) Nécessité d'une personne morale. Seules les sociétés disposant de la personnalité morale sont susceptibles d'être pénalement condamnées. Doit être cassé l'arrêt qui retient la responsabilité pénale d'une société qui n'est que l'établissement secondaire d'une autre société depuis une fusion-absorption et ne dispose pas par conséquent la personnalité morale (■ Cass. crim., 21 nov. 2018 : *JurisData* n° 2018-020776 : *Gaz. Pal.* 2019, n° 5, p. 46, obs. S. Detraz ; *Dr. sociétés* 2019, comm. 35, obs. R. Salomon).

3) Nécessité d'une personne morale au jour de la condamnation. L'absorption fait perdre son existence juridique à la société absorbée (■ Cass. crim., 14 oct. 2003, n° 02-86.376 : *JurisData* n° 2003-020659 ; *Bull. crim.* n° 189 ; *Dr. pén.* 2004, comm. 20, note M. Véron ; *D.* 2004, somm. p. 319, obs. G. Roujou de Boubée ; *RSC* 2004, p. 341, obs. E. Fortis).

4) Il se déduit de l'article 6 du Code de procédure pénale que la fusion-absorption faisant perdre son existence juridique à la société absorbée, l'action publique est éteinte à son égard (■ Cass. crim., 18 févr. 2014, n° 12-85.807).

5) Aucune disposition n'interdit de prononcer une peine d'amende à l'encontre d'une personne morale placée en liquidation judiciaire, tant qu'elle n'est pas dissoute (■ Cass. crim., 7 mai 2018, 17-82.887 : *JurisData* n° 2018-008838).

6) Sur la responsabilité des personnes morales en cas de fusion-absorption de sociétés. V. *supra*, ss art. 121-1, p. 87.

2° *Limitation de la responsabilité pénale des collectivités territoriales*

7) Critère de l'activité délégable. Est susceptible de faire l'objet d'une convention de délégation de service public toute activité ayant pour objet la gestion d'un tel service lorsque, au regard de la nature de celui-ci et en l'absence de dispositions légales ou réglementaires contraires, elle peut être confiée, par la collectivité territoriale, à un délégataire public ou privé rémunéré, pour une part substantielle, en fonction des résultats de l'exploitation (■ Cass. crim., 3 avr. 2002 : *JurisData* n° 2002-014066 ; *Bull. crim.* n° 77 ; *D.* 2003, somm. p. 243, obs. G. Roujou de Boubée ; *Dr. pén.* 2002, comm. 95, note M. Véron ; *LPA* 2 août 2002, p. 10, note M.-J. Coffy de Boisdeffre ; *RSC* 2002, p. 810, obs. B. Bouloc ; *RSC* 2002, p. 838, obs. G. Giudicelli-Delage ; *RSC* 2004, p. 341, obs. E. Fortis. ■ Cass. crim., 6 avr. 2004 : *Bull. crim.* n° 89 ; *AJ pénal* 2004, p. 240, obs. C. Girault ; *Gaz. Pal.* 9 déc. 2004, p. 11, note Y. Monnet).

8) Délégation potentielle. A justifié sa décision la chambre de l'instruction qui retient la responsabilité d'une commune pour blessures involontaires, après une chute du haut d'un ancien bunker se situant dans un parc de la ville, au motif que le choix de la commune de laisser le parc libre d'accès et d'assurer elle-même sa gestion et son entretien ne fait pas obstacle à ce que ledit parc puisse à l'avenir faire l'objet d'un accès payant ou faire l'objet d'un mode de financement, de gestion ou d'exploitation permettant de générer des recettes pour un éventuel délégataire (■ Cass. crim., 7 sept. 2010, n° 10-82.119 : *JurisData* n° 2010-017690 ; *Dr. pén.* 2011, comm. 32, note M. Véron).

9) Activités délégables. Sont délégables : la réalisation d'un parcours de santé (■ T. corr. Saint-Étienne, 6 mai 1996 : *RFDA* 1999, p. 932) ; l'entretien du réseau électrique d'un office HLM (■ T. corr. Narbonne, 12 mars 1999 : *Gaz. Pal.* 1999, 1, jur., p. 405, obs. S. Petit) ; la gestion d'un domaine skiable (■ Cass. crim., 14 mars 2000, n° 99-82.871 : *JurisData* n° 2000-001529 ; *Bull. crim.* n° 14) ; la gestion d'un abattoir par un syndicat intercommunal (■ Cass. crim., 23 mai 2000, n° 99-80.008 : *Bull. crim.* n° 200) ou par une communauté de communes (■ Cass. crim., 14 déc. 2010, n° 10-80.591 : *JurisData* n° 2010-025707 ; *Dr. pén.* 2011, comm. 32, obs. M. Véron) ; la gestion d'un théâtre municipal (■ Cass. crim., 3 avr. 2002, préc.) ; l'exploitation d'une station de traitement de résidus urbains (■ CA Montpellier, 22 oct. 2002 : *JurisData* n° 2002-207614) ; l'entretien d'une piscine municipale (■ CA Amiens, 3 mars 2004 : *JurisData* n° 2004-256151) ; l'organisation d'une manifestation culturelle (■ TGI Strasbourg, 27 mars 2007 : *JurisData* n° 2007-331762) ; l'activité de ramassage et de décharge des déchets collectés dans les poubelles publiques d'une commune (▪ Cass. crim., 12 juill. 2016, n° 15-81.924 : *JurisData* n° 2016-013688) ; l'organisation par cette collectivité d'une kermesse (▪ Cass. crim., 28 juin 2016, n° 15-83.862 : *JurisData* n° 2016-012875 ; *Bull. crim.* n° 201 ; *Dr. pén.* 2016, comm. 141, note Ph. Conte) ; les activités d'entretien et de surveillance des digues fluviales et de leurs dépendances (▪ Cass. crim., 24 oct. 2017, n° 16-85.975 : *JurisData* n° 2017-021154 ; *RSC* 2017, p. 738, obs. Y. Mayaud ; *Gaz. Pal.* 23 janv. 2018, p. 45, obs. E. Dreyer) ; l'entretien d'une école municipale (▪ Cass. crim., 29 mai 2018, n° 18-81.673 : *JurisData* n° 2018-009104).

10) Activités non délégables. Les missions de *police administrative* incombant au maire ne peuvent faire l'objet de conventions de délégation de service public (▪ CA Amiens, 9 mai 2000 : *JurisData* n° 2000-120566 ; *Gaz. Pal.* 9 juill. 2000, p. 32, obs. S. Petit).

11) L'exécution même du service public communal d'animation des classes de découverte suivies par les enfants des écoles publiques et privées pendant le temps scolaire, qui participe du *service de l'enseignement public*, n'est pas, par nature, susceptible de faire l'objet de conventions de délégation de service public (▪ Cass. crim., 12 déc. 2000 : *JurisData* n° 2000-007695 ; *Bull. crim.* n° 371 ; *Dr. pén.* 2001, comm. 43, note M. Véron ; *RSC* 2001, p. 372, obs. B. Bouloc ; *Gaz. Pal.* 23 déc. 2000, p. 42, obs. S. Petit ; *Bull. inf. C. cass.* 2001, n° 529, p. 3, rapp. Ferrari, concl. D.-N. Commaret). L'obligation incombant à la région de mettre les machines affectées à l'enseignement en conformité avec les prescriptions légales et réglementaires relatives à la sécurité des équipements de travail, participe du service de l'enseignement public, et n'est pas, dès lors, en raison de sa nature même, susceptible de faire l'objet de conventions de délégation de service public (▪ Cass. crim., 11 déc. 2011, n° 00-87.705 : *JurisData* n° 2001-012318 ; *Bull. crim.* n° 265 ; *Dr. pén.* 2002, comm. 40, note M. Véron ; *Gaz. Pal.* 4 juill. 2002, p. 19, obs. S. Petit ; *RSC* 2002, p. 321, obs. B. Bouloc).

12) Si l'exploitation du service des *transports scolaires* est susceptible de faire l'objet d'une convention de délégation de service public, il n'en va pas de même de son organisation, qui est confiée au département en application de l'article 29 de la loi du 22 juillet 1983, devenu l'article L. 213-11 du Code de l'éducation, et qui comprend notamment la détermination des itinéraires à suivre et des points d'arrêt à desservir (▪ Cass. crim., 6 avr. 2004, préc.). V. G. Giudicelli-Delage, *Délégation de service public, le contentieux pénal : Rev. gén. des Collectivités territoriales*, n° 15/2001, p. 678.

13) Applications. Peut être déclarée coupable, pour non-respect de l'arrêté préfectoral de restriction d'arrosage pris en application des articles L. 211-3 et R. 211-66 du Code de l'environnement, la commune au motif que la réalité et l'intensité du risque de pénurie ayant déterminé la mesure d'interdiction préfectorale, ainsi que le caractère délégable du service public de l'arrosage municipal n'étaient pas valablement contestés par la commune (▪ Cass. crim., 26 juin 2018 : *JurisData* n° 2018-011212 ; *Gaz. Pal.* 2018, n° 38, p. 44, obs. S. Détraz).

14) Effets de la délégation. L'article L. 235-1 du Code du travail, qui fixe les règles de prévention et de coordination applicable aux opérations de bâtiment et de génie civil, permet aux communes ou groupements de communes de moins de 5 000 habitants effectuant de telles opérations de confier au maître d'œuvre, par délégation, l'application des règles de prévention énumérées par ce texte ; est en conséquence justifiée la décision de la cour d'appel qui, pour relaxer une commune de moins de 5 000 habitants poursuivie des chefs d'homicide involontaire et infractions à la sécurité du travail à la suite d'un accident mortel provoqué par la chute de matériaux entreposés devant le domicile d'un particulier en vue de l'exécution de travaux d'assainissement confiés par ladite commune à une entreprise, retient que la prévenue avait délégué l'application des règles visées à l'article L. 235-1 du Code du travail, ainsi que ce texte lui en donnait le pouvoir (▪ Cass. crim., 14 mars 2006 : *Bull. crim.* n° 73 ; *RSC* 2006, p. 599, obs. Y. Mayaud).

B – Limites matérielles

15) Suppression du principe de spécialité (application dans le temps). Une loi pénale étendant une incrimination à une nouvelle catégorie de prévenus ne peut s'appliquer à des faits commis antérieurement à son entrée en vigueur ; la cour d'appel a violé ce principe en condamnant la personne morale alors qu'à la date des faits visés à la prévention, les personnes morales n'étaient responsables pénalement que dans les cas prévus par la loi ou le règlement et qu'aucune disposition légale ne prévoyait expressément que leur responsabilité pût être engagée pour les délits de publicité de nature à induire en erreur et de tromperie (▪ Cass. crim., 19 juin 2007, n° 06-85.490 : *JurisData* n° 2007-039956 ; *Bull. crim.* n° 169 ; *Dr. pén.* 2007, comm. 134, note M. Véron. Dans le même sens, ▪ Cass. crim., 20 oct. 2009, n° 09-81.721 : *JurisData* n° 2009-050161. ▪ Cass. crim., 15 févr. 2011, n° 09-83.741 : *JurisData* n° 2011-001754).

16) Admission de la responsabilité en matière d'infractions attitrées. A justifié sa décision la cour d'appel qui condamne une personne morale pour l'infraction prévue à l'ancien article L. 263-2 du Code du travail, qui visait, à l'époque des faits, les « chefs d'établissement, directeurs, gérants ou préposés », dès lors qu'il résulte de l'article 121-2 du Code pénal, dans sa rédaction issue de la loi n° 2004-204 du 9 mars 2004 entrée en vigueur le 31 décembre 2005, que les personnes morales sont, sauf exception, responsables pénalement des infractions commises pour leur compte par leurs organes ou représentants (▪ Cass. crim., 5 nov. 2013, n° 12-85.193 : *JurisData* n° 2013-024801 ; *Dr. pén.* 2014, chron. 10, obs. M. Segonds).

17) Exclusion des infractions de presse. Il se déduit de l'article 43-1 de la loi du 29 juillet 1881 qu'en dehors des cas expressément prévus par les textes, les personnes morales ne sauraient encourir de responsabilité pénale à raison des contraventions de presse (▪ Cass. crim., 10 sept. 2013, n° 12-83.672 : *Bull. crim.* n° 178 ; *Dr. pén.* 2013, comm. 169, obs. M. Véron). Il se déduit de l'article 43-1 de la loi du 29 juillet 1881 qu'aucune peine ne saurait être prononcée à l'encontre des personnes morales en raison des délits de presse (▪ Cass. crim., 11 juill. 2017, n° 16-84.859 : *JurisData* n° 2017-014494).

– V. Ann. *Presse*, note ss L. 29 juill. 1881, art. 43-1, p. 1775.

18) Exclusion des infractions douanières. La responsabilité des personnes morales du chef d'infractions douanières ne relève pas de l'article 121-2 du Code pénal (▪ Cass. crim., 29 juin 2016, n° 15-82-164 : *Dr. pén.* 2016, comm. 129, note. J.-H. Robert).

19) En matière d'infractions douanières, les dispositions de l'article 399 du Code des douanes sont applicables aux personnes morales (▪ Cass. crim., 5 févr. 2003 : *Bull. crim.* n° 24 ; *D.* 2003, p. 2855, note J.-C. Planque ; *RSC* 2004, p. 339, obs. E. Fortis).

II – CONDITIONS

A – Infraction commise par un organe ou un représentant

1° Notion d'organe ou de représentant

20) Dirigeant de fait. A caractérisé les infractions de participation à une association de malfaiteurs en vue de la préparation d'un acte de terrorisme et de financement d'entreprise terroriste en tous leurs éléments la cour d'appel qui établit que l'association prévenue a apporté, en connaissance de cause, par ses organes ou ses représentants, en l'espèce par les dirigeants de fait, ayant agi pour son compte, un soutien logistique et financier effectif à une organisation classée comme terroriste (▪ Cass. crim., 21 mai 2014, n° 13-83.758 : *JurisData* n° 2014-010671).

21) Organe collectif. A justifié sa décision la cour d'appel qui retient la responsabilité pénale d'une société de HLM pour discrimination raciale, en établissant que l'infraction a été commise pour le compte de la société par l'un de ses organes, la décision litigieuse ayant été prise par la commission d'attribution composée de six membres (▪ Cass. crim., 11 juill. 2017, n° 16-82.426 : *JurisData* n° 2017-014118 ; *Dr. pén.* 2017, comm. 144, note Ph. Conte ; *Rev. pénit.* 2018, p. 344, obs. J.-C. Saint-Pau).

22) N'encourt pas la cassation l'arrêt qui, pour retenir la responsabilité pénale d'une société pour corruption d'agents publics étrangers, constate que l'infraction a été commise par le comité exécutif, organe de la personne morale (▪ Cass. crim., 14 mars 2018, n° 16-82.117 : *JurisData* n° 2018-003623 ; *Bull. crim.* n° 45 ; *JCP* G 2018, p. 389, obs. J.-M. Brigant ; *JCP* E 2018, 1363, note E. Dreyer ; *Rev. pénit.* 2018, p. 344, obs. J.-Ch. Saint-Pau ; *Dr. pén.* 2018, comm. 110, note J.-H. Robert).

23) Notion de représentant. Selon l'article 121-2 du Code pénal, les personnes morales peuvent être déclarées pénalement responsables s'il est établi qu'une infraction a été commise, pour leur compte, par leurs organes ou représentants ; ont la qualité de représentants, au sens de ce texte, les personnes pourvues de la compétence, de l'autorité et des moyens nécessaires, ayant reçu une délégation de pouvoirs de la part des organes de la personne morale (▪ Cass. crim., 9 nov. 1999 : *Bull. crim.* n° 252 ; *Dr. pén.* 2000, comm. 56, obs. M. Véron ; *RSC* 2000, p. 389, obs. Y. Mayaud. – Comp. avec ▪ Cass. crim., 14 mars 2000 : *Bull. crim.* n° 114).

24) Ont la qualité de représentants, au sens de l'article 121-2 du Code pénal, les personnes pourvues de la compétence, de l'autorité et des moyens nécessaires, ayant reçu une délégation de pouvoirs de la part des organes de la personne morale ou une subdélégation des pouvoirs d'une personne ainsi déléguée (▪ Cass. crim., 26 juin 2001 : *Bull. crim.* n° 161).

25) Différenciation du représentant légal de la personne morale et de l'organe ou du représentant fautif. L'organe ou le représentant ne saurait se confondre avec le représentant légal de la personne morale désigné pour la représenter dans le cadre de poursuites pénales (▪ Cass. crim., 29 janv. 2019, n° 17-86.834).

26) Représentant – illustrations. Justifie, dès lors, sa décision la cour d'appel qui déclare coupable d'homicide involontaire sur la personne d'un skieur, emporté par une avalanche, une société concessionnaire de l'exploitation du domaine skiable d'une station de sports d'hiver, après avoir constaté que le directeur des pistes et le chef de secteur ont pris la décision fautive d'ouverture d'une piste de ski sans avoir, au préalable, déclenché des avalanches prévisibles en l'état des données météorologiques, et qu'ayant exercé, à l'égard du public, les pouvoirs de décision de la société, ils avaient la qualité de représentants de celle-ci (■ Cass. crim., 9 nov. 1999 : *Bull. crim.* n° 252 ; *Dr. pén.* 2000, comm. 56, obs. M. Véron ; *RSC* 2000, p. 389, obs. Y. Mayaud. – Comp. avec ■ Cass. crim., 14 mars 2000 : *Bull. crim.* n° 114).

27) La qualité de représentant de la personne morale peut se déduire des déclarations de la personne qui se présente comme ayant cette qualité (■ Cass. crim., 3 sept. 2019, n° 18-82.199 : *Gaz. Pal.* 2019, n° 40, p. 40, obs. E. Dreyer).

28) Représentant de fait. La responsabilité d'une société holding peut être engagée pour des faits de corruption active d'agent public étranger commis, pour son compte, dans le cadre d'un groupe de sociétés par la combinaison des interventions, d'une part, de trois salariés des filiales de la société, représentants de fait de cette dernière en raison de l'existence de l'organisation transversale propre au groupe et des missions qui leur étaient confiées, peu important l'absence de lien juridique et de délégation de pouvoirs à leur profit, et, d'autre part, *du Risk Assessment Committee* central, organe de ladite société composé de dirigeants du groupe dont la mission l'amenait à valider, pour le compte de ce groupe, le recours à des paiements illicites sous couvert de contrats de consultants (■ Cass. crim., 16 juin 2021, n° 20-83.098 : *JurisData* n° 2021-009416 ; *JCP* S 2021, p. 1223, obs. F. Duquesne ; *JCP* G 2021, p. 1350, obs. J. M. Brigant ; *JCP* G 2021, doctr. 1039, obs. Ch. Claverie-Rousset ; *AJ pénal* 2021, p. 413, obs. E. Mercinier-Pantalacci et M. Snitsar).

29) Délégataire. Le salarié d'une société, titulaire d'une délégation de pouvoirs en matière d'hygiène et de sécurité, est un représentant de la personne morale au sens de l'article 121-2 du Code pénal (■ Cass. crim., 14 déc. 1999 : *JurisData* n° 1999-004838 ; *Bull. crim.* n° 306 ; *Dr. pén.* 2000, comm. 56, note M. Véron ; *RSC* 2000, p. 600, obs. B. Bouloc ; *RSC* 2000, p. 851, obs. G. Giudicelli-Delage. – V. également ■ Cass. crim., 30 mai 2000 : *JurisData* n° 2000-002816 ; *Bull. crim.* n° 206 ; *JCP* E 2001, p. 950, note S. Ferries ; *D.* 2001, p. 2350, obs. G. Roujou de Boubée ; *RSC* 2000, p. 816, obs. B. Bouloc ; *RSC* 2000, p. 851, obs. G. Giudicelli-Delage ; *Dr. soc.* 2000, p. 1148, observation P. Morvan. ■ Cass. crim., 26 juin 2001, n° 00-83.466 : *JurisData* n° 2001-013945 ; *Bull. crim.* n° 161 ; D. 2002, p. 1802, obs. G. Roujou de Boubée ; *RSC* 2002, p. 99, obs. B. Bouloc. ■ Cass. crim., 15 mai 2007, n° 05-87.260 : *JurisData* n° 2007-039375 ; *Dr. pén.* 2008, chron. 9, Un an de droit pénal du travail, n° 2 ; *JCP* S 2007, 1954, note J.-F. Cesaro. ■ Cass. crim., 15 janv. 2008, n° 06-87.805 : *JurisData* n° 2008-042787. ■ Cass. crim., 8 janv. 2019, n° 17-86.480. – Comp. ■ Cass. crim., 1er déc. 1998, n° 97-80.560 : *JurisData* n° 1998-005111 ; *Bull. crim.* n° 325 ; *RSC* 1998, p. 337, obs. G. Giudicelli-Delage : le président de la société ou son délégataire en matière de sécurité n'a pas accompli toutes les diligences normales pour faire respecter les prescriptions qui s'imposaient à la personne morale en ce domaine, la Cour a caractérisé une faute d'imprudence ou de négligence engageant la responsabilité de celle-ci).

30) Justifie sa décision la cour d'appel qui, après avoir relevé que le délégataire de pouvoirs avait manqué à son obligation de mettre à la disposition des travailleurs un instrument de travail approprié aux travaux à effectuer eu égard à la configuration des lieux et que ce manquement était à l'origine de l'accident survenu à un salarié de l'une des entreprises, déclare la société employeur de cette victime coupable du délit de blessures involontaires, en énonçant que ce délégataire de pouvoirs devait être considéré comme le représentant de cette personne morale au sens de l'article 121-2 du Code pénal (■ Cass. crim., 14 déc. 1999 : *Bull. crim.* n° 306 ; *JCP* E 2000, p. 1618, note M. Véron).

31) Le salarié d'une société, titulaire d'une délégation de pouvoirs en matière d'hygiène et de sécurité, est un représentant de la personne morale au sens de l'article 121-2 du Code pénal. Il engage donc la responsabilité pénale de celle-ci en cas d'atteinte involontaire à la vie ou à l'intégrité physique trouvant sa cause dans un manquement aux règles qu'il était tenu de faire respecter en vertu de sa délégation (■ Cass. crim., 30 mai 2000 : *Bull. crim.* n° 206 ; *JCP* E 2001, n° 23, p. 950, note S. Ferries).

32) Le salarié d'une société titulaire d'une délégation de pouvoirs en matière d'hygiène et de sécurité, et comme tel investi dans ce domaine de la compétence, de l'autorité et des moyens nécessaires à l'exercice de sa mission, est un représentant de la personne morale au sens de l'article 121-2 du Code pénal, et engage la responsabilité de celle-ci en cas d'atteinte involontaire à la vie ou à l'intégrité physique trouvant sa cause dans un manquement aux règles qu'il était tenu de faire respecter en vertu de sa délégation (■ Cass. crim., 25 mars 2014 : *Bull. crim.* n° 94 ; *JCP* 2014, note 421, p. 671, A. Donnier ; *JCP* 2014, note 716, p. 1234, J.-H. Robert ; *Gaz. Pal.* 11-13 mai 2014, chron. p. 31, note E. Dreyer).

33) Ne justifie pas sa décision faute de s'être mieux expliquée sur l'existence effective d'une délégation de pouvoirs, ni sur le statut et les attributions de deux agents de la société EDF, la cour d'appel qui retient la responsabilité pénale de cette dernière du chef d'homicide involontaire dans le cadre du travail « nonobstant l'absence formelle d'une délégation de pouvoirs »(▪ Cass. crim., 11 oct. 2011, n° 10-87.212 : *Bull. crim.* n° 202 ; *Dr. pén.* 2011, comm. 149, obs. M. Véron ; *AJ pénal* 2012, p. 35, note B. Bouloc ; *D.* 2011, p. 2841, note N. Rias ; *D.* 2011, p. 2600, obs. M. Bombled ; *JCP* G 2011, note 1385, p. 2468, J.-H. Robert ; *RSC* 2011, p. 825, obs. Y. Mayaud).

34) Mais ne justifie pas sa décision au regard de ce texte, la cour d'appel qui, pour retenir la responsabilité pénale d'une société en la personne, notamment, d'un de ses cogérants, retient que celui-ci a valablement représenté la prévenue au cours de la procédure, au sens de l'article 706-43 du Code de procédure pénale, sans rechercher si l'intéressé, qui n'était, à l'époque des faits poursuivis, que directeur salarié, était alors titulaire d'une délégation de pouvoirs de la part d'un des organes de la personne morale, de nature à lui conférer la qualité de représentant de celle-ci (▪ Cass. crim., 17 oct. 2017, n° 16-87.249 : *JurisData* n° 2017-020387 ; *Dr. pén.* 2017, comm. 178, obs. Ph. Conte ; *Rev. pénit.* 2018, p. 347, obs. J.-Ch. Saint-Pau. – V. aussi : ▪ Cass. crim., 17 oct. 2017, n° 16-80.821 : *JurisData* n° 2017-020397 ; *Dr. pén.* 2017, comm. 176, note Ph. Conte).

35) A justifié sa décision la cour d'appel qui condamne la société pour fait de pollution marine après avoir vérifié que le capitaine du navire, salarié de l'armateur, en était le représentant par application des articles L. 5412-2 à L. 5412-15 du Code des transports et au sens de l'article 121-2 du Code pénal (▪ Cass. crim., 2 mai 2018 : *JurisData* n° 2018-007370 : *Dr. pén.* 2018, comm. 124, Ph. Conte ; *Dr. pén.* 2018, comm. 133, obs. J.-H. Robert).

36) Délégataire de fait. A justifié sa décision la cour d'appel qui retient la responsabilité d'une personne morale exploitant une discothèque, en raison d'une discrimination commise par deux salariés chargés de sélectionner les clients admis à entrer, en raison d'une délégation de pouvoirs de fait. Les juges ont ainsi caractérisé à la charge de la société prévenue l'infraction de discrimination, commise, pour son compte, par ses représentants (▪ Cass. crim., 28 févr. 2017, n° 15-87.378 : *JurisData* n° 2017-003357).

37) La directrice salariée d'un magasin, laquelle investie des pouvoirs correspondants et des moyens de leur mise en œuvre, ce dont il se déduit une délégation de pouvoirs de fait, a agi pour le compte de la société et ainsi engagé la responsabilité pénale de la personne morale pour entrave à l'exercice régulier des fonctions d'un délégué du personnel (▪ Cass. crim., 27 févr. 2018, n° 17-81.457 : *JurisData* n° 2018-002718 ; *Dr. pén.* 2018, comm. 76, obs. Ph. Conte).

V. également ▪ Cass. crim., 7 janv. 2020, n° 18-87.027 : *JurisData* n° 2020-000177 ; *Dr. pén.* 2020, comm. 74, obs. Ph. Conte. ▪ Cass. crim., 13 oct. 2021, n° 19-87.424 : *JurisData* n° 2021-016340.

38) Groupement de sociétés. En cas d'accident du travail, les infractions en matière d'hygiène et de sécurité commises par le délégataire de pouvoirs désigné par chacune des sociétés membres d'un groupement d'entreprises engagent, en application de l'article 121-2 du Code pénal, la responsabilité pénale de la seule personne morale employeur de la victime. Encourt la cassation l'arrêt qui déclare une société membre d'un groupement d'entreprises responsable des blessures involontaires subies par le salarié d'une autre société du fait que, mandataire du groupement auprès du maître d'ouvrage, elle a joué un rôle majeur dans ce groupement (▪ Cass. crim., 13 oct. 2009 : *Bull. crim.* n° 169 ; *Dr. pén.* 2009, comm. 154, obs. M. Véron ; *D.* 2010, p. 557, note J.-C. Planque ; *JCP* G 2010, note 152, J.-H. Robert ; *AJ pénal* 2010, p. 33, note J. Lasserre-Capdeville ; *Dr. soc.* 2010, p. 144, note F. Duquesne).

39) En cas d'accident du travail, les manquements en matière d'hygiène et de sécurité des travailleurs commis par le délégataire de pouvoirs désigné par chacune des sociétés constituant un groupement d'entreprises à l'occasion de l'attribution d'un marché, engagent la responsabilité pénale de la personne morale, membre du groupement, qui est l'employeur de la victime, ou, en cas de recours à une main-d'œuvre intérimaire, de la personne morale ayant la qualité d'entreprise utilisatrice au sens des dispositions du Code du travail relatives au travail temporaire (▪ Cass. crim., 23 nov. 2010, n° 09-85.115 : *Bull. crim.* n° 186 ; *D.* 2011, act. p. 170 ; *Dr. sociétés* 2011, comm. 80, obs. R. Salomon).

2° *Identification de l'organe ou du représentant*

40) Exigence de l'identification de l'organe ou du représentant. Il résulte de l'article 121-2 du Code pénal que les personnes morales ne peuvent être déclarées pénalement responsables que s'il est établi qu'une infraction a été commise, pour leur compte, par leurs organes ou représentants (▪ Cass. crim., 2 déc. 1997 : *JurisData* n° 1997-005349 ; *Bull. crim.* n° 408 ; *JCP* G 1998, IV, 1820 ; *JCP* G 1998, II, 10023, rapp. F. Desportes ; *JCP* E 1998, p. 948, note P. Salvage ; *RSC* 1998, p. 536, note B. Bouloc. – J. Pradel et A. Varinard, *Les grands arrêts du droit pénal général* : Dalloz, 10e éd., 2016, n° 38).

41) Les personnes morales ne peuvent être déclarées responsables que s'il est établi qu'une infraction a été commise, pour leur compte, par leurs organes ou représentants (■ Cass. crim., 18 janv. 2000 : *Bull. crim.* n° 28 ; *D.* 2000, jurispr. p. 636, note J.-Ch. Saint-Pau ; *JCP* 2000, II, 10395, note F. Debove ■ Cass. crim., 22 janv. 2002 : *JurisData* n° 2002-013184. ■ Cass. crim., 7 mai 2002 : *JurisData* n° 2002-015302. ■ Cass. crim., 2 nov. 2005 : *JurisData* n° 2005-031101. ■ Cass. crim., 23 mai 2006 : *JurisData* n° 2006-034341. – V. également ■ Cass. crim., 1er avr. 2008 : *JurisData* n° 2008-043861 ; *Dr. pén.* 2008, comm. 140, note M. Véron).

42) N'a pas justifié sa décision la cour d'appel qui condamne une société pour homicide involontaire alors qu'elle ne s'est pas expliquée sur l'existence effective d'une délégation de pouvoirs ni sur le statut et les attributions des agents mis en cause propres à en faire des représentants de la personne morale (■ Cass. crim., 11 oct. 2011 : *JurisData* n° 2011-021620 ; *Bull. crim.* n° 202 ; *Dr. pén.* 2011, comm. 149, note M. Véron ; *JCP* G 2011, 1385, note J.-H. Robert ; *JCP* E 2012, 1254, note X. Delassault et A.-L. Dodet ; *JCP* S 2011, 1543, note J.-F. Cesaro ; *D.* 2011, p. 2841, note N. Rials ; *RSC* 2011, p. 825, note Y. Mayaud ; *Rev. sociétés* 2012, p. 52, note H. Matsopoulou ; *RJDA* 2012, p. 99, note D. Boccon-Gibod ; *AJ pénal* 2012, p. 35, note B. Bouloc ; *Rev. pénit.* 2012, p. 147, note J.-Y. Chevallier).

43) Il résulte de l'article 121-2 du Code pénal que les personnes morales ne peuvent être déclarées pénalement responsables que s'il est établi qu'une infraction a été commise, pour leur compte, par leurs organes ou représentants. Ne justifie pas sa décision au regard du texte précité, la cour d'appel qui, saisie des poursuites exercées contre une personne morale du chef de blessures involontaires à la suite d'un accident du travail subi par un salarié, se borne à retenir qu'à défaut d'avoir dispensé une formation pratique et appropriée, la personne morale a créé la situation ayant permis la réalisation du dommage ou n'a pas pris les mesures permettant de l'éviter, sans mieux rechercher si les manquements relevés résultaient de l'abstention de l'un des organes ou représentants de ladite personne morale et s'ils avaient été commis pour le compte de celle-ci (■ Cass. crim., 11 avr. 2012, n° 10-86.974 : *Bull. crim.* n° 94 ; *D.* 2012, p. 1381, note J.-Ch. Saint-Pau ; *JCP* 2012, note 740, p. 1217, note J.-H. Robert ; *Procédures* 2012, comm. 191, note A.-S. Chavent-Leclere ; *Gaz. Pal.* 20-21 juin 2012, jur., p. 5, note R. Hervet et F. Benouniche ; *Gaz. Pal.* 27 juill. 2012, p. 19, obs. E. Dreyer ; *AJ pénal* 2012, p. 415, obs. B. Bouloc ; *RSC* 2012, p. 377, obs. A. Cerf-Hollander ; *Rev. pénit.* 2012, p. 405, note B. de Lamy ; *Dr. pén.* 2012, chron. 9, n° 2, obs. M. Segonds).

44) Applications. N'a pas donné de base légale à sa décision la cour d'appel qui condamne une association pour vente au déballage sans autorisation, sans préciser quel organe ou représentant aurait engagé la responsabilité pénale de cette personne morale, alors que l'infraction dont s'agit n'est imputable, à titre d'auteur principal, qu'à la personne qui procède à la vente (■ Cass. crim., 29 avr. 2003 : *Bull. crim.* n° 91 ; *D.* 2004, p. 167, note J.-C. Saint-Pau ; *RSC* 2004, p. 339, obs. E. Fortis).

45) En condamnant la société pour abus de confiance sans rechercher, d'une part l'intention coupable, et d'autre part si le délit avait été commis pour le compte de la société par l'un de ses organes ou représentants, la cour d'appel n'a pas justifié sa décision (■ Cass. crim., 1er avr. 2008 : *Dr. pén.* 2008, comm. 140, obs. M. Véron ; *RSC* 2009, p. 89, obs. E. Fortis).

46) De même, ne justifie pas sa décision au regard du texte précité, la cour d'appel qui, saisie des poursuites exercées contre une personne morale des chefs d'homicide involontaire et de blessures involontaires à la suite d'un accident du travail subi par un salarié, se borne à retenir à l'encontre des personnes morales prévenues des manquements fautifs aux prescriptions légales et contractuelles, sans mieux rechercher si ces manquements résultaient de l'abstention de l'un des organes ou représentants de ladite personne morale et s'ils avaient été commis pour le compte de celle-ci (■ Cass. crim., 2 oct. 2012, n° 11-84.415 : *Bull. crim.* n°°205 ; *D.* 2012, act. p. 2521 ; *D.* 2012, act. p. 2921, note G. Roujou de Boubee ; *JCP* E 2012, n° 1707, p. 48, F. Duquesne ; *RSC* 2013, p. 77, obs. Y. Mayaud. ■ Cass. crim., 2 sept. 2014, n° 13-83.956 : *Bull. crim.* n° 178).

47) Encourt la censure l'arrêt de la cour d'appel qui, pour condamner des chefs d'homicide et de blessures involontaires une des personnes morales appartenant à un groupement d'entreprises chargé de la construction d'un ensemble commercial, à la suite d'un accident du travail subi par deux salariés employés par d'autres sociétés du groupement, lui impute un défaut de conception dans l'acte de construire, sans mieux s'expliquer sur ce point, ni préciser en quoi les infractions retenues à l'encontre de la société prévenue avaient été commises pour son compte, par un de ses organes ou représentants (■ Cass. crim., 22 janv. 2013, n° 12-80.022 : *Bull. crim.* n° 24 ; *Dr. pén.* 2013, comm. 55, obs. M. Véron ; *AJ pénal* 2013, p. 273, note J. Lasserre-Capdeville ; *RSC* 2013, p. 73, obs. Y. Mayaud).

48) Est justifiée au regard de ce texte la décision d'une cour d'appel qui retient la responsabilité pénale d'une société, du fait d'un de ses représentants, à la suite de l'accident du travail subi par un salarié et causé par l'imprudence d'un conducteur de travaux désigné par le plan particulier de sécurité et de protection de la santé comme responsable de la sécurité sur le chantier qui, présent sur les lieux de l'accident, a ordonné l'exécution d'une opération de décâblage sans s'opposer à l'utilisation d'un outil inadapté pour la réaliser (▪ Cass. crim., 11 déc. 2012, n° 11-87.421 : *Bull. crim.* n° 274 ; *Dr. pén.* 2013, comm. 55, obs. M. Véron).

49) Ne justifie pas sa décision au regard du texte précité la cour d'appel qui, saisie des poursuites exercées contre une personne morale du chef d'escroquerie au jugement, se borne à relever que cette personne morale a induit le conseiller de la mise en état en erreur en produisant un document autre que celui que ce dernier lui réclamait, sans mieux rechercher si les faits reprochés avaient été commis, pour le compte de la personne morale poursuivie, par l'un de ses organes ou représentants (▪ Cass. crim., 19 juin 2013, n° 12-82.827 : *Bull. crim.* n° 148 ; *JCP* 2013, note n° 1049, p. 1840, A. Gallois ; *D.* 2013, act., p. 1624 ; *Gaz. Pal.* 21-23 juill. 2013, p. 3, note E. Dreyer ; *AJ pénal* 2013, p. 606, note J. Lasserre-Capdeville).

50) Encourt la censure l'arrêt ayant déclaré une personne morale coupable sans rechercher par quel organe ou représentant le délit lui étant reproché a été commis pour son compte (▪ Cass. crim., 1er avr. 2014 : *Bull. crim.* n° 99 ; *D.* 2014, p. 826).

51) Encourt la censure l'arrêt qui, pour retenir la responsabilité pénale d'une société commerciale, énonce que le responsable marketing, avec qui les partenaires de la société discutaient directement, connaissait la fraude et a contribué à sa mise en place et à son fonctionnement, sans rechercher par quel organe ou représentant le délit reproché à la personne morale avait été commis pour son compte (▪ Cass. crim., 13 mai 2014 : *Bull. crim.* n° 132).

– Encourt la censure l'arrêt d'une cour d'appel qui, pour déclarer coupable d'homicide involontaire une société, à la suite d'un accident du travail, se borne à relever que celle-ci n'a pas rempli ses obligations légales et réglementaires en matière de communication des informations relatives à la prévention des risques, sans rechercher si les manquements relevés résultaient de l'abstention d'un des organes ou représentants de cette société, et s'ils avaient été commis pour le compte de celle-ci (▪ Cass. crim., 6 mai 2014 : *Bull. crim.* n° 124).

– Encourt la censure l'arrêt d'une cour d'appel qui, pour déclarer coupable de blessures involontaires une société, à la suite d'un accident du travail, se borne à relever que tout manquement aux règles en matière de sécurité constitue nécessairement une faute pénale commise pour le compte de la personne morale sur qui pèse l'obligation de sécurité, sans rechercher si les manquements relevés résultaient de l'abstention d'un des organes ou représentants de cette société, et s'ils avaient été commis pour le compte de celle-ci (▪ Cass. crim., 6 mai 2014 : *Bull. crim.* n° 126 ; *JCP* 2014, note 716, p. 1234, J.-H. Robert).

52) Méconnaît l'article 121-2 du Code pénal, la cour d'appel, qui, après avoir constaté la matérialité de l'infraction, ne recherche pas, quel que soit le mode de poursuite et au besoin en ordonnant un supplément d'information, si les manquements relevés résultaient de l'abstention de l'un des organes ou représentants de la société prévenue et s'ils avaient été commis pour le compte de celle-ci (▪ Cass. crim., 22 mars 2016, n° 15-81.484).

53) Doit être cassé l'arrêt de condamnation d'une commune pour blessures involontaires causés par la chute d'une fillette sur la chaussée alors qu'elle se trouvait dans un bus, appartenant à la commune, dont la porte était restée ouverte, au motif qu'il y avait défaut de climatisation obligeant le chauffeur à rouler portes ouvertes par temps de pluie, exposant ainsi les enfants transportés à un risque d'une particulière gravité qu'elle ne pouvait ignorer, car la cour d'appel n'a pas désigné l'organe ou le représentant de la commune ayant commis l'infraction pour le compte de celle-ci, ou constater au profit de son salarié, l'existence d'une délégation de pouvoirs, ou d'un statut ou d'attributions propres à en faire ce représentant de la personne morale (▪ Cass. crim., 6 nov. 2018 : *JurisData* n° 2018-019607 ; *Lexbase Pénal*, déc. 2018, obs. S. Détraz. V. également ▪ Cass. crim., 8 janv. 2019, n° 17-86.430 : *JurisData* n° 2019-000061 ; *Dr. pén.* 2019, comm. 67, obs. Ph. Conte. ▪ Cass. crim., 29 janv. 2019, n° 17-86.834 : *JurisData* n° 2019-001035. ▪ Cass. crim., 16 avr. 2019, n° 18-84.073 : *JurisData* n° 2019-006086 ; *RTD com.* 2019, p. 517, obs. B. Bouloc ; *RSC* 2019, p. 369, obs. E. Monteiro).

54) Doit être cassé l'arrêt qui pour retenir la responsabilité de la personne morale affirme que l'infraction a été commise par les responsables en gestion administrative ou comptable du personnel dès lors qu'il n'identifie par l'organe ou les personnes physiques représentant la personne morale (▪ Cass. crim., 10 déc. 2019, n° 18-84.737 : *JurisData* n° 2019-022547 ; *Dr. pén.* 2020, comm. 31, obs. Ph. Conte).

55) Non-exigence de l'identification de l'organe ou du représentant. A justifié sa décision de condamnation la cour d'appel qui a déclaré une personne morale coupable du délit d'homicide involontaire sans préciser l'identité de l'auteur des manquements constitutifs du délit, dès lors que cette infraction n'a pu être commise, pour le compte de la société, que par ses organes ou représentants (▪ Cass. crim., 20 juin 2006, n° 05-85.255 : *JurisData* n° 2006-034397 ; *Bull. crim.* n° 188 ; *D.* 2007, p. 617, note J.-C. Saint-Pau ; *JCP G* 2006, II, 10199, note E. Dreyer ; *Dr. pén.* 2006, comm. 128, note M. Véron ; *D.* 2007, p. 1624, obs. C. Mascala ; *RSC* 2006, p. 825, obs. Y. Mayaud ; *Rev. sociétés* 2006, p. 895, obs. B. Bouloc).

Comp. N'a pas méconnu l'article 121-2 du Code pénal la cour d'appel qui a condamné une personne morale pour rappel de l'existence d'une infraction amnistiée dès lors que la lettre d'avertissement avait nécessairement été produite par le représentant de cette société devant le conseil de prud'hommes et qu'une telle production, effectuée en connaissance de cause, caractérisait l'infraction en tous ses éléments en la personne de ce représentant (▪ Cass. crim., 21 mars 2000 : *JurisData* n° 2000-001821 ; *Bull. crim.* n° 128 ; *Dr. pén.* 2000, comm. 131, note J.-H. Robert). – V. également pour le délit d'usage de fausses attestations, ▪ Cass. crim., 24 mai 2000, n° 99-84.414 : *Bull. crim.* n° 203 ; *RSC* 2000, p. 816, obs. B. Bouloc).

– En l'état de motifs qui caractérisent, à la charge de la société, de poursuivre l'existence d'une faute ayant contribué à l'accident, la cour d'appel a justifié sa décision, dès lors que si les juges du fond l'ont déclarée coupable de blessures involontaires sans préciser l'identité de l'auteur des infrastructures ou négligences constitutives du délit, cette infraction n'a pu être commise, pour le compte de la personne morale, que par ses organes ou représentants (▪ Cass. crim., 26 juin 2007 : *JurisData* n° 2007-040305 ; *Dr. pén.* 2007, comm. 135, obs. M. Véron ; *D.* 2008, p. 1573, obs. C. Mascala).

56) Les personnes morales peuvent être déclarées pénalement responsables dès lors que les infractions (en l'espèce faux et complicité de faux) s'inscrivent dans le cadre de la politique commerciale des sociétés et ne peuvent avoir été commis pour le compte de celles-ci que par leurs organes ou représentants (▪ Cass. crim., 25 juin 2008, n° 07-80.261 : *Bull. crim.* n° 167 ; *Dr. pén.* 2008, comm. 140, obs. M. Véron ; *RSC* 2009, p. 90, obs. E. Fortis. ▪ Cass. crim., 28 janv. 2009, n° 07-81.674 : *Dr. pén.* 2009, comm. 48, obs. J.-H. Robert ; *RSC* 2010, p. 165, obs. F. Stasiak).

57) Une personne morale est pénalement responsable des blessures subies par un de ses agents par suite des insuffisances du plan de prévention des risques nécessairement imputables à ses organes ou représentants (▪ Cass. crim., 15 févr. 2011, n° 10-85.324 : *Dr. pén.* 2011, comm. 62, obs. M. Véron. ▪ Cass. crim., 1er déc. 2009 : *JurisData* n° 2009-050985 ; *Dr. pén.* 2010, comm. 74, note M. Véron ; *D.* 2010, p. 1663 note C. Mascala ; *JCP G* 2010, 689, note J.-H. Robert. ▪ Cass. crim., 16 déc. 2009 : *JurisData* n° 2009-051431. ▪ Cass. crim., 18 janv. 2011 : *JurisData* n° 2011-001748).

58) Justifie sa décision au regard de l'article 121-2 du Code pénal la cour d'appel qui, saisie de poursuites exercées contre une association du chef d'homicide involontaire à la suite du décès d'un participant à une compétition de ski organisée par celle-ci, retient la responsabilité pénale de la personne morale dès lors que l'infraction n'a pu être commise, pour le compte de l'association, que par son président, responsable de la sécurité, en l'absence de délégation interne non invoquée devant la cour d'appel (▪ Cass. crim., 18 juin 2013, n° 12-85.917 : *Bull. crim.* n° 144 ; *Gaz. Pal.* 18-19 sept. 2013, jur., p. 10, note J. R. Vial).

59) A justifié sa décision la cour d'appel qui déclare la société EDF coupable de blessures involontaires, considérant que la société EDF avait l'obligation réglementaire d'informer le conseil général des travaux réalisés en urgence et que son abstention a rendu impossible la vérification de la conformité des travaux par le conseil général qui assure la surveillance hebdomadaire d'inspection de toutes les routes départementales ; cette négligence fautive de la société EDF a contribué à créer la situation qui a permis la réalisation du dommage, en ne mettant pas en mesure les services techniques du département d'assurer une vérification de la tenue des travaux alors que de fortes précipitations s'étaient produites dans l'intervalle (▪ Cass. crim., 15 janv. 2019, n° 17-86.826).

3° *Commission de l'infraction par l'organe ou le représentant*

60) Absence de faute distincte de la personne morale. Dans les cas prévus par la loi, la faute pénale de l'organe ou du représentant suffit, lorsqu'elle est commise pour le compte de la personne morale, à engager la responsabilité pénale de celle-ci, sans que doive être établie une faute distincte à la charge de la personne morale (▪ Cass. crim., 26 juin 2001 : *Bull. crim.* n° 161 ; *Dr. pén.* 2002, obs. J.-H. Robert ; D. 2002, somm. comm. p. 1802, note G. Roujou de Boubée ; *RSC* 2002, p. 99, obs. B. Bouloc. ▪ Cass. crim., 23 févr. 2010 : *Dr. pén.* 2010, comm. 73, obs. J.-H. Robert).

61) Faute de l'organe ou du représentant. Il résulte de l'article 121-2 du Code pénal que les personnes morales ne peuvent être déclarées pénalement responsables que s'il est établi qu'une infraction a été commise, pour leur compte, par leurs organes ou représentants ; ne justifie pas sa déclaration au regard du texte précité la cour d'appel qui, pour caractériser à l'encontre d'une société l'élément intentionnel du délit d'usage de fausses attestations, se borne à énoncer que cette « société »ne pouvait ignorer que les attestations produites en justice par son directeur général comportaient certaines affirmations inexactes, alors qu'il appartenait aux juges du second degré de rechercher si le directeur général, organe de la société, avait eu personnellement connaissance de l'inexactitude des faits relatés dans les attestations ; il n'est pas nécessaire cependant que l'organe ou le représentant ait été personnellement déclaré coupable des faits reprochés à la personne morale (solution implicite) (■ Cass. crim., 2 déc. 1997 : *Bull. crim.* n° 408 ; *JCP* 1998, II, 10023, rapp. F. Desportes ; *RJDA* 1998, p. 175, note N. Rontchevsky).

62) Encourt la cassation l'arrêt qui condamne une personne morale sans rechercher si les manquements relevés résultaient de l'abstention de l'un des organes ou représentants de la société prévenue, et s'ils avaient été commis pour le compte de cette société (■ Cass. crim., 6 mai 2014, n° 13-82.677 : *JurisData* n° 2014-009171 ; Bull. crim. n° 126 ; *JCP* G 2014, 716, note J.-H. Robert. – V. également, ■ Cass. crim., 2 sept. 2014 : *JurisData* n° 2014-019712 ; *Bull. crim.* n° 178 ; *JCP* S 2014, 1402, note F. Duquesne ; *Rev. pénit.* 2014, p. 639, note X. Pin. ■ Cass. crim., 9 sept. 2014 : *JurisData* n° 2014-020233. – V. en sens contraire, ■ Cass. crim., 15 janv. 2013 : *JurisData* n° 2013-001631 ; *Rev. pénit.* 2013, p. 341, note X. Pin).

63) Il appartient aux juges, qui ont constaté la matérialité de l'infraction reprochée à une personne morale, d'ordonner les mesures d'instruction, dont ils reconnaissent eux-mêmes la nécessité, aux fins de rechercher si les manquements relevés résultaient de l'abstention de l'un des organes ou représentants de la société prévenue et s'ils avaient été commis pour le compte de celle-ci (■ Cass. crim., 27 sept. 2016, n° 15-85.248).

64) Ne justifie pas sa décision la cour d'appel qui, pour relaxer une société prévenue d'homicide involontaire dans le cadre du travail, retient que le manquement à l'origine de l'accident, consistant en un défaut de maintenance ancien et habituel de l'équipement de travail sur lequel s'est produit le dommage, ne peut être imputé à un organe ou un représentant de la personne morale, au motif, notamment, que son dirigeant, qui n'avait pas délégué ses pouvoirs en matière d'hygiène et de sécurité, n'intervenait pas personnellement sur les lieux, sans rechercher si la faute relevée ne procédait pas d'une carence de cet organe dans sa mission de veiller au respect de prescriptions applicables en matière de sécurité (■ Cass. crim., 31 oct. 2017, n° 16-83.683 : *JurisData* n° 2017-021679 ; *Dr. pén.* 2018, comm. 2, note Ph. Conte ; *D.* 2018, p. 658, note J.-Ch. Saint-Pau ; *Rev. pénit.* 2018, p. 345, obs. J.-Ch. Saint-Pau).

65) Indifférence de la responsabilité de l'organe ou du représentant. Il n'est pas nécessaire que l'organe ou le représentant ait été personnellement déclaré coupable des faits reprochés à la personne morale (solution implicite) (■ Cass. crim., 2 déc. 1997 : *Bull. crim.* n° 408 ; *JCP* 1998, II, 10023, rapp. F. Desportes ; *RJDA* 1998, p. 175, note N. Rontchevsky).

Il résulte de l'article 121-2 du Code pénal que les personnes morales sont responsables pénalement des infractions commises, pour leur compte, par leurs organes ou représentants ; la relaxe prononcée en faveur de ces derniers n'exclut pas nécessairement la responsabilité de la personne morale (■ Cass. crim., 8 sept. 2004 : *Dr. pén.* 2005, comm. 11, obs. M. Véron).

66) Responsabilité pour toute faute non intentionnelle. Il résulte des articles 121-2, 121-3 et 222-19 du Code pénal, tant dans leur rédaction antérieure à la loi du 10 juillet 2000 que dans celle issue de cette loi, que les personnes morales sont responsables pénalement de toute faute non intentionnelle de leurs organes ou représentants ayant entraîné une atteinte à l'intégrité physique constitutive du délit de blessures involontaires, alors même qu'en l'absence de faute délibérée ou caractérisée au sens de l'article 121-3, alinéa 4, nouveau, la responsabilité pénale des personnes physiques ne pourrait être recherchée ; encourt dès lors la censure l'arrêt qui, dans des poursuites contre une société pour blessures involontaires causées à l'un de ses salariés, prononce la relaxe de celle-ci après avoir relevé des éléments de fait caractérisant un manquement aux prescriptions de l'article 5 du décret du 8 janvier 1965, sans rechercher si ce manquement n'était pas dû pour partie à un défaut de surveillance ou d'organisation du travail imputable au chef d'établissement ou, le cas échéant, à son délégataire en matière de sécurité et susceptible, nonobstant l'absence de faute délibérée ou caractérisée, d'engager la responsabilité pénale de la société (■ Cass. crim., 24 oct. 2000 : *Bull. crim.* n° 308 ; *Dr. pén.* 2001, comm. 29, obs. M. Véron ; *RSC* 2001, p. 161, obs. Y. Mayaud ; *JCP* 2001, II, 10535, note M. Daury-Fauveau ; *D.* 2002, jurispr. p. 514, note J.-C. Planque ; D. 2002, somm. comm. p. 1801).

67) La responsabilité de la personne morale n'est pas subordonnée à la caractérisation, à la charge de ses organes ou représentants, d'une faute entrant dans les prévisions de l'article 121-3, alinéa 4, du Code pénal (▪ Cass. crim., 14 sept. 2004 : *Dr. pén.* 2005, comm. 11, obs. M. Véron).

– En vertu du principe sus-énoncé, justifie, dès lors sa décision, la cour d'appel qui pour déclarer une société coupable d'homicide involontaire (ou de blessures involontaires), après avoir relaxé son dirigeant, relève notamment que l'accident a eu lieu en raison d'un manquement aux règles de sécurité relative à l'environnement de travail (▪ Cass. crim., 28 avr. 2009, n° 208-83.843 : *Bull. crim.* n° 80 ; *JCP* G 2009, 402, note J.-Y. Maréchal).

68) Il résulte des dispositions de l'article L. 1251-21 du Code du travail que la personne morale ayant recours aux services d'un travailleur intérimaire est chargée, en tant qu'entreprise utilisatrice, d'assurer à son égard la sécurité au travail. Justifie sa décision la cour d'appel qui, à la suite d'un accident du travail subi par un travailleur intérimaire mis à la disposition d'une société, déclare établie à l'encontre de cette personne morale la prévention de blessures involontaires en se fondant sur la faute non intentionnelle de l'un de ses représentants, alors même qu'en l'absence de faute délibérée ou caractérisée au sens de l'article 121-3, alinéa 4, du Code pénal, la responsabilité des personnes physiques ne pouvait être recherchée (▪ Cass. crim., 2 oct. 2012, n° 11-85.032 : *Bull. crim.* n° 206 ; *D.* 2012, act. p. 2606 ; *JCP* S, p. 37, note A. Cœuret ; *AJ pénal* 2013, p. 99, note J. Lasserre-Capdeville).

69) Nature de la faute. La faute « simple »du dirigeant de la société, faute à l'origine, d'un accident mortel du travail est de nature à engager la responsabilité pénale de la personne morale poursuivie (▪ Cass. crim., 8 janv. 2013, n° 12-81.102 : *Dr. pén.* 2013, comm. 55, obs. M. Véron). Le non-lieu définitif, dont ont bénéficié ces dirigeants, à défaut d'avoir pu retenir à leur encontre, en tant que personnes physiques, une faute qualifiée au sens du troisième alinéa de l'article 121-3 du Code pénal, ne fait pas obstacle à ce que soit imputée à la personne morale, à raison de leur abstention, une faute d'imprudence ou de négligence au sens du deuxième alinéa dudit article (▪ Cass. crim., 14 janv. 2020, n° 19-81.162). V. art. 121-3, p. 111.

B – Infraction commise pour le compte de la personne morale

70) Infraction pour le compte de la personne morale. Encourt la cassation l'arrêt qui condamne une personne morale sans rechercher si les manquements relevés résultaient de l'abstention de l'un des organes ou représentants de la société prévenue, et s'ils avaient été commis pour le compte de cette société (▪ Cass. crim., 6 mai 2014, préc.).

71) Justifie sa décision la cour d'appel qui déclare une société coupable de travail clandestin après avoir relevé que, pour l'exécution de travaux confiés à celle-ci, son directeur général a eu sciemment recours aux services d'un entrepreneur clandestin ; il résulte en effet de telles énonciations que l'infraction a été commise pour le compte de la société, par l'un de ses organes (▪ Cass. crim., 7 juill. 1998 : *Bull. crim.* n° 216. ▪ Cass. crim., 24 mai 2005 : *Bull. crim.* n° 154 ; *Dr. pén.* 2005, comm. 151, obs. J.-H. Robert, pour une société syndic de copropriété).

72) Doit être rejeté le pouvoir formé contre un arrêt de condamnation d'une société, filiale d'une multinationale, pour délits d'usage de fausses factures et de complicité de travail dissimulé dès lors que, en favorisant la marque de la multinationale, les infractions commises par le président-directeur général de la filiale française ont nécessairement été commises pour le compte de celle-ci (▪ Cass. crim. 5 avr. 2018 : *JurisData* n° 2018-005161 ; *Dr. pén.* 2018, comm. 104, obs. Ph. Conte).

73) Est justifié l'arrêt qui condamne une association de chasse pour homicide involontaire au motif que le directeur de la chasse, à qui l'association avait confié le rôle d'organisation et notamment du rappel des consignes de sécurité, a commis des fautes caractérisées à l'origine du décès, l'existence de telles fautes étant de nature à nature à engager la responsabilité de l'association pour le compte de laquelle il agissait (▪ Cass. crim., 28 juin 2017 : *JurisData* n° 2017-012880).

74) Contrariété à l'intérêt social. A justifié sa décision la cour d'appel qui, pour déclarer une société civile immobilière coupable de proxénétisme et blanchiment aggravés, retient que l'immeuble dont elle est propriétaire avait pour seule vocation d'être loué à des prostituées, que la société fonctionnait directement grâce aux produits de la prostitution, remis de manière privilégiée en espèces et que l'existence d'une double comptabilité ainsi que la minoration de ses recettes avaient pour finalité la dissimulation des produits qu'elle tirait de la prostitution, dès lors que la loi ne lui imposait aucunement de rechercher si l'intérêt social de la société civile immobilière avait été méconnu (▪ Cass. crim., 24 mai 2018 : *JurisData* n° 2018-008642).

75) Indifférence de la satisfaction de l'intérêt personnel du représentant. Le fait que l'auteur de l'infraction, représentant de la personne morale ait agi dans son propre intérêt n'est pas de nature à exclure qu'elle l'ait fait également pour le compte des personnes morales (▪ Cass. crim., 29 janv. 2020, n° 17-83.577 : *JurisData* n° 2020-000933 : *Dr. pén.* 2020, comm. 73, obs. Ph. Conte ; *JCP* G 2020, p. 968, obs. S. Détraz ; *JCP* E 2020, n° 30,

p. 23, obs. R. Salomon ; *AJ pénal* 2020, p. 302, obs. C. Litaudon ; *RTD com.* 2020, p. 497, obs. L. Saenko).

III – EFFETS

76) Cumul possible des responsabilités des personnes morale et physique. Le pouvoir de police du maire en matière de prévention des avalanches, prévu par l'article L. 2212-2 du Code général des collectivités territoriales, n'exclut pas, en cas de méconnaissance des obligations de sécurité fixées, la responsabilité de l'exploitant à l'égard de l'usager (▪ Cass. crim., 14 mars 2000 : *Bull. crim.* n° 114).

77) Fait une exacte application de l'article 121-2, alinéa 3, du Code pénal, la cour d'appel qui retient la responsabilité pénale cumulative de la société et de son gérant lorsque les faits de dénonciation ont été commis au nom de cette personne morale agissant par son représentant légal (▪ Cass. crim., 11 mars 2003 : *Bull. crim.* n° 65), dès lors que ce dernier est intervenu personnellement dans la réalisation de l'infraction et que la responsabilité des personnes morales n'exclut pas celle des personnes physiques, auteur ou complice des mêmes faits (▪ Cass. crim., 11 mars 2003 : *JurisData* n° 2003-018625 ; *Dr. pén.* 2003, comm. 84, obs. M. Véron).

– Un directeur de développement d'une société, ayant reçu une délégation de pouvoir des organes de celle-ci et agissant pour son compte, engage à la fois sa responsabilité pénale personnelle et celle de la personne morale, ce qui justifie leur condamnation respective (▪ Cass. crim., 7 févr. 2006 : *JurisData* n° 2006-032534 ; *Dr. pén.* 2006, comm. 100, obs. M. Véron).

78) Si les personnes morales sont responsables pénalement des infractions commises, pour leur compte, par leurs organes ou représentants, cette responsabilité n'exclut pas celle des personnes physiques auteurs des mêmes faits (▪ Cass. crim., 30 janv. 2018, n° 17-81.595 : *JCP* 2018, 317, note J.-H. Robert).

79) La personne morale, dont le dirigeant est déclaré coupable de déclarations mensongères en vue d'obtenir d'un organisme chargé d'une mission de service public, des avantages indus (infraction pour le compte de la société), peut être condamnée pour recel des avantages ainsi obtenus, dès lors qu'elle-même n'est pas poursuivie pour le délit d'origine (▪ Cass. crim., 19 nov. 2008, n° 07-82.789 : *Bull. crim.* n° 234 ; *RSC* 2009, p. 89-91, obs. E. Fortis).

80) Cumul en matière de non-communication de l'identité de la personne physique conducteur d'un véhicule. L'article L. 121-6 du Code de la route, sur le fondement duquel le représentant légal d'une personne morale peut être poursuivi pour n'avoir pas satisfait, dans le délai qu'il prévoit, à l'obligation de communiquer l'identité et l'adresse de la personne physique qui, lors de la commission d'une infraction constatée selon les modalités prévues à l'article L. 130-9 du Code de la route, conduisait le véhicule détenu par cette personne morale, n'exclut pas, qu'en application de l'article L. 121-3 du même code, la responsabilité pénale de la personne morale soit aussi recherchée pour cette infraction, commise pour son compte, par ce représentant (▪ Cass. crim., 11 déc. 2018, n°s 18-82.631 et 18-82.628 : *AJ pénal* 2019, p. 149, obs. J.-P. Céré. ▪ Cass. crim., 3 sept. 2019, n° 19-81.469 : *JurisData* n° 2019-015228. ▪ Cass. crim., 15 oct. 2019, n° 19-80.236).

81) Il n'importe que l'avis de contravention pour non-désignation du conducteur ait été libellé au nom de la personne morale (▪ Cass. crim., 11 déc. 2018, n°s 18-82.820 et 18-81.320 : *AJ pénal* 2019, p. 149, obs. J.-P. Céré).

82) En l'absence d'identification de l'auteur d'une contravention d'excès de vitesse ou de non-respect de l'arrêt imposé par une signalisation commise à l'occasion de la conduite d'un véhicule détenu par une personne morale en vertu d'un contrat de location, la responsabilité pécuniaire prévue à l'article L. 121-3 du Code de la route s'applique à son représentant légal, peu important que le certificat d'immatriculation soit ou non établi au nom de la personne morale (▪ Cass. crim., 15 oct. 2019, n° 18-86.644 : *JurisData* n° 2019-017936).

83) Indifférence de la relaxe de la personne physique. La cour d'appel relaxe la personne physique, organe de la personne morale, au motif que la citation reçue évoque la violation des dispositions de l'article 14, alinéa 8 de l'arrêté du 31 décembre 1999, qui n'était plus en vigueur au moment des faits et condamne la personne morale pour violation de l'article 6.2 de l'arrêté du 7 février 2012 fixant les règles générales relatives aux installations nucléaires de base prohibe tout mélange entre matières incompatibles en raison de la faute commise par son représentant ; la décision est justifiée dès lors que l'article 6.2 de l'arrêté du 7 février 2012, sans restriction aux seuls déchets, et que la relaxe rendue au bénéfice du premier prévenu n'entraînait nullement celle de la société dont il avait engagé la responsabilité pénale par sa propre faute (▪ Cass. crim., 24 sept. 2019, n° 18-85.348 : *JurisData* n° 2019-016438 ; *AJ pénal* 2019, p. 612, obs. J. Gallois).

84) Réparation. Justifie sa décision au regard du texte précité la cour d'appel qui, statuant sur les intérêts civils, après relaxe définitive, déclare l'infraction d'usage d'une fausse attestation caractérisée à l'encontre d'une société en relevant, d'une part, que le conseiller en ressources humaines a engagé cette société en procédant à un licenciement fondé sur une attestation faisant état de faits matériellement inexacts et contenant un faux intellectuel manifeste, d'autre part, que lors de la production de cette attestation devant le conseil des prud'hommes puis la cour d'appel, la société savait utiliser, par les organes ayant pouvoir de l'engager, un document faisant état de faits matériellement inexacts et formellement contestés (▪ Cass. crim., 24 mai 2000 : *Bull. crim.* n° 203).

85) Une société répond des fautes civiles commises par ses mandataires sociaux ; pour infirmer le jugement en ce qu'il déclarait deux sociétés civilement responsables du préjudice subi par les parties civiles du fait des agissements du prévenu, leur dirigeant, l'arrêt retient que ces sociétés, ne peuvent être civilement responsables des actes commis par leur représentant légal, qui n'est pas leur préposé ; en statuant ainsi, alors que les parties civiles n'exerçaient pas leur action contre ces sociétés sur le seul fondement de l'article 1384 du Code civil, la cour d'appel a méconnu les articles 1382 du Code civil, ensemble les articles L. 223-18 et L. 225-56 du Code de commerce (▪ Cass. crim., 18 déc. 2001 : *JurisData* n° 2001-013204 ; *Dr. pén.* 2002, comm. 55, obs. J.-H. Robert).

IV – PROCÉDURE

86) Citation de la personne morale. L'obligation d'énoncer le fait poursuivi dans une citation n'impose pas d'identifier, lorsque la poursuite vise une personne morale, l'organe ou le représentant ayant commis l'infraction pour le compte de cette personne ; dès lors, n'excède pas sa saisine, la cour d'appel qui détermine qui est cet organe ou représentant (▪ Cass. crim., 24 mai 2005 : *Bull. crim.* n° 154 ; *Dr. pén.* 2005, obs. 151, obs. J.-H. Robert).

87) Il n'est pas nécessaire que la citation délivrée à une personne morale vise l'article 121-2 du Code pénal, cet article instituant la responsabilité pénale de la personne morale du chef des infractions commises pour son compte par ses organes ou représentants, n'étant pas un texte d'incrimination (▪ Cass. crim., 23 mars 2011, n° 10-84.314 : *Dr. pén.* 2011, comm. 93, obs. J.-H. Robert).

88) Représentation de la personne morale. Sur la représentation obligatoire de la personne morale par mandataire de justice au cas où elle est poursuivie pour des faits identiques ou connexes concurremment avec son représentant légal, V. ▪ Cass. crim., 9 déc. 1997 : *Bull. crim.* n° 420 ; *D.* 1998, p. 296, note B. Bouloc. – *Adde* ▪ Cass. crim., 12 janv. 2000 : *Bull. crim.* n° 23 et, dans une espèce singulière, ▪ Cass. crim., 18 déc. 2001, préc. Mais sur ce point, V. l'article 706-43 du Code de procédure pénale modifié par la loi du 10 juillet 2000.

89) Le prévenu est sans qualité pour contester la mise hors de cause de la personne morale qu'il dirige, citée en qualité de civilement responsable (▪ Cass. crim., 28 oct. 1998 : *Bull. crim.* n° 281), ou pour contester l'annulation partielle de la procédure suivie contre la personne morale mise en examen (▪ Cass. crim., 5 janv. 2000 : *Bull. crim.* n° 4).

90) Action civile contre personne morale de droit public. Il résulte de la loi des 16-24 août 1790 et du décret du 16 fructidor an III que, sauf dispositions contraires, les tribunaux judiciaires ne sont pas compétents pour réparer les conséquences dommageables d'une faute engageant la responsabilité d'une personne morale de droit public à l'occasion de la gestion d'un service public administratif, en l'espèce l'Agence nationale pour l'emploi, établissement public national (▪ Cass. crim., 30 sept. 2008, n° 07-87.734 : *Bull. crim.* n° 199).

Art. 121-3 ***(Mod., L. n° 96-393, 13 mai 1996 ; L. n° 2000-647, 10 juill. 2000).*** **– Il n'y a point de crime ou de délit sans intention de le commettre.**

Toutefois, lorsque la loi le prévoit, il y a délit en cas de mise en danger délibérée de la personne d'autrui.

Il y a également délit, lorsque la loi le prévoit, en cas de faute d'imprudence, de négligence ou de manquement à une obligation de prudence ou de sécurité prévue par la loi ou le règlement, s'il est établi que l'auteur des faits n'a pas accompli les diligences normales compte tenu, le cas échéant, de la nature de ses missions ou de ses fonctions, de ses compétences ainsi que du pouvoir et des moyens dont il disposait.

Dans le cas prévu par l'alinéa qui précède, les personnes physiques qui n'ont pas causé directement le dommage, mais qui ont créé ou contribué à créer la situation qui a permis la réalisation du dommage ou qui n'ont pas pris les mesures permettant de l'éviter, sont responsables pénalement s'il est établi qu'elles ont, soit violé de façon manifestement délibérée une obligation particulière de prudence ou de sécurité prévue par la loi ou le règlement, soit commis une faute caractérisée et qui exposait autrui à un risque d'une particulière gravité qu'elles ne pouvaient ignorer.

Il n'y a point de contravention en cas de force majeure.

Voir : art. R. 610-2, p. 1013 ; CGCT art. L. 2123-34 s. (responsabilité des élus).

Bibliographie : *JCl. Pénal Code, Élément moral de l'infraction* par J.-Y. Maréchal. • Ann. *Transports*, Circulaire du 24 juin 1994 ; *D.* 1994, 153, note Puech. • *JCP* 1996, n° 24, *Actualités : Premier aperçu de la loi n° 96-393 du 13 mai 1996*, par F. Le Gunehec. • M.-L. Rassat : *Dr. pén.* 1996, chron. 28. • J.-F. Seuvie : *RSC* 1996, p. 870 • P. Salvage, *L'imprudence en droit pénal : JCP* 1996, I, n° 3984. • Y. Mayaud, *De l'article 121-3 à la théorie de la culpabilité en matière criminelle et délictuelle : D.* 1997, chron., 37. • C. Ruet, *Commentaire de la loi du 13 mai 1996 relative à la responsabilité pénale pour des faits d'imprudence ou de négligence : RSC* 1998, p. 24. Sur la loi du 10 juillet 2000. V. : *Circ. crim.*, n° 00-9 du 11 oct. 2000, présentation de ses dispositions. • S. Petit, *Une nouvelle définition des délits d'imprudence : Gaz. Pal.* 2000, n° 193, p. 2, et premières applications : *Gaz. Pal.* 2000, n° 316, p. 9 • J. Pradel : *D.* 2000, point de vue, V. • Ph. Salvage, *Retour vers l'imprudence pénale : JCP* 2000, I, 281. • F. Le Gunehec, *Act., aperçu rapide : JCP* 2000, n° 36. • Y. Mayaud : *D.* 2000, chron., p. 603. • C. Ruet, *La responsabilité pénale pour faute d'imprudence : Dr. pén.* 2001, chron. 1. • Y. Mayaud, *Les violences non intentionnelles après la loi du 10 juillet 2000 : RSC* 2001, p. 156, et M. E. Cartier, E. Fortis, P. Jourdain, A. Outin-Adam, G. Viney, *La nouvelle définition des délits non intentionnels : RSC* 2001, p. 725 et s. • J. Commaret, *La loi du 10 juillet 2002 et sa mise en œuvre par la Chambre criminelle : Gaz. Pal.* 12-13 avr. 2002, p. 3. • Y. Mayaud, *La causalité directe dans les violences involontaires... et l'identification de l'obligation de sécurité : RSC* 2002, p. 100, 104, 329 et 585. • V. I. Moine-Dupuis, *L'intention en droit pénal : D.* 2001, chron. p. 2144. • M. Pralus, *Réflexions autour de l'élément moral des délits : Dr. pén.* 2002, chron. 41. • F. Desportes, *la responsabilité pénale en matière d'infractions non intentionnelles* : rapp. Cour de cassation 2002, p. 185. • N. Planchon, *délits non intentionnels : bilan de deux ans d'application de la loi du 10 juillet 2000 : CJFI*, n° 18, p. 1. • A. Ponseille, *La faute caractérisée en droit pénal : RSC* 2003, p. 79. V. aussi *Rev. pénit.* mars 2004, études par plusieurs auteurs. • B. Cotte et D. Guihal, *La loi Fauchon, cinq ans de mise en œuvre jurisprudentielle : Dr. pén.* 2006, étude 6. • D. Commaret, *La loi Fauchon 5 ans après : Dr. pén.* 2006, étude 7. • Y. Mayaud, *Loi Fauchon : quel bilan ? : AJ Pénal* 2006, p. 147. • E. Dreyer, *La causalité directe de l'infraction : Dr. pén.* 2007, étude 9.

• ***Sommaire***

I – PRINCIPE : FAUTE INTENTIONNELLE 112
II – EXCEPTIONS 116
A – En matière délictuelle 116
1° *Sur l'accomplissement des diligences normales (Jurisprudence antérieure à la loi du 10 juillet 2000)* 116
2° *Jurisprudence postérieure à la loi du 10 juillet 2000* 117
B – En matière contraventionnelle 123

1) QPC. Non-lieu à renvoi au Conseil constitutionnel de la question prioritaire contestant la constitutionnalité des dispositions de l'article 121-3, alinéa 4, du Code pénal, dès lors qu'en subordonnant la responsabilité pénale de la personne physique qui n'a pas directement causé le dommage à la commission d'une faute caractérisée et qui exposait autrui à un risque d'une particulière gravité que celle-ci ne pouvait ignorer, le législateur, se fondant sur des critères qui ne sont pas, de manière manifeste, inappropriés à l'objet poursuivi, a entendu placer cette personne dans une situation plus favorable que l'auteur direct du dommage dont la responsabilité pénale peut être engagée pour une simple maladresse, imprudence, inattention ou négligence. La disposition critiquée, qui laisse au juge le soin de qualifier des comportements que le législateur ne peut énumérer *a priori* de façon exhaustive, est rédigée en des termes suffisamment clairs et précis pour permettre que son interprétation se fasse sans risque d'arbitraire et dans des conditions garantissant tant le respect de la présomption d'innocence que l'intégralité des droits de la défense (▪ Cass. crim., 24 sept. 2013, n° 12-87.059 : *Bull. crim.* n° 180 ; *D.* 2013, p. 2443, études, note P. Hennion-Jacquet ; *AJ pénal* 2013, p. 605, obs. C. Lacroix ; *JCP* 2013, note 1176, p. 2073, S. Detraz ; *Dr. pén.* 2013, comm. 168, obs. M. Véron ; *Gaz. Pal.* 30-31 oct. 2013, jur. p. 9, note R. Mésa ; *JCP* 2013, chron. QPC, note n° 1190/22, p. 2096, B. Mathieu. – V. ▪ Cass. crim., 21 mars 2017, n° 17-90.003 : *Dr. pén.* 2017, comm. 87, obs. Ph. Conte ; *RSC* 2017, p. 515, obs. Y. Mayaud ; *RTD Com.* 2017, p. 707, obs. L. Saenko ; *AJ pénal* 2017, p. 230, obs. C. Lacroix).

I – PRINCIPE : FAUTE INTENTIONNELLE

2) Définition de l'intention. La seule constatation de la violation en connaissance de cause d'une prescription légale ou réglementaire implique, de la part de son auteur, l'intention coupable exigée par l'article 121-3, alinéa 1er, du Code pénal. Tel est le cas de l'exploitation d'une installation classée par un chef d'entreprise (▪ Cass. crim., 25 mai 1994 : *Bull. crim.* n° 203 ; *JCP* G 1994, IV, 1962 ; *D.* 1994, IR p. 217 ; *RSC* 1995, p. 356, obs. J.-H. Robert ▪ Cass. crim., 11 janv. 2005 : *Dr. pén.* 2005, comm. 42, obs. J.-H. Robert), ou de la vente sans facture par un commerçant (▪ Cass. crim.,

25 mai 1994 : *Bull. crim.* n° 203), ou de l'exécution de travaux de construction sans déclaration préalable (▪ Cass. crim., 12 juill. 1994 : *Bull. crim.* n° 280), de délit de publicité illicite en faveur du tabac (▪ Cass. crim., 30 oct. 1995 : *JurisData* n° 1995-003675 ; *Bull. crim.* n° 335. ▪ Cass. crim., 17 janv. 1996 : *JurisData* n° 1996-000704 ; *Bull. crim.* n° 32. ▪ Cass. crim., 4 mai 1999 : *JurisData* n° 1999-002843. ▪ Cass. crim., 20 févr. 2001, n° 00-81.519. ▪ Cass. crim., 4 mai 2004 : *JurisData* n° 2004-023986. – *Contra* : ▪ Cass. crim., 11 févr. 1998 : *JurisData* n° 1998-001507 ; *Bull. crim.* n° 58) ou de la construction d'un bâtiment sans permis de construire (▪ Cass. crim., 10 janv. 1996 : *Bull. crim.* n° 13. ▪ Cass. crim., 22 janv. 1997 : *Dr. pén.* 1997, n° 83, obs. J.-H. Robert. ▪ Cass. crim., 21 janv. 2003 : *Dr. pén.* 2003, comm. 51, obs. J.-H. Robert. ▪ Cass. crim., 18 nov. 2008, qui précise que l'article 6, § 2, de la Convention EDH n'a pas été méconnu : *Dr. pén.* 2009, comm. 40, obs. J.-H. Robert), d'infractions fiscales (▪ Cass. crim., 25 janv. 1996 : *JurisData* n° 1996-001139 ; *Bull. crim.* n° 50. ▪ Cass. crim., 15 févr. 1996 : *JurisData* n° 1996-001536. ▪ Cass. crim., 24 sept. 1998, n° 97-81.722. ▪ Cass. crim., 10 avr. 2002 : *JurisData* n° 2002-014545. ▪ Cass. crim., 25 juin 2003 : *JurisData* n° 2003-020476. ▪ Cass. crim., 22 mars 2006 : *JurisData* n° 2006-033124 ; *Bull. crim.* n° 85. ▪ Cass. crim., 5 avr. 2006 : *JurisData* n° 2006-033421. *Contra* : V. ▪ Cass. crim., 7 nov. 1994 : *Bull. crim.* n° 354), ou encore du délit de travail dissimulé (▪ Cass. crim., 19 mars 2002 ; *Dr. pén.* 2002, comm. 87, obs. J.-H. Robert. ▪ Cass. crim., 17 juin 2008 : *Bull. crim.* n° 155 ; *Dr. pén.* 2008, comm. 132, obs. J.-H. Robert. ▪ Cass. crim., 14 mars 2007 : *Bull. crim.* n° 82), ou pour le délit d'ouverture et d'exploitation d'un établissement de santé privé sans autorisation prévue par les articles L. 6111-1 et L. 6111-2 du Code de la santé publique (▪ Cass. crim., 9 mai 2007 : *Bull. crim.* n° 120 ; *Dr. pén.* 2007, comm. 116, obs. J.-H. Robert), ou pour le cabotage irrégulier réprimé par l'article L. 3452-7 du Code des transports (▪ Cass. crim., 24 févr. 2015 : *JurisData* n° 2015-003485), ou du travail dissimulé (▪ Cass. crim., 22 sept. 2015 : *JurisData* n° 2015-021021. ▪ Cass. crim., 27 mars 2018 : *JurisData* n° 2018-004819), ou du délit de chasse (▪ Cass. crim., 8 mars 2016 : *JurisData* n° 2016-004176) ou de l'exercice illégal de la profession de pharmacien (▪ Cass. crim., 2 févr. 2016 : *JurisData* n° 2016-001512), ou de l'exercice illégal de la médecine (▪ Cass. crim., 28 juin 2016 : *JurisData* n° 2016-012689) ou encore du délit de fausses déclarations en vue de l'obtention de prestations ou d'allocations indues (▪ Cass. crim., 7 mars 2017 : *JurisData* n° 2017-003918).

3) En matière d'acquisition de spécimen appartenant à une espèce animale protégée, la seule constatation de la violation, en connaissance de cause, d'une prescription légale ou réglementaire implique, de la part de son auteur l'intention coupable exigée par l'article 121-3, alinéa 1er, du Code pénal. Le prévenu qui n'allègue pas une erreur de droit au sens de l'article 121-3 du même code ne peut s'exonérer en invoquant sa bonne foi (▪ Cass. crim., 28 juin 2005 : *Bull. crim.* n° 196 ; *RSC* 2005, p. 839, obs. G. Vermelle ; *D.* 2006, jurispr. p. 561, note O. Fardoux). Ne peuvent s'exonérer de leur responsabilité les prévenus poursuivis pour transport, détention, offre, cession, acquisition ou emploi illicites de stupéfiants en s'abritant derrière les assurances données par leur fournisseur, ni invoquer leur méconnaissance de la législation française en matière de stupéfiants ; il leur incombait de se renseigner au préalable sur la légalité du « cannabis light », par exemple auprès de l'administration, d'autant que leur syndicat professionnel paraissait plus circonspect sur ce point que leur fournisseur (▪ Cass. crim., 23 juin 2021, n° 19-84.780 : *JurisData* n° 2021-010130).

4) L'article L. 216-6 du Code de l'environnement punit les rejets intentionnels ou non intentionnels (▪ Cass. crim., 16 janv. 2007).

5) La constatation de la violation, sans motif légitime et en connaissance de cause, de l'une des interdictions prévues par l'article 323-3-1 du Code pénal implique de la part de son auteur l'intention coupable exigée par l'article 121-3 du même code (▪ Cass. crim., 27 oct. 2009 : *Bull. crim.* n° 177 ; *Dr. pén.* 2010, comm. 3, obs. M. Véron ; *JCP* G 2010, note 19, A. Lepage).

6) Identification des infractions intentionnelles. Il résulte de l'article 339 de la loi d'adaptation du 16 décembre 1992 que les délits non intentionnels réprimés par des textes antérieurs à son entrée en vigueur ne demeurent constitués qu'en cas d'imprudence, de négligence ou de mise en danger délibéré de la personne d'autrui, même lorsque la loi ne le prévoit pas expressément. Il en est ainsi notamment en matière d'infraction de réception d'alcool sous couvert de titres de mouvement inapplicables (▪ Cass. crim., 28 nov. 1994 : *Bull. crim.* n° 371) ou de publicité de nature à induire en erreur (▪ Cass. crim., 14 déc. 1994 : *Bull. crim.* n° 415 ; *Dr. pén.* 1995, comm. 98, obs. J.-H. Robert). Mais le dommage n'étant pas un élément constitutif du délit de publicité trompeuse, l'infraction, lorsqu'elle est commise par imprudence ou négligence, n'est pas soumise aux dispositions de l'article 121-3, alinéa 4, du Code pénal, issu de la loi du 10 juillet 2000 (▪ Cass. crim., 26 juin 2001 : *Bull. crim.* n° 60).

7) La conduite d'un véhicule sous l'empire d'un état alcoolique, qui procède d'un comportement volontaire, est une infraction intentionnelle au regard de l'article 121-3 du Code pénal (■ Cass. crim., 19 déc. 1994 : *Bull. crim.* n° 420).

8) Caractérisation de l'intention. Il existe un acte volontaire de violence, quel que soit le mobile qui ait inspiré cet acte, alors même que son auteur n'aurait pas voulu causer le dommage qui en est résulté (■ Cass. crim., 29 nov. 1972 : *Bull. crim.* n° 368 ; *RSC* 1973, p. 408, obs. Levasseur. ■ Cass. crim., 15 mars 1977 : *Bull. crim.* n° 94 ; *JCP* 1979, II, 19148, note G. Roujou de Boubée ; *RSC* 1977, p. 817, obs. Levasseur. ■ Cass. crim., 8 déc. 1992 : *Dr. pén.* 1993, comm. 128, note M. Véron. ■ Cass. crim., 16 févr. 2005 : *JurisData* n° 2005-027871).

9) Le juge répressif ne peut prononcer une peine sans avoir relevé tous les éléments constitutifs de l'infraction qu'il réprime ; ne justifie pas sa décision la cour d'appel qui, pour condamner du chef du délit de violences volontaires un chirurgien ayant, au cours d'une intervention de chirurgie gynécologique, stérilisé une patiente présentant un risque d'embolie pulmonaire, se borne à relever, sans caractériser l'élément intentionnel des violences au regard des articles 121-3 et 222-11 du Code pénal, que cet acte n'était pas imposé par une nécessité évidente ou un danger immédiat (■ Cass. crim., 6 févr. 2001 : *Bull. crim.* n° 33).

10) N'a pas justifié sa décision la chambre de l'instruction qui, pour prononcer un non-lieu à l'encontre de trois policiers, retient que l'utilisation d'une arme dangereuse (grenade de désencerclement) à l'occasion d'une opération de maintien de l'ordre qui blesse une passante en marge de la manifestation est intentionnelle alors que les agissements ainsi analysés comprenaient des modalités de mise en œuvre susceptibles de constituer des atteintes involontaires à l'intégrité d'autrui (■ Cass. crim., 27 oct. 2015 : *JurisData* n° 2015-023962 : *Gaz. Pal.* 2016, n° 4, p. 50, note S. Detraz).

11) Il appartenait à la cour d'appel de rechercher, dans les termes du droit commun, en ayant le pouvoir d'apprécier le mode de participation du prévenu aux faits poursuivis, s'il avait contribué ou s'il savait que les propos litigieux donnés au quotidien italien, étaient aussi destinés à être publiés en France et diffusés sur le site du journal, accessible par le réseau internet (■ Cass. crim., 23 janv. 2018 : *JurisData* n° 2018-000663 : *Gaz. Pal.* 2018, n° 16, obs. S. Détraz).

12) N'a pas justifié sa décision la Cour d'appel qui relaxe le capitaine d'un navire du chef d'utilisation par un navire en mer territoriale de combustible dont la teneur en soufre est supérieure aux normes utilisées aux motifs, d'une part, qu'il n'avait pas connaissance de l'obligation d'utiliser un combustible dont la teneur en soufre ne devait pas dépasser 1,5 % et ne disposait d'aucune maîtrise sur l'approvisionnement en combustible qui était décidé par un service de la compagnie et, d'autre part, que, suivant les instructions de sa compagnie, il pouvait légitimement penser qu'elles étaient conformes à la législation qu'il devait respecter. En effet, le capitaine, garant de la sécurité du navire et de son équipage, de la protection de l'environnement et de la sûreté, et tenu personnellement à ce titre de connaître et de faire respecter les règles relatives à la pollution par les rejets des navires, devait s'assurer de la conformité à la législation du combustible utilisé (■ Cass. crim. 24 nov. 2020, n° 19-87.651 : *JurisData* n° 2020-019271 ; *Dr. pén.* 2021, comm. 13, obs. J.-H. Robert).

13) Exigence de l'intention. Le fait, pour des médecins, de mettre fin à l'alimentation et de réduire l'hydratation à un strict minimum d'une personne placée dans un état neurovégétatif chronique, dans le cadre de la procédure collégiale prévue par le Code de la santé publique, exclut toute intention de porter atteinte à la personne au patient, même si ce protocole a été réalisé de manière imparfaite en raison de l'absence d'information initiale des parents dès l'engagement de cette procédure et de notification de la nature et des motifs de la décision d'interruption des soins, et, dès lors, n'est pas susceptible de recevoir une qualification pénale (■ Cass. crim., 5 mars 2019, n° 18-80.712 : *JurisData* n° 2019-003244 : *Lexbase pénal* avril 2019, obs. C. Kurek ; *Dr. pén.* 2019, étude 22, comm. J. Lagoutte ; *AJ pénal* 2019, p. 269, obs. M. Bénéjat).

14) Encourt la cassation l'arrêt qui déclare coupable de violences volontaires n'ayant pas entraîné une incapacité de travail supérieure à huit jours, sur sa fille, âgée de moins de quinze ans, la prévenue aux motifs les lésions cutanées suspectes, relevées sur le visage de l'enfant, sont nécessairement imputables à sa mère et sont compatibles avec des actes de préhension fermes, sans avoir constaté que la prévenue aurait volontairement porté des coups ou commis des violences sur l'enfant et ainsi écarté le caractère accidentel des lésions (■ Cass. crim., 12 mai 2021, n° 20-83.345 : *JurisData* n° 2021-007232).

15) Déduction de l'intention des circonstances de fait. Ont justifié leur décision les juges du fond qui déduisent l'intention homicide des faits reprochés, en considération des positions respectives et relativement rapprochées des deux antagonistes, des caractéristiques techniques de l'arme utilisée, de la dualité des coups de feu tirés et de la vulnérabilité de la région du corps de la victime vers laquelle le tir s'est trouvé dirigé (■ Cass. crim., 18 juin 1991 : *JurisData* n° 1991-003441 ; *RSC* p. 73, obs. Levasseur).

16) L'intention homicide peut se déduire de la force avec laquelle le coup aurait été donné et de la région du corps où il aurait été porté (▪ Cass. crim., 9 janv. 1990 : *Bull. crim.* n° 1589-85.889).

17) La preuve de la connaissance de l'origine frauduleuse du bien recelé peut se déduire de la dissimulation de la chose (▪ Cass. crim., 22 mai 1997 : *JurisData* n° 1997-003125 ; *Bull. crim.* n° 201. ▪ Cass. crim., 24 sept. 2008 : *JurisData* n° 2008-045224 ; *Dr. pén.* 2008, comm. 139, note M. Véron).

18) Erreur de fait. Doit être relaxée la personne qui ne porte pas assistance à une personne en danger pensant qu'il s'agissait d'un ivrogne (▪ Cass. crim., 19 nov. 1926 : *Gaz. Pal.* 1926, 1, p. 239. ▪ Cass. crim., 3 nov. 1954 : *D.* 1955, jurispr. p. 64, note P.-A. Pageaud). Le délit d'omission de porter secours, prévu par l'article 63, alinéa 2, du Code pénal, n'est constitué que lorsque le prévenu, ayant eu conscience du degré de gravité du péril auquel se trouvait exposée une personne, s'est abstenu volontairement de lui porter secours. Doit être cassé l'arrêt de condamnation d'un médecin pour cette infraction alors que l'éventuelle erreur de diagnostic sur l'utilité d'une réanimation ne pouvait caractériser l'abstention volontaire (▪ Cass. crim., 3 févr. 1993 : *JurisData* n° 1993-002828 ; *Bull. crim.* n° 58 ; *RSC* 1994, p. 109, obs. Levasseur).

19) L'élément intentionnel de l'infraction d'enlèvement sans fraude ni violence d'une mineure de 18 ans fait défaut lorsque l'auteur a pu raisonnablement se tromper sur l'âge de la personne détournée et croire qu'elle était majeure de 18 ans (▪ Cass. crim., 6 nov. 1963, n° 63-90.664 : *D.* 1965, p. 323, note R. Vouin ; *JCP* 1964, II, 13463).

20) Ont justifié leur décision les juges du fond qui, pour relaxer le prévenu du délit de vol, ont considéré que celui-ci était entré en possession du contenu du coffre-fort dont il est colocataire en pensant être le légataire au décès de l'autre colocataire (▪ Cass. crim., 4 mai 1995 : *JurisData* n° 1995-001563 ; *Bull. crim.* n° 165 ; *D.* 1996, somm. p. 56, obs. A. Robert).

21) Le fait d'engager ou de conserver à son service un étranger non muni de titre l'autorisant à exercer une activité salariée en France est une infraction intentionnelle qui requiert, pour être constituée, la connaissance, par l'employeur, de la qualité d'étranger du salarié. Doit être relaxé l'employeur qui croyait que son employé était français (▪ Cass. crim., 1er oct. 1987, n° 87-80.766 : *Bull. crim.* n° 327).

22) Ne peut pas être déclaré coupable, en raison du défaut de l'élément intentionnel de l'infraction, le prévenu poursuivi pour référence à une condamnation amnistiée pour avoir fait état d'une telle condamnation dès lors qu'il n'avait pas de moyen d'accéder à la connaissance du paiement de l'amende à laquelle la victime avait été condamnée, qui lui a permis de bénéficier de l'amnistie conformément aux articles 5 et 15 de la loi du 6 août 2002 (▪ Cass. crim., 8 janv. 2019, n° 17-84.807 : *JurisData* n° 2019-000049 ; *Dr. pén.* 2019, comm. 47, note J.-H. Robert).

23) A justifié sa décision la chambre de l'instruction qui, pour refuser une requalification de faits en non-assistance à personne en péril et confirmer l'ordonnance de non-lieu, énonce que ce délit suppose une abstention volontaire, qu'en l'espèce les médecins ont bien pris en charge le patient et que la mauvaise appréciation de la nature du péril exclut la volonté de ne pas secourir la victime, dès lors qu'une éventuelle erreur de diagnostic ne caractérise pas une abstention volontaire caractéristique de l'élément intentionnel du délit (▪ Cass. crim., 17 déc. 2019, n° 19-83.623 : *JurisData* n° 2019-023022 ; *Dr. pén.* 2020, comm. 51, obs. Ph. Conte ; *RSC* 2020, p. 397, obs. P. Mistretta).

24) Indifférence du mobile. Il existe un acte volontaire de ***violence***, quel que soit le mobile qui ait inspiré cet acte, alors même que son auteur n'aurait pas voulu causer le dommage qui en est résulté (▪ Cass. crim., 29 nov. 1972 : *Bull. crim.* n° 368 ; *RSC* 1973, p. 408, obs. Levasseur. ▪ Cass. crim., 15 mars 1977 : *Bull. crim.* n° 94 ; *JCP* 1979, II, 19148, note G. Roujou de Boubée ; *RSC* 1977, p. 817, obs. Levasseur. ▪ Cass. crim., 8 déc. 1992 : *Dr. pén.* 1993, comm. 128, note M. Véron. ▪ Cass. crim., 16 févr. 2005 : *JurisData* n° 2005-027871). Dans le même sens, ▪ Cass. crim., 8 sept. 1999 : *JurisData* n° 1999-003447 : en matière de ***non-représentation d'enfant***. ▪ Cass. crim., 19 déc. 1996 : *JurisData* n° 1996-005377 : en matière de faux en écritures. ▪ Cass. crim., 3 sept. 1996 : *JurisData* n° 1996-004167 : en matière de ***tortures et actes de barbarie***. ▪ Cass. crim., 28 oct. 2008 : *JurisData* n° 2008-045773 ; *Bull. crim.* n° 215 : en matière de ***violation du secret professionnel***. ▪ Cass. crim., 28 janv. 2009 : *JurisData* n° 2009-047081 : en matière d'***entrave au fonctionnement régulier d'un marché réglementé***.

25) Les juges du fond ont justifié leur décision en caractérisant l'infraction de ***faux*** en tous ses éléments et en constatant l'absence d'intention de nuire pour motiver une dispense de peine (▪ Cass. crim., 3 juin 2004 : *JurisData* n° 2004-024519 ; *Bull. crim.* n° 149).

26) L'élément intentionnel du délit de ***favoritisme*** est caractérisé par l'accomplissement, en connaissance de cause, d'un acte contraire aux dispositions législatives ou réglementaires ayant pour objet de garantir la liberté d'accès et l'égalité des candidats dans les marchés publics et les délégations de service public ; a méconnu ce principe l'arrêt qui relaxe le prévenu pour favoritisme au motif qu'il n'avait pas d'intention de nuire (▪ Cass. crim., 14 déc. 2011 : *JurisData* n° 2011-031066).

27) La cour d'appel, qui relaxe les prévenus, poursuivis pour ***travail dissimulé***, en l'absence de caractérisation d'un dol spécial, au motif que l'infraction n'est en pas constituée en l'absence de preuve d'un prétendu montage frauduleux ayant consisté pour la société prévenue à confier l'exploitation de la ligne frontalière à une filiale de droit allemand recourant à du personnel français sous le couvert de contrats de travail de droit allemand et d'une affiliation au régime allemand de la sécurité sociale, en vue de contourner les règles, supposées plus contraignantes pour l'employeur, du droit social français, encourt la censure dès lors que la seule constatation de la violation, en connaissance de cause, d'une prescription légale ou réglementaire implique, de la part de son auteur, l'intention coupable exigée par l'article 121-3, alinéa 1er, du Code pénal (▪ Cass. crim., 7 mai 2019, n° 17-86.428 : *JurisData* n° 2019-007349).

28) La caractérisation de l'élément intentionnel des délits de ***banqueroute*** par absence de comptabilité ou tenue d'une comptabilité manifestement irrégulière suppose la seule conscience de son auteur de se soustraire à ses obligations comptables légales. Elle n'exige pas la preuve que le prévenu a eu la volonté soit d'éviter ou de retarder la constatation de l'état de cessation des paiements, soit d'affecter la consistance de l'actif disponible dans des conditions de nature à placer l'intéressé dans l'impossibilité de faire face au passif exigible (▪ Cass. crim., 25 nov. 2020, n° 19-85.205 : *JurisData* n° 2020-019169 ; *Dr. sociétés* 2021, comm. 29, obs. R. Salomon ; *AJ pénal* 2021, p. 90, obs. M.-Ch. Sordino ; *Dr. pén.* 2021, comm. 10, obs. J.-H. Robert).

29) Nul ne peut se prévaloir de ses croyances religieuses pour s'affranchir des règles communes édictées par la loi pénale (▪ Cass. crim., 5 nov. 2019, n° 18-84.554 : *JurisData* n° 2019-019702 ; *Dr. pén.* 2020, comm. 1, obs. Ph. Conte ; *Dr. pén.* 2020, comm. 2, obs. Ph. Conte ; *Dr. pén.* 2020, étude 5, obs. J. Lagoutte ; *Gaz. Pal.* 2020, n° 5, p. 47, obs. S. Détraz).

30) Présomptions de culpabilité. Il résulte de la présomption d'innocence, consacré à l'article 9 de la DDHC, qu'en principe le législateur ne saurait instituer de présomption de culpabilité en matière répressive ; toutefois, à titre exceptionnel, de telles présomptions peuvent être établies, notamment en matière contraventionnelle, dès lors qu'elles ne revêtent pas de caractère irréfragable, qu'est assuré le respect des droits de la défense et que les faits induisent raisonnablement la vraisemblance de l'imputabilité (▪ Cons. const., 10 juin 2009, n° 2009-580 DC : *JurisData* n° 2009-024431). Cas particuliers en matière de diffamation : V. ▪ Cass. crim., 16 mars 1993, n° 91-81.819 : *JurisData* n° 1993-000874 ; *Bull. crim.* n° 115 ; *JCP* G 1993, IV, 1761 (l'intention de nuire est attachée de plein droit aux imputations diffamatoires). ▪ Cass. crim., 16 mai 1995 : *JurisData* n° 1995-001566 ; *Bull. crim.* n° 175 ; *JCP* G 1995, IV, 2150 (les imputations diffamatoires impliquent l'intention coupable).

II – EXCEPTIONS

A – En matière délictuelle

1° *Sur l'accomplissement des diligences normales (Jurisprudence antérieure à la loi du 10 juillet 2000)*

31) Justifie sa décision au regard, tant de l'article 222-19 du Code pénal que de son article 121-3, notamment dans sa rédaction issue de la loi du 13 mai 1996, la cour d'appel qui relève que le prévenu, titulaire d'une délégation de pouvoirs et pourvu, comme tel, de la compétence, de l'autorité et des moyens nécessaires à l'exercice de sa mission, concernant le respect des règles d'hygiène et de sécurité sur un chantier, n'a pas accompli les diligences normales qui lui incombaient de ce chef, et que ce manquement a été à l'origine des blessures subies par un salarié de l'entreprise (▪ Cass. crim., 30 oct. 1996 : *Bull. crim.* n° 389. ▪ Cass. crim., 17 juin 1997 : *Bull. crim.* n° 237, sur la condamnation pour homicide involontaire d'un délégataire de pouvoirs n'ayant pas accompli, avant son départ en congés annuels, les diligences normales pour assurer la sécurité des travailleurs chargés d'effectuer, en son absence, les travaux prévus durant cette période et qui exigeaient des précautions particulières).

32) Caractérise la faute du prévenu au sens de l'article 121-3 du Code pénal, la cour d'appel qui relève que ce délégataire de pouvoirs a laissé à la disposition des salariés une machine dangereuse insuffisamment protégée, en infraction aux règles de sécurité et en relation directe avec l'accident dont un salarié a été victime ; la faute de cette dernière, n'étant pas la cause exclusive du dommage, bien que l'usage de la machine n'ait pas été conforme à sa destination, n'est pas de nature à exonérer le prévenu de sa responsabilité (▪ Cass. crim., 30 juin 1998 : *Bull. crim.* n° 210 ; *JCP* 1999, II, 10067, note Y. Chevallier).

33) Justifie sa décision, au regard tant des articles 319 ancien et 221-6 nouveau du Code pénal que de ses articles 112-1 et 121-3, ce dernier en sa rédaction issue de la loi du 13 mai 1996, l'arrêt qui, pour déclarer un médecin anesthésiste coupable d'un homicide involontaire, commis antérieurement à l'entrée en vigueur de cette loi et dont a été victime un blessé qu'il avait sous sa responsabilité, relève que ce praticien n'a pas accompli les diligences normales qui lui incombaient, compte tenu de ses fonctions, de ses compétences ainsi que du pouvoir et des moyens dont il disposait au moment des faits reprochés (■ Cass. crim., 19 févr. 1997 : *Bull. crim.* n° 67 ; *JCP* 1997, II, 22889, note J.-Y. Chevallier ; *D.* 1998, p. 236, note B. Legros).

34) Mais, encourt la cassation l'arrêt qui relaxe l'employeur du chef de délit de blessures involontaires, en l'absence de toute infraction caractérisée à la réglementation en vigueur pour la machine concernée, sans rechercher si celui-ci a accompli les diligences normales lui incombant, au sens de l'article 121-3 du Code pénal dans sa rédaction issue de la loi du 13 mai 1996, pour assurer la sécurité des salariés (■ Cass. crim., 19 nov. 1996 : *Bull. crim.* n° 413 ; *Dr. pén.* 1996, comm. 33, obs. M. Véron).

35) N'accomplit pas les diligences normales qui s'imposent à lui, l'importateur de matériels sportifs qui se borne à faire procéder à un contrôle superficiel des lots de parapentes importés dont les suspentes n'offraient que d'insuffisantes garanties de solidité ; justifie dès lors sa décision la cour d'appel qui le retient, pour cette raison, dans les liens de la prévention du chef d'homicide involontaire aux côtés d'un parapentiste ayant provoqué une collision suivie de la chute mortelle d'un autre adepte de ce sport auquel il avait refusé la priorité (■ Cass. crim., 12 mars 1997 : *Bull. crim.* n° 101 ; *JurisData* n° 1997-001679 ; *JCP* 1997, IV, 1226).

36) Tout manquement par le conducteur d'un véhicule à ses obligations de prudence et de diligence est nécessairement incompatible avec les diligences normales que lui impose le Code de la route, et caractérise, à sa charge, la faute définie par l'article 121-3, alinéa 3, du Code pénal, dans sa rédaction issue de la loi du 13 mai 1996 ; dès lors, n'encourt pas l'annulation au regard de cette loi nouvelle l'arrêt qui, pour déclarer le conducteur d'un véhicule coupable d'homicide involontaire, retient qu'il a été, par son défaut de maîtrise, à l'origine de l'accident à la suite duquel la victime est décédée (■ Cass. crim., 2 avr. 1997 : *Bull. crim.* n° 132).

37) Les dirigeants d'une fédération sportive ou de l'un de ces organes, pourvus de la compétence, des pouvoirs et des moyens nécessaires, sont tenus de veiller à l'accomplissement des mesures réglementaires relatives à la sécurité des installations ouvertes au public, sous le contrôle effectif de la commission de sécurité ; justifie sa décision, au regard de l'article 121-3 du Code pénal, en sa rédaction issue de la loi du 13 mai 1996, la cour d'appel qui, pour retenir la culpabilité des dirigeants d'une fédération sportive et de l'un de ses organes du chef d'homicides et blessures involontaires, à la suite de l'effondrement d'une tribune ouverte au public, relève qu'en présence de la modification substantielle d'un stade homologué les prévenus, en autorisant la délivrance anticipée de billets d'entrée supplémentaires sous le couvert d'un prétendu procès-verbal, manifestement irrégulier, établi au nom de la commission de sécurité, alors qu'ils n'ignoraient pas que le contrôleur technique avait limité son avis à la résistance du sol, n'ont pas exercé effectivement les pouvoirs qu'ils tenaient de leurs attributions, quant aux contrôles et avis réglementaires préalables à l'ouverture du stade, et n'ont pas accompli les diligences normales qui leur incombaient, l'existence d'un lien de causalité entre ces manquements et les dommages corporels subis ayant été caractérisés (■ Cass. crim., 24 juin 1997 : *Bull. crim.* n° 251 ; *Gaz. Pal.* n° 265, p. 41).

38) Sur la condamnation d'un maire pour homicides involontaires, dès lors qu'il est établi que celui-ci n'a pas accompli les diligences normales pour faire respecter les règles de sécurité applicables aux établissements recevant du public (Thermes de Barbotan), V. ■ CA Toulouse, 29 janv. 1998 : *D.* 1999, p. 56, note J. Benoit. – Pourvoi rejeté par ■ Cass. crim., 29 juin 1999 : *Bull. crim.* n° 163 ; *Gaz. Pal.* 26-27 janv. 2000, p. 11, note S. Petit ; *D.* 2000, somm. p. 29, obs. Y. Mayaud). *Adde*, dans le même sens, ■ Cass. crim., 9 nov. 1999 : *Bull. crim.* n° 250 ; *Gaz. Pal.* 31 mars-1er avr. 2000, jurispr. p. 15, note S. Petit ; *RSC* 2000, p. 389, obs. Y. Mayaud).

– Sur la condamnation d'un maire pour des négligences ayant permis un détournement de fonds communaux par un tiers, V. ■ Cass. crim., 9 nov. 1998 : *infra*, ss art. 432-16.

– À noter que l'article 121-3, dans sa rédaction issue de la loi du 13 mai 1996, n'a institué aucun fait justificatif (■ Cass. crim., 14 oct. 1997 : *Bull. crim.* n° 334 ; *Dr. pén.* 1998, comm. 25, obs. J.-H. Robert).

– Sur la question, V. Y. Mayaud, *Violences involontaires et diligences normales : RSC* 1997, p. 832.

2° *Jurisprudence postérieure à la loi du 10 juillet 2000*

39) Application de la loi dans le temps. Les dispositions de la loi nouvelle s'appliquent aux infractions commises avant leur entrée en vigueur n'ayant pas donné lieu à une condamnation passée en force de chose jugée, lorsqu'elles sont moins sévères que les dispositions anciennes. Depuis l'entrée en vigueur de la loi du 10 juillet 2000, modifiant l'article 121-3 du Code pénal, les personnes physiques qui n'ont pas causé directement le dommage, mais qui ont créé ou contribué à créer la situation qui a permis la réalisation du dommage ou qui n'ont pas pris les mesures permettant de l'éviter, sont responsables pénalement s'il est établi qu'elles ont, soit violé de façon manifestement délibérée une obligation particulière de prudence ou de sécurité prévue par la loi ou le règlement, soit commis une faute caractérisée et qui exposait autrui à un risque d'une particulière gravité qu'elles ne pouvaient ignorer ; les dispositions de la loi du 10 juillet 2000 sont plus favorables et sont immédiatement applicables (▪ Cass. crim., 5 sept. 2000 : *JurisData* n° 2000-006037 ; *Bull. crim.* n° 262 ; *Dr. pén.* 2000, comm. 135, note M. Véron ; *JCP* G 2001, II, 10507, note J.-Y. Chevallier ; *Gaz. Pal. Rec.* 2000, 2, p. 2359, note S. Petit ; *Gaz. Pal. Rec.* 2001, 1, p. 423, note J. Guigue ; *RSC* 2001, p. 154, obs. B. Bouloc ; *RSC* 2001, p. 157, obs. Y. Mayaud. ▪ Cass. crim., 20 mars 2001 : *JurisData* n° 2001-009253 ; *Bull. crim.* n° 75).

40) A été cassé l'arrêt déclarant un chef d'entreprise coupable d'avoir laissé écouler dans un cours d'eau, directement ou indirectement, des substances quelconques dont l'action ou les réactions ont servi à la nutrition ou à la reproduction du poisson, en relevant que la pollution résulte d'un manque d'entretien des installations imputable à ce dirigeant ; cette cassation a été prononcée au motif que la cour d'appel n'avait pas examiné les faits au regard de l'article 121-3, tel qu'issu de la loi du 10 juillet 2000 (▪ Cass. crim., 15 mai 2001 : *Bull. crim.* n° 123 ; *Dr. pén.* 2001, comm. 117, obs. J.-H. Robert).

41) Domaine d'application. Le dommage n'étant pas un élément constitutif du délit de publicité trompeuse, l'infraction, lorsqu'elle est commise par imprudence ou négligence, n'est pas soumise aux dispositions de l'article 121-3, alinéa 4, du Code pénal, issu de la loi du 10 juillet 2000 (▪ Cass. crim., 26 juin 2001 : *Bull. crim.* n° 160 ; *Dr. pén.* 2001, comm. 143, obs. J.-H. Robert).

• **Lien de causalité**

42) Causalité certaine. L'article 221-6 du Code pénal exige, pour recevoir application, que soit constatée l'existence certaine d'un lien de causalité entre la faute du prévenu et la mort de la victime (▪ Cass. crim., 4 mars 2008 : *JurisData* n° 2008-043367 ; *Bull. crim.* n° 55 ; *Dr. pén.* 2008, comm. 82, note M. Véron ; *JCP* G 2008, II, 10098, note M. Benillouche).

43) A justifié sa décision la cour d'appel qui relaxe les prévenus au motif que l'électrocution ne peut être retenue comme la cause certaine du décès, et que, dès lors, la détermination du lien de causalité entre les fautes alléguées et le dommage est impossible (▪ Cass. crim., 22 nov. 2011 : *JurisData* n° 2011-029387. V. ▪ Cass. crim., 2 mars 1994 : *JurisData* n° 1994-000542 ; *Bull. crim.* n° 85).

44) Il ne peut se déduire un lien de causalité certain, entre les fautes et le décès, d'expertises concluant à une probabilité de cause à effet entre l'opération et le décès de la victime en l'absence d'autre cause identifiée, sans toutefois l'affirmer de façon certaine (▪ Cass. crim., 28 janv. 2020, n° 18-86.054 : *JurisData* n° 2020-001170).

45) Faute exclusive de la victime. Une chambre de l'instruction confirme l'ordonnance de non-lieu prononcée par le juge d'instruction pour des faits d'homicide involontaire, pour lesquels étaient poursuivis l'employeur dont le salarié est décédé après une chute de 6 mètres et le coordinateur de sécurité, au motif qu'il n'y avait pas de lien de causalité entre les fautes du coordonnateur de sécurité et du décès et que l'employeur était absent le jour de l'accident et que l'accident a pour causes le non-respect par la victime des consignes de non-intervention pour des raisons de sécurité ordonnées le matin et des recommandations verbales du conducteur de travaux ainsi que de la non-utilisation des équipements de sécurité ; cette décision n'est pas justifiée car l'absence de l'employeur est un motif inopérant et la chambre de l'instruction n'explique pas en quoi la faute de la victime aurait été la cause exclusive de l'accident alors qu'elle avait relevé des manquements à l'encontre notamment du coordonnateur de sécurité et de l'employeur (▪ Cass. crim., 7 mai 2019, n° 18-80.418 : *JurisData* n° 2019-007329 ; *Dr. pén.* 2019, comm. 122, obs. Ph. Conte ; *Procédures* 2019, comm. 197, obs. A.-S. Chavent-Leclère ; *AJ pénal* 2019, p. 385, obs. E. Gouesse et J. Dilmi).

46) Causalité directe. A justifié sa décision la condamnation du conducteur d'un véhicule pour homicide involontaire, la victime étant décédée en raison de la collision entre son véhicule et celui du prévenu après ce dernier, qui roulait à une vitesse excessive, a dévié sur la voie de gauche pour éviter un sanglier, dès lors que la cour d'appel a caractérisé le lien de causalité directe existant entre la faute du prévenu et le décès de la victime en constatant que l'excès de vitesse est un paramètre déterminant dans les causes et les conséquences de l'accident (▪ Cass. crim., 25 sept. 2001 : *JurisData* n° 2001-011428 ; *Bull. crim.* n° 188 ; *RSC* 2002, p. 100, obs. Y. Mayaud).

47) A justifié sa décision la cour d'appel qui a déclaré coupable d'homicides et blessures involontaires le conducteur d'un camion, roulant à une vitesse excessive et qui a perdu le contrôle du véhicule et a heurté une murette, au motif que cet accident a généré un nuage blanc opaque réduisant la visibilité et le déversement sur la chaussée de colle, en raison de l'éventration du chargement, est la cause directe, certaine et déterminante du carambolage subséquent survenu sur une chaussée soudainement privée de toute visibilité et transformée dans le même laps de temps en une patinoire rendant pour les autres automobilistes l'accident inévitable (■ Cass. crim., 29 avr. 2003 : *JurisData* n° 2003-019347).

48) Le chirurgien orthopédiste, dont les opérations chirurgicales ont entraîné une paraplégie totale et définitive, n'a pas accompli les diligences normales qui lui incombaient compte tenu de la nature de sa mission et de sa fonction, de sa compétence ainsi que du pouvoir et des moyens dont il disposait, et a causé directement le dommage (■ Cass. crim., 21 sept. 2004 : *JurisData* n° 2004-025173 ; *Bull. crim.* n° 216).

49) Le recours par un médecin accoucheur d'une ventouse obstétricale pendant une durée excessive est à la cause de la souffrance fœtale aiguë à l'origine du décès de l'enfant (■ Cass. crim., 13 déc. 2011 : *JurisData* n° 2011-030753).

50) Est justifiée la condamnation pour homicide involontaire qui retient que la décision d'intervention et la conduite d'ensemble du processus opératoire, sans qu'ait été suffisamment examiné et pris en compte le risque avéré de thrombose présenté par la victime en raison de son âge et de ses antécédents, constituent une « faute essentielle et déterminante » ayant directement entraîné le décès (■ Cass. crim., 29 oct. 2002 : *JurisData* n° 2002-016596. Dans le même sens, ■ Cass. crim., 5 avr. 2005 : *JurisData* n° 2005-028302).

51) Constitue la cause directe du décès d'un nouveau-né le fait pour un médecin d'avoir négligé le risque majeur d'extension rapide de l'hématome superficiel et les complications hémorragiques qui pouvaient en résulter et d'avoir omis de mettre en place une surveillance adaptée (■ Cass. crim., 13 nov. 2002 : *JurisData* n° 2002-016598 ; *Bull. crim.* 2002, n° 203).

52) Est cassé l'arrêt de la cour d'appel qui prononce la relaxe d'un gynécologue pour homicide involontaire résultant d'une hémorragie due à une plaie chirurgicale effectuée par une interne dès lors que les juges n'ont pas recherché si le prévenu, auquel il incombait de contrôler l'acte pratiqué par l'interne, n'avait pas commis une faute entretenant un lien direct de causalité avec la mort de la patiente (■ Cass. crim., 10 févr. 2009 : *JurisData* n° 2009-047177 ; *Bull. crim.* 2009, n° 33 ; *JCP* G 2009, II, 10069, note F. Desprez ; *RSC* 2009, p. 371, obs. Y. Mayaud ; *AJ pénal* 2009, p. 224, obs. J.-R. Demarchi).

53) Les juges du fond ont condamné à bon droit deux contrôleurs aériens pour homicides et blessures involontaires pour avoir, dans un même temps, autorisé, respectivement, des manœuvres conduisant à l'alignement de deux aéronefs sur la même piste et le décollage du premier appareil, les prévenus n'ayant pas simplement créé ou contribué à créer la situation qui a permis le dommage mais ayant conjointement déterminé la trajectoire de chacun des appareils dont le conflit a eu pour conséquence directe la survenance de l'accident (■ Cass. crim., 16 oct. 2007 : *JurisData* n° 2007-041349 ; *Bull. crim.* n° 245).

54) Il résulte de l'article 121-3 du Code pénal que cause directement le dommage subi par une personne mordue par un chien la faute de négligence du propriétaire de l'animal l'ayant laissé sortir de chez lui sans être contrôlé et tenu en laisse (■ Cass. crim., 29 mai 2013 : *JurisData* n° 2013-010724 ; *Bull. crim.* n° 121 ; *JCP* G 2013, 1176, note S. Detraz ; *Dr. pén.* 2013, comm. 125, note M. Véron ; *D.* 2013, p. 2016, note F. Desprez ; *AJ pénal* 2013, p. 678, obs. J. Lasserre-Capdeville. ■ Cass. crim., 21 janv. 2014 : *JurisData* n° 2014-000566 ; *Bull. crim.* n° 17 ; *Dr. pén.* 2014, comm. 39, note M. Véron ; *AJ pénal* 2014, p. 135, obs. M.-C. Sordino ; *D.* 2014, p. 1317, Ph. Conte).

55) Causalité indirecte. Le gérant et le directeur général d'une société, qui n'ont donné aucune consigne de sécurité particulière, alors que le poste de la victime était particulièrement dangereux et aurait dû faire l'objet de consignes particulières, régulièrement notifiées, affichées et rappelées par le chef d'entreprise qui devait veiller à leur respect et prévoir des sanctions en cas de violation de celles-ci, ont causé indirectement le décès de la victime en ne prenant pas les mesures qui eussent permis d'éviter le dommage (■ Cass. crim., 5 déc. 2000 : *Bull. crim.* n° 363).

56) Est un auteur indirect, au sens de l'article 121-3, alinéa 4, du Code pénal, le directeur technique d'une entreprise, titulaire d'une délégation de pouvoirs, déclaré coupable du délit de pollution des eaux, qui, connaissant l'importance des risques générés par cette installation classée, implantée au bord d'un fleuve, et en l'état d'incidents déjà survenus, ne prend pas les dispositions utiles pour éviter un rejet de substances polluantes trouvant sa cause directe dans l'intervention sur le site de personnels d'entreprises tierces chargées de la maintenance du matériel en fin de semaine (■ Cass. crim., 19 oct. 2004 : *Bull. crim.* n° 247 ; *Dr. pén.* 2005, comm. 6, obs. J.-H. Robert).

57) Le directeur de la société et le chef du service maintenance, dont les omissions (absence de service de prévention des accidents, absence de mise à disposition d'un outillage adaptée) ne sont pas les causes directes du décès de la victime par électrocution, ont contribué à créer la situation ayant permis la réalisation du dommage et qui n'ont pas pris les mesures permettant de l'éviter (■ Cass. crim., 13 sept. 2005 : *JurisData* n° 2005-030215).

58) C'est à tort que la cour d'appel retient que le médecin, qui n'a pas accompli les diligences normales qui lui incombaient en se bornant, après une consultation en urgence, à une prescription d'examens sanguins sans mentionner l'urgence ni prescrire des examens complémentaires, a causé directement la mort de la patiente (■ Cass. crim., 12 sept. 2006 : *JurisData* n° 2006-035125 ; *Bull. crim.* n° 219 ; *Dr. pén.* 2007, comm. 4, note M. Véron ; *JCP* G 2007, II, 10006, note T. Faict et P. Mistretta).

• Faute

59) Nécessité d'une faute. Ne justifie pas sa décision la cour d'appel qui condamne le président d'une fédération départementale pour la pêche poursuivi pour pollution de cours d'eau et qui faisait valoir qu'il avait mis en œuvre, en fonction des pouvoirs, des compétences et des moyens dont il disposait, toutes les mesures appropriées, sans caractériser en tous ses éléments le délit reproché et sans rechercher s'il a commis une faute personnelle au sens de l'article 121-3 du Code pénal (■ Cass. crim., 12 juin 2001, n° 00-87.702).

60) Faute d'imprudence et de négligence. Est cassé l'arrêt de relaxe dès lors que si les juges, appréciant souverainement les circonstances de la cause, ont pu estimer que la machine était conforme aux normes de sécurité alors en vigueur et relaxer en conséquence le prévenu de l'infraction au Code du travail, ils ne pouvaient le relaxer de surcroît du chef de blessures involontaires sans rechercher si, en tant qu'employeur pourvu de la compétence, de l'autorité et des moyens nécessaires à sa mission, il avait accompli les diligences normales lui incombant, au sens de l'article 121-3 du Code pénal dans sa rédaction issue de la loi du 13 mai 1996, notamment en veillant à l'application effective des consignes écrites de sécurité, et sans constater que l'accident avait pour cause exclusive la faute de la victime (■ Cass. crim., 19 nov. 1996 : *JurisData* n° 1996-005178 ; *Bull. crim.* n° 413 ; *Dr. pén.* 1997, comm. 33, obs. M. Veron).

61) Doit être rejeté le pourvoi contre l'arrêt déclarant coupable le médecin accoucheur pour homicide involontaire du nouveau-né, relevant de l'utilisation maladroite de ces forceps, effectuée en méconnaissance des règles de l'art, dès lors que la cour d'appel constate que le prévenu n'a pas accompli les diligences normales qui lui incombaient compte tenu de la nature de sa mission et de sa fonction, de sa compétence ainsi que du pouvoir et des moyens dont il disposait (■ Cass. crim., 23 oct. 2001 : *JurisData* n° 2001-011867 ; *Bull. crim.* n° 217 ; *Dr. pén.* 2002, comm. 27, obs. M. Veron).

62) Pour déclarer le prévenu coupable du délit de pollution de cours d'eau, la cour d'appel retient que l'asphyxie de la faune et de la flore du ruisseau, ainsi que le colmatage des zones d'habitat et de nourriture des poissons ont eu pour effet de nuire à la reproduction de ces derniers par la destruction de frayères ; que les juges ajoutent qu'en ne surveillant pas suffisamment le dispositif de filtrage des boues et en ne vérifiant pas le bon état de la pelle de la bonde, dont la rupture a favorisé le rejet de sédiments, l'intéressé a commis des négligences qui caractérisent l'élément moral de l'infraction ; que leur décision est ainsi justifiée (■ Cass. crim., 7 nov. 2006 : *Bull. crim.* n° 279).

63) Manquement à une obligation de sécurité et de prudence. Encourt la cassation l'arrêt qui relève à la charge du prévenu un manquement à une obligation de sécurité ou de prudence prévue par la loi ou le règlement, sans préciser la source et la nature de cette obligation (■ Cass. crim., 12 janv. 2010 : *JurisData* n° 2010-051510 ; *Bull. crim.* n° 3).

64) Appréciation de la faute simple. La faute relève de l'appréciation souveraine des juges du fond (■ Cass. crim., 19 déc. 1961 : *Bull. crim.* n° 535. ■ Cass. crim., 15 avr. 2008 : *JurisData* n° 2008-044099 ; *Dr. pén.* 2008, comm. 94, note M. Véron ; *RSC* 2008, p. 910, obs. Y. Mayaud).

65) Faute délibérée : notion. A justifié sa décision la cour d'appel qui a relaxé une institutrice d'homicide involontaire sur la personne d'un de ces élèves, retrouvé pendu à l'essuie-main mural des toilettes, au motif que la prévenue n'a pas violé d'obligation particulière de prudence ou de sécurité prévue par la loi ou le règlement, les dispositions invoquées des lois du 18 septembre 1937 et du 10 juillet 1989 alors en vigueur ne prescrivant aucune obligation de cette nature (■ Cass. crim., 10 déc. 2002 : *JurisData* n° 2002-017079 ; *Bull. crim.* n° 223 ; *RSC* 2003, p. 332, obs. Y. Mayaud).

66) La cour d'appel qui, pour condamner le prévenu pour homicide involontaire, retient que celui-ci a violé de manière manifestement délibérée un arrêté du 22 juin 1998 (relatif aux règles techniques et de sécurité dans les établissements organisant la pratique et l'enseignement des activités sportives et de loisir en plongée autonome à l'air) a justifié sa décision dès lors qu'il résulte de ses motifs que le prévenu, en violant de façon manifestement délibérée les obligations de sécurité et de prudence prévues par l'arrêté du 22 juin 1998 alors applicable, a contribué à créer la situation qui a permis la réalisation du dommage (■ Cass. crim., 2 déc. 2014 : *JurisData* n° 2014-029495).

67) Doit être censuré l'arrêt qui retient la responsabilité pénale d'un médecin pour homicide involontaire après avoir énoncé que le manquement qui lui est reproché constitue une faute caractérisée ayant exposé sa patiente à un risque d'une particulière gravité, retient qu'il s'agit d'une violation délibérée d'une obligation particulière de sécurité ou de prudence imposée par la loi ou le règlement, au motif qu'en prononçant ainsi, par des motifs contradictoires et sans préciser, au surplus, les dispositions légales ou réglementaires auxquelles elle entendait se référer, la cour d'appel n'a pas justifié sa décision (■ Cass. crim., 9 avr. 2013 : *JurisData* n° 2013-008841).

68) N'a pas justifié sa décision l'arrêt qui condamne le maire en relevant à sa charge un manquement à une obligation de sécurité prévue par la loi, sans préciser la source et la nature de cette obligation et en déduisant de ce manquement prétendu qu'il avait commis une faute caractérisée exposant autrui à un risque d'une particulière gravité qu'il ne pouvait ignorer, sans rechercher en quoi les diligences du prévenu n'étaient pas normales au regard de l'article 121-3, alinéa 3, du Code pénal, et adaptées aux risques prévisibles (■ Cass. crim., 18 juin 2002 : *JurisData* n° 2002-015291 ; *Bull. crim.* n° 138 ; *RSC* 2002, p. 814, obs. Y. Mayaud ; *D.* 2003, p. 240, note F. Gauvain ; *Dr. pén.* 2002, comm. 120, obs. M. Véron ; *Gaz. Pal. Rec.* 2002, 1, p. 8, obs. S. Petit).

69) La chambre de l'instruction n'a pas justifié sa décision en prononçant un non-lieu pour homicides et blessures involontaires, considérant que les articles R. 232-10 et suivants du Code du travail énoncent des mesures générales afin d'assurer la propreté des locaux et non des mesures particulières afin de protéger les travailleurs du risque de l'amiante, alors que ces articles, pris en application des dispositions édictées en vue d'assurer la sécurité des travailleurs, imposent, dans les emplacements affectés au travail, d'une part, des mesures de protection collective assurant la pureté de l'air nécessaire à la santé des travailleurs tenant à des modalités particulières de nettoyage, à l'installation de système de ventilation ou d'appareils clos pour certaines opérations, d'autre part, dans le cas où l'exécution de ces mesures serait reconnue impossible, des appareils de protection individuelle appropriés mis à la disposition des travailleurs, et caractérisent ainsi l'obligation particulière de sécurité prévue par la loi ou le règlement (■ Cass. crim., 24 juin 2014 : *JurisData* n° 2014-013990 ; *Dr. soc.* 2015, p. 159, obs. R. Salomon ; *Rev. pénit.* 2014, p. 655, obs. Ph. Conte).

70) La caractérisation d'une faute délibérée suppose de rapporter la volonté du prévenu de violer intentionnellement une obligation de sécurité ou de prudence (■ CA Chambéry, 13 janv. 2010, n° 09/00389 : *JurisData* n° 2010-001453).

71) Sont des obligations particulières de prudence ou de sécurité les prescriptions des articles 14, 17 et 19 du règlement (CE) n° 178/2002 du 28 janvier 2002 aux termes desquels notamment, d'une part, lorsqu'une denrée alimentaire dangereuse fait partie d'un lot ou d'un chargement de denrées alimentaires de la même catégorie ou correspondant à la même description, il est présumé que la totalité des denrées alimentaires de ce lot ou chargement sont également dangereuses, sauf si une évaluation détaillée montre qu'il n'y a pas de preuve que le reste du lot ou du chargement soit dangereux, d'autre part, dans une telle situation l'exploitant doit retirer les denrées du marché, enfin, les exploitants du secteur alimentaire veillent, à toutes les étapes de la production, de la transformation et de la distribution dans les entreprises placées sous leur contrôle, à ce que les denrées alimentaires ou les aliments pour animaux répondent aux prescriptions de la législation alimentaire applicables à leurs activités et vérifient le respect de ces prescriptions. Dès lors, la mise sur le marché, sciemment, d'un produit alimentaire potentiellement dangereux sans faire réaliser les analyses qui s'imposaient, constitue une faute délibérée (■ Cass. crim., 31 mars 2020, n° 19-82.171 : *JurisData* n° 2020-004947 ; *Dr. pén.* 2020, comm. 132, obs. Ph. Conte ; *Gaz. Pal.* 2020, n° 21, p. 40, obs. C. Berlaud ; *AJ pénal* 2020, p. 536, obs. J. Lasserre-Capdeville. Dans le même sens, à propos du risque causé à autrui. ■ Cass. crim., 8 sept. 2020, n° 19-82.761 : *JurisData* n° 2020-012786 ; *Dr. pén.* 2020, comm. 185, obs. Ph. Conte ; *Dr. pén.* 2020, comm. 186, obs. J.-H. Robert).

72) Faute délibérée : illustrations. Est justifiée la décision qui retient une violation délibérée d'une obligation particulière de prudence ou de sécurité imposée par la loi ou le règlement résultant du manquement aux obligations particulières de sécurité ou de prudence imposées aux conducteurs par l'article R. 415-4, 3° du Code de la route (■ Cass. crim., 28 juin 2017 : *JurisData* n° 2017-012883).

73) Le propriétaire d'un chien qui a laissé divaguer l'animal, susceptible de présenter un danger pour les personnes et dont les morsures sont à l'origine d'une ITT de 60 jours viole l'article R. 622-2 du Code pénal et peut donc être condamné pour blessures involontaires (■ Cass. crim., 2 mai 2018 : *JurisData* n° 2018-007366 : *Dr. pén.* 2018, comm. 120, obs. Ph. Conte).

74) A justifié sa décision de condamnation pour blessures involontaires, les juges du fond considérant que le prévenu, employeur de la victime, ne s'est pas assuré de la conformité de la machine, à l'origine des blessures, aux normes de la réglementation française et de l'absence de danger dans son utilisation, ces exigences constituant les diligences normales qui lui incombaient compte tenu de son statut et des moyens dont il disposait dès lors qu'il résulte que le prévenu, qui a contribué à créer la situation ayant permis la réalisation du dommage et n'a pas pris les mesures permettant de l'éviter en assurant une formation spécifique à la maintenance de l'extrudeuse, a violé de façon manifestement délibérée une obligation particulière de prudence ou de sécurité prévue par la loi ou le règlement (■ Cass. crim., 12 mai 2009 : *JurisData* n° 2009-048449).

75) Faute caractérisée : notion. La faute caractérisée doit présenter certaines caractéristiques : elle doit présenter un caractère affirmé, une particulière évidence, ou une particulière intensité, elle doit revêtir un certain degré de gravité, excluant les fautes légères, présentant un caractère fugace ou fugitif ; elle doit exposer autrui à un risque particulièrement grave, ce qui signifie que le dommage, qui s'est effectivement produit, devait être prévisible ; l'auteur de la faute ne doit pas avoir pu ignorer le risque en résultant pour autrui ; en d'autres termes, il ne doit pas être vraisemblable qu'il n'avait pas personnellement conscience d'un tel risque (■ CA Chambéry, 13 janv. 2010, n° 09/00389 : *JurisData* n° 2010-001453).

76) Faute caractérisée résultant d'une pluralité de manquements. Ont établi l'existence d'une faute caractérisée de la part du professeur, justifiant la déclaration de culpabilité pour homicide involontaire d'un des élèves décédé lors d'un accident alors qu'il était sous l'empire d'un état alcoolique, les juges du fond qui constate que le prévenu a, tout à la fois, commis des actes positifs et volontaires, achat et introduction dans l'établissement de boissons alcoolisées, et des imprudences ou négligences, défaut de surveillance pendant et après le repas, absence momentanée que rien ne justifiait, qui, par leur accumulation, ont permis le départ de la victime au volant de sa voiture alors qu'il était sous l'empire d'un état alcoolique et inapte à conduire ledit véhicule qui entrera en collision avec un camion à l'origine du décès (■ Cass. crim., 12 janv. 2010 : *JurisData* n° 2010-051322. Dans le même sens, V. ■ Cass. crim., 17 déc. 2019, n° 17-87.465, FS-D : *JurisData* n° 2019-023020 ; *Dr. pén.* 2020, comm. 67, obs. Ph. Conte).

77) A établi l'existence d'une faute caractérisée qui énonce que le prévenu a méconnu plusieurs obligations particulières de prudence et de sécurité tenant aux équipements de travail et aux moyens de protection des travailleurs, à leur formation à la sécurité et à la prévention des risques, en exposant ainsi à un risque d'une particulière gravité la victime qui utilisait un engin par nature dangereux conduit sur un terrain accidenté et instable (■ Cass. crim., 22 sept. 2015 : *JurisData* n° 2015-021021).

78) Faute caractérisée : illustrations. Est justifiée la décision qui déclare le prévenu, employeur de la victime, coupable d'homicide involontaire lorsqu'il se déduit des motifs de l'arrêt que ce prévenu a contribué à créer la situation ayant permis la réalisation du dommage et commis une faute caractérisée exposant autrui à un risque d'une particulière gravité qu'il ne pouvait ignorer (■ Cass. crim., 12 nov. 2014, n° 13-85.860 ; *Dr. pén.* 2015, comm. 5, obs. M. Véron).

79) Constitue à la fois une faute personnelle, et une faute caractérisée qui expose autrui à un risque d'une particulière gravité que le prévenu ne pouvait ignorer, le fait, pour le propriétaire d'un chien d'attaque, de le laisser à la garde d'un tiers qu'il sait susceptible de rencontrer des difficultés pour le maîtriser (■ Cass. crim., 26 juin 2018 : *JurisData* n° 2018-011223 ; *Gaz. Pal.* 2018, n° 38, p. 45, obs. S. Détraz).

80) Constitue une faute caractérisée le fait pour un directeur de travaux subaquatiques, titulaire d'un délégation de pouvoir en matière de sécurité, de ne pas prendre en compte, afin de réduire le délai d'exécution des travaux, la totalité des risques liés à l'utilisation du matériel spécifique de découpage de l'épave, en particulier, en n'ayant pas connaissance des plans de cette dernière dans leur intégralité et en n'ayant pas fait procéder aux opérations de dépollution préalables malgré la présence d'importantes quantités d'hydrocarbures répartis en des emplacements indéterminés du navire alors que son parcours professionnel lui permettait d'apprécier les différents risques encourus à l'occasion du démantèlement subaquatique d'un navire (■ Cass. crim., 9 avr. 2019, n° 17-86.267 : *JurisData* n° 2019-005555 ; *RSC* 2019, p. 349, obs. Y. Mayaud).

81) Commet une faute caractérisée le psychiatre qui s'est abstenu, avant toute décision relative à la mise en place ou au maintien d'une autorisation de sortie non surveillée d'un patient qui a mortellement poignardé une autre personne dans le parc non clos de l'établissement, d'approfondir le parcours du patient, de prendre connaissance de ses antécédents psychiatriques et de procéder à un ou plusieurs examens approfondis (■ Cass. crim., 22 oct. 2019, n° 18-84.001 : *JurisData* n° 2019-

018671 : *RSC* 2020, p. 391, obs. P. Mistretta. – Rappr. ▪ Cass. crim., 16 févr. 2016, n° 15-80.366 : *RSC* 2016, p. 347, obs. P. Mistretta).

82) Si la méconnaissance des prescriptions d'un texte réglementaire non entré en vigueur dans un territoire d'outre-mer faute d'y avoir été promulgué et publié ne s'identifie pas à la violation d'une obligation particulière de prudence ou de sécurité au sens de l'article 121-3, alinéa 4, du Code pénal, elle peut, en revanche, constituer la faute caractérisée prévue par le même texte ; il en est ainsi de la méconnaissance des prescriptions de l'arrêté du 5 novembre 1987 relatif aux conditions d'utilisation des avions exploités par une entreprise de transport aérien, dès lors que ce texte, qui n'est pas entré en vigueur en Polynésie française faute de promulgation et publication locales régulières, y est néanmoins appliqué par les services locaux de l'aviation civile et les entreprises de transport aérien (▪ Cass. crim., 15 oct. 2002 : *Bull. crim.* n° 186 ; *Dr. pén.* 2003, comm. 4, obs. M. Véron ; *RSC* 2003, p. 96, obs. Y. Mayaud).

– Constitue une faute caractérisée exposant autrui à un risque d'une particulière gravité qu'il ne pouvait ignorer le fait, pour l'instructeur d'une compagnie aérienne, de déclarer apte au pilotage et de programmer sur un vol un commandant de bord dont il connaissait l'insuffisance professionnelle, et de surcroît, sans lui fournir, pour la préparation du vol, un manuel d'exploitation approprié (même arrêt).

– Constitue une faute caractérisée exposant autrui à un risque d'une particulière gravité qu'il ne pouvait ignorer, compte tenu des obligations que la tutelle des entreprises de transport aérien fait peser en matière de sécurité sur les services de l'aviation civile, le fait, pour le responsable en charge du contrôle d'une compagnie aérienne, d'autoriser la reprise de l'exploitation de l'avion, un temps suspendue par ses services à raison des insuffisances du manuel d'exploitation servant de support à la formation des pilotes, sans imposer à la compagnie de compléter ce document dont il connaissait les graves lacunes (même arrêt).

83) Constitue une faute caractérisée et personnelle le fait pour le propriétaire d'un chien d'attaque, de le laisser à la garde d'un tiers qu'il sait susceptible de rencontrer des difficultés pour le maîtriser (▪ Cass. crim., 26 juin 2018, n° 17-86.626 : *JurisData* n° 2018-011223 ; *Gaz. Pal.* 6 nov. 2018, p. 45, note S. Détraz).

84) Pour retenir la responsabilité indirecte de l'employeur pour homicide involontaire d'un employé marin pêcheur, une faute caractérisée peut se déduire de l'inadaptation du plan de travail dédié au filage des lignes de nasses, l'insuffisance des moyens précis et sérieux proposés par l'employeur pour remédier au risque de se faire entraîner par des engins de pêche et l'absence totale de formation à la sécurité, dans un contexte très particulier de mise en place d'une nouvelle technique, surexposant les matelots au risque de blessure et de chute en mer, a engendré des conditions d'exercice de travail dangereuses pour la victime, ayant rendu possible sa chute et sa disparition en mer (▪ Cass. crim., 8 févr. 2022, n° 21-83.708 : *JurisData* n° 2022-001630).

85) Caractérisation de la faute qualifiée. Il appartient aux juges du second degré, après avoir constaté que l'intéressé avait commis des manquements, de rechercher s'ils ne caractérisaient pas une faute qualifiée au sens de l'article 121-3, alinéa 4, du Code pénal, alors qu'il résultait de leur appréciation souveraine que ces manquements étaient en lien causal indirect avec l'accident survenu le 29 janvier 2009 (▪ Cass. crim., 12 janv. 2021, n° 20-80.898 : *JurisData* n° 2021-000343).

• Cas particulier de la personne morale

86) QPC. En subordonnant, en matière de délits non intentionnels, la responsabilité pénale de la personne morale qui n'a pas directement causé le dommage, à la commission d'une faute simple, le législateur s'est fondé sur des critères qui ne sont pas, de manière manifeste, inappropriés à l'objet et au but poursuivi ; qu'il a entendu, en effet, permettre la poursuite des personnes morales pour les infractions de cette nature commises, pour leur compte, par leurs organes ou représentants conformément aux prescriptions de l'article 121-2 du Code pénal, en même temps ou alternativement à celle des personnes physiques qui commettent une faute caractérisée exposant autrui à un risque d'une particulière gravité que celles-ci ne peuvent ignorer ; qu'en n'incluant pas les personnes morales dans le champ de ses dispositions, l'article 121-3, alinéa 4 du Code pénal, qui est rédigé en des termes clairs et précis pour permettre que son interprétation se fasse sans risque d'arbitraire, n'est pas davantage contraire aux principes de légalité et de nécessité des délits et des peines et de présomption d'innocence garantis respectivement par les articles 8 et 9 de la Déclaration des droits de l'homme et du citoyen et respecte la garantie des droits de la défense proclamée par l'article 16 du même texte (▪ Cass. crim., 3 sept. 2019, n° 19-81.278).

B – En matière contraventionnelle

87) Force majeure. La survenance d'une défaillance mécanique que, par sa nature même, le conducteur, à qui l'article L. 311-1 du Code de la route impose d'entretenir et réparer son véhicule de façon à assurer la sécurité de tous les usagers de la route, a la possibilité de prévenir, par la vérification préalable de l'état dudit véhicule, avant d'en faire usage, ne suffit pas, à elle seule, à constituer la force majeure au sens de l'article 121-3, alinéa 5, du Code pénal (▪ Cass. crim., 6 nov. 2013, n° 12-82.182 : *Bull. crim.* n° 215 ; *Dr. pén.* 2014, comm. 24, obs. J.-H. Robert ; *AJ pénal* 2014, p. 131, note J. Lasserre-Capdeville).

88) L'obligation réglementaire, en matière de transports sanitaires, de tenue d'une feuille de route ne comportant aucune rubrique dédiée à l'identification, à tout moment, du conducteur effectif du véhicule, ne constitue pas un cas de force majeure pour la personne morale poursuivie, dès lors que cette dernière conserve la faculté d'organiser, par ailleurs, un recensement des chauffeurs qui lui permette de satisfaire aux exigences de l'article L. 121-6 du Code de la route. A méconnu ce dernier texte la cour d'appel qui relaxe la société aux motifs que le représentant légal était dans l'impossibilité de désigner lequel des deux salariés, dont le nombre est imposé par la règlementation, conduisait au moment de l'excès de vitesse (▪ Cass. crim., 2 mars 2021, n° 20-85.359 : *JurisData* n° 2021-002881. Dans le même sens ▪ Cass. crim., 2 mars 2021, n°s 20-83.920, 20-83.918, 20-83.917 et 20-83.913).

Loi n° 83-634 du 13 juillet 1983

portant droits et obligations des fonctionnaires

Art. 11 *bis* A *(Abr., Ord. n° 2021-1574, 24 nov. 2021)*. **– Sous réserve des dispositions du quatrième alinéa de l'article 121-3 du Code pénal, les fonctionnaires ne peuvent être condamnés sur le fondement du troisième alinéa de ce même article pour des faits non intentionnels, commis dans l'exercice de leurs fonctions que s'il est établi qu'ils n'ont pas accompli les diligences normales, compte tenu de leurs compétences, du pouvoir et des moyens dont ils disposaient ainsi que des difficultés propres aux missions que la loi leur confie.**

1) Justifie sa décision, au regard de ce texte, la cour d'appel qui déclare le directeur de cabinet du préfet, en sa qualité de président de la commission départementale de sécurité, coupable d'homicides et blessures involontaires, à la suite de l'effondrement d'une tribune ouverte au public édifiée dans une enceinte sportive homologuée après avoir relevé que ce fonctionnaire avait commis des manquements personnels dans la tenue de réunions de la commission, laquelle s'est abstenue de vérifier, comme le lui imposait le Code de la construction et de l'habitation, l'existence d'une autorisation d'aménagement, d'un rapport attestant la stabilité de l'ouvrage ainsi que d'un arrêté du maire autorisant l'ouverture de l'établissement, et n'a expressément formulé aucun avis définitif (▪ Cass. crim., 24 juin 1997 : *Bull. crim.* n° 251, préc.).

2) Est justifiée la déclaration de culpabilité du responsable des services techniques de la ville, agent de la fonction publique territoriale, qui a fait monter un portique de grande hauteur, dans la précipitation, et sans aucune mesure de protection contre le risque de chutes et n'a pas accompli les diligences normales compte tenu de sa compétence, du pouvoir et des moyens dont il disposait pour accomplir sa mission ; il résulte en effet de l'ensemble ces éléments que ce prévenu a violé manifestement une obligation particulière de sécurité prévue par la loi ou le règlement de sorte qu'a été établi à son encontre, en tous ses éléments constitutifs, le délit de blessures involontaires tant au regard de l'article 320 de l'ancien Code pénal que des articles 222-19, 121-3 du Code pénal et de l'article 11 *bis* A de la loi du 13 juillet 1983.

– Est également justifiée la déclaration de culpabilité d'un agent de maîtrise principal ayant un pouvoir de direction autonome pour la fourniture du matériel, et disposant des pouvoirs et moyens nécessaires, compte tenu de la nature de ses fonctions, auquel il est reproché d'avoir refusé, en pleine connaissance de cause de fournir aux employés occupés à un travail en hauteur les dispositifs de protection ; il résulte en effet de l'ensemble de ces éléments que ce prévenu a commis une faute caractérisée, et qui exposait autrui à un risque d'une particulière gravité qu'il ne pouvait ignorer, de sorte qu'a été établi à son encontre, en tous ses éléments constitutifs, le délit de blessures involontaires tant au regard de l'article 320 de l'ancien Code pénal que des articles 222-19, 121-3 du Code pénal et de l'article 11 *bis* A de la loi du 13 juillet 1983 (▪ Cass. crim., 3 déc. 2002 : *Bull. crim.* n° 219).

Bibliographie : V. S. Petit, *La responsabilité pénale des agents publics et des élus : Gaz. Pal.* 11 nov. 1999, doctr. p. 3. – S. Jacopin, *Mise au point sur la responsabilité pénale des élus et des agents publics : D.* 2002, chron. p. 507.

Art. 121-4. – Est auteur de l'infraction la personne qui :

1° Commet les faits incriminés ;

2° Tente de commettre un crime ou, dans les cas prévus par la loi, un délit.

Bibliographie : *JCl. Pénal Code, Classification des infractions,* par D. Roets. • P. Gulphe, *La distinction entre coauteurs et complices : RSC* 1948, p. 665. • G. Beaussonie, *Infraction,* Rép. Pén. Dalloz. • M. Donnier, *Les infractions continues : RSC* 1958, p. 749. • M. Rolland, *Le délit d'omission : RSC* 1965, p. 583. • J.-P. Doucet, *Les infractions de prévention : Gaz. Pal.* 1973, 2, Doctr. 764. • L. Rozès, *L'infraction consommée : RSC* 1975, p. 603. • C. Claverie-Rousset, *L'habitude en droit pénal : LGDJ*, 2014.

Voir : anc. art. 2 et 3, C. pén.

• Sommaire

I – CONSOMMATION DE L'INFRACTION 125
A – Classification des infractions en fonction de la matérialite 125
1° Les infractions de commission et d'omission 125
2° Les infractions instantanées et continues 126
3° Les infractions successives 129
4° Les infractions d'habitude 129
5° Infractions complexes 130
B – Classification des infractions en fonction du seuil de consommation 130
II – COMMISSION DE L'INFRACTION 130

I – CONSOMMATION DE L'INFRACTION

A – Classification des infractions en fonction de la matérialité

1° Les infractions de commission et d'omission

1) Infractions de commission. On ne saurait, en effet, comprendre un délit de violences ou de voies de fait sans violences ; si certains jurisconsultes pensent qu'un délit d'omission peut quelquefois y suppléer, ce n'est qu'autant que cette omission porte sur un devoir incombant juridiquement à son auteur (▪ CA Poitiers, 20 nov. 1901 : *DP* 1902, 2, p. 81, note G. Le Poittevin ; *S.* 1902, 2, p. 305, note J. Hémard). Ne saurait constituer le délit de coups et blessures volontaires le fait même pour des proches parents de laisser sous leur toit un faible d'esprit, un vieillard ou un malade dans un état d'abandon complet (même arrêt).

2) Justifie sa décision la cour d'appel qui écarte l'application des dispositions de l'article 432-1 du Code pénal au motifs que l'inertie des prévenus ne peut être assimilée aux mesures positives d'abus d'autorité sanctionnées par la loi (▪ Cass. crim., 19 févr. 2003, n° 02-84.058 : *Juris-Data* n° 2003-018394 ; *Dr. pén.* 2003, comm. 93, note M. Véron).

Encourt la cassation l'arrêt, qui après avoir énoncé que le prévenu n'a accompli aucun acte positif susceptible de lui être reproché, constate seulement qu'il a laissé organiser une loterie irrégulière dont sa qualité de président de la société ne lui permettait pas d'ignorer l'existence car la cour d'appel, en ne visant ainsi qu'une simple abstention sans spécifier aucun fait de nature à constituer l'infraction réprimée, n'a pu, par l'insuffisance de ses motifs, donner à sa décision une base légale (▪ Cass. crim., 29 janv. 1936 : *DH* 1936, p. 134).

3) Infractions d'omission. Peuvent être condamnés pour homicide involontaire les guides de montagne qui ont abandonné un homme qu'ils avaient pris en charge et qui est mort d'épuisement (▪ CA Pau, 2 déc. 1944 : *JCP* 1944, II, 2724).

Commet des blessures par imprudence l'apiculteur qui n'a pas pris toutes les précautions nécessaires pour protéger ses voisins contre les piqûres d'abeilles (▪ Cass. crim., 19 févr. 1957 : *JCP* G 1957, IV, 50).

4) Omission constitutive d'une infraction de commission. Commet l'infraction de proxénétisme la prévenue qui a mis à la disposition de prostituées des locaux dont elle disposait en permettant par son inaction volontaire et prolongée que se perpétue dans les lieux l'activité de prostitution (▪ Cass. crim., 25 nov. 1971 : *JCP* G 1972, II, 17142, note P.M.B.).

5) A justifié sa décision la cour d'appel qui condamne pour outrage à officier de la force publique qui s'est fait volontairement verbaliser pour défaut de port de ceinture de sécurité, alors qu'il se savait dispensé pour raisons médicales, de cette obligation légale dès lors que le comportement du prévenu impliquait la conscience, chez son auteur, qu'il portait atteinte à l'autorité des agents de la force publique (▪ Cass. crim., 14 nov. 1989 : *Bull. crim.* n° 417 ; *JCP* G 1990, II, 21441, note A. Vitu ; *D.* 1991, jur. p. 447, note J. Fournier ; *RSC* 1990, p. 561, obs. J.-P. Delmas Saint-Hilaire).

2° Les infractions instantanées et continues

• Infractions instantanées

6) Abus de biens sociaux. Le délit d'abus de biens sociaux résultant (en application d'un contrat de travail antérieur) de reversement de salaires rémunérant un emploi fictif est une infraction instantanée consommée lors de chaque paiement indu (▪ Cass. crim., 28 mai 2003 : *Bull. crim.* n° 109 ; *Dr. pén.* 2003, comm. 100, obs. J.-H. Robert ; *RSC* 2004, p. 358, obs. D. Rebut). Le délit d'abus de biens sociaux d'une société résultant d'un cautionnement est une infraction instantanée consommée au jour de l'acte (▪ Cass. crim., 28 févr. 2007 : *JurisData* n° 2007-038438 ; *Dr. sociétés* 2007, comm. 121, note R. Salomon ; *Dr. pén.* 2007, comm. 83, obs. J.-H. Robert).

7) Abus de confiance. Le délit d'abus de confiance (ou de détournement) résultant du paiement de salaires rémunérant des emplois fictifs est une infraction instantanée consommée lors de chaque paiement indu (▪ Cass. crim., 13 sept. 2006 : *Bull. crim.* n° 220).

8) Bigamie. La bigamie étant un délit instantané, la prescription de l'action part du jour de la célébration du second mariage (▪ Cass. crim., 5 févr. 1963 : *Bull. crim.* n° 65. ▪ Cass. crim., 12 avr. 1983 : *Bull. crim.* n° 97).

9) Blanchiment. Aux termes de l'article 324-1 du Code pénal, le blanchiment est défini comme le fait de faciliter, par tout moyen, la justification mensongère de l'origine des biens ou des revenus de l'auteur d'un crime ou d'un délit ayant procuré à celui-ci un profit direct ou indirect ou le fait d'apporter un concours à une opération de placement, de dissimulation ou de conversion du produit direct ou indirect d'un crime ou d'un délit. Il s'en déduit que ce délit, qui s'exécute en un trait de temps, constitue une infraction instantanée (▪ Cass. crim., 11 sept. 2019, n° 18-83.484. ▪ Cass. crim., 11 sept. 2019, n° 18-81.040 : *AJ pénal* 2019, p. 498, obs. J. Lasserre-Capdeville ; *Dr. pén.* 2019, comm. 181, obs. Ph. Conte).

10) Concussion. Le point de départ de la prescription du délit de concussion, infraction instantanée, ne peut être retardé à la date à laquelle la partie civile en a eu connaissance (▪ Cass. crim., 3 déc. 2008 : *Dr. pén.* 2009, comm. 49, obs. M. Véron).

11) Corruption. Si le délit de corruption est une infraction instantanée, consommée dès la conclusion du pacte entre le corrupteur et le corrompu, il se renouvelle à chaque acte d'exécution dudit pacte (▪ Cass. crim., 27 oct. 1997 : *Bull. crim.* n° 352 ; *Dr. pén.* 1998, comm. 16, obs. M. Véron).

12) Dénonciation calomnieuse. La dénonciation calomnieuse est une infraction instantanée dont la prescription triennale commence à courir le jour où la dénonciation est parvenue à l'autorité ayant le pouvoir d'y donner suite ou de saisir l'autorité compétente (▪ Cass. crim., 17 oct. 2006 : *Bull. crim.* n° 250 ; *Dr. pén.* 2007, comm. 2, obs. M. Véron, et comm. 11, obs. A. Maron).

13) Détournement de correspondance. Le délit de détournement de correspondance prévu par l'article 226-15 du Code pénal étant entièrement consommé au jour du détournement, le délai de prescription a couru à compter de ce jour (▪ Cass. crim., 19 févr. 2013, n° 12-81.044 : *Dr. pén.* 2013, comm. 87, note M. Véron)

14) Entrave aux enchères publiques. L'entrave aux enchères publiques est un délit instantané consommé par l'acceptation d'un don ou d'une promesse en contrepartie de la renonciation à enchérir. Justifie sa décision une cour d'appel qui fixe le point de départ de la prescription à la date à laquelle l'adjudicataire a remis à un intermédiaire un chèque en contrepartie duquel le bénéficiaire s'était engagé à ne pas surenchérir (▪ Cass. crim., 5 juin 2007 : *Bull. crim.* n° 151 ; *Dr. pén.* 2007, comm. 126, obs. M. Véron).

15) Escroquerie. L'escroquerie est une infraction instantanée dont le point de départ du délai de prescription ne saurait être retardé à la date où le bien acquis a été donné à bail, à celle où les emprunts contractés pour financer l'opération ont été remboursés ou encore à celle où les parties civiles soutiennent avoir eu connaissance du délit (▪ Cass. crim., 24 sept. 2008 : *JurisData* n° 2008-045559 ; *Dr. pén.* 2008, comm. 157, obs. J.-H. Robert. ▪ Cass. crim., 8 sept. 2010 : *JurisData* n° 2010-017692 ; *Dr. pén.* 2010, note 144).

16) Évasion. Le délit d'évasion étant un délit instantané, entièrement consommé à la date même où le condamné n'a pas réintégré l'établissement pénitentiaire, à l'issue d'une permission de sortir, l'intervention d'un tiers postérieurement à cette date aux fins d'aider l'auteur principal dans sa fuite, ne saurait constituer un acte de complicité punissable en l'absence d'un accord antérieur à l'infraction (▪ Cass. crim., 4 mai 2000 : *Bull. crim.* n° 178 ; *D.* 2000, IR p. 177 ; *RSC* 2001, p. 164, obs. J.-P. Delmas-Saint-Hilaire).

17) Favoritisme. Le délit d'atteinte à la liberté d'accès et à l'égalité des candidats dans les marchés publics et les délégations de service public est une infraction instantanée qui se prescrit à compter du jour où les faits la consommant ont été commis (▪ Cass. crim., 27 oct. 1999 : *Bull. crim.* n°s 238 et 239 ; *Dr. pén.* 2000, comm. 27, obs. M. Véron ; *RSC* 2000, p. 618, obs. J.-P. Delmas-Saint-Hilaire).

18) Faux. Les délits de faux et usage de faux constituent des infractions instantanées dont la prescription commence à courir du jour de l'établissement du faux ou de celui de son dernier usage délictueux et non de la découverte de l'existence de l'écrit argué de faux (■ Cass. crim., 3 mai 1993 : *Bull. crim.* n° 162. ■ Cass. crim., 25 mai 2004 : *Dr. pén.* 2004, note 183).

19) Faux témoignage. Le faux témoignage est une infraction instantanée, qui est constituée et dont la prescription commence à courir du jour où la déposition mensongère a été faite (■ Cass. crim., 17 déc. 2002 : *Bull. crim.* n° 234 ; *Dr. pén.* 2003, comm. 29 et 32, obs. M. Véron).

20) Importation de stupéfiants. L'importation illicite de stupéfiants est une infraction instantanée qui se commet chaque fois qu'une importation est effectuée (■ Cass. crim., 5 sept. 1995 : *Bull. crim.* n° 269 ; *Dr. pén.* 1996, comm. 4, obs. M. Véron).

21) Infractions de presse. Tout délit résultant d'une publication de presse est réputé commis le jour où la publication est faite, que c'est à ce moment que l'écrit est porté à la connaissance du public et mis à sa disposition puisque c'est par cette publication que se consomment les infractions pouvant résulter d'un tel écrit (■ Cass. crim., 13 oct. 1987, n° 86-96.686 : *Bull. crim.* n° 349).

22) Montage. Le délit de montage, réprimé à l'article 226-8 du Code pénal, est une infraction instantanée (■ Paris, 9 juin 1972 : *Gaz. Pal.* 1973, 2, p. 680).

23) Non-dénonciation de mauvais traitement. Le délit de non-dénonciation de mauvais traitements sur mineur de 15 ans, prévu par l'article 434-3 du Code pénal, est un délit instantané dont la prescription court à compter du jour où le prévenu a eu connaissance des faits (■ Cass. crim., 7 avr. 2009 : *Bull. crim.* n° 66 ; *Dr. pén.* 2009, comm. 91, obs. M. Véron).

24) Organisation frauduleuse d'insolvabilité. Justifie sa décision la chambre de l'instruction, qui, pour retenir la prescription de faits d'organisation frauduleuse d'insolvabilité, énonce que ce délit est une infraction instantanée, que le point de départ de la prescription, fixé au jour de la condamnation devenue définitive, ne peut être retardé par l'exequatur de cette décision et par la prise en compte de décisions rendues par les juridictions civiles dans le cadre de procédures en recouvrement de la créance principale, dont n'était pas saisi le juge d'instruction (■ Cass. crim., 12 juill. 2016, n° 15-80.923).

25) Partage du produit de la prostitution. Le délit de partage des produits de la prostitution d'autrui est une infraction instantanée qui se prescrit à compter du jour où les faits la consommant ont été commis (■ Cass. crim., 4 janv. 1969 : *Bull. crim.* n° 7 ; *RSC* 1969, p. 670, obs. G. Levasseur. ■ Cass. crim., 17 mars 2004 : *Bull. crim.* n° 72. ■ Cass. crim., 29 janv. 1965 : *Bull. crim.* n° 30. ■ Cass. crim., 4 janv. 1969 : *Bull. crim.* n° 7).

26) Participation frauduleuse à une entente prohibée. Le délai de prescription du délit de participation frauduleuse à une entente prohibée, infraction instantanée, part du jour où cette infraction a été constatée dans des conditions permettant l'exercice de l'action publique (■ Cass. crim., 20 févr. 2008, n°s 02-82.676 et 07-82.110 : *Bull. crim.* n° 44).

27) Prise illégale d'intérêt. Si la prise illégale d'intérêt n'a pas le caractère d'un délit successif et se consomme par la seule prise d'intérêt, l'infraction doit cependant être retenue à chaque fois qu'elle se produit (■ Cass. crim., 7 oct. 1976 : *Bull. crim.* n°s 285 et 283 ; *RSC* 1977, p. 325, obs. Vitu).

28) Trafic d'influence. Si le délit de trafic d'influence est une infraction instantanée qui se prescrit à compter de la perception du dernier versement effectué en exécution du pacte litigieux, le délai de prescription de l'action publique ne commence à courir, en cas de dissimulation, qu'à partir du jour où l'infraction a pu être constatée dans des conditions permettant l'exercice des poursuites (■ Cass. crim., 19 mars 2008, n° 07-82.124 : *Dr. pén.* 2008, comm. 102, obs. M. Véron).

29) Tromperie. Si la tromperie est une infraction instantanée, elle n'en constitue pas moins un délit clandestin par nature, en ce qu'il a pour but de laisser le contractant dans l'ignorance des caractéristiques réelles du produit (■ Cass. crim., 7 juill. 2005 : *Bull. crim.* n° 206 ; *JCP* 2005, II, 10143, note J. Leblois-Happe ; *Dr. pén.* 2005, comm. 132, obs. J.-H. Robert).

30) Usage de faux. L'usage de faux constituant, dans les conditions déterminées par la loi, une infraction instantanée, cette infraction se produit chaque fois que, dans ces conditions intervient un nouveau fait d'utilisation de la pièce fausse en vue du but auquel elle est destinée. Il en est ainsi lorsque cette pièce est présentée de nouveau au cours d'un procès civil, après une reprise d'instance (■ Cass. crim., 12 nov. 1979 : *Bull. crim.* n° 313. ■ Cass. crim., 30 mars 1999 : *Bull. crim.* n° 58).

31) Usurpation d'identité dans des circonstances de nature à déterminer des poursuites pénales. Le délit, prévu et réprimé par l'article 434-23 du Code pénal, étant une infraction instantanée, la prescription commence à courir dès le moment où l'identité est usurpée dans des circonstances de nature à déterminer des poursuites pénales (■ Cass. crim., 16 févr. 1999 : *Bull. crim.* n° 25).

32) Violation du secret professionnel. La violation du secret professionnel, constituée par la délivrance d'une attestation par une secrétaire d'avocat, est un délit instantané indépendamment de la permanence de ses effets (■ Colmar, 30 juin 1988 : *JurisData* n° 1988-044354).

• Infractions continues

33) Notion. Selon la jurisprudence constante de la Cour de cassation, la prescription des infractions continues, dont l'élément matériel se prolonge dans le temps par la réitération constante de la volonté coupable de l'auteur, ne court qu'à partir du jour où elles ont pris fin dans leurs actes constitutifs et dans leurs effets (■ Cons. const., 24 mai 2019, n° 2019-785 QPC : *JurisData* n° 2019-008915 : *Dr. pén.* 2019, comm. 123, obs. Ph. Conte).

34) Association de malfaiteurs. L'appartenance à une association ou une entente en vue de commettre des infractions à la législation sur les stupéfiants est un délit continu qui ne commence à se prescrire qu'à partir de l'instant où le prévenu cesse d'en faire partie, soit en la quittant, soit parce qu'elle a cessé d'exister (■ Cass. crim., 16 oct. 1979, n° 79-90.762 : *Bull. crim.* n° 285).

35) Conditions d'hébergement indignes. Le délit de soumission d'une personne vulnérable ou dépendante à des conditions d'hébergement incompatibles avec la dignité humaine, prévu par l'article 225-14 du Code pénal, est une infraction continue, qui se poursuit tant que dure l'hébergement illicite ; il n'importe que cet hébergement trouve sa cause dans un contrat conclu avant l'entrée en vigueur de ce texte (■ Cass. crim., 11 févr. 1998 : *Bull. crim.* n° 53 ; *Dr. pén.* 1998, comm. 64 et 65, obs. M. Véron).

36) Conservation d'enregistrement de parole et de données informatisées. La conservation d'un enregistrement de paroles prononcées à titre privé ou confidentiel, au sens de l'article 226-2 du Code pénal, ainsi que celle de données informatisées que réprime l'article 226-19, constituent des délits continus à l'égard desquels la prescription de l'action publique ne commence à courir que lorsqu'ils ont cessé (■ Cass. crim., 4 mars 1997, n° 96-84.773 : *Bull. crim.* n° 83 ; *Procédures* 1997, comm. 188, obs. J. Buisson).

37) Construction sans permis. Le délit prévu et réprimé par les articles L. 421-1 et L. 480-4 du Code de l'urbanisme s'accomplissant pendant le temps où les travaux non autorisés sont exécutés, le délai de prescription de cette infraction commence à courir à la date à laquelle lesdits travaux ont été achevés (■ Cass. crim., 10 déc. 1985, n° 84-92.105 : *Bull. crim.* n° 395. ■ Cass. crim., 20 mai 1992, n° 90-87.350 : *Bull. crim.* n° 202).

38) Détention et séquestrations arbitraires. Le sort de la personne, qui n'est pas reparue depuis sa disparition en 1976 dans le contexte de la dictature militaire Argentine demeurant inconnu, les infractions de détention ou séquestration arbitraires ne peuvent être considérées comme prescrites. S'agissant d'infractions continues, le délai de prescription de l'action publique ne court qu'à compter du moment où elles ont pris fin dans leurs actes constitutifs et dans leurs effets (■ Cass. crim., 24 mai 2018, n° 17-86.340 : *JurisData* n° 2018-008621 ; *Dalloz actualité*, 18 juin 2018, obs. H. Diaz.– Rappr. à propos de la séquestration. ■ Cons. const., 24 mai 2019, n° 2019-785 QPC : *JurisData* n° 2019-008915 : *Dr. pén.* 2019, comm. 123, obs. Ph. Conte).

39) Détournement de mineur. Le détournement de mineur présente le caractère d'un délit continu qui se poursuit aussi longtemps que son auteur persévère dans sa volonté de porter atteinte à l'exercice de l'autorité parentale (■ Cass. crim., 23 févr. 2000 : *Bull. crim.* n° 83 ; *RSC* 2000, p. 608, obs. Y. Mayaud).

40) Exploitation d'un débit de boisson. L'exploitation d'un débit de boissons en violation d'une interdiction professionnelle est un délit continu, qui se renouvelle chaque fois que l'exploitant persévère dans son attitude (■ Cass. crim., 19 oct. 2004 : *Dr. pén.* 2005, comm. 57, obs. J.-H. Robert).

41) Prise illégale d'intérêt. La conservation d'un intérêt dans l'entreprise dont le prévenu avait la charge d'assurer la surveillance confère à l'infraction réprimée à l'article 432-12 du Code pénal un caractère continu (■ Cass. crim., 29 avr. 2014, n° 14-80.060 : *Dr. pén.* 2014, comm. 104, obs. M. Véron).

42) Propagande et publicité en faveur du tabac. Le délit de propagande ou publicité, directe ou indirecte, en faveur du tabac, prévu par l'article L. 3511-3 du Code de la santé publique, constitue, quel qu'en soit le support, une infraction continue qui se poursuit tant que le message litigieux reste accessible au public (■ Cass. crim., 17 janv. 2006 : *Bull. crim.* n° 21 ; *Dr. pén.* 2006, comm. 41, obs. J.-H. Robert ; *D.* 2006, p. 1437, note C. Courtin ; *JCP* 2006, II, 10120, note B. Bouloc).

43) Proxénétisme. Le proxénétisme constitué par le fait de vivre avec une personne se livrant habituellement à la prostitution, est un délit continu qui ne commence à se prescrire qu'au moment où prend fin la cohabitation avec la prostituée (■ Cass. crim., 29 juin 1983 : *Bull. crim.* n° 207).

44) Publicité non conforme à la règlementation. Une publicité à caractère durable qui ne porte pas les mentions imposées par la loi constitue un délit continu qui se poursuit aussi longtemps qu'est maintenue ou renouvelée la publicité effectuée sur le même panneau (■ Cass. crim., 2 juill. 1980 : *Bull. crim.* n° 211).

45) Recel. Le recel est une infraction continue, caractérisée lorsque le prévenu a conservé des biens d'origine frauduleuse (■ Cass. crim., 22 juin 1972 : *Bull. crim.* n° 270. ■ Cass. crim., 29 nov. 2016, n° 15-86.409).

Si l'abus de biens sociaux est une infraction instantanée, consommée au jour de l'acte, le recel d'abus de biens est une infraction continue (■ Cass. crim., 28 févr. 2007 : *JurisData* n° 2007-038438 ; *Dr. sociétés* 2007, comm. 121, note R. Salomon).

En matière de recel de cadavre, le délai de prescription ne court qu'à compter du jour où la dissimulation a cessé, peu important que le corps ait été déplacé ultérieurement à l'insu du demandeur (■ Cass. crim., 13 déc. 2017, n° 17-83.330 : *JCP* G 2018, 177, note J.-Y. Maréchal ; *JCP* G 2018, act. 46, obs. J.-M. Brigant).

46) Violation de l'obligation de déclaration de changement de domicile des propriétaires de véhicule soumis à immatriculation. La contravention de l'article R. 322-7 est de nature continue (■ Cass. crim., 9 mai 2018, n° 16-86.629, D : *JurisData* n° 2018-007628 ; *Dr. pén.* 2018, comm. 162, obs. J.-H. Robert ; *Dr. pén.* 2018, étude 7, n° 2, obs. F. Gauvin).

3° Les infractions successives

47) Abandon de famille. Le délit d'abandon de famille « se renouvelle chaque fois que son auteur démontre par son comportement sa volonté de persévérer dans son attitude »(■ Cass. crim., 2 déc. 1998, n° 97-83.671 : *Bull. crim.* n° 326).

48) Corruption. La corruption de fonctionnaire est un délit successif (■ Cass. crim., 6 févr. 1969, n° 67-93.492 : *Bull. crim.* n° 67).

Si le délit de corruption est une infraction instantanée, consommée dès la conclusion du pacte entre le corrupteur et le corrompu, il se renouvelle à chaque acte d'exécution dudit pacte (■ Cass. crim., 27 oct. 1997 : *Bull. crim.* n° 352 ; *Dr. pén.* 1998, comm. 16, obs. M. Véron).

49) Non-respect d'une injonction de démolition. Si la contravention à l'arrêté qui interdit d'exécuter un ouvrage dans le lit d'un cours d'eau sans l'autorisation de l'Administration présente un caractère permanent et se continue en dehors de toute intervention de son auteur, il n'en est pas de même de la contravention à l'arrêté qui enjoint de démolir un ouvrage irrégulièrement élevé. Le refus de se conformer à cette injonction constitue une infraction successive, se renouvelant chaque jour depuis l'époque fixée pour l'exécution dudit arrêté (■ Cass. crim., 31 mars 1926 : *Gaz. Pal.* 1926, II, 174).

50) Désobéissance à une décision de justice. La désobéissance à une décision de justice statuant sur la garde d'un mineur constitue une infraction successive, qui se renouvelle chaque jour, ou du moins chaque fois qu'à une nouvelle mise en demeure l'intéressé répond négativement (■ Cass. crim., 14 févr. 1957 : *Bull. crim.* n° 251).

51) Ouverture illégale d'un débit de boisson. Le délit d'ouverture d'un débit de boissons sans déclaration préalable se poursuit par l'intervention renouvelée du tenancier et présente dès lors, aussi longtemps que dure l'exploitation illicite d'un établissement dépourvu d'existence légale, le caractère d'une infraction successive (■ Cass. crim., 23 janv. 1979 : *Bull. crim.* n° 30).

52) Trafic d'influence. Si le délit de trafic d'influence est une infraction instantanée qui se prescrit à compter de la perception du dernier versement effectué en exécution du pacte litigieux, le délai de prescription de l'action publique ne commence à courir, en cas de dissimulation, qu'à partir du jour où l'infraction a pu être constatée dans des conditions permettant l'exercice des poursuites (■ Cass. crim., 19 mars 2008, n° 07-82.124 : *Dr. pén.* 2008, comm. 102, obs. M. Véron).

53) Travaux non conformes aux règles. La contravention résultant de travaux réalisés non conformément aux conditions fixées par un arrêté préfectoral, bien que permanente et continue, n'est pas successive ; elle s'est accomplie et consommée au temps même où les travaux ont été exécutés et résulte d'un fait unique dont la continuation s'est produite en dehors de toute intervention de son auteur (■ Cass. crim., 16 déc. 1938 : *Gaz. Pal.* 1939, I, 260).

4° Les infractions d'habitude

54) Notion. Deux actes suffisent à caractériser une infraction d'habitude (■ Cass. crim., 18 déc. 1897 : *DP* 1899, 1, p. 171. ■ Cass. crim., 3 avr. 1914 : *Bull. crim.* n° 184. ■ Cass. crim., 12 juill. 1919 ; *Bull. crim.* n° 173. ■ Cass. crim., 1er août 1919 : *Bull. crim.* n° 195. ■ Cass. crim., 4 nov. 1922 : *Bull. crim.* n° 346. ■ Cass. crim., 27 mars 1925 : *DH* 1925, p. 310).

55) Illustrations positives. La ***réception de subsides*** est une infraction d'habitude, exigeant le caractère habituel de la prostitution (■ Cass. crim., 13 mai 1954 : *D.* 1954, p. 695, note F.G. ; *RSC* 1955, p. 83, obs. Hugueney).

Encourt la cassation, en raison de l'absence de la condition d'habitude, l'arrêt qui a condamné pour ***proxénétisme***, les tenanciers d'un hôtel meublé dans lequel la police a découvert une femme se livrant à la prostitution qui a déclaré qu'au cours de la même journée, elle s'était prostituée avec plusieurs individus dans l'établissement ; constatations qui établissent la présence d'une seule prostituée au cours d'une seule journée, dans l'hôtel exploité par les prévenus, mais ne démontrent pas, à la charge de ceux-ci, l'habitude, au sens de l'article 335 du Code pénal (▪ Cass. crim., 18 juin 1958 : *Bull. crim.* n° 475).

56) Illustrations négatives. L'article 334, alinéa 4, du Code pénal qui réprime l'***embauchage***, l'entraînement ou l'entretien d'une personne, même majeure ***en vue de la prostitution*** n'exige pas pour son applicabilité l'élément d'habitude. Un seul fait suffit à caractériser le délit (▪ Cass. crim., 5 mars 1953 : *Bull. crim.* n° 80).

L'habitude n'est pas un élément constitutif du délit prévu par l'article 334-6° du Code pénal (▪ Cass. crim., 18 juill. 1989 : *Bull. crim.* n° 290 ; *RSC* 1990, p. 73, obs. G. Levasseur).

Aux termes de l'article 334, § 1er, du Code pénal, est considéré comme proxénète celui ou celle qui, d'une manière quelconque, aide, assiste ou protège la prostitution d'autrui. L'infraction ainsi définie, qu'un seul acte suffit à caractériser, n'exige l'élément d'habitude ni à l'égard du proxénète, ni en ce qui touche la prostitution (▪ Cass. crim., 10 mars 1955 : *Bull. crim.* n° 151. ▪ Cass. crim., 20 nov. 1956 : *Bull. crim.* n° 764).

5° *Infractions complexes*

57) Illustrations positive. L'escroquerie est un délit complexe (▪ Cass. crim., 22 avr. 1992, n° 91-85.444. ▪ Cass. crim., 19 nov. 1998, n° 97-85.376).

Le délit d'exercice illégal de la profession de banquier est une infraction complexe (▪ Cass. crim., 17 sept. 2002, n° 01-87.702).

Le blanchiment tel que prévu par les dispositions de l'article 324-1 du Code pénal est un délit complexe (▪ TGI Paris, 7 juill. 2016, *JurisData* n° 2016-023526).

58) Illustrations négatives. La non-représentation d'enfant n'est pas un délit complexe (▪ Cass. crim., 27 oct. 1966, n° 66-91.280 : *Bull. crim.* n° 244. ▪ Cass. crim., 16 juill. 1969, n° 69-90.363 : *Bull. crim.* n° 228).

B – Classification des infractions en fonction du seuil de consommation

59) Infractions matérielles. A légalement justifié sa décision sans méconnaître l'article 222-15 incriminant l'Administration de substance nuisible la chambre de l'instruction qui confirme une ordonnance de non-lieu concernant le prévenu qui a entretenu des relations sexuelles non protégées avec une femme sans l'avoir informée préalablement qu'il était atteint du VIH dès lors qu'en l'absence de contamination de la partie civile, l'élément matériel de l'infraction faisait défaut (▪ Cass. crim., 5 mars 2019, n° 18-82.704 : *JurisData* n° 2019-003225 ; *Dr. pén.* 2018, comm. 80, obs. Ph. Conte).

60) Infractions formelles. La *menace*, par quelque moyen que ce soit, de commettre un crime ou un délit contre les personnes, accompagnée de l'ordre de remplir une condition, que l'auteur de la menace ait entendu ou non la mettre à exécution (▪ Cass. crim., 20 sept. 2016, n° 15-84.746 : *JurisData* n° 2016-018952 ; *Dr. pén.* 2017, comm. 3, obs. Ph. Conte).

S'agissant de ***faux matériels*** occasionnant un préjudice à la personne dont ils sont censés émaner, il n'importe qu'ils aient eu ou non pour objet ou pour effet d'établir la preuve d'un droit ou d'un fait ayant eu des conséquences juridiques (▪ Cass. crim., 6 avr. 2016, n° 14-85.501 : *JurisData* n° 2016-006385 ; *Dr. pén.* 2016, comm. 106, obs. Ph. Conte).

61) Distinction entre l'infraction obstacle et l'infraction consommée ou tentée. Il se déduit de l'article 388 du Code de procédure pénale qu'en cas de concours entre une infraction dont la raison d'être est de faire obstacle à la commission d'une autre infraction et une infraction qui sanctionne une action parvenue à son terme ou dont la tentative est consommée, l'infraction pour laquelle la peine privative de liberté la plus longue est prévue doit être retenue. Lorsque cette peine est identique pour ces deux infractions, la seconde doit être préférée. A méconnu ce principe la cour d'appel qui, pour requalifier en association de malfaiteurs les faits reprochés au prévenu sous la qualification de complicité de tentative d'évasion, retient que ces faits sont indissociables de l'association de malfaiteurs également reprochée au prévenu (▪ Cass. crim., 12 mai 2021, n° 20-81.014 : *JurisData* n° 2021-007132).

II – COMMISSION DE L'INFRACTION

62) Auteur moral. Est l'auteur de violation des correspondances l'employeur qui ordonne à un employé l'ouverture systématique du courrier qui parvient à l'établissement (▪ Cass. crim., 4 déc. 1974 : *Gaz. Pal.* 1975, p. 93 ; *RSC* 1976, p. 409, obs. J. Larguier).

Est auteur principal de l'infraction l'employeur qui a embauché des conseillers en gestion du patrimoine, relaxés pour défaut d'intention frauduleuse, qui se sont livrés au colportage ainsi qu'au démarchage illicite de valeurs mobilières, dès lors qu'il disposait d'une autorité incontestable sur les conseillers financiers, avec lesquels il avait des contacts permanents, et savait qu'il était recouru au procédé du démarchage (▪ Cass. crim., 28 mars 1996, n° 95-81.602 : *JurisData* n° 1996-002638 ; *Dr. pén.* 1996, comm. 223, note J.-H. Robert).

Si c'est à tort que la cour d'appel a requalifié les faits en complicité du délit d'abus de faiblesse prévu par les articles L. 122-8 et L. 122-9 du Code de la consommation, pour le prévenu organisateur du procédé de vente par voyage publicitaire et qui n'a jamais été en contact avec les victimes abusées, l'arrêt, néanmoins, n'encourt pas la censure dès lors que les faits souverainement constatés par les juges du fond caractérisent la culpabilité du prévenu comme auteur de l'infraction (▪ Cass. crim., 1er févr. 2000, n° 99-84.378 : *JurisData* n° 2000-000727 ; *Bull crim.* n° 102).

63) Est coupable d'escroquerie, en qualité d'auteur, le directeur d'une société qui y a importé une pratique consistant à permettre le déblocage par anticipation des prêts finançant le matériel et les travaux, à l'insu du client, en adressant à une société des bons de livraison signés en blanc par celui-ci dès la conclusion du contrat, alors que le matériel n'avait pas été installé ni même livré. Le fait pour le prévenu d'avoir été l'unique concepteur de l'opération frauduleuse qu'il a initiée et mise en place, d'avoir recruté des collaborateurs rompus ou formés à cette pratique et d'avoir l'autorité nécessaire pour donner des instructions aux exécutants caractérise la participation personnelle, volontaire et directe du prévenu aux manœuvres frauduleuses constitutives du délit d'escroquerie (▪ Cass. crim., 5 mai 2021, n° 20-82.447 : *JurisData* n° 2021-006938 ; *Banque et droit* 2021, n° 198, p. 68, obs. J. Lasserre Capdeville).

64) Assimilation du complice au coauteur. Celui qui assiste l'auteur dans les faits de consommation coopère nécessairement à la perpétration du délit et se rend coauteur (▪ Cass. crim., 4 août 1824 : *Bull. crim.* n° 224. ▪ Cass. crim., 24 août 1827 : *Bull. crim.* n° 224. ▪ Cass. crim., 24 juin 1922 : *S.* 1923, I, p. 41. ▪ Cass. crim., 4 août 1927 : *S.*, I, 41. ▪ Cass. crim., 7 déc. 1954 : *D.* 1955, jurispr. p. 221. ▪ Cass. crim., 25 janv. 1962 : *Bull. crim.* n° 63 ; *RSC* 1962, p. 749, obs. A. Legal. ▪ Cass. crim., 25 janv. 1973 : *Gaz. Pal.* 1973, 1, somm. p. 94).

65) Est coauteur d'une tentative de vol celui qui détourne l'attention d'un bijoutier pendant que l'autre tente de s'emparer des bijoux (▪ Cass. crim., 4 août 1927 : *S.* 1929, 1, 33, note J.-A. Roux).

66) A fait une fausse application de la loi le tribunal qui n'a pas condamné à la peine de réclusion encourue pour vol commis par deux ou plusieurs personnes, dans un lieu habité ou servant à l'habitation sous prétexte que l'un des prévenus était resté à l'extérieur et faisait la sentinelle (▪ Cass. crim., 9 avr. 1813 : *Bull. crim.* n° 72. – V. également ▪ Cass. crim., 7 déc. 1954 : *D.* 1955, p. 221).

A justifié sa décision, en l'état de ces motifs tirés de son appréciation souveraine, la cour d'appel qui condamne un individu membre d'un groupe pour avoir fait le guet pendant que les autres procédaient à des dégradations volontaires, dès lors que celui qui fait le guet pendant qu'une autre personne commet une infraction est coauteur de celle-ci (▪ Cass. crim., 3 mars 2021, n° 19-86.847).

67) S'il est vrai, en principe, qu'en matière de contraventions la complicité n'est pas admise, rien cependant ne fait obstacle à ce que les tribunaux de répression puissent rechercher si la contravention n'était pas de nature à être commise simultanément par plusieurs personnes ; dans les actes de complicité, on a toujours distingué ceux qui, extrinsèques à l'acte, tendent à en préparer, faciliter et réaliser la consommation, et ceux qui, par la simultanéité d'action et l'assistance réciproque, constituent la perpétration même ; que, lorsque ces derniers ont été commis, il existe bien moins des complices que des coauteurs. A violé les articles 59 et 60 du Code pénal l'arrêt qui a renvoyé le prévenu, officier de santé, des poursuites pour exercice illégale de la médecine au motif que la complicité est exclue pour les contraventions alors qu'il écrivait et signait les prescriptions, faites après le diagnostic par un tiers non titulaire d'un diplôme en médecine (▪ Cass. crim., 17 déc. 1859, *Bull. crim.* n° 281. – Dans le même sens, ▪ Cass. crim., 24 juin 1922 : *S.* 1923, 1, 41, note J.-A. Roux : à propos d'une personne dansant autour du porteur d'un drapeau interdit).

68) A justifié sa décision la cour d'appel qui condamne un directeur de publication d'un journal, non comme complice mais comme auteur principal du délit de publicité illicite en faveur du tabac, considérant que sans son intervention la publicité litigieuse n'aurait pas été publiée et a ainsi concouru personnellement à la réalisation de l'infraction (▪ Cass. crim., 14 juin 1995, n° 94-80.086 : *RSC* 1996, p. 365, obs. B. Bouloc).

69) A caractérisé la participation personnelle, volontaire et directe du prévenu aux manœuvres frauduleuses constitutives du délit d'escroquerie au jugement la cour d'appel qui déclare la culpabilité du prévenu au motif qu'il a établi un faux acte de prêt destiné à être produit en justice par un tiers et qu'il a activement pris part, intellectuellement, en prodiguant des conseils et, matériellement, en concevant et rédigeant un acte apocryphe produit devant plusieurs juridictions, à une tromperie destinée à obtenir du juge des décisions préjudiciables aux intérêts des plaignantes (▪ Cass. crim., 8 avr. 2021, n° 19-84.495 : *JurisData* n° 2021-005183 ; *Dr. pénal* 2021, comm. 104, obs. Ph. Conte ; *RSC* 2021, p. 839, obs. H. Matsopoulou).

70) Assimilation du coauteur au complice. V. ss art. 121-7, p. 136.

71) Tentative. V. ss art. 121-5, p. 132.

Art. 121-5. – **La tentative est constituée dès lors que, manifestée par un commencement d'exécution, elle n'a été suspendue ou n'a manqué son effet qu'en raison de circonstances indépendantes de la volonté de son auteur.**

Bibliographie : *JCl. Pénal Code, Tentative* par M. Segonds. • J. Deveze, *Le commencement d'exécution de l'infraction en jurisprudence : RSC* 1981, p. 777. • A. Prothais, *Tentative et attentat,*, LGDJ, coll. bibl. sc. crim., 1985. • A. Varinard, *La théorie de l'infraction impossible*, in *Mél. Chavanne*, Litec, 1990, p. 173.

• ***Sommaire***

I – TENTATIVE INTERROMPUE 132
A – Commencement d'exécution 132
B – Absence de désistement volontaire 133
C – Régime juridique 135
II – TENTATIVE INFRUCTUEUSE 135

I – TENTATIVE INTERROMPUE

A – Commencement d'exécution

1) Notion. Constitue un commencement d'exécution tout acte qui tend directement au délit, lorsqu'il a été accompli avec l'intention de le commettre (▪ Cass. crim., 3 janv. 1913 : *DP* 1914, 1, 41, note H. Donnedieu de Vabres ; S. 1913, 1, 281, note Roux. ▪ Cass. crim., 5 juill. 1951 : *Bull. crim.* 1951, n° 198 ; *RSC* 1952, p. 439, obs. A. Légal. ▪ Cass. crim., 29 déc. 1970 : *Bull. crim.* n° 356 ; *JCP* G 1971, II, 16770, note P. Bouzat ; *RSC* 1972, p. 99, obs. A. Légal ; *préc.*, p. 207, obs. M. Puech. ▪ Cass. crim., 8 nov. 1972 : *Bull. crim.* 1972, n° 331 ; *Gaz. Pal.* 1973, 1, p. 205, note J.-P. Doucet ; *préc.*, p. 360, obs. J. Pradel et A. Varinard. ▪ Cass. crim., 11 juin 1975 : *Bull. crim.* 1975, n° 150 ; *RSC* 1976, p. 407, obs. J. Larguier. ▪ Cass. crim., 1er mars 1978 : *RSC* 1979, p. 101, obs. P. Bouzat).

2) Le commencement d'exécution est constitué par tous les actes qui tendent directement et immédiatement à la réalisation du délit (▪ Cass. crim., 3 mai 1974 : *Bull. crim.* n° 157, p. 402 ; *Gaz. Pal.* 1974, II, somm. 246. ▪ Cass. crim., 19 juin 1979 : *D.* 1979, p. 525, obs. M. Puech. ▪ Cass. crim., 5 juin 1984 : *Bull. crim.* n° 212), celui-ci étant entré ainsi dans la période d'exécution (▪ Cass. crim., 25 oct. 1962 : *D.* 1963, p. 221, note P. Bouzat ; *JCP* 1963, II, 12985, note R. Vouin. ▪ Cass. crim., 3 mai 1974 : *Bull. crim.* n° 157 ; *D.* 1974, IR p. 139. ▪ Cass. crim., 19 juin 1979 : *D.* 1979, IR p. 525, obs. Puech ; *RSC* 1980, p. 969, obs. J. Larguier).

3) Le commencement d'exécution est caractérisé par un acte devant avoir pour conséquence directe de consommer le délit, celui-ci étant entré dans sa période d'exécution (▪ Cass. crim., 15 mai 1979 : *Bull.* n° 175 ; *D.* 1979, p. 525, obs. M. Puech ; *D.* 1980, jurispr. p. 409, note M.-J. Cambasséddès ; *RSC* 1980, p. 969, obs. J. Larguier).

4) Distinction entre actes préparatoires et commencement d'exécution – illustrations. Ne peut être retenu comme coupable d'une tentative d'achat de stupéfiants sans autorisation un individu ayant remis à un de ses camarades une somme d'argent destinée à l'achat de haschich, alors que ce dernier avait envoyé sous forme de mandat la somme qu'il avait reçue et donné mission à un tiers d'acheter du cannabis et que l'avis de mandat ayant été retenu par la mère du destinataire, le mandat impayé avait été retourné à l'expéditeur et qu'aucun vendeur de stupéfiant n'avait été contacté (▪ Cass. crim., 15 mai 1979 : *D.* 1980, p. 409, note M.-J. Cambassédès ; *RSC* 1980, p. 969, obs. J. Larguier).

5) La destruction d'un véhicule et la plainte pour vol ne constituent que des actes préparatoires qui ne sauraient, en l'absence de déclaration de sinistre, constituer un commencement d'exécution justifiant une condamnation pour tentative d'escroquerie (▪ Cass. crim., 17 déc. 2008, n° 08-82.085 : *Bull. crim.* n° 259 ; *Dr. pén.* 2009, comm. 35, obs. M. Véron).

6) L'altération des empreintes digitales ne saurait à elle seule constituer un commencement d'exécution du délit d'obtention indue de documents administratifs (▪ Cass. crim., 11 mai 2011, n° 10-84.344 : *Dr. pén.* 2011, comm. 103, obs. M. Véron).

7) La tentative d'escroquerie, manifestée par un commencement d'exécution, suspendue ou n'ayant manqué son effet qu'en raison de circonstances indépendantes de la volonté de son auteur, est le fait de tenter, soit par l'usage d'un faux nom ou d'une fausse qualité, soit par l'abus d'une qualité vraie, soit par l'emploi de manœuvres frauduleuses, de tromper une personne en vue de la déterminer ainsi, à son préjudice ou à celui d'un tiers, à remettre des fonds, des valeurs ou un bien ou à fournir un service ou, encore, à consentir à un acte opérant obligation ou décharge ; doit être cassé l'arrêt qui condamne pour tentative d'escroquerie l'individu qui s'apprêtait à envoyer par voie postale des faux chèques à destination de malfaiteurs censés s'en servir comme moyen pour tirer profit de transactions frauduleuses, ces faits ne constituant que des actes préparatoires n'ayant pas pour conséquence directe et immédiate la consommation d'escroquerie (■ Cass. crim., 16 mai 2018 : *JurisData* n° 2018-008162 ; *AJ pénal* 2018, p. 364, obs. P.-J. Delage).

8) Constitue le commencement d'exécution d'un vol avec arme, et non de simples actes préparatoires, le fait pour un individu de se présenter à visage découvert à la porte d'une banque afin d'en faciliter l'ouverture et de permettre à deux complices armés d'y pénétrer en vue de commettre un vol (■ Cass. crim., 7 sept. 1993 : *Bull. crim.* n° 262).

9) Constituent non des actes préparatoires mais un véritable commencement d'exécution caractérisant une tentative d'agression sexuelle les manœuvres consistant par un prévenu, se faisant passer pour un médecin, à attirer dans un appartement une jeune femme à la recherche d'un emploi et de lui demander de se déshabiller pour subir un examen médical présenté comme un préalable obligatoire à son embauche. Ces actes sont en effet directement et immédiatement liés au délit et entrent dans la phase d'exécution de la tentative (■ Cass. crim., 14 juin 1995 : *Bull. crim.* n° 222 ; *RSC* 1996, p. 365, obs. B. Bouloc).

10) Applications. Le fait de planifier de dévaliser une personne et de se poster devant l'immeuble pour l'attendre en vue de l'attaquer à l'aide d'une arme apportée à cet effet suffit à démontrer que le crime est entré dans la période d'exécution (■ Cass. crim., 3 janv. 1913 : *S.* 1913, 1, 282, note H. Donnedieu de Vabres).

Caractérise ainsi les éléments légaux du crime de tentative de ***vol qualifié*** l'arrêt de la chambre d'accusation qui contient un exposé des faits de la poursuite d'où il se déduit que la phase d'exécution de l'agression projetée par plusieurs individus armés contre un bureau de poste était déjà commencée et qui énonce que les actes imputés aux inculpés tendaient directement et immédiatement à la réalisation de cette attaque (■ Cass. crim., 19 juin 1979 : *D.* 1979, p. 525, obs. M. Puech).

11) Constitue un commencement d'exécution d'une tentative de ***tromperie*** sur les qualités substantielles de véhicules la proposition de vente manifestée par l'exposition des véhicules faussement qualifies ou dont les totaliseurs avaient été altérés en vue d'inciter à l'achat la clientèle ainsi abusée (■ Cass. crim., 5 juin 1984, n° 83-90.215 : *Bull. crim.* n° 212). Également, le fait d'exposer à la vente des appareils téléphoniques non agréés, mélangés à d'autres appareils conformes à la réglementation nationale, sans aucune indication concernant l'absence d'agrément, alors que lui-même avait été informé par son fournisseur des spécificités de ces appareils constitue un commencement d'exécution (■ Cass. crim., 19 janv. 1993, n° 90-84.624 : *Bull. crim.* n° 25).

12) En matière d'***escroquerie*** à l'assurance, au sens des articles 405 ancien et 313-1 nouveau du Code pénal, suffit à constituer le commencement d'exécution caractérisant la tentative, la déclaration de sinistre faite à l'assureur, lorsqu'elle est accompagnée, comme en l'espèce, d'un faux document destiné à entraîner l'application du contrat (■ Cass. crim., 22 févr. 1996 : *Bull. crim.* n° 89 ; *RSC* 1996, obs. B. Bouloc). Constitue un commencement d'exécution d'une escroquerie le fait d'ouvrir un compte et de déposer plusieurs chèques, frappés d'opposition ou sans provision de clients, et de tenter d'obtenir de la banque un transfert de la somme sur un autre compte basé au Luxembourg en mettant a profit les délais d'encaissement (■ Cass. ass. plén., 18 janv. 2006, n° 02-80.787 : *JurisData* n° 2006-031647 ; *Bull. crim.* n° 1 ; *Dr. pén.* 2006, comm. 49, note M. Véron ; *D.* 2006, p. 1657, obs. T. Garé ; *AJ pénal* 2006, p. 84, obs. P. R).

La production d'un document simplement mensonger est susceptible de caractériser l'élément matériel du délit de tentative d'escroquerie au jugement (■ Cass. crim., 1er avr. 2020, n° 19-83.631 : *JurisData* n° 2020-005371). V. *infra* ss art. 313-1, p. 658. *V° Tentative*.

13) Appréciation du commencement d'exécution. La loi, n'ayant pas défini les faits qui constituent le commencement d'exécution et les circonstances extérieures qui, contre la volonté de l'auteur, font manquer son effet à l'acte criminel, en a confié l'appréciation à la Cour et au jury ; il n'appartenait à la Cour de cassation ni de rechercher ni d'apprécier les éléments de la conviction des juges (■ Cass. crim., 2 déc. 1954 : *Bull. crim.* n° 367. ■ Cass. crim., 15 mars 1966 : *Bull. crim.* n° 96. ■ Cass. crim., 18 juill. 1972 : *Bull. crim.* n° 245 ; *JCP G* 1972, IV, 232. ■ Cass. crim., 22 déc. 1987 : *Bull. crim.* n° 481. ■ Cass. crim., 24 mars 1993 : *Bull. crim.* n° 132).

B – Absence de désistement volontaire

14) Désistement libre ou influencé. La renonciation à une indemnisation après la déclaration d'un sinistre et la production de factures de complaisance, sans que le prévenu n'ait été informé de la connaissance par la compagnie d'assurance du caractère frauduleux, doit conduire à considérer que l'infraction a été interrompue de la propre initiative du prévenu (■ CA Aix-en-Provence, 26 févr. 1998 : *JurisData* n° 1998-040959).

15) Ne constitue pas un désistement volontaire le fait d'avoir renoncé au vol d'un autoradio au motif qu'il était « bidon » (■ CA Aix-en-Provence, 24 janv. 1996 : *JurisData* n° 1996-040509).

16) La peur de l'agent qui a renoncé à soustraire une partie d'un cadavre qu'il était en train de déterrer constitue un désistement volontaire (▪ T. corr. Fort-de-France, 22 sept. 1967 : *JCP* G 1968, II, 15583, note P.-G. Biswang ; *RSC* 1969, p. 130, obs. A. Légal).

Contra : ▪ Cass. crim., 29 mai 1902 : *D.* 1904, 1, p. 31. ▪ Cass. crim., 11 juin 1975 : *Bull. crim.* n° 150 ; *RSC* 1976, p. 407, obs. J. Larguier : la peur provoquée par un bruit à l'occasion d'une tentative d'évasion ne constitue pas un désistement libre.

17) Le fait de ne pas commettre le vol d'une bijouterie en raison de la crainte que l'employée de la boutique, qui se trouvait au téléphone, ait appelé la police est un désistement volontaire sans influence extérieure (▪ CA Paris, 6 févr. 2001 : *JurisData* n° 2001-142909).

18) Ne résulte pas d'un désistement libre le fait de renoncer à consommer un viol, après avoir mis un préservatif pour pénétrer la victime, en raison d'une déficience physique momentanée (▪ Cass. crim., 10 janv. 1996 : *Bull. crim.* n° 14 ; *Dr. pén.* 1996, comm. 97, obs. M. Véron ; *RSC* 1996, p. 656, obs. Y. Mayaud).

19) Désistement forcé. N'est pas volontaire le désistement de l'agent si celui-ci est neutralisé par l'intervention d'un tiers (▪ Cass. crim., 23 juill. 1969 : *D.* 1970, 361, note G. Roujou de Boubée) : en particulier les services de police français (▪ Cass. crim., 3 janv. 1913 : *S.* 1913 1, p. 282, note H. Donnedieu de Vabres. ▪ Cass. crim., 28 oct. 1959 : *Bull. crim.* n° 455. ▪ Cass. crim., 2 févr. 1961 : *Bull. crim.* n° 71. ▪ Paris, 9e ch. B, 1er mars 1989 : *JurisData* n° 1989-023002) ou étrangers (▪ Cass. crim., 27 mars 1968 : *Bull. crim.* n° 107), des services de sécurité privée (▪ Cass. crim., 4 avr. 1996 : *JurisData* n° 1996-002573), des services de l'administration fiscale (▪ Cass. crim., 30 nov. 2011, n° 11-80.564 : *JurisData* n° 2011-029437), des services de sécurité privée (▪ Cass. crim., 4 avr. 1996 : *JurisData* n° 1996-002573), des témoins (▪ Cass. crim., 5 juill. 1951 : *Bull. crim.* n° 198. ▪ Cass. crim., 18 déc. 1996 : *JurisData* n° 1996-005371).

20) N'est pas volontaire le désistement de l'agent si celui-ci est empêché par la survenance d'un ***obstacle matériel*** (▪ Cass. crim., 16 mars 1961 : *JCP* 1961, II, 12157, note J. Larguier) : le déclenchement d'une alarme interrompant un vol (▪ CA Bordeaux, 14 févr. 1996 : *JurisData* n° 1996-042505) ou d'un système de sécurité (▪ Cass. crim., 7 févr. 2007, n° 06-85.605 : *JurisData* n° 2007-037950), l'absence de fournisseur interrompant une importation de drogue (▪ CA Bordeaux, 22 janv. 1998 : *JurisData* n° 1998-041369), le défaut de coordination entre les complices (▪ Cass. crim., 7 sept. 1993 : *Bull. crim.* n° 263 ; *RSC* 1994, p. 323, obs. B. Bouloc) ou encore la fuite de certains participants (▪ Cass. crim., 9 mai 2019, n° 18-82.800 : *JurisData* n° 2019-007333).

21) Le fait de rechercher un pilote d'hélicoptère susceptible de poser son appareil dans la cour d'une prison constitue, alors même que le détenu concerné n'a pas été identifié, une tentative de connivence à évasion, dès lors que le projet a été abandonné par suite du refus de tous les pilotes pressentis (▪ Cass. crim., 3 sept. 1996 : *Dr. pén.* 1997, comm. n° 17, note M. Véron).

22) Ne constitue pas un désistement volontaire lorsque le désistement résulte de la ***résistance ou du refus de la victime*** tel que l'absence de remise par la victime en matière de tentative d'escroquerie (▪ Cass. crim., 25 avr. 1972 : *Bull. crim.* n° 143 ; *Gaz. Pal.* 1973, 1, p. 206, note J.-P. Doucet) ; le refus de céder au chantage (▪ Cass. crim., 1er févr. 1996 : *JurisData* n° 1996-001514) ; les appels au secours de la victime en matière d'enlèvement (▪ Cass. crim., 26 avr. 2000 : *JurisData* n° 2000-002264 ; *Bull. crim.* n° 164 ; *Dr. pén.* 2000, comm. 137, obs. M. Véron) ; le fait que les chèques aient été frappés d'opposition ou qu'ils soient sans provision en matière d'escroquerie (▪ Cass. ass. plén., 18 janv. 2006 : *JurisData* n° 2006-031647 ; *Bull. inf. C. cass.* 15 mars 2006, p. 36, rapp. Croze, avis A. G. Finielz ; *AJ pénal* 2006, p. 84, obs. P. R. ; *Dr. pén.* 2006, comm. 49, note M. Véron).

23) Caractérise le commencement d'exécution de la tentative de vol aggravé et l'absence de désistement volontaire de leurs auteurs l'arrêt de la cour d'appel qui, d'une part, retient qu'après avoir fait choix d'une habitation, de par son apparence isolée et inoccupée, afin d'y commettre un vol, un prévenu et son comparse ont frappé à la porte de ce logement, d'autre part, énonce que cette action n'a été interrompue que par la réaction, indépendante de la volonté des auteurs, d'une personne, résidant sur place, ayant allumé une lumière et s'étant penchée à l'extérieur (▪ Cass. crim., 2 nov. 2016, n° 14-87.473).

24) Repentir actif : effets. Une fois l'infraction consommée, le désistement volontaire n'est plus qu'un repentir actif, inopérant (▪ Cass. crim., 2 août 1935 : *DH* 1935, 493).

25) Repentir actif : illustrations. La restitution des objets ou sommes constitue un repentir actif sans incidence sur la qualification en matière de vol (▪ Cass. crim., 10 juin 1842 : *S.* 1842, 1, p. 753), d'abus de confiance (▪ Cass. crim., 27 oct. 1916 : *S.* 1919, 1, p. 105, note J.-A. Roux. ▪ Cass. crim., 21 nov. 1936 : *Gaz. Pal.* 1937, 1, p. 60. ▪ Cass. crim., 8 avr. 1967 : *D.* 1967, jurispr. p. 432 ; *JCP* G 1967, II, 15248, note Ch. Gavalda. ▪ Cass. crim., 19 avr. 1967 : *Bull. crim.* n° 125. ▪ Cass. crim., 18 janv. 1972 : *Bull. crim.* n° 26. ▪ Cass. crim., 21 janv. 1976 : *Bull. crim.* n° 26 ;

D. 1976, IR p. 77), d'escroquerie (■ Cass. crim., 11 oct. 1872 : *DP* 1873, 1, p. 391. ■ Cass. crim., 9 mai 1979 : *Bull. crim.* n° 168), d'abus de biens sociaux (■ Cass. crim., 19 mai 1999 : *Bull. crim.* n° 101 ; *RSC* 1999, p. 830, obs. J.-F. Renucci).

26) Le paiement d'une pension alimentaire durant les poursuites est un repentir actif et non un désistement volontaire en matière d'abandon de famille (■ Cass. crim., 2 août 1935 : *DH* 1935, p. 493. ■ Cass. crim., 23 mars 1981 : *Bull. crim.* n° 101 ; *RSC* 1982, p. 349, obs. G. Levasseur).

27) L'obtention d'un permis de construire après la réalisation de la construction est un repentir actif (■ Cass. crim., 3 déc. 1974 : *Bull. crim.*, n° 359. ■ Cass. crim., 12 janv. 1982 : *Bull. crim.* n° 13. ■ Cass. crim., 19 mars 1992 : *Bull. crim.* n° 121. ■ Cass. crim., 18 juin 1997 : *Bull. crim.* n° 247).

28) Encourt la cassation l'arrêt de la chambre de l'instruction qui requalifie le fait de projeter à plusieurs reprises un produit inflammable sur le corps de la victime et d'y mettre le feu délibérément de tentative de meurtre aggravé en violences aggravées dès lors que ces faits sont de nature à caractériser une intention homicide et que la circonstance que la personne mise en examen ait aidé la victime à enlever son vêtement en flamme relève davantage du repentir actif que du désistement volontaire, la chambre de l'instruction n'a pas justifié sa décision (■ Cass. crim. 27 mars 2019, n° 18-82.484 : *JurisData* n° 2019-004525 ; *Dr. pén.* 2019, comm. 102, obs. Ph. Conte ; *AJ pénal* 2019, p. 446, obs. J.-C. Planque).

C – Régime juridique

29) Tentative de complicité. La tentative de complicité, caractérisée par la participation à des actes préparatoires principaux non suivis de commencement d'exécution ou de consommation, n'est pas répréhensible, faute d'infraction principale punissable (■ Cass. crim., 25 oct. 1962 : *D.* 1963, p. 221, note P. Bouzat ; *JCP* 1963, II, 12985, note R. Vouin. ■ Cass. crim., 23 mars 1978 : *D.* 1979, p. 319, note B. Bouloc). V. R. Combaldieu, *Le problème de la tentative de complicité : RSC* 1959, p. 454.

30) Complicité de tentative. La complicité de tentative est punissable (■ Cass. crim., 23 mai 1973 : *Bull. crim.* n° 236 ; *JCP* 1974, I, 17675, note D. Mayer. ■ Cass. crim., 28 juin 1993 : *Dr. pén.* 1991, comm. 252, obs. M. Véron). – *Adde,* ■ Cass. crim., 4 et 11 juin 1998 : *Dr. pén.* 1998, comm. 142, obs. M. Véron).

31) Tentative en matière délictuelle. En matière correctionnelle, la tentative n'est pas punissable en l'absence d'une disposition légale qui la prévoit (■ Cass. crim., 5 juin 1886 : *DP* 1888, 1, p. 47. ■ Cass. crim., 10 juin 1948 : *D.* 1949, p. 15, note H. Carteret. ■ Cass. crim., 14 nov. 1984 : *D.* 1986, IR p. 106, obs. G. Roujou de Boubée).

32) Formulation de la question de tentative. Est régulière la question, relative à une tentative de vol, posée dans les termes de l'article 2 du Code pénal, sans qu'il soit nécessaire qu'elle précise les circonstances qui forment le commencement d'exécution, ni l'intervention extérieure qui a interrompu, contre la volonté de l'auteur, l'exécution de l'acte criminel (■ Cass. crim., 22 déc. 1987 : *Bull. crim.* n° 481). Une question unique peut, sans être entachée de complexité, demander si une tentative a été manifestée par un commencement d'exécution et si elle n'a été suspendue ou n'a manqué son effet que par suite de circonstances indépendantes de la volonté de son ou de ses auteurs (■ Cass. crim., 30 nov. 1988 : *Bull. crim.* n° 406).

– Pour que l'accusation de tentative de crime soit purgée, la question posée à la Cour et au jury doit, à peine de nullité, énoncer que la tentative, manifestée par un commencement d'exécution, n'a été suspendue ou n'a manqué son effet qu'en raison de circonstances indépendantes de la volonté de son auteur, comme le prescrit l'article 121-5 du Code pénal (■ Cass. crim., 22 mars 2000 : *Bull. crim.* n° 135).

II – TENTATIVE INFRUCTUEUSE

33) Définition négative : *Aberrario ictus.* Constitue une violence volontaire le fait d'occasionner des blessures à une personne autre que celle que l'auteur des violences voulait atteindre (■ Cass. crim., 21 nov. 1984 : *Bull.* n° 362, p. 960).

34) Définition positive : inefficacité des moyens employés. Des manœuvres pratiquées avec l'intention et dans le but de procurer un avortement constituent, même si elles sont impuissantes à produire ce résultat, le commencement d'exécution caractéristique de la tentative, l'inefficacité des manœuvres n'étant qu'une circonstance indépendante de la volonté de leur auteur, par suite de laquelle la tentative a manqué son effet (■ Cass. crim., 9 nov. 1928 : *DP* 1929, 1, 97, note Henry. ■ Cass. crim., 8 juill. 1943 : *DC* 1944, 5, note B. Perreau).

35) Impossibilité matérielle du résultat. Est punissable de tentative le fait de pratiquer un *avortement* sur une femme qui n'est pas enceinte (■ Cass. crim., 3 août 1938 : *RSC* 1939, p. 84, obs. L. Hugueney).

36) Est punissable au titre de la tentative le fait de pénétrer dans une maternité en vue de mettre fin aux *opérations d'avortement* alors qu'aucune intervention n'était en cours (■ Cass. crim., 5 mai 1997 : *Bull. crim.* n° 168).

37) Constitue une tentative d'***escroquerie*** le fait de déclarer un faux sinistre non garanti par le contrat (■ Cass. crim., 7 janv. 1980 : *Bull. crim.* n° 8 ; *RSC* 1981, p. 365, obs. J. Larguier ; *D.* 1980, IR p. 521, obs. M. Puech).

38) Le ***refus de porter secours*** (C. pén., art. 63, al. 2) cesse d'être délictueux quand la victime était déjà morte et ce d'autant plus que la tentative n'est pas prévue en l'espèce (■ Cass. crim., 1er févr. 1955 : *D.* 1955, p. 384 ; *JCP* 1955, II, 8582, note M. Pageaud).

39) Est punissable la tentative de ***vol*** dans une voiture vide (■ Cass. crim., 23 juill. 1969 : *D.* 1970, 361, note G. Roujou de Boubée ; *JCP* 1970, II, 16507 *bis*, note M.-J. Littman), ou dans une chambre d'hôtel vide (■ Cass. crim., 19 mai 1949 : *Bull. crim.* n° 181), ainsi que la tentative d'escroquerie à l'assurance bien que les clauses du contrat ne garantissaient pas le sinistre.

L'absence de tout objet de valeur dans le local où les prévenus ont pénétré par effraction constitue une circonstance indépendante de la volonté de ceux-ci par suite de laquelle la tentative de vol, caractérisée par l'effraction, a manqué son effet (■ Cass. crim., 15 mars 1994 : *Dr. pén.* 1994, comm. n° 153, obs. M. Véron).

40) Impossibilité matérielle de résultat : l'homicide volontaire. À supposer établi que l'accusé, croyant sa victime encore en vie, ait exercé sur elle des violences dans l'intention de lui donner la mort, il n'importe, pour que soit caractérisée la tentative d'homicide volontaire, que la victime fût déjà décédée, cette circonstance étant indépendante de la volonté de l'auteur et les violences caractérisant un commencement d'exécution au sens de l'article 2 du Code pénal (■ Cass. crim., 18 janv. 1986 : *D.* 1986, 265, note D. Mayer et Gazounaud, et note J. Pradel ; *JCP* 1987, II, 20774, note G. Roujou de Boubée ; *RSC* 1986, p. 839, obs. R. Vitu ; *RSC* 1986, p. 849, obs. Levasseur – Adde, ■ Cass. crim., 5 oct. 1972 : *Gaz. Pal.* 1973, 1, p. 25 ; *RSC* 1973, p. 880, obs. J. Larguier).

41) L'infraction manquée. L'envoi d'un colis piégé dont l'explosion blesse d'autres personnes que celles visées constitue une tentative d'homicide volontaire avec préméditation (■ Cass. crim., 4 janv. 1978 : *Bull. crim.* n° 5 ; *RSC* 1978, p. 859, obs. Levasseur).

Art. 121-6. – Sera puni comme auteur le complice de l'infraction, au sens de l'article 121-7.

Voir : Pour les contraventions, art. R. 610-2, p. 1013 pour les contraventions.

Art. 121-7. – Est complice d'un crime ou d'un délit la personne qui sciemment, par aide ou assistance, en a facilité la préparation ou la consommation.

Est également complice la personne qui par don, promesse, menace, ordre, abus d'autorité ou de pouvoir aura provoqué à une infraction ou donné des instructions pour la commettre.

Voir : art. R. 610-2, p. 1013 (contraventions) ; art. 213-4-1, p. 336 (crimes contre l'Humanité) ; art. 222-33-3, p. 427 (atteintes volontaires à l'intégrité de la personne).

Bibliographie : *JCl. Pénal Code, Complicité* par J.-H. Robert. • S. Fournier, *Le nouveau Code pénal et le droit de la complicité : RSC* 1995, p. 475. • J. Biguenet, *De la nécessité d'une distinction entre complicité et instigation : Dr. pén.* 2001, chron. 25. • I. Moine-Dupuis, *Complicité et contribution à une infraction non intentionnelle : Rev. pénit.* 2005, p. 277. • E. Fortis, *Des conditions et modes de la complicité : RSC* 2006, p. 596. • F. Rousseau, *Complice ou auteur indirect d'une infraction non intentionnelle ? : Dr. pén.* 2007, étude 11. • C. Girault, *Le relâchement du lien de concertation entre l'auteur principal et le complice : D.* 2008, chron., p. 1714. • S. Détraz, *La nature de la complicité : Gaz. Pal.* 3 nov. 2015, p. 5.

• *Sommaire*

I – FAIT PRINCIPAL PUNISSABLE 137
A – Domaine 137
B – Notion de fait principal punissable 138
II – ACTES DE COMPLICITÉ PRÉVUS PAR LA LOI 139
A – Les caractères de l'acte de complicité 139
1° Acte positif 139
2° Acte antérieur ou concomitant 140
3° Acte causal 140
4° Cas de la complicité indirecte 141
B – La typologie des actes de complicité 141
1° Complicité par instigation 141
2° Complicité par aide ou assistance 143
III – ÉLÉMENT MORAL 145
IV – RÉPRESSION 146
A – Pénalité 146
1° Circonstances aggravantes 146
2° Peines applicables 147
3° Cumul de qualifications compatibles 147
4° Théorie de la peine justifiée 148
B – Procédure 148
C – Application de la loi 148

1) Assimilation du coauteur au complice. Le coauteur d'un crime aide nécessairement l'autre coupable dans les faits qui consomment l'action et devient nécessairement son complice (▪ Cass. crim., 9 juin 1848 : *Bull. crim.* n° 178 ; *S.* 1848, I, 127 : à propos de la condamnation du tiers aidant l'auteur principal à commettre un parricide en qualité d'auteur pour lui appliquer la peine correspondante à cette infraction. ▪ Cass. crim., 15 juin 1860 : *S.* 1861, I, p. 398. ▪ Cass. crim., 11 mai 1866 : *DP* 1868, 5, 96).

2) Assimilation du complice au coauteur. V. ss art. 121-4, p. 125.

I – FAIT PRINCIPAL PUNISSABLE

A – Domaine

3) Généralité de la complicité. Tous les crimes et délits sont en principe susceptibles de complicité (▪ Cass. crim., 27 nov. 1952 : *Bull. crim.* n° 283. ▪ Cass. crim., 24 nov. 1980 : *Bull. crim.* n° 314).

4) Selon l'article 121-6 du Code pénal, il suffit, pour que la complicité légale existe, que le fait principal soit punissable (▪ Cass. crim., 28 janv. 2014, n° 12-88.175 : *Dr. pén.* 2014, comm. 35, obs. M. Véron).

5) Complicité en matière délictuelle. Étant générale, la disposition des articles 59 et 60 (121-6 et 121-7) du Code pénal s'applique à tous les délits, même non intentionnels, c'est-à-dire d'imprudence (▪ Cass. crim., 17 nov. 1887 : *Bull. crim.* n° 392. ▪ Cass. crim., 14 déc. 1934 : *DP* 1935, 1, 96. ▪ Chambéry, 8 mars 1956 : *JCP* 1956, II, 9224, note R. Vouin ; *RSC* 1956, p. 531, obs. Légal. – V. cependant ▪ Cass. crim., 24 oct. 1956 : *Bull. crim.* n° 675 ; *RSC* 1957, p. 370, obs. Légal), ou exclusifs de la mauvaise foi (V. pour la publicité fausse ou de nature à induire en erreur ▪ Cass. crim., 23 avr. 1997 : *Bull. crim.* n° 143, ss , art. L. 121-1, p. 1118).

6) Complicité en matière contraventionnelle. La complicité des contraventions n'est punissable qu'au sens du second alinéa de l'article 121-7 (V. art. R. 610-2, p. 1013), sauf si la complicité par aide ou assistance est expressément prévue par le texte réglementaire (V. not. art. R. 623-2, p. 1018, art. R. 624-1 et 2, p. 1019, art. R. 625-1, p. 1021).

Est complice de contravention de circulation de véhicules motorisés sur des espaces naturels le loueur de motocyclettes et quads au public qui a fourni des instructions d'utilisation de ces engins (▪ Cass. crim., 7 sept. 2004, n° 03-85.465 : *JurisData* n° 2004-025104 ; *Dr. pén.* 2004, comm. 174, 1re esp., note J.-H. Robert)

7) Complicité d'infractions non intentionnelles. Est complice celui qui a favorisé des blessures par imprudence en s'abstenant d'intervenir comme il en avait l'obligation ; est complice de blessures involontaires par violation des obligations résultant des décrets des 6 janvier 1962 et 30 janvier 1974 le médecin qui n'est intervenu à aucun moment avant ou pendant les séances d'opérations d'épilation, à l'origine du dommage, comme il en avait l'obligation (▪ Cass. crim., 13 sept. 2016, n° 15-85.046 : *Dr. pén.* 2016, étude 27, note J.-Y. Maréchal ; *Dr. pén.* 2016, comm. 153, note Ph. Conte ; *JCP* G 2016, p. 1861, obs. F. Rousseau ; *RSC* 2017, p. 353, obs. P. Mistretta).

8) A justifié sa décision la cour d'appel qui déclare le prévenu coupable du délit de complicité de blessures involontaires par instructions, pour avoir accepté de conduire le chantier en ayant recours à des entreprises totalement déstructurées et alors que les règles de sécurité les plus élémentaires y étaient bafouées, et ce d'autant plus qu'il exerçait manifestement une certaine autorité sur les entreprises en donnant lui-même des instructions (▪ Cass. crim., 27 nov. 2018, n° 17-82.773 : *JurisData* n° 2018-024538 ; *Dr. pén.* 2019, comm. 23, note Ph. Conte).

9) L'occupant d'un véhicule qui enjoint son chauffeur de passer une intersection malgré un feu rouge, se rend ainsi complice du délit de mise en danger délibéré d'autrui (▪ Cass. crim., 6 juin 2000 : *Bull. crim.* n° 213 ; *Dr. pén.* 2000, comm. 124, obs. M. Véron).

10) Délits de presse. Si l'auteur d'un propos repris par un journaliste peut en répondre en qualité de complice dans les termes du droit commun, c'est à la condition que soient relevés contre la personne poursuivie sous cette qualification des faits personnels, positifs et conscients de complicité (▪ Cass. crim., 11 mai 2010, n° 09-87.070 : *Bull. crim.* n° 81 ; *Comm. com. électr.* 2010, comm. 115, obs. A. Lepage).

La présomption de responsabilité en qualité de complice étant réservée à l'auteur des propos en application de l'article 43 alinéa 1 de ladite loi, la responsabilité d'une personne ayant distribué un tract contenant des propos diffamatoires ne pouvait être retenue qu'au titre d'une complicité de droit commun (▪ Cass. crim., 1er sept. 2020, n° 20-80.281 : *JurisData* n° 2020-012326 ; *Dr. pén.* 2020, comm. 190, obs. Ph. Conte ; *RJPF* 2020, n° 10, p. 19, obs. E. Putman et S. Cacioppo).

11) Infractions attitrées. Le complice n'ayant pas la qualité exigée par le texte d'incrimination peut être condamné si l'auteur principal a cette qualité (▪ Cass. crim., 20 mars 1997, n° 96-81.361 : *JurisData* n° 1997-002701 ; *JCP* E 1998, p. 266, note J.-F. Renucci ; *Dr. pén.* 1997, comm. 131. ▪ Cass. crim., 2 mai 2001 : *Dr. pén.* 2001, comm. 115, note J.-H. Robert. ▪ Cass. crim., 9 févr. 2005, n° 04-81.776 :

Bull. crim. n° 47 ; *Rev. sociétés* 2005, p. 673, note B. Bouloc).

En revanche, lorsque l'auteur principal n'a pas la qualité, aucun ne peut être poursuivi (▪ Cass. crim., 28 janv. 2004, n° 02-85.141 : *JurisData* n° 2004-022088 ; *Dr. pén.* 2004, comm. 55, note J.-H. Robert).

12) Infractions d'habitude. La complicité occasionnelle d'un délit d'habitude est punissable, puisque la qualification pénale de l'acte de complicité doit être appréciée par référence à la qualification de l'infraction principale (▪ Cass. crim., 29 janv. 1965 : *D.* 1965, p. 288, note R. Combaldieu).

Pour être punissable, la complicité d'une infraction d'habitude n'exige pas l'aide ou l'assistance du prévenu à au moins deux actes de l'infraction principale (▪ Cass. crim., 19 mars 2008 : *JurisData* n° 2008-043610 ; *Dr. pén.* 2008, comm. 79, obs. M. Véron et comm. 89, obs. J.-H. Robert ; *Bull. crim.* n° 70).

13) Exclusion de la tentative de complicité. Il ne peut y avoir de répression contre le complice si l'infraction n'a pas été tentée : ainsi l'instigateur d'un assassinat n'encourt aucune sanction si l'homme de main qu'il a choisi et payé pour exécuter le crime a décidé au dernier moment de s'abstenir (▪ Cass. crim., 25 oct. 1962 : *Bull. crim.* n° 292 ; *D.* 1963, p. 221, note P. Bouzat ; *JCP* 1963, II, 12985, note R. Vouin ; *RSC* 1963, p. 553, obs. A. Légal) ; pour un autre exemple, en matière de recel (▪ Cass. crim., 23 mars 1978 : *Bull. crim.* n° 116 ; *D.* 1979, p. 319, note B. Bouloc).

B – Notion de fait principal punissable

14) Existence d'un fait principal objectivement punissable. La complicité légale n'existant que si le fait principal est punissable, les éléments de ce fait punissable doivent être constatés (▪ Cass. crim., 1er déc. 1987 : *Bull. crim.* n° 438).

La complicité n'est caractérisée qu'autant qu'il y a un fait principal dont l'existence est établie en tous ses éléments constitutifs (▪ Cass. crim., 4 mars 1998 : *Bull. crim.* n° 83).

15) Existence d'un comportement incriminé : infraction consommée. La complicité de suicide n'existe pas, un tel fait principal n'étant pas réprimé (V. R. Merle et Vitu, *Droit criminel*, t. 1, 6e éd., n° 512. – *Adde*, ▪ Cass. crim., 27 avr. 1815 : *Bull. crim.* n° 28). V. toutefois art. 223-13 à art. 223-15, p. 454.

16) Les faits de complicité ne peuvent pas être sanctionnés si l'infraction n'a pas dépassé le stade des actes préparatoires (▪ Cass. crim., 16 juin 1955 : *JCP* 1955, II, 8851, note R. Vouin ; *RSC* 1956, p. 99, obs. A. Légal. ▪ Cass. crim., 25 oct. 1962 (Lacour) : *JCP* G 1963, 2, 12985, obs. R. Vouin ; *D.* 1963, p. 221, P. Bouzat).

17) La complicité n'est pas punissable si l'auteur principal d'un délit d'habitude n'a accompli qu'un acte occasionnel (▪ Cass. crim., 15 déc. 1949 : *S.* 1950, 1, p. 79).

18) Existence d'un comportement incriminé : infraction tentée. La complicité de tentative est punissable, du moment que l'auteur principal n'a été empêché de commettre l'infraction que par des circonstances indépendantes de sa volonté (▪ Cass. crim., 23 août 1877 : *Bull. crim.* n° 201. ▪ Cass. crim., 23 mai 1973 : *Bull. crim.* n° 236. ▪ Cass. crim., 2 oct. 1990 : *Dr. pén.* 1991, n° 1. ▪ Cass. crim., 4 et 11 juin 1998 : *Dr. pén.* 1998, comm. 142, obs. M. Véron).

19) Est coupable de complicité de tentative d'évasion l'individu qui a fait usage d'une bombe lacrymogène et tenu des propos menaçants pour faciliter la fuite de l'auteur (▪ Cass. crim., 19 juin 2019, n° 18-83.659 : *JurisData* n° 2019-010727).

20) Absence d'obstacle à l'engagement de la responsabilité. Les faits de complicité ne peuvent entraîner le prononcé d'une sanction pénale lorsque :

– est appliquée l'***amnistie réelle*** (▪ Cass. crim., 10 févr. 1949 : *JCP* 1949, II, 4857, note Costes. ▪ Cass. crim., 1er févr. 1950 : *Bull. crim.* n° 29. ▪ Cass. crim., 25 mai 1954 : *JCP* 1954, II, 8305, note H. Delpech ; *RSC* 1954, p. 760, obs. A. Légal) ;

– est reconnu un ***fait justificatif*** (▪ Cass. crim., 17 févr. 1981, n° 79-95.028 : *Bull. crim.* n° 63) ;

– l'infraction est ***prescrite*** (▪ Cass. crim., 29 déc. 1882 : *Bull. crim.* n° 294. ▪ Cass. crim., 29 mai 1884 : *D.* 1885, 1, p. 381. ▪ Cass. crim., 27 mars 1952 : *JCP* 1952, IV, 77) ;

– l'auteur bénéficie de l'***immunité*** de l'article 380 du Code pénal (▪ Cass. crim., 8 janv. 1921 : *D.* 1921, 1, p. 169).

21) Indifférence de l'absence de punition effective de l'auteur. Il importe peu que l'acte principal ne puisse pas en fait être puni pour des circonstances particulières, alors qu'il est normalement punissable :

– ***auteur dément, mort*** (▪ Cass. crim., 29 oct. 1886 : *Bull. crim.* n° 35. ▪ Cass. crim., 16 juin 1887 : *Bull. crim.* n° 221. ▪ Cass. crim., 13 mars 1991 : *JurisData* n° 1991-001295) ;

– ***auteur bénéficiant d'une amnistie personnelle*** (▪ Cass. crim., 25 mai 1954 : *JCP* 1954, II, 8305) ;

– ***auteur cité irrégulièrement*** (▪ Cass. crim., 28 mai 1990 : *Bull. crim.* n° 214) ;

– ***auteur inconnu*** (▪ Cass. crim., 3 mars 1959 : *Bull. crim.* n° 145 ; *D.* 1959, somm. p. 60. ▪ Cass. crim., 28 nov. 1976 : *Bull. crim.* n° 332).

22) Encourt la censure l'arrêt déclarant la complicité non punissable en raison d'une décision de non-lieu rendue à l'égard de tous les mis en examen du chef de vols en bande organisée, alors que la décision de non-lieu n'était intervenue que faute d'identification des auteurs des vols, faits quant à eux établis (▪ Cass. crim., 28 janv. 2014, n° 12-88.175 : *Dr. pén.* 2014, comm. 35, obs. M. Véron, préc.).

23) L'acquittement de la personne renvoyée comme auteur principal n'exclut pas la culpabilité de complices de cette action, dès lors que l'existence du fait criminel a été établie par la réponse affirmative de la Cour et du jury à la question qui leur était posée sous une forme abstraite sur la matérialité de ce crime (▪ Cass. crim., 21 mai 1990 : *Bull. crim.* n° 203).

24) Indifférence du défaut d'élément moral de l'auteur principal. Dès lors que l'existence d'un fait principal punissable, soit l'exportation illicite de stupéfiants, a été souverainement constatée par la cour d'appel, la relaxe de l'auteur principal au motif qu'il ne connaissait pas la nature du produit transporté n'exclut pas la culpabilité d'un complice (▪ Cass. crim., 8 janv. 2003 : *Bull. crim.* n° 5 ; *JCP* 2003, II, 10159, note W. Jeandidier ; *D.* 2003, jurispr. p. 2661, note E. Garçon ; *Rev. pénit.* 2003, p. 768, obs. J.-Y. Chevallier).

25) En matière fiscale, l'instigateur de l'infraction (en l'espèce défaut de déclaration de TVA) est condamnable en dépit de la relaxe, pour absence d'intention, de l'auteur principal, directrice en titre d'une société à laquelle le prévenu complice s'était substitué en fait (▪ Cass. crim., 15 déc. 2004 : *Dr. pén.* 2005, comm. 79, obs. J.-H. Robert).

II – ACTES DE COMPLICITÉ PRÉVUS PAR LA LOI

A – Les caractères de l'acte de complicité

1° Acte positif

26) Principe. Les actes de complicité prévus par la loi sont tous des actes positifs, si bien que la complicité par abstention n'est pas à ce titre punissable (▪ Cass. crim., 26 oct. 1912 : *S.* 1914, 1, 225, note J.-A. Roux. ▪ Cass. crim., 15 janv. 1948 : *S.* 1949, 1, 81, note A. Légal ; V. A. Decocq, *Inaction, abstention et complicité par aide et assistance : JCP* 1983, I, 3124).

27) Illustrations. Ne peut être condamné comme complice le secrétaire d'un syndicat qui regarde des grévistes violenter un ouvrier qui refusait de faire grève (▪ Cass. crim., 26 oct. 1912 : S. 1914, 1, 225, note J.A. Roux).

28) Est relaxé un individu qui assiste à un vol (▪ Cass. crim., 15 janv. 1948 : *D.* 1948, p. 100 ; *S.* 1949, 1, p. 81, note A. Légal ; *JCP* G 1948, II, 4268, note R. B. ; *RSC* 1948, p. 294, obs. J. Magnol).

29) N'est pas complice la maîtresse de la victime qui, allongée à ses côtés, descend du lit sur l'ordre du meurtrier qui l'avertissait par gestes de son intention homicide (▪ Cass. crim., 27 déc. 1960 : *Bull. crim.* n° 624).

30) Les membres d'un comité chargé de dresser un palmarès d'un concours de bovins ne peuvent être condamnés pour complicité de diffamation lors de l'annonce en public des résultats car leur accord qu'ils ont donné par avance aux commentaires diffamatoires tenus par le président du comité ne révèle pas à leur charge un fait positif de nature à caractériser la complicité par aide ou assistance ou par fourniture de moyens et n'établit pas davantage qu'ils aient provoqué au délit ou donné des instructions pour le commettre (▪ Cass. ass. plén., 20 janv. 1964, n° 59-13.531 : *JCP* G 1965, II, p. 983, note P. Bouzat).

31) Tempérament. Est considéré comme complice l'expert-comptable qui tient irrégulièrement la comptabilité d'un commerçant déclaré ultérieurement en état de cessation des paiements (▪ Cass. crim., 10 nov. 1971 : *Bull. crim.* n° 307) ou qui ne vérifie pas les chiffres qui lui ont été donnés par son client dans la confection d'un bilan frauduleux (▪ Cass. crim., 15 janv. 1979 : *Bull. crim.* n° 21).

32) La présomption de collusion est également établie à partir d'un pouvoir psychologique, ainsi l'emprise totale d'une mère sur son fils parricide (▪ Cass. crim., 19 déc. 1989 : *D.* 1990, p. 198, note D. Mayer ; *RSC* 1990, p. 775, obs. A. Vitu).

33) Est complice le douanier qui laisse un délit se commettre alors qu'il en avait connaissance (▪ Cass. crim., 27 oct. 1971 : *Bull. crim.* 1971, n° 284 ; *RSC* 1972, p. 375, obs. A. Légal et p. 385, obs. A. Vitu), le membre du directoire d'une société qui n'empêche pas le président de commettre un abus de biens sociaux, dont il a connaissance, alors qu'il avait les moyens légaux de s'y opposer (▪ Cass. crim., 28 mai 1980 : *D.* 1981, IR p. 137, obs. G. Roujou de Boubée ; *RSC* 1981, p. 401, note P. Bouzat), l'administrateur provisoire qui laisse commettre un abus de biens sociaux (▪ Cass. crim., 22 sept. 2010, n° 09-87.363 : *JurisData* n° 2010-018965 ; *Dr. pén.* 2010, comm. 139, note J.-H. Robert).

34) Est complice de favoritisme l'ordonnateur des recettes et des dépenses d'un office public HLM qui n'a mis en place aucune procédure de contrôle lui permettant de s'assurer du strict respect de la procédure en vigueur alors que sa qualité lui donner l'obligation de prévenir et réparer les irrégularités susceptibles de survenir, notamment, dans le cadre de la passation des marchés publics (■ Cass. crim., 29 janv. 2020, n° 19-82.942 : *JurisData* n° 2020-001174 ; *Dr. pén.* 2020, comm. 94, obs. Ph. Conte ; *Gaz. Pal.* 2020, n° 18, p. 46, obs. E. Dreyer ; *JCP* G 2020, p. 193, obs. J.-M. Brigant).

35) Se rend complice de la contravention de tapage nocturne, la personne qui, présente à son domicile, laisse se perpétrer des bruits troublant la tranquillité d'autrui. A donc justifié sa décision la cour d'appel qui condamne le prévenu pour complicité de la contravention de bruit ou tapage nocturne troublant la tranquillité d'autrui, au motif qu'il a laissé les personnes présentes sous son toit commettre ces désordres, alors que, étant à son domicile, il lui appartenait d'user de son autorité en tant que propriétaire et père de famille pour faire cesser le tapage qui a duré jusqu'à une heure avancée de la nuit, causant un trouble pour la tranquillité d'autrui (■ Cass. crim., 26 févr. 2020, n° 19-80.641 : *JurisData* n° 2020-002440 ; *Dr. pén.* 2020, comm. 94, obs. Ph. Conte ; *Lexbase pénal* avr. 2020, obs. J.-Ch. Saint-Pau).

36) Caractérisent un acte de complicité par aide ou assistance de l'infraction d'extorsion le fait de rester en retrait sans intervenir, de peur d'être reconnu, pendant que l'auteur de l'infraction menace la victime avec une arme pour qu'elle ouvre le coffre-fort et le fait de s'être ensuite rendu à l'endroit où se trouve le coffre pour tenter de l'ouvrir, ce comportement démontrant sa volonté de s'associer à l'extorsion commise, après avoir fourni les renseignements qui l'ont rendue possible (■ Cass. crim., 19 janv. 2022, n° 20-87.146 : *JurisData* n° 2022-000590).

2° *Acte antérieur ou concomitant*

37) Principe. Toute aide postérieure n'est pas punissable au titre de la complicité (■ Cass. crim., 6 août 1945 : *Gaz. Pal.* 1945, 2, p. 143. ■ Cass. crim., 22 juin 1994 : *Bull. crim.* n° 251. ■ Cass. crim., 4 mai 2000 : *Bull. crim.* n° 178 ; *Dr. pén.* 2000, comm. 112, obs. M. Véron).

38) L'hébergement des malfaiteurs et l'achat d'une balance pour le partage du butin, intervenus tous deux après la consommation du délit, ne pouvaient être retenus comme constitutifs de la complicité par aide ou assistance, laquelle ne peut résulter, aux termes de l'article 60 du Code pénal, que de faits antérieurs ou concomitants à la perpétration du délit (■ Cass. crim., 23 juill. 1927 : *S.* 1929, 1, 73, note J.-A. Roux).

39) Le délit d'évasion étant un délit instantané, entièrement consommé à la date même où le condamné n'a pas réintégré l'établissement pénitentiaire, à l'issue d'une permission de sortir, l'intervention d'un tiers, postérieurement à cette date, aux fins d'aider l'auteur principal dans sa fuite, ne saurait constituer un acte de complicité punissable, en l'absence d'un accord antérieur à l'infraction (■ Cass. crim., 4 mai 2000, n° 99-86.563 : *Bull. crim.* n° 178).

40) La condamnation de surveillants de prison pour complicité de recel pour avoir informé un détenu de la réalisation d'une fouille pour qu'il dissimule plusieurs objets illicitement détenus est justifiée dès lors que, le délit de recel étant continu, l'avertissement fourni par les deux prévenus a contribué à faciliter une dissimulation visant à permettre, même sur une courte période et malgré la découverte des objets durant la fouille, la poursuite de la détention illicite caractérisant la complicité du délit de recel (■ Cass. crim., 5 juin 2019, n° 18-80.783 : *JurisData* n° 2019-009581 ; *Dr. pén.* 2019, comm. 145, obs. Ph. Conte ; *D.* 2019, p. 1228 ; *Gaz. Pal.* 3 sept. 2019, p. 40, obs. S. Détraz).

41) Tempérament. Constitue un acte de complicité par aide ou assistance une intervention tendant à assurer la fuite de l'auteur principal, dès lors que cette protection résulte d'un accord préalable à l'infraction (■ Cass. crim., 8 nov. 1972 : *Bull. crim.* n° 329). La complicité peut résulter d'actes postérieurs au fait principal lorsqu'ils résultent d'un accord antérieur (■ Cass. crim., 1er déc. 1998, n° 97-84.773 : *JurisData* n° 1998-005152 ; *Dr. pén.* 1999, comm. 80, note M. Véron. Dans le même sens, ■ Cass. crim., 2 févr. 2022, n° 20-85.337).

42) Peut être condamnée pour complicité par aide et assistance la personne attendant dans une voiture les auteurs d'un vol afin d'assurer leur fuite, cet acte étant le fruit d'un accord préalable à la commission de l'infraction (■ Cass. crim., 30 avr. 1963 : *Bull. crim.* n° 157 ; *RSC* 1964, p. 134, obs. A. Légal. – Dans le même sens : ■ Cass. crim., 8 nov. 1972 : *Bull. crim.* n° 324 ; *RSC* 1973, p. 80, obs. J. Larguier. ■ Cass. crim., 21 juin 1978 : *D.* 1979, IR p. 37, obs. M. Puech. – À propos de la fuite d'assassins, ■ Cass. crim., 11 juill. 1994, n° 94-82.188 : *JurisData* n° 1994-001646 ; *Bull. crim.* 1994, n° 274 ; *RSC* 1995, p. 343, obs. B. Bouloc).

3° *Acte causal*

• **Applications**

43) Insuffisance de la remise d'un objet non utilisé. La remise d'un objet non utilisé ne suffit pas à caractériser la complicité du délit (à propos de l'utilisation d'un tube en caoutchouc pour la commission d'un avortement, ■ Cass. crim., 13 janv. 1954 : *D.* 1954, jurispr. p. 128 ; *RSC* 1954, p. 372, obs. L. Hugueney).

44) Commission de l'infraction sur une victime différente. Ne peut être puni en qualité de complice celui qui a donné une arme pour le meurtre d'une personne alors que l'auteur a commis l'infraction à l'égard d'une autre victime

(▪ Cass. crim., 10 mars 1977, n° 76-92.552 : *Bull. crim.* n° 91 ; *RSC* 1979, p. 75, obs. J. Larguier).

45) Commission d'une infraction différente de celle projetée. V. art. 121-7, n° 83, p. 145.

46) Acte indispensable (non). La complicité est punissable dès lors que les faits incriminés entrent dans les prévisions de l'article 60 du Code pénal sans que, de surcroît, il soit besoin d'établir qu'ils étaient indispensables à la commission de l'infraction reprochée à l'auteur principal (▪ Cass. crim., 3 nov. 1981, n° 80-91.938 : *Bull. crim.* n° 289 ; *Gaz. Pal.* 1982, 1, somm. p. 66, note J.-P. Doucet ; *RSC* 1984, p. 489, obs. J. Larguier. ▪ Cass. crim., 22 janv. 1991, n° 90-83.362 : *Bull. crim.* n° 36 ; *JCP* 1991, IV, 163).

47) Il n'importe que le complice n'ait pu s'opposer à la réalisation de l'infraction par d'autres moyens ou ait entrepris des démarches en vue de régulariser la situation (▪ Cass. crim., 22 janv. 1991, n° 90-83.362 : *Bull. crim.* n° 36 ; *JCP* 1991, IV, 163).

48) Indifférence du changement du mode d'exécution. Est complice par instructions celui qui a conçu le projet de tuer le mari de sa sœur, quand bien même l'auteur aurait mis à exécution le projet selon un autre mode que celui imaginé par le prévenu, dès lors que ce dernier a bien donné des conseils et des directives dans le but de perpétrer le crime et que tous les renseignements qu'il a donnés ont été de nature à faciliter la commission de l'infraction, quel qu'en ait été le mode d'exécution (▪ Cass. crim., 31 janv. 1974, n° 73-92.681 : *Bull. crim.* n° 50).

4° Cas de la complicité indirecte

49) Complicité indirecte par instructions. Celui qui, affectant de ne pas se mettre en rapport direct avec l'auteur principal du crime, donne à un tiers des instructions nécessaires pour commettre ce crime afin qu'il les transmette à celui qui doit le commettre, est aussi coupable que s'il les donnait directement (▪ Cass. crim., 23 mai 1844 : *Bull. crim.* n° 179. – Dans le même sens, ▪ Cass. crim., 22 juill. 1943 : *JCP* 1944, II, 2651. – Contra : V. ▪ Cass. crim., 17 nov. 1944 : *Gaz. Pal.* 1945, 1, 43. ▪ Cass. crim., 29 nov. 1946 : *Gaz. Pal.* 1947, 1, 25. ▪ Cass. crim., 4 janv. 1975 : *Gaz. Pal.* 1975, 1, 343 ; *RSC* 1976, p. 707, obs. J. Larguier. ▪ Cass. crim., 1er sept. 1987 : *Bull. crim.* n° 308).

50) La cour d'appel condamne un individu pour complicité d'incendie volontaire pour avoir donné des instructions et de l'argent à une autre personne afin qu'elle y mette le feu à un immeuble lui appartenant ; en omettant de rechercher si la personne qui avait reçu les instructions et l'argent était elle-même auteur ou complice de celle qui avait commis l'infraction principale, les juges n'ont pas caractérisé en tous ses éléments la complicité prévue par l'article 60 du Code pénal (▪ Cass. crim., 10 oct. 1988, n° 87-90.832 : *Bull. crim.* n° 333 ; *JCP* G 1990, II, 21416, note C. Demidoff).

L'article 60 du Code pénal n'exige pas que les instructions soient données directement par leur auteur pour que la complicité de celui-ci soit légalement constituée (▪ Cass. crim., 30 mai 1989 : *Bull. crim.* n° 222 ; *RSC* 1990, p. 325, obs. A. Vitu).

51) Complicité indirecte par aide ou assistance. L'aide ou l'assistance apportée en connaissance de cause à l'auteur du délit (en l'espèce celui d'escroquerie), même par l'intermédiaire d'un autre complice, constitue la complicité incriminée par l'article 121-7 du Code pénal (▪ Cass. crim., 15 déc. 2004 : *Bull. crim.* n° 322 ; *JCP* 2005, II, 10050, note J.-Y. Maréchal ; *D.* 2005, jurispr. p. 2128, note G. Royer ; *Rev. pénit.* 2005. 403, note J.-Y. Chevallier. ▪ Cass. crim., 5 juin 2019, n° 18-80.783 : *JurisData* n° 2019-009581 ; *Dr. pén.* 2019, comm. 145, obs. Ph. Conte ; *Gaz. Pal.* 3 sept. 2019, p. 40, obs. S. Détraz).

B – La typologie des actes de complicité

52) Caractère limitatif. La liste des actes matériels de complicité, contenue dans l'article 60 (121-7) du Code pénal, est limitative, et l'individu qui participe à une infraction d'une autre manière que celle prévue par la loi est un comparse (▪ Cass. crim., 4 févr. 1960 : *Bull. crim.* n° 69. ▪ Cass. crim., 12 mai 1970 : *Bull. crim.* n° 158 ; *D.* 1970, 515, rapp. F. Chapar).

1° Complicité par instigation

53) Provocation. La provocation, pour pouvoir être retenue comme cas de complicité, doit présenter certains caractères, c'est-à-dire être qualifiée, à savoir résulter de dons, promesses, menaces, abus d'autorité ou de pouvoir ; ainsi, le simple donneur de conseil ne réalise pas la provocation prévue par la loi (▪ Cass. crim., 13 janv. 1954 : *D.* 1954, p. 128). L'invitation d'un passager fait au conducteur à s'enfuir, exprimée sous les termes « Fonce, voilà les flics ! », ne constitue pas une provocation (▪ Cass. crim., 21 sept. 1994, n° 93-81.447 : *JurisData* n° 1994-001938 ; *Dr. pén.* 1995, comm. 2, note M. Véron ; *RSC* 1995, p. 343, obs. B. Bouloc).

54) Si le conseil s'accompagne de précisions, il devient punissable au titre de la complicité par fourniture d'instructions (▪ Cass. crim., 28 oct. 1965 : *JCP* G 1966, II, 14524 ; *RSC* 1966, p. 339, obs. A. Légal).

55) Constitue une provocation par ***menaces*** le fait pour un employeur d'obtenir un faux témoignage en menaçant ses employés de licenciement (▪ Cass. crim., 24 juill. 1958 : *Bull. crim.* n° 573) ou encore le fait de menacer sa maîtresse enceinte de l'abandonner si elle ne se fait pas avorter (▪ Cass.

crim., 25 févr. 1942 : *D.* 1942, 1, p. 91. ▪ T. corr. Grasse, 8 janv. 1947 : *D.* 1947, somm. p. 39 ; *RSC* 1947, p. 586, obs. P. Hugueney).

56) Constitue une provocation par ***dons*** le fait de fournir à l'auteur certaines choses avant l'exécution (▪ Cass. crim., 19 févr. 1963 : *Bull. crim.* n° 82).

57) Constitue une provocation par ***promesses*** le fait de s'engager à donner certaines choses après la commission du délit (▪ CA Aix-en-Provence, 20 janv. 1965 : *D.* 1965, p. 417), telles qu'offrir un repas (▪ Cass. crim., 24 juill. 1985 : *Gaz. Pal.* 1986, 1, somm. 114) ou une somme d'argent pariée (▪ Cass. crim., 28 nov. 1856 : *DP* 1857, 1, 28 : celui qui, sous forme de pari, s'engage à donner à un autre une somme d'argent, pour le cas où celui-ci commettrait une action qualifiée de délit, fait, par cela même, une promesse et provoque ainsi à l'action délictueuse).

58) Constitue une provocation par ***abus d'autorité ou de pouvoir*** l'ordre donné par le leader d'un mouvement à ses adhérents de barrer des routes (▪ Cass. crim., 29 mars 1971 : *Bull. crim.* n° 112), l'injonction faite par l'occupant d'un véhicule, maire et conseiller général, à son chauffeur de passer une intersection malgré un feu rouge, se rendant ainsi complice du délit de mise en danger délibéré d'autrui (▪ Cass. crim., 6 juin 2000 : *Bull. crim.* n° 213 ; *Dr. pén.* 2000, comm. 124, obs. M. Véron), l'ordre donné par un préfet aux gendarmes d'incendier des constructions illégales bâties sur le domaine public maritime (▪ Cass. crim., 13 oct. 2004, n°s 00-86.726, 00-86.727, 01-83.943, 01-83.944, 01-83.945 et 03-81.763 : *JurisData* n° 2004-025257 ; *Bull. crim.* n° 243), l'important et unique client qui provoque le PDG d'une société de s'abstenir de reverser au Trésor public les sommes qu'il lui payait au titre de la TVA (▪ Cass. crim., 10 janv. 1973, *Bull. crim.* n° 14 ; *RSC* 1974, p. 580, obs. J. Larguier).

59) Constitue une provocation par ***ordre*** le fait pour le passager d'un véhicule automobile de donner l'ordre au conducteur de forcer le passage barré par un véhicule de gendarmerie (▪ Cass. crim., 18 mars 2003 : *Bull. crim.* n° 70 ; *Dr. pén.* 2003, comm. 95, obs. M. Véron).

60) Engage sa responsabilité pénale en qualité de complice celui qui a donné l'ordre illégal de détruire par incendie des paillotes construites sans autorisation sur le domaine public et ne saurait être considéré comme ayant satisfait à une obligation attachée à l'exercice de ses fonctions et exécutée pour le compte de l'État (▪ Cass. crim., 13 oct. 2004 : *Bull. crim.* n° 243 ; *Dr. pén.* 2005, comm. 2, obs. M. Véron ; *D.* 2005, jurispr., p. 1525, obs. M. Segonds).

61) Constitue une complicité par provocation l'action du syndicat caractérisée par son président qui a pris en charge l'organisation logistique des opérations et donné les instructions d'organisation de la manifestation à tous les participants présents au rassemblement (▪ Cass. ch. mixte, 30 nov. 2018, n° 17-16.047 : *JurisData* n° 2018-021551 ; *JCP* G 2019, p. 70, obs. P. Morvan ; *D.* 2019, p. 563, note S. Pellé).

62) Constituait une provocation par ***machinations ou artifices coupables***, au sens de l'ancien article 60, l'émission par des commerçants de chèques sans provisions en sachant que l'employé de la banque, qui a accepté de les payer à l'insu de ses supérieurs, devra commettre des faux en écritures de banque pour dissimuler ces paiements indus (▪ Cass. crim., 6 mars 1969 : *Bull. crim.* n° 111).

63) Instructions. La complicité par instructions données est indépendante de toutes les circonstances de la provocation (▪ Cass. crim., 3 mars 1959 : *Bull. crim.* n° 245. ▪ Cass. crim., 28 oct. 1965 : *JCP* 1966, II, 14524).

64) La complicité par instructions données consiste ainsi dans le fait :

– de décrire la façon de procéder pour réaliser une escroquerie (▪ Cass. crim., 4 févr. 1971 : *JCP* 1972, II, 17272, note R. Koering-Joulin) ;

– de fournir des renseignements pour la commission d'un attentat (▪ Cass. crim., 23 mai 1973 : *Bull. crim.* n° 236) ;

– de donner des indications sur les habitudes de la future victime (▪ Cass. crim., 22 juill. 1943 : *JCP* 1944, II, 2651. ▪ Cass. crim., 31 janv. 1974, n° 73-92.681 : *Bull. crim.* n° 5 ; *JCP* 1975, II, 17984, note A. Mayer-Jack ; *RSC* 1975, p. 679, obs. J. Larguier). — *Adde*, ▪ Cass. crim., 19 juin 1984 : *Bull. crim.* n° 231. ▪ Cass. crim., 6 sept. 2000 : *Dr. pén.* 2001, comm. 30, obs. M. Véron. ▪ Cass. crim., 15 déc. 1999 : *Bull. crim.* n° 309) ;

– de donner à un détenu des conseils précis pour s'évader (▪ Cass. crim., 23 mai 1973 : *JCP* 1974, II, 17765, note D. Mayer) ;

– de donner des instructions de retraits d'espèces constitutifs d'un abus de confiance au préjudice d'une personne morale (▪ Cass. crim., 29 juin 2016, n° 15-84.228 : *JurisData* n° 2016-012679) ;

– pour un OPJ de donner comme instructions aux fonctionnaires, sur lesquels il a autorité, d'établir des procès-verbaux d'interpellation incomplets, ce qui est constitutif d'un faux en écriture publique (▪ Cass. crim., 21 mars 2018, n° 16-87.725 : *JurisData* n° 2018-004087).

65) Se rend complice de séquestration arbitraire un avocat qui, par instructions téléphoniques, donne l'ordre à sa secrétaire d'enfermer une avocate, son ancienne collaboratrice, ainsi qu'une accompagnatrice, dans les locaux professionnels qu'elles s'apprêtaient à quitter, alors que le prévenu ne disposait d'aucun élément objectif de nature à lui laisser croire que celles-ci avaient commis ou qu'elles allaient commettre une infraction pénale (■ Cass. crim., 30 oct. 2006 : *JurisData* n° 2006-035737 ; *Dr. pén.* 2007, comm. 3 et 5, obs. M. Véron).

66) Précisions des instructions. Les instructions doivent être suffisamment précises pour être utiles à l'auteur matériel de l'infraction (■ Cass. crim., 24 déc. 1942 : *S.* 1944, 1, 7. ■ Cass. crim., 28 oct. 1965 : *JCP* G 1966, II, 14524 ; *RSC* 1966, p. 339, obs. A. Légal. ■ Cass. crim., 21 sept. 1994 : *Bull. crim.* n° 302 ; *Dr. pén.* 1995, comm. 2, obs. M. Véron ; *RSC* 1995, p. 343, obs. B. Bouloc).

2° Complicité par aide ou assistance

• Concours apporté à l'auteur

67) Formes de concours. La complicité par aide ou assistance se réalise par l'assistance matérielle (■ Cass. crim., 8 févr. 1968 : *Bull. crim.* n° 42. ■ Cass. crim., 28 mai 1970 : *Bull. crim.* n° 74. ■ Cass. crim., 11 mars 1976 : *JCP* 1976, II, 18460, note Vitu. ■ Cass. crim., 26 mai 1983 : *Bull. crim.* n° 156. ■ Cass. crim., 22 déc. 1986 : *Bull. crim.* n° 382) ou morale (■ Cass. crim., 5 nov. 1941 : *S.* 1942, 1, 89, note P. Bouzat).

68) Aide matérielle : actes d'assistance. Le fait de prêter assistance à une personne opposant une vive résistance à des policiers, notamment en jetant des cailloux et des bris de verre, constitue un acte de complicité du délit de rébellion (■ Cass. crim., 8 déc. 2009, n° 09-85.627 : *JurisData* n° 2009-050885 ; *Bull. crim.* 2009, n° 209 ; *D.* 2010, p. 153, note K. Gachi).

69) Est complice de vols aggravés la personne qui donne de l'argent à l'auteur d'un vol afin qu'il achète un véhicule pour transporter la chose issue de l'infraction (■ Cass. crim., 17 janv. 2018, n° 16-85.545 : *JurisData* n° 2018-000317).

70) Celui qui s'est impliqué dans la gestion d'une société et a participé à l'embauche du personnel constitutive de l'infraction de travail clandestin est punissable en qualité de complice (■ Cass. crim., 1er juill. 1997, n° 96-84.225 : *Bull. crim.* n° 262 ; *RSC* 1998, p. 318, obs. B. Bouloc)

71) Aide matérielle : vente de moyens pour commettre l'infraction. Se rend complice par aide ou assistance de l'auteur d'une escroquerie, consistant à obtenir l'utilisation d'une ligne téléphonique en utilisant une carte magnétique falsifiée, le prévenu qui a vendu à l'auteur principal du délit une carte magnétique usagée dont il avait retraité la mémoire (■ Cass. crim., 14 nov. 1994 : *Dr. pén.* 1995, comm. 58, obs. M. Véron).

Le fait de commercialiser un logiciel permettant aux utilisateurs de dissimuler le montant réel de leur chiffre d'affaires et des salaires versés à leurs employés constitue un acte de complicité de travail dissimulé par dissimulation d'activité (■ Cass. crim., 23 janv. 2018, n° 16-86.859 : *JurisData* n° 2018-000681).

72) Aide matérielle : manœuvres. Justifie sa décision la cour d'appel qui, pour déclarer un expert-comptable et un commissaire aux comptes coupables de complicité d'escroqueries commises par un dirigeant de société, après avoir constaté que le premier a attesté la conformité et la sincérité des comptes dont le caractère fictif ne pouvait lui échapper, et que le second a certifié ces comptes en toute connaissance de cause durant plusieurs exercices, énonce qu'ils ont sciemment fourni à l'auteur principal les moyens lui permettant de réitérer l'escroquerie commise en matière de TVA et de commettre les escroqueries relatives à l'obtention d'ouvertures de crédits (■ Cass. crim., 31 janv. 2007, deux arrêts : *Bull. crim.* n° 25 ; *Dr. pén.* 2007, comm. 56, obs. M. Véron ; *D.* 2007, p. 1843, note B. Bouloc).

Se rend complice d'organisation frauduleuse d'insolvabilité le notaire qui prête son ministère à la rédaction d'actes de disposition conclus par une personne condamnée pour assassinat, dans le dessein de la soustraire au paiement de dommages et intérêts aux parents de la victime (■ Cass. crim., 4 mai 2016, n° 14-87.284 : *JurisData* n° 2016-008329).

Est complice d'organisation frauduleuse de l'insolvabilité le père qui a joué un rôle essentiel et déterminant en corroborant la version d'indigence de son fils, soutenant, notamment, faussement qu'il l'hébergeait, en lui versant un salaire dérisoire au sein de son entreprise et en rémunérant sa compagne, gérante de paille, sans contrepartie de travail (■ Cass. crim., 29 juin 2016, n° 14-84.037 : *JurisData* n° 2016-012701).

Constitue un acte de complicité d'abus de biens sociaux le fait pour un salarié, responsable des démarches nécessaires à l'embauche des salariés et de la rédaction des contrats de travail, qui s'est aperçu d'irrégularités dans la situation des employés, qui étaient sans déclaration préalable ni contrat de travail ou sous fausse identité, de persister à donner une apparence de légalité à ces embauches (■ Cass. crim., 7 janv. 2020, n° 18-86.352).

73) Aide matérielle : la mise à disposition de locaux. Est complice du recours à un travail dissimulé l'avocat qui, en connaissance de cause, met en relation les auteurs de l'infraction et met ses locaux professionnels à leur disposition (■ Cass. crim., 3 avr. 2013, n° 12-83.373 : *Dr. pén.* 2013, comm. 105, obs. M. Véron ; *Rev. pénit.* 2014, p. 72, obs. Chevallier).

74) Aide intellectuelle. Sont des complices par aide et assistance les cadres d'une entreprise qui, par leur contribution active à l'efficacité, pour l'ensemble du groupe, du plan ACT, qui a créé un climat d'insécurité permanent pour tout le personnel, ont facilité la préparation et la consommation des délits de harcèlement moral (▪ Cass. crim., 5 juin 2018, n° 17-87.524 : *JurisData* n° 2018-009616).

Est complice le faux joueur qui aide à convaincre les passants à jouer au jeu de bonneteau (▪ Cass. crim., 25 mars 2015, n° 14-83.766 : *Bull. crim.* n° 69).

75) Aide intellectuelle : la présence. Constitue une complicité par aide ou assistance le fait par une prostituée d'accompagner un proxénète alors que celui-ci exerçait des menaces de mort à l'égard d'autres prostituées (▪ Cass. crim., 22 janv. 1992 : *Gaz. Pal.* 15-16 juill. 1992, somm. 13), ou celui d'avoir, par sa seule présence volontaire, fait nombre dans un groupe d'agresseurs ayant exercé des violences sur les victimes (▪ Cass. crim., 20 janv. 1992 : *Gaz. Pal.* 15-16 juill. 1992, somm. 13 ; *Dr. pén.* 1992, comm. 194).

76) Aide intellectuelle : le conseil. Constitue une complicité par aide ou assistance le fait, par le président-directeur général d'une société de commercialisation de cigarettes, d'être intervenu en tant que conseil lors de l'élaboration de la campagne publicitaire qui a abouti à la publicité illicite mise en œuvre par l'auteur principal de ce délit (▪ Cass. crim., 6 févr. 1992 : *Bull. crim.* n° 60 ; *Gaz. Pal.* 14-15 oct. 1992, somm. 19 ; *RSC* 1993, p. 312, obs. Bouloc).

77) Caractérise une complicité par aide ou assistance de l'infraction d'atteinte à la liberté et à l'égalité des candidats dans les marchés publics et de prise illégale d'intérêt la cour d'appel qui constate que les conseils techniques réitérés prodigués par une personne qui a intérêt à la réalisation de cette opération ont préparé ou facilité l'infraction commise (▪ Cass. crim., 20 mars 2019, n° 17-81.975 : *JurisData* n° 2019-004097 ; *JCP* G 2019, p. 456, obs. J.-H. Robert ; *Dalloz actualité*, 12 avr. 2019, obs. Ch. Fonteix).

78) Acte intellectuelle : l'information. Constitue un acte de complicité par aide et assistance du délit de recel le fait pour des surveillants pénitentiaires d'informer un détenu de la réalisation imminente d'une fouille afin qu'il cache des choses qu'il détient illégalement (▪ Cass. crim., 5 juin 2019, n° 18-80.783 : *JurisData* n° 2019-009581 ; *Dr. pén.* 2019, comm. 145, obs. Ph. Conte ; *Gaz Pal.* 3 sept. 2019, obs. S. Détraz).

79) Actes constitutifs d'un concours : la direction des opérations. Un directeur général de sociétés de transport public de marchandises qui a eu connaissance du fait que la société de droit étranger, filiale de la sienne, exerçait son activité de façon habituelle, continuelle et régulière sans se soumettre aux obligations imposées par la législation française, s'est rendu complice de cette infraction d'exercice illégal de l'activité de transporteur en confiant l'exécution des opérations de transport en cause à cette société et en dirigeant l'activité de ses chauffeurs (▪ Cass. crim., 30 oct. 2012, n° 12-80.194 : *D.* 2013, p. 420, note E. Dreyer).

80) Aide intellectuelle : la mise en relation. Constitue un acte de complicité par aide et assistance le fait de mettre en relation une femme enceinte et un avorteur (▪ Cass. crim., 5 juin 1947 : *D.* 1947, somm. p. 37), le fait de mettre en relation une personne avec des tiers et de négocier avec ceux-ci qu'ils acceptent des traites de complaisance, permettant au tireur d'obtenir frauduleusement l'escompte (▪ Cass. crim., 6 févr. 1932 : *DP* 1933, 1, p. 46, note Laurent), le fait par un avocat de mettre en relation des particuliers avec un policier qui réalise une activité d'enquête dissimulée afin de recourir à ses services non déclarés (▪ Cass. crim., 3 avr. 2013, préc.).

81) A justifié sa décision la cour d'appel qui retient la complicité d'intrusion dans l'enceinte d'une installation civile abritant des matières nucléaires aux motifs que le prévenu, salarié de Green Peace connaissait parfaitement le détail de l'opération au point qu'il a pu en décrire précisément les modalités aux journalistes qui l'accompagnaient et qu'il avait tenu la veille et après l'intrusion une conférence de presse et qu'il avait accompagné les journalistes pour permettre l'enregistrement de l'opération et ainsi assurer la couverture médiatique de l'événement. En effet, ces énonciations, fondées sur son appréciation souveraine des faits, caractérisent des actes d'aide et assistance à l'acte principal d'intrusion poursuivi (▪ Cass. crim., 15 juin 2021, n° 20-83.749 : *JurisData* n° 2021-009381 ; *JCP* G 2021, p. 840, note J.-Ch. Saint-Pau ; *D.* 2021, p. 1661, A. Dejean de la Bâtie ; *Legipresse* 2021, p. 429, obs. E. Dreyer ; *AJ pénal* 2021, p. 417, obs. D. Pamart ; *Gaz. Pal.* 23 nov. 2021, n° 41, p. 53, obs. S. Détraz).

• Fourniture de moyens

82) Admission. Les termes – aide ou assistance – englobent nécessairement la fourniture de moyens, bien que l'article 121-7 nouveau du Code pénal n'ait pas repris expressément ce mode de complicité (▪ Cass. crim., 19 oct. 1994 : *Dr. pén.* 1995, chron. 45, obs. V. Lesclous et C. Marsat. ▪ Cass. crim., 3 avr. 1996, n° 95-81.857).

83) Type de moyens. La fourniture de moyens est réalisée aussi bien lorsque les moyens sont des meubles – fausses clés pour un vol (▪ Cass. crim., 13 juin 1811, *in* Garçon, *op. cit.*, art. 60, n° 218) ; fausses factures pour une escroquerie (■ Cass. crim., 21 nov. 1930 : *Bull. crim.* n° 274) ; matériel technique pour des blessures involontaires (■ Cass. crim., 27 févr. 2018, n° 17-81.962 : *JurisData* n° 2018-002724) – que des immeubles (■ Cass. crim., 12 déc. 1956 : *Bull. crim.* n° 830).

84) Illustrations. Le fait pour le propriétaire d'un véhicule automobile de le prêter à un tiers, dont il sait qu'il n'est pas titulaire du permis de conduire, constitue le délit de complicité de conduite sans permis, par fourniture de moyens (■ Cass. crim., 14 déc. 2010, n° 10-81.189 : *Bull. crim.* n° 200 ; *Dr. pén.* 2011, comm. 33, obs. M. Véron ; *RSC* 2011, p. 96, obs. Y. Mayaud).

III – ÉLÉMENT MORAL

85) Participation volontaire et consciente. La complicité exige, pour être punissable, une intention coupable chez son auteur, intention qui consiste, non seulement en une participation volontaire à l'acte de l'auteur principal, mais aussi en la conscience de l'aide ainsi apportée à une infraction (■ Cass. crim., 5 nov. 1943 : *DA* 1944, 29. ■ Cass. crim., 20 janv. 2009 : *Dr. pén.* 2009, comm. 53, obs. J.-H. Robert).

86) Une simple négligence ou un contrôle insuffisant ne sauraient être assimilés à une participation active et intentionnelle à la commission de l'infraction (■ Cass. crim., 6 déc. 1989 : *Dr. pén.* 1990, n° 117).

87) Intention dans la complicité par aide ou assistance. La complicité par aide ou assistance n'est punissable que si cette aide ou cette assistance ont été prêtées avec connaissance à l'auteur principal dans les faits qui ont préparé, facilité ou consommé son action (■ Cass. crim., 19 mars 1986, n° 85-93.900 : *JurisData* n° 1986-000684 ; *Bull. crim.* n° 112).

La complicité par fourniture de moyens n'est punissable que si celui qui a procuré les moyens savait qu'ils devaient servir à l'action (■ Cass. crim., 19 mars 1986, n° 85-93.900 : *JurisData* n° 1986-000684 ; *Bull. crim.* n° 112).

88) Illustrations. L'individu ayant prêté un fusil, en sachant qu'il était destiné à commettre un délit de chasse, ne peut être puni comme complice du meurtre commis avec ce fusil (■ Orléans, 28 janv. 1896 : *D.* 1897, 2, p. 5).

89) Celui qui a donné une arme à une personne afin que cette dernière se rende chez le débiteur du premier pour l'intimider dans le but de recouvrer la dette peut être déclaré coupable de complicité, de tentative d'extorsion de fonds ou même de tentative d'assassinat ainsi que d'association de malfaiteurs, mais ne saurait être condamné pour complicité du meurtre commis par le messager avec l'arme (■ Cass. crim., 13 janv. 1955, n° 55-01.694 : *Bull. crim.* n° 34 ; *D.* 1955, p. 291, note A. Chavanne ; *RSC* 1955, p. 513, obs. A. Légal). *Contra* : est complice d'assassinat la personne qui a envoyé 5 hommes armés récupérer des documents compromettants et qui ont tué la victime alors même que l'exécution n'était pas prévue (■ Cass. crim., 19 juin 1984, n° 84-91.908).

90) Justifie sa décision, au regard de l'article L. 423-11 du Code de la construction et de l'habitation interdisant aux administrateurs des organismes d'HLM de recevoir directement ou indirectement, et sous quelque forme que ce soit, un avantage quelconque de la part de personnes qui interviennent dans les ventes ou échanges d'immeubles réalisés avec les organismes précités, la cour d'appel qui, pour retenir la complicité d'un notaire, relève qu'il s'est sciemment associé à l'action de l'auteur principal, membre de la même société civile professionnelle, qui a conservé des intérêts dans une entreprise apportant son concours à l'organisme HLM qu'il dirigeait (■ Cass. crim., 2 mai 2001 : *Bull. crim.* n° 104 ; *Dr. pén.* 2001, comm. 115, obs. M. Véron).

91) L'auteur de propos publiés dans un journal ne peut être poursuivi comme complice par aide et assistance alors que rien ne démontre que cette publication a été voulue ou permise par lui et qu'elle n'est que la reproduction d'une publication faite par un autre journal (■ Cass. crim., 19 juin 2001 : *Bull. crim.* n° 148. – Dans le même sens ■ Cass. crim., 6 mars 2007, n° 06-84.105 : *Bull. crim.* n° 72).

92) Ne justifie pas sa décision la cour d'appel qui renvoie des fins de la poursuite, du chef de complicité d'escroqueries à la TVA, un expert-comptable qui a établi et attesté la sincérité de comptes annuels et de déclarations de chiffre d'affaires dont il ne pouvait ignorer la fictivité, sans rechercher si le prévenu n'avait pas ainsi permis la réitération de l'infraction, commise, chaque mois, au préjudice du Trésor public (■ Cass. crim., 25 févr. 2004 : *Bull. crim.* n° 53 ; *Dr. pén.* 2004, comm. 91, obs. M. Véron. – Dans le même sens, ■ Cass. crim., 31 janv. 2007, n°s 05-85.886 et 06-81.258 : *Bull. crim.* n° 25 ; *Dr. pén.* 2007, 56, obs. M. Véron ; *AJ pénal* 2007, p. 130, obs. G. Royer ; *Rev. pénit.* 2007, p. 375, obs. X. Pin).

93) Intention dans la complicité par instructions. La complicité par instructions n'est punissable que si les instructions ont été données en vue de commettre une action qualifiée crime ou délit (■ Cass. crim., 19 mars 1986, n° 85-93.900 : *JurisData* n° 1986-000684 ; *Bull. crim.* n° 112).

94) Moment de l'appréciation de l'intention. Cette intention coupable doit être appréciée au moment où les faits ont été commis (■ Cass. crim., 15 nov. 1990 : *Gaz. Pal.* 27-28 mars 1991, note J.-P. Doucet ; *Bull. crim.* n° 388). Mais, la preuve de l'intention frauduleuse peut se déduire du comportement ultérieur au fait principal ; il en est ainsi notamment en matière d'abus de confiance (■ Cass. crim., 4 nov. 1991 : *Bull. crim.* n° 391).

95) Complicité de délit non intentionnel. Est complice celui qui a favorisé des blessures par imprudence en s'abstenant d'intervenir comme il en avait l'obligation ; est complice de blessures involontaires par violation des obligations résultant des décrets des 6 janvier 1962 et 30 janvier 1974 le médecin qui n'est intervenu à aucun moment avant ou pendant les séances d'opérations d'épilation, à l'origine du dommage, comme il en avait l'obligation (■ Cass. crim., 13 sept. 2016, n° 15-85.046 : *Dr. pén.* 2016, étude 27, note J.-Y. Maréchal ; *Dr. pén.* 2016, comm. 153, note Ph. Conte ; *JCP* G 2016, p. 1861, obs. F. Rousseau ; *RSC* 2017, p. 353, obs. P. Mistretta).

IV – RÉPRESSION

A – Pénalité

1° *Circonstances aggravantes*

• Circonstances aggravantes réelles ou mixtes

96) Les circonstances aggravantes réelles qui sont purement matérielles, inhérentes au fait même, ne peuvent exister à l'égard de l'un des auteurs sans exister à l'égard de l'autre (■ Cass. crim., 2 avr. 1898 : *Bull. crim.* n° 144. ■ Cass. crim., 22 déc. 1905 : *Bull. crim.* n° 570).

97) Communication au complice. Le complice empruntant la criminalité de l'auteur principal, il suffit, en cas de pluralité d'auteurs principaux d'un même crime, que l'un d'entre eux ait prémédité son acte pour que cette circonstance aggravante produise ses effets à l'égard du complice (■ Cass. crim., 2 févr. 1994 : *Bull. crim.* n° 50 ; *JCP* 1994, G, IV, 1062).

98) Le complice encourt la responsabilité de toutes les circonstances qui qualifient l'acte poursuivi sans qu'il soit nécessaire que celles-ci aient été connues de lui (■ Cass. crim., 21 mai 1996 : *Bull. crim.* n° 206 ; *JCP* 1996, IV, 2124 ; *Dr. pén.* 1996, comm. 213, obs. M. Véron. ■ Cass. crim., 19 juin 1984 : *Bull. crim.* n° 231).

99) Sont applicables au complice d'une infraction les circonstances aggravantes liées à la personne de l'auteur principal ; encourt dès lors la cassation l'arrêt de la chambre de l'instruction qui, après avoir qualifié les faits reprochés au mis en examen de complicité de faux en écritures authentiques aggravé, constate que la prescription de l'action publique était acquise à son égard lors du dépôt de la plainte, intervenu plus de 3 ans après les faits (■ Cass. crim., 7 sept. 2005 : *Bull. crim.* n° 219 ; *Dr. pén.* 2005, comm. 167, obs. M. Véron ; *D.* 2006, jurispr. p. 835, note E. Dreyer). Il en est de même pour les causes d'atténuation de la peine.

100) Sont des circonstances réelles : ***la bande organisée*** (■ Cass. crim., 15 sept. 2004 : *Bull. crim.* n° 213. ■ Cass. crim., 11 janv. 2017, n° 16-80.610 : *JurisData* n° 2017-000182 ; *Dr. pén.* 2017, comm. 39, obs. Ph. Conte. ■ Cass. crim., 16 mai 2018, n° 17-81.151) ; ***la concomitance*** du meurtre avec un autre crime (■ Cass. crim., 30 oct. 1952 : *Bull. crim.* n° 238. ■ Cass. crim., 7 mars 1935 : *Bull. crim.* n° 26 : l'accusé déclaré coupable de complicité d'un meurtre ayant précédé, accompagné ou suivi un autre crime n'est passible de la peine de l'article 221-2 du Code pénal que si l'auteur principal du crime d'homicide volontaire a été déclaré coupable du crime concomitant) ; la ***vulnérabilité particulière*** de la victime (■ Cass. crim., 10 oct. 1984 : *Bull. crim.* n° 297) ; la ***prise d'otage*** (■ Cass. crim., 24 oct. 1984 : *Bull. crim.* n° 321) ; l'***escalade*** (■ Cass. crim., 26 mars 1957 : *Bull. crim.* n° 288) ; la ***violence*** accompagnant le vol (■ Cass. crim., 28 juill. 1953 : *Bull. crim.* n° 262) ; le ***port d'une arme*** apparente ou cachée (■ Cass. crim., 4 janv. 1985, n° 84-93.008 : *Bull. crim.* n° 9) ; le ***résultat mortel*** des violences volontaires (■ Cass. crim., 4 déc. 1952 : *Bull. crim.* n° 289) ou de la séquestration (■ Cass. crim., 16 nov. 2016, n° 15-84.803) ; la ***réunion*** (■ Cass. crim., 20 juin 2012, n° 11-85.683 : *D.* 2012, p. 1965 ; *RSC* 2012, p. 887, obs. X. Salvat ; *RSC* 2012, p. 927, obs. J.-F. Renucci ; *Gaz. Pal.* 9 févr. 2013, n° 40, p. 34, obs. E. Dreyer) ; la ***minorité de la victime*** (■ Cass. crim., 21 févr. 1996 : *Bull. crim.* 1996, n° 82) ; ***l'emploi de torture et d'actes de barbarie*** (■ Cass. crim., 8 nov. 1989 : *Bull. crim.* 1989, n° 407 ; *RSC* 1990, p. 783, obs. G. Levasseur. ■ Cass. crim., 21 nov. 1990 : *Bull. crim.* 1990, n° 397).

• Circonstances aggravantes personnelles

101) Non-communication au complice. Constitue une circonstance aggravante personnelle : la ***corrélation*** de l'article 221-2 du Code pénal (■ Cass. crim., 12 déc. 1889 : *Bull. crim.* n° 384. ■ Cass. crim., 5 mars 1981 : *Bull. crim.* n° 83) ; la ***préméditation*** (■ Cass. crim., 3 janv. 1959 : *Bull. crim.* n° 16. ■ Cass. crim., 30 oct. 1996, n° 96-80.541 : *Bull. crim.* n° 384 ; *D.* 1997, somm. 147, obs. J. Pradel. ■ Cass. crim., 14 avr. 1999 : *Bull. crim.* n° 81) ; la ***qualité d'ascendant ou de personne ayant autorité*** (■ Cass. crim., 27 avr. 1994 : *Bull. crim.* n° 154 ; *Dr. pén.* 1994, comm. 209, obs. M. Véron. ■ Cass. crim.,

27 mars 2001 : *JurisData* n° 2001-009762) ; la ***qualité de l'auteur de l'infraction dépositaire de l'autorité publique ou chargé d'une mission de service public*** (■ Cass. crim., 7 sept. 2005, n° 04-84.235 : *JurisData* n° 2005-029900 ; *Bull. crim.* n° 219) ; la ***récidive*** (■ Cass. crim., 3 juill. 1806 : *Bull. crim.* n° 107. ■ Cass. crim., 3 juill. 1834 : *S.* 1835, 2, p. 300).

102) État de récidive du complice. La qualité de récidiviste de l'auteur ne se communique pas au complice. À l'inverse, le complice déjà condamné pour une précédente infraction en qualité d'auteur a la qualité de récidiviste (■ Cass. crim., 25 févr. 1819 : *Bull. crim.* n° 30).

• Questions procédurales

103) Poursuites séparées. Le principe de la chose jugée n'interdit pas, en cas de poursuites séparées, de retenir à l'égard de l'auteur principal une circonstance aggravante du crime dont il est déclaré coupable qui n'a pas été retenue à l'égard des complices condamnés par une précédente décision devenue définitive (■ Cass. crim., 13 mars 1998 : *Bull. crim.* n° 104).

104) Questions à la cour d'assises. S'il est admis que les circonstances aggravantes matérielles peuvent légalement n'être l'objet que d'une seule question commune à tous les accusés d'un même crime ou délit, par ce motif qu'une fois établi à l'égard d'un seul, le fait matériel l'est à l'égard de tous, il en est autrement des circonstances aggravantes morales qui, par leur nature même, sont personnelles à chacun d'entre eux (■ Cass. crim., 5 mars 1981 : *Bull. crim.* n° 83. ■ Cass. crim., 14 avr. 1999 : *D.* 1999, somm. p. 323. ■ Cass. crim., 20 juin 2012, n° 11-85.683 : *D.* 2012, p. 1965 ; *RSC* 2012, p. 887, obs. X. Salvat ; *RSC* 2012, p. 927, obs. J.-F. Renucci ; *Gaz. Pal.* 9 févr. 2013, n° 40, p. 34, obs. E. Dreyer).

2° Peines applicables

105) Peine complémentaire. Il résulte des termes des articles 121-6 et 432-17, 3°, du Code pénal que la peine complémentaire de la confiscation peut être prononcée non seulement à l'encontre de l'auteur principal du trafic d'influence, mais aussi de son complice (■ Cass. crim., 19 mars 2008, n° 07-82.124).

3° Cumul de qualifications compatibles

106) Cumul entre complicité et association de malfaiteurs. Encourt la censure la cour d'appel qui retient à l'encontre d'un même individu la culpabilité des chefs d'association de malfaiteurs et de complicité de tentative d'évasion aggravée pour méconnaissance du principe *ne bis in idem* puisqu'elle caractérise l'association de malfaiteurs par des actes indissociables de la complicité de tentative d'évasion (■ Cass. crim., 19 juin 2019, n° 18-83.659 : *JurisData* n° 2019-010727). V. ss art. 132-2, p. 243.

107) Cumul entre complicité et recel. Le complice de l'infraction principale peut être receleur (■ Cass. crim., 18 nov. 1965 : *D.* 1966, p. 248, note R. Combaldieu. ■ Cass. crim., 25 avr. 1974 : *Bull. crim.* n° 152) : cumul entre recel et la complicité de vol (■ Cass. crim., 6 janv. 2009, n° 08-81.912) ; recel et complicité d'abus de biens sociaux (■ Cass. crim., 27 févr. 2013, n° 11-88.189) ; recel et complicité d'abus de confiance (■ Cass. crim., 16 déc. 2015, n° 13-84.592 : *JurisData* n° 2015-028262 ; *Rev. sociétés* 2016, p. 322, H. Matsopoulou) ; recel et complicité d'escroquerie (■ Cass. crim., 5 janv. 2017, n° 15-86.362 : *JurisData* n° 2017-000040 ; *Bull. crim.* n° 6 ; *AJ pénal* 2017, p. 183, A. Darsonville) ; recel et complicité de prise illégale d'intérêts (■ Cass. crim., 27 juin 2018, n° 16-86.256 : *JurisData* n° 2018-011238). V. ss art. 321-3, p. 699.

108) *Ne bis in idem.* Des faits qui procèdent de manière indissociable d'une action unique caractérisée par une seule intention coupable ne peuvent donner lieu, contre le même prévenu, à deux déclarations de culpabilité de nature pénale, fussent-elles concomitantes. Méconnaît ce principe la cour d'appel qui condamne le prévenu de complicité de cession de stupéfiant et de recel de cession de stupéfiant alors qu'il résultait de ses propres constatations que les faits constitutifs de l'infraction de complicité de cession de stupéfiant et ceux caractérisant le recel étaient les mêmes et ne procédaient pas d'une intention coupable distincte (■ Cass. crim., 12 sept. 2018, n° 17-82.842 : *JurisData* n° 2018-017764). V. ss art. 132-2, p. 243.

Encourt la cassation l'arrêt qui retient la culpabilité des prévenus pour blanchiment et complicité d'escroquerie alors que la cour d'appel n'a pas recherché des faits constitutifs de blanchiment distincts et ne procédant pas de la même action unique (■ Cass. crim., 30 janv. 2019, n° 18-82.589 : *JurisData* n° 2019-001051).

109) Doit être rejeté le pourvoi qui fait grief à l'arrêt d'avoir condamné les prévenus pour complicité d'escroquerie et recel, ces deux délits ne procédant pas de manière indissociable d'une action unique caractérisée par une seule intention coupable (■ Cass. crim., 5 janv. 2017, n° 15-86.362 : *JurisData* n° 2017-000040 ; *Bull. crim.* n° 6 ; *Dr. pén.* 2017, comm. 36, obs. Ph. Conte ; *AJ pénal* 2017, p. 183, A. Darsonville).

110) Il résulte des énonciations de l'arrêt que les actes de complicité des délits de soustraction d'un enfant mineur par ascendant et de non-représentation d'enfant de la mère et la sœur de l'auteur procèdent, de manière indissociable, d'une action unique, l'aide apportée à la fuite illicite d'une mère avec son enfant au mépris des droits du père, caractérisée par une seule intention coupable (■ Cass. crim., 8 janv. 2020, n° 19-80.809 : *JurisData* n° 2020-000191 ; *Dr. pén.* 2020, comm. 72, obs. Ph. Conte).

4° Théorie de la peine justifiée

111) Peine justifiée. Ne présente pas un caractère sérieux la question prioritaire de constitutionnalité qui soulève la contrariété de la théorie de la peine justifiée aux principes de nécessité et d'individualisation des peines (■ Cass. crim., 25 janv. 2012, n° 11-87.944).

112) Lorsqu'un arrêt a déclaré à tort coauteur d'une infraction un individu qui n'en était que complice, l'erreur relevée par la Cour de cassation ne saurait donner ouverture à cassation, la peine et les réparations civiles étant justifiées (■ Cass. crim., 7 mars 1972 : *Bull. crim.* n° 84).

Il en est de même si une personne poursuivie comme auteur principal d'une opposition aux fonctions des agents de la direction générale de la Concurrence est condamnée pour complicité de ce délit et que la Cour de cassation relève que les faits visés à la prévention caractérisaient bien à son encontre sa participation à la commission de l'infraction en qualité d'auteur principal (■ Cass. crim., 8 janv. 2002 : *JurisData* n° 2002-013192 ; *Dr. pén.* 2002, comm. 57, obs. J.-H. Robert, qui cite aussi ■ Cass. crim., 12 sept. 2001 en relevant la confusion de la complicité et de l'action principale en droit pénal des affaires).

113) Si c'est à tort qu'en méconnaissance des articles 388 du Code de procédure pénale et 6.1 de la Convention européenne des droits de l'homme la cour d'appel n'a pas mis le prévenu, poursuivi en qualité d'auteur des faits visés dans la prévention, en mesure de présenter sa défense sur la qualification de complicité, nouvellement retenue, l'arrêt n'encourt pas pour autant la censure, dès lors que la Cour de cassation peut s'assurer que, tels qu'ils ont été souverainement appréciés par les juges du fond, les faits reprochés au prévenu caractérisaient le délit pour lequel il avait été poursuivi et sur lequel il s'était expliqué, la peine prononcée étant justifiée de ce chef (■ Cass. crim., 14 nov. 2002 : *Bull. crim.* n° 207).

V. M.-L. Rassat, *Mort de la théorie de la peine justifiée ?* : *Dr. pén.* 2019, étude 9.

B – Procédure

114) Questions devant la cour d'assises. Pris isolément, un seul des éléments de complicité spécifiés à l'article 60 du Code pénal suffit pour caractériser le crime et justifier l'application de la peine. Ainsi, lorsque l'accusation a relevé plusieurs modes de complicité, il est sans intérêt de rechercher si les déclarations de culpabilité relatives à certains d'entre eux sont entachées d'irrégularité, dès lors qu'une question concernant un autre mode de complicité a été régulièrement posée et a été résolue affirmativement (■ Cass. crim., 27 mai 1988 : *Bull. crim.* n° 230).

– Mais la question relative à la complicité doit caractériser tous les éléments de l'un des modes de complicité prévus par les articles 60 ancien et 121-7 du Code pénal. Tel n'est pas le cas de la question qui se borne à demander à la Cour et le jury si l'accusée s'est rendue complice des crimes de viols commis par l'auteur principal (■ Cass. crim., 11 mars 1998 : *Bull. crim.* n° 98).

115) Poursuites séparées. Des poursuites séparées sont possibles contre l'auteur principal et le complice lorsqu'un obstacle quelconque empêche de les juger dans une même instance ; dans cette hypothèse, la chose jugée contre l'auteur principal n'a aucune autorité vis-à-vis du complice, si bien que la juridiction saisie des poursuites contre le complice doit statuer sur l'existence de l'infraction principale sans égard à ce qui a déjà été décidé au sujet de l'auteur principal (■ Cass. crim., 10 avr. 1975 : *Bull. crim.* n° 89).

C – Application de la loi

116) Application de la loi dans le temps. Les actes de complicité provoquant à une infraction nouvellement créée, en l'espèce la corruption passive par une personne n'exerçant pas une fonction publique (art. 445-2, p. 941), sont punissables si ces actes ont été commis avant l'entrée en vigueur de la loi nouvelle (■ Cass. crim., 25 févr. 2015, n° 13-88.506 : *JurisData* n° 2015-003552 ; *Dr. pén.* 2015, comm. 81, note M. Véron).

117) Application de la loi dans l'espace. La juridiction française compétente pour juger le fait principal l'est aussi pour juger le complice, quels que soient sa nationalité et le lieu où les actes de complicité ont été accomplis (■ Cass. crim., 29 nov. 2016, n° 15-86.712 : *Dr. pén.* 2017, comm. 32, note Ph. Conte). V. ss art. 113-2, n° 42, p. 67 ; art. 113-5, p. 75.

CHAPITRE II. – DES CAUSES D'IRRESPONSABILITÉ OU D'ATTÉNUATION DE LA RESPONSABILITÉ

Art. 122-1. – **N'est pas pénalement responsable la personne qui était atteinte, au moment des faits, d'un trouble psychique ou neuropsychique ayant aboli son discernement ou le contrôle de ses actes.**

(*Al. mod. à compter du 1er octobre 2014, L. n° 2014-896, 15 août 2014*) La personne qui était atteinte, au moment des faits, d'un trouble psychique ou neuropsychique ayant altéré son discernement ou entravé le contrôle de ses actes demeure punissable. Toutefois, la juridiction tient compte de cette circonstance lorsqu'elle détermine la peine et en fixe le régime. Si est encourue une peine privative de liberté, celle-ci est réduite du tiers ou, en cas de crime puni de la réclusion criminelle ou de la détention criminelle à perpétuité, est ramenée à trente ans. La juridiction peut toutefois, par une décision spécialement motivée en matière correctionnelle, décider de ne pas appliquer cette diminution de peine. Lorsque, après avis médical, la juridiction considère que la nature du trouble le justifie, elle s'assure que la peine prononcée permette que le condamné fasse l'objet de soins adaptés à son état.

Bibliographie : *JCl. Pénal Code, Trouble psychique ou neuropsychique, contrainte* par M.-L. Rassat. • E. Bonis, *Troubles psychiques – Malades mentaux : Rép. Dalloz pénal.* • R. Mésa, *L'étrange régime répressif de l'anormal mental : Gaz. Pal.* 2014, p. 5. • J. Buisson, *La déclaration d'irresponsabilité pour cause de trouble mental : loi du 25 février 2008 : Procédures* 2008, étude 4. • S. Détraz, *Création d'une nouvelle décision de règlement de l'instruction : décision d'irresponsabilité pénale pour cause de trouble mental : RSC* 2008, p. 873. • A. Giudicelli, *Le fait de la personne atteinte d'un trouble mental, in M. Massé, J.-P. Jean et A. Giudicelli [dir.], Un droit pénal postmoderne ? Mise en perspective des évolutions et ruptures contemporaines : PUF*, coll. Droit et justice, 2009, p. 149. • H. Matsopoulou, *Le développement des mesures de sûreté justifiées par la « dangerosité » et l'inutile dispositif applicable aux malades mentaux : Dr. pén.* 2008, étude 5. • E. Letouzey, *L'altération du discernement : quantifier l'impondérable : JCP G* 2014, 1026. • C. Ménabé, *L'irresponsabilité pénale pour cause de trouble mental : AJ pénal* 2018, p. 488. • L. Leturmy, *La pénalisation des personnes atteintes de troubles mentaux : AJ pénal* 2018, p. 491. • L. Ascenci, *Les transformations de l'irresponsabilité pénale pour cause de trouble mental : AJ pénal* 2021, p. 452.

• Sommaire

I – EXISTENCE D'UN TROUBLE PSYCHIQUE ET NEUROPSYCHIQUE 149
A – Notion de troubles psychiques et neuropsychiques 149
1° Troubles psychiques et neuropsychiques admis 149
2° Troubles psychiques ou neuropsychiques exclus 150
B – Détermination du trouble psychique et neuropsychique 151
1° Appréciation du trouble 151
2° Preuve du trouble 151
II – EFFETS DU TROUBLE PSYCHIQUE ET NEUROPSYCHIQUE 151
A – Abolition 151
B – Altération 156
1° Le choix de la peine 156
2° Les questions à la cour d'assises 157
III – TEMPÉRAMENTS 157

I – EXISTENCE D'UN TROUBLE PSYCHIQUE ET NEUROPSYCHIQUE

A – Notion de troubles psychiques et neuropsychiques

1) Domaine. La démence doit être largement comprise et doit être reconnue dans les diverses formes d'aliénation mentale, étant toutefois limitée selon la doctrine (V. M.-L. Rassat, *préc.*, n° 11 et s.) aux troubles ou maladies de l'intelligence.

1° Troubles psychiques et neuropsychiques admis

2) Délire et hallucinations. Est irresponsable pénalement la personne, poursuivie pour des faits de violences sur la personne d'un policier alors qu'elle essayait de forcer le passage pour pénétrer en zone sécurisée d'un aéroport, qui souffre d'une pathologie psychiatrique aiguë faisant suite à un état de décompensation psychotique aiguë, et étant en proie au moment des faits à un délire et des hallucinations qui l'enjoignaient de prendre l'avion (■ CA Paris, 13 oct. 2004 : *JurisData* n° 2004-271888).

3) Déni de grossesse. Même si le déni de grossesse, qui n'a pu se prolonger jusqu'à l'accouchement et au-delà, ne peut être considéré en lui-même comme une situation qui mettait la femme dans l'impossibilité totale de faire face aux obligations de soins vis-à-vis de son bébé qui s'imposaient à elle, l'état de détresse absolue dans lequel elle s'est trouvée, accouchant soudainement alors qu'elle commençait juste à intégrer le fait qu'elle se trouvait enceinte, la douleur physique, l'état de panique qui a été le sien en tous cas dans les minutes qui ont suivi cet accouchement correspondent à un trouble psychique ayant véritablement aboli son discernement pendant un moment qui s'est prolongé au moins sur les quelques minutes qui ont suffi, selon les experts, pour que le bébé qui venait de naître décède (▪ Cour d'assises Gironde, 7 sept. 2012 : *AJ pénal* 2012, p. 651. *Contra* : ▪ Amiens, ch. corr., 7 nov. 2007, n° 06/01143).

4) Épilepsie. Il a été jugé que l'épileptique devait être assimilé au dément pendant l'accès qui l'étreint (▪ Cass. crim., 14 déc. 1982 : *JurisData* n° 1982-003110) ou au moment d'une attaque imminente (▪ Orléans, 22 juin 1886 : *D.* 1887, 5, p. 213). Mais l'épileptique est considéré comme responsable d'un homicide involontaire s'il a commis l'imprudence de conduire une automobile alors qu'il connaissait son état et la survenance possible d'une crise au volant (▪ Paris, 27 mai 1970 : *RSC* 1971, p. 119, obs. Levasseur).

5) Hystérie. Est acquittée la personne accusée d'empoisonnement et d'incendie volontaire souffrant de troubles hystériques (▪ C. assises Ariège, 24 févr. 1949, V. Vouin : *D.* 1949, chron. p. 102, col. 2).

6) Schizophrénie. N'est pas responsable pénalement l'auteur d'une infraction qui est atteint d'une psychose dissociative de type schizophrénique (▪ Cass. crim., 18 févr. 1998, n°s 97-81.702 et 97-84.855 : *JurisData* n° 1998-001510 ; *Bull. crim.* n° 66. ▪ Cass. crim., 23 juin 2004, n° 03-84.587 : *JurisData* n° 2004-024525 ; *Bull. crim.* n° 168. ▪ Cass. crim., 12 avr. 2016, n° 15-80.207. – *Contra* : ▪ Cass. crim., 29 nov. 2017, n° 16-85.490 : *JurisData* n° 2017-024148).

7) Intoxication (cannabis). Les dispositions de l'article 122-1, alinéa 1er, du Code pénal, ne distinguent pas selon l'origine du trouble psychique ayant conduit à l'abolition de ce discernement. Par conséquent la Chambre de l'instruction a pu retenu que le mis en examen était irresponsable pénalement au motif que la circonstance, que cette bouffée délirante soit d'origine exotoxique et due à la consommation régulière de cannabis, ne fait pas obstacle à ce que soit reconnue l'existence d'un trouble psychique ou neuropsychique ayant aboli son discernement ou le contrôle de ses actes, puisqu'aucun élément du dossier d'information n'indique que la consommation de cannabis par l'intéressé ait été effectuée avec la conscience que cet usage de stupéfiants puisse entraîner une telle manifestation (▪ Cass. crim., 14 avr. 2021, n° 20-80.135 : *JurisData* n° 2021-005247 ; *Dr. pén.* 2021, comm. 103, note Ph. Conte ; *JCP* G 2021, 521, note Fr. Rousseau ; *JCP* G 2021, 522, note E. Dreyer ; *D.* 2021, p. 875, note Y. Mayaud ; *RSC* 2021, p. 321, note X. Pin ; *Lexbase* 20 mai 2021, note J.-Ch. Saint-Pau ; *AJ pénal* 2021, p. 254, note J.-B. Thierry). Contra : note (intoxication alcool).

8) Sexsomnie. Doit être déclaré irresponsable l'accusé de viol à l'égard duquel trois experts ont conclu à l'abolition du discernement en raison de l'existence d'une pathologie avérée de sexsomnie (▪ CA Bourges, 5 oct. 2021, n° 2021/00101 : *Lexbase pénal* févr. 2022, obs. L. Belfanti).

2° Troubles psychiques ou neuropsychiques exclus

9) Amnésie. Ne peut être considéré comme irresponsable au sens de l'article 122-1 la personne souffrant d'une amnésie, les juges du fond ayant souverainement apprécié qu'il n'y avait pas eu d'abolition du discernement (▪ Cass. crim., 6 déc. 2000, n° 99-86.336. ▪ Cass. crim., 4 mars 2015, n° 13-86.954). En revanche, a pu être considéré qu'une amnésie secondaire constituait une altération du discernement (▪ Cass. crim., 2 sept. 2014, n° 13-84.787). *Contra* : ▪ CA Alger, 18 déc. 1948 : *D.* 1949, p. 382, note Vouin ; *JCP* 1949, II, 4901.

10) Égarement. Un simple état d'égarement ne peut constituer un cas de démence (▪ Cass. crim., 18 févr. 1942 : *DA* 1942, p. 83. ▪ Cass. crim., 7 oct. 1958 : *D.* 1958, p. 767. ▪ Cass. crim., 3 déc. 1963 : *Bull. crim.* n° 343 ; *RSC* 1964, p. 606, obs. A. Légal ; *RSC* 1964, p. 767).

11) Hypnose. S'agissant de l'hypnose, il a été jugé que la responsabilité pénale de l'hypnotisé qui a commis le crime par suggestion ne pourrait être écartée que dans la mesure où la suggestion lui aurait enlevé toute liberté au moment de la commission de l'acte délictueux (▪ T. corr. Versailles, 13 mai 1970 : *Gaz. Pal. Rec.* 1971, 1, p. 34, note J.-P. Doucet ; *RSC* 1971, p. 930, obs. A. Légal).

12) Intoxication (alcool). En dehors des hypothèses prévues par la loi (V. C. débits de boissons, art. R. 4, R. 5 et L. 65 ; C. route, art. L. 1er-II et L. 1er-III), la grande majorité de la jurisprudence estime que l'ivresse laisse subsister la responsabilité pénale, malgré l'altération de la volonté qu'elle entraîne (▪ Cass. crim., 27 août 1868 : *Bull. crim.* n° 196. ▪ Cass. crim., 1er mai 1919 : *Bull. crim.* n° 94 ; S. 1921, 1, p. 140. ▪ Cass. crim., 29 janv. 1921 : S. 1922, 1, 185, note J.-A. Roux. ▪ Cass. crim., 5 févr. 1957 : *Bull. crim.* n° 112 ; *RSC* 1958, p. 93, obs. A. Légal. ▪ Cass. crim., 3 déc. 1963 : *Bull. crim.* n° 343. ▪ Cass. crim., 5 févr. 1957 : *Bull. crim.* 1957, n° 112. ▪ Cass. crim., 3 déc. 1963 : *Bull. crim.* 1963, n° 343).

L'état d'ivresse du prévenu, s'il a justifié le report de la notification de ses droits lors de sa garde à vue, faute de lucidité suffisante pour en comprendre le sens et la portée, ne constitue pas, en soi, une cause d'irresponsabilité pénale (▪ Cass.

crim., 21 juin 2017, n° 16-84.158 : *JurisData* n° 2017-012769).

Contra : Il a été jugé que si le fait de provoquer volontairement et délibérément un état que les experts ont qualifié de bouffée délirante est en soi de nature à exclure la personne poursuivie du bénéfice de cette disposition, tel n'est pas le cas lorsque l'auteur d'un homicide ne pouvait savoir que l'absorption conjuguée d'alcool et de haschisch provoquerait une réaction comparable à un état hallucinatoire (■ CA Aix-en-Provence, 19 nov. 1998 : *JurisData* n° 1998-049161).

13) Intoxication (médicament). Il a été jugé que ne peut bénéficier des dispositions de l'article 64 du Code pénal le prévenu qui se trouvait inconscient au moment de l'infraction du fait de l'absorption volontaire de médicaments dangereux en vue de mettre fin à ses jours (■ CA Bordeaux, 26 avr. 1988 : *JurisData* n° 1988-045645).

La prise de calmant n'est pas de nature à exonérer le conducteur auteur de délit de fuite dans la mesure où rien n'indique qu'il n'ait pas eu conscience des dégâts qu'il avait causés et alors qu'il a lui-même reconnu qu'il se sentait capable de conduire (■ CA Nancy, 21 sept. 1995 : *JurisData* n° 1995-047677).

14) Maladies de la volonté. La Cour de cassation a jugé que les maladies de la volonté (kleptomanie, pyromanie par exemple) ne pouvaient entrer dans le champ d'application de l'article 64 (■ Cass. crim., 11 avr. 1908 : *DP* 1908, 1, 271 ; S. 1909, 1, 473).

B – Détermination du trouble psychique et neuropsychique

1° Appréciation du trouble

15) Moment de la commission de l'infraction. Doit être cassé l'arrêt qui prononce la relaxe de la prévenue du certificat médical établi par un médecin psychiatre et son comportement au moment de l'audience au motif que la cour d'appel ne s'est pas prononcée sur l'état mental de la prévenue à la date des faits (■ Cass. crim., 7 oct. 1992, n° 92-82.181 : *JurisData* n° 2004-024525). Doit être annulé l'arrêt qui, en présence de conclusions du prévenu tendant à faire déclarer qu'il était en état de démence au moment de l'action, se fonde uniquement, pour les rejeter, sur des faits postérieurs au délit (■ Cass. crim., 4 févr. 1904 : *Bull. crim.* n° 69. – *Adde*, ■ Cass. crim., 10 juin 1985 : *Bull. crim.* n° 221. ■ CA Toulouse, 2 nov. 2000 : *JurisData* n° 2000-130900. ■ CA Nîmes, 28 sept. 2004 : *JurisData* n° 2004-277221).

A justifié sa décision la chambre de l'instruction qui décide de renvoyer l'accusé devant la cour d'assises considérant que l'abolition du discernement au moment des faits n'est pas certaine après avoir analysé les expertises psychiatriques ainsi que les déclarations des experts (■ Cass. crim., 21 mars 2012, n° 12-80.178 : *JurisData* n° 2012-006985 ; *Bull. crim.* n° 77 ; *Dr. pén.* 2012, comm. 96, obs. A. Maron et M. Haas).

16) Appréciation des juges du fond. L'existence du trouble relève de l'appréciation des juges du fonds (■ Cass. crim., 21 mars 2012, n° 12-80.178 : *AJ pénal* 2012, p. 416, obs. J. Gallois. ■ Cass. crim., 4 mars 2015, n° 13-86.954. ■ Cass. crim., 18 nov. 2015, n° 14-84.586. ■ Cass. crim., 11 juill. 2017, n° 17-82.652 : *JurisData* n° 2017-016043. ■ Cass. crim., 29 nov. 2017, n° 16-85.490 : *JurisData* n° 2017-024148. ■ Cass. crim., 13 févr. 2018, n° 17-86.952).

2° *Preuve du trouble*

17) Absence de présomption. La démence devant exister au moment de l'action, le fait pour un accusé d'avoir été considéré comme déséquilibré ou faible d'esprit dans des circonstances antérieures, ne suffit pas à supprimer sa responsabilité lors des actes incriminés (■ Cass. crim., 27 mars 1924 : *Bull. crim.* n° 141).

18) Charge de la preuve. La charge de la preuve pèse sur le prévenu (■ CA Amiens, 26 mai 1954 : *D.* 1954, p. 579).

19) Expertise. Le recours à l'expertise ne s'impose pas au juge (■ Cass. crim., 23 oct. 1931 : *Bull. crim.* n° 236. ■ Cass. crim., 11 juill. 1972, n° 72-90.788 : *Bull. crim.* n° 234. ■ Cass. crim., 15 janv. 1985, n° 84-92.517 : *Bull. crim.* n° 27).

Doit motiver sa décision la juridiction qui statue sur une demande d'expertise (■ Cass. crim., 18 févr. 1942 : *DA* 1942, p. 83. ■ Cass. crim., 7 oct. 1958 : *D.* 1958, p. 767. ■ Cass. crim., 3 déc. 1963 : *Bull. crim.* n° 343. ■ Cass. crim., 22 nov. 1973 : *Gaz. Pal.* 1973, 1, p. 98. ■ Cass. crim., 22 janv. 1992 : *JurisData* n° 1992-001844).

II – EFFETS DU TROUBLE PSYCHIQUE ET NEUROPSYCHIQUE

A – Abolition

20) Effets sur l'existence de l'infraction. La démence entraîne irresponsabilité pénale de l'intéressé mais l'infraction subsiste, nonobstant les termes de l'article 64 du Code pénal, et le complice du dément est punissable (■ Cass. crim., 16 juin 1887 : *Bull. crim.* n° 221. ■ Cass. crim., 13 mars 1991, n° 90-83.913 : *Bull. crim.* n° 125 ; *JurisData* n° 1991-001295).

21) Déclaration d'irresponsabilité pénale pour cause de trouble mental. V. C. proc. pén., art. 706-119 et s.

Code de procédure pénale

Titre XXVIII : De la procédure et des décisions d'irresponsabilité pénale pour cause de trouble mental

Chapitre Ier : Dispositions applicables devant le juge d'instruction et la chambre de l'instruction

Art. 706-119 *(L. n° 2019-222, 23 mars 2019)*. – Si le juge d'instruction estime, lorsque son information lui paraît terminée, qu'il est susceptible d'appliquer le premier alinéa de l'article 122-1 du Code pénal relatif à l'irresponsabilité pénale d'une personne en raison d'un trouble mental, il en informe le procureur de la République lorsqu'il lui communique le dossier ainsi que les parties lorsqu'il les avise, en application du I de l'article 175 du présent code.

Le procureur de la République, dans ses réquisitions, et les parties, dans leurs observations, indiquent s'ils demandent la saisine de la chambre de l'instruction afin que celle-ci statue sur l'application du premier alinéa de l'article 122-1 du Code pénal conformément aux articles 706-122 à 706-127 du présent code.

Art. 706-120 *(L. n° 2019-222, 23 mars 2019 ; L. n° 2022-52, 24 janv. 2022)*. – Lorsqu'au moment du règlement de son information, le juge d'instruction estime, après avoir constaté qu'il existe contre la personne mise en examen des charges suffisantes d'avoir commis les faits reprochés, qu'il y a des raisons plausibles d'appliquer le premier alinéa de l'article 122-1 du Code pénal, il ordonne, si le procureur de la République ou une partie en a formulé la demande, que le dossier de la procédure soit transmis par le procureur de la République au procureur général aux fins de saisine de la chambre de l'instruction. Il peut aussi ordonner d'office cette transmission.

Lorsque le juge d'instruction, au moment du règlement de son information, estime que l'abolition temporaire du discernement de la personne mise en examen résulte au moins partiellement de son fait et qu'il existe une ou plusieurs expertises concluant que le discernement de la personne était seulement altéré, il renvoie celle-ci devant la juridiction de jugement compétente qui statue à huis clos sur l'application du même article 122-1 ; si la personne n'est pas déclarée pénalement irresponsable, le dossier est renvoyé à une audience ultérieure pour être examiné au fond conformément aux dispositions relatives aux jugements des crimes ou des délits.

Dans les autres cas, il rend une ordonnance d'irresponsabilité pénale pour cause de trouble mental qui précise qu'il existe des charges suffisantes établissant que l'intéressé a commis les faits qui lui sont reprochés.

Art. 706-121 *(L. n° 2019-222, 23 mars 2019)*. – L'ordonnance d'irresponsabilité pénale pour cause de trouble mental met fin à la détention provisoire ou au contrôle judiciaire.

L'ordonnance de transmission de pièces rendue en application de l'article 706-120 ne met pas fin à la détention provisoire ou au contrôle judiciaire, qui se poursuit jusqu'à l'audience de la chambre de l'instruction, sans préjudice de la possibilité pour le juge d'instruction, par ordonnance distincte, d'ordonner la mise en liberté ou la levée du contrôle judiciaire. S'il n'a pas été mis fin à la détention provisoire, la chambre de l'instruction doit statuer dans un délai de six mois en matière criminelle ou quatre mois en matière correctionnelle à compter de la date de l'ordonnance de transmission de pièces, à défaut de quoi la personne mise en examen est remise en liberté si elle n'est pas détenue pour une autre cause.

Art. 706-122 *(L. n° 2019-222, 23 mars 2019 ; L. n° 2022-52, 24 janv. 2022)*. – Lorsque la chambre de l'instruction est saisie en application de l'article 706-120, son président ordonne, soit d'office, soit à la demande de la partie civile, du ministère public ou de la personne mise en examen, la comparution personnelle de cette dernière si son état le permet, après avoir, le cas échéant, ordonné une expertise psychiatrique permettant d'actualiser les expertises figurant au dossier. Si celle-ci n'est pas assistée d'un avocat, le bâtonnier en désigne un d'office à la demande du président de la juridiction. Cet avocat représente la personne même si celle-ci ne peut comparaître.

Les débats se déroulent et l'arrêt est rendu en audience publique, hors les cas de huis clos prévus par l'article 306.

Le président procède à l'interrogatoire de la personne mise en examen, si elle est présente, conformément aux articles 406 et 442.

Les experts ayant examiné la personne mise en examen doivent être entendus par la chambre de l'instruction, conformément à l'article 168.

Sur décision de son président, la juridiction peut également entendre au cours des débats, conformément aux articles 436 à 457, les témoins cités par les parties ou le ministère public si leur audition est nécessaire pour établir s'il existe des charges suffisantes contre la personne d'avoir commis les faits qui lui sont reprochés et déterminer si le premier alinéa de l'article 122-1 du Code pénal est applicable. Elle entend la partie civile si celle-ci le demande.

Le procureur général, l'avocat de la personne mise en examen et l'avocat de la partie civile peuvent poser des questions à la personne mise en examen, à la partie civile, aux témoins et aux experts, conformément à l'article 442-1 du présent code.

La personne mise en examen, si elle est présente, et la partie civile peuvent également poser des questions par l'intermédiaire du président.

Une fois l'instruction à l'audience terminée, l'avocat de la partie civile est entendu et le ministère public prend ses réquisitions.

La personne mise en examen, si elle est présente, et son avocat présentent leurs observations.

La réplique est permise à la partie civile et au ministère public, mais la personne mise en examen, si elle est présente, et son avocat auront la parole les derniers.

Art. 706-123 *(L. n° 2019-222, 23 mars 2019)*. **–** Si elle estime qu'il n'existe pas de charges suffisantes contre la personne mise en examen d'avoir commis les faits qui lui sont reprochés, la chambre de l'instruction déclare qu'il n'y a lieu à suivre.

Art. 706-124 *(L. n° 2019-222, 23 mars 2019)*. **–** Si elle estime qu'il existe des charges suffisantes contre la personne mise en examen d'avoir commis les faits qui lui sont reprochés et que le premier alinéa de l'article 122-1 du Code pénal n'est pas applicable, la chambre de l'instruction ordonne le renvoi de la personne devant la juridiction de jugement compétente.

Art. 706-125 *(L. n° 2019-222, 23 mars 2019)*. **–** Dans les autres cas, la chambre de l'instruction rend un arrêt de déclaration d'irresponsabilité pénale pour cause de trouble mental par lequel :

1° Elle déclare qu'il existe des charges suffisantes contre la personne d'avoir commis les faits qui lui sont reprochés ;

2° Elle déclare la personne irresponsable pénalement en raison d'un trouble psychique ou neuropsychique ayant aboli son discernement ou le contrôle de ses actes au moment des faits ;

3° Si la partie civile le demande, elle se prononce sur la responsabilité civile de la personne, conformément à l'article 414-3 du Code civil, et statue sur les demandes de dommages et intérêts ;

4° Elle prononce, s'il y a lieu, une ou plusieurs des mesures de sûreté prévues au chapitre III du présent titre.

Art. 706-126 *(L. n° 2019-222, 23 mars 2019)*. **–** L'arrêt de déclaration d'irresponsabilité pénale pour cause de trouble mental met fin à la détention provisoire ou au contrôle judiciaire.

Il peut faire l'objet d'un pourvoi en cassation.

Art. 706-127 *(L. n° 2019-222, 23 mars 2019)*. **–** Les articles 211 à 218 sont applicables aux décisions prévues aux articles 706-123 à 706-125.

Art. 706-128 *(L. n° 2019-222, 23 mars 2019)*. **–** Les articles 706-122 à 706-127 sont applicables devant la chambre de l'instruction en cas d'appel d'une ordonnance d'irresponsabilité pénale pour cause de trouble mental ou en cas d'appel d'une ordonnance de renvoi lorsque cet appel est formé par une personne mise en examen qui invoque l'application du premier alinéa de l'article 122-1 du Code pénal.

Chapitre II : Dispositions applicables devant le tribunal correctionnel ou la cour d'assises

Section 1 : Dispositions applicables devant la cour d'assises

Art. 706-129 *(L. n° 2019-222, 23 mars 2019)*. **–** Lorsqu'en application des articles 349-1 et 361-1, la cour d'assises a, au cours du délibéré, répondu positivement à la première question relative à la commission des faits et positivement à la seconde question portant sur l'application du premier alinéa de l'article 122-1 du Code pénal, elle déclare l'irresponsabilité pénale de l'accusé pour cause de trouble mental.

Art. 706-130 *(L. n° 2019-222, 23 mars 2019)*. **–** Lorsque la cour d'assises rentre dans la salle d'audience en application de l'article 366, le président prononce un arrêt portant déclaration d'irresponsabilité pénale pour cause de trouble mental.

Cet arrêt met fin à la détention provisoire ou au contrôle judiciaire.

Art. 706-131 *(L. n° 2019-222, 23 mars 2019)*. **–** En application de l'article 371 du présent code et conformément à l'article 414-3 du Code civil, la cour, sans l'assistance du jury, statue alors sur les demandes de dommages et intérêts formées par la partie civile.

Elle prononce s'il y a lieu une ou plusieurs des mesures de sûreté prévues au chapitre III du présent titre.

Art. 706-132 *(L. n° 2019-222, 23 mars 2019)*. – Le procureur général peut faire appel des arrêts portant déclaration d'irresponsabilité pénale pour cause de trouble mental. La cour d'assises statuant en appel est alors désignée conformément aux articles 380-14 et 380-15.

L'accusé et la partie civile peuvent faire appel de la décision sur l'action civile. L'appel est alors porté devant la chambre des appels correctionnels, conformément à l'article 380-5.

Section 2 : Dispositions applicables devant le tribunal correctionnel

Art. 706-133 *(L. n° 2019-222, 23 mars 2019)*. – S'il estime que les dispositions du premier alinéa de l'article 122-1 du Code pénal sont applicables, le tribunal correctionnel rend un jugement de déclaration d'irresponsabilité pénale pour cause de trouble mental par lequel :

1° Il déclare que la personne a commis les faits qui lui étaient reprochés ;

2° Il déclare la personne irresponsable pénalement en raison d'un trouble psychique ou neuropsychique ayant aboli son discernement ou le contrôle de ses actes au moment des faits ;

3° Il se prononce sur la responsabilité civile de la personne auteur des faits, conformément à l'article 414-3 du Code civil, et statue, s'il y a lieu, sur les demandes de dommages et intérêts formées par la partie civile ;

4° Il prononce, s'il y a lieu, une ou plusieurs des mesures de sûreté prévues au chapitre III du présent titre.

Le jugement de déclaration d'irresponsabilité pénale pour cause de trouble mental met fin à la détention provisoire ou au contrôle judiciaire.

Art. 706-134 *(Mod., L. n° 2011-1862, 13 déc. 2011)*. – Les dispositions de l'article 706-133 sont applicables devant la chambre des appels correctionnels.

Elles sont également applicables, à l'exception du 4°, devant le tribunal de police.

22) Mesures de sûreté applicables. V. C. proc. pén., art. 706-135 et s.

Chapitre III : Mesures de sûreté pouvant être ordonnées en cas de déclaration d'irresponsabilité pénale pour cause de trouble mental ou en cas de reconnaissance d'altération du discernement

Art. 706-135 *(Mod., L. n° 2011-803, 5 juill. 2011)*. – Sans préjudice de l'application des articles L. 3213-1 et L. 3213-7 du Code de la santé publique, lorsque la chambre de l'instruction ou une juridiction de jugement prononce un arrêt ou un jugement de déclaration d'irresponsabilité pénale pour cause de trouble mental, elle peut ordonner, par décision motivée, l'admission en soins psychiatriques de la personne, sous la forme d'une hospitalisation complète dans un établissement mentionné à l'article L. 3222-1 du même code s'il est établi par une expertise psychiatrique figurant au dossier de la procédure que les troubles mentaux de l'intéressé nécessitent des soins et compromettent la sûreté des personnes ou portent atteinte, de façon grave, à l'ordre public. Le représentant de l'État dans le département ou, à Paris, le préfet de police est immédiatement avisé de cette décision. Le régime de cette hospitalisation est celui prévu pour les admissions en soins psychiatriques prononcées en application de l'article L. 3213-1 du même code.

Art. 706-136 *(L. n° 2008-174, 25 févr. 2008)*. – Lorsque la chambre de l'instruction ou une juridiction de jugement prononce un arrêt ou un jugement de déclaration d'irresponsabilité pénale pour cause de trouble mental, elle peut ordonner à l'encontre de la personne les mesures de sûreté suivantes, pendant une durée qu'elle fixe et qui ne peut excéder dix ans en matière correctionnelle et vingt ans si les faits commis constituent un crime ou un délit puni de dix ans d'emprisonnement :

1° Interdiction d'entrer en relation avec la victime de l'infraction ou certaines personnes ou catégories de personnes, et notamment les mineurs, spécialement désignées ;

2° Interdiction de paraître dans tout lieu spécialement désigné ;

3° Interdiction de détenir ou de porter une arme ;

4° Interdiction d'exercer une activité professionnelle ou bénévole spécialement désignée, dans l'exercice de laquelle ou à l'occasion de laquelle l'infraction a été commise ou impliquant un contact habituel avec les mineurs, sans faire préalablement l'objet d'un examen psychiatrique déclarant la personne apte à exercer cette activité ;

5° Suspension du permis de conduire ;

6° Annulation du permis de conduire avec interdiction de solliciter la délivrance d'un nouveau permis.

Ces interdictions, qui ne peuvent être prononcées qu'après une expertise psychiatrique, ne doivent pas constituer un obstacle aux soins dont la personne est susceptible de faire l'objet.

Si la personne est hospitalisée en application des articles L. 3213-1 et L. 3213-7 du Code de la santé publique, les interdictions dont elle fait l'objet sont applicables pendant la durée de l'hospitalisation et se poursuivent après la levée de cette hospitalisation, pendant la durée fixée par la décision.

Art. 706-136-1 *(L. n° 2014-896, 15 août 2014)*. **–** Lorsqu'une personne condamnée dans les circonstances mentionnées au second alinéa de l'article 122-1 du Code pénal n'a pas été condamnée à un suivi socio-judiciaire, le juge de l'application des peines peut ordonner, à la libération de cette personne, si son état le justifie et après avis médical, une obligation de soins pendant une durée qu'il fixe et qui ne peut excéder cinq ans en matière correctionnelle ou dix ans si les faits commis constituent un crime ou un délit puni de dix ans d'emprisonnement. Le dernier alinéa de l'article 706-136 du présent code est applicable.

Art. 706-137 *(Mod., L. n° 2014-896, 15 août 2014)*. **–** La personne qui fait l'objet d'une mesure prononcée en application des articles 706-136 ou 706-136-1 peut demander au juge des libertés et de la détention du lieu de la situation de l'établissement hospitalier ou de son domicile d'ordonner sa modification ou sa levée. Celui-ci statue en chambre du conseil sur les conclusions du ministère public, le demandeur ou son avocat entendus ou dûment convoqués. Il peut solliciter l'avis préalable de la victime. La levée de la mesure ne peut être décidée qu'au vu du résultat d'une expertise psychiatrique. En cas de rejet de la demande, aucune demande ne peut être déposée avant l'expiration d'un délai de six mois.

Art. 706-138 *(Mod., L. n° 2011-803, 5 juill. 2011)*. **–** Lorsque l'interdiction prévue au 1° de l'article 706-136 est prononcée, la partie civile peut demander à être informée par le procureur de la République de la levée de l'hospitalisation dont cette personne aura pu faire l'objet en application des articles L. 3213-1 et L. 3213-7 du Code de la santé publique.

La partie civile peut, à tout moment, indiquer au procureur de la République qu'elle renonce à cette demande.

Art. 706-139 *(Mod., L. n° 2014-896, 15 août 2014)*. **–** La méconnaissance par la personne qui en a fait l'objet des interdictions prévues à l'article 706-136 ou de l'obligation de soins prévue à l'article 706-136-1 est punie, sous réserve des dispositions du premier alinéa de l'article 122-1 du Code pénal, de deux ans d'emprisonnement et 30 000 euros d'amende.

Art. 706-139-1 *(Créé, L. n° 2022-52, 24 janv. 2022)*. **–** Lorsque le juge d'instruction est saisi d'une information sur le fondement des articles 221-5-6,222-18-4 ou 222-26-2 du Code pénal et décide du renvoi de la personne mise en examen devant la juridiction de jugement du chef de ces incriminations, il est tenu, dans son ordonnance de règlement, de préalablement déclarer, en application du premier alinéa de l'article 122-1 du même code, que celle-ci est pénalement irresponsable des faits commis à la suite de sa consommation volontaire de substances psychoactives.

Art. 706-139-2 *(Créé, L. n° 2022-52, 24 janv. 2022)*. **–** Lorsque, en application de l'article 351 du présent code, est posée devant la cour d'assises la question de l'application du premier alinéa de l'article 122-1 du Code pénal à l'égard d'un accusé mis en accusation pour meurtre, assassinat, tortures ou actes de barbarie, violences ou viol, le président pose la question subsidiaire portant sur les qualifications prévues aux articles 221-5-6,222-18-4 ou 222-26-2 du même code s'il apparaît que l'abolition du discernement de la personne ou du contrôle de ses actes est susceptible de résulter d'une consommation volontaire de substances psychoactives.

Art. 706-140 *(L. n° 2008-174, 25 févr. 2008)*. **–** Un décret précise les modalités d'application du présent titre.

23) Effets sur l'action civile. Si la déclaration d'irresponsabilité pénale pour abolition du discernement est sans incidence sur la responsabilité civile, cette dernière ne peut être mise en jeu que devant le juge civil, à défaut d'une prorogation de compétence au profit du juge répressif (▪ CA Limoges, 25 janv. 1991 : *JurisData* n° 1991-040017. ▪ CA Aix-en-Provence, 12 mai 1995 : *JurisData* n° 1995-047856). V. C. proc. pén., art. 706-125 (préc.), p. 153.

24) Cour d'assises. Par leur réponse affirmative et irrévocable sur la culpabilité de l'accusé, la Cour et le jury estiment nécessairement que celui-ci n'était pas atteint d'un trouble psychique ou neuropsychique ayant aboli son discernement ou le contrôle de ses actes au sens de l'article 122-1, alinéa 1er du Code pénal (■ Cass. crim., 28 janv. 1998 : *Bull. crim.* n° 34).

Code de procédure pénale

Art. 349-1 *(L. n° 2000-516, 15 juin 2000)*. **–** Lorsque est invoquée comme moyen de défense l'existence de l'une des causes d'irresponsabilité pénale prévues par les articles 122-1 (premier alinéa), 122-2, 122-3, 122-4 (premier et second alinéas), 122-5 (premier et second alinéas) et 122-7 du Code pénal, chaque fait spécifié dans le dispositif de la décision de mise en accusation fait l'objet de deux questions posées ainsi qu'il suit :

1° « L'accusé a-t-il commis tel fait ? ;

2° « L'accusé bénéficie-t-il pour ce fait de la cause d'irresponsabilité pénale prévue par l'article... du Code pénal selon lequel n'est pas pénalement responsable la personne qui... ? »

Le président peut, avec l'accord des parties, ne poser qu'une seule question concernant la cause d'irresponsabilité pour l'ensemble des faits reprochés à l'accusé.

Sauf si l'accusé ou son défenseur y renonce, il est donné lecture des questions posées en application du présent article.

B – Altération

1° Le choix de la peine

25) Avant la loi du 15 août 2014. L'altération du discernement n'est pas une cause légale de diminution de la peine (■ Cass. crim., 5 sept. 1995 : *Bull. crim.* n° 270. ■ Cass. crim., 20 oct. 1999 : *Bull. crim.* n° 228). Les juges disposent du pouvoir d'apprécier souverainement les conséquences devant être tirées, quant à la durée et quant au régime d'une telle peine, de l'existence de troubles psychiques ou neuropsychiques ayant, sans les abolir, altéré le discernement de l'auteur de l'infraction ou entravé le contrôle de ses actes (■ Cass. crim., 29 janv. 2014, n° 12-85.603 : *Bull. crim.* n° 34).

Sur la prise en compte de l'altération dans la détermination de la peine, V. ■ Cass. crim., 5 sept. 1995, n° 94-85.855 : *Bull. crim.* n° 270. ■ Cass. crim., 28 janv. 1998, n° 97-81.676 : *Bull. crim.* n° 34.

26) Après la loi du 15 août 2014. Doit être cassé l'arrêt qui avait décidé de ne pas appliquer la diminution de la peine prévue à l'article 122-1, alinéa 2 en s'appuyant sur les éléments de personnalité et la situation sociale du prévenu alors le prévenu faisait valoir qu'il était atteint au moment des faits d'une altération du discernement, retenue par un rapport d'expertise psychiatrique, emportant la réduction de la peine encourue aux deux tiers (■ Cass. crim., 5 janv. 2017, n° 15-85.144 : *Rev. pénit.* 2017, p. 137, obs. A. Darsonville).

27) Application dans le temps. Une loi nouvelle moins sévère s'appliquant, selon l'article 112-1, alinéa 3 du Code pénal, aux infractions commises avant son entrée en vigueur et n'ayant pas donné lieu à une condamnation passée en force de chose jugée, doit être annulée la décision d'une cour d'appel qui a prononcé une peine d'emprisonnement à l'encontre d'une personne atteinte, au moment des faits, d'un trouble psychique ou neuropsychique ayant aboli son discernement ou entravé le contrôle de ses actes sans qu'ait été examinée la situation du prévenu au regard des dispositions plus favorables de l'article 122-1, alinéa 2, du Code pénal entré en vigueur le 1er octobre 2014, réduisant, dans cette hypothèse, du tiers la peine privative de liberté encourue (■ Cass. crim., 15 sept. 2015, n° 14-86.135 : *Bull. crim.* n° 140 ; *JCP G* 2015, 1209, note V. Peltier ; *Dr. pén.* 2015, comm. 152, note E. Bonis-Garçon. ■ Cass. crim., 26 avr. 2017, n° 16-82.447).

28) Motivation de la peine. Les juges qui, aux termes de l'article 132-19, alinéa 2, du Code pénal, ne sont pas tenus, en matière correctionnelle, de motiver spécialement le choix d'une peine d'emprisonnement sans sursis, lorsque la personne est en état de récidive légale, disposent, en outre, du pouvoir d'apprécier souverainement les conséquences devant être tirées, quant à la durée et quant au régime d'une telle peine, de l'existence de troubles psychiques ou neuropsychiques ayant, sans les abolir, altéré le discernement de l'auteur de l'infraction ou entravé le contrôle de ses actes (■ Cass. crim., 29 janv. 2014, n° 12-85.603 : *D.* 2014, p. 372 ; *Dr. pén.* 2014, comm. 50, obs. É. Bonis-Garçon).

29) A correctement motivé sa décision et caractérisé l'altération du discernement la cour d'assises qui d'une part relève que, s'agissant de l'état mental de l'accusé, ses actes posés après les faits ont davantage démontré son égocentrisme que son incohérence, que l'ensemble des développements et conclusions des expertises psychiatriques ont conduit le jury à retenir une altération du discernement de l'accusé et une diminution de la peine, et d'autre part retient qu'une peine significative, compte tenu de l'extrême gravité des faits, doit être prononcée, assortie d'un suivi socio-judiciaire d'une durée également significative, notamment en raison des soins dont l'accusé devra bénéficier (▪ Cass. crim., 26 févr. 2020, n° 19-80.120 : *JurisData* n° 2020-002597 ; *Dr. pén.* 2020, comm. 106, obs. E. Bonis).

30) Récidive. Justifie sa décision de condamner le prévenu, poursuivi pour des faits commis une nouvelle fois en état de récidive légale, à une peine d'emprisonnement inférieure au seuil de 2 ans prévu pour le délit de violences aggravées par l'article 132-19-1 du Code pénal la cour d'appel qui, après avoir mis en exergue l'altération importante de son discernement au moment des faits, considère qu'il en résulte une responsabilité très atténuée au sens de l'article 122-1 du Code pénal. En effet, les dispositions de l'alinéa 2 de l'article 122-1 du Code pénal permettent au juge de prononcer, s'il l'estime nécessaire, une peine autre que l'emprisonnement ou une peine inférieure à la peine minimale, même lorsque les faits ont été commis une nouvelle fois en état de récidive légale (▪ Cass. crim., 6 nov. 2012, n° 12-82.190 : *Bull. crim.* n° 240 ; *Gaz. Pal.* 19-20 déc. 2012, jur., p. 10, note R. Mésa ; *Gaz. Pal.* 8-9 févr. 2013, chron. p. 32, note E. Dreyer et S. Detraz ; *Dr. pén.* 2013, comm. 33, obs. É. Bonis-Garçon).

2° Les questions à la cour d'assises

31) Avant la loi du 15 août 2014. L'article 122-1, alinéa 2, ne prévoyant pas une cause légale de diminution de la peine, le président de la cour d'assises n'a pas à poser de question à la cour et au jury sur le trouble psychique ou neuropsychique ayant pu altérer le discernement de l'accusé ou entraver le contrôle de ses actes (▪ Cass. crim., 5 sept. 1995 : *Bull. crim.* n° 270 ; *RSC* 1996, p. 646, obs. B. Bouloc. ▪ Cass. crim., 28 janv. 1998, n° 97-81.676. ▪ Cass. crim., 31 mars 1999 : *Bull. crim.* n° 66. ▪ Cass. crim., 20 oct. 1999, n° 99-80.596 : *Bull. crim.* n° 228. ▪ Cass. crim., 18 févr. 2004, n° 03-82.789 : *Bull. crim.* n° 46 ; *Gaz. Pal.* 2004, 2, 3235, note Monnet).

32) A méconnu l'article 349-1 du Code de procédure pénale la Cour seule qui a rejeté la demande que soient posées les questions relatives à l'abolition et à l'altération du discernement de l'accusé aux motifs que les débats n'ont pas justifié la position des questions réclamées par l'accusé (▪ Cass. crim., 5 janv. 2022, n° 20-87.252).

33) Motivation. A suffisamment justifié sa décision et exposé les principaux éléments la cour d'assises qui a répondu à la question portant sur l'atténuation de la responsabilité pénale de l'accusé en raison de son état mental que le discernement de l'accusé n'était pas altéré, qu'il est accessible à une sanction pénale et réadaptable, qu'il est âgé de 67 ans, que son casier judiciaire ne porte mention d'aucune condamnation et enfin que sa dangerosité criminologique résultait de son absence totale d'empathie envers les victimes et leur famille et de ses déclarations à l'audience, selon lesquelles, dans une situation identique il recommencerait (▪ Cass. crim., 17 mars 2021, n° 20-80.099).

III – TEMPÉRAMENTS

Voir : art. 221-5-6, p. 347, 222-18-4, p. 401 et 222-26-2, p. 416.

Art. 122-1-1 *(Créé, L. n° 2022-52, 24 janv. 2022).* **– Le premier alinéa de l'article 122-1 n'est pas applicable si l'abolition temporaire du discernement de la personne ou du contrôle de ses actes au moment de la commission d'un crime ou d'un délit résulte de ce que, dans un temps très voisin de l'action, la personne a volontairement consommé des substances psychoactives dans le dessein de commettre l'infraction ou une infraction de même nature ou d'en faciliter la commission.**

Art. 122-1-2 *(Créé, L. n° 2022-52, 24 janv. 2022).* **– La diminution de peine prévue au second alinéa de l'article 122-1 n'est pas applicable en cas d'altération temporaire du discernement de la personne ou du contrôle de ses actes au moment de la commission d'un crime ou d'un délit lorsque cette altération résulte d'une consommation volontaire, de façon illicite ou manifestement excessive, de substances psychoactives.**

Bibliographie : J.-Ch. Saint-Pau, *La responsabilité pénale en cas de trouble mental résultant d'une intoxication volontaire : JCP* G 2022, doctr. 255. • V. Tellier-Cayrol, *Responsable d'être irresponsable – À propos de la loi du 24 janvier 2022 relative à la responsabilité pénale et à la sécurité intérieure, Lexbase pénal* févr. 2022.

Art. 122-2. – N'est pas pénalement responsable la personne qui a agi sous l'empire d'une force ou d'une contrainte à laquelle elle n'a pu résister.

Voir : anc. art. 64, C. pén.

Bibliographie : *JCl. Pénal Code, Trouble psychique ou neuropsychique, contrainte*, par M.-L. Rassat. • M. Danti-Juan, *Force majeure : Rép. Dalloz pén.* • J.-M. Aussel, *La contrainte et la nécessité en droit pénal*, in *Quelques aspects de l'autonomie du droit pénal : Dalloz*, 1956, p. 254. • J.-P. Doucet, *Les effets de la contrainte et de la force majeure en droit pénal : Gaz. Pal.* 1972, 1, doctr. 328.

• Sommaire

I – NOTION DE CONTRAINTE 158
II – LES FORMES DE CONTRAINTE 158
A – La contrainte physique 158
1° Notion 158
2° Manifestations 159
B – La contrainte morale 160
1° Origine externe 160
2° Origine interne 160
III – L'ÉTABLISSEMENT DE LA CONTRAINTE 161
A – Les caractères de la contrainte 161
1° Caractère irrésistible 161
2° Caractère imprévisible 162
B – La preuve de la contrainte 163

I – NOTION DE CONTRAINTE

1) Nature juridique de la contrainte. La contrainte n'est jamais prise en considération que lorsqu'elle se manifeste au temps de l'action et uniquement en tant qu'elle crée l'irresponsabilité pénale (■ Cass. crim., 10 nov. 1959 : *Bull. crim.* n° 475).

La nature juridique de la contrainte a fait l'objet d'une hésitation : fait justificatif (■ Cass. crim., 12 nov. 1959 : *Bull. crim.* n° 488. ■ Cass. crim., 23 févr. 1960 : *Bull. crim.* n° 102) ; excuse (■ Cass. crim., 12 déc. 1962. ■ Cass. crim., 31 oct. 1963 : *Bull. crim.* n° 302) ; cause de non-culpabilité (■ Cass. crim., 16 juin 1971 : *Bull. crim.* n° 191 ; *D.* 1971, somm. p. 158 ; *Gaz. Pal.* 1971, 2, p. 559. ■ Cass. crim., 19 nov. 1980 : *Bull. crim.* n° 308 : ne constituant pas un fait justificatif, la contrainte n'a pas à faire l'objet d'une question séparée de la culpabilité devant la cour d'assises).

2) Assimilation des notions de contrainte et de force majeure. Doit être rejeté le pourvoi contre l'arrêt de cours d'appel qui relaxe le prévenu, détenu et chargé du service d'embarcations de l'Administration pénitentiaire, de la prévention d'importation de café en fraude, pour l'absence d'intention coupable considérant que le détenu est tenu à l'obéissance passive à l'égard des fonctionnaires ou employés de cette administration et qu'il a agi sur ordre du second capitaine, toute observation de sa part devant entraîner pour lui une peine disciplinaire, et qu'il ne pouvait donc pas se soustraire à l'exécution de l'ordre reçu. Il résulte de ces constatations souveraines que, conscient ou non du caractère de l'acte qu'il accomplissait, le prévenu se trouvait, en tout état de cause, au moment du fait incriminé, dans une contrainte exclusive de la responsabilité et que l'arrêt fondé, non sur l'absence d'intention coupable. Mais sur le moyen péremptoire pris de la force majeure, a pu prononcer la relaxe (■ Cass. crim., 18 janv. 1902 : S. 1903, I, 247). La contrainte physique ne peut résulter que d'un événement indépendant de la volonté humaine et que celle-ci n'a pu ni prévoir ni conjurer (■ Cass. crim., 8 mai 1974 : *Bull. crim.* n° 165). La force majeure ne peut résulter que d'un événement indépendant de la volonté humaine et que cette volonté n'a pu prévoir ni conjurer (■ Cass. crim., 11 oct. 1993, n° 92-86.131 : *Bull. crim.* n° 282).

Sur l'assimilation entre la force majeure et la contrainte morale, V. ■ Cass. crim., 29 déc. 1948 : *JCP* 1949, II, 4681).

II – LES FORMES DE CONTRAINTE

A – La contrainte physique

1° Notion

3) Notion de force majeure. La force majeure doit résulter d'un évènement indépendant de la volonté humaine et que celle-ci n'a pu ni prévoir ni conjurer (■ Cass. crim., 29 janv. 1921 : *S.* 1922, 1, p. 185, note J.-A. Roux. ■ Cass. crim., 20 mai 1949 : *Bull. crim.* n° 184 ; *D.* 1949, p. 333 (1re esp.). ■ Cass. crim., 10 févr. 1960 : *Bull. crim.* n° 79. ■ Cass. crim., 12 déc. 1962 : *Bull. crim.* n° 371. ■ Cass. crim., 8 juill. 1971 : *Bull. crim.* n° 222 ; *D.* 1971, p. 625, note Robert E. ■ Cass. crim., 8 mai 1974 : *Bull. crim.* n° 165 ; *Gaz. Pal.* 1974, 2, p. 560. ■ Cass. crim., 11 oct. 1993, n° 92-86.131 : *Bull. crim.* n° 282 ; *RSC* 1994, p. 321, obs. B. Bouloc).

La force majeure peut être admise lorsqu'un événement imprévisible et insurmontable a empêché le prévenu de se conformer à la loi (■ Cass. crim., 6 nov. 1947 : *Bull. crim.* n° 215. ■ Cass. crim., 31 oct. 1963 : *Bull. crim.* n° 302).

4) Notion de contrainte physique. La contrainte physique ne peut résulter que d'un événement imprévisible et insurmontable qui place l'auteur de l'infraction dans l'impossibilité absolue de se conformer à la loi (■ Cass. crim., 15 nov. 2006, n° 06-80.087 : *JurisData* n° 2006-036584 ; *Dr. pén.* 2007, comm. 16, obs. M. Véron ; *JCP* G 2007, II, 10062, note J.-Y. Maréchal. ■ Cass. crim., 28 oct. 2009, n° 09-84.484 : *JurisData* n° 2009-050392 ; *Dr. pén.* 2010, comm. 4, obs. M. Véron).

2° Manifestations

5) Fait de la nature. La force majeure peut résulter des forces de la nature : ainsi un voiturier coupable pour n'avoir pas pris les précautions nécessaires en vue d'assurer l'éclairage de son véhicule pendant la nuit échappe à toute sanction s'il s'est trouvé dans l'impossibilité de maintenir sa lanterne allumée par suite d'un ouragan (■ Cass. crim., 28 févr. 1861 : *DP* 1861, 1, p. 140. ■ Cass. crim., 10 janv. 1879 : *Bull. crim.* n° 16) ; le pâtre n'est pas responsable d'avoir conduit son troupeau en des lieux interdits car cette action a pour cause le brouillard (■ Grenoble, 7 mars 1833) ; est exonéré de sa responsabilité l'employeur qui licencie sans formalité ses salariés travaillant dans une bananeraie en raison d'un cyclone (■ Cass. crim., 4 janv. 1984 : *Bull. crim.* n° 6) ; est constitutive de force majeure faisant disparaître l'infraction la présence d'une grande quantité d'eau due à de violentes pluies d'orage sur une route à grande circulation en bas d'une descente (■ Caen, 9 févr. 1987 : *JurisData* n° 1987-050365).

6) Si la présence de verglas sur une route ne saurait de façon générale et absolue constituer un fait imprévisible et inévitable caractérisant la force majeure, il n'en est pas de même lorsque, comme en l'espèce, les juges du fond constatent qu'il n'existait pas de signalisation avertissant du danger et que celui-ci, par temps sec, était étroitement localisé (■ Cass. crim., 11 avr. 1970 : *Bull. crim.* n° 117 ; *RSC* 1971, p. 927, obs. A. Legal. – Dans le même sens, ■ Cass. crim., 18 déc. 1978 : *Bull. crim.* n° 357 ; *RSC* 1979, p. 558, obs. G. Levasseur).

7) Fait de l'animal. N'est pas responsable pour divagation d'animaux le propriétaire du bétail qui s'est échappé de son enclos car il a été apeuré par des loups (■ Cass. crim., 1er avr. 1808). N'est pas non plus responsable du même délit le propriétaire d'un cheval qui a pu quitter son enclos parce que les bovins de la propriété voisine ont brisé la clôture (■ CA Papeete, 21 sept. 2000 : *JurisData* n° 2000-136011).

8) Fait de l'homme. N'est pas responsable : la victime d'un vol, qui par suite de cette infraction, se voit reprocher la divagation de bestiaux libérés par l'enlèvement de la clôture volée (■ Cass. crim., 12 oct. 1850 : *S.* 1853, 1, p. 464), la personne poursuivie pour non-représentation à l'Administration des quantités de tabac qui lui ont été volées (■ Cass. crim., 6 nov. 1947 : *Bull. crim.* n° 215), le débitant de boissons qui n'a pu fermer son établissement en raison de violences des consommateurs (■ Cass. crim., 7 juill. 1827 : *Bull. crim.* 1827, n° 180).

9) Fait de l'autorité publique. La contrainte est caractérisée dans l'hypothèse de l'obstruction, par des travaux publics, d'une rue à sens obligatoire, nécessitant le passage de véhicules par une voie à sens interdit (■ Cass. crim., 17 juill. 1858 : *D.* 1958, p. 384).

L'incarcération d'une personne à la date des faits constitue un cas de force majeure l'exonérant de sa responsabilité pénale pour insoumission (■ Cass. crim., 6 déc. 1951 : *Bull. crim.* n° 335).

N'est pas responsable de l'infraction de non-enregistrement d'un contrat de travail la personne à qui l'Administration a refusé d'exécuter les formalités (■ Cass. crim., 8 nov. 1951 : *Bull. crim.* n° 288. ■ Cass. crim., 26 janv. 1956 : *Bull. crim.* n° 107 ; *RSC* 1957, p. 369, obs. A. Légal).

10) Cause interne à l'auteur. La *maladie* est constitutive d'une contrainte physique : une prostituée poursuivie pour ne pas s'être présentée aux visites sanitaires peut utilement invoquer la contrainte résultant d'une maladie (■ Cass. crim., 3 mars 1865 : *DP* 1866, 5, p. 394).

11) L'état de santé invoqué par le prévenu ne peut être antérieur à la commission de l'infraction (■ Cass. crim., 28 oct. 2009 : *Dr. pén.* 2010, comm. 4, obs. M. Véron ; *RSC* 2010, p. 143, obs. C. Mascala).

12) La contrainte peut aussi résulter d'une cause interne, essentiellement la maladie : tel est le cas du prévenu poursuivi pour abandon de famille qui justifie avoir dû interrompre tout travail lucratif du fait d'une grave affection cardiaque (■ Cass. crim., 24 avr. 1937 : *DA* 1937, p. 429).

13) Blessures involontaires. N'est pas responsable l'automobiliste, poursuivi pour blessures involontaires et qui justifie de la survenance d'un malaise inopiné ayant aboli sa vigilance et sa conscience (■ CA Douai, 24 oct. 2000 : *JurisData* n° 2000-140144 ; *JCP* 2002, II, 10012, note J.-Y. Maréchal).

Justifie la décision de relaxe du conducteur d'une automobile poursuivi pour homicides involontaires, mise en danger d'autrui et défaut de maîtrise, l'arrêt qui retient que, victime d'un malaise brutal et imprévisible qui lui a fait perdre le contrôle de l'accélération de son véhicule lancé à une vitesse croissante sur l'autoroute puis l'aire de repos où il s'est immobilisé après avoir heurté les véhicules occupés par les victimes, le prévenu a agi sous l'empire d'une contrainte à laquelle il n'a pu résister (■ Cass. crim., 15 nov. 2005 : *Bull. crim.* n° 295 ; *Dr. pén.* 2006, comm. 32, obs. M. Véron ;

RSC 2006, p. 61, obs. Y. Mayaud ; *D.* 2006, p. 1582, note E. Dreyer).

Ne peut s'exonérer de sa responsabilité l'automobiliste poursuivie pour blessures involontaires en indiquant que la perte de connaissance qu'il a subie est due à son état maladif dès lors que le prévenu connaissait les troubles pathologiques dont il était atteint et savait que ceux-ci se trouvaient aggravés par la fatigue résultant d'un long voyage et le fait qu'il ne s'était pas alimenter la veille (▪ Cass. crim., 8 mai 1974 : *Bull. crim.* n° 165).

B – La contrainte morale

1° Origine externe

14) Caractéristiques de la contrainte morale. La contrainte morale provient de pressions d'origine externe (menaces, suggestions, provocations), assez pressantes ou assez directes pour enlever au prévenu sa liberté d'esprit (▪ Cass. crim., 28 déc. 1900 : *DP* 1901, 1, 81, note G. Le Poittevin. ▪ Cass. crim., 29 déc. 1949 : *D.* 1950, p. 419).

15) Admission. Le détenu, chargé du service d'embarcations de l'administration pénitentiaire, qui importait frauduleusement du café sur ordre des membres, était tenu à l'obéissance passive à l'égard des fonctionnaires ou employés de cette administration, que toute observation de sa part aurait entraîné pour lui une peine disciplinaire, et qu'il ne pouvait donc pas se soustraire à l'exécution de l'ordre reçu. Qu'il se trouvait dans une contrainte exclusive de la responsabilité (▪ Cass. crim., 18 janv. 1902 : *S.* 1903, I, 247. – Rappr. ▪ Cass. crim., 21 oct. 1948 : *S.* 1949, 1, p. 4 : à propos d'un chauffeur requis par un militaire et qui transporte frauduleusement du tabac).

16) La provocation à l'infraction par un agent de l'autorité publique exonère le prévenu de sa responsabilité pénale, lorsqu'elle procède de manœuvres de nature à déterminer les agissements délictueux portant ainsi atteinte au principe de la loyauté des preuves (▪ Cass. crim., 5 mai 1999, n° 97-83.117 : *JurisData* n° 1999-002091. – *Contra* : ▪ Cass. crim., 28 oct. 1942 : *DC* 1943, 89, note H. Donnedieu de Vabres. ▪ Cass. crim., 2 juill. 1984 : *JCP* 1989, I, 3422, obs. P. Maistre du Chambon).

17) Constitue une contrainte morale pour la compagne du gourou d'une secte le fait d'être sous l'emprise totale de ce dernier, en tant qu'adepte du groupement à caractère sectaire dans lequel elle était entrée plusieurs années auparavant dans un contexte de grande fragilité psychologique puis avait été soumise à des méthodes d'endoctrinement, de sorte qu'elle était convaincue qu'en cas de désobéissance aux préceptes du gourou, elle risquait de se désintégrer. Ainsi, elle était contrainte de commettre les faits de complicité d'agressions sexuelles aggravées (▪ CA Rennes, 29 sept. 2017, n° 38/2017 : *Dalloz actualité*, 30 oct. 2017, obs. Ch. Fonteix).

18) Exclusion. Ainsi, le propriétaire d'un bois qui, poursuivi pour recel de malfaiteurs, soutenait que les ***menaces*** qui lui avaient été adressées constituaient la contrainte morale, fut condamné, les menaces n'ayant pas été assez pressantes pour lui enlever toute liberté d'esprit (▪ Cass. crim., 28 déc. 1900 : *S.* 1903, 1, 254 ; *DP* 1901, 1, 81, note G. Le Poittevin. – V. toutefois en sens contraire ▪ Cass. crim., 26 févr. 1959 : *D.* 1959, p. 301). Ne peut invoquer la contrainte morale l'habitant qui est capturé par l'ennemi en 1914 et accepte, sous la menace d'une exécution de ses compagnons, d'aller vérifier si un village voisin est occupé par les troupes françaises (▪ Cass. crim., 20 avr. 1934 : *S.* 1935, 1, 398).

19) Ne constitue pas une cause d'exonération de la responsabilité par contrainte le fait de suivre un ***ordre donné par un commettant*** (▪ Cass. crim., 3 janv. 1985 : *JurisData* n° 1985-000009). L'article 64 du Code pénal n'admet comme cause de non-imputabilité que la force majeure et nullement l'obéissance que l'employé doit à celui qui l'emploie ; qu'il s'en suit que l'employé se rend complice des délits commis par son supérieur hiérarchique, ou son employeur, lorsqu'il l'assiste dans les actes dont il peut apprécier le but et les conséquences coupables (▪ Cass. crim., 7 mars 1988, n° 86-96.609).

V. aussi ▪ Cass. crim., 17 févr. 1960 : *Bull. crim.* n° 96. L'« excuse légale » *(sic)* de l'article 64 du Code pénal ne peut résulter que d'une contrainte qui domine la volonté de celui qui la subit et ne lui laisse pas la faculté d'agir autrement qu'il a agi. Les événements survenus en Nouvelle-Calédonie à l'approche du référendum n'étaient pas de nature à abolir la volonté de militaires néo-calédoniens qui ont délibérément choisi et décidé de persister dans leur refus d'obéissance, tout en sachant parfaitement qu'ils s'exposaient à des sanctions, jusqu'au résultat du référendum, pour s'associer à un mot d'ordre de boycottage lancé par le FLNKS (▪ Colmar, 8 déc. 1987 : *D.* 1988, p. 131, note R. Kœring-Joulin).

2° Origine interne

20) Exclusion. La contrainte morale d'origine interne ne peut entraîner l'irresponsabilité du délinquant :

– ainsi doit être condamnée la femme d'un médecin militaire qui, redoutant la mise à la retraite anticipée de son mari, écrivit sous la pression d'une impulsion irrésistible une lettre d'injures et de menaces au ministre (▪ Cass. crim., 11 avr. 1908 : *DP* 1908, 1, 261) ;

– est responsable le prévenu qui tire un chèque sans provision quand bien même son action aurait été dictée par ses passions pour le jeu (■ Cass. crim., 27 nov. 1926 : *JCP* G 1927, p. 76).

III – L'ÉTABLISSEMENT DE LA CONTRAINTE

21) Contrôle de la qualification. Il appartient à la Cour de cassation de contrôler la qualification des juges du fond (■ Cass. crim., 18 nov. 1881 : *DP* 1884, 5, p. 244. ■ Cass. crim., 13 mars 1891 : *DP* 1891, 5, p. 259. ■ Cass. crim., 29 juill. 1893 : *DP* 1896, 1, p. 79. ■ Cass. crim., 18 févr. 1922 : *DP* 1922, 1, p. 72. ■ Cass. crim., 15 mai 1926 : *Bull. crim.* n° 143. ■ Cass. crim., 6 nov. 1936 : *RSC* 1937, p. 58, obs. J. Magnol. ■ Cass. crim., 6 nov. 1947 : *Bull. crim.* n° 215. ■ Cass. crim., 22 févr. 1950 : *Bull. crim.* n° 67).

A – Les caractères de la contrainte

1° Caractère irrésistible

22) Principe. Pour pouvoir jouer, la contrainte doit être irrésistible, l'agent s'étant trouvé dans l'impossibilité absolue de se conformer à la loi (■ Cass. crim., 10 juill. 1868 : *DP*1869, 1, p. 119. ■ Cass. crim., 16 déc. 1921 et 18 févr. 1922 : *DP* 1922, 1, p. 72. ■ Cass. crim., 11 mai 1922 : *Bull. crim.* n° 175. ■ Cass. crim., 27 déc. 1924 : *Bull. crim.* n° 429. ■ Cass. crim., 8 avr. 1936 : *DP* 1936, 1, 44, note H. Donnedieu de Vabres. ■ Cass. crim., 18 déc. 1956 : *Bull. crim.* n° 844. ■ Cass. crim., 30 oct. 1963 : *Bull. crim.* n° 299. ■ Cass. crim., 14 janv. 1970 : *Bull. crim.* n° 25). Si la contrainte morale peut, comme la contrainte physique, exonérer l'auteur d'un crime ou d'un délit de toute responsabilité pénale, c'est à la condition qu'il n'ait pas été possible d'y résister (■ Cass. crim., 28 déc. 1900).

23) Illustrations négatives : *circulation routière*. Le fait qu'une flaque d'eau sur la route ait fait perdre la maîtrise du véhicule un automobiliste ne constitue pas un obstacle insurmontable (■ Cass. crim., 14 oct. 1975 : *Bull. crim.* n° 215).

Ne justifie pas sa décision la juridiction de proximité qui renvoie la prévenue des fins de la poursuite pour stationnement gênant, en relevant que l'intéressée, enceinte de 8 mois, avait été prise d'un malaise qui l'avait empêchée de continuer sa route, mais sans préciser en quoi la défaillance physique invoquée l'avait placée dans l'impossibilité absolue de se conformer à la loi (■ Cass. crim., 15 nov. 2006 : *JurisData* n° 2006-036584 ; *Dr. pén.* 2007, comm. 16, obs. M. Véron ; *JCP* 2007, II, 10062, note J.-Y. Maréchal).

Le défaut de vigilance du prévenu écarte par là-même tout caractère imprévisible et irrésistible lié à la moindre vitesse du véhicule qui le précédait (■ Cass. crim., 3 déc. 2019, n° 19-82.492 : *JurisData* n° 2019-022004 ; *Dr. pén.* 2020, comm. 25, obs. Ph. Conte).

24) *Étrangers*. Ne correspondant à une situation de contrainte de nature à exonérer de responsabilité la situation d'apatrides qui, frappés d'arrêtés d'expulsion par la France et poursuivis pour infraction à ces arrêtés, soutenaient qu'ayant été refoulés par tous les pays limitrophes de la France, ils s'étaient trouvés dans l'impossibilité de quitter le territoire français (■ Cass. crim., 8 avr. 1936 : *DP* 1936, 1, p. 44, note H. Donnedieu de Vabres. V. aussi ■ Cass. crim., 22 juin 1976 : *Bull. crim.* n° 229). Il a été jugé que la nécessité alléguée par un étranger de demeurer en France pour y subir un traitement qui ne pouvait être appliqué dans son pays d'origine, n'est ni réelle ni actuelle, dès lors que ce traitement présente un caractère encore expérimental et pourrait lui être dispensé dans un autre pays de son choix (■ Cass. crim., 3 mai 1990, inédit).

25) *Non-représentation d'enfant*. La réticence de l'enfant à rencontrer son grand-père ne constitue ni un fait justificatif, ni une excuse légale, ni même une circonstance exceptionnelle qui aurait pu empêcher les parents, poursuivi pour non-représentation d'enfant, d'exécuter leur obligation et que, à la date des faits incriminés, la décision de justice, statuant sur le droit de visite, était exécutoire (■ Cass. crim., 9 mai 2019, n° 18-83.840 : *JurisData* n° 2019-007352).

26) *Secteur bancaire et commercial*. Ne constitue pas un cas de force majeure la fermeture d'une banque dans laquelle des sommes étaient déposées par un mandataire dès lors qu'il s'agit de choses fongibles et donc susceptibles d'être remboursées sur ses deniers personnels (■ Cass. crim., 12 juill. 1956 : *D.* 1956, p. 722). Il en est de même concernant des fonds reçus par le mandataire compensés par la banque avec le compte personne du prévenu puisqu'il lui appartenait de prendre les mesures utiles pour cette compensation ne se produise pas (■ Cass. crim., 30 mai 197 : *Bull. crim.* n° 180).

27) L'ancien article 64 n'est pas applicable au cas de l'exploitant d'une salle de cinéma qui ne peut s'exonérer de la prévention de déclaration inexacte du nombre d'entrées réalisées au motif que des spectateurs clandestins s'introduisent par une issue de secours, car il pouvait faire garder ce passage (■ Cass. crim., 17 oct. 1967 : *Bull. crim.* n° 250).

28) *Contrainte économique*. Doit être approuvée la cour d'appel qui rejette la contrainte, essentiellement économique, alléguée par le prévenu au motif qu'elle n'est en réalité qu'un des mobiles qui l'ont animé dès lors qu'elle démontre que le prévenu ne s'était pas trouvé dans l'impossibilité absolue de se conformer à la loi (■ Cass. crim., 17 janv. 2017, n° 15-86.481 : *JurisData* n° 2017-000582 ; *Rev. pénit.* 2017, p. 139, obs. A. Darsonville). V. également *supra*, annot. n^{os}18 à 20, p. 160.

29) Illustrations positives. Le prévenu, qui a perdu le contrôle du véhicule à la suite d'un malaise brutal et imprévisible, même si le médecin expert n'a pu en trouver la cause chez un homme en bonne santé, a agi sous l'empire d'une contrainte à laquelle il n'a pu résister, n'est pas pénalement responsable des infractions reprochées (■ Cass. crim., 15 nov. 2005, n° 04-87.813 : *Bull. crim.* n° 295 ; *D.* 2006, p. 1582, note E. Dreyer ; *RSC* 2006, p. 61, note Y. Mayaud ; *Dr. pén.* 2006, n° 32, obs. M. Véron. – V. également ■ Douai, 24 oct. 2000 : *JCP* 2002, II, 10012, note J.-Y. Maréchal).

Si la présence de verglas sur une route ne saurait, de façon générale et absolue, constituer le fait imprévisible et inévitable caractérisant la force majeure, il n'en est pas de même lorsque les juges du fond constatent que le danger en résultant s'est trouvé, en raison des conditions atmosphériques subitement localisé sur une surface réduite (■ Cass. crim., 18 déc. 1978, n° 78-92.468 : *Bull. crim.* n° 357).

V. également *supra* , annot. n°s 5 à 17, p. 159.

2° Caractère imprévisible

30) Absence de faute antérieure. Ne constitue pas un événement qui aurait pu être évité, caractéristique de la force majeure, la situation qui a été occasionnée par la faute de l'auteur (■ Cass. crim., 29 janv. 1921 : *S.* 1922, 1, 185, note J.-A. Roux).

• Illustrations négatives

31) Faute antérieure. Le marin, porté déserteur, qui n'a pu regagner son bord à l'heure prévue parce qu'il s'était enivré au port, ne peut bénéficier de la contrainte (■ Cass. crim., 29 janv. 1921 : *S.* 1922, 1, 185, note J.-A. Roux).

32) Le brusque retrait par une banque de son appui financier à une société en redressement judiciaire dont le dirigeant a reçu des fonds à titre de mandat et n'a pu les représenter, ne constitue pas pour celui-ci le cas de force majeure de nature à l'exonérer de sa responsabilité pénale (■ Cass. crim., 11 oct. 1993 : *Bull. crim.* n° 282).

33) Doit être rejeté le pourvoi contre un arrêt de cour d'appel qui refuse de retenir la contrainte morale dans la situation d'un policier qui détenait des munitions et explosifs qu'il a trouvés à l'occasion d'un enquête mais qu'il n'a pas saisis régulièrement, déposés au greffe et proposé leur destruction administrative au motif que ni les instructions que le prévenu dit avoir reçues de sa hiérarchie ou de la hiérarchie judiciaire, ni les problèmes matériels de rangement auxquels il prétend avoir été confronté ne sauraient constituer une force irrésistible et imprévisible supprimant totalement sa liberté d'action (■ Cass. crim., 9 oct. 2002, n° 01-88.865 : *JurisData* n° 2002-016214).

34) Circulation routière. Ne constitue pas une force majeure la défaillance des freins d'un véhicule qui, par sa nature même, aurait pu être prévue par le conducteur et évitée par une vérification préalable de l'état de la voiture avant d'en faire usage (■ Cass. crim., 8 juill. 1971 : *Bull. crim.* n° 222 ; *D.* 1971, p. 625, note E. Robert. – V. également ■ Cass. crim., 4 déc. 1958 : *D.* 1958, p. 36).

35) La présence d'un obstacle inopiné sur la route n'est un cas de force majeure pour un automobiliste (■ Cass. crim., 29 nov. 1972 : *Bull. crim.* n° 367. ■ Cass. crim., 21 juin 1972 : *Bull. crim.* n° 214. ■ Cass. crim., 29 nov. 1972 : *Bull. crim.* n° 367. ■ Cass. crim., 30 mars 1978 : *JurisData* n° 1978-000171. ■ Cass. crim., 21 juill. 1981 : *JurisData* n° 1981-001208).

La présence d'une flaque d'eau sur la route n'était pas imprévisible compte tenu des conditions atmosphériques. Est donc responsable de blessures involontaires l'automobiliste qui n'a pas gardé la maîtrise du véhicule en raison d'une flaque (■ Cass. crim., 14 oct. 1975 : *Bull. crim.* n° 215).

36) La contrainte ne peut pas être utilement invoquée lorsque l'accident a été provoqué par un malaise alors que l'auteur connaissait son état (■ CA Bordeaux, 2 juill. 1998 : *JurisData* n° 1998-048559. ■ CA Douai, 13 mars 2003 : *JurisData* n° 2003-218293) ou que le malaise résulte de la consommation volontaire de médicaments dangereux (■ CA Bordeaux, 26 avr. 1988 : *JurisData* n° 1988-045645) ou combinée avec de l'alcool (■ CA Metz, 20 nov. 1991 : *JurisData* n° 1991-048798).

Ne peut être relaxé pour conduite d'un véhicule sans port de la ceinture de sécurité l'automobiliste ayant une blessure à l'épaule gauche, cette situation ne constituant pas une contrainte dès lors que l'état de santé invoqué par le prévenu était antérieur à la commission de l'infraction (■ Cass. crim., 28 oct. 2009, n° 09-84.484 : *JurisData* n° 2009-050392 ; *Dr. pén.* 2010, comm. 4, note M. Véron).

• Illustrations positives

37) Absence de faute antérieure. Ne commet pas une faute le cycliste qui tue involontairement un agent du service d'ordre d'une course mal organisée dès lors qu'il lui était impossible de connaître les vices affectant l'organisation (■ Cass. crim., 5 janv. 1957 : *Bull. crim.* n° 17 ; *RSC* 1958, p. 95, obs. A. Légal).

38) La contrainte peut être invoquée lorsque l'accident de la circulation est dû à un malaise qui ne pouvait pas être prévu (▪ CA Douai, 24 oct. 2000 : *JurisData* n° 2000-140144. ▪ CA Douai, 24 oct. 2000 : *JurisData* n° 2000-181804 ; *JCP* G 2002, II, 10012, note J.-Y. Maréchal. ▪ Cass. crim., 15 nov. 2005 : *JurisData* n° 2005-031116 ; *Bull. crim.* n° 295 ; *Dr. pén.* 2006, comm. 32, note M. Véron ; *D.* 2006, p. 1582, note E. Dreyer ; *RSC* 2006, p. 61, obs. Y. Mayaud).

39) Si la présence de verglas sur une route ne saurait de façon générale et absolue constituer un fait imprévisible et inévitable caractérisant la force majeure, il n'en est pas de même lorsque, comme en l'espèce, les juges du fond constatent qu'il n'existait pas de signalisation avertissant du danger et que celui-ci, par temps sec, était étroitement localisé (▪ Cass. crim., 11 avr. 1970 : *Bull. crim.* n° 117 ; *RSC* 1971, p. 927, obs. A. Legal. – Dans le même sens, ▪ Cass. crim., 18 déc. 1978 : *Bull. crim.* n° 357 ; *RSC* 1979, p. 558, obs. G. Levasseur).

B – La preuve de la contrainte

40) Charge de la preuve. Il incombe à celui que s'en prévaut d'établir l'existence de la contrainte (▪ Cass. crim., 19 déc. 1956 : *Bull. crim.* n° 856. ▪ Cass. crim., 9 oct. 1957 : *Bull. crim.* 1957, n° 613).

Il ne peut être reproché aux juges du fond de ne pas s'être prononcés sur une prétendue contrainte alors qu'elle n'est invoquée dans aucune conclusion régulièrement déposée (▪ Cass. crim., 17 avr. 1956 : *Bull. crim.* n° 310. ▪ Cass. crim., 24 déc. 1957 : *Bull. crim.* n° 885. ▪ Cass. crim., 11 mai 2004 : *JurisData* n° 2004-023995 ; *AJ pénal* 2004, p. 285, obs. J. Leblois-Happe ; *RSC* 2004, p. 878, obs. Y. Mayaud).

Art. 122-3. – N'est pas pénalement responsable la personne qui justifie avoir cru, par une erreur sur le droit qu'elle n'était pas en mesure d'éviter, pouvoir légitimement accomplir l'acte.

Bibliographie : *JCl. Pénal Code, Erreur sur le droit* par G. Barbier. • P. Couturier, *L'erreur de droit invincible en matière pénale : RSC* 1968, p. 547. • P. Doucet, *Une discussion sur l'erreur de droit : RSC* 1962, p. 497. • A. Françon, *L'erreur en droit pénal, in* S. Stefani (dir.), *Quelques aspects de l'autonomie du droit pénal : Dalloz*, 1956, p. 228. • M. Puech, *L'erreur en droit pénal, in Les causes d'irresponsabilité pénale : Ann. Université sciences sociales Toulouse*, 1982, p. 65. • J. Amar, *Erreur sur le droit et parties au procès pénal : Dr. pén.* 1999, chron. 15. • N. Hosni, *L'erreur sur le droit et son influence sur la responsabilité pénale : RSC* 1999, p. 711. • J. Herrmann, *Quel avenir pour l'erreur sur le droit ? : Dr. pén.* 2016, étude 5.

• *Sommaire*

I – CONDITIONS DE FOND 163
A – Objet de l'erreur : la règle de droit 163
B – Caractère inévitable 163
1° Établissement d'une erreur inévitable 163
2° Antériorité de l'erreur 166
3° Causes de l'erreur 166
C – Croyance légitime 167
II – CONDITIONS FORMELLES 168

1) Nature juridique. L'ignorance alléguée du caractère punissable du fait délictueux ne saurait être une cause de justification (▪ Cass. crim., 24 juill. 1974 : *Bull. crim.* n° 267). L'erreur de droit n'est ni un fait justificatif, ni une excuse, l'ignorance alléguée étant sans influence sur l'intention coupable (▪ Cass. crim., 2 mars 1976 : *Bull. crim.* n° 78).

2) Effets. Une erreur de droit ne saurait faire disparaître, quelle que soit la cause dont elle découle, la culpabilité d'un acte volontairement accompli (▪ Cass. crim., 10 juill. 1903 : *D.* 1903, 1, p. 490. ▪ Cass. crim., 16 mars 1972 : *Bull. crim.* n° 110).

I – CONDITIONS DE FOND

A – Objet de l'erreur : la règle de droit

3) Distinction avec l'erreur de fait. V. ss art. 121-3, n° 16 et s., p. 115.

4) Indifférence de la nature pénale de la règle de droit. L'erreur de droit peut résulter de l'ignorance de l'article 716 du Code de procédure civile invoquée par l'inventeur d'un trésor qui a omis d'en remettre la moitié au propriétaire du terrain dans lequel il était enfoui (▪ CA Paris, 2 déc. 1924 : *RD com.* 1925, II, p. 359).

B – Caractère inévitable

1° Établissement d'une erreur inévitable

• Erreur invincible

5) Principe. L'erreur sur le droit n'entraîne une exonération de responsabilité pénale que si la personne qui s'en prévaut n'a pas été en mesure de l'éviter (▪ Cass. crim., 11 oct. 1995, n° 94-83.735 : *JurisData* n° 1995-003330 ; *Bull. crim.* n° 301 ; *RSC* 1996, p. 646, B. Bouloc ; *D.* 1996, jurispr. p. 469, Muller ; *Dr. pén.* 1996, comm. 56, M. Véron. ▪ Cass. crim., 15 oct. 2002, n° 01-88.555 : *JurisData* n° 2002-

016668 ; *Dr. pén.* 2003, comm. 31, M. Véron). Pour bénéficier de la cause d'irresponsabilité prévue par l'article 122-3 du Code pénal, la personne poursuivie doit justifier avoir cru, par une erreur de droit qu'elle n'était pas en mesure d'éviter, pouvoir légitimement accomplir l'acte reproché (▪ Cass. crim., 9 nov. 2004, n° 03-87.444 : *JurisData* n° 2004-025788 ; *Bull. crim.* n° 273 ; *Dr. pén.* 2005, comm. 35, note M. Véron. ▪ Cass. crim., 26 mai 2010, n° 09-85.873 : *JurisData* n° 2010-010599. ▪ Cass. crim., 3 mai 2018, n° 17-82.746 : *JurisData* n° 2018-007092).

Doit être cassé l'arrêt qui, après avoir retenu à bon droit que les agissements des prévenus étaient discriminatoires, relaxe les prévenus en raison d'une erreur de droit. Les juges ne pouvaient statuer comme ils l'ont fait, sans démontrer que l'erreur de droit invoquée était invincible et que l'infraction commise pouvait seule permettre d'éviter l'événement qu'ils redoutaient à défaut de tout autre moyen (▪ Cass. crim., 9 nov. 2004, n° 03-87.444).

• **Appréciation du caractère invincible**

6) Facteurs indifférents. La connaissance de l'interdiction du port d'arme de sixième catégorie, essentiellement les armes blanches, « fait partie de l'instruction civique de base de la population, même d'un ***niveau d'instruction peu développé***, de sorte que la personne poursuivie du chef de port d'arme illicite ne peut invoquer utilement l'erreur de droit » (▪ Grenoble, 13 nov. 1996 : *Dr. pén.* 1997, comm. 92, note M. Véron ; *JCP* G 1996, IV, 2051).

7) Encourt la cassation l'arrêt qui relaxe le prévenu, poursuivi pour conduite d'un véhicule malgré annulation judiciaire du permis de conduire requalifié en délit d'obtention frauduleuse de permis, en retenant l'erreur de droit au motif qu'il est de nationalité étrangère et illettré, et qu'il n'est pas établi, de ce fait, qu'il ait compris qu'il faisait l'objet de deux mesures distinctes d'interdiction du droit de conduire, alors que la peine complémentaire avait été régulièrement portée à la connaissance du prévenu et que les modalités d'exécution des deux mesures prononcées à son encontre pouvaient faire l'objet, soit d'une requête adressée à la juridiction de jugement, sur le fondement de l'article 710 du Code de procédure pénale, soit d'une consultation auprès de l'Administration (▪ Cass. crim., 17 févr. 1998, n° 96-86.257 : *Bull. crim.* n° 60).

8) Ne peut invoquer l'erreur de droit le professionnel, de ***nationalité étrangère***, poursuivi du chef d'exportation de capitaux sans déclaration préalable en raison d'une méconnaissance des lois et règlements nationaux (▪ Cass. crim., 7 nov. 1996, *Gaz. Pal.* 1997, chron. 71).

Ne justifie ni du caractère invincible de l'erreur ni la croyance dans la légitimité de son activité au moment des faits le prévenu qui allègue légitimement ignorer que l'activité d'administration d'un site de référencement d'Escort-girls était pénalement répréhensible, dès lors que tel était le cas en Slovaquie, pays dont il était ressortissant (▪ Cass. crim., 4 avr. 2013, n° 12-83.992 : *JurisData* n° 2013-007906).

9) Facteurs pris en compte. Le fait, pour un mandataire liquidateur de verser sur un compte ouvert à la Caisse des dépôts et consignations au nom d'une société en liquidation judiciaire des fonds appartenant à cette dernière mais provenant d'un compte bloqué par décision d'un juge d'instruction sans en informer ce dernier est constitutif d'un détournement au sens de l'article 434-22 du Code pénal. Le prévenu, ***professionnel*** du droit, ne peut se prévaloir d'aucune erreur de droit (▪ Cass. crim., 4 mai 2011, n° 10-84.456 : *JurisData* n° 2011-009657 ; *Bull. crim.* n° 90. – Sur le rejet de l'erreur de droit causée par une information erronée délivrée par lettre de ministre en raison de la qualité de professionnel des prévenus, V. ▪ Cass. crim., 26 mai 2010, n° 09-85.873 : *JurisData* n° 2010-010599. ▪ Cass. crim., 20 avr. 2002 : *Bull. crim.* n° 84).

L'erreur de droit ne saurait être admise au bénéfice d'officiers de police judiciaire ordonnant des fouilles à corps dans des cadres proféduraux qui leur sont habituels (▪ Cass. crim., 9 avr. 2013, n° 12-81.100 : *JurisData* n° 2013-006695).

• **Information erronée susceptible de vérification**

10) Demande d'interprétation d'un texte. En faisant bénéficier le prévenu, poursuivi du chef de violation de domicile, des dispositions de l'article 122-3 du Code pénal, l'arrêt attaqué relève que le prévenu, qui s'était introduit, en l'absence de son épouse dont il vivait séparé, dans l'appartement attribué à celle-ci par décision judiciaire, avait consulté, au préalable, son avoué qui lui avait fait connaître, par écrit, que, la cour d'appel de Versailles ayant, par arrêt du 3 décembre 1992, rejeté la demande en divorce formée par l'épouse, tout en autorisant les époux à résider séparément, il ne lui était pas interdit de regagner ce logement où était implicitement fixée la résidence familiale ; en prononçant ainsi, alors qu'en l'espèce tout risque d'erreur pouvait être évité par une demande d'interprétation présentée en application de l'article 461 du nouveau Code de procédure civile, la cour d'appel a méconnu le principe sus-énoncé (▪ Cass. crim., 11 oct. 1995 : *Bull. crim.* n° 301 ; *Dr. pén.* 1996, comm. 56 ; *JCP* 1996, I, 3950, obs. M. Véron ; *D.* 1996, p. 469, obs. M. Muller).

11) Encourt la cassation l'arrêt qui relaxe le prévenu, poursuivi pour conduite d'un véhicule malgré annulation judiciaire du permis de conduire requalifié en délit d'obtention frauduleuse de permis, en retenant l'erreur de droit au motifs qu'il est de nationalité étrangère et illettré, et qu'il n'est pas établi, de ce fait, qu'il ait compris qu'il faisait l'objet de deux mesures distinctes d'interdiction du droit de conduire, alors que la peine complémentaire avait été régulièrement portée à la connaissance du prévenu et que les modalités d'exécution des deux mesures prononcées à son encontre pouvaient faire l'objet, soit d'une requête adressée à la juridiction de jugement, sur le fondement de l'article 710 du Code de procédure pénale, soit d'une consultation auprès de l'Administration (▪ Cass. crim., 17 févr. 1998, n° 96-86.257 : *Bull. crim.* n° 60 ; *D.* 1999, somm. comm. 153, obs. G. Roujou de Boubée).

12) Consultation de l'Administration. A justifié sa décision la cour d'appel qui rejette l'erreur de droit invoqué par l'employeur poursuivi pour dépassement de la durée maximale journalière de travail, dès lors que la portée des textes applicables pouvait faire l'objet d'une consultation auprès de l'inspection du Travail (▪ Cass. crim., 5 mars 1997 : *Bull. crim.* n° 8 ; *Dr. pén.* 1997, comm. 107, obs. M. Véron ; *RSC* 1997, p. 827, obs. B. Bouloc).

13) Pour bénéficier de la cause d'irresponsabilité prévue par l'article 122-3 du Code pénal, la personne poursuivie doit justifier avoir cru, par une erreur sur le droit qu'elle n'était pas en mesure d'éviter, pouvoir légitimement accomplir le fait reproché. Tel n'est pas le cas de la personne poursuivie pour travail dissimulé par dissimulation d'emploi salarié, dont l'entreprise est implantée de longue date en France et qui pouvait s'informer auprès des services de l'inspection du travail sur l'étendue de ses obligations en matière d'embauche de salariés (▪ Cass. crim., 20 janv. 2015, n° 14-80.532 : *Dr. pén.* 2015, comm. 32, obs. M. Véron).

• Illustrations

14) Législation relative au tabac. Encourt la cassation l'arrêt qui relaxe les prévenus du chef du délit de modification du message sanitaire général au motif que l'indication de l'autorité auteur de ce message est autorisée par le droit communautaire et qu'elle est pratiquée dans onze pays de l'Union et qu'à la date des faits la jurisprudence française sur la légalité de cette indication était fluctuante et qu'un mémento pratique de la SEITA indiquait qu'elle était autorisée ; en effet, la cour d'appel n'a pas donné de base légale à sa décision en ne justifiant ni le caractère inévitable de l'erreur ni la croyance des prévenus dans la légitimité d'une adjonction interdite par les dispositions de droit interne (▪ Cass. crim., 13 mai 2003, n° 02-84.028 : *Bull. crim.* n° 96).

15) L'adjonction des termes « selon la loi n° 91-32 » à l'avertissement sanitaire général « nuit gravement à la santé », qui doit figurer sur chaque unité de conditionnement du tabac ou des produits du tabac, est interdite par les dispositions de droit interne. En conséquence ne justifie ni le caractère inévitable de l'erreur ni la légitimité de l'adjonction interdite l'arrêt qui accorde le bénéfice de l'erreur sur le droit, au sens de l'article 122-3 du Code pénal, à des dirigeants de société se prévalant de la réglementation applicable dans d'autres pays de l'Union, du caractère fluctuant de la jurisprudence française et d'un document émanant de la SEITA (▪ Cass. crim., 13 mai 2003 : *Bull. crim.* n° 96 ; *Dr. pén.* 2003, comm. 89, obs. J.-H. Robert).

16) Commerce et fiscalité. Une lettre du ministre de l'Industrie et du Commerce extérieur délivrant une information erronée ne suffit pas à caractériser une erreur invincible (▪ Cass. crim., 9 nov. 2004, n° 03-87.444 : *JurisData* n° 2004-025788 ; *Bull. crim.* n° 273. – Rappr. ▪ Cass. crim., 26 mai 2010, n° 09-85.873 : *JurisData* n° 2010-010599. ▪ Cass. crim., 20 avr. 2002 : *Bull. crim.* n° 84).

Pour bénéficier de la cause d'irresponsabilité prévue par l'article 122-3, la personne poursuivie doit justifier avoir cru, par une erreur de droit qu'elle n'était pas en mesure d'éviter, pouvoir légitimement accomplir l'acte reproché ; l'arrêt de cour d'appel, qui déclare non établies les infractions à la législation sur les jeux, au motif que les prévenues avaient pris des précautions consistant à avoir eu recours à un expert-comptable qui aurait interrogé l'administration fiscale sur un problème de TVA, en détaillant l'activité de leur société, sans que cette administration formule aucune remarque, ce qui démontre l'absence de tout caractère de dissimulation et donc le défaut de l'élément intentionnel, doit être cassé dès lors que les juges du fond ne caractérisent pas l'existence d'une erreur de droit inévitable des prévenues sur la légalité de leur activité et alors que celles-ci étaient, dès le début de l'activité de la société, redevables de leurs obligations fiscales en matière de contributions indirectes (▪ Cass. crim., 3 mai 2018 : *JurisData* n° 2018-007092 ; *JCP G*, doctr. 1129, obs. Ch. Claverie-Rousset ; *AJ pénal* 2018, p. 363, obs. J.-B. Thierry ; *Gaz. Pal.* 2018, n° 27, p. 37, obs. E. Dreyer).

17) Urbanisme. Ne peut être invoquée utilement l'erreur de droit par un couple, acquéreurs d'un chalet et poursuivi pour construction sans permis, aux motifs que les lettres adressées à l'ancien propriétaire, aux termes desquelles la reconstruction du chalet était autorisée, ne constituent pas un permis de construire et que les prévenus ne pouvaient ignorer qu'ils devaient disposer d'une telle autorisation et que l'erreur n'est pas invincible puisqu'il résulte de l'acte de vente que l'acquéreur devait faire son affaire personnelle de la reconstruction du chalet (▪ Cass. crim., 15 oct. 2002, n° 01-87.640 : *JurisData* n° 2002-016670).

18) N'est pas suffisante pour caractériser une erreur inévitable de nature à exonérer la responsabilité de la prévenue, âgée de 75 ans, pour contravention de déplacement sans attestation pendant le confinement, la bonne foi au motif qu'elle pensait que l'attestation de son époux était suffisante dès lors qu'ils étaient ensemble en voiture (▪ Cass. crim., 18 mai 2021, n° 21-80.042 : *JurisData* n° 2021-007644 ; *AJ pénal* 2021, p. 366, obs. J. Leborne).

2° Antériorité de l'erreur

19) Douanes. Si des RTC peuvent être invoqués à titre de preuve par une personne autre que leur titulaire, l'erreur de droit invincible que son existence est susceptible de caractériser à l'égard d'une position tarifaire mentionnée dans une déclaration douanière ne peut concerner que des faits postérieurs à leur délivrance (▪ Cass. crim., 9 déc. 2020, n° 19-81.875 : *JurisData* n° 2020-020277 ; *Dr. pén.* 2021, comm. 45, obs. Ph. Conte).

3° Causes de l'erreur

• Causes admises

20) Information erronée délivrée par l'Administration. Doit être approuvé le jugement qui retient l'erreur de droit pour le prévenu, gérant d'une entreprise, poursuivi pour avoir, en violation de l'article L. 212-7 du Code du travail, toléré, à douze reprises en 1 mois, une prolongation excessive de la durée de travail effectif de ses salariés alors qu'il n'a fait qu'appliquer les clauses d'un accord professionnel élaboré sous l'égide d'un ***médiateur désigné par le Gouvernement*** et faisant référence au Code du travail. Le tribunal a pu admettre que l'erreur invoquée résultait, en l'espèce, d'une information erronée fournie par l'Administration, représentée aux négociations préalables à la signature de l'accord illicite (▪ Cass. crim., 24 nov. 1998, n° 97-85.378 : *JCP* G 1999, II, 10208, note M.-A. Houtmann ; *Dr. pén.* 2000, comm. 22, note J.-H. Robert).

Caractérise l'erreur de droit, au sens de l'article 122-3 du Code pénal, une ***attestation remise au prévenu par un agent de police judiciaire*** agissant conformément aux instructions d'un vice-procureur de la République, selon laquelle la situation administrative du prévenu est parfaitement régulière malgré l'annulation de son permis de conduire français ; dès lors, l'intéressé a pu légitimement croire qu'il était autorisé à conduire avec son permis international, même s'il est avéré que cette attestation lui a été remise par erreur (▪ Cass. crim., 11 mai 2006 : *Bull. crim.* n° 128 ; *JCP* 2006, II, 10207, note O. Fardoux ; *Dr. pén.* 2006, comm. 109, obs. M. Véron ; *RSC* 2007, p. 73, obs. E. Fortis).

• Causes rejetées

21) Information erronée délivrée par l'Administration. Une information erronée délivrée par lettre d'un ***ministre*** ne constitue pas une erreur invincible (▪ Cass. crim., 9 nov. 2004, n° 03-87.444 : *JurisData* n° 2004-025788 ; *Bull. crim.* n° 273. V. ss C. pén. art. 225-2, p. 369. – Rappr. ▪ Cass. crim., 26 mai 2010, n° 09-85.873 : *JurisData* n° 2010-010599).

Pour écarter les conclusions par lesquelles le prévenu, maire d'une commune poursuivi pour favoritisme, soutenait que son interprétation de l'article 321 du Code des marchés publics, alors applicable, était conforme à celle retenue par le ministre de l'Économie et des Finances dans une réponse à un député, ainsi qu'aux indications figurant dans les documents que lui avait envoyés l'Administration, la cour d'appel énonce que l'erreur invoquée ne présente aucun caractère insurmontable. Celle-ci ajoute que, compte tenu de l'exercice de longue date de fonctions électives par le maire et de son expérience dans la passation de marchés publics, il n'a pu ignorer qu'il commettait un manquement à la législation. Dès lors qu'il ne résulte ni de la réponse du ministre ni des documents administratifs invoqués par le prévenu qu'une opération unique d'un montant supérieur à la somme mentionnée à l'article 321 du Code des marchés publics puisse faire l'objet d'un marché de gré à gré lorsque son financement est réparti sur plusieurs années, la cour d'appel a justifié sa décision au regard de l'article 122-3 du Code pénal (▪ Cass. crim., 10 avr. 2002 : *Dr. pén.* 2002, comm. 105, obs. M. Véron).

La cour d'appel de Paris a jugé qu'une erreur sur le droit n'était pas légitimée par un avis du ***Conseil supérieur d'hygiène publique*** sur les conditions de sécurité dans des produits alimentaires (▪ Paris, 26 oct. 1998 : *Contrats, conc. consom.* 1999, comm. 81, note G. Raymond).

Ne constitue par une erreur de droit le fait que l'administration des ***douanes*** ait laissé un colis contenant des enregistrements d'images de mineurs à caractère pornographique parvenir à destination (▪ Cass. crim., 9 juin 1999, n° 98-80.052 : *JurisData* n° 1999-002986 ; *Dr. pén.* 1999, comm. 138, note M. Véron).

Ne peut être invoquée pour justifier l'erreur de droit une information résultant d'un arrêté illégal (■ Cass. crim., 23 nov. 1999, n° 98-88.010 : *JurisData* n° 1999-004861).

22) Information erronée délivrée par une personne privée. Le prévenu ne saurait invoquer une lettre du représentant des créanciers lui enjoignant de cesser de payer la pension alimentaire pour justifier avoir cru, par une erreur sur le droit qu'il n'était pas en mesure d'éviter, pouvoir légitimement refuser de continuer de payer ladite pension (■ Cass. crim., 7 janv. 2004 : *Bull. crim.* n° 5 ; *Dr. pén.* 2004, comm. 49, obs. M. Véron).

23) Divergence jurisprudentielle. Pour bénéficier de la cause d'irresponsabilité prévue par l'article 122-3 du Code pénal, la personne poursuivie doit justifier avoir cru, par une erreur sur le droit qu'elle n'était pas en mesure d'éviter, pouvoir légitimement accomplir le fait reproché. Tel n'est pas le cas de la prévenue qui, poursuivie pour vols, invoque une divergence d'interprétation existant entre la chambre sociale et la chambre criminelle de la Cour de cassation en matière de vol de documents produits en justice par un salarié dans une instance l'opposant à son employeur (■ Cass. crim., 11 mai 2004 : *Bull. crim.* n° 113 ; *JCP* 2004, II, 10124, note C. Girault ; *Dr. pén.* 2004, comm. 122, obs. M. Véron ; *D.* 2004, p. 2326, note H. Kobina-Gaba. ■ Cass. crim., 9 févr. 2005, n° 04-81.923 : *JurisData* n° 2005-027535).

24) Imprécision des textes. L'erreur de droit ne peut découler d'une prétendue imprécision des textes (■ Cass. crim., 15 févr. 2011, n° 10-83.988 : *JurisData* n° 2011-001701 ; *Bull. crim.* n° 27. – V. également, ■ Cass. crim., 22 nov. 2011, n° 11-80.013 : *JurisData* n° 2011-028855 ; *Bull. crim.* n° 237).

25) Complexité juridique. Doit être approuvée la décision qui rejette l'erreur de droit considérant que la complexité d'une situation juridique ne présente pas un caractère insurmontable et n'entre pas dans les prévisions de l'article 122-3 du Code pénal (■ Cass. crim., 28 janv. 2003, n° 02-83.656).

26) La difficile interprétation d'un texte, à savoir l'article L. 123-5 ancien du Code de l'urbanisme, ne peut suffire à caractériser une erreur de droit (■ Cass. crim., 14 juin 2005 : *JurisData* n° 2005-029308 ; *Bull. crim.* n° 179 ; *Dr. pén.* 2005, comm. 145, obs. J.-H. Robert).

27) Tolérance administrative. Une tolérance des autorités administratives, contraire à des textes en vigueur instituant des infractions à la police de la chasse, ne saurait faire disparaître ces dernières (■ Cass. crim., 18 janv. 2005 : *Bull. crim.* n° 22. ■ Cass. crim., 14 mai 2019, n° 18-82.671).

Une tolérance des autorités administratives, contraire à des textes en vigueur instituant des infractions à la police de la chasse, ne saurait faire disparaître ces dernières (■ Cass. crim., 16 oct. 2018, n° 17-86.802 : *JurisData* n° 2018-017994 ; *Dr. pén.* 2019, comm. 5, obs. Ph. Conte ; *Dr. pén.* 2019, comm. 7, par J.-H. Robert ; *Rev. pénit.* 2019, p. 117, obs. A. Darsonville).

C – Croyance légitime

28) Encourt la cassation pour insuffisance de motifs l'arrêt de la chambre de l'instruction qui, pour confirmer une ordonnance de non-lieu, retient que pour certains produits fabriqués et commercialisés une société avait commis une erreur de droit résultant de la définition donnée par le dictionnaire des médicaments vétérinaires et établissant l'absence de volonté délictueuse de sa part et qu'ainsi l'infraction d'exercice illégal de la pharmacie n'est pas constituée. Alors que, pour bénéficier de la cause d'irresponsabilité prévue par l'article 122-3 du Code pénal, la personne poursuivie doit justifier avoir cru, par une erreur de droit qu'elle n'était pas en mesure d'éviter, pouvoir légitimement accomplir le fait reproché et en omettant de répondre aux conclusions de la partie civile relatives à d'autres produits, la chambre de l'instruction n'a pas justifié sa décision (■ Cass. crim., 4 oct. 2011, n° 10-88.157 : *Bull. crim.* n° 191 ; *Dr. pén.* 2011, comm. 146, obs. M. Véron ; *AJ pénal* 2012, jurispr. p. 95, obs. J. Lasserre-Capdeville).

29) Mauvaise foi. N'est pas caractérisée l'erreur de droit dès lors que les prévenus ne pouvaient ni faire état de leurs doutes sur la portée de la dérogation légale ni exciper de leur bonne foi, alors que, s'étant vu notifier une mise en garde par le Comité national contre le tabagisme, il leur appartenait de s'abstenir de participer à la campagne publicitaire (■ Cass. crim., 23 nov. 1999, n° 98-87.458 : *JurisData* n° 1999-004862).

30) L'erreur de droit ne peut pas être utilement invoquée par le prévenu poursuivi pour construction immobilière sans avoir obtenu un permis de construire qui fait valoir une autorisation délivrée par le maire, portant sur une installation entièrement démontable, dès lors que le prévenu ne s'y est pas conformé, en construisant des plots et une dalle en béton (■ Cass. crim., 18 juin 2002, n° 01-88.049 : *JurisData* n° 2002-015369).

31) Le prévenu, poursuivi pour aide au séjour irrégulier d'étrangers en France, ne peut pas invoquer l'erreur de droit qui est ici dépourvue de caractère invincible dans la mesure où le prévenu pouvait se renseigner auprès des autorités compétentes et dans la mesure où il s'agit d'un délit aujourd'hui vulgarisé par les médias (▪ Grenoble, 17 mai 2002, n° 01/00940 : *JurisData* n° 2002-184665).

32) Doute sur l'information. La société poursuivie ne peut se prévaloir de l'erreur de droit en s'appuyant sur l'avis du ministère compétent consulté par l'Administration selon lequel l'opération envisagée ne nécessitait pas une autorisation d'urbanisme commercial, dès lors que la société s'est vu à 5 reprises refuser l'autorisation d'extension de l'hypermarché qu'elle avait antérieurement sollicitée auprès de la commission d'urbanisme commercial (▪ Cass. crim., 19 mars 1997, n° 96-80.853 : *JurisData* n° 1997-002433 ; *Bull. crim.* n° 115).

33) Divergence d'avis de l'Administration. L'erreur sur l'étendue du monopole pharmaceutique n'est pas une cause de non-imputabilité de l'infraction d'exercice illégal de la pharmacie reprochée à un directeur de magasin de grande surface, même si, comme ce prévenu le soutenait, à l'époque des faits une controverse juridique existait quant au classement d'une solution à 70° au camphre comme médicament ; il lui appartenait de s'entourer de conseils appropriés (▪ Cass. crim., 15 oct. 2002, n° 01-88.555 ; *Dr. pén.* 2003, comm. 23, obs. J.-H. Robert ; *Procédures* 2003, comm. 25, obs. J. Buisson). Des divergences sur l'interprétation de conventions entre les commissionnaires de transports et les entreprises mettant à leur disposition des véhicules avec chauffeurs et des contradictions entre les interprétations des ministres du travail et des transports ne suffisent pas à caractériser une erreur de droit (▪ Cass. crim., 28 janv. 2003, n° 02-83.656).

II – CONDITIONS FORMELLES

34) Relevé d'office (non). Seule la personne poursuivie est fondée à invoquer une erreur sur le droit (▪ Cass. crim., 15 nov. 1995, n° 94-85.414 : *JurisData* n° 1995-004002 ; *Bull. crim.* n° 350 ; *Dr. pén.* 1996, comm. 56, note M. Véron ; *JCP* G 1996, IV, 440 ; *JCP* G 1996, I, 3950, obs. M. Véron. ▪ Cass. crim., 12 juin 1996, n° 95-85.583. ▪ Cass. crim., 23 mars 1999, n° 98-80.248 : *Bull. crim.* n° 52 ; *Dr. pén.* 1999, chron. 27, obs. C. Marsat. ▪ Cass. crim., 28 juin 2005, n° 05-82.189 : *JurisData* n° 2005-029601 ; *Bull. crim.* n° 196). Encourt la cassation l'arrêt qui relaxe les prévenus en raison d'une erreur de droit alors que les prévenus ne s'étaient pas eux-mêmes prévalus des dispositions de l'article 122-3 (▪ Cass. crim., 15 nov. 1995, préc.).

Il ne peut être reproché à la cour d'appel de ne pas avoir recherché si le prévenu pouvait bénéficier d'une erreur sur le droit (▪ Cass. crim., 26 mai 2004, n° 03-84.626 : *JurisData* n° 2004-024424. ▪ Cass. crim., 28 juin 2005, n° 05-82.189 : *JurisData* n° 2005-029601).

Encourt la cassation l'arrêt qui relaxe le prévenu pour exercice illégale de la médecine vétérinaire au motif qu'il avait pu accomplir cet acte sans avoir conscience d'accomplir un acte réservé à la seule profession vétérinaire et interdit à sa profession alors qu'il n'avait pas invoqué l'erreur sur le droit (▪ Cass. crim., 23 mars 1999, n° 98-80.248 : *JurisData* n° 1999-001467 ; *Bull. crim.* n° 52 ; *Dr. pén.* 1999, chron. 27, C. Marsat).

35) Invocation devant la Cour de cassation. Est irrecevable le moyen de défense invoquant l'erreur de droit invoqué pour la première fois devant la Cour de cassation (▪ Cass. crim., 27 mars 1996 : *Bull. crim.* n° 136 ; *RSC* 1997, p. 101, obs. B. Bouloc. ▪ Cass. crim., 22 févr. 2006, n° 05-81.066 : *JurisData* n° 2006-032945. ▪ Cass. crim., 17 déc. 2019, n° 18-86.358 : *JurisData* n° 2019-022869 ; *Dr. pén.* 2020, comm. 49, obs. Ph. Conte ; *Dr. pén.* 2020, comm. 52, obs. J.-H. Robert).

Art. 122-4. – N'est pas pénalement responsable la personne qui accomplit un acte prescrit ou autorisé par des dispositions législatives ou réglementaires.

N'est pas pénalement responsable la personne qui accomplit un acte commandé par l'autorité légitime, sauf si cet acte est manifestement illégal.

Voir : art. 213-4, p. 336.

Bibliographie : *JCl. Pénal Code, Ordre de la loi* par C. Mascala. • V. Malabat, *La responsabilité pénale du subordonné, Mél. B. Bouloc* : Dalloz, 2006, p. 681. • G. Fournier, *Le commandement de l'autorité légitime et la responsabilité* : *RLDC* 2008, n° 51, p. 77. • J. Millet, *Le droit d'usage des armes des forces concourant à la sécurité intérieure* : *JCP A* 2016, n° 40, p. 36. • J. Pradel, *Pour une légitime défense spécifique aux membres des forces de l'ordre* : *D.* 2016, p. 2525. • Th. Herran, *Le droit pénal à l'épreuve de l'usage de la force dans les opérations de maintien de l'ordre* : *Gaz. Pal.* 24 janv. 2017, n° 4, p. 74. • J. Lagoutte, *L'arbre qui cache la forêt. Commentaire de la loi du 10 juillet 2019 relative à l'interdiction des violences éducatives ordinaires* : *Dr. pén.* 2019, étude 18.

• ***Sommaire***

I – ORDRE ET AUTORISATION DE LA LOI OU DU RÈGLEMENT 169
A – Notion de loi et de règlement 169
1° Nature de la norme justificative 169
2° Source de la norme justificative 169
B – Objet de la loi et du règlement 171
1° Ordre 171
2° Autorisation 171
C – Applications 172
1° Conditions 172
2° Illustrations 173
II – COMMANDEMENT DE L'AUTORITÉ LÉGITIME 176
A – Notion d'autorité légitime 176
B – Légalité de l'acte 177
1° Ordre exonératoire 177
2° Ordre manifestement illégal 177
III – DROITS FONDAMENTAUX 178
A – Droit de la défense 178
B – Liberté d'expression 179
C – Le droit à l'éducation 180

I – ORDRE ET AUTORISATION DE LA LOI OU DU RÈGLEMENT

1) Domaine. La cause d'irresponsabilité pénale prévue par les articles 122-4 du Code pénal et 174 du décret du 20 mai 1903 relatif à la gendarmerie s'étend aux fautes involontaires commises au cours de l'exécution de l'acte prescrit ou autorisé par la loi ou le règlement (▪ Cass. crim., 5 janv. 2000 : *Bull. crim.* n° 3 ; *D.* 2000, jurispr., 780, note B. de Lamy ; *RSC* 2000, 606, obs. Y. Mayaud ; *RSC* 2000, p. 817, obs. B. Bouloc).

A – Notion de loi et de règlement

1° Nature de la norme justificative

2) Norme extra-pénale justificative (oui). Il a été jugé que l'article 5 de la loi du 1er juillet 1901, pénalement sanctionné par l'article 8 de la même loi, relatif aux formalités de publicité obligatoires d'une association dans le *Journal officiel*, pouvait constituer le fait justificatif d'une diffamation (▪ Cass. crim., 17 févr. 1981 : *Bull. crim.* n° 63 ; *RSC* 1982, p. 350, obs. G. Levasseur. ▪ Cass. crim., 14 nov. 1989 : *Bull. crim.* n° 418).

L'article L. 621-24, aux termes duquel le jugement ouvrant la procédure de redressement judiciaire emporte, de plein droit, interdiction de payer toute créance née antérieurement au jugement d'ouverture, justifie l'infraction de rétention indue des cotisations ouvrières précomptées sur les salaires (▪ Cass. crim., 24 janv. 2006, n° 05-82.519 : *JurisData* n° 2006-032264 ; *Bull. crim.* n° 23 et ▪ Cass. crim., 24 janv. 2006, n° 05-82.521 : *JurisData* n° 2006-032265 ; *Bull. crim.* 24 ; *Dr. pén.* 2006, comm. 54, obs. J.-H. Robert ; *RSC* 2006, p. 595, obs. E. Fortis).

La loi fiscale qui soumet les films pornographiques à une règlementation particulière autorise par la même la projection publique des films pornographiques et excluent nécessairement ces films, sous les conditions qu'elle précise du champ d'application de l'article 283 du Code pénal (▪ Cass. crim., 25 janv. 1979 : *Bull. crim.* n° 37 ; *JCP* G 1979, II, 19143 ; *RSC* 1979, p. 837, obs. G. Levasseur. ▪ Cass. crim., 6 mai 1986 : *Bull. crim.* n° 152 ; *D.* 1987, somm. p. 140, obs. Colombet).

3) Norme extra-pénale justificative (non). L'article 215 du Code civil sur l'obligation de cohabitation des époux n'a aucune valeur justificative, lorsqu'il est opposé à l'article 334 du Code pénal sur la définition du proxénète qui, sciemment, vit avec une personne se livrant habituellement à la prostitution (▪ Cass. crim., 20 juin 1946 : *D.* 1946, 360).

L'article 332 du Code pénal, en sa rédaction issue de la loi du 23 décembre 1980, qui n'a d'autre fin que de protéger la liberté de chacun, n'exclut pas de ses prévisions les actes de pénétration sexuelle entre personnes unies par les liens du mariage lorsqu'ils sont imposés dans les circonstances prévues par ce texte (▪ Cass. crim., 5 sept. 1990, n° 90-83.786, *Bull. crim.* n° 313. ▪ Cass. crim., 11 juin 1992, n° 91-86.346 : *Bull. crim.* n° 232. ▪ Cass. crim., 26 sept. 1994, n° 94-83.277 : *Dr. pénal* 1995, n° 6).

2° Source de la norme justificative

4) Source coutumière. En l'état de ces constatations de fait, qui sont souveraines, le juge de police a pu considérer que la mesure prise par l'instituteur de l'école n'excédait pas les limites du droit de correction et de discipline qui lui appartient sur les enfants confiés à sa garde et que, dans ces circonstances (▪ Cass. crim., 4 déc. 1908, *S.* 1910, 1, 160. Rappr. V. ▪ T. pol. Bordeaux, 18 mars 1981 : *D.* 1982, 182, note D. Mayer ; *RSC* 1982, p. 347, obs. G. Levasseur. ▪ Cass. crim., 21 févr. 1990 : *Dr. pén.* 1990, n° 216 ; *RSC* 1990, p. 785, obs. G. Levasseur. ▪ Cass. crim., 31 janv. 1995, n° 93-85.711, *Bull. crim.* n° 38 ; *RSC* 1995. 814, obs. Y. Mayaud).

Rappr. Art. art. 521-1, p. 958. À propos des corridas : V. ▪ Cass. crim., 27 mai 1972 : *Bull. crim.* n° 171 ; *D.* 1972, p. 564, rapp. Combaldieu ; *Gaz. Pal.* 1972, 2, p. 607, note Lambert. ; ▪ Cass. crim.,

8 juin 1994 : *JCP* G 1995, II, 22483, note E. de Monredon. ▪ CA Toulouse, 3 avr. 2000 : *JCP* G 2000, II, 10390, note P. Deumier. ▪ CA Bordeaux, 11 juill. 1989 : *JCP* G 1989, II, 21344, note E. Agostini. ▪ CA Nîmes, 1er déc. 2000 : *JCP* G 2002, II, 10016).

5) Sources supranationales. L'article 8 de la CEDH ne peut être utilement invoqué pour justifier le délit de destruction ou dégradation du bien d'autrui en réunion, en l'occurrence des plants de culture transgénique (▪ Cass. crim., 19 nov. 2002, n° 02-80.788 : *D.* 2003. 1315, note D. Mayer. ▪ Cass. crim., 3 mai 2011, n° 10-81.529 : *Rev. pénit.* 2011, obs. A. Lepage).

Le délit d'entrave à la circulation ne saurait être justifiée, notamment, par la participation à une manifestation sur la voie publique qui repose sur les articles 10 et 2P4 de la CEDH (▪ Cass. crim., 8 mars 2005, n° 04-83.979 : *Bull. crim.* n° 77 ; *RSC* 2005. 836, obs. Vermelle ; *ibid.*, p. 72, obs. J.-P. Delmas Saint-Hilaire.) Rappr. ss art. 122-4, n° 43 et s., p. 178.

6) Exclusion de la loi étrangère. L'ordre prétendu d'une loi étrangère ne saurait être invoqué par le pilote d'un avion étranger, trouvé détenteur d'armes et de munitions, après son atterrissage, pour s'exonérer de la responsabilité pénale encourue du chef d'un délit commis sur le territoire national (▪ Cass. crim., 27 juin 1973 : *Bull. crim.* n° 305).

7) Exclusion des autorisations administratives. Le principe de séparation des pouvoirs s'oppose à ce qu'une autorisation administrative, même accordée en vertu d'un texte règlementaire relève le juge du devoir qui incombe qu'à lui appliquer la loi pénale. Une autorisation administrative préalable ne constitue pas un fait justificatif de l'infraction d'exposition d'images contraires à la décence (▪ Cass. crim., 1er juin 1965, n° 64-90.692 : *Bull. crim.* n° 148 ; *D.* 1965, p. 667 ; *Gaz. Pal.* 1965, 2, p. 140 ; *RSC* 1965, p. 877. ▪ Cass. crim., 26 juin 1974, n° 73-92.547 : *Bull. crim.* n° 241 ; *JCP* G 1975, II, 18011, note Lindon ; *Gaz. Pal.* 1974, 2, p. 722 ; *D.* 1975, p. 81, note M. Puech : à propos d'affiches cinématographiques. Rappr. ▪ Paris, 10 juin 1977, *JCP* 1978, II, 19044, note R. Blin. ▪ Cass. crim., 26 avr. 1983 : *Gaz. Pal.* 29 et 31 janv. 1984 : à propos de films pornographiques).

Le prévenu ne saurait se prévaloir d'autorisations municipales pour justifier l'exploitation de débits de boisson sans déclaration préalable, ces autorisations ne pouvant l'exonérer de la responsabilité pénale qui lui incombe (▪ Cass. crim. 24 oct. 1983 : *Bull. crim.* n° 260).

Le fabricant d'un médicament provocant des accidents mortels ne peut se prévaloir du visa pharmaceutique, accordé par l'autorité administrative, pour justifier les homicides involontaires (▪ Paris, 30 avr. 1957 : *D.* 1957, p. 550, note F. Gollety. ▪ T. corr. Seine, 19 déc. 1957 : *D.* 1958, p. 257 ; *S.* 1958, I, p. 137, note J.-D. Bredin).

8) Exclusion de la tolérance administrative. La tolérance alléguée de l'Administration ne constituait pas une excuse absolutoire à l'infraction matériellement constituée (▪ Cass. crim., 20 févr. 1989, n° 87-81.315 : *Bull. crim.* n° 83).

Une simple tolérance administrative ne saurait déroger à la règlementation ou constituer un droit au profit du prévenu, ni exclure la responsabilité personnelle de celui-ci dans l'infraction commise. Ainsi un chef d'établissement poursuivi du chef d'infractions aux règles de sécurité, ne saurait pour solliciter sa relaxe invoquer l'opinion contraire exprimée par un représentant du ministère du Travail (▪ Cass. crim., 28 oct. 1986 : *Bull. crim.* n° 311). Dans le même ordre d'idée, encourt la cassation l'arrêt qui déclare non constitué le délit d'homicide involontaire reproché à l'exécutant d'un travail public, en se fondant uniquement sur l'approbation, donnée par l'Administration, des conditions dans lesquelles ce travail a été réalisé (▪ Cass. crim., 16 juill. 1987 : *Bull. crim.* n° 297).

Encourt la cassation l'arrêt qui retient que la vente de muguet au 1er mai échappe, en vertu d'une tolérance générale, à l'application de l'article R. 30 6 13 devenu son article R. 38-14 dès lors qu'aucune tolérance n'est de nature à empêcher l'application d'une disposition pénale (▪ Cass. crim., 30 oct. 1984 : *JCP* G 1985, IV, 12)

Une tolérance des autorités administratives, contraire à des textes en vigueur instituant des infractions à la police de la chasse, ne saurait faire disparaître ces dernières (▪ Cass. crim., 16 oct. 2018, n° 17-86.802 : *JurisData* n° 2018-017994 ; *Dr. pén.* 2019, comm. 5, obs. Ph. Conte ; *Dr. pén.* 2019, comm. 7, par J.-H. Robert ; *Rev. pénit.* 2019, p. 117, obs. A. Darsonville).

9) Exclusion des circulaires. La cause de justification que le prévenu prétendait trouver dans des circulaires administratives a été, à bon droit, écartée par les juges du fond, lesquels ont exactement énoncé que les recommandations contenues dans la circulaire ministérielle n° 76-42 du 9 mars 1976 ne représentaient qu'une tolérance dans le contrôle et ne sauraient être considérées comme portant dérogation à la réglementation ni comme constitutives d'un droit au profit des contrevenants (▪ Cass. crim., 20 févr. 979, n° 77-93.505 : *Bull. crim.* n° 75). Encourt la cassation la décision de non-lieu contre un prévenu poursuivi pour falsification d'un document fondée sur le fait que l'interprétation administrative des circulaires ministérielles alors en vigueur, consistant à assimiler les étrangers à l'encontre desquels était prise une mesure de refus de séjour sur le territoire national à ceux qui en étaient expulsés, le prévenu, qui n'était pas le fonctionnaire chargé de rédiger habituellement ce genre de document, avait pu se méprendre sur la légalité de son acte en se fiant à une pratique jusqu'alors recommandée par sa hiérarchie alors que la Chambre de l'accusation ne pouvait déduire le défaut d'intention délictueuse de l'inculpé ni de la mise en œuvre par celui-ci de recommandations contenues dans des circulaires ministérielles ni d'une méconnaissance de la loi qu'il lui appartenait au contraire d'appliquer (■ Cass. crim., 12 oct. 1993 : *Bull. crim.* n° 285 ; *D.* 1993, p. 129, note D. Mayer).

Ne peuvent être utilement invoquées des circulaires à caractère interprétatif n'étant pas de nature à empêcher l'application d'une disposition pénale (■ Cass. crim., 18 janv. 2005, n° 04-81.404, *Bull. crim.* n° 22 ; *D.* 2005, Pan., p. 1521, obs. G. Roujou de Boubée).

10) Exclusion des usages d'une profession. Ne peut justifier l'infraction d'arrestation et la séquestration arbitraires, pour laquelle sont poursuivis des policiers ayant réalisé une garde à vue pour un simple contrôle d'identité, les règles d'usage de la profession qui, même si elles existaient, ne pourraient constituer une cause de justification ou une excuse que la loi ne prévoit pas (■ Cass. crim., 5 janv. 1973 : *Bull. crim.* n° 7 ; *D.* 1973, p. 541, note G. Roujou de Boubée).

B – Objet de la loi et du règlement

1° Ordre

11) Interdiction de payer des créances. En vertu de l'article L. 621-24 du Code de commerce, le jugement ouvrant la procédure de redressement judiciaire emporte, de plein droit, interdiction de payer toute créance née antérieurement au jugement d'ouverture. Doit donc être cassé l'arrêt qui pour avoir retenu indûment les cotisations ouvrières précomptées sur les salaires (■ Cass. crim., 24 janv. 2006, n° 05-82.519 : *Bull. crim.*, n° 23, préc. ■ Cass. crim. 24 janv. 2006, n° 05-82.521 ; *Bull. crim.* n° 24, préc.).

12) Obligation de motivation. Le maire, poursuivi pour diffamation publique envers un particulier, à raison des termes d'un arrêté affiché en mairie dans lequel il justifie le retrait d'un permis de construire par le fait que le pétitionnaire avait donné des informations fausses, peut utilement alléguer l'ordre de la loi puisque la loi du 11 juillet 1979 impose à l'Administration de motiver, en fait et en droit, certaines décisions à caractère individuel (■ Cass. crim., 3 mai 2000, n° 99-84.796 : *Bull. crim.* n° 176).

A agi sur ordre de la loi l'employeur, poursuivi pour diffamation non publique envers un particulier, qui a imputé à son salarié des faits de harcèlement sexuel conformément à son obligation de motivation (■ Cass. crim., 12 oct. 2004, n° 03-86.262 : *Bull. crim.* n° 239 ; *D.* 2005, Pan., p. 1526, obs. M. Segonds ; *RSC* 2005, p. 65, obs. E. Fortis).

2° Autorisation

13) Article 73 du Code de procédure pénale. Doit être relaxé du chef de coups et blessures volontaires, en application de l'article 327 du Code pénal, le prévenu qui, venant d'arrêter l'auteur apparent d'une tentative de vol d'une voiture, a cru de bonne foi qu'une personne arrivée sur les lieux était un complice venu prêter main-forte (alors qu'elle était étrangère à l'affaire) et, supposant logiquement que le nouvel arrivant était armé puisque le voleur l'était, l'a immédiatement frappé pour l'appréhender également, dès lors qu'il a agi pour l'exécution des lois et avait qualité pour le faire en application de l'article 73 du Code de procédure pénale qui édicte que, « dans les cas... de délit flagrant puni d'une peine d'emprisonnement, toute personne a qualité pour en appréhender l'auteur », ne fût-il que l'auteur supposé (■ Douai, 9 juin 1988 : *D.* 1991, somm. 66, obs. G. Azibert ; *RSC* 1990, p. 327, obs. A. Vitu).

Si aux termes de l'article 73 du Code de procédure pénale, toute personne a qualité pour appréhender l'auteur présumé d'une infraction flagrante et le conduire devant l'officier de police judiciaire le plus proche, l'usage, à cette fin, de la force doit être nécessaire et proportionné aux conditions de l'arrestation. Encourt la censure l'arrêt qui, pour relaxer le prévenu du chef d'homicide involontaire (au visa de l'article 122-4 du Code pénal) énonce que le comportement de celui-ci a eu pour objet d'immobiliser les auteurs d'un délit flagrant dans l'attente de l'arrivée des forces de l'ordre, sans rechercher si le fait d'approcher de la portière d'un véhicule occupé avec un fusil armé, le doigt sur la queue de détente était absolument nécessaire en l'état des circonstances de l'espèce (■ Cass. crim., 28 mars 2006 : *Bull. crim.* n° 88 ; *RSC* 2006, p. 601, 2, obs. Y. Mayaud ; *D.* 2006, jurispr., p. 2721, note A. S. Chavent-Leclere).

Selon les articles 73 du Code de procédure pénale, L. 428-32 du Code de l'environnement et 122-4 du Code pénal, les agents de l'Office national de la chasse et de la faune sauvage ont qualité pour appréhender l'auteur présumé d'un délit flagrant de chasse et le conduire devant l'officier de police judiciaire le plus proche, l'usage de la force, à cette fin, doit être nécessaire et proportionné aux conditions de l'arrestation ; pour dire, pour les besoins de l'action civile, que les faits reprochés aux agents de l'ONCFS ne sont constitutifs ni du délit de violences volontaires qui leur est reproché ni d'aucune autre infraction pénale et pour débouter la partie civile de toutes ses demandes, l'arrêt retient que les graves blessures dont a souffert l'intéressé à la suite de l'interpellation ne résultent en aucun cas d'une intention des gardes de commettre des violences à son encontre et n'apparaissent pas incompatibles avec les blessures qu'une chute collective est susceptible d'occasionner. Mais en se déterminant ainsi, sans rechercher si, lors de la poursuite, les fonctionnaires intervenants en projetant cette personne au sol sur un terrain en pente pour l'immobiliser, n'avaient pas commis des actes inadaptés aux circonstances pouvant faire obstacle à l'application de l'article 122-4 du Code pénal et susceptibles de constituer une faute d'imprudence, la cour d'appel n'a pas justifié sa décision (▪ Cass. crim., 26 juin 2012, n° 11-87-416 : *Dr. pén.* 2012, comm. 142, obs. M. Véron).

Si aux termes de l'article 73 du Code de procédure pénale, toute personne a qualité pour appréhender l'auteur présumé d'une infraction flagrante et le conduire devant l'officier de police judiciaire le plus proche, l'usage, à cette fin, de la force doit être nécessaire et proportionné aux conditions de l'arrestation (en l'espèce, pour immobiliser le délinquant, la victime d'une tentative de vol l'avait blessé par coups de feu alors qu'il s'enfuyait, ce qui entraîne sa condamnation pour violences avec arme (▪ Cass. crim., 13 avr. 2005 : *Bull. crim.* n° 131).

C – Applications

1° Conditions

14) Absence d'intention frauduleuse. Est justifiée la condamnation du prévenu, poursuivi pour bris de clôture installée par son nouveau voisin, quand bien même la clôture aurait mis obstacle à l'exercice des droits d'usage ou de passage auxquels prétend le prévenu (▪ Cass. crim., 20 juin 1963 : *D.* 1963, p. 660).

15) Respect des conditions prévues par la norme justificative. La loi fiscale qui soumet les films pornographiques à une règlementation particulière autorise par la même la projection publique des films pornographiques et excluent nécessairement ces films, sous les conditions qu'elle précise du champ d'application de l'article 283 du Code pénal. C'est à juste raison que la Cour d'appel a condamné le prévenu pour détention, distribution, vente et mise en location d'un film qui était contraire aux bonnes mœurs dès lors que n'entrent pas dans la catégorie visée par la loi du 30 décembre 1975 et ne sauraient bénéficier de la dérogation édictée les films qui, essentiellement consacrés à la représentation minutieuse de violences et perversions sexuelles, dégradantes pour la personne humaine, font outrage aux bonnes mœurs (▪ Cass. crim., 25 janv. 1979 : *Bull. crim.* n° 37 ; *JCP G* 1979, II, 19143 ; *RSC* 1979, p. 837, obs. G. Levasseur. ▪ Cass. crim., 6 mai 1986 : *Bull. crim.* n° 152 ; *D.* 1987, somm. p. 140, obs. Colombet).

16) Le fait, pour des médecins, de mettre fin à l'alimentation et de réduire l'hydratation à un strict minimum d'une personne placée dans un état neurovégétatif chronique, dans le cadre de la procédure collégiale prévue par le Code de la santé publique, exclut toute intention de porter atteinte à la personne au patient, même si ce protocole a été réalisé de manière imparfaite en raison de l'absence d'information initiale des parents dès l'engagement de cette procédure et de notification de la nature et des motifs de la décision d'interruption des soins (▪ Cass. crim., 5 mars 2019, n° 18-80.712 : *JurisData* n° 2019-003244 : *Lexbase pénal* avr. 2019, obs. C. Kurek ; *Dr. pén.* 2019, étude 22, comm. J. Lagoutte ; *AJ pénal* 2019, p. 269, obs. M. Bénéjat).

17) La personne poursuivie du chef de diffamation après avoir révélé des faits de harcèlement sexuel ou moral dont elle s'estime victime peut s'exonérer de sa responsabilité pénale, en application de l'article 122-4 du Code pénal, lorsqu'elle a dénoncé ces agissements, dans les conditions prévues aux articles L. 1152-2, L. 1153-3 et L. 4131-1, alinéa 1er, du Code du travail, auprès de son employeur ou des organes chargés de veiller à l'application des dispositions dudit code. Toutefois, pour bénéficier de cette cause d'irresponsabilité pénale, la personne poursuivie de ce chef doit avoir réservé la relation de tels agissements à son employeur ou à des organes chargés de veiller à l'application des dispositions du Code du travail et non, comme en l'espèce, l'avoir aussi adressée à des personnes ne disposant pas de l'une de ces qualités (▪ Cass. crim., 26 nov. 2019, n° 19-80.360 : *JurisData* n° 2019-021134 ; *Lexbase pénal* déc. 2019, obs. J.-Y. Maréchal : *AJ pénal* 2020, p. 130, obs. J. Lasserre-Capdeville ; *Gaz. Pal.* 11 févr. 2020, n° 6, p. 24, obs. F. Fourment ; *Gaz. Pal.* 4 févr. 2020, n° 5, p. 55, obs. S. Détraz ; *RSC* 2020, p. 77, obs. Y. Mayaud).

18) Nécessité et proportionnalité. Si, aux termes de l'article 73 du Code de procédure pénale, toute personne est investie du pouvoir d'appréhender l'auteur présumé d'une infraction flagrante et de le conduire devant l'officier de police judiciaire le plus proche, l'usage, à cette fin, de la force doit être nécessaire et proportionnée aux conditions de l'arrestation. Ne peut donc se prévaloir de la permission de la loi le prévenu coupable de violences avec arme qui a tiré sur un cambrioleur, ayant tenté de pénétrer dans son appartement, alors qu'il était en pleine fuite (▪ Cass.

crim., 13 avr. 2005, n° 04-83.939 : *JurisData* n° 2005-028284 ; *Bull. crim.* n° 131 ; *D.* 2005, p. 1378 ; *D.* 2005, p. 2920, note Lennon ; *JCP* G 2005, I, 161, obs. A. Maron ; *Dr. pén.* 2005, comm. 117, obs. A. Maron ; *RSC* 2006, p. 419, note J. Buisson. Rappr. ▪ Cass. crim., 16 févr. 1988 : *Bull. crim.* n° 75). Selon les articles 122-4 du Code pénal et 73 du Code de procédure pénale, toute personne a qualité pour appréhender l'auteur présumé d'une infraction flagrante et le conduire devant l'officier de police judiciaire le plus proche, l'usage de la force, à cette fin, doit être nécessaire et proportionné aux conditions de l'arrestation. Encourt la cassation l'arrêt qui relaxe le prévenu du chef d'homicide involontaire, considérant que le comportement du prévenu n'a eu pour objet que d'immobiliser les auteurs, même supposés, d'un délit flagrant dans l'attente de l'arrivée des forces de l'ordre qu'il avait demandé de prévenir et que rien ne permet de considérer que le coup de feu qui a mortellement atteint le passager de la voiture des malfaiteurs ne découle pas exclusivement de l'intervention malheureuse d'un tiers, dès lors que la cour d'appel n'a pas recherché si le fait d'approcher de la portière d'un véhicule occupé un fusil armé, avec le doigt sur la queue de détente, était absolument nécessaire (▪ Cass. crim., 28 mars 2006, n° 05-81.706 : *JurisData* n° 2006-033033 ; *Bull. crim.* n° 88 ; *D.* 2006, p. 2721, note A.-S. Chavent-Leclère ; *RSC* 2006, p. 601, note Y. Mayaud).

V. à propos des forces de l'ordre, n° 17, p. 172.

2° Illustrations

• Consentement de la victime

19) Principe. Les violences commises volontairement constituent une infraction, quand bien même la victime y aurait consenti (▪ Cass. crim., 25 juin 2019, n° 18-84-200 : *JurisData* n° 2019-015832 ; *Dr. pén.* 2019, comm. 164, obs. Ph. Conte).

20) Actes médicaux non thérapeutiques. Les blessures faites volontairement ne constituent ni crime ni délit, lorsqu'elles ont été commandées, soit par la nécessité actuelle de la légitime défense de soi-même ou d'autrui. Hors ces cas et ceux où la loi les autorise à raison d'une utilité par elle reconnue, les crimes et délits de cette nature doivent, suivant les circonstances déterminées par les articles 309 et suivants du Code pénal, donner lieu à condamnation contre les auteurs et complices. Notamment, le fait que les victimes auraient consenti aux violences n'est pas exclusif de la préméditation (▪ Cass. crim., 1er juill. 1937 : *Gaz. Pal.* 1937, II 358 ; *S.* 1938, 1, 193, note Tortat).

N'est pas justifiée l'infraction de blessures volontaires avec préméditation résultant de l'opération de castration d'une personne transsexuelle dès lors que l'objectif thérapeutique du médecin n'était pas établi (▪ Cass. crim., 30 mai 1991, n° 90-84.420 : *JurisData* n° 1991-001927 ; *Bull. crim.* n° 232 ; *JCP* G 1991, II, 26720 ; *RSC* 1992, p. 74, note G. Levasseur).

21) Euthanasie. Le consentement de la victime d'une voie de fait homicide ne saurait légitimer cet acte. Il ne peut résulter d'exception à ce principe, de la circonstance que l'auteur du fait consenti de meurtre a voulu, en même temps, attenter à sa propre vie. (▪ Cass. crim., 23 juin 1838 : *S.* 1838, 1, p. 636, concl. Dupin ; obs. M. Puech, *Les grands arrêts de la jurisprudence criminelle* : Cujas 1976, n° 83. Dans le même sens, ▪ Cass. crim., 17 juill. 1851 : *Bull. crim.* 1851, n° 287. ▪ Cass. crim., 21 août 1851 : *S.* 1852, 1, p. 286 ; *DP* 1851, 5, p. 23. ▪ CA Toulouse, ch. acc., 9 août 1973 : *JCP* G 1974, IV, 292).

Le fait, pour des médecins, de mettre fin à l'alimentation et de réduire l'hydratation à un strict minimum d'une personne placée dans un état neurovégétatif chronique, dans le cadre de la procédure collégiale prévue par le Code de la santé publique, exclut toute intention de porter atteinte à la personne au patient, même si ce protocole a été réalisé de manière imparfaite en raison de l'absence d'information initiale des parents dès l'engagement de cette procédure et de notification de la nature et des motifs de la décision d'interruption des soins, et, dès lors, n'est pas susceptible de recevoir une qualification pénale (▪ Cass. crim., 5 mars 2019, n° 18-80.712 : *JurisData* n° 2019-003244 : *Lexbase pénal* avr. 2019, obs. C. Kurek ; *Dr. pén.* 2019, étude 22, comm. J. Lagoutte ; *AJ pénal* 2019, p. 269, obs. M. Bénéjat).

V. l'étude de A. Prothais : *Dr. pén.* 2011, étude 7.

22) Activités sportives. Le coup de genou donné dans l'œil d'un autre joueur lors d'une compétition de football, sans brutalité volontaire ou maladresse caractérisée, entre dans le cadre de l'acceptation des risques par tout joueur dans l'exercice normal du sport (▪ Caen, 10 nov. 1999 : *JurisData* n° 1999-114814).

23) A donné une base légale l'arrêt qui condamne pour blessures involontaires un joueur de football pour avoir blessé un autre joueur, au cours d'un match, en faisant un « tacle glisse »la Cour d'appel qui justifie que l'auteur a méconnu les règles du sports – et les principes élémentaires que ces dernières consacrent (▪ Cass. crim., 16 oct. 1984, n° 83-94.343 : *JurisData* n° 1984-701792 ; *Bull. crim.* 1984, n° 303 ; *RSC* 1985, p. 811, obs. G. Levasseur)

24) Duel judiciaire. Si la législation spéciale sur les duels a été abolie par les lois de l'assemblée constituante, on ne saurait induire de cette abolition une exception tacite en faveur du meurtre commis et des blessures et coups volontaires portés par suite de duel. Une convention par laquelle deux hommes prétendent transformer de leur autorité privée un crime qualifié en action indifférente ou licite, se remettre d'avance la peine portée par la loi contre ce crime, s'attribuer le droit de disposer mutuellement de leur vie et usurper ainsi doublement les droits de la société, rentre évidemment dans la classe des conventions contraires aux bonnes mœurs et à l'ordre public. Par conséquent, viole les dispositions du Code pénal la Cour royale qui déclare qu'il n'y a pas lieu de suivre celui qui, à l'occasion d'un duel, a donné la mort à son adversaire (▪ Cass. ch. réun., 15 déc. 1837 : *S.* 1838, 15, concl. Dupin).

• **Recours à la force par les gendarmes et les policiers**

25) CEDH. Le recours des policiers à la force meurtrière peut être justifié dans certaines circonstances. Toutefois, l'article 2 ne donne pas carte blanche. Le non-encadrement par des règles et l'abandon à l'arbitraire de l'action des agents de l'État sont incompatibles avec un respect effectif des droits de l'homme. Cela signifie que les opérations de police, en plus d'être autorisées par le droit national, doivent être suffisamment bornées par ce droit, dans le cadre d'un système de garanties adéquates et effectives contre l'arbitraire et l'abus de la force (▪ CEDH, 20 déc. 2004, n° 50385/99, *Makaratzis c/ Grèce*. ▪ CEDH, 22 févr. 2011, n° 24329/02, *Soare et a. c/ Roumanie*).

26) Absolue nécessité de l'usage des armes. Encourt la cassation l'arrêt qui, pour renvoyer le gendarme des chefs d'homicide involontaire pour avoir tiré avec un pistolet en direction d'une personne prenant la fuite, retient que le prévenu était autorisé par l'article 174 du décret du 20 mai 1903 à faire usage de son arme de service, sans avoir recherché si cet usage était absolument nécessaire en l'état des circonstances de l'espèce (▪ Cass. crim., 18 févr. 2003, n° 02-80.095 : *Bull. crim.* n° 41).

27) Justifie sa décision de non-lieu la chambre de l'instruction qui, dès lors qu'il a été établi qu'en raison des circonstances de l'espèce, l'usage de son arme de service par un gendarme était absolument nécessaire pour contraindre le conducteur du véhicule qui avait commis des infractions graves et refusé, à plusieurs reprises, d'obtempérer aux ordres d'arrêt des gendarmes dans des circonstances dangereuses pour leur sécurité, décide de faire bénéficier ce militaire, mis en examen, de la cause d'irresponsabilité pénale, prévue à l'article 122-4, alinéa 1er, du Code pénal, résultant de l'application de l'article L. 2338-3 du Code de la défense (▪ Cass. crim., 12 mars 2013, n° 12-82.683 : *Bull. crim.* n° 63 ; *Dr. pén.* 2013, comm. 88, obs. M. Véron ; *Gaz. Pal.* 8-11 mai 2013, chron. ; *Dr. pén.*, p. 27, note E. Dreyer. ▪ Cass. crim., 21 oct. 2014, n° 13-85.519 : *Dr. pén.* 2014, comm. 146, obs. M. Véron).

28) L'article L. 435-1 1° du Code de la sécurité intérieure prévoit que les agents de la police nationale et les militaires de la gendarmerie nationale peuvent faire usage de leurs armes en cas d'absolue nécessité et de manière strictement proportionnée, lorsque des atteintes à la vie où l'intégrité physique sont portées contre eux ou contre autrui ou lorsque des personnes armées menacent leur vie ou leur intégrité physique ou celle d'autrui. Bien que le texte ne le précise pas expressément, il résulte d'une part, de la forme grammaticale adoptée, soit le présent de l'indicatif, et d'autre part, des travaux parlementaires que, pour être justifié, l'usage d'arme doit être réalisé dans le même temps que sont portées des atteintes ou proférées des menaces à la vie ou à l'intégrité physique des agents ou d'autrui. L'usage de l'arme alors que la personne visée prenait la fuite n'entrait pas dans le cadre d'application de l'article L. 435-1 du Code de la sécurité intérieure en méconnaissance des principes de proportionnalité et d'absolue nécessité (▪ Cass. crim., 9 oct. 2021, n° 21-84.295 : *JurisData* n° 2021-015947 ; *Procédures* 2021, comm. 330, obs. J. Buisson ; *AJ pénal* 2021, p. 535, obs. J. Lasserre-Capdeville).

29) A justifié sa décision la chambre de l'instruction qui confirme l'ordonnance de non-lieu contre un policier poursuivi pour violences aggravées aux motifs que les faits ont été commis dans la continuité d'une poursuite du véhicule alors conduit par un premier conducteur dans des conditions particulièrement dangereuses pour les usagers de la route ainsi que pour les deux policiers, qu'il a tenté de percuter, et que cette première scène n'a pu que conforter les agents interpellateurs dans l'idée que les occupants du véhicule étaient déterminés à échapper à tout contrôle ou à toute interpellation, au besoin en prenant des risques illimités au détriment de la sécurité et de la vie d'autrui. En effet, pour la Cour, le policier, en présence d'un conducteur réalisant un démarrage en force au mépris de la sécurité de celui-ci placé devant le véhicule, n'avait d'autre choix, d'une part, que de procéder à l'interpellation pour faire cesser un périple routier qui mettait en danger la vie ou l'intégrité physique de lui-même et des usagers de la voie publique, et d'autre part, que de recourir à l'usage de son arme de service dont l'exhibition n'avait eu jusqu'alors aucun effet dissuasif (▪ Cass. crim., 19 oct. 2021, n° 21-84.806 : *JurisData* n° 2021-016891).

30) Proportionnalité de l'usage de l'arme. Justifie sa décision la cour d'appel qui, après avoir écarté l'application de l'article 122-4 du Code pénal, déclare coupable d'homicide involontaire un gendarme qui, en adaptant sa conduite automobile à celle particulièrement dangereuse de la conductrice poursuivie, a pris un risque disproportionné à l'obligation de mettre fin aux infractions constatées (■ Cass. crim., 23 mars 2004 : *Bull. crim.* n° 77 ; *D.* 2004, p. 2755, obs. B. de Lamy. Rappr. ■ CEDH, 3 oct. 2013, n° 16705/10, *Douet c/ France* : *Rev. pénit.* 2014, p. 68, note J.-Y. Chevallier).

31) Est justifié le non-lieu confirmé par la chambre de l'instruction du chef de violences mortelles reprochées à un gendarme dès lors que d'une part l'emploi de la grenade, autorisé par la loi dans le cadre d'une opération de maintien de l'ordre, était, compte tenu des circonstances, absolument nécessaire et proportionné et d'autre part l'article L. 211-9 du Code de la sécurité intérieure ne requiert ni les sommations ni le tir préalable de fusées en cas de violences ou de voies de fait contre les forces de l'ordre ou d'impossibilité de défendre autrement le terrain qu'elles occupent (■ Cass. crim., 23 mars 2021, n° 20-82.416 : *JurisData* n° 2021-004236 ; *RSC* 2021, p. 620, obs. Y. Mayaud ; *AJ pénal* 2021, p. 264, obs. J. Boudot).

Code de la sécurité intérieure

Art. L. 211-9. – Un attroupement, au sens de l'article 431-3 du Code pénal, peut être dissipé par la force publique après deux sommations de se disperser demeurées sans effet, adressées, lorsqu'ils sont porteurs des insignes de leur fonction, par :

1° Le représentant de l'État dans le département ou, à Paris, le préfet de police ;

2° Sauf à Paris, le maire ou l'un de ses adjoints ;

3° Tout officier de police judiciaire responsable de la sécurité publique, ou tout autre officier de police judiciaire.

Il est procédé à ces sommations suivant des modalités propres à informer les personnes participant à l'attroupement de l'obligation de se disperser sans délai.

Toutefois, les représentants de la force publique appelés en vue de dissiper un attroupement peuvent faire directement usage de la force si des violences ou voies de fait sont exercées contre eux ou s'ils ne peuvent défendre autrement le terrain qu'ils occupent.

Les modalités d'application des alinéas précédents sont précisées par un décret en Conseil d'État, qui détermine également les insignes que doivent porter les personnes mentionnées aux 1° à 3° et les conditions d'usage des armes à feu pour le maintien de l'ordre public.

....

Art. L. 435-1 *(L. n° 2017-258, 28 févr. 2017)*. **–** Dans l'exercice de leurs fonctions et revêtus de leur uniforme ou des insignes extérieurs et apparents de leur qualité, les agents de la police nationale et les militaires de la gendarmerie nationale peuvent, outre les cas mentionnés à l'article L. 211-9, faire usage de leurs armes en cas d'absolue nécessité et de manière strictement proportionnée :

1° Lorsque des atteintes à la vie ou à l'intégrité physique sont portées contre eux ou contre autrui ou lorsque des personnes armées menacent leur vie ou leur intégrité physique ou celles d'autrui ;

2° Lorsque, après deux sommations faites à haute voix, ils ne peuvent défendre autrement les lieux qu'ils occupent ou les personnes qui leur sont confiées ;

3° Lorsque, immédiatement après deux sommations adressées à haute voix, ils ne peuvent contraindre à s'arrêter, autrement que par l'usage des armes, des personnes qui cherchent à échapper à leur garde ou à leurs investigations et qui sont susceptibles de perpétrer, dans leur fuite, des atteintes à leur vie ou à leur intégrité physique ou à celles d'autrui ;

4° Lorsqu'ils ne peuvent immobiliser, autrement que par l'usage des armes, des véhicules, embarcations ou autres moyens de transport, dont les conducteurs n'obtempèrent pas à l'ordre d'arrêt et dont les occupants sont susceptibles de perpétrer, dans leur fuite, des atteintes à leur vie ou à leur intégrité physique ou à celles d'autrui ;

5° Dans le but exclusif d'empêcher la réitération, dans un temps rapproché, d'un ou de plusieurs meurtres ou tentatives de meurtre venant d'être commis, lorsqu'ils ont des raisons réelles et objectives d'estimer que cette réitération est probable au regard des informations dont ils disposent au moment où ils font usage de leurs armes.

Bibliographie : C. Tzutzuiano, *L'usage des armes par les forces de l'ordre. De la légitime défense... À la défense légitime en passant par l'autorisation de la loi* : *RSC* 2017, p. 699. – D. Cransac, *De l'usage des armes par les forces de sécurité intérieure* : *RRJ* 2017, p. 1591. – A. Costes, *Les violences policières* : *Rev. pénit.* 2019, p. 269. – L. F. Assalé, *L'usage des armes à feu par les forces de l'ordre* : *Rev. pénit.* 2019, p. 291.

• **Droit de correction**

32) Principe. L'autorité de correction ne confère pas le droit d'exercer sur les enfants des violences ou des mauvais traitements qui mettent leur vie ou leur santé en péril (▪ Cass. crim., 17 déc. 1819 : *S.* chron. 1819-1821, p. 152. ▪ CA Nîmes, 31 janv. 1879 : *S.* 1879, 2, p. 169. ▪ CA Pau, 25 mars 1899 : *S.* 1899, 2, p. 165. ▪ T. pol. Bordeaux, 18 mars 1981 : *D.* 1982, 182, note D. Mayer ; *RSC* 1982, p. 347, obs. G. Levasseur).

En l'état de ces constatations de fait, qui sont souveraines, le juge de police a pu considérer que la mesure prise par l'instituteur de l'école n'excédait pas les limites du droit de correction et de discipline qui lui appartient sur les enfants confiés à sa garde et que, dans ces circonstances. (▪ Cass. crim. 4 déc. 1908 : *S.* 1910. 1. 160. Rappr. V. ▪ T. pol. Bordeaux, 18 mars 1981 : *D.* 1982, 182, note D. Mayer ; *RSC* 1982, p. 347, obs. G. Levasseur. ▪ Cass. crim., 21 févr. 1990 : *Dr. pén.* 1990, n° 216 ; *RSC* 1990, p. 785, obs. G. Levasseur. ▪ Cass. crim., 31 janv. 1995, n° 93-85.711, *Bull. crim.* n° 38 ; *RSC* 1995, 814, obs. Y. Mayaud).

33) Domaine. Le droit de correction peut justifier des actes accomplis par les parents ainsi que les instituteurs (▪ Cass. crim., 4 déc. 1908 : *Gaz. Pal.* 1909, 1, p. 45. ▪ CA Grenoble, 19 déc. 1902 : *S.* 1903, 2, p. 158. ▪ CA Pau, 24 avr. 1996 : *JurisData* n° 1996-043186. ▪ CA Bourges, 1er avr. 1999 : *JurisData* n° 1999-043773) et les assistantes maternelles (▪ Cass. crim., 17 juin 2003, n° 02-84.986). En revanche, les tiers seraient privés d'un tel droit (V. ▪ Cass. crim., 21 févr. 1990 : *Dr. pén.* 1990, comm. 216 ; *RSC* 1990, p. 785, obs. G. Levasseur).

34) Limites. Ne peuvent être justifiées les violences qui, par leur nature et par leurs conséquences, dépassaient, même en l'absence d'une incapacité de travail, les limites de l'exercice du droit de correction. Il en est ainsi s'agissant du prévenu qui a durement maltraité une enfant de 6 ans en lui mettant de force la tête dans la cuvette des WC et en actionnant la chasse d'eau et en lui portant les fortes gifles dont l'enfant portait la marque (▪ Cass. crim., 21 févr. 1990 : *Dr. pén.* 1990, comm. 216 ; *RSC* 1990, p. 785, obs. G. Levasseur).

Le « pouvoir disciplinaire » ne peut être invoqué par les enseignants que s'il s'exerce de manière inoffensive (▪ Cass. crim., 31 janv. 1995, n° 93-85.711, *Bull. crim.* n° 38 ; *RSC* 1995, p. 814, obs. Y. Mayaud).

Justifie sa décision la cour d'appel qui relève, par des motifs relevant de son appréciation souveraine des faits, que les violences physiques, psychologiques ou verbales, dont elle a déclaré la prévenue coupable, excédaient le pouvoir disciplinaire dont disposent les enseignants (▪ Cass. crim., 7 nov. 2017, n° 16-84.329 : *JurisData* n° 2017-022178 ; *Bull. crim.* n° 246 ; *Dr. pén.* 2018, comm. 3 et 4, note Ph. Conte ; *RSC* 2017, p. 740, note Y. Mayaud ; *AJ pénal* 2018, p. 151, obs. C. Otero).

V. J. Lagoutte, *Les violences éducatives et le droit pénal : entre « dé-banalisation » et dédramatisation »* : *Rev. pénit.* 2019, p. 17 ; J. Lagoutte, *L'arbre qui cache la forêt. Commentaire de la loi du 10 juillet 2019 relative à l'interdiction des violences éducatives ordinaires* :Dr. pén. 2019, étude 18.

• **Actes sur le corps humain**

35) Finalité thérapeutique. L'opération incriminée, qui portait atteinte à l'intégrité de la personne et non consenti par le patient, et constituait ainsi par elle-même un fait de violences volontaires, ne pouvait être légitimée en admettant qu'elle eût été accomplie dans les conditions indiquées par l'arrêt, que si elle avait été faite dans un intérêt médical, ce que les juges ont, en l'espèce, omis de rechercher (▪ Cass. crim., 9 nov. 1961 : *JCP* 1962, II, 12777, note R. Savatier).

36) Mutilations rituelles. V. J. Lagoutte, *La circoncision masculine et la circoncision féminine en droit pénal français, Travaux de l'ISCJ*, n° 6, Cujas, 2017, p. 219.

II – COMMANDEMENT DE L'AUTORITÉ LÉGITIME

A – Notion d'autorité légitime

37) Autorité publique. L'autorité légitime doit être une autorité publique (▪ Cass. crim., 20 nov. 1834 : *Bull. crim.* n° 380). Aucune excuse légale ne pouvant être déduite des liens de subordination et de salariat invoqués par le prévenu (▪ Cass. crim., 19 mars 1969 : *Bull. crim.* n° 123).

38) Rejet de l'autorité du supérieur hiérarchique. L'ordre reçu d'un supérieur hiérarchique ne constitue pour l'auteur d'une infraction ni un fait justificatif ni une excuse lui permettant d'échapper aux conséquences de cette infraction (▪ Cass. crim., 4 oct. 1989, n° 89-80.643 : *Bull. crim.* n° 338. Dans le même sens, ▪ Cass. crim., 20 nov. 1834 : *Bull. crim.* n° 380. ▪ Cass. crim., 13 mars 1997 : *JurisData* n° 1997-001681 ; *Bull. crim.* n° 107. ▪ Cass. crim., 26 juin 2002 : *Bull. crim.* n° 148 ; *D.* 2003, somm. p. 171, obs. M. Segonds. ▪ Cass. crim., 8 févr. 2006, n° 05-84.247 : *JurisData* n° 2006-032638).

39) Rejet de l'autorité des père et mère. Le délit forestier commis par un fils, fût-ce de l'ordre de son père, ne saurait être excusé sous prétexte que le fils doit obéissance à son père (▪ Cass. crim., 5 mai 1837, *Bull. crim.* n° 43. Dans le même sens ▪ Cass. crim., 31 mars 1933 : *Gaz. Pal.* 1933, 1, p. 973).

40) Rejet de l'autorité de l'époux. V. ▪ Cass. crim., 30 août 1836 : *Bull. crim.* n° 297. ▪ Cass. crim.,

28 avr. 1853 : *Bull. crim.* n° 143. ■ Cass. crim., 8 oct. 1868 : *Bull. crim.* n° 214.

41) Rejet de l'autorité de l'administrateur judiciaire. L'administrateur judiciaire, qui ne dispose pas d'un pouvoir de décision au nom de la puissance publique, ne constitue pas une autorité légitime au sens de l'article 122-4 du Code pénal. N'encourt pas la censure l'arrêt qui déclare le prévenu, dirigeant d'une société en redressement judiciaire, coupable de détournement d'objet gagé pour avoir vendu, avec l'autorisation de l'administrateur judiciaire, des marchandises appartenant à ladite société et qui avaient été données en gage (■ Cass. crim., 20 avr. 2017, n° 16-80.808 : *JurisData* n° 2017-007226 ; *Dr. pén.* 2017, comm. 125, obs. Ph. Conte).

B – Légalité de l'acte

42) Caractère légal du commandement. La circonstance que les prévenus n'auraient fait que se conformer aux ordres de leurs supérieurs hiérarchiques ne saurait constituer un fait justificatif leur permettant d'échapper aux conséquences pénales et civiles de l'infraction commise (■ Cass. crim., 22 mai 1959 : *JCP* G 1959, II, 11162. – J. Pradel et A. Varinard, *op. cit.*, I, n° 20. – Dans le même sens, ■ Cass. crim., 12 janv. 1977 : *Bull. crim.* 1977, n° 18, s'agissant de pollution de rivière. – ■ Cass. crim., 4 mai 1961 : *ibid.*, n° 236, s'agissant de contrefaçon d'œuvres musicales. – ■ Cass. crim., 31 mars 1933 : *Gaz. Pal.* 1933, 1, p. 973. – ■ Cass. crim., 20 sept. 1894 : *Bull. crim.* 1894, n° 248. – ■ Cass. crim., 17 févr. 1855 : *S.* 1855, 1, p. 236).

43) La circonstance que les prévenus n'auraient fait que se conformer aux ordres de leurs supérieurs hiérarchiques, ainsi qu'il est allégué en l'espèce, ne saurait constituer ni un fait justificatif ni une excuse leur permettant d'échapper aux conséquences pénales et civiles de l'atteinte qu'ils ont personnellement portée à la sécurité des correspondances postales (■ Cass. crim., 22 mai 1959 : *Bull. crim.* n° 264 ; *JCP* 1959, I, 11162. – *Adde* ■ Cass. crim., 19 oct. 1994 : *Dr. pén.* 1995, comm. 36).

1° Ordre exonératoire

44) Lorsqu'un agent de la circulation donne à un conducteur l'ordre de violer le droit de priorité, cet ordre constitue en cas d'accident un fait imprévisible et irrésistible qui décharge ce conducteur de la présomption de responsabilité de l'article 1384, alinéa 1 du Code civil (■ Cass. civ., 14 nov. 1963 : *JCP* 1964, II, 13490, note A. Esmein).

2° Ordre manifestement illégal

45) N'est pas fondé à invoquer la cause d'irresponsabilité résultant du commandement de l'autorité légitime le fonctionnaire de la Direction départementale de l'Équipement qui, agissant en exécution d'instructions téléphoniques du maire, falsifie un document graphique annexé au plan d'occupation des sols de la commune, en violation de la délibération du conseil municipal dès lors que la mise à la disposition des communes des services extérieurs de l'État, prévue par l'article L. 121-2 du Code de l'urbanisme, n'impose pas aux agents concernés une « obéissance inconditionnelle » aux maires, dès lors que les « prétentions » formulées par ceux-ci sont « manifestement illégales » (■ Cass. crim., 25 févr. 1998 : *Dr. pén.* 1998, comm. 94, obs. M. Véron).

46) Écoutes téléphoniques illégales. Justifient également leur décision les juges du fond qui, pour refuser à des prévenus poursuivis pour atteinte à l'intimité de la vie privée le bénéfice du fait justificatif prévu par l'ancien article 327 du Code pénal, devenu l'article 122-4 du même code, retiennent qu'à le supposer donné par le chef de l'État, l'ordre de procéder à des interceptions téléphoniques irrégulières pour protéger sa vie privée ne pouvait légitimer les actes commis dès lors qu'il émanait d'une autorité n'ayant pas le pouvoir de le faire, et qui ajoutent que le commandement de l'autorité légitime ne peut être retenu en faveur d'un officier supérieur de la gendarmerie et de hauts fonctionnaires, dès lors que ne leur était imposée aucune obéissance inconditionnelle à des ordres manifestement illégaux (■ Cass. crim., 30 sept. 2008 : *Bull. crim.* n° 197 ; *D.* 2008, p. 1975, obs. H. Matsopoulou ; *AJ pénal* 2008, p. 505 et 511, obs. G. Royer ; *RSC* 2009, p. 92, obs. E. Fortis).

47) Affaire des incendies de paillottes illégales. Le prévenu n'a pu se méprendre sur le caractère manifestement illégal de l'ordre donné y compris dans une situation de crise exceptionnelle, alors que les destructions ordonnées devaient se faire de manière clandestine, sans requérir la force publique pour assurer la sécurité des personnes et des biens, en laissant sur les lieux des tracts destinés à égarer les enquêteurs sur l'identité des auteurs des faits (■ Cass. crim., 13 oct. 2004, n°s 03-81.763, 00-86.727, 00-86.726, 01-83.943, 01-83.945 et 01-83.944 : *JurisData* n° 2004-025257 ; *Bull. crim.* n° 243 ; *D.* 2005, Pan., p. 1526, obs. M. Segonds ; *Dr. pén.* 2005, comm. 2, obs. M. Véron ; *RSC* 2005, p. 66, obs. E. Fortis).

48) Ne peut bénéficier du fait justificatif de l'ordre de l'autorité légitime le directeur général de la police nationale, déclaré responsable de détournement de fonds publics, en invoquant avoir agi sur ordre de son supérieur hiérarchique, directeur du cabinet de ministre de l'Intérieur, et condamné pour complicité de cette infraction. En effet, le prévenu, gestionnaire des fonds détournés aux termes de l'article 4 du décret du 15 juin 1926, était investi quant à leur utilisation de pouvoirs propres excluant l'exercice d'un pouvoir hiérarchique et disposait de tous les éléments nécessaires pour mesurer la contrariété flagrante audit décret et à celui du 3 décembre 2001 des remises occultes de liquidités, issues des fonds en cause, à son directeur de cabinet par mensualités d'un montant fixe, qui lui étaient demandées pour majorer l'indemnité de sujétions particulière de quelques membres du cabinet du ministre de l'Intérieur laquelle n'est financée que par les seuls crédits portés sur une ligne budgétaire spécifique, ce qu'il savait (▪ Cass. crim., 16 janv. 2019, n° 17-81.529 : *JurisData* n° 2019-000327).

III – DROITS FONDAMENTAUX

A – Droit de la défense

49) Consécration. Encourt la cassation l'arrêt qui condamne de recel de copies de pièces dont les originaux appartiennent à des dossiers d'instruction un journaliste, pour avoir produit à l'occasion d'un procès civil en diffamation de tels pièces, sans rechercher si, en l'espèce, la production en justice des pièces litigieuses, objet des poursuites exercées contre l'intéressé, n'avait pas été rendue nécessaire par l'exercice des droits de la défense (▪ Cass. crim., 11 juin 2002, n° 01-85.237 : *JurisData* n° 2002-014852 ; *Bull. crim.* n° 132 ; *RSC* 2002, p. 619, obs. J. Francillon ; *RSC* 2002, p. 881, obs. J.-F. Renucci ; *RSC* 2003, p. 93, obs. B. Bouloc ; *D.* 2004, p. 317, obs. B. De Lamy ; *JCP* 2002, II, 10161, note E. Dreyer ; *Dr. pén.* 2002, comm. 135, obs. M. Véron ; *Gaz. Pal.* 2002, p. 1745, obs. Y. Monnet. Rappr. ▪ Cass. crim., 11 févr. 2003 : *JCP* 2003, I, n° 162, chron. M. Véron).

Doit être cassé, au visa des droits de la défense, l'arrêt qui relaxe la prévenue poursuivie pour vol de document de l'entreprise qu'elle a produit à l'occasion d'un litige prud'homal contre son employeur, considérant qu'elle est fondée à invoquer l'erreur de droit alors que d'une part, l'erreur de droit n'était pas invincible et d'autre part, les juges n'ont pas recherché, comme ils le devaient, si les documents dont s'agit étaient strictement nécessaires à l'exercice des droits de la défense de la prévenue dans le litige l'opposant à son employeur (▪ Cass. crim., 11 mai 2004, n° 03-80.254 : *JurisData* n° 2004-023993 ; *Bull. crim.* n° 113. ▪ Cass. crim., 11 mai 2004, n° 03-85.521 : *JurisData* n° 2004-023992 ; *Bull. crim.* n° 117 ; *Rev. pénit.* 2004, p. 875, chron. J.-C. Saint-Pau ; *D.* 2004, p. 2326, note H. Gada ; *D.* 2004, p. 2779, obs. G. Roujou de Boubée ; *JCP* 2004, II, 10124, note C. Girault ; *RSC* 2004, p. 635, chron. E. Fortis ; *RSC* 2004, p. 866, chron. G. Vermelle ; *L.P.A.* 2005, p. 9, chron. A. Cozette ; *RTD com.* p. 823, obs. B. Bouloc ; *Dr. pén.* 2004, comm. 122, note M. Véron).

50) Portée. A justifié sa décision la cour d'appel qui déclare le prévenu coupable de vol de documents appartenant à son employeur au motif que le premier a remis les photocopies litigieuses, non pour assurer sa défense dans un litige prud'homal, mais lors de son audition par les gendarmes sur la plainte déposée contre lui pour diffamation par la société des transports, pour tenter de prouver la vérité des faits qu'il avait imputés à son employeur (▪ Cass. crim., 9 juin 2009, n° 08-86.843 : *JurisData* n° 2009-048950 ; *Bull. crim.* n° 118 ; *Rev. pénit.* 2009, p. 858, obs. S. Fournier ; *JCP* E 2009, 2055, obs. M. Véron ; *Gaz. Pal.* 21-25 août 2009, p. 10, note S. Détraz ; *D.* 2010, p. 306, note H.-K. Gaba ; *D.* 2009, p. 2825, obs. G. Roujou de Boubée ; *RSC* 2010, p. 128, obs. E. Fortis ; *RTD com.* 2009, p. 814, obs. B. Bouloc ; M.-C. Sordino, *Précisions sur le domaine du fait justificatif fondé sur les droits de la défense au profit du salarié* : *Dr. pén.* 2010, étude 6).

Le fait justificatif ne pouvait pas s'appliquer dès lors que les documents découverts en possession du salarié étaient bien plus nombreux que le seul qu'il destinait à l'éventualité d'une action en justice introduite à son encontre devant la juridiction prud'homale, et qui serait à même d'éclairer ladite juridiction sur les difficultés rencontrées avec son ancien employeur (▪ Cass. crim., 21 juin 2011, n° 10-87.671 : *JurisData* n° 2011-012813 ; *JCP* E 2012, p. 1116, note G. Royer).

A justifié sa décision la juridiction qui rend une ordonnance de non-lieu des chefs de vols et d'abus de confiance à l'égard du prévenu qui avait transféré des documents de l'entreprise sur sa messagerie personnelle au motif que, avisé du projet de son employeur de rompre son contrat de travail, ce dernier a appréhendé des documents dont il avait eu connaissance à l'occasion de l'exercice de ses fonctions et dont la production était strictement nécessaire à l'exercice de sa défense dans la procédure prud'homale qu'il a engagée peu après (▪ Cass. crim., 16 juin 2011, n° 10-85.079 : *JurisData* n° 2011-011610 ; *Bull. crim.* n° 134 ; *D.* 2011, p. 2254, note G. Beaussonie et p. 2823, obs. G. Roujou de Boubée, T. Garé, S. Mirabail et T. Potaszkin ; *RDT* 2011, 507, obs. J. Gallois ; *RTD com.* 2011, p. 806, obs. B. Bouloc ; *Dr. pén.* 2011, comm. 100, note M. Véron ; *JCP* S 2011, 1450, note S. Detraz).

V. J.-P. Doucet, *Les droits de la défense, faits justificatifs méconnus* : *Gaz. Pal.* 1972, II, Doct. 595 ; J. Lasserre-Capdeville, *Les droits de la défense, nouvelle cause prétorienne d'irresponsabilité pénale* : *Rev. pénit.* 2006, p. 537 et s. ; Y. Mayaud, *Les droits de la défense, cause d'irresponsabilité pénale*, in *Mél. Gassin* : PUAM, 2007, p. 293 et s. ; D. Déchenaud, *L'exercice des droits de la défense justifiant le vol de document commis par un salarié dans la jurisprudence récente de la Cour de cassation* : *RDLF* 2012, chron. 3 ; Y. Capdepon, *Essai d'une théorie générale des droits de la défense* : *NBT* 2013, p. 360 et s.

B – Liberté d'expression

Bibliographie : T. Besse, *Liberté d'expression et intérêt général : du droit spécial au droit commun* : *Dr. pén.* 2021, p. 7. – H. Leclerc, *Une nouvelle cause d'irresponsabilité* : *AJ pénal* 2021, p. 507.

51) En matière d'injure publique. La liberté d'expression constitue l'un des fondements essentiels d'une société démocratique. Elle ne peut être soumise à des ingérences que dans les cas où celles-ci constituent des mesures nécessaires au regard de l'article 10, paragraphe 2, de la Convention de sauvegarde des droits de l'homme et des libertés fondamentales. L'arrêt, qui relaxe l'auteur d'une affiche représentait un excrément fumant censé représenter un responsable politique, est légalement justifié par la seule constatation de l'absence de dépassement des limites admissibles de la liberté d'expression (▪ Cass. ass. plén., 25 oct. 2019, n° 17-86.605 : *JurisData* n° 2019-018487 ; *Comm. com. électr.* 2020, étude 4, E. Raschel ; *JCP* G 2019, p. 1223, obs. Ch. Bigot ; *Gaz. Pal.* 2019, n° 5, obs. S. Détraz ; *Lexbase pénal* nov. 2019, obs. Th. Besse).

52) En matière d'escroquerie. N'encourt pas la censure l'arrêt qui confirme une ordonnance de non-lieu rendue dans une information suivie du chef d'escroquerie à l'encontre d'une journaliste qui avait utilisé le procédé de l'infiltration pour pénétrer un mouvement politique et recueillir des informations dont elle avait tiré un livre, dès lors qu'il se déduit de ses énonciations que les agissements dénoncés se sont inscrits dans le cadre d'une enquête sérieuse, destinée à nourrir un débat d'intérêt général sur le fonctionnement d'un mouvement politique, de sorte que, eu égard au rôle des journalistes dans une société démocratique et compte tenu de la nature des agissements en cause, leur incrimination constituerait, en l'espèce, une ingérence disproportionnée dans l'exercice de la liberté d'expression (▪ Cass. crim., 26 oct. 2016, n° 15-83.774 : *JurisData* n° 2016-022303 ; *JCP* G 2016, 1314, note G. Beaussonie et B. de Lamy ; *Dr. pén.* 2017, comm. 2, obs. Ph. Conte).

53) En matière d'usurpation d'identité. Il résulte que le prévenu a usurpé l'identité d'un tiers en vue de porter atteinte à son honneur ou à sa considération, infraction exclusive de l'application de l'article 10 de la Convention européenne des droits de l'homme (▪ Cass. crim., 16 nov. 2016, n° 16-80.207 : *JurisData* n° 2016-024074).

54) En matière d'exhibition sexuelle. Doit être rejeté le pourvoi formé par une femme appartenant au mouvement Femen, condamnée pour exhibition sexuelle pour avoir pénétré dans une église, poitrine dénudée et sur laquelle il y avait une inscription, dès lors que l'arrêt de la cour d'appel, d'une part, a caractérisé le délit en tous ses éléments constitutifs tant matériels que moral, le délit d'exhibition sexuelle commis par la prévenue, qui a volontairement dénudé sa poitrine dans une église qu'elle savait accessible aux regards du public, peu important les mobiles ayant inspiré son action, et, d'autre part, n'a pas apporté une atteinte excessive à la liberté d'expression de l'intéressée, laquelle doit se concilier avec le droit pour autrui, reconnu par l'article 9 de la Convention européenne des droits de l'homme, de ne pas être troublé dans la pratique de sa religion (▪ Cass. crim., 9 janv. 2019, n° 17-81.618 : *JurisData* n° 2012-021445 ; *Lexbase pénal* févr. 2019, obs. N. Catelan ; *Rev. pénit.* 2019, p. 403, obs. J.-Ch. Saint-Pau ; *Rev. pénit.* 2019, obs. V. Malabat).

55) C'est à tort que la cour d'appel a énoncé que la seule exhibition de la poitrine d'une femme n'entre pas dans les prévisions du délit prévu à l'article 222-32 du Code pénal, si l'intention exprimée par son auteur est dénuée de toute connotation sexuelle. Cependant, l'arrêt n'encourt pas la censure, dès lors qu'il résulte des énonciations des juges du fond que le comportement de la prévenue s'inscrit dans une démarche de protestation politique, et que son incrimination, compte tenu de la nature et du contexte de l'agissement en cause, constituerait une ingérence disproportionnée dans l'exercice de la liberté d'expression (▪ Cass. crim., 26 févr. 2020, n° 19-81.827 : *JurisData* n° 2020-002284 , *Dr. pén.* 2020, comm. 69, obs. Ph. Conte *Lexbase pénal* févr. 2020, obs. N. Catelan ; *Gaz. Pal.* 2020, n° 11, p. 16, obs. D. Roets. Rappr. ▪ Cass. crim., 10 janv. 2018, n° 17-80.816 : *JurisData* n° 2018-000057 ; *Dr. pén.* 2018, comm. 42, obs. Ph. Conte ; *Comm. com. électr.* 2018, comm. 28, obs. A. Lepage ; *Lexbase pénal* févr. 2018, obs. N.Catelan).

56) En matière d'entrave à la circulation. La commission d'une infraction pénale (en l'espèce l'entrave à la circulation) ne saurait être justifiée par la participation à une manifestation sur la voie publique (▪ Cass. crim., 8 mars 2005 : *Bull. crim.* n° 77 ; *RSC* 2005, p. 272, obs. G. Vermelle).

57) En matière de harcèlement moral. Encourt la cassation l'arrêt qui condamne le prévenu pour harcèlement moral pour l'apposition d'affiche et le dépôt de tracts dans les boîtes aux lettres présentant un huissier comme un officier ministériel malhonnête dès lors que les juges du fond n'ont pas répondu aux conclusions du prévenu qui faisait valoir qu'il n'avait pas excédé les limites de sa liberté d'expression en alertant ses concitoyens sur ce qu'il considérait être de graves dysfonctionnements de l'étude d'huissier (▪ Cass. crim., 13 oct. 2020, n° 19-85.632 : *JurisData* n° 2020-020600 ; *Dr. pén.* 2021, comm. 4, obs. Ph. Conte).

58) En matière de provocation à la discrimination. La condamnation des requérants en raison de l'appel au boycott de produits en provenance d'Israël qu'ils ont lancé ne repose pas sur des motifs pertinents et suffisants et le juge interne n'a pas appliqué des règles conformes aux principes consacrés à l'article 10 de la CEDH. En effet, les actions et les propos reprochés aux requérants concernaient un sujet d'intérêt général, celui du respect du droit international public par l'État d'Israël et de la situation des droits de l'homme dans les territoires palestiniens occupés, et s'inscrivaient dans un débat contemporain, ouvert en France comme dans toute la communauté internationale. D'autre part, ces actions et ces propos relevaient de l'expression politique et militante (▪ CEDH, 11 juin 2020, n°s 15271/16, 15280/16, 15282/16, 15286/16, 15724/16, 15842/16 et 16207/16, *Baldassi et a. c/ France* : *JurisData* n° 2020-007846 ; *Dr. pén.* 2020, comm. 154, obs. F. Safi ; *AJ pénal* 2020, p. 473, obs. Gh. Poissonnier).

59) En matière de tapage injurieux. Encourt la cassation l'arrêt de condamnation du prévenu pour tapage injurieux pour avoir scandé le slogan « CRS au zoo, libérez les animaux » à l'occasion d'une manifestation pacifique. Il ressort que le propos n'excédait pas les limites admissibles de la liberté d'expression, de sorte qu'une condamnation pour tapage injurieux ne constituait pas une mesure nécessaire, dans une société démocratique, à la défense de l'ordre ou à la protection des droits et libertés d'autrui, le tribunal de police a méconnu les articles 10 et 11 de la CEDH et les principes selon lesquels la liberté d'expression ainsi que la liberté de réunion et d'association ne peuvent être soumises à des ingérences que dans le cas où celles-ci constituent des mesures nécessaires au regard du paragraphe 2 du premier de ces textes (▪ Cass. crim., 3 nov. 2020, n° 19-87.418 : *JurisData* n° 2020-017863 ; *Dr. pén.* 2021, comm. 3, obs. Ph. Conte).

60) En matière de vol. Encourt la cassation l'arrêt qui la cour d'appel qui considère que la liberté d'expression, garantie par notre droit positif, ne peut être invoquée en l'espèce, au motif qu'elle ne peut jamais justifier la commission d'un délit pénal, dès lors qu'elle n'a pas recherché si l'incrimination pénale des comportements poursuivis ne constituait pas, en l'espèce, une atteinte disproportionnée à la liberté d'expression des prévenus (▪ Cass. crim., 22 sept. 2021, n° 20.85-434 : *JurisData* n° 2021-014502 : *JCP* G 2021, p. 1891, obs. G. Beaussonie ; *AJ pénal* 2021, p. 533, obs. J. Chétard ; *RSC* 2021, p. 823, obs. X. Pin ; *Dalloz actualité*, 8 oct. 2021, obs. Méryl Recotillet ; *Lexbase pénal* oct. 2021, obs. E. Dreyer).

C – Le droit à l'éducation

61) S'ils consacrent le droit à l'éducation, ni l'article 28 de la Convention relative aux droits de l'enfant de 1989, non plus que les articles 2 du premier protocole additionnel à la Convention européenne des droits de l'homme, L. 111-1, L. 122-2 et L. 131-1 du Code de l'éducation, n'autorisent quiconque à falsifier des documents et à en faire usage à cette fin et ne sauraient donc constituer un fait justificatif au sens de l'article 122-4 du Code pénal. Ne sont donc pas justifiés les faux et usage de faux en écritures reprochés à la prévenue pour avoir rempli un formulaire d'inscription d'un mineur dans un établissement scolaire en se présentant faussement en qualité de représentant légal de l'intéressé et en tant que première personne à prévenir alors même qu'elle ne disposait d'aucun pouvoir ni d'aucune autorité à l'égard de celui-ci qui était au contraire confié au service de l'Aide sociale à l'enfance (▪ Cass. crim., 6 janv. 2021, n° 20-81.242 : *JurisData* n° 2021-000065).

Art. 122-4-1 *(Abr., L. n° 2017-258, 28 févr. 2017).*

Art. 122-5.

– N'est pas pénalement responsable la personne qui, devant une atteinte injustifiée envers elle-même ou autrui, accomplit, dans le même temps, un acte commandé par la nécessité de la légitime défense d'elle-même ou d'autrui, sauf s'il y a disproportion entre les moyens de défense employés et la gravité de l'atteinte.

N'est pas pénalement responsable la personne qui, pour interrompre l'exécution d'un crime ou d'un délit contre un bien, accomplit un acte de défense, autre qu'un homicide volontaire, lorsque cet acte est strictement nécessaire au but poursuivi dès lors que les moyens employés sont proportionnés à la gravité de l'infraction.

Bibliographie : *JCl. Pénal Code, Légitime défense* par C. Mascala.

1) Conformité à la CEDH. L'article 122-5 du Code pénal, alinéa 1, applicable aux forces de l'ordre qui prévoit la cause de justification de la légitime défense, mentionne la « nécessité »de la défense et l'« actualité »du danger, et exige un rapport de proportionnalité entre réaction et agression. Même si les termes utilisés ne sont pas identiques, cette disposition se rapproche de l'article 2 de la Convention et contient les éléments exigés par la jurisprudence de la Cour. La Cour estime que, au regard des circonstances de l'espèce (usage mortel des armes par les forces de police), on ne peut conclure à l'absence d'un cadre juridique interne approprié (▪ CEDH, 4 sept. 2018, n° 71428/12, *Mendy c/ France*).

2) Domaine. La légitime défense est inconciliable avec le caractère involontaire de l'infraction poursuivie (▪ Cass. crim., 16 févr. 1967 : *Bull. crim.* n° 70 ; *JCP* G 1967 II, 15034, note R. Combaldieu ; *RSC* 1967, p. 659, obs. G. Levasseur et p. 854, obs. A. Legal).

I – L'AGRESSION

3) Agression contre les personnes. L'article 328 du Code pénal n'exige pas, pour son application, que l'auteur ou la personne au secours de qui il s'est porté se soient trouvés en péril de mort (▪ Cass. crim., 19 juin 1990 : *Bull. crim.* n° 250). Donnent droit à l'exercice de la légitime défense, non seulement les agressions contre l'intégrité physique de soi-même ou d'autrui (▪ T. corr. Lyon, 16 oct. 1973 : *JCP* 1974, II, 17812, note P. Bouzat ; *RSC* 1975, p. 406, obs. J. Larguier. ▪ Cass. crim., 19 juill. 1989 : *Dr. pén.* 1990, n° 49) mais encore celles présentant un simple danger moral : ainsi a été considérée comme justifiée la gifle spectaculaire portée par une mère de famille à une jeune fille de mœurs légères, qui, avec le soutien de ses parents, cherchait à entraîner son fils âgé de seize ans (▪ T. pol. Valence, 19 mai 1960 : *S.* 1960, 271, note Hugueney) comme le léger coup donné par un professeur à son élève qui, après avoir tenté de forcer le passage qu'il lui interdisait, l'a insulté en termes grossiers et blessants et jeté son cartable dans sa direction (▪ Cass. crim., 18 juin 2002 : *Dr. pén.* 2002, comm. 134, obs. M. Véron).

4) Atteinte aux biens. La légitime défense peut encore être exercée pour protéger des biens : ainsi il a été jugé qu'un châtelain n'encourait aucune responsabilité pour les dommages causés aux voleurs de ses poissons par des détonateurs placés près de son étang (▪ Cass. req., 25 mars 1902 : *S.* 1903, 1, 5, note Lyon-Caen. – V. aussi ▪ Paris, 9 oct. 1978 : *JCP* 1979, II, 19232, note P. Bouzat). Mais les violences exercées sur une personne en riposte à une atteinte aux biens par elle commise ne sauraient constituer une légitime défense que lorsque cette riposte a pour objet d'interrompre l'exécution d'un crime ou d'un délit (▪ Toulouse, 24 janv. 2002 : *JurisData* n° 2002-165973 ; *Dr. pén.* 2002, comm. 52, obs. M. Véron ; *JCP* 2003, chron. I, 103, 1, obs. A. Maron, J.-H. Robert et M. Véron).

5) Il n'y a en principe jamais légitime défense contre un acte de l'autorité, même si cet acte est illégal (▪ Cass. crim., 27 août 1908 : *D.* 1909, 1, 79. ▪ Cass. crim., 9 févr. 1972 : *Bull. crim.* n° 54. – V. toutefois ▪ Cass. crim., 31 oct. 1979 : *Bull. crim.* n° 263 ; *D.* 1980, p. 334, obs. Puech).

6) Caractères actuel ou imminent de l'agression. L'agression doit être actuelle ou imminente pour que puisse être exercé le droit de recourir à la légitime défense (▪ Cass. crim., 27 juin 1927 : *S.* 1929, 1, 356) ; il a été ainsi jugé qu'en cas de rixe en plusieurs phases, les juges du fond peuvent admettre qu'après s'être trouvés dans un premier temps en état de légitime défense, les demandeurs s'étant, dans un second temps, rués sans nécessité sur leurs adversaires, ont alors commis le délit de violences volontaires (▪ Cass. crim., 16 oct. 1979 : *D.* 1980, IR p. 522, obs. Puech). Ne peut bénéficier de la légitime défense le prévenu qui, ouvrant sa porte pour se trouver face à face avec un adversaire qui tente de tirer sur lui avec une arme à feu enrayée, rentre chez lui au lieu de refermer sa porte et de se barricader en appelant les services de police, prend un fusil, le charge et, ressortant, tire en direction de l'agresseur ; la riposte n'ayant pas lieu dans un cas de nécessité actuelle mais alors que le danger n'est plus imminent, les éléments constitutifs de l'infraction de coups et blessures volontaires avec port d'arme sont bien réunis (▪ CA Paris, 22 juin 1988 : *D.* 1988, IR p. 244).

7) A justifié sa décision la cour d'appel qui n'a pas retenu la légitime défense pour justifier l'infraction de violences volontaires, dont le prévenu a été reconnu coupable pour avoir repoussé violemment une personne qui s'approchait de lui pour retirer un document des mains qu'il était en train de lire à l'occasion d'une cérémonie dès lors que le geste du prévenu n'était pas intervenu en réponse à un danger actuel et imminent (▪ Cass. crim., 15 janv. 2019, n° 18-81.049 : *JurisData* n° 2019-000315).

8) Agression putative et agression vraisemblable. Est en état de légitime défense celui qui a pu légitimement penser être l'objet d'une attaque (▪ Cass. crim., 8 juill. 2015, n° 15-81.986 : *Dr. pén.* 2015, comm. 138, obs. Ph. Conte).

II – LA DÉFENSE

9) Domaine. La légitime défense justifie non seulement les actes graves visés par l'article 328 du Code pénal, mais encore des violences légères (▪ Cass. crim., 30 nov. 1956 : *Bull. crim.* n° 761), des menaces (▪ T. corr. Seine, 18 nov. 1938 : *Gaz. Pal.* 1939, 1, 209).

10) Mais le **fait justificatif est incompatible avec les infractions d'imprudence**, notamment les coups et blessures involontaires (▪ Cass. crim., 16 févr. 1967 : *Bull. crim.* n° 70 ; *JCP* 1967, II, 15034, note R. Combaldieu ; *RSC* 1967, p. 854, obs. Légal. dans le même sens, V. ▪ CA Paris, 5 juin 1985 : *D.* 1987, p. 247, note G. Paire ; *RSC* 1987, p. 865, obs. Vitu). Cette dernière solution explique l'attitude de certains prévenus qui, poursuivis au correctionnel et invoquant la légitime défense, demandent à être jugés par la cour d'assises : V. ▪ Reims, 9 nov. 1978 : *D.* 1979, p. 92, note J. Pradel ; *JCP* 1979, II, 19046, note P. Bouzat ; *RSC* 1979, p. 329, obs. Levasseur.

11) Proportionnalité entre agression et défense. L'acte de défense doit être mesuré, c'est-à-dire proportionné à la gravité du danger, ce qui n'est pas le cas de celui qui emploie des armes pour repousser un agresseur non armé, ou répond par un coup de revolver à la menace d'un soufflet, ou blesse ou tue un vagabond qui n'avait pas d'intention homicide (▪ Cass. crim., 12 déc. 1929 : *S.* 1931, 1, 113. ▪ Cass. crim., 21 nov. 1961 : *Bull. crim.* n° 474. ▪ Cass. crim., 7 juin 1968 : *Bull. crim.* n° 186) ; ce qui n'est pas non plus le cas d'un prévenu ayant pris le risque de tuer ses poursuivants qui étaient sans armes et qui s'étaient abstenus de toute manifestation physique hostile (▪ Cass. crim., 3 juill. 1989, inédit), ni d'un militaire à la stature imposante qui, face à un seul agresseur sans arme, tire deux balles de pistolet dans la cuisse de son adversaire (▪ Cass. crim., 26 juin 2012, n° 11-86.809 : *Dr. pén.* 2012, comm. 139, obs. M. Véron).

12) Il appartient aux juges du fond d'apprécier si la défense est ou non en disproportion avec l'attaque et se trouve justifiée par un péril commandant la nécessité des blessures faites (▪ Cass. crim., 5 juin 1984 : *Bull. crim.* n° 209), ou du coup porté (▪ Cass. crim., 18 juin 2002 ; *Dr. pén.* 2002, comm. 134, obs. M. Véron). La circonstance que l'auteur des faits se soit trouvé en péril de mort n'est pas une condition de la légitime défense (▪ Cass. crim., 19 juin 1990 : *Bull. crim.* n° 250. ▪ Cass. crim., 26 nov. 1991 : *Dr. pén.* 1992, n° 120).

13) Le propriétaire d'une résidence secondaire qui a mis en place un piège dans un transistor et provoqué par l'explosion de celui-ci la mort d'un cambrioleur et des blessures à un autre s'est rendu coupable d'un acte intentionnel impliquant la volonté de tuer ou de blesser ; la juridiction correctionnelle qui avait été saisie des chefs d'homicide et blessures involontaires se trouve dès lors incompétente (▪ Reims, 9 nov. 1978, préc. – V. pour d'autres exemples de disqualification, ▪ Cass. crim., 5 févr. 1979 : *Bull. crim.* n° 49. ▪ Cass. crim., 2 avr. 1979 : *Bull. crim.* n° 131 ; *RSC* 1980, p. 133, obs. Levasseur).

14) La riposte d'une agression à main nue par un coup avec une manivelle n'est pas une défense proportionnée et ne permet pas de retenir la légitime défense (▪ Cass. crim., 30 janv. 2018 : *JurisData* n° 2018-000960 : *Gaz. Pal.* 2018, n° 16, p. 53, obs. S. Detraz).

15) Indifférence du résultat de l'action. Justifie sa décision une cour d'appel qui, pour retenir la légitime défense au profit d'un automobiliste, lequel, poursuivi et agressé par un autre automobiliste après un accident matériel, et courbé pour parer les coups de son adversaire, a lancé sa main en avant vers celui-ci, qui a ensuite chuté au sol après que sa tête eût heurté le capot de l'une des voitures, retient d'une part, que le prévenu avait répondu par un acte constitutif de violences volontaires aux coups de son agresseur, d'autre part qu'il n'existait pas de disproportion entre l'agression et les moyens de défense employés, peu important à cet égard le résultat de l'action, en l'espèce les graves blessures subies par l'agresseur (▪ Cass. crim., 17 janv. 2017, n° 15-86.481 : *JCP* 2017, 410, note P.-J. Delage ; *Gaz. Pal.* 2017, n° 16, p. 43, obs. E. Dreyer ; *Dr. pén.* 2017, comm. 54, note Ph. Conte ; *Lexbase Hebdo – ed. privée* 2017, n° 688, obs. R. Ollard ; *Rev. pénit.* 2017, p. 141, obs. A. Darsonville).

16) Autres applications. Ont été considérés comme agissant en état de légitime défense : le propriétaire d'une voiture, qui blesse d'un coup de carabine l'individu qui tentait de s'introduire dans le véhicule (▪ Douai, 15 juin 1977 : *JCP* 1979, II, 19232, note P. Bouzat), le voisin d'un commerçant cambriolé qui blesse le voleur en tirant sur sa voiture au moment où il s'enfuit (▪ Montpellier, 19 nov. 1979 : *D.* 1981, IR p. 153, obs. Puech), la personne qui, conduisant à la gendarmerie un voleur pris en flagrant délit, est surprise par le retournement menaçant du malfaiteur dans la nuit et le blesse (▪ Nancy, 9 mars 1979 : *D.* 1981, 462, note B. Bernardini), le pompiste qui a tiré sur un voleur qui, menaçant son employé en le poussant dans le dos en dépit de ses sommations, tentait de s'enfuir (▪ T. corr. Lyon, 16 oct. 1973 : *JCP* 1974, II, 17812, note P. Bouzat), le brigadier de police qui, agressé par l'individu placé en garde à vue et qui avait saisi son arme en hurlant des menaces, fait feu sur son assaillant après plusieurs sommations (▪ Cass. crim., 20 avr. 1982 : *JCP* 1983, II, 19958) ou le policier qui a tiré des coups de feu en direction d'un véhicule et blessé légèrement le chauffeur pour faire face au danger réel menaçant tant son collègue que lui-même (■ Cass. crim., 16 juill. 1986 : *D.* 1988, 390, 1er arrêt, note A. Dekeuwer).

De même agit en état de légitime défense, au sens tant des articles 328 et 329-1°, anciens que des articles 122-5 et 122-6-1° nouveaux du Code pénal, la personne qui repousse, de nuit, l'entrée par effraction d'un individu dans un lieu habité, dans la mesure où la chambre d'accusation constate qu'il n'y a pas disproportion entre les moyens de défense employés et la gravité de l'atteinte dont cette personne est l'objet (■ Cass. crim., 21 févr. 1996 : *Bull. crim.* n° 84 ; *D.* 1997, 234, note Ch. Paulin), le fils qui a été contraint d'accomplir un acte nécessaire à la protection de son père en danger de mort (■ Cass. crim., 24 févr. 2015, n° 14-80.222 : *Dr. pén.* 2015, comm. 65, obs. M. Véron).

17) Exigence de la preuve de la défense nécessaire. Le fait justificatif prévu par l'article 328 du Code pénal est constitué par la nécessité actuelle de la légitime défense de soi-même ou d'autrui. Elle doit être établie en tous ses éléments (■ Cass. crim., 23 mars 1987 : *Bull. crim.* n° 134). Ne peut être considérée comme immédiate, juste et adaptée à la situation, la réaction d'un tenancier de bar qui, importuné par un groupe de jeunes gens dont l'un était armé d'un gourdin, est allé quérir un fusil à pompe avec lequel il a tiré deux coups de feu en direction du sol, blessant ainsi un tiers (■ Cass. crim., 9 déc. 1992 : *Dr. pén.* 1993, n° 104, obs. M. Véron).

18) N'a pas agi en état de légitime défense, au sens des articles 122-5 et 122-6 du Code pénal, la personne qui, après avoir tenté d'appréhender sous la menace de son fusil de chasse deux individus qui s'étaient introduits par escalade sur son terrain clôturé pour y cueillir des champignons, les arrête dans leur fuite en tirant sur eux plusieurs coups de feu, les frappe à coups de crosse et de gourdin et les attache à un arbre avant de les livrer à la gendarmerie (■ Cass. crim., 7 déc. 1999 : *Bull. crim.* n° 292).

19) Ne justifie pas, au regard de la nécessité d'une défense proportionnelle à l'atteinte subie qui caractérise la légitime défense, l'arrêt d'une cour d'appel qui prononce la relaxe, en jugeant établi le fait justificatif, de l'auteur de violences, exercées sous la menace d'un couteau contre l'agent d'une compagnie de transports qui aurait procédé à une mesure de contrôle estimée par lui illégale (■ Cass. crim., 28 janv. 1998 : *Dr. pén.* 1998, comm., n° 80, obs. A. Maron).

20) Cas des forces de police. Le fait justificatif tiré de l'article 174 du décret du 20 mai 1903 portant règlement sur l'organisation du service de la gendarmerie, qui autorise l'emploi de la force armée notamment pour immobiliser les véhicules dont les conducteurs n'obtempèrent pas à l'ordre d'arrêt, ne saurait être étendu au gendarme qui exécute en tenue civile une mission de police judiciaire. En pareille circonstance, l'usage des armes est limité au cas de légitime défense (■ Cass. crim., 16 janv. 1996 : *Bull. crim.* n° 22 ; *RSC* 1996, p. 369, obs. Y. Mayaud ; *JCP* 1996, 468, note F. Fourment).

21) Même solution pour un gendarme qui, hors service et en tenue civile, a fait usage de son arme personnelle pour empêcher la fuite de malfaiteurs surpris par lui (■ Cass. crim., 30 avr. 1996 : *Bull. crim.* n° 178 ; *Dr. pén.* 1996, comm. 176, obs. A. Maron ; *RSC* 1997, p. 116, obs. J.-P. Delmas-Saint-Hilaire).

22) Justifie sa décision la chambre de l'instruction qui, pour accorder le bénéfice de ce fait justificatif à un gendarme ayant tiré un coup de feu mortel sur un détenu dont il assurait, avec une collègue, le convoyage par voie routière, retient, d'une part, que la victime a tenté, pour échapper à la garde de l'escorte, de s'emparer avec violence de l'arme de ce second gendarme, qui était approvisionnée, une cartouche étant engagée, conformément à la doctrine d'emploi des armes de dotation pour ces militaires, qu'elle est parvenue à extraire l'arme de son étui et à la prendre en main en position de tir, sans obéir aux sommations qui lui étaient adressées, d'autre part, que l'auteur, au moment de son acte, ne voyait plus les mains du détenu ni l'arme que ce dernier tenait et a constaté l'état de panique de sa collègue, et en conclut l'absence de disproportion entre la gravité de l'atteinte commise par l'agresseur et les moyens de défense employés pour l'interrompre, l'empêcher ou y mettre fin (■ Cass. crim., 9 janv. 2018, n° 16-86.552 : *JurisData* n° 2018-000042 ; *RSC* 2018, p. 87, obs. Y. Mayaud ; *Lexbase pénal*, 2018, n° 7, obs. B. Thellier de Poncheville ; *Rev. pénit.* 2018, p. 63, obs. A. Darsonville).

23) L'usage d'une arme à feu par un policier en vue d'arrêter un véhicule en fuite, consécutivement à un vol de carburant et un cambriolage, compte tenu de l'absence de danger immédiat, n'est pas absolument nécessaire et emporte donc violation du droit à la vie (■ CEDH, 7 juin 2018, n° 19510/15, *Toubache c/ France* : *JurisData* n° 2018-010181 : *JCP* G 2018, p. 744, obs. F. Sudre).

24) Est justifié l'arrêt de la chambre de l'instruction qui dit n'y avoir lieu à suivre un fonctionnaire de police qui a blessé par balle un individu ayant, à l'occasion d'un contrôle, démarré son véhicule en heurtant un autre policier en dépit des injonctions. En effet, le fonctionnaire de police a agi dans l'absolue nécessité de protéger son collègue et n'a pas disposé du temps utile pour effectuer des sommations, la légitime défense d'autrui étant ainsi caractérisée (▪ Cass. crim., 16 févr. 2021, n° 20-86.552 : *JurisData* n° 2021-002111).

25) Personnel d'administration pénitentiaire. Les personnels de l'administration pénitentiaire ne doivent utiliser la force envers les personnes détenues qu'en cas de légitime défense, de tentative d'évasion, de résistance violente ou par inertie physique aux ordres donnés, sous réserve que cet usage soit proportionné et strictement nécessaire à la prévention des évasions ou au rétablissement de l'ordre. N'a pas justifié sa décision la cour d'appel qui relaxe pour violences volontaires qui n'a pas recherché si, en portant des coups de poing et de pied à un détenu alors qu'il était maîtrisé au sol par les autres surveillants, le prévenu n'avait pas excédé le cadre de l'usage proportionné et strictement nécessaire de la force (▪ Cass. crim., 9 mars 2022, n° 21-84.354 : *JurisData* n° 2022-003583).

III – PROCÉDURE ET EFFETS

26) Le moyen tiré de la légitime défense, qui n'a pas été proposé devant les juges du fond, ne peut être invoqué pour la première fois devant la Cour de cassation (▪ Cass. crim., 7 févr. 1989 : *Bull. crim.* n° 49).

27) Action civile. La légitime défense de soi-même exclut toute faute et ne peut donner lieu à une action en dommages-intérêts en faveur de celui qui l'a rendue nécessaire par son agression ou en faveur de ses ayants droit (▪ Cass. crim., 13 déc. 1989 : *Bull. crim.* n° 478 ; *JCP* 1990, IV, 102 ; *RSC* 1990, p. 783, obs. Levasseur. ▪ Cass. 2e civ., 22 avr. 1992 : *Bull. civ.*, n° 127).

28) Il appartient au juge répressif, lorsqu'il en est requis, de rechercher si, même en l'absence de légitime défense caractérisée au sens des articles 122-5 et 122-6 du Code pénal, les agissements fautifs des victimes, définitivement condamnées pour les dégradations et le vol aggravé qu'elles ont commis au préjudice de l'auteur de leurs blessures, n'ont pas concouru à la réalisation du délit et ne justifient pas un partage de responsabilité (▪ Cass. crim., 7 déc. 1999 : *Bull. crim.* n° 292, préc.). V. pour un partage de responsabilité, ▪ CA Paris, 12 oct. 1999 : *Dr. pén.* 2000, comm. 29, obs. M. Véron.

29) Si la disproportion entre la riposte et l'attaque exclut l'excuse de légitime défense, elle n'exclut pas l'existence d'une faute de la victime, qui, si elle est établie, justifie un partage de responsabilité (▪ Cass. crim., 8 janv. 2008, n° 07-83.423 : *Bull. crim.* n° 1 ; *D.* 2008, p. 1590, note C. Robaczewski).

Art. 122-6. – Est présumé avoir agi en état de légitime défense celui qui accomplit l'acte :
1° Pour repousser, de nuit, l'entrée par effraction, violence ou ruse dans un lieu habité ;
2° Pour se défendre contre les auteurs de vols ou de pillages exécutés avec violence.

1) Présomption simple. La présomption de légitime défense édictée par l'article 329 du Code pénal n'est pas irréfragable et peut céder devant la preuve contraire et ce texte ne saurait justifier des actes de violence lorsqu'il est démontré qu'ils ont été commis en dehors d'un cas de nécessité actuelle et en l'absence d'un danger grave et imminent (▪ Cass. crim., 19 févr. 1959 : *D.* 1959, 161, note M.R.M.P. ; *JCP* 1959, II, 11112, note P. Bouzat. ▪ Cass. crim., 20 déc. 1983 : *Bull. crim.* n° 350. ▪ Cass. crim., 26 sept. 1989 : *Dr. pén.* 1990, n° 125. ▪ Cass. crim., 12 oct. 1993 : *JCP* 1994, I, 3775, obs. M. Véron ; *Gaz. Pal.* 5 févr. 1994, n° 36, p. 27, note J.-P. Doucet) ; cette présomption joue non seulement à l'instant où l'on repousse l'escalade, mais encore pendant tout le temps où l'on se trouve en présence de l'intrus, tant que celui-ci n'est pas mis hors d'état de nuire (▪ Dijon, 8 janv. 1965 : *Gaz. Pal.* 1965, 1, 155 ; *RSC* 1965, p. 414, obs. Légal. ▪ Toulouse, 15 nov. 1979 : *JCP* 1981, II, 19608, note P. Bouzat).

2) Notion de lieu habité. Ne constitue pas une dépendance au sens de l'article 329 du Code pénal la cabane à usage de bergerie dont la clôture était séparée par une route de l'enceinte d'une maison habitée par son propriétaire ; en effet, ce texte ne vise que la dépendance d'une maison habitée, et l'article 390 du même code, qui énumère les dépendances d'une maison habitée, exige que lesdites dépendances, quand bien même elles auraient une clôture propre, soient enfermées dans l'enceinte générale de la maison (▪ Cass. crim., 15 oct. 1980 : *Bull. crim.* n° 261 ; *D.* 1981, IR 138, obs. G. Roujou de Boubée ; *RSC* 1981, p. 853, obs. J. Larguier ; *RSC* 1981, p. 615, obs. Levasseur).

Art. 122-7. – N'est pas pénalement responsable la personne qui, face à un danger actuel ou imminent qui menace elle-même, autrui ou un bien, accomplit un acte nécessaire à la sauvegarde de la personne ou du bien, sauf s'il y a disproportion entre les moyens employés et la gravité de la menace.

Bibliographie : *JCl. Pénal Code, État de nécessité* par C. Mascala.

• ***Sommaire***

I – NOTION D'ÉTAT DE NÉCESSITÉ 185
II – CONDITIONS DE L'ÉTAT DE NÉCESSITÉ 185
A – Danger 185
B – Réaction 187

I – NOTION D'ÉTAT DE NÉCESSITÉ

1) Notion. La reconnaissance de l'état de nécessité est un des fondements du droit ; que toutes les civilisations juridiques évoluées, dégagées du légalisme initial, le consacrent, soit dans la loi, soit dans la doctrine et la jurisprudence ; que ce qui caractérise l'état ou l'« effet » de nécessité, c'est la situation dans laquelle se trouve une personne qui, pour sauvegarder un intérêt supérieur, n'a d'autre ressource que d'accomplir un acte défendu par la loi pénale (▪ CA Colmar, 6 déc. 1957 : *D.* 1958, p. 357, 1re esp., note P. Bouzat).

2) Nature de l'état de nécessité. Assimilation de l'état de nécessité à la contrainte (▪ Cass. crim., 15 nov. 1856 : *Bull. crim.* n° 358. ▪ Cass. crim., 16 mai 1934 : *DA* 1934, 367. ▪ T. corr. Dijon, 27 févr. 1968 : *JCP* 1968, II, 15501).

3) Assimilation de l'état de nécessité à l'absence d'intention (▪ Cass. crim., 27 janv. 1933 : *Gaz. Pal.* 1933, 1, 489) et enfin a consacré son autonomie (▪ Cass. crim., 28 juin 1958 : *D.* 1958, 693, note M.R.M.P. ; *JCP* 1959, II, 10941, note J. Larguier ; *RSC* 1959, p. 111, obs. Légal. ▪ CA Amiens, 22 avr. 1898 : *S.* 1899, 2, p. 1. ▪ CA Paris, 6 oct. 1945 : *D.* 1945, p. 115. ▪ T. corr. Cherbourg, 6 févr. 1945 : *S.* 1945, 2, p. 81, note P. Bouzat).

4) Autonomie de l'état de nécessité. (▪ Cass. crim., 25 juin 1958, aff. Lesage : *D.* 1958, p. 693, note MRMP ; *JCP* G 1959, II, 10941, note J. Larguier ; *RSC* 1959, p. 111, obs. Légal. ▪ Cass. crim., 27 déc. 1961 : *JCP* G 1962, II, 12652. ▪ Cass. crim., 20 déc. 1967 : *D.* 1969, p. 309, note Lepointe ; *RSC* 1968, n° 343, obs. Légal. ▪ Cass. crim., 4 nov. 1971 : *JCP* G 1972, II, 17256, note A. Mayer-Jack. ▪ Cass. crim., 29 nov. 1972 : *Bull. crim.* n° 370. ▪ Cass. crim., 21 nov. 1974 : *JCP* G 1975, II, 18143, note Chambon).

II – CONDITIONS DE L'ÉTAT DE NÉCESSITÉ

5) Conditions de l'état de nécessité. Pour justifier la relaxe du chef de blessures par imprudence, la Cour d'appel aurait dû démontrer que premièrement la manœuvre accomplie par le prévenu pouvait seule permettre d'éviter l'accident qu'il redoutait, à l'exclusion de toute autre manœuvre moins périlleuse pour les tiers, deuxièmement que le risque hypothétique de blessure auquel sa femme et son enfant se trouvaient exposés, à défaut de cette manœuvre, était de nature à entrainer des conséquences plus redoutables que le péril certain et très grave auquel, par cette manœuvre il a exposé les victimes et troisièmement qu'il n'avait pas créé lui-même ce prétendu état de nécessité en laissant sa femme et son enfant prendre place à ses côtés dans une voiture dont la portière était sujette à s'ouvrir d'elle-même ou par une fausse manœuvre (▪ Cass. crim., 25 juin 1958, aff. Lesage : *D.* 1958, p. 693, note M.R.M.P. ; *JCP* G 1959, II, 10941, note J. Larguier ; *RSC* 1959, p. 111, obs. Légal).

A – Danger

6) Réalité du danger. Un danger simplement éventuel ne saurait justifier la commission de l'infraction (▪ Cass. crim., 1er juin 2005, n° 05-80.351 : *JurisData* n° 2005-028908 ; *Bull. crim.* n° 168 ; *D.* 2005, Pan., p. 2993, C. Mascala ; *Dr. pén.* 2005, comm. 121, obs. M. Véron. ▪ Cass. crim., 27 mars 2007, n° 06-85.978 : *JurisData* n° 2007-038763).

7) Illustrations. Ne peut s'exonérer de sa responsabilité sur le fondement de l'état de nécessité le conducteur qui allègue les contractions de son épouse enceinte et la nécessité de la conduire auprès de son gynécologue à plusieurs centaines de kilomètre pour justifier ***l'excès de vitesse*** (▪ Cass. crim., 18 janv. 1995, n° 93-85.854).

8) Ne peut être justifié par la nécessité, l'automobiliste qui provoque un accident de la circulation dû à une vitesse très excessive, en prétendant qu'il roulait à vive allure pour échapper à un véhicule qui le poursuivait, alors que ce véhicule n'était même plus dans son champ de vision, ce qui démontre l'absence de danger véritable (▪ Cass. crim., 26 juin 2012, n° 11-85.919 : *Gaz. Pal.* 27 oct. 2012, 2, 3019, obs. E. Dreyer).

9) Ne peut invoquer utilement l'état de nécessité le chef d'entreprise qui procède à la destruction d'une ruche aux motifs qu'il craignait que son travail personnel soit gêné par la ruche (▪ Cass. crim., 27 déc. 1961 : *JCP* G 1962, II, 12652).

10) L'état de nécessité ne peut justifier l'infraction de ***non représentation d'enfant*** commise sur la base de crainte de la commission d'une infraction sur l'enfant par le père (▪ Cass. crim., 2 sept. 2004, n° 04-81.037 : *JurisData* n° 2004-024998 ; *Dr. pén.* 2004, comm. 172, obs. M. Véron : à propos d'agression sexuelles. ▪ Cass. crim., 14 mars 2012, n° 11-85.421 : *JurisData* n° 2012-004190 ; *Dr. pén.* 2012, comm. 82, obs. M. Véron ; *D.* 2012, p. 2276, obs. Ph. Bonfils : à propos de violences. ▪ Cass.

crim., 10 avr. 2019, n° 17-86.631 : à propos d'un risque d'enlèvement).

11) N'est pas justifiée l'infraction de refus de dépôt des comptes sociaux aux greffes du tribunal de commerce au motif que les informations pourraient être connues de cambrioleurs (▪ Cass. crim., 1er juin 2005, n° 05-80.351 : *JurisData* n° 2005-028908 ; *Bull. crim.* n° 168 ; *D.* 2005, Pan., p. 2993, C. Mascala ; *Dr. pén.* 2005, comm. 121, obs. M. Véron).

12) Le prévenu, en état d'évasion d'une prison étrangère, ne saurait se prévaloir de l'état de nécessité pour justifier l'usage qu'il a fait d'un faux nom en présentant, lors de son interpellation, de faux documents administratifs (▪ Cass. crim., 22 mai 1997 : *Bull. crim.* n° 201 ; *JCP* 1997, G, IV, 2409).

13) Actualité ou imminence du danger. Un danger futur qu'aucune mesure actuelle ne permettrait de prévenir ne peut être assimilé à un danger actuel ou imminent au sens de l'article 122-7 du Code pénal (▪ Cass. crim., 15 juin 2021, n° 20-83.749 : *JurisData* n° 2021-009381 : *JCP* G 2021, p. 840, note J.-Ch. Saint-Pau ; *D.* 2021, p. 1661, A. Dejean de la Bâtie ; *Legipresse* 2021, p. 429, obs. E. Dreyer ; *AJ pénal* 2021, p. 417, obs. D. Pamart ; *Gaz. Pal.* 23 nov. 2021, n° 41, p. 54, obs. S. Détraz).

14) Illustrations positives. Peuvent bénéficier de l'état de nécessité le locataire qui détruit une palissade placée par le propriétaire pour empêcher l'accès aux toilettes et aux compteurs d'eau et d'électricité (▪ Cass. crim., 4 janv. 1956 : *D.* 1956, p. 130 ; *RSC* 1956, p. 831, obs. Légal), la personne qui construit elle-même sa propre maison sans permis de construire, parce qu'elle vit avec sa famille dans un taudis (▪ T. corr. Colmar, 27 avr. 1956 : *D.* 1956, 500), ou qui fracture la porte d'un appartement inoccupé pour y loger sa famille, avec un enfant en bas âge, qui vivait dans un studio exigu (▪ T. Paris, 28 nov. 2000 : *JCP* 2001, II, 10573, note C. Ginestet).

15) Un étranger qui s'était soustrait à une mesure de reconduite à la frontière avait accompli un acte nécessaire à sa sauvegarde afin d'éviter le danger imminent qui le menaçait en cas de retour dans son pays d'origine (▪ CA Toulouse, 15 févr. 2001 : *RSC* 2002, p. 116, obs. J.-P. Delmas Saint-Hilaire).

16) A été considérée comme justifiée la détention de pieds de cannabis nécessaires à la confection de tisanes, seuls moyens de soulager les douleurs d'un paraplégique, et donc nécessaires à la sauvegarde de sa santé comme de sa personne, sans qu'il y ait en l'espèce disproportion entre le moyen utilisé et la gravité de la menace actuelle, dès lors que le prévenu avait exclu les médicaments classiques de nature à provoquer des atteintes rénales (▪ CA Papeete, 27 juin 2002 : *JurisData* n° 2002-188514 ; *Dr. pén.* 2003, comm. 3, obs. M. Véron ; *D.* 2003, jurispr., p. 584 note P. Gourdon).

17) Est approuvée une cour d'appel qui, ayant énoncé que l'action d'un policier qui a tiré un coup de feu à terre, blessant par ricochet un individu armé qui avait précédemment fait usage de son arme et se trouvait dans un état d'excitation violente, avait été commandée par la nécessité réelle et urgente de l'appréhender et que le risque pris en tirant un coup de feu au sol pour l'intimider apparaît en rapport avec le danger créé par ce dernier, a estimé que le prévenu – de coups et blessures involontaires – avait accompli un acte nécessaire exclusif de toute faute (▪ Cass. crim., 16 juill. 1986 : *D.* 1988, 390, 2e arrêt, note A. Dekeuwer).

18) Illustrations négatives. Ne peuvent utilement invoquer les membres de Greenpeace pour justifier le délit d'intrusion dans l'enceinte d'une installation civile abritant des matières nucléaires dès lors que le danger n'est pas actuel et imminent mais future ou hypothétique et que l'infraction poursuivi n'était pas par elle-même de nature à remédier au danger dénoncé (▪ Cass. crim., 15 juin 2021, n° 20-83.749 : *JurisData* n° 2021-009381 : *JCP* G 2021, p. 840, note J.-Ch. Saint-Pau ; *D.* 2021, p. 1661, A. Dejean de la Bâtie ; *Legipresse* 2021, p. 429, obs. E. Dreyer ; *AJ pénal* 2021, p. 417, obs. D. Pamart ; *Gaz. Pal.* 23 nov. 2021, n° 41, p. 54, obs. S. Détraz).

19) Justifie sa décision la cour d'appel qui, pour écarter l'état de nécessité invoqué par le prévenu et déclarer ce dernier coupable d'évasion lors de son transport dans un fourgon de police, lequel était attaqué par des malfaiteurs armés, retient que l'intéressé a refusé de se coucher au sol pour se protéger, alors qu'il était invité à le faire par un policier, qu'il a sauté du fourgon afin de prendre la fuite et qu'il s'est volontairement exposé aux tirs en provenance de l'extérieur (▪ Cass. crim., 11 janv. 2017, n° 16-80.610 : *Gaz. Pal.* 2017, p. 17, note V. Tellier-Cayrol ; *Rev. pénit.* 2017, p. 144, obs. A. Darsonville).

20) Danger provoqué. La personne qui invoque l'état de nécessité ne peut voir son action justifiée si elle a elle-même créé par sa faute le péril dont elle est menacée : ainsi, le chauffeur de camion qui, ayant embouti une barrière fermée à un passage à niveau, a pris la décision d'emboutir également la seconde afin de pouvoir échapper au péril imminent représenté par l'arrivée d'un train, encourt condamnation (▪ CA Rennes, 12 avr. 1954 : S. 1954, II, 185) ; V. aussi ▪ Cass. crim., 28 juin 1958, préc. n° 1.

– Le prévenu ne saurait prétendre avoir agi en état de nécessité dès lors qu'il s'est volontairement placé dans la situation de devoir commettre une infraction en cas de survenance prévisible du danger (■ Cass. crim., 22 sept. 1999 : *Bull. crim.* n° 193 ; *D.* 2000, somm. p. 114, obs. G. Roujou de Boubée ; *RSC* 2000, p. 385, obs. B. Bouloc).

– Ne peut invoquer l'état de nécessité le chasseur qui tue une ourse, animal inscrit sur la liste des espèces protégées, au cours d'une partie de chasse alors qu'il s'est placé lui-même dans une situation de danger par son comportement fautif antérieur (■ Cass. crim., 1er juin 2010 : *Bull. crim.* n° 96 ; *Dr. pén.* 2010, comm. 89, obs. M. Véron).

B – Réaction

21) Prévalence de l'intérêt sauvegardé. L'intérêt sauvegardé doit avoir une valeur supérieure à celle de l'intérêt sacrifié (T. corr. Château-Thierry, 4 mars 1898, et en appel ■ Amiens, 22 avr. 1898 : *S.* 1899, 2, 1, note Roux ; *DP* 1899, 2, 329, note L. Josserand. ■ Colmar, 6 déc. 1957 : *D.* 1958, p. 357, note P. Bouzat). Que décider lorsque les intérêts en balance sont de valeur égale ? Plusieurs juridictions ont écarté en ce cas l'état de nécessité (■ Pau, 2 juill. 1968 : *JCP* 1969, II, 15879, note P. Bouzat ; *RSC* 1969, p. 864. ■ T. corr. Verviers, 24 déc. 1968 : *JCP* 1970, II, 16535, note M. D. ; *RSC* 1971, p. 929) ; la chambre criminelle de son côté se contente d'inviter les juges du fond, à propos de l'hypothèse de collision de voitures, à rechercher lequel des deux accidents envisagés, selon que le conducteur invoquant l'état de nécessité, effectuait ou non sa manœuvre consistant à se déporter sur la gauche pour éviter d'écraser ses passagers projetés sur la chaussée, comportait les plus grands risques et les conséquences éventuelles les plus graves (■ Cass. crim., 28 juin 1958, préc.).

22) Un tribunal a jugé que la personne dont on poursuit la sauvegarde doit être déterminée, pour que l'état de nécessité puisse être invoqué (■ T. corr. Paris, 24 nov. 1980 : *D.* 1982, 101, note D. Mayer) ; pour la critique de cette condition, V. note D. Mayer, préc. – *Adde*, J. Larguier, obs. : *RSC* 1982, p. 765.

23) Proportionnalité de la réaction. Face à un danger actuel menaçant son animal, le prévenu a agi par nécessité en abattant un autre chien qui le mordait, le moyen de défense n'étant pas disproportionné (■ Cass. crim., 8 mars 2011, n° 10-82.078 : *Dr. pén.* 2011, comm. 75, obs. M. Véron).

24) Inadéquation des moyens. Doit être approuvé l'arrêt de cour d'appel qui considère que l'état de nécessité ne s'applique pas à la situation des personnes qui ont décroché les tableaux du président de la République. Si le réchauffement climatique peut être considéré comme un danger actuel ou en tout cas un péril imminent pour la communauté humaine et pour les biens de cette dernière, au sens de l'article 122-7 du Code pénal, le vol des tableaux ne constituerait ni le moyen adéquat et le dernier recours pour éviter la réalisation du péril (■ Cass. crim., 22 sept. 2021, n° 20-80.489 : *JurisData* n° 2021-014506. ■ Cass. crim., 22 sept. 2021, n° 20-80.895 : *JurisData* n° 2021-014848. ■ Cass. crim., 22 sept. 2021, n° 20.85-434 : *JurisData* n° 2021-014502 ; *Dr. pén.* 2021, comm. 206, obs. Ph. Conte ; *JCP* G 2021, p. 1891, obs. G. Beaussonie ; *AJ pénal* 2021, p. 533, obs. J. Chétard ; *RSC* 2021, p. 823, obs. X. Pin ; *Dalloz actualité*, 8 oct. 2021, obs. Méryl Recotillet ; *Lexbase pénal* oct. 2021, obs. E. Dreyer ; *Gaz. Pal.* 23 nov. 2021, n° 41, p. 48, obs. S. Détraz).

25) Absence d'autres moyens. Un conducteur de camion qui a fait stationner son véhicule sur le trottoir pendant le temps de chargement ne peut invoquer, pour se justifier, le fait que l'accès des berges où il stationnait normalement était momentanément interdit et qu'il n'avait pas d'autre ressource pour exercer sa profession que d'embarrasser la voie publique en stationnant sur le trottoir (■ Cass. crim., 21 janv. 1959 : *Bull. crim.* n° 60).

26) Écarte à bon droit l'état de nécessité allégué par le prévenu la même cour d'appel qui, pour réfuter l'argumentation dans laquelle ce dernier faisait état d'une rupture de stocks inopinée, estime que l'intéressé disposait d'autres solutions que la commission d'un délit de contrefaçon pour pallier les simples difficultés commerciales que pouvait créer une défaillance de son fournisseur, à supposer que celle-ci fut démontrée et qu'ainsi les circonstances de l'espèce ne caractérisaient nullement le fait justificatif invoqué (■ Cass. crim., 11 févr. 1986 : *Bull. crim.* n° 54, *D.* 1987, somm. 41, obs. J.-J. Burst).

27) L'état de nécessité, au sens de l'article 122-7, ne saurait être invoqué pour justifier le délit d'entrave à l'interruption volontaire de grossesse, dès lors que celle-ci est autorisée, sous certaines conditions, par la loi du 17 janvier 1975 (■ Cass. crim., 31 janv. 1996 : *Bull. crim.* n° 57).

28) A justifié sa décision la cour d'appel qui rejette le moyen de défense invoquant l'état de nécessité pour un garagiste, poursuivi pour conduite en état d'ivresse en état de récidive, intervenu pour remorquer un véhicule accidenté en pleine nuit, dès lors que le prévenu n'a pas démontré que son intervention en vue du déplacement du véhicule accidenté était objectivement indispensable ou constituait le seul moyen d'éviter un péril actuel ou imminent pour les autres usagers de la route (▪ Cass. crim., 21 mai 2019, n° 18-83.513 : *JurisData* n° 2019-008426).

29) Le risque d'avoir d'importantes factures non payées et d'être dans la nécessité impérieuse de satisfaire aux exigences d'un acheteur, ne saurait justifier une discrimination économique (▪ Cass. crim., 9 nov. 2004 : *Bull. crim.* n° 273 ; V. note sous article 225-2 du Code pénal).

30) Justifient leur décision les juges du fond qui, pour écarter l'argumentation tirée de la cause d'irresponsabilité prévue par l'art. 122-7 C. pén. et de l'atteinte à l'art. 8 Conv. EDH, et retenir la culpabilité des prévenus qui ont détruit des plants de riz génétiquement modifiés cultivés à des fins expérimentales, estiment qu'aucune des conditions de l'état de nécessité n'est remplie et que les dispositions conventionnelles ne peuvent être utilement invoquées pour justifier le délit de destruction ou dégradation du bien d'autrui en réunion, commis dans un entrepôt après effraction (▪ Cass. crim., 19 nov. 2002 : *D.* 2003, jurispr. comm. p. 1315, note D. Mayer. ▪ Cass. crim., 18 févr. 2004 : *Dr. pén.* 2004, comm. 107, obs. M. Véron ; la destruction d'OGM n'est pas justifiée par la nécessite d'alerter l'opinion publique sur les risques que causeraient ces produits pour la santé et l'environnement. – *Adde* ▪ Cass. crim., 7 févr. 2007 : *JCP* 2007, II, 10059, note F. G. Trebulle ; *D.* 2007, p. 1310, note J.-Ph. Feldman).

31) Action civile. Sur les conséquences civiles de l'état de nécessité, qui ne fait pas obstacle à la responsabilité civile de l'auteur de l'infraction justifiée, V. ▪ Cass. crim., 27 oct. 1884 : *DP* 1885, 1, 219.

32) Sur la distinction de la contrainte morale et de l'état de nécessité, V. obs. Vitu : *RSC* 1986, p. 87. Sur la distinction entre état de nécessité et permission de la loi, V. note P. Bouzat, sous ▪ T. pol. Lyon, 20 nov. 1984 : *JCP* 1986, II, 20684. Sur ce jugement, V. aussi la note de S. Guinchard et Y. Mayaud : *Gaz. Pal.* 21-22 mars 1986.

Art. 122-8 ***(Rempl., L. n° 2002-1138, 9 sept. 2002 ; rempl. à compter du 30 septembre 2021, Ord. n° 2019-950, 11 sept. 2019 ; mod., L. n° 2020-734, 17 juin 2020).*** **– Les mineurs capables de discernement sont pénalement responsables des crimes, délits ou contraventions dont ils ont été reconnus coupables, en tenant compte de l'atténuation de responsabilité dont ils bénéficient en raison de leur âge, dans des conditions fixées par le Code de la justice pénale des mineurs.**

Voir : Ord. 2 févr. 1945 relative à l'enfance délinquante, Annexe 3 (Enfance).

Bibliographie : *JCl. Pénal Code, Mineur délinquant* par M. C. Guérin. • J. Pouyanne, *Le nouveau droit pénal intéressant les mineurs : Dr. pén.* 2003, chron. 14.

1) Principe. Si les articles 1 et 2 de l'ordonnance du 2 février 1945 posent le principe de l'irresponsabilité du mineur, abstraction faite du discernement de l'intéressé, et déterminent les juridictions compétentes pour prendre à l'égard des mineurs les mesures de redressement appropriées, encore faut-il, conformément aux principes généraux du droit, que le mineur dont la participation à l'acte matériel à lui reproché est établie, ait compris et voulu cet acte ; toute infraction, même non intentionnelle, suppose en effet que son auteur ait agi avec intelligence et volonté (▪ Cass. crim., 13 déc. 1956 : *D.* 1957, p. 349, note M. Patin). En énonçant qu'un enfant de 9 ans avait volontairement allumé l'incendie qui avait détruit un camion et divers biens immobiliers, une cour d'appel, par ce seul motif, justifie sa décision de déclarer ce mineur coupable d'incendie volontaire (▪ Cass. ass. plén., 9 mai 1984 : *Bull. crim.* n° 162 ; *JCP* 1984, II, 20291, G. rapp. Fédou ; *D.* 1984, p. 525, concl. J. Cabannes et note F. Chabas).

2) Méconnaît les articles 122-8 du Code pénal et 593 du Code de procédure pénale la juridiction de proximité qui condamne, pour stationnement irrégulier et stationnement gênant, le titulaire du certificat d'immatriculation du véhicule, mineur âgé de 5 ans, sans rechercher si le prévenu était capable de discernement (▪ Cass. crim., 14 nov. 2017, n° 17-80.893 : *JurisData* n° 2017-022805 ; *JCP* G 2017, 1312, note P. Mistretta ; *Dr. pén.* 2018, comm. 10, note J.-H. Robert ; *D.* 2018, p. 399, note M. Bouchet ; *Gaz. Pal.* 2018, n° 3, p. 43, obs. S. Détraz ; *AJ pénal* 2018, p. 38, obs. E. Gallardo ; *Rev. pénit.* 2018, p. 133, obs. M.-C. Guérin).

3) Sur l'excuse de minorité pour les mineurs de plus de 16 ans, V. ▪ Cass. crim., 2 juin 1976 : *Bull. crim.* n° 195 ; *RSC* 1977, p. 803, obs. J. Larguier. ▪ Cass. crim., 4 mai 1983 : *Bull. crim.* n° 128. Viole l'article 66 la cour d'assises qui condamne un mineur âgé de plus de 16 ans, coupable de vols commis avec port d'arme, sans l'exclure du bénéfice de l'excuse atténuante de minorité, à une peine de 6 années de réclusion criminelle, prononçant ainsi une peine de nature autre que celle prévue par la loi (■ Cass. crim., 13 févr. 1991 : *D.* 1991, IR p. 4).

4) Réparation des dommages. Méconnaît l'article 706-3 du Code de procédure pénale la cour d'appel qui, pour accorder réparation intégrale du préjudice d'un jeune garçon, retient que le caractère matériel de l'infraction de blessures involontaires ayant entraîné une incapacité permanente indépendamment du fait que l'auteur du dommage est un enfant de 4 ans au motif que l'article 706-3 du Code de procédure pénale pose comme condition pour bénéficier de l'indemnisation des conséquences dommageables des faits par le Fonds de garantie des victimes des actes de terrorisme et d'autres infractions des critères purement objectifs ; en effet, le fait pour un enfant de 4 ans, de pousser son camarade de jeu pour lui prendre la voiturette qu'il tenait dans la main ne constituait pas, compte tenu de son âge, une maladresse ou une imprudence pouvant revêtir le caractère matériel de l'infraction de blessures involontaires (■ Cass. 2e civ., 13 juin 2019, n° 18-15.541 : *JurisData* n° 2019-010323).

5) Détermination de l'âge du mineur. L'âge d'une personne est déterminé par le temps écoulé depuis sa naissance, calculé d'heure à heure (■ Cass. crim., 3 sept. 1985 : *Bull. crim.* n° 283 ; *RSC* 1986, p. 355, obs. Vitu). La preuve de l'âge réel d'un inculpé, d'un prévenu ou d'un accusé de nationalité étrangère peut être rapportée par tous moyens, notamment par expertises médicales (■ Cass. crim., 13 oct. 1986 : *Bull. crim.* n° 282 ; *RSC* 1987, p. 863, obs. Vitu).

6) Détermination de la peine. L'excuse de minorité ne doit être prise en compte que lors du prononcé de la peine par la juridiction de jugement (■ Cass. crim., 17 juin 1987 : *Bull. crim.* n° 256).

7) Détermination de la peine encourue. L'atténuation de la peine dérivant de la minorité de l'accusé a pour base la détermination préalable de la peine par lui encourue, compte tenu des circonstances atténuantes indépendamment de sa qualité de mineur (■ Cass. crim., 29 janv. 1970 : *Bull. crim.* n° 45 ; *RSC* 1970, p. 635. ■ Cass. crim., 7 sept. 1981 : *Bull. crim.* n° 253. ■ Cass. crim., 27 janv. 1988 : *Bull. crim.* n° 42).

8) Prononcé de la peine. Contrairement au texte de l'article 2, alinéa 2 de l'ordonnance du 2 février 1945, la Cour de cassation a décidé que les juges du fond, lorsqu'ils se prononcent pour la condamnation d'un mineur de 13 à 18 ans à une peine, doivent en ce cas se référer à la personnalité du mineur, à l'exclusion des circonstances de l'infraction (■ Cass. crim., 1er févr. 1951 : *JCP* 1951, II, 6107, note J. Brouchot).

9) Pour une hypothèse où la sanction pénale vise indirectement à assurer le succès d'une mesure d'assistance, V. T. enfants Saint-Étienne, 6 févr. 1964 : *D.* 1964, p. 192, note Prélot ; *RSC* 1964, p. 608. – Comp. ■ Cass. crim., 20 mai 1965 : *JCP* 1968, II, 15260, note J.-H. Robert ; *RSC* 1969, p. 608.

10) La juridiction des mineurs ayant choisi conformément à l'article 2 de l'ordonnance du 2 février 1945 de prononcer une condamnation pénale, n'est pas tenue d'assortir la peine d'emprisonnement des mesures éducatives. C'est à l'administration pénitentiaire qu'il appartient de soumettre le mineur aux conditions d'emprisonnement prévues par le deuxième alinéa, *in fine*, de l'article précité (■ Cass. crim., 29 août 1981).

Art. 122-9 *(L. n° 2016-1691, 9 déc. 2016).* **– N'est pas pénalement responsable la personne qui porte atteinte à un secret protégé par la loi, dès lors que cette divulgation est nécessaire et proportionnée à la sauvegarde des intérêts en cause, qu'elle intervient dans le respect des procédures de signalement définies par la loi et que la personne répond aux critères de définition du lanceur d'alerte prévus à l'article 6 de la loi n° 2016-1691 du 9 décembre 2016 relative à la transparence, à la lutte contre la corruption et à la modernisation de la vie économique.**

Rédaction future. *(Al. créé à compter du 1er septembre 2022, L. n° 2022-401, 21 mars 2022)* N'est pas non plus pénalement responsable le lanceur d'alerte qui soustrait, détourne ou recèle les documents ou tout autre support contenant les informations dont il a eu connaissance de manière licite et qu'il signale ou divulgue dans les conditions mentionnées au premier alinéa du présent article.

Rédaction future. *(Al. créé à compter du 1er septembre 2022, L. n° 2022-401, 21 mars 2022)* Le présent article est également applicable au complice de ces infractions.

Bibliographie : F. Habouzit, *La protection pénale des lanceurs d'alerte dans le cadre de la relation de travail : RSC* 2021, p. 297.

Application de la loi dans le temps. Les dispositions de l'article 122-9 du Code pénal, introduites par la loi n° 2016-1691 du 9 décembre 2016, qui institue une nouvelle cause d'irresponsabilité pénale au bénéfice de la personne ayant, dans certaines conditions, porté atteinte à un secret protégé par la loi, s'appliquent aux infractions commises avant leur entrée en vigueur et n'ayant pas donné lieu à une condamnation passée en force de chose jugée lorsqu'elles sont moins sévères que les dispositions anciennes (■ Cass. crim., 17 oct. 2018, n° 17-80.485 : *JurisData* n° 2018-019326 : *JCP* G 2018, p. 1208, obs. J.-M. Brigant ; *JCP* S 2018, p. 1347, obs. R. Salomon ; *Lexbase pénal*, 2018, obs. J.-Y. Maréchal ; *AJ pénal* 2018, p. 574, obs. M.-Ch. Sordino ; *Rev. pénit.* 2019, p. 119, obs. A. Darsonville).

Loi n° 2016-1691 du 9 décembre 2016

relative à la transparence, à la lutte contre la corruption et à la modernisation de la vie économique

Art. 6 *(Mod., L. n° 2022-401, 21 mars 2022)*. **–** I. – Un lanceur d'alerte est une personne physique qui signale ou divulgue, sans contrepartie financière directe et de bonne foi, des informations portant sur un crime, un délit, une menace ou un préjudice pour l'intérêt général, une violation ou une tentative de dissimulation d'une violation d'un engagement international régulièrement ratifié ou approuvé par la France, d'un acte unilatéral d'une organisation internationale pris sur le fondement d'un tel engagement, du droit de l'Union européenne, de la loi ou du règlement. Lorsque les informations n'ont pas été obtenues dans le cadre des activités professionnelles mentionnées au I de l'article 8, le lanceur d'alerte doit en avoir eu personnellement connaissance.

II. – Les faits, informations et documents, quel que soit leur forme ou leur support, dont la révélation ou la divulgation est interdite par les dispositions relatives au secret de la défense nationale, au secret médical, au secret des délibérations judiciaires, au secret de l'enquête ou de l'instruction judiciaires ou au secret professionnel de l'avocat sont exclus du régime de l'alerte défini au présent chapitre.

III. – Lorsque sont réunies les conditions d'application d'un dispositif spécifique de signalement de violations et de protection de l'auteur du signalement prévu par la loi ou le règlement ou par un acte de l'Union européenne mentionné dans la partie II de l'annexe à la directive (UE) 2019/1937 du Parlement européen et du Conseil du 23 octobre 2019 sur la protection des personnes qui signalent des violations du droit de l'Union, le présent chapitre ne s'applique pas.

Sous réserve de l'article L. 861-3 du Code de la sécurité intérieure, lorsqu'une ou plusieurs des mesures prévues aux articles 10-1,12 et 12-1 de la présente loi sont plus favorables à l'auteur du signalement que celles prévues par un dispositif spécifique mentionné au premier alinéa du présent III, ces mesures s'appliquent. Sous la même réserve, à défaut de mesure équivalente prévue par un tel dispositif spécifique, les articles 13 et 13-1 sont applicables.

....

Art. 7-1 *(L. n° 2022-401, 21 mars 2022)*. **–** Les lanceurs d'alerte définis au I de l'article 6 bénéficient des protections prévues au présent chapitre :

1° Si, ayant eu connaissance des informations concernées dans le cadre de leurs activités professionnelles, ils adressent un signalement interne dans les conditions prévues au I de l'article 8 ;

2° S'ils adressent un signalement externe dans les conditions prévues au II du même article 8, après avoir adressé un signalement interne ou directement ;

3° S'ils procèdent à une divulgation publique, dans les conditions prévues au III dudit article 8.

Lorsqu'un signalement ou une divulgation publique a été réalisé de manière anonyme, le lanceur d'alerte dont l'identité est révélée par la suite bénéficie des mêmes protections. Les dispositions des I et II du même article 8 qui imposent d'effectuer un retour d'informations auprès de l'auteur d'un signalement interne ou externe ne sont pas applicables en cas de signalement anonyme. Le 1° du III du même article 8 n'est pas applicable en cas de signalement externe anonyme.

Art. 8 *(Mod., L. n° 2022-401, 21 mars 2022)*. **–** I. – A. – Les personnes physiques mentionnées aux 1° à 5° du présent A qui ont obtenu, dans le cadre de leurs activités professionnelles, des informations mentionnées au I de l'article 6 et portant sur des faits qui se sont produits ou sont très susceptibles de se produire dans l'entité concernée, peuvent signaler ces informations par la voie interne, dans les conditions prévues au B du présent I, notamment lorsqu'elles estiment qu'il est possible de remédier efficacement à la violation par cette voie et qu'elles ne s'exposent pas à un risque de représailles.

Cette faculté appartient :

1° Aux membres du personnel, aux personnes dont la relation de travail s'est terminée, lorsque les informations ont été obtenues dans le cadre de cette relation, et aux personnes qui se sont portées candidates à un emploi au sein de l'entité concernée, lorsque les informations ont été obtenues dans le cadre de cette candidature ;

2° Aux actionnaires, aux associés et aux titulaires de droits de vote au sein de l'assemblée générale de l'entité ;

3° Aux membres de l'organe d'administration, de direction ou de surveillance ;

4° Aux collaborateurs extérieurs et occasionnels ;

5° Aux cocontractants de l'entité concernée, à leurs sous-traitants ou, lorsqu'il s'agit de personnes morales, aux membres de l'organe d'administration, de direction ou de surveillance de ces cocontractants et sous-traitants ainsi qu'aux membres de leur personnel.

B. – Au sein des entités dans lesquelles il n'existe pas de procédure interne de recueil et de traitement des signalements, les personnes physiques mentionnées aux 1° à 5° du A du présent I peuvent signaler les informations concernées à leur supérieur hiérarchique direct ou indirect, à l'employeur ou à un référent désigné par celui-ci.

Sont tenues d'établir une procédure interne de recueil et de traitement des signalements, après consultation des instances de dialogue social et dans les conditions fixées par décret en Conseil d'État :

1° Les personnes morales de droit public employant au moins cinquante agents, à l'exclusion des communes de moins de 10 000 habitants, des établissements publics qui leur sont rattachés et des établissements publics de coopération intercommunale qui ne comprennent parmi leurs membres aucune commune excédant ce seuil de population ;

2° Les administrations de l'État ;

3° Les personnes morales de droit privé et les entreprises exploitées en leur nom propre par une ou plusieurs personnes physiques, employant au moins cinquante salariés ;

4° Toute autre entité relevant du champ d'application des actes de l'Union européenne mentionnés au B de la partie I et à la partie II de l'annexe à la directive (UE) 2019/1937 du Parlement européen et du Conseil du 23 octobre 2019 sur la protection des personnes qui signalent des violations du droit de l'Union.

Le décret mentionné au deuxième alinéa du présent B définit notamment les garanties d'indépendance et d'impartialité de cette procédure et les délais du retour d'informations fait à l'auteur du signalement, dans les conditions prévues par la directive (UE) 2019/1937 du Parlement européen et du Conseil du 23 octobre 2019 précitée. Il détermine les modalités de clôture des signalements et de collecte et de conservation des données ainsi que les conditions dans lesquelles le recueil des signalements peut être confié à un tiers.

Les entités mentionnées au 3° du présent B employant moins de deux cent cinquante salariés peuvent mettre en commun leurs procédures de recueil et de traitement des signalements, dans le respect des conditions prévues par le décret mentionné au deuxième alinéa du présent B. Il en est de même des communes et de leurs établissements publics mentionnés au 1° employant moins de deux cent cinquante agents.

Les communes et leurs établissements publics membres d'un centre de gestion de la fonction publique territoriale peuvent confier à celui-ci le recueil et le traitement des signalements internes dans les conditions prévues à l'article L. 452-43-1 du Code général de la fonction publique, quel que soit le nombre de leurs agents.

C. – La procédure de recueil et de traitement des signalements peut être commune à plusieurs ou à l'ensemble des sociétés d'un groupe, selon des modalités fixées par décret. Ce décret fixe également les conditions dans lesquelles des informations relatives à un signalement effectué au sein de l'une des sociétés d'un groupe peuvent être transmises à une autre de ses sociétés, en vue d'assurer ou de compléter leur traitement.

II. – Tout lanceur d'alerte, défini au I de l'article 6, peut également adresser un signalement externe, soit après avoir effectué un signalement interne dans les conditions prévues au I du présent article, soit directement :

1° À l'autorité compétente parmi celles désignées par le décret prévu au sixième alinéa du présent II ;

2° Au Défenseur des droits, qui l'oriente vers la ou les autorités les mieux à même d'en connaître ;

3° À l'autorité judiciaire ;

4° À une institution, à un organe ou à un organisme de l'Union européenne compétent pour recueillir des informations sur des violations relevant du champ d'application de la directive (UE) 2019/1937 du Parlement européen et du Conseil du 23 octobre 2019 précitée.

Un décret en Conseil d'État dresse la liste des autorités mentionnées au 1° du présent II, choisies parmi les autorités administratives, les autorités publiques indépendantes, les autorités administratives indépendantes, les ordres professionnels et les personnes morales chargées d'une mission de service public pour recueillir et traiter les signalements relevant de leur champ de compétence. Ce décret fixe les garanties d'indépendance et d'impartialité de la procédure et les délais du retour d'informations réalisé par ces autorités auprès des auteurs des signalements externes, dans les conditions prévues par la directive (UE) 2019/1937 du Parlement européen et du Conseil du 23 octobre 2019 précitée. Il précise également les modalités de clôture des signalements, les conditions d'évaluation des procédures et les obligations de formation des personnes concernées.

Les autorités mentionnées au 1° du présent II rendent compte annuellement de leur action au Défenseur des droits. Elles lui communiquent les informations nécessaires à l'élaboration du rapport prévu à l'avant-dernier alinéa du II de l'article 36 de la loi organique n° 2011-333 du 29 mars 2011 relative au Défenseur des droits. La nature de ces informations est précisée par décret en Conseil d'État.

Lorsqu'une autorité externe saisie d'un signalement estime que celui-ci ne relève pas de sa compétence ou qu'il concerne également la compétence d'autres autorités, elle le transmet à l'autorité externe compétente ou au Défenseur des droits, dans des conditions fixées par décret en Conseil d'État. Ce décret précise également les conditions dans lesquelles les autorités externes peuvent échanger des informations en vue de traiter le signalement.

III. – Les protections prévues au présent chapitre bénéficient à tout lanceur d'alerte, défini au I de l'article 6 de la présente loi, qui divulgue publiquement des informations mentionnées au même I :

1° Après avoir effectué un signalement externe, précédé ou non d'un signalement interne, sans qu'aucune mesure appropriée ait été prise en réponse à ce signalement à l'expiration du délai du retour d'informations mentionné au sixième alinéa du II du présent article ou, lorsqu'une autorité mentionnée aux 2° à 4° du même II a été saisie, à l'expiration d'un délai fixé par décret en Conseil d'État ;

2° En cas de danger grave et imminent ;

3° Ou lorsque la saisine de l'une des autorités compétentes mentionnées aux 1° à 4° dudit II ferait encourir à son auteur un risque de représailles ou qu'elle ne permettrait pas de remédier efficacement à l'objet de la divulgation, en raison des circonstances particulières de l'affaire, notamment si des preuves peuvent être dissimulées ou détruites ou si l'auteur du signalement a des motifs sérieux de penser que l'autorité peut être en conflit d'intérêts, en collusion avec l'auteur des faits ou impliquée dans ces faits.

Par dérogation au 2° du présent III, les protections mentionnées au premier alinéa du présent III bénéficient à tout lanceur d'alerte, défini au I de l'article 6, qui divulgue publiquement des informations obtenues dans le cadre de ses activités professionnelles en cas de danger imminent ou manifeste pour l'intérêt général, notamment lorsqu'il existe une situation d'urgence ou un risque de préjudice irréversible.

Les 2° et 3° ainsi que l'avant-dernier alinéa du présent III ne s'appliquent pas lorsque la divulgation publique porte atteinte aux intérêts de la défense et de la sécurité nationales.

TITRE III. – DES PEINES

Art. 130-1 ***(Créé à compter du 1er octobre 2014, L. n° 2014-896, 15 août 2014).*** **– Afin d'assurer la protection de la société, de prévenir la commission de nouvelles infractions et de restaurer l'équilibre social, dans le respect des intérêts de la victime, la peine a pour fonctions :**

1° De sanctionner l'auteur de l'infraction ;

2° De favoriser son amendement, son insertion ou sa réinsertion.

Bibliographie : E. Dreyer, *L'objet de la sanction pénale : D.* 2016, Chron., p. 2583. • M. van de Kerchove, *Le sens de la peine dans la jurisprudence du Conseil constitutionnel français : RSC* 2008, p. 808. • B. de Lamy, *À la recherche de la peine perdue : Dr. pén.* 2015, dossiers 1 à 11. • J. Leblois-Happe, *La redéfinition des finalités et des fonctions de la peine – vers des principes directeurs en matière de peine ? : Gaz. Pal.* 23 mai 2015, n° 143, p. 10.

CHAPITRE I. – DE LA NATURE DES PEINES

Section I. – Des peines applicables aux personnes physiques

Sous-section 1. – Des peines criminelles

Art. 131-1. – Les peines criminelles encourues par les personnes physiques sont :

1° La réclusion criminelle ou la détention criminelle à perpétuité ;

2° La réclusion criminelle ou la détention criminelle de trente ans au plus ;

3° La réclusion criminelle ou la détention criminelle de vingt ans au plus ;

4° La réclusion criminelle ou la détention criminelle de quinze ans au plus.

La durée de la réclusion criminelle ou de la détention criminelle à temps est de dix ans au moins.

Voir : *infra* les notes ss art. 132-23 à propos de la conventionnalité des peines perpétuelles.

Voir aussi : à propos de l'interdiction de la peine de mort, loi n° 81-908 du 9 octobre 1981 portant abolition de la peine de mort ; loi constitutionnelle n° 2007-239 du 23 février 2007 relative à l'interdiction de la peine de mort (Constitution, art. 66-1, p. 1685) ; décret n° 2008-37 du 10 janvier 2008 portant publication du deuxième protocole facultatif se rapportant au Pacte international relatif aux droits civils et politiques visant à abolir la peine de mort, adopté à New York le 15 décembre 1989 ; décret n° 2008-193 du 27 février 2008 portant publication du protocole n° 13 à la Convention de sauvegarde des droits de l'homme et des libertés fondamentales, relatif à l'abolition de la peine de mort en toutes circonstances, adopté à Vilnius le 3 mai 2002 (N. Picard, *Renoncer à la peine de mort : le long cheminement vers l'abolition : JCP* G 2021, doctr. 1038 ; J.-H. Robert, *Nature juridique de l'abolition de la peine de mort, libre propos : JCP* G 2021, act. 1011).

Durée. La durée de la réclusion criminelle étant de 10 ans au moins, doit être cassé l'arrêt qui, après avoir déclaré l'accusé coupable de viols, le condamne à 6 ans de réclusion criminelle. Les peines privatives de liberté étant de même nature, la cassation a lieu sans renvoi, par application de l'article L. 131-5 du Code de l'organisation judiciaire, l'emprisonnement étant substitué à la réclusion criminelle (■ Cass. crim., 18 déc. 2002 : *JurisData* n° 2002-017428 ; *Bull. crim.* n° 236 ; *Dr. pén.* 2003, comm. 46, M. Véron. ■ Cass. crim., 19 avr. 2000 : *JurisData* n° 2000-002001 ; *Bull. crim.* n° 157).

Art. 131-2. – Les peines de réclusion criminelle ou de détention criminelle ne sont pas exclusives d'une peine d'amende et d'une ou de plusieurs des peines complémentaires prévues à l'article 131-10.

Bibliographie : *JCl. Pénal Code, Peines criminelles applicables aux personnes physiques*, par B. Paillard.

Sous-section 2. – Des peines correctionnelles

Art. 131-3 ***(Mod., L. n° 2004-204, 9 mars 2004 ; mod., L. n° 2007-297, 5 mars 2007 ; L. n° 2014-896, 15 août 2014 ; mod. à compter du 24 mars 2020, L. n° 2019-222, 23 mars 2019).*** **– Les peines correctionnelles encourues par les personnes physiques sont :**

1° L'emprisonnement ; cet emprisonnement peut faire l'objet d'un sursis, d'un sursis probatoire ou d'un aménagement conformément aux dispositions du chapitre II du présent titre ;

2° La détention à domicile sous surveillance électronique ;

3° Le travail d'intérêt général ;

4° L'amende ;

5° Le jour-amende ;

6° Les peines de stage ;

7° Les peines privatives ou restrictives de droits prévues à l'article 131-6 ;

8° La sanction-réparation.

Ces peines ne sont pas exclusives des peines complémentaires prévues à l'article 131-10.

Bibliographie : *JCl. Pénal Code, Peines correctionnelles applicables aux personnes physiques*, par J.-Y. Maréchal.

Sur la loi n° 2014-896 du 15 août 2014. R. Badinter et P. Beauvais, *À propos de la nouvelle réforme pénale : D.* 2014, p. 1829, point de vue. • G. Beaussonie et M. Segonds, *Loi du 15 août 2014 : D.* 2014, Chron., p. 809. • V. Peltier, *À propos de la loi du 15 août 2014 : JCP* G 2014, aperçu rapide 883, p. 1510. • J.-H. Robert, *Commentaire de la loi du 15 août 2014 : Dr. pén.* 2014, étude 16. • J.-H. Robert, *Un législateur bien imprudent, à propos de la loi du 15 août 2014 : JCP* G 2014, étude 952, p. 1642.

Sur la loi n° 2019-222 du 23 mars 2019. E. Dreyer, *Premières observations sur les peines dans la loi du 23 mars 2019 : Gaz. Pal.* 7 mai 2019, p. 45. • J. Frinchaboy, *Le sens et l'efficacité des peines dans la loi de programmation 2018-2022 et de réforme pour la justice : AJ pénal* 2019, p. 198. • M. Giacopelli, *Réforme de la justice, renforcer le sens et l'efficacité de la peine : JCP* G 2019, p. 386. • V. Peltier, *Sens et efficacité des peines : Dr. pén.* 2019, étude 13. • J.-B. Perrier, *La réforme du droit de la peine : tout changer pour que rien ne change : RSC* 2019, p. 449. • J. Pradel, *Des dispositions de la loi du 23 mars 2019 sur le renforcement de l'efficacité et du sens de la peine : texte fondateur ou texte d'ajustement ? : D.* 2019, p. 1002. • Dossier, *La peine dans la loi du 23 mars 2019 de programmation 2018-2022*, (dir.) E. Dreyer : *Gaz. Pal.* 19 nov. 2019, n° 40, p. 62.

Art. 131-4 ***(Mod., L. n° 2003-239, 18 mars 2003).*** **– L'échelle des peines d'emprisonnement est la suivante :**

1° Dix ans au plus ;
2° Sept ans au plus ;
3° Cinq ans au plus ;
4° Trois ans au plus ;
5° Deux ans au plus ;
6° Un an au plus ;
7° Six mois au plus ;
8° Deux mois au plus.

Bibliographie : R. Lorrain et Ch. Ingrain, *La nécessaire réforme des peines d'emprisonnement encourues « illégales » : Dr. pén.* 2015, étude 20.

1) QPC. Refus de renvoi au Conseil constitutionnel. Les dispositions des articles 131-4 et 132-9 du Code pénal, qui, d'une part, fixent à 10 ans au plus la peine d'emprisonnement correctionnelle maximale et, d'autre part, prévoient, en cas de récidive, que les peines d'emprisonnement correctionnelles peuvent être doublées, sans préciser si, dans cette hypothèse, ces peines correctionnelles peuvent aller au-delà du dit maximum, portent-elles atteinte au principe de légalité, au principe de nécessité des peines et au principe de respect des droits de la défense tels qu'ils sont garantis par les articles 6, 8 et 16 de la Déclaration des droits de l'homme et du citoyen ? ; Attendu que la question, ne portant pas sur l'interprétation d'une disposition constitutionnelle dont le Conseil constitutionnel n'aurait pas encore eu l'occasion de faire application, n'est pas nouvelle ; et attendu que la question posée ne présente pas un caractère sérieux en ce que les dispositions critiquées sont prévues par un texte législatif spécial qui aggrave les peines encourues en cas de récidive ; que ce texte, qui déroge au texte législatif général relatif à l'échelle des peines, laisse à l'appréciation du juge, dans le respect des droits de la défense, la fixation de la peine prononcée. D'où il suit qu'il n'y a pas lieu de renvoyer la question au Conseil constitutionnel (▪ Cass. crim., 10 janv. 2018, n° 17-82.416, inédit : *JurisData* n° 2018-005646).

2) Durée maximale de la peine d'emprisonnement. Une cour d'assises ne peut prononcer à l'encontre d'une personne coupable de tentatives de meurtres aggravés une peine de 12 ans d'emprisonnement dès lors que la durée de la peine d'emprisonnement est de 10 ans au plus (▪ Cass. crim., 6 oct. 1999 : *JurisData* n° 1999-003742 ; *Bull. crim.* n° 212).

Art. 131-4-1 ***(Mod., L. n° 2019-222, 23 mars 2019, en vigueur à compter du 24 mars 2020 ; L. n° 2019-1480, 28 déc. 2019).*** **– Lorsqu'un délit est puni d'une peine d'emprisonnement, la juridiction peut, à la place de l'emprisonnement, prononcer la peine de détention à domicile sous surveillance électronique pendant une durée comprise entre quinze jours et six mois, sans pouvoir excéder la durée de l'emprisonnement encouru.**

Cette peine emporte pour le condamné l'obligation de demeurer dans son domicile ou tout autre lieu désigné par la juridiction ou le juge de l'application des peines et du port d'un dispositif intégrant un émetteur permettant de vérifier le respect de cette première obligation.

Le condamné n'est autorisé à s'absenter de son domicile pendant des périodes déterminées par la juridiction ou le juge de l'application des peines que pour le temps nécessaire à l'exercice d'une activité professionnelle, au suivi d'un enseignement, d'un stage, d'une formation ou d'un traitement médical, à la recherche d'un emploi, à la participation à la vie de famille ou à tout projet d'insertion ou de réinsertion.

La juridiction peut décider que le condamné bénéficiera de mesures d'aide ayant pour objet de seconder ses efforts en vue de son reclassement social.

En cas de non-respect par le condamné de ses obligations, le juge de l'application des peines peut, selon des modalités précisées par le Code de procédure pénale, soit limiter ses autorisations d'absence, soit ordonner son emprisonnement pour la durée de la peine restant à exécuter.

La juridiction peut également soumettre le condamné à une ou plusieurs des obligations ou interdictions prévues aux articles 132-44 et 132-45.

Bibliographie : J. Bourgeais, *Une nouvelle peine de détention à domicile sous surveillance électronique ? : Dr. pén.* 2018, étude 27. • J. Frinchaboy, *La nouvelle peine de détention à domicile sous surveillance électronique : une véritable innovation ? : Gaz. Pal.* 19 nov. 2019, n° 40, p. 75. • A.-G. Robert, *La peine de détention à domicile sous surveillance électronique : une fausse bonne idée ? : RSC* 2020, p. 577.

Voir : Décret n° 2020-81 du 3 février 2020 relatif à la peine de détention à domicile sous surveillance électronique, au sursis probatoire, aux conversions de peines et au mandat de dépôt à effet différé, pris en application de la loi n° 2019-222 du 23 mars 2019 de programmation 2018-2022 et de réforme pour la justice ; NOR : JUSD2001358D.

Constitutionnalité. D'une part, si la peine de détention à domicile sous surveillance électronique emporte l'obligation pour le condamné de demeurer dans son domicile ou tout autre lieu désigné par le juge et de porter un dispositif intégrant un émetteur permettant de vérifier le respect de cette obligation, une telle peine privative de liberté ne peut être prononcée qu'à la place de l'emprisonnement. D'autre part, sa durée maximale, limitée à 6 mois, ne peut excéder celle de l'emprisonnement encouru. Enfin, la juridiction ou le juge de l'application des peines peuvent autoriser le condamné à s'absenter de son domicile pendant des périodes déterminées pour le temps nécessaire « à l'exercice d'une activité professionnelle, au suivi d'un enseignement, d'un stage, d'une formation ou d'un traitement médical, à la recherche d'un emploi, à la participation à la vie de famille ou à tout projet d'insertion ou de réinsertion ». Dès lors, en permettant de prononcer la peine de détention à domicile sous surveillance électronique pour une durée maximale de 6 mois, les dispositions contestées ne méconnaissent ni le droit au respect de la vie privée ni la dignité de la personne humaine (▪ Cons. const., 21 mars 2019, n° 2019-778 DC : *JurisData* n° 2019-004275).

Art. 131-5 *(Mod., L. n° 2004-204, 9 mars 2004)*. **– Lorsqu'un délit est puni d'une peine d'emprisonnement, la juridiction peut prononcer une peine de jours-amende consistant pour le condamné à verser au Trésor une somme dont le montant global résulte de la fixation par le juge d'une contribution quotidienne pendant un certain nombre de jours. Le montant de chaque jour-amende est déterminé en tenant compte des ressources et des charges du prévenu ; il ne peut excéder 1 000 €. Le nombre de jours-amende est déterminé en tenant compte des circonstances de l'infraction ; il ne peut excéder trois cent soixante.**

Voir : art. 131-25, p. 215.

Bibliographie : H. Dantras-Bioy, *L'exécution du jour-amende en cas d'ignorance par le condamné de sa condamnation : Dr. pén.* 2014, étude 19. • D. Roure, *Les jours-amende : une sanction à redéfinir : D.* 1996, chron. 64. • B. Schütz, *Les jours-amende : entre l'espoir et la réalité, in Mél. Vitu*, Cujas, 1989, p. 460.

Nature juridique. La peine de jour-amende, telle que prévue par l'article 43-8 du Code pénal, est une modalité de l'amende et est de même nature que celle-ci (▪ Cass. crim., 26 sept. 1990 : *Bull. crim.* n° 323 ; *RSC* 1991, p. 75, obs. J.-P. Delmas Saint-Hilaire).

Art. 131-5-1 *(Créé à compter du 1er octobre 2014, L. n° 2014-896, 15 août 2014 ; rempl. à compter du 24 mars 2020, L. n° 2019-222, 23 mars 2019 ; mod., L. n° 2021-1539, 30 nov. 2021)*. **– Lorsqu'un délit est puni d'une peine d'emprisonnement, la juridiction peut, à la place ou en même temps que l'emprisonnement, prescrire que le condamné devra accomplir, pendant une durée ne pouvant excéder un mois, un stage dont elle précise la nature, les modalités et le contenu eu égard à la nature du délit et aux circonstances dans lesquelles il a été commis.**

Sauf décision contraire de la juridiction, le stage, dont le coût ne peut excéder celui des amendes contraventionnelles de la 3e classe, est effectué aux frais du condamné.

Le stage est exécuté dans un délai de six mois à compter de la date à laquelle la condamnation est définitive, sauf impossibilité résultant du comportement ou de la situation du condamné.

Les stages que peut prononcer la juridiction sont :

1° Le stage de citoyenneté, tendant à l'apprentissage des valeurs de la République et des devoirs du citoyen ;

2° Le stage de sensibilisation à la sécurité routière ;

3° Le stage de sensibilisation aux dangers de l'usage de produits stupéfiants ;

4° Le stage de responsabilisation pour la prévention et la lutte contre les violences au sein du couple et sexistes ;

5° Le stage de sensibilisation à la lutte contre l'achat d'actes sexuels ;

6° Le stage de responsabilité parentale ;

7° Le stage de lutte contre le sexisme et de sensibilisation à l'égalité entre les femmes et les hommes ;

8° Le stage de sensibilisation à la prévention et à la lutte contre la maltraitance animale.

Voir : art. R. 131-35, p. 988.

Bibliographie : *JCl. Pénal Code, Peine de stage*, par J.-M. Brigant. • E. Bonis, *Peines de stage ou stage comme peine unique ? : Dr. pén.* 2019, étude 2. • F. Chabas et P. Gio, *La réforme des stages en matière pénale : AJ pénal* 2019, p. 201. • E. Dreyer, *Le stage comme peine après la loi du 23 mars 2019 de programmation 2018-2020 : Gaz. Pal.* 19 nov. 2019, n° 40, p. 79. • V. Gautron et P. Raphalen, *Les stages : une nouvelle forme de pénalité ? : Déviance et société*, vol. 37, n° 1, 2013, p. 27. • G. Germain et S. Lasalle, *Stage de citoyenneté, une mesure inégale ? : AJ pénal* 2014, p. 469.

Art. 131-6 ***(Mod., L. n° 92-1336, 16 déc. 1992 ; L. n° 2003-495, 12 juin 2003 ; L. n° 2004-204, 9 mars 2004 ; L. n° 2008-776, 4 août 2008 ; L. n° 2014-896, 15 août 2014 ; L. n° 2020-936, 30 juill. 2020).*** **– Lorsqu'un délit est puni d'une peine d'emprisonnement, la juridiction peut prononcer, à la place de l'emprisonnement, une ou plusieurs des peines privatives ou restrictives de liberté suivantes :**

1° La suspension, pour une durée de cinq ans au plus, du permis de conduire, cette suspension pouvant être limitée, selon des modalités déterminées par décret en Conseil d'État, à la conduite en dehors de l'activité professionnelle ; cette limitation n'est toutefois pas possible en cas de délit pour lequel la suspension du permis de conduire, encourue à titre de peine complémentaire, ne peut pas être limitée à la conduite en dehors de l'activité professionnelle ;

2° L'interdiction de conduire certains véhicules pendant une durée de cinq ans au plus ;

3° L'annulation du permis de conduire avec interdiction de solliciter la délivrance d'un nouveau permis pendant cinq ans au plus ;

4° La confiscation d'un ou de plusieurs véhicules appartenant au condamné ;

5° L'immobilisation, pour une durée d'un an au plus, d'un ou de plusieurs véhicules appartenant au condamné, selon des modalités déterminées par décret en Conseil d'État ;

5° *bis* L'interdiction, pendant une durée de cinq ans au plus, de conduire un véhicule qui ne soit pas équipé, par un professionnel agréé ou par construction, d'un dispositif homologué d'anti-démarrage par éthylotest électronique. Lorsque cette interdiction est prononcée en même temps que la peine d'annulation ou de suspension du permis de conduire, elle s'applique, pour la durée fixée par la juridiction, à l'issue de l'exécution de cette peine ;

6° L'interdiction de détenir ou de porter, pour une durée de cinq ans au plus, une arme soumise à autorisation ;

7° La confiscation d'une ou de plusieurs armes dont le condamné est propriétaire ou dont il a la libre disposition ;

8° Le retrait du permis de chasser avec interdiction de solliciter la délivrance d'un nouveau permis pendant cinq ans au plus ;

9° L'interdiction pour une durée de cinq ans au plus d'émettre des chèques autres que ceux qui permettent le retrait de fonds par le tireur auprès du tiré ou ceux qui sont certifiés et d'utiliser des cartes de paiement ;

9° *bis (9° bis créé, L. n° 2016-444, 13 avr. 2016)* L'obligation d'accomplir, le cas échéant à ses frais, un stage de sensibilisation à la lutte contre l'achat d'actes sexuels ;

9° *ter (9° ter créé, L. n° 2018-703, 3 août 2018)* L'obligation d'accomplir, le cas échéant à ses frais, un stage de lutte contre le sexisme et de sensibilisation à l'égalité entre les femmes et les hommes ;

10° La confiscation de la chose qui a servi ou était destinée à commettre l'infraction ou de la chose qui en est le produit. Toutefois, cette confiscation ne peut pas être prononcée en matière de délit de presse ;

11° L'interdiction pour une durée de cinq ans au plus d'exercer une activité professionnelle ou sociale dès lors que les facilités que procure cette activité ont été sciemment utilisées pour préparer ou commettre l'infraction. Cette interdiction n'est toutefois pas applicable à l'exercice d'un mandat électif ou de responsabilités syndicales. Elle n'est pas non applicable en matière de délit de presse ;

12° L'interdiction, pour une durée de trois ans au plus, de paraître dans certains lieux ou catégories de lieux déterminés par la juridiction et dans lesquels l'infraction a été commise ;

13° L'interdiction, pour une durée de trois ans au plus, de fréquenter certains condamnés spécialement désignés par la juridiction, notamment les auteurs ou complices de l'infraction ;

14° L'interdiction, pour une durée de trois ans au plus, d'entrer en relation avec certaines personnes spécialement désignées par la juridiction, notamment la victime de l'infraction ;

15° L'interdiction, pour une durée de cinq ans au plus, d'exercer une profession commerciale ou industrielle, de diriger, d'administrer, de gérer ou de contrôler à un titre quelconque, directement ou indirectement, pour son

propre compte ou pour le compte d'autrui, une entreprise commerciale ou industrielle ou une société commerciale.

Lorsqu'un délit est puni d'une peine d'emprisonnement, la juridiction peut prononcer, à la place de ou en même temps que la peine d'emprisonnement, une ou plusieurs des peines privatives ou restrictives de liberté prévues aux 6°, 7°, 10°, 12°, 13° et 14°.

1) **Peines encourues.** L'article 43-3 peut jouer même lorsque l'emprisonnement n'est pas la seule peine prévue pour réprimer le délit commis (▪ Cass. crim., 1er déc. 1980 : *JCP* 1981, IV, 68 ; *RSC* 1981, p. 601, obs. J. Larguier).

2) L'article 131-6 du Code pénal exige seulement, pour son application, que le délit soit puni d'une peine d'emprisonnement, sans que cette condition soit exclusive de la peine d'amende qui pourrait être également prévue (▪ Cass. crim., 10 nov. 2015, n° 14-86.947 : *Gaz. Pal.* 26 janv. 2016, n° 4, p. 51, obs. E. Dreyer).

3) **Cumul interdit.** Encourt la cassation l'arrêt qui prononce, contre le prévenu déclaré coupable de publicité de nature à induire en erreur et de tromperie, outre une peine d'emprisonnement avec sursis celle de l'interdiction temporaire d'exercer une activité professionnelle prévue par l'article 131-6, 11°, du Code pénal, ce cumul n'étant pas prévu par la loi (▪ Cass. crim., 4 mai 2004 : *Bull. crim.* n° 105).

4) Les peines privatives ou restrictives de droit ne peuvent être prononcées avec une peine d'emprisonnement, sauf si la loi le prévoit (▪ Cass. crim., 11 juin 2014, n° 13-81.736 : *Gaz. Pal.* 21 oct. 2014, n° 294, p. 32, obs. E. Dreyer).

5) **Suspension du permis de conduire.** La peine de suspension du permis de conduire se substituant à l'emprisonnement peut être prononcée à l'égard de l'auteur de toute infraction punie d'une peine d'emprisonnement (▪ Cass. crim., 6 oct. 1987 : *Bull. crim.* n° 337).

6) Conformément à l'article 702-1, dernier alinéa, du Code de procédure pénale, la juridiction statuant sur une demande de relèvement de suspension du permis de conduire a désormais la faculté de limiter cette mesure à la conduite en dehors de l'activité professionnelle, dans les conditions prévues par l'article 131-6, 1°, du Code pénal (▪ Cass. crim., 26 juill. 1994 : *Bull. crim.* n° 287).

7) **Annulation du permis de conduire.** En cas de poursuites pour refus de restitution d'un permis de conduire suspendu ou annulé, les cours et tribunaux peuvent prononcer l'annulation du permis de conduire à titre de peine principale en application notamment de l'article 131-6 du nouveau Code pénal (▪ Cass. crim., 1er juin 1994 : *Bull. crim.* n° 218).

8) **Confiscation d'une arme.** L'article 43-3, 6°, qui permet de prononcer, à titre principal et comme substitut d'une peine d'emprisonnement sanctionnant un délit, la confiscation d'une ou plusieurs armes dont le prévenu est propriétaire ou a la libre disposition, n'exige nullement que l'arme ait été utilisée en vue de commettre l'infraction poursuivie ; en conséquence, a été également prononcée à l'encontre d'un prévenu auteur de menaces avec un couteau la confiscation d'un fusil qui avait été saisi en raison d'autres faits ayant motivé une procédure classée sans suite (▪ Cass. crim., 10 oct. 1978 : *Bull. crim.* n° 265 ; *D.* 1979, IR p. 38, obs. Puech ; *RSC* 1981, p. 601, obs. J. Larguier).

9) **Confiscation de la chose qui a servi à commettre l'infraction.** Est justifiée, au regard des articles 11 et 43-4 anciens et 131-6-10° du Code pénal, la confiscation du camion prononcée contre le dirigeant d'une entreprise de transports routiers, condamné pour avoir laissé ses préposés utiliser un contrôlographe défectueux, dès lors que le délit reproché ne peut concerner que des appareils en service sur des véhicules, lesquels constituent le moyen matériel de commettre l'infraction (▪ Cass. crim., 13 févr. 1996 : *Bull. crim.* n° 75).

10) **Interdiction d'exercer une activité professionnelle.** La cour d'appel qui en application de l'article 131-6, 11° du Code pénal prononce la peine principale de cinq ans d'interdiction d'exercer une activité professionnelle ou sociale contre le prévenu déclaré coupable de tromperies et de faux commis à l'occasion de contrôles techniques automobiles, apprécie souverainement l'étendue de l'interdiction (▪ Cass. crim., 1er avr. 2008 : *Bull. crim.* n° 87 ; *Dr. pén.* 2008, comm. 100, obs. J.-H. Robert).

Art. 131-7. – *(L. n° 2004-204, 9 mars 2004)* **Les peines privatives ou restrictives de droits énumérées à l'article 131-6 peuvent également être prononcées, à la place de l'amende, pour les délits qui sont punis seulement d'une peine d'amende.**

Art. 131-8 *(Mod., L. n° 2004-204, 9 mars 2004 ; L. n° 2007-297, 5 mars 2007 ; L. n° 2009-1436, 24 nov. 2009 ; mod. à compter du 1er octobre 2014, L. n° 2014-896, 15 août 2014 ; mod., L. n° 2016-731,*

3 juin 2016 ; L. n° 2019-222, 23 mars 2019). – **Lorsqu'un délit est puni d'une peine d'emprisonnement, la juridiction peut prescrire, à la place de l'emprisonnement, que le condamné accomplira, pour une durée de vingt à quatre cents heures, un travail d'intérêt général non rémunéré au profit soit d'une personne morale de droit public, soit d'une personne morale de droit privé chargée d'une mission de service public ou d'une association habilitées à mettre en œuvre des travaux d'intérêt général.**

Lorsque le prévenu est présent à l'audience, la peine de travail d'intérêt général ne peut être prononcée si celui-ci la refuse. Le président du tribunal, avant le prononcé du jugement, informe le prévenu de son droit de refuser l'accomplissement d'un travail d'intérêt général et reçoit sa réponse.

Lorsque le prévenu n'est pas présent à l'audience mais y est représenté par son avocat, cette peine peut être prononcée s'il a fait connaître par écrit son accord.

Lorsque le prévenu n'est pas présent à l'audience et n'a pas fait connaître son accord, cette peine ne peut être prononcée que si le tribunal fait application des dispositions du deuxième alinéa de l'article 131-9. Dans ce cas, avant la mise à exécution de la peine de travail d'intérêt général, le juge de l'application des peines informe le condamné de son droit de refuser l'accomplissement d'un travail et reçoit sa réponse. En cas de refus, tout ou partie de l'emprisonnement ou de l'amende fixée par la juridiction peut être mis à exécution, dans les conditions prévues à l'article 712-6 du Code de procédure pénale, sous réserve, s'il y a lieu, des possibilités d'aménagement ou de conversion.

Voir : art. 131-22 s., p. 215, art. R. 131-12 s., p. 985, art. 434-42, p. 911.

Bibliographie : P. Couvrat, *Les trois visages du travail d'intérêt général* : *RSC* 1989, p. 162. • E. Louan, *La déjudiciarisation de la procédure de TIG : entre présupposés et occasions manquées* : *AJ pénal* 2021, p. 238. • B. Penaud, *Relancer le travail d'intérêt général : une peine réconciliatrice et solidaire* : *Gaz. Pal.* 3 nov. 2011, n° 307, p. 5.

1) Motivation. Le demandeur ne saurait se faire un grief d'un défaut de motivation de la peine de travail d'intérêt général au regard de sa situation personnelle, dès lors que le prononcé d'une telle peine étant subordonné à l'accord préalable de l'intéressé, il implique nécessairement la prise en compte de la gravité des faits, de la personnalité de leur auteur et de la situation personnelle de celui-ci (■ Cass. crim., 16 avr. 2019, n° 18-83.434 : *JurisData* n° 2019-006083 ; *Dr. pén.* 2019, comm. 120, obs. V. Peltier).

2) Point de départ du délai d'exécution. Sous réserve de l'application de l'article 471, alinéa 4 du Code de procédure pénale, qui permet aux juges de prescrire l'exécution provisoire, la condamnation, au titre de l'article 43-3-1 du Code pénal (aujourd'hui 131-22), à l'accomplissement d'un travail d'intérêt général est exécutoire à compter du jour où elle est définitive, ainsi que le prévoit l'article 708 du Code de procédure pénale, et doit être subie dans le délai imparti par la décision de condamnation. Le point de départ de ce délai ne saurait être différé quelle qu'en soit la cause, en raison du retard apporté par le juge de l'application des peines à rendre la décision prévue par l'article R. 61-12 du même code (aujourd'hui R. 131-23) qui ne constitue qu'une modalité d'exécution de la peine prononcée. (■ Cass. crim., 1er mars 1988 : *Bull. crim.* n° 110).

Art. 131-8-1 *(L. n° 2007-297, 5 mars 2007).* – **Lorsqu'un délit est puni d'une peine d'emprisonnement, la juridiction peut prononcer, à la place ou en même temps que la peine d'emprisonnement, la peine de sanction-réparation. Il en est de même lorsqu'un délit est puni à titre de peine principale d'une seule peine d'amende.**

La sanction-réparation consiste dans l'obligation pour le condamné de procéder, dans le délai et selon les modalités fixés par la juridiction, à l'indemnisation du préjudice de la victime.

Avec l'accord de la victime et du prévenu, la réparation peut être exécutée en nature. Elle peut alors consister dans la remise en état d'un bien endommagé à l'occasion de la commission de l'infraction ; cette remise en état est réalisée par le condamné lui-même ou par un professionnel qu'il choisit et dont il rémunère l'intervention.

L'exécution de la réparation est constatée par le procureur de la République ou son délégué.

Lorsqu'elle prononce la peine de sanction-réparation, la juridiction fixe la durée maximum de l'emprisonnement, qui ne peut excéder six mois, ou le montant maximum de l'amende, qui ne peut excéder 15 000 €, dont le juge de l'application des peines pourra ordonner la mise à exécution en tout ou partie dans les conditions prévues par l'article 712-6 du Code de procédure pénale si le condamné ne respecte pas l'obligation de réparation. Si le délit n'est puni que d'une peine d'amende, la juridiction ne fixe que le montant de l'amende, qui ne peut excéder

15 000 €, qui pourra être mis à exécution. Le président de la juridiction en avertit le condamné après le prononcé de la décision.

Voir : art. R. 131-45, p. 990

Bibliographie : S. Fournier, *La peine de sanction-réparation, un hybride disgracieux, in Mél. Robert : LexisNexis*, p. 291. • M. Giacopelli, *Libres propos sur la sanction-réparation : D.* 2007, point de vue, p. 1551. • E. Fortis, *Janus et la responsabilité, variations sur la sanction-réparation, in Mél. G. Viney : LGDJ*, 2008, p. 450.

Art. 131-9 ***(Mod., L. n° 2004-204, 9 mars 2004 ; mod. à compter du 1er octobre 2014, L. n° 2014-896, 15 août 2014 ; mod. à compter du 24 mars 2020, L. n° 2019-222, 23 mars 2019 ; L. n° 2020-936, 30 juill. 2020).*** **– L'emprisonnement ne peut être prononcé cumulativement avec une des peines privatives ou restrictives de droits prévues aux 1°, 2°, 3°, 4°, 5°, 5° *bis*, 8°, 9°, 11° et 15° de l'article 131-6 ni avec la peine de travail d'intérêt général.**

Lorsqu'elle prononce une ou plusieurs des peines prévues par les articles 131-5-1, 131-6 ou 131-8, la juridiction peut fixer la durée maximum de l'emprisonnement ou le montant maximum de l'amende dont le juge de l'application des peines pourra ordonner la mise à exécution en tout ou partie, dans des conditions prévues par l'article 712-6 du Code de procédure pénale, si le condamné ne respecte pas les obligations ou interdictions résultant de la ou des peines prononcées. Le président de la juridiction en avertit le condamné après le prononcé de la décision. L'emprisonnement ou l'amende que fixe la juridiction ne peuvent excéder les peines encourues pour le délit pour lequel la condamnation est prononcée ni celles prévues par l'article 434-41 du présent code. Lorsqu'il est fait application des dispositions du présent alinéa, les dispositions de l'article 434-41 ne sont alors pas applicables.

La peine de jours-amende ne peut être prononcée cumulativement avec la peine d'amende.

Bibliographie : S. Detraz, *Le prononcé anticipé des peines : une procédure ante-delictum en pleine expansion : Dr. pén.* 2005, étude 9. • S. Detraz, *La notion de peine alternative à l'emprisonnement : Gaz. Pal.* 26 avr. 2016, n° 16, p. 88. • Ph. Salvage, *L'inexécution d'une peine insusceptible d'exécution forcée, source de responsabilité pénale : Dr. pén.* 2000, chron. 1. • Ph. Salvage, *Les peines de peine : Dr. pén.* 2008, étude 9.

1) Interdiction du cumul d'une peine d'emprisonnement et d'une peine privative ou restrictive de droit. Si l'article 131-9, alinéa 1er, interdit le prononcé cumulatif de l'emprisonnement avec une des peines privatives ou restrictives de droits prévues à l'article 131-6, il en va autrement, par application de l'article 131-10 dudit code, lorsque ces sanctions constituent des peines complémentaires prévues par la loi. Tel est le cas du permis de chasser et de la suspension du permis de conduire prononcés cumulativement avec la peine principale d'emprisonnement en répression du délit de chasse dans une réserve commis avec l'usage d'une automobile (■ Cass. crim., 9 nov. 1994, n° 94-80.722 : *Bull. crim.* n° 356 ; *RSC* 1995, p. 572, obs. B. Bouloc ; *Dr. pén.* 1995, comm. 96, obs. J.-H. Robert).

2) L'emprisonnement ne peut être prononcé cumulativement avec une des peines privatives ou restrictives de droits, prévues par l'article 131-6, sauf si la loi le prévoit expressément. Encourt la cassation l'arrêt qui, confirmant le jugement ayant prononcé une interdiction professionnelle pendant 5 ans, condamne en outre le prévenu à 3 mois d'emprisonnement, alors que ni l'article L. 376 du Code de la santé publique, ni l'article L. 377-1 du Code de la sécurité sociale ne prévoient le cumul d'une peine d'emprisonnement avec une interdiction professionnelle (■ Cass. crim., 10 mai 2000 : *JurisData* n° 2000-002473 ; *Bull. crim.* n° 184 ; *Dr. pén.* 2001, chron. 24, C. Marsat ; *Dr. pén.* 2001, comm. 10, obs. M. Véron).

3) Selon les articles 131-9 et 131-10 du Code pénal, l'emprisonnement ne peut être prononcé cumulativement avec une des peines privatives ou restrictives des droits prévues par l'article 131-6 du même code, sauf si la loi le prévoit expressément. Par ailleurs, l'article 313-7 du Code pénal qui édicte les peines complémentaires applicables en cas de condamnation pour escroquerie ne comprend pas la suspension permis de conduire. A méconnu l'ensemble de ces dispositions, la cour d'appel qui, pour escroquerie, a condamné le prévenu à 6 mois d'emprisonnement avec sursis, 1 000 euros d'amende et 6 mois de suspension du permis de conduire (■ Cass. crim., 26 oct. 2004 : *Bull. crim.* n° 256).

4) Selon les articles 131-9 et 131-10 du Code pénal, les peines privatives ou restrictives de droits, prévues par l'article 131-6, ne peuvent être prononcées cumulativement avec l'emprisonnement, sauf si la loi le prévoit expressément ; tel n'est pas le cas, dans les poursuites du chef de non-assistance à personne en péril, de l'emprisonnement et de l'interdiction d'exercer une activité professionnelle alors que les articles 223-6 et 223-16 du Code pénal ne prévoient pas un tel cumul (■ Cass. crim., 13 avr. 2005 : *Bull. crim.* n° 133).

5) Le délit de destruction d'animaux non domestiques appartenant à une espèce protégée, réprimé par l'article L. 415-3 du Code de l'environnement, dont les peines pouvaient être seules prononcées, est, notamment, puni d'amende ainsi que d'emprisonnement. En application combinée des articles 131-6 et 131-9 du Code pénal, la cour d'appel pouvait prononcer, outre une amende, le retrait du permis de chasser à la place de l'emprisonnement. (▪ Cass. crim., 16 mai 2006 : *JurisData* n° 2006-034190).

6) L'emprisonnement ne peut être prononcé cumulativement avec une des peines privatives ou restrictives de droit prévus à l'article 131-6 du Code pénal, parmi lesquelles figure l'interdiction pour une durée de 5 ans au plus d'exercer une activité professionnelle ; que la cour d'appel ne pouvait, dès lors, prononcer légalement à l'encontre de Mme X...-Y..., cumulativement, une peine d'emprisonnement et une peine d'interdiction temporaire d'exercice de la profession de pharmacien (▪ Cass. crim., 11 juin 2014, n° 13-81.736 : *Gaz. Pal.* 19-21 oct. 2014, p. 32, E. Dreyer).

7) Interdiction du cumul d'une peine d'emprisonnement et d'une peine de travail d'intérêt général. En condamnant le prévenu du chef de conduite sous l'empire d'un état alcoolique en état de récidive légale à la peine de 2 mois d'emprisonnement avec sursis assorti de l'obligation d'accomplir un travail d'intérêt général et à la peine d'annulation de son permis de conduire avec interdiction de solliciter la délivrance d'un nouveau permis pendant 18 mois, la cour d'appel a donné une base légale à sa décision. En effet d'une part, le travail d'intérêt général n'a pas été prononcé en application des articles 131-6 et 131-9 du Code pénal relatifs aux peines alternatives à la peine d'emprisonnement mais en application de l'article 132-54 du même code prévoyant que la juridiction peut assortir le sursis de l'obligation d'accomplir un travail de cette nature ; d'autre part, l'annulation du permis de conduire n'a pas été prononcée en application des articles 131-6 et 131-9, mais conformément à l'article 131-10 du Code pénal et à l'article L. 15, II, du Code de la route (▪ Cass. crim., 23 mai 1995 : *JurisData* n° 1995-003172 ; *Dr. pén.*, p. 282, obs. J.-H. Robert).

8) Sanction de l'inexécution d'une peine alternative. La condamnation prononcée, en application de l'article 434-42 du Code pénal, pour violation des obligations résultant d'une peine de travail d'intérêt général, ne dispense pas le condamné de l'exécution de cette peine (▪ Cass. crim., 7 janv. 1997 : *Bull. crim.* n° 1 ; *Dr. pén.* 1997, comm. 76, note M. Véron ; *JCP* 1997, II, 22878, note Ph. Salvage).

9) Interdiction du cumul d'une peine d'amende et d'une peine de jours-amende. Il résulte de l'article 132-3, alinéa 1, du Code pénal que lorsque, à l'occasion d'une même procédure, la personne poursuivie est reconnue coupable de plusieurs infractions en concours, chacune des peines encourues peut être prononcée. Toutefois, lorsque plusieurs peines de même nature sont encourues, il ne peut être prononcé qu'une seule peine de cette nature dans la limite du maximum légal le plus élevé et l'article 131-9, alinéa 3, du Code pénal prohibe expressément le prononcé d'une peine de jours-amende cumulativement avec une peine d'amende. Dès lors encourt la cassation l'arrêt qui, après avoir déclaré le prévenu coupable de conduite sans permis et de défaut d'assurance, prononce une peine de jours-amende pour le premier délit et une peine d'amende pour le second (▪ Cass. crim., 11 janv. 2022, n° 21-84.114 : *JurisData* n° 2022-000258 ; *Bull. crim.* n° 1 ; *AJ pénal* 2022, note R. Mesa).

Sous-section 3. – Des peines complémentaires encourues pour certains crimes ou délits

Art. 131-10 *(L. n° 98-468, 17 juin 1998 ; L. n° 2007-297, 5 mars 2007)*. **– Lorsque la loi le prévoit, un crime ou un délit peut être sanctionné d'une ou de plusieurs peines complémentaires qui, frappant les personnes physiques, emportent interdiction, déchéance, incapacité ou retrait d'un droit, injonction de soins ou obligation de faire, immobilisation ou confiscation d'un objet, confiscation d'un animal, fermeture d'un établissement ou affichage de la décision prononcée ou diffusion de celle-ci soit par la presse écrite, soit par tout moyen de communication au public par voie électronique.**

Bibliographie : *JCl. Pénal Code, Peines complémentaires applicables aux personnes physiques*, J.-Y. Maréchal. • N. Sempé, *Les sanctions à caractère réel : Gaz. Pal.* 25 mars 1999, doctr. p. 339.

Voir : art. 434-41, p. 910.

Voir aussi : sur la nécessité d'une prévision textuelle de la peine complémentaire, note ss art. 111-3, p. 10.

1) Nature de peine complémentaire. La démolition ne peut pas constituer une peine de substitution prononcée à titre principal (▪ Cass. crim., 20 mars 2001 : *JurisData* n° 2001-009256 ;

Bull. crim. n° 73 ; *Dr. pén.* 2001, comm. 105, obs. J.-H. Robert. ▪ Cass. crim., 14 mai 2008 : *JurisData* n° 2008-044358. ▪ Cass. crim., 2 nov. 2011 : *JurisData* n° 2011-027350).

2) Lorsqu'elle est ordonnée dans le cadre d'une action fondée sur les articles 32 et 33 de la loi sur la presse, la mesure de publication ne constitue pas une peine complémentaire mais une réparation civile et les juges doivent en fixer le coût en fonction de ce qui est nécessaire et proportionné pour indemniser le préjudice subi par la partie civile (▪ Cass. crim., 4 sept. 2018, n° 18-80.455 QPC, inédit : *Gaz. Pal.* 12 févr. 2019, p. 29, obs. F. Fourment).

3) Prévision textuelle. Encourt la cassation l'arrêt qui condamne le prévenu, du chef d'outrages à magistrat, à la seule peine d'interdiction des droits civiques, civils et de famille pendant 3 ans alors que cette sanction n'est pas une peine complémentaire légalement prévue pour cette infraction et qu'elle ne constitue pas davantage une des peines privatives ou restrictives de droits prévues par l'article 131-6 du Code pénal que le juge peut prononcer comme substitut à l'emprisonnement (▪ Cass. crim., 13 avr. 2010 : *JurisData* n° 2010-005942).

4) Exécution par provision. Les peines complémentaires encourues pour certains crimes ou délits en application des articles 131-10, 131-27 et 131-28 du Code pénal, peuvent, en vertu de l'article 471, alinéa 4, du Code de procédure pénale, être déclarées exécutoires par provision (▪ Cass. crim., 2 nov. 2005 : *Bull. crim.* n° 274).

5) QPC. Refus de transmettre une question prioritaire de constitutionnalité relative à l'alinéa 4 de l'article 471 du Code de procédure pénale prévoyant l'exécution par provision des interdictions prévues par l'article 131-10 du Code pénal et prononcées selon les modalités de l'article 131-17 du même code, en ce que ces dispositions porteraient atteinte aux droits et libertés garantis par les articles 8 et 9 de la Déclaration des droits de l'homme et du citoyen de 1789 ainsi que de l'article 66 de la Constitution. La question posée ne présente pas un caractère sérieux dès lors que la faculté pour la juridiction d'ordonner l'exécution provisoire répond à l'objectif d'intérêt général visant à favoriser, en cas de recours, l'exécution de la peine et à prévenir la récidive. Le caractère non suspensif du recours, lorsque l'exécution provisoire a été ordonnée, assure une juste conciliation entre cet objectif et celui à valeur constitutionnelle de bonne administration de la justice ; qu'en conséquence, les droits et libertés garantis par la Constitution ne sont pas méconnus (▪ Cass. crim., 4 avr. 2018, n° 17-84.577, inédit : *JurisData* n° 2018-005156).

Art. 131-11 ***(L. n° 2004-204, 9 mars 2004).*** **– Lorsqu'un délit est puni d'une ou de plusieurs des peines complémentaires mentionnées à l'article 131-10, la juridiction peut ne prononcer que la peine complémentaire ou l'une ou plusieurs des peines complémentaires encourues à titre de peine principale.**

La juridiction peut alors fixer la durée maximum de l'emprisonnement ou le montant maximum de l'amende dont le juge de l'application des peines pourra ordonner la mise à exécution en tout ou partie, dans des conditions prévues par l'article 712-6 du Code de procédure pénale, en cas de violation par le condamné des obligations ou interdictions résultant des peines prononcées en application des dispositions du présent article. Le président de la juridiction en avertit le condamné après le prononcé de la décision. L'emprisonnement ou l'amende que fixe la juridiction ne peuvent excéder les peines encourues pour le délit pour lequel la condamnation est prononcée, ni celles prévues par l'article 434-41 du présent code. Lorsqu'il est fait application des dispositions du présent alinéa, les dispositions de l'article 434-41 ne sont pas applicables.

Bibliographie : J.-H. Robert, *La combinaison des peines de substitution et des peines complémentaires de même nature : Dr. pén.* 1995, chron. 56.

1) Distinction entre peine complémentaire et mesure à caractère réel. Il résulte de l'article 131-11 du Code pénal que seules les peines complémentaires peuvent être prononcées à titre principal. Encourt la cassation l'arrêt qui, après avoir déclaré le prévenu coupable de construction sans permis, le condamne à la démolition de l'ouvrage, alors que cette mesure comme celles de mise en conformité des lieux ou des ouvrages ou la réaffectation du sol constituent des mesures à caractère réel destinées à faire cesser une situation illicite, et non des sanctions pénales (▪ Cass. crim., 2 oct. 2007 : *Dr. pén.* 2007, comm. 162, obs. J.-H. Robert. ▪ Cass. crim., 30 oct. 2007 : *Dr. pén.* 2008, comm. 4, 4ᵉ esp., obs. M. Véron).

2) La remise en état des lieux, prévue par l'article L. 480-5 du Code de l'urbanisme n'est pas une peine complémentaire mais une mesure à caractère réel destinée à faire cesser une situation illicite. Elle ne peut donc pas être prononcée à titre de peine principale (▪ Cass. crim., 6 nov. 2012, n° 12-82.449 : *Bull. crim.* n° 239 ; *Dr. pén.* 2013, comm. 8, note J.-H. Robert ; *JCP* G 2013, 144, note E. Dreyer. ▪ Cass. crim., 16 déc. 2014, n° 13-86.788 : *JurisData* n° 2014-031283. *Contra*, ▪ CA Bourges, 2 mai 2013 : *JCP* G 2013, 1101, note J. Leroy).

Sous-section 4. – Des peines contraventionnelles

Bibliographie : *JCl. Pénal Code, Peines contraventionnelles applicables aux personnes physiques*, par J.-H. Robert.

Art. 131-12 *(L. n° 2007-297, 5 mars 2007)*. – Les peines contraventionnelles encourues par les personnes physiques sont :

1° L'amende ;

2° Les peines privatives ou restrictives de droits prévues à l'article 131-14.

3° La peine de sanction-réparation prévue par l'article 131-15-1.

Ces peines ne sont pas exclusives d'une ou de plusieurs des peines complémentaires prévues aux articles 131-16 et 131-17.

Art. 131-13 *(Mod., L. n° 2003-495, 12 juin 2003 ; L. n° 2005-47, 26 janv. 2005)*. – Constituent des contraventions les infractions que la loi punit d'une amende n'excédant pas 3 000 €. Le montant de l'amende est le suivant :

1° 38 € au plus pour les contraventions de la 1re classe ;

2° 150 € au plus pour les contraventions de la 2e classe ;

3° 450 € au plus pour les contraventions de la 3e classe ;

4° 750 € au plus pour les contraventions de la 4e classe ;

5° 1 500 € au plus pour les contraventions de la 5e classe, montant qui peut être porté à 3 000 € en cas de récidive lorsque le règlement le prévoit, hors les cas où la loi prévoit que la récidive de la contravention constitue un délit.

Voir : art. R. 610-4, p. 1013.

Art. 131-14. – Pour toutes les contraventions de la 5e classe, une ou plusieurs des peines privatives ou restrictives de droits suivantes peuvent être prononcées :

1° La suspension, pour une durée d'un an au plus, du permis de conduire, cette suspension pouvant être limitée à la conduite en dehors de l'activité professionnelle *(L. n° 2003-495, 12 juin 2003)*, cette limitation n'est toutefois pas possible en cas de contravention pour laquelle la suspension du permis de conduire, encourue à titre de peine complémentaire, ne peut pas être limitée à la conduite en dehors de l'activité professionnelle ;

2° L'immobilisation, pour une durée de six mois au plus, d'un ou de plusieurs véhicules appartenant au condamné ;

3° La confiscation d'une ou de plusieurs armes dont le condamné est propriétaire ou dont il a la libre disposition ;

4° Le retrait du permis de chasser, avec interdiction de solliciter la délivrance d'un nouveau permis pendant un an au plus ;

5° L'interdiction, pour une durée d'un an au plus, d'émettre des chèques autres que ceux qui permettent le retrait de fonds par le tireur auprès du tiré ou ceux qui sont certifiés et d'utiliser des cartes de paiement ;

6° La confiscation de la chose qui a servi ou était destinée à commettre l'infraction ou de la chose qui en est le produit. Toutefois, cette confiscation ne peut pas être prononcée en matière de délit de presse.

Art. 131-15. – La peine d'amende ne peut être prononcée cumulativement avec une des peines privatives ou restrictives de droits énumérées à l'article 131-14.

Les peines privatives ou restrictives de droits énumérées à cet article peuvent être prononcées cumulativement.

Art. 131-15-1 *(L. n° 2007-297, 5 mars 2007)*. – Pour toutes les contraventions de la cinquième classe, la juridiction peut prononcer à la place ou en même temps que la peine d'amende la peine de sanction-réparation selon les modalités prévues par l'article 131-8-1.

Dans ce cas, la juridiction fixe le montant maximum de l'amende, qui ne peut excéder 1 500 €, dont le juge de l'application des peines pourra ordonner la mise à exécution en tout ou partie dans les conditions prévues par l'article 712-6 du Code de procédure pénale si le condamné ne respecte pas l'obligation de réparation.

Voir : art. R. 131-45, p. 990.

Art. 131-16 *(Mod., L. n° 2003-495, 12 juin 2003 ; L. n° 2004-204, 9 mars 2004 ; L. n° 2007-297, 5 mars 2007 ; Ord. n° 2012-1218, 2 nov. 2012 ; L. n° 2016-444, 13 avr. 2016 ; L. n° 2018-703, 3 août*

2018 ; mod. à compter du 24 mars 2020, L. n° 2019-222, 23 mars 2019). – **Le règlement qui réprime une contravention peut prévoir, lorsque le coupable est une personne physique, une ou plusieurs des peines complémentaires suivantes :**

1° La suspension, pour une durée de trois ans au plus, du permis de conduire, cette suspension pouvant être limitée à la conduite en dehors de l'activité professionnelle sauf si le règlement exclut expressément cette limitation ;

2° L'interdiction de détenir ou de porter, pour une durée de trois ans au plus, une arme soumise à autorisation ;

3° La confiscation d'une ou de plusieurs armes dont le condamné est propriétaire ou dont il a la libre disposition ;

4° Le retrait du permis de chasser, avec interdiction de solliciter la délivrance d'un nouveau permis pendant trois ans au plus ;

5° La confiscation de la chose qui a servi ou était destinée à commettre l'infraction ou de la chose qui en est le produit ;

6° L'interdiction de conduire certains véhicules terrestres à moteur, y compris ceux pour la conduite desquels le permis de conduire n'est pas exigé, pour une durée de trois ans au plus ;

7° Les peines de stage prévues à l'article 131-5-1 ;

8° La confiscation de l'animal ayant été utilisé pour commettre l'infraction ou à l'encontre duquel l'infraction a été commise ;

9° L'interdiction, pour une durée de trois ans au plus, de détenir un animal ;

10° Le retrait pour une durée d'un an au plus des titres de conduite en mer des navires de plaisance à moteur et, à l'encontre de toute personne embarquée sur un navire étranger, l'interdiction pour un an au plus de pratiquer la navigation dans les eaux territoriales ou les eaux intérieures maritimes françaises.

Stage de citoyenneté. Les dispositions de l'article 131-5-1 du Code pénal (rédaction antérieure à la loi n° 2019-222 du 23 mars 2019), qui prévoient, s'agissant d'un délit, que la juridiction peut prescrire à titre de sanction l'accomplissement d'un stage de citoyenneté, sauf si la personne poursuivie refuse cette peine ou si elle n'est pas présente à l'audience, sont applicables également en matière de contravention (C. pén., art. 131-16, 8°). Dès lors, encourt la censure le jugement d'une juridiction de proximité qui, après avoir déclaré la prévenue, représentée à l'audience par un avocat, coupable de la contravention de dissimulation du visage dans l'espace public, la condamne à accomplir un stage de citoyenneté (■ Cass. crim., 5 mars 2013, n° 12-80.891 : *Bull. crim.* n° 54 ; *Dr. pén.* 2013, comm. 72, obs. M. Véron ; *Dr. pén.* 2013, comm. 84, obs. É. Bonis-Garçon. ■ Cass. crim., 9 déc. 2014, n° 14-80.873 : *JurisData* n° 2014-030665).

Art. 131-17.

– **Le règlement qui réprime une contravention de la 5e classe peut en outre prévoir la peine complémentaire d'interdiction, pour une durée de trois ans au plus, d'émettre des chèques autres que ceux qui permettent le retrait de fonds par le tireur auprès du tiré ou ceux qui sont certifiés.**

Le règlement qui réprime une contravention de la 5e classe peut également prévoir, à titre de peine complémentaire, la peine de travail d'intérêt général pour une durée de vingt à cent vingt heures.

Voir : art. 131-22, p. 215, art. 434-42, p. 911, art. R. 131-12 et s., p. 985.

Art. 131-18.

– **Lorsqu'une contravention est punie d'une ou de plusieurs des peines complémentaires mentionnées aux articles 131-16 et 131-17, la juridiction peut ne prononcer que la peine complémentaire ou l'une ou plusieurs des peines complémentaires encourues.**

Sous-section 5. – Du contenu et des modalités d'application de certaines peines

Art. 131-19.

– **L'interdiction d'émettre des chèques emporte pour le condamné injonction d'avoir à restituer au banquier qui les avait délivrées les formules en sa possession et en celle de ses mandataires.**

Lorsque cette interdiction est encourue à titre de peine complémentaire pour un crime ou un délit, elle ne peut excéder une durée de cinq ans.

Bibliographie : *JCl. Pénal Code, Interdiction d'émettre des chèques ou d'utiliser des cartes de paiement*, par J. Amar.

Art. 131-20.

– **L'interdiction d'utiliser des cartes de paiement comporte pour le condamné injonction d'avoir à restituer au banquier qui les avait délivrées les cartes en sa possession et en celle de ses mandataires.**

Lorsque cette interdiction est encourue à titre de peine complémentaire pour un crime ou un délit, elle ne peut excéder une durée de cinq ans.

Bibliographie : *JCl. Pénal Code, Interdiction d'émettre des chèques ou d'utiliser des cartes de paiement*, par J. Amar.

Art. 131-21 *(Mod., L. n° 2003-495, 12 juin 2003 ; L. n° 2004-204, 9 mars 2004 ; L. n° 2007-297, 5 mars 2007 ; L. n° 2010-768, 9 juill. 2010 ; L. n° 2012-409, 27 mars 2012 ; L. n° 2013-1117, 6 déc. 2013 ; mod. à compter du 31 décembre 2021, L. n° 2021-1729, 22 déc. 2021 ; L. n° 2022-299, 2 mars 2022).* – **La peine complémentaire de confiscation est encourue dans les cas prévus par la loi ou le règlement. Elle est également encourue de plein droit pour les crimes et pour les délits punis d'une peine d'emprisonnement d'une durée supérieure à un an, à l'exception des délits de presse.**

Sous réserve du dernier alinéa, la confiscation porte sur tous les biens meubles ou immeubles, quelle qu'en soit la nature, divis ou indivis, ayant servi à commettre l'infraction ou qui étaient destinés à la commettre, et dont le condamné est propriétaire ou, sous réserve des droits du propriétaire de bonne foi, dont il a la libre disposition. Lorsqu'une infraction pour laquelle la peine de confiscation est encourue a été commise en utilisant un service de communication au public en ligne, l'instrument utilisé pour avoir accès à ce service est considéré comme un bien meuble ayant servi à commettre l'infraction et peut être confisqué. Au cours de l'enquête ou de l'instruction, il peut être saisi dans les conditions prévues au Code de procédure pénale.

Sous réserve du dernier alinéa, la confiscation porte également sur tous les biens qui sont l'objet ou le produit direct ou indirect de l'infraction, à l'exception des biens susceptibles de restitution à la victime. Si le produit de l'infraction a été mêlé à des fonds d'origine licite pour l'acquisition d'un ou plusieurs biens, la confiscation peut ne porter sur ces biens qu'à concurrence de la valeur estimée de ce produit.

Sous les mêmes réserves, la confiscation peut en outre porter sur tout bien meuble ou immeuble défini par la loi ou le règlement qui réprime l'infraction.

Sous les mêmes réserves, s'il s'agit d'un crime ou d'un délit puni d'au moins cinq ans d'emprisonnement et ayant procuré un profit direct ou indirect, la confiscation porte également sur les biens meubles ou immeubles, quelle qu'en soit la nature, divis ou indivis, appartenant au condamné ou, sous réserve des droits du propriétaire de bonne foi, dont il a la libre disposition, lorsque ni le condamné, ni le propriétaire, mis en mesure de s'expliquer sur les biens dont la confiscation est envisagée, n'ont pu en justifier l'origine.

Sous réserve du dernier alinéa, lorsque la loi qui réprime le crime ou le délit le prévoit, la confiscation peut aussi porter sur tout ou partie des biens appartenant au condamné ou, sous réserve des droits du propriétaire de bonne foi, dont il a la libre disposition, quelle qu'en soit la nature, meubles ou immeubles, divis ou indivis.

La confiscation est obligatoire pour les objets qualifiés de dangereux ou nuisibles par la loi ou le règlement, ou dont la détention est illicite, que ces biens soient ou non la propriété du condamné.

Sous réserve du dernier alinéa, la peine complémentaire de confiscation s'applique dans les mêmes conditions à tous les droits incorporels, quelle qu'en soit la nature, divis ou indivis.

Sous les mêmes réserves, la confiscation peut être ordonnée en valeur. La confiscation en valeur peut être exécutée sur tous biens, quelle qu'en soit la nature, appartenant au condamné ou, sous réserve des droits du propriétaire de bonne foi, dont il a la libre disposition. Pour le recouvrement de la somme représentative de la valeur de la chose confisquée, les dispositions relatives à la contrainte judiciaire sont applicables.

La chose confisquée est, sauf disposition particulière prévoyant sa destruction ou son attribution, dévolue à l'État, mais elle demeure grevée, à concurrence de sa valeur, des droits réels licitement constitués au profit de tiers.

Lorsque la chose confisquée est un véhicule qui n'a pas été saisi ou mis en fourrière au cours de la procédure, le condamné doit, sur l'injonction qui lui en est faite par le ministère public, remettre ce véhicule au service ou à l'organisme chargé de sa destruction ou de son aliénation.

Hors le cas mentionné au septième alinéa, lorsque la peine de confiscation porte sur des biens sur lesquels toute personne autre que le condamné dispose d'un droit de propriété, elle ne peut être prononcée si cette personne dont le titre est connu ou qui a réclamé cette qualité au cours de la procédure n'a pas été mise en mesure de présenter ses observations sur la mesure de confiscation envisagée par la juridiction de jugement aux fins, notamment, de faire valoir le droit qu'elle revendique et sa bonne foi.

Bibliographie : *JCl. Pénal Code, Confiscation*, par E. Camous. • L. Ascensi, *Les saisies et confiscations pénales dans la jurisprudence de la Cour de cassation : AJ pénal* 2020, p. 440. • J. Bétemps et M. Wagner, *Peine complémentaire de confiscation : bien (mal) acquis ne profite jamais ? : Dr. pén.* 2013, prat. 1. • J. Bourgais, *Rapport parlementaire sur les saisies et confiscations : des propositions hasardeuses : Dr. pén.* 2020, étude 4. • E. Camous, *La confiscation en valeur. Une peine en devenir : Dr. pén.* 2017, dossier 5. • E. Camous, *Le contrôle de proportionnalité des saisies pénales : JCP G* 2019, doctr. 150. • E. Camous, *Le droit de propriété et la peine de confiscation : Dr. pén.* 2019, étude 8. • E. Camous, *Saisie et confiscation de biens faisant l'objet d'une propriété collective : Dr. pén.* 2019, étude 14. • E. Camous, *Évaluer le montant de la peine patrimoniale, prochain défi de la lutte contre les enrichissements illicites : Dr. pén.* 2019, étude 25. • A.-S. Chavant-

Leclère, *Halo sur la jurisprudence de la Chambre criminelle en matière de confiscations et saisies : AJ pénal* 2019, p. 8. • Ch. Cutajar, *Commentaire de la loi du 9 juillet 2010 visant à faciliter la saisie et la confiscation en matière pénale : D.* 2010, chron. 2305. • *Les nouvelles saisies pénales, AJ pénal* 2012, dossier, p. 124. • A. Dadoun, *L'intensité variable de la proportionnalité de la peine de confiscation : Dr. pén.* 2017, dossier 6. • M. Hy, *Peine de confiscation : pour en finir avec la mauvaise foi : AJ pénal* 2018, p. 505. • M. Hy, *Le statut procédural du tiers propriétaire d'un bien susceptible d'être confisqué : AJ pénal* 2022, p. 66. • S. Le Tallec, *Le rôle de l'AGRASC dans l'effectivité de la peine de confiscation : AJ pénal* 2019, p. 12. • H. Mastopoulou et H. Robert, *Confiscation des biens des tiers : les conditions de la libre disposition et de la bonne foi : regards croisés : JCP* G 2020, doctr. 209. • A. Mihman, *La confiscation des profits illicites : Gaz. Pal.* 11-13 mai 2014, p. 10. • Dossier *Saisie pénale et confiscations : récentes évolutions : AJ. pénal* 2015, p. 227. • Dossier *La confiscation* (dir.) E. Dreyer : *Gaz. Pal.* 6 nov. 2018, n° 38, p. 65. • Dossier *Saisies et confiscations. État des lieux 10 ans après la loi Warsmann : AJ pénal* 2020, p. 439.

• *Sommaire*

I – NATURE DE LA CONFISCATION 205
II – PRÉSERVATION DES DROITS DES TIERS 206
III – OBJET DE LA CONFISCATION 208
IV – PROCÉDURE 210
V – PRONONCÉ 211
VI – DEVENIR DES BIENS CONFISQUÉS 213

1) QPC. L'article 131-21 du Code pénal prévoit l'existence d'une peine complémentaire applicable, en vertu de la loi, à certains crimes et délits et, en vertu du décret, à certaines contraventions ; que, l'existence d'une telle peine ne méconnaît pas, en elle-même, le principe de nécessité des peines ; que, s'agissant de la répression des contraventions, il appartient au pouvoir réglementaire, dans l'exercice de la compétence qu'il tient de l'article 37 de la Constitution et sous le contrôle des juridictions compétentes, de fixer, dans le respect des exigences de l'article 8 de la Déclaration de 1789, les peines applicables aux contraventions qu'il définit ; que l'article 131-21 du Code pénal ne dispense aucunement le pouvoir réglementaire du respect de ces exigences ; que le Conseil constitutionnel n'est pas compétent pour apprécier la conformité de l'article R. 413-14-1 du Code de la route à ces exigences (▪ Cons. const., n° 2010-66 QPC, 26 nov. 2010 : *JCP* G 2011, p. 15, note J.-H. Robert).

2) L'ensemble des dispositions de l'article 131-21 du Code pénal instituant la peine complémentaire de confiscation a été déclaré conforme à la Constitution par le Conseil constitutionnel dans les motifs et le dispositif de sa décision n° 2010-66 DC du 26 novembre 2010 (▪ Cass. crim., 24 avr. 2013, n° 12-87.473 QPC : *Dr. pén.* 2013, comm. 117, obs. A. Maron et M. Haas).

I – NATURE DE LA CONFISCATION

3) Peine accessoire ou complémentaire. Peine accessoire ou complémentaire à propos de choses ayant un rapport avec l'infraction, la confiscation spéciale est soumise aux principes de légalité (▪ Cass. crim., 2 janv. 1925 : *S.* 1926, 1, 189. ▪ Cass. crim., 10 mars 1993 : *Bull. crim.* n° 108) et de personnalité des peines (▪ Cass. crim., 6 juin 1850 : *S.* 1850, 1, 815).

Les juges ne peuvent prononcer la peine de la confiscation hors les cas où la loi l'ordonne. La confiscation ne peut être prononcée qu'une seule fois par objet de fraude (▪ Cass. crim., 5 juin 1997 : *Bull. crim.* n° 227).

Mais, en raison de son but de sûreté, elle est soustraite aux circonstances atténuantes et peut être prononcée même dans les cas où le délinquant n'est pas propriétaire de l'objet confisqué (▪ Cass. crim., 13 nov. 1931 : *DH* 1932, 7. ▪ Cass. crim., 28 mars 1955 : *D.* 1955, 400. ▪ Cass. crim., 2 déc. 1970 : *Bull. crim.* n° 320).

4) Mesures de sûreté. Parfois même, la confiscation spéciale n'étant qu'une simple mesure de sûreté ou de police à caractère réel, elle peut être prononcée malgré la relaxe de la personne poursuivie (▪ Cass. crim., 12 juill. 1860 : *S.* 1860, 1, 1017) ou l'amnistie (▪ Cass. crim., 13 févr. 1969 : *Bull. crim.* n° 75 ; *RSC* 1970, p. 854, obs. Légal. ▪ Cass. crim., 6 nov. 1969 : *JCP* 1970, II, 16348, note X. Delpech), et contre tout détenteur de la chose (▪ Cass. crim., 16 déc. 1898 : *S.* 1899, 1, 529).

5) *Contra.* Il résulte de l'article 131-21 du Code pénal que la confiscation obligatoire, peine complémentaire encourue dans les cas prévus par la loi, ne peut être prononcée que lorsque le prévenu est déclaré coupable. Encourt dès lors la cassation l'arrêt de la cour d'appel qui, après avoir relaxé le prévenu du chef de recel, a retenu que la confiscation est obligatoire pour les objets qualifiés de dangereux ou nuisibles par la loi ou le règlement, ou dont la détention est illicite, que ces biens soient ou non la propriété du condamné et que ne peut donc pas être remis en circulation un véhicule dont il est établi qu'il est contrefait, la contrefaçon portant sur un élément essentiel d'identification (en l'espèce, des pièces détachées provenant d'un véhicule volé) (▪ Cass. crim., 13 oct. 2021, n° 20-86.868 : *JurisData* n° 2021-016110 ; *Bull. crim.* n° 10 ; *JCP* G 2021, p. 1299, note J.-H. Robert).

6) **Sanction à caractère réel.** – La mesure de confiscation ordonnée à l'occasion de poursuites correctionnelles et visant l'instrument du délit ou la chose produite par le délit constitue une sanction à caractère réel qui survit à l'extinction de l'action publique (▪ Cass. crim., 25 juin 2013, n° 12-80.859 : *Bull. crim.* n° 150).

7) **Cour d'assises – questions.** La confiscation étant une peine, elle doit obligatoirement être mentionnée sur la feuille de questions ; à défaut, l'arrêt de condamnation ne pouvait la prononcer (▪ Cass. crim., 10 janv. 1996, n° 95-82.084 : *JurisData* n° 1996-000510 ; *Bull. crim.* n° 11. ▪ Cass. crim., 12 févr. 1997, n° 96-83.198 : *JurisData* n° 1997-001337 ; *Gaz. Pal.* 1997, 1, chron. dr. crim., p. 131).

II – PRÉSERVATION DES DROITS DES TIERS

8) **Droits du propriétaire de bonne foi.** Selon les dispositions de l'article 131-21 du Code pénal, la confiscation de la chose qui a servi ou était destinée à commettre l'infraction, ou de la chose qui en est le produit, ne peut pas être ordonnée si les objets sont susceptibles de restitution ; il en est ainsi lorsque l'objet appartient à une personne de bonne foi dont le titre de propriété ou de détention est régulier (▪ Cass. crim., 13 avr. 1999 : *Bull. crim.* n° 74).

9) Mais justifie sa décision la chambre de l'instruction qui, pour écarter l'argumentation d'un mis en examen invoquant l'impossibilité de saisir des biens susceptibles de restitution à la victime, retient que cette argumentation ne concerne que la phase de jugement et non celle de l'information judiciaire (▪ Cass. crim., 30 oct. 2012, n° 12-84.961 : *Bull. crim.* n° 229).

10) Il appartient au demandeur, non condamné pénalement et prétendant être titulaire de droits sur un bien confisqué, de saisir la chambre de l'instruction d'une requête en incident contentieux relatif à l'exécution, sur le fondement de l'article 131-21 du Code pénal (▪ Cass. crim., 10 avr. 2019, n° 18-85.370 : *JurisData* n° 2019-005545 ; *Bull. crim.* n° 73).

11) **Appréciation souveraine de la bonne foi.** Les juges apprécient souverainement la bonne foi du propriétaire de l'objet saisi ayant servi à commettre l'infraction ; justifie sa décision la cour d'appel qui décide que n'est pas un propriétaire de bonne foi la SARL dont le véhicule a servi à commettre l'infraction de conduite sans permis, l'auteur de ce délit étant l'unique gérant de la SARL (▪ Cass. crim., 15 janv. 2014, n° 13-81.874 : *JCP* 2014, act., n° 130, p. 198).

12) Saisie en application de l'article 710 du Code de procédure pénale d'une requête portant sur une difficulté d'exécution de la mesure de confiscation d'un bien immobilier acquis en commun par deux époux et définitive à l'égard du mari, condamné pénalement, la cour d'appel est tenue de statuer sur la demande de l'épouse, non condamnée, après avoir précisé si celle-ci doit être considérée ou non comme propriétaire de bonne foi de sa part indivise au sens des articles 131-21 et 222-49 du Code pénal (▪ Cass. crim., 20 mai 2015, n° 14-81.741).

13) **Droit du tiers de bonne foi de faire valoir ses observations (absence de prévision légale – inconstitutionnalité).** Les 3e et 9e alinéas de l'article 131-21 du Code pénal, dans leur rédaction résultant de la loi n° 2013-1117 du 6 décembre 2013 relative à la lutte contre la fraude fiscale et la grande délinquance économique et financière, sont relatifs au régime général de la peine complémentaire de confiscation. Ils prévoient, pour le premier, que cette peine peut porter sur tous les biens qui sont l'objet ou le produit direct ou indirect de l'infraction, à l'exception de ceux susceptibles de restitution à la victime, et, pour le second, que la confiscation peut être ordonnée en valeur et, le cas échéant, être exécutée sur tous les biens appartenant au condamné. Le 4° de l'article 313-7 et le 8° de l'article 324-7 du Code pénal prévoient que les personnes physiques coupables d'une infraction relevant de l'escroquerie ou du blanchiment peuvent être condamnées à la peine complémentaire de confiscation de la chose qui a servi ou était destinée à commettre l'infraction ou de la chose qui en est le produit, à l'exception des objets susceptibles de restitution. Il résulte de ces dispositions, telles qu'interprétées par une jurisprudence constante de la Cour de cassation, que la confiscation peut également porter sur les biens dont ces personnes ont seulement la libre disposition, sous réserve des droits du propriétaire de bonne foi. Toutefois, dans cette dernière hypothèse, ni ces dispositions ni aucune autre disposition ne prévoient que le propriétaire dont le titre est connu ou qui a réclamé cette qualité au cours de la procédure soit mis en mesure de présenter ses observations sur la mesure de confiscation envisagée par la juridiction de jugement aux fins, notamment, de faire valoir le droit qu'il revendique et sa bonne foi. Par conséquent, les dispositions contestées méconnaissent les exigences découlant de l'article 16 de la Déclaration de 1789, garantissant le droit des personnes intéressées à exercer un recours juridictionnel effectif ainsi que le respect

des droits de la défense, et sont contraires à la Constitution.

L'abrogation immédiate des dispositions contestées entraînerait des conséquences manifestement excessives en privant la juridiction de jugement de la faculté de prononcer une peine de confiscation. Par suite, il y a lieu de reporter au 31 mars 2022 la date de leur abrogation. Les mesures prises avant la publication de la présente décision ne peuvent être contestées sur le fondement de cette inconstitutionnalité (■ Cons. const., 23 sept. 2021, n° 2021-932 QPC : *JurisData* n° 2021-015649 ; *Dalloz actualité*, 29 sept. 2021, obs. D. Goetz ; *AJ pénal* 2022, p. 66, note M. Hy ; *D.* 2021, p. 2109, obs. G. Roujou de Boubée. V. également dans le même sens pour les droits du conjoint de bonne foi en cas de confiscation d'un bien commun, ■ Cons. const., 24 nov. 2021, n° 2021-949/50 QPC : *JurisData* : 2021-019522 ; *AJ pénal* 2022, p. 66, note M. Hy).

14) L'article 225-25 du Code pénal prévoit que les personnes physiques ou morales reconnues coupables d'une infraction relevant de la traite des êtres humains ou du proxénétisme peuvent être condamnées à la peine complémentaire de confiscation de tout ou partie des biens dont elles sont propriétaires, quelle qu'en soit la nature. En application des dispositions contestées de cet article, la confiscation peut également porter sur les biens dont ces personnes ont seulement la libre disposition, sous réserve des droits du propriétaire de bonne foi. Toutefois, dans cette dernière hypothèse, ni ces dispositions ni aucune autre disposition ne prévoient que le propriétaire dont le titre est connu ou qui a réclamé cette qualité au cours de la procédure soit mis en mesure de présenter ses observations sur la mesure de confiscation envisagée par la juridiction de jugement aux fins, notamment, de faire valoir le droit qu'il revendique et sa bonne foi. Par conséquent, les mots « ou, sous réserve des droits du propriétaire de bonne foi, dont elles ont la libre disposition » figurant à l'article 225-25 du Code pénal, dans sa rédaction résultant de la loi n° 2016-444 du 13 avril 2016, sont contraires à la Constitution.

Toutefois, l'abrogation immédiate de ces dispositions entraînerait des conséquences manifestement excessives. Par suite, il y a lieu de reporter au 31 décembre 2021 la date de leur abrogation. Les mesures prises avant la publication de la présente décision ne peuvent être contestées sur le fondement de cette inconstitutionnalité (■ Cons. const., 23 avr. 2021, n° 2021-899 QPC : *JurisData* n° 2021-006075 ; *AJ pénal* 2021, p. 323, obs. J. Hennebois).

NB : La loi n° 2021-1729 du 22 décembre 2021 pour la confiance dans l'institution judiciaire est venue ajouter un dernier alinéa à l'article 131-21 du Code pénal préservant les droits du tiers propriétaire. V. également, D. n° 2021-1794, 23 déc. 2021 : *JO* du 26, texte n° 57.

15) Recours effectif. Non-lieu à renvoi d'une QPC ainsi rédigée : « L'article 481 du Code de procédure pénale, dans sa rédaction issue de la loi n° 2016-731 du 3 juin 2016, en ce qu'il permet au juge de refuser la restitution d'un bien placé sous main de justice au propriétaire de bonne foi lorsque ce bien constitue le produit direct ou indirect de l'infraction porte-t-il atteinte au droit de propriété consacré aux articles 2 et 17 de la Déclaration de 1789 ? » ; la question posée ne présente pas de caractère sérieux ; le refus de restitution d'un bien saisi constituant l'instrument ou le produit direct ou indirect de l'infraction est une simple faculté pour la juridiction saisie, impliquant nécessairement d'être mise en œuvre en préservant les droits du requérant de bonne foi dont le titre de propriété ou de détention est régulier, ce dernier bénéficiant en outre d'un recours contre la décision rendue (■ Cass. crim., 27 juin 2018, n° 17-87.424 : *JurisData* n° 2018-011765 ; *Bull. crim.*, n° 129 ; *Procédures* 2018, comm. 313, obs. A.-S. Chavant-Leclère).

16) Le tiers dont la requête en restitution d'un bien objet d'une mesure de confiscation ordonnée en application de l'article 131-21 du Code pénal a été rejetée par le procureur général dispose d'un recours (effectif) devant la cour d'appel. Fait une exacte application de l'article précité l'arrêt qui, pour dire n'y avoir lieu à restitution, caractérise l'existence d'un lien entre la somme confisquée et les activités du condamné (■ Cass. crim., 8 janv. 2014, n° 12-88.072).

17) Il se déduit de l'article 482 du Code de procédure pénale que le jugement qui rejette une demande de restitution est susceptible d'appel de la part de la personne qui a formulé cette demande, sans que puisse lui être opposée l'autorité de la chose jugée de la décision ordonnant la confiscation.

Si la demande de restitution doit être examinée sur le fondement de l'article 481 du Code de procédure pénale lorsque les biens placés sous main de justice n'ont pas été confisqués, il doit être statué sur cette demande en faisant application des dispositions de l'article 131-21 du Code pénal lorsque les biens ont été confisqués.

Conformément aux dispositions précises et inconditionnelles de l'article 6, § 2, de la directive 2014/42/UE du Parlement européen et du Conseil du 3 avril 2014, les droits du propriétaire de bonne foi doivent être réservés, même lorsque le bien constitue le produit direct ou indirect de l'infraction (■ Cass. crim., 7 nov. 2018, n° 17-87.424 : *Bull. crim.* n° 188 ; *JurisData* n° 2018-019590 ; *JCP* G 2019, juris., p. 75, note

G. Beaussonie ; *Dr. pén.* 2018, comm. 216, note E. Camous).

18) L'article 4 de la décision-cadre 2005/212, lu à la lumière de l'article 47 de la Charte, doit être interprété en ce sens qu'il s'oppose à une réglementation nationale qui permet la confiscation, dans le cadre d'une procédure pénale, d'un bien appartenant à une personne autre que celle qui a commis l'infraction pénale, sans que cette première personne dispose d'une voie de recours effective (▪ CJUE, 14 janv. 2021, aff. C-393/19, *Okrazhna prokuratura – Haskovo c/ Apelativna prokuratura – Plovdiv* : *JurisData* n° 2021-000634).

19) Limites à la restitution. Ne méconnaît pas l'article 131-21 du Code pénal la cour d'appel qui ordonne, à titre de peine complémentaire, la confiscation de la créance figurant sur un contrat d'assurance-vie souscrit par l'auteur d'un abus de faiblesse même si les primes d'assurance sont issues de sommes que la victime lui a remises, dès lors que le droit de créance, dont seul bénéficie le souscripteur en exécution du contrat, n'est pas susceptible de restitution à la victime (▪ Cass. crim., 19 avr. 2017, n° 16-80.718 : *Bull. crim.* n° 108).

20) Non-restitution du bien commun confisqué à l'époux de bonne foi. La confiscation d'un bien commun prononcée en répression d'une infraction commise par l'un des époux ne peut qu'emporter sa dévolution pour le tout à l'État, sans qu'il demeure grevé des droits de l'époux non condamné pénalement, y compris lorsque ce dernier est de bonne foi. Cette dévolution ne méconnaît pas les droits de l'époux non condamné pénalement, dès lors que la confiscation, qui constitue une pénalité évaluable en argent, est susceptible de faire naître un droit à récompense pour la communauté lors de la dissolution de celle-ci, déduction faite du profit retiré par elle, en application de l'article 1417 du Code civil, au même titre qu'une amende encourue par un seul époux et payée par la communauté. Encourt la cassation l'arrêt de la cour d'appel qui, saisie d'un incident contentieux relatif à l'exécution d'un arrêt ayant ordonné la confiscation de biens communs en répression du délit d'abus de confiance commis par un époux seul, ordonne la restitution à l'époux de bonne foi de ses droits indivis sur les biens confisqués (▪ Cass. crim., 9 sept. 2020, n° 18-84.619 : *JurisData* n° 2020-012791 ; *Bull. crim.* n° 9, p. 4 ; *D.* 2020, p. 2051, note N. Allix ; *AJ pénal* 2020 p. 465, note A. Duval-Stalla et V. de Tonquédec ; *JCP* G. 2020, juris., p. 1216, note J.-H. Robert).

III – OBJET DE LA CONFISCATION

21) Bien objet ou produit direct ou indirect de l'infraction. La saisie des immeubles dont la confiscation est prévue par l'article 131-21 du Code pénal, prescrite par l'article 706-150 du Code de procédure pénale, n'est pas limitée aux biens dont les personnes visées par l'enquête sont propriétaires, mais s'étend à tous les biens qui sont l'objet ou le produit direct ou indirect de l'infraction (▪ Cass. crim., 4 sept. 2012, n° 11-87.143 : *AJ pénal* 2013, p. 56, obs. J. Lasserre-Capdeville).

22) La confiscation s'étend à tout bien qui est le produit direct ou indirect de l'infraction, peu important que celui-ci ait été acquis pour partie avec des fonds licites (▪ Cass. crim., 6 mai 2015, n° 14-87.902 : *Dr. pén.* 2015, comm. 93, obs. M. Véron).

23) L'article 131-21 du Code pénal offre au juge la faculté de prononcer la confiscation d'un bien acquis avec des fonds dont une partie seulement provient de l'infraction.

Justifie en conséquence sa décision la cour d'appel qui ordonne la confiscation d'un bien immobilier acquis au moyen, en majeure partie, d'un prêt dont les mensualités de remboursement ont été essentiellement réglées par les sommes obtenues lors de la commission des délits d'abus de faiblesse et d'escroquerie et, pour une faible partie, de fonds propres d'origine licite (▪ Cass. crim., 7 déc. 2016, n° 15-86.897 : *Dr. pén.* 2017, comm. 31, note V. Peltier).

24) Il résulte de l'article 131-21, alinéa 3, du Code pénal qu'un bien qui constitue le produit de l'infraction peut faire l'objet d'une mesure de confiscation, totale ou partielle selon le choix opéré par les juges du fond, si ledit produit a été mêlé à des fonds d'origine licite pour l'acquisition du bien en cause (▪ Cass. crim., 22 mars 2017, n° 16-82.051 : *JurisData* n° 2017-005096. ▪ Cass. crim., 14 juin 2017, n° 16-81.699 : *JurisData* n° 2017-011586. ▪ Cass. crim., 9 janv. 2018, n° 17-80.638 : *JurisData* n° 2018-000050. ▪ Cass. crim., 17 janv. 2018, n° 17-80.152 : *JurisData* n° 2018-000312. ▪ Cass. crim., 13 juin 2018, n° 17-83.238 : *JurisData* n° 2018-010273. ▪ Cass. crim., 13 juin 2018, n° 17-83.242 : *JurisData* n° 2018-010274).

25) La saisie, opérée sur le fondement de l'article 706-154 du Code de procédure pénale, des sommes inscrites au crédit d'un compte bancaire dont la confiscation est prévue par l'article 131-21, alinéa 3, du Code pénal, s'étend à l'ensemble des fonds qui sont l'objet ou le produit direct ou indirect de l'infraction ; une chambre de l'instruction n'est dès lors pas tenue de répondre à l'argumentation, inopérante, selon laquelle l'intéressé n'était propriétaire des sommes saisies qu'à hauteur de 2 à 3 % représentant le montant de sa commission sur les ventes de perles et simplement dépositaire du surplus (▪ Cass. crim., 20 juin 2017, n° 16-85.814 : *JurisData* n° 2017-012349).

26) Est inopérant le moyen pris de la violation du principe de proportionnalité en raison de l'atteinte portée au droit de propriété par une mesure de confiscation en valeur, dans la limite d'un certain montant, d'un bien immobilier, s'agissant d'une confiscation en valeur de l'objet ou du produit direct ou indirect de l'infraction.

Après avoir déclaré une société d'investissement coupable d'abus de confiance et de faux et usage, la cour d'appel a ordonné à son encontre, à titre de peine complémentaire, la confiscation en valeur dans la limite de 500 000 euros d'un bien immobilier dont elle était propriétaire. En statuant ainsi, et dès lors qu'il ressort des énonciations de l'arrêt que la valeur de la part du bien confisqué n'excède pas le montant du produit des infractions dont la prévenue a été déclarée coupable, la cour d'appel a justifié sa décision (■ Cass. crim., 3 mai 2018, n° 17-82.098 : *JurisData* n° 2018-007093 ; *Bull. crim.* n° 79).

27) Lorsque plusieurs auteurs ou complices ont participé à un ensemble de faits, soit à la totalité soit à une partie de ceux-ci, chacun d'eux encourt la confiscation du produit de la seule ou des seules infractions qui lui sont reprochées, avec ou non la circonstance de bande organisée, à la condition que la valeur totale des biens confisqués n'excède pas celle du produit total de cette ou de ces infractions (■ Cass. crim., 24 oct. 2018, n° 18-80.834 : *JurisData* n° 2018-018640 ; *Bull. crim.* n° 178 ; *Dr. pén.* 2018, comm. 217, note E. Camous).

28) Preuve du lien entre l'objet de la confiscation et l'infraction. Attendu que, pour ordonner, à titre de peine complémentaire, la confiscation des sommes saisies sur le compte de la société Y… l'arrêt énonce, par motifs propres et adoptés, que l'activité de cette société a cessé en 2011, son capital étant détenu à cent pour cent par la société X..., dont la culpabilité a été retenue ; Mais attendu qu'en l'état de ces seuls motifs, insuffisants à établir que les sommes saisies sont le produit direct ou indirect des infractions retenues à l'encontre de la société X..., la cour d'appel n'a pas justifié sa décision au regard de l'article 131-21 du Code pénal (■ Cass. crim., 14 nov. 2017, n° 15-81.346 : *JurisData* n° 2017-022828).

29) Attendu que, pour ordonner, à titre de peine complémentaire, la confiscation de la somme de 1 900 euros, l'arrêt énonce que cette somme saisie est le produit de l'infraction de travail dissimulé ; Mais attendu qu'en l'état de ces seuls motifs, insuffisants à établir que la somme saisie a servi, directement ou indirectement, à commettre les infractions, ou a été utilisée à cette occasion, ou qu'elle en est le produit direct et appartient à M. Joël X..., la cour d'appel n'a pas justifié sa décision au regard de l'article L. 8224-3, 3°, du Code du travail, visé dans la citation, dans sa version alors applicable (■ Cass. crim., 23 janv. 2018, n° 16-87.712 : *JurisData* n° 2018-000675).

30) Biens indivis. Un bien susceptible de confiscation par application de l'article 131-21, alinéa 6, du Code pénal peut être saisi même s'il est indivis. Si la personne mise en examen peut invoquer son droit à la vie privée et familiale pour s'opposer à la saisie, c'est à la condition qu'elle fasse état, devant les juges du fond, d'éléments propres à démontrer qu'il y a été porté atteinte. En revanche, elle est sans intérêt à invoquer les droits des autres propriétaires indivis (■ Cass. crim., 15 mars 2017, n° 16-80.801 : *JurisData* n° 2017-004509).

31) Bien démembré. Le démembrement de propriété d'un bien immeuble, par l'effet d'une donation-partage, qui, au regard des conditions de sa réalisation et de ses modalités, n'a pas privé, effectivement, des attributs inhérents aux droits du propriétaire les personnes mises en examen pour des faits de blanchiment de fraude fiscale, pour lesquels elles encouraient, à la date des faits reprochés, la peine complémentaire de confiscation de tout ou partie de leur patrimoine, ne constitue pas un obstacle à la saisie pénale dudit bien (■ Cass. crim., 31 mai 2017, n° 16-86.872 : *D.* 2017, p. 2138, note J.-L. Lennon).

32) Il résulte de l'article 131-21, alinéa 6 du Code pénal que, lorsque la loi le prévoit, la confiscation de patrimoine peut porter sur tout ou partie des biens appartenant au condamné ou, sous réserve des droits du propriétaire de bonne foi, dont il a la libre disposition, quelle qu'en soit la nature, meubles ou immeubles, divis ou indivis. En prononçant la confiscation d'un bien immobilier, alors que les demandeurs étaient seulement titulaires des droits d'usufruit sur le bien et qu'elle n'a pas constaté qu'ils avaient la libre disposition dudit bien, la cour d'appel, qui ne pouvait dès lors ordonner que la seule confiscation des droits d'usufruit et non la confiscation en pleine propriété de ce bien, fût-ce en ordonnant la restitution aux nus-propriétaires des sommes représentant la valeur de leurs droits, a méconnu le texte susvisé et le principe ci-dessus rappelé (■ Cass. crim., 30 juin 2021, n°s 20-83.355 et 16-80.657 : *JurisData* n° 2021-010405 ; *Bull. crim.* n° 6, p. 30 ; *Procédures* 2021, comm. 269, obs. A.-S. Chavant-Leclère ; *D.* 2021, p. 1564, obs. J.-B. Perrier ; *AJ pénal* 2021, p. 430, obs. M. Hy).

33) Est justifié l'arrêt de cour d'appel qui, sur le fondement des articles 131-21, alinéa 6, et 222-49 du Code pénal, prononce la confiscation des droits réels de nue-propriété dont la propriétaire avait fait donation à la prévenue, peu important les clauses d'exclusion de la communauté, et d'interdiction faite à la donataire d'aliéner ou d'hypothéquer la nue-propriété objet de la donation, qui assortissaient cette donation, et qui ne sont pas affectés par la confiscation. Cette confiscation, limitée à la seule nue-propriété appartenant à la prévenue, n'a pas d'incidence sur le droit de propriété de sa mère sur l'usufruit du bien, ce qui exclut toute atteinte à sa vie privée et familiale (■ Cass. crim., 15 déc. 2021, n° 20-85.196 : *JurisData* n° 2021-020938 ; *Dr. pén.* 2022, comm. 39, obs. V. Peltier).

34) Libre disposition des biens par les prévenus ou condamnés. La personnalité morale dont jouit une société civile immobilière ne fait pas obstacle à la saisie par un juge d'instruction de l'actif net résultant d'une vente d'un immeuble de cette société afin de garantir la peine de confiscation à laquelle des associés, qui détiennent de façon indivise 99,55 % de son capital, sont susceptibles d'être condamnés pour des faits de blanchiment dès lors que ces derniers, qui ont le pouvoir de décider de l'affectation de cet actif, en ont la libre disposition, au sens des articles 131-21 du Code pénal et 706-148 du Code de procédure pénale, dans leur rédaction, issue de la loi du 27 mars 2012 (■ Cass. crim., 23 mai 2013, n° 12-87.473 : *JurisData* n° 2013-009704 ; *Bull. crim.* n° 113 ; *Bull. inf. C. cass.* 15 nov. 2013, n° 1310, avec communiqué joint ; *JCP* 2013, act. n° 677, p. 1167 ; *Dr. pén.* 2013, comm. 117, obs. A. Maron et M. Haas ; *JCP* 2013, note n° 804, p. 1388, Ch. Cutajar ; *D.* 2013, chron., p. 1780, note P. Labrousse ; *Gaz. Pal.*, 3-4 juill. 2013, jur., p. 9, note R. Mésa ; *AJ pénal* 2013, p. 482, note L. Ascensi).

35) Il en est de même pour la saisie d'un immeuble appartenant à une société civile immobilière dont les mis en examen, des chefs d'infractions à la législation sur les stupéfiants, association de malfaiteurs, faux, usage, et non justification de ressources, sont les uniques porteurs de part, de sorte qu'ils ont la libre disposition de cet immeuble, le juge d'instruction pouvant, en application de l'alinéa 6 de l'article 131-21 du Code pénal, saisir tous les biens dont les mis en examen ont la libre disposition (■ Cass. crim., 29 janv. 2014, n° 13-80.062 : *D.* 2014, act., p. 373).

36) Caractérise la libre disposition d'un bien, propriété d'une société immobilière, par la personne physique mise en examen du chef de blanchiment, de nature à en permettre la saisie en application des articles 131-21, alinéa 6, et 324-7, 12°, du Code pénal, le recours à l'interposition de cette société entre le mis en examen et son patrimoine immobilier, ainsi qu'à des prête-noms de l'entourage familial pour exercer les fonctions ou les rôles de dirigeant de droit, d'administrateurs et d'associés, joint à une gestion de fait de la société par l'intéressé (■ Cass. crim., 8 nov. 2017, n° 17-82.632 : *JurisData* n° 2017-022206).

37) Peuvent être saisis en valeur les biens ou droits incorporels dont le mis en cause est propriétaire ou, sous réserve des droits du propriétaire de bonne foi, dont il a la libre disposition, dont la valeur représente celle des biens ayant servi à commettre l'infraction ou qui étaient destinés à la commettre. En limitant la saisie au montant du produit de l'infraction, alors qu'elle avait constaté que, d'une part, les immeubles ayant servi à commettre le délit poursuivi, bien que cédés postérieurement aux faits, étaient lors de leur commission à la libre disposition de M. B. et que la société 146 Heurteloup n'était pas de bonne foi, d'autre part, les sommes saisies par le juge d'instruction représentaient la valeur de l'instrument de l'infraction, la chambre de l'instruction a méconnu les textes susvisés (articles 706-141-1 et 706-153 du Code de procédure pénale et 131-21 du Code pénal) et les principes ci-dessus rappelés (■ Cass. crim., 6 nov. 2019, n° 19-82.683 : *JurisData* n° 2019-019412 ; *Procédures* 2020, comm. 21, obs. A.-S. Chavent-Leclère).

38) Est justifiée la décision de confiscation d'un immeuble et de créances de loyers dès lors que l'affectation des ressources de l'épouse du condamné au remboursement du prêt afférent à l'acquisition de l'immeuble doit être retenue comme un montage réalisé dans le seul but de placer l'immeuble confisqué dans un état apparent d'indivision. Il s'en déduit que le prévenu était le **propriétaire économique réel** de la totalité de l'immeuble confisqué, nonobstant l'indivision apparente de l'immeuble organisée par le prévenu, de sorte que l'intéressé en avait la libre disposition (■ Cass. crim., 25 nov. 2020, n°s 19-86.979 et 16-86.240 : *JurisData* n° 2020-019172 ; *JCP* G. 2021, p. 227, note G. Beaussonie et J. Laurent ; *AJ pénal* 2021, p. 39, note M. Hy).

39) Biens dont ni le condamné ni le propriétaire n'a pu justifier l'origine. Les dispositions de l'article 131-21, alinéa 5, du Code pénal n'exigent pas, pour qu'un bien soit susceptible de confiscation, qu'il ait été acquis à l'aide du profit direct ou indirect procuré par l'infraction (■ Cass. crim., 21 mars 2018, n° 16-87.296 : *JurisData* n° 2018-004058 ; *Bull. crim.* n° 50 ; *Dr. pén.* 2018, comm. 96, obs. E. Bonis).

IV – PROCÉDURE

40) Saisie conservatoire. Encourt la censure l'arrêt de la chambre de l'instruction qui, pour confirmer la décision du juge d'instruction maintenant la saisie, par des officiers de police judiciaire, de sommes inscrites au crédit de comptes bancaires de personnes mises en examen des chefs d'infractions à la législation sur les stupéfiants et de blanchiment de fraude fiscale, et écarter leur argumentation invoquant l'irrégularité de la mesure conservatoire opérée en l'absence d'avis préalable du procureur de la République, retient que le magistrat instructeur n'était pas tenu de solliciter un tel avis au regard des dispositions de l'article 706-153 du Code de procédure pénale, alors que la saisie en cause, effectuée en application des articles 131-21, alinéa 6, et 324-7, 12° du Code pénal, constituait en l'espèce, au sens de l'article 706-148 du Code de procédure pénale, une saisie de patrimoine requérant un avis de cette nature (■ Cass. crim., 11 juill. 2012, n° 12-82.050 : *JurisData* n° 2012-015547 ; *Bull. crim.* n° 168).

41) Selon les dispositions de l'article 706-148 du Code de procédure pénale, dans les cas prévus aux cinquième et sixième alinéas de l'article 131-21 du Code pénal, lorsque l'infraction poursuivie est punie d'au moins 5 ans d'emprisonnement et que la saisie de patrimoine est prévue par le texte de répression, le juge d'instruction peut, sur requête du procureur de la République ou d'office après avis du ministère public, ordonner la saisie de tout ou partie des biens de la personne concernée.

Une saisie de cette nature constituant une mesure conservatoire et non une peine au sens de l'article 132-24 du Code pénal, n'encourt pas la censure l'arrêt de la chambre de l'instruction qui, statuant, en application de l'article 706-148 susvisé, dans une procédure suivie des chefs d'infractions à la législation sur les stupéfiants sur l'appel d'un mis en examen contre l'ordonnance du juge d'instruction ayant procédé, sur le fondement de l'article 131-21, alinéa 5, du Code pénal, à la saisie d'un bien immobilier lui appartenant et dont il n'a pu justifier l'origine, décide d'office, par substitution de motifs, l'avis du ministère public ayant été recueilli, qu'il y a lieu à saisie du bien en cause, susceptible de confiscation, sur le fondement de l'article 131-21, alinéa 6, du même code qui dispose que lorsque la loi le prévoit, la confiscation peut porter sur tout ou partie des biens appartenant à l'auteur de l'infraction (■ Cass. crim., 18 sept. 2012, n° 12-82.759).

42) Justifie sa décision la chambre de l'instruction qui, pour confirmer l'ordonnance du juge d'instruction prescrivant le maintien de la saisie de sommes inscrites au crédit du compte bancaire d'une personne mise en examen des chefs, notamment, d'escroqueries et captation frauduleuse de programmes télédiffusés cryptés, retient que, d'une part, la confiscation des biens ayant servi à commettre ces infractions ou qui en sont le produit direct ou indirect est encourue à titre de peine complémentaire, et que, d'autre part, selon l'article 706-154 du Code de procédure pénale, seul applicable en l'espèce, la saisie s'applique indifféremment à l'ensemble des sommes inscrites au crédit du compte au moment de la saisie et ne nécessite pas l'avis préalable du ministère public, dès lors qu'elle ne constitue pas une saisie de patrimoine au sens de l'article 706-148 du Code de procédure pénale (■ Cass. crim., 18 sept. 2012, n° 12-80.662 : *Bull. crim.* n° 193).

43) Encourt la censure l'arrêt d'une chambre de l'instruction qui, pour confirmer l'ordonnance du juge d'instruction prescrivant, au visa de l'article 706-154 du Code de procédure pénale, le maintien de la saisie de sommes inscrites au crédit des comptes bancaires d'une personne mise en examen des chefs d'infractions à la législation sur les stupéfiants comme étant le produit direct ou indirect des infractions, et pour écarter son argumentation selon laquelle l'origine des fonds saisis était sans rapport avec ces infractions, retient, en substituant ses motifs à ceux du premier juge, que la personne en cause encourt, en application des articles 131-21, alinéa 6, et 222-49, alinéa 2, du Code pénal, la confiscation de ses biens quelle qu'en soit l'origine, alors que la mesure litigieuse constituait une saisie de patrimoine, au sens de l'article 706-148 du Code de procédure pénale, qui nécessitait l'avis préalable du ministère public (■ Cass. crim., 27 nov. 2012, n° 12-85.344 : *Bull. crim.* n° 259 ; *AJ pénal* 2013, jur. p. 171, note L. Ascensi).

44) Il résulte de l'article 706-150 du Code de procédure pénale que le juge d'instruction peut, sans recueillir l'avis du ministère public, et sous réserve des droits des propriétaires de bonne foi, saisir les immeubles qui sont l'objet ou le produit, direct ou indirect, de l'infraction.

Fait dès lors une exacte application de cet article la cour d'appel qui, pour confirmer la saisie d'un immeuble par le magistrat instructeur, après avoir constaté que le transfert de la propriété de ce bien, revendiqué par un État étranger tiers à la procédure, n'est pas effectif et que l'immeuble, n'étant pas affecté à la mission diplomatique, ne bénéficie pas de l'immunité prévue à l'article 22 de la convention de Vienne du 18 avril 1961, relève qu'il est le produit direct de l'infraction de blanchiment poursuivie (■ Cass. crim., 5 mars 2014, n° 13-84.977).

45) Il appartient à la chambre de l'instruction saisie d'un appel formé à l'encontre d'une ordonnance emportant saisie spéciale de biens rendue au cours d'une enquête ayant, à la date où elle statue, fait l'objet de poursuites, de s'assurer du caractère confiscable des biens saisis au regard des seules infractions poursuivies (■ Cass. crim., 20 nov. 2019, n° 18-86.781 : *JurisData* n° 2019-020563).

V – PRONONCÉ

46) Simple faculté. La confiscation des biens ayant servi à commettre l'infraction n'est, sauf disposition contraire, prévue par l'article 131-21 du Code pénal qu'à titre de simple faculté. Dès lors, ne peut être accueilli le moyen du ministère public pris de ce que la cour d'appel s'est abstenue de prononcer la confiscation d'un véhicule, fût-elle encourue de plein droit pour les crimes et délits punis d'une peine d'emprisonnement supérieure à un an (▪ Cass. crim., 27 mai 2015, n° 14-84.086).

47) L'article 131-21, alinéa 3, du Code pénal offre au juge la faculté de prononcer la confiscation d'un bien acquis avec des fonds dont une partie seulement provient de l'infraction (▪ Cass. crim., 7 déc. 2016, n° 15-86.897).

48) Motivation de la mesure de confiscation. Il résulte des dispositions des articles 1er du protocole additionnel n° 1 à la Convention européenne des droits de l'homme et des libertés fondamentales, 132-1 et 131-21, alinéa 6, du Code pénal, 485 du Code de procédure pénale, que le juge qui prononce une mesure de confiscation de tout ou partie d'un patrimoine doit motiver sa décision au regard de la gravité des faits, de la personnalité de son auteur et de sa situation personnelle et apprécier le caractère proportionné de l'atteinte portée au droit de propriété de l'intéressé.

Méconnaît ces dispositions la cour d'appel qui justifie le prononcé, à titre de peine complémentaire, d'une mesure de confiscation de la propriété du prévenu qu'elle déclare coupable de faits de blanchiment, par le seul constat de ce que cette peine est adaptée à la nature des faits délictueux commis (▪ Cass. crim., 8 mars 2017, n° 15-87.422 ; *JurisData* n° 2017-003909 ; *Bull. crim.* n° 66 ; *Dr. pén.* 2017, comm. 83, obs. E. Bonis).

49) En matière correctionnelle, toute peine doit être motivée en tenant compte de la gravité des faits, de la personnalité de son auteur et de sa situation personnelle, y compris l'emprisonnement avec sursis et la peine complémentaire de confiscation prévue par les dispositions de l'article 131-21 du Code pénal (▪ Cass. crim., 21 mars 2018, n° 16-87.296 : *JurisData* n° 2018-004058 ; *Bull. crim.* n° 50 ; *Dr. pén.* 2018, comm. 96, obs. E. Bonis).

50) Ne justifie pas sa décision la cour d'appel qui, pour prononcer la confiscation d'un immeuble à usage de commerce et d'habitation et d'une maison à usage d'habitation, retient qu'il y a lieu d'ordonner à l'encontre du demandeur la confiscation des deux biens immobiliers saisis à titre de peine complémentaire, en application de l'article 131-21 du Code pénal, ces motifs ne précisant pas à quel titre le bien a été confisqué (▪ Cass. crim., 16 janv. 2019, n° 17-86.581 : *JurisData* n° 2019-000306).

51) Si la cour d'assises n'a pas à préciser les raisons qui la conduisent à ordonner la confiscation du produit ou de l'objet de l'infraction, elle doit néanmoins énumérer les objets dont elle ordonne la confiscation et indiquer, pour chacun d'eux, s'ils constituent l'instrument, le produit ou l'objet de l'infraction, afin de mettre la Cour de cassation en mesure de s'assurer de la légalité de sa décision, et d'apprécier, le cas échéant, son caractère proportionné (▪ Cass. crim., 16 déc. 2020, n° 19-87.622 : *JurisData* n° 2020-020495 ; *Bull. crim.* n° 12, p. 47 ; *Dr. pén.* 2021, comm. 41, obs. E. Bonis ; V. également, ▪ Cass. crim., 9 juin 2021, nos 14-82.945 et 19-86.972 : *JurisData* n° 2021-008810).

52) Proportionnalité de l'atteinte portée au droit de propriété. Le juge qui prononce une mesure de confiscation doit apprécier, hormis le cas où la confiscation, qu'elle soit en nature ou en valeur, porte sur un bien qui, dans sa totalité, constitue le produit de l'infraction, le caractère proportionné de l'atteinte portée au droit de propriété de l'intéressé lorsqu'une telle garantie est invoquée, ou procéder à cet examen d'office lorsqu'il s'agit d'une confiscation de tout ou partie du patrimoine. Il incombe en conséquence au juge qui décide de confisquer un bien, après s'être assuré de son caractère confiscable en application des conditions légales, de préciser la nature et l'origine de ce bien ainsi que le fondement de la mesure et, le cas échéant, de s'expliquer sur la nécessité et la proportionnalité de l'atteinte portée au droit de propriété du prévenu. Encourt, dès lors, la censure l'arrêt de la cour d'appel qui, pour confirmer la confiscation de fonds saisis sur un compte bancaire, énonce qu'elle est justifiée en raison de l'exceptionnelle gravité des faits, des circonstances de la cause et de la personnalité du prévenu, qui n'a pas d'antécédent judiciaire, sans préciser à quel titre le bien a été confisqué, et ne met pas ainsi la Cour de cassation en mesure de s'assurer que les exigences de motivation ont été respectées (▪ Cass. crim., 27 juin 2018, n° 16-87.009 : *JurisData* n° 2018-011764 ; *Bull. crim.* n° 128 ; *Gaz. Pal.* 11 sept. 2018, n° 331, p. 27, note R. Mésa. – Dans le même sens, ▪ Cass. crim., 12 juin 2019, n° 18-83.396 : *JurisData* n° 2019-009947 ; ▪ Cass. crim., 24 juin 2020, n° 19-85.074 : *JurisData* n° 2020-008652 ; *Dr. pén.* 2020, comm. 167, obs. V. Peltier).

53) Il résulte de l'article 1er du protocole additionnel n° 1 à la Convention européenne des droits de l'homme que le tribunal ne peut, sur le fondement de l'article 131-21, alinéa 6, du Code pénal, ordonner la confiscation d'un bien indivis dans sa totalité, dont le condamné, propriétaire indivis, a la libre disposition, l'autre indivisaire étant de mauvaise foi, qu'après s'être assuré, au besoin d'office, de la proportionnalité de l'atteinte portée au droit de propriété de chacun des indivisaires au regard de la gravité concrète des faits et de leur situation personnelle (▪ Cass. crim., 25 nov.

2020, n°s 19-86.979 et 16-86.240 : *JurisData* n° 2020-019172 ; *Bull. crim.* n° 11, p. 109 ; *JCP* G. 2021, p. 227, note G. Beaussonie et J. Laurent).

54) Moyen inopérant lorsque la confiscation porte sur le produit de l'infraction. Le moyen tiré du caractère disproportionné de la peine de confiscation est inopérant dès lors que le principe de proportionnalité ne peut s'appliquer à la confiscation d'un bien qui, dans sa totalité, est le produit ou l'objet des infractions dont le prévenu a été déclaré coupable (▪ Cass. crim., 7 déc. 2016, n° 16-80.879 : *JurisData* n° 2016-026186 ; *Bull. crim.* n° 331 ; *JCP* G 2017, 13, note J.-H. Robert. ▪ Cass. crim., 5 janv. 2017, n° 16-80.275 : *Bull. crim.* n° 7. ▪ Cass. crim., 31 janv. 2018, n° 17-81.876 : *JurisData* n° 2018-000948 ; *Bull. crim.* n° 29. ▪ Cass. crim., 15 mai 2019, n° 18-84.494 : *JurisData* n° 2019-007865).

La solution s'applique également à la saisie provisoire en vue de garantir la confiscation d'un bien qui, dans sa totalité, est le produit ou l'objet des infractions objet de la poursuite, la juridiction d'instruction devant alors apprécier et vérifier la nature de produit de l'infraction du bien saisi chaque fois qu'elle statue sur cette mesure ou sur une demande de restitution (▪ Cass. crim., 15 janv. 2020, n° 19-80.891 : *JurisData* n° 2020-000330 ; *Bull. crim.* n° 1).

55) Si le moyen pris de la violation du principe de proportionnalité au regard du droit de propriété est inopérant lorsque la saisie a porté sur la valeur du produit direct ou indirect de l'infraction, le juge qui ordonne la saisie en valeur d'un bien appartenant ou étant à la libre disposition d'une personne, alors qu'il ne résulte pas des pièces de la procédure de présomptions qu'elle a bénéficié de la totalité du produit de l'infraction, doit cependant apprécier, lorsque cette garantie est invoquée, le caractère proportionné de l'atteinte portée au droit de propriété de l'intéressé s'agissant de la partie du produit de l'infraction dont elle n'aurait pas tiré profit. En prononçant la confiscation sans s'assurer que la valeur de l'immeuble saisi n'excédait pas le produit de la seule infraction reprochée au demandeur, non plus que rechercher, dans l'hypothèse où il serait apparu que l'intéressé n'aurait pas bénéficié du produit de l'infraction, si l'atteinte portée par la saisie au droit de propriété de l'intéressé était proportionnée s'agissant de la partie du produit de l'infraction dont il n'aurait pas tiré profit, la chambre de l'instruction a méconnu les textes susvisés et les principes ci-dessus rappelés (▪ Cass. crim., 24 oct. 2018, n° 18-80.834 : *JurisData* n° 2018-018640 ; *Bull. crim.* n° 178 ; *Dr. pén.* 2018, comm. 217, note E. Camous).

56) Le juge qui autorise ou ordonne la saisie d'un bien acquis au moyen de fonds constituant l'objet ou le produit de l'infraction et de fonds licites doit motiver sa décision, s'agissant de ces derniers, au regard de la nécessité et la proportionnalité de l'atteinte ainsi portée au droit de propriété. Encourt la cassation l'arrêt d'une chambre de l'instruction qui, pour refuser de se prononcer sur le caractère proportionné de la mesure de saisie, énonce que le principe de proportionnalité ne s'applique pas aux saisies opérées sur le produit, direct ou indirect, de l'infraction en application de l'article 131-21, alinéa 3, du Code pénal, ce texte n'imposant d'ailleurs pas au juge du fond de limiter la confiscation à la valeur du produit indirect de l'infraction, lorsqu'il a été mêlé des fonds d'origine licite pour l'acquisition du bien considéré. Mais attendu qu'en statuant ainsi, sans rechercher si la saisie immobilière ordonnée, en ce qu'elle concerne un bien acquis, pour partie, avec des fonds d'origine licite, ne portait pas une atteinte disproportionnée au droit de propriété de la demanderesse, la chambre de l'instruction n'a pas justifié sa décision (▪ Cass. crim., 27 juin 2018, n° 17-84.280 : *JurisData* n° 2018-011200 ; *Bull. crim.* n° 127 ; *Dr. pén.* 2018, comm. 164, obs. A. Maron et M. Haas ; *Procédures* 2018, comm. 309, obs. A.-S. Chavant-Leclère).

57) Le moyen, qui invoque pour la première fois devant la Cour de cassation le caractère disproportionné de l'atteinte spécifique portée au droit de propriété de l'intéressé, en violation de l'article 1er du Protocole additionnel n° 1 à la Convention européenne des droits de l'homme, par la mesure de confiscation de son véhicule prononcée par le tribunal de police pour la contravention d'excès de vitesse d'au moins 50 km/h, et confirmée par la cour d'appel, est nouveau, mélangé de fait et, comme tel, irrecevable (▪ Cass. crim., 13 juin 2017, n° 16-83.201 : *JurisData* n° 2017-011546).

58) Action civile. Le préjudice dont se prévaut le propriétaire d'un bien saisi au cours d'une information judiciaire, ne trouvant pas sa source dans les infractions poursuivies, est indirect au sens de l'article 2 du Code de procédure pénale.

Justifie dès lors sa décision la chambre de l'instruction qui déclare irrecevable la constitution de partie civile d'une personne qui allègue comme seul préjudice celui résultant de la saisie du bien dont elle revendique la propriété (▪ Cass. crim., 5 mars 2014, n° 13-84.978).

VI – DEVENIR DES BIENS CONFISQUÉS

59) Dévolution à l'État. Aux termes de l'article 131-21 du Code pénal, la chose confisquée est, sauf disposition particulière prévoyant sa destruction ou son attribution, dévolue à l'État ; encourt la cassation l'arrêt qui, après avoir ordonné la confiscation de sommes saisies, en prononce l'affectation aux pénalités douanières mises à la charge du prévenu, alors qu'aucun texte n'autorise une telle attribution (▪ Cass. crim., 15 mai 1997 : *Bull. crim.* n° 187).

60) Exécution en France d'une confiscation prononcée à l'étranger. La condition tenant au caractère confiscable, selon le droit français, du bien concerné par la demande d'entraide, posée par l'article 713-37, 2°, du Code de procédure pénale, qui vise à écarter l'exécution d'une décision étrangère de confiscation contraire aux règles en vigueur sur le territoire national, s'apprécie au regard des règles applicables à la date où la juridiction française saisie de la demande statue (▪ Cass. crim., 5 déc. 2018, n° 17-86.695 : *JurisData* n° 2018-022057 ; *Bull. crim.* n° 204 ; *Dr. pén.*, 2019, comm. 39, obs. E. Bonis ; *D. act.*, 24 déc. 2018, obs. S. Fucini).

61) Prescription. La confiscation portant sur la chose qui est le produit de l'infraction, prévue par l'article 131-21, alinéa 2, du Code pénal, constitue une peine complémentaire soumise aux dispositions de l'article 133-3 dudit code relatives à la prescription des peines. Encourt la censure l'arrêt qui écarte l'exception de prescription de la mesure de confiscation, ordonnée à titre de peine complémentaire par une cour d'appel, portant sur une somme d'argent saisie sur un compte bancaire, sans s'être assurée que la décision avait été transmise, pour exécution, au comptable du Trésor Public, dans le délai de 5 ans à compter de la date à laquelle la décision de condamnation est devenue définitive (▪ Cass. crim., 26 juin 2007 : *Bull. crim.* n° 175).

Art. 131-21-1 *(L. n° 2007-297, 5 mars 2007).* **– Lorsqu'elle est encourue comme peine complémentaire, la confiscation d'un animal ou d'une catégorie d'animal concerne l'animal qui a été utilisé pour commettre ou tenter de commettre l'infraction ou à l'encontre duquel l'infraction a été commise. Elle concerne également les animaux dont le condamné est propriétaire ou dont il a la libre disposition, si ces animaux étaient susceptibles d'être utilisés pour commettre l'infraction ou si l'infraction aurait pu être commise à leur encontre.**

La juridiction qui prononce la confiscation de l'animal prévoit qu'il sera remis à une fondation ou à une association de protection animale reconnue d'utilité publique ou déclarée, qui pourra librement en disposer.

Si l'animal n'a pas été placé en cours de procédure, le condamné doit, sur injonction qui lui est faite par le ministère public, le remettre à l'organisme visé à l'alinéa précédent. Les dispositions du quatrième alinéa de l'article 131-21 sont également applicables.

Lorsque l'animal a été placé en cours de procédure, la juridiction qui ordonne sa confiscation peut mettre les frais de placement à la charge du condamné.

Lorsqu'il s'agit d'un animal dangereux, la juridiction peut ordonner qu'il soit procédé à son euthanasie, le cas échéant aux frais du condamné.

Voir : art. R. 131-50 s., p. 990.

1) QPC. Non-lieu à renvoi au Conseil constitutionnel de la question prioritaire visant l'inconstitutionnalité de l'article 131-21-1 du Code pénal s'abstenant de définir l'animal « dangereux », dès lors que l'article 131-21-1 du Code pénal, qui détermine les modalités d'application de la peine complémentaire de confiscation d'un animal, plus particulièrement, lorsqu'il s'agit d'un animal dangereux, son euthanasie, n'est pas un texte d'incrimination, que cette peine n'est ni obligatoire ni automatique et qu'il entre nécessairement dans l'office du juge d'apprécier, au cas par cas, la dangerosité de chaque animal, notamment au regard des dispositions des articles L. 211-11 et L. 211-12 du Code rural, de sorte qu'il n'est porté aucune atteinte aux principes constitutionnels invoqués (▪ Cass. crim., 20 nov. 2012, n° 12-82.218 QPC : *Dr. pén.* 2013, comm. 35, obs. M. Véron).

2) Sur les modalités et l'étendue de la confiscation, V. ▪ Cass. crim., 10 janv. 2012, n° 11-81.211 : *Dr. pén.* 2012, comm. 50, obs. M. Véron.

3) Sur la confiscation et l'euthanasie de chiens dangereux ayant blessé des personnes : V. ▪ Cass. crim., 29 janv. 2013, n° 12-82.2013 : *Dr. pén.* 2013, comm. 69, obs. M. Véron.

Art. 131-21-2 *(L. n° 2007-297, 5 mars 2007).* **– Lorsqu'elle est encourue à titre de peine complémentaire, l'interdiction de détenir un animal peut être limitée à certains animaux ou certaines catégories d'animaux.**

Lorsqu'elle est encourue pour un crime ou un délit, cette interdiction est soit définitive, soit temporaire ; dans ce dernier cas, elle ne peut excéder une durée de cinq ans.

Bibliographie : *JCl. Pénal Code, Interdiction de détenir un animal*, par J.-Y. Maréchal.

Art. 131-22 *(Mod., L. n° 2003-495, 12 juin 2003 ; L. n° 2004-204, 9 mars 2004 ; L. n° 2005-1549, 12 déc. 2005 ; L. n° 2009-1436, 24 nov. 2009 ; mod. à compter du 24 mars 2020, L. n° 2019-222, 23 mars 2019 ; L. n° 2019-1480, 28 déc. 2019 ; mod. à compter du 10 octobre 2021, L. n° 2021-401, 8 avr. 2021).* – La juridiction qui prononce la peine de travail d'intérêt général fixe le délai pendant lequel le travail d'intérêt général doit être accompli dans la limite de dix-huit mois. Le délai prend fin dès l'accomplissement de la totalité du travail d'intérêt général ; il peut être suspendu provisoirement pour motif grave d'ordre médical, familial, professionnel ou social. Ce délai est suspendu pendant le temps où le condamné est assigné à résidence avec surveillance électronique, est placé en détention provisoire, exécute une peine privative de liberté ou accomplit les obligations du service national. Toutefois, le travail d'intérêt général peut être exécuté en même temps qu'une assignation à résidence avec surveillance électronique, qu'un placement à l'extérieur, qu'une semi-liberté ou qu'[une] détention à domicile sous surveillance électronique.

La suspension du délai prévu au premier alinéa est décidée par le juge de l'application des peines dans les modalités d'exécution de l'obligation d'accomplir un travail d'intérêt général et la suspension du délai prévu à l'alinéa précédent sont décidées par le juge de l'application des peines dans le ressort duquel le condamné a sa résidence habituelle ou, s'il n'a pas en France sa résidence habituelle, par le juge de l'application des peines du tribunal qui a statué en première instance.

Le directeur du service pénitentiaire d'insertion et de probation ou son représentant est compétent pour décider des modalités d'exécution de l'obligation d'accomplir un travail d'intérêt général, sauf si le juge de l'application des peines décide d'exercer cette compétence. Le poste de travail choisi par le directeur du service pénitentiaire d'insertion et de probation, son représentant ou le juge de l'application des peines doit être adapté à la situation de la personne condamnée et de nature à favoriser sa réinsertion sociale et professionnelle.

Lorsque la personne a été condamnée pour un délit prévu par le Code de la route ou sur le fondement des articles 221-6-1, 222-19-1, 222-20-1 et 434-10, elle accomplit de préférence la peine de travail d'intérêt général dans un des établissements spécialisés dans l'accueil des blessés de la route.

Au cours du délai prévu par le présent article, le condamné doit satisfaire aux mesures de contrôle déterminées à l'article 132-44.

Voir : jurispr. sous art. 131-8, p. 197.

Voir : art. 434-42, p. 911 (violation des obligations résultant de la peine d'intérêt général) ; art. R. 131-12 s., p. 985.

Bibliographie : *JCl. Pénal Code, Travail d'intérêt général*, par É. Bonis.

Délai d'exécution. Il résulte des dispositions de l'article 43-3-1 du Code pénal que le délai maximum fixé par le tribunal pour l'accomplissement du travail d'intérêt général est de 18 mois. Encourt la cassation l'arrêt qui fixe ce délai à 2 ans (■ Cass. crim., 30 mai 1989 : *Bull. crim.* n° 223).

Art. 131-23. – Le travail d'intérêt général est soumis aux prescriptions législatives et réglementaires relatives au travail de nuit, à l'hygiène, à la sécurité ainsi qu'au travail des femmes et des jeunes travailleurs. Le travail d'intérêt général peut se cumuler avec l'exercice de l'activité professionnelle.

Art. 131-24. – L'État répond du dommage ou de la part du dommage qui est causé à autrui par un condamné et qui résulte directement de l'application d'une décision comportant l'obligation d'accomplir un travail d'intérêt général.

L'État est subrogé de plein droit dans les droits de la victime.

L'action en responsabilité et l'action récursoire sont portées devant les tribunaux de l'ordre judiciaire.

Art. 131-25 *(Mod., L. n° 2004-204, 9 mars 2004 ; mod. à compter du 1er octobre 2014, L. n° 2014-896, 15 août 2014 ; mod., L. n° 2019-222, 23 mars 2019).* – En cas de condamnation à une peine de jours-amende, le montant global est exigible à l'expiration du délai correspondant au nombre de jours-amende prononcés.

Sous réserve des dispositions de l'article 747-1-1 du Code de procédure pénale, le défaut total ou partiel du paiement de ce montant entraîne l'incarcération du condamné pour une durée correspondant au nombre de jours-amende impayés. Il est procédé comme en matière de contrainte judiciaire. La détention ainsi subie est soumise au régime des peines d'emprisonnement.

Voir : art. 131-5, p. 195.

Bibliographie : *JCl. Pénal Code, Jours-amende*, par J.-H. Robert. • H. Dantras-Bioy, *L'exécution du jour-amende en cas d'ignorance par le condamné de sa condamnation : Dr. pén.* 2014, étude 19. • H. Dantras-Bioy, *À propos de l'article 67 de la loi du 3 juin 2016 : la révision progressive du régime d'exécution du jour-amende : Dr. pén.* 2016, étude 18. • D. Roure, *Les jours-amende : une sanction à redéfinir : D.* 1996, chron. 64. • B. Schütz, *Les jours-amende : entre l'espoir et la réalité, in Mél. Vitu* : Cujas, 1989, p. 460.

1) **Nature.** La peine de jours-amende est une modalité de l'amende et est de même nature que celle-ci (▪ Cass. crim., 26 sept. 1990 : *Bull. crim.* n° 323 ; *RSC* 1991, p. 75, obs. J.-P. Delmas-Saint-Hilaire).

2) **Contrainte judiciaire.** Il se déduit de l'article 762 du Code de procédure pénale que les dispositions de l'article 751 dudit code, selon lesquelles la contrainte judiciaire ne peut être prononcée pour les personnes âgées d'au moins 65 ans au moment de la condamnation, ne sont pas applicables à l'incarcération en cas de non-paiement des jours-amende (▪ Cass. crim., 28 févr. 2017, n° 16-82.801 : *JurisData* n° 2017-003402).

Art. 131-26. – L'interdiction des droits civiques, civils et de famille porte sur :

1° Le droit de vote ;

2° L'éligibilité ;

3° Le droit d'exercer une fonction juridictionnelle ou d'être expert devant une juridiction, de représenter ou d'assister une partie devant la justice ;

4° Le droit de témoigner en justice autrement que pour y faire de simples déclarations ;

5° Le droit d'être tuteur ou curateur ; cette interdiction n'exclut pas le droit, après avis conforme du juge des tutelles, le conseil de famille entendu, d'être tuteur ou curateur de ses propres enfants.

L'interdiction des droits civiques, civils et de famille ne peut excéder une durée de dix ans en cas de condamnation pour crime et une durée de cinq ans en cas de condamnation pour délit.

La juridiction peut prononcer l'interdiction de tout ou partie de ces droits.

L'interdiction du droit de vote ou l'inéligibilité prononcées en application du présent article emportent interdiction ou incapacité d'exercer une fonction publique.

Voir : art. 131-26-1, p. 218 (inéligibilité d'une personne exerçant une fonction de membre du Gouvernement ou un mandat électif public).

Bibliographie : *JCl. Pénal Code, Interdiction des droits civiques, civils et de famille*, par X. Pin, actualisé par L. Ascensi.

1) **Conventionnalité.** La cour d'appel qui a condamné un maire, coupable du délit de favoritisme, à 2 ans d'interdiction des droits civiques relatifs à l'éligibilité, n'a fait qu'appliquer une peine prévue par les articles 432-14, 432-17 et 131-26 du Code pénal, dispositions non contraires aux articles 8 de la Déclaration des droits de l'homme et 7 et 3 du protocole 1 de la Convention européenne des droits de l'homme (▪ Cass. crim., 24 oct. 2001 : *JurisData* n° 2001-012250).

2) La cour d'appel a condamné le prévenu, déclaré coupable de prise illégale d'intérêts, à la privation des droits civiques pour une durée de 5 ans. Elle a ainsi fait l'exacte application de l'article 131-26 du Code pénal qui ne limite pas l'inéligibilité aux mandats électoraux dans le cadre desquels ou à l'occasion desquels l'infraction a été commise, sans méconnaître l'article 3 du premier protocole additionnel à la Convention européenne des droits de l'homme (▪ Cass. crim., 7 mars 2012, n° 11-81.918 : *JurisData* n° 2012-003608).

3) **QPC.** Non-lieu à renvoi d'une question prioritaire de constitutionnalité relative aux articles 432-17 et 131-26 du Code pénal en ce qu'ils prévoient l'application de la peine d'inéligibilité à tout mandat électif sans distinction. Cette question ne présente pas, à l'évidence, un caractère sérieux dès lors qu'il résulte des dispositions légales critiquées que la peine d'inéligibilité, qui ne peut excéder une durée de 10 ans en cas de condamnation pour crime et une durée de 5 ans en cas de condamnation pour délit, peut être modulée par le juge, selon les circonstances propres à chaque espèce. Il n'y a donc pas lieu de renvoyer la question au Conseil constitutionnel (▪ Cass. crim., 30 nov. 2011, n° 11-82.961 : *JurisData* n° 2011-028182).

4) Non-lieu à renvoi au Conseil constitutionnel de la question prioritaire visant à l'inconstitutionnalité des dispositions de l'article 370 de la loi du 16 décembre 1992, qui ont maintenu l'interdiction des droits civiques résultant d'une condamnation pénale prononcée en dernier ressort avant le 1er mars 1994, car la question ne présente pas, à l'évidence, un caractère sérieux dès lors que, d'une part, les dispositions de droit transitoire prévues par l'article 370 de la loi du 16 décembre 1992, qui ne définit pas une peine, ont pour seul objet de maintenir, postérieurement au 1er mars 1994, les effets de l'incapacité électorale résultant, pour toutes les personnes se trouvant dans cette situation, des condamnations pénales définitives prononcées avant cette date et visées par l'article L. 5 du Code électoral, dans sa rédaction initiale, et que, d'autre part, elles ne privent pas

le condamné du droit de solliciter, en application de l'article 702-1 du Code de procédure pénale, le relèvement de cette incapacité, de sorte qu'elles ne portent atteinte à aucun des principes constitutionnels invoqués (■ Cass. crim., 14 nov. 2012, n° 12-85.319 QPC : *Dr. pén.* 2013, comm. 25, obs. J.-H. Robert ; *AJ pénal* 2013, p. 358, note M. Herzog-Evans).

5) Non-lieu à renvoi au Conseil constitutionnel de la question prioritaire visant les dispositions de l'article 131-26 du Code pénal dès lors que l'interdiction des droits civiques prévue par l'article 131-26 du Code pénal, à laquelle des élus sont susceptibles d'être condamnés, doit être expressément prononcée par le juge, qui a le pouvoir de la moduler, tant dans la durée que dans les effets, en tenant compte des circonstances propres à chaque espèce (■ Cass. crim., 18 sept. 2013, n° 13-81.221 : *JurisData* n° 2013-021294 ; *Dr. pén.* 2013, comm. 167, obs. M. Véron).

6) Non-lieu à renvoi d'une question prioritaire de constitutionnalité relative à l'article 24 de la loi du 29 juillet 1881 sur la presse et à l'article 131-26 du Code pénal. Cette question ne présente pas un caractère sérieux dès lors que, d'une part, les peines édictées par les alinéas 7, 9 et 10 de l'article 24 de la loi du 29 juillet 1881 pour la sanction du délit défini à l'alinéa 8, devenu l'alinéa 7 du même article, d'un an d'emprisonnement et de 45 000 euros d'amende ou de l'une de ces deux peines seulement, comme la peine complémentaire de la privation des droits énumérés au 2° de l'article 131-26 du Code pénal pour une durée de 5 ans au plus, sont conformes au principe de nécessité et répriment, sans disproportion manifeste, la provocation à la discrimination, à la haine ou à la violence à l'égard d'une personne ou d'un groupe de personnes à raison de leur origine ou de leur appartenance ou de leur non-appartenance à une ethnie, une nation, une race ou une religion déterminée. D'autre part, l'atteinte portée à la liberté d'expression par de telles sanctions, prévues par la loi et prononcées par le juge en tenant compte des circonstances propres à l'espèce, apparaît aussi nécessaire, adaptée et proportionnée, dans une société démocratique, à l'objectif de lutte contre le racisme et de protection de l'ordre public poursuivi par le législateur. Il n'y a donc pas lieu de la renvoyer la question au Conseil constitutionnel (■ Cass. crim., 30 mars 2016, n° 15-84.511 : *JurisData* n° 2016-005814).

7) Application dans le temps. Aux termes de l'article 112-1 du Code pénal, les dispositions nouvelles s'appliquent aux infractions commises avant leur entrée en vigueur et n'ayant pas donné lieu à une condamnation passée en force de chose jugée lorsqu'elles sont moins sévères que les dispositions anciennes ; tel est le cas de la peine complémentaire facultative de l'interdiction des droits civiques, civils et de famille prévue par l'article 131-26 du même code qui s'est substituée à la dégradation civique, peine accessoire que prévoyait l'article 28 du Code pénal applicable lors des faits (■ Cass. crim., 1er févr. 1995 : *JurisData* n° 1995-000545 ; *Bull. crim.* n° 41. ■ Cass. crim., 15 oct. 1997 : *JurisData* n° 1997-004574 ; *Bull. crim.* n° 336. ■ Cass. crim., 21 janv. 1998 : *Bull. crim.* n° 28. ■ Cass. crim., 14 oct. 1998 : *JurisData* n° 1998-004238 ; *Bull. crim.* n° 263).

8) L'interdiction du droit de représenter ou d'assister une partie devant la justice, qui n'était pas prévue par l'article 42 ancien du Code pénal, ne peut être prononcée pour des faits antérieurs au 1er mars 1994. Une loi édictant une peine complémentaire nouvelle ne peut s'appliquer à des faits antérieurs à son entrée en vigueur (■ Cass. crim., 6 juin 1996 : *JurisData* n° 1996-003199 ; *Bull. crim.* n° 242. ■ Cass. crim., 19 juin 1996 : *JurisData* n° 1996-003698 ; *Bull. crim.* n° 265. ■ Cass. crim., 13 mars 1997 : *JurisData* n° 1997-001682 ; *Bull. crim.* n° 105. ■ Cass. crim., 11 juin 1997 : *JurisData* n° 1997-003721. ■ Cass. crim., 20 janv. 1998 : *JurisData* n° 1998-000897. ■ Cass. crim., 1er déc. 1998 : *JurisData* n° 1998-005152. ■ Cass. crim., 17 déc. 1998 : *JurisData* n° 1998-005143).

9) Peine inapplicable aux mineurs. La cour d'assises a violé l'article 20-4 de l'ordonnance du 2 février 1945 en prononçant l'interdiction des droits civiques, civils et de famille à l'encontre d'un mineur sur le fondement de l'article 131-26 du Code pénal. Les peines prévues aux articles 131-25 à 131-35 du Code pénal ne peuvent être prononcées à l'encontre d'un mineur (■ Cass. crim., 13 déc. 1995 : *JurisData* n° 1995-004067 ; *Bull. crim.* n° 381 ; *RSC* 1996, p. 648, obs. B. Bouloc).

Voir : CJPM, art. L. 121-1, dernier al., p. 1295.

10) Prononcé en cours d'assises. Doit être prononcée à la suite d'une délibération commune de la Cour et du jury prise dans les conditions posées par l'article 362 du Code de procédure pénale l'interdiction temporaire des droits énumérés à l'article 131-26 du Code pénal, laquelle constitue une peine complémentaire (■ Cass. crim., 8 févr. 1995 : *JurisData* n° 1995-0043499 ; *Bull. crim.* n° 58).

Mais, la majorité qualifiée de huit voix au moins, imposée par l'article 362 du Code de procédure pénale pour le prononcé du maximum de la peine privative de liberté, n'a pas à être réunie pour l'application du maximum de la peine complémentaire de l'interdiction des droits civiques, civils et de famille prévue par l'article 131-26 du

Code pénal (■ Cass. crim., 1er févr. 1995 : *JurisData* n° 1995-000543 ; *Bull. crim.* n° 42).

11) Motivation. Il résulte des articles 132-1 du Code pénal et 485 du Code de procédure pénale qu'en matière correctionnelle toute peine doit être motivée au regard de la gravité des faits, de la personnalité de son auteur et de sa situation personnelle. En matière de presse, les juges vérifient le caractère proportionné de l'atteinte portée par la sanction au principe de la liberté d'expression défini par l'article 10 de la Convention européenne des droits de l'homme tel qu'interprété par la Cour européenne. Justifie sa décision une cour d'appel qui, pour condamner l'auteur d'une provocation à la discrimination raciale à une peine complémentaire d'inéligibilité pour une durée d'un an, retient que les faits ont été commis par un homme politique, maire d'une commune depuis 13 ans, dont la mission est avant tout d'assurer la sécurité de l'ensemble des personnes sur sa commune et que cette peine est prononcée compte tenu de la personnalité du prévenu et de la gravité des faits, motifs procédant de son appréciation souveraine qui, d'une part, répondent à l'exigence résultant des articles 132-1 du Code pénal et 485 du Code de procédure pénale, et dont il se déduit, d'autre part, que les juges ont apprécié le caractère proportionné de l'atteinte portée au principe de la liberté d'expression (■ Cass. crim., 1er févr. 2017, n° 15-84.511 : *JurisData* n° 2017-001411 : *D.* 2017, p. 963, note C. Saas ; *JCP* G 2017, 276, note E. Dreyer ; *Dr. pén.* 2017, comm. 50, obs. V. Peltier).

12) Durée de l'interdiction. La durée de la peine de l'interdiction des droits civiques, civils et de famille doit être précisée (■ Cass. crim., 4 déc. 1996 : *JurisData* n° 1996-0051959 ; *Bull. crim.* n° 448 ; *RSC* 1997, p. 829, obs. B. Bouloc. ■ Cass. crim., 28 avr. 1997 : *JurisData* n° 1997-002787).

13) Selon l'article 131-26 du Code pénal, l'interdiction des droits civiques, civils et de famille peut être portée à 10 ans en cas de condamnation pour crime ; c'est, dès lors, à bon droit qu'une cour d'assises prononce cette interdiction, pendant 10 ans, contre l'auteur d'un crime, alors même qu'il n'a été condamné qu'à une peine correctionnelle d'emprisonnement (■ Cass. crim., 4 nov. 1998 : *Bull. crim.* n° 285).

Art. 131-26-1 *(L. n° 2013-907, 11 oct. 2013).* **– Dans les cas prévus par la loi et par dérogation au septième alinéa de l'article 131-26, la peine d'inéligibilité mentionnée au 2° du même article peut être prononcée pour une durée de dix ans au plus à l'encontre d'une personne exerçant une fonction de membre du Gouvernement ou un mandat électif public au moment des faits.**

Art. 131-26-2 *(L. n° 2017-1339, 15 sept. 2017 ; L. n° 2018-898, 23 oct. 2018 ; L. n° 2022-52, 24 janv. 2022).* **– I. – Le prononcé de la peine complémentaire d'inéligibilité mentionnée au 2° de l'article 131-26 et à l'article 131-26-1 est obligatoire à l'encontre de toute personne coupable d'un délit mentionné au II du présent article ou d'un crime.**

Cette condamnation est mentionnée au bulletin n° 2 du casier judiciaire prévu à l'article 775 du Code de procédure pénale pendant toute la durée de l'inéligibilité.

II. – Les délits pour lesquels l'inéligibilité est obligatoirement prononcée sont les suivants :

1° Les délits prévus aux articles 222-9, 222-11, 222-12, 222-14,222-14-1, 222-14-4, 222-14-5, 222-15,222-15-1 et 222-27 à 222-33-2-2 du présent code ;

2° Les délits prévus aux articles 225-1 à 225-2 ;

3° Les délits prévus aux articles 313-1, 313-2 et 314-1 à 314-3, ainsi que leur recel ou leur blanchiment ;

4° Les délits prévus au chapitre Ier du titre II du livre IV ;

5° Les délits prévus aux articles 432-10 à 432-15, 433-1 et 433-2, 434-9,434-9-1, 434-43-1, 435-1 à 435-10 et 445-1 à 445-2-1, ainsi que leur recel ou leur blanchiment ;

6° Les délits prévus aux articles 441-2 à 441-6, ainsi que leur recel ou leur blanchiment ;

7° Les délits prévus aux articles L. 86 à L. 88-1, L. 91 à L. 104, L. 106 à L. 109, L. 111, L. 113 et L. 116 du Code électoral ;

8° Les délits prévus aux articles 1741 et 1743 du Code général des impôts, lorsqu'ils sont commis en bande organisée ou lorsqu'ils résultent de l'un des comportements mentionnés aux 1° à 5° du II de l'article L. 228 du Livre des procédures fiscales, ainsi que leur recel ou leur blanchiment ;

9° Les délits prévus aux articles L. 465-1 à L. 465-3-3 du Code monétaire et financier, ainsi que leur recel ou leur blanchiment ;

10° Les délits prévus aux articles L. 241-3 et L. 242-6 du Code de commerce, ainsi que leur recel ou leur blanchiment ;

11° Les délits prévus à l'article L. 113-1 du Code électoral et à l'article 11-5 de la loi n° 88-227 du 11 mars 1988 relative à la transparence financière de la vie politique ;

12° Les délits prévus au I de l'article LO 135-1 du Code électoral et à l'article 26 de la loi n° 2013-907 du 11 octobre 2013 relative à la transparence de la vie publique ;

13° *[Dispositions déclarées non conformes à la Constitution par la décision n° 2017-752 DC du 8 septembre 2017.]*

14° Le délit de participation à une association de malfaiteurs prévu à l'article 450-1 du présent code, lorsqu'il a pour objet un crime ou un délit mentionné aux 1° à 13° du présent II.

III. – Toutefois, la juridiction peut, par une décision spécialement motivée, décider de ne pas prononcer la peine prévue par le présent article, en considération des circonstances de l'infraction et de la personnalité de son auteur.

1) **Constitutionnalité.** En vertu du dernier alinéa de l'article 131-26 du Code pénal, la peine obligatoire d'inéligibilité prononcée en application de l'article 131-26-2, qui vise à renforcer l'exigence de probité et d'exemplarité des élus et la confiance des électeurs dans leurs représentants, entraînerait de plein droit l'interdiction ou l'incapacité d'exercer une fonction publique pour tous les délits mentionnés au paragraphe II de cet article. Il en résulterait une méconnaissance du principe de proportionnalité des peines. Dès lors, les dispositions contestées ne sauraient, sans méconnaître ce principe, être interprétées, s'agissant des délits mentionnés au paragraphe II de l'article 131-26-2 du Code pénal, comme entraînant de plein droit l'interdiction ou l'incapacité d'exercer une fonction publique prévues au dernier alinéa de l'article 131-26 du même code (▪ Cons. const., 8 sept. 2017, n° 2017-752 DC : *JurisData* n° 2017-019700 ; *Dr. pén.* 2017, comm. 173, note V. Peltier).

2) **Motivation.** En condamnant l'accusé à une peine complémentaire de 10 ans d'inéligibilité sans motiver sa décision, alors que le prononcé de cette peine n'était pas obligatoire à la date des faits, la cour d'assises a méconnu les articles 131-26-2 et 365-1 du Code pénal (▪ Cass. crim., 9 mars 2022, n° 21-81.506).

3) **Effet de la peine d'inéligibilité sur les mandats électoraux.** La déchéance de plein droit des mandats électoraux en cours qui découle du prononcé d'une peine d'inéligibilité ou d'interdiction des droits civils, civiques et de famille ne prend effet qu'à la date où la décision ayant prononcé cette peine est devenue définitive, même lorsque la peine est assortie de l'exécution provisoire. Il s'ensuit que, en l'absence de condamnation définitive à ce jour, la requête du garde des Sceaux, ministre de la Justice, tendant à la constatation de la déchéance de plein droit de M. X. de sa qualité de membre du Sénat est irrecevable et doit donc être rejetée. Il appartiendra aux autorités mentionnées à l'article LO 136 du Code électoral de saisir le Conseil constitutionnel en cas de condamnation devenue définitive (▪ Cons. const., 23 nov. 2021, n° 2021-26 D : *JO* 25 nov. 2021, n° 274 ; *AJ pénal* 2022, p. 99, note G. Chetard).

Art. 131-27 ***(Mod., L. n° 2008-776, 4 août 2008 ; L. n° 2013-1117, 6 déc. 2013).*** **– Lorsqu'elle est encourue à titre de peine complémentaire pour un crime ou un délit, l'interdiction d'exercer une fonction publique ou d'exercer une activité professionnelle ou sociale est soit définitive, soit temporaire ; dans ce dernier cas, elle ne peut excéder une durée de cinq ans.**

L'interdiction d'exercer une profession commerciale ou industrielle, de diriger, d'administrer, de gérer ou de contrôler à un titre quelconque, directement ou indirectement, pour son propre compte ou pour le compte d'autrui, une entreprise commerciale ou industrielle ou une société commerciale est soit définitive, soit temporaire : dans ce dernier cas, elle ne peut excéder une durée de quinze ans.

Cette interdiction n'est pas applicable à l'exercice d'un mandat électif ou de responsabilités syndicales. Elle n'est pas non plus applicable en matière de délit de presse.

Voir : Ann. *Droit pénal des affaires*

Voir : art. 434-40, p. 910 et art. 434-40-1, p. 910.

Bibliographie : *JCl. Pénal Code, Interdiction d'exercer une fonction ou une activité professionnelle ou sociale*, par X. Pin, actualisé par M. Wagner. • H. Mastopoulou, *Le nouveau régime des incapacités commerciales : Dr. pén.* 2008, étude 24. • N. Redon, *L'interdiction commerciale et industrielle, ou la disparition des peines automatiques : D.* 2009, p. 1229. • E. Vergès, *La loi n° 2008-776 du 4 août 2008 de modernisation de l'économie : peines complémentaires et alternatives d'incapacité d'exercice d'une activité commerciale ou industrielle* : *RSC* 2008, p. 954.

1) **QPC.** Conformité à la Constitution des peines complémentaires d'interdiction de diriger ou d'enseigner susceptibles d'être prononcées à l'encontre du directeur d'un établissement privé d'enseignement en vertu du second alinéa de l'article 227-17-1 du Code pénal. En prévoyant que le

tribunal peut ordonner l'interdiction de diriger ou d'enseigner, le législateur a permis au juge de prononcer l'une ou l'autre de ces peines, d'en ordonner le cumul ou de n'en prononcer aucune. Ces dispositions ne sont ainsi pas univoques ; le grief tiré de la méconnaissance du principe de la légalité des délits et des peines doit être écarté.

Il résulte du premier alinéa de l'article 131-27 du Code pénal que la peine complémentaire d'interdiction de diriger ou d'enseigner prévue par les dispositions contestées peut être prononcée soit pour une durée temporaire ne pouvant excéder 5 ans, soit à titre définitif. Lorsqu'il décide de prononcer une ou plusieurs de ces peines complémentaires, le juge en fixe la durée en tenant compte des circonstances propres à chaque espèce. Les dispositions contestées ne méconnaissent pas le principe d'individualisation des peines. En outre, au regard de la nature des comportements réprimés, les peines ainsi instituées ne sont pas manifestement disproportionnées. Les griefs tirés de la méconnaissance des principes de nécessité, de proportionnalité et d'individualisation des peines doivent donc être écartés (▪ Cons. const., 1er juin 2018, n° 2018-710 QPC : *JurisData* n° 2018-009265 ; *Dr. pén.* 2018, alerte 32, obs. W. Roumier).

2) Non-lieu à renvoi. Non-lieu à renvoi au Conseil constitutionnel des questions prioritaires visant les dispositions de l'article 131-27 du Code pénal en ce qu'elles n'interdisent pas que la peine d'interdiction d'exercer une activité professionnelle puisse être prononcée deux fois pour les mêmes faits par les juridictions disciplinaires ordinales et par la juridiction pénale. Les questions posées ne présentent pas un caractère sérieux dès lors que, d'une part, l'article 131-27 du Code pénal ne prévoit pas la possibilité, pour les autorités juridictionnelles, de prononcer une peine d'interdiction d'exercer une profession mais fixe la durée de cette peine susceptible d'être prononcée sur le fondement d'autres textes et que, d'autre part, le principe de non-cumul des peines n'est pas applicable au cas de cumul entre sanctions pénales et disciplinaires et le principe de proportionnalité implique seulement que le montant global des sanctions éventuellement prononcées ne dépasse pas le montant maximum de la sanction la plus élevée encourue (▪ Cass. crim., 26 janv. 2011, n° 10-85.340. ▪ Cass. crim., 19 juin 2013, n° 12-87.558 : *Dr. pén.* 2013, comm. 167, obs. M. Véron ; *Dr. pén.* 2014, chron. 3, n° 23, note É. Bonis-Garçon).

– Non-lieu à renvoi d'une question prioritaire de constitutionnalité visant l'article 131-27 en ce qu'il ne laisse d'autre choix au juge que de prononcer soit une interdiction temporaire de 5 ans soit une interdiction définitive, sans possibilité de fixer une durée intermédiaire : la faculté, laissée à l'appréciation du juge, de prononcer ou non l'interdiction d'exercer une activité professionnelle ou sociale et, s'il la prononce, de choisir entre, soit une interdiction temporaire, dont il lui appartient de fixer la durée dans la limite du maximum de 5 ans prévu par l'article 131-27, alinéa 1er, du Code pénal, soit une interdiction définitive, ne méconnaît aucun des principes constitutionnels de nécessité, de proportionnalité et d'individualisation des peines (▪ Cass. crim., 12 juin 2014, n° 13-87.819).

– Non-lieu à renvoi d'une question prioritaire de constitutionnalité ainsi rédigée : « Les articles 131-27 et 441-10 du Code pénal sont-ils conformes au droit pour chacun d'obtenir un emploi, prévu par l'article 5 du préambule de la Constitution de 1946, notamment au regard du caractère disproportionné du cumul d'une interdiction définitive d'exercer l'activité professionnelle ou sociale dans l'exercice ou à l'occasion de l'exercice de laquelle l'infraction a été commise, et d'une interdiction définitive d'exercer une profession commerciale ou industrielle, de diriger, d'administrer, de gérer ou de contrôler à un titre quelconque, directement ou indirectement, pour son propre compte ou pour le compte d'autrui, une entreprise commerciale ou industrielle ou une société commerciale ? » ;… La question posée ne présente pas un caractère sérieux, dès lors qu'il appartient au juge qui prononce des interdictions d'exercer des activités liées à l'infraction et des activités commerciales, de gestion ou de direction d'une entreprise ou d'une société commerciale, de s'assurer qu'elles sont proportionnées et ne sont pas de nature à faire échec au droit d'obtenir un emploi (▪ Cass. crim., 4 avr. 2018, n° 17-85.027 : *Gaz. Pal.* 27 juill. 2018, n° 27, p. 39, note E. Dreyer).

3) Conventionnalité. Justifie sa décision la cour d'appel qui condamne un chauffeur de taxi, reconnu coupable d'aide au séjour irrégulier d'étrangers, à la peine complémentaire d'interdiction d'exercice de sa profession pendant 2 ans, dès lors que l'infraction a été par lui commise dans son activité professionnelle ; une telle mesure ne porte pas atteinte aux droits fondamentaux et au respect de la vie privée et ne constitue pas une peine inhumaine et dégradante (▪ Cass. crim., 21 janv. 2004 : *Dr. pén.* 2004, comm. 87, obs. J.-H. Robert).

4) La peine complémentaire d'exercer une profession et la sanction disciplinaire de suspension d'activité professionnelle prononcées contre un huissier de justice étant de nature différente, leur cumul ne méconnaît pas le principe « *non bis in idem* » consacré par l'article 4 du protocole additionnel n° 7 de la CEDH (▪ Cass. crim., 27 mars 2002 : *JurisData* n° 2002-014213).

5) Application dans le temps. Aux termes de l'article 112-1, alinéa 3, du Code pénal, les dispositions nouvelles s'appliquent aux infractions commises avant leur entrée en vigueur et n'ayant pas donné lieu à une condamnation passée en force de chose jugée, lorsqu'elles sont moins sévères que les dispositions anciennes. Selon l'article 131-27 du Code pénal, l'interdiction d'exercer une activité professionnelle ou sociale est soit définitive, soit temporaire ; dans ce dernier cas, elle ne peut excéder une durée de 5 ans. Encourt l'annulation l'arrêt d'une cour d'appel qui, pour escroquerie, abus de confiance, faux en écritures de commerce et abus de biens sociaux, condamne un prévenu notamment à 10 ans d'interdiction d'exercer une profession commerciale, en application de l'article 4 de la loi du 30 août 1947 (■ Cass. ass. plén., 22 nov. 2002 : *Bull. inf.* de la C. *cass.* 1er févr. 2003, p. 5 ; rapp. Challe et avis F. Frechede ; *Bull. crim.* n° 2 ; *JCP* 2003, II, 10042, note W. Jeandidier ; *Dr. pén.* 2003, comm. 37, obs. J.-H. Robert).

6) Objet de l'interdiction. Attendu qu'après avoir déclaré coupable M. X... du délit de recours aux services d'une personne exerçant un travail dissimulé, la cour d'appel l'a condamné à 5 ans d'interdiction de gérer ; en statuant ainsi, sans préciser l'objet exact de cette interdiction, la cour d'appel a méconnu le texte susvisé (C. pén., art. 111-3). D'où il suit que la cassation est encourue de ce chef (■ Cass. crim., 28 nov. 2017, n° 16-86.402 : *JurisData* n° 2017-024168).

7) Durée de l'interdiction. La faculté, laissée à l'appréciation du juge, de prononcer ou non l'interdiction d'exercer une activité professionnelle ou sociale et, s'il la prononce, de choisir entre, soit une interdiction temporaire, dont il lui appartient de fixer la durée dans la limite du maximum de 5 ans prévu par l'article 131-27, alinéa 1er, du Code pénal, soit une interdiction définitive, ne méconnaît aucun des principes constitutionnels de nécessité, de proportionnalité et d'individualisation des peines (■ Cass. crim., 12 juin 2014, n° 13-87.819).

8) Selon l'article 131-27 du Code pénal, l'interdiction d'exercer une activité professionnelle ou sociale est soit définitive soit temporaire ; dans ce dernier cas, elle ne peut excéder la durée de 5 ans ; encourt dès lors la censure l'arrêt qui, après avoir déclaré le prévenu coupable de banqueroute, le condamne à 10 ans d'interdiction de diriger, gérer, administrer, contrôler, directement ou indirectement, toute entreprise commerciale, industrielle, artisanale, agricole et toute personne morale (■ Cass. crim., 8 janv. 2003 : *Bull. crim.* n° 3 ; *Dr. pén.* 2003, comm. 46 et 47, obs. M. Véron).

9) Activités interdites. L'activité de sapeur-pompier volontaire est l'une des activités professionnelles ou sociales dont l'exercice peut, en application des articles 131-10 et 131-27 du Code pénal et selon les distinctions prévues par l'article 131-28 dudit code, faire l'objet d'une interdiction, soit définitive, soit temporaire, à titre de peine complémentaire (■ Cass. crim., 2 nov. 2005 : *Bull. crim.* n° 274).

10) En prononçant la peine complémentaire d'interdiction définitive de gérer, d'administrer et de diriger toute entreprise commerciale, artisanale ou toute personne morale, pour sanctionner les délits de faux et d'usage commis par le prévenu, gérant de société, la cour d'appel a fait l'exacte application des dispositions des articles 131-27 et 441-10 du Code pénal relatives à l'interdiction d'exercer l'activité professionnelle dans l'exercice ou à l'occasion de l'exercice de laquelle l'infraction a été commise, qui n'ont pas été modifiées par la loi du 4 août 2008 (■ Cass. crim., 6 mai 2009, n° 08-85.201).

11) En application de l'article 223-15-3 du Code pénal, toute personne coupable d'abus frauduleux de l'état d'ignorance ou de faiblesse encourt la peine d'interdiction d'exercice de la profession ou de l'activité dans l'exercice de laquelle ou à l'occasion de laquelle l'infraction a été commise. Doit être approuvée la décision d'une cour d'appel qui prononce à l'encontre d'un prêtre, reconnu coupable d'abus de faiblesse, l'interdiction pendant cinq ans d'exercer la profession de prêtre, les dispositions précitées n'excluant pas les activités relevant d'un ministère sacerdotal (■ Cass. crim., 4 nov. 2021, n° 21-80.413 : *JurisData* n° 2021-017545 ; *Bull. crim.* n° 11 ; *JCP* G 2022, p. 1358, note J.-M. Brigant ; *Gaz. Pal.* 22 févr. 2022, n° 6, p. 50, note S. Détraz ; *AJ pénal* 2022, p. 49, obs. N. Rias).

12) Motivation. Il résulte des articles 132-1 du Code pénal et 485 du Code de procédure pénale qu'en matière correctionnelle toute peine doit être motivée au regard de la gravité des faits, de la personnalité de leur auteur et de sa situation personnelle. Justifie sa décision la cour d'appel qui a motivé le choix de la peine de 5 ans d'interdiction de gérer qu'elle a prononcée à l'encontre d'un prévenu poursuivi du chef d'abus de biens sociaux, en relevant que celui-ci avait suivi une école de commerce, était dirigeant de sociétés depuis 1978, avait repris la gérance d'une société, placée en redressement judiciaire en novembre 2013, et ne percevait pas de rémunération au titre de sa gérance et qu'il bénéficiait de revenus fonciers et en retenant qu'il avait privilégié les intérêts de ladite société dans laquelle il était particulièrement intéressé et qui se trouvait en état de cessation des paiements, en réalisant à son profit, en l'absence de convention de trésorerie, des apports effectués par une autre société, non remboursés, entraînant la déconfiture de cette dernière (■ Cass. crim., 1er févr. 2017, n° 15-85.199 : *JurisData* n° 2017-001414 ; *D.* 2017, p. 963, note C. Saas ; *JCP* G

2017, 277, note J. Leblois-Happe ; *AJ pénal* 2017, p. 175, note E. Dreyer).

13) Pour prononcer à l'encontre de chacun des requérants une peine de 6 mois d'emprisonnement avec sursis et, à titre complémentaire, l'interdiction d'exercer une fonction publique pendant une durée de 5 ans, la cour a relevé la gravité des faits commis au sein d'un établissement pénitentiaire, par un fonctionnaire dépositaire de l'autorité publique auquel il revenait de faire respecter les règles et non de les violer, en dépit de la personnalité et de la situation de chacun d'eux qui n'avaient pas auparavant fait l'objet de remarques négatives ou de sanctions ; que les juges ajoutent que le comportement des intéressés a entraîné une perte de confiance dans leur capacité à exercer une fonction publique et à en respecter tous les devoirs, le premier étant celui du respect de la loi ; en l'état de ces énonciations, qui procèdent de son appréciation souveraine des faits et circonstances de la cause et répondent à l'exigence résultant des articles 132-1 et 321-9 du Code pénal et 485 du Code de procédure pénale, la cour d'appel a justifié sa décision (■ Cass. crim., 5 juin 2019, n° 18-80.783 : *JurisData* n° 2019-009581).

14) Exécution provisoire. Les peines complémentaires encourues pour certains crimes ou délits en application des articles 131-10, 131-27 et 131-28 du Code pénal peuvent, en vertu de l'article 471, alinéa 4, du Code de procédure pénale, être déclarées exécutoire par provision (■ Cass. crim., 2 nov. 2005 : *Bull. crim.* n° 274).

Art. 131-28. – **L'interdiction d'exercer une activité professionnelle ou sociale peut porter soit sur l'activité professionnelle ou sociale dans l'exercice de laquelle ou à l'occasion de laquelle l'infraction a été commise, soit sur toute autre activité professionnelle ou sociale définie par la loi qui réprime l'infraction.**

Voir : art. 434-40, p. 910.

1) QPC. Non-lieu à renvoi au Conseil constitutionnel de la QPC visant l'article 131-28 : les dispositions légales critiquées sont rédigées en termes suffisamment clairs et précis pour permettre leur interprétation, qui entre dans l'office du juge, sans risque d'arbitraire, et ne portent pas atteinte au principe de la légalité des délits et des peines (■ Cass. crim., 12 juin 2014, n° 13-87.819).

2) Lien avec l'infraction commise. Attendu qu'il résulte de ce texte (article 223-15-3 du Code pénal) que les personnes coupables du délit d'abus de faiblesse encourent notamment la peine complémentaire d'interdiction, suivant les modalités prévues par l'article 131-27 du Code pénal, d'exercer une fonction publique ou d'exercer l'activité professionnelle ou sociale dans l'exercice ou à l'occasion de l'exercice de laquelle l'infraction a été commise, pour une durée de cinq ans au plus ; Attendu que, pour condamner Mme X... notamment à la peine complémentaire d'interdiction d'exercer pendant une durée de 5 ans des fonctions d'aide-soignante, auxiliaire de vie et aide-ménagère, l'arrêt retient que la prévenue a indiqué effectuer des heures de travail sans être déclarée auprès de personnes âgées et parfois impotentes, la nature des faits pour lesquels elle est déclarée coupable commandant de recourir à une mesure de prévention à l'égard des tiers ; Mais attendu qu'en se déterminant ainsi, sans démontrer que l'infraction aurait été commise dans l'exercice ou à l'occasion de l'exercice d'une telle activité professionnelle, la cour d'appel a méconnu le sens et la portée du texte susvisé et le principe ci-dessus rappelé. (■ Cass. crim., 4 avr. 2017, n° 16-80.718 : *JurisData* n° 2017-007236 – V. aussi, ■ Cass. crim., 14 févr. 2012, n° 11-82.949 : *Dr. pén.* 2012, comm. 75, obs. J.-H. Robert).

Art. 131-29. – **Lorsque l'interdiction d'exercer tout ou partie des droits énumérés à l'article 131-26, ou l'interdiction d'exercer une fonction publique ou une activité professionnelle ou sociale, accompagne une peine privative de liberté sans sursis, elle s'applique dès le commencement de cette peine et son exécution se poursuit, pour la durée fixée par la décision de condamnation, à compter du jour où la privation de liberté a pris fin.**

Voir : art. 434-40, p. 910.

Bibliographie : *JCl. Pénal Code, Interdiction d'exercer une fonction publique ou une activité professionnelle ou sociale*, par X. Pin, actualisé par M. Wagner.

Point de départ de l'interdiction. Conformément aux règles qui régissent l'exécution des sentences pénales, le point de départ de l'interdiction des droits civiques, civils et de famille énumérés à l'article 131-26 du Code pénal – s'agissant d'une peine qui, par nature, n'exige aucun acte d'exécution – est nécessairement fixé au jour où la condamnation devient définitive ; toutefois, il résulte de l'article 131-29 du même code :

1° que l'interdiction des droits s'applique pendant la détention de la personne condamnée simultanément à une peine privative de liberté sans sursis, lorsqu'elle est détenue provisoirement à la date à laquelle la décision devient définitive – ou continue de s'appliquer, lorsque l'incarcération n'intervient qu'ultérieurement ;

2° que la durée de cette détention ne s'impute pas sur celle de la peine complémentaire de l'interdiction des droits, telle que prononcée par les juges ; cette dernière disposition, qui peut conduire à ce que la durée effective de l'interdiction des droits excède 10 ou 5 ans, n'est pas applicable à une détention pour autre cause (■ Cass. crim., 29 mars 1995 : *Bull. crim.* n° 136).

Art. 131-30 ***(Mod., L. n° 97-396, 24 avr. 1997 ; L. n° 2003-1119, 26 nov. 2003 ; L. n° 2019-222, 23 mars 2019).*** **– Lorsqu'elle est prévue par la loi, la peine d'interdiction du territoire français peut être prononcée, à titre définitif ou pour une durée de dix ans au plus, à l'encontre de tout étranger coupable d'un crime ou d'un délit.**

L'interdiction du territoire entraîne de plein droit la reconduite du condamné à la frontière, le cas échéant, à l'expiration de sa peine d'emprisonnement ou de réclusion.

Lorsque l'interdiction du territoire accompagne une peine privative de liberté sans sursis, son application est suspendue pendant le délai d'exécution de la peine. Elle reprend, pour la durée fixée par la décision de condamnation, à compter du jour où la privation de liberté a pris fin.

L'interdiction du territoire français prononcée en même temps qu'une peine d'emprisonnement ne fait pas obstacle à ce que cette peine fasse l'objet, aux fins de préparation d'une demande en relèvement, de mesures de semi-liberté, de placement à l'extérieur, de détention à domicile sous surveillance électronique ou de permissions de sortir.

Voir : Annexe n° 4 (Étrangers), C. étrangers, art. L. 541-1 s., p. 1526.

Bibliographie : *JCl. Pénal Code, Interdiction du territoire français,* par M. Segonds. • A. Nasri, *Brèves réflexions sur le fondement de l'interdiction du territoire français : Dr. pén.* 2000, étude 5. • M. Hoestlandt et C. Saas, *L'interdiction du territoire français, une peine injustifiable : Plein Droit*, avr. 2000, n° 45.

Prescription. La peine d'interdiction définitive du territoire français ne peut être prescrite, dès lors que cette peine privative de droit n'exige, en application de l'article 131-30, alinéa 2, du Code pénal, aucun acte d'exécution (■ Cass. crim., 7 janv. 2009, pourvoi n° A08-82.892 : *Bull. crim.* n° 7 ; *Dr. pén.* 2009, comm. 129, obs. C. Hass et A. Maron ; *AJ pénal* 2009, p. 305, obs. E. Hartmann).

Art. 131-30-1 ***(L. n° 2003-1119, 26 nov. 2003 ; L. n° 2006-911, 24 juill. 2006 ; L. n° 2016-274, 7 mars 2016).*** **– En matière correctionnelle, le tribunal ne peut prononcer l'interdiction du territoire français que par une décision spécialement motivée au regard de la gravité de l'infraction et de la situation personnelle et familiale de l'étranger lorsqu'est en cause :**

1° Un étranger, ne vivant pas en état de polygamie, qui est père ou mère d'un enfant français mineur résidant en France, à condition qu'il établisse contribuer effectivement à l'entretien et à l'éducation de l'enfant dans les conditions prévues par l'article 371-2 du Code civil depuis la naissance de celui-ci ou depuis au moins un an ;

2° Un étranger marié depuis au moins trois ans avec un conjoint de nationalité française, à condition que ce mariage soit antérieur aux faits ayant entraîné sa condamnation, que la communauté de vie n'ait pas cessé depuis le mariage et que le conjoint ait conservé la nationalité française ;

3° Un étranger qui justifie par tous moyens qu'il réside habituellement en France depuis plus de quinze ans, sauf s'il a été, pendant toute cette période, titulaire d'une carte de séjour temporaire ou pluriannuelle portant la mention « étudiant » ;

4° Un étranger qui réside régulièrement en France depuis plus de dix ans, sauf s'il a été, pendant toute cette période, titulaire d'une carte de séjour temporaire ou pluriannuelle portant la mention « étudiant » ;

5° Un étranger titulaire d'une rente d'accident du travail ou de maladie professionnelle servie par un organisme français et dont le taux d'incapacité permanente est égal ou supérieur à 20 %.

1) QPC. Non-lieu à renvoi au Conseil constitutionnel de l'article 131-30-1 : (■ Cass. crim., 9 avr. 2014, n°13-85.513).

2) Conventionnalité. Article 8 de la CEDH, droit au respect de sa vie privée et de sa vie familiale. La Cour européenne des droits de l'homme ne condamne pas les expulsions lorsque les condamnations sont particulièrement graves et que le condamné ne justifie pas d'une vie familiale stable et ancienne en France (■ CEDH, 8 déc. 1998, n° 39518/98, *Benrachid c/ France*. ■ CEDH, 9 mars 1999, n° 38687/97, *Djaid c/ France*. ■ CEDH, 30 nov. 1999, n° 34374/97, *Baghli c/ France*). Elle considère en revanche l'éloignement comme contraire à l'article 8 de la Convention, dès lors que les infractions commises ne revêtent pas « une particulière gravité » et que le condamné possède des « liens intenses »avec la France, n'ayant d'autre attache avec son pays d'origine que sa « nationalité » (■ CEDH, 13 févr. 2001, n° 47160/99, *Ezzoudhi c/ France*).

3) Conventionnalité. Article 3 de la Convention EDH, interdiction de la torture et des traitements inhumains ou dégradants. Violation de l'article 3 en raison de l'expulsion d'un condamné vers le Maroc (■ CEDH, 1er févr. 2018, n° 9373/15, *MA c/ France* : *JurisData* n° 2018-006817). *Contra*, non-violation de l'article 3 pour des faits similaires (■ CEDH, 29 avr. 2019, n° 12148/18, *A.M. c/ France* : *JurisData* n° 2019-006561 ; *D.* 2019, p. 990, obs. J.-M. Pastor ; *D.* 2019, p. 1319, note S. Safi).

4) Charge de la preuve. Il appartient au prévenu, qui se prévaut d'une situation susceptible de relever des prévisions des articles 131-30-1 ou 131-30-2 du Code pénal, d'apporter à la juridiction les éléments de nature à lui permettre de s'en assurer. Par suite, la cour d'appel, qui retient qu'un prévenu se prévalant des dispositions de l'article 131-30-1, 4°, du Code pénal ne justifie pas résider régulièrement en France depuis plus de dix ans, n'inverse pas la charge de la preuve de la durée de ce séjour (■ Cass. crim., 31 mars 2015, n° 14-86.584).

Voir : Annexe 4 (Étrangers), C. étrangers, art. L. 541-1 s., p. 1526.

Art. 131-30-2. – *(L. n° 2003-1119, 26 nov. 2003 ; L. n° 2006-911, 24 juill. 2006)* **La peine d'interdiction du territoire français ne peut être prononcée lorsqu'est en cause :**

1° Un étranger qui justifie par tous moyens résider en France habituellement depuis qu'il a atteint au plus l'âge de treize ans ;

2° Un étranger qui réside régulièrement en France depuis plus de vingt ans ;

3° Un étranger qui réside régulièrement en France depuis plus de dix ans et qui, ne vivant pas en état de polygamie, est marié depuis au moins quatre ans avec un ressortissant français ayant conservé la nationalité française, à condition que ce mariage soit antérieur aux faits ayant entraîné sa condamnation et que la communauté de vie n'ait pas cessé depuis le mariage ou, sous les mêmes conditions, avec un ressortissant étranger relevant du 1° ;

4° Un étranger qui réside régulièrement en France depuis plus de dix ans et qui, ne vivant pas en état de polygamie, est père ou mère d'un enfant français mineur résidant en France, à condition qu'il établisse contribuer effectivement à l'entretien et à l'éducation de l'enfant dans les conditions prévues par l'article 371-2 du Code civil depuis la naissance de celui-ci ou depuis au moins un an ;

5° *(5° mod., L. n° 2018-778, 10 sept. 2018 ; mod. à compter du 1er mai 2021, Ord. n° 2020-1733, 16 déc. 2020)* **Un étranger qui réside en France sous couvert du titre de séjour prévu à l'article L. 425-9 du Code de l'entrée et du séjour des étrangers et du droit d'asile.**

Les dispositions prévues au 3° et au 4° ne sont toutefois pas applicables lorsque les faits à l'origine de la condamnation ont été commis à rencontre du conjoint ou des enfants de l'étranger ou de tout enfant sur lequel il exerce l'autorité parentale.

Les dispositions du présent article ne sont pas applicables aux atteintes aux intérêts fondamentaux de la nation prévus par les chapitres Ier, II et IV du titre I du livre IV et par les articles 413-1 à 413-4, 413-10 et 413-11, ni aux actes de terrorisme prévus par le titre 11 du livre IV, ni aux infractions en matière de groupes de combat et de mouvements dissous prévues par les articles 431-14 à 431-17, ni aux infractions en matière de fausse monnaie prévues aux articles 442-1 à 442-4.

Voir : C. étrangers, art. L. 541-1 s., p. 1526.

Bibliographie : *JCl. Pénal Code., Interdiction du territoire français*, par I. Harel-Dutirou. • A. Nasri, *Fondement de l'interdiction du territoire : Dr. pén.* 2000, chron. 5.

1) Compatibilité avec les règles conventionnelles. Aucune disposition de la convention de Genève du 28 juillet 1951 ne s'oppose à ce qu'une juridiction répressive puisse prononcer la peine d'interdiction du territoire français à l'encontre d'un réfugié condamné pour un crime ou un délit (■ Cass. crim., 26 mars 1997 : *Bull. crim.* n° 120 ; *Dr. pén.* 1997, comm. 112, obs. J.-H. Robert).

2) Sur la compatibilité de l'alinéa 4 devenu l'alinéa 1 de l'article 131-30-1 avec l'article 8 de la Convention européenne des droits de l'homme (V. ■ Cass. crim., 6 mai 1997 : *Bull. crim.* n° 172. ■ Cass. crim., 29 févr. 2000 : *Bull. crim.* n° 95).

3) Application dans le temps. Aux termes de l'article 112-1 du Code pénal, les dispositions nouvelles s'appliquent aux infractions commises avant leur entrée en vigueur et n'ayant pas donné lieu à une condamnation passée en force de chose jugée lorsqu'elles sont moins sévères que les dispositions anciennes. Tel est le cas de l'article 131-30-2 du même code qui édictait que la peine d'interdiction du territoire ne peut être prononcée dans cinq cas énumérés par ce texte, et, notamment, lorsque est en cause un étranger qui réside sous couvert d'un titre de séjour prévu par le 11° de l'article 12 *bis* de l'ordonnance du 2 novembre 1945. Doit, dès lors, être annulé l'arrêt rendu postérieurement à l'entrée en vigueur de ce texte, et doit être ordonné un nouvel examen de l'affaire, lorsque l'étranger concerné allègue être titulaire d'un tel titre de séjour (▪ Cass. crim., 5 janv. 2004 : *Bull. crim.* n° 3, *D.* 2004, act. jur., p. 111, obs. J. Lebois-Happe).

4) Office préalable du juge. Il résulte des articles 131-30-1 et 131-30-2 du Code pénal que le juge répressif ne peut prononcer la peine d'interdiction du territoire sans que le prévenu, présent ou représenté à l'audience, ait pu faire valoir ses observations sur sa situation au regard des dispositions desdits articles.

Encourt la cassation l'arrêt dont il ne résulte d'aucune mention que le prévenu, présent à l'audience, a pu présenter ses observations sur sa situation au regard des articles 131-30-1 et 131-30-2 du Code pénal, avant d'être condamné à une peine d'interdiction définitive du territoire, la Cour de cassation n'étant pas en mesure de s'assurer de la légalité de la décision rendue (▪ Cass. crim., 11 juin 2008, n° 07-83.024 : *Bull. crim.* n° 147).

– Il en est de même si l'avocat qui représentait les prévenus à l'audience n'a pas été mis en mesure de présenter des observations sur leur situation au regard des articles susvisés (▪ Cass. crim., 4 janv. 2011 : *Dr. pén.* 2011, comm. 48, obs. M. Véron).

5) Cour d'assises. La délibération et le vote de la cour et du jury, intervenus conformément aux dispositions de l'article 362 du Code de procédure pénale, tiennent lieu de motivation spéciale, pour l'application de la peine d'interdiction du territoire français prise en considération de la gravité de l'infraction, ainsi que le prescrit l'alinéa 3 de l'article 131-30 du Code pénal (▪ Cass. crim., 9 oct. 1996 : *Bull. crim.* n° 353. ▪ Cass. crim., 18 févr. 2004 : *Bull. crim.* n° 46). *Comp.* ▪ C. const., 2 mars 2018, n° 2017-694 QPC : *JurisData* n° 2018-003023 ; note ss C. pén., art, 132-1 ; Voir également C. proc. pén., art. 365-1 al. 2 dans sa rédaction issue de la loi n° 2019-222 du 23 mars 2019.

6) La peine d'interdiction du territoire français peut être prononcée par la cour d'assises contre un accusé, lorsque celui-ci n'a, à aucun moment de l'instruction à l'audience et, notamment, après la lecture de l'arrêt de renvoi lui attribuant une nationalité étrangère, contesté cette nationalité et prétendu être français (▪ Cass. crim., 13 nov. 1996 : *Bull. crim.* n° 403).

7) Un accusé ne peut faire grief à une cour d'assises d'appel d'avoir prononcé la peine complémentaire d'interdiction définitive du territoire français, en application des dispositions de l'article 131-30 du Code pénal, dès lors que cette peine, qui avait été prononcée en première instance, se trouvait nécessairement dans le débat, et qu'il incombait à l'accusé, le cas échéant, de revendiquer le bénéfice de l'article 131-30-2 du même code (▪ Cass. crim., 22 juin 2016, n° 15-82.685).

8) Motivation spéciale. Motive spécialement sa décision au regard des dispositions de l'article 131-30 la cour d'appel qui condamne à l'interdiction temporaire du territoire français, en relevant que la gravité de l'infraction justifie la peine prononcée à l'encontre de l'étranger qui ne produit aucun document prouvant l'ancienneté de sa présence en France et soutient être père de deux enfants nés en France, de son union avec une étrangère, également en situation irrégulière (▪ Cass. crim., 4 nov. 1999 : *Bull. crim.* n° 249). *Adde*, pour une motivation spéciale en matière de trafic de stupéfiants, (▪ Cass. crim., 29 févr. 2000 : *Bull. crim.* n° 95).

9) Encourt la cassation l'arrêt de la cour d'appel qui prononce une peine d'interdiction temporaire du territoire français sans motiver spécialement sa décision, comme le lui en fait obligation l'article 131-30, alinéa 5, au regard de la situation personnelle et familiale de l'intéressé qui faisait valoir qu'il était marié à un conjoint de nationalité française (▪ Cass. crim., 12 janv. 2000 : *Bull. crim.* n° 22).

10) Encourt la censure, l'arrêt de la cour d'appel qui prononce l'interdiction définitive du territoire français à l'encontre d'un étranger, déclaré coupable d'infractions à l'article 222-37 du Code pénal, qui invoquait la durée de sa résidence en France et le fait qu'il est le père d'enfants français, sans motiver le choix de cette peine au regard de sa situation personnelle et familiale (▪ Cass. crim., 27 avr. 2000 : *Bull. crim.* n° 172. ▪ Cass. crim., 11 janv. 2001 : *JurisData* n° 2001-008441 ; *Dr. pén.* 2001, comm. 59, obs. M. Véron).

11) Encourt la censure, limitée aux peines prononcées, l'arrêt qui, après avoir déclaré les prévenues coupables de racolage, les condamne, chacune, à 5 ans d'interdiction du territoire français sans rechercher si les prévenues ne se trouvaient pas dans l'un des cas prévus par les articles 131-30-1 et 131-30-2 du Code pénal (▪ Cass. crim., 4 oct. 2006 : *JurisData* n° 2006-035739 ; *Dr. pén.* 2007, comm. 17, obs. M. Véron).

12) Pour prononcer une peine complémentaire d'interdiction du territoire français qui n'a pas été ordonnée par les juges du premier degré la cour d'appel doit spécialement motiver sa décision en vérifiant au préalable que le prévenu n'entre pas dans l'une des catégories de personnes visées aux articles 131-30-1 et 131-30-2 du Code pénal. En l'absence de cette vérification et de toute motivation spécifique, l'arrêt encourt la censure pour insuffisance de motifs (▪ Cass. crim., 15 mars 2006 : *Bull. crim.* n° 82 ; *Gaz. Pal.* 25-26 oct. 2006, jurispr. p. 2, note Y. Monnet).

13) Mais le demandeur ne saurait se faire grief de ce que la cour d'appel ait prononcé, sur les réquisitions du procureur général et pour la première fois en cause d'appel, la peine complémentaire d'interdiction du territoire français, dès lors qu'il s'est abstenu de se prévaloir d'une situation prévue par les articles 131-30-1 ou 131-30-2 du Code pénal (▪ Cass. crim., 29 mars 2007 : *Bull. crim.* n° 97 ; *Dr. pén.* 2007, comm. 81, obs. M. Véron).

14) De même, le demandeur ne saurait se faire un grief de ce que, sans s'en expliquer spécialement, la cour d'appel ait confirmé la peine complémentaire d'interdiction du territoire français qui avait été prononcée par les premiers juges, dès lors qu'il s'est abstenu de se prévaloir d'une situation susceptible de relever des prévisions des articles 131-30-1 ou 130-30-2 du Code pénal (▪ Cass. crim., 29 mars 2007 : *Bull. crim.* n° 98 ; *Dr. pén.* 2007, comm. 81, obs. M. Véron).

15) Ne justifie pas sa décision la cour d'appel qui, pour prononcer une peine de 10 ans d'interdiction du territoire français énonce que la requérante n'est pas en possession d'un titre de séjour délivré « au regard de son état de santé » et que son pays d'origine offre la possibilité de soins nécessaires à une bonne prise en charge de sa maladie par un personnel compétent, sans rechercher si la situation de la prévenue entrait dans les prévisions des articles 131-30-2, 5° du Code pénal et L. 313-11, 11° du Code de l'entrée et du séjour des étrangers et du droit d'asile et alors que l'appréciation de la gravité de cet état de santé et des soins qu'il exigeait relevait de la compétence exclusive du préfet saisi de la demande de renouvellement du titre (▪ Cass. crim., 26 juin 2013, n° 13-80.594 : *Bull. crim.* n° 168 ; *Dr. pén.* 2013, comm. 142, obs. J.-H. Robert).

16) Relèvement. Le juge saisi d'une requête en relèvement d'interdiction est tenu de motiver sa décision et de répondre aux chefs péremptoires de l'argumentation du requérant. Il doit motiver sa décision au regard de la situation de l'intéressé au jour de la demande (▪ Cass. crim., 15 oct. 2003 : *Bull. crim.* n° 194). Ne donne pas de base légale à sa décision la cour d'appel qui rejette une requête en relèvement de la peine complémentaire d'interdiction définitive du territoire français, sans répondre à l'argumentation du requérant, qui faisait valoir que cette peine complémentaire ne satisfaisait pas, en ce qu'elle méconnaissait le droit au respect de sa vie familiale, aux exigences de l'article 8 de la Convention européenne des droits de l'homme (▪ Cass. crim., 28 févr. 2001 : *Bull. crim.* n° 55).

17) Méconnaît l'article 8 de la Convention européenne des droits de l'homme, une cour d'appel qui, saisie d'une demande de relèvement d'une peine d'interdiction du territoire français par un requérant invoquant le droit au respect de sa vie privée et familiale, ne recherche pas si le maintien de la mesure en cause respecte un juste équilibre entre le droit précité et les impératifs visés à l'article 8 de ladite Convention (▪ Cass. crim., 13 mars 2001 : *Bull. crim.* n° 63. ▪ Cass. crim., 25 mai 2005 : *Bull. crim.* n° 158).

18) En l'état de la motivation du rejet de la requête en relèvement, d'où il résulte que les juges ont souverainement apprécié qu'il n'y avait pas disproportion entre le respect de la vie privée et familiale de l'intéressé et le but recherché par la mesure d'éloignement, la cour d'appel a justifié sa décision au regard des textes légaux et conventionnels invoqués (▪ Cass. crim., 7 janv. 2009 : *Bull. crim.* n° 7 ; *Dr. pén.* 2009, comm. 129, obs. C. Hass et A. Maron ; *AJ pénal* 2009, p. 305, obs. E. Hartmann).

19) Justifie sa décision la cour d'appel qui, pour déclarer irrecevable la requête en relèvement de l'interdiction temporaire du territoire français d'un ressortissant étranger faisant valoir qu'il est contraint de résider en France en exécution d'une mesure de contrôle judiciaire, prononce par des motifs d'où il résulte que n'est réalisé aucun des deux seuls cas d'exception prévus par l'article 28 *bis* de l'ordonnance du 2 novembre 1945 (▪ Cass. crim., 9 oct. 2002 : *Bull. crim.* n° 185).

20) Justifie sa décision l'arrêt qui, pour rejeter la requête en relèvement d'interdiction définitive du territoire français, prononce, après avoir rappelé les raisons d'ordre privé et familial invoquées, par des motifs d'où il se déduit que les juges ont, sans insuffisance ni contradiction, souverainement apprécié l'absence de disproportion entre le respect de la vie privée et familiale de l'intéressé et le but recherché par la mesure d'éloignement (▪ Cass. crim., 20 févr. 2013, n° 12-83.869).

21) Méconnaît le principe de proportionnalité la cour d'appel qui, par des motifs contradictoires, rejette la requête en relèvement de la peine complémentaire d'interdiction définitive du territoire français, relevant que l'intéressé, ne justifiant pas de démarches pour être admis dans un autre pays, bénéficie d'une assignation à résidence renouvelée tous les six mois, de sorte que le maintien de la mesure d'interdiction définitive du territoire national n'entraîne pas une atteinte à sa vie privée et familiale disproportionnée au regard des impératifs de sûreté publique, de prévention des infractions pénales et de protection de la santé publique (▪ Cass. crim., 3 juin 2015, n° 14-86.507 : *JurisData* n° 2015-013013 ; *Dr. pén.* 2015, comm. 113, obs. J.-H. Robert).

22) Le droit à un recours effectif devant une instance nationale n'est garanti qu'aux personnes qui justifient d'un grief sérieux d'atteinte à un droit reconnu par la Convention européenne des droits de l'homme. Encourt la cassation l'arrêt qui, pour déclarer recevable la requête aux fins de relèvement de la mesure d'interdiction définitive du territoire français, constate que, depuis l'exécution de sa peine privative de liberté, l'intéressé vit et travaille en France depuis 6 ans ; de tels éléments qui découlaient de la situation irrégulière en France du requérant ne constituaient pas un grief sérieux d'atteinte à un droit protégé par l'article 8, paragraphe I, de la Convention (▪ Cass. crim., 13 juin 2007, n° 06-80.065).

23) Selon l'article 736 du Code de procédure pénale, les incapacités, interdictions et déchéances résultant d'une condamnation avec sursis cesseront d'avoir effet du jour où, par application de l'article 132-35 du Code pénal, cette condamnation aura été réputée non avenue ; l'interdiction du territoire français ne figurant pas au nombre des exceptions prévues par le premier de ces textes, en méconnaît les dispositions la cour d'appel qui, avant de rejeter une requête en relèvement d'une telle interdiction résultant d'une condamnation non avenue, relève que les effets du non avenu sont limités à la peine principale d'emprisonnement partiellement assortie du sursis et que la peine d'interdiction du territoire français bénéficie d'un régime autonome (▪ Cass. crim., 28 oct. 2003 : *Bull. crim.* n° 206).

24) Lorsque l'interdiction du territoire français est prononcée par la chambre des appels correctionnels, la chambre de l'application des peines est incompétente pour statuer sur une requête en relèvement et doit relever d'office son incompétence (▪ Cass. crim., 6 nov. 2013, n° 12-83.529 : *Bull. crim.* n° 222).

Art. 131-31. – **La peine d'interdiction de séjour emporte défense de paraître dans certains lieux déterminés par la juridiction. Elle comporte, en outre, des mesures de surveillance et d'assistance. La liste des lieux interdits ainsi que les mesures de surveillance et d'assistance peuvent être modifiées par le juge de l'application des peines, dans les conditions fixées par le Code de procédure pénale.**

L'interdiction de séjour ne peut excéder une durée de dix ans en cas de condamnation pour crime et une durée de cinq ans en cas de condamnation pour délit.

Voir : Annexe 4 (Étrangers), C. étrangers, art. L. 541-1, p. 1526, art. 434-38, p. 910 (violation de la peine).

Bibliographie : *JCl. Pénal Code, Interdiction de séjour*, par J.-L. Lennon. • M.-H. Renaut, *Les avatars de l'interdiction de séjour : RSC* 2001, p. 307. • L. Griffon-Yarza, *De l'exécution des interdictions de séjour et de paraître : Dr. pén.* 2015, étude 23.

1) Convention de Genève. N'est pas contraire à la convention de Genève la mesure d'interdiction de séjour prononcée à l'encontre de prévenus bénéficiant du statut de réfugié politique (▪ CA Paris, 10e ch., 8 juill. 1988 : *JurisData* n° 1988-025349).

2) Application dans le temps. Il résulte de l'article 337 de la loi du 16 décembre 1992 qu'il appartient au juge de l'application des peines de fixer les modalités d'exécution des peines d'interdiction de séjour prononcées avant le 1er mars 1994, date d'entrée en vigueur de l'article 131-31 du Code pénal, selon lequel la liste des lieux interdits doit désormais être déterminée par la juridiction qui statue ; dès lors, n'encourt pas l'annulation l'arrêt d'une cour d'assises qui, à la date à laquelle elle a condamné un accusé à une peine d'interdiction de séjour, n'avait pas à fixer elle-même la liste des lieux interdits (▪ Cass. crim., 8 juin 1994 : *Bull. crim.* n° 230).

3) Nécessité de la motivation en matière criminelle. ▪ Cons. const., 2 mars 2018, n° 2017-694 QPC : *JurisData* n° 2018-003023 ; note ss C. pén., art. 132-1 ; Voir également C. proc. pén., art. 365-1 al. 2 dans sa rédaction issue de la loi n° 2019-222 du 23 mars 2019 (*Contra* jurisprudence antérieure : l'article 131-31 relatif au contenu et aux modalités d'application de la peine d'interdiction de séjour ne comporte pas l'exigence d'une décision spéciale et motivée ▪ Cass. crim., 8 févr. 1995 : *Bull. crim.* n° 59).

4) Contrôle de la motivation en matière criminelle. Pour condamner le prévenu à huit ans d'emprisonnement et cinq ans d'interdiction de séjour, l'arrêt relève qu'il y a lieu de considérer la particulière gravité des faits commis, qui sont de nature à causer un trouble considérable à l'ordre public de par l'atteinte portée à la santé publique. Il retient que le prévenu a joué un rôle prépondérant dans l'association de malfaiteurs, profitant de situations précaires de toxicomanes pour les inciter à travailler pour lui et que les quantités de stupéfiants découvertes témoignent de l'importance du trafic. Les juges relèvent que son casier judiciaire mentionne douze condamnations et qu'il a commis ces faits en récidive, avertissement préalable qui ne lui a été d'aucune utilité. Ils ajoutent que toute autre sanction serait manifestement inadéquate et que les éléments fournis par le prévenu relatifs à d'éventuelles propositions d'hébergement, et à une vague promesse d'embauche ne sauraient convaincre la cour d'une réelle volonté de réinsertion. En statuant ainsi, par des motifs qui satisfont aux exigences des articles 131-31, 132-1 et 132-19 du Code pénal, la cour d'appel a justifié sa décision (▪ Cass. crim., 19 juin 2019, n° 18-83.990 : *JurisData* n° 2019-010724).

5) Prescription. La peine d'interdiction de séjour est prescriptible, tant en matière criminelle qu'en matière correctionnelle (▪ Cass. crim., 2 févr. 1983 : *Bull. crim.* n° 44 ; *D.* 1983, p. 534, note J.M.R. ; *RSC* 1984, n° 301, obs. J. Larguier. ▪ Cass. crim., 16 nov. 1983 : *Bull. crim.* n° 302).

Art. 131-32. – Lorsque l'interdiction de séjour accompagne une peine privative de liberté sans sursis, elle s'applique dès le commencement de cette peine et son exécution se poursuit, pour la durée fixée par la décision de condamnation, à compter du jour où la privation de liberté a pris fin.

Toute détention intervenue au cours de l'interdiction de séjour s'impute sur la durée de celle-ci.

Sous réserve de l'application de l'article 763 du Code de procédure pénale, l'interdiction de séjour cesse de plein droit lorsque le condamné atteint l'âge de soixante-cinq ans.

Voir : Annexe 4 (Étrangers), C. étrangers, art. L. 541-1 s., p. 1526.

1) Point de départ de l'interdiction. Conformément aux règles qui régissent l'exécution des sanctions pénales, le point de départ de l'interdiction de séjour prononcée par application de l'article 131-31 du Code pénal – s'agissant d'une peine qui n'exige aucun acte d'exécution dès lors que la juridiction qui la prononce précise les lieux dans lesquels il est fait défense de paraître ainsi que les mesures de surveillance et d'assistance, si elle les ordonne – est nécessairement fixé au jour où la condamnation devient définitive ; toutefois, il résulte de l'article 131-32 du même code :

– que l'interdiction de séjour s'applique pendant la détention de la personne condamnée simultanément à une peine privative de liberté sans sursis, lorsqu'elle est détenue provisoirement à la date à laquelle la décision devient définitive – ou continue de s'appliquer, lorsque l'incarcération n'intervient qu'ultérieurement – au cas, notamment, où serait accordée une permission de sortir et sous réserve des dispositions des articles 762-1 à 762-5 du Code de procédure pénale ;

– que la durée de cette détention ne s'impute pas sur celle de la peine complémentaire de l'interdiction de séjour, telle que prononcée par les juges. Cette dernière disposition, qui peut conduire à ce que la durée effective de l'interdiction excède 10 ou 5 ans, n'est pas applicable à une détention pour autre cause (▪ Cass. crim., 29 mars 1995 : *Bull. crim.* n° 135).

2) Condamné âgé de 65 ans. Il se déduit de l'article 131-32 que l'interdiction de séjour ne peut être prononcée lorsque le condamné a atteint l'âge de 65 ans (▪ Cass. crim., 17 janv. 1996 : *Bull. crim.* n° 31).

3) Une cour d'assises peut, sans méconnaître l'article 131-32 du Code pénal, condamner une personne âgée de cinquante-huit ans, outre à treize ans de réclusion criminelle, à une peine de dix ans d'interdiction de séjour, dès lors que l'interdiction de séjour prononcée ne pourra recevoir exécution lorsque le demandeur aura atteint l'âge de 65 ans (▪ Cass. crim., 23 juin 2021, n° 20-84.705 : *JurisData* n° 2021-009875 ; *Bull. crim.* n° 6).

Art. 131-32-1 *(Créé, L. n° 2019-290, 10 avr. 2019).* **– La peine d'interdiction de participer à des manifestations sur la voie publique, qui ne peut excéder une durée de trois ans, emporte défense de manifester sur la voie publique dans certains lieux déterminés par la juridiction.**

Si la peine d'interdiction de participer à des manifestations sur la voie publique accompagne une peine privative de liberté sans sursis, elle s'applique à compter du jour où la privation de liberté a pris fin.

Voir : art. 434-38-1 (violation de l'interdiction), p. 910.

Bibliographie : *JCl. Pénal Code, Interdiction de manifester*, par D. Guérin.

Art. 131-33. – La peine de fermeture d'un établissement emporte l'interdiction d'exercer dans celui-ci l'activité à l'occasion de laquelle l'infraction a été commise.

Voir : art. 434-41 (violation de l'interdiction), p. 910.

Bibliographie : *JCl. Pénal Code, Fermeture d'établissement*, par X. Pin.

1) QPC. Conformité sous réserve de la peine complémentaire de fermeture d'établissement. – La peine complémentaire facultative de fermeture d'établissement prévue à l'article 227-17-1 du Code pénal est une mesure réelle qui s'applique à l'établissement au sein duquel l'activité d'enseignement a été irrégulièrement exercée. Lorsque la personne exploitant l'établissement d'enseignement n'est pas celle poursuivie sur le fondement des dispositions contestées, la mesure de fermeture de l'établissement ne saurait, sans méconnaître le principe selon lequel nul n'est punissable que de son propre fait, être prononcée sans que le ministère public ait cité cette personne devant le tribunal correctionnel en indiquant la nature des poursuites exercées et la possibilité pour ce tribunal de prononcer cette mesure. Sous cette réserve, le grief tiré de la méconnaissance du principe selon lequel nul n'est punissable que de son propre fait doit être écarté (■ Cons. const., 1er juin 2018, n° 2018-710 QPC : *JurisData* n° 2018-009265).

2) Changement de gérant. Une société, propriétaire d'un débit de boissons, ne saurait, pour remettre en cause la fermeture définitive de l'établissement, se prévaloir d'un changement de gérant survenu postérieurement à la constatation de l'infraction (■ Cass. crim., 7 oct. 2003 : *JurisData* n° 2003-020934 ; *Dr. pén.* 2004, comm. 7, note J.-H. Robert).

Art. 131-34. – La peine d'exclusion des marchés publics emporte l'interdiction de participer, directement ou indirectement, à tout marché conclu par l'État et ses établissements publics, les collectivités territoriales, leurs groupements et leurs établissements publics, ainsi que par les entreprises concédées ou contrôlées par l'État ou par les collectivités territoriales ou leurs groupements.

Voir : art. 434-41 (violation de l'interdiction), p. 910.

Bibliographie : *JCl. Pénal Code, Exclusion des marchés publics*, par X. Pin.

Art. 131-35 ***(Mod., L. n° 2004-575, 21 juin 2004 ; L. n° 2011-525, 17 mai 2011).*** **– La peine d'affichage de la décision prononcée ou de diffusion de celle-ci est à la charge du condamné. Les frais d'affichage ou de diffusion recouvrés contre ce dernier ne peuvent toutefois excéder le maximum de l'amende encourue.**

La juridiction peut ordonner l'affichage ou la diffusion de l'intégralité ou d'une partie de la décision, ou d'un communiqué informant le public des motifs et du dispositif de celle-ci. Elle détermine, le cas échéant, les extraits de la décision et les termes du communiqué qui devront être affichés ou diffusés.

L'affichage ou la diffusion de la décision ou du communiqué ne peut comporter l'identité de la victime qu'avec son accord ou celui de son représentant légal ou de ses ayants droit.

La peine d'affichage s'exécute dans les lieux et pour la durée indiquée par la juridiction ; sauf disposition contraire de la loi qui réprime l'infraction, l'affichage ne peut excéder deux mois. En cas de suppression, dissimulation ou lacération des affiches apposées, il est de nouveau procédé à l'affichage aux frais de la personne reconnue coupable de ces faits.

La diffusion de la décision est faite par le *Journal officiel* de la République française, par une ou plusieurs autres publications de presse, ou par un ou plusieurs services de communication au public par voie électronique. Les publications ou les services de communication au public par voie électronique chargés de cette diffusion sont désignés par la juridiction. Ils ne peuvent s'opposer à cette diffusion.

L'affichage et la diffusion peuvent être ordonnés cumulativement.

Voir : art. 434-39, p. 910.

Bibliographie : *JCl. Pénal Code, Affichage ou diffusion de la décision prononcée*, par D. Thomas.

1) Conventionnalité. L'affichage et la publication d'une décision de justice constituent des sanctions pénales étrangères aux prévisions des articles 3 et 8 § 1er de la Convention européenne des droits de l'homme (■ Cass. crim., 26 mars 1990 : *Bull. crim.* n° 131).

2) Prévision légale. Les juridictions répressives ne peuvent ordonner la publication et l'affichage de leurs décisions à titre de peines qu'en vertu d'une disposition formelle de la loi ; encourt dès lors la cassation l'arrêt qui, dans des poursuites exercées pour diffamation publique envers un citoyen chargé d'un mandat public, ordonne l'affichage et la publication à titre de peines complémentaires, alors que ces mesures ne sont pas prescrites par la loi sur la liberté de la presse pour les faits retenus à l'encontre du prévenu (■ Cass. crim., 24 janv. 1995 : *Bull. crim.* n° 33).

3) Selon l'article 111-3, alinéa 2, du Code pénal, nul ne peut être puni d'une peine qui n'est pas prévue par la loi ; encourt en conséquence la cassation l'arrêt qui, après condamnation d'une personne morale pour le délit de blessures involontaires prévu par l'article 222-20 du Code pénal, ordonne l'affichage et la publication de la décision, alors que l'article 222-21 du même code ne permet de prononcer que l'une ou l'autre de ces peines complémentaires, dans les conditions prévues par l'article 131-35 du Code pénal (ancienne rédaction) (■ Cass. crim., 12 juin 2007 : *Bull. crim.* n° 156).

4) Durée. Lorsque l'affichage est ordonné à titre de peine complémentaire, la durée de cet affichage doit être précisée par les juges, dans la limite de 2 mois sauf disposition contraire de la loi (■ Cass. crim., 16 févr. 1993 : *Bull. crim.* n° 75 ; *RSC* 1994, p. 103, obs B. Bouloc. ■ Cass. crim., 20 juin 2006 : *Bull. crim.* n° 188. ■ Cass. crim., 20 avr. 2017, n° 16-82.375 : *JurisData* n° 2017-007253).

5) Publication de presse. La publication de presse, instrument de la peine de diffusion prévue à l'article 131-35 du Code pénal, s'entend, conformément à l'article 1er de la loi du 1er août 1986 portant réforme du régime juridique de la presse, comme tout service utilisant un mode écrit de diffusion de la pensée mis à la disposition du public en général ou de catégories de publics et paraissant à intervalles réguliers (■ Cass. crim., 6 mars 2001 : *Bull. crim.* n° 57 ; *Dr. pén.* 2001, comm. 3, obs. J.-H. Robert).

6) La publication de presse désignée par la juridiction pénale ne peut s'opposer à la diffusion de la décision ordonnée à titre de peine en application de l'article 131-35 du Code pénal (■ Cass. crim., 6 mars 2001 : *Bull. crim.* n° 57 ; *Dr. pén.* 2001, comm. 3, obs. J.-H. Robert).

7) Frais de publication et d'affichage. Les frais de publication et d'affichage d'une décision judiciaire, peine complémentaire définie par l'article 131-35 ne sont pas des frais de justice criminelle, correctionnelle ou de police au sens des articles 800 et R. 92 du Code de procédure pénale ; ils échappent donc à l'application de l'article 800-1 dudit code et ne peuvent être mis à la charge du Trésor (■ Cass. crim., 12 oct. 1995 : *Bull. crim.* n° 306).

8) Coût de la publication. La juridiction qui ordonne la publication et l'affichage de la décision aux frais du condamné, n'a pas à en fixer le coût, lequel ne doit toutefois pas excéder le maximum de l'amende encourue (■ Cass. crim., 10 sept. 2003 : *Bull. crim.* n° 157 ; *Dr. pén.* 2003, comm. 126, obs. M. Véron).

9) Pour fixer le coût de la publication ordonnée à titre de réparation civile, il n'était pas interdit à la cour d'appel, dès lors que les parties civiles n'avaient pas elles-mêmes chiffré ce coût, de faire référence au maximum prévu par l'article 131-35 du Code pénal (■ Cass. crim., 13 janv. 2009 : *Dr. pén.* 2009, comm. 51, obs. J.-H. Robert).

10) Les juges qui ordonnent, à la demande de la partie civile, la publication de la décision de condamnation sont tenus d'en préciser le coût maximum (■ Cass. crim., 28 janv. 2009 : *Dr. pén.* 2009, comm. 82, obs. J.-H. Robert).

11) Contentieux de l'exécution. L'omission, par une juridiction répressive, de déterminer les extraits d'un jugement ou arrêt de condamnation dont l'affichage est ordonné, en application de l'article 131-35, alinéa 2, du Code pénal, relève du contentieux de l'exécution prévu par les articles 710 et 711 du Code de procédure pénale (■ Cass. crim., 3 avr. 1996 : *Bull. crim.* n° 152).

Art. 131-36 ***(Mod., L. n° 2007-297, 5 mars 2007 ; L. n° 2019-222, 23 mars 2019 ; mod. au plus tard le 10 octobre 2021, L. n° 2021-401, 8 avr. 2021).*** **– Un décret en Conseil d'État détermine les modalités d'application des dispositions de la présente sous-section.**

Ce décret détermine également les conditions dans lesquelles s'exécutera l'activité des condamnés à la peine de travail d'intérêt général ainsi que la nature des travaux proposés, de même que les cas dans lesquels un examen médical préalable est obligatoire, au regard notamment de la situation du condamné ou de la nature des travaux proposés.

Il détermine en outre les conditions dans lesquelles :

1° Le directeur du service pénitentiaire d'insertion et de probation établit, après avis du ministère public et du juge de l'application des peines dans le ressort duquel se situe la structure d'accueil et après consultation de tout organisme public compétent en matière de prévention de la délinquance, la liste des travaux d'intérêt général susceptibles d'être accomplis dans le département ;

2° Le travail d'intérêt général peut, pour les condamnés salariés, se cumuler avec la durée légale du travail ;

3° Sont habilitées les personnes morales de droit privé chargées d'une mission de service public et les associations mentionnées au premier alinéa de l'article 131-8.

4° Sont désignées les personnes physiques ou morales chargées de participer à la mise en œuvre des stages mentionnés à l'article 131-5-1.

Voir : art. R. 131-12 et s., p. 985.

Sous-section 6. – Du suivi socio-judiciaire

(L. n° 98-468, 17 juin 1998)

Bibliographie : *JCl. Pénal Code., Suivi socio-judiciaire*, par D. Roets. • J. Castaignède, *Le suivi sociojudiciaire applicable aux délinquants sexuels ou la dialectique sanction-traitement : D.* 1999, chron. 23. • P. Couvrat, *Le suivi socio-judiciaire, une peine pas comme les autres : RSC* 1999, p. 376. • P. Darbeda, *L'injonction de soins et le suivi socio-judiciaire : RSC* 2001, p. 624. • V. Gaudron, *De la société de surveillance à la rétention de sûreté – Dossier : Loi du 17 juin 1998 : l'obligation de soins, 10 ans après : AJ pénal* 2009, n° 2, p. 54. • X. Lameyre, *Pour une éthique des soins pénalement obligés : RSC* 2001, p. 521. • B. Lavielle, *Surveiller et soigner les agresseurs sexuels, un des défis posés par la loi du 17 juin 1998 : RSC* 1999, p. 35. • A.-G. Robert, *La généralisation de l'injonction de soins : RSC* 2007, p. 859. • Ph. Salvage, *La grande délinquance est-elle une maladie ? : Dr. pén.* 2010, étude 3. • A. Vassière, *Une peine après la peine, bilan de la gestion de l'état dangereux par l'instauration du suivi socio-judiciaire, in Le nouveau Code pénal, dix ans après : Pedone*, 2005, p. 78.

Art. 131-36-1 *(Mod., L. n° 2004-204, 9 mars 2004).* **– Dans les cas prévus par la loi, la juridiction de jugement peut ordonner un suivi socio-judiciaire.**

Le suivi socio-judiciaire emporte, pour le condamné, l'obligation de se soumettre, sous le contrôle du juge de l'application des peines et pendant une durée déterminée par la juridiction de jugement, à des mesures de surveillance et d'assistance destinées à prévenir la récidive. La durée du suivi socio-judiciaire ne peut excéder dix ans en cas de condamnation pour délit ou vingt ans en cas de condamnation pour crime. Toutefois, en matière correctionnelle, cette durée peut être portée à vingt ans par décision spécialement motivée de la juridiction de jugement ; lorsqu'il s'agit d'un crime puni de trente ans de réclusion criminelle, cette durée est de trente ans ; lorsqu'il s'agit d'un crime puni de la réclusion criminelle à perpétuité, la cour d'assises peut décider que le suivi socio-judiciaire s'appliquera sans limitation de durée, sous réserve de la possibilité pour le tribunal de l'application des peines de mettre fin à la mesure à l'issue d'un délai de trente ans, selon les modalités prévues par l'article 712-7 du Code de procédure pénale.

La décision de condamnation fixe également la durée maximum de l'emprisonnement encouru par le condamné en cas d'inobservation des obligations qui lui sont imposées. Cet emprisonnement ne peut excéder trois ans en cas de condamnation pour délit et sept ans en cas de condamnation pour crime. Les conditions dans lesquelles le juge de l'application des peines peut ordonner, en tout ou partie, l'exécution de l'emprisonnement sont fixées par le Code de procédure pénale.

Le président de la juridiction, après le prononcé de la décision, avertit le condamné des obligations qui en résultent et des conséquences qu'entraînerait leur inobservation.

Voir : art. 133-16, p. 322, (réhabilitation).

1) Prévision légale (jurisprudence antérieure à la loi n° 2005-1549 du 12 décembre 2005). La peine complémentaire de suivi socio-judiciaire ne peut être infligée que dans les cas prévus par la loi ; ainsi, elle ne peut être prononcée pour l'infraction de meurtre d'un mineur de quinze ans (▪ Cass. crim., 18 févr. 2004 : *Bull. crim.* n° 47 ; *RSC* 2004, p. 868, obs. G. Vermelle. – Comp. art. 221-9-1, p. 375), ni pour le crime de violences mortelles en réunion (▪ Cass. crim., 2 sept. 2004 : *Bull. crim.* n° 198 – Comp. art. 222-48-1, p. 434, al. 2).

2) Application dans le temps. Selon l'article 723-29 du Code de procédure pénale, le placement sous surveillance judiciaire peut être ordonné à l'encontre d'une personne condamnée à une peine privative de liberté d'une durée égale ou supérieure à dix ans pour un crime ou un délit pour lequel le suivi socio-judiciaire est encouru.

Il en est ainsi alors même que le crime ou le délit aurait été commis avant l'entrée en vigueur des dispositions ayant instauré le suivi socio-judiciaire (▪ Cass. crim., 21 janv. 2009, n° 08-83.372 : *JurisData* n° 2009-049580 ; *Bull. crim.* n° 23 ; *AJ pénal* 2009, p. 124, note M. Herzog-Evans), lesdites dispositions étant compatibles avec l'article 7 de la Convention européenne des droits de l'homme dès que cette mesure de sûreté, limitée à la durée des réductions de la peine, constitue une modalité d'exécution de celle-ci (▪ Cass. crim., 1er avr. 2009, n° 08-84.367 : *Dr. pén.* 2009, comm. 103, obs. A. Maron et M. Haas).

3) Avertissement donné au prévenu. Le visa, dans un arrêt de condamnation, des articles 131-36-1 à 131-36-8 du Code pénal suffit à établir que, conformément aux prescriptions de ces textes, une obligation de soins a été imposée au vu d'une expertise médicale et que le président, après le prononcé de la décision, a donné à l'accusé les avertissements prévus aux articles 131-36-1 et 131-36-4 (■ Cass. crim., 16 mars 2005 : *Bull. crim.* n° 95 ; *D.* 2005, IR p. 1180).

4) S'il ne résulte d'aucune des mentions de l'arrêt et du jugement qu'il confirme, ni d'aucun visa de l'article 131-36-4 du Code pénal, que l'avertissement prescrit par ce texte a été donné au prévenu condamné à un suivi socio-judiciaire avec injonction de soins, la cassation n'est cependant pas encourue dès lors qu'aucune mise à exécution de l'emprisonnement fixé en application de l'article 131-36-1 du Code pénal ne pourra intervenir, en raison du refus, par le condamné, de commencer ou de poursuivre le traitement proposé dans le cadre d'une injonction de soins, sans que l'avertissement omis par le président de la juridiction de jugement lui ait été préalablement notifié par le juge de l'application des peines (■ Cass. crim., 24 mai 2018, n° 16-85.310 : *JurisData* n° 2018-008593 ; *Bull. crim.* n° 104).

5) Selon l'article 131-36-1 du Code pénal, le président de la juridiction qui prononce une mesure de suivi socio-judiciaire avertit le condamné des obligations qui en résultent et des conséquences qu'entraînerait leur inobservation. Si par l'arrêt attaqué, la cour d'appel a condamné M. S. à une peine complémentaire de suivi socio-judiciaire durant 6 ans, avec les obligations particulières d'exercer un emploi ou suivre une formation, indemniser la victime, et s'abstenir d'entrer en contact avec elle, un emprisonnement de 3 ans étant encouru en cas de méconnaissance de ces obligations, il ne résulte ni de l'arrêt ni du procès-verbal des débats que le président a donné au condamné les avertissements prévus par le texte susvisé (■ Cass. crim., 10 nov. 2021, n° 20-86.292 : *JurisData* n° 2021-018191).

6) Absence du prévenu. Le prévenu, qui n'a pas comparu à l'audience de la chambre des appels correctionnels, ne peut se faire un grief de l'absence de prononcé à cette audience, par le président de cette juridiction, des avertissements prévus en cas de condamnation à une peine de suivi socio-judiciaire (■ Cass. crim., 9 mai 2018, n° 17-83.395 : *JurisData* n° 2018-008840 ; *Dr. pén.* 2018, comm. 142, obs. V. Peltier).

7) Sanction de la violation des obligations du suivi socio-judiciaire. Attendu qu'après avoir retenu la culpabilité de l'accusé, la cour et le jury l'ont condamné, pour les délits connexes d'agressions sexuelles aggravées, à 15 ans de suivi socio-judiciaire, et fixé à 5 ans la peine encourue en cas d'inobservation des obligations lui étant imposées ; Mais attendu qu'en prononçant ainsi alors que, s'agissant d'un délit, le maximum de l'emprisonnement encouru en cas d'inobservation des obligations fixées, ne peut excéder 3 ans, la cour et le jury ont méconnu le principe ci-dessus rappelé et les articles 112-1 et 131-36-1 du Code pénal (■ Cass. crim., 27 janv. 2016, n° 14-85.490 : *JurisData* n° 2016-001020).

Art. 131-36-2 *(L. n° 2010-242, 10 mars 2010)*. **– Les mesures de surveillance applicables à la personne condamnée à un suivi socio-judiciaire sont celles prévues à l'article 132-44.**

Le condamné peut aussi être soumis par la décision de condamnation ou par le juge de l'application des peines aux obligations prévues à l'article 132-45.

Art. 131-36-3. – Les mesures d'assistance auxquelles est soumise la personne condamnée à un suivi socio-judiciaire ont pour objet de seconder ses efforts en vue de sa réinsertion sociale.

Art. 131-36-4 *(Mod., L. n° 2007-1198, 10 août 2007)*. **– Sauf décision contraire de la juridiction, la personne condamnée à un suivi socio-judiciaire est soumise à une injonction de soins dans les conditions prévues aux articles L. 3711-1 et suivants du Code de la santé publique, s'il est établi qu'elle est susceptible de faire l'objet d'un traitement, après une expertise médicale ordonnée conformément aux dispositions du Code de procédure pénale. Le président avertit alors le condamné qu'aucun traitement ne pourra être entrepris sans son consentement mais que, s'il refuse les soins qui lui seront proposés, l'emprisonnement prononcé en application du troisième alinéa de l'article 131-36-1 pourra être mis à exécution.**

Lorsque la juridiction de jugement prononce une injonction de soins et que la personne a été également condamnée à une peine privative de liberté non assortie du sursis, le président informe le condamné qu'il aura la possibilité de commencer un traitement pendant l'exécution de cette peine.

Expertise médicale. Selon l'article 131-36-4 du Code pénal, sauf décision contraire de la juridiction, la personne condamnée à un suivi socio-judiciaire est soumise à une injonction de soins, s'il est établi qu'elle est susceptible de faire l'objet d'un traitement, après une expertise médicale ordonnée conformément aux dispositions du Code de procédure pénale. M. W... critique l'injonction de soins ordonnée contre lui, soutenant qu'il n'est pas établi par expertise médicale qu'il est susceptible de faire l'objet d'un traitement. Cependant, contrairement à ce que soutient le demandeur, la cour d'assises n'était pas tenue par les conclusions du rapport d'expertise médicale figurant au dossier. Le moyen ne peut donc être admis (■ Cass. crim., 16 oct. 2019, n° 18-84.374 : *JurisData* n° 2019-017941 ; *Dr. pén.* 2019, comm. 214, obs. V. Peltier ; *AJ pénal* 2019, p. 609, note J.-B. Thierry).

Art. 131-36-5. – Lorsque le suivi socio-judiciaire accompagne une peine privative de liberté sans sursis, il s'applique, pour la durée fixée par la décision de condamnation, à compter du jour où la privation de liberté a pris fin.

Le suivi socio-judiciaire est suspendu par toute détention intervenue au cours de son exécution.

L'emprisonnement ordonné en raison de l'inobservation des obligations résultant du suivi socio-judiciaire se cumule, sans possibilité de confusion, avec les peines privatives de liberté prononcées pour des infractions commises pendant l'exécution de la mesure.

Art. 131-36-6. – Le suivi socio-judiciaire ne peut être ordonné en même temps qu'une peine d'emprisonnement assorti, en tout ou partie, du sursis probatoire.

Interdiction de cumul avec un sursis probatoire. Selon l'article 131-36-6 du Code pénal, le suivi socio-judiciaire ne peut être ordonné en même temps qu'une peine d'emprisonnement assorti, en tout ou partie, du sursis avec mise à l'épreuve. Encourt la cassation l'arrêt qui confirme le jugement du tribunal correctionnel en ce qu'il avait condamné le prévenu à deux ans d'emprisonnement avec sursis avec mise à l'épreuve, et en y ajoutant une peine de suivi socio-judiciaire (■ Cass. crim., 3 mars 2021, n° 20-82.399 : *JurisData* n° 2021-002544 ; *Bull. crim.* n° 132).

Art. 131-36-7. – En matière correctionnelle, le suivi socio-judiciaire peut être ordonné comme peine principale.

Art. 131-36-8. – Les modalités d'exécution du suivi socio-judiciaire sont fixées par le titre VII *bis* du livre V du Code de procédure pénale.

Sous-section 7. – Du placement sous surveillance électronique mobile à titre de mesure de sûreté

(L. n° 2005-1549, 12 déc. 2005)

Bibliographie : *JCl. Pénal Code, Placement sous surveillance électronique mobile,* par E. Camous. • Ch. Lazerges, *L'électronique au service de la politique criminelle : du placement sous surveillance électronique statique (PSE) au placement sous surveillance électronique mobile (PSEM) : RSC* 2006, p. 183. • M. Peretti, *Le bracelet électronique : « boulet moderne » ou outil d'insertion ? : AJ pénal* 2007, p. 468. • A.-G. Robert, *Le placement sous surveillance électronique, instrument incontournable de la politique criminelle : Problèmes actuels de sciences criminelles*, vol. XXIII : *PUAM*, 2012, p. 123.

Art. 131-36-9. – Le suivi socio-judiciaire peut également comprendre, à titre de mesure de sûreté, le placement sous surveillance électronique mobile, conformément aux dispositions de la présente sous-section.

Art. 131-36-10 *(Mod., L. n° 2011-267, 14 mars 2011)*. **– Le placement sous surveillance électronique mobile ne peut être ordonné qu'à l'encontre d'une personne majeure condamnée à une peine privative de liberté d'une durée égale ou supérieure à sept ans ou, lorsque la personne a été condamnée pour un crime ou un délit commis une nouvelle fois en état de récidive légale, d'une durée égale ou supérieure à cinq ans, et dont une expertise médicale a constaté la dangerosité, lorsque cette mesure apparaît indispensable pour prévenir la récidive à compter du jour où la privation de liberté prend fin.**

Art. 131-36-11 *(Abr., L. n° 2011-939, 10 août 2011 ; rétabli dans la version suivante, L. n° 2019-222, 23 mars 2019)*. **– La juridiction ne peut ordonner le placement sous surveillance électronique mobile qu'après avoir fait vérifier la faisabilité technique de la mesure et la disponibilité du dispositif technique devant être utilisé.**

Art. 131-36-12. – Le placement sous surveillance électronique mobile emporte pour le condamné l'obligation de porter pour une durée de deux ans, renouvelable une fois en matière délictuelle et deux fois en matière criminelle, un émetteur permettant à tout moment de déterminer à distance sa localisation sur l'ensemble du territoire national.

Le président de la juridiction avertit le condamné que le placement sous surveillance électronique mobile ne pourra être mis en œuvre sans son consentement, mais que, à défaut ou s'il manque à ses obligations, l'emprisonnement prononcé en application du troisième alinéa de l'article 131-36-1 pourra être mis à exécution.

Art. 131-36-12-1 ***(L. n° 2010-769, 9 juill. 2010 ; L n° 2019-222, 23 mars 2019).*** **– Par dérogation aux dispositions de l'article 131-36-10, le placement sous surveillance électronique mobile peut être ordonné à l'encontre d'une personne majeure, dont une expertise médicale a constaté la dangerosité, condamnée à une peine privative de liberté d'une durée égale ou supérieure à deux ans pour des violences ou des menaces punies d'au moins cinq ans d'emprisonnement et commises :**

1° Soit contre son conjoint, son concubin ou son partenaire lié par un pacte civil de solidarité ;

2° Soit contre ses enfants ou ceux de son conjoint, concubin ou partenaire.

Le présent article est également applicable lorsque les violences ont été commises par l'ancien conjoint ou concubin de la victime, ou par la personne ayant été liée à elle par un pacte civil de solidarité, le domicile concerné étant alors celui de la victime.

Art. 131-36-13. – Les modalités d'exécution du placement sous surveillance électronique mobile sont fixées par le titre VII *ter* du livre V du Code de procédure pénale.

Section II. – Des peines applicables aux personnes morales

Sous-section 1. – Des peines criminelles et correctionnelles

Bibliographie : *JCl. Pénal Code., Peines applicables aux personnes morales, peines criminelles et correctionnelles*, par J.-Y. Maréchal. • M. Boizard, *Les sanctions pénales applicables aux personnes morales, amende, confiscation, affichage ou communication de la décision : Rev. sociétés* 1993, p. 330. • P. Le Cannu, *Les sanctions pénales applicables aux personnes morales, dissolution, fermeture d'établissement et interdiction d'activités : Rev. sociétés* 1993, p. 341.

Art. 131-37 ***(Mod., L. n° 2007-297, 5 mars 2007 ; L. n° 2016-1691, 9 déc. 2016).*** **– Les peines criminelles ou correctionnelles encourues par les personnes morales sont :**

1° L'amende ;

2° Dans les cas prévus par la loi, les peines énumérées à l'article 131-39 et la peine prévue à l'article 131-39-2.

En matière correctionnelle, les personnes morales encourent également la peine de sanction-réparation prévue par l'article 131-39-1.

Art. 131-38 ***(Mod., L. n° 2004-204, 9 mars 2004).*** **– Le taux maximum de l'amende applicable aux personnes morales est égal au quintuple de celui prévu pour les personnes physiques par la loi qui réprime l'infraction.**

Lorsqu'il s'agit d'un crime pour lequel aucune peine d'amende n'est prévue à rencontre des personnes physiques, l'amende encourue par les personnes morales est de 1 000 000 €.

1) QPC. Non-lieu à renvoi devant le Conseil constitutionnel de la QPC visant l'article 131-38, alinéa 1er, du Code pénal : la disposition ne porte pas atteinte aux principes de nécessité, de proportionnalité et d'individualisation des peines, dès lors que le montant maximum de l'amende encourue par les personnes morales varie, comme pour les personnes physiques, selon l'infraction reprochée et que le juge qui prononce une telle peine doit l'individualiser en fonction des circonstances de l'infraction et de la situation personnelle de son auteur, en tenant compte de ses ressources et de ses charges (■ Cass. crim., 19 avr. 2017, n° 17-90.004 : *JurisData* n° 2017-008278 ; *Dr. pén.* 2017, comm. 138, note V. Peltier).

2) Règle de portée générale. Il ne saurait être fait grief à l'arrêt de la cour d'appel d'avoir dépassé le maximum de l'amende prévue par l'article L. 4741-11 du Code du travail, dans sa version antérieure à l'ordonnance n° 2016-413 du 7 avril 2016, dès lors qu'aux termes de l'article 131-38 du Code pénal, dont la portée est générale, le taux maximum de l'amende applicable aux personnes morales est égal au quintuple de celui prévu pour les personnes physiques par la loi qui réprime l'infraction (■ Cass. crim., 27 févr. 2018, n° 17-80.387 : *JurisData* n° 2018-002691 ; *Bull. crim.* n° 38 ; *Gaz. Pal.* 30 avr. 2018, n° 16, p. 54, obs. S. Detraz ; *D. act.*, 7 mars 2018, obs. D. Goetz).

3) Motivation. Le juge qui prononce une amende doit motiver sa décision en tenant compte des ressources et des charges du prévenu ; en se prononçant, sans s'expliquer sur les ressources et charges de la personne morale, la cour d'appel n'a pas justifié sa décision (■ Cass. crim., 9 janv. 2018, n° 17-80.200 : *JurisData* n° 2018-000044 ; *Bull. crim.* n° 5 ; *Dr. pénal* 2018, comm. 58, obs. E. Bonis).

Art. 131-39 *(Mod., Ord. n° 2009-80, 22 janv. 2009 ; L. n° 2010-768, 9 juill. 2010)*. **– Lorsque la loi le prévoit à l'encontre d'une personne morale, un crime ou un délit peut être sanctionné d'une ou de plusieurs des peines suivantes :**

1° La dissolution, lorsque la personne morale a été créée ou, lorsqu'il s'agit d'un crime ou d'un délit puni en ce qui concerne les personnes physiques d'une peine d'emprisonnement supérieure ou égale à trois ans détournée de son objet pour commettre les faits incriminés ;

2° L'interdiction, à titre définitif ou pour une durée de cinq ans au plus, d'exercer directement ou indirectement une ou plusieurs activités professionnelles ou sociales ;

3° Le placement, pour une durée de cinq ans au plus, sous surveillance judiciaire ;

4° La fermeture définitive ou pour une durée de cinq ans au plus des établissements ou de l'un ou de plusieurs des établissements de l'entreprise ayant servi à commettre les faits incriminés ;

5° L'exclusion des marchés publics à titre définitif ou pour une durée de cinq ans au plus ;

6° L'interdiction, à titre définitif ou pour une durée de cinq ans au plus, de procéder à une offre au public de titres financiers ou de faire admettre ses titres financiers aux négociations sur un marché réglementé ;

7° L'interdiction, pour une durée de cinq ans au plus, d'émettre des chèques autres que ceux qui permettent le retrait de fonds par le tireur auprès du tiré ou ceux qui sont certifiés ou d'utiliser des cartes de paiement ;

8° *(L. n° 2010-768, 9 juill. 2010)* **La peine de confiscation, dans les conditions et selon les modalités prévues à l'article 131-21 ;**

9° L'affichage de la décision prononcée ou la diffusion de celle-ci soit par la presse écrite, soit par tout moyen de communication au public par voie électronique ;

10° La confiscation de l'animal ayant été utilisé pour commettre l'infraction ou à l'encontre duquel l'infraction a été commise ;

11° L'interdiction, à titre définitif ou pour une durée de cinq ans au plus, de détenir un animal ;

12° *(L. n° 2014-790, 10 juill. 2014)* **L'interdiction, pour une durée de cinq ans au plus de percevoir toute aide publique attribuée par l'État, les collectivités territoriales, leurs établissements ou leurs groupements ainsi que toute aide financière versée par une personne privée chargée d'une mission de service public.**

La peine complémentaire de confiscation est également encourue de plein droit pour les crimes et pour les délits punis d'une peine d'emprisonnement d'une durée supérieure à un an, à l'exception des délits de presse.

Les peines définies aux 1° et 3° ci-dessus ne sont pas applicables aux personnes morales de droit public dont la responsabilité pénale est susceptible d'être engagée. Elles ne sont pas non plus applicables aux partis ou groupements politiques ni aux syndicats professionnels. La peine définie au 1° n'est pas applicable aux institutions représentatives du personnel.

Voir : art. 434-43, p. 911.

1) Prévision légale. Encourt la cassation l'arrêt qui prononce l'affichage et la diffusion de la décision alors que l'article 133-39, 9°, du Code pénal, auquel renvoie l'article 223-15-4 du même code, ne prévoit que l'affichage ou la diffusion (■ Cass. crim., 7 févr. 2006 : *Dr. pén.* 2006, comm. 100, obs. M. Véron).

2) Dissolution. Le prononcé de la peine de dissolution d'une personne morale par les juges relève, dans les limites prévues à l'article 131-39, 1° du Code pénal, d'une faculté qu'ils tiennent de la loi. Le moyen qui, en se fondant sur l'article 8 de la Déclaration des droits de l'homme et du citoyen, tend à en contester la nécessité et la proportionnalité au regard de la gravité des faits de l'espèce, est irrecevable en ce qu'il revient à invoquer l'inconstitutionnalité du texte législatif même (■ Cass. crim., 16 déc. 2015, n° 14-85.667 : *JurisData* n° 2015-028193 ; *Bull. crim.* n° 312).

Art. 131-39-1 *(L. n° 2007-297, 5 mars 2007)*. **– En matière délictuelle, la juridiction peut prononcer à la place ou en même temps que l'amende encourue par la personne morale la peine de sanction-réparation selon les modalités prévues par l'article 131-8-1.**

Dans ce cas, la juridiction fixe le montant maximum de l'amende, qui ne peut excéder ni 75 000 € ni l'amende encourue par la personne morale pour le délit considéré, dont le juge de l'application des peines pourra ordonner

la mise à exécution en tout ou partie dans les conditions prévues par l'article 712-6 du Code de procédure pénale si le condamné ne respecte pas l'obligation de réparation.

Art. 131-39-2 *(L. n° 2016-1691, 9 déc. 2016)*. – I. – Lorsque la loi le prévoit à l'encontre d'une personne morale, un délit peut être sanctionné par l'obligation de se soumettre, sous le contrôle de l'Agence française anticorruption, pour une durée maximale de cinq ans, à un programme de mise en conformité destiné à s'assurer de l'existence et de la mise en œuvre en son sein des mesures et procédures définies au II.

II. – La peine prévue au I comporte l'obligation de mettre en œuvre les mesures et procédures suivantes :

1° Un code de conduite définissant et illustrant les différents types de comportements à proscrire comme étant susceptibles de caractériser des faits de corruption ou de trafic d'influence ;

2° Un dispositif d'alerte interne destiné à permettre le recueil des signalements émanant d'employés et relatifs à l'existence de conduites ou de situations contraires au code de conduite de la personne morale ;

3° Une cartographie des risques prenant la forme d'une documentation régulièrement actualisée et destinée à identifier, analyser et hiérarchiser les risques d'exposition de la personne morale à des sollicitations externes aux fins de corruption, en fonction notamment des secteurs d'activités et des zones géographiques dans lesquels la personne morale exerce son activité ;

4° Des procédures d'évaluation de la situation de clients, fournisseurs de premier rang et intermédiaires au regard de la cartographie des risques ;

5° Des procédures de contrôles comptables, internes ou externes, destinées à s'assurer que les livres, registres et comptes ne sont pas utilisés pour masquer des faits de corruption ou de trafic d'influence. Ces contrôles peuvent être réalisés soit par les services de contrôle comptable et financier propres à la personne morale, soit en ayant recours à un auditeur externe à l'occasion de l'accomplissement des audits de certification de compte prévus à l'article L. 823-9 du Code de commerce ;

6° Un dispositif de formation destiné aux cadres et aux personnels les plus exposés aux risques de corruption et de trafic d'influence ;

7° Un régime disciplinaire permettant de sanctionner les salariés de la personne morale en cas de violation du Code de conduite de la personne morale.

III. – Lorsque le tribunal prononce la peine prévue au I du présent article, les frais occasionnés par le recours par l'Agence française anticorruption à des experts ou à des personnes ou autorités qualifiées pour l'assister dans la réalisation d'analyses juridiques, financières, fiscales et comptables sont supportés par la personne morale condamnée, sans que le montant de ces frais ne puisse excéder le montant de l'amende encourue pour le délit au titre duquel cette peine est prononcée.

Un décret en Conseil d'État précise les règles déontologiques applicables à ces experts et à ces personnes ou autorités qualifiées.

Voir : art. R. 131-45 et s., p. 990.

Sous-section 2. – Des peines contraventionnelles

Bibliographie : *JCl. Pénal Code, Peines applicables aux personnes morales, peines contraventionnelles*, par J.-Y. Maréchal.

Art. 131-40 *(Mod., L. n° 2007-297, 5 mars 2007)*. – Les peines contraventionnelles encourues par les personnes morales sont :

1° L'amende ;

2° Les peines privatives ou restrictives de droits prévues à l'article 131-42.

3° La peine de sanction-réparation prévue par l'article 131-44-1.

Ces peines ne sont pas exclusives d'une ou de plusieurs des peines complémentaires prévues à l'article 131-43.

Art. 131-41. – Le taux maximum de l'amende applicable aux personnes morales est égal au quintuple de celui prévu pour les personnes physiques par le règlement qui réprime l'infraction.

Art. 131-42. – Pour toutes les contraventions de la 5e classe, la peine d'amende peut être remplacée par une ou plusieurs des peines privatives ou restrictives de droits suivantes :

1° L'interdiction, pour une durée d'un an au plus, d'émettre des chèques autres que ceux qui permettent le retrait de fonds par le tireur auprès du tiré ou ceux qui sont certifiés ou d'utiliser des cartes de paiement ;

2° La confiscation de la chose qui a servi ou était destinée à commettre l'infraction ou de la chose qui en est le produit.

Art. 131-43 *(Mod., L. n° 2007-297, 5 mars 2007 ; mod. à compter du 24 mars 2020, L. n° 2019-222, 23 mars 2019).* – Le règlement qui réprime une contravention peut prévoir, lorsque le coupable est une personne morale, les peines complémentaires mentionnées aux 5°, 8° et 9° de l'article 131-16. Pour les contraventions de la cinquième classe, le règlement peut, en outre, prévoir la peine complémentaire mentionnée au premier alinéa de l'article 131-17.

Art. 131-44. – Lorsqu'une contravention est punie d'une ou de plusieurs des peines complémentaires prévues à l'article 131-43, la juridiction peut ne prononcer que la peine complémentaire ou l'une ou plusieurs des peines complémentaires encourues.

Art. 131-44-1 *(L. n° 2007-297, 5 mars 2007).* – Pour les contraventions de la cinquième classe, la juridiction peut prononcer à la place ou en même temps que l'amende encourue par la personne morale la peine de sanction-réparation selon les modalités prévues par l'article 131-8-1.

Dans ce cas, la juridiction fixe le montant maximum de l'amende, qui ne peut excéder 7 500 €, dont le juge de l'application des peines pourra ordonner la mise à exécution en tout ou partie dans les conditions prévues par l'article 712-6 du Code de procédure pénale si le condamné ne respecte pas l'obligation de réparation.

Sous-section 3. – Du contenu et des modalités d'application de certaines peines

Art. 131-45. – La décision prononçant la dissolution de la personne morale comporte le renvoi de celle-ci devant le tribunal compétent pour procéder à la liquidation.

Art. 131-46. – La décision de placement sous surveillance judiciaire de la personne morale comporte la désignation d'un mandataire de justice dont la juridiction précise la mission. Cette mission ne peut porter que sur l'activité dans l'exercice ou à l'occasion de l'exercice de laquelle l'infraction a été commise. Tous les six mois, au moins, le mandataire de justice rend compte au juge de l'application des peines de l'accomplissement de sa mission.

Au vu de ce compte rendu, le juge de l'application des peines peut saisir la juridiction qui a prononcé le placement sous surveillance judiciaire. Celle-ci peut alors soit prononcer une nouvelle peine, soit relever la personne morale de la mesure de placement.

Voir : art. R. 131-52, p. 991.

Art. 131-47 *(Mod., Ord. n° 2009-80, 22 janv. 2009).* – L'interdiction de procéder à une offre au public de titres financiers ou de faire admettre ses titres financiers aux négociations sur un marché réglementé emporte prohibition, pour le placement de titres quels qu'ils soient, d'avoir recours tant à des établissements de crédit, établissements financiers ou sociétés de bourse qu'à des procédés quelconques de publicité.

Art. 131-48. – La peine d'interdiction d'exercer une ou plusieurs activités professionnelles ou sociales emporte les conséquences prévues à l'article 131-28.

La peine de fermeture d'un ou de plusieurs établissements emporte les conséquences prévues à l'article 131-33.

La peine d'exclusion des marchés publics emporte les conséquences prévues à l'article 131-34.

La peine d'interdiction d'émettre des chèques emporte les conséquences prévues au premier alinéa de l'article 131-19.

La peine de confiscation de la chose est prononcée dans les conditions prévues à l'article 131-21.

La peine d'affichage de la décision ou de diffusion de celle-ci est prononcée dans les conditions prévues à l'article 131-35.

Art. 131-49. – Un décret en Conseil d'État détermine les modalités d'application des dispositions des articles 131-45 à 131-47 et fixe les conditions dans lesquelles les représentants du personnel sont avisés de la date d'audience.

CHAPITRE II. – DU RÉGIME DES PEINES

Art. 132-1. – Lorsque la loi ou le règlement réprime une infraction, le régime des peines qui peuvent être prononcées obéit, sauf dispositions législatives contraires, aux règles du présent chapitre.

***(Al. créé à compter du 1er octobre 2014, L. n° 2014-896, 15 août 2014)* Toute peine prononcée par la juridiction doit être individualisée.**

***(Al. créé à compter du 1er octobre 2014, L. n° 2014-896, 15 août 2014)* Dans les limites fixées par la loi, la juridiction détermine la nature, le quantum et le régime des peines prononcées en fonction des circonstances de l'infraction et de la personnalité de son auteur ainsi que de sa situation matérielle, familiale et sociale, conformément aux finalités et fonctions de la peine énoncées à l'article 130-1.**

Bibliographie : *JCl. Pénal Code, Individualisation de la peine*, par. J. Leblois-Happe. • C. Ballot-Squirawski, *La nouvelle motivation des peines : Gaz. Pal.* 19 nov. 2019, n° 40, p. 62. • M. Danti-Juan, *Réflexions sur l'individualisation des peines, in Mél. J.-H. Robert : LexisNexis*, 2012, p. 150. • E. Dreyer, *Motivation de la peine, légalité et individualisation : Gaz. Pal.* 26 avr. 2016, n° 16, p. 74. • E. Dreyer, Pourquoi motiver les peines ? : *D.* 2018, p. 576. • E. Dreyer, *La motivation des peines : quoi, comment ? : JCP* G 2018, doctr. p. 330. • M. Giacopelli, *Vers une généralisation de l'exigence de motivation en droit de la peine ? : D.* 2017, p. 931. • D. Guérin, *La motivation des peines : Dr. pén.* 2018, étude 9. • A. Lepage et H. Mastopoulou, *Des peines complémentaires obligatoires déclarées conformes aux principes constitutionnels : JCP* G 2010, I, 1149. • V. Peltier, *L'individualisation de la peine dans les décisions liées aux questions prioritaires de constitutionnalité : Dr. pén.* 2011, étude 4. • E. Pichon, *Une jurisprudence vivante : selon la chambre criminelle de la Cour de cassation, si le choix de la peine prononcée par le juge en matière correctionnelle demeure libre, il est désormais justifié : Dr. pén.* 2017, étude 7. • J.-H. Robert, *La détermination de la peine par le législateur et par le juge, in Droit pénal, le temps des réformes : LexisNexis*, coll. Colloques & débats, 2011, p. 247. • Dossier : *L'individualisation de la sanction en matière pénale* Aix-Marseille Université, 2016, *Les nouveaux problèmes actuels de sciences criminelles*, vol. XXVI.

I – PRINCIPE D'INDIVIDUALISATION DE LA PEINE

1) Principe à valeur constitutionnelle. Le principe d'individualisation des peines découle de l'article 8 de la Déclaration des droits de l'homme et du citoyen de 1789 (▪ Cons. const., 22 juill. 2005, n° 220-520 DC, loi précisant le déroulement de l'audience d'homologation de la comparution sur reconnaissance préalable de culpabilité).

2) Portée. Le principe d'individualisation des peines, qui découle de l'article 8 de la Déclaration de 1789, ne saurait faire obstacle à ce que le législateur fixe des règles assurant une répression effective des infractions ; qu'il n'implique pas davantage que la peine soit exclusivement déterminée en fonction de la personnalité de l'auteur de l'infraction (▪ Cons. const., 9 août 2007, n° 2007-554 DC, loi renforçant la lutte contre la récidive des majeurs et des mineurs).

3) Peines minimales. L'article 415 du Code des douanes punit d'une peine d'emprisonnement de 2 à 10 ans, de peines de confiscation et d'une amende le blanchiment de produits financiers provenant d'un délit douanier ou d'une infraction à la législation sur les stupéfiants. Il résulte de la jurisprudence constante de la Cour de cassation que la fixation, par les dispositions contestées, d'une durée minimale de 2 ans à la peine d'emprisonnement interdit au juge de prononcer une peine inférieure. Toutefois, en premier lieu, le délit de blanchiment qui fait l'objet de cette peine minimale d'emprisonnement présente une particulière gravité. En deuxième lieu, compte tenu, d'une part, de l'écart entre la durée minimale et la durée maximale de la peine d'emprisonnement et, d'autre part, du niveau des quantums ainsi retenus, la juridiction n'est pas privée de la possibilité de fixer, dans ces limites, la peine d'emprisonnement en fonction des circonstances de l'espèce. En dernier lieu, l'instauration de cette peine d'emprisonnement minimale n'interdit pas à la juridiction de faire usage d'autres dispositions d'individualisation de la peine lui permettant de prononcer les peines et de fixer leur régime en fonction des circonstances de l'infraction et de la personnalité de son auteur. Ainsi, en vertu de l'article 132-17 du Code pénal, la juridiction peut ne prononcer que l'une des peines encourues mentionnées à l'article 415 du Code des douanes. Elle peut également, sur le fondement de l'article 369 du Code des douanes, dispenser le coupable de la peine d'emprisonnement, ordonner qu'il soit sursis à son exécution et décider que la condamnation ne sera pas mentionnée au bulletin n° 2 du casier judiciaire. Il résulte de tout ce qui précède que le grief tiré de la méconnaissance du principe d'individualisation des peines doit être écarté. (▪ Cons. const., 14 sept. 2018, n° 2018-731 QPC : *JurisData* n° 2018-015645 ; *Dr. pén.* 2018, comm. 206, obs. E. Bonis. V. dans le même sens à propos des anciennes peines planchers ▪ Cons. const., 9 août 2007, n° 2007-554 DC, loi renforçant la lutte contre la récidive des majeurs et des mineurs).

4) Prohibition des peines accessoires ou automatiques. Le principe d'individualisation des peines qui découle de l'article 8 de la Déclaration de 1789 implique que la peine emportant l'interdiction d'être inscrit sur une liste électorale et l'incapacité d'exercer une fonction publique élective qui en résulte ne puisse être appliquée que si le juge l'a expressément prononcée, en tenant compte des circonstances propres à chaque espèce (■ Cons. const., 11 juin 2010, n° 2010-6/7 QPC, M. Stéphane A et a. : *Dr. pén.* 2010, comm. 84, obs. J.-H. Robert ; *Rev. pénit.* 2010, p. 421, obs. X. Pin ; *AJ pénal* 2010, p. 392, obs. J.-B. Perrier ; *D.* 2010, p. 1560, note S. Lavric ; *AJDA* 2010, p. 1831, obs. B. Maligner).

Voir : notes ss art. 132-17, p. 272.

5) Période de sûreté de plein droit. La période de sûreté est une mesure d'exécution de la peine. Même lorsqu'elle est appliquée de plein droit, elle présente un lien étroit avec elle et avec l'appréciation par le juge des circonstances de l'espèce, qui peut d'ailleurs en faire varier la durée. Elle n'est donc pas contraire au principe d'individualisation de la peine garantie par l'article 8 de la Déclaration des droits de l'homme et du citoyen (■ Cons. const., 26 oct. 2018, n° 2018-742 QPC : *JurisData* n° 2018-019137 ; *Dr. pén.* 2018, comm. 219, obs. V. Peltier).

6) Individualisation dans les limites fixées par la loi. Il se déduit de l'article 132-1 du Code pénal que la juridiction détermine la nature, le *quantum* et le régime des peines qu'elle prononce en considération des limites fixées par la loi. Encourt dès lors la cassation l'arrêt qui condamne le prévenu à une amende en se déterminant en considération d'un montant erroné de la peine encourue. N'a en conséquence pas justifié sa décision la cour d'appel qui, pour condamner un prévenu à 10 000 euros d'amende avec sursis, retient qu'il encourt 5 ans d'emprisonnement et 500 000 euros d'amende alors que le montant de l'amende encourue à la date des faits reprochés était de 37 500 euros pouvant être porté à 75 000 euros dans certaines circonstances définies à l'article 1741 du Code général des impôts (■ Cass. crim., 29 mai 2019, n° 18-81.013 : *JurisData* n° 2019-009075).

II – MOTIVATION DES PEINES

7) QPC. Le principe d'individualisation des peines, qui découle de l'article 8 de cette déclaration, implique qu'une sanction pénale ne puisse être appliquée que si le juge l'a expressément prononcée, en tenant compte des circonstances propres à chaque espèce. Ces exigences constitutionnelles imposent la motivation des jugements et arrêts de condamnation, pour la culpabilité comme pour la peine (■ Cons. const., 2 mars 2018, n° 2017-694 QPC : *JurisData* n° 2018-003023 ; *Dr. pén.* 2018, comm. 72, obs. E. Bonis ; *D.* 2018, p. 1191, note A. Botton ; *JCP G* 2018, p. 457, note H. Matsopoulou ; *AJ pénal* 2018, p. 192, note A.-G. Robert).

8) Convention EDH. La CEDH n'impose pas la motivation des peines (■ CEDH, gr. ch. 29 nov. 2016, n° 34238/09, *Lhermitte c/ Belgique* : *Gaz. Pal.* 24 janv. 2017, n° 4, p. 66, note F. Fourment).

A – Motivation des peines criminelles

Code de procédure pénale

Art. 365-1 *(Entré en vigueur le 1er mars 2019, L. n° 2019-222, 23 mars 2019).* **–** [...] La motivation consiste également dans l'énoncé des principaux éléments ayant convaincu la cour d'assises dans le choix de la peine, au vu des éléments exposés au cours de la délibération prévue à l'article 362. L'application des dispositions du troisième alinéa de l'article 706-53-13 est également motivée. La motivation des peines complémentaires obligatoires, de la peine de confiscation du produit ou de l'objet de l'infraction ou des obligations particulières du sursis probatoire n'est pas nécessaire.

9) Inconstitutionnalité de l'article 365-1 du Code de procédure pénale (réd. antérieure à la loi n° 2019-222 du 23 mars 2019). En n'imposant pas à la cour d'assises de motiver le choix de la peine, le législateur a méconnu les exigences tirées des articles 7, 8 et 9 de la Déclaration de 1789. Par suite, et sans qu'il soit besoin d'examiner les autres griefs, le deuxième alinéa de l'article 365-1 du Code de procédure pénale doit être déclaré contraire à la Constitution.

L'abrogation immédiate des dispositions contestées aurait pour effet de supprimer les modalités selon lesquelles, en cas de condamnation, la motivation d'un arrêt de cour d'assises doit être rédigée en ce qui concerne la culpabilité. Elle entraînerait ainsi des conséquences manifestement excessives. Par suite, afin de permettre au législateur de remédier à l'inconstitutionnalité constatée, il y a lieu de reporter au 1er mars 2019 la date de cette abrogation.

Afin de faire cesser l'inconstitutionnalité constatée à compter de la publication de la présente décision, il y a lieu de juger, pour les arrêts de cour d'assises rendus à l'issue d'un procès ouvert après cette date, que les dispositions du deuxième alinéa de l'article 365-1 du Code de procédure pénale doivent être interprétées comme imposant également à la cour d'assises d'énoncer, dans la feuille de motivation, les principaux éléments l'ayant convaincue dans le choix de la peine.

Les arrêts de cour d'assises rendus en dernier ressort avant la publication de la présente décision et ceux rendus à l'issue d'un procès ouvert avant la même date ne peuvent être contestés sur le fondement de cette inconstitutionnalité. (▪ Cons. const., 2 mars 2018, n° 2017-694 QPC, préc.)

10) Pour condamner M. X... à une peine de 17 ans de réclusion criminelle, la cour d'assises, après avoir rappelé les faits de nature criminelle dont elle l'a déclaré coupable, a retenu, d'une part, leur particulière gravité, liée au jeune âge de la victime, à la nature des actes imposés pendant une longue période et à leur retentissement important sur l'état psychologique de la victime, d'autre part, la personnalité psychotique de l'accusé, dépourvue de toute empathie ou de simple capacité d'écoute des autres ; Attendu qu'en l'état de ces motifs qui exposent les principaux éléments l'ayant convaincue dans le choix de la peine, la cour d'assises a justifié la peine appliquée, conformément aux exigences énoncées par le Conseil constitutionnel dans sa décision n° 2017-694 QPC du 2 mars 2018 (▪ Cass. crim., 27 mars 2019, n° 18-82.351 : *JurisData* n° 2019-004510 ; *Bull. crim.* n° 64 ; *Dr. pén.* 2019, comm. 98, obs. E. Bonis ; *JCP* G 2019, p. 394, obs. M. Giacopelli ; *AJ pénal* 2019, p. 334, note J.-B. Thierry).

11) Justifie la peine appliquée, conformément aux exigences énoncées par le Conseil constitutionnel dans sa décision n° 2017-694 QPC du 2 mars 2018, la cour d'assises qui prononce la peine de 30 ans de réclusion de criminelle, après avoir souligné la gravité des faits, s'agissant de deux assassinats en bande organisée, leur contexte ainsi que le mode opératoire utilisé, et retient que cette peine est proportionnée à cette forme de criminalité, au trouble occasionné à l'ordre public et à la douleur de la famille des victimes (▪ Cass. crim., 10 avr. 2019, n° 18-83.053 : *JurisData* n° 2019-005544 ; *Dr. pén.* 2019, comm. 118, obs. A. Maron et M. Haas).

12) M. W... a été condamné à la peine de 7 ans d'emprisonnement et à celle de 5 ans de suivi socio-judiciaire avec injonction de soins. Pour justifier ces peines, la cour d'assises a retenu, d'une part, la gravité des faits, s'agissant d'un viol, d'autre part, une personnalité marquée par une absence d'introspection. Ces motifs exposent les principaux éléments ayant convaincu la cour d'assises dans le choix de la peine, conformément aux exigences énoncées par le Conseil constitutionnel, dans sa décision n° 2017-694 QPC du 2 mars 2018 (▪ Cass. crim., 16 oct. 2019, 18-84.374 : *JurisData* n° 2019-017941 ; *Dr. pén.* 2019, comm. 214, obs. V. Peltier).

13) Pour condamner l'accusé à la réclusion criminelle à perpétuité assortie d'une période de sûreté de vingt-deux ans, la cour d'assises se réfère à l'extrême gravité des faits, l'intéressé n'ayant pas hésité à tirer pour tuer alors qu'il aurait pu s'enfuir ; elle expose que l'intéressé, âgé de trente-cinq ans lors des faits, condamné à de multiples reprises pour des faits de violences, de vols avec armes, d'extorsion, est en récidive ; elle ajoute que, dans un souci de justice et de protection de la société, la cour et le jury ont estimé indispensable de prononcer à son encontre la peine maximale et de fixer à son maximum la période de sûreté ; en prononçant ainsi, la cour d'assises a exposé les principaux éléments qui l'ont convaincue dans le choix de la peine, conformément à la décision n° 2017-694 QPC du Conseil constitutionnel, en date du 2 mars 2018, qui n'impose pas que la feuille de motivation contienne une analyse de la personnalité de l'accusé et de sa situation matérielle, familiale et sociale, évoquées lors des débats (▪ Cass. crim., 22 avr. 2020, n° 19-84.253 : *JurisData* n° 2020-005859 ; *Bull. crim.* n° 5).

14) Jurisprudence antérieure à la déclaration d'inconstitutionnalité. En cas de condamnation par la cour d'assises, la motivation consiste dans l'énoncé des principaux éléments à charge qui l'ont convaincue de la culpabilité de l'accusé ; qu'en l'absence d'autre disposition légale le prévoyant, la cour et le jury ne doivent pas motiver le choix de la peine qu'ils prononcent dans les conditions définies à l'article 362 du Code de procédure pénale (▪ Cass. crim., 8 févr. 2017, n°s 15-86.914, 16-80.389 et 16-80.391 (3 arrêts) : *JurisData* n° 2017-001817, 2017-001818 et 2017-001819 ; *Dr. pén.* 2017, étude 10, par H. Dantras-Bioy ; *Gaz. Pal.* 25 avr. 2017, n° 16, p. 63, obs. F. Froment).

15) Conséquences de la déclaration d'inconstitutionnalité. Si le Conseil constitutionnel, dans sa décision n° 2017-694 QPC du 2 mars 2018, a déclaré contraire à la Constitution l'article 365-1, alinéa 2, du Code de procédure pénale, en ce qu'il n'impose pas à la cour d'assises de motiver le choix de la peine qu'elle prononce, il a reporté au 1er mars 2019 les effets de cette abrogation et décidé que les arrêts de cour d'assises rendus en dernier ressort avant la publication de sa décision ne pourraient être contestés sur le fondement de cette inconstitutionnalité (▪ Cass. crim., 20 juin 2018, n° 17-82.237 : *JurisData* n° 2018-010673 ; *Bull. crim.* n° 118. ▪ Cass. crim., 17 oct. 2018, n° 17-87.568 : *JurisData* n° 2018-018698 ; *Bull. crim.* n° 171 ; *Dr. pén.* 2018, comm. 221, obs. E. Bonis).

16) Conventionnalité. Il ne résulte d'aucune disposition de la Convention européenne des droits de l'homme que la cour d'assises, après avoir statué sur la culpabilité, soit tenue de motiver la peine qu'elle prononce (■ Cass. crim., 20 juin 2018, n° 17-82.237 : *JurisData* n° 2018-010673 ; *Bull. crim.* n° 118. ■ Cass. crim., 17 oct. 2018, n° 17-87.568 : *JurisData* n° 2018-018698 ; *Bull. crim.* n° 171, préc.).

17) Motivation des peines complémentaires. En condamnant l'accusé à une peine complémentaire de 10 ans d'inéligibilité sans motiver sa décision, alors que le prononcé de cette peine n'était pas obligatoire à la date des faits, la cour d'assises a méconnu les articles 131-26-2 et 365-1 du Code pénal (■ Cass. crim., 9 mars 2022, n° 21-81.506).

B – Motivation des peines correctionnelles

Code de procédure pénale

Art. 485-1 *(Entré en vigueur le 24 mars 2019, L. n° 2019-222, 23 mars 2019)*. **–** En cas de condamnation, sans préjudice des dispositions prévoyant la motivation spéciale de certaines peines, notamment des peines non aménagées d'emprisonnement ferme, la motivation doit également porter sur le choix de la peine au regard des dispositions des articles 132-1 et 132-20 du Code pénal, sauf s'il s'agit d'une peine obligatoire ou de la confiscation du produit ou de l'objet de l'infraction. Les obligations particulières du sursis probatoire n'ont pas à être motivées.

18) Obligation de motiver toute peine. Il résulte des articles 132-1 du Code pénal et 485 du Code de procédure pénale qu'en matière correctionnelle toute peine doit être motivée en tenant compte de la gravité des faits, de la personnalité de leur auteur et de sa situation personnelle (■ Cass. crim., 1er févr. 2017, n° 15-85.199 : *JurisData* n° 2017-001414 ; *Bull. crim.* n° 28. ■ Cass. crim., 1er févr. 2017, n° 15-84.511 : *JurisData* n° 2017-001411 ; *Bull. crim.* n° 30). La règle vaut pour toute peine qu'elle soit prononcée à l'encontre d'une personne physique ou à l'encontre d'une personne morale (■ Cass. crim., 9 janv. 2018, n° 17-80.200 : *JurisData* n° 2018-000044 ; *Bull. crim.* n° 5 ; *Dr. pén.* 2018, comm. 58, obs. E. Bonis).

– Les lois relatives à la motivation des peines sont des lois de procédure applicables immédiatement à la répression des infractions commises avant leur entrée en vigueur en vertu de l'article 112-2, 2° du Code pénal. L'article 485-1 du Code de procédure pénale est dès lors applicable immédiatement au jugement des infractions commises avant son entrée en vigueur. Les articles 132-1 et 132-20 du Code pénal, auxquels l'article 485-1 du Code de procédure pénale renvoie, n'ont pas été modifiés. Il ressort du premier de ces textes qu'en matière correctionnelle, toute peine doit être motivée en tenant compte de la gravité des faits, de la personnalité de leur auteur et de sa situation personnelle et du second que le juge qui prononce une amende doit motiver sa décision en tenant compte des ressources et des charges du prévenu (■ Cass. crim., 11 mai 2021, n° 20-85.576 : *JurisData* n° 2021-007074 ; *Bull. crim.* n° 5 ; *Dalloz actualité*, 31 mai 2021, obs. M. Dominati).

– Pour la motivation de la peine d'emprisonnement, V. note ss. art. 132-19, p. 274.

– Pour la motivation d'une **peine complémentaire d'interdiction de gérer** (■ Cass. crim., 1er févr. 2017, n° 15-85.199, préc. ; *AJ pénal* 2017, p. 175, note E. Dreyer ; *JCP G* 2017, 277, note J. Leblois-Happe ; *JCP E* 2017, p. 25, note R. Salomon. ■ Cass. crim. 20 juin 2017, n° 16-80.982).

– Pour la motivation d'une **peine complémentaire d'inéligibilité** (■ Cass. crim., 1er févr. 2017, n° 15-84.511, préc. ; *AJ pénal* 2017, p. 175, note E. Dreyer ; *JCP G* 2017, 277, note J. Leblois-Happe ; *Dr. pén.*, 2017, comm. 50, obs. V. Peltier). En matière de presse les juges vérifient le caractère proportionné de l'atteinte portée par la sanction au principe de la liberté d'expression défini par l'article 10 de la Convention européenne des droits de l'homme tel qu'interprété par la Cour européenne.

– Pour la motivation d'une **peine complémentaire d'interdiction d'exercer une fonction publique** (■ Cass. crim., 31 mai 2017, n° 15-82.051, inédit).

– Pour la motivation d'une **peine complémentaire d'interdiction de séjour** (■ Cass. crim., 11 juill. 2017, n° 16-81.797 : *JurisData* n° 2017-014108 : *Dr. pén.* 2017, comm. 166, E. Bonis)

– Pour la motivation d'une **peine complémentaire de confiscation** (■ Cass. crim., 8 mars 2017, n° 15-86.153 : *JurisData* n° 2017-003909 ; *Dr. pén.* 2017, comm. 83, obs. E. Bonis. ■ Cass. crim., 21 mars 2018, n° 16-87.296 : *JurisData* n° 2018-004058 ; *Bull. crim.* n° 50 ; *Dr. pén.* 2018, comm. 96, obs. E. Bonis. ■ Cass. crim., 29 janv. 2020, n° 17-83.577 : *JurisData* n° 2020-000933. ■ Cass. crim., 9 juin 2021, n° 19-86.972 : *JurisData* n° 2021-008810).

– Pour la motivation d'une **peine complémentaire de diffusion ou d'affichage** de la décision de condamnation (■ Cass. crim., 17 déc. 2019, n° 17-87.465 : *JurisData*, n° 2019-023020).

19) Motivation de la peine d'amende. En matière correctionnelle, le juge qui prononce une amende doit motiver sa décision au regard des circonstances de l'infraction, de la personnalité et de la situation personnelle de son auteur, en tenant compte de ses ressources et de ses charges (▪ Cass. crim. 1er févr. 2017, n° 15-83.984 : *JurisData* n° 2017-001409 ; *Bull. crim.* n° 29 : *Dr. pén.* 2017, comm. 69, note É. Bonis-Garçon ; *JCP G* 2017, 277, note J. Leblois-Happe. ▪ Cass. crim., 15 mars 2017, n° 16-83.838 : *JurisData* n° 2017-005008).

20) Exclusion des amendes fiscales. Le prononcé, par le juge correctionnel, de l'amende fiscale prévue à l'article 1791 du Code général des impôts en répression des infractions à la législation sur les contributions indirectes est soumis aux dispositions spécifiques de l'article 1800 du même code et échappe par conséquent aux prescriptions des articles 132-1 et 132-20, alinéa 2, du Code pénal (▪ Cass. crim., 18 juill. 2017, n° 15-86.153 : *JurisData* n° 2017-014488 : *Dr. pén.* 2017, comm. 156, obs. V. Peltier ; *Dr. pén.* 2017, comm. 145 et 148, obs. J.-H. Robert).

21) Exclusion des amendes douanières. Le prononcé, par le juge correctionnel, de l'amende prévue à l'article 414 du Code des douanes en répression des infractions de contrebande et d'importation ou d'exportation sans déclaration de marchandises prohibées, est soumis aux dispositions spécifiques de l'article 369 du Code des douanes et échappe, par conséquent, aux prescriptions des articles 132-1 et 132-20, alinéa 2, du Code pénal (▪ Cass. crim., 7 nov. 2018, n° 17-84.616 : *JurisData* n° 2018-019586 ; *Bull. crim.* n° 187).

22) Motivation de la peine de travail d'intérêt général. Le demandeur ne saurait se faire un grief d'un défaut de motivation de la peine de travail d'intérêt général au regard de sa situation personnelle, dès lors que le prononcé d'une telle peine étant subordonné à l'accord préalable de l'intéressé, il implique nécessairement la prise en compte de la gravité des faits, de la personnalité de leur auteur et de la situation personnelle de celui-ci (▪ Cass. crim., 16 avr. 2019, n° 18-83.434 : *JurisData* n° 2019-006083 ; *Dr. pén.* 2019, comm. 120, obs. V. Peltier).

23) Non-motivation des peines complémentaires obligatoires. La décision de prononcer la peine complémentaire obligatoire d'interdiction de détenir ou de porter, pendant une durée de cinq ans au plus, une arme soumise à autorisation, par application de l'article 322-15 II du Code pénal, n'a pas à être motivée, seul le refus de l'appliquer devant faire l'objet d'une motivation spéciale (▪ Cass. crim., 22 avr. 2020 : *JurisData* n° 2020-007345 ; *Dr. pén.* 2020, comm. 151, obs. E. Bonis ; *Gaz. Pal.* 1er sept. 2020, n° 29, p. 50, obs. E. Dreyer).

24) Non-motivation des obligations imposées dans le cadre d'un sursis avec mise à l'épreuve. L'exigence selon laquelle, en matière correctionnelle, toute peine doit être motivée au regard de la gravité des faits, de la personnalité de leur auteur et de sa situation personnelle, s'applique au prononcé de cette peine, et non au choix de ses modalités que sont les obligations prévues à l'article 132-45 du Code pénal, lesquelles sont susceptibles d'être modifiées par le juge de l'application des peines (▪ Cass. crim., 22 nov. 2017, n° 16-83.549 : *JurisData* n° 2017-023482 ; *Dr. pén.* 2018, comm. 20, obs. E. Bonis).

25) Diligences incombant au juge. Il appartient au juge de motiver la peine qu'il prononce en se référant, dans sa décision, aux éléments qui résultent du dossier et à ceux qu'il a sollicités et recueillis lors des débats ; qu'il revient au prévenu, à la demande du juge ou d'initiative, d'exposer sa situation et de produire, éventuellement, des justificatifs de celle-ci ; que lorsque le prévenu n'a pas comparu et n'a pas fourni ni fait fournir d'éléments sur sa situation, il n'incombe pas au juge d'en rechercher d'autres que ceux dont il dispose (▪ Cass. crim., 27 juin 2018, n° 16-87.009 : *JurisData* n° 2018-011764. ▪ Cass. crim., 13 juin 2019, n° 18-85.442 : *JurisData* n° 2019-010234. ▪ Cass. crim., 11 mai 2021, n° 20-85.576 : *JurisData* 2021-007074 ; *Bull. crim.* n° 5).

26) Possibilité de motivation commune en cas de pluralité de peines correctionnelles. En matière correctionnelle, le juge qui prononce une peine doit motiver sa décision au regard des circonstances de l'infraction, de la personnalité et de la situation personnelle de son auteur ; que le juge qui prononce une amende doit, en outre, motiver sa décision en tenant compte des ressources et des charges du prévenu ; que lorsque plusieurs peines sont prononcées, les motifs peuvent être communs à celles-ci (▪ Cass. crim., 27 juin 2018, n° 16-87.009 : *JurisData* n° 2018-011764 ; *Bull. crim.* n° 128).

27) Toute peine prononcée doit être motivée au regard des circonstances de l'infraction, de la personnalité et de la situation personnelle de son auteur. Toutefois, lorsque plusieurs peines sont prononcées, la Cour de cassation estime que le juge peut adopter une motivation commune à celles-ci. En l'espèce, la motivation de la cour d'appel, commune aux différentes peines, justifie, du point de vue de la personnalité de leur auteur, aussi bien le prononcé de l'emprisonnement sans sursis que l'interdiction du territoire français et la confiscation (▪ Cass. crim., 14 nov. 2019, n° 18-85.688 : *JurisData* n° 2019-020282 ; *Dr. pén.* 2020, comm. 24, obs. E. Bonis).

C – Motivation des peines contraventionnelles

28) Toute juridiction qui prononce une peine d'amende, y compris en matière contraventionnelle, doit motiver sa décision au regard des circonstances de l'infraction, de la personnalité et de la situation personnelle de son auteur, en tenant compte de ses ressources et de ses charges. Toutefois, l'objectif, reconnu par le Conseil constitutionnel, d'une bonne administration de la justice, commande que la nouvelle interprétation qui est ainsi donnée à des dispositions de procédure n'ait pas d'effet rétroactif, de sorte qu'elle ne s'appliquera qu'aux décisions prononcées à compter du présent arrêt (▪ Cass. crim., 30 mai 2018, n° 16-85.777 : *JurisData* n° 2018-009083 ; *Bull. crim.* n° 106 ; *JCP G* 2018, p. 951, note E. Bonis ; *Dr. pén.* 2018, comm. 144, obs. E. Bonis ; *AJ pénal* 2018, p. 407, note J.-B. Perrier).

Section I. – Dispositions générales

Sous-section 1. – Des peines applicables en cas de concours d'infractions

Voir : art. 433-9, p. 880, art. 434-23, p. 901 et art. 434-31, p. 910 (dispositions dérogatoires).

Art. 132-2. – Il y a concours d'infractions lorsqu'une infraction est commise par une personne avant que celle-ci ait été définitivement condamnée pour une autre infraction.

Bibliographie : *JCl. Pénal Code, Concours et cumul d'infractions*, par E. Letouzey. • T. Besse, *Principe ne bis in idem et qualifications idéalement en concours dans une même procédure : une erreur de casting ?* : *AJ pénal* 2019, p. 495. • P. Cazalbou, *Retour critique sur le principe d'unicité de qualification des faits en droit pénal* : *RSC* 2018, p. 387. • Ph. Conte, *Non bis in idem : bref exercice d'exégèse d'où il résulte que le droit n'est pas physique* : *Dr. pén.* 2020, étude n° 10. • J.-C. Saint-Pau, *La règle ne bis in idem dans la jurisprudence de la Cour de cassation*, in H. Matsopoulou (dir.), *La règle ne bis in idem – concordances et discordances entre les jurisprudences européenne et constitutionnelle*, Mare & Martin, 2019, p. 141. • Dossier spécial, *Le principe non bis in idem et le concours des infractions pénales* : *Rev. pénit.* 2020, p. 555.

I – CONCOURS D'INFRACTIONS NON CARACTÉRISÉ

A – Réitération

1) La règle du non-cumul des peines ne s'applique pas au cas de deux condamnations dont la première était définitive avant la perpétration des faits qui ont motivé la seconde (▪ Cass. crim., 21 mars 1990 : *Dr. pén.* 1990, comm. 245).

Voir : art. 132-16-7, p. 272.

B – *Non bis in idem* – Principe de non-cumul de qualifications en cas de poursuite unique lorsqu'un fait ou des faits identiques sont en cause

1° Interprétation actuelle

2) Étendue du principe. L'interdiction de cumuler les qualifications lors de la déclaration de culpabilité doit être réservée, outre à la situation dans laquelle la caractérisation des éléments constitutifs de l'une des infractions exclut nécessairement la caractérisation des éléments constitutifs de l'autre, aux cas où un fait ou des faits identiques sont en cause et où l'on se trouve dans l'une des deux hypothèses suivantes. Dans la première, l'une des qualifications, telles qu'elles résultent des textes d'incrimination, correspond à un élément constitutif ou une circonstance aggravante de l'autre, qui seule doit alors être retenue. Dans la seconde, l'une des qualifications retenues, dite spéciale, incrimine une modalité particulière de l'action répréhensible sanctionnée par l'autre infraction, dite générale.

En l'espèce est justifié l'arrêt qui, pour confirmer le jugement déclarant le prévenu coupable d'escroquerie, de faux et d'usage de faux, retient que le prévenu, en produisant de fausses attestations notariales ainsi qu'un faux certificat de dépôt fiduciaire établis par ses soins, visant à faire croire à la solvabilité de l'acquéreur, faits constitutifs de manœuvres frauduleuses, a trompé M. et Mme [Y] pour les déterminer, à leur préjudice, à vendre leurs parts dans la société [3], sans s'acquitter de l'intégralité du prix de vente. En effet, d'une part la caractérisation des éléments constitutifs de l'une des infractions n'exclut pas la caractérisation des éléments constitutifs de l'autre. D'autre part, il résulte des articles 313-1 et 441-1 du Code pénal qu'aucune de ces infractions n'est un élément constitutif ou une circonstance aggravante de l'une des autres. En effet, l'article 313-1, qui incrimine l'escroquerie, vise les manœuvres frauduleuses et non spécifiquement le faux ou l'usage de faux comme élément constitutif de ce délit (▪ Cass. crim., 15 déc. 2021, n° 21-81.864 : *JurisData* n° 2021-020330 ; *Bull. crim.* n° 12 ; *D.* 2022, p. 154, note G. Beaussonie ; *AJ pénal* 2022, note Ch.-H. Boeringer et G. Courvoisier-Clément ; *Dr. pén.* 2022, comm. 23, obs. Ph. Conte ; *Gaz. Pal.* 22 févr. 2022, p. 49, note S. Detraz ; *Gaz. Pal.* 1er févr.

2022, p. 21, note R. Parizot ; *JCP* G 2022, p. 65, note D. Rebut et p. 66, avis R. Salomon).

3) Règle d'intérêt privé. Le moyen, qui invoque pour la première fois devant la Cour de cassation la violation du principe *ne bis in idem* en cas de poursuites concomitantes, est irrecevable. Ce principe n'est pas d'ordre public (▪ Cass. crim., 15 déc. 2021, n° 20-85.924 : *JurisData* n° 2021-020327 ; *Dr. pén.* 2022, comm. 24, obs. Ph. Conte).

2° *Jurisprudence antérieure*

4) Principe de l'unicité de qualification en faveur de la plus haute expression pénale. Lorsqu'un seul fait matériel peut recevoir plusieurs qualifications, il doit être envisagé sous la plus haute expression pénale dont il est susceptible (▪ Cass. crim., 13 janv. 1953 : *Bull. crim.* n° 12. ▪ Cass. crim., 21 avr. 1976 : *Bull. crim.* n° 122 – ▪ Cass. crim., 22 avr. 1986 : *Bull. crim.*, n° 133).

5) Fait matériel ou faute pénale unique. Un fait unique ne peut donner lieu à plusieurs sanctions pénales (▪ Cass. crim., 16 mai 1984 : *Bull. crim.* n° 182).

– Un même fait autrement qualifié ne peut entraîner une double déclaration de culpabilité. Doit dès lors être cassé l'arrêt d'une chambre d'accusation qui renvoie sous la double accusation de meurtre et de violences volontaires alors qu'il s'agit d'un fait unique et que les violences se confondent avec l'homicide dont elles ont été le moyen et constituent un élément indivisible (▪ Cass. crim., 3 déc. 1931 : *Bull. crim.* n° 281).

– Une faute pénale unique ne pouvant être sanctionnée que par une seule peine, encourt la cassation la décision qui condamne à deux amendes un prévenu coupable d'avoir occasionné un accident de la circulation ayant entraîné pour chacune des deux victimes une incapacité de travail d'une durée inférieure à trois mois (▪ Cass. crim., 22 févr. 1995 : *Bull. crim.* n°s 80 et 81. ▪ Cass. crim., 4 févr. 1998 : *Bull. crim.* n° 46 ; *Dr. pén.*, 1998, chron. 15. ▪ Cass. crim., 11 mai n° 115. ▪ Cass. crim., 5 nov. 2013, n° 12-85.380 : *JurisData* n° 2013-024805).

– En raison du principe *non bis in idem*, le même fait ne peut entraîner une double déclaration de culpabilité ni être retenu à la fois comme élément constitutif d'un crime et comme circonstance aggravante d'une autre infraction : c'est ainsi que les mêmes violences ne peuvent être retenues à la fois comme élément constitutif d'un viol et d'un délit de violences volontaires et comme circonstance aggravante d'un vol (▪ Cass. crim., 6 janv. 1999 : *Bull. crim.* n° 6).

– Le délit de mise en danger délibérée d'autrui ne peut se cumuler avec le délit de blessures involontaires aggravées, commis à l'égard des mêmes personnes (▪ Cass. crim., 11 sept. 2001 : *Bull. crim.* n° 176 ; *Rev.* 2002, p. 106, obs. Y. Mayaud).

6) Action unique caractérisée par une seule intention coupable. Les faits qui procèdent de manière indissociable d'une action unique caractérisée par une seule intention coupable ne peuvent donner lieu, contre le même prévenu, à deux déclarations de culpabilité de nature pénale, fussent-elles concomitantes (▪ Cass. crim., 26 oct. 2016, n° 15-84.552 : *JurisData* n° 2016-022307 ; *Bull. crim.* n° 276 ; *JCP* G 2017, 16, note N. Catelan ; *Dr. pén.* 2017, comm. 1 et 4, obs. Ph. Conte ; *Rev. pénit.* 2016, p. 935, obs. O. Décima ; *Rev. pénit.* 2016, p. 941, obs. G. Beaussonie ; *RSC* 2016, p. 778, obs. H. Matsopoulou).

– Encourt la cassation l'arrêt qui, pour condamner un prévenu du chef de recel, énonce que des fonds provenant de l'escroquerie commise par sa compagne ont été versés sur son compte bancaire, alors qu'il s'agit d'une opération préalable à l'achat du bien qu'il a réalisé et pour lequel il a été condamné du chef de blanchiment (▪ Cass. crim., 26 oct. 2016, préc.).

– Encourt la cassation l'arrêt qui, pour condamner un prévenu du chef de blanchiment, énonce que ce dernier a fait effectuer, par une société et au profit d'une autre, des virements correspondant à des prestations inexistantes, alors qu'elle juge, par le même arrêt, que ces virements sont constitutifs du délit d'abus de biens sociaux dont elle déclare le même prévenu coupable (▪ Cass. crim., 7 déc. 2016, n° 15-87.335 : *Dr. pén.* 2017, comm. 36, note Ph. Conte).

– Encourt la cassation l'arrêt qui déclare un prévenu coupable d'escroquerie et de faux et usage, sans retenir des faits constitutifs de faux et usage distincts des manœuvres frauduleuses qui ont été expressément retenues pour déclarer le prévenu coupable d'escroquerie (▪ Cass. crim., 25 oct. 2017, n° 16-84.133 : *JurisData* n° 2017-021080 ; *Dr. pén.* 2018, comm. 1, note Ph. Conte).

– Après avoir retenu la culpabilité de la prévenue du chef d'abus de confiance au préjudice de l'association « les amis de la région de [...] » pour avoir encaissé, le 11 février 2011, sur son compte personnel un chèque de 3 000 euros établi par cette association et destiné à la Croix rouge, l'arrêt relève, pour la déclarer également coupable d'abus de confiance au préjudice de la Croix rouge française, qu'elle a encaissé à son profit, le 11 février 2011, un chèque de 3 000 euros destiné à rembourser la Croix rouge du solde dû sur un prêt ; En se prononçant ainsi, sans retenir des faits constitutifs d'un abus de confiance au préjudice de la Croix rouge distincts des faits d'abus de confiance commis au préjudice de l'association « les amis de la région de [...] », pour lesquels elle a déclaré la prévenue coupable, la cour d'appel a méconnu le principe sus-énoncé (■ Cass. crim., 17 janv. 2018, n° 17-80.418 : *JurisData* n° 2018-000310 ; *Dr. pén.* 2018, comm. 60, (3e esp.), note Ph. Conte).

– Dans le même sens, pour la publication d'un texte diffamatoire sur deux moyens électroniques différents : les propos poursuivis dans l'article incriminé étaient les mêmes, soit qu'ils soient cités, soit qu'ils soient reformulés sans dénaturation, que ceux parallèlement poursuivis comme ayant été tenus dans l'interview accessible par un lien hypertexte depuis ledit article, de sorte que l'ensemble ainsi formé, sur une même page intégralement mise en ligne au même moment sur un site internet, constituait un unique fait de publication qui ne pouvait donner lieu à deux déclarations de culpabilité. (■ Cass. crim., 23 janv. 2018, nos 17-81.373 et 17-81.377 : *JurisData* n° 2018-003726 ; *Bull. crim.* n° 20 ; *Dr. pén.* 2018, comm. 60, (5e esp.), note Ph. Conte).

– Pour déclarer Mme A... coupable de violences, la cour d'appel énonce que ces faits ont pour éléments matériels les infractions de faux et usage, dénonciation mensongère, menaces de mort et appels téléphoniques malveillants, qui, sur une durée exceptionnelle, ont causé au couple C... d'importants préjudices moraux et professionnels ; En statuant ainsi, alors qu'il résultait de ses propres constatations que l'infraction de violences et les autres infractions retenues à l'encontre de la prévenue relevaient de la même intention coupable, la cour d'appel a méconnu le principe énoncé ci-dessus (■ Cass. crim., 24 janv. 2018, n° 16-83.045 : *JurisData* n° 2018-000627 ; *Bull. crim.* n° 22 ; *Dr. pén.* 2018, comm. 60, (6e esp.), note Ph. Conte).

– Pour déclarer M. X... coupable, d'une part, de proxénétisme en ayant aidé, assisté et protégé la prostitution de plusieurs personnes et reçu des subsides de leur prostitution, et d'autre part, de tenue et de direction d'un établissement de prostitution, la cour d'appel explique qu'il était gérant d'un bar de nuit dans lequel des hôtesses entretenaient des relations sexuelles tarifées avec les clients de l'établissement, moyennant le versement de sommes d'argent, dont une partie revenait au prévenu, qui connaissait et encourageait cette pratique ; en prononçant ainsi, alors qu'il résultait de ses propres constatations que l'infraction de proxénétisme par aide, assistance et partage des subsides de la prostitution d'autrui et celle de tenue d'un établissement de prostitution procédaient, de manière indissociable, d'une action unique caractérisée par une même intention coupable, la cour d'appel a méconnu le principe sus-énoncé (■ Cass. crim., 28 mars 2018, n° 17-81.114 : *JurisData* n° 2018-004824 ; *Dr. pén.* 2018, comm. 103, (2e esp.), note Ph. Conte).

– En retenant en l'espèce des faits constitutifs d'association de malfaiteurs indissociables de ceux caractérisant la bande organisée comme circonstance aggravante de l'infraction d'escroquerie dont elle a déclaré le prévenu coupable, la cour d'appel a méconnu le principe selon lequel des faits qui procèdent de manière indissociable d'une action unique caractérisée par une seule intention coupable ne peuvent être retenus comme élément constitutif d'une infraction et circonstance aggravante d'une autre infraction. (■ Cass. crim., 16 mai 2018, n° 17-81.151 : *JurisData* n° 2018-008167 ; *Dr. pén.* 2018, comm. 148, note Ph. Conte. – Dans le même sens ■ Cass. crim., 9 mai 2019, n° 18-82.800 : *JurisData* n° 2019-007332 ; *Dr. pén.* 2019, comm. 143, obs. Ph. Conte. ■ Cass. crim., 28 oct. 2020, n° 19-85.055 : *JurisData* n° 2020-017375. ■ Cass. crim., 28 oct. 2020, n° 19-87.469 : *JurisData* n° 2020-021809. ■ Cass. crim., 28 oct. 2020, n° 19-84.311 : *JurisData* n° 2020-017380 ; *Dr. pén.* 2021, comm. 24, note Ph. Conte. En sens inverse, ■ Cass. crim., 23 juin 2020, n° 19-80.933 : *JurisData* n° 2020-009046 : les éléments retenus pour dire établie l'infraction d'association de malfaiteurs en vue de la préparation des délits d'enlèvement et séquestration, manifestant l'existence d'une concertation entre les auteurs en vue de l'attaque qu'ils préparaient ensemble, sont distincts de ceux visés pour retenir la circonstance aggravante tenant au fait que l'infraction de violences volontaires a été commise par plusieurs personnes agissant en qualité d'auteurs. ■ Cass. crim., 9 sept. 2020, n° 18-86.351 : *JurisData* n° 2020-013016 ; *Dr. pén.* 2020, comm. 201, obs. Ph. Conte : les juges, en constatant que le prévenu s'est en connaissance de cause associé avec un groupement déjà constitué en vue de la préparation d'escroqueries, concrétisée par la réalisation de faux papiers à laquelle il a contribué en leur remettant des photos et des documents, ont caractérisé sa participation à une association de malfaiteurs. Ces faits sont distincts de ceux retenus à l'encontre du prévenu au titre du délit d'escroquerie, qui ont consisté à constituer des dossiers de prêts mensongers pour tromper les organismes de crédit).

– Il résulte de l'arrêt attaqué que, le 10 janvier 2014, M. L..., professeur dans un lycée professionnel, a envoyé des messages SMS à caractère sexuel à une élève de son établissement, âgée de 15 ans ; qu'il a été poursuivi, devant le tribunal correctionnel, d'une part, pour diffusion de messages violents, pornographiques ou contraires à la dignité accessible à un mineur, délit prévu et puni par l'article 227-24 du Code pénal, et, d'autre part, pour appels téléphoniques malveillants et réitérés, entrant dans les prévisions de l'article 222-16 du même code ; que, pour le déclarer coupable de ces deux infractions, en raison de l'envoi des mêmes messages, la cour d'appel expose qu'un fait unique peut recevoir plusieurs qualifications pénales différentes, si elles ne présentent pas d'incompatibilité entre elles et qu'il est porté atteinte à des valeurs sociales distinctes ; qu'elle ajoute que l'article 222-16 précité protège la seule atteinte à l'intégrité physique et mentale de la victime, alors que l'article 227-4 réprime un comportement de nature à troubler l'ordre public en portant atteinte à la moralité de personnes mineures ; mais attendu qu'en prononçant ainsi, alors qu'il résultait de ces propres constatations que les deux infractions précitées dont le prévenu a été reconnu coupable procédaient, de manière indissociable, d'une action unique caractérisée par une même intention coupable, la cour d'appel a méconnu le principe susvisé *(ne bis in idem)* (▪ Cass. crim., 5 juin 2019, n° 18-84.350 : *JurisData* n° 2019-009598 ; *Dr. pén.* 2019, comm. 143, obs. Ph. Conte).

– Encourt la cassation l'arrêt qui déclare le prévenu coupable des infractions de harcèlement sexuel et d'agression sexuelle, alors que les mêmes faits, constitués des mêmes paroles et des mêmes actes, procédaient d'une seule intention coupable et ne pouvaient conduire à deux déclarations de culpabilité (▪ Cass. crim., 18 sept. 2019, n° 18-86.291 : *JurisData* n° 2019-016200 ; *Dr. pén.* 2019, comm. 195, obs. Ph. Conte).

– Encourt la cassation l'arrêt qui déclare l'accusé coupable, d'une part, d'assassinats, de tentatives d'assassinats, et de destructions, et dégradations dangereuses pour les personnes commises par l'effet d'une substance explosive, et, d'autre part, de transport ou port, hors de son domicile et sans motif légitime, d'un engin explosif assimilé à la catégorie A, en l'espèce une grenade à main explosive défensive d'origine américaine, dès lors que l'infraction de port ou transport d'une grenade était une opération préalable nécessaire à la commission des autres infractions, perpétrées le même jour. Cette infraction à la législation sur les armes et les explosifs procède, de manière indissociable, d'une action unique avec les autres infractions dont l'accusé a été reconnu coupable, caractérisée par une seule intention coupable, et ne pouvait donner lieu à une déclaration de culpabilité distincte (▪ Cass. crim., 14 nov. 2019, n° 18-83.122 : *JurisData* n° 2019-020062 ; *AJ pénal* 2020, p. 83, obs. M. Lacaze).

– Encourt la cassation l'arrêt qui déclare le prévenu coupable des délits de détention de dépôt d'armes et d'association de malfaiteurs alors que les faits de détention d'un dépôt d'armes sont inclus dans les faits d'association de malfaiteurs et procèdent de la même intention coupable (▪ Cass. crim., 11 mars 2020, n° 19-84.887 : *JurisData* n° 2020-003219 ; *Gaz. Pal.* 9 juin 2020, n° 21, p. 23, note R. Mésa).

– En cas de concours entre une infraction dont la raison d'être est de faire obstacle à la commission d'une autre infraction et une infraction qui sanctionne une action parvenue à son terme ou dont la tentative est consommée, l'infraction pour laquelle la peine privative de liberté la plus longue est prévue doit être retenue. Lorsque cette peine est identique pour ces deux infractions, la seconde doit être préférée. En conséquence encourt la cassation l'arrêt qui, pour déclarer le demandeur coupable du délit d'association de malfaiteurs énonce qu'il a recruté des hommes de main au Kosovo, les a conduits en France, où il a pourvu à leur hébergement et à leur entretien, afin de les employer pour permettre à un réseau de trafiquants de stupéfiants d'asseoir sa domination sur une bande rivale, alors que les mêmes faits ont été retenus pour justifier, à l'égard du même prévenu, sa déclaration de culpabilité pour complicité de violences aggravées. Les juges ont également méconnu le principe susvisé en jugeant que l'association de malfaiteurs à laquelle le prévenu a pris part est aussi caractérisée par la détention d'armes et de munitions, ainsi que par le recel, en bande organisée, d'un véhicule volé, muni de fausses plaques d'immatriculation, tout en fondant sur ces mêmes faits sa déclaration de culpabilité pour les délits de recel aggravé, d'usage de fausses plaques d'immatriculation et d'infractions à la législation sur les armes (▪ Cass. crim., 27 mai 2021, n° 20-80.931 : *JurisData* n° 2021-008021 ; *Dr. pén.* 2021, comm. 139, obs. Ph. Conte ; *RSC* 2021, p. 815, note X. Pin. Pour une solution similaire ▪ Cass. crim., 10 nov. 2021, n° 20-86.320 : *JurisData* n° 2021-018192. ▪ Cass. crim., 12 mai 2021, n° 20-01.014 : *Bull. crim.* n° 5 : méconnaît ces principes la cour d'appel qui retient la qualification d'association de malfaiteurs plutôt que celle de complicité de tentative d'évasion, après avoir constaté l'existence d'un concours d'infractions. En sens inverse ▪ Cass. crim., 30 juin 2021, n° 20-81.724 : *JurisData* n° 2021-010537).

7) Fait unique commis à l'encontre de plusieurs victimes. Pour déclarer le prévenu coupable de rébellion et prononcer deux déclarations de culpabilité de ce chef, l'arrêt énonce que les déclarations circonstanciées et concordantes des deux policiers concernés, les constatations médicales opérées sur eux, le tout conforté par des clichés photographiques ne laissent aucun doute sur la culpabilité du prévenu de ce chef. En retenant ainsi pour fonder deux déclarations de culpabilité de nature pénale un fait unique, quoique commis à l'encontre de deux victimes, la cour d'appel a méconnu le principe *ne bis in idem* (▪ Cass. crim., 30 juin 2021, n° 20-84.946 : *JurisData* n° 2021-010589).

II – CONCOURS D'INFRACTIONS CARACTÉRISÉ

8) Faits distincts. En cas de poursuites concomitantes, l'interdiction de cumuler les qualifications lors de la déclaration de culpabilité, par application du principe *ne bis in idem*, n'est susceptible de s'appliquer qu'au cas où un fait ou des faits identiques sont en cause. Est en conséquence justifié le cumul de qualifications dès lors que la cour d'appel retient des faits distincts pour caractériser respectivement l'association de malfaiteurs visant à préparer les infractions de proxénétisme et de traite des êtres humains, et les infractions elles-mêmes (▪ Cass. crim., 15 févr. 2022, n° 21-86.019).

9) Pour déclarer le prévenu coupable des chefs de faux et usage après l'avoir déclaré coupable du chef de travail dissimulé, et écarter la violation du principe *non bis in idem*, l'arrêt attaqué énonce que les premiers juges ont relaxé M. [J] des chefs de faux et usage en application de la règle *non bis in idem* au motif que les faux et les usages de faux constitueraient l'élément matériel du délit de travail dissimulé. Les juges ajoutent que ce raisonnement doit être infirmé dès lors que les intérêts protégés et les éléments constitutifs des infractions de travail dissimulé et de faux et usage de faux sont différents. En prononçant ainsi, et si c'est à tort que les juges du second degré mentionnent, notamment, l'existence d'intérêts protégés différents pour exclure la violation de la règle *non bis in idem*, l'arrêt attaqué n'encourt pas la censure. Il résulte de l'arrêt attaqué et des pièces de procédure que les faits de faux et usage, qui consistent en l'inscription d'un nombre minoré d'heures de travail sur des feuilles de pointage ensuite utilisées pour l'établissement des bulletins de paie, sont distincts des faits de travail dissimulé, caractérisés par la mention sur les bulletins de paie eux-mêmes d'un nombre d'heures de travail inférieur à celui effectivement accompli (▪ Cass. crim., 15 févr. 2022, n° 21-81.966 : *JurisData* n° 2022-002188).

10) Cumul idéal d'infractions en cas d'atteinte à des valeurs sociales distinctes (jurisprudence antérieure). Le concours de qualifications équivaut à un concours réel d'infractions s'il existe plusieurs éléments moraux distinctement incriminés et si l'activité matérielle imputée au délinquant a entraîné la violation d'intérêts collectifs ou individuels distinctement protégés par la loi ; il a été ainsi jugé qu'un automobiliste violant le droit de priorité et blessant un cycliste réalisait deux éléments moraux distincts et qu'il devait être frappé d'autant de peines que de textes violés (▪ Cass. crim., 19 avr. 1956 : *Bull. crim.* n° 323. ▪ Cass. crim., 8 mars 1972 : *Bull. crim.* n° 89 ; *D.* 1972, somm. 95. – V. notamment, ▪ Cass. crim., 3 janv. 1960 : *Bull. crim.* n° 178, – jet de grenade, non explosée, dans un café – qui a justifié la condamnation de son auteur pour tentative d'assassinat et tentative de destruction par explosif, ces deux crimes, simultanés, commis par le même moyen, relevant d'intentions coupables différentes ; *RSC* 1961, p. 107, obs. Légal. ▪ Cass. crim., 3 mars 1960 : *Bull. crim.* n° 138 ; *RSC* 1961, p. 105, obs. Légal. – Dans le même sens, ▪ Cass. crim., 14 nov. 2019, n° 18-83.122 : *JurisData* n° 2019-020062 ; *AJ pénal* 2020, p. 83, obs. M. Lacaze).

11) Les qualifications de fabrication ou de tromperie et d'usurpation d'appellations d'origine, qui ne présentent entre elles aucune incompatibilité, sont susceptibles d'être appliquées concurremment, les intérêts protégés étant différents (▪ Cass. crim., 29 nov. 1983 : *D.* 1984, IR p. 145. ▪ Cass. crim., 16 janv. 2007 : *JurisData* n° 2007-037507 ; *Dr. pén.* 2007, comm. 57, obs. J.-H. Robert).

12) Les qualifications de tenue d'une comptabilité manifestement irrégulière ou incomplète, constitutive de banqueroute et d'omission d'écritures en comptabilité, prévue par l'article 1743 du Code général des impôts ne sont pas incompatibles entre elles et peuvent être retenues pour un même fait dès lors qu'elles sanctionnent la violation d'intérêts distincts, comportent des éléments constitutifs différents et qu'une seule peine a été prononcée conformément à l'article 132-3 du Code pénal (▪ Cass. crim., 4 mai 2006 : *JurisData* n° 2006-033686 ; *Dr. pén.* 2006, comm. 101, obs. J.-H. Robert).

13) Est justifiée la décision des juges du fond qui déclare constitués, en raison des mêmes agissements d'un prévenu, les délits de discrimination syndicale et de harcèlement moral prévus par les articles L. 481-3 du Code du travail et 222-33-2 du Code pénal qui sanctionnent la violation d'intérêts distincts (▪ Cass. crim., 6 févr. 2007 : *Bull. crim.* n° 29 ; *RSC* 2007, p. 527, obs. E. Fortis et p. 818, obs. Y. Mayaud ; *AJ. pénal* 2007, p. 179, obs. G. Royer ; *RSC* 2007, p. 824, obs. A. Cerf-Hollender).

14) Le délit douanier réputé importation en contrebande et le délit d'importation de marchandises présentées sous une marque contrefaite, protégeant des intérêts différents, doivent être poursuivis sous cette double qualification (▪ Cass. crim., 11 juin 2008 : *JurisData* n° 2008-044906 ; *Dr. pén.* 2008, comm. 127, obs. J.-H. Robert).

15) La prévenue ne saurait faire grief à la cour d'appel de l'avoir déclarée, pour la même construction, coupable d'exécution de travaux en méconnaissance du plan d'occupation des sols (C. urb., art. L. 160-1 et L. 480-4) et de construction dans une zone interdite par un plan d'occupation de prévention des risques naturels (C. env., art. L. 562-5) dès lors que ces deux incriminations visent à la protection de valeurs sociales, de réglementations et d'intérêts différents (■ Cass. crim., 29 oct. 2013, n° 12-85.395 : *Dr. pén.* 2014, comm. 8, obs. J.-H. Robert).

16) Ne méconnaît pas la règle *non bis in idem* la cour d'appel qui condamne un prévenu pour réalisation irrégulière d'affouillement ou d'exhaussement du sol et de violation du plan d'occupation des sols, dès lors que ces incriminations visent à l'application de réglementations distinctes et à la protection d'intérêts juridiquement différents, afférents pour les uns aux travaux, pour les autres, à l'occupation du sol, et qu'une seule peine a été prononcée (■ Cass. crim., 3 mai 2017, n° 16-84.240 : *JurisData* n° 2017-008274).

17) Ne méconnaît pas le principe *non bis in idem* la cour d'appel qui retient, à l'encontre du prévenu, les deux qualifications d'infraction à la législation sur les stupéfiants et de contrebande de marchandises prohibées, ces dernières étant susceptibles d'être appliquées concurremment dès lors qu'elles résultent de la mise en œuvre d'un système intégrant poursuites et actions pénales et douanières, permettant au juge pénal de réprimer un même fait sous ses deux aspects, de manière prévisible et proportionnée, le montant global des sanctions éventuellement prononcées ne devant pas dépasser le montant le plus élevé de l'une des sanctions encourues (■ Cass. crim., 11 juill. 2017, n° 16-81.797 : *JurisData* n° 2017-014108).

18) Dans le cas de deux poursuites engagées, l'une pour diffamation à caractère raciste, l'autre pour contestation de crime contre l'humanité, à raison de certains passages d'un même livre, il a été jugé que les intérêts protégés par l'une et l'autre incrimination sont d'une nature différente, qu'ils ne concernent pas nécessairement les mêmes personnes ou les mêmes groupes de personnes et qu'en conséquence ces deux infractions, lorsqu'elles sont en concours ne sauraient constituer un cumul idéal d'infractions (■ Cass. crim., 12 sept. 2000 : *JurisData* n° 2000-006323 ; *Dr. pén.* 2001, comm. 4, obs. J.-H. Robert).

19) En retenant, d'une part, la qualification de déversement de substances nuisibles à la santé, à la faune et à la flore dans les eaux souterraines, superficielles ou de la mer prévue par l'article L. 216-6 du Code de l'environnement, d'autre part, celle de rejet en eau douce ou pisciculture de substances nuisibles au poisson ou à sa valeur alimentaire prévue par l'article L. 432-2 du même code, la cour d'appel n'a pas méconnu le principe *ne bis in idem*, dès lors que la seconde incrimination tend à la protection spécifique du poisson que l'article L. 216-6 exclut expressément de son propre champ d'application, de sorte que seul le cumul de ces deux chefs de poursuite permet d'appréhender l'action délictueuse dans toutes ses dimensions (■ Cass. crim., 16 avr. 2019, n° 18-84.073, inédit : *JurisData* n° 2019-006086 ; *Dr. pén.* 2019, comm. 143, obs. Ph. Conte. – Dans le même sens, ■ Cass. crim., 22 oct. 2019, n° 18-86.313 : *JurisData* n° 2019-018683).

20) Pluralité d'intentions coupables (jurisprudence antérieure). Ne procèdent pas de manière indissociable d'une action unique caractérisée par une seule intention coupable, d'une part, les atteintes involontaires à la vie ou à l'intégrité des personnes commises par la violation d'une obligation particulière de prudence ou de sécurité prévue par la loi ou le règlement, d'autre part, les délits ou contraventions qui sanctionnent le non-respect de ladite obligation (■ Cass. crim., 9 avr. 2019, n° 17-86.267 : *JurisData* n° 2019-005555. ■ Cass. crim., 15 oct. 2019, n° 17-87.329 : *JurisData* n° 2019-018190 ; *JCP* E 2019, p. 1559, comm. L. Genty et H. Durif).

21) Après avoir décidé que le dessin poursuivi caractérisait contre le prévenu le délit d'injure envers un groupe de personnes à raison de leur appartenance à une religion déterminée, les juges sont également entrés en voie de condamnation contre lui, en raison du même dessin, du chef de contestation de crimes contre l'humanité ; en prononçant, par des motifs dont il résulte qu'elle a constaté que ces délits procédaient d'intentions coupables distinctes, celle d'outrager la communauté juive, pour le premier, et celle d'insinuer que la Shoah ne serait pas une réalité historique incontestable, mais un mensonge imposé, pour le second, et, au surplus, qu'elle a pris en compte des éléments du dessin différents pour caractériser chacun de ces deux délits, ceux tenant à la présentation outrancière et injurieuse de la Shoah, pour le premier, et les encarts « historiens déboussolés » et « Shoah où t'es ? », pour le second, la cour d'appel n'a pas méconnu le principe invoqué [*ne bis in idem*] au moyen, lequel n'est pas fondé (■ Cass. crim., 26 mars 2019, n° 18-81.770, inédit : *JurisData* n° 2019-004518 ; *Dr. pén.* 2019, comm. 143, obs. Ph. Conte).

22) Cumul admis – Illustrations. Ne méconnaît pas le principe *ne bis idem* la cour d'appel qui prononce une double déclaration de culpabilité pour faux et escroquerie, faute d'action et intention coupable uniques, lorsque l'infraction de faux consiste en une altération de la vérité dans un support d'expression de la pensée qui se distingue de son utilisation constitutive du délit d'usage de faux et, le cas échéant, d'un élément des manœuvres frauduleuses de l'infraction d'escroquerie. Dans cette hypothèse, seuls les faits d'usage sont de nature à procéder des mêmes faits que ceux retenus pour les manœuvres frauduleuses (■ Cass. crim., 9 sept. 2020, n° 19-84.301 : *JurisData* n° 2020-012792 ; *La lettre de la chambre criminelle* sept. 2020, n° 2, p. 4 ; *Dr. pén.* 2020, comm. 183, obs. Ph. Conte ; *JCP G* 2020, p. 1287, note S. Detraz ; *AJ pénal* 2020, p. 524, obs. M. Lassalle ; *RSC* 2020, p. 922, note X. Pin).

23) Jugé encore qu'une poursuite fondée sur la publication du même écrit et intentée sous la double qualification de diffamation envers un citoyen chargé d'un service public et de violation du secret professionnel ne constitue pas la poursuite d'un fait unique sous deux qualifications différentes mais celle de deux infractions simultanées commises par le même moyen, caractérisées par des éléments constitutifs différents (■ Cass. crim., 19 oct. 1982 : *Bull. crim.* n° 225).

24) Un fait unique constituant un cumul idéal d'infractions peut recevoir plusieurs qualifications pénales différentes, dès lors que celles-ci ne présentent entre elles aucune incompatibilité et sont susceptibles d'être appliquées concurremment ; il n'est donc porté aucune atteinte à la règle *non bis in idem* par des poursuites concomitantes relatives au même article de presse, des chefs de diffamation et d'infraction à la loi du 2 juillet 1931 (■ Cass. crim., 19 mars 1996 : *Bull. crim.* n° 117).

– Jugé de même pour les infractions à l'interdiction légale d'occuper un salarié plus de six jours par semaine et à la règle fixant à vingt-quatre heures la durée minimale du repos hebdomadaire (■ Cass. crim., 17 juill. 1986 : *Bull. crim.* n° 237).

– *Idem* pour les délits de corruption et d'abus de biens sociaux (■ Cass. crim., 17 nov. 1986 : *Bull. crim.* n° 342).

– *Idem* pour les délits de corruption et de complicité ou recel d'abus de biens sociaux – comportant au demeurant des éléments constitutifs différents, dès lors que, conformément aux articles 5 ancien et 132-3 nouveau du Code pénal, une seule peine a été prononcée (■ Cass. crim., 27 oct. 1997 : *Bull. crim.* n° 352).

25) Constituent aussi des infractions distinctes, d'une part, les violences par personne dépositaire de l'autorité publique et, d'autre part, les actes attentatoires à la liberté individuelle (■ Cass. crim., 21 avr. 1998 : *Bull. crim.* n° 140).

26) Commet cumulativement le délit de publicité de nature à induire en erreur et celui de tromperie, le voyagiste qui a fait diffuser une publicité comportant des allégations fausses ou de nature à induire en erreur et qui trompe volontairement les cocontractants sur la nature des prestations fournies (■ Cass. crim., 4 mai 2004 : *Bull. crim.* n° 105).

Art. 132-3. – **Lorsque, à l'occasion d'une même procédure, la personne poursuivie est reconnue coupable de plusieurs infractions en concours, chacune des peines encourues peut être prononcée. Toutefois, lorsque plusieurs peines de même nature sont encourues, il ne peut être prononcé qu'une seule peine de cette nature dans la limite du maximum légal le plus élevé.**

Chaque peine prononcée est réputée commune aux infractions en concours dans la limite du maximum légal applicable à chacune d'entre elles.

Bibliographie : L. Griffon, *La réduction au maximum légal* : *Dr. pén.* 2013, étude 17.

Voir : C. trav., art. L. 4741-9, p. 2280.

1) Droit antérieur. Pour des faits commis avant l'entrée en vigueur du nouveau Code pénal, une cour d'assises ne peut pas prononcer une peine d'emprisonnement et une peine d'amende dès lors que, selon l'article 5 ancien du Code pénal, seule la peine la plus forte devait être prononcée (■ Cass. crim., 17 mai 2000 : *Bull. crim.* n° 198).

2) Peines de même nature – notion. Pour l'application de la règle du non-cumul, les peines doivent être appréciées quant à leur nature et à leur durée ; quant à leur nature, d'après la classification du Code pénal ; quant à leur durée, d'après les circonstances aggravantes ou atténuantes, qui ont accompagné le crime ou le délit, ou d'après le nombre de ces crimes ou délits qui caractérisent la perversité plus ou moins opiniâtre de l'individu qui s'en est rendu coupable (■ Cass. crim., 8 oct. 1824 : *Bull. crim.* n° 133. ■ Cass. crim., 24 févr. 1943 : *Bull. crim.* n° 18).

3) Cumul plafonné des peines de même nature. Lorsqu'à l'occasion d'une même procédure, la personne poursuivie est reconnue coupable de plusieurs infractions en concours, les unes visées par l'article L. 4741-1 du Code du travail, les autres prévues par les articles 221-6, 222-19 et 222-20 du Code pénal, les peines de même nature se cumulent, dès lors que leur total n'excède pas le maximum légal de la peine la plus élevée encourue (■ Cass. crim., 9 déc. 2014, n° 13-85.937).

4) Indivisibilité de la peine prononcée. Cette unique peine est censée s'appliquer indivisiblement aux diverses infractions en concours, à la condition qu'elle n'excède pas le maximum légal prévu pour l'infraction la plus grave (▪ Cass. crim., 9 nov. 1878 : *D.* 1979, 1, p. 388. ▪ CA Douai, 18 juill. 1871 : *S.* 1973, 2, p. 81).

5) Si l'accusé est reconnu coupable de plusieurs crimes dont l'un au moins a été commis quand il était majeur (...), en application de l'article 132-3 du Code pénal, il encourt une seule peine de réclusion criminelle, commune à tous les faits dont il a été reconnu coupable. Si la peine la plus élevée qu'il encourt est celle relative aux faits commis quand il était majeur, elle ne peut être réduite en vertu des dispositions d'atténuation propres aux infractions commises par un mineur (▪ Cass. crim., 27 nov. 2019, n° 18-83.553 : *JurisData* n° 2019-021136 ; *Dr. pén.* 2020, comm. 21, obs. A. Maron et M. Haas).

6) Emprisonnement. Doit être cassé l'arrêt qui, après avoir déclaré le prévenu coupable des délits de violation des obligations résultant de deux peines de travail d'intérêt général, prévues et réprimées par l'article 434-42 du Code pénal, prononce deux peines d'emprisonnement distinctes (▪ Cass. crim., 5 déc. 1996 : *Bull. crim.* n° 454 ; *Dr. pén.* 1997, comm. 77, obs. M. Véron).

7) Les dispositions dérogatoires de l'article 433-9 du Code pénal, selon lesquelles, lorsque l'auteur d'une rébellion est détenu, les peines prononcées pour le délit de rébellion se cumulent avec celles que l'intéressé subissait ou celles prononcées pour l'infraction à raison de laquelle il était détenu, sont inapplicables en cas de poursuite unique pour plusieurs délits en concours parmi lesquels celui de rébellion, la juridiction étant tenue, dans ce cas, de ne prononcer qu'une seule peine d'emprisonnement, conformément aux dispositions de l'article 132-3 du Code pénal (▪ Cass. crim., 10 juin 2015, n° 14-86.068).

8) Amende. Encourt la censure l'arrêt qui, après avoir déclaré le prévenu coupable d'homicide involontaire et d'entrave au fonctionnement du comité d'hygiène, de sécurité et des conditions de travail, prononce, notamment, deux peines d'amende en répression de ces délits (▪ Cass. crim., 5 déc. 2000 : *Bull. crim.* n° 363. ▪ Cass. crim., 2 mars 2010, n° 09-82.607 : *Dr. pén.* 2010, comm. 66, obs. M. Véron).

9) Lorsque, à l'occasion d'une même procédure, la personne poursuivie est reconnue coupable de plusieurs délits en concours, il ne peut être prononcé qu'une seule amende pour les délits dont le prévenu était déclaré coupable dans la limite du maximum légal le plus élevé (▪ Cass. crim., 8 mars 2017, n° 15-87.422 : *JurisData* n° 2017-003909 ; *Dr. pén.* 2017, comm. 83, note É. Bonis-Garçon. ▪ Cass. crim., 5 janv. 2017, n° 15-82.435 : *JurisData* n° 2017-000019 ; *Dr. pén.* 2017, comm. 40, obs. V. Peltier).

10) Suspension du permis de conduire. Lorsque à l'occasion d'une même procédure, plusieurs peines de même nature, à l'exception des peines d'amende pour contraventions, sont encourues pour des infractions en concours, il ne peut être prononcé qu'une seule peine de cette nature dans la limite du maximum légal le plus élevé ; doit être cassé l'arrêt de la cour d'appel qui a prononcé trois peines complémentaires de 30 jours, 15 jours et 30 jours de suspension du permis de conduire en répression de trois contraventions au Code de la route (▪ Cass. crim., 11 janv. 2005 : *Bull. crim.* n° 12 ; *Dr. pén.* 2005, comm. 40, obs. J.-H. Robert), ou deux peines de suspension du permis de conduire en répression de deux contraventions au Code de la route (▪ Cass. crim., 22 juin 2010 : *Bull. crim.* n° 113).

11) Interdiction d'émettre des chèques. Pour les peines complémentaires, le cumul est impossible, lorsqu'une même peine complémentaire temporaire, telle que l'interdiction d'émettre des chèques, a été prononcée plusieurs fois pour des infractions à la législation sur les chèques en concours réel, au-delà du maximum prévu par la loi (▪ Cass. crim., 5 oct. 1978 : *D.* 1979, p. 138, note J. Mestre ; *D.* 1979, p. 309, obs. J. Larguier).

12) Confiscation. Les juges ne peuvent prononcer cumulativement la confiscation en nature et la confiscation en valeur (▪ Cass. crim., 21 mars 1996 : *Bull. crim.* n° 127).

Art. 132-4. – **Lorsque, à l'occasion de procédures séparées, la personne poursuivie a été reconnue coupable de plusieurs infractions en concours, les peines prononcées s'exécutent cumulativement dans la limite du maximum légal le plus élevé. Toutefois, la confusion totale ou partielle des peines de même nature peut être ordonnée soit par la dernière juridiction appelée à statuer, soit dans les conditions prévues par le Code de procédure pénale.**

Bibliographie : D. Becheraoui, *Le contentieux de la confusion des peines : RSC* 2002, p. 531. • L. Griffon, *Les confusions de peines et la réduction au maximum légal : AJ pénal* 2013, prat., p. 145. • L. Griffon-Yarza, *Confusion de peines, réduction au maximum légal et peine étrangère : Dr. pén.* 2019, étude 16.

• ***Sommaire***

I – EXÉCUTION CUMULATIVE 251

II – CONFUSION FACULTATIVE 252

A – Peines susceptibles de confusion 252

B – Procédure 252

C – Effets de la confusion 254

1) QPC. Non-lieu à renvoi devant le Conseil constitutionnel de la QPC visant l'article 132-4 du Code pénal. Attendu que, d'une part, l'article 132-4 du Code pénal définit avec une clarté et une précision suffisantes les cas dans lesquels une confusion de peines peut, ou parfois doit, être accordée ; que, d'autre part, le pouvoir souverain reconnu aux juridictions du fond pour apprécier son opportunité, lorsqu'elle est facultative, ne les dispense pas de motiver leur décision, sous le contrôle de la Cour de cassation ; qu'enfin, l'impossibilité de réitérer une demande de confusion de peines, après un premier rejet, n'est que la conséquence de l'autorité de chose jugée qui s'attache, par principe, aux décisions de justice devenues définitives ; qu'ainsi, à l'évidence, les règles applicables respectent les droits et libertés garantis par la Constitution qu'invoque la question prioritaire de constitutionnalité. D'où il suit que ladite question ne présente pas un caractère sérieux et qu'il n'y a pas lieu de la renvoyer au Conseil constitutionnel (▪ Cass. crim., 7 mai 2014, n° 14-90.011 : *JurisData* n° 2014-009140).

2) Condamnation prononcée par une juridiction d'un État tiers à l'Union européenne. En cas de poursuites successives devant une juridiction étrangère et devant une juridiction française, il n'y a pas lieu, à défaut de dispositions spéciales, d'appliquer le principe du non cumul des peines ; tel est le cas, notamment, lorsqu'il s'agit d'une peine prononcée par une juridiction étrangère mais exécutée en France par application de l'article 713-1 du Code de procédure pénale (▪ Cass. crim., 6 févr. 1996 : *Bull. crim.* n° 61. ▪ Cass. crim., 26 oct. 2005 : *Bull. crim.* n° 271).

3) À défaut de dispositions conventionnelles spéciales, l'article 132-4 du Code pénal n'est pas applicable à une condamnation prononcée à l'étranger. La convention bilatérale du 10 août 1981, conclue entre la France et le Maroc, portant sur l'assistance aux personnes détenues et le transfèrement des condamnés, si elle permet de substituer à la peine prononcée par la juridiction d'un État celle prévue par la loi de l'État du transfert du détenu et d'exécution de la sanction, n'autorise pas la confusion de la peine française avec une peine étrangère (▪ Cass. crim., 27 nov. 2019, n° 19-80.578 : *JurisData* n° 2019-021137 ; *Gaz. Pal.* 4 févr. 2020, p. 53, note S. Detraz ; *Dr. pén.* 2020, comm. 23, obs. E. Bonis).

4) Condamnation prononcée par une juridiction d'un État membre de l'Union européenne. Nonobstant l'article 132-23-1 du Code pénal relatif à la prise en compte de condamnations antérieures prononcées dans un autre État membre de l'Union européenne, la juridiction française n'a pas qualité pour ordonner la confusion de condamnations étrangères avec une condamnation prononcée et exécutée en France (▪ Cass. crim., 19 nov. 2014, n° 13-80.161 : *JurisData* n° 2014-028007 ; *Bull. crim.* n° 247 ; *Dr. pén.* 2015, comm. 28, obs. E. Bonis).

L'article 132-23-1 du Code pénal, interprété à la lumière de l'article 3 de la décision-cadre 2008/675/JAI du Conseil du 24 juillet 2008 et de l'arrêt de la Cour de justice de l'Union européenne en date du 21 septembre 2017 (aff. C-171/16), permet d'ordonner la confusion d'une peine prononcée par une juridiction française et d'une peine prononcée par une juridiction d'un État membre de l'Union européenne dès lors que la seconde a été intégralement exécutée au jour où il est statué sur la requête en confusion (▪ Cass. crim., 2 nov. 2017, n° 17-80.833 : *JurisData* n° 2017-021683 ; *Dr. pén.* 2017, comm. 186, obs. E. Bonis ; *Gaz. Pal.* 28 nov. 2017, n° 41, p. 18, obs. R. Mésa).

I – EXÉCUTION CUMULATIVE

5) Cumul des périodes de sûreté. Il se déduit de la combinaison des articles 132-4, 132-5 et 132-23 du Code pénal que, lorsque, à l'occasion de procédures séparées, la personne poursuivie a été reconnue coupable de plusieurs infractions en concours, le principe de l'exécution cumulative dans la limite du maximum légal le plus élevé s'applique, en l'absence de confusion, tant aux peines qu'aux périodes de sûreté (▪ Cass. crim., 25 mai 2016, n° 15-86.024 : *Dr. pén.* 2016, comm. 134, note É. Bonis-Garçon).

6) Cumul plafonné. En cas de pluralité de poursuites, la règle du non-cumul des peines s'applique (▪ Cass. crim., 21 mars 1989 : *Bull. crim.* n° 141) et le cumul des peines est possible dans la limite du maximum édicté par la loi pour le fait le plus sévèrement réprimé (▪ Cass. crim., 26 janv. 1988 : *Bull. crim.* n° 37. ▪ Cass. crim., 19 juill. 1989 : *Bull. crim.* n° 294 ; *RSC* 1990, p. 555, obs. Vitu).

7) Ces peines (interdiction des droits civiques, civils et de famille, d'une part, et inéligibilité, d'autre part) de même nature prononcées successivement contre la même personne à raison de faits poursuivis séparément et antérieurs à la date à laquelle la première décision était devenue définitive, devaient, en application de l'article 132-4 du Code pénal, être subies cumulativement, si le juge n'en avait autrement ordonné, à moins que, par leur réunion, elles n'excèdent le maximum de la peine la plus forte, soit 5 années s'agissant de l'interdiction des droits civiques par application de l'article 131-26 du Code pénal, le tribunal de première instance en a exactement déduit que la seconde interdiction avait débuté à l'issue de l'exécution de la première (■ Cass. 2e civ., 22 mars 2018, n° 18-11.645 : *JurisData* n° 2018-004200 ; *AJ pénal* 2018, p. 309, note E. Clément).

8) Confusion obligatoire ou réduction au maximum légal. La confusion est obligatoire lorsque, les peines étant de même nature, leur total dépasse le maximum légal de la peine la plus forte (■ Cass. crim., 4 juin 1836 : *S.* 1937, 1, p. 39. ■ Cass. crim., 1er mars 1945 : *S.* 1946, 1, p. 38. ■ Cass. crim., 22 juin 1983 : *Bull. crim.* n° 193. ■ Cass. crim., 3 mars 1986 : *Bull. crim.* n° 83. ■ Cass. crim., 20 janv. 1987 : *Bull. crim.* n° 27).

– Les peines prononcées pour des infractions en concours ne peuvent être cumulativement subies que dans la limite du maximum légal édicté par la loi ; méconnaît ce principe la cour d'appel qui condamne une prévenue à 30 mois d'emprisonnement pour des faits d'abus de confiance alors que celle-ci a été condamnée, le 2 septembre 2005, par arrêt définitif, pour d'autres faits d'abus de confiance à 2 ans d'emprisonnement dont un an avec sursis et mise à l'épreuve, alors que le maximum de l'emprisonnement encouru pour le délit d'abus de confiance est puni de 3 ans (■ Cass. crim., 10 avr. 2013, n° 12-85.687 : *JurisData* n° 2013-008843).

II – CONFUSION FACULTATIVE

A – Peines susceptibles de confusion

9) Peines définitives. La confusion des peines prononcées pour des faits objet de poursuites distinctes ne concerne que leur exécution et ne saurait être ordonnée qu'à l'égard de condamnations devenues définitives (■ Cass. crim., 4 mars 1991 : *D.* 1991, p. 160. ■ Cass. crim., 11 déc. 1997 : *Bull. crim.* n° 425).

10) Une condamnation ne devient définitive qu'après l'expiration des délais pour exercer les voies de recours ou épuisement de celles-ci, ce qui n'est pas le cas d'une première condamnation prononcée par défaut et encore susceptible d'opposition (■ Cass. crim., 27 oct. 1998 : *Bull. crim.* n° 278).

11) Confusion possible malgré la réduction au maximum légal. La réduction au maximum légal, d'une durée de 30 ans de réclusion criminelle, appliquée, de droit en application des articles 132-4 et 132-5, alinéa 3, du Code pénal, sur instructions du procureur de la République, à une personne ayant fait l'objet de plusieurs condamnations à des peines de même nature et non définitives dans leurs rapports entre elles, ne fait pas obstacle au droit, pour l'intéressé, de présenter une requête en confusion facultative de ces peines à la chambre de l'instruction à qui il appartient d'en apprécier les mérites (■ Cass. crim., 11 juill. 2017, n° 15-81.265 : *JurisData* n° 2017-014121 ; *Dr. pén.* 2017, comm. 155, note É. Bonis-Garçon).

12) Confusion partielle. En application de l'article 371 de la loi du 16 décembre 1992 et de l'article 132-4 du Code pénal, peut être prononcée la confusion partielle entre une peine d'emprisonnement pour des faits commis en 1991 et une peine de réclusion criminelle pour des faits perpétrés en 1995, soit postérieurement à l'entrée en vigueur du nouveau Code pénal (■ Cass. crim., 22 mars 2000 : *Bull. crim.* n° 134).

13) Confusions exclues. En cas de confusion de deux condamnations dont l'une se trouvait elle-même confondue avec une troisième, il ne peut y avoir lieu à confusion globale de toutes les peines (■ Cass. crim., 29 juill. 1968 : *D.* 1969, p. 255, note J.M.R ; *RSC* 1969, p. 656, obs. Légal).

14) Une même condamnation ne peut être incluse dans plusieurs opérations distinctes tendant au cumul de peines en concours dans la limite du maximum légal encouru ; méconnaît ce principe, la chambre d'accusation qui, après avoir constaté qu'une peine A est en concours avec des peines B et C qui ne sont pas en concours entre elles, dit, d'une part, que la peine A se cumulera dans la limite du maximum légal encouru avec la peine B et, d'autre part, que cette même peine se cumulera également, dans la même limite, avec la peine C ; la Cour de cassation est en mesure de faire application de la règle de droit appropriée en disant que la peine C doit se cumuler avec la peine résultant du cumul des peines A et B dans la limite du maximum légal encouru (■ Cass. crim., 4 nov. 1997 : *Bull. crim.* n° 368).

15) Dispense de peine. Les dispositions de l'article 132-4 du Code pénal sont inapplicables lorsqu'est sollicitée une mesure de confusion avec une précédente décision ayant prononcé une dispense de peine (■ Cass. crim., 8 nov. 2006, *Bull. crim.* n° 281).

B – Procédure

16) Constitutionnalité du juge unique. Le fait que, pour se prononcer sur les requêtes en confusion de peines, la juridiction statue à juge unique ne porte pas, par lui-même, atteinte au droit à un procès équitable. En tout état de cause, si la complexité du dossier le justifie, le magistrat peut décider, d'office ou à la demande du condamné ou du ministère public, de renvoyer le jugement de ce dossier devant la formation collégiale de la juridiction. Le grief tiré de la méconnaissance du droit à un procès équitable doit donc être écarté (■ Cons. const., 21 mars 2019, n° 2019-778 DC : *JurisData* n° 2019-004275).

17) Compétence. Il résulte de la combinaison des articles 132-4 du Code pénal et 710 du Code de procédure pénale, qu'est compétente pour statuer sur une requête en confusion de peines résultant de condamnations devenues définitives la juridiction ayant prononcé l'une des peines visées par la requête ou, si cette juridiction est une cour d'assises, la chambre de l'instruction dans le ressort de laquelle cette cour a son siège (■ Cass. crim., 6 juin 2001 : *Bull. crim.* n° 140 ; *Dr. pén.* 2001, obs. M. Véron).

18) Il résulte de l'article 710 du Code de procédure pénale que, lorsqu'une personne détenue dépose une demande de confusion de peines devenues définitives dont l'une a été prononcée par une cour d'assises et l'autre par un tribunal correctionnel, sont également compétents pour statuer sur cette requête la chambre de l'instruction dont dépend la cour d'assises qui a prononcé la condamnation criminelle ou le tribunal qui a prononcé la condamnation correctionnelle, ou, depuis le 1er janvier 2005, la chambre de l'instruction ou le tribunal correctionnel du lieu de détention (■ Cass. crim., 7 nov. 2007 : *Bull. crim.* n° 271).

19) La cour d'appel saisie d'une requête aux fins de confusion entre trois peines, une prononcée par elle-même et les deux autres par une juridiction différente, ne saurait, sans excès de pouvoirs, ordonner la confusion entre les deux dernières et rejeter le surplus de la requête visant la confusion avec la peine infligée par elle. Ce n'est qu'en fonction de leur incidence sur celle-ci qu'elle se trouvait compétente pour connaître des deux autres peines (■ Cass. crim., 27 nov. 1979, inédit).

20) Lorsque, à l'occasion de procédures séparées, la personne poursuivie a été reconnue coupable de plusieurs infractions en concours, la confusion totale ou partielle des peines de même nature peut être ordonnée par la dernière juridiction appelée à statuer ; encourt la censure l'arrêt qui, pour déclarer irrecevable une demande de confusion de peines présentées devant la dernière juridiction appelée à statuer, énonce que seules peuvent être confondues des peines définitivement prononcées (■ Cass. crim., 4 janv. 2006 : *Bull. crim.* n° 9 ; *RSC* 2006, p. 316, obs. G. Vermelle).

21) Compétence d'office. Il résulte de l'article 132-4 du Code pénal qu'il n'importe que la cour d'assises ait rejeté, en l'absence de demande des parties, la confusion entre la peine qu'elle infligeait et une autre peine prononcée antérieurement, dès lors qu'elle était compétente pour statuer d'office (■ Cass. crim., 7 déc. 2005 : *Bull. crim.* n° 328).

22) Chose jugée. L'autorité de la chose jugée qui s'attache à une décision de refus d'une demande de confusion rend irrecevable toute nouvelle demande dès lors qu'il y a identité de partie, d'objet et de cause (■ Cass. crim., 25 juill. 1995 : *Bull. crim.* n° 262 ; *Dr. pén.* 1996, chron. 19, obs. V. Lesclous et C. Marsat). Mais l'autorité de la chose jugée ne saurait mettre obstacle à ce que la personne condamnée présente une nouvelle demande tendant à faire constater la confusion de plein droit des peines en concours en application de l'article 5 ancien du Code pénal (■ Cass. crim., 19 janv. 1999, préc.).

23) Le rejet, par la dernière juridiction appelée à statuer, de la demande de confusion de peines d'emprisonnement ne fait pas obstacle à ce que le condamné saisisse ultérieurement d'une demande de confusion des peines d'interdiction de solliciter un permis de conduire, la juridiction ayant prononcé l'une des deux condamnations ; il ne saurait être fait grief à une cour d'appel de ne pas avoir statué sur la confusion des peines complémentaires alors que la demande de confusion ne portait que sur les peines d'emprisonnement (■ Cass. crim., 6 mars 2002 : *Bull. crim.* n° 60 ; *Dr. pén.* 2002, comm. 85, obs. J.-H. Robert).

24) Désistement. Lorsqu'une requête en confusion de peines est déposée par la partie intéressée, le désistement de celle-ci dessaisit la juridiction qui doit en donner acte (■ Cass. crim., 23 sept. 2015, n° 14-84.800).

25) Constatation nécessaire. Doit être cassé l'arrêt ordonnant que la peine qu'il prononce ne se confondra pas avec une peine précédemment prononcée contre l'accusé, sans indiquer en quoi consiste cette condamnation (■ Cass. crim., 8 nov. 2000 : *Bull. crim.* n° 334).

26) Motivation. Lorsque les juges disposent d'une faculté discrétionnaire, ils ne sauraient cependant, s'ils donnent les motifs de leur décision, fonder celle-ci sur une affirmation de fait ou de droit inexacte ; encourt ainsi la cassation l'arrêt qui, ayant constaté que les conditions légales rendant possible l'admission d'une requête en confusion de peines la rejettent en se fondant sur le motif de fait erroné que les deux peines prononcées l'auraient été en répression de faits de même nature (■ Cass. crim., 13 juin 1989 : *Bull. crim.* n° 255).

27) La juridiction saisie d'une requête en confusion de peines doit tenir compte du comportement de la personne condamnée depuis sa condamnation, de sa personnalité, ainsi que de sa situation matérielle, familiale et sociale, tels qu'ils ressortent des éléments de preuve produits par le requérant, ainsi que des vérifications et investigations complémentaires auxquelles elle a, le cas échéant, procédé d'office (■ Cass. crim., 13 déc. 2017, n° 17-80.921, inédit).

28) La juridiction statuant sur une demande de confusion facultative de peines doit motiver sa décision, notamment sur le fondement des dispositions de l'article 710 du Code de procédure pénale.

Il appartient au requérant de produire des éléments sur l'évolution de son comportement, sa personnalité et sa situation matérielle, familiale et sociale, afin de permettre à la juridiction, au besoin après vérifications ou investigations complémentaires, d'apprécier le mérite de la demande (■ Cass. crim., 11 juill. 2017, n° 16-85.676 : *JurisData* n° 2017-014126).

29) S'il résulte des dispositions de l'article 710, alinéa 1er, du Code de procédure pénale, que la juridiction statuant sur une demande de confusion de peines doit motiver sa décision en tenant compte du comportement de la personne condamnée depuis la condamnation, de sa personnalité ainsi que de sa situation matérielle, familiale et sociale, elle peut également retenir d'autres motifs relevant du pouvoir d'appréciation que lui reconnaît l'article 132-4 du Code pénal (■ Cass. crim., 10 janv. 2018, n° 16-87.611 : *JurisData* n° 2018-000028 ; *Bull. crim.* n° 9 ; *Dr. pén.* 2018, comm. 57, note V. Peltier).

30) Voies de recours – Inconstitutionnalité pour rupture d'égalité devant la justice. Il résulte de l'article 132-4 du Code pénal que, lorsqu'une personne est reconnue coupable de plusieurs infractions en concours à l'occasion de procédures séparées, la confusion totale ou partielle des peines de même nature peut être ordonnée soit par la dernière juridiction appelée à statuer soit, après que les condamnations sont devenues définitives, dans les conditions prévues par le Code de procédure pénale. Dans ce dernier cas, en application des dispositions contestées de l'article 710 du Code de procédure pénale, la juridiction compétente pour statuer sur la demande de confusion de peines est le tribunal ou la cour qui a prononcé l'une des peines. Lorsque les peines ont été prononcées par une cour d'assises, la demande est portée devant la chambre de l'instruction. En application de l'article 567 du Code de procédure pénale, les arrêts de la chambre d'instruction et des juridictions correctionnelles d'appel sont rendus en dernier ressort. Dès lors, il résulte des dispositions contestées que, dans le cas où les peines dont elle demande la confusion ont toutes été prononcées par des cours d'assises ou des juridictions correctionnelles d'appel, la personne condamnée porte sa demande devant une juridiction dont la décision est insusceptible d'appel. En revanche, dans le cas où au moins l'une des peines dont elle demande la confusion a été prononcée par une juridiction correctionnelle de première instance, la personne condamnée porte sa demande devant une juridiction dont la décision est susceptible d'appel. Or, une telle distinction, qui n'est au demeurant pas fondée sur la nature criminelle ou correctionnelle de la peine, est sans lien avec l'objet des dispositions contestées, qui est de permettre à une personne condamnée de demander la confusion de peines après que les condamnations sont devenues définitives. Dès lors, les dispositions contestées procèdent à une distinction injustifiée entre les personnes condamnées qui demandent la confusion de peines après qu'elles sont devenues définitives et méconnaissent le principe d'égalité devant la justice. La 2e phrase du 1er alinéa de l'article 710 du Code de procédure pénale, dans sa rédaction résultant de la loi n° 2019-222 du 23 mars 2019, est contraire à la Constitution. L'abrogation de ces dispositions est reportée au 31 décembre 2021 (■ Cons. const., 21 juill. 2021, n° 2021-925 QPC : *JurisData* n° 2021-011682 ; *Dr. pén.* 2021, comm. 153, obs. E. Bonis ; *AJ pénal* 2021, p. 491, comm. J. Falxa ; *JCP G* 2021, p. 953, comm. V. Peltier).

Voir : C. proc. pén., art. 710-1, créé par la L. n° 2021-1729 du 22 déc. 2021.

C – Effets de la confusion

31) Autorité de la chose jugée. Les décisions par lesquelles les juges prononcent sur la confusion de peines ont autorité de chose jugée (■ Cass. crim., 16 déc. 2015, n° 14-82.275 : *Dr. pén.* 2016, comm. 38, obs. V. Peltier).

32) Si l'autorité de chose jugée s'attache à la décision par laquelle les juges prononcent sur une demande de confusion de peines, cette décision ne fait pas obstacle à la mise en œuvre de la règle de réduction au maximum légal le plus élevé (■ Cass. crim., 15 nov. 2017, n° 16-85.946 : *JurisData* n° 2017-022834 ; *Dr. pén.* 2018, comm. 19, note V. Peltier).

33) Autonomie des peines confondues. Lorsque la confusion est prononcée, les peines les plus faibles conservent leur existence propre et leurs conséquences légales et sont censées s'exécuter en même temps que la peine la plus forte (■ Cass. crim., 13 juill. 1888 : *D.* 1988, 1, p. 445. ■ Cass. crim., 24 juill. 1968 : *D.* 1968, p. 257, note J.M.R.).

En effet, la confusion n'est qu'une mesure affectant l'exécution et dont l'effet est subordonné à la survivance de la peine la plus forte ; au cas où celle-ci n'eut à disparaître, les autres peines, que la confusion n'a pas effacées et qui sont demeurées entières, doivent être intégralement subies jusqu'à concurrence du maximum édicté par la loi pour l'infraction la plus grave (▪ Cass. crim., 19 juill. 1989 : *Bull. crim.* n° 294).

34) Peines prescrites. Selon l'article 133-1 du Code pénal, la prescription de la peine empêche seulement l'exécution de celle-ci. Encourt dès lors la censure l'arrêt d'une cour d'appel qui, pour imputer sur la durée de la peine absorbante la peine absorbée prescrite, énonce, notamment, que la prescription de la peine vaut exécution de celle-ci (▪ Cass. crim., 11 juin 2008, n° 07-88.426 : *Bull. crim.* n° 146).

Art. 132-5. – **Pour l'application des articles 132-3 et 132-4, les peines privatives de liberté sont de même nature et toute peine privative de liberté est confondue avec une peine perpétuelle.**

Il est tenu compte, s'il y a lieu, de l'état de récidive.

Lorsque la réclusion criminelle à perpétuité, encourue pour l'une ou plusieurs des infractions en concours, n'a pas été prononcée, le maximum légal est fixé à trente ans de réclusion criminelle.

Le maximum légal du montant et de la durée de la peine de jours-amendes et celui de la peine de travail d'intérêt général sont fixés respectivement par les articles 131-5 et 131-8.

Le bénéfice du sursis attaché en tout ou partie à l'une des peines prononcées pour des infractions en concours ne met pas obstacle à l'exécution des peines de même nature non assorties du sursis.

Bibliographie : L. Rieuneau, *Mise à l'épreuve et confusion : le désordre dans la probation : Dr. pén.* 1993, chron. 41. • D. Becheraoui, *La confusion des peines assorties du sursis avant et après le nouveau Code pénal : RSC* 1999, p. 767. • Ch. Aubertin, *Confusion de peines assorties d'un sursis : Dr. pén.* 2012, étude 15.

1) QPC. Non-lieu à renvoi au Conseil constitutionnel de la question prioritaire de constitutionnalité visant l'article 132-5, alinéa 5 du Code pénal (▪ Cass. crim., 12 avr. 2012, n° 90-004 QPC : *Bull. crim.* n° 100 ; *D.* 2012, act. p. 1063 ; *Gaz. Pal.* 18-22 mai 2012, jurispr. p. 17, note R. Mésa ; *JCP* 2012, note n° 795, p. 1322, J.-Y. Marechal).

2) Maximum légal en cas de réclusion criminelle à perpétuité non prononcée. Selon les dispositions combinées des articles 132-2, 132-4 et 132-5 du Code pénal, lorsqu'à l'occasion de procédures séparées, la personne poursuivie a été reconnue coupable de plusieurs infractions en concours, les peines privatives de liberté successivement prononcées ne peuvent s'exécuter cumulativement que dans la limite du maximum légal le plus élevé, lequel est fixé à 30 ans de réclusion criminelle lorsque la peine de réclusion criminelle à perpétuité, encourue pour l'une ou plusieurs des infractions en concours, n'a pas été prononcée ; doit être cassé d'office l'arrêt qui méconnaît ces principes, et il n'y a lieu à renvoi, conformément à l'article L. 131-5 du Code de l'organisation judiciaire, dès lors que les éléments de la cause permettent à la Cour de cassation de juger que la confusion est de droit dans la limite de 30 ans (▪ Cass. crim., 12 févr. 2003 : *Bull. crim.* n° 38).

3) Maximum légal lorsque la peine de 30 ans de réclusion criminelle n'est pas prononcée. Lorsqu'à l'occasion de procédures séparées, la personne poursuivie a été reconnue coupable de plusieurs infractions en concours, les peines privatives de liberté successivement prononcées ne peuvent s'exécuter cumulativement que dans la limite du maximum légal le plus élevé ; que lorsque la peine de 30 ans de réclusion criminelle, encourue pour l'une des infractions en concours, n'a pas été prononcée, le maximum légal de la réclusion criminelle est fixé à 20 ans (▪ Cass. crim., 12 déc. 2018, n° 17-86.916 : *AJ pénal* 2019, p. 267, obs. B. Bouloc).

4) Maximum légal en cour d'assises spécialement composée. Si, selon l'article 362, alinéa 2, du Code de procédure pénale, lorsque la peine de trente ans de réclusion criminelle n'a pas été prononcée, le maximum légal de la réclusion criminelle est fixé à vingt ans, ces dispositions ne sont pas applicables devant la cour d'assises spécialement composée ; il s'ensuit que le maximum légal de la peine prononcée par une cour d'assises spécialement composée pour des faits d'importation de produits stupéfiants en bande organisée prévus et réprimés par l'article 222-36 du Code pénal est à bon droit fixé à 30 ans (▪ Cass. crim., 21 mai 2008 : *Bull. crim.* n° 129. Rappr. ▪ Cass. crim., 21 mai 2003 : *Bull. crim.* n° 104).

5) Période de sûreté. En application de l'article 132-5 du Code pénal, toute peine privative de liberté est confondue avec une peine perpétuelle, lorsque lesdites peines ont été prononcées pour des infractions en concours. Il résulte de l'article 720-2 du Code de procédure pénale qu'en cas de confusion entre deux peines privatives de liberté, la durée de la détention subie antérieurement à cette mesure en exécution de la peine absorbée doit s'imputer sur la période de sûreté attachée à la peine absorbante. Dès lors encourt la cassation, l'arrêt de la chambre de l'application des peines, qui déclare une demande de libération conditionnelle irrecevable en omettant, dans le calcul de la période de sûreté exécutée qui était attachée à une peine de réclusion criminelle à perpétuité, d'imputer l'exécution d'une peine correctionnelle relative à une condamnation pour aide à l'évasion d'un condamné à une peine perpétuelle, prévue par l'article 240, al. 2, de l'ancien Code pénal et 434-32 du Code pénal, cette infraction n'entrant pas dans le champ d'application des articles 245 de l'ancien Code pénal et 434-31 du Code pénal (■ Cass. crim., 16 janv. 2008, n° C 0781289 : *Bull. crim.* n° 15).

6) Concours et sursis. Lorsque la plus élevée des deux condamnations est assortie du sursis, la peine ferme doit être exécutée, même si les juges en ont ordonné la confusion avec l'autre (■ Cass. crim., 16 mars 1964 : *JCP* 1964, II, 13685, note A.-M. Larguier). Lorsque deux condamnations toutes les deux assorties d'un sursis partiel sont confondues, seule la plus forte doit être exécutée, l'octroi du sursis ne constituant qu'une modalité d'exécution et n'ayant pas à être pris en considération pour déterminer la gravité respective des peines (■ Cass. crim., 18 nov. 1980 : *Bull. crim.* n° 304 ; *RSC* 1982, p. 108, obs. J. Larguier).

Lorsque deux condamnations identiques à une peine d'emprisonnement assortie d'un sursis partiel ont été prononcées, et que la confusion totale a été accordée, seule doit être exécutée l'une des deux parties d'emprisonnement sans sursis (■ Cass. crim., 10 mai 2012, n° 11-87.301 : *Bull. crim.* n° 117 ; *D.* 2012, p. 1482. Rappr. ■ Cass. crim., 12 avr. 2012, n° 12-90.004, QPC : *Bull. crim.* n° 100).

7) La confusion de peines successivement infligées au prévenu avec le bénéfice du sursis a pour effet de reporter le point de départ du délai d'épreuve à la date à laquelle la dernière condamnation est devenue définitive (■ Cass. crim., 16 mai 1990 : *Bull. crim.* n° 199).

Art. 132-6. – Lorsqu'une peine a fait l'objet d'une grâce ou d'un relèvement, il est tenu compte, pour l'application de la confusion, de la peine résultant de la mesure ou de la décision.

Le relèvement intervenu après la confusion s'applique à la peine résultant de la confusion.

La durée de la réduction de peine s'impute sur celle de la peine à subir, le cas échéant, après confusion.

1) Remise gracieuse. La prise en compte de la grâce doit avoir lieu non seulement lorsque la peine principale fait l'objet d'une telle mesure (art. 5, al. 3) mais encore lorsque la peine la plus faible est touchée par une remise gracieuse, qui doit être prise en considération pour l'imputation du temps d'exécution de cette peine sur la durée de la peine la plus forte prononcée postérieurement (■ Paris, 2 avr. 1968 : *JCP* 1968, II, 15648, note A. P. ; *RSC* 1969, p. 393, obs. Légal).

2) S'il est vrai qu'en vertu des dispositions des articles 132-6 et 133-7 du Code pénal les remises gracieuses portant sur une peine ultérieurement absorbée ne peuvent s'imputer sur la durée de la peine absorbante, ces dispositions plus sévères ne sauraient s'appliquer, conformément à l'article 371 de la loi du 16 décembre 1992, aux personnes reconnues coupables de crimes ou de délits en concours commis avant le 1er mars 1994. Ces personnes demeurent soumises aux dispositions plus favorables de l'article 5 ancien du Code pénal qui, en ce qui concerne les remises gracieuses, ne déroge pas au principe général du droit alors applicable selon lequel la grâce vaut exécution de la peine (■ Cass. crim., 16 mars 1999 : *Bull. crim.* n° 40).

3) Il résulte des articles 132-6 et 133-7 du Code pénal, applicables en la cause en raison de la date des faits ayant motivé la seconde condamnation (22 avril 1995) que, la grâce ne valant plus exécution de peine mais seulement dispense d'exécution, les remises gracieuses portant sur une peine ultérieurement absorbée ne peuvent s'imputer sur la durée de la peine absorbante (■ Cass. crim., 29 sept. 2004 : *Bull. crim.* n° 228).

V. notes ss C. pén., art. 133-7, *infra*.

4) Mais si les remises gracieuses accordées au condamné sur sa peine ultérieurement absorbée ne peuvent s'imputer sur la durée de la peine absorbante, leur imputation, en cas d'absorption partielle, s'effectue sur la partie non absorbée par la peine la plus élevée (■ Cass. crim., 31 oct. 2006 : *Bull. crim.* n° 271).

5) Justifie sa décision la chambre de l'instruction qui, pour rejeter la requête du condamné, qui sollicitait le bénéficie des décrets de grâces collectives des 10 juillet 2002 et 9 juillet 2003, en soutenant qu'en application de l'article 132-3, alinéa 2, du Code pénal, la peine pour violences sur personnes dépositaires de l'autorité publique, infraction l'excluant du bénéfice desdits décrets, était purgée depuis le 13 juillet 2002, date à laquelle le maximum légal applicable à cette infraction avait été atteint, relève qu'une peine unique et indivisible a été prononcée pour des infractions en concours, de sorte que, tant que la peine la plus forte n'est pas purgée, les autres peines ne peuvent être considérées comme exécutées (■ Cass. crim., 11 mai 2006 : *Bull. crim.* n° 129).

Art. 132-7. – Par dérogation aux dispositions qui précèdent, les peines d'amende pour contraventions se cumulent entre elles et avec celles encourues ou prononcées pour des crimes ou délits en concours.

• ***Sommaire***

I – CUMUL DES PEINES D'AMENDE CONTRAVENTIONNELLES 257
II – CUMUL DE SANCTIONS PÉNALES ET DE SANCTIONS PARAPÉNALES 259
A – CEDH 259
B – CJUE 260
C – Conseil Constitutionnel 260
III – ILLUSTRATIONS 262

1) Portée du principe de non-cumul des peines. La règle du non-cumul des peines s'applique sans qu'il y ait lieu de distinguer selon que les infractions en concours font l'objet d'une seule poursuite ou de poursuites successives (▪ Cass. crim., 21 mars 1989 : *Bull. crim.* n° 141).

– L'article 5 du Code pénal, qui prohibe le cumul des peines pose un principe applicable à toutes les infractions punies de peines criminelles ou correctionnelles qui n'en ont pas été explicitement ou implicitement exceptées, soit par un texte formel de la loi soit par le caractère de réparations civiles attaché à certaines d'entre elles (▪ Cass. crim., 15 juin 1973 : *Bull. crim.* n° 269).

– Divers textes spéciaux prévoient certains cumuls de peines : en matière fiscale (seulement en ce qui concerne les amendes ▪ Cass. crim., 12 févr. 1964 : *Bull. crim.* n° 48), forestière (▪ Cass. crim., 22 juin 1965 : *D.* 1965, p. 686), de pêche fluviale (▪ Cass. crim., 15 déc. 1949 : *Bull. crim.* n° 349), de police des chemins de fer (▪ Cass. crim., 31 oct. 1908 : *DP* 1910, 1, p. 228), d'hygiène et de sécurité du travail (C. trav., art. L. 263-2, al. 2, devenu l'art. L. 4741-1 du même code. V. pour son application ▪ Cass. crim., 30 oct. 2012, n° 11-88.675 : *Dr. pén.* 2013, comm. 50, obs. V. Peltier). Pour les cas spéciaux de cumul prévus par le Code pénal, V. articles 433-9 (rébellion), 434-31 (évasion), 131-36-5 (suivi socio-judiciaire), 314-8 (organisation frauduleuse d'insolvabilité), 434-23 (usurpation d'identité) et pour le Code de procédure pénale, V. article 706-56 (refus de se soumettre à la prise d'empreintes génétiques).

– Le principe de non-cumul, pour les mêmes faits, des poursuites et des peines ne s'applique qu'aux infractions et sanctions pénales (▪ Cass. crim., 19 févr. 2014, n° 12-87.558 : *JurisData* n° 2014-002716 ; *Dr. pén.* 2014, comm. 68, obs. V. Peltier). Voir *infra* II.

I – CUMUL DES PEINES D'AMENDE CONTRAVENTIONNELLES

2) L'article 5 ne visant pas les contraventions, le principe du non-cumul des peines leur est étranger (▪ Cass. ch. réunies, 7 juin 1842 : *S.* 1842, 1, p. 496, concl. Dupin. ▪ Cass. crim., 6 mai 1976 : *Bull. crim.* n° 148. ▪ Cass. crim., 3 sept. 1986 : *Bull. crim.* n° 253. ▪ Cass. crim., 17 févr. 1988 : *Bull. crim.* n° 81). En conséquence, non seulement un concours réel entre plusieurs contraventions, mais aussi un concours réel entre contravention et crime ou contravention et délit entraîne un cumul de peines (▪ Cass. crim., 24 mars 1981 : *Bull. crim.* n° 37).

3) Ne méconnaît pas le sens et la portée de la règle du non-cumul des peines la cour d'appel qui prononce contre un prévenu, pour contravention au Code de la route, une amende distincte des peines par lui encourues pour délit de blessures involontaires : le délit et la contravention diffèrent en effet par leurs éléments constitutifs, cette dernière infraction consistant dans l'inobservation des prescriptions réglementaires, tandis que le délit consiste dans les blessures involontairement causées par cette inobservation (▪ Cass. crim., 12 mai 1993 : *Bull. crim.* n° 177).

4) En application de l'article 132-7 du Code pénal, les peines prononcées pour des contraventions ne se confondent pas avec celles qui le sont pour un délit compris dans la même poursuite lorsque, comme en l'espèce, ces infractions diffèrent par leurs éléments constitutifs ; dès lors, c'est à bon droit qu'une cour d'appel sanctionne par des peines distinctes le délit de propagation involontaire d'une épizootie dans l'espèce bovine et les contraventions d'omission de dépistage obligatoire de diverses maladies contagieuses (▪ Cass. crim., 7 janv. 1998 : *Bull. crim.* n° 4).

5) Lorsqu'à l'occasion d'une même procédure, la personne poursuivie est reconnue coupable de plusieurs infractions en concours, les unes visées à l'article L. 263-2, alinéa 1er, du Code du travail (devenu art. L. 4741-1), les autres d'homicide ou de blessures involontaires prévus par les articles 221-6, 222-19 et 222-20 du Code pénal, les peines de même nature se cumulent dès lors que leur total n'excède pas le maximum légal de la peine la plus élevée qui est encourue ; justifie dès lors sa décision l'arrêt qui, après avoir déclaré un employeur coupable du délit de blessures involontaires et de trois infractions à la réglementation relative à la sécurité des travailleurs, le condamne à une amende de 6 000 euros pour la première infraction et à trois amendes de 3 000 euros pour les autres délits (▪ Cass. crim., 13 sept. 2005 : *Bull. crim.* n° 224. ▪ Cass. crim., 2 mars 2010, n° 09-82.607 : *Dr. pén.* 2010, comm. 66, obs. M. Véron. ▪ Cass. crim., 30 oct. 2012, n° 11-88.675 : *Dr. pén.* 2013, comm. 50, obs. V. Peltier).

6) En application de l'article L. 4741-1 du Code du travail, l'amende prononcée pour infraction à la réglementation sur la sécurité des travailleurs est appliquée autant de fois qu'il y a de salariés de l'entreprise concernés, indépendamment du nombre d'infractions relevées, ces amendes se cumulant avec celle prononcée pour homicide ou délit de blessures involontaires dès lors que leur total n'excède pas le maximum légal de la peine la plus élevée. En l'espèce, le prévenu a été condamné à 6 mois d'emprisonnement avec sursis pour le délit de blessures involontaires et à trois amendes pour trois infractions à la réglementation sur la sécurité des travailleurs ne concernant qu'un seul salarié. Cette décision encourt la cassation dès lors qu'une seule peine d'amende devait être prononcée pour les infractions à la réglementation sur la sécurité des travailleurs qui ne concernaient qu'un seul salarié (▪ Cass. crim., 30 oct. 2012, n° 11-88.675 : *JurisData* n° 2012-026642. V. également sur le nombre d'amendes égal au nombre de salariés pour défaut de livre de paie ▪ Cass. crim., 7 avr. 1994 : *Dr. pén.* 1994, comm. 220, obs. J.-H. Robert).

7) C'est par une exacte application de l'article L. 4741-1 du Code du travail que la cour d'appel a considéré qu'étaient encourues 6 amendes du chef d'infraction à la réglementation sur la sécurité des travailleurs, dès lors qu'outre la victime, scaphandrier professionnel tué par une explosion alors qu'il assurait la découpe d'un élément de la coque d'une épave, ainsi que les 3 autres travailleurs ayant exercé en qualité de plongeurs sur l'épave, les 2 chefs d'équipe avaient été amenés, de par leurs missions propres, à effectuer des plongées sur le navire en cause, de sorte qu'ils faisaient partie des travailleurs concernés, tous formellement identifiés (▪ Cass. crim., 9 avr. 2019, n° 17-86.267 : *JurisData* n° 2019-005555).

8) Il se déduit des articles 132-3 du Code pénal et L. 4741-1 du Code du travail que l'amende prononcée pour infraction à la réglementation sur la sécurité des travailleurs est appliquée autant de fois qu'il y a de salariés de l'entreprise concernés, indépendamment du nombre d'infractions relevées, ces amendes se cumulant avec celle prononcée pour homicide ou délit de blessures involontaires dès lors que leur total n'excède pas le maximum légal de la peine la plus élevée. En l'espèce, après avoir déclaré une société coupable de blessures involontaires et d'infractions à la réglementation sur l'hygiène et la sécurité des travailleurs et l'avoir condamnée à une amende de 20 000 € pour blessures involontaires, l'arrêt énonce qu'il convient de fixer, pour chacune des quatre infractions à la réglementation sur la sécurité des travailleurs, le montant de l'amende à 200 €, somme multipliée par le nombre de salariés présents dans l'entreprise, soit dix-huit. En statuant ainsi, alors qu'une seule peine d'amende devait être prononcée pour les quatre infractions à la réglementation sur la sécurité des travailleurs, qui ne concernaient en outre qu'un seul salarié, la cour d'appel a méconnu les textes susvisés et les principes ci-dessus rappelés (▪ Cass. crim., 21 avr. 2020, n° 19-85.279 : *JurisData* n° 2020-006108 ; *Dr. pén.* 2020, comm. 145, obs. J.-H. Robert).

9) Conditions de cumul. Mais si la règle de non-cumul des peines n'est pas applicable en matière de contraventions, encore faut-il, pour que des condamnations cumulatives puissent être prononcées, que le contrevenant ait commis plusieurs fautes distinctes, punissables séparément ; tel n'est pas le cas de celui qui, en méconnaissance des dispositions des articles R. 59 et R. 238-1° du Code de la route, circule avec un véhicule dont plusieurs pneumatiques sont usés (▪ Cass. crim., 25 mai 1994 : *Bull. crim.* n° 200).

– Encourt la cassation l'arrêt qui, après avoir déclaré une société coupable d'homicide involontaire et de contraventions de blessures involontaires, l'a condamnée à une amende pour le délit et à trois amendes pour les trois contraventions, dès lors que le délit et les contraventions, qui procédaient d'une même action coupable, ne pouvaient être punis séparément (▪ Cass. crim., 5 nov. 2013, n° 12-85.380 : *JurisData* n° 2013-024805).

– En revanche, justifie sa décision la cour d'appel qui condamne le prévenu ayant mis en vente plusieurs exemplaires d'un produit comportant un mode d'utilisation en langue étrangère à autant d'amendes que de contraventions constatées à la législation sur l'emploi de la langue française, dès lors que la commercialisation de chaque article constitue une faute distincte, punissable séparément (▪ Cass. crim., 26 avr. 2000 : *Bull. crim.* n° 163).

– Pour prononcer à l'encontre de chacun des prévenus autant de peines d'amende que de produits concernés, la cour d'appel énonce que l'infraction (prévue par l'article R. 112-25 du Code de la consommation) concerne la détention de denrées alimentaires présentant des écarts par rapport à la température de conservation mentionnée sur les étiquetages et non les conditions de l'équipement du magasin ; en se déterminant ainsi, et dès lors que les faits ne procédaient pas de la même action coupable, la cour d'appel a fait une exacte application de l'article 132-7 du Code pénal (▪ Cass. crim., 18 juin 2013, n° 12-86.338 : *Dr. pén.* 2013, comm. 144, obs. J.-H. Robert).

II – CUMUL DE SANCTIONS PÉNALES ET DE SANCTIONS PARAPÉNALES

A – CEDH

10) Cumul d'une amende pénale et du retrait administratif du permis de conduire pour un même excès de vitesse. Si les diverses sanctions infligées à l'intéressé ont été prononcées par deux autorités différentes à l'issue de procédures distinctes, il existait entre elles un lien matériel (les conclusions de l'une entraînent des conséquences directes sur les possibles issues de la seconde, de sorte que le retrait de permis en question s'apparente à une peine complémentaire à la condamnation pénale) et temporel (le retrait du permis de conduire du requérant par l'autorité administrative étant intervenu très rapidement après que la condamnation du requérant pour excès de vitesse est devenue exécutoire) suffisamment étroit pour que l'on puisse considérer le retrait de permis comme l'une des mesures prévues par le droit interne pour la répression des délits de conduite [...] et pour que les procédures soient considérées comme deux aspects d'un système unique. Partant, on ne saurait déduire du retrait litigieux que l'intéressé a été poursuivi ou puni en raison d'une infraction pour laquelle il avait déjà été condamné par un jugement définitif au mépris de l'article 4, § 1, du Protocole n° 7 à la Convention. (▪ CEDH, 4 oct. 2016, n° 21563/12, *Rivard c/ Suisse* : *JurisData* n° 2016-021170 : *Dr. pén.* 2016, comm. 181, obs. V. Peltier).

11) Cumul d'une sanction fiscale et d'une sanction pénale. C'est aux États contractants qu'il revient au premier chef de décider de l'organisation de leur système juridique, y compris de leurs procédures pénales ; rien dans la Convention n'interdit dans tel ou tel cas de séparer en différentes phases ou parties le processus de fixation de la peine, de sorte que différentes peines peuvent être prononcées, successivement ou parallèlement, pour une infraction qu'il convient de qualifier de « pénale »au sens autonome que revêt ce mot sur le terrain de la Convention. ; aux yeux de la Cour, les États devraient pouvoir légitimement opter pour des réponses juridiques complémentaires face à certains comportements dangereux pour la société (par exemple le non-respect du Code de la route, le non-paiement des impôts ou l'évasion fiscale) au moyen de différentes procédures formant un tout cohérent, de manière à traiter sous ses différents aspects le problème social en question, pourvu que ces réponses juridiques combinées ne représentent pas une charge excessive pour la personne en cause [...] Si des sanctions différentes ont été imposées par deux autorités différentes lors de procédures différentes (redressement fiscal avec majoration et condamnation pénale), il existait néanmoins entre celles-ci un lien, tant matériel que temporel, suffisamment étroit pour les considérer comme s'inscrivant dans le mécanisme intégré de sanctions prévu par le droit norvégien dans le cas où une omission d'informations sur certains revenus dans une déclaration fiscale conduit à une erreur dans l'assiette de l'impôt [...] aucun des deux requérants ne peut passer pour avoir été « poursuivi ou puni pénalement [...] en raison d'une infraction pour laquelle il a[vait] déjà été acquitté ou condamné par un jugement définitif », au mépris de l'article 4 du Protocole n° 7 (▪ CEDH, 15 nov. 2016, n° 24130/11 et 29758/11, *A et B c/ Norvège* : *JurisData* n° 2016-024274 : *Dr. pén.* 2017, comm. 14, obs. V. Peltier ; *AJ pénal* 2017, p. 45, note M. Robert. *Contra*, ▪ CEDH, 4 mars 2014, n°s 18640/10, 18647/10, 18663/10,18668/10 et 18698/10, *Grande Stevens et a. c/ Italie* : *JurisData* n° 2014-006876 : *JCP* G 2015, 368, obs. F. Sudre ; *JCP* G 2015, 369, obs. J.-H. Robert).

12) Cumul d'une sanction disciplinaire et d'une sanction pénale. La décision d'interdiction d'exercer prise par le Conseil de l'ordre des médecins à l'encontre des requérants n'est pas une « condamnation » pour une « infraction » au sens de l'article 4 du protocole n° 7. Est en conséquence irrecevable la requête par laquelle deux médecins se plaignent d'avoir été condamnés par le juge pénal pour escroquerie à raison de faits pour lesquels ils ont déjà fait l'objet d'une sanction par le Conseil de l'ordre pour « fautes à l'occasion de soins dispensés aux assurés sociaux » au sens de l'article 145-1 du Code de la sécurité sociale (▪ CEDH, 29 sept. 2020, n°s 59389/16 et 59392/16, *Faller et Steinmetz c/ France* : *JurisData* n° 2020-017018.)

13) Non-cumul d'une sanction boursière prononcé pour manipulation des cours du marché et d'une sanction pénale prononcée pour entrave au fonctionnement régulier d'un marché financier. La Cour estime tout d'abord qu'il n'existait pas de lien matériel suffisamment étroit, compte tenu de l'identité des buts visés par les procédures devant l'AMF (Autorité des marchés financiers) et les juridictions pénales et, dans une certaine mesure, d'une répétition dans le recueil des éléments de preuve par différents services d'enquête. Ensuite, et surtout, elle relève également l'absence d'un lien temporel suffisamment étroit pour considérer les procédures comme s'inscrivant dans le mécanisme intégré de sanctions prévu par le droit français. Partant, le requérant a subi un préjudice disproportionné en conséquence de la double poursuite et de la double condamnation, par la commission des sanctions de l'Autorité des marchés financiers et les juridictions pénales, pour les mêmes faits. Il s'ensuit qu'il y a eu violation de l'article 4 du protocole n° 7 (■ CEDH, 6 juin 2019, n° 47342/14, *Nodet c/ France* : *JurisData* n° 2019-010283 ; *JCP* G 2019, 876, note L. Milano ; *Dr. pén.* 2019, comm. 177, obs. V. Peltier).

B – CJUE

14) Cumul d'une sanction fiscale et d'une sanction pénale. L'article 50 de la charte des droits fondamentaux de l'Union européenne doit être interprété en ce sens qu'il ne s'oppose pas à une réglementation nationale en vertu de laquelle des poursuites pénales peuvent être engagées contre une personne pour omission de verser la taxe sur la valeur ajoutée due dans les délais légaux, alors que cette personne s'est déjà vu infliger, pour les mêmes faits, une sanction administrative définitive de nature pénale au sens de cet article 50, à condition que cette réglementation vise un objectif d'intérêt général qui est de nature à justifier un tel cumul de poursuites et de sanctions, à savoir la lutte contre les infractions en matière de taxe sur la valeur ajoutée, ces poursuites et ces sanctions devant avoir des buts complémentaires, contienne des règles assurant une coordination limitant au strict nécessaire la charge supplémentaire qui résulte, pour les personnes concernées, d'un cumul de procédures, et prévoie des règles permettant d'assurer que la sévérité de l'ensemble des sanctions imposées soit limitée à ce qui est strictement nécessaire par rapport à la gravité de l'infraction concernée (■ CJUE, gr. ch., 20 mars 2018, aff. C-524/15, *Menci* : *Dr. pén.* 2018, comm. 95, obs. V. Peltier).

15) Cumul en matière boursière. L'article 50 de la charte des droits fondamentaux de l'Union européenne doit être interprété en ce sens qu'il s'oppose à une réglementation nationale qui permet de poursuivre une procédure de sanction administrative pécuniaire de nature pénale contre une personne en raison d'agissements illicites constitutifs de manipulations de marché pour lesquels une condamnation pénale définitive a déjà été prononcée à son encontre, dans la mesure où cette condamnation est, compte tenu du préjudice causé à la société par l'infraction commise, de nature à réprimer cette infraction de manière effective, proportionnée et dissuasive (■ CJUE, gr. ch., 20 mars 2018, aff. C-537/16, *Garlsson Real Estate SA* : *Dr. pén.* 2018, comm. 95, obs. V. Peltier).

– L'article 14, paragraphe 1, de la directive 2003/6/CE du Parlement européen et du Conseil, du 28 janvier 2003, sur les opérations d'initiés et les manipulations de marché (abus de marché), lu à la lumière de l'article 50 de la charte des droits fondamentaux de l'Union européenne, doit être interprété en ce sens qu'il ne s'oppose pas à une réglementation nationale selon laquelle une procédure de sanction administrative pécuniaire de nature pénale ne peut être poursuivie à la suite d'un jugement pénal définitif de relaxe ayant constaté que les faits susceptibles de constituer une infraction à la législation sur les opérations d'initiés, sur la base desquels avait également été ouverte cette procédure, n'étaient pas établis (■ CJUE, gr. ch., 20 mars 2018, aff. C-596/16, *Di Puma*. ■ CJUE, gr. ch., 20 mars 2018, aff. C-597/16, *Zecca* : *Dr. pén.* 2018, comm. 95, obs. V. Peltier).

C – Conseil Constitutionnel

16) Cumul conditionné. Le principe de nécessité des délits et des peines ne fait pas obstacle à ce que les mêmes faits commis par une même personne puissent faire l'objet de poursuites différentes aux fins de sanctions de nature administrative ou pénale en application de corps de règles distincts devant leur propre ordre de juridiction ; [...] si l'éventualité que soient engagées deux procédures peut conduire à un cumul de sanctions, le principe de proportionnalité implique qu'en tout état de cause le montant global des sanctions éventuellement prononcées ne dépasse pas le montant le plus élevé de l'une des sanctions encourues.

Considérant que les sanctions du délit d'initié et du manquement d'initié ne peuvent, pour les personnes autres que celles mentionnées au paragraphe II de l'article L. 621-9 du Code monétaire et financier, être regardées comme de nature différente en application de corps de règles distincts devant leur propre ordre de juridiction ; que, ni les articles L. 465-1 et L. 621-15 du Code monétaire et financier, ni aucune autre disposition législative, n'excluent qu'une personne autre que celles mentionnées au paragraphe II de l'article L. 621-9 puisse faire l'objet, pour les mêmes faits, de poursuites devant la commission des sanctions de l'Autorité des marchés financiers sur le fondement de l'article L. 621-15 et devant l'autorité judiciaire sur le fondement de l'article L. 465-1 ; que, par suite, les articles L. 465-1 et L. 621-15 méconnaissent le principe de nécessité des délits et des peines (■ Cons. const., 18 mars 2015, n° 2014-453/454 QPC et 2015-462 QPC : *JurisData* n° 2015-005120 ; *D.* 2015, p. 874, note O. Décima ; *Dr. pén.* 1972, note V. Peltier ; *JCP* G 2015, 368, obs. F. Sudre ; *JCP* G 2015, 369, obs. J.-H. Robert).

17) Le recouvrement de la nécessaire contribution publique et l'objectif de lutte contre la fraude fiscale justifient l'engagement de procédures complémentaires dans les cas de fraudes les plus graves. Aux contrôles à l'issue desquels l'administration fiscale applique des sanctions pécuniaires peuvent ainsi s'ajouter des poursuites pénales dans des conditions et selon des procédures organisées par la loi (§ 20). Le principe de nécessité des délits et des peines ne saurait interdire au législateur de fixer des règles distinctes permettant l'engagement de procédures conduisant à l'application de plusieurs sanctions afin d'assurer une répression effective des infractions. Ce principe impose néanmoins que les dispositions de l'article 1741 [du CGI] ne s'appliquent qu'aux cas les plus graves de dissimulation frauduleuse de sommes soumises à l'impôt. Cette gravité peut résulter du montant des droits fraudés, de la nature des agissements de la personne poursuivie ou des circonstances de leur intervention (§ 21). La combinaison des exigences constitutionnelles découlant de l'article 8 de la Déclaration de 1789 et de celles découlant de son article 13 permet que, dans les conditions énoncées aux paragraphes 20 à 21, les contribuables auteurs des manquements les plus graves puissent faire l'objet de procédures complémentaires et de sanctions proportionnées en application de l'article 1729 [du CGI] et des dispositions contestées de l'article 1741 [du même code] (▪ Cons. const., 24 juin 2016, n° 2016-545 QPC : *JurisData* n° 2016-012236. ▪ Cons. const., 24 juin 2016, n° 2016-456 QPC : *JurisData* n° 2016-012237 ; *JCP* G 2016, p. 847, note M. Collet et P. Collin ; *D.* 2016, p. 2442, note O. Décima ; *JCP* G 2016, p. 1042, note S. Detraz ; *D.* 2016, p. 1836, note C. Mascala ; *JCP* E 2016, 1595, note Y. Mayaud ; *Dr. pén.* 2016, comm. 135, note V. Peltier).

Dans le même sens, à propos du cumul sous réserve des pénalités fiscales pour omission déclarative et des sanctions pénales pour fraude fiscale (▪ Cons. const., 23 nov. 2018, n° 2018-745 QPC).

18) Inconstitutionnalité du cumul des sanctions administrative et pénale prévues pour obstruction aux enquêtes de l'autorité de la concurrence. Les dispositions de l'article L. 464-2, § V, alinéa 2 du Code de commerce, relatives à l'obstruction aux enquêtes de l'Autorité de la concurrence méconnaissent le principe de nécessité et de proportionnalité des peines en ce que la répression administrative qu'elles prévoient et la répression pénale organisée par l'article L. 450-8 du même code relèvent de corps de règles identiques protégeant les mêmes intérêts sociaux (elles permettent toutes deux de sanctionner des entraves au contrôle de l'Autorité de la concurrence) aux fins de sanctions de même nature (sanction pécuniaire et amende) (▪ Cons. const., 26 mars 2021, n° 2021-892 QPC : *JurisData* n° 2021-004880 ; *Contrats, conc. consom.* 2021, comm. 10, note P. Bosco ; *RTD com.* 2021, p. 312, note E. Claudel ; *AJDA* 2021, p. 1509, note M. Merino ; *Dr. pénal* 2021, comm. 101, obs. V. Peltier).

19) Inconstitutionnalité du cumul des sanctions administrative et pénale prévues en cas d'entraves aux contrôles et enquêtes de l'AMF. La répression administrative du manquement d'entrave aux enquêtes et contrôles de l'AMF prévue par les dispositions du f du paragraphe II de l'article L. 621-15 du Code monétaire et financier et la répression pénale organisée par l'article L. 642-2 du Code monétaire et financier tendent à réprimer de mêmes faits qualifiés de manière identique, par des sanctions de même nature, aux fins de protéger les mêmes intérêts sociaux. Les dispositions du f du paragraphe II de l'article L. 621-15 du Code monétaire et financier, qui permettent de poursuivre les refus opposés aux demandes des enquêteurs et contrôleurs de l'AMF, méconnaissent le principe de nécessité des délits et des peines et sont contraires à la Constitution (▪ Cons. const., 28 janv. 2022, n° 2021-965 QPC : *JurisData* n° 2022-001297).

20) Cumul d'une sanction financière prononcée par la Commission nationale des comptes de campagne pour dépassement du plafond des dépenses électorales et d'une sanction pénale. Les dispositions contestées (ordonnance du 6 novembre 1962 relative à l'élection du Président de la République et article L. 113-1 du Code électoral) tendent à réprimer de mêmes faits qualifiés de manière identique. Toutefois, en premier lieu, en conférant à la sanction (financière prononcée par la Commission nationale des comptes de campagne et des financements politiques) un caractère systématique et en prévoyant que son montant est égal au dépassement du plafond des dépenses électorales, le législateur a entendu assurer le bon déroulement de l'élection du Président de la République et, en particulier, l'égalité entre les candidats au cours de la campagne électorale. En revanche, en instaurant une répression pénale des mêmes faits, qui exige un élément intentionnel et permet de tenir compte des circonstances de l'infraction et d'adapter la sévérité de la peine à la gravité de ces faits, le législateur a entendu sanctionner les éventuels manquements à la probité des candidats et des élus. En second lieu, la sanction prononcée par la Commission nationale des comptes de campagne et des financements politiques est une pénalité financière, strictement égale au montant du dépassement constaté. Sa nature est donc différente de la peine d'emprisonnement encourue par le candidat poursuivi pour le délit de dépassement du plafond des dépenses électorales. Il résulte de ce qui précède que les deux répressions prévues par les dispositions contestées relèvent de corps de règles qui protègent des intérêts sociaux distincts aux fins de sanctions de nature différente. Le grief tiré de la méconnaissance du principe de nécessité et de proportionnalité des peines doit donc être écarté (▪ Cons. const., 17 mai 2019, n° 2019-783 QPC : *JurisData* n° 2019-008149 ; *Dalloz actualité*, 23 mai 2019, obs. M. Ch. de Montecler).

21) Cumul d'une amende pour gestion de fait et d'une sanction pénale. La seule circonstance que plusieurs incriminations soient susceptibles de réprimer un même comportement ne peut caractériser une identité de faits au sens des exigences résultant de l'article 8 de la Déclaration de 1789 que si ces derniers sont qualifiés de manière identique. Si les incriminations [d'abus de confiance, de concussion, de corruption passive, de détournement de fonds publics ou d'abus de biens sociaux] sont susceptibles de réprimer des faits par lesquels une personne s'est rendue coupable de gestion de fait, elles ne se limitent pas, contrairement à cette dernière infraction, à cette seule circonstance. En effet entrent dans les éléments constitutifs de ces premières infractions soit l'utilisation des fonds ou des valeurs, soit la mission ou les fonctions dont est investi celui qui les a maniés. Dès lors, ces infractions ne tendent pas à réprimer de mêmes faits, qualifiés de manière identique. En autorisant de tels cumuls de poursuites, les dispositions contestées (article L. 131-11 du Code des juridictions financière) ne méconnaissent pas le principe de nécessité des délits et des peines (▪ Cons. const., 7 mai 2020, n° 2020-838/839 QPC : *JurisData* n° 2020-008894 ; *RSC* 2020, p. 989, note A Botton).

22) Cumul des sanctions pénales et sociales (Urssaf), à l'encontre de la personne morale reconnue coupable du délit de travail dissimulé. À la différence de l'article L. 243-7-7 du Code de la sécurité sociale qui prévoit uniquement une majoration du montant du redressement des cotisations et contributions sociales, l'article L. 8224-5 du Code du travail prévoit, outre une peine d'amende, une peine de dissolution et les autres peines précédemment mentionnées. Dès lors, les faits réprimés par les articles précités doivent être regardés comme faisant l'objet de sanctions de nature différente. Le grief tiré de la méconnaissance du principe de nécessité et de proportionnalité des peines doit donc être écarté. Le 1er alinéa de l'article L. 8224-5 du Code du travail, dans sa rédaction résultant de la loi n° 2014-790 du 10 juillet 2014, et les deux premiers alinéas de l'article L. 243-7-7 du Code de la sécurité sociale, dans leur rédaction résultant de la loi n° 2014-1554 du 22 décembre 2014, sont conformes à la Constitution (▪ Cons. const., 7 oct. 2021, n° 2021-937 QPC : *JurisData* n° 2021-015754).

III – ILLUSTRATIONS

23) QPC. Refus de renvoi au Conseil constitutionnel d'une QPC portant sur l'article L. 94 du Code électoral. Que le juge administratif, saisi sur le fondement de l'article L. 248 du Code électoral aux fins d'annulation du scrutin, peut prononcer la sanction d'inéligibilité pour une durée de 3 ans au plus, s'il relève des manquements mentionnés à l'article L. 94 du même code, susceptibles de faire également l'objet de poursuites devant le juge répressif ; que ce dernier peut condamner l'auteur du délit de fraude électorale prévu et réprimé par ce texte, outre à la peine complémentaire d'inéligibilité en application du premier alinéa de l'article L. 117 du même code, à des peines d'emprisonnement, pouvant aller jusqu'à 5 ans, et d'amende, pouvant aller jusqu'à 22 500 euros, ainsi qu'à différentes peines complémentaires ; qu'ainsi, les dispositions législatives contestées sont susceptibles d'aboutir au prononcé de sanctions de nature différente (▪ Cass. crim., 17 janv. 2018, n° 17-90.022 : *JurisData* n° 2010-000326 ; *JCP* G 2018, p. 104, obs. J.-M. Brigant).

24) QPC. Refus de renvoi au Conseil constitutionnel d'une QPC portant sur les articles L. 97, L. 117 et LO 136-3 du Code électoral. Le juge constitutionnel, saisi sur le fondement de l'article L. 136-3 du Code électoral aux fins d'annulation du scrutin, peut prononcer la sanction d'inéligibilité pour une durée de 3 ans au plus, s'il relève des manquements mentionnés à l'article L. 97 du même code, susceptibles de faire également l'objet de poursuites devant le juge répressif. Ce dernier peut condamner l'auteur du délit de fraude électorale prévu et réprimé par ce texte, outre à la peine complémentaire d'inéligibilité en application du premier alinéa de l'article L. 117 du même code, à des peines d'emprisonnement, pouvant aller jusqu'à 5 ans, et d'amende, pouvant aller jusqu'à 22 500 euros, ainsi qu'à différentes peines complémentaires. En conséquence, les dispositions législatives contestées sont susceptibles d'aboutir au prononcé de sanctions de nature différente, le Conseil constitutionnel exigeant, en application du principe de proportionnalité, dans l'éventualité où l'engagement de deux procédures pourrait conduire à un cumul de sanctions de même nature, qu'en tout état de cause le montant global des sanctions éventuellement prononcées ne dépasse pas le montant le plus élevé de l'une des sanctions encourues (▪ Cons. const., 28 juill. 1989, n° 89-260 DC. ▪ Cons. const., 14 janv. 2016, nos 2015-513/514/526 QPC) ; dit n'y avoir lieu à renvoi (▪ Cass. crim., 9 oct. 2019, n° 19-90.027 QPC : *JurisData* n° 2019-017634 ; *JCP* G 2019, p. 1082, obs. J.-M. Brigant).

25) Cumul d'une sanction disciplinaire et d'une sanction pénale. L'interdiction d'une double condamnation en raison de mêmes faits, prévue par l'article 4 du protocole n° 7, additionnel à la Convention européenne des droits de l'homme, ne trouve à s'appliquer, selon la réserve émise par la France et qui n'est pas remise en cause par la Cour européenne des droits de l'homme, que pour les infractions relevant en droit français de la compétence des tribunaux statuant en matière pénale et n'interdit pas le prononcé de sanctions disciplinaires parallèlement aux peines infligées par le juge répressif (■ Cass. crim., 12 sept. 2018, n° 17-83.793 : *JurisData* n° 2018-015446 : *Dr. pén.* 2018, comm. 205, obs. V. Peltier. ■ Cass. crim., 7 sept. 2004 : *Bull. crim.* n° 200 ; *Dr. pén.* 2005, comm. 24, obs. J.-H. Robert).

– Le principe de non-cumul des peines n'est pas applicable au cas de cumul entre sanctions pénales et disciplinaires et le principe de proportionnalité implique seulement que le montant global des sanctions éventuellement prononcées ne dépasse pas le montant maximum de la sanction la plus élevée encourue (■ Cass. crim., 26 janv. 2011, n° 10-85.340. ■ Cass. crim., 19 juin 2013, n° 12-87.558 : *Dr. pén.* 2013, comm. 167, obs. M. Véron ; *Dr. pén.* 2014, chron. 3, n° 23, note É. Bonis-Garçon).

– La règle du non-cumul ne s'applique pas en cas de concours d'une sanction pénale et d'une peine disciplinaire (■ CE, 19 juin 1964 : *Bull. Ordre des médecins* 1965, 215. ■ Cass. crim., 27 mars 1997 : *Bull. crim.* n° 128. ■ Cass. com., 10 janv. 2017, n° 15-85.519 : *Dr. pén.* 2017, comm. 68, note V. Peltier). Il en est ainsi d'une peine d'interdiction d'exercer une profession et d'une sanction disciplinaire prononcées contre une même personne, ces mesures étant de nature différente (■ Cass. crim., 27 mars 2002 : *JurisData* n° 2002-014213).

26) Justifie sa décision la cour d'appel qui, pour abus de faiblesse, condamne le prévenu à une peine d'emprisonnement avec sursis ainsi qu'à l'interdiction pendant un an de son activité de psychiatre (sans tenir compte de la décision de la juridiction disciplinaire), le principe du non-cumul ne s'appliquant qu'aux infractions et sanctions pénales (■ Cass. crim., 19 févr. 2014, n° 12-87.558 : *Dr. pén.* 2014, comm. 68, obs. V. Peltier).

27) La peine complémentaire d'interdiction d'exercer une fonction publique ou une activité professionnelle ou sociale prévue en matière pénale et la sanction disciplinaire de destitution susceptible de frapper un notaire sont de nature différente et les poursuites pénales et disciplinaires peuvent être exercées successivement (■ Cass. 1re civ., 9 avr. 2015, n° 14-50.012 : *JurisData* n° 2015-007852 ; *JCP* N 2015, n° 17, 1135, note J.-M. Brigant ; *Dr. pén.* 2015, comm. 92, note V. Peltier).

28) La sanction disciplinaire de destitution, prévue à l'article 3, 6°, de l'ordonnance précitée et la peine complémentaire d'interdiction d'exercer la profession de notaire, prononcée en application de l'article 131-27, alinéa 1er, du Code pénal, ne tendent pas à réprimer de mêmes faits qualifiés de manière identique, ne protègent pas les mêmes intérêts sociaux et aboutissent au prononcé de sanctions de nature différente, sans que le montant global des sanctions dépasse le montant le plus élevé de l'une des sanctions encourues, de sorte que leur application combinée ne méconnaît pas le principe de nécessité des peines énoncé à l'article 8 de la Déclaration des droits de l'homme et du citoyen de 1789 (■ Cass. 1re civ., 11 avr. 2019, n° 19-40.006 : *JurisData* n° 2019-005684 ; *JCP* G 2019, 453, note J.-M. Brigant).

29) Cumul d'une sanction pénale et d'une sanction militaire. La règle du non-cumul ne s'applique pas en cas de concours d'une peine prononcée par une juridiction militaire et d'une peine prononcée par la juridiction ordinaire (■ Cass. crim., 27 avr. 1968 : *D.* 1968, p. 565, note Doll).

30) Cumul d'une sanction disciplinaire et d'un retrait de crédit de réduction de peine. La sanction de placement en cellule disciplinaire prévue à l'article R. 57-7-43 du Code de procédure pénale ne saurait s'analyser en une condamnation supplémentaire pour la même infraction, mais seulement en une modalité d'exécution d'un emprisonnement antérieurement prononcé pour d'autres faits ; le prononcé d'une telle sanction et le retrait d'un crédit de réduction de peine, qui n'ont pas la même nature juridique, ne tendent pas au même but, le premier assurant la tranquillité et la sécurité de l'établissement pénitentiaire et le second participant de l'application individualisée de la peine ; Que ces sanctions se cumulent donc, sans qu'il soit porté atteinte aux dispositions conventionnelles des articles 6 de la Convention européenne des droits de l'homme et 4 du Protocole n° 7 additionnel à ladite convention, consacrant la règle « non *bis* in idem »qui n'interdit pas le prononcé de sanctions disciplinaires parallèlement aux sanctions infligées par le juge répressif (■ Cass. crim., 10 janv. 2017, n° 15-85.519 : *JurisData* n° 2017-000178 ; *Dr. pén.* 2017, comm. 68, note V. Peltier).

31) Cumul d'une sanction fiscale et d'une sanction pénale. En déclarant le demandeur coupable pour des faits de fraude fiscale pour lesquels il avait déjà fait l'objet de sanctions fiscales, l'arrêt n'a pas méconnu l'article 4 du protocole n° 7 additionnel à la Convention européenne des droits de l'homme dès lors que l'interdiction d'une double condamnation en raison des mêmes faits, prévue par ces dispositions, ne trouve à s'appliquer, selon la réserve émise par la France que pour des infractions relevant en droit français de la compétence des tribunaux statuant en matière pénale et n'interdit pas le prononcé de sanctions fiscales parallèlement aux peines infligées par le juge répressif (▪ Cass. crim., 3 mai 2018, n° 17-81.594 : *JurisData* n° 2018-007361 : *Dr. pén.* 2018, comm. 138, obs. V. Peltier).

32) Il appartient au juge répressif d'appliquer l'article 4 du protocole n° 7 (additionnel à la Convention européenne des droits de l'homme et relatif au principe *ne bis in idem*) en faisant produire un plein effet à la réserve émise par la France en marge de ce protocole. Contrairement à ce que soutiennent les prévenus, cette réserve n'est pas remise en cause par la Cour européenne des droits de l'homme (V. l'arrêt ▪ CEDH, 15 nov. 2016, n°s 4130/11 et 29758/11, *A et B c/ Norvège*, § 117. ▪ Cass. crim., 11 sept. 2019, n° 18-81.067 : *JurisData* n° 2019-015446. ▪ Cass. crim., 11 sept. 2019, n° 18-82.430 : *JurisData* n° 2019-015450 ; *JCP* G 2019, 1086, comm. S. Detraz et E. Dezeuze ; *Dalloz actualité*, 19 sept. 2019, obs. S. Fucini ; *Dr. pén.* 2019, comm. 187, obs. J.-H. Robert ; *JCP* E 2019, p. 1500, comm. S. Sauphanir et L. Moirignot ; *Dr. pén.* 2019, entretien 5, avec Ch. Soulard ; *Dr. pén.* 2019, comm. 193, obs. V. Peltier).

33) L'interdiction d'une double condamnation en raison de mêmes faits, prévue par l'article 4 du protocole n° 7, ne trouve à s'appliquer, selon la réserve émise par la France en marge de ce protocole, sur la validité de laquelle la Cour européenne des droits de l'homme ne s'est pas prononcée que pour les infractions relevant en droit français de la compétence des tribunaux statuant en matière pénale et n'interdit pas le prononcé de sanctions fiscales parallèlement aux peines infligées par le juge répressif. Par ailleurs, lorsque le prévenu de fraude fiscale ne justifie pas ni même n'allègue avoir fait l'objet, à titre personnel, d'une sanction fiscale pour les mêmes faits, le juge pénal n'a pas à vérifier si les faits retenus présentent le degré de gravité de nature à justifier la répression pénale complémentaire (▪ Cass. crim., 1er avr. 2020, n° 18-85.958 : *JurisData* n° 2020-006449 ; *Dr. fisc.* 2020, n° 18, chron. 230, R. Salomon ; *Dr. pén.* 2020, comm. 126, note V. Peltier).

34) En condamnant le demandeur pour des faits de fraude à la TVA pour lesquels la société, dont il était le gérant de fait, avait déjà fait l'objet de sanctions fiscales, l'arrêt n'a méconnu ni l'article 4 du protocole n° 7 additionnel à la Convention de sauvegarde des droits de l'homme et des libertés fondamentales, ni l'article 50 de la Charte des droits fondamentaux, ni le principe *non bis in idem* (▪ Cass. crim., 6 déc. 2017, n° 16-81.857 : *JurisData* n° 2017-024778 ; *Dr. pén.* 2018, comm. 38, note V. Peltier).

35) Le cumul des poursuites sanctions pénales et fiscales est licite, mais la somme des amendes prononcées ne doit pas dépasser le maximum de la plus élevée de celles qui sont encourues (▪ Cass. crim., 25 juin 2014, n° 13-87.692 : *JurisData* n° 2014-014235 ; *Dr. pén.* 2014, comm. 122, note V. Peltier ; *JCP* G 2014, 880, note B. Matthieu. ▪ Cass. crim., 3 déc. 2014, n° 14-90.040 : *JurisData* n° 2014-029506 ; *Dr. pén.* 2015, comm. 20, note J.-H. Robert).

36) Aux termes d'une réserve d'interprétation émise par le Conseil constitutionnel, si l'éventualité que deux procédures, pénale et fiscale, pour des faits de fraude fiscale soient engagées peut conduire à un cumul de sanctions, le principe de proportionnalité implique qu'en tout état de cause le montant global des sanctions éventuellement prononcées ne dépasse pas le montant le plus élevé de l'une des sanctions encourues (▪ Cons. const., 24 juin 2016, n°s 2016-545 QPC et 2016-546 QPC. ▪ Cons. const., 22 juill. 2016, n° 2016-556 QPC. ▪ Cons. const., 23 nov. 2018, n° 2018-745 QPC). Cette réserve ne peut concerner que des sanctions de même nature dès lors que sa mise en œuvre suppose, pour le juge qui se prononce en dernier, de pouvoir procéder à la comparaison des maximums des sanctions pénales et fiscales encourues afin de déterminer le montant le plus élevé qui constitue le plafond. Il convient d'en déduire que, lorsque le prévenu justifie avoir fait l'objet, à titre personnel, d'une sanction fiscale définitivement prononcée pour les mêmes faits, le juge pénal n'est tenu de veiller au respect de l'exigence de proportionnalité que s'il prononce une peine de même nature (▪ Cass. crim., 11 sept. 2019, n° 18-81.067 : *JurisData* n° 2019-015446. ▪ Cass. crim., 11 sept. 2019, n° 18-82.430 : *JurisData* n° 2019-015450 ; *JCP* G 2019, 1086, comm. S. Detraz et E. Dezeuze ; *Dalloz actualité*, 19 sept. 2019, obs. S. Fucini ; *JCP* E 2019, p. 1500, comm. S. Sauphanir et L. Moirignot).

37) La mise en œuvre du principe constitutionnel de proportionnalité, selon lequel, si l'éventualité que deux procédures, pénale et fiscale, pour des faits de fraude fiscale soient engagées peut conduire à un cumul de sanctions, le montant global des sanctions éventuellement prononcées ne doit pas dépasser le montant le plus élevé de l'une des sanctions encourues, s'applique devant le juge qui se prononce en dernier, qu'il soit le juge pénal ou le juge de l'impôt. Il s'en déduit qu'elle n'implique aucune mesure de sursis à statuer devant le juge répressif (▪ Cass. crim., 29 janv. 2020, n° 17-83.577 : *JurisData* n° 2020-000933 ; *Dr. pén.* 2020, comm. 90, obs. V. Peltier).

38) Lorsque le prévenu de fraude fiscale justifie avoir fait l'objet, à titre personnel, d'une sanction fiscale pour les mêmes faits, il appartient au juge pénal, après avoir caractérisé les éléments constitutifs de cette infraction au regard de l'article 1741 du Code général des impôts, et préalablement au prononcé de sanctions pénales, de vérifier que les faits retenus présentent le degré de gravité de nature à justifier la répression pénale complémentaire. Le juge est tenu de motiver sa décision, la gravité pouvant résulter du montant des droits fraudés, de la nature des agissements de la personne poursuivie ou des circonstances de leur intervention dont celles notamment constitutives de circonstances aggravantes. À défaut d'une telle gravité, le juge ne peut entrer en voie de condamnation (■ Cass. crim., 11 sept. 2019, n° 18-81.067 : *JurisData* n° 2019-015446. ■ Cass. crim., 11 sept. 2019, n° 18-81.040 : *JurisData* n° 2019-015451. ■ Cass. crim., 11 sept. 2019, n° 18-84.144 : *JurisData* n° 2019-015453 ; *Bull. crim.* à paraître ; *JCP* G 2019, 1086, comm. S. Detraz et E. Dezeuze ; *Dalloz actualité*, 20 sept. 2019, obs. S. Fucini ; *JCP* E 2019, p. 1500, comm. S. Sauphanir et L. Moirignot ; En ce sens également, ■ Cass. crim., 23 févr. 2022, n° 21-81.366 : *JurisData* n° 2022-002655).

39) C'est à tort que les juges ont considéré que la réserve posée par le Conseil constitutionnel tenant à la gravité des faits ne s'applique qu'aux cas de fraude fiscale par dissimulation des sommes sujettes à l'impôt. En effet, dans sa décision n° 2018-745 QPC du 23 novembre 2018, le Conseil constitutionnel a jugé, comme il l'avait fait en matière de fraude par dissimulation, que le principe de nécessité des délits et des peines impose que les dispositions de l'article 1741 ne s'appliquent, en complément de sanctions fiscales, qu'aux cas les plus graves d'omission déclarative frauduleuse (■ Cass. crim., 24 juin 2020, n° 19-81.134 : *JurisData* n° 2020-008651 ; *Dr. pén.* 2020, comm. 165, obs. V. Peltier).

40) En matière de contributions indirectes, le principe du non-cumul des peines est étranger aux sanctions fiscales qui présentent à la fois le caractère d'une peine et celui d'une indemnisation pour le préjudice subi par l'État (■ Cass. crim., 12 déc. 2007 : *Dr. pén.* 2008, comm. 34, obs. J.-H. Robert).

41) Le principe de proportionnalité du cumul des sanctions pénales et fiscales ne s'applique pas au prononcé de sanctions à l'encontre du prévenu, dirigeant de société lorsque celle-ci est la redevable légale de l'impôt (■ Cass. crim., 23 oct. 2019, n° 18-85.088 : *JurisData* n° 2019-018531).

42) La réserve constitutionnelle, selon laquelle seuls les faits présentant une certaine gravité peuvent faire l'objet, en complément de sanctions fiscales, de sanctions pénales, ne s'applique que lorsque le prévenu justifie avoir fait l'objet, à titre personnel, d'une sanction fiscale pour les mêmes faits. Par ailleurs, la solidarité fiscale prévue à l'article 1745 du Code général des impôts, qui constitue une garantie pour le recouvrement de la créance du Trésor public, ne constitue pas une peine au sens de l'article 8 de la Déclaration de 1789, de sorte que le principe de nécessité des délits et des peines ne lui est pas applicable (■ Cass. crim., 24 juin 2020, n° 19-81.134 : *JurisData* n° 2020-008651 ; *Dr. pén.* 2020, comm. 165, obs. V. Peltier).

43) Cumul d'une sanction administrative et d'une sanction pénale en matière financière. L'article 50 de la Charte des droits fondamentaux de l'Union européenne ne s'oppose pas à ce qu'une personne sanctionnée pour un manquement relevant de la compétence de l'Autorité des marchés financiers puisse, en raison des mêmes faits, être poursuivie et condamnée pour un des délits définis par les articles L. 465-1 et suivants du Code monétaire et financier (en l'espèce, entrave au fonctionnement régulier du marché, C. mon. fin., art. 465-2).

Sous la réserve que le montant global des amendes susceptibles d'être prononcées ne dépasse pas le plafond de la sanction encourue la plus élevée, ce cumul garantit en effet la sanction effective, proportionnée et dissuasive, au sens de l'article 14-1 de la directive n° 2003/6/CE du 28 janvier 2003, dont dépend la réalisation de l'objectif d'intérêt général de l'Union européenne d'assurer l'intégrité des marchés financiers communautaires et de renforcer la confiance des investisseurs, objectif qui entre dans les prévisions de l'article 52 de la Charte précitée (■ Cass. crim., 22 janv. 2014, n° 12-83.579 : *Bull. inf. C. cass.* 15 avr. 2014, n° 782 avec la note ; *JCP* 2014, note 345, p. 533, C. Mauro ; *Dr. pén.* 2014, comm. 67, obs. É. Bonis-Garçon, et études 6, L. de Graeve ; *AJ pénal* 2014, p. 180, note J. Lasserre-Capdeville ; *Dr. pén.* 2014, comm. 77, obs. J.-H. Robert ; *Dr. sociétés* 2014, comm. 56, note R. Salomon).

44) L'interdiction d'une double condamnation à raison des mêmes faits, prévue par l'article 4-1 du protocole n° 7 additionnel à la Convention européenne des droits de l'homme, ne trouve à s'appliquer, selon les déclarations et réserves accompagnant l'instrument de ratification dudit protocole par la France, que pour les infractions relevant, en droit français, de la compétence des tribunaux statuant en matière pénale. Encourt la cassation l'arrêt qui, statuant sur des poursuites pénales des chefs d'escroquerie, faux et usage, constate l'extinction de l'action publique à raison du prononcé, à l'encontre des prévenus, pour les mêmes faits, de sanctions disciplinaires par le Conseil des marchés financiers, alors que celui-ci n'est pas une juridiction pénale au sens de la réserve susvisée (■ Cass. crim., 13 sept. 2017, n° 15-84.823 : *D.* 2017, p. 2130, note S. Detraz ; *JCP* G 2017, II, 1318, note O. Décima).

45) Cumul d'une sanction administrative et d'une sanction pénale en matière environnementale. À la différence de l'article L. 171-8 du Code de l'environnement, qui prévoit uniquement une sanction de nature pécuniaire à l'encontre de l'exploitant d'une installation classée qui ne s'est pas conformé à une mise en demeure, l'article L. 173-1 du Code de l'environnement prévoit une peine d'amende et une peine d'emprisonnement pour les personnes physiques ou, pour les personnes morales, une peine de dissolution, reconnues coupables du délit d'exploitation d'une installation classée pour la protection de l'environnement en violation de cette mise en demeure. Dès lors, les faits prévus et réprimés par ces dispositions doivent être regardés comme susceptibles de faire l'objet de sanctions de nature différente. Par conséquent, le grief tiré de la méconnaissance des principes de nécessité et de proportionnalité des peines doit être écarté (▪ Cons. const., 3 déc. 2021, n° 2021-953 QPC : *JurisData* : 2021-019527).

46) Cumul d'une sanction pénale et d'une sanction douanière. Il en est de même d'une sanction pénale et d'une amende douanière (▪ Cass. crim., 10 janv. 1973 ; *Bull. crim.* n° 15). V. encore ▪ Cass. crim., 4 sept. 2002 : *Bull. crim.* n° 157 ; *Dr. pén.* 2002, comm. 137, obs. J.-H. Robert (une condamnation aux droits fraudés peut être cumulée avec le prononcé d'une amende douanière).

47) Le prévenu ne peut reprocher à la cour d'appel de l'avoir déclaré coupable des mêmes faits sous plusieurs qualifications pénales, dès lors qu'elles comportent des éléments constitutifs différents, qu'une seule peine d'emprisonnement a été prononcée conformément à l'article 132-3 du Code pénal et que les amendes douanières échappent, en raison de leur caractère mixte, répressif et indemnitaire, à la règle du non-cumul des peines (▪ Cass. crim., 27 juin 2012, n° 11-86.679 : *JurisData* n° 2012-015554).

48) Contrainte par corps. La contrainte par corps, mesure à caractère pénal prévue par la loi pour garantir l'exécution des condamnations pécuniaires, sanctions fiscales et droits fraudés, ne constitue pas une peine subsidiaire d'emprisonnement et n'est pas susceptible, à ce titre, de se confondre avec une peine privative de liberté par application des dispositions des articles 5 ancien, 132-3 et 132-4 du Code pénal (▪ Cass. crim., 29 mai 1997 : *Bull. crim.* n° 212. ▪ Cass. crim., 16 sept. 1997 : *Bull. crim.* n° 297).

– V. C. proc. pén., art. 749, « De la contrainte judiciaire », qui s'est substituée à la contrainte par corps.

Sous-section 2. – Des peines applicables en cas de récidive

§ 1. – Personnes physiques

Bibliographie : *JCl. Pénal Code, Récidive et réitération*, par D. Thomas. • E. Camous, *Un droit de la récidive en quête de cohérence : Dr. pén.* 2009, étude 3. • A. Gallois, *À propos de la loi du 10 mars 2010 : JCP* G, act. 340. • E. Garçon, *Entre confiance et défiance à l'égard du juge pénal (loi du 10 août 2007)* : *JCP* 2007, I, 196. • M.-H. Renaut, *Une technique juridique appliquée à un problème de société, la récidive, RSC* 2000, p. 319. • M. Herzog-Evans, *Les dispositions relatives à la récidive dans la loi du 12 décembre 2005 : D.* 2006, chron., p. 182. • J. Pradel, *Commentaire de la loi du 10 août 2007 sur les « peines plancher » : D.* 2007, p. 2247. • J.-H. Robert, *Loi du 12 décembre 2005 relative au traitement de la récidive des infractions pénales* : *JCP* 2006, I, 116. • J.-H. Robert, *Loi du 10 août 2007 renforçant la lutte entre la récidive : Dr. pén.* 2007, étude 20. • V. *« Prévenir la récidive »*, dossier *AJ. pénal* 2012, p. 63 et s., et notamment V. Tellier-Cayrol, *« La récidive : de quelques paradoxes et incohérences »*, p. 65.

Art. 132-8. – Lorsqu'une personne physique, déjà condamnée définitivement pour un crime ou pour un délit puni de dix ans d'emprisonnement par la loi, commet un crime, le maximum de la peine de la réclusion criminelle ou de la détention criminelle est la perpétuité si le maximum fixé par la loi pour ce crime est de vingt ou trente ans. Le maximum de la peine est porté à trente ans de réclusion criminelle ou de détention criminelle si le crime est puni de quinze ans.

Art. 132-9. – Lorsqu'une personne physique, déjà condamnée définitivement pour un crime ou pour un délit puni de dix ans d'emprisonnement par la loi, commet, dans le délai de dix ans à compter de l'expiration ou de la prescription de la précédente peine, un délit puni de la même peine, le maximum des peines d'emprisonnement et d'amende encourues est doublé.

Lorsqu'une personne physique, déjà condamnée définitivement pour un crime ou pour un délit puni de dix ans d'emprisonnement par la loi, commet, dans le délai de cinq ans à compter de l'expiration ou de la prescription de la précédente peine, un délit puni d'une peine d'emprisonnement d'une durée supérieure à un an et inférieure à dix ans, le maximum des peines d'emprisonnement et d'amende encourues est doublé.

1) QPC. Légalité et nécessité. Attendu que la question prioritaire de constitutionnalité est ainsi rédigée : « Les dispositions des articles 131-4 et 132-9 du Code pénal, qui, d'une part, fixent à 10 ans au plus la peine d'emprisonnement correctionnelle maximale et, d'autre part, prévoient, en cas de récidive, que les peines d'emprisonnement correctionnelles peuvent être doublées, sans préciser si, dans cette hypothèse, ces peines correctionnelles peuvent aller au-delà du dit maximum, portent-elles atteinte au principe de légalité, au principe de nécessité des peines et au principe de respect des droits de la défense tels qu'ils sont garantis par les articles 6, 8 et 16 de la Déclaration des droits de l'homme et du citoyen ? ». Et attendu que la question posée ne présente pas un caractère sérieux en ce que les dispositions critiquées sont prévues par un texte législatif spécial qui aggrave les peines encourues en cas de récidive ; que ce texte, qui déroge au texte législatif général relatif à l'échelle des peines, laisse à l'appréciation du juge, dans le respect des droits de la défense, la fixation de la peine prononcée. D'où il suit qu'il n'y a pas lieu de renvoyer la question au Conseil constitutionnel (▪ Cass. crim., 11 janv. 2018, n° 17-82.416).

2) QPC. Droits de la défense. Attendu que la question prioritaire de constitutionnalité est ainsi rédigée : « L'article 132-9 alinéa 1 du Code pénal est-il contraire aux articles 6, 7 et 16 de la Déclaration des droits de l'homme et du citoyen en ce qu'il donne compétence à la juridiction correctionnelle pour prononcer des peines allant jusqu'à vingt ans d'emprisonnement en cas de récidive, là où la procédure criminelle est en toutes autres circonstances seule applicable lorsqu'est encourue une peine de privation de liberté de plus de dix ans, et en ce qu'il prive ainsi les récidivistes des garanties juridictionnelles encadrant le prononcé des peines les plus sévères ? ». Et attendu que la question posée ne présente pas un caractère sérieux dès lors que, d'une part, les droits de la défense ne sont pas moins étendus devant la juridiction correctionnelle que devant la cour d'assises, le prévenu et son avocat ayant la possibilité de faire valoir leurs observations sur la nature et le quantum de la sanction, notamment à la suite des réquisitions du ministère public, d'autre part, la juridiction doit motiver la peine qu'elle prononce, ce qui constitue une garantie contre l'arbitraire (▪ Cass. crim., 22 mai 2019, n° 18-86.501, inédit : *JurisData* n° 2019-009862).

Art. 132-10. – Lorsqu'une personne physique, déjà condamnée définitivement pour un délit, commet, dans le délai de cinq ans à compter de l'expiration ou de la prescription de la précédente peine, soit le même délit, soit un délit qui lui est assimilé au regard des règles de la récidive, le maximum des peines d'emprisonnement et d'amende encourues est doublé.

1) QPC. Non-lieu à renvoi au Conseil constitutionnel de la QPC visant les articles 131-4, 132-9 et 132-10 du Code pénal (▪ Cass. crim., 1er févr. 2012, n° 11-84.201).

I – ÉTAT DE RÉCIDIVE

2) Constatations nécessaires. Encourt la cassation la décision qui se borne à énoncer que l'état de récidive est constitué sans spécifier ni la nature du délit antérieur et de la peine prononcée, ni le caractère définitif de la condamnation intervenue lors de la perpétration des faits ayant motivé la nouvelle poursuite, et sans indiquer si le prévenu a été amené à s'expliquer sur l'état de récidive, alors même que la condamnation serait justifiée (▪ Cass. crim., 8 juill. 1981 : *Bull. crim.* n° 228. ▪ Cass. crim., 16 févr. 1983 : *Bull. crim.* n° 61).

3) Encourt la cassation l'arrêt qui ne constate pas la condamnation antérieure justifiant l'application de l'article 58 (ancien) du Code pénal et le caractère définitif de cette condamnation (▪ Cass. crim., 4 oct. 1989 : *Bull. crim.* n° 340).

4) Loi nouvelle. Ne méconnaît pas la non-rétroactivité des lois l'arrêt qui, en application d'une loi nouvelle, constate l'état de récidive en retenant l'existence d'un premier terme antérieur à la loi (▪ Cass. crim., 11 févr. 1981 : *Bull. crim.* n° 56. ▪ Cass. crim., 23 mars 1981 : *Bull. crim.* n° 103).

5) Il suffit pour entraîner l'application immédiate de la loi nouvelle instituant un nouveau régime de la récidive que l'infraction constitutive du second terme soit postérieure à son entrée en vigueur : l'aggravation de peine résultant de la récidive étant la conséquence de la seconde infraction qu'il dépend de l'agent de ne pas commettre ; encourt, dès lors, la censure l'arrêt qui, en l'état de poursuites pour conduite sous l'empire d'un état alcoolique commise postérieurement au 1er mars 1994, pour écarter l'application au prévenu des aggravations de peines résultant de la récidive, retient que la première condamnation pour ce délit, antérieure à cette date, ne comportant pas de peine d'emprisonnement, ne peut constituer le premier terme de la récidive au sens de l'ancien article 58, alinéa 2, du Code pénal dès lors qu'est plus sévère et non applicable l'article 132-10 dudit code qui prévoit que le premier terme peut être constitué par toute condamnation pour un délit (▪ Cass. crim., 27 mars 1996 : *Bull. crim.* n° 140. ▪ Cass. crim., 29 févr. 2000 : *Bull.*

crim. n° 95 ; *RSC* 2001, p. 167, obs. J.-P. Delmas-Saint-Hilaire).

6) Détermination de la peine encourue – indifférence des causes d'exemption ou d'atténuation de la peine. Les causes d'exemption ou d'atténuation de la peine ne sauraient être prises en compte pour la détermination de la peine d'emprisonnement encourue au sens des articles 132-8 et suivants du Code pénal. En conséquence est justifié l'arrêt qui pour retenir à l'encontre du prévenu, par application de l'article 132-9 du Code pénal, la circonstance aggravante de récidive, en raison de sa condamnation par le tribunal pour enfants pour des faits d'extorsion, de vol aggravé et d'usurpation, délits punis de dix ans d'emprisonnement, énonce qu'il est de principe qu'une cause légale de diminution de peine, comme l'est l'excuse atténuante de minorité, n'a pas d'incidence sur la nature de la peine et donc sur la peine encourue (▪ Cass. crim., 30 juin 2021, n° 20-86.753 : *JurisData* n° 2021-010377 ; *AJ pénal* 2021, p. 489, note Ph. Bonfils).

7) Condamnation amnistiée. Une condamnation effacée par une loi d'amnistie ne peut plus être comptée comme premier terme d'un état de récidive ; en matière de récidive, les principes consacrés par l'article 598 du Code de procédure pénale et relatifs à la peine justifiée, sont sans application (▪ Cass. crim., 23 mars 1982 : *Bull. crim.* n° 84. ▪ Cass. crim., 5 juin 1996 : *Bull. crim.* n° 232).

8) Condamnation avec sursis. Il se déduit des derniers alinéas des articles 133-16 et 133-13 du Code pénal, issus de l'article 43 de la loi n° 2007-297 du 5 mars 2007, entré en vigueur le 7 mars 2008, qu'une condamnation avec sursis réputée non avenue peut constituer le premier terme de la récidive (▪ Cass., avis, 26 janv. 2009 : *Bull. inf. C. cass.* 2009, I, p. 9, rapp. Pometan et concl. Lucazeau ; *Bull. crim.*, avis n° 1).

9) Une condamnation assortie du sursis avec mise à l'épreuve, bien que réputée non avenue, peut constituer le premier terme de la récidive (▪ Cass. crim., 11 janv. 2011, n° 10-81.781 : *Bull. crim.* n° 4 ; *JCP* 2011, note 346, J.-H. Robert). V. sous art. 132-52, p. 321.

10) Composition pénale. Une amende de composition pénale exécutée ne peut pas constituer le premier terme d'une récidive, au sens de l'article 132-10 du Code pénal (▪ Cass., avis, 18 janv. 2010 : *Bull. inf. C. cass.*, 2010, I, Rapp. Ch. Lazerges, obs. M. Robert ; *Bull. crim.* avis n° 1 ; *D.* 2010, act. 327, obs. M. Léna).

– Il résulte de l'article 132-10 du Code pénal que seule une condamnation pénale définitive peut constituer le premier terme d'une récidive.

Tel n'est pas le cas de la composition pénale qui, en application des articles 40-1 et 41-2 du Code de procédure pénale, est une mesure alternative aux poursuites (▪ Cass. crim., 30 nov. 2010, n° 10-80.460 : *Bull. crim.* n° 190).

11) La composition pénale qui, en application des articles 40-1 et 41-2 du Code de procédure pénale, est une mesure alternative aux poursuites, n'exclut pas, en cas d'échec, la mise en mouvement de l'action publique, la condamnation de la personne poursuivie comptant, en ce cas, pour le calcul de la récidive. Il en est ainsi même dans le cas où la condamnation a été prononcée à tort, par jugement définitif alors qu'une amende de composition avait été précédemment payée par le prévenu (▪ Cass. crim., 21 mai 2019, n° 18-83.513 : *JurisData* n° 2019-008426).

12) Mesures ou sanctions éducatives. Il se déduit de l'article 20-2 de l'ordonnance du 2 février 1945 que seules des mesures ou sanctions éducatives prononcées contre un mineur ne peuvent constituer le premier terme de la récidive. Tel n'est pas le cas d'une condamnation à une peine (4 mois d'emprisonnement en l'espèce pour violences) (▪ Cass. crim., 16 nov. 2010, n° 09-87.691 : *D.* 2011, p. 428, note S. Detraz).

Voir : CJPM, art. L. 111-5, dernier al., Annexe 3, p. 1291.

13) Autres mesures répressives. Encourt la cassation partielle l'arrêt qui, après avoir claré le prévenu coupable de séjour irrégulier d'un étranger en France en récidive, le condamne à 6 mois d'emprisonnement et à 5 ans d'interdiction du territoire, alors que cette dernière peine excède le maximum de 3 ans prévu par l'article 9 de l'ordonnance du 2 novembre 1945 devenu l'article L. 621-1 du Code de l'entrée et du séjour des étrangers, et que l'article 132-10 du Code pénal relatif à la récidive ne vise que les peines d'amende et d'emprisonnement (▪ Cass. crim., 18 janv. 2006 : *Dr. pén.* 2006, comm. 56).

14) Premier terme d'une récidive criminelle. Le premier terme de l'état de récidive criminelle, ne peut résulter que d'une condamnation définitive antérieure pour un crime ou pour un délit puni de 10 ans d'emprisonnement.

La personne définitivement condamnée pour agression sexuelle avec arme, délit puni de 7 ans d'emprisonnement, condamnée, par la suite, pour viols aggravés, viols, dégradation volontaire du bien d'autrui et vol n'est pas en état de récidive légale et n'encourt, de ce fait, qu'une peine maximum de 20 ans de réclusion criminelle.

L'arrêt la condamnant à à 25 ans de réclusion criminelle doit, sur le pourvoi formé d'ordre du garde des Sceaux, être cassé dans l'intérêt de la loi et du condamné, sans renvoi, la Cour de cassation étant en mesure de mettre fin au litige en fixant à 20 ans de réclusion criminelle la peine privative de liberté devant être subie (▪ Cass. crim., 6 nov. 2013, n° 13-83-798 : *Bull. crim.* n° 221 ; *Dr. pén.* 2014, comm. 18, obs. É. Bonis-Garçon).

15) Point de départ du délai de récidive. Il résulte de l'article 132-10 du Code pénal que le délai de récidive court, non à partir du jour où la condamnation est devenue définitive, mais à compter de l'expiration ou de la prescription de la peine.

Encourt la cassation l'arrêt qui, pour écarter la récidive, retient qu'à la date de commission des faits ayant entraîné la seconde poursuite, la précédente condamnation était réputée non avenue et que cette condamnation est devenue définitive plus de 5 ans avant l'infraction constituant le second terme de la récidive, alors que le délai de récidive ne courait qu'à compter du jour où la condamnation assortie du sursis était non avenue (▪ Cass. crim., 14 oct. 2014, n° 13-87.636 : *Bull. crim.* n° 207).

II – PROCÉDURE

16) Garanties de la défense. Tout prévenu a droit à être informé d'une manière détaillée de la nature et de la cause de la prévention dont il est l'objet et doit, par suite, être mis en demeure de se défendre, tant sur les divers chefs d'infraction qui lui sont reprochés, que sur chacune des circonstances aggravantes susceptibles d'être retenues à sa charge.

Il en est ainsi de l'état de récidive, non visé à la prévention, mais retenu par la cour d'appel pour aggraver la peine (▪ Cass. crim., 2 juill. 1991 : *Bull. crim.* n° 290. ▪ Cass. crim., 17 déc. 1997 : *Bull. crim.* n° 434. ▪ Cass. crim., 20 sept. 2000 : *Bull. crim.* n° 274).

17) Si les juges disposent du droit de relever d'office l'état de récidive, ils ne peuvent le faire qu'en respectant les droits de la défense ; après avoir refusé le renvoi de l'affaire, l'arrêt attaqué, pour retenir l'état de récidive contre le prévenu, non comparant, énonce que cette circonstance a été visée par la citation délivrée à la personne pour être jugé en appel ; mais en prononçant ainsi, alors que la citation devant la cour d'appel, qui n'est qu'indicative de la date d'audience, est sans incidence sur l'étendue de la saisine de la juridiction, fixée par l'acte d'appel et alors que le prévenu, non excusé et ne pouvant être représenté, n'a pas été mis en mesure de se défendre sur ce point, la cour d'appel a méconnu le principe sus-énoncé (▪ Cass. crim., 20 mars 1996 : *Bull. crim.* n° 123).

18) L'état de récidive du prévenu, lorsqu'il a été relevé par les premiers juges, se trouve dans le débat devant la cour d'appel.

La cour d'appel, qui relève l'état de récidive légale pour les délits de corruption de mineur de quinze ans commis moins de cinq ans après l'expiration de la peine d'emprisonnement prononcée, du même chef, par un jugement définitif antérieur, fait l'exacte application des dispositions de l'article 132-10 du Code pénal (▪ Cass. crim., 10 mai 2012, n° 10-87.493 : *Bull. crim.* n° 118).

19) Contrôle de la Cour de cassation. Est recevable le moyen invoqué pour la première fois devant la Cour de cassation critiquant les énonciations d'un arrêt relatives à l'état de récidive d'un prévenu.

N'encourt pas la censure l'arrêt qui déclare un prévenu coupable des délits de recel et corruption en récidive, sans constater que la condamnation retenue par la prévention comme premier terme de la procédure avait un caractère définitif au moment où les faits objet de la poursuite ont été commis, dès lors que la Cour de cassation est en mesure de s'assurer par la lecture du casier judiciaire du prévenu que la condamnation constituant ce premier terme est devenue définitive, à défaut d'appel interjeté par le prévenu ou le ministère public du jugement rendu contradictoirement, et qu'une partie des faits visés à la prévention des chefs de recel et de corruption est postérieure à la date à laquelle cette condamnation a acquis un caractère définitif (▪ Cass. crim., 2 nov. 2016, n° 15-84.211 : *Dr. pén.* 2017, comm. 30, note É. Bonis-Garçon).

Art. 132-11 ***(Mod., L. n° 2003-495, 12 juin 2003).*** **– Dans les cas où le règlement le prévoit, lorsqu'une personne physique, déjà condamnée définitivement pour une contravention de la 5ᵉ classe, commet, dans le délai d'un an à compter de l'expiration ou de la prescription de la précédente peine, la même contravention, le maximum de la peine d'amende encourue est porté à 3 000 €.**

Dans les cas où la loi prévoit que la récidive d'une contravention de la cinquième classe constitue un délit, la récidive est constituée si les faits sont commis dans le délai de trois ans à compter de l'expiration ou de la prescription de la précédente peine.

§ 2. - **Personnes morales**

Art. 132-12 *(Mod., L. n° 2013-1117, 6 déc. 2013).* **– Lorsqu'une personne morale, déjà condamnée définitivement pour un crime ou pour un délit puni par la loi en ce qui concerne les personnes physiques de 100 000 € d'amende, engage sa responsabilité pénale par un crime, le taux maximum de l'amende applicable pour les personnes morales est doublé. Dans ce cas, la personne morale encourt, en outre, les peines mentionnées à l'article 131-39, sous réserve des dispositions du dernier alinéa de cet article.**

Art. 132-13 *(Mod., L. n° 2001-504, 12 juin 2001 ; L. n° 2013-1117, 6 déc. 2013).* **– Lorsqu'une personne morale, déjà condamnée définitivement pour un crime ou pour un délit puni par la loi en ce qui concerne les personnes physiques de 100 000 € d'amende, engage sa responsabilité pénale, dans le délai de dix ans à compter de l'expiration ou de la prescription de la précédente peine, par un délit puni de la même peine, le taux maximum de l'amende applicable pour les personnes morales est doublé.**

Lorsqu'une personne morale, déjà condamnée définitivement pour un crime ou pour un délit puni par la loi en ce qui concerne les personnes physiques de 100 000 € d'amende, engage sa responsabilité pénale, dans le délai de cinq ans à compter de l'expiration ou de la prescription de la précédente peine, par un délit puni par la loi en ce qui concerne les personnes physiques d'une peine d'amende d'au moins 15 000 €, le taux maximum de l'amende applicable pour les personnes morales est doublé.

Dans les cas prévus par les deux alinéas précédents, la personne morale encourt, en outre, les peines mentionnées à l'article 131-39, sous réserve des dispositions du dernier alinéa de cet article.

Art. 132-14 *(Mod., L. n° 2013-1117, 6 déc. 2013).* **– Lorsqu'une personne morale, déjà condamnée définitivement pour un délit, engage sa responsabilité pénale, dans un délai de cinq ans à compter de l'expiration ou de la prescription de la précédente peine, soit par le même délit, soit par un délit qui lui est assimilé au regard des règles de la récidive, le taux maximum de l'amende applicable aux personnes morales est doublé.**

Art. 132-15. – Dans les cas où le règlement le prévoit, lorsqu'une personne morale, déjà condamnée définitivement pour une contravention de la 5e classe, engage sa responsabilité pénale, dans le délai d'un an à compter de l'expiration ou de la prescription de la précédente peine, par la même contravention, le taux maximum de l'amende applicable est égal à dix fois celui qui est prévu par le règlement qui réprime cette contravention en ce qui concerne les personnes physiques.

§ 3. - **Dispositions générales**

Art. 132-16. – Le vol, l'extorsion, le chantage, l'escroquerie et l'abus de confiance sont considérés, au regard de la récidive, comme une même infraction.

1) Assimilation omise par l'article 132-16. Aux termes de l'article 321-5 du Code pénal, le recel est assimilé, au regard de la récidive, à l'infraction dont provient le bien recelé. En retenant, pour écarter l'état de récidive, que, pour l'application des règles relatives à la récidive, l'article 132-16 du Code pénal n'assimile pas les délits de vol et de recel, et que les dispositions de ce texte sont d'interprétation stricte, la cour d'appel a méconnu les textes susvisés (■ Cass. crim., 29 mars 2017, n° 16-85.079 : *JurisData* n° 2017-005737).

2) Pour déclarer établie la circonstance de récidive de blanchiment, l'arrêt retient en substance que, d'une part, le blanchiment en question a consisté pour M. X... à apporter son concours à une opération de conversion du produit direct ou indirect d'un crime ou d'un délit, à savoir la transformation de fourgons volés en camping-cars, en se servant, ce qui constitue la circonstance aggravante, des facilités procurées par son activité de garagiste, d'autre part, l'état de récidive légale résulte de ce que le prévenu a été condamné le 20 novembre 2014 par la cour d'appel de Bordeaux pour des faits de recel de vol. En prononçant ainsi, et dès lors que, d'une part, il ressort de ses motifs que le délit de blanchiment a été commis à l'occasion de faits de recel de vol, infraction à laquelle il devait être assimilé, au regard de la récidive, en application de l'article 324-5 du Code pénal, d'autre part, compte tenu d'une précédente condamnation pour recel de vol, la récidive était établie par application de l'article 132-10 du Code pénal, la cour d'appel a justifié sa décision (■ Cass. crim., 21 janv. 2020, n° 18-84.899 : *JurisData* n° 2020-000650 ; *Dr. pén.* 2020, comm. 107, obs. V. Peltier).

Art. 132-16-1 *(L. n° 98-468, 17 juin 1998).* **– Les délits d'agressions sexuelles et d'atteintes sexuelles sont considérés, au regard de la récidive, comme une même infraction.**

Art. 132-16-2 *(L. n° 2003-495, 12 juin 2003 ; L. n° 2022-52, 24 janv. 2022).* **– Les délits d'homicide involontaire ou d'atteinte involontaire à l'intégrité de la personne commis à l'occasion de la conduite d'un véhicule terrestre à moteur prévus par les articles 221-6-1, 222-19-1 et 222-20-1 sont considérés, au regard de la récidive, comme une même infraction.**

Les délits prévus par les articles L. 221-2, L. 233-1, L. 233-1-1, L. 234-1, L. 235-1 et L. 413-1 du Code de la route sont considérés, au regard de la récidive, comme une même infraction. Ils sont également assimilés aux délits mentionnés à l'alinéa précédent lorsqu'ils constituent le second terme de la récidive.

1) Les délits de conduite sous l'empire d'un état alcoolique et de conduite en état d'ivresse manifeste, prévus à l'article L. 234-1 du Code de la route et le délit de refus de se soumettre aux vérifications destinées à établir la preuve de l'état alcoolique, réprimé par l'article L. 234-8 du même code, ne sont pas assimilés au regard des règles de la récidive par l'article 132-16-2 du Code pénal (■ Cass. crim., 21 juin 2005 : *Dr. pén.* 2005, comm. 139, obs. M. Véron).

2) Le délit de conduite sous l'empire d'un état alcoolique, prévu par l'article L. 234-1 du Code de la route, et le délit de blessures involontaires ayant entraîné une incapacité totale de travail n'excédant pas trois mois, par conducteur de véhicule sous l'empire d'un état alcoolique, prévu par l'article 222-20-1 du Code pénal, ne sont assimilés au regard de la récidive par l'article 132-16-2 du Code pénal, que si le délit de conduite sous l'empire d'un état alcoolique en constitue le second terme (■ Cass. crim., 31 mai 2016, n° 15-84.329 : *JurisData* n° 2016-010562).

Art. 132-16-3 *(L. n° 2005-1549, 12 déc. 2005).* **– Les délits de traite des êtres humains et de proxénétisme prévus par les articles 225-4-1, 225-4-2, 225-4-8, 225-5 à 225-7 et 225-10 sont considérés, au regard de la récidive, comme une même infraction.**

Art. 132-16-4 *(L. n° 2005-1549, 12 déc. 2005).* **– Les délits de violences volontaires aux personnes ainsi que tout délit commis avec la circonstance aggravante de violences sont considérés, au regard de la récidive, comme une même infraction.**

Rébellion. La violence que doit revêtir la résistance constitutive de la rébellion ne peut être retenue au regard de la récidive, comme caractérisant la circonstance aggravante de violences prévue par l'article 132-16-4 du Code pénal.

Justifie, dès lors, sa décision, la cour d'appel qui, en pareille occurrence, écarte la circonstance de la récidive (■ Cass. crim., 8 déc. 2009 : *Bull. crim.* n° 209 ; *Dr. pén.* 2010, comm. 32, obs. M. Véron).

Art. 132-16-4-1 *(Créé, L. n° 2016-731, 3 juin 2016).* **– Les délits relatifs au trafic d'armes prévus aux articles 222-52 à 222-67 sont considérés, au regard de la récidive, comme une même infraction.**

Art. 132-16-5 *(L. n° 2005-1549, 12 déc. 2005).* **– L'état de récidive légale peut être relevé d'office par la juridiction de jugement même lorsqu'il n'est pas mentionné dans l'acte de poursuites, dès lors qu'au cours de l'audience la personne poursuivie en a été informée et qu'elle a été mise en mesure d'être assistée d'un avocat et de faire valoir ses observations.**

1) Méconnaît l'article 132-16-5 du Code pénal, la cour d'assises qui relève d'office l'état de récidive non mentionné dans l'acte de renvoi, sans qu'il résulte des énonciations du procès-verbal des débats que le président ait mis l'accusé ou son avocat en mesure de présenter leurs observations, à ce sujet, avant réquisitoire et plaidoiries (■ Cass. crim., 16 janv. 2008, n° Z 07-83.218 : *Bull. crim.* n° 11).

2) L'état de récidive non mentionné dans l'acte de renvoi ne peut être relevé d'office que si le président a mis en mesure l'accusé ou son avocat de présenter leurs observations à ce sujet avant réquisitoire et plaidoiries (■ Cass. crim., 17 févr. 2010, n° 09-84.193 : *Bull. crim.* n° 33 ; *Dr. pén.* 2010, comm. 67, obs. M. Véron. ■ Cass. crim., 31 août 2011, n° 10-87.066 : *Dr. pén.* 2011, note 184, obs. M. Véron).

3) Il ressort des dispositions de l'article 132-16-5 du Code pénal que l'état de récidive légale ne peut être relevé d'office par la juridiction de jugement, lorsqu'il n'est pas mentionné dans l'acte de poursuite que le prévenu en a été informé et qu'il a été mis en mesure d'être assisté par un avocat et de faire valoir ses observations.

En conséquence, c'est à bon droit qu'une cour d'appel rejette la demande du ministère public, présentée en cause d'appel, tendant à ce que soit prononcée, contre un prévenu ayant demandé à être jugé en son absence en étant représenté par son avocat, une peine entrant dans les prévisions de l'article 132-19-1 du Code pénal, alors qu'il n'avait pas été satisfait aux prescriptions de l'article 132-16-5 du même code (■ Cass. crim., 11 oct. 2011, n° 11-81.298 : *Bull. crim.* n° 201 ; *Dr. pén.* 2011, comm. 148, obs. M. Véron).

4) Si, aux termes de l'article 132-16-5 du Code pénal, l'état de récidive légale peut être relevé d'office par la juridiction de jugement, même lorsqu'il n'est pas mentionné dans l'acte de poursuite, c'est à la condition qu'au cours de l'audience, la personne poursuivie en ait été informée et qu'elle ait été mise en mesure d'être assistée d'un avocat et de faire valoir ses observations (■ Cass. crim., 23 mai 2013, n° 12-83.721 : *Bull. crim.* n° 114 ; *Dr. pén.* 2013, comm. 137, obs. É. Bonis-Garçon, et comm. 140, obs. M. Véron ; *JCP* 2013, note 875, p. 1513, A. Bolze). – *Adde*, (■ Cass. crim., 17 déc. 2013, n° 12-87.258 : *Dr. pén.* 2014, comm. 22, obs. M. Véron).

5) Dès lors que le prévenu et son conseil ont été mis en mesure, même seulement en instance d'appel, de faire valoir leurs observations sur l'état de récidive légale soulevée d'office par la juridiction, la Cour a justifié sa décision. (■ Cass. crim., 16 mai 2018, n° 11-87.213 : *JurisData* n° 2018-008842 ; *Dr. pén.* 2018, comm. 143, obs. V. Peltier).

Sous-section 3. – Des peines applicables en cas de réitération d'infractions

Art. 132-16-7 *(L. n° 2005-1549, 12 déc. 2005).* **– Il y a réitération d'infractions pénales lorsqu'une personne a déjà été condamnée définitivement pour un crime ou un délit et commet une nouvelle infraction qui ne répond pas aux conditions de la récidive légale.**

Les peines prononcées pour l'infraction commise en réitération se cumulent sans limitation de quantum et sans possibilité de confusion avec les peines définitivement prononcées lors de la condamnation précédente.

Notion de réitération. Selon l'article 132-16-7 du Code pénal, il y a réitération d'infractions pénales, faisant obstacle à la confusion des peines, lorsqu'une personne déjà condamnée définitivement pour crime ou délit commet une nouvelle infraction ne répondant pas aux conditions de la récidive légale. La condamnation prononcée par un jugement encore susceptible d'appel, par le procureur général, ne peut constituer le premier terme de l'état de réitération d'infractions (■ Cass. crim., 12 mars 2014 : *Bull. crim.* n° 76 ; *Dr. pén.* 2015, chron. 3, obs. É. Bonis-Garçon).

Sous-section 4. – Du prononcé des peines

Art. 132-17. – Aucune peine ne peut être appliquée si la juridiction ne l'a expressément prononcée.

La juridiction peut ne prononcer que l'une des peines encourues pour l'infraction dont elle est saisie.

Bibliographie : *JCl. Pénal Code, Prononcé des peines*, par J. Leblois-Happe. • L. Griffon-Yarza, *Peine – Illégalité des peines : quel traitement ? : Dr. pén.* 2016, étude 14. • A. Lepage et H. Matsopoulou, *Des peines complémentaires obligatoires déclarées conformes aux principes constitutionnels : JCP* G 2010, p. 1149. • L. Leturmy, *Constitutionnalité des peines accessoires et des peines complémentaires obligatoires. Une conception à repenser du principe d'individualisation : AJ pénal* 2011, p. 280. • V. Peltier, *L'individualisation de la peine dans les décisions liées aux questions prioritaires de constitutionnalité : Dr. pén.* 2011, étude 4. • M.-C. Sordino, *Le principe de personnalisation de la peine à l'épreuve de la question prioritaire de constitutionnalité : Gaz. Pal.* 2 déc. 2010, p. 19. • D. Thomas, *L'article 132-17 et la disparition des peines automatiques, in Le nouveau Code pénal dix ans après*, (ss dir.) D. Thomas : Pédone, 2005, p. 65.

I – INTERDICTION DES PEINES ACCESSOIRES OU AUTOMATIQUES

1) Exigence constitutionnelle. Considérant que le principe de nécessité des peines implique que l'incapacité d'exercer une fonction publique élective ne peut être appliquée que si le juge l'a expressément prononcée, en tenant compte des circonstances propres à l'espèce ; que la possibilité ultérieurement offerte au juge de relever l'intéressé, à sa demande, de cette incapacité, au cas où il a apporté une contribution suffisante au paiement du passif, ne saurait à elle seule assurer le respect des exigences qui découlent du principe de nécessité énoncé à l'article 8 de la Déclaration des droits de l'homme et du citoyen (■ Cons. const., 15 mars 1999, n° 99-410 DC : *Dr. pén.* 1999, comm. 68, obs. J.-H. Robert).

2) Le principe d'individualisation des peines qui découle de cet article implique que la peine emportant l'interdiction d'être inscrit sur une liste électorale et l'incapacité d'exercer une fonction publique élective qui en résulte ne puisse être appliquée que si le juge l'a expressément prononcée, en tenant compte des circonstances propres à chaque espèce ; [...] même si l'intéressé peut être, en tout ou partie, y compris immédiatement, relevé de cette incapacité dans les conditions définies au second alinéa de l'article 132-21 du Code pénal, cette possibilité ne saurait, à elle seule, assurer le respect des exigences qui découlent du principe d'individualisation des peines (■ Cons. const., 11 juin 2010, n° 2010-6/7 QPC : *JurisData* n° 2010-030606 ; *Dr. pén.* 2010, comm. 84, obs. J.-H. Robert ; *RSC* 2011, p. 182, obs. B. de Lamy).

3) En ce sens également : à propos de la peine de publication et d'affichage du jugement relatif à une condamnation pour fraude fiscale – CGI, art. 1741 (■ Cons. const., 10 déc. 2010, n° 2010-72/75/82 QPC, cons. 3 : *JurisData* n° 2010-030836) ; à propos de l'ordonnance du 28 juin 1945 relative à la discipline des notaires, article 4, alinéa 3, interdiction d'inscription sur les listes électorales à la suite d'une destitution (■ Cons. const., 27 janv. 2012, n° 2011-211 QPC : *JurisData* n° 2012-000879 ; *Dr. pén.* 2012, comm. 36, obs. J.-H. Robert) ; à propos de la perte de grade militaire en cas de condamnation pour certaines infractions – CJM, art. L. 311-7 ancien (■ Cons. const., 3 févr. 2012, n° 2011-218 QPC, cons. 6 : *JurisData* n° 2012-002034) ; à propos de la peine accessoire de majoration de 10 % des amendes pénales et douanières et de certaines amendes administratives – art. 49 de la loi du 15 août 2014 relative à l'individualisation des peines et renforçant l'efficacité des sanctions pénale (■ Cons. const., 7 août 2014, n° 2014-696 DC, cons. 27 : *JurisData* : 2014-020567 ; *Dr. pén.* 2014, comm. 133, obs. V. Peltier).

4) Prononcé. Encourt la cassation l'arrêt de la cour d'appel qui prononce une peine complémentaire facultative en énonçant qu'elle était légalement obligatoire (■ Cass. crim., 19 oct. 2004 : *Dr. pén.* 2005, comm. 8, obs. J.-H. Robert).

II – LIMITES DE L'INTERDICTION

5) Préservation du pouvoir d'individualisation du juge. Considérant que, si, conformément aux dispositions de l'article L. 234-13 du Code de la route, le juge qui prononce une condamnation pour de telles infractions commises en état de récidive légale est tenu de prononcer l'annulation du permis de conduire avec interdiction de solliciter la délivrance d'un nouveau permis de conduire, il peut, outre la mise en œuvre des dispositions du Code pénal relatives aux dispenses et relevé des peines, fixer la durée de l'interdiction dans la limite du maximum de 3 ans ; que, dans ces conditions, le juge n'est pas privé du pouvoir d'individualiser la peine ; qu'en conséquence, les dispositions de l'article L. 234-13 du Code de la route ne sont pas contraires à l'article 8 de la Déclaration de 1789 (■ Cons. const., 29 sept. 2010, n° 2010-40 QPC : *Dr. pén.* 2010, comm. 122, obs. J.-H. Robert).

6) En ce sens également : à propos d'une peine de publication de la condamnation – C. consom., art. L. 121-4, publication de la condamnation (■ Cons. const., 29 sept. 2010, n° 2010-41 QPC : *D.* 2011, p. 54, note B. Bouloc) ; à propos de la peine complémentaire obligatoire de fermeture du débit de boissons ouvert en dehors des conditions prévues par le Code de la santé publique (■ Cons. const., 16 oct. 2015, n° 2015-493 QPC, cons. 5 : *JurisData* n° 2015-023150). V. aussi pour la période de sûreté de plein droit (■ Cons. const., 26 oct. 2018, n° 2018-742 QPC, cons. 5 : *JurisData* n° 2018-019137).

7) Mesures de sûreté. Non-lieu à renvoi d'une QPC portant sur l'article 45, 1°, de l'ordonnance n° 2015-899 du 23 juillet 2015 relative aux marchés publics : la question posée ne présente pas un caractère sérieux, dès lors que l'interdiction de soumissionner, applicable automatiquement du fait de l'existence d'une condamnation prononcée du chef de certaines infractions, prévue par l'article 45, 1°, de l'ordonnance n° 2015-899 du 23 juillet 2015, qui transpose les directives 2014/24/UE et 2014/25/UE du Conseil du 26 février 2014, a pour objet de garantir, d'une part, l'intégrité et la moralité des professionnels susceptibles de candidater à des marchés publics, d'autre part, l'efficacité de la commande publique et la bonne utilisation des deniers publics, tout en autorisant des dérogations, et que la personne condamnée a, en outre, la faculté d'en demander le relèvement, en application de l'alinéa 2 de l'article 132-21 du Code pénal, et que cette mesure constitue une mesure de police et de sûreté qui n'est pas soumise aux principes de nécessité et d'individualisation de la peine (■ Cass. crim., 20 déc. 2017, n° 17-90.018, inédit).

Art. 132-18. – Lorsqu'une infraction est punie de la réclusion criminelle ou de la détention criminelle à perpétuité, la juridiction peut prononcer une peine de réclusion criminelle ou de détention criminelle à temps, ou une peine d'emprisonnement qui ne peut être inférieure à deux ans.

Lorsqu'une infraction est punie de la réclusion criminelle ou de la détention criminelle à temps, la juridiction peut prononcer une peine de réclusion criminelle ou de détention criminelle pour une durée inférieure à celle qui est encourue, ou une peine d'emprisonnement qui ne peut être inférieure à un an.

1) L'article 132-18, alinéa 2, du Code pénal permet à la cour d'assises, lorsqu'une infraction est punie de la réclusion criminelle, de prononcer soit le minimum de cette peine, fixé à 10 ans par l'article 131-1 du même code, soit le maximum de la peine d'emprisonnement, également de 10 ans selon l'article 131-4 (■ Cass. crim., 20 nov. 1996 : *Bull. crim.* n° 416).

2) Le visa sur la feuille de questions des articles 132-18 et 132-24 du Code pénal, n'est imposé par aucune disposition légale (■ Cass. crim., 18 nov. 1998 : *Bull. crim.* n° 308).

Art. 132-19 ***(Mod., L. n° 2005-1549, 12 déc. 2005 ; mod. à compter du 1er octobre 2014, L. n° 2014-896, 15 août 2014 ; L. n° 2016-731, 3 juin 2016 ; rempl. à compter du 24 mars 2020, L. n° 2019-222, 23 mars 2019).*** **– Lorsqu'un délit est puni d'une peine d'emprisonnement, la juridiction peut prononcer une peine d'emprisonnement ferme ou assortie en partie ou en totalité du sursis pour une durée inférieure à celle qui est encourue. Elle ne peut toutefois prononcer une peine d'emprisonnement ferme d'une durée inférieure ou égale à un mois.**

Toute peine d'emprisonnement sans sursis ne peut être prononcée qu'en dernier recours si la gravité de l'infraction et la personnalité de son auteur rendent cette peine indispensable et si toute autre sanction est manifestement inadéquate.

Dans ce cas, si la peine est inférieure ou égale à six mois, elle doit, sauf impossibilité résultant de la personnalité ou de la situation du condamné, faire l'objet d'une des mesures d'aménagement prévues à l'article 132-25. Dans les autres cas prévus au même article 132-25, elle doit également être aménagée si la personnalité et la situation du condamné le permettent, et sauf impossibilité matérielle.

Le tribunal doit spécialement motiver sa décision, au regard des faits de l'espèce et de la personnalité de leur auteur ainsi que de sa situation matérielle, familiale et sociale conformément aux dispositions de l'article 464-2 du Code de procédure pénale.

Bibliographie : C. Ballot-Squirawski, *La nouvelle motivation des peines : Gaz. Pal.* 19 nov. 2019, n° 40, p. 62. • E. Dreyer, *Pourquoi motiver les peines ? : D.* 2018, p. 576. • M. Giacopelli, *Vers une généralisation de l'exigence de motivation en droit de la peine ? : D.* 2017, p. 931. • H. Hasnaoui, *De la motivation spéciale des peines d'emprisonnement ferme après la loi n° 2009-1436 du 24 novembre 2009 : précisions sur une petite révolution ? : Dr. pén.* 2011, étude 22. • A. Mihman, *La motivation spéciale des peines d'emprisonnement : Gaz. Pal.* 26 avr. 2016, n° 16, p. 77. • L. Saenko, *La motivation comme moyen de limiter le recours à l'emprisonnement ferme : Gaz. Pal.* 26 avr. 2016, n° 16, p. 81. • C. Sévely-Fournié, *Répression et motivation. Réflexions sur la motivation des arrêts et jugements des juridictions répressives : RSC* 2009, p. 783. • A. Simon, *L'histoire sans fin de la disparition des courtes peines : Gaz. Pal.* 19 nov. 2019, n° 40, p. 68.

Voir : sur le principe selon lequel le prononcé de toute peine doit être motivé, *V.* notes ss. art. 132-1, p. 238.

1) QPC. Non-lieu à renvoi devant le Conseil constitutionnel de la QPC visant notamment l'article 132-19 dans sa rédaction issue de la loi du 15 août 2014 (■ Cass. crim., 9 mars 2016, n° 15-83.927 : *Dr. pén.* 2016, comm. 87, obs. É. Bonis-Garçon).

2) Conventionnalité. Est inopérant le moyen qui invoque une violation de l'article 8 de la Convention européenne des droits de l'homme pour contester une condamnation à une peine d'emprisonnement prononcée conformément aux exigences de l'article 132-19 du Code pénal (■ Cass. crim., 28 juin 2017, n° 16-87.658 : *JurisData* n° 2017-012968).

I – PRONONCÉ D'UNE PEINE D'EMPRISONNEMENT FERME

A – Interdiction du prononcé d'une peine d'emprisonnement ferme d'un mois au plus

3) Constitutionnalité de l'interdiction du prononcé d'une peine d'emprisonnement ferme d'un mois au plus. Le principe d'individualisation des peines qui découle de l'article 8 de la Déclaration de 1789 implique qu'une sanction pénale ne puisse être appliquée que si le juge l'a expressément prononcée, en tenant compte des circonstances propres à chaque espèce. Il ne saurait toutefois faire obstacle à ce que le législateur fixe des règles assurant une répression effective des infractions. En premier lieu, compte tenu de la faiblesse du quantum minimal ainsi retenu par les dispositions contestées et de l'écart entre la durée minimale de l'emprisonnement fixée et les durées maximales des peines d'emprisonnement en matière délictuelle, la juridiction n'est pas privée de la possibilité de fixer, dans ces limites, la peine d'emprisonnement en fonction des circonstances de l'espèce. En second lieu, les dispositions contestées n'interdisent pas à la juridiction de faire usage d'autres dispositions d'individualisation de la peine lui permettant de prononcer les peines et de fixer leur régime en fonction des circonstances de l'infraction et de la personnalité de son auteur. Ainsi, elle peut notamment prononcer, en application de l'article 132-17 du Code pénal, d'autres peines que la peine d'emprisonnement encourue ou prononcer une peine d'emprisonnement inférieure ou égale à 1 mois en l'assortissant d'un sursis ou d'un sursis probatoire. Par conséquent, le grief tiré de la méconnaissance du principe d'individualisation des peines doit être écarté. La seconde phrase du premier alinéa de l'article 132-19 du Code pénal, qui ne méconnaît aucune autre exigence constitutionnelle, est donc conforme à la Constitution (▪ Cons. const., 21 mars 2019, n° 2019-778 DC : *JurisData* n° 2019-004275).

4) Application immédiate. L'article 132-19, alinéa 1er, du Code pénal, dans sa version issue de la loi n° 2019-222 du 23 mars 2019, qui interdit le prononcé d'une peine d'emprisonnement ferme égale ou inférieure à un mois, est une disposition de pénalité moins sévère applicable aux infractions commises avant son entrée en vigueur le 24 mars 2020. En prononçant une peine de quinze jours d'emprisonnement pour prise du nom d'un tiers, la cour d'appel a méconnu les textes susvisés (art. 112-2 et 132-19) (▪ Cass. crim., 11 mai 2021, n° 20-85.464 : *JurisData* n° 2021-007129 ; *Bull. crim.* n° 11 ; *Dr. pén.* 2011, comm. 131, obs. V. Peltier).

B – Motivation du prononcé d'une peine d'emprisonnement sans sursis

5) Jurisprudence antérieure à l'entrée en vigueur de la loi du 23 mars 2019. S'il résulte de l'article 132-19, alinéa 2, du Code pénal que le juge, qui prononce en matière correctionnelle une peine d'emprisonnement sans sursis, doit en justifier la nécessité au regard de la gravité de l'infraction, de la personnalité de son auteur et du caractère manifestement inadéquat de toute autre sanction, il n'est tenu, selon le troisième alinéa du même texte, de spécialement motiver sa décision au regard de la situation matérielle, familiale et sociale du prévenu que pour refuser d'aménager la peine d'emprisonnement sans sursis d'une durée n'excédant pas deux ans, ou un an en cas de récidive légale, ainsi prononcée.

– Justifie sa décision la cour d'appel qui, pour prononcer une peine d'un an d'emprisonnement sans sursis et sans aménagement, retient, par motifs exempts d'insuffisance comme de contradiction, dans l'exercice de son pouvoir souverain d'appréciation, que la gravité de l'infraction, la personnalité de son auteur et le caractère manifestement inadéquat de toute autre sanction rendent nécessaire une peine d'emprisonnement sans sursis et que les faits de l'espèce, la personnalité du prévenu et sa situation matérielle, familiale et sociale ne permettent pas d'aménager ladite peine (▪ Cass. crim., 29 nov. 2016, n° 15-86.116 : *JurisData* n° 2016-024983 ; *Dr. pén.* 2017, comm. 15, note É. Bonis-Garçon ; *AJ pénal* 2017, p. 96, note A.-G. Robert).

– N'encourt pas la censure l'arrêt qui, bien que ne se prononçant pas expressément sur le caractère manifestement inadéquat de toute autre sanction qu'une peine d'emprisonnement sans sursis, comporte des motifs dont il résulte que les juges ont entendu, implicitement mais nécessairement, fonder leur appréciation de la nécessité d'une telle peine sur l'inadéquation de toute autre sanction (▪ Cass. crim., 29 nov. 2016, n° 15-83.108 : *JurisData* n° 2016-024981 ; *AJ pénal* 2017, p. 96, note A.-G. Robert).

– Encourt la censure l'arrêt qui, pour prononcer une peine de trois ans d'emprisonnement, retient que la gravité des faits et la personnalité du prévenu rendent nécessaire le prononcé d'une peine d'emprisonnement ferme et que toute autre sanction serait manifestement inadéquate, sans s'expliquer sur les éléments de la personnalité du prévenu qu'elle a pris en considération pour fonder sa décision et sur le caractère inadéquat de toute autre sanction (▪ Cass. crim., 29 nov. 2016, n° 15-86.712 : *JurisData* n° 2016-024984 ; *AJ pénal* 2017, p. 96, note A.-G. Robert).

– Méconnaît le sens et la portée de l'article 132-19 du Code pénal le juge qui prononce une peine de 3 ans d'emprisonnement dont un an avec sursis, retenant qu'il s'agit de faits graves de détention et transport de stupéfiants, compte tenu des quantités, qui troublent l'ordre public et contribuent à porter atteinte à la santé des consommateurs, même si le prévenu n'a jamais été condamné, sans s'expliquer sur les éléments de la personnalité du prévenu qu'il a pris en considération pour fonder son choix de prononcer une peine d'emprisonnement en partie ferme, et sur le caractère inadéquat de toute autre sanction, ni spécialement motiver sa décision de ne pas aménager la peine ainsi prononcée au regard de la situation matérielle, familiale et sociale du prévenu (▪ Cass. crim., 7 nov. 2018, n° 17-84.616 : *JurisData* n° 2018-019586).

6) Justifie sa décision la cour d'appel qui prononce une peine d'emprisonnement de 3 ans dont 18 mois avec sursis, la partie ferme devant s'exécuter sous le régime du placement sous surveillance électronique, une amende de 75 000 euros d'amende, 5 ans de privation des droits civils, civiques et de famille, à l'encontre du maire d'une commune condamné pour prise illégale d'intérêts, les juges ayant nécessairement apprécié que toute autre sanction que l'emprisonnement sans sursis était inadéquate, et dès lors qu'ils se sont expliqués sur les éléments de la personnalité du prévenu, tenant à sa longue qualité d'élu et à son souci d'un enrichissement personnel important (■ Cass. crim., 31 janv. 2018, n° 17-81.876 : *JurisData* n° 2018-000948).

7) Il résulte de l'article 132-19 du Code pénal qu'en matière correctionnelle, le juge qui prononce une peine d'emprisonnement sans sursis doit en justifier la nécessité au regard de la gravité de l'infraction, de la personnalité de son auteur et du caractère manifestement inadéquat de toute autre sanction. En l'espèce, pour condamner le prévenu à la peine d'un an d'emprisonnement, la cour d'appel énonce que le jugement sera confirmé sauf à assortir partiellement la peine d'emprisonnement prononcée d'un sursis alors que seule une peine d'emprisonnement en partie ferme paraît en mesure de signifier au prévenu la gravité de ses agissements au regard de l'ampleur de la fraude et de son caractère élaboré. En prononçant ainsi, par des motifs contradictoires et sans s'expliquer sur les éléments de la personnalité du prévenu qu'elle a pris en considération pour fonder sa décision et sans constater que le prévenu, représenté et non comparant devant elle, n'avait fait produire aucun élément de nature à justifier de sa situation, la cour d'appel a méconnu le sens et la portée du texte susvisé et du principe ci-dessus rappelé (■ Cass. crim., 23 oct. 2019, n° 18-85.088 : *JurisData* n° 2019-018531).

8) Évolution de l'exigence de motivation après l'entrée en vigueur de la loi du 23 mars 2019. Il se déduit des articles 464-2, 485-1 du Code de procédure pénale, 132-1 et 132-19 du Code pénal, dans leur rédaction issue de la loi n° 2019-222 du 23 mars 2019, que le juge qui prononce, en matière correctionnelle, une peine d'emprisonnement ferme doit, quels que soient le quantum et la décision prise quant à son éventuel aménagement, motiver ce choix en faisant apparaître qu'il a tenu compte des faits de l'espèce, de la personnalité de leur auteur, ainsi que de sa situation matérielle, familiale et sociale. Il lui appartient d'établir, au regard de ces éléments, que la gravité de l'infraction et la personnalité de son auteur rendent cette peine indispensable et que toute autre sanction est manifestement inadéquate. Il s'en déduit que, pour les décisions rendues à partir du 24 mars 2020, le prononcé de toute peine d'emprisonnement sans sursis ou partiellement assortie du sursis est subordonné au respect de ces prescriptions (■ Cass. crim., 11 mai 2021, n° 20-83.507 : *JurisData* n° 2021-007094 ; *Bull. crim.* n° 11).

9) Application immédiate. Les dispositions des articles 132-19 et 132-25 du Code pénal et 464-2 du Code de procédure pénale relatives à la motivation des peines sont des lois de procédure immédiatement applicables dans leur rédaction issue de la loi n° 2019-222 du 23 mars 2019 à partir du 24 mars 2020 (■ Cass. crim., 9 sept. 2020, n° 19-85.277, inédit : *JurisData* n° 2020-016823 ; *Dr. pén.* 2020, comm. 199, obs. V. Peltier).

– L'article 132-19 du Code pénal, et spécialement son alinéa 4, du Code pénal, tel qu'il est issu de la loi n° 2019-222 du 23 mars 2019, ne concerne ni la définition des faits punissables ni la nature et le *quantum* des peines encourues. S'agissant d'une disposition de procédure, son application ne peut entraîner l'annulation d'une décision sur le fond régulièrement rendue avant son entrée en vigueur (■ Cass. crim., 12 mai 2021, n° 20-81.014 : *JurisData* n° 2021-007132 ; *Bull. crim.* n° 11).

10) Illustration. Pour condamner les prévenus à sept ans d'emprisonnement, l'arrêt retient la particulière gravité des faits commis par les deux prévenus, s'agissant d'une opération parfaitement préparée, organisée et orchestrée, notamment par un des prévenus qui, depuis sa cellule, est entré en relation avec des complices qui lui ont procuré une bombe lacrymogène. Les juges relèvent la détermination de chacun des prévenus qui n'ont pas hésité à agir avec des armes, à procéder à l'attaque de surveillants pénitentiaires et des services de secours. Les juges ajoutent à l'égard de la personnalité des deux prévenus que leur casier judiciaire mentionne de nombreuses condamnations, et pour un des prévenus une condamnation prononcée par une cour d'assises, passés judiciaires qui révèlent un ancrage ancien et assumé dans la délinquance. Ils retiennent, s'agissant d'un autre prévenu, les expertises psychiatrique et psychologique, dont il résulte une personnalité problématique encline au passage à l'acte, nonobstant l'absence de dangerosité psychiatrique relevée par le premier expert et un commencement de prise de conscience des interdits noté par le second. Ils en concluent que seule une peine d'emprisonnement est de nature à leur faire prendre conscience de la gravité de leurs gestes, à les dissuader de poursuivre dans cette voie de déviance, à éviter le renouvellement de tels faits, à protéger enfin la société de leur comportement dangereux. En se déterminant ainsi, en l'absence d'autres éléments portés à leur connaissance, par des motifs dont il résulte que les juges ont nécessairement apprécié que toute autre sanction que l'emprisonnement sans sursis était inadéquate, la cour d'appel n'a pas méconnu l'article 132-19 du Code pénal (■ Cass. crim., 12 mai 2021, n° 20-81.014 : *JurisData* n° 2021-007132 ; *Bull. crim.* n° 11).

II – PRINCIPE DE L'AMÉNAGEMENT *AB INITIO* DES COURTES PEINES D'EMPRISONNEMENT

Code de procédure pénale

Art. 464-2 *(En vigueur à compter du 24 mars 2020, L. n° 2019-222, 23 mars 2019)*. **–** I. - Lorsque la durée totale de l'emprisonnement ferme prononcé, y compris en tenant compte le cas échéant de la révocation de sursis, est inférieure ou égale à un an, le tribunal correctionnel doit :

1° Soit ordonner que l'emprisonnement sera exécuté sous le régime de la détention à domicile sous surveillance électronique, de la semi-liberté ou du placement à l'extérieur, selon des modalités déterminées par le juge de l'application des peines ;

2° Soit, s'il ne dispose pas des éléments lui permettant de déterminer la mesure d'aménagement adaptée, ordonner que le condamné soit convoqué devant le juge de l'application des peines et le service pénitentiaire d'insertion et de probation conformément aux dispositions de l'article 474, afin que puisse être prononcé une mesure mentionnée au 1° du présent I conformément à l'article 723-15 ;

3° Soit, si l'emprisonnement est d'au moins six mois, décerner un mandat de dépôt à effet différé, en ordonnant que le condamné soit convoqué dans un délai qui ne saurait excéder un mois devant le procureur de la République afin que ce dernier fixe la date à laquelle il sera incarcéré dans un établissement pénitentiaire ; le procureur de la République peut également donner connaissance au condamné de la date d'incarcération à l'issue de l'audience. Dans ce cas, il n'est pas fait application des articles 723-15 et suivants ;

4° Soit, dans les cas prévus aux articles 397-4,465 et 465-1, décerner mandat de dépôt ou mandat d'arrêt contre le condamné.

Dans les cas prévus aux 3° et 4° du présent I, le tribunal doit spécialement motiver sa décision, au regard des faits de l'espèce et de la personnalité de leur auteur ainsi que de sa situation matérielle, familiale et sociale, afin de justifier les raisons pour lesquelles il estime devoir prononcer une peine d'emprisonnement sans sursis et celles pour lesquelles il considère que cette peine ne peut être aménagée.

II. - Lorsque la durée totale de l'emprisonnement ferme prononcé, y compris en tenant compte le cas échéant de la révocation de sursis, est supérieure à un an, le tribunal correctionnel doit spécialement motiver sa décision, au regard des faits de l'espèce et de la personnalité de leur auteur ainsi que de sa situation matérielle, familiale et sociale, afin de justifier les raisons pour lesquelles il estime devoir prononcer une peine d'emprisonnement sans sursis.

III. - Le 3° du I est également applicable lorsque la durée totale de l'emprisonnement ferme prononcé par le tribunal correctionnel est supérieure à un an.

IV. - Lorsqu'il décerne un mandat de dépôt à effet différé, le tribunal correctionnel peut, dans les cas prévus aux articles 397-4,465 et 465-1, assortir ce mandat de l'exécution provisoire.

11) Application dans le temps de l'article 132-19 tel qu'issu de la loi du 23 mars 2019. – Non-rétroactivité des dispositions limitant aux peines d'emprisonnement d'une durée de moins d'un an le principe d'un aménagement *ab initio*. Les dispositions de la loi du 23 mars 2019 qui visent, d'une part, à limiter le recours aux courtes peines d'emprisonnement et, d'autre part, à rendre effectives les peines d'emprisonnement prononcées pour des durées plus longues ne constituent pas un ensemble indivisible. Il en résulte qu'elles doivent, au regard de leur application dans le temps, être envisagées séparément les unes des autres.

Les dispositions de l'article 74 de la loi n° 2019-222 du 23 mars 2019, qui interdisent désormais l'aménagement des peines d'emprisonnement ferme comprises entre un et deux ans, se rapportent au régime d'exécution et d'application des peines et obéissent aux règles définies par l'article 112-2, 3°, du Code pénal. Ayant pour effet de rendre plus sévères les peines prononcées, elles ne sont donc applicables qu'aux condamnations relatives à des faits commis postérieurement à leur entrée en vigueur (■ Cass. crim., 20 oct. 2020, n° 19-84.754 : *JurisData* n° 2020-016431 ; *Bull. crim.* n° 10 ; *Dr. pén.* 2020, comm. 219, obs. E. Bonis ; *Gaz. Pal.* 16 févr. 2021, n° 7, p. 49, note S. Detraz ; *AJ pénal* 2020, p. 514, note M.-H. Evans ; *JCP* G. 2021, p. 150, note M. Giacopelli ; *D.* 2020, p. 2379, note S. Pellé ; *Lexbase pénal* déc. 2020, n° A15343YH, note X. Pin).

– Application immédiate des dispositions relatives aux conditions et modalités d'aménagement des courtes peines. Les dispositions des articles 132-19 et 132-25 du Code pénal, 464-2, 474 et 723-15 du Code de procédure pénale, issues de la loi du 23 mars 2019, relatives aux conditions et aux modalités de l'aménagement des peines inférieures ou égales à un an, qui n'ont pas pour résultat de rendre plus sévères les peines prononcées par la décision de condamnation, sont applicables au jugement des faits commis avant leur entrée en vigueur (▪ Cass. crim., 11 mai 2021, n° 20-85.576 : *JurisData* n° 2021-007074 ; *Bull. crim.* n° 11).

– **Conséquences.** Lorsque les faits poursuivis sont antérieurs à l'entrée en vigueur de la loi du 23 mars 2019, le juge qui prononce une peine d'emprisonnement supérieure à un an et inférieure ou égale à 2 ans doit se prononcer sur son éventuel aménagement au regard des dispositions issues de cette loi relatives à l'aménagement des peines supérieures à 6 mois et inférieures ou égales à un an, seule la condition tenant au *quantum* de la peine aménageable restant régie par la loi ancienne. Lorsque les faits poursuivis sont antérieurs à l'entrée en vigueur de la loi du 23 mars 2019, si la peine d'emprisonnement prononcée est supérieure à un an et inférieure ou égale à 2 ans, l'aménagement de la peine est le principe, sauf en cas de récidive. La juridiction de jugement ne peut écarter l'aménagement que si elle constate que la situation ou la personnalité du condamné ne permettent pas son prononcé ou si elle relève une impossibilité matérielle de le faire. Dans ce cas, elle doit motiver spécialement sa décision au regard des faits de l'espèce, de la personnalité et de la situation matérielle, familiale et sociale du condamné. Elle doit en outre, si elle ne décerne aucun mandat de dépôt ou d'arrêt, délivrer un mandat de dépôt à effet différé (▪ Cass. crim., 11 mai 2021, n° 20-83.507 : *JurisData* n° 2021-007094 ; *Bull. crim.* n° 11).

Encourt la cassation l'arrêt qui, pour dire n'y avoir lieu à aménagement de la peine de 6 mois prononcée, énonce que les faits ayant été commis avant l'entrée en vigueur de la loi du 23 mars 2019, la juridiction n'a pas d'obligation d'aménager la peine *ab initio* et qu'il appartiendra au juge de l'application des peines d'apprécier l'opportunité du moment de la mise à exécution de cette peine et des modalités d'un aménagement éventuel. En se prononçant ainsi, alors que, en l'absence d'impossibilité tirée de la personnalité ou de la situation du condamné qu'il lui revenait de caractériser, l'aménagement de la peine était obligatoire, la cour d'appel a méconnu les articles 132-19 et 132-25 du Code pénal et 464-2 du Code de procédure pénale (▪ Cass. crim., 10 nov. 2021, n° 21-81.209 : *JurisData* n° 2021-018193 ; *Dr. pén.* 2022, comm. 21, obs. E. Bonis).

12) Calcul des seuils de six mois et d'un an. Les dispositions de l'article D. 48-1-1 du Code de procédure pénale introduites par l'article 2 du décret n° 2020-187 du 3 mars 2020, qui prévoient que les seuils de six mois ou un an d'emprisonnement prévus en matière d'aménagement de peine par la loi n° 2019-222 du 23 mars 2019 s'apprécient en tenant compte de la révocation totale ou partielle d'un sursis simple décidé par la juridiction de jugement et de la durée de la détention provisoire, sont applicables immédiatement au jugement des faits commis antérieurement à leur entrée en vigueur, le 24 mars 2020, en application de l'article 112-2, 2°, du Code pénal, s'agissant de dispositions fixant les formes de la procédure (▪ Cass. crim., 11 mai 2021, n° 20-85.576 : *JurisData* n° 2021-007074 ; *Bull. crim.* n° 11).

13) Détermination de la nature de l'aménagement. Il résulte des articles 132-19 du Code pénal, 723-2 et 723-7-1 du Code de procédure pénale que la juridiction qui ordonne l'aménagement de la condamnation à une peine d'emprisonnement qu'elle prononce doit choisir la nature de la mesure d'aménagement tout en laissant au juge de l'application des peines le soin d'en définir les modalités d'exécution. Doit en conséquence être cassé l'arrêt qui se borne à énoncer que la peine d'emprisonnement sans sursis prononcée à l'encontre du prévenu pourra faire l'objet d'un aménagement *ab initio* selon des modalités à définir en accord avec le juge d'application des peines (▪ Cass. crim., 20 avr. 2017, n° 16-80.091 : *JurisData* n° 2017-007241 ; *Dr. pén.* 2017, comm. 100, note É. Bonis-Garçon). ***Contra :*** La juridiction de jugement ne peut refuser d'aménager la peine au motif qu'elle ne serait pas en possession d'éléments lui permettant d'apprécier la mesure d'aménagement adaptée. Dans ce cas, elle doit ordonner, d'une part, l'aménagement de la peine, d'autre part, la convocation du prévenu devant le juge de l'application des peines, en application de l'article 464-2, I, 2° du Code de procédure pénale (▪ Cass. crim., 11 mai 2021, n° 20-85.576 : *JurisData* n° 2021-007074 ; *Bull. crim.* n° 11 ; *Dalloz actualité*, 31 mai 2021, obs. M. Dominati).

A – Aménagement obligatoire des peines fermes d'emprisonnement d'une durée inférieure ou égale à six mois

14) Si la peine d'emprisonnement prononcée est inférieure ou égale à six mois en application de l'article D. 48-1-1 du Code de procédure pénale, l'aménagement de la peine est obligatoire. Ce n'est qu'en cas d'impossibilité résultant de la personnalité ou de la situation du condamné que la juridiction de jugement peut écarter l'aménagement de la peine.

Dans ce cas, elle doit motiver spécialement sa décision, de façon précise et circonstanciée, au regard des faits de l'espèce, de la personnalité et de la situation matérielle, familiale et sociale du condamné. Elle doit également, dès lors que la loi ne permet pas la délivrance d'un mandat de dépôt à effet différé, et, si elle ne décerne aucun mandat de dépôt ou d'arrêt en application des articles 397-4 et 465-1 du Code de procédure pénale, remettre au condamné un avis de convocation à comparaître devant le juge de l'application des peines conformément à l'article 474 du Code de procédure pénale.

Dès lors méconnaît les principes précités la cour d'appel qui, pour refuser d'aménager une peine de trois mois d'emprisonnement assortie de la révocation partielle du sursis à hauteur de trois mois assortissant une condamnation antérieure, énonce qu'en l'absence d'éléments suffisants sur la situation matérielle et professionnelle de l'intéressé, elle se trouve dans l'impossibilité d'organiser valablement *ab initio* l'une des mesures d'aménagement, alors que la peine d'aménagement est obligatoire, l'impossibilité de déterminer les modalités de la mesure n'étant pas de nature à y faire obstacle (▪ Cass. crim., 11 mai 2021, n° 20-84.412 : *JurisData* n° 2021-007075 ; *Bull. crim.* n° 11).

B – Aménagement de principe des peines fermes d'emprisonnement d'une durée supérieure à six mois et inférieure ou égale à un an

15) Principe. Si la peine d'emprisonnement prononcée est supérieure à six mois et inférieure ou égale à un an, l'aménagement de la peine est le principe et la juridiction de jugement ne peut l'écarter que si elle constate que la situation ou la personnalité du condamné ne permettent pas son prononcé ou si elle relève une impossibilité matérielle de le faire. Dans ce cas, elle doit motiver spécialement sa décision, de façon précise et circonstanciée, au regard des faits de l'espèce, de la personnalité et de la situation matérielle, familiale et sociale du condamné. Elle doit en outre, si elle ne décerne aucun mandat de dépôt ou d'arrêt en application des articles 397-4, 465 et 465-1 du Code de procédure pénale, délivrer un mandat de dépôt à effet différé (▪ Cass. crim., 11 mai 2021, n° 20-85.576 : *JurisData* n° 2021-007074 ; *Bull. crim.* n° 11 ; *JCP* G 2021, p. 902, note E. Dreyer ; *AJ pénal* 2021, p. 360, note J. Frinchaboy ; *JCP* G 2021, p. 774, note L. de Gentili).

16) Motivation du refus d'aménagement. La juridiction de jugement qui refuse d'aménager la peine doit motiver spécialement sa décision, de façon précise et circonstanciée, au regard des faits de l'espèce, de la personnalité et de la situation matérielle, familiale et sociale du condamné. Le refus d'aménagement ne peut être motivé par des éléments autres que ceux ci-avant énoncés. Il s'ensuit qu'elle ne peut refuser d'aménager la peine au motif qu'elle ne serait pas en possession d'éléments lui permettant d'apprécier la mesure d'aménagement adaptée. Dans ce cas, elle doit ordonner d'une part l'aménagement de la peine, d'autre part la convocation du prévenu devant le JAP, en application de l'article 464-2, I, 2° du Code de procédure pénale. Elle ne peut davantage l'écarter au motif de l'absence d'éléments propres à caractériser un projet de réinsertion. Enfin, la juridiction de jugement ne peut refuser l'aménagement de la peine au motif qu'elle ne dispose pas d'éléments suffisamment précis et actualisés (▪ Cass. crim., 11 mai 2021, n° 20-85.576 : *JurisData* n° 2021-007074 ; *Bull. crim.* n° 11 ; *JCP* G 2021, p. 902, note E. Dreyer ; *AJ pénal* 2021, p. 360, note J. Frinchaboy ; *JCP* G 2021, p. 774, note L. de Gentili).

17) Droit de ne pas participer à sa propre accusation. Le fait que le prévenu ne reconnaisse pas sa culpabilité ne saurait justifier, au regard de ces textes, le refus d'aménager la peine d'emprisonnement sans sursis prononcée à son encontre car nul n'est tenu de participer à sa propre accusation (▪ Cass. crim., 7 mars 2018, n° 17-80.449 : *JurisData* n° 2018-005432 ; *Dr. pén.* 2018, comm. 98, obs. V. Peltier).

III – ÉTABLISSEMENT DES ÉLÉMENTS SUR LA PERSONNALITÉ ET LA SITUATION PERSONNELLE DU PRÉVENU

18) Diligences incombant au juge. La juridiction de jugement ne peut refuser d'aménager la peine au motif qu'elle ne dispose pas d'éléments suffisamment précis et actualisés. Si le prévenu est comparant, la juridiction doit l'interroger sur sa situation personnelle et, le cas échéant, peut ordonner un ajournement de la peine aux fins d'investigations sur sa personnalité ou sa situation, en application de l'article 132-70-1 du Code pénal. Si le prévenu est non comparant, la juridiction de jugement ne peut refuser d'aménager la peine en se fondant sur sa seule absence. Il lui appartient de rechercher, au vu des pièces de la procédure, si le principe d'un aménagement peut être ordonné.

Dès lors ne justifie pas sa décision la cour d'appel qui, pour refuser d'aménager une peine de cinq mois d'emprisonnement assortie de la révocation totale du sursis de trois mois assortissant une condamnation antérieure, se borne à énoncer qu'en raison de l'insuffisance d'éléments actualisés sur la situation et sur la personnalité du prévenu, aucune pièce n'ayant été produite devant la juridiction, aucun aménagement de peine ne peut être prononcé, alors qu'il lui appartenait d'interroger le prévenu, présent à l'audience, afin d'obtenir ces éléments pour apprécier si un aménagement de sa peine, au moins dans son principe, pouvait être prononcé et, le cas échéant, d'ordonner des investigations complémentaires, en application de l'article 132-70-1 précité (▪ Cass. crim., 11 mai 2021, n° 20-85.576 : *JurisData* n° 2021-

007074 ; *Bull. crim.* n° 11 ; *JCP* G 2021, p. 902, note E. Dreyer ; *AJ pénal* 2021, p. 360, note J. Frinchaboy ; *JCP* G 2021, p. 774, note L. de Gentili ; en ce sens également, ▪ Cass. crim., 6 janv. 2021, n° 19-87.402 : *JurisData* n° 2021-001274 ; *Dr. pén.* 2021, comm. 62, obs. E. Bonis).

19) Pour confirmer le jugement et refuser d'aménager ladite peine, l'arrêt énonce que la cour est dans l'impossibilité matérielle d'ordonner un tel aménagement en l'absence d'élément précis sur la situation professionnelle de l'intéressé, notamment quant à ses horaires de travail et lieux d'exercice de sa profession. Mais attendu qu'en se déterminant ainsi, alors que M. X..., présent à l'audience, pouvait répondre à toutes les questions des juges leur permettant d'apprécier la faisabilité d'une mesure d'aménagement, la cour d'appel n'a pas justifié sa décision (▪ Cass. crim., 9 avr. 2019, n° 18-83.874 : *JurisData* n° 2019-005549 ; dans le même sens ▪ Cass. crim., 20 oct. 2020, n° 19-84.754 : *JurisData* n° 2020-016431 ; *Bull. crim.* n° 10. ▪ Cass. crim., 6 janv. 2021, n° 19-87.402 : *JurisData* n° 2021-001274 : *Dr. pén.* 2021, comm. 62, obs. E. Bonis).

20) Jurisprudence antérieure à la loi du 23 mars 2019. Il appartient au juge de motiver la peine qu'il prononce en se référant, dans sa décision, aux éléments qui résultent du dossier et à ceux qu'il a sollicités et recueillis lors des débats ; qu'il revient au prévenu, à la demande du juge ou d'initiative, d'exposer sa situation et de produire, éventuellement, des justificatifs de celle-ci ; que lorsque le prévenu n'a pas comparu et n'a pas fourni ni fait fournir d'éléments sur sa situation, il n'incombe pas au juge d'en rechercher d'autres que ceux dont il dispose (▪ Cass. crim., 27 juin 2018, n° 16-87.009 : *JurisData* n° 2018-011764. ▪ Cass. crim., 13 juin 2019, n° 18-85.442 : *JurisData* n° 2019-010234).

21) S'il résulte des articles 132-19, alinéa 2, et 132-20, alinéa 2, du Code pénal et des articles 485 et 512 du Code de procédure pénale, que le juge qui prononce en matière correctionnelle une peine d'emprisonnement sans sursis ainsi qu'une peine d'amende doit en justifier la nécessité, d'une part, au regard de la gravité de l'infraction, de la personnalité de son auteur et du caractère manifestement inadéquat de toute autre sanction, d'autre part compte tenu du montant de ses ressources comme de ses charges, il ne lui incombe pas, en possession des seuls éléments mentionnés en procédure sur ces différents points, de rechercher ceux qui ne lui auraient pas été soumis.

Justifie sa décision la cour d'appel qui, pour prononcer une peine d'un an d'emprisonnement sans sursis et sans aménagement ainsi qu'une amende de 20 000 euros, relève, après avoir caractérisé la gravité des faits dont elle a déclaré le prévenu coupable, notamment au regard des préjudices occasionnés, que la procédure ne comprend aucun élément suffisant de nature à envisager une sanction autre qu'une peine de prison ferme ni l'aménagement de cette dernière, dès lors que le prévenu, domicilié chez son avocat lors du jugement de première instance, puis sans domicile fixe au moment de l'audience tenue devant la cour d'appel, n'a comparu ni devant les premiers juges, ni devant la cour d'appel et n'a fourni, ni fait fournir, à aucun de ces stades à la juridiction d'éléments sur sa personnalité et sa situation personnelle, ainsi que sur le montant de ses ressources comme de ses charges (▪ Cass. crim., 12 déc. 2017, n° 16-87.230 : *JurisData* n° 2017-025628).

22) Pour refuser d'aménager la peine d'emprisonnement ainsi prononcée, l'arrêt relève que le contrat de travail signé avec la société Actioneo, en date du 5 mai 2014, remis par l'avocat de M. X..., n'est devenu définitif qu'à l'issue d'une période d'essai de 4 mois, que celui-ci ne fournit aucun bulletin de salaire postérieur à cette période, que ses fonctions de directeur de projets n'y sont pas définies et que ni les statuts ni l'extrait k *bis* de cette société dont le nom correspond à celui d'un jeu de divertissement sur la bourse ne sont produits ; que les juges en concluent que la possibilité d'aménagement de la peine prononcée ne ressort ni des pièces du dossier ni des éléments versés par la défense (▪ Cass. crim., 29 nov. 2016, n° 15-83.108 : *JurisData* n° 2016-024981).

23) En l'absence d'autres éléments portés à leur connaissance, les juges qui prononcent une peine d'emprisonnement sans sursis en matière correctionnelle peuvent, sans méconnaître les dispositions de l'article 132-19 du Code pénal, fonder leur appréciation de la personnalité du prévenu sur le seul casier judiciaire (▪ Cass. crim., 15 janv. 2020, n° 18-81.617 : *JurisData* n° 2020-000641).

24) N'est pas tenue, au regard des exigences de l'article 132-19 du Code pénal, de caractériser autrement l'impossibilité d'ordonner une mesure d'aménagement de peine, la cour d'appel qui prononce une peine d'emprisonnement sans sursis en l'absence du prévenu régulièrement cité et faute d'éléments lui permettant d'apprécier la situation personnelle de celui-ci en vue d'un tel aménagement (▪ Cass. crim., 28 nov. 2012, n° 12-80.639 : *JurisData* n° 2012-027375. ▪ Cass. crim., 28 nov. 2012, n° 12-81.140 : *JurisData* n° 2012-027387 : *Dr. pén.* 2013, comm. 20, obs. M. Véron. ▪ Cass. crim., 22 janv. 2020, n° 19-82.262).

25) Pour dire n'y avoir lieu à aménagement de la peine, l'arrêt relève que les éléments connus de la cour, concernant la personnalité et la situation matérielle, familiale et sociale du condamné ou son évolution, ne sont pas suffisamment précis, actualisés et vérifiés pour apprécier la possibilité de prononcer dès à présent, en sa faveur, une telle mesure. En se déterminant ainsi, dès lors qu'il résulte de l'arrêt et des notes d'audience que le prévenu, qui comparaissait à l'audience, a été interrogé sur cette situation, la cour d'appel qui a souverainement apprécié, au vu des éléments recueillis, la possibilité de cet aménagement, au regard des exigences de l'article 132-19 du Code pénal, dans sa rédaction alors en vigueur, et conclu à l'impossibilité matérielle d'aménager la peine, a justifié sa décision (▪ Cass. crim., 17 juin 2020, n° 19-85.559 : *JurisData* n° 2020-008257).

Art. 132-20. – Lorsqu'une infraction est punie d'une peine d'amende, la juridiction peut prononcer une amende d'un montant inférieur à celle qui est encourue.

(Al. créé à compter du 1er octobre 2014, L. n° 2014-896, 15 août 2014) **Le montant de l'amende est déterminé en tenant compte des ressources et des charges de l'auteur de l'infraction.**

(Al. créé, L. n° 2016-731, 3 juin 2016) **Les amendes prononcées en matière contraventionnelle, correctionnelle et criminelle, à l'exception des amendes forfaitaires, peuvent faire l'objet d'une majoration, dans la limite de 10 % de leur montant, perçue lors de leur recouvrement. Cette majoration, prononcée dans les conditions prévues à l'article 707-6 du Code de procédure pénale, est destinée à financer l'aide aux victimes.**

Bibliographie : E. Camous, *La peine patrimoniale, une alternative prospective à la peine d'emprisonnement : AJ pénal* 2018, p. 25. • E. Camous, *Évaluer le montant de la peine patrimoniale, prochain défi de la lutte contre les enrichissements illicites : Dr. pén.* 2019, étude 25. • Ch. Ingrain, R. Lorrain et M. Voss, *L'amende proportionnelle : état des lieux : AJ pénal* 2021, p. 75. • C. Lacroix, *La sur amende « victime » ou la victime en contrepoint de la sanction*, in Mél. Y. Mayaud, *Entre tradition et modernité : le Code pénal en contrepoint : D.* 2017, p. 771. • C. Lacroix, *La « sur-amende » victime : enfin les premières applications ! : Gaz. Pal.* 2 juill. 2019, n° 24, p. 15.

1) Motivation en matière correctionnelle. En matière correctionnelle, le juge qui prononce une amende doit motiver sa décision au regard des circonstances de l'infraction, de la personnalité et de la situation personnelle de son auteur, en tenant compte de ses ressources et de ses charges.

Encourt la censure la cour d'appel qui, pour porter le montant des amendes prononcées à l'encontre de deux personnes condamnées pour des délits de blanchiment et de recel, de 5 000 euros à 50 000 et 30 000 euros, fonde sa décision, pour la première, sur le bénéfice financier, pour la seconde, sur la gravité des faits et des éléments de personnalité, sans s'expliquer sur les ressources et les charges des prévenues qu'elle devait prendre en considération (▪ Cass. crim., 1er févr. 2017, n° 15-83.984 : *JurisData* n° 2017-001409 ; *D.* 2017, p. 961, note C. Saas ; *Dr. pén.* 2017, comm. 69, note É. Bonis-Garçon. ▪ V. aussi ▪ Cass. crim., 15 mars 2017, n° 16-83.838 : *JurisData* n° 2017-005088 ; *JCP G* 2017, p. 277, note J. Leblois-Happe. ▪ Cass. crim., 27 mars 2018, n° 16-87.585 : *JurisData* n° 2018-004691).

2) Pour condamner M. X à 10 000 € d'amende, la cour d'appel avait retenu, après avoir fait état des antécédents judiciaires de l'intéressé et relevé que ses ressources s'élèvent à 2 000 € par mois, qu'il y a lieu d'ajouter cette peine à la confiscation ordonnée. Mais en prononçant ainsi, sans s'expliquer sur la gravité des faits, la cour d'appel n'a pas justifié sa décision (▪ Cass. crim., 15 mai 2019, n° 18-84.494 : *JurisData* n° 2019-007865).

3) Pour confirmer la peine d'amende, la cour d'appel retient que M. B. indique percevoir 1 800 euros par mois de revenu ; qu'elle ajoute que le trafic de stupéfiants auquel il s'est livré est apparu plus particulièrement lucratif s'agissant d'un trafic de cannabis à dimension internationale ayant perduré plus d'une année ; qu'elle précise les charges résultant pour le prévenu de son obligation de contribution à l'entretien de ses enfants ; en prononçant ainsi, la cour d'appel a justifié sa décision (▪ Cass. crim., 8 janv. 2020, n° 18-86.517 : *JurisData* n° 2020-000065).

4) Motivation en matière contraventionnelle. En application des articles 132-1 et 132-20 du Code pénal, 485, 543 et 593 du Code de procédure pénale et des principes constitutionnels tels que dégagés dans la décision n° 2017-694 QPC du 2 mars 2018, la juridiction qui prononce une peine d'amende doit motiver sa décision au regard des circonstances de l'infraction, de la personnalité et de la situation personnelle de son auteur, en tenant compte de ses ressources et de ses charges ; cette obligation de motivation s'applique en matière contraventionnelle ;

Toutefois, s'agissant de textes de procédure, l'objectif, reconnu par le Conseil constitutionnel, d'une bonne administration de la justice, commande que la nouvelle interprétation qui en est donnée n'ait pas d'effet rétroactif, de sorte qu'elle ne s'appliquera qu'aux décisions prononcées à compter du présent arrêt (▪ Cass. crim., 30 mai 2018, n° 16-85.777 : *JurisData* n° 2018-009083 ; *Bull. crim.* n° 106 ; *Dr. pén.*

2018, comm. 144, obs. E. Bonis ; *AJ pénal* 2018, p. 407, note J.-B. Perrier).

5) La juridiction qui prononce une peine d'amende doit motiver sa décision au regard des circonstances de l'infraction, de la personnalité et de la situation personnelle de son auteur, en tenant compte de ses ressources et de ses charges, à moins que l'amende prononcée ne dépasse pas le montant de l'amende forfaitaire encourue. En l'espèce, pour condamner le prévenu au paiement d'une amende de 100 € pour une contravention de deuxième classe, le juge énonce qu'il convient d'entrer en voie de condamnation à son encontre. En prononçant une amende d'un montant supérieur à celui de l'amende forfaitaire sans motiver sa décision, le tribunal a méconnu l'article 132-20 du Code pénal et le principe susvisé (▪ Cass. crim., 5 janv. 2021, n° 20-83.118 : *JurisData* n° 2021-001277 ; *Dr. pén.* 2021, comm. 64, obs. E. Bonis).

6) Personnes morales. Il résulte de l'article 132-1 du Code pénal qu'en matière correctionnelle, l'exigence selon laquelle toute peine doit être motivée en tenant compte de la gravité des faits, de la personnalité de leur auteur et de sa situation personnelle s'impose en ce qui concerne les peines prononcées à l'encontre tant des personnes physiques que des personnes morales (▪ Cass. crim., 9 janv. 2018, n° 17-80.200 : *JurisData* n° 2018-000044 ; *Bull. crim.* n° 5 ; *Dr. pén.* 2018, comm. 58, note E. Bonis. ▪ Cass. crim., 27 mars 2018, n° 16-87.585 : *JurisData* n° 2018-004691).

7) Amendes fiscales. Le prononcé, par le juge correctionnel, de l'amende fiscale prévue à l'article 1791 du Code général des impôts en répression des infractions à la législation sur les contributions indirectes est soumis aux dispositions spécifiques de l'article 1800 du même code et échappe par conséquent aux prescriptions des articles 132-1 et 132-20, alinéa 2, du Code pénal (▪ Cass. crim., 18 juill. 2017, n° 15-86.153 : *JurisData* n° 2017-014488 ; *Dr. pén.* 2017, comm. 156, obs. É. Bonis-Garçon ; *Dr. pén.* 2017, comm. 145 et 148, obs. J.-H. Robert).

8) Amendes douanières. Le prononcé, par le juge correctionnel, de l'amende prévue à l'article 414 du Code des douanes en répression des infractions de contrebande et d'importation ou d'exportation sans déclaration de marchandises prohibées, est soumis aux dispositions spécifiques de l'article 369 du Code des douanes et échappe, par conséquent, aux prescriptions des articles 132-1 et 132-20, alinéa 2, du Code pénal (▪ Cass. crim., 7 nov. 2018, n° 17-84.616 : *JurisData* n° 2018-019586 ; *Bull. crim.* n° 187).

9) Justification des charges et ressources du prévenu. Il appartient au prévenu qui fait valoir devant la cour d'appel le caractère disproportionné, eu égard à la faiblesse de ses revenus, de l'amende prononcée par les premiers juges, d'apporter à la juridiction les éléments de nature à justifier, non seulement du montant de ses ressources, mais également de celui de ses charges.

N'encourt pas la censure l'arrêt qui prononce une amende sans tenir compte des charges du prévenu dès lors que ce dernier, pour contester l'amende prononcée par le tribunal, ne faisait état que de ses ressources (▪ Cass. crim., 22 mars 2017, n° 16-80.050 : *JurisData* n° 2017-005092).

10) Dès lors que les notes d'audience de la juridiction d'appel font apparaître que l'avocat du prévenu a fait connaître à la juridiction l'impossibilité de la renseigner sur le montant de ses ressources et de ses charges et qu'il n'incombe pas aux juges en possession des seuls éléments mentionnés en procédure de rechercher ceux qui ne leur ont pas été soumis, la cour d'appel a justifié sa décision (▪ Cass. crim., 31 oct. 2018, n° 18-80.205 : *JurisData* n° 2018-019071).

11) Absence du prévenu à l'audience. Pour condamner M. X... à la peine de 200 000 euros d'amende, l'arrêt énonce qu'il est tenu compte des gains occultes générés par un important trafic de cannabis et que le montant de l'amende est proportionné à l'importance des quantités de cannabis traitées par M. X... Attendu qu'en disposant ainsi, dès lors que le prévenu, contre lequel des recherches ont été entreprises, en vain, dès 2011, et qui n'a comparu ni devant les premiers juges, ni devant la cour d'appel, et n'a fourni, ni fait fournir, à aucun de ces stades, à la juridiction, d'éléments sur le montant de ses ressources comme de ses charges, la cour d'appel a justifié sa décision (▪ Cass. crim., 10 avr. 2019, n°s 17-85.700, 18-83.709, 16-84.452 : *JurisData* n° 2019-005542)

12) Pour confirmer le jugement et fixer respectivement à 40 000 euros et à 20 000 euros le montant des amendes prononcées à l'encontre de la société Parc Oasis et de M. X…, l'arrêt, après avoir relevé que M. X… était gérant de cette société, énonce que le premier juge a fait une appréciation adaptée des éléments de la cause, notamment de la gravité de l'infraction et des circonstances de sa commission, étant relevé que les prévenus n'ont produit aucun élément sur la situation financière de la société et sur la situation matérielle de son gérant… ; les prévenus ne sauraient se faire un grief de ce que la cour d'appel ne s'est pas mieux expliquée sur leur personnalité, dès lors que, absents tant en première instance qu'en appel, ils n'ont fait valoir aucun argument, que ce soit sur la personnalité du gérant ou sur les caractéristiques devant être retenues au titre de la personnalité de la société, au regard notamment de sa forme, de son objet social et de son importance (■ Cass. crim., 15 janv. 2019, n° 17-87.049 : *JurisData* n° 2019-000303 ; *Bull. crim.* n° 12 ; *Gaz. Pal.* 7 mai 2019, n° 17, p. 53).

13) Est justifié le jugement par lequel le tribunal prononce les mêmes peines d'amende de 38 € chacune que celles infligées dans l'ordonnance pénale contre laquelle le prévenu a formé opposition dès lors que, d'une part, le prévenu non comparant, opposant à une ordonnance pénale, n'a fourni ni fait fournir à la juridiction d'éléments sur sa personnalité et sa situation personnelle, ainsi que sur le montant de ses ressources comme de ses charges, et que, d'autre part, il n'incombe pas au juge, en possession des seuls éléments mentionnés en procédure sur ces différents points, de rechercher ceux qui ne lui auraient pas été soumis (■ Cass. crim., 8 déc. 2020, n° 20-80.418 : *JurisData* n° 2020-020140).

Art. 132-20-1 *(L. n° 2007-1198, 10 août 2007 ; mod. à compter du 1er octobre 2014, L. n° 2014-896, 15 août 2014).* **– Lorsque les circonstances de l'infraction ou la personnalité de l'auteur le justifient, le président de la juridiction avertit, lors du prononcé de la peine, le condamné des conséquences qu'entraînerait une condamnation pour une nouvelle infraction.**

Art. 132-21. – L'interdiction de tout ou partie des droits civiques, civils et de famille mentionnés à l'article 131-26 ne peut, nonobstant toute disposition contraire, résulter de plein droit d'une condamnation pénale.

Toute personne frappée d'une interdiction, déchéance ou incapacité quelconque qui résulte de plein droit, en application de dispositions particulières, d'une condamnation pénale, peut, par le jugement de condamnation ou par jugement ultérieur, être relevée en tout ou partie, y compris en ce qui concerne la durée, de cette interdiction, déchéance ou incapacité, dans les conditions fixées par le Code de procédure pénale.

1) La procédure de relèvement immédiat prévue par l'article 132-21, alinéa 2, du Code pénal, ne s'applique qu'aux peines qu'il énumère limitativement. Fait l'exacte application de la loi, la cour d'appel qui, pour rejeter la requête en relèvement des mesures de publication et d'affichage, formée verbalement à l'audience par le prévenu, poursuivi pour fraude fiscale, énonce que cet article ne vise que les interdictions, déchéances et incapacités (■ Cass. crim., 3 juin 2004 : *Bull. crim.* n° 153 ; *Dr. pén.* 2004, comm. 132, obs. J.-H. Robert).

2) Cette procédure ne s'applique pas aux mesures d'affichage prévues par l'article 1741 du Code général des impôts (■ Cass. crim., 15 juin 2005, n° 05-81.657).

Art. 132-22. – Le procureur de la République, le juge d'instruction ou le tribunal saisi peuvent obtenir des parties, de toute administration, de tout établissement financier, ou de toute personne détenant des fonds du prévenu, la communication des renseignements utiles de nature financière ou fiscale, sans que puisse être opposée l'obligation au secret.

Sous-section 5. – De la période de sûreté

Voir : Concernant les mineurs, CJPM, art. L. 121-5, dernier al., p. 1296.

Art. 132-23. – En cas de condamnation à une peine privative de liberté, non assortie du sursis, dont la durée est égale ou supérieure à dix ans, prononcée pour les infractions spécialement prévues par la loi, le condamné ne peut bénéficier, pendant une période de sûreté, des dispositions concernant la suspension ou le fractionnement de la peine, le placement à l'extérieur, les permissions de sortir, la semi-liberté et la libération conditionnelle.

La durée de la période de sûreté est de la moitié de la peine ou, s'il s'agit d'une condamnation à la réclusion criminelle à perpétuité, de dix-huit ans. La cour d'assises ou le tribunal peut toutefois, par décision spéciale, soit porter ces durées jusqu'aux deux tiers de la peine ou, s'il s'agit d'une condamnation à la réclusion criminelle à perpétuité, jusqu'à vingt-deux ans, soit décider de réduire ces durées.

Dans les autres cas, lorsqu'elle prononce une peine privative de liberté d'une durée supérieure à cinq ans, non assortie du sursis, la juridiction peut fixer une période de sûreté pendant laquelle le condamné ne peut bénéficier d'aucune des modalités d'exécution de la peine mentionnée au premier alinéa. La durée de cette période de sûreté ne peut excéder les deux tiers de la peine prononcée ou vingt-deux ans en cas de condamnation à la réclusion criminelle à perpétuité.

Les réductions de peines accordées pendant la période de sûreté ne seront imputées que sur la partie de la peine excédant cette durée.

Voir : art. 720-2, C. proc. pén.

Bibliographie : *JCl. Pénal Code, Période de sûreté*, par E. Bonis. • D. Boccon-Gibod et B. Laurent, *Période de sûreté et pluralité des peines : un autre regard : AJ pénal* 2014, p. 101. • P. Couvrat, *De la période de sûreté à la peine incompressible : RSC* 1994, chron. p. 356. • L. Griffon-Yarza, *La computation de la période de sûreté : AJ pénal* 2013, p. 591. • L. Griffon-Yarza, *Les évolutions législatives et jurisprudentielles en matière de période de sûreté : un bilan très contrasté : Dr. pén* 2016, étude 23. • P. Pédron, *La période de sûreté : RDPP* 2005, p. 39.

1) Constitutionnalité des périodes de sûreté de plein droit. La période de sûreté ne constitue pas une peine s'ajoutant à la peine principale, mais une mesure d'exécution de cette dernière, laquelle est expressément prononcée par le juge. [...] Elle ne s'applique de plein droit que si le juge a prononcé une peine privative de liberté, non assortie de sursis, supérieure ou égale à 10 ans. Sa durée est alors calculée, en vertu du deuxième alinéa de l'article 132-23, en fonction du quantum de peine retenu par le juge. Ainsi, même lorsque la période de sûreté s'applique sans être expressément prononcée, elle présente un lien étroit avec la peine et l'appréciation par le juge des circonstances propres à l'espèce. [...] En application du deuxième alinéa de l'article 132-23 du Code pénal, la juridiction de jugement peut, par décision spéciale, faire varier la durée de la période de sûreté dont la peine prononcée est assortie, en fonction des circonstances de l'espèce. En l'absence de décision spéciale, elle peut avertir la personne condamnée des modalités d'exécution de sa peine. Il résulte de ce qui précède que le grief tiré de la méconnaissance du principe d'individualisation des peines doit être écarté. (▪ Cons. const., 26 oct. 2018, n° 2018-742 QPC : *JurisData* n° 2018-019137 ; *Gaz. Pal.* 5 févr. 2019, n° 5, p. 48, note S. Détraz ; *Dr. pén.* 2018, comm. 219, obs. V. Peltier).

2) Conventionnalité. Ne constitue pas une peine inhumaine ou dégradante au sens de l'article 3 de la Convention européenne des droits de l'homme la condamnation à la réclusion criminelle assortie d'une interdiction d'accorder au condamné les mesures énumérées à l'article 132-23 du Code pénal dès lors qu'il résulte de l'article 720-4 du Code de procédure pénale, que le tribunal de l'application des peines peut, à l'issue d'une période de 30 ans, mettre fin à la mesure si le condamné présente des gages sérieux de réadaptation sociale (▪ Cass. crim., 20 janv. 2010, n° 08-88.301 : *Bull. crim.* n° 14 ; *D.* 2010, act. jur., p. 585 ; *Procédures* 129, note A.-S. Chavent-Leclère).

3) Inconventionnalité des peines perpétuelles incompressibles de jure et de facto. En ce qui concerne les peines perpétuelles, l'article 3 doit être interprété comme exigeant qu'elles soient compressibles, c'est-à-dire soumises à un réexamen permettant aux autorités nationales de rechercher si, au cours de l'exécution de sa peine, le détenu a tellement évolué et progressé sur le chemin de l'amendement qu'aucun motif légitime d'ordre pénologique ne permet plus de justifier son maintien en détention. Un détenu condamné à la perpétuité réelle a le droit de connaître, dès la date d'imposition de cette peine, les conditions d'accès à un tel réexamen. En l'absence de perspective d'être un jour libéré, faute de mécanisme ou de possibilité de réexamen d'une telle peine, l'incompatibilité avec l'article 3 de la Convention en résultant prend naissance *ab initio* et non à un stade ultérieur de la détention (▪ CEDH, gr. ch., 9 juill. 2013, n° 66069/09, 00130/10 et 03896/10, *Vinter et a. c/ Royaume-Uni* : *JurisData* n° 2013-022188. ▪ CEDH, 13 nov. 2014, n° 40014/10, *Bodein c/ France* : *JurisData* n° 2014-026649. ▪ CEDH, 3 févr. 2015, n° 57592/08, *Hutchinson c/ R.-U* : *JurisData* n° 2015-001654. ▪ CEDH, 26 avr. 2016, n° 10511/10, *Murray c/ Pays-Bas* : *JurisData* n° 2016-007793. ▪ CEDH, 28 oct. 2021, n°s 52374/15 et 53364/15, *Bancsók et László Magyar c/ Hongrie*).

4) Application dans le temps. Il résulte de la combinaison des articles 112-1 et 132-23 du Code pénal que le nouveau maximum de la durée de la période de sûreté doit être substitué à la durée maximale retenue par une cour d'assises, sous l'empire de textes alors applicables, les dispositions nouvelles plus douces devant recevoir application immédiate aux infractions commises avant leur entrée en vigueur et n'ayant pas donné lieu à une condamnation passée en force de chose jugée (▪ Cass. crim., 25 mai 1994 : *Bull. crim.* n° 198. – V. également ▪ Cass. crim., 7 juin 1994 : *Bull. crim.* n° 224).

5) La peine de 30 ans de réclusion criminelle prononcée pour un meurtre commis le 19 avril 1993 peut être assortie, par délibération spéciale de la cour et du jury, d'une période de sûreté de 17 ans, les articles 720-2, alinéa 1er, 3°, du Code de procédure pénale applicable à la date des faits, et 132-23, alinéa 3, du Code pénal, entré en vigueur le 1er mars 1994, prévoyant la fixation possible par la juridiction d'une période de sûreté pouvant atteindre les 2/3 de la peine prononcée (▪ Cass. crim., 23 juill. 1996 : *Bull. crim.* n° 300).

6) Inapplicabilité de la période de sûreté de plein droit au recel criminel. La période de sûreté de plein droit ne s'applique qu'en cas de condamnation à une peine privative de liberté, non assortie du sursis, dont la durée est égale ou supérieure à 10 ans, prononcée pour les infractions spécialement prévues par la loi. Aux termes de l'article 321-4 du Code pénal, lorsque l'infraction dont provient le bien recelé est punie d'une peine privative de liberté d'une durée supérieure à celle de l'emprisonnement encouru en application des articles 321-1 ou 321-2, le receleur est puni des peines attachées à l'infraction dont il a eu connaissance et, si cette infraction est accompagnée de circonstances aggravantes, des peines attachées aux seules circonstances dont il a eu connaissance. La période de sûreté n'est pas une peine mais un mode d'exécution de celle-ci. Dès lors, l'interprétation stricte de la loi pénale exclut toute période de sûreté du recel criminel (▪ Cass. crim., 22 janv. 2020, n° 19-84.084 : *JurisData* n° 2020-000652 ; *Gaz. Pal.* 12 mai 2020, n° 18, p. 48, note S. Detraz ; *Dr. pén.* 2020, comm. 66, obs. V. Peltier).

7) Prononcé et motivation. Si la période de sûreté constitue une modalité d'exécution de la peine, il résulte du point 9 de la décision du Conseil constitutionnel n° 2018-742 QPC du 26 octobre 2018, qu'elle « présente un lien étroit avec la peine et l'appréciation par le juge des circonstances propres à l'espèce », de sorte que, faisant corps avec elle, elle doit faire l'objet d'une décision spéciale, et motivée lorsqu'elle est facultative ou excède la durée prévue de plein droit. S'agissant de textes de procédure, l'objectif, reconnu par le Conseil constitutionnel, d'une bonne administration de la justice, commande que la nouvelle interprétation qui en est donnée n'ait pas d'effet rétroactif, de sorte qu'elle ne s'appliquera qu'aux décisions prononcées à compter du présent arrêt (▪ Cass. crim., 10 avr. 2019, n° 17-85.700 : *JurisData* n° 2019-005542 ; *Bull. crim.* n° 75 ; *Dr. pén.* 2019, comm. 119, obs. E. Bonis ; *Dalloz actualité,* 2 mai 2019, note S. Fucini).

8) Est justifiée la décision fixant une période de sûreté des deux tiers, après avoir justifié le prononcé d'un emprisonnement ferme en se référant à la gravité des faits, au rôle du prévenu dans un trafic de stupéfiants, à son état de récidive et à l'absence de gages d'amendement, la cour d'appel énonçant que cette mesure est justifiée par la répétition des agissements de l'intéressé (▪ Cass. crim., 20 oct. 2021, n° 20-87.088 : *JurisData* n° 2021-016562 ; *Bull. crim.* n° 10 ; *Dr. pén.* 2021, comm. 217, obs. E. Bonis).

9) *Contra* (jurisprudence antérieure). La décision par laquelle une juridiction répressive fixe, en application de l'article 132-23 du Code pénal, la période de sûreté assortissant une peine privative de liberté, n'a pas à être motivée (▪ Cass. crim., 29 janv. 1998 : *Bull. crim.* n° 37 ; *Dr. pén.* 1998, comm. 67, obs. M. Véron. V. aussi, ▪ Cass. crim., 18 févr. 2015, n° 14-82.487 : *Dr. pén.* 2015, comm. 62, obs. V. Peltier). Aucune disposition légale n'impose à la cour d'assises, dont les délibérations sont régies par le seul article 362 du Code de procédure pénale, de motiver la décision spéciale par laquelle elle porte aux deux tiers de peine la durée de la période de sûreté assortissant celle-ci, en application de l'article 132-23 du Code pénal (▪ Cass. crim., 23 oct. 2013, n° 12-88.285 : *Dr. pén.* 2013, comm. 178, obs. É. Bonis-Garçon).

10) En application de l'article 132-23 du Code pénal, en l'absence de délibération particulière de la cour d'assises, la durée de la période de sûreté est fixée à la moitié de la peine, une délibération spéciale n'étant nécessaire que pour la réduire ou la porter aux deux tiers de la peine. Aucune obligation pour la cour d'assises de motiver la durée de la période de sûreté de plein droit ne résulte d'une disposition de la loi, ni des décisions du Conseil constitutionnel n° 2018-742 QPC du 26 octobre 2018 et n° 2019-770 QPC du 29 mars 2019 (▪ Cass. crim., 22 janv. 2020, n° 19-80.122 : *JurisData* n° 2020-000654).

11) Information donnée aux jurés. La mention, dans la feuille de questions, selon laquelle la cour et le jury, après en avoir délibéré dans les conditions prévues à l'article 362 du Code de procédure pénale, ont prononcé la peine et, par décision spéciale, fixé la durée de la période de sûreté, fait présumer que, pendant le délibéré, le président de la cour d'assises a complètement informé du sens et de la portée de l'article 132-23 du Code pénal, relatif à la période de sûreté, la cour et le jury (▪ Cass. crim., 15 mars 2017, n° 16-81.776 : *JurisData* n° 2017-004503).

12) L'absence de lecture, par le président de la cour d'assises, de tout ou partie de l'article 132-23 du Code pénal relatif à la période de sûreté est susceptible de porter atteinte aux principes constitutionnels de nécessité, de légalité et d'individualisation de la peine, au droit à une procédure équitable, aux droits de la défense, tels que garantis par les articles 7, 8 et 9 de la Déclaration des droits de l'homme et du citoyen de 1789, en privant les jurés d'une information de nature à influer sur le choix de la peine (▪ Cass. crim., 9 janv. 2019, n° 18-90.030 : *JurisData* n° 2019-000076 ; *Dr. pén.* 2019, comm. 57, obs. E. Bonis).

13) En application de l'article 362 du Code de procédure pénale, en cas de réponse affirmative sur la culpabilité de l'accusé, la cour d'assises statue immédiatement sur l'application de la peine. Avant de procéder au vote, le président de la cour donne lecture aux jurés des articles 130-1, 132-1 et 132-18 du Code pénal, mais pas de l'article 132-23 du Code pénal relatif à la période de sûreté. D'une part, la période de sûreté ne constitue pas une peine s'ajoutant à la peine principale, mais une mesure d'exécution de cette dernière présentant un lien étroit avec celle-ci. D'autre part, le fait que la période de sûreté s'applique de plein droit, en vertu de l'article 132-23 du Code pénal, lorsque les conditions légales en sont réunies, ne méconnaît pas le principe d'individualisation des peines. Toutefois, lorsqu'une cour d'assises composée majoritairement de jurés, qui ne sont pas des magistrats professionnels, prononce une peine à laquelle s'attache une période de sûreté de plein droit, ni les dispositions contestées ni aucune autre ne prévoient que les jurés sont informés des conséquences de la peine prononcée sur la période de sûreté et de la possibilité de la moduler. La 1re phrase du premier alinéa de l'article 362 du Code de procédure pénale est contraire à la Constitution.

L'abrogation immédiate de ces dispositions aurait pour effet de priver les jurés de la garantie d'être informés de l'étendue des pouvoirs de la cour d'assises quant au choix de la peine. Elle entraînerait ainsi des conséquences manifestement excessives. Par suite, il y a lieu de reporter au 31 mars 2020 la date d'abrogation (■ Cons. const., 29 mars 2019, n° 2019-770 QPC : *JurisData* n° 2019-004605 : *Dr. pén.* 2019, comm. 99, obs. V. Peltier ; *Procédures* 2019, comm. 176, obs. J. Buisson).

Voir : L. 2020-1672, 24 déc. 2020, modifiant l'article 362 du Code de procédure pénale et y ajoutant une phrase ainsi rédigée : « En cas de réponse affirmative sur la culpabilité, le président donne lecture aux jurés des dispositions des articles 130-1,132-1 et 132-18 du Code pénal ; si les dispositions des deux premiers alinéas de l'article 132-23 du même code sont applicables, le président les informe également des conséquences de la peine prononcée sur la période de sûreté et de la possibilité de la moduler. »

Si le législateur est intervenu, par la loi n° 2020-1672 du 24 décembre 2020, après le délai ainsi fixé, des dispositions réglementaires sont intervenues à titre transitoire. Elles sont issues du décret n° 2020-91 du 6 février 2020, et énoncées par l'article D. 45-1-1 du Code de procédure pénale. Elles prévoient que, lors du délibéré de la cour d'assises, le jury est informé par le président, non seulement du principe de personnalisation des peines et des règles de fixation de la durée des peines privatives de liberté, mais encore de l'existence et des conséquences de la période de sûreté sur l'exécution de la peine. En conséquence, ni le principe d'individualisation des peines ni aucun droit ou liberté garanti par la Constitution n'a été méconnu (■ Cass. crim., 28 juill. 2021, n° 20-87.064 : *JurisData* n° 2021-014911 ; *Dr. pén.* 2021, comm. 173, obs. E. Bonis).

Si l'information des jurés sur la période de sûreté est rendue obligatoire par la décision du Conseil constitutionnel, la circonstance qu'elle soit prévue par un décret et non par un texte de valeur législative est sans incidence sur la nature des renseignements ainsi communiqués aux jurés. L'inconstitutionnalité de l'article D. 45-2-1 précité, alléguée par le demandeur, à la supposer établie, n'a pu lui faire grief. La peine prononcée est donc régulière, les conditions de la délibération satisfaisant à toutes les exigences de la loi, et l'information jugée indispensable par le Conseil constitutionnel ayant été donnée aux jurés (■ Cass. crim., 9 juin 2021, n° 20-84.505 : *JurisData* n° 2021-009139).

14) Modulation de la durée. Aux termes de l'article 132-23, alinéa 1, du Code pénal, la durée de la période de sûreté est de la moitié de la peine ou, s'il s'agit d'une condamnation à la réclusion criminelle à perpétuité, de 18 ans. La cour d'assises peut toutefois, par décision spéciale, soit porter ces durées jusqu'aux deux tiers de la peine ou, s'il s'agit d'une condamnation à la réclusion criminelle à perpétuité, jusqu'à 22 ans, soit décider de réduire ces durées.

Dès lors, encourt la cassation l'arrêt de la cour d'assises qui, après avoir condamné un accusé à la réclusion criminelle à perpétuité, prononce à son encontre une période de sûreté des deux-tiers de la peine (■ Cass. crim., 12 mars 2014, n° 13-83.536 : *Dr. pén.* 2014, comm. 74, obs. M. Véron).

15) Imputation de la détention provisoire. La période de sûreté n'étant qu'une modalité d'exécution de la peine privative de liberté qu'elle assortit, court à compter de la mise à exécution de celle-ci ; si la condamnation qui l'emporte ou la prononce a été précédée d'une détention provisoire, l'entier temps de celle-ci doit s'imputer sur la durée de la période de sûreté, sans qu'il y ait lieu de tenir compte, pour diminuer d'autant cette durée, du temps pendant lequel ont été simultanément exécutées une ou plusieurs condamnations à des peines non assorties d'une période de sûreté (■ Cass. crim., 25 juin 2014 : *JurisData* n° 2014-013804 ; *Bull. crim.* n° 169 ; *Dr. pén.* 2014, comm. 123, obs. V. Peltier.). V. C. proc. pén., art. 716-4.

16) Réductions de peine. Par application de l'article 132-23, dernier alinéa, du Code pénal, les réductions de peine ne modifient pas la durée de la période de sûreté (■ Cass. crim., 14 oct. 2009, n° 09-82.267 : *Bull. crim.* n° 171).

17) Pluralité de périodes de sûreté. Il a été jugé que par application combinée des articles 132-2, 132-4, 132-5, alinéa 3, et 132-23 du Code pénal, et contrairement à ce qui est préconisé par la circulaire du 19 mars 1998, la période de sûreté résultant de la réduction au maximum légal encouru de deux peines comportant des périodes de sûreté doit être fixée à la moitié, et non aux deux tiers, de la peine à exécuter (■ Paris, pôle 6, 6e ch. inst., 11 avr. 2013, n° 2013/00346 : *D.* 2013, p. 2340, obs. M. Léna).

18) Le condamné ne saurait se faire un grief de ce que, par suite de la mise à exécution préalable d'autres peines, dans l'ordre chronologique de réception des extraits de décisions de condamnation, une peine de réclusion criminelle ait été mise à exécution à une date postérieure à celle retenue, compte tenu de la détention provisoire, comme point de départ de la période de sûreté dont elle est assortie, dès lors que cette computation n'a pas eu pour effet de proroger, à son préjudice, la date d'expiration de ladite période de sûreté (▪ Cass. crim., 1er févr. 2012, n° 10-84.178 : *JurisData* n° 2012-002113).

19) Effets de la période de sûreté – possibilité d'obtenir une libération conditionnelle en cas de suspension de peine pour raison médicale. L'article 729, dernier alinéa, du Code de procédure pénale permet au condamné de bénéficier d'une libération conditionnelle lorsque l'exécution de sa peine est suspendue pour raison médicale grave, par application de l'article 720-1-1 du même code, dont le dernier alinéa autorise le prononcé d'une telle suspension, même au cours de la période de sûreté. Il en résulte que l'existence d'une période de sûreté ne peut faire obstacle à l'octroi d'une libération conditionnelle demandée au titre des dispositions du dernier alinéa de l'article 729 du Code de procédure pénale (▪ Cass. crim., 3 mars 2021, n° 20-81.692 : *JurisData* n° 2021-002548 ; *Dr. pén.* 2021, comm. 80, obs. V. Peltier).

Sous-section 6. – Des effets des condamnations prononcées par les juridictions pénales d'un État membre de l'Union européenne

(L. n° 2010-242, 10 mars 2010)

Bibliographie : *JCl. Pénal Code, Des effets des condamnations prononcées par les juridictions pénales d'un État membre de l'Union européenne*, par É. Bonis-Garçon • L. Griffon-Yarza, *Confusion de peines, réduction au maximum légal et peine étrangère* : *Dr. pén.* 2019, étude 16.

Voir : art. 133-16-1, p. 322.

Art. 132-23-1. – **Pour l'application du présent code et du Code de procédure pénale, les condamnations prononcées par les juridictions pénales d'un État membre de l'Union européenne sont prises en compte dans les mêmes conditions que les condamnations prononcées par les juridictions pénales françaises et produisent les mêmes effets juridiques que ces condamnations.**

1) Confusion de peines. L'article 132-23-1 du Code pénal, tel qu'interprété à la lumière de la décision-cadre 2008/675/JAI du 24 juillet 2008 relative à la prise en compte des décisions de condamnation entre les États membres de l'Union européenne, ne donne pas aux juridictions françaises le pouvoir d'ordonner la confusion, avec une peine prononcée et exécutée en France, d'une peine prononcée à l'étranger, sur laquelle il ne peut être influé (▪ Cass. crim., 19 nov. 2014, n° 13-80.161 : *Dr. pén.* 2015, comm. 28, obs. É. Bonis-Garçon).

2) L'article 132-23-1 du Code pénal, interprété à la lumière de l'article 3 de la décision-cadre 2008/675/JAI du Conseil du 24 juillet 2008 et de l'arrêt de la Cour de justice de l'Union européenne en date du 21 septembre 2017 (C-171/16), permet d'ordonner la confusion d'une peine prononcée par une juridiction française et d'une peine prononcée par une juridiction d'un État membre de l'Union européenne, dès lors que la seconde a été intégralement exécutée au jour où il est statué sur la requête en confusion (▪ Cass. crim., 2 nov. 2017, n° 17-80.833 : *JurisData* n° 2017-021683 ; *Dr. pén.* 2017, comm. 186, note É. Bonis-Garçon).

3) Maximum légal encouru. Le demandeur a été condamné pour un délit puni de 10 ans d'emprisonnement puis à 15 ans de réclusion criminelle pour des faits commis en récidive, le premier terme de la récidive étant la première condamnation. Il a encore été condamné à 18 ans de réclusion criminelle, par une juridiction du Luxembourg. Par une décision prise en application de l'article 132-23-1 du Code pénal, résultant de la loi du 10 mars 2010, le procureur de la République a reconnu et mis à exécution la décision étrangère, ramenant sa durée à 15 ans. La décision fixant à 20 ans le maximum légal des peines devant être exécutées par le demandeur encourt la cassation. En effet, la condamnation prononcée par la cour d'assises réprimait des faits pour lesquels la récidive était visée, ce qui portait le maximum encouru à la réclusion criminelle à perpétuité. L'application de l'article 132-23-1 du Code pénal conduisant à la réduction de la durée des peines à exécuter, cette disposition constitue une disposition plus favorable pour le condamné et s'applique immédiatement. Par application de l'article 132-23-1 du Code pénal et de l'article 132-5 du Code pénal, le maximum légal encouru par le condamné à l'occasion des 2 peines prononcées à son encontre s'élève donc à 30 ans de réclusion criminelle (■ Cass. crim., 8 janv. 2020, n° 19-80.349 : *JurisData* n° 2020-000064 : *Dr. pén.* 2020, comm. 65, obs. E. Bonis).

4) Récidive. Pour la mise en œuvre des règles de la récidive en application de l'article 132-23-1 du Code pénal issu de la loi du 10 mars 2010 prenant en compte les condamnations prononcées par une juridiction pénale d'un autre État membre de l'Union européenne, il suffit que l'infraction constitutive du second terme, qu'il dépend de l'agent de ne pas commettre, soit postérieure à l'entrée en vigueur de ladite disposition (■ Cass. crim., 24 mars 2015, n° 15-80.023).

5) Brexit. Constitue une condamnation prononcée par la juridiction pénale d'un État membre de l'Union européenne, et est prise en compte dans les mêmes conditions que les condamnations prononcées par les juridictions pénales françaises, en produisant les mêmes effets juridiques que ces condamnations, au sens de l'article 132-23-1 du Code pénal, celle prononcée par un pays qui faisait partie de l'Union européenne lors de ce prononcé, y compris lorsque ce pays a quitté cette Union depuis (■ Cass. crim., 14 avr. 2021, n° 20-82.529 : *JurisData* n° 2021-005244 ; *AJ pénal* 2021, p. 314, obs. M. Nicolas-Gréciano).

Art. 132-23-2. – Pour l'appréciation des effets juridiques des condamnations prononcées par les juridictions pénales d'un État membre de l'Union européenne, la qualification des faits est déterminée par rapport aux incriminations définies par la loi française et sont prises en compte les peines équivalentes aux peines prévues par la loi française.

Section II. – Des modes de personnalisation des peines

Art. 132-24 ***(Mod., L. n° 2005-1549, 12 déc. 2005 ; L. n° 2007-1198, 10 août 2007 ; L. n° 2009-1436, 24 nov. 2009 ; mod. à compter du 1er octobre 2014, L. n° 2014-896, 15 août 2014).*** **– Les peines peuvent être personnalisées selon les modalités prévues à la présente section.**

Bibliographie : *JCl. Pénal Code, Personnalisation des peines*, par J. Leblois-Happe. • J. Biguenet, *Les limites de la liberté du juge dans l'individualisation de la peine : Dr. pén.* 2011, étude 3. • S. Frossard, *Réflexions relatives à la personnalité des peines : RSC* 1998, p. 703. • M. Janas, *Dispositions relatives au prononcé et à l'application des peines de la loi du 24 nov. 2009 : Dr. pén.* 2010, étude 1. • Th. Papathéodorou, *La personnalisation des peines dans le nouveau Code pénal français : RSC* 1997, p. 15. • V. Peltier, *L'individualisation de la peine dans les décisions liées aux questions prioritaires de constitutionnalité : Dr. pén.* 2011, étude 4. • E. Pichon, *Une jurisprudence vivante : selon la chambre criminelle de la Cour de cassation, si le choix de la peine prononcée par le juge en matière correctionnelle demeure libre, il doit désormais être justifié : Dr. pén.* 2017, étude 7.

Voir : notes ss art. 131-2, p. 193 (principe d'individualisation de la peine), art. 131-17, p. 203 (prononcé des peines) et art. 132-19, p. 274 (motivation spéciale de la peine d'emprisonnement ferme non aménagée).

Sous-section 1. – De la détention à domicile sous surveillance électronique, de la semi-liberté et du placement à l'extérieur

(Sous-section mod. à compter du 1er janvier 2005, L. n° 2004-204, 9 mars 2004 ; rempl. à compter du 24 mars 2020, L. n° 2019-222, 23 mars 2019)

Bibliographie : *JCl. Pénal Code, Semi-liberté, et placement à l'extérieur*, par D. Caron ; *JCl.Pénal Code, Placement sous surveillance électronique ab initio (ou prononcé par la juridiction de jugement)*, par M. Janas.

Art. 132-25 ***(Mod. à compter du 1er janvier 2005, L. n° 2004-204, 9 mars 2004 ; mod., L. n° 2009-1436, 24 nov. 2009 ; rempl. à compter du 24 mars 2020, L. n° 2019-222, 23 mars 2019).*** **– Lorsque la juridiction de jugement prononce une peine inférieure ou égale à six mois d'emprisonnement, un emprisonnement partiellement assorti du sursis ou du sursis probatoire et lorsque la partie ferme de la peine est inférieure ou égale à six mois, ou lorsque la juridiction prononce une peine pour laquelle la durée de l'emprisonnement restant à exécuter à la suite d'une détention provisoire est inférieure ou égale à six mois, elle doit, sauf impossibilité résultant de la personnalité ou de la situation du condamné, ordonner que la peine sera exécutée en totalité sous le régime de la détention à domicile sous surveillance électronique, de la semi-liberté ou du placement à l'extérieur.**

Si la peine prononcée ou la partie ferme de la peine prononcée est supérieure à six mois et inférieure ou égale à un an d'emprisonnement, elle doit décider, si la personnalité et la situation du condamné le permettent, que la peine sera exécutée en tout ou partie sous le régime de la détention à domicile sous surveillance électronique, de la semi-liberté ou du placement à l'extérieur.

Aménagement total sous le régime de la DDSE. Dès lors que le tribunal correctionnel, même saisi selon la procédure de comparution immédiate, décide de l'aménagement en totalité de la peine d'emprisonnement sans sursis, les prescriptions des articles 132-19 et 132-25 du Code pénal ne lui permettent pas d'ordonner un maintien en détention (■ Cass. crim., 14 avr. 2021, n° 21-80.829 : *JurisData* n° 2021-005369 ; *Dr. pén.* 2021, comm. 118, obs. E. Bonis ; *Dalloz actualité*, 11 mai 2021, obs. M. Dominati ; *AJ pénal* 2021 p. 328, note T. Lebreton).

Art. 132-26 ***(Mod. à compter du 1er janvier 2005, L. n° 2004-204, 9 mars 2004 ; mod., L. n° 2009-1436, 24 nov. 2009 ; rempl. à compter du 24 mars 2020, L. n° 2019-222, 23 mars 2019).*** **– Le condamné placé sous détention à domicile sous surveillance électronique est soumis aux obligations prévues aux deuxième et troisième alinéas de l'article 131-4-1.**

Le condamné admis au bénéfice de la semi-liberté est astreint à rejoindre l'établissement pénitentiaire pendant les périodes déterminées par le juge de l'application des peines.

Ces périodes sont notamment déterminées en fonction du temps nécessaire pour que le condamné puisse exercer une activité professionnelle, suivre un enseignement, un stage, une formation ou un traitement, rechercher un emploi ou participer à la vie de famille ou à tout projet d'insertion ou de réinsertion.

Le condamné admis au bénéfice du placement à l'extérieur est astreint, sous le contrôle de l'administration, à effectuer des activités ou à faire l'objet d'une prise en charge sanitaire en dehors de l'établissement pénitentiaire.

La détention à domicile sous surveillance électronique, la semi-liberté et le placement à l'extérieur emportent également pour le condamné l'obligation de répondre aux convocations de toute autorité publique désignée par le juge de l'application des peines.

La juridiction de jugement peut également soumettre le condamné aux mesures prévues aux articles 132-43 à 132-46.

Sous-section 2. – Du fractionnement des peines

Bibliographie : *JCl. Pénal Code, Fractionnement de la peine*, par C. Aubertin.

Art. 132-27 ***(L. n° 2009-1436, 24 nov. 2009).*** **– En matière correctionnelle, la juridiction peut, pour motif d'ordre médical, familial, professionnel ou social, décider que l'emprisonnement prononcé pour une durée de deux ans, ou, si la personne est en état de récidive légale, égale ou inférieure à un an au plus sera, pendant une période n'excédant pas quatre ans, exécuté par fractions, aucune d'entre elles ne pouvant être inférieure à deux jours.**

Art. 132-28 ***(Mod., L. n° 2003-495, 12 juin 2003).*** **– En matière correctionnelle ou contraventionnelle, la juridiction peut, pour motif grave d'ordre médical, familial, professionnel ou social, décider que la peine d'amende sera, pendant une période n'excédant pas trois ans, exécutée par fractions. Il en est de même pour les personnes physiques condamnées à la peine de jours-amende ou à la peine de suspension du permis de conduire ; le fractionnement de la peine de suspension de permis de conduire n'est toutefois pas possible en cas de délits ou de contraventions pour lesquels la loi ou le règlement prévoit que cette peine ne peut pas être limitée à la conduite en dehors de l'activité professionnelle.**

Sous-section 3. – Du sursis simple

Bibliographie : *JCl. Pénal Code, Sursis simple*, par J.-H. Robert.

Art. 132-29 ***(Mod. à compter du 1er janvier 2015, L. n° 2014-896, 15 août 2014).*** **– La juridiction qui prononce une peine peut, dans les cas et selon les conditions prévus ci-après, ordonner qu'il sera sursis à son exécution.**

Le président de la juridiction, après le prononcé de la peine assortie du sursis simple, avertit le condamné, lorsqu'il est présent, qu'en cas de condamnation pour une nouvelle infraction qui serait commise dans les délais prévus aux articles 132-35 et 132-37, le sursis pourra être révoqué par la juridiction.

1) Avertissement. Aucune disposition légale n'impose, en l'absence du condamné, que l'avis prévu par l'article 132-29 du Code pénal soit donné à son avocat (■ Cass. crim., 13 sept. 2006 : *Bull. crim.* n° 222 ; *Dr. pén.* 2007, comm. 6, obs. M. Véron).

2) Les dispositions de l'article 132-29 du Code pénal, relatives à l'avertissement donné concernant les conditions de révocation du sursis accordé, ne sont pas prescrites à peine de nullité ; Au demeurant, l'irrégularité de cet avertissement est sans incidence sur la déclaration de culpabilité et sur la peine prononcée (■ Cass. crim., 12 janv. 2005, n° 04-81.540 : *JurisData* n° 2005-027031).

§ 1. – Des conditions d'octroi du sursis simple

Art. 132-30. – En matière criminelle ou correctionnelle, le sursis simple ne peut être ordonné à l'égard d'une personne physique que lorsque le prévenu n'a pas été condamné, au cours des cinq années précédant les faits, pour crime ou délit de droit commun, à une peine de réclusion ou d'emprisonnement.

Le sursis ne peut être ordonné à l'égard d'une personne morale que lorsque celle-ci n'a pas été condamnée, dans le même délai, pour un crime ou un délit de droit commun, à une amende d'un montant supérieur à 60 000 €.

1) **Application dans le temps.** Encourt la cassation l'arrêt qui ordonne le sursis à l'exécution d'une peine sans préciser si les condamnations antérieures, dont le condamné a fait l'objet pour crime ou délit de droit commun, permettent l'application tant des dispositions de l'article 734-1, alinéa 1er, du Code de procédure pénale, pour des faits commis avant le 1er mars 1994, que de l'article 132-30 du Code pénal pour les faits postérieurs à cette date (■ Cass. crim., 27 nov. 1996, n° 95-81.829 : *JurisData* n° 1996-005310 ; *RSC* 1997, p. 634, obs. B. Bouloc).

2) **Obligation générale de motivation des peines correctionnelles.** Pour infirmer le jugement ayant condamné M. L. à 3 mois d'emprisonnement avec sursis et mise à l'épreuve pendant 3 ans en l'assortissant de nombreuses obligations et ramener cette peine à celle de 3 mois d'emprisonnement avec sursis, la cour d'appel relève que son casier judiciaire comporte une condamnation prononcée le 30 juin 1998 pour exhibition sexuelle ; que les juges ajoutent qu'au regard des principes posés par les articles 130-1 et 132-1 du Code pénal quant à la fonction et à l'individualisation de la peine et celle-ci devant rester proportionnée aux faits qui sont reprochés, le jugement sera infirmé et le prévenu condamné à la peine d'emprisonnement de 3 mois totalement assorti du sursis, paraissant plus adaptée à sa personnalité ; en prononçant ainsi, la cour d'appel a justifié sa décision (■ Cass. crim., 6 nov. 2018, n° 17-85.431 : *JurisData* n° 2018-022486 ; *Dr. pén.* 2019, comm. 19, obs. V. Peltier).

3) **Conditions d'octroi. Absence de condamnation antérieure.** Encourt la cassation l'arrêt qui condamne un prévenu à un sursis assorti d'une mesure de mise à l'épreuve pendant une durée de deux ans au motif que le prévenu n'était plus éligible au sursis simple, dès lors que, pour écarter la possibilité d'assortir la peine d'emprisonnement du sursis simple, les juges ont pris en compte une condamnation prononcée postérieurement aux faits poursuivis (■ Cass. crim., 1er avr. 2020, n° 18-87.110 : *JurisData* n° 2020-005008 ; *Dr. pén.* 2020, comm. 127, obs. V. Peltier).

Art. 132-31. – Le sursis simple est applicable, en ce qui concerne les personnes physiques, aux condamnations à l'emprisonnement prononcées pour une durée de cinq ans au plus, à l'amende ou à la peine de jours-amende, aux peines privatives ou restrictives de droits mentionnées à l'article 131-6, à l'exception de la confiscation, et aux peines complémentaires mentionnées à l'article 131-10, à l'exception de la confiscation, de la fermeture d'établissement et de l'affichage.

Le sursis simple ne peut être ordonné que pour l'emprisonnement lorsque le prévenu a été condamné dans le délai prévu à l'article 132-30 à une peine autre que la réclusion ou l'emprisonnement.

La juridiction peut décider que le sursis ne s'appliquera à l'exécution de l'emprisonnement que pour une partie dont elle détermine la durée dans la limite de cinq ans.

1) **Emprisonnement.** Il résulte tant des articles 40 ancien du Code pénal et 734 ancien du Code de procédure pénale que de l'article 132-31 nouveau du Code pénal que le sursis n'est applicable qu'aux condamnations à l'emprisonnement prononcées pour une durée de 5 ans au plus. Encourt la cassation l'arrêt de la cour d'assises qui a condamné l'accusé pour viols aggravés et agression sexuelle aggravée à 9 ans d'emprisonnement dont huit avec sursis (■ Cass. crim., 10 janv. 1996, n° 95-82.084 : *JurisData* n° 1996-000510 ; *Bull. crim.* n° 11 ; *RSC* 1996, p. 849, obs. B. Bouloc).

2) **Suspension du permis de conduire.** Selon l'article 132-31 du Code pénal, qui ne comporte aucune restriction analogue à celle prévue par l'article L. 234-2, II, du Code de la route, le sursis simple est applicable à la peine de suspension du permis de conduire lorsque celle-ci est prononcée, à titre principal, sur le fondement des articles 131-6 et 131-9 du Code pénal (■ Cass. crim., 18 févr. 2004 : *Bull. crim.* n° 48 ; *D.* 2004, IR p. 852 ; *AJ pénal*, 2004, p. 201, obs. Ch.-S. Enderlin).

3) Amende. Les amendes douanières ne peuvent être assorties d'un sursis (■ Cass. crim., 29 juin 2016, n° 15-84.004 : *JurisData* n° 2016-012747 ; *Dr. pén.* 2016, comm. 130, note J.-H. Robert).

4) Appel. Sur le seul appel du prévenu, dont le sort de ce fait ne peut être aggravé, la durée de la peine prononcée ne peut être élevée par la cour d'appel, même si pour partie le sursis ou le sursis avec mise à l'épreuve est substitué à la peine ferme prononcée par les premiers juges (■ Cass. crim., 21 nov. 2001 : *Bull. crim.* n° 242. ■ Cass. crim., 4 avr. 2002 : *Bull. crim.* n° 78 ; *Dr. pén.* 2003, chron. 11, obs. J. Leblois-Happe).

5) Autorité de la chose jugée. Le principe de l'autorité qui s'attache à la chose jugée, même de manière erronée, s'oppose à ce qu'une décision de justice devenue définitive soit remise en cause. Le condamné doit donc purger la partie sans sursis d'une peine de 6 ans d'emprisonnement dont 2 ans avec sursis (■ Cass. crim., 4 avr. 2013, n° 10-88.834 : *Bull. crim.* n° 78 ; *Dr. pén.* 2013, comm. 103, obs. V. Peltier ; *AJ pénal* 2013, jur. p. 407, note L. Priou).

– À rappr. : ■ Cass. crim., 24 mars 1999, n° 97-85.833 : *Bull. crim.* 1999, n° 54 (cassation). ■ Cass. crim., 2 juin 1999, n° 97-81.863 : *Bull. crim.* 1999, n° 119, et l'arrêt cité. ■ Cass. crim., 28 sept. 2010, n° 10-80.530 : *Bull. crim.* 2010, n° 143, et les arrêts cités. – Avis de la Cour de cassation, 7 févr. 2011, n° 10-00.009 : *Bull. crim.* 2011, Avis, n° 1 (non-lieu à avis). Sur la force exécutoire reconnue à la partie ferme de la peine, en sens contraire : ■ Cass. crim., 27 avr. 2004, n° 03-85.311 : *Bull. crim.* 2004, n° 29.

Art. 132-32. – Le sursis simple est applicable, en ce qui concerne les personnes morales, aux condamnations, à l'amende et aux peines mentionnées aux 2°, 5°, 6° et 7° de l'article 131-39.

Art. 132-33. – En matière contraventionnelle, le sursis simple ne peut être ordonné à l'égard d'une personne physique que lorsque le prévenu n'a pas été condamné, au cours des cinq années précédant les faits, pour crime ou délit de droit commun, à une peine de réclusion ou d'emprisonnement.

Le sursis simple ne peut être ordonné à l'égard d'une personne morale que lorsque celle-ci n'a pas été condamnée, dans le même délai, pour crime ou délit de droit commun, à une amende d'un montant supérieur à 15 000 €.

Art. 132-34. – Le sursis simple est applicable, en ce qui concerne les personnes physiques, aux condamnations aux peines privatives ou restrictives de droits mentionnées à l'article 131-14, à l'exception de la confiscation, aux peines complémentaires prévues par les 1°, 2° et 4° de l'article 131-16 ainsi qu'à la peine complémentaire prévue au premier alinéa de l'article 131-17. Il est également applicable à l'amende prononcée pour les contraventions de la 5e classe.

En ce qui concerne les personnes morales, le sursis simple est applicable à la peine d'interdiction d'émettre des chèques ou d'utiliser des cartes de paiement prévue par les articles 131-42 et 131-43. Il est également applicable à l'amende prononcée pour les contraventions de la 5e classe.

1) QPC. Non-lieu à renvoi au Conseil constitutionnel de la question concernant les dispositions de l'article 132-34 du Code pénal dont il résulte que le sursis n'est pas applicable à l'amende prononcée pour les contraventions des quatre premières classes, dès lors que le principe d'égalité ne s'oppose pas à ce que le législateur règle de façon différente des situations différentes, qu'elles ne méconnaissent pas le principe d'individualisation de la peine dès lors qu'il appartient au juge de proportionner le montant de l'amende à la gravité de la contravention commise, à la personnalité de son auteur et à ses ressources dans les limites du maximum de l'amende encouru et qu'elles ne portent pas atteinte au principe de la proportionnalité des peines, en l'absence de disproportion manifeste entre les infractions des quatre premières classes et les peines d'amende encourues pour celles-ci (■ Cass. crim., 6 juin 2012, n° 12-90.013 QPC : *Dr. pén.* 2012, comm. 128, obs. M. Véron).

2) Contraventions. Il résulte de l'article 132-34 du Code pénal que le sursis n'est pas applicable à l'amende prononcée pour les contraventions des quatre premières classes (■ Cass. crim., 3 juin 2003 : *Bull. crim.* n° 114 ; *JCP* 2003, IV, 2369. ■ Cass. crim., 25 mai 2005 : *Bull. crim.* n° 163. ■ Cass. crim., 8 juin 2006 : *Bull. crim.* n° 173. ■ Cass. crim., 31 oct. 2006 : *Bull. crim.* n° 272 ; *Dr. pén.* 2007, note 19. ■ Cass. crim., 6 mars 2018, n° 17-84.137 : *JurisData* n° 2018-005431 : *Dr. pén.* 2018, comm. 97, obs. V. Peltier).

3) Méconnaît l'article 132-34 la juridiction de proximité qui assortit du sursis une amende prononcée pour violences n'ayant pas entraîné d'incapacité de travail, contravention de la quatrième classe (■ Cass. crim., 15 juin 2011, n° 11-81.652 : *Bull. crim.* n° 130).

§ 2. – Des effets du sursis simple

Art. 132-35 ***(Mod. à compter du 1er janvier 2015, L. n° 2014-896, 15 août 2014).*** **– La condamnation pour crime ou délit assortie du sursis simple est réputée non avenue si le condamné qui en bénéficie n'a pas**

commis, dans le délai de cinq ans à compter de celle-ci, un crime ou un délit de droit commun suivi d'une nouvelle condamnation ayant ordonné la révocation totale du sursis dans les conditions définies à l'article 132-36 ; le caractère non avenu de la condamnation ne fait pas obstacle à la révocation totale ou partielle du sursis en cas d'infraction commise dans le délai de cinq ans.

1) Condamnation postérieure au délai d'épreuve pour des faits commis pendant ce délai. Il résulte tant de l'article 735 ancien du Code de procédure pénale que de l'article 132-35 du Code pénal que, même postérieure à l'expiration du délai d'épreuve, une nouvelle condamnation emporte révocation du sursis, dès lors qu'elle a été prononcée pour un crime ou un délit commis au cours de ce délai (▪ Cass. crim., 10 déc. 1996 : *Bull. crim.* n° 459 ; *Dr. pén.* 1997, comm. 62, obs. M. Véron).

2) Interdiction du territoire. Selon l'article 736 du Code de procédure pénale, les incapacités, interdictions et déchéances résultant d'une condamnation avec sursis cesseront d'avoir effet du jour où, par application de l'article 132-35 du Code pénal, cette condamnation aura été réputée non avenue ; l'interdiction du territoire français ne figurant pas au nombre des exceptions prévues par le premier de ces textes, en méconnaît les dispositions la cour d'appel qui, avant de rejeter une requête en relèvement d'une telle interdiction résultant d'une condamnation non avenue, relève que les effets du non avenu sont limités à la peine principale d'emprisonnement partiellement assortie du sursis et que la peine d'interdiction du territoire français bénéficie d'un régime autonome (▪ Cass. crim., 29 oct. 2003 : *Bull. crim.* n° 206).

Art. 132-36 *(Rempl. à compter du 1er janvier 2015, L. n° 2014-896, 15 août 2014).* **– La juridiction peut, par décision spéciale, révoquer totalement ou partiellement, pour une durée ou un montant qu'elle détermine, le sursis antérieurement accordé, quelle que soit la peine qu'il accompagne, lorsqu'elle prononce une nouvelle condamnation à une peine de réclusion ou à une peine d'emprisonnement sans sursis.**

La juridiction peut, par décision spéciale, révoquer totalement ou partiellement, pour une durée ou un montant qu'elle détermine, le sursis antérieurement accordé qui accompagne une peine quelconque autre que la réclusion ou l'emprisonnement lorsqu'elle prononce une nouvelle condamnation d'une personne physique ou morale à une peine autre que la réclusion ou l'emprisonnement sans sursis.

(Al. créé, L. n° 2019-222, 23 mars 2019) **Lorsque la juridiction ordonne la révocation du sursis en totalité ou en partie, elle peut, par décision spéciale et motivée, exécutoire par provision, faire incarcérer le condamné.**

1) Application dans le temps. Depuis le 1er janvier 2015, date d'entrée en vigueur de l'article 132-36 du Code pénal, dans sa rédaction consécutive à la loi du 15 août 2014, en cas de prononcé d'une peine d'emprisonnement sans sursis, le sursis antérieurement accordé n'est révoqué que par une décision spéciale. Encourt en conséquence la censure l'arrêt de la cour d'appel qui, pour rejeter la demande du prévenu de dispense de révocation du sursis prononcé auparavant par un tribunal correctionnel énonce que diverses circonstances n'autorisent pas envisager une dispense de révocation dudit sursis (▪ Cass. crim., 18 mai 2016, n° 15-84.748 : *JurisData* n° 2016-009380).

2) Le demandeur ne saurait invoquer les dispositions de l'article 132-36 du Code pénal, telles que modifiées par l'article 8-I de la loi du 15 août 2014, dès lors que, selon l'article 53 de cette loi, les nouvelles dispositions de l'article 132-36 du Code pénal ne s'appliquent pas dans l'hypothèse où, comme en l'espèce, un sursis simple a été révoqué de plein droit par une condamnation prononcée antérieurement à l'entrée en vigueur de ladite loi (▪ Cass. crim., 29 juin 2016, n° 14-86.372 : *JurisData* n° 2016-012748).

3) Droit antérieur à la loi du 15 août 2014 – Dispense de révocation. La juridiction prononçant une nouvelle condamnation est seule habilitée à dispenser le condamné de la révocation de plein droit du sursis simple prononcé par une décision antérieure, devenue définitive. Cette révocation n'est pas subordonnée à la régularité du prononcé du sursis, qui ne peut plus être remise en question. La juridiction saisie d'un incident contentieux d'exécution ne saurait donc dire, par avance, qu'un sursis simple illégalement prononcé ne pourra, de ce fait, faire l'objet d'aucune révocation (▪ Cass. crim., 4 avr. 2013, n° 10-88.834 : *Bull. crim.* n° 78 ; *Dr. pén.* 2013, comm. 103, obs. V. Peltier ; *AJ pénal* 2013, jur. p. 407, note L. Priou).

4) Conditions de la révocation. Le sursis antérieurement accordé n'était pas susceptible d'être révoqué, fût-ce par décision spéciale, lors du prononcé d'une peine autre que de réclusion ou d'emprisonnement sans sursis, telle qu'une peine de jours-amende (▪ Cass. crim., 4 sept. 2018, n° 17-85.957 : *JurisData* n° 2018-014957 ; *Bull. crim.* n° 141 ; *Dr. pén.* 2018, comm. 188, obs. E. Bonis ; *Gaz. Pal.* 5 févr. 2019, p. 41, obs. E. Dreyer).

5) Encourt la cassation l'arrêt qui condamne le prévenu à 4 mois d'emprisonnement avec sursis probatoire et confirme la révocation du sursis assortissant une peine de 3 mois d'emprisonnement dès lors que le sursis antérieurement accordé n'était pas susceptible d'être révoqué, fût-ce par décision spéciale, lors du prononcé d'une peine autre que de réclusion ou d'emprisonnement sans sursis (■ Cass. crim., 19 janv. 2022, n° 20-84.287 : *JurisData* n° 2022-000579).

Art. 132-37 ***(Mod. à compter du 1er janvier 2015, L. n° 2014-896, 15 août 2014).*** **– La condamnation pour contravention assortie du sursis simple est réputée non avenue si le condamné qui en bénéficie n'a pas commis, pendant le délai de deux ans à compter de celle-ci, un crime ou un délit de droit commun ou une contravention de la 5° classe suivie d'une nouvelle condamnation ayant ordonné la révocation du sursis dans les conditions définies à l'article 132-36.**

Art. 132-38 ***(Mod. à compter du 1er janvier 2015, L. n° 2014-896, 15 août 2014).*** **– En cas de révocation du sursis simple ordonnée par la juridiction, la première peine est exécutée sans qu'elle puisse se confondre avec la seconde.**

Art. 132-39 ***(Mod. à compter du 1er janvier 2015, L. n° 2014-896, 15 août 2014).*** **– Lorsque le bénéfice du sursis simple n'a été accordé que pour une partie de la peine, la condamnation est réputée non avenue dans tous ses éléments si la révocation totale du sursis n'a pas été prononcée dans les conditions prévues à l'article 132-36, la peine de jours-amende ou l'amende ou la partie de l'amende non assortie du sursis restant due.**

Voir : Comp. art. 132-29 à 132-39 avec C. proc. pén., art. 734-1 à 737.

Sous-section 4. – Du sursis probatoire

(Intitulé modifié à compter du 24 mars 2020, L. n° 2019-222, 23 mars 2019)

§ 1. – Des conditions d'octroi du sursis probatoire

(Intitulé modifié à compter du 24 mars 2020, L. n° 2019-222, 23 mars 2019)

Bibliographie : *JCl. Pénal Code, Sursis probatoire*, par J.-Y. Maréchal. ● S. Detraz, *Le nouveau sursis probatoire crée par la loi du 23 mars 2019 : Gaz. Pal.* 19 nov. 2019, n° 40, p. 71.

Art. 132-40 ***(Rect. JO 23 déc. 1992 ; mod., L. n° 2003-1119, 26 nov. 2003 ; mod. à compter du 1er janvier 2005, L. n° 2004-204, 9 mars 2004 ; mod. à compter du 24 mars 2020, L. n° 2019-222, 23 mars 2019).*** **– La juridiction qui prononce un emprisonnement peut, dans les conditions prévues ci-après, ordonner qu'il sera sursis à son exécution, la personne physique condamnée étant placée sous le régime de la probation.**

Après le prononcé de l'emprisonnement assorti du sursis probatoire, le président de la juridiction notifie au condamné, lorsqu'il est présent, les obligations à respecter durant le délai de probation et l'avertit des conséquences qu'entraînerait une condamnation pour une nouvelle infraction commise au cours de ce délai ou un manquement aux mesures de contrôle et aux obligations particulières qui lui sont imposées. Il l'informe de la possibilité qu'il aura de voir déclarer sa condamnation non avenue s'il observe une conduite satisfaisante.

Lorsque la juridiction prononce, à titre de peine complémentaire, la peine d'interdiction du territoire français pour une durée de dix ans au plus, il est sursis à son exécution durant le temps de la probation prévue au premier alinéa.

1) Défaut de notification des obligations assortissant la mise à l'épreuve. Le défaut de notification au condamné, par le président de la juridiction, des obligations devant être respectées pendant la durée du sursis avec mise à l'épreuve, en méconnaissance des prescriptions de l'article 132-40, alinéa 2, du Code pénal, a pour seule sanction l'inopposabilité de ces obligations au condamné jusqu'à leur notification régulière à l'intéressé par le juge de l'application des peines ou par le service pénitentiaire d'insertion et de probation.

La formalité de l'avertissement prévue par le même texte n'est pas prescrite à peine de nullité (■ Cass. crim., 18 oct. 2017, n° 16-87.123 : *JurisData* n° 2017-020390 ; *Dr. pén.* 2017, comm. 187, note V. Peltier).

2) Avertissement du risque de révocation. Pour dire n'y avoir lieu à révocation du sursis, l'arrêt énonce que si, selon les mentions de l'arrêt de condamnation, le condamné a été averti, conformément à l'article 132-40 du Code pénal, des conséquences d'un manquement, pendant le délai d'épreuve, aux obligations qui lui étaient imposées, il n'en résulte pas que ces obligations lui aient été notifiées à l'audience par le président, ou ultérieurement par le juge de l'application des peines ; Mais attendu qu'en prononçant ainsi, alors qu'il résulte de l'arrêt définitif de condamnation que le président s'est conformé aux dispositions de l'article 132-40 du Code pénal, la chambre de l'application de peines n'a pas justifié sa décision (▪ Cass. crim. 3 nov. 2016, n° 15-87.373, inédit : *AJ pénal* 2017, p. 51, note J. Ficara).

3) Avant d'ordonner la révocation, la juridiction du second degré n'avait pas à inviter le prévenu à s'expliquer à l'audience sur son éventualité, dès lors qu'en application de l'article 132-40 du Code pénal, la personne condamnée à une peine d'emprisonnement et placée sous le régime de la mise à l'épreuve a été informée, par le président de la juridiction qui a prononcé cette mesure, qu'elle pourrait être révoquée en cas de commission d'un nouveau délit pendant le délai d'épreuve, cet avertissement étant suffisant pour l'informer des risques qu'elle encourt à cet égard si elle commet un nouveau délit dans ce délai (▪ Cass. crim., 4 juin 2019, n° 18-85.731 : *JurisData* n° 2019-013636 ; *Dr. pén.* 2019, comm. 160, obs. V. Peltier).

Art. 132-41 *(Mod., L. n° 2005-1549, 12 déc. 2005 ; mod. à compter du 24 mars 2020, L. n° 2019-222, 23 mars 2019)*. **– Le sursis probatoire est applicable aux condamnations à l'emprisonnement prononcées pour une durée de cinq ans au plus, en raison d'un crime ou d'un délit de droit commun. Lorsque la personne est en état de récidive légale, il est applicable aux condamnations à l'emprisonnement prononcées pour une durée de dix ans au plus.**

Toutes les fois que la juridiction n'a pas prononcé l'exécution provisoire, la probation n'est applicable qu'à compter du jour où la condamnation devient exécutoire selon les dispositions du deuxième alinéa de l'article 708 du Code de procédure pénale.

La juridiction pénale ne peut prononcer le sursis probatoire à l'encontre d'une personne ayant déjà fait l'objet de deux condamnations assorties du sursis probatoire pour des délits identiques ou assimilés au sens des articles 132-16 à 132-16-4 et se trouvant en état de récidive légale. Lorsqu'il s'agit soit d'un crime, soit d'un délit de violences volontaires, d'un délit d'agressions ou d'atteintes sexuelles ou d'un délit commis avec la circonstance aggravante de violences, la juridiction ne peut prononcer le sursis probatoire à l'encontre d'une personne ayant déjà fait l'objet d'une condamnation assortie du sursis probatoire pour des infractions identiques ou assimilées et se trouvant en état de récidive légale. Toutefois, ces dispositions ne sont pas applicables lorsque le sursis probatoire ne porte que sur une partie de la peine d'emprisonnement prononcée en application des dispositions du dernier alinéa de l'article 132-42.

1) Emprisonnement de 5 ans au plus. Il résulte tant des articles 738 ancien du Code de procédure pénale et 40 ancien du Code pénal, que de l'article 132-41 nouveau du Code pénal que le sursis avec mise à l'épreuve n'est applicable qu'aux condamnations prononcées pour une durée de 5 ans au plus, en raison d'un crime ou d'un délit ; encourt dès lors la cassation l'arrêt d'une cour d'assises qui, après avoir déclaré un accusé coupable de violences avec arme ayant entraîné une mutilation ou une infirmité permanente, l'a condamné, notamment, à 6 ans d'emprisonnement dont 1 an assorti du sursis avec mise à l'épreuve pendant 3 ans (▪ Cass. crim., 10 juill. 1996 : *Bull. crim.* n° 292. ▪ Cass. crim., 31 mars 1999 : *Bull. crim.* n° 68. ▪ Cass. crim., 3 févr. 2004 : *Bull. crim.* n° 29).

2) Crime ou délit de droit commun. Aux termes du premier alinéa de l'article 132-41 du Code pénal, le sursis avec mise à l'épreuve n'est applicable qu'aux condamnations à l'emprisonnement prononcées pour une durée de 5 ans au plus en raison d'un crime ou d'un délit de droit commun. Le principe selon lequel nul ne peut être puni d'une peine qui n'est pas prévue par la loi est d'ordre public et constitue une exception péremptoire qui doit être relevée par le juge à tous les stades de la procédure ; encourt la cassation l'arrêt qui, saisi d'une demande de révocation d'un sursis avec mise à l'épreuve prononcé pour des faits poursuivis sur le fondement de l'article 24 *bis* de la loi du 29 juillet 1881 assimilable à des délits politiques, refuse de statuer sur la légalité de la peine prononcée (▪ Cass. crim., 27 avr. 2004 : *Bull. crim.* n° 98).

3) Récidive légale. Méconnaît les prescriptions de l'article 132-41 du Code pénal la cour d'appel qui condamne, pour violences aggravées en récidive, à une peine d'emprisonnement assortie en totalité d'un sursis avec mise à l'épreuve une personne ayant déjà fait l'objet d'une condamnation assortie du sursis avec mise à l'épreuve pour une infraction identique ou assimilée, au sens de l'article 132-16-4, et se trouvant en état de récidive légale (▪ Cass. crim., 16 déc. 2008, n° 08-85.469 : *Bull. crim.*

n° 256 ; *Dr. pén.* 2009, comm. 46, obs. M. Véron ; *D.* 2009, act. jurispr. p. 229, note M. Léna ; *AJ pénal* 2009, p. 127, note M. Herzog-Evans).

4) Point de départ du délai d'épreuve. Lorsqu'une condamnation assortie du sursis avec mise à l'épreuve ou de l'obligation d'accomplir un travail d'intérêt général est, en application de l'article 132-41 du Code pénal, remplaçant l'article 738 du Code de procédure pénale depuis le 1er novembre 1994, déclarée exécutoire par provision, le délai d'épreuve court à compter du jour où cette condamnation est prononcée (■ Cass. crim., 8 juin 1999 : *Bull. crim.* n° 126).

Art. 132-41-1 ***(Créé à compter du 24 mars 2020, L. n° 2019-222, 23 mars 2019).*** **– Lorsque la personnalité et la situation matérielle, familiale et sociale de l'auteur d'un crime ou délit puni d'une peine d'emprisonnement et les faits de l'espèce justifient un accompagnement socio-éducatif individualisé et soutenu, la juridiction peut décider que le sursis probatoire consistera en un suivi renforcé, pluridisciplinaire et évolutif, faisant l'objet d'évaluations régulières par le service pénitentiaire d'insertion et de probation, afin de prévenir la récidive en favorisant l'insertion ou la réinsertion de la personne au sein de la société.**

Dans ce cas, le dernier alinéa de l'article 132-41 n'est pas applicable.

Si elle dispose d'éléments d'information suffisants sur la personnalité du condamné et sur sa situation matérielle, familiale et sociale, la juridiction peut alors définir les obligations et interdictions particulières auxquelles celui-ci est astreint.

Dans le cas contraire, ces obligations et interdictions sont déterminées par le juge de l'application des peines dans des conditions et selon des modalités précisées par le Code de procédure pénale, après évaluation de la personnalité et de la situation matérielle, familiale et sociale du condamné par le service pénitentiaire d'insertion et de probation.

Art. 132-42 ***(Mod., L. n° 2004-204, 9 mars 2004 ; L. n° 2005-1549, 12 déc. 2005 ; mod. à compter du 24 mars 2020, L. n° 2019-222, 23 mars 2019).*** **– La juridiction pénale fixe le délai de probation qui ne peut être inférieur à douze mois ni supérieur à trois ans. Lorsque la personne est en état de récidive légale, ce délai peut être porté à cinq ans. Ce délai peut être porté à sept ans lorsque la personne se trouve à nouveau en état de récidive légale.**

Elle peut décider que le sursis ne s'appliquera à l'exécution de l'emprisonnement que pour une partie dont elle détermine la durée. Cette partie ne peut toutefois excéder cinq ans d'emprisonnement.

§ 2. – Du régime de la probation

Art. 132-43 ***(Rect. JO 23 déc. 1992 ; mod. à compter du 24 mars 2020, L. n° 2019-222, 23 mars 2019 ; L. n° 2020-936, 30 juill. 2020).*** **– Au cours du délai de probation, le condamné doit satisfaire aux mesures de contrôle qui sont prévues par l'article 132-44 et à celles des obligations particulières prévues par l'article 132-45 qui lui sont spécialement imposées. En outre, le condamné peut bénéficier de mesures d'aide destinées à favoriser son reclassement social.**

Ces mesures et obligations particulières, à l'exception des interdictions de contact ou de paraître prévues au même article 132-45, cessent de s'appliquer et le délai de probation est suspendu pendant le temps où le condamné est incarcéré. Le délai de probation est également suspendu pendant le temps où le condamné accomplit les obligations du service national.

Suspension du délai d'épreuve. Si le délai d'épreuve imposé au bénéficiaire du sursis ne commence à courir que du jour où la condamnation est devenue définitive, lorsque celle-ci n'a pas été déclarée exécutoire par provision, ce délai est suspendu en cas d'incarcération du condamné, les mesures de surveillance et d'assistance attachées au sursis probatoire ne pouvant s'exécuter cumulativement avec un emprisonnement ferme (■ Cass. crim., 14 févr. 1994 : *Bull. crim.* n° 65).

Art. 132-44 ***(Mod., L. n° 2000-516, 15 juin 2000 ; mod. à compter du 1er octobre 2014, L. n° 2014-896, 15 août 2014 ; mod. à compter du 24 mars 2020, L. n° 2019-222, 23 mars 2019).*** **– Les mesures de contrôle auxquelles le condamné doit se soumettre sont les suivantes :**

1° Répondre aux convocations du juge de l'application des peines ou du service pénitentiaire d'insertion et de probation désigné ;

2° Recevoir les visites du service pénitentiaire d'insertion et de probation et lui communiquer les renseignements ou documents de nature à permettre le contrôle de ses moyens d'existence et de l'exécution de ses obligations ;

3° Prévenir le service pénitentiaire d'insertion et de probation de ses changements d'emploi ;

4° Prévenir le service pénitentiaire d'insertion et de probation de ses changements de résidence ou de tout déplacement dont la durée excéderait quinze jours et rendre compte de son retour ;

5° Obtenir l'autorisation préalable du juge de l'application des peines pour tout changement d'emploi ou de résidence, lorsque ce changement est de nature à mettre obstacle à l'exécution de ses obligations ;

6° Informer préalablement le juge de l'application des peines de tout déplacement à l'étranger.

Application dans le temps. Sont d'application immédiate les dispositions de l'article 132-44, 6°, du Code pénal, issues de la loi n° 2014-896 du 15 août 2014, entrées en vigueur le 1er octobre 2014, qui ont supprimé l'obligation pour un condamné placé sous le régime de sursis avec mise à l'épreuve de solliciter l'autorisation du juge de l'application des peines pour tout déplacement à l'étranger et l'ont remplacée par l'information préalable de ce magistrat (■ Cass. crim., 4 nov. 2015, n° 15-80.310 : *Dr. pén.* 2016, comm. 19, obs. É. Bonis-Garçon).

Art. 132-45 *(Mod., L. n° 2003-495, 12 juin 2003 ; L. n° 2004-204, 9 mars 2004 ; L. n° 2005-1549, 12 déc. 2005 ; L. n° 2006-399, 4 avr. 2006 ; L. n° 2007-297, 5 mars 2007 ; L. n° 2010-242, 10 mars 2010 ; L. n° 2012-409, 27 mars 2012 ; L. n° 2014-873, 4 août 2014 ; L. n° 2014-896, 15 août 2014 ; L. n° 2016-731, 3 juin 2016 ; L. n° 2016-1547, 18 nov. 2016 ; mod. à compter du 24 mars 2020, L. n° 2019-222, 23 mars 2019 ; mod. au plus tard à compter du 10 octobre 2021, L. n° 2021-401, 8 avr. 2021).* – La juridiction de condamnation ou le juge de l'application des peines peut imposer spécialement au condamné l'observation de l'une ou de plusieurs des obligations suivantes :

1° Exercer une activité professionnelle ou suivre un enseignement ou une formation professionnelle ;

2° Établir sa résidence en un lieu déterminé ;

3° Se soumettre à des mesures d'examen médical, de traitement ou de soins, même sous le régime de l'hospitalisation. Ces mesures peuvent consister en l'injonction thérapeutique prévue par les articles L. 3413-1 à L. 3413-4 du Code de la santé publique, lorsqu'il apparaît que le condamné fait usage de stupéfiants ou fait une consommation habituelle et excessive de boissons alcooliques. Une copie de la décision ordonnant ces mesures est adressée par le juge de l'application des peines au médecin ou au psychologue qui doit suivre la personne condamnée. Les rapports des expertises réalisées pendant la procédure sont adressés au médecin ou au psychologue, à leur demande ou à l'initiative du juge de l'application des peines. Celui-ci peut également leur adresser toute autre pièce utile du dossier ;

4° Justifier qu'il contribue aux charges familiales ou acquitte régulièrement les pensions alimentaires dont il est débiteur ;

5° Réparer en tout ou partie, en fonction de ses facultés contributives, les dommages causés par l'infraction, même en l'absence de décision sur l'action civile ;

6° Justifier qu'il acquitte en fonction de ses facultés contributives les sommes dues au Trésor public à la suite de la condamnation ;

7° S'abstenir de conduire certains véhicules déterminés par les catégories de permis prévues par le Code de la route ou de conduire un véhicule qui ne soit pas équipé, par un professionnel agréé ou par construction, d'un dispositif homologué d'antidémarrage par éthylotest électronique ;

7° *bis* Sous réserve de son accord, s'inscrire et se présenter aux épreuves du permis de conduire, le cas échéant après avoir suivi des leçons de conduite ;

8° Ne pas se livrer à l'activité dans l'exercice ou à l'occasion de l'exercice de laquelle l'infraction a été commise ou ne pas exercer une activité impliquant un contact habituel avec des mineurs ;

9° S'abstenir de paraître en tout lieu, toute catégorie de lieux ou toute zone spécialement désignés ;

10° Ne pas engager de paris, notamment dans les organismes de paris mutuels, et ne pas prendre part à des jeux d'argent et de hasard ;

11° Ne pas fréquenter les débits de boissons ;

12° Ne pas fréquenter certains condamnés, notamment les auteurs ou complices de l'infraction ;

13° S'abstenir d'entrer en relation avec certaines personnes, dont la victime, ou certaines catégories de personnes, et notamment des mineurs, à l'exception, le cas échéant, de ceux désignés par la juridiction ;

14° Ne pas détenir ou porter une arme ;

15° Accomplir à ses frais un des stages prévus à l'article 131-5-1 du présent code ;

16° S'abstenir de diffuser tout ouvrage ou œuvre audiovisuelle dont il serait l'auteur ou le co-auteur et qui porterait, en tout ou partie, sur l'infraction commise et s'abstenir de toute intervention publique relative à cette infraction ; les dispositions du présent alinéa ne sont applicables qu'en cas de condamnation pour crimes ou délits d'atteintes volontaires à la vie, d'agressions sexuelles ou d'atteintes sexuelles ;

17° Remettre ses enfants entre les mains de ceux auxquels la garde a été confiée par décision de justice ;

18° En cas d'infraction commise soit contre son conjoint, son concubin ou son partenaire lié par un pacte civil de solidarité, soit contre ses enfants ou ceux de son conjoint, concubin ou partenaire, résider hors du domicile ou de la résidence du couple et, le cas échéant, s'abstenir de paraître dans ce domicile ou cette résidence ou aux abords immédiats de celui-ci, ainsi que, si nécessaire, faire l'objet d'une prise en charge sanitaire, sociale ou psychologique ; les dispositions du présent 19° sont également applicables lorsque l'infraction est commise par l'ancien conjoint ou concubin de la victime, ou par la personne ayant été liée à elle par un pacte civil de solidarité, le domicile concerné étant alors celui de la victime. Pour l'application du présent 19°, l'avis de la victime est recueilli, dans les meilleurs délais et par tous moyens, sur l'opportunité d'imposer au condamné de résider hors du logement du couple. Sauf circonstances particulières, cette mesure est prise lorsque sont en cause des faits de violences susceptibles d'être renouvelés et que la victime la sollicite. La juridiction peut préciser les modalités de prise en charge des frais afférents à ce logement ;

18° *bis (18° bis créé, L. n° 2019-1480, 28 déc. 2019)* Respecter l'interdiction de se rapprocher d'une victime de violences commises au sein du couple prévue à l'article 132-45-1 du présent code contrôlée par un dispositif électronique mobile anti-rapprochement ;

19° Obtenir l'autorisation préalable du juge de l'application des peines pour tout déplacement à l'étranger ;

20° Respecter les conditions d'une prise en charge sanitaire, sociale, éducative ou psychologique, destinée à permettre sa réinsertion et l'acquisition des valeurs de la citoyenneté ; cette prise en charge peut, le cas échéant, intervenir au sein d'un établissement d'accueil adapté dans lequel le condamné est tenu de résider ;

21° L'obligation d'accomplir un travail d'intérêt général, selon les modalités prévues à l'article 131-8 ;

22° L'injonction de soins, dans les conditions prévues aux articles L. 3711-1 à L. 3711-5 du Code de la santé publique, si la personne a été condamnée pour un délit pour lequel le suivi socio-judiciaire est encouru et qu'une expertise médicale a conclu qu'elle était susceptible de faire l'objet d'un traitement ;

23° L'obligation de justifier de la remise d'un bien dont la confiscation a été ordonnée ;

24° L'obligation de justifier du paiement régulier des impôts ;

25° L'obligation de justifier de la tenue d'une comptabilité régulière certifiée par un commissaire aux comptes.

Voir : *infra*, annexe 7 Santé concernant l'injonction thérapeutique, p. 1803.

1) Obligations et interdictions limitativement énumérées. La juridiction ne peut imposer que les obligations prévues par l'article 132-45 du Code pénal. Tel n'est pas le cas de l'obligation faite à la prévenue de se conformer aux décisions de justice exécutoires réglant les modalités d'exercice de l'autorité parentale sur son enfant (▪ Cass. crim., 23 juin 1999 : *Bull. crim.* n° 155).

2) Le sursis avec mise à l'épreuve ne peut comporter l'interdiction faite à un contrebandier de séjourner dans le pays étranger avec lequel il trafique (▪ Cass. crim., 29 oct. 1998 : *Bull. crim.* n° 283 : *JCP* G 1999, I, 151, obs. J.-H. Robert).

3) Obligation de réparer les dommages causés par l'infraction. Le juge pénal ne peut placer un condamné sous le régime du sursis avec mise à l'épreuve et obligation spéciale de réparer les dommages causés par l'infraction que si ceux-ci sont évalués définitivement par une condamnation civile. Ainsi a été cassé l'arrêt d'une cour d'appel qui a placé le condamné sous un tel régime, alors que celui-ci avait été déclaré en liquidation judiciaire, et qui s'est borné par ailleurs à fixer le montant des créances des parties civiles (▪ Cass. crim., 6 avr. 1994 : *Bull. crim.* n° 138).

4) Ne satisfont pas à l'obligation qui lui a été spécialement imposée d'acquitter, en fonction de ses facultés contributives, les sommes dues à la victime de l'infraction, le condamné à une peine assortie du sursis avec mise à l'épreuve qui ne verse pas à la victime la somme allouée au titre de l'article 475-1 du Code de procédure pénale, laquelle entre dans les prévisions des articles 739 et R. 58-60 de ce code (▪ Cass. crim., 27 juill. 1993 : *Bull. crim.* n° 253).

5) Le juge qui condamne un prévenu à une peine d'emprisonnement assortie du sursis probatoire comportant l'obligation d'indemniser les victimes n'a pas à s'expliquer sur les facultés contributives visées à l'article 132-45 5° du Code pénal dès lors que ces facultés seront prises en considération à l'occasion de la mise en œuvre de la mesure (■ Cass. crim., 3 juin 1998 : *Dr. pén.* 1999, comm. 109, obs. A. Maron).

6) Si l'ouverture d'une procédure collective à l'encontre d'un prévenu ne fait pas obstacle à son placement sous le régime du sursis avec mise à l'épreuve comportant l'obligation spéciale, prévue à l'article 132-45, 5°, du Code pénal, de réparer les dommages causés par l'infraction, même en l'absence de décision sur l'action civile, c'est à la condition, lorsqu'il s'agit de réparation pécuniaire, que la créance de la partie civile ne soit pas déclarée éteinte (■ Cass. crim., 10 nov. 1999 : *JurisData* n° 1999-004855 ; *Dr. pén.* 2000, comm. 60, obs. J.-H. Robert. ■ Cass. crim., 10 sept. 2003 : *JurisData* n° 2003-020529 ; *Bull. crim.* n° 159 ; *Dr. pén.* 2003, comm. 145, obs. J.-H. Robert).

7) Interdiction de paraître dans certains lieux. Si le juge répressif peut, en application de l'article 132-45 du Code pénal, assortir une peine d'emprisonnement de l'obligation de s'abstenir de paraître dans tout lieu qu'il désigne, il ne saurait, sans méconnaître le principe de territorialité de la loi pénale, viser des lieux situés hors du territoire de la République, telle la Principauté d'Andorre (■ Cass. crim., 29 oct. 1998 : *Bull. crim.* n° 283).

8) Interdiction de conduire certains véhicules. En prononçant, au titre du sursis avec mise à l'épreuve, l'interdiction de conduire les véhicules déterminés par les catégories des permis A, B, C, D, E, F prévues par le Code de la route, la cour d'appel a fait l'exacte application de l'article 132-45, 7° du Code pénal (■ Cass. crim., 22 sept. 1999 : *Bull. crim.* n° 197).

9) Obligation de se soumettre à des mesures de traitement ou de soins. Lorsqu'en application de l'article 132-45, 3° du Code pénal, la juridiction correctionnelle impose au condamné, à titre d'obligation du sursis avec mise à l'épreuve, de « suivre des soins médicaux », les modalités d'exécution de cette obligation doivent être déterminées par le juge de l'application des peines auquel l'article 739 du Code de procédure pénale donne le pouvoir de mettre en œuvre, aménager ou supprimer les obligations particulières auxquelles la juridiction de jugement a soumis le condamné (■ Cass. crim., 13 nov. 2001 : *Bull. crim.* n° 235).

10) L'obligation du suivi des soins médicaux n'est pas contraire aux dispositions de l'article 8 de la Déclaration des droits de l'homme et du citoyen et de l'article 7 de la Convention européenne des droits de l'homme (même arrêt).

11) Obligation d'accomplir un travail d'intérêt général – consentement du prévenu (jurisprudence antérieure à la loi du 23 mars 2019, relative à l'ancien sursis assorti de l'obligation d'accomplir un travail d'intérêt général – anc. sous-section 5 de la présente section, art. 132-54 à 132-57). Aux termes de l'article 132-54 du Code pénal, le sursis assorti de l'obligation d'accomplir un travail d'intérêt général ne peut être ordonné lorsque le prévenu le refuse ou n'est pas présent à l'audience. Encourt dès lors la cassation l'arrêt d'une cour d'appel qui, sur le seul appel du ministère public, confirme, en l'absence du prévenu à l'audience, le jugement ayant prononcé une peine d'emprisonnement avec sursis assorti de l'obligation d'accomplir un travail d'intérêt général (■ Cass. crim., 10 nov. 2009 : *Bull. crim.* n° 187 ; *Dr. pén.* 2010, comm. 18. obs. M. Véron).

12) Motivation. L'exigence selon laquelle, en matière correctionnelle, toute peine doit être motivée au regard de la gravité des faits, de la personnalité de leur auteur et de sa situation personnelle, s'applique au prononcé de la peine d'emprisonnement avec sursis et mise à l'épreuve, et non au choix de ses modalités que sont les obligations prévues à l'article 132-45 du Code pénal, lesquelles sont susceptibles d'être modifiées par le juge de l'application des peines (■ Cass. crim., 22 nov. 2017, n° 16-83.549 : *JurisData* n° 2017-023482 ; *Dr. pén.* 2018, comm. 20, note É. Bonis-Garçon). Voir également, C. proc. pén., art. 485-1 dans sa rédaction issue de la loi n° 2019-222 du 23 mars 2019, entrée en vigueur différé au 24 mars 2020.

Art. 132-45-1 *(L. n° 2019-1480, 28 déc. 2019)*. **– En cas d'infraction punie d'au moins trois ans d'emprisonnement commise contre son conjoint, son concubin ou son partenaire lié par un pacte civil de solidarité, y compris lorsqu'ils ne cohabitent pas, ou commise par l'ancien conjoint ou concubin de la victime ou par la personne ayant été liée à elle par un pacte civil de solidarité, la juridiction peut, à la demande ou avec le consentement exprès de la victime, qui peut être recueilli par tout moyen :**

1° Interdire au condamné de se rapprocher de la victime à moins d'une certaine distance fixée par la décision ;

2° Et, afin d'assurer le respect de cette interdiction, astreindre le condamné au port, pendant toute la durée de la mesure, d'un bracelet intégrant un émetteur permettant à tout moment de déterminer à distance sa localisation sur l'ensemble du territoire national et permettant de déterminer s'il s'approche de la victime à qui a été attribué un dispositif électronique permettant également de déterminer sa localisation.

Le condamné est avisé que la pose du bracelet ne peut être effectuée sans son consentement mais que le fait de la refuser constitue une violation des obligations qui lui incombent et peut donner lieu à la révocation de la mesure. Ce dispositif est homologué par le ministre de la justice. Sa mise en œuvre doit garantir le respect de la dignité, de l'intégrité et de la vie privée de la personne et ne doit pas entraver son insertion sociale.

Un décret en Conseil d'État précise les modalités d'application du présent article. Ce décret en Conseil d'État, pris après avis de la Commission nationale de l'informatique et des libertés, autorise la mise en œuvre d'un traitement automatisé de données à caractère personnel assurant le contrôle à distance de la localisation du condamné et de la victime ; ce décret peut étendre les finalités du traitement prévu à l'article 763-13 du Code de procédure pénale. Les personnes contribuant au contrôle à distance, qui ne peut conduire à imposer la présence du condamné dans certains lieux, peuvent être des personnes privées habilitées dans des conditions prévues par ce décret.

Application dans le temps. La Cour de cassation émet l'avis que les obligations des articles 132-45, 18° *bis*, et 132-45-1 du Code pénal, créées par la loi n° 2019-1480 du 28 décembre 2019, instaurant et fixant le régime du dispositif électronique mobile antirapprochement, lorsqu'elles permettent l'aménagement par une juridiction d'application des peines d'une peine d'emprisonnement en cours d'exécution, s'appliquent aux condamnations prononcées pour des faits commis avant leur entrée en vigueur, n'ayant pas pour résultat d'aggraver la situation du condamné (▪ Cass. crim., 22 sept. 2021, n° 21-96.001 : *JurisData* n° 2021-014636 ; *Bull. crim.* n° 9 ; *Dr. pén.* 2011, comm. 194, obs. E. Bonis ; *Gaz. Pal.* 23 nov. 2021, n° 41, p. 50, obs. S. Detraz).

Art. 132-46 ***(Mod. à compter du 24 mars 2020, L. n° 2019-222, 23 mars 2019).*** **– Les mesures d'aide ont pour objet de seconder les efforts du condamné en vue de son reclassement social.**

Ces mesures, qui s'exercent sous forme d'une aide à caractère social et, s'il y a lieu, d'une aide matérielle, sont mises en oeuvre par le service pénitentiaire d'insertion et de probation avec la participation, le cas échéant, de tous organismes publics et privés.

§ 3. – De la révocation du sursis probatoire en cas de nouvelle infraction

(Intitulé modifié à compter du 24 mars 2020, L. n° 2019-222, 23 mars 2019)

Art. 132-47 ***(Mod., L. n° 92-1336, 16 déc. 1992 ; L. n° 2004-204, 9 mars 2004 ; mod. à compter du 24 mars 2020, L. n° 2019-222, 23 mars 2019).*** **– Le sursis probatoire peut être révoqué par la juridiction de jugement dans les conditions prévues par l'article 132-48.**

Il peut également l'être par le juge de l'application des peines, selon les modalités prévues par le Code de procédure pénale, lorsque le condamné n'a pas satisfait aux mesures de contrôle et aux obligations particulières qui lui étaient imposées. Tout manquement à ces mesures et obligations commis après que la probation est devenue exécutoire peut justifier la révocation du sursis. Si cette révocation est ordonnée alors que la condamnation n'avait pas encore acquis un caractère définitif, elle devient caduque dans le cas où cette condamnation serait ultérieurement infirmée ou annulée.

1) Manquement aux obligations probatoires. La juridiction appelée à se prononcer sur la révocation d'un sursis avec mise à l'épreuve ne doit se déterminer qu'en fonction du comportement du condamné au regard des obligations qui lui sont imposées, sans pouvoir remettre en question la régularité de la décision ayant ordonné la mesure (▪ Cass. crim., 31 mars 1999 : *Bull. crim.* n° 68. V. également ▪ Cass. crim., 27 avr. 2004 : *Bull. crim.* n° 98, note 2 ss art. 132-41).

2) Il résulte des articles 132-44, 132-45 et 132-47 du Code pénal, 739 du Code de procédure pénale, que la juridiction appelée à se prononcer sur la révocation d'un sursis avec mise à l'épreuve ne doit se déterminer qu'au regard des obligations légalement imposées au condamné ; encourt la censure l'arrêt qui, pour ordonner la révocation d'un sursis avec mise à l'épreuve retient que l'intéressé a exercé une activité bénévole le mettant en contact avec des mineurs et qu'il n'a pas satisfait à l'obligation d'exercer une activité professionnelle régulière, alors, d'une part, que le condamné n'avait été légalement soumis qu'à l'interdiction d'exercer une activité professionnelle le mettant en contact avec des mineurs et, d'autre part, que l'obligation facultative d'exercer une activité professionnelle ne lui avait pas été imposée (▪ Cass. crim., 31 mars 2005 : *Bull. crim.* n° 116).

3) Selon l'article 132-47 du Code pénal, le sursis avec mise à l'épreuve peut être révoqué par le juge de l'application des peines lorsque le condamné n'a pas satisfait aux mesures de contrôle et aux obligations particulières qui lui étaient imposées (en l'espèce, victime non indemnisée, même à hauteur des facultés contributives du condamné, et absence de communication de ses ressources, ainsi que dissimulation devant les premiers juges de ce qu'il était en liquidation judiciaire personnelle).

– Le mandataire liquidateur n'a pas à être appelé à la procédure (■ Cass. crim., 21 févr. 2007 : *Bull. crim.* n° 57 ; *Dr. pén.* 2007, comm. 101, obs. M. Véron).

4) **Aménagement de peine.** La chambre de l'application des peines qui ordonne la révocation d'un sursis avec mise à l'épreuve n'est pas tenue de rechercher si un aménagement de la peine d'emprisonnement est possible dès lors qu'aucune demande n'a été présentée en ce sens (■ Cass. crim., 12 avr. 2012, n° 11-81.536 : *Bull. crim.* n° 96 ; *Dr. pén.* 2012, comm. 98, obs. M. Véron).

5) **Pourvoi non suspensif.** Il résulte des dispositions combinées des articles 132-47 du Code pénal, 742, 712-6, 712-13 et 712-15 du Code de procédure pénale que le pourvoi formé contre l'arrêt de la chambre de l'application des peines ordonnant la révocation du sursis avec mise à l'épreuve, en raison de l'inobservation, par le condamné, des mesures de contrôle et obligations particulières lui étant imposées, n'est pas suspensif (■ Cass. crim., 12 avr. 2012, n° 11-84.684 : *Bull. crim.* n° 99).

Art. 132-48 *(Mod., L. n° 2003-1119, 26 nov. 2003 ; mod. à compter du 24 mars 2020, L. n° 2019-222, 23 mars 2019).* **– Si le condamné commet, au cours du délai de probation, un crime ou un délit de droit commun suivi d'une condamnation à une peine privative de liberté sans sursis, la juridiction de jugement peut, après avis du juge de l'application des peines, ordonner la révocation en totalité ou en partie du ou des sursis antérieurement accordés. Cette révocation ne peut être ordonnée pour des infractions commises avant que la condamnation assortie du sursis ait acquis un caractère définitif.**

La mesure d'interdiction du territoire français est exécutoire de plein droit en cas de révocation totale du sursis probatoire dans les conditions prévues au présent article.

1) **Avis du juge de l'application des peines.** Selon l'article 132-48, la révocation d'un sursis avec mise à l'épreuve ne peut être ordonnée par la juridiction de jugement qu'après avis du juge de l'application des peines. Cette condition relative aux formes de la procédure étant immédiatement applicable aux instances en cours, y compris pour la première fois devant la juridiction d'appel, encourt la cassation l'arrêt qui ne mentionne pas qu'un tel avis a été recueilli (■ Cass. crim., 3 avr. 1995 : *Bull. crim.* n° 141 ; *Dr. pén.* 1995, comm. 169, obs. M. Véron. ■ Cass. crim., 27 juin 2018, n° 17-83.269 : *JurisData* n° 2018-013847 ; *Dr. pén.* 2018, comm. 169, obs. V. Peltier).

2) **Conditions de la révocation.** Fait l'exacte application des dispositions de l'article 132-48 du Code pénal la cour d'appel qui ordonne la révocation d'un précédent sursis avec mise à l'épreuve en prononçant pour de nouveaux faits une peine pour partie assortie d'un nouveau sursis avec mise à l'épreuve (■ Cass. crim., 7 janv. 2009 : *Bull. crim.* n° 8).

3) La juridiction répressive qui se prononce sur la révocation du sursis avec mise à l'épreuve accordé à un condamné, doit, dans sa décision, préciser que les faits ayant motivé la seconde condamnation ont été commis au cours du délai d'épreuve, lequel commence à courir du jour où la décision qui le fixe est devenue définitive ; la méconnaissance de cette règle doit entraîner l'annulation totale des dispositions pénales de la décision en raison de l'indivisibilité existant entre la déclaration de culpabilité et les peines (■ Cass. crim., 17 mai 1995 : *Bull. crim.* n° 180).

4) Encourt la censure l'arrêt d'une cour d'appel, en date du 5 juillet 2007, qui ordonne la révocation totale d'un sursis avec mise à épreuve d'une durée de 3 ans assortissant la peine de 2 ans d'emprisonnement prononcée le 28 février 2002, au motif qu'entre ces deux dates l'intéressé a été condamné à trois reprises, mais omet de préciser la nature – emprisonnement ferme – et la durée des trois condamnations prononcées (■ Cass. crim., 12 mars 2008, n° 07-87.532 : *Bull. crim.* n° 64 ; *JCP* 2008, IV, n° 1789).

5) La condamnation à une peine de 30 jours-amende ne peut entraîner la révocation d'une condamnation antérieure à 3 mois d'emprisonnement assortie du sursis avec mise à l'épreuve (■ Cass. crim., 11 janv. 2012, n° 11-81.297 : *Dr. pén.* 2012, comm. 49, obs. M. Véron).

6) La révocation peut être prononcée, alors même que l'incarcération provisoire n'a pas été ordonnée (■ Cass. crim., 27 mai 1999 : *Bull. crim.* n° 111).

7) La juridiction de l'application des peines doit s'assurer que la condamnation prononcée pendant le délai d'épreuve est définitive (■ Cass. crim., 30 mars 1999 : *Bull. crim.* n° 63).

8) Selon les articles 132-47 et 132-48 du Code pénal, lorsqu'une demande de révocation du sur-

sis avec mise à l'épreuve est présentée au tribunal correctionnel statuant comme juridiction de l'application des peines, l'acte de saisine de cette juridiction doit intervenir avant l'expiration du délai d'épreuve (■ Cass. crim., 20 juin 2000 : *Bull. crim.* n° 235).

Art. 132-49 ***(Mod. à compter du 1er octobre 2014, L. n° 2014-896, 15 août 2014 ; mod. à compter du 24 mars 2020, L. n° 2019-222, 23 mars 2019).*** **– La décision ordonnant la révocation partielle du sursis ne met pas fin au régime de la probation et n'attache pas à la condamnation les effets d'une condamnation sans sursis.**

Application dans le temps. Aux termes de l'article 112-2, 3° du Code pénal, les lois relatives au régime d'exécution et d'application des peines, dès lors qu'elles ont pour résultat de rendre plus sévères les peines prononcées par la décision de condamnation, ne sont applicables qu'aux condamnations prononcées pour des faits commis postérieurement à leur entrée en vigueur ; tel est le cas de l'article 132-49 qui autorise la révocation partielle du sursis avec mise à l'épreuve sans limitation de durée, alors que, suivant les dispositions abrogées de l'article 742-2 du Code de procédure pénale, une telle révocation partielle ne pouvait être ordonnée que pour une durée n'excédant pas 2 mois (■ Cass. crim., 12 déc. 1995 : *Bull. crim.* n° 376. ■ Cass. crim., 24 oct. 2000 : *Bull. crim.* n° 307).

Art. 132-50 ***(Rempl. à compter du 1er janvier 2015, L. n° 2014-896, 15 août 2014 ; mod. à compter du 24 mars 2020, L. n° 2019-222, 23 mars 2019).*** **– Si la juridiction ordonne l'exécution de la totalité de l'emprisonnement et si le sursis probatoire a été accordé après une première condamnation déjà prononcée sous le même bénéfice, elle peut, par décision spéciale, ordonner que la première peine sera également exécutée.**

Art. 132-51. **– Lorsque la juridiction ordonne la révocation du sursis en totalité ou en partie, elle peut, par décision spéciale et motivée, exécutoire par provision, faire incarcérer le condamné.**

Incarcération provisoire. Aucune disposition légale n'autorise une personne dont l'incarcération provisoire résulte de l'exécution d'une peine d'emprisonnement assortie d'un sursis avec mise à l'épreuve dont les obligations n'ont pas été observées, à former une demande de mise en liberté dans l'attente du débat contradictoire qui, conformément aux dispositions du dernier alinéa de l'article 712-19 du Code de procédure pénale, doit avoir lieu devant le juge de l'application des peines dans le délai de 15 jours suivant l'ordonnance d'incarcération, faute de quoi elle est remise en liberté si elle n'est détenue pour autre cause. Le demandeur ne saurait donc se faire un grief ni de ce qu'une chambre correctionnelle a statué sur une telle demande, ni des conditions dans lesquelles elle l'a fait (■ Cass. crim., 15 janv. 2019, n° 18-86.247 : *JurisData* n° 2019-001018 ; *Bull. crim.* n° 13).

§ 4. – Des effets du sursis probatoire

(Intitulé modifié à compter du 24 mars 2020, L. n° 2019-222, 23 mars 2019)

Art. 132-52 ***(L. n° 2014-896, 15 août 2014 ; mod. à compter du 24 mars 2020, L. n° 2019-222, 23 mars 2019).*** **– La condamnation assortie du sursis probatoire est réputée non avenue lorsque le condamné n'a pas fait l'objet d'une décision ordonnant l'exécution de la totalité de l'emprisonnement.**

Lorsque le bénéfice du sursis probatoire n'a été accordé que pour une partie de l'emprisonnement, la condamnation est réputée non avenue dans tous ses éléments si la révocation du sursis n'a pas été prononcée dans les conditions prévues par l'alinéa précédent.

Le caractère non avenu de la condamnation ne fait pas obstacle à la prolongation ou à la révocation totale ou partielle du sursis probatoire dès lors que le manquement ou l'infraction ont été commis avant l'expiration du délai de probation.

Bibliographie : L. Griffon, *Révocation partielle d'un sursis au-delà du délai d'épreuve et caractère non-avenu de la condamnation. Interprétation et portée des arrêts du 28 avril 2011 : Dr. pén.* 2012, étude 10 ; *adde. Dr. pén.* 2012, étude 14.

1) Application de la loi dans le temps. Les dispositions de l'article 132-52, alinéa 3, du Code pénal, issues de la loi n° 2014-896 du 15 août 2014, qui permettent la révocation partielle d'un sursis avec mise à l'épreuve après l'expiration du délai d'épreuve, sont immédiatement applicables à une condamnation à un emprisonnement assorti d'un sursis avec mise à l'épreuve prononcée contre l'auteur d'une infraction commise avant la date d'entrée en vigueur de ces dispositions, le 1er octobre

2014. En effet, elles ne présentent pas un caractère plus sévère au sens de l'article 112-2, 3° du Code pénal (■ Cass. crim., 13 déc. 2017, n° 16-86.128 : *JurisData* n° 2017-025632 ; *Dr. pén.* 2018, comm. 39, note E. Bonis).

2) Effets du non-avenu. Par application de l'article 132-52, alinéa 2 du Code pénal, une condamnation à l'emprisonnement assortie partiellement d'un sursis avec mise à l'épreuve est réputée non avenue dans tous ses éléments à l'échéance du délai d'épreuve et perd ainsi son caractère exécutoire à partir de cette date, à moins qu'elle ne fasse l'objet d'une décision ordonnant la révocation totale du sursis.

Fait dès lors l'exacte application de ce texte la chambre de l'application des peines qui constate qu'est devenue sans objet la demande d'aménagement d'une peine d'emprisonnement initialement assortie d'un sursis avec mise à l'épreuve dont la révocation partielle a été ordonnée postérieurement à l'expiration du délai d'épreuve (■ Cass. crim., 28 avr. 2011, n° 10-87.978 : *Bull. crim.* n° 85).

3) Fait également l'exacte application de ce texte la chambre de l'application des peines qui constate, après l'échéance du délai d'épreuve, qu'est devenue sans objet la requête du condamné sollicitant une suspension de peine pour raison médicale, le sursis avec mise à l'épreuve n'ayant pas fait l'objet d'une révocation totale (■ Cass. crim., 28 avr. 2011, n° 10-87.986 : *Bull. crim.* n° 84).

4) Révocation partielle après expiration du délai d'épreuve (jurisprudence antérieure à l'entrée en vigueur de la loi du 15 août 2014). Il se déduit de l'article 132-52 du Code pénal qu'après l'expiration du délai d'épreuve, le sursis avec mise à l'épreuve assortissant la condamnation à une peine d'emprisonnement ne peut plus faire l'objet d'une révocation partielle (■ Cass. crim., 12 avr. 2012, n° 11-84.684 : *Bull. crim.* n° 99 ; *D.* 2012, p. 1335 ; *Dr. pén.* 2012, étude 13, L. Griffon ; *AJ pénal* 2012, p. 497, obs. V. Dufourd).

5) Prolongation après expiration du délai d'épreuve. Il résulte de l'article 132-52 du Code pénal, dans sa rédaction issue de la loi n° 2019-222 du 23 mars 2019, entrée en vigueur le 24 mars 2020, que le caractère non avenu de la condamnation ne fait pas obstacle à la prolongation ou à la révocation totale ou partielle du sursis probatoire, en cas d'infraction ou de manquement aux obligations commis avant l'expiration du délai de probation. En conséquence, la cassation de l'arrêt d'une chambre de l'application des peines qui, après des débats tenus en l'absence du condamné et de l'avocat qui l'avait assisté en première instance, n'indique pas, comme l'exigent les articles 712-13 et D. 49-42 du Code de procédure pénale, que cet avocat avait été convoqué à l'audience, doit intervenir avec renvoi dès lors que des rapports d'incidents aux obligations ont été transmis au juge de l'application des peines avant l'expiration du délai de probation (■ Cass. crim., 5 janv. 2022, n° 21-83.378 : *JurisData* n° 2022-000062 ; *Bull. crim.* n° 1 ; *Dr. pén.* 2022, comm. 40, obs. E. Bonis).

Déjà en ce sens, avant l'entrée en vigueur de la loi du 23 mars 2019 : Il se déduit de la combinaison des articles 132-52, alinéa 3, du Code pénal et 742 du Code de procédure pénale que le caractère non avenu d'une condamnation à une peine d'emprisonnement avec sursis et mise à l'épreuve ne fait pas obstacle à la prolongation du délai d'épreuve, lorsque le motif de cette prolongation s'est produit pendant ledit délai et que le juge s'est saisi à cette fin au plus tard dans le délai d'un mois après cette date (■ Cass. crim., 22 mai 2019, n° 18-84.220 : *JurisData* n° 2019-008404 ; *Dr. pén.* 2019, comm. 140, obs. V. Peltier). *Contra* jurisprudence antérieure : il se déduit de l'article 132-52 du Code pénal qu'après l'expiration du délai d'épreuve, le sursis avec mise à l'épreuve assortissant la condamnation à une peine d'emprisonnement ne peut plus faire l'objet d'une prolongation (■ Cass. crim., 7 mai 2014 : *Bull. crim.* n° 129 ; *Dr. pén.* 2014, comm. 116, obs. V. Peltier).

6) Premier terme de la récidive. Selon le dernier alinéa de l'article 133-16 du Code pénal, « la réhabilitation n'interdit pas la prise en compte de la condamnation par les seules autorités judiciaires, en cas de nouvelles poursuites, pour l'application des dispositions sur la récidive légale ». Ces dispositions rendent inopérante la jurisprudence antérieure de la chambre criminelle qui, ayant assimilé les effets du « non-avenu »à ceux de la réhabilitation, en déduisait, en l'absence de disposition légale contraire, qu'une condamnation avec sursis, avec ou sans mise à l'épreuve, réputée non avenue, ne pouvait constituer le premier terme de la récidive. (...) en conséquence, est d'avis qu'une condamnation assortie du sursis, bien que réputée non avenue, peut constituer le premier terme de la récidive (■ C. cass. avis, 26 janv. 2009, n° 0080013P : *Bull. crim.* avis n° 1 ; *JurisData* n° 2009-046817).

Une condamnation assortie du sursis avec mise à l'épreuve, bien que réputée non avenue, peut constituer le premier terme de la récidive (■ Cass. crim., 11 janv. 2011, n° 10-81.781 : *Bull. crim.* n° 4).

Art. 132-53 ***(Mod., L. n° 2004-204, 9 mars 2004 ; mod. à compter du 24 mars 2020, L. n° 2019-222, 23 mars 2019).*** **– Si le sursis probatoire a été accordé après une première condamnation déjà prononcée sous le même bénéfice, cette première condamnation est réputée non avenue si la seconde vient elle-même à**

être déclarée ou réputée non avenue dans les conditions et les délais prévus par le premier alinéa de l'article 132-52 ci-dessus ou par l'article 744 du Code de procédure pénale.

Voir : Comp. art. 132-40 à 132-53 avec C. proc. pén., art. 739 à 747.

Sous-section 5. – Du sursis assorti de l'obligation d'accomplir un travail d'intérêt général

(Sous-section abrogée à compter du 24 mars 2020, L. n° 2019-222, 23 mars 2019)

Sous-section 6. – De la dispense de peine et de l'ajournement

Voir aussi : C. trav., art. L. 1146-2, p. 2264.

Bibliographie : *JCl. Pénal Code, Dispense de peine et ajournement*, par D. Caron.

Art. 132-58. – En matière correctionnelle ou, sauf dans les cas prévus aux articles 132-63 à 132-65, en matière contraventionnelle, la juridiction peut, après avoir déclaré le prévenu coupable et statué, s'il y a lieu, sur la confiscation des objets dangereux ou nuisibles, soit dispenser le prévenu de toute autre peine, soit ajourner le prononcé de celle-ci dans les cas et conditions prévus aux articles ci-après.

En même temps qu'elle se prononce sur la culpabilité du prévenu, la juridiction statue, s'il y a lieu, sur l'action civile.

1) Champ d'application. Les articles 469-1 et s. anciens du Code de procédure pénale (devenus les articles 132-58 et s. du Code pénal) ne s'appliquent ni devant les tribunaux militaires (■ Cass. crim., 11 juin 1976 : *Bull. crim.* n° 204), ni en matière de presse (■ Cass. crim., 2 déc. 1980 : *Bull. crim.* n° 326).

2) Il semble résulter de ■ Cass. crim., 8 nov. 2011, n° 11-81.753, que le titulaire du certificat d'immatriculation d'un véhicule surpris en infraction ne peut pas être dispensé de l'obligation pécuniaire de payer l'amende encourue. V. *Dr. pén.* 2012, comm. 23, obs. J.-H. Robert et note sous l'article L. 121-3 du Code de la route, *infra*.

3) Absence d'inscription au FNAEG. La dispense de peine ne constitue pas une condamnation permettant en application des dispositions de l'article 706-54, alinéa 1er, du Code de procédure pénale, l'inscription au fichier national automatisé des empreintes génétiques (■ Cass. crim., 9 avr. 2008, n° 07-85.972 : *Bull. crim.* n° 97).

§ 1. – De la dispense de peine

Art. 132-59. – La dispense de peine peut être accordée lorsqu'il apparaît que le reclassement du coupable est acquis, que le dommage causé est réparé et que le trouble résultant de l'infraction a cessé.

La juridiction qui prononce une dispense de peine peut décider que sa décision ne sera pas mentionnée au casier judiciaire.

La dispense de peine ne s'étend pas au paiement des frais du procès.

1) Décision de dispense. Le prononcé d'une dispense de peine, à supposer que les conditions requises pour que la personne condamnée puisse en bénéficier soient remplies, est une faculté laissée à la libre appréciation des juges (■ Cass. crim., 27 févr. 2018, n° 17-81.962 : *JurisData* n° 2018-002724).

2) La juridiction de proximité n'est pas tenue de motiver spécialement sa décision au regard de chacune des conditions prévues par l'article 132-59 du Code pénal (■ Cass. crim., 28 févr. 2018, n° 17-83.554 : *JurisData* n° 2018-005425 ; *Gaz. Pal.* 30 avr. 2018, n° 16, p. 56, note E. Dreyer ; *Dr. pén.* 2018, comm. 100, obs. V. Peltier).

3) La cour d'appel n'est pas tenue de s'expliquer spécialement sur son refus de prononcer la dispense de peine (■ Cass. crim., 22 mars 2017, n° 16-80.050 : *JurisData* n° 2017-005092 ; *Bull. crim.* 2017, n° 81).

4) Conditions d'octroi. Une cour d'appel, après avoir déclaré le prévenu coupable de faux matériel, a pu, sans contradiction, le dispenser de peine au motif qu'il avait agi sans intention de nuire (■ Cass. crim., 3 juin 2004 : *JurisData* n° 2004-024519 ; *Bull. crim.* 2004, n° 149).

5) Ne méconnaît pas les dispositions de l'article 132-59 du Code pénal le jugement d'où il résulte qu'étaient remplies au cas d'espèce les conditions permettant à la juridiction de proximité de prononcer une dispense de peine (■ Cass. crim., 30 oct. 2012, n° 12-81.603 : *Bull. crim.* n° 230).

6) Suivant l'article 132-59 du Code pénal, le juge ne peut accorder une dispense de peine que s'il constate dans sa décision que le reclassement du coupable est acquis, que le dommage causé est réparé et que le trouble résultant de l'infraction a cessé ; méconnaît ce texte le tribunal de police qui pour retenir que les conditions de la dispense de peine sont remplies, le dommage étant notamment réparé, énonce que le représentant légal de la société poursuivie pour non-désignation du conducteur d'un véhicule en excès de vitesse s'est désigné à l'audience par l'intermédiaire de son conseil, comme étant le conducteur (▪ Cass. crim., 7 mai 2019, n° 18-85.729 : *JurisData* n° 2019-007328 ; *Dr. pén.* 2019, comm. 139, obs. V. Peltier).

7) Méconnaît l'article 132-59 du Code pénal le jugement qui prononce une dispense de peine en se fondant sur la situation financière du prévenu (▪ Cass. crim., 8 sept. 2020, n° 20-81.495 : *JurisData* n° 2020-016819 ; *Dr. pén.* 2020, comm. 198, obs. V. Peltier).

8) Méconnaît l'article 132-59 du Code pénal le jugement qui, après avoir déclaré le prévenu coupable de conduite en sens interdit, prononce une dispense de peine en se fondant sur l'erreur de lecture des panneaux que ce dernier reconnaît avoir commise (▪ Cass. crim., 8 sept. 2020, n° 20-80.469 : *JurisData* n° 2020-016822 ; *Dr. pén.* 2020, comm. 198, obs. V. Peltier).

9) Contravention ayant fait l'objet d'une procédure d'amende forfaitaire majorée. Les dispositions des articles 539 et 530-1, alinéa 2, du Code de procédure pénale ne font pas obstacle à ce que la juridiction de proximité prononce une dispense de peine prévue, en matière contraventionnelle, par les articles 132-58 et suivants du Code pénal, pour toute contravention ayant fait l'objet d'une procédure d'amende forfaitaire majorée (▪ Cass. crim., 9 nov. 2005 : *Bull. crim.* n° 291 ; *Dr. pén.* 2006, comm. 28, obs. A. Maron. ▪ Cass. crim., 18 janv. 2006 : *Dr. pén.* 2006, comm. 51, obs. J.-H. Robert).

10) Paiement du droit fixe de procédure. Le prévenu déclaré coupable et dispensé de peine est, en application de l'article 132-59, dernier alinéa, du Code pénal, tenu au paiement du droit fixe de procédure défini à l'article 1018 A du Code général des impôts (▪ Cass. crim., 24 juin 2014 : *Bull. crim.* n° 160 ; *Dr. pén.* 2014, comm. 149, obs. J.-H. Robert).

§ 2. – De l'ajournement simple

Art. 132-60. – La juridiction peut ajourner le prononcé de la peine lorsqu'il apparaît que le reclassement du coupable est en voie d'être acquis, que le dommage causé est en voie d'être réparé et que le trouble résultant de l'infraction va cesser.

Dans ce cas, elle fixe dans sa décision la date à laquelle il sera statué sur la peine.

L'ajournement ne peut être ordonné que si la personne physique prévenue ou le représentant de la personne morale prévenue est présent à l'audience.

1) Présence du prévenu à l'audience. Selon l'article 132-60, alinéa 3, du Code pénal, l'ajournement du prononcé de la peine ne peut être ordonné qu'en présence du prévenu. Encourt la censure l'arrêt, qui a condamné la prévenue à une peine, alors qu'il ne résulte pas de cette décision que la prévenue était présente à l'audience lors de laquelle la juridiction avait prononcé son ajournement (▪ Cass. crim., 24 mars 2015, n° 14-68.836).

2) L'ajournement de peine ne peut être prononcé qu'en présence du prévenu, et ne saurait résulter d'une décision rendue sur le fondement de l'article 411 du Code de procédure pénale (▪ Cass. crim., 22 mai 1986 : *Bull. crim.* n° 166). La présence du prévenu est d'ordre public (▪ Cass. crim., 17 nov. 1987 : *Bull. crim.* n° 414. ▪ Cass. crim., 25 févr. 1992 : *Dr. pén.* 1992, n° 192) et ne respecte pas les dispositions légales l'arrêt qui ne mentionne la présence du prévenu, ni à l'audience ayant ajourné le prononcé de la peine, ni à l'audience du prononcé de la peine après ajournement (▪ Cass. crim., 11 mars 2009 : *Dr. pén* 2009, comm. 75, obs. M. Véron).

3) Faculté du juge. L'article 132-60 du Code pénal donne aux juges la faculté d'ajourner le prononcé de la peine. Aucune disposition légale ne prévoit que doivent être énoncées, dans leur décision, les conditions d'application définies par l'article 1er de ce texte (▪ Cass. crim., 18 mai 2004 : *Bull. crim.* n° 122 ; *Dr. pén.* 2004, comm. 139, obs. M. Véron ; *RSC* 2004, p. 874, obs. G. Vermelle).

Art. 132-61. – À l'audience de renvoi, la juridiction peut soit dispenser le prévenu de peine, soit prononcer la peine prévue par la loi, soit ajourner une nouvelle fois le prononcé de la peine dans les conditions et selon les modalités prévues à l'article 132-60.

1) Composition de la juridiction. Est régulière la composition d'une juridiction qui, après avoir déclaré coupable le prévenu et ajourné le prononcé de la peine, en application de l'article 469-3 du Code de procédure pénale, statue sur la peine dans une composition différente (▪ Cass. crim., 14 nov. 1989 : *Bull. crim.* n° 415).

2) Autorité de la chose jugée. Lorsqu'il a statué sur la culpabilité tout en ajournant le prononcé de la peine, le juge ne peut ultérieurement se prononcer à nouveau sur la culpabilité (▪ Cass. crim., 30 mai 2017, n° 16-87.183 : *JurisData* n° 2017-010552 ; *Procédures* 2017, comm. 220, obs. J. Buisson).

3) Lorsque la juridiction a, par une première décision, déclaré un prévenu coupable du délit qui lui était imputé et renvoyé le prononcé de la peine à une date ultérieure, cette même juridiction ne peut, par la suite, rendre une décision de relaxe incompatible avec la déclaration de culpabilité qui a acquis l'autorité de la chose jugée (▪ Cass. crim., 12 juin 1979 : *Bull. crim.* n° 206. ▪ Cass. crim., 22 juin 1982 : *Bull. crim.* n° 166).

4) Les juges peuvent dispenser le prévenu de toute peine, mais non d'une peine après l'avoir prononcée (▪ Cass. crim., 27 nov. 1978 : *Bull. crim.* n° 332 ; *RSC* 1980, p. 114, obs. J. Larguier ; *Gaz. Pal.* 1979, 311, note X.).

5) Lorsqu'un tribunal a, par jugement devenu définitif, déclaré un prévenu coupable, puis a par une décision ultérieure statué sur la peine, la cour d'appel saisie du seul recours formé contre cette dernière décision ne saurait, sans méconnaître à la fois l'autorité de la chose jugée et les règles de sa saisine, se prononcer à nouveau sur la culpabilité (▪ Cass. crim., 2 janv. 1980, n° 79-92.232 : *Bull. crim.* n° 2. ▪ Cass. crim., 15 mai 1984, n° 82-91.617 : *Bull. crim.* n° 175. ▪ Cass. crim., 19 avr. 2000, n° 99-84.052 : *Bull. crim.* n° 155. ▪ Cass. crim., 13 déc. 2006, n° 06-82.576 : *Bull. crim.* n° 311).

6) Charge de la preuve. Il appartient au prévenu de satisfaire à l'obligation prise par lui, à l'audience d'ajournement, de réparer le dommage causé par l'infraction et, à l'audience du prononcé de la peine, de rapporter la preuve de cette réparation (▪ Cass. crim., 16 oct. 1991 : *Bull. crim.* n° 352).

7) Caractère contradictoire du jugement. Il résulte des dispositions des articles 469-1 du Code de procédure pénale et 132-61 du Code pénal que la présence du prévenu n'est pas requise lors de l'audience de renvoi après ajournement du prononcé de la peine, le tribunal statuant alors par jugement contradictoire (▪ Cass. crim., 30 mai 2017, n° 16-87.183 : *JurisData* n° 2017-010552).

8) Le jugement rendu après ajournement du prononcé de la peine est contradictoire, et le délai d'appel court du jour où il est rendu sans qu'une signification soit nécessaire en cas d'absence du prévenu (▪ Cass. crim., 14 juin 1983 : *Bull. crim.* n° 180 ; *JCP* 1983, IV, 268). L'erreur du tribunal qui a déclaré, à tort, son jugement contradictoire à signifier et celle du ministère public qui a fait procéder à cette signification sont sans incidence sur le point de départ du délai d'appel (▪ Cass. crim., 4 nov. 1988 : *Bull. crim.* n° 370).

9) Si le jugement rendu, après ajournement de la peine est contradictoire à l'égard du prévenu non comparant par application de l'article 469-3 du Code de procédure pénale devenu l'article 132-60 nouveau du Code pénal et, si le délai d'appel contre une telle décision court du jour où elle est rendue, sans qu'une signification soit nécessaire en cas d'absence du prévenu, il n'en va pas de même lorsque, par ce jugement, les juges statuent pour la première fois sur l'intervention des parties civiles dans les conditions prévues par l'article 421 du Code de procédure pénale, cette circonstance nouvelle imposant alors la signification du jugement du prévenu (▪ Cass. crim., 7 févr. 1996 : *Bull. crim.* n° 63).

10) Appel de la décision d'ajournement. Les juges du second degré saisis d'un appel contre un jugement qui déclare un prévenu coupable d'une infraction et renvoie le prononcé de la peine à une date ultérieure, ne sauraient, sans méconnaître les règles de leur saisine, statuer sur la seule culpabilité en laissant au tribunal le soin de fixer la peine (▪ Cass. crim., 27 mars 1984 : *Bull. crim.* n° 129 ; *RSC* 1985, p. 122, obs. J.-H. Robert. ▪ Cass. crim., 11 juin 1986 : *Bull. crim.* n° 201. ▪ Cass. crim., 18 mars 1987 : *Bull. crim.* n° 129. ▪ Cass. crim., 28 févr. 1991 : *Bull. crim.* n° 101. ▪ Cass. crim., 19 janv. 2005, n° 04-80.996 : *Bull. crim.* n° 23 ; *Dr. pén.* 2005, comm. 81, obs. A. Maron).

11) Il appartient à la juridiction du second degré, si elle est saisie du seul appel du prévenu dont elle ne doit pas aggraver le sort, d'ordonner une remise de cause de façon à ne statuer sur la peine qu'après l'expiration du délai fixé par le tribunal (▪ Cass. crim., 12 avr. 1988 : *Bull. crim.* n° 147).

12) En cas d'appel de la décision ayant déclaré un prévenu coupable et ajourné le prononcé de la peine, le tribunal ne peut statuer sur la peine en méconnaissance de l'effet dévolutif de l'appel. La cour d'appel doit évoquer après avoir annulé le jugement ayant statué sur la peine en méconnaissance de l'effet dévolutif de l'appel attaché à la décision ayant prononcé sur la culpabilité avec ajournement de la peine (▪ Cass. crim., 22 févr. 1988 : *Bull. crim.* n° 83).

13) Les juges du second degré, lorsqu'ils sont saisis de l'appel d'un jugement déclarant le prévenu coupable d'une infraction, ajournant le prononcé de la peine et ordonnant le sursis à statuer sur les intérêts civils ne sauraient, sans méconnaître l'étendue de leur saisine, statuer sur la culpabilité et la peine et renvoyer la procédure devant le tribunal correctionnel pour prononcer les intérêts civils (■ Cass. crim., 19 janv. 2005 : *Dr. pén.* 2005, comm. 81, obs. A. Maron).

14) Lorsqu'elle est saisie de l'appel du ministère public contre un jugement déclarant le prévenu coupable mais ajournant le prononcé de la peine, la juridiction du second degré doit se prononcer sur la peine sans égard pour la date à laquelle le tribunal avait prévu de le faire (■ Cass. crim., 4 oct. 1995 : *Bull. crim.* n° 294).

15) Dès lors que le représentant qualifié de l'Administration a formulé son avis, en première instance, sur l'opportunité de la démolition prévue par l'article L. 480-5 du Code de l'urbanisme, la cour d'appel peut, même lorsqu'elle a ajourné le prononcé de la peine en application des articles 132-60 et suivants du Code pénal, ordonner cette mesure sans être tenue d'entendre elle-même ledit représentant (■ Cass. crim., 16 déc. 2003 : *JurisData* n° 2003-021653 ; *Bull. crim.* 2003, n° 248 ; *Dr. pén.* 2004, comm. 41, obs. J.-H. Robert).

16) Pourvoi. L'arrêt rendu après ajournement du prononcé de la peine, par application de l'article 469-3 du Code de procédure pénale, est contradictoire, et le délai du pourvoi contre une telle décision court du jour où il est rendu sans qu'une signification soit nécessaire en cas d'absence du prévenu (■ Cass. crim., 22 oct. 1986 : *Bull. crim.* n° 298).

17) L'arrêt qui, après s'être prononcé sur la culpabilité ajourne le prononcé de la peine, n'entre pas dans les prévisions de l'article 570 du Code de procédure pénale, le pourvoi contre un tel arrêt est immédiatement recevable (■ Cass. crim., 8 févr. 1977 : *Bull. crim.* n° 46).

Note : Certains des arrêts ci-dessus cités ont été rendus sous l'empire des anciens textes insérés au Code de procédure pénale, dont la substance a été reprise, dans l'ensemble, par les textes du Code pénal.

Art. 132-62. – La décision sur la peine intervient au plus tard un an après la première décision d'ajournement.

§ 3. – De l'ajournement avec mise à l'épreuve

Art. 132-63. – Lorsque le prévenu, personne physique, est présent à l'audience, la juridiction peut ajourner le prononcé de la peine dans les conditions et selon les modalités définies à l'article 132-60 en plaçant l'intéressé sous le régime de la probation pendant un délai qui ne peut être supérieur à un an. Sa décision est exécutoire par provision.

Art. 132-64. – Le régime de la probation, tel qu'il résulte des articles 132-43 à 132-46, est applicable à l'ajournement avec mise à l'épreuve.

Art. 132-65 *(Mod., L. n° 2004-204, 9 mars 2004 ; L. n° 2020-1672, 24 déc. 2020).* **– À l'audience de renvoi, la juridiction peut, en tenant compte de la conduite du coupable au cours du délai de probation, soit le dispenser de peine, soit prononcer la peine prévue par la loi, soit ajourner une nouvelle fois le prononcé de la peine dans les conditions et selon les modalités prévues à l'article 132-63. Avec l'accord du procureur de la République, le juge de l'application des peines peut, trente jours avant l'audience de renvoi, prononcer lui-même la dispense de peine, à l'issue d'un débat contradictoire tenu conformément aux dispositions de l'article 712-6 du Code de procédure pénale.**

La décision sur la peine intervient au plus tard un an après la première décision d'ajournement.

§ 4. – De l'ajournement avec injonction

Art. 132-66. – Dans les cas prévus par les lois ou les règlements qui répriment des manquements à des obligations déterminées, la juridiction qui ajourne le prononcé de la peine peut enjoindre à la personne physique ou à la personne morale déclarée coupable de se conformer à une ou plusieurs des prescriptions prévues par ces lois ou règlements.

La juridiction impartit un délai pour l'exécution de ces prescriptions.

Art. 132-67. – La juridiction peut assortir l'injonction d'une astreinte lorsque celle-ci est prévue par la loi ou le règlement ; dans ce cas, elle fixe, dans les limites prévues par la loi ou le règlement, le taux de l'astreinte et la durée maximale pendant laquelle celle-ci sera applicable.

L'astreinte cesse de courir le jour où les prescriptions énumérées par l'injonction ont été exécutées.

Art. 132-68. – L'ajournement avec injonction ne peut intervenir qu'une fois ; il peut être ordonné même si la personne physique prévenue ou le représentant de la personne morale prévenue n'est pas présent.

Dans tous les cas, la décision peut être assortie de l'exécution provisoire.

Art. 132-69. – À l'audience de renvoi, lorsque les prescriptions énumérées par l'injonction ont été exécutées dans le délai fixé, la juridiction peut soit dispenser le coupable de peine, soit prononcer les peines prévues par la loi ou le règlement.

Lorsque les prescriptions ont été exécutées avec retard, la juridiction liquide, s'il y a lieu, l'astreinte et prononce les peines prévues par la loi ou le règlement.

Lorsqu'il y a inexécution des prescriptions, la juridiction liquide, s'il y a lieu, l'astreinte, prononce les peines et peut en outre, dans les cas et selon les conditions prévus par la loi ou le règlement, ordonner que l'exécution de ces prescriptions sera poursuivie d'office aux frais du condamné.

Sauf dispositions contraires, la décision sur la peine intervient au plus tard un an après la décision d'ajournement.

Code de l'environnement

Art. L. 173-9 *(Mod., L. n° 2020-1672 relative au Parquet européen, à la justice environnementale et à la justice pénale spécialisée, 24 déc. 2020)*. – Les dispositions des articles 132-66 à 132-70 du Code pénal sur l'ajournement avec injonction sont applicables aux personnes physiques et aux personnes morales en cas de condamnation prononcée pour une infraction prévue au présent code. Par dérogation à l'article 132-69 du Code pénal, lorsqu'il est fait application du 2° de l'article L. 173-5 du présent code, la décision sur la peine intervient au plus tard deux ans après la décision d'ajournement.

Le tribunal peut assortir l'injonction d'une astreinte de 3 000 euros au plus par jour de retard.

Art. 132-70 *(Mod., L. n° 2004-204, 9 mars 2004)*. – Le taux de l'astreinte, tel qu'il a été fixé par la décision d'ajournement, ne peut être modifié.

Pour la liquidation de l'astreinte, la juridiction apprécie l'inexécution ou le retard dans l'exécution des prescriptions en tenant compte, s'il y a lieu, de la survenance d'événements qui ne sont pas imputables au coupable.

L'astreinte ne donne pas lieu à contrainte judiciaire.

Bibliographie : Th. Fossier, *Les astreintes prononcées par les juridictions pénales : JCP* 1998, I, 126.

§ 5. – De l'ajournement aux fins d'investigations sur la personnalité ou la situation matérielle, familiale et sociale

(§ créé à compter du 1er octobre 2014, L. n° 2014-896, 15 août 2014)

Bibliographie : A. Mihman, *Les nouvelles formes d'ajournement du prononcé de la peine issues de la loi du 15 août 2014 : Gaz. Pal.*, 19-21 oct. 2014, p. 13.

Art. 132-70-1 *(Créé à compter du 1er octobre 2014, L. n° 2014-896, 15 août 2014 ; mod. à compter du 24 mars 2020, L. n° 2019-222, 23 mars 2019)*. – La juridiction peut ajourner le prononcé de la peine à l'égard d'une personne physique lorsqu'il apparaît opportun d'ordonner à son égard des investigations, le cas échéant complémentaires, sur sa personnalité ou sa situation matérielle, familiale et sociale de nature à permettre le prononcé d'une peine adaptée. Ces investigations peuvent être confiées au service pénitentiaire d'insertion et de probation ou à une personne morale habilitée.

Dans ce cas, la juridiction fixe dans sa décision la date à laquelle il sera statué sur la peine et ordonne, s'il y a lieu, le placement de la personne jusqu'à cette date sous contrôle judiciaire, sous assignation à résidence avec surveillance électronique ou, si celle-ci comparait détenue ou selon la procédure de comparution immédiate, en détention provisoire.

La décision sur la peine intervient au plus tard dans un délai de quatre mois après la décision d'ajournement, sous réserve des délais plus courts prévus au troisième alinéa de l'article 397-3 du Code de procédure pénale quand la personne est placée en détention provisoire. Ce délai peut être prolongé pour une nouvelle durée maximale de quatre mois.

Art. 132-70-2 *(Créé à compter du 1er octobre 2014, L. n° 2014-896, 15 août 2014).* **– Lorsque la juridiction ajourne le prononcé de la peine, elle peut octroyer immédiatement à la victime des dommages et intérêts soit à titre provisionnel, soit à titre définitif.**

§ 6. – De l'ajournement aux fins de consignation d'une somme d'argent

(§ créé à compter du 1er octobre 2014, L. n° 2014-896, 15 août 2014)

Art. 132-70-3 *(Créé à compter du 1er octobre 2014, L. n° 2014-896, 15 août 2014).* **– La juridiction peut ajourner le prononcé de la peine à l'égard d'une personne en la soumettant à l'obligation de consigner une somme d'argent en vue de garantir le paiement d'une éventuelle peine d'amende. Elle détermine le montant de cette consignation et le délai dans lequel celle-ci doit être déposée au greffe, qui ne saurait être supérieur à un an. Elle peut prévoir que cette consignation est effectuée en plusieurs versements, selon un échéancier qu'elle détermine.**

Elle fixe dans sa décision la date à laquelle il sera statué sur la peine.

La décision sur la peine intervient au plus tard dans un délai d'un an après la décision d'ajournement.

Section III. – De la définition de certaines circonstances entraînant l'aggravation, la diminution ou l'exemption des peines

(Intit. rempl., L. n° 2004-204, 9 mars 2004)

Bibliographie : *JCl. Pénal Code, Circonstances aggravantes définies par le Code pénal*, par D. Guérin.

Art. 132-71. **– Constitue une bande organisée au sens de la loi tout groupement formé ou toute entente établie en vue de la préparation, caractérisée par un ou plusieurs faits matériels, d'une ou de plusieurs infractions.**

1) Circonstance aggravante réelle. C'est à bon droit que la chambre de l'instruction énonce que la bande organisée s'analyse en une circonstance aggravante réelle qui a trait aux conditions dans lesquelles l'infraction a été commise et qui a vocation à s'appliquer à l'ensemble des coauteurs et complices (▪ Cass. crim., 15 sept. 2004 : *Bull. crim.* n° 213. ▪ Cass. crim., 11 janv. 2017, n° 16-80.610 : *JurisData* n° 2017-000182 : *Dr. pén.* 2017, comm. 39, obs. Ph. Conte).

2) Questions posées à la cour d'assises. La question posée à la cour et au jury, portant sur la circonstance aggravante de bande organisée définie par l'article 132-71 du Code pénal, doit être posée en fait (▪ Cass. crim., 15 mars 2006 : *Bull. crim.* n° 77 ; *Dr. pén.* 2006, comm. 94, obs. M. Véron).

3) Différence entre bande organisée et association de malfaiteurs. Il résulte de la décision du Conseil constitutionnel n° 2004-492 DC du 2 mars 2004 (▪ Cons. const., déc. 2 mars 2004, n° 2004-492 DC : *JO* 10 mars 2004 ; *D.* 2004, somm. p. 2757, obs. B. de Lamy) que la bande organisée suppose la préméditation des infractions et, à la différence de l'association de malfaiteurs, une organisation structurée entre ses membres.

Justifie en conséquence sa décision la chambre de l'instruction qui, pour retenir les qualifications correctionnelles de vols aggravés, destructions par incendie et association de malfaiteurs et renvoyer le prévenu devant le tribunal correctionnel, énonce que la seule constitution d'une équipe de plusieurs malfaiteurs ne peut suffire à qualifier la bande organisée dès lors que cette équipe ne répond pas au critère supplémentaire de structure existant depuis un certain temps et qu'en l'espèce, les équipes de malfaiteurs n'étaient pas toujours constituées de la même manière mais de façon variable avec trois, quatre ou cinq membres (▪ Cass. crim., 8 juill. 2015, n° 14-88.329 : *Dr. pén.* 2015, comm. 120, obs. Ph. Conte ; *Gaz. Pal.* 2015, 1, p. 29, note S. Detraz. En ce sens également ▪ Cass. crim., 22 juin 2016, n° 16-81.834 : *Dr. pén.* 2016, comm. 140, note Ph. Conte. ▪ Cass. crim., 10 avr. 2019, n° 18-83.053 : *JurisData* n° 2019-005544).

4) *Non bis in idem.* L'interdiction de cumuler les qualifications lors de la déclaration de culpabilité doit (notamment) être réservée [...] aux cas où un fait ou des faits identiques sont en cause et où [...] l'une des qualifications, telles qu'elles résultent des textes d'incrimination, correspond à un élément constitutif ou une circonstance aggravante de l'autre, qui seule doit alors être retenue (▪ Cass. crim., 15 déc. 2021, n° 21-81.864 : *JurisData* n° 2021-020330 ; *Bull. crim.* n° 12 ; *D.* 2022, p. 154, note G. Beaussonie ; *AJ pénal* 2022, note Ch.-H. Boeringer et G. Courvoisier-Clément ; *Dr. pén.* 2022, comm. 23, obs. Ph. Conte ; *Gaz. Pal.* 22 févr. 2022, p. 49, note S. Detraz ; *Gaz. Pal.* 1er févr. 2022, p. 21, note R. Parizot ; *JCP G* 2022, p. 65, note D. Rebut et p. 66, avis R. Salomon).

5) En cas de poursuites concomitantes l'interdiction de cumuler les qualifications lors de la déclaration de culpabilité, par application du principe *ne bis in idem*, n'est susceptible de s'appliquer qu'au cas où un fait ou des faits identiques sont en cause. Est en conséquence justifié le cumul de qualifications dès lors que la cour d'appel retient des faits distincts pour caractériser respectivement l'association de malfaiteurs visant à préparer les infractions de proxénétisme et de traite des êtres humains, et les infractions elles-mêmes (▪ Cass. crim., 15 févr. 2022, n° 21-86.019).

6) Pour confirmer la déclaration de culpabilité du demandeur du chef d'association de malfaiteurs, après avoir retenu, pour caractériser la circonstance aggravante de bande organisée du délit d'escroquerie, qu'il a assumé son rôle de transporteur de fonds en sachant parfaitement son importance dans le schéma frauduleux mis en place, l'arrêt retient que si ce dernier n'est intervenu dans l'organisation que tardivement, il a participé, dès lors qu'il a été introduit dans le processus, au réaménagement de cette organisation lié notamment à la prise de recul de certains intervenants ayant œuvré jusque-là, en s'entendant avec les principaux organisateurs, avec lesquels il agissait en totale confiance, participant d'ailleurs aux autres tâches nécessaires à la réalisation de la fraude, comme la confection des factures fictives nécessaires à la réalisation de l'escroquerie. En se prononçant ainsi, en retenant en l'espèce des faits constitutifs d'association de malfaiteurs indissociables de ceux caractérisant la bande organisée comme circonstance aggravante de l'infraction d'escroquerie dont elle a déclaré le prévenu coupable, la cour d'appel a méconnu le principe selon lequel des faits qui procèdent de manière indissociable d'une action unique caractérisée par une seule intention coupable ne peuvent être retenus comme élément constitutif d'une infraction et circonstance aggravante d'une autre infraction (▪ Cass. crim., 16 mai 2018, n° 17-81.151 : *JurisData* n° 2018-008167 : *Bull. crim.* n° 94 ; *Dr. pén.* 2018, comm. 148, obs. Ph. Conte).

7) Attendu que des faits qui procèdent de manière indissociable d'une action unique caractérisée par une seule intention coupable ne peuvent être retenus comme élément constitutif d'une infraction et circonstance aggravante d'une autre infraction. Attendu qu'il résulte des mentions de la feuille de motivation que, pour caractériser la circonstance aggravante de bande organisée attachée aux infractions de vol avec arme et destruction ou dégradation volontaires par l'effet d'une substance explosive ou d'un incendie, la cour d'assises retient l'existence d'un groupement formé ou d'une entente établie entre les accusés, marquée par des liens étroits et parfois anciens entre les intéressés et caractérisée par l'emploi de véhicules volés en vue de la commission d'un vol à main armée, l'acquisition d'armes, de munitions, de gants, de cagoules et l'utilisation de téléphones portables et de talkie-walkies et la définition précise du rôle de chacun des participants, cet ensemble traduisant une organisation structurée, exclusive de toute improvisation, et une préméditation destinée à commettre le vol avec arme. Que pour caractériser le délit d'association de malfaiteurs, la cour d'assises reprend les mêmes faits. Mais attendu qu'en retenant des faits identiques pour caractériser la circonstance aggravante de bande organisée et l'infraction d'association de malfaiteurs, la cour d'assises a méconnu le principe sus-énoncé. D'où il suit que la cassation est encourue (▪ Cass. crim., 9 mai 2019, n° 18-82.000 : *JurisData* n° 2019-007332 ; *Dr. pén.* 2019, comm. 143, obs. Ph. Conte).

8) Différence entre bande organisée et réunion. L'existence d'une organisation structurée et durable entre ses membres est constitutive de la bande organisée. L'arrêt retient, pour dire établies la circonstance aggravante de bande organisée et la participation des accusés à une entente en vue de l'exportation et l'importation de produits stupéfiants, la constitution d'un réseau remarquablement structuré capable d'organiser, chaque année, un voyage transatlantique en s'appuyant sur des marins expérimentés et des hommes de confiance, l'ampleur des moyens mis en œuvre, les accusés n'hésitant pas à faire l'acquisition d'un nouveau voilier à chaque voyage avant de l'abandonner ou d'en céder la propriété aux skippers, leur capacité à prendre en charge des quantités très importantes de cocaïne et d'en assurer la distribution en Europe à partir des côtes portugaises et africaines et à utiliser plusieurs voiliers en même temps. En prononçant ainsi, la chambre de l'instruction a confirmé l'existence d'une organisation structurée et durable entre ses membres, constitutive de la bande organisée (▪ Cass. crim., 21 juin 2017, n° 17-82.301 : *JurisData* n° 2017-013446).

9) La bande organisée implique l'existence d'une organisation structurée, concertée et durable entre ses membres dans le but de commettre les infractions projetées. Tel n'est pas le cas lorsque le prévenu poursuivi pour escroquerie et aide au séjour irrégulier d'étrangers, se présentant faussement comme avocat et usurpant ce titre, a mis en place une structure, ayant l'apparence d'un cabinet d'avocats dans lequel ont été saisis différents tampons de sociétés commerciales, et pour laquelle il a recruté et salarié des personnes chargées de l'accueil, à son cabinet, des étrangers et de porter, avec eux, les dossiers de régularisation en préfecture. Ces seuls motifs sont impropres à démontrer l'existence d'une organisation structurée et durable entre plusieurs membres, agissant de concert dans le but de commettre les infractions pour lesquelles le prévenu a été seul condamné (■ Cass. crim., 20 juin 2018, n° 17-84.740 : *JurisData* n° 2018-010732).

Art. 132-71-1 ***(L. n° 2007-297, 5 mars 2007).*** **– Le guet-apens consiste dans le fait d'attendre un certain temps une ou plusieurs personnes dans un lieu déterminé pour commettre à leur encontre une ou plusieurs infractions.**

Bibliographie : C. de Jacobet de Nombel, *L'originalité de la circonstance aggravante de guet-apens : RSC* 2010, doctr. p. 545. • F. Safi, *La loi bavarde : l'exemple du guet-apens : Dr. pén.* 2021, étude 4.

Art. 132-72. – La préméditation est le dessein formé avant l'action de commettre un crime ou un délit déterminé.

Voir : art. 221-3, p. 343, art. 222-3, p. 378, art. 222-8, p. 381, art. 222-10, p. 383, art. 222-12, p. 388, art. 222-13, p. 390.

1) Notion. La préméditation implique que l'atteinte à l'intégrité physique est le résultat d'un mécanisme sciemment élaboré et mis en œuvre par l'auteur (■ Cass. crim., 17 juin 1992 : *Bull. crim.* n° 243).

2) La préméditation doit être recherchée dans les faits qui ont accompagné l'acte (■ Cass. crim., 19 juill. 1951 : *Bull. crim.* n° 223. ■ Cass. crim., 17 déc. 1990 : *Dr. pén.* 1991, n° 141 ; *RSC* 1991, p. 758, obs. Levasseur) ; et lorsqu'il y a plusieurs participants, la circonstance aggravante de préméditation doit être recherchée dans les faits qui ont accompagné l'acte de l'auteur principal et constatée pour cet auteur principal ; celui-ci fût-il resté inconnu, elle sert à qualifier le crime à l'égard des complices (■ Cass. crim., 12 mai 1970 : *D.* 1970, 516, rapp. F. Chapar).

Sur le caractère impulsif et irraisonné des faits ne permettant pas de retenir la circonstance aggravante de préméditation, V. (■ Cass. crim., 16 déc. 2014, n° 13-85-351 : *Dr. pén.* 2015, comm. 49, obs. M. Véron).

3) Victime. Ni la préméditation ni le guet-apens n'impliquent que la victime soit d'avance déterminée (■ Cass. crim., 9 avr. 1989, inédit). L'article 132-72 du Code pénal n'exige pas que la victime d'un crime ou d'un délit prémédité soit, par avance, déterminée (■ Cass. crim., 21 oct. 1998 : *Bull. crim.* n° 269).

4) Illustration – tentative d'assasinat. Le crime de tentative d'homicide volontaire commis avec préméditation est caractérisé à la charge d'un accusé qui a déposé au domicile d'un de ses anciens employés, qu'un procès opposait à lui, un colis contenant une forte charge d'explosif, à la suite de quoi le colis, ayant été ouvert par un voisin en l'absence du destinataire, une explosion s'en serait suivie, dévastant l'immeuble et occasionnant de graves blessures à diverses personnes (■ Cass. crim., 4 janv. 1978 : *Bull. crim.* n° 5).

5) Questions à la cour d'assises. Il suffit de demander à la cour et au jury si l'accusé a agi avec préméditation, ce mot exprimant par lui-même que le dessein a été formé avant l'action (■ Cass. crim., 5 janv. 1973 : *Bull. crim.* n° 8 ; *RSC* 1974, p. 870, obs. Levasseur. ■ Cass. crim., 19 déc. 1974 : *Bull. crim.* n° 376 ; *RSC* 1976, p. 107, obs. Levasseur. ■ Cass. crim., 21 avr. 1982 : *Bull. crim.* n° 97 ; *RSC* 1983, p. 79, obs. Levasseur).

6) Une question unique ne peut être posée sur des faits d'homicide volontaire commis sur deux personnes ni sur la circonstance aggravante de préméditation, sans encourir le grief de complexité prohibée, dès lors que ces faits ne procèdent pas d'un acte criminel unique et indivisible (■ Cass. crim., 8 oct. 1986 : *Bull. crim.* n° 278).

7) Méconnaît l'article 6, § 3 a et b de la Convention européenne des droits de l'homme le président de la cour d'assises qui pose une question spéciale de préméditation, circonstance aggravante non mentionnée dans la décision de renvoi, sans avoir prévenu les parties avant les réquisitions et les plaidoiries, qu'il envisageait de poser, comme résultant des débats, ladite question spéciale, pour permettre à l'accusé ou à son conseil de faire valoir toutes observations utiles à la défense (■ Cass. crim., 4 févr. 2009 : *Bull. crim.* n° 28).

Art. 132-73. – L'effraction consiste dans le forcement, la dégradation ou la destruction de tout dispositif de fermeture ou de toute espèce de clôture. Est assimilé à l'effraction l'usage de fausses clefs, de clefs indûment obtenues ou de tout instrument pouvant être frauduleusement employé pour actionner un dispositif de fermeture sans le forcer ni le dégrader.

1) Effraction dans un endroit clos. L'effraction devant être commise dans un endroit fermé, il s'ensuit que le vol de ballots de marchandises commis en coupant les cordes ou les bâches d'une voiture dans laquelle ils étaient placés sur la voie publique n'est pas un vol qualifié (■ Cass.

crim., 25 févr. 1830 : *Bull. crim.* n° 52). Le forçage de la serrure d'une voiture pour y pénétrer et dérober des objets n'est pas une effraction au sens légal (▪ Rennes, 14 déc. 1984 : *JurisData* n° 1984-042795. ▪ Paris, 6 févr. 1986 : *JurisData* n° 1986-022695. ▪ Cass. crim., 9 avr. 1987 : *JurisData* n° 1987-023140. ▪ Cass. crim., 4 févr. 1988 : *JurisData* n° 1988-023010. *Contra*, ▪ Paris, 27 mars 1985 : *JurisData* n° 1985-022223. ▪ Nancy, 23 avr. 1987 : *JurisData* n° 1987-041427. ▪ Paris, 2 juill. 1987 : *JurisData* n° 1987-025268. ▪ Limoges, 11 mars 1988 : *JurisData* n° 1988-040913). Jugé encore qu'il y avait effraction dans le fait de briser le plombage d'un wagon de la SNCF (▪ Paris, 20 oct. 1986 : *JurisData* n° 1986-027060), de fracturer des parcmètres (▪ Nancy, 8 juin 1988 : *JurisData* n° 1988-044886), de forcer le décodeur d'accès à un parking (▪ Paris, 9 déc. 1985 : *JurisData* n° 1985-027879) ou de forcer les appareils récepteurs de monnaie de cabines téléphoniques (▪ Paris, 18 mars 1985 : *JurisData* n° 1985-023668).

2) Le vol d'objets enfouis commis en enlevant la terre qui les recouvrait ne peut être considéré comme résultant d'une effraction (▪ Cass. crim., 17 nov. 1814 : *D. jur. gén., V° Vol.*, n° 502).

3) Moyens employés. L'effraction suppose l'emploi de moyens violents, ainsi l'enlèvement d'une grille de fer scellée dans le mur d'un édifice public (▪ Cass. crim., 28 août 1807 : *Bull. crim.* n° 187), le bris d'un carreau de vitre (▪ Cass. crim., 20 avr. 1827 : *Bull. crim.* n° 91) ou le bris des fils de fer entourant une pâture (▪ Cass. crim., 3 nov. 1910 : *Bull. crim.* n° 536) ; il n'y a donc pas effraction dans le fait de déplacer, en les soulevant et en les faisant basculer, les traverses mobiles d'une fermeture (▪ Cass. crim., 18 juin 1812 : S. 1812, 1, 126).

4) Effraction extérieure. L'effraction extérieure n'est pas seulement celle qui a pour objet de franchir la clôture séparant un édifice de la voie publique ou des propriétés voisines, mais encore celle qui commise à l'intérieur de ces clôtures permet de s'introduire dans les appartements ou logements fermés au public et c'est à bon droit que la circonstance d'effraction extérieure est retenue lorsque des individus se sont introduits dans un immeuble en empruntant le couloir du rez-de-chaussée, sont descendus au sous-sol, parties de l'immeuble communes à tous les habitants et où les tiers avaient accès, et ont percé le plafond du sous-sol, pénétrant par ce moyen dans un magasin pour y commettre un cambriolage (▪ Cass. crim., 22 juin 1960 : *Bull. crim.* n° 335).

5) Usage de fausses clefs. Une clef véritable devient une fausse clef toutes les fois qu'un individu en fait usage indûment sans le consentement de son propriétaire, qu'il l'ait trouvée, volée ou indûment retenue, parce qu'il la détourne alors de la destination voulue par le propriétaire (▪ Cass. crim., 27 avr. 1855 : *Bull. crim.* n° 142). Tel est par exemple le cas dans le fait de soustraire frauduleusement les clés d'un garage appartenant à une personne, puis à une date ultérieure d'utiliser ces clés pour s'introduire dans le local et y soustraire une chaîne hi-fi (▪ Aix-en-Provence, 15 févr. 1988 : *JurisData* n° 1988-045771).

Art. 132-74. – **L'escalade est le fait de s'introduire dans un lieu quelconque, soit par-dessus un élément de clôture, soit par toute ouverture non destinée à servir d'entrée.**

Extériorité. L'escalade est toujours extérieure : une fois entré dans un lieu clos par un mode normal, le voleur ne commet pas d'escalade s'il franchit les clôtures intérieures, ainsi s'il passe du grenier dans d'autres pièces en s'introduisant par des ouvertures non destinées au passage (▪ Cass. crim., 18 août 1852 : *DP* 1853, 1, 68) ou en sautant des cloisons ou des barrières intérieures (▪ Cass. crim., 26 févr. 1932 : *S.* 1933, 1, 200).

Art. 132-75 ***(Mod., L. n° 96-647, 22 juill. 1996).*** – **Est une arme tout objet conçu pour tuer ou blesser.**

Tout autre objet susceptible de présenter un danger pour les personnes est assimilé à une arme dès lors qu'il est utilisé pour tuer, blesser ou menacer ou qu'il est destiné, par celui qui en est porteur, à tuer, blesser ou menacer.

Est assimilé à une arme tout objet qui, présentant avec l'arme définie au premier alinéa une ressemblance de nature à créer une confusion, est utilisé pour menacer de tuer ou de blesser ou est destiné, par celui qui en est porteur, à menacer de tuer ou de blesser.

L'utilisation d'un animal pour tuer, blesser ou menacer est assimilée à l'usage d'une arme. En cas de condamnation du propriétaire de l'animal ou si le propriétaire est inconnu, le tribunal peut décider de remettre l'animal à une œuvre de protection animale reconnue d'utilité publique ou déclarée, laquelle pourra librement en disposer.

1) Arme par destination. Un pulvérisateur automoteur, muni d'une rampe de 24 mètres de large destinée à diffuser du désherbant, lancé volontairement pour blesser constitue une arme au regard des articles 132-75, 222-12-10° et 222-13-10° du Code pénal (▪ Cass. crim., 23 janv. 1995 : *Dr. pén.* 1995, comm. 116, obs. M. Véron).

2) Un verre, utilisé pour menacer ou blesser, entre dans la catégorie des objets susceptibles de présenter un danger pour les personnes et est assimilé à une arme, au sens de l'article 132-75, alinéa 2, du Code pénal (■ Cass. crim., 7 mai 1996 : *Bull. crim.* n° 191 : *Dr. pén.* 1996, comm. 215, obs. M. Véron).

3) Un véhicule automobile est une arme par destination lorsque le prévenu, conduisant un véhicule heurte volontairement la victime (■ Cass. crim., 14 mars 1989, n° 88-82.822 : *JurisData* n° 1989-701592 ; *Bull. crim.* n° 126 ; *RSC* 1989, p. 738, obs. Levasseur) ou le véhicule dans lequel celle-ci a pris place (■ CA Toulouse, 19 sept. 2002 : *JurisData* n° 2002-188328. ■ CA Toulouse, 3 oct. 2002 : *JurisData* n° 2002-188332 ; *Dr. pén.* 2003, comm. 2, note M. Véron).

4) Arme factice. Une arme factice, en l'occurrence un pistolet factive utilisé pour menacer la victime d'un viol, est constitutive de la circonstance aggravante prévue par les articles 332 et 384 du Code pénal en vigueur au moment des faits ; qu'il en est de même depuis le 1er mars 1994 conformément aux articles 132-75, 222-24 et 311-8 du Code pénal. (■ Cass. crim., 5 juill. 1995, n° 95-82.121 : *JurisData* n° 1995-002591 ; *Dr. pénal* 1995, comm. 276, obs. M. Véron).

Art. 132-76 *(L. n° 2017-86, 27 janv. 2017).* **– Lorsqu'un crime ou un délit est précédé, accompagné ou suivi de propos, écrits, images, objets ou actes de toute nature qui soit portent atteinte à l'honneur ou à la considération de la victime ou d'un groupe de personnes dont fait partie la victime à raison de son appartenance ou de sa non-appartenance, vraie ou supposée, à une prétendue race, une ethnie, une nation ou une religion déterminée, soit établissent que les faits ont été commis contre la victime pour l'une de ces raisons, le maximum de la peine privative de liberté encourue est relevé ainsi qu'il suit :**

1° Il est porté à la réclusion criminelle à perpétuité lorsque l'infraction est punie de trente ans de réclusion criminelle ;

2° Il est porté à trente ans de réclusion criminelle lorsque l'infraction est punie de vingt ans de réclusion criminelle ;

3° Il est porté à vingt ans de réclusion criminelle lorsque l'infraction est punie de quinze ans de réclusion criminelle ;

4° Il est porté à quinze ans de réclusion criminelle lorsque l'infraction est punie de dix ans d'emprisonnement ;

5° Il est porté à dix ans d'emprisonnement lorsque l'infraction est punie de sept ans d'emprisonnement ;

6° Il est porté à sept ans d'emprisonnement lorsque l'infraction est punie de cinq ans d'emprisonnement ;

7° Il est porté au double lorsque l'infraction est punie de trois ans d'emprisonnement au plus.

Le présent article n'est pas applicable aux infractions prévues aux articles 222-13, 225-1 et 432-7 du présent code, ou au septième alinéa de l'article 24, au deuxième alinéa de l'article 32 et au troisième alinéa de l'article 33 de la loi du 29 juillet 1881 sur la liberté de la presse.

Bibliographie : S. Detraz, *Durcissement des circonstances aggravantes de discrimination : Gaz. Pal.* 25 avr. 2017, p. 68.

Insultes racistes proférées par un coauteur. La cour d'appel, qui a constaté que des propos racistes avaient été tenus, fût-ce par un coauteur, avant, pendant et après les violences commises par le prévenu, a, sans insuffisance ni contradiction, caractérisé en tous ses éléments, tant matériels qu'intentionnel, le délit de violences aggravées dont elle a déclaré le prévenu coupable (■ Cass. crim., 16 déc. 2014, n° 14-80.854, inédit).

Art. 132-77 *(L. n° 2017-86, 27 janv. 2017 ; L. n° 2022-92, 31 janv. 2022).* **– Lorsqu'un crime ou un délit est précédé, accompagné ou suivi de propos, écrits, images, objets ou actes de toute nature qui soit portent atteinte à l'honneur ou à la considération de la victime ou d'un groupe de personnes dont fait partie la victime à raison de son sexe, son orientation sexuelle ou identité de genre vraie ou supposée, soit établissent que les faits ont été commis contre la victime pour l'une de ces raisons, le maximum de la peine privative de liberté encourue est relevé ainsi qu'il suit :**

1° Il est porté à la réclusion criminelle à perpétuité lorsque l'infraction est punie de trente ans de réclusion criminelle ;

2° Il est porté à trente ans de réclusion criminelle lorsque l'infraction est punie de vingt ans de réclusion criminelle ;

3° Il est porté à vingt ans de réclusion criminelle lorsque l'infraction est punie de quinze ans de réclusion criminelle ;

4° Il est porté à quinze ans de réclusion criminelle lorsque l'infraction est punie de dix ans d'emprisonnement ;

5° Il est porté à dix ans d'emprisonnement lorsque l'infraction est punie de sept ans d'emprisonnement ;

6° Il est porté à sept ans d'emprisonnement lorsque l'infraction est punie de cinq ans d'emprisonnement ;

7° Il est porté au double lorsque l'infraction est punie de trois ans d'emprisonnement au plus.

Le présent article n'est pas applicable aux infractions prévues aux articles 222-13, 222-33, 225-1, 225-4-13 et 432-7 du présent code, ou au huitième alinéa de l'article 24, au troisième alinéa de l'article 32 et au quatrième alinéa de l'article 33 de la loi du 29 juillet 1881 sur la liberté de la presse, ni lorsque l'infraction est déjà aggravée soit parce qu'elle est commise par le conjoint, le concubin de la victime ou le partenaire lié à celle-ci par un pacte civil de solidarité, soit parce qu'elle est commise contre une personne afin de la contraindre à contracter un mariage ou à conclure une union ou en raison de son refus de contracter ce mariage ou cette union.

Bibliographie : S. Detraz, *Durcissement des circonstances aggravantes de discrimination : Gaz. Pal.* 25 avr. 2017, p. 68.

Constitutionnalité. Il résulte de l'article 8 de la Déclaration de 1789 que, si la nécessité des peines attachées aux infractions relève du pouvoir d'appréciation du législateur, il incombe au Conseil constitutionnel de s'assurer de l'absence de disproportion manifeste entre l'infraction et la peine encourue. En premier lieu, d'une part, la notion d'identité de genre est suffisamment claire et précise pour que soit respecté le principe de légalité des délits et des peines. Il en va de même de celle de prétendue race dont la portée au regard de la répression pénale n'est pas distincte de celle de race. D'autre part, les dispositions contestées définissent de manière précise les conditions dans lesquelles un crime ou un délit peut être aggravé. Le grief tiré de l'atteinte au principe de légalité des délits et des peines doit en conséquence être écarté.

En second lieu, d'une part, les dispositions contestées de l'article 171 prévoient que, lorsqu'une infraction punie d'une peine supérieure ou égale à cinq ans d'emprisonnement est commise pour des raisons racistes, sexistes ou religieuses ou est accompagnée, précédée ou suivie d'actes de cette nature, la peine encourue est aggravée d'un degré dans l'échelle des peines criminelles et correctionnelles définie aux articles 131-1 et 131-4 du Code pénal. Lorsque l'infraction est punie de 3 ans d'emprisonnement, au plus, la peine est portée au double. D'autre part, cette circonstance aggravante n'est pas applicable à certaines infractions, notamment aux délits de provocation, de diffamation ou d'injure lorsqu'ils sont commis en raison de l'ethnie, de la nation, de la race, de la religion, du sexe, de l'orientation sexuelle ou de l'identité de genre, ni au délit de discrimination, dans la mesure où ces délits répriment déjà le caractère discriminatoire des faits commis. Enfin, les faits justifiant l'aggravation de la peine doivent avoir été commis à l'encontre de la victime de l'infraction principale ou être liés à sa personne. Il résulte de ce qui précède qu'en instaurant la circonstance aggravante contestée, le législateur n'a pas prévu une sanction manifestement disproportionnée à la gravité des faits qu'il a entendu réprimer. Le grief tiré de la méconnaissance du principe de proportionnalité des peines doit donc être écarté (■ Cons. const., 26 janv. 2017, n° 2016-745 DC : *JurisData* n° 2017-011014).

Art. 132-78. – *(L. n° 2004-204, 9 mars 2004)* **La personne qui a tenté de commettre un crime ou un délit est, dans les cas prévus par la loi, exempte de peine si, ayant averti l'autorité administrative ou judiciaire, elle a permis d'éviter la réalisation de l'infraction et, le cas échéant, d'identifier les autres auteurs ou complices.**

Dans les cas prévus par la loi, la durée de la peine privative de liberté encourue par une personne ayant commis un crime ou un délit est réduite si, ayant averti l'autorité administrative ou judiciaire, elle a permis de faire cesser l'infraction, d'éviter que l'infraction ne produise un dommage ou d'identifier les autres auteurs ou complices.

Les dispositions de l'alinéa précédent sont également applicables lorsque la personne a permis soit d'éviter la réalisation d'une infraction connexe de même nature que le crime ou le délit pour lequel elle était poursuivie, soit de faire cesser une telle infraction, d'éviter qu'elle ne produise un dommage ou d'en identifier les auteurs ou complices.

Aucune condamnation ne peut être prononcée sur le seul fondement de déclarations émanant de personnes ayant fait l'objet des dispositions du présent article.

Bibliographie : *JCl. Pénal Code, Circonstances entraînant une réduction ou une exemption de peine,* par C. Saas. • C. Ducouloux-Favard, *Les réductions de peine accordées aux condamnés après la loi du 9 mars 2004 : entre automaticité, individualisation et juridictionnalisation* : *Gaz. Pal.* 19-21 sept. 2004, p. 2. • A. Mihman, *Fixation et réduction de peine pour les repentis* : *Dr. pén.* 2005, étude 1. • G. Roussel, *L'introduction du « repenti »ou le pragmatisme appliqué du législateur* : *AJ pénal* 2005, p. 363.

La décision de la juridiction d'instruction portant sur l'application de l'article 132-78 du Code pénal, qui institue, dans certaines conditions, une exemption ou une diminution de la peine privative de liberté, ne lie pas la juridiction de jugement, devant laquelle le prévenu pourra toujours, s'il estime utile, invoquer le bénéfice des dispositions dudit article (■ Cass. crim., 16 nov. 2016, n° 16-85.101).

Art. 132-79. – *(L. n° 2004-575, 21 juin 2004)* **Lorsqu'un moyen de cryptologie au sens de l'article 29 de la loi n° 2004-575 du 21 juin 2004 pour la confiance dans l'économie numérique a été utilisé pour préparer ou commettre un crime ou un délit, ou pour en faciliter la préparation ou la commission, le maximum de la peine privative de liberté encourue est relevé ainsi qu'il suit :**

1° Il est porté à la réclusion criminelle à perpétuité lorsque l'infraction est punie de trente ans de réclusion criminelle ;

2° Il est porté à trente ans de réclusion criminelle lorsque l'infraction est punie de vingt ans de réclusion criminelle ;

3° Il est porté à vingt ans de réclusion criminelle lorsque l'infraction est punie de quinze ans de réclusion criminelle ;

4° Il est porté à quinze ans de réclusion criminelle lorsque l'infraction est punie de dix ans d'emprisonnement ;

5° Il est porté à dix ans d'emprisonnement lorsque l'infraction est punie de sept ans d'emprisonnement ;

6° Il est porté à sept ans d'emprisonnement lorsque l'infraction est punie de cinq ans d'emprisonnement ;

7° Il est porté au double lorsque l'infraction est punie de trois ans d'emprisonnement au plus.

Les dispositions du présent article ne sont toutefois pas applicables à l'auteur ou au complice de l'infraction qui, à la demande des autorités judiciaires ou administratives, leur a remis la version en clair des messages chiffrés ainsi que les conventions secrètes nécessaires au déchiffrement.

Art. 132-80 *(L. n° 2006-399, 4 avr. 2006 ; mod., L. n° 2010-769, 9 juill. 2010 ; L. n° 2018-703, 3 août 2018).* – **Dans les cas respectivement prévus par la loi ou le règlement, les peines encourues pour un crime, un délit ou une contravention sont aggravées lorsque l'infraction est commise par le conjoint, le concubin ou le partenaire lié à la victime par un pacte civil de solidarité, y compris lorsqu'ils ne cohabitent pas.**

La circonstance aggravante prévue au premier alinéa est également constituée lorsque les faits sont commis par l'ancien conjoint, l'ancien concubin ou l'ancien partenaire lié à la victime par un pacte civil de solidarité. Les dispositions du présent alinéa sont applicables dès lors que l'infraction est commise en raison des relations ayant existé entre l'auteur des faits et la victime.

Bibliographie : D. Viriot-Barrial, *Commentaire de la loi du 4 avril 2006 renforçant la prévention et la répression des violences au sein du couple ou commises entre les mineurs : D.* 2006, chron. p. 2350. • M.-F. Vieville-Miravete, *La circonstance aggravante d'« ex »en matière de violences au sein d'un couple : Dr. pén. 2009,* étude 4. • V. Circ. min. just. n° 2006-10 E8, 19 avr. 2006 : *BO min. just.* 13 juill. 2006, n° 102.

1) QPC. Non-lieu à renvoi au Conseil constitutionnel de la question prioritaire de constitutionnalité concernant les dispositions de l'article 132-80 du Code pénal, dès lors que la disposition législative en cause, rédigée en termes suffisamment clairs et précis et dont l'application relève de l'appréciation, par les juges du fond, des éléments constitutifs de la circonstance aggravante, ne porte pas atteinte au principe constitutionnel de la légalité des délits et des peines (▪ Cass. crim., 12 oct. 2011, n° 11-85.474 QPC : *Dr. pén.* 2012, comm. 15, obs. M. Véron).

2) Le juge pénal, pour apprécier l'existence d'une situation de concubinage, actuelle ou passée, doit faire application de l'article 515-8 du Code civil qui définit le concubinage comme une union de fait, caractérisée par une vie commune présentant un caractère de stabilité et de continuité entre deux personnes de sexe différent ou de même sexe, qui vivent en couple, ce dont il résulte que la circonstance aggravante en cause est définie dans des conditions de précision qui respectent les principes de légalité, de sécurité et de prévisibilité juridique invoqués par le demandeur et écartent tout risque d'arbitraire. Il n'y a donc pas lieu de renvoyer la question au Conseil constitutionnel (▪ Cass. crim., 12 mai 2021, n° 21-81.443 : *JurisData* n° 2021-007651).

3) Lien entre les violences et la relation de couple. L'article 132-80 du Code pénal n'est applicable, dans le cas prévu par l'article 222-13, 6° du même code, que si les violences ont été motivées par les relations de concubinage ayant existé entre les parties. En l'espèce, rien ne permet d'affirmer que les coups ont été motivés par les relations de concubinage ayant existé entre les parties. Il convient d'observer, au contraire, que l'objet de l'entretien portait sur le licenciement d'A., lequel n'était lié à son ex-concubine par un contrat de travail que depuis la fin de leurs relations intimes. L'existence de la circonstance aggravante prévue par l'article 132-80 du Code pénal n'est donc pas établie (▪ Toulouse, 8 sept. 2008 : *JurisData* n° 2008-370729 ; *Dr. pén.* 2009, comm. 17, obs. M. Véron).

4) Encourt la cassation l'arrêt d'une chambre de l'instruction qui retient la circonstance aggravante définie à l'alinéa 2 de l'article 132-80 du Code pénal sans rechercher si l'infraction a été commise en raison des relations ayant existé entre l'auteur des faits et la victime (■ Cass. crim., 12 oct. 2011, n° 11-85.474 : *Bull. crim.* n° 210 ; *Dr. pén.* 2012, comm. 15, 2e esp., obs. M. Véron. Dans le même sens, ■ Cass. crim., 16 déc. 2020, n° 19-87.772, inédit : *Gaz. Pal.* 16 févr. 2021, n° 7, p. 54, obs. S. Detraz).

5) Encourt la cassation l'arrêt de renvoi en cour d'assises du mis en examen sous l'accusation de meurtre avec la circonstance que les faits ont été commis par l'ancien concubin de la victime qui ne caractérise pas l'existence, entre le demandeur et la victime, dans le passé, d'une relation de concubinage, et n'indique pas les éléments d'où il résultait que les faits avaient pu avoir été commis en raison des relations ayant existé entre eux (■ Cass. crim., 27 mai 2021, n° 21-81.826 : *JurisData* n° 2021-007862 ; *RSC* 2021, p. 616, obs. Y. Mayaud).

6) Pour écarter la circonstance prévue à l'article 132-80 du Code pénal, les juges retiennent qu'il n'était pas établi avec certitude, compte tenu du délai écoulé depuis la séparation, que les violences objet de la poursuite, commises à l'occasion de la remise au prévenu des enfants communs du couple, et alors que la victime se plaignait du retard dans le paiement de la pension alimentaire, aient un lien avec l'ancienne relation de couple des intéressés ; en se déterminant ainsi, par des motifs erronés et empreints de contradiction, la cour d'appel n'a pas justifié sa décision au regard de l'article 132-80 du Code pénal (■ Cass. crim., 7 avr. 2009 : *Bull. crim.* n° 69 ; *Dr. pén.* 2009, comm. 93, obs. M. Véron).

7) Contraventions. La circonstance aggravante fondée sur les relations ayant existé entre l'ancien conjoint ou concubin de la victime de violences et leur auteur, telle qu'elle a été instituée par l'article 132-80, alinéa 2, du Code pénal, est applicable, selon le premier alinéa de cet article, aux seuls crimes et délits, et non à la contravention prévue à l'article R. 625-1 du même code (■ Cass. crim., 16 déc. 2009 : *Bull. crim.* n° 213 ; *Dr. pén.* 2010, comm. 34, obs. M. Véron ; *D.* 2010, p. 1006, note S. Revel ; *RSC* 2010, p. 136, obs. Y. Mayaud). Mais, depuis la loi du 9 juillet 2010, la circonstance aggravante s'applique aussi aux contraventions.

CHAPITRE III. – DE L'EXTINCTION DES PEINES ET DE L'EFFACEMENT DES CONDAMNATIONS

Art. 133-1. – Le décès du condamné ou la dissolution de la personne morale, sauf dans le cas où la dissolution est prononcée par la juridiction pénale, la grâce et l'amnistie, empêchent ou arrêtent l'exécution de la peine. Toutefois, il peut être procédé au recouvrement de l'amende et des frais de justice ainsi qu'à l'exécution de la confiscation après le décès du condamné ou après la dissolution de la personne morale jusqu'à la clôture des opérations de liquidation.

La prescription de la peine empêche l'exécution de celle-ci.

La réhabilitation efface la condamnation.

Bibliographie : *JCl. Pénal Code, Décès du condamné, Dissolution de la personne morale*, par C. Saas. • L. Gamet, *Le principe de personnalité des peines à l'épreuve des fusions et des scissions de sociétés : JCP* 2001, I, 345.

1) Décès du prévenu en cours d'instance. Le principe de la personnalité des peines interdisant de poursuivre le délinquant après son décès ou de suivre la procédure contre ses héritiers, la chambre criminelle doit constater l'extinction de l'action publique en cas de décès du prévenu en cours d'instance de cassation.

Toutefois, s'il reste des intérêts civils en cause – lesquels peuvent être mis à charge des héritiers –, la Cour de cassation demeure compétente pour se prononcer à leur égard.

En conséquence, s'il éteint, en matière douanière, les actions pour l'application des peines et des sanctions fiscales prévues à l'article 343 du Code des douanes, le décès du prévenu en cours d'instance ne dispense pas les juges de statuer sur l'action en recouvrement des droits et taxes éludés, visée à l'article 377 *bis* de ce code, ces droits pouvant être mis à charge de la succession (■ Cass. crim., 13 mars 1997 : *Bull. crim.* n° 104).

2) Liquidation judiciaire d'une société. Aucune disposition n'interdit de prononcer une peine d'amende à l'encontre d'une personne morale placée en liquidation judiciaire, tant qu'elle n'est pas dissoute (■ Cass. crim., 7 mai 2018, n° 17-82.887 : *JurisData* n° 2018-008838 ; *Dr. pén.* 2018, comm. 139, obs. V. Peltier).

3) Effet de la prescription de la peine. La prescription de la peine ne vaut pas exécution de celle-ci ; elle ne peut donc pas s'imputer sur la durée d'une peine absorbante (■ Cass. crim., 11 juin 2008, n° 07-88.426 : *Bull. crim.* n° 146).

Section I. – De la prescription

Bibliographie : *JCl. Pénal Code, Prescription de la peine*, par D. Dassa-Le Deist. • L. Griffon, *Prescription de la peine : de la prescription sans fin à la fin de la prescription : AJ pénal* 2012, prat., p. 462.

Voir : Circulaire du 28 février 2017 présentant les dispositions de la loi n° 2017-242 du 27 février 2017 portant réforme de la prescription en matière pénale.

Art. 133-2 *(L. n° 2017-242, 27 févr. 2017).* **– Les peines prononcées pour un crime se prescrivent par vingt années révolues à compter de la date à laquelle la décision de condamnation est devenue définitive.**

Par dérogation au premier alinéa, les peines prononcées pour les crimes mentionnés aux articles 214-1 à 214-4 et 221-12 et au livre IV *bis* du présent code ainsi qu'aux articles 706-16, 706-26 et 706-167 du Code de procédure pénale se prescrivent par trente années révolues à compter de la date à laquelle la décision de condamnation est devenue définitive.

Par dérogation au premier alinéa du présent article, les peines prononcées pour les crimes mentionnés aux articles 211-1 à 212-3 du présent code sont imprescriptibles.

Art. 133-3 *(L. n° 2017-242, 27 févr. 2017).* **– Les peines prononcées pour un délit se prescrivent par six années révolues à compter de la date à laquelle la décision de condamnation est devenue définitive.**

Les peines prononcées pour les délits mentionnés au livre IV *bis* du présent code, aux articles 706-16 et 706-26 du Code de procédure pénale et, lorsqu'ils sont punis de dix ans d'emprisonnement, à l'article 706-167 du même code se prescrivent par vingt années révolues à compter de la date à laquelle la décision de condamnation est devenue définitive.

Art. 133-4 *(Mod., L. n° 2002-1576, 30 déc. 2002).* **– Les peines prononcées pour une contravention se prescrivent par trois années révolues à compter de la date à laquelle la décision de condamnation est devenue définitive.**

Art. 133-4-1 *(L. n° 2017-242, 27 févr. 2017).* **– Le délai de prescription des peines est interrompu dans les conditions prévues à l'avant-dernier alinéa de l'article 707-1 du Code de procédure pénale.**

Art. 133-5 *(Mod. à compter du 9 juin 2018, Cons. const. n° 2018-712 QPC, 8 juin 2018).* **– Les condamnés par contumace dont la peine est prescrite ne sont pas admis à purger la contumace.**

QPC. En privant la personne condamnée par défaut de la possibilité, lorsque la peine est prescrite, de former opposition, lorsqu'elle n'a pas eu connaissance de sa condamnation avant cette prescription et alors que des conséquences restent attachées à une peine même prescrite, les dispositions contestées (articles 492 du Code de procédure pénale et 133-5 du Code pénal) portaient une atteinte excessive aux droits de la défense et au droit à un recours juridictionnel effectif. Ainsi (...) les mots « ou par défaut » et « ou à former opposition »figurant à l'article 133-5 du Code pénal doivent être déclarés contraire à la Constitution (▪ Cons. const., 8 juin 2018, n° 2018-712 QPC : *JurisData* n° 2018-009818 : *Dr. pén.* 2018, comm. 166, obs. E. Bonis ; *Dr. pén.* 2018, étude 19, *De l'imprescriptibilité en matière de jugement par défaut non signifié à personne*, par L. Griffon-Yarza ; *AJ pénal* 2018, p. 424, note A. Oudoul).

Art. 133-6. – Les obligations de nature civile résultant d'une décision pénale devenue définitive se prescrivent d'après les règles du Code civil.

I – PEINES PRESCRIPTIBLES

1) Peines imprescriptibles. En raison du principe d'imprescriptibilité résultant du statut du tribunal international de Nuremberg annexé à l'accord de Londres du 8 août 1945, les crimes contre l'humanité sont imprescriptibles (▪ Cass. crim., 3 juin 1988 : *Bull. crim.* n° 246 ; *JCP* 1988, II, 21149, rapp. Angevin ; *Gaz. Pal.* 1988, II, 745, concl. E. Robert. ▪ Cass. crim., 21 oct. 1993 : *Bull. crim.* n° 307). V. art. 213-5 du Code pénal.

2) Annulation du permis de conduire – interdiction de solliciter un nouveau permis. L'annulation du permis de conduire, exécutable de plein droit dès son prononcé n'est pas soumise à prescription (comme en général les peines privatives de droit), mais il n'en est pas de même de la mesure d'interdiction de solliciter un nouveau permis (▪ Cass. crim., 9 févr. 1994 : *Bull. crim.* n° 62).

3) Interdiction de séjour. La peine d'interdiction de séjour est prescriptible (▪ Cass. crim., 2 févr.

1983 : *Bull. crim.* n° 44 ; *D.* 1983, p. 534, note J.M.R. ▪ Cass. crim., 16 nov. 1983 : *Bull. crim.* n° 302 ; *D.* 1984, IR p. 136, obs. J.M.R.).

4) Confiscation. La confiscation portant sur la chose qui est le produit de l'infraction, prévue par l'article 131-21, alinéa 2 du Code pénal, constitue une peine complémentaire soumise aux dispositions de l'article 133-3 dudit code relatives à la prescription des peines ; encourt la censure l'arrêt qui écarte l'exception de prescription de la mesure de confiscation, ordonnée à titre de peine complémentaire par une cour d'appel, portant sur une somme d'argent saisie sur un compte bancaire, sans s'être assurée que la décision avait été transmise, pour exécution, au comptable du Trésor public, dans le délai de cinq ans à compter de la date à laquelle la décision de condamnation est devenue définitive (▪ Cass. crim., 26 juin 2007 : *Bull. crim.* n° 175).

5) Confusion de peines. Il appartient à la juridiction saisie d'une demande de confusion de peines, de s'assurer qu'aucune d'entre elles n'est atteinte par la prescription (▪ Cass. crim., 9 févr. 1994 : *Bull. crim.* n° 62).

Si une peine, qui en absorberait une autre, est prescrite, l'autre peine ne peut plus être exécutée (▪ Cass. crim., 4 déc. 1958 : *Bull. crim.* n° 724).

II – PRESCRIPTION

6) Constatation de la prescription. La juridiction correctionnelle saisie d'une requête demandant de constater la prescription d'une peine d'emprisonnement ne peut subordonner la recevabilité de cette requête à la mise à exécution de cette peine.

Encourt la cassation la cour d'appel qui, pour déclarer irrecevable la requête présentée par l'avocat du condamné en fuite demandant de constater la prescription de la peine d'emprisonnement prononcée à son encontre, énonce que l'existence de l'incident contentieux relatif à l'exécution de cette peine ne peut être considérée comme établie, dès lors que le mandat d'arrêt délivré par le tribunal correctionnel n'a pas été mis à exécution et que le condamné ne s'est pas présenté pour exécuter sa peine (▪ Cass. crim., 15 févr. 2012, n° 11-84.535 – V. *contra*, ▪ Cass. crim., 14 avr. 1992 : *Bull. crim.* n° 161).

7) Point de départ de la prescription. Il se situe au jour où la décision est devenue définitive.

– En cas de décision rendue par défaut et si la signification a été faite au Parquet, le délai de la prescription commence à courir à partir de l'expiration du délai d'appel, y compris celui de l'appel incident (▪ Cass. crim., 1er févr. 1981 : *Bull. crim.* n° 59).

– Le jugement ou l'arrêt de condamnation prononcée par défaut fait courir à l'encontre de la personne condamnée le délai de prescription de la peine (▪ Cass. crim., 20 mai 2003, n° W 02-883403 : *Bull. crim.* n° 100).

– Le délai de prescription de la peine ne commence à courir à l'encontre de la personne condamnée qu'à compter de la signification régulière du jugement ou de l'arrêt de condamnation prononcé par défaut.

Justifie sa décision la cour d'appel qui, statuant en matière correctionnelle sur l'opposition formée par le prévenu contre un arrêt prononcé par défaut, dit que l'action publique est éteinte par l'effet de la prescription dès lors que cet arrêt n'a pas été régulièrement signifié dans un délai de trois ans suivant son prononcé (▪ Cass. crim., 21 févr. 2012, n° 11-87.163).

– Dès lors que le sursis avec mise à l'épreuve assortissant une condamnation à l'emprisonnement est révoqué le point de départ de la prescription de la peine primitivement assortie du sursis révoqué se place au moment où la décision de révocation est devenue définitive (▪ Cass. crim., 17 juill. 1985 : *Bull. crim.* n° 266 ; *JCP* 1986, II, 20534, note Ph. Salvage ; *RSC* 1986, p. 357, note Vitu).

8) Interruption. La prescription est interrompue par tout acte légal d'exécution, arrestation, commandement (▪ Cass. crim., 5 nov. 1953 : *Bull. crim.* n° 288. ▪ Cass. crim., 15 déc. 1960 : *Bull. crim.* n° 591).

9) L'opposition à un jugement de défaut, même si elle est déclarée irrecevable, est interruptive de la prescription (▪ Cass. crim., 20 sept. 1994 : *Bull. crim.* n° 299). – L'opposition à un jugement par défaut interrompt la prescription de la peine et constitue le point de départ d'un nouveau délai de prescription de l'action publique, la poursuite ayant repris son cours (▪ Cass. crim., 20 mai 2003, n° W 02-885403).

10) Les règles de droit afférentes à l'interruption de la prescription de la peine sont en relation avec la détermination de la peine applicable et, comme telles, du ressort de la loi.

Dès lors, c'est à bon droit qu'une chambre de l'instruction, pour refuser à l'émission d'un mandat d'arrêt européen un tel effet, écarte les dispositions de l'article D. 48-5 du Code de procédure pénale.

Antérieurement à la loi du 27 mars 2012, et faute de disposition législative le prévoyant, les actes préparatoires à l'exécution d'une peine, tels que l'émission d'un mandat d'arrêt européen, n'étaient pas de nature à interrompre le cours de sa prescription (et ladite loi, qui a inséré de telles dispositions dans l'article 707-1, alinéa 5, du Code de procédure pénale n'est applicable, conformément à l'article 112-2, 4°, du Code pénal, qu'aux peines dont la prescription n'était pas définitivement acquise, selon le droit antérieur, à la date de son entrée en vigueur, soit le 29 mars 2012) (▪ Cass. crim., 26 juin 2013, n° 12-88.265 : *Bull. inf. C. cass.* 15 déc. 2013, n° 1538 et note afférente ; *Bull. crim.* n° 170 ; *D.* 2013, p. 1686 ; *AJ pénal* 2013, p. 493, note M. Herzog-Evans ; *Dr. pén.* 2013, comm. 150, obs. É. Bonis-Garçon).

11) Antérieurement à la loi du 27 mars 2012, et faute de disposition législative le prévoyant, les actes préparatoires à l'exécution d'une peine, tels que l'émission d'un mandat d'arrêt européen ou d'une demande d'extradition, ou l'autorisation, donnée par le juge des libertés et de la détention, de procéder à l'interception de correspondances émises par la voie des télécommunications, n'étaient pas de nature à interrompre le cours de sa prescription (▪ Cass. crim., 26 juin 2013, n° 12-81.646 : *Bull. crim.* n° 169 ; *Bull. inf. C. cass.* 15 déc. 2013, n° 1537 et note afférente ; *Dr. pén.* 2013, comm. 150, obs. É. Bonis-Garçon ; *Gaz. Pal.* 13-15 oct. 2013, chron. p. 32, note S. Detraz ; *Procédures* 2013, comm. 261, note A. S. Chavent-Leclere. – Dans le même sens, ▪ Cass. crim., 5 avr. 2018, n° 18-81.596 : *JurisData* n° 2018-005168 : *Dr. pén.* 2018, comm. 119, obs. E. Bonis).

12) Suspension. Constitue une cause de suspension de la prescription de la peine, l'exécution en territoire étranger, d'une autre peine, prononcée par une juridiction de ce pays (▪ Cass. crim., 2 juin 1964 : *Bull. crim.* n° 189 ; *D.* 1965, somm. 3. ▪ Cass. crim., 5 oct. 1993 : *Bull. crim.* n° 275).

Section II. – De la grâce

Bibliographie : *JCl. Pénal Code, Grâce*, par C. Étienne, actualisé par J.-B. Perrier. • P. Poncela, *Les grâces collectives à la recherche d'une identité : RSC* 2005, p. 926. • L. Griffon-Yarza, *Droit de grâce présidentiel : le coup de grâce ? : Dr. pén. 2018*, étude 14.

Art. 133-7. – La grâce emporte seulement dispense d'exécuter la peine.

Voir : art. 132-6, p. 256, art. R. 133-1 s., p. 992.

1) Anciennes grâces collectives. Les peines privatives de liberté s'exécutant successivement, celles afférentes aux condamnations visées par l'article 2 des décrets de grâces collectives des 10 juillet 1998, 9 juillet 1999 et 16 décembre 1999 (en l'espèce pour infraction à la législation sur les stupéfiants), n'entraînent plus, une fois purgées, l'exclusion du bénéfice de l'article 1er desdits décrets (uniquement prévue pour les condamnés détenus pour son exécution) (▪ Cass. crim., 20 juin 2001 : *Bull. crim.* n° 155).

2) Aux termes de l'article 2 des décrets de grâces collectives des 9 juillet et 16 décembre 1999, 11 juillet 2000 et 10 juillet 2001, sont exclus du bénéfice de ces grâces les condamnés détenus pour l'exécution d'une ou plusieurs peines dont l'une au moins a été prononcée pour, notamment, infraction à la législation sur les stupéfiants ; cette exclusion est applicable en cas de confusion de cette peine avec une autre peine, qu'il s'agisse de la peine absorbante ou de la peine absorbée (▪ Cass. crim., 11 sept. 2002 : *Bull. crim.* n° 163 ; *D.* 2002, IR p. 2849). Il en est de même pour un condamné du chef de violences sur agents de la force publique, qui n'a pas encore purgé sa peine, celle-ci ayant été portée à l'écrou avant la parution des décrets de grâces collectives (▪ Cass. crim., 22 juin 2005 : *Bull. crim.* n° 189).

3) Les remises gracieuses régulièrement accordées sur le fondement de décrets de grâces collectives pour l'exécution d'une peine demeurent acquises au condamné en cas de confusion ultérieure de cette peine avec une autre peine exclue du bénéfice de ces décrets (▪ Cass. crim., 17 mars 2004 : *Bull. crim.* n° 70. Rappr. ▪ Cass. crim., 31 oct. 2006 : *Bull. crim.* n° 271).

4) Justifie sa décision la chambre de l'instruction qui, pour rejeter la requête du condamné, qui sollicitait le bénéfice des décrets de grâces collectives des 10 juillet 2002 et 9 juillet 2003, en soutenant qu'en application de l'article 132-3, alinéa 2, du Code pénal, la peine pour violences sur personnes dépositaires de l'autorité publique, infraction l'excluant du bénéfice desdits décrets, était purgée depuis le 13 juillet 2002, date à laquelle le maximum légal applicable à cette infraction avait été atteint, relève qu'une peine unique et indivisible a été prononcée pour des infractions en concours, de sorte que, tant que la peine la plus forte n'est pas purgée, les autres peines ne peuvent être considérées comme exécutées (▪ Cass. crim., 11 mai 2006 : *Bull. crim.* n° 129).

5) Le condamné ne peut se prévaloir d'aucun droit acquis au bénéfice de grâces collectives irrégulièrement accordées par l'administration pénitentiaire (▪ Cass. crim., 31 mai 2007 : *Bull. crim.* n° 148).

Art. 133-8. – La grâce ne fait pas obstacle au droit, pour la victime, d'obtenir réparation du préjudice causé par l'infraction.

Section III. – De l'amnistie

Bibliographie : *JCl. Pénal Code, Amnistie*, par J.-M. Gonnard • B. Py, *Amnistie : le choix dans les dates* : *Dr. pén.* 2002, chron. 12.

Art. 133-9. – L'amnistie efface les condamnations prononcées. Elle entraîne, sans qu'elle puisse donner lieu à restitution, la remise de toutes les peines. Elle rétablit l'auteur ou le complice de l'infraction dans le bénéfice du sursis qui avait pu lui être accordé lors d'une condamnation antérieure.

1) Bénéfice d'une loi d'amnistie. Aucun texte ou principe de droit n'exclut le prévenu poursuivi pour un délit entrant dans les prévisions de la loi d'amnistie du bénéfice de celle-ci en raison d'un lien de connexité entre ce délit et une autre infraction non amnistiée (■ Cass. crim., 25 juin 1997 : *Bull. crim.* n° 254).

2) Le délit d'abus de confiance (ou de détournement de fonds publics) résultant du paiement de salaires rémunérant des emplois fictifs est une infraction instantanée, consommée lors de chaque paiement indu ; encourt, dès lors, la censure, l'arrêt qui refuse au prévenu le bénéfice de l'amnistie prévu par l'article 19 de la loi du 15 janvier 1990 pour les infractions commises avant le 15 juin 1989 en relation avec le financement de partis et de groupements politiques, au motif que les faits délictueux constitutifs de ce délit se sont poursuivis au-delà de cette date (■ Cass. crim., 13 sept. 2006 : *Bull. crim.* n° 220).

3) Arrêt des poursuites. L'amnistie arrête les poursuites à partir du jour de la promulgation de la loi qui l'accorde et s'oppose à ce que les faits amnistiés reçoivent une qualification autre que celle qui leur avait été antérieurement donnée par la prévention et qui a été retenue dans un jugement (■ Cass. crim., 6 mars 1997 : *Bull. crim.* n° 91. ■ Cass. crim., 31 oct. 2006 : *Bull. crim.* n° 262)

4) Extinction de l'action publique. L'amnistie éteint l'action publique à compter du jour de la promulgation de la loi qui l'accorde et s'oppose à ce que les mêmes faits reçoivent une qualification autre que celle qui leur avait été donnée dans des poursuites clôturées par une décision définitive (■ Cass. crim., 26 sept. 2006 : *Bull. crim.* n° 235 ; *RSC* 2007, p. 76, obs. Y. Mayaud).

Art. 133-10. – L'amnistie ne préjudicie pas aux tiers.

Solidarité entre condamnés. L'amnistie qui ne préjudicie pas aux tiers en application des articles 133-10 du Code pénal et 21 de la loi du 3 août 1995, ne fait pas obstacle à l'application de l'article 480-1 du Code de procédure pénale selon lequel les personnes condamnées pour un même délit sont tenues solidairement des dommages-intérêts (■ Cass. crim., 10 janv. 2006 : *Bull. crim.* n° 10).

Art. 133-11. – Il est interdit à toute personne qui, dans l'exercice de ses fonctions, a connaissance de condamnations pénales, de sanctions disciplinaires ou professionnelles ou d'interdictions, déchéances et incapacités effacées par l'amnistie, d'en rappeler l'existence sous quelque forme que ce soit ou d'en laisser subsister la mention dans un document quelconque. Toutefois, les minutes des jugements, arrêts et décisions échappent à cette interdiction. En outre, l'amnistie ne met pas obstacle à l'exécution de la publication ordonnée à titre de réparation.

1) Délit de rappel d'une sanction amnistiée. Sont réunis, à la charge d'un établissement public, les éléments constitutifs du délit de rappel ou mention d'une sanction effacée par l'amnistie, lorsque, à l'occasion d'une décision relative à la carrière d'un de ses agents, les supérieurs hiérarchiques de celui-ci mentionnent, dans un rapport, une sanction antérieurement amnistiée (■ Cass. crim., 6 avr. 2004 : *Bull. crim.* n° 84 ; *Dr. pén.* 2004, comm. 108, obs. J.-H. Robert).

2) Le délit de rappel d'une condamnation amnistiée incriminé par l'article 15 de la loi n° 2002-1062 du 6 août 2002 ne saurait résulter, faute de preuve de l'élément intentionnel de l'infraction poursuivie, du seul rappel d'une condamnation amnistiée lorsque l'amnistie est subordonnée au paiement de l'amende prononcée, sauf à ce qu'il soit établi que le prévenu avait connaissance de ce fait. Doit être approuvée la cour d'appel qui relaxe les prévenus et déboute la partie civile de ses demandes par des motifs qui font ressortir que les premiers n'avaient pas de moyen d'accéder à la connaissance du paiement, par la seconde, de l'amende, par suite duquel la condamnation qu'ils avaient rappelée avait été amnistiée (■ Cass. crim., 8 janv. 2019, n° 17-84.807 : *JurisData* n° 2019-000049).

3) Exercice des droits de la défense. Justifie sa décision la cour d'appel, qui pour déclarer le prévenu coupable de rappel de sanction disciplinaire amnistiée, retient que ce rappel, qui tendait uniquement à illustrer le caractère procédurier de la plaignante à l'appui d'une demande d'indemnité de procédure, n'était pas nécessaire à l'exercice des droits de la défense (■ Cass. crim., 19 juin 2007 : *Bull. crim.* n° 164).

4) Justifie sa décision la cour d'appel qui, pour relaxer le prévenu des poursuites exercées contre lui du chef de rappel de sanctions disciplinaires amnistiées, retient que leur évocation était inhérente à la nature du litige opposant les parties, dès lors que l'interdiction du rappel des sanctions amnistiées ne peut faire obstacle, pour les tiers, à l'exercice normal des droits de la défense (■ Cass. crim., 19 juin 2007 : *Bull. crim.* n° 164).

5) Information du public. L'information du public par des journalistes ne saurait justifier, au bénéfice de la bonne foi, une diffamation lorsqu'elle consiste dans le rappel de condamnations amnistiées, lequel est interdit sous peine de sanctions pénales (■ Cass. 1re civ., 16 mai 2013, n° 12-19.783 : *D.* 2013, p. 1280, obs. S. Lauric ; *JCP* 2013, act. 192, E. Dreyer).

6) Conditions de la nullité de l'acte faisant mention d'une condamnation amnistiée. Si les articles 23 de la loi du 3 août 1995 et 133-11 du Code pénal, qui interdisent le rappel d'une condamnation amnistiée, ne prévoient pas la nullité de l'acte contenant la mention prohibée, cette nullité peut cependant être prononcée lorsqu'il résulte des motifs d'une décision que la prise en considération de la condamnation amnistiée a influé sur l'appréciation de la peine sanctionnant la nouvelle infraction poursuivie (■ Cass. crim., 6 mai 1997 : *Bull. crim.* n° 176) ou sur l'appréciation du bien-fondé d'une requête en réhabilitation (■ Cass. crim., 26 mai 2004 : *Bull. crim.* n° 138).

7) Le demandeur ne saurait se faire un grief de ce que l'arrêt attaqué n'ait pas annulé le jugement (mentionnant que le prévenu avait déjà été condamné alors que la condamnation était amnistiée), dès lors qu'en cas d'annulation, la cour d'appel aurait été tenue d'évoquer et de statuer au fond en application de l'article 520 du Code de procédure pénale (■ Cass. crim., 16 nov. 2005 : *Dr. pén.* 2006, comm. 37, obs. J.-H. Robert).

8) Justifie sa décision la chambre de l'instruction qui, saisie d'une requête en annulation d'un réquisitoire définitif du procureur de la République comportant la mention d'une condamnation amnistiée, limite la nullité partielle qu'elle prononce à la cancellation de la mention prohibée, dès lors que ce réquisitoire répond par ailleurs aux conditions essentielles de son existence légale (■ Cass. crim., 6 oct. 2015, n° 15-82.765).

Section IV. – De la réhabilitation

Bibliographie : *JCl. Pénal Code, Réhabilitation,* par J.-F. Dreuille.

Art. 133-12. – Toute personne frappée d'une peine criminelle, correctionnelle ou contraventionnelle peut bénéficier, soit d'une réhabilitation de plein droit dans les conditions prévues à la présente section, soit d'une réhabilitation judiciaire accordée dans les conditions prévues par le Code de procédure pénale.

Voir : pour la réhabilitation judiciaire, C. proc. pén., art. 782 à 799.

QPC – Impossible réhabilitation des condamnés à mort en cas d'exécution de leur peine. Les dispositions contestées de l'article 786 du Code de procédure pénale font obstacle à ce qu'une demande en réhabilitation judiciaire puisse être formée par une personne condamnée à la peine de mort, dont la peine a été exécutée. Elles font également obstacle à ce qu'une telle demande soit formée par ses proches dans l'année de son décès, conformément au 1er alinéa de l'article 785 du Code de procédure pénale. Toutefois, en imposant le respect d'un délai d'épreuve de 5 ans après l'exécution de la peine, le législateur a entendu subordonner le bénéfice de la réhabilitation à la conduite adoptée par le condamné une fois qu'il n'était plus soumis aux rigueurs de la peine prononcée à son encontre. À cet égard, il résulte de la jurisprudence constante de la Cour de cassation que la réhabilitation judiciaire ne peut être accordée qu'aux personnes qui, après avoir été condamnées et avoir subi leur peine, se sont rendues dignes, par les gages d'amendement qu'elles ont donnés pendant le délai d'épreuve, d'être replacées dans l'intégrité de leur état ancien. Dès lors, les personnes condamnées à la peine de mort et exécutées se trouvaient dans l'impossibilité de remplir les conditions prévues par la loi. Ainsi, la différence de traitement qui résulte des dispositions contestées repose sur une différence de situation et en rapport direct avec l'objet de la loi.

Toutefois, après l'abolition de la peine de mort par la loi n° 81-908 du 9 octobre 1981, le constituant a, par la loi constitutionnelle n° 2007-239 du 23 février 2007, introduit dans la Constitution l'article 66-1 aux termes duquel « Nul ne peut être condamné à la peine de mort ». Dans ces conditions, le législateur serait donc fondé à instituer une procédure judiciaire, ouverte aux ayants droit d'une personne condamnée à la peine de mort dont la peine a été exécutée, tendant au rétablissement de son honneur à raison des gages d'amendement qu'elle a pu fournir.

Il en résulte que les griefs tirés de la méconnaissance du principe d'égalité devant la loi et la justice doivent être écartés (▪ Cons. const., 28 févr. 2020, n° 2019-827 QPC : *JurisData* n° 2020-002765 ; *Dr. pén.* 2020, comm. 92, obs. E. Bonis. – V. pour le renvoi de la QPC ▪ Cass. crim., 11 déc. 2019, n° 19-90.031 : *JurisData* n° 2019-022227).

Loi n° 81-908 du 9 octobre 1981

portant abolition de la peine de mort

Art. 2 *(Mod., L. n° 2020-1672, 24 déc. 2020)*. **–** Les ayants droit d'une personne condamnée à la peine de mort dont la peine a été exécutée peuvent saisir la chambre criminelle de la Cour de cassation d'une demande tendant au rétablissement de l'honneur de cette personne à raison des gages d'amendement qu'elle a pu fournir.

Art. 133-13 *(Mod., L. n° 2004-204, 9 mars 2004 ; L. n° 2007-297, 5 mars 2007 ; L. 2019-222, 23 mars 2019)*. **– La réhabilitation est acquise de plein droit à la personne physique condamnée qui n'a, dans les délais ci-après déterminés, subi aucune condamnation nouvelle à une peine criminelle ou correctionnelle :**

1° Pour la condamnation à l'amende ou à la peine de jours-amendes après un délai de trois ans à compter du jour du paiement de l'amende ou du montant global des jours-amende, de l'expiration de la contrainte judiciaire ou du délai de l'incarcération prévue par l'article 131-25 ou de la prescription accomplie ;

2° Pour la condamnation unique soit à un emprisonnement n'excédant pas un an, soit à une peine autre que la réclusion criminelle, la détention criminelle, l'emprisonnement, l'amende ou le jour-amende, après un délai de cinq ans à compter soit de l'exécution de la peine, soit de la prescription accomplie ;

3° Pour la condamnation unique à un emprisonnement n'excédant pas dix ans ou pour les condamnations multiples à l'emprisonnement dont l'ensemble ne dépasse pas cinq ans, après un délai de dix ans à compter soit de l'expiration de la peine subie, soit de la prescription accomplie.

Les délais prévus au présent article sont doublés lorsque la personne a été condamnée pour des faits commis en état de récidive légale.

Lorsqu'il s'agit de condamnations assorties en tout ou partie du sursis, du sursis probatoire ou du sursis avec obligation d'accomplir un travail d'intérêt général, les délais de réhabilitation courent, pour chacune de ces condamnations et y compris en cas de condamnations multiples, à compter de la date à laquelle la condamnation est non avenue.

Voir : *infra*, sous l'article 133-16, C. cass., Avis, 26 janv. 2009.

Art. 133-14 *(Mod., L. n° 2007-297, 5 mars 2007)*. **– La réhabilitation est acquise de plein droit à la personne morale condamnée qui n'a, dans les délais ci-après déterminés, subi aucune condamnation nouvelle à une peine criminelle ou correctionnelle :**

1° Pour la condamnation à l'amende, après un délai de cinq ans à compter du jour du paiement de l'amende ou de la prescription accomplie ;

2° Pour la condamnation à une peine autre que l'amende ou la dissolution, après un délai de cinq ans à compter soit de l'exécution de la peine, soit de la prescription accomplie.

Les délais prévus au présent article sont doublés lorsque la personne a été condamnée pour des faits commis en état de récidive légale.

Lorsqu'il s'agit d'une condamnation assortie du sursis, les délais de réhabilitation courent à compter de la date à laquelle la condamnation est non avenue.

Voir : L. n° 2007-297, 5 mars 2007, art. 43, III.

Les dispositions de la loi n° 2007-297 du 5 mars 2007 entrent en vigueur un an après la date de sa publication (JO 7 mars 2007). Elles sont alors immédiatement applicables aux condamnations figurant toujours au casier judiciaire, quelle que soit la date de la commission de l'infraction ; toutefois, le doublement des délais de réhabilitation en cas de récidive n'est applicable que pour des faits commis postérieurement à la date de publication de la présente loi.

Art. 133-15. **– Les peines dont la confusion a été accordée sont considérées comme constituant une peine unique pour l'application des dispositions des articles 133-13 et 133-14.**

Art. 133-16 *(L. n° 98-468, 17 juin 1998 ; mod., L. n° 2007-297, 5 mars 2007 ; L. n° 2012-409, 27 mars 2012).* – **La réhabilitation produit les mêmes effets que ceux qui sont prévus par les articles 133-10 et 133-11. Elle efface toutes les incapacités et déchéances qui résultent de la condamnation.**

Toutefois, lorsque la personne a été condamnée au suivi socio-judiciaire prévu à l'article 131-36-1 ou à la peine d'interdiction d'exercer une activité professionnelle ou bénévole impliquant un contact habituel avec des mineurs, la réhabilitation ne produit ses effets qu'à la fin de la mesure *(En vigueur le 1er janv. 2015, pour les condamnations concernant les faits commis après la publication de la loi du 27 mars 2012).* **Par ailleurs, la réhabilitation ne produit ses effets qu'à l'issue d'un délai de quarante ans lorsqu'a été prononcée, comme peine complémentaire, une interdiction, incapacité ou déchéance à titre définitif.**

La réhabilitation n'interdit pas la prise en compte de la condamnation, par les seules autorités judiciaires, en cas de nouvelles poursuites, pour l'application des règles sur la récidive légale.

Voir : *supra* L. n° 2007-297, 5 mars 2007, art. 43, III.

1) **Incidence d'une condamnation réhabilitée sur la détermination de la peine.** N'encourt pas la censure l'arrêt d'une cour d'appel qui fixe la sanction qu'il prononce à l'encontre d'un prévenu après s'être référé aux éléments de personnalité résultant du bulletin du casier judiciaire figurant régulièrement au dossier de la procédure, concerneraient-ils des condamnations réhabilitées (▪ Cass. crim., 28 mai 2013, n° 12-81.468 : *JurisData* n° 2013-013184 ; *Bull. crim.* n° 118).

Contra. Si les dispositions de l'article 133-11 auxquelles renvoient celles de l'article 133-16 ne prévoient pas la nullité de l'acte contenant la mention prohibée, encourt cependant la cassation l'arrêt dont les motifs révèlent que la prise en considération de la condamnation effacée par la réhabilitation a influé sur l'appréciation de la peine sanctionnant la nouvelle infraction (▪ Cass. crim., 8 nov. 1995 : *JurisData* n° 1995-004152 ; *Bull. crim.* n° 343. ▪ Cass. crim., 19 oct. 2005 : *JurisData* n° 2005-033115 ; *Bull. crim.* n° 261). Il résulte de la combinaison des articles 133-16 et 769 du Code de procédure pénale qu'une condamnation réhabilitée, même si elle continue à figurer au casier judiciaire, ne peut être prise en compte, par les autorités judiciaires, sauf les cas prévus par la loi, pour la détermination de la peine. Doit être cassé l'arrêt de la cour d'appel qui, avant de prononcer une peine contre le prévenu, relève qu'il ressort de son casier judiciaire qu'il a fait l'objet de condamnations antérieures, alors que ces condamnations sont réhabilitées de plein droit (▪ Cass. crim., 10 nov. 2009, n° 09-82.368 : *Bull. crim.* n° 189).

2) **Incidence d'une condamnation réhabilitée sur l'examen de la culpabilité.** En application des dispositions combinées des articles 133-16 du Code pénal et 769 du Code de procédure pénale, la réhabilitation de plein droit d'une condamnation n'interdit pas à la juridiction de prendre en compte, lors de l'examen de la culpabilité de l'intéressé, cet élément de personnalité figurant régulièrement au dossier de la procédure par sa mention au casier judiciaire (▪ Cass. crim., 17 janv. 2018, n° 17-80.402 : *JurisData* n° 2018-000320 ; *Dr. pén.* 2018, comm. 71, obs. V. Peltier).

3) **Alignement du régime du sursis sur celui de la réhabilitation.** Il se déduit des derniers alinéas des articles 133-16 et 133-13 du Code pénal, issus de l'article 43 de la loi n° 2007-297 du 5 mars 2007, qu'une condamnation avec sursis réputée non avenue peut constituer le premier terme de la récidive (▪ C. cass., avis, 26 janv. 2009 : *Bull. inf. C. cass.* 2009, I, p. 9, rapp. Pomestan et concl. Lucazeau ; *Bull. crim.* avis n° 1).

4) Une condamnation assortie du sursis avec mise à l'épreuve, bien que réputée non avenue, peut constituer le premier terme de la récidive (▪ Cass. crim., 11 janv. 2011, n° 10-81.781 : *JurisData* n° 2011-000644 ; *JCP* 2011, note 346, J.-H. Robert. ▪ Cass. crim., 16 juin 2011, n° 10-87.645. ▪ Cass. crim., 27 juin 2012, n° 11-86.773 : *JurisData* n° 2012-016231. ▪ Cass. crim., 14 oct. 2014, n° 13-87.636 : *JurisData* n° 2014-024113 ; *Bull. crim.* n° 207).

Art. 133-16-1 *(En vigueur à compter du 27 avril 2012, L. n° 2012-409, 27 mars 2012).* – **Si la personne a été condamnée par une juridiction pénale d'un État membre de l'Union européenne à une des peines suivantes, la réhabilitation n'est susceptible de produire ses effets sur les condamnations françaises antérieures qu'à l'issue des délais ci-après déterminés :**

1° Lorsque la peine prononcée est une sanction pécuniaire, qu'à partir de l'effacement de cette condamnation ou de l'écoulement d'un délai de trois ans à compter de son prononcé ;

2° Lorsque la peine prononcée est une peine d'emprisonnement d'une durée supérieure à un an, qu'à partir de l'effacement de cette condamnation ou de l'écoulement d'un délai de dix ans à compter de son prononcé ;

3° Lorsque la peine prononcée est une peine d'emprisonnement d'une durée supérieure à dix ans, qu'à partir de l'effacement de cette condamnation ou de l'écoulement d'un délai de quarante ans à compter de son prononcé ;

4° Lorsque la personne a été condamnée à une peine autre que celles définies aux 1° à 3°, qu'à partir de l'effacement de cette condamnation ou de l'écoulement d'un délai de cinq ans à compter de son prononcé.

Art. 133-17. – Pour l'application des règles sur la réhabilitation, la remise gracieuse d'une peine équivaut à son exécution.

LIVRE DEUXIÈME

DES CRIMES ET DÉLITS CONTRE LES PERSONNES

TITRE PREMIER. – DES CRIMES CONTRE L'HUMANITÉ ET CONTRE L'ESPÈCE HUMAINE

Sous-titre premier. – Des crimes contre l'humanité

Bibliographie : *JCl. Pénal Code, Crimes contre l'humanité* par H.-O. Beauvallet. • O. Beauvallet et al., *Chronique. Un an de droit pénal international : Dr. pén.* 2020, chron. 2. • C. Lombois, *Un crime international en droit positif français (l'apport de l'affaire Barbie à la théorie française du crime contre l'humanité) : Mél. Vitu*, 1989, p. 367. • M. Massé, obs. : *RSC* 1989, p. 793 ; *RSC* 1991, p. 398 ; *RSC* 1994, p. 376. • J.-F. Roulot, *La répression des crimes contre l'humanité par les juridictions criminelles, en France : RSC* 1999, p. 545. • N. Zakr, *Analyse spécifique du crime de génocide dans le tribunal pénal international pour le Rwanda : RSC* 2001, p. 263. • H. Ascencio, *Une entrée mesurée dans la modernité du droit international pénal, à propos de la loi du 9 août 2010 : JCP* 2010, doctr. 910. • F. Molins, *Actes de terrorisme, nouveaux crimes contre l'humanité ? : Colloque, 70 ans après Nuremberg – Juger le crime contre l'humanité, C. cass.*, 30 sept. 2016.

CHAPITRE I. – DU GÉNOCIDE

Art. 211-1. – Constitue un génocide le fait, en exécution d'un plan concerté tendant à la destruction totale ou partielle d'un groupe national, ethnique, racial ou religieux, ou d'un groupe déterminé à partir de tout autre critère arbitraire, de commettre ou de faire commettre, à l'encontre de membres de ce groupe, l'un des actes suivants :

– atteinte volontaire à la vie ;
– atteinte grave à l'intégrité physique ou psychique ;
– soumission à des conditions d'existence de nature à entraîner la destruction totale ou partielle du groupe ;
– mesures visant à entraver les naissances ;
– transfert forcé d'enfants.

Le génocide est puni de la réclusion criminelle à perpétuité.

Les deux premiers alinéas de l'article 132-23 relatif à la période de sûreté sont applicables au crime prévu par le présent article.

Voir : art. R. 645-1, p. 1034.

Bibliographie : H. Azari, *Regards croisés sur l'intention génocidaire : RSC* 2007, p. 739. • A. Giudicelli, *Le génocide rwandais devant la chambre criminelle : RSC* 2020, p. 443. • P.-M. Martin, *Le crime de génocide, quelques paradoxes : D.* 2000, chron. p. 477. • P. Mistretta : *JCP* G 2005, I, 100, not., p. 18, étude.

1) Compétence universelle. Selon les articles 1er et 2 de la loi du 22 mai 1996, portant adaptation de la législation française aux dispositions de la résolution 955 du Conseil de sécurité des Nations unies instituant un tribunal international en vue de juger les personnes présumées responsables d'actes de génocide ou d'autres violations graves du droit international humanitaire commis sur le territoire du Rwanda en 1994, les auteurs ou complices des actes qui constituent, au sens des articles 2 à 4 du statut du tribunal international, des infractions graves à l'article 3 commun aux conventions de Genève du 12 août 1949 et au protocole additionnel II auxdites conventions en date du 8 juin 1977, un génocide ou des crimes contre l'humanité, peuvent, s'ils sont trouvés en France, être poursuivis et jugés par les juridictions françaises en application de la loi française (▪ Cass. crim., 6 janv. 1998 : *Bull. crim.* n° 2 ; *JCP* G 1998, II, 10158, note J.-F. Roulot ; *Dr. pén.* 1998, comm. 70, obs. J.-H. Robert).

2) Rejet du pourvoi formé contre un arrêt de condamnation pour génocide et complicité de crime contre l'humanité pour avoir fait commettre, sur le territoire du Rwanda, entre avril et juillet 1994, des atteintes volontaires à la vie et à l'intégrité de membres de la communauté ethnique tutsi, tendant à la destruction totale ou partielle de ce groupe ethnique, en exécution d'un plan concerté et en raison de motifs politiques, philosophiques, ethniques, raciaux ou religieux (▪ Cass. crim., 24 mai 2018, n° 16-87.622 : *JurisData* n° 2018-008595 ; *AJ pénal* 2018, p. 414, note J. Frinchaboy ; *Dalloz actualité* 7 juin 2018, obs. D. Goetz).

3) Élément moral. Dol spécial. L'auteur d'un génocide doit avoir eu l'intention de détruire, en tout ou partie, un groupe national, ethnique, racial ou religieux (▪ Cass. crim., 16 oct. 2019, n° 18-84.608 : *JurisData* n° 2019-018202 ; *Dr. pén.* 2019, comm. 194 et 195, obs. Ph. Conte).

Art. 211-2 *(L. n° 2010-930, 9 août 2010).* **– La provocation publique et directe, par tous moyens, à commettre un génocide est punie de la réclusion criminelle à perpétuité si cette provocation a été suivie d'effet.**

Si la provocation n'a pas été suivie d'effet, les faits sont punis de sept ans d'emprisonnement et de 100 000 € d'amende.

CHAPITRE II. – DES AUTRES CRIMES CONTRE L'HUMANITÉ

Art. 212-1. – *(L. n° 2010-930, 9 août 2010 ; L. n° 2013-711, 5 août 2013)* **Constitue également un crime contre l'humanité et est puni de la réclusion criminelle à perpétuité l'un des actes ci-après commis en exécution d'un plan concerté à l'encontre d'un groupe de population civile dans le cadre d'une attaque généralisée ou systématique :**

1° L'atteinte volontaire à la vie ;

2° L'extermination ;

3° La réduction en esclavage ;

4° La déportation ou le transfert forcé de population ;

5° L'emprisonnement ou toute autre forme de privation grave de liberté physique en violation des dispositions fondamentales du droit international ;

6° La torture ;

7° Le viol, la prostitution forcée, la grossesse forcée, la stérilisation forcée ou toute autre forme de violence sexuelle de gravité comparable ;

8° La persécution de tout groupe ou de toute collectivité identifiable pour des motifs d'ordre politique, racial, national, ethnique, culturel, religieux ou sexiste ou en fonction d'autres critères universellement reconnus comme inadmissibles en droit international ;

9° La disparition forcée ;

10° Les actes de ségrégation commis dans le cadre d'un régime institutionnalisé d'oppression systématique et de domination d'un groupe racial sur tout autre groupe racial ou tous autres groupes raciaux et dans l'intention de maintenir ce régime ;

11° Les autres actes inhumains de caractère analogue causant intentionnellement de grandes souffrances ou des atteintes graves à l'intégrité physique ou psychique.

Les deux premiers alinéas de l'article 132-23 relatif à la période de sûreté sont applicables aux crimes prévus par le présent article.

Voir : art. R. 645-1, p. 1034.

Bibliographie : O. Pluen, *Le crime de réduction en esclavage : RSC* 2015, p. 29.

1) Non-rétroactivité. Les principes de légalité des délits et des peines et de non-rétroactivité de la loi pénale plus sévère excluent que les articles 211-1 et 212-1 du Code pénal, entrés en vigueur le 1er mars 1994, soient appliqués à des faits antérieurs à cette date. La loi du 21 mai 2001 n'apportant aucune atténuation à ces principes, et en l'absence de démonstration d'un empêchement à agir qui se serait prolongé plus de 100 ans, est prescrite l'action en réparation des préjudices subis du fait de la traite négrière (■ Cass. 1re civ., 17 avr. 2019, n° 18-13.894 : *JurisData* n° 2019-006229 ; *RSC* 2019, p. 352, note Y. Mayaud).

2) Complicité. La complicité de crime contre l'humanité peut être caractérisée dès lors que l'aide ou l'assistance favorisant la commission dudit crime est apportée en connaissance de sa préparation ou de sa commission par les auteurs principaux. À la différence de l'auteur de l'infraction, le complice d'un crime contre l'humanité, qu'il s'agisse d'une personne physique ou morale, n'a pas à appartenir à l'organisation susceptible d'être coupable d'un tel crime, ni à adhérer à la conception ou à l'exécution d'un plan concerté à l'encontre d'un groupe de population civile, et il n'est pas davantage exigé qu'il approuve la commission d'infractions constitutives des crimes contre l'humanité. Distincte de la définition de la complicité retenue en droit commun, la solution s'appuie sur la gravité prééminente du crime, l'interprétation passée de l'article 6 du statut du Tribunal militaire international de Nuremberg, et sur le risque de laisser de nombreux actes de complicité impunis alors même que c'est la multiplication de tels actes qui permet le crime contre l'humanité. Cassation de la décision de la chambre de l'instruction qui annule la mise en examen pour complicité de crime contre l'humanité en estimant le versement en connaissance de cause de plusieurs millions de dollars à une organisation criminelle insuffisant à caractériser une complicité par aide ou assistance, et qui exclut l'intention requise en raison d'un simple mobile, relatif à la volonté de poursuivre une activité commerciale (■ Cass. crim., 7 sept. 2021, nos 19-87.031, 19-87.036, 19-87.040, 19-87.367, 19-87.376 et 19-87.662 : *JurisData* n° 2021-013742 ; *Dr. pén.* 2022, chron. 2, O. Beauvallet *et al.* ; *Dr. pén.* 2021, comm. Ph. Conte ; *JCP* G 2021, note S. Detraz ; *Dalloz actualité*, 13 sept. 2021, obs. E. Daoud et G. Sebbah ; *Gaz. Pal.* 23 nov. 2021, n° 41, p. 51, obs. E. Dreyer ; *Dr. pén.* 2021, comm. 155, A. Gogorza ; *AJ pénal* 2021, p. 469, obs. J. Lasserre Capdeville ; *RSC* 2021, p. 827, obs. Y. Mayaud ; *Dalloz* 2022, p. 45, comm. L. Saenko ; *JCP* E 2021, obs. F. Stasiak).

3) L'article 6 du statut du Tribunal militaire international de Nuremberg n'exige pas que le complice de crimes contre l'humanité ait adhéré à la politique d'hégémonie idéologique des auteurs principaux, ni qu'il ait appartenu à une organisation déclarée criminelle par ledit tribunal (■ Cass. crim., 23 janv. 1997, n° 96-84.822).

Loi n° 2001-434 du 21 mai 2001

tendant à la reconnaissance de la traite et de l'esclavage en tant que crime contre l'humanité

Art. 1er. – La République française reconnaît que la traite négrière transatlantique ainsi que la traite dans l'océan Indien d'une part, et l'esclavage d'autre part, perpétrés à partir du XVe siècle, aux Amériques et aux Caraïbes, dans l'océan Indien et en Europe contre les populations africaines, amérindiennes, malgaches et indiennes constituent un crime contre l'humanité.

Art. 212-2. – Lorsqu'ils sont commis en temps de guerre en exécution d'un plan concerté contre ceux qui combattent le système idéologique au nom duquel sont perpétrés des crimes contre l'humanité, les actes visés à l'article 212-1 sont punis de la réclusion criminelle à perpétuité.

Les deux premiers alinéas de l'article 132-23 relatif à la période de sûreté sont applicables aux crimes prévus par le présent article.

Voir : Crimes de guerre, art. 461-1 et s., p. 947.

Ordonnance du 28 août 1944

relative à la répression des crimes de guerre

Art. 1er. – Sont poursuivis devant les tribunaux militaires français et jugés conformément aux lois françaises en vigueur et aux dispositions de la présente ordonnance, les nationaux ennemis ou agents non français au service de l'administration ou des intérêts ennemis, coupables de crimes ou de délits commis depuis l'ouverture des hostilités soit en France ou dans un territoire relevant de l'autorité de la France, soit à l'encontre d'un national ou d'un protégé français, d'un militaire servant ou ayant servi sous le drapeau français, d'un apatride résidant sur le territoire français avant le 17 juin 1940 ou d'un réfugié sur un territoire français, soit au préjudice des biens de toutes les personnes physiques visées ci-dessus et de toutes les personnes morales françaises, lorsque ces infractions, même accomplies à l'occasion ou sous le prétexte de l'état de guerre, ne sont pas justifiées par les lois et coutumes de la guerre.

Sont notamment poursuivies conformément aux dispositions ci-dessus, lorsqu'elles ont été commises dans les circonstances prévues par l'alinéa 1er du présent article, les infractions prévues et punies par les articles 92, 132, 265 et suivants, 295, 296, 301, 302, 303, 304, 309 à 317, 332, 334, 341, 342, 343, 344, 379, 400, 434 à 459 du Code pénal et les articles 214, 216, 221 et suivants du Code de justice militaire.

Art. 2. – Par interprétation des dispositions du Code pénal et du Code de justice militaire, sont considérés comme :

1° Le recrutement illégal de la force armée prévue par l'article 92 du Code pénal : tout enrôlement par l'ennemi ou ses agents ;

2° L'association de malfaiteurs prévue par les articles 265 et suivants du Code pénal : les organisations ou entreprises de terrorisme systématique ;

3° L'empoisonnement prévu par l'article 301 du Code pénal : toute exposition dans les chambres à gaz, tout empoisonnement des eaux ou denrées consommables, ainsi que tout dépôt, aspersion ou utilisation de substances nocives destinées à donner la mort ;

4° L'assassinat prévu par l'article 296 du Code pénal : la mise à mort par représailles ;

5° La séquestration prévue par les articles 341, 342 et 343 du Code pénal : le travail obligatoire des civils et la déportation sous quelque motif que ce soit, d'un individu détenu ou interné sans qu'une condamnation régulière au regard des lois et coutumes de la guerre ait été définitivement prononcée à son encontre ;

6° La séquestration prévue par les alinéas 1er et 2 de l'article 344 du Code pénal : l'emploi à des œuvres de guerre de prisonniers de guerre ou de civils requis ;

7° La séquestration prévue par le dernier alinéa de l'article 344 du Code pénal : l'emploi de prisonniers de guerre ou de civils à des fins de protection de l'ennemi ;

8° Le pillage prévu par les articles 221 et suivants du Code de justice militaire : l'imposition d'amendes collectives, les réquisitions abusives ou illégales, les confiscations ou spoliations, l'emport ou l'exportation, hors du territoire français par tous moyens des biens de toute nature, y compris les valeurs mobilières et la monnaie.

Art. 3. – Les lois, décrets ou règlements émanant de l'autorité ennemie, les ordres ou autorisations donnés par cette autorité ou par les autorités qui en dépendent ou qui en ont dépendu, ne peuvent être invoqués comme faits justificatifs au sens de l'article 327 du Code pénal, mais seulement, s'il y a lieu, comme circonstances atténuantes ou comme excuses absolutoires.

Art. 4. – Lorsqu'un subordonné est poursuivi comme auteur principal d'un crime de guerre et que ses supérieurs hiérarchiques ne peuvent être recherchés comme coauteurs, ils sont considérés comme complices dans la mesure où ils ont organisé ou toléré les agissements criminels de leurs subordonnés.

Art. 5 *(L. 15 sept. 1948)*. – Pour le jugement des crimes de guerre le tribunal militaire est composé comme il est dit au Code de justice militaire. Sauf impossibilité dûment constatée par l'autorité militaire compétente, les juges militaires doivent être en majorité choisis parmi les militaires appartenant ou ayant appartenu aux forces françaises de l'intérieur ou à une organisation de résistance.

Art. 6. – La présente ordonnance est applicable à l'Algérie et aux colonies. Elle sera publiée au *Journal officiel* de la République française et exécutée comme loi.

Art. 212-3. – La participation à un groupement formé ou à une entente établie en vue de la préparation, caractérisée par un ou plusieurs faits matériels, de l'un des crimes définis par les articles 211-1, 212-1 et 212-2 est punie de la réclusion criminelle à perpétuité.

Les deux premiers alinéas de l'article 132-23 relatif à la période de sûreté sont applicables au crime prévu au présent article.

1) **Non-rétroactivité.** Les principes de légalité des délits et des peines et de non-rétroactivité de la loi pénale plus sévère, énoncés par les articles 8 de la Déclaration des droits de l'homme et du citoyen, 7.1 de la Convention européenne des droits de l'homme, 15-1 du Pacte international relatif aux droits civils et politiques, 111-3 et 112-1 du Code pénal, font obstacle à ce que les articles 211-1 à

212-3 de ce code réprimant les crimes contre l'humanité s'appliquent aux faits commis avant la date de leur entrée en vigueur, le 1er mars 1994 ; la coutume internationale ne saurait pallier l'absence de texte incriminant, sous la qualification de crimes contre l'humanité, les faits dénoncés par la partie civile, en l'espèce des tortures et des exécutions sommaires commises en Algérie entre 1955 et 1957 (■ Cass. crim., 17 juin 2003 : *Bull. crim.* n° 122 ; *Dr. pén.* 2003, comm. 96, obs. M. Véron ; *JCP* 2003, II, 10146, note J.-F. Roulot ; *D.* 2003, jur., p. 92, note J. Daniel).

2) La répression des crimes de droit commun constitutifs des crimes contre l'humanité au sens du statut du Tribunal militaire international de Nuremberg relève, selon ce texte, de la loi nationale. Il s'ensuit que n'est pas méconnu le principe de la non-rétroactivité de la loi pénale, lorsque la peine prononcée entre dans les prévisions des articles du Code pénal applicables au moment des faits (■ Cass. crim., 1er juin 1995 : *Bull. crim.* n° 202).

3) Éléments constitutifs. Les réponses affirmatives de la Cour et du jury aux questions relatives à la culpabilité de l'accusé des chefs de complicité d'arrestations, de tentatives d'arrestations et de séquestrations arbitraires de certaines victimes, commises avec cette circonstance que ces actions constituent des actes inhumains ou une persécution réalisée de façon systématique, dans le cadre d'un plan concerté, pour le compte d'un État pratiquant une politique d'hégémonie idéologique, en l'occurrence l'État national socialiste allemand, à l'encontre de personnes, en raison de leur appartenance à une collectivité raciale ou religieuse, ne sont pas incompatibles avec les réponses négatives apportées par la Cour et le jury aux questions concernant sa culpabilité des chefs de complicité d'assassinats ou tentatives d'assassinats des mêmes victimes, commis avec la même circonstance aggravante, dès lors que la cour d'assises a pu, sans contradiction, estimer que l'accusé avait sciemment participé aux arrestations et séquestrations de ces personnes dans le cadre d'un plan concerté, dont il avait connaissance, visant à leur persécution systématique en raison de leur appartenance à une collectivité raciale ou religieuse, tout en ignorant que ces persécutions pouvaient conduire à leur extermination (■ Cass. ass. plén., 11 juin 2004 : *Bull. crim.* n° 1 ; *Gaz. Pal.* 30 janv.-1er févr. 2005, p. 2, note Y. Monnet).

4) Complicité. Il n'est pas requis que le complice d'un crime contre l'humanité appartienne à l'organisation coupable de ce crime ni qu'il adhère à la conception ou à l'exécution d'un plan concerté ni encore qu'il approuve la commission des crimes de droit commun constitutifs du crime contre l'humanité. Il suffit qu'il se soit associé en connaissance de cause à l'entreprise (■ Cass. crim., 7 sept. 2021, n° 19-87.367 : *JurisData* n° 2021-013742 ; *Dr. pén.* 2022, chron. 2, O. Beauvallet *et al.* ; *Dr. pén.* 2021, comm. Ph. Conte ; *JCP* G 2021, note S. Detraz ; *Dalloz actualité*, 13 sept. 2021, obs. E. Daoud et G. Sebbah ; *Gaz. Pal.* 23 nov. 2021, n° 41, p. 51, obs. E. Dreyer ; *Dr. pén.* 2021, comm. 155, A. Gogorza ; *AJ pénal* 2021, p. 469, obs. J. Lasserre Capdeville ; *RSC* 2021, p. 827, obs. Y. Mayaud ; *Dalloz* 2022, p. 45, comm. L. Saenko ; *JCP* E 2021, obs. F. Stasiak).

5) Compétence universelle. Il résulte de l'article 689-2 du Code de procédure pénale que les juridictions françaises sont compétentes, dans les conditions prévues par l'article 689-1 du même code, pour juger les personnes qui se seraient rendues coupables, à l'étranger, de tortures, au sens de l'article 1er de la convention de New York du 10 décembre 1984, dès lors que les faits délictueux sont susceptibles de revêtir, selon la loi française, une qualification entrant dans les prévisions de cet article (■ Cass. crim., 6 janv. 1998 : *Bull. crim.* n° 2 ; *JCP* 1998, II, 10158, note J.-F. Roulot).

6) Les articles 689-1 et 689-2 du Code de procédure pénale donnent compétence aux juridictions françaises pour poursuivre et juger, si elle se trouve en France, toute personne qui, hors du territoire de la République, s'est rendue coupable de tortures au sens de l'article 1er de la Convention contre la torture et autres traitements cruels, inhumains ou dégradants adopté à New York le 10 décembre 1984 et entrée en vigueur en France le 26 juin 1987 ; il résulte d'autre part de l'article 680 du code précité, en vigueur depuis le 1er mars 1994, mais dont les dispositions ne font que reprendre le droit antérieur, que la loi française est applicable chaque fois que les tribunaux français sont compétents. Entre dans ces prévisions un officier mauritanien, présent sur le territoire français, auquel il est reproché de s'être, dans son pays, rendu coupable de tortures ou actes de barbarie lors de sa participation à une commission chargée d'interroger des militaires soupçonnés d'avoir fomenté un coup d'État. L'exercice par une juridiction française de la compétence universelle emporte compétence de la loi française même en présence d'une loi étrangère portant amnistie (■ Cass. crim., 23 oct. 2002 : *Bull. crim.* n° 195 ; *JCP* G 2003, II, 10078, note J.-F. Roulot ; *D.* 2004, somm. p. 309, obs. M.-H. Gozzi).

7) Selon les articles 689, 689-1 et 689-2 du Code de procédure pénale, peut être poursuivie et jugée par les juridictions françaises si elle se trouve en France, toute personne qui s'est rendue coupable, hors du territoire de la République, de torture et autres peines ou traitements cruels ou dégradants au sens de l'article 1er de la Convention de New York du 10 décembre 1984 (▪ Cass. crim., 10 janv. 2007 : *Bull. crim.* n° 7).

8) Pour l'application de la compétence de la juridiction française au titre de la compétence universelle, la juridiction d'instruction doit rechercher des éléments de présence en France, des auteurs des faits incriminés au moment de l'engagement des poursuites.

Selon l'article 689 du Code de procédure pénale, les auteurs ou complices d'infractions commises hors du territoire de la République peuvent être poursuivis et jugés par les juridictions françaises soit lorsque, conformément aux dispositions du livre 1er du Code pénal ou d'un autre texte législatif, la loi française est applicable soit lorsqu'une Convention internationale donne compétence aux juridictions françaises pour en connaître.

En vertu des dispositions de l'article 689-2 du Code de procédure pénale, peut être poursuivie ou jugée par les juridictions françaises toute personne, auteur ou complice, national ou étranger qui s'est rendu coupable hors du territoire de la République de faits entrant dans le champ d'application de la Convention de New York du 10 décembre 1984.

Encourt la cassation, l'arrêt de la chambre de l'instruction qui après avoir constaté que les faits incriminés étaient susceptibles de recevoir la qualification d'actes de torture au sens de ladite Convention exclut la compétence de la juridiction française sur le fondement des règles fixées par le livre 1er du Code pénal (▪ Cass. crim., 21 janv. 2009 : *Bull. crim.* n° 22 ; *Dr. pén.* 2009, étude 7, par O. Beauvallet).

Code de procédure pénale

Art. 689-11 *(Mod., L. n° 2019-222, 23 mars 2019)*. – Hors les cas prévus au sous-titre Ier du titre Ier du livre IV pour l'application de la convention portant statut de la Cour pénale internationale, ouverte à la signature à Rome le 18 juillet 1998, peut être poursuivie et jugée par les juridictions françaises, si elle réside habituellement sur le territoire de la République, toute personne soupçonnée d'avoir commis à l'étranger l'une des infractions suivantes :

1° Le crime de génocide défini au chapitre Ier du sous-titre Ier du titre Ier du livre II du Code pénal ;

2° Les autres crimes contre l'humanité définis au chapitre II du même sous-titre Ier, si les faits sont punis par la législation de l'État où ils ont été commis ou si cet État ou l'État dont la personne soupçonnée a la nationalité est partie à la convention précitée ;

3° Les crimes et les délits de guerre définis aux articles 461-1 à 461-31 du même code, si les faits sont punis par la législation de l'État où ils ont été commis ou si cet État ou l'État dont la personne soupçonnée a la nationalité est partie à la convention précitée.

La poursuite de ces crimes ne peut être exercée qu'à la requête du procureur de la république antiterroriste et si aucune juridiction internationale ou nationale ne demande la remise ou l'extradition de la personne. À cette fin, le ministère public s'assure de l'absence de poursuite diligentée par la Cour pénale internationale et vérifie qu'aucune autre juridiction internationale compétente pour juger la personne n'a demandé sa remise et qu'aucun autre État n'a demandé son extradition. Lorsque, en application de l'article 40-3 du présent code, le procureur général près la cour d'appel de Paris est saisi d'un recours contre une décision de classement sans suite prise par le procureur de la République antiterroriste, il entend la personne qui a dénoncé les faits si celle-ci en fait la demande. S'il estime le recours infondé, il en informe l'intéressé par une décision écrite motivée.

1) Double incrimination. Dès lors les crimes contre l'humanité définis par le chapitre II du sous-titre Ier du Code pénal doivent nécessairement avoir été commis en exécution d'un plan concerté à l'encontre d'un groupe de population civile dans le cadre d'une attaque généralisée ou systématique, l'exigence de double incrimination posée par l'article 689-11 du Code de procédure pénale inclut l'existence d'un élément constitutif relatif à une attaque lancée contre une population civile en exécution d'un plan concerté. Cassation de la décision d'une chambre de l'instruction qui avait jugé les juridictions françaises compétentes pour des faits commis en Syrie, État non adhérent au statut de la Cour pénale internationale, alors que le droit syrien n'incrimine pas les crimes contre l'humanité de manière autonome mais réprime seulement des infractions sous-jacentes qui les constituent (▪ Cass. crim., 24 nov. 2021, n° 21-81.344 : *Gaz. Pal.* 22 févr. 2022, p. 48, obs. S. Detraz ; *Dalloz actualité*, 6 déc. 2021, obs. M. Dominati ; *AJ pénal* 2022, p. 80, obs. K. Mariat ; *Dr. pén.* 2022, comm. 3, A. Gogorza ; *Dalloz actualité*, 17 févr. 2022, obs. P. Januel ; *Dalloz* 2022, p. 150, note G. Poissonnier ; *JCP* G 2022, 66, note D. Rebut ; *JCP* G 2022, 65, avis R. Salomon ; *Dalloz* 2022, p. 144, note R. Salomon).

Décret n° 2002-925 du 6 juin 2002

portant publication de la convention portant statut de la Cour pénale internationale, adoptée à Rome le 17 juillet 1998

Art. 1er. – La Cour

Il est créé une Cour pénale internationale (« la Cour ») en tant qu'institution permanente, qui peut exercer sa compétence à l'égard des personnes pour les crimes les plus graves ayant une portée internationale, au sens du présent Statut. Elle est complémentaire des juridictions pénales nationales. Sa compétence et son fonctionnement sont régis par les dispositions du présent Statut.

....

Art. 5. – Crimes relevant de la compétence de la Cour

1. La compétence de la Cour est limitée aux crimes les plus graves qui touchent l'ensemble de la communauté internationale. En vertu du présent Statut, la Cour a compétence à l'égard des crimes suivants :

a) Le crime de génocide ;

b) Les crimes contre l'humanité ;

c) Les crimes de guerre ;

d) Le crime d'agression.

2. La Cour exercera sa compétence à l'égard du crime d'agression quand une disposition aura été adoptée conformément aux articles 121 et 123, qui définira ce crime et fixera les conditions de l'exercice de la compétence de la Cour à son égard. Cette disposition devra être compatible avec les dispositions pertinentes de la Charte des Nations Unies.

Art. 6. – Crime de génocide

Aux fins du présent Statut, on entend par crime de génocide l'un quelconque des actes ci-après commis dans l'intention de détruire, en tout ou en partie, un groupe national, ethnique, racial ou religieux, comme tel :

a) Meurtre de membres du groupe ;

b) Atteinte grave à l'intégrité physique ou mentale de membres du groupe ;

c) Soumission intentionnelle du groupe à des conditions d'existence devant entraîner sa destruction physique totale ou partielle ;

d) Mesures visant à entraver les naissances au sein du groupe ;

e) Transfert forcé d'enfants du groupe à un autre groupe.

Art. 7. – Crimes contre l'humanité

1. Aux fins du présent Statut, on entend par crime contre l'humanité l'un quelconque des actes ci-après lorsqu'il est commis dans le cadre d'une attaque généralisée ou systématique lancée contre toute population civile et en connaissance de cette attaque :

a) Meurtre ;

b) Extermination ;

c) Réduction en esclavage ;

d) Déportation ou transfert forcé de population ;

e) Emprisonnement ou autre forme de privation grave de liberté physique en violation des dispositions fondamentales du droit international ;

f) Torture ;

g) Viol, esclavage sexuel, prostitution forcée, grossesse forcée, stérilisation forcée ou toute autre forme de violence sexuelle de gravité comparable ;

h) Persécution de tout groupe ou de toute collectivité identifiable pour des motifs d'ordre politique, racial, national, ethnique, culturel, religieux ou sexiste au sens du paragraphe 3, ou en fonction d'autres critères universellement reconnus comme inadmissibles en droit international, en corrélation avec tout acte visé dans le présent paragraphe ou tout crime relevant de la compétence de la Cour ;

i) Disparitions forcées de personnes ;

j) Crime d'apartheid ;

k) Autres actes inhumains de caractère analogue causant intentionnellement de grandes souffrances ou des atteintes graves à l'intégrité physique ou à la santé physique ou mentale.

2. Aux fins du paragraphe 1 :

a) Par « attaque lancée contre une population civile », on entend le comportement qui consiste en la commission multiple d'actes visés au paragraphe 1 à l'encontre d'une population civile quelconque, en application ou dans la poursuite de la politique d'un État ou d'une organisation ayant pour but une telle attaque ;

b) Par « extermination », on entend notamment le fait d'imposer intentionnellement des conditions de vie, telles que la privation d'accès à la nourriture et aux médicaments, calculées pour entraîner la destruction d'une partie de la population ;

c) Par « réduction en esclavage », on entend le fait d'exercer sur une personne l'un quelconque ou l'ensemble des pouvoirs liés au droit de propriété, y compris dans le cadre de la traite des êtres humains, en particulier des femmes et des enfants ;

d) Par « déportation ou transfert forcé de population », on entend le fait de déplacer de force des personnes, en les expulsant ou par d'autres moyens coercitifs, de la région où elles se trouvent légalement, sans motifs admis en droit international ;

e) Par « torture », on entend le fait d'infliger intentionnellement une douleur ou des souffrances aiguës, physiques ou mentales, à une personne se trouvant sous sa garde ou sous son contrôle ; l'acception de ce terme ne s'étend pas à la douleur ou aux souffrances résultant uniquement de sanctions légales, inhérentes à ces sanctions ou occasionnées par elles ;

f) Par « grossesse forcée », on entend la détention illégale d'une femme mise enceinte de force, dans l'intention de modifier la composition ethnique d'une population ou de commettre d'autres violations graves du droit international. Cette définition ne peut en aucune manière s'interpréter comme ayant une incidence sur les lois nationales relatives à la grossesse ;

g) Par « persécution », on entend le déni intentionnel et grave de droits fondamentaux en violation du droit international, pour des motifs liés à l'identité du groupe ou de la collectivité qui en fait l'objet ;

h) Par « crime d'apartheid », on entend des actes inhumains analogues à ceux que vise le paragraphe 1, commis dans le cadre d'un régime institutionnalisé d'oppression systématique et de domination d'un groupe racial sur tout autre groupe racial ou tous autres groupes raciaux et dans l'intention de maintenir ce régime ;

i) Par « disparitions forcées de personnes », on entend les cas où des personnes sont arrêtées, détenues ou enlevées par un État ou une organisation politique ou avec l'autorisation, l'appui ou l'assentiment de cet État ou de cette organisation, qui refuse ensuite d'admettre que ces personnes sont privées de liberté ou de révéler le sort qui leur est réservé ou l'endroit où elles se trouvent, dans l'intention de les soustraire à la protection de la loi pendant une période prolongée.

3. Aux fins du présent Statut, le terme « sexe » s'entend de l'un et l'autre sexes, masculin et féminin, suivant le contexte de la société. Il n'implique aucun autre sens.

Art. 8. – Crimes de guerre

1. La Cour a compétence à l'égard des crimes de guerre, en particulier lorsque ces crimes s'inscrivent dans le cadre d'un plan ou une politique ou lorsqu'ils font partie d'une série de crimes analogues commis sur une grande échelle.

2. Aux fins du Statut, on entend par « crimes de guerre » :

a) Les infractions graves aux conventions de Genève du 12 août 1949, à savoir l'un quelconque des actes ci-après lorsqu'ils visent des personnes ou des biens protégés par les dispositions des conventions de Genève :

i) L'homicide intentionnel ;

ii) La torture ou les traitements inhumains, y compris les expériences biologiques ;

iii) Le fait de causer intentionnellement de grandes souffrances ou de porter gravement atteinte à l'intégrité physique ou à la santé ;

iv) La destruction et l'appropriation de biens, non justifiées par des nécessités militaires et exécutées sur une grande échelle de façon illicite et arbitraire ;

v) Le fait de contraindre un prisonnier de guerre ou une personne protégée à servir dans les forces d'une puissance ennemie ;

vi) Le fait de priver intentionnellement un prisonnier de guerre ou toute autre personne protégée de son droit d'être jugé régulièrement et impartialement ;

vii) La déportation ou le transfert illégal ou la détention illégale ;

viii) La prise d'otages ;

b) Les autres violations graves des lois et coutumes applicables aux conflits armés internationaux dans le cadre établi du droit international, à savoir l'un quelconque des actes ci-après :

i) Le fait de diriger intentionnellement des attaques contre la population civile en tant que telle ou contre des civils qui ne participent pas directement aux hostilités ;

ii) Le fait de diriger intentionnellement des attaques contre des biens de caractère civil, c'est-à-dire des biens qui ne sont pas des objectifs militaires ;

iii) Le fait de diriger intentionnellement des attaques contre le personnel, les installations, le matériel, les unités ou les véhicules employés dans le cadre d'une mission d'aide humanitaire ou de maintien de la paix conformément à la Charte des Nations Unies, pour autant qu'ils aient droit à la protection que le droit international des conflits armés garantit aux civils et aux biens de caractère civil ;

iv) Le fait de lancer intentionnellement une attaque en sachant qu'elle causera incidemment des pertes en vies humaines dans la population civile, des blessures aux personnes civiles, des dommages aux biens de caractère civil ou des dommages étendus, durables et graves à l'environnement naturel qui seraient manifestement excessifs par rapport à l'ensemble de l'avantage militaire concret et direct attendu ;

v) Le fait d'attaquer ou de bombarder, par quelque moyen que ce soit, des villes, villages, habitations ou bâtiments qui ne sont pas défendus et qui ne sont pas des objectifs militaires ;

vi) Le fait de tuer ou de blesser un combattant qui, ayant déposé les armes ou n'ayant plus de moyens de se défendre, s'est rendu à discrétion ;

vii) Le fait d'utiliser indûment le pavillon parlementaire, le drapeau ou les insignes militaires et l'uniforme de l'ennemi ou de l'Organisation des Nations Unies, ainsi que les signes distinctifs prévus par les conventions de Genève, et, ce faisant, de causer la perte de vies humaines ou des blessures graves ;

viii) Le transfert, direct ou indirect, par une puissance occupante d'une partie de sa population civile, dans le territoire qu'elle occupe, ou la déportation ou le transfert à l'intérieur ou hors du territoire occupé de la totalité ou d'une partie de la population de ce territoire ;

ix) Le fait de diriger intentionnellement des attaques contre des bâtiments consacrés à la religion, à l'enseignement, à l'art, à la science ou à l'action caritative, des monuments historiques, des hôpitaux et des lieux où des malades ou des blessés sont rassemblés, à condition qu'ils ne soient pas des objectifs militaires ;

x) Le fait de soumettre des personnes d'une partie adverse tombées en son pouvoir à des mutilations ou à des expériences médicales ou scientifiques quelles qu'elles soient qui ne sont ni motivées par un traitement médical, dentaire ou hospitalier, ni effectuées dans l'intérêt de ces personnes, et qui entraînent la mort de celles-ci ou mettent sérieusement en danger leur santé ;

xi) Le fait de tuer ou de blesser par traîtrise des individus appartenant à la nation ou à l'armée ennemie ;

xii) Le fait de déclarer qu'il ne sera pas fait de quartier ;

xiii) Le fait de détruire ou de saisir les biens de l'ennemi, sauf dans les cas où ces destructions ou saisies seraient impérieusement commandées par les nécessités de la guerre ;

xiv) Le fait de déclarer éteints, suspendus ou non recevables en justice les droits et actions des nationaux de la partie adverse ;

xv) Le fait pour un belligérant de contraindre les nationaux de la partie adverse à prendre part aux opérations de guerre dirigées contre leur pays, même s'ils étaient au service de ce belligérant avant le commencement de la guerre ;

xvi) Le pillage d'une ville ou d'une localité, même prise d'assaut ;

xvii) Le fait d'employer du poison ou des armes empoisonnées ;

xviii) Le fait d'utiliser des gaz asphyxiants, toxiques ou similaires, ainsi que tous liquides, matières ou procédés analogues ;

xix) Le fait d'utiliser des balles qui s'épanouissent ou s'aplatissent facilement dans le corps humain, telles que des balles dont l'enveloppe dure ne recouvre pas entièrement le centre ou est percée d'entailles ;

xx) Le fait d'employer les armes, projectiles, matières et méthodes de guerre de nature à causer des maux superflus ou des souffrances inutiles ou à frapper sans discrimination en violation du droit international des conflits armés, à condition que ces armes, projectiles, matières et méthodes de guerre fassent l'objet d'une interdiction générale et qu'ils soient inscrits dans une annexe au présent Statut, par voie d'amendement adopté selon les dispositions des articles 121 et 123 ;

xxi) Les atteintes à la dignité de la personne, notamment les traitements humiliants et dégradants ;

xxii) Le viol, l'esclavage sexuel, la prostitution forcée, la grossesse forcée telle que définie à l'article 7, paragraphe 2, alinéa *f*, la stérilisation forcée ou toute autre forme de violence sexuelle constituant une infraction grave aux conventions de Genève ;

xxiii) Le fait d'utiliser la présence d'un civil ou d'une autre personne protégée pour éviter que certains points, zones ou forces militaires ne soient la cible d'opérations militaires ;

xxiv) Le fait de diriger intentionnellement des attaques contre les bâtiments, le matériel, les unités et les moyens de transport sanitaires, et le personnel utilisant, conformément au droit international, les signes distinctifs prévus par les conventions de Genève ;

xxv) Le fait d'affamer délibérément des civils comme méthode de guerre, en les privant de biens indispensables à leur survie, y compris en empêchant intentionnellement l'envoi des secours prévus par les conventions de Genève ;

xxvi) Le fait de procéder à la conscription ou à l'enrôlement d'enfants de moins de quinze ans dans les forces armées nationales ou de les faire participer activement à des hostilités ;

c) En cas de conflit armé ne présentant pas un caractère international, les violations graves de l'article 3 commun aux quatre conventions de Genève du 12 août 1949, à savoir l'un quelconque des actes ci-après commis à l'encontre de personnes qui ne participent pas directement aux hostilités, y compris les membres de forces armées qui ont déposé les armes et les personnes qui ont été mises hors de combat par maladie, blessure, détention ou par toute autre cause :

i) Les atteintes à la vie et à l'intégrité corporelle, notamment le meurtre sous toutes ses formes, les mutilations, les traitements cruels et la torture ;

ii) Les atteintes à la dignité de la personne, notamment les traitements humiliants et dégradants ;

iii) Les prises d'otages ;

iv) Les condamnations prononcées et les exécutions effectuées sans un jugement préalable, rendu par un tribunal régulièrement constitué, assorti des garanties judiciaires généralement reconnues comme indispensables ;

d) L'alinéa *c* du paragraphe 2 s'applique aux conflits armés ne présentant pas un caractère international et ne s'applique donc pas aux situations de troubles et tensions internes telles que les émeutes, les actes isolés et sporadiques de violence ou les actes de nature similaire ;

e) Les autres violations graves des lois et coutumes applicables aux conflits armés ne présentant pas un caractère international, dans le cadre établi du droit international, à savoir l'un quelconque des actes ci-après :

i) Le fait de diriger intentionnellement des attaques contre la population civile en tant que telle ou contre des personnes civiles qui ne participent pas directement aux hostilités ;

ii) Le fait de diriger intentionnellement des attaques contre les bâtiments, le matériel, les unités et les moyens de transport sanitaires, et le personnel utilisant, conformément au droit international, les signes distinctifs des conventions de Genève ;

iii) Le fait de diriger intentionnellement des attaques contre le personnel, les installations, le matériel, les unités ou les véhicules employés dans le cadre d'une mission d'aide humanitaire ou de maintien de la paix conformément à la Charte des Nations Unies, pour autant qu'ils aient droit à la protection que le droit international des conflits armés garantit aux civils et aux biens de caractère civil ;

iv) Le fait de diriger intentionnellement des attaques contre des bâtiments consacrés à la religion, à l'enseignement, à l'art, à la science ou à l'action caritative, des monuments historiques, des hôpitaux et des lieux où des malades et des blessés sont rassemblés, pour autant que ces bâtiments ne soient pas des objectifs militaires ;

v) Le pillage d'une ville ou d'une localité, même prise d'assaut ;

vi) Le viol, l'esclavage sexuel, la prostitution forcée, la grossesse forcée, telle que définie à l'article 7, paragraphe 2, alinéa *f*, la stérilisation forcée, ou toute autre forme de violence sexuelle constituant une violation grave à l'article 3 commun aux quatre conventions de Genève ;

vii) Le fait de procéder à la conscription ou à l'enrôlement d'enfants de moins de quinze ans dans les forces armées ou dans des groupes armés ou de les faire participer activement à des hostilités ;

viii) Le fait d'ordonner le déplacement de la population civile pour des raisons ayant trait au conflit, sauf dans les cas où la sécurité des civils ou des impératifs militaires l'exigent ;

ix) Le fait de tuer ou de blesser par traîtrise un adversaire combattant ;

x) Le fait de déclarer qu'il ne sera pas fait de quartier ;

xi) Le fait de soumettre des personnes d'une autre partie au conflit tombées en son pouvoir à des mutilations ou à des expériences médicales ou scientifiques quelles qu'elles soient, qui ne sont ni motivées par un traitement médical, dentaire ou hospitalier, ni effectuées dans l'intérêt de ces personnes, et qui entraînent la mort de celles-ci ou mettent sérieusement en danger leur santé ;

xii) Le fait de détruire ou de saisir les biens d'un adversaire, sauf si ces destructions ou saisies sont impérieusement commandées par les nécessités du conflit ;

f) L'alinéa *e* du paragraphe 2 s'applique aux conflits armés ne présentant pas un caractère international et ne s'applique donc pas aux situations de troubles et tensions internes telles que les émeutes, les actes isolés et sporadiques de violence ou les actes de nature similaire. Il s'applique aux conflits armés qui opposent de manière prolongée sur le territoire d'un État les autorités du gouvernement de cet État et des groupes armés organisés ou des groupes armés organisés entre eux.

3. Rien dans le paragraphe 2, alinéas c et e n'affecte la responsabilité d'un gouvernement de maintenir ou rétablir l'ordre public dans l'État ou de défendre l'unité et l'intégrité territoriale de l'État par tous les moyens légitimes.

1) Objet de l'attaque. L'article 7 du statut de Rome n'exige pas que la population civile ait été l'objet principal de l'attaque, mais uniquement que soit constatée une attaque dirigée contre toute population civile, même si elle poursuit d'autres objectifs (■ CPI, ch. appel, 30 mars 2021, n° ICC-01/04-02/06-2666, *Bosco Ntaganda*, à la suite de ■ CPI, 8 juill. 2019, n° ICC-01/04-02/06-2359 : *Dr. pén.* 2022, chron. O. Beauvallet *et al.*).

2) Condamnation pour crimes contre l'humanité (meurtre, viol, esclavage sexuel, persécution, transfert forcé de population et déportation) et crimes de guerre (meurtre, attaque intentionnelle contre la population civile, viol, esclavage sexuel, déplacement de population civile, enrôlement et conscription d'enfants de moins de 15 ans, utilisation d'enfants de moins de 15 ans pour participer à des hostilités, attaque contre des biens protégés, destruction de biens appartenant à l'adversaire) en République démocratique du Congo en 2002 et 2003 (■ CPI, 8 juill. 2019, n° ICC-01/04-02/06-2359 : *AJ pénal* 2019, p. 501, note G. Poissonnier).

3) Condamnation, pour 61 crimes contre l'humanité et crimes de guerre commis dans le nord de l'Ouganda entre le 1er juillet 2002 et le 31 décembre 2005, d'un cadre de l'« Armée de résistance du Seigneur », un accusé étant notamment condamné pour sa participation directe à des crimes **de mariage forcé et de grossesse forcée**, ceux-ci étant respectivement constitués par la séquestration de femmes contraintes de maintenir une relation conjugale avec l'accusé et par la séquestration et la menace de mort de femmes qu'il avait mises enceintes, peu important qu'il ait eu ou non l'intention de les maintenir enceintes (■ CPI, 4 févr. 2021, n° ICC-02/04-01/15-1762 : *AJ pénal* 2021, p. 199, note G. Poissonnier ; *Dr. pén.* 2022, chron. O. Beauvallet *et al.*).

4) Condamnation pour **génocide** d'un général, étant précisé que la déclaration de culpabilité doit se fonder sur l'intention de détruire une partie substantielle d'un groupe protégé, qui peut être induite de la conséquence de la destruction de cette partie du groupe sur la survie globale du groupe (■ MICT, ch. appel, 8 juin 2021, MICT-13-56-A, *Mladic* : *Dr. pén.* 2022, chron. O. Beauvallet *et al.*).

5) Acquittement pour des faits commis pendant la période post-électorale de 2011 en République de Côte d'Ivoire, poursuivis sur la qualification de crimes contre l'humanité (■ CPI, 15 janv. 2019, n° ICC-02/11-01/15 : *AJ pénal* 2019, p. 208, obs. G. Poissonnier).

Bibliographie : G. Bitti, *Jurisprudence de la Cour pénale internationale 2019 : RSC* 2020, p. 1027. • O. Beauvallet *et al.* : *Dr. pén.* 2022, chron. 2.

CHAPITRE III. – DISPOSITIONS COMMUNES

Art. 213-1 ***(Mod., L. n° 2008-776, 4 août 2008 ; L. n° 2010-930, 9 août 2010 ; L. n° 2012-409, 27 mars 2012).*** **– Les personnes physiques coupables des infractions prévues par le présent sous-titre encourent également les peines suivantes :**

1° L'interdiction des droits civiques, civils et de famille, selon les modalités prévues par l'article 131-26. Toutefois, le maximum de l'interdiction est porté à quinze ans ;

2° L'interdiction, suivant les modalités prévues par l'article 131-27, d'exercer une fonction publique ou d'exercer l'activité professionnelle ou sociale dans l'exercice ou à l'occasion de l'exercice de laquelle l'infraction a été commise. Toutefois, le maximum de l'interdiction temporaire est porté à dix ans ;

3° L'interdiction de séjour, selon les modalités prévues par l'article 131-31. Toutefois, le maximum de l'interdiction est porté à quinze ans ;

4° La confiscation de tout ou partie des biens leur appartenant ou, sous réserve des droits du propriétaire de bonne foi, dont elles ont la libre disposition ;

5° L'interdiction, suivant les modalités prévues par l'article 131-27, soit d'exercer une fonction publique ou d'exercer l'activité professionnelle ou sociale dans l'exercice ou à l'occasion de l'exercice de laquelle l'infraction a été commise, soit d'exercer une profession commerciale ou industrielle, de diriger, d'administrer, de gérer ou de contrôler à un titre quelconque, directement ou indirectement, pour son propre compte ou pour le compte d'autrui, une entreprise commerciale ou industrielle ou une société commerciale. Ces interdictions d'exercice peuvent être prononcées cumulativement.

Art. 213-2 *(Mod., L. n° 2003-1119, 26 nov. 2003)*. – **L'interdiction du territoire français peut être prononcée dans les conditions prévues par l'article 131-30, soit à titre définitif, soit pour une durée de dix ans au plus, à l'encontre de tout étranger coupable de l'une des infractions définies au présent titre.**

Art. 213-3 *(Mod., L. n° 2009-526, 12 mai 2009 ; L. n° 2012-409, 27 mars 2012)*. – **Les personnes morales déclarées responsables pénalement, dans les conditions prévues par l'article 121-2, de crimes contre l'humanité encourent, outre l'amende suivant les modalités prévues par l'article 131-38 :**

1° Les peines mentionnées à l'article 131-39 ;

2° La confiscation de tout ou partie des biens leur appartenant ou, sous réserve des droits du propriétaire de bonne foi, dont elles ont la libre disposition.

Art. 213-4. – **L'auteur ou le complice d'un crime visé par le présent sous-titre ne peut être exonéré de sa responsabilité du seul fait qu'il a accompli un acte prescrit ou autorisé par des dispositions législatives ou réglementaires ou un acte commandé par l'autorité légitime. Toutefois, la juridiction tient compte de cette circonstance lorsqu'elle détermine la peine et en fixe le montant.**

Art. 213-4-1 *(L. n° 2010-930, 9 août 2010 ; mod., L. n° 2013-711, 5 août 2013)*. – **Sans préjudice de l'application des dispositions de l'article 121-7, est considéré comme complice d'un crime visé par le présent sous-titre commis par des subordonnés placés sous son autorité et son contrôle effectifs le chef militaire ou la personne qui en faisait fonction, qui savait ou, en raison des circonstances, aurait dû savoir que ces subordonnés commettaient ou allaient commettre ce crime et qui n'a pas pris toutes les mesures nécessaires et raisonnables qui étaient en son pouvoir pour en empêcher ou en réprimer l'exécution ou pour en référer aux autorités compétentes aux fins d'enquête et de poursuites.**

Sans préjudice de l'application des dispositions de l'article 121-7, est également considéré comme complice d'un crime visé par le présent sous-titre commis par des subordonnés placés sous son autorité et son contrôle effectifs le supérieur hiérarchique, n'exerçant pas la fonction de chef militaire, qui savait que ces subordonnés commettaient ou allaient commettre ce crime ou a délibérément négligé de tenir compte d'informations qui l'indiquaient clairement et qui n'a pas pris toutes les mesures nécessaires et raisonnables qui étaient en son pouvoir pour en empêcher ou en réprimer l'exécution ou pour en référer aux autorités compétentes aux fins d'enquête et de poursuites, alors que ce crime était lié à des activités relevant de sa responsabilité et de son contrôle effectifs.

Art. 213-5 *(Abr., L. n° 2017-242, 27 févr. 2017).*

Rédaction antérieure. Art. 213-5. – L'action publique relative aux crimes prévus par le présent sous-titre, ainsi que les peines prononcées, sont imprescriptibles.

Voir : C. proc. pén., art. 7, al. 4.

Loi n° 64-1326 du 26 décembre 1964

tendant à constater l'imprescriptibilité des crimes contre l'humanité

Art. unique. – Les crimes contre l'humanité, tels qu'ils sont définis par la résolution des Nations unies du 13 février 1946, prenant acte de la définition des crimes contre l'humanité, telle qu'elle figure dans la charte du tribunal international du 8 août 1945, sont imprescriptibles par leur nature.

1) Comportements incriminés. Les éléments constitutifs des crimes contre l'humanité définis par l'article 6 de la Charte du tribunal international du 8 août 1945 auquel se réfère la loi du 26 décembre 1964 qui les déclare imprescriptibles ne sont pas les mêmes que ceux des crimes de guerre prévus par l'article 80 du Code de justice militaire et du crime d'intelligence avec l'ennemi prévu par les articles 70 et s. du Code pénal ; la loi n'a prévu aucune juridiction spéciale pour connaître des crimes contre l'humanité qui sont des crimes de droit commun commis dans certaines circonstances et pour certains motifs précisés dans le texte qui les définit (■ Cass. crim., 6 févr. 1975 : *D.* 1975, p. 386, rapp. note F. Chapar et note P. Coste-Floret ; *RSC* 1976, p. 97, obs. Vitu).

2) Constituent des crimes contre l'humanité, alors même qu'ils seraient qualifiables de crimes de guerre, les actes inhumains et les persécutions qui, au nom d'un État pratiquant une politique d'hégémonie idéologique, sont commis systématiquement contre des personnes en raison de leur appartenance à une collectivité raciale ou religieuse, mais aussi contre les adversaires de cette politique, quelle que soit la forme de leur opposition (■ Cass. crim., 20 déc. 1985 : *Bull. crim.* n° 407 ; *Clunet* 1986, 127, note B. Edelman ; *JCP* 1986, II, 20 655, rapp. F. Le Gunehec et concl. M. Dontewille ; *D.* 1986, p. 500, note F. Chapar. ■ Cass. crim., 25 nov. 1986 : *Bull. crim.* n° 353).

3) Les persécutions et les traitements inhumains infligés à des prisonniers du Viêt-Minh, après la seconde guerre mondiale, par un ressortissant français, ne sont pas susceptibles de recevoir la qualification de crimes contre l'humanité, et entrent nécessairement dans le champ d'application de l'article 30 de la loi du 18 juin 1966, portant amnistie de tous les crimes commis en liaison avec les événements consécutifs à l'insurrection vietnamienne (■ Cass. crim., 1er avr. 1993 : *Bull. crim.* n° 143).

4) Les faits de violences commis en relation avec les événements d'Algérie dès lors qu'ils ne sont pas susceptibles de constituer un génocide ou un crime contre l'humanité peuvent seulement revêtir une qualification de droit commun et entrent en conséquence dans le champ d'application de la loi n° 68-697 du 31 juillet 1968 portant amnistie (■ Cass. crim., 30 mai 2000 : *Bull. crim.* n° 204 ; *JCP* 2001, II, 10559, note J.-F. Roulot).

5) De même, a justifié sa décision la chambre de l'instruction qui retient que les tortures et exécutions sommaires commises en Algérie entre 1955 et 1957, ne pouvant être poursuivies sous la qualification de crimes contre l'humanité, entrent dans les prévisions de la loi du 31 juillet 1968 portant amnistie ; en effet, les dispositions de la loi du 26 décembre 1964 et du statut du tribunal militaire international de Nuremberg annexé à l'accord de Londres du 8 août 1945 ne concernent que les faits commis pour le compte de pays européens de l'Axe (■ Cass. crim., 17 juin 2003 : *Bull. crim.* n° 122 ; *Dr. pén.* 2003, comm. 96, obs. M. Véron ; *JCP* 2003, II, 10146, note J.-F. Roulot ; *D.* 2004, p. 92, note J. Daniel).

6) Plan concerté. Le fait que l'accusé, déclaré coupable de l'une des infractions énumérées à l'article 6, c du statut du tribunal militaire international de Nuremberg, ait, en la perpétrant, pris part à l'exécution d'un plan concerté en vue de ... la déportation ou l'extermination de ... civiles pendant la guerre ou de ... des motifs politiques ... non une infr... agar... c...

... du crime que les actes ... façon systématique ... par ces moyens une ...

politique d'hégémonie idéologique (■ Cass. crim., 3 juin 1988, préc. *supra* n° 4).

7) Le ressortissant français qui, à l'instigation d'un responsable d'une organisation criminelle nazie, ordonne les assassinats de personnes choisies par lui exclusivement en raison de leur appartenance à la communauté juive, participe, en connaissance de cause, pour le compte d'un pays européen de l'Axe, au plan concerté d'extermination et de persécution de cette communauté mis en œuvre par le gouvernement national-socialiste allemand et se rend complice de crime contre l'humanité ; même s'ils ont été perpétrés à l'occasion et en représailles de l'assassinat d'un membre de la Milice française, de tels assassinats, commis dans de telles conditions, s'intègrent à ce plan concerté et constituent un crime contre l'humanité (■ Cass. crim., 21 oct. 1993 : *Bull. crim.* n° 307). Le haut fonctionnaire français qui, à l'instigation de responsables d'une organisation criminelle nazie, apporte, en connaissance de cause, son concours à l'arrestation, la séquestration et la déportation de personnes, choisies exclusivement en raison de leur appartenance à la communauté juive, participe au plan concerté de persécution et d'extermination de cette communauté mis en œuvre par le gouvernement national-socialiste allemand et se rend complice de crimes contre l'humanité ; l'article 6, dernier alinéa, du statut du tribunal militaire international n'exige pas que le complice de crimes contre l'humanité ait adhéré à la politique d'hégémonie idéologique des auteurs principaux ni qu'il ait appartenu à une des organisations déclarées criminelles par le tribunal de Nuremberg (■ Cass. crim., 23 janv. 1997 : *Bull. crim.* n° 32 ; *Dr. pén.* 1997, comm. 38, obs. J.-H. Robert ; *JCP* 1997, II, 22812 ; *Gaz. Pal.* 16-18 mars 1997, 6 ; *D.* 1997, p. 147, note J. Pradel ; J.-P. Delmas-Saint-Hilaire : *D.* 1997, chron. p. 249).

8) Imprescriptibilité. Sur l'application de cette loi à des faits déjà atteints par la prescription de droit commun lors de sa promulgation, ... Cass. crim., 30 juin 1976 : *D.* 1977, p. 1, note P. Coste-Floret ; *JCP* 1976, II, 18435, rapp ... Morgin.

9) Il résulte du rapp... ment des dispositions ... article 4 de l'accord de ... du préambule et de ... et de l'article 6 du statut ... Londres du 8 août ... international de Nuremberg du tribunal ... ainsi que des recomman- ... de la ... résolution des Nations unies du ... février 1946 ... accord et résolution portant l'un et l'autre référence à la déclaration de Moscou du 30 octobre 1943 et visés tous deux par la loi du 26 décembre 1964 – que toutes mesures nécessaires doivent être prises par les États membres des Nations unies pour que soient réprimés les crimes de guerre et les crimes contre la paix ou l'humanité, et pour que les personnes soupçonnées d'en être responsables soient renvoyées dans les pays où ont été perpétrés leurs forfaits, afin d'y être jugées et punies conformément aux lois de ces pays. En raison de la nature de ces crimes, ces dispositions sont conformes aux principes généraux du droit reconnus par l'ensemble des nations, auxquels se réfèrent l'article 15-2 du Pacte international relatif aux droits civils et politiques et l'article 7-2 de la Convention européenne de sauvegarde des droits de l'homme et des libertés fondamentales. De telles dispositions résultent de traités internationaux régulièrement intégrés à l'ordre judiciaire interne et ayant une autorité supérieure à celle des lois en vertu de l'article 55 de la Constitution du 4 octobre 1958 (■ Cass. crim., 6 oct. 1983 : *JCP* 1983, II, 20107, rapp. F. Le Gunehec, concl. M. Dontenwille et note D. Ruzié).

10) Sur l'imprescriptibilité des crimes contre l'humanité V. aussi ■ Cass. crim., 26 janv. 1984 : *Bull. crim.* n° 34 ; *JCP* 1984, II, 20197, rapp. F. Le Gunéhec, concl. Dontenwille et note Ruzié. Le principe d'imprescriptibilité, résultant des dispositions du statut du tribunal militaire international de Nuremberg annexé à l'accord de Londres du 8 août 1945 et de la résolution des Nations unies du 13 février 1946, régit, en tous leurs aspects, la poursuite et la répression des crimes contre l'humanité (■ Cass. crim., 3 juin 1988 : *Bull. crim.* n° 246 ; *Gaz. Pal.* 2-3 nov. 1988, concl. E. Robert ; *JCP* 1988, II, 21149, rapp. H. Angevin). Sur la prescriptibilité des crimes de guerre V. ■ Cass. crim., 20 déc. 1985 : *Bull. crim.* n° 407 ; *RSC* 1987, p. 275, obs. C. Lombois.

11) Le principe d'imprescriptibilité résultant du statut du tribunal militaire international de Nuremberg annexé à l'accord de Londres du 8 août 1945 et de la résolution des Nations unies du 13 février 1946, régit, en tous leurs aspects, la poursuite et la répression des crimes contre l'humanité et fait obstacle à ce qu'une règle de droit interne, tirée de la chose jugée, permette à une personne, poursuivie du chef de l'un de ces crimes, de se soustraire à l'action de la justice en raison du temps écoulé, que ce soit depuis les actes incriminés ou depuis une précédente condamnation prononcée sous une autre qualification (■ Cass. crim., 21 oct. 1993 : *Bull. crim.* n° 307).

12) L'imprescriptibilité des crimes contre l'humanité s'applique tant à l'action publique qu'à l'action civile pouvant résulter de tels crimes et ce qui, lorsqu'elle est exercée devant la juridiction répressive, est soumise, en vertu de l'article 10 du Code de procédure pénale, au même régime de prescription que l'action publique (■ Cass. crim., 1er juin 1995 : *Bull. crim.* n° 202).

Sous-titre II. – Des crimes contre l'espèce humaine

CHAPITRE I. – DES CRIMES D'EUGÉNISME ET DE CLONAGE REPRODUCTIF

Bibliographie : *JCl. Pénal Code, Crimes contre l'espèce humaine* par C. Byk. • A. Dorsner-Dollvet, *De l'interdiction du clonage à la réification de l'être humain : JCP* 2004, I, 172. • M. Véron, *Le contenu pénal de la loi du 6 août 2004 : Dr. pén.* 2004, étude 16, p. 11. • R. Mistretta : *JCP* 2005, I, 100, étude, not. p. 19. • M. P. Peis-Hitier, *Recherche d'une qualification juridique de l'espèce humaine : D.* 2005, chron. p. 865. • *Les interventions non thérapeutiques sur le corps humain*, dossier : *Dr. famille* 2018, n° 6, 11.

Voir : art. 511-1 et s., p. 953 (Infractions en matière d'éthique biomédicale) ; C. civ., art. 16-4.

Art. 214-1 *(L. n° 2004-800, 6 août 2004).* **– Le fait de mettre en œuvre une pratique eugénique tendant à l'organisation de la sélection des personnes est puni de trente ans de réclusion criminelle et de 7 500 000 € d'amende.**

Art. 214-2 *(L. n° 2004-800, 6 août 2004).* **– Le fait de procéder à une intervention ayant pour but de faire naître un enfant génétiqu[illegible]ntique à une autre personne vivante ou décédée est puni de trente ans de réclusion criminelle et de 7[illegible]000 € d'amende.**

Art. 214-3 *(L. n° 2004-800, [illegible]oût 2004).* **– [illegible]ctions prévues par les articles 214-1 et 214-2 sont punies de la réclusion criminelle [illegible]erpétuité et [illegible]000 € d'amende lorsqu'elles sont commises en bande organisée.**

Les deux premiers alinéas de l'article 132-23 relatif à [illegible]té sont applicables aux infractions prévues par le présent article.

Art. 214-4 *(L. n° 2004-800, 6 août 2004).* **– La participatio[illegible] ou à une entente établie en vue de la préparation, caractérisée par un ou plusieurs [illegible]imes définis**

par les articles 214-1 et 214-2 est punie de la réclusion criminelle à perpétuité et de 7 500 000 € d'amende.

Les deux premiers alinéas de l'article 132-23 relatif à la période de sûreté sont applicables aux infractions prévues par le présent article.

CHAPITRE II. – DISPOSITIONS COMMUNES

Art. 215-1 *(L. n° 2004-800, 6 août 2004 ; mod., L. n° 2008-776, 4 août 2008 ; L. n° 2009-1437, 24 nov. 2009 ; L. n° 2012-409, 27 mars 2012).* **– Les personnes physiques coupables des infractions prévues par le présent sous-titre encourent également les peines suivantes :**

1° L'interdiction des droits civiques, civils et de famille, selon les modalités prévues à l'article 131-26 ;

2° L'interdiction d'exercer une fonction publique, selon les modalités prévues par l'article 131-27 ;

3° L'interdiction de séjour, selon les modalités prévues par l'article 131-31 ;

4° La confiscation de tout ou partie des biens leur appartenant ou, sous réserve des droits du propriétaire de bonne foi, dont elles ont la libre disposition, meubles ou immeubles, divis ou indivis ;

5° La confiscation du matériel qui a servi à commettre l'infraction.

6° L'interdiction, suivant les modalités prévues par l'article 131-27, soit d'exercer une fonction publique ainsi que l'activité de prestataire de formation professionnelle continue au sens de l'article L. 6313-1 du Code du travail pour une durée de cinq ans, ou d'exercer l'activité professionnelle ou sociale dans l'exercice ou à l'occasion de l'exercice de laquelle l'infraction a été commise, soit d'exercer une profession commerciale ou industrielle, de diriger, d'administrer, de gérer ou de contrôler à un titre quelconque, directement ou indirectement, pour son propre compte ou pour le compte d'autrui, une entreprise commerciale ou industrielle ou une société commerciale. Ces interdictions d'exercice peuvent être prononcées cumulativement.

Art. 215-2 *(L. n° 2004-800, 6 août 2004).* **– L'interdiction du territoire français peut être prononcée, dans les conditions prévues par l'article 131-30, soit à titre définitif, soit pour une durée de dix ans au plus, à l'encontre de tout étranger coupable de l'une des infractions prévues au présent sous-titre.**

Les dispositions des sept derniers alinéas de l'article 131-30 ne sont pas applicables.

Art. 215-3 *(Mod., L. n° 2009-526, 12 mai 2009 ; L. n° 2009-1437, 24 nov. 2009 ; L. n° 2012-409, 27 mars 2012).* **– Les personnes morales déclarées responsables pénalement, dans les conditions prévues par l'article 121-2, des infractions définies au présent sous-titre encourent, outre l'amende suivant les modalités prévues par l'article 131-38 :**

1° *[1° vacant]*

2° Les peines mentionnées à l'article 131-39 ;

3° La confiscation de tout ou partie des biens leur appartenant ou, sous réserve des droits du propriétaire de bonne foi, dont elles ont la libre disposition, meubles ou immeubles, divis ou indivis.

4° L'interdiction d'exercer une fonction de prestataire de formation professionnelle continue au sens de l'article L. 6313-1 du Code du travail pour une durée de cinq ans.

Art. 215-4 *(Abr., L. n° 2017-242, 27 févr. 2017).*

Voir : C. proc. pén., art. 7, al. 2.

TITRE II. – DES ATTEINTES À LA PERSONNE HUMAINE

CHAPITRE I. – DES ATTEINTES À LA VIE DE LA PERSONNE

Section I. – Des atteintes volontaires à la vie

Art. 221-1. – Le fait de donner volontairement la mort à autrui constitue un meurtre. Il est puni de trente ans de réclusion criminelle.

Bibliographie : *JCl. Pénal Code, Atteintes volontaires à la vie* par H. Angevin, actualisé par C. Carbonaro.

Concernant l'euthanasie. F. Alt-Maes, *La loi sur la fin de vie devant le droit pénal : JCP* G 2006, I, 119. • M. Bénéjat-Guerlin, *Droit pénal et fin de vie : AJ pénal* 2016, p. 522. • Ph. Conte, *Le Code de la santé publique et le choix de mourir exprimé par le malade : scène de crime à l'hôpital ?, in Mél. Bouloc : Dalloz*, 2006, p. 229. • A. Prothais, *Notre droit pénal permet plus qu'il n'interdit : JCP* G 2011, doctr. 536. • L. Leveneur, *L'euthanasie et l'article 2 de la Convention européenne de sauvegarde des droits de l'homme, in Mél. Jerry Sainte-Rose : Bruylant*, 2012, p. 793. • P. Maistre du Chambon et A. Lepage, *Les paradoxes de la protection pénale de la vie humaine, in Mél. Bouloc : Dalloz*, 2006, p. 631. • J. Lagoutte, *De l'irresponsabilité pénale en fait d'euthanasie : réflexions à partir d'un arrêt de la chambre criminelle de la Cour de cassation du 5 mars 2019 : Dr. pén.* 2019, étude 22.

I – INCRIMINATION

A – Élément matériel

1) Comportement incriminé. L'élément matériel du meurtre consiste dans un acte positif de destruction de la vie humaine et il importe peu que l'acte mortel ait été unique ou que la mort ait été la conséquence d'actes successifs et répétés, ce qui implique que le crime n'est pas nécessairement commis en un lieu unique et à une date unique (▪ Cass. crim., 9 juin 1977 : *Bull. crim.* n° 211 ; *RSC* 1978, p. 97, obs. Levasseur).

2) Acte positif. Il ne saurait y avoir meurtre lorsque la mort résulte d'une omission ; ainsi échappe à toute répression le fait de laisser pendant de longues années une personne majeure, atteinte d'aliénation mentale, dans un état de malpropreté indescriptible (▪ Poitiers, 20 nov. 1901 : *DP* 1902, 2, 81, note G. Le Poittevin ; S. 1902, 2, 305, note J. Hémard).

3) Tentative : commencement d'exécution. Caractérise la tentative d'homicide volontaire l'envoi à des personnes d'un colis postal contenant une forte charge d'explosifs qui a blessé des victimes (▪ Cass. crim., 4 janv. 1978 : *Bull. crim.* n° 5, préc.) ; comme des coups de feu tirés vers des agents de police, et des engins explosifs lancés dans leur direction (▪ Cass. crim., 10 avr. 1975 : *Bull. crim.* n° 90) ou encore de lancer contre eux un camion poids lourd à la direction bloquée (▪ Cass. crim., 10 juin 1970 : *Bull. crim.* n° 196).

4) Tentative : question en cour d'assises. La tentative d'homicide volontaire impliquant nécessairement l'intention de donner la mort, la question principale est régulièrement posée lorsque le terme « volontairement » n'a pas été employé (▪ Cass. crim., 22 juin 1988 : *Bull. crim.* n° 284).

5) Tentative : infraction impossible. À supposer établi que l'accusé, croyant sa victime encore en vie, ait exercé sur elle des violences dans l'intention de lui donner la mort, il n'importe, pour que soit caractérisée la tentative d'homicide volontaire, que la victime fut déjà décédée, cette circonstance étant indépendante de la volonté de l'auteur et les violences caractérisant un commencement d'exécution au sens de l'article 2 du Code pénal (▪ Cass. crim., 16 janv. 1986 : *D.* 1986, p. 265, note D. Mayer et C. Gazounaud, et note J. Pradel ; *JCP* 1987, II 20774, note G. Roujou de Boubée ; *RSC* 1986, p. 839, obs. Vitu et p. 849, obs. Levasseur).

6) Tentative : pluralité de victimes et fait unique. Le fait de tirer des coups de feu en direction de trois personnes au cours d'une même tentative d'homicide volontaire constitue un seul crime (▪ Cass. crim., 23 janv. 1985 : *Bull. crim.* n° 37 ; *RSC* 1985, p. 808, obs. Levasseur).

7) Tentative : repentir actif. Le fait qu'une personne, ayant aspergé sa concubine d'alcool à brûler avant d'y mettre le feu, ait aidé la victime à enlever son vêtement en flamme relève davantage du repentir actif que du désistement volontaire (▪ Cass. crim., 27 mars 2019, n° 18-82.484, D : *JurisData* n° 2019-004525 ; *Dr. pén.* 2019, comm. 102, obs. Ph. Conte).

B – Élément moral

8) Intention homicide. Le crime d'homicide volontaire implique que soit établie la volonté de tuer (▪ Cass. crim., 8 janv. 1991 : *Bull. crim.* n° 14).

9) Erreur sur la personne de la victime est inopérante et ne saurait faire disparaître l'incrimination de meurtre (▪ Cass. crim., 4 janv. 1978 : *Bull. crim.* n° 5 ; *RSC* 1978, p. 859, obs. Levasseur). Il en va encore de même lorsque le coupable a donné la mort par maladresse à une personne autre que celle qu'il voulait tuer (▪ Cass. crim., 18 févr. 1922 : *Bull. crim.* n° 82).

10) Identification de la victime (indifférente). Pour que le meurtre soit retenu, il n'est pas nécessaire que la victime soit identifiée (▪ Cass. crim., 15 mai 1946 : *Gaz. Pal.* 1946, 1, p. 237).

11) Preuve de l'intention homicide. L'acte de tirer sur une personne avec une arme à feu, s'il n'implique pas chez son auteur l'intention de tuer, n'en constitue pas moins une présomption sérieuse d'un fait criminel ; mais encore faut-il que cet acte ait été accompli volontairement ; encourt dès lors la censure pour insuffisance de motifs, l'arrêt de la cour d'appel qui, sans s'expliquer sur le caractère volontaire de l'acte de tirer avec une arme à feu sur la victime, accueille l'exception d'incompétence fondée sur la nature criminelle des faits poursuivis sous la qualification d'homicide involontaire, et infirme la décision des premiers juges qui avaient retenu que l'intention homicide n'était pas caractérisée (▪ Cass. crim., 2 oct. 1996 : *Bull. crim.* n° 342 ; *RSC* 1997, p. 108, obs. Y. Mayaud).

– Les chambres de l'instruction appréciant souverainement tous les éléments constitutifs des crimes, y compris l'intention coupable, a été rejeté le pourvoi du Procureur général contre un arrêt disqualifiant en coups mortels le meurtre retenu par le juge d'instruction dès lors que les juges d'appel énoncent que, s'il résulte des constatations médico-légales que l'accusé a porté des coups et fait heurter violemment à plusieurs reprises la tête de sa femme sur une surface dure, cet élément reste en soi insuffisant pour caractériser une intention homicide (▪ Cass. crim., 23 août 2006 : *JurisData* n° 2006-035108 ; *Dr. pén.* 2006, comm. 151, obs. M. Véron).

– Le fait d'épauler son arme, le fait de la diriger vers le pare-brise du véhicule où se trouvait la victime et le fait de tirer de façon groupée cinq coups de feu dont quatre ont atteint la victime notamment dans le dos, établissent l'intention homicide (▪ Cass. crim., 22 mai 1989 : *Dr. pén.* 1989, n° 56).

– Établit également l'intention homicide la circonstance que l'auteur des violences volontaires a fait usage d'une arme dangereuse et frappé la victime sur une partie du corps particulièrement exposée (▪ Cass. crim., 13 nov. 1990 : *RSC* 1991, p. 345, obs. Levasseur. ▪ Cass. crim., 18 juin 1991 : *Dr. pén.* 1991, n° 227).

12) Indifférence des mobiles. Ainsi en va-t-il notamment pour le meurtre d'un chef d'État (▪ Cass. crim., 20 août 1932 : *DP* 1932, 1, 121, concl. P. Matter).

13) Consentement de la victime. Le consentement de la victime ne fait pas disparaître l'infraction : ainsi le meurtre euthanasique reste un meurtre (sur l'absence de droit à la vie consacré par l'article 2 de la Conv. EDH V. ▪ CEDH, 29 avr. 2002, *Pretty c/ Royaume-Uni* : *RTD civ.* 2002, p. 482, obs. J. Hauser ; *JCP* G 2003, II, 10062 note C. Girault).

– Il en va de même pour la mort donnée au cours d'un duel (▪ Cass. ch. réunies, 15 déc. 1837 : *S.* 1838, 1, p. 5, rapp. Béranger et concl. Dupin) ou celle donnée à une personne souhaitant se suicider (▪ Toulouse, 9 août 1973 : *D.* 1974, 453).

II – RÉPRESSION

14) Prescription. Si c'est à tort qu'une chambre de l'instruction a retenu que le point de départ de la prescription de l'action publique avait été reporté à la date à laquelle le ministère public avait eu connaissance de la découverte du cadavre d'une personne dont la disparition avait été signalée plus de 10 ans auparavant, la censure n'est cependant pas encourue, dès lors qu'il résulte des propres constatations de l'arrêt que ni la date ni les causes de la mort de cette personne ne sont connues, de sorte que le point de départ de la prescription tel que fixé par l'article 7 du Code de procédure pénale ne peut être déterminé au stade initial de l'information ouverte pour meurtre (▪ Cass. crim., 19 sept. 2006 : *Bull. crim.* n° 226).

15) Prescription et infanticide. Selon l'article 7 du Code de procédure pénale, en matière de crime, l'action publique se prescrit par dix années révolues à compter du jour où il a été commis si, dans cet intervalle, il n'a été fait aucun acte d'instruction ou de poursuite.

Encourt la censure l'arrêt qui, pour reporter le point de départ de la prescription de l'action publique concernant des homicides volontaires commis sur des enfants nouveaux nés, énonce que le secret entourant les naissances et les décès concomitants, qui a subsisté jusqu'à la découverte des corps des victimes, a constitué un obstacle insurmontable à l'exercice de l'action publique (▪ Cass. crim., 16 oct. 2013, n°s 11-89.002 et 13-85.232 : *Bull. inf. C. cass.* 15 févr. 2014, n° 304 et note ; *Bull. crim.* n° 192 ; *Dr. pén.* 2013, étude 18, par J.-Y. Marechal ; *AJ pénal* 2014, p. 30, note J. Pradel ; *D.* 2013, p. 2673, note Y. Mayaud ; *JCP* G 2013, note 1309, p. 2275, S. Detraz ; *RSC* 2013, p. 833, obs. X. Salvat).

16) Dissimulation de l'infraction. La seule dissimulation du corps de la victime d'un meurtre ne caractérise pas un obstacle insurmontable à l'exercice des poursuites pouvant justifier la suspension de la prescription de l'action publique (▪ Cass. crim., 13 déc. 2017, n° 17-83.330).

17) Action civile. Encourt la cassation l'arrêt qui écarte tout partage de responsabilité entre l'auteur de meurtres et les victimes au motif qu'il n'apporte pas la preuve d'une provocation ou de ce que les victimes auraient joué un rôle déterminant dans la réalisation des dommages, sans rechercher si, en volant des marchandises dans un commerce, malgré l'opposition des personnes présentes, les victimes n'ont pas commis une faute qui a concouru à la réalisation de leur propre dommage (▪ Cass. crim., 29 juin 2010 : *Bull. crim.* n° 117).

Art. 221-2. – Le meurtre qui précède, accompagne ou suit un autre crime est puni de la réclusion criminelle à perpétuité.

Le meurtre qui a pour objet soit de préparer ou de faciliter un délit, soit de favoriser la fuite ou d'assurer l'impunité de l'auteur ou du complice d'un délit est puni de la réclusion criminelle à perpétuité.

Les deux premiers alinéas de l'article 132-23 relatif à la période de sûreté sont applicables aux infractions prévues par le présent article.

1) Cumul de circonstances aggravantes. Les circonstances de concomitance et de corrélation peuvent être retenues cumulativement (■ Cass. crim., 13 juill. et 30 nov. 1965 : *Bull. crim.* n° 175 et 255).

2) Immunité familiale. Un crime ou un délit de vol commis entre parents ou alliés et couvert ainsi par l'immunité de l'article 380 (311-12) du Code pénal, reste illicite ; l'article 380 (311-12) ne s'oppose pas à ce qu'une soustraction semblable qui comprend tous les éléments constitutifs du vol, forme une circonstance accessoire aggravante de l'homicide volontaire, objet de l'accusation (■ Cass. crim., 17 juill. 1976 : *Bull. crim.* n° 257 ; *RSC* 1977, p. 333, obs. Levasseur).

3) Confiscation. La confiscation spéciale doit figurer sur la feuille des questions sur lesquelles la cour et le jury auront à se prononcer (■ Cass. crim., 22 nov. 1989 : *Bull. crim.* n° 439 ; *Dr. pén.* 1990, n° 115). (V. art. 131-21).

I – CONCOMITANCE

4) *Ne bis in idem* - Crimes successifs et distincts. Admission de la pluralité de déclarations de culpabilité pour des crimes, successifs et distincts, aggravés par le lien de concubinage entre l'auteur et la victime, de tortures et actes de barbarie, viol et meurtre accompagné ou suivi d'autres crimes. Rejet du pourvoi fondé sur l'article 4 du protocole 7 additionnel à la Convention européenne de sauvegarde des droits de l'homme et des libertés fondamentales, qui ne s'applique qu'en cas de poursuites successives (■ Cass. crim., 27 nov. 2019, n° 18-84.378 : *Gaz. Pal.* 4 févr. 2020, p. 50, obs. E. Dreyer).

5) Circonstance aggravante matérielle. La circonstance de concomitance du meurtre est une circonstance aggravante matérielle qui étend nécessairement ses effets à tous les coauteurs (■ Cass. crim., 30 oct. 1952 : *Bull. crim.* n° 238), même si certains ne sont pas coupables du crime concomitant et à leurs complices (■ Cass. crim., 7 mars 1935 : *Bull. crim.* n° 26).

6) Double crime. Il résulte de l'article 221-2 du Code pénal qu'un accusé ne peut être déclaré coupable de meurtre ayant précédé, accompagné ou suivi un autre crime que si lui-même, ou l'un de ses coauteurs ou complices, a été déclaré coupable dudit crime concomitant. Méconnaît le texte susvisé et le principe ci-dessus énoncé, l'arrêt qui déclare l'accusé coupable de meurtre accompagné ou suivi d'un autre crime, en l'espèce des viols, sans que la cour et le jury, ayant répondu affirmativement à la question portant sur l'existence de viols concomitants, aient été interrogés sur la culpabilité de l'accusé ou de quiconque d'autre de chef (■ Cass. crim., 26 févr. 2014, n° 12-84.993 : *D.* 2014, act., p. 607 ; *Dr. pén.* 2014, comm. 72, obs. M. Véron).

7) Crimes tentés ou consommés. La tentative d'un crime étant considérée comme le crime lui-même, il n'importe, pour que soit caractérisée la circonstance aggravante de concomitance que le meurtre et l'autre crime concomitant aient été consommés ou seulement tentés (■ Cass. crim., 12 juill. 1982 : *Bull. crim.* n° 190 ; *RSC* 1983, p. 261, obs. Levasseur).

8) Hypothèses. Il importe peu que le second crime ait précédé le meurtre, l'ait accompagné ou l'ait suivi, chacune des trois circonstances prévues au texte suffisant à caractériser à elle seule la circonstance aggravante (■ Cass. crim., 5 oct. 1967 : *Bull. crim.* n° 241).

9) Constatation de la simultanéité. Les deux crimes doivent être perpétrés en même temps ou se suivre à peu d'intervalle ; il appartient à la cour de se prononcer sur cette simultanéité qui ne résulterait pas de la simple constatation que les deux crimes ont eu lieu le même jour et dans le même lieu ou dans la même soirée (■ Cass. crim., 30 oct. 1947 : *Bull. crim.* n° 209).

10) Concomitance exclue. Il ne saurait y avoir concomitance lorsque les deux crimes ont été constitués par un acte matériel unique, tel un coup de feu atteignant deux personnes (■ Cass. crim., 6 juin 1878 : *DP* 1879, 1, 482), ni si l'auteur ou le complice d'un des crimes commis dans le même laps de temps n'est ni auteur ni complice de l'autre crime (■ Cass. crim., 10 mars 1970 : *Bull. crim.* n° 95).

II – CORRÉLATION

11) Circonstance aggravante personnelle. La circonstance de corrélation est personnelle puisqu'elle tient au mobile de l'agent ; il est donc nécessaire de la constater séparément et individuellement à l'égard de tous les accusés (■ Cass. crim., 12 déc. 1889 : *Bull. crim.* n° 384. ■ Cass. crim., 5 mars 1981 : *Bull. crim.* n° 83).

12) Infraction concernée. Au sens de l'article ancien 304 devenu l'article 221-2 du Code pénal, le terme de « délit » s'applique *a fortiori* à un crime (■ Cass. crim., 30 nov. 1965 : *Bull. crim.* n° 255).

13) Question en cour d'assises. La circonstance aggravante de corrélation peut être décomposée en deux questions demandant, l'une si le meurtre a eu pour objet de préparer, faciliter ou exécuter la soustraction frauduleuse, l'autre s'il a eu pour objet de favoriser la fuite ou d'assurer l'impunité de l'auteur du vol. Il n'y a pas de contradiction entre les réponses affirmatives à chacune de ces deux questions (■ Cass. crim., 9 déc. 1987 : *Bull. crim.* n° 454).

– Aucune complexité n'entache la question reproduisant les termes mêmes de l'article 304, alinéa 2 (221-2, al. 2) qui vise le meurtre qui a eu pour objet de préparer, faciliter ou exécuter le délit corrélatif (■ Cass. crim., 25 juin 1975 : *Bull. crim.* n° 165 ; *RSC* 1976, p. 109, obs. Levasseur) ; cette solution est transposable pour la question reproduisant les termes mêmes de l'article 304, alinéa 1 (221-2, al. 1) au cas de concomitance du meurtre avec un crime (■ Cass. crim., 9 juin 1976 : *Bull. crim.* n° 201). Mais jugé (■ Cass. crim., 10 janv. 1990 : *Bull. crim.* n° 19) qu'est entachée de complexité la question posée à la cour et au jury comprenant à la fois le fait principal de vol et la circonstance aggravante de corrélation entre un meurtre et ce délit.

14) Délai. La circonstance de corrélation entre le meurtre et un délit suppose l'existence d'une relation de cause à effet voulue par l'agent entre les deux infractions (■ Cass. crim., 24 mars 1938 : *Bull. crim.* n° 90) ; et il importe peu ici qu'un laps de temps plus ou moins long sépare les deux infractions (■ Cass. crim., 16 mai 1863 : *D.* 1866, 5, 241).

Art. 221-3 ***(L. n° 94-89, 1er févr. 1994 ; L. n° 2011-267, 14 mars 2011 ; L. n° 2011-525, 17 mai 2011).*** **– Le meurtre commis avec préméditation ou guet-apens constitue un assassinat. Il est puni de la réclusion criminelle à perpétuité.**

Les deux premiers alinéas de l'article 132-23 relatif à la période de sûreté sont applicables à l'infraction prévue par le présent article. Toutefois, lorsque la victime est un mineur de quinze ans et que l'assassinat est précédé ou accompagné d'un viol, de tortures ou d'actes de barbarie ou lorsque l'assassinat a été commis sur un magistrat, un fonctionnaire de la police nationale, un militaire de la gendarmerie, un membre du personnel de l'administration pénitentiaire ou toute autre personne dépositaire de l'autorité publique, à l'occasion de l'exercice ou en raison de ses fonctions, la cour d'assises peut, par décision spéciale, soit porter la période de sûreté jusqu'à trente ans, soit, si elle prononce la réclusion criminelle à perpétuité, décider qu'aucune des mesures énumérées à l'article 132-23 ne pourra être accordée au condamné ; en cas de commutation de la peine, et sauf si le décret de grâce en dispose autrement, la période de sûreté est alors égale à la durée de la peine résultant de la mesure de grâce.

Voir : art. 221-5-1, p. 347 (offres, promesses, dons aux fins de commettre un assassinat).

1) Définition. V. les notes *supra*, sous l'article 132-72 du Code pénal.

2) Circonstance aggravante personnelle. La préméditation est une circonstance aggravante personnelle qui, au cas de pluralité d'accusés doit faire l'objet d'une question distincte pour chacun d'eux (■ Cass. crim., 14 avr. 1999 : *Bull. crim.* n° 81).

3) Examen factuel. La préméditation doit être recherchée dans les faits qui ont accompagné l'acte (■ Cass. crim., 17 déc. 1990 : *Dr. pén.* 1991, n° 141 ; *RSC* 1991, p. 758, obs. Levasseur) ; et lorsqu'il y a plusieurs participants, la circonstance aggravante de préméditation doit être recherchée dans les faits qui ont accompagné l'acte de l'auteur principal et constatée pour cet auteur principal ; celui-ci fût-il resté inconnu, elle sert à qualifier le crime à l'égard des complices (■ Cass. crim., 12 mai 1970 : *D.* 1970, 516, rapp. F. Chapar).

4) Illustration : armes. Ainsi le dessein formé à l'avance peut s'induire du fait que l'auteur d'homicides volontaires et de tentative s'était auparavant procuré des armes à cette fin (■ Cass. crim., 19 févr. 1997 : *Gaz. Pal.* 1997, chron. 115).

5) Ordonnance de renvoi. Une juridiction d'instruction ne peut ordonner le renvoi d'une personne mise en examen devant une cour d'assises, du chef d'assassinat, sans avoir caractérisé que le meurtre a été commis avec préméditation ou guet-apens, au sens de l'article 221-3 du Code pénal (■ Cass. crim., 18 oct. 2016, n° 16-84.863).

6) Question en cour d'assises. Il suffit de demander à la cour et au jury si l'accusé a agi avec préméditation, ce mot exprimant par lui-même que le dessein a été formé avant l'action (■ Cass. crim., 5 janv. 1973 : *Bull. crim.* n° 8 ; *RSC* 1974, p. 870, obs. Levasseur. ■ Cass. crim., 19 déc. 1974 : *Bull. crim.* n° 376 ; *RSC* 1976, p. 107, obs. Levasseur. ■ Cass. crim., 21 avr. 1982 : *Bull. crim.* n° 97 ; *RSC* 1983, p. 79, obs. Levasseur).

Art. 221-4 ***(L. n° 94-89, 1er févr. 1994 ; mod., L. n° 2003-88, 3 févr. 2003 ; L. n° 2003-239, 18 mars 2003 ; L. n° 2004-204, 9 mars 2004 ; L. n° 2006-399, 4 avr. 2006 ; L. n° 2010-201, 2 mars 2010 ; L. n° 2010-769, 9 juill. 2010 ; L. n° 2011-267, 14 mars 2011 ; L. n° 2012-954, 6 août 2012 ;***

L. n° 2021-1729, 22 déc. 2021 ; L. n° 2022-52, 24 janv. 2022). – **Le meurtre est puni de la réclusion criminelle à perpétuité lorsqu'il est commis :**

1° Sur un mineur de quinze ans ;

2° Sur un ascendant légitime ou naturel ou sur les père ou mère adoptifs ;

3° Sur une personne dont la particulière vulnérabilité, due à son âge, à une maladie, à une infirmité, à une déficience physique ou psychique ou à un état de grossesse, est apparente ou connue de son auteur ;

4° Sur un magistrat, un juré, un avocat, un officier public ou ministériel, un militaire de la gendarmerie nationale, un fonctionnaire de la police nationale, des douanes, de l'administration pénitentiaire ou toute autre personne dépositaire de l'autorité publique, un sapeur-pompier professionnel ou volontaire, un gardien assermenté d'immeubles ou de groupes d'immeubles ou un agent exerçant pour le compte d'un bailleur des fonctions de gardiennage ou de surveillance des immeubles à usage d'habitation en application de l'article L. 127-1 du Code de la construction et de l'habitation, dans l'exercice ou du fait de ses fonctions, lorsque la qualité de la victime est apparente ou connue de l'auteur ;

4° ***bis*** **Sur un enseignant ou tout membre des personnels travaillant dans les établissements d'enseignement scolaire, sur un agent d'un exploitant de réseau de transport public de voyageurs ou toute personne chargée d'une mission de service public, ainsi que sur un professionnel de santé, dans l'exercice ou du fait de ses fonctions, lorsque la qualité de la victime est apparente ou connue de l'auteur ;**

4° ***ter*** **Sur le conjoint, les ascendants ou les descendants en ligne directe ou sur toute autre personne vivant habituellement au domicile des personnes mentionnées aux 4° et 4°** ***bis*****, en raison des fonctions exercées par ces dernières.**

5° Sur un témoin, une victime ou une partie civile, soit pour l'empêcher de dénoncer les faits, de porter plainte ou de déposer en justice, soit en raison de sa dénonciation, de sa plainte ou de sa déposition.

6° ***(Abr., L. n° 2017-86, 27 janv. 2017)*** **;**

7° ***(Abr., L. n° 2017-86, 27 janv. 2017)*** **;**

8° Par plusieurs personnes agissant en bande organisée.

9° Par le conjoint ou le concubin de la victime ou le partenaire lié à la victime par un pacte civil de solidarité.

10° Contre une personne en raison de son refus de contracter un mariage ou de conclure une union ;

11° Par une personne agissant en état d'ivresse manifeste ou sous l'emprise manifeste de produits stupéfiants.

Les deux premiers alinéas de l'article 132-23 relatif à la période de sûreté sont applicables aux infractions prévues par le présent article. Toutefois, lorsque la victime est un mineur de quinze ans et que le meurtre est précédé ou accompagné d'un viol, de tortures ou d'actes de barbarie ou lorsque le meurtre a été commis sur un magistrat, un fonctionnaire de la police nationale, un militaire de la gendarmerie, un membre du personnel de l'administration pénitentiaire ou toute autre personne dépositaire de l'autorité publique, à l'occasion de l'exercice ou en raison de ses fonctions, la cour d'assises peut, par décision spéciale, soit porter la période de sûreté jusqu'à trente ans, soit, si elle prononce la réclusion criminelle à perpétuité, décider qu'aucune des mesures énumérées à l'article 132-23 ne pourra être accordée au condamné ; en cas de commutation de la peine, et sauf si le décret de grâce en dispose autrement, la période de sûreté est alors égale à la durée de la peine résultant de la mesure de grâce.

1) Parricide. Pour que l'infraction de parricide soit constituée, l'agent doit avoir l'intention de tuer une personne qu'il savait être son ascendant (V. J.-A. Roux, note : *S.* 1922, 1, 329) ; en revanche, s'agissant des complices, la circonstance tirée du lien de filiation entre l'auteur et la victime leur est applicable même s'ils ont ignoré cette circonstance (▪ Cass. crim., 11 mai 1866 : *S.* 1867, 1, 143. ▪ Cass. crim., 19 déc. 1989 : *D.* 1990, 198, note D. Mayer ; *RSC* 1990, p. 337, obs. Levasseur).

2) Juridiction pénale et établissement de la filiation. La cour d'assises a compétence pour trancher la question relative au lien de filiation mais la solution qu'elle est amenée à donner sur ce point n'a d'autorité que pour le procès criminel (▪ Cass. crim., 6 mars 1879 : *D.* 1879, 1, p. 316).

3) Application dans le temps. Si l'article 221-4 érige en circonstance aggravante la qualité de la victime d'un meurtre, ce texte n'a pas pour effet d'aggraver les peines encourues, pour les faits de même nature, en application des articles 295 et 304 du Code pénal et 720-2, 1°, du Code de procédure pénale antérieurement en vigueur ; n'encourt dès lors pas la censure l'arrêt qui ordonne le renvoi de l'accusé devant la cour d'assises, pour un meurtre commis antérieurement au 1er mars 1994 sur une personne dépositaire de l'autorité publique ou chargée d'une mission de service public, en retenant la circonstance aggravante prévue, depuis cette date, par l'article 221-4, premier alinéa, 4° (■ Cass. crim., 20 déc. 1995 : *Bull. crim.* n° 393).

– Même solution pour un meurtre commis sur un mineur de 15 ans antérieurement au 1er mars 1994, en raison de la parité des peines (■ Cass. crim., 5 juin 1996 : *Bull. crim.* n° 235).

4) Action civile : associations. Dans le cas d'une atteinte volontaire à la vie d'une personne en raison de son origine raciale, à défaut d'avoir pu recueillir l'accord de la victime elle-même, les associations entrant dans la catégorie de celles prévues par l'article 2-1, alinéa 1er, du Code de procédure pénale, sont irrecevables à exercer les droits reconnus à la partie civile ; dès lors, encourt la cassation l'arrêt de la chambre de l'instruction qui, pour infirmer l'ordonnance d'irrecevabilité de la constitution de partie civile du MRAP dans une information suivie pour meurtre à caractère racial, retient, d'une part, qu'en raison du décès de la victime antérieurement à l'intervention de l'association, la condition de l'accord de la personne ne peut être opposée à celle-ci, et, d'autre part, qu'en l'absence de disposition légale relative à la manifestation de la volonté des ayants droit de la victime, l'opposition manifestée par certains membres de la famille ne peut avoir d'effet juridique (■ Cass. crim., 25 sept. 2007 : *Bull. crim.* n° 220).

5) Prescription. V. ■ Cass. crim., 16 oct. 2013, n° 11-89.002 : *Bull. crim.* n° 192, cité *supra*, *V° prescription*, sous art. 221-1, p. 339.

Art. 221-5. – **Le fait d'attenter à la vie d'autrui par l'emploi ou l'administration de substances de nature à entraîner la mort constitue un empoisonnement.**

L'empoisonnement est puni de trente ans de réclusion criminelle.

Il est puni de la réclusion criminelle à perpétuité lorsqu'il est commis dans l'une des circonstances prévues aux articles 221-2, 221-3 et 221-4.

Les deux premiers alinéas de l'article 132-23 relatif à la période de sûreté sont applicables à l'infraction prévue par le présent article.

Voir : art. 222-15, p. 396.

Bibliographie : *JCl. Pénal Code, Atteintes volontaires à la vie, Empoisonnement* par H. Angevin, actualisé par C. Carbonaro. • B. Chapleau, *La pénalisation de la transmission du virus de l'immunodéficience humaine par voie sexuelle : Dr. pén.* 2006, étude 18. • *Dialogue de pénalistes sur le SIDA : D.* 1988, chron., 25 ; *D.* 1992, 201. • *Sang et droit pénal*, sous la direction de J. Pradel : *Travaux de l'I.S.C de Poitiers*, 1994, 14, Cujas. • D. Mayer, La notion de substance mortelle en matière d'empoisonnement : D. 1994, chron. p. 325 • P. Mistretta, *Transmission volontaire du Sida par voie sexuelle : les tourmentes du droit pénal : RD sanit. soc.* 2005, p. 415. • A. Prothais, *Plaidoyer pour le maintien de l'incrimination spéciale de l'empoisonnement : D.* 1982, chron. p. 107. • A. Prothais, *Le sida ne serait-il plus, au regard du droit pénal, une maladie mortelle ? : D.* 2001, chron. p. 2053. • R. Ollard, *De l'opportunité de la pénalisation de la transmission du virus de l'immunodéficience humaine par voie sexuelle : analyse de droit comparé : RSC* 2016, p. 37 et s.

I – ÉLÉMENT MATÉRIEL

1) Détermination de la nature des substances. La détermination de la nature des substances est une question de fait, propre à l'espèce (■ Cass. crim., 2 mai 1867 : *Bull. crim.* n° 107. ■ Cass. crim., 2 juill. 1886 : *Bull. crim.* n° 238. ■ Cass. crim., 5 févr. 1958 : *Bull. crim.* n° 126. ■ Cass. crim., 18 juin 2003 : *Bull. crim.* n° 127, la Chambre criminelle retenant l'énonciation de la Chambre de l'instruction suivant laquelle « des incertitudes régnaient encore à l'époque, dans les milieux médicaux, quant aux conséquences mortelles du sida »).

2) Substances pouvant donner la mort. La loi répute empoisonnement tout attentat à la vie d'une personne non pas seulement par l'effet de substances vénéneuses proprement dites, mais par l'effet de substances pouvant donner la mort (■ Cass. crim., 18 juin 1835 : *DP* 1836, I, p. 227).

3) Substance à la fois nuisible et mortelle. L'administration d'une même substance peut motiver un renvoi d'une part pour le crime d'empoisonnement prévu par l'article 301 du Code pénal (ancien), d'autre part pour l'infraction visée par l'article 317, in fine, du même code (administration des substances nuisibles) lorsque ladite substance a été employée dans des conditions différentes et pouvait, suivant les cas, soit occasionner la mort, soit entraîner une maladie ou incapacité de travail (■ Cass. crim., 18 juill. 1952 : *Bull. crim.* n° 193 ; en l'espèce, dans un camp d'internement, les deux auteurs des faits avaient exposé des déportés au gaz phosgène, causant la mort de plusieurs d'entre eux, et inoculé le virus exanthématique à d'autres, ce qui pouvait provoquer une issue mortelle).

4) Illustrations. Aux termes de décisions relativement récentes ont été considérés comme des substances mortifères l'arséniate de plomb déversé

Section II. – Des atteintes involontaires à la vie

Art. 221-6 *(L. n° 2000-647, 10 juill. 2000 ; L. n° 2011-525, 17 mai 2011).* – **Le fait de causer, dans les conditions et selon les distinctions prévues à l'article 121-3, par maladresse, imprudence, inattention, négligence ou manquement à une obligation de prudence ou de sécurité imposée par la loi ou le règlement, la mort d'autrui constitue un homicide involontaire puni de trois ans d'emprisonnement et de 45 000 € d'amende.**

En cas de violation manifestement délibérée d'une obligation particulière de prudence ou de sécurité imposée par la loi ou le règlement, les peines encourues sont portées à cinq ans d'emprisonnement et à 75 000 € d'amende.

Voir : C. trav., art. L. 4741-2, p. 2279 et C. trav., art. L. 4741-11, p. 2283 (accidents du travail).

Bibliographie : *JCl. Pénal Code, Atteintes involontaires à l'intégrité de la personne* par D. Guihal, refondu par Th. Fossier. • Ph. Conte, *Le lampiste et la mort : Dr. pén.* 2001, chron. 2. • A. Garey, *Le régime pénal de l'erreur de diagnostic : Gaz. Pal.* 2000, n° 354, p. 21. • Y. Mayaud, *La faute caractérisée selon la Cour de cassassion : RSC* 2001, p. 577. • P. Mistretta, *La responsabilité pénale médicale à l'aune de la loi du 10 juillet 2000 : JCP* G 2002, I, 149. • J.-Y. Maréchal, *Réflexion sur la complicité des délits non intentionnel : Dr. pén.* 2016, étude 27. • J. Mouly, *Du prétendu homicide de l'enfant à naître : RSC* 2005, p. 47. • J.-D. Nuttens, *La loi du 10 juillet 2000 ou la fin de la confusion de la faute civile et de la faute pénale d'imprudence : Gaz. Pal.* 2000, n° 279, p. 7. • A. Sériaux, *L'appréciation de la faute pénale d'imprudence en droit pénal contemporain : RSC* 2017, p. 231.

Sur les fautes caractérisées et délibérées V. not. Y. Mayaud, obs. ss ▪ Cass. crim., 5 févr. 2002, n° 01-81470 : *RSC* 2002, p. 585. V. aussi, sous l'article 121-3, p. 111.

Voir : sur la situation de l'enfant à naître, V. *infra*, II, B.

• *Sommaire*

I – LA FAUTE D'IMPRUDENCE SIMPLE (JURISPRUDENCE ANTÉRIEURE À LA LOI DU 10 JUILLET 2000) 348
A – Définitions 348
B – Nature 349
C – Applications particulières 350
II – LES DIFFÉRENTES FAUTES D'IMPRUDENCES (JURISPRUDENCE POSTÉRIEURE À LA LOI DU 10 JUILLET 2000) 353
A La faute en cas de causalité directe 353
1° *Domaine médical* 353
2° *Circulation routière* 354
3° *Domaine du travail* 355
4° *Autres situations* 355
B – La faute en cas de causalité indirecte 355
1° *Application de la loi dans le temps* 355
2° *Rôle du juge* 356
3° *Illustrations : domaine du travail* 356
4° *Illustrations : domaine médical* 358
5° *Illustrations : élus* 360
6° *Illustrations : sports* 361
7° *Illustrations : domaine éducatif* 361
8° *Illustrations : autres situations* 362
9° *Personnes morales* 365
III – LE RÉSULTAT 366
IV – LIEN DE CAUSALITÉ 368
V – RÉPRESSION 371
A – Prescription 371
B – Délégation de pouvoirs 371
C – Action civile 372

I – LA FAUTE D'IMPRUDENCE SIMPLE (JURISPRUDENCE ANTÉRIEURE À LA LOI DU 10 JUILLET 2000)

NB : pour l'auteur de l'infraction, personne physique, qui a causé directement le résultat, et dans ce cas seulement, cette jurisprudence antérieure à la loi du 10 juillet 2000 conserve sa valeur.

A – Définitions

1) Indépendance des termes. Chacune des cinq conduites incriminées par l'article 319 du Code pénal (art. 221-6, 1er al.), considéré isolément, justifie l'application du texte et est donc parfaitement indépendante des autres : ainsi la maladresse ou la négligence peut être retenue même si les règlements régissant l'activité considérée ont été soigneusement observés par le prévenu ou si aucun règlement ne concernait cette activité (▪ Cass. crim., 4 juin 1973 : *Bull. crim.* n° 252. ▪ Cass. crim., 17 juill. 1973 : *Bull. crim.* n° 332).

2) Maladresse. Se rendent coupables d'une maladresse, c'est-à-dire d'un manque d'habileté : l'employé de téléski qui ne parvient pas à interrompre le fonctionnement d'un remonte-pente et qui occasionne de graves blessures à une cliente

(▪ Cass. crim., 19 mars 1975 : *D.* 1976, 79, note W. Rabinovitch ; *RSC* 1976, p. 725, obs. Levasseur) ; le chasseur qui, visant une pièce de gibier, atteint un passant ou un autre chasseur (▪ Cass. crim., 13 nov. 1974 : *Gaz. Pal.* 1975, 1, 173, note Jenny ; *RSC* 1976, p. 424, obs. Levasseur) ; le préparateur en pharmacie qui introduit 25 grammes de Laudanum dans un médicament au lieu des 25 gouttes prescrites et se trouve ainsi à l'origine du décès du malade (▪ Angers, 11 avr. 1946 : *JCP* 1946, II, 3163).

3) Imprudence. Se rendent coupables d'une imprudence, c'est-à-dire d'une conduite imprévoyante, d'un défaut de précaution : le conducteur qui cause un accident au cours d'une crise d'épilepsie alors qu'il se savait atteint d'une telle affection (▪ Paris, 27 mai 1970 : *RSC* 1971, p. 120, obs. Levasseur) ; le propriétaire d'un taureau qui s'est échappé d'un herbage par suite d'un défaut de surveillance et qui surgit brusquement devant un autocar qui, se plaçant de ce fait en travers de la route, est entré en collision avec une automobile (▪ Cass. crim., 18 juill. 1974 : *RSC* 1975, p. 143, obs. Levasseur) ; un chirurgien qui ne s'assure pas qu'un lavage d'estomac a été effectué avant une anesthésie (▪ Cass. crim., 18 nov. 1976 : *JCP* 1977, II, 18617) ; le prévenu qui, possesseur d'une « fendeuse rotative » dépourvue de tout système de protection, a accepté que la victime l'aide bénévolement à fendre du bois au moyen de cet appareil dangereux, commettant ainsi une imprudence qui a concouru, au moins pour partie, à la réalisation du dommage subi par ladite victime, gravement blessée au bras (▪ Cass. crim., 8 mars 1995 : *Dr. pén.* 1995, comm. 139, obs. M. Véron).

4) Inattention. Commettent une inattention, c'est-à-dire une omission résultant d'une légèreté ou d'une distraction : le chirurgien qui oublie une pince dans les viscères d'un opéré (▪ Aix-en-Provence, 12 janv. 1954 : *D.* 1954, 338 ; *JCP* 1954, II, 8040, note J. Savatier. – V. aussi ▪ Cass. crim., 22 oct. 1979 : *Gaz. Pal.* 1980, 1, 373) ; le médecin qui dirige un laboratoire pharmaceutique dont la mauvaise organisation suscite une erreur matérielle dans la délivrance de médicaments (▪ Cass. crim., 29 avr. 1964 : *Bull. crim.* n° 310).

5) Négligence. Constituent une négligence, l'absence de précaution venant ici de l'impéritie de l'agent ou de son mépris d'autrui : le fait pour un guide de montagne d'abandonner ses clients qui se perdent et meurent de froid (▪ Pau, 2 déc. 1943 : *JCP* 1944, II, 2724) ; le fait pour un propriétaire de ne pas avoir remédié à l'état défectueux des conduites de gaz ce qui a entraîné l'asphyxie d'un locataire (▪ Cass. crim., 23 oct. 1968 : *Bull. crim.* n° 264. – V. aussi ▪ Cass. crim., 13 sept. 1988 : *Bull. crim.* n° 321) ; le fait pour un garagiste de ne pas révéler l'existence d'un accident antérieur subi par un véhicule (▪ Cass. crim., 20 oct. 1971 : *JCP* 1972, II, 16968 ; *RSC* 1972, p. 112, note Levasseur). Commet encore une négligence le pilote d'hélicoptère qui fait une démonstration de vol stationnaire en s'abstenant de reconnaître les lieux et d'en faire enlever les objets dangereux pour les spectateurs, telle la pique d'un parasol qui a blessé au visage un consommateur sur la terrasse d'un hôtel (▪ Cass. crim., 18 avr. 1989 : *Dr. pén.* 1989, n° 59). V. également pour une négligence reprochée à une éducatrice d'établissement spécialisé (▪ Cass. crim., 10 nov. 1992 : *Dr. pén.* 1993, comm. 131, obs. M. Véron ; ou un professeur d'éducation physique ▪ Cass. crim., 23 juin 1993 : *Dr. pén.* 1993, comm. 236, obs. M. Véron ; ou un chirurgien ▪ Cass. crim., 7 juill. 1993 : *Dr. pén.* 1993, comm. 265 ; ou encore un dirigeant d'un manège d'autos-tamponneuses ▪ Cass. crim., 21 janv. 1998 : *Dr. pén.* 1998, comm. 78, obs. M. Véron).

6) Manquement à une obligation. La notion de règlement, visée par l'article 221-6 dans sa rédaction issue de la loi du 10 juillet 2000, s'entend seulement de l'ensemble des textes d'ordre législatif ou réglementaire, émanant de la puissance publique, ainsi en matière de circulation (▪ Cass. crim., 31 mai 1976 : *Bull. crim.* n° 191 ; *RSC* 1977, p. 97, note Levasseur) ou de chantiers (▪ Cass. crim., 21 nov. 1973 : *RSC* 1974, p. 872, obs. Levasseur) ou d'exploitation d'ouvrages (▪ Cass. crim., 3 déc. 1997 : *Bull. crim.* n° 413) ou de formation en matière de sécurité (▪ Cass. crim., 15 janv. 1991 : *Dr. pén.*, n° 198), et non plus de l'ensemble des règles proprement professionnelles régissant un art ou un métier (▪ Rouen, 26 févr. 1969 : *JCP* 1971, II, 16849, note L. Brunet ; *D.* 1971, 153, note J. Savatier), voire de circulaires et instructions ministérielles (▪ Paris, 20 déc. 1971 : *RSC* 1972, p. 610, note Levasseur).

L'inobservation des prescriptions du Code de la route peut être retenue, même si elle n'a pas été poursuivie, pour caractériser l'un des éléments constitutifs des délits d'homicide et de blessures involontaires prévus par les articles 319 et 320 anciens du Code pénal (▪ Cass. crim., 21 févr. 1996 : *Bull. crim.* n° 83).

– Sur la faute qualifiée V. *infra*, II.

7) Autonomie. Il n'est pas nécessaire que l'inobservation des règlements constitue en elle-même une infraction (▪ Cass. crim., 16 févr. 1972 : *JCP* 1972, IV, 78).

B – Nature

8) Ancienne identité des fautes pénale et civile d'imprudence. V., avant la loi du 10 juillet 2000, ▪ Cass. civ. 18 déc. 1912 : *S.* 1914, 1, 249, note Morel ; *D.* 1915, 1, 17, note Sarrut. ▪ Cass. crim., 19 juin 1974 : *RSC* 1975, p. 702, obs. Levasseur.

■ Cass. crim., 18 nov. 1986 : *Bull. crim.* n° 343 ; *RSC* 1987, p. 426, obs. Levasseur.

9) Loi du 10 juillet 2000, distinction des deux fautes. Dans le cas défini par l'alinéa 4 de l'article 121-3 (L. 10 juillet 2000) la faute pénale devient distincte de la faute civile prévue par l'article 1383 du Code civil, devenu l'article 1240. Sur les conséquences de cette destination, V. l'article 4-1 nouveau du Code de procédure pénale. V. aussi, quant à la non-identité des fautes pénale et civile : (■ Cass. 1re civ., 30 janv. 2001 : *Bull. civ.* I, n° 19 ; *JCP* G 2001, I, 337, p. 1426, chron. par G. Viney).

10) Faute pénale et faute inexcusable. La faute pénale diffère de la faute inexcusable (■ Cass. soc., 26 mai 1965 : *Bull. civ.* IV, n° 402. ■ Cass. crim., 15 oct. 1970 : *D.* 1970, 733, note J.-H. Robert) – V. article 4-1 (L. 10 juillet 2000) du Code de procédure pénale ; tout comme la faute pénale ne constitue pas nécessairement une faute personnelle détachable de la fonction lorsqu'il s'agit d'un agent administratif et peut donc être une faute de service (■ Cass. crim., 19 juin 1974, préc.).

C – Applications particulières

11) Sports. Dans le domaine des sports, se rend coupable d'une faute d'imprudence le guide de haute montagne qui, skiant hors-piste et sur neige vierge, amorce un virage pour éprouver la solidité de la neige et provoque une avalanche, alors qu'il n'ignorait pas les risques graves découlant de l'état de la neige et qu'il savait que des skieurs évoluaient au-dessous de lui ; et le fait que ces derniers, victimes de l'avalanche, skiaient eux-mêmes hors-piste ne saurait exonérer le prévenu de sa propre responsabilité (■ Chambéry, 4 janv. 1979 : *JCP* 1980, II, 19285, note W. Rabinovitch ; *RSC* 1979, p. 557, obs. Levasseur. – V. aussi ■ Cass. crim., 8 nov. 1983 : *Bull. crim.* n° 293 ; *D.* 1985, inf. rap. 486, obs. J.-P. Marty) ; doit être également condamné le joueur de football coupable de brutalités prohibées par les règles du jeu (■ Cass. crim., 24 janv. 1956 : *D.* 1956, 197). Mais le fait pour un footballeur de fracturer, au cours d'une partie, la jambe d'un adversaire ne constitue pas le délit de blessures involontaires dès lors que, dans la phase de jeu au cours de laquelle s'est produit l'accident, il a, sans qu'il puisse lui être reproché une imprudence ou une négligence, pratiqué un acte autorisé par les règles du sport (■ Cass. crim., 8 juin 1994 : *Dr. pén.* 1995, comm. 230, obs. M. Véron). Pour un exemple d'accident dans une compétition sportive, V. ■ Poitiers, 16 oct. 1981 : *D.* 1982, 644, note G. Daverat ; *RSC* 1983, p. 81, obs. Levasseur. Pour les accidents en piscine, V. ■ T. corr. Bobigny, 26 janv. 1977 : *JCP* 1979, II, 19100, note Millot. ■ T. corr. Boulogne-sur-Mer, 8 juill. 1987 : *Gaz. Pal.* 1988, 1, 117 ; *RSC* 1988, p. 301, obs. Levasseur. ■ Grenoble, 4 oct. 1989 : *JurisData* n° 1989-046209. ■ Bordeaux, 4 oct. 1989 : *JurisData* n° 1989-045991).

Ne justifie pas sa décision la cour d'appel qui, confirmant des ordonnances de non-lieu pour homicide involontaire en raison du décès d'un enfant lors d'une sortie en hydrospeed sur la Durance, exclut les dispositions spéciales d'un arrêté, sans expliquer en quoi les règles plus strictes qu'il édictait avaient un caractère incompatible avec celles fixées par la réglementation nationale applicable aux établissements organisant la pratique et l'enseignement de la nage en eau vive (■ Cass. crim., 9 déc. 2014, n° 12-87.494).

12) Travail. Dans le domaine des accidents du travail, doit être condamné l'employeur qui n'a pas pris les dispositions nécessaires pour éviter l'électrocution d'ouvriers travaillant à proximité d'une ligne à haute tension (■ Cass. crim., 16 mars 1971 : *Bull. crim.* n° 88 ; *RSC* 1971, p. 942, obs. Levasseur) ou celui qui ne surveille pas l'utilisation, par ses salariés, des ceintures de sécurité mises à leur disposition (■ Cass. crim., 3 mai 1978 : *Bull. crim.* n° 136 ; *RSC* 1979, p. 87, obs. Levasseur) ou contrôle de façon insuffisante leurs conditions de travail (■ Cass. crim., 16 févr. 1982, inédit) ou organise mal son chantier (■ Cass. crim., 18 oct. 1977 : *D.* 1978, 472, note A. Benoit ; *RSC* 1979, p. 87, obs. Levasseur. ■ Cass. crim., 25 févr. 1981 : *RSC* 1982, p. 788, obs. Levasseur) ou celui qui fournit des instructions incomplètes ou erronées à ses ouvriers (■ Cass. crim., 29 janv. 1976 : *Bull. crim.* n° 38 ; *RSC* 1977, p. 96, obs. Levasseur) ou le chef d'une entreprise d'entretien d'ascenseurs dont un salarié, travaillant seul sur un ascenseur situé en dehors de l'entreprise alors qu'il aurait dû être accompagné d'un surveillant qualifié chargé d'assurer la sécurité, a été écrasé par la cabine (■ Cass. crim., 11 oct. 1994, n° Q 93-83.967) ou le directeur général des services techniques d'une commune, à qui il incombait de veiller au respect par ses agents des règles de sécurité et qui, en s'abstenant d'en vérifier l'observation par des contrôles périodiques, a contribué à la réalisation de l'accident survenu à la suite d'une faute de la victime, laquelle n'avait pas respecté les règles élémentaires de sécurité (■ Cass. crim., 22 févr. 1995 : *Bull. crim.* n° 82). Est également responsable, le chef d'entreprise qui, faute d'avoir consigné un malaxeur en réparation, a permis sa remise en marche inopinée par un tiers, cause de la mort de l'artisan qui y travaillait (■ Cass. crim., 12 mai 1998 : *Bull. crim.* n° 159). Mais, n'a pas donné de base légale à sa décision au regard de l'article 320 du Code pénal la cour d'appel qui retient la responsabilité pénale du directeur des ressources humaines de la société chargée de la gestion du restaurant d'entreprise d'une autre société, pour le dommage subi par son salarié lors de l'utilisation du monte-charge desservant la cuisine du restaurant, alors que le prévenu n'a commis aucune imprudence ayant concouru à la réalisation du dommage, les obligations d'entretien, de réparation et de remplacement du gros matériel pesant sur la société utilisatrice, et un organisme de sécurité ayant préconisé auprès de cette dernière le remplacement du monte-charge (■ Cass. crim., 5 mars 1997 : *JCP* 1997, IV, 1286).

– Mais, l'employeur, qui a remis au salarié un équipement présentant des défauts de conformité à la réglementation, a contribué à créer la situation ayant permis la réalisation du dommage et n'a pas pris les mesures permettant de l'éviter, et a violé de façon manifestement délibérée une obligation particulière de prudence ou de sécurité prévue par la loi ou le règlement (■ Cass. crim., 9 déc. 2014, n° 13-85.937).

– En outre, en matière d'accident du travail, la circonstance que le juge d'instruction dise n'y avoir lieu de suivre du chef des infractions à la législation relative à la sécurité des travailleurs mentionnées au réquisitoire introductif, ne fait pas obstacle à ce qu'il retienne le comportement visé par lesdites infractions comme constitutif d'une faute caractérisée, fondement du délit d'homicide involontaire justifiant le renvoi de la personne mise en examen devant la juridiction de jugement (■ Cass. crim., 12 mai 2015, n° 13-80.345 : *Bull. crim.* n° 104 ; *Dr. pén.* 2015, comm. 94, obs. M. Véron).

13) Fabrication de produits. La responsabilité d'un *fabricant* doit être retenue lorsqu'il lance dans le commerce des produits sans avoir averti les utilisateurs des risques qu'ils représentent : tel est le cas du fabricant d'un produit revêtant les parois d'un dancing, produit qui sous l'effet de la chaleur résultant de l'incendie du dancing, avait dégagé des gaz toxiques asphyxiant les victimes (■ Lyon, 13 juill. 1973 : *Gaz. Pal.* 1973, 2, 830 ; *RSC* 1974, p. 98, obs. Levasseur).

Pour l'hypothèse où le fabricant a averti les clients, conformément à la réglementation, des risques de produits dangereux, V. (■ Cass. crim., 24 sept. 1997 : *JurisData* n° 1997-004478 ; *Dr. pén.* 1998, comm. 53, obs. J.-H. Robert).

14) Médecine. Dans le domaine médical et paramédical, la responsabilité du praticien doit être retenue s'il est établi que, eu égard aux données actuelles de la science et aux règles consacrées par la pratique médicale, l'imprudence, la négligence ou l'inattention dont il a fait preuve sont révélatrices d'une méconnaissance certaine de ses devoirs ; c'est ainsi le cas du chirurgien qui ne surveille pas assez les suites de son intervention et l'administration des soins post-opératoires (■ Cass. crim., 9 nov. 1977 : *Gaz. Pal.* 1978, 1, 233, note Doll ; *RSC* 1978, p. 341, obs. Levasseur) ou qui décide de différer une opération sans avoir effectué le moindre examen personnel, sans avoir vu la blessée et sans avoir recherché si l'importance des lésions et leur nature n'imposaient pas une intervention d'urgence (■ Cass. crim., 25 mai 1982 : *Bull. crim.* n° 134 ; *RSC* 1983, p. 264, obs. Levasseur). L'existence d'une faute relevée à l'encontre du médecin anesthésiste pendant la période post-opératoire n'exclut pas nécessairement l'éventualité de celle du chirurgien auquel a été confiée l'intervention (■ Cass. crim., 10 mai 1984 : *Bull. crim.* n° 167 ; *JCP* 1984, II, 20303, note A. Dorsner-Dolivet ; *D.* 1985, 256, note J. Penneau ; *RSC* 1985, p. 79, obs. Levasseur). Si la surveillance post-opératoire incombe au médecin anesthésiste pour ce qui concerne sa spécialité, le chirurgien n'en demeure pas moins tenu, à cet égard, d'une obligation générale de prudence et de diligence (■ Cass. ass. plén. 30 mai 1986 : *Bull. crim.* n° 184 ; *RSC* 1986, p. 851, obs. Levasseur). Est ainsi responsable le chirurgien qui, après avoir opéré un enfant d'un mois après la constatation d'une sténose du pylore, devant l'aggravation de l'état du bébé, est demeuré passif au vu des résultats d'un simple examen sanguin, sans se soucier d'effectuer des recherches médicales supplémentaires pour déterminer l'origine de cette aggravation, l'enfant devant décéder le lendemain de l'opération à la suite d'une péritonite due à une perforation du pylore (■ Pau, 21 nov. 1989 : *JCP* 1991, II, 21683, note R. Nérac-Croisier).

15) Médecine : erreur de diagnostic. Justifie sa décision la cour d'appel qui, après avoir relevé que l'erreur de diagnostic imputable à un anesthésiste-réanimateur et à un chirurgien ne procédait pas d'une ignorance ou d'une négligence dans les examens préopératoires, et que la thérapeutique à laquelle ils n'avaient pas eu recours n'était pas encore de pratique courante, en déduit que les intéressés n'ont pas commis de faute (■ Cass. crim., 3 nov. 1988 : *Bull. crim.* n° 366 ; *RSC* 1990, p. 71, obs. Levasseur). En effet, l'erreur de diagnostic qui ne procède pas d'une négligence ne constitue pas une faute au sens des articles 221-6 et 221-19 du Code pénal (■ Cass. crim., 29 juin 1999 : *Bull. crim.* n° 161). Mais commet une faute présentant un lien de causalité avec les blessures de la victime le chirurgien qui n'a pas pratiqué une intervention qualifiée de « priorité absolue » par les experts, compte tenu du diagnostic, intervention exigée par les données actuelles de la science (■ Cass. crim., 7 juill. 1993 : *Dr. pén.* 1993, n° 265, obs. M. Véron). Caractérise le délit d'homicide involontaire le fait, par un médecin, de s'abstenir des diligences normales qui auraient permis le diagnostic d'une lésion et la mise en place d'un traitement approprié, lorsque cette négligence contribue à causer le décès du malade ; est, dès lors, justifiée la condamnation d'un médecin, chef du service de gynécologie-obstétrique d'un hôpital, qui, après avoir constaté qu'une femme, ayant accouché la veille, présentait une anémie sévère avec tachycardie, n'a pas procédé à un examen clinique approfondi qui aurait révélé un thrombus vaginal, complication de l'accouchement grave mais curable par une intervention chirurgicale pratiquée à temps, sa négligence ayant retardé cette intervention et causé ainsi la mort de la patiente (■ Cass. crim., 29 juin 1999 : *Bull. crim.* n° 162).

16) Cumul de fautes. Sur le cumul d'imprudences et de négligences d'un chirurgien et d'une anesthésiste lors du décès d'un patient survenu au cours d'une opération (■ Cass. crim., 23 nov. 1994 : *Dr. pén.* 1995, comm. 88, obs. M. Véron).

La responsabilité pénale des membres de l'équipe médicale n'est pas exclusive de celle du chef de service ; justifie dès lors sa décision, la cour d'appel qui, pour déclarer un médecin hospitalier coupable d'homicide involontaire, retient que, par suite de négligences qui lui sont imputables dans l'organisation du service qu'il dirige, le malade, dont l'affection, diagnostiquée avant son admission à l'hôpital, requérait l'administration d'un traitement en extrême urgence, n'a bénéficié d'aucun soin des membres de l'équipe soignante pendant plusieurs heures, ce qui a entraîné son décès (■ Cass. crim., 26 mars 1997 : *Bull. crim.* n° 123). V. M. Véron, *La responsabilité pénale au sein d'une équipe médicale* : *Gaz. Pal.* 1966, n° 331.

17) Sage-femme. Commet une faute la sage-femme qui n'avertit pas le médecin accoucheur de l'entrée en clinique d'une parturiente dont l'accouchement s'avérait délicat (■ Nancy, 24 nov. 1966 : *JCP* 1967, II, 15066, note R. Savatier ; *RSC* 1967, p. 867, obs. Levasseur).

– Il résulte des articles L. 370 et L. 374 du Code de la santé publique que les sages-femmes ont, dans la pratique des soins postnataux, un pouvoir et une responsabilité autonomes de surveillance et prescription. Dès lors, ne justifie pas sa décision, au regard de l'article 221-6 du Code pénal, la cour d'appel qui, pour relaxer une sage-femme du chef d'homicide involontaire, se borne à énoncer qu'en l'état d'un accouchement gémellaire présentant une haute probabilité de risques, il appartenait au médecin accoucheur, condamné pour le même délit, de lui donner les directives nécessaires au sujet de la durée de perfusion à la patiente de produits ocytociques, et de procéder lui-même à l'examen clinique qui aurait permis de diagnostiquer l'hémorragie interne apparue postérieurement à l'accouchement et à la délivrance (■ Cass. crim., 21 oct. 1998 : *Bull. crim.* n° 270).

18) Surveillance des animaux. En matière de surveillance des animaux, le propriétaire de l'animal est par exemple responsable des suites des blessures causées par celui-ci alors qu'il divaguait (■ Cass. crim., 18 juill. 1974 : *RSC* 1975, p. 143, obs. Levasseur).

19) Stupéfiants. En matière de stupéfiants, il a été jugé que l'individu qui fournit de la drogue à une jeune fille qui meurt d'une overdose est coupable d'homicide involontaire (■ Chambéry, 25 mai 1987 : *RSC* 1988, p. 86, obs. Levasseur). Dans le même sens, V. ■ Cass. crim., 1er oct. 1990 : *Dr. pén.* 1991, n° 7. Se rend coupable d'homicide involontaire le trafiquant de drogue qui a provoqué la mort d'un toxicomane par overdose en lui injectant de l'héroïne coupée avec des produits nocifs (■ Paris, 10e ch., 28 juin 1988 : *JurisData*, n° 1988-026027).

20) Transports. A été condamné pour homicide involontaire et infraction au Code du travail un entrepreneur de transports routiers dont le préposé, chauffeur d'un camion, avait trouvé la mort au cours d'un accident auquel avaient contribué la surcharge du véhicule et l'inobservation du temps de repos du conducteur (■ Cass. crim., 8 déc. 1992 : *Bull. crim.* n° 405 ; *RSC* 1993, p. 405, obs. C. Lazerges). Justifie sa décision la cour d'appel qui, pour déclarer un transporteur aérien coupable d'homicides involontaires, retient que ce dernier, qui, en exerçant son activité sans l'autorisation requise, s'est soustrait aux contrôles préalables sur les conditions d'exploitation des aéronefs et sur la formation des équipages mais aussi aux prescriptions réglementaires régissant la sécurité des transports aériens, a placé le pilote de l'appareil en situation de commettre des fautes graves qui, jointes à des conditions climatiques difficiles et à un mauvais réglage des moteurs, l'ont amené à perdre la maîtrise de son appareil qui s'est écrasé au sol (■ Cass. crim., 19 févr. 1997 : *Bull. crim.* n° 69).

21) Auto-école. Justifie sa décision la cour d'appel qui, pour déclarer l'exploitante d'un établissement d'enseignement de la conduite des véhicules à moteur coupable d'homicide et de blessures involontaires et seule responsable des conséquences dommageables de l'accident survenu au cours d'une leçon de conduite automobile, retient qu'elle a demandé à l'élève de s'engager à l'intersection des routes au mépris des règles de priorité, qu'elle ne lui a pas ordonné de s'arrêter à la vue d'un véhicule prioritaire, qu'elle n'a pas actionné la pédale de frein dont elle disposait, et qu'ayant neutralisé la pédale d'accélérateur de la double commande, elle n'a pu accélérer le mouvement du véhicule pour le faire échapper à la collision (■ Cass. crim., 29 févr. 2000 : *Bull. crim.* n° 94).

II – LES DIFFÉRENTES FAUTES D'IMPRUDENCES (JURISPRUDENCE POSTÉRIEURE À LA LOI DU 10 JUILLET 2000)

22) Rôle du juge : recherche nécessaire de la faute. La juridiction correctionnelle ne peut entrer en voie de relaxe du chef d'homicide involontaire sans avoir [préalablement] recherché, dans le respect du principe de la contradiction, toute faute d'imprudence ou de négligence entrant dans les prévisions de l'article 221-6 du Code pénal (■ Cass. crim., 15 mars 2016, n° 13-88.530).

A – La faute en cas de causalité directe

NB : pour l'auteur de l'infraction, personne physique, qui a causé directement le résultat, et dans ce cas seulement, la jurisprudence antérieure (V. *supra*) à la loi du 10 juillet 2000 conserve sa valeur.

1° Domaine médical

23) Maladresses. Caractérise le délit de blessures involontaires la cour d'appel qui, pour retenir la responsabilité pénale d'un médecin, énonce que la dégradation de l'état de santé d'un patient, ayant abouti à l'ablation de son rein, était la conséquence exclusive, certaine et directe de ses interventions maladroites et entachées d'erreurs de choix thérapeutiques (■ Cass. crim., 17 oct. 2000, n° 99.86-710).

24) Données actuelles de la science. Pour déclarer un médecin coupable d'homicide involontaire, les juges ont retenu que ce praticien, compte tenu des symptômes présentés par la patiente, a passé outre les données actuelles de la science en ne prenant pas, avant l'intervention chirurgicale, les précautions élémentaires de stopper l'alimentation et de mettre en place une sonde gastrique ; ainsi il est établi de façon certaine que la cause directe du décès réside dans une complication redoutable en relation avec la négligence commise.

25) Diligences normales. En l'état de ces énonciations d'où il résulte que le prévenu n'a pas accompli les diligences normales qui lui incombaient compte tenu de la nature de sa mission et de sa fonction, de sa compétence ainsi que du pouvoir et des moyens dont il disposait, la cour d'appel, qui a, en outre, caractérisé le lien de causalité existant entre les manquements du médecin et le décès de la victime, a justifié sa décision au regard des articles 121-3 et 221-6 du Code pénal, tant dans leur rédaction antérieure à la loi du 10 juillet 2000 que dans leur rédaction issue de cette loi (■ Cass. crim., 29 mai 2001, n° H 00-85.497).

26) Utilisation des forceps. Les juges qui, pour déclarer un médecin-accoucheur coupable d'homicide involontaire, retiennent que les fautes qu'il a commises en utilisant des forceps sont à l'origine directe des lésions cérébrales, seule et unique cause de la mort de l'enfant nouveau-né dont le décès est survenu quelques jours plus tard malgré des soins intensifs pratiqués en milieu hospitalier, constatent par là même que ce prévenu a causé directement le dommage (■ Cass. crim., 23 oct. 2001 : *Bull. crim.* n° 217 ; *RSC* 2002, p. 100, obs. Y. Mayaud).

27) Matériel inadapté, mal utilisé. Les juges qui, pour déclarer un chirurgien coupable d'homicide involontaire, retiennent que les fautes commises, à savoir un mauvais positionnement de l'opérée sur une table mal adaptée à l'intervention, sont à l'origine directe du processus de détresse neurologique observé immédiatement après l'intervention, cause de la mort de la patiente survenue près de 2 ans plus tard, après un épisode comateux, de multiples complications et des séquelles neurologiques, constatent par là même que ce prévenu a causé directement le dommage (■ Cass. crim., 23 oct. 2001 : *Bull. crim.* n° 218 ; *Dr. pén.* 2002, comm. 27, obs. M. Véron et obs. préc. de Y. Mayaud).

28) Méconnaissance de protocole. Est directement à l'origine du décès, par embolie pulmonaire, de patients placés dans un caisson hyperbare à la suite d'une intoxication sévère au monoxyde de carbone, la faute commise par un cadre infirmier hyperbariste qui, en méconnaissance du protocole d'utilisation, et sans respecter l'obligation de surveillance permanente au cours de la séance d'oxygénothérapie, prend l'initiative d'ouvrir au maximum, et en urgence, la vanne d'échappement du sas provoquant ainsi une décompression accélérée (■ Cass. crim., 16 janv. 2007 : *Bull. crim.* n° 8 ; *Dr. pén.* 2007, comm. 49, obs. M. Véron ; *RSC* 2007, p. 530, obs. Y. Mayaud).

29) Risque avéré. Les juges qui, pour déclarer un chirurgien coupable d'homicide involontaire, retiennent à sa charge, comme faute essentielle et déterminante ayant directement entraîné le décès, la décision d'intervention et la conduite d'ensemble du processus opératoire sans qu'ait été suffisamment examiné et pris en compte, à l'occasion d'une opération de chirurgie esthétique, le risque avéré de thrombose présenté par la victime en raison de son âge, constatent par là même que ce prévenu a causé directement le dommage (■ Cass. crim., 29 oct. 2002 : *Bull. crim.* n° 196).

30) Transfert en service spécialisé. Justifient leur décision les juges qui, pour déclarer coupable d'homicide involontaire un médecin-pédiatre à qui un nouveau-né avait été confié à la suite d'un accouchement difficile, retiennent que le décès de l'enfant aurait pu être évité s'il avait été transféré à temps dans un service spécialisé, et qu'en portant son attention sur les seules lésions oculaires et orthopédiques, en négligeant le risque majeur d'extension rapide de l'hématome superficiel et les complications hémorragiques qui pourraient en résulter, et en omettant de mettre en place une surveillance médicale adaptée, l'intéressé a commis une faute en relation de causalité directe avec le décès (■ Cass. crim., 13 nov. 2002 : *Bull. crim.* n° 203 ; *RSC* 2003, p. 331, obs. Y. Mayaud ; *D.* 2004, jur., p. 1336, note Ph. Conte).

31) Erreur de diagnostic. Les juges qui, pour déclarer un chirurgien orthopédiste coupable de blessures involontaires, retiennent que les fautes commises en opérant, sans urgence, une patiente sans l'assistance d'un chirurgien thoracique, en commettant, en l'absence de contrôles préalables, une erreur de localisation de la hernie, puis en procédant à une seconde intervention par une voie inadaptée, en provoquant une rupture de la dure-mère, ont entraîné la paraplégie totale et définitive de l'opérée, constatent par là même que ce prévenu a causé directement le dommage (■ Cass. crim., 21 sept. 2004 : *Bull. crim.* n° 216).

32) Prothèses mammaires. En matière de chirurgie esthétique, justifient leur décision les juges qui, pour déclarer un chirurgien coupable de blessures involontaires, retiennent qu'en procédant tardivement à l'ablation de prothèses mammaires qu'il avait placées sur une patiente au cours d'une première intervention faisant suite à une mastectomie sous-cutanée, et en les remplaçant par d'autres prothèses, sans faire procéder aux examens bactériologiques nécessaires, dans les loges rétropectorales largement ouvertes sur une zone infectée, il a commis une faute en relation de causalité directe avec le dommage (■ Cass. crim., 19 oct. 2004 : *Bull. crim.* n° 246).

33) Défaut d'information. Justifie sa décision au regard tant de l'article 1147 du Code civil que des articles L. 1110-5 et L. 1142-1 du Code de la santé publique, la cour d'appel qui, pour déclarer un médecin spécialisé en chirurgie plastique et réparatrice responsable des conséquences dommageables du décès d'une patiente, retient qu'en lui appliquant, avant la réalisation de l'objectif de réduction de sa surcharge pondérale fixé par un endocrinologue, un traitement chirurgical qui ne pouvait être envisagé que comme un ultime recours, en omettant de lui délivrer l'information qu'il lui devait sur le traitement proposé et les risques prévisibles qu'il comportait et en n'appelant pas l'attention des anesthésistes sur le risque particulier de complication thromboembolique encouru, il a commis des fautes qui ont contribué de façon directe à la production du dommage. Il appartient au médecin de prouver qu'il a donné à la personne qu'il soigne une information loyale, claire et appropriée sur le traitement proposé et les risques prévisibles qu'il comporte (■ Cass. crim., 5 juin 2007 : *Bull. crim.* n° 152 ; *RSC* 2008, p. 78, obs. Y. Mayaud).

34) Erreur de geste. Pour déclarer un médecin spécialiste en oto-rhino-laryngologie coupable d'homicide involontaire, l'arrêt retient qu'il résulte des pièces médicales du dossier que le décès de la victime est en relation directe, certaine et exclusive avec les lésions d'effraction liées à l'action d'un instrument chirurgical pendant l'intervention, la pénétration de cet instrument dans le crâne résultant d'une erreur de trajet répétée à plusieurs reprises ; en l'état de ces énonciations, dépourvues de caractère dubitatif, et qui caractérisent l'absence de diligences normales du chirurgien, compte tenu de la nature de ses fonctions et de ses compétences, la cour d'appel a justifié sa décision (■ Cass. crim., 30 oct. 2007 : *Dr. pén.* 2008, comm. 18, obs. M. Véron).

35) Dosage de médicament. Commet une faute de négligence et d'imprudence entretenant un lien certain et direct avec le dommage l'infirmière qui procède, sans mieux s'informer auprès du médecin-anesthésiste dont la prescription n'était pas claire, à l'administration par perfusion d'un sérum sur un enfant en réanimation post-opératoire, sans en contrôler le débit, entraînant ainsi une intoxication mortelle (■ Cass. crim., 1er avr. 2008 : *JurisData* n° 2008-043857 ; *Dr. pén.* 2008, comm. 93, obs. M. Véron). Le même arrêt retient la faute caractérisée du médecin-anesthésiste : V. *infra*, B, la faute cause indirecte du dommage, V° *Domaine médical.*

2° *Circulation routière*

36) Vitesse. Justifie sa décision au regard des articles 121-3 et 221-6 du Code pénal dans leur rédaction issue de la loi du 10 juillet 2000, la cour d'appel, qui, pour déclarer coupable d'homicide involontaire, le conducteur d'un véhicule entré en collision, après avoir heurté un sanglier, avec un véhicule arrivant en sens inverse, retient que sa vitesse excessive, déterminante des causes et des conséquences de l'accident, est constitutive d'une faute, en relation de causalité directe avec le décès de l'autre automobiliste (■ Cass. crim., 25 sept. 2001 : *Bull. crim.* n° 188 ; *RSC* 2002, p. 100, obs. Y. Mayaud).

37) Conditions de circulation. Justifie sa décision la cour d'appel qui déclare coupable de blessures involontaires le pilote qui, à l'occasion d'une épreuve de vitesse spéciale d'un rallye automobile, perd le contrôle de son véhicule alors qu'il circule à une vitesse exagérée, sur une route mouillée et grasse, dans un virage rendu dangereux par une bosse dont la présence pouvait être décelée par une reconnaissance appropriée de l'itinéraire (■ Cass. crim., 8 mars 2005 : *Bull. crim.* n° 78 ; *RSC* 2006, p. 72, obs. Ph. Delmas Saint-Hilaire).

38) Fatigue. L'inattention liée à un état de fatigue, qui constitue un manquement à l'exigence de prudence édictée par l'article R. 412-6 du Code de la route, est nécessairement incompatible avec les diligences normales qu'impose ledit code à tout conducteur et caractérise à sa charge la faute définie à l'article 121-3 du Code pénal (■ Cass. crim., 3 déc. 2019, n° 19-82.492 : *JurisData* n° 2019-022004 ; *Dr. pén.* 2020, comm. 25, obs. Ph. Conte).

3° Domaine du travail

39) Causalité directe. Justifient leur décision les juges qui, pour déclarer le dirigeant d'une entreprise du bâtiment coupable d'homicide involontaire et d'infraction aux règles relatives à la sécurité des travailleurs, intervenu lors de la mise en place d'une dalle, retiennent que le prévenu a commis une imprudence caractérisée et un manquement à ses obligations en matière de sécurité, directement à l'origine de l'accident mortel dont a été victime le salarié ; ayant constaté que le prévenu, personne physique, avait directement causé le dommage au sens de l'article 121-3, alinéa 3, du Code pénal, la cour d'appel n'avait pas à rechercher si celui-ci avait commis une faute caractérisée qui exposait autrui à un risque d'une particulière gravité qu'il ne pouvait ignorer ou une violation manifestement délibérée d'une obligation particulière de prudence ou de sécurité entrant dans les prévisions de l'article 121-3, alinéa 4, dudit code (■ Cass. crim., 16 sept. 2008 : *Bull. crim.* n° 186 ; *JCP* S 2008, jur. n° 1596, note J.-F. Cesaro).

4° Autres situations

40) Navigation aérienne. En l'état d'une collision survenue entre deux aéronefs autorisés à emprunter concomitamment la même piste d'envol, doivent être considérées comme la cause directe des délits d'homicide et blessures involontaires visés à la prévention les fautes commises simultanément par les personnes chargées d'assurer, ensemble, le contrôle des mouvements de ces avions (■ Cass. crim., 16 oct. 2007 : *Bull. crim.* n° 245).

41) Animaux. Cause directement le dommage du passant mordu par un chien la faute de négligence du propriétaire de l'animal l'ayant laissé sortir de chez lui sans être contrôlé et tenu en laisse (■ Cass. crim., 29 mai 2013, n° 12-85.427 : *Bull. crim.* n° 121 ; *Dr. pén.* 2013, note 125 ; *Gaz. Pal.* 21-23 juill. 2013, chron. p. 34, note S. Detraz ; *D.* 2013, ét., p. 2016, note F. Desprez ; *AJ pénal* 2013, p. 678, note J. Lasserre Capville), ainsi que cela résulte de l'article 121-3 du Code pénal (■ Cass. crim., 21 janv. 2014, n° 13-80.267 : *Dr. pén.* 2014, comm. 39, obs. M. Véron ; *AJ pénal* 2014, p. 135, obs. M.-C. Sordino ; *D.* 2014, act., p. 279).

– Arrêts cités *infra*, sous les articles 221-6-2 et 222-20 du Code pénal.

– V., *infra*, article 221-6-1 et articles 222-19-1 et s. (L. du 12 juin 2003).

B – La faute en cas de causalité indirecte

1° Application de la loi dans le temps

42) Loi du 10 juillet 2000. Depuis l'entrée en vigueur de la loi du 10 juillet 2000 modifiant l'article 121-3 du Code pénal, les personnes physiques qui n'ont pas causé directement le dommage, mais qui ont créé ou contribué à créer la situation qui a permis la réalisation du dommage ou qui n'ont pas pris les mesures permettant de l'éviter, sont responsables pénalement s'il est établi qu'elles ont, soit violé de façon manifestement délibérée une obligation particulière de prudence ou de sécurité prévue par la loi ou le règlement, soit commis une faute caractérisée et qui exposait autrui à un risque d'une particulière gravité qu'elles ne pouvaient ignorer.

La loi nouvelle, qui contient des dispositions favorables au prévenu poursuivi pour blessures involontaires, s'applique aux faits commis avant son entrée en vigueur et non définitivement jugés.

A donc été annulé avec renvoi l'arrêt ayant condamné, pour blessures involontaires, un médecin chef de service qui avait prescrit le transfert dans un service de radiologie d'un patient qui, du fait d'une manipulation maladroite opérée durant le trajet par un interne stagiaire, avait subi des lésions cérébrales irréversibles (■ Cass. crim., 5 sept. 2000 : *Bull. crim.* n° 262 ; *Dr. pén.* 2000, comm. 135, obs. M. Véron ; *JCP* G 2001, II, 10507, note J.-Y. Chevallier).

– Doit être annulé l'arrêt qui, pour déclarer une directrice d'école et une institutrice coupables d'homicides et blessures involontaires, retient qu'elles ont commis des négligences ayant contribué à la réalisation du dommage (■ Cass. crim., 12 déc. 2000 : *Bull. inf. C. cass.* 2000, n° 529, p. 3, rapp. Mme Ferrari, concl. Mme D. Commaret ; *Bull. crim.* n° 371 ; *D.* 2001, n° 7, p. 557, Forum [H. Moutouh] et 559, interview [A. Blanchot]).

– Annulation également de l'arrêt qui, pour déclarer un médecin coupable d'homicide involontaire, retient seulement qu'il a commis des négligences ayant causé le dommage (■ Cass. crim., 10 janv. 2001 : *Bull. crim.* n° 3) ;

– Annulation de l'arrêt condamnant pour homicide involontaire un médecin contre lequel ont été retenues des fautes ayant indirectement contribué à causer le décès d'une femme accouchée par césarienne (■ Cass. crim., 29 mai 2001, n° 00-86.233).

– De même pour l'arrêt qui, à la suite de l'explosion d'une chaudière à vapeur, condamne pour homicides et blessures involontaires un chef d'entreprise, en raison des multiples négligences et manquements à l'entretien de l'appareil, et un inspecteur de l'APAVE qui n'a pas parfaitement rempli sa mission de contrôle de son mode d'exploitation et s'est montré négligent ou inattentif (■ Cass. crim., 13 févr. 2001 : *Bull. crim.* n° 41).

– Solutions semblables pour l'arrêt qui, pour déclarer un maire coupable d'homicide involontaire à la suite d'un accident survenu sur une aire communale de jeu et provoqué par le déplacement d'une buse, retient, après avoir constaté le caractère inopérant du moyen tiré par lui de son ignorance de la dangerosité de la présence d'un tel engin non scellé, que l'élu, préalablement informé de la non-conformité des installations a, néanmoins, commis une faute pénale en relation causale avec le dommage (■ Cass. crim., 20 mars 2001 : *Bull. crim.* n° 75, arrêt n° 1. ■ Cass. crim., 9 oct. 2001 : *Bull. crim.* n° 204, sur la responsabilité d'un maire à la suite d'un accident survenu sur le domaine skiable de la commune) ; et pour l'arrêt qui, pour déclarer une directrice d'école communale coupable d'homicide involontaire, à la suite de la chute mortelle d'un élève au travers d'un hublot de plafond d'un bâtiment scolaire, retient que celle-ci a commis des négligences ayant concouru à l'accident en ne signalant pas à la commune le danger que l'accessibilité de la toiture en terrasse faisait courir aux enfants et en n'affectant pas un nombre suffisant d'instituteurs à la surveillance des élèves (■ Cass. crim., 20 mars 2001 : *Bull. crim.* n° 75, arrêt n° 2).

– A été aussi annulé l'arrêt qui, à la suite d'un naufrage, déclare le président de la société ayant construit le navire et le représentant d'un organisme de certification, membre de la commission de visite technique ayant délivré le permis de navigation, le premier coupable d'homicide involontaire et le second responsable des mêmes faits à l'égard des parties civiles, en retenant contre eux des négligences lors de la construction et de la visite technique ayant précédé la mise en service du navire (■ Cass. crim., 20 mars 2001 : *Bull. crim.* n° 71).

2° *Rôle du juge*

43) Constatations de la faute qualifiée. Se contredit et ne justifie pas sa décision, la cour d'appel qui, pour déclarer le loueur d'un engin de chantier coupable d'homicide involontaire retient, à sa charge, un défaut d'entretien rendant le verrouillage d'un bras de l'engin plus difficile, à la charge du locataire, l'omission du verrouillage de ce bras et qui énonce que la faute du loueur est la cause directe de l'accident sans rechercher si cette faute était caractérisée (■ Cass. crim., 11 janv. 2011, n° 09-87.842 : *Bull. crim.* n° 5 ; *RSC* 2011, p. 99, obs. Y. Mayaud). Rappr. ■ Cass. crim., 5 déc. 2000 : *Bull. crim.* n° 363).

44) Constatation de la faute caractérisée. Encourt la cassation l'arrêt d'une cour d'appel qui relaxe un chef d'entreprise pour blessures involontaires sur un salarié, au cours d'opérations de levage, sans rechercher si en s'abstenant de donner des consignes suffisamment précises à la victime et de veiller personnellement à la stricte et constante application de la réglementation, le prévenu n'avait pas commis une faute caractérisée (■ Cass. crim., 5 mars 2002 : *RSC* 2002, n° 837, obs. G. Giudicelli-Delage).

3° *Illustrations : domaine du travail*

45) Faute délibérée. Justifie sa décision la cour d'appel qui déclare un chef d'entreprise coupable d'homicide involontaire à la suite du décès d'un salarié dans l'éboulement d'une tranchée non étayée ou blindée, après avoir relevé que le prévenu avait pris la décision de ne pas utiliser le matériel de blindage dont l'installation est prescrite par l'article 72 du décret du 8 janvier 1965 ; une telle faute constitue en effet une faute délibérée au sens des dispositions de l'article 121-3, alinéa 4, du Code pénal dans leur rédaction issue de la loi du 10 juillet 2000 (■ Cass. crim., 12 sept. 2000 : *Bull. crim.* n° 268).

Est justifiée la condamnation pour blessures involontaires du responsable d'une entreprise assurant la livraison de matériaux sur les chantiers, dès lors qu'il n'avait pas informé, en connaissance de cause, son salarié des règles d'utilisation, à proximité de lignes de haute tension, d'une grue télescopique susceptible de les atteindre, en méconnaissance des dispositions de l'article 172 du décret du 8 janvier 1965 ; ce manquement a concouru au dommage et caractérise à la charge du prévenu une faute délibérée au sens de l'article 121-3 issu de la loi du 10 juillet 2000 (■ Cass. crim., 24 oct. 2000, n° S 00-80.170, inédit).

46) Faute caractérisée. Est justifiée la déclaration de culpabilité du chef de l'entreprise ayant sous-traité l'exploitation du chantier, auquel il est reproché de n'avoir pas transmis au sous-traitant les consignes de sécurité élaborées par le maître de l'ouvrage et de n'avoir pas veillé à l'entretien des équipements de sécurité dont ladite entreprise avait conservé la charge.

Il résulte en effet de l'ensemble de ces éléments que les prévenus ont causé indirectement le décès de la victime en ne prenant pas les mesures qui eussent permis d'éviter le dommage et qu'ils ont commis une faute caractérisée, distincte de l'infraction à la réglementation du travail dont ils ont été relaxés, et qui exposait autrui à un risque d'une particulière gravité qu'ils ne pouvaient ignorer, de sorte qu'a été établi à leur encontre, en tous ses éléments constitutifs, le délit d'homicide involontaire, tant au regard des articles 121-3 et 221-6 du Code pénal dans leur rédaction issue de la loi du 10 juillet 2000 qu'au regard des textes antérieurement applicables (▪ Cass. crim., 5 déc. 2000 : *Bull. crim.* n° 363 ; *RSC* 2001, p. 379, obs. Y. Mayaud).

– Justifie sa décision, au regard de l'article 121-3 du Code pénal, dans sa rédaction issue de la loi du 10 juillet 2000 tendant à préciser la définition des délits non intentionnels, la cour d'appel qui, pour retenir la culpabilité du chef d'homicide involontaire des dirigeants d'une société, relève qu'ayant concédé à une filiale la licence d'exploitation d'un procédé de nettoyage des canalisations d'évacuation des eaux usées et établi le devis des travaux à exécuter dans un immeuble, ils ont omis d'informer le gérant de la filiale, opérateur local, du risque particulier de réaction chimique présenté par le produit dont l'utilisation a causé la mort par intoxication de l'une des occupantes de cet immeuble ; une telle négligence constitue en effet une faute caractérisée exposant autrui à un risque d'une particulière gravité que ses auteurs ne pouvaient ignorer (▪ Cass. crim., 10 janv. 2001 : *Bull. crim.* n° 2 ; *RSC* 2001, p. 577, obs. Y. Mayaud).

– Justifie sa décision la cour d'appel qui déclare coupables d'homicide involontaire le gérant d'une société sous-traitante et le salarié de l'entreprise principale titulaire d'une délégation de pouvoirs en matière de sécurité, à la suite de la chute mortelle d'un salarié employé par le premier, après avoir relevé que cette chute trouvait sa cause, d'une part, dans des manquements de l'employeur aux articles 2 et 13, alinéa 2 de l'arrêté du 21 septembre 1982 fixant les mesures de sécurité relatives à l'exécution des travaux en hauteur dans les chantiers de constructions et de réparations navales et, d'autre part, dans la méconnaissance, imputable au second prévenu, des prescriptions des articles 4, 6 et 20 du décret n° 77-1321 du 29 novembre 1977 fixant les prescriptions particulières d'hygiène et de sécurité applicables aux travaux effectués dans un établissement par une entreprise extérieure.

Il résulte en effet de ces motifs que les prévenus ont causé indirectement le décès de la victime en ne prenant pas les mesures qui eussent permis d'éviter le dommage et qu'ils ont commis une faute caractérisée et qui exposait autrui à un risque d'une particulière gravité qu'ils ne pouvaient ignorer, de sorte qu'a été établi à leur encontre, en tous ses éléments constitutifs, le délit d'homicide involontaire au regard de l'article 121-3 du Code pénal dans sa rédaction issue de la loi du 10 juillet 2000 applicable en la cause (▪ Cass. crim., 16 janv. 2001 : *Bull. crim.* n° 14 ; *RSC* 2001, p. 577, obs. Y. Mayaud).

– Une cour d'appel ne peut, sans se contredire, constater qu'un chef d'entreprise, poursuivi pour blessures involontaires et infraction à la législation du travail, a commis une faute caractérisée exposant autrui à un risque d'une particulière gravité en ne veillant pas personnellement au respect de la réglementation relative à la sécurité des machines dangereuses et relaxer néanmoins celui-ci, sur le fondement de l'article 121-3, alinéa 4, du Code pénal, au motif qu'il pouvait ignorer le risque découlant de son manquement (▪ Cass. crim., 11 févr. 2003 : *Bull. crim.* n° 28 ; *RSC* 2003, p. 801, obs. G. Giudicelli-Delage).

– Est justifiée la condamnation du président d'une société de gros œuvre qui s'est abstenu, malgré de nombreux rappels, d'installer l'échafaudage dont il avait pourtant accepté d'équiper le chantier sur lequel un salarié, privé de cette protection, a fini par faire une chute mortelle (▪ Cass. crim., 31 janv. 2006 : *JCP* G 2006, II, 10079, note E. Dreyer).

– Le responsable d'une entreprise de nettoyage, déclaré coupable d'homicide involontaire, a commis une faute caractérisée en ce qu'il lui appartenait de veiller à la stricte et constante application des règles du Code du travail et qu'il ne pouvait se satisfaire de la seule élaboration par son prédécesseur d'un plan de prévention des risques, alors qu'il aurait dû se rendre sur les lieux ; il se devait de vérifier que les salariés n'encouraient aucun risque et il ne saurait imputer au chef de chantier un défaut de renseignements (▪ Cass. crim., 9 nov. 2010 : *Dr. pén.*2011, comm. 18).

– Commet une faute caractérisée exposant autrui à un risque d'une particulière gravité qu'il ne pouvait ignorer, au sens de l'article 121-3 du Code pénal, l'employeur qui tolère le comportement dangereux d'un salarié agricole d'origine étrangère auquel il n'avait pas veillé à prodiguer une formation spécifique à la sécurité dans une langue comprise par lui, et qui a été tué lors d'un renversement du tracteur, qu'il avait laissé conduire à une vitesse excessive sur un terrain accidenté par un autre salarié (▪ Cass. crim., 11 mars 2014, n° 12-86.769 : *JCP* G 2014, act. 341, p. 528).

– Justifie sa décision la cour d'appel, qui, pour relaxer le directeur d'exploitation d'une station de ski poursuivi du chef d'homicide involontaire à la suite du décès d'un pisteur dont le véhicule s'est renversé, retient, après avoir rappelé qu'il n'avait pas reçu de délégation en matière de sécurité, que, s'il aurait pu être plus précis dans ses instructions et confier à son remplaçant son propre poste de radio, d'usage plus facile, il n'a pas commis de faute caractérisée (▪ Cass. crim., 16 mai 2006 : *Bull. crim.* n° 136 ; *Dr. pén.* 2006, comm. 134, obs. M. Véron ; *RSC* 2006, p. 600 (1 b), obs. Y. Mayaud).

la clarté indispensable sa prescription relative à une perfusion, et la seconde l'a été pour faute de négligence et d'imprudence entretenant un lien de causalité certain et direct avec le dommage dès lors qu'elle n'a pas demandé un complément d'informations au prescripteur avant de procéder à la perfusion dont elle n'a pas contrôlé le débit fatal (■ Cass. crim., 1er avr. 2008 : *JurisData* n° 2008-043857 ; *Dr. pén.* 2008, comm. 93, obs. M. Véron).

53) Personne morale. Justifie sa décision la cour d'appel qui, pour déclarer un centre hospitalier universitaire coupable d'homicide involontaire à la suite du décès d'une patiente dans le service des urgences, retient qu'en ne permettant pas, en infraction au règlement intérieur de l'hôpital imposant la présence d'un médecin senior dans chaque unité fonctionnelle de ce service, à celle-ci d'être examinée par un médecin senior tant lors de son arrivée qu'à son retour du service de radiologie alors que le diagnostic vital était engagé, il a commis une faute entretenant un lien de causalité certain avec la mort de sa victime (■ Cass. crim., 9 mars 2010, n° 09-80.543 : *Bull. crim.* n° 49 ; *D.* 2010, p. 2135, note J.-Y. Maréchal).

5° Illustrations : élus

54) Absence de faute qualifiée. V. *JCP* G 2001, II, 10534, note Ph. Salvage sous ■ Poitiers, 2 févr. 2001 : *JurisData*, n° 2001-140967 : relaxant un maire du chef d'homicide involontaire, la faute n'étant pas caractérisée au sens de la loi du 10 juillet 2000.

– Justifie sa décision la cour d'appel qui, après avoir constaté que le maire, prévenu d'homicide involontaire, en laissant à la portée du public sur un terrain municipal des cages de but ne répondant pas aux exigences de sécurité fixées par les articles 2 et 6 du décret du 4 juin 1996, n'a pas pris les mesures permettant d'éviter le décès de la victime, retient, pour le relaxer, qu'il ne résulte de l'information et des débats ni qu'il ait délibérément violé l'obligation prévue par ce règlement, ni qu'il ait été informé du risque auquel étaient exposés leurs utilisateurs éventuels et ait ainsi commis une faute caractérisée au sens de l'article 121-3, alinéa 4, du Code pénal, dans sa rédaction issue de la loi du 10 juillet 2000 (■ Cass. crim., 5 juin 2002 : *Bull. crim.* n° 127 ; *D.* 2003, jur., p. 95, note S. Petit).

– Ne donne pas de base légale à sa décision la cour d'appel qui condamne un maire pour blessures involontaires en retenant qu'il s'est borné à placer un conseiller municipal en avant du défilé de la fanfare pour alerter les automobilistes et que l'un d'eux, qui circulait à une vitesse excessive et dont le véhicule était équipé de pneus lisses, a heurté deux enfants, sans rechercher en quoi les diligences du prévenu n'étaient pas normales et adaptées aux risques prévisibles (■ Cass. crim., 18 juin 2002 ; *Bull. crim.* n° 138 ; *Dr. pén.* 2002, comm. 120, obs. M. Véron ; *D.* 2003, jur., p. 240, note F. Gauvin).

55) Faute caractérisée : inertie. Justifie sa décision, au regard des articles 121-3 et 221-6 du Code pénal dans leur rédaction issue de la loi du 10 juillet 2000, la cour d'appel qui, pour déclarer coupable d'homicide involontaire le maire d'une commune gérant directement une station de ski, à la suite du décès d'un enfant déchiqueté par une dameuse qui a coupé la trajectoire de sa luge, retient que ce prévenu s'est borné à autoriser les engins de damage à accéder aux pistes de ski de fond sans réglementer leur circulation dans les autres lieux de la station, et notamment sur les pistes de luge et de fond. Ils en déduisent que le maire, qui connaissait la configuration des lieux, n'a pas pris les mesures qui auraient permis d'éviter un dommage prévisible et a commis une faute caractérisée exposant autrui à un risque d'une particulière gravité qu'il ne pouvait ignorer (■ Cass. crim., 18 mars 2003 : *Bull. crim.* n° 71 ; *RSC* 2003, p. 783, obs. Y. Mayaud).

– Justifie sa décision au regard de l'article 121-3 du Code pénal la cour d'appel qui, pour déclarer un maire coupable d'homicide et de blessures involontaires au préjudice de trois personnes électrocutées, au cours du bal avec projection de mousse de la commune, au contact des rambardes métalliques du podium non relié à la terre mis par celle-ci à la disposition de l'entreprise de sonorisation, retient qu'en se désintéressant de l'organisation de cette manifestation après l'avoir confiée au comité des fêtes et en s'abstenant de vérifier ou de faire vérifier le respect des règles de sécurité, le prévenu a commis une faute caractérisée exposant autrui à un risque d'une particulière gravité qu'il ne pouvait ignorer (■ Cass. crim., 11 juin 2003 : *Bull. crim.* n° 121 ; *Dr. pén.* 2003, comm. 120, obs. M. Véron ; *RSC* 2003, p. 784, obs. Y. Mayaud).

– Justifie sa décision au regard de l'article 121-3 du Code pénal la cour d'appel qui, pour déclarer un maire coupable d'homicide involontaire au préjudice d'un enfant décédé des suites d'un accident survenu sur une aire communale de jeux, retient que le prévenu, qui connaissait la dangerosité de cette installation et qui disposait des compétences, des moyens et de l'autorité nécessaires pour prévenir le dommage, a, en omettant de prendre les mesures utiles pour faire enlever l'élément de jeux à l'origine de l'accident, commis une faute caractérisée exposant autrui à un risque d'une particulière gravité que cet élu ne pouvait ignorer (■ Cass. crim., 2 déc. 2003 : *Bull. crim.* n° 231 ; *Dr. pén.* 2004, comm. 17, obs. M. Véron ; *RSC* 2004, p. 347, obs. Y. Mayaud).

– Commet une faute caractérisée le maire qui ne prend pas, après un premier accident, les mesures de signalisation indispensables à la sécurité des baigneurs dans un étang municipal, contribuant ainsi à créer la situation ayant permis la réalisation du dommage corporel dont l'un d'eux a été victime (■ Cass. crim., 22 janv. 2008 : *JurisData* n° 2008-042792 ; *Dr. pén.* 2008, comm. 43, obs. M. Véron ; *RSC* 2008, p. 899, obs. Y. Mayaud).

56) Faute caractérisée : délégation. Commet une faute caractérisée entretenant un lien de causalité certain avec le dommage, le maire qui se borne à déléguer l'organisation de manifestations sans examiner les questions de sécurité avec les organisateurs et les services de secours, ces questions relevant de ses pouvoirs propres de police ; en l'espèce un enfant avait été blessé par un taurillon, l'incapacité ayant été inférieure à 3 mois (■ Cass. crim., 10 juin 2008 : *Dr. pén.* 2008, comm. 123, obs. M. Véron).

6° *Illustrations : sports*

57) Sports motorisés. Justifie sa décision au regard de l'article 121-3 du Code pénal la cour d'appel qui, pour déclarer coupable d'homicide et blessures involontaires le loueur professionnel d'un scooter des mers dont l'utilisateur, effectuant une manœuvre de dépassement sans respect des règles de prudence et de sécurité, est entré en collision avec un autre véhicule du même type, retient qu'en fournissant un engin potentiellement dangereux à un client qu'il savait dépourvu du permis imposé par la réglementation et totalement ignorant des règles de base de la navigation maritime, a commis une faute caractérisée exposant autrui à un risque d'une particulière gravité et a ainsi créé la situation ayant permis la réalisation du dommage (■ Cass. crim., 5 oct. 2004 : *Bull. crim.* n° 236).

58) Plongée. Méconnaît l'article 121-3 du Code pénal, dans sa rédaction issue de la loi du 10 juillet 2000, immédiatement applicable, la cour d'appel qui, pour déclarer coupable d'homicide involontaire le prévenu, organisateur d'une sortie au cours de laquelle la victime est décédée des suites d'un accident de plongée sous-marine survenu le 15 juillet 1999, relève à sa charge des fautes d'imprudence et divers manquements à des obligations de sécurité ou de prudence imposées par la loi ou les règlements, sans établir l'existence d'une faute qualifiée (■ Cass. crim., 16 mai 2006 : *Bull. crim.* n° 137 ; *Dr. pén.* 2006, comm. 108, obs. M. Véron).

59) Pistes de ski. Est justifiée la condamnation d'une association de ski, personne morale, pour homicide involontaire sur la personne d'une skieuse, participant à une compétition organisée par cette association, qui avait heurté un arbre en bordure de piste en l'absence de dispositifs de sécurité que le danger constitué par les arbres implantés au lieu de l'accident exigeaient (■ Cass. crim., 18 juin 2013, n° 12-85.917 : *Bull. crim.* n° 144).

60) Avalanches. Justifie sa décision la cour d'appel qui, après avoir constaté que la seule cause directe du déclenchement de l'avalanche est la rupture d'une plaque de neige déstabilisée par le passage imprudent du guide de haute montagne responsable de la course et des randonneurs qui le suivaient, énonce, après avoir analysé leurs comportements respectifs, que le professeur d'éducation physique, le directeur du centre sportif de plein air et l'accompagnateur en moyenne montagne chargés d'organiser le séjour du groupe d'élèves et d'enseignants dont les victimes faisaient partie et d'encadrer leur randonnée en raquettes à neige, n'ont ni violé de façon manifestement délibérée une obligation de prudence ou de sécurité prévue par la loi ou le règlement, ni commis une faute caractérisée exposant autrui à un risque d'une particulière gravité qu'ils ne pouvaient ignorer (■ Cass. crim., 26 nov. 2002 : *Bull. crim.* n° 211 ; *Dr. pén.* 2003, comm. 45, obs. M. Véron).

7° *Illustrations : domaine éducatif*

61) Entrée en vigueur de la loi du 10 juillet 2000. Justifie sa décision au regard de l'article 121-3 du Code pénal, dans sa rédaction issue de la loi du 10 juillet 2000, la cour d'appel qui, pour relaxer du chef d'homicides et de blessures involontaires la directrice d'une école primaire et l'institutrice ayant organisé une classe de découverte dans le lit d'une rivière où les victimes ont été surprises par la montée des eaux provoquée par un lâcher d'eau, seule cause directe des dommages, relève, après avoir analysé les conditions dans lesquelles cette sortie avait été autorisée, que les prévenues, qui n'ont pu envisager le risque auquel étaient exposés les élèves, n'ont ni commis une faute caractérisée, ni violé de façon manifestement délibérée une obligation particulière de prudence ou de sécurité prévue par la loi ou le règlement (■ Cass. crim., 18 juin 2002 : *Bull. crim.* n° 139 ; *RSC* 2001, p. 804, Y. Mayaud).

62) Milieu scolaire : absence de faute qualifiée. Justifie sa décision au regard des articles 121-3 et 221-6 du Code pénal la cour d'appel qui, dans la procédure suivie sur les circonstances du décès d'un élève pendant un cours dans les toilettes de son école, énonce, pour relaxer l'institutrice du chef d'homicide involontaire, qu'ignorant que l'enfant, autorisé pour des raisons médicales à se rendre aux toilettes pendant les cours, s'y livrait depuis peu au jeu dangereux dont il a été victime, la prévenue n'a ni violé une obligation particulière de prudence ou de sécurité prévue par la loi ou le règlement, ni commis une faute caractérisée exposant la victime à un risque qu'elle ne pouvait envisager (■ Cass. crim., 10 déc. 2002 : *Bull. crim.* n° 223 ; *Dr. pén.* 2003, comm. 45).

63) Milieu scolaire : faute caractérisée. Justifie sa décision au regard de l'article 121-3 du Code pénal la cour d'appel qui, pour déclarer un instituteur coupable d'homicide involontaire à la suite du décès de l'une de ses élèves, victime d'une chute par la fenêtre du deuxième étage de la classe sur laquelle elle s'était placée à son insu, retient que, connaissant la dangerosité de la situation résultant de l'ouverture des fenêtres pour les enfants, il n'a pas pris à leur arrivée dans la classe les mesures de fermeture permettant d'éviter le dommage et a ainsi commis une faute caractérisée exposant les élèves à un risque d'une particulière gravité qu'il ne pouvait ignorer (■ Cass. crim., 6 sept. 2005 : *Bull. crim.* n° 218 ; *Dr. pén.* 2006, comm. 3, obs. M. Véron ; *RSC* 2006, p. 62, obs. Y. Mayaud).

– Justifie sa décision au regard de l'article 121-3 du Code pénal, la cour d'appel qui, pour déclarer un enseignant d'un centre de formation recevant des jeunes majeurs coupable d'homicide involontaire à la suite du décès de l'un de ses élèves en lien avec son alcoolisation, retient que cet enseignant a contribué à créer la situation ayant permis la réalisation du dommage en achetant et en introduisant dans l'établissement des boissons alcoolisées qui ont été consommées à l'occasion d'un repas de fin d'année organisé à l'initiative des élèves avec son aval et qu'il n'a pas pris les mesures permettant de l'éviter, en laissant, par suite d'un défaut de surveillance, la victime quitter l'établissement au volant de son véhicule alors qu'elle se trouvait sous l'emprise d'un état alcoolique, le tout étant constitutif d'une faute caractérisée et qui exposait autrui à un risque d'une particulière gravité qu'il ne pouvait ignorer (■ Cass. crim., 12 janv. 2010, n° 09-81.799 : *Bull. crim.* n° 5 ; *Dr. pén.* 2010, comm. 31, obs. M. Véron ; *RSC* 2010, p. 134, obs. Y. Mayaud).

– Justifient leur décision les juges qui, pour déclarer coupable d'homicide involontaire un professeur d'éducation physique, retiennent que la faute caractérisée qu'il a commise, en exerçant seul avec l'assistance d'une collègue non qualifiée, au cours d'un stage d'initiation à la voile, une surveillance insuffisante sur un groupe de vingt et un enfants, embarqués sur onze dériveurs légers, dont il savait qu'ils n'avaient aucune expérience de la navigation et qu'ils étaient exposés à des réactions de panique, entretient un lien de causalité certain avec la noyade et le décès de l'un d'eux (■ Cass. crim., 4 oct. 2005 : *Bull. crim.* n° 251 ; *Dr. pén.* 2006, comm. 2, obs. M. Véron ; *RSC* 2006, p. 64, obs. Y. Mayaud).

8° Illustrations : autres situations

64) Installations industrielles. Caractérisent, d'une part, un lien de causalité certain entre la faute et le dommage causé, d'autre part, la violation manifestement délibérée d'une obligation particulière de prudence ou de sécurité prévue par la loi ou le règlement, les juges qui, pour retenir la culpabilité des chefs d'homicide et blessures involontaires, relèvent notamment, qu'en s'abstenant délibérément de faire la déclaration prévue par les articles L. 512-8 du Code de l'environnement et 8 de l'arrêté préfectoral du 20 août 2000, dont ils savaient qu'elle leur incombait et dont ils ont faussement laissé ou fait mentionner qu'elle avait été effectuée, les prévenus ont privé de tout contrôle par l'inspecteur des installations classées la tour aéroréfrigérante B, à l'origine de la contamination par la légionelle, contrôle à l'issue duquel, en cas de prélèvements et analyses se révélant positifs, les prévenus auraient dû mettre immédiatement un terme au fonctionnement du système de refroidissement de la tour concernée (■ Cass. crim., 16 oct. 2012, n° 11-87.369 : *Dr. pén.* 2013, comm. 3, obs. M. Véron).

65) Navigation aérienne : faute caractérisée. Constitue une faute caractérisée exposant autrui à un risque d'une particulière gravité qu'il ne pouvait ignorer le fait, pour l'instructeur d'une compagnie aérienne, de déclarer apte au pilotage et de programmer sur un vol un commandant de bord dont il connaissait l'insuffisance professionnelle et, de surcroît, sans lui fournir, pour la préparation du vol, un manuel d'exploitation approprié (en l'espèce, condamnation des prévenus pour homicides involontaires à la suite de la chute en mer d'un avion de transport faisant de nombreuses victimes).

Constitue une faute caractérisée exposant autrui à un risque d'une particulière gravité qu'il ne pouvait ignorer, compte tenu des obligations que la tutelle des entreprises de transport aérien fait peser en matière de sécurité sur les services de l'aviation civile, le fait, pour le responsable en charge du contrôle d'une compagnie aérienne, d'autoriser la reprise de l'exploitation de l'avion, un temps suspendue par ses services à raison des insuffisances du manuel d'exploitation servant de support à la formation des pilotes, sans imposer à la compagnie de compléter ce document dont il connaissait les graves lacunes (■ Cass. crim., 15 oct. 2002 : *Bull. crim.* n° 186 ; *Dr. pén.* 2003, comm. 4, obs. M. Véron ; *RSC* 2003, p. 96, obs. Y. Mayaud).

66) Navigation aérienne : faute délibérée. Justifie sa décision, la cour d'appel qui, pour déclarer un prévenu coupable d'homicides et blessures involontaires, à la suite d'un accident d'avion dû à une panne de moteur trouvant son origine dans un défaut d'entretien ayant causé une rupture de fatigue du vilebrequin et dans un précédent accident survenu plusieurs années auparavant, qui avait causé des dommages importants au moteur, lesquels auraient nécessité des vérifications approfondies qui n'ont pas été faites, retient que le dirigeant de fait de l'association propriétaire de l'aéronef, qui exerçait également les fonctions de chef pilote, devait s'assurer que les conditions d'entretien et de révision des appareils étaient conformes aux règles en vigueur et répondaient aux nécessités liées à leur utilisation ; qu'en ne tenant pas à jour les documents où devaient être consignés les opérations d'entretien et leurs résultats, il n'a pas accompli les diligences normales lui incombant, compte tenu de la nature de ses fonctions ainsi que des moyens mis à sa disposition, ce qui a contribué à créer la situation ayant permis la réalisation du dommage et a violé de façon manifestement délibérée une obligation particulière de prudence et de sécurité prévue par un règlement (■ Cass. crim., 18 nov. 2008 ; n° 08-81.672 ; *Bull. crim.* n° 232 ; *Dr. pén.* 2009, comm. 18, obs. M. Véron).

67) Navigation maritime. Dans le cas d'un accident du travail subi par le matelot d'un navire à raison d'agissements imputables au marin d'un autre navire du même armement (ce marin ayant mélangé deux produits incompatibles dans un pulvérisateur, fait générateur de l'accident), justifie sa décision la cour d'appel qui déclare l'armateur coupable du délit de blessures involontaires en retenant que celui-ci, en sa qualité (aussi) de capitaine du second navire, a omis de remplir des obligations de sécurité lui incombant à l'égard des préposés se trouvant sous ses ordres, alors qu'il a été constaté qu'il n'avait établi aucun document écrit et notamment pas le document unique relatif à l'évaluation des risques et à la sécurité des travailleurs, rendu obligatoire par le décret du 5 novembre 2011, qu'il avait connaissance des caractéristiques des produits et de l'interdiction de les mélanger et qu'il n'avait cependant pris aucune mesure propre à éviter à ses salariés un risque d'une particulière gravité qu'il ne pouvait ignorer (■ Cass. crim., 25 juin 2013, n° 11-88.037 : *Bull. crim.* n° 153).

68) Exploitation forestière. Justifie sa décision, au regard des articles 121-3 et 221-6 du Code pénal dans leur rédaction issue de la loi du 10 juillet 2000, la cour d'appel qui, pour déclarer un agent forestier, chargé de la surveillance et du cubage d'une coupe de bois, coupable d'homicide involontaire à la suite du décès d'un enfant écrasé par la chute d'un tronc d'arbre placé en équilibre instable sur deux autres grumes, retient que ce prévenu, bien qu'ayant lui-même constaté le danger et sachant que la forêt serait fréquentée un jour férié, n'a pris aucune disposition ; il résulte en effet de ces motifs que le prévenu a causé indirectement le décès de la victime en ne prenant pas les mesures permettant d'éviter le dommage et qu'il a commis une faute caractérisée et qui exposait autrui à un risque d'une particulière gravité qu'il ne pouvait ignorer (■ Cass. crim., 13 nov. 2002 : *Bull. crim.* n° 204 ; *RSC* 2003, p. 337, obs. Y. Mayaud).

69) Matériel agricole. Justifie sa décision au regard des articles 121-3 et 221-6 du Code pénal la cour d'appel qui, pour déclarer le prévenu, locataire d'une moissonneuse-batteuse en crédit-bail, coupable des homicides involontaires de deux pompiers intervenant dans la lutte contre l'incendie allumé par la projection, par son engin, de particules incandescentes, retient qu'en ne faisant pas contrôler la machine agricole, dont le moteur était encrassé, par un concessionnaire de la marque comme le préconisait la notice technique en sa possession et qu'en moissonnant, en période de sécheresse et par vent fort, un champ situé en lisière de forêt, il a commis deux fautes caractérisées exposant autrui à un risque d'une particulière gravité qu'il ne pouvait ignorer, en sa qualité d'agriculteur de la région (■ Cass. crim., 5 oct. 2004 : *Bull. crim.* n° 235).

70) Chasse. Justifie sa décision au regard de l'article 121-3 du Code pénal la cour d'appel qui, pour déclarer coupables d'homicides involontaires une société de chasse et son président, chargé, par elle, de l'organisation d'une battue au grand gibier, à l'occasion de laquelle un des chasseurs postés a été mortellement blessé par un tir horizontal effectué par un autre participant en direction de son poste, retient qu'en faisant sonner la traque sans avoir préalablement ni matérialisé les postes ni placé chacun des chasseurs, en déterminant, avec eux, les angles de tir autorisés et prohibés et en leur rappelant l'obligation de procéder à un tir fichant au sol, le président de cette association, qui connaissait ces consignes de sécurité diffusées par l'Office national de la chasse et qui n'ignorait pas le fort pouvoir de pénétration des balles utilisées pour ce type de chasse, a, par sa carence, contribué à créer la situation ayant permis la réalisation du dommage et commis, ainsi, une faute caractérisée ayant exposé autrui à un risque d'une particulière gravité (■ Cass. crim., 8 mars 2005 ; *Bull. crim.* n° 80 ; *Dr. pén.* 2005, comm. 70, obs. M. Véron).

71) Soirée festive. Justifie sa décision la cour d'appel qui déclare le dirigeant d'une société de sécurité coupable d'homicides involontaires en retenant qu'il avait commis des fautes caractérisées, en lien de causalité certain avec le décès des victimes, dès lors que, compte tenu de la grande affluence prévue et par lui constatée dans des locaux où était organisée une soirée, il n'avait pas fourni le nombre nécessaire d'agents de protection et ne s'était pas préoccupé d'assurer la régulation des entrées et des sorties du public alors que le dispositif d'accès aux locaux était défaillant (■ Cass. crim., 11 déc. 2007 : *JurisData* n° 2007-042587 ; *Dr. pén.* 2008, comm. 43, obs. M. Véron).

72) Installation de gaz. L'occupante d'un logement où s'est produite une fuite de gaz à l'origine d'une violente explosion qui a détruit partiellement un immeuble, tuant et blessant plusieurs personnes, a commis une faute qualifiée en s'abstenant de faire vérifier, au moment de son entrée dans les lieux, la conformité de son installation de gaz à la réglementation, en faisant changer, quelques mois avant l'accident, le tube de raccordement de la cuisinière par un non-professionnel, et en ne fermant pas le robinet d'arrivée de gaz pendant son absence prolongée.

Les agents de Gaz de France ont commis également une faute qualifiée en ne concentrant pas leurs contrôles à l'étage où était situé ce logement, alors que la poursuite de leurs investigations leur aurait permis de découvrir la fuite de gaz (■ Cass. crim., 18 nov. 2008, n° 08-81.361 : *Bull. crim.* n° 233 ; *Dr. pén.* 2009, comm. 18, obs. M. Véron ; *D. 2009*, p. 1320, note Y. Joseph-Ratineau ; *RSC* 2009, p. 94, obs. Y. Mayaud).

73) Installation électrique. Pour déclarer la prévenue coupable d'homicide involontaire l'arrêt relève qu'elle avait loué un logement dont l'installation électrique n'était pas conforme à la réglementation et qu'elle n'avait pris aucune des mesures nécessaires pour la mise aux normes et la vérification de la sécurité de cette installation ; le mauvais état de celle-ci a joué un rôle déterminant dans un incendie ayant causé la mort de cinq pompiers à l'ouverture de la porte (■ Cass. crim., 7 sept. 2010 : *Dr. pén.* 2010, comm. 136, préc.).

74) Circulation. Justifie sa décision de culpabilité d'homicide involontaire l'arrêt qui retient que le prévenu, sachant que la motocyclette serait utilisée par un mineur, a vendu au père de ce dernier un engin dont la puissance avait été portée à un niveau supérieur à celui du modèle homologué, imposant à son conducteur la possession depuis 2 ans d'un permis A qui ne peut être obtenu qu'à l'âge de 18 ans, sans l'informer des modalités, du niveau et des conséquences exacts de cette augmentation de puissance ; que les juges ajoutent qu'il a ainsi créé ou contribué à créer la situation qui a permis la réalisation du dommage (décès du mineur à la suite de la perte du contrôle de l'engin) et commis une faute caractérisée exposant le mineur à un risque d'une particulière gravité qu'en sa qualité de professionnel il ne pouvait ignorer (■ Cass. crim., 15 juin 2010 : *JurisData* n° 2010-011257 ; *Dr. pén.* 2010, comm. 136, obs. M. Véron).

75) Prêt de véhicule à une personne ivre. Lorsque le tiers, auquel a été prêté un véhicule automobile, et qui, de surcroît, se trouvait en état d'ivresse décède à la suite de la perte de contrôle dudit véhicule, justifie sa décision au regard de l'article 121-3 du Code pénal, la cour d'appel qui retient, pour déclarer le propriétaire du véhicule coupable d'homicide involontaire, qu'en remettant volontairement les clés à la victime, alors qu'il savait que celle-ci n'était pas titulaire du permis de conduire et qu'elle se trouvait sous l'emprise de l'alcool, il a commis une faute caractérisée exposant autrui à un risque d'accident d'une particulière gravité qu'il ne pouvait ignorer et contribué à créer la situation qui a permis la réalisation du dommage (■ Cass. crim., 14 déc. 2010, n° 10-81.189 : *Bull. crim.* n° 200 ; *Dr. pén.* 2011, note 33 ; *RSC* 2011, p. 96, obs. Y. Mayaud).

76) Domotique. Commet une faute caractérisée le vendeur d'un volet roulant de porte de garage, qui ne répondait pas aux normes de sécurité, exerçant ainsi son activité commerciale sans s'informer des règles élémentaires de sécurité et des normes applicables aux produits qu'il vendait ; cette faute a indirectement permis la réalisation du dommage, un enfant ayant été retrouvé sans vie, la tête coincée sous le volet (■ Cass. crim., 29 juin 2010 : *Bull. crim.* n° 119 ; *Dr. pén.* 2010, comm. 136, préc.).

77) Mobilier urbain. Justifie sa décision au regard des articles 121-3 et 221-6 du Code pénal la cour d'appel qui, pour déclarer coupable d'homicide involontaire le coordonnateur en matière de sécurité, à la suite du décès d'un enfant occasionné par la chute d'un panneau d'affichage, descellé pour pouvoir être déplacé, en fonction de l'avancement des travaux, par les salariés des diverses entreprises intervenant pour la réhabilitation d'une salle de sports municipale, retient qu'en laissant ledit panneau en appui instable contre un mur dans l'enceinte d'un chantier dont il avait omis d'interdire l'accès au public, le prévenu a commis une faute caractérisée exposant autrui à un risque d'une particulière gravité qu'il ne pouvait ignorer. Il incombe en effet au coordonnateur en matière de sécurité, dans la phase de réalisation de l'ouvrage, d'anticiper les situations de risque pouvant résulter notamment des dispositions prises par les entreprises intervenant sur le chantier (■ Cass. crim., 9 juin 2009 : *Bull. crim.* n° 117 ; *Dr. pén.* 2009, comm. 133, obs. M. Véron).

78) Restauration. Peut être condamné le dirigeant d'une société de restauration ayant vendu un sandwich à une personne décédée à cause d'une infection aiguë due à un staphylocoque doré (■ Cass. crim., 14 janv. 2020, n° 19-80.723 : *JurisData* n° 2020-000429).

9° *Personnes morales*

79) Illustrations. Est justifiée la condamnation d'une personne morale du chef d'homicide involontaire à la suite de la chute mortelle d'un salarié d'une plate-forme hors-service dont la dangerosité n'était pas signalée et qui, du fait de sa corrosion a cédé sous son poids (■ Cass. crim., 20 juin 2006 : *Bull. crim.* n° 188 ; *Dr. pén.* 2006, comm. 128, obs. M. Véron ; *JCP* G 2006, II, 10199, note E. Dreyer ; *RSC* 2006, p. 825, obs. Y. Mayaud).

– Justifie sa décision la cour d'appel qui, en raison d'un accident du travail subi par le salarié d'une société mortellement blessé alors qu'il manœuvrait, avec l'aide d'un ouvrier intérimaire désigné dans les heures précédant l'accident, une nacelle autoportée de location mise le matin même à la disposition de la société sans aucune démonstration de fonctionnement, déclare cette personne morale du fait de ses organes ou représentants, coupable de l'infraction d'homicide involontaire, après avoir relevé que la victime n'avait pas reçu la formation à la sécurité correspondant au type de matériel utilisé, ainsi que le recommandait la notice d'utilisation dudit matériel remise à la société par le loueur. Un tel manquement à une obligation de sécurité ou de prudence imposée par la loi ou le règlement rentrant dans les prévisions de l'article 221-6 du Code pénal qui définit et réprime le délit d'homicide involontaire, il n'importe que la société ait elle-même préalablement bénéficié d'une décision de non-lieu partiel s'agissant de l'infraction distincte prévue en matière de formation à la sécurité par l'article L. 231-3-1 du Code du travail, infraction pour laquelle, à l'époque des faits, la responsabilité pénale de la personne morale n'était pas encourue (■ Cass. crim., 15 janv. 2008, n° 07-80.800 : *Bull. crim.* n° 6 ; *JCP* 2008, II, 10082, note J.-Y. Maréchal ; *Dr. pén.* 2008, comm. 71, obs. M. Véron).

En revanche les juges répressifs ne peuvent pas fonder une faute d'imprudence sur des considérations générales : ils doivent se fonder sur les données concrètes de l'affaire dont ils sont saisis, en l'espèce à propos d'un accident dans une gare impliquant SNCF Mobilités (■ Cass. crim., 3 déc. 2019, n° 18-84.227 : *JurisData* n° 2019-022000 ; *Dr. pén.* 2020, comm. 26, obs. Ph. Conte).

80) Faute simple suffisante. Il résulte des articles 121-19, 121-3 et 222-19 du Code pénal que les personnes morales sont responsables pénalement de toute faute non intentionnelle de leurs organes ou représentants ayant entraîné une atteinte à l'intégrité physique constitutive du délit de blessures involontaires, lors même qu'en l'absence de faute délibérée ou caractérisée au sens de l'article 121-3, alinéa 4 dudit code, la responsabilité pénale de ces derniers, en tant que personnes physiques, ne pourrait être recherchée (■ Cass. crim., 24 oct. 2008 : *Bull. crim.* n° 308. ■ Cass. crim., 28 avr. 2009, n° 08-83.843 : *Bull. crim.* n° 80 ; *JCP* G 2009, n° 45, 402, note J.-Y. Maréchal).

– Justifie, dès lors sa décision, la cour d'appel qui pour déclarer une société coupable d'homicide (ou de blessures) involontaire, après avoir relaxé son dirigeant, relève notamment que l'accident a eu lieu en raison d'un manquement aux règles de sécurité relatives à l'environnement de travail (■ Cass. crim., 28 avr. 2009, préc.).

– Peut être condamnée une société de droit allemand pour la faute d'imprudence de ses dirigeants, bien que ceux-ci aient été relaxés à l'occasion d'une explosion d'un containeur de rouleaux d'isolants (■ Cass. crim., 14 janv. 2020, n° 19-81.162 : *JurisData* n° 2020-000430).

81) Interim : entreprise utilisatrice. Il résulte des dispositions de l'article L. 1251-21 du Code du travail que la personne morale ayant recours aux services d'un travailleur intérimaire est chargée, en tant qu'entreprise utilisatrice, d'assurer à son égard la sécurité au travail.

– Justifie sa décision la cour d'appel qui, à la suite d'un accident du travail subi par un travailleur intérimaire mis à la disposition d'une société, déclare établie à l'encontre de cette personne morale la prévention de blessures involontaires en se fondant sur la faute non intentionnelle de l'un de ses représentants, alors même qu'en l'absence de faute délibérée ou caractérisée au sens de l'article 121-3, alinéa 4, du Code pénal, la responsabilité des personnes physiques ne pouvait être recherchée (■ Cass. crim., 2 oct. 2012, n° 11-85.032 : *Bull. crim.* n° 206 ; *D.* 2012, act. p. 2606 ; *JCP* S 2012, 1546, p. 37, A. Cœuret ; *AJ pénal* 2013, p. 99, note J. Lasserre Capdeville).

82) Cumul de responsabilités. Justifie sa décision la cour d'appel qui déclare une personne morale et son dirigeant coupables l'une et l'autre, d'homicide involontaire et, en outre, le second, d'infraction à la réglementation sur la sécurité des travailleurs, à la suite du décès d'un salarié tombé d'une passerelle d'une hauteur de 12 mètres par une trappe laissée ouverte et dénuée de toute protection, après avoir relevé que le terme « d'ouvrant » défini à l'article R. 235-3-6 devenu l'article R. 4214-5 du Code du travail peut être appliqué à une telle trappe et qu'en installant un caillebotis mobile sur une passerelle ne comportant aucun dispositif de sécurité de nature à protéger les travailleurs contre les risques de chute, les prévenus ont commis une faute de nature à entraîner leur condamnation des chefs précités (■ Cass. crim., 2 mars 2010, n° 09-82.607 : *Bull. crim.* n° 44).

83) Responsabilité des collectivités territoriales. Une communauté de communes a été déclarée coupable d'homicide et de blessures involontaires à l'occasion d'un accident de la circulation causé par une vache échappée de l'abattoir, vétuste et non sécurisé, propriété de cet établissement public dont aucun dirigeant ou représentant n'avait pris de mesures pour remédier à cette situation dangereuse ; en l'état était caractérisée à la charge de la communauté de communes une faute ayant contribué à l'accident (■ Cass. crim., 14 déc. 2010, n° 10-80.591 : *Dr. pén.* 2011, comm. 32, obs. M. Véron).

III – LE RÉSULTAT

84) Fait unique. Dans le cas où un comportement fautif cause des dommages différents à plusieurs personnes (mort, blessures avec incapacités supérieures ou inférieures à 3 mois), une seule peine doit être prononcée, dans la limite de la peine la plus élevée encourue (■ Cass. crim., 13 mars 1956 : *D.* 1958, jurispr. p. 556, note H. Mabille de la Paumelière. ■ Cass. crim., 4 janv. 1957 : *Bull. crim.* n° 10. ■ Cass. crim., 13 nov. 1962 : *Bull. crim.* n° 316. ■ Cass. crim., 28 janv. 1969 : *Bull. crim.* n° 51. ■ Cass. crim., 16 mai 1984 : *Bull. crim.* 182. ■ Cass. crim., 10 mai 2001, n° 00-86.029, inédit).

85) Apparition tardive du résultat. Si le résultat n'apparaît que tardivement, le délit n'est caractérisé qu'au jour où apparaît l'incapacité (■ Cass. ch. mixte, 26 févr. 1971 : *D.* 1971, 241, concl. R. Lindon ; *RSC* 1971, p. 683, obs. Levasseur). Dans le même sens, V. ■ Cass. crim., 22 oct. 1979 : *Gaz. Pal.* 1980, 1, 373 et ■ Bordeaux, 28 avr. 1987 : *Gaz. Pal.* 27 août 1987.

86) Incapacité totale de travail : caractérisation. L'incapacité totale de travail personnel d'une durée déterminée est suffisamment caractérisée s'il est prouvé que la victime ne pouvait reprendre son activité professionnelle sans éprouver des fatigues et des douleurs excessives risquant de compromettre sa santé et d'aggraver son état (■ Cass. crim., 28 janv. 1969 : *Bull. crim.* n° 51) ; mais l'incapacité n'est pas totale si la victime pouvait faire ses courses et se livrer à des travaux ménagers (■ T. corr. Paris, 28 juin 1971 : *D.* 1971, p. 602, note Le Roy). Le salarié victime d'un accident de la circulation qui n'a pu reprendre son travail et a été licencié en raison de son âge et de son état de santé n'est pas victime de la perte de chance de recevoir ses salaires jusqu'à l'âge normal de la retraite, mais de la perte totale de ces salaires dont il doit recevoir l'intégralité (■ Cass. crim., 25 avr. 1989 : *Dr. pén.* 1989, n° 62).

– La durée de l'incapacité totale de travail personnel supérieure à 3 mois, qui est l'un des éléments constitutifs du délit de blessures involontaires (art. 222-19), doit s'entendre de 3 mois consécutifs. Dès lors, on ne peut additionner, pour atteindre cette durée, des périodes d'incapacité dont chacune est inférieure à celle-ci (■ Cass. crim., 15 mars 1988 : *Bull. crim.* n° 130).

87) Condition préalable : personne vivante. Ne peut être condamné pour homicide involontaire le conducteur d'un véhicule qui passe sur le corps d'une personne renversée par un autre véhicule et dont il n'est pas prouvé qu'elle vivait encore au moment du second choc (■ Cass. crim., 12 déc. 1972 : *RSC* 1973, p. 409, obs. Levasseur ; *Gaz. Pal.* 1973, I, p. 285, note J.-P. Doucet). Rappr., ■ Cass. crim., 25 janv. 1978 : *RSC* 1978, p. 861, obs. Levasseur.

88) Enfant nouveau-né : accouchement. Est justifiée la condamnation pour homicide involontaire d'un médecin qui, par son intervention incorrecte, a provoqué des fractures du crâne d'un nouveau-né, entraînant le décès par hémorragie méningée, à la suite de l'application du forceps, dès lors que l'enfant, dont le cœur battait lors de la naissance, a bien respiré et que, dans ces conditions, le décès est dû à la maladresse certaine et coupable du médecin accoucheur (■ Cass. crim., 14 juin 1957 : *D.* 1957, jurispr. p. 512). *Adde*, pour un enfant décédé quelques jours plus tard après l'utilisation de forceps à l'origine directe de lésions cérébrales, ■ Cass. crim., 23 oct. 2001 : *Bull. crim.* n° 217, préc. note 21.

89) Enfant nouveau-né : accident. Le délit d'homicide par imprudence doit être retenu à la charge de l'automobiliste qui a renversé une femme enceinte si celle-ci, quelques heures après l'accident, a mis au monde un enfant né viable mais décédé 12 heures plus tard et s'il est établi que l'enfant a été amené à décéder en conséquence des lésions relevées de congestion cérébrale généralisée, consécutives à une commotion cérébrale ayant sa cause dans le traumatisme subi lors du choc imputable au prévenu (■ Paris, 10 janv. 1959 : *Gaz. Pal.* 1959, 2, p. 223).

90) Blessures *in utero*. A justifié sa décision la cour d'appel qui, pour déclarer un obstétricien coupable de blessures involontaires, retient qu'en quittant la salle de naissance sans consulter le dossier de la parturiente, alors qu'il avait été informé par la sage-femme de la rupture prématurée des membranes, des anomalies du rythme cardiaque fœtal montrées par le monitorage et de la prématurité de l'enfant, ce qui aurait dû le conduire à pratiquer une césarienne le 17 février 1999, entre 14 et 15 heures, il a commis une faute ayant contribué à causer à l'enfant des lésions irréversibles dont les séquelles ont été constatées après la naissance, intervenue le 17 février 1999 à

15 heures 45 (▪ Cass. crim., 2 oct. 2007 : *Bull. crim.* n° 234 ; *Dr. pén.* 2008, comm. 1, obs. M. Véron ; *JCP* 2008, II, 10027, note V. Valette-Ercole ; *RSC* 2008, p. 337, obs. Y. Mayaud).

91) Blessures *in utero* suivies du décès. L'incrimination d'homicide involontaire s'applique au cas de l'enfant né vivant et décédé des suites de la maladresse, l'imprudence, l'inattention, la négligence ou le manquement à une obligation de sécurité ou de prudence prévue par la loi ou le règlement commis avant sa naissance : justifie en conséquence sa décision la cour d'appel qui déclare coupable de ce délit le conducteur d'un véhicule automobile dont le défaut de maîtrise a causé les lésions vitales irréversibles subies *in utero* par le fœtus au moment du choc et des suites desquelles l'enfant est décédé après sa naissance (▪ Cass. crim., 2 déc. 2003 : *Bull. crim.* n° 230 ; *Dr. pén.* 2004, comm. 18, obs. M. Véron ; *JCP* G 2004, II, 10054, note M.-L. Rassat ; *D.* 2004, p. 449, note J. Pradel).

92) Enfant à naître – Fœtus : évolution. L'homicide involontaire sur un fœtus a été notamment retenu : par une cour d'appel dans une espèce où une femme sur le point d'accoucher avait été blessée dans un accident qui avait nécessité une césarienne, permettant l'extraction d'un enfant « mort-né frais » à terme, dont rien ne pouvait établir qu'il était décédé avant l'accident et devait donc être considéré comme viable en raison de son état de maturité et de son poids (▪ Douai, 2 juin 1987 : *Gaz. Pal.* 1989, 1, 145, note J.-P. Doucet ; *JCP* G 1989, II, 21250, note X. Labbée ; *RSC* 1989, p. 319, obs. Levasseur) ; par une autre cour d'appel condamnant de ce chef un gynécologue qui avait tardé à pratiquer une césarienne et dont la négligence avait provoqué la mort de l'enfant comme de la mère (▪ Bordeaux, 20 mars 1996 : *JurisData* n° 1996-045257. V. aussi ▪ Reims, 3 févr. 2000 : *JCP* G 2000, II, 10406, note G. Fauré ; *Dr. pén.* 2000, comm. 54, obs. M. Véron). – Antérieurement en sens contraire à ces décisions, V. ▪ Paris, 9 nov. 1951 : *Gaz. Pal.* 1952, 1, 236, et ▪ Metz, 3 sept. 1998 : *JCP* G 2000, II, note G. Fauré. Il avait été encore jugé que la mort d'un fœtus, âgé de 20 à 24 semaines, due à l'imprudence ou à la négligence d'un médecin, constitue un homicide involontaire (▪ Lyon, 13 mars 1997 : *JCP* G 1997, II, 22955, note Y. Faure ; *D.* 1997, p. 557, note E. Serverin). Mais cet arrêt a été cassé ; la Cour de cassation a décidé que la loi pénale étant d'interprétation stricte, les faits reprochés au médecin qui a involontairement interrompu la vie de l'enfant à naître dont la mère était venue consulter pour un examen de grossesse n'entrent pas dans les prévisions des articles 319 ancien et 221-6 du Code pénal (▪ Cass. crim., 30 juin 1999 : *Bull. crim.* n° 174 ; *JCP* G 2000, II, 10231, note G. Fauré ; *RSC* 1999, p. 813, obs. Y. Mayaud ; *D.* 1999, jurispr. p. 710, note D. Vigneau ; G. Roujou de Boubée et B. de Lamy : *D.* 2000, chron. p. 181 ; M.-R. Rassat : *Dr. pén.* 2000, chron. 12 ; *D.* 2000, jurispr. p. 169, obs. C. Desnoyer et L. Dumaine).

Sur la question, *adde*, *Dr. pén.* 1997, chron. 7 par M. Véron et *Dr. pén.* 1997, chron. 22 par C. Puigelier.

93) Enfant à naître : droit positif. Sur les pourvois formés contre l'arrêt de la cour d'appel de Metz (3 sept. 1998 : préc.), l'assemblée plénière de la Cour de cassation a décidé que « le principe de la légalité des délits et des peines, qui impose une interprétation stricte de la loi pénale, s'oppose à ce que l'incrimination prévue par l'article 221-6 du Code pénal réprimant l'homicide involontaire d'autrui, soit étendue au cas de l'enfant à naître dont le régime juridique relève de textes particuliers sur l'embryon et le fœtus » (▪ Cass. ass. plén., 29 juin 2001 : *JCP* G 2001, II, 10569, rapp. P. Sargos, concl. J. Sainte-Rose, note M.-L. Rassat ; *Bull. crim.* n° 165 ; *Dr. pén.* 2001, chron. 34 par L. Demont ; *RTD civ.* 2001, p. 560, note J. Hauser ; *D.* 2001, chron. p. 2907, par J. Pradel ; *D.* 2001, jurispr., p. 2917, note Y. Mayaud).

94) Confirmation. Sur les pourvois formés contre l'arrêt de la cour d'appel de Versailles (19 janv. 2000), la chambre criminelle a encore jugé que le principe de la légalité des délits et des peines, qui impose une interprétation stricte de la loi pénale, s'oppose à ce que l'incrimination d'homicide involontaire s'applique au cas de l'enfant qui n'est pas né vivant ; méconnaît ce principe la cour d'appel qui retient l'incrimination d'homicide involontaire pour des fautes de négligence et d'imprudence, commises par une sage-femme et un médecin, ayant entraîné le décès d'un enfant *in utero*, aux motifs que « l'enfant était à terme depuis plusieurs jours et que si les fautes n'avaient pas été commises, il avait la capacité de survivre par lui-même, disposant d'une humanité distincte de sa mère » (▪ Cass. crim., 25 juin 2002 : *Bull. crim.* n° 144 ; *Dr. pén.* 2002, chron. 31, concl. D. Commaret ; *Dr. pén.* 2002, comm. 93, obs. M. Véron ; *JCP* 2002, II, 10155, note M.-L. Rassat ; *D.* 2003, somm. comm., p. 243 ; *D.* 2003, jurispr. p. 3099, note J. Pradel. ▪ Cass. crim., 4 mai 2004 : *Bull. crim.* n° 108 ; *D.* 2004, jurispr., p. 3097, note J. Pradel). *Adde* l'étude de J. Sainte-Rose : *JCP* 2004, I, 194 ; M. Levinet, note à propos de l'arrêt de la CEDH, fr. ch., du 8 juill. 2004, n° 53924100, qui décide que la question de savoir quel est le point de départ de la vie relève de l'appréciation des États : *JCP* G 2004, II, 10158.

95) Enfant à naître : QPC. Refus de transmission d'une QPC relative à l'absence d'incrimination de l'homicide involontaire de l'enfant à naître (▪ Cass. crim., 12 juin 2018, n° 17-86.661, D : *JurisData* n° 2018-010261 ; *Dr. pén.* 2018, comm. 147, obs. Ph. Conte).

IV – LIEN DE CAUSALITÉ

96) Certitude. L'existence du lien de causalité entre la faute et le résultat doit être certaine (▪ Cass. crim., 30 mai 1980 : *Bull. crim.* n° 166. ▪ Cass. crim., 14 févr. 1996 : *Bull. crim.* n° 78. ▪ Cass. crim., 17 oct. 2000, pourvoi n° V 99-86.710, inédit), et constatée par les juges du fond (▪ Cass. crim., 2 mars 1994 : *Bull. crim.* n° 85. ▪ Cass. crim., 4 oct. 2005 : *Bull. crim.* n° 251 ; V. *supra*, note sous « domaine éducatif »).

À défaut, l'arrêt de condamnation encourt la censure (▪ Cass. crim., 7 janv. 1980 : *Bull. crim.* n° 10. ▪ Cass. crim., 27 nov. 1984 : *Bull. crim.* n° 369. ▪ Cass. crim., 10 janv. 1991 : *Dr. pén.* 1991, comm. 169).

97) Perte de chance – incertitude. Mais encore faut-il que le résultat, élément constitutif de l'infraction, consiste non en une perte de chance de survie mais dans le décès de la victime ; justifie dès lors sa décision de relaxe la cour d'appel qui, dans les poursuites exercées contre deux médecins hospitaliers à la suite du décès d'une patiente, atteinte d'une affection cardiaque, qui avait absorbé divers médicaments dont un produit toxique à dose mortelle, retient que si le retard apporté dans l'exécution d'un lavage gastrique a fait perdre à la victime des chances de survie, il n'est pas établi que sans cette négligence elle aurait survécu (▪ Cass. crim., 20 nov. 1996 : *Bull. crim.* n° 417 ; *Dr. pén.* 1996, comm. 34, obs. M. Véron. – V. également ▪ Cass. crim., 29 juin 1999 : *Bull. crim.* n° 161).

98) Constatation du lien de causalité. L'article 221-6 du Code pénal exige pour recevoir application que soit constatée l'existence certaine d'un lien de causalité entre la faute du prévenu et le décès de la victime ; en conséquence, ne justifie pas sa décision, la cour d'appel qui, pour entrer en voie de condamnation du chef d'homicide involontaire, constate que les blessures de la victime trouvent leur cause directe dans la faute de conduite reprochée au prévenu et attribue son décès à une maladie nosocomiale ultérieurement contractée sans rechercher si cette infection n'était pas le seul fait en relation de causalité avec le décès (▪ Cass. crim., 5 oct. 2004 : *Bull. crim.* n° 230).

– L'article 221-6 du Code pénal exige, pour recevoir application, que soit constatée l'existence certaine d'un lien de causalité entre la faute du prévenu et la mort de la victime ; encourt la cassation l'arrêt qui, pour les besoins de l'action civile, qualifie d'homicide involontaire le fait, pour un directeur adjoint et un médecin inspecteur de la DDASS, de ne pas avoir désigné un médecin psychiatre afin d'établir un certificat médical circonstancié qui aurait permis au préfet d'hospitaliser d'office, avant qu'elle ne commette un meurtre, une personne dont ils savaient qu'elle souffrait de troubles mentaux qui compromettaient l'ordre public et la sûreté des personnes, sans rechercher si la saisine du médecin psychiatre aurait nécessairement conduit à l'hospitalisation d'office de cette personne (▪ Cass. crim., 4 mars 2008, n° 07-81-108 : *Bull. crim.* n° 55 ; *JCP* 2008, II, 10098, note M. Benillouche ; *Dr. pén.* 2008, comm. 82, obs. M. Véron ; *RSC* 2008, p. 901, obs. Y. Mayaud).

– Justifient leur décision les juges du second degré qui, pour relaxer des médecins poursuivis pour homicide involontaire, ont conclu que leur patiente ayant été seulement privée d'une chance de survie, il n'existe pas de relation certaine de causalité entre son décès et les anomalies médicales constatées qui, prises isolément, n'auraient pas été de nature à entraîner la mort (▪ Cass. crim., 22 mars 2005 : *Dr. pén.* 2005, comm. 10, obs. M. Véron). Comp. avec ▪ Cass. crim., 1er avr. 2003, *supra*, note 39.

– Dans des poursuites contre deux médecins du chef d'homicide involontaire, la juridiction répressive, qui a relaxé les prévenus au motif que le lien de causalité entre les fautes et le décès n'était pas établi avec certitude, ne peut débouter les parties civiles de leur demande de réparation en application des règles du droit civil au motif que, si les fautes des prévenus ont probablement fait perdre une chance de survie à la victime, il n'existe aucune certitude à cet égard, dès lors que la réalisation d'une chance n'est, par définition, jamais certaine (▪ Cass. crim., 3 nov. 2010, n° 09-87.375 : *Dr. pén.* 2011, comm. 2, obs. M. Véron ; *Gaz. Pal.*, 5-6 janv. 2011, jurispr. p. 11, note J. Lasserre Capdeville). Rappr. ▪ Cass. crim., 4 déc. 1996 : *Bull. crim.* n° 445 et 20 mars 1996 : *Bull. crim.* n° 119.

– En l'état d'une thyroïdectomie pratiquée par un chirurgien, chef de service, assisté d'un interne, sur un patient décédé des suites d'une complication hémorragique, après une opération qui aurait nécessité une reprise chirurgicale immédiate, encourt la cassation l'arrêt qui déclare l'interne coupable d'homicide involontaire sans répondre aux conclusions qui faisaient valoir, en se prévalant de l'article R. 6153-3 du Code de la santé publique, que la décision de réopérer dont la tardiveté était la cause du décès, appartenait au seul chef de service qui était présent lors de la survenance de l'hémorragie (▪ Cass. crim., 3 mai 2006, n° B 05-82.591).

– Justifie sa décision, l'arrêt qui, pour relaxer le médecin, ayant, après une liposuccion, prescrit une injection de calmant ayant entraîné le décès de la patiente, retient que l'origine de la complication, hypersensibilité ou interaction avec d'autres produits, est inconnue et que l'absence d'analyse préopératoire ainsi que celle d'un anesthésiste-réanimateur ne suffisent pas à établir l'existence d'une faute entretenant un lien de causalité certain avec le décès (■ Cass. crim., 14 mai 2008 : *Bull. crim.* n° 112 ; *Dr. pén.* 2008, comm. 111, obs. M. Véron ; *JCP* G 2008, II, 10189, note P. Mistretta).

– Pour dire n'y avoir lieu à suivre des chefs de blessures et homicides involontaires, empoisonnement et administration de substances nuisibles à la santé, la cour d'appel, après avoir relevé qu'à ce jour, il n'a pas été constaté, en France, une augmentation significative des cancers de la thyroïde, a retenu que, compte tenu de l'impossibilité de déterminer la dose d'iode ingérée par chaque malade, il est, en l'état des connaissances scientifiques actuelles, impossible d'établir un lien de causalité certain entre les pathologies constatées et les retombées du panache radioactif de Tchernobyl. En se prononçant ainsi la chambre de l'instruction a justifié sa décision (■ Cass. crim., 20 nov. 2012, n° 11-87.531 : *Bull. crim.* n° 251 ; *Dr. pén.* 2013, comm. 17, obs. M. Véron ; *D.* 2013, et., p. 218, note C. Lacroix ; *Comm. com. électr.* 2013, comm. 7, p. 33, note A. Lepage).

– Une juridiction du fond peut relaxer un chirurgien qui a pratiqué une amygdalectomie sur un enfant, décédé le lendemain de l'opération, en retenant qu'il n'existe pas d'éléments suffisants quant à l'existence d'un lien de causalité entre les manquements relevés par un collège d'experts dans la prise en charge médicale de l'enfant et sa mort, dont les causes n'ont pu être établies avec certitude, ni de charges suffisantes contre quiconque d'avoir violé délibérément une obligation particulière de prudence ou de sécurité prévue par la loi ou le règlement, ou commis une faute caractérisée exposant la victime à un risque qu'il ne pouvait ignorer (■ Cass. crim., 28 janv. 2020, n° 18-86.054 : *JurisData* n° 2020-001170).

99) Appréciation souveraine. L'appréciation de la faute et du lien de causalité par les juges du fond étant souveraine, n'encourt pas la censure l'arrêt qui, pour dire n'y avoir lieu à suivre des chefs d'homicide et blessures involontaires sur des personnes décédées ou atteintes d'une maladie à la suite de l'administration de produits sanguins contaminés par le virus du sida, retient que les médecins n'avaient pas connaissance du caractère nécessairement mortifère des produits sanguins qu'ils prescrivaient et que, dans l'incertitude sur l'existence d'un lien de causalité entre les fautes reprochées aux responsables administratifs et le dommage, les manquements de ceux-ci ne peuvent être incriminés (■ Cass. crim., 18 juin 2003 : *Bull. crim.* n° 127 ; *Bull. inf. C. cass.* 2003, n° 583, I, concl. D. Commaret, rapp. P. Roman ; *JCP* G 2003, II, 10121, note M.-L. Rassat ; *Dr. pén.* 2003, comm. 97, obs. M. Véron ; *D.* 2005, jur., p. 195, note A. Prothais).

100) Caractère direct ou indirect : incidence sur la faute requise. Pour les personnes physiques, V. aussi *supra*, II.

– Si c'est à tort que la cour d'appel énonce que la faute du dirigeant est la cause directe du décès du salarié, sa décision n'encourt pas la censure dès lors qu'elle constate une faute caractérisée ayant causé indirectement le dommage (■ Cass. crim., 31 août 2011, n° 10-88.093 : *Dr. pén.* 2011, comm. 147, obs. M. Véron).

101) Caractère direct ou indirect : constat. En l'état des énonciations de l'arrêt, condamnant un automobiliste pour homicide involontaire, qui a considéré qu'il existait un lien de causalité entre l'accident dans lequel une personne avait été blessée et son décès par suicide quelques jours après en raison de douleurs insupportables, il y a lieu à annulation pour qu'il soit procédé à un nouvel examen de l'affaire au regard des dispositions nouvelles de l'article 121-3 du Code pénal, afin de rechercher si la faute du prévenu a été la cause directe ou indirecte du dommage (■ Cass. crim., 29 mai 2001, n° Z 00-85.421).

– C'est à tort que la cour d'appel, pour déclarer un médecin spécialiste coupable d'homicide involontaire, retient que, consulté en urgence par une patiente présentant le tableau clinique d'un risque d'évolution vers un coma diabétique mortel, il a, en se bornant à prescrire par ordonnance des examens sanguins de dosage de la glycémie, causé directement le dommage, alors que, n'ayant pas pris les mesures permettant d'éviter celui-ci, il en est l'auteur indirect.

La censure n'est pas pour autant encourue, dès lors qu'il résulte des constatations de l'arrêt que le prévenu a commis une faute caractérisée exposant autrui à un risque d'une particulière gravité qu'il ne pouvait ignorer (■ Cass. crim., 12 sept. 2006 : *Bull. crim.* n° 219 ; *JCP* G 2007, II, 10006, note J. Faict et P. Mistretta ; *Dr. pén.* 2007, comm. 4, obs. M. Véron ; *RSC* 2007, p. 82, obs. Y. Mayaud).

– Ayant constaté que le prévenu, personne physique, avait directement causé le dommage au sens de l'article 121-3, alinéa 3, du Code pénal, la cour d'appel n'avait pas à rechercher si celui-ci avait commis une faute caractérisée qui exposait autrui à un risque d'une particulière gravité qu'il ne pouvait ignorer ou une violation manifestement délibérée d'une obligation particulière de prudence ou de sécurité entrant dans les prévisions de l'article 121-3, alinéa 4, dudit code (■ Cass. crim., 16 sept. 2008 : *Bull. crim.* n° 186, préc. *supra*, II, *V° Domaine du travail*).

102) Causalité non exclusive. Les articles 319 (art. 221-6) et 320 (art. 222-19) n'exigent pas que la faute retenue contre un auteur soit exclusive

(■ Cass. crim., 30 mai 1972 : *Bull. crim.* n° 179. ■ Cass. crim., 24 janv. 1989 : *Bull. crim.* n° 27. ■ Cass. crim., 2 mars 1994 : *Bull. crim.* n° 85. ■ Cass. crim., 24 oct. 2000 : *Bull. crim.* n° 308, sol. implicite). Ainsi, ont été retenues des responsabilités cumulées dans une espèce où une voiture légère, dont le conducteur a été tué, avait été percutée successivement par deux ensembles routiers, les fautes conjuguées des chauffeurs de ces deux poids lourds ayant concouru à la survenance de la mort de la victime (■ Cass. crim., 23 mars 1994 : *Bull. crim.* n° 112 ; *Dr. pén.* 1994, comm. 151, obs. M. Véron).

– Ne justifie pas sa décision la cour d'appel qui prononce une relaxe sans rechercher si la faute commise, sans être déterminante, n'avait pas concouru de manière certaine au décès (■ Cass. crim., 23 avr. 2013, n° 12-81.137 : *Dr. pén.* 2013, comm. 123, obs. M. Véron).

103) Force majeure – contrainte. Il ne saurait y avoir de responsabilité pénale en cas de force majeure : ainsi il a été jugé que si la présence de verglas sur une route ne saurait, de façon générale et absolue, constituer le fait imprévisible et inévitable caractérisant la force majeure, il n'en est pas de même lorsque les juges du fond constatent que le danger en résultant s'est trouvé, en raison des conditions atmosphériques, subitement localisé sur une surface réduite (■ Cass. crim., 18 déc. 1978 : *Bull. crim.* n° 357 ; *RSC* 1979, p. 558, obs. Levasseur).

104) Contrainte : malaise d'un conducteur. Ne constitue pas un cas de force majeure le malaise du conducteur dès lors que cette défaillance était prévisible, l'auteur du dommage connaissant la déficience de son état de santé (■ Cass. crim., 12 févr. 1976 : *Bull. crim.* n° 57 ; *RSC* 1977, p. 94, obs. Levasseur) Jugé par contre que n'est pas pénalement responsable de blessures involontaires le conducteur d'un véhicule qui n'a pas été en mesure de prévenir la défaillance physique survenue pour la première fois au moment de l'accident et qui a ainsi agi sous l'empire d'une contrainte à laquelle il n'a pas pu résister (■ Douai, 24 oct. 2000 : *JCP* G 2002, II, 10012, note J.-Y. Maréchal. ■ Cass. crim., 15 nov. 2005 : *Bull. crim.* n° 295 ; V. *supra* sous article 122-2). Mais il n'y a pas force majeure en cas de défaillance mécanique du véhicule, si le propriétaire n'a pas veillé au bon entretien de ce véhicule (■ Cass. crim., 8 juill. 1971 : *Bull. crim.* n° 222 ; *RSC* 1972, p. 113, obs. Levasseur).

105) Faute de la victime. La responsabilité du prévenu subsiste en cas de faute, même volontaire, imputable à la victime, sauf si la faute de cette dernière est assimilable à un cas de force majeure ; est ainsi responsable le pharmacien dont la cliente, intoxiquée par un médicament délivré par erreur, refuse de prendre l'antidote indiqué (■ Paris, 8 nov. 1955 : *D.* 1956, 475) ou l'auteur d'un accident dont la victime, témoin de Jehovah, refuse toute transfusion sanguine (■ Cass. crim., 30 août 1974 : *RTD civ.* 1975, p. 712, obs. G. Durry. ■ Lyon, 6 juin 1975 : *D.* 1976, 415, note R. Savatier ; *RSC* 1976, p. 971, note Levasseur).

– La faute de la victime n'exonère le prévenu de la responsabilité de l'accident que si elle en a été la cause unique et exclusive ; doit, en conséquence, être rejeté le pourvoi dirigé contre l'arrêt d'une cour d'appel qui, pour recevoir la constitution de partie civile de la victime, blessée par l'explosion d'une bombe artificielle qu'elle avait contribué à fabriquer, retient que cette victime n'a pas été poursuivie du chef de blessures involontaires et que les autres prévenus, non appelants, ont été définitivement condamnés pour ces blessures sur sa personne, de sorte que le lien de causalité entre l'action des auteurs et le dommage ne pouvait plus être discuté (■ Cass. crim., 1er avr. 2008 : *Bull. crim.* n° 85).

106) Bien entendu, la faute d'imprudence commise par la victime d'un homicide involontaire ne saurait exonérer le prévenu de la responsabilité pénale qu'il encourt du fait de sa propre faute (■ Cass. crim., 14 févr. 1989 : *Bull. crim.* n° 75. ■ Cass. crim., 3 mai 1989 : *Dr. pén.* 1989, n° 61).

– Si l'état d'alcoolémie de la victime d'un accident de la circulation constitue bien une faute, celle-ci ne peut être de nature à limiter ou à exclure son droit à réparation que s'il est démontré qu'elle a joué un rôle causal dans la survenance de l'accident ; dès lors, c'est donc à bon droit qu'une cour d'appel, qui a relevé l'absence de lien de causalité entre l'état d'alcoolémie de la victime et la réalisation de son dommage, a refusé de limiter ou d'exclure l'indemnisation de ses ayants droit (■ Cass. crim., 6 avr. 2007 : *Bull. crim.* n° 3).

– Mais la faute de la victime exonère le prévenu de sa responsabilité si elle a été la cause unique et exclusive de l'accident (■ Cass. crim., 14 mars 1979 : *Bull. crim.* n° 109. ■ Cass. crim., 16 mars 1994 : *Dr. pén.* 1994, comm. 229, obs. M. Véron. ■ Cass. crim., 30 sept. 1998 : *Bull. crim.* n° 241), ou si elle présente les caractères de la force majeure (■ Cass. crim., 25 oct. 1972 : *Bull. crim.* n° 309).

Dès lors, encourt la cassation, pour contradiction de motifs, l'arrêt qui, pour relaxer les prévenus des chefs d'homicide involontaire et débouter les parties civiles de toutes leurs demandes présentées tant au titre de l'action civile qu'en application des règles de droit civil, énonce que le chef de bord et le barreur d'un voilier n'ont commis aucune faute en relation avec l'accident dont la cause exclusive est l'imprudence et l'inattention de la victime qui n'a pas su éviter le coup de bôme, alors qu'il relève, par ailleurs, que l'accident de mer, dans lequel la victime a péri, trouve son origine dans un coup de roulis qui a déséquilibré le voilier d'une façon inattendue et imprévisible (▪ Cass. crim., 21 janv. 2003 : *Bull. crim.* n° 16).

La Cour de cassation a censuré une décision de relaxe d'un employeur poursuivi pour homicide par imprudence à la suite d'un accident du travail, en reprochant à la juridiction du fond, qui s'était fondée sur la faute du salarié, de ne pas avoir mieux expliqué en quoi cette faute « aurait été la cause exclusive de l'accident alors qu'elle avait relevé des manquements à l'encontre [du prévenu] » (▪ Cass. crim., 7 mai 2019, n° 18-80.418 : *JurisData* n° 2019-007329 ; *Dr. pén.* 2019, comm. 122, obs. Ph. Conte). Ainsi, s'il est établi que l'employeur a commis des manquements à ses obligations en matière de sécurité, ces manquements sont présumés avoir été la cause du dommage subi par la victime, à moins que la preuve d'une faute de la victime et de son rôle causal exclusif dans « l'accident » ne soit rapportée (V. Ph. Conte, obs. préc.).

107) Prédispositions de la victime. Les prédispositions de la victime n'ont aucune influence sur la responsabilité pénale de l'agent : ainsi lorsque la victime, atteinte de troubles psychiques, se suicide ▪ Cass. crim., 14 janv. 1971 : *D.* 1971, 164, rapp. E. Robert ; *RSC* 1975, p. 423, obs. Levasseur. N'encourt pas les critiques du pourvoi l'arrêt qui a déclaré coupable de blessures involontaires un employeur ayant fait travailler un ouvrier, qui souffrait d'une insuffisance respiratoire, dans des ateliers dont l'atmosphère contenait des poussières toxiques, ce qui avait aggravé cet état et provoqué des lésions entraînant diverses périodes d'incapacité totale de travail (▪ Cass. crim., 15 mars 1988 : *Gaz. Pal.* 1988, 2, 842).

– L'imputabilité du dommage corporel doit être appréciée sans qu'il soit tenu compte des prédispositions de la victime dès lors que ces prédispositions n'avaient pas déjà eu de conséquences préjudiciables au moment où s'est produit le fait dommageable (▪ Cass. crim., 30 janv. 2007 : *Bull. crim.* n° 23 ; *Dr. pén.* 2007, comm. 80, obs. M. Véron).

108) Fait d'un tiers. Il n'est exonératoire que s'il est la cause unique du dommage ou s'il équivaut à la force majeure (▪ Cass. crim., 18 oct. 1995 : *Bull. crim.* n° 314. – 30 oct. et 22 nov. 1995 : *Dr. pén.* 1996, comm. 78, obs. M. Véron).

V – RÉPRESSION

A – Prescription

109) Prescription : point de départ. La prescription de l'action publique ne court que du jour où l'infraction, objet de la poursuite, est constituée en tous ses éléments. Le délit de blessures involontaires n'est caractérisé que du moment où existe l'incapacité, élément constitutif de l'infraction prévue et réprimée par l'article 320 (222-19) du Code pénal. Encourt la cassation l'arrêt qui juge le point de départ de l'action publique relative à des troubles de l'audition, contractés à l'occasion du travail, au jour du départ de l'ouvrier qui en est victime, de l'entreprise où il exerçait son activité, sans rechercher la date à laquelle s'est effectivement révélée ladite infirmité (▪ Cass. crim., 4 déc. 1990 : *Bull. crim.* n° 413).

110) Point de départ – blessures. Le délit de blessures involontaires n'est caractérisé qu'au jour où se révèle l'incapacité, élément constitutif de l'infraction prévue et réprimée par l'article 222-19 du Code pénal.

Dès lors, c'est à bon droit qu'une chambre de l'instruction confirme l'ordonnance de refus d'informer pour cause de prescription de l'action publique rendue par le juge d'instruction, en retenant que plus de 3 ans se sont écoulés entre le moment où le plaignant a appris que la maladie dont il était atteint avait été contractée à l'occasion de l'exercice de son activité professionnelle et lui avait occasionné une incapacité totale de travail supérieure à 3 mois, et le jour où il a porté plainte avec constitution de partie civile du chef du délit de blessures involontaires (▪ Cass. crim., 3 juin 2008 : *Bull. crim.* n° 137 ; *JurisData* n° 2008-044620 ; *Dr. pén.* 2008, comm. 122, obs. M. Véron ; *RSC* 2008, p. 903, obs. Y. Mayaud. – *Adde* ▪ Cass. crim., 22 oct. 1979 : *Bull. crim.* n° 67).

111) Point de départ – homicide. Le délit d'homicide involontaire n'est constitué que du jour du décès ; encourt la cassation l'arrêt qui fixe le point de départ de la prescription de l'action publique non pas à la date du décès mais à celle, antérieure, du fait délictueux qui en aurait été la cause (▪ Cass. crim., 4 nov. 1999 : *Bull. crim.* n° 248). Ainsi, la date à laquelle ont été pratiquées des transfusions sanguines qui ont été à l'origine du SIDA dont a été atteinte la patiente, ne constitue pas le point de départ de la prescription d'homicide involontaire, constitué seulement au jour de son décès (▪ Cass. crim., 4 nov. 1999 : *Dr. pén.* 2000, comm. 43, obs. M. Véron ; *Bull. crim.* n° 248 ; *RSC* 2000, p. 395, obs. Y. Mayaud).

B – Délégation de pouvoirs

112) Renvoi. V. aussi les notes sous art. 121-1, p. 87.

113) Responsabilité du délégué. En l'état de ses énonciations, d'où il ressort qu'un salarié a été régulièrement subdélégué par le directeur pour ce qui concerne la sécurité de son chantier, la cour d'appel justifie sa décision de le condamner au regard tant de l'article 319 (221-6) du Code pénal que de l'article L. 263-2 du Code du travail (■ Cass. crim., 14 févr. 1991 : *JCP* 1991, IV, 195).

114) Irresponsabilité du délégataire. Le chef d'entreprise ne peut être exonéré de sa responsabilité que s'il rapporte la preuve qu'il a délégué la direction du chantier à un préposé investi et pourvu de la compétence ainsi que de l'autorité nécessaires (■ Cass. crim., 12 janv. 1988 : *Bull. crim.* n° 15. ■ Cass. crim., 11 mars 1993 : *Bull. crim.* n° 6 ; *RSC* 1994, p. 101, obs. B. Bouloc) ou qu'en raison de la participation de plusieurs entreprises le travail aurait été placé sous une direction unique autre que la sienne (■ Cass. crim., 17 nov. 1987 : *Bull. crim.* n° 416).

115) Pouvoir propres du délégataire. La délégation générale en matière d'hygiène et de sécurité du capitaine d'un navire ne décharge pas l'armateur de la responsabilité pénale qu'il encourt personnellement pour des actes et abstentions fautifs lui étant imputables et entretenant un lien certain de causalité avec le dommage (■ Cass. crim., 8 sept. 2015, n° 13-87.410 : *Dr. pén.* 2015, comm. 137, obs. Ph. Conte).

C – Action civile

116) Agent public : faute non détachable. Ne justifie pas sa décision la cour d'appel qui condamne un gynécologue-obstétricien, agent du service public hospitalier, à réparer personnellement les conséquences dommageables de l'homicide involontaire dont il a été reconnu coupable, alors que les constatations de l'arrêt ne permettent pas de considérer que les fautes non intentionnelles retenues contre lui sont détachables de ses fonctions (■ Cass. crim., 13 févr. 2007 : *Bull. crim.* n° 45).

117) Agent public : faute détachable. La juridiction judiciaire est compétente pour statuer sur la réparation des conséquences dommageables de la faute commise par un agent public lorsque celle-ci revêt le caractère d'une faute personnelle, détachable de la fonction. Constitue une telle faute celle qui révèle un manquement volontaire et inexcusable à des obligations d'ordre professionnel et déontologique ; justifie dès lors sa décision la cour d'appel qui, après avoir déclaré coupable de blessures involontaires un chirurgien spécialiste en orthopédie, agent du service public hospitalier, qui, de garde de nuit à son domicile, avait différé l'intervention urgente que justifiait l'arrivée à l'hôpital de la victime d'un accident, se déclare incompétente pour statuer sur la réparation des conséquences dommageables de cette infraction après avoir déduit de ses constatations souveraines que la faute commise par l'intéressé n'est pas détachable de sa fonction (■ Cass. crim., 14 mai 2008 : *Bull. crim.* n° 119).

118) Syndicat professionnel. Un syndicat professionnel ne saurait être partie civile dans la procédure suivie contre un membre de la profession qu'il représente, dès lors que la seule mise en examen de l'intéressé n'est pas de nature à causer un préjudice direct ou indirect aux intérêts collectifs défendus par ce syndicat.

Justifie dès lors sa décision la chambre de l'instruction qui déclare irrecevable la constitution de partie civile, par voie d'intervention, du syndicat national des pharmaciens hospitaliers et praticiens hospitaliers universitaires dans une procédure dans laquelle le pharmacien chef de service d'un groupe hospitalier, membre de ce syndicat, a été mis en examen du chef d'homicide involontaire en raison du décès d'un enfant par suite d'une erreur dans l'administration d'un produit, ces faits ne portant pas par eux-mêmes un préjudice direct ou indirect aux intérêts collectifs de la profession de pharmacien hospitalier représentée par ce syndicat (■ Cass. crim., 10 mai 2011 : *Bull. crim.* n° 95).

119) Franchiseur. Est indirect, pour le franchiseur exploitant une marque de restauration rapide, le préjudice résultant de l'atteinte que porterait à l'image de la marque la commission, imputée à l'exploitant de l'un des établissements franchisés, d'un homicide involontaire résultant d'un manquement aux règles d'hygiène et de sécurité.

Justifie dès lors sa décision une chambre de l'instruction qui déclare irrecevable la constitution de partie civile du franchiseur (■ Cass. crim., 22 mai 2012, n° 11-85.507 : *Bull. crim.* n° 128).

Art. 221-6-1 *(L. n° 2003-495, 12 juin 2003 ; mod., L. n° 2011-525, 17 mai 2011 ; L. n° 2016-41, 26 janv. 2016).* **– Lorsque la maladresse, l'imprudence, l'inattention, la négligence ou le manquement à une obligation législative ou réglementaire de prudence ou de sécurité prévu par l'article 221-6 est commis par le conducteur d'un véhicule terrestre à moteur, l'homicide involontaire est puni de cinq ans d'emprisonnement et de 75 000 € d'amende.**

Les peines sont portées à sept ans d'emprisonnement et à 100 000 € d'amende lorsque :

1° Le conducteur a commis une violation manifestement délibérée d'une obligation particulière de prudence ou de sécurité prévue par la loi ou le règlement autre que celles mentionnées ci-après ;

2° Le conducteur se trouvait en état d'ivresse manifeste ou était sous l'empire d'un état alcoolique caractérisé par une concentration d'alcool dans le sang ou dans l'air expiré égale ou supérieure aux taux fixés par les

dispositions législatives ou réglementaires du Code de la route, ou a refusé de se soumettre aux vérifications prévues par ce code et destinées à établir l'existence d'un état alcoolique ;

3° Il résulte d'une analyse sanguine ou salivaire que le conducteur avait fait usage de substances ou de plantes classées comme stupéfiants, ou a refusé de se soumettre aux vérifications prévues par le Code de la route destinées à établir s'il conduisait en ayant fait usage de stupéfiants ;

4° Le conducteur n'était pas titulaire du permis de conduire exigé par la loi ou le règlement ou son permis avait été annulé, invalidé, suspendu ou retenu ;

5° Le conducteur a commis un dépassement de la vitesse maximale autorisée égal ou supérieur à 50 km/h ;

6° Le conducteur, sachant qu'il vient de causer ou d'occasionner un accident, ne s'est pas arrêté et a tenté ainsi d'échapper à la responsabilité pénale ou civile qu'il peut encourir.

Les peines sont portées à dix ans d'emprisonnement et à 150 000 € d'amende lorsque l'homicide involontaire a été commis avec deux ou plus des circonstances mentionnées aux 1° et suivants du présent article.

Voir : art. 131-22, p. 215 ; C. route, art. L. 232-3, p. 1967.

Bibliographie : J.-P. Guedon, *Les efforts du législateur français contre la violence routière : JCP* G 2003, I, 179. • A. Paulin, *Vitesse, SMS... détresse : Dr. pén.* 2006, étude 11.

Art. 221-6-2 *(L. n° 2008-582, 20 juin 2008)*. – **Lorsque l'homicide involontaire prévu par l'article 221-6 résulte de l'agression commise par un chien, le propriétaire ou celui qui détient le chien au moment des faits est puni de cinq ans d'emprisonnement et de 75 000 € d'amende.**

Les peines sont portées à sept ans d'emprisonnement et à 100 000 € d'amende lorsque :

1° La propriété ou la détention du chien est illicite en application de dispositions législatives ou réglementaires ou d'une décision judiciaire ou administrative ;

2° Le propriétaire ou le détenteur du chien se trouvait en état d'ivresse manifeste ou sous l'emprise manifeste de produits stupéfiants ;

3° Le propriétaire ou le détenteur du chien n'avait pas exécuté les mesures prescrites par le maire, conformément à l'article L. 211-11 du Code rural, pour prévenir le danger présenté par l'animal ;

4° Le propriétaire ou le détenteur du chien n'était pas titulaire du permis de détention prévu à l'article L. 211-14 du Code rural ;

5° Le propriétaire ou le détenteur du chien ne justifie pas d'une vaccination antirabique de son animal en cours de validité lorsqu'elle est obligatoire ;

6° Il s'agissait d'un chien de la première ou de la deuxième catégorie prévues à l'article L. 211-12 du Code rural qui n'était pas muselé ou tenu en laisse par une personne majeure conformément aux dispositions prévues au II de l'article L. 211-16 du même code ;

7° Il s'agissait d'un chien ayant fait l'objet de mauvais traitements de la part de son propriétaire ou de son détenteur.

Les peines sont portées à dix ans d'emprisonnement et à 150 000 € d'amende lorsque l'homicide involontaire a été commis avec deux ou plusieurs des circonstances mentionnées aux 1° et suivants du présent article.

Chien. Il résulte de l'article 121-3 du Code pénal que cause directement le dommage subi par une personne mordue par un chien la faute de négligence du propriétaire de l'animal l'ayant laissé sortir de chez lui sans être contrôlé et tenu en laisse.

Encourt ainsi la cassation l'arrêt qui, pour relaxer le prévenu des fins de la poursuite du chef d'homicide involontaire, retient qu'aucune prévention n'est retenue contre lui au titre de la divagation d'animaux, que les chiens étaient habituellement enfermés pendant la journée dans un chenil clos et présentaient une apparente absence de dangerosité pour en déduire l'absence de violation d'une obligation particulière de sécurité prévue par la loi ou le règlement ainsi que l'inexistence d'une faute caractérisée (■ Cass. crim., 21 janv. 2014, n° 13-80.267 : *Dr. pén.* 2014, comm. 39, obs. M. Véron ; *AJ pénal* 2014, p. 135, obs. M.-C. Sordino ; *D.* 2014, act. p. 279 ; *RSC* 2014, p. 59, obs. Y. Mayaud).

Art. 221-7 *(Mod., L. n° 2009-526, 12 mai 2009)*. – **Les personnes morales déclarées responsables pénalement, dans les conditions prévues par l'article 121-2, des infractions définies à l'article 221-6 encourent, outre l'amende suivant les modalités prévues par l'article 131-38, les peines prévues par les 2°, 3°, 8° et 9° de l'article 131-39.**

L'interdiction mentionnée au 2° de l'article 131-39 porte sur l'activité dans l'exercice ou à l'occasion de l'exercice de laquelle l'infraction a été commise.

Dans les cas visés au second alinéa de l'article 221-6, est en outre encourue la peine mentionnée au 4° de l'article 131-39.

Renvoi. Sur la responsabilité des personnes morales en matière d'homicide et blessures involontaires, V. les arrêts cités sous art. 121-2, p. 99 et art. 221-6, p. 348.

Section III. – Peines complémentaires applicables aux personnes physiques

Art. 221-8 *(Mod., L. n° 2003-495, 12 juin 2003 ; L. n° 2007-297, 5 mars 2007 ; L. n° 2008-776, 4 août 2008 ; L. n° 2011-267, 14 mars 2011 ; L. n° 2012-304, 6 mars 2012).* **– I. – Les personnes physiques coupables des infractions prévues au présent chapitre encourent également les peines complémentaires suivantes :**

1° L'interdiction, suivant les modalités prévues par l'article 131-27, soit d'exercer une fonction publique ou d'exercer l'activité professionnelle ou sociale dans l'exercice ou à l'occasion de l'exercice de laquelle l'infraction a été commise, soit, pour les crimes prévus par les articles 221-1, 221-2, 221-3, 221-4 et 221-5, d'exercer une profession commerciale ou industrielle, de diriger, d'administrer, de gérer ou de contrôler à un titre quelconque, directement ou indirectement, pour son propre compte ou pour le compte d'autrui, une entreprise commerciale ou industrielle ou une société commerciale. Ces interdictions d'exercice peuvent être prononcées cumulativement ;

2° L'interdiction de détenir ou de porter, pour une durée de cinq ans au plus, une arme soumise à autorisation ;

3° La suspension, pour une durée de cinq ans au plus, du permis de conduire, cette suspension pouvant être limitée à la conduite en dehors de l'activité professionnelle ; dans les cas prévus par l'article 221-6-1, la suspension ne peut pas être assortie du sursis, même partiellement, et ne peut pas être limitée à la conduite en dehors de l'activité professionnelle ; dans les cas prévus par les 1° à 6° et le dernier alinéa de l'article 221-6-1, la durée de cette suspension est de dix ans au plus.

4° L'annulation du permis de conduire avec interdiction de solliciter la délivrance d'un nouveau permis pendant cinq ans au plus ;

4 *bis (4° bis abr. à compter du 24 mars 2020, L. n° 2019-222, 23 mars 2019)* ;

5° La confiscation d'une ou de plusieurs armes dont le condamné est propriétaire ou dont il a la libre disposition ;

6° Le retrait du permis de chasser avec interdiction de solliciter la délivrance d'un nouveau permis pendant cinq ans au plus.

7° Dans les cas prévus par l'article 221-6-1, l'interdiction de conduire certains véhicules terrestres à moteur, y compris ceux pour la conduite desquels le permis de conduire n'est pas exigé, pour une durée de cinq ans au plus ;

8° *(8° abr. à compter du 24 mars 2020, L. n° 2019-222, 23 mars 2019) ;*

9° Dans les cas prévus par l'article 221-6-1, l'immobilisation, pendant une durée d'un an au plus, du véhicule dont le condamné s'est servi pour commettre l'infraction, s'il en est le propriétaire ;

10° Dans les cas prévus par l'article 221-6-1, la confiscation du véhicule dont le condamné s'est servi pour commettre l'infraction, s'il en est le propriétaire.

La confiscation du véhicule est obligatoire dans les cas prévus par les 4° et dernier alinéa de l'article 221-6-1 ainsi que, dans les cas prévus par les 2°, 3° et 5° du même article, en cas de récidive ou si la personne a déjà été définitivement condamnée pour un des délits prévus par les articles L. 221-2, L. 224-16, L. 234-1, L. 234-8, L. 235-1, L. 235-3 ou L. 413-1 du Code de la route ou pour la contravention mentionnée à ce même article L. 413-1. La juridiction peut toutefois ne pas prononcer cette peine, par une décision spécialement motivée ;

11° Dans les cas prévus par les 2° et dernier alinéa de l'article 221-6-1, l'interdiction, pendant une durée de cinq ans au plus, de conduire un véhicule qui ne soit pas équipé par un professionnel agréé ou par construction d'un dispositif d'anti-démarrage par éthylotest électronique, homologué dans les conditions prévues à l'article L. 234-17 du Code de la route. Lorsque cette interdiction est prononcée en même temps que la peine d'annulation ou de suspension du permis de conduire, elle s'applique, pour la durée fixée par la juridiction, à l'issue de l'exécution de cette peine.

Toute condamnation pour les délits prévus par les 1° à 6° et le dernier alinéa de l'article 221-6-1 donne lieu de plein droit à l'annulation du permis de conduire avec interdiction de solliciter un nouveau permis pendant dix ans

au plus. En cas de récidive, la durée de l'interdiction est portée de plein droit à dix ans et le tribunal peut, par décision spécialement motivée, prévoir que cette interdiction est définitive.

II. – En cas de condamnation pour les infractions prévues à la section 1 du présent chapitre, le prononcé des peines complémentaires prévues aux 2°, 5° et 6° du I est obligatoire. La durée des peines prévues aux 2° et 6° du I est portée à quinze ans au plus.

Toutefois, la juridiction peut, par une décision spécialement motivée lorsque la condamnation est prononcée par une juridiction correctionnelle, décider de ne pas prononcer ces peines, en considération des circonstances de l'infraction et de la personnalité de son auteur.

Convention de Vienne sur la circulation routière. En application des articles 42 de la Convention sur la circulation routière signée à Vienne le 8 novembre 1968 et 221-8 du Code pénal, le conducteur d'un véhicule, déclaré par une juridiction française coupable d'homicide et blessures involontaires, peut, lorsqu'il est ressortissant d'un État autre que la France où il n'a pas sa résidence habituelle, faire l'objet d'une mesure de suspension du permis de conduire qui lui a été délivré par son propre État, mais pas d'une annulation de ce permis ; dès lors, encourt la cassation l'arrêt de la cour d'appel qui, après avoir déclaré une ressortissante allemande ne résidant pas habituellement en France et titulaire d'un permis de conduire allemand, coupable d'homicides et blessures involontaires, prononce à l'encontre de celle-ci l'annulation de son permis de conduire avec interdiction de solliciter la délivrance d'un nouveau permis avant un délai de 18 mois (■ Cass. crim., 13 févr. 2007 : *Bull. crim.* n° 42).

Art. 221-9 ***(Mod., L. n° 2022-52, 24 janv. 2022).*** **– Les personnes physiques coupables des infractions prévues aux sections 1 et 1 *bis* du présent chapitre encourent également les peines complémentaires suivantes :**

1° L'interdiction des droits civiques, civils et de famille, selon les modalités prévues par l'article 131-26 ;

2° L'interdiction d'exercer une fonction publique, selon les modalités prévues par l'article 131-27 ;

3° La confiscation prévue par l'article 131-21 ;

4° L'interdiction de séjour, suivant les modalités prévues par l'article 131-31.

Art. 221-9-1 ***(L. 2005-1549, 12 déc. 2005 ; L. n° 2022-52, 24 janv. 2022).*** **– Les personnes physiques coupables des crimes prévus aux sections 1 et 1 *bis* du présent chapitre encourent également le suivi socio-judiciaire selon les modalités prévues par les articles 131-36-1 à 131-36-13.**

Art. 221-9-2 ***(Créé, L. n° 2020-1576, 14 déc. 2020).*** **– Les personnes physiques coupables des crimes prévus à la section 1 du présent chapitre, lorsque ces crimes ont été commis à l'encontre de leur époux assuré, encourent également la peine complémentaire d'interdiction de percevoir la pension due au conjoint survivant ou divorcé en application des dispositions du Code de la sécurité sociale ou du Code rural et de la pêche maritime.**

Le prononcé de cette peine est obligatoire. Toutefois, la juridiction peut, par une décision spécialement motivée, décider de ne pas prononcer cette peine, en considération des circonstances de l'infraction et de la personnalité de son auteur.

Art. 221-10. – Les personnes physiques coupables des infractions prévues par la section II du présent chapitre encourent également la peine complémentaire d'affichage ou de diffusion de la décision prévue par l'article 131-35.

Alternative. La peine complémentaire prévue par l'article 221-10 du Code pénal est celle de l'affichage ou de la diffusion de la décision rendue ; encourt la cassation l'arrêt qui prononce, cumulativement, à l'égard du même condamné, ces deux sanctions (■ Cass. crim., 5 oct. 2004 : *Bull. crim.* n° 236).

Art. 221-11 ***(Mod., L. n° 2022-52, 24 janv. 2022).*** **– L'interdiction du territoire français peut être prononcée dans les conditions prévues par l'article 131-30, soit à titre définitif, soit pour une durée de dix ans au plus, à l'encontre de tout étranger coupable de l'une des infractions définies aux sections 1 et 1 *bis* du présent chapitre.**

Art. 221-11-1 ***(L. n° 2013-711, 5 août 2013).*** **– Dans le cas prévu au 10° de l'article 221-4, peut être également prononcée l'interdiction, pour une durée de dix ans au plus, de quitter le territoire de la République.**

CHAPITRE Ier *BIS*. – DES ATTEINTES À LA PERSONNE CONSTITUÉES PAR LES DISPARITIONS FORCÉES

(L. n° 2013-711, 5 août 2013)

Bibliographie : *JCl. Pénal Code, Des atteintes à la personne constituées par les disparitions forcées* par W. Jeandidier. • G. Beaussonie, *Loi n° 2013-711 du 5 août 2013 portant diverses dispositions d'adaptation dans le domaine de la justice en application du droit de l'Union européenne et des engagements internationaux de la France : RSC* 2013, p. 861. • A.-S. Chavent-Leclere, *Adaptation du Code pénal aux engagements européens : AJ pénal* 2013, p. 510.

Art. 221-12 *(L. n° 2013-711, 5 août 2013).* – **Constitue une disparition forcée l'arrestation, la détention, l'enlèvement ou toute autre forme de privation de liberté d'une personne, dans des conditions la soustrayant à la protection de la loi, par un ou plusieurs agents de l'État ou par une personne ou un groupe de personnes agissant avec l'autorisation, l'appui ou l'acquiescement des autorités de l'État, lorsque ces agissements sont suivis de sa disparition et accompagnés soit du déni de la reconnaissance de la privation de liberté, soit de la dissimulation du sort qui lui a été réservé ou de l'endroit où elle se trouve.**

La disparition forcée est punie de la réclusion criminelle à perpétuité.

Les deux premiers alinéas de l'article 132-23, relatifs à la période de sûreté, sont applicables au crime prévu par le présent article.

Art. 221-13 *(L. n° 2013-711, 5 août 2013).* – **Sans préjudice de l'application de l'article 121-7, est considéré comme complice d'un crime de disparition forcée mentionné à l'article 221-12 commis par des subordonnés placés sous son autorité et son contrôle effectifs le supérieur qui savait, ou a délibérément négligé de tenir compte d'informations qui indiquaient clairement que ses subordonnés commettaient ou allaient commettre un crime de disparition forcée et qui n'a pas pris toutes les mesures nécessaires et raisonnables qui étaient en son pouvoir pour en empêcher ou en réprimer l'exécution ou pour en référer aux autorités compétentes aux fins d'enquête et de poursuites, alors que ce crime était lié à des activités relevant de sa responsabilité et de son contrôle effectifs.**

Art. 221-14 *(L. n° 2013-711, 5 août 2013).* – **I. – Les personnes physiques coupables du crime prévu à l'article 221-12 encourent également les peines complémentaires suivantes :**

1° L'interdiction des droits civiques, civils et de famille, selon les modalités prévues à l'article 131-26 ;

2° L'interdiction, suivant les modalités prévues à l'article 131-27, soit d'exercer une fonction publique ou l'activité professionnelle ou sociale dans l'exercice ou à l'occasion de l'exercice de laquelle l'infraction a étécommise, soit d'exercer une profession commerciale ou industrielle, de diriger, d'administrer, de gérer ou de contrôler à un titre quelconque, directement ou indirectement, pour son propre compte ou pour le compte d'autrui, une entreprise commerciale ou industrielle ou une société commerciale. Ces interdictions d'exercice peuvent être prononcées cumulativement ;

3° L'interdiction de séjour, selon les modalités prévues à l'article 131-31 ;

4° La confiscation prévue à l'article 131-21.

II. – En cas de condamnation pour le crime prévu à l'article 221-12, le prononcé des peines complémentaires suivantes est obligatoire :

1° L'interdiction de détenir ou de porter, pour une durée de quinze ans au plus, une arme soumise à autorisation ;

2° La confiscation d'une ou de plusieurs armes dont le condamné est propriétaire ou dont il a la libre disposition.

Toutefois, la cour d'assises peut décider de ne pas prononcer ces peines, en considération des circonstances de l'infraction et de la personnalité de son auteur.

Art. 221-15 *(L. n° 2013-711, 5 août 2013).* – **Les personnes physiques coupables du crime prévu à l'article 221-12 encourent également le suivi socio-judiciaire selon les modalités prévues aux articles 131-36-1 à 131-36-13.**

Art. 221-16 *(L. n° 2013-711, 5 août 2013).* – **L'interdiction du territoire français peut être prononcée dans les conditions prévues à l'article 131-30 soit à titre définitif, soit pour une durée de dix ans au plus, à l'encontre de tout étranger coupable du crime prévu à l'article 221-12.**

Art. 221-17 *(L. n° 2013-711, 5 août 2013)*. – **Les personnes morales déclarées responsables pénalement, dans les conditions prévues à l'article 121-2, du crime défini à l'article 221-12 encourent, outre l'amende suivant les modalités prévues à l'article 131-38, les peines mentionnées à l'article 131-39.**

Art. 221-18 *(Abr., L. n° 2017-242, 27 févr. 2017)*.

Voir : C. proc. pén., art. 7 al. 2

CHAPITRE II. – DES ATTEINTES À L'INTÉGRITÉ PHYSIQUE OU PSYCHIQUE DE LA PERSONNE

Section I. – Des atteintes volontaires à l'intégrité de la personne

§ 1. – Des tortures et actes de barbarie

Art. 222-1. – **Le fait de soumettre une personne à des tortures ou à des actes de barbarie est puni de quinze ans de réclusion criminelle.**

Les deux premiers alinéas de l'article 132-23 relatif à la période de sûreté sont applicables à l'infraction prévue par le présent article.

Bibliographie : *JCl. Pénal Code, Tortures et actes de barbarie* par H.-R. Ollard.

1) QPC. Non-lieu à renvoi devant le Conseil constitutionnel de la QPC visant l'article 222-1 dès lors que les actes relevant de la torture ou de la barbarie sont définis par l'article premier de la Convention de New York du 10 décembre 1984 contre la torture et autres peines ou traitements cruels, inhumains ou dégradants (▪ Cass. crim., 21 juin 2017, n° 17-82.068 : *Dr. pén.* 2017, comm. 121, note Ph. Conte).

2) Acte de barbarie, circonstance aggravante. Est régulière comme portant sur une question de fait et non de droit la question par laquelle il est demandé à la cour et au jury, sous le régime de l'ancien Code pénal, si l'accusé a, pour l'exécution d'un homicide, employé des actes de barbarie, cette circonstance n'étant pas définie par la loi (▪ Cass. crim., 1er déc. 1993 : *Bull. crim.* n° 368 ; *RSC* 1994, p. 553, obs. Levasseur).

– Dans le même sens, pour la commission de viols, ▪ Cass. crim., 24 oct. 2007 : *Bull. crim.* n° 254.

3) Admission de la pluralité de déclarations de culpabilité pour des crimes, successifs et distincts, aggravés par le lien de concubinage entre l'auteur et la victime, de tortures et actes de barbarie, viol et meurtre accompagné ou suivi d'autres crimes (▪ Cass. crim., 27 nov. 2019, n° 18-84.378 : *Gaz. Pal.* 4 févr. 2020, p. 50, obs. E. Dreyer).

4) Acte de barbarie, crime distinct (Code pénal). Le crime ou la circonstance aggravante de tortures ou actes de barbarie suppose la démonstration et d'un élément matériel consistant dans la commission d'un ou plusieurs actes d'une gravité exceptionnelle qui dépassent de simples violences et occasionnent à la victime une douleur ou une souffrance aiguë, et d'un élément moral consistant dans la volonté de nier en la victime la dignité de la personne humaine (ch. acc. Lyon, 19 janv. 1996 : *D.* 1996, p. 258, note L. Coste).

5) Tortures et actes de barbarie ou agressions sexuelles. Le fait, par des prévenus, pour contraindre un adolescent à leur remettre de l'argent, de l'entraîner dans un bois, de le déshabiller, de le ligoter, de le frapper en le menaçant de mort et de lui introduire un bâton dans l'anus, constitue la circonstance aggravante de tortures ou actes de barbarie de nature, en application de l'article 303, alinéa 2, du Code pénal ancien, à conférer à la tentative d'extorsion de fonds perpétrée une qualification criminelle (▪ Cass. crim., 9 déc. 1993 : *Bull. crim.* n° 383 ; *Dr. pén.* 1994, chron. 26, rapp. L. -M. Nivôse et chron. 31, concl. J. Perfetti).

6) Actes de barbarie et mutilation. Sur une distinction entre actes de barbarie et violences ayant entraîné une mutilation, V. ▪ Cass. crim. 16 nov. 2004, *préc.* sous l'article 222-9.

7) Complicité. Se rend complice du crime de tortures ou actes de barbarie ayant entraîné la mort sans intention de la donner celui qui, ayant sollicité les services de l'auteur principal du crime a en outre maintenu la victime pendant que des sévices étaient exercés sur elle et fourni les moyens de ceux-ci (▪ Cass. crim., 3 sept. 1996 : *Dr. pén.* 1997, comm. 4, note M. Véron).

8) Immunités. Le crime de tortures ou actes de barbarie ne relève pas, quelle qu'en soit la gravité, des exceptions au principe d'immunité des chefs d'État en exercice (■ Cass. crim., 2 sept. 2020, n° 18-84.682 : *JurisData* n° 2020-012399 ; *Dr. pén.* 2020, comm. 200, obs. A. Gogorza). Il en va de même pour les agents d'un État (■ Cass. crim., 13 janv. 2021, n° 20-80.511 : *JurisData* n° 2021-000150 ; *Dr. pén.* 2021, comm. 67, obs. A. Gogorza).

Art. 222-2. – L'infraction définie à l'article 222-1 est punie de la réclusion criminelle à perpétuité lorsqu'elle précède, accompagne ou suit un crime autre que le meurtre ou le viol.

Les deux premiers alinéas de l'article 132-23 relatif à la période de sûreté sont applicables à l'infraction prévue par le présent article.

Voir : art. 221-2, p. 341.

Art. 222-3 ***(Mod., L. n° 2003-88, 3 févr. 2003 ; L. n° 2003-239, 18 mars 2003 ; L. n° 2006-399, 4 avr. 2006 ; L. n° 2007-297, 5 mars 2007 ; L. n° 2010-201, 2 mars 2010 ; L. n° 2010-769, 9 juill. 2010 ; L. n° 2010-930, 9 août 2010 ; L. n° 2012-954, 6 août 2012 ; L. n° 2016-444, 13 avr. 2016 ; L. n° 2022-52, 24 janv. 2022).*** **– L'infraction définie à l'article 222-1 est punie de vingt ans de réclusion criminelle lorsqu'elle est commise :**

1° Sur un mineur de quinze ans ;

2° Sur une personne dont la particulière vulnérabilité, due à son âge, à une maladie, à une infirmité, à une déficience physique ou psychique ou à un état de grossesse, est apparente ou connue de son auteur ;

3° Sur un ascendant légitime ou naturel ou sur les père ou mère adoptifs ;

4° Sur un magistrat, un juré, un avocat, un officier public ou ministériel, un membre ou un agent de la Cour pénale internationale, un militaire de la gendarmerie nationale un fonctionnaire de la police nationale, des douanes de l'administration pénitentiaire ou toute autre personne dépositaire de l'autorité publique, un sapeur-pompier professionnel ou volontaire, un gardien assermenté d'immeubles ou de groupes d'immeubles ou un agent exerçant pour le compte d'un bailleur des fonctions de gardiennage ou de surveillance des immeubles à usage d'habitation en application de l'article L. 127-1 du Code de la construction et de l'habitation, dans l'exercice ou du fait de ses fonctions, lorsque la qualité de la victime est apparente ou connue de l'auteur ;

4° *bis* Sur un enseignant ou tout membre des personnels travaillant dans les établissements d'enseignement scolaire, sur un agent d'un exploitant de réseau de transport public de voyageurs ou toute personne chargée d'une mission de service public, ainsi que sur un professionnel de santé, dans l'exercice ou du fait de ses fonctions, lorsque la qualité de la victime est apparente ou connue de l'auteur ;

4° *ter* Sur le conjoint, les ascendants ou les descendants en ligne directe ou sur toute autre personne vivant habituellement au domicile des personnes mentionnées aux 4° et 4° *bis*, en raison des fonctions exercées par ces dernières.

5° Sur un témoin, une victime ou une partie civile, soit pour l'empêcher de dénoncer les faits, de porter plainte ou de déposer en justice, soit en raison de sa dénonciation, ou de sa plainte, soit à cause de sa déposition devant une juridiction nationale ou devant la Cour pénale internationale ;

5° *bis (Abr., L. n° 2017-86, 27 janv. 2017)* ;

5° *ter (Abr., L. n° 2017-86, 27 janv. 2017)* ;

5° *quater* Sur une personne qui se livre à la prostitution, y compris de façon occasionnelle, si les faits sont commis dans l'exercice de cette activité ;

6° Par le conjoint ou le concubin de la victime ou le partenaire lié à la victime par un pacte civil de solidarité ;

6° *bis* Contre une personne afin de la contraindre à contracter un mariage ou à conclure une union ou en raison de son refus de contracter ce mariage ou cette union ;

7° Par une personne dépositaire de l'autorité publique ou chargée d'une mission de service public dans l'exercice ou à l'occasion de l'exercice de ses fonctions ou de sa mission ;

8° Par plusieurs personnes agissant en qualité d'auteur ou de complice ;

9° Avec préméditation ou avec guet-apens ;

10° Avec usage ou menace d'une arme ;

11° Par une personne agissant en état d'ivresse manifeste ou sous l'emprise manifeste de produits stupéfiants.

L'infraction définie à l'article 222-1 est également punie de vingt ans de réclusion criminelle lorsqu'elle est accompagnée d'agressions sexuelles autres que le viol.

La peine encourue est portée à trente ans de réclusion criminelle lorsque l'infraction définie à l'article 222-1 est commise sur un mineur de quinze ans par un ascendant légitime, naturel ou adoptif ou par toute autre personne ayant autorité sur le mineur.

Les deux premiers alinéas de l'article 132-23 relatif à la période de sûreté sont applicables aux infractions prévues par le présent article.

1) **QPC.** Non-lieu à renvoi au Conseil constitutionnel de la QPC visant l'article 222-3 : (▪ Cass. crim., 26 juin 2013, n° 13-83.409).

2) **Continuité d'incrimination ancien et nouveau Code pénal.** Fait l'exacte application de l'article 112-1 du Code pénal, l'arrêt qui énonce que l'article 222-3, alinéa 2, du Code pénal réprimant le crime de tortures ou d'actes de barbarie en concours avec une agression sexuelle assure la continuité de l'incrimination d'attentat à la pudeur accompagné de tortures ou d'actes de barbarie prévue par l'article 333-1 de l'ancien Code pénal (▪ Cass. crim., 11 mai 2005 : *Bull. crim.* n° 146 ; *RSC* 2005, p. 835, obs. G. Vermelle).

Art. 222-4 *(L. n° 2004-204, 9 mars 2004)*. **– L'infraction définie à l'article 222-1 est punie de trente ans de réclusion criminelle lorsqu'elle est commise en bande organisée ou de manière habituelle sur un mineur de quinze ans ou sur une personne dont la particulière vulnérabilité, due à son âge, à une maladie, à une infirmité, à une déficience physique ou psychique ou à un état de grossesse, est apparente ou connue de son auteur.**

Les deux premiers alinéas de l'article 132-23 relatif à la période de sûreté sont applicables à l'infraction prévue par le présent article.

Art. 222-5. – L'infraction définie à l'article 222-1 est punie de trente ans de réclusion criminelle lorsqu'elle a entraîné une mutilation ou une infirmité permanente.

Les deux premiers alinéas de l'article 132-23 relatif à la période de sûreté sont applicables à l'infraction prévue par le présent article.

Art. 222-6. – L'infraction définie à l'article 222-1 est punie de la réclusion criminelle à perpétuité lorsqu'elle a entraîné la mort de la victime sans intention de la donner.

Les deux premiers alinéas de l'article 132-23 relatif à la période de sûreté sont applicables à l'infraction prévue par le présent article.

Art. 222-6-1 *(Mod., L. n° 2009-526, 12 mai 2009)*. **– Les personnes morales déclarées responsables pénalement, dans les conditions prévues par l'article 121-2, des infractions définies au présent paragraphe encourent, outre l'amende suivant les modalités prévues par l'article 131-38, les peines prévues par l'article 131-39.**

L'interdiction mentionnée au 2° de l'article 131-39 porte sur l'activité dans l'exercice ou à l'occasion de l'exercice de laquelle l'infraction a été commise.

Art. 222-6-2. – *(L. n° 2004-204, 9 mars 2004)*. **– Toute personne qui a tenté de commettre les crimes prévus par le présent paragraphe est exempte de peine si, ayant averti l'autorité administrative ou judiciaire, elle a permis d'éviter la réalisation de l'infraction et d'identifier, le cas échéant, les autres auteurs ou complices.**

La peine privative de liberté encourue par l'auteur ou le complice d'un des crimes prévus au présent paragraphe est réduite de moitié si, ayant averti l'autorité administrative ou judiciaire, il a permis de faire cesser l'infraction ou d'éviter que l'infraction n'entraîne mort d'homme ou infirmité permanente et d'identifier, le cas échéant, les autres auteurs ou complices. Lorsque la peine encourue est la réclusion criminelle à perpétuité, celle-ci est ramenée à vingt ans de réclusion criminelle.

Art. 222-6-3 *(L. n° 2010-769, 9 juill. 2010)*. **– Dans le cas où le crime prévu par le 6°** ***bis*** **de l'article 222-3 est commis à l'étranger à l'encontre d'une personne résidant habituellement sur le territoire français, la loi française est applicable par dérogation aux dispositions de l'article 113-7.**

Art. 222-6-4 *(Créé, L. n° 2020-936, 30 juill. 2020)*. **– Le fait de faire à une personne des offres ou des promesses ou de lui proposer des dons, présents ou avantages quelconques afin qu'elle commette, y compris hors du territoire national, un des crimes prévus par le présent paragraphe est puni, lorsque ce crime n'a été ni commis, ni tenté, de dix ans d'emprisonnement et de 150 000 € d'amende.**

§ 2. – **Des violences**

Art. 222-7. – Les violences ayant entraîné la mort sans intention de la donner sont punies de quinze ans de réclusion criminelle.

Bibliographie : *JCl. Pénal Code, Violences* par J.-P. Valat.

I – ÉLÉMENT MATÉRIEL

1) Illustrations. Est justifié le renvoi par la chambre d'accusation devant la cour d'assises d'un accusé pour coups mortels dès lors qu'elle retient qu'il a dirigé un pistolet, de façon intentionnelle vers la victime et qu'il aurait volontairement appuyé sur la détente, le fait que la position du cran de sécurité ait été modifiée à son insu au cours des manipulations de l'arme important peu (■ Cass. crim., 6 juill. 1993 : *Dr. pén.* 1993, comm. 254, obs. M. Véron).

2) Avortement suivi de mort. Les manœuvres pratiquées ayant eu pour résultat d'entraîner la mort de l'avortée, la Cour d'appel aurait dû reconnaître que les faits poursuivis constituaient, non le simple délit d'avortement, mais le crime de violences volontaires ayant entraîné la mort sans intention de la donner (■ Cass. crim., 1er déc. 1971 : *Bull. crim.* n° 330).

3) Lien de causalité. En matière de violences volontaires il n'est pas exigé un lien de causalité direct et immédiat entre elles et leurs conséquences (■ Cass. crim., 18 mai 1982 : inédit).

4) Caractère déterminant. Appréciation souveraine de la chambre de l'instruction n'ayant pas retenu la qualification de violences ayant entraîné la mort sans intention de la donner en raison de l'absence de charge suffisante établissant des violences ayant déterminé l'épouse de l'accusé à enjamber la rambarde d'une fenêtre, comportement à l'origine de sa chute mortelle (■ Cass. crim., 22 août 2018, n° 17-87.190 : *Gaz. Pal.* 6 nov. 2018, p. 47, obs. S. Detraz ; *Lexbase pénal* n° 15, 18 avr. 2019, obs. L. Saenko).

5) Cause étrangère. Le crime de coups mortels implique que la mort de la victime ait nécessairement procédé des violences volontairement commises à son encontre et ne soit pas due à une cause étrangère à ces violences, telle la déficience d'un appareil de réanimation à la suite de l'intervention chirurgicale nécessitée par les blessures subies (■ Cass. crim., 8 janv. 1991 : *Bull. crim.* n° 14 ; *D.* 1991, somm., n° 271, obs. G. Azibert).

6) État de santé antérieur de la victime. Mais, d'une part l'état de santé de la victime, antérieur aux violences, ne doit pas être pris en compte (■ Cass. crim., 15 nov. 1928 : *DP* 1932, I, p. 56), et d'autre part il a été jugé que la même solution s'imposait si les violences avaient aggravé une affection pathologique entraînant une mort prématurée (■ Cass. crim., 7 nov. 1930 : *Sem. jur.* 1930, n° 595).

– Justifie sa décision de renvoi du chef de coups mortels la chambre d'accusation qui relève que les violences, bien que non susceptibles d'entraîner la mort sur un sujet normal, avaient facilité une congestion cérébrale avec insuffisance respiratoire responsable du décès chez un sujet présentant un état morbide et un état alcoolique caractérisé (■ Cass. crim., 26 avr. 1994 : *Dr. pén.* 1994, comm. 176).

II – ÉLÉMENT MORAL

7) Faute intentionnelle. L'acte de violence doit avoir été accompli volontairement ; encourt dès lors la censure pour insuffisance de motifs l'arrêt de la cour d'appel qui, sans s'expliquer sur le caractère volontaire de l'acte de tirer avec une arme à feu sur la victime, accueille l'exception d'incompétence fondée sur la nature criminelle des faits poursuivis sous la qualification d'homicide involontaire, et infirme la décision des premiers juges qui avaient retenu que l'intention homicide n'était pas caractérisée (■ Cass. crim., 2 oct. 1996 : *Bull. crim.* n° 342. – Rappr. ■ Cass. crim., 2 avr. 1979 : *Bull. crim.* n° 131).

8) Indifférence du mobile. Les dispositions de l'article 309 du Code pénal sont applicables lorsqu'un acte volontaire de violence a été accompli, quel que soit le mobile qui l'ait provoqué, et alors même que son auteur n'aurait pas voulu le dommage qui en est résulté ; il en est spécialement ainsi lorsqu'un acte volontaire de violence a entraîné la mort sans intention de la donner (■ Cass. crim., 5 févr. 1979 : *Bull. crim.* n° 49, et les arrêts cités).

9) Question en cour d'assises. N'encourt pas la censure la question posée dans les termes de l'arrêt de renvoi et ne précisant pas que les violences exercées l'ont été volontairement, dès lors que l'article 222-7 du Code pénal prévoyant cette infraction ne mentionne pas l'élément intentionnel dont le principe est affirmé, pour tous les crimes et délits à l'exception des infractions d'imprudence, par l'article 121-3 du Code pénal (■ Cass. crim., 19 sept. 1996 : *Bull. crim.* n° 326).

– Le crime de violences ayant entraîné la mort sans intention de la donner, défini par l'article 222-7 du Code pénal, est une infraction distincte du délit de violences commises avec arme, défini par les articles 222-11 à 222-13 du Code pénal, et non pas une circonstance aggravante de ce délit.

En conséquence, méconnaît les dispositions de l'article 350 du Code de procédure pénale le président de la cour d'assises qui pose une question spéciale afin de rechercher si les faits qualifiés dans la décision de renvoi de violences avec arme ne constituent pas en réalité le crime de violences ayant entraîné la mort sans intention de la donner (■ Cass. crim., 29 nov. 2017, n° 17-80.224).

Code de la sécurité intérieure

Art. L. 211-1. – Sont soumis à l'obligation d'une déclaration préalable tous cortèges, défilés et rassemblements de personnes, et, d'une façon générale, toutes manifestations sur la voie publique.

Toutefois, sont dispensées de cette déclaration les sorties sur la voie publique conformes aux usages locaux.

Les réunions publiques sont régies par les dispositions de l'article 6 de la loi du 30 juin 1881.

Art. L. 211-2 *(L. n° 2019-290 du 10 avril 2019)*. – La déclaration est faite à la mairie de la commune ou aux mairies des différentes communes sur le territoire desquelles la manifestation doit avoir lieu, trois jours francs au moins et quinze jours francs au plus avant la date de la manifestation. À Paris, la déclaration est faite à la préfecture de police. Elle est faite au représentant de l'État dans le département en ce qui concerne les communes où est instituée la police d'État.

La déclaration fait connaître les noms, prénoms et domiciles des organisateurs et est signée par au moins l'un d'entre eux ; elle indique le but de la manifestation, le lieu, la date et l'heure du rassemblement des groupements invités à y prendre part et, s'il y a lieu, l'itinéraire projeté.

L'autorité qui reçoit la déclaration en délivre immédiatement un récépissé.

Art. L. 211-3. – Si les circonstances font craindre des troubles graves à l'ordre public et à compter du jour de déclaration d'une manifestation sur la voie publique ou si la manifestation n'a pas été déclarée, dès qu'il en a connaissance, le représentant de l'État dans le département ou, à Paris, le préfet de police, peut interdire, pendant les vingt-quatre heures qui la précèdent et jusqu'à dispersion, le port et le transport, sans motif légitime, d'objets pouvant constituer une arme au sens de l'article 132-75 du Code pénal. L'aire géographique où s'applique cette interdiction se limite aux lieux de la manifestation, aux lieux avoisinants et à leurs accès, son étendue devant demeurer proportionnée aux nécessités que font apparaître les circonstances.

Les modalités d'application du présent article sont fixées par décret en Conseil d'État.

Art. L. 211-4. – Si l'autorité investie des pouvoirs de police estime que la manifestation projetée est de nature à troubler l'ordre public, elle l'interdit par un arrêté qu'elle notifie immédiatement aux signataires de la déclaration au domicile élu.

Le maire transmet, dans les vingt-quatre heures, la déclaration au représentant de l'État dans le département. Il y joint, le cas échéant, une copie de son arrêté d'interdiction.

Si le maire, compétent pour prendre un arrêté d'interdiction, s'est abstenu de le faire, le représentant de l'État dans le département peut y pourvoir dans les conditions prévues à l'article L. 2215-1 du Code général des collectivités territoriales.

....

Art. L. 211-12. – L'organisation sur la voie publique d'une manifestation n'ayant pas fait l'objet d'une déclaration préalable dans les conditions prévues par la loi, ayant fait l'objet d'une déclaration incomplète ou inexacte de nature à tromper sur l'objet ou les conditions de la manifestation projetée, ou ayant été interdite dans les conditions fixées par la loi et la participation à une manifestation ou à une réunion publique en étant porteur d'une arme sont réprimées dans les conditions prévues à la section 3 du chapitre Ier du titre III du livre IV du Code pénal.

Art. L. 211-14. – L'interdiction du territoire français peut être également prononcée, dans les conditions prévues par l'article 131-30 du Code pénal, pour une durée de trois ans au plus, à l'encontre de tout étranger s'étant rendu coupable, lors du déroulement de manifestations sur la voie publique, des infractions prévues aux articles 222-9, 222-11 à 222-13, 322-3 et 322-6 du Code pénal.

Art. 222-8 *(Mod., L. n° 2003-88, 3 févr. 2003 ; L. n° 2003-239, 18 mars 2003 ; L. n° 2006-399, 4 avr. 2006 ; L. n° 2007-297, 5 mars 2007 ; L. n° 2010-201, 2 mars 2010 ; L. n° 2010-769, 9 juill. 2010 ; L. n° 2010-930, 9 août 2010 ; L. n° 2012-954, 6 août 2012 ; L. n° 2016-444, 13 avr. 2016 ;*

L. n° 2021-646, 25 mai 2021, L. n° 2021-1520, 25 nov. 2021 ; L. n° 2022-52, 24 janv. 2022). – L'infraction définie à l'article 222-7 est punie de vingt ans de réclusion criminelle lorsqu'elle est commise :

1° Sur un mineur de quinze ans ;

2° Sur une personne dont la particulière vulnérabilité, due à son âge, à une maladie, à une infirmité, à une déficience physique ou psychique ou à un état de grossesse, est apparente ou connue de son auteur ;

3° Sur un ascendant légitime ou naturel ou sur les père ou mère adoptifs ;

4° Sur un magistrat, un juré, un avocat, un officier public ou ministériel, un membre ou un agent de la Cour pénale internationale, un militaire de la gendarmerie nationale, un fonctionnaire de la police nationale, des douanes, de l'administration pénitentiaire ou toute autre personne dépositaire de l'autorité publique, un sapeur-pompier ou un marin-pompier, un gardien assermenté d'immeubles ou de groupes d'immeubles ou un agent exerçant pour le compte d'un bailleur des fonctions de gardiennage ou de surveillance des immeubles à usage d'habitation en application de l'article L. 127-1 du Code de la construction et de l'habitation, dans l'exercice ou du fait de ses fonctions, lorsque la qualité de la victime est apparente ou connue de l'auteur ;

4° *bis A* Sur une personne exerçant une activité privée de sécurité mentionnée aux articles L. 611-1 ou L. 621-1 du Code de la sécurité intérieure dans l'exercice ou du fait de ses fonctions, lorsque la qualité de la victime est apparente ou connue de l'auteur ;

4° *bis* Sur un enseignant ou tout membre des personnels travaillant dans les établissements d'enseignement scolaire, sur un agent d'un exploitant de réseau de transport public de voyageurs ou toute personne chargée d'une mission de service public, ainsi que sur un professionnel de santé, dans l'exercice ou du fait de ses fonctions, lorsque la qualité de la victime est apparente ou connue de l'auteur ;

4° *ter* Sur le conjoint, les ascendants ou les descendants en ligne directe ou sur toute autre personne vivant habituellement au domicile des personnes mentionnées aux 4°, 4° *bis A* et 4° *bis*, en raison des fonctions exercées par ces dernières ;

5° Sur un témoin, une victime ou une partie civile, soit pour l'empêcher de dénoncer les faits, de porter plainte ou de déposer en justice, soit en raison de sa dénonciation, ou de sa plainte, soit à cause de sa déposition devant une juridiction nationale ou devant la Cour pénale internationale ;

5° *bis (Abr., L. n° 2017-86, 27 janv. 2017)* ;

5° *ter (Abr., L. n° 2017-86, 27 janv. 2017)* ;

5° *quater* Sur une personne qui se livre à la prostitution, y compris de façon occasionnelle, si les faits sont commis dans l'exercice de cette activité ;

6° Par le conjoint ou le concubin de la victime ou le partenaire lié à la victime par un pacte civil de solidarité ;

6° *bis* Contre une personne afin de la contraindre à contracter un mariage ou à conclure une union ou en raison de son refus de contracter ce mariage ou cette union ;

7° Par une personne dépositaire de l'autorité publique ou chargée d'une mission de service public dans l'exercice ou à l'occasion de l'exercice de ses fonctions ou de sa mission ;

7° *bis* Par une personne exerçant une activité privée de sécurité mentionnée aux articles L. 611-1 ou L. 621-1 du Code de la sécurité intérieure dans l'exercice ou à l'occasion de l'exercice de ses fonctions ou de sa mission ;

8° Par plusieurs personnes agissant en qualité d'auteur ou de complice ;

9° Avec préméditation ou avec guet-apens ;

10° Avec usage ou menace d'une arme ;

11° Par une personne agissant en état d'ivresse manifeste ou sous l'emprise manifeste de produits stupéfiants.

(Al. rempl., L. n° 2018-703, 3 août 2018) La peine encourue est portée à trente ans de réclusion criminelle lorsque l'infraction définie à l'article 222-7 est commise :

a) (a) créé, L. n° 2018-703, 3 août 2018) Sur un mineur de quinze ans par un ascendant légitime, naturel ou adoptif ou par toute autre personne ayant autorité sur le mineur ;

b) (b) créé, L. n° 2018-703, 3 août 2018) Alors qu'un mineur assiste aux faits et que ceux-ci sont commis par le conjoint ou le concubin de la victime ou le partenaire lié à la victime par un pacte civil de solidarité ou, si la victime est mineure, par un ascendant légitime, naturel ou adoptif ou par toute autre personne ayant autorité sur le mineur victime.

Les deux premiers alinéas de l'article 132-23 relatif à la période de sûreté sont applicables aux infractions prévues par le présent article.

1) Circonstances aggravantes. V. aussi *infra*, notes ss art. 222-12.

2) Autorité de fait. La qualité de concubin de la mère de la victime ne confère pas, pour elle seule, l'autorité de fait à laquelle l'article (312) du Code pénal attache une aggravation de peine (▪ Cass. crim., 1er févr. 1989 : *Bull. crim.* n° 42 ; *RSC* 1989, p. 739, obs. Levasseur). En revanche, le coupable de violences volontaires sur un mineur de 15 ans, qui vit en concubinage avec la mère de celui-ci et a une habitation commune avec la mère et l'enfant, exerce nécessairement sur cet enfant une autorité de fait (▪ Cass. crim., 28 févr. 1956 : *Bull. crim.* n° 201).

3) Violences commises par un enseignant à l'égard de jeunes enfants. Les violences physiques, psychologiques ou verbales, commises par un enseignant à l'égard d'élèves, ne doivent pas dépasser le pouvoir disciplinaire dont il dispose. Concernant des applications de l'impunité V. ▪ Cass. crim., 31 janv. 1995, n° 93-85.711 : *JurisData* n° 1995-004339 ; *Bull. crim.* n° 38, pour des sanctions exercées « de manière inoffensive ». – V. ▪ T. pol. Bordeaux, 18 mars 1981 : *D.* 1982, p. 182, note D. Mayer. ▪ CA Versailles, 16 juin 2003 : *RSC* 2004, p. 87, obs. Y. Mayaud.

– Concernant des rejets de l'impunité V. ▪ Cass. crim., 2 déc. 1998, n° 97-84.937 : *JurisData* n° 1998-005118 ; *Bull. crim.* n° 327. – Et aussi ▪ Cass. crim., 7 nov. 2017, n° 16-84.329 : *JurisData* n° 2017-022178 ; *Dr. pén.* 2018, comm. 3, Ph. Conte.

Voir : ss art. 222-14, p. 393.

Art. 222-9. – Les violences ayant entraîné une mutilation ou une infirmité permanente sont punies de dix ans d'emprisonnement et de 150 000 € d'amende.

Voir : art. 132-9, p. 266 (peines applicables).
art. L. 211-1, p. 1941 (Outrage contre un inspecteur du permis de conduire et de la sécurité routière).

1) Infirmité permanente. L'infirmité permanente suppose la mise hors de service de l'organe considéré ou son ablation : ainsi ne constitue pas une infirmité permanente un simple affaiblissement de la vue (▪ Cass. crim., 22 mars 1946 : *D.* 1946, 242), ni une perte de dents (▪ Cass. crim., 23 nov. 1945 : *S.* 1946, I, p. 21), ni l'affaiblissement de la paroi abdominale (▪ Amiens, 29 juill. 1952 : *JCP* 1953, IV, 59).

– Justifie sa décision de non-lieu la chambre de l'instruction qui relève, notamment, qu'une ligature des trompes opérée par un médecin, sans le consentement d'une femme qui avait subi une césarienne, ne constituait ni une mutilation, ni une infirmité permanente au sens de l'article 222-9 du Code pénal, sa stérilité étant « réversible » (▪ Cass. crim., 19 janv. 2005 : *Dr. pén.* 2005, comm. 55, obs. M. Véron).

– Constitue une infirmité permanente l'état confusionnel variable mais permanent de la victime de coups et blessures volontaires dont les facultés mentales sont gravement et définitivement atteintes, incapable de mener une vie indépendante aux plans économique et personnel (▪ Cass. crim., 25 mars 1980 : *D.* 1981, 660, note W. Jeandidier ; *RSC* 1981, p. 7, obs. Levasseur).

– La surdité affectant une oreille, lorsqu'elle a un caractère définitif, constitue une infirmité permanente (▪ Cass. crim., 6 nov. 1985 : *Bull. crim.* n° 347 ; *RSC* 1986, p. 611, obs. Levasseur).

– Sur l'infirmité permanente due à l'inoculation du virus du sida, V. (▪ Cass. crim., 10 janv. 2006 : *Bull. crim.* n° 11), rapporté *infra* sous l'article 222-15 du Code pénal.

– Une atteinte sévère de l'organe de la phonation, dont l'altération de la fonction demeure irréversible, constitue une infirmité permanente (▪ Cass. crim., 21 mars 2006 : *JurisData* n° 2006-033267 ; *Dr. pén.* 2006, comm. 98, obs. M. Véron).

2) Mutilation. Il a été jugé que l'arrachement du pavillon de l'oreille constituait une mutilation (▪ Cass. crim., 8 mars 1912 : *S.* 1913, I, p. 532), comme l'ablation de la rate résultant de coups volontaires, la suppression de cet organe étant en outre de nature à entraîner une infirmité permanente (▪ Cass. crim., 18 déc. 1962 : *Bull. crim.* n° 375).

3) Mutilation : excision. L'ablation du clitoris résultant de violences volontairement exercées, constitue une mutilation (▪ Cass. crim., 20 août 1983 : *Bull. crim.* n° 229. ▪ Cass. crim., 9 mai 1990 : *Dr. pén.* 1990, comm. 291, obs. M. Véron ; *RSC* 1991, p. 565, obs. Levasseur).

4) Mutilation : castration. Rejet du pourvoi formé contre un arrêt de chambre de l'instruction renvoyant en cour d'assises un individu accusé d'avoir coupé le sexe de la victime, car à « supposer que les faits retenus ne caractérisent pas le crime d'actes de barbarie ayant entraîné une mutilation, ils n'en constitueraient pas moins le crime de violences ayant entraîné une mutilation » (▪ Cass. crim., 16 nov. 2004 : *Dr. pén.* 2005, comm. 22, obs. M. Véron).

Art. 222-10 *(Mod., L. n° 2003-88, 3 févr. 2003 ; L. n° 2003-239, 18 mars 2003 ; L. n° 2006-399, 4 avr. 2006 ; L. n° 2007-297, 5 mars 2007 ; L. n° 2010-201, 2 mars 2010 ; L. n° 2010-769, 9 juill. 2010 ; L. n° 2010-930, 9 août 2010 ; L. n° 2012-954, 6 août 2012 ; L. n° 2016-444, 13 avr. 2016 ;*

L. n° 2021-646, 25 mai 2021 ; L. n° 2021-1520, 25 nov. 2021 ; L. n° 2022-52, 24 janv. 2022). – L'infraction définie à l'article 222-9 est punie de quinze ans de réclusion criminelle lorsqu'elle est commise :

1° Sur un mineur de quinze ans ;

2° Sur une personne dont la particulière vulnérabilité, due à son âge, à une maladie, à une infirmité, à une déficience physique ou psychique ou à un état de grossesse, est apparente ou connue de son auteur ;

3° Sur un ascendant légitime ou naturel ou sur les père ou mère adoptifs ;

4° Sur un magistrat, un juré, un avocat, un officier public ou ministériel, un membre ou un agent de la Cour pénale internationale, un militaire de la gendarmerie nationale, un fonctionnaire de la police nationale, des douanes, de l'administration pénitentiaire ou toute autre personne dépositaire de l'autorité publique, un sapeur-pompier ou un marin-pompier, un gardien assermenté d'immeubles ou de groupes d'immeubles ou un agent exerçant pour le compte d'un bailleur des fonctions de gardiennage ou de surveillance des immeubles à usage d'habitation en application de l'article L. 127-1 du Code de la construction et de l'habitation, dans l'exercice ou du fait de ses fonctions, lorsque la qualité de la victime est apparente ou connue de l'auteur ;

4° *bis A* Sur une personne exerçant une activité privée de sécurité mentionnée aux articles L. 611-1 ou L. 621-1 du Code de la sécurité intérieure dans l'exercice ou du fait de ses fonctions, lorsque la qualité de la victime est apparente ou connue de l'auteur ;

4° *bis* Sur un enseignant ou tout membre des personnels travaillant dans les établissements d'enseignement scolaire, sur un agent d'un exploitant de réseau de transport public de voyageurs ou toute personne chargée d'une mission de service public, ainsi que sur un professionnel de santé, dans l'exercice ou du fait de ses fonctions, lorsque la qualité de la victime est apparente ou connue de l'auteur ;

4° *ter* Sur le conjoint, les ascendants ou les descendants en ligne directe ou sur toute autre personne vivant habituellement au domicile des personnes mentionnées aux 4°, 4° *bis A* et 4° *bis*, en raison des fonctions exercées par ces dernières ;

5° Sur un témoin, une victime ou une partie civile, soit pour l'empêcher de dénoncer les faits, de porter plainte ou de déposer en justice, soit en raison de sa dénonciation, ou de sa plainte, soit à cause de sa déposition devant une juridiction nationale ou devant la Cour pénale internationale ;

5° *bis (Abr., L. n° 2017-86, 27 janv. 2017)* ;

5° *ter (Abr., L. n° 2017-86, 27 janv. 2017)* ;

5° *quater* Sur une personne qui se livre à la prostitution, y compris de façon occasionnelle, si les faits sont commis dans l'exercice de cette activité ;

6° Par le conjoint ou le concubin de la victime ou le partenaire lié à la victime par un pacte civil de solidarité ;

6° *bis* Contre une personne afin de la contraindre à contracter un mariage ou à conclure une union ou en raison de son refus de contracter ce mariage ou cette union ;

7° Par une personne dépositaire de l'autorité publique ou chargée d'une mission de service public dans l'exercice ou à l'occasion de l'exercice de ses fonctions ou de sa mission ;

7° *bis* Par une personne exerçant une activité privée de sécurité mentionnée aux articles L. 611-1 ou L. 621-1 du Code de la sécurité intérieure dans l'exercice ou à l'occasion de l'exercice de ses fonctions ou de sa mission ;

8° Par plusieurs personnes agissant en qualité d'auteur ou de complice ;

9° Avec préméditation ou avec guet-apens ;

10° Avec usage ou menace d'une arme ;

Les deux premiers alinéas de l'article 132-23 relatif à la période de sûreté sont applicables aux infractions prévues par le présent article.

11° Par une personne agissant en état d'ivresse manifeste ou sous l'emprise manifeste de produits stupéfiants.

(Al. rempl., L. n° 2018-703, 3 août 2018) La peine encourue est portée à vingt ans de réclusion criminelle lorsque l'infraction définie à l'article 222-9 est commise :

a) (Al. rempl., L. n° 2018-703, 3 août 2018) Sur un mineur de quinze ans par un ascendant légitime, naturel ou adoptif ou par toute autre personne ayant autorité sur le mineur ;

b) (Al. rempl., L. n° 2018-703, 3 août 2018) Alors qu'un mineur assiste aux faits et que ceux-ci sont commis par le conjoint ou le concubin de la victime ou le partenaire lié à la victime par un pacte civil de solidarité ou, si la victime est mineure, par un ascendant légitime, naturel ou adoptif ou par toute autre personne ayant autorité sur le mineur victime.

Les deux premiers alinéas de l'article 132-23 relatif à la période de sûreté sont applicables aux infractions prévues par le présent article.

Voir : art. L. 211-1, p. 1941 (Outrage contre un inspecteur du permis de conduire et de la sécurité routière).

Circonstances aggravantes. V. *supra*, notes ss art. 222-8 et *infra* ss art. 222-12.

Art. 222-11. – Les violences ayant entraîné une incapacité totale de travail pendant plus de huit jours sont punies de trois ans d'emprisonnement et de 45 000 € d'amende.

Voir : art. L. 211-1, p. 1941 (Outrage contre un inspecteur du permis de conduire et de la sécurité routière).

I – ÉLÉMENT MATÉRIEL

A – Comportement

1) Acte positif. Ne saurait constituer le délit de coups et blessures volontaires le fait même pour des proches parents de laisser sous leur toit un faible d'esprit, un vieillard ou un malade dans un état d'abandon complet (■ Poitiers, 20 nov. 1901 : *S.* 1902, 2, 305, note Hémard ; *D.* 1901, 81, note Le Poittevin).

2) La cessation de l'alimentation et la réduction de l'hydratation d'un patient ne constituent pas un acte positif de violence, l'inscription du comportement dans le cadre de la procédure collégiale prévue par les articles L. 1110-5, L. 1111-4 et R. 4127-37 du Code de la santé publique excluant par ailleurs toute intention de porter atteinte à la personne, quand bien même le protocole aurait-il été réalisé de façon imparfaite (■ Cass. crim., 5 mars 2019, n° 18-80.712 : *JurisData* n° 2019-003244 ; *AJ pénal* 2019, p. 269, obs. M. Bénéjat ; *Lexbase pénal* n° 15, 18 avr. 2019, obs. C. Kurek ; *Dr. pén.* oct. 2019, étude 22, n° 10, obs. J. Lagoutte ; *RSC* 2019, p. 613, obs. Y. Mayaud ; *RSC* 2019, p. 446, obs. P. Mistretta).

3) Coaction : scène unique de violence. Des violences exercées par plusieurs personnes sur une ou plusieurs autres peuvent constituer un fait unique sans qu'il y ait eu nécessairement préméditation ou concertation, chacun pouvant avoir participé spontanément à la rixe et porté des coups volontairement sans avoir été sollicité par les autres auteurs de la scène de violence (■ Cass. crim., 25 févr. 1975 : *Bull. crim.* n° 65 ; *RSC* 1975, p. 1016, obs. Levasseur). La présence sur les lieux n'est cependant pas suffisante pour une déclaration de culpabilité (même arrêt).

– Lorsque des blessures ont été faites par plusieurs prévenus au cours d'une scène unique de violences, l'infraction est à apprécier dans son ensemble, sans qu'il soit nécessaire, pour les juges du fond, de préciser la nature des coups portés par chacun des prévenus à chacune des victimes (■ Cass. crim., 10 avr. 1975 : *JCP* G 1975, IV, 168).

B – Résultat

4) Définition de l'incapacité de travail et calcul de sa durée : QPC. Non-lieu à renvoi au Conseil constitutionnel de la question prioritaire concernant la légalité des articles 222-11 et 222-12 du Code pénal, faute de critères objectifs quant à la définition de l'incapacité totale de travail et au calcul de sa durée, dès lors que l'appréciation de l'existence d'une incapacité totale de travail et de la durée de celle-ci, qui conditionne les poursuites aux termes des articles 222-11 et 222-12 du Code pénal, relève de l'office du juge qui n'est pas tenu d'adopter les appréciations des certificats médicaux produits ou des expertises réalisées, et se prononce au vu des éléments de fait dont il dispose (■ Cass. crim., 2 mai 2012, n° 12-90.012 QPC ; *Dr. pén.* 2012, comm. 99, obs. M. Veron).

5) Définition de l'incapacité. L'expression « incapacité totale de travail personnel » désigne l'incapacité de s'adonner à un travail quelconque, à tout travail corporel en général ; mais l'article 309 n'exige pas que l'incapacité constatée soit absolue et interdise au blessé le moindre effort musculaire (■ Cass. crim., 6 oct. 1960 : *Gaz. Pal.* 1961, 1).

– L'incapacité totale de travail, élément constitutif de l'infraction de violences, n'implique pas nécessairement l'impossibilité pour la victime de se livrer à un effort physique afin d'accomplir elle-même certaines tâches ménagères ; encourt, dès lors, la censure l'arrêt qui, pour apprécier la durée de l'incapacité totale de travail et disqualifier le délit poursuivi sur le fondement de l'article 222-11 du Code pénal en contravention de violences, ne prend pas en compte la durée de l'incapacité de travail professionnel de la victime au motif que celle-ci était, au cours de cette période, néanmoins en état d'accomplir des tâches ménagères (■ Cass. crim., 6 févr. 2001 : *Bull. crim.* n° 34 ; *Dr. pén.* 2001, comm. 71, M. Véron ; *RSC* 2001, p. 582, obs. Y. Mayaud).

– Le fait que la durée totale de l'incapacité ne soit pas encore déterminée au moment où les juges statuent n'empêche pas qu'elle puisse être d'ores et déjà supérieure à huit jours (■ Cass. crim., 18 sept. 1990, inédit).

6) Atteinte corporelle. Les coups existent, que l'agent ait frappé la victime immédiatement, par exemple de la main, ou médiatement, c'est-à-dire au moyen d'un objet, ainsi une pierre (▪ Cass. crim., 21 mars 1868 : *D.* 1869, 1, p. 263) ; il y a encore coup lorsque l'agent saisit la victime pour lui faire cogner avec son corps ou une partie de celui-ci le sol ou un objet (▪ Cass. crim., 19 déc. 1863 : *D.* 1863, 5, 402). Peu importe que le coupable n'ait porté à la victime qu'un seul coup (▪ Cass. crim., 5 mars 1831 : *Bull. crim.* n° 42) ou que le fait délictueux n'ait causé à la victime qu'une lésion minime (▪ T. corr. Seine, 23 févr. 1949 : *S.* 1950, 2, 149, note Légal ; *JCP* 1949, II, 4796, note R. Vouin) : des coups, au sens de la loi, sont réalisés.

7) Atteinte physiologique ou psychique. Les violences ou voies de fait sont non seulement des brutalités exercées sur le corps de la victime d'une gravité moindre que les coups, ainsi le déshabillage brutal d'un enfant pour l'enduire de cambouis (▪ Cass. crim., 16 févr. 1938 : *Gaz. Pal.* 1938, 1, 750), mais encore tout acte qui, sans aucun contact matériel, est de nature à provoquer des atteintes à l'intégrité physique de la victime en raison de l'émotion qu'elle ressentira : ainsi le fait de frapper au plafond d'un appartement des coups d'une extrême violence, chaque nuit, déterminant chez l'un des voisins une maladie nerveuse (▪ Cass. crim., 22 oct. 1936 : *DH.* 1937, p. 38), d'infliger des tortures morales à une personne dont la santé a été altérée (▪ Cass. crim., 14 févr. 1970 : *D.* 1970, jur. p. 744), ou encore de foncer avec son automobile sur un piéton dans l'intention de lui faire peur (▪ T. corr. Aix-en-Provence, 26 juin 1975 : *D.* 1975, somm. 108 ; *RSC* 1976, p. 110, obs. Levasseur) ou d'entrer avec une tronçonneuse en marche dans la salle où avait lieu un repas organisé par une association et de menacer les convives de cet engin, provoquant chez l'un d'eux, en raison du choc nerveux éprouvé, une incapacité totale de travail (▪ Cass. crim., 9 janv. 1986 : *Gaz. Pal.* 1986, 2, 598). L'infraction de violences peut aussi consister dans le fait d'envoyer un colis d'excréments (▪ Cass. crim., 8 nov. 1990 : *Dr. pén.* 1991, n° 102), des lettres anonymes injurieuses et menaçantes (▪ Cass. crim., 13 juin 1991 : *Bull. crim.* n° 253 ; *RSC* 1992, p. 74, obs. Levasseur), ainsi que de diffuser par minitel un message offensant, entraînant une atteinte psychique à la victime (▪ Cass. crim., 17 juin 1993 : *Bull. crim.* n° 243 ; *Dr. pén.* 1993, comm. 61, obs. M. Véron). Est également coupable le prévenu qui porte des coups sur le véhicule dans lequel se trouve assise la victime, de nature à causer à celle-ci un choc ou un trouble psychologique (▪ Paris, 11e ch. B, 25 nov. 1988 : *JurisData* n° 1988-027501) ou, l'action pour un automobiliste de se diriger droit sur des gendarmes à une vitesse rapide compte tenu de la proximité des victimes, alors qu'il avait conscience de leur présence et en s'en remettant aux gendarmes eux-mêmes pour éviter le choc (▪ Cass. crim., 19 oct. 1993 : *Dr. pén.* 1994, comm. 33).

8) Choc émotif. Le délit de violence est constitué, même sans atteinte physique de la victime par tout acte de nature à impressionner vivement celle-ci et à lui causer un choc émotif (▪ Cass. crim., 18 mars 2008 : *Bull. crim.* n° 65 ; *JurisData*, n° 2008-043606 ; *Dr. pén.* 2008, comm. 84, obs. M. Véron ; *RSC* 2008, p. 587, obs. Y. Mayaud). Rappr. ▪ Cass. crim., 2 sept. 2005 : *Bull. crim.* n° 212, *infra* sous article 222-13.

9) Cassation de la décision ayant débouté la partie civile, au motif que les violences physiques dénoncées n'ont pu être établies, sans avoir recherché si le comportement du prévenu était de nature à impressionner vivement la victime et à lui causer un choc émotif (▪ Cass. crim., 4 juin 2019, n° 18-84.720 : *JurisData* n° 2019-09578 ; *RSC* 2019, p. 626, obs. Y. Mayaud).

10) Violences psychologiques : limites. Mais ne donne pas de base légale à sa décision, la cour d'appel qui se borne à énoncer que la parution de son avis de décès « n'a pu qu'impressionner la victime et provoquer en elle un choc ou un trouble psychologique », sans rechercher si la victime avait eu connaissance de cet avis et si elle avait effectivement subi une atteinte à son intégrité physique ou psychique (▪ Cass. crim., 27 oct. 1999 : *JurisData* n° 1999-004318 ; *Dr. pén.* 2000, comm. 30, obs. M. Véron).

11) Violences psychologiques : simple observation (non). De même, ne caractérise pas le délit de violences le fait d'observer une femme et une jeune fille mineure en train de se changer à l'aide d'un miroir de poche passé sous la cloison séparant les cabines du vestiaire de la piscine (▪ Cass. crim., 5 oct. 2010 : *JurisData* n° 2010-021338 ; *Dr. pén.* 2011, comm. 6, obs. M. Véron).

12) Violences psychologique : législation spéciale. V. art. 222-14-3, p. 395.

C – Lien de causalité

13) Preuve. S'il résulte de coups ou violences volontaires une maladie ou une incapacité de travail personnel pendant plus de 8 jours, ces coups ou violences constituent, non la contravention prévue par l'article R. 40.1° du Code pénal, mais le délit de l'article 309, alinéa 1er, du même code, sans que soit exigée la preuve d'un lien de causalité direct et immédiat entre les violences et la maladie ou l'incapacité de travail (▪ Cass. crim., 27 févr. 1992 : *Bull. crim.* n° 92).

– Pour un choc émotif apparu postérieurement aux faits, V. ▪ Douai, 1er mars 2006 : *Dr. pén.* 2006, comm. 138, obs. M. Véron.

II – ÉLÉMENT MORAL

A – Faute requise

14) Faute intentionnelle. L'élément intentionnel de l'infraction consiste dans la volonté de commettre l'acte et non dans le dommage même qui en a été la conséquence (▪ Cass. crim., 29 nov. 1972 : *Gaz. Pal.* 1973, I, p. 109).

– Mais V. ▪ Toulouse, 21 févr. 2002 : *RSC* 2002, p. 587, note Y. Mayaud ; *D.* 2003, jur. comm., p. 1001, obs. I. Moine-Dupuis (décision relaxant pour défaut d'intention délictueuse l'auteur d'une plaisanterie).

15) Résultat dépassé. L'intention délictueuse existe même si l'auteur est parvenu à un résultat dépassant les limites qu'il s'était assignées, puisqu'il a agi dans le but de nuire à autrui (▪ Cass. crim., 19 avr. 1972 : *Bull. crim.* n° 131 ; *RSC* 1973, p. 897, obs. Levasseur). V. aussi *JCP* G 1994, I, 3738, n° 4, note M. Véron).

16) Caractérisation. Mais ne justifie pas sa décision la cour d'appel qui, pour condamner du chef du délit de violences volontaires un chirurgien ayant, au cours d'une intervention de chirurgie gynécologique, stérilisé une patiente présentant un risque d'embolie pulmonaire, se borne à relever, sans caractériser l'élément intentionnel des violences au regard des articles 121-3 et 222-11 du Code pénal, que cet acte n'était pas imposé par une nécessité évidente ou un danger immédiat (▪ Cass. crim., 6 févr. 2001 : *Bull. crim.* n° 33 ; *Dr. pén.* 2001, comm. 73, obs. M. Véron ; *RSC* 2001, p. 580, obs. Y. Mayaud).

17) Intention unique, qualifications multiples. Les faits qui procèdent de manière indissociable d'une action unique caractérisée par une seule intention coupable ne peuvent donner lieu, contre le prévenu, à deux déclarations de culpabilité de nature pénale, fussent-elles concomitantes.

Méconnaît ce principe la cour d'appel qui, pour déclarer un prévenu coupable de violences, énonce que ces faits ont pour éléments matériels les infractions de faux et usage, dénonciation mensongère, menaces de mort et appels téléphoniques malveillants, alors qu'il résulte de ses propres constatations que l'infraction de violences et les autres infractions retenues à son encontre relevaient de la même intention coupable (▪ Cass. crim., 24 janv. 2018, n° 16-83.045).

B – Éléments indifférents

18) Indifférence du mobile : principe. Le mobile est sans influence sur la réalisation de l'infraction : le délit est ainsi constitué lorsque les prévenus ont agi par plaisanterie, par exemple lorsque les camarades d'un apprenti ont introduit dans son anus un gonfleur de pneus qui a perforé les intestins de la victime (▪ Cass. crim., 7 juin 1961 : *Bull. crim.* n° 290. ▪ Cass. crim., 21 oct. 1969 : *Bull. crim.* n° 258. ▪ Cass. crim., 23 juin 1988 : *Bull. crim.* n° 289, 1er arrêt ; *RSC* 1989, p. 107, obs. Levasseur). *Adde* sur le sujet : *RSC* 2002, p. 587, obs. Y. Mayaud, et *D.* 2003, jur. comm., p. 1001, note I. Moine-Dupuis, à propos d'un arrêt de Toulouse, du 21 février 2002, qui a relaxé un prévenu, auteur de l'envoi d'une lettre contenant de la poudre blanche, décelée par un agent des postes choqué par sa découverte, pour défaut d'intention coupable en considération des conditions auxquelles l'acte avait été commis, son auteur n'ayant pas eu conscience de son danger, dès lors que l'enveloppe portant son nom était destinée à un ami à titre de pure plaisanterie.

19) Indifférence du mobile : autre illustration. L'infraction prévue par l'article 309 du Code pénal se trouve constituée dès qu'il existe un acte volontaire de violence, quel que soit le mobile qui l'ait inspiré et alors même que son auteur n'aurait pas voulu causer le dommage qui en est résulté ; les juges du fond donnent une base légale à leur décision et déduisent des circonstances de fait souverainement appréciées par eux que le comportement du prévenu (ayant menacé son ancienne maîtresse d'un poignard) a été de nature à impressionner vivement la victime et à l'inciter, sous l'effet de la panique, à essayer de s'enfuir en sautant par une fenêtre (▪ Cass. crim., 21 nov. 1988 : *Bull. crim.* n° 392).

20) Violences et sport. Les coups et blessures commis dans l'exercice de sports violents sont considérés comme justifiés par la permission de la coutume si les règles du jeu ont été respectées et si l'auteur des violences n'a pas été animé par l'intention de nuire (▪ Cass. crim., 21 oct. 1965 : *D.* 1966, p. 26). Mais les brutalités délibérées sont constitutives du délit (▪ Cass. crim., 24 janv. 1956 : *D.* 1956, jurispr. p. 197).

21) Indifférence de l'erreur sur la personne. Constitue une violence volontaire le fait d'occasionner des blessures à une personne autre que celle que l'auteur des violences voulait atteindre (▪ Cass. crim., 21 nov. 1984 : *Bull. crim.* n° 362). Le conducteur qui, cherchant à écraser une personne, en blesse d'autres, se rend coupable de coups et blessures volontaires à l'aide d'une arme car son acte initial a un caractère intentionnel et l'erreur sur la personne ne pouvant pas bénéficier au prévenu (▪ Caen, 9 janv. 1987 : *JurisData*, n° 1987-050381).

22) Indifférence du consentement de la victime. Le délit de coups et blessures volontaires ne disparaît pas lorsque la victime est consentante, il a été ainsi jugé qu'encouraient les sanctions prévues par la loi deux individus qui pratiquaient, à la demande de leurs clients, sur ces derniers, des interventions chirurgicales destinées à les rendre stériles (▪ Cass. crim., 1er juill. 1937 : S. 1938, 1, 193, note Tortat). Ne peuvent invoquer le fait justificatif de la permission de la loi les chirurgiens qui ont procédé à l'ablation de l'appareil génital externe masculin de leur patient, avec plastie d'un néo-vagin, dès lors que les experts ont conclu qu'il n'est pas établi que la conservation par la partie civile de ses organes sexuels masculins était de nature à compromettre gravement son équilibre mental (▪ Aix-en-Provence, 7e ch., 23 avr. 1990 : *Gaz. Pal.* 12-13 oct. 1990, note J.-P. Doucet).

– V. encore, récemment, ▪ Cass. crim., 25 juin 2019, n° 18-84.200, F-D : *JurisData* n° 2019-015832 ; *Dr. pén.* 2019, comm. 164, obs. Ph. Conte ; *Gaz. Pal.* 19 nov. 2019, n° 40, obs. S. Detraz.

Art. 222-12 ***(Mod., L. n° 96-647, 22 juill. 1996 ; L. n° 2002-1138, 9 sept. 2002 ; L. n° 2003-88, 3 févr. 2003 ; L. n° 2003-239, 18 mars 2003 ; L. n° 2006-399, 4 avr. 2006 ; L. n° 2007-297, 5 mars 2007 ; L. n° 2010-201, 2 mars 2010 ; L. n° 2010-769, 9 juill. 2010 ; L. n° 2010-930, 9 août 2010 ; L. n° 2012-954, 6 août 2012 ; L. n° 2016-444, 13 avr. 2016 ; L. n° 2021-646, 25 mai 2021 ; L. n° 2021-1520, 25 nov. 2021 ; L. n° 2022-52, 24 janv. 2022).*** **– L'infraction définie à l'article 222-11 est punie de cinq ans d'emprisonnement et de 75 000 € d'amende lorsqu'elle est commise :**

1° Sur un mineur de quinze ans ;

2° Sur une personne dont la particulière vulnérabilité, due à son âge, à une maladie, à une infirmité, à une déficience physique ou psychique ou à un état de grossesse, est apparente ou connue de son auteur ;

3° Sur un ascendant légitime ou naturel ou sur les père ou mère adoptifs ;

4° Sur un magistrat, un juré, un avocat, un officier public ou ministériel, un membre ou un agent de la Cour pénale internationale, une personne dépositaire de l'autorité publique autre que celles mentionnées à l'article 222-14-5, un gardien assermenté d'immeubles ou de groupes d'immeubles ou un agent exerçant pour le compte d'un bailleur des fonctions de gardiennage ou de surveillance des immeubles à usage d'habitation en application de l'article L. 127-1 du Code de la construction et de l'habitation, dans l'exercice ou du fait de ses fonctions, lorsque la qualité de la victime est apparente ou connue de l'auteur ;

4° *bis A* Sur une personne exerçant une activité privée de sécurité mentionnée aux articles L. 611-1 ou L. 621-1 du Code de la sécurité intérieure dans l'exercice ou du fait de ses fonctions, lorsque la qualité de la victime est apparente ou connue de l'auteur ;

4° *bis* Sur un enseignant ou tout membre des personnels travaillant dans les établissements d'enseignement scolaire, sur un agent d'un exploitant de réseau de transport public de voyageurs ou toute personne chargée d'une mission de service public, ainsi que sur un professionnel de santé, dans l'exercice ou du fait de ses fonctions, lorsque la qualité de la victime est apparente ou connue de l'auteur ;

4° *ter* Sur le conjoint, les ascendants ou les descendants en ligne directe ou sur toute autre personne vivant habituellement au domicile des personnes mentionnées aux 4°, 4° *bis* Aet 4° *bis* en raison des fonctions exercées par ces dernières ;

5° Sur un témoin, une victime ou une partie civile, soit pour l'empêcher de dénoncer les faits, de porter plainte ou de déposer en justice, soit en raison de sa dénonciation, ou de sa plainte, soit à cause de sa déposition devant une juridiction nationale ou devant la Cour pénale internationale ;

5° *bis (Abr., L. n° 2017-86, 27 janv. 2017)* ;

5° *ter (Abr., L. n° 2017-86, 27 janv. 2017)* ;

5° *quater* Sur une personne qui se livre à la prostitution, y compris de façon occasionnelle, si les faits sont commis dans l'exercice de cette activité ;

6° Par le conjoint ou le concubin de la victime ou le partenaire lié à la victime par un pacte civil de solidarité ;

6° *bis* Contre une personne, en raison de son refus de contracter un mariage ou de conclure une union ou afin de la contraindre à contracter un mariage ou à conclure une union ;

7° Par une personne dépositaire de l'autorité publique ou chargée d'une mission de service public dans l'exercice ou à l'occasion de l'exercice de ses fonctions ou de sa mission ;

7° *bis* Par une personne exerçant une activité privée de sécurité mentionnée aux articles L. 611-1 ou L. 621-1 du Code de la sécurité intérieure dans l'exercice ou à l'occasion de l'exercice de ses fonctions ou de sa mission ;

8° Par plusieurs personnes agissant en qualité d'auteur ou de complice ;

9° Avec préméditation ou avec guet-apens ;

10° Avec usage ou menace d'une arme.

11° Dans des établissements d'enseignement ou d'éducation ou dans les locaux de l'administration, ainsi que, lors des entrées ou sorties des élèves ou du public ou dans un temps très voisin de celles-ci, aux abords de ces établissements ou locaux ;

12° Par un majeur agissant avec l'aide ou l'assistance d'un mineur.

13° Dans un moyen de transport collectif de voyageurs ou dans un lieu destiné à l'accès à un moyen de transport collectif de voyageurs.

14° Par une personne agissant en état d'ivresse manifeste ou sous l'emprise manifeste de produits stupéfiants.

15° Par une personne dissimulant volontairement en tout ou partie son visage afin de ne pas être identifiée.

Les peines encourues sont portées à dix ans d'emprisonnement et à 150 000 € d'amende lorsque l'infraction définie à l'article 222-11 est commise sur un mineur de quinze ans par un ascendant légitime, naturel ou adoptif ou par toute autre personne ayant autorité sur le mineur. Les peines sont portées à sept ans d'emprisonnement et 100 000 € d'amende lorsque cette infraction est commise dans deux des circonstances prévues aux 1° et suivants du présent article. Les peines sont portées à dix ans d'emprisonnement et 150 000 € d'amende lorsqu'elle est commise dans trois de ces circonstances.

***(Al. créé, L. n° 2018-703, 3 août 2018)* Les peines encourues sont portées à dix ans d'emprisonnement et à 150 000 euros d'amende lorsque l'infraction définie à l'article 222-11 est commise :**

***a)* Sur un mineur de quinze ans par un ascendant légitime, naturel ou adoptif ou par toute autre personne ayant autorité sur le mineur ;**

***b)* Alors qu'un mineur assiste aux faits et que ceux-ci sont commis par le conjoint ou le concubin de la victime ou le partenaire lié à la victime par un pacte civil de solidarité ou, si la victime est mineure, par un ascendant légitime, naturel ou adoptif ou par toute autre personne ayant autorité sur le mineur victime.**

Les peines sont portées à sept ans d'emprisonnement et 100 000 € d'amende lorsque cette infraction est commise dans deux des circonstances prévues aux 1° et suivants du présent article. Les peines sont portées à dix ans d'emprisonnement et 150 000 € d'amende lorsqu'elle est commise dans trois de ces circonstances.

Les deux premiers alinéas de l'article 132-23 relatif à la période de sûreté sont applicables aux infractions prévues au présent article lorsqu'elles sont punies de dix ans d'emprisonnement.

Voir : C. route, art. L. 211-1, p. 1941 (Outrage contre un inspecteur du permis de conduire et de la sécurité routière).

1) Circonstances aggravantes. V. *supra*, notes ss art. 222-8.

2) Armes. Pour que la circonstance aggravante prévue par l'article 309-6° du Code pénal (ancien) soit constituée, il suffit que les violences aient été commises « à l'aide ou sous la menace d'une arme ». Il n'est pas exigé que les blessures soient l'effet de coups portés avec l'arme elle-même (■ Cass. crim., 7 avr. 1987, *Kiennert*, inédit). Constituent des armes au sens de l'article 309, alinéa 2-6° du Code pénal, non seulement les armes par nature, mais encore les armes par l'usage qu'on en fait ; justifie dès lors sa décision la cour d'appel qui retient la circonstance aggravante prévue par ce texte contre un prévenu qui a volontairement causé des blessures à un tiers en le heurtant avec son automobile (■ Cass. crim., 14 mars 1989 : *Bull. crim.* n° 126 ; *RSC* 1989, p. 738, obs. Levasseur). Le drapeau d'un juge de touche est une arme (■ Cass. crim., 11 mai 1989 : *Dr. pén.* 1989, n° 57). Tout comme une bouteille (■ Cass. crim., 10 mai 1989, inédit) ou un verre (■ Cass. crim., 7 mai 1996 : *Bull. crim.* n° 191).

3) Qualité de la victime. Est dépositaire de la force ou de l'autorité publiques le surveillant de maison d'arrêt dans l'exercice de ses fonctions (■ Cass. crim., 22 nov. 1989 : *Bull. crim.* n° 436).

– Il résulte de l'article 132-76, 2e alinéa, du Code pénal, que la circonstance aggravante visée au 5° *bis* de l'article 222-12 du Code pénal est constituée lorsque les violences incriminées par l'article 222-11 du même code sont précédées, accompagnées ou suivies de propos, écrits, images, objets ou actes de toute nature portant atteinte à l'honneur ou à la considération de la victime ou d'un groupe de personnes dont fait partie la victime à raison de leur appartenance ou de leur non-appartenance, vraie ou supposée, à une ethnie, une nation, une race ou une religion déterminée.

Encourt en conséquence la cassation l'arrêt d'une chambre de l'instruction, saisie de poursuites exercées sur le fondement des articles 222-11 et 222-12, 5 *bis*, du Code pénal, qui écarte la circonstance aggravante prévue par ce dernier texte au motif que manqueraient des éléments objectifs démontrant que la victime a subi des violences à raison de la couleur de sa peau, alors que cette juridiction a constaté que des propos racistes ont été tenus par les personnes mises en examen avant et pendant les violences (■ Cass. crim., 25 juin 2013, n° 12-84.790 : *Bull. crim.* n° 152 ; *Gaz. Pal.* 13-15 oct. 2013, chron. n° 31, note S. Detraz).

4) Qualité de l'auteur : action civile contre fonctionnaire. Si la responsabilité de l'État est engagée en raison des fautes commises par ses agents lorsqu'elles ne sont pas dépourvues de tout lien avec le service, cette responsabilité n'est pas exclusive de celle des fonctionnaires auxquels est reprochée une faute personnelle détachable du service.

Cassation de l'arrêt d'une cour d'appel qui, après avoir condamné un fonctionnaire de la police nationale pour des violences aggravées commises sur le conducteur d'un véhicule qu'il venait d'interpeller, en lui portant des coups de poing au visage et en usant de « bien plus de force que nécessaire », se déclare incompétente pour connaître des demandes en réparation formées par la partie civile à l'encontre du policier, aux motifs que, si les violences exercées par le policier constituent une infraction pénale, elles l'ont été avec les moyens du service et à l'occasion de l'interpellation d'un délinquant, de sorte que la faute commise n'est pas détachable du service et que le contentieux de sa réparation relève des juridictions administratives (■ Cass. crim., 10 févr. 2009 : *Bull. crim.* n° 34).

5) Disqualification. Encourt la censure l'arrêt qui requalifie d'office des faits poursuivis sous la qualification de violences ayant entraîné une incapacité totale de travail supérieure à huit jours sur personne chargée d'une mission de service public en violences ayant entraîné une incapacité totale de travail supérieure à huit jours sur gardien ou surveillant d'immeuble à usage d'habitation, et au surplus au visa erroné de l'article 222-12, alinéa 1er, 4° *ter*, du Code pénal, sans que le prévenu ait été invité à se défendre sur cette nouvelle qualification (■ Cass. crim., 16 mai 2007 : *Bull. crim.* n° 129).

Art. 222-13 *(Mod., L. n° 96-647, 22 juill. 1996 ; L. n° 2002-1138, 9 sept. 2002 ; L. n° 2003-88, 3 févr. 2003 ; L. n° 2003-239, 18 mars 2003 ; L. n° 2006-399, 4 avr. 2006 ; L. n° 2007-297, 5 mars 2007 ; L. n° 2010-201, 2 mars 2010 ; L. n° 2010-769, 9 juill. 2010 ; L. n° 2010-930, 9 août 2010 ; L. n° 2012-954, 6 août 2012 ; L. n° 2016-444, 13 avr. 2016 ; L. n° 2017-86, 27 janv. 2017 ; L. n° 2021-646, 25 mai 2021 ; L. n° 2021-1520, 25 nov. 2021 ; L. n° 2022-52, 24 janv. 2022).* – **Les violences ayant entraîné une incapacité de travail inférieure ou égale à huit jours ou n'ayant entraîné aucune incapacité de travail sont punies de trois ans d'emprisonnement et de 45 000 € d'amende lorsqu'elles sont commises :**

1° Sur un mineur de quinze ans ;

2° Sur une personne dont la particulière vulnérabilité, due à son âge, à une maladie, à une infirmité, à une déficience physique ou psychique ou à un état de grossesse, est apparente ou connue de leur auteur ;

3° Sur un ascendant légitime ou naturel ou sur les père ou mère adoptifs ;

4° Sur un magistrat, un juré, un avocat, un officier public ou ministériel, un membre ou un agent de la Cour pénale internationale, une personne dépositaire de l'autorité publique autre que celles mentionnées à l'article 222-14-5, un gardien assermenté d'immeubles ou de groupes d'immeubles ou un agent exerçant pour le compte d'un bailleur des fonctions de gardiennage ou de surveillance des immeubles à usage d'habitation en application de l'article L. 127-1 du Code de la construction et de l'habitation, dans l'exercice ou du fait de ses fonctions, lorsque la qualité de la victime est apparente ou connue de l'auteur ;

4° *bis A* Sur une personne exerçant une activité privée de sécurité mentionnée aux articles L. 611-1 ou L. 621-1 du Code de la sécurité intérieure dans l'exercice ou du fait de ses fonctions, lorsque la qualité de la victime est apparente ou connue de l'auteur ;

4° *bis* Sur un enseignant ou tout membre des personnels travaillant dans les établissements d'enseignement scolaire, sur un agent d'un exploitant de réseau de transport public de voyageurs ou toute personne chargée d'une mission de service public, ainsi que sur un professionnel de santé, dans l'exercice ou du fait de ses fonctions, lorsque la qualité de la victime est apparente ou connue de l'auteur ;

4° *ter* Sur le conjoint, les ascendants ou les descendants en ligne directe ou sur toute autre personne vivant habituellement au domicile des personnes mentionnées aux 4°, 4° *bis A* et 4° *bis*, en raison des fonctions exercées par ces dernières ;

5° Sur un témoin, une victime ou une partie civile, soit pour l'empêcher de dénoncer les faits, de porter plainte ou de déposer en justice, soit en raison de sa dénonciation, ou de sa plainte, soit à cause de sa déposition devant une juridiction nationale ou devant la Cour pénale internationale ;

5° *bis* À raison de l'appartenance ou de la non-appartenance, vraie ou supposée, de la victime à une ethnie, une nation, une prétendue race ou une religion déterminée ;

5° *ter* À raison du sexe, de l'orientation sexuelle ou de l'identité de genre vraie ou supposée de la victime ;

5° *quater* Sur une personne qui se livre à la prostitution, y compris de façon occasionnelle, si les faits sont commis dans l'exercice de cette activité ;

6° Par le conjoint ou le concubin de la victime ou le partenaire lié à la victime par un pacte civil de solidarité ;

6° *bis* Contre une personne, en raison de son refus de contracter un mariage ou de conclure une union ou afin de la contraindre à contracter un mariage ou à conclure une union ;

7° Par une personne dépositaire de l'autorité publique ou chargée d'une mission de service public dans l'exercice ou à l'occasion de l'exercice de ses fonctions ou de sa mission ;

7° *bis* Par une personne exerçant une activité privée de sécurité mentionnée aux articles L. 611-1 ou L. 621-1 du Code de la sécurité intérieure dans l'exercice ou à l'occasion de l'exercice de ses fonctions ou de sa mission ;

8° Par plusieurs personnes agissant en qualité d'auteur ou de complice ;

9° Avec préméditation ou avec guet-apens ;

10° Avec usage ou menace d'une arme.

11° Dans des établissements d'enseignement ou d'éducation ou dans les locaux de l'administration, ainsi que, lors des entrées ou sorties des élèves ou du public ou dans un temps très voisin de celles-ci, aux abords de ces établissements ou locaux ;

12° Par un majeur agissant avec l'aide ou l'assistance d'un mineur.

13° Dans un moyen de transport collectif de voyageurs ou dans un lieu destiné à l'accès à un moyen de transport collectif de voyageurs.

14° Par une personne agissant en état d'ivresse manifeste ou sous l'emprise manifeste de produits stupéfiants.

15° Par une personne dissimulant volontairement en tout ou partie son visage afin de ne pas être identifiée.

***(Al. créé, L. n° 2018-703, 3 août 2018)* Les peines encourues sont portées à cinq ans d'emprisonnement et à 75 000 euros d'amende lorsque l'infraction définie au premier alinéa du présent article est commise :**

***a) (a) créé, L. n° 2018-703, 3 août 2018)* Sur un mineur de quinze ans par un ascendant légitime, naturel ou adoptif ou par toute autre personne ayant autorité sur le mineur ;**

***b) (b) créé, L. n° 2018-703, 3 août 2018)* Alors qu'un mineur assiste aux faits et que ceux-ci sont commis par le conjoint ou le concubin de la victime ou le partenaire lié à la victime par un pacte civil de solidarité ou, si la victime est mineure, par un ascendant légitime, naturel ou adoptif ou par toute autre personne ayant autorité sur le mineur victime.**

***(Mod., L. n° 2018-703, 3 août 2018)* Les peines sont également portées à cinq ans d'emprisonnement et 75 000 € d'amende lorsque cette infraction, ayant entraîné une incapacité totale de travail inférieure ou égale à huit jours, est commise dans deux des circonstances prévues aux 1° et suivants du présent article. Les peines sont portées à sept ans d'emprisonnement et 100 000 € d'amende lorsqu'elle est commise dans trois de ces circonstances.**

1) QPC. Non-lieu à renvoi devant le Conseil constitutionnel de la QPC visant l'article 222-13 (■ Cass. crim., 5 mai 2015, n° 15-81.183).

2) Constitution de l'infraction. Pour déclarer les prévenus coupables de violences n'ayant entraîné aucune incapacité de travail commises en réunion, l'arrêt attaqué, après avoir relevé qu'ils ont retenu, pendant environ 1 heure, trois personnes dans une salle de la préfecture dont ils avaient fermé les issues, énonce qu'une telle action constitue une forme de violence qui, si elle n'a pas atteint physiquement les victimes, a été de nature à leur causer une sérieuse émotion ; en l'état de ces motifs, qui caractérisent, en tous ses éléments, le délit prévu par l'article 222-13, alinéa 1er, 8°, du Code pénal, la cour d'appel a justifié sa décision (■ Cass. crim., 6 févr. 2002 : *D.* 2002, jur., p. 1510, note D. Mayer).

– Le délit de violences (en réunion) prévu par l'article 222-13 du Code pénal est constitué, en dehors de tout contact matériel avec le corps de la victime, par tout acte ou comportement de nature à causer sur la personne de celle-ci une atteinte à son intégrité physique ou psychique caractérisée par un choc émotif ou une perturbation psychologique (■ Cass. crim., 2 sept. 2005 : *Bull. crim.* n° 212 ; *RSC* 2006, p. 69, obs. Y. Mayaud). Rappr. ■ Cass. crim., 18 mars 2008, n° 07-86.075.

Voir : Sur la définition de l'infraction de violences volontaires et les notions générales, V. les notes sous l'article 222-11.

Art. R. 624-1, p. 1019 et art. R. 625-1, p. 1021.

Voir : C. route, art. L. 211-1, p. 1941 (Outrage contre un inspecteur du permis de conduire et de la sécurité routière).

I – ARMES

3) Usage d'une arme. Le fait de tirer deux coups de feu avec du plomb de chasse dans la direction d'une voiture sans atteindre ses passagers mais occasionnant des dégâts matériels au véhicule constitue des voies de fait n'ayant pas entraîné d'incapacité totale de travail personnel supérieure à huit jours commises avec arme (▪ Cass. crim., 6 nov. 1989 : *Bull. crim.* n° 391 ; *JCP* 1990, IV, 53).

4) Intimidation. Les violences visées à l'article 222-13 du Code pénal comprennent celles qui, sans atteindre matériellement la personne qui en est victime, ni lui causer d'incapacité de travail, sont de nature à provoquer un choc émotif. Caractérise ainsi le délit prévu par le 10° de ce texte un coup de feu tiré délibérément en direction de la victime, avec la seule intention de l'effrayer (▪ Cass. crim., 30 avr. 1996 : *Bull. crim.* n° 180).

5) Véhicule. Constituent des violences avec arme le fait pour un automobiliste de heurter intentionnellement une personne (▪ Cass. crim., 19 déc. 1991 : *Dr. pén.* 1992, comm. 171, obs. M. Véron), ou encore d'opérer une « queue de poisson » sur le véhicule, d'ailleurs embouti, d'un autre conducteur pour l'impressionner vivement (▪ Toulouse, 19 sept. 2002 : *Dr. pén.* 2003, comm. 2 et 6, obs. M. Véron).

6) Objet. Pour déclarer X... coupable de violence aggravée, l'arrêt attaqué énonce, par motifs propres, que le fait de projeter volontairement un objet solide, tel une pâtisserie, au visage d'une personne, et de l'atteindre, constitue par nature un acte de violence physique envers cette personne, et, par motifs adoptés, qu'au-delà de l'atteinte physique, cette violence est de nature à provoquer un choc émotif (▪ Cass. crim., 9 juin 2004 : *Dr. pén.* 2004, note 173).

II – PLURALITÉ D'AUTEURS OU DE COMPLICES

7) Groupe. Caractérise le délit l'invasion en groupe d'un immeuble, provoquant une sérieuse émotion à ses occupants (▪ Cass. crim., 16 déc. 1953 : *D.* 1954, jur., p. 129).

III – ÉTABLISSEMENTS D'ENSEIGNEMENT OU D'ÉDUCATION OU LOCAUX DE L'ADMINISTRATION

8) interprétation stricte. La circonstance aggravante de l'article 222-13, 11e doit s'entendre uniquement des locaux d'établissements d'enseignement et d'éducation, à l'exclusion des locaux dépendant d'autres administrations (▪ Cass. crim., 14 oct. 2020, n° 19-86.759, F-D : *JurisData* n° 2020-021808 ; *Dr. pén.* 2021, n° 22, obs. Ph. Conte).

IV – QUALITÉ DE LA VICTIME

9) Victime mineure. Entre dans le champ d'application de l'article 312 du Code pénal le fait de gifler avec force un enfant de 6 ans, de l'entraîner dans les W.C. et de lui plonger la tête dans la cuvette avant de tirer la chasse d'eau (▪ Cass. crim., 21 févr. 1990 : *Dr. pén.* 1990, n° 216).

– Sont punissables, quand elles sont commises par des ascendants ou personnes ayant autorité sur le mineur, les violences qui, par leur nature et leurs conséquences, dépassent les limites d'un prétendu « droit de correction » (▪ Cass. crim., 21 févr. 1990 : *Dr. pén.* 1990, comm. 216, obs. M. Véron). V. notamment, ▪ Paris 4 mai et 11 mai 2004 : *Dr. pén.* 2004, comm. 156. Comp. avec ▪ Angers 25 mars 2004, cité au même commentaire.

10) Conjoints, concubins, pacsés. L'article 222-13 du Code pénal, selon lequel les violences ayant entraîné une incapacité de travail inférieure ou égale à 8 jours constituent un délit lorsqu'elles sont commises par le conjoint de la victime, n'exige pas, pour son application, une communauté de vie entre les époux (▪ Cass. crim., 7 avr. 1998 : *Bull. crim.* n° 136 ; *Dr. pén.* 1998, comm. 114, obs. M. Véron).

– Dans des poursuites fondées sur l'article 222-13, 6° du Code pénal, la circonstance aggravante de l'article 132-80 du même code ne peut être retenue que s'il est établi que les violences volontaires ont été motivées par les relations de concubinage ayant existé entre l'auteur et la victime (▪ Toulouse, 8 sept. 2008 : *JurisData* n° 2008-370729 ; *Dr. pén.* 2009, comm. 17, obs. M. Véron). V. *supra*, sous l'article 132-80.

– À noter qu'en l'absence de griefs invoqués à l'appui d'une demande de divorce ou de séparation de corps, la prohibition du témoignage des descendants, prévue par l'article 205 du Nouveau Code de procédure civile, n'est pas applicable à une procédure de violences entre époux (▪ Cass. crim., 21 févr. 2006 : *Bull. crim.* n° 49 ; *RSC* 2006, p. 830, obs. Y. Mayaud).

11) Anciens conjoints. La circonstance aggravante s'applique si les violences ont été commises envers un ancien conjoint, en application de l'article 132-80 du Code pénal (▪ Cass. crim., 2 mai 2018, n° 17-85.791, D : *JurisData* n° 2018-009980 ; *Dr. pén.* 2018, comm. 121, obs. Ph. Conte).

– Ne justifie pas sa décision au regard de l'article 132-80 du Code pénal, la cour d'appel qui, pour écarter la circonstance aggravante prévue par ce texte, retient qu'il n'est pas établi avec certitude, compte tenu du délai écoulé depuis la séparation du prévenu et de la victime, que les violences objet de la poursuite, commises à l'occasion de la remise au prévenu des enfants communs du couple, et alors que la victime se plaignait du retard dans le paiement de la pension alimentaire, aient un lien avec l'ancienne relation de couple des intéressés (■ Cass. crim., 7 avr. 2009 : *Bull. crim.* n° 69 ; *Dr. pén.* 2009, comm. 93, obs. M. Véron ; *AJ pénal* 2009, p. 313, obs. C. Duparc ; *RSC* 2009, p. 593, obs. Y. Mayaud ; *D.* 2009, Pan., p. 2825, obs. S. Mirabail).

– La circonstance aggravante fondée sur les relations ayant existé entre l'ancien conjoint ou concubin de la victime de violences et leur auteur, telle qu'elle a été instituée par l'article 132-80, alinéa 2, du Code pénal, est applicable, selon le premier alinéa de cet article, aux seuls crimes et délits, et non à la contravention prévue à l'article R. 625-1 du même code (■ Cass. crim., 16 déc. 2009 : *Bull. crim.* n° 213 ; *Dr. pén.* 2010, comm. 34, obs. M. Véron ; *D.* 2010, p. 1006, note S. Revel).

12) Témoignage. La prohibition du témoignage des descendants en matière de divorce, prévue par l'article 205 du Code de procédure civile, n'est pas applicable devant la juridiction pénale en raison du principe de la liberté de la preuve (■ Cass. crim., 2 juin 2015, n° 14-85.130 : *JCP* 2015, act. 999, note F. Rousseau).

13) Autres qualités de la victime : maire. Constitue le délit de violences sur une personne dépositaire de l'autorité publique, à l'occasion de l'exercice de ses fonctions, le fait d'agripper par ses vêtements un maire, tout en l'invectivant, lorsque ces violences sont commises en raison même de la qualité de la victime, manifestée par le port de l'écharpe tricolore (■ Cass. crim., 23 nov. 1999 : *Bull. crim.* n° 270).

14) Autres qualités de la victime : employé de la DDE. L'employé de la direction départementale de l'équipement qui, dans le cadre de travaux effectués aux abords d'une route nationale, a mis en place des panneaux de signalisation de travaux et de limitation de vitesse, est une personne chargée d'une mission de service public, au sens des articles 222-13, 4° et 433-5, alinéa 1er, du Code pénal (■ Cass. crim., 9 oct. 2002 : *Bull. crim.* n° 182 ; *RSC* 2003, p. 100, obs. Y. Mayaud). Le fait de l'agripper par le col de sa veste a été de nature à lui provoquer une sérieuse émotion et est constitutif du délit (même arrêt).

15) Autres qualités de la victime : CPE. Justifie sa décision la cour d'appel qui, saisie de poursuites du chef de violences aggravées commises, sur son lieu de travail, sur une conseillère principale d'éducation employée par un établissement privé d'enseignement sous contrat, par le père d'un élève, retient qu'en cette qualité, la victime participait à une mission de service public (■ Cass. crim., 1er déc. 2009 : *Bull. crim.* n° 199 ; *Dr. pén.* 2010, comm. 33, obs. M. Véron).

16) Autres qualités de la victime : EDF. La qualité de personne chargée d'une mission de service public ne peut se déduire de la seule appartenance de la victime de violences volontaires à Électricité de France, sans caractériser les actes personnellement accomplis par elle se rattachant directement à l'exécution de l'une des missions de service public spécifiquement imparties à cette société ; dès lors encourt la cassation l'arrêt de la cour d'appel, qui se borne à relever que les deux victimes de violences volontaires, respectivement hôtesse d'accueil et responsable d'une agence d'Électricité de France, participaient à des titres différents à la gestion et au bon fonctionnement de cette agence de cet établissement public chargé d'une mission de service public et qu'elles ont été agressées dans l'exercice de leurs fonctions (■ Cass. crim., 15 nov. 2006 : *Bull. crim.* n° 285).

17) Violences et rébellion. Justifie sa décision la cour d'appel qui, pour condamner le prévenu du chef de rébellion et le relaxer du chef de violences exercées sur trois gardiens de la paix, retient qu'il n'a pas commis d'actes de violences distincts de ceux constituant une résistance violente à son arrestation, élément constitutif de la rébellion (■ Cass. crim., 21 févr. 2006 : *Bull. crim.* n° 47).

V – PRÉMÉDITATION

18) Illustrations. Des coups qui ont été portés avec préméditation mais qui n'ont pas entraîné, pour la victime, de maladie ou d'incapacité totale de travail personnel, n'en constituent pas moins un délit (■ Cass. crim., 19 nov. 1975 : *Bull. crim.* n° 251).

– Caractérisent des violences avec préméditation des appels téléphoniques anonymes, injurieux, altérant la santé de la victime (■ Cass. crim., 18 févr. 1976 : *Bull. crim.* n° 63 ; *RSC* 1976, p. 967, obs. Levasseur).

Art. 222-14. – *(L. n° 2010-769, 9 juill. 2010).* – **Les violences habituelles sur un mineur de quinze ans ou sur une personne dont la particulière vulnérabilité, due à son âge, à une maladie, à une infirmité, à une déficience physique ou psychique ou à un état de grossesse, est apparente ou connue de leur auteur sont punies :**

1° De trente ans de réclusion criminelle lorsqu'elles ont entraîné la mort de la victime ;

2° De vingt ans de réclusion criminelle lorsqu'elles ont entraîné une mutilation ou une infirmité permanente ;

3° De dix ans d'emprisonnement et de 150 000 € d'amende lorsqu'elles ont entraîné une incapacité totale de travail pendant plus de huit jours ;

4° De cinq ans d'emprisonnement et de 75 000 € d'amende lorsqu'elles n'ont pas entraîné une incapacité totale de travail pendant plus de huit jours.

Les peines prévues par le présent article sont également applicables aux violences habituelles commises par le conjoint ou le concubin de la victime ou par le partenaire lié à celle-ci par un pacte civil de solidarité. Les dispositions du second alinéa de l'article 132-80 sont applicables au présent alinéa.

Les deux premiers alinéas de l'article 132-23 relatif à la période de sûreté sont applicables aux cas prévus aux 1° et 2° du présent article.

Voir : art. R. 624-1, p. 1019 et art. R. 625-1, p. 1021 ; et ss art. 227-4-2, p. 596.

Bibliographie : J. Lagoutte : *Rev. pénit.* 2019, n° 1, p. 17 et s.

Victimes vulnérables. Encourt la cassation l'arrêt de la chambre d'accusation prononçant un non-lieu du chef de coups ou violences habituelles envers une personne particulièrement vulnérable au motif que les sanctions infligées à des pensionnaires autistes d'un établissement spécialisé étaient proportionnées à la gravité des comportements ; en effet, ne peuvent constituer des mesures éducatives des traitements dégradants imposés à des êtres humains (■ Cass. crim., 2 déc. 1998 : *Bull. crim.* n° 327 ; *JCP* G 1999, IV, 1721).

Code civil

Art. 371-1 *(Mod., L. n° 2019-721, 10 juill. 2019).* **–** L'autorité parentale est un ensemble de droits et de devoirs ayant pour finalité l'intérêt de l'enfant.

Elle appartient aux parents jusqu'à la majorité ou l'émancipation de l'enfant pour le protéger dans sa sécurité, sa santé et sa moralité, pour assurer son éducation et permettre son développement, dans le respect dû à sa personne.

L'autorité parentale s'exerce sans violences physiques ou psychologiques.

Les parents associent l'enfant aux décisions qui le concernent, selon son âge et son degré de maturité.

Art. 378 *(Mod., L. n° 2019-1480, 28 déc. 2019 ; L. n° 2020-936, 30 juill. 2020).* **–** Peuvent se voir retirer totalement l'autorité parentale ou l'exercice de l'autorité parentale par une décision expresse du jugement pénal les père et mère qui sont condamnés, soit comme auteurs, coauteurs ou complices d'un crime ou délit commis sur la personne de leur enfant, soit comme coauteurs ou complices d'un crime ou délit commis par leur enfant, soit comme auteurs, coauteurs ou complices d'un crime ou délit sur la personne de l'autre parent.

Ce retrait est applicable aux ascendants autres que les père et mère pour la part d'autorité parentale qui peut leur revenir sur leurs descendants.

....

Art. 378-2 *(L. n° 2019-1480, 28 déc. 2019).* **–** L'exercice de l'autorité parentale et les droits de visite et d'hébergement du parent poursuivi ou condamné, même non définitivement, pour un crime commis sur la personne de l'autre parent sont suspendus de plein droit jusqu'à la décision du juge et pour une durée maximale de six mois, à charge pour le procureur de la République de saisir le juge aux affaires familiales dans un délai de huit jours.

Art. 222-14-1 *(L. n° 2007-297, 5 mars 2007 ; L. n° 2021-646, 25 mai 2021).* **– Lorsqu'elles sont commises en bande organisée ou avec guet-apens, les violences commises avec usage ou menace d'une arme sur un fonctionnaire de la police nationale, un militaire de la gendarmerie, un membre du personnel de l'administration pénitentiaire ou toute autre personne dépositaire de l'autorité publique, ou sur un sapeur-pompier civil ou militaire ou un agent d'un exploitant de réseau de transport public de voyageurs dans l'exercice, à l'occasion de l'exercice ou en raison de ses fonctions ou de sa mission, sont punies :**

1° De trente ans de réclusion criminelle lorsqu'elles ont entraîné la mort de la victime ;

2° De vingt ans de réclusion criminelle lorsqu'elles ont entraîné une mutilation ou une infirmité permanente ;

3° De quinze ans de réclusion criminelle lorsqu'elles ont entraîné une incapacité totale de travail pendant plus de huit jours ;

4° De dix ans d'emprisonnement et de 150 000 € d'amende lorsqu'elles n'ont pas entraîné une incapacité totale de travail pendant plus de huit jours.

Les mêmes peines sont applicables en cas de violences commises dans les mêmes conditions à l'encontre du conjoint, d'un ascendant ou d'un descendant en ligne directe ou de toute autre personne vivant habituellement au domicile d'une personne mentionnée au premier alinéa, en raison des fonctions exercées par cette dernière.

Les deux premiers alinéas de l'article 132-23 relatif à la période de sûreté sont applicables aux infractions prévues par le présent article.

L'incapacité totale de travail est, à la demande de la victime ou de la personne poursuivie, constatée par un médecin expert selon les modalités prévues par les articles 157 et suivants du Code de procédure pénale.

Art. 222-14-2 *(L. n° 2010-201, 2 mars 2010)*. **– Le fait pour une personne de participer sciemment à un groupement, même formé de façon temporaire, en vue de la préparation, caractérisée par un ou plusieurs faits matériels, de violences volontaires contre les personnes ou de destructions ou dégradations de biens est puni d'un an d'emprisonnement et de 15 000 € d'amende.**

Art. 222-14-3 *(L. n° 2010-769, 9 juill. 2010)*. **– Les violences prévues par les dispositions de la présente section sont réprimées quelle que soit leur nature, y compris s'il s'agit de violences psychologiques.**

1) **Caractérisation.** Le seul fait d'avoir assisté à une scène de violences physiques ne suffit pas à caractériser des violences psychologiques : V. s'agissant de mineurs ayant vu leur institutrice frapper leurs camarades, ▪ Cass. crim., 7 nov. 2017, n° 16-84.329 : *JurisData* n° 2017-022178 ; *Dr. pén.* 2018, comm. 4, obs. Ph. Conte.

2) Constitue en revanche des violences psychologiques au sens de l'article 222-14-3 du Code pénal le fait de guetter et de suivre une personne pendant plusieurs mois, à la gare ou aux alentours, et de s'ingérer auprès de son entourage pour obtenir des renseignements sur elle, ce comportement ayant causé à la victime une dégradation de son état de santé médicalement constaté. ▪ Cass. crim., 25 juill. 2018, n° 17-84.032 : *JurisData* n° 2018-014011 ; *Gaz. Pal.* 6 nov. 2018, p. 48, obs. E. Dreyer ; *Lexbase Hebdo – éd. privée* n° 753, 13 sept. 2018, obs. J. Perot ; *Lexbase pénal*, 15-18 avr. 2019, obs. L. Saenko.

3) **Captation ou simulation d'images.** La captation d'images ou la simulation de captation d'images effectuée, de manière répétitive et sur une longue durée, caractérise des violences psychologiques (▪ Cass. crim., 16 nov. 2021, n° 20-84.346, D : *JurisData* n° 2021-018542 ; *Dr. pén.* 2022, comm. 4, obs. Ph. Conte).

Art. 222-14-4 *(L. n° 2013-711, 5 août 2013)*. **– Le fait dans le but de contraindre une personne à contracter un mariage ou à conclure une union à l'étranger, d'user à son égard de manœuvres dolosives afin de la déterminer à quitter le territoire de la République est puni de trois ans d'emprisonnement et de 45 000 € d'amende.**

Bibliographie : *JCl. Pénal Code, Manœuvres afin de déterminer une personne à quitter le territoire de la République dans le but de la contraindre à contracter un mariage ou à conclure une union à l'étranger* par W. Jeandidier. • N. Abu Amara et *a.*, *De la diversité des formes d'atteinte au consentement : les contours du mariage forcé* : *Sociétés contemporaines*, 2013/2, n° 90, p. 122 et s. • M. Lacaze, *La lutte contre les unions et mariages forcés en droit français* : *Cujas*, Droit pénal, culture et religion, Travaux de l'ISCJ, 2017, n° 6.

Code civil

Art. 515-13 *(Mod., L. n° 2014-873, 4 août 2014 ; L. n° 2022-52, 24 janv. 2022)*. **–** Une ordonnance de protection peut également être délivrée en urgence par le juge à la personne majeure menacée de mariage forcé, dans les conditions fixées à l'article 515-10.

Le juge est compétent pour prendre les mesures mentionnées aux 1°, 2°, 2° *bis*, 6° et 7° de l'article 515-11. Il peut également ordonner, à sa demande, l'interdiction temporaire de sortie du territoire de la personne menacée. Cette interdiction de sortie du territoire est inscrite au fichier des personnes recherchées par le procureur de la République. L'article 515-12 est applicable aux mesures prises sur le fondement du présent article.

Art. 222-14-5 *(Créé, L. n° 2022-52, 24 janv. 2022)*. **– I. – Lorsqu'elles sont commises sur un militaire de la gendarmerie nationale, un militaire déployé sur le territoire national dans le cadre des réquisitions prévues à l'article L. 1321-1 du Code de la défense, un fonctionnaire de la police nationale, un agent de police**

municipale, un garde champêtre, un agent des douanes, un sapeur-pompier professionnel ou volontaire ou un agent de l'administration pénitentiaire dans l'exercice ou du fait de ses fonctions et lorsque la qualité de la victime est apparente ou connue de l'auteur, les violences prévues à la présente section sont punies :

1° De sept ans d'emprisonnement et de 100 000 euros d'amende, si elles ont entraîné une incapacité totale de travail pendant plus de huit jours ;

2° De cinq ans d'emprisonnement et de 75 000 euros d'amende, si elles ont entraîné une incapacité de travail inférieure ou égale à huit jours ou si elles n'ont pas entraîné d'incapacité de travail.

Lorsque les faits sont accompagnés d'une des circonstances aggravantes prévues aux 8° à 15° de l'article 222-12, les peines prévues au 1° du présent I sont portées à dix ans d'emprisonnement et à 150 000 euros d'amende et celles prévues au 2° sont portées à sept ans d'emprisonnement et à 100 000 euros d'amende.

Lorsque les faits sont accompagnés d'au moins deux des circonstances aggravantes prévues aux 8° à 15° de l'article 222-12, les peines prévues au 2° du présent I sont portées à dix ans d'emprisonnement et à 150 000 euros d'amende.

II. – Sont également punies des peines prévues aux quatre derniers alinéas du I les violences commises :

1° En raison des fonctions exercées par les personnes mentionnées au premier alinéa du même I, sur leur conjoint, sur leurs ascendants ou leurs descendants en ligne directe ou sur toute autre personne vivant habituellement à leur domicile ;

2° Dans l'exercice ou du fait de ses fonctions sous l'autorité des personnes mentionnées au premier alinéa dudit I, sur une personne affectée dans les services de police nationale ou de gendarmerie nationale, de police municipale ou de l'administration pénitentiaire et dont la qualité est apparente ou connue de l'auteur.

III. – Les deux premiers alinéas de l'article 132-23 relatif à la période de sûreté sont applicables aux infractions prévues au présent article lorsque la peine encourue est égale ou supérieure à dix ans d'emprisonnement.

Art. 222-15 ***(Mod., L. n° 2007-297, 5 mars 2007).*** **– L'administration de substances nuisibles ayant porté atteinte à l'intégrité physique ou psychique d'autrui est punie des peines mentionnées aux articles 222-7 à 222-14-1 suivant les distinctions prévues par ces articles.**

Les deux premiers alinéas de l'article 132-23 relatif à la période de sûreté sont applicables à cette infraction dans les mêmes cas que ceux prévus par ces articles.

Bibliographie : *JCl. Pénal Code, Administration de substances nuisibles* par J. P. Valat. • B. Chapleau, *La pénalisation de la transmission du virus de l'immunodéficience humaine par voie sexuelle : Dr. pén.* 2006, étude 18. • M. Danti, *Quelques réflexions en droit pénal français sur les problèmes posés par le Sida : Rev. Dr. pén. et crim.* 1988, 631.

Voir aussi : *supra*, bibliographie ss art. 221-5 (empoisonnement).

1) Matières nucléaires. Le fait pour un ouvrier de dissimuler dans le véhicule de son chef de quart des emballages de combustible nucléaire constitue l'infraction prévue par l'article 318, alinéa 1er du Code pénal (▪ TGI Cherbourg, 31 mars 1981 : *D.* 1982, 536, note Mayer ; *RSC* 1982, p. 119, obs. Levasseur).

2) Panache radioactif de Tchernobyl. Pour dire n'y avoir lieu à suivre des chefs de blessures et homicides involontaires, empoisonnement et administration de substances nuisibles à la santé, l'arrêt, après avoir relevé qu'à ce jour, il n'a pas été constaté, en France, une augmentation significative des cancers de la thyroïde, retient que, compte-tenu de l'impossibilité de déterminer la dose d'iode ingérée par chaque malade, il est, en l'état des connaissances scientifiques actuelles, impossible d'établir un lien de causalité certain entre les pathologies constatées et les retombées du panache radioactif de Tchernobyl ; en prononçant ainsi, la chambre de l'instruction a justifié sa décision (▪ Cass. crim., 20 nov. 2012, n° 11-87.531 : *Bull. crim.* n° 251 ; *Dr. pén.* 2013, comm. 17, obs. M. Véron ; *D.* 2013, p. 218, étude, note C. Lacroix ; *Comm. com. électr.* 2013, comm. 7, p. 33, note A. Lepage).

3) Médicament. Le fait de mettre à la disposition des membres d'une équipe de football des bouteilles d'eau minérale, après y avoir introduit à dessein du Valium, caractérise le délit d'administration de substances nuisibles à la santé, prévu et réprimé tant par l'article 318 du Code pénal applicable au moment des faits que par l'article 222-15 du Code pénal entré en vigueur le 1er mars 1994, dès lors qu'il est établi que l'absorption de ce breuvage par deux joueurs a entraîné une diminution de leurs facultés physiques caractérisant une altération de leur santé (▪ Cass. crim., 14 juin 1995 : *Bull. crim.* n° 218 ; *Dr. pén.* 1995, comm. 217, obs. M. Véron).

4) Plante toxique. La remise à la victime d'une infusion contenant une plante toxique réalise l'acte d'« *administration* » au sens de l'article 222-15 (▪ Cass. crim., 23 mars 2021, n° 20-81.713 :

JurisData n° 2021-003988 ; *Dr. pén.* 2021, comm. 86, obs. Ph. Conte).

5) Virus du sida (oui). Il a été jugé qu'était constitutive de l'infraction d'administration volontaire de substances nuisibles le fait par le prévenu, sachant qu'il était séropositif, d'avoir des relations sexuelles non protégées avec des personnes qui ont été contaminées et atteintes d'infirmités permanentes (▪ Rouen, 22 sept. 1999 : *JCP* 2000, IV, 2736. ▪ Colmar, 4 janv. 2005 : *D.* 2005, jur., p. 1069, note A. Paulin).

– Caractérise en tous ses éléments le délit prévu et réprimé par les articles 222-15 et 222-9 du Code pénal l'arrêt qui retient que, sachant depuis 1998 qu'il était porteur du VIH, le prévenu a multiplié les relations sexuelles non protégées avec plusieurs jeunes femmes auxquelles il dissimulait volontairement son état de santé, et a ainsi contaminé par la voie sexuelle les deux plaignantes, désormais porteuses d'une affection virale constituant une infirmité permanente (▪ Cass. crim., 10 janv. 2006 : *Bull. crim.* n° 11 ; *Dr. pén.* 2006, comm. 30, obs. M. Véron ; *D.* 2006, chron. par A. Prothais, p. 1068, et jur. p. 1096 ; *RSC* 2006, p. 312, obs. Y. Mayaud).

– Se rend coupable du délit d'administration de substances nuisibles le prévenu qui, connaissant sa contamination déjà ancienne au virus de l'immunodéficience humaine (VIH), pour laquelle il devait suivre un traitement, a entretenu pendant plusieurs mois des relations sexuelles non protégées avec sa compagne en lui dissimulant volontairement son état de santé et ainsi contaminé par la voie sexuelle la plaignante, désormais porteuse d'une affection virale constituant une infirmité permanente (▪ Cass. crim., 5 oct. 2010, n° 09-86.209 : *Bull. crim.* n° 147 ; *Dr. pén.* 2010, comm. 133, obs. M. Véron ; *Gaz. Pal.* 17-18 nov. 2010, jurispr., p. 21, note S. Detraz ; *D.* 2010, act., p. 2519, note M. Bombled ; *RSC* 2011, p. 101, obs. Y. Mayaud).

6) Virus du sida (non). L'article 222-15 ne peut trouver à s'appliquer si la charge virale du porteur du VIH est constamment indétectable, de sorte que la séropositivité, seulement potentielle, n'est plus actuelle, et que les fluides corporels du mis en examen ne sauraient être tenus pour nuisibles à la date des agissements qui lui sont reprochés, même s'il demeurait marginalement porteur de particules virales en certains de ses tissus, (▪ Cass. crim., 5 mars 2019, n° 18-82.704, P+B : *JurisData* n° 2019-003225 ; *Dr. pén.* 2019, comm. 80, obs. Ph. Conte ; *D.* 2019, p. 1149, note Th. Besse ; *AJ pénal* 2019, p. 327, obs. C. Liévaux ; *Gaz. Pal.* 7 mai 2019, p. 53, obs. E. Dreyer ; *RSC* 2019, p. 347, obs. Y. Mayaud ; *Lexbase pénal* n° 15, 18 avr. 2019, obs. B. Py).

7) Élément moral. L'élément intentionnel du délit prévu à l'article 222-15 du Code pénal résulte de la connaissance, par l'auteur, du caractère nuisible de la substance qu'il administre (▪ Cass. crim., 23 mars 2021, n° 20-81.713 : *JurisData* n° 2021-003988 ; *Dr. pén.* 2021, comm. 86, obs. Ph. Conte).

Art. 222-15-1 ***(L. n° 2007-297, 5 mars 2007 ; L. n° 2021-646, 25 mai 2021).*** **– Constitue une embuscade le fait d'attendre un certain temps et dans un lieu déterminé un fonctionnaire de la police nationale, un militaire de la gendarmerie, un membre du personnel de l'administration pénitentiaire ou toute autre personne dépositaire de l'autorité publique, ainsi qu'un sapeur-pompier civil ou militaire ou un agent d'un exploitant de réseau de transport public de voyageurs, dans le but, caractérisé par un ou plusieurs faits matériels, de commettre à son encontre, soit à l'occasion de l'exercice de ses fonctions ou de sa mission, soit en raison de sa qualité, que l'auteur connaissait ou ne pouvait ignorer, des violences avec usage ou menace d'une arme.**

Constitue également une embuscade le fait d'attendre, dans les mêmes conditions, le conjoint, un ascendant ou un descendant en ligne directe ou toute autre personne vivant habituellement au domicile d'une personne mentionnée au premier alinéa dans le but, caractérisé par un ou plusieurs faits matériels, de commettre à son encontre, en raison des fonctions exercées par cette dernière, des violences avec usage ou menace d'une arme.

L'embuscade est punie de cinq ans d'emprisonnement et de 75 000 € d'amende.

Lorsque les faits sont commis en réunion, les peines sont portées à sept ans d'emprisonnement et à 100 000 € d'amende.

Bibliographie : *JCl. Pénal Code, Embuscade* par A.-G. Robert. • A. Ponseille, *À propos du délit d'embuscade de l'article 222-15-1 du Code pénal : RSC* 2009, p. 535.

Art. 222-16 ***(Mod., L. n° 2003-239, 18 mars 2003 ; L. n° 2014-873, 4 août 2014).*** **– Les appels téléphoniques malveillants réitérés, les envois réitérés de messages malveillants émis par la voie des communications électroniques ou les agressions sonores en vue de troubler la tranquillité d'autrui, sont punis d'un an d'emprisonnement et de 15 000 € d'amende.**

(Al. créé, L. n° 2020-936, 30 juill. 2020) **Lorsqu'ils sont commis par le conjoint ou le concubin ou le partenaire lié à la victime par un pacte civil de solidarité, ces faits sont punis de trois ans d'emprisonnement et de 45 000 € d'amende.**

Bibliographie : *JCl. Pénal Code, Appels téléphoniques malveillants ou agressions sonores* par J.-P. Valat. • Ch. Dubois, *Appels téléphoniques malveillants : quand la cohérence ne répond plus... : Lexbase pénal* n° 20, oct. 2019.

1) Élément matériel : comportement. Si l'article 222-16 du Code pénal exige que, pour être punissables, les appels téléphoniques malveillants soient réitérés, deux appels successifs même effectués à des destinataires différents suffisent à caractériser cette réitération. Saisis de poursuites sur le fondement de l'article 222-16 du Code pénal, les juges ne sauraient entrer en voie de relaxe sans rechercher si l'intention de troubler la tranquillité et le caractère malveillant des appels réitérés ne se déduisent pas du contenu même du message incriminé (■ Cass. crim., 4 mars 2003 : *Bull. crim.* n° 57 ; *JCP* G 2003, II, 10112, note J. Y. Maréchal ; *Dr. pén.* 2003, comm. 82, obs. M. Véron).

– Justifie sa décision l'arrêt qui relève le nombre des appels reçus et leur répétition à quelques secondes d'intervalle sur une assez longue période de temps (■ Cass. crim., 17 janv. 2012 : *Dr. pén.* 2012, comm. 66, obs. M. Véron).

– Aucun délai n'est exigé en ce qui concerne la réitération des menaces et il importe peu qu'elles aient été proférées dans un même laps de temps dès lors qu'elles ont été exprimées à plusieurs reprises (■ Cass. crim., 12 févr. 2012 : *Dr. pén.* 2012, comm. 66, obs. M. Véron).

– Caractérise le délit d'agressions sonores prévu et réprimé par l'article 222-16 du Code pénal l'arrêt qui énonce que le prévenu, en attisant les aboiements de ses chiens et en s'abstenant de prendre les mesures nécessaires pour limiter cette nuisance sonore, a agi en vue de troubler la tranquillité d'autrui (■ Cass. crim., 2 juin 2015, n° 14-85.073 : *Dr. pén.* 2015, comm. 135, Ph. Conte).

2) Envoi de SMS (jurisprudence antérieure à la loi de 2014). Justifie sa décision la cour d'appel qui déclare un prévenu coupable du délit prévu et réprimé par l'article 222-16 du Code pénal pour avoir adressé à la partie civile des textos ou SMS malveillants et réitérés de jour comme de nuit en vue de troubler sa tranquillité dès lors que la réception desdits messages se traduit par l'émission d'un signal sonore par le téléphone portable de son destinataire (■ Cass. crim., 30 sept. 2009 : *Bull. crim.* n° 162 ; *Dr. pén.* 2009, comm. 147, obs. M. Véron ; *JCP* G 2009, note 587, J. Lasserre-Capdeville ; *D.* 2009, jurispr., p. 2687, note K. Gachi ; *Comm. com. électr.* 2009, comm. 115, note A. Lepage).

V. aussi ■ Cass. crim., 2 nov. 2017, n° 16-85.888, D : *JurisData* n° 2017-021581 ; *Dr. pén.* 2018, comm. 5, obs. Ph. Conte.

3) Élément matériel : résultat. Caractérise le délit de l'article 222-16 du Code pénal la cour d'appel qui constate que le prévenu a agi en vue de troubler la tranquillité de la personne destinataire des appels téléphoniques, qu'ils soient reçus directement ou sur une boîte vocale (■ Cass. crim., 20 févr. 2002 : *Bull. crim.* n° 37).

4) Élément moral : intention de nuire. Ne justifie pas sa décision la cour d'appel qui condamne un prévenu du chef d'appels téléphoniques malveillants et réitérés, délit prévu par l'article 222-16 du Code pénal, dans sa rédaction antérieure à la loi n° 2014-873 du 4 août 2014, sans rechercher en quoi les messages émis caractérisent la volonté de l'auteur de nuire au destinataire (■ Cass. crim., 11 janv. 2017, n° 16-80.557 : *JurisData* n° 2017-000181 ; *Dr. pén.* 2017, comm. 33, note Ph. Conte ; *Comm. com. électr.* 2017, comm. 45, obs. A. Lepage).

– Pour une illustration positive V. ■ Cass. crim., 2 nov. 2017, n° 16-85.888, D : *JurisData* n° 2017-021581 ; *Dr. pén.* 2018, comm. 6, obs. Ph. Conte.

5) Volonté de troubler la tranquillité non requise. L'article 222-16 du Code pénal, dans sa rédaction issue de la loi n° 2003-239 du 18 mars 2003, n'exige pas, pour réprimer les appels téléphoniques malveillants réitérés, qu'ils aient été émis en vue de troubler la tranquillité d'autrui (■ Cass. crim., 28 mars 2018, n° 17-81.232 : *JurisData* n° 2018-004695 ; *Dr. pén.* 2018, comm. 102, obs. Ph. Conte ; *Rev. pénit.* 2018, n° 2, p. 353, obs. P. Cazalbou).

6) Élément moral : indifférence du mobile. Caractérise le délit de l'article 222-16 du Code pénal la cour d'appel qui constate que, même s'il était animé par l'intention de nuire à un concurrent, le prévenu, gérant de société, a agi en vue de troubler la tranquillité de la personne destinataire de ses nombreux appels, réitérés sur plusieurs jours (■ Cass. crim., 25 oct. 2000 : *Bull. crim.* n° 310).

7) Conflit de qualifications. Cassation de la décision ayant reconnu le prévenu coupable des délits d'appels téléphoniques malveillants et de diffusion de messages violentes, pornographiques ou contraires à la dignité accessibles à un mineur, les deux infractions procédant, de manière indissociable, d'une action unique caractérisée par une même intention coupable (■ Cass. crim., 5 juin 2019, n° 18-84.350 : *JurisData* n° 2019-009598 ; *RSC* 2019, p. 644, obs. E. Dreyer ; *Rev. pénit.* 2019, n° 3, p. 635, chron. V. Malabat. – Intervenant après ■ Cass. crim., 11 janv. 2017, n° 16-80.557, préc.).

Art. 222-16-1 *(Mod., L. n° 2009-526, 12 mai 2009).* – **Les personnes morales déclarées responsables pénalement, dans les conditions prévues par l'article 121-2, des infractions définies au présent paragraphe**

encourent, outre l'amende suivant les modalités prévues par l'article 131-38, les peines prévues par l'article 131-39.

L'interdiction mentionnée au 2° de l'article 131-39 porte sur l'activité dans l'exercice ou à l'occasion de l'exercice de laquelle l'infraction a été commise.

Art. 222-16-2 *(L. n° 2006-399, 4 avr. 2006)*. **– Dans le cas où les crimes et délits prévus par les articles 222-8, 222-10 ou 222-12 sont commis à l'étranger sur une victime mineure résidant habituellement sur le territoire français, la loi française est applicable par dérogation aux dispositions de l'article 113-7. S'il s'agit d'un délit, les dispositions de la seconde phrase de l'article 113-8 ne sont pas applicables.**

Art. 222-16-3 *(L. n° 2010-769, 9 juill. 2010)*. **– Dans le cas où les infractions prévues par le 6°** ***bis*** **des articles 222-8, 222-10, 222-12 et 222-13 sont commises à l'étranger à l'encontre d'une personne résidant habituellement sur le territoire français, la loi française est applicable par dérogation aux dispositions de l'article 113-7. S'il s'agit d'un délit, les dispositions de la seconde phrase de l'article 113-8 ne sont pas applicables.**

§ 3. – Des menaces

Art. 222-17. – La menace de commettre un crime ou un délit contre les personnes dont la tentative est punissable est punie de six mois d'emprisonnement et de 7 500 € d'amende lorsqu'elle est, soit réitérée, soit matérialisée par un écrit, une image ou tout autre objet.

La peine est portée à trois ans d'emprisonnement et à 45 000 € d'amende s'il s'agit d'une menace de mort.

Bibliographie : *JCl. Pénal Code, Menaces* par P. Béghin.

Voir : art. 322-12 et s., p. 719 (menaces de destruction) ; art. R. 623-1, p. 1017.

1) Lieu de commission de l'infraction. Il s'agit de celui où les menaces ont été proférées et non pas les pays où elles ont ensuite été rapportées par la voie télévisée ou de presse écrite ou électronique et par lesquelles l'intéressé a pu en prendre connaissance (▪ Cass. crim., 8 déc. 2009 : *Bull. crim.* n° 206 ; *Dr. pén.* 2010, étude 16, par T. Garé). V. sous art. 113-8, p. 80.

2) Caractérisation des menaces (oui). La menace doit présenter un caractère suffisamment alarmant et il appartient aux tribunaux d'en apprécier les termes ; ainsi constituent des menaces de mort les expressions suivantes : « vulgaire crapule, tu n'y couperas pas » (▪ Cass. crim., 17 mai 1930 : *DH* 1930, 493), « je te ferai passer le goût du pain » (▪ Cass. crim., 20 oct. 1892 : *DP* 1894, 1, 140).

3) Caractérisation des menaces (non). En revanche, le délit de menaces de mort par écrit ne peut être retenu contre un hôtelier qui avait signifié par lettre au directeur d'un aéroport qu'à compter d'une date déterminée il interdirait aux avions le survol de son immeuble situé dans le prolongement d'une piste d'envol en dressant un barrage de ballonnets reliés au sol par des câbles d'acier (▪ Lyon, 9 juill. 1954 : *JCP* 1956, II, 9175, note R. Meurisse ; *RSC* 1954, p. 767, obs. Hugueney).

– Le simple geste accompagnant une menace verbale ne constitue pas l'image ou tout autre objet indispensable à la matérialisation d'une menace de mort au sens de l'article 222-17 du Code pénal (▪ Cass. crim., 22 sept. 2015, n° 14-82.435 : *Dr. pén.* 2015, comm. 156, obs. Ph. Conte).

4) Personnalisation de la victime. La menace n'est punissable que si elle est adressée à une personne déterminée ou aisément déterminable ; dès lors est impunissable l'individu qui lance une menace adressée à « quiconque toucherait sa voiture » (▪ T. corr. Paris, 16 févr. 1973 : *JCP* 1973, II, 17408, note J. A. ; *RSC* 1973, p. 903, obs. Levasseur).

5) Réitération. Si l'article 222-17 du Code pénal exige que, pour être punissables, les menaces, qui ne sont pas matérialisées par un écrit, une image ou un objet, soient réitérées, il ne prévoit pas de délai avant la réitération (▪ Cass. crim., 26 févr. 2002 : *Bull. crim.* n° 43 ; *RSC* 2002, p. 691, obs. Y. Mayaud).

– L'article 222-17 du Code pénal exige que, pour être punissables, les menaces de commettre un crime ou délit contre les personnes dont la tentative est punissable, qui ne sont pas matérialisées par un écrit, une image ou un objet, soient réitérées à l'égard de la même victime ; échappent aux prévisions de ce texte les menaces de violences correctionnelles ainsi que les menaces de mort qui n'ont pas été réitérées à l'égard de la même victime (▪ Cass. crim., 24 oct. 2007 : *Bull. crim.* n° 252 ; *Dr. pén.* 2008, comm. 19, obs. M. Véron).

– La répétition, au cours d'une même altercation, de propos traduisant la détermination persistante de leur auteur caractérise l'infraction de menaces de mort (■ Cass. crim., 4 janv. 2017, n° 16-82.888 : *Dr. pén.* 2017, comm. 34, note Ph. Conte).

6) Élément moral : faute intentionnelle. Le délit de menace de commettre un crime contre une personne est établi lorsque son auteur ne pouvait ignorer que la menace formulée parviendrait à la connaissance de la ou des personnes visées (■ Cass. crim., 10 déc. 2014, n° 14-81.313 : *Dr. pén.* 2015, comm. 18, obs. M. Véron).

Art. 222-18. – La menace, par quelque moyen que ce soit, de commettre un crime ou un délit contre les personnes, est punie de trois ans d'emprisonnement et de 45 000 € d'amende, lorsqu'elle est faite avec l'ordre de remplir une condition.

La peine est portée à cinq ans d'emprisonnement et à 75 000 € d'amende s'il s'agit d'une menace de mort.

Voir : art. R. 623-1, p. 1017

1) Élément matériel : ordre de remplir une condition. L'ordre de remplir une condition peut être aussi bien un ordre de faire qu'un ordre de ne pas faire (■ Cass. crim., 1er févr. 1834 : *S.* 1834, 1, 266) ; et il importe peu que l'ordre soit juste, ainsi celui émanant d'un créancier de rembourser une dette échue depuis longtemps, les menaces portant par elles seules atteinte à la liberté et à la sécurité des citoyens et la loi prohibant en outre de se faire justice à soi-même (■ Cass. crim., 18 sept. 1851 : *Bull. crim.* n° 390). Commet le délit l'individu qui, au cours d'une permission de sortie, a menacé de mort son ancienne amie par téléphone « si elle ne se dépêchait pas de lui écrire » (■ Cass. crim., 25 avr. 1990 : *Dr. pén.* 1990, n° 289) ; ou celui qui ordonne « partez avant qu'il vous arrive le pire » (■ Cass. crim., 4 juin 1966 : *JCP* 1967, II, 14985) ; ou encore ceux qui mettent une personne à l'amende faute de quoi elle serait descendue (■ Cass. crim., 21 févr. 1973 : *Gaz. Pal.* 1973, 1, somm. 151).

– Se rend coupable de menaces verbales d'assassinat assorties de l'ordre verbal de remplir une condition le prévenu qui, sous la menace de tuer sa fille, a ordonné aux policiers de s'abstenir d'intervenir à son domicile. L'illégitimité ou l'inopportunité de l'intervention de la police et la prétendue absence de danger réel pour l'enfant sont des circonstances de fait sans influence sur la constitution de l'infraction (■ Cass. crim., 5 déc. 1984, inédit).

– Constitue le délit de menaces de mort avec ordre de remplir une condition le fait par un malfaiteur qui vient de commettre un meurtre de menacer un témoin d'une arme en le sommant de ne pas révéler le crime (■ Cass. crim., 15 déc. 1993 : *Bull. crim.* n° 389 ; *RSC* 1994, p. 554, obs. Levasseur).

2) Destinataire. L'article 222-18 du Code pénal n'exclut pas que l'ordre de remplir une condition accompagnant les menaces qu'il réprime soit donné par une autre personne que leur auteur (■ Cass. crim., 6 mai 2002 : *Bull. crim.* n° 100 ; *Dr. pén.* 2002, comm. 106, obs. M. Véron).

3) Élément moral : faute intentionnelle. La menace verbale de mort ou de tout autre attentat faits avec ordre ou sous condition a été jugée punissable, alors même que son auteur n'aurait pas eu l'intention de passer la menace à l'exécution, cette dernière intention n'ayant nullement été prise en considération par le législateur (■ Bordeaux, 8 août 1867 : *S.* 1867, 2, 273) ; en revanche, la relaxe doit être prononcée dès lors qu'on ne découvre en aucune partie des écrits incriminés l'indication d'un dessein criminel qu'avait formé leur auteur ni l'expression de sa volonté de se livrer à un attentat (■ Basse-Terre, 17 mars 1970 : *D.* 1970, 658).

– L'article 222-18 du Code pénal n'exige pas que soit vérifié si l'auteur de la menace, par quelque moyen que ce soit, de commettre un crime ou un délit contre les personnes, accompagnée de l'ordre de remplir une condition, ait entendu ou non la mettre à exécution.

Dès lors encourt la censure l'arrêt qui, pour relaxer un prévenu, poursuivi du chef de menace sous condition, formulée dans un bureau de poste aux fins d'obtenir la remise d'un somme qu'il affirmait lui être due, retient que l'entrée et le maintien de ce dernier dans cet établissement ne constituait que l'expression d'un sentiment de colère et de frustration et une volonté de perturber le service de l'agent dans l'espoir d'être entendu, alors qu'il résultait des propres constatations des juges que, une fois dans les lieux, l'intéressé avait annoncé qu'il « allait y avoir une prise d'otage », déclaré être armé et avoir prévenu les médias, s'était adressé à la seule employée présente en lui intimant l'ordre de ne plus accepter de clients et s'était placé à la porte de l'agence pour empêcher toute entrée (■ Cass. crim., 20 sept. 2016, n° 15-84.746 : *Dr. pén.* 2017, comm. n° 3, note Ph. Conte).

Art. 222-18-1 ***(Abr., L. n° 2017-86, 27 janv. 2017).***

Art. 222-18-2 ***(Mod., L. n° 2009-526, 12 mai 2009 ; L. n° 2017-86, 27 janv. 2017).*** **– Les personnes morales déclarées responsables pénalement, dans les conditions prévues par l'article 121-2, des**

infractions définies au présent paragraphe encourent, outre l'amende suivant les modalités prévues par l'article 131-38 :

1° Les peines mentionnées aux 2° à 9° de l'article 131-39 ;

2° La peine mentionnée au 1° de l'article 131-39 pour les infractions définies par les articles 222-17 (deuxième alinéa) et 222-18.

L'interdiction mentionnée au 2° de l'article 131-39 porte sur l'activité dans l'exercice ou à l'occasion de l'exercice de laquelle l'infraction a été commise.

Art. 222-18-3 *(L. n° 2010-769, 9 juill. 2010)*. – Lorsqu'elles sont commises par le conjoint ou le concubin de la victime ou le partenaire lié à la victime par un pacte civil de solidarité, les menaces prévues au premier alinéa de l'article 222-17 sont punies *(Mots rempl., L. n° 2019-1480, 28 déc. 2019)* « trois ans d'emprisonnement et de 45 000 € » d'amende, celles prévues au second alinéa du même article et au premier alinéa de l'article 222-18 sont punies de cinq ans d'emprisonnement et de 75 000 € d'amende et celles prévues au second alinéa de l'article 222-18 sont punies de sept ans d'emprisonnement et de 100 000 € d'amende.

Section I *bis*. – De l'atteinte à l'intégrité de la personne résultant d'une intoxication volontaire

(Créé, L. n° 2022-52, 24 janv. 2022)

Art. 222-18-4 *(Créé, L. n° 2022-52, 24 janv. 2022)*. – Est puni des peines suivantes le fait pour une personne d'avoir consommé volontairement, de façon illicite ou manifestement excessive, des substances psychoactives en ayant connaissance du fait que cette consommation est susceptible de la conduire à mettre délibérément autrui en danger, lorsque cette consommation a entraîné un trouble psychique ou neuropsychique temporaire sous l'empire duquel elle a commis des tortures, actes de barbarie ou violences dont elle est déclarée pénalement irresponsable en application du premier alinéa de l'article 122-1 :

1° Sept ans d'emprisonnement et 100 000 euros d'amende, si les tortures, actes de barbarie ou violences ont entraîné la mort ;

2° Cinq ans d'emprisonnement et 75 000 euros d'amende, si les tortures, actes de barbarie ou violences ont entraîné une mutilation ou une infirmité permanente ;

3° Deux ans d'emprisonnement et 30 000 euros d'amende, si les tortures, actes de barbarie ou violences ont entraîné une incapacité totale de travail pendant plus de huit jours.

Si l'infraction prévue au premier alinéa du présent article a été commise par une personne qui a été précédemment déclarée pénalement irresponsable d'un homicide volontaire en application du premier alinéa de l'article 122-1 en raison d'une abolition de son discernement ou du contrôle de ses actes résultant d'un trouble psychique ou neuropsychique temporaire provoqué par la même consommation volontaire de substances psychoactives, les peines sont portées à dix ans d'emprisonnement et 150 000 euros d'amende dans le cas prévu au 1° du présent article, à sept ans d'emprisonnement et 75 000 euros d'amende dans le cas prévu au 2° et à trois ans d'emprisonnement et 45 000 euros d'amende dans le cas prévu au 3°. Dans les cas prévus au présent alinéa, les articles 132-8 et 132-9 ne sont pas applicables.

Section II. – Des atteintes involontaires à l'intégrité de la personne

Voir : art. R. 622-1, p. 1016 et art. R. 625-2 et s., p. 1021.

Art. 222-19 *(L. n° 2000-647, 10 juill. 2000 ; L. n° 2011-525, 17 mai 2011)*. – Le fait de causer à autrui, dans les conditions et selon les distinctions prévues à l'article 121-3, par maladresse, imprudence, inattention, négligence ou manquement à une obligation de prudence ou de sécurité imposée par la loi ou le règlement, une incapacité totale de travail pendant plus de trois mois est puni de deux ans d'emprisonnement et de 30 000 € d'amende.

En cas de violation manifestement délibérée d'une obligation particulière de prudence ou de sécurité imposée par la loi ou le règlement, les peines encourues sont portées à trois ans d'emprisonnement et à 45 000 € d'amende.

Bibliographie : *JCl. Pénal Code, Atteintes involontaires à l'intégrité de la personne* par D. Guibral.

Voir : Sur les principes et la jurisprudence applicable, V. sous art. 221-6.

Voir : C. trav., art. L. 4741-2, p. 2279 et C. trav., art. L. 4741-11, p. 2283 (accidents du travail).

Art. 222-19-1 *(L. n° 2003-495, 12 juin 2003 ; L. n° 2011-525, 17 mai 2011 ; L. n° 2016-41, 26 janv. 2016)*. – **Lorsque la maladresse, l'imprudence, l'inattention, la négligence ou le manquement à une obligation législative ou réglementaire de prudence ou de sécurité prévu par l'article 222-19 est commis par le conducteur d'un véhicule terrestre à moteur, l'atteinte involontaire à l'intégrité de la personne ayant entraîné une incapacité totale de travail pendant plus de trois mois est punie de trois ans d'emprisonnement et de 45 000 € d'amende.**

Les peines sont portées à cinq d'emprisonnement et à 75 000 € d'amende lorsque :

1° Le conducteur a commis une violation manifestement délibérée d'une obligation particulière de prudence ou de sécurité prévue par la loi ou le règlement autre que celles mentionnées ci-après ;

2° Le conducteur se trouvait en état d'ivresse manifeste ou était sous l'empire d'un état alcoolique caractérisé par une concentration d'alcool dans le sang ou dans l'air expiré égale ou supérieure aux taux fixés par les dispositions législatives ou réglementaires du Code de la route, ou a refusé de se soumettre aux vérifications prévues par ce code et destinées à établir l'existence d'un état alcoolique ;

3° Il résulte d'une analyse sanguine ou salivaire que le conducteur avait fait usage de substances ou de plantes classées comme stupéfiants, ou a refusé de se soumettre aux vérifications prévues par le Code de la route destinées à établir s'il conduisait en ayant fait usage de stupéfiants ;

4° Le conducteur n'était pas titulaire du permis de conduire exigé par la loi ou le règlement ou son permis avait été annulé, invalidé, suspendu ou retenu ;

5° Le conducteur a commis un dépassement de la vitesse maximale autorisée égal ou supérieur à 50 km/h ;

6° Le conducteur, sachant qu'il vient de causer ou d'occasionner un accident, ne s'est pas arrêté et a tenté ainsi d'échapper à la responsabilité pénale ou civile qu'il peut encourir.

Les peines sont portées à sept ans d'emprisonnement et à 100 000 € d'amende lorsque l'atteinte involontaire à l'intégrité de la personne a été commise avec deux ou plus des circonstances mentionnées aux 1° et suivants du présent article.

Voir : art. 131-22, p. 215 (peines) ; C. route, art. L. 232-3, p. 1967.

Art. 222-19-2 *(L. n° 2008-582, 20 juin 2008)*. – **Lorsque l'atteinte involontaire à l'intégrité de la personne ayant entraîné une incapacité totale de travail de plus de trois mois prévue par l'article 222-19 résulte de l'agression commise par un chien, le propriétaire ou celui qui détient le chien au moment des faits est puni de trois ans d'emprisonnement et de 45 000 € d'amende.**

Les peines sont portées à cinq ans d'emprisonnement et à 75 000 € d'amende lorsque :

1° La propriété ou la détention du chien est illicite en application de dispositions législatives ou réglementaires ou d'une décision judiciaire ou administrative ;

2° Le propriétaire ou le détenteur du chien se trouvait en état d'ivresse manifeste ou sous l'emprise manifeste de produits stupéfiants ;

3° Le propriétaire ou le détenteur du chien n'avait pas exécuté les mesures prescrites par le maire, conformément à l'article L. 211-11 du Code rural, pour prévenir le danger présenté par l'animal ;

4° Le propriétaire ou le détenteur du chien n'était pas titulaire du permis de détention prévu à l'article L. 211-14 du Code rural ;

5° Le propriétaire ou le détenteur du chien ne justifie pas d'une vaccination antirabique de son animal en cours de validité lorsqu'elle est obligatoire ;

6° Il s'agissait d'un chien de la première ou de la deuxième catégorie prévues à l'article L. 211-12 du Code rural qui n'était pas muselé ou tenu en laisse par une personne majeure conformément aux dispositions prévues au II de l'article L. 211-16 du même code ;

7° Il s'agissait d'un chien ayant fait l'objet de mauvais traitements de la part de son propriétaire ou de son détenteur.

Les peines sont portées à sept ans d'emprisonnement et à 100 000 € d'amende lorsque l'atteinte involontaire à l'intégrité de la personne a été commise avec deux ou plusieurs des circonstances mentionnées aux 1° et suivants du présent article.

Art. 222-20 *(L. n° 2000-647, 10 juill. 2000 ; L. n° 2011-525, 17 mai 2011)*. – **Le fait de causer à autrui, par la violation manifestement délibérée d'une obligation particulière de prudence ou de sécurité imposée par la loi ou le règlement, une incapacité totale de travail d'une durée inférieure ou égale à trois mois, est puni d'un an d'emprisonnement et de 15 000 € d'amende.**

Voir : art. R. 625-2, p. 1021.

Voir : Sur les principes et la jurisprudence applicable, V. ss art. 221-6, p. 348.

1) Causalité directe – Chien. Cause directement le dommage du passant mordu par un chien la faute de négligence du propriétaire de l'animal l'ayant laissé sortir de chez lui sans être contrôlé et tenu en laisse (■ Cass. crim., 29 mai 2013, n° 12-85.427 : *Bull. crim.* n° 121 ; *Dr. pén.* 2013, comm. 125 ; *Gaz. Pal.* 21-23 juill. 2013, chron. p. 34, note S. Detraz ; *D.* 2013, p. 2016, étude, note F. Desprez ; *AJ pénal* 2013, p. 678, note J. Lasserre-Capdeville).

2) Il résulte de l'article 121-3 du Code pénal que cause directement le dommage subi par une personne mordue par un chien la faute de négligence du propriétaire de l'animal l'ayant laissé sortir de chez lui sans être contrôlé et tenu en laisse.

Encourt ainsi la cassation l'arrêt qui, pour relaxer le prévenu des fins de la poursuite du chef d'homicide involontaire, retient qu'aucune prévention n'est retenue contre lui au titre de la divagation d'animaux, que les chiens étaient habituellement enfermés pendant la journée dans un chenil clos et présentaient une apparente absence de dangerosité pour en déduire l'absence de violation d'une obligation particulière de sécurité prévue par la loi ou le règlement ainsi que l'inexistence d'une faute caractérisée (■ Cass. crim., 21 janv. 2014, n° 13-80.267 : *Dr. pén.* 2014, comm. 39, obs. M. Véron ; *AJ pénal* 2014, p. 135, obs. M.-C. Sordino ; *D.* 2014, act., p. 279 ; *RSC* 2014, p. 59, obs. Y. Mayaud).

3) Faute caractérisée – Chien. Commet une faute personnelle, et une faute caractérisée exposant autrui à un risque d'une particulière gravité qu'il ne pouvait ignorer, le propriétaire d'un chien d'attaque qui en laisse la garde à un tiers dont il sait qu'il pourrait avoir des difficultés à le maîtriser (■ Cass. crim., 26 juin 2018, n° 17-86.626 : *JurisData* n° 2018-011223 ; *Gaz. Pal.* 6 nov. 2018, p. 45, obs. S. Detraz ; *Lexbase pénal* n° 15, 18 avr. 2019, obs. L. Saenko).

4) Faute délibérée. Constitue la violation d'une obligation particulière de prudence ou de sécurité imposée par la loi, au sens de l'article 222-20 du Code pénal, le non-respect des dispositions de l'article L. 4142-2 du Code du travail prescrivant de faire bénéficier les salariés temporaires, affectés à des postes de travail présentant des risques particuliers pour leur santé ou leur sécurité, d'une formation renforcée à la sécurité (■ Cass. crim., 25 avr. 2017, n° 15-85.890).

5) Constituent des obligations particulières de prudence et de sécurité les prescriptions du règlement (CE) n° 178/2002 du Parlement et du Conseil du 28 janvier 2002 encadrant la mise sur le marché des produits alimentaires potentiellement dangereux. Condamnation pour blessures involontaires de celui qui a commis une faute délibérée en violant sciemment lesdites prescriptions, plusieurs enfants ayant été intoxiqués par la bactérie E-coli O157H7 après avoir consommé de la viande hachée (■ Cass. crim., 31 mars 2020, n° 19-82.171 : *Lexbase Quotidien* 17 avr. 2020, obs. J. Perot).

– V. aussi arrêts préc., *supra*, sous l'article 221-6 du Code pénal.

6) Illustration de faute délibérée : rôle du juge. Ne justifie pas sa décision la cour d'appel qui a condamné une société du fait de l'accident survenu à un salarié brûlé aux chevilles et à une main par le liquide bouillant s'échappant de la trappe d'évacuation d'un tunnel de lavage qu'il était en train de manœuvrer, sans rechercher, d'une part, si l'obligation de formation spécifique en cause était constitutive d'une obligation particulière de sécurité ou de prudence au sens de l'article 222-20 du Code pénal dans sa rédaction alors applicable, d'autre part, si les faits reprochés avaient été commis, pour le compte de la personne morale poursuivie, par l'un de ses organes ou représentants au sens de l'article 121-2 du Code pénal (■ Cass. crim., 2 sept. 2014, n° 13-83.956).

Art. 222-20-1 *(L. n° 2003-495, 12 juin 2003 ; L. n° 2011-525, 17 mai 2011 ; L. n° 2016-41, 26 janv. 2016)*. – **Lorsque la maladresse, l'imprudence, l'inattention, la négligence ou le manquement à une obligation législative ou réglementaire de prudence ou de sécurité prévu par l'article 222-19 est commis par le conducteur d'un véhicule terrestre à moteur, l'atteinte involontaire à l'intégrité de la personne ayant entraîné une incapacité totale de travail d'une durée inférieure ou égale à trois mois est punie de deux ans d'emprisonnement et de 30 000 € d'amende.**

Les peines sont portées à trois ans d'emprisonnement et à 45 000 € d'amende lorsque :

1° Le conducteur a commis une violation manifestement délibérée d'une obligation particulière de prudence ou de sécurité prévue par la loi ou le règlement autre que celles mentionnées ci-après ;

2° Le conducteur se trouvait en état d'ivresse manifeste ou était sous l'empire d'un état alcoolique caractérisé par une concentration d'alcool dans le sang ou dans l'air expiré égale ou supérieure aux taux fixés par les dispositions législatives ou réglementaires du Code de la route, ou a refusé de se soumettre aux vérifications prévues par ce code et destinées à établir l'existence d'un état alcoolique ;

3° Il résulte d'une analyse sanguine ou salivaire que le conducteur avait fait usage de substances ou de plantes classées comme stupéfiants, ou a refusé de se soumettre aux vérifications prévues par le Code de la route destinées à établir s'il conduisait en ayant fait usage de stupéfiants ;

4° Le conducteur n'était pas titulaire du permis de conduire exigé par la loi ou le règlement ou son permis avait été annulé, invalidé, suspendu ou retenu ;

5° Le conducteur a commis un dépassement de la vitesse maximale autorisée égal ou supérieur à 50 km/h ;

6° Le conducteur, sachant qu'il vient de causer ou d'occasionner un accident, ne s'est pas arrêté et a tenté ainsi d'échapper à la responsabilité pénale ou civile qu'il peut encourir.

Les peines sont portées à cinq ans d'emprisonnement et 75 000 € d'amende lorsque l'atteinte involontaire à l'intégrité de la personne a été commise avec deux ou plus des circonstances mentionnées aux 1° et suivants du présent article.

Voir : C. trav., art. L. 4741-2, p. 2279 et C. trav., art. L. 4741-11, p. 2283 (accidents du travail).
art. 131-22, p. 215 (peines) ; art. R. 625-2, p. 1021.
C. route, art. L. 232-3, p. 1967.

Art. 222-20-2 *(L. n° 2008-582, 20 juin 2008).* – Lorsque l'atteinte involontaire à l'intégrité de la personne ayant entraîné une incapacité totale de travail de moins de trois mois prévue par l'article 222-20 résulte de l'agression commise par un chien, le propriétaire ou celui qui détient le chien au moment des faits est puni de deux ans d'emprisonnement et de 30 000 € d'amende.

Les peines sont portées à trois ans d'emprisonnement et à 45 000 € d'amende lorsque :

1° La propriété ou la détention du chien est illicite en application de dispositions législatives ou réglementaires ou d'une décision judiciaire ou administrative ;

2° Le propriétaire ou le détenteur du chien se trouvait en état d'ivresse manifeste ou sous l'emprise manifeste de produits stupéfiants ;

3° Le propriétaire ou le détenteur du chien n'avait pas exécuté les mesures prescrites par le maire, conformément à l'article L. 211-11 du Code rural, pour prévenir le danger présenté par l'animal ;

4° Le propriétaire ou le détenteur du chien n'était pas titulaire du permis de détention prévu à l'article L. 211-14 du Code rural ;

5° Le propriétaire ou le détenteur du chien ne justifie pas d'une vaccination antirabique de son animal en cours de validité lorsqu'elle est obligatoire ;

6° Il s'agissait d'un chien de la première ou de la deuxième catégorie prévues à l'article L. 211-12 du Code rural qui n'était pas muselé ou tenu en laisse par une personne majeure conformément aux dispositions prévues au II de l'article L. 211-16 du même code ;

7° Il s'agissait d'un chien ayant fait l'objet de mauvais traitements de la part de son propriétaire ou de son détenteur.

Les peines sont portées à cinq ans d'emprisonnement et à 75 000 € d'amende lorsque l'atteinte involontaire à l'intégrité de la personne a été commise avec deux ou plusieurs des circonstances mentionnées aux 1° et suivants du présent article.

Illustration. V. ▪ Cass. crim., 29 janv. 2013, n° 12-82.218 : *Dr. pén.* 2013, comm. 69, obs. M. Véron, pour notamment, la caractérisation de la circonstance aggravante de l'article 222-20-2, 6.

Art. 222-21 *(Mod., L. n° 2009-526, 12 mai 2009).* – Les personnes morales déclarées responsables pénalement, dans les conditions prévues par l'article 121-2, des infractions définies par la présente section encourent, outre l'amende suivant les modalités prévues par l'article 131-38, les peines prévues par les 2°, 3°, 8° et 9° de l'article 131-39.

L'interdiction mentionnée au 2° de l'article 131-39 porte sur l'activité dans l'exercice ou à l'occasion de l'exercice de laquelle l'infraction a été commise.

Dans les cas visés au deuxième alinéa de l'article 222-19 est en outre encourue la peine mentionnée au 4° de l'article 131-39.

Alternative. Encourt la cassation l'arrêt qui, après condamnation d'une personne morale pour le délit de blessures involontaires prévu par l'article 222-20 du Code pénal, ordonne l'affichage et la publication de la décision, alors que l'article 222-21 du même code ne permet de prononcer que l'une ou l'autre de ces peines complémentaires, dans les conditions prévues par l'article 131-35 du Code pénal (■ Cass. crim., 12 juin 2007 : *Bull. crim.* n° 156).

Section III. – Du viol, de l'inceste et des autres agressions sexuelles

(Intitulé mod., L. n° 2021-478, 21 avr. 2021)

Art. 222-22 ***(L. n° 98-468, 17 juin 1998 ; mod., L. n° 2006-399, 4 avr. 2006 ; L. n° 2010-769, 9 juill. 2010).*** **– Constitue une agression sexuelle toute atteinte sexuelle commise avec violence, contrainte, menace ou surprise ou, dans les cas prévus par la loi, commise sur un mineur par un majeur.**

Le viol et les autres agressions sexuelles sont constitués lorsqu'ils ont été imposés à la victime dans les circonstances prévues par la présente section, quelle que soit la nature des relations existant entre l'agresseur et sa victime, y compris s'ils sont unis par les liens du mariage.

Lorsque les agressions sexuelles sont commises à l'étranger contre un mineur par un Français ou par une personne résidant habituellement sur le territoire français, la loi française est applicable par dérogation au deuxième alinéa de l'article 113-6 et les dispositions de la seconde phrase de l'article 113-8 ne sont pas applicables.

Bibliographie : *JCl. Pénal Code, Agressions sexuelles* par M.-L. Rassat. • Y. Mayaud, *Les qualifications relatives aux atteintes sexuelles : Actualité Jur. Pénal* 2004, p. 9. • D. Germain, *Le consentement des mineurs victimes d'infractions sexuelles : RSC* 2011, p. 817 • W. Roumier, *Brève présentation de la loi du 3 août 2018 renforçant la lutte contre les violences sexuelles et sexistes : Dr. pén.* 2018, alerte 34. • Ch. Claverie-Rousset, *Commentaire des principales dispositions de la loi n° 2018-703 du 3 août 2018 renforçant la lutte contre les infractions sexuelles ou sexistes : Dr. pén.* 2018, étude 23. • J.-Cl. Planque, *La répression du « cyber-viol » : simple adaptation ou prémices d'une révolution des concepts pénaux ? : Dr. pén.* 2019, étude 4. • J.-Ch. Saint-Pau, *L'agression sexuelle par surprise : in Mél. en l'honneur du professeur Bernard Teyssié : LexisNexis*, 2019, p. 527 et s. • J.-C. Planque, *Live-streaming pédopornographique : des violences sexuelles difficiles à appréhender pour le droit pénal français : Dr. pén.* 2020, étude 27. • C. Hardouin Le Goff, *Infractions sexuelles sur mineurs : lorsque le droit pénal retrouve sa fonction expressive et que la fixation d'un seuil d'âge devient constitutionnellement possible : Dr. pén.* 2020, étude 34.

I – INCRIMINATION

1) Définition des agressions sexuelles : QPC. Non-lieu à renvoi au Conseil constitutionnel de la QPC visant l'article 222-22 du Code pénal dès lors que son interprétation qui définit de manière suffisamment claire et précise le délit d'agression sexuelle, entre dans l'office du juge pénal, de sorte qu'il n'est porté aucune atteinte au principe de légalité des délits et des peines (■ Cass. crim., 3 oct. 2012, n° 12-90.052. ■ Cass. crim., 7 août 2013, n° 13-90.015 : *Dr. pén.* 2013, comm. 151, obs. M. Véron. ■ Cass. crim., 18 déc. 2014, n° 13-90.031).

2) Ancien et nouveau Code pénal. L'article 222-22 du Code pénal donne du viol et des agressions sexuelles autres que le viol une définition qui n'étend pas leur champ d'application par rapport aux anciens textes ; en effet, la menace n'est qu'une forme de la contrainte (■ Cass. crim., 14 oct. 1998 : *Bull. crim.* n° 263). V. art. 222-22-1 (L. 8 févr. 2010).

3) Caractère sexuel de l'acte. Il appartient aux juridictions d'apprécier le caractère sexuel de l'acte au regard du contexte et de la manière dont il est effectué (pour des caresses sur la jambe d'un mineur, V. ■ Cass. crim., 3 mars 2021, n° 20-82.399 : *JurisData* n° 2021-002544 ; *Dr. pén.* 2021, comm. 81, obs. Ph. Conte).

4) Absence de consentement de la victime. Encourt la censure l'arrêt qui relève que le prévenu ne pouvait pas ne pas se rendre compte que sa victime n'était pas tout à fait consentante, alors que l'absence totale de consentement de la victime, élément constitutif de l'agression sexuelle, doit être caractérisée pour que l'infraction soit constituée (■ Cass. crim., 20 juin 2001 : *Dr. pén.* 2002, comm. 2, obs. M. Véron).

5) Violence, contrainte, menace ou surprise : caractérisation. Le délit d'agression sexuelle suppose l'usage, par son auteur, de violence, contrainte, menace ou surprise ; cet élément constitutif ne peut se déduire de la seule minorité de 15 ans de la victime et de la qualité d'ascendant ou de personne ayant autorité de l'auteur, ces circonstances ne constituant que des circonstances aggravantes de l'infraction (■ Cass. crim., 21 oct. 1998 : *Bull. crim.* n° 274 ; *D.* 1999, p. 75, note Y. Mayaud ; *Dr. pén.* 1999, comm. 5, obs. M. Véron. ■ Cass. crim., 10 mai 2001 : *Bull. crim.* n° 116 ; *Dr. pén.* 2001, comm. 110, obs. M. Véron. ■ Cass. crim., 14 nov. 2001 : *Bull. crim.* n° 239. ■ Cass. crim., 17 oct. 2018, n° 17-83.958 : *JurisData* n° 2018-017996 ; *Gaz.*

Pal. 5 févr. 2019, n° 341, p. 49, obs. E. Dreyer ; *Dr. pén.* 2018, comm. 218, n° 12).

6) Rôle du juge. Doit être cassé l'arrêt qui, pour condamner du chef d'agression sexuelle, se borne à retenir que les victimes ont déclaré, de façon crédible, avoir été l'objet d'attouchements sexuels de la part du prévenu sans caractériser en quoi les atteintes sexuelles dénoncées auraient été commises avec violence, contrainte ou surprise (▪ Cass. crim., 17 mars 1999 : *Bull. crim.* n° 49. ▪ Cass. crim., 14 avr. 1999 : *Bull. crim.* n° 83. ▪ Cass. crim., 10 mai 2001 : *Bull. crim.* n° 116 ; *RSC* 2001, p. 808, obs. Y. Mayaud), ou se borne à réfuter les dénégations du prévenu, sans définir les atteintes sexuelles reprochées et sans caractériser en quoi elles auraient été commises avec violence, contrainte ou surprise (▪ Cass. crim., 22 sept. 1999 : *Bull. crim.* n° 195).

– Doit être cassé l'arrêt qui, pour condamner du chef d'agression sexuelle, se borne à établir la réalité des atteintes sexuelles reprochées et à relever que le prévenu a agi en profitant de l'ignorance des victimes, sans caractériser en quoi cette ignorance aurait été constitutive d'un élément de violence, de contrainte, de menace ou de surprise (▪ Cass. crim., 14 nov. 2001 : *Bull. crim.* n° 239, préc.).

– *Adde* ▪ Cass. crim., 21 févr. 2007 : *Bull. crim.* n° 55, cassant un arrêt de la chambre de l'instruction dont les motifs ne caractérisaient, en l'espèce, aucun élément de contrainte ou de surprise, ni de violence concomitante aux actes de pénétration ou d'atteinte sexuelle.

7) Surprise : définition. La surprise, élément constitutif du délit d'agressions sexuelles, consiste à surprendre le consentement de la victime et ne saurait se confondre avec la surprise exprimée par cette dernière (▪ Cass. crim., 25 avr. 2001 : *Bull. crim.* n° 99 ; *RSC* 2001, p. 808, obs. Y. Mayaud) ; *JCP* 2003, II, 10001, note A. Prothais). V. sur cette question la note de J.-Y. Maréchal à propos d'un arrêt de ▪ Douai, 11 mars 2003, statuant dans le même sens : *JCP* G 2004, II, 10070.

8) Surprise : erreur sur la personne de l'auteur. En l'absence même de toute autre manœuvre, le fait de profiter, en connaissance de cause, de l'erreur d'identification commise par une personne semi-consciente pour pratiquer sur elle des gestes à caractère sexuel comportant un contact corporel constitue le délit d'agression sexuelle commise par surprise, prévu par les articles 222-22 et 222-27 du Code pénal (▪ Cass. crim., 11 janv. 2017, n° 15-86.680 : *Bull. crim.* n° 15 ; *Dr. pén.* 2017, comm. 71, note Ph. Conte). Il en va de même pour une personne endormie (▪ Cass. crim., 9 janv. 2019, n° 18-82.829, D : *JurisData* n° 2019-000075 ; *Dr. pén.* 2019, comm. 65, obs. Ph. Conte ; *Rev. pénit.* 2019, n° 1, p. 135, obs. V. Malabat, p. 139).

9) Surprise : dissimulation d'identité et d'âge. L'emploi d'un stratagème destiné à dissimuler son identité et ses caractéristiques physiques, et notamment son âge, pour surprendre le consentement d'une personne et obtenir d'elle un acte de pénétration sexuelle, constitue la surprise au sens du viol (▪ Cass. crim., 23 janv. 2019, n° 18-82.833, P +B : *JurisData* n° 2019-000628 ; *Dr. pén.* 2019, comm. 42, comm. F. Gauvin ; *JCP* G 2019, 203, note J.-Ch. Saint-Pau ; *D.* 2019, p. 361 et s., note E. Dreyer ; *D.* 2019, p. 2320, obs. G. Roujou de Boubée ; *RSC* 2019, p. 88 et s., obs. Y. Mayaud ; *Gaz. Pal.* 7 mai 2019, p. 55, obs. S. Detraz ; *AJ Pénal* 2019, p. 153, obs. A. Darsonville ; *Rev. pénit.* 2019, n° 1, p. 135, obs. V. Malabat ; *Lexbase Pénal*, févr. 2019, obs. V. Tellier-Cayrol et avr. 2019, obs. L. Saenko).

10) Caractérise également la surprise le fait de profiter sciemment de la méprise de la victime sur l'identité de la personne avec laquelle elle souhaitait avoir une relation, puis d'utiliser un stratagème ayant empêché son identification immédiate (▪ Cass. crim., 4 sept. 2019, n° 18-85.919 : *JurisData* n° 2019-015232 ; *Gaz. Pal.*, 19 nov. 2019, n° 40, obs. S. Detraz ; *D.* 2019, p. 20, obs. Ch. Dubois ; *D.* 2019, 2320 ; *Comm. com. électr.* n° 12, déc. 2019, comme. A. Lepage, obs. G. Roujou de Boubée).

11) Contrainte et surprise : enfants en bas âge. Justifie sa décision la cour d'appel qui, pour déclarer le prévenu coupable d'agressions sexuelles sur trois mineurs de 15 ans, âgés de 1 an et demi à 5 ans, énonce que l'état de contrainte ou de surprise résulte du très jeune âge des enfants qui les rendait incapables de réaliser la nature et la gravité des actes qui leur étaient imposés (▪ Cass. crim., 7 déc. 2005 : *Bull. crim.* n° 326 ; *Dr. pén.* 2006, comm. 31, obs. M. Véron ; *RSC* 2006, p. 319, obs. Y. Mayaud).

12) Contrainte et surprise : emprise parentale. Pour le renvoyer devant la cour d'assises sous l'accusation de viols sur mineur de 15 ans par ascendant, agressions sexuelles sur mineur de 15 ans par ascendant et corruption de mineurs de 15 ans, l'arrêt attaqué énonce que l'examen des éléments du dossier permet d'établir la réalité d'une emprise quotidienne du père sur ses enfants, également révélée par les examens psychologiques et que, dès lors, cette emprise quotidienne sur ses deux enfants caractérise la violence et la contrainte (▪ Cass. crim., 28 avr. 2011, n° 11-80.617 : *Dr. pén.* 2011, comm. 105, obs. M. Véron).

13) Surprise : adolescents. Caractérise la surprise ou la contrainte la cour d'appel qui, pour déclarer le prévenu coupable d'une agression sexuelle commise en novembre 1993, sur la personne d'une victime née le 19 septembre 1978, constate souverainement l'existence d'un stratagème de nature à surprendre le consentement d'un adolescent de l'âge de cette victime (■ Cass. crim., 22 janv. 1997 : *Bull. crim.* n° 22).

14) Surprise : patients. Caractérise la surprise la cour d'appel qui, pour déclarer le prévenu, interne en ORL, coupable d'agressions sexuelles commises sur la personne d'une patiente, constate souverainement qu'il a agi sous le prétexte fallacieux de réaliser des examens cliniques (■ Cass. ass. plén., 14 févr. 2003 : *Bull. crim.* n° 1 ; *Dr. pén.* 2003, comm. 55, obs. M. Véron).

15) Contrainte : autorité de fait. La contrainte est caractérisée lorsqu'elle résulte de l'autorité de fait exercée sur les victimes par le prévenu (■ Cass. crim., 18 févr. 2015, n° 14-80.772 : *Dr. pén.* 2015, comm. 63, obs. M. Véron).

– Les juges peuvent déduire la contrainte morale subie par la victime de sa différence d'âge avec le prévenu (■ Cass. crim., 23 sept. 2015, n° 13-83.881 : *Dr. pén.* 2015, comm. 154, obs. Ph. Conte. ■ Cass. crim., 18 nov. 2015, n° 14-86.100 : *Dr. pén.* 2016, comm. 24, obs. Ph. Conte).

– L'autorité de fait ne saurait se déduire des seuls sentiments que la victime éprouve à l'égard de l'ancien concubin de sa mère (■ Cass. crim., 21 juin 2017, n° 16-82.861 : *Dr. pén.* 2017, comm. 118, note Ph. Conte).

II – RÉPRESSION

16) Requalification et peine justifiée. En cas de poursuites pour agression sexuelle sur mineur de 15 ans par personne ayant autorité, si les juges n'ont pas énoncé les circonstances propres à caractériser la violence, la contrainte, la menace ou la surprise, l'arrêt attaqué n'encourt pas pour autant la censure dès lors que la peine prononcée est justifiée au regard des articles 227-25, 227-26 et 227-29 du Code pénal, lesquels n'exigent pas, pour la répression des infractions qu'ils définissent l'existence de violence, contrainte, menace ou surprise (■ Cass. crim., 18 juin 2003 : *JurisData* n° 2003-020139 ; *Dr. pén.* 2003, comm. 141, obs. M. Véron).

– Sur la distinction à cet égard entre, d'une part, viol, agression sexuelle et, d'autre part, atteinte sexuelle, V. aussi ■ Cass. crim., 29 mars 2006 : *Bull. crim.* n° 96, cité *infra* sous l'article 227-25 ; *RSC* 2006, p. 828, n° 3, obs. Y. Mayaud.

17) *Non bis in idem* : harcèlement et agression. Un même fait ne peut donner lieu contre le même prévenu à deux actions pénales distinctes. La relaxe d'un prévenu du chef de harcèlement sexuel interdit une nouvelle poursuite de ce prévenu pour les mêmes faits qualifiés d'agression sexuelle (■ Cass. crim., 19 janv. 2005 : *Bull. crim.* n° 25 ; *RSC* 2005, p. 934, obs. J.-F. Renucci).

18) Le principe *ne bis in idem* s'oppose à ce que soient retenues cumulativement les infractions d'agression sexuelle par une personne ayant autorité et de harcèlement sexuel, pour des actes et paroles identiques procédant d'une seule intention coupable (■ Cass. crim., 18 sept. 2019, n° 18-86.291 : *JurisData* n° 2019-016200 ; *Gaz. Pal.*, 19 nov. 2019, n° 40, obs. S. Detraz).

19) Prescription. Justifie sa décision la chambre de l'instruction qui confirme une ordonnance de refus d'informer sur une plainte du chef de viol aggravé en retenant que l'action publique était éteinte par acquisition de la prescription au jour du dépôt de cette plainte, dès lors qu'en matière d'infraction sexuelle aucun texte et aucune décision de justice n'ont fixé le point de départ du délai de prescription à la date à laquelle la victime en avait eu connaissance et qu'en l'espèce l'amnésie traumatique qu'aurait provoqué chez la victime d'une agression sexuelle ne pouvait constituer un obstacle insurmontable à l'exercice de l'action publique, et qu'ainsi le point de départ de la prescription ne pouvait être retardé (■ Cass. crim., 18 déc. 2013, n° 13-81.129 : *D.* 2014, act., p. 13).

– Rappr., en matière d'homicide volontaire, dans le même sens, ■ Cass. crim., 16 oct. 2013, n° 13-85.232 : *Bull. crim.* n° 192, *supra*, note sous l'article 221-1, *V° Prescription*.

20) Peines : mesure non prévue par la loi. Encourt la cassation l'arrêt qui, après condamnation d'un médecin pour agressions sexuelles aggravées, ordonne dans son dispositif la communication de la décision à l'Ordre national des médecins, cette mesure n'étant pas prévue par les textes réprimant cette infraction (■ Cass. crim., 25 mai 2016, n° 15-81.511 : *Gaz. Pal.* 2016, p. 48, note S. Detraz).

21) Action civile. Les constitutions de partie civile des sœurs de la victime d'agressions sexuelles aggravées, qui ont subi un dommage moral, personnel, distinct de celui subi par leur jeune sœur, et en relation avec les infractions à caractère sexuel dénoncées par cette dernière, sont recevables (■ Cass. crim., 27 mars 2008 : *JCP G* 2008, IV, n° 1880).

Art. 222-22-1 ***(Créé, L. n° 2010-121, 8 févr. 2010 ; mod., L. n° 2018-703, 3 août 2018 ; L. n° 2021-478, 21 avr. 2021).*** **– La contrainte prévue par le premier alinéa de l'article 222-22 peut être physique ou morale.**

Lorsque les faits sont commis sur la personne d'un mineur, la contrainte morale mentionnée au premier alinéa du présent article ou la surprise mentionnée au premier alinéa de l'article 222-22 peuvent résulter de la différence d'âge existant entre la victime et l'auteur des faits et de l'autorité de droit ou de fait que celui-ci a sur la victime, cette autorité de fait pouvant être caractérisée par une différence d'âge significative entre la victime mineure et l'auteur majeur.

Lorsque les faits sont commis sur la personne d'un mineur de quinze ans, la contrainte morale ou la surprise sont caractérisées par l'abus de la vulnérabilité de la victime ne disposant pas du discernement nécessaire pour ces actes.

1) Nécessité et proportionnalité des peines : QPC. Le Conseil constitutionnel a déclaré l'article 222-22-1, dans sa version issue de la loi n° 2010-121 du 8 février 2010, conforme à la Constitution, ▪ Cons. const. n° 2014-448 QPC, 6 févr. 2015, *JO* 8 févr. 2015 ; *JurisData* n° 2015-002161. Il a relevé qu'en disposant que la contrainte, constitutive du crime de viol ou du délit d'agression sexuelle, « peut résulter de la différence d'âge existant entre une victime mineure et l'auteur des faits et de l'autorité de droit ou de fait que celui-ci exerce sur cette victime » alors que, par ailleurs, la peine encourue par l'auteur de ces infractions est aggravée lorsqu'il a, sur la victime, une autorité de droit ou de fait, les dispositions contestées n'instituent pas une sanction pénale qui méconnaît les principes de nécessité et de proportionnalité des peines (sur l'arrêt de la chambre criminelle du 13 novembre 2014, n° 14-81.249, ayant renvoyé la QPC devant le Conseil constitutionnel, V. *Dr. pén.* 2015, comm. 1, obs. M. Véron).

2) Loi interprétative. Les dispositions de l'article 222-22-1 du Code pénal, issues de la loi n° 2010-121 du 8 février 2010, ayant un caractère interprétatif, la cour d'appel, saisie de poursuites pour des faits d'agression sexuelle aggravée antérieurs à l'entrée en vigueur de celle-ci, peut, sans méconnaître le principe de non-rétroactivité de la loi pénale, déduire la contrainte morale subie par la victime mineure de la différence d'âge avec le prévenu (▪ Cass. crim., 15 avr. 2015, n° 14-82.172. ▪ Cass. crim., 1er sept. 2015, n° 15-83.392).

Bibliographie : Ch. Lazerges, *Politique criminelle et droit de la pédophilie* : *RSC* 2010, p. 728. – S. Detraz, L'article 222-22-1, *in fine*, du Code pénal à la lumière de la jurisprudence : *Dr. pén.* 2015, étude 24. – Ch. Guéry, *Définir ou bégayer : la contrainte morale après la loi sur l'inceste* : *AJ pénal* 2010, p. 126. – M.-C. Guérin et a., *Discernement sexuel et vulnérabilité du mineur de 15 ans. Éléments de victimologie sur l'article 222-22-1, alinéa 2 du Code pénal* : *Rev. pénit.* 2019, n° 1, p. 51.

Art. 222-22-2 *(L. n° 2013-711, 5 août 2013 ; L. n° 2021-478, 21 avr. 2021).* **– Constitue également une agression sexuelle le fait d'imposer à une personne, par violence, contrainte, menace ou surprise, le fait de subir une atteinte sexuelle de la part d'un tiers ou de procéder sur elle-même à une telle atteinte.**

Ces faits sont punis des peines prévues aux articles 222-23 à 222-30 selon la nature de l'atteinte subie et selon les circonstances mentionnées à ces mêmes articles.

La tentative du délit prévu au présent article est punie des mêmes peines.

Bibliographie : S. Detraz et L. Saenko, *L'article 222-22-2 du Code pénal, hypothèse d'emprunt de matérialité* : *Dr. pén.* 2014, étude 1.

Art. 222-22-3 *(Créé, L. n° 2021-478, 21 avr. 2021).* **– Les viols et les agressions sexuelles sont qualifiés d'incestueux lorsqu'ils sont commis par :**

1° Un ascendant ;

2° Un frère, une sœur, un oncle, une tante, un grand-oncle, une grand-tante, un neveu ou une nièce ;

3° Le conjoint, le concubin d'une des personnes mentionnées aux 1° et 2° ou le partenaire lié par un pacte civil de solidarité à l'une des personnes mentionnées aux mêmes 1° et 2°, s'il a sur la victime une autorité de droit ou de fait.

§ 1. – Du viol et du viol incestueux

Art. 222-23 *(Mod., L. n° 2018-703, 3 août 2018 : L. n° 2021-478, 21 avr. 2021).* **– Tout acte de pénétration sexuelle, de quelque nature qu'il soit ou tout acte bucco-génital, commis sur la personne d'autrui ou sur la personne de l'auteur par violence, contrainte, menace ou surprise est un viol.**

Le viol est puni de quinze ans de réclusion criminelle.

Voir : art. 222-31-2, p. 419 (viol incestueux) ; art. 221-3 et s., p. 343 (homicide volontaire précédé ou accompagné de viol).

Bibliographie : Collectif, *Le traitement pénal des viols, dossier : AJ pénal* 2017, p. 255. • J.-Cl. Planque, *La répression du « cyberviol » : simple adaptation ou prémice d'une révolution des concepts pénaux ? : Dr. pén.* 2019, étude 4. • Concernant la loi de 1980 V. D. Mayer, *Le nouvel éclairage donné au viol par la réforme du 23 décembre 1980 : D.* 1981, chron. p. 283.

Voir aussi : V. aussi *supra* bibliographie sous art. 222-22.

I – ÉLÉMENTS CONSTITUTIFS DE L'INFRACTION

A – Élément matériel

1° Pénétration sexuelle

1) Auteur et victime. Le viol doit être commis sur une personne vivante (▪ Cass. crim., 13 juill. 1965 : *Bull. crim.* n° 175). Peu importe désormais le sexe de l'auteur ou de la victime (▪ Cass. crim., 4 janv. 1985 : *Bull. crim.* n° 10 : viol d'une fillette par sa mère. ▪ Cass. crim., 24 juin 1987 : *Bull. crim.* n° 265 : viol d'un homme par introduction de la verge et d'un manche à balai dans l'anus).

2) Élément matériel : loi du 23 décembre 1980. En introduisant dans l'article 332 alinéa 1 ancien, du Code pénal, pour caractériser l'acte de pénétration sexuelle constitutif du viol, les mots « de quelque nature qu'il soit » la loi du 23 décembre 1980 (dont les termes ont été repris par l'article 222-23 du Code pénal), a institué une incrimination plus large que celle qui résultait de la loi ancienne (▪ Cass. crim., 20 janv. 1982 : *Bull. crim.* n° 23), et donné de ce crime une définition extensive (▪ Cass. crim., 22 août 1981 : *Bull. crim.* n° 246).

– Dès lors que les faits retenus par la décision de renvoi comme constitutifs de viol sont antérieurs à l'entrée en vigueur de la loi du 23 décembre 1980, la cour et le jury doivent, à peine de nullité, être interrogés sur la culpabilité de l'accusé dans les termes de l'article 332, alinéa 1er, du Code pénal en sa rédaction applicable au moment des faits, qui, incriminant le viol et le définissant par ce seul terme, soumet à la cour et au jury le point de fait auquel ils doivent répondre (▪ Cass. crim., 15 nov. 2006 : *Bull. crim.* n° 287).

3) Distinction du viol et des tortures et actes de barbarie. Ne saurait être qualifiée de viol, au sens de l'article 332 du Code pénal, l'introduction d'un bâton dans l'anus d'un jeune garçon, qui a été contraint à se déshabiller, après avoir été menacé de mort et ligoté aux pieds et aux mains, dans le seul but de lui extorquer une somme d'argent, ces faits caractérisant l'emploi de tortures ou d'actes de barbarie pour l'exécution d'une extorsion de fonds et constituant, dès lors, le crime prévu et puni par l'article 303, alinéa 2, du Code pénal (▪ Cass. crim., 9 déc. 1993 : *Bull. crim.* n° 383 ; *Dr. pén.* 1994, chron. 26, rapp. Niuose ; *Dr. pén.* 1994, chron. 31, concl. J. Perfetti).

– Constitue le crime de viol, aggravé de tortures ou d'actes de barbarie, au regard, tant des articles 303, 332, 333-1 anciens que des articles 222-23, 222-24 et 222-26 nouveaux du Code pénal, une pénétration anale pratiquée avec un manche de pioche recouvert d'un préservatif, dès lors que les juges établissent le caractère sexuel des circonstances dans lesquelles les faits ont été commis (▪ Cass. crim., 6 déc. 1995 : *Bull. crim.* n° 372 ; *Dr. pén.* 1996, comm. 101, obs. M. Véron ; *RSC* 1996, p. 374, obs. Y. Mayaud).

4) Pénétration sur la personne d'autrui (jurisprudence antérieure à la loi n° 2018-703, 3 août 2018). L'acte de pénétration du crime de viol n'est caractérisé que si l'auteur réalise l'acte de pénétration sexuelle sur la personne de la victime (▪ Cass. crim., 21 oct. 1998 : *Bull. crim.* n° 274 ; *D.* 1999, p. 75, note Y. Mayaud ; *Dr. pén.* 1999, comm. 5, obs. M. Véron ; *JCP* G 1998, II, 10215, note D. Mayer) ; ce n'était pas le cas en l'espèce (coït imposé par une femme à un homme). Cette solution a été réaffirmée par ▪ Cass. crim., 22 août 2001 : *Bull. crim.* n° 169, à propos de la fellation (V. *infra*).

5) Pénétration buccale (jurisprudence antérieure à la loi n° 2018-703, 3 août 2018). Entre dans les prévisions de l'article 332 dès lors qu'il y a eu pénétration de la verge dans la bouche de la victime (▪ Cass. crim., 22 févr. 1984 : *Bull. crim.* n° 71), comme de l'article 222-23 du Code pénal, ces deux articles visant tout acte de pénétration sexuelle, de quelque nature qu'il soit (▪ Cass. crim., 22 mai 1996 : *Bull. crim.* n° 212).

– Justifie sa décision la chambre de l'instruction qui estime que les fellations pratiquées par l'auteur sur la victime ne constituent pas des viols, mais des délits d'agression sexuelle ; en effet l'élément matériel du crime de viol n'est caractérisé que si l'auteur réalise l'acte de pénétration sexuelle sur la personne de la victime (▪ Cass. crim., 22 août 2001 : *Bull. crim.* n° 169). V. *supra*, ▪ Cass. crim., 21 oct. 1998, préc.

– À noter qu'auparavant la chambre criminelle avait jugé dans un autre sens en énonçant que tout acte de fellation constitue un viol au sens des articles 332 ancien et 222-23 nouveau du Code pénal, dès lors qu'il est imposé par violence, contrainte, menace ou surprise, à celui qui le subit ou à celui qui le pratique (▪ Cass. crim., 16 déc. 1997 : *Bull. crim.* n° 429 ; H. Angevin : *Dr. pén.* 1998, chron. 7 ; *JCP* 1998, II, n° 10074, note D. Mayer ; *D.* 1998, p. 212, note Y. Mayaud. ▪ Cass. crim., 29 janv. 1998 : *JurisData* n° 1998-001458 ; L.-M. Nivôse : *Dr. pén.* 1998, chron. 10).

6) Pénétration vaginale. L'acte de pénétration actuellement défini ne se limite pas à une conjonction sexuelle imposée par un homme à une femme ; l'introduction vaginale d'un doigt ou d'un objet quelconque caractérise le viol (■ Cass. crim., 8 janv. 1991 : *JurisData* n° 1991-000851. ■ Cass. crim., 22 mars 2000, n° 00-80.191 : *JurisData* n° 2000-002024). La défloration antérieure aux faits ou concomitante est indifférente à la constitution du crime (■ Cass. crim., 9 févr. 2000, n° 99-80.502 : *JurisData* n° 2000-001462).

– En revanche, si la langue – par exemple – reste à l'orée du vagin sans y entrer, les juges du fond constatent ainsi souverainement l'absence de viol (■ Cass. crim., 14 oct. 2020, n° 20-83.273 : *JurisData* n° 2020-016487 ; *Dr. pén.* 2021, comm. 7, obs. Ph. Conte).

7) Pénétration anale. Doit être cassé l'arrêt de la cour d'appel qui, pour les déclarer coupables d'agressions sexuelles, relève que les prévenus ont sodomisé la victime et se sont fait pratiquer des fellations par elle, de tels faits constituant des pénétrations sexuelles et se trouvant justiciables de la cour d'assises (■ Cass. crim., 12 janv. 2000 : *Bull. crim.* n° 24).

8) Pénétration anale : ordre ou autorisation de la loi. Mais en l'état d'une plainte avec constitution de partie civile pour viol, dénonçant un toucher rectal effectué par l'expert commis par le juge d'instruction, est justifié, au regard de l'article 6-1 du Code de procédure pénale, l'arrêt de la chambre d'accusation qui, pour confirmer l'ordonnance de refus d'informer du juge d'instruction, relève qu'une précédente décision définitive avait constaté le caractère légal de l'expertise et qu'ainsi les faits reprochés n'en étaient que l'exécution régulière (■ Cass. crim., 29 janv. 1997 : *Bull. crim.* n° 39).

9) Pénétration sexuelle par un objet (oui). Constituent le crime de viol, tant au regard de l'article 332 du Code pénal, alors applicable, que de l'article 222-23 du Code pénal en vigueur depuis le 1er mars 1994, les actes de pénétration anale, pratiqués avec le doigt ou avec des carottes, infligés par une mère à sa fille, dans un but d'initiation sexuelle (■ Cass. crim., 27 avr. 1994 : *Bull. crim.* n° 157) ; ou l'introduction d'un manche de pioche dans l'anus d'un homme (■ Cass. crim., 6 déc. 1995 : *Bull. crim.* n° 372 ; *Dr. pén.* 1995, comm. 101, obs. M. Véron).

10) Objet représentant l'organe sexuel (non). Encourt la censure pour violation des articles 111-4 et 222-23 du Code pénal l'arrêt qui renvoie devant la cour d'assises, sous l'accusation de viols aggravés, un médecin qui, agissant dans un contexte sexuel et animé par la volonté d'accomplir un acte sexuel, a contraint trois jeunes patientes à introduire dans leur bouche puis à sucer un objet de forme phallique dès lors que, pour être constitutive d'un viol, la fellation implique une pénétration par l'organe sexuel masculin de l'auteur et non par un objet le représentant. En effet, il n'y avait en l'espèce ni pénétration par le sexe, ni pénétration dans le sexe (■ Cass. crim., 21 févr. 2007 : *Bull. crim.* n° 61 ; *Dr. pén.* 2007, comm. 68, obs. M. Véron ; *RSC* 2007, p. 301, obs. Y. Mayaud).

11) Tentative. Commet une tentative de viol celui qui, après avoir mis un préservatif pour pénétrer la victime, renonce à son acte en raison d'une déficience physique momentanée (■ Cass. crim., 10 janv. 1996 : *Bull. crim.* n° 14 ; *Dr. pén.* 1996, comm. 97, obs. M. Véron ; *RSC* 1996, p. 656, obs. Y. Mayaud), ou qui doit l'interrompre du fait de la vive opposition de la victime (■ Cass. crim., 22 août 2001 : *JurisData* n° 2001-010866).

2° *Absence de consentement de la victime*

12) Renvoi. Sur l'absence de consentement, élément commun aux différentes agressions sexuelles, V. aussi *supra* notes ss art. 222-22.

13) Principe. Le viol implique que l'acte de pénétration sur la victime soit accompli « contre la volonté de celle-ci, soit que le défaut de consentement résulte de violence physique ou morale, soit qu'il résulte de tout autre moyen de contrainte ou de surprise » (■ Cass. crim., 10 juill. 1973 : *Bull. crim.* n° 322).

14) Consentement apparent (contrainte). Le consentement donné par la victime sous l'empire de la contrainte n'a aucune valeur : ainsi celui donné à un policier par une femme qui avait eu avec lui des rapports sexuels après avoir été menacée de la prison (■ Cass. crim., 29 avr. 1960 : *S.* 1960, p. 253), ou celui donné par une femme à un individu menaçant de l'abandonner en pleine campagne par un froid intense (■ Cass. crim., 11 févr. 1992 : *Dr. pén.* 1992, comm. 174, obs. M. Véron ; *RSC* 1993, p. 331, obs. Levasseur. – V. aussi ■ Cass. crim., 8 févr. 1995, 2e arrêt : *Dr. pén.* 1995, comm. 171, obs. M. Véron).

15) Consentement apparent (surprise). Est aussi sans valeur le consentement obtenu par surprise (■ Cass. crim., 25 juin 1857 : *S.* 1857, 1, 711 ; en l'espèce un homme s'était glissé dans le lit d'une femme endormie qui crut avoir des relations sexuelles avec son mari), ou de la part d'une femme en état d'hypnose ou encore d'une débile mentale (■ Cass. crim., 6 nov. 1960 : *D.* 1961, 733, note Holleaux ; *RSC* 1962, p. 98, obs. Hugueney) ou d'une personne atteinte de troubles mentaux (■ Cass. crim., 4 janv. 1990 : *Bull. crim.* n° 1, préc.).

16) Consentement apparent (maladie). N'a pu consentir à des relations sexuelles une malade hospitalisée, en complet désarroi en raison d'une psychonévrose dégressive obsessionnelle grave, exclusive d'une attitude incitative et d'une participation active aux violences perpétrées sur elle par un infirmier qui lui a imposé un acte de pénétration (■ Cass. crim., 8 juin 1994 : *Bull. crim.* n° 226 ; *Dr. pén.* 1994, comm. 232, obs. M. Véron. – V. aussi ■ Cass. crim., 25 oct. 1994 : *Dr. pén.* 1995, comm. 63, obs. M. Véron).

17) Consentement et âge de la victime. Le crime de viol implique que l'acte de pénétration sexuelle soit commis sur la personne d'autrui, par violence, contrainte, menace ou surprise ; ne donne pas de base légale à sa décision, la chambre d'accusation qui, pour renvoyer une personne devant la cour d'assises du chef de viols, énonce qu'aucun élément de violence ou de contrainte ne résulte de l'information et qui déduit la surprise, malgré la répétition des faits, du seul âge des victimes (■ Cass. crim., 1er mars 1995 : *Bull. crim.* n° 92).

18) Appréciation concrète du consentement. La manifestation de la contrainte doit s'apprécier de manière concrète en fonction de la capacité de résistance de la victime (■ Cass. crim., 8 juin 1994 : *Bull. crim.* n° 226, préc.).

– La résistance de la victime, caractérisant l'absence de consentement, est appréciée souverainement par les juges du fond ; il a été jugé qu'une résistance se manifestant par des supplications, alors que la victime avait accepté de monter dans la voiture de l'accusé et de se laisser embrasser, suffisait (■ Cass. crim., 10 juill. 1973 : *Bull. crim.* n° 322 ; *RSC* 1974, p. 594, obs. Levasseur. – V. en sens contraire, ■ Cass. crim., 11 oct. 1978 : *D.* 1979, inf. rap. 120). Le refus de se prêter à l'agression sexuelle peut se déduire des circonstances de l'espèce, telles que l'existence d'un trouble paralysant qui avait physiquement empêché la victime de protester et de s'enfuir, de la répugnance à de tels actes manifestée par la victime, ou encore du refus de revoir l'agresseur après les faits (■ Nîmes ch. acc., 9 déc. 1983 : *JCP* 1985, II, 20482, note F.-J. Pansier).

19) Conduite équivoque de la victime. La qualification du viol pourra aussi être écartée s'il est établi que, par son attitude et son comportement, une femme a laissé croire qu'elle était consentante au rapprochement sexuel (■ Cass. crim., 11 oct. 1978 : *D.* 1979, IR p. 120. ■ Cass. crim., 20 oct. 1999 : *JurisData* n° 1999-004556).

V. cependant, en sens contraire, ■ Cass. crim., 17 juill. 1973 : *Bull. crim.* n° 322, préc. – Et ■ Cass. crim., 4 mai 1993 : *Dr. pén.* 1993, comm. 179, obs. M. Véron (absence de consentement d'une femme à des rapports sexuels qui lui auraient été imposés par la contrainte morale et physique d'un homme qui aurait été encouragé dans la réalisation de son acte par la conduite équivoque de la victime).

20) Viol conjugal. La jurisprudence traditionnelle considérait que le viol entre époux n'est pas punissable (■ Cass. crim., 19 mars 1910 : *Bull. crim.* n° 153) ; mais il a été jugé qu'une telle conception ne saurait couvrir des agissements entièrement détachables de toute notion de mariage et de toute idée de ce que peuvent être des rapports intimes entre époux : tel le cas d'un homme qui, flanqué d'un tiers, s'est emparé de son épouse et après l'avoir déshabillée de force, giflée et lacérée au coupe-moquette, lui a imposé des rapports sexuels complets tandis qu'elle était maintenue à terre par le tiers complice (■ Grenoble, ch. acc., 4 juin 1980 : *D.* 1981, inf. rap. 154, obs. Puech). Jugé également que lorsque l'inculpé s'est livré à des actes de pénétration sexuelle par contrainte ou violence sur son épouse, en instance de divorce, une ordonnance du juge aux affaires matrimoniales ayant autorisé les époux à avoir une résidence séparée, les éléments constitutifs du crime de viol se trouvent caractérisés (■ Cass. crim., 17 juill. 1984 : *Bull. crim.* n° 260 ; *D.* 1985, p. 7, note D. Mayer ; *RSC* 1985, p. 82, obs. Levasseur. ■ Cass. crim., 5 sept. 1990 : *Bull. crim.* n° 313 ; *JCP* G 1991, II, 21629, note M.-L. Rassat ; *D.* 1991, p. 13, note H. Angevin ; *RSC* 1991, p. 348, obs. Levasseur). Dans le même sens, a jugé que l'article 332 du Code pénal, qui n'a d'autre fin que de protéger la liberté de chacun, n'exclut pas de ses prévisions les actes de pénétration sexuelle entre personnes unies par les liens du mariage lorsque ces actes sont imposés par violence ou contrainte. Sur le viol entre époux et le refus d'informer, V. ■ Cass. crim., 11 juin 1992 : *D.* 1993, somm. 13, obs. G. Azibert.

Voir : art. 222-22, p. 405 et art. 222-24, p. 413.

B – Élément moral

21) Faute intentionnelle. Un acquittement du chef de viols peut se justifier par le défaut d'intention de l'auteur ou par un simple doute sur la réalité de ses intentions ; le défaut d'intention peut résulter de cette circonstance, prouvée ou présumée, que l'accusé s'est mépris ou a pu se méprendre sur les dispositions véritables de la femme et estimer à tort que sa résistance n'était pas sérieuse (■ CA Haut-Rhin : 21 avr. 1959 : *D.* 1969, p. 369, note H. Aberkane).

II – RÉPRESSION

22) Question(s) en cour d'assises. Une question unique sur des actes répetés de viol sur la même personne peut être posée à la Cour et au jury lorsqu'ils ont été accomplis dans les mêmes conditions et entraînent les mêmes conséquences pénales (■ Cass. crim., 17 oct. 1990 : *Bull. crim.* n° 344).

– Il résulte de l'article 349 du Code de procédure pénale que la cour d'assises doit être interrogée sur tous les éléments constitutifs de l'infraction et des circonstances qui l'aggravent (▪ Cass. crim., 11 déc. 1996 : *Bull. crim.* n° 461). La question interrogeant sur « un viol » est irrégulière (▪ Cass. crim., 23 mai 1984 : *Bull. crim.* n° 191).

– La cour d'assises doit être interrogée sur toutes les circonstances constitutives du crime de viol telles qu'elles résultent de l'article 332 du Code pénal. Il en résulte qu'il n'est pas nécessaire que dans la question posée figurent les mots « de quelque nature qu'il soit » qui ne déterminent pas un élément légal du viol, mais signifient seulement qu'aucune sorte d'acte de pénétration sexuelle n'est exclue du champ d'application de l'article précité (▪ Cass. crim., 29 nov. 1984 : *Bull. crim.* n° 378), et il n'est pas exigé que la question précise autrement la nature de l'acte de pénétration sexuelle (▪ Cass. crim., 20 avr. 1984 : *Bull. crim.* n° 146).

– Un acte de pénétration sexuelle ne constitue un viol que s'il a été commis par violence, contrainte ou surprise. N'interroge pas la Cour et le jury sur l'un des éléments constitutifs du crime de viol, objet de l'accusation, la question qui ne mentionne pas que l'acte de pénétration sexuelle que l'accusé a tenté de commettre l'a été par violence, par contrainte ou par surprise (▪ Cass. ass. plén., 8 juill. 2005 : *Bull. crim.* n° 1).

Cet arrêt a été rendu au vu des dispositions de l'article 332 ancien ; la solution s'applique au cas de viol par menace, élément constitutif prévu par l'article 222-23 du Code pénal.

– V. aussi, ▪ Cass. crim., 21 févr. 2007 : *Bull. crim.* n° 55, cassant un arrêt de renvoi en cour d'assises pour viols alors que les motifs énoncés ne caractérisaient, en l'espèce, aucun élément de contrainte ou de surprise ni de violence concomitante avec actes de pénétration sexuelle.

23) Action civile : victime et proches de la victime. Il résulte des articles 2 et 3 du Code de procédure pénale que les proches de la victime d'une infraction sont recevables à rapporter la preuve d'un dommage dont ils ont personnellement souffert et qui découle des faits, objet de la poursuite ; encourt, dès lors, la cassation l'arrêt de la cour d'assises, qui, pour déclarer irrecevable la constitution de partie civile faite au nom d'un enfant, né des relations incestueuses imposées par un père à sa fille mineure, se borne à énoncer que l'enfant n'est pas la victime du viol commis sur la personne de sa mère et qu'il ne subit aucun préjudice découlant de cette infraction (▪ Cass. crim., 4 févr. 1998 : *Bull. crim.* n° 43 ; *Dr. pén.* 1998, comm. 104, obs. A. Maron ; *JCP* G 1999, II, 10178, note I. Moine-Dupuis).

– Justifie sa décision la cour d'appel qui, pour déclarer recevable la constitution de partie civile faite au nom d'un enfant, né de relations incestueuses imposées par un père à sa fille, et bien fondée la demande de réparation du préjudice moral de l'enfant, retient notamment que l'enfant est privé du droit de faire établir sa filiation en vertu de l'article 310-2 du Code civil et que les circonstances de sa conception justifient la réparation de traumatismes psychiques (▪ Cass. crim., 23 sept. 2010, n° 09-84.108 : *Bull. crim.* n° 141 ; *D.* 2011, chron. 124, n° 2, par L. Lazerges-Cousquer ; *AJ pénal* 2011, jurispr., n° 27).

– Aux termes des articles 2 et 3 du Code de procédure pénale, les proches de la victime d'une infraction sont recevables à rapporter la preuve d'un dommage dont ils ont personnellement souffert et qui découle des faits objet de la poursuite.

Encourt la cassation l'arrêt qui, pour écarter la demande tendant à la réparation du préjudice moral de l'enfant né d'un viol, partie civile, retient que celui-ci ne peut se prévaloir d'un préjudice du seul fait des circonstances dans lesquelles il a été conçu, la conception ne pouvant être dissociée de la naissance, alors que le préjudice invoqué résulte directement des faits criminels poursuivis (▪ Cass. crim., 23 sept. 2010, n° 09-82.438 : *Bull. crim.* n° 139 ; *AJ pénal* 2011, jurispr. 27, note C. Ambroise-Casterot ; *D.* 2011, chron. 124, n° 2, par L. Lazerges-Cousquer).

24) Action civile : associations et syndicats. Des faits constitutifs de viol et de harcèlement sexuel ne portent pas un préjudice direct ou indirect à l'intérêt collectif de la profession représentée par un syndicat dont l'action civile doit être déclarée irrecevable (▪ Cass. crim., 23 janv. 2002 : *Bull. crim.* n° 12 ; *Dr. pén.* 2002, comm. 66, obs. M. Véron).

Art. 222-23-1 ***(Créé, L. n° 2021-478, 21 avr. 2021).*** **– Hors le cas prévu à l'article 222-23, constitue également un viol tout acte de pénétration sexuelle, de quelque nature qu'il soit, ou tout acte bucco-génital commis par un majeur sur la personne d'un mineur de quinze ans ou commis sur l'auteur par le mineur, lorsque la différence d'âge entre le majeur et le mineur est d'au moins cinq ans.**

La condition de différence d'âge prévue au premier alinéa du présent article n'est pas applicable si les faits sont commis en échange d'une rémunération, d'une promesse de rémunération, de la fourniture d'un avantage en nature ou de la promesse d'un tel avantage.

Art. 222-23-2 ***(Créé, L. n° 2021-478, 21 avr. 2021).*** **– Hors le cas prévu à l'article 222-23, constitue un viol incestueux tout acte de pénétration sexuelle, de quelque nature qu'il soit, ou tout acte bucco-génital commis par un majeur sur la personne d'un mineur ou commis sur l'auteur par le mineur, lorsque le majeur**

est un ascendant ou toute autre personne mentionnée à l'article 222-22-3 ayant sur le mineur une autorité de droit ou de fait.

Art. 222-23-3 *(Créé, L. n° 2021-478, 21 avr. 2021).* **– Les viols définis aux articles 222-23-1 et 222-23-2 sont punis de vingt ans de réclusion criminelle.**

Art. 222-24 *(Mod., L. n° 98-468, 17 juin 1998 ; L. n° 2003-239, 18 mars 2003 ; L. n° 2005-1549, 12 déc. 2005 ; L. n° 2006-399, 4 avr. 2006 ; L. n° 2007-297, 5 mars 2007 ; L. n° 2010-121, 8 févr. 2010 ; L. n° 2011-525, 17 mai 2011 ; L. n° 2012-954, 6 août 2012 ; L. n° 2016-444, 13 avr. 2016 ; L. n° 2021-478, 21 avr. 2021).* **– Le viol défini à l'article 222-23 est puni de vingt ans de réclusion criminelle :**

1° Lorsqu'il a entraîné une mutilation ou une infirmité permanente ;

2° Lorsqu'il est commis sur un mineur de quinze ans ;

3° Lorsqu'il est commis sur une personne dont la particulière vulnérabilité, due à son âge, à une maladie, à une infirmité, à une déficience physique ou psychique ou à un état de grossesse, est apparente ou connue de l'auteur ;

3° *bis (3° bis créé, L. n° 2018-703, 3 août 2018)* **Lorsqu'il est commis sur une personne dont la particulière vulnérabilité ou dépendance résultant de la précarité de sa situation économique ou sociale est apparente ou connue de l'auteur ;**

4° Lorsqu'il est commis par un ascendant ou par toute autre personne ayant sur la victime une autorité de droit ou de fait ;

5° Lorsqu'il est commis par une personne qui abuse de l'autorité que lui confèrent ses fonctions ;

6° Lorsqu'il est commis par plusieurs personnes agissant en qualité d'auteur ou de complice ;

7° Lorsqu'il est commis avec usage ou menace d'une arme ;

8° Lorsque la victime a été mise en contact avec l'auteur des faits grâce à l'utilisation, pour la diffusion de messages à destination d'un public non déterminé, d'un réseau de communication électronique ;

9° *(Abr., L. n° 2017-86, 27 janv. 2017)* **;**

10° Lorsqu'il est commis en concours avec un ou plusieurs autres viols commis sur d'autres victimes ;

11° Lorsqu'il est commis par le conjoint ou le concubin de la victime ou le partenaire lié à la victime par un pacte civil de solidarité ;

12° Lorsqu'il est commis par une personne agissant en état d'ivresse manifeste ou sous l'emprise manifeste de produits stupéfiants ;

13° Lorsqu'il est commis, dans l'exercice de cette activité, sur une personne qui se livre à la prostitution, y compris de façon occasionnelle.

14° *(14° créé, L. n° 2018-703, 3 août 2018)* **Lorsqu'un mineur était présent au moment des faits et y a assisté ;**

15° *(15° créé, L. n° 2018-703, 3 août 2018)* **Lorsqu'une substance a été administrée à la victime, à son insu, afin d'altérer son discernement ou le contrôle de ses actes.**

1) Pluralité de circonstances aggravantes. Le même fait ne peut être constitutif de deux circonstances aggravantes ; encourt dès lors la cassation l'arrêt de la chambre d'accusation qui renvoie la personne mise en examen devant la cour d'assises sous l'accusation de viols sur mineure de 15 ans, personne particulièrement vulnérable en raison de son âge (■ Cass. crim., 4 févr. 1998 : *Bull. crim.* n° 44).

2) Acte de violence : élément constitutif ou circonstance aggravante. Le même fait ne peut être retenu comme constitutif à la fois d'un délit et d'une circonstance aggravante accompagnant un crime. C'est ainsi que le même acte de violence ne peut être relevé à la fois comme constituant le délit de coups volontaires et la circonstance aggravante de vulnérabilité de la victime, en raison d'une déficience physique consécutive auxdites violences, accompagnant le crime de viol (■ Cass. crim., 18 mai 1983 : *Bull. crim.* n° 147. ■ Cass. crim., 6 janv. 1990 : *Bull. crim.* n° 6).

– Mais si un même fait ne peut être retenu comme constitutif à la fois d'un crime ou d'un délit et d'une circonstance aggravante accompagnant une autre infraction, rien ne s'oppose à ce qu'une même circonstance soit relevée comme aggravant des crimes ou délits distincts (■ Cass. crim., 14 févr. 1990 : *Bull. crim.* n° 77).

– La question demandant si un viol a été commis en réunion ne caractérise pas l'une des circonstances aggravantes prévues par l'article 332 qui dispose que le viol est aggravé lorsqu'il a été commis par deux ou plusieurs auteurs ou complices (■ Cass. crim., 26 janv. 1983 : *Bull. crim.* n° 36).

I – PLURALITÉ D'AUTEURS OU DE COMPLICES

3) Coauteur inconnu. La circonstance aggravante de pluralité d'auteurs ou de complices d'un viol est constituée même si l'un des deux coauteurs est demeuré inconnu (■ Cass. crim., 21 sept. 1993 : *Bull. crim.* n° 266).

4) Question en cour d'assises. Une question unique sur des actes de pénétration sexuelle qui, bien que commis sur la même victime, ne constituent pas un acte unique et indivisible accompli dans le même trait de temps, mais plusieurs actes de pénétration sexuelle de nature différente perpétrés sur 3 jours par des auteurs différents et constituant par conséquent des crimes distincts qui devaient faire l'objet de questions séparées, est entachée de complexité prohibée. Il résulte du 3e alinéa de l'article 332 du Code pénal que constitue une circonstance aggravante du viol le fait que ce crime ait été commis par deux ou plusieurs auteurs ou complices. Chaque circonstance aggravante doit faire l'objet d'une question distincte. Il en résulte qu'est complexe la question unique relative à une circonstance aggravante, fût-elle réelle, qui se réfère à des faits principaux distincts (■ Cass. crim., 24 juin 1987 : *JCP* 1987, IV, 306 ; *Bull. crim.* n° 265 ; *RSC* 1988, p. 302, obs. Levasseur).

II – ARME

5) Nature. La question par laquelle il est demandé à la cour et au jury si un viol a été commis sous la menace d'une arme est régulière, sans qu'il soit nécessaire de préciser la nature de l'arme (■ Cass. crim., 7 déc. 1988 : *Bull. crim.* n° 414 ; *RSC* 1989, p. 508, obs. Levasseur).

6) Usage. La circonstance aggravante d'usage d'une arme est caractérisée lorsque l'arme a été utilisée pour s'introduire dans les lieux et menacer ses occupants, avant que le viol le soit réalisé sans utilisation de cette arme (■ Cass. crim., 7 févr. 2018, n° 17-86.562, D : *JurisData* n° 2018-001410 ; *Dr. pén.* 2018, comm. 77, obs. Ph. Conte).

III – ASCENDANT OU PERSONNE AYANT AUTORITÉ

7) Ascendant. La question par laquelle il est demandé si l'accusé, déclaré coupable de viols, est l'ascendant légitime de la victime dont, selon le dispositif de l'arrêt de renvoi, il est le père légitime, est posée dans les termes de la loi et caractérise exactement la circonstance aggravante prévue par l'article 332, alinéa 3, du Code pénal (■ Cass. crim., 23 déc. 1986 : *Bull. crim.* n° 388. – V. aussi ■ Cass. crim., 11 janv. 1989 : *Bull. crim.* n° 12). Le point de savoir si l'accusé est le grand-père de la victime est une question de fait dont la solution appartient à la cour et au jury (■ Cass. crim., 21 août 1990 : *Dr. pén.* 1990, n° 319).

8) Personnes ayant autorité. La circonstance aggravante personnelle d'autorité sur la victime étant distincte des éléments de contrainte, violence ou surprise, constitutifs du viol et de l'attentat à la pudeur, ne sont pas entachées de contradiction les réponses négatives de la cour et du jury aux questions posées sur l'existence de cette circonstance aggravante et affirmative sur celle du fait principal de viol (■ Cass. crim., 27 avr. 1994 : *Bull. crim.* n° 154).

9) Abus d'autorité. QPC. Non-lieu à renvoi au Conseil constitutionnel de la question prioritaire de constitutionnalité concernant la circonstance aggravante d'abus d'autorité due aux fonctions, prévue par les articles 222-24, 5° et 222-28, 3° du Code pénal, dès lors que la circonstance aggravante d'abus d'autorité suppose, pour être caractérisée, l'existence entre l'auteur présumé de l'infraction et la victime d'une relation de subordination ou de dépendance de droit ou de fait ; que ces critères suffisamment précis et soumis au contrôle de la Cour de cassation excluent tout arbitraire (■ Cass. crim., 1er sept. 2011, n° 11-84.268 QPC : *Dr. pén.* 2011, comm. 132, obs. M. Véron).

10) Abus d'autorité de fait. La mort de la concubine de l'accusé n'a pas eu pour conséquence immédiate de priver ce dernier de l'autorité de fait dont il disposait à l'égard des enfants de celle-ci, lesquels, au demeurant, ignoraient, lorsqu'ils ont été victimes des faits (de viols) reprochés à l'accusé, que celui-ci venait de tuer leur mère (■ Cass. crim., 7 déc. 2005 : *Dr. pén.* 2006, comm. 50, obs. M. Véron).

11) Abus d'autorité : question en cour d'assises. Sont régulières, comme posées dans les termes de la loi, les questions par lesquelles il est demandé à la cour et au jury si l'auteur des viols et des agressions sexuelles avait autorité sur la victime, une telle circonstance de pur fait n'ayant pas à être autrement caractérisée (■ Cass. crim., 27 juin 2007 : *Bull. crim.* n° 181).

12) Circonstance aggravante personnelle. Cette circonstance aggravante est personnelle et ne peut donc être applicable au coauteur de l'ascendant (■ Cass. crim., 27 mars 2001 : *JurisData* n° 2001-009762).

IV – VICTIME VULNÉRABLE

13) État préexistant aux faits. Cette circonstance doit résulter d'un état préexistant aux faits objet de la poursuite et non être la conséquence de ces faits eux-mêmes (■ Cass. crim., 17 oct. 1984 : *Bull. crim.* n° 308. ■ Cass. crim., 9 août 2006 : *Dr. pén.* 2006, comm. 137, obs. M. Véron ; cassation d'un arrêt pour contradiction de motifs sur l'état préexistant de la vulnérabilité).

14) Milieu médical. Caractérise au regard tant de l'article 332 de l'ancien Code pénal que des articles 222-23 et 222-24 du nouveau Code pénal, le crime de viol aggravé par la particulière vulnérabilité de la victime et l'abus d'autorité de l'auteur, la chambre d'accusation, qui relève que l'inculpé, infirmier en service de nuit, a imposé un acte de pénétration sexuelle à une malade de l'hôpital en complet désarroi pour être atteinte de psychonévrose dépressive et obsessionnelle grave, exclusive d'une attitude incitative et d'une participation active aux violences perpétrées sur elle (▪ Cass. crim., 8 juin 1994 : *Bull. crim.* n° 226). – *Adde* Cass. crim., 25 oct. 1994 : *Dr. pén.* 1995, comm. 63, obs. M. Véron : viol d'une patiente par un médecin.

15) Supérieur hiérarchique. Viols par un directeur despotique de sa jeune collaboratrice craintive ▪ Cass. crim., 8 févr. 1994 : *Dr. pén.* 1995, comm. 171, obs. M. Véron.

16) Sentiments de soumission (non). La qualité de personne ayant autorité sur la victime ne saurait résulter des seuls sentiments de soumission éprouvés par cette dernière (▪ Cass. crim., 21 févr. 2007 : *Bull. crim.* n° 55).

17) Âge de la victime. Prononce par des motifs insuffisants l'arrêt qui, pour mettre en accusation devant la cour d'assises du chef de viol commis sur une personne particulièrement vulnérable, en raison de son âge de 70 ans, apparent ou connu de l'auteur du crime, ne précise pas en quoi un tel âge mettait la victime dans une situation de particulière vulnérabilité (▪ Cass. crim., 8 juin 2010 : *Bull. crim.* n° 102 ; *Dr. pén.* 2010, comm. 106, obs. M. Véron ; *D.* 2010, p. 2888, note H. Hasnaoui).

18) Circonstance aggravante réelle. La circonstance aggravante de vulnérabilité particulière de la victime est réelle (▪ Cass. crim., 10 oct. 1984 : *Bull. crim.* n° 297).

19) Questions en cours d'assises. Prive sa décision de base légale la cour d'assises qui, pour déclarer l'accusé coupable de viols sur une mineure particulièrement vulnérable en raison de l'hémiplégie dont elle était atteinte, fonde la condamnation qu'elle prononce sur des réponses affirmatives à des questions qui ont omis de caractériser l'apparence de cette vulnérabilité ou la connaissance qu'en avait l'auteur des faits, ainsi que l'exigent les dispositions de l'article 222-24, 3° du Code pénal, moins sévères que celles de l'article 332 ancien et donc applicables aux infractions commises avant leur entrée en vigueur (▪ Cass. crim., 11 déc. 1996 : *Bull. crim.* n° 461).

V – CONJOINT, CONCUBIN, PACSÉ

20) Conjoint, concubin, pacsé. Pour caractériser la circonstance aggravante de viol commis par l'ancien concubin de la victime, il y a lieu de rechercher si l'infraction a été commise en raison des relations ayant existé entre l'auteur des faits et la victime (▪ Cass. crim., 12 oct. 2011, n° 11-85.474 : *Bull. crim.* n° 210 ; *Dr. pén.* 2012, comm. 15, obs. M. Véron).

Art. 222-25 ***(Mod., L. n° 2021-478, 21 avr. 2021).*** **– Le viol défini aux articles 222-23, 222-23-1 et 222-23-2 est puni de trente ans de réclusion criminelle lorsqu'il a entraîné la mort de la victime.**

Les deux premiers alinéas de l'article 132-23 relatif à la période de sûreté sont applicables à l'infraction prévue par le présent article.

Art. 222-26 ***(Mod., L. n° 2021-478, 21 avr. 2021).*** **– Le viol défini aux articles 222-23, 222-23-1 et 222-23-2 est puni de la réclusion criminelle à perpétuité lorsqu'il est précédé, accompagné ou suivi de tortures ou d'actes de barbarie.**

1) Distinction du viol et des tortures et actes de barbarie. Ne saurait être qualifiée de viol, au sens de l'article 332 du Code pénal, l'introduction d'un bâton dans l'anus d'un jeune garçon, qui a été contraint à se déshabiller, après avoir été menacé de mort et ligoté aux pieds et aux mains, dans le seul but de lui extorquer une somme d'argent, ces faits caractérisant l'emploi de tortures ou d'actes de barbarie pour l'exécution d'une extorsion de fonds et constituant, dès lors, le crime prévu et puni par l'article 303, alinéa 2, du Code pénal (▪ Cass. crim., 9 déc. 1993 : *Bull. crim.* n° 383 ; *Dr. pén.* 1994, chron. 26, rapp. L. M. Nivose ; *Dr. pén.* 1994, chron. 31, concl. J. Perfetti).

2) Pénétration ayant un caractère sexuel. Constitue le crime de viol, aggravé de tortures ou d'actes de barbarie, au regard, tant des articles 303, 332, 333-1 anciens que des articles 222-23, 222-24 et 222-26 nouveaux du Code pénal, une pénétration anale pratiquée avec un manche de pioche recouvert d'un préservatif, dès lors que les juges établissent le caractère sexuel des circonstances dans lesquelles les faits ont été commis (▪ Cass. crim., 6 déc. 1995 : *Bull. crim.* n° 372 ; *Dr. pén.* 1996, comm. 101, obs. M. Véron ; *RSC* 1996, p. 374, obs. Y. Mayaud).

3) Question en cour d'assises. Est régulière, comme portant sur une question de fait et non de droit, la question par laquelle il est demandé à la cour et au jury si l'accusé a, pour la commission de viols, employé des tortures ou des actes de barbarie, dès lors que cette circonstance n'est pas définie par la loi (■ Cass. crim., 24 oct. 2007 : *Bull. crim.* n° 254).

Art. 222-26-1 ***(Créé, L. n° 2020-936, 30 juill. 2020).*** **– Le fait de faire à une personne des offres ou des promesses ou de lui proposer des dons, présents ou avantages quelconques afin qu'elle commette un viol, y compris hors du territoire national, est puni, lorsque ce crime n'a été ni commis, ni tenté, de dix ans d'emprisonnement et de 150 000 € d'amende.**

Art. 222-26-2 ***(Créé, L. n° 2022-52, 24 janv. 2022).*** **– Est puni des peines suivantes le fait pour une personne d'avoir consommé volontairement, de façon illicite ou manifestement excessive, des substances psychoactives en ayant connaissance du fait que cette consommation est susceptible de la conduire à mettre délibérément autrui en danger, lorsque cette consommation a entraîné un trouble psychique ou neuropsychique temporaire sous l'empire duquel elle a commis un viol dont elle est déclarée pénalement irresponsable en application du premier alinéa de l'article 122-1 :**

1° Dix ans d'emprisonnement et 150 000 euros d'amende, si le viol a été commis avec des tortures ou des actes de barbarie ou s'il a entraîné la mort ;

2° Sept ans d'emprisonnement et 100 000 euros d'amende dans les autres cas.

Si l'infraction mentionnée au premier alinéa du présent article a été commise par une personne qui a été précédemment déclarée pénalement irresponsable d'un homicide volontaire en application du premier alinéa de l'article 122-1 en raison d'une abolition de son discernement ou du contrôle de ses actes résultant d'un trouble psychique ou neuropsychique provoqué par la même consommation volontaire de substances psychoactives, la peine prévue au 1° du présent article est portée à quinze ans de réclusion criminelle et celle prévue au 2° est portée à dix ans d'emprisonnement et à 150 000 euros d'amende. Dans les cas prévus au présent alinéa, les articles 132-8 et 132-9 ne sont pas applicables.

§ 2. – Des autres agressions sexuelles

Art. 222-27. – Les agressions sexuelles autres que le viol sont punies de cinq ans d'emprisonnement et de 75 000 € d'amende.

1) QPC. Non-lieu à renvoi au Conseil constitutionnel de la QPC visant les articles 222-27 à 222-31 : ■ Cass. crim., 18 déc. 2014, n° 13-90.031.

2) Élément matériel. Constitue l'attentat à la pudeur commis avec violence le fait, pour un individu, s'étant introduit furtivement la nuit dans le lit d'une femme mariée, de se livrer sur elle à des attouchements qu'elle croyait venir de son mari (■ Cass. crim., 27 déc. 1883 : S. 1885, 1, 516. – V. aussi ■ Bourges, 21 juin 1990 : *JurisData* n° 1990-046732) ou le fait, pour un médecin, à l'aide de manœuvres frauduleuses d'amener des malades à subir de sa part sans leur consentement, des caresses obscènes (■ Cass. crim., 1er juill. 1959 : *Gaz. Pal.* 1959, 2, 228).

– Commet une agression sexuelle l'hôtelier qui tente d'embrasser une personne, lui caresse les seins et la fait tomber sur le lit (■ Cass. crim., 31 mai 2000 : *Bull. crim.* n° 208).

– Caractérise en tous ses éléments une agression sexuelle le fait, pour un brigadier-chef de police municipale alcoolisé, de toucher, par surprise, les fesses d'une stagiaire qui lui tournait le dos (■ Cass. crim., 9 mai 2018, n° 17-83.994 : *Lexbase pénal*, n° 15, 18 avr. 2019, obs. L. Saenko).

3) Absence de consentement : renvoi. Sur l'absence de consentement, élément commun aux différentes agressions sexuelles, V. aussi *supra* notes ss art. 222-22.

4) Absence de consentement : illustrations. Constitue l'attentat à la pudeur commis avec violence le fait, pour un individu, s'étant introduit furtivement la nuit dans le lit d'une femme mariée, de se livrer sur elle à des attouchements qu'elle croyait venir de son mari (■ Cass. crim., 27 déc. 1883 : S. 1885, 1, p. 516. – V. aussi ■ Bourges, 21 juin 1990 : *JurisData* n° 1990-046732) ou le fait, pour un médecin, à l'aide de manœuvres frauduleuses d'amener des malades à subir de sa part sans leur consentement, des caresses obscènes (■ Cass. crim., 1er juill. 1959 : *Gaz. Pal.* 1959, 2, p. 228).

– Le fait pour un individu de se déguiser en médecin pour se rendre dans la division pour enfants d'un centre hospitalier afin de procéder à des attouchements sur les parties sexuelles de jeunes filles ou fillettes malades est constitutif d'attentats à la pudeur aggravés incriminés par les articles 331, alinéa 3 et 333, alinéas 1 et 2 du Code pénal (■ Aix-en-Provence, 21 févr. 1986 : *JurisData* n° 1986-045739).

– Le fait de menacer la victime d'un attentat à la pudeur, de jeter un sort sur elle et sa famille en usant de prétendus pouvoirs surnaturels ne peut être assimilé à l'exercice d'une contrainte au sens de l'article 333 du Code pénal (▪ Caen, 23 mars 1987 : *JurisData* n° 1987-050299).

5) Tentative. Commet une tentative d'agression sexuelle, l'individu qui entre en contact avec une jeune femme à la recherche d'un emploi, se présente sous la fausse qualité de médecin, la conduit à son appartement sommairement aménagé pour l'occasion en cabinet et lui demande de se déshabiller pour subir l'examen médical, présenté comme un préalable obligatoire à son embauche, dès lors que de tels faits constituent un commencement d'exécution et non de simples actes préparatoires et que ladite tentative a échoué par suite, non d'un désistement volontaire du prévenu, mais de circonstances indépendantes de sa volonté, la victime ayant fui après avoir compris le stratagème (▪ Cass. crim., 14 juin 1995 : *Bull. crim.* n° 222).

– Constitue une tentative d'agression sexuelle par contrainte et surprise le fait de tenter, par surprise, d'embrasser sa salariée sur la bouche sur son lieu de travail (▪ Cass. crim., 19 juin 2019, n° 18-83.523 : *Gaz. Pal.*, 19 nov. 2019, n° 40, obs. S. Detraz).

6) Agression ou harcèlement sexuel. Un même fait ne pouvant donner lieu contre le même prévenu à deux actions pénales distinctes, la relaxe du chef de harcèlement sexuel interdit une nouvelle poursuite pour les mêmes faits qualifiés d'agression sexuelle (▪ Cass. crim., 19 janv. 2005 : *Bull. crim.* n° 25 ; *RSC* 2005, p. 934, obs. J.-F. Renucci).

– Le principe *ne bis in idem* s'oppose à ce que soient retenues cumulativement les infractions d'agression sexuelle par une personne ayant autorité et de harcèlement sexuel, pour des actes et paroles identiques procédant d'une seule intention coupable (▪ Cass. crim., 18 sept. 2019, n° 18-86.291 : *JurisData* n° 2019-016200 ; *Gaz. Pal.* 19 nov. 2019, n° 40, obs. S. Detraz).

– Le fait, pour un professeur, d'embrasser sur la bouche l'une de ses élèves, âgée de 14 ans, ne saurait constituer un harcèlement sexuel. Il appartient aux juges de rechercher si lesdits faits ne peuvent recevoir la qualification pénale d'atteinte sexuelle commise par un majeur sur une mineure de 15 ans (▪ Cass. crim., 10 nov. 2004 : *Bull. crim.* n° 280 ; *Dr. pén.* 2005, comm. 53, obs. M. Véron).

Art. 222-28 ***(Mod., L. n° 98-468, 17 juin 1998 ; L. n° 2006-399, 4 avr. 2006 ; L. n° 2007-297, 5 mars 2007 ; L. n° 2010-121, 8 févr. 2010 ; L. n° 2011-525, 17 mai 2011 ; L. n° 2016-444, 13 avr. 2016).*** **– L'infraction définie à l'article 222-27 est punie de sept ans d'emprisonnement et de 100 000 € d'amende :**

1° Lorsqu'elle a entraîné une blessure *(Mots rempl., L. n° 2018-703, 3 août 2018)*, une lésion ou une incapacité totale de travail supérieure à huit jours ;

2° Lorsqu'elle est commise par un ascendant ou par toute autre personne ayant sur la victime une autorité de droit ou de fait ;

3° Lorsqu'elle est commise par une personne qui abuse de l'autorité que lui confèrent ses fonctions ;

4° Lorsqu'elle est commise par plusieurs personnes agissant en qualité d'auteur ou de complice ;

5° Lorsqu'elle est commise avec usage ou menace d'une arme ;

6° Lorsque la victime a été mise en contact avec l'auteur des faits grâce à l'utilisation, pour la diffusion de messages à destination d'un public non déterminé, d'un réseau de communication électronique ;

7° Lorsqu'elle est commise par le conjoint ou le concubin de la victime ou le partenaire lié à la victime par un pacte civil de solidarité ;

8° Lorsqu'elle est commise par une personne agissant en état d'ivresse manifeste ou sous l'emprise manifeste de produits stupéfiants ;

9° Lorsqu'elle est commise, dans l'exercice de cette activité, sur une personne qui se livre à la prostitution, y compris de façon occasionnelle.

10° *(10° créé, L. n° 2018-703, 3 août 2018)* Lorsqu'un mineur était présent au moment des faits et y a assisté ;

11° *(11° créé, L. n° 2018-703, 3 août 2018)* Lorsqu'une substance a été administrée à la victime, à son insu, afin d'altérer son discernement ou le contrôle de ses actes.

QPC. V., pour la question prioritaire de constitutionnalité concernant l'article 222-28, 3° (abus de l'autorité que confèrent les fonctions), l'arrêt de la Cour de cassation du 1er septembre 2011, noté sous l'article 222-24, 5°, *supra*.

Art. 222-29 ***(Mod., L. n° 2013-711, 5 août 2013).*** **– Les agressions sexuelles autres que le viol sont punies de sept ans d'emprisonnement et de 100 000 € d'amende lorsqu'elles sont imposées à une personne dont la particulière vulnérabilité due à son âge, à une maladie, à une infirmité, à une déficience physique ou**

psychique ou à un état de grossesse *(Mots aj., L. n° 2018-703, 3 août 2018)* ou résultant de la précarité de sa situation économique ou sociale est apparente ou connue de son auteur.

Vulnérabilité et enfance. L'infraction commise sur un enfant existe alors même qu'elle n'aurait produit aucun effet sur son esprit et sur ses sens et ne l'aurait pas corrompu (▪ Cass. crim., 5 nov. 1881 : *Bull. crim.* n° 232).

Art. 222-29-1 *(L. n° 2013-711, 5 août 2013 ; mod., L. n° 2021-478, 21 avr. 2021)*. – **Les agressions sexuelles autres que le viol sont punies de dix ans d'emprisonnement et de 150 000 € d'amende lorsqu'elles sont imposées à un mineur de quinze ans par violence, contrainte, menace ou surprise.**

Art. 222-29-2 *(Créé, L. n° 2021-478, 21 avr. 2021)*. – **Hors le cas prévu à l'article 222-29-1, constitue également une agression sexuelle punie de dix ans d'emprisonnement et de 150 000 € d'amende toute atteinte sexuelle autre qu'un viol commise par un majeur sur la personne d'un mineur de quinze ans, lorsque la différence d'âge entre le majeur et le mineur est d'au moins cinq ans.**

La condition de différence d'âge prévue au premier alinéa du présent article n'est pas applicable si les faits ont été commis en échange d'une rémunération, d'une promesse de rémunération, de la fourniture d'un avantage en nature ou de la promesse d'un tel avantage.

Art. 222-29-3 *(Créé, L. n° 2021-478, 21 avr. 2021)*. – **Hors le cas prévu à l'article 222-29-1, constitue une agression sexuelle incestueuse punie de dix ans d'emprisonnement et de 150 000 € d'amende toute atteinte sexuelle autre qu'un viol commise par un majeur sur la personne d'un mineur, lorsque le majeur est un ascendant ou toute autre personne mentionnée à l'article 222-22-3 ayant sur le mineur une autorité de droit ou de fait.**

Art. 222-30 *(Mod., L. n° 2003-239, 18 mars 2003 ; L. n° 2007-297, 5 mars 2007 ; L. n° 2010-121, 8 févr. 2010 ; L. n° 2012-954, 6 août 2012)*. – **L'infraction définie à l'article 222-29 est punie de dix ans d'emprisonnement et de 150 000 € d'amende :**

1° Lorsqu'elle a entraîné une blessure ou une lésion ;

2° Lorsqu'elle est commise par un ascendant ou par toute autre personne ayant sur la victime une autorité de droit ou de fait ;

3° Lorsqu'elle est commise par une personne qui abuse de l'autorité que lui confèrent ses fonctions ;

4° Lorsqu'elle est commise par plusieurs personnes agissant en qualité d'auteur ou de complice ;

5° Lorsqu'elle est commise avec usage ou menace d'une arme ;

6° *(Abr., L. n° 2017-86, 27 janv. 2017)* **;**

7° Lorsqu'elle est commise par une personne agissant en état d'ivresse manifeste ou sous l'emprise manifeste de produits stupéfiants.

8° *(8° créé, L. n° 2018-703, 3 août 2018)* **Lorsqu'une substance a été administrée à la victime, à son insu, afin d'altérer son discernement ou le contrôle de ses actes.**

1) Autorité. Les personnes ayant une autorité, dont elles ont abusé, sur le mineur, sont celles ayant une autorité de droit ou de fait, ainsi le concubin de la mère du mineur (▪ Cass. crim., 9 juin 1971 : *Bull. crim.* n° 185 ; *RSC* 1972, p. 390, obs. Levasseur) ; mais l'autorité de fait doit être décrite avec suffisamment de netteté par les juges du fond qui doivent souligner la communauté d'habitation entre coupable et victime ; ainsi, isolée de toute autre circonstance, la qualité d'oncle ne comporte pas l'autorité de fait (▪ Cass. crim., 29 juin 1976 : *Bull. crim.* n° 233). Comme pour un grand-oncle, les juges sont tenus de rechercher les circonstances de fait qui établissent l'exercice réel d'une autorité à l'égard de la victime (▪ Cass. crim., 4 févr. 2004 : *Dr. pén* 2004, comm. 105).

– Jugé que le second mari de la mère se trouve dans la classe de ceux qui ont autorité sur la victime sans qu'il y ait lieu de rechercher si est remplie la condition d'habitation commune (▪ Cass. crim., 2 mai 1990 : *Dr. pén.* 1990, n° 297 ; *JCP* 1990, II, 21593, note M. Véron ; *RSC* 1991, p. 82, obs. Levasseur).

– Le mari de la nourrice chez qui est placé un enfant a la qualité de personne ayant autorité sur celui-ci, au sens des articles 222-24, 4°, 222-28, 2° du Code pénal (▪ Cass. crim., 10 juill. 2002 : *D.* 2002, inf. rap. p. 2658).

– Un interne des hôpitaux abuse de l'autorité que lui confèrent ses fonctions en se livrant à une agression sexuelle sur sa patiente (▪ Cass. ass. plén., 14 févr. 2003 : *Bull. crim.* n° 1).

– Au sujet d'un chef scout, V. ▪ Nîmes, ch. acc., 9 déc. 1983 : *JCP* 1985, II, 20482, note F.-J. Pansier.

2) Question en cour d'assises. V. *supra*, sous l'article 222-24 et ▪ Cass. crim., 27 juin 2007 : *Bull. crim.* n° 181.

Art. 222-30-1 *(Créé, L. n° 2018-703, 3 août 2018)*. **– Le fait d'administrer à une personne, à son insu, une substance de nature à altérer son discernement ou le contrôle de ses actes afin de commettre à son égard un viol ou une agression sexuelle est puni de cinq ans d'emprisonnement et de 75 000 € d'amende.**

Lorsque les faits sont commis sur un mineur de quinze ans ou une personne particulièrement vulnérable, les peines sont portées à sept ans d'emprisonnement et à 100 000 € d'amende.

Art. 222-30-2 *(Créé, L. n° 2020-936, 30 juill. 2020)*. **– Le fait de faire à une personne des offres ou des promesses ou de lui proposer des dons, présents ou avantages quelconques afin qu'elle commette une agression sexuelle, y compris hors du territoire national, est puni, lorsque cette agression n'a été ni commise, ni tentée, de cinq ans d'emprisonnement et de 75 000 € d'amende.**

Lorsque l'agression sexuelle devait être commise sur un mineur, les peines sont portées à sept ans d'emprisonnement et à 100 000 € d'amende.

Art. 222-31 *(Mod., L. n° 2018-703, 3 août 2018)*. **– La tentative des délits prévus par les articles 222-27 à 222-30-1 est punie des mêmes peines.**

Illustration. Constitue le commencement d'exécution d'un attentat à la pudeur sur une mineure de moins de 15 ans par surprise et non des actes préparatoires le fait pour un individu d'attirer à l'écart une fillette, de s'exhiber devant elle, d'effleurer sa robe et de lui faire des propositions obscènes. La suspension de l'activité délictueuse du prévenu en raison de l'arrivée de son beau-frère ne saurait avoir le caractère d'un désistement volontaire (■ Aix-en-Provence, 5 mars 1986 : *JurisData* n° 1986-045738).

§ 3. – Dispositions communes aux viols et aux agressions sexuelles en cas d'inceste
(Intitulé mod., L. n° 2021-478, 21 avr. 2021)

Bibliographie : O. Baldes, *Le retour de l'inceste dans le Code pénal : pourquoi faire ? : Dr. pén.* 2010, étude n° 7 p. 24. • Ph. Bonfils (à propos de la loi n° 2010-121) : *RSC* 2010, p. 462. • Ch. Guéry, *Définir ou bégayer : la contrainte morale après la loi sur l'inceste : AJ pénal* 2010, p. 126. • A. Lepage, *Réflexions sur l'inscription de l'inceste dans le Code pénal par la loi du 8 février 2010 : JCP* G 2010, I,335. • A. Lepage, *Le retour de la qualification d'inceste dans le Code pénal : une cote toujours mal taillée : Dr. pén.* 2016, étude 11. • J.-B. Perrier, *Le retour de l'inceste dans le Code pénal : RSC* 2017, p. 381. • P. Mistretta, *Les bonnes mœurs sexuelles : un concept mal ressuscité en droit pénal : RSC* 2017, p. 273.

Rédaction antérieure. Art. 222-31-1 ***(Créé, L. n° 2005-1549, 12 déc. 2005 ; rempl., L. n° 2010-121, 8 févr. 2010 ; abr. à compter du 17 septembre 2011, Cons. const. n° 2011-163 QPC, 16 sept. 2011 ; rétabli, L. n° 2016-297, 14 mars 2016 ; mod., L. n° 2018-703, 3 août 2018 ; abr., L. n° 2021-478, 21 avr. 2021)***. – Les viols et les agressions sexuelles sont qualifiés d'incestueux lorsqu'ils sont commis par :

1° Un ascendant ;

2° Un frère, une sœur, un oncle, une tante, un neveu ou une nièce ;

3° Le conjoint, le concubin d'une des personnes mentionnées aux 1° et 2° ou le partenaire lié par un pacte civil de solidarité avec l'une des personnes mentionnées aux mêmes 1° et 2°, s'il a sur la victime une autorité de droit ou de fait.

Application de la loi dans le temps. L'article 222-31-1, issu de la loi du 14 mars 2016, ne modifie pas les éléments constitutifs des infractions de viol et d'agression sexuelle ni les peines encourues, et, en conséquence, ne tombe pas sous le coup du principe de non-rétroactivité de la loi pénale plus sévère (■ Cass. crim., 20 juin 2018, n° 17-86.423 QPC : *JurisData* n° 2018-016144 ; *Dr. pén.* 2018, comm. 173, obs. Ph. Conte. – Même solution : ■ Cass. crim., 19 juin 2019, n° 19-82.774 : *JurisData* n° 2019-012424. ■ Cass. crim., 27 nov. 2019, n° 18-85.852 : *Gaz. Pal.* 4 févr. 2020, n° 367v4, p. 47, obs. E. Dreyer).

Art. 222-31-2 *(L. n° 2010-121, 8 févr. 2010 ; mod., L. n° 2013-711, 5 août 2013 ; L. n° 2016-297, 14 mars 2016 ; L. n° 2019-1480, 28 déc. 2019)* (1). **– Lorsque le viol incestueux ou l'agression sexuelle incestueuse est commis contre un mineur par une personne titulaire sur celui-ci de l'autorité parentale, la juridiction de jugement doit se prononcer sur le retrait total ou partiel de cette autorité ou sur le retrait de l'exercice de cette autorité en application des articles 378 et 379-1 du Code civil.**

(1) Dispositions applicables à Wallis-et-Futuna, L. n° 2019-1480, 28 déc. 2019.

Elle peut alors statuer sur le retrait de cette autorité ou sur le retrait de l'exercice de cette autorité en ce qu'elle concerne les frères et sœurs mineurs de la victime.

Si les poursuites ont lieu devant la cour d'assises, celle-ci statue sur cette question sans l'assistance des jurés.

§ 4. – De l'exhibition sexuelle et du harcèlement sexuel

Art. 222-32 *(Mod., L. n° 2021-478, 21 avr. 2021)*. **– L'exhibition sexuelle imposée à la vue d'autrui dans un lieu accessible aux regards du public est punie d'un an d'emprisonnement et de 15 000 € d'amende.**

Même en l'absence d'exposition d'une partie dénudée du corps, l'exhibition sexuelle est constituée si est imposée à la vue d'autrui, dans un lieu accessible aux regards du public, la commission explicite d'un acte sexuel, réel ou simulé.

Lorsque les faits sont commis au préjudice d'un mineur de quinze ans, les peines sont portées à deux ans d'emprisonnement et à 30 000 € d'amende.

1) QPC. Non-lieu à renvoi au Conseil constitutionnel de la QPC visant l'article 222-32 : ▪ Cass. crim., 9 avr. 2014, n° 14-80.867.

2) Liberté d'expression. La liberté d'expression doit se concilier avec le droit pour autrui, reconnu par l'article 9 de la Convention européenne des droits de l'homme, de ne pas être troublé dans la pratique de sa religion. Ainsi, le fait pour une femme de pénétrer dans une église poitrine dénudée et de simuler un avortement peut être sanctionné sur le fondement de l'article 222-32 du Code pénal sans que soit ainsi porté une atteinte excessive à la liberté d'expression (▪ Cass. crim., 9 janv. 2019, n° 17-81.618, P+B : *JurisData* n° 2019-000052 ; *Dr. pén.* 2019, comm. 61, obs. Ph. Conte ; *Comm. com. électr.* 2019, comm. 18, n° 3, obs. A. Lepage ; *Rev. pénit.* 2019, n° 1, p. 145, obs. V. Malabat ; *RJPF* 2019/5, p. 13, obs. J. Mattiussi ; *RSC* 2019, p. 91, obs. Y. Mayaud ; *AJ pénal* 2019, p. 152, obs. C. Ménabé ; *D.* 2019, p. 738, note L. Saenko).

– L'exhibition de la poitrine d'une femme, si elle s'inscrit dans une démarche de protestation politique, n'est pas punissable ; l'incrimination de ce comportement, selon la nature et du contexte de l'agissement en cause, pourrait constituer une ingérence disproportionnée dans l'exercice de la liberté d'expression (▪ Cass. crim., 26 févr. 2020, n° 19-81.827 : *JurisData* n° 2020-002284 ; *Dr. pén.* 2020, comm. 69, obs. Ph. Conte ; *RSC* 2020, p. 307, obs. Y. Mayaud ; *RSC* 2020, p. 909, obs. X. Pin ; *AJ pénal* 2020. 339, note A. Capello ; *JCP* G 2020. 653, note J.-C Saint Pau ; *Gaz. Pal.* 2020, n° 11, p. 16, note D. Roets ; *Gaz. Pal.* 2020, n° 18, p. 44, obs. S. Detraz).

3) Liberté d'expression – Justification. Constituerait en revanche une ingérence disproportionnée dans la l'exercice de la liberté d'expression, au regard de la nature et du contexte de l'agissement en cause, la condamnation de la militante du mouvement « Femen » qui a exhibé sa poitrine dans un musée dans une démarche de protestation politique (▪ Cass. crim., 26 févr. 2020, n° 19-81.827 : *Lexbase pénal* n° 24, 27 févr. 2020, obs. N. Catelan).

I – PUBLICITÉ

4) Regard du public. En matière d'exhibition sexuelle, la publicité existe non seulement au cas où l'acte immoral a été vu par une ou plusieurs personnes, mais aussi lorsqu'il est certain, notamment par la nature du lieu où il a été commis, que cet acte a été offert aux regards du public et qu'il a pu être aperçu, même fortuitement (▪ Cass. crim., 14 nov. 1903 : *DP* 1904, 1, 592).

5) Lieu privé accessible au regard du public. Un lieu privé perd son caractère d'intimité lorsque l'on peut y pénétrer sans restriction ou y plonger ses regards depuis l'extérieur ; commet donc le délit l'individu qui s'est exposé en une posture indécente dans un champ (▪ T. corr. Poitiers, 24 juill. 1958 : *JCP* 1958, II, 10855, note de Lestang ; *RSC* 1959, p. 121, obs. Hugueney) ou qui, se trouvant à l'intérieur d'une maison, ouvre une des fenêtres donnant sur la rue et urine sur la voie publique (▪ Poitiers, 18 févr. 1858 : *DP* 1859, 5, p. 37) ou qui commet l'outrage dans une voiture circulant ou stationnant sur une voie publique (▪ Cass. crim., 1er juill. 1970 : *Bull. crim.* n° 220 ; *RSC* 1971, p. 122, obs. Levasseur).

– La publicité de l'acte obscène commis dans un lieu privé peut résulter encore du défaut de précautions prises pour le tenir caché : ainsi il a été jugé qu'avait commis le délit l'individu qui s'était livré, au domicile de la victime, à des actes impudiques sur la personne de celle-ci, dans une pièce dont la porte d'entrée était restée ouverte, ce qui aurait pu rendre des familiers de la maison témoins involontaires de ces faits (▪ Cass. crim., 11 oct. 1979 : *D.* 1980, IR p. 105) ; mais le délit ne sera pas réalisé si la porte était close, mais non fermée à clé (▪ Cass. crim., 11 déc. 1952 : *Bull. crim.* n° 300).

6) Cabinet d'avocat. Commet le délit d'exhibition sexuelle puni par l'article 222-32 le prévenu qui, dans le cabinet d'un avocat, en présence de la collaboratrice de celui-ci, exhibe son sexe en érection (■ Cass. crim., 31 mars 1999 : *Dr. pén.* 1999, comm. n° 127, note M. Véron).

7) Lieu public permanent ou intermittent. Un lieu est public non seulement lorsqu'il est ouvert en permanence au public, ainsi une rue (■ Cass. crim., 26 mars 1813 : *Bull. crim.* n° 58), mais encore lorsqu'il n'est ouvert au public que par intermittence ou même à certaines catégories de personnes, ainsi le dortoir d'un pensionnat la nuit (T. corr. Chartres, 31 janv. 1872 : *DP* 1872, 3, 79) ou un sauna (■ TGI Paris, 5 déc. 1978 : *JCP* 1979, II, 19138, note Brière de l'Isle).

– Constitue le délit défini par l'article 222-32, le fait par un prévenu d'avoir exhibé ses parties sexuelles à la vue de deux préposées au péage d'une autoroute (■ Cass. crim., 4 juin 1997 : *JurisData* n° 1997-003439 ; *JCP* G 1997, IV, 2109).

8) Lieu non accessible au regard du public. L'infraction est impunissable lorsque les faits sont commis dans un lieu privé clos, même en présence de témoins indiscrets (■ Cass. crim., 5 juin 1874 : *Bull. crim.* n° 158) ou volontaires (■ Cass. crim., 14 nov. 1903 : *D.* 1903, 1, 592), mais non en présence de témoins involontaires, le délit étant alors réalisé ; la Cour de cassation toutefois exige la pluralité de témoins (■ Cass. crim., 13 juill. 1954 : *Bull. crim.* n° 259 ; *RSC* 1955, p. 81, obs. Hugueney).

II – ÉLÉMENTS CONSTITUTIFS

9) Élément matériel : exhibition. Se rend coupable du délit d'exhibition sexuelle le prévenu qui, à plusieurs reprises, montre soudainement son sexe à ses petits-enfants, en accompagnant son geste de commentaires obscènes, dès lors que les actes, bien que commis, en partie, dans un lieu privé, ont été imposés à la vue de témoins involontaires (■ Cass. crim., 12 mai 2004 : *Bull. crim.* n° 119 ; *RSC* 2004, p. 879, obs. Y. Mayaud).

10) Corps non dénudé (non). Ne caractérise pas le délit d'exhibition sexuelle l'arrêt d'une cour d'appel qui se borne à relever que le prévenu a fait un geste obscène en direction d'un tiers en prenant son sexe avec ses mains à travers son short dès lors que l'infraction suppose que le corps ou la partie du corps volontairement exposé à la vue d'autrui soit ou paraisse dénudé (■ Cass. crim., 4 janv. 2006 : *Bull. crim.* n° 3 ; *Dr. pén.* 2006, comm. 33, obs. M. Véron. ■ Cass. crim., 7 déc. 2011, n°s 11-85.355 et 11-82.808 : *Dr. pén.* 2012, comm. 32, obs. M. Véron).

11) Naturisme (oui). Il a été jugé que le fait pour une jeune femme de jouer une partie de ping-pong les seins nus sur une plage constituait une exhibition provocante de nature à offenser la pudeur publique et à blesser le sentiment moral de ceux qui ont pu en être les témoins (■ Cass. crim., 22 déc. 1965 : *D.* 1966, p. 144).

12) Élément moral : imputabilité. L'état d'ivresse du prévenu ne constitue pas, en soi, une cause d'irresponsabilité pénale (■ Cass. crim., 21 juin 2017, n° 16-84.158). V. aussi *supra*, notes ss art. 122-1.

13) Élément moral : faute intentionnelle. Il suffit que l'auteur de l'exhibition ait su qu'il pouvait être vu (■ Cass. crim., 27 janv. 2016, n° 14-87.591 : *Dr. pén.* 2016, comm. 56, obs. Ph. Conte).

14) « Femen » : indifférence des mobiles. Commet l'infraction la femme qui exhibe sa poitrine dans un lieu public, quels qu'en soient les motifs, même s'il s'agit d'exprimer une protestation politique (■ Cass. crim., 10 janv. 2018, n° 17-80.816, D : *JurisData* n° 2018-000057 ; *Dr. pén.* 2018, comm. 42, obs. Ph. Conte ; *D.* 2018, p. 1061, note F. Lyn, p. 1061, note L. François, et p. 919, obs. C. Chassang ; *Dr. pén.* 2018, comm. 42 ; *Comm. com. électr.* 2018, comm. 28, obs. A. Lepage ; *Rev. pénit.* 2018, p. 81, obs. V. Malabat ; *RSC* 2018, p. 417, obs. Y. Mayaud).

– Substitution de motifs pour la relaxe d'une militante « Femen » qui avait exhibé sa poitrine dans un musée. Si la condamnation de cet agissement effectué dans une démarche politique constituerait, au regard de sa nature et du contexte, une ingérence disproportionnée dans l'exercice de la liberté d'expression, c'est à tort que la décision attaquée avait considéré l'infraction non constituée faute de connotation sexuelle de l'intention exprimée (■ Cass. crim., 26 févr. 2020, n° 19-81.827 : *Lexbase pénal* n° 24, 27 févr. 2020, obs. N. Catelan).

Art. 222-33 ***(Abr., à compter du 5 mai 2012, Cons. const. n° 2012-240 QPC, 4 mai 2012, art. 1er et 2 : JO 5 mai 2012 ; JurisData n° 2012-009007 ; rétabli dans la version suivante, L. n° 2012-954, 6 août 2012 ; mod., L. n° 2018-703, 3 août 2018).*** **– I. – Le harcèlement sexuel est le fait d'imposer à une personne, de façon répétée, des propos ou comportements à connotation sexuelle ou sexiste qui soit portent atteinte à sa dignité en raison de leur caractère dégradant ou humiliant, soit créent à son encontre une situation intimidante, hostile ou offensante.**

L'infraction est également constituée :

1° Lorsque ces propos ou comportements sont imposés à une même victime par plusieurs personnes, de manière concertée ou à l'instigation de l'une d'elles, alors même que chacune de ces personnes n'a pas agi de façon répétée ;

2° Lorsque ces propos ou comportements sont imposés à une même victime, successivement, par plusieurs personnes qui, même en l'absence de concertation, savent que ces propos ou comportements caractérisent une répétition.

II. – Est assimilé au harcèlement sexuel le fait, même non répété, d'user de toute forme de pression grave dans le but réel ou apparent d'obtenir un acte de nature sexuelle, que celui-ci soit recherché au profit de l'auteur des faits ou au profit d'un tiers.

III. – Les faits mentionnés aux I et II sont punis de deux ans d'emprisonnement et de 30 000 € d'amende.

Ces peines sont portées à trois ans d'emprisonnement et 45 000 € d'amende lorsque les faits sont commis :

1° Par une personne qui abuse de l'autorité que lui confèrent ses fonctions ;

2° Sur un mineur de quinze ans ;

3° Sur une personne dont la particulière vulnérabilité, due à son âge, à une maladie, à une infirmité, à une déficience physique ou psychique ou à un état de grossesse, est apparente ou connue de leur auteur ;

4° Sur une personne dont la particulière vulnérabilité ou dépendance résultant de la précarité de sa situation économique ou sociale est apparente ou connue de leur auteur ;

5° Par plusieurs personnes agissant en qualité d'auteur ou de complice.

6° Par l'utilisation d'un service de communication au public en ligne ou par le biais d'un support numérique ou électronique ;

7° Alors qu'un mineur était présent et y a assisté

8° Par un ascendant ou par toute autre personne ayant sur la victime une autorité de droit ou de fait.

Voir : C. trav., art. L. 1153-1, p. 2266 ; art. 225-1-1, p. 468 ; art. 621-1, p. 966.

Bibliographie : JCl. Pénal Code, Harcèlement sexuel, par C. Duvert. • Ph. Conte, *Lecture critique de la nouvelle définition du harcèlement sexuel : Dr. pén.* 2012, étude 24. • E. Dreyer, *Que veut-on protéger au titre du harcèlement sexuel ? : JCP* G 2012, act. 1057, p. 1805. • J.-Y. Marechal, *Nouvelle définition et nouvelles malfaçons : JCP* G 2012, act. 953, p. 1610. • M.-L. Rassat, *Harcèlement de rue – De la création d'un « outrage sexiste et sexuel » : Dr. pén.* 2018, étude 7. • M. Véron, *Nouvelle définition de l'infraction : Dr. pén.* 2012, comm. 127.

1) Application de la loi dans le temps. Ne peuvent être pris en compte, pour caractériser le délit de harcèlement sexuel, les propos ou comportements à connotation sexuelle antérieurs au 8 août 2012, date d'entrée en vigueur de la loi n° 2012-954 du 5 août 2012 qui a rétabli, dans une rédaction différente, cette infraction abrogée par la loi du 5 mai 2012 (▪ Cass. crim., 16 nov. 2016, n° 16-82.377 : *JCP* G 2016, act. 1386, note B. Lapérou-Schneider ; *Dr. pén.* 2017, comm. 53, note Ph. Conte).

– Justifie sa décision la juridiction qui, saisie de poursuites qualifiées de harcèlement sexuel relatives à des faits commis antérieurement à l'abrogation de l'article 222-33 du Code pénal résultant de la décision du Conseil constitutionnel n° 2012-240 QPC du 4 mai 2012, après avoir retenu que lesdits faits étaient constitutifs d'une faute civile, déclare leur auteur responsable des dommages occasionnés par celle-ci et le condamne à verser des dommages-intérêts à chacune des parties civiles (▪ Cass. crim., 14 nov. 2017, n° 16-85.161).

2) Élément matériel. Justifie sa décision la cour d'appel qui, pour déclarer le prévenu coupable de harcèlement sexuel, retient qu'il a, en connaissance de cause, même s'il a mésestimé la portée de ses agissements, imposé aux parties civiles, de façon répétée, des propos ou comportement à connotation sexuelle les ayant placées dans une situation intimidante, hostile ou offensante, objectivement constatée (▪ Cass. crim., 18 nov. 2015, n° 14-85.591 : *Dr. pén.* 2016, comm. 21, obs. Ph. Conte ; *JCP* G 2016, p. 400, note B. Lapérou-Schneider).

– Pour que le délit de harcèlement sexuel soit constitué, chacun des propos ou comportements à connotation sexuelle, imposés de façon répétée à une personne déterminée, doit soit porter atteinte à sa dignité en raison de son caractère dégradant ou humiliant, soit créer à son encontre une situation intimidante, hostile ou offensante (Arrêt précité du 16 nov. 2016).

– En créant une situation gravement intimidante, le fonctionnaire de police qui adresse à une femme par de multiples SMS, des propos et propositions à connotation sexuelle, puis qui se rend chez elle, revêtu de son uniforme et à bord d'un véhicule de fonction, afin de la soumettre à un contrôle indu, commet le délit (▪ Cass. crim., 27 mars 2019, n° 18-81.047, D : *JurisData* n° 2019-

004519 ; *Dr. pén.* 2019, comm. 100, obs. Ph. Conte ; *Gaz. Pal.* 3 sept. 2019, n° 358t7, p. 45, obs. E. Dreyer).

3) Distinction harcèlement sexuel et agressions sexuelles. V. *supra*, notes ss art. 222-27.

Code du travail

Art. L. 4131-1 *(En vigueur depuis le 1er mai 2008)*. – Le travailleur alerte immédiatement l'employeur de toute situation de travail dont il a un motif raisonnable de penser qu'elle présente un danger grave et imminent pour sa vie ou sa santé ainsi que de toute défectuosité qu'il constate dans les systèmes de protection.

Il peut se retirer d'une telle situation.

L'employeur ne peut demander au travailleur qui a fait usage de son droit de retrait de reprendre son activité dans une situation de travail où persiste un danger grave et imminent résultant notamment d'une défectuosité du système de protection.

4) Le fait justificatif d'autorisation de la loi ne peut être invoqué par la personne poursuivie pour diffamation en raison de la révélation de faits de harcèlement sexuel ou moral si la dénonciation n'a pas été réalisée dans les conditions prévues aux articles L. 1152-2, L. 1153-3 et L. 4131-1, alinéa 1er du Code du travail, auprès de son employeur ou des organes chargés de veiller à l'application de ces dispositions (■ Cass. crim., 26 nov. 2019, n° 19-80.360 : *JurisData* n° 2019-021134 ; *Gaz. Pal.* 4 févr. 2020, n° 367v4, p. 55, obs. S. Detraz ; *JCP* S 2020, 1014, n° 3, C. Leborgne-Ingelaere ; *Lexbase pénal* n° 22, 19 déc. 2019, obs. J.-Y. Maréchal).

§ 5. – Responsabilité pénale des personnes morales

Art. 222-33-1 ***(Mod., L. n° 2009-526, 12 mai 2009).*** **– Les personnes morales déclarées responsables pénalement, dans les conditions prévues par l'article 121-2, des infractions définies aux articles 222-22 à 222-31 encourent, outre l'amende suivant les modalités prévues par l'article 131-38, les peines prévues par l'article 131-39.**

L'interdiction mentionnée au 2° de l'article 131-39 porte sur l'activité dans l'exercice ou à l'occasion de l'exercice de laquelle l'infraction a été commise.

Section III *bis*. – Du harcèlement moral

Art. 222-33-2 ***(L. n° 2002-73, 17 janv. 2002 ; mod., L. n° 2012-954, 6 août 2012 ; L. n° 2014-873, 4 août 2014).*** **– Le fait de harceler autrui par des propos ou comportements répétés ayant pour objet ou pour effet une dégradation des conditions de travail susceptible de porter atteinte à ses droits et à sa dignité, d'altérer sa santé physique ou mentale ou de compromettre son avenir professionnel, est puni de deux ans d'emprisonnement et de 30 000 € d'amende.**

Voir : C. trav., art. L. 1152-1, p. 2264 ; art. 621-1, p. 966.

Bibliographie : *JCl. Pénal Code, Harcèlement moral* par C. Duvert • B. Ancel, *Vers une évolution des mœurs ? À propos de la loi n° 2014-873 du 4 août 2014 : JCP* G 2014, 918, p. 1572, aperçu rapide. • E. Monteiro : *RSC* 2003, p. 277. • B. Platel et T. Viala : *JCP* E 2002, p. 762.

1) Précision de la définition : QPC. Non-lieu à renvoi au Conseil constitutionnel de la question prioritaire contestant les dispositions de l'article 222-33-2 du Code pénal, déjà déclarées conformes à la constitution par le conseil constitutionnel dans sa décision n° 2001-455 du 12 janvier 2002, et qui incriminent de façon précise les éléments constitutifs du délit de harcèlement moral (■ Cass. crim., 11 juill. 2012, n° 11-88.114 QPC : *Bull. inf. C. cass.* 15 déc. 2012, n° 1433 ; *D.* 2012, act. p. 1987 ; *Gaz. Pal.* 21-23 oct. 2012, chron. jur., p. 11-12 note A. Bonnet).

I – INCRIMINATION

2) Qualifications de discrimination et de harcèlement. Est justifiée la décision des juges du fond qui déclarent constitués, en raison des mêmes agissements d'un prévenu, les délits de discrimination syndicale et de harcèlement moral prévus par les articles L. 481-3 du Code du travail et 222-33-2 du Code pénal qui sanctionnent la violation d'intérêts distincts (■ Cass. crim., 6 févr. 2007 : *Bull. crim.* n° 29 ; *RSC* 2007, p. 527, obs. E. Fortis et p. 818, obs. Y. Mayaud ;

AJ pénal 2007, p. 179, obs. G. Royer ; *RSC* 2007, p. 824, obs. A. Cerf-Hollander).

3) Relation de travail. S'inscrivent dans une relation de travail au sens de l'article 222-33-2 du Code pénal les faits de harcèlement moral réalisés par la présidente d'une association dans le cadre de relations institutionnelles entre celle-ci et les personnels d'une compagnie de gendarmerie, la présidente détenant une influence sur les supérieurs hiérarchiques des parties civiles (▪ Cass. crim., 7 mai 2019, n° 18-83.510 : *JurisData* n° 2019-007341 ; *Gaz. Pal.* 3 sept. 2019, p. 46, obs. S. Detraz ; E. Gouesse : *Lexbase pénal* n° 21, 21 nov. 2019).

4) Comportement : répétition. Les agissements répétés ayant pour objet ou pour effet d'entraîner une dégradation des conditions de travail susceptible de porter atteinte aux droits de la victime, au sens de l'article L. 120-2 du Code du travail, et à sa dignité, sont constitutifs du délit de harcèlement moral prévu par l'article 222-33-2 du Code pénal institué par la loi du 12 janvier 2002.

Caractérisent le délit en tous ses éléments tant matériels qu'intentionnel, les juges d'appel qui, pour dire le maire d'une commune coupable de harcèlement moral à l'égard d'une secrétaire de mairie, relèvent que le prévenu lui a tardivement appliqué les mesures relatives à la réduction du temps de travail votées par le conseil municipal, qu'il a modifié les permanences de la mairie en imposant délibérément à ladite secrétaire des heures de présence incompatibles avec ses occupations professionnelles dans une autre mairie, qu'il l'a empêchée d'accéder librement à son lieu de travail tout comme aux documents qu'elle devait traiter ainsi qu'à l'ordinateur de la mairie, qu'il lui a adressé, souvent devant témoins, des reproches injustifiés quant à l'exécution de son travail ou des réflexions désobligeantes, et qu'enfin, il l'a privée irrégulièrement de salaires (▪ Cass. crim., 21 juin 2005 : *Bull. crim.* n° 187 ; *Dr. pén.* 2005, comm. 157, obs. M. Véron ; *RSC* 2005, p. 850, obs. Y. Mayaud).

Deux « doigts d'honneur » adressés à deux reprises le même jour à la même victime ne présentent pas le caractère de répétition requis pour la constitution du délit en raison de leur nature et de leur nombre (▪ Cass. crim., 9 juin 2021, n° 20-85.965 : *JurisData* n° 2021-015488 ; *Dr. pén.* 2022, comm. 157, obs. Ph. Conte).

5) Xénophobie. Ne justifie pas sa décision la cour d'appel qui, pour relaxer le prévenu qui parlait « petit nègre » et en se moquant de lui à un collègue d'origine centrafricaine placé sous ses ordres, se borne à retenir que cette manière de s'adresser à l'intéressé, si elle révèle une forme d'esprit regrettable et un humour déplacé, ne constituait pas une atteinte portée à ses droits, sans rechercher si ce comportement régulier et répété n'était pas constitutif du délit tel qu'il est défini par l'article 222-33-2 du Code pénal (▪ Cass. crim., 12 déc. 2006 : *JurisData* n° 2006-037132 ; *Dr. pén.* 2007, comm. 48, obs. M. Véron).

6) Propos vexatoires. Justifie sa décision la cour d'appel qui, pour déclarer deux directeurs d'une entreprise coupables du délit de harcèlement moral, relève qu'ils ont multiplié des actes d'intimidation et de menaces, des mesures vexatoires à l'encontre d'une employée, déléguée du personnel, lui adressant plusieurs lettres comportant des propos blessants et des attaques inutiles, les agissements, qui ont outrepassé les limites de l'exercice de leur pouvoir disciplinaire, ayant eu pour effet de dégrader les conditions de travail de leur salariée et de porter atteinte à ses droits, à sa dignité et à sa santé (▪ Cass. crim., 25 déc. 2007 : *Bull. crim.* n° 222 ; *JCP* G 2008, II, 10004, note J. Colonna). V. aussi, dans le même sens, ▪ Cass. crim., 19 juin 2018, n° 17-84.007, D : *JurisData* n° 2018-010724 ; *Dr. pén.* 2018, comm. 172, obs. Ph. Conte ; *Gaz. Pal.* 6 nov. 2018, p. 48, obs. S. Detraz).

7) Attitude dévalorisante. Adopter une attitude d'ignorance dévalorisante, en imposant au salarié une mise à l'écart professionnelle injustifiée et en lui imputant des comportements attentatoires à sa dignité et à son honnêteté sont des actes étrangers par leur nature au pouvoir de l'employeur (▪ Cass. crim., 13 nov. 2018, n° 17-85.005, D : *JurisData* n° 2018-020147 ; *Dr. pén.* 2019, comm. 22, obs. Ph. Conte).

8) Abus d'autorité. Constitue l'infraction le fait de maintenir plusieurs mois un salarié dans un poste pénible dont l'affectation ne peut excéder une journée selon un accord d'entreprise (▪ Cass. crim., 25 nov. 2008 : *Dr. pén.* 2009, comm. 30, obs. M. Véron).

– Doit être cassé pour insuffisance de motifs l'arrêt qui condamne sans caractériser les agissements de la prévenue ne rentrant pas dans l'exercice de son pouvoir de direction et ayant eu pour objet ou pour effet une dégradation des conditions de travail de salariés d'une maison de retraite (▪ Cass. crim., 18 janv. 2011 : *Dr. pén.* 2011, comm. 47, obs. M. Véron).

– Ne justifie pas sa décision la cour d'appel qui, saisie de poursuites du chef de harcèlement moral d'une secrétaire générale par un président d'une communauté de communes, prononce la relaxe du prévenu, sans rechercher si les faits poursuivis, dont elle a admis qu'ils constituaient un comportement inadapté, n'outrepassaient pas, quelle qu'ait été la manière de servir de la partie civile, les limites de son pouvoir de direction et ne caractérisaient pas des agissements visés par l'article 222-33-2 du Code pénal (■ Cass. crim., 27 mai 2015, n° 14-81.489).

– Justifie sa décision la chambre de l'instruction qui, pour dire n'y avoir lieu à suivre du chef de harcèlement moral au travail régi par l'article 222-33-2 du Code pénal, relève que la partie civile exerçait son activité de manière indépendante par rapport au mis en cause et qu'ainsi les faits allégués ne s'inscrivaient pas dans une relation de travail entre eux (■ Cass. crim., 13 déc. 2016, n° 16-81.253).

9) Agressivité. La cour d'appel qui constate l'agressivité quotidienne de l'employeur à l'égard de la salariée et des insultes proférées en termes extrêmement violents « aurait dû rechercher » si ces faits non établis sous la qualification de violences pouvaient constituer le délit de harcèlement moral (■ Cass. crim., 25 janv. 2011 : *Dr. pén.* 2011, comm. 47, obs. M. Véron).

10) Échec professionnel. Reprocher à un salarié son échec, et le réorienter vers un autre poste après lui avoir notifié une note d'évaluation négative de son travail n'outrepasse pas les limites de l'exercice du pouvoir de direction et de contrôle de l'employeur. En l'espèce, il était reproché au salarié un manque d'esprit d'initiative et une absence de vision stratégique sur ses projets (■ Cass. crim., 13 nov. 2018, n° 18-80.374, D : *JurisData* n° 2018-020197 ; *Dr. pén.* 2019, comm. 22, obs. Ph. Conte).

11) Résultat. A méconnu l'article 222-33-2, la cour d'appel, qui a ajouté à la loi des conditions qu'elle ne comporte pas en retenant que la caractérisation du délit de harcèlement moral exige, d'une part, que soient constatés des agissements répétés de nature différente, d'autre part, que ces agissements aient initialement eu pour objet ou pour effet une dégradation des conditions de travail susceptible de porter atteinte à la dignité et à la santé de la victime (■ Cass. crim., 26 janv. 2016, n° 14-80.455 : *Dr. pén.* 2016, comm. 58, obs. Ph. Conte).

– Doit être cassé pour insuffisance ou contradiction de motifs l'arrêt de non-lieu de la chambre de l'instruction qui, après avoir relevé la dégradation de l'état de santé des parties civiles, constate la dégradation des conditions de travail dues à la persistance de l'existence de difficultés relationnelles constantes venant de l'attitude du mis en examen qui pratiquait un dénigrement permanent de l'équipe, retient que ne sont pas décrits des agissements précis et répétés et que l'intéressé n'a pas eu la volonté de nuire ou d'humilier, alors que le délit de harcèlement moral n'implique pas que les agissements aient nécessairement pour objet la dégradation des conditions de travail (■ Cass. crim., 24 mai 2011, n° 10-87.100 : *Dr. pén.* 2011, comm. 118, obs. M. Véron).

– Méconnaît les dispositions de l'article 222-33-2 du Code pénal relatives au harcèlement moral la cour d'appel qui, pour relaxer un prévenu poursuivi de ce chef, retient que les agissements commis doivent avoir nécessairement porté atteinte aux droits et à la dignité de la victime, ou altéré sa santé physique ou mentale, ou encore compromis son avenir professionnel, et que le prévenu, subordonné de la victime, n'avait ni les qualités ni les moyens de compromettre son avenir professionnel.

Il ressort en effet des dispositions dudit article, d'une part, que la simple possibilité d'une dégradation des conditions de travail de la victime suffit à consommer le délit de harcèlement moral et, d'autre part, que le fait que la personne poursuivie soit le subordonné de la victime est indifférent à la caractérisation de l'infraction (■ Cass. crim., 6 déc. 2011, n° 10-82.266 : *Bull. crim.* n° 249 ; *JCP* 2012, note n° 410, p. 672, P. Mistretta ; *Dr. pén.* 2012, comm. 26, obs. A. Maron et M. Haas et comm. 47, obs. M. Véron ; AJ pénal 2012, jurispr. p. 97, obs. J. Gallois ; *D.* 2012, act., p. 225, note C. Girault ; *RSC* 2012, p. 138, obs. Y. Mayaud). V., dans le même sens, ■ Cass. crim., 14 janv. 2014, n° 11-81.362 : *JCP* G 2014, n° 199, p. 315 ; *Dr. pén.* 2014, comm. 53, obs. M. Véron ; *RSC* 2014, p. 66, obs. Y. Mayaud. ■ Cass. crim., 23 janv. 2018, n° 16-87.709 : *JurisData* n° 2018-000676 ; *Rev. pénit.* 2018, n° 1, p. 84, obs. P. Cazalbou).

– Est coupable de harcèlement moral l'employeur dont le comportement dégrade les conditions de travail de ses salariées et outrepasse les limites de l'exercice de son pouvoir de direction, compromettant leur avenir professionnel (■ Cass. crim., 30 sept. 2009 : *Dr. pén.* 2009, comm. 149, obs. M. Véron), ou dont les agissements délibérés et réitérés ont porté atteinte aux droits et à la santé de sa subordonnée (■ Cass. crim., 8 juin 2010 : *JurisData* n° 2010-011208 ; *Dr. pén.* 2010, comm. 117, obs. M. Véron). *Adde* pour un cas où pratiquement tous les agissements prohibés ont été employés en toute connaissance de cause de leurs effets (■ Cass. crim., 19 juin 2012, n° 11-87.963 : *Dr. pén.* 2012, comm. 141, obs. M. Véron).

II – RESPONSABILITÉ ET RÉPRESSION

12) Responsabilité civile. Il résulte des dispositions de l'article 1384, alinéa 5, du Code civil, que le commettant ne peut s'exonérer de sa responsabilité, s'agissant des actes commis par son préposé, que si ce dernier a agi en dehors de ses fonctions, sans autorisation et à des fins étrangères à ses attributions.

Justifie en conséquence sa décision la cour d'appel qui, à la suite de faits de harcèlement moral commis par un salarié investi de fonctions représentatives lors de réunions du comité d'établissement d'une société, déclare celle-ci civilement responsable de son préposé, aux motifs que les agissements dénoncés, commis au temps et sur les lieux du travail, étaient étrangers aux mandats du préposé poursuivi et à la défense des intérêts des salariés de l'entreprise, et qu'ils étaient connus des dirigeants de la personne morale qui n'étaient pas intervenus pour les faire cesser (▪ Cass. crim., 22 mai 2013, n° 11-88.009 : *Bull. crim.* n° 119).

13) Action civile de l'organisme social. Justifie sa décision la cour d'appel qui, après avoir déclaré le prévenu coupable de harcèlement moral dans le cadre du travail, déboute la caisse primaire d'assurance maladie, partie civile, de ses demandes indemnitaires, dès lors que l'élément intentionnel de ce délit ne se confond pas avec la faute intentionnelle, au sens de l'article L. 452-5 du Code de la sécurité sociale, fondement des demandes, qui suppose qu'il soit établi que l'auteur a voulu le dommage survenu à la victime du fait de ses agissements (▪ Cass. crim., 13 déc. 2016, n° 15-81.853 ; *Dr. pén.* 2017, comm. 52, note Ph. Conte).

Art. 222-33-2-1 *(L. n° 2010-769, 9 juill. 2010 ; mod., L. n° 2014-873, 4 août 2014).* **– Le fait de harceler son conjoint, son partenaire lié par un pacte civil de solidarité ou son concubin par des propos ou comportements répétés ayant pour objet ou pour effet une dégradation de ses conditions de vie se traduisant par une altération de sa santé physique ou mentale est puni de trois ans d'emprisonnement et de 45 000 € d'amende lorsque ces faits ont causé une incapacité totale de travail inférieure ou égale à huit jours ou n'ont entraîné aucune incapacité de travail et de cinq ans d'emprisonnement et de 75 000 € d'amende lorsqu'ils ont causé une incapacité totale de travail supérieure à huit jours** *(Mots aj., L. n° 2018-703, 3 août 2018)* **ou ont été commis alors qu'un mineur était présent et y a assisté.**

Les mêmes peines sont encourues lorsque cette infraction est commise par un ancien conjoint ou un ancien concubin de la victime, ou un ancien partenaire lié à cette dernière par un pacte civil de solidarité.

(Al. créé, L. n° 2020-936, 30 juill. 2020) **Les peines sont portées à dix ans d'emprisonnement et à 150 000 € d'amende lorsque le harcèlement a conduit la victime à se suicider ou à tenter de se suicider.**

1) QPC. Non-lieu à renvoi au Conseil constitutionnel de la QPC visant l'article 222-33-2-1 du Code pénal (▪ Cass. crim., 18 sept. 2012, n° 12-90.047).

2) Élément matériel : comportement. Si le délit de harcèlement moral peut être retenu pour des propos adressés à des tiers dès lors que le prévenu ne pouvait ignorer qu'ils seraient portés à la connaissance de la personne qu'ils visaient, ne satisfait pas à l'exigence d'un comportement répété l'envoi concomitant de courriers électroniques, identiques ou similaires à des collègues de son ancienne conjointe sur leur lieu de travail commun (▪ Cass. crim., 9 mai 2018, n° 17-83.623 : *JurisData* n° 2018-007573 ; *Rev. pénit.* 2018, n° 2, p. 355, obs. V. Malabat).

3) Élément matériel : résultat. Ne justifie pas sa décision l'arrêt qui déclare le prévenu coupable de harcèlement moral sans rechercher si les agissements reprochés avaient, au sens de l'article 222-33-2-1 du Code pénal, pour objet une dégradation des conditions de vie de la victime se traduisant par une altération de sa santé physique ou mentale (▪ Cass. crim., 24 juin 2015, n° 14-83.505).

Art. 222-33-2-2 *(Créé, L. n° 2014-873, 4 août 2014 ; mod., L. n° 2018-703, 3 août 2018 ; L. n° 2022-299, 2 mars 2022).* **– Le fait de harceler une personne par des propos ou comportements répétés ayant pour objet ou pour effet une dégradation de ses conditions de vie se traduisant par une altération de sa santé physique ou mentale est puni d'un an d'emprisonnement et de 15 000 € d'amende lorsque ces faits ont causé une incapacité totale de travail inférieure ou égale à huit jours ou n'ont entraîné aucune incapacité de travail.**

L'infraction est également constituée :

a) **Lorsque ces propos ou comportements sont imposés à une même victime par plusieurs personnes, de manière concertée ou à l'instigation de l'une d'elles, alors même que chacune de ces personnes n'a pas agi de façon répétée ;**

b) **Lorsque ces propos ou comportements sont imposés à une même victime, successivement, par plusieurs personnes qui, même en l'absence de concertation, savent que ces propos ou comportements caractérisent une répétition.**

Les faits mentionnés aux premier à quatrième alinéas sont punis de deux ans d'emprisonnement et de 30 000 € d'amende :

1° Lorsqu'ils ont causé une incapacité totale de travail supérieure à huit jours ;

2° Lorsqu'ils ont été commis sur un mineur ;

3° Lorsqu'ils ont été commis sur une personne dont la particulière vulnérabilité, due à son âge, à une maladie, à une infirmité, à une déficience physique ou psychique ou à un état de grossesse, est apparente ou connue de leur auteur ;

4° Lorsqu'ils ont été commis par l'utilisation d'un service de communication au public en ligne ou par le biais d'un support numérique ou électronique ;

5° Lorsqu'un mineur était présent et y a assisté.

Les faits mentionnés aux premier à quatrième alinéas sont punis de trois ans d'emprisonnement et de 45 000 € d'amende lorsqu'ils sont commis dans deux des circonstances mentionnées aux 1° à 5°.

1) Définition de l'infraction : QPC. L'article 222-33-2-2 est rédigé en des termes suffisamment clairs et précis et dans le strict respect du principe de légalité des délits et des peines pour que l'interprétation de ce texte, qui entre dans l'office du juge pénal, puisse se faire sans risque d'arbitraire (▪ Cass. crim., 9 mai 2018, n° 18-90.007 QPC : *JurisData* n° 2018-007636).

2) Résultat. L'établissement de l'envoi répété de messages électroniques relatifs à un contentieux parental douloureux est insuffisant à la constitution du délit de harcèlement moral à l'égard de la fille du prévenu ; cassation de la décision ayant retenu que les agissements étaient de nature à fragiliser psychologiquement cette dernière faute d'avoir caractérisé en quoi lesdits agissements avaient eu pour objet ou pour effet une dégradation des conditions de vie de la victime se traduisant par une atteinte à sa santé physique ou mentale (▪ Cass. crim., 9 mai 2018, n° 17-83.623 : *JurisData* n° 2018-007573 ; *Rev. pénit.* 2018, n° 2, p. 355 obs. V. Malabat).

3) Prescription. La prescription de l'action publique ne commence à courir, pour chaque acte de harcèlement incriminé, qu'à compter du dernier acte commis (▪ Cass. crim., 19 juin 2019, n° 18-85.725 : *JurisData* n° 2019-010595 ; *JCP* S 2019, 1277, n° 39, obs. C. Leborgne-Ingelaere).

Art. 222-33-2-3 *(Créé, L. n° 2022-299, 2 mars 2022)*. **– Constituent un harcèlement scolaire les faits de harcèlement moral définis aux quatre premiers alinéas de l'article 222-33-2-2 lorsqu'ils sont commis à l'encontre d'un élève par toute personne étudiant ou exerçant une activité professionnelle au sein du même établissement d'enseignement.**

Le harcèlement scolaire est puni de trois ans d'emprisonnement et de 45 000 € d'amende lorsqu'il a causé une incapacité totale de travail inférieure ou égale à huit jours ou n'a entraîné aucune incapacité de travail.

Les peines sont portées à cinq ans d'emprisonnement et à 75 000 € d'amende lorsque les faits ont causé une incapacité totale de travail supérieure à huit jours.

Les peines sont portées à dix ans d'emprisonnement et à 150 000 € d'amende lorsque les faits ont conduit la victime à se suicider ou à tenter de se suicider.

Le présent article est également applicable lorsque la commission des faits mentionnés au premier alinéa du présent article se poursuit alors que l'auteur ou la victime n'étudie plus ou n'exerce plus au sein de l'établissement.

Section III *ter*. – De l'enregistrement et de la diffusion d'images de violence

Art. 222-33-3 *(L. n° 2007-297, 5 mars 2007 ; mod., L. n° 2014-873, 4 août 2014)*. **– Est constitutif d'un acte de complicité des atteintes volontaires à l'intégrité de la personne prévues par les articles 222-1 à 222-14-1 et 222-23 à 222-31 et 222-33 et est puni des peines prévues par ces articles le fait d'enregistrer sciemment, par quelque moyen que ce soit, sur tout support que ce soit, des images relatives à la commission de ces infractions.**

Le fait de diffuser l'enregistrement de telles images est puni de cinq ans d'emprisonnement et de 75 000 € d'amende.

Le présent article n'est pas applicable lorsque l'enregistrement ou la diffusion résulte de l'exercice normal d'une profession ayant pour objet d'informer le public ou est réalisé afin de servir de preuve en justice.

Bibliographie : *JCl. Pénal Code, Enregistrement et diffusion d'images de violence* par S. Detraz. • P.-J. Delage, *D.* 2007, p. 1282. • S. Détraz, *Enregistrement d'images de violences : un cas de présomption légale de complicité : Dr. pén.* 2007, étude 23. • C. Lacroix, *Happy slapping : prise en compte d'un phénomène criminel à la mode : JCP* G 2007, I, 167. • A.-G. Robert, *Répression spécifique* du happy slapping : *RSC* 2008, p. 867.

Section IV. – Du trafic de stupéfiants

Art. 222-34. – Le fait de diriger ou d'organiser un groupement ayant pour objet la production, la fabrication, l'importation, l'exportation, le transport, la détention, l'offre, la cession, l'acquisition ou l'emploi illicites de stupéfiants est puni de la réclusion criminelle à perpétuité et de 7 500 000 € d'amende.

Les deux premiers alinéas de l'article 132-23 relatif à la période de sûreté sont applicables à l'infraction prévue par le présent article.

Bibliographie : *JCl. Pénal Code, Trafic de stupéfiants* par X. Samuel.

Art. 222-35. – La production ou la fabrication illicites de stupéfiants sont punies de vingt ans de réclusion criminelle et de 7 500 000 € d'amende.

Ces faits sont punis de trente ans de réclusion criminelle et de 7 500 000 € d'amende lorsqu'ils sont commis en bande organisée.

Les deux premiers alinéas de l'article 132-23 relatif à la période de sûreté sont applicables aux infractions prévues par le présent article.

Art. 222-36. – *(L. n° 2009-1437, 24 nov. 2009)* L'importation ou l'exportation illicites de stupéfiants sont punies de dix ans d'emprisonnement et de 7 500 000 € d'amende.

Ces faits sont punis de trente ans de réclusion criminelle et de 7 500 000 € d'amende lorsqu'ils sont commis en bande organisée.

Les deux premiers alinéas de l'article 132-23 relatif à la période de sûreté sont applicables aux infractions prévues par le présent article.

Les personnes physiques ou morales coupables du délit prévu à la présente section encourent également la peine complémentaire suivante : interdiction de l'activité de prestataire de formation professionnelle continue au sens de l'article L. 6313-1 du Code du travail pour une durée de cinq ans.

1) Application de la loi dans le temps : nouveau Code pénal. La déclaration de culpabilité prononcée par le juge du fond en vertu de l'article L. 627 du Code de la santé publique dans sa rédaction alors applicable, conserve son support légal, depuis l'entrée en vigueur des articles 132-71 et 222-36 du Code pénal qui répriment l'importation illicite de stupéfiants commise en bande organisée, la définition de cette dernière circonstance recouvrant celle de l'entente ; la peine prononcée, nonobstant les termes de l'article 131-4 du Code pénal, demeure justifiée par application de l'article 338 de la loi du 16 décembre 1992 (▪ Cass. crim., 22 juin 1994 : *Bull. crim.* n° 247).

2) Élément matériel : infraction instantanée. L'importation illicite de stupéfiants est une infraction instantanée qui se commet chaque fois qu'une importation est effectuée ; en conséquence, c'est à bon droit qu'une qualification criminelle a été retenue pour des importations commises en bande organisée et réalisées postérieurement au 1er mars 1994 (▪ Cass. crim., 5 sept. 1995 : *Bull. crim.* n° 269 ; *Dr. pén.* 1996, comm. 4, obs. M. Véron).

3) Élément matériel : comportement. Une personne peut être déclarée coupable d'importation illicite de stupéfiants même si elle n'a pas franchi elle-même la frontière avec les produits stupéfiants. Justifie sa décision la cour d'appel qui, pour condamner les prévenus de ce chef, relève que ces derniers se sont rendus aux Pays-Bas, où ils ont acheté de l'héroïne, qu'ils ont ensuite fait livrer à Strasbourg, par un passeur (▪ Cass. crim., 7 avr. 2004 : *Bull. crim.* n° 95 ; *Dr. pén.* 2004, comm. 121, obs. M. Véron).

4) Circonstance aggravante de bande organisée. La bande organisée s'analyse en une circonstance aggravante réelle qui a trait aux conditions de l'infraction et qui a vocation à s'appliquer à l'ensemble des coauteurs et complices (▪ Cass. crim., 15 sept. 2004 : *Bull. crim.* n° 213).

Art. 222-37. – Le transport, la détention, l'offre, la cession, l'acquisition ou l'emploi illicites de stupéfiants sont punis de dix ans d'emprisonnement et de 7 500 000 € d'amende.

Est puni des mêmes peines le fait de faciliter, par quelque moyen que ce soit, l'usage illicite de stupéfiants, de se faire délivrer des stupéfiants au moyen d'ordonnances fictives ou de complaisance, ou de délivrer des stupéfiants sur la présentation de telles ordonnances en connaissant leur caractère fictif ou complaisant.

Les deux premiers alinéas de l'article 132-23 relatif à la période de sûreté sont applicables aux infractions prévues par le présent article.

Voir : Article L. 3421-1 du Code de la santé publique – Annexe Santé.

1) Définition par renvoi : QPC. Non-lieu à renvoi au Conseil constitutionnel de la question prioritaire de constitutionnalité concernant les articles 222-37 et 222-41 du Code pénal, ainsi que l'article L. 5132-7 du Code de la santé publique, dès lors que les textes susvisés ne méconnaissent pas le principe de la légalité des délits et des peines en renvoyant à une définition des stupéfiants donnée par voie réglementaire en conformité avec la Convention unique sur les stupéfiants du 30 mars 1961 à laquelle la France a adhéré avec l'autorisation du législateur (▪ Cass. crim., 11 janv. 2011, n° 10-90.116 QPC : *JCP* G 2011, note 347, J. Huet ; *Dr. pén.* 2011, comm. 66, obs. J.-H. Robert. ▪ Cass. crim., 16 sept. 2014, n° 14-90.036 : *Bull. crim.* n° 188).

2) Élément matériel : comportement, acte positif. Les dispositions de l'alinéa 2 de l'article 222-37 du Code pénal incriminent non une simple abstention, mais le fait d'accomplir un acte de nature à faciliter à autrui l'usage illicite de stupéfiants : tel est le cas d'un prévenu qui, dans son établissement, a délibérément permis que celui-ci serve de lieu de rendez-vous à des toxicomanes pour y acheter, vendre ou consommer de l'héroïne ou de la résine de cannabis, allant même parfois jusqu'à confier à un revendeur le soin d'assurer un service d'ordre ou jusqu'à prêter à certains les fonds nécessaires à l'acquisition de stupéfiants (▪ Cass. crim., 27 févr. 1997 : *Bull. crim.* n° 81 ; *JurisData* n° 1997-001670 ; *JCP* G 1997, IV, 1232).

– Caractérise la détention de stupéfiants au sens de l'article 222-37, l'arrêt qui constate que le prévenu, alors détenu, savait que de la drogue était cachée dans sa cellule (▪ Cass. crim., 17 oct. 1994 : *Bull. crim.* n° 334 ; *Dr. pén.* 1995, comm. 61, obs. M. Véron).

– Constitue le fait de faciliter à autrui l'usage de stupéfiants, délit prévu et puni par l'article 222-37, alinéa 2, du Code pénal, le fait, pour un dirigeant ou un animateur d'un établissement ouvert au public, de permettre sciemment le trafic et l'usage de stupéfiants dans son établissement ; justifie dès lors sa décision la cour d'appel, qui pour déclarer les prévenus coupables du délit précité, retient qu'ayant connaissance des faits de trafic et de consommation de stupéfiants qui se déroulaient dans les discothèques qu'ils dirigeaient ou animaient et qui contribuaient au succès commercial de celles-ci, ils ont facilité l'usage de stupéfiants en effectuant peu ou pas de contrôle et en mettant de fait leurs locaux à la disposition des vendeurs et consommateurs de stupéfiants (▪ Cass. crim., 13 déc. 2000 : *Bull. crim.* n° 379 ; *Dr. pén.* 2001, comm. 60, obs. M. Véron ; *RSC* 2001, p. 376, obs. Y. Mayaud).

3) Détention destinée à une consommation personnelle. Un prévenu peut être condamné pour avoir à la fois acquis et détenu des stupéfiants, sauf s'il en fait usage pour sa propre consommation (▪ Cass. crim., 21 oct. 2015, n° 14-82.832 : *Dr. pén.* 2015, comm. 158, obs. Ph. Conte).

– Les dispositions spéciales de l'article L. 3421-1 du Code de la santé publique, incriminant l'usage illicite de produits stupéfiants, excluent l'application de l'article 222-37 du Code pénal, incriminant la détention de tels produits, si les substances détenues étaient exclusivement destinées à la consommation personnelle du prévenu. Encourt la cassation l'arrêt qui prononce une condamnation sur le fondement du second de ces textes sans caractériser des faits de détention indépendants de la consommation personnelle du prévenu (▪ Cass. crim., 14 mars 2017, n° 16-81.805).

– Même exigence de caractérisation de faits de détention de produits stupéfiants, indépendants de la consommation personnelle invoquée par le prévenu, pour la possession de 418 pieds de cannabis et de matériel servant à la culture de la plante (▪ Cass. crim., 23 janv. 2019, n° 18-82.506 : *JurisData* n° 2019-003577 ; Ph. Conte : *Dr. pén.* 2019, comm. 62, n° 4).

– V. cependant, rejet du pourvoi contre la décision déclarant le prévenu coupable de détention et d'usage illicites de produits stupéfiants pour le prévenu qui avait, lors d'un contrôle routier, spontanément déclaré détenir des produits stupéfiants destinés à sa consommation personnelle (▪ Cass. crim., 22 janv. 2020, n° 19-82.262, inédit).

4) Incriminations multiples. Les délits de détention de stupéfiants et de cession de ces produits, prévus et réprimés par le même article 222-37 du Code pénal constituent des infractions distinctes, dont la nature et les éléments constitutifs sont différents, quoique réprimés par le même texte. Dès lors, justifie sa décision la cour d'appel, qui pour déclarer un prévenu coupable de détention et de cession de stupéfiants, relève, d'une part, qu'au cours de la perquisition effectuée à son domicile, a été découvert du cannabis qu'il cultivait, d'autre part, qu'il remettait ponctuellement des stupéfiants à un tiers aux fins de revente (▪ Cass. crim., 10 déc. 2014, n° 13-87.425 : *Dr. pén.* 2015, comm. 50, obs. M. Véron).

Art. 222-38 ***(L. n° 96-392, 13 mai 1996).*** **– Est puni de dix ans d'emprisonnement et de 750 000 € d'amende le fait de faciliter, par tout moyen, la justification mensongère de l'origine des biens ou des revenus de l'auteur de l'une des infractions mentionnées aux articles 222-34 à 222-37 ou d'apporter son concours à une opération de placement, de dissimulation ou de conversion du produit de l'une de ces infractions. La**

peine d'amende peut être élevée jusqu'à la moitié de la valeur des biens ou des fonds sur lesquels ont porté les opérations de blanchiment.

Lorsque l'infraction a porté sur des biens ou des fonds provenant de l'un des crimes mentionnés aux articles 222-34, 222-35 et 222-36, deuxième alinéa, son auteur est puni des peines prévues pour les crimes dont il a eu connaissance.

Les deux premiers alinéas de l'article 132-23 relatif à la période de sûreté sont applicables aux infractions prévues par le présent article.

Bibliographie : F.-L. Meynot, P. Mousseron, *Blanchiment de capitaux : JCP* E 2001, suppl. n° 5, p. 16.

1) QPC. Non-lieu à renvoi au Conseil constitutionnel de la QPC visant l'article 222-38 du Code pénal (■ Cass. crim., 12 sept. 2012, n° 12-80.374 : *JurisData* n° 2012-022192).

2) Illustrations. Caractérise le délit de blanchiment, la cour d'appel qui retient que participe à une opération de placement, de dissimulation ou de conversion du produit d'un trafic de stupéfiants celui qui, connaissant l'origine des fonds, alimente un compte bancaire ouvert à son nom au moyen de versements en espèces ou de chèques, dont certains obtenus d'une tierce personne en échange de sommes en numéraire et transfère ces fonds à l'étranger sous le couvert de mandats postaux (■ Cass. crim., 23 oct. 1997 : *Bull. crim.* n° 350).

– Caractérise en tous ses éléments le délit de blanchiment la cour d'appel, qui retient que participent à des opérations de placement, de dissimulation ou de conversion du produit d'un trafic de stupéfiants les prévenus qui, connaissant l'origine des fonds, les utilisent pour acquérir des biens immobiliers, les déposent sur de nombreux comptes bancaires ouverts, à leur demande, par des membres de leur famille et possèdent un patrimoine supérieur aux revenus qu'ils déclarent percevoir (■ Cass. ass. plén., 4 oct. 2002 : *Bull. crim.* n° 1 ; *Bull. inf.* C. cass. 2002, n° 256, p. 7, rapp. Dulin et concl. Benmakhlouf ; *Dr. pén.* 2003, comm. 34, obs. M. Véron).

– Est coupable de blanchiment le prévenu qui a commis des infractions lui ayant procuré un profit direct, dont il a opéré le placement, la dissimulation ou la conversion (■ Cass. crim., 28 oct. 2015, n° 14-85.120 : *Dr. pén.* 2016, comm. 3, obs. Ph. Conte).

3) Illustration : notaire. Commet le délit de blanchiment de capitaux provenant d'un trafic de stupéfiants, le notaire qui favorise l'achat d'un immeuble au moyen de fonds qu'il sait provenir d'un tel trafic, alors qu'il lui incombait de porter cette acquisition à la connaissance du procureur de la République (■ Cass. crim., 7 déc. 1995 : *Bull. crim.* n° 375).

4) Personne morale. Justifie sa décision la cour d'appel qui, après avoir déclaré une société civile immobilière coupable du délit de blanchiment spécial prévu et réprimé à l'article 222-38 du Code pénal, prononce sa dissolution, retient que, si la création de la société civile immobilière est antérieure de quelques mois aux faits d'infractions à la législation sur les stupéfiants, cette société a été détournée de son objet à partir du moment où elle a permis le blanchiment d'une somme en espèces provenant de ce trafic (■ Cass. crim., 16 déc. 2015, n° 14-85.667).

Art. 222-39 ***(Mod., L. n° 2007-297, 5 mars 2007).*** **– La cession ou l'offre illicites de stupéfiants à une personne en vue de sa consommation personnelle sont punies de cinq ans d'emprisonnement et de 75 000 € d'amende.**

La peine d'emprisonnement est portée à dix ans lorsque les stupéfiants sont offerts ou cédés, dans les conditions définies à l'alinéa précédent, à des mineurs ou dans des établissements d'enseignement ou d'éducation ou dans les locaux de l'administration, ainsi que, lors des entrées ou sorties des élèves ou du public ou dans un temps très voisin de celles-ci, aux abords de ces établissements ou locaux.

Les deux premiers alinéas de l'article 132-23 relatif à la période de sûreté sont applicables à l'infraction prévue par l'alinéa précédent.

1) Livraison surveillée (non). L'achat de stupéfiants par un fonctionnaire de police à des revendeurs de rue qui les lui proposent, lorsqu'il est effectué en vue de constater l'infraction prévue à l'article 222-39, alinéa 1, du Code pénal, ne constitue pas une livraison surveillée entrant dans les prévisions de l'article 706-32 du Code de procédure pénale dont les dispositions ne sont applicables à peine de nullité, que pour la constatation des infractions prévues par les articles 222-34 à 222-38 du Code pénal (■ Cass. crim., 5 juin 1997 : *Bull. crim.* n° 229).

2) Détention en vue de l'offre ou de la cession. Les dispositions spéciales de l'article 222-39 du Code pénal réprimant l'offre ou la cession de stupéfiants à une personne en vue de sa consommation personnelle sont applicables aux faits de détention de stupéfiants lorsque les substances détenues sont destinées à être offertes ou cédées à une personne en vue de sa consommation personnelle à l'exclusion des dispositions générales du même code réprimant le trafic de stupéfiants (■ Cass. crim., 22 juin 2005 : *Bull. crim.* n° 193 ; *RSC* 2005, p. 847, obs. Y. Mayaud).

Art. 222-39-1 ***(Abr., L. n° 2006-64, 23 janv. 2006).***

Art. 222-40. – La tentative des délits prévus par les articles 222-36 (premier alinéa) à 222-39 est punie des mêmes peines.

Art. 222-41. – Constituent des stupéfiants au sens des dispositions de la présente section les substances ou plantes classées comme stupéfiants en application de l'article L. 627 du Code de la santé publique.

QPC. V. A. 11 janv. 2011 sous l'art. 222-37, p. 428.

Art. 222-42 ***(Mod., L. n° 2009-526, 12 mai 2009).*** **– Les personnes morales déclarées responsables pénalement, dans les conditions prévues par l'article 121-2, des infractions définies aux articles 222-34 à 222-39 encourent, outre l'amende suivant les modalités prévues par l'article 131-38, les peines prévues par l'article 131-39.**

L'interdiction mentionnée au 2° de l'article 131-39 porte sur l'activité dans l'exercice ou à l'occasion de l'exercice de laquelle l'infraction a été commise.

Art. 222-43 ***(Mod., L. n° 2004-204, 9 mars 2004).*** **– La peine privative de liberté encourue par l'auteur ou le complice des infractions prévues par les articles 222-35 à 222-39 est réduite de moitié si, ayant averti les autorités administratives ou judiciaires, il a permis de faire cesser les agissements incriminés et d'identifier, le cas échéant, les autres coupables. Dans le cas prévu à l'article 222-34, la peine de la réclusion criminelle à perpétuité est ramenée à vingt ans de réclusion criminelle.**

1) **Rôle du juge.** La reconnaissance du bénéfice de la réduction de moitié de la peine maximale encourue est une question de fait qui relève de l'appréciation souveraine des juges du fond (■ Cass. crim., 25 juill. 1991 : *Bull. crim.* n° 307).

2) **Condition.** La réduction de peine prévue par l'article 222-43 du Code pénal n'est applicable à l'auteur ou au complice d'un trafic de stupéfiants que s'il a averti les autorités administratives ou judiciaires de l'existence de ce trafic, ce qui n'est pas le cas du prévenu qui s'est borné, après son arrestation, à répondre aux questions des enquêteurs (■ Cass. crim., 20 juin 1996, n° R. 95-81-975).

Art. 222-43-1 ***(L. n° 2004-204, 9 mars 2004).*** **– Toute personne qui a tenté de commettre les infractions prévues par la présente section est exempte de peine si, ayant averti l'autorité administrative ou judiciaire, elle a permis d'éviter la réalisation de l'infraction et d'identifier, le cas échéant, les autres auteurs ou complices.**

Décret n° 2019-1457 du 26 décembre 2019

portant création du service à compétence nationale dénommé Office anti-stupéfiants

Art. 1er. – Il est créé un service à compétence nationale dénommé Office anti-stupéfiants rattaché au directeur central de la police judiciaire (direction générale de la police nationale).

Cet office exerce ses missions en liaison étroite et constante avec les services du Premier ministre, du ministère de l'intérieur, du ministère de la justice, du ministère de l'action et des comptes publics, du ministère de l'Europe et des affaires étrangères, du ministère des armées, du ministère des solidarités et de la santé et du ministère des outre-mer.

Art. 2. – Cet office est compétent en matière de lutte contre la production, la fabrication, l'importation, l'exportation, le transport, la détention, l'offre, la cession, l'acquisition ou l'emploi illicites de stupéfiants, contre les opérations de blanchiment liées au trafic de stupéfiants et contre l'usage illicite de l'une des substances ou plantes classées comme stupéfiants.

Art. 3. – En liaison avec l'ensemble des administrations concernées, l'Office anti-stupéfiants est chargé de l'évaluation de la menace liée aux trafics de stupéfiants.

Pour accomplir cette mission, l'office, dans le cadre de la législation applicable, centralise, analyse, exploite et communique aux services de la police nationale, de la gendarmerie nationale, des douanes et droits indirects, ainsi qu'aux autres administrations et services publics de l'État toutes documentations et données statistiques, en lien avec le service statistique ministériel de la sécurité intérieure, relatives à son domaine de compétence.

Dans le cadre de la législation applicable, les services de la police nationale, de la gendarmerie nationale, des douanes et droits indirects, ainsi que les autres administrations et services publics de l'État susceptibles d'apporter leur concours à l'office lui adressent, dans les meilleurs délais, les informations relatives à son domaine de compétence dont ils ont connaissance.

Pour les infractions qui relèvent de sa compétence, l'office, dans le cadre de la législation applicable, adresse, aux services de la police nationale, de la gendarmerie nationale, des douanes et droits indirects, et aux autorités judiciaires, toutes indications utiles à l'identification ou à la recherche des délinquants ainsi que, sur leur demande, tous renseignements nécessaires aux enquêtes dont ils sont saisis.

Art. 4 *(Mod., D. n° 2020-1780, 30 déc. 2020)*. **–** L'Office anti-stupéfiants, sur la base de l'état de la menace, élabore des propositions en matière de lutte contre les trafics de stupéfiants et les transactions financières qui s'y rapportent qu'il soumet au comité interministériel de lutte contre les drogues et les conduites addictives, prévu à l'article D. 3411-11 du Code de la santé publique et présidé tel que défini à l'avant-dernier alinéa de l'article D. 3411-12 du même code. Sans préjudice des dispositions de l'article D. 3411-13 du Code de la santé publique, l'office :

– assure le suivi de la mise en œuvre de la stratégie interministérielle de lutte contre les trafics de stupéfiants définie par ce comité ;

– est chargé d'animer et de coordonner les politiques mises en œuvre par les administrations et services publics de l'État en la matière.

Art. 5 *(Mod., D. n° 2020-1780, 30 déc. 2020)*. **–** L'Office anti-stupéfiants est chargé de :

1° Procéder sur l'ensemble du territoire national à des enquêtes judiciaires relatives à des trafics de produits stupéfiants d'importance nationale et internationale ou présentant une sensibilité particulière ;

2° Sous le contrôle de l'autorité judiciaire, coordonner les enquêtes de grande envergure diligentées par des services de la police nationale, de la gendarmerie nationale, des douanes et droits indirects, en particulier les enquêtes qui présentent une dimension internationale marquée et visent des filières d'importation complexes ;

3° Coordonner l'action des services territoriaux de la police nationale, de la gendarmerie nationale, des douanes et droits indirects, le cas échéant dans le cadre de saisines conjointes décidées par l'autorité judiciaire ;

4° Centraliser les informations concernant les demandes adressées aux fonctionnaires ou agents publics visant à permettre la mise en œuvre des opérations de surveillance prévues par l'article 706-80-1 du Code de procédure pénale, par le I de l'article 67 *bis* et par l'article 67 *bis*-3 du Code des douanes ;

5° Coordonner avec l'ensemble des partenaires concernés la mise en œuvre des mesures de prévention, de recherche et de constatation des infractions constitutives de trafic de stupéfiants dont les modalités sont fixées par la loi n° 94-589 du 15 juillet 1994 relative à l'exercice par l'État de ses pouvoirs de police en mer pour la lutte contre certaines infractions relevant de conventions internationales. (...)

Section V. – Peines complémentaires applicables aux personnes physiques

Art. 222-44 *(Mod., L. n° 2003-495, 12 juin 2003 ; L. n° 2007-297, 5 mars 2007 ; L. n° 2008-776, 4 août 2008 ; L. n° 2011-267, 14 mars 2011 ; L. n° 2012-304, 6 mars 2012 ; L. n° 2016-731, 3 juin 2016)*. **– I. – Les personnes physiques coupables des infractions prévues aux sections 1 à 4 du présent chapitre encourent également les peines complémentaires suivantes :**

1° L'interdiction suivant les modalités prévues par l'article 131-27, soit d'exercer une fonction publique ou d'exercer l'activité professionnelle ou sociale dans l'exercice ou à l'occasion de l'exercice de laquelle l'infraction a été commise, soit, pour les infractions prévues par les articles 222-1 à 222-6, 222-7, 222-8, 222-10, les 1° et 2° de l'article 222-14, les 1° à 3° de l'article 222-14-1, les articles 222-15, 222-23 à 222-26, 222-34, 222-35, 222-36, 222-37, 222-38 et 222-39, d'exercer une profession commerciale ou industrielle, de diriger, d'administrer, de gérer ou de contrôler à un titre quelconque, directement ou indirectement, pour son propre compte ou pour le compte d'autrui, une entreprise commerciale ou industrielle ou une société commerciale. Ces interdictions d'exercice peuvent être prononcées cumulativement ;

2° L'interdiction de détenir ou de porter, pour une durée de cinq ans au plus, une arme soumise à autorisation ;

3° La suspension, pour une durée de cinq ans au plus, du permis de conduire, cette suspension pouvant être limitée à la conduite en dehors de l'activité professionnelle ; dans les cas prévus par les articles 222-19-1 et 222-20-1, la suspension ne peut pas être assortie du sursis, même partiellement, et ne peut pas être limitée à la conduite en dehors de l'activité professionnelle ; dans les cas prévus par les 1° à 6° et le dernier alinéa des articles 222-19-1 et 222-20-1, la durée de cette suspension est de dix ans au plus.

4° L'annulation du permis de conduire avec interdiction de solliciter la délivrance d'un nouveau permis pendant cinq ans au plus ;

5° La confiscation d'un ou plusieurs véhicules appartenant au condamné ;

6° La confiscation d'une ou plusieurs armes dont le condamné est propriétaire ou dont il a la libre disposition ;

7° La confiscation de la chose qui a servi ou était destinée à commettre l'infraction ou de la chose qui en est le produit.

8° Dans les cas prévus par les articles 222-19-1 et 222-20-1, l'interdiction de conduire certains véhicules terrestres à moteur, y compris ceux pour la conduite desquels le permis de conduire n'est pas exigé, pour une durée de cinq ans au plus ;

9° ***(9° abr. à compter du 24 mars 2020, L. n° 2019-222, 23 mars 2019)*** **;**

9 ***bis (9° bis abr. à compter du 24 mars 2020, L. n° 2019-222, 23 mars 2019)*** **;**

10° Dans les cas prévus par les articles 222-19-1 et 222-20-1, l'immobilisation, pendant une durée d'un an au plus, du véhicule dont le condamné s'est servi pour commettre l'infraction, s'il en est le propriétaire.

11° La confiscation de l'animal ayant été utilisé pour commettre l'infraction ;

12° L'interdiction, à titre définitif ou temporaire, de détenir un animal ;

13° Dans les cas prévus par les articles 222-19-1 et 222-20-1, la confiscation du véhicule dont le condamné s'est servi pour commettre l'infraction, s'il en est le propriétaire. La confiscation du véhicule est obligatoire dans les cas prévus par les 4° et dernier alinéa de ces articles ainsi que, dans les cas prévus par les 2°, 3° et 5° des mêmes articles, en cas de récidive ou si la personne a déjà été définitivement condamnée pour un des délits prévus par les articles L. 221-2, L. 224-16, L. 234-1, L. 234-8, L. 235-1, L. 235-3, L. 413-1 du Code de la route ou pour la contravention mentionnée à ce même article L. 413-1. La juridiction peut toutefois ne pas prononcer cette peine, par une décision spécialement motivée ;

14° Dans les cas prévus par les 2° et dernier alinéa des articles 222-19-1 et 222-20-1 du présent code, l'interdiction, pendant une durée de cinq ans au plus, de conduire un véhicule qui ne soit pas équipé par un professionnel agréé ou par construction d'un dispositif d'anti-démarrage par éthylotest électronique, homologué dans les conditions prévues à l'article L. 234-17 du Code de la route. Lorsque cette interdiction est prononcée en même temps que la peine d'annulation ou de suspension du permis de conduire, elle s'applique, pour la durée fixée par la juridiction, à l'issue de l'exécution de cette peine ;

15° ***(15° créé, L. n° 2014-873, 4 août 2014 ; abr. à compter du 24 mars 2020, L. n° 2019-222, 23 mars 2019).***

Toute condamnation pour les délits prévus par les 1° à 6° et le dernier alinéa de l'article 222-19-1 donne lieu de plein droit à l'annulation du permis de conduire avec interdiction de solliciter un nouveau permis pendant dix ans au plus.

II. – En cas de condamnation pour les crimes ou pour les délits commis avec une arme prévus aux sections 1, 3, 3 ***ter*** **et 4 du présent chapitre, le prononcé des peines complémentaires prévues aux 2° et 6° du I est obligatoire. La durée de la peine prévue au 2° du I est portée à quinze ans au plus.**

Toutefois, la juridiction peut, par une décision spécialement motivée lorsque la condamnation est prononcée par une juridiction correctionnelle, décider de ne pas prononcer ces peines, en considération des circonstances de l'infraction et de la personnalité de son auteur.

Voir : art. 131-5-1, p. 195.

Animal. Pour la confiscation d'un animal, prévu au 11° de l'article 222-44 du Code pénal, V. Cass. crim., 29 janv. 2013, n° 12-82.218 : *Dr. pén.* 2013, comm. 69, obs. M. Véron.

Art. 222-45 ***(Mod., L. n° 98-468, 17 juin 1998 ; L. n° 2004-204, 9 mars 2004 ; L. n° 2007-297, 5 mars 2007 ; L. n° 2022-52, 24 janv. 2022).*** **– Les personnes physiques coupables des infractions prévues par les sections 1, 1** ***bis*** **, 3 et 4 encourent également les peines suivantes :**

1° L'interdiction, suivant les modalités prévues par l'article 131-26, des droits civiques, civils et de famille ;

2° L'interdiction, suivant les modalités prévues par l'article 131-27, d'exercer une fonction publique.

3° L'interdiction d'exercer, soit à titre définitif, soit pour une durée de dix ans au plus, une activité professionnelle ou bénévole impliquant un contact habituel avec des mineurs.

4° *(4° abr. à compter du 24 mars 2020, L. n° 2019-222, 23 mars 2019) ;*

5° *(5° abr. à compter du 24 mars 2020, L. n° 2019-222, 23 mars 2019).*

Voir : art. 131-5-1, p. 195.

1) Dégradation civique et interdiction des droits civiques : application de la loi dans le temps, nouveau Code pénal. Aux termes de l'article 112-1 du Code pénal, les dispositions nouvelles s'appliquent aux infractions commises avant leur entrée en vigueur et n'ayant pas donné lieu à une condamnation passée en force de chose jugée, lorsqu'elles sont moins sévères que les dispositions anciennes ; tel est le cas de la peine complémentaire facultative de l'interdiction des droits civiques, civils et de famille, prévue par l'article 222-45 du même code pour le crime de viol, dès lors que selon les dispositions des articles 28, 34 et 463 du Code pénal applicables au moment des faits, toute condamnation à une peine criminelle emportait la dégradation civique (▪ Cass. crim., 11 janv. 1995 : *Bull. crim.* n° 17).

2) Interdiction d'exercer une activité professionnelle ou bénévole impliquant un contact habituel avec des mineurs : application de la loi dans le temps, loi du 17 juin 1998. Il résulte de l'article 112-1 du Code pénal qu'une loi édictant une peine complémentaire ne peut s'appliquer à des faits antérieurs à son entrée en vigueur ; il en est ainsi de la loi du 17 juin 1998 instituant l'interdiction d'exercer une activité professionnelle ou bénévole impliquant un contact habituel avec des mineurs prévue par l'article 222-45, 3e, du Code pénal (▪ Cass. crim., 4 janv. 2006 : *Bull. crim.* n° 7).

– Encourt la cassation l'arrêt qui prononce une condamnation à la peine d'interdiction d'exercer toute activité en lien avec des mineurs, prévue par l'article 222-45, 3° du Code pénal issu de la loi du 17 juin 1998 pour des agressions sexuelles aggravées commises entre le 1er septembre 1994 et le 30 juin 1996 (▪ Cass. crim., 23 mai 2012, n° 11-85.768 : *Bull. crim.* n° 132). Pour l'application de cette peine au co-gérant d'un magasin de jeux, exerçant une activité impliquant un contact avec des mineurs, V. ▪ Cass. crim., 7 janv. 2015, n° 13-84.116 : *Dr. pén.* 2015, comm. 44, obs. V. Peltier.

Art. 222-46. – Les personnes physiques coupables des infractions prévues par la section II du présent chapitre encourent également la peine complémentaire d'affichage ou de diffusion de la décision prévue par l'article 131-35.

Art. 222-47 *(Mod., L. n° 2006-399, 4 avr. 2006 ; L. n° 2013-711, 5 août 2013 ; L. n° 2019-290, 10 avr. 2019).* – Dans les cas prévus par les articles 222-1 à 222-15, 222-23 à 222-30 et 222-34 à 222-40, peut être prononcée à titre de peine complémentaire l'interdiction de séjour, suivant les modalités prévues par l'article 131-31.

Dans les cas prévus aux articles 222-7 à 222-13 et 222-14-2, lorsque les faits sont commis lors du déroulement de manifestations sur la voie publique, peut être prononcée la peine complémentaire d'interdiction de participer à des manifestations sur la voie publique, dans les conditions prévues à l'article 131-32-1.

Dans les cas prévus par les articles 222-23 à 222-30, lorsqu'ils sont commis sur des mineurs par le 6° *bis* des articles 222-3, 222-8, 222-10, 222-12 et 222-13, par l'article 222-14-4, et par les articles 222-34 à 222-40, peut être également prononcée l'interdiction, pour une durée de cinq ans au plus, de quitter le territoire de la République.

Art. 222-48 *(Mod., L. n° 93-1027, 24 août 1993 ; L. n° 2003-1119, 26 nov. 2003 ; L. n° 2018-778, 10 sept. 2018).* – L'interdiction du territoire français peut être prononcée dans les conditions prévues par l'article 131-30, soit à titre définitif, soit pour une durée de dix ans au plus, à l'encontre de tout étranger coupable de l'une des infractions définies aux articles 222-1 à 222-12, 222-14, 222-14-1, 222-14-4, 222-15, 222-15-1, 222-23 à 222-31 et 222-34 à 222-40

Art. 222-48-1 *(L. n° 2005-1549, 12 déc. 2005 ; mod., L. n° 2007-297, 5 mars 2007 ; L. n° 2010-769, 9 juill. 2010 ; L. n° 2022-52, 24 janv. 2022).* – Les personnes physiques coupables de tortures ou d'actes de barbarie ou des infractions définies aux articles 222-18-4 et 222-23 à 222-32 peuvent également être condamnées à un suivi socio-judiciaire selon les modalités prévues par les articles 131-36-1 à 131-36-13.

Les personnes physiques coupables des infractions définies aux articles 222-8, 222-10, 222-12, 222-13, 222-14 et 222-18-3 peuvent également être condamnées à un suivi socio-judiciaire, selon les modalités prévues par les articles 131-36-1 à 131-36-13, lorsque l'infraction est commise soit par le conjoint ou le concubin de la victime ou par le partenaire lié à celle-ci par un pacte civil de solidarité, ou par son ancien conjoint, son ancien concubin ou l'ancien partenaire lié à elle par un pacte civil de solidarité, soit, sur un mineur de quinze ans, par un ascendant légitime, naturel ou adoptif, ou par toute autre personne ayant autorité sur la victime.

Pour les infractions prévues par l'alinéa précédent qui sont commises sur un mineur de quinze ans par un ascendant légitime, naturel ou adoptif, ou par toute autre personne ayant autorité sur la victime, le suivi socio-judiciaire est obligatoire en matière correctionnelle lorsqu'il s'agit de violences habituelles, sauf en cas de condamnation à une peine d'emprisonnement assortie du sursis avec mise à l'épreuve ou si le tribunal correctionnel considère, par décision spécialement motivée, qu'il n'y a pas lieu de prononcer cette mesure ; en matière criminelle, la cour d'assises délibère de façon spécifique sur le prononcé d'un suivi socio-judiciaire.

Interdiction du territoire et article 8 de la Convention EDH. En vertu de l'article 222-48, alinéa 2, du Code pénal, non contraire aux dispositions de l'article 8 de la Convention européenne des droits de l'homme, la juridiction correctionnelle a la faculté de prononcer, sans motivation particulière, l'interdiction du territoire français à l'encontre de tout étranger reconnu coupable d'importation de stupéfiants (■ Cass. crim., 6 mars 1997 : *Bull. crim.* n° 94 ; *JurisData* n° 1997-001674 ; *JCP* G 1997, IV, 1288).

Art. 222-48-2 *(L. n° 2014-873, 4 août 2014 ; L. n° 2016-297, 14 mars 2016).* **– En cas de condamnation pour un crime ou un délit prévu aux sections 1, 3 ou 3 *bis*, commis par le père ou la mère sur la personne de son enfant ou de l'autre parent, la juridiction de jugement se prononce sur le retrait total ou partiel de l'autorité parentale** *(Mots aj., L. n° 2019-1480, 28 déc. 2019)* (1) **« ou sur le retrait de l'exercice de cette autorité », en application des articles 378, 379 et 379-1 du Code civil. Si les poursuites ont lieu devant la cour d'assises, celle-ci statue sur cette question sans l'assistance des jurés.**

Art. 222-48-3 *(Créé, L. n° 2020-1576, 14 déc. 2020).* **– Les personnes physiques coupables des infractions prévues aux paragraphes 1 et 2 des sections 1 et 3 du présent chapitre, lorsque celles-ci ont été commises à l'encontre de leur époux assuré, encourent également la peine complémentaire d'interdiction de percevoir la pension due au conjoint survivant ou divorcé en application des dispositions du Code de la sécurité sociale ou du Code rural et de la pêche maritime.**

Le prononcé de cette peine est obligatoire. Toutefois, la juridiction peut, par une décision spécialement motivée, décider de ne pas prononcer cette peine, en considération des circonstances de l'infraction et de la personnalité de son auteur.

Art. 222-48-4 *(Créé, L. n° 2021-478, 21 avr. 2021).* **– En cas de condamnation pour une infraction prévue à la section 3 du présent chapitre commise sur un mineur, la peine complémentaire d'interdiction d'exercer une activité professionnelle ou bénévole impliquant un contact habituel avec des mineurs prévue au 3° de l'article 222-45 est prononcée à titre définitif. La juridiction peut, par une décision spécialement motivée, décider de ne pas prononcer cette peine en considération des circonstances de l'infraction et de la personnalité de son auteur ou de la prononcer pour une durée de dix ans au plus.**

Section VI. – Dispositions communes aux personnes physiques et aux personnes morales

Art. 222-49 *(Mod., L. n° 2004-204, 9 mars 2004 ; L. n° 2010-768, 9 juill. 2010 ; L. n° 2012-409, 27 mars 2012).* **– Dans les cas prévus par les articles 222-34 à 222-40, doit être prononcée la confiscation des installations, matériels et de tout bien ayant servi, directement ou indirectement, à la commission de l'infraction ainsi que tout produit provenant de celle-ci, à quelque personne qu'ils appartiennent et en quelque lieu qu'ils se trouvent, dès lors que leur propriétaire ne pouvait en ignorer l'origine ou l'utilisation frauduleuse.**

(1) Dispositions applicables à Wallis-et-Futuna, L. n° 2019-1480, 28 déc. 2019.

Dans les cas prévus par les articles 222-34, 222-35, 222-36, 222-37 et 222-38, peut également être prononcée la confiscation de tout ou partie des biens du condamné ou, sous réserve des droits du propriétaire de bonne foi, dont il a la libre disposition, quelle qu'en soit la nature, meubles ou immeubles, divis ou indivis.

1) **Biens provenant de l'infraction (art. 222-49, al. 1).** Justifie sa décision au regard de l'article 222-49, alinéa 1, du Code pénal, la cour d'appel qui prononce la confiscation d'une maison appartenant à un prévenu, déclaré coupable d'infractions à l'article 222-37 du Code pénal, après avoir relevé que les matériaux utilisés pour sa construction et l'achat du terrain ont été financés par des sommes de provenance illicite (▪ Cass. crim., 27 avr. 2000 : *Bull. crim.* n° 172).

2) **Délit de non-justification de ressources.** Les dispositions de l'article 222-49, alinéa 2, du Code pénal, non abrogées, sont de portée équivalente à celles aujourd'hui applicables, de l'article 321-10-1, alinéa 2 dudit code, en sa rédaction issue de la loi du 23 janvier 2006, en ce que ces dernières permettent le prononcé à l'encontre des auteurs du délit de non-justification de ressources des peines complémentaires encourues pour les crimes ou délits commis par les personnes avec lesquelles ils étaient en relation habituelle (notamment la confiscation de biens immobiliers appartenant à ces derniers) : (▪ Cass. crim., 20 févr. 2008, n° H07-81.247 : *Bull. crim.* n° 47 ; *JurisData* n° 2008-043362 ; *Dr. pén.* 2008, comm. 80, obs. M. Véron).

3) **Biens ayant servi à la commission de l'infraction (art. 222-49, al. 1).** Est justifiée la remise aux domaines d'un navire confisqué alors qu'il transportait plus de trois tonnes de cocaïne, dès lors que son propriétaire ne peut être identifié (▪ Cass. crim., 5 janv. 2010, n° 09-81.949 ; *Dr. pén.* 2010, comm. 68, obs. M. Véron ; *AJ pénal* 2010, jur., p. 194, note G. Roussel).

4) **Confiscation des biens du condamné (art. 222-49, al. 2).** Dans les cas visés à l'article 222-49, alinéa 2 du Code pénal, la confiscation de tout ou partie du patrimoine du condamné peut être prononcée sans qu'il soit nécessaire d'établir que le bien a été acquis illégalement ou qu'il constitue le produit direct ou indirect de l'infraction. Méconnaît ces dispositions la cour d'appel qui, pour dire n'y avoir lieu de prononcer la confiscation de biens mobiliers et immobiliers appartenant au prévenu déclaré coupable d'infractions à la législation sur les stupéfiants en récidive, relève que leur origine illicite n'est pas démontrée (▪ Cass. crim., 8 juill. 2015, n° 14-86.938).

5) **Confiscation des biens du condamné (art. 222-49, al. 2) et art. 1 du premier protocole additionnel à la conv. EDH.** Justifient leur décision, sans méconnaître l'article premier du protocole additionnel à la Convention européenne des droits de l'homme, les juges qui s'expliquent, par des motifs dépourvus d'insuffisance, sur la nécessité et la proportionnalité de l'atteinte portée au droit de propriété de l'intéressé par la mesure de confiscation de tout ou partie du patrimoine, au regard de sa situation personnelle et de la gravité concrète des faits (▪ Cass. crim., 7 déc. 2016, n° 15-85.136).

6) **Confiscation et saisie de patrimoine.** Encourt la censure l'arrêt d'une chambre de l'instruction qui, pour confirmer l'ordonnance du juge d'instruction prescrivant, au visa de l'article 706-154 du Code de procédure pénale, le maintien de la saisie de sommes inscrites au crédit des comptes bancaires d'une personne mise en examen des chefs d'infractions à la législation sur les stupéfiants comme étant le produit direct ou indirect des infractions, et pour écarter son argumentation selon laquelle l'origine des fonds saisis était sans rapport avec ces infractions, retient, en substituant ses motifs à ceux du premier juge, que la personne en cause encourt, en application des articles 131-21, alinéa 6 et 222-49, alinéa 2, du Code pénal, la confiscation de ses biens quelle qu'en soit l'origine, alors que la mesure litigieuse constituait une saisie de patrimoine, au sens de l'article 706-148 du Code de procédure pénale, qui nécessitait l'avis préalable du ministère public (▪ Cass. crim., 27 nov. 2012, n° 12-85.344 : *Bull. crim.* n° 259). V. aussi les notes sous art. 131-21, p. 204.

Art. 222-50. – **Les personnes physiques ou morales coupables de l'une des infractions prévues par les articles 222-34 à 222-40 encourent également les peines complémentaires suivantes :**

1° Le retrait définitif de la licence de débit de boissons ou de restaurant ;

2° La fermeture, à titre définitif ou pour une durée de cinq ans au plus, de tout établissement ouvert au public ou utilisé par le public dans lequel ont été commises, par l'exploitant ou avec la complicité de celui-ci, les infractions définies par ces articles.

Art. 222-50-1 *(L. n° 2010-769, 9 juill. 2010).* – **Les personnes physiques ou morales coupables de l'une des infractions prévues par les articles 222-33 et 222-33-2 encourent également la peine complémentaire d'affichage ou de diffusion de la décision prévue par l'article 131-35.**

Art. 222-51. – La fermeture temporaire prévue par l'article 222-50 emporte suspension de la licence de débit de boissons ou de restaurant pour la même durée. Le délai de péremption de celle-ci est suspendu pendant la durée de la fermeture.

La fermeture définitive prévue par l'article 222-50 emporte retrait définitif de la licence de débit de boissons ou de restaurant.

Section VII. – Du trafic d'armes

(Section créée, L. n° 2016-731, 3 juin 2016)

Art. 222-52 *(L. n° 2016-731, 3 juin 2016)*. – Le fait d'acquérir, de détenir ou de céder des matériels de guerre, armes, éléments d'armes ou munitions relevant des catégories A ou B, sans l'autorisation prévue au I de l'article L. 2332-1 du Code de la défense, en violation des articles L. 312-1 à L. 312-4, L. 312-4-3, L. 314-2 et L. 314-3 du Code de la sécurité intérieure, est puni de cinq ans d'emprisonnement et de 75 000 € d'amende.

Les peines sont portées à sept ans d'emprisonnement et à 100 000 € d'amende si l'auteur des faits a été antérieurement condamné pour une ou plusieurs infractions mentionnées aux articles 706-73 et 706-73-1 du Code de procédure pénale à une peine égale ou supérieure à un an d'emprisonnement ferme. « Les peines sont portées à dix ans d'emprisonnement et à 500 000 € d'amende lorsque l'infraction est commise par au moins deux personnes agissant en qualité d'auteur ou de complice.

Art. 222-53 *(L. n° 2016-731, 3 juin 2016)*. – Le fait de détenir un dépôt d'armes ou de munitions des catégories A ou B est puni de cinq ans d'emprisonnement et de 75 000 € d'amende.

Les peines sont portées à dix ans d'emprisonnement et à 500 000 € d'amende si l'auteur des faits a été antérieurement condamné pour une ou plusieurs infractions mentionnées aux articles 706-73 et 706-73-1 du Code de procédure pénale à une peine égale ou supérieure à un an d'emprisonnement ferme.

Les mêmes peines sont applicables lorsque l'infraction est commise par au moins deux personnes agissant en qualité d'auteur ou de complice.

Art. 222-54 *(L. n° 2016-731, 3 juin 2016)*. – Le fait de porter ou de transporter, hors de son domicile, sans motif légitime, et sous réserve des exceptions résultant des articles L. 315-1 et L. 315-2 du Code de la sécurité intérieure, des matériels de guerre, armes, éléments d'armes ou munitions relevant des catégories A ou B, même en en étant régulièrement détenteur, est puni de sept ans d'emprisonnement et de 100 000 € d'amende.

Les peines sont portées à dix ans d'emprisonnement et à 500 000 € d'amende si l'auteur des faits a été antérieurement condamné pour une ou plusieurs infractions mentionnées aux articles 706-73 et 706-73-1 du Code de procédure pénale à une peine égale ou supérieure à un an d'emprisonnement ferme.

Les mêmes peines sont applicables si deux personnes au moins sont trouvées ensemble porteuses de matériels de guerre, armes, éléments d'armes ou munitions ou si le transport est effectué par au moins deux personnes.

Art. 222-55 *(L. n° 2016-731, 3 juin 2016)*. – Le fait pour une personne habilitée ou autorisée à pénétrer dans un établissement scolaire de pénétrer ou de se maintenir dans un tel établissement en étant porteuse d'une arme sans motif légitime est puni de sept ans d'emprisonnement et de 100 000 € d'amende.

Art. 222-56 *(L. n° 2016-731, 3 juin 2016)*. – Le fait de frauduleusement supprimer, masquer, altérer ou modifier de façon quelconque les marquages, poinçons, numéros de série, emblèmes ou signes de toute nature apposés ou intégrés sur des matériels mentionnés à l'article L. 311-2 du Code de la sécurité intérieure, des armes ou leurs éléments essentiels afin de garantir leur identification de manière certaine suivant les modalités fixées par un décret en Conseil d'État est puni de cinq ans d'emprisonnement et de 75 000 € d'amende.

Art. 222-57 *(L. n° 2016-731, 3 juin 2016)*. – L'acquisition, la vente, la livraison ou le transport de matériels, d'armes et de leurs éléments essentiels mentionnés à l'article L. 311-2 du Code de la sécurité intérieure dépourvus des marquages, poinçons, numéros de série, emblèmes ou signes de toute nature apposés ou intégrés sur les matériels, les armes ou leurs éléments essentiels, nécessaires à leur identification de manière certaine suivant les modalités fixées par le décret en Conseil d'État prévu à l'article 222-56 du présent code, ou dont les marquages, poinçons, numéros de série, emblèmes ou signes de toute nature ont été supprimés, masqués, altérés ou modifiés, est puni de cinq ans d'emprisonnement et de 75 000 € d'amende.

Les peines sont portées à dix ans d'emprisonnement et à 500 000 € d'amende lorsque l'infraction est commise en bande organisée.

Art. 222-58 *(L. n° 2016-731, 3 juin 2016)*. – Le fait de contrefaire un poinçon d'épreuve ou d'utiliser frauduleusement des poinçons contrefaits est puni de cinq ans d'emprisonnement et de 75 000 € d'amende.

Art. 222-59 *(L. n° 2016-731, 3 juin 2016)*. – Le fait de constituer ou de reconstituer une arme est puni de cinq ans d'emprisonnement et de 75 000 € d'amende.

Est puni des mêmes peines le fait de modifier une arme et d'en changer ainsi la catégorie au sens de l'article L. 311-2 du Code de la sécurité intérieure ou de détenir en connaissance de cause une arme ayant fait l'objet d'une modification mentionnée à l'article 222-56 du présent code.

Les peines sont portées à sept ans d'emprisonnement et à 100 000 € d'amende si l'auteur des faits a été antérieurement condamné pour une ou plusieurs infractions mentionnées aux articles 706-73 et 706-73-1 du Code de procédure pénale à une peine égale ou supérieure à un an d'emprisonnement ferme.

Les peines sont portées à dix ans d'emprisonnement et à 500 000 € d'amende lorsque l'infraction est commise en bande organisée.

Art. 222-60 *(L. n° 2016-731, 3 juin 2016)*. – La tentative des délits prévus aux articles 222-52 et 222-56 à 222-58 est punie des mêmes peines.

Art. 222-61 *(L. n° 2016-731, 3 juin 2016)*. – Les personnes morales déclarées responsables pénalement, dans les conditions prévues à l'article 121-2, des infractions définies à la présente section encourent, outre l'amende suivant les modalités prévues à l'article 131-38, les peines prévues à l'article 131-39.

L'interdiction mentionnée au 2° du même article 131-39 porte sur l'activité dans l'exercice ou à l'occasion de l'exercice de laquelle l'infraction a été commise.

Art. 222-62 *(L. n° 2016-731, 3 juin 2016)*. – I. – Les personnes physiques coupables des infractions prévues à la présente section encourent également les peines complémentaires suivantes :

1° L'interdiction de détenir ou de porter, pour une durée maximale de quinze ans, une arme soumise à autorisation ;

2° La confiscation d'une ou de plusieurs armes dont le condamné est propriétaire ou dont il a la libre disposition.

II. – En cas de condamnation pour les infractions prévues à la présente section, le prononcé des peines complémentaires est obligatoire. Toutefois, la juridiction peut, par une décision spécialement motivée, décider de ne pas prononcer ces peines, en considération des circonstances de l'infraction et de la personnalité de son auteur.

Art. 222-63 *(L. n° 2016-731, 3 juin 2016)*. – Pour les infractions prévues à la présente section, peut être prononcée à titre de peine complémentaire l'interdiction de séjour, suivant les modalités prévues à l'article 131-31.

Art. 222-64 *(L. n° 2016-731, 3 juin 2016)*. – L'interdiction du territoire français peut être prononcée dans les conditions prévues à l'article 131-30, soit à titre définitif, soit pour une durée maximale de dix ans, à l'encontre de tout étranger coupable de l'une des infractions prévues à la présente section.

Art. 222-65 *(L. n° 2016-731, 3 juin 2016)*. – Les personnes physiques coupables d'une infraction prévue à la présente section peuvent également être condamnées à un suivi socio-judiciaire, selon les modalités prévues aux articles 131-36-1 à 131-36-13.

Art. 222-66 *(L. n° 2016-731, 3 juin 2016)*. – Dans les cas prévus à la présente section, doit être prononcée, à l'encontre des personnes physiques et des personnes morales, la confiscation des installations, des matériels et de tout bien ayant servi, directement ou indirectement, à la commission de l'infraction, ainsi que de tout produit provenant de celle-ci, à quelque personne qu'ils appartiennent et en quelque lieu qu'ils se trouvent, dès lors que leur propriétaire ne pouvait en ignorer l'origine ou l'utilisation frauduleuse.

Peut également être prononcée la confiscation de tout ou partie des biens du condamné ou, sous réserve des droits du propriétaire de bonne foi, dont il a la libre disposition, quelle qu'en soit la nature, meubles ou immeubles, divis ou indivis.

Art. 222-67 *(L. n° 2016-731, 3 juin 2016).* – **L'article L. 317-1 du Code de la sécurité intérieure est applicable à la présente section.**

Bibliographie : *JCl. Pénal Code, Trafic d'armes* par M. Daury-Fauveau.

CHAPITRE III. – DE LA MISE EN DANGER DE LA PERSONNE

Section I. – Des risques causés à autrui

Art. 223-1 *(Mod., L. n° 2011-525, 17 mai 2011).* – **Le fait d'exposer directement autrui à un risque immédiat de mort ou de blessures de nature à entraîner une mutilation ou une infirmité permanente par la violation manifestement délibérée d'une obligation particulière de prudence ou de sécurité imposée par la loi ou le règlement est puni d'un an d'emprisonnement et de 15 000 € d'amende.**

Bibliographie : *JCl. Pénal Code, Risques causés à autrui* par D. Caron, actualisé par C. Carbonaro. • V. Malabat : *JCP* G 2000, I, 208. • O. Maury, *À propos du délit de mise en danger, analyse du contentieux : Gaz. Pal.* 22-23 déc. 2006, doctr. p. 2. • Y. Mayaud, *La diversité non-intentionnelle vue sous la répression du risque :* in *Mél.. Jerry Sainte-Rose, Bruylant,* 2012, p. 961. • M. Pralus, *Le délit de risque causé à autrui dans ses rapports avec les infractions voisines : JCP* G 1995 I, 3830. • M. Puech, *De la mise en danger d'autrui : D.* 1994, chron. p. 154.

Art. 223-1-1 *(Créé, L. n° 2021-1109, 24 août 2021).* – **Le fait de révéler, de diffuser ou de transmettre, par quelque moyen que ce soit, des informations relatives à la vie privée, familiale ou professionnelle d'une personne permettant de l'identifier ou de la localiser aux fins de l'exposer ou d'exposer les membres de sa famille à un risque direct d'atteinte à la personne ou aux biens que l'auteur ne pouvait ignorer est puni de trois ans d'emprisonnement et de 45 000 euros d'amende.**

Lorsque les faits sont commis au préjudice d'une personne dépositaire de l'autorité publique, chargée d'une mission de service public ou titulaire d'un mandat électif public ou d'un journaliste, au sens du deuxième alinéa de l'article 2 de la loi du 29 juillet 1881 sur la liberté de la presse, les peines sont portées à cinq ans d'emprisonnement et à 75 000 euros d'amende.

Lorsque les faits sont commis au préjudice d'une personne mineure, les peines sont portées à cinq ans d'emprisonnement et à 75 000 euros d'amende.

Lorsque les faits sont commis au préjudice d'une personne dont la particulière vulnérabilité, due à son âge, à une maladie, à une infirmité, à une déficience physique ou psychique ou à un état de grossesse, est apparente ou connue de leur auteur, les peines sont portées à cinq ans d'emprisonnement et à 75 000 euros d'amende.

Lorsque les faits sont commis par voie de presse écrite ou audiovisuelle ou de communication au public en ligne, les dispositions particulières des lois qui régissent ces matières sont applicables en ce qui concerne la détermination des personnes responsables.

Art. 223-2 *(Mod., L. n° 2009-526, 12 mai 2009).* – **Les personnes morales déclarées responsables pénalement, dans les conditions prévues par l'article 121-2, des infractions définies à l'article 223-1 encourent, outre l'amende suivant les modalités prévues par l'article 131-38, les peines prévues par les 2°, 3°, 8° et 9° de l'article 131-39.**

L'interdiction mentionnée au 2° de l'article 131-39 porte sur l'activité dans l'exercice ou à l'occasion de l'exercice de laquelle l'infraction a été commise.

• ***Sommaire***

I – ÉLÉMENTS CONSTITUTIFS DE L'INFRACTION 440
A – Source de l'obligation (la loi ou le règlement) 440
B – Contenu de l'obligation 440
C – Violation manifestement délibérée de l'obligation (faute) 441

D – L'exposition à un risque grave immédiat (résultat) 442
II – APPLICATIONS 443
A – Circulation routière 443
B – Autres domaines 444
III – RÉPRESSION 445

I – ÉLÉMENTS CONSTITUTIFS DE L'INFRACTION

A – Source de l'obligation (la loi ou le règlement)

1) Notion de règlement : droit interne. Le règlement au sens de l'article 223-1 du Code pénal s'entend des actes des autorités administratives à caractère général et impersonnel ; tel n'est pas le cas d'un arrêté préfectoral ayant déclaré un immeuble insalubre et imposé au propriétaire des travaux de mise en conformité (▪ Cass. crim., 10 mai 2000 : *Bull. crim.* n° 183).

– De même, ne relève pas de cette catégorie un arrêté préfectoral autorisant une installation classée et imposant à son exploitant des conditions de fonctionnement ; toutefois, il appartient au juge du fond, saisi de poursuites du chef de mise en danger d'autrui par la violation manifestement délibérée des prescriptions d'un tel acte, de rechercher si le préfet ne s'est pas borné à faire application à l'installation de normes fixées par des arrêtés ministériels à caractère réglementaire (▪ Cass. crim., 30 oct. 2007 : *Bull. crim.* n° 261 ; *RSC* 2008, p. 75, obs. Y. Mayaud ; *Dr. pén.* 2008, comm. 65, obs. J.-H. Robert).

2) Notion de règlement : droit européen. Un règlement européen est un règlement au sens de l'article 223-1 du Code pénal (▪ Cass. crim., 8 sept 2020, n° 19-82.761 : *JurisData* n° 2020-012786 ; *Dr. pén.* 2020, comm. 185, obs. Ph. Conte).

3) Rôle du juge. Encourt la censure l'arrêt, qui, pour déclarer le directeur technique d'une entreprise coupable de mise en danger d'autrui pour avoir omis de procéder à la neutralisation et à l'élimination des déchets de munitions et pyrotechniques dont il avait la charge, selon les procédés prévus par la réglementation en vigueur et conformes à l'autorisation d'exploitation, se borne à retenir que le prévenu n'a pas pris les mesures nécessaires au cours des mois précédant la cessation d'exploitation pour nettoyer le site, dont il connaissait la situation, afin d'éviter tout danger, alors qu'il appartenait aux juges de rechercher la loi ou le règlement édictant une obligation particulière de prudence ou de sécurité qui aurait été violée (▪ Cass. crim., 22 sept. 2015, n° 14-84.355 : *Dr. pén.* 2015, comm. 157, obs. Ph. Conte ; *JCP* G 2015, II, 1284, note H. Matsopoulou. ▪ Cass. crim., 20 sept. 2016, n° 14-84.355).

4) Règlement non pénalement sanctionné. Il a été jugé qu'un règlement non pénalement sanctionné peut servir de base aux poursuites (▪ Cass. crim., 27 oct. 1993 : *D.* 1996, p. 445, note A. Cohen), tandis qu'un arrêté municipal nul ne saurait les fonder (▪ Cass. crim., 17 déc. 1996 : *Dr. pén.* 1997, comm. 46, obs. M. Véron).

B – Contenu de l'obligation

5) Obligation particulière. Ayant relevé que ni l'article 131-2-6° du Code des communes devenu l'article L. 2212-2-5° du Code général des collectivités locales ni le décret du 13 mai 1974 modifié, relatif à la qualité de l'air dans les agglomérations, ne mettent à la charge du maire ou du préfet aucune obligation particulière de sécurité au sens de l'article 223-1 du Code pénal, c'est à bon droit que la chambre d'accusation confirme l'ordonnance de refus d'informer rendue sur une plainte avec constitution de partie civile reprochant au maire et au préfet de police de Paris d'avoir exposé directement les personnes à un risque immédiat de mort ou de blessures en ne prenant pas de mesures suffisamment efficaces pour pallier les effets de la pollution atmosphérique (▪ Cass. crim., 25 juin 1996 : *Bull. crim.* n° 274 ; *Dr. pén.* 1996, comm. 265, obs. M. Véron ; *RSC* 1997, p. 106, obs. Y. Mayaud).

– Le délit de mise en danger d'autrui ne pouvant être caractérisé qu'en cas de violation manifestement délibérée d'une obligation particulière de sécurité ou de prudence prévue par la loi ou le règlement, n'entre pas dans les prévisions de l'article 223-1 du Code pénal la méconnaissance par un médecin des obligations déontologiques définies par les articles R. 4127-32 et R. 4127-33 du Code de la santé publique, qui édictent des règles générales de conduite (▪ Cass. crim., 18 mars 2008, n° 07-83.067 : *Bull. crim.* n° 67 ; *JCP* G 2008, IV, n° 1788 ; *JCP* G 2008, II, 10127, note P. Mistretta).

6) Rôle du juge. En application de l'article 223-1 du Code pénal, il incombe au juge de rechercher, au besoin d'office et sans qu'il soit tenu par les mentions ou l'absence de mention de la citation pour mise en danger sur ce point, l'existence d'une obligation particulière de prudence ou de sécurité imposée par la loi ou le règlement dont la violation est susceptible de permettre la caractérisation du délit. Il lui appartient ensuite d'apprécier le caractère immédiat du risque créé, puis de rechercher si le manquement relevé ressort d'une violation manifestement délibérée de l'obligation de sécurité (▪ Cass. crim., 13 nov. 2019, n° 18-82.718 : *JurisData* n° 2019-020059 ; *Dr. pén.* 2020, comm. 3, obs.

Ph. Conte ; *AJ pénal* 2020, p. 87, obs. J. Laserre-Capdeville ; *RSC* 2019, p. 805, obs. Y. Mayaud). Il incombe au juge de rechercher celles des obligations particulières de prudence ou de sécurité imposées par la loi ou le règlement qui, objectives, immédiatement perceptibles et clairement applicables sans faculté d'appréciation personnelle du sujet, étaient susceptibles d'avoir été méconnues (■ Cass. crim., 13 nov. 2019, n° 18-82.718 : *JurisData* n° 2019-020059 ; *Dr. pén.* 2020, comm. 3, obs. Ph. Conte ; *AJ pénal* 2020, p. 87, obs. J. Laserre Capdeville ; *RSC* 2019, p. 805, obs. Y. Mayaud).

7) Obligation de prudence ou de sécurité. Le délit de mise en danger d'autrui ne peut être caractérisé qu'en cas de violation manifestement délibérée d'une obligation particulière de sécurité ou de prudence prévue par la loi ou le règlement ; pour déclarer la société poursuivie coupable de mise en danger d'autrui, les juges énoncent qu'elle a, par la violation manifestement délibérée d'une obligation de sécurité ou de prudence imposée par les articles L. 230-1 à L. 230-3 et L. 230-6 du Code du travail applicable dans la collectivité territoriale de Mayotte, exposé directement trois ouvriers travaillant sur le site de Pamandzi à un risque immédiat de mort ou de blessures de nature à entraîner une mutilation ou une infirmité permanente ; mais en se déterminant ainsi, alors qu'aucun règlement applicable dans la collectivité territoriale n'a été pris en application de ces dispositions générales du Code du travail local pour préciser les obligations particulières de protection de la sécurité des travailleurs dans les établissements qui mettent en œuvre des courants électriques, la cour d'appel a méconnu le sens et la portée du texte susvisé (■ Cass. crim., 17 sept. 2002 : *Dr. pén.* 2003, comm. 19, obs. M. Véron).

8) Illustration : domaine médical (oui). Pour déclarer le prévenu coupable de mise en danger de la vie d'autrui, l'arrêt attaqué retient qu'il pratiquait sans précaution des interventions de chirurgie esthétique et notamment qu'il avait recours à du personnel sans qualification, alors qu'il résulte de l'article 12 du décret du 11 février 2002 que seuls peuvent assister le chirurgien au cours d'une opération des infirmiers diplômés ou en cours de formation ; que les juges ajoutent que le prévenu, qui a faussement affirmé aux enquêteurs que l'une de ses assistantes était infirmière, était parfaitement conscient de cette obligation et qu'il ne pouvait ignorer les risques d'accidents cardiovasculaires, respiratoires et nosocomiaux, pouvant être mortels, qu'il faisait ainsi courir à ses patients ; en l'état de ses motifs procédant de ses constatations souveraines, qui caractérisent en tous ses éléments le délit de mise en danger de la vie d'autrui, la cour d'appel a justifié sa décision dès lors que l'article 12 du décret précité édicte une obligation particulière de sécurité au sens de l'article 223-1 du Code pénal (■ Cass. crim., 18 mai 2010 : *JurisData* n° 2010-009452 ; *Dr. pén.* 2010, comm. 105, obs. M. Véron).

– Justifie sa décision la cour d'appel qui, pour déclarer un médecin coupable de mise en danger d'autrui, retient qu'en réalisant des assistances médicales à la procréation en méconnaissance des dispositions de l'article L. 2141-1 du Code de la santé publique et de l'arrêté du 12 janvier 1999 relatif aux règles de bonnes pratiques cliniques et biologiques en assistance médicale à la procréation, alors que les traitements de stimulations ovariennes réalisés à de fortes posologies peuvent entraîner un risque mortel d'hémorragie, d'épanchement, de phlébite ou d'embolie pulmonaire, il a, par la violation manifestement délibérée d'obligations particulières de sécurité ou de prudence imposées par la loi et le règlement, exposé plusieurs patientes à un risque immédiat de mort ou de blessures de nature à entraîner une mutilation ou une infirmité permanente (■ Cass. crim., 29 juin 2010 : *Bull. crim.* n° 120 ; *Dr. pén.* 2010, comm. 105, obs. M. Véron ; *RSC* 2010, p. 856, obs. Y. Mayaud).

– V. aussi ■ Cass. crim., 25 juin 2013, n° 12-81.820 : *Bull. crim.* n° 159.

C – Violation manifestement délibérée de l'obligation (faute)

9) Élément intentionnel. L'élément intentionnel de l'infraction de mise en danger d'autrui résulte du caractère manifestement délibéré de la violation d'une obligation particulière de prudence ou de sécurité (■ Cass. crim., 9 mars 1999 : *Bull. crim.* n° 34 ; *JCP* G 1999, II, 10188, note J.-M. Do Carmo Silva ; *D.* 2000, jurispr. p. 81, note M.-C. Sordino ; *D.* 2000, jurispr. p. 227, note J. Mouly), les faits concernant la pratique du surf en montagne sur une piste interdite par un arrêté municipal et ayant provoqué une avalanche.

10) Indifférence de la connaissance de la nature du risque. Il résulte de l'article 223-1 du Code pénal que la faute constitutive du délit de mise en danger d'autrui est caractérisée par la violation manifestement délibérée d'une obligation de prudence ou de sécurité imposée par la loi ou le règlement ; ce texte n'exige pas que l'auteur du délit ait eu connaissance de la nature du risque particulier effectivement causé par son manquement (■ Cass. crim., 16 févr. 1999 : *Bull. crim.* n° 24 ; *D.* 2000, p. 9, note A. Cerf et somm. p. 34, obs. Y. Mayaud ; *RSC* 1999, p. 837, obs. G. Giudicelli-Delage).

11) Illustration. Ne justifie pas sa décision la cour d'appel qui, pour déclarer un chasseur coupable de mise en danger délibérée d'autrui, retient qu'il a tiré étant posté à 143 mètres d'une maison d'habitation, alors qu'un arrêté préfectoral interdisait un tel tir à moins de 150 mètres (l'élément intentionnel de l'infraction, qui nécessite d'établir le caractère manifestement délibéré de la violation d'une obligation particulière de prudence ou de sécurité imposée par la loi ou le règlement, n'ayant pas été établi) ■ Cass. crim., 16 oct. 2007 : *Bull. crim.* n° 246 ; *Dr. pén.* 2008, comm. 3, obs. M. Véron.

D – **L'exposition à un risque grave immédiat (résultat)**

12) Exposition à un risque grave immédiat. Caractérise l'exposition d'autrui à un risque immédiat de mort ou de blessures graves, constitutive du délit prévu et réprimé par l'article 223-1 du Code pénal, la cour d'appel qui, après avoir relevé que le capitaine d'un navire de 600 places a accepté d'assurer le transport de 112 passagers en surnombre, en violation des prescriptions réglementaires concernant les engins de sauvetage individuels et collectifs, retient que l'existence de circonstances climatiques favorables ne saurait exclure le risque maritime majeur, auquel se sont trouvés exposés les passagers, dans l'hypothèse toujours possible d'un accident, de ne pouvoir tous disposer d'engins de sauvetage garantissant la sauvegarde de leur vie (■ Cass. crim., 11 févr. 1998 : *Bull. crim.* n° 57 ; V. *JCP* G 1997, II, 22902, note J.-Y. Chevallier ; *JCP* G 1998, II, 10084, note A. Coche ; *Dr. pén.* 1998, comm. 81, obs. M. Véron ; *RSC* 1998, p. 545, obs. Y. Mayaud).

– Le délit prévu par l'article 223-1 du Code pénal n'est constitué que si le manquement défini par cet article a été la cause directe et immédiate d'un risque de mort ou de blessures graves auquel autrui a été exposé ; une station de surveillance de la qualité de l'air ayant enregistré un taux de dioxyde de soufre supérieur au seuil d'alerte de la population, et cette pollution s'étant révélée imputable à un dysfonctionnement temporaire d'une raffinerie, installation classée, justifie sa décision de relaxe des exploitants du chef de mise en danger d'autrui, la cour d'appel qui relève qu'il n'est produit aucune expertise au soutien de l'action publique et qu'en revanche une étude réalisée à la demande des prévenus par un professeur de toxicologie conclut à l'absence d'impact mesurable de l'incident sur la population (■ Cass. crim., 4 oct. 2005 : *Bull. crim.* n° 250 ; *Dr. pén.* 2006, comm. 10, obs. J.-H. Robert ; *RSC* 2006, p. 68, obs. Y. Mayaud).

13) Causalité directe entre manquement et risque. Le délit de mise en danger d'autrui n'est constitué que si le manquement défini par l'article 223-1 du Code pénal a été la cause directe et immédiate du risque auquel a été exposé autrui ; ne justifie pas sa décision au regard de cette exigence la cour d'appel qui, pour déclarer un chef d'entreprise coupable de mise en danger d'autrui, énonce, afin de caractériser le lien de causalité, que le risque auquel se sont trouvés exposés des salariés à la suite d'une fuite d'eau chaude aurait pu être évité si le prévenu avait procédé à l'inspection des lieux de travail et à l'élaboration d'un plan de sécurité en application des articles R. 237-6 et R. 237-7 du Code du travail, l'absence de ces mesures ayant « induit l'absence de vérification » des vannes en cause dans l'accident (arrêt précité).

– Doit être censurée la décision qui condamne un infirmier sans constater un lien de causalité direct et immédiat entre la faute ayant consisté à injecter au patient des doses supérieures à celles prescrites et des complications susceptibles de mettre en danger la vie du patient, celui-ci n'ayant pas été affecté par le surdosage (■ Cass. crim., 6 oct. 2009 : *Dr. pén.* 2010, comm. 15, obs. M. Véron).

– Pour déclarer les prévenus coupables, l'arrêt énonce, par motifs propres et adoptés, que ceux-ci ont manqué aux obligations résultant de la réglementation du stockage de déchets, friables et non friables, contenant de l'amiante qui était soumis à autorisation administrative préalable au moins depuis 2002 pour ce qui concerne l'enfouissement et depuis le 1er mai 2010 pour ce qui concerne le stockage à l'air libre. La cour d'appel retient, par motifs adoptés, que la surveillance des lieux s'imposait en raison de la dangerosité de ces déchets et que la clandestinité des opérations d'enfouissement empêchait toute localisation précise des matériaux en sous-sol, ce qui a mis en danger la santé non seulement des salariés qui ont procédé aux opérations d'enfouissement, mais aussi de ceux qui ont ramené les déchets pour les stocker à l'extérieur, dans des conditions de sécurité manifestement non respectées, ou encore de ceux qui ont travaillé à proximité, dans l'ignorance la plus totale des risques auxquels ils étaient exposés. Elle conclut qu'en effectuant ce stockage illicite, les prévenus ont exposé directement les salariés de l'entreprise ayant travaillé sur le site à un risque immédiat de mort ou de blessures de nature à entraîner une mutilation ou une infirmité permanente. En statuant ainsi, la cour d'appel, qui a souverainement constaté l'existence d'un lien direct et immédiat entre la violation de l'obligation particulière de sécurité ou de prudence imposée par le règlement qu'elle a relevée et le risque entrant dans les prévisions de l'article 223-1 du Code pénal auquel ont été exposés les salariés, a justifié sa décision (■ Cass. crim., 17 déc. 2019, n° 18-86.800 : *JurisData* n° 2019-023015).

– L'appréciation de l'existence du lien de causalité entre la faute et le risque relève du pouvoir souverain des juges du fond (■ Cass. crim., 17 déc. 2019, n° 18-86.800, F-D : *JurisData* n° 2019-023015 ; *Dr. pén.* 2020, comm. 71, obs. Ph. Conte).

14) Cause non exclusive. L'article 223-1 du Code pénal n'exige pas que les fautes reprochées au prévenu soient la cause exclusive du danger. Encourt la cassation l'arrêt qui, pour prononcer une relaxe de ce chef, retient qu'il n'est pas établi que le risque résultant pour les victimes de l'exposition à des émissions aériennes de plomb et de cadmium ait pour seule origine les faits d'inobservation des normes de rejet de ces substances pendant la période de trois années visée par la prévention (■ Cass. crim., 30 oct. 2007 : *Bull. crim.* n° 261 ; *RSC* 2008, p. 75, obs. Y. Mayaud ; *Dr. pén.* 2008, comm. 65, obs. J.-H. Robert).

15) Risque non réalisé. Justifie sa décision de condamnation d'une société pour mise en danger d'autrui la cour d'appel qui retient que celle-ci, intervenant sur un chantier où le risque d'inhalation de fibres d'amiante est identifié et connu, a violé délibérément les obligations particulières relatives à la protection contre les risques liés à l'inhalation de poussière d'amiante, tant à l'égard des salariés qu'à l'égard du public avoisinant, et que, alors que le risque de dommage auquel était exposé la victime doit être certain sans qu'il soit nécessaire que ce risque se soit réalisé de manière effective, en l'état des données de la science disponibles, le degré de probabilité de développer un cancer du poumon ou un cancer de la plèvre dans les 30 à 40 ans de l'inhalation de poussière d'amiante est certain, sans qu'il n'y ait ni effet de seuil, en deçà duquel il n'existerait aucun risque ni traitement curatif efficace (■ Cass. crim., 19 avr. 2017, n° 16-80.695 ; *JCP* G 2017, p. 1037, note F. Rousseau).

II – APPLICATIONS

A – Circulation routière

16) Vitesse, trajectoires. Caractérise l'infraction prévue par l'article 223-1 du Code pénal l'arrêt qui énonce que le prévenu, au volant de son automobile, sur une bretelle d'autoroute ne comportant qu'une voie de circulation, a procédé, à vive allure, au dépassement par la droite du véhicule le précédant avant de se rabattre brusquement et de contraindre celui-ci à un écart, un tel comportement constituant une violation manifestement délibérée d'une obligation particulière de sécurité qui a exposé directement autrui à un risque immédiat de mort ou de blessures graves (■ Cass. crim., 12 mars 1997 : *Bull. crim.* n° 102 ; *JurisData* n° 1997-002241) ; même solution pour un automobiliste qui s'est déporté sans nécessité, à trois reprises, sur la partie gauche de la chaussée lors du croisement de motocyclistes, provoquant la chute de l'un d'eux (■ Cass. crim., 12 nov. 1997 : *Bull. crim.* n° 384).

– Caractérise aussi l'infraction prévue par l'article 223-1 du Code pénal, l'arrêt qui énonce que le prévenu s'est approché à grande vitesse, au point de le toucher, du véhicule, qui le précédait, et, après l'avoir dépassé, s'est brutalement rabattu devant lui (■ Cass. crim., 11 mars 1998 : *Bull. crim.* n° 99 ; *JCP* G 1999, II, 10064, note K. Hoyez). *Adde.* ■ Cass. crim., 23 juin 1999 : *D.* 1999, IR p. 209).

– Justifie sa décision la cour d'appel, qui, pour déclarer un conducteur coupable de mise en danger de la vie d'autrui retient qu'il a traversé, à une vitesse que des gendarmes ont évalué à 80 ou 100 km/h, une agglomération, dans laquelle la vitesse est limitée à 30 km/h, au moment où les élèves sortaient du collège (■ Cass. crim., 18 sept. 2007 : *Bull. crim.* n° 210).

– En revanche, la cour d'appel de Douai a considéré qu'il ne saurait être posé pour principe que le seul fait pour un automobiliste de rouler à plus de 200 km/h soit, à lui seul, une violation de la réglementation présentant une particulière gravité objectivement de nature à créer un risque direct et immédiat susceptible de constituer le délit des risques causés à autrui ; ainsi, n'est pas constitutif du délit de risques causés à autrui, le fait pour un automobiliste de rouler à plus de 200 km/h sur une chaussée d'autoroute rectiligne et sèche, avec une visibilité parfaite, une circulation fluide, dans un véhicule en parfait état de marche (■ CA Douai, 26 oct. 1994 : *D.* 1995, p. 172, note P. Couvrat et M. Massé).

17) Franchissement de feux. Caractérise l'infraction prévue par l'article 223-1 du Code pénal l'arrêt qui énonce que le prévenu, au volant d'une voiture, a, en fin de matinée, près d'une gare, dans un quartier urbain à forte densité de circulation, franchi délibérément plusieurs feux de signalisation en position rouge fixe, la survenance effective d'un accident sans gravité, non nécessaire à la caractérisation d'un tel délit, permettant seulement de faciliter la preuve du risque immédiat de mort ou de blessures graves ainsi engendré (■ Cass. crim., 6 juin 2000 : *Bull. crim.* n° 213 ; *RSC* 2000, p. 829, obs. Y. Mayaud).

18) Rodéo. Caractérise le délit prévu par l'article 223-1 du Code pénal, l'arrêt qui, après avoir constaté que le prévenu faisait la course au volant de son véhicule, avec deux autres voitures, sur une chaussée en mauvais état, dans une cité où jouaient de nombreux enfants et alors que la vitesse était limitée à 40 km/h, énonce qu'un tel comportement constitue une violation manifestement délibérée de l'obligation de respecter la vitesse et que le prévenu a ainsi exposé autrui à un risque immédiat de mort ou de blessures de nature à entraîner une mutilation ou une infirmité permanente (■ Cass. crim., 27 sept. 2000 : *Bull. crim.* n° 284 ; *Dr. pén.* 2001, comm. 17, obs. M. Véron).

19) Absence de permis seule (non). Le seul fait de conduire sans permis n'établit pas la violation d'une obligation particulière de sécurité (▪ Cass. crim., 14 nov. 2002 : *JurisData* n° 2002-194317).

20) Produits stupéfiants seuls (non). À défaut d'autres circonstances, le seul fait d'avoir fumé un joint de cannabis avant de conduire un véhicule ne suffit pas à caractériser le délit de mise en danger d'autrui (▪ T. com. Poitiers, 28 mai 1998 : *D.* 1999, jurispr. p. 110, note G. Laporte).

21) Vitesse seule (non). Ne justifie pas sa décision la cour d'appel qui, pour déclarer un conducteur circulant à une vitesse excessive coupable du délit de mise en danger d'autrui, ne caractérise pas un comportement particulier, s'ajoutant au dépassement de la vitesse autorisée, ou l'existence de circonstances de fait particulières, exposant directement autrui à un risque immédiat de mort ou de blessures de nature à entraîner une mutilation ou une infirmité permanente (▪ Cass. crim., 16 déc. 2015, n° 15-80.916 : *Dr. pén.* 2016, comm. 43, obs. Ph. Conte).

22) Refus de se soumettre à un contrôle. Encourt la cassation l'arrêt qui déclare coupable de ce chef un automobiliste qui, lors d'un contrôle sur la voie publique, a brutalement accéléré alors qu'un gardien de la paix tenait ouverte la portière du véhicule, sans caractériser un comportement particulier, s'ajoutant à la rébellion et au refus de se soumettre aux vérifications, également visés par la prévention, ou l'existence de circonstances de fait exposant autrui à un risque immédiat de mort ou de blessures, et sans préciser l'obligation particulière de sécurité ou de prudence imposée par la loi ou le règlement qui aurait été violée en l'espèce (▪ Cass. crim., 12 janv. 2016, n° 14-86.503).

23) Autres. V. aussi pour des comportements jugés dangereux dans certaines conditions de circulation (▪ Douai, 17 janv. et 24 août 1995 : *Jur. auto* 1995, p. 551 et 449 ; ▪ Paris, 27 oct. 1995 : *D.* 1995, p. 445, note A. Coche). Inversement, jugé que le jet d'un sac de détritus sur la chaussée avant le passage d'un véhicule ne saurait constituer le délit, faute d'obligation particulière prévue par le Code de la route (Bordeaux, 15 mai 1997 : *JCP* G 1998, IV, 1647).

24) Conducteur de fait. Commet également le délit de mise en danger d'autrui, l'accompagnateur qui laisse conduire un enfant sur une route fréquentée en faisant des embardées (▪ Rouen, 31 mai 2000 : *JCP* G 2001, IV, 1763). De même expose directement autrui à un risque immédiat de mort ou de blessures graves par la violation manifestement délibérée d'une obligation particulière de sécurité ou de prudence imposée par les dispositions du Code de la route relatives, notamment, à l'arrêt ou au stationnement sur une voie rapide urbaine, le passager d'un véhicule qui, conducteur de fait, tire soudainement le frein à main dudit véhicule alors qu'il effectuait le dépassement d'un camion et provoque une collision avec ce dernier puis l'arrêt brutal de la voiture sur la partie gauche de la voie sans que les autres usagers aient pu en être avertis (▪ Cass. crim., 22 juin 2005 : *Bull. crim.* n° 192 ; *JCP* G 2006, I, 113, p. 309, obs. M. Véron ; *Dr. pén.* 2005, comm. 159 et comm. 161, obs. J.-H. Robert ; *RSC* 2006, p. 69, obs. Y. Mayaud, et p. 72, obs. Ph. Delmas Saint-Hilaire).

25) Garagiste. Il a été jugé que se rend coupable de l'infraction le garagiste qui prête à un client, par la suite sérieusement blessé dans un accident, un véhicule hors d'état de rouler sana danger en raison de défaillances techniques, dont celle du système de freinage, que cette voiture présentait et qu'un professionnel ne pouvait ignorer (▪ Amiens, 22 sept. 1998 : *JCP* G 1999, IV, 2562).

26) Domaines skiables. Méconnaît les exigences de l'article 223-1 du Code pénal l'arrêt qui déclare un prévenu coupable du délit prévu par ce texte, sans préciser les circonstances de fait caractérisant le risque immédiat de mort ou de blessures de nature à entraîner une mutilation ou une infirmité permanente auquel le prévenu, par la violation manifestement délibérée d'un arrêté municipal interdisant l'utilisation d'engins à chenilles sur les pistes du domaine skiable pendant leurs heures d'ouverture, a exposé directement autrui (▪ Cass. crim., 3 avr. 2001 : *Bull. crim.* n° 90 ; *Dr. pén.* 2001, comm. 100, obs. M. Véron ; *JCP* G 2002, II, 10056, note F. Gauvin ; *RSC* 2001, p. 575, obs. Y. Mayaud).

27) Absence de circonstances d'exposition au risque. Méconnaît les exigences de l'article 223-1 l'arrêt qui déclare le prévenu coupable du délit prévu par ce texte, sans caractériser un comportement particulier, s'ajoutant au dépassement de la vitesse autorisée, et exposant directement autrui à un risque immédiat (▪ Cass. crim., 19 avr. 2000 : *Bull. crim.* n° 161 ; *Dr. pén.* 2000, comm. 98, obs. M. Véron ; *D.* 2000, jurispr. p. 631 note Y. Mayaud).

28) Force majeure (contrainte). Justifie une décision de relaxe d'un automobiliste la cour d'appel qui constate que la perte de contrôle de son véhicule a été due à un malaise brutal et imprévisible (▪ Cass. crim., 15 nov. 2005 : *Bull. crim.* n° 295 ; V. *supra* sous article 122-2).

B – Autres domaines

29) Autres domaines d'application. En matière de réglementation du travail de pollution, de navigation et de sports d'hiver, V. aussi arrêts déjà cités *supra*.

30) Code du travail. Justifie sa décision la cour d'appel qui, pour condamner pour mise en danger d'autrui l'employeur d'un salarié ayant eu un malaise, causé par l'inhalation d'hydrogène sulfuré et ayant entraîné un jour d'incapacité totale de travail, alors qu'il travaillait dans un local équipé d'une ventilation au débit insuffisant, énonce des motifs établissant l'exposition d'autrui à un risque de mort, de mutilation ou d'infirmité permanente, en relation directe et immédiate avec la violation, manifestement délibérée et non contestée, de dispositions du Code du travail (■ Cass. crim., 7 janv. 2015, n° 12-86.653 : *Dr. pén.* 2015, comm. 33, obs. M. Véron).

31) Autre réglementation du travail. Le délit de mise en danger de la personne est constitué par le fait d'exposer directement autrui à un risque immédiat de mort ou de blessures de nature à entraîner une mutilation ou une infirmité permanente par la violation manifestement délibérée d'une obligation particulière de sécurité ou de prudence imposée par la loi ou le règlement ; encourt la cassation pour défaut de base légale l'arrêt qui, pour relaxer un prévenu responsable d'un chantier de travaux publics du chef de mise en danger de la vie ou de la santé d'un salarié, retient que l'article 2 du décret du 8 janvier 1965 texte réglementaire visé à la prévention n'était pas applicable, alors que le prévenu était tenu d'appliquer les mesures de sécurité qu'énonce ce texte, au regard des dispositions de l'article 1er du décret susvisé (■ Cass. crim., 8 oct. 2002 : *Bull. crim.* n° 181).

32) Baux d'habitation – insalubrité. Ne justifie pas sa décision la cour d'appel qui relaxe les prévenus du chef de mise en danger d'un enfant dans un appartement par eux donné à bail, sans rechercher si le bailleur n'était pas tenu, depuis l'origine du bail, d'une obligation de remettre au locataire un logement décent ne laissant pas apparaître de risques manifestes pouvant porter atteinte à la sécurité physique ou à la santé (C. santé publ., art. L. 1334-2), et alors qu'il résultait de ses propres constatations que l'enfant avait été exposé au risque de saturnisme au cours de la période visée à la prévention (■ Cass. crim., 20 nov. 2012, n° 11-88.059 : *Dr. pén.* 2013, comm. 38, obs. M. Véron).

33) Divagation d'animaux. Le délit de mise en danger d'autrui a été retenu contre les propriétaires de chiens « pitbull » en divagation sur la voie publique, en contravention à des arrêtés (T. Bobigny, 29 mai 1998 : *Gaz. Pal.* 16-17 déc. 1998, p. 21), ou laissés en liberté dans un jardin mal clôturé (■ Paris, 25 févr. 2000 : *JCP* G 2000, IV, 2861).

34) Divagation de bétail. Commet le délit la personne qui, malgré les mises en demeure qui lui ont été faites, laisse le bétail de son élevage divaguer dans la nature et sur les voies ouvertes à la circulation en étant consciente des risques qu'elle fait courir à ses voisins et aux usagers de ces voies (■ Cass. crim., 26 sept. 2007 : *JurisData* n° 2007-040994 ; *Dr. pén.* 2008, comm. 3, obs. M. Véron).

35) « Rave party ». A été jugé coupable l'organisateur clandestin d'une « rave party », en violation délibérée de la réglementation prévue pour les lieux ouverts au public, la mise en danger d'autrui résultant d'une affluence considérable de personnes dans un espace non aménagé et dépourvu de tout dispositif de sécurité (■ Paris, 31 mai 2000 : *D.* 2000, IR p. 203).

36) Opérations de sauvetage. Par contre, ont été relaxés des prévenus, pratiquants inexpérimentés du canyoning dès lors qu'il n'était pas démontré que leur violation délibérée d'une obligation particulière de sécurité et de prudence imposée par des arrêtés préfectoraux, les mettant eux-mêmes en danger, avait directement exposé leurs sauveteurs à un risque immédiat de mort ou d'infirmité permanente (■ Aix-en-Provence, 26 nov. 2001 : *JurisData* n° 2001-170310 ; *Dr. pén.* 2002, comm. 82, obs. M. Véron).

37) Chasse. Jugé qu'en matière de chasse la mise en danger d'autrui ne saurait être retenue contre un chasseur qui, ayant perdu l'équilibre, a accidentellement pressé la détente de son fusil, atteignant mortellement un autre chasseur, la violation délibérée d'une obligation particulière de prudence ou de sécurité faisant défaut (■ Angers, 27 nov. 2001 : *JCP* 2002, IV, 2843).

III – RÉPRESSION

38) Complicité : passager d'un véhicule. Doit être déclaré complice du délit de mise en danger d'autrui le passager d'un véhicule qui donne ordre à son chauffeur de « brûler » un feu de signalisation en position rouge (■ Cass. crim., 6 juin 2000 : préc. ; *Dr. pén.* 2000, comm. 124, obs. M. Véron).

39) Concours de qualifications : blessures involontaires, destructions. Le délit de mise en danger délibérée d'autrui ne peut se cumuler avec le délit de blessures involontaires aggravées, commis à l'égard des mêmes personnes (■ Cass. crim., 11 sept. 2001 : *Bull. crim.* n° 176, et arrêts cités).

– Dans le même sens, il a été jugé que le délit de mise en danger est incompatible avec l'infraction de destruction ou dégradation volontaire de biens de nature à créer un danger pour les personnes (■ Douai, 28 sept. 1994 : *RSC* 1995, p. 580, obs. Y. Mayaud. ■ Cass. crim., 12 oct. 1994 : *Bull. inf. C. cass.* 1994, n° 1196).

40) Concours de qualifications : infractions au Code de la route. En cas de mise en danger d'autrui par la violation manifestement délibérée de plusieurs contraventions au Code de la route, le délit de mise en danger d'autrui et les contraventions au Code de la route peuvent être poursuivies cumulativement. La juridiction doit sanctionner de manière distincte le délit et chacune des contraventions (▪ Cass. crim., 16 nov. 2016, n° 15-85.949).

41) Citation. L'article 223-1 n'exige pas, pour son application, que soit visé dans la citation ou la convocation en justice le texte législatif ou réglementaire définissant et réprimant l'obligation particulière de sécurité ou de prudence dont la violation constitue l'élément matériel du délit de mise en danger d'autrui défini par cet article (▪ Cass. crim., 23 juin 1999 : *Bull. crim.* n° 154).

42) Constitution de partie civile. L'infraction de risques causés à autrui relève de la catégorie des atteintes à la personne humaine dont la sanction est exclusivement destinée à protéger la personne physique ; la cour d'appel, en indemnisant un préjudice d'image subi par une personne morale, étranger à la valeur protégée par l'article 223-1 du Code pénal, a méconnu le principe ci-dessus rappelé (▪ Cass. crim., 5 avr. 2011 : *Dr. pén.* 2011, comm. 88, obs. M. Véron).

43) Victime directe (non). Justifie sa décision l'arrêt qui, pour déclarer irrecevable la constitution de partie civile d'une société d'autoroutes du chef de mise en danger d'autrui, relève que ce délit suppose, pour que soit établi un lien de causalité direct entre la faute et le dommage que la victime soit une personne physique, ce qui n'est pas le cas en l'espèce et que l'infraction en cause n'a porté atteinte ni aux conditions d'exercice par la demanderesse de sa mission ni à son image (▪ Cass. crim., 25 mai 2005, n° 04-85.559).

Section II. – Du délaissement d'une personne hors d'état de se protéger

Art. 223-3. – Le délaissement, en un lieu quelconque, d'une personne qui n'est pas en mesure de se protéger en raison de son âge ou de son état physique ou psychique est puni de cinq ans d'emprisonnement et de 75 000 € d'amende.

Voir : art. 227-1, p. 588 (mineurs).

Bibliographie : *JCl. Pénal Code, Délaissement d'une personne hors d'état de se protéger* par F. Alt-Maes.

1) Personne prise en charge. Le délit ne peut être constitué qu'à l'égard d'une personne dont l'auteur a la charge (▪ Cass. crim., 23 mai 2018, n° 17-84.067 : *JurisData* n° 2018-008588 ; *Dr. pén.* 2018, comm. 145, obs. Ph. Conte).

2) Élément matériel : acte positif. Le délit de délaissement prévu par l'article 223-3 du Code pénal suppose un acte positif, exprimant de la part de son auteur la volonté d'abandonner définitivement la victime. Encourt la cassation l'arrêt qui, pour condamner les prévenus, se borne à constater qu'ils ont refusé de venir prendre en charge les enfants qui se sont retrouvés seuls sur les quais d'un port maritime (▪ Cass. crim., 23 févr. 2000 : *Bull. crim.* n° 84 ; *RSC* 2000, p. 609, obs. Y. Mayaud).

– Encourt la cassation l'arrêt qui énonce que ce délit est caractérisé par les conditions de vie dégradantes dans lesquelles le prévenu a maintenu sa mère âgée de 89 ans et présentant un état de délabrement physique et mental, alors que les faits retenus n'entraient pas dans les prévisions de l'article 223-3 du Code pénal (▪ Cass. crim., 9 oct. 2012, n° 12-80.412 : *Bull. crim.* n° 213 ; *Dr. pén.* 2013, comm. 1, obs. M. Véron ; *AJ pénal* 2013, n° 39, note J. Lasserre-Capdeville).

3) Élément moral : faute intentionnelle. De même, encourt la cassation l'arrêt qui, pour condamner une personne, citée pour avoir « délaissé sa mère, personne vulnérable hors d'état de se protéger en raison de son âge (84 ans), notamment en faisant obstacle à la venue d'une aide-ménagère », préalablement relaxée par le tribunal correctionnel au motif que le comportement de la prévenue, pour moralement blâmable qu'il fût, ne caractérisait pas le délit poursuivi, en l'absence de la démonstration d'une volonté d'abandon définitif, retient qu'elle s'est énergiquement opposée à l'intervention de l'aide-ménagère envoyée par une association au domicile de sa mère, sans apporter à celle-ci, âgée de 84 ans et venant d'être hospitalisée, une autre forme d'assistance, alors que les faits retenus n'entraient pas dans les prévisions de l'article 223-3 du Code pénal (▪ Cass. crim., 13 nov. 2007 : *Bull. crim.* n° 273 ; *Dr. pén.* 2008, comm. 17, obs. M. Véron ; *RSC* 2008, p. 342, obs. Y. Mayaud).

Art. 223-4. – Le délaissement qui a entraîné une mutilation ou une infirmité permanente est puni de quinze ans de réclusion criminelle.

Le délaissement qui a provoqué la mort est puni de vingt ans de réclusion criminelle.

Voir : art. 227-2, p. 588 (mineurs).

Section III. – De l'entrave aux mesures d'assistance et de l'omission de porter secours

Art. 223-5. – Le fait d'entraver volontairement l'arrivée de secours destinés à faire échapper une personne à un péril imminent ou à combattre un sinistre présentant un danger pour la sécurité des personnes est puni de sept ans d'emprisonnement et de 100 000 € d'amende.

Art. 223-6. – Quiconque pouvant empêcher par son action immédiate, sans risque pour lui ou pour les tiers, soit un crime, soit un délit contre l'intégrité corporelle de la personne s'abstient volontairement de le faire est puni de cinq ans d'emprisonnement et de 75 000 € d'amende.

Sera puni des mêmes peines quiconque s'abstient volontairement de porter à une personne en péril l'assistance que, sans risque pour lui ou pour les tiers, il pouvait lui prêter soit par son action personnelle, soit en provoquant un secours.

***(Al. créé, L. n° 2018-703, 3 août 2018)* Les peines sont portées à sept ans d'emprisonnement et 100 000 euros d'amende lorsque le crime ou le délit contre l'intégrité corporelle de la personne mentionnée au premier alinéa est commis sur un mineur de quinze ans ou lorsque la personne en péril mentionnée au deuxième alinéa est un mineur de quinze ans.**

Bibliographie : *JCl. Pénal Code, Entrave aux mesures d'assistance, omission de porter secours* par Ph. Bonfils. • J.-L. Fillette, *JCP* G 1995, I, 3868. • R. Vouin, *Le médecin devant l'article 63* : *RSC* 1957, p. 353.

• Sommaire

I – OMISSION D'EMPÊCHER UNE INFRACTION 447
II – REFUS DE PORTER SECOURS 448
A – Le péril 448
1° Personne à secourir 448
2° Nature et caractères du péril 448
B – Personnes tenues de porter secours 449
C – La non-assistance 449
1° Risque exonératoire 449
2° Mode d'intervention 450
D – Élément moral 451
E – Répression 452

I – OMISSION D'EMPÊCHER UNE INFRACTION

1) Omission d'empêcher un suicide. Ne constitue pas un crime ou un délit contre l'intégrité corporelle d'une personne au sens de l'article 63 [223-6], alinéa 1 et ne peut donc être retenu contre quiconque se serait abstenu d'agir (▪ Cass. crim., 23 avr. 1971 : *D.* 1971, somm., 121). Sur les conséquences civiles d'une aide au suicide, V. Mayer, note sous ▪ TGI Paris, 25 janv. 1984 : *D.* 1984, 486. – V. aussi ▪ TGI Paris, 23 janv. 1985 : *D.* 1985, 418, note B. Calais.

– Sur la provocation au suicide, la propagande ou la publicité en sa faveur, punissables V. *infra* les articles 223-13 à 223-15 du Code pénal.

2) Infraction simplement projetée. L'obligation d'agir existe non seulement lorsque le crime ou le délit est en cours de consommation, mais encore avant toute tentative et même dès que l'infraction est projetée, pourvu que la préparation ou le projet ait pris suffisamment de consistance (▪ Cass. crim., 18 janv. 1951 : *Bull. crim.* n° 24. ▪ Cass. crim., 4 mai 1951 : *S.* 1952, 1, 65 ; *D.* 1951, 452. ▪ Bourges, 16 févr. 1950 : *JCP* 1950, II, 5629, note Chavanne ; *RSC* 1950, p. 412, obs. Hugueney. ▪ Cass. crim., 16 sept. 1992 : *Dr. pén.* 1992, n° 78, obs. M. Véron ; *JurisData* n° 1992-003188).

– Le fait par une prévenue, ayant connaissance d'un projet d'assassinat, de garder le silence, laissant ainsi s'accomplir le crime projeté, constitue le délit défini par l'article 223-6, alinéa 1, du Code pénal (▪ Cass. crim., 27 nov. 1996 : *RSC* 1997, p. 379, obs. Y. Mayaud ; *Bull. crim.* n° 431).

3) Action immédiate. Le simple conseil de s'abstenir ou d'être prudent ne saurait être considéré comme une intervention sérieuse et ne saurait faire échapper dès lors son auteur aux sanctions prévues par la loi (▪ T. corr. Auch, 26 juill. 1949 : *Rec. Dr. pén.* 1949, 43).

4) Dénonciation (non). L'article 63 [223-6], alinéa 1er, n'impose pas l'obligation de dénonciation (▪ Cass. crim., 7 nov. 1990 : *Bull. crim.* n° 372).

5) Sang contaminé. A été déclaré coupable du délit d'omission d'empêcher un délit contre l'intégrité corporelle des personnes, en l'espèce du délit de tromperie sur les qualités substantielles de produits dont des hémophiles étaient acquéreurs et dont l'utilisation était rendue dangereuse pour leur santé, un médecin qui, alors qu'il avait connaissance de l'étendue de la contamination, s'est abstenu volontairement d'agir et d'intervenir personnellement de tout le poids que lui donnaient ses fonctions alors que son intervention, sans risque pour quiconque, pouvait empêcher la poursuite de la cession de produits contaminés (▪ Paris, 13 juill. 1993 : *Bull. inf. C. cass.* 1993, 1221 ; *D.* 1994, 118, note A. Prothais).

6) Secteur hospitalier. Caractérise le délit d'omission d'empêcher une infraction, (après requalification du délit de non-dénonciation de mauvais traitements sur personne vulnérable) le fait, pour un médecin hospitalier..., sachant que plusieurs membres du personnel avaient un comportement maltraitant envers des pensionnaires âgés et dépendants, de s'être abstenu d'intervenir auprès de l'encadrement des infirmiers, même s'il n'avait pas autorité sur le personnel soignant, afin que soient prises des dispositions, telles qu'une meilleure surveillance, tendant à prévenir le renouvellement de faits constituant des atteintes à l'intégrité de personnes hospitalisées, et, en cas d'échec de cette démarche, de ne pas s'être entretenu de la situation avec la direction de l'hôpital afin que la qualité des soins prodigués aux pensionnaires soit préservée par des mesures appropriées (▪ Cass. crim., 23 oct. 2013 : *Bull. crim.* n° 204 ; *Dr. pén.* 2013, comm. 166, obs. M. Véron ; *Dr. pén.* 2014, comm. 15, obs. A. Maron et M. Haas). V. note sous art. 434-3, p. 889

7) Absence de risque. Ne constitue pas un risque au sens de la loi, la crainte d'être abandonnée par son amant pour une femme qui assiste aux préparatifs menés par cet amant qui a décidé d'assassiner son mari importun (▪ Cass. crim., 4 mai 1951, préc.).

8) Élément moral : indifférence du mobile. V. ▪ Cass. crim., 21 nov. 1974 : *Bull. crim.* n° 345 ; *JCP* 1975, II, 18143, note P. Chambon : l'obligation qu'impose à un éducateur de jeunes délinquants ou inadaptés l'article 63 [223-6], alinéa 1, du Code pénal d'empêcher, par une action immédiate, un délit contre l'intégrité corporelle d'une personne, alors qu'une telle action est sans risque pour lui-même, doit prévaloir sur la crainte qu'il peut éprouver de compromettre éventuellement l'efficacité de son action de prévention.

II – REFUS DE PORTER SECOURS

A – Le péril

1° Personne à secourir

9) Personnalité juridique. Il doit s'agir d'une personne, tel un nouveau-né (▪ Cass. crim., 4 août 1949 : *Bull. crim.* n° 275. ▪ Cass. crim., 23 juin 1955 : *D.* 1955, 575. ▪ Paris, 3 déc. 1948 : *JCP* 1949, II, 4931, note Pierrard) ou un enfant viable ou non, pourvu qu'il soit vivant. Par contre, le délit prévu par l'article 63 [223-6], alinéa 2 du Code pénal ne peut être constitué lorsque la personne est déjà morte, par exemple dans un accident de la circulation (▪ Cass. crim., 1er févr. 1955 : *JCP* 1955, II, 8582, note M. Pageaud). La répression réapparaît si la personne est seulement mourante et même si l'aide paraît vouée à l'échec, elle ne doit pas être refusée (▪ Cass. crim., 21 janv. 1954 : *Bull. crim.* n° 25 : *JCP* 1954, II, 8050, note M. Pageaud).

2° Nature et caractères du péril

10) Nature du péril : indifférence. La loi ne distingue pas selon la nature du péril qui peut résulter d'un événement quelconque (▪ Cass. crim., 31 mai 1949 : *JCP* 1949, II, 4945, note Magnol-Magnol ; *RSC* 1949, p. 746, obs. Hugueney) ; est ainsi en péril une personne blessée dans un accident de la circulation (▪ Cass. crim., 23 mars 1953 : *D.* 1953, 372 ; *JCP* 1953, II, 7598) ou la personne à qui a été délivré par erreur un médicament dangereux (▪ Cass. crim., 23 juin 1962 : *Bull. crim.* n° 252) ou la personne endormie, objet d'attouchements sexuels (▪ Bourges, 21 juin 1990 : *JurisData* n° 1990-046732).

– V. aussi ▪ Cass. crim., 16 mars 1972 : *D.* 1972, p. 394, note J.-L. Costa ; *RSC* 1971, p. 880, obs. Levasseur (difficultés apparaissant après une intervention chirurgicale). ▪ Besançon, 16 déc. 1975 : *D.* 1976, p. 166, note Pélier ; *RSC* 1976, p. 972, obs. Levasseur (l'assistance est due au malfaiteur ou à l'agresseur blessé devenu inoffensif).

11) Suicide. Jugé que, commet le délit de non-assistance à personne en péril, l'auteur d'un livre sur le suicide qui, ayant reçu deux lettres successives d'un correspondant lui faisant part de son intention suicidaire et lui demandant conseil sur les méthodes de suicide, non seulement n'a pas essayé de faire renoncer celui-ci à son projet, mais lui a précisé la dose mortelle et les conditions d'absorption d'un médicament, alors que doit être considérée en péril toute personne qui risque de perdre la vie ou de souffrir d'une grave lésion corporelle quelle que soit l'origine du péril (▪ TGI Paris, 20 nov. 1985 : *D.* 1986, 369, note Calais ; *RSC* 1987, p. 202, obs. Levasseur). Cette solution a été confirmée par ▪ Cass. crim., 26 avr. 1988 (*Bull. crim.* n° 178 ; *D.* 1990, 479, note H. Fenaux).

12) Imminence du péril. L'obligation de porter secours, prévue par l'article 63 [223-6] du Code pénal, concerne seulement le cas de personnes se trouvant en état de péril imminent et constant, et nécessitant une intervention immédiate (■ Cass. crim., 11 avr. 1964 : *Bull. crim.* n° 113. ■ Cass. crim., 13 janv. 1955 : *Bull. crim.* n° 37. ■ Cass. crim., 30 oct. 1990 : *Dr. pén.* 1991, comm. 39, obs. M. Véron. ■ Cass. crim., 26 mars 1997 : *Bull. crim.* n° 123).

13) Péril grave. Le péril ne doit pas être présumé mais constaté, et il doit s'agir d'un danger grave, imminent, constant et nécessitant une intervention immédiate (■ Poitiers, 3 févr. 1977 : *D.* 1978, p. 34, note P. Couvrat).

14) Conséquences du péril : indifférence. Peu importe que le péril disparaisse par la suite soit spontanément, soit par l'intervention de tiers : la personne ayant refusé son aide est punissable aux termes de l'article 63 [223-6], alinéa 2 (■ Cass. crim., 21 janv. 1954 : *D.* 1954, p. 224 ; *JCP* 1954, II, 8050, note M. Pageaud).

– La seule circonstance que la gravité des blessures rende toute assistance illusoire est indifférente (■ Cass. crim., 14 nov. 1989 : *Gaz. Pal.* 31 août-4 sept. 1990, préc.).

15) Illustrations : médecins. Un médecin ne saurait refuser son assistance, lorsqu'un appel lui est fait dans des conditions telles qu'un péril paraît imminent, sans avoir préalablement vérifié la nécessité de son intervention immédiate. Il en est ainsi quand bien même le péril n'aurait pas été si grave qu'il le paraissait quand l'appel lui a été adressé (■ Cass. crim., 21 janv. 1954 : *Bull. crim.* n° 25, préc. ■ Cass. crim., 14 nov. 1989 : *Gaz. Pal.* 1990, 2, p. 473. ■ Cass. crim., 30 oct. 1990 : *Dr. pén.* 1991, comm. 36).

– Le médecin-chef du service de gynécologie d'un hôpital public, auprès duquel une femme enceinte est venue solliciter l'interruption immédiate de sa grossesse, n'encourt pas les peines prévues par l'article 63 [223-6], alinéa 2, dès lors qu'il n'est pas allégué que la poursuite de la grossesse mettrait la santé de cette femme en péril grave et imminent (■ T. corr. Rouen, 9 juill. 1975 : *D.* 1976, p. 531, note G. Roujou de Boubée ; *JCP* 1976, II, 18258, note R. Savatier ; *RSC* 1976, p. 726, obs. Levasseur) ; le péril exigé par la loi devant être sérieux (même jugement).

16) Illustrations : régulateurs médicaux. Commet le délit, le médecin régulateur rattaché à un service public hospitalier qui, informé téléphoniquement du péril auquel se trouve exposé un enfant par les questions détaillées qui lui sont posées, n'ordonne pas son transfert immédiat à l'hôpital et s'abstient ainsi volontairement, dans l'exercice de ses fonctions et avec les moyens mis à sa disposition, d'intervenir par les modes utiles qu'il lui était possible d'employer pour lui prêter assistance (■ Cass. crim., 30 nov. 2010, n° 10-80.447 : *Bull. crim.* n° 191). V. *infra*, note V° faute détachable.

B – Personnes tenues de porter secours

17) Auteur d'une infraction involontaire. L'obligation de secours pèse non seulement sur toute personne étrangère à l'infraction si le péril procède de cette dernière, mais encore sur l'auteur de l'infraction pourvu qu'elle soit involontaire (■ Rennes, 20 déc. 1948 : *S.* 1949, 261. ■ Cass. crim., 4 mars 1998 : *Dr. pén.* 1998, comm. 97, obs. M. Véron).

– Ainsi, l'auteur d'un accident de la circulation, qui a eu conscience que la pilote de la motocyclette qu'il avait renversée courait un grave danger immédiat, et qui avait quitté les lieux sans alerter les secours, se rend coupable de l'infraction, bien que par la suite il soit revenu sur place, au moment où les secours, alertés par des tiers, y étaient déjà (■ Cass. crim., 15 avr. 2008 : *JurisData* n° 2008-044099 ; *Dr. pén.* 2008, comm. 94, obs. M. Véron ; *RSC* 2008, p. 910, obs. Y. Mayaud).

18) Auteur d'une infraction volontaire. – Si l'infraction est volontaire, la répression d'un refus de porter secours paraît inconcevable puisque justement l'auteur de l'infraction a voulu créer le péril (■ Douai, 30 déc. 1954 : *D.* 1955, 55, note M. Pageaud. – V. aussi M.R.M.P., note sous ■ Cass. crim., 19 févr. 1959 : *D.* 1959, 161).

– Cependant, l'inculpation de coups et blessures volontaires ayant entraîné la mort sans intention de la donner n'est pas nécessairement exclusive de celle d'abstention volontaire de porter secours à une personne en péril (■ Cass. crim., 24 juin 1980 : *Bull. crim.* n° 202 ; *RSC* 1981, p. 618, obs. Levasseur ; en l'espèce l'auteur de coups de feu tirés sur la victime s'était ensuite enfui en laissant cette dernière allongée sur le sol, la tête ensanglantée). – Rappr. ■ Cass. crim., 22 avr. 1986 : *Bull. crim.* n° 136, énonçant que le crime de coups mortels est distinct, en ses éléments constitutifs, du délit prévu par l'article 63 [art. 223-6] alinéa 2 du Code pénal.

C – La non-assistance

1° *Risque exonératoire*

19) Appréciation. Il doit s'apprécier selon les circonstances tant factuelles que personnelles, la loi n'imposant d'ailleurs ni témérité ni héroïsme (■ T. corr. Mont-de-Mars an, 21 janv. 1959 : *JCP* 1959, II, 11086).

20) Illustrations (non). Ainsi, une personne sachant nager se doit de se jeter à l'eau pour secourir un enfant qui se noie (■ T. corr. Albertville, 12 juill. 1943 : *JCP* 1944, II, 2624, note Bornecque) ; un médecin ne saurait prétexter de maux de gorge pour ne pas se rendre auprès d'une personne souffrant d'une grave hémorragie, craignant pour sa propre santé (■ T. corr.

Béthune, 19 oct. 1950 : *JCP* 1951, II, 5990, note M. Pageaud) ; des fermiers sont tenus d'apporter assistance à des blessés et non de la leur refuser en alléguant que leur mauvaise mine leur faisait craindre un mauvais coup de leur part (▪ T. corr. Le Mans, 22 oct. 1951 : *JCP* 1951, II, 6557).

– Se rend coupable du délit d'abstention volontaire de porter secours à une personne en péril, prévu à la date des faits par l'article 63, alinéa 2, du Code pénal et, depuis le 1er mars 1994, par l'article 223-6, alinéa 2, du nouveau code, le débitant de boissons qui, alors que se produisaient entre des consommateurs de violentes échauffourées et que l'un d'eux s'était muni d'un revolver et d'une baïonnette, s'est abstenu, alors que cette démarche ne présentait aucun risque pour lui-même ou pour des tiers, de faire appel aux services de police afin de faire cesser le trouble et de secourir la victime en difficulté (▪ Cass. crim., 27 sept. 1995 : *Bull. crim.* n° 290).

21) Illustrations (oui). En revanche il a été jugé que ne commettait pas le délit l'automobiliste qui s'était employé à éteindre l'incendie de son véhicule, évitant ainsi une explosion, sans pouvoir se porter au secours du garagiste dont les vêtements commençaient de prendre feu (▪ Riom, 20 mars 1947 : *D.* 1947, 304), ou un médecin menacé dans son intégrité physique par un malade qui s'oppose avec une extrême agressivité à la thérapeutique ordonnée (▪ Cass. crim., 3 janv. 1973 : *D.* 1973, 220).

22) Rôle du juge. Ne justifie pas la déclaration de culpabilité du prévenu, la cour d'appel qui se borne à retenir que l'intéressé se trouvait sur les lieux d'une altercation et s'était abstenu de porter assistance à un protagoniste en situation de péril, ces énonciations n'établissant pas qu'il aurait pu, sans risque pour lui ou pour les tiers, porter assistance, alors que l'absence d'un tel risque est l'un des éléments constitutifs du délit (▪ Cass. crim., 20 févr. 2013, n° 11-86.824 : *Dr. pén.* 2013, comm. 89, obs. M. Véron).

2° Mode d'intervention

23) Principe. Quoique permis, le choix du mode d'intervention n'est pas laissé à l'entière discrétion de l'intéressé sinon celui-ci pourrait trop facilement se décharger de son obligation d'agir sur un tiers ; ainsi est punissable celui qui, pouvant facilement secourir la victime, se contente d'aller chercher du secours au village voisin (▪ T. corr. Aix-en-Provence, 27 mars 1947 : *D.* 1947, 304).

– Bien que l'intervention personnelle immédiate soit d'abord privilégiée (▪ Cass. crim., 3 nov. 1954 : *Bull. crim.* n° 311. ▪ Cass. crim., 7 mars 1991 : *Dr. pén.* 1991, comm. 246 ; *RSC* 1992, p. 82, obs. Levasseur), la nature et les circonstances de la situation peuvent imposer le recours à un tiers ou encore le cumul des deux modes d'assistance (▪ Cass. crim., 26 juill. 1954 : *Bull. crim.* n° 276. ▪ Cass. crim., 9 oct. 1956 : *Bull. crim.* n° 616).

– Sur la sévérité de la jurisprudence à propos des médecins, V. notamment : ▪ Cass. crim., 17 févr. 1972 : *JCP* 1973, II, 17474, note L. Moret ; *RSC* 1972, p. 878, obs. Levasseur. ▪ Nancy, 27 oct. 1965 : *D.* 1966, 30, note Lorentz. ▪ Cass. crim., 4 févr. 1998 : *Dr. pén.* 1998, comm. 96, obs. M. Véron.

24) Pertinence. En présence d'une pendaison qui venait de se produire, l'appel téléphonique effectué par le prévenu aux services de police pour provoquer des secours ne saurait l'exonérer dès lors que l'article 223-6, alinéa 2, du Code pénal qui fait devoir à celui qui est en état de le faire sans risque pour lui ou pour les tiers, de porter assistance à une personne en péril soit par son action personnelle, soit en provoquant un secours, n'a pas entendu ouvrir une option arbitraire entre deux modes d'assistance mais fait, tout au contraire, obligation d'intervenir, s'il le faut, par leur emploi cumulatif (▪ Cass. crim., 4 juin 2013, n° 12-85.874 : *Dr. pén.* 2013, comm. 138, obs. M. Véron).

– En l'état d'un viol subi par un mineur de 15 ans qui faisait l'objet d'une mesure d'assistance éducative, caractérise en tous ses éléments constitutifs le délit de non-assistance à personne en péril l'arrêt qui retient que les prévenus, professionnels de la santé ou de l'assistance à l'enfance, se sont bornés à prendre une mesure d'éloignement de l'agresseur sans se soucier de faire examiner la victime (▪ Cass. crim., 8 oct. 1997 : *Bull. crim.* n° 329).

– Commet l'infraction le capitaine du cargo qui se contente de signaler le naufrage du chalutier qu'il a provoqué, sans mettre en œuvre une intervention personnelle efficace qu'il pouvait entreprendre sans risque (▪ Cass. crim., 13 mars 2007 n° 06-86.210 : *JurisData* n° 2007-38441 ; *Dr. pén.* 2007, comm. 82, obs. M. Véron).

– Justifie sa décision de condamnation la cour d'appel qui énonce que, la victime ayant été blessée accidentellement par une arme à feu, le prévenu, aidé de deux autres personnes, l'a, alors qu'elle était encore vivante, transportée sur un parking et abandonnée entre deux voitures pour faire croire à une agression, et que les services de secours n'ont été alertés qu'à la suite de l'organisation de cette mise en scène (▪ Cass. crim., 11 janv. 1989, inédit).

25) Résultat. Peu importe l'efficacité ou non du ou des secours. Mais celui qui s'est volontairement abstenu en raison de la gravité des blessures de la personne à secourir ne saurait invoquer l'inefficacité de son assistance éventuelle pour contester le délit (▪ Cass. crim., 23 mars 1953 : *Bull. crim.* n° 104 ; *JCP* 1953, II, 7584).

Même si l'aide apparaît vouée à l'inefficacité en raison de la gravité de l'atteinte corporelle, elle ne peut être refusée lorsqu'elle est exempte de risque pour celui qui y est tenu ou pour les tiers (■ Cass. crim., 4 juin 2013, préc.).

26) Cas particuliers : exercices illégaux. L'individu convaincu d'exercer habituellement (et illégalement) la médecine, de soigner régulièrement des malades, en faisant des diagnostics et en pratiquant des traitements suivis, invoque vainement l'obligation où il se serait trouvé, d'après l'article 63 [223-6] du Code pénal, de porter secours à des personnes en péril (■ Cass. crim., 9 déc. 1959 : *Bull. crim.* n° 541. – V. aussi ■ Cass. crim., 30 déc. 1953 : *Bull. crim.* n° 361).

– Ne peut non plus invoquer un tel fait justificatif la personne qui cumule les exercices illégaux de la médecine et de la pharmacie, délivrant des médicaments de sa préparation, et qui, loin de se borner à porter secours à quelque personne en péril immédiat, tenait, au contraire, un cabinet médical et une officine pharmaceutique (■ Cass. crim., 2 juill. 1975 : *Bull. crim.* n° 173).

27) Cas particuliers : guérisseurs. Un individu, réputé pour être un thaumaturge, auquel les parents amènent leur jeune fils victime d'un accident qui, s'étant rendu compte de l'état grave de l'enfant et sachant qu'il est le seul à pouvoir décider les parents à faire donner à leur fils des soins médicaux, s'est volontairement abstenu de provoquer un secours, s'est rendu coupable du délit de l'article 63 [223-6] alinéa 2 du Code pénal (■ Cass. crim., 29 juin 1967 : *Bull. crim.* n° 199 ; *JCP* 1968, II, 15377, note J. Pradel).

– Jugé que commet le délit le guérisseur qui s'abstient de porter assistance à un malade en péril de mort que la médecine ne peut plus conjurer (■ T. corr. Orléans, 29 nov. 1950 : *D.* 1951, p. 246, note A. Tunc ; *JCP* 1951, II, 6195, note J. Larguier).

28) Obstacles à l'assistance. Ils peuvent provenir soit de l'entourage (■ Cass. crim., 29 juin 1967 : *Bull. crim.* n° 199 ; *D.* 1968, p. 2 ; *JCP* 1968, II, 15377, note J. Pradel, préc.), soit de la personne en péril elle-même : écarte à bon droit le chef d'inculpation fondé sur l'application de l'article 63, alinéa 2 du Code pénal, l'arrêt d'une chambre d'accusation qui constate que la thérapeutique adéquate ordonnée par le médecin n'a pu être appliquée en raison du refus obstiné du malade de se soumettre aux soins prescrits (■ Cass. crim., 3 janv. 1973 : *Bull. crim.* n° 2 ; *RSC*, 1974, p. 591, obs. Levasseur).

D – Élément moral

29) Faute intentionnelle. L'intention délictueuse suppose en premier lieu que le prévenu doit avoir eu connaissance du péril menaçant la victime (■ Cass. crim., 21 janv. 1954 : *JCP* 1954, II, 8050, note M. Pageaud. ■ Cass. crim., 3 févr. 1993 : *Bull. crim.* n° 58), étant entendu qu'il ne peut dépendre de lui seul de minimiser de façon abusive la réalité du danger (■ Cass. crim., 16 mars 1972 : *D.* 1972, 394, note J.-L. Costa ; *JCP* 1973, II, 17474, note L. Moret ; *RSC* 1972, p. 880, obs. Levasseur), et en second lieu la volonté de ne pas secourir, le plus souvent déduite des circonstances et du comportement de l'intéressé (■ Cass. crim., 23 mars 1953 : *JCP* 1953, II, 7598. ■ Cass. crim., 3 juin 1976 : *Bull. crim.* n° 198. ■ Cass. crim., 30 oct. 1990 : *Dr. pén.* 1991, comm. 39).

– Le délit n'est pas caractérisé lorsqu'il résulte des circonstances de fait constatées par les juges que les personnes mises en examen n'ont pu avoir conscience d'un péril d'une imminente gravité qu'elles auraient pu écarter par leur intervention immédiate (■ Cass. crim., 18 juin 2003 ; *Bull. crim.* n° 127 ; *Bull. inf. C. cass.* 2003, n° 583, I, avis D. Commaret, rapp. Roman ; *JCP* G 2003, II, 10121, note M. L. Rassat ; *Dr. pén.* 2003, comm. 97, obs. M. Véron ; *D.* 2005, jurispr. p. 195, note A. Prothais).

– Le délit d'omission de porter secours prévu par l'article 63 [223-6], alinéa 2, du Code pénal n'est constitué que lorsque le prévenu, ayant eu conscience du degré de gravité du péril auquel se trouvait exposée une personne, s'est abstenu volontairement de lui porter secours ; encourt dès lors la cassation l'arrêt qui, pour caractériser l'élément moral de ce délit, se fonde sur une erreur de diagnostic portant, en l'espèce, sur l'utilité d'une réanimation (■ Cass. crim., 3 févr. 1993, n° 92-83.526 : *Bull. crim.* n° 58).

– Le délit n'est pas constitué lorsque la non-assistance est liée à une mauvaise appréciation de la nature du péril par un médecin, car l'infraction est intentionnelle et ne saurait donc résulter d'une simple imprudence (■ Cass. crim., 17 déc. 2019, n° 19-83.623 : *Dr. pén.* 2020, comm. 51, obs. Ph. Conte).

30) Appréciation de la faute. La conscience de l'existence d'un péril imposant l'assistance prescrite par l'article 223-6, alinéa 2, du Code pénal s'apprécie concrètement, en tenant compte, notamment, de l'absence de connaissances médicales de la personne mise en cause, ainsi que de la complexité ou de l'ambiguïté de la situation dont elle a été témoin (■ Cass. crim., 22 juin 2016, n° 14-86.243).

– Fait une exacte application de l'article 63 [223-6], 2° du Code pénal l'arrêt qui établit d'une part que le péril couru par la victime était imminent et constant ; que, d'autre part, aucun doute ne pouvait subsister dans l'esprit de la prévenue, femme avertie, quant à la nécessité absolue d'agir en vue de tenter de conjurer, par des soins ou un secours appropriés, les conséquences d'un état de santé alarmant (■ Cass. crim., 11 avr. 1964 : *Bull. crim.* n° 113, préc.).

31) Appréciation de la faute, médecin. Le délit prévu par l'article 63 [223-6], alinéa 2, du Code pénal est constitué dès lors que le prévenu dont le concours est demandé, ne pouvait se méprendre sur la gravité du péril auquel se trouvait exposée une personne et qu'il s'est volontairement abstenu de lui porter secours : ainsi en est-il pour un médecin de garde et l'épouse de ce dernier qui, informés téléphoniquement d'un accouchement survenu à domicile dans des conditions d'hébergement précaires et ainsi avertis de la gravité imminente du péril couru par des nouveaux-nés, se sont volontairement abstenus d'intervenir par les modes qu'il leur était possible d'employer (■ Cass. crim., 17 févr. 1972 : *Bull. crim.* n° 68, préc. avec les notes ; rappr. ■ Cass. crim., 29 juin et 26 nov. 1969 : *Bull. crim.* n° 475 et 317. *Adde* 26 mars 1997 : *Bull. crim.* n° 123, préc. avec la note).

– Le délit prévu par l'article 223-6, alinéa 2, du Code pénal est constitué dès lors que le médecin dont le concours est demandé ne pouvait se méprendre sur la gravité du péril auquel se trouvait exposé le malade et qu'il s'est volontairement abstenu de lui porter secours (■ Cass. crim., 26 mars 1997 : *Bull. crim.* n° 123 ; *RSC* 1997, p. 838, obs. Y. Mayaud).

32) Appréciation de la faute, forces de l'ordre. Ne justifie pas sa décision la cour d'appel qui, après avoir relevé que le prévenu, brigadier-chef de police, avait refusé d'envoyer une équipe de police-secours sur les lieux d'où une mère de famille l'avait alerté à deux reprises, par téléphone, du danger encouru par ses deux jeunes enfants de la part de leur père, ivre et violent qui ne voulait pas les lui remettre, et avait brutalement mis fin à un troisième coup de téléphone, se mettant ainsi hors d'état d'apprécier et d'évaluer la gravité du péril, a cependant retenu qu'il n'était pas établi que ce fonctionnaire ait délibérément omis de porter secours à une personne dont il avait clairement conscience qu'elle était en danger, le renvoyant, par ces motifs contradictoires, des fins de la poursuite (■ Cass. crim., 4 avr. 2007 : *JurisData* n° 2007-038774 ; *Dr. pén.* 2007, comm. 100, obs. M. Véron).

E – Répression

33) Cumul de l'omission de porter secours et d'une autre infraction. V. ■ Cass. crim., 13 mars 2007 : *Dr. pén.* 2007, préc. et 15 avril 2008, préc., V° *Personnes tenues à l'obligation de secours* (homicide involontaire), et aussi ■ Aix-en-Provence, 22 juin 2004 : *JurisData* n° 2004-256324 (délit de fuite).

34) Prescription de l'action publique. L'abstention délictueuse reprochée à un médecin, qui n'est pas intervenu auprès de son patient alors qu'il avait été informé par le centre de transfusion sanguine de la contamination par le virus VIH du sang qu'il lui avait antérieurement transfusé au cours d'une opération, a été commise au moment où le médecin a eu connaissance de la contamination et avait l'obligation de la révéler. La prescription du délit d'omission de porter secours poursuivi commence à courir à cette date (■ Cass. crim., 17 sept. 1997 : *Bull. crim.* n° 300).

35) Solidarité. Après avoir déclaré un prévenu coupable de coups ou violences volontaires et un autre prévenu coupable de non-assistance à personne en péril envers la même victime, les juges ne peuvent les condamner solidairement à des réparations civiles sans constater l'existence d'un lien de connexité entre les deux infractions (■ Cass. crim., 27 sept. 1995 : *Bull. crim.* n° 290).

36) Action civile. Si les dispositions de l'article 63-2° du Code pénal ont pour objet l'intérêt général de la collectivité et répriment le trouble causé à l'ordre public par une abstention délictueuse elles ont aussi pour but la protection des intérêts privés ; dès lors l'action civile née de ce délit peut être régulièrement exercée devant la juridiction répressive dans les conditions prévues aux articles 2 et 3 du Code de procédure pénale et la victime du délit est en droit de demander réparation du dommage né de l'infraction (■ Cass. crim., 16 mars 1972 : *Bull. crim.* n° 109).

– Le préjudice résultant pour la victime d'un délit de blessures involontaires et celui résultant d'une omission volontaire de porter secours à une personne en péril n'ayant pas le même fondement, la réparation qui en est ordonnée pour l'un et pour l'autre de chacun de ces délits, doit nécessairement être justifiée par des motifs distincts et donner lieu à une évaluation distincte du dommage ; cette obligation qui s'impose aux juges ne saurait toutefois faire obstacle à l'application éventuelle de la solidarité, si les conditions des articles 55 du Code pénal [ancien] ou 203 du Code de procédure pénale sur la connexité se trouvent remplies (■ Cass. crim., 20 mars 1972 : *Bull. crim.* n° 112 ; *D.* 1972, p. 394, note J.-L. Costa ; *JCP* 1973, II, 17474, note L. Moret, pour ces deux arrêts).

37) Faute détachable. La juridiction judiciaire est compétente pour statuer sur la réparation des conséquences dommageables de la faute commise par un agent public et revêtant le caractère d'une faute personnelle, détachable de la fonction ; encourt dès lors la cassation l'arrêt par lequel une cour d'appel se déclare incompétente pour statuer sur la responsabilité civile d'un médecin attaché à un service public hospitalier, définitivement condamné pour non-assistance à personnes en péril, alors que la faute commise par celui-ci révélait un manquement volontaire et inexcusable à des obligations d'ordre professionnel et déontologique (■ Cass. crim., 2 avr. 1992 : *Bull. crim.* n° 140).

38) Ne commet pas une faute détachable du service, le médecin régulateur rattaché à un service public hospitalier qui, informé téléphoniquement du péril auquel se trouve exposé un enfant par les questions détaillées qui lui sont posées, n'ordonne pas son transfert immédiat à l'hôpital et s'abstient ainsi volontairement, dans l'exercice de ses fonctions et avec les moyens mis à sa disposition, d'intervenir par les modes utiles qu'il lui était possible d'employer pour lui prêter assistance (■ Cass. crim., 30 nov. 2010 : *Bull. crim.* n° 191). – Rapp. sur la notion de faute personnelle non détachable du service dans le domaine médical, ■ Cass. crim., 13 févr. 2007 : *Bull. crim.* n° 45.

Art. 223-7. – Quiconque s'abstient volontairement de prendre ou de provoquer les mesures permettant, sans risque pour lui ou pour les tiers, de combattre un sinistre de nature à créer un danger pour la sécurité des personnes est puni de deux ans d'emprisonnement et de 30 000 € d'amende.

Art. 223-7-1 *(Mod., L. n° 2009-526, 12 mai 2009)*. – Les personnes morales déclarées responsables pénalement, dans les conditions prévues par l'article 121-2, des infractions définies à la présente section encourent, outre l'amende suivant les modalités prévues par l'article 131-38 :

1° Les peines mentionnées aux 2° à 9° de l'article 131-39 ;

2° La peine mentionnée au 1° de l'article 131-39 pour les infractions prévues aux articles 223-5 et 223-6.

L'interdiction mentionnée au 2° de l'article 131-39 porte sur l'activité dans l'exercice ou à l'occasion de l'exercice de laquelle l'infraction a été commise.

Section IV. – De l'expérimentation sur la personne humaine

Art. 223-8 *(Mod., L. n° 2004-806, 9 août 2004 ; mod. à compter de la date prévue par l'article 11 de la loi n° 2012-300 du 5 mars 2012 ; Ord. n° 2016-800, 16 juin 2016)*. – Le fait de pratiquer ou de faire pratiquer sur une personne une recherche mentionnée aux 1° ou 2° de l'article L. 1121-1 *(Mots aj., Ord. n° 2016-800, 16 juin 2016)* « ou sur un essai clinique mentionné à l'article L. 1124-1 » du Code de la santé publique sans avoir recueilli le consentement libre, éclairé et, le cas échéant, écrit de l'intéressé, des titulaires de l'autorité parentale ou du tuteur ou d'autres personnes, autorités ou organes désignés pour consentir à la recherche ou pour l'autoriser, dans les cas prévus par le Code de la santé publique *(Mots aj., Ord. n° 2016-800, 16 juin 2016)* « ou par les articles 28 à 31 du règlement (UE) n° 536/2014 du Parlement européen et du Conseil du 16 avril 2014 relatif aux essais cliniques de médicaments », est puni de trois ans d'emprisonnement et de 45 000 € d'amende.

Les mêmes peines sont applicables lorsque la recherche interventionnelle est pratiquée alors que le consentement a été retiré.

Les mêmes peines sont applicables lorsqu'une recherche non interventionnelle est pratiquée alors que la personne s'y est opposée.

Les dispositions du présent article ne sont pas applicables à l'examen des caractéristiques génétiques d'une personne ou à son identification par ses empreintes génétiques effectués à des fins de recherche scientifique.

Bibliographie : *JCl. Pénal Code, Expérimentation sur la personne humaine* par Ch. Byk.

Réalité du consentement. Justifie sa décision au regard des dispositions de l'article 223-8 du Code pénal, la cour d'appel qui, pour déclarer un médecin coupable de recherche biomédicale non consentie, retient qu'il a entrepris cette recherche sur un patient très affaibli et manifestement dans l'impossibilité de donner un consentement libre, éclairé et exprès, lequel n'a été recueilli ni par écrit ni par une autre façon (■ Cass. crim., 24 févr. 2009 : *Bull. crim.* n° 45 ; *JCP* 2009, IV, n° 1609 et Act. n° 177, obs. M.-H. Desfour ; *Dr. pén.* 2009, comm. 59, obs. M. Véron ; *AJ pénal* 2009, p. 227, obs. G. Royer ; *JCP* G 2009, n° 25, 13, p. 29, note P. Mistretta).

Art. 223-9 *(Mod., L. n° 2009-526, 12 mai 2009)*. – Les personnes morales déclarées responsables pénalement, dans les conditions prévues par l'article 121-2, des infractions définies à l'article 223-8 encourent, outre l'amende suivant les modalités prévues par l'article 131-38, les peines prévues par l'article 131-39.

L'interdiction mentionnée au 2° de l'article 131-39 porte sur l'activité dans l'exercice ou à l'occasion de l'exercice de laquelle l'infraction a été commise.

Section V. – De l'interruption illégale de la grossesse

Art. 223-10. – L'interruption de la grossesse sans le consentement de l'intéressée est punie de cinq ans d'emprisonnement et de 75 000 € d'amende.

Bibliographie : *JCl. Pénal Code, Interruption de grossesse sans le consentement de l'intéressé* par H. Angevin actualisé par E. Letouzey • G. Beaussonie (L. n° 2013-711) : *RSC* 2013, p. 831. • A.-S. Chavent-Leclère, *L'adaptation du Code pénal français aux engagements européens : AJ pénal* 2013, p. 510.

Art. 223-11 *(L. n° 2013-711, 5 août 2013)*. **– La tentative du délit prévu à l'article 223-10 est punie des mêmes peines.**

Art. 223-12 *(Abr., L. n° 2001-588, 4 juill. 2001)*.

Section VI. – De la provocation au suicide

Art. 223-13 *(L. n° 2009-1437, 24 nov. 2009)*. **– Le fait de provoquer au suicide d'autrui est puni de trois ans d'emprisonnement et de 45 000 € d'amende lorsque la provocation a été suivie du suicide ou d'une tentative de suicide.**

Les peines sont portées à cinq ans d'emprisonnement et à 75 000 € d'amende lorsque la victime de l'infraction définie à l'alinéa précédent est un mineur de quinze ans.

Les personnes physiques ou morales coupables du délit prévu à la présente section encourent également la peine complémentaire suivante : interdiction de l'activité de prestataire de formation professionnelle continue au sens de l'article L. 6313-1 du Code du travail pour une durée de cinq ans.

Bibliographie : *JCl. Pénal Code, Provocation au suicide* par C. Claverie-Rousset.

1) « Suicide, mode d'emploi » : non-assistance à personne en péril. Par le passé, la Cour de cassation a décidé que les éléments matériel et intentionnel du délit prévu à l'article 63 [223-6], alinéa 2, ancien du Code pénal étaient réunis en constatant que l'auteur de l'ouvrage « Suicide, mode d'emploi » a renseigné une personne lui faisant part de son projet de suicide sur l'efficacité de certaines méthodes préconisées puis sur la dose mortelle d'un médicament sans tenter de lui porter secours (▪ Cass. crim., 26 avr. 1988 : *Bull. crim.* n° 178 ; *D.* 1991, 479, note H. Fenaux ; *Gaz. Pal.* 1988, 2, 844, note J.-P. Doucet).

2) Aide (non). Un tribunal a jugé que la simple remise d'une arme à une personne tenant des propos suicidaires ne constitue pas une provocation au suicide (▪ TGI Lille, 5 avr. 1990 : *Dr. pén.* 1991, comm. 196, obs. M. Véron ; *RSC* 1993, p. 325, obs. Levasseur ; *D.* 1993, somm. 14, obs. G. Azibert).

Art. 223-14. – La propagande ou la publicité, quel qu'en soit le mode, en faveur de produits, d'objets ou de méthodes préconisés comme moyens de se donner la mort est punie de trois ans d'emprisonnement et de 45 000 € d'amende.

1) « Suicide, mode d'emploi ». Le délit de l'article 223-14 a été déclaré constitué à l'encontre de l'éditeur qui, dans le dernier trimestre de 1989, a réédité et rediffusé l'ouvrage « Suicide, mode d'emploi », se rendant ainsi coupable de publicité en faveur de méthodes préconisées comme moyens de se donner la mort (▪ T. corr. Paris, 11 avr. 1995 : *JCP* G 1996, II, 22789, note Lucas-Yalley ; *Gaz. Pal.* 1997, I, chron. dr. crim. p. 20, comm. J.-P. Doucet ; ▪ Paris, 18 janv. 2001 : *JurisData* n° 2001-137734).

2) « Guide du suicide ». Caractérise, à l'encontre du directeur de publication d'un journal, le délit de propagande ou de publicité en faveur de produits, objets ou méthodes préconisés comme moyen de se donner la mort, prévu et réprimé par l'article 223-14 du Code pénal, la cour d'appel qui constate qu'a été publié dans le journal concerné un entrefilet consacré à un livre présenté comme un « guide du suicide » préconisant environ vingt méthodes pour se donner la mort dont « l'asphyxie et l'overdose », le texte incriminé précisant les moyens de se procurer cet ouvrage, prétendument « censuré » en France, et communiquant l'adresse d'un site Internet permettant de localiser l'association la plus proche ayant pour objet la défense du droit à la mort ; il résulte en effet de ces constatations que le texte incriminé constitue une publicité en faveur des « procédés de suicide » décrits dans l'ouvrage, même si seulement deux d'entre eux y sont cités (▪ Cass. crim., 13 nov. 2001 : *Bull. crim.* n° 234 ; *Dr. pén.* 2002, comm. 13, obs. M. Véron ; *RSC* 2002, p. 615, obs. J. Francillon).

Art. 223-15. – **Lorsque les délits prévus par les articles 223-13 et 223-14 sont commis par la voie de la presse écrite ou audiovisuelle, les dispositions particulières des lois qui régissent ces matières sont applicables en ce qui concerne la détermination des personnes responsables.**

Art. 223-15-1 *(Mod., L. n° 2009-526, 12 mai 2009).* – **Les personnes morales déclarées responsables pénalement, dans les conditions prévues par l'article 121-2, des infractions définies à la présente section encourent, outre l'amende suivant les modalités prévues par l'article 131-38 :**

1° Les peines mentionnées aux 2° à 9° de l'article 131-39 ;

2° La peine mentionnée au 1° de l'article 131-39 pour l'infraction prévue au deuxième alinéa de l'article 223-13.

L'interdiction mentionnée au 2° de l'article 131-39 porte sur l'activité dans l'exercice ou à l'occasion de l'exercice de laquelle l'infraction a été commise.

Section VI *bis*. – De l'abus frauduleux de l'état d'ignorance ou de faiblesse

(L. n° 2001-504, 12 juin 2001)

Art. 223-15-2 *(L. n° 2001-504, 12 juin 2001 ; mod., L. n° 2009-526, 12 mai 2009).* – **Est puni de trois ans d'emprisonnement et de 375 000 € d'amende l'abus frauduleux de l'état d'ignorance ou de la situation de faiblesse soit d'un mineur, soit d'une personne dont la particulière vulnérabilité, due à son âge, à une maladie, à une infirmité, à une déficience physique ou psychique ou à un état de grossesse, est apparente ou connue de son auteur, soit d'une personne en état de sujétion psychologique ou physique résultant de l'exercice de pressions graves ou réitérées ou de techniques propres à altérer son jugement, pour conduire ce mineur ou cette personne à un acte ou à une abstention qui lui sont gravement préjudiciables.**

Lorsque l'infraction est commise par le dirigeant de fait ou de droit d'un groupement qui poursuit des activités ayant pour but ou pour effet de créer, de maintenir ou d'exploiter la sujétion psychologique ou physique des personnes qui participent à ces activités, les peines sont portées à cinq ans d'emprisonnement et à 750 000 € d'amende.

Voir : C. consom., art. L. 121-8.

Bibliographie : *JCl. Pénal Code, Abus frauduleux de l'état d'ignorance ou de faiblesse* par Ph. Salvage, actualisé par F. Archer. • E. Bazin, *L'abus de faiblesse dans le Code de la consommation* : *Dr. pén.* 2015, étude 15. Sur la loi du 12 juin 2001 V. • A. Dosner-Dolivet : *JCP* G 2001, n° 48, Actu., aperçu rapide et *D.* 2002, chron. p. 1086. • J.-F. Seuvic, *RSC* 2001, p. 840, spéc. p. 852.

1) QPC. Non-lieu à renvoi au Conseil constitutionnel de la QPC visant l'article 223-15-2 (▪ Cass. crim., 9 avr. 2014, n° 13-84.585).

2) Enrichissement de l'auteur (non). L'infraction ne suppose pas, pour être caractérisée, l'enrichissement de l'auteur (▪ Cass. crim., 20 mars 2019, n° 18-81.691, D : *JurisData* n° 2019-004133 ; *Dr. pén.* 2019, comm. 84, obs. Ph. Conte).

3) Indifférence des croyances religieuses. Pour déclarer les prévenus coupables, l'arrêt, après avoir rappelé qu'ils ont allégué être poursuivis à raison de leur croyance animiste, énonce qu'il n'appartient pas à la cour d'appel de se prononcer sur le caractère rationnel ou irrationnel d'une croyance, qu'il ne s'agit pas de faire le procès de la religion animiste et du culte vaudou, que ce ne sont pas leurs croyances qui sont reprochées aux prévenus, mais les abus dissimulés derrière leur religion et leur culte. En se déterminant ainsi, et dès lors que nul ne peut se prévaloir de ses croyances religieuses pour s'affranchir des règles communes édictées par la loi pénale, la cour d'appel, qui n'a pas méconnu le principe de liberté de religion, a justifié sa décision (▪ Cass. crim., 5 nov. 2019, n° 18-84.554 : *JurisData* n° 2019-019702 ; *Dr. pén.* 2020, comm. 1, obs. Ph. Conte ; *Dr. pén.* 2020, étude 5, J. Lagoutte).

I – ÉTAT OU SITUATION DE LA VICTIME

4) Vulnérabilité : appréciation lors de l'acte préjudiciable. Ne justifie pas légalement sa décision la cour d'appel qui, pour renvoyer des fins de la poursuite la prévenue à qui il était reproché d'avoir abusé frauduleusement de l'état d'ignorance ou de la situation de faiblesse d'une personne atteinte de troubles neurologiques, pour obtenir la remise de plusieurs chèques d'un montant total de 120 000 € ainsi que le consentement à un mariage, après avoir énoncé qu'elle ne pouvait ignorer l'état de vulnérabilité de l'intéressé au moment des faits, retient que, d'une part, les libéralités consenties correspondaient à une volonté préalablement affirmée et que, d'autre part, la victime avait manifesté, avant sa maladie, le souhait de l'épouser. En effet, l'abus de faiblesse doit s'appréciser seulement au regard de l'état de particulière vulnérabilité au moment où est accompli l'acte gravement préjudiciable à la personne (■ Cass. crim., 26 mai 2009 : *Bull. crim.* n° 104 ; *Dr. pén.* 2009, comm. 118, obs. M. Véron ; *JCP* G 2009, n° 39, 261, note Ph. Salvage).

5) Vulnérabilité et volonté de la victime. Sur le pourvoi des parties civiles, encourt la cassation l'arrêt qui, relaxant les prévenus, les a déboutées de leurs demandes en relevant que la victime se trouvait en état de particulière vulnérabilité et que les personnes auxquelles elle avait remis un chèque, sans y être contrainte, avaient connaissance de cet état, mais retient que cette victime n'a pas été conduite à un acte qui lui soit gravement préjudiciable, alors que la cour d'appel ne pouvait, sans se contredire, constater la particulière vulnérabilité de la victime tout en énonçant qu'elle avait agi de son plein gré (■ Cass. crim., 16 oct. 2007 : *JurisData* n° 2007-041523 ; *Dr. pén.* 2008, comm. 9, obs. M. Véron).

6) Vulnérabilité : personne âgée dépendante. Caractérise en tous ses éléments constitutifs le délit prévu par l'article 313-4 (ancien) du Code pénal l'arrêt dont les motifs font apparaître que la situation de dépendance d'une personne âgée, dont elle était l'employée, ne pouvait être ignorée de la prévenue et que celle-ci l'a mise à profit pour obtenir des sommes indues, représentant une part importante des revenus de la victime (■ Cass. crim., 30 avr. 1996 : *Bull. crim.* n° 175 ; *RSC* 1997, p. 110, obs. R. Ottenhof ; *Dr. pén.* 1996, comm. 217, obs. M. Véron).

– Justifie sa décision la cour d'appel qui, pour condamner du chef d'abus frauduleux de la situation de faiblesse d'une personne particulièrement vulnérable, retient que le prévenu, qui donnait verbalement à bail à la victime un appartement de 50 m², a déménagé le mobilier de sa locataire, âgée de 89 ans et souffrant d'une importante surdité, dans un studio de 18 m² pour la location duquel il lui a fait signer un bail d'un an non reconductible, les juges ajoutant que l'état de dépendance de la victime est établi par un certificat médical et que la personne qui lui prêtait habituellement assistance se trouvait absente au moment du déménagement et de la signature du contrat (■ Cass. crim., 17 janv. 2001 : *Bull. crim.* n° 16).

– Commet le délit la personne qui vit dans l'oisiveté la plus complète chez un couple de personnes âgées de 92 et 87 ans qu'il dépouille systématiquement et méthodiquement (■ Cass. crim., 29 nov. 2000 : *JurisData* n° 2000-007909 ; *Dr. pén.* 2001, comm. 70, obs. M. Véron).

– V. aussi, pour une situation semblable : ■ Cass. crim., 11 déc. 2013, n° 12-86.489 : *Dr. pén.* 2014, comm. 20, obs. M. Véron (contrainte morale, exercée par le prévenu sur ses grands-parents très âgés et handicapés, qui se déduit de la nature des actes accomplis à leur préjudice).

– A été déclaré coupable de l'infraction un agent d'assurance qui, au domicile d'une personne âgée, mal entendante et mal voyante, a profité de ses faiblesses physiques et psychiques pour lui faire souscrire une assurance vie (■ Paris, 2 avr. 2001 : *D.* 2002, somm. comm., p. 1804, note H. Gozzi ; *RSC* 2002, p. 821, obs. R. Ottenhof).

7) État de sujétion. Les violences et la domination exercées sur une victime psychologiquement fragile, dans un contexte qui l'a conduite à remettre l'intégralité de ses biens, caractérisent les pressions graves ou réitérées entraînant un état de sujétion psychologique l'ayant amenée à un acte qui lui est gravement préjudiciable (■ Cass. crim., 27 oct. 2015, n° 14-82.032 : *Dr. pén.* 2016, comm. 1, obs. Ph. Conte).

8) Altération des facultés mentales. Le délit d'abus frauduleux de l'état d'ignorance ou de la situation de faiblesse d'une personne particulièrement vulnérable du fait de son âge n'exige pas la preuve d'une altération des facultés mentales de cette personne (■ Cass. crim., 11 juill. 2017, n° 17-80.421).

9) Vulnérabilité : preuve de la connaissance par l'auteur. Le prévenu bénéficiaire des sommes obtenues ne pouvait ignorer l'état de faiblesse de la victime, ayant suivi des études médicales (■ Cass. crim., 7 oct. 2009 : *Dr. pén.* 2010, comm. 1, obs. M. Véron) ; ou encore le prévenu, voyant quotidiennement la victime, dont l'état altéré était constaté par les personnes qui la fréquentaient, ne pouvait ignorer sa particulière vulnérabilité (■ Cass. crim., 5 avr. 2011 : *Dr. pén.* 2011, note 91, obs. M. Véron).

– Le montant exorbitant d'un chèque, eu égard au patrimoine de victime, chèque qui, en définitive, n'a pas été encaissé, démontre la particulière vulnérabilité de la victime, qui, en outre, avait remis de multiples chèques au prévenu, bénéficiaire aussi d'une vente en viager, tous agissements fort préjudiciaires (■ Cass. crim., 8 févr. 2012 : *Dr. pén.* 2012, comm. 65, obs. M. Véron).

– Mais ne justifie pas sa décision la Cour d'appel qui n'établit pas que la situation de faiblesse de la victime était apparente ou connue du prévenu (■ Cass. crim., 27 mai 2004 : *Bull. crim.* n° 141 ; *Dr. pén.* 2004, comm. 130, obs. M. Véron).

II – ACTE OU ABSTENTION PRÉJUDICIABLE

10) Mineur (ancien Code pénal). Peu importe en quelle forme l'engagement pris par le mineur a été souscrit, dès lors qu'il a pour cause une opération de prêt ; ainsi des arrêtés de compte, de billets, des lettres de change constituent des obligations à la charge du mineur (■ Cass. crim., 14 nov. 1874 : *Bull. crim.* n° 285).

– L'engagement du mineur ayant pour cause un prêt, l'article 406 [de l'ancien Code pénal] a été déclaré inapplicable à un cafetier qui recevait dans son établissement des étudiants mineurs, leur fournissant divers objets de consommation courante et se faisait régler leurs dettes en billets et lettres de change en y portant une date postérieure à celle de leur majorité, les opérations réalisées s'analysant en des ventes (■ Toulouse, 2 mai 1856 : *S.* 1857, 2, p. 206) ; même solution lorsque les obligations ont été souscrites par pure libéralité (■ Paris, 16 juin 1887 : *DP* 1888, 2, p. 44).

– Le délit étant consommé par la souscription de l'obligation, l'infraction demeure punissable même si par la suite, la victime, devenue majeure, a ratifié l'engagement pris (■ Cass. crim., 22 févr. 1913 : *D.* 1916, 1, p. 217, note R. Donnedieu de Vabres) ; la ratification est d'ailleurs nulle, puisqu'elle a pour cause un fait constituant une infraction à la loi pénale (*même arrêt*).

11) Acte préjudiciable : acte juridique. Justifie sa décision de condamnation la cour d'appel qui énonce que la prévenue avait obtenu d'une personne âgée, aux facultés mentales altérées, une procuration sur ses comptes bancaires, y procédant à des retraits d'espèces, et avait fait modifier en sa faveur des testaments rédigés pour la gardienne et la femme de ménage, dès lors que, pour une personne vulnérable, l'acte de disposer de ses biens par testament en faveur de la personne qui l'a obligée à cette disposition, constitue un acte gravement préjudiciable au sens tant de l'article 313-4 ancien que de l'article 223-15-2 nouveau du Code pénal (■ Cass. crim., 15 nov. 2005 : *Dr. pén.* 2006, comm. 29, obs. M. Véron ; *JCP* 2006, II, 10057, note J.-Y. Maréchal ; *RSC* 2006, p. 833, obs. R. Ottenhof).

– Constitue, au sens de l'article 223-15-2 du Code pénal, un acte gravement préjudiciable pour une personne vulnérable, celui de disposer de ses biens par testament en faveur d'une personne qui l'a conduite à cette disposition (■ Cass. crim., 21 oct. 2008 : *Bull. crim.* n° 210 ; *Dr. pén.* 2009, comm. 12, obs. M. Véron ; *D.* 2009, p. 911, note G. Roujou de Boubée ; *RSC* 2009, p. 100, obs. Y. Mayaud. ■ Cass. crim., 16 déc. 2014, n° 13.86.620 : *Dr. pén.* 2015, comm. 30, obs. M. Véron).

– De même : est un acte gravement préjudiciable pour une personne vulnérable le fait de la conduire à modifier le bénéficiaire d'une assurance-vie (■ Cass. crim., 10 nov. 2015, n° 14-85.936). La modification de la clause relative au bénéficiaire caractérise, au même titre que la souscription d'un contrat d'assurance-vie, le délit d'abus de faiblesse (■ Cass. crim., 18 sept. 2019, n° 18-85.038 : *JurisData* n° 2019-016004).

12) Acte préjudiciable : acte matériel. L'acte auquel a été conduite la personne vulnérable, au sens de l'article 223-15-3 du Code pénal, peut être tant matériel que juridique.

Commet un abus de faiblesse le psychiatre qui conduit sa patiente à avoir des relations sexuelles avec lui alors qu'elle souffrait de troubles psychiques entraînant une grande appétence sexuelle dont il avait conscience (■ Cass. crim., 19 févr. 2014, n° 12-87.558 : *Dr. pén.* 2014, comm. 52, obs. M. Véron).

– Commet le délit d'abus de faiblesse la prévenue, dirigeante d'un mouvement religieux, qui conduit des personnes en situation de fragilité à des tentatives de suicide ou à différer leurs soins médicaux bien qu'atteintes de maladies sérieuses (■ Cass. crim., 5 nov. 2019, n° 18-84.554 : *JurisData* n° 2019-019702 ; *Dr. pén.* 2020, comm. 1, obs. Ph. Conte).

13) Acte préjudiciable : patrimoine de la victime. L'importance du patrimoine de la victime est indifférente au moment d'apprécier le caractère préjudiciable de l'acte (■ Cass. crim., 20 janv. 2021, n° 19-86.172 : *JurisData* n° 2021-001123 ; *Dr. pén.* 2021, comm. 65, obs. Ph. Conte).

III – RÉPRESSION

14) Application de la loi dans le temps : loi du 12 juin 2001. Méconnaît les dispositions de l'article 112-1 du Code pénal l'arrêt d'une cour d'appel qui applique rétroactivement l'article 223-15-2 de ce code institué par la loi du 12 juin 2001 à des faits d'abus de faiblesse lui étant antérieurs, alors que ce dernier article, en modifiant les éléments constitutifs de l'infraction définie à l'ancien article 313-4 du même code par suppression de la condition de contrainte, étend le champ d'application de l'incrimination et constitue une disposition plus sévère pour le prévenu (■ Cass. crim., 23 juin 2009, *Bull. crim.* n° 131).

15) Prescription de l'action publique. En matière d'abus de faiblesse, elle ne commence à courir qu'à partir du dernier prélèvement effectué sur le patrimoine de la victime lorsque l'abus frauduleux procède d'une opération délictueuse unique ; il en est ainsi dans le cas de prélèvements bancaires réalisés sur le compte de la victime, au moyen de la même procuration (■ Cass. crim., 27 mai 2004 : *Bull. crim.* n° 141 ; *Dr. pén.* 2004, comm. 130, obs. M. Véron ; *RSC* 2004, p. 881, obs. Y. Mayaud, et p. 886, obs. R. Ottenhof ; *D.* 2004, p. 2750, obs. S. Mirabail), ou en cas de prêts successifs obtenus, de manière frauduleuse, d'un de ses patients par un médecin, à l'occasion d'un traitement de plusieurs années (■ Cass. crim., 5 oct.

2004 : *Bull. crim.* n° 233 ; *Dr. pén.* 2005, comm. 1, obs. M. Véron).

Voir : – V. C. proc. pén., art. 8, al. 3 (L. du 14 mars 2011) qui diffère le point de départ de la prescription à compter du jour où l'infraction, prévue par l'article 223-15-2 du Code pénal, apparaît à la victime, personne vulnérable, dans des conditions permettant l'exercice de l'action publique.

16) Action civile : victime directe. Il résulte des articles 2 et 3 du Code de procédure pénale que les enfants d'une personne victime d'un abus de l'état d'ignorance et de faiblesse sont recevables à rapporter la preuve d'un dommage dont ils ont directement souffert et qui découle directement des faits objet de la poursuite (▪ Cass. crim., 3 nov. 2009 : *Bull. crim.* n° 182 ; *Dr. pén.* 2010, comm. 2, obs. M. Véron).

Loi n° 2001-504 du 12 juin 2001

tendant à renforcer la prévention et la répression des mouvements sectaires portant atteinte aux droits de l'homme et aux libertés fondamentales

CHAPITRE IV. – DISPOSITIONS LIMITANT LA PUBLICITÉ DES MOUVEMENTS SECTAIRES

Art. 19. – Est puni de 7 500 € d'amende le fait de diffuser, par quelque moyen que ce soit, des messages destinés à la jeunesse et faisant la promotion d'une personne morale, quelle qu'en soit la forme juridique ou l'objet, qui poursuit des activités ayant pour but ou pour effet de créer, de maintenir ou d'exploiter la sujétion psychologique ou physique des personnes qui participent à ces activités, lorsque a été prononcée au moins une fois, contre la personne morale elle-même ou ses dirigeants de droit ou de fait, une condamnation pénale définitive pour l'une ou l'autre des infractions mentionnées ci-après :

1° Infractions d'atteintes volontaires ou involontaires à la vie ou à l'intégrité physique ou psychique de la personne, de mise en danger de la personne, d'atteinte aux libertés de la personne, d'atteinte à la dignité de la personne, d'atteinte à la personnalité, de mise en péril des mineurs ou d'atteinte aux biens prévues par les articles 221-1 à 221-6, 222-1 à 222-40, 223-1 à 223-15, 223-15-2, 224-1 à 224-4, 225-5 à 225-15, 225-17 et 225-18, 226-1 à 226-23, 227-1 à 227-27, 311-1 à 311-13, 312-1 à 312-12, 313-1 à 313-3, 314-1 à 314-3 et 324-1 à 324-6 du Code pénal ;

2° Infractions d'exercice illégal de la médecine ou de la pharmacie prévues par les articles L. 4161-5 et L. 4223-1 du Code de la santé publique ;

3° Infractions de publicité mensongère, de fraudes ou de falsifications prévues par les articles L. 121-6 et L. 213-1 à L. 213-4 du Code de la consommation.

Les mêmes peines sont applicables lorsque les messages visés au premier alinéa du présent article invitent à rejoindre une telle personne morale.

Les personnes morales peuvent être déclarées pénalement responsables dans les conditions prévues par l'article 121-2 du Code pénal des infractions définies au présent article. La peine encourue par les personnes morales est l'amende, suivant les modalités prévues par l'article 131-38 du Code pénal.

Art. 223-15-3 *(L. n° 2001-504, 12 juin 2001 ; L. n° 2009-1437, 24 nov. 2009).* – **Les personnes physiques coupables du délit prévu à la présente section encourent également les peines complémentaires suivantes :**

1° L'interdiction des droits civiques, civils et de famille, suivant les modalités prévues par l'article 131-26 ;

2° L'interdiction, suivant les modalités prévues par l'article 131-27, d'exercer une fonction publique ou d'exercer l'activité professionnelle ou sociale dans l'exercice ou à l'occasion de l'exercice de laquelle l'infraction a été commise, pour une durée de cinq ans au plus, ainsi que l'activité de prestataire de formation professionnelle continue au sens de l'article L. 6313-1 du Code du travail, pour la même durée ;

3° La fermeture, pour une durée de cinq ans au plus, des établissements ou de l'un ou de plusieurs des établissements de l'entreprise ayant servi à commettre les faits incriminés ;

4° La confiscation de la chose qui a servi ou était destinée à commettre l'infraction ou de la chose qui en est le produit, à l'exception des objets susceptibles de restitution ;

5° L'interdiction de séjour, suivant les modalités prévues par l'article 131-31 ;

6° L'interdiction, pour une durée de cinq ans au plus, d'émettre des chèques autres que ceux qui permettent le retrait de fonds par le tireur auprès du tiré ou ceux qui sont certifiés ;

7° L'affichage ou la diffusion de la décision prononcée, dans les conditions prévues par l'article 131-35.

QPC. Non-lieu à renvoi au Conseil constitutionnel de la question prioritaire visant le 2° de l'article 223-15-3 : V. l'arrêt de la Chambre criminelle du 19 juin 2013, cité sous art. 131-27, p. 219.

Art. 223-15-4 *(Mod., L. n° 2009-526, 12 mai 2009).* – **Les personnes morales déclarées pénalement, dans les conditions prévues par l'article 121-2, des infractions définies à la présente section encourent, outre l'amende suivant les modalités prévues par l'article 131-38, les peines prévues par l'article 131-39.**

L'interdiction mentionnée au 2° de l'article 131-39 porte sur l'activité dans l'exercice ou à l'occasion de l'exercice de laquelle l'infraction a été commise.

Illustration. Pour un exemple de culpabilité de la personne morale, V. ▪ Cass. crim., 7 févr. 2006 : *Dr. pén.* 2006, comm. 100, obs. M. Véron, sa responsabilité pénale étant engagée par l'action délictuelle commise pour son compte par le directeur du développement qui avait reçu délégation de pouvoir des organes de la société et fut lui-même condamné.

Ce même arrêt a par contre cassé la disposition de celui de la cour d'appel qui avait prononcé à la fois les mesures d'affichage et de diffusion de la décision, alors que l'article 131-39 du Code pénal ne prévoit que l'une ou l'autre de ces peines complémentaires.

Section VII. – Peines complémentaires applicables aux personnes physiques

Art. 223-16. – **Les personnes physiques coupables de l'une des infractions prévues par les articles 223-3 à 223-8, 223-10 à 223-14 encourent également l'interdiction des droits civiques, civils et de famille, suivant les modalités prévues par l'article 131-26.**

Art. 223-17 *(Mod., L. n° 2008-776, 4 août 2008).* – **Les personnes physiques coupables de l'une des infractions prévues aux articles 223-3, 223-4, 223-8, 223-10 à 223-14 encourent également les peines suivantes :**

1° L'interdiction, suivant les modalités prévues par l'article 131-27, soit d'exercer une fonction publique ou d'exercer l'activité professionnelle ou sociale dans l'exercice ou à l'occasion de l'exercice de laquelle l'infraction a été commise, soit, pour le crime prévu par l'article 223-4, d'exercer une profession commerciale ou industrielle, de diriger, d'administrer, de gérer ou de contrôler à un titre quelconque, directement ou indirectement, pour son propre compte ou pour le compte d'autrui, une entreprise commerciale ou industrielle ou une société commerciale. Ces interdictions d'exercice peuvent être prononcées cumulativement ;

2° La confiscation définie à l'article 131-21 ; dans les cas prévus aux articles 223-13 et 223-14, peuvent être saisis ou confisqués les documents écrits, visuels ou sonores ayant servi à réaliser l'infraction ; la juridiction peut en outre ordonner la destruction, en tout ou partie, de ces documents ;

3° La fermeture définitive ou pour une durée de cinq ans au plus de l'un, de plusieurs ou de l'ensemble des établissements de l'entreprise ayant servi à commettre l'infraction.

Dans le cas prévu par l'article 223-8, peut être également prononcée l'exclusion des marchés publics à titre définitif ou pour une durée de cinq ans au plus.

Art. 223-18 *(Mod., L. n° 2003-495, 12 juin 2003 ; L. n° 2007-297, 5 mars 2007).* – **Les personnes physiques coupables de l'infraction prévue à l'article 223-1 encourent également les peines suivantes :**

1° L'interdiction, suivant les modalités prévues par l'article 131-27, d'exercer l'activité professionnelle ou sociale dans l'exercice ou à l'occasion de l'exercice de laquelle l'infraction a été commise ;

2° L'interdiction, pour une durée de cinq ans au plus, de détenir ou de porter une arme soumise à autorisation ;

3° La suspension, pour une durée de cinq ans au plus, du permis de conduire, cette suspension pouvant être limitée à la conduite en dehors de l'activité professionnelle ; si le délit a été commis à l'occasion de la conduite d'un véhicule terrestre à moteur, la suspension ne peut pas être assortie du sursis, même partiellement, et ne peut pas être limitée à la conduite en dehors de l'activité professionnelle.

4° L'annulation du permis de conduire, avec interdiction de solliciter la délivrance d'un nouveau permis pendant cinq ans au plus.

4 bis (4° bis abr. à compter du 24 mars 2020, L. n° 2019-222, 23 mars 2019) ;

4 ter (4° ter abr. à compter du 24 mars 2020, L. n° 2019-222, 23 mars 2019) ;

5° Lorsque l'infraction a été commise à l'occasion de la conduite d'un véhicule terrestre à moteur, l'interdiction de conduire certains véhicules terrestres à moteur, y compris ceux pour la conduite desquels le permis de conduire n'est pas exigé, pour une durée de cinq ans au plus ;

6° *(6° abr. à compter du 24 mars 2020, L. n° 2019-222, 23 mars 2019) ;*

7° Lorsque l'infraction a été commise à l'occasion de la conduite d'un véhicule terrestre à moteur, l'immobilisation, pendant une durée d'un an plus, du véhicule dont le condamné s'est servi pour commettre l'infraction, s'il en est le propriétaire ;

8° Lorsque l'infraction a été commise à l'occasion de la conduite d'un véhicule terrestre à moteur, la confiscation du véhicule dont le condamné s'est servi pour commettre l'infraction, s'il en est le propriétaire.

Interdiction d'activité professionnelle : illustration. Justifie sa décision la cour d'appel qui, condamnant un éleveur de bétail pour mise en danger de la personne d'autrui du fait de la divagation de ses animaux sur la voie publique, prononce, en application des dispositions des articles 223-18 et 131-27 du Code pénal, l'interdiction définitive de la profession d'éleveur dès lors que l'interdiction porte sur l'activité dans l'exercice de laquelle l'infraction a été commise et que les juges ont souverainement apprécié le risque de réitération des faits (■ Cass. crim., 26 sept. 2007 : *JurisData* n° 2007-040994 ; *Dr. pén.* 2008, comm. 3, obs. M. Véron).

– V. aussi *supra*, sous l'article 223-1.

Art. 223-19. – Les personnes physiques coupables de l'une des infractions prévues par les articles 223-10 et 223-11 encourent, outre les peines mentionnées par ces articles, l'interdiction, pour une durée de cinq ans au plus, d'exercer une activité de nature médicale ou paramédicale.

Art. 223-20. – Les personnes physiques coupables de l'une des infractions prévues par les articles 223-1 et 223-8 encourent également la peine complémentaire d'affichage ou de diffusion de la décision prévue par l'article 131-35.

Art. 223-21 *(L. n° 2018-778, 10 sept. 2018).* – L'interdiction du territoire français peut être prononcée dans les conditions prévues à l'article 131-30, soit à titre définitif, soit pour une durée maximale de dix ans, à l'encontre de tout étranger coupable de l'une des infractions prévues à la section 5 du présent chapitre.

CHAPITRE IV. – DES ATTEINTES AUX LIBERTÉS DE LA PERSONNE

Section I. – De la réduction en esclavage et de l'exploitation de personnes réduites en esclavage

(L. n° 2013-711, 5 août 2013)

Art. 224-1 A *(L. n° 2013-711, 5 août 2013).* – La réduction en esclavage est le fait d'exercer à l'encontre d'une personne l'un des attributs du droit de propriété.

La réduction en esclavage d'une personne est punie de vingt années de réclusion criminelle.

Les deux premiers alinéas de l'article 132-23 relatif à la période de sûreté sont applicables à l'infraction prévue au présent article.

Art. 224-1 B *(L. n° 2013-711, 5 août 2013).* – L'exploitation d'une personne réduite en esclavage est le fait de commettre à l'encontre d'une personne dont la réduction en esclavage est apparente ou connue de l'auteur une agression sexuelle, de la séquestrer ou de la soumettre à du travail forcé ou du service forcé.

L'exploitation d'une personne réduite en esclavage est punie de vingt années de réclusion criminelle.

Les deux premiers alinéas de l'article 132-23 relatif à la période de sûreté sont applicables à l'infraction prévue au présent article.

Voir : art. 225-14-1, p. 494.

Art. 224-1 C *(L. n° 2013-711, 5 août 2013).* – Le crime dé réduction en esclavage défini à l'article 224-1 A et le crime d'exploitation d'une personne réduite en esclavage définis à l'article 224-1 B sont punis de trente années de réclusion criminelle lorsqu'ils sont commis :

1° À l'égard d'un mineur ;

2° À l'égard d'une personne dont la vulnérabilité due à son âge, à une maladie, à une infirmité, à une déficience physique ou psychique ou à un état de grossesse est apparente ou connue de l'auteur ;

3° Par un ascendant légitime, naturel ou adoptif ou par une personne qui a autorité sur la victime ou abuse de l'autorité que lui confèrent ses fonctions ;

4° Par une personne appelée à participer, par ses fonctions, à la lutte contre l'esclavage ou au maintien de l'ordre public ;

5° Lorsque le crime est précédé ou accompagné de tortures ou d'actes de barbarie.

Les deux premiers alinéas de l'article 132-23 relatif à la période de sûreté sont applicables aux infractions prévues au présent article.

Bibliographie : *JCl. Pénal Code, Réduction en esclavage et exploitation de personnes réduites en esclavage* par W. Jeandidier. • O.Pluen, *Le crime de réduction en esclavage : RSC* 2015, p. 29.

1) Obligation positive. L'article 4, § 1 de la Convention européenne interdisant l'esclavage ne comporte aucune restriction et impose aux États d'incriminer et de réprimer effectivement tout acte tendant à maintenir une personne dans cette situation, ce qui inclut l'esclavage moderne. Tel n'était pas le cas de la législation française applicable au moment des faits, qui ne connaissait pas d'infraction spécifique permettant une protection à la hauteur de la gravité des comportements subis par la requérante (▪ CEDH, 26 juill. 2005, n° 73316/01, *Siliadin c/ France* : *JurisData* n° 2005-400043 ; *RTD civ.* 2005, p. 740, obs. J.-P. Marguénaud ; *RSC* 2006, p. 139, obs. F. Massias ; *D.* 2006, p. 346, note D. Roets).

2) Violation de l'article 4, § 2 en raison d'un défaut d'enquête effective relative aux conditions de travail de salariés intérimaires dans le secteur de la construction en Azerbaïdjan (▪ CEDH, 7 oct. 2021, n° 20116/12, *Zoletic c/ Azerbaïdjan* : *Dalloz actualité*, 9 nov. 2021, chron. J.-P. Marguénaud ; *JCP* G 2022, 39, note F. Sudre).

3) Distinctions. Au sens de l'article 4 de la CESDH, le travail forcé ou obligatoire, qui peut être lié à la traite des êtres humains, évoque l'idée de contrainte, physique ou morale, peu important que les personnes aient formellement donné leur accord dès lors qu'elles n'y ont pas librement consenti. La servitude s'en distingue par le sentiment des victimes que leur condition n'est pas susceptible d'évoluer (▪ CEDH, 30 mars 2017, n° 21884/15, *Chowdury et a. c/ Grèce* : *JurisData* n° 2017-006294 ; E. Dreyer, *Dr. pén.* 2018, chron. 4, n° 4).

Section I *bis*. – De l'enlèvement et de la séquestration

(Ancienne sect. 1 dénum., L. n° 2013-711, 5 août 2013)

Art. 224-1. – Le fait, sans ordre des autorités constituées et hors les cas prévus par la loi, d'arrêter, d'enlever, de détenir ou de séquestrer une personne, est puni de vingt ans de réclusion criminelle.

Les deux premiers alinéas de l'article 132-23 relatif à la période de sûreté sont applicables à cette infraction.

Toutefois, si la personne détenue ou séquestrée est libérée volontairement avant le septième jour accompli depuis celui de son appréhension, la peine est de cinq ans d'emprisonnement et de 75 000 € d'amende, sauf dans les cas prévus par l'article 224-2.

Bibliographie : *JCl. Pénal Code, Enlèvement, arrestation, détention et séquestration arbitraires* par M.-L. Rassat.

1) QPC. Non-lieu à renvoi au Conseil constitutionnel de la QPC visant l'article 224-1 en soutenant que cet article ne définit pas la séquestration : ▪ Cass. crim., 9 avr. 2014, n° 13-84.826.

2) Incriminations distinctes. L'arrestation illégale et la séquestration qui s'ensuit constituent deux infractions distinctes dont les auteurs peuvent être différents et qui, en cas d'unicité d'auteurs, forment un cumul réel d'infractions (▪ Cass. crim., 26 juill. 1966 : *Bull. crim.* n° 211 ; *JCP* 1966, II, 14864, notes n° S. ▪ Cass. crim., 12 juin 1981 : *Bull. crim.* n° 198. ▪ Cass. crim., 23 mars 1983 : *Bull. crim.* n° 92 ; *RSC* 1984, p. 76, obs. Levasseur).

3) Les crimes d'arrestation illégale, d'une part, de détention illégale ou de séquestration, d'autre part, bien que prévus et réprimés par le même texte, constituent des crimes distincts, dont la nature et les éléments constitutifs sont différents ; est en conséquence entachée de complexité prohibée la question par laquelle il est demandé à la cour et au jury si un accusé est coupable d'avoir arrêté, détenu ou séquestré une personne (▪ Cass. crim., 30 juin 1987 : *Bull. crim.* n° 273 ; *RSC* 1988, p. 303, obs. Levasseur).

4) Les crimes d'arrestation, d'une part, d'enlèvement, d'autre part, de détention ou de séquestration de personne, de troisième part, bien que prévus et réprimés par le même article 224-1 du Code pénal, constituent des crimes distincts, dont la nature et les éléments constitutifs sont différents ; est, en conséquence, entachée de complexité prohibée, la question par laquelle il est demandé à la cour et au jury s'il est constant qu'une personne a été arrêtée, enlevée, détenue ou séquestrée (▪ Cass. crim., 30 oct. 1996 : *Bull. crim.* n° 385).

5) Auteur de l'infraction. Si un fonctionnaire a accompli des actes d'arrestation ou de séquestration illégaux dans un intérêt privé et pour la satisfaction de ses passions personnelles, il est justiciable non des articles 114 et suivants du Code pénal, mais des articles 341 et suivants du Code pénal et est donc assimilé à un simple particulier (▪ Cass. crim., 4 déc. 1862 : *DP* 1865, 5, p. 232).

6) Nature et effet de la durée de détention ou séquestration. La durée de la détention ou de la séquestration constitue en vertu de l'article 341 du Code pénal, non une circonstance aggravante, mais un élément constitutif de l'infraction (▪ Cass. crim., 4 mai 1984 : *Bull. crim.* n° 157).

7) Relève de peines criminelles, et non correctionnelles, la séquestration d'une personne dont la liberté n'a pas été rendue volontairement, sa rétention n'aurait-elle été que de très courte durée (▪ Cass. crim., 11 mai 1995 : *RSC* 1996, p. 372, obs. Y. Mayaud).

8) Libération. Constitue une libération volontaire la cessation de la surveillance, par les auteurs de l'infraction, lorsque celle-ci est réalisée dans des conditions de nature à permettre à la personne séquestrée de quitter les lieux où elle était retenue (▪ Cass. crim., 11 août 2021, n° 21-83.172 : *JurisData* n° 2021-012465 ; *Dalloz actualité*, 16 sept. 2021, obs. F. Charlent ; *JCP* G 2021, n° 42, 1097, obs. Ph. Collet ; *Dr. pén.* 2021, comm. 177 par Ph. Conte ; *Gaz. Pal.* 23 nov. 2021, obs. S. Detraz ; *RSC* 2021, p. 837, obs. Y. Mayaud ; *AJ pénal* 2021, p. 478, obs. J.-C. Planque).

9) Infraction continue. Le sort de la personne, qui n'est pas reparue depuis sa disparition en 1976 dans le contexte de la dictature militaire Argentine demeurant inconnu, les infractions de détention ou séquestration arbitraires ne peuvent être considérées comme prescrites. S'agissant d'infractions continues, le délai de prescription de l'action publique ne court qu'à compter du moment où elles ont pris fin dans leurs actes constitutifs et dans leurs effets (▪ Cass. crim., 24 mai 2018, n° 17-86.340 : *JurisData* n° 2018-008621 ; *Dalloz actualité* 18 juin 2018, obs. H. Diaz ; *D.* 2018, p. 1480, A. Gogorza ; *AJ pénal* 2018, p. 375, obs. C. Courtin ; et p. 472, obs. C. Otero). V. dans la même affaire, dans le cadre d'un recours contre le décret d'extradition de l'accusé : conformité à la Constitution de l'article 7 du Code de procédure pénale dans sa version issue de la loi du 4 avril 2006, qui a pour effet de fixer, selon la jurisprudence constante de la Cour de cassation, le point de départ du délai de prescription des infractions continues au jour où l'infraction a pris fin dans ses actes constitutifs et dans ses effets (▪ Cons. const., 24 mai 2019, déc. n° 2019-785 QPC : *Dr. pén.* 2019, comm. 123, note Ph. Conte ; M. Bouchet : *Lexbase pénal* n° 18, 18 juill. 2019).

10) Application de l'article 73 du Code de procédure pénale sur les crimes et délits flagrants. Il n'est commis aucune arrestation ou détention illégale lorsque la personne qui a surpris le délinquant en flagrant délit s'assure de sa personne jusqu'à ce que celui-ci soit remis entre les mains de l'officier de police qui en a été avisé dans les meilleurs délais que les circonstances permettent (▪ Cass. crim., 1er oct. 1979 : *Bull. crim.* n° 263 ; *D.* 1980, IR p. 334, obs. Puech ; *RSC* 1980, p. 984, obs. Levasseur).

11) Mais ne sauraient invoquer les dispositions de l'article 73 du Code de procédure pénale en ce qui concerne la séquestration arbitraire dont ils étaient prévenus ceux qui, après appréhension en flagrant délit de l'auteur d'un vol, attendent sept heures avant d'aviser l'officier de police judiciaire et ont ainsi privé de sa liberté pendant ce temps la personne ainsi séquestrée arbitrairement (▪ Cass. crim., 16 févr. 1988 : *Bull. crim.* n° 75).

12) Un directeur de magasin a été retenu comme complice, par instructions données, d'arrestation et de séquestration arbitraires commis par son subordonné sur une mineure gardée pendant 20 minutes dans un local jusqu'à l'arrivée des services de police, dès lors qu'en l'absence d'indices apparents d'un comportement délictueux ces mesures ne pouvaient être justifiées au regard des dispositions de l'article 73 du Code de procédure pénale (▪ Cass. crim., 26 mai 1999 : *Gaz. Pal.* 1999, 2, chr. crim., n° 122).

13) Jugé que se rend complice du délit de séquestration arbitraire l'avocat qui donne instructions à sa secrétaire d'enfermer une avocate, son ancienne collaboratrice, ainsi qu'une accompagnatrice, dans les locaux professionnels qu'elles s'apprêtaient à quitter, et ce jusqu'à l'intervention d'un membre du conseil de l'Ordre, en présence des services de police, alors que le prévenu ne disposait d'aucun élément objectif de nature à lui laisser croire que celles-ci avaient commis ou allaient commettre une infraction pénale (▪ Cass. crim., 3 oct. 2006 : *JurisData* n° 2006-035737 ; *Dr. pén.* 2007, comm. 3 et 5, obs. M. Véron).

14) Indifférence du mobile. Le mobile inspirant l'agent importe peu : ainsi constitue une séquestration le fait de retenir arbitrairement dans un service hospitalier de vénérologie, une personne soupçonnée de se livrer à la prostitution afin d'éviter qu'elle ne retourne à son activité coupable (▪ Cass. crim., 12 mars 1959 : *Bull. crim.* n° 175).

15) Contexte de conflits sociaux. Est de nature à constituer le délit de séquestration de personne le fait d'avoir retenu contre son gré pendant plusieurs heures dans un bureau le directeur d'une entreprise (■ Cass. crim., 18 mars 1980, inédit. ■ Cass. crim., 19 févr. 1991 : *Dr. pén.* 1991, n° 227, M. Véron. – V. aussi, pour des espèces relatives à des conflits sociaux, où le crime n'était pas réalisé, ■ Cass. crim., 9 oct. 1979, inédit. ■ Cass. crim., 28 janv. 1981, inédit).

16) Constitue le délit de séquestration arbitraire le fait, par des salariés, de retenir contre son gré pendant moins de cinq jours un chef d'entreprise sur les lieux du travail, même s'il n'est pas usé de violences, afin de le contraindre d'accorder les avantages qu'ils réclament. Encourt la cassation pour contradiction de motifs l'arrêt qui, ayant expressément relevé l'existence en l'espèce des éléments tant matériel qu'intentionnel de l'infraction, relaxe néanmoins les prévenus au motif essentiel que les conflits collectifs du travail constituent souvent des sources d'affrontement pouvant impliquer des immobilisations de personnes plus ou moins prolongées qui ne sauraient, en l'absence de violences caractérisées, donner matière à poursuites répressives (■ Cass. crim., 23 déc. 1986 : *Bull. crim.* n° 384 ; *RSC*, 1987, 696, obs. Levasseur).

17) La présence des trois prévenus sur les lieux du mouvement de grève entrepris par une cinquantaine d'employés de la société ne suffit pas pour établir une participation directe et matérielle à la séquestration de deux de ses dirigeants ; cette présence au milieu de l'action, même si cette action n'a pas été désavouée par les prévenus qui entendaient s'y associer, ne saurait équivaloir à un rôle actif joué dans la volonté d'empêcher les victimes de circuler librement ou de les isoler du monde extérieur (■ Cass. crim., 6 sept. 1989 : *Dr. pén.* 1990, n° 55).

18) Justifie sa décision la chambre d'accusation qui énonce, pour renvoyer l'accusé devant une cour d'assises sous l'accusation de tentative d'enlèvement de mineure de 15 ans, que la qualification correctionnelle prévue par l'article 224-1, alinéa 3, du Code pénal, qui suppose une libération volontaire de la personne détenue ou séquestrée, est inapplicable à la tentative d'enlèvement, dès lors que la résistance opposée par la victime, mineure de 15 ans, a seule mis fin à l'acte en cours d'exécution (■ Cass. crim., 26 avr. 2000 : *Bull. crim.* n° 164).

19) L'employeur qui a connaissance de faits répréhensibles commis dans l'entreprise, susceptibles de donner lieu à des sanctions disciplinaires, peut procéder à une enquête interne et recueillir les explications des salariés. Ne justifie pas sa décision l'arrêt qui retient à l'encontre de l'employeur le délit de détention arbitraire prévu par l'article 224-1 du Code pénal, commis à l'occasion d'une enquête interne, sans préciser les actes matériels dirigés contre la personne d'un employé qui l'auraient privé de sa liberté d'aller et de venir (■ Cass. crim., 28 févr. 2018, n° 17-81.929).

20) Pouvoir disciplinaire de l'employeur. Cassation de l'arrêt de condamnation qui avait qualifié de contrainte morale irrésistible le fait, pour l'employeur, de demander à un salarié de rester dans son bureau dans le cadre d'une enquête interne relative à des faits de vols commis au sein de l'entreprise. L'infraction de séquestration ne pouvait être retenue sans caractériser d'actes matériels ayant privé le salarié de sa liberté d'aller et venir (■ Cass. crim., 28 févr. 2018, n° 17-81.929 : *JurisData* n° 2018-002695 ; *AJ pénal* 2018, p. 256, obs. M. Airiau ; *Dr. pén.* 2018, comm. 73, n° 5, note Ph. Conte ; *RSC* 2018, p. 415, obs. Y. Mayaud).

21) Répression. Les peines des articles 341 à 344 sont applicables à celui qui fait arrêter, détenir ou séquestrer des personnes, comme à celui qui accomplit personnellement ces actes (■ Cass. crim., 4 août 1948 : *Bull. crim.* n° 222).

Art. 224-2. – L'infraction prévue à l'article 224-1 est punie de trente ans de réclusion criminelle lorsque la victime a subi une mutilation ou une infirmité permanente provoquée volontairement ou résultant soit des conditions de détention, soit d'une privation d'aliments ou de soins.

Elle est punie de la réclusion criminelle à perpétuité lorsqu'elle est précédée ou accompagnée de tortures ou d'actes de barbarie ou lorsqu'elle est suivie de la mort de la victime.

Les deux premiers alinéas de l'article 132-23 relatif à la période de sûreté sont applicables aux infractions prévues par le présent article.

QPC. Non-lieu à renvoi devant le Conseil constitutionnel de la QPC visant l'article 224-2, alinéa 2, dès lors que les actes relevant de la torture ou de la barbarie sont définis par l'article premier de la Convention de New York du 10 décembre 1984 contre la torture et autres peines ou traitements cruels, inhumains ou dégradants (■ Cass. crim., 21 juin 2017, n° 17-82.068 : *Dr. pén.* 2017, comm. 121, note Ph. Conte).

Art. 224-3 ***(Mod., L. n° 2004-204, 9 mars 2004).*** **– L'infraction prévue par l'article 224-1 est punie de trente ans de réclusion criminelle lorsqu'elle est commise à l'égard de plusieurs personnes.**

Les deux premiers alinéas de l'article 132-23 relatif à la période de sûreté sont applicables à cette infraction.

Toutefois, si la personne détenue ou séquestrée ou toutes les personnes détenues ou séquestrées sont libérées volontairement dans le délai prévu par le troisième alinéa de l'article 224-1, la peine est de dix ans d'emprisonnement, sauf si la victime ou l'une des victimes a subi l'une des atteintes à son intégrité physique mentionnées à l'article 224-2.

Art. 224-4. – Si la personne arrêtée, enlevée, détenue ou séquestrée l'a été comme otage soit pour préparer ou faciliter la commission d'un crime ou d'un délit, soit pour favoriser la fuite ou assurer l'impunité de l'auteur ou du complice d'un crime ou d'un délit, soit pour obtenir l'exécution d'un ordre ou d'une condition, notamment le versement d'une rançon, l'infraction prévue par l'article 224-1 est punie de trente ans de réclusion criminelle.

Les deux premiers alinéas de l'article 132-23 relatif à la période de sûreté sont applicables à cette infraction.

Sauf dans les cas prévus à l'article 224-2, la peine est de dix ans d'emprisonnement si la personne prise en otage dans les conditions définies au premier alinéa est libérée volontairement avant le septième jour accompli depuis celui de son appréhension, sans que l'ordre ou la condition ait été exécuté.

1) La circonstance aggravante de prise d'otage est une circonstance aggravante réelle ; elle s'applique à l'infraction commise par l'auteur de l'arrestation, de la détention ou de la séquestration illégales, quelle que soit la durée de la détention (▪ Cass. crim., 24 oct. 1984 : *Bull. crim.* n° 321).

2) Selon le troisième alinéa de l'article 224-4 du Code pénal, l'enlèvement ou la séquestration avec prise d'otage devient un délit lorsque la personne prise en otage est libérée volontairement avant le septième jour depuis celui de son appréhension ; cette disposition s'applique à l'ensemble des cas prévus par le premier alinéa du même texte, notamment à celui où la prise d'otage a été commise pour préparer ou faciliter la commission d'un crime ou d'un délit (▪ Cass. crim., 8 juin 2006 : *Bull. crim.* n° 171 ; *JCP* 2006, II, 10190, note Ph. Conte).

3) Les faits de prise d'otage sont de nature criminelle lorsque la libération, même avant le septième jour, n'intervient que par l'effet de l'exécution, par la victime, d'un ordre ou d'une condition (▪ Cass. crim., 9 juill. 2008 : *Bull. crim.* n° 169 ; *Juris-Data* n° 2008-044927 ; *Dr. pén.* 2008, comm. 126, obs. M. Véron ; *RSC* 2008, p. 909, obs. Y. Mayaud).

4) La question relative à la circonstance aggravante de prise d'otage définie par l'article 343 du Code pénal doit se référer aux éléments constitutifs du crime que l'arrestation illégale ou la séquestration ont eu pour but de préparer ou faciliter (▪ Cass. crim., 2 juill. 1987 : *Bull. crim.* n° 279 ; *RSC* 1988, p. 523, obs. Levasseur).

5) Cette circonstance aggravante doit, à peine de complexité, faire l'objet d'une question distincte (▪ Cass. crim., 27 avr. 1988 : *Bull. crim.* n° 184).

6) N'est pas entachée de complexité prohibée la question qui porte qu'une prise d'otages a été exécutée pour faciliter la commission d'un crime et pour permettre la fuite de ses auteurs, dès lors que l'une ou l'autre de ces circonstances, prévues par l'article 343 du Code pénal, entraîne à elle seule les mêmes conséquences pénales (▪ Cass. crim., 27 avr. 1988 : *Bull. crim.* n° 184).

7) Répression. V. sous l'article 224-1, *supra*, V° *Répression*.

Art. 224-5. – Lorsque la victime de l'un des crimes prévus aux articles 224-1 à 224-4 est un mineur de quinze ans, la peine est portée à la réclusion criminelle à perpétuité si l'infraction est punie de trente ans de réclusion criminelle et à trente ans de réclusion criminelle si l'infraction est punie de vingt ans de réclusion criminelle.

Les deux premiers alinéas de l'article 132-23 relatif à la période de sûreté sont applicables dans les cas prévus par le présent article.

1) Auteur. L'article 354 du Code pénal ne peut s'appliquer, malgré la généralité de ses termes, au père ou à la mère du mineur (▪ Cass. crim., 5 avr. 1900 : *S.* 1902, 1, 428).

2) Caractérisation. Il ne peut y avoir enlèvement lorsque le mineur a été détourné très peu de temps et a ensuite été libre de regagner son domicile : ainsi est coupable uniquement de tentative de viol l'individu qui avait entraîné par fraude une fillette dans une maison de tolérance en vue d'en abuser et qui, sur les protestations de la victime, l'avait laissée repartir (▪ CA Montpellier, 10 févr. 1846 : *D.* 1847, 2, 5).

3) Domaine de la circonstance aggravante – durée de la détention. L'aggravation prévue à l'article 224-5 du fait de la minorité de 15 ans de la victime ne vise que les hypothèses de séquestration punies d'une peine criminelle et n'est donc pas applicable lorsque la victime a été libérée avant le septième jour accompli, acte qui revêt une qualification délictuelle. La solution s'appuie notamment sur l'intention du législateur telle qu'exprimée par les débats parlementaires, qui entendait inciter à la libération des victimes mineures à bref délai (■ Cass. crim., 2 juin 2021, n° 21-81.581 : *JurisData* n° 2021-008403 ; *Dr. pén.* 2021, comm. 159 par Ph. Conte ; *AJ pénal* 2021, p. 421, obs. B. Py).

4) Concours d'infractions. L'enlèvement d'un mineur avec rançon et la séquestration illégale du même mineur constituent des crimes distincts dont la nature et les éléments constitutifs sont différents ; en conséquence, le coauteur de la séquestration peut n'avoir été ni l'auteur, ni le coauteur, ni le complice de l'enlèvement qui a permis ensuite la réalisation de ladite séquestration (■ Cass. crim., 21 févr. 1979 : *Bull. crim.* n° 80 ; *RSC* 1980, p. 435, obs. Levasseur).

Art. 224-5-1 *(L. n° 2004-204, 9 mars 2004)*. **– Toute personne qui a tenté de commettre les crimes prévus par la présente section est exempte de peine si, ayant averti l'autorité administrative ou judiciaire, elle a permis d'éviter la réalisation de l'infraction et d'identifier, le cas échéant, les autres auteurs ou complices.**

La peine privative de liberté encourue par l'auteur ou le complice d'un des crimes prévus à la présente section est réduite de moitié si, ayant averti l'autorité administrative ou judiciaire, il a permis de faire cesser l'infraction ou d'éviter que l'infraction n'entraîne mort d'homme ou infirmité permanente et d'identifier, le cas échéant, les autres auteurs ou complices. Lorsque la peine encourue est la réclusion criminelle à perpétuité, celle-ci est ramenée à vingt ans de réclusion criminelle.

Art. 224-5-2 *(L. n° 2004-204, 9 mars 2004)*. **– Lorsque les infractions prévues par le premier alinéa de l'article 224-1 et par les articles 224-2 à 224-5 sont commises en bande organisée, les peines sont portées à 1 000 000 € d'amende et à :**

1° Trente ans de réclusion criminelle si l'infraction est punie de vingt ans de réclusion criminelle ;

2° La réclusion criminelle à perpétuité si l'infraction est punie de trente ans de réclusion criminelle.

Les deux premiers alinéas de l'article 132-23 relatif à la période de sûreté sont applicables dans les cas prévus aux 1° et 2°.

Les questions relatives aux circonstances aggravantes doivent être posées en fait ; encourt la censure la question qui se borne à demander si les faits ont été commis en bande organisée, alors que cette question doit être posée dans les termes de l'article 132-71 du Code pénal définissant les éléments constitutifs de cette circonstance aggravante et par référence aux faits de l'espèce (■ Cass. crim., 15 mars 2006 : *Bull. crim.* n° 77 ; *Dr. pén.* 2006, comm. 94, obs. M. Véron).

Section II. – Du détournement d'aéronef, de navire ou de tout autre moyen de transport

Art. 224-6. – Le fait de s'emparer ou de prendre le contrôle par violence ou menace de violence d'un aéronef, d'un navire ou de tout autre moyen de transport à bord desquels des personnes ont pris place, ainsi que d'une plate-forme fixe située sur le plateau continental, est puni de vingt ans de réclusion criminelle.

Les deux premiers alinéas de l'article 132-23 relatif à la période de sûreté sont applicables à cette infraction.

Bibliographie : *JCl. Pénal Code, Détournement d'aéronef, de navire ou de tout autre moyen de transport* par L. de Graëve.

Art. 224-6-1 *(L. n° 2011-13, 5 janv. 2011)*. **– Lorsque l'infraction prévue à l'article 224-6 est commise en bande organisée, la peine est portée à trente ans de réclusion criminelle.**

Les deux premiers alinéas de l'article 132-23 sont applicables à cette infraction.

Art. 224-7. – L'infraction définie à l'article 224-6 est punie de la réclusion criminelle à perpétuité lorsqu'elle est accompagnée de tortures ou d'actes de barbarie ou s'il en est résulté la mort d'une ou de plusieurs personnes.

Les deux premiers alinéas de l'article 132-23 sont applicables à cette infraction.

La cour d'assises doit être interrogée sur tous les éléments constitutifs de l'infraction et dans les termes de la loi ; tel n'est pas le cas lorsque la question, d'une part, omet de mentionner la présence à bord des navires détournés de personnes y ayant pris place et, d'autre part, vise à la fois le fait de s'emparer et de prendre le contrôle des navires (■ Cass. crim., 24 oct. 2007 : *Bull. crim.* n° 255 ; *Dr. pén.* 2008, comm. 2, obs. M. Véron).

Art. 224-8. – Le fait par quiconque, en communiquant une fausse information, de compromettre sciemment la sécurité d'un aéronef en vol ou d'un navire est puni de cinq ans d'emprisonnement et de 75 000 € d'amende.

La tentative de l'infraction prévue au présent article est punie des mêmes peines.

Le fait de communiquer une fausse information selon laquelle une bombe avait été placée dans un avion dont les portes avaient été closes et qui était sur son axe de départ ne constitue le délit prévu et réprimé par l'article 462-1 du Code pénal que s'il est justifié, comme l'exige ce texte, que la sécurité de l'aéronef a été compromise. À défaut, ce fait constitue le délit prévu par l'article 308-1° du Code pénal qui punit toute personne qui aura communiqué une information qu'elle savait être fausse, dans le but de faire croire à un attentat contre les personnes ou contre les biens qui serait punissable de peines criminelles (■ Cass. crim., 24 févr. 1987 : *Bull. crim.* n° 94).

Art. 224-8-1 *(L. n° 2004-204, 9 mars 2004).* **– Toute personne qui a tenté de commettre les crimes prévus par la présente section est exempte de peine si, ayant averti l'autorité administrative ou judiciaire, elle a permis d'éviter la réalisation de l'infraction et d'identifier, le cas échéant, les autres auteurs ou complices.**

La peine privative de liberté encourue par l'auteur ou le complice d'un des crimes prévus à la présente section est réduite de moitié si, ayant averti l'autorité administrative ou judiciaire, il a permis de faire cesser l'infraction ou d'éviter que l'infraction n'entraîne mort d'homme ou infirmité permanente et d'identifier, le cas échéant, les autres auteurs ou complices. Lorsque la peine encourue est la réclusion criminelle à perpétuité, celle-ci est ramenée à vingt ans de réclusion criminelle.

Section III. – Peines complémentaires applicables aux personnes physiques

Art. 224-9 *(Mod., L. n° 2007-297, 5 mars 2007 ; L. n° 2008-776, 4 août 2008 ; L. n° 2012-304, 6 mars 2012 ; L. n° 2013-711, 5 août 2013).* **– I. – Les personnes physiques coupables des infractions prévues au présent chapitre encourent les peines complémentaires suivantes :**

1° L'interdiction, suivant les modalités prévues par l'article 131-26, des droits civiques, civils et de famille ;

2° L'interdiction, suivant les modalités prévues par l'article 131-27, soit d'exercer une fonction publique ou d'exercer l'activité professionnelle ou sociale dans l'exercice ou à l'occasion de l'exercice de laquelle l'infraction a été commise, soit, pour les crimes prévus par le premier alinéa de l'article 224-1, l'article 224-2, le premier alinéa des articles 224-3 et 224-4 et 224-5 et les articles 224-5, 224-5-2, 224-6 et 224-7, d'exercer une profession commerciale ou industrielle, de diriger, d'administrer, de gérer ou de contrôler à un titre quelconque, directement ou indirectement, pour son propre compte ou pour le compte d'autrui, une entreprise commerciale ou industrielle ou une société commerciale. Ces interdictions d'exercice peuvent être prononcées cumulativement ;

3° *(Abr., L. n° 2012-304, 6 mars 2012)* **;**

4° *(4° abr. à compter du 24 mars 2020, L. n° 2019-222, 23 mars 2019).*

II. – En cas de condamnation pour les infractions prévues au présent chapitre, le prononcé de la peine complémentaire d'interdiction de détenir ou de porter, pour une durée de dix ans au plus, une arme soumise à autorisation est obligatoire.

Toutefois, la juridiction peut, par une décision spécialement motivée lorsque la condamnation est prononcée par une juridiction correctionnelle, décider de ne pas prononcer cette peine, en considération des circonstances de l'infraction et de la personnalité de son auteur.

Art. 224-10 *(L. n° 2005-1549, 12 déc. 2005 ; mod., L. n° 2013-711, 5 août 2013).* **– Les personnes physiques coupables des crimes prévus par les sections 1 et 1 *bis* du présent chapitre encourent également le suivi socio-judiciaire selon les modalités prévues par les articles 131-36-1 à 131-36-13.**

Art. 224-11 *(L. n° 2018-778, 10 sept. 2018).* **– L'interdiction du territoire français peut être prononcée dans les conditions prévues à l'article 131-30, soit à titre définitif, soit pour une durée maximale de dix ans, à l'encontre de tout étranger coupable de l'une des infractions prévues au présent chapitre.**

CHAPITRE V. – DES ATTEINTES À LA DIGNITÉ DE LA PERSONNE

Section I. – Des discriminations

Bibliographie : *JCl. Pénal Code, Discriminations* par J. Lasserre-Capdeville. ● M. Keller, *La loi du 16 novembre 2001 relative à la lutte contre les discriminations : D.* 2002, p 1355, Le point sur... ● S. Detraz, *La discrimination « par ricochet » : un aspect latent du délit : Dr. pén.* 2008, étude 10. ● S. Detraz, *La cohérence des infractions de discrimination,* Dossier *La lutte contre* *les discriminations* : *Gaz. Pal.* 11 mai 2013. • A. Cerf-Hollender, *Nouveautés en matière de lutte contre les discriminations, LEFP*, mars 2017, n° 110h9, p. 2. • S. Detraz, *Pour que cesse la discrimination tiraillée entre le Code pénal et le Code du travail* : *Rev. pénit.* 2019, n° 1, p. 103. • V. Bernardi, *Les atteintes à caractère raciste, xénophobe ou antireligieux : la mesure statistique d'un phénomène peu déclaré aux forces de sécurité* : *AJ pénal* 2020, p. 427.

Art. 225-1 ***(Mod., L. n° 2001-1066, 16 nov. 2001 ; L. n° 2002-303, 4 mars 2002 ; L. n° 2006-340, 23 mars 2006 ; L. n° 2012-954, 6 août 2012 ; L. n° 2014-173, 21 févr. 2014 ; L. n° 2016-832, 24 juin 2016 ; L. n° 2016-1547, 18 nov. 2016).*** **– Constitue une discrimination toute distinction opérée entre les personnes physiques sur le fondement de leur origine, de leur sexe, de leur situation de famille, de leur grossesse, de leur apparence physique, de la particulière vulnérabilité résultant de leur situation économique, apparente ou connue de son auteur, de leur patronyme, de leur lieu de résidence, de leur état de santé, de leur perte d'autonomie, de leur handicap, de leurs caractéristiques génétiques, de leurs mœurs, de leur orientation sexuelle, de leur identité de genre, de leur âge, de leurs opinions politiques, de leurs activités syndicales, de leur capacité à s'exprimer dans une langue autre que le français, de leur appartenance ou de leur non-appartenance, vraie ou supposée, à une ethnie, une Nation, une prétendue race ou une religion déterminée.**

Constitue également une discrimination toute distinction opérée entre les personnes morales sur le fondement de l'origine, du sexe, de la situation de famille, de la grossesse, de l'apparence physique, de la particulière vulnérabilité résultant de la situation économique, apparente ou connue de son auteur, du patronyme, du lieu de résidence, de l'état de santé, de la perte d'autonomie, du handicap, des caractéristiques génétiques, des mœurs, de l'orientation sexuelle, de l'identité de genre, de l'âge, des opinions politiques, des activités syndicales, de la capacité à s'exprimer dans une langue autre que le français, de l'appartenance ou de la non-appartenance, vraie ou supposée, à une ethnie, une Nation, une prétendue race ou une religion déterminée des membres ou de certains membres de ces personnes morales.

Voir : suite des notes sous art. 225-2, p. 468. V. en outre art. 432-7 (discrimination par personne dépositaire de l'autorité publique), p. 841.

1) Nature de la discrimination. Étant seules punissables les discriminations fondées sur les critères limitativement énumérés par les articles 225-1 à 225-1-2, le principe d'interprétation stricte permet la répression de la seule discrimination directe, entendue par opposition à la discrimination indirecte telle que définie par la loi n° 2008-496 du 27 mai 2008 et consistant en une disposition, un critère ou une pratique neutres en apparence mais susceptibles d'entraîner un désavantage injustifié pour des personnes. En l'absence de prévision légale de critères relatifs à la durée d'emploi dans une région particulière, la constatation statistique relative au territoire d'origine de personnes promues en application d'un arrêté, extrinsèque au libellé de celui-ci, ne pourrait constituer qu'une discrimination indirecte. Substitution de motifs pour rejeter le pourvoi qui invoquait justement la possibilité d'engager la responsabilité de celui qui, doté d'un pouvoir de gestion administrative, avait établi par une note de service les critères d'avancement litigieux. L'article 225-1 n'exige pas, en effet, que la discrimination prohibée ait été directement mise en œuvre par l'auteur, et il suffit que celui-ci ait participé, en raison de ses fonctions, au pouvoir de direction de la personne morale qui met en œuvre la mesure discriminatoire (▪ Cass. crim., 8 juin 2021, n° 20-80.056 : *JurisData* n° 2021-008811 ; *BJT* juill. 2021, n° 200j2, obs. A. Casado ; *Dr. pén.* 2021, comm. 156, Ph. Conte ; *Gaz. Pal.* 31 août 2021, note S. Detraz ; *RSC* 2021, p. 613, note Y. Mayaud).

2) *C/a*, antérieurement. L'article 225-1 du Code pénal ne distingue pas entre discrimination directe et discrimination indirecte (▪ Cass. crim., 8 janv. 2019, n° 17-82.675 : *Gaz. Pal.* 7 mai 2019, p. 56, obs. S. Detraz).

3) CEDH – Violences de genre. Constitue un principe de droit international coutumier l'interdiction de la violence fondée sur le genre en tant que forme de discrimination. (▪ CEDH, 9 juin 2009, n° 33401/02, *Opuz c/ Turquie* : *JurisData* n° 2009-022589).

4) Violation combinée des articles 14 et 3 de la Convention européenne des droits de l'homme, par la Russie, pour la tolérance d'un climat propice à la violence domestique et l'absence de création des conditions d'une égalité réelle entre les sexes, faute de législation et de mesures de protection effective des femmes victimes de telles violences, reconnues comme discriminatoires (▪ CEDH, 9 juill. 2019, n° 41261/17, *Volodina c/ Russie* : *JurisData* n° 2019-014388 ; *Rev. pénit.* 2019, n° 3, p. 729, chron. Ch. Claverie-Rousset ; *JCP G* 2019, p. 872, note H. Surrel ; *Journal d'actualité des droits européens*, n° 21, 2019, note E. Deneuville).

5) Violation de l'article 8 de la Convention pour défaut de protection contre la victimisation secondaire de la victime de violences sexuelles en réunion en raison, en particulier, du langage et des arguments retenus dans la motivation, rendue publique, de la décision devenue définitive de la cour d'appel qui reproduit des stéréotypes sexistes et comporte divers commentaires sur l'identité et la vie sexuelles de la victime (■ CEDH, 27 mai 2021, n° 5671/16, *J. L. c/ Italie* : *Dalloz actualité*, 6 juill. 2021, chron. J.-P. Marguénaud).

Loi du 9 décembre 1905

concernant la séparation des Églises et de l'État

Art. 31. – Sont punis d'un an d'emprisonnement et de 15 000 euros d'amende ceux qui, soit par menaces contre un individu, soit en lui faisant craindre de perdre son emploi ou d'exposer à un dommage sa personne, sa famille ou sa fortune, ont agi en vue de le déterminer à exercer ou à s'abstenir d'exercer un culte, à faire partie ou à cesser de faire partie d'une association cultuelle, à contribuer ou à s'abstenir de contribuer aux frais d'un culte.

Les peines sont portées à trois ans d'emprisonnement et 45 000 euros d'amende lorsque l'auteur des faits agit par voie de fait ou violence.

Art. 32. – Seront punis des mêmes peines ceux qui auront empêché, retardé ou interrompu les exercices d'un culte par des troubles ou désordres causés dans le local servant à ces exercices.

Art. 33. – Les dispositions des deux articles précédents ne s'appliquent qu'aux troubles, outrages ou voies de fait, dont la nature ou les circonstances ne donneront pas lieu à de plus fortes peines d'après les dispositions du Code pénal.

Rédaction future. Art. 225-1 *(Mod. à compter du 1er septembre 2022, L. n° 2022-401, 21 mars 2022).* – Constitue une discrimination toute distinction opérée entre les personnes physiques sur le fondement de leur origine, de leur sexe, de leur situation de famille, de leur grossesse, de leur apparence physique, de la particulière vulnérabilité résultant de leur situation économique, apparente ou connue de son auteur, de leur patronyme, de leur lieu de résidence, de leur état de santé, de leur perte d'autonomie, de leur handicap, de leurs caractéristiques génétiques, de leurs mœurs, de leur orientation sexuelle, de leur identité de genre, de leur âge, de leurs opinions politiques, de leurs activités syndicales, de leur qualité de lanceur d'alerte, de facilitateur ou de personne en lien avec un lanceur d'alerte au sens, respectivement, du I de l'article 6 et des 1° et 2° de l'article 6-1 de la loi n° 2016-1691 du 9 décembre 2016 relative à la transparence, à la lutte contre la corruption et à la modernisation de la vie économique, de leur capacité à s'exprimer dans une langue autre que le français, de leur appartenance ou de leur non-appartenance, vraie ou supposée, à une ethnie, une Nation, une prétendue race ou une religion déterminée.

Constitue également une discrimination toute distinction opérée entre les personnes morales sur le fondement de l'origine, du sexe, de la situation de famille, de la grossesse, de l'apparence physique, de la particulière vulnérabilité résultant de la situation économique, apparente ou connue de son auteur, du patronyme, du lieu de résidence, de l'état de santé, de la perte d'autonomie, du handicap, des caractéristiques génétiques, des mœurs, de l'orientation sexuelle, de l'identité de genre, de l'âge, des opinions politiques, des activités syndicales, de la qualité de lanceur d'alerte, de facilitateur ou de personne en lien avec un lanceur d'alerte, au sens, respectivement, du I de l'article 6 et des 1° et 2° de l'article 6-1 de la loi n° 2016-1691 du 9 décembre 2016 précitée, de la capacité à s'exprimer dans une langue autre que le français, de l'appartenance ou de la non-appartenance, vraie ou supposée, à une ethnie, une Nation, une prétendue race ou une religion déterminée des membres ou de certains membres de ces personnes morales.

Art. 225-1-1 *(L. n° 2012-954, 6 août 2012).* – **Constitue une discrimination toute distinction opérée entre les personnes parce qu'elles ont subi ou refusé de subir des faits de harcèlement sexuel tels que définis à l'article 222-33 ou témoigné de tels faits, y compris, dans le cas mentionné au I du même article, si les propos ou comportements n'ont pas été répétés.**

Art. 225-1-2 *(L. n° 2017-86, 27 janv. 2017).* – **Constitue une discrimination toute distinction opérée entre les personnes parce qu'elles ont subi ou refusé de subir des faits de bizutage définis à l'article 225-16-1 ou témoigné de tels faits.**

Art. 225-2 *(Mod., L. n° 2001-1066, 16 nov. 2001 ; L. n° 2004-204, 9 mars 2004 ; L. n° 2012-954, 6 août 2012 ; L. n° 2017-86, 27 janv. 2017).* – **La discrimination définie aux articles 225-1 à 225-1-2, commise à l'égard d'une personne physique ou morale, est punie de trois ans d'emprisonnement et de 45 000 € d'amende lorsqu'elle consiste :**

1° À refuser la fourniture d'un bien ou d'un service ;

2° À entraver l'exercice normal d'une activité économique quelconque ;

3° À refuser d'embaucher, à sanctionner ou à licencier une personne ;

4° À subordonner la fourniture d'un bien ou d'un service à une condition fondée sur l'un des éléments visés à l'article 225-1 ou prévue aux articles 225-1-1 ou 225-1-2 ;

5° À subordonner une offre d'emploi, une demande de stage ou une période de formation en entreprise, à une condition fondée sur l'un des éléments visés à l'article 225-1 ou prévue aux articles 225-1-1 ou 225-1-2

6° À refuser d'accepter une personne à l'un des stages visés par le 2° de l'article L. 412-8 du Code de la sécurité sociale.

Lorsque le refus discriminatoire prévu au 1° est commis dans un lieu accueillant du public ou aux fins d'en interdire l'accès, les peines sont portées à cinq ans d'emprisonnement et à 75 000 € d'amende.

• *Sommaire*

I – REFUS DE BIEN OU SERVICE 469
II – REFUS D'EMBAUCHE 471
III – PREUVE 472
IV – ACTION CIVILE 472

1) QPC. Non-lieu à renvoi devant le Conseil constitutionnel de la QPC visant l'article 225-2 (▪ Cass. crim., 23 juin 2015, n° 15-90.005).

I – REFUS DE BIEN OU SERVICE

2) Appartenance à une race ou une nation. Doit être condamné en application de l'article 416, alinéa 1, un hôtelier qui, après avoir reçu la visite d'une femme de race blanche lui demandant une chambre pour deux personnes, avait refusé ensuite de la lui louer en la voyant réapparaître accompagnée d'un homme de race noire (▪ Douai, 25 juin 1974 : *D.* 1975, 492, note Foulon-Piganiol) ; ou encore, la tenancière d'un débit de boissons qui a refusé de servir de la bière à deux clients de type arabe, alors qu'ils n'étaient pas en état d'ébriété et ne causaient pas de scandale (▪ T. corr. Strasbourg, 21 nov. 1974 : *D.* 1975, 492, note Foulon-Piganiol).

3) Doit être condamné le président de la filiale immobilière de la Caisse des dépôts dont les services ont refusé de fournir un appartement à une candidate de nationalité algérienne, au motif qu'un appartement libéré par un Français doit être obligatoirement reloué par un Français (▪ T. corr. Paris, 25 mars 1991).

4) Ne justifie pas sa décision la cour d'appel qui relaxe une société exploitante d'une discothèque pour en avoir refusé l'entrée à des personnes en raison de leur origine alors que dans les motifs de l'arrêt elle avait mis en évidence des faits caractérisant l'élément matériel de l'infraction de discrimination prévue par l'article 225-2, 1° du Code pénal (▪ Cass. crim., 27 nov. 2012, n° 11-84.395 : *Dr. pén.* 2013, comm. 37, obs. M. Véron).

5) Sécurité sociale. L'obligation d'adhérer aux régimes obligatoires de sécurité sociale ne constitue pas une discrimination, fondée sur la privation d'un droit de s'affilier à un régime d'assurances plus favorable, en raison de l'appartenance à une nation (▪ Cass. crim., 24 nov. 1998 : V. ss art. 432-7, p. 841, *infra*).

6) État de santé ou handicap. Commet le délit de l'article 416 du Code pénal le restaurateur qui refuse de servir un client atteint d'un glaucome et ne portant pas de lunettes noires au motif qu'il pourrait importuner les autres clients (▪ T. corr. Nantes, 23 avr. 1990).

7) C'est à bon droit qu'une cour d'appel déclare le propriétaire de locaux à usage d'habitation coupable de discrimination, sur le fondement de l'article 225-2, 4°, du Code pénal, après avoir relevé que celui-ci, ayant appris que l'un des preneurs était atteint du sida, a imposé à ses cocontractants, deux jours avant la remise des clés et la prise de possession des lieux, des obligations supplémentaires dont la nature et le délai d'exécution exorbitants n'avaient d'autre justification que l'état de santé déficient de l'un d'eux (▪ Cass. crim., 25 nov. 1997 : *Bull. crim.* n° 399).

8) Caractérise en tous ses éléments constitutifs de l'infraction, la cour d'appel qui retient que les représentants d'une société d'exploitation de cinémas ont refusé l'accès des salles à des personnes handicapées (fauteuil roulant) malgré les propositions d'aménagement des locaux émanant de la municipalité, alors que l'impossibilité technique de rendre les locaux accessibles à cette clientèle n'est pas démontrée (▪ Cass. crim., 20 juin 2006 : *Dr. pén.* 2006, comm. 134, obs. M. Véron).

De même constitue une discrimination punissable le fait, en violation des dispositions du règlement européen n° 1107/2006 du 5 juillet 2006 obligeant une compagnie aérienne à former ses personnels à l'assistance aux personnes handicapées, d'une part, de refuser d'embarquer à bord d'un aéronef, sans motif légal de sécurité, une personne handicapée parce qu'elle n'est pas accompagnée, d'autre part, d'établir une réglementation interne qui soumet à une condition d'accompagnement l'accès à un avion d'une personne se déplaçant en fauteuil roulant (▪ Cass. crim., 15 déc. 2015, n° 13-81.586 : *D.* 2016, p. 828, note S. Detraz).

9) Entrave à l'activité économique. Selon l'article 225-2, 2° du Code pénal, constitue une discrimination punissable le fait d'entraver l'exercice normal d'une activité économique quelconque en opérant une distinction entre les personnes notamment en raison de leur appartenance ou de leur non-appartenance à une nation déterminée. Aux termes de l'article 122-7 du Code pénal, seul un danger actuel et imminent est de nature à justifier l'infraction.

Pour bénéficier de la cause d'irresponsabilité prévue par l'article 122-3 du Code pénal, la personne poursuivie doit justifier avoir cru, par une erreur sur le droit qu'elle n'était pas en mesure d'éviter, pouvoir légitimement accomplir l'acte reproché.

Encourt dès lors la cassation l'arrêt qui, après avoir relevé que le certificat, qu'une entreprise française avait accepté de fournir à une entreprise des Émirats arabes unis attestant que le matériel qu'elle lui vendait ne serait pas livré par le canal d'un transporteur israélien ni ne transiterait par Israël, avait pour conséquence de rendre plus difficile l'exercice d'une activité économique retient, pour relaxer les prévenus poursuivis pour discrimination économique à raison de l'origine nationale, que, compte tenu du conflit israélo-arabe, l'activité économique avec les Émirats arabes unis ne se déroulait pas dans des conditions normales, que le vendeur s'était trouvé, pour être payé, dans la nécessité impérieuse de satisfaire aux exigences de l'acheteur, que deux lettres adressées par le ministre du Commerce extérieur au président de l'assemblée permanente des chambres de commerce et d'industrie avaient provoqué une erreur de droit insurmontable (▪ Cass. crim., 9 nov. 2004 : *Bull. crim.* n° 273 ; *Dr. pén.* 2005, comm. 35, obs. M. Véron).

10) Selon les articles 225-2, 2° et 225-1 du Code pénal, constitue une discrimination punissable le fait d'entraver l'exercice normal d'une activité économique quelconque en opérant une distinction entre les personnes, notamment en raison de leur appartenance ou de leur non-appartenance à une nation déterminée.

11) La vente d'un bien immobilier par un particulier à un autre ne caractérise pas l'exercice d'une activité économique au sens de l'article 432-7 2° du Code pénal ; justifie dès lors sa décision la cour d'appel qui, saisie du chef de discrimination économique par personne dépositaire de l'autorité publique contre un maire ayant fait pression sur une de ses administrées pour qu'elle renonce à vendre un terrain à une personne appartenant à la communauté des gens du voyage, requalifie les faits en complicité de discrimination par refus de fourniture d'un bien en raison de l'appartenance à une ethnie. Il n'importe que seul le complice ait été poursuivi, dès lors que le fait principal est punissable (▪ Cass. crim., 28 nov. 2006 : *Bull. crim.* n° 294 ; *Dr. pén.* 2007, comm. 31, obs. M. Véron ; *RSC* 2007, p. 79, n° 2, obs. Y. Mayaud).

12) Boycott. Constitue une violation de l'article 10 de la Convention européenne la condamnation pénale de militants pour provocation à la discrimination économique pour des faits d'appel au boycott de produits en raison de leur origine géographique, dès lors que n'a pas été établie la nécessité d'une telle condamnation, dans une société démocratique, pour atteindre le but légitime poursuivi que constitue la protection des droits d'autrui (▪ CEDH, 11 juin 2020, n° 15271/16, *Baldassi et autres c/ France : JurisData* n° 2020-007846 ; *JCP* G 2020, 997, note F. Dubuisson et G. Poissonnier ; *Dr. pén.* 2020, comm. 154, obs. F. Safi ; *Comm. comm. électr.*, comm. 64, obs. A. Lepage ; *AJ pénal* 2020 p. 412, obs. G. Poissonnier ; *RDLF* 2020, chron. 58, note A. Quéré ; *RSC* 2020 p. 753, note D. Roets ; décision à la suite de ▪ Cass. crim., 20 oct. 2015, n° 14-80.020 : *Bull. crim.* n° 382).

13) Également jugé antérieurement qu'une discrimination en matière économique ne peut être justifiée par l'existence d'un boycott prohibé, que l'article 225-2, 2° précité a précisément pour but de sanctionner (▪ Cass. crim., 18 déc. 2007 : *Bull. crim.* n° 312 ; *D.* 2008, p. 893, note S. Detraz ; *Dr. pén.* 2008, comm. 41, obs. M. Véron).

14) Mandat électif. Relaxe justifiée du chef d'entrave qui aurait résulté du refus, en raison d'une origine étrangère, d'inclure une candidate aux élections municipales et de l'avoir ainsi privée d'un mandat électif.

En effet, l'exercice d'un mandat électif, fût-il assorti du versement à l'élu d'une indemnité, ne constitue pas une activité économique au sens de l'article 225-2, 2° du Code pénal (▪ Cass. crim., 22 nov. 2011 : *JurisData* n° 2011-029384 ; *Dr. pén.* 2012, comm. 31, obs. M. Véron).

15) Imputabilité. Justifie sa décision la cour d'appel qui, pour relaxer des conseillers municipaux, poursuivis du chef de discrimination à raison d'une délibération du conseil municipal refusant un service, retient que cette délibération a été prise par un organe collégial de la commune et ne peut être en conséquence imputée à ceux des conseillers ayant exprimé un vote favorable (■ Cass. crim., 11 mai 1999 : *Bull. crim.* n° 93).

16) Le fait de subordonner l'octroi d'une prime de naissance à une condition de nationalité est constitutif du délit de discrimination prévu par les articles 225-1 et 225-2 du Code pénal ; justifie sa décision la cour d'appel, qui, pour retenir la culpabilité du maire d'une commune et de son adjoint du chef de discrimination, retient que, si la délibération instaurant une prime discriminatoire a été votée à bulletins secrets par le conseil municipal, organe collégial de la commune, le délit de discrimination est néanmoins imputable au maire et à son adjoint qui ont personnellement participé à l'infraction, le maire, en en prenant l'initiative, en inscrivant la question à l'ordre du jour et en la soumettant au vote (■ Cass. crim., 17 déc. 2002 : *Bull. crim.* n° 227 ; *Dr. pén.* 2003, comm. 44, obs. M. Véron).

II – REFUS D'EMBAUCHE

17) Annonces discriminatoires. Se rend complice du délit prévu par l'article 416 (3°) du Code pénal le directeur d'une agence nationale pour l'emploi qui accepte d'enregistrer et de diffuser des offres d'emploi excluant tout demandeur d'origine nord-africaine ou restreintes à des personnes de nationalité française (■ Cass. crim., 18 juill. 1985, inédit).

18) Tombe sous le coup de l'article 416-3° du Code pénal le prévenu, chargé de l'embauche d'aides ménagères, qui a été amené par ses fonctions, bien qu'il n'ait pas eu personnellement pouvoir de décision, à participer au recrutement – par la rédaction et la diffusion d'une note de service dont il a pris l'initiative – en soumettant l'offre d'emploi à une condition fondée sur la non-appartenance à une ethnie ou à une race déterminée, par la mention « éviter le personnel de couleur » qui constitue, non une simple recommandation, mais une injonction d'avoir à ne pas présenter à l'embauche des candidats d'ethnie ou de race déterminée ; ce faisant, le prévenu a eu conscience de contribuer à écarter les candidats de couleur, ce qui constitue de sa part un acte de discrimination raciale (■ Paris, 11e ch. B, 21 janv. 1988 : *D.* 1988, IR p. 86 ; confirmé par ■ Cass. crim., 14 nov. 1989 : *Dr. pén.* 1990, n° 129).

19) La cour d'appel n'est pas liée par la qualification que donne aux faits poursuivis la citation devant le tribunal correctionnel. Elle a le pouvoir et le devoir, sous réserve de soumettre préalablement sa décision à la discussion contradictoire des parties, de restituer à la poursuite sa qualification véritable dès lors qu'elle puise les éléments de sa décision dans les faits mêmes dont elle est saisie ; justifient leur décision, les juges qui, après débat contradictoire sur ce point, déclarent le prévenu coupable d'offre d'emploi subordonnée à une condition discriminatoire, délit prévu par l'article 225-2, 5° du Code pénal alors que celui-ci était poursuivi du chef de refus discriminatoire d'embauche, infraction prévue par l'article 225-2, 3°, du même code, en raison de la parution d'offres d'emploi subordonnées à la présentation d'une carte d'électeur (■ Cass. crim., 20 janv. 2009 : *Bull. crim.* n° 19 ; *RSC* 2009, p. 589, obs. Y. Mayaud ; *D.* 2009, p. 997, note S. Detraz).

20) Justifie sa décision la cour d'appel qui condamne, sur le fondement du délit de discrimination prévu par l'article 225-2 5° du Code pénal, des sociétés ayant recherché des animatrices en vue d'une opération de promotion de produits coiffants représentant, pour l'une d'entre elles, une part importante de son chiffre d'affaires, en retenant que cette recherche s'est faite sur la base de critères d'origine et a exclu les personnes non européennes ou de couleur alors que les produits à promouvoir ne justifiaient pas leur exclusion, et qui ajoute que les personnes physiques ayant commis les agissements reprochés, dans leurs fonctions participant du pouvoir de direction au sein de ces sociétés, ont agi en tant que représentantes desdites personnes morales et pour leur compte, au sens de l'article 121-2 dudit code (■ Cass. crim., 23 juin 2009, n° E 07-85.109 : *Bull. crim.* n° 126 ; *Dr. pén.* 2009, comm. 121, obs. M. Véron).

21) Licenciement. Les dispositions de l'article 416-3° (ancien) du Code pénal répriment notamment toute discrimination fondée sur des considérations raciales ou de nationalité, non seulement à l'occasion du licenciement d'un salarié titulaire d'un contrat de travail mais également lors de l'embauche, laquelle ne revêt un caractère définitif qu'à l'expiration de la période d'essai. Justifie dès lors sa décision la cour d'appel qui condamne, en application du texte précité, un employeur qui, pendant la période d'essai, a congédié un salarié au motif, expressément invoqué, qu'il était de nationalité marocaine (■ Cass. crim., 14 oct. 1986 : *Bull. crim.* n° 287).

22) Justifie sa décision au regard des articles 225-1 et 225-2 du Code pénal la cour d'appel qui déclare constitutif du délit de discrimination le licenciement d'un salarié auquel il était reproché d'avoir commis une faute lourde en quittant l'entreprise sans autorisation d'absence afin d'assurer les fonctions d'assistance et de représentation devant les juridictions prud'homales prévues par l'article L. 516-4, devenu l'article L. 1453-4 du Code du travail, en se fondant sur le défaut de dispositions légales ou conventionnelles imposant des modalités d'utilisation du crédit d'heures accordé par la loi pour assurer ces fonctions (■ Cass. crim., 6 mai 2008 : *Bull. crim.* n° 106 ; *Dr. pén.* 2008, comm. 109 et 112, obs. M. Véron).

23) La décision de l'employeur affectant la carrière, la rémunération d'un salarié peut revêtir, si elle est infondée, le caractère d'une sanction au sens de l'article 225-2, 3° du Code pénal relatif aux discriminations (■ Cass. crim., 28 avr. 2009, n° 07-82.901 : *Bull. crim.* n° 74 ; *Dr. pén.* 2009, comm. 110, obs. J.-H. Robert).

24) Obstacle à l'embauche. Le refus, par une société recourant aux services d'une entreprise de travail temporaire, de conclure le contrat de mise à disposition prévu par l'article L. 124-3 du Code du travail constitue un refus d'embauche au sens de l'article 225-2-3° du Code pénal dès lors qu'il fait obstacle à l'embauche, par l'entreprise de travail temporaire, du salarié visé dans le contrat (■ Cass. crim., 2 sept. 2003 : *Bull. crim.* n° 148 ; *Dr. pén.* 2004, comm. 3, obs. M. Véron).

25) Commet l'infraction l'Agence nationale pour l'emploi, établissement public, qui refuse de présenter la candidature d'un demandeur d'emploi à un employeur du fait de la consonance étrangère de son patronyme (■ Cass. crim., 30 sept. 2008 : *Bull. crim.* n° 199 ; *Dr. pén.* 2008, comm. 151, obs. M. Véron).

26) Constitue le délit une offre d'emploi qui, même si elle était assortie d'une condition suspensive implicite tenant à l'élection du prévenu en qualité de maire, était subordonnée à une condition fondée sur l'un des éléments visés à l'article 225-1 du Code pénal, en l'espèce les opinions politiques du bénéficiaire de l'embauche (■ Cass. crim., 11 mars 2014, n° 12-88.313 : *Dr. pén.* 2014, comm. 86, obs. M. Véron).

27) Le refus de renouvellement d'un contrat à durée déterminée d'un salarié, qui entre dans le champ d'application de l'article 225-2, 3°, du Code pénal, constitue une discrimination au sens de ce texte et de l'article 225-1 du même code, dès lors qu'est avérée la prise en considération, par l'auteur du refus, de l'engagement politique d'un membre de la famille du salarié concerné (■ Cass. crim., 21 juin 2016, n° 15-80.365 : *Gaz. Pal.* 4 oct. 2016, n° 275, n1, p. 48, obs. S. Detraz ; *Dr. pén.* 2016, comm. 136, note Ph. Conte).

III – PREUVE

28) Preuve de la discrimination. Aucune disposition légale ne permet aux juges répressifs d'écarter les moyens de preuve produits par les parties au seul motif qu'ils auraient été obtenus de façon illicite ou déloyale. Il leur appartient seulement, en application de l'article 427 du Code de procédure pénale, d'en apprécier la valeur probante après les avoir soumis à la discussion contradictoire ; méconnaît ce principe la cour d'appel qui, dans une procédure suivie du chef de discrimination, refuse d'examiner les éléments de preuve obtenus par les parties civiles au moyen du procédé dit « testing », consistant à solliciter la fourniture d'un bien ou d'un service à seule fin de constater d'éventuels comportements discriminatoires, au motif que ce procédé aurait été mis en œuvre de façon déloyale (■ Cass. crim., 11 juin 2002, n° 01-85.559 : *Bull. crim.* n° 131 ; *D.* 2003, chron. par L. Collet-Askri).

Voir : art. 225-3-1, p. 474.

29) Les dispositions des articles 225-2 du Code pénal et L. 412-2 du Code du travail concernant les délits de discrimination et d'entrave à l'exercice du droit syndical n'instituent aucune dérogation à la charge de la preuve en matière pénale, qui incombe à l'accusation ; dans ces conditions, il ne saurait être reproché aux juges du fond, statuant sur une poursuite exercée contre un employeur en application des textes précités, de ne pas s'être déterminés par référence à l'article L. 122-45 du Code du travail, selon lequel lorsque le salarié présente des éléments de fait laissant supposer l'existence d'une discrimination directe ou indirecte, il incombe à la partie défenderesse de prouver que sa décision est justifiée par des éléments objectifs étrangers à toute discrimination (■ Cass. crim., 3 avr. 2007 : *Bull. crim.* n° 105).

IV – ACTION CIVILE

30) Il résulte de la loi des 16-24 août 1790 et du décret du 16 fructidor an III que, sauf dispositions contraires, les tribunaux judiciaires ne sont pas compétents pour réparer les conséquences dommageables d'une faute engageant la responsabilité d'une personne morale de droit public à l'occasion de la gestion d'un service public administratif, en l'espèce l'Agence nationale pour l'emploi (■ Cass. crim., 30 sept. 2008, préc.).

31) Lorsqu'une infraction de discrimination raciale (en l'espèce refus de service de location d'un bien) a été commise envers une personne considérée individuellement, l'accord de celle-ci est nécessaire pour rendre recevable la constitution de partie civile d'une association de lutte contre le racisme, que celle-ci ait été faite par voie d'action ou par voie d'intervention (■ Cass. crim., 25 nov. 2008 : *Bull. crim.* n° 238 ; *Dr. pén.* 2009, comm. 27, obs. A. Maron et M. Haas).

Loi n° 2016-1547 du 18 novembre 2016

de modernisation de la justice du XXIe siècle

Chapitre Ier – L'action de groupe devant le juge judiciaire (Articles 60 à 84)

Art. 60. – Sous réserve des dispositions particulières prévues pour chacune de ces actions, le présent chapitre est applicable aux actions suivantes devant le juge judiciaire :

1° L'action ouverte sur le fondement de la loi n° 2008-496 du 27 mai 2008 portant diverses dispositions d'adaptation au droit communautaire dans le domaine de la lutte contre les discriminations ;

2° L'action ouverte sur le fondement des articles L. 1134-6 à L. 1134-10 du Code du travail ;

3° L'action ouverte sur le fondement de l'article L. 142-3-1 du Code de l'environnement ;

4° L'action ouverte sur le fondement du chapitre III du titre IV du livre Ier de la première partie du Code de la santé publique ;

5° L'action ouverte sur le fondement de l'article 43 *ter* de la loi n° 78-17 du 6 janvier 1978 relative à l'informatique, aux fichiers et aux libertés.

Art. 61. – Sauf disposition contraire, l'action de groupe est introduite et régie selon les règles prévues au Code de procédure civile.

Échec de la première action de groupe initiée par un syndicat en matière de discrimination de carrière et de rémunération (■ TJ Paris, 15 déc. 2020, n° 18/04058 : *Dalloz actualité*, 11 janv. 2021, obs. M. Peyronnet).

Loi organique n° 2011-333 du 29 mars 2011

relative au Défenseur des droits

Art. 28. – I. – Le Défenseur des droits peut proposer à l'auteur de la réclamation et à la personne mise en cause de conclure une transaction dont il peut recommander les termes.

II. – Lorsqu'il constate des faits constitutifs d'une discrimination sanctionnée par les articles 225-2 et 432-7 du Code pénal et L. 1146-1 et L. 2146-2 du Code du travail, le Défenseur des droits peut, si ces faits n'ont pas déjà donné lieu à la mise en mouvement de l'action publique, proposer à l'auteur des faits une transaction consistant dans le versement d'une amende transactionnelle dont le montant ne peut excéder 3 000 € s'il s'agit d'une personne physique et 15 000 € s'il s'agit d'une personne morale et, s'il y a lieu, dans l'indemnisation de la victime. Le montant de l'amende est fixé en fonction de la gravité des faits ainsi que des ressources et des charges de l'auteur des faits.

La transaction proposée par le Défenseur des droits et acceptée par l'auteur des faits ainsi que, s'il y a lieu, par la victime doit être homologuée par le procureur de la République.

La personne à qui est proposée une transaction est informée qu'elle peut se faire assister par un avocat avant de donner son accord à la proposition du Défenseur des droits.

III. – Dans les cas prévus au II, le Défenseur des droits peut également proposer que la transaction consiste dans :

1° L'affichage d'un communiqué, dans des lieux qu'elle précise et pour une durée qui ne peut excéder deux mois ;

2° La transmission, pour information, d'un communiqué au comité d'entreprise ou aux délégués du personnel ;

3° La diffusion d'un communiqué, par son insertion au *Journal officiel* ou dans une ou plusieurs autres publications de presse, ou par la voie de services de communication électronique, sans que ces publications ou services de communication électronique puissent s'y opposer ;

4° L'obligation de publier la décision au sein de l'entreprise.

Les frais d'affichage ou de diffusion sont à la charge de l'auteur des faits, sans pouvoir toutefois excéder le montant maximal de l'amende transactionnelle prévue au II.

IV. – Les actes tendant à la mise en œuvre ou à l'exécution de la transaction mentionnée au même II sont interruptifs de la prescription de l'action publique.

L'exécution de la transaction constitue une cause d'extinction de l'action publique. Elle ne fait cependant pas échec au droit de la partie civile de délivrer citation directe devant le tribunal correctionnel. Le tribunal, composé d'un seul magistrat exerçant les pouvoirs conférés au président, ne statue alors que sur les seuls intérêts civils.

En cas de refus de la proposition de transaction ou d'inexécution d'une transaction acceptée et homologuée par le procureur de la République, le Défenseur des droits, conformément à l'article 1er du Code de procédure pénale, peut mettre en mouvement l'action publique par voie de citation directe.

V. – Un décret précise les modalités d'application des II à IV.

Art. 225-3 *(Mod., L. n° 2002-303, 4 mars 2002 ; L. n° 2008-496, 27 mai 2008 ; L. n° 2016-1547, 18 nov. 2016 ; L. n° 2021-1017, 2 août 2021).* **– Les dispositions de l'article précédent ne sont pas applicables :**

1° Aux discriminations fondées sur l'état de santé, lorsqu'elles consistent en des opérations ayant pour objet la prévention et la couverture du risque décès, des risques portant atteinte à l'intégrité physique de la personne ou des risques d'incapacité de travail ou d'invalidité. Toutefois, ces discriminations sont punies des peines prévues à l'article précédent lorsqu'elles se fondent sur la prise en compte de tests génétiques prédictifs ayant pour objet une maladie qui n'est pas encore déclarée ou une prédisposition génétique à une maladie ou qu'elles se fondent sur la prise en compte des conséquences sur l'état de santé d'un prélèvement d'organe tel que défini à l'article L. 1231-1 du Code de la santé publique ou de données issues de techniques d'imagerie cérébrale ;

2° Aux discriminations fondées sur l'état de santé ou le handicap, lorsqu'elles consistent en un refus d'embauche ou un licenciement fondé sur l'inaptitude médicalement constatée soit dans le cadre du titre IV du livre II du Code du travail, soit dans le cadre des lois portant dispositions statutaires relatives à la fonction publique ;

3° Aux discriminations fondées, en matière d'embauche, sur un motif mentionné à l'article 225-1 du présent code, lorsqu'un tel motif constitue une exigence professionnelle essentielle et déterminante et pour autant que l'objectif soit légitime et l'exigence proportionnée ;

4° Aux discriminations fondées, en matière d'accès aux biens et services, sur le sexe lorsque cette discrimination est justifiée par la protection des victimes de violences à caractère sexuel, des considérations liées au respect de la vie privée et de la décence, la promotion de l'égalité des sexes ou des intérêts des hommes ou des femmes, la liberté d'association ou l'organisation d'activités sportives ;

5° Aux refus d'embauche fondés sur la nationalité lorsqu'ils résultent de l'application des dispositions statutaires relatives à la fonction publique ;

6° *(L. n° 2014-173, 21 févr. 2014)* **Aux discriminations liées au lieu de résidence lorsque la personne chargée de la fourniture d'un bien ou service se trouve en situation de danger manifeste.**

(L. n° 2014-173, 21 févr. 2014) **Les mesures prises en faveur des personnes résidant dans certaines zones géographiques et visant à favoriser l'égalité de traitement ne constituent pas une discrimination.**

1) A été condamné le président d'une compagnie aérienne qui avait écarté la candidature d'un homme à un emploi « d'hôtesse navigante » au motif que la société « recherchait uniquement du personnel féminin » (■ T. corr. Morlaix, 20 janv. 1984 : *Rev. fr. dr. aérien* 1984, 98, note J. Tillhet-Pretnar).

2) N'est inspirée d'aucune intention discriminatoire l'offre d'emploi sous condition de posséder la carte d'électeur, dès lors qu'elle a pour but de recruter du personnel pour nettoyer les locaux de la direction de la gendarmerie nationale et que se trouve imposée une procédure d'habilitation réservée aux personnes de nationalité française (■ Paris, 11e ch. A, 8 mars 1989 : *JurisData* n° 1989-023032).

3) N'est pas constitutif d'une infraction le refus de recruter en qualité de fonctionnaire une personne ne possédant pas la nationalité française (Rép. min. n° 4980 : *JO déb. Sénat*, 3 août 1989, p. 1190).

Art. 225-3-1 *(L. n° 2006-396, 31 mars 2006).* **– Les délits prévus par la présente section sont constitués même s'ils sont commis à l'encontre d'une ou plusieurs personnes ayant sollicité l'un des biens, actes, services ou contrats mentionnés à l'article 225-2 dans le but de démontrer l'existence du comportement discriminatoire, dès lors que la preuve de ce comportement est établie.**

1) V. pour une application de cet article, ■ Cass. crim., 27 nov. 1012, n° 11-84, 395 : *Dr. pén.* 2013, n° 37, obs. M. Véron, préc. sous art. 225-2, p. 468.

2) QPC. Il n'y a pas lieu à renvoi au Conseil constitutionnel de la question relative à l'atteinte aux droits de la défense et au droit à un procès équitable portée par l'article 225-3-1 du Code pénal, dès lors que tout en facilitant la constatation des comportements discriminatoires, ces dispositions ne prévoient aucune dérogation aux règles de poursuite et de jugement des infractions, qu'elles ne confèrent pas au procureur de la République la faculté de provoquer à la commission d'une infraction et ne remettent pas en cause le pouvoir du juge d'apprécier la valeur probante des éléments à charge produits par les parties, après les avoir soumis à la discussion contradictoire (■ Cass. crim., 4 févr. 2015, n° 14-90.048 : *Dr. pén.* 2015, comm. 46, obs. M. Véron ; *AJ pénal* 2015, p. 139, note J. Lasserre Capdeville ; *JCP* 2015, note 440, p. 726, S. Detraz).

Art. 225-4 *(Mod., L. n° 2009-526, 12 mai 2009).* **– Les personnes morales déclarées responsables pénalement, dans les conditions prévues par l'article 121-2, des infractions définies à l'article 225-2**

encourent, outre l'amende suivant les modalités prévues par l'article 131-38, les peines prévues par les 2° à 5°, 8° et 9° de l'article 131-39.

L'interdiction mentionnée au 2° de l'article 131-39 porte sur l'activité dans l'exercice ou à l'occasion de l'exercice de laquelle l'infraction a été commise.

Voir : notes, *supra*, sous l'article 225-2.

Section I *bis*. – De la traite des êtres humains

(L. n° 2003-239, 18 mars 2003)

Bibliographie : *La traite des êtres humains : JCP* 2013, supplément au n° 19-20 du 6 mai 2013, not. p. 12, étude par J. Vernier • A. Sourd, *Mesurer la traite des êtres humains en France : AJ pénal* 2019, p. 516. • J. Mucchielli, *De Bénin City à la rue Saint-Denis, la traite des femmes nigérianes et Proxénétisme nigérian : leur ancien statut de victime ne doit pas atténuer leur responsabilité : Dalloz actualité*, 4 et 6 déc. 2019. • Th. Dumortier, *La politique criminelle européenne en matière de traite des êtres humains : Archives de politique criminelle*, 2019, vol. 41, n° 1, p. 105. • CNCDH, *Les recommandations de la CNCDH pour lutter contre la traite des êtres humains à des fins d'exploitation économique : JCP* G 2020, 1212. • ONDRP, *La traite et l'exploitation des êtres humains en France : les données administratives : Grand angle* oct. 2019, n° 52.

Art. 225-4-1 ***(Rempl., L. n° 2013-711, 5 août 2013)***. **– I. – La traite des êtres humains est le fait de recruter une personne, de la transporter, de la transférer, de l'héberger ou de l'accueillir à des fins d'exploitation dans l'une des circonstances suivantes :**

1° Soit avec l'emploi de menace, de contrainte, de violence ou de manœuvre dolosive visant la victime, sa famille ou une personne en relation habituelle avec la victime ;

2° Soit par un ascendant légitime, naturel ou adoptif de cette personne ou par une personne qui a autorité sur elle ou abuse de l'autorité que lui confèrent ses fonctions ;

3° Soit par abus d'une situation de vulnérabilité due à son âge, à une maladie, à une infirmité, à une déficience physique ou psychique ou à un état de grossesse, apparente ou connue de son auteur ;

4° Soit en échange ou par l'octroi d'une rémunération ou de tout autre avantage ou d'une promesse de rémunération ou d'avantage.

L'exploitation mentionnée au premier alinéa du présent I est le fait de mettre la victime à sa disposition ou à la disposition d'un tiers, même non identifié, afin soit de permettre la commission contre la victime des infractions de proxénétisme, d'agression ou d'atteintes sexuelles, de réduction en esclavage, de soumission à du travail ou à des services forcés, de réduction en servitude, de prélèvement de l'un de ses organes, d'exploitation de la mendicité, de conditions de travail ou d'hébergement contraires à sa dignité, soit de contraindre la victime à commettre tout crime ou délit.

La traite des êtres humains est punie de sept ans d'emprisonnement et de 150 000 € d'amende.

II. – La traite des êtres humains à l'égard d'un mineur est constituée même si elle n'est commise dans aucune des circonstances prévues aux 1° à 4° du I.

Elle est punie de dix ans d'emprisonnement et de 1 500 000 € d'amende.

Voir : art. L. 425-1 à L. 425 - Annexe étrangers, p. 1503.

1) QPC. Non-lieu à renvoi au Conseil constitutionnel, faute de caractère sérieux, d'une QPC contestant l'absence de clarté et de précision suffisantes des éléments du délit l'article 225-4-1 du Code pénal qui sanctionne, sans risque d'arbitraire dans l'interprétation du juge, des comportements qui ont pour finalité soit de permettre la commission de différentes infractions contre les personnes précisément définies et avec lesquelles elles ne sauraient se confondre, soit de contraindre une personne à commettre tout crime ou délit (■ Cass. crim., 19 juin 2019, n° 19-80.372 : *JurisData* n° 2019-015833 ; *Dr. pen.* 2019, comm. 163, obs. Ph. Conte).

2) CEDH – Notion. La traite des êtres humains entre dans le champ d'application de l'article 4 de la Convention européenne dès lors que sont présents les trois éléments constitutifs de la notion en droit international, relatifs à l'acte, aux moyens et à la finalité d'exploitation, la notion pouvant s'appliquer à des situations nationales ou transnationales, liées ou non à la criminalité organisée. La prostitution forcée constitue un travail obligatoire au sens de l'article 4, et les obligations positives dégagées sur le fondement de l'article 4 en matière de traite des êtres humains doivent s'appliquer, que la prostitution forcée s'inscrive ou non dans un contexte de traite des êtres humains. En l'espèce, condamnation de la Croatie en raison des lacunes importantes de la procédure mise en œuvre, étant relevés des faits constitutifs d'un commencement de preuve de traite des êtres humains et de prostitution forcée (■ CEDH, gr. ch., 25 juin 2020, n° 60561/14, *S. M. c/ Croatie* : *JCP* G 2020, 847, note F. Sudre ; *Dr. pén.* 2021, chron. 5 par E. Dreyer).

3) Violation, par la Grèce, de l'article 4 de la Convention européenne pour un défaut de diligence des autorités compétentes dans une affaire de prostitution contrainte relevant de la traite des êtres humains, le cadre juridique dans lequel s'est déroulée la procédure s'étant avéré insuffisant et inefficace (■ CEDH, 18 juill. 2019, n° 40311/10, *T. I. et a. c/ Grèce* : *JurisData* n° 2019-013159 ; *La lettre juridique* n° 792, 2019, LXB N9997BXK, obs. J. Perot ; *JCP* G 2019, p. 873, note F. Sudre).

4) Violation, par le Royaume-Uni de l'article 4 de la Convention et de l'article 6 § 1 à l'égard de victimes de traite des êtres humains poursuivies en raison de leurs activités criminelles forcées. Bien qu'il n'existe pas d'obligation internationale de leur accorder une immunité, engager des poursuites à l'égard de victimes potentielles de traite peut aller à l'encontre du devoir de l'État de prendre des mesures concrètes en vue d'assurer leur protection. Dès lors que les autorités ont connaissance de motifs crédibles de soupçonner que ces personnes sont victimes de traite, leur situation doit être évaluée avant toute décision d'engager des poursuites, en particulier s'agissant de victimes mineures. ■ CEDH, 16 févr. 2021, n°s 77587/12 et 74603/12, *V.C.L et A.N. c/ Royaume-Uni*, chron. CEDH : *Dalloz actualité*, 4 mars 2021, obs. J.-P. Marguénaud.

5) Illustrations. Ne justifie pas sa décision la cour d'appel qui, pour relaxer le prévenu du délit de traite des êtres humains, après avoir constaté que l'achat d'une mineure par l'intéressé, en vue d'un mariage, avait pour finalité réelle de la contraindre à commettre des vols, énonce que, pour immoral qu'il soit, ce comportement correspond à une pratique culturelle et n'entre pas dans les prévisions de l'article 225-4-1 du Code pénal qui a pour objet d'éradiquer le commerce des êtres humains dans un contexte de déséquilibre économique mondial (■ Cass. crim., 16 déc. 2015, n° 14-85.900 : *Dr. pén.* 2016, comm. 23, obs. Ph. Conte).

6) Indemnisation. Cassation de la décision ayant octroyé, à la suite de la saisine d'une CIVI, à une personne reconnue victime par un tribunal correctionnel de faits de prostitution forcée et de traite des êtres humains, une somme couvrant les gains professionnels que celle-ci aurait perçu si l'état induit par ces faits n'avaient pas retardé son insertion professionnelle ; la cour d'appel a violé le principe de la réparation intégrale faute d'avoir constaté que subsistait, après la consolidation de l'état de la victime, et pendant la durée de 5 ans retenue, une incapacité permanente entravant ou empêchant l'exercice d'une activité professionnelle (■ Cass. 2e civ., 7 mars 2019, n° 18-10.716 : *JurisData* n° 2019-003427).

Art. 225-4-2 *(Rempl., L. n° 2013-711, 5 août 2013)*. **– I. – L'infraction prévue au I de l'article 225-4-1 est punie de dix ans d'emprisonnement et de 1 500 000 € d'amende lorsqu'elle est commise dans deux des circonstances mentionnées aux 1° à 4° du même I ou avec l'une des circonstances supplémentaires suivantes :**

1° À l'égard de plusieurs personnes ;

2° À l'égard d'une personne qui se trouvait hors du territoire de la République ou lors de son arrivée sur le territoire de la République ;

3° Lorsque la personne a été mise en contact avec l'auteur des faits grâce à l'utilisation, pour la diffusion de messages à destination d'un public non déterminé, d'un réseau de communication électronique ;

4° Dans les circonstances qui exposent directement la personne à l'égard de laquelle l'infraction est commise à un risque immédiat de mort ou de blessures de nature à entraîner une mutilation ou une infirmité permanente ;

5° Avec l'emploi de violences qui ont causé à la victime une incapacité totale de travail de plus de huit jours ;

6° Par une personne appelée à participer, par ses fonctions, à la lutte contre la traite ou au maintien de l'ordre public ;

7° Lorsque l'infraction a placé la victime dans une situation matérielle ou psychologique grave.

II. – L'infraction prévue au II de l'article 225-4-1 est punie de quinze ans de réclusion criminelle et de 1 500 000 € d'amende lorsqu'elle a été commise dans l'une des circonstances mentionnées aux 1° à 4° du I du même article 225-4-1 ou dans l'une des circonstances mentionnées aux 1° à 7° du I du présent article.

Pour un exemple de caractérisation de l'infraction prévue et réprimée par l'article 225-4-2, V. (■ Paris, pôle 8, ch. 1, 5 avril 2011, n° 10/044909 : *JCP* 2011, act., n° 962, p. 1598, obs. J.-Y. Marechal).

Art. 225-4-3 *(L. n° 2003-239, 18 mars 2003)*. – **L'infraction prévue à l'article 225-4-1 est punie de vingt ans de réclusion criminelle et de 3 000 000 € d'amende lorsqu'elle est commise en bande organisée.**

Art. 225-4-4 *(L. n° 2003-239, 18 mars 2003)*. – **L'infraction prévue à l'article 225-4-1 commise en recourant à des tortures ou à des actes de barbarie est punie de la réclusion criminelle à perpétuité et de 4 500 000 € d'amende.**

Art. 225-4-5 *(L. n° 2003-239, 18 mars 2003)*. – **Lorsque le crime ou le délit qui a été commis ou qui devait être commis contre la personne victime de l'infraction de traite des êtres humains est puni d'une peine privative de liberté d'une durée supérieure à celle de l'emprisonnement encouru en application des articles 225-4-1 à 225-4-3, l'infraction de traite des êtres humains est punie des peines attachées aux crimes ou aux délits dont son auteur a eu connaissance et, si ce crime ou délit est accompagné de circonstances aggravantes, des peines attachées aux seules circonstances aggravantes dont il a eu connaissance.**

Art. 225-4-6 *(Rempl., L. n° 2009-526, 12 mai 2009)*. – **Les personnes morales déclarées responsables pénalement, dans les conditions prévues par l'article 121-2, des infractions définies à la présente section encourent, outre l'amende suivant les modalités prévues par l'article 131-38, les peines prévues par l'article 131-39.**

Art. 225-4-7 *(L. n° 2003-239, 18 mars 2003)*. – **La tentative des délits prévus à la présente section est punie des mêmes peines.**

Art. 225-4-8 *(L. n° 2013-711, 5 août 2013)*. – **Lorsque les infractions prévues aux articles 225-4-1 et 225-4-2 sont commises hors du territoire de la République par un Français, la loi française est applicable par dérogation au deuxième alinéa de l'article 113-6 et la seconde phrase de l'article 113-8 n'est pas applicable.**

Art. 225-4-9 *(L. n° 2004-204, 9 mars 2004)*. – **Toute personne qui a tenté de commettre les infractions prévues par la présente section est exempte de peine si, ayant averti l'autorité administrative ou judiciaire, elle a permis d'éviter la réalisation de l'infraction et d'identifier, le cas échéant, les autres auteurs ou complices.**

La peine privative de liberté encourue par l'auteur ou le complice d'une des infractions prévues à la présente section est réduite de moitié si, ayant averti l'autorité administrative ou judiciaire, il a permis de faire cesser l'infraction ou d'éviter que l'infraction n'entraîne mort d'homme ou infirmité permanente et d'identifier, le cas échéant, les autres auteurs ou complices. Lorsque la peine encourue est la réclusion criminelle à perpétuité, celle-ci est ramenée à vingt ans de réclusion criminelle.

V. en outre C. étrangers, art. L. 316-1, p. 1503 (droit au séjour des victimes étrangères de traite)

Bibliographie : *JCl. Pénal Code, Traite des êtres humains* par J. Amar. • *AJ pénal* 2012, *La traite des êtres humains* : Dossier, 191 et s., not. articles de Y. Charpenel et B. Bourgeois sur les infractions pénales.

Section I *ter*. – De la dissimulation forcée du visage

Art. 225-4-10 *(L. n° 2010-1192, 11 oct. 2010)*. – **Le fait pour toute personne d'imposer à une ou plusieurs autres personnes de dissimuler leur visage par menace, violence, contrainte, abus d'autorité ou abus de pouvoir, en raison de leur sexe, est puni d'un an d'emprisonnement et de 30 000 € d'amende.**

Lorsque le fait est commis au préjudice d'un mineur, les peines sont portées à deux ans d'emprisonnement et à 60 000 € d'amende.

Bibliographie : *JCl. Pénal Code, Dissimulation forcée du visage*, par D. Guérin. • B. Bonnet, *La Cour EDH et l'interdiction de la dissimulation du visage dans l'espace public : JCP* 2014, p. 835.

Loi n° 2010-1192 du 11 octobre 2010

interdisant la dissimulation du visage dans l'espace public

Art. 1er. – Nul ne peut, dans l'espace public, porter une tenue destinée à dissimuler son visage.

Art. 2. – I. - Pour l'application de l'article 1er, l'espace public est constitué des voies publiques ainsi que des lieux ouverts au public ou affectés à un service public.

II. - L'interdiction prévue à l'article 1er ne s'applique pas si la tenue est prescrite ou autorisée par des dispositions législatives ou réglementaires, si elle est justifiée par des raisons de santé ou des motifs professionnels, ou si elle s'inscrit dans le cadre de pratiques sportives, de fêtes ou de manifestations artistiques ou traditionnelles.

Art. 3 *(Mod. à compter du 24 mars 2020, L. n° 2019-222, 24 mars 2019).* – La méconnaissance de l'interdiction édictée à l'article 1er est punie de l'amende prévue pour les contraventions de la deuxième classe. L'obligation d'accomplir le stage mentionné au 1° de l'article 131-35-1 du Code pénal peut être prononcée en même temps ou à la place de la peine d'amende.

Bibliographie : A. Levade, *Aperçu rapide de la loi du 11 octobre 2010 : JCP* 2010, doctr. 1043, n° 1978. • F. Desprez : *Gaz. Pal.* 2 sept. 2010, n° 245, p. 7. • F. Dieu : *JCP* A 2011, 2144. • O. Cayla : *D.* 2011, p. 1166. • M. Lacaze : *Dr. pén.* 2012, étude 5.

Voir : Circulaire du Premier ministre du 2 mars 2011 relative à la mise en œuvre de la loi n° 2010-1192 du 11 octobre 2010 interdisant la dissimulation du visage dans l'espace public ; circulaire du garde des Sceaux du 11 mars 2011 relative à la présentation des dispositions relatives à la contravention de dissimulation du visage dans l'espace public.

1) Conformité à la Constitution. Au regard des objectifs poursuivis par le législateur, qui entend lutter contre une pratique considérée comme présentant un danger pour la sécurité publique méconnaissant les exigences minimales de la vie en société et comme plaçant les femmes dans une situation d'exclusion et d'infériorité manifestement incompatible avec les principes de liberté et d'égalité, la conciliation opérée entre la sauvegarde de l'ordre public et la garantie des droits constitutionnellement protégés n'est pas manifestement disproportionnée. L'application de cette prohibition dans les lieux de culte ouverts au public porterait cependant une atteinte excessive à l'article 10 de la DDHC (▪ Cons. const., 7 oct. 2010, n° 2010-613 DC).

2) Conformité à la CESDH. Si l'article 9 de la Convention européenne des droits de l'Homme garantit l'exercice de la liberté de pensée, de conscience et de religion, l'alinéa 2 de ce texte dispose que cette liberté peut faire l'objet de restrictions prévues par la loi et constituant, dans une société démocratique, des mesures nécessaires à la sécurité publique, à la protection de l'ordre, de la santé ou de la morale publics, ou à la protection des droits et libertés d'autrui. Tel est le cas de la loi du 11 octobre 2010 interdisant la dissimulation intégrale du visage dans l'espace public, dès lors que cette loi vise à protéger l'ordre et la sécurité publics en imposant à toute personne circulant dans un espace public de montrer son visage. Justifie en conséquence sa décision la juridiction de proximité ayant, sur le fondement de ladite loi, condamné une prévenue qui, le visage dissimulé, avait été interpellée par les forces de police à proximité du Palais de l'Élysée où elle s'était rendue pour manifester en compagnie d'autres personnes portant des masques et de journalistes, et qui avait ensuite refusé de dévoiler son visage dans un commissariat (▪ Cass. crim., 5 mars 2013, n° 12-80.891 : *Bull. crim.* n° 54 ; *Dr. pén.* 2013, comm. 70, obs. M. Véron ; *D.* 2013, act., p. 710 ; *Gaz. Pal.* 8-11 mai 2013, chron. p. 35, note St. Detraz ; *Dr. pén.* 2013, comm. 72, obs. M. Véron ; *AJ pénal* 2013, p. 400, note P. de Combles de Nayves).

3) Si l'article 9 de la Convention européenne des droits de l'homme garantit l'exercice de la liberté de pensée, de conscience et de religion, l'alinéa 2 de ce texte dispose que cette liberté peut faire l'objet de restrictions prévues par la loi et constituant, dans une société démocratique, des mesures nécessaires à la sécurité publique, à la protection de l'ordre, de la santé ou de la morale publics, ou à la protection des droits et libertés d'autrui.

Tel est le cas de la loi du 11 octobre 2010 interdisant la dissimulation intégrale du visage dans l'espace public en ce qu'elle vise à protéger l'ordre et la sécurité publics et à garantir les conditions du « vivre ensemble » en imposant à toute personne circulant dans un espace public de montrer son visage.

Justifie en conséquence sa décision la juridiction de proximité ayant, sur le fondement de ladite loi, déclaré coupable une personne qui, le visage dissimulé, effectuait des achats dans un magasin à grande surface (▪ Cass. crim., 9 déc. 2014, n° 14-80.873. ▪ CEDH, 1er juill. 2014, n° 43 835/11, *SAS c/ France : n° 29, JCP* G 2014, 835, note B. Bonnet ; *D.* 2014, chron. 1701, note C. Chassang).

4) Espace public. L'espace public dans lequel il est interdit de porter une tenue destinée à dissimuler le visage est constitué des voies publiques ainsi que des lieux ouverts au public ou affectés à un service public (▪ Cass. crim., 5 mars 2013, n° 12-82.852 : *Bull. crim.* n° 53 ; *AJ pénal* 2013, p. 400, note P. de Combles de Nayves).

5) Stage de citoyenneté. En application de l'article 131-5-1 du Code pénal, la peine de stage de citoyenneté ne peut être prononcée à l'encontre du prévenu qui la refuse ou qui n'est pas présent à l'audience (■ Cass. crim., 5 mars 2013, n° 12-80.891 : *Bull. crim.* n° 54 ; *Dr. pén.* 2013, comm. 85, obs. E. Bonis-Garçon. ■ Cass. crim., 9 déc. 2014, n° 14-80.873 : *Bull. crim.* n° 256).

Section I *quater*. – Des examens en vue d'attester la virginité

(L. n° 2021-1109, 24 août 2021)

Bibliographie : M. Brenaut, *Extension (excessive) du domaine (répressif) de la lutte (contre le « séparatisme »)* : *Dr. pén.* 2021, étude 19. • J.-J. Lemouland : *LEFP* oct. 2021, n° 200i2, p. 6.

Art. 225-4-11 ***(L. n° 2021-1109, 24 août 2021).*** **– Le fait de faire à une personne des offres ou des promesses, de lui proposer des dons, présents ou avantages quelconques ou d'user contre elle de pressions ou de contraintes de toute nature afin qu'elle se soumette à un examen visant à attester sa virginité est puni d'un an d'emprisonnement et de 15 000 € d'amende.**

Lorsque la personne est mineure, les peines sont portées à un an d'emprisonnement et à 30 000 € d'amende.

Art. 225-4-12 ***(L. n° 2021-1109, 24 août 2021).*** **– Sans préjudice des cas dans lesquels ces faits constituent un viol, une agression sexuelle ou une atteinte sexuelle, le fait de procéder à un examen visant à attester la virginité d'une personne est puni d'un an d'emprisonnement et de 15 000 € d'amende.**

Lorsque la personne est mineure, les peines sont portées à un an d'emprisonnement et 30 000 € d'amende.

Section I *quinquies*. – Des pratiques visant à modifier l'orientation sexuelle ou l'identité de genre

Bibliographie : J. Couard, *L'interdiction légale des thérapies de conversion* : *Dr. famille* 2022, n° 4, p. 21. • A. Darsonville, *Loi du 31 janvier 2022 : mettre fin aux thérapies de conversion* : *Dalloz actualité*, 11 févr. 2022. • A. Léon, *Brève* : *Lexbase pénal* 24 févr. 2022. • F. Vialla, *Maladie d'amour ? – À propos de la loi du 31 janvier 2022 interdisant les pratiques visant à modifier l'orientation sexuelle ou l'identité de genre d'une personne* : *JCP G* 2022, 226.

Art. 225-4-13 ***(Créé, L. n° 2022-92, 31 janv. 2022).*** **– Les pratiques, les comportements ou les propos répétés visant à modifier ou à réprimer l'orientation sexuelle ou l'identité de genre, vraie ou supposée, d'une personne et ayant pour effet une altération de sa santé physique ou mentale sont punis de deux ans d'emprisonnement et de 30 000 euros d'amende.**

Les faits mentionnés au premier alinéa sont punis de trois ans d'emprisonnement et de 45 000 euros d'amende lorsqu'ils sont commis :

1° Au préjudice d'un mineur ou lorsqu'un mineur était présent au moment des faits et y a assisté ;

2° Par un ascendant ou toute personne ayant sur la victime une autorité de droit ou de fait ;

3° Sur une personne dont la particulière vulnérabilité ou dépendance, due à son âge, à une maladie, à une infirmité, à une déficience physique ou psychique, à un état de grossesse ou à la précarité de sa situation économique ou sociale, est apparente ou connue de leur auteur ;

4° Par plusieurs personnes agissant en qualité d'auteurs ou de complices ;

5° Par l'utilisation d'un service de communication au public en ligne ou par le biais d'un support numérique ou électronique.

L'infraction prévue au premier alinéa n'est pas constituée lorsque les propos répétés invitent seulement à la prudence et à la réflexion, eu égard notamment à son jeune âge, la personne qui s'interroge sur son identité de genre et qui envisage un parcours médical tendant au changement de sexe.

Lorsque l'infraction est commise par une personne titulaire de l'autorité parentale sur le mineur, la juridiction de jugement se prononce sur le retrait total ou partiel de l'autorité parentale ou sur le retrait de l'exercice de cette autorité en application des articles 378 et 379-1 du Code civil.

Section II. – Du proxénétisme et des infractions qui en résultent

(L. n° 2003-239, 18 mars 2003)

Art. 225-5 ***(Mod., L. n° 2001-1062, 15 nov. 2001).*** **– Le proxénétisme est le fait, par quiconque, de quelque manière que ce soit :**

1° D'aider, d'assister ou de protéger la prostitution d'autrui ;

2° De tirer profit de la prostitution d'autrui, d'en partager les produits ou de recevoir des subsides d'une personne se livrant habituellement à la prostitution ;

3° D'embaucher, d'entraîner ou de détourner une personne en vue de la prostitution ou d'exercer sur elle une pression pour qu'elle se prostitue ou continue à le faire.

Le proxénétisme est puni de sept ans d'emprisonnement et de 150 000 € d'amende.

Bibliographie : *JCl. Pénal Code, Proxénétisme et infractions assimilées* par M.-L. Rassat.

Voir : art. L. 425-1 à L. 425 - Annexe étrangers, p. 1399.

1) Prostitution. La prostitution est le fait d'employer son corps, moyennant une rémunération, à la satisfaction des plaisirs du public, quelle que soit la nature des actes de lubricité accomplis (▪ Cass. crim., 19 nov. 1912 : *DP* 1913, 1, 353, note Le Poittevin) ; il peut donc y avoir prostitution, et par conséquent proxénétisme, sans rapports sexuels et tel est par exemple le cas de massages thaïlandais consistant en des masturbations (▪ T. corr. Thionville, 8 mars 1977 : *JCP* 1978, II, 18796, note R. de Lestang ; *RSC* 1978, p. 350, obs. Levasseur).

2) Caractérise le délit de proxénétisme au sens des articles 334 ancien et 225-5 nouveau du Code pénal, l'arrêt qui, après avoir énoncé que la prostitution consiste à se prêter, contre rémunération, à des contacts physiques de quelque nature qu'ils soient, afin de satisfaire les besoins sexuels d'autrui, constate que les prévenus dirigeaient un établissement dans lequel les hôtesses procédaient à des attouchements destinés à provoquer l'éjaculation, moyennant le paiement de sommes tarifées (▪ Cass. crim., 27 mars 1996 : *Bull. crim.* n° 138 ; *RSC* 1996, p. 853, obs. Y. Mayaud).

– Sur la notion de prostitution, V. *Dr. pén.* févr. 1990, chr. p. 1, par A. Maron.

3) Action civile. Victime et non complice du souteneur, la prostituée peut se constituer partie civile contre lui (▪ Cass. crim., 7 juin 1945 : *D.* 1946, p. 148, note R. Savatier ; *JCP* 1976, II, 2955, note J. Hémard).

4) Conflit de qualifications. Le principe *ne bis in idem* s'oppose à ce qu'une action unique caractérisée par une même intention coupable reçoive, à la fois, la qualification de proxénétisme par aide, assistance et partage de subsides de la prostitution et celle de tenue d'un établissement de prostitution (▪ Cass. crim., 28 mars 2018, n° 17-81.114 : *JurisData* n° 2018-004060 ; *Dr. pen.* 2018, comm. 103, n° 6, obs. Ph. Conte).

5) Le principe *ne bis in idem* s'oppose à ce que soient retenues, pour les mêmes faits, les qualifications de proxénétisme aggravé et de tenue d'un établissement de prostitution (▪ Cass. crim., 17 juin 2020, n° 19-86.038 : *Gaz. Pal.* 1er sept. 2020, n° 386, p. 54, obs. E. Dreyer) ou celles de proxénétisme aggravé et de tolérance habituelle de la prostitution d'autrui (▪ Cass. crim., 28 oct. 2020, n° 19-87.095 : *JurisData* n° 2020-017378 ; *Dr. pén.* 2021, comm. 25 par Ph. Conte).

I – AIDE, ASSISTANCE OU PROTECTION DE LA PROSTITUTION D'AUTRUI

6) Élément matériel. Aux termes de l'article 334, § 1er, du Code pénal, est considéré comme proxénète celui ou celle qui, d'une manière quelconque, aide, assiste ou protège la prostitution d'autrui. L'infraction ainsi définie, qu'un seul acte suffit à caractériser, n'exige l'élément d'habitude ni à l'égard du proxénète, ni en ce qui touche la prostitution (▪ Cass. crim., 10 mars 1955 : *Bull. crim.* n° 151. ▪ Cass. crim., 20 nov. 1956 : *Bull. crim.* n° 764).

7) Le délit prévu par l'article 225-5, 1° n'exige pas que la personne qui, d'une manière quelconque, aide, assiste ou protège sciemment la prostitution d'autrui, retire un profit de cette prostitution (▪ Cass. crim., 13 nov. 1980, inédit. – V. dans le même sens, sous l'empire de l'ancien texte, ▪ Cass. crim., 24 mai 1946 : *Bull. crim.* n° 125. ▪ Cass. crim., 12 oct. 1994 : *Dr. pén.* 1995, comm. 38, obs. M. Véron).

8) Ne caractérise pas le délit prévu par l'article 334, 1°, du Code pénal l'arrêt qui se borne à reproduire les termes de la loi sans préciser les circonstances dans lesquelles le délit aurait été commis et, notamment les moyens par lesquels l'inculpé aurait aidé, assisté ou protégé sciemment la prostitution d'autrui (▪ Cass. crim., 30 mai 1958 : *Bull. crim.* n° 418 et les arrêts cités).

9) Caractérise l'infraction. Le fait de conduire en voiture une fille sur les lieux de prostitution et de la ramener ensuite (▪ Paris, 7 mai 1962, inédit), ou le fait pour un cafetier, agissant pour le compte d'un proxénète, d'exercer une surveillance sur sa protégée pour lui prêter assistance en cas de difficulté (▪ Cass. crim., 13 juill. 1955 : *Bull. crim.* n° 353), ou le fait d'escorter les jeunes femmes de l'aéroport à leur hôtel à Nice, leur séjour dans cet hôtel dans le seul but de les conduire à Monaco où elles auraient des relations sexuelles rémunérées (▪ Cass. crim., 9 nov. 2011 : *Bull. crim.* n° 230 ; *Dr. pén.* 2012, comm. 3, obs. M. Véron ; *JCP* 2011, act. n° 1318, p. 2354, obs. S. Detraz).

10) Se rend coupable de proxénétisme avec circonstance aggravante le directeur responsable d'un salon de coiffure qui fait bénéficier de son assistance plusieurs femmes qu'il sait être des prostituées, en leur prêtant refuge et en leur donnant les moyens de se dissimuler dans l'établissement à l'arrivée de la police (▪ Cass. crim., 20 oct. 1971 : *Bull. crim.* n° 278).

11) Il a encore été jugé que commettait le délit le vendeur d'un local à une prostituée s'il a su que ce local allait être utilisé par l'acquéreur pour l'exercice de la prostitution (▪ Grenoble, 26 sept. 1974 : *D.* 1975, 560, note G. Roujou de Boubée) ou la femme d'un hôtelier recevant habituellement des prostituées dans son établissement et qui faisait le ménage dans les chambres (▪ Cass. crim., 27 nov. 1984 : *D.* 1985, 241, note D. Mayer ; *RSC* 1985, p. 815, obs. Levasseur).

12) Se rend coupable de proxénétisme par aide ou assistance à la prostitution d'autrui, le comptable d'un établissement hôtelier qui met son compte postal personnel à la disposition de l'exploitant pour accueillir le dépôt du produit de la prostitution (▪ Cass. crim., 25 mars 1998 : *Dr. pén.* 1998, comm. 112, note M. Véron).

13) Mais ne constitue pas le délit de proxénétisme prévu par l'article 334-1° le fait par une prostituée de se rendre au domicile d'une autre prostituée, à la demande de celle-ci, et de participer à des scènes de débauche collective et rétribuées avec différents clients de cette dernière (▪ Cass. crim., 7 nov. 1973 : *JCP* 1974, II, 17717, note Dardet ; *D.* 1974, 56, note E. Robert).

14) En l'absence de tout fait personnel constaté caractérisant l'aide ou l'assistance sciemment prêtée à la prostitution, c'est à bon droit que la cour d'appel a refusé de faire application de l'article 334, alinéa 1er du Code pénal à un débitant de boissons contre lequel était seulement établi le fait d'avoir toléré la présence de prostituées fréquentant habituellement son établissement (▪ Cass. crim., 13 juill. 1955 : *Bull. crim.* n° 352). – Doit être cassé pour insuffisance de motifs l'arrêt déclarant le prévenu coupable de proxénétisme par aide et assistance en se fondant exclusivement sur le concubinage avec une prostituée, sans s'expliquer davantage sur l'aide que, par ce mode de vie, il aurait apportée à la prostitution d'autrui (▪ Cass. crim., 24 nov. 1987, inédit).

15) Élément intentionnel. L'élément intentionnel doit être établi par les juges du fait ; ils disposent à cet égard d'un pouvoir souverain d'appréciation (▪ Cass. crim., 24 mai 1946 : *Bull. crim.* n° 125, préc.).

II – PARTAGE ET SUBSIDES

16) Infractions distinctes. Si le partage des produits de la prostitution (art. 334-2°) est une infraction instantanée (▪ Cass. crim., 4 janv. 1969 : *Bull. crim.* n° 7 ; *RSC* 1969, p. 670, obs. Levasseur), la réception de subsides est une infraction d'habitude, exigeant le caractère habituel de la prostitution (▪ Cass. crim., 13 mai 1954 : *D.* 1954, 695, note F.G. ; *RSC* 1955, p. 83, obs. Hugueney).

17) Partage – Infraction instantanée. Le délit de partage des produits de la prostitution d'autrui est une infraction instantanée qui se prescrit à compter du jour où les faits la consommant ont été commis. Doit être cassé l'arrêt qui, pour écarter l'exception de prescription de l'action publique, énonce que le partage des produits de la prostitution d'autrui est un délit continu successif (▪ Cass. crim., 17 mars 2004 : *Bull. crim.* n° 72).

18) La réception d'une somme d'argent, imposée sur les gains d'une prostituée, constitue le délit de partage des produits de la prostitution d'autrui, prévu par l'article 334-2° du Code pénal et qui n'est pas un délit d'habitude (▪ Cass. crim., 29 janv. 1965 : *Bull. crim.* n° 30. ▪ Cass. crim., 4 janv. 1969 : *Bull. crim.* n° 7, préc.).

19) Proxénétisme. Constitue le délit de proxénétisme le fait d'employer une masseuse qui se livre à des actes de prostitution dans un sauna à la connaissance des gérants qui percevaient un droit d'entrée pour chaque client (▪ Aix-en-Provence, 4 juill. 1988 : *JurisData* n° 1998-044944).

20) Justification par le mariage (non). Pour faire obstacle à l'application de l'article 334-2° du Code pénal, le prévenu ne saurait valablement invoquer les dispositions de l'article 12 de la Convention européenne des droits de l'homme ; en effet, la poursuite ne met pas en cause le droit d'une prostituée de contracter mariage et celui de son époux de vivre avec elle, mais tend seulement à sanctionner la remise des produits de la prostitution à ce dernier (▪ Cass. crim., 4 juin 1980 : *Bull. crim.* n° 174 ; *D.* 1981, IR p. 143, obs. G. Roujou de Boubée).

21) Élément intentionnel. La connaissance de l'origine prostitutionnelle des sommes perçues ou reçues doit être établie (▪ Cass. crim., 24 janv. 1956 : *Bull. crim.* n° 27. ▪ Cass. crim., 12 déc. 1956 : *Bull. crim.* n° 838).

III – EMBAUCHAGE, ENTRAÎNEMENT, DÉTOURNEMENT EN VUE DE LA PROSTITUTION

22) Pour l'embauchage, V. également *infra* sous l'article 225-7.

23) Caractérise tous les éléments du délit d'entraînement en vue de la prostitution en énonçant notamment qu'un individu, après avoir mis en rapport une femme avec sa maîtresse elle-même prostituée, avait décidé, par ses tentatives de séduction, sa victime à se livrer à la même activité, et que celle-ci, éloignée de sa famille et installée à l'hôtel par les soins des deux amants, était conduite au service des mœurs et, encore hésitante, menacée d'être giflée par « la maîtresse en titre » (■ Cass. crim., 29 juin 1960 : *Bull. crim.* n° 349).

24) Relève tous les éléments constitutifs du délit de tentative de livrer une personne à la prostitution l'arrêt qui constate que le prévenu a tenu une femme enfermée pendant quinze jours dans son appartement en vue de la contraindre à avoir moyennant rémunération, des rapports sexuels avec d'autres hommes, et qui déclare que ces propositions se sont heurtées au refus de la femme (■ Cass. crim., 22 janv. 1963 : *Bull. crim.* n° 37).

25) L'article 334, alinéa 4, du Code pénal qui réprime l'embauchage, l'entraînement ou l'entretien d'une personne, même majeure en vue de la prostitution n'exige pas pour son applicabilité l'élément d'habitude. Un seul fait suffit à caractériser le délit (■ Cass. crim., 5 mars 1953 : *Bull. crim.* n° 80). – V. aussi *infra*, sous l'article 225-7.

26) Distinction avec le recours à la prostitution. Ne relève pas du proxénétisme aggravé mais de l'infraction de recours à la prostitution d'autrui le recrutement et la rémunération de personnes prostituées dans le cadre de rencontres à caractère sexuels auxquelles participaient les prévenus, pour leur satisfaction personnelle et celle des autres participants, et sans en tirer de profit financier (■ Cass. crim., 28 févr. 2018, n° 16-85.518 : *JurisData* n° 2018-002751 ; *RSC* 2018, p. 690, note Y. Mayaud).

Art. 225-6. – Est assimilé au proxénétisme et puni des peines prévues par l'article 225-5 le fait, par quiconque, de quelque manière que ce soit :

1° De faire office d'intermédiaire entre deux personnes dont l'une se livre à la prostitution et l'autre exploite ou rémunère la prostitution d'autrui ;

2° De faciliter à un proxénète la justification de ressources fictives ;

3° De ne pouvoir justifier de ressources correspondant à son train de vie tout en vivant avec une personne qui se livre habituellement à la prostitution ou tout en étant en relations habituelles avec une ou plusieurs personnes se livrant à la prostitution ;

4° D'entraver l'action de prévention, de contrôle, d'assistance ou de rééducation entreprise par les organismes qualifiés à l'égard des personnes en danger de prostitution ou se livrant à la prostitution.

1) Office d'intermédiaire. La simple débauche est désormais exclue du champ d'application de l'article 225-6, 1° nouveau du Code pénal, lequel, à la différence de l'article 334, 6° ancien dudit code, n'incrimine plus que l'aide à la prostitution d'autrui (■ Cass. crim., 9 oct. 1996 : *Bull. crim.* n° 355 ; *RSC* 1997, p. 384, obs. Y. Mayaud).

2) Il importe peu que l'intermédiaire se fasse ou non rémunérer (■ Cass. crim., 4 déc. 1958 : *Bull. crim.* n° 735).

3) L'habitude n'est pas un élément constitutif du délit prévu par l'article 334-6° du Code pénal (■ Cass. crim., 18 juill. 1989 : *Bull. crim.* n° 290 ; *RSC* 1990, p. 73, obs. Levasseur).

Cette solution a été maintenue depuis que l'article 334, 6° ancien du Code pénal est devenu l'article 225-6, 1° nouveau du même code (■ Cass. crim., 9 oct. 1996, précité).

4) Il résulte des termes de l'article 225-6, 1°, du Code pénal, que le délit prévu par ce texte n'est constitué que si la personne qui se livre à la prostitution exerçait déjà cette activité au moment de l'entremise ; la cour d'appel, qui n'a pas recherché si les faits reprochés au prévenu pouvaient être constitutifs du délit prévu et puni par l'article 225-5, 3°, du même code, n'a pas justifié sa décision (■ Cass. crim., 22 sept. 1999 : *JurisData* n° 1999-004551 ; *Dr. pén.* 2000, comm. 44, obs. M. Véron).

5) Applications. Se rend coupable du délit prévu par l'article 334-6° du Code pénal la personne qui, sous le couvert d'une agence matrimoniale, présente des clients à des prostituées avec lesquelles ils n'entretiennent que des relations passagères (■ Cass. crim., 20 nov. 1952 : *Bull. crim.* n° 274 ; *D.* 1953, 508), ou celle qui met à la disposition de tenanciers, individus exploitant la débauche d'autrui, un local où, moyennant le paiement de consommation de boissons, sont admis ceux qui désirent pratiquer des ébats sexuels collectifs (■ Cass. crim., 26 mars 1985 : *Bull. crim.* n° 126), ou celle qui organise des spectacles pornographiques et des ébats sexuels collectifs dans un local où sont admis d'une part les hommes, moyennant le paiement d'une cotisation annuelle et d'un droit d'entrée, d'autre part, gratuitement, les femmes (■ Cass. crim., 29 oct. 1985 : *Bull. crim.* n° 334 ; *RSC* 1986, p. 373, obs. Levasseur).

6) Caractérise le délit de proxénétisme (aggravé) à l'encontre d'une personne morale et de son dirigeant la cour d'appel qui relève que les prévenus exploitaient un service de communication audiovisuelle favorisant en connaissance de cause un abondant réseau prostitutionnel dont ils tiraient de considérables bénéfices (■ Cass. crim., 12 janv. 2000 : *Bull. crim.* n° 23).

7) Fait office d'intermédiaire le gérant d'un établissement dans lequel se déroulent des ébats sexuels en présence de consommateurs qui y assistaient moyennant le paiement de consommations (■ Cass. crim., 16 janv. 1991 : *Bull. crim.* n° 28) ou le directeur de publication d'un journal qui assure la diffusion d'annonces contenant des offres d'activités manifestement prostitutionnelles, accompagnées des renseignements permettant d'entrer en relation avec les personnes qui se livrent à ces activités (■ Cass. crim., 9 oct. 1996, préc., note 1 et 3).

8) Il en est de même pour l'exploitant d'un service télématique (aff. du minitel rose) qui relie des prostituées à des clients racolés par ce moyen (■ Cass. crim., 25 oct. 2000 : *Bull. crim.* n° 317), confirmant ■ Paris, 2 déc. 2000 : *D.* 2000, *IR*, 38.

9) Fausse attestation de ressources. Celui qui par attestation, certificat ou document fictif aura facilité ou tenté de faciliter à un proxénète la justification de ressources qu'il ne possédait pas se rend coupable du délit prévu par l'article 335-5° du Code pénal (devenu l'article 226-6, 2°) (■ *Cass. crim.*, 19 juin 1969 : *Bull. crim.* n° 209).

10) Non-justification de ressources. La cohabitation est un élément constitutif du délit de proxénétisme prévu et réprimé par l'article 334-3° (ancien et 225-6, 3° nouveau), qui n'est commis que s'il est constaté une vie en commun habituelle, d'une certaine durée, avec l'intention de transférer la résidence, et pas seulement des visites, même nombreuses et prolongées (■ T. corr. Paris, 27 oct. 1976 : *Gaz. Pal.* 1977, 2, somm. 272).

11) Il a été jugé que l'article 334-3° ne s'applique pas à l'époux légitime, mais uniquement à ceux qui cohabitent avec la prostituée sans être unis dans les liens du mariage (■ Colmar, 25 janv. 1980 : *D.* 1981, IR p. 156, obs. Puech, cassé, mais pour contradiction de motifs quant à la non-application de l'art. 334-2°, par ■ Cass. crim., 22 oct. 1980 : *D.* 1981, IR p. 143, obs. G. Roujou de Boubée et 156, obs. M. Puech).

12) Est légalement justifié l'arrêt qui prononce une condamnation pour proxénétisme alors qu'il constate que le prévenu a vécu en concubinage avec une fille mineure de 21 ans qui se livrait habituellement à la prostitution et dont il n'ignorait pas l'activité (■ Cass. crim., 20 avr. 1961 : *Bull. crim.* n° 218).

– De même, caractérise tous les éléments du délit prévu et réprimé par l'article 334-3°, du Code pénal, l'arrêt qui constate que se rend coupable de proxénétisme un individu qui cohabite avec une femme « se livrant assidûment à la prostitution » et la rejoint fréquemment dans un lieu voisin du lieu de prostitution (■ Cass. crim., 26 déc. 1961 : *Bull. crim.* n° 561).

13) L'expression « personne se livrant habituellement à la prostitution » employée par l'article 334-3°, du Code pénal qui réprime le fait par un individu de vivre sciemment avec une femme répondant à cette définition n'est pas sacramentelle.

Il suffit pour caractériser le délit, les autres éléments de l'infraction étant réunis, que des constatations des juges du fond, ressorte le fait de prostitution habituelle (■ Cass. crim., 8 nov. 1966 : *Bull. crim.* n° 253).

– Et l'expression « prostituée notoire » implique nécessairement que la femme ainsi qualifiée se livre habituellement à la prostitution (■ Cass. crim., 4 janv. 1957 : *Bull. crim.* n° 11).

14) Prescription. Le proxénétisme constitué par le fait de vivre avec une personne se livrant habituellement à la prostitution, est un délit continu qui ne commence à se prescrire qu'au moment où prend fin la cohabitation avec la prostituée (■ Cass. crim., 29 juin 1983 : *Bull. crim.* n° 207).

Art. 225-7 *(Mod., L. n° 98-468, 17 juin 1998 ; L. n° 2011-525, 17 mai 2011).* **– Le proxénétisme est puni de dix ans d'emprisonnement et de 1 500 000 € d'amende lorsqu'il est commis :**

1° À l'égard d'un mineur ;

2° À l'égard d'une personne dont la particulière vulnérabilité, due à son âge, à une maladie, à une infirmité, à une déficience physique ou psychique ou à un état de grossesse, est apparente ou connue de son auteur ;

3° À l'égard de plusieurs personnes ;

4° À l'égard d'une personne qui a été incitée à se livrer à la prostitution soit hors du territoire de la République, soit à son arrivée sur le territoire de la République ;

5° Par un ascendant légitime, naturel ou adoptif de la personne qui se prostitue ou par une personne qui a autorité sur elle ou abuse de l'autorité que lui confèrent ses fonctions ;

6° Par une personne appelée à participer, de par ses fonctions, à la lutte contre la prostitution, à la protection de la santé ou au maintien de l'ordre public ;

7° Par une personne porteuse d'une arme ;

8° Avec l'emploi de la contrainte, de violences ou de manœuvres dolosives ;

9° Par plusieurs personnes agissant en qualité d'auteur ou de complice, sans qu'elles constituent une bande organisée.

10° Grâce à l'utilisation, pour la diffusion de messages à destination d'un public non déterminé, d'un réseau de communication électronique.

Les deux premiers alinéas de l'article 132-23 relatif à la période de sûreté sont applicables aux infractions prévues par le présent article.

1) **CEDH – Prostitution forcée.** La prostitution forcée constitue un travail obligatoire au sens de l'article 4, et les obligations positives dégagées sur le fondement de cet article en matière de traite des êtres humains doivent s'appliquer, que la prostitution forcée s'inscrive ou non dans un contexte de traite. En l'espèce, condamnation de la Croatie en raison des lacunes importantes de la procédure mise en œuvre, étant relevés des faits constitutifs d'un commencement de preuve de traite des êtres humains et de prostitution forcée (■ CEDH, gr. ch., 25 juin 2020, n° 60561/14, *S. M. c/ Croatie : JCP* G 2020, 847, note F. Sudre).

2) Violation des obligations positives issues des articles 3 et 8 de la Convention pour un défaut de protection de l'intérêt supérieur de l'enfant en raison, notamment, d'atteintes à l'intégrité corporelle d'un enfant vulnérable au cours de la procédure pénale relative à des faits de prostitution de mineurs et à l'origine d'une situation grave de victimisation secondaire (■ CEDH, 9 févr. 2021, n° 40591/11 : *N.Ç. c/ Turquie* : *Dalloz actualité*, 4 mars 2021, obs. J.-P. Marguénaud).

3) Pour un embauchage de jeunes filles mineures en vue de leur prostitution en Amérique (ancien article 334, § 2 et 225-5, 3°, 225-7 nouveaux), V. ■ Cass. crim., 13 juin 1913 : *Bull. crim.* n° 288.

4) Pour l'aide et l'assistance à la prostitution de plusieurs personnes (ancien article 334-1, 6° et 225-7, 3° nouveau), V. not. ■ Cass. crim., 20 oct. 1971 : *Bull. crim.* n° 278, préc. sous l'article 225-5.

5) L'enlèvement d'une femme sur la voie publique, avec violence, peut constituer une tentative d'embauchage en vue de la prostitution (■ Cass. crim., 6 mai 1959 : *Bull. crim.* n° 249).

6) Relève tous les éléments de la tentative d'embauchage en vue de la prostitution prévue par l'article 334-5° du Code pénal, avec la circonstance aggravante que ce délit a été accompagné de menaces et violences visées à l'article 334-1-2° dudit code, la cour d'appel qui énonce notamment qu'un prévenu a porté à une prostituée notoire un coup de crosse de revolver sur le nez en lui disant qu'elle devait se prostituer pour lui et l'a menacée de représailles si elle faisait appel à la police (■ Cass. crim., 11 févr. 1975 : *Gaz. Pal.* 1975, 1, somm. 151).

Art. 225-7-1 *(L. n° 2002-305, 4 mars 2002 ; L. n° 2021-478, 21 avr. 2021)*. **– Le proxénétisme est puni de vingt ans de réclusion criminelle et de 3 000 000 € d'amende lorsqu'il est commis à l'égard d'un mineur de quinze ans.**

Art. 225-8. – Le proxénétisme prévu à l'article 225-7 est puni de vingt ans de réclusion criminelle et de 3 000 000 € d'amende lorsqu'il est commis en bande organisée.

Les deux premiers alinéas de l'article 132-23 relatif à la période de sûreté sont applicables à l'infraction prévue par le présent article.

Art. 225-9. – Le proxénétisme commis en recourant à des tortures ou des actes de barbarie est puni de la réclusion criminelle à perpétuité et de 4 500 000 € d'amende.

Les deux premiers alinéas de l'article 132-23 relatif à la période de sûreté sont applicables à l'infraction prévue au présent article.

Art. 225-10 *(Mod., L. n° 2003-239, 18 mars 2003)*. **– Est puni de dix ans d'emprisonnement et de 750 000 € d'amende le fait, par quiconque, agissant directement ou par personne interposée :**

1° De détenir, gérer, exploiter, diriger, faire fonctionner, financer ou contribuer à financer un établissement de prostitution ;

2° Détenant, gérant, exploitant, dirigeant, faisant fonctionner, finançant ou contribuant à financer un établissement quelconque ouvert au public ou utilisé par le public, d'accepter ou de tolérer habituellement qu'une ou plusieurs personnes se livrent à la prostitution à l'intérieur de l'établissement ou de ses annexes ou y recherchent des clients en vue de la prostitution ;

3° De vendre ou de tenir à la disposition d'une ou de plusieurs personnes des locaux ou emplacements non utilisés par le public, en sachant qu'elles s'y livreront à la prostitution.

4° De vendre, de louer ou de tenir à la disposition, de quelque manière que ce soit, d'une ou plusieurs personnes, des véhicules de toute nature en sachant qu'elles s'y livreront à la prostitution.

Les deux premiers alinéas de l'article 132-23 relatif à la période de sûreté sont applicables aux infractions prévues par les 1° et 2° du présent article.

1) QPC. Non-lieu à renvoi au Conseil constitutionnel de la QPC visant l'article 225-10-2° du Code pénal (■ Cass. crim., 18 juin 2010, n° 09-88.372).

2) Établissement de prostitution. Est exclue du domaine d'application de l'article 335-1° (225-10, 1° nouveau) la débauche qu'une personne, propriétaire ou détentrice d'une maison de prostitution, pratique elle-même (■ Cass. crim., 17 janv. 1963 : *D.* 1963, 148) ; même solution pour le gérant d'une maison dite de rendez-vous qui organise des rencontres entre clients et femmes faciles, rencontres suivies ailleurs d'actes de prostitution (■ Cass. crim., 24 janv. 1957 : *Bull. crim.* n° 85).

3) L'expression « établissement de prostitution », employée par l'article 335-1° du Code pénal englobe l'entreprise qui fournit aux clients un personnel non logé sur place (■ Cass. crim., 1er févr. 1956 : *Bull. crim.* n° 120).

4) L'article 335 (ancien) comme l'article 225-10, 1° (nouveau) du Code pénal, réprime le fait d'exploiter un établissement de prostitution directement (même arrêt), ou de le faire fonctionner pour l'intermédiaire d'un gérant (■ Cass. crim., 13 oct. 1965 : *D.* 1965, p. 822).

5) Jugé que le propriétaire d'un hôtel-restaurant qui le donne en gérance à sa maîtresse, qui perçoit régulièrement le montant de la location, qui sait que l'établissement est connu comme une maison de débauche, et qui est considéré par les prostituées comme le véritable patron, devait être réputé détenir par personne interposée un établissement de prostitution au sens de l'article 335-1° du Code pénal (■ T. corr. Castres, 7 juill. 1948 : *JCP* 1949, II, 4639, note L.M. et R.A.).

6) Financement. L'incrimination s'applique aux porteurs de parts d'une société propriétaire d'un hôtel où est acceptée habituellement l'activité de prostituées (■ Cass. crim., 14 mai 1968, n° 67-93.449 : *Bull. crim.* n° 153 ; *D.* 1968, p. 627 ; *RSC* 1969, p. 408, obs. Levasseur. ■ Cass. crim., 18 avr. 1989, n° 88-83.369 : *JurisData* n° 1989-002378 ; *Dr. pén.* 1990, comm. 53). – Mais les juges doivent préciser, pour le propriétaire qui charge un intermédiaire d'exploiter le fond, comme pour ceux qui le financent, les actes établissant sa participation consciente à son fonctionnement délictueux (■ Cass. crim., 24 juill. 1969 : *Bull. crim.* n° 268 ; *RSC* 1970, p. 392, obs. Levasseur).

7) Constitue une contribution au financement d'un établissement de prostitution le fait de prêter, en connaissance de cause, des fonds pour son acquisition (■ Cass. crim., 30 oct. 1990 : *Bull. crim.* n° 365). – V. aussi, *infra*, les arrêts sur le financement des maisons de tolérance, transposables à celles de prostitution.

8) Conflit de qualifications. Le principe *ne bis in idem* s'oppose à ce qu'une action unique caractérisée par une même intention coupable reçoive, à la fois, la qualification de proxénétisme par aide, assistance et partage de subsides de la prostitution et celle de tenue d'un établissement de prostitution (■ Cass. crim., 28 mars 2018, n° 17-81.114 : *JurisData* n° 2018-004060 ; *Dr. pen.* 2018, comm. 103, n° 6, obs. Ph. Conte).

9) Tolérance de la prostitution. L'article 335 (ancien, 225-10, 2° nouveau) du Code pénal incrimine le fait de tolérer habituellement la présence d'une ou plusieurs personnes se livrant à la prostitution à l'intérieur d'un établissement ou lieu ouvert au public ou ses annexes, tel un hôtel ou maison meublée (■ Cass. crim., 17 juin 1953 : *Bull. crim.* n° 215).

10) Commet l'infraction l'hôtelier qui a toléré en pleine connaissance de cause et pendant un long délai les agissements de deux personnes qu'il hébergeait dans une annexe où elles se livraient à la prostitution (■ Cass. crim., 6 févr. 1957 : *Bull. crim.* n° 118), ou toléré habituellement la présence dans son hôtel, de femmes qui se sont livrées à la prostitution, alors même que les actes de racolage auraient eu lieu en dehors de son établissement (■ Cass. crim., 22 janv. 1957 : *Bull. crim.* n° 67).

11) Il en est de même pour l'exploitante de fonds de commerce, de maison meublée, bar, dancing, qui tolérait habituellement dans le bar ou le dancing la présence de femmes qui y racolaient des clients et se prostituaient dans les chambres meublées du même établissement à la connaissance de l'hôtelière (■ Cass. crim., 12 juill. 1956 : *Bull. crim.* n° 536), ou la tenancière d'un bar-hôtel mettant habituellement des chambres à la disposition de prostituées moyennant rétribution (■ Cass. crim., 10 févr. 1959 : *Bull. crim.* n° 92), ou l'exploitant d'un café-bar qui de façon habituelle remettait la clef d'une chambre de son établissement à des prostituées qui, après les y avoir racolé, conduisaient, au vu et au su du prévenu, leurs clients dans cette pièce destinée à leur commerce et louée à l'heure (■ Cass. crim., 24 mars 1958 : *Bull. crim.* n° 294).

12) En cette matière aussi le délit est constitué dès lors que le prévenu fait fonctionner par l'intermédiaire d'un gérant libre, l'hôtel dont il est propriétaire (■ Cass. crim., 13 oct. 1965 : *Bull. crim.* n° 196), ou exploite ou fait exploiter temporairement par un tiers son établissement où est tolérée habituellement la présence de prostituées (■ Cass. crim., 12 déc. 1963 : *Bull. crim.* n° 361), ou encore la propriétaire d'un hôtel qui le donne en gérance pour échapper à l'imputation du délit alors qu'elle se tenait informée de l'activité prostitutionnelle habituelle qui s'y exerçait (■ Cass. crim., 13 oct.

1965 : *Bull. crim.* n° 196 ; *JCP* 1964, II, 13699, note Sacotte).

13) L'exercice de la prostitution à l'intérieur des établissements ou lieu ouvert au public ou ses annexes est l'un des éléments essentiels du délit prévu par l'article 335 du Code pénal (▪ Cass. crim., 1er déc. 1955 : *Bull. crim.* n° 536 et arrêts cités. – 27 janv. et 10 févr. 1959 : *Bull. crim.* nos 70 et 92).

– En l'absence de cette circonstance, le fait de tolérer habituellement la présence, dans cet établissement ou lieu ouvert au public ou ses annexes, d'une ou plusieurs prostituées ne saurait constituer l'infraction réprimée par ce texte, mais seulement, si les éléments essentiels en sont réunis, le délit prévu par l'article 334, 1°, du Code pénal, lequel punit comme proxénète celui ou celle qui, d'une manière quelconque, aide, assiste ou protège sciemment la prostitution d'autrui (▪ Cass. crim., 12 avr. 1951 : *Bull. crim.* n° 102). Rappr. ▪ Cass. crim., 31 mai 1951 : *Bull. crim.* n° 158.

14) Exigence de l'habitude dans la tolérance. Doit être annulé l'arrêt qui condamne le gérant d'un hôtel meublé pour avoir toléré dans son établissement la présence de personnes se livrant à la prostitution si la circonstance d'habitude n'est pas suffisamment constatée (▪ Cass. crim., 31 janv. 1952 : *Bull. crim.* n° 37).

15) Ne caractérise pas le délit prévu par l'article 335 du Code pénal l'arrêt qui se borne à reproduire les termes de la loi et ne précise pas les circonstances dans lesquelles le délit aurait été commis, et notamment les conditions dans lesquelles le prévenu aurait toléré habituellement la présence de femmes se livrant à la prostitution à l'intérieur de son hôtel (▪ Cass. crim., 6 oct. 1955 : *Bull. crim.* n° 390).

16) Encourt la cassation, en raison de l'absence de la condition d'habitude, l'arrêt qui a condamné pour proxénétisme, les tenanciers d'un hôtel meublé dans lequel la police a découvert une femme se livrant à la prostitution qui a déclaré qu'au cours de la même journée, elle s'était prostituée avec plusieurs individus dans l'établissement ; constatations qui établissent la présence d'une seule prostituée au cours d'une seule journée, dans l'hôtel exploité par les prévenus, mais ne démontrent pas, à la charge de ceux-ci, l'habitude, au sens de l'article 335 du Code pénal (▪ Cass. crim., 18 juin 1958 : *Bull. crim.* n° 475).

17) Mais si l'habitude suppose l'accomplissement de plusieurs faits de prostitution, elle n'implique pas forcément la prostitution de plusieurs femmes (▪ Cass. crim., 9 juill. 1948 : *D.* 1948.410). – Sur cette notion d'habitude, V. également ▪ Cass. crim., 29 janv. 1963 : *JCP* G 1963, II, 13215, note Le Gall ; *Dr. pén.* 1996, comm. 242, obs. M. Véron sur un arrêt de Grenoble du 15 mai 1996.

18) Élément intentionnel. Doit être cassé, pour insuffisance de motifs, l'arrêt qui se borne à déclarer que la prévenue a toléré habituellement, à l'intérieur de l'hôtel dont elle était la gérante, la présence de personnes se livrant à la prostitution, sans s'expliquer sur la connaissance qu'a pu avoir cette prévenue de la nature de l'activité des personnes qu'elle recevait habituellement dans son hôtel, par leur comportement dans ledit établissement (▪ Cass. crim., 23 mai 1950 et 9 nov. 1950 : *Bull. crim.* n° 173 et 252).

19) Les prévenus ont exploité un restaurant-bar dans lequel avaient lieu des ébats sexuels collectifs ; l'accès de la clientèle était en principe subordonné à la délivrance d'une carte et l'établissement fonctionnait donc comme un club privé ; il a été établi que des prostituées avaient amené leurs clients et participé aux scènes de débauche. L'infraction visée à l'article 335-2° (ancien) du Code pénal ne saurait être retenue, faute par les prévenus d'avoir eu connaissance des faits de prostitution dans les lieux qu'ils dirigeaient. En effet, les prostituées ne recherchaient pas leurs clients dans l'établissement mais ne faisaient que les y conduire, attirés qu'ils pouvaient être par la réputation de ce club « échangiste » (▪ Versailles, 3 nov. 1988 : *JCP* 1989, IV, 222).

20) Recherche de clients en vue de la prostitution. Le délit prévu et réprimé par l'article 335-2° (ancien, 225-10, 2°, in fine nouveau) du Code pénal n'exige pas que les personnes aient racolé des clients dans l'établissement en vue de la prostitution ; il suffit qu'elles les y aient recherchés, tel le cas de prostituées pratiquant le racolage passif (▪ Cass. crim., 20 oct. 1964 : *Bull. crim.* n° 271 ; *JCP* 1965, II, 13984, rapp. J.-C. Combaldieu) ; le délit est également constitué alors même que le racolage des prostituées, habituellement toléré par le prévenu dans le débit de boissons, s'adresse aux passants de l'intérieur de l'établissement ou de la terrasse qui en est l'annexe (▪ Cass. crim., 17 oct. 1973 : *Bull. crim.* n° 364).

21) Locaux ou emplacements non utilisés par le public. Justifie sa décision la cour d'appel qui condamne un notaire pour complicité de mise d'un local privé à la disposition d'une personne s'y livrant à la prostitution dès lors qu'il avait connaissance, lors de la passation de l'acte de vente, de ce que le studio vendu servirait à la prostitution, la cause d'irresponsabilité prévue par l'article 122-4 du Code pénal ne pouvant être invoquée (▪ Cass. crim., 13 avr. 2005, n° 04-87.147).

22) Avant la réception par le propriétaire ou le bailleur des locaux, de l'avertissement par le ministère public que ces locaux servent à la prostitution, le maître du local n'est pas présumé de façon irréfragable de bonne foi et le ministère public peut rapporter la preuve de sa mauvaise foi ; en prévoyant cette information à la diligence du ministère public, la loi nouvelle ne déroge pas au principe de la libre administration de la preuve et facilite seulement la preuve de l'élément intentionnel et l'exercice de l'action en résolution du bail devant le juge des référés, sans mettre obstacle à l'exercice de l'action publique (▪ Cass. crim., 6 févr. 1980 : *Bull. crim.* n° 58 ; *D.* 1980, IR p. 336, obs. M. Puech ; *RSC* 1980, p. 985, obs. Levasseur, cassant ▪ Colmar, 15 déc. 1978 : *D.* 1979, 203, note R. Koering-Joulin ; *RSC* 1979, p. 331, obs. Levasseur).

– Sur l'information donnée au propriétaire ou bailleur par le ministère public, V. not. l'article 706-40 du Code procédure pénale.

23) Le délit prévu par l'article 335-6-2° (ancien, 225-10, 3° nouveau) du Code pénal est constitué à la charge d'un propriétaire qui n'avait introduit qu'en août 1981 une instance en expulsion contre l'occupant des lieux, de qui il avait accepté les loyers jusqu'en mai 1981, alors que, dès le 21 janvier, il avait été mis en demeure par les copropriétaires de faire vider le local en raison des activités du locataire, dont il avait été ainsi informé sans ambiguïté (▪ Cass. crim., 9 oct. 1984, inédit).

Art. 225-10-1 ***(Abr., L. n° 2016-444, 13 avr. 2016).*** **– Le fait, par tout moyen, y compris par une attitude même passive, de procéder publiquement au racolage d'autrui en vue de l'inciter à des relations sexuelles en échange d'une rémunération ou d'une promesse de rémunération est puni de deux mois d'emprisonnement et de 3 750 euros d'amende.**

Art. 225-11. – La tentative des délits prévus par la présente section est punie des mêmes peines.

Art. 225-11-1 ***(L. n° 2004-204, 9 mars 2004).*** **– Toute personne qui a tenté de commettre les infractions prévues par la présente section est exempte de peine si, ayant averti l'autorité administrative ou judiciaire, elle a permis d'éviter la réalisation de l'infraction et d'identifier, le cas échéant, les autres auteurs ou complices.**

La peine privative de liberté encourue par l'auteur ou le complice d'une des infractions prévues à la présente section est réduite de moitié si, ayant averti l'autorité administrative ou judiciaire, il a permis de faire cesser l'infraction ou d'éviter que l'infraction n'entraîne mort d'homme ou infirmité permanente et d'identifier, le cas échéant, les autres auteurs ou complices. Lorsque la peine encourue est la réclusion criminelle à perpétuité, celle-ci est ramenée à vingt ans de réclusion criminelle.

Art. 225-11-2 ***(L. n° 2006-399, 4 avr. 2006).*** **– Dans le cas où le délit prévu par le 1° de l'article 225-7 est commis à l'étranger par un Français ou par une personne résidant habituellement sur le territoire français, la loi française est applicable par dérogation au deuxième alinéa de l'article 113-6 et les dispositions de la seconde phrase de l'article 113-8 ne sont pas applicables.**

(L. n° 2013-711, 5 août 2013) **Il en est de même dans le cas où l'un des crimes mentionnés aux articles 225-7-1, 225-8 ou 225-9 a été commis sur un mineur hors du territoire de la République par un étranger résidant habituellement sur le territoire français.**

Art. 225-12 ***(Rempl., L. n° 2009-526, 12 mai 2009).*** **– Les personnes morales déclarées responsables pénalement, dans les conditions prévues par l'article 121-2, des infractions définies aux articles 225-5 à 225-10 encourent, outre l'amende suivant les modalités prévues par l'article 131-38, les peines prévues par l'article 131-39.**

Section II *bis*. – Du recours à la prostitution

(L. n° 2003-239, 18 mars 2003)

Bibliographie : *JCl. Pénal Code, Recours à la prostitution*, par X. Samuel. • B. Le Dévédec, *Prostitution, ou l'impuissance du droit : Rev. pénit.* 2020, n° 1, p. 43.

Art. 225-12-1 ***(L. n° 2016-444, 13 avr. 2016 ; L. n° 2021-478, 21 avr. 2021).*** **– Lorsqu'il est commis en récidive dans les conditions prévues au second alinéa de l'article 132-11, le fait de solliciter, d'accepter ou d'obtenir des relations de nature sexuelle d'une personne qui se livre à la prostitution, y compris de façon occasionnelle, en échange d'une rémunération, d'une promesse de rémunération, de la fourniture d'un avantage en nature ou de la promesse d'un tel avantage est puni de 3 750 € d'amende.**

Est puni de cinq ans d'emprisonnement et de 75 000 € d'amende le fait de solliciter, d'accepter ou d'obtenir, en échange d'une rémunération, d'une promesse de rémunération, de la fourniture d'un avantage en nature ou de la promesse d'un tel avantage, des relations de nature sexuelle de la part d'une personne qui se livre à la prostitution, y compris de façon occasionnelle, lorsque cette personne est mineure ou présente une particulière vulnérabilité, apparente ou connue de son auteur, due à une maladie, à une infirmité, à un handicap ou à un état de grossesse.

Voir : art. 611-1, p. 965 ; C. étrangers, art. L. 425-1 et s., p. 1399.

Bibliographie : J. Buisson : *Procédures* 2016, comm. 213, n° 6. • P. Morvan : *JCP* G 2016, 487.

1) QPC. Conformité à la Constitution des articles 611-1 et 225-12-1, alinéa 1 du Code pénal, par lesquels le législateur a entendu lutter contre le proxénétisme et la traite des êtres humains aux fins d'exploitation sexuelle, et assurer la sauvegarde de la dignité de la personne humaine contre ces formes d'asservissement. La prohibition de la demande de relations sexuelles tarifées n'est pas un moyen manifestement inapproprié à l'objectif de politique publique poursuivi, et n'est pas manifestement déséquilibrée la conciliation opérée entre, d'une part, l'objectif de valeur constitutionnelle de sauvegarde de l'ordre public et de prévention des infractions et la sauvegarde de la dignité de la personne humaine et, d'autre part, la liberté personnelle. Pour les mêmes motifs, les peines instituées ne sont pas manifestement disproportionnées et ne méconnaissent pas les principes de nécessité et de proportionnalité des peines, pas plus que la liberté d'entreprendre et la liberté contractuelle, qui peuvent connaître des limitations. Le grief tiré de la méconnaissance du droit à la protection de la santé doit également être écarté car l'appréciation du législateur n'est pas, en l'état actuel des connaissances, manifestement inadéquate. Enfin, les dispositions contestées ne méconnaissent ni le droit au respect de la vie privée, ni aucun autre droit ou liberté que la Constitution garantit. V. ▪ Cons. const., 1er févr. 2019, n° 2018-761 QPC : *JO* 2 févr. 2019, texte n° 104 ; *Dr. pén.* 2019, alerte 11 et comm. 63, note Ph. Conte ; *JCP* G 2019, p. 202, note P. Mistretta ; *RSC* 2019, p. 85, note Y. Mayaud. ▪ CE, 12 nov. 2018, n° 423892 : *JurisData* n° 2018-020695 ; *Dalloz actualité* 24 janv. 2019, obs. Th. Coustet : présente un caractère sérieux la question soulevée par différentes associations invoquant une atteinte au droit au respect à la vie privée garanti, à la liberté d'entreprendre et au principe de nécessité et de proportionnalité des peines.

2) Conventionnalité. Ne sont pas incompatibles avec l'article 8 de la Convention européenne des droits de l'homme les dispositions législatives que met en œuvre le décret du 12 décembre 2016 relatif au stage de sensibilisation à la lutte contre l'achat d'actes sexuels. La prohibition de la demande de relations sexuelles tarifées par les articles 225-12-1 et 611-1 du Code pénal, qui poursuit une finalité d'intérêt général, ne constitue pas une ingérence excessive dans l'exercice du droit au respect de la vie privée dès lors que la prostitution contrainte est incompatible avec les droits et la dignité de la personne humaine, et qu'est fait le constat que la grande majorité des personnes qui se livrent à la prostitution sont victimes de proxénétisme et de traite des êtres humain (▪ CE, 7 juin 2019, n° 4238927 : *JurisData* n° 2019-009524 ; *AJ pénal* 2019, p. 210, note C. Kurek).

3) Distinction avec le proxénétisme. Relève de l'infraction de recours à la prostitution d'autrui, et non du proxénétisme aggravé le recrutement et la rémunération de personnes prostituées dans le cadre de rencontres à caractère sexuel auxquelles participaient les prévenus, pour leur satisfaction personnelle et celle des autres participants, et sans en tirer de profit financier. Les faits étant en l'espèce antérieurs à l'entrée en vigueur de la loi du 13 avril 2016, ils ne peuvent donner lieu à condamnation (▪ Cass. crim., 28 févr. 2018, n° 16-85.518 : *JurisData* n° 2018-002751 ; *RSC* 2018, p. 690, note Y. Mayaud).

Art. 225-12-2 *(L. n° 2002-305, 4 mars 2002 ; mod., L. n° 2006-399, 4 avr. 2006 ; L. n° 2016-444, 13 avr. 2016 ; L. n° 2021-478, 21 avr. 2021).* **– Les peines prévues au second alinéa de l'article 225-12-1 sont portées à sept ans d'emprisonnement et à 100 000 euros d'amende :**

1° Lorsque l'infraction est commise de façon habituelle ou à l'égard de plusieurs personnes ;

2° Lorsque la personne a été mise en contact avec l'auteur des faits grâce à l'utilisation, pour la diffusion de messages à destination d'un public non déterminé, d'un réseau de communication ;

3° Lorsque les faits sont commis par une personne qui abuse de l'autorité que lui confèrent ses fonctions ;

4° Lorsque l'auteur des faits a délibérément ou par imprudence mis la vie de la personne en danger ou a commis contre elle des violences.

Hors les cas dans lesquels ces faits constituent un viol ou une agression sexuelle, les peines prévues au second alinéa de l'article 225-12-1 sont portées à dix ans d'emprisonnement et à 150 000 euros d'amende lorsqu'il s'agit d'un mineur de quinze ans.

Art. 225-12-3 *(L. n° 2002-305, 4 mars 2002 ; L. n° 2016-444, 13 avr. 2016).* **– Dans le cas où les délits prévus au second alinéa de l'article 225-12-1 et à l'article 225-12-2 sont commis à l'étranger par un Français ou par une personne résidant habituellement sur le territoire français, la loi française est applicable par dérogation au deuxième alinéa de l'article 113-6 et les dispositions de la seconde phrase de l'article 113-8 ne sont pas applicables.**

Art. 225-12-4 *(Mod., L. n° 2009-526, 12 mai 2009).* **– Les personnes morales déclarées responsables pénalement, dans les conditions prévues par l'article 121-2, des infractions définies à la présente section encourent, outre l'amende suivant les modalités prévues par l'article 131-38, les peines prévues par l'article 131-39.**

L'interdiction mentionnée au 2° de l'article 131-39 porte sur l'activité dans l'exercice ou à l'occasion de l'exercice de laquelle l'infraction a été commise.

Section II *ter*. – De l'exploitation de la mendicité

(L. n° 2003-239, 18 mars 2003)

Art. 225-12-5 *(L. n° 2003-239, 18 mars 2003).* **– L'exploitation de la mendicité est le fait par quiconque de quelque manière que ce soit :**

1° D'organiser la mendicité d'autrui en vue d'en tirer profit ;

2° De tirer profit de la mendicité d'autrui, d'en partager les bénéfices ou de recevoir des subsides d'une personne se livrant habituellement à la mendicité ;

3° D'embaucher, d'entraîner ou de détourner une personne en vue de la livrer à la mendicité, ou d'exercer sur elle une pression pour qu'elle mendie ou continue de le faire ;

4° D'embaucher, d'entraîner ou de détourner à des fins d'enrichissement personnel une personne en vue de la livrer à l'exercice d'un service moyennant un don sur la voie publique.

Est assimilé à l'exploitation de la mendicité le fait de ne pouvoir justifier de ressources correspondant à son train de vie tout en exerçant une influence de fait, permanente ou non, sur une ou plusieurs personnes se livrant à la mendicité ou en étant en relation habituelle avec cette ou ces dernières.

L'exploitation de la mendicité est punie de trois ans d'emprisonnement et d'une amende de 45 000 €.

Bibliographie : *JCl. Pénal Code, Exploitation de la mendicité* par M.-C. Sordino.

Art. 225-12-6 *(L. n° 2003-239, 18 mars 2003).* **– L'exploitation de la mendicité est punie de cinq ans d'emprisonnement et d'une amende de 75 000 € lorsqu'elle est commise :**

1° À l'égard d'un mineur ;

2° À l'égard d'une personne dont la particulière vulnérabilité, due à son âge, à une maladie, à une infirmité, à une déficience physique ou psychique ou à un état de grossesse, est apparente ou connue de son auteur ;

3° À l'égard de plusieurs personnes ;

4° À l'égard d'une personne qui a été incitée à se livrer à la mendicité soit hors du territoire de la République, soit à son arrivée sur le territoire de la République ;

5° Par un ascendant légitime, naturel ou adoptif de la personne qui mendie ou par une personne qui a autorité sur elle ou abuse de l'autorité que lui confèrent ses fonctions ;

6° Avec l'emploi de la contrainte, de violences ou de manœuvres dolosives sur la personne se livrant à la mendicité, sur sa famille ou sur une personne étant en relation habituelle avec elle ;

7° Par plusieurs personnes agissant en qualité d'auteurs ou de complices, sans qu'elles constituent une bande organisée.

Voir : C. trav., art. L. 4741-8, p. 2280.

Art. 225-12-7 *(L. n° 2003-239, 18 mars 2003).* **– L'exploitation de la mendicité d'autrui est punie de dix ans d'emprisonnement et de 1 500 000 € d'amende lorsqu'elle est commise en bande organisée.**

Section II quarter. – De l'exploitation de la vente à la sauvette

(L. n° 2011-267, 14 mars 2011)

Art. 225-12-8 *(L. n° 2011-267, 14 mars 2011).* **– L'exploitation de la vente à la sauvette est le fait par quiconque d'embaucher, d'entraîner ou de détourner une personne en vue de l'inciter à commettre l'une des infractions mentionnées à l'article 446-1, ou d'exercer sur elle une pression pour qu'elle commette l'une de ces infractions ou continue de le faire, afin d'en tirer profit de quelque manière que ce soit.**

Est assimilé à l'exploitation de la vente à la sauvette le fait de recevoir des subsides d'une personne commettant habituellement l'une des infractions mentionnées au même article 446-1.

Est également assimilé à l'exploitation de la vente à la sauvette le fait de ne pouvoir justifier de ressources correspondant à son train de vie tout en exerçant une influence de fait, permanente ou non, sur une ou plusieurs personnes commettant habituellement l'une des infractions mentionnées audit article 446-1 ou en étant en relation habituelle avec cette ou ces dernières.

L'exploitation de la vente à la sauvette est punie de trois ans d'emprisonnement et d'une amende de 45 000 €.

Bibliographie : *JCl. Pénal Code, Exploitation de la vente à la sauvette* par N. Rias.

Constitue le délit d'exploitation de vente à la sauvette, prévu à l'article 225-12-8 du Code pénal, le fait d'embaucher une personne, en la faisant stationner sur le domaine public, à bord d'un triporteur non mobile et sans l'autorisation requise par le règlement de police, en vue de lui faire vendre des marchandises (■ Cass. crim., 21 févr. 2017, n° 16-82.220 ; *Dr. pén.* 2017, comm. 61, note J.-H. Robert).

Art. 225-12-9 *(L. n° 2011-267, 14 mars 2011).* **– L'exploitation de la vente à la sauvette est punie de cinq ans d'emprisonnement et d'une amende de 75 000 € lorsqu'elle est commise :**

1° À l'égard d'un mineur ;

2° À l'égard d'une personne dont la particulière vulnérabilité, due à son âge, à une maladie, à une infirmité, à une déficience physique ou psychique ou à un état de grossesse est apparente ou connue de son auteur ;

3° À l'égard de plusieurs personnes ;

4° À l'égard d'une personne qui a été incitée à commettre l'une des infractions mentionnées à l'article 446-1 soit hors du territoire de la République, soit à son arrivée sur le territoire de la République ;

5° Par un ascendant légitime, naturel ou adoptif de la personne qui commet l'une des infractions mentionnées à l'article 446-1 ou par une personne qui a autorité sur elle ou abuse de l'autorité que lui confèrent ses fonctions ;

6° Avec l'emploi de la contrainte, de violences ou de manœuvres dolosives sur la personne commettant l'une des infractions mentionnées à l'article 446-1, sur sa famille ou sur une personne étant en relation habituelle avec elle ;

7° Par plusieurs personnes agissant en qualité d'auteurs ou de complices, sans qu'elles constituent une bande organisée.

Art. 225-12-10 *(L. n° 2011-267, 14 mars 2011).* **– L'exploitation de la vente à la sauvette est punie de dix ans d'emprisonnement et de 1 500 000 € d'amende lorsqu'elle est commise en bande organisée.**

Section III. – Des conditions de travail et d'hébergement contraires à la dignité de la personne, du travail forcé et de la réduction en servitude

(Intitulé mod., L. n° 2013-711, 5 août 2013)

Bibliographie : *JCl. Pénal Code, Conditions de travail et d'hébergement contraires à la dignité de la personne*, par S. Ménotti. • *Rép. pén. Dalloz, Conditions de travail et d'hébergement contraires à la dignité humaine*, par C. Willmann. • G. Dumenil, *Réflexions autour du délit de soumission d'une personne à des conditions d'hébergement incompatibles avec la dignité humaine* : *Dr. pén.* 2020, étude 2.

Art. 225-13 *(Ord. n° 2000-916, 19 sept. 2000 ; mod., L. n° 2003-239, 18 mars 2003 ; L. n° 2009-1437, 24 nov. 2009).* **– Le fait d'obtenir d'une personne, dont la vulnérabilité ou l'état de dépendance sont apparents ou connus de l'auteur, la fourniture de services non rétribués ou en échange d'une rétribution manifestement sans rapport avec l'importance du travail accompli est puni de cinq ans d'emprisonnement et de 150 000 € d'amende.**

Les personnes physiques ou morales coupables du délit prévu à la présente section encourent également la peine complémentaire suivante : interdiction de l'activité de prestataire de formation professionnelle continue au sens de l'article L. 6313-1 du Code du travail pour une durée de cinq ans.

Voir également : Articles L. 111-6-1 ancien, L. 126-17 et L. 651-1 et suivants du Code de la construction et de l'habitation - Annexe Construction et urbanisme.

1) Se rend coupable du délit défini à l'article 225-13 du Code pénal, le prévenu qui utilise les services d'étrangers en situation irrégulière employés clandestinement à la fabrication de chaussures six jours par semaine de 8 à 22 heures moyennant une rémunération mensuelle de 3 000 à 4 000 francs envoyée directement en Chine à leurs familles (▪ Cass. crim., 6 mai 1997 : *JurisData* n° 1997-003028 ; *Bull. crim.* n° 172).

2) Statue par des motifs insuffisants et contradictoires la cour d'appel qui, pour dire non établie l'infraction prévue par l'article 225-13 du Code pénal, énonce que l'absence ou l'insuffisance de rétribution de la victime, eu égard à l'importance du travail accompli, « peut apparaître comme réelle » et que l'intention des prévenus de lui constituer un pécule pour le lui remettre à son départ n'a pas été contestée (▪ Cass. crim., 11 déc. 2001 : *Bull. crim.* n° 256 ; V. *infra*, sous art. 225-14).

3) Justifie sa décision au regard de l'article 225-13 du Code pénal l'arrêt qui, pour déclarer le prévenu, directeur d'un établissement hôtelier, titulaire d'une délégation de pouvoir, coupable d'obtention abusive de la part d'une personne vulnérable ou en situation de dépendance, de services non rétribués ou insuffisamment rétribués, retient que l'intéressé a abusé de la situation de dépendance de stagiaires, née du caractère obligatoire du stage que ces élèves devaient effectuer pour obtenir le brevet de technicien supérieur en hôtellerie, restauration et tourisme, en les affectant à la réception de l'hôtel, de 23 heures à 7 heures, 7 jours sur 7, pour une durée hebdomadaire comprise entre 56 et 63, en leur versant une rémunération 1760 F pour 190 heures, manifestement sans rapport avec l'importance du travail accompli (▪ Cass. crim., 3 déc. 2002 : *Bull. crim.* n° 215 ; *Dr. pén.* 2003, comm. 30, obs. M. Véron).

4) Sur un cumul de déclarations de culpabilité entre le délit de l'article 225-13 et celui de l'article 225-14, V. *infra* sous ce dernier article.

5) Réparation. La victime de faits ayant donné lieu à une condamnation pénale définitive sur le fondement des articles 225-13 et 225-19 a droit à la réparation intégrale de son préjudice, tant moral qu'économique. Celui-ci est aggravé s'agissant d'une victime mineure devant être protégée comme toute exploitation économique, le travail auquel elle est astreinte ne devant être de nature à compromettre son éducation ou de nuire à son développement (▪ Cass. soc., 3 avr. 2019, n° 16-20.490 : *JurisData* n° 2019-004985 ; *JCP S* 2019, act. 161).

Art. 225-14 ***(Ord. n° 2000-916, 19 sept. 2000 ; mod., L. n° 2003-239, 18 mars 2003).*** **– Le fait de soumettre une personne, dont la vulnérabilité ou l'état de dépendance sont apparents ou connus de l'auteur, à des conditions de travail ou d'hébergement incompatibles avec la dignité humaine est puni de cinq ans d'emprisonnement et de 150 000 € d'amende.**

Bibliographie : D. Guérin et F.-X. Roux-Demare (dir.), *Logement et vulnérabilité* : Institut universitaire Varenne, Colloques & Essais, 2016. • F. SAFI, *La répression des marchands de sommeil* : *Dr. pén.* 2019, étude 15.

I – CONDITIONS DE TRAVAIL CONTRAIRES À LA DIGNITÉ

1) Conditions de travail. Encourt la censure pour insuffisance de motifs la décision de la cour d'appel qui, pour dire non caractérisé le délit prévu par l'article 225-14 du Code pénal, se borne à affirmer que l'incompatibilité des conditions de travail de la victime avec la dignité humaine « n'a pas été relevée » (▪ Cass. crim., 11 déc. 2001 : *Bull. crim.* n° 256 ; *RSC* 2002, p. 324, obs. Y. Mayaud).

2) N'a pas tiré de ses constatations les conséquences légales qui s'imposaient, la cour d'appel qui, pour dire non établi l'abus de la vulnérabilité et de la situation de dépendance de la victime et prononcer la relaxe des chefs des délits prévus et réprimés par les articles 225-13 et 225-14 du Code pénal, après avoir constaté que les prévenus employaient et logeaient à leur domicile une jeune fille mineure, étrangère en situation irrégulière et sans ressources, retient néanmoins que celle-ci avait une certaine liberté de déplacement et énonce que l'état de vulnérabilité ne peut résulter de sa seule extranéité (▪ Cass. crim., 11 déc. 2001 : même arrêt).

3) Ne donne pas de base légale à sa décision au regard de l'article 225-14 du Code pénal, l'arrêt qui, pour relaxer la prévenue poursuivie pour avoir, en abusant de leur situation de dépendance, soumis plusieurs salariés d'un magasin dont elle était directrice, à des conditions de travail incompatibles avec la dignité humaine, retient que, ceux-ci étant de nationalité française et titulaires d'un contrat de travail, ne sauraient se trouver en situation de dépendance ou de vulnérabilité vis-à-vis de leur employeur.

Prononce par des motifs contradictoires le même arrêt qui, après avoir constaté que la prévenue aurait fait subir à certains salariés des violences, brimades, injures et autres vexations, énonce que ces violences physiques et morales, si elles témoignent d'un comportement critiquable à l'égard de ceux-ci, ne caractérisent pas une atteinte à la dignité humaine mais relèvent plutôt d'un mode paternaliste de gestion (▪ Cass. crim., 23 avr. 2003 : *Bull. crim.* n° 85).

4) Justifie sa décision au regard de l'article 225-14 du Code pénal l'arrêt qui, pour déclarer le prévenu, dirigeant d'une entreprise de confection, coupable de soumission de personnes vulnérables ou dépendantes à des conditions de travail incompatibles avec la dignité humaine retient, d'une part, que la façon dont ce chef d'entreprise dirigeait ses salariés en ayant recours à des hurlements permanents, les vexations qu'il leur faisait subir en les insultant publiquement et en utilisant divers procédés inadmissibles pour les humilier ainsi que les cadences et les conditions de travail qu'il leur imposait, faisant d'eux « le prolongement d'une machine-outil », étaient incompatibles avec cette dignité et énonce, d'autre part, que pour imposer ces conditions de travail aux salariés concernés, l'intéressé a profité de leur situation de vulnérabilité sociale et économique résultant de leur absence de qualification et de la situation particulièrement difficile de l'emploi en milieu rural, notamment dans le secteur concerné (▪ Cass. crim., 4 mars 2003 : *Bull. crim.* n° 58 ; *Dr. pén.* 2003, comm. 83, obs. M. Véron).

5) Travail forcé. Alors que tout travail forcé est incompatible avec la dignité humaine, n'a pas tiré les conséquences légales de ses constatations, la cour d'appel, qui, pour estimer qu'une jeune fille, en situation irrégulière, chargée en permanence d'exécuter des tâches domestiques, sans bénéficier de congés, rétribuée par quelque argent de poche ou envoi de subsides à des proches, dont le passeport était conservé par la prévenue, n'était pas soumise à des conditions de travail contraires à la dignité humaine et prononcer la relaxe du chef du délit prévu et réprimé par l'article 225-14 du Code pénal, retient que la partie civile était l'objet d'une affection véritable de la part de la prévenue et qu'il n'est pas établi qu'elle disposait de conditions de logement différentes de celles des membres de la famille (▪ Cass. crim., 13 janv. 2009 : *Bull. crim.* n° 9 ; *Dr. pén.* 2009, comm. 44, obs. M. Véron ; *D.* 2009, p. 1935, note B. Lavaud-Legendre).

6) Un prévenu, connaissant la vulnérabilité ou l'état de dépendance d'une personne, peut être condamné (à une seule peine) pour sa soumission à la fourniture de services non rétribués d'une part et à des conditions de travail et d'hébergement incompatibles avec la dignité humaine d'autre part (▪ Cass. crim., 30 mai 2006 : *Bull. crim.* n° 9 ; *JurisData* n° 2006-034471 ; *Dr. pén.* 2006, comm. 117, obs. M. Véron). V. aussi, pour un majeur sous tutelle et employé dans des conditions indignes alors qu'il était en état de vulnérabilité et de dépendance caractérisées par une expertise psychiatrique (▪ Cass. crim., 15 juin 2010 : *JurisData* n° 2010-011621 ; *Dr. pén.* 2010, comm. 104, obs. M. Véron).

7) Les termes des articles 225-13 et 225-14 du Code pénal ne sont pas incompatibles avec l'article 7 de la Convention européenne des droits de l'homme (mêmes arrêts).

8) La connaissance de l'état de vétusté de l'immeuble résulte de la notification des arrêtés préfectoraux mettant le propriétaire en demeure d'accomplir certains travaux (▪ Cass. crim., 27 mai 2014, n° 13-83.088 : *Dr. pén.* 2014, comm. 118, obs. M. Véron).

II – CONDITIONS D'HÉBERGEMENT CONTRAIRES À LA DIGNITÉ

9) QPC. Non-lieu à renvoi, faute de caractère sérieux, de la question portant sur le manque de clarté et de précision de la condition relative au caractère indigne du logement dès lors que, pour apprécier si les conditions d'hébergement sont ou non compatibles avec la dignité humaine, le juge répressif doit analyser les caractéristiques du logement et apprécier, de manière concrète, l'existence d'une atteinte à la dignité au regard des exigences législatives et réglementaires résultant, en particulier, des articles L. 1331-1 à L. 1331-24 du Code de la santé publique, R. 111-1-1 et suivants du Code de la construction et de l'habitation et du décret n° 2002-120 du 30 janvier 2002 relatif aux caractéristiques du logement décent (▪ Cass. crim., 27 mai 2021, n° 20-86.768 QPC : *JurisData* n° 2021-008025 ; *Dr. pén.* 2021, comm. Ph. Conte).

10) Domaine. Le délit de l'article 225-14 du Code pénal ne s'applique qu'à la fourniture d'un logement, moyennant contrepartie, à des personnes souffrant d'un état de vulnérabilité ou de dépendance. Ne peuvent alors recevoir une telle qualification les modalités d'exécution d'une sanction disciplinaire régulièrement prononcée par une autorité légitime à l'égard de militaires (▪ Cass. crim., 9 mai 2019, n° 18-81.743 : *JurisData* n° 2019-007335 ; *Dr. pén.* 2019, comm. 121, note Ph. Conte ; *JCP* G 2019, p. 704, note E. Dreyer, et p. 703, note R. Salomon ; *Dalloz actualité*, 13 juin 2019, obs. Goetz ; *D.* 2019, pan. p. 1573, obs. A. de Lamarzelle ; *RSC* 2019, p. 619, obs. Y. Mayaud ; *AJ pénal* 2019, p. 383, obs. F.-X. Roux-Demare ; *D.* 2020, p. 372, obs. L. Saenko).

11) Justifie sa décision au regard de l'article 86 du Code de procédure pénale, la chambre de l'instruction qui confirme l'ordonnance d'un juge d'instruction ayant dit n'y avoir lieu à informer sur la plainte d'une personne détenue soutenant avoir été soumis pendant sa détention en maison d'arrêt à des conditions d'hébergement incompatibles avec la dignité humaine, dès lors que les faits dénoncés n'entrent pas dans les prévisions de l'article 225-14 du Code pénal et ne peuvent admettre aucune qualification pénale (■ Cass. crim., 20 janv. 2009 : *Bull. crim.* n° 18).

12) Admission de la caractérisation d'une contrepartie pour l'hébergement de vendangeurs étrangers en situation de fragilité économique et sans autre solution d'hébergement, auxquels ont été facturés les frais engagés pour l'aménagement d'un lieu de restauration collective ainsi que l'accès à l'eau et à l'électricité (■ Cass. crim., 7 avr. 2021, n° 19-84.808, D : *JurisData* n° 2021-005115 ; *Dr. pén.* 2021, comm. 124 par Ph. Conte ; *LPA* 30 nov. 2021, n° 201g5, comm. B. Lavaud-Legendre).

13) Caractérisation de l'indignité. L'article 225-14 du Code pénal ne subordonne pas la caractérisation de l'indignité des conditions d'hébergement auxquelles est soumise une personne vulnérable à la preuve de la violation d'une norme d'hygiène ou de sécurité imposée par une disposition légale ou réglementaire spéciale (■ Cass. crim., 22 juin 2016, n° 14-80.041 : *Dr. pén.* 2016, comm. 139, note Ph. Conte).

14) Applications. Caractérise l'hébergement incompatible avec la dignité humaine, dans les termes de l'article 225-14 du Code pénal, le fait de louer, à titre onéreux, à une famille de trois personnes dont un enfant et une femme enceinte, un logement de 20 m² qui, contrevenant aux dispositions du règlement sanitaire départemental, présente une humidité et des conditions de chauffage mettant en péril la santé des occupants.

L'étranger en situation irrégulière, contraint d'accepter pour travailler un logement insalubre, est une personne vulnérable ou dépendante au sens de l'article 225-14 du Code pénal.

Le délit de soumission d'une personne vulnérable ou dépendante à des conditions d'hébergement incompatibles avec la dignité humaine, prévu par l'article 225-14 du Code pénal, est une infraction continue, qui se poursuit tant que dure l'hébergement illicite ; il n'importe que cet hébergement trouve sa cause dans un contrat conclu avant l'entrée en vigueur de ce texte (■ Cass. crim., 11 févr. 1998 : *Bull. crim.* n° 53 ; *Dr. pén.* 1998, comm. 64 et 65, obs. M. Véron).

15) Constitue le délit de l'article 225-14 du Code pénal la location, à des personnes en situation de grande précarité connue de l'auteur, de locaux à usage d'habitation insalubres et humides, résultant d'une division d'immeuble interdite et d'une superficie prohibée par l'article L. 111-6-1, alinéa 2 du Code de la construction et de l'habitation applicables au moment des faits. À cet égard, la loi n° 2014-366 du 24 mars 2014 n'a fait que préciser l'exclusion des locaux communs dans le calcul de la surface et des volumes, qui résultait également des dispositions de l'article R. 111-2 du Code de la construction et de l'habitation (■ Cass. crim., 4 déc. 2018, n° 17-87.420 : *JurisData* n° 2018-022140 ; *Loyers et copr.* 2019, comm. 25, n° 2, note B. Vial-Pedroletti).

16) Élément intentionnel. L'élément intentionnel du délit de soumission d'autrui à des conditions d'hébergement incompatibles avec la dignité humaine n'est pas caractérisé dans le cas d'un prévenu qui, avant que ne s'effondre un palier de l'immeuble, avait mis en demeure le plaignant, comme ses autres locataires, de quitter les lieux afin de se conformer aux prescriptions administratives exigeant des travaux importants et, sur son refus, l'avait assigné en expulsion (■ Cass. crim., 10 mai 2000 : *Bull. crim.* n° 183, rép. au 3e moyen).

17) Syndic de copropriété. Est pénalement responsable la présidente d'une société, syndic de copropriété, qui, en abusant de sa situation de dépendance, a soumis une gardienne d'immeuble à des conditions d'hébergement incompatibles avec la dignité humaine ; l'article 225-14 du Code pénal n'exige pas en effet que l'auteur de l'infraction soit l'employeur ou le bailleur de la victime (■ Cass. crim., 23 avr. 2003 : *Dr. pén.* 2003, comm. 107, obs. M. Véron ; *JCP* 2004, II, 10015, note M. B. Salgado. ■ Cass. crim., 5 sept. 2012, n° 11-87.770 : *Dr. pén.* 2012, comm. 155, obs. M. Véron pour la responsabilité pénale du mari de la propriétaire du logement et d'une tierce personne).

18) Peine de confiscation. Cassation de la décision ayant prononcé, à titre de peine complémentaire, la confiscation de l'immeuble ayant servi à commettre l'infraction ainsi que du fonds de commerce exploité comme restaurant, sans avoir suffisamment justifié la nécessité et la proportionnalité de l'atteinte portée au droit de propriété de la société condamnée pour soumission d'une personne vulnérable à des conditions d'hébergement indignes (■ Cass. crim., 30 juin 2021, n° 20-86.768).

19) Cumul d'infractions. Le principe *non bis in idem* s'oppose au cumul de la qualification de l'article 225-14 du Code pénal et du délit aggravé d'aide au séjour irrégulier d'étrangers ayant pour effet de les soumettre à des conditions de vie et d'hébergement incompatibles avec la dignité humaine dès lors que ces infractions procèdent, de manière indissociable, d'une action unique caractérisée par une même intention coupable (▪ Cass. crim., 20 févr. 2019, n° 18-82.743 : *JurisData* n° 2019-002443 ; *Gaz. Pal.* 2 avr. 2019, 24, note A. Dejean de la Bâtie).

20) Jugé antérieurement que les délits d'aide à l'entrée, à la circulation ou au séjour irréguliers d'étrangers en France, de travail dissimulé, d'emploi d'étrangers non munis d'une autorisation de travail et de soumission de personnes vulnérables à des conditions d'hébergement indignes n'ont pas les mêmes éléments constitutifs, tendent à la protection d'intérêts distincts et ne sont donc pas incompatibles entre elles (▪ Cass. crim., 22 juin 2016, n° 14-80.041 : *Dr. pén.* 2016, comm. 139, note Ph. Conte).

Code de la construction et de l'habitation

Art. L. 651-10 *(Mod., Ord. n° 2020-71, 29 janv. 2020 - ces dispositions entrent en vigueur à une date fixée par décret en Conseil d'État, et au plus tard le 1er juillet 2021).* **–** I. - Lorsqu'à l'occasion de poursuites exercées sur le fondement de l'article 225-14 du Code pénal, des articles L. 1337-4 du Code de la santé publique et L. 511-6, L. 521-4 et L. 184-1 du présent code, il est avéré que la continuation de l'exploitation d'un établissement d'hébergement des personnes est contraire aux prescriptions du règlement sanitaire départemental ou est susceptible de porter atteinte à la dignité humaine, à la sécurité des personnes ou à la santé publique, l'autorité administrative compétente peut saisir sur requête le président du tribunal judiciaire ou le magistrat du siège délégué par lui, aux fins de faire désigner un administrateur provisoire pour toute la durée de la procédure ; les organismes bénéficiant d'un agrément relatif à l'intermédiation locative et la gestion locative sociale prévu à l'article L. 365-4 peuvent être désignés en qualité d'administrateur provisoire.

II. - Le ministère public porte à la connaissance du propriétaire de l'immeuble et du propriétaire du fonds dans lequel est exploité l'établissement visé au I l'engagement des poursuites ainsi que les décisions de désignation d'un administrateur provisoire ou de confiscation intervenues. Il fait mentionner la décision de confiscation au registre du commerce et des sociétés et aux registres sur lesquels sont inscrites les sûretés. Les modalités d'application de cette information sont déterminées par décret en Conseil d'État.

III. - Lorsque la personne titulaire de la licence de débit de boissons ou de restaurant ou propriétaire du fonds de commerce dans lequel est exploité un établissement visé au I n'est pas poursuivie, les peines complémentaires prévues aux 2° et 3° de l'article 225-16, aux 3° et 5° de l'article 225-19 et au 1° du I de l'article 225-26 du Code pénal ne peuvent être prononcées, par décision spéciale et motivée, que s'il est établi que cette personne a été citée à la diligence du ministère public avec indication de la nature des poursuites exercées et de la possibilité pour le tribunal de prononcer ces peines. Cette personne peut présenter ou faire présenter par un avocat ses observations à l'audience. Si elle use de cette faculté, elle peut interjeter appel de la décision prononçant l'une de ces peines complémentaires.

IV. - La décision qui prononce la confiscation du fonds de commerce entraîne le transfert à l'État de la propriété du fonds confisqué et emporte subrogation de l'État dans tous les droits du propriétaire du fonds.

Bibliographie : G. Beaussonie, *La clarification de la lutte contre l'habitat indigne* : *RSC* 2020, p. 979.

Art. 225-14-1 *(L. n° 2013-711, 5 août 2013).* **– Le travail forcé est le fait, par la violence ou la menace, de contraindre une personne à effectuer un travail sans rétribution ou en échange d'une rétribution manifestement sans rapport avec l'importance du travail accompli. Il est puni de sept ans d'emprisonnement et de 200 000 € d'amende.**

Voir : art. 224-1 B, p. 460.

Obligation positive. Condamnation de la France faute de répression pénale effective de faits constitutifs de travail forcé au sens de l'article 4, § 2 de la CESDH (▪ CEDH, 11 oct. 2012, n° 67724/09, *C.N. et V. c/ France* : *JurisData* n° 2012-024813 ; *Procédures* 2012, comm. 350, N. Fricero ; *RSC* 2013, p. 149, obs. D. Roets).

Art. 225-14-2 *(L. n° 2013-711, 5 août 2013).* **– La réduction en servitude est le fait de faire subir de manière habituelle, l'infraction prévue à l'article 225-14-1 à une personne dont la vulnérabilité ou l'état de dépendance sont apparents ou connus de l'auteur. Elle est punie de dix ans d'emprisonnement et de 300 000 € d'amende.**

Voir : art. 224-1 A, p. 460.

Distinctions. Au sens de l'article 4 de la CESDH, le travail forcé ou obligatoire, qui peut être lié à la traite des êtres humains, évoque l'idée de contrainte, physique ou morale, peu important que les personnes aient formellement donné leur accord dès lors qu'elles n'y ont pas librement consenti. La servitude s'en distingue par le sentiment des victimes que leur condition n'est pas susceptible d'évoluer (■ CEDH, 30 mars 2017, n° 21884/15, *Chowdury et a. c/ Grèce* : *Juris-Data* n° 2017-006294 ; E. Dreyer : *Dr. pén.* 2018, chron. 4).

Art. 225-15 ***(Rempl., L. n° 2013-711, 5 août 2013).*** **– I. – Lorsqu'elles sont commises à l'égard de plusieurs personnes :**

1° Les infractions définies aux articles 225-13 et 225-14 sont punies de sept ans d'emprisonnement et de 200 000 € d'amende ;

2° L'infraction définie à l'article 225-14-1 est punie de dix ans d'emprisonnement et de 300 000 € d'amende ;

3° L'infraction définie à l'article 225-14-2 est punie de quinze ans de réclusion criminelle et de 400 000 € d'amende.

II. – Lorsqu'elles sont commises à l'égard d'un mineur :

1° Les infractions définies aux articles 225-13 et 225-14 sont punies de sept ans d'emprisonnement et de 200 000 € I d'amende ;

2° L'infraction définie à l'article 225-14-1 est punie de dix ans d'emprisonnement et de 300 000 € d'amende ;

3° L'infraction définie à l'article 225-14-2 est punie de quinze ans de réclusion criminelle et de 400 000 € d'amende.

III. – Lorsqu'elles sont commises à l'égard de plusieurs personnes parmi lesquelles figurent un ou plusieurs mineurs :

1° Les infractions définies aux articles 225-13 et 225-14 sont punies de dix ans d'emprisonnement et de 300 000 € d'amende ;

2° L'infraction définie à l'article 225-14-1 est punie de quinze ans de réclusion criminelle et de 400 000 € d'amende ;

3° L'infraction définie à l'article 225-14-2 est punie de vingt ans de réclusion criminelle et de 500 000 € d'amende.

Art. 225-15-1 ***(L. n° 2003-239, 18 mars 2003 ; mod., L. n° 2013-711, 5 août 2013).*** **– Pour l'application des articles 225-13 à 225-14-2, les mineurs ou les personnes qui ont été victimes des faits décrits par ces articles à leur arrivée sur le territoire français sont considérés comme des personnes vulnérables ou en situation de dépendance.**

1) QPC. Non-lieu à renvoi au Conseil constitutionnel de la QPC visant l'article 225-15-1 en soutenant que celui-ci pose une présomption légale de vulnérabilité ou de dépendance (■ Cass. crim., 9 janv. 2013, n° 12-82.627).

2) Doit être cassé, pour insuffisance ou contradiction de motifs, l'arrêt de la chambre de l'instruction confirmant une ordonnance de non-lieu, des chefs notamment de conditions de travail ou d'hébergement contraires à la dignité de la personne, après avoir relevé que la victime, mineure de nationalité étrangère, était venue pour s'occuper des enfants, qu'elle était employée sans rémunération aux soins de ces derniers et aux tâches domestiques comme l'avaient constaté plusieurs tiers, alors que l'intéressé est une personne vulnérable au sens de l'article 225-15-1 du Code pénal (■ Cass. crim., 29 mars 2011 : *Dr. pén.* 2011, comm. 86, obs. M. Véron).

Art. 225-16 ***(Mod., L. n° 98-657, 29 juill. 1998 ; L. n° 2009-526, 12 mai 2009).*** **– Les personnes morales déclarées responsables pénalement, dans les conditions prévues par l'article 121-2, des infractions définies aux articles 225-13 à 225-15 encourent, outre l'amende suivant les modalités prévues par l'article 131-38 :**

1° Les peines mentionnées à l'article 131-39.

2° La confiscation du fonds de commerce destiné à l'hébergement de personnes et ayant servi à commettre l'infraction prévue à l'article 225-14.

Section III *bis*. – Du bizutage

(L. n° 98-468, 17 juin 1998)

Art. 225-16-1 ***(L. n° 2016-41, 26 janv. 2016 ; L. n° 2017-86, 27 janv. 2017).*** **– Hors les cas de violences, de menaces ou d'atteintes sexuelles, le fait pour une personne d'amener autrui, contre son gré ou**

non, à subir ou à commettre des actes humiliants ou dégradants ou à consommer de l'alcool de manière excessive lors de manifestations ou de réunions liées aux milieux scolaire, sportif et socio-éducatif est puni de six mois d'emprisonnement et de 7 500 € d'amende.

Bibliographie : *J. Cl. pén., Bizutage* par P. Beaudonnet.

Art. 225-16-2. – L'infraction définie à l'article 225-16-1 est punie d'un an d'emprisonnement et de 15 000 € d'amende lorsqu'elle est commise sur une personne dont la particulière vulnérabilité, due à son âge, à une maladie, à une infirmité, à une déficience physique ou psychique ou à un état de grossesse, est apparente ou connue de son auteur.

Art. 225-16-3 *(Rempl., L. n° 2009-526, 12 mai 2009)*. **– Les personnes morales déclarées responsables pénalement, dans les conditions prévues par l'article 121-2, des infractions définies aux articles 225-16-1 et 225-16-2 encourent, outre l'amende suivant les modalités prévues par l'article 131-38, les peines prévues par les 4° et 9° de l'article 131-39.**

Section IV. – Des atteintes au respect dû aux morts

Art. 225-17 *(Mod., L. n° 2008-1350, 19 déc. 2008)*. **– Toute atteinte à l'intégrité du cadavre, par quelque moyen que ce soit, est punie d'un an d'emprisonnement et de 15 000 € d'amende.**

La violation ou la profanation, par quelque moyen que ce soit, de tombeaux, de sépultures, d'urnes cinéraires ou de monuments édifiés à la mémoire des morts est punie d'un an d'emprisonnement et de 15 000 € d'amende.

La peine est portée à deux ans d'emprisonnement et à 30 000 € d'amende lorsque les infractions définies à l'alinéa précédent ont été accompagnées d'atteinte à l'intégrité du cadavre.

Bibliographie : *JCl. Pénal Code, Atteinte au respect dû aux morts* par C. Duvert.

1) L'infraction de violation de sépulture, pour être juridiquement constituée, doit résulter d'outrages faits au cercueil contenant le corps, tel le fait de lancer des pierres sur un cercueil (▪ Bordeaux, 9 déc. 1830 : *S.* 1831, 2, 263. ▪ Paris, 22 nov. 1990 : *Dr. pén.* 1991, n° 200), ou de gestes irrespectueux sur le cadavre lui-même avant sa mise en bière (▪ Paris, 8 juill. 1875 : *S.* 1875, 2, 292) ; ou d'un corps placé dans un cercueil provisoire d'un institut médico-légal (▪ T. corr. Paris, 16 févr. 1970 : *Gaz. Pal.* 1970, 2, 40).

2) Sont protégés par la loi pénale non seulement le tombeau mais ses accessoires : ainsi il a été jugé que rentraient dans le champ d'application de l'article 360 : les coups de bâton frappés sur des tombes accompagnés d'injures aux morts (▪ Cass. crim., 22 août 1839 : *S.* 1839, 1, 938), le creusement de la surface d'une tombe en vue de se procurer un morceau de corps humain pour nourrir des coqs de combat (▪ T. corr. Fort-de-France, 22 sept. 1967 : *JCP* 1968, II, 15583, note P.-G. Biswang), le jet de boue sur une pierre tombale et l'apposition d'une inscription injurieuse (▪ Cass. crim., 2 juin 1953 : *D.* 1953, 649 ; *RSC* 1953, p. 670, obs. Hugueney), ou le fait de détruire des fleurs et des vases placés sur une tombe (▪ Cass. crim., 8 févr. 1977 : *Bull. crim.* n° 52 ; *RSC* 1977, p. 580, obs. Levasseur. ▪ Paris, 22 nov. 1990 : *Dr. pén.* 1991, n° 200, note M. Véron).

3) De simples paroles injurieuses ne peuvent à elles seules constituer le délit ; elles doivent être accompagnées de voies de fait qu'elles aident à caractériser (▪ Cass. crim., 22 août 1839, préc.).

4) Il suffit que l'acte ait eu pour résultat possible et direct de violer le respect dû aux morts pour que le délit puisse être retenu, quels que soient les motifs de l'auteur (▪ Cass. crim., 2 juin 1953 : *D.* 1953, 649, note F.G.). Est ainsi coupable le sacristain qui arrache la draperie recouvrant un cercueil au motif que le défunt n'avait pas contribué à l'entretien du culte (▪ Bourges, 9 déc. 1909 : *DP* 1910, 2, 264).

En effet, caractérise l'élément intentionnel des délits de violation de sépultures et d'atteintes à l'intégrité des cadavres l'accomplissement volontaire d'un acte portant directement atteinte au respect dû aux morts (▪ Cass. crim., 25 oct. 2000 : *Bull. crim.* n° 318 ; *JCP* 2001, II, 10566, note P. Mistretta).

5) En principe toute exhumation constitue une violation de sépulture, sauf raisons valables, ainsi autopsie, exhumations ordonnées par la commune à l'expiration des concessions, ou par les familles pour transfert du corps ou transformation d'un caveau (sous réserve d'abus : V. ▪ T. corr. Bayonne, 10 oct. 1974 : *Gaz. Pal.* 1975, 1, somm. 163). Sur les problèmes posés par le transfert d'une dépouille dans le cas de conflits familiaux, V. ▪ Riom, 23 juin 1981 et ▪ Lyon, 18 nov. 1981 : *JCP* 1983, II, 19956, note G. Almairac.

6) Justifie sa décision de relaxe pour violation de sépulture la cour d'appel qui relève, d'une part, que les opérations effectuées sur les instructions du maire étaient commandées par les exigences de la sécurité, d'autre part, que les actes poursuivis n'étaient pas par leur nature à même de troubler la paix d'une tombe (■ Cass. crim., 31 oct. 1984, inédit).

7) Justifie sa décision, tant au regard des dispositions de l'article 360 de l'ancien Code pénal que de celles de l'article 225-17 du nouveau code, la cour d'appel qui, pour relaxer le responsable d'une société de marbrerie prévenu de violation de sépulture, relève que si les ossements extraits d'un tombeau au cours de travaux effectués sur celui-ci ont été jetés dans une décharge publique, cet acte a été accompli par inadvertance et non d'une manière délibérée, la nature des travaux entrepris nécessitant l'emploi d'une pelleteuse (■ Cass. crim., 3 avr. 1997 : *Dr. pén.* 1997, comm. 122, note M. Véron).

8) La diffusion de photographies présentant le corps d'une personne décédée ne caractérise pas le délit prévu par l'article 225-17 du Code pénal, lequel induit un acte matériel commis sur le cadavre lui-même (■ Cass. crim., 1er mars 2017, n° 16-81.378 : *Dr. pén.* 2017, comm. 88, obs. Ph. Conte).

Art. 225-18 *(Abr., L. n° 2017-86, 27 janv. 2017).*

Art. 225-18-1 *(L. n° 2017-86, 27 janv. 2017).* **– Les personnes morales déclarées responsables pénalement, dans les conditions prévues à l'article 121-2, de l'infraction définie à l'article 225-17 encourent, outre l'amende suivant les modalités prévues à l'article 131-38, les peines mentionnées aux 1° à 9° de l'article 131-39.**

L'interdiction mentionnée au 2° de l'article 131-39 porte sur l'activité dans l'exercice ou à l'occasion de l'exercice de laquelle l'infraction a été commise.

Section V. – Peines complémentaires applicables aux personnes physiques

Art. 225-19 *(Mod., L. n° 2004-204, 9 mars 2004 ; L. n° 2006-911, 24 juill. 2006 ; L. n° 2008-776, 4 août 2008 ; L. n° 2013-711, 5 août 2013 ; L. n° 2014-366, 24 mars 2014).* **– Les personnes physiques coupables des infractions prévues par les sections I et III du présent chapitre encourent également les peines complémentaires suivantes :**

1° L'interdiction des droits prévus aux 2° et 3° de l'article 131-26 pour une durée de cinq ans au plus ;

2° L'affichage ou la diffusion de la décision prononcée, dans les conditions prévues par l'article 131-35 ;

3° La fermeture, pour une durée de cinq ans au plus ou à titre définitif, de l'un, de plusieurs ou de l'ensemble des établissements de l'entreprise appartenant à la personne condamnée ;

4° L'exclusion des marchés publics à titre définitif ou pour une durée de cinq ans au plus ;

4° *bis (4° bis créé, L. n° 2014-366, 24 mars 2014 ; abr., L. n° 2018-1021, 23 nov. 2018)* ;

5° La confiscation de tout ou partie de leurs biens, quelle qu'en soit la nature, meubles ou immeubles, divis ou indivis, ayant servi à commettre les infractions prévues aux articles 225-13 à 225-14-2 ;

5° *bis (5° bis créé, L. n° 2014-366, 24 mars 2014 ; abr., L. n° 2018-1021, 23 nov. 2018)* ;

6° *(6° abr. à compter du 24 mars 2020, L. n° 2019-222, 23 mars 2019).*

7° Pour les infractions prévues aux articles 225-13 à 225-15, l'interdiction, suivant les modalités prévues par l'article 131-27, soit d'exercer une fonction publique ou d'exercer l'activité professionnelle ou sociale dans l'exercice ou à l'occasion de l'exercice de laquelle l'infraction a été commise, soit d'exercer une profession commerciale ou industrielle, de diriger, d'administrer, de gérer ou de contrôler à un titre quelconque, directement ou indirectement, pour son propre compte ou pour le compte d'autrui, une entreprise commerciale ou industrielle ou une société commerciale. Ces interdictions d'exercice peuvent être prononcées cumulativement.

Voir : art. 131-5-1, p. 195.

Art. 225-20 *(L. n° 2002-305, 4 mars 2002 ; mod., L. n° 2006-399, 4 avr. 2006 ; L. n° 2007-297, 5 mars 2007 ; L. n° 2008-776, 4 août 2008 ; L. n° 2012-304, 6 mars 2012 ; L. n° 2016-444, 13 avr. 2016).* **– I. – Les personnes physiques coupables des infractions prévues par les sections 1 *bis*, 2, 2 *bis*, 2 *ter* et 2 *quater* du présent chapitre encourent également les peines complémentaires suivantes :**

1° L'interdiction des droits civiques, civils et de famille, suivant les modalités prévues par l'article 131-26 ;

2° L'interdiction, suivant les modalités prévues par l'article 131-27, soit d'exercer une fonction publique ou d'exercer l'activité professionnelle ou sociale dans l'exercice ou à l'occasion de l'exercice de laquelle l'infraction a été commise, soit, pour les infractions prévues par les articles 225-4-3, 225-4-4, 225-5, 225-6, 225-7, 225-7-1, 225-8, 225-9, 225-10, 225-12-1 et 225-12-2, d'exercer une profession commerciale ou industrielle, de diriger,

d'administrer, de gérer ou de contrôler à un titre quelconque, directement ou indirectement, pour son propre compte ou pour le compte d'autrui, une entreprise commerciale ou industrielle ou une société commerciale. Ces interdictions d'exercice peuvent être prononcées cumulativement ;

3° L'interdiction de séjour ;

4° L'interdiction d'exploiter, directement ou indirectement, les établissements ouverts au public ou utilisés par le public énumérés dans la décision de condamnation, d'y être employé à quelque titre que ce soit et d'y prendre ou d'y conserver une quelconque participation financière ;

5° L'interdiction, pour une durée de cinq ans au plus, de détenir ou de porter une arme soumise à autorisation ;

6° L'interdiction, pour une durée de cinq ans au plus, de quitter le territoire de la République ;

7° L'interdiction d'exercer, soit à titre définitif, soit pour une durée de dix ans au plus, une activité professionnelle ou bénévole impliquant un contact habituel avec des mineurs.

8° *(8° abr. à compter du 24 mars 2020, L. n° 2019-222, 23 mars 2019)* ;

9° *(9° abr. à compter du 24 mars 2020, L. n° 2019-222, 23 mars 2019).*

II. – En cas de condamnation pour les infractions prévues aux sections 1 *bis*, 2 et 2 *ter* du présent chapitre, le prononcé de la peine complémentaire prévue au 5° du I est obligatoire et la durée de l'interdiction est portée à dix ans au plus.

Toutefois, la juridiction peut, par une décision spécialement motivée lorsque la condamnation est prononcée par une juridiction correctionnelle, décider de ne pas prononcer cette peine, en considération des circonstances de l'infraction et de la personnalité de son auteur.

Voir : art. 131-5-1, p. 195.

1) Au sujet de la privation du droit d'être tuteur ou curateur, désormais temporaire, V. ▪ Cass. crim., 2 mars 1976 : *D.* 1976, 424, note A. Borel.

2) Les juges doivent, à peine de violation de la loi, déterminer la durée de l'interdiction qui court du jour où la peine principale aura été subie (▪ Cass. crim., 7 févr. 1967 : *Bull. crim.* n° 57).

Art. 225-21. – L'interdiction du territoire français peut être prononcée dans les conditions prévues par l'article 131-30, soit à titre définitif, soit pour une durée de dix ans au plus, à l'encontre de tout étranger coupable de l'une des infractions définies aux sections 1 *bis*, 2, 2 *ter* et 2 *quater* du présent chapitre.

Section VI. – Dispositions communes aux personnes physiques et aux personnes morales

Art. 225-22. – Les personnes physiques ou morales coupables de l'une des infractions prévues par l'article 225-10 encourent également les peines complémentaires suivantes :

1° Le retrait définitif de la licence de débit de boissons ou de restaurant ;

2° La fermeture, à titre définitif ou pour une durée de cinq ans au plus, de la totalité de l'établissement ou des parties de l'établissement utilisées en vue de la prostitution ;

3° La confiscation du fonds de commerce.

1) La fermeture est nécessairement encourue par cela seul que le fait contraire à l'article 335 a été commis et n'est restreinte en aucune façon par l'octroi des circonstances atténuantes (▪ Cass. crim., 31 mai 1961 : *Bull. crim.* n° 283).

2) La décision de fermeture pour 3 mois d'une chambre d'hôtel, ordonnée par le juge d'instruction, constitue une mesure de sûreté destinée à mettre fin au trouble social causé par l'infraction sanctionnée par l'article 335-4 du Code pénal.

La mesure de fermeture ordonnée pour un an par la cour d'appel constitue une peine complémentaire obligatoire ; s'agissant de mesures de nature différente, la cour, en prononçant une fermeture d'un an de chambre d'hôtel, n'a pu décider et ne peut actuellement décider que la fermeture provisoire de 3 mois s'imputerait sur cette durée (▪ Paris, 13 avr. 1972 : *JCP* 1973, II, 17477, obs. P.M.B.).

3) Selon l'article 706-38 du Code de procédure pénale, les peines prévues par l'article 225-22 du Code pénal, notamment la peine complémentaire de fermeture d'établissement, ne peuvent être prononcées que si la personne propriétaire du fonds a été citée à la diligence du ministère public ; encourt la cassation l'arrêt qui énonce que la société propriétaire du fonds n'avait pas à être citée dès lors que les poursuites étaient engagées contre son président-directeur général (▪ Cass. crim., 6 sept. 2006 : *Bull. crim.* n° 214).

Art. 225-23. – **La fermeture temporaire prévue par le troisième alinéa (2°) de l'article 225-22 emporte suspension de la licence de débit de boissons ou de restaurant pour la même durée. Le délai de péremption de celle-ci est suspendu pendant la durée de la fermeture.**

La fermeture définitive prévue à l'article 225-22 emporte retrait définitif de la licence de débit de boissons ou de restaurant.

Selon les dispositions de l'article 335-1 alors applicable et de l'article 225-23 du Code pénal, le retrait de la licence ne peut être prononcé que pour une durée égale à celle de la fermeture de l'établissement ; encourt, dès lors, la censure, l'arrêt qui ordonne le retrait de la licence sans en préciser la durée, alors que la fermeture avait été ordonnée pour 1 an (■ Cass. crim., 11 oct. 1995 : *Bull. crim.* n° 302).

Art. 225-24 *(L. n° 2010-768, 9 juill. 2010 ; L. n° 2016-444, 13 avr. 2016).* – **Les personnes physiques ou morales coupables de l'une des infractions prévues par les articles 225-4-1 à 225-4-9 et 225-5 à 225-10 encourent également :**

1° La confiscation des biens « meubles ou immeubles, divis ou indivis » ayant servi directement ou indirectement à commettre l'infraction ainsi que les produits de l'infraction détenus par une personne autre que la personne victime de la traite des êtres humains ou se livrant à la prostitution elle-même ;

2° Le remboursement des frais de rapatriement de la ou des victimes.

Pour ordonner la confiscation des fonds déposés sur les comptes bloqués de la société, l'arrêt énonce que ces fonds sont le produit de l'infraction de tolérance habituelle de la prostitution dans un lieu public, dont le prévenu a été déclaré coupable ; les produits de la prostitution peuvent être saisis et confisqués à quelque personne qu'ils appartiennent, à l'exception de la personne se livrant à la prostitution elle-même, peu important que leur propriétaire ait été poursuivi ou condamné (■ Cass. crim., 8 avr. 2009 : *JurisData* n° 2009-048689 ; *Dr. pén.* 2009, comm. 106, obs. M. Véron).

Art. 225-25 *(L. n° 2003-239, 18 mars 2003 ; mod., L. n° 2004-204, 9 mars 2004 ; L. n° 2012-409, 27 mars 2012 ; L. n° 2016-444, 13 avr. 2016 ; mod. à compter du 31 décembre 2021, L. n° 2021-1729, 22 déc. 2021).* – **Les personnes physiques et morales reconnues coupables des infractions prévues aux sections 1 *bis* et 2 du présent chapitre encourent également la peine complémentaire de confiscation de tout ou partie des biens leur appartenant ou, sous réserve des droits du propriétaire de bonne foi et du dernier alinéa de l'article 131-21, dont elles ont la libre disposition, quelle qu'en soit la nature, meubles ou immeubles, divis ou indivis.**

QPC. Non-lieu à renvoi au Conseil constitutionnel de la QPC visant l'article 225-25 : ■ Cass. crim., 12 févr. 2014, n° 13-83.760.

Art. 225-26 *(Créé, L. n° 2018-1021, 23 nov. 2018, art. 190, I, 2°).* – **I. – Les personnes physiques et morales coupables de l'infraction de soumission à des conditions d'hébergement incompatibles avec la dignité humaine prévue à l'article 225-14 encourent également les peines complémentaires suivantes :**

1° La confiscation de tout ou partie de leurs biens, quelle qu'en soit la nature, meubles ou immeubles, divis ou indivis, ayant servi à commettre l'infraction. Lorsque les biens immeubles qui appartenaient à la personne condamnée au moment de la commission de l'infraction ont fait l'objet d'une expropriation pour cause d'utilité publique, le montant de la confiscation en valeur prévue au neuvième alinéa de l'article 131-21 est égal à celui de l'indemnité d'expropriation ;

2° L'interdiction pour une durée de dix ans au plus d'acheter un bien immobilier à usage d'habitation ou un fonds de commerce d'un établissement recevant du public à usage total ou partiel d'hébergement ou d'être usufruitier d'un tel bien ou fonds de commerce. Cette interdiction porte sur l'acquisition ou l'usufruit d'un bien ou d'un fonds de commerce soit à titre personnel, soit en tant qu'associé ou mandataire social de la société civile immobilière ou en nom collectif se portant acquéreur ou usufruitier, soit sous forme de parts immobilières ; cette interdiction ne porte toutefois pas sur l'acquisition ou l'usufruit d'un bien immobilier à usage d'habitation à des fins d'occupation à titre personnel ;

3° La confiscation de tout ou partie des biens leur appartenant ou, sous réserve des droits du propriétaire de bonne foi, dont elles ont la libre disposition, quelle qu'en soit la nature, meubles ou immeubles, divis ou indivis.

II. – Le prononcé des peines complémentaires mentionnées aux 1° et 2° du I du présent article est obligatoire. Toutefois, la juridiction peut, par une décision spécialement motivée, décider de ne pas prononcer ces peines, en considération des circonstances de l'infraction et de la personnalité de son auteur.

CHAPITRE VI. – DES ATTEINTES À LA PERSONNALITÉ

Section I. – De l'atteinte à la vie privée

Voir : art. R. 226-1 et s., p. 994.

Art. 226-1 ***(Mod., L. n° 2020-936, 30 juill. 2020).*** **– Est puni d'un an d'emprisonnement et de 45 000 € d'amende le fait, au moyen d'un procédé quelconque, volontairement de porter atteinte à l'intimité de la vie privée d'autrui :**

1° En captant, enregistrant ou transmettant, sans le consentement de leur auteur, des paroles prononcées à titre privé ou confidentiel ;

2° En fixant, enregistrant ou transmettant, sans le consentement de celle-ci, l'image d'une personne se trouvant dans un lieu privé.

3° En captant, enregistrant ou transmettant, par quelque moyen que ce soit, la localisation en temps réel ou en différé d'une personne sans le consentement de celle-ci.

Lorsque les actes mentionnés aux 1° et 2° du présent article ont été accomplis au vu et au su des intéressés sans qu'ils s'y soient opposés, alors qu'ils étaient en mesure de le faire, le consentement de ceux-ci est présumé.

Lorsque les actes mentionnés au présent article ont été accomplis sur la personne d'un mineur, le consentement doit émaner des titulaires de l'autorité parentale.

Lorsque les faits sont commis par le conjoint ou le concubin de la victime ou le partenaire lié à la victime par un pacte civil de solidarité, les peines sont portées à deux ans d'emprisonnement et à 60 000 euros d'amende.

Bibliographie : *JCl. Pénal Code, Atteinte à la vie privée* par H. Pelletier actualisé par D. Beauvais. • *Gaz. Pal.* 1994, I, n° 996 par Levasseur. • *D.* 2002, chr. p. 1502, par J. Ravanas. • *Gaz. Pal.* 2006, Doctr. p. 1, par N. Questiaux. • *Le lieu de l'atteinte à l'intimité de la vie privée : Gaz. Pal.* 17 nov. 2020, p. 84, par E. Dreyer.

1) QPC. Non-lieu à renvoi au Conseil constitutionnel de la QPC visant les articles 226-1 et 226-2 : ▪ Cass. crim., 5 févr. 2014, n° 13-21.929.

2) Observations préliminaires. À la différence de l'article 226-1, 1° du Code pénal, l'ancien article 368, 1° visait les « paroles prononcées dans un lieu privé ».

– Sur la notion de vie privée, V. aussi l'article 9 du Code civil et la jurisprudence y afférente.

• Sommaire

I – COMPOSANTES COMMUNES DES INFRACTIONS 500
II – ATTEINTE 501
A – Parole 501
B – Image 502
III – DÉFAUT D'ATTEINTE 504
IV – PRESCRIPTION 505

I – COMPOSANTES COMMUNES DES INFRACTIONS

1) Caractères. La protection accordée par la loi à la vie privée persiste au-delà de la mort (▪ Cass. crim., 21 oct. 1980 : *Bull. crim.* n° 262. ▪ Cass. crim., 20 oct. 1998 : *Bull. crim.* n° 264, cités *infra*).

2) Le délit d'atteinte à l'intimité de la vie privée ne suppose nullement qu'une telle atteinte présente un caractère intolérable (▪ Cass. crim., 5 mars 1982 : *Bull. crim.* n° 68, cité *infra*), du moment qu'elle concerne l'intimité de la vie privée d'une personne (▪ Cass. crim., 16 janv. 1990 : *Bull. crim.* n° 25, *infra*).

3) Éléments matériels. Le simple fait de réaliser volontairement, au moyen d'un appareil quelconque, l'enregistrement des propos tenus *en un lieu privé* par une personne sans le consentement de celle-ci, constitue le délit d'atteinte à la vie privée, prévu par l'article *368* du Code pénal, l'infraction étant réalisée dès lors que l'enregistrement a été effectué et ce, quel que soit le résultat obtenu (▪ Cass. crim., 19 mai 1981 : *Bull. crim.* n° 161) et que ces propos concernent l'intimité de la vie privée (▪ Cass. crim., 16 janv. 1990 : *Bull. crim.* n° 25), ou le fait au moyen d'un procédé quelconque de fixer (notamment) l'image d'une personne se trouvant dans un lieu privé sans le consentement de celle-ci (▪ Cass. crim., 12 avr. 2005 : *Bull. crim.* n° 122, *infra*).

4) Est susceptible de constituer une atteinte à l'intimité de la vie privée l'enregistrement de la parole ou de l'image d'une personne placée en garde à vue, étant par ailleurs dégagé que la personne faisant l'objet d'une telle mesure ne peut s'opposer à cet enregistrement (■ Cass. crim., 21 avr. 2020, n° 19-81.507 : *JurisData* n° 2020-005829 ; *Procédures* 2020, comm. 127, obs. S. Chavent-Leclère ; *Dr. pén.* 2020, comm. 130, obs. Ph. Conte ; *RSC* 2020 p. 679, P.-J. Delage ; *Gaz. Pal.* 2020, n° 29, p. 53, obs. S. Detraz ; *RSC* 2020 p. 655, obs. E. Dreyer ; *Rev. pénit.* 2020, n° 2, p. 385, chron. V. Malabat).

5) L'article 226-1 du Code pénal fait de la clandestinité un élément constitutif essentiel du délit d'atteinte à l'intimité de la vie privée d'autrui (■ Cass. crim., 4 mars 1997 : *Bull. crim.* n° 83, *infra*).

6) Élément intentionnel. Le délit prévu et réprimé par l'article 368 du Code pénal suppose non seulement une atteinte à l'intimité de la vie privée d'autrui mais encore la volonté de porter cette atteinte (■ Cass. crim., 3 mars 1982 : *Bull. crim.* n° 68. ■ Cass. crim., 7 oct. 1997 : *Bull. crim.* n° 324, *infra*, retenant que les agissements du prévenu ont impliqué qu'il a eu la conscience et la volonté de commettre des atteintes à l'intimité).

7) Convention EDH. Le respect étant dû à la personne humaine, qu'elle soit vivante ou morte, la protection accordée à la vie privée des personnes persiste au-delà de la mort et les dispositions pénales relatives à l'atteinte à l'intimité de la vie privée d'autrui ne méconnaissent pas l'article 10 de la Convention européenne des droits de l'homme garantissant l'exercice de la liberté de communication (■ Cass. crim., 20 oct. 1998 : *Bull. crim.* n° 264 ; *Dr. pén.* 1999, comm. 18, obs. M. Véron ; *D.* 1999, p. 106, note B. Beignier ; *JCP* 1999, II, 10044, note G. Loiseau, préc. et *infra*).

II – ATTEINTE

A – Parole

8) Nature des propos. Cassation, au visa notamment des articles 226-1 et 226-2 du Code pénal, de l'arrêt de cour d'appel considérant, d'une part, que l'article 226-2 n'englobe pas dans sa prévention tout enregistrement de propos effectué sans le consentement de l'auteur et, d'autre part, que ces propos, étant dans l'ensemble de nature professionnelle et patrimoniale et tenus entre l'actionnaire d'un grand groupe industriel et un gestionnaire, relevaient de la légitime information du public, alors que constitue une atteinte à l'intimité de la vie privée, que ne légitime pas l'information du public, la captation, l'enregistrement ou la transmission sans le consentement de leur auteur des paroles prononcées à titre privé ou confidentiel et que ce caractère ressortait des propres constatations des juges. ■ Cass. 1re civ., 6 oct. 2011, n° 10-21.822 : *D.* 2011, p. 2771, note E. Dreyer.

9) Absence de constitution de l'infraction pour l'enregistrement de conversations enregistrées clandestinement, dès lors que les propos étaient exclusivement relatifs à une instance prud'homale, dans un cadre professionnel, et n'étaient pas de nature à porter atteinte à l'intimité de la vie privée des intéressés (■ Cass. crim., 14 févr. 2006, n° 05-84.384 : *JurisData* n° 2006-032457).

10) Relaxe pour l'enregistrement, à l'insu de l'interlocuteur agent d'une mutuelle, d'une conversation exclusivement relative à l'activité professionnelle (■ CA Angers, ch. corr., 22 sept. 2020, n° 18/01394 : *JurisData* n° 2020-017416).

11) Lieu privé. Commet le délit d'atteinte à la vie privée le tiers qui enregistre clandestinement les conversations téléphoniques tenues par un commerçant dans son magasin, lequel avait par son utilisation reçu le caractère d'un lieu privé (■ Cass. crim., 14 mars 1984 : *Bull. crim.* n° 110 ; *RSC* 1984, p. 745, obs. Levasseur. – V. aussi ■ Cass. crim., 8 déc. 1983 : *Bull. crim.* n° 333 ; *RSC*, 1985, 84, obs. Levasseur).

12) Justifie sa décision la cour d'appel qui déclare le prévenu coupable de complicité d'atteintes à l'intimité de la vie privée, en retenant que l'intéressé avait fourni les numéros de téléphone qui ont permis de procéder à des enregistrements des conversations téléphoniques de leurs titulaires à leur domicile ou dans leur bureau professionnel ; pour écarter l'argumentation du prévenu invoquant l'absence d'atteinte à l'intimité de la vie privée des plaignants, en raison du caractère professionnel des propos enregistrés, les juges ont énoncé que, quelle qu'ait été la nature des informations recherchées, les branchements clandestins ont, par leur conception, leur objet et leur durée, nécessairement conduit leur auteur à pénétrer dans la vie privée des personnes écoutées, ainsi qu'il ressort d'un rapport d'expertise relatant le contenu des enregistrements, et ont impliqué, à chaque fois, des atteintes à l'intimité que l'intéressé a eu la conscience et la volonté de commettre (■ Cass. crim., 7 oct. 1997, n° 96-81.485 : *JurisData* n° 1997-004434 ; *Bull. crim.* n° 324 ; *D.* 1999, 152, note J.-C. Saint-Pau).

13) Justifient leur décision les juges du fond qui, pour dire établi en tous ses éléments, y compris l'élément intentionnel, le délit d'atteinte à l'intimité privée prévu par l'ancien article 368 du Code pénal, devenu l'article 226-1 du même Code, retiennent que les interceptions pratiquées de façon clandestine et irrégulière sur les lignes téléphoniques du domicile ou du local professionnel des parties civiles ont, par leur conception, leur objet et leur durée, nécessairement conduit les auteurs desdites écoutes à pénétrer dans l'intimité de la vie privée des personnes concernées et de leurs interlocuteurs (▪ Cass. crim., 30 sept. 2008, n° 07-82.249 : *JurisData* n° 2008-045277 ; *Bull. crim.* n° 197 ; *Dr. pén.* 2008, comm. 149, obs. M. Véron. – V. aussi *infra*, V° *Refus de fait justificatif*).

14) Cassation de la décision ayant déclaré un major de gendarmerie coupable du délit d'atteinte à la vie privée pour avoir filmé des personnes qu'il soumettait à un contrôle avec sa caméra personnelle sans avoir expressément constaté que celles-ci se trouvaient dans un lieu privé au sens de l'article 226-1 du Code pénal (▪ Cass. crim., 13 janv. 2021, n° 20-80.672 : *JurisData* n° 2021-000373).

15) Employeur. L'article 368 du Code pénal réprime notamment le fait d'enregistrer au moyen d'un appareil quelconque les paroles prononcées *dans un lieu privé* par une personne, sans le consentement de celle-ci ; il en est ainsi quels que soient les résultats techniques de l'enregistrement (▪ Cass. crim., 19 mai 1981 : *D.* 1981, 544, note D. Mayer ; *RSC* 1982, p. 125, obs. Levasseur). Voir aussi ▪ Cass. crim., 8 déc. 1983 : *Bull. crim.* n° 333, ces deux arrêts concernant des dispositifs posés par des salariés pour écouter les communications de leurs employeurs, et les enregistrer, dès lors qu'ils n'ignorent pas que ces communications ont, par nature, un caractère intime.

16) De même constitue le délit d'atteinte à la vie privée le fait par un employeur de dissimuler un magnétophone à déclenchement vocal dans le faux plafond du bureau occupé par deux de ses employés (▪ Cass. crim., 24 janv. 1995 : *Dr. pén.* 1995, comm. 118, obs. M. Véron).

17) Intention. Le délit prévu et réprimé par l'article 368 du Code pénal suppose non seulement une atteinte à l'intimité de la vie privée d'autrui mais encore la volonté de porter cette atteinte (▪ Cass. crim., 7 oct. 1997, préc.) ; justifie sa décision l'arrêt qui constate que les propos téléphoniques tenus par une personne dans un lieu privé ont été enregistrés à son insu et qu'au cours de la communication cette personne a été notamment appelée à parler de sa vie conjugale et de ses relations personnelles avec un tiers, après avoir été mise en condition et soumise à un véritable questionnaire soigneusement préparé et orienté (▪ Cass. crim., 5 mars 1982 : *Bull. crim.* n° 68).

18) Caractérisent le délit d'atteinte à la vie privée les juges du fond qui énoncent que, après qu'une ordonnance de non-conciliation entre les époux eut été rendue, il a été constaté que deux lignes téléphoniques desservant l'appartement de l'épouse étaient dérivées vers celui occupé dans un autre immeuble par le mari et qu'un émetteur avait été implanté sur une autre ligne téléphonique et desservant les bureaux de l'épouse, le mari ayant été trouvé en possession d'un poste récepteur adapté, que des enregistrements de conversation entre elle et des particuliers ont été saisis et que le mari a reconnu avoir fait placer ce matériel d'écoutes car il était toujours intéressé par la vie privée de son épouse (▪ Cass. crim., 11 févr. 1987 : *D.* 1987, somm., 142).

B – Image

19) Exigence d'un lieu privé. Il ne saurait y avoir atteinte à la vie privée lorsque les agissements reprochés au prévenu ont eu lieu en un endroit accessible au public : ainsi il n'y a pas de délit dans le fait de photographier une femme s'exhibant, seins nus, sur une plage accessible à tous les estivants (▪ T. corr. Paris, 18 mars 1971 : *D.* 1971, 447, note Frémond ; *RSC* 1972, p. 118, obs. Levasseur) ni à publier la photographie d'une personne prise dans la rue (▪ T. corr. Aix-en-Provence, 16 oct. 1973 : *JCP* 1974, II, 17623, note R. Lindon ; *RSC* 1976, p. 119, obs. Levasseur) ou sur une plage dite « privée » qui est un lieu accessible au public moyennant un prix d'entrée (▪ TGI Paris, 18 mars 1971 : *D.* 1971, p. 447, note Foulon-Piganiol). – Mais un photographe professionnel, opérant sans autorisation, enfreindrait l'article R. 644-3 du Code pénal.

20) Un bateau revêt le caractère d'un lieu privé lorsque celui-ci ne se trouvant plus à proximité d'une plage ou d'un port, mais au large, toute personne à bord, si aucune embarcation n'évolue dans le voisinage, est fondée à se croire à l'abri des regards d'autrui, même si en l'espèce un cliché a pu être pris à l'aide d'un téléobjectif très puissant à partir d'une embarcation ayant suivi le yacht de très loin (▪ Paris, 5 févr. 1979 : *JCP* 1980, II, 19343, note R. Lindon ; *RSC* 1980, p. 714, obs. Levasseur).

21) La prison n'est pas un lieu public ; est en effet un lieu public un endroit accessible à tous, sans autorisation spéciale de quiconque (▪ T. corr. ▪ Paris, 23 oct. 1986 : *Gaz. Pal.* 8 janv. 1987 et ▪ Paris, 19 nov. 1986 : *D.* 1987, somm., 141). Mais une église ou une synagogue est un lieu public (▪ Paris, 11 févr. 1987 : *Gaz. Pal.* 12 mars 1987).

22) La prise, sans le consentement de celles-ci, de photographies de personnes se trouvant dans un lieu public ne constitue pas le délit d'atteinte à la vie privée prévu par l'article 226-1 du Code pénal.

Justifie dès lors sa décision la cour d'appel qui, pour dire non établi ce délit, retient qu'en application de l'article 25 de la loi du 9 décembre 1905, le caractère public des cérémonies de mariage s'impose et que le contrôle temporaire de l'accès d'une synagogue n'établit pas le caractère privé de la cérémonie (▪ Cass. crim., 25 oct. 2011, n° 11-80.266 : *Bull. crim.* n° 214 ; *Dr. pén.* 2012, comm. 4, obs. M. Véron ; *AJ pénal* 2011, jurispr. p. 595, note E. Allain).

23) Un véhicule automobile circulant sur la voie publique est un lieu privé au sens de l'article 226-1 du Code pénal (▪ Cass. crim., 12 avr. 2005 : *Bull. crim.* n° 122 ; *RSC* 2005, p. 845, obs. Y. Mayaud). V. *infra*.

24) Sont aussi des lieux privés, notamment, le domicile (▪ Cass. crim., 24 avr. 1985 : *Bull. crim.* n° 158 ; *RSC* 1986, p. 103, obs. Levasseur), une chambre d'hôtel (▪ Paris, 17 mars 1986 : *Gaz. Pal.* 1986, 2, p. 429), un bureau d'entreprise de par son utilisation (▪ Cass. crim., 8 déc. 1983 : *Bull. crim.* n° 333) ; mais une pharmacie n'est un lieu privé qu'après fermeture des portes (▪ TGI Paris, 7 nov. 1975 : *D.* 1976, jur. p. 270, note R. Lindon).

25) Applications. La fixation de l'image d'une personne, vivante ou morte, est prohibée sans l'autorisation préalable des personnes ayant pouvoir de l'accorder, et la diffusion ou la publication de ladite image sans autorisation entre nécessairement dans le champ d'application des articles 368, 369 et 372 du Code pénal (▪ Cass. crim., 21 oct. 1980 : *Bull. crim.* n° 262 ; *D.* 1981, jur. p. 72, note R. Lindon ; *RSC* 1981, p. 878, obs. Levasseur). – *Adde* ▪ Cass. crim., 20 oct. 1998 : *Bull. crim.* n° 264, visant les articles 226-1 et 226-2 du Code pénal ; *Dr. pén.* 1999, comm. 18, obs. M. Véron ; *D.* 1999, p. 106, note B. Beignier ; *JCP* 1999, II, 10044, note G. Loiseau. – Dans chacune de ces affaires, un personnage avait été photographié sur son lit de mort, en un lieu privé, et les images en avaient été publiées sans autorisation ou malgré l'opposition de leurs ayants droit.

26) De même, constitue le délit d'atteinte à la vie privée, la prise de photographie, sans son consentement, d'une actrice sur son lit d'hôpital, lieu privé (▪ Paris, 17 mars 1986 : *Gaz. Pal.* 1986, 2, p. 429).

27) Constitue l'infraction prévue par l'article 368 du Code pénal le fait de photographier un tiers, sans son consentement, de l'extérieur à travers la fenêtre fermée de son appartement ; la publication d'une telle photographie, sans l'accord de l'intéressé, caractérise le délit prévu par l'article 369 du même code (▪ Cass. crim., 25 avr. 1989 : *Bull. crim.* n° 165 ; *RSC* 1990, p. 78, obs. Levasseur).

28) Caractérise le délit prévu par l'article 226-1 du Code pénal, le fait au moyen d'un procédé quelconque, de porter volontairement atteinte à l'intimité de la vie privée d'autrui notamment en fixant l'image d'une personne se trouvant dans un lieu privé, sans le consentement de celle-ci. Un véhicule automobile circulant sur la voie publique est un lieu privé au sens de ce texte. La captation de l'image d'un couple transporté dans un tel véhicule est susceptible de caractériser le délit d'atteinte à l'intimité de la vie privée lorsque les personnes concernées, voyant qu'elles allaient être photographiées, ont manifesté leur opposition, et les juges du fond sont tenus, à cet égard, de répondre aux chefs péremptoires des conclusions tenant à établir leur absence de consentement. Ni l'intervention des services de secours, ni l'exposition involontaire aux regards d'autrui de personnes gravement atteintes lors d'un accident de la circulation ne font perdre au véhicule les transportant son caractère de lieu privé, au sens de l'article 226-1 du Code pénal. Est prohibée par ce texte la fixation en un lieu de cette nature, sans autorisation, de toute image portant atteinte à l'intimité de la vie privée (▪ Cass. crim., 12 avr. 2005 : *Bull. crim.* n° 122 ; *RSC* 2005, p. 845, obs. Y. Mayaud, préc.).

29) La captation, la fixation, l'enregistrement ou la transmission par les policiers de l'image d'une personne se trouvant dans un lieu privé, qui ne sont autorisés que dans les cas et conditions prévus par l'article 706-96 du Code de procédure pénale, ne peuvent être opérés au cours d'une enquête préliminaire. Constitue une ingérence, au sens de l'article 8 de la Convention européenne des droits de l'homme, dans l'exercice du droit au respect de la vie privée et du domicile, le fait, pour les policiers, de photographier clandestinement, au moyen d'un téléobjectif, les plaques d'immatriculation des véhicules se trouvant à l'intérieur d'une propriété privée non visible de la voie publique, aux fins d'identification des titulaires des cartes grises. Une telle immixtion, opérée en enquête préliminaire, qui n'est prévue par aucune disposition de procédure pénale, est nécessairement irrégulière (▪ Cass. crim., 21 mars 2007, pourvoi n° 06-89.444 : *Bull. crim.* n° 89).

30) Justifient leur décision les juges du fond qui, pour dire établi en tous ses éléments le délit d'atteinte à l'intimité de la vie privée, prévu par l'article 226-1-2° du Code pénal, retiennent que le prévenu, profitant d'une opportunité technique, a filmé une scène se déroulant à l'intérieur de la salle des délibérations de la cour d'assises, lieu où quiconque ne peut pénétrer sous l'autorisation de l'occupant, et que l'un des jurés présents, ainsi filmé à son insu, a été vu et reconnu par des téléspectateurs (▪ Cass. crim., 16 févr. 2010 : *Bull. crim.* n° 25 ; *D.* 2010, p. 805, note S. Lavric ; *Dr. pén.* 2010, comm. 56, obs. M. Véron ; *JCP* 2010, note 565, J.-L. Lennon).

31) Cassation de la décision ayant exclu le délit pour une personne placée en garde à vue en estimant que les images et les paroles d'une personne interpellée ne relèvent pas de l'intimité de la vie privée au sens de l'article 226-1 du Code pénal (▪ Cass. crim., 21 avr. 2020, n° 19-81.507, préc.).

Voir : Pour la tentative, art. 226-5, p. 559.

III – DÉFAUT D'ATTEINTE

32) Doit être relaxé du chef de poursuites pour atteinte à l'intimité de la vie privée, dans le cas d'une écoute d'une conversation téléphonique entre époux en instance de divorce, l'huissier qui a transcrit manuellement ces propos au fur et à mesure en sténographie et qu'il a ensuite reportés sur son procès-verbal, alors que *le caractère privé du lieu où les paroles ont été prononcées par le mari n'est pas établi* et que ses propos avaient trait exclusivement à des problèmes d'argent (▪ Besançon, 5 janv. 1978 : *D.* 1978, 357, note R. Lindon).

33) Ne constitue pas une infraction à l'article 368 la pose, sur la ligne téléphonique d'un plaignant, et à sa demande, en vue d'identifier l'auteur d'appels répétés constituant des violences, d'un appareil enregistrant seulement le numéro de l'abonné appelant ainsi que les date et heure de l'appel (▪ Cass. crim., 16 janv. 1974 : *JCP* 1974, II, 17731, note R. Lindon). Même solution lorsque la victime a procédé elle-même à l'enregistrement et a remis les bandes à la gendarmerie (▪ Cass. crim., 17 juill. 1984 : *Bull. crim.* n° 259 ; *RSC* 1985, p. 304, obs. Levasseur).

34) Doit être cassé l'arrêt qui a condamné le prévenu pour atteinte à l'intimité de la vie privée aux motifs qu'il avait fait installer dans son bureau au foyer d'hébergement qu'il dirige un dispositif permettant l'écoute des conversations téléphoniques des résidents du foyer, au motif qu'il paraissait étonnant qu'il ne se soit jamais servi de l'appareil et que les usagers du téléphone déclaraient avoir entendu des déclics successifs et suspects, de tels motifs relevant du domaine de l'hypothèse (▪ Cass. crim., 27 janv. 1981 : *JCP* 1982, II, 19742, note D. Bécourt ; *RSC* 1982, p. 353, obs. Levasseur, cassant ▪ Besançon, 13 déc. 1979 : *JCP* 1980, II, 19449, note D. Bécourt, confirmant T. corr. Montbéliard, 1er déc. 1978 : *JCP* 1979, II, 19248, note R. Lindon).

35) Le délit n'est constitué que si les propos enregistrés dans un lieu privé concernent l'intimité de la vie privée d'une personne, et ce sans son consentement. Tel n'est pas le cas de propos tenus dans le cadre de la seule activité professionnelle des intéressés, en l'espèce le licenciement du prévenu qui a fait enregistrer ces propos ou arguments dans le bureau de ses employeurs, lieu privé où il ne pouvait pénétrer sans leur autorisation (▪ Cass. crim., 16 janv. 1990 : *Bull. crim.* n° 25).

36) Ne constitue pas une atteinte à l'intimité de la vie privée l'enregistrement d'une conversation téléphonique par l'un des interlocuteurs, à l'insu de l'autre, lorsque celle-ci porte sur l'activité professionnelle des intéressés, peu important que les propos aient été tenus dans un lieu privé (▪ Cass. crim., 14 févr. 2006 : *Bull. crim.* n° 38 ; *D.* 2007, p. 1184, note J.-C. Saint-Pau ; *Dr. pén.* 2006, comm. 65, obs. M. Véron).

37) Justifie sa décision de relaxe des prévenus, des journalistes qui, sur autorisation du ministère de l'Intérieur, avaient suivi les activités des membres du groupe d'intervention régional de la gendarmerie et enregistré puis diffusé les propos de l'un d'eux qui les a fait citer devant le tribunal correctionnel du chef d'atteinte à l'intimité de la vie privée, alors que la durée et les conditions du tournage ne permettent pas de considérer que les propos litigieux l'ont été sans le consentement de l'intéressé, dont la demande tendant à voir dissimulé son visage n'établit pas qu'il souhaitait également voir sa voix déformée (▪ Cass. crim., 12 févr. 2008 : *JurisData* n° 2008-043083 ; *Dr. pén.* 2008, comm. 61, obs. M. Véron).

38) Atteinte justifiée. L'atteinte aux droits de la personnalité alléguée par la personne renvoyée devant la cour d'assises sous l'accusation de complicité de crimes contre l'humanité, pouvant résulter de la reproduction ou de la diffusion de l'enregistrement des audiences, est justifiée par la loi du 11 juillet 1985 tendant à la constitution d'archives audiovisuelles de la justice, sur le fondement de laquelle l'ordonnance du premier président de la cour d'appel autorisant l'enregistrement audiovisuel des audiences de son procès a été prise ; l'intéressé ne saurait dès lors reprocher à l'autorité compétente de s'être prononcée sans avoir égard au droit qu'il détient sur son image (▪ Cass. crim., 16 mars 1994 : *Bull. crim.* n° 105 ; *JCP* G 1994, IV, 1616).

39) État de nécessité. Confirmation de la relaxe, sur le fondement de l'état de nécessité, du majordome qui avait procédé à de nombreux enregistrements de conversations à l'aide d'un dictaphone dissimulé dans un bureau, et dont il n'ignorait pas le caractère privé. La victime, particulièrement vulnérable, s'est trouvée protégée malgré elle face à un risque important d'être gravement spoliée par des personnes de son entourage et les enregistrements litigieux étaient nécessaires et non disproportionnés au regard de la gravité de la menace, ceux-ci ayant joué un rôle essentiel à la manifestation de la vérité (▪ Bordeaux, 6e ch. corr., 21 sept. 2017, n° 16/00204 : *Dalloz actualité* 26 sept. 2017, note D. Goetz).

40) Refus de fait justificatif. Justifient également leur décision les juges du fond qui, pour refuser à des prévenus poursuivis pour atteinte à l'intimité de la vie privée le bénéfice du fait justificatif prévu par l'ancien article 327 du Code pénal, devenu l'article 122-4 du même code, retiennent qu'à le supposer donné par le chef de l'État l'ordre de procéder à des interceptions téléphoniques irrégulières pour protéger sa vie privée ne pouvait légitimer les actes commis dès lors qu'il émanait d'une autorité n'ayant pas le pouvoir de le faire, et qui ajoutent que le commandement de l'autorité légitime ne peut être retenu en faveur d'un officier supérieur de la gendarmerie et de hauts fonctionnaires, dès lors que ne leur était imposée aucune obéissance inconditionnelle à des ordres manifestement illégaux (■ Cass. crim., 30 sept. 2008 : *Bull. crim.* n° 197 ; *Dr. pén.* 2008, comm. 149, obs. M. Véron ; *D.* 2008, p. 1975, obs. H. Matsopoulou ; *AJ pénal* 2008, 505 et 511, obs. G. Royer ; *RSC* 2009, p. 92, obs. E. Fortis).

41) Une surveillance à l'aide de jumelles effectuée dans le cadre d'une enquête préliminaire n'entre pas dans les prévisions de l'article 226-1 du Code pénal (■ Cass. crim., 23 août 1994 : *D.* 1994, IR p. 221 ; V. également *Gaz. Pal.* 2 sept. 1994, p. 21, note Levasseur).

42) Géolocalisation. Ne constitue pas une atteinte à l'intimité de la vie privée la pose d'un procédé de géolocalisation à l'extérieur d'un véhicule volé et faussement immatriculé, laquelle est étrangère aux prévisions de l'article 8, § 2, de la Convention européenne des droits de l'homme (■ Cass. crim., 15 oct. 2014, n° 14-85.056).

IV – PRESCRIPTION

43) L'article 226-1 du Code pénal faisant de la clandestinité un élément constitutif essentiel du délit d'atteinte à l'intimité de la vie privée d'autrui, et la clandestinité étant inhérente, selon l'article 226-19, au délit constitué par la mise en mémoire informatisée, sans l'accord exprès de l'intéressé, de données nominatives protégées, ces deux infractions ne peuvent être prescrites avant qu'elles aient pu être constatées en tous leurs éléments et que soit révélée aux victimes l'atteinte qui a pu être portée à leurs droits (■ Cass. crim., 4 mars 1997 : *Bull. crim.* n° 83 ; *Gaz. Pal.* 18-22 mai 1997, p. 10, note J.-P. Doucet ; *Dr. pén.* 1997, comm. 75, obs. M. Véron). Pour des écoutes clandestines, (V. ■ Cass. crim., 8 juin 1999 : *JurisData* n° 1999-003175 ; *Dr. pén.* 1999, comm. 146, obs. M. Véron. ■ Cass. crim., 30 sept. 2008 : *Bull. crim.* n° 197 ; *Dr. pén.* 2008, comm. 149, obs. M. Véron, préc.).

Voir : Sur la nécessité d'une plainte préalable de la victime ou ses ayants droit, art. 226-6.

Art. 226-2.

– Est puni des mêmes peines le fait de conserver, porter ou laisser porter à la connaissance du public ou d'un tiers ou d'utiliser de quelque manière que ce soit tout enregistrement ou document obtenu à l'aide de l'un des actes prévus par l'article 226-1.

Lorsque le délit prévu par l'alinéa précédent est commis par la voie de la presse écrite ou audiovisuelle, les dispositions particulières des lois qui régissent ces matières sont applicables en ce qui concerne la détermination des personnes responsables.

1) La conservation d'un enregistrement de paroles prononcées à titre privé ou confidentiel, au sens de l'article 226-2 du Code pénal, ainsi que celle de données informatisées que réprime l'article 226-19, constituent des **délits continus**, à l'égard desquels la prescription de l'action publique ne commence à courir que lorsqu'ils ont cessé (■ Cass. crim., 4 mars 1997, préc. sous art. 226-1).

2) Applications. Le fait de divulguer au public une conversation téléphonique privée captée illicitement constitue le délit de l'article 369 (art. 226-2) du Code pénal (■ T. Corr. ■ Paris, 2 juill. 1981 : *Gaz. Pal.* 1983, I, somm. 49).

3) Les publications de photographies, soit d'une personne non consentante à travers la fenêtre fermée de son appartement depuis l'extérieur (■ Cass. crim., 25 avr. 1989 : *Bull. crim.* n° 165, préc. sous l'article 226-1), soit de personnes dans leurs chambres mortuaires (■ Cass. crim., 21 oct. 1980 : *Bull. crim.* n° 262. ■ Cass. crim., 20 oct. 1998 : *Bull. crim.* n° 264, également précités) sont punissables tant par l'article 369 ancien que 226-2 du Code pénal.

4) De même pour un prévenu ayant communiqué à des tiers la copie d'une vidéocassette mettant en scène des ébats amoureux de lui-même avec une personne non consentante (■ Paris, 21 juin 2004 : *JurisData* n° 2004-258413), ou un autre diffusant sur internet des photographies d'une personne, à l'insu de celle-ci, la représentant dans un lieu privé et dans son intimité (■ Paris, 22 mars 2005 : *JurisData* n° 2005-277904).

5) Réserve faite de l'éventualité d'un pourvoi en cassation, il a été jugé que la diffusion télévisée du reflet de l'image des membres d'une cour d'assises durant le délibéré caractérise une atteinte à l'intimité de la vie privée, cette infraction n'étant pas soumise aux conditions procédurales de la loi de 1881 sur la presse (■ Amiens, 4 févr. 2009 : *JCP* 2009, II, 10063, note N. Benillouche).

6) Pour l'application de l'article 226-2 du Code pénal, le fait de porter à la connaissance du public ou d'un tiers, soit des paroles prononcées à titre privé ou confidentiel, soit l'image d'une personne se trouvant dans un lieu privé, n'est punissable que si l'enregistrement ou le document qui les contient a été réalisé sans le consentement de la personne concernée (▪ Cass. crim., 16 mars 2016, n° 15-82.676 ; *D.* 2016, p. 935, note A. Serinet ; *Dr. pén.* 2016, comm. 73, obs. P. Comte ; *JCP* 2016, 658, note J.-C. Saint-Pau).

7) Défaut d'intention. Confirmation de la relaxe des journalistes et directeurs de publication des journaux ayant diffusé des enregistrements clandestins au sens de l'article 226-1, réalisés par le majordome de la victime. Si la relaxe de ce dernier, sur le fondement de l'état de nécessité, n'exclut pas le délit autonome de diffusion d'un enregistrement attentatoire à la vie privée, celui-ci n'est pas constitué en l'espèce. La retranscription des enregistrements, expurgée des éléments relatifs à l'intimité de la vie privée, et accompagnée de commentaires permettant de les contextualiser, démontrent un défaut d'intention délictuelle des prévenus, dont la démarche s'inscrit dans le cadre des critères européens permettant de faire prévaloir la liberté d'expression et le droit à l'information du public sur le droit au respect de la vie privée (▪ Bordeaux, 6e ch. corr., 21 sept. 2017, n° 16/00204 : *Dalloz actualité* 26 sept. 2017, note D. Goetz).

8) Autorisation de la loi. Le délit n'est pas constitué si l'atteinte est justifiée par la loi (▪ Cass. crim., 16 mars 1994 : *Bull. crim.* n° 105, préc. ss l'article 226-1, *supra*).

9) Volet civil. Caractérisation d'un trouble manifestement illicite pour la publication de propos relatifs à la fortune et à des sentiments personnels, issus de captations sanctionnées par l'article 226-2 du Code pénal pendant une durée d'un an, puis diffusés sans le consentement de la personne intéressée et en pleine connaissance de cause de leur provenance (▪ Cass. 1er civ., 2 juill. 2014, n° 13-21.929). Dans la même affaire, absence de justification de l'atteinte à l'intimité de la vie privée par le droit à l'information du public (▪ Cass. 1er civ., 15 janv. 2015, n° 14-12.200). Les 2 décisions précitées, qui ont ordonné le retrait des publications litigieuses, reposaient sur des motifs pertinents et suffisants et étaient nécessaires pour protéger le droit au respect de la vie privée des intéressés ; absence de violation de l'article 10 de la Convention européenne (▪ CEDH, 14 janv. 2021, nos 281/15 et 34445/15, *société éditrice Mediapart et a. c/ France : AJ pénal* 2021, p. 152, obs. S. Lavric).

Art. 226-2-1 ***(L. n° 2016-1321, 7 oct. 2016).*** **– Lorsque les délits prévus aux articles 226-1 et 226-2 portent sur des paroles ou des images présentant un caractère sexuel prises dans un lieu public ou privé, les peines sont portées à deux ans d'emprisonnement et à 60 000 € d'amende.**

Est puni des mêmes peines le fait, en l'absence d'accord de la personne pour la diffusion, de porter à la connaissance du public ou d'un tiers tout enregistrement ou tout document portant sur des paroles ou des images présentant un caractère sexuel, obtenu, avec le consentement exprès ou présumé de la personne ou par elle-même, à l'aide de l'un des actes prévus à l'article 226-1.

Bibliographie : *Dr. pén.* 2017, études 1, par A. Lepage.

1) QPC. Conformité à la constitution de l'incrimination de l'article 226-2-1 du Code pénal, les termes « caractères sexuels » et « absence d'accord de la personne » étant suffisamment clairs et précis et l'appréciation de ces conditions relevant de l'office du juge pénal. Est précisé que le renvoi à l'article 226-1 ne concerne que les actes matériels ayant permis l'obtention des enregistrements ou documents, indépendamment du caractère privé ou non du lieu dans lequel celle-ci a été réalisée, et sans que soit incriminé un mode particulier de diffusion : ▪ Cons. const., 30 sept. 2021, n° 2021-933 QPC : *JurisData* n° 2021-015189 ; *D.* 2021, p. 2028 ; *Dr. pén.* 2022, comm. 2, Ph. Conte ; *Dalloz actualité*, 11 oct. 2021, obs. D. Goetz ; *RSC* 2021, p. 834, obs. Y. Mayaud ; *Gaz. Pal.* 7 déc. 2021, n° 43, p. 22, obs. F.-X. Roux-Demare).

2) Décision de renvoi de la chambre criminelle, qui avait pu estimer que le texte ne définissait pas de manière claire et précise les éléments constitutifs de l'infraction, au regard notamment des textes auxquels il fait expressément référence (▪ Cass. crim., 23 juin 2021, n° 21-80.682 QPC : *JurisData* n° 2021-010135).

Art. 226-3 ***(Ord. n° 2011-1012, 24 août 2011 ; L. n° 2013-1168, 18 déc. 2013 ; L. n° 2015-912, 24 juill. 2015 ; L. n° 2016-731, 3 juin 2016 ; mod. à compter du 1er juin 2019, L. n° 2019-222, 23 mars 2019 ; mod., L. n° 2020-936, 30 juill. 2020).*** **– Est puni de cinq ans d'emprisonnement et de 300 000 € d'amende :**

1° La fabrication, l'importation, la détention, l'exposition, l'offre, la location ou la vente d'appareils ou de dispositifs techniques de nature à permettre la réalisation d'opérations pouvant constituer l'infraction prévue par

le deuxième alinéa de l'article 226-15 ou qui, conçus pour la détection à distance des conversations, permettent de réaliser l'infraction prévue par l'article 226-1 ou ayant pour objet la captation de données informatiques prévue aux articles 706-102-1 du Code de procédure pénale et L. 853-2 du Code de la sécurité intérieure et figurant sur une liste dressée dans des conditions fixées par décret en Conseil d'État, lorsque ces faits sont commis, y compris par négligence, en l'absence d'autorisation ministérielle dont les conditions d'octroi sont fixées par ce même décret ou sans respecter les conditions fixées par cette autorisation ;

2° Le fait de réaliser une publicité en faveur d'un appareil ou d'un dispositif technique susceptible de permettre la réalisation des infractions prévues par l'article 226-1 et le deuxième alinéa de l'article 226-15 lorsque cette publicité constitue une incitation à commettre cette infraction ou ayant pour objet la captation de données informatiques prévue aux articles 706-102-1 du Code de procédure pénale et L. 853-2 du Code de la sécurité intérieure lorsque cette publicité constitue une incitation à en faire un usage frauduleux.

(Al. créé, L. n° 2019-810, 1er août 2019) **Le présent article n'est pas applicable à la détention ou à l'acquisition par les opérateurs mentionnés à l'article L. 1332-1 du Code de la défense, ainsi désignés en vertu de leur activité d'exploitant d'un réseau de communications électroniques ouvert au public, des appareils soumis à une autorisation du Premier ministre en application de la section 7 du chapitre II du titre Ier du livre II du Code des postes et des communications électroniques.**

Voir : arrêté du 4 juillet 2012 modifié par l'arrêté du 11 août 2016 fixant la liste des appareils prévus par l'article 226-3 (*JO* 1er août 2012 et *JO* 25 août 2016).

Voir aussi : art. R. 226-1, p. 994.

Voir également : art. 226-16 s., p. 583, C. proc. pén., art. 706-10 ; CSI, art. L. 853-2, C. défense, art. L. 1332-1.

Bibliographie : J.-Ch. Saint-Pau, *Vidéoprotection : JCl. Lois pénales spéciales.* • R. Gassin, *Le droit pénal de l'informatique : D.* 1986, chron. p. 35. • M. Vivant, C. Le Stanc, L. Rapp et M. Guibal, *Lamy informatique.* • J. Deveze, *La fraude informatique, aspects juridiques : JCP* 1987, I, 3289. • *Dix ans d'informatique et de libertés*, Commission nationale de l'informatique et des libertés, *Économica*, 1988. • J. Frayssinet, *Les règles, les sanctions, la doctrine de la CNIL, Litec,* 1992. • F.-J. Pansier, *La criminalité sur l'Internet, PUF,* coll. Que sais-je ?, 2001, p. 127. • A. Lepage, *Droit pénal et internet : AJ pénal* 2005, p. 217. • F. Mattatia, *Internet face à la loi informatique et libertés : l'adresse IP est-elle une donnée à caractère personnel : Gaz. Pal.* 13-15 janv. 2008, p. 9. • *CNIL, En bref, L'adresse IP est une donnée à caractère personnel pour l'ensemble des CNIL européennes*, 2 août 2007. • L. Flament, *Le numéro d'IP n'est pas une donnée à caractère personnel, la cour d'appel de Paris persiste : Dr. pén.* 2008, étude 27.

Loi n° 78-17 du 6 janvier 1978

relative à l'informatique, aux fichiers et aux libertés (1)

(L'ensemble des dispositions ici reproduites, remplace à compter du 1er juin 2019, les articles 1er à 72 dans leur rédaction applicable jusqu'à cette date, Ord. n° 2018-1125, 12 déc. 2018)

TITRE Ier. – Dispositions communes

CHAPITRE Ier. – Principes et définitions

Art. 1er *(Créé à compter de la date prévue à l'article 29 de l'ordonnance n° 2018-1125 du 12 décembre 2018, et au plus tard le 1er juin 2019, Ord. n° 2018-1125, 12 déc. 2018).* **–** L'informatique doit être au service de chaque citoyen. Son développement doit s'opérer dans le cadre de la coopération internationale. Elle ne doit porter atteinte ni à l'identité humaine, ni aux droits de l'homme, ni à la vie privée, ni aux libertés individuelles ou publiques.

Les droits des personnes de décider et de contrôler les usages qui sont faits des données à caractère personnel les concernant et les obligations incombant aux personnes qui traitent ces données s'exercent dans le cadre du règlement (UE) 2016/679 du Parlement européen et du Conseil du 27 avril 2016, de la directive (UE) 2016/680 du Parlement européen et du Conseil du 27 avril 2016 et de la présente loi.

Art. 2 *(Créé à compter de la date prévue à l'article 29 de l'ordonnance n° 2018-1125 du 12 décembre 2018, et au plus tard le 1er juin 2019, Ord. n° 2018-1125, 12 déc. 2018).* **–** La présente loi s'applique aux traitements automatisés en tout ou partie de données à caractère personnel, ainsi qu'aux traitements non

(1) V. T. appl. : CNIL, Délib. n° 2019-118, 12 sept. 2019 (liste des types d'opérations de traitement pour lesquelles une analyse d'impact relative à la protection des données n'est pas requise) : *JO* 22 oct. 2019. – NDLR.

automatisés de données à caractère personnel contenues ou appelées à figurer dans des fichiers, lorsque leur responsable remplit les conditions prévues à l'article 3 de la présente loi, à l'exception des traitements mis en œuvre par des personnes physiques pour l'exercice d'activités strictement personnelles ou domestiques.

Constitue un fichier de données à caractère personnel tout ensemble structuré de données à caractère personnel accessibles selon des critères déterminés, que cet ensemble soit centralisé, décentralisé ou réparti de manière fonctionnelle ou géographique.

Sauf dispositions contraires, dans le cadre de la présente loi s'appliquent les définitions de l'article 4 du règlement (UE) 2016/679 du 27 avril 2016.

Art. 3 *(Créé à compter de la date prévue à l'article 29 de l'ordonnance n° 2018-1125 du 12 décembre 2018, et au plus tard le 1er juin 2019, Ord. n° 2018-1125, 12 déc. 2018).* **–** I. - Sans préjudice, en ce qui concerne les traitements entrant dans le champ du règlement (UE) 2016/679 du 27 avril 2016, des critères prévus par l'article 3 de ce règlement, l'ensemble des dispositions de la présente loi s'appliquent aux traitements des données à caractère personnel effectués dans le cadre des activités d'un établissement d'un responsable du traitement ou d'un sous-traitant sur le territoire français, que le traitement ait lieu ou non en France.

II. - Les règles nationales prises sur le fondement des dispositions du même règlement renvoyant au droit national le soin d'adapter ou de compléter les droits et obligations prévus par ce règlement s'appliquent dès lors que la personne concernée réside en France, y compris lorsque le responsable de traitement n'est pas établi en France.

Toutefois, lorsque est en cause un des traitements mentionnés au 2 de l'article 85 du même règlement, les règles nationales mentionnées au premier alinéa du II sont celles dont relève le responsable de traitement, lorsqu'il est établi dans l'Union européenne.

Art. 4 *(Créé à compter de la date prévue à l'article 29 de l'ordonnance n° 2018-1125 du 12 décembre 2018, et au plus tard le 1er juin 2019, Ord. n° 2018-1125, 12 déc. 2018).* **–** Les données à caractère personnel doivent être :

1° Traitées de manière licite, loyale et, pour les traitements relevant du titre II, transparente au regard de la personne concernée ;

2° Collectées pour des finalités déterminées, explicites et légitimes, et ne pas être traitées ultérieurement d'une manière incompatible avec ces finalités. Toutefois, un traitement ultérieur de données à des fins archivistiques dans l'intérêt public, à des fins de recherche scientifique ou historique, ou à des fins statistiques est considéré comme compatible avec les finalités initiales de la collecte des données, s'il est réalisé dans le respect des dispositions du règlement (UE) 2016/679 du 27 avril 2016 et de la présente loi, applicables à de tels traitements et s'il n'est pas utilisé pour prendre des décisions à l'égard des personnes concernées ;

3° Adéquates, pertinentes et, au regard des finalités pour lesquelles elles sont traitées, limitées à ce qui est nécessaire ou, pour les traitements relevant des titres III et IV, non excessives ;

4° Exactes et, si nécessaire, tenues à jour. Toutes les mesures raisonnables doivent être prises pour que les données à caractère personnel qui sont inexactes, eu égard aux finalités pour lesquelles elles sont traitées, soient effacées ou rectifiées sans tarder ;

5° Conservées sous une forme permettant l'identification des personnes concernées pendant une durée n'excédant pas celle nécessaire au regard des finalités pour lesquelles elles sont traitées. Toutefois, les données à caractère personnel peuvent être conservées au-delà de cette durée dans la mesure où elles sont traitées exclusivement à des fins archivistiques dans l'intérêt public, à des fins de recherche scientifique ou historique, ou à des fins statistiques. Le choix des données conservées à des fins archivistiques dans l'intérêt public est opéré dans les conditions prévues à l'article L. 212-3 du Code du patrimoine ;

6° Traitées de façon à garantir une sécurité appropriée des données à caractère personnel, y compris la protection contre le traitement non autorisé ou illicite et contre la perte, la destruction ou les dégâts d'origine accidentelle, ou l'accès par des personnes non autorisées, à l'aide de mesures techniques ou organisationnelles appropriées.

Art. 5 *(Créé à compter de la date prévue à l'article 29 de l'ordonnance n° 2018-1125 du 12 décembre 2018, et au plus tard le 1er juin 2019, Ord. n° 2018-1125, 12 déc. 2018).* **–** Un traitement de données à caractère personnel n'est licite que si, et dans la mesure où, il remplit au moins une des conditions suivantes :

1° Le traitement, lorsqu'il relève du titre II, a reçu le consentement de la personne concernée, dans les conditions mentionnées au 11 de l'article 4 et à l'article 7 du règlement (UE) 2016/679 du 27 avril 2016 précédemment mentionné ;

2° Le traitement est nécessaire à l'exécution d'un contrat auquel la personne concernée est partie ou à l'exécution de mesures précontractuelles prises à la demande de celle-ci ;

3° Le traitement est nécessaire au respect d'une obligation légale à laquelle le responsable du traitement est soumis ;

4° Le traitement est nécessaire à la sauvegarde des intérêts vitaux de la personne concernée ou d'une autre personne physique ;

5° Le traitement est nécessaire à l'exécution d'une mission d'intérêt public ou relevant de l'exercice de l'autorité publique dont est investi le responsable du traitement ;

6° Sauf pour les traitements effectués par les autorités publiques dans l'exécution de leurs missions, le traitement est nécessaire aux fins des intérêts légitimes poursuivis par le responsable du traitement ou par un tiers, à moins que ne prévalent les intérêts ou les libertés et droits fondamentaux de la personne concernée qui exigent une protection des données à caractère personnel, notamment lorsque la personne concernée est un enfant.

Art. 6 *(Créé à compter de la date prévue à l'article 29 de l'ordonnance n° 2018-1125 du 12 décembre 2018, et au plus tard le 1er juin 2019, Ord. n° 2018-1125, 12 déc. 2018)*. **–** I. – Il est interdit de traiter des données à caractère personnel qui révèlent la prétendue origine raciale ou l'origine ethnique, les opinions politiques, les convictions religieuses ou philosophiques ou l'appartenance syndicale d'une personne physique ou de traiter des données génétiques, des données biométriques aux fins d'identifier une personne physique de manière unique, des données concernant la santé ou des données concernant la vie sexuelle ou l'orientation sexuelle d'une personne physique.

II. – Les exceptions à l'interdiction mentionnée au I sont fixées dans les conditions prévues par le 2 de l'article 9 du règlement (UE) 2016/679 du 27 avril 2016 et par la présente loi.

III. – De même, ne sont pas soumis à l'interdiction prévue au I les traitements, automatisés ou non, justifiés par l'intérêt public et autorisés suivant les modalités prévues au II de l'article 31 et à l'article 32.

Art. 7 *(Créé à compter de la date prévue à l'article 29 de l'ordonnance n° 2018-1125 du 12 décembre 2018, et au plus tard le 1er juin 2019, Ord. n° 2018-1125, 12 déc. 2018)*. **–** Les dispositions de la présente loi ne font pas obstacle à l'application, au bénéfice de tiers, des dispositions relatives à l'accès aux documents administratifs et aux archives publiques.

En conséquence, ne peut être regardée comme une personne non autorisée au sens du 6° de l'article 4 le titulaire d'un droit d'accès exercé conformément aux autres dispositions législatives et réglementaires relatives à l'accès aux documents administratifs et aux archives publiques.

CHAPITRE II. – La Commission nationale de l'informatique et des libertés

Section 1. – Organisation et missions

Art. 8 *(Créé à compter de la date prévue à l'article 29 de l'ordonnance n° 2018-1125 du 12 décembre 2018, et au plus tard le 1er juin 2019, Ord. n° 2018-1125, 12 déc. 2018)*. **–** I. – La Commission nationale de l'informatique et des libertés est une autorité administrative indépendante. Elle est l'autorité de contrôle nationale au sens et pour l'application du règlement (UE) 2016/679 du 27 avril 2016. Elle exerce les missions suivantes :

1° Elle informe toutes les personnes concernées et tous les responsables de traitements de leurs droits et obligations et peut, à cette fin, apporter une information adaptée aux collectivités territoriales, à leurs groupements et aux petites et moyennes entreprises ;

2° Elle veille à ce que les traitements de données à caractère personnel soient mis en œuvre conformément aux dispositions de la présente loi et aux autres dispositions relatives à la protection des données personnelles prévues par les textes législatifs et réglementaires, le droit de l'Union européenne et les engagements internationaux de la France.

À ce titre :

a) Elle donne un avis sur les traitements mentionnés aux articles 31 et 32 ;

b) Elle établit et publie des lignes directrices, recommandations ou référentiels destinés à faciliter la mise en conformité des traitements de données à caractère personnel avec les textes relatifs à la protection des données à caractère personnel et à procéder à l'évaluation préalable des risques par les responsables de traitement et leurs sous-traitants. Elle encourage l'élaboration de codes de conduite définissant les obligations qui incombent aux responsables de traitement et à leurs sous-traitants, compte tenu du risque inhérent aux traitements de données à caractère personnel pour les droits et libertés des personnes physiques, notamment des mineurs. Elle homologue et publie les méthodologies de référence destinées à favoriser la conformité des traitements de données de santé à caractère personnel. Elle prend en compte, dans tous les domaines de son action, la situation des personnes dépourvues de compétences numériques, et les besoins spécifiques des collectivités territoriales, de leurs groupements et des microentreprises, petites entreprises et moyennes entreprises ;

c) En concertation avec les organismes publics et privés représentatifs des acteurs concernés, elle établit et publie des règlements types en vue d'assurer la sécurité des systèmes de traitement de données à caractère personnel et de régir les traitements de données biométriques, génétiques et de santé. À ce titre, sauf pour les traitements mis en œuvre pour le compte de l'État agissant dans l'exercice de ses prérogatives de puissance publique, elle peut prescrire des mesures, notamment techniques et organisationnelles, supplémentaires pour le traitement des données biométriques, génétiques et de santé en application du 4 de l'article 9 du règlement (UE) 2016/679 du 27 avril 2016 et des garanties complémentaires en matière de traitement de données à caractère personnel relatives aux condamnations pénales et aux infractions conformément à l'article 10 du même règlement ;

d) Elle traite les réclamations, pétitions et plaintes introduites par une personne concernée ou par un organisme, une organisation ou une association, examine ou enquête sur l'objet de la réclamation, dans la mesure nécessaire, et informe l'auteur de la réclamation de l'état d'avancement et de l'issue de l'enquête dans un délai raisonnable, notamment si un complément d'enquête ou une coordination avec une autre autorité de contrôle est nécessaire ;

e) Elle répond aux demandes d'avis des pouvoirs publics et, le cas échéant, des juridictions, et conseille les personnes et organismes qui mettent en œuvre ou envisagent de mettre en œuvre des traitements automatisés de données à caractère personnel ;

f) Elle donne avis sans délai au procureur de la République, dans les conditions prévues à l'article 40 du Code de procédure pénale, lorsqu'elle acquiert connaissance d'un crime ou d'un délit, et peut présenter des observations dans les procédures pénales, dans les conditions prévues à l'article 41 de la présente loi ;

g) Elle peut, par décision particulière, charger un ou plusieurs de ses membres ou le secrétaire général, dans les conditions prévues à l'article 19 de la présente loi, de procéder ou de faire procéder par les agents de ses services à des vérifications portant sur tous traitements et, le cas échéant, d'obtenir des copies de tous documents ou supports d'information utiles à ses missions ;

h) Elle peut décider de certifier des personnes, des produits, des systèmes de données ou des procédures aux fins de reconnaître qu'ils se conforment au règlement (UE) 2016/679 du 27 avril 2016 et à la présente loi. Elle prend en considération, à cette fin, les besoins spécifiques des collectivités territoriales, de leurs groupements et des microentreprises, petites entreprises et moyennes entreprises. Elle agrée, aux mêmes fins, des organismes certificateurs, sur la base, le cas échéant, de leur accréditation par l'organisme national d'accréditation mentionné au b du 1 de l'article 43 du même règlement ou décide, conjointement avec cet organisme, que ce dernier procède à leur agrément, dans des conditions précisées par décret en Conseil d'État pris après avis de la Commission nationale de l'informatique et des libertés. La commission élabore ou approuve les critères des référentiels de certification et d'agrément ;

i) Elle peut certifier ou homologuer et publier des référentiels ou des méthodologies générales aux fins de certification, par des tiers agréés ou accrédités selon les modalités mentionnées au h du présent 2°, de la conformité à la présente loi de processus d'anonymisation des données à caractère personnel, notamment en vue de la réutilisation d'informations publiques mises en ligne dans les conditions prévues au titre II du livre III du Code des relations entre le public et l'administration.

Il est tenu compte d'une telle certification, le cas échéant, pour la mise en œuvre des sanctions prévues à la section 3 du présent chapitre ;

j) Elle répond aux demandes ou saisines prévues aux articles 52, 108 et 118 ;

k) Elle peut établir une liste des traitements susceptibles de créer un risque élevé devant faire l'objet d'une consultation préalable conformément à l'article 90 ;

l) Elle mène des actions de sensibilisation auprès des médiateurs de la consommation et des médiateurs publics, au sens de l'article L. 611-1 du Code de la consommation, en vue de la bonne application de la présente loi ;

3° Sur demande ou de sa propre initiative, elle délivre un label à des produits ou à des procédures tendant à la protection des données à caractère personnel, attestant leur conformité aux dispositions de la présente loi. Le président peut, lorsque la complexité du produit ou de la procédure le justifie, recourir à toute personne indépendante qualifiée pour procéder à leur évaluation. Le coût de cette évaluation est pris en charge par l'entreprise qui demande le label ; elle retire le label lorsqu'elle constate, par tout moyen, que les conditions qui ont permis sa délivrance ne sont plus satisfaites ;

4° Elle se tient informée de l'évolution des technologies de l'information et rend publique le cas échéant son appréciation des conséquences qui en résultent pour l'exercice des droits et libertés mentionnés à l'article 1er ;

À ce titre :

a) Elle est consultée sur tout projet de loi ou de décret ou toute disposition de projet de loi ou de décret relatifs à la protection des données à caractère personnel ou au traitement de telles données. Elle peut également être consultée par le président de l'Assemblée nationale, par le président du Sénat ou par les commissions compétentes de l'Assemblée nationale et du Sénat ainsi qu'à la demande d'un président de groupe parlementaire sur toute proposition de loi relative à la protection des données à caractère personnel ou au traitement de telles données. Outre les cas prévus aux articles 31 et 32, lorsqu'une loi prévoit qu'un décret ou un arrêté est pris après avis de la commission, cet avis est publié avec le décret ou l'arrêté ;

b) Elle propose au Gouvernement les mesures législatives ou réglementaires d'adaptation de la protection des libertés à l'évolution des procédés et techniques informatiques et numériques ;

c) À la demande d'autres autorités administratives indépendantes, elle peut apporter son concours en matière de protection des données ;

d) Elle peut être associée, à la demande du Premier ministre, à la préparation et à la définition de la position française dans les négociations internationales dans le domaine de la protection des données à caractère personnel. Elle peut participer, à la demande du Premier ministre, à la représentation française dans les organisations internationales et de l'Union européenne compétentes en ce domaine ;

e) Elle conduit une réflexion sur les problèmes éthiques et les questions de société soulevés par l'évolution des technologies informatiques et numériques ;

f) Elle promeut, dans le cadre de ses missions, l'utilisation des technologies protectrices de la vie privée, notamment les technologies de chiffrement des données ;

5° Elle peut présenter des observations devant toute juridiction à l'occasion d'un litige relatif à l'application de la présente loi et des dispositions relatives à la protection des données à caractère personnel prévues par les textes législatifs et réglementaires, le droit de l'Union européenne, en particulier le règlement (UE) 2016/679 du 27 avril 2016, et les engagements internationaux de la France.

II. – Pour l'accomplissement de ses missions, la commission peut procéder par voie de recommandation et prendre des décisions individuelles ou réglementaires dans les cas prévus par la présente loi.

La commission présente chaque année au Président de la République et au Premier ministre un rapport public rendant compte de l'exécution de sa mission.

Art. 9 *(Créé à compter de la date prévue à l'article 29 de l'ordonnance n° 2018-1125 du 12 décembre 2018, et au plus tard le 1er juin 2019, Ord. n° 2018-1125, 12 déc. 2018 ; L. n° 2019-828, 6 août 2019)*. **–** I. – La Commission nationale de l'informatique et des libertés est composée de dix-huit membres :

1° Deux députés et deux sénateurs, désignés respectivement par l'Assemblée nationale et par le Sénat de manière à assurer une représentation pluraliste ;

2° Deux membres du Conseil économique, social et environnemental, élus par cette assemblée ;

3° Deux membres ou anciens membres du Conseil d'État, d'un grade au moins égal à celui de conseiller, élus par l'assemblée générale du Conseil d'État ;

4° Deux membres ou anciens membres de la Cour de cassation, d'un grade au moins égal à celui de conseiller, élus par l'assemblée générale de la Cour de cassation ;

5° Deux membres ou anciens membres de la Cour des comptes, d'un grade au moins égal à celui de conseiller maître, élus par l'assemblée générale de la Cour des comptes ;

6° Trois personnalités qualifiées pour leur connaissance du numérique et des questions touchant aux libertés individuelles, nommées par décret ;

7° Deux personnalités qualifiées pour leur connaissance du numérique et des questions touchant aux libertés individuelles, désignées respectivement par le président de l'Assemblée nationale et par le président du Sénat ;

8° Le président de la Commission d'accès aux documents administratifs, ou son représentant.

Elle comprend en outre, avec voix consultative, le Défenseur des droits ou son représentant.

Les deux membres désignés ou élus par une même autorité en application des 1° à 5° sont une femme et un homme. Les trois membres mentionnés au 6° comprennent au moins une femme et un homme.

Les deux membres mentionnés au 7° sont une femme et un homme. Pour l'application de cette règle, le membre succédant à une femme est un homme et celui succédant à un homme, une femme. Toutefois, le nouveau membre désigné est de même sexe que celui qu'il remplace, soit en cas de cessation du mandat avant son terme normal, soit en cas de renouvellement du mandat de l'autre membre mentionné au 7°.

Selon des modalités fixées par décret en Conseil d'État, le collège est, à l'exception de son président, renouvelé par moitié tous les deux ans et six mois.

Le président est nommé par décret du Président de la République parmi les membres pour la durée de son mandat. La commission élit en son sein deux vice-présidents, dont un vice-président délégué. Le président et les vice-présidents composent le bureau.

Le président exerce ses fonctions à temps plein. Sa fonction est incompatible avec toute détention, directe ou indirecte, d'intérêts dans une entreprise du secteur des communications électroniques ou de l'informatique.

La durée du mandat de président est de cinq ans.

En cas de besoin, le vice-président délégué exerce les attributions du président.

Le secrétaire général est chargé du fonctionnement et de la coordination des services sous l'autorité du président.

La formation restreinte de la commission est composée d'un président et de cinq autres membres élus par la commission en son sein. Les membres du bureau ne sont pas éligibles à la formation restreinte.

En cas de partage égal des voix, celle du président est prépondérante.

II. - Le mandat des membres de la commission est de cinq ans ; il est renouvelable une fois, sous réserve des dixième et onzième alinéas du I.

Art. 10 *(Créé à compter de la date prévue à l'article 29 de l'ordonnance n° 2018-1125 du 12 décembre 2018, et au plus tard le 1er juin 2019, Ord. n° 2018-1125, 12 déc. 2018 ; L. n° 2022-52, 24 janv. 2022)*. **–** Les agents de la commission sont nommés par le président.

Ceux des agents qui peuvent être appelés à participer à la mise en œuvre des missions de vérification mentionnées aux articles 19 et 25 ou à établir un rapport en application du cinquième alinéa de l'article 22-1 doivent y être habilités par la commission ; cette habilitation ne dispense pas de l'application des dispositions définissant les procédures autorisant l'accès aux secrets protégés par la loi.

Art. 11 *(Créé à compter de la date prévue à l'article 29 de l'ordonnance n° 2018-1125 du 12 décembre 2018, et au plus tard le 1er juin 2019, Ord. n° 2018-1125, 12 déc. 2018)*. **–** Les agents de la commission sont astreints au secret pour les faits, actes ou renseignements dont ils ont pu avoir connaissance en raison de leurs fonctions, sous peine des sanctions prévues à l'article 413-10 du Code pénal et, sous réserve de ce qui est nécessaire à l'établissement du rapport annuel, à l'article 226-13 du même code.

Art. 12 *(Créé à compter de la date prévue à l'article 29 de l'ordonnance n° 2018-1125 du 12 décembre 2018, et au plus tard le 1er juin 2019, Ord. n° 2018-1125, 12 déc. 2018)*. **–** Le règlement intérieur de la commission précise notamment les règles relatives aux délibérations, à l'instruction des dossiers et à leur présentation devant la commission, ainsi que les modalités de mise en œuvre de la procédure de labellisation prévue au 3° du I de l'article 8.

Art. 13 *(Créé à compter de la date prévue à l'article 29 de l'ordonnance n° 2018-1125 du 12 décembre 2018, et au plus tard le 1er juin 2019, Ord. n° 2018-1125, 12 déc. 2018)*. **–** Sous réserve des compétences du bureau et de la formation restreinte, la commission se réunit en formation plénière.

L'ordre du jour de la commission réunie en formation plénière est rendu public.

En cas de partage égal des voix, la voix du président est prépondérante.

La commission peut charger le président ou le vice-président délégué d'exercer celles de ses attributions mentionnées :

1° Aux *f* et *g* du 2° du I de l'article 8 ;

2° Au *d* du 2° du I de l'article 8 ;

3° Au *d* du 4° du I de l'article 8 ;

4° Aux articles 52, 108 et 118 ;

5° À l'article 66 ;

6° Au 4 de l'article 34 du règlement (UE) 2016/679 du 27 avril 2016, pour les décisions donnant acte du respect des conditions mentionnées au 3 du même article 34 ;

7° Aux *a* et *h* du 3 de l'article 58 du même règlement.

Un décret en Conseil d'État, pris après avis de la Commission nationale de l'informatique et des libertés, fixe les conditions et limites dans lesquelles le président de la commission et le vice-président délégué peuvent déléguer leur signature.

Art. 14 *(Créé à compter de la date prévue à l'article 29 de l'ordonnance n° 2018-1125 du 12 décembre 2018, et au plus tard le 1er juin 2019, Ord. n° 2018-1125, 12 déc. 2018)*. **–** La Commission nationale de l'informatique et des libertés et la Commission d'accès aux documents administratifs se réunissent dans un collège unique, sur l'initiative conjointe de leurs présidents, lorsqu'un sujet d'intérêt commun le justifie.

Art. 15 *(Créé à compter de la date prévue à l'article 29 de l'ordonnance n° 2018-1125 du 12 décembre 2018, et au plus tard le 1er juin 2019, Ord. n° 2018-1125, 12 déc. 2018).* **–** Le bureau peut être chargé par la commission d'exercer les attributions de celle-ci mentionnées au dernier alinéa de l'article 10.

Art. 16 *(Créé à compter de la date prévue à l'article 29 de l'ordonnance n° 2018-1125 du 12 décembre 2018, et au plus tard le 1er juin 2019, Ord. n° 2018-1125, 12 déc. 2018).* **–** La formation restreinte prend les mesures et prononce les sanctions à l'encontre des responsables de traitements ou des sous-traitants qui ne respectent pas les obligations découlant du règlement (UE) 2016/679 du 27 avril 2016 et de la présente loi dans les conditions prévues à la section 3 du présent chapitre.

Ses membres délibèrent hors de la présence des agents de la commission, à l'exception de ceux chargés de la tenue de la séance.

Les membres de la formation restreinte ne peuvent participer à l'exercice des attributions de la commission mentionnées aux *d*, *f* et *g* du 2° du I de l'article 8 et à l'article 19 de la présente loi.

Art. 17 *(Créé à compter de la date prévue à l'article 29 de l'ordonnance n° 2018-1125 du 12 décembre 2018, et au plus tard le 1er juin 2019, Ord. n° 2018-1125, 12 déc. 2018).* **–** Un commissaire du Gouvernement, désigné par le Premier ministre, siège auprès de la commission. Des commissaires adjoints peuvent être désignés dans les mêmes conditions.

Le commissaire du Gouvernement assiste à toutes les délibérations de la commission réunie en formation plénière ainsi qu'à celles des réunions de son bureau qui ont pour objet l'exercice des attributions déléguées en application de l'article 15. Il peut assister aux séances de la formation restreinte, sans être présent au délibéré. Il est rendu destinataire de l'ensemble des avis et décisions de la commission et de la formation restreinte.

Sauf en matière de mesures ou de sanctions relevant de la section 3 du présent chapitre, il peut provoquer une seconde délibération de la commission, qui doit intervenir dans les dix jours suivant la délibération initiale.

Art. 18 *(Créé à compter de la date prévue à l'article 29 de l'ordonnance n° 2018-1125 du 12 décembre 2018, et au plus tard le 1er juin 2019, Ord. n° 2018-1125, 12 déc. 2018).* **–** Les membres du Gouvernement, autorités publiques, dirigeants d'entreprises publiques ou privées, responsables de groupements divers et plus généralement les détenteurs ou utilisateurs de traitements ou de fichiers de données à caractère personnel ne peuvent s'opposer à l'action de la Commission nationale de l'informatique et des libertés ou de ses membres et doivent au contraire prendre toutes mesures utiles afin de faciliter sa tâche.

Sauf dans les cas où elles sont astreintes au secret professionnel, les personnes interrogées dans le cadre des vérifications faites par la commission en application du *g* du 2° du I de l'article 8 sont tenues de fournir les renseignements demandés par celle-ci pour l'exercice de ses missions.

Section 2. – Contrôle de la mise en œuvre des traitements

Art. 19 *(Créé à compter de la date prévue à l'article 29 de l'ordonnance n° 2018-1125 du 12 décembre 2018, et au plus tard le 1er juin 2019, Ord. n° 2018-1125, 12 déc. 2018 ; Ord. n° 2019-964, 18 sept. 2019).* **–** I. - Les membres de la Commission nationale de l'informatique et des libertés ainsi que les agents de ses services habilités dans les conditions définies au dernier alinéa de l'article 10 ont accès, de 6 heures à 21 heures, pour l'exercice de leurs missions, aux lieux, locaux, enceintes, installations ou établissements servant à la mise en œuvre d'un traitement de données à caractère personnel.

Le procureur de la République territorialement compétent en est préalablement informé.

Lorsqu'un traitement de données à caractère personnel est mis en œuvre, soit dans les parties de ces lieux, locaux, enceintes, installations ou établissements affectées au domicile privé, soit dans de tels lieux, locaux, enceintes, installations ou établissements entièrement affectés au domicile privé, la visite ne peut se dérouler qu'après l'autorisation du juge des libertés et de la détention du tribunal judiciaire dans le ressort duquel sont situés les locaux à visiter, dans les conditions prévues au II du présent article.

II. - Le responsable de ces lieux, locaux, enceintes, installations ou établissements est informé de son droit d'opposition à la visite. Lorsqu'il exerce ce droit, la visite ne peut se dérouler qu'après l'autorisation du juge des libertés et de la détention du tribunal judiciaire dans le ressort duquel sont situés les locaux à visiter, qui statue dans des conditions fixées par décret en Conseil d'État. Toutefois, lorsque l'urgence, la gravité des faits à l'origine du contrôle ou le risque de destruction ou de dissimulation de documents le justifie, la visite peut avoir lieu sans que le responsable des locaux en ait été informé, sur autorisation préalable du juge des libertés et de la détention. Dans ce cas, le responsable des lieux ne peut s'opposer à la visite.

La visite s'effectue sous l'autorité et le contrôle du juge des libertés et de la détention qui l'a autorisée, en présence de l'occupant des lieux ou de son représentant qui peut se faire assister d'un conseil de son choix ou, à défaut, en présence de deux témoins qui ne sont pas placés sous l'autorité des personnes chargées de procéder au contrôle.

L'ordonnance ayant autorisé la visite est exécutoire au seul vu de la minute. Elle mentionne que le juge ayant autorisé la visite peut être saisi à tout moment d'une demande de suspension ou d'arrêt de cette visite. Elle indique le délai et la voie de recours. Elle peut faire l'objet, suivant les règles prévues par le Code de procédure civile, d'un appel devant le premier président de la cour d'appel. Celui-ci connaît également des recours contre le déroulement des opérations de visite dont la finalité est l'exercice effectif des missions prévues au III.

III. – Pour l'exercice des missions relevant de la Commission nationale de l'informatique et des libertés en application du règlement (UE) 2016/679 du 27 avril 2016 et de la présente loi, les membres et agents mentionnés au premier alinéa du I du présent article peuvent demander communication de tous documents nécessaires à l'accomplissement de leur mission, quel qu'en soit le support, et en prendre copie. Ils peuvent recueillir, notamment sur place ou sur convocation, tout renseignement et toute justification utiles et nécessaires à l'accomplissement de leur mission. Ils peuvent accéder, dans des conditions préservant la confidentialité à l'égard des tiers, aux programmes informatiques et aux données ainsi qu'en demander la transcription par tout traitement approprié dans des documents directement utilisables pour les besoins du contrôle. Le secret ne peut leur être opposé sauf concernant les informations couvertes par le secret professionnel applicable aux relations entre un avocat et son client, par le secret des sources des traitements journalistiques ou, sous réserve du deuxième alinéa du présent III, par le secret médical.

Le secret médical est opposable s'agissant des informations qui figurent dans un traitement nécessaire aux fins de la médecine préventive, de la recherche médicale, des diagnostics médicaux, de l'administration de soins ou de traitements, ou de la gestion de service de santé. La communication des données médicales individuelles incluses dans cette catégorie de traitement ne peut alors se faire que sous l'autorité et en présence d'un médecin.

En dehors des contrôles sur place et sur convocation, ils peuvent procéder à toute constatation utile. Ils peuvent notamment, à partir d'un service de communication au public en ligne, consulter les données librement accessibles ou rendues accessibles, y compris par imprudence, par négligence ou par le fait d'un tiers, le cas échéant en accédant et en se maintenant dans des systèmes de traitement automatisé de données le temps nécessaire aux constatations. Ils peuvent retranscrire les données par tout traitement approprié dans des documents directement utilisables pour les besoins du contrôle.

Pour le contrôle de services de communication au public en ligne, les membres et agents mentionnés au premier alinéa du I peuvent réaliser toute opération en ligne nécessaire à leur mission sous une identité d'emprunt. À peine de nullité, leurs actes ne peuvent constituer une incitation à commettre une infraction. L'utilisation d'une identité d'emprunt est sans incidence sur la régularité des constatations effectuées conformément au troisième alinéa du présent III. Un décret en Conseil d'État, pris après avis de la Commission nationale de l'informatique et des libertés, précise les conditions dans lesquelles ces membres et agents procèdent dans ces cas à leurs constatations.

Les membres et agents mentionnés au premier alinéa du I peuvent, à la demande du président de la commission, être assistés par des experts.

Il est dressé procès-verbal des vérifications et visites menées en application du présent article. Ce procès-verbal est dressé contradictoirement lorsque les vérifications et visites sont effectuées sur place ou sur convocation.

IV. – Pour les traitements intéressant la sûreté de l'État et qui sont dispensés de la publication de l'acte réglementaire qui les autorise en application du III de l'article 31, le décret en Conseil d'État qui prévoit cette dispense peut également prévoir que le traitement n'est pas soumis aux dispositions du présent article.

V. – Dans l'exercice de son pouvoir de contrôle portant sur les traitements relevant du règlement (UE) 2016/679 du 27 avril 2016 et de la présente loi, la Commission nationale de l'informatique et des libertés n'est pas compétente pour contrôler les opérations de traitement effectuées, dans l'exercice de leur fonction juridictionnelle, par les juridictions.

Section 3. – Mesures correctrices et sanctions

Art. 20 *(Créé à compter de la date prévue à l'article 29 de l'ordonnance n° 2018-1125 du 12 décembre 2018, et au plus tard le 1er juin 2019, Ord. n° 2018-1125, 12 déc. 2018 ; L. n° 2022-52, 24 janv. 2022)*. **–** I. – Le président de la Commission nationale de l'informatique et des libertés peut avertir un responsable de traitement ou son sous-traitant du fait que les opérations de traitement envisagées sont susceptibles de violer les dispositions du règlement (UE) 2016/679 du 27 avril 2016 ou de la présente loi.

II. – Lorsque le responsable de traitement ou son sous-traitant ne respecte pas les obligations résultant du règlement (UE) 2016/679 du 27 avril 2016 ou de la présente loi, le président de la Commission nationale de l'informatique et des libertés peut le rappeler à ses obligations légales ou, si le manquement constaté est susceptible de faire l'objet d'une mise en conformité, prononcer à son égard une mise en demeure, dans le délai qu'il fixe :

1° De satisfaire aux demandes présentées par la personne concernée en vue d'exercer ses droits ;

2° De mettre les opérations de traitement en conformité avec les dispositions applicables ;

3° À l'exception des traitements qui intéressent la sûreté de l'État ou la défense, de communiquer à la personne concernée une violation de données à caractère personnel ;

4° De rectifier ou d'effacer des données à caractère personnel, ou de limiter le traitement de ces données.

Dans le cas prévu au 4° du présent II, le président peut, dans les mêmes conditions, mettre en demeure le responsable de traitement ou son sous-traitant de notifier aux destinataires des données les mesures qu'il a prises.

Le président peut demander qu'il soit justifié de la mise en conformité dans un délai qu'il fixe. Ce délai peut être fixé à vingt-quatre heures en cas d'urgence. Le président prononce, le cas échéant, la clôture de la procédure de mise en demeure.

Le président prononce, le cas échéant, la clôture de la procédure de mise en demeure.

Le président peut demander au bureau de rendre publique la mise en demeure. Dans ce cas, la décision de clôture de la procédure de mise en demeure fait l'objet de la même publicité.

III. – Lorsque le responsable de traitement ou son sous-traitant ne respecte pas les obligations résultant du règlement (UE) 2016/679 du 27 avril 2016 ou de la présente loi, le président de la Commission nationale de l'informatique et des libertés peut également, le cas échéant après lui avoir adressé l'avertissement prévu au I du présent article ou après avoir prononcé à son encontre une ou plusieurs des mesures correctrices prévues au II, saisir la formation restreinte de la commission en vue du prononcé, après procédure contradictoire, de l'une ou de plusieurs des mesures suivantes :

1° Un rappel à l'ordre ;

2° Une injonction de mettre en conformité le traitement avec les obligations résultant du règlement (UE) 2016/679 du 27 avril 2016 ou de la présente loi ou de satisfaire aux demandes présentées par la personne concernée en vue d'exercer ses droits, qui peut être assortie, sauf dans des cas où le traitement est mis en œuvre par l'État, d'une astreinte dont le montant ne peut excéder 100 000 € par jour de retard à compter de la date fixée par la formation restreinte ;

3° À l'exception des traitements qui intéressent la sûreté de l'État ou la défense ou de ceux relevant du titre III de la présente loi lorsqu'ils sont mis en œuvre pour le compte de l'État, la limitation temporaire ou définitive du traitement, son interdiction ou le retrait d'une autorisation accordée en application du même règlement ou de la présente loi ;

4° Le retrait d'une certification ou l'injonction, à l'organisme certificateur concerné, de refuser une certification ou de retirer la certification accordée ;

5° À l'exception des traitements qui intéressent la sûreté de l'État ou la défense ou de ceux relevant du titre III de la présente loi lorsqu'ils sont mis en œuvre pour le compte de l'État, la suspension des flux de données adressées à un destinataire situé dans un pays tiers ou à une organisation internationale ;

6° La suspension partielle ou totale de la décision d'approbation des règles d'entreprise contraignantes ;

7° À l'exception des cas où le traitement est mis en œuvre par l'État, une amende administrative ne pouvant excéder 10 millions d'euros ou, s'agissant d'une entreprise, 2 % du chiffre d'affaires annuel mondial total de l'exercice précédent, le montant le plus élevé étant retenu. Dans les hypothèses mentionnées aux 5 et 6 de l'article 83 du règlement (UE) 2016/679 du 27 avril 2016, ces plafonds sont portés, respectivement, à 20 millions d'euros et 4 % dudit chiffre d'affaires. La formation restreinte prend en compte, dans la détermination du montant de l'amende, les critères précisés au même article 83.

Le projet de mesure est, le cas échéant, soumis aux autres autorités de contrôle concernées selon les modalités définies à l'article 60 du même règlement.

IV. – Lorsque la formation restreinte a été saisie, le président de celle-ci peut enjoindre au mis en cause de produire les éléments demandés par la Commission nationale de l'informatique et des libertés, en cas d'absence de réponse à une précédente mise en demeure, et assortir cette injonction d'une astreinte, dont le montant ne peut excéder 100 € par jour de retard, à la liquidation de laquelle il procède, le cas échéant.

Il peut également constater qu'il n'y a plus lieu de statuer.

Art. 21 *(Créé à compter de la date prévue à l'article 29 de l'ordonnance n° 2018-1125 du 12 décembre 2018, et au plus tard le 1er juin 2019, Ord. n° 2018-1125, 12 déc. 2018)*. **–** I. – Lorsque le non-respect des dispositions du règlement (UE) 2016/679 du 27 avril 2016 ou de la présente loi entraîne une violation des droits et libertés mentionnés à l'article 1er de la présente loi et que le président de la commission considère qu'il est urgent d'intervenir, il saisit la formation restreinte, qui peut, dans le cadre d'une procédure d'urgence contradictoire définie par décret en Conseil d'État, adopter l'une des mesures suivantes :

1° L'interruption provisoire de la mise en œuvre du traitement, y compris d'un transfert de données hors de l'Union européenne, pour une durée maximale de trois mois, si le traitement n'est pas au nombre de ceux qui intéressent la sûreté de l'État ou la défense ou de ceux relevant du titre III lorsqu'ils sont mis en œuvre pour le compte de l'État ;

2° La limitation du traitement de certaines des données à caractère personnel traitées, pour une durée maximale de trois mois, si le traitement n'est pas au nombre de ceux qui intéressent la sûreté de l'État ou la défense ou de ceux relevant du titre III lorsqu'ils sont mis en œuvre pour le compte de l'État ;

3° La suspension provisoire de la certification délivrée au responsable de traitement ou à son sous-traitant ;

4° La suspension provisoire de l'agrément délivré à un organisme de certification ou un organisme chargé du respect d'un code de conduite ;

5° La suspension provisoire de l'autorisation délivrée sur le fondement du III de l'article 66 de la présente loi ;

6° L'injonction de mettre en conformité le traitement avec les obligations résultant du règlement (UE) 2016/679 du 27 avril 2016 ou de la présente loi ou de satisfaire aux demandes présentées par la personne concernée en vue d'exercer ses droits, qui peut être assortie, sauf dans le cas où le traitement est mis en œuvre par l'État, d'une astreinte dont le montant ne peut excéder 100 000 € par jour de retard à compter de la date fixée par la formation restreinte ;

7° Un rappel à l'ordre ;

8° L'information du Premier ministre pour qu'il prenne, le cas échéant, les mesures permettant de faire cesser la violation constatée, si le traitement en cause est au nombre de ceux qui intéressent la sûreté de l'État ou la défense ou de ceux relevant du titre III de la présente loi lorsqu'ils sont mis en œuvre pour le compte de l'État. Le Premier ministre fait alors connaître à la formation restreinte les suites qu'il a données à cette information au plus tard quinze jours après l'avoir reçue.

II. – En cas de circonstances exceptionnelles prévues au 1 de l'article 66 du règlement (UE) 2016/679 du 27 avril 2016, lorsque la formation restreinte adopte les mesures provisoires prévues aux 1° à 4° du I du présent article, elle informe sans délai de la teneur des mesures prises et de leurs motifs les autres autorités de contrôle concernées, le comité européen de la protection des données mentionné à l'article 68 du même règlement et la Commission européenne.

Lorsque la formation restreinte a pris de telles mesures et qu'elle estime que des mesures définitives doivent être prises, elle met en œuvre les dispositions du 2 de l'article 66 du règlement (UE) 2016/679 du 27 avril 2016.

III. – Pour les traitements relevant du règlement (UE) 2016/679 du 27 avril 2016, lorsqu'une autorité de contrôle compétente en application du même règlement n'a pas pris de mesure appropriée dans une situation où il est urgent d'intervenir afin de protéger les droits et libertés des personnes concernées, la formation restreinte, saisie par le président de la commission, peut demander au comité européen de la protection des données un avis d'urgence ou une décision contraignante d'urgence dans les conditions et selon les modalités prévues aux 3 et 4 de l'article 66 dudit règlement.

IV. – En cas d'atteinte grave et immédiate aux droits et libertés mentionnés à l'article 1er de la présente loi, le président de la commission peut en outre demander, par la voie du référé, à la juridiction compétente d'ordonner, le cas échéant sous astreinte, toute mesure nécessaire à la sauvegarde de ces droits et libertés.

Art. 22 *(Créé à compter de la date prévue à l'article 29 de l'ordonnance n° 2018-1125 du 12 décembre 2018, et au plus tard le 1er juin 2019, Ord. n° 2018-1125, 12 déc. 2018)*. **–** Les mesures prévues au III de l'article 20 et aux 1° à 7° du I de l'article 21 de la présente loi sont prononcées sur la base d'un rapport établi par l'un des membres de la Commission nationale de l'informatique et des libertés, désigné par le président de celle-ci parmi les membres n'appartenant pas à la formation restreinte. Ce rapport est notifié au responsable de traitement ou à son sous-traitant, qui peut déposer des observations et se faire représenter ou assister. Le rapporteur peut présenter des observations orales à la formation restreinte mais ne prend pas part à ses délibérations. La formation restreinte peut entendre toute personne dont l'audition lui paraît susceptible de contribuer utilement à son information, y compris les agents des services de la commission.

La formation restreinte peut rendre publiques les mesures qu'elle prend. Elle peut également ordonner leur insertion dans des publications, journaux et supports qu'elle désigne, aux frais des personnes sanctionnées.

Sans préjudice des obligations d'information qui incombent au responsable de traitement ou à son sous-traitant en application de l'article 34 du règlement (UE) 2016/679 du 27 avril 2016, la formation restreinte peut ordonner que ce responsable ou ce sous-traitant informe individuellement, à ses frais, chacune des personnes concernées de la violation relevée des dispositions de la présente loi ou du règlement précité ainsi que, le cas échéant, de la mesure prononcée.

Lorsque la formation restreinte a prononcé une sanction pécuniaire devenue définitive avant que le juge pénal ait statué définitivement sur les mêmes faits ou des faits connexes, celui-ci peut ordonner que l'amende administrative s'impute sur l'amende pénale qu'il prononce.

L'astreinte est liquidée par la formation restreinte, qui en fixe le montant définitif.

Les sanctions pécuniaires et les astreintes sont recouvrées comme les créances de l'État étrangères à l'impôt et au domaine.

Art. 22-1 *(Créé, L. n° 2022-52, 24 janv. 2022)*. **–** Le président de la Commission nationale de l'informatique et des libertés peut, lorsqu'il estime que les conditions mentionnées aux deuxième et troisième alinéas sont réunies, engager les poursuites selon une procédure simplifiée. Le président de la formation restreinte ou l'un de ses membres désigné à cet effet statue seul sur l'affaire.

Le président de la commission peut engager les poursuites selon la procédure simplifiée lorsqu'il estime que les mesures correctrices prévues aux 1°, 2° et 7° du III de l'article 20 constituent la réponse appropriée à la gravité des manquements constatés, sous réserve que l'amende administrative encourue, mentionnée au 7° du même III, n'excède pas un montant de 20 000 € et que l'astreinte encourue, mentionnée au 2° dudit III, n'excède pas un montant de 100 € par jour de retard à compter de la date fixée par la décision.

En outre, le président de la Commission nationale de l'informatique et des libertés ne peut engager les poursuites selon la procédure simplifiée que lorsque l'affaire ne présente pas de difficulté particulière, eu égard à l'existence d'une jurisprudence établie, des décisions précédemment rendues par la formation restreinte de la commission ou de la simplicité des questions de fait et de droit qu'elle présente à trancher.

Le président de la formation restreinte ou le membre qu'il a désigné peut, pour tout motif, refuser de recourir à la procédure simplifiée ou l'interrompre. Dans ce cas, le président de la Commission nationale de l'informatique et des libertés reprend la procédure conformément aux exigences et aux garanties prévues à l'article 22.

Le président de la formation restreinte ou le membre qu'il a désigné statue sur la base d'un rapport établi par un agent des services de la Commission nationale de l'informatique et des libertés, habilité dans les conditions définies au dernier alinéa de l'article 10 et placé, pour l'exercice de cette mission, sous l'autorité du président de la Commission nationale de l'informatique et des libertés.

Le rapport mentionné au cinquième alinéa du présent article est notifié au responsable de traitement ou au sous-traitant, qui est informé du fait qu'il peut se faire représenter ou assister, présenter des observations écrites et demander à être entendu. Le président de la formation restreinte ou le membre qu'il a désigné peut solliciter les observations de toute personne pouvant contribuer à son information. Il statue ensuite et ne peut rendre publiques les décisions qu'il prend.

La formation restreinte est informée des décisions prises selon la procédure simplifiée par le président de la formation restreinte ou par le membre qu'il a désigné.

Lorsque le président de la formation restreinte ou le membre qu'il a désigné a prononcé une sanction pécuniaire devenue définitive avant que le juge pénal ait statué définitivement sur les mêmes faits ou des faits connexes, celui-ci peut ordonner que l'amende administrative s'impute sur l'amende pénale qu'il prononce.

L'astreinte est liquidée et le montant définitif en est fixé par le président de la formation restreinte ou le membre qu'il a désigné. Le dernier alinéa de l'article 22 est applicable aux décisions prises selon la procédure simplifiée.

Les modalités de mise en œuvre de la procédure simplifiée ainsi que les garanties applicables en matière de prévention des conflits d'intérêts pour les agents désignés rapporteurs sont fixées par décret en Conseil d'État.

Art. 23 *(Créé à compter de la date prévue à l'article 29 de l'ordonnance n° 2018-1125 du 12 décembre 2018, et au plus tard le 1er juin 2019, Ord. n° 2018-1125, 12 déc. 2018)*. **–** Lorsqu'un organisme de certification ou un organisme chargé du respect d'un code de conduite a manqué à ses obligations ou n'a pas respecté les dispositions du règlement (UE) 2016/679 du 27 avril 2016 ou celles de la présente loi, le président de la Commission nationale de l'informatique et des libertés peut, le cas échéant après mise en demeure, saisir la formation restreinte de la commission, qui peut prononcer, dans les mêmes conditions que celles prévues aux articles 20 à 22, le retrait de l'agrément qui a été délivré à cet organisme.

Section 4. – Coopération

Art. 24 *(Créé à compter de la date prévue à l'article 29 de l'ordonnance n° 2018-1125 du 12 décembre 2018, et au plus tard le 1er juin 2019, Ord. n° 2018-1125, 12 déc. 2018)*. **–** Dans les conditions prévues aux articles 60 à 67 du règlement (UE) 2016/679 du 27 avril 2016, la Commission nationale de l'informatique et des libertés met en œuvre des procédures de coopération et d'assistance mutuelle avec les autorités de contrôle des autres États membres de l'Union européenne et réalise avec ces autorités des opérations conjointes.

La commission, le président, le bureau, la formation restreinte et les agents de la commission mettent en œuvre, chacun pour ce qui le concerne, les procédures mentionnées au premier alinéa du présent article.

La commission peut charger le bureau :

1° D'exercer ses prérogatives en tant qu'autorité concernée, au sens de l'article 4 du règlement (UE) 2016/679 du 27 avril 2016, et en particulier d'émettre une objection pertinente et motivée au projet de décision d'une autre autorité de contrôle ;

2° Lorsque la commission adopte un projet de décision en tant qu'autorité chef de file ou autorité concernée, de mettre en œuvre les procédures de coopération, de contrôle de la cohérence et de règlement des litiges prévues par le règlement (UE) 2016/679 du 27 avril 2016 et d'arrêter la décision au nom de la commission.

Art. 25 *(Créé à compter de la date prévue à l'article 29 de l'ordonnance n° 2018-1125 du 12 décembre 2018, et au plus tard le 1er juin 2019, Ord. n° 2018-1125, 12 déc. 2018).* **–** I. - Pour l'application de l'article 62 du règlement (UE) 2016/679 du 27 avril 2016, la Commission nationale de l'informatique et des libertés coopère avec les autorités de contrôle des autres États membres de l'Union européenne, dans les conditions prévues au présent article.

II. - Qu'elle agisse en tant qu'autorité de contrôle concernée ou en tant qu'autorité chef de file au sens des articles 4 et 56 du règlement (UE) 2016/679 du 27 avril 2016, la Commission nationale de l'informatique et des libertés est compétente pour traiter une réclamation ou une éventuelle violation des dispositions du même règlement affectant par ailleurs d'autres États membres. Le président de la commission invite les autres autorités de contrôle concernées à participer aux opérations de contrôle conjointes qu'il décide de conduire.

III. - Lorsqu'une opération de contrôle conjointe se déroule sur le territoire français, des membres ou agents habilités de la commission, agissant en tant qu'autorité de contrôle d'accueil, sont présents aux côtés des membres et agents des autres autorités de contrôle participant, le cas échéant, à l'opération. À la demande de l'autorité de contrôle d'un État membre, le président de la commission peut habiliter, par décision particulière, ceux des membres ou agents de l'autorité de contrôle concernée qui présentent des garanties comparables à celles requises des agents de la commission, en application de l'article 10 de la présente loi, à exercer, sous son autorité, tout ou partie des pouvoirs de vérification et d'enquête dont disposent les membres et les agents de la commission.

IV. - Lorsque la commission est invitée à contribuer à une opération de contrôle conjointe décidée par l'autorité de contrôle d'un autre État membre, le président de la commission se prononce sur le principe et les conditions de la participation, désigne les membres et agents habilités et en informe l'autorité requérante dans les conditions prévues à l'article 62 du règlement (UE) 2016/679 du 27 avril 2016.

Art. 26 *(Créé à compter de la date prévue à l'article 29 de l'ordonnance n° 2018-1125 du 12 décembre 2018, et au plus tard le 1er juin 2019, Ord. n° 2018-1125, 12 déc. 2018).* **–** I. - Les traitements relevant du titre III font l'objet d'une coopération entre la Commission nationale de l'informatique et des libertés et les autorités de contrôle des autres États membres de l'Union européenne dans les conditions prévues au présent article.

II. - La commission communique aux autorités de contrôle des autres États membres les informations utiles et leur prête assistance en mettant notamment en œuvre, à leur demande, des mesures de contrôle telles que des mesures de consultation, d'inspection et d'enquête.

La commission répond à une demande d'assistance mutuelle formulée par une autre autorité de contrôle dans les meilleurs délais et au plus tard un mois après réception de la demande contenant toutes les informations nécessaires, notamment sa finalité et ses motifs. Elle ne peut refuser de satisfaire à cette demande que si elle n'est pas compétente pour traiter l'objet de la demande ou les mesures qu'elle est invitée à exécuter, ou si une disposition du droit de l'Union européenne ou du droit français y fait obstacle.

La commission informe l'autorité de contrôle requérante des résultats obtenus ou, selon le cas, de l'avancement du dossier ou des mesures prises pour donner suite à la demande.

La commission peut, pour l'exercice de ses missions, solliciter l'assistance d'une autorité de contrôle d'un autre État membre de l'Union européenne.

La commission donne les motifs de tout refus de satisfaire à une demande lorsqu'elle estime ne pas être compétente ou lorsqu'elle considère que satisfaire à la demande constituerait une violation du droit de l'Union européenne ou du droit français.

Art. 27 *(Créé à compter de la date prévue à l'article 29 de l'ordonnance n° 2018-1125 du 12 décembre 2018, et au plus tard le 1er juin 2019, Ord. n° 2018-1125, 12 déc. 2018).* **–** Lorsque la commission agit en tant qu'autorité de contrôle chef de file au sens de l'article 56 du règlement (UE) 2016/679 du 27 avril

2016 s'agissant d'un traitement transfrontalier au sein de l'Union européenne, elle communique sans tarder aux autres autorités de contrôle concernées le rapport du rapporteur mentionné au premier alinéa de l'article 22 ainsi que l'ensemble des informations utiles de la procédure ayant permis d'établir le rapport, avant l'éventuelle audition du responsable de traitement ou de son sous-traitant. Les autorités concernées sont mises en mesure d'assister, par tout moyen de retransmission approprié, à l'audition par la formation restreinte du responsable de traitement ou de son sous-traitant, ou de prendre connaissance d'un procès-verbal dressé à la suite de l'audition.

Après en avoir délibéré, la formation restreinte soumet son projet de décision aux autres autorités de contrôle concernées conformément à la procédure définie à l'article 60 du règlement (UE) 2016/679 du 27 avril 2016. À ce titre, elle se prononce sur la prise en compte des objections pertinentes et motivées émises par ces autorités et saisit, si elle décide d'écarter l'une des objections, le comité européen de la protection des données conformément à l'article 65 du même règlement.

Les conditions d'application du présent article sont définies par décret en Conseil d'État, après avis de la Commission nationale de l'informatique et des libertés.

Art. 28 *(Créé à compter de la date prévue à l'article 29 de l'ordonnance n° 2018-1125 du 12 décembre 2018, et au plus tard le 1er juin 2019, Ord. n° 2018-1125, 12 déc. 2018).* **–** Lorsque la commission agit en tant qu'autorité de contrôle concernée, au sens de l'article 4 du règlement (UE) 2016/679 du 27 avril 2016, le président de la commission est saisi des projets de mesures correctrices soumis à la commission par une autorité de contrôle chef de file.

Lorsque ces mesures sont d'objet équivalent à celles définies aux I et II de l'article 20 de la présente loi, le président décide, le cas échéant, d'émettre une objection pertinente et motivée, selon les modalités prévues à l'article 60 du même règlement.

Lorsque ces mesures sont d'objet équivalent à celles définies au III de l'article 20 de la présente loi, le président saisit la formation restreinte. Le président de la formation restreinte ou le membre de la formation restreinte qu'il désigne peut, le cas échéant, émettre une objection pertinente et motivée selon les mêmes modalités.

Art. 29 *(Créé à compter de la date prévue à l'article 29 de l'ordonnance n° 2018-1125 du 12 décembre 2018, et au plus tard le 1er juin 2019, Ord. n° 2018-1125, 12 déc. 2018).* **–** La Commission nationale de l'informatique et des libertés peut, à la demande d'une autorité exerçant des compétences analogues aux siennes dans un État non membre de l'Union européenne, sous réserve de garanties appropriées pour la protection des données à caractère personnel et d'autres libertés et droits fondamentaux, procéder à des vérifications dans les mêmes conditions que celles prévues à l'article 19, sauf s'il s'agit d'un traitement mentionné aux I ou II de l'article 31. Sous les mêmes réserves, elle peut présenter des demandes aux mêmes fins à une autorité exerçant des compétences analogues aux siennes.

La commission est habilitée à communiquer les informations qu'elle recueille ou qu'elle détient, à leur demande, aux autorités exerçant des compétences analogues aux siennes dans des États non membres de l'Union européenne, sous réserve de garanties appropriées pour la protection des données à caractère personnel et d'autres libertés et droits fondamentaux, sauf s'il s'agit d'un traitement mentionné aux I ou II de l'article 31.

Pour la mise en œuvre du présent article, la commission conclut préalablement une convention organisant ses relations avec l'autorité exerçant des compétences analogues aux siennes. Cette convention est publiée au Journal officiel.

CHAPITRE III. – Dispositions particulières relatives au numéro d'inscription des personnes au répertoire national d'identification des personnes physiques

Art. 30 *(Créé à compter de la date prévue à l'article 29 de l'ordonnance n° 2018-1125 du 12 décembre 2018, et au plus tard le 1er juin 2019, Ord. n° 2018-1125, 12 déc. 2018).* **–** Un décret en Conseil d'État, pris après avis motivé et publié de la Commission nationale de l'informatique et des libertés, détermine les catégories de responsables de traitement et les finalités de ces traitements au vu desquelles ces derniers peuvent être mis en œuvre lorsqu'ils portent sur des données comportant le numéro d'inscription des personnes au répertoire national d'identification des personnes physiques. La mise en œuvre des traitements intervient sans préjudice des obligations qui incombent aux responsables de traitement ou à leurs sous-traitants en application de la section 3 du chapitre IV du règlement (UE) 2016/679 du 27 avril 2016.

N'entrent pas dans le champ d'application du premier alinéa du présent article ceux des traitements portant sur des données à caractère personnel parmi lesquelles figure le numéro d'inscription des personnes au répertoire national d'identification des personnes physiques ou qui requièrent une consultation de ce répertoire :

1° Qui ont exclusivement des finalités de statistique publique, sont mis en œuvre par le service statistique public et ne comportent aucune des données mentionnées au I de l'article 6 ou à l'article 46 ;

2° Qui ont exclusivement des finalités de recherche scientifique ou historique ;

3° Qui ont pour objet de mettre à la disposition des usagers de l'administration un ou plusieurs téléservices de l'administration électronique définis à l'article 1er de l'ordonnance n° 2005-1516 du 8 décembre 2005 relative aux échanges électroniques entre les usagers et les autorités administratives au sens de ce même article 1er, et entre ces mêmes autorités administratives.

La dérogation prévue pour les traitements dont les finalités sont mentionnées aux 1° et 2° du présent article, n'est applicable que si le numéro d'inscription au répertoire national d'identification des personnes physiques fait préalablement l'objet d'une opération cryptographique lui substituant un code statistique non signifiant. Cette opération est renouvelée à une fréquence définie par décret en Conseil d'État, pris après avis motivé et publié de la Commission nationale de l'informatique et des libertés. Les traitements ayant comme finalité exclusive de réaliser cette opération cryptographique ne sont pas soumis au premier alinéa.

Pour les traitements dont les finalités sont mentionnées au 1°, l'utilisation du code statistique non signifiant n'est autorisée qu'au sein du service statistique public.

Pour les traitements dont les finalités sont mentionnées au 2°, l'opération cryptographique et, le cas échéant, l'interconnexion de deux fichiers par l'utilisation du code spécifique non signifiant qui en est issu ne peuvent être assurées par la même personne ni par le responsable de traitement.

Par dérogation au premier alinéa, les traitements de données à caractère personnel dans le domaine de la santé sont régis par la section 3 du chapitre III du titre II, à l'exception :

1° Des traitements mentionnés à l'article 67 ;

2° Des traitements comportant le numéro d'inscription au répertoire national d'identification des personnes physiques utilisé comme identifiant de santé des personnes en application de l'article L. 1111-8-1 du Code de la santé publique, en dehors de ceux de ces traitements mis en œuvre à des fins de recherche *(Mots aj. à compter du 2 juin 2019, L. n° 2019-774, 24 juill. 2019)* « ou servant à constituer des bases de données à des fins ultérieures de recherche, d'étude ou d'évaluation dans le domaine de la santé. »

CHAPITRE IV. – Formalités préalables à la mise en œuvre des traitements

Art. 31 (1) *(Créé à compter de la date prévue à l'article 29 de l'ordonnance n° 2018-1125 du 12 décembre 2018, et au plus tard le 1er juin 2019, Ord. n° 2018-1125, 12 déc. 2018).* **–** I. – Sont autorisés par arrêté du ou des ministres compétents (2), pris après avis motivé et publié de la Commission

(1) V. A. 20 juin 2011 : *JO* 6 juill. 2011 (« répertoires locaux pour les opérations de protection des personnes âgées » : RLOPPA) ; A. 22 juin 2011 : *JO* 7 juill. 2011 (« nouvelle main courante informatisée ») ; A. 3 nov. 2011 : *JO* 24 nov. 2011 (« registre national des infractions pêches » : RNIP) ; A. 20 janv. 2012 : *JO* 10 févr. 2012 (gestion et au recouvrement des biens saisis et confisqués par l'Agence de gestion et de recouvrement des avoirs saisis et confisqués) ; A. 19 janv. 2012 : *JO* 14 févr. 2012 (« Téléservice-absences ») ; A. 20 févr. 2012 : *JO* 16 mars 2012 (« automatisation du registre des entrées et sorties des recours en matière de contravention » : ARES) ; A. 9 mars 2012 : *JO* 7 avr. 2012 (centralisation de l'ensemble des données relatives aux contrôles opérés par l'administration des douanes : BANACO) ; A. 19 avr. 2012 : *JO* 8 mai 2012 (« système d'information relatif aux accueils de mineurs » : SIAM) ; A. 24 janv. 2013 : *JO* 14 mars 2013 (gestion des demandes d'homologation des ruptures conventionnelles d'un contrat de travail à durée indéterminée : téléRC) ; A. 4 avr. 2013 : *JO* 4 juin 2013 (émission de messages d'alerte : EMMA) ; A. 11 avr. 2013 : *JO électr.* 20 avr. 2013 (système européen de traitement des données d'enregistrement et de réservation : SETRADER) ; A. 21 mai 2013 : *JO* 31 mai 2013 (gestion automatisée de la rédaction des actes, des notes et de la circulation des écrits : GARANCE) ; A. 2 sept. 2013 : *JO* 20 sept. 2013 (déclarations fiscales des professionnels : E-PRO) ; A. 18 oct. 2013 : *JO* 3 nov. 2013 (Mon profil) ; A. 9 mai 2014 : *JO* 21 mai 2014 (plate-forme de signalement IGPN) ; A. 8 avr. 2015 : *JO* 15 avr. 2015 (déclarations de revenus des particuliers « ACQUI PART-EDI IR ») ; A. 8 avr. 2015 : *JO* 6 mai 2015 (gestion et suivi des impositions liées aux transferts du domicile fiscal hors de France « Exit tax ») ; A. 15 avr. 2015 : *JO* 23 avr. 2015 (fichier STADE) ; A. 3 juin 2015 : *JO* 17 juin 2015 (procès-verbaux de carence établis par les huissiers des finances publiques « PVC ») ; A. 5 août 2015 : *JO* 29 août 2015 (gestion des oppositions « BOPPO ») ; A. 5 août 2015 : *JO* 29 août 2015 (rôles généraux de taxes foncières, de taxe d'habitation et au rôle supplémentaire de taxe d'habitation aux collectivités locales) ; A. 29 févr. 2016 : *JO* 9 mars 2016 (suivi de l'encaissement des jours-amende dénommé « Jours-amende » [JAm]) ; A. 15 juin 2016 : *JO* 18 juin 2016 (ICS) ; A. 23 juin 2016 (prévention et gestion des procédures d'expulsions locatives dénommé : « EXPLOC ») : *JO* 5 juill. 2016 ; A. 26 sept. 2017 : *JO* 1er oct. 2017 (« France-Visas ») ; A. 22 mai 2018 : *JO* 24 mai 2018 (mesures de géolocalisation autorisées dans un cadre judiciaire) ; A. 23 mai 2018 : *JO* 25 mai 2018 (PERCEVAL) ; A. 6 mai 2019 : *JO* 6 juin 2019 (« Portail du justiciable »). – NDLR.

(2) V. T. appl. : A. 22 avr. 2015 (*JO* 30 avr. 2015) ; A. 28 août 2017 (*JO* 6 sept. 2017) ; A. 26 sept. 2017 (*JO* 13 oct. 2017) ; A. 11 déc. 2017 (*JO* 14 déc. 2017) ; A. 27 déc. 2017 (*JO* 24 janv. 2018) ; A. 6 mars 2018 (*JO* 9 mars 2018) ; A. 30 mars 2018 (*JO* 31 mars 2018) ; A. 20 août 2018 (*JO* 29 août 2018) [SAIP] ; A. 23 sept. 2019 : *JO* 28 sept. 2019 [GECOJ]. – NDLR.

nationale de l'informatique et des libertés, les traitements de données à caractère personnel mis en œuvre pour le compte de l'État et :

1° Qui intéressent la sûreté de l'État, la défense ou la sécurité publique ;

2° Ou qui ont pour objet la prévention, la recherche, la constatation ou la poursuite des infractions pénales ou l'exécution des condamnations pénales ou des mesures de sûreté.

L'avis de la commission est publié avec l'arrêté autorisant le traitement.

II. – Ceux de ces traitements qui portent sur des données mentionnées au I de l'article 6 sont autorisés par décret en Conseil d'État pris après avis motivé et publié de la commission. Cet avis est publié avec le décret autorisant le traitement (1).

III. – Certains traitements mentionnés au I et au II peuvent être dispensés, par décret en Conseil d'État, de la publication de l'acte réglementaire qui les autorise. Pour ces traitements, est publié, en même temps que le décret autorisant la dispense de publication de l'acte, le sens de l'avis émis par la commission.

IV. – Pour l'application du présent article, les traitements qui répondent à une même finalité, portent sur des catégories de données identiques et ont les mêmes destinataires ou catégories de destinataires peuvent être autorisés par un acte réglementaire unique. Dans ce cas, le responsable de chaque traitement adresse à la commission un engagement de conformité de celui-ci à la description figurant dans l'autorisation.

Art. 32 *(Créé à compter de la date prévue à l'article 29 de l'ordonnance n° 2018-1125 du 12 décembre 2018, et au plus tard le 1er juin 2019, Ord. n° 2018-1125, 12 déc. 2018)*. – Sont autorisés par décret en Conseil d'État, pris après avis motivé et publié de la Commission nationale de l'informatique et des libertés, les traitements de données à caractère personnel mis en œuvre pour le compte de l'État, agissant dans l'exercice de ses prérogatives de puissance publique, qui portent sur des données génétiques ou sur des données biométriques nécessaires à l'authentification ou au contrôle de l'identité des personnes.

Art. 33 *(Créé à compter de la date prévue à l'article 29 de l'ordonnance n° 2018-1125 du 12 décembre 2018, et au plus tard le 1er juin 2019, Ord. n° 2018-1125, 12 déc. 2018)*. – I. – Les demandes d'avis adressées à la Commission nationale de l'informatique et des libertés en vertu de la présente loi précisent :

1° L'identité et l'adresse du responsable du traitement ou, si celui-ci n'est établi ni sur le territoire national ni sur celui d'un autre État membre de l'Union européenne, celle de son représentant et, le cas échéant, celle de la personne qui présente la demande ;

2° La ou les finalités du traitement, ainsi que, pour les traitements relevant des articles 31 et 32, la description générale de ses fonctions ;

3° Le cas échéant, les interconnexions, les rapprochements ou toutes autres formes de mise en relation avec d'autres traitements ;

4° Les données à caractère personnel traitées, leur origine et les catégories de personnes concernées par le traitement ;

5° La durée de conservation des informations traitées ;

6° Le ou les services chargés de mettre en œuvre le traitement ainsi que, pour les traitements relevant des articles 31 et 32, les catégories de personnes qui, en raison de leurs fonctions ou pour les besoins du service, ont directement accès aux données enregistrées ;

7° Les destinataires ou catégories de destinataires habilités à recevoir communication des données ;

8° La fonction de la personne ou le service auprès duquel s'exerce le droit d'accès prévu aux articles 49, 105 et 119, ainsi que les mesures relatives à l'exercice de ce droit ;

9° Les dispositions prises pour assurer la sécurité des traitements et des données et la garantie des secrets protégés par la loi et, le cas échéant, l'indication du recours à un sous-traitant ;

10° Le cas échéant, les transferts de données à caractère personnel envisagés à destination d'un État non membre de l'Union européenne, sous quelque forme que ce soit.

Les demandes d'avis portant sur les traitements intéressant la sûreté de l'État, la défense ou la sécurité publique peuvent ne pas comporter tous les éléments d'information énumérés ci-dessus. Un décret en Conseil d'État, pris après avis de la Commission nationale de l'informatique et des libertés, fixe la liste de ces traitements et des informations que les demandes d'avis portant sur ces traitements doivent comporter au minimum.

(1) V. T. appl. : D. n° 2013-913, 11 oct. 2013 (GPA, gestion des portefeuilles d'affaires) ; D. n° 2017-1224, 3 août 2017 (ACCReD, automatisation de la consultation centralisée de renseignements et de données) ; D. n° 2018-388, 24 mai 2018 (« pré-plainte en ligne ») ; D. n° 2018-1020, 22 nov. 2018 (« plate-forme de signalement des violences à caractère sexuel et sexiste »). – NDLR.

II. – Le responsable d'un traitement déjà autorisé et susceptible de faire l'objet d'une mise à jour rendue publique dans les conditions prévues à l'article 36 informe sans délai la commission :

1° De tout changement affectant les informations mentionnées au I ;

2° De toute suppression du traitement.

Art. 34 *(Créé à compter de la date prévue à l'article 29 de l'ordonnance n° 2018-1125 du 12 décembre 2018, et au plus tard le 1er juin 2019, Ord. n° 2018-1125, 12 déc. 2018).* **–** I. – La Commission nationale de l'informatique et des libertés, saisie dans le cadre des articles 31 ou 32, se prononce dans un délai de huit semaines à compter de la réception de la demande. Toutefois, ce délai peut être renouvelé de six semaines sur décision motivée du président.

II. – L'avis demandé à la commission sur un traitement, qui n'est pas rendu à l'expiration du délai prévu au I, est réputé favorable.

Art. 35 *(Créé à compter de la date prévue à l'article 29 de l'ordonnance n° 2018-1125 du 12 décembre 2018, et au plus tard le 1er juin 2019, Ord. n° 2018-1125, 12 déc. 2018).* **–** Les actes autorisant la création d'un traitement en application des articles 31 et 32 précisent :

1° La finalité du traitement et, le cas échéant, sa dénomination ;

2° Le service auprès duquel s'exerce le droit d'accès prévu aux articles 49, 105 et 119 ;

3° Les catégories de données à caractère personnel enregistrées ;

4° Les destinataires ou catégories de destinataires habilités à recevoir communication de ces données ;

5° Le cas échéant, les dérogations à l'obligation d'information prévues au III de l'article 116 ;

6° Le cas échéant, les limitations et restrictions aux droits des personnes concernées prévues à l'article 23 du règlement (UE) 2016/679 du 27 avril 2016 et à l'article 107.

7° Le cas échéant, la désignation, parmi les responsables conjoints du traitement, du point de contact pour les personnes concernées.

Art. 36 *(Créé à compter de la date prévue à l'article 29 de l'ordonnance n° 2018-1125 du 12 décembre 2018, et au plus tard le 1er juin 2019, Ord. n° 2018-1125, 12 déc. 2018).* **–** I. – La commission met à la disposition du public, dans un format ouvert et aisément réutilisable, la liste des traitements automatisés ayant fait l'objet d'une des formalités prévues par les articles 31 et 32, à l'exception de ceux mentionnés au III de l'article 31, ainsi que par la section 3 du chapitre III du titre II.

Cette liste précise pour chacun de ces traitements :

1° L'acte décidant la création du traitement ;

2° La finalité du traitement et, le cas échéant la dénomination ;

3° L'identité et l'adresse du responsable du traitement ou, si celui-ci n'est établi ni sur le territoire national ni sur celui d'un autre État membre de l'Union européenne, celles de son représentant ;

4° La fonction de la personne ou le service auprès duquel s'exerce le droit d'accès prévu aux articles 49, 105 et 119 ;

5° Les catégories de données à caractère personnel faisant l'objet du traitement, ainsi que les destinataires et catégories de destinataires habilités à en recevoir communication ;

6° Le cas échéant, les transferts de données à caractère personnel envisagés à destination d'un État non membre de l'Union européenne.

II. – La commission tient à la disposition du public ses avis, décisions ou recommandations.

CHAPITRE V. – Voies de recours spécifiques aux traitements de données à caractère personnel

Art. 37 *(Créé à compter de la date prévue à l'article 29 de l'ordonnance n° 2018-1125 du 12 décembre 2018, et au plus tard le 1er juin 2019, Ord. n° 2018-1125, 12 déc. 2018).* **–** I. – Sous réserve du présent article, le chapitre Ier du titre V de la loi n° 2016-1547 du 18 novembre 2016 de modernisation de la justice du XXIe siècle et le chapitre X du titre VII du livre VII du Code de justice administrative s'appliquent à l'action ouverte sur le fondement du présent article.

II. – Lorsque plusieurs personnes physiques placées dans une situation similaire subissent un dommage ayant pour cause commune un manquement de même nature aux dispositions du règlement (UE) 2016/679 du 27 avril 2016 ou de la présente loi par un responsable de traitement de données à caractère personnel ou un sous-traitant, une action de groupe peut être exercée devant la juridiction civile ou la juridiction administrative compétente au vu des cas individuels présentés par le demandeur, qui en informe la Commission nationale de l'informatique et des libertés.

III. – Cette action peut être exercée en vue soit de faire cesser le manquement mentionné au II, soit d'engager la responsabilité de la personne ayant causé le dommage afin d'obtenir la réparation des préjudices matériels et moraux subis, soit de ces deux fins.

Toutefois, la responsabilité de la personne ayant causé le dommage ne peut être engagée que si le fait générateur du dommage est postérieur au 24 mai 2018.

IV. - Peuvent seules exercer cette action :

1° Les associations régulièrement déclarées depuis cinq ans au moins ayant dans leur objet statutaire la protection de la vie privée ou la protection des données à caractère personnel ;

2° Les associations de défense des consommateurs représentatives au niveau national et agréées en application de l'article L. 811-1 du Code de la consommation, lorsque le traitement de données à caractère personnel affecte des consommateurs ;

3° Les organisations syndicales de salariés ou de fonctionnaires représentatives au sens des articles L. 2122-1, L. 2122-5 ou L. 2122-9 du Code du travail ou du III de l'article 8 *bis* de la loi n° 83-634 du 13 juillet 1983 portant droits et obligations des fonctionnaires ou les syndicats représentatifs de magistrats de l'ordre judiciaire, lorsque le traitement affecte les intérêts des personnes que les statuts de ces organisations les chargent de défendre.

Lorsque l'action tend à la réparation des préjudices subis, elle s'exerce dans le cadre de la procédure individuelle de réparation définie au chapitre Ier du titre V de la loi n° 2016-1547 du 18 novembre 2016 de modernisation de la justice du XXIe siècle et au chapitre X du titre VII du livre VII du Code de justice administrative.

Art. 38 *(Créé à compter de la date prévue à l'article 29 de l'ordonnance n° 2018-1125 du 12 décembre 2018, et au plus tard le 1er juin 2019, Ord. n° 2018-1125, 12 déc. 2018).* **–** Toute personne peut mandater une association ou une organisation mentionnée au IV de l'article 37, une association ou une organisation dont l'objet statutaire est en relation avec la protection des droits et libertés lorsque ceux-ci sont méconnus dans le cadre d'un traitement de données à caractère personnel, ou une association dont cette personne est membre et dont l'objet statutaire implique la défense d'intérêts en relation avec les finalités du traitement litigieux, aux fins d'exercer en son nom les droits prévus aux articles 77 à 79 et 82 du règlement (UE) 2016/679 du 27 avril 2016. Elle peut également les mandater pour agir devant la Commission nationale de l'informatique et des libertés, contre celle-ci devant un juge ou contre le responsable de traitement ou son sous-traitant devant une juridiction lorsqu'est en cause un traitement relevant du titre III de la présente loi.

Art. 39 *(Créé à compter de la date prévue à l'article 29 de l'ordonnance n° 2018-1125 du 12 décembre 2018, et au plus tard le 1er juin 2019, Ord. n° 2018-1125, 12 déc. 2018).* **–** Dans le cas où, saisie d'une réclamation dirigée contre un responsable de traitement ou son sous-traitant, la Commission nationale de l'informatique et des libertés estime fondés les griefs avancés relatifs à la protection des droits et libertés d'une personne à l'égard du traitement de ses données à caractère personnel, ou de manière générale afin d'assurer la protection de ces droits et libertés dans le cadre de sa mission, elle peut demander au Conseil d'État d'ordonner, le cas échéant sous astreinte, soit la suspension d'un transfert de données, soit la prolongation de la suspension d'un tel transfert qu'elle aurait elle-même préalablement ordonnée, et elle assortit alors ses conclusions d'une demande de question préjudicielle à la Cour de justice de l'Union européenne en vue d'apprécier la validité de la décision d'adéquation de la Commission européenne prise sur le fondement de l'article 45 du règlement (UE) 2016/679 du 27 avril 2016 ainsi que de tous les actes pris par la Commission européenne relativement aux garanties appropriées dans le cadre des transferts de données mentionnées à l'article 46 du même règlement.

Lorsque le transfert de données en cause ne constitue pas une opération de traitement effectuée par une juridiction dans l'exercice de sa fonction juridictionnelle, la Commission nationale de l'informatique et des libertés peut saisir, dans les mêmes conditions, le Conseil d'État aux fins d'ordonner, soit la suspension du transfert de données fondé sur une décision d'adéquation de la Commission européenne prise sur le fondement de l'article 36 de la directive (UE) 2016/680 du Parlement européen et du Conseil du 27 avril 2016, soit la prolongation de la suspension de ce transfert qu'elle aurait elle-même déjà ordonnée, dans l'attente de l'appréciation par la Cour de justice de l'Union européenne de la validité de cette décision d'adéquation.

CHAPITRE VI. – Dispositions pénales

Art. 40 *(Créé à compter de la date prévue à l'article 29 de l'ordonnance n° 2018-1125 du 12 décembre 2018, et au plus tard le 1er juin 2019, Ord. n° 2018-1125, 12 déc. 2018).* **–** Les infractions aux dispositions de la présente loi sont prévues par la section 5 du chapitre VI du titre II du livre II du Code pénal.

Art. 41 *(Créé à compter de la date prévue à l'article 29 de l'ordonnance n° 2018-1125 du 12 décembre 2018, et au plus tard le 1er juin 2019, Ord. n° 2018-1125, 12 déc. 2018).* **–** Le procureur de la République avise le président de la Commission nationale de l'informatique et des libertés de toutes les poursuites relatives aux

infractions prévues par la section 5 du chapitre VI du titre II du livre II du Code pénal et, le cas échéant, des suites qui leur sont données. Il l'informe de la date et de l'objet de l'audience de jugement par lettre recommandée adressée au moins dix jours avant cette date.
La juridiction d'instruction ou de jugement peut appeler le président de la Commission nationale de l'informatique et des libertés ou son représentant à déposer ses observations ou à les développer oralement à l'audience.

TITRE II. – Traitements relevant du régime de protection des données à caractère personnel prévu par le règlement (UE) 2016/679 du 27 avril 2016

CHAPITRE Ier. – Dispositions générales

Art. 42 *(Créé à compter de la date prévue à l'article 29 de l'ordonnance n° 2018-1125 du 12 décembre 2018, et au plus tard le 1er juin 2019, Ord. n° 2018-1125, 12 déc. 2018).* **–** I. - Le présent titre ne s'applique pas aux traitements de données à caractère personnel effectués :
1° Dans le cadre d'une activité qui ne relève pas du champ d'application du droit de l'Union européenne, notamment les traitements mentionnés au titre IV ;
2° Dans le cadre d'activités qui relèvent du champ d'application du chapitre II du titre V du traité sur l'Union européenne ;
3° Par les autorités compétentes à des fins de prévention et de détection des infractions pénales, d'enquêtes et de poursuites en la matière ou d'exécution de sanctions pénales, y compris la protection contre des menaces pour la sécurité publique et la prévention de telles menaces ;
4° Aux copies temporaires qui sont faites dans le cadre des activités techniques de transmission et de fourniture d'accès à un réseau numérique, en vue du stockage automatique, intermédiaire et transitoire des données et à seule fin de permettre à d'autres destinataires du service le meilleur accès possible aux informations transmises.
II. - Le présent titre s'applique sans préjudice des articles 32-3-3, 32-3-4 et 34-4 du Code des postes et des télécommunications relatifs à la responsabilité des prestataires de services intermédiaires tels que modifiés par l'article 9 de la loi n° 2004-575 du 21 juin 2004 pour la confiance dans l'économie numérique et 10 de la loi n° 2004-669 du 9 juillet 2004 relative aux communications électroniques et aux services de communication audiovisuelle.
III. - Le présent titre s'applique sans préjudice des dispositions de l'article 6 de la loi n° 2004-575 du 21 juin 2004 pour la confiance dans l'économie numérique.

Art. 43 *(Créé à compter de la date prévue à l'article 29 de l'ordonnance n° 2018-1125 du 12 décembre 2018, et au plus tard le 1er juin 2019, Ord. n° 2018-1125, 12 déc. 2018).* **–** Les principes, règles et conditions de licéité d'un traitement de données à caractère personnel applicables sont ceux définis au chapitre II du règlement (UE) 2016/679 du 27 avril 2016 et du chapitre Ier du titre Ier de la présente loi.

Art. 44 *(Créé à compter de la date prévue à l'article 29 de l'ordonnance n° 2018-1125 du 12 décembre 2018, et au plus tard le 1er juin 2019, Ord. n° 2018-1125, 12 déc. 2018).* **–** L'article 6 ne s'applique pas si l'une des conditions prévues au 2 de l'article 9 du règlement (UE) 2016/679 du 27 avril 2016 est remplie, ainsi que pour :
1° Les traitements nécessaires aux fins de la médecine préventive, des diagnostics médicaux, de l'administration de soins ou de traitements, ou de la gestion de services de santé et mis en œuvre par un membre d'une profession de santé, ou par une autre personne à laquelle s'impose en raison de ses fonctions l'obligation de secret professionnel dont l'atteinte est réprimée par l'article 226-13 du Code pénal ;
2° Les traitements statistiques réalisés par l'Institut national de la statistique et des études économiques ou l'un des services statistiques ministériels dans le respect de la loi n° 51-711 du 7 juin 1951 sur l'obligation, la coordination et le secret en matière de statistiques, après avis du Conseil national de l'information statistique ;
3° Les traitements comportant des données concernant la santé justifiés par l'intérêt public et conformes aux dispositions de la section 3 du chapitre III du présent titre ;
4° Les traitements conformes aux règlements types mentionnés au c du 2° du I de l'article 8 mis en œuvre par les employeurs ou les administrations qui portent sur des données biométriques strictement nécessaires au contrôle de l'accès aux lieux de travail ainsi qu'aux appareils et aux applications utilisés dans le cadre des missions confiées aux salariés, aux agents, aux stagiaires ou aux prestataires ;
5° Les traitements portant sur la réutilisation des informations publiques figurant dans les décisions mentionnées à l'article L. 10 du Code de justice administrative et à l'article L. 111-13 du Code de l'organisation judiciaire, sous réserve que ces traitements n'aient ni pour objet ni pour effet de permettre la réidentification des personnes concernées ;

6° Les traitements nécessaires à la recherche publique au sens de l'article L. 112-1 du Code de la recherche, sous réserve que des motifs d'intérêt public important les rendent nécessaires, dans les conditions prévues par le g du 2 de l'article 9 du règlement (UE) 2016/679 du 27 avril 2016, après avis motivé et publié de la Commission nationale de l'informatique et des libertés rendu selon les modalités prévues à l'article 34 de la présente loi.

Art. 45 *(Créé à compter de la date prévue à l'article 29 de l'ordonnance n° 2018-1125 du 12 décembre 2018, et au plus tard le 1er juin 2019, Ord. n° 2018-1125, 12 déc. 2018).* **–** En application du 1 de l'article 8 du règlement (UE) 2016/679 du 27 avril 2016, un mineur peut consentir seul à un traitement de données à caractère personnel en ce qui concerne l'offre directe de services de la société de l'information à compter de l'âge de quinze ans.

Lorsque le mineur est âgé de moins de quinze ans, le traitement n'est licite que si le consentement est donné conjointement par le mineur concerné et le ou les titulaires de l'autorité parentale à l'égard de ce mineur.

Le responsable de traitement rédige en des termes clairs et simples, aisément compréhensibles par le mineur, les informations et communications relatives au traitement qui le concerne.

Art. 46 *(Créé à compter de la date prévue à l'article 29 de l'ordonnance n° 2018-1125 du 12 décembre 2018, et au plus tard le 1er juin 2019, Ord. n° 2018-1125, 12 déc. 2018).* **–** Les traitements de données à caractère personnel relatives aux condamnations pénales, aux infractions ou aux mesures de sûreté connexes ne peuvent être effectués que par :

1° Les juridictions, les autorités publiques et les personnes morales gérant un service public, agissant dans le cadre de leurs attributions légales ainsi que les personnes morales de droit privé collaborant au service public de la justice et appartenant à des catégories dont la liste est fixée par décret en Conseil d'État, pris après avis motivé et publié de la Commission nationale de l'informatique et des libertés, dans la mesure strictement nécessaire à leur mission ;

2° Les auxiliaires de justice, pour les stricts besoins de l'exercice des missions qui leur sont confiées par la loi ;

3° Les personnes physiques ou morales, aux fins de leur permettre de préparer et, le cas échéant, d'exercer et de suivre une action en justice en tant que victime, mise en cause, ou pour le compte de ceux-ci et de faire exécuter la décision rendue, pour une durée strictement proportionnée à ces finalités. La communication à un tiers n'est alors possible que sous les mêmes conditions et dans la mesure strictement nécessaire à la poursuite de ces mêmes finalités ;

4° Les personnes morales mentionnées aux articles L. 321-1 et L. 331-1 du Code de la propriété intellectuelle, agissant au titre des droits dont elles assurent la gestion ou pour le compte des victimes d'atteintes aux droits prévus aux livres Ier, II et III du même code aux fins d'assurer la défense de ces droits ;

5° Les réutilisateurs des informations publiques figurant dans les décisions mentionnées à l'article L. 10 du Code de justice administrative et à l'article L. 111-13 du Code de l'organisation judiciaire, sous réserve que les traitements mis en œuvre n'aient ni pour objet ni pour effet de permettre la réidentification des personnes concernées.

Art. 47 *(Créé à compter de la date prévue à l'article 29 de l'ordonnance n° 2018-1125 du 12 décembre 2018, et au plus tard le 1er juin 2019, Ord. n° 2018-1125, 12 déc. 2018).* **–** Aucune décision de justice impliquant une appréciation sur le comportement d'une personne ne peut avoir pour fondement un traitement automatisé de données à caractère personnel destiné à évaluer certains aspects de la personnalité de cette personne.

Aucune décision produisant des effets juridiques à l'égard d'une personne ou l'affectant de manière significative ne peut être prise sur le seul fondement d'un traitement automatisé de données à caractère personnel, y compris le profilage, à l'exception :

1° Des cas mentionnés aux a et c du 2 de l'article 22 du règlement (UE) 2016/679 du 27 avril 2016, sous les réserves mentionnées au 3 du même article 22 et à condition que les règles définissant le traitement ainsi que les principales caractéristiques de sa mise en œuvre soient communiquées, à l'exception des secrets protégés par la loi, par le responsable de traitement à l'intéressé s'il en fait la demande ;

2° Des décisions administratives individuelles prises dans le respect de l'article L. 311-3-1 et du chapitre Ier du titre Ier du livre IV du Code des relations entre le public et l'administration, à condition que le traitement ne porte pas sur des données mentionnées au I de l'article 6 de la présente loi. Ces décisions comportent, à peine de nullité, la mention explicite prévue à l'article L. 311-3-1 du Code des relations entre le public et l'administration. Pour ces décisions, le responsable de traitement s'assure de la maîtrise du traitement algorithmique et de ses évolutions afin de pouvoir expliquer, en détail et sous une forme intelligible, à la personne concernée la manière dont le traitement a été mis en œuvre à son égard.

Par dérogation au 2° du présent article, aucune décision par laquelle l'administration se prononce sur un recours administratif mentionné au titre Ier du livre IV du Code des relations entre le public et l'administration ne peut être prise sur le seul fondement d'un traitement automatisé de données à caractère personnel.

CHAPITRE II. – Droits de la personne concernée

Art. 48 *(Créé à compter de la date prévue à l'article 29 de l'ordonnance n° 2018-1125 du 12 décembre 2018, et au plus tard le 1er juin 2019, Ord. n° 2018-1125, 12 déc. 2018 ; L. n° 2021-998, 30 juill. 2021).* **–** Le droit à l'information s'exerce dans les conditions prévues aux articles 12 à 14 du règlement (UE) 2016/679 du 27 avril 2016.

En particulier, lorsque les données à caractère personnel sont collectées auprès d'un mineur de moins de quinze ans, le responsable de traitement transmet au mineur les informations mentionnées à l'article 13 de ce règlement dans un langage clair et facilement accessible.

La personne auprès de laquelle sont recueillies des données à caractère personnel la concernant est également informée, sauf si elle l'a été au préalable, par le responsable du traitement ou son représentant du droit de définir des directives relatives au sort de ses données à caractère personnel après sa mort, dans les conditions prévues à l'article 85.

En application de l'article 23 du même règlement, le droit à l'information ne s'applique pas aux données collectées dans les conditions prévues à l'article 14 de ce règlement et utilisées lors d'un traitement mis en œuvre pour le compte de l'État et intéressant la sécurité publique, dans la mesure où une telle limitation est nécessaire au respect des fins poursuivies par ce traitement et prévue par l'acte instaurant le traitement.

Il est fait application des dispositions de l'alinéa précédent lorsque le traitement est mis en œuvre par les administrations publiques qui ont pour mission soit de contrôler ou de recouvrer des impositions soit d'effectuer des contrôles de l'activité de personnes physiques ou morales pouvant donner lieu à la constatation d'une infraction ou d'un manquement, à des amendes administratives ou à des pénalités.

Le premier alinéa ne s'applique pas à l'information selon laquelle des données à caractère personnel ont été transmises en application du premier alinéa de l'article L. 863-2 du Code de la sécurité intérieure.

Art. 49 *(Créé à compter de la date prévue à l'article 29 de l'ordonnance n° 2018-1125 du 12 décembre 2018, et au plus tard le 1er juin 2019, Ord. n° 2018-1125, 12 déc. 2018 ; L. n° 2021-998, 30 juill. 2021).* **–** Le droit d'accès de la personne concernée s'exerce dans les conditions prévues à l'article 15 du règlement (UE) 2016/679 du 27 avril 2016.

En cas de risque de dissimulation ou de disparition des données à caractère personnel, le juge compétent peut ordonner, y compris en référé, toutes mesures de nature à éviter cette dissimulation ou cette disparition.

Le même premier alinéa ne s'applique pas :

1° Lorsque les données à caractère personnel sont conservées sous une forme excluant manifestement tout risque d'atteinte à la vie privée et à la protection des données des personnes concernées, pendant une durée n'excédant pas celle nécessaire aux seules finalités d'établissement de statistiques ou de réalisation de recherches scientifiques ou historiques ;

2° À l'information selon laquelle des données à caractère personnel ont été transmises en application du premier alinéa de l'article L. 863-2 du Code de la sécurité intérieure.

Art. 50 *(Créé à compter de la date prévue à l'article 29 de l'ordonnance n° 2018-1125 du 12 décembre 2018, et au plus tard le 1er juin 2019, Ord. n° 2018-1125, 12 déc. 2018).* **–** Le droit de rectification s'exerce dans les conditions prévues à l'article 16 du règlement (UE) 2016/679 du 27 avril 2016.

Art. 51 *(Créé à compter de la date prévue à l'article 29 de l'ordonnance n° 2018-1125 du 12 décembre 2018, et au plus tard le 1er juin 2019, Ord. n° 2018-1125, 12 déc. 2018).* **–** I. - Le droit à l'effacement s'exerce dans les conditions prévues à l'article 17 du règlement (UE) 2016/679 du 27 avril 2016.

II. - En particulier, sur demande de la personne concernée, le responsable du traitement est tenu d'effacer dans les meilleurs délais les données à caractère personnel qui ont été collectées dans le cadre de l'offre de services de la société de l'information lorsque la personne concernée était mineure au moment de la collecte. Lorsqu'il a transmis les données en cause à un tiers lui-même responsable de traitement, il prend des mesures raisonnables, y compris d'ordre technique, compte tenu des technologies disponibles et des coûts de mise en œuvre, pour informer le tiers qui traite ces données que la personne concernée a demandé l'effacement de tout lien vers celles-ci, ou de toute copie ou de toute reproduction de celles-ci.

En cas de non-exécution de l'effacement des données à caractère personnel ou en cas d'absence de réponse du responsable du traitement dans un délai d'un mois à compter de la demande, la personne concernée peut saisir la Commission nationale de l'informatique et des libertés, qui se prononce sur cette demande dans un délai de trois semaines à compter de la date de réception de la réclamation.

Art. 52 *(Créé à compter de la date prévue à l'article 29 de l'ordonnance n° 2018-1125 du 12 décembre 2018, et au plus tard le 1er juin 2019, Ord. n° 2018-1125, 12 déc. 2018).* **–** Par dérogation aux articles 49 à 51, pour les traitements mis en œuvre par les administrations publiques et les personnes privées chargées d'une mission de service public qui ont pour mission de contrôler ou recouvrer des impositions, les droit d'accès, de rectification et d'effacement s'exercent dans les conditions prévues à l'article 118, si de telles restrictions ont été prévues par l'acte instaurant le traitement.

Il est fait application des mêmes dispositions lorsque le traitement intéresse la sécurité publique, sous réserve de l'application des dispositions du titre III.

Par dérogation aux articles 49 à 51, pour les traitements mis en œuvre par les juridictions financières, dans le cadre de leurs missions non juridictionnelles prévues par le Code des juridictions financières, notamment lorsque de telles missions sont susceptibles de révéler des irrégularités appelant la mise en œuvre d'une procédure juridictionnelle, le droit d'accès peut être limité dans les conditions prévues aux e et h du 1 de l'article 23 du règlement (UE) 2016/679 du 27 avril 2016.

Art. 53 *(Créé à compter de la date prévue à l'article 29 de l'ordonnance n° 2018-1125 du 12 décembre 2018, et au plus tard le 1er juin 2019, Ord. n° 2018-1125, 12 déc. 2018)*. **–** Le droit à la limitation du traitement s'exerce dans les conditions prévues à l'article 18 du règlement (UE) 2016/679 du 27 avril 2016.

Art. 54 *(Créé à compter de la date prévue à l'article 29 de l'ordonnance n° 2018-1125 du 12 décembre 2018, et au plus tard le 1er juin 2019, Ord. n° 2018-1125, 12 déc. 2018)*. **–** L'obligation de notification en cas de rectification ou d'effacement de données à caractère personnel ou la limitation du traitement s'exerce dans les conditions prévues à l'article 19 du règlement (UE) 2016/679 du 27 avril 2016.

Art. 55 *(Créé à compter de la date prévue à l'article 29 de l'ordonnance n° 2018-1125 du 12 décembre 2018, et au plus tard le 1er juin 2019, Ord. n° 2018-1125, 12 déc. 2018)*. **–** Le droit à la portabilité des données s'exerce dans les conditions prévues à l'article 20 du règlement (UE) 2016/679 du 27 avril 2016.

Art. 56 *(Créé à compter de la date prévue à l'article 29 de l'ordonnance n° 2018-1125 du 12 décembre 2018, et au plus tard le 1er juin 2019, Ord. n° 2018-1125, 12 déc. 2018)*. **–** Le droit d'opposition s'exerce dans les conditions prévues à l'article 21 du règlement (UE) 2016/679 du 27 avril 2016.

Ce droit ne s'applique pas lorsque le traitement répond à une obligation légale ou, dans les conditions prévues à l'article 23 du même règlement, lorsque l'application de ces dispositions a été écartée par une disposition expresse de l'acte instaurant le traitement.

CHAPITRE III. – Obligations incombant au responsable du traitement et au sous-traitant

Section 1. – Obligations générales

Art. 57 *(Créé à compter de la date prévue à l'article 29 de l'ordonnance n° 2018-1125 du 12 décembre 2018, et au plus tard le 1er juin 2019, Ord. n° 2018-1125, 12 déc. 2018)*. **–** En application de l'article 24 du règlement (UE) 2016/679 du 27 avril 2016, le responsable du traitement met en œuvre des mesures techniques et organisationnelles appropriées pour s'assurer et être en mesure de démontrer que le traitement est effectué conformément à ce même règlement et à la présente loi.

Le responsable du traitement et, le cas échéant, son représentant tiennent le registre des activités de traitement dans les conditions prévues à l'article 30 de ce règlement. Ils désignent un délégué à la protection des données dans les conditions prévues par la section 4 du chapitre IV du même règlement.

Art. 58 *(Créé à compter de la date prévue à l'article 29 de l'ordonnance n° 2018-1125 du 12 décembre 2018, et au plus tard le 1er juin 2019, Ord. n° 2018-1125, 12 déc. 2018)*. **–** I. - Le responsable de traitement notifie à la Commission nationale de l'informatique et des libertés et communique à la personne concernée toute violation de données à caractère personnel en application des articles 33 et 34 du règlement (UE) 2016/679 du 27 avril 2016.

II. - Un décret en Conseil d'État, pris après avis de la Commission nationale de l'informatique et des libertés, fixe la liste des traitements et des catégories de traitements autorisés à déroger au droit à la communication d'une violation de données régi par l'article 34 du même règlement lorsque la notification d'une divulgation ou d'un accès non autorisé à ces données est susceptible de représenter un risque pour la sécurité nationale, la défense nationale ou la sécurité publique.

La dérogation prévue au présent article n'est applicable qu'aux seuls traitements de données à caractère personnel nécessaires au respect d'une obligation légale qui requiert le traitement de ces données ou à l'exercice d'une mission d'intérêt public dont est investi le responsable de traitement.

Art. 59 *(Créé à compter de la date prévue à l'article 29 de l'ordonnance n° 2018-1125 du 12 décembre 2018, et au plus tard le 1er juin 2019, Ord. n° 2018-1125, 12 déc. 2018)*. **–** Lorsque les finalités et les moyens du traitement sont déterminés par plusieurs responsables du traitement, leurs obligations respectives s'exercent dans les conditions prévues à l'article 26 du règlement (UE) 2016/679 du 27 avril 2016 et par la présente loi.

Art. 60 *(Créé à compter de la date prévue à l'article 29 de l'ordonnance n° 2018-1125 du 12 décembre 2018, et au plus tard le 1er juin 2019, Ord. n° 2018-1125, 12 déc. 2018)*. **–** La qualité de sous-traitant n'exonère en rien du respect des dispositions applicables du règlement (UE) 2016/679 du 27 avril 2016 et de la présente loi.

Le traitement réalisé par un sous-traitant est régi par un contrat ou tout acte juridique qui lie le sous-traitant à l'égard du responsable du traitement, sous une forme écrite, y compris en format électronique, respectant les conditions prévues à l'article 28 du règlement.

Le sous-traitant et, le cas échéant, son représentant doivent tenir le registre mentionné à l'article 30 de ce même règlement.

Lorsqu'un sous-traitant a recours à un autre sous-traitant pour mener les activités de traitement spécifiques pour le compte du responsable du traitement, il conclut avec ce sous-traitant le contrat mentionné au deuxième alinéa. Le troisième alinéa s'applique également.

Art. 61 *(Créé à compter de la date prévue à l'article 29 de l'ordonnance n° 2018-1125 du 12 décembre 2018, et au plus tard le 1er juin 2019, Ord. n° 2018-1125, 12 déc. 2018)*. **–** Conformément à l'article 29 du règlement (UE) 2016/679 du 27 avril 2016, sauf dispositions législatives ou réglementaires contraires, il est interdit au sous-traitant ou à toute autre personne agissant sous l'autorité du responsable du traitement ou sous celle du sous-traitant ayant accès à des données à caractère personnel de traiter ces données sans l'accord du responsable du traitement.

Section 2. – Obligations en cas de traitement susceptible d'engendrer un risque élevé pour les droits et libertés des personnes physiques

Art. 62 *(Créé à compter de la date prévue à l'article 29 de l'ordonnance n° 2018-1125 du 12 décembre 2018, et au plus tard le 1er juin 2019, Ord. n° 2018-1125, 12 déc. 2018)*. **–** Le responsable du traitement effectue préalablement à la mise en œuvre du traitement une analyse d'impact des opérations de traitement envisagées sur la protection des données à caractère personnel dans les conditions prévues à l'article 35 du règlement (UE) 2016/679 du 27 avril 2016.

Art. 63 *(Créé à compter de la date prévue à l'article 29 de l'ordonnance n° 2018-1125 du 12 décembre 2018, et au plus tard le 1er juin 2019, Ord. n° 2018-1125, 12 déc. 2018)*. **–** Conformément à l'article 36 du règlement (UE) 2016/679 du 27 avril 2016, le responsable du traitement est tenu de consulter la Commission nationale de l'informatique et des libertés préalablement à la mise en œuvre du traitement lorsqu'il ressort de l'analyse d'impact prévue à l'article 62 que le traitement présenterait un risque élevé si le responsable du traitement ne prenait pas de mesures pour atténuer le risque.

Section 3. – Traitements de données à caractère personnel dans le domaine de la santé

Art. 64 *(Créé à compter de la date prévue à l'article 29 de l'ordonnance n° 2018-1125 du 12 décembre 2018, et au plus tard le 1er juin 2019, Ord. n° 2018-1125, 12 déc. 2018)*. **–** Lorsque l'exercice du droit d'accès s'applique à des données de santé à caractère personnel, celles-ci peuvent être communiquées à la personne concernée, selon son choix, directement ou par l'intermédiaire d'un médecin qu'elle désigne à cet effet, dans le respect des dispositions de l'article L. 1111-7 du Code de la santé publique.

Sous-section 1. – Dispositions générales

Art. 65 *(Créé à compter de la date prévue à l'article 29 de l'ordonnance n° 2018-1125 du 12 décembre 2018, et au plus tard le 1er juin 2019, Ord. n° 2018-1125, 12 déc. 2018)*. **–** Les traitements contenant des données concernant la santé des personnes sont soumis, outre à celles du règlement (UE) 2016/679 du 27 avril 2016, aux dispositions de la présente section, à l'exception des catégories de traitements suivantes :

1° Les traitements relevant du 1° de l'article 44 de la présente loi et des *a* et *c* à *f* du 2 de l'article 9 du règlement (UE) 2016/679 du 27 avril 2016 ;

2° Les traitements permettant d'effectuer des études à partir des données recueillies en application du 1° de l'article 44 de la présente loi lorsque ces études sont réalisées par les personnels assurant ce suivi et destinées à leur usage exclusif ;

3° Les traitements mis en œuvre *(Mots remplacés, L. n° 2019-774, 24 juill. 2019)* « pour l'exercice de leurs missions » par les organismes chargés de la gestion d'un régime de base d'assurance maladie ainsi que la prise en charge des prestations par les organismes d'assurance maladie complémentaire ;

4° Les traitements effectués au sein des établissements de santé par les médecins responsables de l'information médicale, dans les conditions prévues au deuxième alinéa de l'article L. 6113-7 du Code de la santé publique ;

5° Les traitements effectués par les agences régionales de santé, par l'État et par la personne publique qu'il désigne en application du premier alinéa de l'article L. 6113-8 du même code, dans le cadre défini au même article L. 6113-8 ;

6° *(6° créé à compter du 2 juin 2019, L. n° 2019-774, 24 juill. 2019)* Les traitements mis en œuvre par l'État aux fins de conception, de suivi ou d'évaluation des politiques publiques dans le domaine de la santé ainsi que ceux réalisés aux fins de collecte, d'exploitation et de diffusion des statistiques dans ce domaine.

Art. 66 *(Créé à compter de la date prévue à l'article 29 de l'ordonnance n° 2018-1125 du 12 décembre 2018, et au plus tard le 1er juin 2019, Ord. n° 2018-1125, 12 déc. 2018).* **–** I. - Les traitements relevant de la présente section ne peuvent être mis en œuvre qu'en considération de la finalité d'intérêt public qu'ils présentent. La garantie de normes élevées de qualité et de sécurité des soins de santé et des médicaments ou des dispositifs médicaux constitue une finalité d'intérêt public.

II. - Des référentiels et règlements types, au sens des *b* et *c* du 2° du I de l'article 8, s'appliquant aux traitements relevant de la présente section sont établis par la Commission nationale de l'informatique et des libertés, en concertation avec *(Mots remplacés à compter de la date d'approbation de la convention constitutive de la Plateforme des données de santé, et au plus tard le 31 décembre 2019, L. n° 2019-774, 24 juill. 2019)* « la Plateforme des données de santé mentionnée » à l'article L. 1462-1 du Code de la santé publique et des organismes publics et privés représentatifs des acteurs concernés.

Les traitements conformes à ces référentiels peuvent être mis en œuvre à la condition que leurs responsables adressent préalablement à la Commission nationale de l'informatique et des libertés une déclaration attestant de cette conformité.

Ces référentiels peuvent également porter sur la description et les garanties de procédure permettant la mise à disposition en vue de leur traitement de jeux de données de santé présentant un faible risque d'impact sur la vie privée.

III. - Les traitements mentionnés au I qui ne sont pas conformes à un référentiel mentionné au II ne peuvent être mis en œuvre qu'après autorisation de la Commission nationale de l'informatique et des libertés. La demande d'autorisation est présentée dans les formes prévues à l'article 33.

IV. - La Commission nationale de l'informatique et des libertés peut, par décision unique, délivrer à un même demandeur une autorisation pour des traitements répondant à une même finalité, portant sur des catégories de données identiques et ayant des catégories de destinataires identiques.

V. - La Commission nationale de l'informatique et des libertés se prononce dans un délai de deux mois à compter de la réception de la demande. Toutefois, ce délai peut être prolongé une fois pour la même durée sur décision motivée de son président ou lorsque *(Mots remplacés à compter du 2 juin 2019, L. n° 2019-774, 24 juill. 2019)* « le comité éthique et scientifique pour les recherches, les études et les évaluations dans le domaine de la santé » est saisi en application du second alinéa de l'article 72.

Lorsque la Commission nationale de l'informatique et des libertés ne s'est pas prononcée dans ces délais, la demande d'autorisation est réputée acceptée. Cette disposition n'est toutefois pas applicable si l'autorisation fait l'objet d'un avis préalable en application de la sous-section 2 de la présente section et que l'avis ou les avis rendus ne sont pas expressément favorables.

Art. 67 *(Créé à compter de la date prévue à l'article 29 de l'ordonnance n° 2018-1125 du 12 décembre 2018, et au plus tard le 1er juin 2019, Ord. n° 2018-1125, 12 déc. 2018).* **–** Par dérogation à l'article 66, les traitements de données à caractère personnel dans le domaine de la santé mis en œuvre par les organismes ou les services chargés d'une mission de service public figurant sur une liste fixée par arrêté des ministres chargés de la santé et de la sécurité sociale, pris après avis de la Commission nationale de l'informatique et des libertés, ayant pour seule finalité de répondre, en cas de situation d'urgence, à une alerte sanitaire et d'en gérer les suites, au sens de la section 1 du chapitre III du titre Ier du livre IV de la première partie du Code de la santé publique, sont soumis aux seules dispositions de la section 3 du chapitre IV du règlement (UE) 2016/679 du 27 avril 2016.

Les traitements mentionnés au premier alinéa du présent article qui utilisent le numéro d'inscription des personnes au répertoire national d'identification des personnes physiques sont mis en œuvre dans les conditions prévues à l'article 30 de la présente loi.

Les dérogations régies par le premier alinéa du présent article prennent fin un an après la création du traitement si ce dernier continue à être mis en œuvre au-delà de ce délai.

Art. 68 *(Créé à compter de la date prévue à l'article 29 de l'ordonnance n° 2018-1125 du 12 décembre 2018, et au plus tard le 1er juin 2019, Ord. n° 2018-1125, 12 déc. 2018).* **–** Nonobstant les règles relatives au secret professionnel, les membres des professions de santé peuvent transmettre au responsable d'un traitement de données autorisé en application de l'article 66 les données à caractère personnel qu'ils détiennent.

Lorsque ces données permettent l'identification des personnes, leur transmission doit être effectuée dans des conditions de nature à garantir leur confidentialité. La Commission nationale de l'informatique et des libertés peut adopter des recommandations ou des référentiels sur les procédés techniques à mettre en œuvre.

Lorsque le résultat du traitement de données est rendu public, l'identification directe ou indirecte des personnes concernées doit être impossible.

Les personnes appelées à mettre en œuvre le traitement de données ainsi que celles qui ont accès aux données sur lesquelles il porte sont astreintes au secret professionnel sous les peines prévues à l'article 226-13 du Code pénal.

Art. 69 *(Créé à compter de la date prévue à l'article 29 de l'ordonnance n° 2018-1125 du 12 décembre 2018, et au plus tard le 1er juin 2019, Ord. n° 2018-1125, 12 déc. 2018)*. **–** Les personnes auprès desquelles sont recueillies des données à caractère personnel ou à propos desquelles de telles données sont transmises sont individuellement informées conformément aux dispositions du règlement (UE) 2016/679 du 27 avril 2016.

Toutefois, ces informations peuvent ne pas être délivrées si la personne concernée a entendu faire usage du droit qui lui est reconnu par l'article L. 1111-2 du Code de la santé publique d'être laissée dans l'ignorance d'un diagnostic ou d'un pronostic.

Art. 70 *(Créé à compter de la date prévue à l'article 29 de l'ordonnance n° 2018-1125 du 12 décembre 2018, et au plus tard le 1er juin 2019, Ord. n° 2018-1125, 12 déc. 2018)*. **–** Sont destinataires de l'information et exercent les droits de la personne concernée par le traitement les titulaires de l'exercice de l'autorité parentale, pour les mineurs, ou la personne chargée d'une mission de représentation dans le cadre d'une tutelle, d'une habilitation familiale ou d'un mandat de protection future, pour les majeurs protégés dont l'état ne leur permet pas de prendre seuls une décision personnelle éclairée.

Par dérogation au premier alinéa du présent article, pour les traitements de données à caractère personnel réalisés dans le cadre de recherches mentionnées aux 2° et 3° de l'article L. 1121-1 du Code de la santé publique ou d'études ou d'évaluations dans le domaine de la santé, ayant une finalité d'intérêt public et incluant des personnes mineures, l'information peut être effectuée auprès d'un seul des titulaires de l'exercice de l'autorité parentale s'il est impossible d'informer l'autre titulaire ou s'il ne peut être consulté dans des délais compatibles avec les exigences méthodologiques propres à la réalisation de la recherche, de l'étude ou de l'évaluation au regard de ses finalités. Le présent alinéa ne fait pas obstacle à l'exercice ultérieur, par chaque titulaire de l'exercice de l'autorité parentale, des droits mentionnés au premier alinéa.

Pour ces traitements, le mineur âgé de quinze ans ou plus peut s'opposer à ce que les titulaires de l'exercice de l'autorité parentale aient accès aux données le concernant recueillies au cours de la recherche, de l'étude ou de l'évaluation. Le mineur reçoit alors l'information et exerce seul ses droits.

Pour ces mêmes traitements, le mineur âgé de quinze ans ou plus peut s'opposer à ce que les titulaires de l'exercice de l'autorité parentale soient informés du traitement de données si le fait d'y participer conduit à révéler une information sur une action de prévention, un dépistage, un diagnostic, un traitement ou une intervention pour laquelle le mineur s'est expressément opposé à la consultation des titulaires de l'autorité parentale, en application des articles L. 1111-5 et L. 1111-5-1 du Code de la santé publique, ou si les liens de famille sont rompus et que le mineur bénéficie à titre personnel du remboursement des prestations en nature de l'assurance maladie et maternité et de la couverture complémentaire mise en place par la loi n° 99-641 du 27 juillet 1999 portant création d'une couverture maladie universelle. Il exerce alors seul ses droits.

Art. 71 *(Créé à compter de la date prévue à l'article 29 de l'ordonnance n° 2018-1125 du 12 décembre 2018, et au plus tard le 1er juin 2019, Ord. n° 2018-1125, 12 déc. 2018)*. **–** Une information relative aux dispositions de la présente sous-section doit être assurée notamment dans tout établissement ou centre où s'exercent des activités de prévention, de diagnostic et de soins donnant lieu à la transmission de données à caractère personnel en vue d'un traitement mentionné au présent titre.

Sous-section 2. – Dispositions particulières relatives aux traitements à des fins de recherche, d'étude ou d'évaluation dans le domaine de la santé

Art. 72 *(Créé à compter de la date prévue à l'article 29 de l'ordonnance n° 2018-1125 du 12 décembre 2018, et au plus tard le 1er juin 2019, Ord. n° 2018-1125, 12 déc. 2018)*. **–** Les traitements automatisés de données à caractère personnel dont la finalité est ou devient la recherche ou les études dans le domaine de la santé ainsi que l'évaluation ou l'analyse des pratiques ou des activités de soins ou de prévention sont soumis à la sous-section 1 de la présente section, sous réserve de la présente sous-section.

(Mots rempl. à compter du 2 juin 2019, L. n° 2019-774, 24 juill. 2019) « Le comité éthique et scientifique pour les recherches, les études et les évaluations dans le domaine de la santé » peut se saisir ou être saisi, dans des conditions définies par décret en Conseil d'État, par la Commission nationale de l'informatique et des libertés ou le ministre chargé de la santé sur le caractère d'intérêt public que présentent les traitements mentionnés au premier alinéa du présent article.

Art. 73 *(Créé à compter de la date prévue à l'article 29 de l'ordonnance n° 2018-1125 du 12 décembre 2018, et au plus tard le 1er juin 2019, Ord. n° 2018-1125, 12 déc. 2018).* **–** Au titre des référentiels mentionnés au II de l'article 66 de la présente loi, des méthodologies de référence sont homologuées et publiées par la Commission nationale de l'informatique et des libertés. Elles sont établies en concertation avec *(Mots rempl. à compter de la date d'approbation de la convention constitutive de la Plateforme des données de santé, et au plus tard le 31 décembre 2019, L. n° 2019-774, 24 juill. 2019)* « la Plateforme des données de santé » mentionnée à l'article L. 1462-1 du Code de la santé publique et des organismes publics et privés représentatifs des acteurs concernés.

Lorsque le traitement est conforme à une méthodologie de référence, il peut être mis en œuvre, sans autorisation mentionnée à l'article 66 de la présente loi, à la condition que son responsable adresse préalablement à la Commission nationale de l'informatique et des libertés une déclaration attestant de cette conformité.

Art. 74 *(Créé à compter de la date prévue à l'article 29 de l'ordonnance n° 2018-1125 du 12 décembre 2018, et au plus tard le 1er juin 2019, Ord. n° 2018-1125, 12 déc. 2018).* **–** Toute personne a le droit de s'opposer à ce que des données à caractère personnel la concernant fassent l'objet de la levée du secret professionnel rendue nécessaire par un traitement de la nature de ceux mentionnés à l'article 65.

Art. 75 *(Créé à compter de la date prévue à l'article 29 de l'ordonnance n° 2018-1125 du 12 décembre 2018, et au plus tard le 1er juin 2019, Ord. n° 2018-1125, 12 déc. 2018 ; L. n° 2021-1017, 2 août 2021).* **–** Dans le cas où la recherche nécessite l'examen des caractéristiques génétiques, le consentement éclairé et exprès des personnes concernées doit être obtenu préalablement à la mise en œuvre du traitement de données. Le présent article n'est pas applicable aux recherches réalisées en application de l'article L. 1130-5 du Code de la santé publique.

Art. 76 *(Créé à compter de la date prévue à l'article 29 de l'ordonnance n° 2018-1125 du 12 décembre 2018, et au plus tard le 1er juin 2019, Ord. n° 2018-1125, 12 déc. 2018).* **–** L'autorisation du traitement est accordée par la Commission nationale de l'informatique et des libertés dans les conditions définies à l'article 66, après avis :

1° Du comité compétent de protection des personnes mentionné à l'article L. 1123-6 du Code de la santé publique, pour les demandes d'autorisation relatives aux recherches impliquant la personne humaine mentionnées à l'article L. 1121-1 du même code ;

2° *(2° rempl. à compter du 2 juin 2019, L. n° 2019-774, 24 juill. 2019)* Du comité éthique et scientifique pour les recherches, les études et les évaluations dans le domaine de la santé, pour les demandes d'autorisation relatives à des études ou à des évaluations ainsi qu'à des recherches n'impliquant pas la personne humaine, au sens du 1° du présent article.

Ce comité est composé de manière à garantir son indépendance et la diversité des compétences dans le domaine des traitements concernant la santé et à l'égard des questions scientifiques, éthiques, sociales et juridiques. Il est composé en recherchant une représentation équilibrée des femmes et des hommes. Il comporte, en son sein, des représentants d'associations de malades ou d'usagers du système de santé agréées désignés au titre des dispositions de l'article L. 1114-1 du Code de la santé publique.

Les membres du comité, les personnes appelées à collaborer à ses travaux et les agents relevant du statut général des fonctionnaires ou du statut général des militaires qui en sont dépositaires sont tenus, dans les conditions et sous les peines prévues aux articles 226-13 et 226-14 du Code pénal, de garder secrètes les informations dont ils peuvent avoir connaissance à raison de leurs fonctions et qui sont relatives à la nature des recherches, études ou évaluations, aux personnes qui les organisent ou aux produits, objets ou méthodes faisant l'objet de la recherche.

Ne peuvent valablement participer à une délibération les personnes qui ne sont pas indépendantes du promoteur et de l'investigateur de la recherche, de l'étude ou de l'évaluation examinée.

Un décret en Conseil d'État, pris après avis de la Commission nationale de l'informatique et des libertés, fixe la composition du comité éthique et scientifique et définit ses règles de fonctionnement. Les membres du comité sont soumis à l'article L. 1451-1 du Code de la santé publique.

Les dossiers présentés dans le cadre de la présente section, à l'exclusion des recherches impliquant la personne humaine, sont déposés auprès d'un secrétariat unique assuré par *(Mots rempl. à compter de la date d'approbation de la convention constitutive de la Plateforme des données de santé, et au plus tard le*

31 décembre 2019, L. n° 2019-774, 24 juill. 2019) « la Plateforme » des données de santé, qui assure leur orientation vers les instances compétentes.

Art. 77 *(Créé à compter de la date prévue à l'article 29 de l'ordonnance n° 2018-1125 du 12 décembre 2018, et au plus tard le 1er juin 2019, Ord. n° 2018-1125, 12 déc. 2018)*. – Dans le respect des missions et des pouvoirs de la Commission nationale de l'informatique et des libertés et aux fins de renforcer la bonne application des règles de sécurité et de protection des données, un comité d'audit du système national des données de santé est institué. Ce comité d'audit définit une stratégie d'audit puis une programmation, dont il informe la commission. Il fait réaliser des audits sur l'ensemble des systèmes réunissant, organisant ou mettant à disposition tout ou partie des données du système national des données de santé à des fins de recherche, d'étude ou d'évaluation ainsi que sur les systèmes composant le système national des données de santé.

(Al. mod. à compter de la date d'approbation de la convention constitutive de la Plateforme des données de santé, et au plus tard le 31 décembre 2019, L. n° 2019-774, 24 juill. 2019) Le comité d'audit comprend des représentants des services des ministères chargés de la santé, de la sécurité sociale et de la solidarité, des responsables des traitements du système national des données de santé, des autres producteurs de données du système national des données de santé, de la Plateforme des données de santé, ainsi qu'une personne représentant les acteurs privés du domaine de la santé. Des personnalités qualifiées peuvent y être désignées. Le président de la Commission nationale de l'informatique et des libertés, ou son représentant, y assiste en tant qu'observateur.

Les audits, dont le contenu est défini par le comité d'audit, sont réalisés par des prestataires sélectionnés selon des critères et modalités permettant de disposer de garanties attestant de leur compétence en matière d'audit de systèmes d'information et de leur indépendance à l'égard de l'entité auditée.

Le prestataire retenu soumet au président du comité d'audit la liste des personnes en charge de chaque audit et les informations permettant de garantir leurs compétences et leur indépendance.

Les missions d'audit s'exercent sur pièces et sur place. La procédure suivie inclut une phase contradictoire. La communication des données médicales individuelles ne peut se faire que sous l'autorité et en présence d'un médecin, s'agissant des informations qui figurent dans un traitement nécessaire aux fins de la médecine préventive, de la recherche médicale, des diagnostics médicaux, de l'administration de soins ou de traitements, ou de la gestion de service de santé.

Pour chaque mission diligentée, des échanges ont lieu, si nécessaire, entre les personnes en charge des audits, le président du comité d'audit, *(Mots rempl. à compter du 2 juin 2019, L. n° 2019-774, 24 juill. 2019)* « les responsables des traitements mentionnés » au II de l'article L. 1461-1 du Code de la santé publique et le président de la Commission nationale de l'informatique et des libertés.

Si le comité d'audit a connaissance d'informations de nature à révéler des manquements graves en amont ou au cours d'un audit ou en cas d'opposition ou d'obstruction à l'audit, un signalement est adressé sans délai par le président du comité d'audit au président de la Commission nationale de l'informatique et des libertés.

Chaque mission diligentée établit un rapport relevant notamment les anomalies constatées et les manquements aux règles applicables aux systèmes d'information audités.

Si la mission constate, à l'issue de l'audit, de graves manquements, elle en informe sans délai le président du comité d'audit, qui informe sans délai le président de la Commission nationale de l'informatique et des libertés et *(Mots rempl. à compter du 2 juin 2019, L. n° 2019-774, 24 juill. 2019)* « les responsables des traitements mentionnés » au II de l'article L. 1461-1 du Code de la santé publique.

(Al. mod. à compter du 2 juin 2019, L. n° 2019-774, 24 juill. 2019) En cas d'urgence, les responsables des traitements mentionnés au II de l'article L. 1461-1 du Code de la santé publique peuvent suspendre temporairement l'accès au système national des données de santé avant le terme de l'audit s'ils disposent d'éléments suffisamment préoccupants concernant des manquements graves aux règles précitées. Ils doivent en informer immédiatement le président du comité et le président de la commission. Le rétablissement de l'accès ne peut se faire qu'avec l'accord de ce dernier au regard des mesures correctives prises par l'entité auditée. Ces dispositions sont sans préjudice des prérogatives propres de la Commission nationale de l'informatique et des libertés.

Le rapport définitif de chaque mission est transmis au comité d'audit, au président de la Commission nationale de l'informatique et des libertés et au responsable du traitement audité.

Un décret en Conseil d'État, pris après avis de la Commission nationale de l'informatique et des libertés, précise la composition du comité et définit ses règles de fonctionnement ainsi que les modalités de l'audit.

Section 4. – Traitements à des fins archivistiques dans l'intérêt public, à des fins de recherche scientifique ou historique ou à des fins statistiques

Art. 78 *(Créé à compter de la date prévue à l'article 29 de l'ordonnance n° 2018-1125 du 12 décembre 2018, et au plus tard le 1er juin 2019, Ord. n° 2018-1125, 12 déc. 2018)*. – Lorsque les traitements de données à caractère personnel sont mis en œuvre par les services publics d'archives à des fins archivistiques dans l'intérêt public conformément à l'article L. 211-2 du Code du patrimoine, les droits prévus aux articles 15, 16 et 18 à 21 du règlement (UE) 2016/679 du 27 avril 2016 ne s'appliquent pas dans la mesure où ces droits rendent impossible ou entravent sérieusement la réalisation de ces finalités. Les conditions et garanties appropriées prévues à l'article 89 du même règlement sont déterminées par le Code du patrimoine et les autres dispositions législatives et réglementaires applicables aux archives publiques. Elles sont également assurées par le respect des normes conformes à l'état de l'art en matière d'archivage électronique.

Un décret en Conseil d'État, pris après avis motivé et publié de la Commission nationale de l'informatique et des libertés, détermine dans quelles conditions et sous réserve de quelles garanties il peut être dérogé en tout ou partie aux droits prévus aux articles 15, 16, 18 et 21 du même règlement, en ce qui concerne les traitements à des fins de recherche scientifique ou historique, ou et à des fins statistiques.

Art. 79 *(Créé à compter de la date prévue à l'article 29 de l'ordonnance n° 2018-1125 du 12 décembre 2018, et au plus tard le 1er juin 2019, Ord. n° 2018-1125, 12 déc. 2018)*. **–** Dans les conditions du b du 5 de l'article 14 du règlement (UE) 2016/679 du 27 avril 2016, lorsque les données à caractère personnel ont été initialement recueillies pour un autre objet, les dispositions du 1 à 4 du même article 14 ne s'appliquent pas aux traitements à des fins archivistiques dans l'intérêt public, à des fins de recherche scientifique ou historique ou à des fins statistiques, ou à la réutilisation de ces données à des fins statistiques dans les conditions de l'article 7 *bis* de la loi n° 51-711 du 7 juin 1951 sur l'obligation, la coordination et le secret en matière de statistiques.

Section 5. – Traitements de données à caractère personnel aux fins de journalisme et d'expression littéraire et artistique

Art. 80 *(Créé à compter de la date prévue à l'article 29 de l'ordonnance n° 2018-1125 du 12 décembre 2018, et au plus tard le 1er juin 2019, Ord. n° 2018-1125, 12 déc. 2018)*. **–** À titre dérogatoire, les dispositions du 5° de l'article 4, celles des articles 6, 46, 48, 49, 50, 53, 118, 119 et celles du chapitre V du règlement (UE) 2016/679 du 27 avril 2016 ne s'appliquent pas, lorsqu'une telle dérogation est nécessaire pour concilier le droit à la protection des données à caractère personnel et la liberté d'expression et d'information, aux traitements mis en œuvre aux fins :

1° D'expression universitaire, artistique ou littéraire ;

2° D'exercice à titre professionnel, de l'activité de journaliste, dans le respect des règles déontologiques de cette profession.

Les dispositions des alinéas précédents ne font pas obstacle à l'application des dispositions du Code civil, des lois relatives à la presse écrite ou audiovisuelle et du Code pénal, qui prévoient les conditions d'exercice du droit de réponse et qui préviennent, limitent, réparent et, le cas échéant, répriment les atteintes à la vie privée et à la réputation des personnes.

CHAPITRE IV. – Droits et obligations propres aux traitements dans le secteur des communications électroniques

Art. 81 *(Créé à compter de la date prévue à l'article 29 de l'ordonnance n° 2018-1125 du 12 décembre 2018, et au plus tard le 1er juin 2019, Ord. n° 2018-1125, 12 déc. 2018)*. **–** Les droits et obligations mentionnés aux chapitres II et III s'appliquent sous réserve des dispositions particulières du présent chapitre.

Art. 82 (1) (2) *(Créé à compter de la date prévue à l'article 29 de l'ordonnance n° 2018-1125 du 12 décembre 2018, et au plus tard le 1er juin 2019, Ord. n° 2018-1125, 12 déc. 2018)*. **–** Tout abonné ou utilisateur d'un service de communications électroniques doit être informé de manière claire et complète, sauf s'il l'a été au préalable, par le responsable du traitement ou son représentant :

1° De la finalité de toute action tendant à accéder, par voie de transmission électronique, à des informations déjà stockées dans son équipement terminal de communications électroniques, ou à inscrire des informations dans cet équipement ;

(1) V. T. appl. : CNIL, Délib. n° 2019-093, 4 juill. 2019 (opérations de lecture et écriture dans le terminal d'un utilisateur) : *JO* 18 et rect. 19 juill. 2019. – NDLR.

(2) V. CE, 16 oct. 2019, n° 433069, Assoc. La Quadrature du net et Caliopen : *JurisData* n° 2019-017924 (sur l'acte constituant une prise de position publique de la commission et révélé par les communiqués de presse des 28 juin et 18 juillet 2019 qui présentent le plan d'actions élaboré par la CNIL dans le domaine du ciblage publicitaire en ligne). – NDLR.

2° Des moyens dont il dispose pour s'y opposer.

Ces accès ou inscriptions ne peuvent avoir lieu qu'à condition que l'abonné ou la personne utilisatrice ait exprimé, après avoir reçu cette information, son consentement qui peut résulter de paramètres appropriés de son dispositif de connexion ou de tout autre dispositif placé sous son contrôle.

Ces dispositions ne sont pas applicables si l'accès aux informations stockées dans l'équipement terminal de l'utilisateur ou l'inscription d'informations dans l'équipement terminal de l'utilisateur :

1° Soit, a pour finalité exclusive de permettre ou faciliter la communication par voie électronique ;

2° Soit, est strictement nécessaire à la fourniture d'un service de communication en ligne à la demande expresse de l'utilisateur.

Art. 83 *(Créé à compter de la date prévue à l'article 29 de l'ordonnance n° 2018-1125 du 12 décembre 2018, et au plus tard le 1er juin 2019, Ord. n° 2018-1125, 12 déc. 2018)*. **–** I. - Le présent article s'applique au traitement des données à caractère personnel mis en œuvre dans le cadre de la fourniture au public de services de communications électroniques sur les réseaux de communications électroniques ouverts au public, y compris ceux prenant en charge les dispositifs de collecte de données et d'identification.

Pour l'application du présent article, on entend par violation de données à caractère personnel toute violation de la sécurité entraînant accidentellement ou de manière illicite la destruction, la perte, l'altération, la divulgation ou l'accès non autorisé à des données à caractère personnel faisant l'objet d'un traitement dans le cadre de la fourniture au public de services de communications électroniques.

II. - En cas de violation de données à caractère personnel, le fournisseur de services de communications électroniques accessibles au public avertit, sans délai, la Commission nationale de l'informatique et des libertés.

Lorsque cette violation peut porter atteinte aux données à caractère personnel ou à la vie privée d'un abonné ou d'une autre personne physique, le fournisseur avertit également, sans délai, l'intéressé.

La notification d'une violation des données à caractère personnel à l'intéressé n'est toutefois pas nécessaire si la Commission nationale de l'informatique et des libertés a constaté que des mesures de protection appropriées ont été mises en œuvre par le fournisseur afin de rendre les données incompréhensibles à toute personne non autorisée à y avoir accès et ont été appliquées aux données concernées par ladite violation.

À défaut, la Commission nationale de l'informatique et des libertés peut, après avoir examiné la gravité de la violation, mettre en demeure le fournisseur d'informer également les intéressés.

III. - Chaque fournisseur de services de communications électroniques tient à jour un inventaire des violations de données à caractère personnel, notamment de leurs modalités, de leur effet et des mesures prises pour y remédier et le conserve à la disposition de la commission.

CHAPITRE V. – Dispositions régissant les traitements de données à caractère personnel relatives aux personnes décédées

Art. 84 *(Créé à compter de la date prévue à l'article 29 de l'ordonnance n° 2018-1125 du 12 décembre 2018, et au plus tard le 1er juin 2019, Ord. n° 2018-1125, 12 déc. 2018)*. **–** Les traitements de données à caractère personnel relatives aux personnes décédées sont régis par les dispositions du présent chapitre.

Les droits mentionnés au chapitre II s'éteignent au décès de la personne concernée. Toutefois, ils peuvent être provisoirement maintenus dans les conditions fixées à l'article 85.

Art. 85 *(Créé à compter de la date prévue à l'article 29 de l'ordonnance n° 2018-1125 du 12 décembre 2018, et au plus tard le 1er juin 2019, Ord. n° 2018-1125, 12 déc. 2018 ; Ord. n° 2019-964, 18 sept. 2019)*. **–** I. - Toute personne peut définir des directives relatives à la conservation, à l'effacement et à la communication de ses données à caractère personnel après son décès. Ces directives sont générales ou particulières.

Les directives générales concernent l'ensemble des données à caractère personnel se rapportant à la personne concernée et peuvent être enregistrées auprès d'un tiers de confiance numérique certifié par la Commission nationale de l'informatique et des libertés.

Les références des directives générales et le tiers de confiance auprès duquel elles sont enregistrées sont inscrites dans un registre unique dont les modalités et l'accès sont fixés par décret en Conseil d'État, pris après avis motivé et publié de la Commission nationale de l'informatique et des libertés.

Les directives particulières concernent les traitements de données à caractère personnel mentionnées par ces directives. Elles sont enregistrées auprès des responsables de traitement concernés. Elles font l'objet du consentement spécifique de la personne concernée et ne peuvent résulter de la seule approbation par celle-ci des conditions générales d'utilisation.

Les directives générales et particulières définissent la manière dont la personne entend que soient exercés, après son décès, les droits mentionnés au chapitre II du présent titre. Le respect de ces directives est sans préjudice des dispositions applicables aux archives publiques comportant des données à caractère personnel.

Lorsque les directives prévoient la communication de données qui comportent également des données à caractère personnel relatives à des tiers, cette communication s'effectue dans le respect de la présente loi.

La personne peut modifier ou révoquer ses directives à tout moment.

Les directives mentionnées au premier alinéa du présent I peuvent désigner une personne chargée de leur exécution. Celle-ci a alors qualité, lorsque la personne est décédée, pour prendre connaissance des directives et demander leur mise en œuvre aux responsables de traitement concernés. À défaut de désignation ou, sauf directive contraire, en cas de décès de la personne désignée, ses héritiers ont qualité pour prendre connaissance des directives au décès de leur auteur et demander leur mise en œuvre aux responsables de traitement concernés.

Toute clause contractuelle des conditions générales d'utilisation d'un traitement portant sur des données à caractère personnel limitant les prérogatives reconnues à la personne en vertu du présent article est réputée non écrite.

II. – En l'absence de directives ou de mention contraire dans ces directives, les héritiers de la personne concernée peuvent exercer, après son décès, les droits mentionnés au chapitre II du présent titre II dans la mesure nécessaire :

1° À l'organisation et au règlement de la succession du défunt. À ce titre, les héritiers peuvent accéder aux traitements de données à caractère personnel qui le concernent afin d'identifier et d'obtenir communication des informations utiles à la liquidation et au partage de la succession. Ils peuvent aussi recevoir communication des biens numériques ou des données s'apparentant à des souvenirs de famille, transmissibles aux héritiers ;

2° À la prise en compte, par les responsables de traitement, de son décès. À ce titre, les héritiers peuvent faire procéder à la clôture des comptes utilisateurs du défunt, s'opposer à la poursuite des traitements de données à caractère personnel le concernant ou faire procéder à leur mise à jour.

Lorsque les héritiers en font la demande, le responsable du traitement doit justifier, sans frais pour le demandeur, qu'il a procédé aux opérations exigées en application du précédent alinéa.

Les désaccords entre héritiers sur l'exercice des droits prévus au présent II sont portés devant le tribunal judiciaire compétent.

III. – Tout prestataire d'un service de communication au public en ligne informe l'utilisateur du sort des données qui le concernent à son décès et lui permet de choisir de communiquer ou non ses données à un tiers qu'il désigne.

Art. 86 *(Créé à compter de la date prévue à l'article 29 de l'ordonnance n° 2018-1125 du 12 décembre 2018, et au plus tard le 1er juin 2019, Ord. n° 2018-1125, 12 déc. 2018)*. **–** Les informations concernant les personnes décédées, y compris celles qui figurent sur les certificats des causes de décès, peuvent faire l'objet d'un traitement à des fins de recherche, d'étude ou d'évaluation dans le domaine de la santé, sauf si l'intéressé a, de son vivant, exprimé son refus par écrit.

TITRE III. – Dispositions applicables aux traitements relevant de la directive (UE) 2016/680 du Parlement européen et du Conseil du 27 avril 2016 relative à la protection des personnes physiques à l'égard du traitement des données à caractère personnel par les autorités compétentes à des fins de prévention et de détection des infractions pénales, d'enquêtes et de poursuites en la matière ou d'exécution de sanctions pénales, et à la libre circulation de ces données, et abrogeant la décision-cadre 2008/977/JAI du Conseil

CHAPITRE I. – Dispositions générales

Art. 87 *(Créé à compter de la date prévue à l'article 29 de l'ordonnance n° 2018-1125 du 12 décembre 2018, et au plus tard le 1er juin 2019, Ord. n° 2018-1125, 12 déc. 2018)*. **–** Le présent titre s'applique, sans préjudice du titre Ier, aux traitements de données à caractère personnel mis en œuvre, à des fins de prévention et de détection des infractions pénales, d'enquêtes et de poursuites en la matière ou d'exécution de sanctions pénales, y compris la protection contre les menaces pour la sécurité publique et la prévention de telles menaces, par toute autorité publique compétente ou tout autre organisme ou entité à qui a été confié, à ces mêmes fins, l'exercice de l'autorité publique et des prérogatives de puissance publique, ci-après dénommés autorité compétente.

Ces traitements ne sont licites que si et dans la mesure où ils sont nécessaires à l'exécution d'une mission effectuée, pour l'une des finalités énoncées au premier alinéa, par une autorité compétente au sens du même premier alinéa et où sont respectées les dispositions des articles 89 et 90. Le traitement assure notamment la proportionnalité de la durée de conservation des données à caractère personnel, compte tenu de l'objet du fichier et de la nature ou de la gravité des infractions concernées.

Art. 88 *(Créé à compter de la date prévue à l'article 29 de l'ordonnance n° 2018-1125 du 12 décembre 2018, et au plus tard le 1er juin 2019, Ord. n° 2018-1125, 12 déc. 2018)*. **–** Le traitement de données mentionnées au I de l'article 6 est possible uniquement en cas de nécessité absolue, sous réserve de garanties appropriées pour les droits et libertés de la personne concernée, et soit s'il est autorisé par une disposition législative ou réglementaire, soit s'il vise à protéger les intérêts vitaux d'une personne physique, soit s'il porte sur des données manifestement rendues publiques par la personne concernée.

Art. 89 *(Créé à compter de la date prévue à l'article 29 de l'ordonnance n° 2018-1125 du 12 décembre 2018, et au plus tard le 1er juin 2019, Ord. n° 2018-1125, 12 déc. 2018)*. **–** I. - Si le traitement est mis en œuvre pour le compte de l'État pour au moins l'une des finalités énoncées au premier alinéa de l'article 87, il est prévu par une disposition législative ou réglementaire prise dans les conditions prévues au I de l'article 31 et aux articles 33 à 36.

II. - Si le traitement porte sur des données mentionnées au I de l'article 6, il est prévu par une disposition législative ou réglementaire prise dans les conditions prévues au II de l'article 31.

Art. 90 *(Créé à compter de la date prévue à l'article 29 de l'ordonnance n° 2018-1125 du 12 décembre 2018, et au plus tard le 1er juin 2019, Ord. n° 2018-1125, 12 déc. 2018)*. **–** Si le traitement est susceptible d'engendrer un risque élevé pour les droits et les libertés des personnes physiques, notamment parce qu'il porte sur des données mentionnées au I de l'article 6, le responsable de traitement effectue une analyse d'impact relative à la protection des données à caractère personnel.

Si le traitement est mis en œuvre pour le compte de l'État, cette analyse d'impact est adressée à la Commission nationale de l'informatique et des libertés avec la demande d'avis prévue à l'article 33.

Dans les autres cas, le responsable de traitement ou son sous-traitant consulte la Commission nationale de l'informatique et des libertés préalablement à la mise en œuvre du traitement de données à caractère personnel, qui se prononce également dans les délais prévus à l'article 34 :

1° Soit lorsque l'analyse d'impact relative à la protection des données indique que le traitement présenterait un risque élevé si le responsable de traitement ne prenait pas de mesures pour atténuer le risque ;

2° Soit lorsque le type de traitement, en particulier en raison de l'utilisation de nouveaux mécanismes, technologies ou procédures, présente des risques élevés pour les libertés et les droits des personnes concernées.

Art. 91 *(Créé à compter de la date prévue à l'article 29 de l'ordonnance n° 2018-1125 du 12 décembre 2018, et au plus tard le 1er juin 2019, Ord. n° 2018-1125, 12 déc. 2018)*. **–** Les données à caractère personnel collectées par les autorités compétentes pour les finalités énoncées au premier alinéa de l'article 87 ne peuvent être traitées pour d'autres finalités, à moins qu'un tel traitement ne soit autorisé par des dispositions législatives ou réglementaires ou par le droit de l'Union européenne. Lorsque des données à caractère personnel sont traitées à de telles autres fins, le règlement (UE) 2016/679 du 27 avril 2016 s'applique, à moins que le traitement ne soit effectué dans le cadre d'une activité ne relevant pas du champ d'application du droit de l'Union européenne.

Lorsque les autorités compétentes sont chargées d'exécuter des missions autres que celles exécutées pour les finalités énoncées au premier alinéa de l'article 87, le règlement (UE) 2016/679 du 27 avril 2016 s'applique au traitement effectué à de telles fins, y compris à des fins archivistiques dans l'intérêt public, à des fins de recherche scientifique ou historique ou à des fins statistiques, à moins que le traitement ne soit effectué dans le cadre d'une activité ne relevant pas du champ d'application du droit de l'Union européenne.

Si le traitement est soumis à des conditions spécifiques, l'autorité compétente qui transmet les données informe le destinataire de ces données à caractère personnel de ces conditions et de l'obligation de les respecter.

L'autorité compétente qui transmet les données n'applique pas, en vertu du troisième alinéa du présent article, aux destinataires établis dans les autres États membres de l'Union européenne ou aux services, organes et organismes établis en vertu des chapitres 4 et 5 du titre V du traité sur le fonctionnement de l'Union européenne des conditions différentes de celles applicables aux transferts de données similaires à l'intérieur de l'État membre dont relève l'autorité compétente qui transmet les données.

Art. 92 *(Créé à compter de la date prévue à l'article 29 de l'ordonnance n° 2018-1125 du 12 décembre 2018, et au plus tard le 1er juin 2019, Ord. n° 2018-1125, 12 déc. 2018).* **–** Les traitements effectués pour l'une des finalités énoncées au premier alinéa de l'article 87 autre que celles pour lesquelles les données ont été collectées sont autorisés s'ils sont nécessaires et proportionnés à cette finalité, sous réserve du respect des dispositions prévues au chapitre Ier du titre Ier et au présent titre.

Ces traitements peuvent comprendre l'archivage dans l'intérêt public, à des fins scientifiques, statistiques ou historiques, pour l'une des finalités énoncées au premier alinéa de l'article 87.

Art. 93 *(Créé à compter de la date prévue à l'article 29 de l'ordonnance n° 2018-1125 du 12 décembre 2018, et au plus tard le 1er juin 2019, Ord. n° 2018-1125, 12 déc. 2018).* **–** Les traitements à des fins archivistiques dans l'intérêt public, à des fins de recherche scientifique ou historique ou à des fins statistiques sont mis en œuvre dans les conditions prévues aux 2° et 5° de l'article 4 ainsi que, pour les traitements mentionnés à l'article 91, à la section 4 du chapitre III du titre II.

Art. 94 *(Créé à compter de la date prévue à l'article 29 de l'ordonnance n° 2018-1125 du 12 décembre 2018, et au plus tard le 1er juin 2019, Ord. n° 2018-1125, 12 déc. 2018).* **–** Les données à caractère personnel fondées sur des faits sont, dans la mesure du possible, distinguées de celles fondées sur des appréciations personnelles.

Art. 95 *(Créé à compter de la date prévue à l'article 29 de l'ordonnance n° 2018-1125 du 12 décembre 2018, et au plus tard le 1er juin 2019, Ord. n° 2018-1125, 12 déc. 2018).* **–** Aucune décision de justice impliquant une appréciation sur le comportement d'une personne ne peut avoir pour fondement un traitement automatisé de données à caractère personnel destiné à évaluer certains aspects de la personnalité de cette personne.

Aucune autre décision produisant des effets juridiques à l'égard d'une personne ou l'affectant de manière significative ne peut être prise sur le seul fondement d'un traitement automatisé de données destiné à prévoir ou à évaluer certains aspects personnels relatifs à la personne concernée.

Tout profilage qui entraîne une discrimination à l'égard des personnes physiques sur la base des catégories particulières de données à caractère personnel mentionnées au I de l'article 6 est interdit.

Art. 96 *(Créé à compter de la date prévue à l'article 29 de l'ordonnance n° 2018-1125 du 12 décembre 2018, et au plus tard le 1er juin 2019, Ord. n° 2018-1125, 12 déc. 2018).* **–** Les données à caractère personnel ne peuvent faire l'objet d'une opération de traitement de la part d'un sous-traitant que dans les conditions prévues aux 1, 2 et 10 de l'article 28 et à l'article 29 du règlement (UE) 2016/679 du 27 avril 2016 et au présent article.

Les sous-traitants doivent présenter des garanties suffisantes quant à la mise en œuvre de mesures techniques et organisationnelles appropriées, de manière que le traitement réponde aux exigences du présent titre et garantisse la protection des droits de la personne concernée.

Le traitement par un sous-traitant est régi par un contrat ou un autre acte juridique, qui lie le sous-traitant à l'égard du responsable de traitement, définit l'objet et la durée du traitement, la nature et la finalité du traitement, le type de données à caractère personnel et les catégories de personnes concernées, les obligations et les droits du responsable de traitement ainsi que les mesures techniques et organisationnelles destinées à garantir la sécurité du traitement, et prévoit que le sous-traitant n'agit que sur instruction du responsable de traitement. Le contenu de ce contrat ou de cet acte juridique est précisé par décret en Conseil d'État pris après avis de la Commission nationale de l'informatique et des libertés.

CHAPITRE II. – Obligations incombant aux autorités compétentes, aux responsables de traitement de données à caractère personnel et aux sous-traitants

Art. 97 *(Créé à compter de la date prévue à l'article 29 de l'ordonnance n° 2018-1125 du 12 décembre 2018, et au plus tard le 1er juin 2019, Ord. n° 2018-1125, 12 déc. 2018).* **–** Les autorités compétentes prennent toutes les mesures raisonnables pour garantir que les données à caractère personnel qui sont inexactes, incomplètes ou ne sont plus à jour soient effacées ou rectifiées sans tarder ou ne soient pas transmises ou mises à disposition. À cette fin, chaque autorité compétente vérifie, dans la mesure du possible, la qualité des données à caractère personnel avant leur transmission ou mise à disposition.

Dans la mesure du possible, lors de toute transmission de données à caractère personnel, sont ajoutées des informations permettant à l'autorité compétente destinataire de juger de l'exactitude, de l'exhaustivité et de la fiabilité des données à caractère personnel et de leur niveau de mise à jour.

S'il s'avère que des données à caractère personnel inexactes ont été transmises ou que des données à caractère personnel ont été transmises de manière illicite, le destinataire en est informé sans retard. Dans ce cas, les données à caractère personnel sont rectifiées ou effacées ou leur traitement est limité conformément à l'article 106.

Art. 98 *(Créé à compter de la date prévue à l'article 29 de l'ordonnance n° 2018-1125 du 12 décembre 2018, et au plus tard le 1er juin 2019, Ord. n° 2018-1125, 12 déc. 2018)*. **–** Le responsable de traitement établit, dans la mesure du possible et le cas échéant, une distinction claire entre les données à caractère personnel de différentes catégories de personnes concernées, telles que :

1° Les personnes à l'égard desquelles il existe des motifs sérieux de croire qu'elles ont commis ou sont sur le point de commettre une infraction pénale ;

2° Les personnes reconnues coupables d'une infraction pénale ;

3° Les victimes d'une infraction pénale ou les personnes à l'égard desquelles certains faits portent à croire qu'elles pourraient être victimes d'une infraction pénale ;

4° Les tiers à une infraction pénale, tels que les personnes pouvant être appelées à témoigner lors d'enquêtes en rapport avec des infractions pénales ou des procédures pénales ultérieures, des personnes pouvant fournir des informations sur des infractions pénales ou des contacts ou des associés de l'une des personnes mentionnées aux 1° et 2°.

Art. 99 *(Créé à compter de la date prévue à l'article 29 de l'ordonnance n° 2018-1125 du 12 décembre 2018, et au plus tard le 1er juin 2019, Ord. n° 2018-1125, 12 déc. 2018)*. **–** I. - Afin de démontrer que le traitement est effectué conformément au présent titre, le responsable de traitement et son sous-traitant mettent en œuvre les mesures prévues aux 1 et 2 des articles 24 et 25 du règlement (UE) 2016/679 du 27 avril 2016 et celles appropriées afin de garantir un niveau de sécurité adapté au risque, notamment en ce qui concerne le traitement portant sur des catégories particulières de données à caractère personnel mentionnées au I de l'article 6 de la présente loi.

II. - En ce qui concerne le traitement automatisé, le responsable de traitement ou son sous-traitant met en œuvre, à la suite d'une évaluation des risques, des mesures destinées à :

1° Empêcher toute personne non autorisée d'accéder aux installations utilisées pour le traitement ;

2° Empêcher que des supports de données puissent être lus, copiés, modifiés ou supprimés de façon non autorisée ;

3° Empêcher l'introduction non autorisée de données à caractère personnel dans le fichier, ainsi que l'inspection, la modification ou l'effacement non autorisé de données à caractère personnel enregistrées ;

4° Empêcher que les systèmes de traitement automatisé puissent être utilisés par des personnes qui n'y sont pas autorisées à l'aide d'installations de transmission de données ;

5° Garantir que les personnes autorisées à utiliser un système de traitement automatisé ne puissent accéder qu'aux données à caractère personnel sur lesquelles porte leur autorisation ;

6° Garantir qu'il puisse être vérifié et constaté à quelles instances des données à caractère personnel ont été ou peuvent être transmises ou mises à disposition par des installations de transmission de données ;

7° Garantir qu'il puisse être vérifié et constaté a posteriori quelles données à caractère personnel ont été introduites dans les systèmes de traitement automatisé et à quel moment et par quelle personne elles y ont été introduites ;

8° Empêcher que, lors de la transmission de données à caractère personnel ainsi que lors du transport de supports de données, les données puissent être lues, copiées, modifiées ou supprimées de façon non autorisée ;

9° Garantir que les systèmes installés puissent être rétablis en cas d'interruption ;

10° Garantir que les fonctions du système opèrent, que les erreurs de fonctionnement soient signalées et que les données à caractère personnel conservées ne puissent pas être corrompues par un dysfonctionnement du système.

Art. 100 *(Créé à compter de la date prévue à l'article 29 de l'ordonnance n° 2018-1125 du 12 décembre 2018, et au plus tard le 1er juin 2019, Ord. n° 2018-1125, 12 déc. 2018)*. **–** Le responsable de traitement et son sous-traitant tiennent un registre des activités de traitement dans les conditions prévues aux 1 à 4 de l'article 30 du règlement (UE) 2016/679 du 27 avril 2016. Ce registre contient aussi la description générale des mesures visant à garantir un niveau de sécurité adapté au risque, notamment en ce qui concerne le traitement portant sur des catégories particulières de données à caractère personnel mentionnées au I de l'article 6 de la présente loi, l'indication de la base juridique de l'opération de traitement, y compris les transferts, à laquelle les données à caractère personnel sont destinées et, le cas échéant, le recours au profilage.

Art. 101 *(Créé à compter de la date prévue à l'article 29 de l'ordonnance n° 2018-1125 du 12 décembre 2018, et au plus tard le 1er juin 2019, Ord. n° 2018-1125, 12 déc. 2018)*. **–** Le responsable de traitement ou son sous-traitant établit pour chaque traitement automatisé un journal des opérations de collecte, de modification, de consultation, de communication, y compris les transferts, d'interconnexion et d'effacement, portant sur de telles données.

Les journaux des opérations de consultation et de communication permettent d'en établir le motif, la date et l'heure. Ils permettent également, dans la mesure du possible, d'identifier les personnes qui consultent ou communiquent les données et les destinataires de celles-ci.

Ce journal est uniquement utilisé à des fins de vérification de la licéité du traitement, d'autocontrôle, de garantie de l'intégrité et de la sécurité des données et à des fins de procédures pénales.

Ce journal est mis à la disposition de la Commission nationale de l'informatique et des libertés à sa demande.

Art. 102 *(Créé à compter de la date prévue à l'article 29 de l'ordonnance n° 2018-1125 du 12 décembre 2018, et au plus tard le 1er juin 2019, Ord. n° 2018-1125, 12 déc. 2018)*. **–** Les articles 31, 33 et 34 du règlement (UE) 2016/679 du 27 avril 2016 sont applicables aux traitements de données à caractère personnel relevant du présent titre.

Si la violation de données à caractère personnel porte sur des données à caractère personnel qui ont été transmises par le responsable de traitement établi dans un autre État membre de l'Union européenne ou à celui-ci, le responsable de traitement établi en France notifie également la violation au responsable de traitement de l'autre État membre dans les meilleurs délais.

La communication d'une violation de données à caractère personnel à la personne concernée peut être retardée, limitée ou ne pas être délivrée dès lors et aussi longtemps qu'une mesure de cette nature constitue une mesure nécessaire et proportionnée dans une société démocratique, en tenant compte des droits fondamentaux et des intérêts légitimes de la personne, pour éviter de gêner des enquêtes, des recherches ou des procédures administratives ou judiciaires, pour éviter de nuire à la prévention ou à la détection d'infractions pénales, aux enquêtes ou aux poursuites en la matière ou à l'exécution de sanctions pénales, pour protéger la sécurité publique, pour protéger la sécurité nationale ou pour protéger les droits et libertés d'autrui.

Art. 103 *(Créé à compter de la date prévue à l'article 29 de l'ordonnance n° 2018-1125 du 12 décembre 2018, et au plus tard le 1er juin 2019, Ord. n° 2018-1125, 12 déc. 2018)*. **–** Sauf pour les juridictions agissant dans l'exercice de leur fonction juridictionnelle, le responsable de traitement désigne un délégué à la protection des données.

Un seul délégué à la protection des données peut être désigné pour plusieurs autorités compétentes, en fonction de leur structure organisationnelle et de leur taille.

Les dispositions des 5 et 7 de l'article 37, des 1 et 2 de l'article 38 et du 1 de l'article 39 du règlement (UE) 2016/679 du 27 avril 2016, en ce qu'elles concernent le responsable de traitement, sont applicables aux traitements de données à caractère personnel relevant du présent titre.

CHAPITRE III. – Droits de la personne concernée

Art. 104 *(Créé à compter de la date prévue à l'article 29 de l'ordonnance n° 2018-1125 du 12 décembre 2018, et au plus tard le 1er juin 2019, Ord. n° 2018-1125, 12 déc. 2018)*. **–** I. - Le responsable de traitement met à la disposition de la personne concernée les informations suivantes :

1° L'identité et les coordonnées du responsable de traitement et, le cas échéant, celles de son représentant ;

2° Le cas échéant, les coordonnées du délégué à la protection des données ;

3° Les finalités poursuivies par le traitement auquel les données sont destinées ;

4° Le droit d'introduire une réclamation auprès de la Commission nationale de l'informatique et des libertés et les coordonnées de la commission ;

5° L'existence du droit de demander au responsable de traitement l'accès aux données à caractère personnel, leur rectification ou leur effacement, et l'existence du droit de demander une limitation du traitement des données à caractère personnel relatives à une personne concernée.

II. - En plus des informations mentionnées au I, le responsable de traitement fournit à la personne concernée, dans des cas particuliers, les informations additionnelles suivantes afin de lui permettre d'exercer ses droits :

1° La base juridique du traitement ;

2° La durée de conservation des données à caractère personnel ou, à défaut lorsque ce n'est pas possible, les critères utilisés pour déterminer cette durée ;

3° Le cas échéant, les catégories de destinataires des données à caractère personnel, y compris ceux établis dans les États n'appartenant pas à l'Union européenne ou au sein d'organisations internationales ;

4° Au besoin, des informations complémentaires, en particulier lorsque les données à caractère personnel sont collectées à l'insu de la personne concernée.

Art. 105 *(Créé à compter de la date prévue à l'article 29 de l'ordonnance n° 2018-1125 du 12 décembre 2018, et au plus tard le 1er juin 2019, Ord. n° 2018-1125, 12 déc. 2018)*. **–** La personne concernée a le droit d'obtenir du responsable de traitement la confirmation que des données à caractère personnel la concernant sont ou ne sont pas traitées et, lorsqu'elles le sont, le droit d'accéder auxdites données ainsi qu'aux informations suivantes :

1° Les finalités du traitement ainsi que sa base juridique ;

2° Les catégories de données à caractère personnel concernées ;

3° Les destinataires ou catégories de destinataires auxquels les données à caractère personnel ont été communiquées, en particulier les destinataires qui sont établis dans des États n'appartenant pas à l'Union européenne ou au sein d'organisations internationales ;

4° Lorsque cela est possible, la durée de conservation des données à caractère personnel envisagée ou, à défaut lorsque ce n'est pas possible, les critères utilisés pour déterminer cette durée ;

5° L'existence du droit de demander au responsable de traitement la rectification ou l'effacement des données à caractère personnel, et l'existence du droit de demander une limitation du traitement de ces données ;

6° Le droit d'introduire une réclamation auprès de la Commission nationale de l'informatique et des libertés et les coordonnées de la commission ;

7° La communication des données à caractère personnel en cours de traitement ainsi que toute information disponible quant à leur source.

Art. 106 *(Créé à compter de la date prévue à l'article 29 de l'ordonnance n° 2018-1125 du 12 décembre 2018, et au plus tard le 1er juin 2019, Ord. n° 2018-1125, 12 déc. 2018)*. **–** I. - La personne concernée a le droit d'obtenir du responsable de traitement :

1° Que soient rectifiées dans les meilleurs délais des données à caractère personnel la concernant qui sont inexactes ;

2° Que soient complétées des données à caractère personnel la concernant incomplètes, y compris en fournissant à cet effet une déclaration complémentaire ;

3° Que soient effacées dans les meilleurs délais des données à caractère personnel la concernant lorsque le traitement est réalisé en violation des dispositions de la présente loi ou lorsque ces données doivent être effacées pour respecter une obligation légale à laquelle est soumis le responsable de traitement ;

4° Que le traitement soit limité dans les cas prévus au III du présent article.

II. - Lorsque l'intéressé en fait la demande, le responsable de traitement doit justifier qu'il a procédé aux opérations exigées en application du I.

III. - Au lieu de procéder à l'effacement, le responsable de traitement limite le traitement :

1° Soit lorsque l'exactitude des données à caractère personnel est contestée par la personne concernée sans qu'il soit possible de déterminer si les données sont exactes ou non ;

2° Soit lorsque les données à caractère personnel doivent être conservées à des fins probatoires.

Lorsque le traitement est limité en application du 1° du présent III, le responsable de traitement informe la personne concernée avant de mettre fin à la limitation du traitement.

IV. - Le responsable de traitement informe la personne concernée de tout refus de rectifier ou d'effacer des données à caractère personnel ou de limiter le traitement de ces données, ainsi que des motifs du refus.

V. - Le responsable de traitement communique la rectification des données à caractère personnel inexactes à l'autorité compétente de laquelle ces données proviennent.

VI. – Lorsque des données à caractère personnel ont été rectifiées ou effacées ou que le traitement a été limité au titre des I et III, le responsable de traitement le notifie aux destinataires afin que ceux-ci rectifient ou effacent les données ou limitent le traitement des données sous leur responsabilité.

Art. 107 *(Créé à compter de la date prévue à l'article 29 de l'ordonnance n° 2018-1125 du 12 décembre 2018, et au plus tard le 1er juin 2019, Ord. n° 2018-1125, 12 déc. 2018)*. **–** I. – Les droits de la personne physique concernée peuvent faire l'objet de restrictions selon les modalités prévues au II du présent article dès lors et aussi longtemps qu'une telle restriction constitue une mesure nécessaire et proportionnée dans une société démocratique en tenant compte des droits fondamentaux et des intérêts légitimes de la personne pour :

1° Éviter de gêner des enquêtes, des recherches ou des procédures administratives ou judiciaires ;

2° Éviter de nuire à la prévention ou à la détection d'infractions pénales, aux enquêtes ou aux poursuites en la matière ou à l'exécution de sanctions pénales ;

3° Protéger la sécurité publique ;

4° Protéger la sécurité nationale ;

5° Protéger les droits et libertés d'autrui.

Ces restrictions sont prévues par l'acte instaurant le traitement.

II. – Lorsque les conditions prévues au I sont remplies, le responsable de traitement peut :

1° Retarder ou limiter la communication à la personne concernée des informations mentionnées au II de l'article 104 ou ne pas communiquer ces informations ;

2° Refuser ou limiter le droit d'accès de la personne concernée prévu à l'article 105 ;

3° Ne pas informer la personne du refus de rectifier ou d'effacer des données à caractère personnel ou de limiter le traitement de ces données, ni des motifs de cette décision, par dérogation au IV de l'article 106.

III. – Dans les cas mentionnés au 2° du II du présent article, le responsable de traitement informe la personne concernée, dans les meilleurs délais, de tout refus ou de toute limitation d'accès ainsi que des motifs du refus ou de la limitation. Ces informations peuvent ne pas être fournies lorsque leur communication risque de compromettre l'un des objectifs énoncés au I. Le responsable de traitement consigne les motifs de fait ou de droit sur lesquels se fonde la décision et met ces informations à la disposition de la Commission nationale de l'informatique et des libertés.

IV. – En cas de restriction des droits de la personne concernée intervenue en application des II ou III, le responsable de traitement informe la personne concernée de la possibilité, prévue à l'article 108, d'exercer ses droits par l'intermédiaire de la Commission nationale de l'informatique et des libertés. Hors le cas prévu au 1° du II, il l'informe également de la possibilité de former un recours juridictionnel.

Art. 108 *(Créé à compter de la date prévue à l'article 29 de l'ordonnance n° 2018-1125 du 12 décembre 2018, et au plus tard le 1er juin 2019, Ord. n° 2018-1125, 12 déc. 2018)*. **–** En cas de restriction des droits de la personne concernée intervenue en application des II ou III de l'article 107, la personne concernée peut saisir la Commission nationale de l'informatique et des libertés.

La commission désigne l'un de ses membres appartenant ou ayant appartenu au Conseil d'État, à la Cour de cassation ou à la Cour des comptes pour mener les investigations utiles et faire procéder aux modifications nécessaires. Celui-ci peut se faire assister d'un agent de la commission. La commission informe la personne concernée qu'il a été procédé aux vérifications nécessaires et de son droit de former un recours juridictionnel.

Lorsque la commission constate, en accord avec le responsable du traitement, que la communication des données qui y sont contenues ne met pas en cause ses finalités, la sûreté de l'État, la défense ou la sécurité publique, ces données peuvent être communiquées au requérant.

Art. 109 *(Créé à compter de la date prévue à l'article 29 de l'ordonnance n° 2018-1125 du 12 décembre 2018, et au plus tard le 1er juin 2019, Ord. n° 2018-1125, 12 déc. 2018)*. **–** I. – Les informations mentionnées aux articles 104 à 106 sont fournies par le responsable de traitement à la personne concernée par tout moyen approprié, y compris par voie électronique et, de manière générale, sous la même forme que la demande.

II. – Aucun paiement n'est exigé pour prendre les mesures et fournir ces mêmes informations, sauf en cas de demande manifestement infondée ou abusive.

En cas de demande manifestement infondée ou abusive, le responsable de traitement peut également refuser de donner suite à la demande.

En cas de contestation, la charge de la preuve du caractère manifestement infondé ou abusif des demandes incombe au responsable de traitement auquel elles sont adressées.

Art. 110 *(Créé à compter de la date prévue à l'article 29 de l'ordonnance n° 2018-1125 du 12 décembre 2018, et au plus tard le 1er juin 2019, Ord. n° 2018-1125, 12 déc. 2018)*. – Toute personne physique a le droit de s'opposer, pour des motifs légitimes, à ce que des données à caractère personnel la concernant fassent l'objet d'un traitement.

Les dispositions du premier alinéa ne s'appliquent pas lorsque le traitement répond à une obligation légale ou lorsque l'application de ces dispositions a été écartée par une disposition expresse de l'acte instaurant le traitement.

Art. 111 *(Créé à compter de la date prévue à l'article 29 de l'ordonnance n° 2018-1125 du 12 décembre 2018, et au plus tard le 1er juin 2019, Ord. n° 2018-1125, 12 déc. 2018)*. – Les dispositions du présent chapitre ne s'appliquent pas lorsque les données à caractère personnel figurent soit dans une décision judiciaire, soit dans un dossier judiciaire faisant l'objet d'un traitement lors d'une procédure pénale. Dans ces cas, l'accès à ces données et les conditions de rectification ou d'effacement de ces données ne peuvent être régis que par les dispositions du Code de procédure pénale.

CHAPITRE IV. – Transferts de données à caractère personnel vers des États n'appartenant pas à l'Union européenne ou vers des destinataires établis dans des États n'appartenant pas à l'Union européenne

Art. 112 *(Créé à compter de la date prévue à l'article 29 de l'ordonnance n° 2018-1125 du 12 décembre 2018, et au plus tard le 1er juin 2019, Ord. n° 2018-1125, 12 déc. 2018)*. – Le responsable de traitement de données à caractère personnel ne peut transférer des données ou autoriser le transfert de données déjà transmises vers un État n'appartenant pas à l'Union européenne que lorsque les conditions suivantes sont respectées :

1° Le transfert de ces données est nécessaire à l'une des finalités énoncées au premier alinéa de l'article 87 ;

2° Les données à caractère personnel sont transférées à un responsable établi dans cet État n'appartenant pas à l'Union européenne ou au sein d'une organisation internationale qui est une autorité compétente chargée des fins relevant en France du premier alinéa de l'article 87 ;

3° Si les données à caractère personnel proviennent d'un autre État, l'État qui a transmis ces données a préalablement autorisé ce transfert conformément à son droit national.

Toutefois, si l'autorisation préalable ne peut pas être obtenue en temps utile, ces données à caractère personnel peuvent être transmises à nouveau sans l'autorisation préalable de l'État qui a transmis ces données lorsque cette nouvelle transmission est nécessaire à la prévention d'une menace grave et immédiate pour la sécurité publique d'un autre État ou pour la sauvegarde des intérêts essentiels de la France. L'autorité dont provenaient ces données personnelles en est informée sans retard ;

4° La Commission européenne a adopté une décision d'adéquation en application de l'article 36 de la directive (UE) 2016/680 du 27 avril 2016 ou, en l'absence d'une telle décision, un instrument juridiquement contraignant fournit des garanties appropriées en ce qui concerne la protection des données à caractère personnel ou, en l'absence d'une telle décision et d'un tel instrument, le responsable de traitement a évalué toutes les circonstances du transfert et estime qu'il existe de telles garanties appropriées.

Les garanties appropriées fournies par un instrument juridique contraignant mentionnées au 4° peuvent résulter soit des garanties relatives à la protection des données mentionnées dans les conventions mises en œuvre avec cet État n'appartenant pas à l'Union européenne, soit de dispositions juridiquement contraignantes exigées à l'occasion de l'échange de données.

Lorsque le responsable de traitement autre qu'une juridiction effectuant une activité de traitement dans le cadre de ses activités juridictionnelles transfère des données à caractère personnel sur le seul fondement de l'existence de garanties appropriées au regard de la protection des données à caractère personnel, il avise la Commission nationale de l'informatique et des libertés des catégories de transferts relevant de ce fondement.

Dans ce cas, le responsable de traitement doit garder trace de la date et de l'heure du transfert, des informations sur l'autorité compétente destinataire, de la justification du transfert et des données à caractère personnel transférées. Ces informations sont mises à la disposition de la Commission nationale de l'informatique et des libertés à sa demande.

Lorsque la Commission européenne a abrogé, modifié ou suspendu une décision d'adéquation adoptée en application de l'article 36 de la directive (UE) 2016/680 du 27 avril 2016, le responsable de traitement peut néanmoins transférer des données à caractère personnel ou autoriser le transfert de données déjà transmises vers un État n'appartenant pas à l'Union européenne si des garanties appropriées en ce qui concerne la protection des données à caractère personnel sont fournies dans un instrument juridiquement contraignant ou si ce responsable estime, après avoir évalué toutes les circonstances du transfert, qu'il existe des garanties appropriées au regard de la protection des données à caractère personnel.

Art. 113 *(Créé à compter de la date prévue à l'article 29 de l'ordonnance n° 2018-1125 du 12 décembre 2018, et au plus tard le 1er juin 2019, Ord. n° 2018-1125, 12 déc. 2018).* **–** Par dérogation à l'article 112, le responsable de traitement de données à caractère personnel ne peut, en l'absence de décision d'adéquation ou de garanties appropriées, transférer ces données ou autoriser le transfert de données déjà transmises vers un État n'appartenant pas à l'Union européenne que lorsque le transfert est nécessaire :

1° À la sauvegarde des intérêts vitaux de la personne concernée ou d'une autre personne ;

2° À la sauvegarde des intérêts légitimes de la personne concernée lorsque le droit français le prévoit ;

3° Pour prévenir une menace grave et immédiate pour la sécurité publique d'un autre État ;

4° Dans des cas particuliers, à l'une des finalités énoncées au premier alinéa de l'article 87 ;

5° Dans un cas particulier, à la constatation, à l'exercice ou à la défense de droits en justice en rapport avec les mêmes fins.

Dans les cas mentionnés aux 4° et 5° du présent article, le responsable de traitement de données à caractère personnel ne transfère pas ces données s'il estime que les libertés et droits fondamentaux de la personne concernée l'emportent sur l'intérêt public dans le cadre du transfert envisagé.

Lorsqu'un transfert est effectué aux fins de la sauvegarde des intérêts légitimes de la personne concernée, le responsable de traitement garde trace de la date et de l'heure du transfert, des informations sur l'autorité compétente destinataire, de la justification du transfert et des données à caractère personnel transférées. Il met ces informations à la disposition de la Commission nationale de l'informatique et des libertés à sa demande.

Art. 114 *(Créé à compter de la date prévue à l'article 29 de l'ordonnance n° 2018-1125 du 12 décembre 2018, et au plus tard le 1er juin 2019, Ord. n° 2018-1125, 12 déc. 2018).* **–** Toute autorité publique compétente mentionnée au premier alinéa de l'article 87 peut, dans certains cas particuliers, transférer des données à caractère personnel directement à des destinataires établis dans un État n'appartenant pas à l'Union européenne lorsque les autres dispositions de la présente loi applicables aux traitements relevant du même article 87 sont respectées et que les conditions ci-après sont remplies :

1° Le transfert est nécessaire à l'exécution de la mission de l'autorité compétente qui transfère ces données pour l'une des finalités énoncées au premier alinéa dudit article 87 ;

2° L'autorité compétente qui transfère ces données établit qu'il n'existe pas de libertés ni de droits fondamentaux de la personne concernée qui prévalent sur l'intérêt public rendant nécessaire le transfert dans le cas considéré ;

3° L'autorité compétente qui transfère ces données estime que le transfert à l'autorité compétente de l'autre État est inefficace ou inapproprié, notamment parce que le transfert ne peut pas être effectué en temps opportun ;

4° L'autorité compétente de l'autre État est informée dans les meilleurs délais, à moins que cela ne soit inefficace ou inapproprié ;

5° L'autorité compétente qui transfère ces données informe le destinataire de la finalité ou des finalités pour lesquelles les données à caractère personnel transmises doivent exclusivement faire l'objet d'un traitement par ce destinataire, à condition qu'un tel traitement soit nécessaire.

L'autorité compétente qui transfère des données informe la Commission nationale de l'informatique et des libertés des transferts répondant aux conditions prévues au présent article.

L'autorité compétente garde trace de la date et de l'heure de ce transfert, des informations sur le destinataire, de la justification du transfert et des données à caractère personnel transférées.

TITRE IV. – Dispositions applicables aux traitements intéressant la sûreté de l'État et la défense

Art. 115 *(Créé à compter de la date prévue à l'article 29 de l'ordonnance n° 2018-1125 du 12 décembre 2018, et au plus tard le 1er juin 2019, Ord. n° 2018-1125, 12 déc. 2018).* **–** Le présent titre s'applique, sans préjudice du titre Ier, aux traitements de données à caractère personnel mis en œuvre pour le compte de l'État et qui intéressent la sûreté de l'État ou la défense.

CHAPITRE Ier. – Droits de la personne concernée

Art. 116 *(Créé à compter de la date prévue à l'article 29 de l'ordonnance n° 2018-1125 du 12 décembre 2018, et au plus tard le 1er juin 2019, Ord. n° 2018-1125, 12 déc. 2018).* **–** I. - La personne auprès de laquelle sont recueillies des données à caractère personnel la concernant est informée, sauf si elle l'a été au préalable, par le responsable de traitement ou son représentant :

1° De l'identité du responsable du traitement et, le cas échéant, de celle de son représentant ;

2° De la finalité poursuivie par le traitement auquel les données sont destinées ;

3° Du caractère obligatoire ou facultatif des réponses ;
4° Des conséquences éventuelles, à son égard, d'un défaut de réponse ;
5° Des destinataires ou catégories de destinataires des données ;
6° Des droits qu'elle tient des dispositions des articles 117 à 120 ;
7° Le cas échéant, des transferts de données à caractère personnel envisagés à destination d'un État non membre de l'Union européenne ;
8° De la durée de conservation des catégories de données traitées ou, en cas d'impossibilité, des critères utilisés permettant de déterminer cette durée.

Lorsque de telles données sont recueillies par voie de questionnaires, ceux-ci doivent porter mention des prescriptions figurant aux 1°, 2°, 3° et 6°.

II. – Lorsque les données à caractère personnel n'ont pas été recueillies auprès de la personne concernée, le responsable de traitement ou son représentant doit fournir à cette dernière les informations énumérées au I dès l'enregistrement des données ou, si une communication des données à des tiers est envisagée, au plus tard lors de la première communication des données.

Lorsque les données à caractère personnel ont été initialement recueillies pour un autre objet, les dispositions de l'alinéa précédent ne s'appliquent pas lorsque la personne concernée est déjà informée ou quand son information se révèle impossible ou exige des efforts disproportionnés par rapport à l'intérêt de la démarche.

III. – Les dispositions du I ne s'appliquent pas aux données recueillies dans les conditions prévues au II dans la mesure où une telle limitation est nécessaire au respect des fins poursuivies par le traitement.

Art. 117 *(Créé à compter de la date prévue à l'article 29 de l'ordonnance n° 2018-1125 du 12 décembre 2018, et au plus tard le 1er juin 2019, Ord. n° 2018-1125, 12 déc. 2018)*. **–** Toute personne physique a le droit de s'opposer, pour des motifs légitimes, à ce que des données à caractère personnel la concernant fassent l'objet d'un traitement.

Les dispositions du premier alinéa ne s'appliquent pas lorsque le traitement répond à une obligation légale ou lorsque l'application de ces dispositions a été écartée par une disposition expresse de l'acte autorisant le traitement.

Art. 118 *(Créé à compter de la date prévue à l'article 29 de l'ordonnance n° 2018-1125 du 12 décembre 2018, et au plus tard le 1er juin 2019, Ord. n° 2018-1125, 12 déc. 2018)*. **–** I. – Les demandes tendant à l'exercice du droit d'accès, de rectification et d'effacement sont adressées à la Commission nationale de l'informatique et des libertés qui désigne l'un de ses membres appartenant ou ayant appartenu au Conseil d'État, à la Cour de cassation ou à la Cour des comptes pour mener les investigations utiles et faire procéder aux modifications nécessaires. Celui-ci peut se faire assister d'un agent de la commission. La commission informe la personne concernée qu'il a été procédé aux vérifications nécessaires et de son droit de former un recours juridictionnel.

Lorsque la commission constate, en accord avec le responsable du traitement, que la communication des données qui y sont contenues ne met pas en cause ses finalités, la sûreté de l'État, la défense ou la sécurité publique, ces données peuvent être communiquées au requérant.

Art. 119 *(Créé à compter de la date prévue à l'article 29 de l'ordonnance n° 2018-1125 du 12 décembre 2018, et au plus tard le 1er juin 2019, Ord. n° 2018-1125, 12 déc. 2018)*. **–** I. – Par dérogation à l'article 118, lorsque le traitement est susceptible de comprendre des informations dont la communication ne mettrait pas en cause les fins qui lui sont assignées, l'acte réglementaire autorisant le traitement peut prévoir que les droits d'accès, de rectification et d'effacement peuvent être exercés par la personne concernée auprès du responsable de traitement directement saisi dans les conditions prévues aux II à III du présent article.

II. – La personne concernée justifiant de son identité a le droit d'obtenir :
1° La confirmation que des données à caractère personnel la concernant font ou ne font pas l'objet de ce traitement ;
2° Des informations relatives aux finalités du traitement, aux catégories de données à caractère personnel traitées et aux destinataires ou aux catégories de destinataires auxquels les données sont communiquées ;
3° Le cas échéant, des informations relatives aux transferts de données à caractère personnel envisagés à destination d'un État non membre de l'Union européenne ;
4° La communication, sous une forme accessible, des données à caractère personnel qui la concernent ainsi que de toute information disponible quant à l'origine de celles-ci ;

5° Les informations permettant de connaître et de contester la logique qui sous-tend le traitement automatisé en cas de décision prise sur le fondement de celui-ci et produisant des effets juridiques à l'égard de l'intéressé.

Les demandes manifestement abusives, notamment par leur nombre, leur caractère répétitif ou systématique peuvent être rejetées.

III. – La personne concernée justifiant de son identité peut également exiger du responsable d'un traitement que soient, selon les cas, rectifiées, complétées, mises à jour, verrouillées ou effacées les données à caractère personnel la concernant, qui sont inexactes, incomplètes, équivoques, périmées, ou dont la collecte, l'utilisation, la communication ou la conservation est interdite.

Lorsque l'intéressé en fait la demande, le responsable de traitement doit justifier, sans frais pour le demandeur, qu'il a procédé aux opérations exigées.

En cas de contestation, la charge de la preuve incombe au responsable de traitement auprès duquel est exercé le droit d'accès sauf lorsqu'il est établi que les données contestées ont été communiquées par l'intéressé ou avec son accord.

Si une donnée a été transmise à un tiers, le responsable du traitement doit accomplir les diligences utiles afin de lui notifier les opérations qu'il a effectuées conformément au premier alinéa du III.

Art. 120 *(Créé à compter de la date prévue à l'article 29 de l'ordonnance n° 2018-1125 du 12 décembre 2018, et au plus tard le 1er juin 2019, Ord. n° 2018-1125, 12 déc. 2018)*. – Aucune décision de justice impliquant une appréciation sur le comportement d'une personne ne peut avoir pour fondement un traitement automatisé de données à caractère personnel destiné à évaluer certains aspects de la personnalité de cette personne.

Aucune autre décision produisant des effets juridiques à l'égard d'une personne ou l'affectant de manière significative ne peut être prise sur le seul fondement d'un traitement automatisé de données à caractère personnel destiné à prévoir ou évaluer certains aspects personnels relatifs à la personne concernée.

CHAPITRE II. – Autres dispositions

Section 1. – Obligations incombant au responsable de traitement

Art. 121 *(Créé à compter de la date prévue à l'article 29 de l'ordonnance n° 2018-1125 du 12 décembre 2018, et au plus tard le 1er juin 2019, Ord. n° 2018-1125, 12 déc. 2018)*. – Le responsable du traitement est tenu de prendre toutes précautions utiles, au regard de la nature des données et des risques présentés par le traitement, pour préserver la sécurité des données et, notamment, empêcher qu'elles soient déformées, endommagées, ou que des tiers non autorisés y aient accès.

Section 2. – Obligations incombant au sous-traitant

Art. 122 *(Créé à compter de la date prévue à l'article 29 de l'ordonnance n° 2018-1125 du 12 décembre 2018, et au plus tard le 1er juin 2019, Ord. n° 2018-1125, 12 déc. 2018)*. – Les données à caractère personnel ne peuvent faire l'objet d'une opération de traitement de la part d'un sous-traitant, d'une personne agissant sous l'autorité du responsable du traitement ou de celle du sous-traitant, que sur instruction du responsable du traitement.

Le sous-traitant doit présenter des garanties suffisantes pour assurer la mise en œuvre des mesures de sécurité et de confidentialité mentionnées au 6° de l'article 4 et à l'article 121. Cette exigence ne décharge pas le responsable du traitement de son obligation de veiller au respect de ces mesures.

Le contrat liant le sous-traitant au responsable du traitement comporte l'indication des obligations incombant au sous-traitant en matière de protection de la sécurité et de la confidentialité des données et prévoit que le sous-traitant ne peut agir que sur instruction du responsable du traitement.

Section 3. – Transferts de données à caractère personnel vers des États n'appartenant pas à l'Union européenne ou vers des destinataires établis dans des États n'appartenant pas à l'Union européenne

Art. 123 *(Créé à compter de la date prévue à l'article 29 de l'ordonnance n° 2018-1125 du 12 décembre 2018, et au plus tard le 1er juin 2019, Ord. n° 2018-1125, 12 déc. 2018)*. – Le responsable d'un traitement ne peut transférer des données à caractère personnel vers un État n'appartenant pas à l'Union européenne que si cet État assure un niveau de protection suffisant de la vie privée et des libertés et droits fondamentaux des personnes à l'égard du traitement dont ces données font l'objet ou peuvent faire l'objet.

Le caractère suffisant du niveau de protection assuré par un État s'apprécie en fonction notamment des dispositions en vigueur dans cet État, des mesures de sécurité qui y sont appliquées, des caractéristiques propres du traitement, telles que ses fins et sa durée, ainsi que de la nature, de l'origine et de la destination des données traitées.

Art. 124 *(Créé à compter de la date prévue à l'article 29 de l'ordonnance n° 2018-1125 du 12 décembre 2018, et au plus tard le 1er juin 2019, Ord. n° 2018-1125, 12 déc. 2018)*. **–** La commission se prononce dans un délai de deux mois à compter de la réception de la demande d'avis. Toutefois ce délai peut être renouvelé une fois sur décision motivée de son président. Lorsque la commission ne s'est pas prononcée dans ces délais, l'avis demandé à la commission sur le transfert est réputé favorable.

TITRE V. – Dispositions relatives à l'outre-mer

Art. 125 *(Créé à compter de la date prévue à l'article 29 de l'ordonnance n° 2018-1125 du 12 décembre 2018, et au plus tard le 1er juin 2019, Ord. n° 2018-1125, 12 déc. 2018 ; L. n° 2021-998, 30 juill. 2021 ; L. n° 2022-52, 24 janv. 2022)*. **–** La présente loi est applicable en Nouvelle-Calédonie, en Polynésie française, dans les îles Wallis et Futuna et dans les Terres australes et antarctiques françaises, dans sa rédaction résultant de la loi n° 2022-52 du 24 janvier 2022 relative à la responsabilité pénale et à la sécurité intérieure.

Art. 126 *(Créé à compter de la date prévue à l'article 29 de l'ordonnance n° 2018-1125 du 12 décembre 2018, et au plus tard le 1er juin 2019, Ord. n° 2018-1125, 12 déc. 2018)*. **–** Pour l'application de la présente loi à Saint-Barthélemy, à Saint-Pierre-et-Miquelon, en Nouvelle-Calédonie, en Polynésie française, dans les îles Wallis-et-Futuna et dans les Terres australes et antarctiques françaises, la référence au règlement (UE) 2016/679 du Parlement européen et du Conseil du 27 avril 2016 relatif à la protection des personnes physiques à l'égard du traitement des données à caractère personnel et à la libre circulation de ces données est remplacée par la référence aux règles en vigueur en métropole en vertu du règlement (UE) 2016/679 du 27 avril 2016.

Art. 127 *(Créé à compter de la date prévue à l'article 29 de l'ordonnance n° 2018-1125 du 12 décembre 2018, et au plus tard le 1er juin 2019, Ord. n° 2018-1125, 12 déc. 2018)*. **–** L'article 37 de la présente loi n'est pas applicable en Nouvelle-Calédonie et en Polynésie française en ce qu'il intéresse l'action de groupe devant les tribunaux de l'ordre judiciaire.

Art. 128 *(Créé à compter de la date prévue à l'article 29 de l'ordonnance n° 2018-1125 du 12 décembre 2018, et au plus tard le 1er juin 2019, Ord. n° 2018-1125, 12 déc. 2018)*. **–** I. – Pour l'application de l'article 37 de la présente loi dans les îles Wallis-et-Futuna, les mots : « des articles L. 2122-1, L. 2122-5 ou L. 2122-9 du Code du travail » sont remplacées par les mots : « de l'arrêté pris en application de l'article 73 de la loi n° 52-1322 du 15 décembre 1952 instituant un Code du travail dans les territoires et territoires associés relevant du ministère de la France d'outre-mer ».

Code de la sécurité intérieure
(Ord. n° 2012-351, 12 mars 2012)

CHAPITRE Ier. – DISPOSITIONS GÉNÉRALES

Art. L. 251-1. – Les enregistrements visuels de vidéoprotection répondant aux conditions fixées aux articles L. 251-2 et L. 251-3 sont soumis aux dispositions du présent titre, à l'exclusion de ceux qui sont utilisés dans des traitements automatisés ou contenus dans des fichiers structurés selon des critères permettant d'identifier, directement ou indirectement, des personnes physiques, qui sont soumis à la loi n° 78-17 du 6 janvier 1978 relative à l'informatique, aux fichiers et aux libertés.

Art. L. 251-2 *(Mod., L. n° 2014-315, 11 mars 2014 ; L. n° 2014-626, 18 juin 2014 ; L. n° 2016-1547, 18 nov. 2016)*. **–** La transmission et l'enregistrement d'images prises sur la voie publique par le moyen de la vidéoprotection peuvent être mis en œuvre par les autorités publiques compétentes aux fins d'assurer :

1° La protection des bâtiments et installations publics et de leurs abords ;
2° La sauvegarde des installations utiles à la défense nationale ;
3° La régulation des flux de transport ;

4° La constatation des infractions aux règles de la circulation ;

5° La prévention des atteintes à la sécurité des personnes et des biens dans des lieux particulièrement exposés à des risques d'agression, de vol ou de trafic de stupéfiants ainsi que la prévention, dans des zones particulièrement exposées à ces infractions, des fraudes douanières prévues par le dernier alinéa de l'article 414 du Code des douanes et des délits prévus à l'article 415 du même code portant sur des fonds provenant de ces mêmes infractions ;

6° La prévention d'actes de terrorisme, dans les conditions prévues au chapitre III du titre II du présent livre ;

7° La prévention des risques naturels ou technologiques ;

8° Le secours aux personnes et la défense contre l'incendie ;

9° La sécurité des installations accueillant du public dans les parcs d'attraction ;

10° Le respect de l'obligation d'être couvert, pour faire circuler un véhicule terrestre à moteur, par une assurance garantissant la responsabilité civile.

11° *(11° créé, L. n° 2019-773, 24 juill. 2019, art. 9, I ; mod., L. n° 2020-105, 10 févr. 2020)* La prévention et la constatation des infractions relatives à l'abandon d'ordures, de déchets, de matériaux ou d'autres objets.

Il peut être également procédé à ces opérations dans des lieux et établissements ouverts au public aux fins d'y assurer la sécurité des personnes et des biens lorsque ces lieux et établissements sont particulièrement exposés à des risques d'agression ou de vol.

Après information du maire de la commune concernée et autorisation des autorités publiques compétentes, des commerçants peuvent mettre en œuvre sur la voie publique un système de vidéoprotection aux fins d'assurer la protection des abords immédiats de leurs bâtiments et installations, dans les lieux particulièrement exposés à des risques d'agression ou de vol. Les conditions de mise en œuvre et le type de bâtiments et installations concernés sont définis par décret en Conseil d'État.

Art. L. 251-3. – Les opérations de vidéoprotection de la voie publique sont réalisées de telle sorte qu'elles ne visualisent pas les images de l'intérieur des immeubles d'habitation ni, de façon spécifique, celles de leurs entrées.

Le public est informé de manière claire et permanente de l'existence du système de vidéoprotection et de l'autorité ou de la personne responsable.

Art. L. 251-4. – Dans chaque département, une commission départementale de vidéoprotection présidée par un magistrat honoraire ou, à défaut, une personnalité qualifiée, nommée par le premier président de la cour d'appel, est chargée de donner un avis au représentant de l'État dans le département, ou à Paris au préfet de police, sur les demandes d'autorisation de systèmes de vidéoprotection et d'exercer un contrôle sur les conditions de fonctionnement des systèmes autorisés.

La personnalité qualifiée est choisie en raison de sa compétence dans le domaine de la vidéoprotection ou des libertés individuelles. (1)

Art. L. 251-5 *(Abr. à compter du 1er juillet 2022, L. n° 2018-699, 3 août 2018)*. **–** La Commission nationale de la vidéoprotection exerce une mission de conseil et d'évaluation de l'efficacité de la vidéoprotection. Elle émet des recommandations destinées au ministre de l'Intérieur en ce qui concerne les caractéristiques techniques, le fonctionnement ou l'emploi des systèmes de vidéoprotection.

Elle peut être saisie par le ministre de l'Intérieur, un député, un sénateur ou une commission départementale de vidéoprotection de toute question relative à la vidéoprotection.

Elle peut également se saisir d'office de toute difficulté tenant au fonctionnement d'un système de vidéoprotection ou de toute situation susceptible de constituer un manquement.

Art. L. 251-6 *(Abr. à compter du 1er juillet 2022, L. n° 2018-699, 3 août 2018)*. **–** La Commission nationale de la vidéoprotection est composée :

1° De représentants des personnes publiques et privées autorisées à mettre en œuvre un système de vidéoprotection ;

2° De représentants des administrations chargées de contrôler les systèmes mis en œuvre ;

3° D'un membre de la Commission nationale de l'informatique et des libertés ;

4° De deux députés et de deux sénateurs de manière à assurer une représentation pluraliste ;

---

(1) Conformément à l'article 109 de la loi n° 2019-222 du 23 mars 2019, ces dispositions entrent en vigueur à compter du prochain renouvellement de chaque commission.

5° *(5° mod., L. n° 2019-222, 23 mars 2019)* De personnalités qualifiées.

La qualité de membre de la commission est incompatible avec la détention d'un intérêt direct ou indirect dans une entreprise exerçant des activités dans le domaine de la vidéoprotection.

La composition et les modalités de l'organisation et du fonctionnement de la commission sont définies par voie réglementaire. (1)

Art. L. 251-7. – Le Gouvernement transmet chaque année à la Commission nationale de l'informatique et des libertés *(Mots suppr. à compter du 1er juillet 2022, L. n° 2018-699, 3 août 2018)* « et à la Commission nationale de la vidéoprotection » un rapport faisant état de l'activité des commissions départementales de vidéoprotection et des conditions d'application du présent titre.

Art. L. 251-8. – Les conditions dans lesquelles le représentant de l'État dans le département et, à Paris, le préfet de police peuvent prescrire la mise en œuvre de systèmes de vidéoprotection aux fins de prévention d'actes de terrorisme sont prévues au chapitre III du titre II du présent livre.

CHAPITRE II. – AUTORISATION ET CONDITIONS DE FONCTIONNEMENT

Art. L. 252-1. – L'installation d'un système de vidéoprotection dans le cadre du présent titre est subordonnée à une autorisation du représentant de l'État dans le département et, à Paris, du préfet de police donnée, sauf en matière de défense nationale, après avis de la commission départementale de vidéoprotection. Lorsque le système comporte des caméras installées sur le territoire de plusieurs départements, l'autorisation est délivrée par le représentant de l'État dans le département dans lequel est situé le siège social du demandeur et, lorsque ce siège est situé à Paris, par le préfet de police, après avis de la commission départementale de vidéoprotection. Les représentants de l'État dans les départements dans lesquels des caméras sont installées en sont informés.

(Alinéa remplacé à compter de la date prévue à l'article 29 de l'ordonnance n° 2018-1125 du 12 décembre 2018, et au plus tard le 1er juin 2019, Ord. n° 2018-1125, 12 déc. 2018) Les systèmes installés sur la voie publique ou dans des lieux ouverts au public dont les enregistrements sont utilisés dans des traitements automatisés ou contenus dans des fichiers structurés selon des critères permettant d'identifier, directement ou indirectement, des personnes physiques, sont autorisés dans les conditions fixées par la loi n° 78-17 du 6 janvier 1978 relative à l'informatique, aux fichiers et aux libertés.

Art. L. 252-2 *(L. n° 2014-626, 18 juin 2014 ; L. n° 2021-646, 25 mai 2021)*. – L'autorisation préfectorale prescrit toutes les précautions utiles, en particulier quant à la qualité des personnes chargées de l'exploitation du système de vidéoprotection ou visionnant les images et aux mesures à prendre pour assurer le respect des dispositions de la loi.

Dans le cas prévu au dernier alinéa de l'article L. 251-2, le visionnage des images ne peut être assuré que par des agents individuellement désignés et habilités des services de police et de gendarmerie nationales et des services de police municipale ainsi que par les agents individuellement désignés et dûment habilités mentionnés aux articles L. 531-1, L. 532-1 et L. 533-1.

Art. L. 252-3 *(L. n° 2021-646, 25 mai 2021)*. – L'autorisation peut prescrire que les agents individuellement désignés et dûment habilités des services de police et de gendarmerie nationales, des douanes, des services d'incendie et de secours, des services de police municipale ainsi que les agents individuellement désignés et dûment habilités mentionnés aux articles L. 531-1, L. 532-1 et L. 533-1 sont destinataires des images et enregistrements. Elle précise alors les modalités de transmission des images et d'accès aux enregistrements ainsi que la durée de conservation des images, dans la limite d'un mois à compter de cette transmission ou de cet accès, sans préjudice des nécessités de leur conservation pour les besoins d'une procédure pénale. La décision de permettre aux agents individuellement désignés et dûment habilités des services de police et de gendarmerie nationales, des douanes, des services d'incendie et de secours, des services de police municipale ainsi qu'aux agents individuellement désignés et dûment habilités mentionnés aux articles L. 531-1, L. 532-1 et L. 533-1 d'être destinataires des images et enregistrements peut également être prise à tout moment, après avis de la commission départementale de vidéoprotection, par arrêté préfectoral. Ce dernier précise alors les modalités de transmission des images et d'accès aux enregistrements. Lorsque l'urgence et l'exposition particulière à un risque d'actes de terrorisme le requièrent, cette décision peut être prise sans avis préalable de la commission départementale de vidéoprotection. Le président de la commission

(1) Conformément à l'article 109 de la loi n° 2019-222 du 23 mars 2019, ces dispositions entrent en vigueur à compter du prochain renouvellement de chaque commission.

est immédiatement informé de cette décision, qui fait l'objet d'un examen lors de la plus prochaine réunion de la commission.

Art. L. 252-4. – Les systèmes de vidéoprotection sont autorisés pour une durée de cinq ans renouvelable.

Les systèmes de vidéoprotection installés doivent être conformes à des normes techniques définies par arrêté du ministre de l'Intérieur *(Mots suppr. à compter du 1er juillet 2022, L. n° 2018-699, 3 août 2018)* « après avis de la Commission nationale de la vidéoprotection, » à compter de l'expiration d'un délai de deux ans après la publication de l'acte définissant ces normes.

Les autorisations mentionnées au présent titre et délivrées avant le 1er janvier 2000 expirent le 24 janvier 2012. Celles délivrées entre le 1er janvier 2000 et le 31 décembre 2002 expirent le 24 janvier 2013. Celles délivrées entre le 1er janvier 2003 et le 24 janvier 2006 expirent le 24 janvier 2014.

Art. L. 252-5. – Hormis le cas d'une enquête de flagrant délit, d'une enquête préliminaire ou d'une information judiciaire, les enregistrements sont détruits dans un délai maximum fixé par l'autorisation. Ce délai ne peut excéder un mois.

L'autorisation peut prévoir un délai minimal de conservation des enregistrements.

Art. L. 252-6. – Lorsqu'il est informé de la tenue imminente d'une manifestation ou d'un rassemblement de grande ampleur présentant des risques particuliers d'atteinte à la sécurité des personnes et des biens, le représentant de l'État dans le département et, à Paris, le préfet de police peuvent délivrer aux personnes mentionnées à l'article L. 251-2, sans avis préalable de la commission départementale de vidéoprotection, une autorisation provisoire d'installation d'un système de vidéoprotection, exploité dans les conditions prévues par le présent titre, pour une durée maximale de quatre mois. Le président de la commission est immédiatement informé de cette décision. Il peut alors la réunir sans délai afin qu'elle donne un avis sur la mise en œuvre de la procédure d'autorisation provisoire. L'autorisation d'installation du dispositif cesse d'être valable dès que la manifestation ou le rassemblement a pris fin.

Sauf dans les cas où les manifestations ou rassemblements de grande ampleur ont déjà pris fin, le représentant de l'État dans le département et, à Paris, le préfet de police recueillent l'avis de la commission départementale de vidéoprotection sur la mise en œuvre du système de vidéoprotection conformément à la procédure prévue à l'article L. 252-1 et se prononcent sur son maintien. La commission doit rendre son avis avant l'expiration du délai de validité de l'autorisation provisoire.

Art. L. 252-7. – Lorsqu'il est informé de la tenue imminente d'une manifestation ou d'un rassemblement de grande ampleur présentant des risques particuliers d'atteinte à la sécurité des personnes et des biens, le représentant de l'État dans le département et, à Paris, le préfet de police peuvent prescrire, sans l'avis préalable de la commission départementale de vidéoprotection, la mise en œuvre d'un système de vidéoprotection exploité dans les conditions prévues par l'article L. 252-1. Quand cette décision porte sur une installation de vidéoprotection filmant la voie publique ou des lieux ou établissements ouverts au public, le président de la commission est immédiatement informé de cette décision. Il peut alors la réunir sans délai afin qu'elle donne un avis sur la mise en œuvre de la procédure de décision provisoire. La prescription d'installation du dispositif cesse d'être valable dès que la manifestation ou le rassemblement a pris fin.

Sauf dans les cas où les manifestations ou rassemblements de grande ampleur mentionnés à l'alinéa précédent ont déjà pris fin, avant l'expiration d'un délai maximal de quatre mois, le représentant de l'État dans le département et, à Paris, le préfet de police recueillent l'avis de la commission départementale de vidéoprotection sur la mise en œuvre du système de vidéoprotection conformément à la procédure prévue à l'article L. 252-1 et se prononcent sur son maintien.

CHAPITRE III. – CONTRÔLE ET DROIT D'ACCÈS

Art. L. 253-1. – La commission départementale de vidéoprotection peut à tout moment exercer, sauf en matière de défense nationale, un contrôle sur les conditions de fonctionnement des systèmes de vidéoprotection répondant aux conditions fixées aux articles L. 251-2 et L. 251-3. Elle émet, le cas échéant, des recommandations et propose la suspension ou la suppression des dispositifs non autorisés, non conformes à leur autorisation ou dont il est fait un usage anormal. Elle informe le maire de la commune concernée de cette proposition.

Art. L. 253-2. – La Commission nationale de l'informatique et des libertés peut, sur demande de la commission départementale de vidéoprotection, du responsable d'un système ou de sa propre initiative, exercer un contrôle visant à s'assurer que le système est utilisé conformément à son autorisation et, selon le régime juridique dont le système relève, aux dispositions du présent titre ou à celles de la loi n° 78-17 du 6 janvier 1978 relative à l'informatique, aux fichiers et aux libertés. Lorsque la Commission nationale de l'informatique et des libertés constate un manquement aux dispositions du présent titre, elle peut, après avoir mis en demeure la personne responsable du système de se mettre en conformité dans un délai qu'elle fixe, demander au représentant de l'État dans le département ou, à Paris, au préfet de police d'ordonner la suspension ou la suppression du système de vidéoprotection. Elle informe le maire de la commune concernée de cette demande.

Art. L. 253-3. – *(Al. mod. à compter de la date prévue à l'article 29 de l'ordonnance n° 2018-1125 du 12 décembre 2018, et au plus tard le 1er juin 2019, Ord. n° 2018-1125, 12 déc. 2018)* Les membres de la Commission nationale de l'informatique et des libertés, les agents de ses services habilités dans les conditions définies au dernier alinéa de l'article 10 de la loi n° 78-17 du 6 janvier 1978 relative à l'informatique, aux fichiers et aux libertés ainsi que les membres des commissions départementales de vidéoprotection ont accès de six heures à vingt et une heures, pour l'exercice de leurs missions, aux lieux, locaux, enceintes, installations ou établissements servant à la mise en œuvre d'un système de vidéoprotection, à l'exclusion des parties de ceux-ci affectées au domicile privé. Le procureur de la République territorialement compétent en est préalablement informé.

Le responsable des locaux professionnels privés est informé de son droit d'opposition à la visite. Lorsqu'il exerce ce droit, la visite ne peut se dérouler qu'après l'autorisation du juge des libertés et de la détention du tribunal judiciaire dans le ressort duquel sont situés les locaux à visiter, qui statue dans des conditions fixées par décret en Conseil d'État. Toutefois, lorsque l'urgence, la gravité des faits à l'origine du contrôle ou le risque de destruction ou de dissimulation de documents le justifie, la visite peut avoir lieu sans que le responsable des locaux en ait été informé, sur autorisation préalable du juge des libertés et de la détention. Dans ce cas, le responsable des lieux ne peut s'opposer à la visite.

La visite s'effectue sous l'autorité et le contrôle du juge des libertés et de la détention qui l'a autorisée, en présence de l'occupant des lieux ou de son représentant, qui peut se faire assister d'un conseil de son choix ou, à défaut, en présence de deux témoins qui ne sont pas placés sous l'autorité des personnes chargées de procéder au contrôle.

L'ordonnance ayant autorisé la visite est exécutoire au seul vu de la minute. Elle mentionne que le juge ayant autorisé la visite peut être saisi à tout moment d'une demande de suspension ou d'arrêt de cette visite. Elle indique le délai et la voie de recours. Elle peut faire l'objet, suivant les règles prévues par le Code de procédure civile, d'un appel devant le premier président de la cour d'appel. Celui-ci connaît également des recours contre le déroulement des opérations de visite.

Les personnes mentionnées au premier alinéa peuvent demander communication de tous documents nécessaires à l'accomplissement de leur mission, quel qu'en soit le support, et en prendre copie ; elles peuvent recueillir, sur place ou sur convocation, tout renseignement et toute justification utiles ; elles peuvent accéder aux programmes informatiques et aux données ainsi qu'en demander la transcription par tout traitement approprié dans des documents directement utilisables pour les besoins du contrôle.

Elles peuvent, à la demande du président de la commission, être assistées par des experts désignés par l'autorité dont ceux-ci dépendent.

Il est dressé contradictoirement procès-verbal des vérifications et visites menées en application du présent article.

Art. L. 253-4. – À la demande de la commission départementale de vidéoprotection, de la Commission nationale de l'informatique et des libertés ou de sa propre initiative, le représentant de l'État dans le département et, à Paris, le préfet de police peuvent fermer pour une durée de trois mois, après mise en demeure non suivie d'effets dans le délai qu'elle fixe, un établissement ouvert au public dans lequel est maintenu un système de vidéoprotection sans autorisation. Lorsque, à l'issue du délai de trois mois, l'établissement n'a pas sollicité la régularisation de son système, l'autorité administrative peut lui enjoindre de démonter ledit système. S'il n'est pas donné suite à cette injonction, une nouvelle mesure de fermeture de trois mois peut être prononcée.

Art. L. 253-5. – Toute personne intéressée peut s'adresser au responsable d'un système de vidéoprotection afin d'obtenir un accès aux enregistrements qui la concernent ou d'en vérifier la destruction dans le délai prévu. Cet accès est de droit. Un refus d'accès peut toutefois être opposé pour un motif tenant à la sûreté de l'État, à la défense, à la sécurité publique, au déroulement de procédures engagées devant les juridictions ou d'opérations préliminaires à de telles procédures ou au droit des tiers.

Toute personne intéressée peut saisir la commission départementale de vidéoprotection ou la Commission nationale de l'informatique et des libertés de toute difficulté tenant au fonctionnement d'un système de vidéoprotection.

Les dispositions du précédent alinéa ne font pas obstacle au droit de la personne intéressée de saisir la juridiction compétente *(Mots suppr., Ord. n° 2019-738, 17 juill. 2019)* (1) « ... ».

CHAPITRE IV. – DISPOSITIONS PÉNALES

Art. L. 254-1. – Le fait d'installer un système de vidéoprotection ou de le maintenir sans autorisation, de procéder à des enregistrements de vidéoprotection sans autorisation, de ne pas les détruire dans le délai prévu, de les falsifier, d'entraver l'action de la commission départementale de vidéoprotection ou de la Commission nationale de l'informatique et des libertés, de faire accéder des personnes non habilitées aux images ou d'utiliser ces images à d'autres fins que celles pour lesquelles elles sont autorisées est puni de trois ans d'emprisonnement et de 45 000 euros d'amende, sans préjudice des dispositions des articles 226-1 du Code pénal et L. 1121-1, L. 1221-9, L. 1222-4 et L. 2323-47 du Code du travail.

CHAPITRE V. – DISPOSITIONS COMMUNES

Art. L. 255-1 *(Mod., L. n° 2021-646, 25 mai 2021)*. **–** Un décret en Conseil d'État, après avis de la Commission nationale de la vidéoprotection et de la Commission nationale de l'informatique et des libertés, fixe les modalités d'application du présent titre, et notamment les conditions dans lesquelles le public est informé de l'existence d'un dispositif de vidéoprotection ainsi que de l'identité de l'autorité ou de la personne responsable. Ce décret fixe également les conditions dans lesquelles les agents mentionnés au second alinéa de l'article L. 252-2 et à l'article L. 252-3 sont habilités à accéder aux enregistrements pour les seuls besoins de leur mission, ainsi que les exigences de formation et de mise à jour régulière des connaissances en matière de protection des données à caractère personnel auxquelles ils doivent satisfaire pour être habilités. Ce même décret précise les mesures techniques mises en œuvre pour garantir la sécurité des enregistrements et assurer la traçabilité des accès aux images.

Code de la propriété intellectuelle

Loi n° 98-536 du 1er juillet 1998 portant transposition dans le Code de la propriété intellectuelle de la directive 96/9/CE du Parlement européen et du Conseil, du 11 mars 1996, concernant la protection juridique des bases de données

TITRE IV. – DROITS DES PRODUCTEURS DE BASES DE DONNÉES

CHAPITRE I. – CHAMP D'APPLICATION

Art. L. 341-1. – Le producteur d'une base de données, entendu comme la personne qui prend l'initiative et le risque des investissements correspondants, bénéficie d'une protection du contenu de la base lorsque la constitution, la vérification ou la présentation de celui-ci atteste d'un investissement financier, matériel ou humain substantiel.

Cette protection est indépendante et s'exerce sans préjudice de celles résultant du droit d'auteur ou d'un autre droit sur la base de données ou un de ses éléments constitutifs.

Art. L. 341-2. – Sont admis au bénéfice du présent titre :

1° Les producteurs de bases de données, ressortissants d'un État membre de la Communauté européenne ou d'un État partie à l'accord sur l'Espace économique européen, ou qui ont dans un tel État leur résidence habituelle ;

2° Les sociétés ou entreprises constituées en conformité avec la législation d'un État membre et ayant leur siège statutaire, leur administration centrale ou leur établissement principal à l'intérieur de la Communauté ou d'un État partie à l'accord sur l'Espace économique européen ; néanmoins, si une telle société ou entreprise n'a que son siège statutaire sur le territoire d'un tel État, ses activités doivent avoir un lien réel et continu avec l'économie de l'un d'entre eux.

---

(1) Dispositions applicables aux demandes introduites à compter du 1er janvier 2020, Ord. n° 2019-738, 17 juill. 2019.

Les producteurs de bases de données qui ne satisfont pas aux conditions mentionnées ci-dessus sont admis à la protection prévue par le présent titre lorsqu'un accord particulier a été conclu avec l'État dont ils sont ressortissants par le Conseil de la Communauté européenne.

CHAPITRE II. – ÉTENDUE DE LA PROTECTION

Art. L. 342-1. – Le producteur de bases de données a le droit d'interdire :

1° L'extraction, par transfert permanent ou temporaire de la totalité ou d'une partie qualitativement ou quantitativement substantielle du contenu d'une base de données sur un autre support, par tout moyen et sous toute forme que ce soit ;

2° La réutilisation, par la mise à la disposition du public de la totalité ou d'une partie qualitativement ou quantitativement substantielle du contenu de la base, quelle qu'en soit la forme.

Ces droits peuvent être transmis ou cédés ou faire l'objet d'une licence.

Le prêt public n'est pas un acte d'extraction ou de réutilisation.

Art. L. 342-2. – Le producteur peut également interdire l'extraction ou la réutilisation répétée et systématique de parties qualitativement ou quantitativement non substantielles du contenu de la base lorsque ces opérations excèdent manifestement les conditions d'utilisation normale de la base de données.

Art. L. 342-3 *(Mod., L. n° 2006-961, 1er août 2006 ; L. n° 2016-1321, 7 oct. 2016 ; Ord. n° 2021-1518, 24 nov. 2021)*. **–** Lorsqu'une base de données est mise à la disposition du public par le titulaire des droits, celui-ci ne peut interdire :

1° L'extraction ou la réutilisation d'une partie non substantielle, appréciée de façon qualitative ou quantitative, du contenu de la base, par la personne qui y a licitement accès ;

2° L'extraction à des fins privées d'une partie qualitativement ou quantitativement substantielle du contenu d'une base de données non électronique sous réserve du respect des droits d'auteur ou des droits voisins sur les œuvres ou éléments incorporés dans la base.

3° L'extraction et la réutilisation d'une base de données dans les conditions définies aux deux premiers alinéas du 7° de l'article L. 122-5 ;

4° L'extraction et la réutilisation d'une partie substantielle, appréciée de façon qualitative ou quantitative, du contenu de la base, sous réserve des bases de données conçues à des fins pédagogiques et des bases de données réalisées pour une édition numérique de l'écrit, à des fins exclusives d'illustration dans le cadre de la recherche, à l'exclusion de toute activité ludique ou récréative, dès lors que le public auquel cette extraction et cette réutilisation sont destinées est composé majoritairement de chercheurs directement concernés, que la source est indiquée, que l'utilisation de cette extraction et cette réutilisation ne donne lieu à aucune exploitation commerciale et qu'elle est compensée par une rémunération négociée sur une base forfaitaire ;

4° *bis* L'extraction et la réutilisation d'une partie substantielle, appréciée de façon qualitative ou quantitative, du contenu de la base à des fins exclusives d'illustration dans le cadre de l'enseignement et de la formation professionnelle, dans les conditions prévues à l'article L. 122-5-4. Pour l'application de cet article, l'auteur s'entend du bénéficiaire des droits et la représentation et la reproduction d'extraits d'œuvres s'entendent de l'extraction et de la réutilisation d'une partie substantielle d'une base de données ;

5° L'extraction et la réutilisation d'une base de données dans les conditions définies au 8° de l'article L. 122-5 ;

6° Les extractions, copies ou reproductions numériques d'une base de données, en vue de la fouille de textes et de données réalisée dans les conditions prévues à l'article L. 122-5-3. Pour l'application de cet article, les auteurs et titulaires des droits d'auteur s'entendent des producteurs de bases de données et les copies ou reproductions numériques d'œuvres s'entendent des extractions, copies ou reproductions numériques de bases de données ;

7° L'extraction et la réutilisation d'une base de données dans les conditions définies au 13° de l'article L. 122-5.

Toute clause contraire au 1° ou au 6° ci-dessus est nulle.

Les exceptions énumérées par le présent article ne peuvent porter atteinte à l'exploitation normale de la base de données ni causer un préjudice injustifié aux intérêts légitimes du producteur de la base.

Les modalités d'application du présent article sont précisées par décret en Conseil d'État.

Art. L. 342-3-1 *(Mod., L. n° 2009-669, 12 juin 2009 ; L. n° 2009-1311, 28 oct. 2009)*. **–** Les mesures techniques efficaces au sens de l'article L. 331-5 qui sont propres à empêcher ou à limiter les utilisations d'une base de données que le producteur n'a pas autorisées en application de l'article L. 342-1 bénéficient de la protection prévue à l'article L. 335-4-1.

Les producteurs de bases de données qui recourent aux mesures techniques de protection mentionnées au premier alinéa prennent cependant les dispositions utiles pour que leur mise en œuvre ne prive pas les bénéficiaires des exceptions définies à l'article L. 342-3 de leur bénéfice effectif, suivant les conditions prévues au 2° de l'article L. 331-31 et aux articles L. 331-7 à L. 331-10, L. 331-33 à L. 331-35 et L. 331-37.

Tout différend relatif à la faculté de bénéficier des exceptions définies à l'article L. 342-3 qui implique une mesure technique visée au premier alinéa du présent article est soumis à la Haute Autorité pour la diffusion des œuvres et la protection des droits sur internet prévue à l'article L. 331-12.

Art. L. 342-3-2 *(Mod. à compter de la date de la première réunion de la Haute Autorité pour la diffusion des œuvres et la protection des droits sur Internet et au plus tard le 1er novembre 2009, L. n° 2009-669, 12 juin 2009)*. **–** Les informations sous forme électronique relatives au régime des droits du producteur d'une base de données, au sens de l'article L. 331-11, bénéficient de la protection prévue à l'article L. 335-4-2.

Art. L. 342-4. – La première vente d'une copie matérielle d'une base de données dans le territoire d'un État membre de la Communauté européenne ou d'un État partie à l'accord sur l'Espace économique européen, par le titulaire du droit ou avec son consentement, épuise le droit de contrôler la revente de cette copie matérielle dans tous les États membres.

Toutefois, la transmission en ligne d'une base de données n'épuise pas le droit du producteur de contrôler la revente dans tous les États membres d'une copie matérielle de cette base ou d'une partie de celle-ci.

Art. L. 342-5. – Les droits prévus à l'article L. 342-1 prennent effet à compter de l'achèvement de la fabrication de la base de données. Ils expirent quinze ans après le 1er janvier de l'année civile qui suit celle de cet achèvement.

Lorsqu'une base de données a fait l'objet d'une mise à la disposition du public avant l'expiration de la période prévue à l'alinéa précédent, les droits expirent quinze ans après le 1er janvier de l'année civile suivant celle de cette première mise à disposition.

Toutefois, dans le cas où une base de données protégée fait l'objet d'un nouvel investissement substantiel, sa protection expire quinze ans après le 1er janvier de l'année civile suivant celle de ce nouvel investissement.

Art. L. 342-6 *(Créé, Ord. n° 2021-1518, 24 nov. 2021)*. **–** Le chapitre VIII du titre III du livre Ier est applicable aux droits des producteurs de bases de données.

CHAPITRE III. – PROCÉDURES ET SANCTIONS

Art. L. 343-1 *(L. n° 2007-1544, 29 oct. 2007 ; mod., L. n° 2014-315, 11 mars 2014)*. **–** L'atteinte aux droits du producteur de bases de données peut être prouvée par tous moyens.

À cet effet, toute personne ayant qualité pour agir en vertu du présent titre est en droit de faire procéder par tous huissiers, assistés par des experts désignés par le demandeur, sur ordonnance rendue sur requête par la juridiction civile compétente, soit à la description détaillée, avec ou sans prélèvement d'échantillons, des supports ou produits portant prétendument atteinte aux droits du producteur de bases de données, soit à la saisie réelle de ces supports ou produits ainsi que de tout document s'y rapportant.

La juridiction peut ordonner, aux mêmes fins probatoires, la description détaillée ou la saisie réelle des matériels et instruments utilisés pour produire ou distribuer les supports ou produits portant prétendument atteinte aux droits du producteur de bases de données, ainsi que de tout document s'y rapportant.

L'ordonnance peut autoriser la saisie réelle de tout document se rapportant aux supports, produits, matériels et instruments mentionnés aux deuxième et troisième alinéas en l'absence de ces derniers.

La juridiction peut subordonner l'exécution des mesures qu'elle ordonne à la constitution par le demandeur de garanties destinées à assurer l'indemnisation éventuelle du défendeur si l'action engagée en vertu du présent titre est ultérieurement jugée non fondée ou si la mainlevée de la saisie est prononcée.

La mainlevée de la saisie peut être prononcée selon les modalités prévues par les articles L. 332-2 et L. 332-3.

Art. L. 343-1-1 *(L. n° 2014-315, 11 mars 2014)*. **–** La juridiction peut ordonner, d'office ou à la demande de toute personne ayant qualité pour agir en contrefaçon, toutes les mesures d'instruction légalement admissibles, même si une saisie-contrefaçon n'a pas préalablement été ordonnée dans les conditions prévues à l'article L. 343-1.

Art. L. 343-2 *(L. n° 2007-1544, 29 oct. 2007 ; L. n° 2014-315, 11 mars 2014)*. **–** Toute personne ayant qualité pour agir dans le cas d'une atteinte aux droits du producteur de bases de données peut saisir en référé la juridiction civile compétente afin de voir ordonner, au besoin sous astreinte, à l'encontre du prétendu auteur de cette atteinte ou des intermédiaires dont il utilise les services, toute mesure urgente destinée à prévenir une atteinte aux droits du producteur de bases de données ou à empêcher la poursuite d'actes portant prétendument atteinte à ceux-ci. La juridiction civile compétente peut également ordonner toutes mesures urgentes sur requête lorsque les circonstances exigent que ces mesures ne soient pas prises contradictoirement, notamment lorsque tout retard serait de nature à causer un préjudice irréparable au demandeur. Saisie en référé ou sur requête, la juridiction ne peut ordonner les mesures demandées que si les éléments de preuve, raisonnablement accessibles au demandeur, rendent vraisemblable qu'il est porté atteinte à ses droits ou qu'une telle atteinte est imminente.

La juridiction peut interdire la poursuite des actes portant prétendument atteinte aux droits du producteur de bases de données, la subordonner à la constitution de garanties destinées à assurer l'indemnisation éventuelle du préjudice subi par le demandeur ou ordonner la saisie ou la remise entre les mains d'un tiers des produits soupçonnés de porter atteinte aux droits conférés par le titre, pour empêcher leur introduction ou leur circulation dans les circuits commerciaux.

Elle peut également accorder au demandeur une provision lorsque l'existence de son préjudice n'est pas sérieusement contestable.

Saisie en référé ou sur requête, la juridiction peut subordonner l'exécution des mesures qu'elle ordonne à la constitution par le demandeur de garanties destinées à assurer l'indemnisation éventuelle du défendeur si l'action engagée en vertu du présent titre est ultérieurement jugée non fondée ou les mesures annulées.

« Lorsque les mesures prises pour faire cesser une atteinte aux droits du producteur de bases de données sont ordonnées avant l'engagement d'une action au fond, le demandeur doit, dans un délai fixé par voie réglementaire, soit se pourvoir par la voie civile ou pénale, soit déposer une plainte auprès de procureur de la République. » À défaut, sur demande du défendeur et sans que celui-ci ait à motiver sa demande, les mesures ordonnées sont annulées, sans préjudice des dommages et intérêts qui peuvent être réclamés.

Art. L. 343-3 *(L. n° 2007-1544, 29 oct. 2007)*. **–** Outre les procès-verbaux des officiers ou agents de police judiciaire, la preuve de la matérialité des infractions définies au présent chapitre peut résulter des constatations d'agents assermentés désignés par les organismes professionnels de producteurs. Ces agents sont agréés par le ministre chargé de la culture dans les mêmes conditions que celles prévues pour les agents visés à l'article L. 331-2.

Art. L. 343-4 *(L. n° 2007-1544, 29 oct. 2007 ; L. n° 2016-731, 3 juin 2016)*. **–** Est puni de trois ans d'emprisonnement et de 300 000 € d'amende le fait de porter atteinte aux droits du producteur d'une base de données tels que définis à l'article L. 342-1. Lorsque le délit a été commis en bande organisée, les peines sont portées à sept ans d'emprisonnement et à 750 000 € d'amende.

Art. L. 343-5 *(L. n° 2007-1544, 29 oct. 2007)*. **–** Les personnes physiques coupables de l'un des délits prévus au présent chapitre peuvent en outre être condamnées, à leurs frais, à retirer des circuits commerciaux les objets jugés contrefaisants et toute chose qui a servi ou était destinée à commettre l'infraction.

La juridiction peut ordonner la destruction aux frais du condamné ou la remise à la partie lésée des objets et choses retirés des circuits commerciaux ou confisqués, sans préjudice de tous dommages et intérêts.

Elle peut également ordonner, aux frais du condamné, l'affichage ou la diffusion du jugement prononçant la condamnation, dans les conditions et sous les peines prévues à l'article 131-35 du Code pénal.

Art. L. 343-6 *(L. n° 2009-526, 12 mai 2009)*. **–** Les personnes morales déclarées responsables pénalement, dans les conditions prévues par l'article 121-2 du Code pénal, des infractions définies au présent chapitre encourent, outre l'amende suivant les modalités prévues par l'article 131-38 du Code pénal, les peines prévues par l'article 131-39 du même code.

L'interdiction mentionnée au 2° de l'article 131-39 du même code porte sur l'activité dans l'exercice ou à l'occasion de l'exercice de laquelle l'infraction a été commise.

La juridiction peut ordonner la destruction aux frais du condamné ou la remise à la partie lésée des objets et choses retirés des circuits commerciaux ou confisqués, sans préjudice de tous dommages et intérêts.

Art. L. 343-7 *(L. n° 2007-1544, 29 oct. 2007 ; L. n° 2010-853, 23 juill. 2010)*. **–** En cas de récidive des infractions définies à l'article L. 343-4 ou si le délinquant est ou a été lié à la partie lésée par convention, les peines encourues sont portées au double.

Les coupables peuvent, en outre, être privés pour un temps qui n'excédera pas cinq ans du droit d'élection et d'éligibilité pour les tribunaux de commerce, les chambres de commerce et d'industrie territoriales et les chambres de métiers, ainsi que pour les conseils de prud'hommes.

Art. 226-3-1 ***(L. n° 2018-703 du 3 août 2018).*** **– Le fait d'user de tout moyen afin d'apercevoir les parties intimes d'une personne que celle-ci, du fait de son habillement ou de sa présence dans un lieu clos, a caché à la vue des tiers, lorsqu'il est commis à l'insu ou sans le consentement de la personne, est puni d'un an d'emprisonnement et de 15 000 € d'amende.**

Les faits mentionnés au premier alinéa sont punis de deux ans d'emprisonnement et de 30 000 € d'amende :

1° Lorsqu'ils sont commis par une personne qui abuse de l'autorité que lui confèrent ses fonctions ;

2° Lorsqu'ils sont commis sur un mineur ;

3° Lorsqu'ils sont commis sur une personne dont la particulière vulnérabilité, due à son âge, à une maladie, à une infirmité, à une déficience physique ou psychique ou à un état de grossesse, est apparente ou connue de leur auteur ;

4° Lorsqu'ils sont commis par plusieurs personnes agissant en qualité d'auteur ou de complice ;

5° Lorsqu'ils sont commis dans un véhicule affecté au transport collectif de voyageurs ou dans un lieu destiné à l'accès à un moyen de transport collectif de voyageurs ;

6° Lorsque des images ont été fixées, enregistrées ou transmises.

Bibliographie : Ch. Claverie-Rousset, *Dr. pén.* 2018. • A. Darsonville, *La lettre juridique* n° 758, 18 oct. 2018, LXB N5938BX9. • S. Detraz et L. Saenko, *D.* 2018, p. 2031. • V. Tellier-Cayrol : *AJ pénal* 2018, p. 400.

Voir également : art. 226-5, p. 559.

Art. 226-4 ***(Mod., L. n° 2015-714, 24 juin 2015).*** **– L'introduction dans le domicile d'autrui à l'aide de manœuvres, menaces, voies de fait ou contraintes, hors les cas où la loi le permet, est puni d'un an d'emprisonnement et de 15 000 € d'amende.**

Le maintien dans le domicile d'autrui à la suite de l'introduction mentionnée au premier alinéa, hors les cas où la loi le permet, est puni des mêmes peines.

Bibliographie : *JCl. Pénal Code, Violation de domicile* par H. Matsopoulou. • G. Duménil, *Réflexions autour des délits de violation de domicile : Rev. pénit.* 2019, n° 3, p. 543 • J. Leborne, *La notion de domicile en droit pénal : vers l'élémentaire ? : AJ pénal* 2021, p. 101.

1) Définition. Le domicile est toute demeure permanente ou temporaire occupée par celui qui y a droit ou, de son consentement, par un tiers (▪ Cass. crim., 15 févr. 1955 : *Bull. crim.* n° 106 ; *RSC* 1955, p. 521, obs. Hugueney) ou encore le lieu où, que l'intéressé y habite ou non, il a le droit de se dire chez lui, quels que soient le titre juridique de son occupation et l'affectation donnée aux locaux (▪ Cass. crim., 4 janv. 1977 : *Bull. crim.* n° 6. ▪ Cass. crim., 13 oct. 1982 : *Bull. crim.* n° 218 ; *RSC* 1983, p. 670, obs. Levasseur. ▪ Cass. crim., 23 mai 1995 : *Bull. crim.* n° 193).

2) En effet, le terme de domicile au sens de l'article 184 (ancien, devenu 226-4) du Code pénal ne désigne pas seulement le lieu où une personne a son principal établissement mais encore le lieu, qu'elle y habite ou non, correspondant aux critères ci-dessus indiqués, tel un appartement meublé et momentanément inoccupé par elle en raison de travaux devant y être effectués (▪ Cass. crim., 24 avr. 1985 : *Bull. crim.* n° 158).

3) Il en est ainsi d'une chambre d'hôtel (▪ Cass. crim., 31 janv. 1914 : *D.* 1918, 1, 76), d'une chambre d'hôpital (▪ Paris, 17 mars 1986 : *Bull. inf. C. cass.* 1987, n° 237, p. 15), d'une roulotte, caravane ou tente de camping (V. D. 7 févr. 1959), mais pas en principe d'une automobile (▪ Cass. crim., 24 févr. 1960 : *Bull. crim.* n° 108 ; *RSC* 1960, p. 649, obs. Hugueney) ou d'une simple hutte de chasse qui n'est qu'un poste d'observation pour le chasseur, dépourvu des équipements les plus élémentaires propres à caractériser le domicile (▪ Cass. crim., 9 janv. 1992 : *Bull. crim.* n° 6. ▪ Cass. crim., 6 mai 2002 : *Dr. pén.* 2002, comm. 130, obs. A. Maron – M. Haas) ou d'une consigne de gare (▪ Cass. crim., 12 oct. 1993 : *Bull. crim.* n° 287) ; ou du bloc opératoire d'un établissement de santé, public ou privé (▪ Cass. crim., 27 nov. 1996 : *Bull. crim.* n° 431), ou encore d'une cellule de maison d'arrêt (▪ Cass. crim., 18 oct. 1989 : *Gaz. Pal.* 1990, I, somm. 235, obs. Doucet).

4) Sens de l'article 226-4. La violation de domicile n'est constituée, dans les conditions prévues par l'article 226-4 du Code pénal, qu'autant qu'il y a eu une introduction dans un lieu caractérisant un domicile, ce texte n'ayant pas pour objet de garantir d'une manière générale les propriétés immobilières contre une usurpation ; le fait de s'introduire par effraction dans un logement vacant, vide entre deux locations, ne constitue pas de délit. Cependant, en l'espèce, le juge ne saurait prononcer la relaxe sans rechercher si les faits ne sont pas constitutifs d'une autre infraction (dégradation de bien) (▪ Cass. crim., 22 janv. 1997 : *Bull. crim.* n° 31).

5) L'article 226-4 du Code pénal qui réprime le fait de s'introduire ou de se maintenir au domicile d'autrui, n'a pas pour objet de garantir d'une manière générale les propriétés immobilières contre une usurpation ; n'a pas légalement justifié sa décision l'arrêt qui a déclaré coupable le prévenu de violation de domicile alors que celui-ci a réintégré la roulotte d'où il avait été expulsé et que le propriétaire n'a jamais occupée (■ Cass. crim., 30 oct. 2006 : *Bull. crim.* n° 261 ; *Dr. pén.* 2007, comm. 7, obs. M. Véron ; *RSC* 2007, p. 83, n° 4, obs. Y. Mayaud).

6) Le délit de violation de domicile n'est pas imputable à un entrepreneur de démolition qui a causé accidentellement des dommages à un immeuble et créé des risques d'effondrement total, car le législateur n'a pas entendu protéger une valeur pécuniaire mais le cadre de la vie privée (■ Versailles, ch. acc., 24 juin 1988 : *Juris-Data* n° 1988-043637).

7) Dès lors, ne peut constituer un domicile le bien immobilier que les propriétaires n'ont eux-mêmes jamais occupé (■ Cass. crim., 28 févr. 2001 : *Juris-Data* n° 2001-009295 ; *Dr. pén.* 2001, comm. 85, obs. M. Véron. – *Adde*, ■ Cass. crim., 26 juin 2002 : *Juris-Data* n° 2002-015356 ; *Dr. pén.* 2002, comm. 136, obs. M. Véron, pour un château ni habité ni habitable).

– Ne peut être qualifié de domicile, en l'état des constatations et énonciations de l'arrêt attaqué, la loge mise provisoirement, le temps d'un spectacle, à la disposition de son organisateur, fut-il chef d'orchestre (■ Cass. crim., 6 déc. 2005 : *Bull. crim.* n° 315. – V. *infra*, sous article 432-8 du Code pénal).

8) Lieux assimilés. Les lieux accessoires du domicile sont assimilés à celui-ci pour la protection résultant de l'article 184 du Code pénal, ainsi les terrasses et balcons (■ Cass. crim., 4 mai 1965 : *D.* 1965, 631), les cours et jardins (■ Cass. crim., 13 mars 1974 : *Bull. crim.* n° 110 ; *RSC* 1975, p. 148, obs. Levasseur. ■ Cass. crim., 9 août 1989 : *Dr. pén.* 1990, n° 45), caves, greniers et débarras (■ Cass. crim., 19 juin 1957 : *Bull. crim.* n° 513).

9) Mais une cour d'immeuble, lorsqu'elle n'est pas close, ne peut être assimilée à un domicile, si bien que des agents de la police administrative ou judiciaire qui y pénètrent pour soumettre un individu auteur d'une infraction prévue par l'article L. 14 du Code de la route, aux épreuves de dépistage de l'imprégnation alcoolique, ne procèdent pas à une visite domiciliaire ou à une perquisition donnant lieu à application des dispositions des articles 53 et suivants et 76 du Code de procédure pénale (■ Cass. crim., 26 sept. 1990 : *Bull. crim.* n° 321).

10) Est encore considéré comme domicile tout local affecté à l'usage d'une profession, ainsi une usine (■ T. corr. Bar-le-Duc, 12 févr. 1936 : *Gaz. Pal.* 1936, 1, 847), ou une chambre servant de bureau de comptabilité (■ Cass. crim., 21 mai 1957 : *Bull. crim.* n° 434) ou le bureau du président d'une Chambre des métiers (■ Cass. crim., 24 juin 1987 : *JCP* 1987, IV, 302).

11) Personne morale. Une personne morale peut disposer d'un domicile au sens de l'article 184 de l'ancien Code pénal devenu l'article 226-4 ; ainsi, caractérise le défi de violation de domicile le fait pour une personne de pénétrer par escalade dans le centre d'essais d'une société de construction automobile, clos par un mur d'enceinte et gardé en permanence (■ Cass. crim., 23 mai 1995 : *Bull. crim.* n° 193 ; *Dr. pén.* 1995, comm. 220, obs. M. Véron).

– Droit reconnu par la cour EDH : 16 avr. 2002 : *D.* 2003, p. 1541, note A. Lepage.

12) Détermination des actes délictueux. L'incrimination de violation de domicile exige que l'introduction ait été réalisée grâce à des manœuvres, des menaces, des voies de fait ou par la contrainte ; le délit n'est pas caractérisé par le franchissement d'une rubalise délimitant un terrain non clôturé, en méconnaissance d'un panneau indiquant une interdiction d'accès (■ Cass. crim., 29 juin 2021, n° 19-83.192 : *JurisData* n° 2021-010534 ; *Dr. pén.* 2021, comm. 180, Ph. Conte).

13) Le délit suppose l'introduction au domicile d'un tiers ; tel n'est pas le cas lorsque le prévenu occupait les lieux conjointement avec la partie civile (■ Cass. crim., 7 févr. 1994 : *Dr. pén.* 1994, n° 129, obs. M. Véron).

14) Peu importe que le local soit inoccupé lors de la violation du domicile, du moment que ce local présente les caractéristiques signalées plus haut (■ Cass. crim., 1er mars 1890 : *D.* 1890, 1, 334) ; mais si le locataire a été précédemment régulièrement expulsé, le fait pour un maire de faire ouvrir la porte par un serrurier pour réintégrer cet ex-locataire ne constitue pas le délit, puisque le local était devenu vide et n'était plus un domicile (■ T. corr. Chalon-sur-Saône, 17 févr. 1950 : *JCP* 1950, II, 5505, note Levasseur).

15) Il a été jugé qu'il n'y avait pas violation de domicile de la part d'un propriétaire qui, devant l'inertie des autorités chargées des décisions d'expulsion, est venu avec des déménageurs et des serruriers enlever les meubles d'un occupant sans droit ni titre condamné à l'expulsion, en référé, avec exécution provisoire (■ Paris, 11 juill. 1953 : *D.* 1954, 49) ou qui pénètre dans un local lui appartenant où vit un inculpé qui, recherché par les autorités judiciaires, s'y est réfugié (■ Cass. crim., 30 mars 1971 : *Bull. crim.* n° 113). La violation de domicile reprochée au propriétaire du logement n'est pas établie dès lors que l'ouverture de la porte par un serrurier a été effectuée en présence d'un officier de police judiciaire et de témoins en raison de la vacance supposée dudit logement (■ Versailles, ch. acc., 24 juin 1988 : *JurisData* n° 1988-043636).

16) Rapports propriétaire-locataire. En revanche, dans les rapports propriétaire-locataire, l'intrusion de force du premier constitue toujours une violation de domicile, même si le bail est arrivé à expiration, du moment que le locataire n'a pas encore rendu les clés (■ Cass. crim., 4 mai 1965 : *D.* 1965, 631. ■ Cass. crim., 22 juin 1988 : *JCP* 1988, IV, 307) et même si le locataire n'a plus droit au maintien dans les lieux (■ Cass. crim., 22 janv. 1957 : *Bull. crim.* n° 68. ■ Cass. crim., 28 janv. 1958 : *RSC* 1958, p. 850, obs. Hugueney. ■ Montpellier, 14 févr. 1951 : *D.* 1951, 354). Constitue donc le délit le fait pour un ancien employeur de changer les serrures et de déménager le logement de fonction du salarié licencié ; celui-ci n'ayant pas encore quitté les lieux est fondé à s'y considérer chez lui quel que soit le titre de son occupation (■ Paris, 11ᵉ ch. B, 13 mai 1988 : *JurisData* n° 1988-023871).

17) Rapports entre époux. Dans les rapports entre époux, la violation de domicile ne se conçoit que si ceux-ci ont, de par une décision de justice, une résidence séparée (■ Cass. crim., 16 avr. 1959 : *D.* 1956, 369. ■ Paris 11ᵉ ch. B, 22 juin 1990 : *JurisData* n° 1990-023388. ■ Cass. crim., 6 nov. 1996 : *D.* 1997, IR p. 48 ; *RSC* 1997, p. 382, obs. Y. Mayaud). N'est pas coupable de violation de domicile l'épouse jouissant d'une partie d'une maison, la jouissance de l'autre partie étant réservée au mari, qui pénètre avec ses enfants dans cette autre partie louée par son mari alors que la pénétration a eu lieu en compagnie du locataire et afin de lui permettre d'accéder à ses locaux ; de même les enfants ne sont pas coupables de violation de domicile (■ Paris 11ᵉ ch. B, 15 déc. 1989 : *JurisData* n° 1989-027165).

18) Justifie sa décision au regard des dispositions de l'article 226-4 du Code pénal, la cour d'appel qui, pour condamner pour violation de domicile le prévenu qui s'est maintenu au domicile conjugal malgré les décisions de justice en attribuant la jouissance à son épouse, énonce notamment que ce maintien a eu lieu avec contrainte, dès lors qu'il a refusé d'exécuter spontanément le commandement de déguerpir qui lui avait été délivré (■ Cass. crim., 9 déc. 1998 : *Gaz. Pal.* 21-22 avr. 1999, chron. J.-P. Doucet, p. 57).

19) Le délit de violation de domicile impliquant une introduction à l'aide de manœuvres, voies de fait ou contraintes, la seule méconnaissance d'un panneau interdisant l'accès sur un terrain non clôturé ne saurait le caractériser (■ Cass. crim., 14 mai 1991 : *JCP* 1991, IV, 330).

20) Ainsi, ne commettent pas le délit des squatters qui se sont installés dans un immeuble inoccupé en entrant par la porte principale restée entrouverte (■ Paris 11ᵉ ch. B, 22 juin 1990 : *JurisData* n° 1990-023389 ; V. *Dr. pén.* 1992, chron., n° 59 et 60, V. Lesclous et C. Marsat).

21) Constitue une introduction à l'aide de menaces le fait pour le secrétaire d'une section syndicale de se présenter avec soixante hommes à la porte des usines Renault afin d'y faire de l'agitation et, intimidant de la sorte les gardiens, d'entrer dans l'usine (■ Paris, 19 févr. 1951 : *RSC* 1951, p. 518, obs. Hugueney).

22) Les voies de fait ou contraintes sont des violences, ainsi un bris de carreau (T. corr. Saint-Malo, 29 mars 1946 : *JCP* 1947, II, 3709, note A. Colombini), l'enlèvement d'une toiture (■ Cass. crim., 22 janv. 1957 : *Bull. crim.* n° 68), le fait de forcer une serrure (■ Cass. crim., 24 avr. 1947 : *S.* 1948, 1, 36), d'escalader un mur (■ Cass. crim., 4 mai 1965 : *D.* 1965, 631) ou l'usage de fausses clés (■ Cass. crim., 16 avr. 1959 : *JCP* 1959, II, 11241, note Chavanne), et même de vraies clefs utilisées frauduleusement, en l'espèce par un conjoint qui les avait conservées indûment pour s'introduire dans l'ancien domicile conjugal attribué à son épouse (■ Cass. crim., 16 avr. 1959 : *D.* 1959, p. 369 ; *JCP* 1959, II, 11241, note Chavanne). Voir aussi : pour les délits commis par une personne morale, infra sous l'article 226-7.

23) Constitue une manœuvre le fait, pour un directeur financier d'une société de gérance d'un immeuble en multipropriété, de pénétrer dans l'appartement occupé par une personne en location meublée, de se faire ouvrir la porte par le concierge qui, sur son ordre, se sert d'un double destiné selon le règlement intérieur à permettre au gérant ou à ses employés d'avoir libre accès aux locaux de l'immeuble pour assurer l'entretien de l'immeuble, afin de vaincre en l'occurrence la résistance de l'occupant dans le conflit qui l'oppose au président-directeur de la société (■ Cass. crim., 30 mars 1977 : *Bull. crim.* n° 120 ; *RSC* 1978, p. 636, obs. Levasseur).

24) Pluralité d'auteurs. Ne justifie pas sa décision la cour d'appel qui déclare plusieurs prévenus coupables de violation de domicile sans caractériser, pour chacun d'eux, l'existence d'une introduction illicite à l'aide de manœuvres, menaces, voies de fait ou contrainte, et sans s'expliquer sur leur degré respectif d'implication en qualité d'auteur ou, le cas échéant, de complice (■ Cass. crim., 13 avr. 2016, n° 15-82.400).

25) Élément intentionnel. Il se déduit de la constatation des conditions illicites de l'acte (■ Cass. crim., 22 sept. 1930 : *Bull. crim.* n° 243) commis volontairement (article 121-3 du Code pénal). Le mobile est indifférent (■ Cass. crim., 9 nov. 1971 : *Gaz. Pal.* 1972, I, 373. ■ Cass. crim., 13 oct. 1982 : *Bull. crim.* n° 218 ; *RSC* 1983, p. 670, obs. Levasseur).

26) Erreur de droit (non). En faisant bénéficier le prévenu, poursuivi du chef de violation de domicile, des dispositions de l'article 122-3 du Code pénal, l'arrêt attaqué relève que le prévenu, qui s'était introduit, en l'absence de son épouse dont il vivait séparé, dans l'appartement attribué à celle-ci par décision judiciaire, avait consulté, au préalable, son avoué qui lui avait fait connaître, par écrit, que, la cour d'appel de Versailles ayant, par arrêt du 3 décembre 1992, rejeté la demande en divorce formée par l'épouse, tout en autorisant les époux à résider séparément, il ne lui était pas interdit de regagner ce logement où était implicitement fixée la résidence familiale ; en prononçant ainsi, alors qu'en l'espèce tout risque d'erreur pouvait être évité par une demande d'interprétation présentée en application de l'article 461 du nouveau Code de procédure civile, la cour d'appel a méconnu le principe sus-énoncé (■ Cass. crim., 11 oct. 1995 : *Bull. crim.* n° 301 ; *D.* 1996, p. 469, note Muller ; *RSC* 1996, p. 646, note B. Bouloc).

Code du tourisme

Art. R. 331-1. – Le camping est librement pratiqué avec l'accord de celui qui a la jouissance du sol, sous réserve, le cas échéant, de l'opposition du propriétaire.

Il peut être pratiqué sur des terrains aménagés, dans les conditions prévues par les dispositions du présent titre.

....

Art. R. 331-11. – Hors le cas prévu par l'article 432-8 du Code pénal, le fait d'ouvrir une tente, une caravane, ou un abri de camping ou d'y pénétrer sans l'autorisation de son propriétaire ou de son utilisateur est puni de l'amende prévue pour les contraventions de la cinquième classe.

Art. 226-4-1 *(Mod., L. n° 2011-267, 14 mars 2011).* – **Le fait d'usurper l'identité d'un tiers ou de faire usage d'une ou plusieurs données de toute nature permettant de l'identifier en vue de troubler sa tranquillité ou celle d'autrui, ou de porter atteinte à son honneur ou à sa considération, est puni d'un an d'emprisonnement et de 15 000 € d'amende.**

Cette infraction est punie des mêmes peines lorsqu'elle est commise sur un réseau de communication au public en ligne.

(Al. créé, L. n° 2020-936, 30 juill. 2020) **Lorsqu'ils sont commis par le conjoint ou le concubin de la victime ou par le partenaire lié à la victime par un pacte civil de solidarité, ces faits sont punis de deux ans d'emprisonnement et de 30 000 € d'amende.**

1) QPC. Non-lieu à renvoi au Conseil constitutionnel, faute de caractère sérieux, de la QPC relative au délit d'usurpation d'identité. La limitation à la liberté d'expression est justifiée par la nécessité de garantir le respect de la vie privée et par la poursuite de l'objectif de valeur constitutionnelle de sauvegarde de l'ordre public, cette limitation étant proportionnée aux objectifs poursuivis. L'incrimination est par ailleurs rédigée en des termes suffisamment précis pour exclure l'arbitraire.(■ Cass. crim., 20 juin 2018, n° 18-90.012 : *JurisData* n° 2018-016142).

2) Mobile. Le délit d'usurpation d'identité prévu et réprimé par l'article 226-4-1 du Code pénal suppose qu'il soit fait usage de l'identité d'un tiers en vue de troubler sa tranquillité ou celle d'autrui, ou de porter atteinte à son honneur ou à sa considération.

Encourt la cassation l'arrêt qui déclare une personne coupable de ce délit, alors qu'il constate que l'identité prétendument usurpée correspond aussi à celle qui avait été attribuée au prévenu dans des circonstances extrinsèques – à savoir, lorsqu'il était mineur, à la demande d'une personne s'étant présentée comme son père – de sorte que ni le fait d'usurper l'identité d'un tiers ni la volonté d'en faire usage en vue de troubler la tranquillité du tiers ou celle d'autrui, ou de porter atteinte à son honneur ou à sa considération ne peuvent être caractérisés (■ Cass. crim., 17 févr. 2016, n° 15-80.211 ; *Dr. pén.* 2016, comm. 76, obs. Ph. Conte).

3) Refus de justification. La qualification d'usurpation d'identité est exclusive de l'application de l'article 10 de la Convention européenne des droits de l'homme (■ Cass. crim., 16 nov. 2016, n° 16-80.207 : *Dr. pén.* 2017, comm. 20, note Ph. Conte).

Bibliographie : *JCl. Pénal Code, Usurpation d'identité ou usage de données permettant d'identifier un tiers* par N. Rias. • A. Lepage, *Le délit d'usurpation d'identité : questions d'interprétation* : *JCP* 2011, étude 913, p. 1499. • M. Monteil, *L'usurpation d'identité à l'épreuve du numérique* : *D.* 2020, p. 101.

Art. 226-4-2 ***(L. n° 2014-366, 24 mars 2014).*** **– Le fait de forcer un tiers à quitter le lieu qu'il habite sans avoir obtenu le concours de l'État dans les conditions prévues à l'article L. 153-1 du Code des procédures civiles d'exécution, à l'aide de manœuvres, menaces, voies de fait ou contraintes, est puni de trois ans d'emprisonnement et de 30 000 € d'amende.**

Art. 226-5. **– La tentative des infractions prévues par la présente section est punie des mêmes peines.**

Voir : anc. art. 372, C. pén.

1) La tentative, punissable, du délit d'atteinte à l'intimité de la vie privée de l'article 226-1 est caractérisée à l'égard de celui qui essaie de capter l'image d'une personne se déshabillant dans un vestiaire au moyen d'une caméra et qui n'a été interrompu que par la réaction de la victime (■ Cass. crim., 31 oct. 2017, n° 16-87.411 : *Juris-Data* n° 2017-021587).

2) Condamnation sur le fondement des articles 226-1 et 226-5 d'un ophtalmologue ayant essayé de photographier les dessous d'une patiente après lui avoir imposé une position particulière et masqué la vue en lui instillant des gouttes dans les yeux, la tentative n'ayant manqué son effet qu'en raison de la réaction de la victime qui a fait tomber le téléphone utilisé (■ Poitiers, 12 juin 2019, n° 17/01502 : *Juris-Data* n° 2019-024486).

Art. 226-6 ***(L. n° 2016-1321, 7 oct. 2016).*** **– Dans les cas prévus par les articles 226-1 à 226-2-1, l'action publique ne peut être exercée que sur plainte de la victime, de son représentant légal ou de ses ayants droit.**

Voir : anc. art. 372, C. pén.

1) Délit privé. La plainte préalable étant une condition nécessaire de la poursuite, l'action publique s'éteint en cas de retrait de plainte (■ Cass. crim., 14 janv. 1997 : *Bull. crim.* n° 9).

2) La plainte préalable de la victime d'une atteinte à l'intimité de la vie privée, prévue par l'article 226-6 du Code pénal, est exigée par ce texte pour l'exercice, par le procureur de la République, de l'action publique, laquelle suppose la saisine d'une juridiction d'instruction ou de jugement. Sont dès lors réguliers les actes d'enquête requis par le procureur de la République sur des faits susceptibles de recevoir cette qualification qui lui ont été dénoncés préalablement au dépôt d'une plainte par la personne qui en serait victime (■ Cass. crim., 31 janv. 2012, n° 11-85.464 : *Bull. crim.* n° 27).

3) Application de la loi dans l'espace. L'action publique, même si une photographie a été prise à l'étranger et représente des étrangers, peut être exercée en France dès lors qu'elle y a été publiée (■ Paris, 2 nov. 2000 : *Dr. pén.* 2001, comm. 42).

4) Action civile. Est justifié l'arrêt qui, ayant rappelé qu'est détachable de la fonction d'un agent public la faute de cet agent impliquant une intention de nuire ou présentant une gravité particulière et révélant un manquement volontaire et inexcusable à des obligations d'ordre professionnel et déontologique, relève pour statuer sur l'action civile engagée contre des agents publics déclarés coupables d'atteintes à l'intimité de la vie privée, que les prévenus, par la commission de faits illégaux procédant d'un système institutionnalisé, ont jeté le discrédit sur l'ensemble de la fonction publique civile et militaire en affaiblissant l'autorité de l'État dans l'opinion publique, méconnaissant ainsi l'intérêt général au seul profit d'intérêts particuliers n'excluant nullement leurs propres intérêts de carrière (■ Cass. crim., 30 sept. 2008 : *Bull. crim.* n° 197, préc. sous l'article 226-1).

Art. 226-7 ***(Mod., L. n° 2009-526, 12 mai 2009).*** **– Les personnes morales déclarées responsables pénalement, dans les conditions prévues par l'article 121-2, des infractions définies à la présente section encourent, outre l'amende suivant les modalités prévues par l'article 131-38 :**

1° L'interdiction, à titre définitif ou pour une durée de cinq ans au plus, d'exercer directement ou indirectement l'activité professionnelle ou sociale dans l'exercice ou à l'occasion de l'exercice de laquelle l'infraction a été commise ;

2° L'affichage ou la diffusion de la décision prononcée, dans les conditions prévues par l'article 131-35.

Est pénalement responsable du délit de violation de domicile la personne morale (en l'espèce une association) dont les membres ont pénétré par escalade sur un site clôturé en revendiquant leur appartenance à cette association et en agissant ouvertement en son nom (■ Caen, 17 déc. 1997 : *Dr. pén.* 1998, comm. 82, obs. M. Véron).

Section II. – De l'atteinte à la représentation de la personne

Art. 226-8. – Est puni d'un an d'emprisonnement et de 15 000 € d'amende le fait de publier, par quelque voie que ce soit, le montage réalisé avec les paroles ou l'image d'une personne sans son consentement, s'il n'apparaît pas à l'évidence qu'il s'agit d'un montage ou s'il n'en est pas expressément fait mention.

Lorsque le délit prévu par l'alinéa précédent est commis par la voie de la presse écrite ou audiovisuelle, les dispositions particulières des lois qui régissent ces matières sont applicables en ce qui concerne la détermination des personnes responsables.

Bibliographie : *JCl. Pénal Code, Atteinte à la représentation de la personne* par H. Pelletier, actualisé par D. Beauvais.

1) **Infraction instantanée.** Le délit de montage est une infraction instantanée (▪ Paris, 9 juin 1972 : *Gaz. Pal.* 1973, 2, p. 680).

2) **Publicité.** La publicité prévue à l'article 370 du Code pénal n'est pas soumise aux exigences de l'article 23 de la loi du 29 juillet 1881 : il n'importe que la publicité donnée aux montages photographiques incriminés ait été restreinte, alors d'ailleurs qu'en raison de leur fausseté rien ne justifiait leur production dans une procédure de divorce de la personne photographiée (▪ Cass. crim., 30 janv. 1978 : *Bull. crim.* n° 34 ; *RSC* 1978, p. 864, obs. Levasseur).

3) **Élément matériel.** Un montage photographique peut se trouver réalisé dès lors que l'insertion de la photographie dans un contexte d'images, de dessins ou de légendes en modifie la valeur artistique, la portée ou la signification (▪ Toulouse, 26 févr. 1974 : *D.* 1974, 736 ; *RSC* 1976, p. 119, obs. Levasseur).

4) Dans un arrêt du 29 octobre 1997 (*Dr. pén.* 1998, comm. 30, note M. Véron) la cour d'appel de Paris a déduit de plusieurs éléments de fait relevés dans une photographie représentant la famille princière de Monaco « une absence d'authenticité qui impose le sentiment d'un montage manifeste et évident ». Elle a confirmé la décision du tribunal déclarant, pour ce motif, non constitué le délit défini par l'article 226-8 du Code pénal.

5) Justifie sa décision la chambre de l'instruction qui, pour dire n'y avoir lieu à poursuivre du chef d'atteinte à la représentation de la personne contre les auteurs d'un reportage télévisé, relève que l'article 226-8 du Code pénal ne réprime pas le montage en tant que tel, mais en ce qu'il tend à déformer de manière délibérée des images ou des paroles, soit par ajout, soit par retrait d'éléments qui sont étrangers à son objet, qu'en l'espèce le procédé n'a pas manipulé l'information délivrée, qu'il apparaît d'évidence que ce reportage est le fruit d'un montage, et retient que les auteurs de celui-ci n'ont utilisé ni trucage, ni manipulation de nature à altérer la réalité des images et paroles filmées et enregistrées, et n'ont pas opéré de modification de leur portée ou de leur signification (▪ Cass. crim., 30 mars 2016, n° 15-82.039 : *Dr. pén.* 2016, comm. 104, note Ph. Conte).

Art. 226-9. – Les articles 226-5 et 226-7 sont applicables à la présente section.

Section III. – De la dénonciation calomnieuse

Art. 226-10 *(L. n° 2010-769, 9 juill. 2010 ; L. n° 2016-1524, 14 nov. 2016)*. **– La dénonciation, effectuée par tout moyen et dirigée contre une personne déterminée, d'un fait qui est de nature à entraîner des sanctions judiciaires, administratives ou disciplinaires et que l'on sait totalement ou partiellement inexact, lorsqu'elle est adressée soit à un officier de justice ou de police administrative ou judiciaire, soit à une autorité ayant le pouvoir d'y donner suite ou de saisir l'autorité compétente, soit aux supérieurs hiérarchiques ou à l'employeur de la personne dénoncée est punie de cinq ans d'emprisonnement et de 45 000 euros d'amende.**

La fausseté du fait dénoncé résulte nécessairement de la décision, devenue définitive, d'acquittement, « de relaxe ou de non-lieu, déclarant que le fait n'a pas été commis » ou que celui-ci n'est pas imputable à la personne dénoncée.

En tout autre cas, le tribunal saisi des poursuites contre le dénonciateur apprécie la pertinence des accusations portées par celui-ci.

Bibliographie : *JCl. Pénal Code, Dénonciation calomnieuse* par D. Commaret. • *JCP* 2006, I, 159, n° 7, chron. M. Véron.

• ***Sommaire***

I – CARACTÈRES GÉNÉRAUX DE LA DÉNONCIATION 561
A – Protagonistes 561
1° Auteur 561
2° Destinataire 561
3° Victime 562
B – Conditions de la dénonciation 563
1° Objet de la dénonciation 563
2° Spontanéité de la dénonciation 563
II – CARACTÈRE CALOMNIEUX DE LA DÉNONCIATION 565
A – Exigence du caractère calomnieux 565
1° Fausseté objective 565
2° Élément intentionnel 565
B – Preuve de la fausseté des faits dénoncés 566
1° En présence de poursuites pénales 566
2° En l'absence de poursuites pénales 567

1) QPC. Non-lieu à renvoi au Conseil constitutionnel de la question préalable visant la constitutionnalité de l'article 226-10 du Code pénal, dès lors que cet article définit les éléments constitutifs du délit de dénonciation calomnieuse sans créer une présomption de culpabilité, dès lors que, même lorsque la fausseté d'un fait dénoncé résulte nécessairement d'une décision définitive de relaxe, d'acquittement ou de non-lieu déclarant que le fait n'a pas été commis ou qu'il n'est pas imputable à la personne dénoncée, le délit n'est constitué que si la dénonciation a été faite par un prévenu qui savait que le fait qu'il dénonçait était totalement ou partiellement inexact (■ Cass. crim., 8 avr. 2014 : *Bull. crim.* n° 106 ; *Dr. pén.* 2014, comm. 85, obs. M. Véron).

2) CESDH – Liberté d'expression. Violation de l'article 10 de la Convention européenne en raison de la condamnation, jugée disproportionnée, de l'auteur d'une lettre ouverte adressée à l'Autorité des marchés financiers. Les juridictions nationales saisies d'un moyen tiré de la violation dudit article ne peuvent s'abstenir d'y répondre ; ils sont tenus d'apprécier le manquement reproché aux devoirs inhérents à l'exercice de la liberté d'expression au regard des circonstances de chaque cause (V. ■ CEDH, 26 mars 2020, n° 59636/16, *Tête c/ France* : *Dr. pén.* 2021, chron. 5, E. Dreyer ; *RSC* 2020, p. 748, obs. D. Roets). Décision rendue à la suite de : ■ Cass. crim., 12 avr. 2016, n° 14-87.124 : *JurisData* n° 2016-006990 ; *Dr. pén.* 2016, comm. 108, par Ph. Conte, qui avait jugé que des faits constitutifs de l'infraction de dénonciation calomnieuse ne sauraient être justifiés par le droit à l'information du public protégé par l'article 10 de la Convention européenne.

3) V. antérieurement, sur la compatibilité de l'article 226-10 du Code pénal avec l'article 6, § 1 et 2 de la Convention européenne de sauvegarde des droits de l'homme : ■ Cass. crim., 25 mars 2003, n° 02-80.569 : *JurisData* n° 2003-018782 ; *Bull. crim.* n° 75 ; *Dr. pén.* 2003, comm. 84, obs. M. Véron.

4) Cumul de qualifications. Ne méconnaît pas la règle *non bis in idem*, prévue à l'article 4 du protocole n° 7 additionnel à la Convention européenne des droits de l'homme, une cour d'appel qui condamne, pour dénonciation calomnieuse, une personne à l'encontre de laquelle une amende civile avait été prononcée précédemment, dès lors que les intérêts protégés respectivement par les articles 177-2 du Code de procédure pénale et 226-10 du Code pénal sont distincts, le premier sanctionnant une atteinte à une bonne administration de la justice tandis que le second réprime un comportement destiné à nuire à autrui (■ Cass. crim., 22 sept. 2015, n° 14-84.029 : *JCP* 2015, 11, 1285, note E. Dreyer).

I – CARACTÈRES GÉNÉRAUX DE LA DÉNONCIATION

A – Protagonistes

1° Auteur

5) Le délit est constitué bien que l'auteur de la dénonciation ne l'ait ni personnellement rédigée ni signée, dès lors qu'il est constaté que l'acte de poursuite a été établi conformément aux instructions données par lui à un mandataire légal, qui s'est borné à le mettre en forme et à le faire parvenir à son destinataire, ainsi qu'il avait mission de le faire (■ Cass. crim., 25 avr. 1979 : *Bull. crim.* n° 148 ; *RSC* 1980, p. 742, obs. Levasseur). L'article 373 du Code pénal ne vise que celui qui a pris l'initiative de porter, devant les autorités, des accusations mensongères contre un tiers (■ Cass. crim., 16 juin 1988 : *Bull. crim.* n° 275 ; *RSC* 1989, p. 509, obs. Levasseur ; V. également : *RSC* 1994, p. 557, note Levasseur).

6) L'avocat qui dépose une plainte avec constitution de partie civile dans le cadre d'un mandat confié par son client ne peut être personnellement considéré comme auteur d'une dénonciation calomnieuse lorsque seuls sont en cause les faits dénoncés dans la plainte (■ Cass. crim., 19 févr. 2019, n° 18-85.174 : *JurisData* n° 2019-005596 ; *Dr. pén.* 2019, comm. 83, note Ph. Conte).

2° Destinataire

7) Désignation. La décision de condamnation doit désigner nommément l'autorité qui a reçu la dénonciation, à peine de cassation pour insuffisance de motifs (■ Cass. crim., 9 nov. 1960 : *JCP* 1960, IV, 174) ; il importe peu que l'autorité saisie soit de nationalité étrangère (■ Cass. crim., 18 mai 1928 : *DH* 1928, p. 385).

8) Qualité. Lorsque la dénonciation est portée devant un subalterne, il suffit, pour que le délit soit constitué, que la volonté soit nettement exprimée de faire parvenir la dénonciation à l'officier compétent (■ Cass. crim., 17 janv. 1918 : *DP* 1920, 1, p. 64).

9) Commet le délit de dénonciation calomnieuse celui qui dénonce à un *médecin* et à une *assistante sociale* des faits d'atteinte sexuelle sur mineur dont il n'ignore pas le caractère mensonger. En effet, le médecin et l'assistante sociale sont tenus d'informer les autorités judiciaires des atteintes sexuelles infligées à un mineur de 15 ans dont ils ont eu connaissance dans l'exercice de leurs fonctions (■ Cass. crim., 22 oct. 2002 : *Bull. crim.* n° 189).

10) Constituent des autorités ayant le pouvoir de donner suite à la dénonciation ou d'en saisir l'autorité compétente : un *procureur général* de cour d'appel compétent pour saisir le conseil de l'ordre des avocats des plaintes concernant un membre du barreau (■ Cass. crim., 9 mars 1950 : *S.* 1951, 1, p. 153, note Hugueney), un *bâtonnier* de l'ordre (■ Cass. crim., 2012, n° 11-87.612 : *Dr. pén.* 2012, comm. 154, obs. M. Véron) ; le président de la République saisi par pétition (■ Cass. crim., 3 juill. 1857 : *S.* 1857, 1, p. 857) ; le *président du conseil d'administration du centre de recherche d'une commune* qui a qualité pour décider si les faits comportaient une suite disciplinaire et s'il devait en saisir la justice (■ Cass. crim., 2 nov. 1966 : *Bull. crim.* n° 563) ; le *ministre de l'Intérieur* auquel un maire envoie une lettre avec la mention « confidentielle » afin d'obtenir la mutation d'un fonctionnaire de l'État ressortissant à un autre ministère mais administrant une institution municipale (■ Cass. crim., 19 mai 1987, inédit) ; la *Commission nationale de l'informatique et des libertés* (■ Cass. crim., 3 févr. 1998 : *Bull. crim.* n° 40 ; *D.* 1998, p. 196 et 443, notes R. Gassin) ; le président de l'*Autorité des marchés financiers*, susceptible de communiquer la dénonciation au secrétaire général de ladite autorité (■ Cass. crim., 12 avr. 2016, n° 14-87.124 : *JurisData* n° 2016-006990).

11) Le *président d'un tribunal de commerce*, auquel est adressée la dénonciation d'un fait de nature à entraîner des sanctions judiciaires, administratives ou disciplinaires contre une personne, est une autorité constituée, au sens de l'article 40 du Code de procédure pénale, qui, lorsqu'elle acquiert, dans l'exercice de ses fonctions, la connaissance d'un crime ou d'un délit, est tenue d'en donner avis sans délai au procureur de la République (■ Cass. crim., 26 juin 2007 : *Bull. crim.* n° 173 ; *Dr. pén.* 2007, comm. 123, obs. M. Véron ; *RSC* 2008, p. 81, n° 4, obs. Y. Mayaud.

12) Le *commissaire aux comptes d'une société*, auquel est adressée la dénonciation d'un fait de nature à entraîner des sanctions judiciaires, administratives ou disciplinaires contre une personne, est une autorité au sens de l'article 226-10 du Code pénal, dès lors que l'article L. 823-12 du Code de commerce lui fait obligation de révéler au procureur de la République les faits délictueux dont il a connaissance dans l'exercice de sa mission (■ Cass. crim., 26 mai 2010 : *Bull. crim.* n° 92 ; *Dr. pén.* 2010, comm. 91, obs. M. Véron).

13) Le *délégué syndical*, auquel est adressée la dénonciation d'un fait de nature à entraîner des sanctions judiciaires, administratives ou disciplinaires contre une personne, est une autorité ayant le pouvoir d'y donner suite ou de saisir l'autorité compétente au sens de l'article 226-10 du Code pénal.

3° Victime

14) Détermination de la personne dénoncée. Aux termes de l'article 226-10 du Code pénal, la victime d'une dénonciation calomnieuse peut être une personne physique ou une personne morale, dès lors qu'une personne morale peut, non seulement, faire l'objet de poursuites pour diverses infractions, mais encore encourir des sanctions disciplinaires si elle exerce certaines professions. Que tel est le cas d'un organisme bancaire (■ Cass. crim., 22 juin 1999 : *Bull. crim.* n° 142).

15) Il n'est pas nécessaire que la personne dénoncée soit nommément désignée, dès lors que l'article 226-10 du Code pénal exige seulement qu'elle soit identifiable (■ Cass. crim., 26 juin 2007 : *JurisData* n° 2007-040302 ; *Dr. pén.* 2007, comm. 123, obs. M. Véron).

16) Action civile. Le fait, pour une personne verbalisée par un contrôleur du Travail, de dénoncer faussement des faits de nature à entraîner des sanctions judiciaires, administratives ou disciplinaires contre ce fonctionnaire porte préjudice à la profession à laquelle appartient l'intéressé et dont les syndicats qui représentent cette profession peuvent demander réparation, en application de l'article L. 411-11 du Code du travail (■ Cass. crim., 11 mars 2003 : *Bull. crim.* n° 65).

17) La décision de placement sous contrôle judiciaire d'une personne mise en examen est de la seule responsabilité de l'autorité judiciaire. Dès lors, ne saurait être en lien de causalité direct et certain avec une mesure de contrôle judiciaire et ouvrir droit à réparation de ce chef pour la personne concernée, en application de l'article 2 du Code de procédure pénale, la faute d'une personne qui aurait dénoncé des faits qu'elles savaient faux, ayant donné lieu à l'ouverture d'une information judiciaire à l'occasion de laquelle ce contrôle a été ordonné (■ Cass. crim., 27 févr. 2018, n° 17-81.702).

B – Conditions de la dénonciation

1° *Objet de la dénonciation*

18) Consistance. Le fait dénoncé doit exposer l'intéressé à des sanctions pénales, administratives ou judiciaires, ce qui n'est pas le cas de propos vagues tenus dans le contexte d'un conflit social au sein d'une entreprise et considérés comme menaçants par celui qui en a fait l'objet (■ Cass. crim., 17 mai 1994 : *Bull. crim.* n° 184). De même, il n'y a pas de dénonciation calomnieuse mais diffamation si les faits dénoncés sont simplement de nature à faire suspecter l'honorabilité de la personne visée (■ Cass. crim., 20 juin 1914 : *Bull. crim.* n° 296). Encourt la cassation l'arrêt qui ne s'explique pas sur la teneur des sanctions pouvant être prononcées (■ Cass. crim., 14 déc. 2016, n° 15-85.517).

19) Faits de nature à donner lieu à des poursuites. Le délit de dénonciation calomnieuse exige, pour être constitué, que le fait dénoncé soit de nature à exposer son auteur à des sanctions pénales, administratives ou disciplinaires ; tel n'est pas le cas d'une dénonciation faite par une épouse imputant à son mari d'avoir cessé de régler les loyers de l'appartement et de lui avoir « coupé tous moyens de subsistance », en l'absence de décision imposant le versement d'une pension alimentaire ou d'une prestation compensatoire et en l'absence d'enfants communs (■ Cass. crim., 7 déc. 2004 : *Bull. crim.* n° 308 ; *Dr. pén.* 2005, comm. 34, obs. M. Véron).

20) Encourt la cassation l'arrêt qui, pour dire non établis les faits de dénonciation calomnieuse, énonce que l'envoi par un avocat, au bâtonnier de l'Ordre, d'une lettre dénonçant la production d'un faux dans un litige l'opposant à un confrère, n'était pas de nature à entraîner une quelconque sanction à l'encontre de celui-ci, qu'il s'agissait d'une simple information destinée au bâtonnier concernant des faits soumis au débat contradictoire, et qui, en tout état de cause, ne pouvait pas donner lieu à poursuite, alors que la dénonciation litigieuse portait à la connaissance du bâtonnier de l'Ordre des avocats, auquel était inscrit l'avocat mis en cause, des faits de nature à constituer des infractions pénales et des fautes disciplinaires, et que le bâtonnier était une autorité ayant le pouvoir d'y donner suite ou de saisir l'autorité compétente (■ Cass. crim., 18 sept. 2012, n° 11-87.612 : *Dr. pén.* 2012, comm. 154, obs. M. Véron).

21) Aux termes de l'article 2 de l'ordonnance du 2 février 1945, un mineur âgé de moins de 10 ans auquel est imputée la commission d'une infraction ne peut faire l'objet que d'une mesure éducative, à l'exclusion de toute peine ou sanction éducative. Dès lors fait une exacte application du *principe d'interprétation stricte* de la loi pénale figurant à l'article 111-4 du Code pénal la cour d'appel qui, pour relaxer une institutrice citée par les parents d'un enfant âgé de 8 ans et demi, dont elle avait dénoncé au procureur de la République un acte supposé de violence à son égard, énonce que le dépôt de plainte de l'intéressé n'était pas susceptible d'exposer le mineur à l'une des sanctions prévues par l'article 226-10 du même code (■ Cass. crim., 19 juin 2012, n° 11-85.324 : *Bull. crim.* n° 150 ; *Dr. pén.* 2012, comm. 126, obs. M. Véron ; *D.* 2012, p. 2084, note S. Detraz ; *Gaz. Pal.* 12-13 sept. 2012, jur., p. 7, note E. Dreyer).

22) Infraction formelle. Mais il n'est pas nécessaire que le préjudice se soit effectivement réalisé : il a été ainsi jugé qu'était punissable le dénonciateur de faits couverts par l'immunité familiale de l'article 380 du Code pénal (■ Paris, 4 juin 1969 : *JCP* 1970, II, 16464, note De Lestang), par la prescription (■ Cass. crim., 9 juin 1964 : *Bull. crim.* n° 195), par l'amnistie (■ Nîmes, 24 nov. 1966 : *JCP* 1967, II, 15209, note Michaud), ou commis par une victime décédée depuis (■ Bourges, 21 nov. 1878 : *S.* 1879, 2, p. 81).

23) Il est en indifférent à la caractérisation du délit de dénonciation calomnieuse que l'autorité auprès de laquelle la dénonciation a été effectuée n'ait pas exercé sa faculté d'engager une procédure de sanction (■ Cass. crim., 29 nov. 2016, n° 15-87.332 : *JurisData* n° 2016-025530).

2° *Spontanéité de la dénonciation*

24) Exigence de spontanéité. L'article 373 du Code pénal n'exige nullement, pour constituer le délit de dénonciation calomnieuse qu'il réprime, que cette dénonciation n'ait pour objet qu'un fait inconnu jusque-là : il suffit qu'elle soit spontanée, calomnieuse et préjudiciable. Dès lors encourt la cassation l'arrêt qui, pour renvoyer un prévenu des fins de la poursuite en dénonciation calomnieuse, se borne à énoncer que la dénonciation était postérieure aux poursuites engagées par le procureur de la République (■ Cass. crim., 27 oct. 1987 : *Bull. crim.* n 373).

25) La dénonciation calomnieuse doit être spontanée, ce qui est le cas lorsque l'intéressé a pris une initiative directe, ainsi en se constituant partie civile (■ Cass. crim., 15 juin 1894 : *Bull.*

crim. n° 44) ou lorsque son initiative est déguisée mais réelle, ainsi le dépôt d'une plainte contre inconnu pour injures par des dessins outrageants avec le fait de signaler en même temps à la police qu'un différend l'a opposé à un de ses voisins (▪ Paris, 22 nov. 1971 : *JCP* 1972, II, 17057, note P.M.B.), ou lorsque a été envoyée par deux avocats une lettre au président de la chambre d'accusation affirmant que seul le juge d'instruction a pu communiquer à la presse trois procès-verbaux concernant un de leurs clients (▪ Cass. crim., 30 mai 2000 : *Bull. crim.* n° 205 ; *RSC* 2000, p. 821, obs. Y. Mayaud).

26) Le défaut de spontanéité n'est pas établi pour des déclarations relatives à des faits de travail dissimulé sans rapport étroit avec la procédure relative à des violences conjugales dans le cadre de laquelle la prévenue était entendue (▪ Cass. crim., 19 févr. 2019, n° 18-82.573 : *JurisData* n° 2019-002430 ; *Dr. pén.* 2019, comm. 82, obs. Ph. Conte).

27) Absence de spontanéité des propos du mineur qui répond aux interrogations de ses parents, puis à celles des enquêteurs, dans le cadre de la procédure ouverte à la suite d'une plainte déposée par les parents (▪ Cass. crim., 7 janv. 2020, n° 19-82.608 : *JurisData* n° 2020-003505 ; *Dr. pén.* 2020, comm. 75 par Ph. Conte).

28) Plainte préalable à la dénonciation. C'est à tort que la chambre de l'instruction a écarté le caractère spontané de la dénonciation intervenue à l'occasion d'une audition réalisée à la demande du parquet, dès lors que celle-ci s'inscrivait dans une procédure engagée à la suite d'une plainte déposée par le prévenu (▪ Cass. crim., 14 nov. 2017, 17-80.236 : *JurisData* n° 2017-027563 ; *Dr. pén.* 2018, comm. 25 par Ph. Conte).

29) Droits de la défense. La dénonciation d'un prévenu ou d'un accusé est dépourvue de caractère spontané dès qu'elle se rattache étroitement à sa défense (▪ Cass. crim., 3 mai 2000 : *Bull. crim.* n° 174 ; *Dr. pén.* 2000, comm. 111, obs. M. Véron ; *RSC* 2000, préc.).

30) La personne poursuivie pour dénonciation calomnieuse ayant déposé plainte à son tour contre la partie civile du chef de subornation de témoin, les juges ont pu considérer que cette plainte avait été faite dans le cadre de la défense et que manquait la spontanéité de la dénonciation (▪ Cass. crim., 11 déc. 1979, inédit).

31) En revanche, la personne poursuivie ayant la faculté de contester la valeur probante des procès-verbaux des contrôleurs du travail par tous moyens de preuve devant la juridiction de jugement, une poursuite pour faux en écriture publique du fonctionnaire rédacteur du procès-verbal ne saurait être considérée comme se rattachant étroitement à sa défense ; il s'ensuit que la *citation directe* pour faux dont il a pris l'initiative établit le caractère spontané de la dénonciation (▪ Cass. crim., 6 févr. 1991 11 mars 2003 : *Bull. crim.* n° 65).

32) La dénonciation n'est privée de spontanéité que si elle se rattache étroitement à la défense d'une personne poursuivie, ce que ne suffit pas à établir le fait que la dénonciation soit postérieure à la mise en mouvement de l'action publique à son encontre et la citation à comparaître du prévenu devant le tribunal de police. Celui-ci avait en effet la faculté de contester la valeur probante du procès-verbal par tout moyen, et on ne peut alors pas considérer que la dénonciation pour faux et usage de faux de son auteur soit étroitement rattachée à la défense (▪ Cass. crim., 19 juin 2018, n° 17-83.039 : *JurisData* n° 2018-013778 ; *Dr. pén.* 2018, comm. 146 par Ph. Conte).

33) Déclaration de témoin. Ne saurait être spontanée la dénonciation contenue dans les *déclarations d'un témoin* répondant aux questions posées par un magistrat instructeur (▪ Cass. crim., 16 oct. 1969 : *Bull. crim.* n° 264).

34) Le délit de dénonciation calomnieuse prévu et réprimé par l'article 226-10 du Code pénal ne peut être constitué que si la dénonciation est spontanée. En conséquence, justifie sa décision au regard de ce texte la chambre de l'instruction qui, pour confirmer une ordonnance de non-lieu, retient que la dénonciation opérée par le représentant des créanciers, en application de l'article 29 du décret du 27 décembre 1985, en vigueur au moment des faits, dans une *procédure de redressement judiciaire* et les constatations des rapports ultérieurement établis ne peuvent être considérées comme spontanées (▪ Cass. crim., 14 janv. 2014, n° 12-86.781 : *JCP* 2014, act. n° 134, p. 197 ; *Dr. pén.* 2014, comm. 36, obs. M. Véron ; *RSC* 2014, p. 64, obs. Y. Mayaud).

35) Supérieur hiérarchique. N'est pas spontanée la dénonciation contenue dans le rapport de service adressé par un commissaire de police à son supérieur hiérarchique (▪ Cass. crim., 12 mars 1963 : *Bull. crim.* n° 114). A ainsi été cassé l'arrêt de condamnation d'un policier qui n'a fait que porter à la connaissance d'un supérieur hiérarchique un incident dont il avait le devoir de l'informer (▪ Cass. crim., 3 mai 2000 : *Bull. crim.* n° 175 ; *Dr. pén.* 2000, préc. ; *RSC* 2000, préc.).

36) En application de l'article 226-10 du Code pénal, la dénonciation calomnieuse n'est caractérisée que si elle est spontanée. Est dépourvue d'un tel caractère la dénonciation opérée par le commandant d'un centre d'incendie et de secours qui n'a fait qu'informer son supérieur hiérarchique de la commission, dans l'enceinte du centre de secours, d'une infraction qu'il avait le devoir de porter à sa connaissance (■ Cass. crim., 8 nov. 2005 : *Bull. crim.* n° 279 ; *Dr. pén.* 2006, comm. 22, obs. M. Véron).

II – CARACTÈRE CALOMNIEUX DE LA DÉNONCIATION

A – Exigence du caractère calomnieux

37) Les éléments constitutifs de la dénonciation calomnieuse doivent être appréciés au moment où celle-ci a été portée devant l'autorité compétente et non à l'occasion de l'exercice d'une voie de recours ; justifie sa décision, au regard de l'article 226-10 du Code pénal, la cour d'appel qui déclare le délit non constitué au motif qu'il n'est pas démontré que le plaignant connaissait l'inexactitude des faits au moment de sa plainte : l'appel formé par ce dernier contre la décision de relaxe n'est pas constitutif de dénonciation calomnieuse, mais peut seulement relever des dispositions de l'article 472 du Code de procédure pénale en cas d'exercice abusif (■ Cass. crim., 7 juin 2005 : *Bull.* crim. n° 171 ; *Dr. pén.* 2005, comm. 156, obs. M. Véron ; *RSC* 2005, p. 849, Y. Mayaud).

1° Fausseté objective

38) Notion de calomnie. La calomnie est non seulement l'imputation de faits imaginaires ou de circonstances matérielles fausses (■ Cass. crim., 18 déc. 1924 : *DH* 1925, p. 25), mais encore l'allégation de faits authentiques dénaturés, en négligeant par exemple des détails susceptibles de faire disparaître le caractère fautif des faits dénoncés (■ Cass. crim., 17 juill. 1947 : *JCP* 1947, II, 3867, note A. Colombini. ■ Cass. crim., 2 juill. 1975 : *Bull. crim.* n° 171. ■ Cass. crim., 19 janv. 1982, inédit).

2° Élément intentionnel

39) Infraction intentionnelle. La mauvaise foi doit être appréciée à la date où la dénonciation a été faite (■ Cass. crim., 28 nov. 1978 : *Bull. crim.* n° 333 ; *RSC* 1979, p. 840, obs. Levasseur. ■ Cass. crim., 15 juill. 1981 : *Bull. crim.* n° 230) et elle implique que le dénonciateur connaisse au jour de sa dénonciation la fausseté du fait qu'il impute à autrui (■ Cass. crim., 30 janv. 1979 : *Bull. crim.* n° 41 ; *RSC* 1980, p. 141, obs. Levasseur. ■ Cass. crim., 13 mars 1984 : *Bull. crim.* n° 105. ■ Cass. crim., 17 févr. 2009 : *Dr. pén.* 2009, comm. 76, obs. M. Véron).

40) Les juges saisis d'une poursuite pour dénonciation calomnieuse n'ont pas le pouvoir de remettre en question la décision de relaxe prononcée par une juridiction de jugement, laquelle, dès lors qu'elle émane de l'autorité compétente, constitue la base légale de la poursuite ; il leur appartient seulement de rechercher si, au moment de la dénonciation, le prévenu connaissait ou non la fausseté des faits dénoncés (■ Cass. crim., 16 nov. 1993 : *Bull. crim.* n° 340 ; *RSC* 1994, p. 559, obs. Levasseur. ■ Cass. crim., 20 févr. 1996 : *Bull. crim.* n° 80 ; *RSC* 1996, p. 653, obs. Y. Mayaud).

41) Le principe d'interprétation stricte de la loi pénale s'oppose à ce que la mauvaise foi soit caractérisée au regard du seul constat que l'auteur de la dénonciation a agi avec légèreté ou témérité (■ Cass. crim., 19 févr. 2019, n° 18-80.195 : *JurisData* n° 2019-002394 ; *Dr. pén.* 2019, comm. 85, note Ph. Conte ; *Gaz. Pal.* 7 mai 2019, n° 3, p. 57, obs. E. Dreyer).

42) Charge de la preuve. Il n'appartient pas au prévenu de dénonciation calomnieuse de prouver sa bonne foi ou l'ignorance qu'il avait de la fausseté des faits dénoncés ; encourt, dès lors, la censure l'arrêt qui, pour entrer en voie de condamnation du chef précité, retient que la fausseté des faits est établie par l'ordonnance de non-lieu rendue sur la plainte de la prévenue et que celle-ci ne peut apporter la preuve qu'elle ignorait la fausseté des faits dénoncés. (■ Cass. crim., 7 déc. 2004 : *Bull. crim.* n° 307 ; *Dr. pén.* 2005, comm. 33, obs. M. Véron).

– Mais, compte tenu de la nature de ses fonctions, le directeur administratif et financier d'une société « ne pouvait pas ne pas avoir connaissance du caractère inexact et erroné des faits dénoncés » (■ Cass. crim., 26 mai 2010 : *Bull. crim.* n° 92 ; *Dr. pén.* 2010, comm. 91, obs. M. Véron).

43) Appréciation souveraine. L'intention délictueuse est constatée souverainement par les juges du fond dès lors qu'elle se fonde sur des motifs qui ne sont ni insuffisants, ni contradictoires (■ Cass. crim., 22 juin 1982 : *Bull. crim.* n° 167. ■ Cass. crim., 7 janv. 1987 : *Bull. crim.* n° 5. ■ Cass. crim., 2 juill. 1992 : *Dr. pén.* 1993, n° 63, obs. M. Véron. ■ Cass. crim., 8 juin 1999 : *Bull. crim.* n° 121). L'appréciation des juges du fond, quant à l'existence ou l'absence de mauvaise foi chez le dénonciateur, est souveraine, dès lors que les motifs de leur décision ne sont entachés ni d'insuffisance, ni de contradiction, et qu'ils ont répondu aux chefs péremptoires des conclusions dont ils étaient saisis (■ Cass. crim., 29 nov. 2016, n° 15-87.332).

44) Illustrations. La mauvaise foi résulte par exemple de la dénonciation de faits exacts en leur attribuant un caractère délictueux dans l'intention de nuire (■ Cass. crim., 8 janv. 1975 : *Bull. crim.* n° 8) ou de l'obstination à réitérer une action devant les juridictions pénales malgré la clôture d'une précédente information ayant souverainement constaté l'absence de tout fondement pénal aux faits articulés (■ Cass. crim., 19 janv. 1982, inédit) ou de l'impossibilité de croire raisonnablement à la réalité du fait dénoncé et de la volonté de paralyser les procédures pendantes devant la juridiction civile (■ Cass. crim., 10 juill. 1989, inédit) ;

mais il ne saurait y avoir mauvaise foi si le dénonciateur a agi par légèreté ou témérité n'ayant pas conscience de la fausseté des faits qu'il dénonçait (■ Cass. crim., 20 juin 1963 : *Bull. crim.* n° 217).

Mais la simple constatation du fait que la plainte avait été portée dans le dessein de nuire ne suffit pas à qualifier la mauvaise foi (■ Cass. crim., 11 oct. 1983 : *Bull. crim.* n° 241). De même est insuffisante la constatation selon laquelle le prévenu avait agi par la voie pénale plutôt que par la voie administrative (■ Cass. crim., 9 janv. 1990 : *Dr. pén.* 1990, n° 128 ; *RSC* 1990, p. 572, obs. Levasseur).

45) Bonne foi. Justifie sa décision la cour d'appel qui, pour relaxer la directrice d'une maison de retraite poursuivie du chef de dénonciation calomnieuse à raison de l'appréciation portée par elle dans une fiche de notation, retient qu'en application des articles 4 et 65 de la loi du 6 janvier 1986 portant dispositions statutaires relatives à la fonction publique hospitalière, elle était tenue de noter les personnels placés sous son autorité et de faire connaître cette notation à la commission administrative paritaire présidée par le directeur départemental des affaires sanitaires et sociales et qu'elle a ainsi agi dans le cadre de ses obligations légales ; il se déduit en effet de tels motifs que la mauvaise foi de la prévenue n'est pas établie (■ Cass. crim., 8 juin 1999 : *Bull. crim.* n° 121).

B – Preuve de la fausseté des faits dénoncés

46) Détermination de l'existence de poursuites pénales. Il appartient à la juridiction saisie des poursuites pour dénonciation calomnieuse, d'une part, de s'assurer auprès du ministère public que la plainte pour les faits dénoncés n'a pas donné lieu à l'ouverture d'une procédure, et, d'autre part, si elle en a la confirmation, d'apprécier la pertinence de la dénonciation (■ Cass. crim., 17 oct. 2017, n° 16-85.193 : *JurisData* n° 2017-020412 ; *Dr. pén.* 2017, comm. 175, note Ph. Conte).

1° En présence de poursuites pénales

Voir : art. 226-11, p. 568.

47) Autorité de la chose jugée. L'article 226-10, alinéa 2 du Code pénal, dans sa rédaction issue de la loi n° 2010-769 du 9 juillet 2010, immédiatement applicable, dispose, désormais, que la fausseté du fait dénoncé résulte nécessairement de la décision, devenue définitive, d'acquittement, de relaxe ou de non-lieu, déclarant que le fait n'a pas été commis ou que celui-ci n'est pas imputable à la personne dénoncée.

La loi nouvelle, qui contient des dispositions favorables au prévenu poursuivi pour dénonciation calomnieuse, en ce qu'elles restreignent l'étendue de la présomption de fausseté du fait dénoncé, s'applique aux faits commis avant son entrée en vigueur et non définitivement jugés.

Doit, dès lors, être annulé l'arrêt qui, pour dire constitué le délit de dénonciation calomnieuse, retient, reprenant les termes de l'article 226-10 du Code pénal, dans sa rédaction alors en vigueur, que la fausseté des faits dénoncés par le prévenu résulte de l'arrêt de la chambre de l'instruction, devenu définitif, qui a déclaré que la réalité des infractions dénoncées n'était pas établie (■ Cass. crim., 14 sept. 2010, n° 10-80.718 : *Bull. crim.* n° 133 ; *Dr. pén. 2010*, comm. 134, obs. M. Véron ; *Gaz. Pal.* 17-18 nov. 2010, jurispr., p. 17, note E. Dreyer ; *RSC* 2011, p. 93, obs. Y. Mayaud).

48) Cassation de la décision se prononçant sur les seuls intérêts civils, et qui a accordé réparation à la partie civile sans avoir suffisamment analysé le jugement de relaxe, la fausseté du fait dénoncé ne résultant nécessairement que d'une décision définitive d'acquittement, de relaxe ou de non-lieu déclarant que les faits n'ont pas été commis ou n'étaient pas imputables à la personne faisant l'objet de la dénonciation (■ Cass. crim., 19 févr. 2019, n° 18-80.195 : *JurisData* n° 2019-002394 ; *Dr. pén.* 2019, comm. 85, note Ph. Conte ; *Gaz. Pal.* 7 mai 2019, n° 3, p. 57, obs. E. Dreyer).

49) Appréciation par les juges saisis du litige. Saisis d'une plainte en dénonciation calomnieuse, les juges ont le pouvoir d'apprécier la pertinence des faits dénoncés, lorsque l'ordonnance de non-lieu les visant ne fait pas apparaître que le juge d'instruction a estimé ces faits non établis ou non imputables à la personne dénoncée ; tel est le cas si la décision de non-lieu a été rendue, sans instruction approfondie, à raison d'une transaction intervenue avant l'ouverture de l'information (■ Cass. crim., 21 janv. 1997 : *Bull. crim.* n° 18 ; *Dr. pén.* 1997, comm. 74, obs. M. Véron ; *RSC* 1997, p. 639, obs. Y. Mayaud).

50) Il se déduit du dernier alinéa de l'article 226-10 du Code pénal, que la juridiction saisie de poursuites pour dénonciation calomnieuse apprécie la pertinence des accusations lorsque les faits dénoncés ont été déclarés **prescrits.** Selon le même texte, en cas de décision définitive d'acquittement, de relaxe ou de non-lieu déclarant que la réalité du fait n'est pas établie ou que celui-ci n'est pas imputable à la personne dénoncée, les juges sont tenus de motiver leur décision au regard de l'existence de la mauvaise foi chez le dénonciateur. Méconnaît le sens et la portée de ces dispositions l'arrêt qui, pour débouter la partie civile après avoir relaxé le prévenu du chef de dénonciation calomnieuse, se borne à retenir que les faits visés dans une plainte avec constitution de partie civile portée par celui-ci sous la qualification de détournements de fonds étaient prescrits et que, s'agissant de ceux qualifiés de tentative d'escroquerie, ils avaient abouti à une décision de non-lieu, le juge d'instruction ayant relevé qu'ils ne relevaient que « d'une légèreté blâmable » sans motiver leur décision au regard de la pertinence de l'accusation de détournements de fonds et de l'absence de mauvaise foi en ce qui concerne celle de tentative d'escroquerie (■ Cass. crim., 11 mars 2008 : *Bull. crim.* n° 60 ; *Dr. pén.* 2008, comm. 81, obs. M. Véron ; *RSC* 2008, p. 907, obs. Y. Mayaud).

51) Méconnaît les dispositions de l'article 226-10, alinéa 2, du Code pénal, la cour d'appel qui condamne l'épouse pour dénonciation calomnieuse, à la suite de la relaxe de l'époux pour violences aggravées sur son épouse, dès lors que l'arrêt de relaxe ne relevait pas que les faits de violences n'avaient pas été commis (■ Cass. crim., 6 mai 2014 : *Bull. crim.* n° 122).

52) Il appartient à la juridiction saisie de poursuites pour dénonciation calomnieuse, d'apprécier la pertinence des accusations lorsque les faits dénoncés ont donné lieu à une décision de **non-lieu** fondée sur d'autres motifs que l'absence de commission des faits ou leur imputabilité à la personne dénoncée.Encourt la cassation l'arrêt qui déclare le prévenu coupable du délit prévu à l'article 226-10 du Code pénal sans avoir procédé à cette appréciation, alors que la procédure relative aux faits dénoncés avait été conclue par une décision de non-lieu ne constatant pas que ces derniers n'avaient pas été commis (■ Cass. crim., 11 juill. 2017, n° 16-83.932 : *Dr. pén.* 2017, comm. 160, note Ph. Conte).

53) Il appartient à la juridiction saisie de poursuites pour dénonciation calomnieuse d'apprécier la pertinence des accusations lorsque la fausseté du fait dénoncé ne résulte pas d'une décision, devenue définitive, d'acquittement, de relaxe ou de non-lieu, déclarant que le fait n'a pas été commis ou que celui-ci n'est pas imputable à la personne dénoncée. Ainsi, la fausseté des accusations portées à l'encontre de gendarmes ne peut résulter d'une décision de refus d'informer au motif que les faits dénoncés ont été déclarés non susceptibles de recevoir une qualification pénale (■ Cass. crim., 9 déc. 2014, n° 13-83.679 : *Dr. pén.* 2015, comm. 16, obs. M. Véron).

2° En l'absence de poursuites pénales

54) Appréciation par la juridiction saisie du litige. Lorsque les faits dénoncés n'ont donné lieu à aucune poursuite, il appartient à la juridiction saisie de poursuites pour dénonciation calomnieuse d'apprécier la pertinence des accusations ; encourt la cassation l'arrêt qui déduit la mauvaise foi du dénonciateur d'une simple absence de contestation du classement sans suite dont les faits dénoncés avaient fait l'objet (■ Cass. crim., 13 sept. 2005 : *Bull. crim.* n° 222 ; *Dr. pén.* 2005, comm. 168, obs. M. Véron).

55) Il résulte des termes de l'article 226-10 du Code pénal qu'il appartient à la juridiction saisie de poursuites pour dénonciation calomnieuse d'apprécier la pertinence des accusations lorsque les faits dénoncés ont donné lieu à un classement sans suite. Encourt la cassation l'arrêt qui déduit la fausseté des faits dénoncés de la décision de classement sans suite dont ces faits ont fait l'objet (■ Cass. crim., 12 oct. 2010, n° 10-80.157 : *Bull. crim.* n° 154 ; *Dr. pén.* 2010, comm. 134, obs. M. Véron ; *RSC* 2011, p. 93, obs. Y. Mayaud).

56) Le fait que le ministère public prenne l'initiative des poursuites du chef de dénonciation calomnieuse, implique nécessairement de sa part une décision de classement relative aux faits objet de la dénonciation au sens de l'article 373, alinéa 3 du Code pénal (■ Cass. crim., 19 avr. 1989 : *Bull. crim.* n° 161 ; *RSC* 1989, p. 745, obs. Levasseur) mais non l'absence de toute enquête, qui est exclusive d'une décision de classement sans suite, fût-elle tacite (■ Cass. crim., 21 nov. 1990 : *Bull. crim.* n° 396).

57) Autonomie au regard de l'autorité disciplinaire. Il résulte de l'article 226-10, alinéa 3 du Code pénal, que les juges répressifs saisis de poursuites pour dénonciation calomnieuse, doivent examiner la pertinence des accusations formulées par le dénonciateur sans être liés par l'appréciation ayant pu être portée sur ce point par l'autorité disciplinaire de la dénonciation incriminée (■ Cass. crim., 19 oct. 1999 : *Bull. crim.* n° 222 ; *RSC* 2000, p. 397, obs. Y. Mayaud).

58) Illustrations d'éléments insuffisants. Il a été jugé que le classement opéré par l'autorité hiérarchique de l'employeur avait cet effet, ainsi le classement d'une dénonciation par un *inspecteur d'académie* (■ Cass. crim., 25 juin 1964 : *Bull. crim.* n° 219). Encore faut-il que cette décision de classement soit expresse et sans ambiguïté. Il s'ensuit qu'un classement implicite ou tacite résultant de la plainte formée auprès du procureur de la République par l'autorité compétente, qui n'a pas ordonné d'enquête administrative, ne correspond pas à ces exigences (■ Basse-Terre, 14 nov. 1989, inédit). Par ailleurs, il est évident qu'une *ordonnance d'irrecevabilité de constitution de partie civile* rendue en application de l'article 5 du Code de procédure pénale n'entre pas dans les prévisions de l'article 373, alinéa 3 du Code pénal et ne peut donc servir de base légale à une poursuite en dénonciation calomnieuse (■ Cass. crim., 4 nov. 1980 : *D.* 1981, IR p. 140, obs. G. Roujou de Boubée). De même, les juges du fond ne sauraient se contenter de relever qu'« aux yeux de tous » les faits dénoncés étaient faux (■ Cass. crim., 13 mars 1990 : *Dr. pén.* 1990, n° 299) ou si l'autorité compétente n'a pas pris de décision de classement (■ Cass. crim., 6 févr. 1991 : *JCP* G 1991, IV, 185).

59) Preuve. Les juges peuvent procéder à cette appréciation à partir d'éléments résultant d'investigations postérieures à la dénonciation ou apparus après elle (▪ Cass. crim., 12 janv. 2016, n° 14-86.710 : *Dr. pén.* 2016, comm. 55, obs. Ph. Conte).

Art. 226-11. – Lorsque le fait dénoncé a donné lieu à des poursuites pénales, il ne peut être statué sur les poursuites exercées contre l'auteur de la dénonciation qu'après la décision mettant définitivement fin à la procédure concernant le fait dénoncé.

1) Sursis à statuer. La juridiction saisie des poursuites pour dénonciation calomnieuse doit surseoir à statuer sans même pouvoir arguer du caractère notoirement calomnieux des faits dénoncés, dès lors que des poursuites sont pendantes (▪ Cass. crim., 22 févr. 1930 : *Bull. crim.* n° 64. ▪ Cass. crim., 10 janv. 1961 : *Gaz. Pal.* 1961, 1, 259), mais il ne s'agit que d'une exception préjudicielle au jugement et non à l'action (même arrêt), laissant le tribunal correctionnel saisi et l'autorisant à prendre des mesures provisoires (▪ Cass. crim., 2 déc. 1892 : *D.* 1893, 1, 365, note M.M.B.).

– Cependant le tribunal correctionnel n'est pas tenu de surseoir à statuer jusqu'à ce que la fausseté des faits ait été déclarée par l'autorité compétente, lorsque le prévenu reconnaît lui-même la fausseté des imputations contenues dans sa dénonciation. Les juges du fond ont qualité pour apprécier souverainement la valeur de l'aveu rétracté (▪ Cass. crim., 18 avr. 1961 : *Bull. crim.* n° 396).

2) Les poursuites pendantes visées par le dernier alinéa de l'article 373 du Code pénal peuvent être aussi bien judiciaires que disciplinaires (▪ Cass. crim., 12 févr. 1958 : *JCP* 1958, IV, 41) ; sur la question de savoir s'il faut assimiler aux poursuites pendantes la saisine d'un employeur par une dénonciation concernant un de ses employés, V. D'Esparbes, *op. cit.*, n° 60. – Vitu : *Droit pénal spécial*, n° 521.

3) Exception préjudicielle au jugement. L'instance sur la dénonciation calomnieuse ne peut être reprise que lorsque la décision sur la fausseté des faits a été rendue par l'autorité compétente (▪ Cass. crim., 22 févr. 1930 : *Gaz. Pal.* 1930, 1, 647. ▪ Cass. crim., 3 mars 2009 : *Dr. pén.* 2009, note 62). La juridiction répressive saisie d'une poursuite pour dénonciation calomnieuse ne saurait condamner le prévenu de ce chef dès lors qu'elle ne constate pas qu'il a été statué préalablement sur la fausseté du fait dénoncé par l'autorité compétente au sens de l'article 373 du Code pénal (▪ Cass. crim., 16 févr. 1988 : *Bull. crim.* n° 75 ; *RSC* 1988, p. 786, obs. Levasseur). Sur l'incidence d'une loi d'amnistie survenue avant qu'une ordonnance de non-lieu soit devenue définitive, V. ▪ Cass. crim., 14 févr. 1984 : *Bull. crim.* n° 57. Lorsque les faits reprochés constituent à la fois une faute pénale et une faute administrative ou disciplinaire, la jurisprudence est divisée : le dernier arrêt publié de la Cour de cassation décide que l'instance peut reprendre dès que l'une quelconque des autorités saisies s'est prononcée (▪ Cass. crim., 21 déc. 1900 : *S.* 1901, 1, 159) ; sur la question, V. Vitu, *op. cit.*, n° 517.

4) Condamnation définitive sur les faits dénoncés. Aucune poursuite pour dénonciation calomnieuse ne peut être exercée lorsque les faits dénoncés ont donné lieu à une condamnation pénale passée en force de chose jugée (▪ Cass. crim., 22 janv. 2002 : *Bull. crim.* n° 8 ; *Dr. pén.* 2002, comm. 50, M. Véron).

5) Un condamné pour viol n'est pas recevable à se constituer partie civile contre la victime du chef de dénonciation calomnieuse, la réalité du viol étant établie par l'arrêt de condamnation. Les faits qu'il allègue pour contester le viol pourraient seulement, s'ils sont nouveaux, être allégués au soutien d'un recours en révision (▪ Cass. crim., 22 janv. 2002 : *JCP* G 2002, IV, 1453 ; *JurisData* n° 2002-012938).

6) Prescription – Point de départ. Le point de départ de la prescription est le jour où la dénonciation parvient à l'autorité compétente ; *toutefois la prescription est suspendue* pendant tout le cours des poursuites dirigées contre la personne dénoncée, tant que la fausseté des faits n'est pas établie (▪ Cass. crim., 1er déc. 1955 : *D.* 1956, 451, note J. Larguier. ▪ Cass. crim., 30 mai 1967 : *Bull. crim.* n° 165. ▪ Cass. crim., 24 sept. 2002 : *Bull. crim.* n° 171 ; *Dr. pén.* 2003, comm. 17, obs. M. Véron).

7) La dénonciation calomnieuse est une infraction instantanée dont la prescription triennale commence à courir le jour où la dénonciation est parvenue à l'autorité ayant le pouvoir d'y donner suite ou de saisir l'autorité compétente. La prescription de l'action publique du chef de dénonciation calomnieuse ne peut être suspendue que par l'exercice effectif des poursuites, pénales ou disciplinaires, relatives au fait dénoncé ; n'ouvre pas une procédure disciplinaire la lettre de dénonciation, concernant un expert-comptable, adressée au président du conseil régional de l'ordre qui ne la transmet pas au président de la chambre régionale de discipline (▪ Cass. crim., 17 oct. 2006 : *Bull. crim.* n° 250 ; *Dr. pén.* 2007, comm. 2, obs. M. Véron, et comm. 11, obs. A. Maron).

8) Prescription – Suspension. Lorsque le fait dénoncé a donné lieu à des poursuites, il se déduit de l'article 226-11 du Code pénal que la prescription de l'action publique est suspendue jusqu'au jour où la décision concernant le fait dénoncé est devenue définitive, soit à date de la notification aux parties de l'arrêt rendu sur le pourvoi en cassation (■ Cass. crim., 16 sept. 2008, n° 08-80.977 : *JurisData* n° 2008-045351 ; *Dr. pén.* 2008, comm. 150, obs. M. Véron).

9) S'agissant de poursuites pénales, il se déduit de l'article 226-11 du Code pénal que la prescription de l'action publique a été suspendue jusqu'à la décision mettant fin à cette procédure (■ Cass. crim., 22 mai 2012, n° 11-87.246 : *Dr. pén.* 2012, comm. 125, obs. M. Véron).

10) Il se déduit de l'article 226-11 du Code pénal que la prescription de l'action publique du chef de dénonciation calomnieuse est suspendue tant que les poursuites pénales exercées du chef du délit dénoncé sont en cours et il importe peu, au regard de cette suspension, que la plainte du chef de dénonciation calomnieuse n'ait été déposée qu'après la décision définitive intervenue sur les faits dénoncés (■ Cass. crim., 20 mai 2003, n° 03-81.253 : *JurisData* n° 2003-019448 ; *Bull. crim.* n° 98 ; *Dr. pén.* 2003, comm. 108, obs. M. Véron).

11) Il se déduit des articles 373 ancien et 226-11 du Code pénal que la prescription de l'action publique du chef de dénonciation calomnieuse est suspendue tant que les poursuites pénales exercées du chef du délit dénoncé sont en cours ; méconnaît ce principe, l'arrêt qui, après avoir relevé que l'appel interjeté contre l'ordonnance de non-lieu rendue dans ces poursuites avait été déclaré irrecevable par la chambre d'accusation, retient pour point de départ de la prescription, la date à laquelle l'ordonnance de non-lieu est devenue définitive en l'état de l'irrecevabilité de l'appel (■ Cass. crim., 27 oct. 1998 : *Bull. crim.* n° 277. ■ Cass. crim., 24 sept. 2002 : préc.).

12) La suspension de la prescription de l'action publique ne prend fin qu'au jour de la signification de l'arrêt de la Cour de cassation ayant définitivement mis fin à la procédure, quand bien même celle-ci ne s'était poursuivie que sur les **seuls intérêts civils** ; cassation de la décision ayant constaté la prescription de l'action publique en considérant que la suspension avait pris fin au jour où le jugement de relaxe rendu en première instance était devenu définitif (■ Cass. crim., 21 avr. 2020, 19-81.089 : *JurisData* n° 2020-005584 ; *RSC* 2020 p. 314, obs. Y. Mayaud ; *D.* 2020, p. 2367, obs. E. Tricoire).

Code de procédure pénale

Art. 91. – Quand, après une information ouverte sur constitution de partie civile, une décision de non-lieu a été rendue, la personne mise en examen et toutes personnes visées dans la plainte, et sans préjudice d'une poursuite pour dénonciation calomnieuse, peuvent, si elles n'usent de la voie civile, demander des dommages-intérêts au plaignant dans les formes indiquées ci-après.

L'action en dommages-intérêts doit être introduite dans les trois mois du jour où l'ordonnance de non-lieu est devenue définitive. Elle est portée par voie de citation devant le tribunal correctionnel où l'affaire a été instruite. Ce tribunal est immédiatement saisi du dossier de l'information terminée par une ordonnance de non-lieu, en vue de sa communication aux parties. Les débats ont lieu en chambre du conseil : les parties, ou leurs conseils, et le ministère public sont entendus. Le jugement est rendu en audience publique.

En cas de condamnation, le tribunal peut ordonner la publication intégrale ou par extraits de son jugement dans un ou plusieurs journaux qu'il désigne, aux frais du condamné. Il fixe le coût maximum de chaque insertion.

L'opposition et l'appel sont recevables dans les délais de droit commun en matière correctionnelle.

L'appel est porté devant la chambre des appels correctionnels statuant dans les mêmes formes que le tribunal. L'arrêt de la cour d'appel peut être déféré à la Cour de cassation comme en matière pénale.

Lorsqu'une décision définitive rendue en application de l'article 177-2 a déclaré que la constitution de partie civile était abusive ou dilatoire, cette décision s'impose au tribunal correctionnel saisi dans les conditions prévues aux alinéas précédents.

13) La dénonciation téméraire ouvre, en cas de décision définitive de non-lieu ou de relaxe, la possibilité de former une demande de dommage-intérêts à l'encontre de la partie civile, à la condition qu'elle ait elle-même mis en mouvement l'action publique (■ Cass. 1re civ., 25 mars 2020, n° 19-11.554 : *JurisData* n° 2020-006873 ; *RSC* 2020 p. 312, obs. Y. Mayaud).

Art. 226-12 ***(Mod., L. n° 2009-526, 12 mai 2009).*** **– Les personnes morales déclarées responsables pénalement, dans les conditions prévues par l'article 121-2, de l'infraction définie à l'article 226-10 encourent, outre l'amende suivant les modalités prévues par l'article 131-38 :**

1° L'interdiction à titre définitif ou pour une durée de cinq ans au plus d'exercer directement ou indirectement une activité professionnelle ou sociale dans l'exercice ou à l'occasion de l'exercice de laquelle l'infraction a été commise ;

2° L'affichage ou la diffusion de la décision prononcée, dans les conditions prévues par l'article 131-35.

Ne peuvent être prononcées, au titre des peines complémentaires sanctionnant la dénonciation calomnieuse, que l'affichage ou la publication et pas les deux cumulativement. L'arrêt ne peut, en outre, fixer le coût maximal de la publication (▪ Cass. crim., 7 juin 2005, n° 05-80.332).

Section IV. – De l'atteinte au secret

§ 1. – De l'atteinte au secret professionnel

Art. 226-13. – La révélation d'une information à caractère secret par une personne qui en est dépositaire soit par état ou par profession, soit en raison d'une fonction ou d'une mission temporaire, est punie d'un an d'emprisonnement et de 15 000 € d'amende.

Bibliographie : *JCl. Pénal Code, Révélation d'une information à caractère secret* par V. Peltier ; G. Warenbourg-Auque : *RSC* 1978, p. 238 ; A. Damien : *Gaz. Pal.* 1982, I, p. 136 ; M. Delmas-Marty : *D.* 1982, chron., p. 267 ; F. Altmaes : *RSC* 1998, p. 301. • B. Py, *Le secret professionnel, croissance ou déclin : Actualité juridique Pénal*, 2004, p. 133. • B. Lavielle et P. Lemonnier, *Le secret professionnel : quelles évolutions ? : AJ pénal* 2009, dossier, p. 153. • F.-X. Roux-Demare et N. de Bremaeker, *Le secret de la personne protégé par le ministre du culte : le secret de la confession (vers la remise en cause du secret de la confession) : Actu-juridique.fr*, 14 nov. 2016. • N. Michon, *Legal privilege et secret professionnel : éléments de comparaison : AJ pénal* 2019, p. 588. • B. Le Devedec, *Levée du secret médical et accessibilité aux mineurs à la pornographie en ligne : Dr. pén.* 2020, étude 26. • O. Beaud, *Le secret professionnel des avocats faiblement protégé. En quoi est-ce un problème ? : D.* 2021, 2081. • D. Guérin, *Le secret de la confession ne peut déroger à l'obligation de signalement du Code pénal : Dr. pén.* 2021, entretien 3. • C. Hardouin-Le Goff, *Faut-il acter pénalement la fin du secret de la confession ? : Gaz. Pal.* 30 nov. 2021, n° 42, p. 14. • H. Matsopoulou, *Les sanctions des atteintes au secret professionnel de l'avocat : Gaz. Pal.* 18 janv. 2022, n° 02, p. 11. • Ph. Vouland, *Le secret professionnel de l'avocat – Secret « confisqué », secret « dévoilé » : JCP* G 2022, n° 1, 4.

Voir : art. 226-14, p. 579 ; CSP, art. L. 1110-4.

• Sommaire

I – ÉLÉMENTS DU DÉLIT 571
A – Conditions relatives au secret 571
1° Personnes dépositaires du secret 571
2° Nature et source du secret 572
B – Conditions relatives à la divulgation 574
1° Cas général 574
2° Cas particuliers 575
II – FAITS JUSTIFICATIFS 575
A – Enquêtes 575
1° Enquêtes pénales et douanières 575
2° Enquêtes de l'administration fiscale 576
B – Droit à la preuve 577
C – Lanceurs d'alerte 578
III – PROCÉDURE 578

1) QPC. Non-lieu à renvoi au Conseil constitutionnel de la QPC visant l'article 226-13 du Code pénal (▪ Cass. crim., 5 sept. 2012, n° 12-90.045 : *Comm. com. électr.* 2012, comm. 127, note A. Lepage).

2) CEDH. La Cour européenne des droits de l'homme a estimé que la déclaration de culpabilité peut constituer une ingérence disproportionnée dans le droit à la liberté d'expression et a conclu à la violation de l'article 10 de la Convention européenne des droits de l'homme (▪ CEDH, 15 déc. 2011, n° 28198/09 : *JCP* 2011, act. n° 1449, p. 2563 ; *Bull. inf. C. cass.* 1er mars 2012, n° 757, p. 11 ; *AJ pénal* 2012, p. 337, note C. Porteron).

À la suite de ▪ Cass. crim., 28 oct. 2008 : *Bull. crim.* n° 215 ; *RSC* 2009, p. 97, obs. Y. Mayaud : justifie sa décision l'arrêt qui, pour entrer en voie de condamnation contre un avocat du chef de violation du secret professionnel, retient que l'obligation au secret professionnel résultant de l'article 160 du décret du 27 novembre 1992, applicable à la date des faits, consistant notamment à s'abstenir de communiquer, sauf pour l'exercice des droits de la défense, des renseignements extraits du dossier ou de publier des documents, pièces ou lettres intéressant une information en cours, n'a pas été abolie par le décret du 15 mai 2007 portant diverses dispositions relatives à la profession d'avocat. C'est par une appréciation souveraine des faits et circonstances de la cause, que les juges du fond retiennent qu'en l'espèce, la violation de ce secret n'était pas rendue nécessaire par l'exercice des droits de la défense.

3) Ne méconnaît pas l'article 10, § 2 de la Convention européenne de sauvegarde des droits de l'homme et des libertés fondamentales la condamnation d'un journaliste pour recel de violation du secret de l'instruction, la restriction à la liberté d'expression étant ici nécessaire à la protection de la sécurité publique et la prévention de crimes, ce qui inclut les recherches mises en œuvre pour interpeller une personne dangereuse (▪ Cass. crim., 9 juin 2015, 14-80.713, publié au bulletin).

4) Absence de violation de l'article 10 de la Convention européenne, au regard de la marge d'appréciation dont disposent les États et de la mise en balance des intérêts en présence effectuée par les juridictions nationales, pour la condamnation pour recel de violation du secret professionnel, d'un journaliste qui avait retenu une approche sensationnaliste pour diffuser le portrait-robot d'un suspect d'une série de viols et de violences (▪ CEDH, 17 déc. 2020, n° 61470/15, *Sellami c/ France : JurisData* n° 2020-020535 ; *Lexbase Quotidien* 18 déc. 2020 et *Lexbase Pénal* n° 34, obs. A. Léon ; *AJ pénal* 2021, p. 104, obs. G. Royer ; décision rendue à la suite de ▪ Cass. crim., 9 juin 2015, n° 14-80.713).

I – ÉLÉMENTS DU DÉLIT

A – Conditions relatives au secret

1° Personnes dépositaires du secret

5) Liste ouverte. L'article 378 du Code pénal vise aussi bien les faits parvenus à la connaissance d'une personne dans l'exercice d'une profession aux actes de laquelle la loi, dans un intérêt général et d'ordre public, a imprimé le caractère confidentiel que ceux qui lui ont été confiés sous le sceau du secret en raison d'une semblable profession (▪ Cass. crim., 17 mai 1973 : *Bull. crim.* n° 228).

6) L'article 226-13 n'exige pas que la personne dépositaire du secret professionnel soit désignée par un texte spécifique, le domaine de l'incrimination étant déterminé au regard de la nature secrète de l'information en cause et de la fonction ayant permis à l'intéressé d'en avoir connaissance (▪ CJR, 30 sept. 2019, n° 1-2019 : *JCP* G 2019, 1224, n° 48, note J.-Ch. Saint-Pau).

7) Sont concernés notamment par le secret professionnel : les **médecins** (▪ Cass. crim., 8 avr. 1998 : *Bull. crim.* n° 138), y compris les médecins-conseils d'une société d'assurance (▪ Cass. crim., 16 mars 2021, n° 20-80.125), **pharmaciens, sages-femmes**... (V. CSP), les assistantes sociales (C. action soc. et fam., art. 225. ▪ Cass. crim., 14 févr. 1978 : *D.* 1978, p. 354, note Pradel ; *RSC* 1979, p. 92, obs. Levasseur), les jurés (C. proc. pén., art. 304. ▪ Cass. crim., 25 janv. 1968 : *D.* 1968, p. 153, rapp. J.-L. Costa ; *RSC* 1968, p. 344, obs. Levasseur).

8) Les **magistrats** et leurs auxiliaires, notamment les membres de la police (C. proc. pén., art. 11. ▪ Cass. crim., 14 mars 1962 : *Bull. crim.* n° 134) et les **jurés** (▪ T. corr. Paris, 17e ch., 31 mars 1989 : *JCP* 1989, II, 21356, note Dubreuil), les **avocats** (▪ Cass. crim., 18 oct. 1977 : *D.* 1978, p. 94, note Brunois. ▪ Cass. crim., 16 mai 2000 : *Bull. crim.* n° 192).

9) Les **fonctionnaires de police** sont tenus au secret professionnel en ce qui concerne les informations parvenues à leur connaissance dans l'exercice de leur profession, et auxquelles la loi a conféré un caractère confidentiel dans un intérêt général et d'ordre public ; se rend ainsi coupable de violation de secret professionnel le fonctionnaire de police qui, profitant de ses fonctions, se fait délivrer par le service des archives et du traitement informatique une fiche d'antécédents qu'il communique à un tiers (▪ Cass. crim., 26 oct. 1995 : *Bull. crim.* n° 328).

Le ministère public étant seul investi, dans le respect des conditions posées par l'article 11 du Code de procédure pénale, du droit de communiquer sur une enquête en cours, la communication à des journalistes de renseignements connus des seuls enquêteurs par un officier de police judiciaire est susceptible de constituer une violation du secret professionnel ; cassation de la décision de non-lieu motivée par l'absence d'élément permettant d'identifier les personnes interpellées et par la nature des propos tenus, qualifiés de simples commentaires (▪ Cass. crim., 24 mars 2020, n° 19-80.909 : *JurisData* n° 2020-005263).

10) Si le **garde des Sceaux** n'est plus tenu au secret de l'enquête et de l'instruction, il n'en reste pas moins tenu de garder secrètes les informations qui lui sont transmises en raison de sa fonction, leur divulgation étant punissable en l'absence de motif d'intérêt général justifiant la gravité de l'atteinte portée au secret (▪ CJR, 30 sept. 2019, n° 1-2019 : *JCP* G 2019, 1224, n° 48, note J.-Ch. Saint-Pau).

11) Les membres des **administrations fiscales** (LPF, art. L. 103) et douanières (C. douanes, art. 59 *bis*), les **receveurs des postes** (D. 30 oct. 1901 et 5 août 1939. ▪ Cass. crim., 12 juin 1979), les notaires (▪ Cass. crim., 7 avr. 1870 : *S.* 1870, 1, 277. ▪ Paris, 13 juill. 1973 : *D.* 1974, p. 16, note de la Marnière. ▪ T. corr. Reims, 21 oct. 1985 : *JCP* 1986, II, 20554, note Thuillier. – *Adde*, ▪ Riom, 30 janv. 1989 : *JCP* 1989, II, 21352, note Sanséau), les agents de change (▪ Cass. crim., 1er févr. 1922 : *S.* 1922, 1, 337, note Bourcart), les banquiers (▪ T. corr. Lure, 4 nov. 1970 : *D.* 1971, p. 276, note Ch. Gavalda. ▪ Cass. crim., 30 janv. 2001 : *Bull. crim.* n° 29 ; *JCP* E 2001, p. 1328, note J. Stoufflet), les experts-comptables (▪ Paris, 9e ch. B, 29 mars 1990 : *Gaz. Pal.* 16-18 sept. 1990).

12) Les révélations portées à la connaissance des **ministres du culte** légalement reconnus, dans le cadre de leur fonction, ont été reconnues comme des informations protégées au titre du secret (▪ Cass. crim., 30 nov. 1810 : *Bull. crim.* n° 151. ▪ Cass. crim., 4 déc. 1891. ▪ T. corr. Bordeaux, 27 avr. 1977 : *Gaz. Pal.* 1977, 2, 506, note Gleizes ; *RSC* 1978, p. 104, obs. Levasseur. – V. *D.* 2000, chron. p. 431, par H. Moutout ; V. C. Roca : *LPA* 2001, n° 69).

13) Il a cependant été jugé que le secret professionnel ne pouvait être opposé par un ministre du culte, poursuivi pour non-dénonciation d'atteintes sexuelles sur un mineur, dès lors qu'il avait eu connaissance de ces faits en dehors même des confidences de leur auteur (▪ T. corr. Caen, 4 sept. 2001 : *JurisData* n° 2001-148248 ; *Dr. pén.* 2001, chron. 46 par L. Leturmy ; *D.* 2001, p. 3454, note Y. Mayaud). – V. H. Moutouh : *D.* 2000, I, p. 431.

14) Pour le secret des sources des journalistes.

Voir : L. 29 juill. 1881, art. 2, p. 1279, *infra*, Ann. *Médias*.

15) Encourt la censure l'arrêt qui, pour prononcer la relaxe d'un **inspecteur des impôts** poursuivi du chef de violation du secret professionnel pour avoir révélé à un contribuable qui faisait l'objet d'un contrôle fiscal des éléments relatifs à sa situation fiscale ainsi que les motivations et les objectifs de ce contrôle dont il n'était pas personnellement chargé, retient que le secret professionnel n'est pas opposable au contribuable concerné et que le prévenu n'a fait que lui communiquer, à l'exclusion de tout tiers, des éléments l'intéressant personnellement, sans rechercher si les informations révélées ne revêtaient pas un caractère secret à l'égard du contribuable au sens des articles L. 103 du Livre des procédures fiscales et 226-13 du Code pénal (▪ Cass. crim., 1er mars 2016, n° 14-87.577 : *Dr. pén.* 2016, comm. 91, note Ph. Conte).

16) Ne sont pas astreints au secret professionnel et n'encourent donc pas en cas de révélation les sanctions prévues par l'article 226-13 du Code pénal : le **président-directeur général** (▪ Cass. crim., 7 févr. 1970 : *Bull. crim.* n° 56 ; *RSC* 1970, p. 652, obs. Levasseur) ou **l'administrateur d'une société anonyme** (▪ Cass. crim., 9 oct. 1978 : *Bull. crim.* n° 263 ; *D.* 1979, p. 185, note P. Chambon ; *RSC* 1979, p. 560, obs. Levasseur), les **éducateurs** de prévention, d'enfants inadaptés ou de détenus (▪ Cass. crim., 4 nov. 1971 : *JCP* 1972, II, 17256, note Mayer-Jack), le **directeur d'un foyer** recevant des personnes libérées de prison (▪ Cass. crim., 17 mars 1982 : *Bull. crim.* n° 78), les membres de **l'organisme professionnel** de prévention du bâtiment et des travaux publics (▪ Cass. crim., 6 juill. 1977 : *Bull. crim.* n° 258), le **directeur du personnel** d'une compagnie d'assurance (▪ Cass. crim., 19 nov. 1985 : *Bull. crim.* n° 364), l'assureur qui a révélé le nom du bénéficiaire d'un contrat **d'assurance sur la vie**, cette désignation ne présentant pas un caractère secret (▪ Cass. crim., 28 sept. 1999 : *Bull. crim.* n° 201 ; *RSC* 2000, p. 202 obs. Y. Mayaud).

2° *Nature et source du secret*

17) Objet. Un fait négatif peut constituer un secret, tel un certificat attestant qu'une personne n'est atteinte d'aucune maladie (▪ Cass. crim., 9 nov. 1901 : *D.* 1902, 1, 235. ▪ Cass. civ., 12 juin 1958 : *JCP* 1959, II, 10940, note Chavanne).

18) Rapport entre confidence et fonctions. Le fait devant être nécessairement connu dans l'exercice des fonctions, l'article 378 ne saurait être appliqué lorsque l'intéressé a apporté son témoignage sur ce qu'il a appris en dehors de son activité professionnelle ; mais il est jugé que si le fait n'est pas expressément confié sous le sceau du secret il permet le jeu de l'article 378 s'il a un rapport avec l'exercice de l'activité professionnelle. En application de ces principes, il a ainsi été décidé qu'un prêtre n'avait pas commis le délit en montrant une lettre dans laquelle se trouvait exposé non un problème de conscience mais une question d'argent, l'expéditeur de la lettre s'étant adressé au prêtre en sa qualité d'ami personnel (▪ Cass. crim., 11 mai 1959 : *D.* 1959, p. 312).

19) Toute personne recevant une confidence qui lui est faite dans l'exercice de sa profession n'est pas, par cela seul, tenue au secret professionnel. Ce que la loi a voulu garantir c'est la sécurité des confidences qu'un particulier est dans l'obligation de faire à une personne dont l'état ou la profession, dans un intérêt général et d'ordre public, fait d'elle un confident nécessaire (▪ Cass. crim., 19 nov. 1985 : *Bull. crim.* n° 364).

20) Justifie sa décision la chambre de l'instruction qui, pour rejeter la requête en nullité présentée par une personne soutenant que sa mise en examen avait pour seul fondement la dénonciation faite en violation du secret professionnel par son associée, avocate, retient notamment que celle-ci avait eu connaissance des éléments, par elle révélés, à la faveur des liens d'amitié existant entre les deux personnes et que les faits rapportés ne pouvaient se rattacher à l'exercice de la profession. En effet, ne sont pas couvertes par le secret professionnel les informations divulguées par un avocat dont il n'a pas été rendu dépositaire par son état ou sa profession (▪ Cass. crim., 2 mars 2010, n° 09-88.453 : *Bull. crim.* n° 40).

21) Secret connu de tiers. Un fait peut demeurer confidentiel même s'il est connu de certaines personnes et peut donc donner lieu à application de l'article 378 du Code pénal : a notamment été condamné un ancien juré pour avoir confirmé, dans un livre, des indiscrétions répandues dans le public au sujet du délibéré de la juridiction (▪ Cass. crim., 25 janv. 1968 : *D.* 1968, p. 153, rapp. J.-L. Costa. – V. aussi ▪ Lyon, 17 janv. 1980 : *RSC* 1981, p. 876, obs. Levasseur. – V. également ▪ Cass. crim., 8 févr. 1994 : *Dr. pén.* 1994, n° 134. ▪ Cass. crim., 16 mai 2000 : *Bull. crim.* n° 192).

22) Nécessaire caractérisation de l'information à caractère secret. Encourt la cassation la cour d'appel qui se détermine par des motifs qui n'établissent pas, d'une part, que la lettre du garde des Sceaux saisissant le Conseil supérieur de la magistrature était couverte par le secret et, d'autre part, que sa divulgation avait été le fait d'une personne dépositaire d'un secret par état ou profession (▪ Cass. crim., 24 mai 2005, n° 03-86.460).

23) La lettre du garde des Sceaux saisissant le Conseil supérieur de la magistrature aux fins de poursuites disciplinaires d'un magistrat du siège, en application des dispositions de l'article 50-1 de l'ordonnance n° 58-1270 du 22 décembre 1958 portant loi organique relative aux statuts de la magistrature, ne constitue pas une information à caractère secret au sens de l'article 226-13 du Code pénal (▪ Cass. crim., 4 déc. 2007 : *Bull. crim.* n° 302 ; *Dr. pén.* 2008, comm. 37, obs. M. Véron).

24) Recel de violation du secret professionnel. Méconnaît les articles 226-13 et 321-1 du Code pénal la cour d'appel qui condamne un journaliste pour recel de violation du secret professionnel sans caractériser la révélation d'une information à caractère secret par une personne qui en aurait été dépositaire (▪ Cass. crim., 6 mars 2012, n° 11-80.801 : *D.* 2012, p. 816, obs. S. Lavric ; *JCP* 2012, note 547, p. 897, note S. Detraz ; *Dr. pén.* 2012, comm. 68, obs. M. Véron ; *AJ pénal* 2012, p. 340, obs. J. Lasserre-Capdeville).

25) Si la caractérisation d'un recel d'éléments provenant d'une violation du secret de l'instruction nécessite qu'il soit démontré que l'auteur de la révélation de l'information à caractère secret fasse partie des dépositaires dudit secret, il n'est en revanche pas nécessaire que celui-ci soit identifié (▪ Cass. crim., 9 juin 2015, 14-80.713, publié au bulletin).

26) Avocat – Secret protégé. S'il ne concourt pas à la procédure au sens de l'article 11 du Code de procédure pénale, il résulte de l'article 160 du décret du 27 novembre 1991 que l'avocat ne doit commettre aucune divulgation contrevenant au secret professionnel et doit notamment respecter le secret de l'instruction en matière pénale ; caractérise le délit de violation du secret professionnel la cour d'appel qui constate que l'avocat de la personne mise en examen a sciemment révélé à une personne étrangère à la procédure le contenu d'un acte couvert par le secret de l'instruction (▪ Cass. crim., 18 sept. 2001 : *Bull. crim.* n° 179 ; *Dr. pén.* 2002, comm. 16, obs. M. Véron).

27) Il résulte de l'article 160 du décret du 27 novembre 1991 que l'avocat ne peut communiquer à quiconque, sauf à son client pour les besoins de sa défense, des renseignements concernant des procédures pénales (▪ Cass. crim., 18 déc. 2001 : *Bull. crim.* n° 273 ; *D.* 2002, jur. p. 860).

28) Caractérise encore le délit de violation du secret professionnel, la révélation par l'avocat à un tiers d'informations provenant du dossier de l'instruction (▪ Cass. crim., 27 oct. 2004 : *Bull. crim.* n° 259. – V. également ▪ Cass. crim., 28 sept. 2004 : *JurisData* n° 2004-025416 ; *JCP* II, 10054, note R. Martin).

29) Justifie sa décision la cour d'appel qui déclare coupables du délit de violation du secret professionnel et de complicité de cette infraction les avocats d'un même cabinet qui, en connaissance de cause, laissent consulter, par un tiers aux procédures dont ils sont chargés, un dossier commercial auquel avaient été annexées les copies de pièces d'une procédure pénale intéressant un de leurs clients, ou qui facilitent sciemment ladite consultation (▪ Cass. crim., 20 juin 2006 : *Bull. crim.* n° 183 ; *Dr. pén.* 2006, comm. 120, obs. M. Véron).

30) Avocat – Exclusion de la protection. Si, en vertu du principe de la libre défense qui domine la procédure pénale, les correspondances adressées par les inculpés, prévenus ou accusés à leurs conseils, sont couvertes par le secret et échappent à toute saisie, il en va autrement lorsqu'il s'agit d'écrits n'ayant pas trait à une poursuite pénale et qui, en outre, sont susceptibles de constituer la preuve d'une infraction dès lors que l'existence en a été révélée par l'avocat destinataire à son client lequel n'étant pas tenu par leur caractère confidentiel, en a fait état dans sa plainte (▪ Cass. crim., 9 févr. 1988 : *Bull. crim.* n° 63 ; *JCP* 1988, II, 21056, rapp. Dardel ; *Gaz. Pal.* 21-22 oct. 1988, note A. Damien ; *RSC* 1988, p. 789, obs. Levasseur).

31) Sa qualité ne saurait autoriser un avocat à commettre une infraction pénale dans l'exercice de sa profession et sa seule inculpation ne peut constituer une atteinte au secret professionnel. Ce secret ne peut être invoqué par cet auxiliaire de justice pour éviter de s'expliquer sur les actes délictueux qu'il aurait lui-même commis (▪ Cass. crim., 6 janv. 1989 : *Bull. crim.* n° 3 ; *RSC* 1990, p. 75, obs. Levasseur).

32) Si, selon les principes rappelés par l'article 66-5 de la loi du 31 décembre 1971, les correspondances échangées entre le client et son avocat sont, en toute matière, couvertes par le secret professionnel, il demeure que le juge d'instruction tient de l'article 97 du Code de procédure pénale le pouvoir de les saisir dès lors qu'ils ne concernent pas l'exercice du droit de la défense (■ Cass. crim., 7 mars 1994 : *Bull. crim.* n° 87 ; *RSC* 1994, p. 576, obs. J.-C. Marin).

33) Commet le délit de recel du produit de violation du secret professionnel l'avocat qui utilise, dans le cadre d'une procédure judiciaire, une fiche d'antécédents concernant la partie adverse et émanant apparemment de la Police nationale, document qu'il s'est procuré par l'intermédiaire d'un détective privé rémunéré à cette fin (■ Cass. crim., 26 oct. 1995 : *Bull. crim.* n° 328 ; *Dr. pén.* 1996, comm. 83, obs. M. Véron).

34) Si les pièces échangées entre l'avocat et ses clients sont couvertes par le secret professionnel aux termes de l'article 66-5 de la loi du 31 décembre 1971, il n'en demeure pas moins que le juge d'instruction tient des articles 96 et 97 du Code de procédure pénale le pouvoir de saisir de telles pièces lorsqu'elles sont de nature à établir la preuve de la participation de l'avocat à une infraction (■ Cass. crim., 27 juin 2001 : *Bull. crim.* n° 163).

35) Le juge d'instruction tient des articles 81 et 100 du Code de procédure pénale le pouvoir de prescrire, lorsque les nécessités de l'information l'exigent, l'interception, l'enregistrement et la transcription des correspondances émises par la voie des télécommunications par une personne mise en examen, dès lors que n'est pas en cause l'exercice des droits de la défense. Le principe de confidentialité des conversations échangées entre une personne mise en examen et son avocat ne saurait s'opposer à la transcription de certaines d'entre elles, dès lors qu'il est établi que leur contenu est de nature à faire présumer la participation de cet avocat à des faits constitutifs d'une infraction, fussent-ils étrangers à la saisine du juge d'instruction (■ Cass. crim., 1er oct. 2003 : *Bull. crim.* n° 177 ; *D.* 2004, jur. p. 671, note J. Pradel). – V. J.-J. Vettwiller, *Le secret professionnel de l'avocat : Gaz. Pal.* 1998, 2, doctr. p. 1467.

36) Limite du secret médical. L'obligation au secret ne s'impose que dans les relations du médecin avec son patient ; ainsi, dans une attestation remise par un médecin à sa patiente, les appréciations portées sur le mari de celle-ci, qui n'est pas son patient, ne relèvent pas du secret médical (■ Cass. crim., 23 janv. 1996 : *Bull. crim.* n° 37).

37) Un vérificateur fiscal, pour reconstituer les recettes professionnelles réelles d'un chirurgien, a pu, sans violer le secret professionnel, procéder à des recoupements dans le livre de police de la clinique ; en effet, ce document ne contenait aucune indication sur le siège des affections dont étaient atteints les malades et le traitement qui leur était appliqué, la lettre K ne permettant pas, notamment, d'identifier la nature de ces affections (■ Cass. crim., 21 mai 1979 : *Bull. crim.* n° 178 ; *RSC* 1980, p. 439, obs. Levasseur).

38) La production d'une feuille de soins comprenant des mentions obligatoires ne constitue pas, par elle-même, une violation du secret médical tel qu'il est protégé par l'article 378 du Code pénal ; les restrictions apportées au secret médical sont des conséquences nécessaires des dispositions législatives prévoyant le remboursement des frais occasionnés par les soins (■ CE, 7 déc. 1990 : *D.* 1991, IR p. 19).

B – Conditions relatives à la divulgation

1° Cas général

39) Destinataires de la révélation. Pour qu'il y ait révélation, il n'est pas nécessaire que le fait couvert par le secret ait été communiqué à un public indéterminé : un seul destinataire suffit (■ Cass. crim., 21 nov. 1874 : *S.* 1875, 1, 89, rapp. Baudouin, note Canivès). La révélation est par ailleurs constituée si elle est simplement partielle (■ Cass. crim., 27 juin 1967 : *Gaz. Pal.* 1967, 2, 178).

40) La révélation d'une information à caractère secret réprimée par l'article 226-13 du Code pénal n'en suppose pas la divulgation ; elle peut exister légalement, lors même qu'elle en est donnée à une personne unique et lors même que cette personne est elle-même tenue au secret. En outre, la connaissance par d'autres personnes, de faits couverts par le secret professionnel, n'est pas de nature à enlever à ces faits leur caractère confidentiel et secret (■ Cass. crim., 16 mai 2000 : *Bull. crim.* n° 192 ; *Dr. pén.* 2000, comm. 127, obs. M. Véron).

41) Divulgation consentie. Un fait confidentiel ne fera toutefois pas jouer l'article 378 du Code pénal si la personne qui a confié le fait au professionnel a manifesté nettement sa volonté qu'il soit divulgué à autrui : il en a ainsi été jugé au sujet d'un employé de la radiodiffusion qui avait publié un ouvrage dans lequel il reproduisait des lettres d'auditeurs qui avaient été adressées pour être lues en cours d'émission (■ Cass. crim., 13 mars 1956 : *JCP* 1956, II, 9364).

42) Justifie sa décision la cour d'appel qui, pour refuser d'écarter des débats des pièces de correspondance échangées entre l'avocat et son client, relève que, le secret professionnel de l'avocat ne s'imposant pas au client, les pièces qui ont été versées au dossier de la procédure ont été remises spontanément par le client au juge d'instruction (■ Cass. crim., 29 mai 1989 : *Bull. crim.* n° 218).

43) Délit instantané. La violation du secret professionnel constituée par la délivrance d'une attestation par une secrétaire d'avocat est un délit instantané indépendamment de la permanence de ses effets (▪ Colmar, 30 juin 1988 : *Juris-Data* n° 1988-044354).

44) Résultat. Il n'est pas nécessaire que la violation du secret professionnel ait causé un préjudice : ainsi a été condamné un médecin qui, ami d'un peintre, avait fait certaines révélations de nature à défendre la mémoire de celui-ci (▪ Cass. crim., 19 déc. 1885 : *DP* 1886, 1, 347. – V. aussi en ce sens ▪ Cass. crim., 8 mai 1947 : *JCP* 1948, II, 4141, note Légal ; *D.* 1948, p. 109, note Gulphe).

45) Élément intentionnel. Il suffit, pour que l'intention soit caractérisée, que le professionnel ait eu conscience de révéler le secret dont il avait connaissance (▪ Cass. crim., 9 mai 1913 : *S.* 1914, 1, 169, note Roux) et ses mobiles sont indifférents (▪ Cass. crim., 19 déc. 1885, préc. n° 7. ▪ Cass. crim., 7 mars 1989 : *Bull. crim.* n° 109).

2° Cas particuliers

46) Avocats : obligation générale et absolue. L'obligation au secret professionnel établie par l'article 378 du Code pénal s'impose aux avocats comme un devoir de leur fonction. Elle est générale et absolue même s'il s'agit d'un fait connu dans son ensemble lorsque l'intervention du dépositaire du secret entraîne la divulgation de précisions qu'il était seul à connaître (▪ Cass. crim., 7 mars 1989 : *Bull. crim.* n° 109 ; *RSC* 1990, p. 73, obs. Levasseur). Principe semblable au visa de l'article 226-13 du Code pénal (▪ Cass. crim., 16 mai 2000 : *Bull. crim.* n° 192).

47) Médecin – Obligation générale. L'obligation au secret professionnel, établie et sanctionnée par l'article 378 du Code pénal pour assurer la confiance nécessaire à l'exercice de certaines professions, s'impose aux médecins, hormis les cas où la loi en dispose autrement, comme un devoir de leur état ; sous cette seule réserve, elle est générale est absolue et il n'appartient à personne de les en affranchir (▪ Cass. crim., 5 juin 1985 : *Bull. crim.* n° 218. – V. M. Laure-Rassat, *La révélation médicale : D.* 1989 : chron. p. 207). – P. Sargos, *Principes d'immunité et de légitimité en matière de secret médical : JCP* 2004, I, 187.

48) Médecin – Opposabilité du secret. Il ne saurait y avoir révélation punissable lorsqu'un médecin fait connaître à son patient les résultats de ses investigations et examens ; il ne peut donc lui refuser délivrance d'un certificat constatant qu'il l'a examiné mais il est libre de déterminer le contenu du certificat (▪ Cass. crim., 30 avr. 1909 : *Gaz. Pal.* 1909, 2, 323). La révélation à toute autre personne que le client est punissable si elle a lieu sans son consentement, même si le tiers est un proche (▪ T. civ. Seine, 4 janv. 1928 : *Sem. jur.* 1928, 401, note Perraud-Charmantier). D'autre part, après le décès de l'intéressé, y a-t-il révélation punissable dans le fait pour le médecin de délivrer un certificat à son sujet à ses héritiers ? La jurisprudence est divisée : dans un sens hostile à cette délivrance, V. ▪ Cass. civ., 13 oct. 1970 : *D.* 1970, p. 765, concl. R. Lindon ; dans un sens favorable, V. ▪ Cass. civ., 26 mai 1964 : *D.* 1965, p. 199, note Le Bris ; *JCP* 1964, II, 13751, concl. R. Lindon.

49) Ni l'article 378 du Code pénal relatif au secret que les médecins sont tenus d'observer, ni un autre texte concernant le fonctionnement des hôpitaux publics ou la communication de documents détenus par l'Administration, ni enfin un principe général du droit ne s'opposent à la mise à la disposition d'un médecin désigné à cet effet par la veuve d'une personne décédée dans un hôpital, après avoir subi une opération chirurgicale, du dossier médical que possède l'administration générale de l'Assistance publique ; en revanche, ce dossier n'a pas à être communiqué directement à la veuve (▪ CE, 22 janv. 1982 : *JCP* 1983, II, 19943, note L. Rapp).

50) L'article 901 du Code civil vaut autorisation, au sens de l'article 226-14 du Code pénal, à l'égard du médecin de révéler les faits dont il a eu connaissance dans l'exercice de sa profession non seulement à son patient mais également aux personnes ayant un intérêt légitime à faire valoir cette protection (▪ Cass. 1re civ., 22 mai 2002 : *Bull. civ.* II, n° 144).

51) Secret partagé – Protection de l'enfance. Constitue une exception à l'article 226-13, conditionnée à l'information préalable des responsables du mineur, le partage d'informations par un médecin avec d'autres professionnels eux-mêmes tenus au secret, dans le cadre défini par l'article L. 226-2-2 du Code de l'action sociale et des familles relatif à l'évaluation de la situation individuelle d'un mineur et à la détermination et la mise en œuvre d'actions de protection et d'aide dont le mineur et sa famille peuvent bénéficier (▪ Cass. crim., 8 juin 2021, n° 20-86.000 : *JurisData* n° 2021-008813 ; *Lexbase Hebdo – éd. privée* 18 juin 2021, n° 868, obs. L. Bedja ; *Dr. pén.* 2021, comm. 181, Ph. Conte ; *D.* 2021, p. 2109, obs. Th. Garé ; *LPA* 30 sept. 2021, n° 201c8, obs. A. Niemiec).

II – FAITS JUSTIFICATIFS

Voir : art. 226-14, p. 579.

A – Enquêtes

1° Enquêtes pénales et douanières

52) Le secret bancaire n'est ni général ni absolu et l'Administration tient de l'article 65 du Code des douanes la possibilité d'exercer son droit de communication à l'occasion de toutes opérations, régulières ou irrégulières, pourvu que ces opérations relèvent de la compétence du service des douanes et que les documents réclamés soient propres à faciliter l'accomplissement de sa mission (▪ Cass. crim., 30 janv. 1975 : *JCP* 1975, II, 18137, note Ch. Gavalda ; *RSC* 1975, p. 1011, obs. Vitu. ▪ Cass. crim., 25 janv. 1977 : *D.* 1977, p. 666, note M. Vasseur ; *JCP* 1977, II, 18651, note Ch. Gavalda ; *RSC* 1977, p. 575, obs. Vitu). Il a été jugé que n'encourt aucune censure l'arrêt de la cour d'appel qui constate que les relevés de compte d'un client de la banque ont été communiqués spontanément, au cours d'une enquête préliminaire et sans qu'une saisie ait été effectuée dans les formes prévues par l'article 76 du Code de procédure pénale (▪ Cass. crim., 27 avr. 1994 : *Bull. crim.* n° 152 ; *D.* 1994, p. 402, note Ch. Gavalda).

53) Sur le conflit entre les articles 62 et 63 du Code pénal d'une part et l'article 378 du Code pénal d'autre part, la cour d'appel de Paris a fait prévaloir l'obligation au secret (▪ Paris, 15 juin 1951 : *D.* 1951, p. 568 ; *RSC* 1951, p. 668, obs. Hugueney) à la différence du tribunal correctionnel de Lille qui a adopté la position contraire (▪ T. corr. Lille, 27 juin 1950 : *JCP* 1950, II, 5837 ; *RSC* 1951, p. 91, obs. Hugueney). Sur cette question, V. J. Pradel, *L'incidence du secret professionnel sur le cours de la justice pénale* : *JCP* 1969, I, 2234, n° 14. Mais les nouveaux articles 434-1, dernier alinéa, et 434-11 du Code pénal ont pratiquement mis fin à cette controverse.

54) S'agissant des *experts*, les juridictions sont en général peu favorables à écarter les conclusions ou les données des rapports d'expertise au motif qu'il y aurait violation du secret professionnel (▪ Cass. soc., 27 avr. 1967 : *JCP* 1968, II, 15411, note R. Savatier) ; sur la question, V. Vouin, *Le juge et son expert* : *D.* 1955, p. 131. Sur le problème des pouvoirs de l'expert face à des personnes liées par le secret professionnel, V. ▪ Cass. soc., 31 janv. 1963 : *JCP* 1963, II, 13122, note R. Savatier. ▪ Cass. crim., 24 avr. 1969 : *D.* 1969, p. 637, note F. Chapar ; *JCP* 1970, II, 16306, note R. Savatier.

55) Visites, perquisitions et saisies. En vertu de leurs pouvoirs de perquisition et de saisie, les autorités judiciaires peuvent saisir tous documents, chez une personne tenue au secret professionnel et qui n'est pas l'auteur de l'infraction motivant ces opérations, pourvu qu'ils soient utiles à la manifestation de la vérité (▪ Cass. crim., 23 mars 1977 : *JCP* 1979, II, 19039, note P. Chambon ; *RSC* 1977, p. 832, obs. J.-H. Robert. ▪ Cass. crim., 21 mai 1979 : *Bull. crim.* n° 178 ; *RSC* 1980, p. 439, obs. Levasseur) sous réserve de certaines mesures utiles pour assurer le respect du secret professionnel. – Se reporter sur ce point aux articles 56 et suivants du Code de procédure pénale. Sur le cas de l'avocat, V. les articles 56 et 56-1 du Code de procédure pénale, et notamment ▪ Cass. crim., 22 juin 2005 : *Bull. crim.* n° 190. ▪ Cass. crim., 8 août 2007 : *Bull. crim.* n° 188. – Sur l'hypothèse dans laquelle le professionnel est l'inculpé et sur les précautions procédurales nécessaires, V. ▪ Cass. crim., 24 mars 1960 : *JCP* 1960, II, 11672, note Mimin ; *D.* 1960, p. 531, note L. Crémieu. ▪ Cass. crim., 5 juin 1975 : *JCP* 1976, II, 18243, note P. Chambon.

56) Le secret professionnel des *experts-comptables* ne met pas obstacle à ce que soient autorisées la visite de leurs locaux et la saisie de documents détenus par eux, relatifs à ses relations avec ses clients, dès lors que le juge trouve des présomptions suffisantes (de fraude fiscale) dans les informations fournies par l'Administration (▪ Cass. crim., 22 févr. 2001 : *Bull. crim.* n° 47).

57) L'obligation imposée aux ministres du culte de garder le secret des faits dont ils ont connaissance dans l'exercice de leur ministère ne met pas obstacle à ce que le juge d'instruction procède à la saisie de tous documents, pièces où objets utiles à la manifestation de la vérité (▪ Cass. crim., 17 déc. 2002 : *Bull. crim.* n° 231 ; *JCP* 2003, II, 10036, note M. L. Rassat ; *D.* 2004, p. 302, note C. Bouvier-Leberre).

2° *Enquêtes de l'administration fiscale*

58) Si, sauf exceptions prévues par la loi, il ne saurait être dérogé à la règle générale et absolue édictée par l'article 378 du Code pénal, il ne résulte pas qu'un secret d'ordre médical ou des faits confidentiels dont le prévenu médecin aurait été dépositaire à l'occasion de l'exercice de sa profession, aient été divulgués soit par la saisie de registres faisant apparaître les noms des patients, la date et la durée de leur traitement et la gravité de leur opération, soit par leur communication aux fonctionnaires qualifiés des administrations fiscales, soit même par l'utilisation dans la poursuite (▪ Cass. crim., 21 mai 1979 : *Bull. crim.* n° 178 ; *RSC* 1980, p. 439, obs. Levasseur. – V. aussi ▪ Cass. crim., 7 nov. 1983 : *Bull. crim.* n° 289). Mais, en revanche, il a été jugé pour des faits comparables que le secret professionnel pouvait être victorieusement opposé aux investigations du contrôle économique (▪ Cass. crim., 17 juin 1980 : *JCP* 1982, II, 19721, note G. Flécheux ; *RSC* 1981, p. 385, obs. Levasseur).

59) Sur les dérogations à l'article 378 motivées par l'intérêt du fisc. V. M. Bergerès, *Le secret professionnel face aux prérogatives du fisc* : *D.* 1981, p. 81. – V. aussi ▪ CE, 12 mars 1982 : *JCP* 1982, II, 19857, note J. Duffar.

60) Sur le secret professionnel (celui de l'avocat en l'espèce) et le blanchiment de capitaux (obligation de déclarer à la cellule TRACFIN les opérations suspectes), V. ▪ CE, 10 avr. 2008 : *JCP* 2008, act. n° 160, aperçu rapide par Ch. Cutajar : le Conseil d'État a partiellement annulé le décret n° 2006-736 du 26 juin 2006 modifiant le Code monétaire et financier, articles R. 562-2 et R. 563-4.

B – Droit à la preuve

61) N'a pas donné de base légale à sa décision la cour d'appel qui, dans la procédure engagée, du chef de fausse attestation et usage, par le médecin psychiatre d'un établissement spécialisé, contre, notamment, la mère d'un majeur protégé qui y a séjourné, refuse d'écarter des débats les pièces du dossier médical et psychologique de ce dernier, produites par la partie poursuivante, sans rechercher si l'examen public et contradictoire, devant la juridiction correctionnelle, de ces pièces, couvertes par le secret professionnel, constitue une mesure nécessaire et proportionnée à la défense de l'ordre et à la protection des droits de la partie civile au sens de l'article 8 de la Convention européenne des droits de l'homme (▪ Cass. crim., 24 avr. 2007 : *Bull. crim.* n° 108 ; *RSC* 2007, p. 815, obs. Y. Mayaud).

62) Encourt la cassation l'arrêt d'une chambre d'accusation qui, pour rejeter, sur le fondement de l'article 97 du Code de procédure pénale, la requête d'un avocat resté étranger à l'instance pénale et sollicitant la restitution de notes de travail et de correspondances avec ses clients, saisies à son cabinet par le juge d'instruction, se borne à énoncer que ces documents, afférents à des montages juridiques et financiers intéressant l'information en cours, ne concernent pas la défense des personnes mises en examen, dont ledit avocat n'a pas été chargé, et ne sauraient revêtir un caractère de confidentialité ; en effet, la juridiction ne s'explique pas sur la nature ou le contenu des documents placés sous scellés, ni sur l'identité des clients concernés, et ne précise pas si la restitution sollicitée était de nature à faire obstacle à la manifestation de la vérité ou à la sauvegarde des droits des parties (▪ Cass. crim., 6 févr. 1997 : *Gaz. Pal.* 16-18 mars 1997, 4, note A. Damien).

63) Nécessité de la défense du confident. Le professionnel poursuivi peut se défendre en révélant des faits normalement couverts par le secret : ainsi il a été jugé que le médecin à qui on reproche d'être impliqué dans une escroquerie commise au moyen d'un certificat qu'il a délivré, peut faire certaines révélations pour justifier de sa bonne foi (▪ Cass. crim., 20 déc. 1967 : *D.* 1969, p. 309, note E. Lepointe). Voir sur cette question Dubouis, note sous ▪ Cass. crim., 18 juill. 1984 : *RD sanit. soc.* 1985, p. 299. Au sujet d'un conseil fiscal, V. ▪ Paris, 11 janv. 1985 : *D.* 1985, p. 276, note P. Decheix. De même l'obligation au secret professionnel d'un avocat ne saurait lui interdire, pour se justifier de l'accusation dont il est l'objet et résultant de la divulgation par un client d'une correspondance échangée entre eux, de produire d'autres pièces de cette même correspondance utile à ses intérêts (▪ Cass. crim., 29 mai 1989 : *Bull. crim.* n° 218 ; *RSC* 1990, p. 76, obs. Levasseur). Mais justifie sa décision la cour d'appel, qui, par une appréciation souveraine des faits et circonstances de la cause, retient qu'en l'espèce, la violation du secret professionnel n'est pas rendue nécessaire par l'exercice des droits de la défense (▪ Cass. crim., 16 mai 2000 : *Bull. crim.* n° 192 ; *Dr. pén.* 2000, comm. 127, obs. M. Véron).

– Ne donne pas de base légale à sa décision, la cour d'appel qui déclare un journaliste coupable de recel de violation du secret de l'instruction au motif qu'il a détenu et produit en justice des copies de pièces issues d'une information pénale en cours, sans rechercher si, en l'espèce, la production de ces pièces par l'intéressé n'avait pas été rendue nécessaire pour sa défense dans une instance engagée à son encontre (▪ Cass. crim., 11 juin 2002 : *Bull. crim.* n° 132 ; *Dr. pén.* 2002, comm. 135, obs. M. Véron).

64) Justifie sa décision la chambre de l'instruction qui, pour confirmer une ordonnance de non-lieu, retient que la transmission, par un avocat en conflit avec son associé, de documents couverts par le secret professionnel, au bâtonnier de l'ordre, lequel a la mission de concilier les différends d'ordre professionnel entre les membres du barreau et d'instruire toute réclamation formulée par des tiers, a été effectuée dans le cadre d'un tel différend, pour prévenir une éventuelle mise en cause de la responsabilité professionnelle de la société d'avocats (▪ Cass. crim., 16 déc. 2015, n° 14-85.068).

65) Témoignage en justice. Sur le conflit entre l'article 109 du Code de procédure pénale et l'article 378 du Code pénal, la jurisprudence décide que certaines catégories de personnes sont liées par un secret professionnel général et absolu et même le consentement de celui qui leur a fait confidence ne peut les relever de leur obligation au silence (▪ Cass. crim., 22 déc. 1966 : *D.* 1967, p. 122, concl. J.-C. Combaldieu ; *JCP* 1967, II, 15126, note R. Savatier ; *RSC* 1967, p. 453, obs. Levasseur) ; sont notamment dispensés de témoigner en justice les médecins (▪ Cass. crim., 5 juin 1985 : *Bull. crim.* n° 218 ; *RSC* 1986, p. 103, obs. Levasseur ; *D.* 1988, p. 106, H. Fenaux. ▪ Cass. crim., 8 avr. 1998 : *Bull. crim.* n° 138 ; *Dr. pén.* 1998, comm. 113, obs. M. Véron), les assistantes sociales (▪ Cass. crim., 14 févr. 1978 : *Bull. crim.* n° 56 ; *RSC* 1979, p. 92, obs. Levasseur), les avocats, les notaires, sauf pour un fait matériel (▪ Cass. 2e civ., 16 mars 1956 : *D.* 1956, jurispr. p. 351), ministres du culte et les policiers pour le nom de leurs indicateurs (▪ Cass. crim., 6 juill. 1894 : *DP* 1899, 1, p. 171), mais ces personnes doivent comparaître (▪ C. ass. de la Seine, 10 avr. 1877 : *DP* 1878, 5, p. 442) ; en revanche, les fonctionnaires sont tenus de témoigner (▪ Cass. crim., 6 juill. 1929 : *DH* 1929, p. 494). On rapprochera de cela un arrêt (▪ Cass. 1re civ., 21 juill. 1987 : *Gaz. Pal.* 5 mai 1988 ; *RSC* 1988, p. 788, obs. Levasseur) pour lequel l'inscription d'un abonné au téléphone sur la liste rouge n'autorise pas le ministre des Postes, télégraphes et téléphones à invoquer le secret professionnel pour refuser d'exécuter une injonction qui lui a été faite pour les besoins de la manifestation de la vérité et de la protection des droits d'une partie. Il a encore été jugé que le secret-défense peut être opposé au juge d'instruction par un témoin appartenant à la DST (▪ Paris, 27 mai 1987 : *D.* 1987, somm. p. 410, obs. J. Pradel). Jugé encore que toute déclaration d'un témoin tenu au secret professionnel ne saurait en constituer la violation et entraîner la nullité du procès-verbal de déposition et le cas échéant de tout ou partie de la procédure ultérieure que si elle comporte la révélation d'une information protégée (▪ Cass. crim., 15 sept. 1987 : *Bull. crim.* n° 311 ; *JCP* 1988, II, 21047, note P. Chambon).

C – Lanceurs d'alerte

66) Annulation de la condamnation prononcée pour violation du secret professionnel pour des faits commis antérieurement à l'entrée en vigueur de la loi n° 2016-1691 du 9 décembre 2016 instituant une nouvelle cause d'irresponsabilité pénale à l'article 122-9 du Code pénal. L'affaire doit, conformément au principe de la rétroactivité *in mitius*, être réexaminée au regard de ces dispositions nouvelles plus favorables (▪ Cass. crim., 17 oct. 2018, n° 17-80.485 : *JurisData* n° 2018-019326 ; *JCP* G 2018, n° 47, 1208, obs. J.-M. Brigant ; L. Saenko : *D.* 2019, p. 105 ; *AJ pénal* 2018, p. 574, obs. M.-Ch. Sordino).

Voir : art. 122-9, p. 189.

III – PROCÉDURE

67) Citation. Un avocat, cité directement devant le tribunal correctionnel pour avoir, en cette qualité, commis une violation du secret professionnel n'est pas fondé à soutenir que la citation qui lui a été délivrée est irrégulière en ce qu'elle ne vise que les articles 226-13 et 226-31 du Code pénal, à l'exclusion des textes régissant la profession d'avocat (▪ Cass. crim., 28 oct. 2008 : *Bull. crim.* n° 215, préc. ; *RSC* 2009, p. 97, obs. Y. Mayaud).

68) Prescription. Les délits de violation du secret professionnel et de recel de violation du secret professionnel ne sont pas des infractions commises, par nature, de manière clandestine ; justifie, dès lors, sa décision la chambre de l'instruction qui retient pour point de départ de la prescription la date à laquelle les infractions ont été consommées et non celle où elles sont apparues et ont pu être constatées (▪ Cass. crim., 8 nov. 2005 : *Bull. crim.* n° 284).

69) Action civile. L'infraction définie à l'article 226-13 du Code pénal étant, dans un but d'intérêt général et d'ordre public, destinée à protéger le secret des confidences faites à une personne en raison de son état ou de sa profession, la violation du secret professionnel ne porte directement préjudice qu'à l'intérêt général et à l'auteur des propos couverts par le secret. Le secret médical étant un droit propre au patient, le médecin n'est pas recevable à se constituer partie civile dans l'intérêt de celui-ci, et la violation du secret professionnel par une salariée ne peut causer qu'un préjudice indirect à la réputation du médecin ou de la société qui l'emploie (▪ Cass. crim., 13 oct. 2020, n° 19-87.341 : *JurisData* n° 2020-015965 ; *RSC* 2021, p. 427, note P. Mistretta ; *Lexbase pénal* n° 32, obs. E. Raschel ; *JCP* G 2021, 151, note J.-Ch. Saint-Pau).

70) Le délit de violation du secret médical, lorsqu'il est commis à l'occasion de l'exercice par un employeur du contrôle des arrêts de maladie de ses employés, peut être de nature à préjudicier à l'intérêt collectif de la profession à laquelle appartient ce personnel et, par suite, à autoriser l'action civile des syndicats qui la représente (▪ Cass. crim., 27 mai 1999 : *Bull. crim.* n° 109).

Code de procédure pénale

Art. préliminaire *(Mod., L. n° 2021-1729, 22 déc. 2021)*. – III. - [...] Le respect du secret professionnel de la défense et du conseil, prévu à l'article 66-5 de la loi n° 71-1130 du 31 décembre 1971 portant réforme de certaines professions judiciaires et juridiques, est garanti au cours de la procédure pénale dans les conditions prévues par le présent code.

....

Art. 56-1-2 *(L. n° 2021-1729, 22 déc. 2021)*. – Dans les cas prévus aux articles 56-1 et 56-1-1, sans préjudice des prérogatives du bâtonnier ou de son délégué prévues à l'article 56-1 et des droits de la personne perquisitionnée prévus à l'article 56-1-1, le secret professionnel du conseil n'est pas opposable aux mesures d'enquête ou d'instruction lorsque celles-ci sont relatives aux infractions mentionnées aux articles 1741 et

1743 du Code général des impôts et aux articles 421-2-2,433-1,433-2 et 435-1 à 435-10 du Code pénal ainsi qu'au blanchiment de ces délits, sous réserve que les consultations, correspondances ou pièces détenues ou transmises par l'avocat ou son client établissent la preuve de leur utilisation aux fins de commettre ou de faciliter la commission desdites infractions.

....

Art. 60-1-1 *(L. n° 2021-1729, 22 déc. 2021)*. **–** Lorsque les réquisitions prévues à l'article 60-1 portent sur des données de connexion émises par un avocat et liées à l'utilisation d'un réseau ou d'un service de communications électroniques, qu'il s'agisse de données de trafic ou de données de localisation, elles ne peuvent être faites que sur ordonnance motivée du juge des libertés et de la détention, saisi à cette fin par le procureur de la République.

Cette ordonnance fait état des raisons plausibles de soupçonner que l'avocat a commis ou tenté de commettre, en tant qu'auteur ou complice, l'infraction qui fait l'objet de la procédure ou une infraction connexe au sens de l'article 203 ainsi que de la proportionnalité de la mesure au regard de la nature et de la gravité des faits.

....

Art. 100 *(Mod., L. n° 2021-1729, 22 déc. 2021)*. **–** [...] Aucune interception ne peut porter sur une ligne dépendant du cabinet d'un avocat ou de son domicile, sauf s'il existe des raisons plausibles de le soupçonner d'avoir commis ou tenté de commettre, en tant qu'auteur ou complice, l'infraction qui fait l'objet de la procédure ou une infraction connexe au sens de l'article 203 et à la condition que la mesure soit proportionnée au regard de la nature et de la gravité des faits. La décision est prise par ordonnance motivée du juge des libertés et de la détention, saisi à cette fin par ordonnance motivée du juge d'instruction, prise après avis du procureur de la République.

Bibliographie : Th. Baudesson, *L'opposabilité du secret professionnel de l'avocat : un pas en avant, deux pas en arrière* : *Dr. pén.* 2022, n° 1, étude 3. • G. Beaussonie, *Le secret professionnel « de la défense et du conseil » dans la loi pour la confiance dans l'institution judiciaire* : *Gaz. Pal.* 22 févr. 2022, p. 70. • C. Porteron, *Le secret professionnel de la défense et du conseil : une consécration singulière et des incertitudes à venir* : *AJ pénal* 2022, p. 19.

Art. 226-14 ***(L. n° 2004-1, 2 janv. 2004 ; mod., L. n° 2006-399, 4 avr. 2006 ; L. n° 2007-297, 5 mars 2007 ; L. n° 2015-1402, 5 nov. 2015 ; mod., L. n° 2020-936, 30 juill. 2020 ; L. n° 2021-1539, 30 nov. 2021)*. – L'article 226-13 n'est pas applicable dans les cas où la loi impose ou autorise la révélation du secret. En outre, il n'est pas applicable :**

1° À celui qui informe les autorités judiciaires, médicales ou administratives de privations ou de sévices, y compris lorsqu'il s'agit d'atteintes ou mutilations sexuelles, dont il a eu connaissance et qui ont été infligés à un mineur ou à une personne qui n'est pas en mesure de se protéger en raison de son âge ou de son incapacité physique ou psychique ;

2° Au médecin ou à tout autre professionnel de santé qui, avec l'accord de la victime, porte à la connaissance du procureur de la République « ou de la cellule de recueil, de traitement et d'évaluation des informations préoccupantes relatives aux mineurs en danger ou qui risquent de l'être, mentionnées au deuxième alinéa de l'article L. 226-3 du Code de l'action sociale et des familles » ; les sévices ou privations qu'il a constatés, sur le plan physique ou psychique, dans l'exercice de sa profession et qui lui permettent de présumer que des violences physiques, sexuelles ou psychiques de toute nature ont été commises. Lorsque la victime est un mineur ou une personne qui n'est pas en mesure de se protéger en raison de son âge ou de son incapacité physique ou psychique, son accord n'est pas nécessaire ;

3° Au médecin ou à tout autre professionnel de santé qui porte à la connaissance du procureur de la République une information relative à des violences exercées au sein du couple relevant de l'article 132-80 du présent code, lorsqu'il estime en conscience que ces violences mettent la vie de la victime majeure en danger immédiat et que celle-ci n'est pas en mesure de se protéger en raison de la contrainte morale résultant de l'emprise exercée par l'auteur des violences. Le médecin ou le professionnel de santé doit s'efforcer d'obtenir l'accord de la victime majeure ; en cas d'impossibilité d'obtenir cet accord, il doit l'informer du signalement fait au procureur de la République ;

4° Aux professionnels de la santé ou de l'action sociale qui informent le préfet et, à Paris, le préfet de police du caractère dangereux pour elles-mêmes ou pour autrui des personnes qui les consultent et dont ils savent qu'elles détiennent une arme ou qu'elles ont manifesté leur intention d'en acquérir une ;

5° Au vétérinaire qui porte à la connaissance du procureur de la République toute information relative à des sévices graves, à un acte de cruauté ou à une atteinte sexuelle sur un animal mentionnés aux articles 521-1 et 521-1-1 et toute information relative à des mauvais traitements sur un animal, constatés dans le cadre de son exercice professionnel. Cette information ne lève pas l'obligation du vétérinaire sanitaire prévue à l'article L. 203-6 du Code rural et de la pêche maritime.

Le signalement aux autorités compétentes effectué dans les conditions prévues au présent article ne peut engager la responsabilité civile, pénale ou disciplinaire de son auteur, sauf s'il est établi qu'il n'a pas agi de bonne foi.

Voir : II sous art. 226-13, p. 570 ; C. étrangers, art. L. 811-3 – Annexe étrangers, p. 1439.

1) Levée du secret médical. Sur la liste des textes levant l'obligation de respecter le secret professionnel en matière médicale, V. Vitu, n° 2002 et *infra*, textes annexes. *Adde* sur le secret professionnel des médecins : J. Honorat et L. Melennec, *Vers une relativisation du secret médical : JCP* 1979, 1, 2936.

2) L'article 901 du Code civil vaut autorisation, au sens de l'article 226-14 du Code pénal, à l'égard du médecin de révéler les faits dont il a eu connaissance dans l'exercice de sa profession non seulement à son patient mais également aux personnes ayant un intérêt légitime à faire valoir cette protection (▪ Cass. civ. I, 22 mai 2002 : *Bull. civ.* II, n° 144).

3) Le partage d'informations médicales entre professionnels eux-mêmes tenus au secret dans le cadre de l'évaluation de la situation d'un mineur susceptible de faire l'objet de mesures de protection ne relève pas de l'article 226-14 du Code pénal mais est autorisé, par exception à l'article 226-13, par l'article L. 226-2-2 du Code de l'action sociale et des familles, à la condition que les responsables du mineur en aient été préalablement informés (▪ Cass. crim., 8 juin 2021, n° 20-86.000 : *JurisData* n° 2021-008813 ; *Lexbase Hebdo – éd. privée* 18 juin 2021, n° 868, obs. L. Bedja ; *Dr. pén.* 2021, comm. 181, Ph. Conte ; *D.* 2021, p. 2109, obs. Th. Garé ; *LPA* 30 sept. 2021, n° 201c8, obs. A. Niemiec).

4) Accord du patient. Dès lors que la victime de violences sexuelles a accepté de se soumettre à des examens médicaux, il en résulte que le médecin a agi avec l'accord de la victime pour remettre un certificat médical à l'officier de police chargé de l'enquête, même si cet accord n'est pas expressément mentionné dans la procédure (▪ Cass. crim., 8 mars 2000 : *Bull. crim.* n° 109 ; *Dr. pén.* 2000, comm. 100, obs. M. Véron).

5) N'a pas justifié sa décision la cour d'appel qui condamne un médecin pour non-dénonciation de mauvais traitements sur personne vulnérable sans rechercher si le prévenu avait reçu l'accord des victimes pour la levée du secret médical, condition imposée, pour la levée du secret médical, par l'article 226-14, 2° du Code pénal dans sa rédaction antérieure à la loi du 5 mars 2007, les faits remontant aux années 2001-2005 (▪ Cass. crim., 27 avr. 2011 : *Dr. pén.* 2011, comm. 77, obs. M. Véron).

6) Justifie sa décision la cour d'appel qui requalifie le délit de non-dénonciation de mauvais traitements infligés à une personne vulnérable en omission d'empêcher une infraction dès lors que la requalification, ne portant pas sur des faits nouveaux, a été soumise au débat contradictoire, qu'elle a fait l'objet de réquisitions du ministère public et que le prévenu a été mis en mesure de s'en expliquer (▪ Cass. crim., 23 oct. 2013, n° 12-80.793 : *Bull. crim.* n° 204). V. note sous art. 223-6, p. 447.

Code de la santé publique

Art. R. 4127-44 *(Mod., D. n° 2012-694, 7 mai 2012 ; D. n° 2004-802, 29 juil. 2004)*. **–** Lorsqu'un médecin discerne qu'une personne auprès de laquelle il est appelé est victime de sévices ou de privations, il doit mettre en œuvre les moyens les plus adéquats pour la protéger en faisant preuve de prudence et de circonspection.

Lorsqu'il s'agit d'un mineur ou d'une personne qui n'est pas en mesure de se protéger en raison de son âge ou de son état physique ou psychique, il alerte les autorités judiciaires ou administratives, sauf circonstances particulières qu'il apprécie en conscience.

Le signalement adressé aux autorités administratives ou judiciaires sur le fondement de l'article R. 4127-44 du Code de la santé publique, afin de les alerter sur la situation d'un patient mineur susceptible d'être victime de sévices ou de privations en les informant de tout élément utile observé ou décelé lors de la prise en charge de ce patient échappe aux dispositions de l'article R. 4127-76 du même code et ne peut donc constituer un manquement aux obligations déontologiques imposées par ce texte (■ CE, 19 mai 2021, n° 431346).

Décret n° 2018-383 du 23 mai 2018

autorisant les traitements de données à caractère personnel relatifs au suivi des personnes en soins psychiatriques sans consentement.

Art. 1 *(Mod., D. n° 2019-412, 6 mai 2019)*. – Est autorisée la mise en œuvre par les agences régionales de santé de traitements de données à caractère personnel dénommés « HOPSYWEB » relatifs au suivi départemental des personnes en soins psychiatriques sans consentement prises en charge en application des dispositions des articles L. 3212-1, L. 3213-1, L. 3213-7, L. 3214-3 du Code de la santé publique et 706-135 du Code de procédure pénale. Ces traitements de données à caractère personnel ont pour finalité le suivi des personnes faisant l'objet de soins psychiatriques sans consentement en permettant : (...).

6° L'information du représentant de l'État sur l'admission des personnes en soins psychiatriques sans consentement nécessaire aux fins de prévention de la radicalisation à caractère terroriste, dans les conditions prévues au livre II de la troisième partie du Code de la santé publique et à l'article 706-135 du Code de procédure pénale.

§ 2. - De l'atteinte au secret des correspondances

Art. 226-15 *(Mod., L. n° 2011-525, 17 mai 2011 ; L. n° 2013-1168, 18 déc. 2013)*. **– Le fait, commis de mauvaise foi, d'ouvrir, de supprimer, de retarder ou de détourner des correspondances arrivées ou non à destination et adressées à des tiers, ou d'en prendre frauduleusement connaissance, est puni d'un an d'emprisonnement et de 45 000 € d'amende.**

Est puni des mêmes peines le fait, commis de mauvaise foi, d'intercepter, de détourner, d'utiliser ou de divulguer des correspondances émises, transmises ou reçues par la voie électronique ou de procéder à l'installation d'appareils de nature à permettre la réalisation de telles interceptions.

(Al. créé, L. n° 2020-936, 30 juill. 2020) **Lorsqu'ils sont commis par le conjoint ou le concubin de la victime ou le partenaire lié à la victime par un pacte civil de solidarité, ces faits sont punis d'une peine de deux ans d'emprisonnement et de 60 000 € d'amende.**

Bibliographie : *JCl. Pénal Code, Atteintes au secret des correspondances commises par des particuliers* par V. Peltier.

1) Notion de correspondance. Le terme « correspondance » doit être pris dans son acception la plus générale de lettres quelconques et il s'entend de tous messages ou plis, fermés ou non, adressés par une personne à une autre personne dénommée, qu'ils soient confiés à l'administration des postes ou à un porteur particulier ; est ainsi une correspondance un exploit d'huissier (■ T. corr. Seine, 10 juin 1959 : *JCP* 1959, II, 11372).

2) La suppression de correspondance concerne aussi bien la correspondance close que celle circulant à découvert (■ Poitiers, 1er déc. 1877 : *D.* 1878, 2, p. 235).

3) Caractérise en tous ses éléments le détournement de correspondance la cour d'appel qui énonce que le prévenu a pris connaissance d'une correspondance adressée à son cabinet d'avocat mais avec les mentions du nom de son destinataire, en l'espèce un autre avocat, ancien collaborateur du prévenu, et de son caractère « personnel », établissant ainsi qu'il s'agissait d'une correspondance privée ; que les juges relèvent en outre que le prévenu a envoyé l'enveloppe portant ces mentions ainsi que son contenu à une personne qui, comme lui, n'en était pas le destinataire et n'avait pas vocation à en connaître (■ Cass. crim., 3 oct. 2006 : *JurisData* n° 2006-035737 ; *Dr. pén.* 2007, comm. 3, obs. M. Véron).

4) L'infraction d'atteinte au secret des correspondances est applicable à des correspondances adressées à un tiers dont le prévenu a emprunté l'identité afin de ne pas être identifié en tant que maire dans le cadre de demandes de permis de construire. L'apparence ainsi créée conférait à ce tiers le droit exclusif de prendre connaissance des correspondances qui étaient adressées à son nom et le prévenu, en consultant ces courriers, a porté, de mauvaise foi, une atteinte au secret des correspondances dudit tiers, peu important que celles-ci soient ou non arrivées à destination (▪ Cass. crim., 8 janv. 2019, n° 18-80.556 : *JurisData* n° 2019-000056 ; *Dr. pén.* 2019, comm. 60, note Ph. Conte).

5) Sur la notion de correspondance protégée, V. ég. ▪ Cass. crim., 16 oct. 2012, n° 11-88.136, sous art. 432-9, p. 843.

6) En vertu du principe d'ordre public du libre choix du médecin par le malade, le client qui reçoit une lettre d'introduction d'un médecin adressée à un autre praticien, n'est tenu, ni de consulter ce dernier, ni de lui remettre cette lettre ; le caractère facultatif de cette remise de l'écrit exclut l'application de l'article 187, alinéa 2, au client qui a ouvert la lettre et s'est rendu chez un autre médecin (▪ Cass. ch. réun., 16 mai 1963 : *D.* 1963, p. 437, note J. Larguier ; *JCP* 1963, II, 13254, note R. Savatier).

7) Constitue un service de communication audiovisuelle, au sens de la loi du 30 septembre 1986, tout service ayant pour objet de diffuser, à des personnes indifférenciées, des messages dont le contenu n'est pas personnel. Dès lors, les annonces ainsi émises ne peuvent avoir le caractère d'une correspondance privée, tant que l'auteur de l'annonce et l'un de ses lecteurs n'ont pas décidé de consentir à un dialogue (▪ Cass. crim., 25 oct. 2000 : *Bull. crim.* n° 317).

8) Élément matériel. La suppression de correspondance peut être partielle ou momentanée (▪ Cass. crim., 15 mai 1990 : *Bull. crim.* n° 196 ; *RSC* 1991, p. 572, obs. Levasseur) ; ainsi est coupable l'employé des postes qui s'abstient volontairement de transmettre des lettres au destinataire soit en retardant l'envoi, soit en les jetant au rebut ou en les détruisant, mais sans intention de s'approprier ces lettres ou leur contenu (▪ Cass. crim., 9 août 1889 : *D.* 1889, 5, p. 368). V. aussi pour le retard dans l'acheminement ch. réun. 24 avr. 1961 : *D.* 1961, p. 733, note P. Bouzat ; *JCP* 1961, II, 12131, rapp. L. Monguilan.

9) Le fait, pour l'employé d'une société habilité à recevoir le courrier, de conserver et de soustraire volontairement à la connaissance de cette société des lettres de commande qui lui sont destinées constitue une suppression de correspondance (▪ Cass. crim., 26 oct. 1967 : *JCP* 1968, II, 15374, note A. Chavanne).

10) Les faits visés à l'article 187, alinéa 2 sont tous faits malveillants susceptibles de priver, même momentanément, le destinataire de la correspondance qui lui est destinée (▪ Cass. crim., 9 févr. 1965 : *JCP* 1965, II, 14165 ; *RSC* 1965, 653, obs. Hugueney. ▪ Cass. crim., 15 mai 1990 : *Bull. crim.* n° 196). Constitue un détournement le seul fait de la part d'un concierge de photographier l'adresse d'une lettre destinée à un tiers (▪ Paris, 26 oct. 1959 : *JCP* 1960, II, 11592, note Larguier ; *RSC* 1960, p. 284, obs. Hugueney), ou de renvoyer une lettre avec la mention « inconnu » (▪ Paris, 30 mai 1960 : *RSC* 1961, p. 118, obs. Hugueney). Constitue le délit prévu par l'article 187, alinéa 2 du Code pénal le fait d'ouvrir un courrier pour en examiner le contenu, par une personne à qui il n'était pas adressé, alors que ledit courrier était lors de son ouverture en voie d'acheminement puisque l'expéditeur s'en était dessaisi et qu'il n'était pas encore parvenu à son destinataire (▪ Cass. crim., 17 févr. 1988 : *Bull. crim.* n° 82 ; *RSC* 1988, p. 787, obs. Levasseur).

11) Messagerie électronique. Constitue une atteinte au secret des correspondances le fait d'avoir installé un logiciel permettant l'espionnage de la frappe du clavier sur l'ordinateur des victimes (***keylogger***) afin d'intercepter, à leur insu, les codes d'accès de leur messagerie électronique et d'accéder à leurs courriels (▪ Cass. crim., 16 janv. 2018, n° 16-87.168 : *JurisData* n° 2018-000269 ; *Comm. com. électr.* 2018, comm. 30, n° 4, A. Caprioli ; *Dr. pén.* 2018, comm. 74, n° 5, Ph. Conte ; *RSC* 2018, p. 701, obs. E. Dreyer ; *D.* 2018, p. 2259, obs. Th. Garé ; *Rev. pénit.* 2018, n° 1, p. 87, obs. V. Malabat ; *RSC* 2018, p. 480, obs. P. Mistretta).

12) Intention délictueuse. A été jugé que n'est pas coupable du délit de suppression de correspondance, l'intention faisant défaut, le préposé d'un organisme qui ouvre et remet à son destinataire des lettres adressées à celui-ci au siège de cet organisme, avec mention de son nom patronymique, ces lettres ayant été considérées comme professionnelles et non comme personnelles (▪ Cass. crim., 16 janv. 1992 : *Dr. pén.* 1992, n° 170, obs. M. Véron).

13) La mauvaise foi résulte de la connaissance qu'a le prévenu de ce que les lettres ne lui étaient pas destinées et de ce qu'il les a volontairement conservées pour empêcher ou retarder leur transmission au destinataire (▪ Cass. crim., 15 mai 1990 : *Bull. crim.* n° 196).

14) Les mobiles importent peu, telle la volonté chez un préfet d'empêcher la commission d'une infraction à la propagande et à l'affichage électoral (▪ Cass. crim., 22 janv. 1953, préc.).

15) Se rend coupable du délit de suppression de correspondance le gérant d'une clinique qui s'approprie des lettres adressées à des confrères par un ancien médecin de l'établissement alors que n'ayant pu être acheminées à leurs destinataires, elles avaient été réexpédiées à la clinique par l'administration des postes. La mauvaise foi du prévenu résulte de la connaissance qu'il avait de ce que ces lettres ne lui étaient pas destinées et de ce qu'il les a volontairement conservées pour empêcher leur transmission, quel que soit le mobile auquel il a obéi (▪ Cass. crim., 26 janv. 1981 : *JCP* 1982, II, 19879, note W. Jeandidier).

16) Le délit de détournement de correspondance étant entièrement consommé au jour du détournement, le délai de prescription court à compter de ce jour (▪ Cass. crim., 17 juin 1987 : *Bull. crim.* n° 254), et le point de départ de la prescription ne saurait être retardé au jour où le plaignant déclare en avoir eu connaissance (▪ Cass. crim., 19 févr. 2013, n° 12-81.044 : *Dr. pén.* 2013, comm. 87, obs. M. Véron).

Section V. – Des atteintes aux droits de la personne résultant des fichiers ou des traitements informatiques

Bibliographie : *JCl. Pénal Code, Atteintes aux droits de la personne résultant des fichiers ou des traitements informatiques* par J. Frayssinet. • A. Lepage, *Réflexions de droit pénal sur la loi du 6 août 2004... : Dr. pén.* 2005, étude 5. • *CNIL, délib.* n° 2018-349, 15 nov. 2018 portant avis sur un projet d'ordonnance prise en application de l'article 32 de la loi n° 2018-493 du 20 juin 2018 relative à la protection des données personnelles.

Voir : art. 323-1 et s., p. 1023, art. R. 625-10 et s., p. 1023 ; sous art. 226-3 : loi n° 78-17 du 6 janvier 1978, CSI, art. L. 251-1 et s., CPI, art. L. 341-1 et s., p. 506.

Art. 226-16 *(L. n° 2004-801, 6 août 2004 ; L. n° 2016-731, 3 juin 2016 ; L. n° 2016-1321, 7 oct. 2016 ; mod. à compter du 25 mai 2018, L. n° 2018-493, 20 juin 2018* (1) *; Ord. n° 2018-1125, 12 déc. 2018).* **– Le fait, y compris par négligence, de procéder ou de faire procéder à des traitements de données à caractère personnel sans qu'aient été respectées les formalités préalables à leur mise en œuvre prévues par la loi est puni de cinq ans d'emprisonnement et de 300 000 € d'amende.**

Est puni des mêmes peines le fait, y compris par négligence, de procéder ou de faire procéder à un traitement qui a fait l'objet de l'une des mesures prévues au 3° du III de l'article 20 de la loi n° 78-17 du 6 janvier 1978 relative à l'informatique, aux fichiers et aux libertés.

Est puni des mêmes peines le fait de permettre l'accès aux données contenues dans un traitement mentionné à l'article L. 4123-9-1 du Code de la défense sans avoir recueilli l'avis favorable mentionné au II du même article.

Le fait, y compris par négligence, de procéder ou faire procéder à un traitement de données à caractère personnel sans qu'aient été respectées les formalités préalables prévues par la loi du 6 janvier 1978 est réprimé pénalement sans que soit exigé le franchissement d'un seuil de données ou de fichiers. Encourt en conséquence la cassation l'arrêt d'une chambre de l'instruction qui retient que ne constitue pas un fichier de données personnelles un répertoire comportant deux notes nominatives (▪ Cass. crim., 8 sept. 2015, n° 13-85.587 : *Dr. pén.* 2016, comm. 25, obs. Ph. Conte).

Art. 226-16-1 *(L. n° 2004-801, 6 août 2004).* **– Le fait, hors les cas où le traitement a été autorisé dans les conditions prévues par la loi n° 78-17 du 6 janvier 1978 précitée, de procéder ou faire procéder à un traitement de données à caractère personnel incluant parmi les données sur lesquelles il porte le numéro d'inscription des personnes au répertoire national d'identification des personnes physiques, est puni de cinq ans d'emprisonnement et de 300 000 € d'amende.**

Art. 226-16-2 *(Créé, L. n° 2021-646, 25 mai 2021).* **– Le fait de procéder ou de faire procéder à un traitement de données à caractère personnel relatives à des fonctionnaires ou à des personnes chargées d'une mission de service public en raison de leur qualité hors des finalités prévues par le règlement (UE) 2016/679 du Parlement européen et du Conseil du 27 avril 2016 relatif à la protection des personnes physiques à l'égard du traitement des données à caractère personnel et à la libre circulation de ces données, et abrogeant la directive 95/46/CE (règlement général sur la protection des données) et par la loi n° 78-17 du 6 janvier 1978 précitée est puni de cinq ans d'emprisonnement et de 300 000 euros d'amende.**

Art. 226-17 *(L. n° 2004-801, 6 août 2004 ; Ord. n° 2018-1125, 12 déc. 2018).* **– Le fait de procéder ou de faire procéder à un traitement de données à caractère personnel sans mettre en œuvre les mesures**

(1) Le deuxième alinéa du présent article demeure applicable, dans sa rédaction antérieure à la loi n° 2018-493 du 20 juin 2018, aux faits commis avant le 25 mai 2018.

prescrites aux articles 24, 25, 30 et 32 du règlement (UE) 2016/679 du 27 avril 2016 précité ou au 6° de l'article 4 et aux articles 99 à 101 de la loi n° 78-17 du 6 janvier 1978 précitée est puni de cinq ans d'emprisonnement et de 300 000 € d'amende.

Art. 226-17-1 *(Ord. n° 2011-1012, 24 août 2011).* **– Le fait pour un fournisseur de services de communications électroniques ou pour un responsable de traitement de ne pas procéder à la notification d'une violation de données à caractère personnel à la Commission nationale de l'informatique et des libertés ou à l'intéressé, en méconnaissance des articles 33 et 34 du règlement (UE) 2016/679 du 27 avril 2016 précité ou des dispositions du II de l'article 83 et de l'article 102 de la loi n° 78-17 du 6 janvier 1978, est puni de cinq ans d'emprisonnement et de 300 000 € d'amende.**

(L. n° 2018-493, 20 juin 2018) **Est puni des mêmes peines le fait pour un sous-traitant de ne pas notifier cette violation au responsable de traitement en méconnaissance de l'article 33 du règlement (UE) 2016/679 du 27 avril 2016 précité ou de l'article 102 de la loi n° 78-17 du 6 janvier 1978 précitée.**

Art. 226-18 *(L. n° 2004-801, 6 août 2004).* **– Le fait de collecter des données à caractère personnel par un moyen frauduleux, déloyal ou illicite est puni de cinq ans d'emprisonnement et de 300 000 € d'amende.**

1) Justifie sa décision l'arrêt qui, pour déclarer l'association spirituelle de l'église de scientologie d'Île-de-France et son président coupables de traitement d'informations nominatives malgré opposition légitime, retient que l'opposition peut être transmise à l'association par la Commission nationale de l'informatique et des libertés (CNIL), aucun formalisme n'étant prévu par la loi et qu'en matière politique, philosophique ou religieuse, la légitimité de l'opposition est remplie par le seul exercice de cette faculté (▪ Cass. crim., 28 sept. 2004 : *Bull. crim.* n° 224 ; *Dr. pén.* 2005, comm. 18, obs. M. Véron).

2) Constitue une collecte de données nominatives le fait d'identifier des adresses électroniques et de les utiliser, même sans les enregistrer dans un fichier, pour adresser à leurs titulaires des messages électroniques ; est déloyal le fait de recueillir, à leur insu, les adresses électroniques personnelles de personnes physiques sur l'espace public d'internet, ce procédé faisant obstacle à leur droit d'opposition (▪ Cass. crim., 14 mars 2006 : *Bull. crim.* n° 69).

3) Condamnation sur le double fondement du délit d'extraction frauduleuse de données contenues dans un système de traitement automatisé de données de l'article 323-1 du Code pénal et du délit de collecte déloyale de données à caractère personnel pour une utilisation de scripts ou de robots visant à collecter, à leur insu, des adresses électroniques de clients utilisateurs d'un site internet de billetterie concurrent et à sélectionner des données personnelles afin de savoir s'ils étaient ou non actifs sur ce site (▪ CA Paris, pôle 4, ch. 11, 15 sept. 2017, infirmant TGI Paris, 12e ch.1, 20 juin 2016 : *legalis.net*, cité par A. Lepage, *Un an de droit pénal du numérique* : *Dr. pén.* 2017, chron. 11).

Art. 226-18-1 *(L. n° 2004-801, 6 août 2004).* **– Le fait de procéder à un traitement de données à caractère personnel concernant une personne physique malgré l'opposition de cette personne, lorsque ce traitement répond à des fins de prospection, notamment commerciale, ou lorsque cette opposition est fondée sur des motifs légitimes, est puni de cinq ans d'emprisonnement et de 300 000 € d'amende.**

Art. 226-19 *(L. n° 2004-801, 6 août 2004 ; L. n° 2012-954, 6 août 2012 ; L. n° 2017-86, 27 janv. 2017).* **– Le fait, hors les cas prévus par la loi, de mettre ou de conserver en mémoire informatisée, sans le consentement exprès de l'intéressé, des données à caractère personnel qui, directement ou indirectement, font apparaître les origines raciales ou ethniques, les opinions politiques, philosophiques ou religieuses, ou les appartenances syndicales des personnes, ou qui sont relatives à la santé ou à l'orientation sexuelle ou à l'identité de genre de celles-ci, est puni de cinq ans d'emprisonnement et de 300 000 € d'amende.**

Est puni des mêmes peines le fait, hors les cas prévus par la loi, de mettre ou de conserver en mémoire informatisée des données à caractère personnel concernant des infractions, des condamnations ou des mesures de sûreté.

(Al. créé, Ord. n° 2018-1125, 12 déc. 2018) **Les dispositions du présent article sont applicables aux traitements non automatisés de données à caractère personnel dont la mise en œuvre ne se limite pas à l'exercice d'activités exclusivement personnelles.**

1) QPC. Les dispositions du premier alinéa de l'article 226-19 du Code pénal ne portent aucune atteinte au principe de légalité des délits et des peines ; et sont donc conformes à la Constitution (▪ Cons. const., 19 sept. 2014, n° 2014-412 QPC). V. également : ▪ Cass. crim., 6 mai 2014, n° 13-86.267 qui avait dit n'y avoir lieu à renvoi au Conseil constitutionnel une QPC qui soutenait que les dispositions de l'article 226-19 prévoient une exception, dans les cas prévus par la loi, à l'obligation de recueillir le consentement exprès de la personne concernée pour mettre ou conserver en mémoire informatisée des données à caractère personnel relatives à la santé.

2) Ne constituent pas un traitement de données à caractère personnel relatives à des infractions, au sens des articles 2, 9 et 25 de la loi n° 78-17 du 6 janvier 1978, les constatations visuelles effectuées sur internet et les renseignements recueillis en exécution de l'article L. 331-2 du Code de la propriété intellectuelle par un agent assermenté qui, sans recourir à un traitement préalable de surveillance automatisé, utilise un appareillage informatique et un logiciel de pair à pair, pour accéder manuellement, aux fins de téléchargement, à la liste des œuvres protégées irrégulièrement proposées sur la toile par un internaute, dont il se contente de relever l'adresse IP pour pouvoir localiser son fournisseur d'accès en vue de la découverte ultérieure de l'auteur des contrefaçons (▪ Cass. crim., 13 janv. 2009, pourvoi n° 08-84.088 : *Bull. crim.* n° 13 ; *Dr. pén.* 2009, étude 10, par L. Flament et comm. 66, obs. M. Véron. ▪ Cass. crim., 16 juin 2009 : *JurisData* n° 2009-049199 ; *Dr. pén.* 2009, comm. 123, obs. J.-H. Robert ; *RSC* 2010, p. 173, obs. J. Francillon).

3) La transmission aux juridictions de proximité devenues compétentes pour juger les contraventions des quatre premières classes à compter du 1er avril 2005, des données à caractère personnel traitées par le système de contrôle automatisé autorisé par l'arrêté du 13 octobre 2004 ne constitue pas, au regard de l'article 30 de la loi du 6 janvier 1978 modifiée relative à l'informatique, aux fichiers et aux libertés, un changement affectant les finalités du traitement ou les catégories de destinataires habilitées à recevoir communication des données ; d'une part, en vertu de l'article 1er de l'arrêté précité, constitue l'une des finalités du traitement la transmission des dossiers relatifs aux infractions à la réglementation sur les vitesses maximales autorisées aux tribunaux et autorités judiciaires compétents ; d'autre part, en vertu de l'article 4, les autorités judiciaires peuvent être destinataires de ces données (▪ Cass. crim., 7 avr. 2009 : *Bull. crim.* n° 72 ; *Dr. pén.* 2009, comm. 96, obs. J.-H. Robert).

4) L'exception à l'exigence d'un consentement de la personne à l'enregistrement et à la conservation de données personnelles relatives à la santé ou à l'orientation sexuelle, qui découle des dispositions combinées des articles 226-19 du Code pénal et 8 de la loi du 6 janvier 1978, constitue une mesure légitime, nécessaire à la protection de la santé, définie par la loi avec suffisamment de précision pour éviter l'arbitraire, et de nature à assurer, en l'état, entre le respect de la vie privée et la sauvegarde de la santé publique, une conciliation qui n'est pas déséquilibrée (▪ Cass. crim., 8 juill. 2015, n° 13-86.267 : *Dr. pén.* 2015, comm. 109, obs. M. Véron).

5) L'inscription d'un candidat au don du sang dans un fichier automatisé de données personnelles entre dans les prévisions du paragraphe II – 6° de l'article 8 de la loi du 6 janvier 1978, selon lesquelles l'interdiction, posée au paragraphe I du même article, de collecter ou de traiter des données à caractère personnel relatives, notamment, à la santé ou à la vie sexuelle des personnes, ne s'applique pas aux traitements nécessaires aux fins de la médecine préventive, des diagnostics médicaux, de l'administration de soins ou de traitements, ou de la gestion de services de santé, et mis en œuvre par un membre d'une profession de santé, ou par une autre personne soumise au secret professionnel ; il s'en déduit qu'à défaut même de consentement exprès de l'intéressé à la mise en mémoire ou à la conservation des données le concernant, le comportement à cet égard des personnels et établissements de santé ne saurait tomber sous le coup de l'incrimination prévue par l'article 226-19 du Code pénal, qui renvoie lui-même à des exceptions, prévues par la loi, à l'interdiction d'enregistrement informatique des données personnelles sensibles (arrêt préc.).

Art. 226-19-1 *(L. n° 2004-801, 6 août 2004).* **– En cas de traitement de données à caractère personnel ayant pour fin la recherche dans le domaine de la santé, est puni de cinq ans d'emprisonnement et de 300 000 € d'amende le fait de procéder à un traitement :**

1° Sans avoir préalablement informé individuellement les personnes sur le compte desquelles des données à caractère personnel sont recueillies ou transmises de leur droit d'accès, de rectification et d'opposition, de la nature des données transmises et des destinataires de celles-ci ;

2° Malgré l'opposition de la personne concernée ou, lorsqu'il est prévu par la loi, en l'absence du consentement éclairé et exprès de la personne, ou s'il s'agit d'une personne décédée, malgré le refus exprimé par celle-ci de son vivant.

Art. 226-20 *(L. n° 2004-801, 6 août 2004).* – Le fait de conserver des données à caractère personnel au-delà de la durée prévue par la loi ou le règlement, par la demande d'autorisation ou d'avis, ou par la déclaration préalable adressée à la Commission nationale de l'informatique et des libertés, est puni de cinq ans d'emprisonnement et de 300 000 € d'amende, sauf si cette conservation est effectuée à des fins historiques, statistiques ou scientifiques dans les conditions prévues par la loi.

Est puni des mêmes peines le fait, hors les cas prévus par la loi, de traiter à des fins autres qu'historiques, statistiques ou scientifiques des données à caractère personnel conservées au-delà de la durée mentionnée au premier alinéa.

Art. 226-21 *(L. n° 2004-801, 6 août 2004).* – Le fait, par toute personne détentrice de données à caractère personnel à l'occasion de leur enregistrement, de leur classement, de leur transmission ou de toute autre forme de traitement, de détourner ces informations de leur finalité telle que définie par la disposition législative, l'acte réglementaire ou la décision de la Commission nationale de l'informatique et des libertés autorisant le traitement automatisé, ou par les déclarations préalables à la mise en œuvre de ce traitement, est puni de cinq ans d'emprisonnement et de 300 000 € d'amende.

Art. 226-22 *(L. n° 2004-801, 6 août 2004).* – Le fait, par toute personne qui a recueilli, à l'occasion de leur enregistrement, de leur classement, de leur transmission ou d'une autre forme de traitement, des données à caractère personnel dont la divulgation aurait pour effet de porter atteinte à la considération de l'intéressé ou à l'intimité de sa vie privée, de porter, sans autorisation de l'intéressé, ces données à la connaissance d'un tiers qui n'a pas qualité pour les recevoir est puni de cinq ans d'emprisonnement et de 300 000 € d'amende.

La divulgation prévue à l'alinéa précédent est punie de trois ans d'emprisonnement et de 100 00 € d'amende lorsqu'elle a été commise par imprudence ou négligence.

Dans les cas prévus aux deux alinéas précédents, la poursuite ne peut être exercée que sur plainte de la victime, de son représentant légal ou de ses ayants droit.

Art. 226-22-1 *(L. n° 2004-801, 6 août 2004 ; L. n° 2018-493, 20 juin 2018 ; Ord. n° 2018-1125, 12 déc. 2018).* – Le fait de procéder ou de faire procéder à un transfert de données à caractère personnel faisant l'objet ou destinées à faire l'objet d'un traitement vers un État n'appartenant pas à l'Union européenne ou à une organisation internationale en violation du chapitre V du règlement (UE) 2016/679 du Parlement européen et du Conseil du 27 avril 2016 relatif à la protection des personnes physiques à l'égard du traitement des données à caractère personnel et à la libre circulation de ces données, et abrogeant la directive 95/46/CE, ou des articles 112 à 114 de la loi n° 78-17 du 6 janvier 1978 précitée est puni de cinq ans d'emprisonnement et de 300 000 euros d'amende.

Art. 226-22-2 *(Créé, L. n° 2004-801, 6 août 2004 ; rempl., Ord. n° 2018-1125, 12 déc. 2018).* – Est puni d'un an d'emprisonnement et de 15 000 € d'amende le fait d'entraver l'action de la Commission nationale de l'informatique et des libertés :

1° Soit en s'opposant à l'exercice des missions confiées à ses membres ou aux agents habilités en application du dernier alinéa de l'article 10 de la loi n° 78-17 du 6 janvier 1978 précitée lorsque la visite a été autorisée par le juge ;

2° Soit en refusant de communiquer à ses membres ou aux agents habilités en application du dernier alinéa de l'article 10 de la même loi, ou aux agents d'une autorité de contrôle d'un État membre de l'Union européenne en application de l'article 62 du règlement (UE) 2016/679 du 27 avril 2016 précité, les renseignements et documents utiles à leur mission, ou en dissimulant lesdits documents ou renseignements, ou en les faisant disparaître ;

3° Soit en communiquant des informations qui ne sont pas conformes au contenu des enregistrements tel qu'il était au moment où la demande a été formulée ou qui ne présentent pas ce contenu sous une forme directement accessible.

Art. 226-23 *(L. n° 2004-801, 6 août 2004 ; Ord. n° 2018-1125, 12 déc. 2018).* – Dans les cas prévus aux articles 226-16 à 226-22-2, l'effacement de tout ou partie des données à caractère personnel faisant l'objet du traitement ayant donné lieu à l'infraction peut être ordonné. Les membres et les agents de la

Commission nationale de l'informatique et des libertés sont habilités à constater l'effacement de ces données.

Art. 226-24 *(Mod., L. n° 2009-526, 12 mai 2009).* **– Les personnes morales déclarées responsables pénalement, dans les conditions prévues par l'article 121-2, des infractions définies à la présente section encourent, outre l'amende suivant les modalités prévues par l'article 131-38, les peines prévues par les 2° à 5° et 7° à 9° de l'article 131-39.**

L'interdiction mentionnée au 2° de l'article 131-39 porte sur l'activité dans l'exercice ou à l'occasion de l'exercice de laquelle l'infraction a été commise.

Section VI. – Des atteintes à la personne résultant de l'examen de ses caractéristiques génétiques ou de l'identification par ses empreintes génétiques

(L. n° 2004-800, 6 août 2004)

Voir : Annexe Santé

Art. 226-25 *(L. n° 2004-800, 6 août 2004).* **– Le fait de procéder à l'examen des caractéristiques génétiques d'une personne à des fins autres que médicales ou de recherche scientifique, ou à des fins médicales ou de recherche scientifique, sans avoir recueilli préalablement son consentement dans les conditions prévues par l'article 16-10 du Code civil, est puni d'un an d'emprisonnement et de 15 000 € d'amende.**

Bibliographie : JCl. Pénal Code, *Atteintes à la personnalité résultant de l'étude génétique de ses caractéristiques ou de l'identification par ses empreintes génétiques* par C. Byk.

Art. 226-26 *(L. n° 94-653, 29 juill. 1994, art. 8 ; mod., L. n° 2004-800, 6 août 2004).* **– Le fait de détourner de leurs finalités médicales ou de recherche scientifique les informations recueillies sur une personne au moyen de l'examen de ses caractéristiques génétiques est puni d'un an d'emprisonnement et de 15 000 € d'amende.**

Art. 226-27 *(L. n° 2011-267, 14 mars 2011).* **– Le fait de procéder, sans avoir recueilli le consentement de la personne dans les conditions prévues par l'article 16-11 du Code civil, à son identification par ses empreintes génétiques à des fins médicales ou de recherche scientifique ou au prélèvement de ses traces biologiques à titre d'ascendant, descendant ou collatéral aux fins de l'établissement, par ses empreintes génétiques, de l'identité d'une personne mentionnée au 3° du même article, est puni d'un an d'emprisonnement et de 15 000 € d'amende.**

Art. 226-28 *(L. n° 2005-270, 24 mars 2005 ; mod., L. n° 2007-1631, 20 nov. 2007 ; L. n° 2011-267, 14 mars 2011 ; L. n° 2011-814, 7 juill. 2011 ; rempl. à compter du 1er mai 2021, Ord. n° 2020-1733, 16 déc. 2020).* **– Le fait de rechercher l'identification par ses empreintes génétiques d'une personne en dehors des cas prévus à l'article 16-11 du Code civil est puni d'un an d'emprisonnement ou de 15 000 euros d'amende.**

Est puni des mêmes peines le fait de divulguer des informations relatives à l'identification d'une personne par ses empreintes génétiques ou de procéder à l'examen des caractéristiques génétiques d'une personne ou à l'identification d'une personne par ses empreintes génétiques sans être titulaire de l'agrément prévu à l'article L. 145-16 du Code de la santé publique et de l'autorisation prévue à l'article L. 1131-2-1 du même code.

Art. 226-28-1 *(L. n° 2011-814, 7 juill. 2011).* **– Le fait, pour une personne, de solliciter l'examen de ses caractéristiques génétiques ou de celles d'un tiers ou l'identification d'une personne par ses empreintes génétiques en dehors des conditions prévues par la loi est puni de 3 750 € d'amende.**

Art. 226-29 *(L. n° 94-653, 29 juill. 1994).* **– La tentative des infractions prévues aux articles 226-25, 226-26, 226-27 et 226-28 est punie des mêmes peines.**

Art. 226-30 *(Mod., L. n° 2009-526, 12 mai 2009).* **– Les personnes morales déclarées responsables pénalement, dans les conditions prévues par l'article 121-2, des infractions définies à la présente section encourent, outre l'amende suivant les modalités prévues par l'article 131-38, les peines prévues par les 2° à 5° et 7° à 9° de l'article 131-39.**

L'interdiction mentionnée au 2° de l'article 131-39 porte sur l'activité dans l'exercice ou à l'occasion de l'exercice de laquelle l'infraction a été commise.

Section VII. – Peines complémentaires applicables aux personnes physiques

Art. 226-31. – Les personnes physiques coupables de l'une des infractions prévues par le présent chapitre encourent également les peines complémentaires suivantes :

1° L'interdiction des droits civiques, civils et de famille, suivant les modalités prévues par l'article 131-26 ;

2° L'interdiction d'exercer l'activité professionnelle ou sociale dans l'exercice ou à l'occasion de l'exercice de laquelle l'infraction a été commise, suivant les modalités prévues par l'article 131-27 ;

3° L'interdiction, pour une durée de cinq ans au plus, de détenir ou de porter une arme soumise à autorisation ;

4° L'affichage ou la diffusion de la décision prononcée, dans les conditions prévues par l'article 131-35 ;

5° Dans le cas prévu par les articles 226-1 à 226-3, 226-8, 226-15 et 226-28, la confiscation de la chose qui a servi ou était destinée à commettre l'infraction ou de la chose qui en est le produit. La confiscation des appareils visés à l'article 226-3 est obligatoire.

Art. 226-32. – Les personnes physiques coupables des infractions prévues à l'article 226-28 et de la tentative de ces infractions ayant la qualité d'expert judiciaire encourent également la radiation de la liste sur laquelle elles sont inscrites.

CHAPITRE VII. – DES ATTEINTES AUX MINEURS ET À LA FAMILLE

Section I. – Du délaissement de mineur

Art. 227-1. – Le délaissement d'un mineur de quinze ans en un lieu quelconque est puni de sept ans d'emprisonnement et de 100 000 € d'amende, sauf si les circonstances du délaissement ont permis d'assurer la santé et la sécurité de celui-ci.

Voir : pour les majeurs, V. art. 223-3, p. 446.

Bibliographie : *JCl. Pénal Code, Délaissement de mineur* par F. Dreiffus-Netter. • A. Gouttenoire-Cornut, *La répression pénale de l'abandon de l'enfant : AJ pénal* 2002, p. 244.

1) Élément matériel : notion de délaissement. Il importe peu que l'enfant n'ait pas été seul, dès lors qu'il est constant que l'inculpée, dans le but de se soustraire à l'obligation d'en prendre soin, l'a abandonné, sans esprit de retour, aux mains d'un tiers qui n'avait consenti à s'en charger que momentanément (■ Cass. crim., 14 janv. 1943 : *Bull. crim.* n° 3).

2) Relaxe d'une mère, retrouvée alcoolisée sur la voie publique, après avoir laissé seul au domicile un enfant de 2 ans et demi, dans un lit à barreau où il a été retrouvé le lendemain, en l'absence de volonté d'abandon définitif de l'enfant ; les faits justifient toutefois l'ouverture d'une procédure d'assistance éducative (■ CA Chambéry, ch. corr., 12 nov. 2020, n° 19/01164 : *JurisData* n° 2020-018714).

3) Le fait pour l'épouse, à qui le jugement de divorce a confié la garde d'un enfant commun, de remettre, même de manière intempestive, cet enfant à son ancien mari, demeuré tenu des obligations de l'article 203 du Code civil, ne constitue ni l'abandon, ni le délaissement défini par l'article 352 du Code pénal, qui supposent l'abandon de l'enfant, soit à lui-même, soit à une personne n'ayant aucune obligation de s'en charger ou n'ayant consenti à s'en charger que momentanément (■ T. corr. Dieppe, 8 mars 1977 : *D.* 1977, IR p. 279).

4) Élément moral : faute intentionnelle. Une mère qui n'a pas signalé la disparition de sa fille âgée de 3 ans qui, échappant à sa surveillance, s'était éloignée et vagabondait sur la voie publique, ne saurait se voir appliquer l'article 352 du Code pénal, les faits ne traduisant nullement une volonté de se soustraire définitivement à ses obligations (■ Paris, 2 juin 1982 : *Rev. pénit.* 1984, 100, note Auby).

Art. 227-2. – Le délaissement d'un mineur de quinze ans qui a entraîné une mutilation ou une infirmité permanente de celui-ci est puni de vingt ans de réclusion criminelle.

Le délaissement d'un mineur de quinze ans suivi de la mort de celui-ci est puni de trente ans de réclusion criminelle.

Voir : pour les majeurs, V. art. 223-4, p. 446.

Section II. – De l'abandon de famille

Art. 227-3 *(Mod., Ord. n° 2005-759, 4 juill. 2005 ; L. n° 2009-526, 12 mai 2009 ; L. n° 2011-525, 17 mai 2011 ; L. n° 2016-1547, 18 nov. 2016 ; L. n° 2019-1446, 24 déc. 2019 ; mod. à compter du 1er mars 2022, L. n° 2021-1754, 23 déc. 2021)*. – **Le fait, pour une personne, de ne pas exécuter une décision judiciaire ou l'un des titres mentionnés aux 2° à 6° du I de l'article 373-2-2 du Code civil lui imposant de verser au profit d'un enfant mineur, d'un descendant, d'un ascendant ou du conjoint une pension, une contribution, des subsides ou des prestations de toute nature dues en raison de l'une des obligations familiales prévues par le Code civil, en demeurant plus de deux mois sans s'acquitter intégralement de cette obligation, est puni de deux ans d'emprisonnement et de 15 000 euros d'amende.**

Lorsque l'intermédiation financière des pensions alimentaires est mise en œuvre dans les conditions prévues aux II à IV de l'article 373-2-2 du Code civil et à l'article L. 582-1 du Code de la sécurité sociale, le fait pour le parent débiteur de demeurer plus de deux mois sans s'acquitter intégralement des sommes dues entre les mains de l'organisme débiteur des prestations familiales assurant l'intermédiation est puni des mêmes peines.

Bibliographie : *JCl. Pénal Code, Abandon de famille* par D. Commaret. • V. Jaworski : *JCP* G 2004, I, 102. • N. Monachon-Duchêne, *L'obligation alimentaire devant le juge pénal : JCP* G 2006, I, 165. • F. Gauvin, *À propos du délit d'abandon pécuniaire de famille : JCP* G 2010, 141, p. 242. • S. Mirabail, *Abandon de famille, simplification ou déstructuration : D.* 2010, p. 397.

• *Sommaire*

I – ASPECT FAMILIAL DE L'INFRACTION 590

II – ASPECT JUDICIAIRE DE L'INFRACTION 591

A – Condition préalable : nécessité d'une décision judiciaire 591

B – Élément matériel : absence d'exécution 592

C – Élément moral 593

1° Connaissance de la décision 593

2° Inexécution en connaissance de cause 594

III – RÉPRESSION 594

1) Prétendue présomption de culpabilité : QPC. Non-lieu à renvoi au Conseil constitutionnel de la question prioritaire contestant la constitutionnalité de l'article 227-3 du Code pénal, dès lors que l'article 227-3 n'instaure aucune présomption de culpabilité, la partie poursuivante ayant la charge de prouver que le prévenu est volontairement demeuré plus de 2 mois sans acquitter le montant de la pension alimentaire qu'il a été condamné à payer par décision de justice (▪ Cass. crim., 12 juin 2013, n° 13-82.622 : *Dr. pén.* 2013, comm. 120, obs. M. Véron. ▪ Cass. crim., 24 juin 2015, n° 14-88.175 : *Dr. pén.* 2015, comm. 106, obs. M. Véron).

2) Références au Code civil. Application de la loi dans le temps : loi du 4 mars 2002. L'article 1er de la loi du 4 mars 2002 relative à l'autorité parentale a abrogé les articles 287 à 295 du Code civil et prévu que les conséquences du divorce pour les enfants seraient désormais réglées selon les dispositions du chapitre 1er du titre IX du livre 1er du Code civil. Il se déduit du premier de ces textes que le législateur a entendu remplacer dans l'article 227-3 du Code pénal la référence aux anciennes dispositions abrogées par les nouvelles dispositions précitées (▪ Cass. crim., 10 déc. 2008, n° 08-83-663 : *Bull. crim.* n° 250).

3) Application de la loi dans le temps : loi du 12 mai 2009. Les dispositions d'une loi nouvelle s'appliquent aux infractions commises avant leur entrée en vigueur et n'ayant pas donné lieu à une condamnation passée en force de chose jugée, lorsqu'elles sont moins sévères que les dispositions anciennes. L'article 133, III de la loi du 12 mai 2009 a remplacé, au premier alinéa de l'article 227-3 du Code pénal, les références aux titres V, VI, VII et VIII du livre 1er du Code civil par la seule référence au titre IX du livre 1er du même code, lequel ne concerne que l'autorité parentale. Il s'ensuit que le non-paiement d'une prestation compensatoire allouée par un jugement de divorce échappe désormais aux prévisions de l'article 227-3 du Code pénal. Cassation de l'arrêt qui a, postérieurement à l'entrée en vigueur de la loi du 12 mai 2009, condamné un prévenu pour abandon de famille, pour être demeuré plus de 2 mois sans acquitter le montant intégral de la prestation compensatoire qu'il avait été condamné à verser à son ex-épouse (▪ Cass. crim., 16 févr. 2011, n° 10-83.606 : *Bull. crim.* n° 31 ; *Dr. pén.* 2011, comm. 60, obs. M. Véron ; *D.* 2011, act., p. 880, obs. M. Bombled ; *RSC* 2011, p. 399, obs. Y. Mayaud). *Adde*, ▪ Cass. crim., 8 juin 2011, n° 10-87.050 : *Dr. pén.* 2011, comm. 115, obs. M. Véron ; suivant cet arrêt, les faits poursuivis étant postérieurs à la loi du 12 mai 2009, mais antérieurs à la loi du 17 mai 2011 qui a rétabli l'incrimination d'abandon de famille dans sa portée générale, le non-paiement d'une pension alimentaire allouée à un époux pendant l'instance de divorce échappait aux prévisions de l'article 227-3 du Code pénal tel que modifié par la loi du 12 mai 2009.

4) Estime cependant que, si les faits commis entre juin 2010 et février 2011 doivent être jugés en application de la loi n° 2009-526 du 12 mai 2009, l'article 227-3 dans sa rédaction issue de cette loi inclut dans la répression de l'abandon de famille le non-versement des sommes dues au titre de la contribution aux charges du mariage et résultant d'une ordonnance du juge aux affaires familiales dès lors que cette contribution est prévue par le titre IX du livre 1er du Code civil (■ Cass. crim., 28 mars 2018, n° 16-85.556 : *Rev. pénit.* 2018, n° 2, p. 359, obs. P. Cazalbou ; *LEFP* mai 2018, p. 6, A. Cerf-Hollender).

5) Application de la loi dans le temps : loi du 17 mai 2011. En cas de conflit entre plusieurs lois pénales de fond successives, lorsqu'une infraction a été commise sous l'empire d'une première loi, dont les dispositions ont ensuite été abrogées, ce qui a eu pour effet de la rendre inapplicable aux faits, cette deuxième loi étant elle-même remplacée par une troisième réprimant les faits objet de la poursuite, le principe de non-rétroactivité de la loi pénale implique que les faits ne puissent plus être poursuivis. Encourt la cassation l'arrêt qui a déclaré le prévenu coupable d'abandon de famille alors que l'article 13, III de la loi du 12 mai 2009, abrogeant des dispositions de l'article 227-3 du Code pénal, a eu pour effet d'enlever leur caractère d'infraction, dans leur totalité, aux faits objet des poursuites, sans que la loi du 17 mai 2011, modifiant la précédente et incriminant à nouveau les faits concernés, puisse davantage leur être appliquée rétroactivement (■ Cass. crim., 23 mai 2012, n° 11-83.901 : *Bull. crim.* n° 134 ; *D.* 2012, p. 2368, note M. Benillouche ; *AJ pénal* 2012, p. 543, note J. Lasserre-Capdeville).

I – ASPECT FAMILIAL DE L'INFRACTION

6) Mariage putatif. La nullité du mariage est sans effet sur les obligations alimentaires antérieures au prononcé du jugement lorsque le tribunal de grande instance en a constaté le caractère putatif à l'égard de l'épouse en raison de la bonne foi de celle-ci (■ Cass. crim., 23 mars 1981 : *Bull. crim.* n° 101 ; *RSC* 1982, p. 349, obs. Levasseur).

7) Émancipation. Le délit d'abandon de famille disparaît quand l'enfant a été émancipé notamment par l'effet du mariage (T. corr. Chartres, 4 mai 1964 : *Gaz. Pal.* 1964, 2, 92 ; *RSC* 1965, p. 129, obs. Hugueney) sauf si l'émancipation a eu pour seul objet de soustraire le parent à l'obligation de payer une pension (■ Cass. crim., 20 déc. 1956 : *Bull. crim.* n° 862).

8) Enfants majeurs. Sauf disposition contraire du jugement de divorce, la pension alimentaire versée aux enfants mineurs (qu'ils soient légitimes, adoptifs, naturels ou encore adultérins) ne cesse pas de plein droit après la majorité de ceux-ci. Il appartient au juge pénal, saisi d'une poursuite pour abandon de famille, de vérifier si les enfants en sont demeurés créanciers lorsqu'ils sont devenus majeurs (■ Cass. crim., 9 juin 1993 : *Bull. crim.* n° 206. – V. également, ■ Cass. crim., 30 oct. 1995 : *Dr. pén.* 1996, comm. 82, obs. M. Véron, et ■ Cass. crim., 11 mars 1997 *Bull. crim.* n° 95 ; *JurisData* n° 1997-002240).

– Jugé par ailleurs qu'il appartient au débiteur de solliciter la suppression de l'obligation de contribution à la charge d'entretien et d'éducation d'enfants devenus majeurs devant le juge compétent (■ Cass. crim., 7 févr. 2007 : *Bull. crim.* n° 34).

– Mais en l'état de poursuites fondées sur une ordonnance non signifiée au prévenu, prolongeant le paiement de la pension après la majorité des enfants, doit être cassé l'arrêt qui énonce « qu'une décision de justice spécifique n'était pas indispensable et qui condamne le prévenu au motif que les effets du jugement de divorce n'avaient pas cessé à la majorité de l'enfant, sans qu'il ait été recherché si les dispositions de ladite ordonnance avaient été volontairement exécutées » (■ Cass. crim., 9 juin 1993 : *Bull. crim.* n° 205).

– L'inexécution d'une décision judiciaire imposant de verser une pension alimentaire au profit d'un descendant majeur entre en effet dans les prévisions tant de l'article 357-2 ancien que de l'article 227-3 nouveau du Code pénal (■ Cass. crim., 11 mars 1997, préc.).

9) Alliés. La jurisprudence a étendu aux alliés en ligne directe la protection légale : ainsi des beaux-parents sont-ils tenus envers leur gendre ou leur bru (■ Cass. crim., 4 juill. 1925 : *S.* 1926, 1, 329, note Roux).

10) Extension de l'incrimination. L'article 357-2 [ancien Code pénal] ne saurait être appliqué à l'hypothèse d'une pension qu'un père avait été condamné à verser pour sa fille, placée par décision de justice dans un établissement de rééducation, en raison de la nature indemnitaire d'une telle pension (■ Cass. crim., 17 févr. 1938 : *DH* 1938, 230). Mais s'agissant des époux, soit en voie de séparation ou de divorce, soit déjà divorcés ou séparés, le nouveau libellé du texte étend la protection légale aux prestations et pensions de toute nature si bien que la jurisprudence antérieure à

1975 qui distinguait en l'occurrence selon l'aspect indemnitaire ou alimentaire de la pension (V. par ex. ▪ Cass. crim., 17 nov. 1954 : *D.* 1955, 88) est devenue caduque.

11) Calcul du délai. Le délai de 2 mois court sans aucune mise en demeure préalable (▪ Cass. crim., 7 déc. 1967 : *D.* 1968, 353) à compter de la signification de la décision ordonnant le versement (▪ Cass. crim., 3 nov. 1955 : *JCP* 1955, II, 9167, note E.M.) ou, en cas d'interruption dans des versements déjà effectués, à partir du dernier versement ; le délit est pleinement consommé dès que les 2 mois sont expirés et aucun événement postérieur ne peut en effacer rétroactivement l'existence, telle la cassation ultérieure de la décision judiciaire servant de base aux poursuites (▪ Cass. crim., 26 juill. 1977 : *D.* 1977, IR p. 421, obs. M. Puech) ou un paiement tardif (▪ Cass. crim., 23 mars 1981 : *Bull. crim.* n° 101 ; *RSC* 1982, p. 349, obs. Levasseur).

– Pour apprécier l'expiration du délai de 2 mois, il faut se placer, non au jour de la plainte, mais au jour de la poursuite, c'est-à-dire de la citation (▪ Cass. crim., 14 janv. 1991 : *Dr. pén.* 1991, n° 172).

– La durée de la prévention doit être déterminée, ce qui n'est pas le cas si seul le point de départ de la prévention est fixé (▪ Cass. crim., 9 juin 2004 : *Dr. pén.* 2004, comm. 154, obs. M. Véron).

12) Nouvelles poursuites : réitération, amnistie. L'abandon pécuniaire peut être à nouveau poursuivi lorsqu'après une première condamnation le coupable demeure à nouveau 2 mois sans verser ce qu'il doit (▪ Cass. crim., 9 févr. 1965 : *D.* 1965, 475) ; et il en va de même lorsque le délit se poursuit postérieurement à la date d'application d'une loi d'amnistie (▪ Colmar, 20 janv. 1967 : *JCP* 1967, II, 15134, note Michaud).

– Le délit d'abandon de famille qui, selon l'article 227-3 du Code pénal, est constitué notamment par le défaut de paiement intégral, pendant plus de 2 mois, d'une prestation compensatoire, définie et ordonnée par une décision judiciaire sous forme de capital, se renouvelle chaque fois que son auteur démontre, par son comportement, sa volonté de persévérer dans son attitude ; par suite, le prévenu, qui a déjà été condamné pour ce délit, peut faire l'objet d'une nouvelle condamnation, à l'expiration d'un nouveau délai de 2 mois dès lors qu'il n'a pas satisfait à son obligation de l'exigible existant (▪ Cass. crim., 2 déc. 1998 : *Bull. crim.* n° 326 ; *JCP* 1999, II, 10108, note D. Rebut).

II – ASPECT JUDICIAIRE DE L'INFRACTION

A – Condition préalable : nécessité d'une décision judiciaire

13) Principe. Il faut qu'il existe à la base de la poursuite correctionnelle une décision de justice civile définissant l'obligation de famille mise à la charge du prévenu, et que cette décision de justice soit légalement exécutoire à la date des faits incriminés (▪ Cass. crim., 3 nov. 1977 : *Bull. crim.* n° 326 ; *RSC* 1978, p. 634, obs. Levasseur. ▪ Cass. crim., 30 sept. 1992 : *Bull. crim.* n° 293) et les juges du fond doivent préciser sur le fondement de quelle décision judiciaire le prévenu a l'obligation de contribuer aux besoins du créancier (▪ Cass. crim., 13 nov. 1980 : *Bull. crim.* n° 296 ; *RSC* 1981, p. 872, obs. Levasseur).

14) Absence de décision judiciaire : illustrations. La pension ayant sa source dans un acte de nature différente (ainsi un testament ▪ Cass. crim., 24 avr. 1931 : *Bull. crim.* n° 115 ; ou un accord des parties tendant à faire revivre un jugement devenu caduc par le prononcé d'une nouvelle décision judiciaire ▪ Cass. crim., 6 déc. 1972 : *Bull. crim.* n° 378 ; *RSC* 1973, p. 674, obs. Levasseur) ne saurait être sanctionnée par l'article 357-2 du [de l'ancien] Code pénal. Il en va de même pour le jugement donnant acte de l'offre d'une prestation compensatoire (▪ Cass. crim., 10 janv. 1984 : *D.* 1984, IR p. 224, obs. G. Roujou de Boubée ; *Bull. crim.* n° 10). Une « prestation compensatoire » qui ne résulte ni d'un jugement exécutoire, ni d'une convention judiciairement homologuée, ne peut servir de base à une poursuite pour abandon de famille (▪ Cass. crim., 15 oct. 1996 : *Bull. crim.* n° 359).

15) Diversité. La notion de décision de justice non exécutée recouvre entre autres une ordonnance autorisant une saisie-arrêt entre époux prise en application des articles 214 du Code civil et 864-1 du Code de procédure civile (▪ Montpellier, 23 févr. 1955 : *Gaz. Pal.* 1955, 1, 404), le jugement de divorce fixant à titre d'avance sur la part de communauté la pension (▪ Cass. crim., 19 oct. 1981 : *Bull. crim.* n° 275), un jugement étranger revêtu de l'*exequatur* (▪ Cass. crim., 1er févr. 1973 : *Bull. crim.* n° 61 ; *RSC* 1973, p. 411, obs. Levasseur), la convention judiciairement homologuée qui intervient dans un divorce ou une séparation de corps sur demande conjointe ; mais ne sauraient rentrer dans la notion la convention temporaire judiciairement homologuée (▪ T. corr. Bressuire, 9 déc. 1980 : *Gaz. Pal.* 1981, 1, 167, note Brazier ; *RSC* 1981, p. 383, obs. Levasseur) ni un procès-verbal de conciliation passé devant le juge d'instance, même si ce magistrat a donné acte de l'accord intervenu entre les parties (▪ TGI Lisieux, 17 sept. 1976 : *JCP* 1977, II, 18268, note R.L.).

16) Mesures provisoires. Les mesures provisoires prises par le juge aux affaires matrimoniales en cours d'instance sont exécutoires de plein droit par provision et l'époux débiteur doit verser la pension sans attendre à peine de poursuites pénales, même si l'ordonnance est frappée d'appel (▪ Cass. crim., 9 mai 1968 : *D.* 1968, 640, note Rolland. ▪ Cass. crim., 21 mai 1980 : *Bull. crim.* n° 157 ; *RSC* 1981, p. 91, obs. Levasseur. – *Adde*, ▪ Cass. crim., 14 févr. 1984 : *Bull. crim.* n° 52) ou si ensuite un pourvoi en cassation est formé (▪ Cass. crim., 9 mai et 26 juin 1968 : *D.* 1968, 640, note H. Rolland. ▪ Cass. crim., 18 nov. 1981 : *Bull. crim.* n° 306).

– Le caractère exécutoire de l'ordonnance disparaît en cas de réconciliation des époux depuis la demande en justice (▪ Cass. crim., 12 oct. 1971 : *Bull. crim.* n° 256), de désistement par le demandeur de son action (▪ Cass. crim., 4 févr. 1954 : *D.* 1954, 783, note A.L.P.), de caducité du permis de citer (▪ Cass. crim., 3 nov. 1977 : *Bull. crim.* n° 326), ou d'omission de remettre la copie de l'assignation au greffe (▪ Cass. crim., 4 mai 1976 : *Bull. crim.* n° 137).

– Le procès-verbal de la conciliation constatée par le juge, qui constitue une convention judiciairement homologuée, peut servir de base à une poursuite pour abandon de famille lorsque l'accord prévoit le versement de sommes dues en raison d'une obligation familiale (▪ Cass. crim., 31 mars 1999 : *Bull. crim.* n° 64).

– Le jugement modifiant ou maintenant les mesures provisoires au cours de l'instance bénéficie, au même titre que l'ordonnance du magistrat conciliateur et sans même qu'il soit besoin de le préciser, de l'exécution provisoire en raison du caractère d'urgence que représentent lesdites mesures (▪ Cass. crim., 8 mai 1979 : *Bull. crim.* n° 164 ; *RSC* 1980, p. 139, obs. Levasseur).

– Si les mesures provisoires ordonnées au cours d'une instance en divorce se substituent d'office à la contribution aux charges du mariage décidée par un jugement antérieur dont les effets sont, de ce fait, suspendus, leur caducité met fin à cette suspension, le jugement reprenant dès lors son effet (▪ Cass. crim., 31 mai 2000 : *Bull. crim.* n° 207).

17) Durée déterminée. Dans le cas où la juridiction des affaires familiales ordonne le paiement d'une prestation compensatoire sous forme de versements périodiques pendant une période déterminée, le délit d'abandon de famille ne peut être constitué pour les défauts de paiement postérieurs à cette période (▪ Cass. crim., 7 sept. 2016, n° 14-82.0.076 : *Dr. pén.* 2016, comm. 151, note Ph. Conte).

18) Réformation de la décision judiciaire. La réformation partielle de la décision judiciaire civile légalement exécutoire, fixant le montant de la pension alimentaire qui intervient postérieurement à la date des faits d'abandon de famille, ne peut faire disparaître cette infraction déjà consommée (▪ Cass. crim., 27 mars 1991 : *Bull. crim.* n° 146 ; *JCP* 1991, IV, 260). – *Adde* cass. crim., 20 févr. 2002 : *D.* 2003, p. 171 et ▪ Cass. crim., 4 févr. 2004 : *D.* 2004, p. 2748, obs. S. Mirabail.

- Le délit d'abandon de famille est constitué dès lors que le débiteur s'abstient intentionnellement de fournir pendant plus de 2 mois l'intégralité des subsides mis à sa charge par une décision de justice ou une convention judiciairement homologuée, la réduction ultérieure de cette obligation alimentaire, fût-ce avec effet rétroactif, ne pouvant avoir pour effet de faire disparaître l'infraction déjà consommée (▪ Cass. crim., 4 juin 2008, n° 07-87.697 : *Bull. crim.* n° 139 ; *Dr. pén.* 2008, comm. 121, obs. M. Veron).

– La réduction ou la suppression des pensions alimentaires, fût-ce avec effet rétroactif, ne peut avoir pour effet de faire disparaître l'infraction déjà consommée (▪ Cass. crim., 29 janv. 2014, n° 13-81.918 : *Dr. pén.* 2014, comm. 51, obs. M. Véron).

19) Caducité de la décision judiciaire. La caducité d'une décision judiciaire légalement exécutoire, intervenue postérieurement à la date des faits d'abandon de famille incriminés, n'a pas de caractère rétroactif et ne saurait, en conséquence, faire disparaître l'infraction (▪ Cass. crim., 7 oct. 1992 : *Bull. crim.* n° 306).

B – Élément matériel : absence d'exécution

20) Preuve. S'il appartient à la partie poursuivante de prouver l'absence d'exécution, en connaissance de cause et pendant plus de deux mois, d'une décision judiciaire imposant le versement d'une pension alimentaire, c'est au prévenu d'apporter la preuve de l'impossibilité absolue de payer qu'il allègue (▪ Cass. crim., 19 janv. 2022, n° 20-84.287 : *JurisData* n° 2022-000579, M. Dominatile ; *Dalloz actualité*, 3 févr. 2022).

21) Exclusion de la compensation. Le prévenu ne saurait alléguer un paiement par compensation (▪ Cass. crim., 4 janv. 1973 : *Bull. crim.* n° 3 ; *RSC* 1974, p. 592, obs. Levasseur. ▪ Cass. crim., 17 janv. 1979 : *D.* 1979, IR 258), ni se prévaloir de versements effectués à des tiers ou par des tiers pour l'entretien de ses enfants (▪ Cass. crim., 27 janv. 1949 : *Bull. crim.* n° 31), ni soutenir avoir réglé le loyer de l'appartement occupé par sa femme (▪ Cass. crim., 7 déc. 1967 : *D.* 1968, p. 353), ni retenir sur le montant de la pension alimentaire les sommes perçues directement par l'époux créancier au titre des allocations familiales (▪ Cass. crim., 9 janv. 1962 : *D.* 1962, p. 242), ni déduire de la pension alimentaire due pour l'entretien de l'enfant une somme correspondant au temps de présence de l'enfant au domicile du débiteur (▪ Pau, 26 avr. 1989 : *JurisData* n° 1989-042665) ; du moment qu'il ne verse pas la pension fixée par la décision de justice, le délit est constitué (mêmes arrêts).

– De même le versement direct de certaines sommes à l'enfant ne saurait décharger le débiteur de son obligation de verser la pension entre les mains de la mère créancière (■ Cass. crim., 26 oct. 2005 : *Dr. pén.* 2006, comm. 19, obs. M. Véron).

– Toutefois, il convient de relaxer le prévenu des fins de la poursuite pour abandon de famille dès lors qu'il apparaît que les versements des pensions alimentaires effectués excèdent largement la totalité de la dette à laquelle il était tenu. En effet, s'il est de principe que la compensation avec une autre créance ne peut éteindre une créance de nature alimentaire, ce principe ne fait pas obstacle au jeu de la compensation lorsque la créance invoquée a également pour cause les aliments eux-mêmes (■ Paris, 24e ch. B, 7 juill. 1988 : *JurisData* n° 1988-024705).

22) Calcul du délai de 2 mois. Sur le calcul du délai V. not. ■ Cass. crim., 9 janv. 2019, n° 18-81.020, D : *JurisData* n° 2019-003578 ; *Dr. pén.* 2019, comm. 64, obs. Ph. Conte.

23) Débiteur en redressement judiciaire. Justifie sa décision l'arrêt qui, pour déclarer le prévenu coupable d'abandon de famille, relève qu'il ne pouvait se prévaloir de l'absence de déclaration de la créance de pension alimentaire au redressement judiciaire, s'agissant d'une obligation personnelle qu'il lui incombait de payer sur ses revenus propres. Une telle créance, qui présente un caractère alimentaire, n'a pas à être déclarée au passif du débiteur soumis à une procédure collective et échappe ainsi à l'extinction, faute de déclaration, édictée par l'article L. 621-46 du Code de commerce (■ Cass. crim., 7 janv. 2004 : *Bull. crim.* n° 5 ; *Dr. pén.* 2004, comm. 45 et 49, obs. M. Véron ; *JCP* 2004, II, 1060, note Pomart ; *D.* 2004, jurispr. p. 419, obs. A. Lienard). Le débiteur soumis à une procédure collective est ainsi tenu de payer la créance d'aliments sur les revenus dont il conserve la disposition (■ Cass. crim., 9 juin 2004 : *Bull. crim.* n° 158 ; *Dr. pén.* 2004, comm. 154, obs. M. Véron).

– Le prévenu ne saurait invoquer une lettre du représentant des créanciers lui enjoignant de cesser de payer la pension alimentaire pour justifier avoir cru, par une erreur sur le droit, qu'il n'était pas en mesure d'éviter, pouvoir légitimement refuser de continuer de payer ladite pension (même arrêt).

24) Paiement partiel (non). Le délit d'abandon de famille est constitué dès lors que le prévenu n'a pas acquitté l'intégralité du montant de la pension alimentaire mise à sa charge, l'indexation étant une modalité de calcul de cette pension (■ Cass. crim., 26 oct. 1987 : *Bull. crim.* n° 367).

25) Paiement anticipé (oui). Inversement, aucun texte n'interdit à un débiteur d'aliments de se libérer de sa dette par un paiement anticipé (■ Cass. crim., 20 mars 1984 : *Bull. crim.* n° 114).

– Le non-paiement de la pension, fût-il partiel, suffit à caractériser l'élément matériel du délit d'abandon de famille (■ Cass. crim., 26 oct. 2005 : *Dr. pén.* 2006, comm. 19, obs. M. Véron).

26) Transaction (non). Il ne peut être transigé sur une pension alimentaire. Dès lors l'accord intervenu entre les ex-conjoints et aux termes duquel le père renonce à son droit de visite des enfants légitimes mais ne paie pas la pension, ne peut justifier le non-paiement pendant plus de 2 mois de cette pension (■ CA Pau, 1er mars 1988 : *JurisData* n° 1988-042626).

27) Réconciliation (non). Cassation de l'arrêt qui, pour relaxer le prévenu d'abandon de famille pour non-paiement de la contribution aux charges du mariage fixée par un jugement du tribunal d'instance, relève que les époux ont ensuite repris la vie commune et modifié au cours de cette période les modalités de financement des dépenses du mariage et énonce que « le prévenu a pu légitimement en conclure que son épouse avait ainsi renoncé à la contribution litigieuse » après une nouvelle rupture de la vie commune, alors que la caducité d'une décision de justice ne saurait se présumer, ni résulter de la seule volonté d'une des parties (■ Cass. crim., 3 oct. 1988 : *Bull. crim.* n° 326 ; *RSC* 1989, p. 508, obs. Levasseur). L'exception de réconciliation n'est ni une cause de non-culpabilité, ni un fait justifiant le non-paiement d'une pension alimentaire. Elle n'a aucun effet sur la culpabilité en l'état d'une poursuite pénale exercée pour abandon de famille (■ CA Bordeaux, 16 mars 1988 : *JurisData* n° 1988-042635).

C – Élément moral

1° *Connaissance de la décision*

28) Principe. La décision judiciaire doit être portée à la connaissance du débiteur et cette connaissance ne peut résulter que d'un acte juridique qui est ordinairement la signification de la décision effectuée à la diligence du créancier (■ Cass. crim., 5 mars 1980 : *Bull. crim.* n° 80 ; *RSC* 1981, p. 90, obs. Levasseur).

– Le délit d'abandon de famille exige, pour être constitué, la méconnaissance d'une décision de justice légalement exécutoire définissant, dans son montant et sa périodicité, l'obligation de famille mise à la charge du prévenu ; ne saurait servir de fondement aux poursuites la décision autorisant la crédirentière à percevoir directement des revenus locatifs avec obligation pour elle d'en payer les charges (■ Cass. crim., 30 sept. 1992 : *Bull. crim.* n° 293).

– Caractérise en tous ses éléments constitutifs le délit d'abandon de famille pour non-paiement d'une pension alimentaire prévue par une ordonnance de non-conciliation, la cour d'appel qui relève que le prévenu a eu connaissance de cette décision, exécutoire par provision en vertu de l'article 514, alinéa 2, du nouveau Code de procédure civile, bien qu'elle ne lui ait pas été signifiée (▪ Cass. crim., 9 oct. 1996 : *Bull. crim.* n° 351 ; *Dr. pén.* 1997, comm. 58, obs. M. Véron).

– Le prévenu n'ayant pas, pour sa défense, contesté le caractère exécutoire de la décision précitée, la cour d'appel n'était pas tenue de s'expliquer d'une manière spéciale sur les actes de procédure consécutifs à cette décision et notamment sur sa signification au débiteur (▪ Cass. crim., 28 juin 2000 : *Bull. crim.* n° 250).

– En visant par erreur une autre décision rendue dans la même instance mais non signifiée, la poursuite est inefficace, sans qu'il soit possible de substituer en cours d'instance pénale une décision civile à l'autre (▪ Cass. crim., 25 févr. 1971 : *Bull. crim.* n° 63 ; *RSC* 1971, p. 846, obs. Levasseur).

– Le fait pour un huissier de signifier le jugement en mairie en se bornant à indiquer que le domicile du condamné est certain sans justifier d'investigations concrètes, ne permet pas d'établir que le jugement a été porté à la connaissance du prévenu (▪ Cass. crim., 29 avr. 1985 : *Bull. crim.* n° 160 ; *RSC* 1986, p. 102, obs. Levasseur).

29) Exécution volontaire. Il a été jugé que doit être déclaré coupable d'abandon de famille le prévenu qui a volontairement payé pendant près de 2 ans une pension alimentaire fixée par jugement non signifié, l'exécution volontaire de cette décision en établissant la connaissance, puis a cessé le paiement pendant plus de 2 mois (▪ Cass. crim., 23 oct. 1991 : *Dr. pén.* 1992, n° 60. ▪ Cass. crim., 30 mars 1994 : *Dr. pén.* 1994, n° 157).

– Est exécutoire au sens des articles 357-2 ancien, 227-3 nouveau du Code pénal et 503 du nouveau Code de procédure civile, qu'elle ait ou non été signifiée, une décision de justice ayant reçu un commencement d'exécution volontaire (▪ Cass. crim., 4 sept. 1996 : *Bull. crim.* n° 312).

2° Inexécution en connaissance de cause

30) Application de la loi dans le temps (nouveau Code pénal). L'article 227-3 qui incrimine le délit d'abandon de famille, n'a pas repris les dispositions de l'article 357-2 ancien présumant volontaire le défaut de paiement de la pension ; ces dispositions nouvelles, favorables au prévenu pour ce qui concerne les éléments constitutifs du délit, sont applicables aux infractions commises avant leur entrée en vigueur et n'ayant pas donné lieu à une condamnation passée en force de chose jugée. Encourt dès lors la censure, l'arrêt qui, pour le déclarer coupable de cette infraction, constate qu'il est resté plus de 2 mois sans payer le montant de la pension alimentaire judiciairement fixée, mais qui, pour ajourner le prononcé de la peine, relève qu'il a pu se méprendre sur ses obligations en raison de la mise en œuvre par le créancier d'aliments d'une procédure de paiement direct puis de la « faillite » du tiers débiteur de la pension (▪ Cass. crim., 28 juin 1995 : *Bull. crim.* n° 243 ; *JCP* 1996, II, 22576, note A. Dekeuwer).

31) Rôle du juge. Encourt, la censure la cour d'appel qui déclare notamment que le caractère volontaire du défaut de paiement est déduit de l'existence préalable d'une décision civile qui a apprécié les capacités financières du débiteur (▪ Cass. crim., 21 mai 1997 : *Bull. crim.* n° 190. – V. également ▪ Cass. crim., 26 nov. 1997 : *D.* 1999, jurispr. p. 156, obs. S. Mirabail).

– Les juges doivent caractériser l'élément intentionnel du délit d'abandon de famille retenu à la charge du prévenu ; (▪ Cass. crim., 28 juin 1995 : *Bull. crim.* n° 243 ; *JCP* G 1996, II, 22576, note A. Dekeuwer. – V. également ▪ Cass. crim., 28 mars 2018, n° 16-85.556 : *Rev. pénit.* 2018, n° 2, p. 359, obs. P. Cazalbou ; *LEFP* mai 2018, p. 6, A. Cerf-Hollender).

– Ne caractérise pas suffisamment l'élément intentionnel de l'infraction la cour d'appel qui se borne à énoncer que le prévenu ne justifie pas avoir mis en œuvre devant le juge aux affaires matrimoniales une procédure de réduction ou de suppression de la pension alimentaire (▪ Cass. crim., 9 juin 2004 : *Dr. pén.* 2004, comm. 154, obs. M. Véron).

III – RÉPRESSION

32) Application de la loi pénale dans l'espace. S'agissant de la détermination du lieu de l'infraction, au niveau international, la jurisprudence est divisée : tantôt elle localise le délit au domicile du créancier d'aliments (▪ Paris, 30 juin 1956 : *Rev. crit. dr. int. privé* 1957, 108, note Simon-Depitre), tantôt elle le situe au domicile du débiteur (▪ Cass. crim., 3 mai 1967 : *Bull. crim.* n° 144 ; *Rev. crit. dr. int. privé* 1968, 695, note A. Decocq).

– Le délit d'abandon de famille est caractérisé dès lors que l'un de ses éléments constitutifs a été accompli en France (▪ Cass. crim., 29 janv. 2003 : *D.* 2004, jur., p. 307, obs. S. Mirabail).

33) Action civile. La mise en œuvre d'une procédure de recouvrement public par le créancier d'aliments ne saurait mettre obstacle à l'exercice de l'action civile tendant à la réparation du dommage causé par le délit d'abandon de famille (▪ Cass. crim., 15 mai 1984 : *Bull. crim.* n° 175).

Code civil

Art. 229-1 *(L. n° 2016-1547, 18 nov. 2016)*. – Lorsque les époux s'entendent sur la rupture du mariage et ses effets, ils constatent, assistés chacun par un avocat, leur accord dans une convention prenant la forme d'un acte sous signature privée contresigné par leurs avocats et établi dans les conditions prévues à l'article 1374.

Cette convention est déposée au rang des minutes d'un notaire, qui contrôle le respect des exigences formelles prévues aux 1° à 6° de l'article 229-3. Il s'assure également que le projet de convention n'a pas été signé avant l'expiration du délai de réflexion prévu à l'article 229-4.

Ce dépôt donne ses effets à la convention en lui conférant date certaine et force exécutoire.

....

Art. 373 *(Mod., L. n° 2002-305, 4 mars 2002)*. – Est privé de l'exercice de l'autorité parentale le père ou la mère qui est hors d'état de manifester sa volonté, en raison de son incapacité, de son absence ou de toute autre cause.

....

Art. 373-2-2 *(Mod., L. n° 2019-1446, 24 déc. 2019 ; mod. à compter du 1er mars 2022, L. n° 2021-1754, 23 déc. 2021)*. – I. – En cas de séparation entre les parents, ou entre ceux-ci et l'enfant, la contribution à son entretien et à son éducation prend la forme d'une pension alimentaire versée, selon le cas, par l'un des parents à l'autre, ou à la personne à laquelle l'enfant a été confié.

Les modalités et les garanties de cette pension alimentaire sont fixées par :

1° Une décision judiciaire ;

2° Une convention homologuée par le juge ;

3° Une convention de divorce ou de séparation de corps par consentement mutuel selon les modalités prévues à l'article 229-1 ;

4° Un acte reçu en la forme authentique par un notaire ;

5° Une convention à laquelle l'organisme débiteur des prestations familiales a donné force exécutoire en application de l'article L. 582-2 du Code de la sécurité sociale.

6° Une transaction ou un acte constatant un accord issu d'une médiation, d'une conciliation ou d'une procédure participative, lorsqu'ils sont contresignés par les avocats de chacune des parties et revêtus de la formule exécutoire par le greffe de la juridiction compétente en application du 7° de l'article L. 111-3 du Code des procédures civiles d'exécution.

Il peut être notamment prévu le versement de la pension alimentaire par virement bancaire ou par tout autre moyen de paiement.

Cette pension peut en tout ou partie prendre la forme d'une prise en charge directe de frais exposés au profit de l'enfant ou être, en tout ou partie, servie sous forme d'un droit d'usage et d'habitation.

II. – [...].

Art. 227-4 ***(Mod. à compter du 1er juin 2020, L. n° 2019-1446, 24 déc. 2019 ; mod. à compter du 1er mars 2022, L. n° 2021-1754, 23 déc. 2021).*** **– Est puni de six mois d'emprisonnement et de 7 500 euros d'amende le fait, par une personne tenue, dans les conditions prévues à l'article 227-3, à l'obligation de verser une pension, une contribution, des subsides ou des prestations de toute nature :**

1° De ne pas notifier son changement de domicile au créancier ou, lorsque le versement de la pension fait l'objet d'une intermédiation financière dans les conditions prévues aux II et III de l'article 373-2-2 du Code civil et à l'article L. 582-1 du Code de la sécurité sociale, à l'organisme débiteur des prestations familiales, dans un délai d'un mois à compter de ce changement ;

2° Lorsque le versement de la pension fait l'objet d'une intermédiation financière dans les conditions prévues aux II et III de l'article 373-2-2 du Code civil et à l'article L. 582-1 du Code de la sécurité sociale, de s'abstenir de transmettre à l'organisme débiteur des prestations familiales les informations nécessaires à l'instruction et à la mise en œuvre de l'intermédiation financière et de s'abstenir d'informer cet organisme de tout changement de situation ayant des conséquences sur cette mise en œuvre.

Art. 227-4-1 *(Mod., L. n° 2009-526, 12 mai 2009).* **– Les personnes morales déclarées responsables pénalement, dans les conditions prévues par l'article 121-2, des infractions définies à la présente section encourent, outre l'amende suivant les modalités prévues par l'article 131-38, les peines prévues par les 2° à 9° de l'article 131-39.**

L'interdiction mentionnée au 2° de l'article 131-39 porte sur l'activité dans l'exercice ou à l'occasion de l'exercice de laquelle l'infraction a été commise.

Loi du 13 avril 1932

tendant à réprimer la fraude en matière de divorce ou de séparation de corps
Version consolidée au 26 mars 2013

Art. unique. – Quiconque aura, par des manœuvres dolosives ou de fausses allégations, tenu ou tenté de tenir son conjoint dans l'ignorance d'une procédure de divorce ou de séparation de corps dirigée contre lui, sera puni d'un emprisonnement de deux ans et d'une amende de 9 000 euros ou de l'une de ces deux peines seulement En cas de récidive, la peine d'emprisonnement sera toujours prononcée.

1) N'encourt pas la cassation, l'arrêt de la cour d'appel qui requalifie la prévention d'escroquerie en faux en écriture et usage, les mêmes faits visés à la prévention constituant au surplus le délit spécifique prévu par l'article unique de la loi du 13 avril 1932 réprimant la fraude en matière de divorce et de séparation de corps (■ Cass. crim., 25 mai 1992 : *Bull. crim.* n° 207).

2) La prescription du délit de fraude en matière de divorce réprimé par l'article unique de la loi du 13 avril 1932, court du jour où cesse l'ignorance des procédés frauduleux dans laquelle a été tenue la partie lésée (■ Cass. crim., 5 juin 1996 : *Bull. crim.* n° 239).

Section II *bis*. – De la violation des ordonnances prises par le juge aux affaires familiales en cas de violences

(L. n° 2010-769, 9 juill. 2010, en vigueur à compter du 1er oct. 2010)

Bibliographie : Dossier : *Qu'attendre de la loi du 28 décembre visant à agir contre les violences au sein de la famille ? : AJ pénal* 2020, p. 59 ; not. A. Blanc, *Violences conjugales, des avancées à surveiller*, p. 53. • G. Beaussonie, *L'égalité entre les femmes et les hommes : RSC* 2019, p. 945, n° 4. • Ph. Bonfils, *Le renforcement de la lutte contre les violences au sein de la famille, Commentaire de la loi du 28 décembre 2019 : Dr. famille* 2020, étude 10, n° 3. • M. Bouchet, *Décryptage et analyse de la loi du 30 juillet 2020 visant à protéger les victimes de violences conjugales : Lexbase pénal* n° 30 du 24 sept. 2020. • A. Boyard et *al., De la nécessaire reconnaissance par la loi de la qualité de victime de l'enfant assistant à des violences intrafamiliales et conjugales : Dalloz actualité*, 2 déc. 2020. • A. Coignac, *L'Office central pour la répression contre les violences aux personnes : thème majeur, moyens mineurs : Dalloz actualité*, 6 mars 2020. • I. Corpart, *Pour une famille, véritable havre de paix, de nouveaux renforcements de la lutte contre les violences conjugales : Lexbase Privé* 2020, n° 809. • A. Darsonville, *Loi du 28 décembre 2019 : une approche pluridisciplinaire dans la lutte contre les violences au sein de la famille : AJ pénal* 2020, p. 60. • F. Lauféron, *Prise en charge des auteurs de violences conjugales : quelles solutions ? : AJ pénal* 2020, p. 68. • C. Duparc, *Contribution de la loi du 28 décembre 2019 à la lutte contre les violences au sein de la famille : JCP* G, n° 7-8. • E. le Mélan, *L'impossible rupture. Une étude sur les violences conjugales post-séparation : RSC* 2019, p. 489. • C. Pomart et al., *Dangerosité et droits fondamentaux : dangerosité et sphère familiale : RDLF* 2020, chron. n° 65. • W. Roumier, *Présentation des dispositions pénales de la loi visant à protéger les victimes de violences conjugales : Dr. pén.* 2020, alerte 71. • A. Sannier, *Violences conjugales : AJ fam.* 2020, p. 84. • V. Wester-Ouisse, *De l'incrimination du suicide d'un conjoint, dit « suicide forcé » : JCP* G 2019, 1351, n° 51.

Voir : art. 132-45 et 132-45-1, p. 296 ; art. 222-10, p. 383, art. 222-12 et 222-13, p. 388. C. étrangers, art. L. 425-6 et s., p. 1401.

Voir : Circulaire du 28 janvier 2020 relative à la présentation des dispositions de droit civil et de droit pénal immédiatement applicables de la loi n° 2019-1480 du 28 décembre 2019 visant à agir contre les violences au sein de la famille et instructions de politique pénale issues des travaux du Grenelle contre les violences conjugales.

Art. 227-4-2 *(L. n° 2010-769, 9 juill. 2010, en vigueur à compter du 1er oct. 2010).* **– Le fait, pour une personne faisant l'objet d'une ou plusieurs obligations ou interdictions imposées dans une ordonnance de protection rendue en application des articles 515-9 ou 515-13 du Code civil, de ne pas se conformer à cette ou ces obligations ou interdictions est puni de deux ans d'emprisonnement et de 15 000 € d'amende.**

(*Al. créé. L. n° 2019-222, 23 mars 2019*) Les mêmes peines sont applicables à la violation d'une mesure de protection en matière civile ordonnée dans un autre État membre de l'Union européenne reconnue et ayant force exécutoire en France en application du règlement (UE) n° 606/2013 du Parlement européen et du Conseil du 12 juin 2013 relatif à la reconnaissance mutuelle des mesures de protection en matière civile.

Art. 227-4-3 (*L. n° 2010-769, 9 juill. 2010, en vigueur à compter du 1er oct. 2010*). **– Le fait, pour une personne tenue de verser une contribution ou des subsides au titre de l'ordonnance de protection rendue en application de l'article 515-9 du Code civil, de ne pas notifier son changement de domicile au créancier dans un délai d'un mois à compter de ce changement est puni de six mois d'emprisonnement et de 7 500 € d'amende.**

Code civil

Titre : XIV : Des mesures de protection des victimes de violences

Art. 515-9 (*Mod., L. n° 2019-1480, 28 déc. 2019*). **–** Lorsque les violences exercées au sein du couple, y compris lorsqu'il n'y a pas de cohabitation, ou par un ancien conjoint, un ancien partenaire lié par un pacte civil de solidarité ou un ancien concubin, y compris lorsqu'il n'y a jamais eu de cohabitation, mettent en danger la personne qui en est victime, un ou plusieurs enfants, le juge aux affaires familiales peut délivrer en urgence à cette dernière une ordonnance de protection.

Art. 515-10 (*Mod., L. n° 2019-1480, 28 déc. 2019*). **–** L'ordonnance de protection est délivrée par le juge, saisi par la personne en danger, si besoin assistée, ou, avec l'accord de celle-ci, par le ministère public. Sa délivrance n'est pas conditionnée à l'existence d'une plainte pénale préalable.

Dès la réception de la demande d'ordonnance de protection, le juge convoque, par tous moyens adaptés, pour une audience, la partie demanderesse et la partie défenderesse, assistées, le cas échéant, d'un avocat, ainsi que le ministère public à fin d'avis. Ces auditions peuvent avoir lieu séparément. L'audience se tient en chambre du conseil. À la demande de la partie demanderesse, les auditions se tiennent séparément.

Art. 515-11 (*Mod., Ord. n° 2019-964, 18 sept. 2019 ; L. n° 2019-1480, 28 déc. 2019 ; L. n° 2020-936, 30 juill. 2020 ; L. n° 2022-52, 24 janv. 2022*). **–** L'ordonnance de protection est délivrée, par le juge aux affaires familiales, dans un délai maximal de six jours à compter de la fixation de la date de l'audience, s'il estime, au vu des éléments produits devant lui et contradictoirement débattus, qu'il existe des raisons sérieuses de considérer comme vraisemblables la commission des faits de violence allégués et le danger auquel la victime ou un ou plusieurs enfants sont exposés. À l'occasion de sa délivrance, après avoir recueilli les observations des parties sur chacune des mesures suivantes, le juge aux affaires familiales est compétent pour :

1° Interdire à la partie défenderesse de recevoir ou de rencontrer certaines personnes spécialement désignées par le juge aux affaires familiales, ainsi que d'entrer en relation avec elles, de quelque façon que ce soit ;

1° *bis* Interdire à la partie défenderesse de se rendre dans certains lieux spécialement désignés par le juge aux affaires familiales dans lesquels se trouve de façon habituelle la partie demanderesse ;

2° Interdire à la partie défenderesse de détenir ou de porter une arme ; Lorsque l'ordonnance de protection édicte la mesure prévue au 1°, la décision de ne pas interdire la détention ou le port d'arme est spécialement motivée ;

2° *bis* Ordonner à la partie défenderesse de remettre au service de police ou de gendarmerie le plus proche du lieu de son domicile les armes dont elle est détentrice ;

2° *ter* Proposer à la partie défenderesse une prise en charge sanitaire, sociale ou psychologique ou un stage de responsabilisation pour la prévention et la lutte contre les violences au sein du couple et sexistes. En cas de refus de la partie défenderesse, le juge aux affaires familiales en avise immédiatement le procureur de la République ;

3° Statuer sur la résidence séparée des époux. La jouissance du logement conjugal est attribuée, sauf ordonnance spécialement motivée justifiée par des circonstances particulières, au conjoint qui n'est pas l'auteur des violences, et ce même s'il a bénéficié d'un hébergement d'urgence. Dans ce cas, la prise en charge des frais afférents peut être à la charge du conjoint violent ;

4° Se prononcer sur le logement commun de partenaires liés par un pacte civil de solidarité ou de concubins. La jouissance du logement commun est attribuée, sauf ordonnance spécialement motivée justifiée par des circonstances particulières, au partenaire lié par un pacte civil de solidarité ou au concubin qui n'est pas l'auteur des violences, et ce même s'il a bénéficié d'un hébergement d'urgence. Dans ce cas, la prise en charge des frais afférents peut être à la charge du partenaire ou concubin violent ;

5° Se prononcer sur les modalités d'exercice de l'autorité parentale et, au sens de l'article 373-2-9, sur les modalités du droit de visite et d'hébergement, ainsi que, le cas échéant, sur la contribution aux charges du mariage pour les couples mariés, sur l'aide matérielle au sens de l'article 515-4 pour les partenaires d'un pacte civil de solidarité et sur la contribution à l'entretien et à l'éducation des enfants ; Lorsque l'ordonnance de protection édicte la mesure prévue au 1° du présent article, la décision de ne pas ordonner l'exercice du droit de visite dans un espace de rencontre désigné ou en présence d'un tiers de confiance est spécialement motivée ;

6° Autoriser la partie demanderesse à dissimuler son domicile ou sa résidence et à élire domicile chez l'avocat qui l'assiste ou la représente ou auprès du procureur de la République près le tribunal judiciaire pour toutes les instances civiles dans lesquelles elle est également partie. Si, pour les besoins de l'exécution d'une décision de justice, l'huissier chargé de cette exécution doit avoir connaissance de l'adresse de cette personne, celle-ci lui est communiquée, sans qu'il puisse la révéler à son mandant ;

6° *bis* Autoriser la partie demanderesse à dissimuler son domicile ou sa résidence et à élire domicile pour les besoins de la vie courante chez une personne morale qualifiée ;

7° Prononcer l'admission provisoire à l'aide juridictionnelle des deux parties ou de l'une d'elles en application du premier alinéa de l'article 20 de la loi n° 91-647 du 10 juillet 1991 relative à l'aide juridique.

Le cas échéant, le juge présente à la partie demanderesse une liste des personnes morales qualifiées susceptibles de l'accompagner pendant toute la durée de l'ordonnance de protection. Il peut, avec son accord, transmettre à la personne morale qualifiée les coordonnées de la partie demanderesse, afin qu'elle la contacte.

Lorsque le juge délivre une ordonnance de protection, il en informe sans délai le procureur de la République, auquel il signale également les violences susceptibles de mettre en danger un ou plusieurs enfants.

Art. 515-11-1 *(L. n° 2019-1480, 28 déc. 2019 ; L. n° 2020-936, 30 juill. 2020)*. **–** I. – Lorsque l'interdiction prévue au 1° de l'article 515-11 a été prononcée, le juge aux affaires familiales peut prononcer une interdiction de se rapprocher de la partie demanderesse à moins d'une certaine distance qu'il fixe et ordonner, après avoir recueilli le consentement des deux parties, le port par chacune d'elles d'un dispositif électronique mobile anti-rapprochement permettant à tout moment de signaler que la partie défenderesse ne respecte pas cette distance. En cas de refus de la partie défenderesse faisant obstacle au prononcé de cette mesure, le juge aux affaires familiales en avise immédiatement le procureur de la République.

II. – Ce dispositif fait l'objet d'un traitement de données à caractère personnel, dont les conditions et les modalités de mise en œuvre sont définies par décret en Conseil d'État.

Art. 515-12 *(L. n° 2010-769, 9 juill. 2010, en vigueur à compter du 1er oct. 2010 ; mod., L. n° 2014-873, 4 août 2014 ; modifié à compter d'une date fixée par décret en Conseil d'État, et au plus tard le 1er septembre 2020, L. n° 2019-222, 23 mars 2019)* (1). **–** Les mesures mentionnées à l'article 515-11 sont prises pour une durée maximale de six mois à compter de la notification de l'ordonnance. Elles peuvent être prolongées au-delà si, durant ce délai, une demande en divorce ou en séparation de corps a été déposée ou si le juge aux affaires familiales a été saisi d'une demande relative à l'exercice de l'autorité parentale. Le juge aux affaires familiales peut, à tout moment, à la demande du ministère public ou de l'une ou l'autre des parties, ou après avoir fait procéder à toute mesure d'instruction utile, et après avoir invité chacune d'entre elles à s'exprimer, supprimer ou modifier tout ou partie des mesures énoncées dans l'ordonnance de protection, en décider de nouvelles, accorder à la personne défenderesse une dispense temporaire d'observer certaines des obligations qui lui ont été imposées ou rapporter l'ordonnance de protection.

1) Pour un manquement aux obligations positives résultant de l'article 8 de la Convention européenne de sauvegarde des droits de l'homme et des libertés fondamentales en raison d'une enquête défaillante pour des faits, notamment, de cybersurveillance, d'accès et de sauvegarde sans droit de la correspondance électronique du conjoint dans un contexte de violence domestique (V. ▪ CEDH, 11 févr. 2020, n° 56867/15, *Buturugă c/ Roumanie* : *JurisData* n° 2020-001813 ; *RSC* 2020 p. 739, obs. J.-P. Marguénaud ; *JCP G* 2020, 242, zoom par F. Sudre).

(1) Lorsque la requête initiale a été présentée avant l'entrée en vigueur prévue par la première phrase du VII de l'article 109 de la loi n° 2019-222 du 23 mars 2019, l'action en divorce ou en séparation de corps est poursuivie et jugée conformément aux dispositions du Code civil dans leur rédaction antérieure à la même entrée en vigueur. Dans ce cas, le jugement rendu après ladite entrée en vigueur produit les effets prévus par la loi ancienne, L. n° 2019-222, 23 mars 2019.

2) Condamnation de la Bulgarie sur le double fondement de l'article 2, y compris sur son versant substantiel, et de l'article 14, pour défaut de protection de la victime d'un meurtre conjugal (■ CEDH, 22 mars 2022, n° 9077/18, *Y and others c/ Bulgarie*).

Art. 515-13 *(Mod., L. n° 2022-52, 24 janv. 2022 ; L. n° 2010-769, 9 juill. 2010, en vigueur à compter du 1er oct. 2010 ; mod., L. n° 2014-873, 4 août 2014 ; L. n° 2022-52, 24 janv. 2022)*. **–** Une ordonnance de protection peut également être délivrée en urgence par le juge à la personne majeure menacée de mariage forcé, dans les conditions fixées à l'article 515-10.

Le juge est compétent pour prendre les mesures mentionnées aux 1°, 2°, 2° *bis*, 6° et 7° de l'article 515-11. Il peut également ordonner, à sa demande, l'interdiction temporaire de sortie du territoire de la personne menacée. Cette interdiction de sortie du territoire est inscrite au fichier des personnes recherchées par le procureur de la République. L'article 515-12 est applicable aux mesures prises sur le fondement du présent article.

Voir : art. L. 425-6, L. 425-8, L. 423-5, L. 423-8, L. 423-18, L. 424-7, L. 424-16, L. 424-20 - Annexe étrangers, p. 1401.

Bibliographie : S. Jouanneau et A. Matteoli, *Les violences au sein du couple au prisme de la justice familiale. Invention et mise en œuvre de l'ordonnance de protection : Dr. et société* 2018, n° 2, p. 305-321, vol. 99. • L. Mauger-Vielpeau, *Une nouvelle réforme de l'ordonnance de protection : Dr. famille* 2020, étude 11, n° 3.

1) QPC. Refus de transmission, faute de caractère sérieux, de la question relative à la conformité de l'article 515-11 aux principes de la présomption d'innocence, des droits de la défense et de la liberté d'aller et venir. Les mesures que peut prononcer le juge aux affaires familiales ne constituant ni une peine ni une sanction ayant le caractère d'une punition mais ayant pour but d'empêcher et de prévenir des faits de violence et reposant, non sur la culpabilité du défendeur mais sur sa potentielle dangerosité, le principe de la présomption d'innocence ne trouve pas à s'appliquer. Est également dépourvu de caractère sérieux le grief fondé sur une violation des droits de la défense dès lors que le délai de six jours à compter de la fixation de la date d'audience a pour objectif d'empêcher, au cours de cette procédure diligentée dans l'urgence, un risque particulier de violence tout en octroyant au défendeur les moyens de préparer utilement sa défense, et que le juge saisi doit s'assurer à l'audience que le défendeur a disposé du temps suffisant pour présenter sa défense. L'atteinte à la liberté d'aller et venir qui peut résulter de l'interdiction du défendeur de se rendre dans certains lieux spécialement désignés n'est pas, enfin, disproportionnée au regard de l'objectif poursuivi de lutte contre les violences conjugales et de sa limitation dans le temps et dans l'espace (■ Cass. 1re civ., 16 sept. 2021, n° 21-40.012 : *JurisData* n° 2021-014910 ; *Dr. famille* 2021, comm. 163, L. Mauger-Vielpeau).

2) Applications. Rejet du pourvoi contre la décision ayant délivré une ordonnance de protection après avoir souverainement apprécié les éléments issus de dépôts de plainte et des certificats médicaux, et ainsi estimé qu'existaient des raisons sérieuses de considérer comme vraisemblables la commission des faits de violence allégués et le danger auquel la victime ou un ou plusieurs enfants sont exposés (■ Cass. 1re civ., 10 févr. 2021, n° 19-22.793 : *JurisData* n° 2021-001629 ; *JCP not.* 2021, act. 273).

Section III. – Des atteintes à l'exercice de l'autorité parentale

Art. 227-5. – Le fait de refuser indûment de représenter un enfant mineur à la personne qui a le droit de le réclamer est puni d'un an d'emprisonnement et de 15 000 € d'amende.

Bibliographie : *JCl. Pénal Code, Atteintes à l'exercice de l'autorité parentale* par P. Bonfils et L. Grégoire.

1) QPC. Refus de transmission QPC, faute de caractère sérieux de la question soulevée, l'incrimination de la non-représentation d'enfant sanctionnant le non-respect d'une décision d'un juge aux affaires familiales qui préserve l'intérêt de l'enfant et l'équilibre familial, la peine encourue n'étant pas manifestement disproportionnée au regard des impératifs de maintien des liens parentaux, et la charge de la preuve pesant sur le parent invoquant la résistance de l'enfant comme cause d'exonération étant légitime dès lors que chaque parent doit faciliter l'exercice des droits de l'autre parent sans instrumentalisation de l'enfant (■ Cass. crim., 27 nov. 2019, n° 19-83.357 : *Gaz. Pal.* 4 févr. 2020, p. 54, obs. E. Dreyer).

2) Décision judiciaire exécutoire. Il faut qu'une décision judiciaire claire vienne préciser, notamment, les modalités du droit de visite et de la remise de l'enfant, les juges répressifs ne pouvant ni ajouter ni retrancher aux termes de la décision (▪ Cass. crim., 14 avr. 1999 ; *Bull. crim.* n° 85 ; *Dr. pén.* 1999, comm. 111, obs. M. Véron ; *D.* 2000, somm. p. 37, obs. Y. Mayaud. ▪ Cass. crim., 8 sept. 1999 : *Dr. pén.* 2000, comm. 14, obs. M. Véron). *Adde*, ▪ Aix-en-Provence : 17 avr. 2002 : *Dr. pén.* 2002, comm. 122, obs. M. Véron ; (en l'espèce, la prévenue a été relaxée car la décision de justice n'avait pas précisé les « week-ends » auxquels le père avait droit).

– Le délit de non-représentation d'enfant défini par l'article 227-5 du Code pénal suppose, pour être caractérisé en ses éléments constitutifs, qu'à la date des faits retenus par la prévention la décision ayant statué sur la résidence du mineur ait été exécutoire. C'est à bon droit qu'une cour d'appel déclare le prévenu coupable de ce délit, la décision du juge aux affaires familiales fixant la résidence du mineur au domicile de la mère à la date des faits, ayant été exécutoire, alors même que le juge a ultérieurement fixé cette résidence, de manière rétroactive, à son domicile, à partir d'une date antérieure à celle retenue par la prévention (▪ Cass. crim., 14 mars 2012, n° 11-85.421 : *Bull. crim.* n° 74).

– Dès lors qu'à la date des faits la décision statuant sur la garde était exécutoire, la réformation ultérieure de cette décision ne saurait faire disparaître le délit commis (▪ Cass. crim., 29 nov. 1982 : *Bull. crim.* n° 270).

– Pour le cas de pluralité d'enfants, V. ▪ Cass. crim., 13 févr. 1962 : *Bull. crim.* n° 91. ▪ Cass. crim., 21 févr. 1967 : *Bull. crim.* n° 74.

3) Imputation. Sera seule poursuivie la personne tenue par la décision judiciaire de représenter l'enfant, et non une autre personne qui, chargée occasionnellement du mineur, aurait négligé de respecter la décision (▪ Cass. crim., 7 déc. 1972 : *D.* 1973, p. 172 ; *RSC* 1973, p. 695, obs. Levasseur).

I – ÉLÉMENT MATÉRIEL

4) Comportement punissable. Il est constitué par le fait de refuser de remettre ou de restituer un enfant mineur à la personne qui en a la garde (▪ Cass. crim., 4 mai 1961 : *Bull. crim.* n° 238. ▪ Cass. crim., 8 févr. 1966 : *Bull. crim.* n° 36), judiciairement ou légalement selon les dispositions nouvelles.

– Caractérise le délit le fait, par la prévenue, d'user d'un stratagème pour parvenir à soustraire le mineur au titulaire du droit de visite en faisant croire à celui-ci que sa fille était malade et le dissuadant ainsi d'aller la chercher (▪ Cass. crim., 18 déc. 2002 : *Bull. crim.* n° 237 ; *D.* 2003, jur. comm., p. 1062, note Y. Mayaud).

5) Abstention. La non-représentation peut consister en une abstention pure et simple, consistant à ne pas présenter l'enfant à celui qui a le droit de le réclamer : tel est le cas de l'individu qui produit un certificat médical de complaisance attestant que l'enfant souffrant ne peut quitter le parent qui en a la garde (▪ Cass. crim., 28 nov. 1973 : *Bull. crim.* n° 444 ; *RSC* 1974, p. 367, obs. Levasseur).

6) Refus du mineur. Lorsque c'est le mineur qui refuse d'être remis à la personne le réclamant, le gardien de l'enfant ne saurait s'abriter derrière cette attitude pour échapper à toute responsabilité pénale, car il doit user de son influence sur le mineur pour que soit respectée la décision judiciaire (▪ Cass. crim., 29 avr. 1976 : *JCP* 1976, II, 18505, note Vitu ; *RSC* 1976, p. 967, obs. Levasseur. ▪ Cass. crim., 27 oct. 1993 : *Dr. pén.* 1994, n° 61).

– En effet, la résistance d'un mineur à l'égard de celui qui le réclame ne saurait, à moins de circonstances exceptionnelles, constituer pour celui qui a l'obligation de le représenter, ni une excuse légale ni un fait justificatif (▪ Cass. crim., 17 juin 1992 : *Bull. crim.* n° 245).

– Mais il en va autrement lorsque l'intéressé a en vain usé de son autorité et que seules des circonstances exceptionnelles, expressément constatées, l'ont empêché d'exécuter son obligation, ce qui est par exemple le cas lorsque l'attitude antérieure du demandeur a gravement perturbé les enfants et que la perspective d'un nouvel exercice du droit de visite soit de nature à mettre en péril leur santé (▪ Cass. crim., 29 avr. 1976 : *Bull. crim.* n° 132 ; *JCP* 1976, II, 18505, note Vitu. ▪ Cass. crim., 15 déc. 1976 : *Bull. crim.* n° 368 ; *RSC* 1977, p. 339, obs. Levasseur. ▪ Cass. crim., 15 juin 1994 : *Gaz. Pal.* 1994, n° 336).

– La vie nomade du père et l'exercice peu fréquent de son droit de visite ne constituent pas des circonstances exceptionnelles justifiant la résistance du mineur (▪ Bordeaux, 15 févr. 1989 : *Juris-Data* n° 1989-042657) ; tout comme l'opposition de l'enfant orchestrée par sa mère (▪ Cass. crim., 13 avr. 1988 : *D.* 1989, 461, note J.-F. Renucci ; *RSC* 1990, p. 343, obs. Levasseur).

– La jurisprudence retient aussi parfois pour exonérer le prévenu de toute responsabilité le développement physique et intellectuel du mineur qui peut alors le rendre rebelle à toute injonction (▪ Cass. crim., 14 mars 1972 : *JCP* 1973, II, 17405, note M. A. ; *RSC* 1974, p. 103, obs. Levasseur).

7) Refus indu et refus justifié. Le refus délibéré ou indu comme étant notamment contraire à une décision de justice, caractérise l'élément intentionnel du délit de non-représentation d'enfant tant au regard de l'article 357 ancien que de l'article 227-5 nouveau du Code pénal. Commet dès lors cette infraction, le père qui, au mépris d'un jugement civil ayant statué sur la garde des enfants, refuse de les ramener à leur mère à l'issue de son droit de visite et d'hébergement, en l'absence de tout état de nécessité, aucun danger ne menaçant leur personne ou leur santé (■ Cass. crim., 3 sept. 1996 : *Bull. crim.* n° 311 ; *RSC* 1997, p. 104, obs. Y. Mayaud), ou l'opposition absolue de la prévenue à tout exercice du droit de visite dans les conditions fixées par le juge, exclusives d'un danger actuel ou imminent pour le mineur, en l'état de simples soupçons d'atteintes sexuelles pesant sur le père (■ Cass. crim., 2 sept. 2004 : *Dr. pén.* 2004, comm. 172, obs. M. Véron). Mais le refus est justifié si le mineur court le risque sérieux de subir de mauvais traitements de la part de celui qui le réclame (■ Cass. crim., 15 déc. 1976 : *Bull. crim.* n° 368).

8) Perte d'autorité parentale. Justifie sa décision, la cour d'appel qui relaxe la mère d'un enfant mineur qui ne représente pas ce dernier à son père, dès lors que celui-ci a perdu l'exercice de l'autorité parentale sur cet enfant à la suite d'une condamnation pour abandon de famille (■ Cass. crim., 4 déc. 1984 : *Bull. crim.* n° 385).

– Mais l'infraction serait constituée si le bénéficiaire du droit de réclamer l'enfant justifie de ce qu'il a assumé durant 6 mois au moins ses obligations et recouvré de plein droit les attributs de l'autorité parentale, conformément aux termes de l'article 373, 3° du Code civil, quand bien même il subsisterait, dans le montant de la dette, un arriéré (■ Cass. crim., 29 sept. 1993 : *Bull. crim.* n° 273 ; *RSC* 1994, p. 555, obs. Levasseur. ■ Cass. crim., 26 mai 1999 : *Dr. pén.* 1999, comm. 149, obs. M. Véron).

9) Autres applications. Est coupable la mère qui refuse au père l'exercice du droit de visite et d'hébergement en ajoutant à l'ordonnance de non-conciliation qui l'organise, des restrictions qu'elle ne contenait pas (■ Cass. crim., 8 sept. 1999 : *JurisData* n° 1999-003447 ; *Dr. pén.* 2000, comm. 14, obs. M. Véron). Commet le délit le directeur départemental des affaires sanitaires et sociales qui, au mépris d'une ordonnance du juge des enfants, refuse à des parents nourriciers, tout droit de visite sur des mineurs pupilles de l'État (■ Cass. crim., 3 juill. 1984 : *Bull. crim.* n° 254 ; *RSC* 1985, p. 301, obs. Levasseur). Commet encore le délit le père qui retient un enfant pendant l'ensemble des vacances scolaires à son domicile, alors que son droit de visite est accordé pour la moitié de ces périodes seulement, même si le but d'un tel agissement est de compenser les périodes où les droits légaux du père n'ont pu être exercés en raison de la mauvaise volonté de la mère gardienne (■ CA Aix-en-Provence, 18 janv. 1989 : *JurisData* n° 1989-041515).

II – ÉLÉMENT MORAL

10) Connaissance de la décision judiciaire. La preuve de la connaissance chez le prévenu de la décision de justice exécutoire résulte de la notification de la décision (■ Cass. crim., 5 mars 1980 : *Bull. crim.* n° 80).

– Caractérise en tous ses éléments constitutifs le délit de non-représentation d'enfant au mépris d'une ordonnance du juge aux affaires familiales statuant sur l'exercice de l'autorité parentale, la cour d'appel qui relève que la prévenue a eu connaissance de cette décision, exécutoire par provision (■ Cass. crim., 23 juin 1999 : *Bull. crim.* n° 155).

11) Faute intentionnelle. L'élément intentionnel du délit de non-représentation d'enfant est caractérisé par le refus délibéré de remettre l'enfant à la personne qui a le droit de le réclamer, en l'espèce la volonté de se soustraire à l'exécution d'une décision de justice, quel que soit le mobile qui guide cette attitude (■ Cass. crim., 13 févr. 1962 : *Bull. crim.* n° 91 ; *RSC* 1962, p. 755, obs. Hugueney. ■ Cass. crim., 21 févr. 1967 : *Bull. crim.* n° 74).

– Mais est justifiée la relaxe de la mère qui a refusé de remettre les enfants à la sœur de son ex-mari, le droit de visite et d'hébergement ayant été accordé personnellement au père (■ Cass. crim., 18 juin 1985, inédit). Ou encore, le fait pour la mère, titulaire d'un droit d'hébergement pendant les vacances, de ne pas avoir restitué les enfants au père gardien, au jour prévu ne suffit pas à caractériser le délit de non-représentation d'enfant lorsque le père n'a fait aucune réclamation ni sommation et que la mère n'a pas manifesté son intention de ne pas se conformer aux dispositions judiciaires (■ Pau, 15 déc. 1987 : *JurisData* n° 1987-047282).

– Il a été jugé qu'il n'y a pas délit si la mère gardienne, en raison d'obligations professionnelles, a transféré son domicile en Guadeloupe, alors qu'elle ne s'est pas soustraite volontairement à l'exécution de la décision de justice fixant le droit de visite (■ Reims, 14 avr. 1972 : *D.* 1972, 432 ; *RSC* 1973, p. 124, obs. Levasseur).

– Encourt la cassation l'arrêt qui déclare une prévenue coupable du délit de non-représentation d'enfant, sans rechercher si le père des enfants la prévenait du nom du tiers présent lors de l'exercice de son droit de visite alors que l'ordonnance du juge aux affaires familiales accordant au père des enfants un droit de visite simple sans hébergement, en présence constante d'un tiers digne de confiance choisi par lui, prévoyait qu'il devait l'informer à l'avance du nom du tiers choisi (■ Cass. crim., 3 oct. 2012, n° 12-80.569 : *Bull. crim.* n° 212 ; *Dr. pén.* 2012, comm. 158, obs. M. Véron).

III – RÉPRESSION

12) Lieu du délit. Le délit prévu par l'article 357 du Code pénal [ancien] est commis au lieu où doit être accomplie la remise du mineur, conformément aux dispositions de la décision de justice dont l'exécution doit être assurée. Il s'agit dans les hypothèses où cette décision l'exige, du lieu spécifique désigné expressément par la juridiction civile, et non du domicile de la personne ayant le droit de réclamer l'enfant (■ Cass. crim., 4 janv. 1990 : *Bull. crim.* n° 8 ; *RSC* 1990, p. 788, obs. Levasseur) ; mais en l'absence de désignation expresse du lieu spécifique où doit être accomplie la remise du mineur, par la décision de justice accordant le droit de visite, le délit de non-représentation d'enfant est commis au lieu du domicile de la personne ayant le droit de réclamer l'enfant, les dispositions prises par les parties à cet égard n'ayant aucune incidence (■ Cass. crim., 24 juin 1992 : *Bull. crim.* n° 260. ■ Cass. crim., 14 avr. 1999 : *Bull. crim.* n° 85).

– En l'absence de communication par la prévenue à la partie civile du lieu de son domicile en vue de l'exercice par cette dernière de son droit de visite et d'hébergement, le délit de l'article 227-5 du Code pénal est commis au lieu du domicile de la personne ayant le droit de réclamer l'enfant (■ Cass. crim., 23 juin 2010 : *Dr. pén.* 2010, comm. 129, obs. A. Maron).

13) Moment des faits. C'est à la date de la citation qu'il convient d'apprécier si l'individu poursuivi pour non-représentation d'enfant a persévéré dans son attitude de refuser de représenter cet enfant à la personne investie du droit de garde (■ Cass. crim., 29 nov. 1982 : *Bull. crim.* n° 270).

14) Poursuites. Il n'est pas nécessaire que la citation qui informe le prévenu des faits de non-représentation d'enfant relevés contre lui et réprimés par l'article 227-5 du Code pénal précise la nature du droit qui l'oblige à représenter l'enfant (■ Cass. crim., 13 mars 1996 : *Bull. crim.* n° 114 ; *RSC* 1997, p. 103, note Y. Mayaud).

15) Délit privé (non). Les poursuites n'étant pas subordonnées au dépôt d'une plainte préalable par la victime, le retrait par celle-ci de sa plainte n'arrête pas le cours de la procédure (■ Cass. crim., 29 avr. 1976 : *JCP* 1976, II, 18505, note Vitu ; *RSC* 1976, p. 967, obs. Levasseur. ■ Cass. crim., 23 juin 2010 : *Dr. pén.* 2010, comm. 129, obs. A. Maron).

16) Immunité familiale (non). L'absence d'immunité familiale en matière de non-représentation d'enfant n'est pas contraire au principe constitutionnel d'égalité devant la loi (■ Cass. crim., 12 déc. 2018, n° 18-90.027 QPC : *JurisData* n° 2018-024537 ; *Dr. pén.* 2019, comm. 25, obs. Ph. Conte).

17) Répétition. La désobéissance à une décision de justice statuant sur la garde d'un mineur constitue une infraction successive, qui se renouvelle chaque jour, ou du moins chaque fois qu'à une nouvelle mise en demeure l'intéressé répond négativement (■ Cass. crim., 14 févr. 1957 : *Bull. crim.* n° 251).

18) Obligations du sursis probatoire. Les décisions statuant sur le droit de visite et d'hébergement de l'un des parents entrent dans les prévisions de l'article 132-45,17° du Code pénal, de sorte que la condamnation assortie d'un sursis probatoire peut imposer l'obligation de remettre l'enfant entre les mains du père, dont le droit de visite accordé par l'ordonnance de non-conciliation n'avait pas été respecté par la mère (■ Cass. crim., 23 mars 2022, n° 21-80.885).

19) Jugé antérieurement, dans le cadre d'un sursis avec mise à l'épreuve, que l'obligation faite à la prévenue, condamnée pour non-représentation d'enfant, à une peine d'emprisonnement assortie de sursis avec mise à l'épreuve de se conformer aux décisions de justice réglant les modalités d'exercice de l'autorité parentale n'entre pas dans les prévisions limitatives énumérées par l'article 132-45 du Code pénal (■ Cass. crim., 23 juin 1999 : *Bull. crim.* n° 155).

Art. 227-6 ***(L. n° 2016-1547, 18 nov. 2016).*** **– Le fait, pour une personne qui transfère son domicile en un autre lieu, alors que ses enfants résident habituellement chez elle, de ne pas notifier son changement de domicile, dans un délai d'un mois a compter de ce changement, à ceux qui peuvent exercer à l'égard des enfants un droit de visite ou d'hébergement en vertu d'un jugement, d'une convention judiciairement homologuée ou d'une convention prévue à l'article 229-1 du Code civil, est puni de six mois d'emprisonnement et de 7 500 euros d'amende.**

1) Infraction intentionnelle. Lorsqu'en l'état de ses constatations souveraines d'où il résulte que la prévenue, qui a respecté les obligations nées de la convention entre elle et son ex-époux, n'a pas eu l'intention de faire échec au droit de visite de celui-ci, la cour d'appel justifie sa décision de la relaxer du chef d'infraction à l'article 356-1 du Code pénal (■ Cass. crim., 20 févr. 1991 : *Bull. crim.* n° 87).

2) Lieu du délit. Le délit de défaut de notification de changement de domicile, prévu par l'article 227-6 du Code pénal, est commis au lieu du domicile de la personne qui peut exercer un droit de visite ou d'hébergement à l'égard de l'enfant (■ Cass. crim., 21 janv. 2004 : *Bull. crim.* n° 17 ; *Dr. pén.* 2004, comm. 81, obs. M. Véron).

Art. 227-7 ***(Mod., Ord. n° 2005-759, 4 juill. 2005).*** **– Le fait, par tout ascendant de soustraire un enfant mineur des mains de ceux qui exercent l'autorité parentale ou auxquels il a été confié ou chez qui il a sa résidence habituelle, est puni d'un an d'emprisonnement et de 15 000 € d'amende.**

1) Circonstances de la soustraction. Les dispositions de l'article 227-7 du Code pénal n'imposent pas que le mineur ait été soustrait des seules mains du titulaire de l'autorité parentale (■ Cass. crim., 16 févr. 2005 : *JurisData* n° 2005-027765 ; *Dr. pén.* 2005, comm. 87, obs. M. Véron).

2) Immunité familiale (non). L'absence d'immunité familiale en matière de soustraction de mineur n'est pas contraire au principe constitutionnel d'égalité devant la loi (■ Cass. crim., 12 déc. 2018, n° 18-90.027 QPC : *JurisData* n° 2018-024537 ; *Dr. pén.* 2019, comm. 28, obs. Ph. Conte).

Art. 227-8. – Le fait, par une personne autre que celles mentionnées à l'article 227-7 de soustraire, sans fraude ni violence, un enfant mineur des mains de ceux qui exercent l'autorité parentale ou auxquels il a été confié ou chez qui il a sa résidence habituelle, est puni de cinq ans d'emprisonnement et de 75 000 € d'amende.

1) Consentement du mineur (indifférent). Pour que l'infraction soit constituée, il suffit que le mineur ait été sciemment et volontairement entraîné et déplacé par un tiers pendant un certain temps, quand bien même il y aurait consenti et sans même qu'il y ait lieu d'avoir égard à la circonstance que le mineur a abandonné de son plein gré le domicile qui était normalement le sien (■ Cass. crim., 24 juill. 1957 : *D.* 1958, 288, note M. R. M. P. ; *S.* 1958, 1, note Hugueney. ■ 21 mai 1980, inédit).

2) Soustraction sans fraude ni violence (indifférent). L'article 356 [ancien Code pénal] frappe d'une façon générale aussi bien celui qui, sans fraude ni violence, enlève un mineur de 18 ans, que celui qui, dans les mêmes conditions, le détourne notamment en ne le représentant pas à ceux qui tiennent de la loi le droit de le réclamer ou de le garder (■ Cass. crim., 13 mai 1953 : *D.* 1954, 673, rapp. Patin et note R. Vouin ; *JCP* 1953, II, 7729, note A. Chavanne ; *RSC* 1953, p. 669, obs. Hugueney).

3) Notion de soustraction : durée. Ne constitue pas un détournement au sens du texte le fait pour un individu, poursuivant de ses assiduités une jeune fille, de l'avoir emmenée faire une promenade en automobile pour avoir des rapports sexuels avec elle, alors que cette promenade ne s'était pas prolongée plus longtemps qu'il a été nécessaire pour que les rapports sexuels aient eu lieu (■ Cass. crim., 3 févr. 1972 : *Bull. crim.* n° 45 ; *RSC* 1972, p. 882, obs. Levasseur).

4) Associations agréées. Est justifiée la condamnation de deux responsables d'une association agréée ayant procédé au placement des mineurs qui, invoquant la qualité de tuteur qu'un conseil de famille avait attribuée à cette association, avaient réussi à se faire remettre les mineurs par la directrice de l'école qu'ils fréquentaient et ont depuis toujours refusé de révéler le lieu où se trouvaient les enfants au mépris des décisions qui leur en faisaient l'obligation (■ Cass. crim., 18 nov. 1980 : *Bull. crim.* n° 303 ; *RSC*, 1981, p. 873, obs. Levasseur).

– Commet le délit de détournement de mineur le président d'une association agréée pour le placement familial et l'adoption d'orphelins qui, contrevenant aux dispositions des articles 348-3 et 351 du Code civil, place illégalement un enfant à l'étranger en vue de l'adoption et n'est plus, dès lors, en mesure de le rendre à ses parents qui le réclament (■ Cass. crim., 24 mai 1982 : *Bull. crim.* n° 133 ; *JCP* 1983, II, 20033, note Vitu ; *RSC* 1983, p. 270, obs. Levasseur).

5) Erreur sur l'âge de la victime. L'erreur sur l'âge de la victime est admise en jurisprudence : ■ Cass. crim., 6 nov. 1963 : *D.* 1965, 323, note R. Vouin ; *JCP* 1964, II, 13463, note J. Larguier ; *RSC* 1964, p. 375, obs. Hugueney.

6) Répétition. Le délit de détournement d'enfant, qui consiste dans le refus persistant d'obtempérer à la décision de justice de représenter l'enfant à ceux qui ont le droit de le réclamer, se renouvelle chaque fois que son auteur démontre par son comportement sa volonté de persévérer dans son attitude (■ Cass. crim., 30 juin 1981 : *Bull. crim.* n° 223).

7) Délit continu. Ce délit présente le caractère d'un délit continu qui se poursuit aussi longtemps que son auteur persévère dans sa volonté de porter atteinte à l'exercice de l'autorité parentale (■ Cass. crim., 23 févr. 2000 : *Bull. crim.* n° 83 ; *RSC* 2000, p. 608, obs. Y. Mayaud).

Art. 227-9 ***(Mod., L. n° 2002-304, 4 mars 2002).*** **– Les faits définis par les articles 227-5 et 227-7 sont punis de trois ans d'emprisonnement et de 45 000 € d'amende :**

1° Si l'enfant mineur est retenu au-delà de cinq jours sans que ceux qui ont le droit de réclamer qu'il leur soit représenté sachent où il se trouve ;

2° Si l'enfant mineur est retenu indûment hors du territoire de la République.

Art. 227-10. – Si la personne coupable des faits définis par les articles 227-5 et 227-7 a été déchue de l'autorité parentale ***(Mots aj., L. n° 2019-1480, 28 déc. 2019)*** (1) **« ou a fait l'objet d'une décision de**

(1) Dispositions applicables à Wallis-et-Futuna, L. n° 2019-1480, 28 déc. 2019.

retrait de l'exercice de cette autorité », ces faits sont punis de trois ans d'emprisonnement et de 45 000 € d'amende.

Art. 227-11. – **La tentative des infractions prévues aux articles 227-7 et 227-8 est punie des mêmes peines.**

Section IV. – Des atteintes à la filiation

Art. 227-12 *(Mod., L. n° 94-653, 29 juill. 1994).* – **Le fait de provoquer soit dans un but lucratif, soit par don, promesse, menace ou abus d'autorité, les parents ou l'un d'entre eux à abandonner un enfant né ou à naître est puni de six mois d'emprisonnement et de 7 500 € d'amende.**

Le fait, dans un but lucratif, de s'entremettre entre une personne désireuse d'adopter un enfant et un parent désireux d'abandonner son enfant né ou à naître est puni d'un an d'emprisonnement et de 15 000 € d'amende.

Est puni des peines prévues au deuxième alinéa le fait de s'entremettre entre une personne ou un couple désireux d'accueillir un enfant et une femme acceptant de porter en elle cet enfant en vue de le leur remettre. Lorsque ces faits ont été commis à titre habituel ou dans un but lucratif, les peines sont portées au double.

La tentative des infractions prévues par les deuxième et troisième alinéas du présent article est punie des mêmes peines.

Bibliographie : *JCl. Pénal Code, Atteintes à la filiation* par Ph. Bonfils et L. Grégoire. Sur le contrat de substitution de mère. • Ch. Atias : *D.* 1986, chron. 67.

1) Gestation pour autrui : jurisprudence judiciaire. Il se déduit de l'article 8 de la Convention européenne qu'au regard de l'intérêt de l'enfant, la circonstance que la naissance d'un enfant à l'étranger ait pour origine une convention de gestation pour autrui ne peut, à elle seule, faire obstacle à la transcription de l'acte de naissance établi par les autorités de l'État étranger en ce qui concerne le père biologique de l'enfant, ni à la reconnaissance du lien de filiation à l'égard de la mère d'intention mentionnée dans l'acte étranger (▪ Cass. ass. plén., 4 oct. 2019, n° 10-19.053. — V. ég. not. ▪ Cass. 1re civ., 18 déc. 2019, nos 18-12.327 et 18-11.815 ; à la suite de ▪ CEDH, gr. ch., avis consultatif, n° P16-2018-001).

2) Antérieurement. La convention par laquelle une femme s'engage, fût-ce à titre gratuit, à concevoir et à porter un enfant pour l'abandonner à sa naissance contrevient tant au principe d'ordre public de l'indisponibilité du corps humain qu'à celui de l'indisponibilité de l'état des personnes (▪ Cass. ass. plén., 31 mai 1991 : *D.* 1991, 417, rapp. Y. Chartier, note D. Thouvenin ; *ibid.* somm. 318, obs. J.-L. Aubert ; *D.* 1992, somm. 59, obs. F. Dekeuwer-Défossez ; *JCP* G 1991, II, 21752, comm. J. Bernard, concl. H. Dontenwille, note F. Terré ; *JCP* G 1992, I, 3547, obs. J. Rubellin-Devichi ; *RTD civ.* 1991, p. 517, obs. D. Huet-Weiller).

3) Gestation pour autrui : jurisprudence administrative. Les pratiques selon lesquelles une femme accepte de concevoir un enfant par insémination artificielle en vue de céder, dès sa naissance, l'enfant qu'elle aura ainsi conçu, porté et mis au monde, à une autre femme ou à un couple, comportent nécessairement un acte, quelle qu'en soit la forme, au terme duquel l'un des parents s'engage à abandonner un enfant à naître, comportement réprimé par l'article 353-1, 2° du Code pénal [ancien] ; ont en conséquence un objet illicite les associations de mères dites porteuses ou de substitution (▪ CE, 22 janv. 1988 : *D.* 1988, IR p. 45 ; *AJDA* 1988, 151, note M. Azibert et M. de Boisdeffre).

Art. 227-13. – **La substitution volontaire, la simulation ou dissimulation ayant entraîné une atteinte à l'état civil d'un enfant est punie de trois ans d'emprisonnement et de 45 000 € d'amende.**

La tentative est punie des mêmes peines.

1) Notion d'atteinte à l'état civil. La loi n'ayant pas donné de précision, en l'absence de limite fixée par le code, l'infraction prévue par l'article 345, alinéa 1 [ancien Code pénal] est réalisée chaque fois qu'elle concerne un enfant trop jeune pour conserver mémoire de son état civil exact (▪ Cass. crim., 4 mars 1875 : *S.* 1875, 1, 433, note Villey).

– Lorsqu'un enlèvement a lieu, mais sans que les preuves de la filiation soient détruites, l'article 345 est inapplicable (▪ Cass. crim., 3 juin 1955 : *D.* 1955, 521, rapp. Patin).

2) Ancien et nouveau Code pénal. Les délits de simulation et de dissimulation d'enfant, prévus par l'article 227-13 constituent les deux aspects des faits de supposition d'enfant, qualifiés par l'article 345 ancien. La supposition, qui consistait à attribuer la maternité d'un enfant à une femme qui n'avait pas accouché, impliquait tant la simulation de la naissance par la mère fictive que la dissimulation de la maternité de la mère réelle (■ Cass. crim., 12 janv. 2000 : *Bull. crim.* n° 21 ; *Dr. pén.* 2000,comm. 84, obs. M. Véron).

3) Infractions clandestines. Ces délits constituent des infractions clandestines par nature à l'égard desquelles le délai de prescription ne commence à courir que du jour où elles sont apparues et ont pu être constatées dans des conditions permettant l'exercice de l'action publique (■ Cass. crim., 23 juin 2004 : *Bull. crim.* n° 173 ; *Dr. pén.* 2004, comm. 143, obs. M. Véron ; *RSC* 2004, p. 883, obs. Y. Mayaud).

Sauf dans les cas où la loi en dispose autrement, la minorité de l'enfant victime d'un délit ne constitue pas un obstacle de droit ayant pour effet de suspendre le cours de la prescription (même arrêt).

Code civil

Art. 16-7 *(L. n° 94-653, 29 juill. 1994)*. – Toute convention portant sur la procréation ou la gestation pour le compte d'autrui est nulle.

Art. 16-9. – Les dispositions du présent chapitre sont d'ordre public.

Art. 227-14 ***(Mod., L. n° 2009-526, 12 mai 2009)*. – Les personnes morales déclarées responsables pénalement, dans les conditions prévues par l'article 121-2, des infractions définies à la présente section encourent, outre l'amende suivant les modalités prévues par l'article 131-38, les peines prévues par les 1° à 3°, 8° et 9° de l'article 131-39.**

Section V. – De la mise en péril des mineurs

§ 1. – De la mise en péril de la santé et de la moralité des mineurs

(Intitulé créé, L. n° 2021-478, 21 avr. 2021)

Art. 227-15 ***(Mod., L. n° 2003-239, 18 mars 2003 ; Ord. n° 2005-759, 4 juill. 2005)*. – Le fait, par un ascendant ou toute autre personne exerçant à son égard l'autorité parentale ou ayant autorité sur un mineur de quinze ans, de priver celui-ci d'aliments ou de soins au point de compromettre sa santé est puni de sept ans d'emprisonnement et de 100 000 € d'amende.**

Constitue notamment une privation de soins le fait de maintenir un enfant de moins de six ans sur la voie publique ou dans un espace affecté au transport collectif de voyageurs, dans le but de solliciter la générosité des passants.

Bibliographie : *JCl. Pénal Code, Privation d'aliments ou de soins envers un mineur* par F. Alt-Maes.

Art. 227-16. – L'infraction définie à l'article précédent est punie de trente ans de réclusion criminelle lorsqu'elle a entraîné la mort de la victime.

1) Illustration. Doit être cassé l'arrêt d'une chambre d'accusation qui, pour retenir à l'encontre de l'inculpée une privation de soins par mère légitime à enfant de moins de 15 ans, énonce que par sa volonté délibérée de dissimuler pendant plusieurs mois les violences du père à l'égard de l'enfant, par sa passivité lors de la scène ultime dont elle avait compris la gravité, l'inculpée qui pourtant redoutait le pire... s'est rendue l'auteur d'un défaut de soins directement en rapport avec la mort de l'enfant. Les juges ne peuvent sans se contredire énoncer que la mort de l'enfant résultait de coups portés par le père et retenir en même temps à la charge de la mère le crime de privation de soins ayant entraîné la mort (■ Cass. crim., 8 oct. 1986, inédit).

2) Mendicité (227-15, al. 1). Justifie sa décision la cour d'appel qui, pour relaxer la prévenue qui était poursuivie sur le fondement de l'article 227-15 du Code pénal pour avoir maintenu son fils âgé de moins de 6 ans sur la voie publique, afin de solliciter la générosité des passants, apprécie souverainement que la santé de l'enfant n'a pas été compromise (■ Cass. crim., 12 oct. 2005 : *Bull. crim.* n° 259 ; *Dr. pén.* 2006, comm. 6, obs. M. Véron ; *Gaz. Pal.* 30 oct.- 3 nov. 2005, p. 10, concl. D. Commaret ; *JCP* G 2006, II, 10022, note J. Leblois-Happe ; *D.* 2006, jur., p. 2446, note J.-Y. Maréchal).

3) Question à la cour d'assises. Il résulte des dispositions de l'article 312 du Code pénal qu'en matière de privations de soins et d'aliments, la qualité de père, mère ou de personne ayant autorité ou chargée de la garde de l'enfant, d'une part, et la minorité de 15 ans de celui-ci, d'autre part, sont des éléments constitutifs de l'infraction. Par contre la mort survenue à la suite de ces privations sans que l'auteur ait eu l'intention de la donner est une circonstance aggravante. En conséquence, n'est pas entachée de complexité prohibée la question principale de privations de soins et d'aliments qui réunit en une formule unique la qualité de la personne ayant autorité sur la victime et la minorité de 15 ans de celle-ci (■ Cass. crim., 17 déc. 1986 : *Bull. crim.* n° 375 ; *RSC* 1987, p. 692, obs. Levasseur).

Art. 227-17 *(Mod., L. n° 2002-1138, 9 sept. 2002 ; Ord. n° 2005-759, 4 juill. 2005).* **– Le fait, par le père ou la mère de se soustraire, sans motif légitime, à ses obligations légales au point de compromettre la santé, la sécurité, la moralité ou l'éducation de son enfant mineur est puni de deux ans d'emprisonnement et de 30 000 € d'amende.**

L'infraction prévue par le présent article est assimilée à un abandon de famille pour l'application du 3° de l'article 373 du Code civil.

Bibliographie : *JCl. Pénal Code, Soustraction d'un parent à ses obligations légales* par P. Pedron.

1) Vaccination obligatoire : QPC. La chambre criminelle (■ Cass. crim., 13 janv. 2015, n° 14-90.044 : *Dr. pén.* 2015, comm. 34, obs. M. Véron) a décidé de renvoyer au Conseil constitutionnel une QPC concernant notamment l'article 227-17 au motif que la question posée présente un caractère sérieux en ce qu'elle implique de déterminer si la protection individuelle et collective de la santé justifie de rendre obligatoires certaines vaccinations de mineurs, sauf contre-indication médicalement reconnue, et de poursuivre les titulaires de l'autorité parentale qui s'opposent à leur réalisation comme étant dangereuse pour leurs enfants.

Mais, par décision du 20 mars 2015, le Conseil constitutionnel a décidé que l'article 227-17 ne réprime pas spécifiquement le manquement à l'obligation de vaccination et que la QPC portait uniquement sur les articles L. 3111-1 à L. 3111-3 du Code de la santé publique (■ Cass. crim., 20 mars 2015, n° 2015-458 QPC : *Dr. pén.* 2015, comm. 83, obs. M. Véron).

2) Élément matériel : résultat. Le délit prévu et réprimé tant par l'article 357-1, 3° du Code pénal alors applicable que par l'article 227-17 du Code pénal entré en vigueur le 1er mars 1994, s'il exige que le manque de direction reproché à des parents ait gravement compromis la santé, la moralité, la sécurité ou l'éducation de leur enfant mineur, n'impose pas qu'il en soit résulté, pour celui-ci, un dommage ou une atteinte irréversible (■ Cass. crim., 11 juill. 1994 : *Bull. crim.* n° 269 ; *JCP* G 1995, II, 22441, note F. Eudier ; *Dr. pén.* 1994, comm. 259, obs. M. Véron).

– En retenant, notamment, au vu du rapport de l'enquête éducative et d'une attestation scolaire qu'un enfant ne présente aucun trouble physique ou psychique et qu'il est socialement bien intégré, justifie sa décision la cour d'appel qui, pour relaxer des parents du délit prévu par l'article 227-17 du Code pénal, apprécie souverainement que la santé, la sécurité, la moralité ou l'éducation de l'enfant n'ont pas été gravement compromises (■ Cass. crim., 17 oct. 2001 : *Bull. crim.* n° 214 ; *Dr. pén.* 2002, comm. 14, obs. M. Véron ; *D.* 2002, jurispr. p. 751, note M. Huyette).

3) Élément matériel : comportement. Commet le délit de soustraction à ses obligations légales envers ses enfants la mère qui adhère à une idéologie radicale et a fait séjourner trois de ses enfants mineurs dans des zones de combat en Syrie, compromettant ainsi leur santé, leur sécurité, leur moralité et leur éducation (■ Cass. crim., 20 juin 2018, n° 17-84.128 : *JurisData* n° 2018-010676 ; *Dr. pén.* 2018, comm. 192, n° 11, Ph. Conte ; *Gaz. Pal.* 6 nov. 2018, p. 51, obs. E. Dreyer).

Voir également : art. 421-2-4-1, p. 753.

4) Élément moral : faute intentionnelle. Le délit d'abandon moral d'enfant réprimé par les articles 357-1 ancien et 227-17 du Code pénal, est un délit intentionnel qui implique chez son auteur la conscience de s'être soustrait volontairement à ses obligations légales au point de compromettre gravement la santé, la sécurité, la moralité ou l'éducation de son enfant mineur (■ Cass. crim., 21 oct. 1998 : *Bull. crim.* n° 274 ; *D.* 1999, p. 75, note Y. Mayaud).

Art. 227-17-1 *(D. n° 2012-16, 5 janv. 2012 ; L. n° 2018-266, 13 avr. 2018 ; L. n° 2021-1109, 24 août 2021).* **– Le fait, par les parents d'un enfant ou toute personne exerçant à son égard l'autorité parentale ou une autorité de fait de façon continue, de ne pas l'inscrire dans un établissement d'enseignement, sans excuse valable, en dépit d'une mise en demeure de l'autorité de l'État compétente en matière d'éducation, est puni de six mois d'emprisonnement et de 7 500 € d'amende.**

Le fait, pour un directeur d'établissement privé accueillant des classes hors contrat ou son représentant légal, de n'avoir pas pris, malgré la mise en demeure des autorités compétentes de l'État, les dispositions nécessaires pour

remédier aux manquements relevés est puni d'un an d'emprisonnement et de 15 000 euros d'amende. En outre, le tribunal peut prononcer à l'encontre de ce directeur ou de son représentant légal la peine complémentaire d'interdiction de diriger ou d'enseigner.

Le fait de ne pas procéder à la fermeture des classes ou de l'établissement faisant l'objet d'une mesure de fermeture prononcée en application des IV ou V de l'article L. 442-2 ou de l'article L. 441-3-1 du Code de l'éducation ou de faire obstacle à l'exécution d'une telle mesure est puni d'un an d'emprisonnement et de 75 000 euros d'amende.

Voir : art. R. 624-7, p. 1020.

Bibliographie : *JCl. Pénal Code, Infractions à l'obligation scolaire* par P. Pédron.

Art. 227-17-2 ***(Rempl., L. n° 2009-526, 12 mai 2009).*** **– Les personnes morales déclarées responsables pénalement, dans les conditions prévues par l'article 121-2, des infractions définies aux articles 227-15 à 227-17-1 encourent, outre l'amende suivant les modalités prévues par l'article 131-38, les peines prévues par l'article 131-39.**

Art. 227-18 ***(Mod., L. n° 98-468, 17 juin 1998 ; L. n° 2007-297, 5 mars 2007).*** **– Le fait de provoquer directement un mineur à faire un usage illicite de stupéfiants est puni de cinq ans d'emprisonnement et de 100 000 € d'amende.**

Lorsqu'il s'agit d'un mineur de quinze ans, ou que les faits sont commis dans des établissements d'enseignement ou d'éducation ou dans les locaux de l'administration, ainsi que, lors des entrées ou sorties des élèves ou du public ou dans un temps très voisin de celles-ci, aux abords de ces établissements ou locaux, l'infraction définie par le présent article est punie de sept ans d'emprisonnement et de 150 000 € d'amende.

Bibliographie : *JCl. Pénal Code, Provocation de mineurs à commettre des actes illicites ou dangereux* par F. Archer.

Art. 227-18-1 ***(L. n° 96-392, 13 mai 1996 ; mod., L. n° 98-468, 17 juin 1998 ; L. n° 2007-297, 5 mars 2007).*** **– Le fait de provoquer directement un mineur à transporter, détenir, offrir ou céder des stupéfiants est puni de sept ans d'emprisonnement et de 150 000 € d'amende.**

Lorsqu'il s'agit d'un mineur de quinze ans, ou que les faits sont commis dans des établissements d'enseignement ou d'éducation ou dans les locaux de l'administration, ainsi que, lors des entrées ou sorties des élèves ou du public ou dans un temps très voisin de celles-ci, aux abords de ces établissements ou locaux, l'infraction définie par le présent article est punie de dix ans d'emprisonnement et de 300 000 € d'amende.

Art. 227-19 ***(Mod., L. n° 98-468, 17 juin 1998 ; L. n° 2007-297, 5 mars 2007 ; L. n° 2016-41, 26 janv. 2016).*** **– Le fait de provoquer directement un mineur à la consommation excessive d'alcool est puni d'un an d'emprisonnement et de 15 000 € d'amende.**

Le fait de provoquer directement un mineur à la consommation habituelle d'alcool est puni de deux ans d'emprisonnement et de 45 000 € d'amende.

Lorsqu'il s'agit d'un mineur de quinze ans ou que les faits sont commis dans des établissements d'enseignement ou d'éducation ou dans les locaux de l'administration, ainsi que, lors des entrées ou sorties des élèves ou du public ou dans un temps très voisin de celles-ci, aux abords de ces établissements ou locaux, le fait de se rendre coupable de l'une des infractions définies au présent article porte au double le maximum des peines encourues.

Art. 227-20 ***(Abr., L. n° 2003-239, 18 mars 2003).***

Art. 227-21 ***(Mod., L. n° 98-468, 17 juin 1998 ; L. n° 2002-1138, 9 sept. 2002 ; L. n° 2007-297, 5 mars 2007).*** **– Le fait de provoquer directement un mineur à commettre un crime ou un délit est puni de cinq ans d'emprisonnement et de 150 000 € d'amende.**

Lorsqu'il s'agit d'un mineur de quinze ans, que le mineur est provoqué à commettre habituellement des crimes ou des délits ou que les faits sont commis dans des établissements d'enseignement ou d'éducation ou dans les locaux de l'administration, ainsi que, lors des entrées ou sorties des élèves ou du public ou dans un temps très voisin de celles-ci, aux abords de ces établissements ou locaux, l'infraction définie par le présent article est punie de sept ans d'emprisonnement et de 150 000 € d'amende.

§ 2. – Des infractions sexuelles commises contre les mineurs
(Intitulé créé, L. n° 2021-478, 21 avr. 2021)

Art. 227-21-1 *(Créé, L. n° 2021-478, 21 avr. 2021).* **– Les infractions de nature sexuelle pouvant être commises sur des mineurs sont prévues au présent paragraphe, sans préjudice des dispositions de la section 3 du chapitre II du présent titre réprimant les viols, les agressions sexuelles, l'inceste, l'exhibition sexuelle et le harcèlement sexuel, qui peuvent être également commis au préjudice de victimes mineures.**

Art. 227-22 *(Mod., L. n° 98-468, 17 juin 1998 ; L. n° 2004-204, 9 mars 2004 ; L. n° 2007-297, 5 mars 2007 ; L. n° 2013-711, 5 août 2013 ; L. n° 2021-478, 21 avr. 2021).* **– Le fait de favoriser ou de tenter de favoriser la corruption d'un mineur est puni de cinq ans d'emprisonnement et de 75 000 € d'amende. Ces peines sont portées à sept ans d'emprisonnement et 100 000 € d'amende lorsque le mineur a été mis en contact avec l'auteur des faits grâce à l'utilisation, pour la diffusion de messages à destination d'un public non déterminé, d'un réseau de communications électroniques ou que les faits sont commis dans des établissements d'enseignement ou d'éducation ou dans les locaux de l'administration, ainsi que, lors des entrées ou sorties des élèves ou du public ou dans un temps très voisin de celles-ci, aux abords de ces établissements ou locaux.**

Les mêmes peines sont notamment applicables au fait, commis par un majeur, d'organiser des réunions comportant des exhibitions ou des relations sexuelles auxquelles un mineur assiste ou participe ou d'assister en connaissance de cause à de telles réunions.

Les peines sont portées à dix ans d'emprisonnement et à 150 000 euros d'amende lorsque les faits ont été commis à l'encontre d'un mineur de quinze ans. Elles sont portées à dix ans d'emprisonnement et à un million d'euros d'amende lorsque les faits ont été commis en bande organisée.

Bibliographie : *JCl. Pénal Code, Fait de favoriser la corruption d'un mineur* par M.-L. Rassat.

1) Ancien et nouveau Code pénal. Les éléments constitutifs du délit de corruption de mineur, prévu et réprimé par l'article 227-22, ne diffèrent pas de ceux du délit d'excitation de mineur à la débauche que sanctionnait l'ancien article 334-2 ; ce délit est constitué dès lors qu'un prévenu associe une mineure à son comportement impudique, avec la volonté d'éveiller ses pulsions sexuelles (▪ Cass. crim., 1er févr. 1995 : *Bull. crim.* n° 43).

2) Définition de la corruption de mineur : QPC (non). Non-lieu à renvoi au Conseil constitutionnel de la QPC visant l'article 227-22 du Code pénal, ce teste définissant de manière claire et précise le délit de corruption de mineur (▪ Cass. crim., 20 févr. 2013, n° 12-10.074 : *Dr. pén.* 2013, comm. 86, obs. M. Véron).

3) Nécessité des peines : QPC (non). Non-lieu à renvoi de la QPC visant l'article 227-22 du Code pénal, en l'absence de disproportion manifeste entre l'infraction réprimée et les peines encourues (▪ Cass. crim., 10 avr. 2019, n° 19-90.009 : *JurisData* n° 2019-009963 ; *Dr. pén.* 2019, comm. 124, obs. Ph. Conte).

4) Âge du mineur. La version de l'incrimination issue de la loi n° 2007-297 du 5 mars 2007 réprimait déjà la corruption de tout mineur de 18 ans, la minorité spéciale de 15 ans constituant seulement une circonstance aggravante ; cassation de la décision de la chambre de l'instruction qui énonce à tort que la loi du 5 août 2013 avait abrogé la circonstance de minorité de 15 ans et n'a pas recherché si les personnes poursuivies avaient connaissance de la minorité de la plaignante (▪ Cass. crim., 17 mars 2021, n° 20-86.318 : *JurisData* n° 2021-003554 ; *Gaz. Pal.* 13 avr. 2021, comm. C. Berlaud ; *Dr. famille* 2021, n° 5, comm. 83, Ph. Bonfils ; *Dr. pén.* 2021, 5, comm. 82, Ph. Conte ; *Gaz. Pal.* 11 mai 2021, comm. S. Detraz ; *Lexbase pénal* n° 36, 2021, comm. A. Léon ; *RSC* 2021, p. 346, obs. Y. Mayaud ; *Gaz. Pal.* 4 mai 2021, comm. L. Saenko ; *Lexbase pénal* 2021, n° 38, comm. B. Py ; *AJ pénal* 2021, p. 207, obs. L. Saenko).

5) Élément matériel. L'acte matériel du délit d'excitation de mineurs à la débauche suppose des faits matériels d'immoralité et non de simples conseils, sauf si les conseils ont conduit le mineur à accomplir des actes déterminés : il a ainsi été jugé que le délit était constitué s'agissant de deux individus qui avaient attiré, dans une maison en construction, de jeunes garçons et filles, avaient eu avec eux des conversations lubriques et les avaient incités à se livrer entre eux à des gestes et attitudes d'un rapprochement obscène au point que les mineurs s'étaient livrés à des simulacres de rapports sexuels (▪ Cass. crim., 17 oct. 1956 : *Bull. crim.* n° 648).

– L'envoi de correspondances érotiques et de dessins pornographiques à un mineur est constitutif du délit prévu et réprimé par l'article 334-2, alinéa 1er du Code pénal (▪ Cass. crim., 25 janv. 1983 : *Bull. crim.* n° 29 ; *RSC* 1983, p. 668, obs. Levasseur).

– Le délit d'excitation de mineurs à la débauche ne vise pas uniquement les proxénètes mais tous ceux qui recherchent seulement la satisfaction de leurs propres passions ; ainsi ceux qui donnent à des mineurs le spectacle de leurs vices (▪ Cass. crim., 26 déc. 1879 : *Bull. crim.* n° 235) ou qui organisent des rapprochements impudiques entre majeurs et mineurs, ou entre mineurs (▪ Cass. crim., 25 janv. 1908 : *Bull. crim.* n° 35).

– L'excitation de mineurs à la débauche n'est punissable que si l'auteur des faits a eu en vue la perversion de la jeunesse et non pas seulement la satisfaction de ses propres passions ; tel n'est pas le cas d'un prévenu qui a pratiqué sur des mineurs des attouchements sexuels, ces scènes n'ayant à chaque fois eu lieu qu'entre lui et un seul mineur et hors la présence de tiers (▪ Cass. crim., 14 nov. 1990 : *Dr. pén.* 1991, n° 105 ; *Gaz. Pal.* 1991, 2, somm. 272).

– Le fait d'inviter des mineurs à monter dans son autocaravane pour leur montrer des photographies pornographiques qui s'y trouvaient et pratiquer sur eux des fellations constitue le délit de tentative de corruption de mineurs (▪ Cass. crim., 19 juin 1996 : *Bull. crim.* n° 265).

Art. 227-22-1 *(L. n° 2007-297, 5 mars 2007)*. **– Le fait pour un majeur de faire des propositions sexuelles à un mineur de quinze ans ou à une personne se présentant comme telle en utilisant un moyen de communication électronique est puni de deux ans d'emprisonnement et de 30 000 € d'amende.**

Ces peines sont portées à cinq ans d'emprisonnement et 75 000 € d'amende lorsque les propositions ont été suivies d'une rencontre.

Bibliographie : *JCl. Pénal Code, Propositions sexuelles à mineur de quinze ans par voie de communication électronique* par A.-G. Robert. • A.-G. Robert, *Délit de propositions sexuelles faites à un mineur de quinze ans par un moyen de communication électronique : RSC* 2008, p. 867, chron.

Élément moral : faute intentionnelle. Le délit de corruption de mineur suppose l'intention de pervertir la sexualité du mineur ; en l'absence de cette intention, des propositions sexuelles faites par un majeur à une mineure de 15 ans par un moyen de communication électronique peuvent toutefois constituer l'infraction prévue et réprimée par l'article 227-22-1 du Code pénal (▪ Cass. crim., 8 févr. 2017, n° 16-80.102 : *Dr. pén.* 2017, comm. 72, note Ph. Conte).

Art. 227-22-2 *(Créé, L. n° 2021-478, 21 avr. 2021)*. **– Hors les cas de viol ou d'agression sexuelle, le fait pour un majeur d'inciter un mineur, par un moyen de communication électronique, à commettre tout acte de nature sexuelle, soit sur lui-même, soit sur ou avec un tiers, y compris si cette incitation n'est pas suivie d'effet, est puni de sept ans d'emprisonnement et de 100 000 euros d'amende.**

Les peines sont portées à dix ans d'emprisonnement et à 150 000 euros d'amende lorsque les faits ont été commis à l'encontre d'un mineur de quinze ans. Elles sont portées à dix ans d'emprisonnement et à un million d'euros d'amende si les faits ont été commis en bande organisée.

Art. 227-23 *(L. n° 98-468, 17 juin 1998 ; L. n° 2002-304, 4 mars 2002 ; L. n° 2004-204, 9 mars 2004 ; L. n° 2004-575, 21 juin 2004 ; L. n° 2006-399, 4 avr. 2006 ; L. n° 2007-293, 5 mars 2007 ; L. n° 2013-711, 5 août 2013 ; mod., L. n° 2020-936, 30 juill. 2020)*. **– Le fait, en vue de sa diffusion, de fixer, d'enregistrer ou de transmettre l'image ou la représentation d'un mineur lorsque cette image ou cette représentation présente un caractère pornographique est puni de cinq ans d'emprisonnement et de 75 000 € d'amende. Lorsque l'image ou la représentation concerne un mineur de quinze ans, ces faits sont punis même s'ils n'ont pas été commis en vue de la diffusion de cette image ou représentation.**

Le fait d'offrir, de rendre disponible ou de diffuser une telle image ou représentation, par quelque moyen que ce soit, de l'importer ou de l'exporter, de la faire importer ou de la faire exporter, est puni des mêmes peines.

Les peines sont portées à sept ans d'emprisonnement et à 100 000 € d'amende lorsqu'il a été utilisé, pour la diffusion de l'image ou de la représentation du mineur à destination d'un public non déterminé, un réseau de communications électroniques.

(Al. mod., L. n° 2020-936, 30 juill. 2020) **Le fait de consulter habituellement ou en contrepartie d'un paiement un service de communication au public en ligne mettant à disposition une telle image ou représentation, d'acquérir ou de détenir une telle image ou représentation par quelque moyen que ce soit est puni de cinq ans d'emprisonnement et de 75 000 € d'amende.**

Les infractions prévues au présent article sont punies de dix ans d'emprisonnement et de 500 000 € d'amende lorsqu'elles sont commises en bande organisée.

La tentative des délits prévus au présent article est punie des mêmes peines.

Les dispositions du présent article sont également applicables aux images pornographiques d'une personne dont l'aspect physique est celui d'un mineur, sauf s'il est établi que cette personne était âgée de dix-huit ans au jour de la fixation ou de l'enregistrement de son image.

Bibliographie : *JCl. Pénal Code, Exploitation à caractère pornographique de l'image d'un mineur* par M.-L. Rassat. • *JCl. Communication*, fasc. 71, *Délits d'exploitation de l'image pornographique d'un mineur*, par G. Beaussonie. • J.-C. Planque, *Live-streaming pédopornographique : des violences sexuelles difficiles à appréhender pour le droit pénal français* : *Dr. pén.* 2020, étude 27. • V. Weber, *La loi du 30 juillet 2020 visant à protéger les victimes de violences conjugales et l'application de la loi pénale dans l'espace : de quelques incohérences...* : *Dr. pén.* 2020, étude 33.

1) **QPC – Définition de l'incrimination.** Non-lieu à renvoi au Conseil constitutionnel de la question prioritaire visant l'article 227-23 du Code pénal qui, notamment, ne définirait pas les notions de « caractère pornographique » et d'aspect physique (d'un mineur), dès lors que l'interprétation de l'article 227-23 du Code pénal, qui définit de manière suffisamment claire et précise le délit d'enregistrement ou fixation d'images ou représentations pornographiques de mineurs, entre dans l'office du juge pénal, de sorte qu'il n'est porté aucune atteinte au principe de légalité des délits et des peines (▪ Cass. crim., 6 juin 2012, n° 12-90.016 QPC : *Dr. pén.* 2012, comm. 118, obs. M. Véron ; *Dr. pén.* 2013, ét. 8 par Ph. Conte).

2) **QPC – Présomption d'innocence.** Absence de caractère sérieux de la question de constitutionnalité fondée sur une prétendue atteinte à la présomption d'innocence et aux droits de la défense, la disposition contestée n'instaurant aucune présomption de culpabilité et n'affectant pas ces droits dès lors qu'il appartient à la partie poursuivante de prouver que la personne représentée est mineure ou présente l'apparence d'un mineur, le juge pénal restant libre de l'appréciation de cette condition, et que l'élément moral consiste en la conscience de la détention de ces images et de ce qu'elles représentent (▪ Cass. crim., 22 août 2018, n° 18-80.431 : *JurisData* n° 2018-014994 ; *Dr. pén.* 2018, comm. 208, Ph. Conte).

3) **Application de la loi dans le temps (nouveau Code pénal).** Justifie sa décision l'arrêt qui, pour condamner du chef de recel, par la détention de photographies et de films provenant du délit de fixation, enregistrement ou transmission d'images de mineurs à caractère pornographique, en vue de leur diffusion, infraction édictée par l'article 227-23 du Code pénal, constate que la diffusion des images réalisées selon les procédés prévus par ce texte est postérieure au 1er mars 1994 (▪ Cass. crim., 9 juin 1999 : *Bull. crim.* n° 133).

4) **Importation.** Commet le délit d'importation d'images de mineur présentant un caractère pornographique le prévenu qui enregistre et conserve des photographies pornographiques mettant en scène des images de mineurs obtenues sur des sites Internet auxquels il s'était délibérément connecté (▪ Douai, 21 mars 2002 : *JCP G* 2002, IV, 1040 ; *JurisData* n° 2002-177654).

5) **Diffusion.** Le délit de diffusion de l'image à caractère pornographique d'un mineur est caractérisé même si cette diffusion n'a été effectuée qu'à une seule personne (▪ Cass. crim., 26 mai 2004, n° 30-85-896).

Pour une diffusion d'images pédopornographiques à destination d'un public non déterminé sur un forum de discussion, V. ▪ Riom, 26 juin 2019, n° 18/01220 : *JurisData* n° 2019-011613 ; *Comm. comm. électr.* 2019, comm. 61, n° 10, A. Lepage ; *Dr. pén.* 2019, chron. 10, obs. A. Lepage.

6) **Enregistrement en vue de diffusion.** Justifie sa décision la cour d'appel qui déclare un instituteur coupable de recel du délit de fixation, enregistrement ou transmission, en vue de leur diffusion, d'images pornographiques de mineurs, pour avoir conservé lesdites images dans un fichier enregistré sur le disque dur d'un ordinateur de l'école (▪ Cass. crim., 28 sept. 2005 : *Bull. crim.* n° 248 ; *Dr. pén.* 2006, comm. 4, obs. M. Véron).

7) **Images représentant un mineur imaginaire.** En application de la loi du 17 juin 1998, qui a étendu l'objet du délit à toute représentation d'un mineur, les images non réelles représentant un mineur imaginaire, telles que des dessins ou des images résultant de la transformation d'une image réelle, entrent dans les prévisions de ce texte. En l'espèce, justifie sa décision la cour d'appel qui condamne les prévenus pour importation et diffusion d'une vidéo cassette de bandes dessinées représentant un personnage, manifestement un jeune enfant, ayant des relations sexuelles avec des femmes adultes (▪ Cass. crim., 12 sept. 2007 : *JurisData* n° 2007-040914 ; *Dr. pén.* 2007, comm. 152, obs. M. Véron ; *D.* 2008, p. 827, note D. Lefranc).

8) **Consultation de site internet : délit non constitué.** Justifie sa décision l'arrêt qui, pour renvoyer le prévenu des fins de la poursuite, retient que les images observées n'ont été ni imprimées ni enregistrées sur un support et que la simple consultation de sites pornographiques mettant en scène des mineurs ne suffit pas à caractériser le délit prévu par l'article 227-23, ali-

néa 4, du Code pénal (■ Cass. crim., 5 janv. 2005 : *Bull. crim.* n° 9 ; *Dr. pén.* 2005, comm. 52, obs. M. Véron).

9) Procédure : provocation à la commission d'infraction. Porte atteinte, notamment, au droit à un procès équitable, la provocation à la commission d'une infraction par un agent public étranger, en l'espèce un service de police new-yorkais, réalisée par un site pédophile créé et exploité par ce dernier aux fins de découvrir tous internautes pédophiles, dès lors qu'un individu, inconnu des services de police français, a fait l'objet de poursuites en France du chef d'importation, détention et diffusion d'images pornographiques de mineurs après que les autorités étrangères eurent informé les autorités françaises de ce que l'intéressé s'était connecté sur leur site (■ Cass. crim., 7 févr. 2007 : *Bull. crim.* n° 37, cassation de l'arrêt de la chambre de l'instruction ayant rejeté une demande d'annulation d'actes obtenus en violation du principe de loyauté des preuves ; *RSC* 2007, p. 560, obs. J. Francillon).

– Dans cette même affaire, sur pourvoi contre l'arrêt de la chambre de l'instruction de renvoi, la chambre criminelle a réaffirmé le principe : Porte atteinte au principe de loyauté des preuves et au droit à un procès équitable, la provocation à la commission d'une infraction par un agent de l'autorité publique, en l'absence d'éléments antérieurs permettant d'en soupçonner l'existence. La déloyauté d'un tel procédé rend irrecevable en justice les éléments de preuve ainsi obtenus, quand bien même ce stratagème aurait permis la découverte d'autres infractions déjà commises ou en cours de commission (■ Cass. crim., 4 juin 2008 : *Bull. crim.* n° 141 ; *RSC* 2008, p. 621, obs. J. Francillon).

10) Compétence des juridictions françaises. Les juridictions françaises sont compétentes pour connaître du délit prévu par l'article 227-23, alinéa 1er, dès lors qu'il est établi que des actes avaient été effectués en France en vue de la diffusion de cassettes pornographiques enregistrées en Thaïlande (■ Cass. crim., 4 févr. 2004 : *JurisData* n° 2004-022560 ; *Dr. pén.* 2004, comm. 80, obs. M. Véron).

Loi n° 2004-575 du 21 juin 2004

pour la confiance dans l'économie numérique

Art. 6-1 *(L. n° 2014-1353, 13 nov. 2014).* **–** Lorsque les nécessités de la lutte contre la provocation à des actes terroristes ou l'apologie de tels actes relevant de l'article 421-2-5 du Code pénal ou contre la diffusion des images ou des représentations de mineurs relevant de l'article 227-23 du même code le justifient, l'autorité administrative peut demander à toute personne mentionnée au III de l'article 6 de la présente loi ou aux personnes mentionnées au 2 du I du même article 6 de retirer les contenus qui contreviennent à ces mêmes articles 421-2-5 et 227-23. Elle en informe simultanément les personnes mentionnées au 1 du I de l'article 6 de la présente loi.

En l'absence de retrait de ces contenus dans un délai de vingt-quatre heures, l'autorité administrative peut notifier aux personnes mentionnées au même 1 la liste des adresses électroniques des services de communication au public en ligne contrevenant auxdits articles 421-2-5 et 227-23. Ces personnes doivent alors empêcher sans délai l'accès à ces adresses. Toutefois, en l'absence de mise à disposition par la personne mentionnée au III du même article 6 des informations mentionnées à ce même III, l'autorité administrative peut procéder à la notification prévue à la première phrase du présent alinéa sans avoir préalablement demandé le retrait des contenus dans les conditions prévues à la première phrase du premier alinéa du présent article.

(Ord. n° 2018-1125, 12 déc. 2018) L'autorité administrative transmet les demandes de retrait et la liste mentionnées, respectivement, aux premier et deuxième alinéas à une personnalité qualifiée, désignée en son sein par la Commission nationale de l'informatique et des libertés pour la durée de son mandat dans cette commission. Elle ne peut être désignée parmi les personnes mentionnées au 1° du I de l'article 9 de la loi n° 78-17 du 6 janvier 1978 relative à l'informatique, aux fichiers et aux libertés. La personnalité qualifiée s'assure de la régularité des demandes de retrait et des conditions d'établissement, de mise à jour, de communication et d'utilisation de la liste. Si elle constate une irrégularité, elle peut à tout moment recommander à l'autorité administrative d'y mettre fin. Si l'autorité administrative ne suit pas cette recommandation, la personnalité qualifiée peut saisir la juridiction administrative compétente, en référé ou sur requête.

L'autorité administrative peut également notifier les adresses électroniques dont les contenus contreviennent aux articles 421-2-5 et 227-23 du Code pénal aux moteurs de recherche ou aux annuaires, lesquels prennent toute mesure utile destinée à faire cesser le référencement du service de communication au public en ligne. La procédure prévue au troisième alinéa du présent article est applicable.

La personnalité qualifiée mentionnée au même troisième alinéa rend public chaque année un rapport d'activité sur les conditions d'exercice et les résultats de son activité, qui précise notamment le nombre de demandes de retrait, le nombre de contenus qui ont été retirés, les motifs de retrait et le nombre de recommandations faites à l'autorité administrative. Ce rapport est remis au Gouvernement et au Parlement.

Les modalités d'application du présent article sont précisées par décret, notamment la compensation, le cas échéant, des surcoûts justifiés résultant des obligations mises à la charge des opérateurs.

Tout manquement aux obligations définies au présent article est puni des peines prévues au 1 du VI de l'article 6 de la présente loi.

Décret n° 2015-125 du 5 février 2015

relatif au blocage des sites provoquant à des actes de terrorisme ou en faisant l'apologie et des sites diffusant des images et représentations de mineurs à caractère pornographique

Art. 1er. – L'autorité administrative mentionnée à l'article 6-1 de la loi [n° 2004-575] du 21 juin 2004 susvisée est la direction générale de la police nationale, Office central de lutte contre la criminalité liée aux technologies de l'information et de la communication.

Seuls les agents individuellement désignés et dûment habilités par le chef de l'office sont autorisés à mettre en œuvre la procédure prévue à l'article 2 du présent décret.

Art. 2. – La liste des adresses électroniques des services de communication au public en ligne contrevenant aux articles 227-23 et 421-2-5 du Code pénal est adressée aux personnes mentionnées au 1 du I de l'article 6 de la loi [n° 2004-575] du 21 juin 2004 susvisée selon un mode de transmission sécurisé, qui en garantit la confidentialité et l'intégrité. Elle est communiquée sans délai et dans les mêmes conditions à la personnalité qualifiée mentionnée au troisième alinéa de l'article 6-1 de la même loi.

Les adresses électroniques figurant sur la liste comportent soit un nom de domaine (DNS), soit un nom d'hôte caractérisé par un nom de domaine précédé d'un nom de serveur.

Art. 3. – Dans un délai de vingt-quatre heures suivant la notification prévue au deuxième alinéa de l'article 6-1 de la loi [n° 2004-575] du 21 juin 2004 susvisée, les personnes mentionnées au 1 du I de l'article 6 de la même loi empêchent par tout moyen approprié l'accès aux services fournis par les adresses électroniques figurant sur la liste et le transfert vers ces services.

Elles ne peuvent pas modifier la liste, que ce soit par ajout, suppression ou altération.

Elles préservent la confidentialité des données qui leur sont ainsi confiées.

Les utilisateurs des services de communication au public en ligne auxquels l'accès est empêché sont dirigés vers une page d'information du ministère de l'intérieur, indiquant pour chacun des deux cas de blocage les motifs de la mesure de protection et les voies de recours.

Les agents, individuellement désignés et dûment habilités par l'autorité hiérarchique dont ils relèvent, des services de l'État compétents en matière de prévention et de répression du terrorisme ou de lutte contre la pédopornographie, ainsi que la personnalité qualifiée désignée en son sein par la Commission nationale de l'informatique et des libertés, conservent un accès aux adresses électroniques des services de communication au public en ligne auxquels l'accès est empêché.

Art. 4. – L'Office central de lutte contre la criminalité liée aux technologies de l'information et de la communication vérifie au moins chaque trimestre que le contenu du service de communication contrevenant présente toujours un caractère illicite.

Lorsque ce service a disparu ou que son contenu ne présente plus de caractère illicite, l'office retire de la liste les adresses électroniques correspondantes et notifie sans délai ce retrait à la personnalité qualifiée et aux personnes mentionnées au 1 du I de l'article 6 de la loi [n° 2004-575] du 21 juin 2004 susvisée. Dans un délai de vingt-quatre heures suivant cette notification, celles-ci rétablissent par tout moyen approprié l'accès aux services fournis par les adresses électroniques retirées de la liste et le transfert vers ces services.

Art. 5. – La désignation de la personnalité qualifiée est publiée au *Journal officiel* de la République française.

La personnalité qualifiée dispose pour l'exercice de ses fonctions des services de la Commission nationale de l'informatique et des libertés. Lorsqu'il est nécessaire de traduire en langue française les contenus des services de communication au public en ligne contrevenant aux articles 227-23 et 421-2-5 du Code pénal, elle est assistée d'un interprète.

L'Office central de lutte contre la criminalité liée aux technologies de l'information et de la communication met à la disposition de la personnalité qualifiée les demandes de retrait adressées aux hébergeurs et aux éditeurs ainsi que les éléments établissant la méconnaissance par les contenus des services de communication au public en ligne des articles 227-23 et 421-2-5 du Code pénal.

Art. 6. – Les éventuels surcoûts résultant des obligations mises à la charge des personnes mentionnées au 1 du I de l'article 6 de la loi [n° 2004-575] du 21 juin 2004 susvisée en application de l'article 6-1 de la même loi font l'objet d'une compensation financière prise en charge par l'État.

Le terme de « surcoût » désigne les coûts des investissements et interventions spécifiques supplémentaires résultant de ces obligations.

Pour obtenir une compensation, les personnes mentionnées au 1 du I de l'article 6 de la loi [n° 2004-575] du 21 juin 2004 susvisée adressent à l'Office central de lutte contre la criminalité liée aux technologies de l'information et de la communication un document détaillant le nombre et la nature des interventions nécessaires ainsi que le coût de l'investissement éventuellement réalisé.

Le Conseil général de l'économie, de l'industrie, de l'énergie et des technologies analyse le document transmis, notamment au regard des coûts habituellement estimés dans le secteur concerné.

L'État procède, sur présentation d'une facture, au paiement des compensations correspondant aux surcoûts justifiés au vu de l'analyse du Conseil général de l'économie, de l'industrie, de l'énergie et des technologies.

Art. 7. – Le présent décret est applicable en Nouvelle-Calédonie, en Polynésie française et dans les îles Wallis-et-Futuna.

Art. 8. – Le présent décret peut être modifié par décret.

Décret n° 2015-253 du 4 mars 2015

relatif au déréférencement des sites provoquant à des actes de terrorisme ou en faisant l'apologie et des sites diffusant des images et représentations de mineurs à caractère pornographique

Art. 1er. – L'autorité mentionnée à l'article 1er du décret [n° 2015-125] du 5 février 2015 peut, sans préjudice des demandes de retrait ou de blocage effectuées en application de l'article 6-1 de la loi du 21 juin 2004 susvisée, notifier aux exploitants de moteurs de recherche ou d'annuaires les adresses électroniques dont les contenus contreviennent aux articles 421-2-5 et 227-23 du Code pénal selon un mode de transmission sécurisé, qui en garantit la confidentialité et l'intégrité.

Seuls les agents individuellement désignés et dûment habilités par le chef de l'office sont autorisés à mettre en œuvre cette procédure.

Art. 2. – Ces adresses électroniques sont également transmises sans délai et dans les mêmes conditions à la personnalité qualifiée mentionnée au troisième alinéa de l'article 6-1 de la loi [n° 2004-575] du 21 juin 2004.

Art. 3. – Dans un délai de quarante-huit heures suivant la notification, les exploitants de moteurs de recherche ou d'annuaires prennent toute mesure utile destinée à faire cesser le référencement de ces adresses.

Ils ne modifient pas les adresses électroniques, que ce soit par ajout, suppression ou altération.

Ils préservent la confidentialité des données qui leur sont ainsi confiées.

Art. 4. – L'office central de lutte contre la criminalité liée aux technologies de l'information et de la communication vérifie au moins chaque trimestre que les adresses électroniques notifiées ont toujours un contenu présentant un caractère illicite.

Il notifie sans délai les adresses électroniques dont le contenu ne présente plus de caractère illicite à la personnalité qualifiée et aux exploitants des moteurs de recherche ou d'annuaires. Dans un délai de quarante-huit heures suivant cette notification, ceux-ci rétablissent par tout moyen approprié le référencement de ces adresses électroniques.

Art. 5. – La personnalité qualifiée exerce ses fonctions dans les mêmes conditions que celles fixées par l'article 5 du décret [n° 2015-125] du 5 février 2015.

Art. 6. – Les éventuels surcoûts résultant des obligations mises à la charge des exploitants de moteurs de recherche ou d'annuaires font l'objet d'une compensation financière prise en charge par l'État dans les conditions fixées par l'article 6 du décret [n° 2015-125] du 5 février 2015.

Art. 7. – Le présent décret est applicable en Nouvelle-Calédonie, en Polynésie française et dans les îles Wallis-et-Futuna.

Art. 227-23-1 ***(Créé, L. n° 2021-478, 21 avr. 2021).*** **– Le fait pour un majeur de solliciter auprès d'un mineur la diffusion ou la transmission d'images, vidéos ou représentations à caractère pornographique dudit mineur est puni de sept ans d'emprisonnement et de 100 000 euros d'amende.**

Les peines sont portées à dix ans d'emprisonnement et à 150 000 euros d'amende lorsque les faits ont été commis à l'encontre d'un mineur de quinze ans. Elles sont portées à dix ans d'emprisonnement et à un million d'euros d'amende lorsque les faits ont été commis en bande organisée.

Art. 227-24 ***(Mod., L. n° 2007-297, 5 mars 2007 ; L. n° 2011-267, 14 mars 2011 ; L. n° 2014-1353, 13 nov. 2014 ; L. n° 2020-936, 30 juill. 2020 ; L. n° 2021-1539, 30 nov. 2021).*** **– Le fait soit de fabriquer, de transporter, de diffuser par quelque moyen que ce soit et quel qu'en soit le support un message à caractère violent, incitant au terrorisme, pornographique, y compris des images pornographiques impliquant un ou plusieurs animaux, ou de nature à porter gravement atteinte à la dignité humaine ou à inciter des mineurs à se livrer à des jeux les mettant physiquement en danger, soit de faire commerce d'un tel message, est puni de trois ans d'emprisonnement et de 75 000 euros d'amende lorsque ce message est susceptible d'être vu ou perçu par un mineur.**

Lorsque les infractions prévues au présent article sont commises par la voie de la presse écrite ou audiovisuelle, ou de la communication au public en ligne, les dispositions particulières des lois qui régissent ces matières sont applicables en ce qui concerne la détermination des personnes responsables.

Les infractions prévues au présent article sont constituées y compris si l'accès d'un mineur aux messages mentionnés au premier alinéa résulte d'une simple déclaration de celui-ci indiquant qu'il est âgé d'au moins dix-huit ans.

Voir : L. 16 juill. 1949, art. 7.

Bibliographie : *JCl. Pénal Code, Diffusion de messages à caractère violent ou pornographique susceptibles d'être perçus par un mineur* par M.-L. Rassat. • B. Le Devedec, *Levée du secret médical et accessibilité aux mineurs à la pornographie en ligne : Dr. pén.* 2020, étude 26.

1) Champ d'application. L'article 227-24 reprend pour partie l'incrimination d'outrage aux bonnes mœurs prévue par les articles 283 et suivants anciens ; son champ d'application est limité au cas où le message présentant un caractère pornographique ou de nature à porter gravement atteinte à la dignité humaine est « susceptible d'être vu ou perçu par un mineur » ; doit être annulé l'arrêt d'une cour d'appel rendu avant l'entrée en vigueur du Code pénal nouveau pour permettre à la juridiction de renvoi de procéder à un nouvel examen au fond au regard de celles des dispositions de l'article 227-24 qui, plus restrictives que les précédentes, définissent l'infraction poursuivie (▪ Cass. crim., 5 avr. 1995 : *Bull. crim.* n° 150).

– Sont exclus des prévisions de ce texte les messages incriminés diffusés de façon exclusive et sûre à des adultes (▪ Cass. crim., 29 mai 1995 : *Gaz. Pal.* 1995, 2, somm. 457).

2) Finalité. Selon l'article 227-24 du Code pénal, est punissable la diffusion d'un message pornographique, s'il est susceptible d'être vu ou perçu par un mineur. La juridiction du fond apprécie souverainement si les mesures prises, pour empêcher la vision ou la perception du message par un mineur, ont été suffisantes (▪ Cass. crim., 23 févr. 2000 : *Bull. crim.* n° 85 ; *RSC* 2000, p. 610, obs. Y. Mayaud ; *Dr. pén.* 2000, comm. 85, obs. M. Véron).

3) Contenu du message. Quel qu'en soit le support, il s'agit de représentations de violences et actes, ébats, perversions d'ordre sexuel, dégradantes pour la personne humaine susceptibles d'être vus ou perçus par des mineurs : V. not. ▪ Cass. crim., 25 janv. 1979 : *Bull. crim.* n° 37 ; *RSC* 1979, p. 832, obs. Levasseur. ▪ Paris, 10 juin 1977 : *JurisData* n° 1977-115097. ▪ Paris, 10 nov. 1987 : *JurisData* n° 1987-078652. ▪ Paris 15 oct. 1990 : *JurisData* n° 1990-024436. ▪ Paris, 15 juin et 12 nov. 1992 : *JurisData* n°s 1992-021861 et 1992-023701. ▪ Cass. crim., 23 févr. 2002 : *Bull. crim.* n° 85, préc.

4) Illustrations. Commet le délit le prévenu, exploitant, par une société dont il était le gérant, un service audiotel et diffusant des messages dont le contenu présentait un caractère pornographique décrivant notamment des comportements lubriques de nature à perturber ou la sensibilité ou l'affectivité d'enfants ou d'adolescents qui pouvaient y accéder (▪ Cass. crim., 12 sept. 2000 : *Bull. crim.* n° 265, les dispositions des articles 100 et suivants du Code de procédure pénale ne s'appliquant pas à l'interception, l'enregistrement et la transcription par une personne privée des correspondances émises par la voie des télécommunications).

– Justifie sa décision la cour d'appel qui, pour déclarer un enseignant coupable de diffusion d'un message pornographique susceptible d'être vu par un mineur, retient que les photographies licencieuses ont été prises par la personne mise en cause, que celle-ci est la seule à avoir pu les transférer sur le disque dur de l'un des ordinateurs du collège, permettant ainsi d'être vues par tout utilisateur du réseau informatique de l'établissement et, notamment, par des mineurs (▪ Cass. crim., 12 oct. 2005 : *Bull. crim.* n° 258 ; *Dr. pén.* 2006, comm. 23, obs. M. Véron).

– Mais ne commet pas le délit prévu par l'article 227-24 du Code pénal, l'expéditeur d'un courrier qui a commis une erreur sur l'identité du destinataire, dès lors que le message a été adressé à un majeur et qu'il ne contenait aucun lien permettant d'accéder au site sur lequel se trouvaient les photographies litigieuses (▪ Cass. crim., 3 févr. 2004 : *Bull. crim.* n° 28 ; *Dr. pén.* 2004, comm. 82, obs. M. Véron).

– L'envoi à un tiers majeur, d'un message Internet ne contenant que l'adresse d'un site et le lien permettant d'y accéder, ne suffit pas à caractériser le délit prévu par l'article 227-24 du Code pénal (▪ Cass. crim., 3 févr. 2004 : *JurisData* n° 2004-022448 ; *Dr. pén.* 2004, comm. 82, obs. M. Véron ; *Comm. com. électr.* 2004, p. 41, note A. Lepage ; *AJ pénal* 2004, p. 156, obs. Senderlin-Morieuls).

– Il avait été jugé que la diffusion par Minitel de pseudonymes tels que « aime très jeune garçon », « cherche esclave » ou « tortionnaire hard cuir » tombe sous le coup de l'article 284 du Code pénal (▪ T. corr. Paris, 4 juill. 1988 : *Gaz. Pal.* 1988, 2, 618, note J.-P. Doucet).

5) Journalisme. Il a été jugé que constitue le délit prévu par l'article 227-24 du Code pénal le fait de diffuser un reportage sur des enfants victimes de la prostitution, mettant en évidence et sans nécessité des photographies montrant des scènes de perversions et de pratiques sexuelles dégradantes (▪ Paris, 11 mars 1998 ; *D.* 1998, IR p. 131).

6) Films interdits aux mineurs. Une cour d'appel a considéré que la diffusion à des mineurs n'ayant pas atteint l'âge requis d'un film interdit par décision administrative aux moins de 12 ans, aux moins de 16 ans, voire aux moins de 18 ans, n'est pas en elle-même constitutive de l'infraction prévue à l'article 227-24 du Code pénal, le « message » devant, pour entrer dans les prévisions de ce texte, présenter le risque d'être traumatisant pour les mineurs, ou encore compris par eux comme incitatif ou même avoir une visée prosélyte (▪ Versailles, 13 oct. 2003 : *D.* 2003, p. 2803).

7) Réception par un mineur du message. Sauf exposition ou étalage d'articles prohibés, visibles de l'extérieur (ou admission de mineur à l'intérieur des locaux), en elles-mêmes, l'ouverture et l'exploitation d'un « sex-shop » ne constituent pas le délit de l'article 283 du Code pénal [ancien] (▪ Besançon, 9 mai 1972 : *JCP* 1973, II, 17305, note M.-C. Fayard ; *Gaz. Pal.* 1972, 2, 555, note Lambert ; *RSC* 1972, p. 883, obs. Levasseur. ▪ Reims, 7 oct. 1977 : *RSC* 1978, p. 346, obs. Levasseur).

– Solution semblable pour les kiosques, librairies ou autres lieux (▪ Paris, 14 déc. 1994 : *Dr. pén.* 1995, comm. 90, obs. M. Véron. ▪ Aix-en-Provence, 9 févr. 1996 : *JCP* 1996, IV, 2369).

– Il en est également ainsi quant à la projection de films classés X, du moins lorsqu'ils sont essentiellement consacrés à la représentation minutieuse de violences et perversions sexuelles dégradantes pour la personne humaine (▪ Cass. crim., 25 janv. 1979 : *Bull. crim.* n° 37 ; *RSC* 1979, p. 837, obs. Levasseur, préc. ▪ Paris, 10 juin 1977, *Gaz. Pal.* 1978, 1, 190 ; *RSC* 1978, p. 347, obs. Levasseur, préc. ▪ Cass. crim., 6 mai 1986 : *Bull. crim.* n° 152 ; *D.* 1987, somm. 150, obs. Colombet).

– Paraît encore valable pour l'incrimination actuelle la décision suivant laquelle constitue le délit d'outrage aux bonnes mœurs le fait, après avoir rédigé un prospectus orné de photographies montrant une femme nue dans diverses attitudes suggestives, offrant aux destinataires de celui-ci d'acheter par correspondance divers ouvrages érotiques, de l'adresser à un nombre considérable de personnes, accompagné d'une lettre assurant les acheteurs éventuels sur le fait que ce prospectus pouvait tomber entre les mains de mineurs, la documentation étant selon le rédacteur de l'écrit spécialement étudiée pour ne pas les traumatiser (▪ Cass. crim., 10 juill. 1973 : *JCP* 1974, II, 17728, obs. Blin ; *D.* 1974, 242, note Maury).

8) Rôle du juge. Les juges du fond doivent spécifier les faits d'une façon précise et complète ; doit donc être cassé l'arrêt de condamnation qui se borne à énoncer que les prévenus se livraient au commerce d'objets et photographies obscènes (▪ Cass. crim., 7 janv. 1937 : *DP* 1937,1, 53, note P. Mimin), ou à reproduire la loi sans autre précision (▪ Cass. crim., 17 nov. 1970 : *Bull. crim.* n° 298).

– Ne justifie pas sa décision la cour d'appel qui condamne un prévenu du chef de diffusion de messages violents, pornographiques ou contraires à la dignité perceptibles par un mineur, sans établir, pour chacun des messages concernés, son caractère soit pornographique, soit violent, soit de nature à porter gravement atteinte à la dignité humaine (▪ Cass. crim., 11 janv. 2017, n° 16-80.557).

9) Élément moral : faute intentionnelle. L'élément intentionnel est caractérisé dès lors que le message à caractère pornographique est, soit, suivant la publicité faite, et l'intitulé du service audiotel. « Père Noël », destiné aux mineurs (▪ Cass. crim., 12 sept. 2000 : *Bull. crim.* n° 265, préc.), soit offert aux lecteurs d'une revue, sous forme de CD-ROM, dans des conditions telles que des enfants pouvaient les obtenir (▪ Cass. crim., 23 févr. 2000 : *Bull. crim.* n° 85, préc.), ou diffusé par l'auteur avec la conscience qu'il était susceptible d'être vu ou perçu par un mineur (▪ Paris, 14 déc. 1994 : *Dr. pén.* 1995, comm. 90, obs. M. Véron), en l'absence ou en l'insuffisance des précautions soit-disant prises pour en empêcher l'accès aux mineurs (mêmes arrêts).

– L'élément intentionnel du délit doit être apprécié à la date des faits. Ne justifie dès lors pas sa décision une cour d'appel qui, tout en énonçant que l'élément matériel de l'infraction est établi, relaxe les responsables de messageries télématiques au motif que ceux-ci ont pris des mesures pour éviter le renouvellement des infractions (▪ Cass. crim., 15 nov. 1990 : *Bull. crim.* n° 388 ; *RSC* 1991, p. 337, obs. J.-P. Delmas-Saint-Hilaire).

10) Conflit de qualifications. Cassation de la décision ayant reconnu le prévenu coupable des délits d'appels téléphoniques malveillants et de diffusion de messages violentes, pornographiques ou contraires à la dignité accessibles à un mineur, les deux infractions procédant, de manière indissociable, d'une action unique caractérisée par une même intention coupable (▪ Cass. crim., 5 juin 2019, n° 18-84.350 : *JurisData* n° 2019-009598 ; *RSC* 2019, p. 644, obs. E. Dreyer. – Intervenant après ▪ Cass. crim., 11 janv. 2017, n° 16-80.557, préc.).

Art. 227-24-1 ***(L. n° 2013-711, 5 août 2013 ; L. n° 2021-1109, 24 août 2021).*** **– Le fait de faire à un mineur des offres ou des promesses ou de lui proposer des dons, présents ou avantages quelconques, ou d'user contre lui de pressions ou de contraintes de toute nature, afin qu'il se soumette à une mutilation sexuelle est puni, lorsque cette mutilation n'a pas été réalisée, de sept ans d'emprisonnement et de 100 000 € d'amende.**

Est puni des mêmes peines le fait d'inciter directement autrui, par l'un des moyens énoncés au premier alinéa, à commettre une mutilation sexuelle sur la personne d'un mineur, lorsque cette mutilation n'a pas été réalisée.

Art. 227-25 ***(Mod., L. n° 98-468, 17 juin 1998 ; rempl., L. n° 2018-703, 3 août 2018 ; L. n° 2021-478, 21 avr. 2021).*** **– Hors les cas de viol ou d'agression sexuelle prévus à la section 3 du chapitre II du présent titre, le fait, pour un majeur, d'exercer une atteinte sexuelle sur un mineur de quinze ans est puni de sept ans d'emprisonnement et de 100 000 € d'amende.**

Bibliographie : *JCl. Pénal Code, Atteintes sexuelles sans violence sur mineur* par M.-L. Rassat. • M. Bouchet, Ch. Dubois, *De la cacophonie des propositions de lois réformant les infractions sexuelles sur mineurs : Gaz. Pal.* 9 mars 2021, p. 12. • S. Detraz, *Le dédoublement des agressions sexuelles. – Commentaire de certaines des dispositions de la loi du 21 avril 2021 visant à protéger les mineurs des crimes et délits sexuels et de l'inceste : Dr. pén.* 2021, étude 12. • C. Hardouin-Le Goff, *Infractions sexuelles sur mineurs : lorsque le droit pénal retrouve sa fonction expressive et que la fixation d'un seuil d'âge devient constitutionnellement possible : Dr. pén.* 2020, étude 34. • B. Le Dévédec, *Que reste-t-il de l'atteinte sexuelle : Dr. pén.* 2021, étude 22. • J. Léonhard, *La loi du 21 avril 2021 visant à protéger les mineurs des crimes et délits sexuels et de l'inceste : entre illusions et désillusions : AJ pénal* 2021, p. 301. • M. Bouchet et Ch. Dubois, *De la cacophonie des propositions de lois réformant les infractions sexuelles sur mineurs : Gaz. Pal.* 9 mars 2021, p. 12. • E. Dreyer, *L'agression sexuelle sans violence, contrainte, menace ou surprise : Gaz. Pal.* 31 août 2021, p. 66. • S. Papillon, *La CIIVISE, des recommandations qui divisent : Dalloz actualité*, 29 nov. 2021. • C. Bourgès, *Lever les confusions autour de l'inceste, sans tomber dans un militantisme clivant : Dr. pén.* 2021, entretien 4.

1) Précision de la définition : QPC. Refus de transmission de la QPC invoquant l'imprécision de la définition des atteintes sexuelles : les termes sont suffisamment clairs et précis pour permettre une interprétation non arbitraire, le législateur n'étant pas en mesure de faire la liste exhaustive des comportements incriminés. (▪ Cass. crim., 6 juin 2018, n° 17-81.951 QPC : *JurisData* n° 2018-009620 ; *Dr. pén.* 2018, comm. 151, obs. Ph. Conte).

2) Obligations internationales. La Convention européenne doit être interprétée à la lumière de la Convention du Conseil de l'Europe sur la protection des enfants contre l'exploitation et les abus sexuels (dite « Convention de Lanzarote ») du 12 juillet 2007. Celle-ci s'incorpore à l'article 3 de la CESDH, fondement d'une obligation procédurale de mener une enquête effective lorsque sont suspectés des abus sexuels sur mineur (▪ CEDH, gr. ch., 2 févr. 2021, n° 22457/16, *X et a. c/ Bulgarie* : *JurisData* n° 2021-001307 ; *Dalloz actualité*, 4 mars 2021, obs. J.-P. Marguénaud ; *JCP G* 2021, 193, zoom, F. Sudre).

3) Application de la loi dans le temps : nouveau Code pénal. Les dispositions nouvelles s'appliquent aux infractions commises avant leur entrée en vigueur et n'ayant pas donné lieu à une condamnation passée en force de chose jugée, lorsqu'elles sont moins sévères que les dispositions anciennes ; il en est ainsi de l'article 227-25 du Code pénal réprimant le délit d'atteinte sexuelle (■ Cass. crim., 15 mars 1995, n° 94-81.782 : *JurisData* n° 1995-004357 ; *Bull. crim.* n° 106).

4) **Élément matériel : contact corporel.** Le délit d'atteinte sexuelle prévu et réprimé par les articles 227-25 et 227-26 du Code pénal suppose l'existence d'un contact corporel entre l'auteur et la victime (■ Cass. crim., 7 sept. 2016, n° 15-83.287 : *Dr. pén.* 2016, comm. 167, obs. Ph. Conte).

Cassation, faute de contact corporel, de la décision ayant retenu le délit aggravé d'atteinte sexuelle sur mineur à l'encontre de celui qui a imposé à la victime d'assister à des masturbations, une autre qualification pénale devant être recherchée (■ Cass. crim., 5 sept. 2018, n° 17-85.122 : *JurisData* n° 2018-014991 ; *Rev. pénit.* 2018, n° 4, p. 851, obs. M. Danti-Juan).

5) Relativement à une condamnation pour agression sexuelle, rejet du pourvoi contre la décision ayant souverainement considéré que constituent une atteinte sexuelle des caresses qui, sans porter sur des zones du corps spécifiquement sexuelles, avaient un caractère sexuel en raison de la manière dont elles ont été réalisées et du contexte (■ Cass. crim., 3 mars 2021, n° 20-82.399 : *JurisData* n° 2021-002544 ; *Dr. famille* 2021, n° 5, comm. 82, Ph. Bonfils ; *Dr. pén.* 2021, comm. 81, Ph. Conte ; *Gaz. Pal.* 20 avr. 2021, obs. A. Dejean de la Bâtie ; *Gaz. Pal.* 11 mai 2021, comm. S. Detraz ; *RSC* 2021, p. 341, note Y. Mayaud ; *JCP* G 407, note J.-Ch. Saint-Pau ; *LPA* 31 août 2021, obs. M. Viglino).

6) **Agression et atteintes sexuelles (antérieurement à la loi n° 2021-478 du 21 avril 2021).** A été rejeté le pourvoi d'une partie civile, déclaré recevable, contre un arrêt qui, après disqualification de faits initialement poursuivis des chefs de viols et agressions sexuelles, a renvoyé les prévenus devant le tribunal correctionnel pour atteintes sexuelles aggravées, les juges ayant constaté qu'aucun élément de violence, de contrainte, menace ou surprise n'était caractérisé, tout en ajoutant que l'absence de contrainte à l'égard de la mineure ne saurait expliquer ni justifier les atteintes sexuelles commises à son encontre par deux adultes qui ont su profiter de son jeune âge et de ses errements personnels (■ Cass. crim., 29 mars 2006, n° 04-18.483 : *JurisData* n° 2006-032913 ; *Bull. crim.* n° 96 ; *RSC* 2006, p. 828, n° 3, obs. Y. Mayaud).

7) **Élément moral : erreur sur l'âge de la victime.** La personne poursuivie peut invoquer l'erreur sur l'âge de la victime et il lui appartient alors, pour obtenir son acquittement, de justifier qu'elle a été trompée sur cet âge (■ Cass. crim., 7 févr. 1957 : *Bull. crim.* n° 126 ; *RSC* 1957, p. 638, obs. Hugueney).

8) **Peines justifiées (solution ancienne).** Si les juges n'ont pas énoncé les circonstances propres à caractériser la violence, la contrainte, la menace ou la surprise l'arrêt attaqué n'encourt pas pour autant la censure dès lors que la peine prononcée est justifiée au regard des articles 227-25, 227-26 et 227-29 du Code pénal, lesquels n'exigent pas, pour la répression des infractions qu'ils définissent, l'existence de violence, contrainte, menace ou surprise (■ Cass. crim., 18 juin 2003 : *Dr. pén.* 2003, comm. 141, obs. M. Véron).

Art. 227-26 *(L. n° 94-89, 1er févr. 1994 ; mod., L. n° 95-116, 4 févr. 1995 ; L. n° 98-468, 17 juin 1998 ; L. n° 2007-297, 5 mars 2007 ; L. n° 2010-121, 8 févr. 2010 ; L. n° 2011-525, 17 mai 2011 ; L. n° 2021-478, 21 avr. 2021)*. – **L'infraction définie à l'article 227-25 est punie de dix ans d'emprisonnement et de 150 000 € d'amende :**

1° Lorsqu'elle est commise par une personne majeure ayant sur la victime une autorité de droit ou de fait ;

2° Lorsqu'elle est commise par une personne qui abuse de l'autorité que lui confèrent ses fonctions ;

3° Lorsqu'elle est commise par plusieurs personnes agissant en qualité d'auteur ou de complice ;

4° Lorsque le mineur a été mis en contact avec l'auteur des faits grâce à l'utilisation, pour la diffusion de messages à destination d'un public non déterminé, d'un réseau de communication électronique ;

5° Lorsqu'elle est commise par une personne agissant en état d'ivresse manifeste ou sous l'emprise manifeste de produits stupéfiants.

Bibliographie : J.-C. Planque, *Live-streaming pédopornographique : des violences sexuelles difficiles à appréhender pour le droit pénal français : Dr. pén.* 2020, étude 27. • P. Rousseau, *Le renforcement de la lutte contre les commanditaires d'abus sexuels en live-streaming : AJ pénal* 2020 p. 396.

1) **Précision de la définition.** La définition, par les articles 227-25 et 227-26 du Code pénal, du délit d'atteinte sexuelle aggravée, en termes suffisamment précis et explicites, n'est contraire ni au principe de légalité des délits et des peines ni à l'article 7 de la Convention européenne des droits de l'homme (■ Cass. crim., 4 févr. 2004 : *Bull. crim.* n° 32).

2) **Directeur d'une structure d'accueil pour jeunes en difficulté.** Commet le délit de l'arti-

cle 331-1 du Code pénal [ancien] le directeur d'un centre d'accueil pour jeunes en difficulté qui a eu des relations sexuelles avec une de ses pensionnaires mineure de plus de 15 ans, désemparée et perturbée psychologiquement (■ Cass. crim., 3 mai 1989 : *Dr. pén.* 1990, n° 52).

3) **Prétendue « éducation sexuelle ».** Se rend coupable d'un attentat à la pudeur sans violence ni surprise, sur la personne d'une mineure de plus de 15 ans, au sens de l'article 331-1 du Code pénal, toute personne qui ayant autorité sur elle lui impose des relations sexuelles. Le prévenu ne peut pas invoquer le désir de parfaire l'éducation sexuelle de la mineure ou même son attitude consentante. Un tel comportement est condamnable, d'autant plus que le prévenu craignant une grossesse de l'enfant, lui fait subir un examen gynécologique. Cette démarche confirme le caractère délictueux des faits (■ Limoges, 26 mai 1989 : *JurisData* n° 1989-042661).

4) **Matérialité : illustration.** Pour déclarer le prévenu coupable du délit prévu par l'article 227-26 du Code pénal, les juges relèvent que les images enregistrées sur quatre cassettes vidéo saisies et placées sous scellés le montrent se livrant à des actes sexuels avec des jeunes filles mineures, et qu'il n'a pas contesté avoir un rôle actif dans le déroulement de ces scènes (■ Cass. crim., 4 févr. 2004 : *Bull. crim.* n° 32).

5) **Application de la loi pénale dans l'espace.** Si les dispositions de l'article 227-26, alinéa 6, du Code pénal ont été abrogées par l'article 13 de la loi du 4 mars 2002, elles sont désormais reprises, par la même loi, aux articles 225-12-1 à 225-12-3 du Code pénal, et la loi française est applicable aux poursuites exercées de ce chef pour des faits commis à l'étranger, par dérogation au deuxième alinéa de l'article 113-6 du même code sans que les dispositions de la seconde phrase de l'article 113-8 ne doivent recevoir application (même arrêt).

Art. 227-27 *(Mod., L. n° 2010-121, 8 févr. 2010 ; L. n° 2013-711, 5 août 2013 ; L. n° 2021-478, 21 avr. 2021).* **– Hors les cas de viol ou d'agression sexuelle prévus à la section 3 du chapitre II du présent titre, les atteintes sexuelles sur un mineur âgé de plus de quinze ans sont punies de cinq ans d'emprisonnement et de 45 000 € d'amende :**

1° Lorsqu'elles sont commises par toute personne majeure ayant sur la victime une autorité de droit ou de fait ;

2° Lorsqu'elles sont commises par une personne majeure qui abuse de l'autorité que lui confèrent ses fonctions.

Précision de la définition : QPC. Refus de transmission de la QPC invoquant l'imprécision de la définition des atteintes sexuelles : les termes sont suffisamment clairs et précis pour permettre une interprétation non arbitraire, le législateur n'étant pas en mesure de faire la liste exhaustive des comportements incriminés (■ Cass. crim., 6 juin 2018, n° 17-81.951 QPC : *JurisData* n° 2018-009620 ; *Dr. pén.* 2018, comm. 151, obs. Ph. Conte).

Art. 227-27-1 *(L. n° 98-468, 17 juin 1998).* **– Dans le cas où les infractions prévues par les articles 227-22, 227-23 ou 227-25 à 227-27 sont commises à l'étranger par un Français ou par une personne résidant habituellement sur le territoire français, la loi française est applicable par dérogation au deuxième alinéa de l'article 113-6 et les dispositions de la seconde phrase de l'article 113-8 ne sont pas applicables.**

Bibliographie : V. Weber, *La loi du 30 juillet 2020 visant à protéger les victimes de violences conjugales et l'application de la loi pénale dans l'espace : de quelques incohérences... : Dr. pén.* 2020, étude 33.

Art. 227-27-2 *(L. n° 2010-121, 8 févr. 2010 ; abr. à compter du 18 févr. 2012, Cons. const. n° 2011-222 QPC, 17 févr. 2012 ; rétabli dans la version suivante, L. n° 2013-711, 5 août 2013).* **– La tentative des délits prévus aux articles 227-25, 227-26 et 227-27 est punie des mêmes peines.**

Art. 227-27-2-1 *(L. n° 2016-297, 14 mars 2016 ; L. n° 2021-478, 21 avr. 2021).* **– Les infractions définies aux articles 227-25 à 227-27 sont qualifiées d'incestueuses lorsqu'elles sont commises sur la personne d'un mineur par :**

1° Un ascendant ;

2° Un frère, une sœur, un oncle, une tante, un grand-oncle, une grand-tante, un neveu ou une nièce ;

3° Le conjoint, le concubin d'une des personnes mentionnées aux 1° et 2° ou le partenaire lié par un pacte civil de solidarité avec l'une des personnes mentionnées aux mêmes 1° et 2°, s'il a sur le mineur une autorité de droit ou de fait.

Art. 227-27-3 *(L. n° 2010-121, 8 févr. 2010 ; mod., L. n° 2013-711, 5 août 2013 ; L. n° 2016-297, 14 mars 2016).* **– Lorsque l'atteinte sexuelle incestueuse est commise par une personne titulaire de l'autorité**

parentale sur le mineur, la juridiction du jugement doit se prononcer sur le retrait total ou partiel de cette autorité *(Mots aj., L. n° 2019-1480, 28 déc. 2019)* (1) « ou sur le retrait de l'exercice de cette autorité » en application des articles 378 et 379-1 du Code civil.

Elle peut alors statuer sur le retrait de cette autorité *(Mots aj., L. n° 2019-1480, 28 déc. 2019)* « ou sur le retrait de l'exercice de cette autorité » en ce qu'elle concerne les frères et sœurs mineurs de la victime.

Si les poursuites ont lieu devant la cour d'assises, celle-ci statue sur cette question sans l'assistance des jurés.

Voir : ss art. 222-14, p. 393.

Art. 227-28. – Lorsque les délits prévus aux articles 227-18 à 227-21 et 227-23 sont commis par la voie de la presse écrite ou audiovisuelle, les dispositions particulières des lois qui régissent ces matières sont applicables en ce qui concerne la détermination des personnes responsables.

Art. 227-28-1 *(Mod., L. n° 2002-304, 4 mars 2002 ; L. n° 2009-526, 12 mai 2009)*. – Les personnes morales déclarées responsables pénalement, dans les conditions prévues par l'article 121-2, des infractions définies aux articles 227-18 à 227-26, encourent, outre l'amende suivant les modalités prévues par l'article 131-38, les peines prévues par les 2° à 5° et 7° à 9° de l'article 131-39.

L'interdiction mentionnée au 2° de l'article 131-39 porte sur l'activité dans l'exercice ou à l'occasion de l'exercice de laquelle l'infraction a été commise.

Art. 227-28-2 *(Abr., L. n° 2010-121, 8 févr. 2010)*.

Art. 227-28-3 *(L. n° 2006-399, 4 avr. 2006 ; L. n° 2021-478, 21 avr. 2021)*. – Le fait de faire à une personne des offres ou des promesses ou de lui proposer des dons, présents ou avantages quelconques afin qu'elle commette à l'encontre d'un mineur l'un des crimes ou délits visés aux articles 225-5 à 225-11, 227-22, 227-23 et 227-25 à 227-28 est puni, lorsque cette infraction n'a été ni commise ni tentée, de trois ans d'emprisonnement et 45 000 € d'amende si cette infraction constitue un délit, et de sept ans d'emprisonnement et 100 000 € d'amende si elle constitue un crime.

Bibliographie : *JCl. Pénal Code, Provocation non suivie d'effet à commettre certaines infractions à l'encontre d'un mineur*, par H. Angevin, actualisé par E. Letouzay.

Section VI. – Peines complémentaires applicables aux personnes physiques

Art. 227-29 *(Mod., L. n° 98-468, 17 juin 1998 ; L. n° 2007-297, 5 mars 2007 ; L. n° 2008-776, 4 août 2008)*. – Les personnes physiques coupables des infractions prévues au présent chapitre encourent également les peines complémentaires suivantes :

1° L'interdiction des droits civiques, civils et de famille, suivant les modalités définies à l'article 131-26 ;

2° La suspension, pour une durée de cinq ans au plus, du permis de conduire, cette suspension pouvant être limitée à la conduite en dehors de l'activité professionnelle ;

3° L'annulation du permis de conduire avec interdiction de solliciter la délivrance d'un nouveau permis pendant cinq ans au plus ;

4° L'interdiction, pour une durée de cinq ans au plus, de quitter le territoire de la République.

5° La confiscation de la chose qui a servi ou était destinée à commettre l'infraction ou de la chose qui en est le produit ;

6° L'interdiction, soit à titre définitif, soit pour une durée de dix ans au plus, d'exercer une activité professionnelle ou bénévole impliquant un contact habituel avec des mineurs ;

7° *(7° abr. à compter du 24 mars 2020, L. n° 2019-222, 23 mars 2019)* ;

8° Pour les crimes prévus par les articles 227-2 et 227-16, l'interdiction, suivant les modalités prévues par l'article 131-27, soit d'exercer une fonction publique ou d'exercer l'activité professionnelle ou sociale dans l'exercice ou à l'occasion de l'exercice de laquelle l'infraction a été commise, soit d'exercer une profession commerciale ou industrielle, de diriger, d'administrer, de gérer ou de contrôler à un titre quelconque, directement

(1) Dispositions applicables à Wallis-et-Futuna, L. n° 2019-1480, 28 déc. 2019.

ou indirectement, pour son propre compte ou pour le compte d'autrui, une entreprise commerciale ou industrielle ou une société commerciale. Ces interdictions d'exercice peuvent être prononcées cumulativement.

Art. 227-30. – **Les personnes physiques coupables des infractions prévues par la section IV du présent chapitre encourent également la peine complémentaire d'affichage ou de diffusion de la décision prévue par l'article 131-35.**

Art. 227-31 *(L. n° 98-468, 17 juin 1998).* – **Les personnes coupables des infractions définies aux articles 227-22 à 227-27 peuvent également être condamnées à un suivi socio-judiciaire selon les modalités prévues par les articles 131-36-1 à 131-36-13.**

Art. 227-31-1 *(Créé, L. n° 2021-478, 21 avr. 2021).* – **En cas de condamnation pour une infraction prévue aux articles 227-22 à 227-27, 227-27-2 ou 227-28-3, la peine complémentaire d'interdiction d'exercer une activité professionnelle ou bénévole impliquant un contact habituel avec des mineurs prévue au 6° de l'article 227-29 est prononcée à titre définitif. La juridiction peut, par une décision spécialement motivée, décider de ne pas prononcer cette peine en considération des circonstances de l'infraction et de la personnalité de son auteur ou de la prononcer pour une durée de dix ans au plus.**

Art. 227-32 *(L. n° 2007-297, 5 mars 2007 ; abr. à compter du 24 mars 2020, L. n° 2019-222, 23 mars 2019).*

Voir : art. 131-5-1, p. 195.

Section VII. – Peine complémentaire commune aux personnes physiques et aux personnes morales

Art. 227-33 *(L. n° 2007-297, 5 mars 2007 ; mod., L. n° 2012-409, 27 mars 2012).* – **Les personnes physiques ou morales coupables des infractions prévues au troisième alinéa de l'article 227-22 et au sixième alinéa de l'article 227-23 encourent également la peine complémentaire de confiscation de tout ou partie des biens leur appartenant ou, sous réserve des droits du propriétaire de bonne foi, dont elles ont la libre disposition, quelle qu'en soit la nature, meubles ou immeubles, divis ou indivis.**

LIVRE TROISIÈME

DES CRIMES ET DÉLITS CONTRE LES BIENS

TITRE PREMIER. – DES APPROPRIATIONS FRAUDULEUSES

CHAPITRE I. – DU VOL

Section I. – Du vol simple et des vols aggravés

Bibliographie : D. Auger, *Droit de propriété et droit pénal : PUAM*, 2005. • G. Beaussonie, *La prise en compte de la dématérialisation des biens par le droit pénal. Contribution à l'étude de la protection pénale de la propriété : LGDJ*, 2012. • E. le Moulec, *Pour un renouvellement du système répressif dit des atteintes juridiques au biens*, thèse, Rennes 1, 2019. • R. Ollard, *La protection pénale du patrimoine* : Dalloz, 2010. • G. Beaussonie, *La protection pénale de la propriété sur l'information : Dr. pén.* 2008, étude 19. • M. Carrasco-Daëron, *La possible répression des appropriations frauduleuses des immeubles : Dr. pén.* 2018, étude 2. • E. Clément, *Concours et cumuls des infractions contre les biens : AJ pénal* 2017, p. 219. • M.-S. Cousin-Houppe, *Vers une continuité de la loi pénale dans le domaine des principales infractions portant atteinte juridique aux biens (Vol-Abus de confiance-Escroquerie) : RSC* 1977, p. 779. • J. Devèze, *À propos de l'évolution des « délits contre les biens » : Mél. le Tourneau : Dalloz*, 2008, p. 359. • M.-L. Lanthiez, *Du préjudice dans quelques infractions contre les biens : D.* 2005, chron. p. 464. • J. Léauté, *Les frontières du droit des contrats et du droit de la propriété en droit pénal spécial*, in *Mél. Julliot de la Morandière : Dalloz*, 1964, p. 243. • J. Léauté, *Le rôle de la théorie civiliste de la possession dans la jurisprudence relative au vol, à l'escroquerie et à l'abus de confiance*, in *Mél. Patin : Cujas*, 1966, p. 225. • C. Mascala, *L'immeuble, un bien saisi par le Code pénal ?, Mél. Saint-Alary : PUSS*, 2006, p. 387. • R. Ollard, *La dématérialisation des infractions contre le patrimoine*, in *Droit pénal et autres branches du droit : Cujas*, 2012, p. 41. • T. Revet, *Regards d'un civiliste sur le droit pénal des biens*, in *Droit pénal et autres branches du droit : Cujas*, 2012, p. 29.

Art. 311-1. – **Le vol est la soustraction frauduleuse de la chose d'autrui.**

Bibliographie : *JCl. Pénal Code, Vol* par W. Jeandidier. • P. Corlay, *La notion de soustraction frauduleuse et la conception civiliste objective de la possession : LGDJ*, 1978. • F. Ghelfi-Tastevin, *L'évolution de la notion de soustraction frauduleuse dans le vol :* thèse, Nice, 1996. • G. Beaussonie, *À propos d'une controverse contemporaine et persistante : le vol d'informations : Rev. dr. d'Assas*, déc. 2018, n° 17, p. 99. • D. Ciolino-Berg, *Vol d'informations sur l'Internet* : *Comm. com. électr.* 2003, chron. 28. • P. Corlay, *Réflexions sur les récentes controverses relatives au domaine et à la définition du vol* : *JCP* G 1984, I, 3160. • F. Debove, *Information mal acquise ne profite jamais* : *Dr. pén.* 1999, chron. 24. • S. Detraz, R. Ollard, J.-C. Saint-Pau, *Contre l'incrimination du vol d'information*, in *La réforme du Code pénal et du Code de procédure pénal,* Opinio doctorum : *Dalloz*, 2009, p. 105. • J. Devèze, *Le vol de « biens informatiques »* : *JCP* G 1985, I, 3210. • R. Gassin, *La notion de vol dans la jurisprudence française contemporaine, Mél. Lebret* : PUF, 1968, p. 85. • S. Jacopin, *Le début d'une évolution sur la nature de la chose susceptible d'appropriation* : *Dr. pén.* 2001, chron. 16. • S. Jouniot, *Vol : avatars d'une infraction protéiforme : AJ pénal* 2019, p. 26. • J. Lasserre Capdeville, *Les développements récents du droit sanctionnant le vol : AJ pénal* 2017, p. 208. • M.-P. Lucas de Leyssac, *Une information seule est-elle susceptible de vol ou d'une autre atteinte juridique aux biens ? : D.* 1985, chron. p. 43. • M.-P. Lucas de Leyssac, *L'arrêt Bourquin, une double* *révolution : un vol d'information seule, une soustraction permettant d'appréhender des reproductions qui ne constitueraient pas des contrefaçons : RSC* 1990, p. 507. • P.-A. Pageaud, *L'intention de la victime comme critère de la notion de soustraction en matière de vol : JCP* 1955, I, 1256. • D. Veaux, *Vol et transfert de propriété, Mél. Bouzat : A. Pedone*, 1980, p. 351.

• *Sommaire*

I – CHOSE D'AUTRUI 622
A – Chose 622
B – Appartenance à autrui 624
1° Nécessité 624
2° Difficultés 626
II – SOUSTRACTION 628
A – Soustraction-préhension 628
B – Soustraction-reproduction 631
III – FRAUDE 632
A – Importance du dol général 632
B – Indifférence du dol spécial 633

I – CHOSE D'AUTRUI

A – Chose

1) Exclusion des immeubles. Le vol suppose un déplacement, ne pouvant donc s'appliquer qu'aux choses mobilières, susceptibles d'être transportées d'un lieu à un autre (▪ Alger, 24 mars 1911 : *DP* 1913, 2, p. 168). En revanche, dès qu'un objet qui était immeuble se trouve détaché du fonds auquel il adhérait, il (re)devient meuble et peut faire l'objet d'un vol ; il en est ainsi des sables et graviers qui sont meubles dès qu'ils sont extraits et leur extraction sur un terrain d'alluvions appartenant à autrui constitue un vol (▪ Cass. crim., 1er juill. 1864 : *Bull. crim.* n° 169). Il en va de même pour celui qui prend des pierres sur les propriétés voisines pour construire le mur de son jardin (▪ Cass. crim., 27 avr. 1866 : *DP* 1866, 1, p. 288), ainsi que de celui qui exploite du charbon sur un filon appartenant à la concession voisine (▪ Cass. crim., 17 juill. 1884 : *S.* 1885, 1, p. 190) ou des terrains aurifères appartenant à autrui (▪ Cass. crim., 10 janv. 1896 : *S.* 1898, 1, p. 151), ou encore de celui qui détache une stalagmite dans une grotte artistique (▪ T. corr. Grasse, 5 avr. 1948 : *Gaz. Pal.* 1948, 1, p. 253). Plus usuellement, il en est ainsi de la soustraction de tous les meubles par anticipation, notamment les arbres (▪ Cass. crim., 27 févr. 1996, n° 95-82.370 : *JurisData* n° 1996-001510 ; *Bull. crim.* n° 96 ; *Dr. pén.* 1996, comm. 153, obs. M. Véron ; *RTD civ.* 1996, p. 936, obs. F. Zenati) ou récoltes (▪ Cass. crim., 20 mars 1973 : *Bull. crim.* n° 139) sur pied et les champignons (▪ Cass. crim., 13 avr. 2010, n° 09-85.776 : *JurisData* n° 2010-004891 ; *Bull. crim.* n° 66 ; *D.* 2010, p. 2272, note G. Roujou de Boubée. Justifie sa décision la cour d'appel qui, pour déclarer un prévenu coupable de vol de champignons, retient que celui-ci reconnaît avoir ramassé des champignons sur des parcelles appartenant à autrui, sans justifier d'une autorisation spécifique. En effet, lorsqu'un prévenu ne prélève pas des champignons dans des bois et forêts, mais les soustrait dans une truffière cultivée par le propriétaire, les faits ne constituent pas la contravention prévue par l'article R. 331-2 du Code forestier ; ▪ Cass. crim., 7 nov. 1999, n° 98-86.337, à propos d'une défense illégitime de champignons). Dans la même idée, constitue un vol l'enlèvement d'un panneau de bois apposé sur un bâtiment vendu depuis 3 ans, ce panneau étant un accessoire dudit bâtiment (▪ Toulouse, 21 sept. 2000, n° 00/00209 : *JurisData* n° 2000-124296).

2) Exclusion des services. La prise de connaissance, par l'entremise d'un décodeur pirate, des émissions d'une chaîne codée, ne constitue pas un vol, dans la mesure où nul – diffuseur ou abonné – ne se trouve dépossédé des programmes concernés (▪ Paris, 24 juin 1987 : *Gaz. Pal.* 2-3 sept. 1987 ; *RSC* 1988, p. 793, obs. P. Bouzat). La loi n° 86-1067 du 30 septembre 1986 relative à la liberté de communication est venue sur ce point combler un vide législatif (V. aujourd'hui art. 323-1 et s.). L'usage du Minitel d'autrui, sans autorisation de l'abonné, ne constitue pas un vol, car les communications téléphoniques constituent des prestations de service non susceptibles d'appropriation et n'entrent pas dans la catégorie des choses visées par l'article 379 du Code pénal (▪ Cass. crim., 12 déc. 1990, n° 88-81.215 : *Bull. crim.* n° 430 ; *RSC* 1992, p. 84, obs. P. Bouzat).

3) Indifférence de la valeur économique de la chose : lettres missives, courriers divers. Le vol d'une lettre missive est constitué en tous ses éléments lorsque le prévenu a pénétré dans le bureau de la victime et s'est emparé, contre la volonté de celle-ci, d'une lettre missive appartenant à autrui, étant sans intérêt en la cause la nature synallagmatique du contrat dont la lettre avait pour objet de préciser les conditions (▪ Cass. crim., 18 juin 1975 : *Gaz. Pal.* 1975, 2, p. 660 ; *RSC* 1976, p. 124, obs. P. Bouzat). Dans la même idée, la cour d'appel qui, pour relaxer le salarié du chef de vol, retient, par motifs propres et adoptés, que les informations figurant dans les documents reproduits, constitués de courriers administratifs de portée générale, n'ont aucune valeur marchande, a méconnu les articles 379 ancien et 311-1 du Code pénal (Cass. crim., 8 déc. 1998, n° 97-83.318 : *Bull. crim.* n° 336 ; *Dr. pén.* 1999, comm. 67, obs. M. Véron ; *D.* 2000, somm. p. 120, obs. M. Segonds ; *RSC* 1999, p. 822, obs. R. Ottenhof). De façon générale, la valeur minime voire nulle des objets volés est indifférente (▪ Poitiers, 16 juin 1988 : *JurisData* n° 1988-043406. ▪ Cass. crim., 17 nov. 2015, n° 14-86.101 : *Dr. pén.* 2016, comm. 26, obs. P. Conte, à propos de câbles usagés et de faible valeur).

4) Indifférence de la fongibilité de la chose : luzernes. ▪ Cass. crim., 17 déc. 1980, n° 79-93.458 : *Bull. crim.* n° 351.

5) Indifférence de l'extracommercialité de la chose : stupéfiants. Le caractère illicite ou hors commerce des stupéfiants soustraits est sans influence sur la qualification de vol (▪ Cass. crim., 5 nov. 1985, n° 85-94.640 : *JurisData* n° 1985-702818 ; *Bull. crim.* n° 340).

6) Incidence de la consomptibilité de la chose. Commet un vol, le salarié d'une entreprise vendant des produits d'alimentation qui emporte des denrées que les dirigeants de l'entreprise avaient autorisé les salariés à consommer au réfectoire de l'établissement mais non à emporter hors de celui-ci (▪ Cass. crim., 17 mai 1994, n° 93-83.042 : *Gaz. Pal.* 1994, 2, somm., p. 541). V. aussi n° 25.

7) Grande diversité des choses. Tout objet, à la seule condition qu'il appartienne à quelqu'un, est susceptible d'être volé : éléments d'une personne humaine (▪ T. corr. Fort-de-France, 22 sept. 1967 : *JCP* 1968, II, 15583, note P.-G. Biswang, où ont été mis en cause deux individus cherchant à se procurer des morceaux de corps humain, afin de rendre des coqs de combat invincibles. Il n'y a finalement pas eu condamnation, car les prévenus se sont volontairement désistés après le commencement d'exécution ; ▪ T. corr. Nice, 22 déc. 1952 : *D.* 1953, jurispr. p. 139, pour une condamnation pour vol de parties d'un cadavre) ; dossier médical (▪ Cass. crim., 3 mars 2001, n° 00-84.301 : *JurisData* n° 2001-009976) ; objets funéraires (▪ Cass. crim., 25 oct. 2000, n° 00-82.152 : *JurisData* n° 2000-006853 ; *Bull. crim.* n° 318 ; *JCP* G 2001, II, 10566, note P. Mistretta ; *D.* 2001, p. 1052, note T. Garé ; *Dr. pén.* 2001, comm. 18, obs. M. Véron) ; copies du baccalauréat (▪ Paris, 24 juin 1965 : *JCP* G 1966, II, 14700, note D. Bécourt) ; animaux (▪ Dijon, 12 oct. 1927 : *Gaz. Pal.* 1927, 2, p. 961, à propos d'un pigeon. ▪ Cass. crim., 30 janv. 1973, n° 72-93.057 : *Bull. crim.* n° 52 à propos d'un chien) ; créances ou reconnaissances de dette (▪ Cass. crim., 15 mai 1863 : *S.* 1863, 1, 406. ▪ Cass. crim., 20 juin 1929 : *Bull. crim.* n° 171. ▪ Cass. crim., 5 déc. 1984 : *Bull. crim.* n° 387).

8) Informations. Ont d'abord été condamnés, dès les années 1970 (V. préalablement, en ce sens, ▪ Cass. crim., 23 déc. 1957 : *Bull. crim.* n° 880), des salariés qui ont emporté, photocopié ou imprimé des documents appartenant à leur employeur (▪ Cass. crim., 8 janv. 1979, n° 77-93.038 : *Bull. crim.* n° 13 ; *D.* 1979, p. 509, note P. Corlay ; *RSC* 1979, p. 571, note P. Bouzat. ▪ Cass. crim., 29 avr. 1986, n° 84-93.281 : *Bull. crim.* n° 148 ; *D.* 1987, jurispr. p. 131, note M.-P. Lucas de Leyssac ; *JCP* G 1987, II, 20788, note H. Croze. V. encore ▪ Cass. crim., 28 mars 1990, n° 89-84.469. ▪ Cass. crim., 3 mars 1992, n° 90-82.964 : *Dr. pén.* 1992, 254, obs. M. Véron ; *D.* 1994, somm. p. 157, obs. G. Roujou de Boubée. ▪ Cass. crim., 19 janv. 1994 : *Dr. pén.* 1994, comm. 109, obs. M. Véron ; ▪ Cass. crim., 8 déc. 1998, préc. n° 3. ▪ Cass. crim., 16 mars 1999, n° 97-85.054 : *JCP* G 1999, II, 10166, note S. Bouretz ; *D.* 2000, somm. p. 120, obs. M. Segonds. ▪ Cass. crim., 27 mai 1999 : *Gaz. Pal.* 1999, 2, chron. crim. p. 122. ▪ Cass. crim., 24 avr. 2001, n° 00-83.798 : *Dr. pén.* 2001, comm. 114, obs. M. Véron. ▪ Cass. crim., 3 mai 2001 : *JurisData* n° 2001-009976 ; *Dr. pén.* 2002, chron. 19, obs. C. Marsat, à propos d'un médecin qui s'est emparé de dossiers médicaux, conservés sous sa responsabilité, pour les produire à l'appui de sa dénonciation d'un médecin à un officier de police judiciaire, qui l'a invité à justifier de ses griefs sans pour autant l'inciter à commettre des soustractions de pièces). A ensuite été considéré que n'encourt pas la cassation l'arrêt qui déclare les prévenus coupables, d'une part, de vol d'un certain nombre de disquettes, et, d'autre part, du vol du contenu informationnel de certaines de ces disquettes, durant le temps nécessaire à la reproduction des informations (▪ Cass. crim., 12 janv. 1989 : *Bull. crim.* n° 14. ▪ Cass. crim., 9 sept. 2003, n° 02-87.098, à propos du vol du contenu informationnel d'une disquette support d'un logiciel), et qu'est justifiée la condamnation pour vol de celui qui détenait, du fait de ses activités professionnelles au sein de l'entreprise, des documents comptables qu'il a utilisés pour établir des tableaux graphiques qu'il a ensuite sciemment communiqués à un tiers, à l'insu de son employeur. Le prévenu a, de la sorte, usurpé la possession de ces documents et a bien commis la soustraction frauduleuse visée à la prévention, les données comptables et commerciales figurant sur les documents et transmises à un tiers constituant des biens incorporels qui se trouvaient être juridiquement la propriété exclusive de l'entreprise (▪ Cass. crim., 1er mars 1989 : *Bull. crim.* n° 100). Constitue tout autant un vol l'appréhension, avec un matériel approprié, des informations contenues sur les pistes magnétiques de cartes bancaires (▪ Paris, 9e ch. A, 28 févr. 1989, inédit). Et doit être approuvée une cour d'appel qui a condamné un prévenu pour vol du contenu informationnel d'au moins 9 syquests (cartouches de données de sauvegarde de grande capacité) contenant des plans de base et des plans de découpe appartenant à une autre société, revêtus de son sigle et de la marque de sa propriété, pour les utiliser dans le cadre d'une nouvelle société dont il allait être le dirigeant (▪ Cass. crim., 4 mars 2008, n° 07-84.002 : *D.* 2008, p. 2213, note S. Detraz). Enfin, constitue aussi un vol le téléchargement, effectué sans le consentement de leur propriétaire, de données informatiques que le prévenu savait protégées (▪ Cass. crim., 20 mai 2015, n° 14-81.336 : *JurisData* n° 2015-011834 ; *AJ pénal* 2015, p. 413, obs. E. Dreyer ; *D.* 2015, p. 1466, note L. Saenko ; *JCP* G 2015, 887, note G. Beaussonie ; *Dr. pén.* 2015, n° 106, obs. M. Véron ; *ibid.*, n° 123, obs. Ph. Conte ; *ibid.* chron. 10, obs. A. Lepage). Et le libre accès à des informations personnelles sur un réseau informatique d'une entreprise n'est pas exclusif de leur appropriation frauduleuse par tout moyen de reproduction (▪ Cass. crim., 28 juin 2017, n° 16-81.113 : *JurisData* n° 2017-012975 ; *D.* 2017, p. 1885, obs. G. Beaussonie ; *ibid*, p. 2501, obs. T. Garé ; *AJ pénal* 2017, p. 448, obs. J. Lasserre Capdeville ; *RSC* 2017, p. 752, obs. H. Matsopoulou ; *Dr. pén.* 2017, n° 141, obs. Ph. Conte ; *Gaz. pal.* 24 oct. 2017, p. 50, obs. S. Detraz). Par ailleurs, la reproduction, par le prévenu, du contenu confidentiel et sensible d'un courriel qu'il avait exclusivement été autorisé à consulter est également constitutive d'un vol (Cass. crim., 24 janv. 2018, n° 16-86.597 : *JurisData* n° 2018-000682 ; *AJ pénal* 2018, p. 150, obs. G. Beaussonie ; *RTD com.* 2018, p. 492, obs. L. Saenko). C'est *idem* pour un salarié qui, durant 3 ans, a transféré, depuis son ordinateur portable vers une clef USB, 190 fichiers informatiques comportant des informations stratégiques et confidentielles relatifs aux clients de la société qui l'employait, aux prospects et aux prix pratiqués (▪ Cass. crim., 7 nov. 2018, n° 17-82.459 : *JurisData* n° 2018-019612). V. aussi n° 42.

B – Appartenance à autrui

1° Nécessité

9) Condition principale. La loi punit la soustraction de toute chose, quelle qu'elle soit, si elle appartient à autrui (▪ Cass. crim., 14 mai 1957 : *Bull. crim.* n° 403).

10) Absence d'appartenance à l'auteur de la soustraction. Le « vol » de sa propre chose est impunissable ; tel est par exemple le cas pour le bailleur qui récupère les clefs d'un immeuble, celles-ci étant l'accessoire indispensable des serrures qui lui appartiennent, au même titre que l'immeuble dans lequel elles sont incorporées (▪ T. corr. Avesnes-sur-Helpe, 17 janv. 1961 : *D.* 1961, p. 207 ; *Rev. loyers* 1961, p. 206), ou du prévenu qui a récupéré au domicile de son ancienne épouse des objets personnels (▪ Versailles, 1er oct. 1986 : *JurisData* n° 1986-047434). Mais ce n'est pas le cas du vendeur de portail qui, parce qu'il n'a pas reçu l'intégralité du paiement, récupère le matériel qu'il a installé chez une cliente ; faisant cela, il commet un vol (▪ Poitiers, 8 févr. 2001 : *JurisData* n° 2001-205500). N'est pas non plus un voleur l'entrepreneur qui a repris des portes-fenêtres et volets, alors que le client n'avait pas payé le solde du prix et qu'avait eu lieu une réception provisoire et informelle des travaux (▪ CA Paris, 27 mai 1987 : *JurisData* n° 1987-024345) ou celui qui a repris, dans la maison inachevée qu'il était chargé de construire, un matériel sanitaire payé par lui mais non encore installé (▪ Cass. crim., 13 janv. 1971, n° 70-90.758 : *Bull. crim.* n° 11, le contrat prévoyant alors un transfert de propriété différé). Mais, à l'inverse, commet un vol celui qui, dans une maison en construction vendue en l'état futur d'achèvement, a repris des menuiseries qu'il avait fournies et qui avaient déjà été mises en place (▪ Cass. crim., 12 oct. 1976 : *Bull. crim.* n° 289 ; *RSC* 1977, p. 106, obs. P. Bouzat) ou celui qui, en cours d'exécution d'un marché de fournitures, a procédé à l'enlèvement de chaudières murales et de compteurs d'eau qu'il avait installés et qui étaient devenus la propriété du constructeur par incorporation (▪ Cass. crim., 21 nov. 1979 : *D.* 1980, IR p. 444). Il demeure alors indifférent que le propriétaire ait cru, en agissant, que la chose appartenait à quelqu'un d'autre (▪ T. corr. Auxerre, 14 janv. 1964 : *Gaz. Pal.* 1964, 1, p. 185). En revanche, il faut que la propriété de l'agent au moment de la soustraction soit établie pour qu'il ne soit pas coupable (▪ Cass. crim., 23 nov. 2004, n° 04-81.478 : *JurisData* n° 2004-026331 ; *Dr. pén.* 2005, comm. 39, obs. M. Véron, à propos de légataires universels qui n'étaient pas encore propriétaires des biens légués). Dans une hypothèse où des biens peuvent avoir différents propriétaires, il faut s'assurer que le prévenu a pris un des biens qui ne lui appartenait pas (▪ Cass. crim., 20 juin 2006, n° 05-80.776 : *JurisData* n° 2006-034401 ; *Bull. crim.* n° 190 ; *AJ pénal* 2006, p. 505, obs C. Porteron, à propos du client d'un avocat qui a repris les pièces de son dossier après l'avoir déchargé de son affaire en raison d'un désaccord. L'arrêt de condamnation est cassé car les juges du fond n'ont pas recherché quelles pièces appartenant à l'avocat avaient pu être frauduleusement soustraites par le client). Celui qui conserve un bien faisant l'objet d'une saisie-exécution n'est pas un voleur (▪ Orléans, 5 déc. 1893 : *DP* 1895, 2, p. 166) ; il n'en commet pas moins une infraction : V. art. 314-6. Étrangement, il a en revanche pu être jugé que le nu-propriétaire d'un bien qui a soustrait frauduleusement l'objet de l'usufruit commettait un vol, car il ne pouvait trouver dans sa nue-propriété un droit complet sur l'objet soustrait (▪ Nîmes, 8 févr. 1877 : *S.* 1877, 2, p. 323) et, dans l'autre sens, qu'une compagnie d'assurance pourtant subrogée dans les droits de l'assuré ne pouvait être la victime d'un vol de la part de ce dernier, car elle n'avait pu exercer sur le bien litigieux les attributs de son droit de propriété (▪ Paris, 30 avr. 2003 : *JurisData* n° 2003-224547).

11) Incidence du transfert de propriété : ventes. Dans la continuité de ce qui précède, en matière de vente, dès que la chose est vendue, la propriété est transférée à l'acquéreur, même s'il n'a pas payé le prix, et il y aurait donc soustraction frauduleuse le vendeur à reprendre la chose contre le gré de l'acheteur (▪ Cass. crim., 20 nov. 1947 : *S.* 1948, 1, p. 176 ; *RSC* 1949, p. 347, obs. P. Bouzat. V. aussi ▪ Poitiers, 8 févr. 2001 : *JurisData* n° 2001-205500). Dans la vente au comptant, la jurisprudence a néanmoins considéré que la remise définitive de l'objet vendu n'était consentie par le vendeur à l'acheteur qu'au moment du versement du prix ; jusque-là, il n'y aurait qu'un dessaisissement provisoire (▪ Cass. crim., 4 juin 1915 : *Bull. crim.* n° 121 ; *DP* 1921, 1, p. 57, note P. Appleton). Par la suite, la Cour de cassation a considéré que le fondement d'une telle solution résidait dans le fait que seul la détention matérielle de la chose ait été remise, cette situation n'étant pas exclusive de la soustraction (▪ Cass. crim., 18 juill. 1963, n° 63-90.045 : *Bull. crim.* n° 262). Dans la vente à tempérament, il n'y a vol de la part du vendeur qui récupère le bien que si l'acheteur avait acquis la propriété dès la conclusion du contrat (▪ Colmar, 25 mars 1958 : *D.* 1959, p. 196, note A. Chavanne). En présence d'une clause de réserve de propriété, le vendeur demeure propriétaire du bien, même entré en possession de l'acheteur, de sorte qu'il ne peut être condamné pour vol à le reprendre parce que l'acheteur n'en a pas acquitté le prix (▪ Cass. crim., 27 oct. 2009, n° 09-81.345 : *JurisData* n° 2009-050474. *Contra* : ▪ Toulouse, 5 mai 1999 : *JurisData* n° 1999-042183). À défaut de soustraction de la part de l'acheteur à qui la possession du bien a été remise, celui qui conserve le bien malgré la clause n'est pas coupable d'un vol (▪ Cass. crim., 11 oct. 1990, n° 89-84.474 : *JurisData* n° 1990-703057 ; *Bull. crim.* n° 341 ; *D.* 1991, p. 234, note M.-A. Péan ; *RSC* 1991, p. 765, obs. P. Bouzat. ▪ Et V. n° 33). Pour les ventes en « libre-service », il y a vol à ne pas présenter tout ou partie des marchandises appréhendées à la caisse ou à payer tout ou partie de leur prix (▪ Cass. crim., 14 mai 1958 : *Bull. crim.* n° 391 ; *D.* 1958, p. 513, note M. R. M. P. ▪ Cass. crim., 30 mai 1958 : *Bull. crim.* n° 421 ; *D.* 1958, p. 513, note M.R. M.P. ; *JCP* 1958, II, 10809, note A. Chavanne. ▪ Cass. crim., 20 févr. 1963 : *Gaz. Pal.* 1963, 2, p. 119 ; *D.* 1963, somm. p. 103. ▪ Cass. crim., 10 juin 1964, n° 64-90.145 : *Bull. crim.* n° 200. ▪ Cass. crim., 10 févr. 1977, n° 76-91.369 : *Bull. crim.* n° 57).

12) Remembrement. Un transfert de propriété peut aussi être la conséquence de la clôture d'opérations de remembrement. Celui qui abat des arbres sur une propriété qui n'est plus la sienne et les transporte chez lui commet donc un vol, même s'il a exercé un recours non encore contre la décision de remembrement (▪ Cass. crim., 23 mai 1967 : *Bull. crim.* n° 157).

13) Indifférence de l'identification du propriétaire. Si la chose volée doit appartenir à autrui, il n'est pas nécessaire que l'on connaisse son propriétaire : il faut mais il suffit qu'il s'agisse d'une chose appropriée par quelqu'un d'autre que le voleur (▪ Cass. crim., 11 mars 1942 : *Bull. crim.* n° 23) et que celui-ci en ait eu conscience (▪ Cass. crim., 25 oct. 2000, préc. n° 7). La décision de condamnation est fondée lorsqu'elle parle de la soustraction de la chose d'autrui sans désigner le propriétaire (▪ Cass. crim., 26 juill. 1928 : *Bull. crim.* n° 226), mais elle serait insuffisamment motivée si elle ne spécifiait pas que l'objet avait encore un propriétaire au moment où il avait été dérobé (▪ Cass. crim., 16 mars 1923 : *DP* 1924, 1, p. 136). Par exemple, il y a vol dans le fait, pour un individu, d'emporter des objets abandonnés par des soldats ennemis mais appartenant assurément à des tiers, en déclarant qu'il en était propriétaire (▪ Cass. crim., 6 nov. 1920 ; *DP* 1921, 1, p. 188, note A.L.).

14) Indifférence de la liberté d'accès à la chose. Le libre accès à des informations personnelles sur un réseau informatique d'une entreprise n'est pas exclusif de leur appropriation frauduleuse par tout moyen de reproduction (▪ Cass. crim., 28 juin 2017, préc. n° 8). Dans la même idée, mais en ce qui concerne des biens corporels, est réprimable le vol de caravanes stationnées sur un terrain, même si celui-ci n'est pas clôturé (▪ Douai, 14 mars 2002, n° 01/02195 : *JurisData* n° 2002-196335) ou le vol, dans les ruines d'un magasin détruit par une explosion, d'un téléphone portable et de son chargeur (▪ Toulouse, 27 nov. 2001, n° 01/00996 : *JurisData* n° 2001-161086).

15) Exception de propriété : don manuel. C'est au prévenu, lorsqu'il soulève une exception, qu'incombe la charge de la preuve des faits allégués au soutien de cette exception (▪ Cass. crim., 21 avr. 1870 : *S.* 1872, 1, p. 151 ; *Bull. crim.* n° 93). Il lui appartient donc de rapporter la preuve, par exemple, du don manuel qu'il invoque (▪ Cass. crim., 28 févr. 1990, n° 89-82.676 : *JurisData* n° 1990-

001101 ; *Bull. crim.* n° 99. ▪ Cass. crim., 28 oct. 1991, n° 90-86.179 : *Bull. crim.* n° 383). Mais la preuve de la propriété, ici comme ailleurs, est libre. La juridiction pénale de jugement demeure compétente pour juger de l'exception en vertu du principe, posé par l'article 384 du Code de procédure pénale, selon lequel le juge de l'action est le juge de l'exception (▪ Cass. crim., 12 févr. 1864 : *Bull. crim.* n° 39. ▪ Cass. crim., 30 janv. 1973, n° 72-93.057 : *Bull. crim.* n° 139).

16) Appréciation judiciaire. Les juridictions pénales peuvent, elles-mêmes, apprécier la validité des conventions dont dépend la décision sur l'action publique. En conséquence, justifie sa décision la cour d'appel qui, pour dire établi à l'encontre de l'ancien dirigeant d'une société un délit de vol portant sur des biens meubles constituant l'actif de ladite société, mise en liquidation judiciaire, retient que ce n'est que par l'effet d'opérations frauduleuses que le prévenu est devenu fictivement propriétaire de ces biens appartenant en réalité à la société, et qu'il a ensuite procédé à leur donation à des membres de sa famille au cours de la période suspecte, ce dont il résultait que les conventions que ce prévenu invoquait étaient nulles et n'avaient pu lui conférer aucun droit (▪ Cass. crim., 30 oct. 2012, n° 11-81.266 : *JurisData* n° 2012-024387 ; *Bull. crim.* n° 234 ; *AJ pénal* 2013, p. 44, note J. Gallois ; *D.* 2013, p. 134, n° 7, note M. L. Divialle ; *Rev. pénit.* 2012, p. 925, obs. G. Beaussonie ; *Gaz. Pal.* 8-9 févr. 2013, p. 36, obs. S. Detraz).

2° *Difficultés*

17) Indivision. La soustraction, par l'un des indivisaires, d'une chose indivise non encore partagée, constitue un vol : il en a ainsi été jugé plusieurs fois pour le vol d'effets successoraux par un cohéritier (▪ Cass. crim., 27 févr. 1836 : *S.* 1836, 1, p. 526. ▪ Cass. crim., 20 mars 1973 : préc. n° 1. ▪ Cass. crim., 7 oct. 1981, n° 80-94.853 : *Bull. crim.* n° 265, où la chambre criminelle précise que les dispositions des articles 792 et 801 du Code civil n'apportent aucun obstacle à l'application de la loi pénale, dès lors que, comme en l'espèce, l'enlèvement a le caractère d'un vol. ▪ Cass. crim., 21 mars 1984 : *Bull. crim.* n° 124 ; *RSC* 1985, p. 307, obs. P. Bouzat, où la chambre criminelle affirme étrangement et inutilement que « la saisine héréditaire ne confère pas un droit de propriété à l'héritier saisi ». ▪ Cass. crim. 27 févr. 1996 : préc. n° 1, où un indivisaire vend un bien des biens indivis, en l'occurrence des arbres sur pied, sans le consentement de l'ensemble des indivisaires), mais aussi, par exemple, pour le vol par une concubine après le décès de son concubin de biens appartenant indivisément aux héritiers de ce dernier (▪ Cass. crim., 28 juin 1966, n° 65-93.383 : *Bull. crim.* n° 176), ainsi que pour le vol de fonds remis par des employeurs indivisément à un ensemble de dockers (▪ Cass. crim., 25 mai 1988 : *JurisData* n° 1988-001433 ; *Bull. crim.* n° 223, peu important alors que la disposition soit faite au profit d'autrui, en l'occurrence certains dockers et leur syndicat). Dans ces situations, l'indivisaire ne saurait invoquer l'exception de propriété (▪ Cass. crim., 20 mars 1973 : préc.). En revanche, le déménagement d'un appartement par un héritier ne constitue pas une soustraction frauduleuse dès lors que le droit au bail lui a été transmis avec la succession du locataire et que la plaignante ne justifie d'aucun droit au maintien dans les lieux (▪ Paris, 13e ch. B, 3 nov. 1988 : *JurisData* n° 1988-027112). Récemment, la chambre criminelle de la Cour de cassation a confirmé que le détenteur de biens meubles indivis qui se les approprie ou en dispose à l'insu des autres coïndivisaires commet un vol au préjudice de ces derniers (▪ Cass. crim., 12 mai 2015, n° 13-87.668 : *JurisData* n° 2015-011016 ; *Dr. pén.* 2015, comm. 96, 2e esp., note M. Véron ; *AJ pénal* 2015, p. 369, note G. Beaussonie).

18) Biens communs. Pas de vol à vendre le mobilier de la communauté, après le divorce mais avant la liquidation, les droits de chacun des époux étant encore indéterminés, les biens restant conséquemment communs (▪ T. corr. Auxerre, 10 déc. 1963 : *D.* 1964, somm. p. 57 ; *Gaz. Pal.* 1964, 1, p. 185).

19) Biens publics : biens communaux. Les biens communaux sont la propriété de la commune et non de ses habitants ; les affouagistes n'ont qu'un droit éventuel à la répartition des produits de ces biens, de sorte que celui qui se les approprie commet un vol (▪ Cass. crim., 21 avr. 1964, n° 62-90.673 : *Bull. crim.* n° 119).

20) Biens publics : domaine de l'État. Constitue un vol l'extraction de sable sans autorisation sur le rivage de la mer, ce rivage faisant partie du domaine de l'État qui en est propriétaire (▪ Cass. crim., 23 oct. 1980, n° 79-93.655 : *Bull. crim.* n° 271).

21) Choses sans maître (*res nullius*). Il n'y a pas de vol à s'approprier une chose sans maître ou *res nullius*, ainsi du gibier ou des poissons, ou encore de chats errants sans marque d'appropriation (▪ T. corr. Avignon, 30 sept. 1965 : *Gaz. Pal.* 1965, 2, p. 347 ; *D.* 1966, somm. p. 11) ; mais si ces animaux ont été appropriés par l'homme, le vol est possible (▪ T. corr. Charleville, 13 févr. 1979 : *Gaz. Pal.* 1979, 2, p. 519, note J. Alauze, à propos d'un sanglier d'élevage. ▪ T. corr. Avesnes-sur-Helpe, 4 mars 1959 : *D.* 1960, somm. p. 7, à propos d'un faisandeau d'élevage). Ainsi, il y a vol à chasser un sanglier se trouvant sur un terrain d'élevage appartenant notoirement à autrui, même en l'absence de marque inamovible sur l'animal (■ Cass. crim., 30 janv. 1992, n° 90-85.403 : *JurisData* n° 1992-002236 ; *Dr. pén.* 1992, 228, obs. M. Véron). Mais le chasseur qui n'abandonne pas la poursuite d'une bête blessée garde un droit sur celle-ci, même si elle s'est réfugiée sur le terrain d'autrui (■ T. corr. Langres, 13 avr. 1882 : *DP* 1882, 3, p. 95). En revanche, dès que la poursuite a cessé ou que le gibier mort a été laissé sur place sans aucun signe indiquant qu'on veut le reprendre, le gibier redevient une *res nullius* dont chacun peut s'emparer sans commettre de vol (■ T. corr. Wassy, 21 nov. 1922 : *DP* 1922, 5, p. 20). Il n'y a pas non plus délit à s'emparer de boues et immondices alors, pourtant, qu'un arrêté municipal avait accordé à un concessionnaire le monopole pour l'enlèvement de ces objets. En effet cet arrêté n'a pas pour effet d'attribuer aux adjudicataires un droit de propriété sur les boues et immondices au moment de leur dépôt sur la voie publique, mais seulement un droit exclusif de les enlever. C'est précisément leur enlèvement qui les transforme en choses appropriées (■ Cass. crim., 12 avr. 1850 : *S.* 1850, 1, p. 563). Le rivage de la mer, loin de constituer une *res nullius*, fait partie du domaine de l'État qui en est propriétaire ; est donc un vol le fait d'extraire sans autorisation du sable sur une plage, même si ce délit est susceptible d'être poursuivi également devant la juridiction administrative (■ Cass. crim., 23 oct. 1980 : préc. n° 20). La tolérance du ramassage des champignons par les propriétaires du sol ne peut plus être présumée, les cèpes n'étant pas des *res nullius* ; les propriétaires n'ont pas besoin de clôturer leurs immeubles ou d'en interdire l'accès par voie d'affiches et le vol de fruits sera établi dès que la cueillette sera faite sur le terrain d'autrui (■ Bordeaux, 13 févr. 1986 : *JurisData* n° 1986-040625).

22) Choses abandonnées (*res derelictae*). Pareillement il ne saurait y avoir vol dans l'appropriation d'une chose abandonnée ou *res derelicta*, l'occupant en devenant à l'inverse propriétaire (■ T. corr. Montélimar, 30 janv. 1945 : *Gaz. Pal.* 1945, 1, p. 198), par exemple par le fait de récupérer du rhum coulant sur le ballast à la suite d'une avarie de transport survenue à un wagon de chemin de fer (■ Rennes, 22 juin 1926 : *DP* 1927, 2, p. 32) ou par celui de s'emparer de ferraille abandonnée depuis longtemps par son propriétaire dans une usine désaffectée et en ruine (■ Poitiers, 26 avr. 1990 : *JurisData* n° 1990-042270) ou de matériaux de déblai abandonnés par la SNCF le long d'un remblai (■ Colmar, 13 déc. 1951 : *D.* 1952, p. 132). Il n'y a pas vol non plus à récupérer des déchets contenus dans des poubelles (■ Paris, 31 oct. 2002, n° 02/05303 : *JurisData* n° 2002-210617. ■ V. aussi n° 24) ou à prendre un téléphone portable dépourvu de carte SIM (■ Paris, 14 mars 2002 : *D.* 2002, p. 1797, obs. B. de Lamy ; *RSC* 2002, p. 822, obs. R. Ottenhof) ou à s'emparer d'un vélo en mauvais état et sans antivol laissé dans la rue (■ Paris, 22 avr. 2003 : *JurisData* n° 2003-222561).

23) Choses non abandonnées (*res propria*). La difficulté est de savoir quand il y a ou pas abandon. Ne sauraient être considérés comme choses volontairement abandonnées les bijoux et autres objets trouvés dans des caveaux, des cercueils, des fosses communes et des concessions non renouvelées ; en conséquence, les fossoyeurs qui s'approprient les objets trouvés par eux commettent le délit de vol par personne chargée d'une mission de service public (■ Cass. crim., 25 oct. 2000, préc. n° 7). C'est la même chose en ce qui concerne les sommes déposées dans les troncs des églises (■ Cass. crim., 12 juill. 1956 : *Bull. crim.* n° 539), ou encore pour les journaux et brochures qui y sont exposés pour la vente (■ Cass. crim., 12 mars 1970, n° 69-90.644 : *Bull. crim.* n° 103 ; *JCP* 1970, II, 16536, note R. de Lestang ; *D.* 1970, p. 385, note M. Delmas). Il en va de même pour des rouleaux de fil de cuivre trouvés sur la voie publique, le prévenu ne pouvant ignorer qu'ils appartenaient aux PTT (■ Cass. crim., 31 mai 1978 : *Gaz. Pal.* 1979, 1, som., p. 150 ; *RSC* 1979, p. 377, obs. P. Bouzat). L'abandon volontaire d'une chose, circonstance susceptible de faire disparaître l'élément matériel du vol, ne peut être retenu que s'il est établi que le propriétaire ou détenteur légitime a renoncé définitivement à son bien. Tel ne saurait être le cas pour des biens seulement laissés au domicile du prévenu par des tiers (■ Cass. crim., 5 mars 1941 : *Bull. crim.* n° 13) ou pour une importante somme d'argent découverte dans un sac dont le détenteur s'est dessaisi devant le prévenu en vue d'échapper aux poursuites d'un tiers, avec l'intention manifeste de venir le rechercher ultérieurement (■ Cass. crim., 12 mai 2015, n° 14-83.310 : *Dr. pén.* 2015, comm. 96, obs. M. Véron ; *RSC* 2015, p. 857, obs. H. Matsopoulou). Sur un vol ainsi commis peut s'adosser un recel, comme celui qui consiste, pour un salarié, à verser, lors d'une instance prud'homale, l'exemplaire reconstitué d'une lettre préalablement déchirée et jetée dans une poubelle d'entreprise par son employeur. Pour les juges du fond, confortés par la Cour de cassation, l'auteur non identifié du vol avait eu l'intention arrêtée de s'approprier des chutes de la lettre en cause à l'insu de leur légitime propriétaire qui n'avait aucunement consenti par avance de façon implicite à ce qu'elles soient interceptées et subtilisées par des mains non autorisées (■ Cass. crim., 10 mai 2005, n° 04-85.349 : *Bull. crim.* n° 145 ; *JCP* 2005, II, 10162, note M. Daury-Fauveau ; *Dr. pén.* 2005, comm. 160, obs. M. Véron ; *D.* 2005, pan. p. 2991, obs. G. Roujou de Boubée).

24) Choses plus abandonnées. Sont coupables de vol les salariés d'une société de nettoyage qui avaient été informés, dès leur embauche puis par une note ultérieure, que la récupération et le chiffonnage étaient formellement interdits. Les matériaux déposés aux déchetteries et soustraits par les prévenus durant l'exécution de leur travail appartenaient en effet à la métropole qui avait attribué à leur employeur le marché d'exploitation des déchetteries (■ Cass. crim., 1er juin 2016, n° 15-82.465 : *JurisData* n° 2016-010575).

25) Produits périmés. Constituent des choses abandonnées des produits périmés, devenus impropres à la commercialisation et conséquemment retirés de la vente puis mis à la poubelle dans l'attente de leur destruction, l'entreprise ayant clairement, de la sorte, manifesté son intention de les abandonner. À cet égard, demeure indifférente la présence d'un règlement intérieur interdisant aux salariés d'appréhender ces produits, car cette norme répondait à un autre objectif que la préservation des droits du propriétaire légitime, en l'occurrence des prescriptions d'ordre purement sanitaire posées par l'article R. 112-25, alors applicable, du Code de la consommation ; cette réglementation était, en conséquence, sans incidence sur la nature réelle de ces biens (■ Cass. crim., 15 déc. 2015, n° 14-84.906 : *D.* 2016, p. 644, note G. Beaussonie ; *AJ pénal* 2016, p. 270, obs. J. Lasserre Capdeville ; *Dr. pén.* 2016, comm. 59, obs. Ph. Conte). Auparavant, la chambre criminelle avait jugé qu'était justifiée la condamnation pour vol du salarié autorisé par la société qui l'employait à consommer au réfectoire de l'établissement des produits laitiers proches de la date limite de vente, mais pas à les emporter, ce qu'il avait fait malgré tout (■ Cass. crim., 17 mai 1994, préc. n° 6).

26) Choses perdues (épaves et trésors). Les choses perdues étant encore la propriété de celui qui les a perdues, celui qui les soustrait se rend coupable de vol (■ Cass. crim., 17 janv. 1946 : *Bull. crim.* n° 22 ; *S.* 1947, 1, p. 15) ; ainsi constitue le délit de vol le fait de ramasser un chéquier perdu à côté de soi par autrui et de le mettre dans sa poche (■ Nancy, 19 déc. 1986, n° 1088/86 : *JurisData* n° 1986-046775) ou d'en faire de même avec des billets de banque tombés sur le plancher d'un magasin (■ Cass. crim., 22 mai 1846 : *DP* 1846, 1, p. 243). Le constat est similaire pour un billet d'avion établi au nom d'un tiers, trouvé dans un avion (■ Cass. crim., 19 déc. 1990, n° 89-86.831 : *Gaz. Pal.* 1991, 2, som., p. 360, note J.-P. Doucet), ou pour des bons au porteur trouvés dans le tiroir d'une armoire (■ Nîmes, 15 févr. 2000, n° 00/00158 : *JurisData* n° 2000-114645).Cette même solution doit prévaloir lorsque, au lieu d'appréhender lui-même la chose perdue, le coupable se l'est fait remettre par l'inventeur en s'en prétendant propriétaire (■ Cass. crim., 6 nov. 1920 : *D.* 1921, 1, p. 188, note A. L.). Les règles particulières en matière de trésor, au sens de l'article 716 du Code civil, ont une incidence en la matière, que les juges du fond apprécient souverainement (■ Cass. crim., 24 nov. 1976, n° 76-90.415 : *Bull. crim.* n° 342). Ne constituent pas un trésor des pièces d'or et d'argent découvertes dans la cave d'un immeuble par les préposés d'une entreprise de nettoiement, les héritiers de l'ancienne locataire en étant légitimement et toujours propriétaires (même arrêt). Il en va de même pour des lingots d'or découverts par l'acquéreur d'un immeuble après son entrée dans les lieux, l'acte de vente ne concernant que l'immeuble et le vendeur ayant préalablement prévenu l'acquéreur de la possibilité de cette découverte (■ Cass. crim., 21 mars 1978, n° 77-93.108 : *Bull. crim.* n° 113 ; *RSC* 1979, p. 101, obs. P. Bouzat. V. aussi ■ Cass. crim., 9 mars 2016, n° 15-80.107 : *Bull. crim.* n° 72, à propos du vol d'une somme d'argent importante trouvée dans le cabanon d'une maison achetée par les voleurs). L'inventeur d'un trésor s'entend effectivement de celui qui, par le seul effet du hasard, met ce trésor à découvert, serait-il au service d'une entreprise, dès lors que les travaux qui le lui ont fait découvrir n'ont pas été effectués à cette fin (■ Cass. crim., 20 nov. 1990, n° 89-90.529 : *Bull. crim.* n° 395). De façon plus caricaturale encore, est coupable de vol le conservateur d'un musée qui a dirigé un important trafic d'œuvres d'art et organisé le pillage d'épaves sous-marines appartenant à l'État (■ Cass. crim., 2 avr. 1988 : *Gaz. Pal.* 2001, 2, p. 2146). Il en va de même pour les épaves fluviales, c'est-à-dire les bois entraînés par des crues de rivières ou qui, dans des flottages, ont plongé sous l'eau ou se sont échoués. Ne cessant pas d'appartenir à leur propriétaire, celui qui les soustrairait commettrait un vol (■ Limoges, 29 mai 1857 : *S.* 1857, 2, p. 629. ■ CA Toulouse, 10 févr. 1877 : *S.* 1877, 2, p. 242).

27) Choses de genre. Pas de vol, pour le métayer, à vendre à un tiers des fleurs à partager avec son bailleur, à défaut d'individualisation avant la reddition des comptes et le partage du produit de la vente (■ T. corr. Grasse, 19 févr. 1947 : *Gaz. Pal.* 1947, 2, p. 21).

II – SOUSTRACTION

A – Soustraction-préhension

28) Interversion matérielle de possession. La soustraction consiste à faire passer la possession d'un objet de la main de son détenteur légitime dans celle de l'auteur du délit, à l'insu ou contre le gré de ce détenteur. Pour soustraire, il faut prendre, enlever, ravir (■ Cass. crim., 18 nov.

1837 : S. 1838, 1, p. 366). Celui qui s'approprie frauduleusement la chose d'autrui, qu'il a en sa possession, ne commet pas un vol (■ Cass. crim., 27 janv. 1898 : *DP* 1899, 1, p. 327. ■ Cass. crim., 23 mai 1908 : *DP* 1909, 1, p. 166).

29) Absence de consentement du propriétaire. Constitue l'appréhension frauduleuse de la chose d'autrui et caractérise le délit de vol le fait d'avoir, dans les magasins d'une société, enlevé des marchandises sans signer le bon de livraison qui devait en constater la remise et le prix (■ Cass. crim., 4 nov. 1977, n° 77-90.566 : *Bull. crim.* n° 330). Le consentement du propriétaire à l'appropriation de sa chose est, à le supposer établi, exclusif d'une soustraction frauduleuse (■ Cass. crim., 11 juin 1986 : *JurisData* n° 1986-001711). Une déclaration de culpabilité du chef de vol, passée en force de chose jugée, exclut que la victime ait consenti à la soustraction de son véhicule. Doit alors être cassé l'arrêt qui énonce que, la procédure pénale ayant établi que la victime avait laissé son véhicule ouvert avec les clés sur le tableau de bord, la condition posée par l'article L. 211-1 du Code des assurances ne se trouvait pas remplie, la garde et la conduite de l'automobile n'ayant pas été obtenues contre le gré du propriétaire (■ Cass. crim., 19 juin 2007, n° 06-88.454 : *Bull. crim.* n° 165 ; *Gaz. Pal.* 2008, 1, p. 930, note Y. Monnet).

30) Soustraction personnelle. Le voleur est celui qui déplace personnellement la chose soustraite (■ Cass. crim., 15 déc. 1959 : *Bull. crim.* n° 554 ; *D.* 1960, p. 190 ; S.1960, p. 116), mais aussi celui qui reçoit et conserve un objet perdu et trouvé par un tiers sur qui il a une autorité légale. Ainsi, le mineur qui agit de la sorte au profit de son ascendant ne représente que l'instrument à l'aide duquel ce dernier commet un vol (même arrêt).

31) Soustraction démontrée. Censure de l'arrêt d'appel qui a confirmé la condamnation d'une personne pour vol d'une photocopie de lettre adressée à un tiers, par les administrateurs judiciaires de l'étude d'huissiers dans laquelle elle travaillait, car la cour d'appel n'a pas recherché les circonstances dans lesquelles la prévenue serait entrée en possession de la photocopie du courrier litigieux, ni caractérisé la soustraction frauduleuse indispensable à la constitution du délit de vol. Il ne résultait que d'un témoignage que ce document avait été retrouvé dans les dossiers d'un ancien salarié de l'étude, après le décès de celui-ci, et que ce dernier le tenait d'une remise qui lui en avait été faite par la prévenue (■ Cass. crim., 2 mars 2004, n° 03-82.850 : *Dr. pén.* 2004, 85, obs. M. Véron).

32) Utilisation abusive ; vol d'usage. Dans l'hypothèse de l'« emprunt » d'une voiture ramenée ensuite à sa place, la Cour de cassation juge qu'il y a vol car, s'il est vrai que la loi pénale n'atteint pas celui qui, sans l'autorisation du propriétaire, utilise même abusivement la chose d'autrui, il y a vol au contraire lorsque l'appréhension a lieu dans des circonstances telles qu'elle révèle l'intention de se comporter, même momentanément, en propriétaire (■ Cass. crim., 19 févr. 1959 : *Bull. crim.* n° 123 ; S. 1959, p. 21, note M. R. M. P. ; *D.* 1959, p. 331, note G. Roujou de Boubée ; *JCP* 1959, II, 11178, note P. Chambon. ■ Cass. crim., 21 mars 1963 : *D.* 1963, p. 568 ; *Gaz. Pal.* 1963, 2, p. 259. ■ Metz, 21 oct. 1987 : *JurisData* n° 1987-048890). La solution a également pu concerner le vol de documents par photocopie (■ Cass. crim., 8 janv. 1979, préc. n° 8. ■ Cass. crim., 8 déc. 1998 : préc. n° 3).

33) Remise volontaire : pas de vol. L'appropriation frauduleuse de la chose d'autrui ne suffit pas à constituer le vol ; il faut que la chose ait été soustraite au moyen d'une mainmise intentionnelle de l'agent. Le vol est donc exclusif de la remise volontaire de la chose par son propriétaire à l'agent (■ Cass. crim., 11 juill. 1862 : *DP* 1862, 1, p. 443), l'article 379 du Code pénal n'étant pas applicable à celui entre les mains duquel le propriétaire d'une chose s'en est volontairement dessaisi (■ Cass. crim., 17 mars 1899 : *DP* 1899, 1, p. 461). En conséquence, ne constitue pas un vol le fait de bénéficier d'une remise judiciaire indue d'objets saisis (■ Cass. crim., 26 avr. 1955 : *Bull. crim.* n° 206 ; *D.* 1955, p. 455) ou celui de ne pas rendre un bien au bénéficiaire d'une clause de réserve de propriété, même en cas de résolution du contrat de vente (■ Cass. crim., 11 oct. 1990, préc. n° 11). Il en va de même pour le client qui ne paie pas l'essence que le pompiste lui a volontairement remise (■ T. corr. Lille, 15 févr. 1966 : *JCP* 1966, II, 14691, note L. Ségur), et n'est pas non plus coupable de vol celui qui, en connaissance de cause, paye un prix inférieur à celui qui correspond au carburant distribué (■ Cass. crim., 1er juin 1988, n° 87-80.330 : *Bull. crim.* n° 245 ; *JCP* G 1989, II, 21172, note J. Devèze ; *Gaz. Pal.* 1988, 2, p. 763). Au sujet des cartes de paiement magnétiques, la jurisprudence a été divisée : le fait d'utiliser une telle carte pour prélever au moyen de distributeurs automatiques de billets de banque des fonds excédant le montant du crédit a été tantôt analysé comme un vol (■ Lyon, 20 avr. 1982 : *D.* 1982, p. 538, note B. Sousi-Roubi ; *RSC* 1983, p. 91, obs. P. Bouzat. ■ T. corr. Troyes, 27 avr. 1976 : *D.* 1977, p. 122, note J. Cazals) tantôt considéré comme ne pouvant revêtir aucune des qualifications de vol, d'escroquerie ou d'abus de confiance (■ Angers, 4 févr. 1982 : *D.* 1982, p. 312, note B. Sousi-Roubi ; *RSC* 1982, p. 619, obs. P. Bouzat. ■ Sur la question, V. J. Larguier, *JCP* 1982, I, 3061). La Cour de cassation s'est prononcée en faveur de la seconde analyse, les faits concernés consistant en « l'inobservation d'une obligation contractuelle et n'entrant dans les prévisions d'aucun texte répressif » (▪ Cass. crim., 24 nov. 1983, n° 82-90.672 : *JurisData* n° 1983-002244 ; *Bull. crim.* n° 315 ; *D.* 1984, p. 465, note C. Lucas de Leyssac ; *JCP* 1985, II, 20450, note H. Croze ; *RSC* 1984, p. 515, obs. P. Bouzat ; *D.* 1985, IR p. 46, obs. J. Huet. ▪ Sur la question en général, V. W. Jeandidier, *Les truquages et usages frauduleux de cartes magnétiques* : *JCP* 1986, I, 3229).

34) Remise par erreur : pas de vol. Il n'y a pas de vol à retenir frauduleusement la chose remise volontairement par autrui, propriétaire ou possesseur, fût-ce par erreur (▪ Cass. crim., 31 août 1899 : *DP* 1902, 1, p. 331. ▪ Cass. crim., 15 mars 1917 : *DP* 1921, 1, p. 63). La remise par erreur de la possession demeure effectivement une véritable remise transférant la possession de la chose et le détournement de cette dernière ne peut, dans ces conditions, être considéré comme un vol. Il en va ainsi pour la personne à laquelle un colis postal a été remis par erreur et qui, conscient de cette erreur dès l'instant où elle a été commise, le retient malgré tout dans un esprit de fraude (▪ Cass. crim., 22 janv. 1948 : *Bull. crim.* n° 29 ; *JCP* 1948, 114345, note Pierrard ; *RSC* 1948, p. 301, obs. P. Bouzat). Dans le cadre de l'application provisoire de la théorie de la soustraction juridique, certains arrêts ont néanmoins été rendus en contrariété avec cette position : V. n°s 39 et s.

35) Remise involontaire : remise provoquée par un dol. Si l'erreur a été provoquée par dol, la remise n'est plus volontaire, le remettant n'étant alors que l'instrument passif à l'aide duquel l'agent a appréhendé frauduleusement la chose (▪ Cass. crim., 10 févr. 1954 : *Bull. crim.* n° 69 ; *S.* 1955, 1, p. 44). Ainsi, lorsque l'acheteur, après avoir présenté au vendeur un billet de banque, empoche la monnaie tout en récupérant le billet, il commet un vol de ce billet « au rendez-moi » (▪ Cass. crim., 29 sept. 1898 : *S.* 1900, 1, p. 249, note J.-A. Roux). Il en va de même s'il réclame un autre billet après en avoir dissimulé un dans une liasse qui lui a été remise (▪ Cass. crim., 15 juin 1939 : *Bull. crim.* n° 128 ; *DP* 1940, 1, p. 60) ou encore s'il profite de la remise du portefeuille de son débiteur pour prendre plus qu'il ne lui est dû (▪ Cass. crim., 21 avr. 1964 : *Bull. crim.* n° 121 ; *JCP* 1965, II, 13973, note R. Ottenhof). Est tout aussi voleur celui qui induit en erreur un magasinier pour obtenir une remise indue (▪ Cass. crim., 23 mai 1973 : *Gaz. Pal.* 1973, 2, p. 621). Il en irait de même du directeur commercial d'une société qui fait livrer du mazout pourtant commandé au nom de cette dernière et payé par elle à son domicile personnel (▪ Cass. crim., 24 oct. 1972, n° 72-90.808 : *Bull. crim.* n° 306w ; *RSC* 1973, p. 417, obs. P. Bouzat). Il y aurait aujourd'hui abus de biens sociaux (C. com., art. L. 242-6). À noter que l'instrument passif et abusé du vol peut parfaitement être un tiers, qui n'avait lui-même que la détention de la chose (▪ Cass. crim., 6 nov. 1920 : *D.* 1921, 1, p. 188).

36) Remise involontaire : remise sous la contrainte. La remise de la chose est involontaire lorsqu'elle est déterminée par la menace ou la violence. Est ainsi coupable de vol, l'individu qui a contraint une veuve de 86 ans, malade, à lui remettre des fonds pour un transport en taxi déjà payé par la fille de la victime, en la menaçant au cours du trajet de l'abandonner sur la route si elle ne se pliait pas à ses exigences (▪ Cass. crim., 4 mai 1973 : *Bull. crim.* n° 207). De même, le fait d'obtenir, par l'effet de la crainte et en jouant de la déficience mentale de la victime, la remise de sommes d'argent, constitue l'appréhension frauduleuse de la chose d'autrui et caractérise le délit de vol (▪ Cass. crim., 26 juin 1974 : *Bull. crim.* n° 243. ▪ Cass. crim. 17 janv. 1978 : *Bull. crim.* n° 20. ▪ Cass. crim., 16 mars 1989 : *Bull. crim.* n° 133). Doivent également être reconnus coupables de vol des hommes jeunes et bien portants qui ont obtenu de victimes âgées et isolées la remise de sommes en partie indues (▪ Cass. crim., 25 janv. 1973 : *Bull. crim.* n° 45).

37) Remise inconsciente : vol. De même, une remise par un enfant (▪ Cass. crim., 31 août 1899 : *DP* 1902, 1, p. 331. ▪ Cass. crim., 25 mai 1938 : *DH* 1938, p. 453), par un dément ou un faible d'esprit (▪ Cass. crim., 26 juin 1974, préc. n° 36. ▪ Cass. crim., 17 janv. 1978, préc. n° 36), par une personne en état d'hypnose (▪ T. corr. Versailles, 13 mai 1970 : *Gaz. Pal.*1971, 1, p. 34, note J.-P. Doucet ; *RSC* 1971, p. 428, obs. P. Bouzat), par une majeure protégée jetant des objets de valeur dans les poubelles (▪ Paris, 22 mars 1988 : *JurisData* n° 1988-024280), ne saurait exclure la qualification de vol.

38) Remise à titre de simple détention : vol. Sous l'empire du Code pénal de 1810, la chambre criminelle a considéré que la détention purement matérielle, non assortie d'une remise de possession, n'était pas exclusive de l'appréhension frauduleuse, élément constitutif du vol (beaucoup d'arrêts, de ▪ Cass. crim., 15 juin 1939 : *Bull. crim.* n° 128 ; *DP* 1940, 1, p. 60. À ▪ Cass. crim., 8 févr. 1993, n° 91-86.622 : *Bull. crim.* n° 65 ; *RSC* 1994, p. 112, obs. P. Bouzat, à propos d'une cour d'appel qui aurait déclaré à bon droit coupable du délit de vol la prévenue qui, après une période de vie commune et une séparation, avait refusé de restituer à son ex-ami, les œuvres d'art appartenant à ce dernier et dont elle a conservé la détention dans l'appartement qu'ils occupaient). Depuis l'entrée en vigueur du Code pénal de 1992, plus aucun arrêt ne s'est fondé sur cette motivation contestable, qui conduisait à réprimer par l'entremise du vol ce qui s'apparentait davantage à un abus de confiance.

39) Applications. Cette motivation a notamment servi à justifier l'application du vol à ceux qui, ayant prétendument conclu une vente au comptant, ont fallacieusement emporté la marchandise – en l'occurrence des chaises – sans en avoir payé le prix (■ Cass. crim., 18 juill. 1963, préc. n° 11), à ceux qui, ayant profité de l'hospitalisation de leur ouvrier agricole, ont vendu une partie de son bétail avant son retour (■ Cass. crim., 21 avr. 1964, n° 63-92.168 : *Bull. crim.* n° 120 ; *JCP* 1965, II, 13973, note R. Ottenhof), à celle qui, veuve d'un artisan à qui une cliente avait confié des meubles anciens à restaurer, en a vendu une partie à un brocanteur après la mort de son mari (■ Cass. crim., 28 mai 1975, n° 74-90.427 : *Bull. crim.* n° 138), à celui qui, officier de paix, a fait remettre en état, par des fonctionnaires de son service, des voitures automobiles d'occasion lui appartenant, à l'aide de pièces détachées prélevées sur des véhicules en fourrière et a détourné deux machines à écrire appartenant à la préfecture de police de Paris (■ Cass. crim., 11 janv. 1977, n° 76-92.281 : *Bull. crim.* n° 13), à celui qui, ayant appréhendé des marchandises dans un magasin libre-service, ne les présente pas à la caisse pour les payer (■ Cass. crim., 10 févr. 1977, préc. n° 11), à celui qui, ayant fortuitement reçu une lettre, se l'est appropriée ainsi que le chèque qu'elle contenait, et a endossé celui-ci à l'ordre d'une société dont il était le directeur (■ Cass. crim., 30 nov. 1977, n° 77-91.081 : *Bull. crim.* n° 381), à celui qui, prenant des photocopies de documents détenus durant son travail, a, à des fins personnelles, à l'insu et contre le gré du propriétaire de ces documents, n'en ayant de la sorte que la simple détention matérielle, les a appréhendés frauduleusement pendant le temps nécessaire à leur reproduction (■ Cass. crim., 8 janv. 1979, préc. n° 8), à celui qui, employé par une union de coopératives comme chef de poste d'un silo, a vendu une partie des marchandises, pour son compte personnel, à l'insu et contre le gré de la société qui en était propriétaire (■ Cass. crim., 17 déc. 1980, préc. n° 4), à celui envers qui une personne s'est dessaisie de deux manuscrits de grande valeur sans lui en transmettre le titre et qui les a vendus à son profit (■ Cass. crim., 11 juin 1990, n° 89-80.467 : *Bull. crim.* n° 238) et à celui qui a, sans l'autorisation de son employeur, tiré une liste du personnel sur l'ordinateur mis à sa disposition pour l'établissement des fiches de salaires et l'a utilisée à des fins étrangères à ses fonctions (■ Cass. crim., 3 mars 1992, préc. n° 8).

40) Remise affectée. Sur un fondement similaire aux hypothèses précédentes (donc tout aussi contestable), un vol a pu être constitué à propos d'une chose (vieux métaux de récupération) remise aux fins de pesage, puis détournée, la possession n'en ayant jamais été abandonnée au prévenu (■ Cass. crim., 4 nov. 1964, n° 64-90.167 : *Bull. crim.* n° 288 ; *JCP* 1965, II, 14066, note A. Chavanne). Ce fut *idem* pour la remise d'une reconnaissance de dette d'un créancier à son débiteur aux fins de modification, celle-ci n'impliquant ni abandon de la possession du titre, ni la remise volontaire de ce titre, de sorte que celui qui en profite pour la détruire commet un vol (■ Cass. crim., 5 déc. 1984, n° 82-90.300 : *Bull. crim.* n° 387. Et V. ■ Cass. crim., 21 nov. 1934 : *Bull. crim.* n° 198. ■ Cass. crim., 24 oct. 1956 : *Bull. crim.* n° 376. ■ Cass. crim., 22 déc. 1958 : *Bull. crim.* n° 769, à propos du refus de restituer un tel document). D'autres documents encore pouvaient être concernés : transaction rédigée par un notaire (■ Cass. crim., 1er mars 1951 : *Bull. crim.* n° 70) ; reçu pour solde de tout compte (■ Cass. crim., 9 juill. 1959 : *Bull. crim.* n° 350) ; billet de loterie (■ Cass. crim., 21 févr. 1968 : *Bull. crim.* n° 58 ; *JCP* 1969, II, 15703 ; *Gaz. Pal.* 1968, 1, p. 331). La solution fut la même pour des remises aux fins d'essai, en vue de l'achat éventuel d'un scooter (■ Cass. crim., 10 avr. 1959 : *Bull. crim.* n° 209), pour la détention inéluctable de marchandises de ceux qui étaient chargés de les transporter pour le compte de leurs employeurs (■ Cass. crim., 13 juin 1956 ; *Bull. crim.* n° 473 ; *D.* 1956, p. 579 ; *S.* 1956, p. 126), et même pour l'autorisation de consommer des produits presque périmés donnée à des salariés d'une entreprise, l'un d'entre eux ayant préféré emporter lesdits produits (■ Cass. crim., 17 mai 1994, préc. n° 6).

41) Remise du contenant ; vol du contenu. Dans les hypothèses dans lesquelles un bien est vendu, qui en contient un autre qui, quant à lui, ne l'est pas, le vol est concevable lorsque l'acquéreur conserve frauduleusement ce dernier (■ Cass. crim., 28 févr. 1896 : *DP* 1897, 1, p. 176, à propos d'une somme d'argent renfermée à l'insu du propriétaire dans un vieux meuble qu'il a vendu. ■ T. corr. Seine, 9 mai 1956 : *Gaz. Pal.* 1956, 2, p. 56 ; *RSC* 1957, p. 141, obs. P. Bouzat, à propos de billets de banque contenus dans un traversin acquis par un brocanteur lors de la vente d'un lot de linge provenant d'une succession vacante). V. aussi nos 26 et 34.

B – Soustraction-reproduction

42) Vol d'informations. Le vol d'une information, quel qu'en soit le support, matériel ou immatériel, prend la forme de sa reproduction frauduleuse. La chose apparaît très clairement, dès l'un des premiers arrêts rendus en la matière (■ Cass. crim., 8 janv. 1979, préc. n° 8, où il est considéré, qu'en prenant des photocopies de documents à des fins personnelles, à l'insu et contre le gré du propriétaire de ces documents, le prévenu, qui n'en avait que la simple détention matérielle, les avait appréhendés frauduleusement pendant le temps nécessaire à leur reproduction, consommant par là même un vol), jusqu'à un arrêt récent, dans lequel la Cour de cassation a considéré que le libre accès à des informations personnelles sur un réseau informatique d'une entreprise n'était pas exclusif de leur appropriation frauduleuse par tout moyen de reproduction (▪ Cass. crim., 28 juin 2017, préc. n° 8. ▪ Et V. tous les arrêts cités n° 8).

III - FRAUDE

A – Importance du dol général

43) Infraction intentionnelle. Le vol est une infraction intentionnelle. Faute de constater cette intention, la décision de condamnation encourt la cassation (▪ Cass. crim., 12 déc. 1868 : *Bull. crim.* n° 246). En matière criminelle, la cour d'assises doit donc mentionner, dans les questions, l'intention frauduleuse (▪ Cass. crim., 27 janv. 1971 : *Bull. crim.* n° 27). C'est à la partie poursuivante qu'il incombe d'apporter la preuve que la soustraction a été effectuée avec une intention frauduleuse. Tel n'est pas le cas lorsqu'un salarié qui a appréhendé une bouteille de gaz affirme avoir agi avec l'accord de son employeur et que rien ne vient contredire cette affirmation (▪ Cass. crim., 23 mai 1989 : *Dr. pén.* 1989, n° 5).

44) Correspondance et concomitance entre intention et soustraction. D'abord, l'intention doit correspondre à une soustraction. Dans un arrêt contestable, la Cour de cassation a considéré que, seule une personne qui a soustrait frauduleusement la chose d'autrui pouvant être déclarée de vol, encourait la cassation l'arrêt qui a condamné pour vol le propriétaire d'un véhicule qui avait remarqué que le compteur d'un distributeur de carburant revenait à zéro lorsque la somme affichée dépassait 999 F, s'était servi à ce distributeur d'une quantité d'essence d'une valeur supérieure à cette somme et, alors que le ticket fourni par l'appareil mentionnait le nombre exact de litres mais indiquait une somme inférieure de 1 000 F à celle réellement due, avait reconnu avoir volontairement bénéficié de l'inattention de l'employé de caisse pour ne payer que la somme portée sur le ticket. Selon les juges du fond, en ne versant pas la somme prévue pour le paiement, même en considérant que son abstention n'avait pas été le résultat d'une manœuvre active de sa part, il s'était approprié un produit dans des conditions qui fraudaient les droits du vendeur, possesseur légal du carburant jusqu'au paiement. Or, selon la chambre criminelle, il ne résultait pas de ces énonciations que l'appréhension réalisée par le prévenu avait eu un caractère frauduleux (▪ Cass. crim., 1er juin 1988, préc. n° 33).

Ensuite, l'intention frauduleuse doit exister au moment de la soustraction (▪ Cass. crim., 18 oct. 1924 : *DH* 1924, p. 618) et il importe peu que, regrettant son vol, l'inculpé propose de son plein gré ou non de restituer la chose (▪ Cass. crim., 9 août 1833 : *S.* 1933, p. 847), le repentir tardif étant inopérant (▪ Nancy, 29 mars 1988 : *JurisData* n° 1988-043219). De même, celui qui trouve un bien perdu avec l'intention de le garder, ce que démontre son absence de recherche du propriétaire, commet un vol (▪ Cass. crim., 30 janv. 1862 : *DP* 1862, 1, p. 442). En revanche, l'intention de s'approprier la chose d'autrui peut se manifester par des actes postérieurs à la soustraction (▪ Cass. crim., 17 mai 1939 : *Bull. crim.* n° 112).

45) Intention de se comporter, même momentanément, en propriétaire de la chose. Le vol dit « d'usage » a surtout été l'occasion de préciser l'élément moral de cette infraction. Il y a vol lorsque l'appréhension d'une chose a lieu dans des circonstances telles qu'elle révèle l'intention de se comporter, même momentanément, en propriétaire, et revêt ainsi les caractères de la soustraction frauduleuse telle est incriminée par l'article 379 du Code pénal (▪ Cass. crim., 19 févr. 1959, préc. n° 32, à propos de l'appréhension frauduleuse d'une voiture sur laquelle le propriétaire avait laissé les clefs, de son utilisation puis de son abandon à une centaine de mètres du lieu de l'appréhension. ▪ Cass. crim., 3 mars 1959 : *Bull. crim.* n° 148 ; *JCP* 1959, II, 11178, note P. Chambon, à propos de l'utilisation temporaire d'un véhicule apparemment abandonné. ▪ Cass. crim., 21 mars 1963, préc. n° 32).

46) Lien entre intention et préjudice. La Cour de cassation a pu considérer qu'une cour d'appel qui avait constaté que le prévenu avait soustrait frauduleusement divers objets mobiliers au préjudice de la victime avait caractérisé, en tous ses éléments constitutifs y compris l'intention délictueuse, le délit de vol dont le demandeur a été déclaré coupable (▪ Cass. crim., 14 nov. 1972, n° 72-91.867 : *Bull. crim.* n° 342).

47) Autonomie de la faute pénale par rapport à la faute disciplinaire. La faute ayant fait l'objet d'une sanction disciplinaire, en l'occurrence le fait pour un avocat d'avoir prélevé sur la consignation faite entre ses mains par ses clients, sans autorisation écrite de leur part, des provisions à valoir sur ses honoraires, n'implique pas nécessairement l'intention frauduleuse de s'approprier le bien d'autrui (▪ Cass. crim., 26 févr. 2002, n° 01-82.579 : *Bull. crim.* n° 44).

48) Appréciation de l'intention d'appropriation légitime par le prévenu. Si l'effet acquisitif de l'article 2276 du Code civil (ancien art. 2279) s'avère, dans son domaine, paralysé par le fait que la chose ait été volée, la bonne foi du possesseur, autrement dit sa croyance en son appropriation légitime de la chose, conserve un intérêt en dehors de ce domaine en ce qu'elle l'empêche d'être condamné pour vol. A ainsi pu être relaxé le prévenu qui, colocataire d'un coffre dont l'autre colocataire est décédé et auquel le contrat lui assurait un accès exclusif, a pris possession de son contenu, en ignorant que le défunt avait laissé des légataires universels (■ Cass. crim., 4 mai 1995, n° 94-80.015 : *Bull. crim.* n° 165 ; *Dr. pén.* 1995, comm. 196, obs. M. Véron).

49) Appréciation de l'intention d'appropriation frauduleuse par le prévenu. Les juges du fond sont souverains pour apprécier si l'intention qui accompagne la soustraction est frauduleuse ou non (■ Cass. crim., 25 juin 1904 : *Bull. crim.* n° 285). Dans d'anciens arrêts la chambre criminelle a pu considérer que l'intention frauduleuse pouvait se déduire d'une affirmation mensongère (■ Cass. crim., 30 janv. 1862 : *DP* 1962, 1, p. 442), d'une dissimulation de l'objet (■ Cass. crim., 7 juill. 1944 : *Gaz. Pal.* 1944, 2, p. 155 ; *RSC* 1946, p. 72, obs. P. Bouzat), ou de la fuite de l'intéressé (■ Cass. crim., 20 févr. 1963 : *Gaz. Pal.* 1963, 2, p. 119). Plus récemment, elle a inversement censuré une cour d'appel qui avait considéré que la volonté de soustraction d'une chose appartenant à autrui pouvait se déduire d'une simple affirmation mensongère (■ Cass. crim., 4 mai 1995, n° 94-81.022 : *Dr. pén.* 1995, comm. 196, obs. M. Véron ; *RSC* 1998, p. 110, obs. R. Ottenhof). L'absence d'autorisation du propriétaire implique l'intention frauduleuse chez celui qui soustrait le bien (■ Cass. crim., 22 déc. 1955 : *Bull. crim.* n° 594).

50) Bonne foi. A été relaxé un prévenu qui avait pu croire de bonne foi à l'autorisation tacite du propriétaire de disposer de la chose « compte tenu de l'ancienneté d'une telle pratique en cours dans l'entreprise » (■ Cass. crim., 17 nov. 2015, préc. n° 3).

51) Erreur. Nul n'ignorant que le vol est prohibé, l'erreur de droit est, en la matière, assez peu vraisemblable (V. néanmoins, ■ T. corr. Carcassonne, 16 mars 1994 : *RSC* 1998, p. 110, obs. R. Ottenhof, à propos d'un emprunt de véhicule qui serait justifié par une erreur sur le droit qui semble plus être celle du tribunal, celui-ci se référant à la nécessité d'une volonté d'appropriation définitive du véhicule). L'erreur de fait, en revanche, est de nature à supprimer le dol général (■ Cass. crim., 16 févr. 1934 : *DH* 1934, p. 183).

B – Indifférence du dol spécial

52) Dol spécial. Si, autrefois, la jurisprudence semblait exiger un dol spécial, consistant en la volonté de s'approprier définitivement la chose d'autrui, elle a progressivement atténué cette exigence, n'exigeant plus qu'une volonté d'appropriation temporaire, ce qui revient au fait de se comporter comme le maître de la chose d'autrui (■ Cass. crim., 19 févr. 1959, préc. n° 32). Depuis lors, on peut dire que les mobiles sont indifférents.

53) Indifférence des mobiles. Les mobiles, conformément aux principes généraux, sont donc inopérants (■ Cass. crim., 8 janv. 1992, n° 90-86.553 : *Bull. crim.* n° 5, où les prévenus percevaient le produit de leur vol pour une rémunération qui leur était due), tout comme l'utilisation du bien appréhendé frauduleusement (■ Cass. crim., 8 févr. 1977 : *Bull. crim.* n° 52, à propos du vol de fleurs et de vases dans un cimetière pour les détruire. ■ Cass. crim., 8 déc. 1998, préc. n° 3, à propos d'un vol de courriers administratifs par un salarié dans le but de persuader son employeur de ne pas le congédier. La solution serait néanmoins différente aujourd'hui : V. n° 54. ■ Cass. crim., 16 mars 1999, préc. n° 8, dans une hypothèse proche de la précédente et avec les mêmes réserves). Est dès lors coupable, par exemple, la personne qui n'ayant pas de droit de rétention (■ Cass. crim., 20 nov. 1947 : *Bull. crim.* n° 227 ; *S.* 1948, 1, p. 176 ; *RSC* 1949, p. 347, obs. P. Bouzat) ou, n'ayant plus la possibilité de l'exercer, soutient qu'elle avait voulu se procurer sur la chose un gage pour recouvrer une créance justifiée (■ Cass. crim., 25 oct. 1978 : *D.* 1979, IR p. 136, à propos d'un garagiste non payé qui a enlevé sur la voie publique la voiture de son client en prétendant exercer son droit de rétention) ainsi que celle qui, « pour bien faire », s'était emparée de journaux à la table de presse d'une église pour les détruire (■ Cass. crim., 12 mars 1970, préc. n° 23). Sont encore punissables le bailleur d'un hangar qui fait vendre les papiers du locataire qui ne le paye plus par un brocanteur, car ils deviendraient, en se détériorant, dangereux pour la sécurité publique (■ Cass. crim., 4 juin 1969 : *Gaz. Pal.* 1969, 2, som., p. 26), ou des éleveurs de porcs qui, après avoir intercepté un camion contenant de la viande porcine d'origine étrangère, ont déchargé celle-ci et l'ont arrosée de gazole (■ Cass. crim., 14 janv. 1986 : *D.* 1986, IR p. 405, obs. G. Roujou de Boubée). Il en va de même pour un médecin qui s'est emparé de dossiers médicaux, conservés sous sa responsabilité, pour les produire à l'appui de sa dénonciation d'un un médecin à un officier de police judiciaire, qui l'a invité à justifier de ses griefs sans pour autant l'inciter à commettre des soustractions de pièces (■ Cass. crim., 3 mai 2001, préc. n° 8). Il a, à l'inverse, pu être jugé que la plaisanterie faisait disparaître l'intention. N'ont ainsi pas été reconnus coupables de vol des jeunes gens qui avaient enlevé la guérite placée devant la porte d'une prison et l'avaient déposée sur un chemin public

(■ Cass. crim., 22 mai 1818 : *Bull. crim.* n° 63). Un arrêt plus récent (■ Limoges, 1er avr. 1988 : *Juris-Data* n° 1988-040912) en a jugé pareillement pour l'enlèvement de panneaux de signalisation, relevant l'absence de volonté d'appropriation même momentanée.

54) Les droits de la défense du salarié. En réalité, depuis deux arrêts rendus le 11 mai 2004, un mobile importe, s'il s'insère dans un certain contexte : c'est la volonté, pour le salarié, de pouvoir assurer sa défense contre son employeur dans le cadre d'un litige prud'homal qui les oppose (■ Cass. crim., 11 mai 2004, nos 03-80.254 et 03-85.521, 2 arrêts : *Bull. crim.* n° 113 ; *Bull. crim.* n° 117 ; *JCP* 2004, II, 10124, note C. Girault ; *Dr. pén.* 2004, comm. 122, obs. M. Véron ; *D.* 2004, p. 2326, obs. H. Kobina Gaba ; *D.* 2004, p. 2322, note J.-C. Zarka ; *D.* 2004, p. 2759, obs. G. Roujou de Boubée ; *RSC* 2004, p. 635, obs. E. Fortis ; *RSC* 2004, p. 866, obs. G. Vermelle). Ce mécanisme, malgré son origine jurisprudentielle, est construit à l'instar d'un fait justificatif : sur lequel, V. ss art. 311-3, n° 14, P. 636.

Art. 311-2. – La soustraction frauduleuse d'énergie au préjudice d'autrui est assimilée au vol.

1) Choses ? L'électricité est une chose dont la soustraction constitue un vol (■ Cass. crim., 3 août 1912 : *DP* 1913, 1, p. 439 ; *S.* 1913, 1, p. 377, note J.-A. Roux). En revanche, une onde hertzienne, fût-elle porteuse d'un signal codé ou non, et dont l'énergie résiduelle peut être recueillie sur une antenne de réception disposée à cet effet, relève d'une nature immatérielle faisant qu'elle échappe, en l'absence d'un quelconque support, à la maîtrise de son émetteur ; elle ne saurait donc être assimilée à une chose au sens de l'article 379 ancien du Code pénal (■ Paris, 24 juin 1987 : *D.* 1988, somm. p. 226, obs. T. Hassler ; *RSC* 1988, p. 793, obs. P. Bouzat).

2) Vol ou tromperie ? En matière de fourniture d'eau ou d'électricité, deux qualifications pénales sont concevables : vol ou tromperie (avant L. 1er août 1905, art. 1 et 2 ; aujourd'hui C. consom., art. L. 441-1 et L. 454-1). En principe, toutes les manipulations frauduleuses du compteur constituent des tromperies sur la quantité de marchandise vendue (reculer les aiguilles : ■ Cass. crim., 16 févr. 1999 : *DP* 1899, 1, p. 201. Reculer les disques de minuterie : ■ Cass. crim., 2 nov. 1945 : *D.* 1946, p. 8. Déréglage : ■ Cass. crim., 22 oct. 1959 : *JCP* 1959, II, 11376, note H. Delpech. Dans un arrêt, néanmoins, la Cour de cassation a considéré que l'abonné qui avait démonté puis remonté à l'envers son compteur électrique, ce qui avait eu pour effet d'effacer une partie de sa consommation, avait commis un vol (■ Cass. crim., 11 oct. 1978 : *Bull. crim.* n° 270 ; *D.* 1979, p. 76, note Vuitton ; *RSC* 1979, p. 337, obs. P. Bouzat).

En revanche, tous les branchements ou dérivations clandestins représentent des vols : V. pour l'eau ■ Cass. crim., 10 déc. 1887 : *Bull. crim.* n° 427 ; *DP* 1988, 1, p. 93, rapp. T. Sallantin (modification de l'appareil de distribution d'eau). ■ Cass. crim., 15 avr. 1921 : *S.* 1921, 1, p. 392 (utilisation d'un tuyau dissimulé). ■ Cass. crim., 3 juin 1937 : *Bull. crim.* n° 113 ; *DH* 1937, p. 381 (ajout de deux robinets par rapport aux deux prévus initialement). V. pour l'électricité ■ Cass. crim., 8 janv. 1958 : *Bull. crim.* n° 33 ; *JCP* 1958, II, 10546, note H. Delpech (prélèvement en amont du compteur). ■ Cass. crim., 10 avr. 1964, n° 63-91.038 : *Bull. crim.* n° 108 (*idem*). ■ Pau, 28 oct. 1986 : *JurisData* n° 1986-044956 (dérivation entre l'éclairage public et un commerce). La chambre criminelle a même considéré que celui qui rétablissait frauduleusement le courant après coupure par l'EDF commettait un vol. Il n'importait pas que le mode de soustraction permette à la victime d'évaluer exactement son préjudice, le raccordement ayant été effectué dans des conditions telles que le courant électrique continuait à être enregistré par le compteur (■ Cass. crim., 12 déc. 1984 : *Bull. crim.* n° 403 ; *RSC* 1985, p. 579, obs. P. Bouzat).

3) Usage abusif. Le simple usage abusif d'une eau volontairement et préalablement livrée n'est pas un vol (■ Cass. crim., 27 janv. 1933 : *Bull. crim.* n° 25 ; *DH* 1933, p. 148).

Art. 311-3. – Le vol est puni de trois ans d'emprisonnement et de 45 000 € d'amende.

Voir : art. 132-16, p. 270. art. 321-5, p. 707 (récidive). art. 421-1, p. 750.

I – LE VOL CONFRONTÉ AU DROIT PÉNAL GÉNÉRAL

1) Conflit de qualifications : escroquerie. L'utilisation frauduleuse d'une carte de crédit par un autre que son titulaire est une escroquerie (■ Cass. crim., 19 mai 1987 : *Gaz. Pal.* 1988, 1, som., p. 5, note J.-P. Doucet). Dans la même idée, la Cour de cassation a jugé qu'il y avait escroquerie dans une affaire de trafic de parcmètre, les manœuvres frauduleuses étant représentées par l'introduction d'une rondelle métallique dans l'appareil à la place d'une pièce de monnaie et la remise volontaire de la chose étant constituée par la décharge fournie par l'appareil et prouvée par la variation de l'aiguille sur le compteur horaire (■ Cass. crim., 10 déc. 1970 : *D.* 1972, p. 155, note G. Roujou de Boubée ; *JCP* 1972, II,

17277, note R. Gassin). V. aussi ss art. 311-1 n° 33, p. 629.

2) Conflit de qualifications : filouterie. De façon contestable, la Cour de cassation considère que, en ce qui concerne les distributeurs de carburant en libre-service, ne présente pas de difficulté sérieuse permettant la saisine pour avis de la Cour de cassation la question de savoir si le fait de se servir en carburant, puis de ne pouvoir le payer à la caisse constitue une infraction pénale et, dans l'affirmative, s'il s'agit d'un vol, d'une filouterie ou d'une autre infraction, dès lors que lorsque cette appréhension est frauduleuse, un tel comportement est constitutif de vol (▪ C. cass., avis, 4 mai 2010, n° 10-00.001 : *Bull. crim.* n° 2 ; *Bull. inf. C. cass.* 2010, n° 272, I, rapp. P. Labrousse, avis L. Davenas). V. en sens contraire : ▪ Cass. crim., 19 avr. 2017, n° 16-84.265, où est condamné pour filouterie le conducteur qui s'est servi en gasoil pour un montant de 79,30 euros, n'a pas raccroché le pistolet de la pompe pour ne pas alerter le pompiste de la fin de distribution, puis est reparti sans avoir payé.

3) Conflit de qualifications : abus de confiance. Depuis l'entrée en vigueur du Code pénal de 1992, la remise de la simple détention n'est, en principe, susceptible que de dégénérer en abus de confiance en cas de détournement : V. art. 311-1, n° 38-40, p. 630. L'examen de la jurisprudence révèle néanmoins que la confusion est persistante, qui conduit à condamner pour vol dans une telle hypothèse. Pour un arrêt qui présente l'ambiguïté, V. par ex. ▪ Cass. crim., 16 juin 2011, n° 10-85.079 : *Dr. pén.* 2011, comm. 100, obs. M. Véron ; *Dr. pén.* 2011, chron. 9, obs. M. Segonds ; *JCP* 2011, note 1020, p. 1701, S. Detraz ; *D.* 2011, p. 2254, note G. Beaussonie ; *RSC* 2011, p. 836, obs. H. Matsopoulou ; *RSC* 2011, p. 853, obs. A. Cerf-Hollender, à propos d'une appréhension frauduleuse de documents de l'entreprise par un de ses salariés (l'appréhension étant finalement justifiée).

4) Conflit de qualifications : détournement d'objets saisis. À propos de cheminées monumentales et de fers forgés provenant d'un immeuble saisi, que leur propriétaire a vendus avant l'adjudication, la qualification de vol doit être écartée au profit de celle de détournement d'objets saisis, à la seule condition que les droits de la défense soient respectés lors de la requalification des faits (▪ Cass. crim., 23 janv. 1995, n° 94-80.897 : *Bull. crim.* n° 28. Puis, dans la même affaire, ▪ Cass. crim., 13 févr. 1997, n° 96-82.751 : *Bull. crim.* n° 63).

5) Conflit de qualifications : destructions. Le fait d'abattre un arbre dans le dessein de se l'approprier est constitutif d'un vol et non de la contravention prévue à l'article R. 40, 8°, du Code pénal (actuel art. R. 635-1, p. 1027) : ▪ Cass. crim., 10 févr. 1965 : *Bull. crim.* n° 44 ; *Gaz. Pal.* 1965, 1, p. 413. Le fait, pour des éleveurs de porcs, d'avoir intercepté un camion contenant de la viande porcine d'origine étrangère, d'avoir déchargé celle-ci et de l'avoir arrosée de gazole, pour pouvoir être qualifié de destruction de bien (anc. art. 434, nouvel art. 322-1, p. 710), n'en est pas moins constitutif d'un vol (▪ Cass. crim., 14 janv. 1986 : *D.* 1986, IR p. 405, obs. G. Roujou de Boubée).

6) Conflit de qualifications : soustraction de biens contenus dans un dépôt public. Si des biens et valeurs ont été frauduleusement soustraits dans les locaux du greffe du Tribunal, ou dans le bureau affecté au président de la cour d'assises, qui constituent des dépôts publics, au sens de l'article 254 du Code pénal (actuel art. 433-4, p. 872), c'est la qualification spéciale qui l'emporte sur celle de vol (▪ Cass. crim., 19 oct. 1993, n° 93-83.225 : *Bull. crim.* n° 297).

7) Infraction unique ou infractions répétées ? La soustraction frauduleuse de plusieurs objets commise dans un même temps est constitutive d'un vol unique (▪ Cass. crim., 20 mars 1985 : *Bull. crim.* n° 120).

8) Cumul réel d'infractions : maintien frauduleux dans un système de traitement automatisé de données. Celui qui s'introduit dans un système de traitement automatisé de données dont l'accès est en principe contrôlé à la suite d'une défaillance technique, s'y maintient puis télécharge des données sans le consentement de leur propriétaire commet, tout à la fois, un maintien frauduleux dans un tel système et un vol : ▪ Cass. crim., 20 mai 2015, n° 14-81.336 : *JurisData* n° 2015-011834 ; *AJ pénal* 2015, p. 413, obs. E. Dreyer ; *D.* 2015, p. 1466, note L. Saenko ; *JCP* G 2015, 887, note G. Beaussonie ; *Dr. pén.* 2015, n° 106, obs. M. Véron ; *ibid.*, n° 123, obs. Ph. Conte ; *ibid.* chron. 10, obs. A. Lepage (sur lequel V. aussi ss art. 311-1, n° 8, p. 623).

9) Tentative. V. ss art. 311-13, p. 644.

10) Complicité. Celui qui aide et assiste dans sa fuite l'auteur d'un vol peut être retenu comme complice par aide et assistance, bien que le fait ainsi relevé soit postérieur à l'infraction, si les juges du fond constatent que cette protection a été assurée par un accord antérieur au vol (▪ Cass. crim., 30 avr. 1963 : *Bull. crim.* n° 157. ▪ Cass. crim., 8 nov. 1972 : *Bull. crim.* n° 329). V. aussi ss art. 121-7, p. 136.

11) Coaction. Est coauteur du vol celui qui fait le guet pendant que l'autre commet la soustraction frauduleuse (▪ Cass. crim., 22 déc. 1970 : *Bull. crim.* n° 348).

12) Recel. Les qualifications de vol et de recel sont exclusives l'une de l'autre (▪ Cass. crim., 22 janv. 1948 : *Bull. crim.* n° 26. ▪ Cass. crim., 6 juin 1979 : *Bull.*

crim. n° 193). En revanche, on peut être, à la fois, coupable de complicité de vol par aide est assistance et de recel des objets procurés par ce vol (▪ Cass. crim., 18 nov. 1965 : *D.* 1966, p. 248, note R. Combaldieu. ▪ Cass. crim., 9 févr. 1967 : *Bull. crim.* n° 62. ▪ Cass. crim., 25 avr. 1974 : *Bull. crim.* n° 152).

13) Faits justificatifs : état de nécessité. Sur le *vol alimentaire* et l'absence d'état de nécessité, V. ▪ Poitiers, 11 avr. 1997 : *JCP* 1998, II, 22933, note A. Olive ; *Dr. pén.* 1998, chron. 4 par F. Debove.

14) Fait justificatif : défense du salarié à l'encontre de son employeur. Depuis deux arrêts rendus le 11 mai 2004, le fait pour un salarié de pouvoir assurer sa défense contre son employeur dans le cadre d'un litige prud'homal qui les oppose justifie un vol de documents appartenant au second par le premier, à condition que ces documents s'avèrent strictement nécessaires à l'exercice de ses droits de la défense dans le cadre de ce litige (▪ Cass. crim., 11 mai 2004, n°s 03-80.254 et 03-85.521, 2 arrêts : *Bull. crim.* n° 113 ; *Bull. crim.* n° 117 ; *JCP* 2004, II, 10124, note C. Girault ; *Dr. pén.* 2004, comm. 122, obs. M. Véron ; *D.* 2004, p. 2326, note H. Kobina Gaba ; *RSC* 2004, p. 866, obs. G. Vermelle ; *D.* 2004. p. 2322, note J.-C. Zarka ; *D.* 2004, p. 2327, note H. Kobina Gaba ; *D.* 2004, somm. p. 2759, obs. G. Roujou de Boubée. V. aussi ss art. 311-1, n° 54, p. 634). La solution a été confirmée plusieurs fois : ▪ Cass. crim., 4 janv. 2005, n° 04-82.337 : *Bull. crim.* n° 5 ; *JCP* 2005, I, 113, obs. M. Véron (ne donne pas de base légale à sa décision une cour d'appel qui, pour déclarer coupable de vol de documents de l'entreprise, un salarié qui les a photocopiés, retient que les photocopies ont été réalisées à l'insu de son employeur et que le mobile de l'appréhension délictueuse est indifférent, sans rechercher si les documents dont il s'agit n'étaient pas strictement nécessaires à l'exercice des droits de la défense du salarié dans le litige l'opposant à son employeur). ▪ Cass. crim., 15 févr. 2005 ; *Dr. pén.* 2005, comm. 72, obs. M. Véron (en l'état de ses constatations et énonciations procédant d'une appréciation souveraine des faits et circonstances de la cause dont elle a déduit que les documents de l'entreprise que la prévenu a appréhendés et reproduit sans l'autorisation de l'employeur étaient strictement nécessaire à l'exercice des droits de sa défense dans le litige l'opposant à ce dernier, la cour d'appel, abstraction faite de motifs erronés mais non déterminants relatifs à l'erreur de droit, a justifié sa décision de relaxe).

La Cour de cassation a précisé que la justification opérait également dans l'optique d'un procès prud'homal, à la condition qu'il soit finalement engagé : en l'état de ses énonciations, d'où il résulte que le prévenu, avisé du projet de son employeur de rompre son contrat de travail, a appréhendé des documents dont il avait eu connaissance à l'occasion de l'exercice de ses fonctions et dont la production était strictement nécessaire à l'exercice de sa défense dans la procédure prud'homale qu'il a engagée peu après, la chambre de l'instruction a justifié sa décision de non-lieu dans les poursuites engagées contre lui pour vol et abus de confiance (▪ Cass. crim., 16 juin 2011, préc. n° 3).

En revanche, la justification n'opère pas au-delà du cadre prud'homal : justifie sa décision une cour d'appel qui, pour déclarer coupable de vol de documents de l'entreprise, un salarié qui les a photocopiés, retient que les photocopies réalisées à l'insu de l'employeur, ont été remises non pour assurer sa défense dans un litige prud'homal mais lors de son audition par les gendarmes sur la plainte pour diffamation déposée contre lui par cet employeur (▪ Cass. crim., 9 juin 2009, n° 08-86.843 ; *Bull. crim.* n° 118 ; *Dr. pén.* 2009, comm. 127, obs. M. Véron ; *D.* 2010, p. 306, note H. Kobina Gaba ; *Gaz. Pal.* 2009, 2, p. 2613, note S. Détraz ; *Dr. pén.* 2010, étude 6, M.-C. Sordin précisant le domaine de ce fait justificatif).

De même, il n'a rien d'automatique : justifie sa décision la cour d'appel qui, pour déclarer coupable de vol de documents d'une société un salarié qui les a emportés lorsqu'il a démissionné de cette société pour rejoindre une entreprise concurrente, retient que cette appréhension frauduleuse, effectuée à l'insu de son employeur et concernant des documents bien plus nombreux que ceux utiles à sa défense, n'était pas strictement nécessaire à l'exercice des droits de la défense dans le litige prud'homal l'opposant à ce dernier (▪ Cass. crim., 21 juin 2011, n° 10-87.671 : *Bull. crim.* n° 149 ; *D.* 2011, act. p. 1900 ; *Dr. soc.* 2011, p. 933, note J.-E. Rey ; *RSC* 2011, p. 605, obs. Y. Mayaud ; *Dr. pén.* 2011, comm. 121, obs. M. Véron ; *Dr. pén.* 2011, chron. 9, obs. M. Segonds).

15) Confrontation avec la liberté d'expression. L'état de nécessité fondé sur l'urgence climatique ne peut justifier le vol d'un portrait du président de la République dans une mairie. Les juges du fond, en revanche, ne peuvent pas refuser de contrôler si, dans une telle situation et lorsque cela leur est demandé, l'incrimination et la punition d'un tel comportement ne portaient pas une atteinte excessive à la liberté d'expression des prévenus (▪ Cass. crim., 22 sept. 2021, n° 20-85.434 : *JurisData* n° 2021-014502. ▪ Cass. crim., 22 sept. 2021, n° 20-80.489 : *JurisData* n° 2021-014506. ▪ Cass. crim., 22 sept. 2021, n° 20-80.895 : *JurisData* n° 2021-014848).

II – LE VOL CONFRONTÉ À LA PROCÉDURE PÉNALE

16) Délai de prescription de l'action publique. En vertu de l'article 8 du CPP, l'action publique du vol se prescrit par 6 années révolues à compter du jour où il a été commis.

17) Titulaires de l'action civile. Le propriétaire, première et principale victime du vol, ne perd pas son action du fait de son absence de vigilance. Encourt donc la cassation l'arrêt qui, statuant sur les seuls intérêts civils, déboute la victime, propriétaire d'un véhicule volé, en énonçant qu'elle avait laissé son véhicule ouvert avec les clés sur le tableau de bord, de sorte que la garde de l'automobile n'avait pas été obtenue contre le gré de son propriétaire, alors que la déclaration de culpabilité du prévenu, du chef de vol, passée en force de chose jugée, excluait que la victime ait consenti à la soustraction de son véhicule (▪ Cass. crim., 19 juin 2007 : *Bull. crim.* n° 165).

Au-delà, la soustraction frauduleuse de la chose d'autrui n'est pas nécessairement préjudiciable au seul propriétaire de celle-ci. Ainsi les parents d'un enfant décédé subissent-ils un dommage direct du fait de la soustraction frauduleuse commise, au détriment de la clinique où il avait été établi, du dossier médical concernant le décès de leur enfant (▪ Cass. crim., 12 janv. 1994 : *Bull. crim.* n° 16). De même, est recevable l'action civile d'une personne condamnée pour vol, et elle-même victime du vol d'une partie de la somme dérobée, à l'encontre des auteurs du vol, dès lors que celui-ci dont elle a été victime l'a privée d'une somme dont elle était détentrice et qu'elle a été condamnée à verser aux victimes de son propre vol (▪ Cass. crim., 9 mars 2016, n° 15-80.107). Il en irait de même d'un hôtelier, l'obligation de ce dernier, fondée sur les articles 1952 et 1953 du Code civil, d'indemniser la personne qui loge chez lui et qui est victime d'une soustraction frauduleuse, étant la cause d'un préjudice direct et personnel dans l'hypothèse d'une telle soustraction (▪ Cass. crim., 25 juin, 2019, n° 18-84.653 : *Bull. crim.* n° 129). En revanche, est nécessairement indirect le préjudice du légataire universel dont l'auteur a été victime de plusieurs infractions contre les biens, dont des vols (▪ Cass. crim., 20 mai 2008, n° 06-88.261). De même, encourt la cassation l'arrêt qui reçoit en sa constitution de partie civile un syndicat professionnel à la suite du vol subi par l'un de ses adhérents. Un syndicat professionnel ne peut, en effet, exercer les droits réservés à la partie civile qu'en ce qui concerne les faits portant un préjudice direct ou indirect à l'intérêt collectif de la profession qu'il représente (▪ Cass. crim., 13 avr. 2010 : *Bull. crim.* n° 66 ; *D.* 2010, p. 1288).

Mais est recevable la constitution de partie civile du groupement des cartes bancaires, son préjudice étant direct et dû, d'une part, à l'atteinte portée à la crédibilité du système d'achats par carte bancaire dont elle a la charge et, d'autre part, à l'accroissement des coûts de gestion qui lui incombent pour l'organisation de la lutte contre les fraudeurs (▪ CA Paris, 13 sept. 2000 : *JCP* 2001, IV, 1396).

Ne l'est pas, en revanche, faute de préjudice direct et personnel, et de droit né et actuel, l'action d'une association à laquelle une déchetterie, victime du vol, remettait des métaux ferreux et non ferreux afin qu'elle les revende (▪ Cass. crim., 1er juin 2016, n° 15-82.465 : *JurisData* n° 2016-010575).

18) Évaluation du préjudice. L'évaluation du préjudice causé par une infraction, lequel doit être réparé intégralement, doit être déterminée par le juge au moment où il rend sa décision, sauf circonstances propres à la cause. Encourt dès lors la cassation l'arrêt qui évalue le préjudice de la victime d'un vol à la date de l'infraction sans justifier la raison pour laquelle la prise en compte de la valeur, à cette date, de la marchandise volée était nécessaire pour que la réparation soit intégrale (▪ Cass. crim., 1er mars 2011, n° 10-85.965).

19) Partage de responsabilité. Il résulte des articles 2 du Code de procédure pénale et 1240 du Code civil que lorsque plusieurs fautes ont concouru à la production du dommage, la responsabilité de leurs auteurs se trouve engagée dans une mesure dont l'appréciation appartient souverainement aux juges du fond. Est de nature à constituer une telle faute le fait, pour la victime d'un vol, de ne pas avoir pris toutes les mesures utiles pour éviter d'être dépossédée (▪ Cass. crim., 20 oct. 2020, n° 19-84.641).

III – LE VOL CONFRONTÉ AU DROIT DE LA PEINE

20) Détermination de la peine. Pour satisfaire aux exigences de l'article 132-19 du Code pénal, qui leur impose de motiver spécialement la décision de condamner le prévenu à une peine d'emprisonnement sans sursis, les juges, dès lors qu'ils prononcent dans les limites de la loi applicable à l'infraction poursuivie, peuvent se référer aux éléments de fait ayant entouré la commission de celle-ci, lors même qu'ils n'ont pas été retenus comme circonstance aggravante dans l'acte de poursuite. Tel est le cas pour un vol commis dans un contexte de violence qui, par ailleurs, n'a pas été retenu comme circonstance aggravante (▪ Cass. crim., 26 févr. 2018, n° 07-85.866 : *Bull. crim.* n° 52 ; *Dr. pén.* 2008, comm. 83, obs. M. Véron).

Art. 311-3-1 ***(Créé, L. n° 2022-52, 24 janv. 2022).*** **– Lorsque le vol prévu à l'article 311-3 porte sur une chose dont la valeur est inférieure ou égale à 300 euros et qu'il apparaît au moment de la constatation de**

l'infraction que cette chose a été restituée à la victime ou que celle-ci a été indemnisée de son préjudice, l'action publique peut être éteinte, y compris en cas de récidive, dans les conditions prévues aux articles 495-17 à 495-25 du Code de procédure pénale, par le versement d'une amende forfaitaire d'un montant de 300 euros. Le montant de l'amende forfaitaire minorée est de 250 euros et le montant de l'amende forfaitaire majorée est de 600 euros.

Art. 311-4 ***(Mod., L. n° 2004-204, 9 mars 2004 ; L. n° 2010-201, 2 mars 2010 ; L. n° 2011-267, 14 mars 2011 ; L. n° 2012-954, 6 août 2012 ; L. n° 2021-1539, 30 nov. 2021).*** **– Le vol est puni de cinq ans d'emprisonnement et de 75 000 € d'amende :**

1° Lorsqu'il est commis par plusieurs personnes agissant en qualité d'auteur ou de complice, sans qu'elles constituent une bande organisée ;

2° Lorsqu'il est commis par une personne dépositaire de l'autorité publique ou chargée d'une mission de service public, dans l'exercice ou à l'occasion de l'exercice de ses fonctions ou de sa mission ;

3° Lorsqu'il est commis par une personne qui prend indûment la qualité d'une personne dépositaire de l'autorité publique ou chargée d'une mission de service public ;

4° Lorsqu'il est précédé, accompagné ou suivi de violences sur autrui n'ayant pas entraîné une incapacité totale de travail ;

5° ***(Abr., L. n° 2011-267, 14 mars 2011, rétabli dans la version suivante, L. n° 2020-840, 3 juill. 2020)*** **Lorsqu'il porte sur du matériel destiné à prodiguer des soins de premiers secours ;**

6° Lorsqu'il est commis dans un local d'habitation ou dans un lieu utilisé ou destiné à l'entrepôt de fonds, valeurs, marchandises ou matériels ;

7° Lorsqu'il est commis dans un véhicule affecté au transport collectif de voyageurs ou dans un lieu destiné à l'accès à un moyen de transport collectif de voyageurs ;

8° Lorsqu'il est précédé, accompagné ou suivi d'un acte de destruction, dégradation ou détérioration ;

9° ***(Abr., L. n° 2017-86, 27 janv. 2017)*** **;**

10° Lorsqu'il est commis par une personne dissimulant volontairement en tout ou partie son visage afin de ne pas être identifiée ;

11° Lorsqu'il est commis dans les établissements d'enseignement ou d'éducation ainsi que, lors des entrées ou sorties des élèves ou dans un temps très voisin de celles-ci, aux abords de ces établissements ;

12° Lorsqu'il est destiné à alimenter le commerce illégal d'animaux.

Les peines sont portées à sept ans d'emprisonnement et à 100 000 € d'amende lorsque le vol est commis dans deux des circonstances prévues par le présent article. Elles sont portées à dix ans d'emprisonnement et à 150 000 € d'amende lorsque le vol est commis dans trois de ces circonstances.

1) Caractérisation. Une circonstance aggravante ne doit pas simplement être constatée ; elle doit être, en sus de l'infraction, caractérisée : ainsi l'emploi du mot « cambriolage », au demeurant pas dans la loi, ne suffit-il pas à conclure à leur existence (■ Cass. crim., 14 nov. 1972 : *Bull. crim.* n° 342 ; *D.* 1973, somm. p. 8) ou l'effraction constatée ou reconnue – quant à elle plus dans la loi –, doit-elle être, par la suite, précisée (■ Cass. crim., 6 déc. 1989, n° 89-81.141 : *Bull. crim.* n° 469. ■ Cass. crim., 15 oct. 1991, n° 91-80.920 : *Bull. crim.* n° 345).

I – RÉUNION

2) Coaction. Il y a vol en réunion en cas de coaction (■ Cass. crim., 7 déc. 1954 : *Bull. crim.* n° 375 ; *D.* 1955, p. 221), mais il n'est pas nécessaire que plusieurs personnes soient condamnées pour retenir la circonstance aggravante à l'encontre de l'un des coauteurs (■ Cass. crim., 9 mars 1966 : *Bull. crim.* n° 86).

3) Complicité. La circonstance joue aussi en présence d'un complice (■ Nîmes, 10 juill. 2001 : *JurisData* n° 2001-158997. ■ Rennes, 8 oct. 2004 : *JurisData* n° 2004-258363. *Contra* : ■ Toulouse, 19 oct. 2000 : *JurisData* n° 2000-123904. ■ Paris, 31 oct. 2001 : *JurisData* n° 2001-165346).

II – PERSONNE DÉPOSITAIRE DE L'AUTORITÉ PUBLIQUE OU CHARGÉE D'UNE MISSION DE SERVICE PUBLIC, DANS L'EXERCICE OU À L'OCCASION DE L'EXERCICE DE SES FONCTIONS OU DE SA MISSION

4) Fossoyeurs. Sont des personnes chargées d'une mission de service public les fossoyeurs qui se sont appropriées, durant l'exercice de leur mission, des débris d'or et de bijoux trouvés au cours du nettoyage de fosses communes et de concessions non renouvelées, ainsi que dans des caveaux et cercueils, et qu'ils savaient ne pas être abandonnés. Ils sont donc coupables de vols aggravés

(■ Cass. crim., 25 oct. 2000, n° 00-82.152 : *JurisData* n° 2000-006853 ; *Bull. crim.* n° 318 ; *JCP* G 2001, II, 10566, note P. Mistretta ; *D.* 2001, p. 1052, note T. Garé ; *Dr. pén.* 2001, comm. 18, obs. M. Véron).

5) **Autres exemples.** Sont également des personnes dépositaires de l'autorité publique ou chargées d'une mission de service public un gendarme (■ Bourges, 18 mars 1999 : *JurisData* n° 1999-043596), un chargé de mission de reprographie pour la police routière (■ Agen, 18 août 1999 : *JurisData* n° 1999-107770), un gardien de la paix (■ Paris, 11 mars 2003 : *JurisData* n° 2003-218365) ou un surveillant pénitentiaire (■ Rennes, 12 janv. 2000 : *JurisData* n° 2000-112121). Tel n'est pas le cas, en revanche, d'un agent de sécurité dans un local vidéo d'une grande surface (■ Aix-en-Provence, 15 déc. 1999 : *JurisData* n° 1999-116908).

III – VIOLENCES

Bibliographie : S. Detraz, *La distinction de l'extorsion et du vol avec violences : Gaz. Pal.* 13-15 oct. 2013, p. 17.

6) V. ss art. 311-7, p. 640.

IV – HABITATION OU ENTREPÔT

7) **Local d'habitation.** L'habitation n'est pas que la demeure permanente et continuelle de la victime. Il peut aussi s'agir d'une demeure temporaire pour certains besoins, certaines affaires ou certains devoirs, tel l'endroit où le personnel se réunit quotidiennement et demeure pendant la plus grande partie de la journée (■ Cass. crim., 15 nov. 1955 : *Bull. crim.* n° 482 ; *D.* 1956, p. 7 ; *JCP* 1956, II, 9034 ; *RSC* 1956, p. 329, obs. P. Bouzat). Tel est le cas, par exemple, d'un bureau (■ Cass. crim., 9 oct. 1974 : *Bull. crim.* n° 286), d'un atelier (■ Cass. crim., 29 oct. 1968 : *Bull. crim.* n° 275) ou d'un magasin (■ Cass. crim., 18 nov. 1975 : *Bull. crim.* n° 248). Il peut même s'agir de la maison du voleur (■ Cass. crim., 30 sept. 1869 : *DP* 1870, 1, p. 95).

V – DESTRUCTION, DÉGRADATION OU DÉTÉRIORATION

8) **Vol à la roulotte.** Le vol à la roulotte, qui implique la destruction de la serrure, n'est pas un vol avec effraction, la roulotte n'étant pas un local d'habitation au sens strict, mais un vol précédé de destruction (■ Toulouse, 23 nov. 2004 : *JurisData* n° 2004-257815). *Contra* : ■ Limoges, 11 mars 1988 : *JurisData* n° 1988-040913.

9) **Autre exemple.** À propos d'un vol de bois avec destruction des limites matérielles, V. ■ Riom, 22 févr. 2003 : *JurisData* n° 2003-215604.

10) **Préjudice.** La réparation doit alors prendre en compte le dommage matériel, le vol et la destruction causée procédant alors d'une conception et d'une action uniques et indivisibles : ■ Cass. crim., 22 juin 1999, n° 98-84.749.

Art. 311-4-1 *(L. n° 2002-1138, 9 sept. 2002)*. – **Le vol est puni de sept ans d'emprisonnement et de 100 000 € d'amende lorsqu'il est commis par un majeur avec l'aide d'un ou plusieurs mineurs, agissant comme auteurs ou complices.**

Les peines sont portées à dix ans d'emprisonnement et 150 000 € d'amende lorsque le majeur est aidé d'un ou plusieurs mineurs âgés de moins de treize ans.

Art. 311-4-2 *(L. n° 2008-696, 15 juill. 2008)*. – **Le vol est puni de sept ans d'emprisonnement et de 100 000 € d'amende lorsqu'il porte sur :**

1° Un objet mobilier classé ou inscrit en application des dispositions du Code du patrimoine ou un document d'archives privées classé en application des dispositions du même code ;

2° Une découverte archéologique faite au cours de fouilles ou fortuitement ;

3° Un bien culturel qui relève du domaine public mobilier ou qui est exposé, conservé ou déposé, même de façon temporaire, soit dans un musée de France, une bibliothèque, une médiathèque ou un service d'archives, soit dans un lieu dépendant d'une personne publique ou d'une personne privée assurant une mission d'intérêt général, soit dans un édifice affecté au culte.

Les peines sont portées à dix ans d'emprisonnement et 150 000 € d'amende lorsque l'infraction prévue au présent article est commise avec l'une des circonstances prévues à l'article 311-4.

Les peines d'amende mentionnées au présent article peuvent être élevées jusqu'à la moitié de la valeur du bien volé.

Art. 311-5 *(L. n° 2011-267, 14 mars 2011)*. – **Le vol est puni de sept ans d'emprisonnement et de 100 000 € d'amende :**

1° Lorsqu'il est précédé, accompagné ou suivi de violence sur autrui ayant entraîné une incapacité totale de travail pendant huit jours au plus ;

2° Lorsqu'il est facilité par l'état d'une personne dont la particulière vulnérabilité, due à son âge, à une maladie, à une infirmité, à une déficience physique ou psychique ou à un état de grossesse, est apparente ou connue de son auteur ;

3° Lorsqu'il est commis dans un local d'habitation ou dans un lieu utilisé ou destiné à l'entrepôt de fonds, valeurs, marchandises ou matériels, en pénétrant dans les lieux par ruse, effraction ou escalade.

Les peines sont portées à dix ans d'emprisonnement et à 150 000 € d'amende lorsque le vol est commis dans deux des circonstances prévues par le présent article ou lorsque le vol prévu au présent article est également commis dans l'une des circonstances prévues par l'article 311-4.

I – VIOLENCE

1) V. sous art. 311-7, p. 640.

II – PERSONNE VULNÉRABLE

2) Exclusion des personnes morales. Une personne vulnérable ne peut pas être une personne morale (▪ Paris, 10 mai 2004 : *JurisData* n° 2004-247338).

3) Personnes physiques. Tel est le cas, par exemple, d'un handicapé moteur sur fauteuil roulant (▪ Rouen, 1er juill. 1999 : *JurisData* n° 1999-045114), de vieillards de 82 ans invalide et de 86 ans aveugle (▪ Toulouse, 25 août 1999 : *JurisData* n° 1999-043781) ou encore de personnes hospitalisées (▪ Paris, 10 mai 2004 : préc. *supra* n° 2).

III – RUSE, EFFRACTION OU ESCALADE

4) Antériorité. À l'instar de la ruse, l'escalade n'aggrave le vol que si elle lui est antérieure. À défaut, le vol est déjà constitué, l'escalade n'étant que le moyen pour le voleur de prendre la fuite et de bénéficier de son délit (▪ Cass. crim., 29 mars 1889 : *Bull. crim.* n° 136 ; S. 1889, 1, 282). La chose est différente pour l'effraction car, en tant que destruction, détérioration ou dégradation, il constitue déjà une circonstance aggravante autonome : V. *supra* sous art. 311-4, spéc. n° 7.

5) Effraction. V. art. 132-73, p. 310. Il y a effraction à forcer une serrure (▪ Cass. crim., 27 janv. 1831 : *Bull. crim.* n° 16), mais pas à soulever et déplacer une traverse mobile (▪ Cass. crim., 18 juin 1812 : *Jur. gén., V° Vol*, n° 526). Il n'y a pas non plus effraction à ouvrir un pli scellé (▪ Cass. crim., 4 déc. 1952 : *Bull. crim.* n° 294 ; *RSC* 1952, 455, obs. P. Bouzat).

Le vol des clefs d'un véhicule par effraction revient au vol du véhicule lui-même, lorsque celui-ci a consécutivement été soustrait : ▪ Cass. civ. 1re, 16 mai 1995, n° 92-15.310 : *D.* 1995, 349, rapp. P. Sargos.

6) Escalade. V. art. 132-74, p. 311. Il s'agit d'une circonstance aggravante réelle qui engage la responsabilité de tous ceux qui y ont participé : ▪ Cass. crim., 26 mars 1957 ; *Bull. crim.* n° 288. L'escalade consiste à entrer dans un édifice, parc ou enclos par une ouverture autre que celle destinée à servir d'entrée, par exemple un échafaudage : ▪ Cass. crim., 2 avr. 1864 : *DP* 1864, 1, 324.

Art. 311-6. – Le vol est puni de dix ans d'emprisonnement et de 150 000 € d'amende lorsqu'il est précédé, accompagné ou suivi de violences sur autrui ayant entraîné une incapacité totale de travail pendant plus de huit jours.

Les deux premiers alinéas de l'article 132-23 relatif à la période de sûreté sont applicables à l'infraction prévue par le présent article.

Art. 311-7. – Le vol est puni de quinze ans de réclusion criminelle et de 150 000 € d'amende lorsqu'il est précédé, accompagné ou suivi de violences sur autrui ayant entraîné une mutilation ou une infirmité permanente.

Les deux premiers alinéas de l'article 132-23 relatif à la période de sûreté sont applicables à l'infraction prévue par le présent article.

1) Circonstance aggravante réelle. La violence qui accompagne un vol est une circonstance matérielle inhérente au fait même et qui engage la responsabilité de tous ceux qui y ont participé : ▪ Cass. crim., 28 juill. 1953 : *Bull. crim.* n° 262.

2) Violences. Il y a vol avec violences à arracher un billet à ordre des mains de la victime, en la griffant et dans le but de ne pas honorer sa dette (▪ Cass. crim., 10 avr. 1995 : *Gaz. Pal.* 1995, 2, som., p. 354, sur le fondement de l'article 311-4, 4°). La circonstance aggravante de violences est constituée même sans atteinte physique de la victime, par tout acte de nature à impressionner celle-ci et à lui causer un choc émotif, tel le port d'une cagoule et d'un vêtement noir (▪ Cass. crim., 30 oct. 2012, n° 11-84.152 : *Dr. pén.* 2013, comm. 21, obs. M. Véron).

3) **Incompatilité entre l'infraction et la circonstance aggravante de violences.** Un même fait ne peut être retenu comme constitutif, à la fois, d'une infraction et d'une circonstance aggravant une autre infraction. On ne peut ainsi, dans une telle hypothèse, cumuler les qualifications de vol avec violences et de meurtre (■ Cass. crim., 23 juin 1977 : *Bull. crim.* n° 235), de vol avec violences et de coups mortels (■ Cass. crim., 21 mai 1980 : *Bull. crim.* n° 158) ou de vol avec violences et de viol et violences volontaires (■ Cass. crim., 6 janv. 1999, n° 98-80.730). Il en va différemment si les diverses violences exécutées sur la victime ont constitué des actes successifs et distincts (■ Cass. crim., 13 nov. 1975 : *Bull. crim.* n° 245).

Art. 311-8. – Le vol est puni de vingt ans de réclusion criminelle et de 150 000 € d'amende lorsqu'il est commis soit avec usage ou menace d'une arme, soit par une personne porteuse d'une arme soumise à autorisation ou dont le port est prohibé.

Les deux premiers alinéas de l'article 132-23 relatif à la période de sûreté sont applicables à l'infraction prévue par le présent article.

1) **Application dans le temps.** Les faits qui ont justifié, sous l'empire de l'article 384 de l'ancien Code pénal, la position de la question de port d'une arme apparente ou cachée aggravant le vol, caractérisent aussi la nouvelle circonstance aggravante de menace et d'usage des armes prévue par l'article 311-8 du Code pénal, applicable aux faits de la cause en raison de son caractère moins sévère, dès lors qu'il résulte des énonciations de l'arrêt de renvoi que les auteurs ont utilisé les armes en leur possession pour menacer et frapper les victimes (■ Cass. crim., 29 juin 1994, n° 93-85.322 : *Bull. crim.* n° 260. V. aussi ■ Cass. crim., 10 juill. 1996, n° 95-84.688).

2) **Circonstance aggravante réelle.** La circonstance aggravante de port d'une arme apparente ou cachée, prévue par le second alinéa de l'article 384 du Code pénal en sa rédaction issue de la loi du 2 février 1981, est réelle et inhérente au vol ; il suffit, pour qu'elle soit caractérisée, qu'un seul des auteurs de la soustraction frauduleuse, ne fût-il pas l'un des accusés, ait été porteur d'une arme au moment de l'action (■ Cass. crim., 4 janv. 1985, n° 84-93.008 : *Bull. crim.* n° 9). Elle engage donc la responsabilité de tous les auteurs de l'infraction (■ Cass. crim., 16 janv. 1985 : *Bull. crim.* n° 30). Par ailleurs, en matière de vol, n'est pas entachée de complexité prohibée comme réunissant en une seule interrogation la circonstance aggravante de port d'arme et celle de pluralité d'auteurs, la question par laquelle il est demandé à la cour et au jury si une soustraction frauduleuse a été commise « ses auteurs ou l'un d'eux étant porteurs d'une arme apparente ou cachée » (■ Cass. crim., 30 avr. 1986, n° 85-95.884 : *Bull. crim.* n° 149. ■ Cass. crim., 8 avr. 1987 : *Bull. crim.* n° 163).

3) **Préjudice.** Aux termes de l'article 3 du Code de procédure pénale, l'action civile est recevable pour tous chefs de dommages, aussi bien matériels que corporels ou moraux, qui découlent des faits, objet de la poursuite. Est dès lors recevable, la constitution de partie civile d'un employé d'un magasin où a eu lieu un vol avec arme (■ Cass. crim., 17 mai 1995, n° 94-83.889 : *Bull. crim.* n° 176).

4) **Arme.** V. art. 132-75, p. 311. Sous l'empire de l'ancien Code pénal, ont été considérés comme des armes un couteau (■ Cass. crim., 31 mai 1988 : *Bull. crim.* n° 233), une bombe lacrymogène (■ Cass. crim., 7 juin 1989 : *Dr. pén.* 1989, 6) ou un pistolet factice (■ Cass. crim., 5 août 1992, n° 92-82.717 : *D.* 1994, somm. p. 156, obs. G. Roujou de Boubée).

5) **Complicité.** La fourniture de l'arme est une hypothèse de complicité (■ Cass. crim., 17 mai 1962 : *Bull. crim.* n° 200. ■ Cass. crim., 27 mai 1963 : *Bull. crim.* n° 188).

6) **Questions.** Devant la cour d'assises, la question du port d'arme est distincte, tant lorsqu'il s'agit d'une circonstance aggravante du vol (■ Cass. crim., 11 juin 1986 : *Bull. crim.* n° 202) que lorsqu'il s'agit d'une infraction autonome (■ Cass. crim., 8 déc. 1982 : *Bull. crim.* n° 280). Elle peut être regroupée avec celle qui concerne l'existence d'une pluralité d'auteurs (■ Cass. crim., 30 avr. 1986, préc. n° 2). Cette question peut être posée dans les termes mêmes de la loi (■ Cass. crim., 13 juill. 1951 : *Bull. crim.* n° 212).

Art. 311-9. – Le vol en bande organisée est puni de quinze ans de réclusion criminelle et de 150 000 € d'amende.

Il est puni de vingt ans de réclusion criminelle et de 150 000 € d'amende lorsqu'il est précédé, accompagné ou suivi de violences sur autrui.

Il est puni de trente ans de réclusion criminelle et de 150 000 € d'amende lorsqu'il est commis soit avec usage ou menace d'une arme, soit par une personne porteuse d'une arme soumise à autorisation ou dont le port est prohibé.

Les deux premiers alinéas de l'article 132-23 relatif à la période de sûreté sont applicables aux infractions prévues par le présent article.

Ne bis in idem. Une cour d'assises a, sans méconnaître le principe *non bis in idem*, caractérisé un délit d'association de malfaiteurs distinct de la circonstance aggravante spécifiquement attachée à la tentative de vol en bande organisée, dès lors que l'association de malfaiteurs avait pour objet la préparation d'autres infractions (■ Cass. crim., 9 mai 2019, n° 18-82.885 : *Bull. crim.* n° 90).

Art. 311-9-1 *(L. n° 2004-204, 9 mars 2004).* **– Toute personne qui a tenté de commettre un vol en bande organisée prévu par l'article 311-9 est exempte de peine si, ayant averti l'autorité administrative ou judiciaire, elle a permis d'éviter la réalisation de l'infraction et d'identifier, le cas échéant, les autres auteurs ou complices.**

La peine privative de liberté encourue par l'auteur ou le complice d'un vol en bande organisée est réduite de moitié si, ayant averti l'autorité administrative ou judiciaire, il a permis de faire cesser l'infraction en cours ou d'éviter que l'infraction n'entraîne mort d'homme ou infirmité permanente et d'identifier, le cas échéant, les autres auteurs ou complices.

Art. 311-10. – Le vol est puni de la réclusion criminelle à perpétuité et de 150 000 € d'amende lorsqu'il est précédé, accompagné ou suivi soit de violences ayant entraîné la mort, soit de tortures ou d'actes de barbarie.

Les deux premiers alinéas de l'article 132-23 relatif à la période de sûreté sont applicables à l'infraction prévue par le présent article.

Art. 311-11. – Constitue, au sens des articles 311-4, 311-5, 311-6, 311-7, 311-9 et 311-10, un vol suivi de violences le vol à la suite duquel des violences ont été commises pour favoriser la fuite ou assurer l'impunité d'un auteur ou d'un complice.

Section II. – Dispositions générales

Art. 311-12 *(Mod., L. n° 2006-399, 4 avr. 2006 ; L. n° 2015-1776, 28 déc. 2015).* **– Ne peut donner lieu à des poursuites pénales le vol commis par une personne :**

1° Au préjudice de son ascendant ou de son descendant ;

2° Au préjudice de son conjoint, sauf lorsque les époux sont séparés de corps ou autorisés à résider séparément.

Le présent article n'est pas applicable :

a) (Mod., L. n° 2020-936, 30 juill. 2020) **Lorsque le vol porte sur des objets ou des documents indispensables à la vie quotidienne de la victime, tels que des documents d'identité, relatifs au titre de séjour ou de résidence d'un étranger, ou des moyens de paiement ou de télécommunications ;**

b) **Lorsque l'auteur des faits est le tuteur, le curateur, le mandataire spécial désigné dans le cadre d'une sauvegarde de justice, la personne habilitée dans le cadre d'une habilitation familiale ou le mandataire exécutant un mandat de protection future de la victime.**

Voir : L'immunité de l'article 311-12 est applicable à d'autres infractions pour laquelle elle est prévue expressément : art. 312-9 (extorsion), p. 652, art. 312-12 (chantage), p. 656, art. 313-3 (escroquerie), p. 675, art. 314-4 (abus de confiance), p. 692.

Bibliographie : J. Amar, *PACS et immunités familiales* : *Dr. pén.* 2000, chron. 32. • Y. Mayaud, *Rebondissement sur les immunités familiales : fond ou forme ?*, *Mél. Wiederkehr : Dalloz*, 2009, p. 541. • P. Mousseron, *Les immunités familiales* : *RSC* 1998, p. 291.

I – NATURE DE L'IMMUNITÉ

1) Fin de non-recevoir de l'action publique. L'individu qui bénéficie de l'immunité doit échapper à toutes poursuites pénales (■ ch. réun., 25 mars 1845 : *S.* 45, 1, p. 290, req. A. Dupin). L'article 380 édicte un principe d'irrecevabilité qui s'impose à la juridiction d'instruction comme à la juridiction de jugement (■ Cass. crim., 4 janv. 1930 : *DH* 1930, p. 230) ; si le juge d'instruction devant qui a été soulevée l'immunité rend une ordonnance de non-lieu fondée sur l'insuffisance des charges, l'inculpé a un intérêt suffisant pour attaquer l'ordonnance afin de faire prévaloir l'application de l'article 380 du Code pénal (■ Cass. crim., 30 déc. 1932 : *DP* 1933, 1, p. 127, note G. Leloir ; *S.* 1933, 1, p. 273, note R. Tortat). Il n'en va pas de même pour la partie civile, du moins au stade du pourvoi et sur le fondement de l'article 575 du CPP (■ Cass. crim., 13 mai 1976 : *D.* 1977, p. 277, note W. Jeandidier). Il incombe aux prévenus qui soulèvent l'immunité de rapporter la preuve de son bien-fondé (■ Cass. crim., 21 mars 1984 : *Bull. crim.* n° 124).

2) Règle exceptionnelle. Les dispositions de l'article 380 ancien et 312-12 du Code pénal contiennent une règle exceptionnelle dont l'interprétation doit être restrictive (■ Paris, 10 janv.

2002 : *Dr. pén.* 2002, comm. 81, obs. M. Véron. ▪ Cass. crim., 3 août 1901 : *DP* 1904, 1, p. 157). Elle n'est applicable qu'au cas où la soustraction lèse exclusivement la personne unie à l'auteur du fait délictueux par l'un des liens qu'indique cet article (▪ Cass. crim., 18 avr. 1857 : *DP* 1857, 1, p. 226).

3) Application dans le temps. Fait une exacte application de l'article 112-1 du Code pénal l'arrêt qui relève que la loi du 16 décembre 1992, qui a exclu du bénéfice de l'immunité des soustractions commises par les alliés du même degré, constitue une loi pénale plus sévère et n'est donc pas applicable aux faits commis antérieurement (▪ Cass. crim., 14 nov. 2007, n° 07-82.527 : *Bull. crim.* n° 281 ; *Dr. pén.* 2008, comm. 16, obs. M. Véron ; *AJ pénal* 2008, p. 29, obs. G. Roussel).

II – DOMAINE DE L'IMMUNITÉ

4) Bénéficiaires : conjoints. L'immunité n'existe pas pour les infractions commises avant le mariage entre fiancés (▪ Cass. crim., 20 juill. 1949 : *JCP* 1949, IV, 137 ; ▪ Cass. crim., 13 mars 1951 : *Bull. crim.* n° 90) ou après sa dissolution par divorce (▪ Cass. crim., 12 mai 1970 : *Bull. crim.* n° 160). De même, n'étant pas recevable à invoquer l'inopposabilité en France d'une décision étrangère qui a prononcé le divorce sur sa propre demande, une prévenue de vol commis au préjudice de son ancien conjoint n'est pas fondée à réclamer le bénéfice de l'immunité prévue tant par l'article 380 ancien du Code pénal que par l'article 311-12 (2°) nouveau (▪ Cass. crim., 11 juin 1996 : *Bull. crim.* n° 245 ; *D.* 1997, 576, note E. Agostini ; *Dr. pén.* 1997, 5).

5) Résidence séparée. L'immunité prévue par l'article 311-12 du Code pénal ne s'applique pas aux époux qui sont autorisés à résider séparément. L'un des conjoints, seul autorisé à s'établir séparément, ne saurait donc bénéficier des dispositions prévues par ce texte ; encourt, dès lors, la cassation l'arrêt d'une cour d'appel qui, pour renvoyer la prévenue des fins de la poursuite et débouter la partie civile de ses demandes, retient que l'autorisation donnée à cette dernière de quitter le domicile conjugal et de résider séparément constitue une mesure d'urgence dépourvue de tout caractère contradictoire ou définitif et que l'immunité dont bénéficie l'auteur du vol commis au préjudice de son conjoint n'est écartée que « lorsque les époux sont séparés de corps ou autorisés à résider séparément » (▪ Cass. crim., 14 déc. 1999, n° 98-82.980 : *Bull. crim.* n° 303).

6) Bénéficiaires : descendants. À l'époque de la distinction entre les filiations, s'agissant des enfants naturels, seuls ceux dont la filiation était juridiquement déterminée pouvaient se prévaloir des dispositions de l'article 380 du Code pénal (▪ Cass. crim., 3 janv. 1873 : *DP* 1974, 5, p. 551). Il a été jugé que la dénégation par le père de la filiation prétendue est, en la matière, une circonstance indifférente, du moment que cette filiation est établie par la possession d'état (▪ Paris, 6 mars 1984 : *JurisData* n° 1984-024016). Il a également été jugé que l'immunité joue au profit de l'enfant d'un premier lit qui vole le second mari de sa mère ou la seconde femme de son père (▪ Orléans, 10 janv. 1859 : *D.* 1959, 2, p. 190).

7) Objets : exclusion des biens communs. Le mari commun en biens ne saurait être considéré comme dépositaire ou mandataire à l'égard des biens de la communauté qu'il administre et dont il dispose librement durant le mariage ; dès lors, la disposition, au cours de cette période, de partie de ces biens par le mari en faveur d'un tiers ne peut constituer en elle-même un fait qualifié de délit par la loi, ce qui dépouille par là même de tout caractère délictueux la possession, par ce tiers, des choses par lui reçues (▪ Cass. crim., 3 oct. 1967 : *Gaz. Pal.* 1967, 2, p. 260). En revanche, l'épouse du gérant d'une société ne peut se prétendre copropriétaire des objets achetés par son mari au nom de la société et invoquer l'article 380, au prétexte que les fonds sociaux utilisés étaient en réalité des fonds de la communauté conjugale : en revendiquant elle-même ces objets, elle commet un vol aux dépens de la société (▪ Cass. crim., 4 déc. 1974 : *Bull. crim.* n° 361).

8) Infractions. La soustraction frauduleuse d'objets saisis, lorsqu'elle a été commise par le conjoint du saisi, n'est pas couverte par l'immunité établie par l'article 380 du Code pénal ; en effet les dispositions de cet article ne s'appliquent qu'aux vols qui lèsent exclusivement certaines personnes unies par des liens étroits de famille à l'auteur du fait délictueux (▪ Cass. crim., 8 mars 1945 : *Bull. crim.* n° 37). Il n'en va différemment qu'en cas de nullité de la saisie, le comportement redevenant alors un vol ou un abus de confiance (▪ Rouen, 15 juill. 1948 : *D.* 1949, p. 23, note A. L.).

De même, l'immunité ne saurait être étendue à d'autres infractions, tels le faux (▪ Cass. crim., 11 avr. 1975 : *Gaz. Pal.* 1975, 2, som., p. 206), l'abus de biens sociaux (▪ Cass. crim., 13 avr. 1967 : *Bull. crim.* n° 119) et les autres infractions à la législation sur les sociétés (▪ Cass. crim., 11 avr. 1975, préc.), la falsification de chèques (▪ CA Paris, 10 janv. 2002, *préc.* n° 2) ou la suppression de correspondance (▪ Douai, 14 févr. 1995 : *Gaz. Pal.* 1996, 2, chron. crim., p. 112).

ans au plus, à l'encontre de tout étranger coupable de l'une des infractions définies aux articles 311-4-2 à 311-10.

Art. 311-16 *(L. n° 2009-526, 12 mai 2009)*. **– Les personnes morales déclarées responsables pénalement, dans les conditions prévues par l'article 121-2, des infractions définies au présent chapitre encourent, outre l'amende suivant les modalités prévues par l'article 131-38 :**

1° La peine mentionnée au 2° de l'article 131-39, à titre définitif ou provisoire dans les cas prévus aux articles 311-6 à 311-10 et pour une durée de cinq ans au plus dans les cas prévus aux articles 311-3 à 311-5 ;

2° La peine mentionnée au 8° de l'article 131-39.

L'interdiction mentionnée au 2° de l'article 131-39 porte sur l'activité dans l'exercice ou à l'occasion de l'exercice de laquelle l'infraction a été commise.

CHAPITRE II. – DE L'EXTORSION

Section I. – De l'extorsion

Voir : art. 132-16, p. 270, art. 321-5, p. 707 (récidive), art. 421-1, p. 750.

Art. 312-1. – L'extorsion est le fait d'obtenir par violence, menace de violences ou contrainte soit une signature, un engagement ou une renonciation, soit la révélation d'un secret, soit la remise de fonds, de valeurs ou d'un bien quelconque.

L'extorsion est punie de sept ans d'emprisonnement et de 100 000 € d'amende.

Voir : art. 132-16, p. 270 (récidive).

Bibliographie : *JCl. Pénal Code, Extorsion, chantage, demande de fonds sous contrainte* par C. Soulard et D. Chauchis. • S. Detraz, *La distinction de l'extorsion et du vol avec violences : Gaz. Pal.* 13-15 oct. 2013, p. 17.

• Sommaire

I – ÉLÉMENT MATÉRIEL 646
A – Moyens de l'extorsion 646
B – But de l'extorsion 649
II – ÉLÉMENT MORAL 650
III – RÉPRESSION 650

I – ÉLÉMENT MATÉRIEL

A – Moyens de l'extorsion

1) Nécessité d'un moyen. Il n'y a extorsion que si le comportement de la victime a été obtenu par violence, menace de violences ou contrainte. S'il n'est que le résultat de promesses fallacieuses, l'infraction n'est pas constituée (▪ Paris, 11ᵉ ch. B, 27 juin 1997 : *JurisData* n° 1997-022157, à propos de la remise d'un véhicule et d'une carte bleue contre une fausse promesse de travail). Il en va de même s'il s'agit d'appliquer des sanctions statutaires (▪ Cass. crim., 15 juin 1987 : *RSC* 1988, p. 795, obs. P. Bouzat, où le directeur et le garde d'une société de chasse avait réclamé, à titre de transaction, des sommes d'argent à des chasseurs ayant commis des infractions au détriment de la société de chasse) et, à plus forte raison encore, s'il ne s'agit que de menacer d'user d'une voie de droit (▪ T. corr. Paris, 1ʳᵉ ch., 16 déc. 1986 : *Gaz. Pal.* 1987, 2, 537, note J.-P. Marchi), à condition néanmoins qu'elle soit fondée. Ainsi, doit être déclaré coupable d'extorsion le prévenu qui, pour obtenir le paiement d'une créance sans titre, mandate un cabinet de recouvrement, lequel envoie aux prétendus débiteurs des courriers comminatoires avec menace de procédure judiciaire et de frais de procédure (▪ Riom, 13 oct. 2004, n° 04/00143 : *JurisData* n° 2004-268575). De même, ne caractérise pas la contrainte, l'occupation d'un logement de fonction par un gardien se trouvant en désaccord avec son employeur, propriétaire du lieu, sur les conséquences financières de la rupture du contrat de travail (▪ Aix-en-Provence, ch. acc., 30 avr. 1998 : *JurisData* n° 1998-041764). De façon générale, l'extorsion est rarement caractérisée dans le cadre d'une relation d'affaires : V. *infra* n° 20.

2) Nécessité d'un seul moyen. L'emploi cumulatif des trois procédés visés par le texte n'est pas indispensable et une cour d'assises peut très bien, sans se contredire, écarter les deux premiers moyens d'extorsion et condamner sur la base du dernier seulement (■ Cass. crim., 15 janv. 1825 : *Bull. crim.* n° 5).

3) Premier moyen : violence. Celui qui, par la violence, se fait remettre l'expédition d'un jugement par l'officier ministériel chargé d'en poursuivre l'exécution tombe sous le coup de l'article 400, alinéa 1er, bien que l'extorsion n'empêchât pas le créancier d'obtenir plus tard son paiement ; il suffit que la saisie soit retardée et compromise par cet acte (■ Cass. crim., 24 févr. 1842 : *Dalloz, jurispr. gén.*, V° Vol, n° 615).

4) Séquestration. Caractérise l'extorsion le fait par les prévenus d'avoir séquestré un inspecteur du travail pour exiger qu'il s'engage à ne pas établir de procès-verbal à la suite de ses contrôles (■ Cass. crim., 9 janv. 1991 : n° 90-80.478 : *Bull. crim.* n° 17 ; *JurisData* n° 1991-700797 ; *RSC* 1992, p. 325, obs. P. Bouzat).

5) Isolement. Caractérisent en tous ses éléments le délit d'extorsion les juges qui énumèrent les procédés par lesquels les prévenus ont isolé une femme âgée, atteinte d'un affaiblissement intellectuel évolutif, l'ont soumise à leur volonté et sont ainsi parvenus à obtenir qu'elle signe à leur profit un testament, un chèque et plusieurs feuilles de papier timbré laissées en blanc (■ Cass. crim., 23 déc. 1983, inédit).

6) Occupation de lieux. Est coupable d'extorsion de fonds un guérisseur qui s'était installé pendant un an, avec ses disciples, au domicile d'un couple (■ Agen, 3 déc. 1987 : *JurisData* n° 1987-047416).

7) Deuxième moyen : menaces de violences. Justifie sa décision la cour d'appel qui condamne le dirigeant d'une société de recouvrement de créances qui avait menacé des débiteurs de faire procéder à des saisies par des encaisseurs armés et experts en arts martiaux (■ Cass. crim., 14 déc. 1999, n° 99-81.255).

8) Menaces implicites. A été déclarée coupable d'extorsion une personne qui avait envoyé un courrier signé ETA réclamant un « impôt basque » et qui était à l'origine de trois coups de téléphone précisant les modalités de la remise de l'argent (■ Pau, 4 nov. 2004 : *JurisData* n° 2004-258422).

9) Menaces collectives. La circonstance qu'à tel moment des faits l'un ou l'autre des individus qui ont encerclé une personne pour s'en faire remettre différents objets ne se soit pas trouvé au cœur de l'action à proprement parler ou que tel autre ait été identifié seulement comme celui ayant dérobé une cigarette ne permet pas d'exonérer ou de limiter la responsabilité des prévenus qui ne peut être que collective en raison de leur présence constante sur les lieux (■ Pau, 18 mars 1998 : *JurisData* n° 1998-043564).

10) Menaces exercées sur un tiers. Constituent des extorsions les menaces d'exercer des violences sur la fille de la victime (■ Paris, 10e ch. A, 10 nov. 1986 : *JurisData* n° 1986-028111) ou sur les clients du tenancier d'un bar si ceux-ci continuent à fréquenter l'établissement (■ Metz, 27 oct. 1994 : *JurisData* n° 1994-051048).

11) Autres exemples de menaces de violences. Doivent être sanctionnées des menaces faites à la victime de sévices corporels (■ Paris, 9e ch. A, 24 févr. 1986 : *JurisData* n° 1986-023292), d'égorgement (■ Paris, 9e ch. A, 4 mai 1987 : *JurisData* n° 1987-023116), d'intervention des membres de la mafia (■ Paris, 12e ch. A, 6 juin 1988 : *JurisData* n° 1988-025168) ou d'utilisation d'une matraque (■ Grenoble, 24 mai 1996 : *JurisData* n° 1996-042526).

12) Troisième moyen : contrainte. L'extorsion est réprimée même en cas de contrainte simplement morale, alors qu'exercée pendant un certain temps et sur un esprit faible et crédule, elle a déterminé le consentement de la victime (■ Grenoble, 7 juin 1850 : *DP* 1851, 2, 47).

13) Crainte de violences physiques. L'extorsion peut être obtenue par l'effet d'une contrainte dirigée contre la victime en lui inspirant la crainte de violences physiques d'une certaine gravité (■ Cass. crim., 14 nov. 1946 : *Bull. crim.* n° 201).

14) Menaces autres que de violences physiques. Constitue également une extorsion la menace, faite à une mineure, de mettre le feu au restaurant de ses parents (■ Paris, 9e ch. B, 25 mai 1988 : *JurisData* n° 1988-025189). Il en va de même pour la menace, faite à un nouvel abonné par le directeur d'une société disposant du monopole de la distribution d'eau potable à Mayotte, de ne pas l'alimenter dans le cas où il ne réglerait pas la somme restant due par le précédent locataire de l'appartement qu'il occupe (■ Cass. crim., 27 oct. 1999, n° 98-85.729). C'est *idem* pour un inspecteur à la Mairie de Paris qui, usant de sa position hiérarchique, menace de licencier des femmes de service placées sous son autorité et les contraint ainsi à lui remettre des sommes d'argent (■ Cass. crim., 8 févr. 1996, n° 95-81.406 : *JurisData* n° 1996-001374), ainsi que pour un enseignant menaçant les parents de l'un de ses élèves, par lequel il prétendait avoir été agressé, d'un dépôt de plainte, d'une exclusion du lycée et d'un séjour de leur fils en prison, afin qu'ils s'engagent à signer, à son profit, une « convention d'indemnisation » prévoyant le versement de plusieurs mensualités (■ Cass. crim., 3 nov. 2016, n° 15-83.892 : *JurisData* n° 2016-022709 ; *Bull. crim.* n° 287). Tel est aussi le cas d'une gérante d'un organisme de formation exigeant des étudiants ayant déjà entamé leur formation, une participation financière sous menace d'une exclusion du centre ou de refus d'accès aux examens en cas de non-paiement (▪ Cass. crim., 28 févr. 2018, n° 17-80.684 : *JurisData* n° 2018-002750). Une faculté a même été condamnée pour extorsion pour avoir imposé aux étudiants le paiement de frais de dossiers illégaux sous la menace d'un refus d'inscription (▪ T. corr. Nanterre, 13 janv. 2006 : *JurisData* n° 2006-304281).

15) Contrainte frauduleuse de circulation. A, sans insuffisance ni contradiction caractérisé en tous ses éléments, tant matériel, qu'intentionnel, le délit d'extorsion de fonds dont elle a déclaré la prévenue coupable, la cour d'appel qui a établi que la victime a dû donner 500 francs CFP au prévenu pour pouvoir passer sur une voie pourtant publique. La condamnation pour entrave à la circulation sur une voie ouverte à la circulation publique est également fondée (▪ Cass. crim., 27 juin 2017, n° 16-85.121).

16) Manœuvres frauduleuses. Les éléments retenus au titre des manœuvres d'une escroquerie entrent également dans le champ de la contrainte morale (▪ Lyon, 28 juill. 1997 : *JurisData* n° 1997-045013 ; *Gaz. Pal.* 1997, 2, somm. 340).

17) Appréciation de la contrainte. La contrainte morale, visée tant par l'article 400, alinéa 1er, ancien, que par l'article 312-1, nouveau, du Code pénal, doit être appréciée compte tenu notamment de l'âge et de la condition physique ou intellectuelle de la personne sur laquelle elle s'exerce (▪ Cass. crim., 3 oct. 1991, n° 90-87.793 : *Dr. pén.* 1992, comm. 64, obs. M. Véron ; *RSC* 1993, p. 109, obs. P. Bouzat. ▪ Cass. crim., 6 févr. 1997 : n° 96-83.145 ; *Bull. crim.* n° 53 ; *JurisData* n° 1997-001397 ; *Dr. pén.* 1997, comm. 94, obs. M. Véron : testament recopié par la victime particulièrement âgée et malade, sous la pression des auteurs, peu de temps avant sa mort).

18) Exemples d'abus de la faiblesse de personnes vulnérables. De tels abus sont fréquemment réprimés : V. par ex. ▪ Cass. crim., 12 mars 1998, n° 97-81.745. ▪ Cass. crim., 30 juin 1999, n° 98-85.440. ▪ Cass. crim., 19 janv. 2000, n° 98-87.690 : *JurisData* n° 2000-001138. ▪ Cass. crim., 7 avr. 2004, n° 03-85.457 : *JurisData* n° 2004-023970. Se rend coupable d'extorsion par contrainte l'individu qui, profitant de la faiblesse des facultés mentales de sa victime, obtient plusieurs versements de sommes importantes contre la promesse d'un remboursement au moyen d'un chèque sans valeur (▪ Paris, 11 mai 1987 : *JurisData* n° 1987-028514).

19) Vulnérabilité géographique. Est coupable d'extorsion le pharmacien qui impose une surtaxe à ses clients au cours de sa période de garde, ceux-ci devant à défaut entreprendre un déplacement lointain et coûteux jusqu'à la plus proche pharmacie de garde distante de près de vingt kilomètres (▪ Paris, 27 sept. 1991 : *RSC* 1992, p. 760, obs. P. Bouzat).

20) Conflit de qualifications avec l'abus de faiblesse. Justifie sa décision la cour d'appel qui requalifie l'abus de faiblesse d'une personne vulnérable en extorsion de fonds du fait de la contrainte morale exercée par l'inspecteur des ventes d'une société d'assurances sur une personne très âgée pour obtenir la signature d'un chèque important destiné à transférer une partie de son épargne sur un contrat d'assurance-vie souscrit auprès de cette société (▪ Cass. crim., 26 oct. 2005 : *JurisData* n° 2005-030961 ; *Dr. pén.* 2006, comm. 25, obs. M. Véron). De même, ont été jugés coupables d'extorsion les adeptes de l'église de scientologie de Paris qui, lors d'un démarchage à domicile, avaient usé de pressions proches du harcèlement pour forcer la victime à acheter un appareil très coûteux et inutile, alors qu'ils savaient que cette dernière, vivant seule avec un enfant et souffrant de maladie nerveuse, se trouvait dans un état de particulière faiblesse (▪ Lyon, 28 juill. 1997 : préc. *supra* n° 16).

21) Absence de dépendance de la victime. Ne constitue pas, en revanche, une tentative d'extorsion le fait de déménager des meubles situés dans l'appartement d'une ancienne concubine dont le but aurait été, selon elle, de la forcer à signer un document par lequel elle s'engageait à vendre l'appartement et à en partager le prix avec le prévenu, dès lors que son âge, sa condition physique et ses capacités intellectuelles ne la plaçaient pas dans un état de dépendance particulier (▪ Paris, 11e ch. B, 29 janv. 1999 : *JurisData* n° 1999-020207). Il en va de même à propos de deux amants, l'un ayant menacé l'autre de le « flinguer » pour qu'il lui remette de l'argent, leur liaison amoureuse ayant néanmoins persisté bien après cette scène (▪ Cass. crim., 22 nov. 1988, n° 88-80.527).

22) Relation d'affaires. La menace, émanant d'un actionnaire minoritaire d'une société, d'attaquer les décisions que pourraient prendre les assemblées générales et de compromettre ainsi le rachat de cette société par une autre si une mission de conseil juridique ne lui était pas confiée, ne constitue pas une contrainte morale constitutive d'extorsion, dès lors qu'une telle menace, même répétée de manière importune, n'est pas susceptible d'inquiéter outre mesure un directeur général rompu aux affaires, entouré de conseils de haut niveau et bénéficiant de l'appui des pouvoirs publics (▪ T. corr. Paris, 1re ch., 16 déc. 1986 : préc. *supra* n° 1). De même, n'exerce pas non plus une contrainte excédant la stratégie de négociation acceptable le dirigeant d'une société qui, dans le cadre d'un litige l'opposant à la filiale d'une société concurrente, menace cette dernière de dénoncer les lacunes du bilan du groupe aux autorités des marchés financiers en l'absence d'accord amiable. Il convient, en effet, de tenir compte du fait que le prévenu s'adressait à des hommes d'affaires chevronnés (■ Paris, 24 oct. 2005 : *JurisData* n° 2005-296404). En revanche, demeure justifiée la condamnation pour extorsion d'un intermédiaire qui avait obtenu d'une entreprise de peinture le versement d'une somme d'argent en liquide égale à 5 % de son chiffre d'affaires, sous peine de la perte de marchés essentiels à la survie de cette entreprise, laquelle venait de recruter du personnel (■ Cass. crim., 22 mars 2000, n° 99-83.732). De même commet une tentative d'extorsion de fonds le gérant d'une foire-exposition qui profite de sa position dominante pour exiger de la personne à laquelle il avait confié l'exploitation du restaurant de la foire l'engagement de lui verser un pourcentage sur les recettes (■ Cass. crim., 4 nov. 1997 : *Bull. crim.* n° 372 ; *JurisData* n° 1997-004981).

B – But de l'extorsion

23) Victime personne morale. La contrainte morale peut être constitutive d'une extorsion de fonds, même si elle vise à obtenir la signature d'une personne morale par l'intermédiaire de ses représentants légaux (■ T. corr. Paris, 1re ch., 16 déc. 1986 : préc. *supra* n° 1). De même, se rend coupable de tentative d'extorsion le prévenu qui exige d'une société le paiement d'une indemnité à la suite du licenciement de son fils en menaçant la société de révéler à ses clients les conditions avantageuses faites aux centrales d'achat. De telles révélations, qui supprimeraient toute possibilité de négociation commerciale, seraient très dommageables financièrement pour la société (■ Rennes, 28 janv. 2000, n° 97/01632 : *JurisData* n° 2000-114750). Une faculté a pu être condamnée pour avoir imposé aux étudiants le paiement de frais de dossier illégaux, sous la menace d'un refus d'inscription (■ T. corr. Nanterre, 13 janv. 2006 : préc. *supra* n° 14).

24) Distinction entre victime de l'extorsion et auteur de la remise. Constituent des extorsions les menaces d'exercer des violences sur la fille de la victime (■ Paris, 10e ch. A, 10 nov. 1986 : préc. *supra* n° 10) ou sur les clients du tenancier d'un bar si ceux-ci continuent à fréquenter l'établissement (■ Metz, 27 oct. 1994 : préc. *supra* n° 10) ou sur une mineure de mettre le feu au restaurant de ses parents (■ Paris, 9e ch. B, 25 mai 1988 : préc. *supra* n° 14).

25) Importance du caractère précis de l'exigence. Le fait, pour un prévenu, d'adresser à un homme, dont il se prétend le fils naturel, des lettres conçues en termes parfois injurieux, lui reprochant de l'avoir abandonné et réclamant un « dédommagement » dont la nature et le montant ne sont pas précisés, ne constitue pas une tentative d'extorsion (■ Paris, 16 avr. 1993 : *Dr. pén.* 1996, comm. 154, obs. M. Véron).

26) Indifférence du caractère définitif de la remise. Constitue une extorsion le fait d'user de la contrainte pour se faire remettre des fonds, fût-ce à titre de prêt (■ Cass. crim., 23 mars 2016, n° 15-80.513 : *Dr. pén.* 2016, comm. 123, note P. Conte ; *RSC* 2016, p. 776, obs. H. Matsopoulou).

27) Obtention de signature. Doivent être réprimées les obtentions extorquées de signatures de chèques (■ Cass. crim., 23 déc. 1983 : inédit. ■ Cass. crim., 26 oct. 2005 : *Dr. pén.* 2006, comm. 25, obs. M. Véron), de testaments (■ Cass. crim., 23 déc. 1983, préc. ■ Cass. crim., 6 févr. 1997 : préc. *supra* n° 17), de reconnaissances de dette (■ Cass. crim., 7 mars 2000, n° 99-83.819), de mandats d'administrateur de biens (■ Cass. crim., 30 juin 1999, n° 98-85.440) ou encore d'une « convention d'indemnisation » (■ Cass. crim., 3 nov. 2016 : préc. *supra* n° 14). En plus de ces écrits de nature patrimoniale, d'autres écrits préjudiciables sont concernés, de même que l'est l'obtention d'une signature seule. Ainsi, il a déjà été jugé sous l'empire de l'ancien texte que l'obtention d'un blanc-seing pouvait constituer l'infraction, sous réserve de la preuve de l'intention d'adapter un écrit préjudiciable au blanc-seing (■ Cass. crim., 27 mars 1856 : *Bull. crim.* n° 120 ; *DP* 1856, 1, p. 229. ■ Cass. crim., 16 avr. 1957 : *Bull. crim.* n° 152). De façon plus remarquable encore, il a même pu être jugé que l'extorsion pouvait résulter de ce que la victime a été contrainte d'écrire des mots injurieux sur sa propre personne (■ Aix-en-Provence, 7 sept. 2005, n° 1084/D/2005 : *JurisData* n° 2005-284749).

28) Obtention d'engagement. Ce terme peut être appliqué à l'embauche d'un salarié (■ Paris, 9e ch. B, 23 févr. 1990 : *JurisData* n° 1990-022901), indépendamment de l'inexistence d'un contrat écrit, comme au versement d'un pourcentage sur le chiffre d'affaires (■ Cass. crim., 4 nov. 1997 : préc. *supra* n° 22).

29) Obtention de renonciation. Ainsi de la renonciation à une indemnité de licenciement (■ Paris, 17e ch., 27 nov. 1987, inédit), ou à l'établissement d'un procès-verbal par un inspecteur du travail (■ Cass. crim., 9 janv. 1991 : *Bull. crim.* n° 17 ; *JurisData* n° 1991-700797 ; *RSC* 1992, p. 323, obs. P. Bouzat). De même, constitue une extorsion le fait d'obtenir, sous la menace, qu'un créancier demande à l'huissier instrumentaire de procéder à la mainlevée d'une saisie-attribution pratiquée au préjudice du prévenu (■ Cass. crim., 17 nov. 1998, n° 97-82.930 : *JurisData* n° 1998-005128).

30) Indifférence de la nullité de l'acte. A été jugée caractérisée l'extorsion dans un cas où une femme mariée avait apposé sa signature et le « bon pour » réglementaire sur un billet constatant un engagement nul faute d'autorisation maritale (■ Cass. crim., 9 mai 1867 : *DP* 1868, 1, p. 236).

31) Obtention de la remise de fonds, valeurs, ou d'un bien quelconque. Constitue une extorsion le fait d'employer la violence pour se faire remettre une carte de crédit avec son numéro de code (■ Douai, 14 oct. 2010, n° 10/00681).

L'expression « valeurs » mentionnée par l'article 400, alinéa 1er, du Code pénal s'applique à tout objet ou denrée qui possède une valeur marchande. Doit être cassé l'arrêt énonçant « qu'un sac de graines ne peut être assimilé à des fonds ou valeurs » (■ Cass. crim., 26 avr. 1988, inédit).

A été déclaré coupable d'extorsion de fonds un guérisseur qui s'était installé pendant un an, avec ses disciples, au domicile d'un couple (■ Agen, 3 déc. 1987 : préc. *supra* n° 6).

II – ÉLÉMENT MORAL

32) Intention frauduleuse. L'élément moral du délit prévu par l'alinéa 1er de l'article 400 du Code pénal, est caractérisé par « la conscience d'obtenir par la force, la violence ou la contrainte, ce qui n'aurait pu être obtenu par un accord librement consenti » (■ Cass. crim., 9 janv. 1991 : préc. *supra* n° 4).

33) Conscience de la contrainte. La Cour de cassation engage les juges du fond à vérifier si la remise de fonds a été déterminée par l'existence d'une contrainte exercée en connaissance de cause sur la victime (■ Cass. crim., 3 nov. 2016 : préc. *supra* n° 14).

34) Indifférence des mobiles. La tentative d'extorsion de fonds commise par l'organisateur d'une foire à l'encontre d'un des participants ne peut être justifiée par le caractère prétendument légitime des exigences du prévenu à l'égard de la victime, celui-ci ayant utilisé sa position dominante pour imposer des conditions dures et, hors de toute clause contractuelle, l'engagement de verser un pourcentage sur le chiffre d'affaires (■ Cass. crim., 4 nov. 1997 : préc. *supra* n° 32). De même, la tentative d'extorsion de fonds par contrainte morale n'exigeant pas pour être constituée la preuve d'un but de cupidité illégitime de la part des auteurs, sont punissables de ce délit les responsables syndicaux qui, quel que soit le mobile de solidarité invoqué, ont eu conscience de recevoir de la victime une promesse de remise de fonds qu'ils n'auraient pu obtenir par un accord librement consenti (■ Paris, ch. acc., 27 mars 1987 : *Gaz. Pal.* 1987, 2, p. 660).

III – RÉPRESSION

35) Incidence de la coaction. La relaxe d'un coauteur qui a agi ensemble et de concert avec un autre, quant à lui reconnu coupable d'extorsion de fonds par violence ou contrainte illégitime, n'est pas fondée (■ Cass. crim., 26 avr. 2017, n° 16-83.396).

36) Complicité. Est coupable de tentative de complicité d'extorsion l'ancien dirigeant de société qui a incité un tiers à menacer le nouveau président de la société de représailles sur sa personne, sur ses biens personnels et ceux de la société au cas où il n'augmenterait pas le prix de rachat des actions restées en possession du prévenu (■ Cass. crim., 4 juin 1998, n° 97-82.492 : *JurisData* n° 1998-003410). De même, se rend coupable du délit de complicité d'extorsion de signatures, l'avocat qui prépare et corrige des documents confiés à son client gérant d'une société en liquidation judiciaire, auteur des faits d'extorsion, pour qu'il les soumette à la signature de deux dirigeants de société présentant une offre d'achat dont il voulait qu'ils se désistent alors que la contrainte, provoquée par les menaces de son client, étaient connues de lui, a persisté jusqu'à la signature (■ Cass. crim., 21 juin 2000, n° 99-82.983).

37) Conflit de qualifications avec le chantage. Le prévenu qui, pour se faire remettre un chèque, menace de dénoncer la victime auprès de la mairie pour des constructions irrégulières et de porter à la connaissance de son épouse la liaison que cette victime entretient avec une personne tierce est coupable de tentative de chantage et non pas de tentative d'extorsion (■ Bordeaux, 23 févr. 1994 : *JurisData* n° 1994-044989), car il n'exerce pas des menaces de violence ou une contrainte morale, mais une menace de diffamation. À l'inverse, celui qui menace de révéler les conditions de vente avantageuses faites par une société aux centrales d'achat commet une tentative d'extorsion, mais non une tentative de chantage (■ Rennes, 28 janv. 2000, préc. *supra* n° 23).

Art. 312-2 *(Mod., L. n° 2004-204, 9 mars 2004 ; L. n° 2010-201, 2 mars 2010 ; L. n° 2012-954, 6 août 2012).* **– L'extorsion est punie de dix ans d'emprisonnement et de 150 000 € d'amende :**

1° Lorsqu'elle est précédée, accompagnée ou suivie de violences sur autrui ayant entraîné une incapacité totale de travail pendant huit jours au plus ;

2° Lorsqu'elle est commise au préjudice d'une personne dont la particulière vulnérabilité, due à son âge, à une maladie, à une infirmité, à une déficience physique ou psychique ou à un état de grossesse, est apparente ou connue de son auteur ;

3° *(Abr., L. n° 2017-86, 27 janv. 2017)* ;

4° Lorsqu'elle est commise par une personne dissimulant volontairement en tout ou partie son visage afin de ne pas être identifiée ;

5° Lorsqu'elle est commise dans les établissements d'enseignement ou d'éducation ainsi que, lors des entrées ou sorties des élèves ou dans un temps très voisin de celles-ci, aux abords de ces établissements.

1) Vulnérabilité de la victime : appréciation. Doit être cassé l'arrêt qui, pour condamner du chef d'association de malfaiteurs en vue de la préparation d'un délit puni de 10 ans d'emprisonnement, retient que l'infraction préparée était une extorsion commise au préjudice d'une personne particulièrement vulnérable, en raison de son âge de 64 ans, sans préciser en quoi un tel âge mettait la victime dans une situation de particulière vulnérabilité (■ Cass. crim., 23 juin 1999 : *Bull. crim.* n° 152).

2) Exemples. V. n°s 18 et s., ss art. 312-1. A, par exemple, été jugé coupable d'extorsion aggravée un prévenu qui savait que la victime était alcoolique et qu'elle souffrait de troubles du comportement (■ Toulouse, 23 nov. 2004, n° 04/00317 : *Juris-Data* n° 2004-257785).

Art. 312-3. – **L'extorsion est punie de quinze ans de réclusion criminelle et de 150 000 € d'amende lorsqu'elle est précédée, accompagnée ou suivie de violences sur autrui ayant entraîné une incapacité totale de travail pendant plus de huit jours.**

Les deux premiers alinéas de l'article 132-23 relatif à la période de sûreté sont applicables à l'infraction prévue par le présent article.

Art. 312-4. – **L'extorsion est punie de vingt ans de réclusion criminelle et de 150 000 € d'amende lorsqu'elle est précédée, accompagnée ou suivie de violences sur autrui ayant entraîné une mutilation ou une infirmité permanente.**

Les deux premiers alinéas de l'article 132-23 relatif à la période de sûreté sont applicables à l'infraction prévue par le présent article.

Art. 312-5. – **L'extorsion est punie de trente ans de réclusion criminelle et de 150 000 € d'amende lorsqu'elle est commise soit avec usage ou menace d'une arme, soit par une personne porteuse d'une arme soumise à autorisation ou dont le port est prohibé.**

Les deux premiers alinéas de l'article 132-23 relatif à la période de sûreté sont applicables à l'infraction prévue par le présent article.

Art. 312-6. – **L'extorsion en bande organisée est punie de vingt ans de réclusion criminelle et de 150 000 € d'amende.**

Elle est punie de trente ans de réclusion criminelle et de 150 000 € d'amende lorsqu'elle est précédée, accompagnée ou suivie de violences sur autrui ayant entraîné une mutilation ou une infirmité permanente.

Elle est punie de la réclusion criminelle à perpétuité lorsqu'elle est commise soit avec usage ou menace d'une arme, soit par une personne porteuse d'une arme soumise à autorisation ou dont le port est prohibé.

Les deux premiers alinéas de l'article 132-23 relatif à la période de sûreté sont applicables aux infractions prévues par le présent article.

Art. 312-6-1 ***(L. n° 2004-204, 9 mars 2004)***. – **Toute personne qui a tenté de commettre une extorsion en bande organisée prévue par l'article 312-6 est exempte de peine si, ayant averti l'autorité administrative ou judiciaire, elle a permis d'éviter la réalisation de l'infraction et d'identifier, le cas échéant, les autres auteurs ou complices.**

La peine privative de liberté encourue par l'auteur ou le complice d'une extorsion en bande organisée est réduite de moitié si, ayant averti l'autorité administrative ou judiciaire, il a permis de faire cesser l'infraction ou d'éviter que l'infraction n'entraîne mort d'homme ou infirmité permanente et d'identifier, le cas échéant, les autres auteurs ou complices. Lorsque la peine encourue est la réclusion criminelle à perpétuité, celle-ci est ramenée à vingt ans de réclusion criminelle.

Art. 312-7. – L'extorsion est punie de la réclusion criminelle à perpétuité et de 150 000 € d'amende lorsqu'elle est précédée, accompagnée ou suivie soit de violences ayant entraîné la mort, soit de tortures ou d'actes de barbarie.

Les deux premiers alinéas de l'article 132-23 relatif à la période de sûreté sont applicables à l'infraction prévue par le présent article.

Tentative d'extorsion accompagnée par des tortures ou actes de barbarie. Ne saurait être qualifié de viol, au sens de l'article 332 du Code pénal, l'introduction d'un bâton dans l'anus d'un jeune garçon, qui a été contraint à se déshabiller, après avoir été menacé de mort et ligoté aux pieds et aux mains, dans le seul but de lui extorquer une somme d'argent, ces faits caractérisant l'emploi de tortures ou d'actes de barbarie pour l'exécution d'une extorsion de fonds et constituant, dès lors, le crime prévu et puni par l'article 303, alinéa 2, du Code pénal (▪ Cass. crim., 9 déc. 1993, n° 93-81.044 : *Bull. crim.* n° 383 ; *Dr. pén.* 1994, chron. 26, rapp. L.-M. Nivôse, chron. 30, concl. J. Perfetti. – Puis, sur renvoi, V. ▪ Lyon, ch. acc., 16 janv. 1996 : *D.* 1996, p. 258, note. F.-L. Coste).

Art. 312-7-1 *(Abr., L. n° 2006-64, 23 janv. 2006).*

Art. 312-8. – Constitue, au sens des articles 312-2, 312-3, 312-4, 312-6 et 312-7, une extorsion suivie de violences l'extorsion à la suite de laquelle des violences ont été commises pour favoriser la fuite ou assurer l'impunité d'un auteur ou d'un complice.

Art. 312-9. – La tentative des délits prévus par la présente section est punie des mêmes peines.

Les dispositions de l'article 311-12 sont applicables aux infractions prévues par la présente section.

I – TENTATIVE

1) Moyens nécessaires. En l'absence de moyen de contrainte et d'exigence précise, les éléments constitutifs du délit de tentative d'extorsion de fonds ne sont pas réunis (▪ Paris, 16 avr. 1996 : *Dr. pén.* 1996, 154, obs. M. Véron).

2) Résultat inutile. Sanction de la tentative d'extorsion dans une hypothèse où la victime, sommée de remettre des fonds ou valeurs lors d'un rendez-vous convenu avec l'auteur des menaces, a refusé de céder à celles-ci et a averti la police qui est intervenue en flagrant délit avant la consommation de l'infraction (▪ Cass. crim., 17 févr. 1998, n° 96-86.477). V. aussi ex. ss art. 312-1, p. 646.

II – IMMUNITÉ FAMILIALE

3) Notion. V. ss art. 311-12, p. 642.

4) Ancien Code pénal. Application de l'immunité pour une extorsion commise entre époux (▪ Cass. crim., 8 févr. 1840 : *Bull. crim.* n° 51) ou par le fils de la victime (▪ Poitiers, 27 janv. 1989 : *JurisData* n° 1989-042030).

Section II. – Du chantage

Art. 312-10. – Le chantage est le fait d'obtenir, en menaçant de révéler ou d'imputer des faits de nature à porter atteinte à l'honneur ou à la considération, soit une signature, un engagement ou une renonciation, soit la révélation d'un secret, soit la remise de fonds, de valeurs ou d'un bien quelconque.

Le chantage est puni de cinq ans d'emprisonnement et de 75 000 € d'amende.

Voir : art. 132-16, p. 270 (récidive).

Bibliographie : *JCl. Pénal Code, Extorsion, chantage, demande de fonds sous contrainte* par C. Soulard et D. Chauchis. • A. Mellor, *Considérations sur le chantage : Gaz. Pal.* 1951, 1, doctr. p. 13.

I – ÉLÉMENT MATÉRIEL

A – Forme et fond de la menace

1) Forme de la menace : intelligibilité. La menace doit être intelligible pour la victime. Ainsi des menaces simplement implicites ou allusives peuvent-elles suffire à constituer l'infraction (▪ Cass. crim., 4 juill. 1874 : *Bull. crim.* n° 195. ▪ Cass. crim., 19 juill. 1895 : *Bull. crim.* n° 207). La menace est caractérisée même si les révélations ou imputations sont « déguisées sous des réticences et dissimulées sous des artifices de langage » (▪ Cass. crim., 10 déc. 1886 : *Bull. crim.* n° 418. ▪ Cass. crim., 10 mars 1893 : *Bull. crim.* n° 71). Tel était le cas d'un prévenu qui avait écrit à une dame qu'il consentait à ne pas révéler le fait qu'elle ne l'avait point déclaré à la Sécurité sociale comme ayant été son employé, à condition qu'elle effectuât dans un délai de quelques jours un premier versement de 5 000 F pour lui permettre de s'installer à son compte (■ Cass. crim., 20 déc. 1967 : *Bull. crim.* n° 335). De même, a été déclaré coupable de chantage un prévenu qui a menacé une femme de publier des photographies impudiques de celle-ci si elle ne lui versait pas l'argent, sans préciser le montant des fonds réclamés (■ Cass. crim., 17 nov. 1993 : *Dr. pén.* 1994, n° 62).

2) Forme de la menace : existence et antériorité. La menace doit précéder la révélation des faits diffamatoires qu'elle annonce ; si elle est inexistente (■ Cass. crim., 9 mars 1999, n° 98-83.065) ou postérieure, il ne peut y avoir chantage. Il en va ainsi, par exemple, pour l'exigence d'une somme d'argent mise comme condition au retrait d'une plainte déjà déposée (■ Cass. crim., 2 avr. 1897 : *Bull. crim.* n° 122. ■ Cass. crim., 22 avr. 1975 : *JCP* 1976, II, 18417, note D. Mayer).

3) Forme de la menace : causalité. A été relaxé un élève éducateur qui, s'étant vu refusé un poste d'éducateur, avait avisé le directeur de l'établissement dans lequel il postulait de son intention de dénoncer, auprès de l'aide sociale à l'enfance, des propos racistes que ce dernier aurait tenus et de son intention de saisir la justice pour dénoncer des détournements financiers. Les juges ont relevé que le prévenu n'avait pas sous-entendu qu'à défaut d'attribution de l'emploi il dénoncerait les faits mais qu'il avait, au contraire, indiqué qu'il les révélerait en toute hypothèse et sans condition (■ Douai, 9 déc. 2002, n° 02/10993 : *JurisData* n° 2002-210561).

4) Fond de la menace : révélations ou imputations diffamatoires. La menace doit avoir pour contenu des révélations ou des imputations diffamatoires. Constituent ainsi des menaces donnant lieu à l'application du texte : la menace d'impliquer la victime dans une affaire de vol (■ Cass. crim., 7 déc. 1900 : *D.* 1901, p. 512), l'imputation d'un délit imaginaire (■ Paris, 17 mars et 16 juin 1922 : *D.* 1922, 2, p. 145, note G. Leloir), la révélation pendant l'occupation allemande de la qualité d'israélite (■ Cass. crim., 20 janv. 1949 : *Bull. crim.* n° 22), ou encore la révélation d'une condamnation encourue ou de poursuites judiciaires (■ Cass. crim., 20 déc. 1967 : *D.* 1968, p. 611). En revanche, il ne saurait y avoir chantage dans le fait de menacer quelqu'un de brimades pendant son service militaire (■ Paris, 18 mai 1896 : *D.* 1997, 2, p. 324) ou de signaler la présence de la victime à la police alors qu'on a déjà déposé plainte contre elle (■ Paris, 24 mars 1953 : *Gaz. Pal.* 1953, 2, p. 14).

5) Contenu de la révélation ou de l'imputation : faits infractionnels. Le chantage peut consister en une menace de dénoncer des faits illégaux, dont la réalisation fait encourir des poursuites disciplinaires (■ Cass. crim., 24 févr. 1866 : *DP* 1866, 1, p. 89, pour un courtier. ■ Cass. crim., 4 juill. 1874 : *DP* 1875, 1, p. 288, pour un huissier) ou pénales (■ Cass. crim., 13 févr. 1957 : *Bull. crim.* n° 142, pour une fraude sur le lait. ■ Cass. crim., 13 mars 1990 : *Bull. crim.* n° 116 et ■ Cass. crim., 8 nov. 2011, n° 10-82.021 : *JurisData* n° 2011-028153 ; *Dr. pén.* 2012, comm. 18, obs. M. Véron, pour des irrégularités fiscales. ■ Bordeaux, 23 févr. 1994 : *JurisData* n° 1994-044989, pour une construction irrégulière. ■ Bordeaux, 30 oct. 1996 : *JurisData* n° 1996-048629, pour une escroquerie à l'assurance). La dénonciation ne concerne alors pas inéluctablement les autorités officielles ; il peut s'agir de menacer de dénoncer les faits à la presse ou à l'opinion publique (■ Paris, 11e ch. B, 8 mars 1989 : *JurisData* n° 1989-022408, à propos de prétendus agissements irréguliers d'une banque).

6) Contenu de la menace : mesusage d'une voie de droit. Un créancier peut seulement menacer son débiteur de poursuites ordinaires pour obtenir le remboursement de sa créance (■ Cass. crim., 21 déc. 1894 : *D.* 1998, 5, p. 333. ■ T. corr. Seine, 28 avr. 1938 : *Gaz. Pal.* 1938, 2, p. 252 ; *RSC* 1938, p. 716, obs. H. Donnedieu de Vabres) et il y a chantage lorsqu'il y a menace de révéler des faits étrangers à la cause de la dette alléguée par le prévenu (■ Cass. crim., 5 mars 1975 : n° 74-92.635 : *Bull. crim.* n° 72. ■ Cass. crim., 30 mars 2016, n° 15-80.203 : *JurisData* n° 2016-007018, où l'infraction n'est pas retenue faute, pour les juges du fond, d'avoir caractérisé l'absence d'un tel lien). Si la menace de recourir aux voies légales pour obtenir le paiement d'une dette ne tombe pas sous le coup de l'article 400, alinéa 2, du Code pénal, il en est différemment lorsque la menace de révéler une irrégularité susceptible d'entraîner des poursuites d'ordre fiscal ou disciplinaire tend à obtenir l'exécution d'une convention entachée de nullité (■ Cass. crim., 12 mars 1985 : *Bull. crim.* n° 110). De même, commet un chantage le salarié qui demande à son employeur, dans une instance prud'homale en licenciement abusif, une indemnité pour mettre fin à l'action, en le menaçant de révéler au fisc des prélèvements excessifs opérés dans les fonds de sa pharmacie (■ Cass. crim., 13 mars 1990 : *Bull. crim.* n° 116). V. aussi *infra* nos 20 et s.

7) Contenu de la révélation ou de l'imputation : faits relatifs à la vie privée. Ont pu être condamnés pour chantage l'auteur d'une menace de révélation publique des relations sexuelles qu'il a eues avec la victime, en lui faisant croire qu'il a pris des photos et effectué un enregistrement des ébats (▪ Limoges, 20 oct. 1995 : *JurisData* n° 1995-048004), l'auteur d'une menace de révélation d'une liaison adultère au conjoint de la victime (▪ Bordeaux, 23 févr. 1994 : préc. n° 5. ▪ Bordeaux, 14 avr. 2005, n° 04/00619 : *JurisData* n° 2005-284086. ▪ Cass. crim., 28 janv. 2015, n° 14-81.610 : *Bull. crim.* n° 23 ; *JurisData* n° 2015-001093 ; *Dr. pén.* 2015, comm. 31, obs. M. Véron), l'auteur d'une menace de dévoilement à la famille de la victime et à ses proches ses liaisons vraies ou supposées (▪ Cass. crim., 22 juin 1994, n° 93-83.776 : *JurisData* n° 1994-002196 ; *Gaz. Pal.* 2-3 déc. 1994, p. 7 ; *Dr. pén.* 1994, comm. 253, obs. M. Véron ; *RSC* 1995, p. 102, obs. R. Ottenhof), l'auteur d'une menace de publication de photographies impudiques de la victime (▪ Cass. crim., 17 nov. 1993 : préc. n° 1), ainsi que l'auteur d'une menace de montrer à la fille de la victime des photographies pornographiques trouvées chez cette dernière (▪ Poitiers, 24 sept. 1998 : *JurisData* n° 1998-056231).

8) Contenu de la révélation ou de l'imputation : faits déjà révélés ou imputés. La menace d'une publicité intempestive autour de faits déjà connus ou déjà condamnés constitue un chantage (▪ Cass. crim., 22 mars 1883 : *Bull. crim.* n° 84. ▪ Cass. crim., 26 févr. 1897 : *Bull. crim.* n° 74. ▪ Cass. crim., 8 févr. 1994 : *JurisData* n° 1994-001159 ; *Dr. pén.* 1994, comm. 135, obs. M. Véron ; *RSC* 1994, p. 766, obs. R. Ottenhof, à propos de la menace, par le directeur d'une maison de retraite, de l'affichage de la condamnation pour vol de l'une de ses employées dans l'établissement si celle-ci ne démissionne pas). Il en va de même de la menace de renouveler des divulgations précédemment faites (▪ Cass. crim., 11 janv. 1913 : *Bull. crim.* n° 19).

9) Conflit de qualifications avec l'extorsion. Le prévenu qui, pour se faire remettre un chèque, menace de dénoncer la victime auprès de la mairie pour des constructions irrégulières et de porter à la connaissance de son épouse la liaison que cette victime entretient avec une personne tierce est effectivement coupable de tentative de chantage et non pas de tentative d'extorsion (▪ Bordeaux, 23 févr. 1994 : préc. n° 5), car il n'exerce alors pas des menaces de violence ou une contrainte morale, mais une menace de diffamation. En revanche, celui qui menace de révéler les conditions de vente avantageuses faites par une société aux centrales d'achat commet une tentative d'extorsion, mais non une tentative de chantage (▪ Rennes, 28 janv. 2000, n° 97/01632 : *JurisData* n° 2000-114750). En effet, si de telles révélations sont dommageables financièrement pour l'entreprise, elles ne portent pas atteinte à son honneur et à sa considération.

10) Fond de la menace : destinataire proche de la victime. Le délit existe dès que la menace de révélation d'un fait pouvant porter atteinte à l'honneur ou à la considération d'un tiers, par exemple d'un proche parent, a pu exercer sur celui qui en est l'objet une contrainte morale propre à obtenir de lui la remise d'une somme d'argent ou de valeurs (▪ Cass. crim., 15 avr. 1896 : *Bull. crim.* 1896, n° 147. ▪ Cass. crim., 27 févr. 1908 : *Bull. crim.* n° 82. ▪ Cass. crim., 28 mai 1914 : *Bull. crim.* n° 266).

11) Fond de la menace : indifférence de la véracité de l'imputation. L'imputation diffamatoire peut porter sur des faits imaginaires (▪ Cass. crim., 22 mars 1883 : *Bull. crim.* n° 84. ▪ Paris, 17 mars et 16 juin 1922 : préc. n° 4. ▪ Cass. crim., 6 janv. 1923 : *DP* 1924, 1, p. 238).

12) Appréciation concrète de la menace. L'appréciation des révélations ou imputations de faits, objet de la menace, de nature à porter atteinte à l'honneur et à la considération de la victime doit être réalisée au regard de la situation concrète de celle-ci. La chambre criminelle a ainsi pu approuver les juges du fond ayant déclaré un prévenu coupable de faits de chantage pour avoir obtenu ou tenté d'obtenir la promesse de poursuivre une relation sentimentale et sexuelle avec un jeune homme en le menaçant de révéler qu'il entretenait une « relation adultère de nature homosexuelle », après avoir constaté que ce dernier, très jeune majeur, avait pu légitimement penser que la révélation de sa vie intime allait porter préjudice à la relation qu'il entretenait avec une jeune fille ainsi qu'à son image au sein de son établissement de formation professionnelle (▪ Cass. crim., 13 janv. 2016, n° 14-85.905 : *Bull. crim.* n° 7 ; *JurisData* n° 2016-000237).

B – But de la menace

13) Personnes morales. Le délit de chantage peut être commis à l'égard d'une société (▪ Paris, 10e ch. A, 3 juin 1986 : *JurisData* n° 1986-023792) et, plus largement, de toute personne morale. Ont ainsi été réprimées, au titre du chantage, la menace proférée par l'employé d'une banque de saisir la Commission des opérations de bourse d'un dossier compromettant sur les pratiques de ladite banque (▪ Cass. crim., 12 oct. 1995, n° 93-85.412 : *JurisData* n° 1995-003463), la menace proférée par le directeur d'une société de dénoncer à la presse les prétendus agissements irréguliers de cette banque à l'égard de la société dont il est directeur commercial (▪ Paris, 11e ch. B, 8 mars 1989 : préc. n° 5) ou encore la menace proférée par un conseiller prud'homal assistant un salarié, lors d'un entretien de licenciement, de révéler des faits portant atteinte à l'honneur ou à la considération de l'entreprise dans le cas où l'employeur ne reviendrait pas sur sa décision de licenciement (▪ Rouen, 4 mars 2002 : *JurisData* n° 2002-188498 ; *JCP* G 2003, IV, 1664).

14) Nécessité d'une exigence. Il ne saurait y avoir chantage s'il n'est pas établi que l'auteur des menaces exigeait quelque chose (▪ Paris, 11e ch. A, 25 mai 1999 : *JurisData* n° 1999-023917, où le prévenu s'était contenté d'envoyer des documents mettant en cause la partie civile et son épouse).

15) Obtention d'un engagement. Représente un chantage l'exigence d'abonnement gratuit à un journal (▪ Cass. crim., 22 mars 1883 : *Bull. crim.* n° 84). Il en va de même de l'exigence, par un salarié, d'une promotion professionnelle et d'une lettre de recommandation (▪ Cass. crim., 12 oct. 1995, préc. n° 13).

16) Obtention d'une renonciation. Entre dans le domaine du chantage l'exigence, par l'employeur, que son salarié démissionne en abandonnant les avantages liés à un licenciement économique (▪ Paris, 11e ch. B, 25 avr. 1997 : *JurisData* n° 1997-021028) ou celle que la victime renonce à exercer une action en justice (▪ Cass. crim., 5 avr. 1995, n° 94-81.783). Il a également été jugé qu'une clause de non-concurrence extorquée avec la démission d'un salarié coupable de détournement de fonds était disproportionnée avec le préjudice subi : la clause stipulait que l'employé ne pouvait exercer une activité se rattachant directement ou indirectement à l'objet social de l'entreprise pendant 5 ans dans le département et les cinq départements limitrophes alors que la somme détournée était de 2 923 F (▪ Toulouse, 26 mars 1981 : *D.* 1981, p. 385, note R. Merle ; *RSC* 1982, p. 133, obs. P. Bouzat). V. aussi *infra* nos 20 et s.

17) Remise de fonds, de valeurs ou d'un bien quelconque. La notion de valeur apparaît comme un avantage matériel de quelque nature que ce soit, d'un montant appréciable en argent : ainsi des souscriptions d'abonnement à un journal obtenues par la menace d'insertions diffamatoires dans ce journal (▪ Cass. crim., 22 mars 1883 : *Bull. crim.* n° 84).

Doit être condamné le prévenu qui, sous la menace de dévoiler certains faits, a obtenu de la victime un chèque dont la remise a transmis au bénéficiaire la propriété de la provision (▪ Cass. crim., 22 juin 1994 : préc. n° 7).

De même, la pression exercée par un frère sur sa sœur afin qu'elle verse une somme correspond à une partie de l'héritage de leur père, avant que la part revenant à chacun ne soit déterminée par le notaire, constitue un chantage (▪ Cass. crim., 1er févr. 1996, n° 95-80.770 : *JurisData* n° 1996-001514).

II – ÉLÉMENT MORAL

18) Importance du dessein de contraindre. En matière de chantage, l'intention frauduleuse se définit comme « le dessein de contraindre » autrui à souscrire des engagements ou à remettre des fonds (▪ Cass. crim., 25 oct. 1973 : *Bull. crim.* n° 382).

19) Indifférence d'un dessein de cupidité. Il n'importe pas que les juges du fond n'aient pas spécifié que le prévenu avait agi dans un dessein de cupidité illégitime, cette circonstance n'est pas mentionnée par l'article 400, alinéa 2 et n'est donc pas un des éléments constitutifs de l'infraction (▪ Cass. crim., 22 juin 1972 : *Bull. crim.* n° 216 ; *JCP* 1973, II, 17326, note J. Larguier ; *RSC* 1972, p. 890, obs. P. Bouzat. ▪ Cass. crim., 6 mars 1978 : *Bull. crim.* n° 84 ; *RSC* 1979, p. 102, obs. P. Bouzat).

20) Menace de dénonciation par la victime de l'infraction. La victime de l'infraction qui menace de la dénoncer ne commet pas une infraction en exigeant un désintéressement de la part de l'auteur (▪ Cass. crim., 23 oct. 1947 : *Bull. crim.* n° 204). Encore faut-il, cependant, qu'il soit bien la victime de l'infraction (▪ Cass. crim., 24 mars 1965 : *Bull. crim.* n° 85, à propos d'un agent immobilier qui, après avoir accepté d'un éventuel acquéreur un chèque sans provision représentant une perception illicite au regard de la réglementation de la profession, avait exigé du tireur, sous la menace d'une plainte pour émission de chèque sans provision, la remise d'une somme d'argent) et que sa demande demeure proportionnée au préjudice qu'il a subi (▪ Cass. crim., 30 oct. 1902 : *Bull. crim.* n° 331. ▪ Cass. crim., 21 juill. 1933 : *Bull. crim.* n° 159). À défaut, il commet un chantage.

21) Transaction. En transigeant sur l'exercice de son droit de porter plainte, la victime ne fait rien qui ne soit licite (▪ Cass. crim., 2 avr. 1897 : *S.* 1998, I, p. 111). Si la victime d'une infraction ne commet pas un chantage en menaçant l'auteur de porter plainte, il ne saurait en être de même de celui qui, pour obtenir une transaction, menace de dénoncer une infraction fiscale laquelle, par sa nature même, est étrangère à un litige entre particuliers (▪ Cass. crim., 13 mars 1990 : *Bull. crim.* n° 116).

22) Vols commis dans les grands magasins. S'agissant des vols commis dans les grands magasins, le principe de la licéité de la transaction aux termes de laquelle les poursuites ne seront pas exercées moyennant le versement d'une somme d'argent, est admis, du moment que l'indemnité demandée est raisonnable (▪ Cass. crim., 20 févr. 1963 : *Gaz. Pal.* 1963, 2, p. 119 ; *RSC* 1964, p. 143, obs. P. Bouzat). À défaut, il y a chantage (▪ Cass. crim., 27 janv. 1960, n° 59-91.497 : *Bull. crim.* n° 46). Il n'en a moins été jugé que le délit n'était pas constitué de la part du directeur et du chef du personnel d'un supermarché qui avaient exigé des sommes représentant jusqu'à cinq fois le prix de la marchandise dérobée, en l'absence de la conviction chez les prévenus d'avoir abusé de leur droit de transaction et la preuve n'étant pas rapportée que les frais de surveillance avaient été inclus dans le prix de vente des marchandises, les prévenus n'ayant pas eu, en outre, l'intention de retirer un profit personnel et un trouble commercial résultant de vols importants ayant été occasionné à l'établissement à l'intérieur duquel une surveillance spéciale avait dû être mise en place (▪ Poitiers, 7 févr. 1974 : *D.* 1974, p. 693, note J. Pradel et F. Alaphilippe).

23) Détournements commis par des salariés. A été jugée abusive et donc constitutive de chantage la transaction par laquelle un employeur, victime d'un détournement de 3 000 francs de la part de l'un de ses employés, a imposé à celui-ci, outre sa démission et le remboursement des fonds, l'engagement de n'exercer pendant 5 ans, dans le département et les cinq départements limitrophes, aucune activité se rattachant directement ou indirectement aux voyages ou au tourisme, ceci en contrepartie d'une renonciation à déposer plainte. Cette clause d'interdiction professionnelle a été jugée disproportionnée avec le préjudice subi (▪ Toulouse, 26 mars 1981 : préc. n° 16).

24) Menace par le créancier de la victime. Comme cela a déjà été dit, la menace, par un créancier, d'exercer à l'encontre de son débiteur les voies de droit qui s'offrent à lui n'est réprimable qu'à la condition que les faits révélés soient sans lien avec la dette qui les lie : V. *supra* n° 6.

III – RÉPRESSION

25) Absence d'application de la loi de 1881. Le chantage, même commis par voie de presse, demeure traité comme un délit de droit commun. La jurisprudence a toujours refusé de lui appliquer les règles spéciales de la loi du 29 juillet 1881, qu'il s'agisse de la nécessité d'une plainte préalable (▪ Cass. crim., 28 juill. 1888 : *Bull. crim.* 1888, n° 255. ▪ Cass. crim., 16 févr. 1923 : *DP* 1924, 1, p. 114 ; *Gaz. Pal.* 1923, 1, p. 746), de l'*exceptio veritatis* (▪ Cass. crim., 19 juill. 1895 : *Bull. crim.* n° 207), de la courte prescription (▪ Cass. crim., 6 déc. 1988 : *Bull. crim.* n° 354), ou de la responsabilité du directeur de publication (▪ Cass. crim., 11 août 1905 : *Bull. crim.* n° 410).

26) Complicité. Est complice de chantage le directeur de journal qui donne instruction à l'un de ses employés de commettre ce délit et lui procure en toute connaissance de cause les moyens devant servir à l'action (▪ Paris, 2 févr. 1909 : *DP* 1909, 5, 53). De même qu'est complice de cette infraction un avocat qui assiste à une réunion au cours de laquelle son client menace un tiers de le dénoncer à l'administration fiscale au cas où ce dernier ne renoncerait pas à une action en justice. Le fait que l'avocat ne soit pas intervenu au cours de la réunion est sans incidence, dès lors que ses fonctions exigeaient qu'il agisse et que sa seule présence muette a conforté l'auteur des menaces et était de nature à impressionner la victime. Il n'importe pas non plus que le complice n'ait pas été instruit au préalable de l'action qui allait se commettre, dès lors qu'il a pris conscience, au cours de la réunion, que son client exerçait des pressions relativement à des conflits dont il connaissait la nature et dont sa présence renforçait l'efficacité (▪ Cass. crim., 5 avr. 1995, n° 94-81.783).

Art. 312-11. – Lorsque l'auteur du chantage a mis sa menace à exécution, la peine est portée à sept ans d'emprisonnement et à 100 000 € d'amende.

Art. 312-12. – La tentative des délits prévus par la présente section est punie des mêmes peines.

Les dispositions de l'article 311-12 sont applicables aux infractions prévues par la présente section.

I – TENTATIVE

1) Actes préparatoires. Si un tiers chargé de porter un message à la victime par un maître chanteur ne s'exécute pas, la tentative n'est pas caractérisée car on ne peut punir de simples intentions (▪ Agen, 16 mars 1894 : *DP* 1894, 2, p. 535).

2) Commencement d'exécution. En revanche, constitue une tentative de chantage (aux fins d'obtenir de son bailleur une remise de fonds correspondant au remboursement du montant de la location), l'envoi de courriers s'analysant comme des menaces de dénonciation à l'administration fiscale d'irrégularités susceptibles de caractériser des infractions (▪ Cass. crim., 8 nov. 2011 : *Dr. pén.* 2012, comm. 18, obs. M. Véron).

3) Résultat inutile. Justifie sa décision la cour d'appel qui, pour condamner le prévenu du chef de tentative de chantage, retient qu'il a tenté d'obtenir de son ancienne épouse une somme d'argent en la menaçant de porter la liaison qu'elle entretenait avec un homme à la connaissance de l'épouse de ce dernier, une telle révélation étant de nature à porter atteinte à la considération de la victime (▪ Cass. crim., 28 janv. 2015, n° 14-81.610 : *Bull. crim.* n° 23 ; *JurisData* n° 2015-001093 ; *Dr. pén.* 2015, comm. 31, obs. M. Véron).

4) Résistance ou malice de la victime. Comme le révèle l'exemple qui précède, la résistance de la victime n'empêche pas la caractérisation de la tentative, l'infraction n'étant alors pas consommée en raison d'une circonstance indépendante de la volonté de l'agent (■ Bordeaux, 23 déc. 1994 : *JurisData* n° 1994-044998. ■ Poitiers, 24 sept. 1998 : *JurisData* n° 1998-056231. ■ Aix-en-Provence, 9 déc. 1998 : *JurisData* n° 1998-047596. ■ Grenoble, 7 mai 1999 : *JurisData* n° 1999-042876. ■ Rouen, 4 mars 2002 : *JurisData* n° 2002-188498). Dans la même idée, la tentative est également constituée si le but poursuivi par le maître chanteur n'a pu être atteint en raison de la nullité du titre remis par la victime. Tel est le cas lorsque la victime a contrefait elle-même sa propre signature sur le chèque qu'elle a remis au prévenu, le rendant ainsi sans valeur effective (■ Bordeaux, 23 févr. 1994 : *JurisData* n° 1994-044989). Il n'en va pas différemment si la victime fait opposition au paiement d'un chèque dont la signature a été obtenue par chantage (■ Cass. crim., 22 juin 1994, n° 93-83.776 : *JurisData* n° 1994-002196).

5) Indifférence du repentif actif. La tentative est également constituée lorsque la victime a refusé de s'exécuter dans le délai que lui avait imparti le maître chanteur, même si ce dernier envoie une lettre d'excuse après l'expiration dudit délai (■ Orléans, 9 janv. 1995, préc. n° 63).

II – IMMUNITÉ FAMILIALE

6) Notion. V. ss art. 311-12, p. 642.

7) Ancien Code pénal. Application de l'immunité au chantage (■ Chambéry, 16 oct. 1958 : *JCP* G 1959, II, 10973, note P.-A. Pageaud ; *RSC* 1959, p. 379, obs. P. Bouzat. ■ Paris, 11e ch. A, 28 mai 1991 : *JurisData* n° 1991-022904).

Section II *bis*. – De la demande de fonds sous contrainte

(L. n° 2003-239, 18 mars 2003)

Art. 312-12-1 *(L. n° 2003-239, 18 mars 2003).* **– Le fait, en réunion et de manière agressive, ou sous la menace d'un animal dangereux, de solliciter, sur la voie publique, la remise de fonds, de valeurs ou d'un bien est puni de six mois d'emprisonnement et de 3 750 € d'amende.**

Bibliographie : *JCl. Pénal Code, Extorsion, chantage, demande de fonds sous contrainte*, par C. Soulard et D. Chauchis.

Constitutionnalité. Le délit de l'article 312-12-1 du Code pénal vise, par ses éléments constitutifs, des agissements distincts de ceux mentionnés à l'article 312 du même code. Le moyen d'inconstitutionnalité tiré d'une double incrimination manque dès lors en fait (■ Cons. const., 13 mars 2003, n° 2003-467 DC).

Section III. – Peines complémentaires applicables aux personnes physiques et responsabilité des personnes morales

Art. 312-13 *(Mod., L. n° 2004-204, 9 mars 2004 ; L. n° 2007-297, 5 mars 2007 ; L. n° 2008-776, 6 août 2008 ; L. n° 2012-304, 6 mars 2012).* **– I. – Les personnes physiques coupables de l'une des infractions prévues au présent chapitre encourent également les peines complémentaires suivantes :**

1° L'interdiction des droits civiques, civils et de famille, suivant les modalités prévues par l'article 131-26 ;

2° L'interdiction, suivant les modalités prévues par l'article 131-27, soit d'exercer une fonction publique ou d'exercer l'activité professionnelle ou sociale dans l'exercice ou à l'occasion de l'exercice de laquelle l'infraction a été commise, cette interdiction étant définitive ou provisoire dans les cas prévus aux articles 312-3 à 312-7 et pour une durée de cinq ans au plus dans les cas prévus aux articles 312-1, 312-2 et 312-10, soit d'exercer une profession commerciale ou industrielle, de diriger, d'administrer, de gérer ou de contrôler à un titre quelconque, directement ou indirectement, pour son propre compte ou pour le compte d'autrui, une entreprise commerciale ou industrielle ou une société commerciale. Ces interdictions d'exercice peuvent être prononcées cumulativement ;

3° *(Abr., L. n° 2012-304, 6 mars 2012)* **;**

4° La confiscation de la chose qui a servi ou était destinée à commettre l'infraction ou de la chose qui en est le produit, à l'exception des objets susceptibles de restitution ;

5° L'interdiction de séjour suivant les modalités prévues par l'article 131-31.

6° *(6° abr. à compter du 24 mars 2020, L. n° 2019-222, 23 mars 2019) ;*

7° *(7° abr. à compter du 24 mars 2020, L. n° 2019-222, 23 mars 2019).*

De même, dans le cadre de l'ancien Code pénal, l'usage d'un faux nom ou d'une fausse qualité portant toujours sur un fait simple qui ne peut être susceptible de différentes interprétations, il suffit pour constituer l'élément matériel de l'escroquerie ; il n'est donc pas nécessaire qu'il soit établi à la différence des manœuvres frauduleuses que l'usage d'un faux nom ou d'une fausse qualité ait tendu à l'un des buts spécifiés par l'article 405 (▪ Cass. crim., 5 mai 1820 : *Bull. crim.* n° 72. ▪ Cass. crim., 19 sept. 1844 : *DP* 1845, 4, 248. ▪ Cass. crim., 8 avr. 1881 : *Bull. crim.* n° 99. ▪ Cass. crim., 26 nov. 1891 : *DP* 1892, 1, 252. ▪ Cass. crim., 24 juin 1892 : *Bull. crim.* n° 192. ▪ Cass. crim., 15 nov. et 7 déc. 1895 : *DP* 1896, 1, 143. ▪ Cass. crim., 8 août 1902 : *Bull. crim.* n° 283. ▪ Cass. crim., 30 juill. 1927 : *S.* 1929, 1, 159. ▪ Cass. crim., 18 mai 1931 : *Gaz. Pal* 1931, 2, 24. ▪ Cass. crim., 12 févr. 1942 : *Bull. crim.* n° 9. ▪ Cass. crim., 8 févr. 1956 : préc. ▪ Cass. crim., 23 juill. 1956 : préc.).

6) Forme indifférente. L'usage d'un faux nom ou d'une fausse qualité est punissable, qu'il ait été réalisé verbalement ou par écrit (▪ Cass. crim., 5 févr. 1925 : *Bull. crim.* n° 37).

1° Usage d'un faux nom

7) Nom patronymique ou pseudonyme. Le faux nom s'entendant d'un faux nom patronymique ou d'un faux pseudonyme, il n'y a pas d'escroquerie à recourir aux fausses appellations d'« Hôtel du Département » ou de « Conseil Général » (▪ Cass. crim., 27 oct. 1999, n° 98-86.017 : *Bull. crim.* n° 235).

8) Prénom. Se rend coupable d'escroquerie celui qui signe de son nom de famille, en empruntant le prénom d'un homonyme (▪ Cass. crim., 7 août 1812 : *Bull. crim.* n° 181).

9) Faux nom. Le faux nom, c'est d'abord le nom imaginaire (V. par ex. ▪ Cass. crim., 12 nov. 2006, n° 05-86.765). Constitue une escroquerie le fait de changer son nom en vue de faire croire à sa solvabilité (▪ Cass. crim., 26 oct. 1934 : *Bull. crim.* n° 170). Il en va de même de l'usage d'un faux nom assorti d'un faux numéro de compte bancaire pour obtenir, par l'entremise d'une fausse lettre de change, une remise indue (▪ Cass. crim., 3 avr. 1995 : *JCP* 1995, IV, 1960).

10) Usurpation du vrai nom d'un tiers. L'usage d'un faux nom, ce peut être aussi l'usurpartion du vrai nom d'un tiers (▪ Paris, 8 févr. 1954 : *Gaz. Pal.* 1954, 2, 40) qui, s'il est d'accord, est alors complice (▪ Paris, 12 déc. 1938 : *DH* 1939, p. 121). Dans un tel cas, la Cour de cassation exige que le faux nom utilisé soit mentionné dans la décision, ainsi que les circonstances exactes de son emploi (▪ Cass. crim., 5 janv. 1895 : *DP* 1895, 1, 302. ▪ Cass. crim., 22 déc. 1906 : *DP* 1907, 1, 367. ▪ Cass. crim., 4 févr. 1916 : *Bull. crim.* n° 30).

11) Abus du vrai nom de l'escroc. L'usage d'un faux nom, ce peut être encore l'abus d'une homonymie (▪ Cass. crim., 5 sept. 1901 : *DP* 1903, 1, 103, à propos de la remise d'un pli à la place d'un homonyme. ▪ Cass. crim., 20 nov. 1903 : *Bull. crim.* n° 985 ; *D.* 1904, 1, p. 415, à propos de l'utilisation, sans son accord, d'un homonyme comme garantie d'une remise de fonds ; ▪ Cass. crim., 10 juill. 1934 : *S.* 1936, 1, 80). Un tel abus peut aussi être considéré comme l'une des manœuvres frauduleuses, l'escroquerie étant alors réprimée à ce dernier titre (▪ Cass. crim., 19 juill. 1934 : *Bull. crim.* n° 144). V. aussi *supra* n° 8.

12) Cartes bancaires. Se rend coupable d'escroquerie la personne qui, en faisant usage d'un faux nom et en utilisant une carte magnétique dérobée, a procédé à des retraits de sommes à un distributeur automatique de billets (▪ Bordeaux, 25 mars 1987 : *D.* 1987, p. 424, note J. Pradel). De même, constitue une escroquerie l'usage par un prévenu du nom de sa mère et de faux documents à ce nom pour obtenir des fonds d'un établissement bancaire par le biais d'une réserve de crédit et d'une carte bancaire (▪ Cass. crim., 30 oct. 2013, n° 12-86.798 : *Dr. pén.* 2014, comm. 3, obs. M. Véron).

13) Appréciation ponctuelle. En cas de contestation, le tribunal correctionnel est compétent pour trancher le débat relatif au nom (▪ Cass. crim., 14 oct. 1853 : *Bull. crim.* n° 511), mais sa décision n'a, sur ce point, aucune autorité de la chose jugée (▪ Cass. crim., 2 mai 1936 : *Gaz. Pal.* 1936, 2, p. 208).

2° Usage d'une fausse qualité

14) Qualité personnelle. La fausse qualité constitutive de l'escroquerie doit concerner l'auteur lui-même, et non un tiers (▪ Cass. crim., 10 nov. 1899 : *DP* 1900, 1, 403). En revanche, rien ne s'oppose à ce que cette attribution frauduleuse repose sur un écrit émanant d'un tiers (▪ Cass. crim., 23 oct. 1956 : *Bull. crim.* n° 659).

15) Qualité actuelle ou passée. Le fait de se prévaloir d'une qualité perdue constitue aussi l'usage d'une fausse qualité (▪ Cass. crim., 9 sept. 1869 : *DP* 1870, 1, 144).

16) Qualité crédible. L'usage de la fausse qualité de prophète et envoyé de Dieu n'est pas une escroquerie (▪ Basse-Terre, 8 oct. 1935 : *Gaz. Pal.* 1986, 1, somm. 8, note J.-P. Doucet). En revanche, tel est le cas de l'usage de la fausse qualité de pape (▪ Cass. crim., 11 oct. 1966 : *JCP* 1966, II, 14897, note R. Combaldieu) ou de celle d'évêque (▪ Paris, 12e ch. B, 4 juill. 1989 : *JurisData* n° 1989-024500 ; *Dr.*

pén. 1990, comm. 89). De même, le fait pour un prêtre, rendu à l'état laïc, de se prévaloir de sa qualité de prêtre, constitue un usage de fausse qualité (▪ Cass. crim., 11 oct. 1966 : *JCP* 1966, II, 15897. ▪ Cass. crim., 2 févr. 2000 : *JCP* 2000, IV, 2518).

17) Qualité utile. Le fait de de se prétendre militant, athée ou bénévole, auprès des personnes rencontrées, ne constitue pas une prise de fausse qualité au sens de la loi, mais un simple mensonge (▪ Cass. crim., 30 mars 2016, préc. n° 1).

18) État des personnes. La fausse qualité peut résulter d'abord de l'usurpation d'un état, c'est-à-dire le fait de se prévaloir d'un lien de parenté ou d'alliance, de la situation de personne mariée, veuve ou célibataire ou d'une certaine nationalité. Ainsi se prévaut d'une fausse qualité celui qui, sans l'être, se dit homme marié (▪ Cass. crim., 8 juin 1960 : *Bull. crim.* n° 132. – V. aussi ▪ Cass. crim., 8 août 1867 : *DP* 1868, 1, 41) ou fils du marquis D. (▪ Cass. crim., 18 juin 1958 : *Bull. crim.* n° 473. – V., déjà en ce sens, ▪ Cass. crim., 14 oct. 1853 : *Bull. crim.* n° 511. ▪ Cass. crim., 26 juin 1874 : *Bull. crim.* n° 186. ▪ Cass. crim., 31 juill. 1884 : *Bull. crim.* n° 252) ou descendant ou ascendant de toute autre personne (▪ Cass. crim., 10 déc. 1926 : *DH* 1927, 67. ▪ Cass. crim. 18 juin 1958, préc. n° 5).

Ce qui n'a pas empêché la jurisprudence, parallèlement, de dénier la fausse qualité de celle qui se prétendait mensongèrement « veuve vivant seule » et avait produit à cette fin, à une caisse d'allocations familiales, des certificats de non-concubinage (▪ Cass. crim., 18 juill. 1963 : *Bull. crim.* n° 206).

19) Fonctions ou professions publiques. La fausse qualité résulte ensuite de l'usurpation d'un titre emportant droit ou devoir d'exercer une fonction ou une profession publiques : titres universitaire (▪ Cass. crim., 23 oct. 1956 : *Bull. crim.* n° 659), de juré (▪ Cass. crim., 16 juin 1881 : *Bull. crim.* n° 164), de fonctionnaire public, de militaire ou d'agent du Gouvernement (▪ Cass. crim., 25 août 1834 : *DP* 1871, 5, 168, à propos d'un agent secret de la préfecture de police. ▪ Cass. crim. 10 juill. 1862 : *Bull. crim.* n° 167, à propos d'un agent de police. ▪ Cass. crim., 9 sept. 1869 : *DP* 1870, 1, 144, à propos d'un percepteur des contributions indirectes. ▪ Cass. crim., 23 févr. 1888 : *Bull. crim.* n° 77, à propos d'un conseiller municipal. ▪ Cass. crim., 5 mars 1891 : *S.* 1893, 1, 215, à propos d'un ingénieur retraité de la ville de Paris. ▪ Cass. crim., 15 déc. 1943 : *D.* 1945, p. 131, note H. Donnedieu de Vabres, à propos d'un contrôleur des prix. ▪ Paris, 9e ch. B, 26 avr. 1990 : *JurisData* n° 1990-023180, à propos d'un commandant dans l'armée).

La confusion avec de telles fonctions ou professions est aussi réprimée. Ainsi en va-t-il de l'utilisation de la dénomination « compagnie judiciaire » à propos d'une société de recouvrement, ce terme prêtant à confusion avec un service officiel de justice ou au moins avec celui d'un officier ministériel (▪ Lyon, 13 mai 1982 : *Gaz. Pal.* 10 févr. 1983).

20) Fonctions ou professions privées. La fausse qualité résulte également de l'affirmation mensongère d'une profession ou d'une fonction privées : médecin (▪ Cass. crim., 8 févr. 1995 : *Bull. crim.* n° 61 ; *RSC* 1995, p. 592, obs. J.-P. Delmas Saint-Hilaire), capitaine de navire (▪ Cass. crim., 4 févr. 1858 : *DP* 1858, 5, 164), commissionnaire en marchandises (▪ Cass. crim., 23 avr. 1857 : *Bull. crim.* n° 165), concessionnaire de travaux publics (▪ Cass. crim., 24 juin 1892 : *Bull. crim.* n° 192), régisseur d'un particulier (▪ Cass. crim., 10 mai 1912 : *Bull. crim.* n° 263), agent supérieur de publicité (▪ Cass. crim., 29 déc. 1927 : *Bull. crim.* n° 335), marchand de tableaux (▪ Cass. crim., 17 oct. 1947 : *JCP* 1947, IV, 206), agent d'administration du Recueil Dalloz (▪ Cass. crim., 9 sept. 1869 : *DP* 1870, 1, 144), inspecteur d'un guide gastronomique (▪ Cass. crim., 26 juin 1974 : *Bull. crim.* n° 240), cultivateur (▪ Cass. crim., 17 nov. 1945 : *JCP* 1946, IV, 35), inspecteur d'assurances (▪ Cass. crim., 9 avr. 1857 : *S.* 57, 1, p. 610), inspecteur d'une société imaginaire (▪ Cass. crim., 7 août 1903 : *Bull. crim.* n° 293), directeur d'une maison d'exportation fictive (▪ Cass. crim., 17 déc. 1904 : *Bull. crim.* n° 540), banquier (▪ Cass. crim., 30 oct. 1903 : *Bull. crim.* n° 350), commerçant (▪ Cass. crim., 9 mai 1990 : *Bull. crim.* n° 175) ou représentant de commerce (▪ Cass. crim., 18 mai 1926 : *Bull. crim.* n° 145), architecte (▪ Cass. crim., 10 juin 1981 : *Bull. crim.* n° 248), concessionnaire exclusif (▪ Cass. crim., 4 déc. 1969 : *D.* 1970, p. 114), gérant (▪ Cass. crim., 11 déc. 1973 : *Bull. crim.* n° 457) ou directeur commercial salarié d'une société (▪ Cass. crim., 12 déc. 1988 : *Bull. crim.* n° 421), conseiller financier (▪ Cass. crim., 16 mars 1987 : *Bull. crim.* n° 124) ou tout simplement salarié (▪ Rouen, 18 avr. 1990 : *JurisData* n° 1990-042068. ▪ Cass. crim., 10 avr. 1997 : *Bull. crim.* n° 137. ▪ Cass. crim., 12 nov. 2015, n° 14-82.765, où il a été jugé que se rendent coupable de tentative d'escroquerie par usage de la fausse qualité de salarié pour tenter d'obtenir des indemnités de l'association pour la gestion du régime de garantie des créances des salariés, les prévenus, embauchés sur la base de contrats à durée déterminée par une entreprise placée en liquidation judiciaire 3 mois plus tard, qui connaissaient le caractère fictif des contrats).

Se rend coupable d'escroquerie par usage d'une fausse qualité le président d'une association qui, alors que la dissolution de cette dernière a été décidée, achète des meubles au nom de ladite

mettant en place, avec le concours et la participation de tiers, un stratagème qui lui a permis de percevoir, en sus des honoraires contractuellement prévus, des rémunérations substantielles par le biais de majorations de prix intégrées dans le montant des marchés de travaux ne correspondant à aucune prestation effective ou à de quelconques frais de dossiers, sommes que les victimes auraient, à l'évidence, refusé de payer si elles avaient eu connaissance de la destination des fonds et de l'importance de la majoration appliquée sur le prix des marchés en cause (■ Cass. crim., 18 janv. 2017, n° 15-85.209).

29) Justifie sa décision la cour d'appel qui, pour déclarer la prévenue coupable d'escroquerie, retient que les manœuvres frauduleuses sont caractérisées par un mensonge, consistant en l'affirmation en connaissance de cause d'avoir effectué personnellement les kilomètres, corroboré par un élément extérieur lui donnant force et crédit, en l'espèce la télétransmission à la CPAM des feuilles de soins établies à son nom, attestant des kilomètres fictifs parcourus, dès lors que ce mode de transmission implique nécessairement le recours à la carte Vitale ou d'assuré social remise par le patient au professionnel de santé (■ Cass. crim., 11 juill. 2017, n° 16-84.828 : *Dr. pén.* 2017, comm. 140, note S. Fournier).

30) Facture mensongère qui n'est pas un faux. La production de mauvaise foi à l'appui d'une action en justice, dans le but de surprendre la religion du juge, d'une facture mensongère, même non constitutive d'un faux au sens de l'article 441-1 du Code pénal, peut caractériser le délit d'escroquerie au jugement (■ Cass. crim., 31 janv. 2018, n° 16-84.612 : *JurisData* n° 2018-000977).

31) But des manœuvres. Les manœuvres frauduleuses sont non seulement tout élément extérieur indépendant du mensonge qui en augmente la puissance de persuasion (ainsi l'intervention d'un tiers corroborant les affirmations du délinquant ■ Cass. crim., 16 févr. 1888 : *Bull. crim.* n° 66) mais encore toute machination montée par l'escroc, destinée à dissimuler le mensonge et à tromper la vigilance de la victime, même si leur extériorité par rapport au mensonge n'est pas toujours évidente (ainsi la production de documents truqués ■ Cass. crim., 15 avr. 1937 : *S.* 1938, 1, p. 358). Constitue une escroquerie, au préjudice de l'organisme chargé, par la Communauté européenne, de mettre en œuvre, par voie d'adjudication, des achats de viande de bovins mâles pour soutenir les cours du marché, le fait, pour un adjudicataire, de livrer une marchandise non conforme aux engagements qu'il a souscrits, en faisant apposer par des tiers, sur des carcasses de bovins femelles non éligibles, à cet avantage les marques d'identification réservées aux bovins mâles, déterminant ainsi cet organisme à lui remettre les fonds alloués par la Communauté (■ Cass. crim., 15 mai 1997 : *Bull. crim.* n° 189). Retiennent à bon droit la culpabilité du prévenu du chef d'escroquerie les juges qui relèvent que la victime, handicapé mental, a sympathisé avec ce dernier, que celui-ci lui a fait croire à la possibilité d'un mariage en vue duquel il lui a vendu des vêtements, qu'en outre il lui a fait croire, pour obtenir le versement de sommes d'argent, que sa future épouse avait eu un accident (■ Cass. crim., 22 oct. 1987 : *Gaz. Pal.* 1988, 1, p. 114, note J.-P. Doucet).

Ont été déclarés coupables d'escroquerie des prévenus qui, usant de prédictions et de mises en scène pour persuader leur victime d'un pouvoir imaginaire, procédaient, contre remise de fonds, à des séances de désenvoûtement destinées à leur éviter les événements malheureux prédits (■ Cass. crim., 9 juill. 1996 : *Bull. crim.* n° 287 ; *Dr. pén.* 1997, comm. 32, obs. M. Véron).

32) Manœuvres par intervention de tiers. Le tiers peut être un être réel (ainsi des complices d'un joueur de tiercé jouant apparemment pour leur compte sans dépasser le maximum des enjeux alors qu'en réalité ils agissaient pour le compte du tricheur ■ Cass. crim., 19 déc. 1974 : *Bull. crim.* n° 377 ; *D.* 1975, p. 631, note Levasseur et B. Bouloc, en ouvrant notamment un compte téléphonique auprès du PMU pour aider ce joueur. ■ Cass. crim., 26 mai 1983 : *Bull. crim.* n° 156, ou le complice du tricheur dans un jeu de bonneteau qui feint de gagner afin d'allécher les badauds. ■ Cass. crim., 19 mai 1971 : *Bull. crim.* n° 41 ; ou les complices d'un prévenu qui avait démarché frauduleusement des personnes, ces complices ayant attesté la rentabilité des placements proposés. ■ Cass. crim., 29 nov. 1993 : *Dr. pén.* 1994, n° 85. Ainsi encore un notaire ■ Cass. crim., 2 juin 1986 : *Bull. crim.* n° 186), ou fictif, ainsi les prétendus clients d'un guérisseur fournissant des attestations de guérison (■ Cass. crim., 31 mars 1854 : *D.* 54, 1, p. 199). Il importe peu que le tiers soit de bonne foi (■ Cass. crim., 23 déc. 1957 : *D.* 1958, somm. p. 68. ■ Cass. crim., 18 janv. 1988 : *Bull. crim.* n° 22 ; *Rev. sociétés* 1988, p. 576, note B. Bouloc, ce dernier arrêt étant relatif à une cession à un tiers par le gérant d'une SARL des parts sociales d'un des associés en obtenant du tiers l'adhésion à cet achat à l'aide de faux bilans sociaux certifiés exacts par un expert) ou ait fourni une coopération inconsciente (ainsi un comptable certifiant l'exactitude d'un faux bilan ■ Cass. crim., 4 janv. 1969 : *Bull. crim.* n° 5) pourvu que son intervention ait été provoquée par l'escroc (V. également sur l'utilisation à son insu d'un tiers de bonne foi ■ Cass. crim., 6 déc. 1993 : *Dr. pén.* 1994, n° 84).

Il a été jugé que des ordres de mission pour des déplacements imaginaires établis par des professeurs, qui les certifiaient exacts, et signés de bonne foi par un supérieur hiérarchique permettant à leurs auteurs de se faire rembourser des voyages fictifs, étaient constitutifs d'escroqueries (▪ CA Pau, 29 avr. 2004 : *D.* 2004, jurispr. p. 2401, note Ph. Nerac). Agissant comme mandataire de l'escroc, le tiers est nécessairement de mauvaise foi (▪ Cass. crim., 31 janv. 1935 : *DH* 1935, p. 167) et sera considéré comme complice (▪ Cass. crim., 19 déc. 1974, préc. – V. aussi ▪ Cass. crim., 17 janv. 1991 : *Dr. pén.* 1991, n° 201) ou coauteur (▪ Cass. crim., 25 janv. 1946 : *Bull. crim.* n° 85 ; *JCP* 1946, II, 3108, note M.S.). Le mandataire infidèle qui trompe volontairement son mandant, en participant aux manœuvres frauduleuses destinées à le dépouiller, ne saurait être assimilé à ce mandant. Il est un tiers, complice de l'escroc (▪ Cass. crim., 28 mars 1966 : *Bull. crim.* n° 142). En cas de pluralité de complices ou coauteurs, la manœuvre est constituée par leur intervention combinée et par l'ensemble de leurs actes, et il n'est pas nécessaire que la participation de chacun constitue isolément une manœuvre frauduleuse (▪ Cass. crim., 3 nov. 1978 : *Bull. crim.* n° 299).

Ainsi est, notamment, déclaré coupable d'escroqueries un dirigeant social qui a défini les concepts et les méthodes de la politique commerciale agressive mise en œuvre, sur ses directives, par des commerciaux encouragés par lui et motivés par un système d'intéressement ; que doit être souligné le caractère dolosif des manœuvres, imaginées et mises en œuvre par le prévenu pour abuser une clientèle ciblée, et constituées par l'annonce de crédits faussement gratuits, d'exposés pseudo-techniques ou de l'intervention successive de plusieurs vendeurs (▪ Cass. crim., 17 déc. 2002 : *JurisData* n° 2002-016181 ; *Dr. pén.* 2003, comm. 9, obs. J.-H. Robert).

Constituent des manœuvres frauduleuses au sens des articles 405 ancien et 313-1 nouveau du Code pénal, le fait par des époux qui, profitant de ce qu'ils sont suivis par des médecins différents et dépendent d'organismes de protection sociale distincts, se font verser chacun une pension d'invalidité de 3e catégorie, avec assistance d'une tierce personne, pour des troubles psychiques simulés, chacun assistant l'autre à chaque visite médicale et lui servant de tierce personne (▪ Cass. crim., 5 mai 1997 : *Bull. crim.* n° 165).

L'intervention préalable et concertée de faux joueurs dans un jeu de « bonneteau » organisé sur la voie publique, destinée à tromper sur ses espérances de gain une victime potentielle, ainsi déterminée à verser sa mise, suffit à caractériser, indépendamment de toute tricherie avérée dans le déroulement du jeu, les manœuvres frauduleuses constitutives du délit d'escroquerie (▪ Cass. crim., 25 mars 2015, n° 14-83.766).

33) Manœuvres par intervention de choses. Elles peuvent se réaliser par production de pièces ou documents : ainsi un bilan volontairement falsifié ▪ Cass. crim., 16 mars 1970 : *Bull. crim.* n° 107. ▪ Cass. crim., 18 janv. 1988 : *Rev. sociétés* 1988, p. 576, note B. Bouloc. ▪ Cass. crim., 9 août 1989 : *Rev. sociétés* 1990, p. 63, note B. Bouloc. – Factures inexactes ou fictives ▪ Cass. crim., 22 mars 1946 : *S.* 1946, 1, p. 90. ▪ Cass. crim., 9 nov. 1977 : *Bull. crim.* n° 344 ; *D.* 1978, IR p. 71, obs. G. Roujou de Boubée ; *RSC* 1978, p. 359, obs. P. Bouzat. ▪ Cass. crim., 24 avr. 1984 : *Bull. crim.* n° 142. ▪ Cass. crim., 12 sept. 2006 : *Dr. pén.* 2006, comm. 157. – Bulletins de salaire fictifs ▪ Cass. crim., 4 déc. 1947 : *D.* 1948, p. 73. – Chèques sans provision ▪ Cass. crim., 17 janv. 2018, n° 16-83.799 : *JurisData* n° 2018-000313.

34) Constitue une escroquerie le fait par un commerçant, à qui une banque a remis un terminal de paiement électronique pour recevoir les règlements de ses clients, d'utiliser cet appareil pour effectuer des achats fictifs avec sa carte bancaire personnelle à débit différé et d'obtenir ainsi des remises de fonds indus de la part de cet établissement bancaire (▪ Cass. crim., 13 sept. 2006 : *Bull. crim.* n° 221 ; *Dr. pén.* 2006, comm. 158, obs. M. Véron ; *JCP* 2007, II, 10033, note J. Lassère-Capdeville ; *RTD civ.* 2007, p. 350, note J. Mestre et B. Fages).

35) Escroquerie au jugement. Documents mensongers présentés dans le cadre d'un procès (▪ Cass. crim., 22 mars 1973 : *D.* 1973, p. 379, note E. Robert. – Et ayant notamment servi à l'avocat du prévenu pour établir ses conclusions et préparer son dossier. ▪ Cass. crim., 18 mai 1988, inédit ou encore présentation au juge des ordres d'un jugement confirmé par un arrêt que le prévenu savait cassé par la Cour de cassation. ▪ Cass. crim., 4 mars 1991 : *JCP* 1991, IV, 227. – *Adde*, P. Bouzat, obs. sur l'escroquerie au jugement : *RSC* 1981, p. 394. – Action en justice exercée de mauvaise foi, étayée par la production de documents mensongers dans le but de surprendre la religion des juges ▪ Cass. crim., 24 sept. 1996 : *Dr. pén.* 1997, comm. 2, obs. M. Véron ; *RSC* 1997, p. 644, note R. Ottenhof. – De même, le fait pour une partie de présenter sciemment en justice un document mensonger destiné à tromper la religion du juge et susceptible, si la machination n'est pas déjouée, de faire rendre une décision de nature à préjudicier aux intérêts de l'adversaire ▪ Cass. crim., 26 mars 1998 : *Bull. crim.* n° 117. – Production de documents inexacts pour étayer de fausses déclarations faites à une compagnie d'assurances ▪ Cass. crim., 13 mars 1989 : *Bull. crim.* n° 120. ▪ Cass. crim.,

22 févr. 1996 : *Bull. crim.* n° 89. ▪ Cass. crim., 3 oct. 1996 : *D.* 1998, p. 68, note B. de Lamy). Production en connaissance de cause d'un certificat médical inexact pour obtenir du juge une décision injustifiée : ▪ Cass. crim., 2 avr. 2014, n° 13-80.563 : *Dr. pén.* 2014, comm. 102, obs. M. Véron. Substitution d'étiquettes sur des volailles destinées à dissimuler à un expert judiciaire et au tribunal le fait qu'elles étaient contaminées par la salmonelle (▪ Cass. crim., 6 sept. 2000 : *JurisData* n° 2000-006055 ; *Dr. pén.* 2001, comm. 30, obs. M. Véron).

Doit être cassé l'arrêt qui ne recherche pas si la production en justice d'une facture mensongère par le prévenu ne tente pas de tromper la religion du juge (▪ Cass. crim., 3 juin 2004 : *Dr. pén.* 2004, comm. 155, obs. M. Véron), une telle facture n'ayant même pas à être un faux au sens de l'article 441-1 (▪ Cass. crim., 31 janv. 2018, préc. n° 18).

Caractérise la complicité d'escroquerie au jugement le fait de participer en connaissance de cause à une offre de reprise d'activité d'une entreprise présentée au tribunal de commerce par une personne faisant usage d'une fausse qualité professionnelle, ou encore de soutenir une telle offre mensongère (▪ Cass. crim., 11 janv. 2006 : *Dr. pén.* 2006, comm. 48, obs. M. Véron).

Est coauteur d'une escroquerie au jugement le prévenu qui participe personnellement, volontairement et directement aux manœuvres frauduleuses constitutives du délit, en établissant un faux acte de prêt destiné à être produit en justice, en prodiguant des conseils aux autres prévenus et en concevant et rédigeant un acte apocryphe produit devant plusieurs juridictions, même s'il n'a pas lui-même saisi la juridiction lésée (▪ Cass. crim., 8 avr. 2021, n° 19-84.495).

36) Par des mises en scène ou des machinations. Ainsi l'organisation de sociétés fictives en vue de permettre des remboursements indus de taxes à la valeur ajoutée et l'établissement d'un circuit fictif de marchandises ▪ Cass. crim., 17 oct. 1967 : *Bull. crim.* n° 252. Création d'une entreprise de façade permettant au prévenu d'acheter à terme et de revendre au comptant, souvent à perte, sans payer les fournisseurs, système appelé « carambouille » ▪ Cass. crim., 28 janv. 1958 : *Bull. crim.* n° 92. ▪ Cass. crim., 2 févr. 1972 : *Bull. crim.* n° 41. La présentation à l'escompte d'une traite fictive grâce à un concert frauduleux ▪ Cass. crim., 9 mai 1979 : *Bull. crim.* n° 168. Une augmentation fictive de capital pour tromper un organisme de crédit ▪ Cass. crim., 5 janv. 1973 : *JCP* 1974, II, 17674, note B. Bouloc.

37) L'ouverture d'un compte bancaire dans le seul but de se faire délivrer un chéquier destiné à créer l'apparence d'une solvabilité et l'utilisation des chèques ainsi obtenus pour se voir remettre des marchandises avec le dessein formé dès l'origine de ne pas en payer le prix forment un stratagème caractérisant les manœuvres frauduleuses constitutives de l'escroquerie (▪ Cass. crim., 1er juin 2011, n° 10-83.568 : *Bull. crim.* n° 117 ; *D.* 2011, act. p. 1621, note Blombled ; *D.* 2011, p. 2008, note J. Lasserre-Capdeville ; *Dr. pén.* 2011, comm. 117, obs. M. Véron).

38) Escroquerie à la TVA. Constituent une mise en scène caractérisant les manœuvres frauduleuses visées par l'article 313-1 du Code pénal des demandes de paiement de crédits inclus de TVA justifiées par des déclarations mensuelles de chiffre d'affaires indiquant un montant fictif de taxe déductible sous le couvert d'une comptabilité inexacte, dissimulant le montant de la taxe effectivement décaissée ; encourt dès lors la censure l'arrêt d'une cour d'appel qui, pour relaxer le prévenu poursuivi du chef d'escroquerie pour avoir sollicité le remboursement de crédits fictifs de TVA, retient que les seules manœuvres frauduleuses qui lui sont imputées s'analysent en des mensonges écrits non susceptibles de caractériser l'élément matériel du délit (▪ Cass. crim., 14 nov. 2007 : *Bull. crim.* n° 280 ; *Dr. pén.* 2008, comm. 33, obs. M. Véron *RSC* 2008, p. 613, obs. H. Matsopoulou).

Constitue une escroquerie à la taxe sur la valeur ajoutée (TVA) l'organisation, entre pays de l'Union européenne, d'un circuit triangulaire consistant à émettre des factures mentionnant faussement que la TVA sur des véhicules d'occasion acquis hors taxe auprès de professionnels étrangers a été acquittée, afin d'obtenir indûment le régime de la taxation sur la marge et de déterminer l'administration fiscale à délivrer aux acquéreurs de ces véhicules des quitus valant décharge.

Encourt dès lors la censure l'arrêt qui, pour dire non constitué le délit d'escroquerie, énonce que ce quitus fiscal n'emporte pas décharge de la TVA normalement due, alors que, prévu par l'article 298 *sexies*, V *bis*, du Code général des impôts, il n'est délivré que sur présentation d'une caution ou d'une garantie suffisante ou lorsque la taxe a été effectivement acquittée, et vaut ainsi acte opérant décharge, peu important la possibilité pour l'administration de revoir ultérieurement la situation (▪ Cass. crim., 3 déc. 2014, n° 13-82.099 : *Dr. pén.* 2015, comm. 17, obs. M. Véron).

39) Constituent les manœuvres frauduleuses caractérisant le délit d'escroquerie des demandes de paiement de crédits indus de taxe sur la valeur ajoutée justifiées par des déclarations mensuelles de chiffre d'affaires indiquant un montant fictif de taxe déductible sous le couvert d'une comptabilité inexacte, établie sur le fondement d'écritures fictives et de fausses factures.

Encourt dès lors la censure l'arrêt d'une cour d'appel qui relaxe des prévenus, poursuivis du chef d'escroquerie pour avoir trompé l'État français pour le déterminer à effectuer des remboursements de crédits fictifs de taxe sur la valeur ajoutée, en retenant que lesdits remboursements ont été réalisés sur la seule présentation des déclarations mensuelles du chiffre d'affaires taxable et des demandes de remboursement trimestrielles dont les mentions inexactes ne constituent que des mensonges, exclusifs de manœuvres frauduleuses, et que la passation d'écritures fictives en « opérations diverses » et l'émission de fausses factures sont postérieures aux paiements des sommes indues et n'ont pu déterminer leur remise, n'ayant eu d'autre « utilité » que la dissimulation du caractère mensonger des déclarations et demandes précitées (▪ Cass. crim., 6 avr. 2011, n° 10-85.209 : *Bull. crim.* n° 71 ; *D.* 2011, act. p. 1141).

Concernant une fraude à la TVA de type « carrousel », V. ▪ Cass. crim., 15 juin 2016, n° 14-87.715.

40) Escroquerie à l'assurance. La simulation d'un cambriolage pour obtenir une indemnité d'assurance ▪ Cass. crim., 19 juin 1931 : *DH* 1931, p. 398. Production à l'assureur d'un état infidèle d'objets mobiliers détruits, assorti d'une plainte à la gendarmerie spécifiant faussement la disparition de meubles, avec leur évaluation ▪ Cass. crim., 28 nov. 1978 : *Gaz. Pal.* 1979, II, somm. p. 354. Simulation d'un accident pour obtenir une indemnisation ▪ Cass. crim., 7 janv. 1980 : *Bull. crim.* n° 8 ; *D.* 1980, IR p. 251. La fausse déclaration de vol de voiture, volontairement immergée, aux services de police et l'obtention par ce moyen du remboursement de sa valeur par l'assureur ▪ Cass. crim., 11 oct. 1989 : *Bull. crim.* n° 352 ; *JCP* 1990, IV, 33, ou le fait de déclarer comme accidentel un incendie volontairement provoqué. ▪ Cass. crim., 1er juin 1994 : *Dr. pén.* 1994, comm. 234, obs. M. Véron ; *Gaz. Pal.* 1994, n° 76, p. 7, note Ph. de la Simone.

A été cassé l'arrêt d'une cour d'appel ayant relaxé le prévenu, alors que la production de certificats médicaux, destinés à donner force et crédit à des déclarations mensongères d'arrêt de travail, est susceptible de constituer des manœuvres frauduleuses ayant pu déterminer la société d'assurance à verser au prévenu des indemnités indues (▪ Cass. crim., 20 juin 2005 : *Dr. pén.* 2005, comm. 147, obs. M. Véron).

41) Escroquerie à la Sécurité sociale. La remise à une caisse de Sécurité sociale de feuilles de maladie faisant état de soins fictifs, accompagnée de faits extérieurs pour leur donner force et crédit (▪ Cass. crim., 4 févr. 1981 : *Bull. crim.* n° 47). – Le fait, pour le directeur d'une maison de soins, d'établir les factures de frais de séjours indus, mentionnant la présence de malades absents de l'établissement, et d'obtenir par ce moyen, d'une caisse primaire d'assurance maladie, le versement d'indemnités journalières, après avoir détruit les titres de sortie en vue d'empêcher tout contrôle (▪ Cass. crim., 21 mars 1996 : *Bull. crim.* n° 129), le fait, pour un infirmier, d'établir des feuilles de soins faisant état de prestations fictives dont la teneur est authentifiée et corroborée par la signature des patients (▪ Cass. crim., 20 mai 2009 : *JurisData* n° 2009-049050 ; *Dr. pén.* 2009, comm. 124, obs. M. Véron), ou le fait pour un médecin de mentionner des actes fictifs sur des feuilles de soins suivis d'une demande de remboursement par l'assuré (▪ Cass. crim., 4 nov. 2009 : *Dr. pén.* 2010, note 25, obs. M. Véron).

42) Les manœuvres frauduleuses constitutives de l'escroquerie sont caractérisées par le procédé consistant, pour un masseur kinésithérapeute, à faire intervenir, pour des actes totalement ou partiellement inexistants, les patients supposés en avoir bénéficié, dont il a imité la signature sur les feuilles de soins qu'il a adressées à la caisse primaire d'assurance maladie (▪ Cass. crim., 19 mars 2014 : *Bull. crim.* n° 89 ; *Dr. pén.* 2014, comm. 71, obs. M. Véron).

43) Autres procédés et trucages. La remise au service informatique d'une banque d'une bande magnétique confectionnée sous la dénomination d'emprunt d'une société industrielle et dont les données apocryphes tendaient à des virements bancaires d'un montant supérieur à 21 millions de francs ▪ TGI Paris, 13 janv. 1982 : *D.* 1982, IR p. 501, obs. M. Vasseur. La présentation d'un billet de 500 F dont on demande la monnaie et auquel on substitue un billet de moindre valeur ▪ Cass. crim., 26 juill. 1957 : *D.* 1957, p. 677. Le fait d'apposer sur une marchandise mise en vente dans un commerce à libre-service une étiquette portant un prix minoré par rapport à celui originairement porté ▪ Cass. crim., 9 mars 1983 : *Bull. crim.* n° 76 ; *D.* 1984, p. 209, note J. Devèze. Le truquage d'un compteur électrique ou d'un taximètre ▪ Cass. crim., 20 déc. 1928 : *S.* 1929, 1, p. 196. L'usage d'une rondelle sans valeur pour enclencher le compteur d'un parcmètre ▪ Cass. crim., 10 déc. 1970 : *D.* 1972, p. 155, note G. Roujou de Boubée ; *JCP* 1972, II, 17277, note R. Gassin. Le fait d'installer et d'utiliser sur une ligne téléphonique un appareillage dont l'usage permettait d'éviter, lorsque le titulaire de la ligne était appelé de l'extérieur par un de ses correspondants, que les taxes de communication dues soient imputées à ces correspondants ▪ Cass. crim., 4 mai 1987 : *Bull. crim.* n° 175. La présentation à l'escompte d'une traite fictive grâce à un concert frauduleux ▪ Cass. crim., 9 mai 1979 : *Bull. crim.* n° 168. Le fait de trafiquer le monnayeur d'une cabine téléphonique et d'obtenir ainsi des communications gratuites avec l'étranger ▪ CA Angers, 18 déc. 1986 : *JurisData* n° 1986-045961. Le fait d'utiliser un coupon de carte orange après en avoir surchargé le numéro, pour faire croire en l'existence d'un crédit imaginaire ▪ Paris, 9 mars

1987 : *JurisData* n° 1987-022380. Le fait d'obtenir la fourniture de carburant à l'aide de cartes accréditives périmées : ▪ T. corr. Bayonne, 6 nov. 1986 : *JurisData* n° 1986-041839. La facturation de sommes incluses par un procédé informatique ▪ Cass. crim., 13 nov. 1989 : *Dr. pén.* 1990, n° 91. Le fait de la part des gérants d'une société prestataire de services télématiques d'utiliser une ligne interne à l'administration des Télécommunications non taxée à l'arrivée et leur permettant d'interroger gratuitement leur propre centre serveur ▪ Cass. crim., 13 déc. 1990 : *Bull. crim.* n° 435.

L'utilisation frauduleuse d'un code d'accès bancaire ayant permis à l'auteur de l'escroquerie d'obtenir de la banque la remise de sommes indûment prélevées sur le compte d'un tiers (▪ Cass. crim., 14 nov. 2007 : *Bull. crim.* n° 277).

44) Fausses créances « loi Dailly ». Le fait de produire, en vue de mobiliser des créances sous forme de cession de créances professionnelles instituée par la loi dite « loi Dailly », d'un bordereau, document valant titre, faisant état de créances inexistantes ou sorties du patrimoine du cédant (▪ Cass. crim., 22 févr. 1993 : *Bull. crim.* n° 83). – Le fait de produire des factures fictives à l'appui des bordereaux de cession de créances prévus par « la loi Dailly » pour obtenir, par leur escompte, une ouverture de crédit (▪ Cass. crim., 6 avr. 1994 : *Bull. crim.* n° 134).

45) Escroquerie à la divination et magie. V. note 11, *in fine*. – *Adde* ▪ Cass. crim., 28 avr. 1964 : *Bull. crim.* n° 130. ▪ Cass. crim., 17 févr. 1970 : *Bull. crim.* n° 67. Sur le problème, V. Larguier, *Le juge et l'astrologue* : *JCP* 1963, I, 1744 ; Vitu : *RSC* 1967, p. 860 ; *RSC* 1968, p. 331.

46) Cumul de manœuvres. Constitue une escroquerie, caractérisée par l'intervention de tiers et la production de faux documents, le fait, pour le dirigeant d'une entreprise de travail temporaire, de se faire rembourser des heures de formation au titre de contrats de qualification, en produisant des attestations de présence signées en blanc par les stagiaires, alors que, contrairement aux clauses des contrats, aucune formation n'a été assurée en dehors de l'entreprise par l'organisme qui est censé l'avoir fournie (▪ Cass. crim., 21 nov. 1996 : *Bull. crim.* n° 421).

Caractérise également une telle escroquerie le fait d'utiliser une procuration, devenue caduque en raison du décès de la personne qui l'avait consentie, pour continuer à percevoir une retraite versée par la Mutualité sociale agricole au défunt, sur un compte ouvert au nom de celui-ci à la Caisse d'Épargne, tiers de bonne foi (▪ Cass. crim., 20 mars 1997 : *JurisData* n° 1997-001915 ; *Dr. pén.* 1997, comm. 108, obs. M. Véron).

V. ▪ Cass. crim., 16 oct. 2013, n° 12-81.532, pour des manœuvres frauduleuses en bande organisée : note ss art. 313-2, p. 674.

B – Remise préjudiciable

1° L'objet de la remise

47) Immeubles. L'escroquerie peut porter sur un immeuble, lequel constitue un bien au sens de l'article 313-1 du Code pénal (▪ Cass. crim., 28 sept. 2016, n° 15-84.485 : *Dr. pén.* 2016, comm. 168, note Ph. Conte ; *JCP* 2016, 1389, note V. Malabat ; *D.* 2016, p. 2382, note S. Detraz).

48) Choses mobilières. Parmi les meubles susceptibles d'être l'objet d'une remise en matière d'escroquerie, la loi vise, outre les fonds et valeurs, les obligations, dispositions, promesses, quittances ou décharges, c'est-à-dire des actes qui forment un lien de droit avec le prévenu et peuvent préjudicier à la fortune d'autrui (▪ Cass. crim., 1er avr. 1963 : *Bull. crim.* n° 140) ; il s'agit notamment d'un contrat de prêt (▪ Cass. crim., 25 oct. 1967 : *Bull. crim.* n° 269), d'une promesse d'achat ou de vente (▪ Cass. crim., 11 nov. 1897 : *D.* 98, 1, p. 255), d'une quittance (▪ Cass. crim., 7 mai 1892 : *Bull. crim.* n° 132. ▪ Cass. crim., 24 avr. 1984 : *Bull. crim.* n° 142), d'un titre d'allocation de vieillesse (▪ T. corr. Avranches, 22 juill. 1952 : *Gaz. Pal.* 1952, 2, p. 350 ; *RSC* 1953, p. 101, obs. Bouzat), d'un blanc-seing (▪ Cass. crim., 19 févr. 1887 : *Bull. crim.* n° 67), de la reconnaissance d'un droit à l'occupation d'une villa (▪ Cass. crim., 26 févr. 1990 : *Bull. crim.* n° 94).

49) Fourniture de services. L'escroquerie peut non seulement porter sur la quittance du prix d'un service, quittance résultant de certains procédés nouveaux, ainsi le déplacement d'une aiguille sur un parcmètre (▪ Cass. crim., 10 déc. 1970, préc. n° 13) ou l'obtention de la communication demandée dans un taxiphone (▪ CA Aix-en-Provence, 13 sept. 1972 : *JCP* 1972, II, 17240, note A. C.) ou l'obtention d'une quittance téléphonique minorée (▪ Cass. crim., 4 mai 1987 : *Bull. crim.* n° 175), mais sur le service lui-même, ce qu'excluait l'article 405. Sur le problème des cartes de paiement magnétique, V. art. 311-1, p. 621 (anc. art. 379, n° 2).

50) Décision de justice. Un jugement peut être considéré comme une chose entrant dans les prévisions de la loi et notamment a ainsi été condamné un plaideur ayant présenté au juge des documents sans valeur en vue d'obtenir l'autorisation de prendre un nantissement sur le fonds de commerce de son prétendu débiteur et de saisir sa voiture, puis, ces autorisations obtenues, de procéder à ces mesures (▪ Cass. crim., 12 mai 1970 : *Bull. crim.* n° 160) ; V. Rassat, *L'escroquerie*, *le juge et les plaideurs* : *JCP* 1965, I, 1951. – V. également ▪ Cass. crim., 19 oct. 1993 : *Dr. pén.* 1994, n° 36, obs. M. Véron ; mais il ne saurait y avoir escroquerie au jugement dans la production en justice de lettres ambiguës émanant de l'adversaire et dont le juge a pour mission de déterminer la portée exacte ou la valeur probante (▪ Cass. crim., 30 mars 1960 : *Bull. crim.* n° 181).

51) L'objet de la remise doit nécessairement appartenir à autrui et n'est donc pas coupable d'escroquerie le débiteur qui, par ses manœuvres, s'est fait remettre des sommes saisies arrêtées, après le jugement de validité, mais avant que le jugement soit devenu définitif (▪ Cass. crim., 5 nov. 1897 : *Bull. crim.* n° 345).

52) Il importe peu que l'objet de la remise soit une chose dont la possession est délictueuse, ainsi est coupable d'escroquerie celui qui vend, à la suite de manœuvres frauduleuses, de fausses pièces d'or à une époque où toutes opérations sur l'or étaient interdites (▪ Cass. crim., 3 juill. 1947 : *JCP* 1948, II, 4474, note J. Carbonnier).

2° *La remise*

53) Conditions de la remise. L'article 405 n'exige comme condition de son application, ni que la remise des choses qu'il énumère ait été faite entre les mains de l'auteur du délit ou entre celles de ses complices, ni que les valeurs escroquées aient tourné au profit de ces mêmes agents (▪ Cass. crim., 23 nov. 1976 : *Bull. crim.* n° 335. ▪ Cass. crim., 4 mai 1987 : *Bull. crim.* n° 175) ; peu importe que la remise soit faite par une personne autre que la victime (▪ Cass. crim., 6 janv. 1962 : *Bull. crim.* n° 11). Encourt la censure l'arrêt qui, après avoir constaté que le prévenu, poursuivi du chef d'escroquerie, avait recouru à un prête-nom pour obtenir un prêt au bénéfice d'un tiers, sur la base d'un dossier contenant des documents falsifiés, le relaxe au motif que les fonds ne lui ont pas été remis (▪ Cass. crim., 4 mai 2016, n° 15-81.244 : *JCP* 2016, 717, note J. Lasserre Capdeville).

54) La remise doit être la conséquence des manœuvres frauduleuses (▪ Cass. crim., 23 avr. 1932 : *Gaz. Pal.* 1932, 2, p. 194) ; ne commet donc pas une escroquerie mais un vol ou un abus de confiance selon les cas le gérant d'une société qui opère des prélèvements sur la caisse sociale et qui accomplit des manœuvres frauduleuses pour que son acte soit ignoré (▪ Cass. crim., 20 juin 1913 : *Bull. crim.* n° 305). Les juges ne peuvent considérer que l'abus d'une qualité vraie et l'emploi de manœuvres frauduleuses constituent le délit d'escroquerie sans constater ou sans qu'il puisse se déduire de leurs constatations que cet abus et ces manœuvres ont été déterminants de la remise des fonds (▪ Cass. crim., 8 nov. 1988 : *Bull. crim.* n° 381). V. n° 2.

55) Forme de la remise. En principe, la remise doit s'entendre comme un acte matériel, la tradition de l'un des objets visés par la loi (▪ Cass. crim., 16 juill. 1903 : *D.* 1904, 1, p. 447) ; mais elle peut consister en une abstention lorsque l'agent a agi afin qu'on ne lui réclame pas ce qu'il doit réellement (V. n° 20). Le délit d'escroquerie n'exige pas que les fonds aient été remis directement par la victime entre les mains de l'escroc (▪ Cass. crim., 26 oct. 1995 : *Bull. crim.* n° 326). La remise peut aussi résulter d'un paiement scriptural (▪ Cass. crim., 25 janv. 1967 : *D.* 1967, p. 400 ; *Gaz. Pal.* 1967, 1, p. 229, note J. Cosson).

3° *Le préjudice*

56) Consistance. Le délit d'escroquerie existe indépendamment de tout préjudice éprouvé par les victimes, dès lors que la remise a été extorquée par des moyens frauduleux (▪ Cass. crim., 19 déc. 1979 : *Bull. crim.* n° 369. ▪ Cass. crim., 16 avr. 1980 : *Bull. crim.* n° 107. ▪ Cass. crim., 20 juin 1983 : *Bull. crim.* n° 189. ▪ Cass. crim., 15 juin 1992 : *Bull. crim.* n° 234) ; doit être ainsi condamné le ramoneur qui se prétend habilité par le propriétaire même s'il effectue un véritable ramonage (▪ CA Paris, 5 mai 1954 : *Gaz. Pal.* 1954, 2, p. 96) ou l'individu qui achète à la Croix-Rouge quinze colis destinés à des prisonniers de guerre alors qu'il n'y en avait que treize, et qui garde pour lui les deux colis supplémentaires (▪ Cass. crim., 29 déc. 1949 : *JCP* 1950, II, 5582, note A. C.).

57) Mais jugé (▪ Cass. crim., 3 avr. 1991 : *Bull. crim.* n° 155 ; *D.* 1992, p. 400, note C. Mascala. Rejetant le pourvoi contre ▪ CA Douai, 14 déc. 1989 : *D.* 1991, somm. p. 62, obs. G. Azibert), que pour caractériser l'escroquerie, il est nécessaire de constater l'existence d'un préjudice ; qu'en l'espèce, dès lors qu'un automobiliste, victime sur la route du bris accidentel du pare-brise de son véhicule, a déclaré ce sinistre à son assureur et a demandé à titre d'indemnité la contre-valeur d'un pare-brise neuf, qu'à l'appui de cette demande il a présenté la facture d'un pare-brise neuf acheté par lui auprès d'un garagiste chargé de la réparation et qu'en réalité, pour cette valeur l'intéressé avait obtenu du garagiste la pose d'un pare-brise d'occasion et le débosselage d'une aile de son véhicule, la cour d'appel qui, pour relaxer les deux prévenus des fins de la poursuite et débouter la partie civile de ses demandes, relève que l'automobiliste, en application de son contrat d'assurance, avait droit au remboursement de la valeur d'un pare-brise neuf, que l'assureur est tenu à une réparation en argent et ne saurait exercer son droit de contrôle sur l'utilisation des sommes versées par lui, et qu'enfin, en l'absence de tout préjudice, l'un des éléments du délit d'escroquerie fait défaut, justifie sa décision.

58) Mais subit un préjudice personnel et direct rendant recevable son action civile le conjoint d'une personne victime d'une escroquerie portant sur des fonds provenant de la communauté de biens des époux (■ Cass. crim., 9 juill. 1996 : *Bull. crim.* n° 287 ; *Dr. pén.* 1997, comm. 32, obs. M. Véron).

59) L'utilisation frauduleuse d'un code d'accès bancaire ayant permis à l'auteur de l'escroquerie d'obtenir de la banque la remise de sommes indûment prélevées sur le compte d'un tiers porte directement préjudice à l'établissement bancaire, dépossédé des fonds qu'il détient et qu'il est tenu de représenter à son client (■ Cass. crim., 14 nov. 2007 : *Bull. crim.* n° 277 ; *JCP* 2008, II, 10043, note J. Lasserre-Capdeville).

60) Il n'est pas nécessaire que le coupable ait cherché à réaliser un bénéfice (■ Cass. crim., 25 oct. 1934 : *Bull. crim.* n° 168) ni que les biens obtenus aient tourné à son profit (■ Cass. crim., 29 déc. 1949, préc.).

61) Dès lors qu'il n'est pas porté atteinte à la fortune d'autrui, le fait de se faire remettre par l'Administration un titre de séjour en employant des manœuvres frauduleuses, ne caractérise pas le délit d'escroquerie (■ Cass. crim., 26 oct. 1994 : *Bull. crim.* n° 341).

62) Le préjudice, élément constitutif du délit d'escroquerie, n'est pas nécessairement pécuniaire et est établi lorsque l'acte opérant obligation n'a pas été librement consenti par la victime mais a été obtenu par des moyens frauduleux (■ Cass. crim., 28 janv. 2015, n° 13-86.772 : *D.* 2015, p. 845, note L. Saenko ; *Dr. pén.* 2015, comm. 64, obs. M. Véron).

C – Fraude

63) Appréciation. L'appréciation de l'élément intentionnel en matière d'escroquerie entre exclusivement dans les attributions des juges du fond, et leur déclaration de ce chef ne saurait encourir la censure de la Cour de cassation que si elle est en opposition avec les constatations de l'arrêt attaqué (■ Cass. crim., 4 févr. 1980, inédit).

64) Se rend coupable d'escroquerie le gérant d'une société exploitant un camping-caravaning qui, obligé de quitter les lieux et sachant que l'autorisation préfectorale d'aménager un autre terrain ne lui serait pas accordée, procède à des cessions de parts sociales donnant à leurs titulaires le droit d'occuper temporairement des parcelles de ce terrain (■ Cass. crim., 23 oct. 1978 : *Bull. crim.* n° 283 ; *RSC* 1979, p. 342, obs. P. Bouzat).

65) Indifférence des mobiles. Peu importent la légitimité du but poursuivi par l'agent ou la participation de la victime à un acte illicite qui a donné l'occasion de commettre l'escroquerie (■ Cass. crim., 15 déc. 1943 : *D.* 1945, p. 131, note J. Donnedieu de Vabres) ; commettent ainsi le délit, le créancier qui par des manœuvres frauduleuses obtient le paiement (■ Cass. crim., 2 août 1866 : *D.* 1966, 1, p. 456), celui qui, se croyant volé, obtient par des moyens frauduleux restitution (■ Cass. crim., 10 janv. 1947 : *Gaz. Pal.* 1947, 1, p. 137).

66) Bonne foi. Il n'y a pas escroquerie si l'auteur croit, de bonne foi, avoir le droit de porter le nom ou de se prévaloir de la qualité (■ Cass. crim., 20 janv. 1855 : *D.* 1955, 1, p. 87) ou encore lorsqu'un individu a remis des faux billets à un bureau de poste pour qu'on crédite son livret de caisse d'épargne, sa bonne foi ayant été admise puisqu'il n'avait pas pris la peine de dissimuler son identité et s'était adressé au bureau de poste le plus proche de son domicile où il était connu (■ T. corr. Seine, 29 mai 1946 : *Gaz. Pal.* 1946, 2, p. 10).

67) Fait justificatif. N'encourt pas la censure l'arrêt qui confirme une ordonnance de non-lieu rendue dans une information suivie du chef d'escroquerie à l'encontre d'une journaliste qui avait utilisé le procédé de l'infiltration pour pénétrer un mouvement politique et recueillir des informations dont elle avait tiré un livre, dès lors qu'il se déduit de ses énonciations que les agissements dénoncés se sont inscrits dans le cadre d'une enquête sérieuse, destinée à nourrir un débat d'intérêt général sur le fonctionnement d'un mouvement politique, de sorte que, eu égard au rôle des journalistes dans une société démocratique et compte tenu de la nature des agissements en cause, leur incrimination constituerait, en l'espèce, une ingérence disproportionnée dans l'exercice de la liberté d'expression (■ Cass. crim., 26 oct. 2016, n° 15-83.774 : *JCP* 2016, 1314, note G. Beaussonie et B. de Lamy ; *Dr. pén.* 2017, comm. 2, note Ph. Conte).

II – RÉPRESSION

68) Tentative. Les manœuvres frauduleuses ne sont que des actes préparatoires tant que l'agent n'a pas essayé, par des agissements positifs, de se faire remettre l'objet convoité ; ainsi il a été jugé qu'il n'y avait pas tentative d'escroquerie dans l'incendie volontaire d'un camion assuré, dès lors que le propriétaire n'avait entre pris aucune démarche auprès de son assureur pour obtenir un remboursement (■ Cass. crim., 27 mai 1959 : *Bull. crim.* n° 282 ; *RSC* 1959, p. 842, obs. A. Légal. ■ Cass. crim., 22 mai 1984 : *Bull. crim.*

n° 187 ; *D.* 1984, p. 602, note J.-H. Robert ; *RSC* 1985, p. 63, obs. Vitu).

69) Il avait été jugé que la destruction volontaire du véhicule accompagnée d'une plainte pour vol réalise une tentative d'escroquerie (■ Cass. crim., 19 avr. 1989 : *Dr. pén.* 1989, n° 12). Mais, par un arrêt du 17 décembre 2008, pourvoi n° P 08-82.085 : *Bull. crim.* n° 259, la chambre criminelle a jugé que la destruction volontaire d'un bien et la plainte pour vol de ce dernier ne constituent que des actes préparatoires qui ne sauraient, en l'absence de déclaration de sinistre à la compagnie d'assurance, constituer un commencement d'exécution justifiant une condamnation pour tentative d'escroquerie (V. *Dr. pén.* 2009, comm. 35, obs. M. Véron ; *AJ pénal* 2009, p. 130, note J. Lasserre-Capdeville ; *D.* 2009, p. 1796, note A. Prothais).

70) La déclaration d'un sinistre à une compagnie d'assurances, accompagnée d'un certificat de dépôt de plainte pour vol, destiné à donner force et crédit à la réalité de ce vol, caractérise le commencement d'exécution d'une tentative d'escroquerie (■ Cass. crim., 6 avr. 1994 : *Bull. crim.* n° 135. ■ Cass. crim., 22 févr. 1996 : *Bull. crim.* n° 96 ; *RSC* 1996, p. 846, obs. B. Bouloc. ■ Cass. crim., 8 sept. 2004 : *Dr. pén.* 2005, note 13). Jugé encore que la déclaration à une compagnie d'assurances d'un sinistre survenu lors d'un transport de mobilier, accompagnée d'une demande d'évaluation par expert du bien assuré, constitue une demande d'indemnisation et caractérise, dès lors qu'elle est assortie de la production d'une fausse lettre de voiture, le commencement d'exécution d'une tentative d'escroquerie (■ Cass. crim., 10 mai 1990 : *Bull. crim.* n° 182).

71) A caractérisé tous les éléments de la tentative d'escroquerie l'arrêt des constatations duquel il résulte que les prévenus ont organisé de concert une mise en scène destinée à persuader faussement l'existence d'un vol avec effraction, qu'une déclaration de sinistre mensongère a été adressée à la compagnie d'assurances et que cette manœuvre n'a manqué son effet que parce que les services de police ont déjoué la machination ; le fait que les clauses du contrat d'assurance auraient pu faire obstacle en l'espèce à l'escroquerie projetée n'eût été, à le supposer démontré, qu'une des circonstances indépendantes de la volonté des prévenus et par lesquelles la tentative a manqué son effet (■ Cass. crim., 7 janv. 1980 : *Bull. crim.* n° 8 ; *D.* 1980, IR p. 521, obs. M. Puech ; *RSC* 1981, p. 365, obs. J. Larguier). Constitue une tentative d'escroquerie le fait pour une partie de présenter sciemment en justice un document mensonger destiné à tromper la religion du juge et susceptible, si la machination n'est pas déjouée, de faire rendre une décision de nature à préjudicier aux intérêts de l'adversaire (■ Cass. crim., 26 mars 1998 : *D.* 1998, IR p. 149).

72) Justifie sa décision la cour d'appel qui, pour déclarer le prévenu coupable du délit de tentative d'escroquerie, retient qu'il a ouvert un compte dans un établissement bancaire en remettant quatre chèques, émis par des particuliers en contrepartie d'engagements qu'il n'entendait pas honorer, ainsi qu'un chèque dont il ne pouvait ignorer qu'il fût sans provision, et qui, mettant à profit les délais d'encaissement, a tenté d'obtenir de cette banque le transfert d'une somme sur un compte qu'il venait d'ouvrir au Luxembourg où il avait formé le projet de s'établir, ladite tentative ayant échoué après que le banquier eut découvert que les quatre premiers chèques étaient frappés d'opposition tandis que le dernier était sans provision (■ Cass. ass. plén., 18 janv. 2006 : *Bull. crim.* n° 1 ; *Dr. pén.* 2006, comm. 49, obs. M. Véron ; *JCP* 2006, II, 10075, note. J. Leblois-Happe ; *D.* 2006, jurispr. p. 1950, note D. Père).

73) Complicité. Constitue un acte de complicité de l'escroquerie commise par un joueur effectuant, par l'intermédiaire de tiers, des mises dépassant le montant autorisé, le fait d'ouvrir un compte téléphonique auprès du PMU pour aider ce joueur (■ Cass. crim., 26 mai 1983 : *Bull. crim.* n° 156). Est complice de tentative d'escroquerie le concessionnaire d'une marque de fours qui est l'instigateur de manœuvres de boulangers faisant croire à la destruction de leurs fours par explosion et qui leur a fourni les indications techniques nécessaires à la simulation des sinistres (■ Cass. crim., 8 janv. 1990 : *Dr. pén.* 1990, n° 189). Le dirigeant d'un élevage de volailles qui fournit à un salarié des instructions pour tromper un expert judiciaire et un tribunal sur la contamination de ces animaux par la salmonelle se rend coupable d'une complicité de tentative d'escroquerie au jugement (■ Cass. crim., 6 sept. 2000 : *JurisData* n° 2000-006055 ; *Dr. pén.* 2001, comm. 30, obs. M. Véron).

74) Justifie sa décision la cour d'appel qui, pour déclarer un expert-comptable et un commissaire aux comptes coupables de complicité d'escroqueries commises par un dirigeant de société, après avoir constaté que le premier a attesté la conformité et la sincérité de comptes dont le caractère fictif ne pouvait lui échapper, et que le second a certifié ces comptes en toute connaissance de cause durant plusieurs exercices, énonce qu'ils ont sciemment fourni à l'auteur principal les moyens lui permettant de réitérer l'escroquerie commise en matière de TVA (arrêt n° 1) et de commettre les escroqueries relatives à l'obtention d'ouvertures de crédits (■ Cass. crim., 31 janv. 2007 : *Bull. crim.* n° 25, deux arrêts ; *Dr. pén.* 2007, comm. 56, obs. M. Véron ; *D.* 2007, p. 1843, note B. Bouloc).

75) Encourt la censure l'arrêt d'une cour d'appel qui relaxe un commissaire aux comptes du chef de complicité d'escroqueries à la TVA après avoir retenu que le prévenu avait connaissance des faits délictueux commis par l'auteur principal et relevé que les certifications réitérées de comptes annuels fictifs en avaient permis la continuation (▪ Cass. crim., 25 févr. 2004 : *Bull. crim.* n° 53 ; *Dr. pén.* 2004, comm. 91, obs. M. Véron).

Ne justifie pas sa décision la cour d'appel qui renvoie des fins de la poursuite, du chef de complicité d'escroqueries à la TVA, un expert-comptable qui a établi et attesté la sincérité de comptes annuels et de déclarations de chiffre d'affaires dont il ne pouvait ignorer la fictivité, sans rechercher si le prévenu n'avait pas ainsi permis la réitération de l'infraction, commise, chaque mois, au préjudice du Trésor public (même arrêt).

Sur la complicité d'escroquerie au jugement, V. ▪ Cass. crim., 11 janv. 2006.

76) Se rend coupable de complicité d'escroquerie le notaire qui établit de fausses attestations de dépôt de chèques sur un compte bloqué par le dirigeant d'un club sportif, pour permettre à celui-ci de justifier de la situation financière saine de ce club et lui éviter une mesure de relégation (▪ Cass. crim., 9 sept. 2009 : *Dr. pén.* 2009, comm. 152, obs. M. Véron).

77) Justifie sa décision la cour d'appel qui déclare les prévenues coupables, cumulativement, des délits de complicité et de recel d'une infraction principale d'escroquerie, en retenant, au titre de la complicité, les instructions données pour l'établissement de fausses feuilles de présence à des formations, permettant à l'auteur de l'escroquerie d'obtenir des fonds d'un organisme assurant le financement de formations, et, au titre du recel, le fait d'avoir bénéficié d'un soutien juridique et administratif frauduleusement financé par les fonds ainsi escroqués, dès lors que les faits reprochés ne procédaient pas de manière indissociable d'une action unique caractérisée par une seule intention coupable (▪ Cass. crim., 5 janv. 2017, n° 15-86.362).

78) Complicité indirecte. Est justifiée la condamnation pour complicité d'escroquerie d'un prévenu qui, démarché par un autre complice et moyennant rétribution, encaisse sur ses compte bancaire un chèque frauduleusement obtenu par l'auteur principal, recrute d'autres personnes aux mêmes fins, puis reverse les sommes résultant des encaissements au complice initial, dès lors que l'aide ou l'assistance apportée en connaissance de cause à l'auteur de l'escroquerie, même par l'intermédiaire d'un autre complice, constitue la complicité incriminée par l'article 121-7 du Code pénal (▪ Cass. crim., 15 déc. 2004 : *Bull. crim.* n° 322 ; *JCP* 2005, II, 10050, note J.-Y. Maréchal).

79) Prescription. V. CPP, art. 8.

80) En matière d'escroquerie, la prescription court du jour où le délit est consommé par la remise de la chose frauduleusement obtenue (▪ Cass. crim., 30 juin 1999 : *Bull. crim.* n° 170 ; *Dr. pén.* 2000, comm. 13, obs. M. Véron). Le point de départ de la prescription ne peut ni être avancé à la date des manœuvres, ni retardé à la date de la découverte par la victime (▪ Cass. crim., 16 févr. 1965 : *Bull. crim.* n° 279. ▪ Cass. crim., 27 mai 1991 : *Bull. crim.* n° 222).

81) L'escroquerie est une infraction instantanée dont le point de départ du délai de prescription ne saurait être retardé à la date où le bien acquis a été donné à bail, à celle où les emprunts contractés pour financer l'opération ont été remboursés ou encore à celle où les parties civiles soutiennent avoir eu connaissance du délit (▪ Cass. crim., 8 sept. 2010 : *JurisData* n° 2010-017692 ; *Dr. pén.* 2010, note 144).

82) Lorsque des manœuvres frauduleuses répétées sont exécutées et se poursuivent sur une longue période, formant entre elles un tout indivisible, et provoquent des remises successives, la prescription ne commence à courir qu'à partir de la dernière remise ou délivrance (▪ Cass. crim., 17 déc. 1974 : *Bull. crim.* n° 371. ▪ CA Paris, 9e ch. A, 13 févr. 1990 : *Gaz. Pal.* 13-15 mai 1990. ▪ Cass. crim., 26 avr. 1994 : *Bull. crim.* n° 149. ▪ Cass. crim., 20 juin 1994 : *Dr. pén.* 1994, n° 260. ▪ Cass. crim., 26 sept. 1995 : *Bull. crim.* n° 288 ; *RSC* 1996, p. 658, obs. R. Ottenhof, pour une rente d'accident du travail servie par une caisse d'assurance-maladie continuant d'être versée après la découverte du caractère frauduleux des déclarations d'accident). *Adde.* ▪ Cass. crim., 6 oct. 2004 : *Dr. pén.* 2005, note 27. V. Ch. Guery, *De l'escroquerie et de l'usage de faux envisagés sous l'angle d'un régime dérogatoire à la prescription de l'action publique* : *D.* 2012, p. 1839.

83) Mais lorsque l'escroquerie alléguée porte sur une remise de fonds unique, c'est à compter de la date de cette remise, et non de celle de la découverte du délit, que commence à courir le délai de prescription (▪ Cass. crim., 2 avr. 1996 : *Dr. pén.* 1996, comm. 185, obs. M. Véron).

84) Dans le cadre d'une remise effectuée par virement à un compte courant, ce n'est qu'au jour de l'arrêté de clôture du compte que la remise est effectuée et que commence à courir la prescription (▪ Cass. crim., 4 juin 1935 : *DP* 1936, 1, p. 55, note J. Hamel).

85) Faute de date certaine antérieure, caractérise la remise la présentation d'un chèque à l'encaissement (▪ Cass. crim., 30 juin 1999 : *Bull. crim.* n° 170, préc.).

86) L'escroquerie au jugement étant consommée au jour où la décision (sentence arbitrale) obtenue frauduleusement est devenue exécutoire, c'est à cette date que doit être fixé le point de départ du délai de prescription (▪ Cass. crim., 30 juin 2004 : *Bull. crim.* n° 178 ; *Dr. pén.* 2004, comm. 156, obs. M. Véron).

L'escroquerie au jugement est consommée le jour où la décision frauduleusement obtenue est devenue définitive, sans que les procédures d'exécution de cette décision ne puissent interrompre le délai, dès lors que le point de départ du délai de prescription du délit d'escroquerie, infraction instantanée, ne peut être retardé à la date à laquelle la partie civile en a eu connaissance (▪ Cass. crim., 24 sept. 2008 : *JurisData* n° 2008-045559 ; *Dr. pén.* 2008, comm. 157, obs. J.-H. Robert).

87) Compétence. En matière de compétence territoriale, il a été décidé que les tribunaux français sont compétents pour juger une escroquerie commise à l'étranger alors que l'un de ses éléments constitutifs a eu lieu en France (▪ Cass. crim., 9 déc. 1933 : S. 1936, 1, p. 313, note A. Légal. ▪ Cass. crim., 19 avr. 1983 : *Bull. crim.* n° 108). Compétence de la France pour des faits d'escroquerie commis sur le territoire marocain en raison de leur indivisibilité de ceux de faux et usage susceptibles d'avoir été commis au préjudice de la victime dont la juridiction française est légalement saisie par suite de sa plainte préalable (▪ Cass. crim., 22 août 2018, n° 18-80.848).

Une tentative d'escroquerie est réputée commise en France si des actes préparatoires constituant l'une des composantes nécessaires des manœuvres frauduleuses retenues ont été perpétrés sur le territoire national (▪ Cass. crim., 11 avr. 1988 : *Bull. crim.* n° 144).

88) La juridiction correctionnelle est incompétente pour connaître d'une prévention d'escroquerie, lorsque l'un des éléments constitutifs de cette escroquerie consiste en l'usage d'un faux en écriture publique (▪ Cass. crim., 7 nov. 1974 : *Bull. crim.* n° 319).

89) Disqualification. Les juges correctionnels, qui ont le droit et le devoir de restituer aux faits leur véritable qualification, peuvent, dans la limite de leur saisine, qualifier en délits de faux et usage de faux, les faits d'escroquerie reprochés au prévenu qui a comparu, assisté de son avocat, et a été mis en mesure de s'expliquer sur cette requalification, requise à l'audience par le ministère public (▪ Cass. crim., 16 oct. 2013, n° 12-87.096 : *Bull. crim.* n° 193).

La Cour de cassation exerce son droit de contrôle sur les appréciations des cours d'appel et vérifie si les faits tels qu'ils résultent des constatations des arrêts constituent le délit prévu par l'article 405 du Code pénal (▪ Cass. crim., 8 déc. 1955 : *Bull. crim.* n° 553).

90) *Ne bis in idem.* Possibilité de poursuites pour escroquerie, malgré une condamnation définitive pour faux et usage, l'usage des fausses factures auprès de l'administration fiscale pour obtenir une remise indue de TVA, élément matériel des manœuvres caractérisant le délit d'escroquerie, constituant en l'occurrence un nouveau fait d'usage au préjudice de l'État français, distinct de la production de ces mêmes factures par le prévenu au préjudice de la société qu'il gérait (▪ Cass. crim., 16 janv. 2019, n° 18-81.566). Possibilité de double déclaration de culpabilité pour faux et escroquerie, faute d'action et intention coupable uniques, lorsque l'infraction de faux consiste en une altération de la vérité dans un support d'expression de la pensée qui se distingue de son utilisation constitutive du délit d'usage de faux et, le cas échéant, d'un élément des manœuvres frauduleuses de l'infraction d'escroquerie. Dans cette hypothèse, seuls les faits d'usage sont de nature à procéder des mêmes faits que ceux retenus pour les manœuvres frauduleuses (▪ Cass. crim., 9 sept. 2020, n° 19-84.301). Possibilité de condamnation pour, d'une part, escroquerie en bande organisée et, d'autre part, fraude fiscale par dissimulation volontaire d'une partie des sommes sujettes à l'impôt, les juges s'étant fondés, au titre de la fraude fiscale, sur des faits de souscription de déclarations de TVA minorées en raison de la majoration indue de la TVA déductible, faits ainsi distincts des manœuvres frauduleuses retenues au titre du délit d'escroquerie en bande organisée, lesquelles comportent un ensemble d'agissements, dont le paiement des véhicules au fournisseur, l'usage de documents falsifiés, la facturation TTC au client final pour le compte des sociétés taxi, la perception d'une commission sur chaque vente et le reversement à la société taxi de la marge procurée par la perception d'une TVA non acquittée en amont (▪ Cass. crim., 25 nov. 2020, n° 19-80.525). Impossibilité, en revanche, du cumul des qualifications d'usage de faux et de tentative d'escroquerie alors que les faits matériels du délit d'usage de faux étaient en tous points identiques à ceux caractérisant les manœuvres frauduleuses de la tentative d'escroquerie commise au préjudice des mêmes victimes et ne procédaient pas d'une intention coupable distincte (▪ Cass. crim., 8 avr. 2021, n° 20-80.530).

Condamnation possible, pour escroquerie et pour faux, d'un individu qui falsifie un certificat et deux attestations, censés émaner de l'étude d'un notaire, qu'il utilise pour déterminer des époux à consentir la cession de parts qu'ils détiennent dans une société. Sur la base d'une nouvelle appréhension des concours de qualifications, le cumul est admis, d'une part, car « la caractérisation des éléments constitutifs de l'une des infractions n'exclut pas la caractérisation des éléments constitutifs de l'autre » et, d'autre part, car « il résulte des articles 313-1 et 441-1 du Code pénal qu'aucune de ces infractions n'est un élément constitutif ou une circonstance aggravante de l'une des autres ». En effet, précise la Cour de cassation, « l'article 313-1, qui incrimine l'escroquerie, vise les manœuvres frauduleuses et non spécifiquement le faux ou l'usage de faux comme élément constitutif de ce délit » (■ Cass. crim., 15 déc. 2021, n° 21-81.864 : *JurisData* n° 2021-020330).

91) Peines complémentaires. La publication de la condamnation, 84 à titre de peine complémentaire, n'est pas prévue par la loi (■ Cass. crim., 12 juin 1989 : *Bull. crim.* n° 252).

92) Aucune peine autre que celle appliquée par la loi à la nature de l'infraction ne peut être prononcée. Par suite, la cour d'appel ne saurait infliger au prévenu, déclaré coupable d'escroquerie, la peine complémentaire de l'interdiction de séjour que n'encourt pas l'auteur de cette infraction, selon les dispositions des articles 44 et 405 du Code pénal (■ Cass. crim., 5 févr. 1990 : *JCP* 1990, IV, 167).

93) Action civile. L'obtention frauduleuse d'un crédit par l'utilisation du nom d'un tiers porte directement préjudice à l'établissement bancaire, dépossédé des fonds qu'il détient et dont il ne peut réclamer le montant au client dont le nom a été usurpé (■ Cass. crim., 30 oct. 2013, n° 12-86.798 : *Dr. pén.* 2014, comm. 3, obs. M. Véron). Préc. I, A.

94) Le fait de recourir à un prête-nom pour obtenir un prêt sur la base d'un dossier contenant des documents falsifiés est constitutif de manœuvres frauduleuses susceptibles d'établir une faute civile ouvrant droit à la réparation des préjudices des parties civiles (■ Cass. crim., 4 mai 2016, n° 15-81.244).

95) Les droits de la partie civile ne peuvent être exercés que par les personnes justifiant d'un préjudice résultant de l'ensemble des éléments constitutifs de l'infraction visée à la poursuite ; tel n'est pas le cas du préjudice découlant du comportement consistant, pour des participants à une compétition sportive, à s'entendre pour en fausser le résultat, ce comportement n'étant que l'un des faits constitutifs de l'infraction d'escroquerie (■ Cass. crim., 21 nov. 2018, n° 17-81.096).

Art. 313-2 *(Mod., L. n° 2004-204, 9 mars 2004 ; L. n° 2013-1203, 23 déc. 2013).* **– Les peines sont portées à sept ans d'emprisonnement et à 750 000 € d'amende lorsque l'escroquerie est réalisée :**

1° Par une personne dépositaire de l'autorité publique ou chargée d'une mission de service public, dans l'exercice ou à l'occasion de l'exercice de ses fonctions ou de sa mission ;

2° Par une personne qui prend indûment la qualité d'une personne dépositaire de l'autorité publique ou chargée d'une mission de service public ;

3° Par une personne qui fait appel au public en vue de l'émission de titres ou en vue de la collecte de fonds à des fins d'entraide humanitaire ou sociale ;

4° Au préjudice d'une personne dont la particulière vulnérabilité, due à son âge, à une maladie, à une infirmité, à une déficience physique ou psychique ou à un état de grossesse, est apparente ou connue de son auteur ;

5° Au préjudice d'une personne publique, d'un organisme de protection sociale ou d'un organisme chargé d'une mission de service public, pour l'obtention d'une allocation, d'une prestation, d'un paiement ou d'un avantage indu.

Les peines sont portées à dix ans d'emprisonnement et à 1 000 000 € d'amende lorsque l'escroquerie est commise en bande organisée.

Pour caractériser, en tous ses éléments constitutifs, le délit d'escroquerie en bande organisée, à l'encontre de chacun des prévenus, personnes physiques et personnes morales, la cour d'appel a énoncé que les manœuvres frauduleuses ont consisté à proposer aux victimes un test de personnalité, sans aucune valeur scientifique, conçu pour donner de mauvais résultats dont la communication était suivie de propositions de cours, de ventes de services de prestations à caractère religieux et d'ouvrages censés résoudre les difficultés ainsi décelées, les victimes étaient incitées, par des pratiques commerciales particulièrement offensives, à verser des sommes importantes, sans aucune mesure avec leurs ressources réelles ; pour retenir la circonstance aggravante de bande organisée, la cour d'appel a relevé l'existence d'un dispositif destiné à obtenir des fonds de la part de personnes conditionnées par les résultats négatifs des tests de personnalité et mis en place, à des degrés divers, par plusieurs intervenants, qui se sont répartis les initiatives et les rôles auprès des victimes, prises en charge dès leur arrivée à l'association, puis orientées vers deux prévenus qui sont devenus leurs interlocuteurs privilégiés ; les juges du fond ont ainsi justifié leur décision, dès lors que, par ailleurs, l'invocation d'une appartenance religieuse et la liberté de manifester ses convictions par des enseignements ou des pratiques ne sauraient légitimer la commission d'infractions pénales (▪ Cass. crim., 16 oct. 2013, n° 12-81.532 : *D.* 2013, p. 2399 ; *AJ pénal* 2013, p. 665, note J. Lasserre-Capdeville).

Art. 313-3. – La tentative des infractions prévues par la présente section est punie des mêmes peines.

Les dispositions de l'article 311-12 sont applicables au délit d'escroquerie.

Voir : *supra*, note sous art. 313-1.

Immunité familiale. Il a été jugé que l'immunité familiale, applicable au délit d'escroquerie, ne saurait être étendue au délit de falsification de chèque et usage, la loi pénale étant d'interprétation stricte (▪ Paris, 10 janv. 2002 ; *Dr. pén.* 2002, comm. 81, obs. M. Véron ; V. art. 111-4, p. 18).

Section II. – Des infractions voisines de l'escroquerie

Art. 313-4 ***(Abr., L. n° 2001-504, 12 juin 2001).***

Voir : désormais art. 223-15-2, p. 455.

Art. 313-5. – La filouterie est le fait par une personne qui sait être dans l'impossibilité absolue de payer ou qui est déterminée à ne pas payer :

1° De se faire servir des boissons ou des aliments dans un établissement vendant des boissons ou des aliments ;

2° De se faire attribuer et d'occuper effectivement une ou plusieurs chambres dans un établissement louant des chambres, lorsque l'occupation n'a pas excédé dix jours ;

3° De se faire servir des carburants ou lubrifiants dont elle fait remplir tout ou partie des réservoirs d'un véhicule par des professionnels de la distribution ;

4° De se faire transporter en taxi ou en voiture de place.

La filouterie est punie de six mois d'emprisonnement et de 7 500 € d'amende.

Bibliographie : *JCl. Pénal Code, Filouterie* par B. de Lamy. • A. Chavanne, *Filouterie de carburant : RSC* 1966, p. 916. • J. Constant, *Le délit de grivèlerie en droit belge et en droit français : RD pén. crim.* 1940-46, p. 285. • G. Humbrecht, *La filouterie de carburants : Gaz. Pal.* 1966, 1, doctr. 68. • G. Leloir, *Commentaire de la loi du 28 janvier 1937 : DP* 1937, 4, 313.

1) La seule présentation de la note est inopérante pour interrompre le délai légal d'occupation prévu par l'article 401, alinéa 5 et restituer aux faits leur caractère délictueux ; seules ont cet effet une plainte ou la cessation de l'occupation des lieux par le client qui disparaît (▪ Cass. crim., 25 mars 1965 : *JCP* 1965, II, 14235, rapp. R. Combaldieu).

2) L'intention coupable dans la grivèlerie est la conscience de se trouver dans l'impossibilité absolue de payer (▪ Cass. crim., 21 avr. 1976 : *Bull. crim.* n° 120) et cette circonstance doit être expressément relevée par les juges du fond *(même arrêt)* ; est dès lors impunissable celui qui s'esquive au moment de payer alors qu'il a les moyens de payer (▪ Cass. crim., 24 nov. 1900 : *Bull. crim.* n° 351).

3) S'agissant d'une station libre-service dans laquelle le client procède lui-même au remplissage de son réservoir, il n'apparaît pas que le prévenu se soit fait servir du carburant ; ainsi l'infraction de grivèlerie n'est pas caractérisée (▪ CA Rennes, 8 déc. 1980 : *JurisData* n° 1980-080223).

4) A été déclaré coupable du délit le prévenu qui, après avoir consommé dans un débit de boissons, s'est enfui sans payer et que de son propre aveu, il détenait une somme insuffisante pour régler les consommations par lui commandées (▪ Cass. crim., 17 mars 1987 : *Gaz. Pal.* 1987, 2, som., p. 294, note J.-P. Doucet).

5) Ne justifie pas sa décision la cour d'appel qui, pour déclarer le prévenu coupable de filouterie de logement, retient qu'il a séjourné dans un hôtel à deux reprises, chacun des séjours excédant 10 jours (▪ Cass. crim., 29 nov. 2005 : *Bull. crim.* n° 310).

6) La prévenue, qui n'a pas réglé la note du restaurant de l'hôtel, faute d'argent suffisant, avait commandé des plats coûteux et devait savoir, en voyant leur prix, qu'elle ne pourrait les payer ; elle a donc à bon droit été condamnée pour filouterie de boissons et d'aliments (▪ Cass. crim., 28 févr. 2018, n° 17-80.242 : *JurisData* n° 2018-005426).

7) Conflit de qualifications : vol. De façon contestable, la Cour de cassation a considéré que, en ce qui concerne les distributeurs de carburant en libre-service, ne présentait pas de difficulté sérieuse permettant la saisine pour avis de la Cour de cassation la question de savoir si le fait de se servir en carburant, puis de ne pouvoir le payer à la caisse constitue une infraction pénale et, dans l'affirmative, s'il s'agit d'un vol, d'une filouterie ou d'une autre infraction, dès lors que lorsque cette appréhension était frauduleuse, un tel comportement était constitutif de vol (▪ C. cass., avis, 4 mai 2010, n° 10-00.001 : *Bull. crim.* n° 2 ; *Bull. inf. C. cass.* 2010, n° 272, I, rapp. P. Labrousse, avis L. Davenas). V. néanmoins, en sens contraire : ▪ Cass. crim., 19 avr. 2017, n° 16-84.265, où est condamné pour filouterie le conducteur qui s'est servi en gasoil pour un montant de 79,30 euros, n'a pas raccroché le pistolet de la pompe pour ne pas alerter le pompiste de la fin de distribution, puis est reparti sans avoir payé.

Art. 313-6 ***(Mod., L. n° 2000-642, 10 juill. 2000 ; mod. à compter du 1er sept. 2011, L. n° 2011-850, 20 juill. 2011).*** **– Le fait, dans une adjudication publique, par dons, promesses, ententes ou tout autre moyen frauduleux, d'écarter un enchérisseur ou de limiter les enchères ou les soumissions, est puni de six mois d'emprisonnement et de 22 500 € d'amende. Est puni des mêmes peines le fait d'accepter de tels dons ou promesses.**

Est puni des mêmes peines :

1° Le fait, dans une adjudication publique, d'entraver ou de troubler la liberté des enchères ou des soumissions, par violences, voies de fait ou menaces ;

2° Le fait de procéder ou de participer, après une adjudication publique, à une remise aux enchères sans le concours de l'officier ministériel ou du courtier de marchandises assermenté compétent ou d'un opérateur de ventes volontaires de meubles aux enchères publiques déclaré.

La tentative des infractions prévues au présent article est punie des mêmes peines.

Bibliographie : *JCl. Pénal Code, Entraves à la liberté des enchères* par D. Thomas. • L. Mauger-Vielpeau, *Les enchères inversées : D.* 2006, p. 642.

I – CONSTITUTION

1) *Ratio legis.* Les dispositions de l'article 412 (article 313-6) du Code pénal, édictées dans l'intérêt du débiteur et de ses créanciers afin que les choses saisies soient vendues à leur juste valeur, protègent non seulement la liberté des enchères, mais aussi, après l'adjudication d'un immeuble, l'exercice du droit de surenchère (▪ Cass. crim., 12 mai 1975, n° 74-90.582 : *Bull. crim.* n° 123).

2) Domaine. L'article 412 ne s'applique pas aux entraves apportées à une vente de gré à gré, un louage ou un marché amiable. N'est ainsi pas punissable celui qui, en pareilles hypothèses, écarte un concurrent en employant des moyens illicites (▪ Paris, 16 juin 1840 : *S.* 1840, 2, p. 530. ▪ Cass. req., 5 avr. 1870 : *S.* 1871, 1, p. 153 ; *D.* 1872, 1, p. 243).

3) L'article 412 du Code pénal s'applique en revanche à toutes les ventes judiciaires d'immeubles, volontaires ou forcées (▪ Cass. crim., 29 déc. 1893 : *Bull. crim.* n° 376) ; il est également applicable alors même que l'adjudication serait faite par voie de rabais sur une somme préalablement fixée (▪ Cass. crim., 18 mars 1848 : *Bull. crim.* n° 72. ▪ Cass. crim., 5 juin 1896 : *Bull. crim.* n° 182). Il en va de même alors que le bénéfice de l'adjudication n'est que provisoire (▪ T. corr. Toumon, 5 mars 1908 : *Gaz. Pal.* 1908, 1, p. 498, à propos d'un service postal) ou que sa date n'est pas encore fixée (▪ Cass. crim., 18 déc. 1875 : *Bull. crim.* n° 374), ou encore lorsqu'il ne serait question que d'obtenir un désistement du surenchérisseur (▪ Cass. crim., 16 oct. 1844 : *Bull. crim.* n° 352).

4) L'article 412 du Code pénal s'applique à la surenchère comme à l'enchère elle-même (▪ Cass. crim., 2 févr. 1884 : *Bull. crim.* n° 29. ▪ Cass. crim., 12 mai 1975, préc. note 1).

5) L'annulation ou l'absence d'annulation de l'adjudication demeurent indifférentes à la répression de l'infraction et du recel consécutif (▪ Cass. crim., 30 déc. 1875 : *Bull. crim.* n° 366). Il en résulte que le résultat de l'infraction est indifférent, l'infraction étant en ce sens formelle (▪ Cass. crim., 19 nov. 1841 : *S.* 1842, 1, p. 148. ▪ Cass. crim., 24 juill. 1851 : *Bull. crim.* n° 317).

6) En revanche, le paiement de la dette du saisi, après surenchère et avant la nouvelle adjudication, met un terme à la procédure de vente sur saisie immobilière et exclut toute entrave à la liberté des enchères dès lors que ce paiement est effectué par le débiteur lui-même, fût-ce au moyen d'un prêt consenti par le surenchérisseur (▪ Cass. crim., 22 juin 1994, n° 92-86.292 : *Bull. crim.* n° 250 ; *JCP* G 1994, IV, 2205 ; *JurisData* n° 1994-002803).

7) Première infraction : corruption des enchères par dons ou promesses. L'infraction est bien évidemment constituée par le versement d'une somme d'argent en contrepartie du désistement d'enchérisseurs potentiels (▪ Rennes, 16 févr.

1983 : *JurisData* n° 1983-640233). Mais il en va de même alors qu'un tel versement ne se situe encore qu'au stade de la promesse (■ Cass. crim., 6 mai 1970 : *Bull. crim.* n° 155 ; *JCP* G 1970, IV, 166), l'existence d'une promesse pouvant être prouvée par tous moyens (■ Montpellier, 30 mai 1859 : *Journ. dr. crim.*, n° 6923, pour une preuve par témoignages. ■ Cass. crim., 5 juin 1896 : *DP* 1897, 1, p. 133, pour une preuve tirée spécialement du caractère insignifiant du rabais ou de l'enchère, de la conduite antérieure du prévenu dans d'autres adjudications et de l'insuffisance de ses explications) et sa nullité étant, bien logiquement, sans incidence sur la répression (■ Cass. crim., 26 mai 1848 : *Bull. crim.* n° 163). L'acceptation de la promesse consommant l'infraction, la rétractation avant les enchères de la promesse n'a aucune incidence (■ Cass. crim., 6 mai 1970 : préc.), la preuve de l'intention initiale d'enchérir devant néanmoins être rapportée (■ Cass. crim., 26 mai 1848 : préc.). De même, il suffit qu'un seul enchérisseur soit appréhendé pour que l'infraction soit consommée (■ Cass. crim., 5 juin 1896 : *Bull. crim.* n° 182).

Il peut encore s'agir de la renonciation à une indemnité d'éviction (■ Cass. crim., 18 oct. 1982 : *Bull. crim.* n° 220) ou d'une remise des loyers pour une durée d'un an (■ Cass. crim., 11 mai 1993, n° 93-81.655 : *Dr. pén.* 1993, comm. 185).

8) Même infraction par ententes ou tout autre moyen frauduleux. Est considérée comme frauduleuse toute entente qui a pour dessein de limiter les enchères ou les soumissions (■ Cass. crim., 20 mai 1958 : *Bull. crim.* n° 407), par exemple en décidant qu'une seule personne se portera adjudicataire ou soumissionnaire et partagera avec d'autres le bénéfice tiré de leur abstention (■ Cass. crim., 15 mai 1857 : *Bull. crim.* n° 177 ; *S.* 57, 1, p. 790). La preuve d'une telle entente peut être apportée par tous moyens, notamment par présomptions graves, précises et concordantes (■ Poitiers, 6 mai 1986 : *JurisData* n° 1986-048450).

Commet par exemple le délit prévu et réprimé par l'article 412 du Code pénal le prévenu qui, pour obtenir l'attribution à son profit d'un immeuble à usage commercial mis en vente par adjudication publique, a élaboré un plan concerté avec le propriétaire de l'immeuble, obtenu par promesse de remise de loyers la renonciation aux enchères du locataire du fonds et usé de pressions pour dissuader une autre personne d'y participer (■ Cass. crim., 11 mai 1993 : préc. note 7). Constitue également une entente frauduleuse, au sens de l'article 412, du Code pénal, la convention par laquelle le surenchérisseur s'était engagé à porter les enchères à un niveau plus élevé et avait obtenu en contrepartie la renonciation de toute indemnité d'éviction par le locataire commerçant. Ignorée de l'adjudicataire initial, une telle convention a permis au prévenu de faire monter les enchères sans risque et a donc faussé le libre jeu de ces dernières (■ Cass. crim., 18 oct. 1982 : préc. note 7).

9) En revanche, ne constitue pas une telle entente l'association qui tend publiquement, loyalement et seulement à réunir des capitaux qui, pris isolément, resteraient inefficaces pour agir ; elle peut seconder, bien loin de l'entraver, la liberté des enchères (■ Cass. crim., 19 juin 1874 : *D.* 1875, 1, p. 237). Dans la même idée, ne sont pas frauduleuses les conventions ayant pour but de susciter des acquéreurs afin de mieux vendre le bien (■ Cass. req., 19 mars 1879 : *S.* 1881, 1, p. 410), ni celles par lesquelles les affiliés s'engagent à enchérir pour un prix minimum (■ Paris, 17 févr. 1983 : *JurisData* n° 1983-021432).

10) Abstention. Justifie sa décision la cour d'appel qui, pour déclarer les prévenus coupables d'entrave à la liberté des enchères, énonce que c'est par une abstention volontaire et frauduleuse destinée à écarter des enchérisseurs potentiels éclairés qu'ils ont omis de mentionner, dans la publicité, le nom de deux ouvrages exceptionnels d'une collection provenant d'un héritage, qu'ils avaient, avant la vente, le projet d'acheter et qu'ils ont acquis à une valeur très inférieure à celle retenue par l'expert judiciaire (■ Cass. crim., 14 janv. 2009 : *JurisData* n° 2009-047073 ; *Dr. pén.* 2009, comm. 50, obs. M. Véron).

11) Deuxième infraction : entrave à la liberté des enchères par menaces. Il n'y a pas menace dans le fait d'annoncer l'exercice éventuel d'un droit : il en est ainsi de l'avertissement du propriétaire de l'immeuble à l'acquéreur éventuel d'un fonds de commerce qu'aucun bail ne lui sera consenti (■ Cass. crim., 3 nov. 1944 : *Bull. crim.* n° 172) ; il en est encore ainsi de la publication par le maire d'une commune qu'une enquête en vue de faire déclarer d'utilité publique l'acquisition par la commune d'un bien immobilier vendu aux enchères est organisée et qu'il y aura lieu de traiter avec les nouveaux acquéreurs (■ Cass. crim., 22 nov. 1988, n° 87-90.740 : *Bull. crim.* n° 396 ; *JurisData* n° 1988-703149).

Est punissable, en revanche, la menace de cesser toute relation d'affaires avec une personne participant à une certaine adjudication en y offrant des prix supérieurs ou inférieurs à un niveau déterminé par l'auteur de la menace (■ Cass. crim., 20 mars 1926 : *DH* 1926, p. 218). C'est un abus de droit.

12) Même infraction par violences et voies de fait. Est une entrave à la liberté des enchères le fait, par plusieurs personnes, de se réunir à l'occasion d'une vente et de pousser des cris hostiles en vue de l'empêcher en impressionnant les acheteurs (■ T. correc. Coutances, 6 juill. 1953 : *D.* 1954, 16). Il en va de même de l'intimidation physique par l'intermédiaire d'un homme de main qui a entraîné le retrait de l'adjudication de la seule personne qui s'était encore maintenue (■ Cass. crim., 11 mai 1993, n° 93-81.655 : *Dr. pén.* 1993, comm. 185). C'est *idem* pour un harcèlement téléphonique assorti de menaces, le prévenu affirmant que « l'un de ses associés n'allait pas en rester là et qu'il n'allait pas à 50 ans se laisser faire par une femme » (■ Aix-en-Provence, 28 sept. 1993 : *JurisData* n° 1993-046944).

13) Preuve. En l'absence de violences, voies de faits ou menaces, le délit ne peut être retenu (■ Amiens, 19 déc. 1985 : *JurisData* n° 1985-044857). La preuve des violences, menaces ou voies de fait peut être rapportée par tous moyens, des rumeurs ne suffisant néanmoins pas (■ Cass. crim., 27 juin 2012, n° 11-85.744).

14) Troisième infraction : détournement des enchères. V. par ex. ■ Cass. crim., 21 juill. 1910 : *DP* 1912, 5, p. 3.

15) Élément moral. Les mobiles sont indifférents : peu importe que l'auteur ait obéi à la cupidité, à la vengeance ou à tout autre motif. Il n'est pas même nécessaire que l'entente frauduleuse soit clandestine ou qu'elle ait pour but de tromper les adjudicataires (■ Cass. crim., 20 mai 1958 : préc. note 8).

II – RÉPRESSION

16) Conflit de qualifications. Ne justifie pas sa décision la cour d'appel qui, pour condamner le prévenu du chef d'entrave à la liberté des enchères, retient que ce dernier a proposé, contre paiement d'une somme, de s'abstenir d'enchérir, puis est intervenu dans le cours des enchères, sans caractériser en quoi il avait porté atteinte à leur liberté par la mise à l'écart d'éventuels enchérisseurs, et sans rechercher si les faits n'étaient pas susceptibles de revêtir la qualification de tentative d'escroquerie (■ Cass. crim., 30 mars 2005, n° 04-85.890 : *Bull. crim.* n° 106 ; *JurisData* n° 2005-028129 ; *Dr. pén.* 2005, comm. 111, obs. M. Véron).

17) Tentative. La tentative d'entrave à la liberté des enchères est réprimée. Par exemple, est puni le fait de faire des propositions tendant à imposer à un adjudicataire des ententes frauduleuses en contrepartie d'une abstention de surenchérir, quand bien même ce dernier a refusé, s'étant finalement porté adjudicataire (■ Cass. crim., 12 mai 1975 : préc. note 1).

18) Coaction et complicité. Les personnes qui acceptent les dons et promesses sont considérées comme coauteurs de l'entrave aux enchères (■ Cass. crim., 25 nov. 1953 : *JCP* G 1954, II, 7955 ; *D.* 1954, p. 45). Est complice, en revanche, le mandataire qui a reçu au nom d'un créancier le paiement de la créance et une somme en sus pour qu'une enchère ne soit pas faite (■ Cass. crim., 18 déc. 1875 : *DP* 1876, 1, p. 233).

19) Relaxe. Doit être relaxé le directeur d'un groupement de producteurs agricoles qui a donné l'ordre de refuser les offres d'achat d'un adhérent : l'exécution par un subordonné des seules instructions de son supérieur hiérarchique ne peut, en effet, être assimilée à une entente frauduleuse, aussi, en l'absence d'autres éléments – dons, promesses, menaces – le délit n'est pas constitué (■ Amiens, 19 déc. 1985 : *JurisData* n° 1985-044857).

20) Prescription. L'entrave aux enchères publiques est un délit instantané consommé par l'acceptation d'un don ou d'une promesse en contrepartie de la renonciation à enchérir. Justifie sa décision une cour d'appel qui fixe le point de départ de la prescription à la date à laquelle l'adjudicataire a remis à un intermédiaire un chèque en contrepartie duquel le bénéficiaire s'était engagé à ne pas surenchérir (■ Cass. crim., 5 juin 2007, n° 05-87.782 : *Bull. crim.* n° 151 ; *Dr. pén.* 2007, comm. 126, obs. M. Véron).

Art. 313-6-1 ***(L. n° 2003-239, 18 mars 2003).*** **– Le fait de mettre à disposition d'un tiers, en vue qu'il y établisse son habitation moyennant le versement d'une contribution ou la fourniture de tout avantage en nature, un bien immobilier appartenant à autrui, sans être en mesure de justifier de l'autorisation du propriétaire ou de celle du titulaire du droit d'usage de ce bien, est puni d'un an d'emprisonnement et de 15 000 € d'amende.**

Bibliographie : *JCl. Pénal Code, Mise à disposition frauduleuse du bien immobilier d'autrui*, par A. Darsonville.

1) QPC. Non-lieu à renvoi au Conseil constitutionnel de la QPC visant l'article 313-6-1 du Code pénal (■ Cass. crim., 4 déc. 2012, n° 12-90.061 : *JurisData* n° 2012-001272).

2) L'infraction est consommée chaque fois que les locataires indiquent avoir remis des sommes au soi-disant propriétaire de l'appartement en contrepartie d'un bail qui se révèle faux (■ Paris, 18 oct. 2005 : *JurisData* n° 2005-29536 ; *Dr. pén.* 2006, comm. 90, obs. M. Véron).

Art. 313-6-2 ***(L. n° 2012-348, 12 mars 2012 et rect. JO 20 mars 2012).*** **– Le fait de vendre, d'offrir à la vente ou d'exposer en vue de la vente ou de la cession ou de fournir les moyens en vue de la vente ou de la**

cession des titres d'accès à une manifestation sportive, culturelle ou commerciale ou à un spectacle vivant, de manière habituelle et sans l'autorisation du producteur, de l'organisateur ou du propriétaire des droits d'exploitation de cette manifestation ou de ce spectacle, est puni de 15 000 € d'amende. Cette peine est portée à 30 000 € d'amende en cas de récidive.

Pour l'application du premier alinéa, est considéré comme titre d'accès tout billet, document, message ou code, quels qu'en soient la forme et le support, attestant de l'obtention auprès du producteur, de l'organisateur ou du propriétaire des droits d'exploitation du droit d'assister à la manifestation ou au spectacle.

Bibliographie : *JCl. Pénal Code, Vente ou cession illicite de titres d'accès à une manifestation sportive, culturelle ou commerciale ou à un spectacle vivant*, par N. Rias. • B. Brignon, *Un an de sport dans le droit de la communication : Comm. com. électr.* 2012, chron. 10, n° 11. • A. Debet, *La revente de billets sur Internet : épilogue législatif ? : Comm. com. électr.* 2012, comm. 75. • Y. Joseph-Ratineau, *Loi n° 2012-348 du 12 mars tendant à faciliter l'organisation des manifestations sportives et culturelles : Rev. pénit.* 2012, p. 769. • S. Prieur, *La répression de la revente illicite des tickets d'entrée aux manifestations sportives dans la loi n° 2012-158 du 1er février 2012 : du neuf avec du vieux : Les Cahiers de droit du sport*, 2012, n° 27, p. 54.

QPC. Le délit de vente ou de cession irrégulière de titres d'accès à une manifestation sportive, culturelle ou commerciale ou à un spectacle vivant ne méconnaît ni le principe de nécessité des délits et des peines, ni celui de légalité des délits et des peines, ni la liberté d'entreprendre, ni la liberté contractuelle, ni le droit de propriété (▪ Cons. const., n° 2018-754 QPC, 14 déc. 2018 : *JCP* G 2019, 37, note P.-Y. Gautier ; *Dr. pén.* 2019, alerte 10, obs. W. Roumier). Pour la décision de renvoi, V. ▪ Cass. crim., 26 sept. 2018, n° 18-90.022 : *JurisData* n° 2018-016885.

Section III. – Peines complémentaires applicables aux personnes physiques et responsabilités des personnes morales

Art. 313-7 *(Mod., L. n° 2003-239, 18 mars 2003 ; L. n° 2008-776, 4 août 2008 ; L. n° 2009-1437, 24 nov. 2009 ; mod. à compter du 31 déc. 2021, L. n° 2021-1729, 22 déc. 2021).* – **Les personnes physiques coupables de l'un des délits prévus aux articles 313-1, 313-2, 313-6 et 313-6-1 encourent également les peines complémentaires suivantes :**

1° L'interdiction des droits civiques, civils et de famille, suivant les modalités prévues par l'article 131-26 ;

2° L'interdiction, suivant les modalités prévues par l'article 131-27, soit d'exercer une fonction publique ou d'exercer l'activité professionnelle ou sociale dans l'exercice ou à l'occasion de l'exercice de laquelle l'infraction a été commise, soit d'exercer une profession commerciale ou industrielle, de diriger, d'administrer, de gérer ou de contrôler à un titre quelconque, directement ou indirectement, pour son propre compte ou pour le compte d'autrui, une entreprise commerciale ou industrielle ou une société commerciale. Ces interdictions d'exercice peuvent être prononcées cumulativement ;

3° La fermeture, pour une durée de cinq ans au plus, des établissements ou de l'un ou de plusieurs des établissements de l'entreprise ayant servi à commettre les faits incriminés ;

4° La confiscation de la chose qui a servi ou était destinée à commettre l'infraction ou de la chose qui en est le produit, à l'exception des objets susceptibles de restitution et sous réserve du dernier alinéa de l'article 131-21 ;

5° L'interdiction de séjour, suivant les modalités prévues par l'article 131-31 ;

6° L'interdiction, pour une durée de cinq ans au plus, d'émettre des chèques autres que ceux qui permettent le retrait de fonds par le tireur auprès du tiré ou ceux qui sont certifiés ;

7° L'affichage ou la diffusion de la décision prononcée dans les conditions prévues par l'article 131-35.

Les personnes physiques ou morales coupables du délit prévu à la présente section encourent également la peine complémentaire suivante : interdiction de l'activité de prestataire de formation professionnelle continue au sens de l'article L. 6313-1 du Code du travail pour une durée de cinq ans.

1) **QPC.** Non-lieu à renvoi au Conseil constitutionnel de la QPC visant l'article 313-7, 2° (▪ Cass. crim., 12 juin 2014, n° 13-87.819).

2) L'article 313-7 du Code pénal qui édicté les peines complémentaires applicables en cas de condamnation pour escroqueries ne comprend pas la suspension du permis de conduire (▪ Cass. crim., 26 oct. 2004 : *Bull. crim.* n° 256).

3) Sur le prononcé de la confiscation (4° de l'article 313-7), peine complémentaire, V. ss art. 131-21, p. 204. ▪ Cass. crim., 18 sept. 2012, n° 12-80.662.

lui faire effectuer des travaux à des fins personnelles, ou au profit de sociétés dans lesquelles il a des intérêts, et au détriment de la personne morale qui est son employeur, constitue un abus de confiance.

L'arrêt du 19 juin 2013 de la Cour de cassation a seulement précisé les contours de l'infraction d'abus de confiance d'une manière qui était prévisible au sens de la jurisprudence de la Cour européenne des droits de l'homme, la Cour de cassation s'étant, par plusieurs arrêts antérieurs, engagée dans le sens d'une conception dématérialisée de l'objet détourné, de sorte que c'est à tort qu'une cour d'appel a écarté la qualification d'abus de confiance pour un détournement de temps de travail commis avant le 19 juin 2013. Seul importe le fait que les agissements fautifs aient été commis pendant le temps que le prévenu aurait dû consacrer à son employeur en exécution de son contrat de travail (▪ Cass. crim., 30 juin 2021, n° 20-81.570).

10) Commet un abus de confiance le titulaire d'un contrat d'agrément avec la société La Française des Jeux qui, ne réglant pas les mises personnelles qu'il enregistre sur le terminal de jeux, utilise cet appareil à des fins autres que celles pour lesquelles il lui avait été confié et détourne le montant des sommes qu'il aurait dû verser.

Encourt dès lors la cassation, l'arrêt qui, pour relaxer le prévenu de ce chef, énonce qu'il ne peut lui être reproché d'avoir détourné à son profit ni les mises d'autres joueurs ni la machine à enregistrer les paris, utilisée dans ce seul but (▪ Cass. crim., 16 oct. 2013, n° 12-86.241 : *Bull. crim.* n° 191 ; *D.* 2013, p. 2755, note L. Saenko ; *AJ pénal* 2014, p. 33, note J. Gallois ; *Gaz. Pal.* 11-12 déc. 2013, p. 12, note R. Mesa).

11) Le détournement d'un contrat n'est pénalement punissable que s'il porte sur l'écrit le constatant, mais non sur les stipulations qu'il contient (▪ Cass. crim., 1er déc. 2010 : *JurisData* n° 2010-025198 ; *Dr. pén.* 2011, comm. 29, obs. M. Véron).

12) Remise préalable à titre précaire. L'abus de confiance suppose la remise de la chose (▪ Cass. crim., 17 août 1843 : *S.* 44, 1, p. 82) ; cette remise peut revêtir une forme matérielle ou simplement juridique, notamment en cas de mandat ou de dépôt, le vendeur d'objets mobiliers à un tiers les conservant à titre de mandat ou de dépôt lorsque la livraison a été différée (▪ Cass. crim., 14 juin 1978 : *Bull. crim.* n° 197). Concernant une remise de fonds à titre précaire qui n'ont pas été, utilisés par le prévenu selon l'usage convenu, voir : ▪ Cass. crim., 22 févr. 2017, n° 15-85.799 : *Dr. pén.* 2017, comm. 70, note Ph. Conte.

13) En application d'un contrat de dépôt-vente de véhicules le garagiste n'est pas propriétaire de ces véhicules et ne pouvait les aliéner sans en aviser immédiatement le déposant et lui en transmettre le prix reçu (▪ Cass. crim., 20 févr. 2008 : *JurisData* n° 2008-043300 ; *Dr. pén.* 2008, comm. 66, obs. M. Véron).

14) Selon la convention passée entre les parties, les véhicules facturés par le constructeur au départ de l'usine restent sa propriété jusqu'au paiement du prix par le concessionnaire, celui-ci ne les avaient reçus qu'à titre précaire et en les revendant sans en acquitter le prix il s'est rendu coupable d'abus de confiance (▪ Cass. crim., 8 avr. 2009 : *JurisData* n° 2009-048442 ; *Dr. pén.* 2009, comm. 108, obs. M. Véron).

– V. pour un contrat de vente de titres de transport entre un transporteur et une agence de voyages ▪ Cass. crim., 9 févr. 2011, n° 10-80.801 : *Dr. pén.* 2011, comm. 59, obs. M. Véron.

15) Dès lors que l'abus de confiance ne suppose pas nécessairement que la somme détournée ait été remise en vertu d'un contrat, justifie sa décision la cour d'appel qui retient l'infraction entre un prévenu ayant refusé, sans justification, de rendre des fonds qui ne lui avaient été remis qu'à charge pour lui de les restituer dans les conditions qui avaient été prévues (▪ Cass. crim., 18 oct. 2000 : *JurisData* n° 2000-006919 ; *Dr. pén.* 2001, comm. 28, obs. M. Véron ; *RSC* 2001, p. 385, obs. R. Ottenhof).

16) L'abus de confiance ne suppose pas nécessairement que l'objet détourné ait été remis au prévenu en vertu d'un contrat conclu directement avec son propriétaire (▪ Cass. crim., 20 oct. 2011 : *Dr. pén.* 2011, comm. 1, obs. M. Véron). Dans le même sens que ▪ Cass. crim., 15 févr. n° 34. ▪ Cass. crim., 13 avr. 1971 : n° 155.

17) Retour à l'orthodoxie. Méconnaît les dispositions de l'article 314-1 du Code pénal, la cour d'appel qui déclare coupable d'abus de confiance le prestataire de services qui n'a pas rempli ses obligations contractuelles, les fonds, remis en vertu du contrat de prestations de service, l'ayant été en pleine propriété, peu important la connaissance par le prévenu, dès la remise des fonds, de son impossibilité d'exécuter le contrat (▪ Cass. crim., 5 avr. 2018, n° 17-81.085). C'est logiquement *idem* pour un contrat de vente (▪ Cass. crim., 13 juin 2018, n° 17-82.986. ▪ Cass. crim., 9 sept. 2020, n° 19-84.914. ▪ Cass. crim., 25 nov. 2020, n° 19-85.740) ou pour un prêt de consommation (▪ Cass. crim., 29 mai 2019, n° 18-81.613. ▪ Cass. crim., 9 déc. 2020, n° 19-86.575).

18) À charge de rendre ou représenter. Ainsi, ne sont pas remises à titre précaire, et l'abus de confiance n'est pas constitué, dans le cas de versements de sommes à une **salarié** qui n'effectue pas le travail convenu (▪ Cass. crim., 17 mars 1976 : *D.* 1976, p. 632, Dauvergne. ▪ Cass. crim.,

17 juin 1991 : *Bull. crim.* n° 257), ou à un **avocat**, à titre d'honoraires, ce qui entraîne un transfert de propriété exclusif d'abus de confiance, pour un mandat non exécuté (■ Cass. crim., 26 janv. 2005 : *Bull. crim.* n° 29 ; *Dr. pén.* 2005, comm. 60, obs. M. Véron).

19) Pour écarter la qualification d'abus de confiance, l'arrêt attaqué retient que le support matériel du cours d'un enseignant a été remis par celui-ci à un autre en dehors de toute relation contractuelle entre les intéressés et sans que la preuve ait été rapportée qu'un usage déterminé ou une restitution à son propriétaire ait été convenus (■ Cass. crim., 18 oct. 2011 : *JurisData* n° 2011-025892 ; *Dr. pén.* 2012, comm. 2, obs. M. Véron).

20) Nécessité d'un détournement. L'article 408 du Code pénal n'exige pas comme élément constitutif du délit d'abus de confiance que le prévenu se soit approprié la chose confiée, ni qu'il en ait tiré un profit personnel : il suffit qu'elle ait été détournée (■ Cass. crim., 16 févr. 1977 : *Bull. crim.* n° 60. ■ Cass. crim., 8 juin 1977 : *Bull. crim.* n° 207).

21) Commet un détournement d'une somme d'argent qui lui avait été remise à charge de la rendre, le serveur d'un établissement qui s'est abstenu volontairement de remettre à son employeur le prix des boissons qu'il était chargé d'encaisser et qu'il n'a pas facturé aux clients (■ Cass. crim., 5 oct. 2011, n° 10-88.722 : *Bull. crim.* n° 193 ; *Dr. pén.* 2011, comm. 145, obs. M. Véron ; *AJ pénal* 2011, jurispr. p. 591, note J. Lasserre-Capdeville).

22) Usage abusif. D'une façon générale, l'usage abusif de la chose, dans des conditions différentes de celles prévues lors de la remise, n'entraîne pas application de l'article 408 : ainsi il n'y a pas abus de confiance dans le fait d'approvisionner des clients avec des wagons-réservoirs qui devaient être retournés après un temps et un usage déterminés (■ Cass. crim., 8 mai 1919 : *D.* 1920, 1, p. 76).

23) L'usage abusif de la chose confiée est exclusif de tout détournement s'il n'implique pas la volonté du possesseur de se comporter, même momentanément, comme le propriétaire de la chose ; le détournement d'un ordinateur ou d'une connexion interne ne saurait être constitué par un usage privé ponctuel, qui n'est pas de nature à priver le légitime propriétaire de l'utilisation de son bien, ni de le gêner dans l'exercice de ses propres prérogatives (■ Cass. crim., 16 juin 2011, n° 10-83.758 : *Dr. pén.* 2011, comm. 116, obs. M. Véron ; *RSC* 2011, p. 833, obs. H. Matsopoulou).

24) Toutefois, l'abus de confiance est consommé lorsque l'usage est manifestement contraire à l'affectation de la chose prévue par le contrat : ainsi lorsqu'un commerçant dispose sciemment, pour les besoins de son commerce, d'une somme reçue à titre de dépôt (■ Cass. crim., 11 juin 1960 : *Bull. crim.* n° 314 ; *RSC* 1961, p. 116, obs. P. Bouzat) ou lorsqu'un dirigeant social emploie pour des besoins personnels des fonds sociaux (■ Cass. crim., 5 mars 1937 : *Gaz. Pal.* 1937, 2, p. 69. ■ Cass. crim., 1er avr. 1968 : *JCP* 1969, II, 15930, note B. Bouloc). De même l'usage de la chose confiée entre dans les prévisions de l'article 408 lorsqu'il implique la volonté du possesseur de se comporter, même momentanément, comme le propriétaire de la chose (■ Cass. crim., 13 févr. 1984 : *D.* 1984, IR 225, obs. G. Roujou de Boubée ; *Bull. crim.* n° 49 ; *RSC* 1985, p. 307, obs. P. Bouzat).

25) L'inscription du montant des soldes des comptes créditeurs aux comptes d'exploitation de la banque, sous le couvert de prétendus « frais d'écriture » démontre l'intention de cette dernière de s'approprier ces sommes, à l'époque où ces opérations ont été passées, quand bien même la banque ait tenté de régulariser cette opération ultérieurement ; l'appropriation indue par la banque du solde créditeur d'un compte clôturé caractérise le délit d'abus de confiance, peu important que durant le fonctionnement du compte, l'établissement ait eu la libre disposition des fonds (■ Cass. crim., 20 juill. 2011, n° 10-81.726 : *Bull. crim.* n° 158 ; *Dr. pén.* 2011, comm. 116, obs. M. Véron ; *D.* 2011, act. p. 2114, note M. Bombled ; *D.* 2011, p. 2242, note J. Lasserre-Capdeville ; *JCP* 2011, étude 1226, p. 1999, T. Samin et St. Torck ; *RSC* 2011, p. 833, obs. H. Matsopoulou).

26) Il a été jugé que le prévenu, en passant, sciemment et à l'insu de son employeur sur les marchés des ordres d'un montant exorbitant, dépourvus de toutes couvertures faisant courir pour la banque des risques considérables, qui n'entraient pas dans son mandat, et hors des limites autorisées, a détourné les moyens techniques mis à sa disposition en les utilisant à d'autres fins que celles qui lui avaient été assignées ; et qu'ainsi le délit d'abus de confiance est établi peu important que ne se soit aggravée la chose confiée ou qu'il en ait tiré un profit personnel (■ CA Paris, pôle 5, ch. 12, 24 oct. 2012 : *JCP* 2012, note 1371, p. 2309, J. Lasserre-Capdeville).

27) Commet le délit d'abus de confiance le salarié d'une banque chargé des fonctions d'opérateur de marché qui, en prenant, à l'insu de son employeur, des positions spéculatives au mépris de son mandat et au-delà de la limite autorisée, détourne de l'usage auquel ils étaient destinés les fonds et les moyens techniques qui lui étaient confiés (■ Cass. crim., 19 mars 2014 : *Bull. crim.* n. 86 ; *D.* 2014, p. 912, note J. Lasserre Capdeville ; *JCP* 2014, note 449, p. 730, V. Wester-Ouisse ; *Dr. pén.* 2014, comm. 70, obs. M. Véron ; *Gaz. Pal.* 9-10 avr. 2014, jur. p. 5, note G. Pitti ; *Pro-*

cédures 2014, comm. 157, note A.-S. Chavent-Leclere).

– V. *V Faute de la victime*, quant à la décision de ce même arrêt sur l'action civile.

28) Exclusion de l'abus de confiance. La prolongation de l'usage ou de la jouissance d'une chose n'est pas suffisante pour constituer un détournement prohibé par la loi (▪ Cass. crim., 17 déc. 1963 : *Bull. crim.* n° 362. ▪ Cass. crim., 11 juin 1980 : *D.* 1981, IR p. 154, obs. M. Puech ; *RSC* 1980, p. 991, obs. P. Bouzat. ▪ Cass. crim., 17 févr. 1992 : *Bull. crim.* n° 72), tout comme la détérioration ou la perte de la chose sauf si la fraude ressort suffisamment des faits relevés par les juges du fond, tel le cas du locataire d'une automobile qui, au lieu de la restituer, l'abandonne sur la voie publique (▪ Cass. crim., 19 mai 1969 : *JCP* 1969, II, 16104, note R. De Lestang ; *RSC* 1969, p. 882, obs. P. Bouzat. ▪ Cass. crim., 14 févr. 1979 : *Bull. crim.* n° 68). Le simple retard dans l'exécution des engagements contractuels ne suffit pas à caractériser un détournement constitutif d'abus de confiance (▪ Cass. crim., 25 juill. 1991 : *Dr. pén.* 1992, n° 35, obs. M. Véron) ; il en est d'autant plus ainsi que le créancier ne manifeste aucun empressement à exiger son dû (▪ Cass. crim., 19 sept. 1989 : *Dr. pén.* 1990, n° 90. V. aussi ▪ Cass. crim., 12 nov. 1990 : *Dr. pén.* 1991, n° 111).

Mais le caractère systématique d'un retard excessif dans des reversements de fonds à des organismes, érigé en pratique de fonctionnement, constitue un détournement (▪ Cass. crim., 6 sept. 2000 : *JurisData* n° 2000-006056 ; *Dr. pén.* 2001, comm. 14, obs. M. Véron).

29) Méconnaît les dispositions de l'article 314-1 du Code pénal la cour d'appel qui déclare coupable d'abus de confiance l'emprunteur qui n'a pas respecté l'obligation contractuelle d'affecter le montant d'un **prêt immobilier** qui lui a été accordé par une banque pour la construction d'immeubles, dès lors que cet emprunteur est devenu propriétaire des fonds qui lui ont été remis (▪ Cass. crim., 14 févr. 2007 : *Bull. crim.* n° 48 ; *Dr. pén.* 2007, comm. 84, obs. M. Véron ; *AJ pénal* 2007, p. 275, note Y. Muller), ou la cour d'appel qui déclare un médecin coupable d'abus de confiance pour avoir perçu les honoraires de ses clients, alors qu'il était lié par un contrat de société avec d'autres confrères suivant lequel tous les honoraires de leurs clients respectifs constitueraient des biens indivis à partager ultérieurement (▪ Cass. crim., 5 mai 2010, n° 09-85.455 : *D.* 2010, p. 2494, note Y. Muller).

30) L'abus de confiance ne peut porter que sur des fonds, valeurs ou biens remis à titre précaire. Ne commet pas cette infraction la personne qui refuse de restituer des fonds qui lui ont été prêtés (▪ Cass. crim., 5 sept. 2007 : *Bull. crim.* n° 194 ; *Dr. pén.* 2007, comm. 157, obs. M. Véron ; *JCP* 2007, II, 10186, note S. Detraz), ou la personne qui affecte les sommes prêtées à d'autres destinations que celles initialement prévues, alors qu'elle en était devenue propriétaire (▪ Cass. crim., 19 sept. 2007 : *D.* 2008, p. 958, note D. Rebut).

31) Détournement d'un corps certain. Le détournement d'un corps certain résulte d'une appropriation ou tout acte de disposition que seul un propriétaire a le pouvoir d'accomplir : telle la disposition frauduleuse, par un banquier, d'actions déposées chez lui, réalisée par le biais d'une condition opérant rétroactivement (▪ Cass. crim., 1er mars 1935 : *S.* 1935, 1, p. 158) ou le fait pour un individu qui a reçu des objets d'art avec mandat de les vendre à un certain prix ou à défaut de les restituer, de les remettre à un tiers pour les transférer en fraude à l'étranger sans pouvoir justifier de l'accord de son mandat (▪ Cass. crim., 4 janv. 1982, inédit).

32) Détournement de destination et d'affectation. Il y a abus de confiance lorsque l'affectation d'un bien n'est pas respectée : il en est ainsi en cas de détournement d'une traite de la destination en vue de laquelle elle a été signée et remise (▪ CA Toulouse, 23 janv. 1930 : *D.* 1930, 2, p. 32) ou encore dans le fait de donner à des fonds reçus une affectation autre que celle prévue par la convention conclue entre les parties (▪ Cass. crim., 11 mai 1981, inédit).

– Constitue un abus de confiance le fait de détourner le numéro de carte bancaire communiqué par un client pour un paiement déterminé et, par là même, d'en faire un usage non convenu entre les parties (▪ Cass. crim., 14 nov. 2000 : *Bull. crim.* n° 338 ; *Dr. pén.* 2001, comm. 28, obs. M. Véron).

– C'est à bon droit que, pour dire les faits, **initialement poursuivis sous la qualification d'abus de biens sociaux constitutifs d'abus de confiance**, l'arrêt, après avoir mis le prévenu en mesure d'assurer sa défense sur cette nouvelle qualification, énonce qu'il a vendu à des sociétés italiennes dans lesquelles il était directement intéressé et au profit desquelles il a laissé s'accumuler un encours démesuré, des marchandises qui ne lui avaient été livrées par la société dont il était salarié, qu'à charge pour lui de les distribuer en Italie (▪ Cass. crim., 25 avr. 2007 : *JurisData* n° 2007-039322 ; *Dr. sociétés* 2007, comm. 167, obs. R. Salomon).

– Encourt la cassation l'arrêt qui, pour renvoyer le prévenu des fins de la poursuite, énonce qu'en affectant, sans attendre les concours financiers nécessaires, les fonds versés par la région au fonctionnement de la société, à sa rémunération de gérant et à l'achat d'un terrain, l'intéressé n'a pas intentionnellement détourné de leur objet les fonds qui lui avaient été remis ; alors qu'en prononçant ainsi, alors qu'il résulte de ces énonciations, que le prévenu ne pouvait ignorer qu'il utilisait les subventions accordées par le conseil général à des fins étrangères à celles qui avaient été expressément stipulées dans les conventions, la cour d'appel n'a pas tiré les conséquences légales de ses propres constatations (▪ Cass. crim., 9 janv. 2008 : *JurisData* n° 2008-042703 ; *Dr. pén.* 2008, comm. 50, obs. M. Véron ; *RSC* 2008, p. 595, obs. C. Mascala).

– Est constitutif du délit d'abus de confiance le fait, pour le responsable d'un rayon d'un grand magasin, d'apposer, sur les marchandises qui lui étaient confiées par son employeur, une étiquette déterminant l'application d'un prix différent de celui qui était prévu, dès lors qu'en agissant ainsi le prévenu s'est momentanément substitué au propriétaire des marchandises, dont il a indûment exercé les droits (▪ Cass. crim., 9 mars 2005, n° 03-87.371 : *Dr. pén.* 2005, comm. 107, obs. M. Véron).

– Est déclarée coupable de malversation et d'abus de confiance la mandataire judiciaire convaincue d'avoir irrégulièrement transféré des fonds provenant des procédures collectives et déposés sur les comptes ouverts à la Caisse des dépôts et consignations sur des comptes professionnels et personnels, sous le couvert d'avances sur honoraires non autorisées par les juges-commissaires et d'écritures comptables fictives, son étude étant placée sous administration provisoire (▪ Cass. crim., 12 déc. 2007 : *Bull. crim.* n° 307 ; *Dr. pén.* 2007, comm. 28, obs. M. Véron) ;

– Entre dans les prévisions de l'article 314-1 du Code pénal, incriminant l'abus de confiance, le fait, pour un avocat, de déposer les fonds reçus pour le compte de ses clients sur un compte autre que celui ouvert au nom de la CARPA, en violation de l'article 240 du décret du 27 novembre 1991, organisant la profession d'avocat, peu important qu'un accord existe ou non sur ce point avec l'auteur de la remise (▪ Cass. crim., 23 mai 2013, n° 12-83.677 : *Bull. crim.* n° 112 ; *Gaz. Pal.* 19-20 juill. 2013, jur., p. 18, note J.-Ch. Marrigues ; *AJ pénal* 2013, p. 543, obs. C. Porteron).

33) Élus. De même justifie sa décision la cour d'appel qui, pour condamner un président de conseil général du chef d'abus de confiance, caractérise, d'une part, le mandat qu'il tient de l'article 25, alinéa 3, de la loi du 2 mars 1982 devenu l'article L. 3221-2 du Code général des collectivités territoriales, en tant qu'ordonnateur des dépenses du département, d'autre part, le détournement des deniers correspondant aux dépenses engagées en dehors des prévisions de la délibération qu'il avait pour mission d'exécuter, en application de l'article 25, alinéa 2, de la loi du 2 mars 1982 devenu l'article L. 3221-1 du même code (▪ Cass. crim., 1er mars 2000 : *Bull. crim.* n° 97). Peu importe que l'intéressé n'ait pas eu la détention matérielle de ces fonds (▪ Cass. crim., 18 oct. 2000 : *Bull. crim.* n° 301).

Se rend coupable d'abus de confiance et détournement de fonds publics, au sens des articles 408 ancien et 432-15 du Code pénal, le maire, titulaire d'un mandat en tant qu'ordonnateur des dépenses de la commune, en application de l'article L. 2122-21 du Code général des collectivités territoriales, qui donne l'ordre de payer des dépenses étrangères au fonctionnement de ladite commune ; encourt, dès lors, la cassation l'arrêt qui relaxe un maire poursuivi pour avoir détourné et tenté de détourner des sommes correspondant au remboursement à son profit et à celui du secrétaire général de la commune de frais de déplacement indus, en énonçant « qu'il n'existe, en l'espèce, aucun contrat et qu'il n'y a pas eu de remise de fonds pour en faire un usage déterminé » (▪ Cass. crim., 19 juin 2002 : *Bull. crim.* n° 140).

34) Il a été jugé que commettent un abus de confiance les membres élus du comité d'entreprise qui disposent à des fins personnelles de la subvention de fonctionnement versée par l'employeur au titre de l'article L. 434-8 du Code du travail, en méconnaissance des missions imparties par la loi au comité d'entreprise, et alors qu'ils doivent en rendre compte dans les conditions prévues par les articles R. 432-14 et R. 432-15 du Code du travail (▪ Cass. crim., 16 oct. 1997 : *Bull. crim.* n° 341).

35) Détournement de loyers. Commet l'infraction le gérant d'une société de gestion immobilière, chargé de collecter les loyers pour le compte de propriétaires, qui a confondu les sommes recueillies avec celles de sa société, alors qu'il n'ignorait pas que celle-ci était en difficulté financière (▪ Cass. crim., 26 nov. 1998 : *JurisData* n° 1998-005116 ; *Bull. crim.* n° 318 ; *JCP* 1999, IV, 1712), ou qui a versé les sommes recueillies sur son compte personnel (▪ Cass. crim., 7 sept. 2005 ; *Dr. pén.* 2005, comm. 175, obs. J.-H. Robert).

36) Détournement de fonds. Lorsque le mandant a autorisé le mandataire à utiliser les fonds encaissés par celui-ci pour son compte, l'impossibilité où vient à se trouver le mandataire de rendre ou de représenter les fonds confiés ne peut servir de fondement à une déclaration de culpabilité du chef d'abus de confiance (▪ Cass. crim., 20 févr. 1980 : *Bull. crim.* n° 66).

37) La seule constatation d'un manquant dans la caisse tenue par le prévenu ne suffit pas à caractériser un acte de détournement (■ Cass. crim., 15 oct. 1990 : *Dr. pén.* 1991, n° 12).

38) Ont suffisamment caractérisé le détournement constitutif du délit les juges du fond qui énoncent que le prévenu a effectué des retraits importants sur le compte d'une association, qu'il n'a pas justifié de l'emploi de l'intégralité des sommes retirées et qu'il a usé de procédés malicieux et méthodiques pour échapper à la représentation de ces sommes (■ Cass. crim., 22 nov. 1978 : *Bull. crim.* n° 325).

– Se rend coupable d'abus de confiance le prévenu, investi d'une mandat de président d'un association exploitant une maison de retrait, qui utilise la trésorerie de cette association pour assurer, sans contrepartie, le financement d'autres établissement qu'il contrôle, donc à des fins étrangère à l'association (■ Cass. crim., 28 janv. 2004 : *Juris-Data* n° 2004-022242 ; *JCP* G 2004, IV, 1485).

39) Commet le délit d'abus de confiance, le gérant d'une société en nom collectif qui détourne tout ou partie des fonds de cette société (■ Cass. crim., 10 avr. 2002 : *Bull. crim.* n° 86 ; *Dr. pén.* 2002, comm. 119, obs. M. Véron).

40) Constitue le délit d'abus de confiance le fait pour une personne désignée afin d'exercer la tutelle et la curatelle d'État d'effectuer des prélèvements forfaitaires sur les revenus des majeurs protégés avant que ne soient connues leurs ressources, dès lors que ces prélèvements sont réalisés en dehors des prévisions des textes réglementaires portant organisation de la tutelle et de la curatelle d'État (■ Cass. crim., 3 déc. 2003 : *Bull. crim.* n° 232).

41) Le fait, pour un directeur d'association, d'employer les salariés de celle-ci, pendant leur temps de travail, à des fins personnelles, s'analyse comme un détournement de fonds de l'association destinés à rémunérer des prestations ne devant être effectuées que dans son seul intérêt (■ Cass. crim., 20 oct. 2004 : *Bull. crim.* n° 248 ; *D.* 2005, jurispr., note B. de Lamy).

42) Commet un abus de confiance un syndic de copropriété qui, en méconnaissance des dispositions de l'article 1993 du Code civil, ne fait pas raison au mandant de tout ce qu'il a reçu en vertu de sa procuration (■ Cass. crim., 15 déc. 2004 : *Bull. crim.* n° 320).

43) Commet un abus de confiance le mandataire d'une association qui perçoit d'une compagnie d'assurance des sommes destinées à conserver la clientèle de l'association, lesquelles constituent des ristournes et auraient dû être restituées à cette dernière, le mandataire étant tenu, selon l'article 1993 du Code civil, de faire raison au mandant de tout ce qu'il a reçu en vertu de sa procuration (■ Cass. crim., 2 déc. 2009 : *Bull. crim.* n° 200).

44) Commet un abus de confiance le responsable d'un établissement de formation bénéficiant de la taxe d'apprentissage qui rétrocède partie de la taxe perçue à un tiers dont l'entremise lui a permis de recevoir des fonds des organismes collecteurs dès lors que, d'une part, les fonds remis à un établissement d'enseignement au titre de la taxe d'apprentissage ne le sont qu'à titre précaire, d'autre part, l'existence d'un préjudice, qui peut n'être qu'éventuel, se trouve nécessairement incluse dans la constatation du détournement (■ Cass. crim., 13 janv. 2010 : *Bull. crim.* n° 6 ; *JCP* G 2010, note 500, J. Lasserre-Capdeville).

45) Se rendent coupables d'abus de confiance les dirigeants d'une société de construction de maisons individuelles qui procèdent à des appels de fonds sans qu'aucune attestation de garantie ne soit délivrée par un organisme habilité, et s'abstiennent de rembourser ces avances, dès lors que ces sommes, perçues en violation des dispositions d'ordre public du Code de la construction et de l'habitation, ne pouvaient constituer des acomptes et étaient détenues à titre précaire (■ Cass. crim., 24 févr. 2010, n° 08-87.806 : *Bull. crim.* n° 36).

46) Constitue un détournement caractérisant un abus de confiance le fait, pour le trésorier et le trésorier adjoint d'un comité d'entreprise, d'avoir, outrepassant leur mandat, attribué, à l'insu du président, de manière irrégulière et pour un montant global dépassant celui prévu pour l'aide sociale, des prêts sociaux aux salariés en grève, alors que certains ne pouvaient juridiquement y prétendre (■ Cass. crim., 30 juin 2010 : *Bull. crim.* n° 121 ; *D.* 2010, p. 2820, note J. Lasserre-Capdeville).

47) Justifie sa décision la cour d'appel qui déclare le prévenu, gérant d'une société, coupable d'abus de confiance pour avoir détourné des avances remises par un couple qui avait conclu avec la société un contrat de construction de maison individuelle, dès lors que le caractère précaire de la remise de ces fonds découle de la nature de la convention conclue entre les parties (■ Cass. crim., 6 avr. 2016, n° 15-81.272 : *JCP* 2016, 854, note N. Catelan ; *D.* 2016, p. 1409, note N. Balat et F. Safi).

48) Détournement de fichiers informatiques. Se rend coupable d'abus de confiance le prévenu qui a, en connaissance de cause, détourné en les dupliquant, pour son usage personnel, au préjudice de son employeur, des fichiers informatiques contenant des informations confidentielles et mis à sa disposition pour un usage professionnel (■ Cass. crim., 22 oct. 2014, n° 13-82.630 : *D.* 2015, p. 415, note A. Mendoza-Caminade ; *JCP* 2015, act. 89, note G. Beaussonie et G. Bargain).

49) Fonds de commerce. Si la preuve du déficit d'exploitation d'un fonds de commerce dont la gestion a été confiée à un mandataire ne suffit pas, à elle seule, pour caractériser un abus de confiance, il n'en est pas de même lorsqu'il est établi que le déficit résulte des agissements frauduleux de ce mandataire (▪ Cass. crim., 10 févr. 1986 : *Bull. crim.* n° 48).

50) Mise en demeure. La mise en demeure, qui peut prendre la forme de toute réclamation suffisamment nette et précise (ainsi une plainte au parquet ▪ Cass. crim., 21 févr. 1936 : *DH* 1936, p. 197) est inutile si le détournement peut être constaté directement (▪ Cass. crim., 16 oct. 1957 : Bull. crim. n° 634) ; lorsqu'elle est restée sans effet, elle indique à la victime que quelque chose d'anormal se passe (▪ Cass. crim., 16 mars 1970 : *D.* 1970, p. 497, note J. M. R.) et elle fixe le point de départ de la prescription (▪ Cass. crim., 19 oct. 1971 : Bull. crim. n° 267).

Un mise en demeure n'est pas exigée pour que l'abus de confiance soit constitué, l'existence d'une transaction non respectée important peu (▪ Cass. crim., 17 nov. 2004 : *Dr. pén.* 2005, comm. 78, obs. M. V.).

Encourt la cassation pour contradiction de motifs la cour d'appel qui, pour relaxer du chef d'abus de confiance, énonce que le prévenu n'a jamais été expressément informé de son obligation de restituer le véhicule loué à partir d'une date déterminée, tout en retenant que la lettre de mise en demeure ne saurait constituer le préalable nécessaire à l'infraction (▪ Cass. crim., 16 nov. 2005 : *Dr. pén.* 2006, comm. 42, obs. M. Véron).

51) Abus de blanc-seing. Si la déclaration de culpabilité du chef d'abus de blanc-seing prononcée à l'encontre d'un prévenu convaincu d'avoir prélevé à des fins personnelles sur le compte bancaire de la victime des sommes importantes à l'aide de chèques signés en blanc par celle-ci et destinés à régler de simples dépenses courantes est dépourvue de base légale sous l'empire du Code pénal entré en vigueur le 1er mars 1994, qui a supprimé cette qualification pénale, les faits relatés par les juges d'appel n'en restent pas moins pénalement punissables, comme constitutifs d'un abus de confiance rentrant dans les prévisions tant de l'article 408 du Code pénal applicable à la date des faits reprochés que de l'article 314-1 du nouveau Code pénal (▪ Cass. crim., 21 sept. 1994 : *JCP* G 1995, IV, 23 ; *Dr. pén.* 1995, comm. 3, obs. M. Véron ; Bull. crim. n° 300 ; *RSC* 1995, p. 101, obs. R. Ottenhof).

52) Intention frauduleuse. L'intention frauduleuse est indispensable à l'exercice des poursuites (▪ Cass. crim., 3 mars 1949 : *Bull. crim.* n° 79) et elle suppose chez l'agent la connaissance de la précarité de sa possession et la prévisibilité du résultat dommageable de son comportement ; ainsi il a notamment été jugé que l'intention coupable était réalisée toutes les fois que le prévenu avait disposé de choses fongibles dans des conditions telles qu'il devait normalement prévoir qu'elles l'empêcheraient de restituer en temps utile (▪ Cass. crim., 12 juill. 1956 : *Bull. crim.* n° 531. ▪ Cass. crim., 22 déc. 1960 : *Bull. crim.* n° 602 ; *RSC* 1961, p. 593, obs. P. Bouzat). De même, le délit est constitué lorsque le prévenu a encaissé un acompte en sachant, dès l'origine, qu'il n'exécuterait pas la prestation convenue (▪ Cass. crim., 3 févr. 2016, n° 14-83.427 ; *Dr. pén.* 2016, comm. 72, obs. Ph. Conte).

53) Caractérise à la fois le détournement et l'intention frauduleuse de son auteur, l'arrêt qui énonce que le prévenu qui s'était engagé à vendre des titres de transport et à en représenter périodiquement le prix, en a disposé dans des conditions dont il devait prévoir qu'elles l'empêcheraient de les rendre ou d'en représenter la valeur à son mandant (▪ Cass. crim., 3 juill. 1997 : *Bull. crim.* n° 265 ; *RSC* 1998, p. 552, obs. R. Ottenhof ; *D.* 1999, jurispr. p. 157, obs. B. de Lamy).

54) L'intention frauduleuse est aussi caractérisée lorsque le prévenu a délibérément utilisé des fonds remis à une fin étrangère à celle qui avait été stipulée (▪ Cass. crim., 16 mars 1987 : *Bull. crim.* n° 122. ▪ Cass. crim., 20 juin 2017, n° 14-85.879) ; *adde*, sur l'intention, les problèmes soulevés en la matière par le pacte de *quota litis* (▪ CA Versailles, 14 janv. 1980 : *D.* 1980, p. 422, note Brunois ; *RSC* 1980, p. 992, obs. P. Bouzat). De même ont été déclarés coupables d'abus de confiance des prévenus, garagistes, qui avaient pris en charge, à la demande de la police, un véhicule volé et qui, de mauvaise foi, n'ont pas restitué ce dernier (▪ Cass. crim., 2 mars 1994 : *Dr. pén.* 1994, n° 159 ; *RSC* 1994, p. 765, obs. R. Ottenhof).

55) L'intention frauduleuse fait défaut si l'agent ignorait la précarité de sa possession, tel le cas d'un héritier vendant la chose déposée chez le *de cujus* ignorant le dépôt, ou encore s'il a pris des précautions destinées à dégager sa responsabilité, ainsi le dépositaire d'épaves de guerre pour le compte des domaines qui refuse de restituer au vrai propriétaire tant qu'il n'aura pas reçu d'instructions de cette administration (▪ Cass. crim., 1er juin 1954 : *JCP* 1954, IV, 101), ou encore en cas de force majeure (▪ Cass. crim., 12 juill. 1956 : *Bull. crim.* n° 529). Il n'y a pas intention frauduleuse lorsqu'il résulte des faits de la cause que le mandataire a pris soin d'informer son mandant de son déficit d'exploitation (■ Cass. crim., 20 nov. 1989 : *Dr. pén.* 1990, n° 94).

56) Il n'est pas nécessaire, pour établir l'abus de confiance, que l'intention frauduleuse soit constatée en termes particuliers et il suffit qu'elle se déduise des circonstances retenues par le juge, l'affirmation de la mauvaise foi étant nécessairement incluse dans la constatation du détournement (■ Cass. crim., 17 mai 1976 : *Bull. crim.* n° 159. ■ Cass. crim., 12 janv. 1977 : *Bull. crim.* n° 16. ■ Cass. crim., 3 mai 1989 : *Dr. pén.* 1989, n° 16. ■ Cass. crim., 12 mai 2009 : *JurisData* n° 2009-048280 ; *Dr. pén.* 2009, comm. 108, obs. M. Véron).

57) Il suffit, pour constituer le délit, qu'il soit établi que la propriété de la somme détournée reposait sur une tête autre que celle de l'auteur du détournement et que ce dernier ait agi avec mauvaise foi (■ Cass. crim., 19 févr. 1939 : *DH* 1939, p. 294. ■ Cass. crim., 6 déc. 1961 : *Bull. crim.* n° 499) ; mais il a été aussi jugé qu'était irrecevable la constitution de partie civile de plaignants qui n'étaient ni propriétaires, ni possesseurs, ni détenteurs des sommes détournées mais seulement destinataires de ces deniers confiés à leur intention par le mandant à son mandataire (■ Cass. crim., 23 févr. 1966 : *Bull. crim.* n° 64. ■ Cass. crim., 6 mai 1969 : *Bull. crim.* n° 150). Doit être cassé pour contradiction de motifs, l'arrêt qui relaxe un prévenu poursuivi pour abus de confiance au motif qu'il n'avait pas eu la volonté de se comporter en propriétaire des sommes, tout en relevant qu'il avait exécuté les ordres de paiement avec retard (■ Cass. crim., 22 janv. 2003 : *JurisData* n° 2003-018122, *Dr. pén.* 2003, comm. 69, obs. M. Véron).

58) En l'état de ses énonciations, d'où il résulte que le prévenu, avisé du projet de son employeur de rompre son contrat de travail, a appréhendé des documents dont il avait eu connaissance à l'occasion de l'exercice de ses fonctions et dont la production était strictement nécessaire à l'exercice de sa défense dans la procédure prud'homale qu'il a engagée peu après, la chambre de l'instruction a justifié sa décision de non-lieu dans les poursuites exercées contre lui pour vol et abus de confiance (■ Cass. crim., 16 juin 2011, n° 10-85.079 : *Dr. pén.* 2011, comm. 100, obs. M. Véron ; *JCP* 2011, note n° 1020, p. 1701, St. Detraz ; *D.* 2011, p. 2254, note G. Beaussonie ; *RSC* 2011, p. 836, obs. H. Matsopoulou). V. aussi, sur la caractérisation de l'élément intentionnel, cités V. usage abusif, les arrêts du ■ Cass. crim., 16 juin 2011, n° 10-83.758. ■ Cass. crim., 20 juill. 2011, n° 10-81.726, ainsi que les observations de H. Matsopoulou à la *RSC* 2011, p. 832.

59) Préjudice. L'abus de confiance peut préjudicier et ouvrir droit à réparation, non seulement aux propriétaires, mais encore aux détenteurs des dossiers détournés (■ Cass. crim., 8 janv. 1998 : *Bull. crim.* n° 7), ou possesseurs des effets ou deniers détournés (■ Cass. crim., 11 oct. 1993 : *Bull. crim.* n° 281).

60) Le délit d'abus de confiance ne cause un **préjudice personnel et direct** qu'aux propriétaires, détenteurs ou possesseurs des effets ou deniers détournés, encourt dès lors la censure l'arrêt qui, pour condamner la prévenue du chef de recel d'abus de confiance, retient que l'infraction principale, reprochée à une association, résulte de l'utilisation abusive de sa trésorerie bénéficiant, pour partie, d'une subvention municipale, **alors que la propriété des fonds avait été transférée** à ladite association (■ Cass. crim., 17 déc. 2008, n° 07-87.611 : *Bull. crim.* n° 257 ; *AJ pénal* 2009, p. 130, note G. Royer).

61) L'article 408 (ancien art. 314-1 du Code pénal) est inapplicable si le détournement ou la dissipation a porté sur une chose qui était la propriété exclusive de l'agent (■ Cass. crim., 27 janv. 1938 : *S.* 1939, 1, p. 195).

62) Existence et nature du préjudice. Le préjudice peut être non seulement matériel mais aussi moral (■ Cass. crim., 6 avr. 1882 : *Bull. crim.* n° 98) ou éventuel (■ Cass. crim., 18 mars 1936 : *Gaz. Pal.* 1936, 1, p. 880 ; *RSC* 1936, p. 562, obs. J. Donnedieu de Vabres), à condition, bien sûr, qu'il soit justifié qu'il a été directement causé par l'infraction (■ Cass. crim., 20 juin 2002 : *Bull. crim.* n° 141).

– L'existence d'un préjudice, qui peut être seulement éventuel, se trouve incluse dans la constatation du détournement de sommes appartenant aux majeurs protégés (■ Cass. crim., 3 déc. 2003 : *Bull. crim.* n° 232. ■ Cass. crim., 13 janv. 2010 : Bull. crim. n° 6 ; *Dr. pén.* 2010, comm. 60, obs. M. Véron).

63) Dès lors qu'il appartient aux juridictions du fond de réparer, dans les limites des conclusions des parties, l'intégralité du préjudice dont elles reconnaissent le principe, a été cassé l'arrêt de la cour d'appel qui, après avoir déclaré le prévenu coupable d'abus de confiance pour avoir utilisé un terminal de jeux de la Société française des jeux, dont il était dépositaire, à des fins autres que celles prévues, en l'espèce en effectuant des mises fictives lui ayant permis de percevoir des gains, a limité la valeur du détournement aux gains produits, alors que le préjudice était constitué par le montant des mises fictives qui ont conditionné la perception des gains (■ Cass. crim., 11 oct. 2006 : *JurisData* n° 2006-035743 ; *Dr. pén.* 2007, comm. 1, obs. M. Véron).

64) Les détournements commis par un associé d'une société en nom collectif occasionnent aux autres associés, qui répondent indéfiniment et solidairement des dettes sociales, un préjudice personnel et direct (▪ Cass. crim., 10 avr. 2002 : *Bull. crim.* n° 86).

65) La Chambre nationale et la chambre départementale des huissiers de justice ne sont pas recevables à se constituer parties civiles dans une poursuite exercée à l'encontre d'un de leur pair pour des faits d'abus de confiance commis par ce dernier dans l'exercice de ses fonctions, le préjudice résultant de l'atteinte à la réputation de la profession d'huissier de justice causé par le délit reproché ne pouvant qu'être indirect (▪ Cass. crim., 2 mai 2007 : *Bull. crim.* n° 111).

66) Les délits de malversation et d'abus de confiance, commis par un mandataire judiciaire dans et à l'occasion de l'exercice de ses fonctions, ne causent un préjudice direct qu'aux seules personnes pouvant revendiquer les sommes détournées.

Encourt dès lors la censure l'arrêt d'une cour d'appel qui, pour allouer des dommages-intérêts au Conseil national des administrateurs et mandataires judiciaires, pour l'atteinte portée à l'image des professions, énonce que ce conseil a pour mission la défense de leurs intérêts collectifs, alors qu'aucune disposition légale ne l'autorise à se constituer partie civile pour obtenir le remboursement des sommes exposées en exécution de ses obligations légales (▪ Cass. crim., 12 déc. 2007 : *Bull. crim.* n° 307 ; *Dr. pén.* 2008, comm. 28, obs. M. Véron).

67) Indifférence du profit. Il n'est pas nécessaire que le détournement ait tourné au profit personnel du coupable (▪ Cass. crim., 9 avr. 1973 : *D.* 1975, p. 257, note M. Delmas-Marty. ▪ T. corr. Seine, 2 nov. 1951 : *JCP* 1952, II, 6701, note J. Larguier. ▪ Cass. crim., 10 mai 1989 : *Dr. pén.* 1989, n° 17), il suffit qu'il ait eu lieu au préjudice du propriétaire, du possesseur ou du détenteur de la chose (▪ Cass. crim., 8 juin 1977 : *Bull. crim.* n° 207).

68) Désintéressement de la victime. Le désintéressement de la victime intervenu après la consommation du détournement n'efface pas l'abus de confiance (▪ Cass. crim., 18 janv. 1972 : *Bull. crim.* n° 26. ▪ Cass. crim., 21 janv. 1976 : *Bull. crim.* n° 25. ▪ Cass. crim., 6 mars 1997 : *Bull. crim.* n° 90) ; tout comme l'assentiment des associés ne saurait faire disparaître le caractère délictueux des détournements commis par le prévenu coupable, en sa qualité de mandataire d'association, d'abus de confiance (▪ Cass. crim., 16 déc. 1975 : *Bull. crim.* n° 279. ▪ Cass. crim., 9 févr. 2011, n° 10-80.801 : *Dr. pén.* 2011, comm. 59, obs. M. Véron).

Une transaction intervenue entre les parties accordant des délais de paiement à l'auteur d'un détournement déjà réalisé et l'éventuel désintéressement de la victime ne sauraient faire disparaître le délit (▪ Cass. crim., 17 nov. 2004 : *Dr. pén.* 2005, comm. 78, obs. M. V.).

69) Prescription. Le point de départ de la prescription se situe au moment où le détournement est apparu et a pu être constaté (▪ Cass. crim., 10 mars 1976 : *Bull. crim.* n° 88. ▪ Cass. crim., 30 nov. 1993 : *Dr. pén.* 1994, comm. 110, obs. M. Véron ; *RSC* 1994, p. 764, obs. R. Ottenhof. ▪ Cass. crim., 2 juill. 1998 : *RSC* 1999, p. 585, obs. R. Ottenhof) dans des conditions permettant l'exercice de l'action publique (▪ Cass. crim., 29 oct. 1984 : *Bull. crim.* n° 323. ▪ Cass. crim., 7 mai 2002 : *Bull. crim.* n° 107. ▪ Cass. crim., 23 mai 2002 : *Dr. pén.* 2002, comm. 104, obs. M. Véron. ▪ Cass. crim., 19 nov. 2003 : *Dr. pén.* 2004, comm. 31 et 36, obs. M. Véron. ▪ Cass. crim., 27 janv. 2010 : *Dr. pén.* 2010, comm. 60, obs. M. Véron). Il appartient aux juges du fond de rechercher à quelle date ont pu être constatés les faits caractérisant un abus de confiance et leur appréciation est souveraine dès lors que les motifs ne contiennent ni insuffisance ni contradiction (▪ Cass. crim., 7 mai 2002 : *Bull. crim.* n° 107, préc.). Une mesure d'expertise est sans effet sur ce délai (▪ Cass. crim., 4 sept. 1995 : *Dr. pén.* 1996, comm. 6, obs. M. Véron).

70) Encourt, la censure, l'arrêt de la chambre de l'instruction qui constate la prescription des faits d'abus de confiance résultant de la rémunération d'un emploi fictif, sans rechercher à quelle date, à la supposer établie, l'absence de prestation de travail, correspondant à la rémunération versée, est apparue et a pu être constatée dans des conditions permettant l'exercice de l'action publique (▪ Cass. crim., 8 févr. 2006 : *Bull. crim.* n° 34 ; *D.* 2006, jurispr. p. 2297, note L. Saenko).

71) Des détournements de fonds ayant été dissimulés, au regard de la victime, par des avis de placements de ces fonds par le prévenu, mandataire d'une société d'assurance, la prescription n'a commencé à courir qu'à compter de la découverte des faits délictueux par un contrôle de l'assureur (▪ Cass. crim., 11 déc. 2013, n° 12-86.624 : *Bull. crim.* n° 251 ; *D.* 2013, p. 2916 ; *JCP* 2013, act. 1374, obs. J.-Y. Marechal ; *Dr. pén.* 2014, comm. 19, obs. M. Véron ; *AJ pénal* 2014, p. 132, note J. Gallois).

72) Le délit d'abus de confiance résultant du paiement de salaires rémunérant des emplois fictifs est une infraction instantanée consommée lors de chaque paiement indu (▪ Cass. crim., 13 sept. 2006 : *Bull. crim.* n° 220).

73) QPC. Non-lieu à renvoi au Conseil constitutionnel de la question prioritaire de constitutionnalité relative au point de départ du délai de prescription de l'abus de confiance (▪ Cass. ass. plén.,

20 mai 2011, n° 11-90.025 : *Bull. crim.* n° 7. ▪ Cass. ass. plén., 20 mai 2011, n° 11-90.033 : *Bull. crim.* n° 6. ▪ Cass. ass. plén., 20 mai 2011, n° 11-90.032 : *Bull. crim.* n° 8 ; *D.* 2011, p. 1346, obs. A. Lienhard ; *Dr. pén.* 2011, comm. 95, obs. J.-H. Robert).

74) Compensation et novation. Le délit d'abus de confiance existe par le seul fait que le détournement a été consommé et la compensation ou la novation, dès lors qu'elle est intervenue après ce détournement, ne saurait constituer une fin de non-recevoir (▪ Cass. crim., 12 mai 1980, inédit).

75) Réparation. L'abus de confiance peut préjudicier et ouvrir droit à réparation, non seulement aux propriétaires, mais encore aux détenteurs et possesseurs des effets ou deniers détournés : une banque est recevable à se constituer partie civile pour demander la réparation du préjudice résultant de la dissipation par son préposé de fonds prélevés sur les comptes des clients (▪ Cass. crim., 11 oct. 1993 : *Bull. crim.* n° 281. ▪ Cass. crim., 8 janv. 1998 : *Bull. crim.* n° 7, préc.), et ces derniers, bien que remboursés par la banque, subissent un préjudice distinct dont ils peuvent demander réparation (▪ Cass. crim., 5 mars 2003 : *Dr. pén.* 2003, comm. 94, obs. M. Véron) ; même solution pour un détenteur de chèques à l'ordre de tiers, auxquels il doit les remettre (▪ Cass. crim., 6 mars 1997 : *Bull. crim.* n° 90 ; *Dr. pén.* 1997, comm. 105, obs. M. Véron), ou pour un employeur, tenu de justifier de l'encaissement et du versement à son personnel – articles R. 147-1 et L. 141-7 du Code du travail – de toutes sommes remises volontairement par les clients « pour le service », du fait du détournement de ces sommes par un employé (▪ Cass. crim., 24 avr. 1997 : *Bull. crim.* n° 144).

L'abus de confiance peut préjudicier et ouvrir droit à réparation, non seulement aux propriétaires, mais encore aux détenteurs et possesseurs des biens détournés, victimes d'un préjudice résultant directement de l'ensemble des éléments constitutifs de l'infraction. La cour d'appel, qui a relevé l'existence d'une convention par laquelle la société, partie civile, était détentrice précaire, le temps de leur transport, des chutes de métaux, dont elle a été privée, et qu'elle a déclaré avoir remboursé à sa cliente, et qui n'avait pas, à ce stade, à analyser davantage la nature du préjudice invoqué découlant de la poursuite, a donc justifié sa décision (▪ Cass. crim., 20 mars 2019, n° 17-85.246 : *Bull. crim.* n° 56).

Justifie sa décision la cour d'appel qui, pour allouer des dommages-intérêts à l'employeur du prévenu, relève que, pour prendre contact avec les internautes consultant son site, il utilisait une adresse électronique comportant le nom dudit employeur et que cette association du nom d'une société renommée à des activités à caractère pornographique ou échangiste a indéniablement porté atteinte de marque et à la réputation de l'entreprise (▪ Cass. crim., 19 mai 2004 : *Bull. crim.* n° 126, préc. note 4).

76) Une condamnation pour abus de confiance impliquant nécessairement un détournement, ce qui inclut l'affirmation de l'existence d'un préjudice, les juges qui la prononcent sont tenus de rechercher l'étendue de ce préjudice et de le réparer dans son intégralité (▪ Cass. crim., 26 oct. 1994 : *Bull. crim.* n° 340 ; *RSC* 1995, p. 582, obs. R. Ottenhof).

77) Le montant des dommages-intérêts dus à une compagnie d'assurances qui a dû payer à la veuve d'un assuré sur la vie le montant du capital souscrit alors que l'agent général, agissant à l'insu de la compagnie, avait détourné les primes, est celui du montant des primes dont l'assureur a été frustré et non celui du capital versé à la veuve en exécution du contrat d'assurance (▪ Cass. crim., 23 janv. 1995 : *Dr. pén.* 1995, comm. 119, obs. M. Véron).

78) Le préjudice direct subi par une compagnie d'assurance du fait de son mandataire qui a détourné des fonds remis par des clients en vue de souscrire à des placements financiers est constitué par le montant de ces placements dont elle a été privée et qu'elle a dû reverser à leurs souscripteurs (▪ Cass. crim., 16 nov. 2005 : *Bull. crim.* n° 297).

– La société d'assurances subit un préjudice direct du fait de l'abus de confiance commis par son mandataire qui a détourné les placements financiers dont elle était détentrice et qu'elle a dû rembourser à ses clients (▪ Cass. crim., 11 déc. 2013, n° 12-86.624, préc. : *Bull. crim.* n° 251 ; *D.* 2013, p. 2916 ; *JCP* 2013, act. 1374, obs. J.-Y. Marechal ; *Dr. pén.* 2014, comm. 19, obs. M. Véron ; *AJ pénal* 2014, p. 132, note J. Gallois).

79) L'auteur du détournement n'est pas dispensé de réparer le préjudice qui en découle en cas d'indemnisation de la victime par son assureur (▪ Cass. crim., 9 févr. 1994 : *Bull. crim.* n° 59. ▪ Cass. crim., 6 mars 1997 : *Bull. crim.* n° 90, préc.).

80) Le préposé qui a intentionnellement commis une infraction ayant porté préjudice à un tiers engage sa responsabilité civile à l'égard de celui-ci, alors même que la juridiction répressive qui, saisie de la seule action civile, a déclaré l'infraction constituée en tous ses éléments, n'a prononcé contre lui aucune condamnation pénale. C'est donc à bon droit que la cour d'appel a condamné le trésorier d'une mutuelle, définitivement relaxé, à indemniser la caisse primaire d'assurance maladie, partie civile, du préjudice découlant de l'abus de confiance qui lui était reproché, après avoir déclaré réunis à son encontre les éléments constitutifs de ce délit (▪ Cass. crim., 7 avr. 2004 : *JurisData* n° 2004-023601 ; *JCP* G 2004, IV, 2313).

81) Faute de la victime. Lorsque plusieurs fautes ont concouru à la production du dommage, la responsabilité de leurs auteurs se trouve engagée dans une mesure dont l'appréciation appartient souverainement aux juges du fond ; encourt la cassation, l'arrêt qui, après avoir relevé, de la part de la victime d'infractions volontaires contre les biens, des fautes ayant concouru au développement de la fraude et à ses conséquences financières, n'en tire pas les conséquences sur l'évaluation du montant de l'indemnité due par le prévenu (▪ Cass. crim., 19 mars 2014, n° 12-87.416, préc., V. usage abusif : *Bull. inf. C. cass.* 15 juin 2014, n° 971, p. 22, avec communiqué et note ; *D.* 2014, p. 912, note J. Lasserre-Capdeville ; *JCP* 2014, note 449, p. 730, V. Wester-Ouisse ; *Gaz. Pal.* 9-10 avr. 2014, jur., p. 5, note G. Pitti ; *D.* 2014, p. 713, note F. Rome ; *D.* 2014, p. 716, note Th. Coustet ; *Procédures* 2014, comm. 157, note A.-S. Chauent-Leclere). Rappr. ▪ Cass. crim., 25 juin 2014.

82) Justifie sa décision la cour d'appel qui rejette la demande d'indemnisation de la compagne du prévenu relaxé en première instance du chef d'abus de confiance, pour avoir utilisé, pour financer des dépenses de nature personnelle, la carte bancaire qu'elle lui avait confiée pour effectuer des achats répondant aux besoins du ménage, dès lors qu'aucune faute civile, à l'origine du préjudice invoqué, n'est démontrée à partir et dans la limite des faits objet de la poursuite (▪ Cass. crim., 17 févr. 2016, n° 15-80.634).

83) Civilement responsable. Le commettant ne s'exonère de sa responsabilité qu'à la triple condition que le préposé ait agi en dehors des fonctions auxquelles il était employé, sans autorisation, et à des fins étrangères à ses attributions ; doit, en conséquence, être déclarée civilement responsable la banque dont le préposé, après avoir démarché un client et alimenté le compte ouvert au nom de ce dernier par des versements en espèces reçus de sa part, détourne les fonds par des virements au profit de son compte personnel dans le même établissement (▪ Cass. crim., 4 janv. 1996 : *Bull. crim.* n° 6).

84) *Ne bis in idem.* Des faits qui procèdent de manière indissociable d'une action unique caractérisée par une seule intention coupable ne peuvent donner lieu, contre le même prévenu, à deux déclarations de culpabilité de nature pénale, fussent-elles concomitantes. En conséquence, il ne peut y avoir deux abus de confiance qu'à la condition que leurs faits constitutifs soient distincts, ce qui n'était pas le cas en l'espèce, quand bien même les faits ont lésé deux victimes différentes (▪ Cass. crim., 17 janv. 2018, n° 17-80.418 : *JurisData* n° 2018-000310).

Art. 314-1-1 ***(Créé, Ord. n° 2019-963, 18 sept. 2019 ; mod., L. n° 2020-1672, 24 déc. 2020).* – Les peines prévues à l'article 314-1 sont portées à sept ans d'emprisonnement et à 750 000 € d'amende lorsque l'infraction est commise en bande organisée.**

La tentative des infractions prévues à la présente section est punie des mêmes peines.

Art. 314-2 ***(Mod., L. n° 2004-204, 9 mars 2004).* – Les peines sont portées à sept ans d'emprisonnement et à 750 000 € d'amende lorsque l'abus de confiance est réalisé :**

1° Par une personne qui fait appel au public afin d'obtenir la remise de fonds ou de valeurs soit pour son propre compte, soit comme dirigeant ou préposé de droit ou de fait d'une entreprise industrielle ou commerciale ;

2° Par toute autre personne qui, de manière habituelle, se livre ou prête son concours, même à titre accessoire, à des opérations portant sur les biens des tiers pour le compte desquels elle recouvre des fonds ou des valeurs.

3° Au préjudice d'une association qui fait appel au public en vue de la collecte de fonds à des fins d'entraide humanitaire ou sociale ;

4° Au préjudice d'une personne dont la particulière vulnérabilité, due à son âge, à une maladie, à une infirmité, à une déficience physique ou psychique ou à un état de grossesse, est apparente ou connue de son auteur.

1) L'article 408, alinéa 2, n'exige aucune concomitance entre les appels à l'épargne et les détournements (▪ Cass. crim., 25 juill. 1983 : *D.* 1983, IR p. 501).

2) Constitue la circonstance aggravante prévue par l'article 408, alinéa 4, du Code pénal, le fait pour les exploitants d'une agence immobilière de ne pas restituer au propriétaire d'appartements tous les loyers qu'ils avaient reçu mandat de percevoir auprès des locataires (▪ Cass. crim., 26 mai 1987, inédit).

3) Il se déduit de l'article 207 ancien de la loi du 25 janvier 1985, selon lequel les malversations incriminées par cet article sont punies « des peines prévues par le 2e alinéa de l'article 408 du Code pénal », que le législateur a, quant à la répression, entendu assimiler ces malversations aux faits d'abus de confiance définis par ce second texte ; qu'il s'ensuit que les dispositions de l'article 408, alinéa 2, ayant été reprises, à compter du 1er mars 1994, à l'article 314-2 du Code pénal, les peines prévues par ce texte ont, dès cette date, été applicables au délit prévu par l'article 207 précité (▪ Cass. crim., 30 juin 1998 : *Bull. crim.* n° 209 ; *Dr. pén.* 1998, comm. 157, obs. J.-H. Robert).

Art. 314-3. – Les peines sont portées à dix ans d'emprisonnement et à 1 500 000 € d'amende lorsque l'abus de confiance est réalisé par un mandataire de justice ou par un officier public ou ministériel soit dans l'exercice ou à l'occasion de l'exercice de ses fonctions, soit en raison de sa qualité.

1) La circonstance aggravante prévue par le paragraphe 5 de l'article 408 du Code pénal s'attache à la qualité seule de l'officier ministériel, sans qu'il soit nécessaire que les sommes par lui détournées lui aient été remises dans l'exercice ou à l'occasion de l'exercice de ses fonctions, dès lors qu'elles l'ont été en considération de sa qualité (▪ Cass. crim., 6 juin 1978 : *Bull. crim.* n° 179). Pour l'application de l'article 408, alinéa 5, à un huissier associé chargé de la liquidation d'une société civile professionnelle, V. ▪ Cass. crim., 10 janv. 1984 : *Bull. crim.* n° 11.

2) L'article 408, alinéa 5, n'est applicable à un officier ministériel que si celui-ci a reçu des fonds qui lui ont été remis volontairement, à raison de la confiance qu'il inspire ; dans le cas contraire, lorsqu'il s'agit d'un dépôt d'origine légale, est seul applicable l'article 169 (▪ Cass. crim., 18 oct. 1924 : *S.* 1925, 1, p. 89, note J.-A Roux). Justifie sa décision de non-lieu du chef d'abus de confiance qualifié la chambre d'accusation qui relève qu'aucun des comptes clients du notaire n'a été concerné par le déficit de caisse de l'étude, et que l'impossibilité dans laquelle se trouvait le prévenu de rembourser des prêts contractés pour ses besoins personnels n'entrait pas dans les prévisions de l'article 408 du Code pénal (▪ Cass. crim., 21 mai 1986, inédit).

3) Est entachée de complexité la question unique posée à la cour et au jury, se rapportant à des actes distincts constitutifs du crime d'abus de confiance qualifié, commis à des dates différentes au préjudice de plusieurs victimes (▪ Cass. crim., 26 janv. 1989 : *Bull. crim.* n° 32. – V. aussi ▪ Cass. crim., 27 mai 1988 : *Bull. crim.* n° 231).

4) ▪ Cass. crim., 31 janv. 2018, n° 17-80.049, *D.* 2018, p. 1361, note B. de Lamy et G. Beaussonie, à propos du détournement par un notaire de l'unique copie intégrale des *Mémoires d'outre-tombe*.

Art. 314-4. – Les dispositions de l'article 311-12 sont applicables au délit d'abus de confiance.

Voir : V. ss art. 311-12, p. 642.

Section II. – Du détournement de gage ou d'objet saisi

Art. 314-5. – Le fait, par un débiteur, un emprunteur ou un tiers donneur de gage, de détruire ou de détourner l'objet constitué en gage est puni de trois ans d'emprisonnement et de 375 000 € d'amende.

La tentative de l'infraction prévue au présent article est punie des mêmes peines.

Art. 314-6. – Le fait, par le saisi, de détruire ou de détourner un objet saisi entre ses mains en garantie des droits d'un créancier et confié à sa garde ou à celle d'un tiers est puni de trois ans d'emprisonnement et de 375 000 € d'amende.

La tentative de l'infraction prévue au présent article est punie des mêmes peines.

Bibliographie : *JCl. Pénal Code, Détournement de gage ou d'objet saisi* par M. Daury-Fauveau.

I – DÉTOURNEMENT DE SAISIE

1) Portée de l'incrimination. Une saisie pratiquée pour servir à la manifestation de la vérité n'a ni pour but ni pour effet de sauvegarder l'intérêt d'un créancier saisissant ou les droits éventuels d'un tiers et n'entre pas dans le cadre de l'incrimination de l'article 400 ; ainsi ce texte n'est pas applicable à l'individu qui détruit des lettres que vient de saisir le commissaire de police chargé d'une perquisition (▪ Cass. crim., 11 nov. 1904 : *DP* 1905, 1, p. 147).

2) Mais lorsque la saisie au cours d'une procédure criminelle est opérée en vue d'une confiscation éventuelle au profit de l'État ou de la victime, l'article 400 trouve application (▪ Cass. crim., 21 nov. 1895 : *DP* 1996, 1, p. 191. ▪ Cass. crim., 18 juin 1943 : *Bull. crim.* n° 56).

3) Formes du placement sous autorité de la justice. L'article 400 concerne non seulement les saisies visant à mettre un bien sous le contrôle de la justice en vue d'en assurer la protection à des fins d'ordre privé (saisie-arrêt ▪ Cass. crim., 6 déc.

1945 : *Bull. crim.* n° 132. Saisie-brandon ▪ Cass. crim., 29 nov. 1888 : *Bull. crim.* n° 341. Saisiesaisie-exécution ▪ Cass. crim., 18 juill. 1895 : *D.* 1996, 1, p. 55. ▪ Cass. crim., 29 janv. 1990, *Benchetrit*, inédit. Saisie immobilière ▪ Cass. crim., 14 févr. 1895 : *DP* 1997, 1, p. 393) mais encore le séquestre judiciaire (▪ Cass. crim., 14 avr. 1961 : *Bull. crim.* n° 197), la mise sous scellés (▪ T. corr. Seine, 27 janv. 1951 : *D.* 1951, p. 214 ; *RSC* 1951, p. 277, obs. P. Bouzat), la saisie-vente (▪ Cass. crim., 6 mai 1998 : *Bull. crim.* n° 156).

4) Validité de l'acte. Peu importe que la saisie soit nulle quant au fond ou irrégulière quant à la forme pourvu qu'elle présente tous les caractères extérieurs d'un acte régulier (▪ Cass. crim., 18 avr. 1964 : *Bull. crim.* n° 209) ; la victime peut seulement se prévaloir de l'irrégularité pour demander la mainlevée judiciaire de la saisie *(même arrêt)* et l'annulation ultérieure de la saisie ne saurait effacer le délit consommé (▪ T. corr. Seine, 18 déc. 1926 : *DP* 1928, 2, p. 199).

5) Les effets de la saisie subsistent tant qu'une décision judiciaire ne l'a pas annulée (▪ Cass. crim., 18 avr. 1961 : *Bull. crim.* n° 209).

6) L'indisponibilité des biens saisis se poursuivant tant qu'une décision n'a pas prononcé la nullité ou la mainlevée de la saisie, il suffit, pour caractériser le délit prévu par l'article 314-6 du Code pénal, que le détournement ait été commis, en connaissance de cause, par le débiteur après un acte de saisie opéré dans les formes prescrites par la loi (▪ Cass. crim., 6 mai 1998 : *Bull. crim.* n° 156 ; *Dr. pén.* 1998, comm. 126, obs. M. Véron). – Rappr. ▪ Cass. crim., 1er sept. 2004, note 14.

7) Détournement. Le détournement peut consister dans un acte portant aliénation de la chose, avec (▪ Cass. crim., 10 oct. 1973 : *Gaz. Pal.* 1974, 1, p. 8) ou sans déplacement de l'objet (▪ Cass. crim., 1er avr. 1954 : *JCP* 1954, II, 8178, note G. M. ; *RSC* 1954, p. 551, obs. P. Bouzat : vente d'un fonds de commerce), dans l'enlèvement de la chose (▪ Cass. crim., 6 févr. 1875 : *Bull. crim.* n° 43. ▪ Cass. crim., 28 avr. 1982 : *Bull. crim.* n° 107) pourvu que le déplacement ne soit pas temporaire (▪ CA Paris, 15 janv. 1950 : *JCP* 1950, II, 5896, note Magnol ; *RSC* 1951, p. 96, obs. P. Bouzat), dans sa mise en gage au profit d'un tiers (▪ Cass. crim., 17 févr. 1844 : *S.* 44, 1, p. 282).

8) Constitue un détournement d'objet saisi la vente de parts sociales réalisée postérieurement à la saisie-arrêt effectuée entre les mains de la société qui les a rendues indisponibles (▪ Cass. crim., 24 sept. 1997 : *Dr. pén.* 1998, comm. 18, obs. M. Véron).

9) Imputabilité. Lorsque la personne saisie est une **société**, seuls les mandataires sociaux peuvent être regardés comme auteurs du délit : l'article 400 a ainsi été appliqué au président-directeur général d'une société (▪ Cass. crim., 7 nov. 1973 : *D.* 1974, p. 456) ; il a même été jugé applicable au représentant d'une société qui, au mépris d'une saisie conservatoire dont il avait eu connaissance, avait consenti par écrit à l'aliénation et à l'enlèvement d'un lot de bois (▪ Cass. crim., 16 avr. 1980 : *Bull. crim.* n° 106).

10) L'indisponibilité de biens gagés par une société, placée ultérieurement en redressement judiciaire, s'impose au repreneur de celle-ci dans le cadre d'un plan de cession lui donnant la qualité de débiteur du créancier gagiste (▪ Cass. crim., 16 mai 2001 : *Bull. crim.* n° 125 ; *Dr. pén.* 2001, comm. 127, obs. M. Véron).

11) Élément intentionnel. La connaissance de la saisie est nécessaire chez le prévenu pour caractériser l'intention ; la seule décision ordonnant le séquestre ne suffit pas (▪ Cass. crim., 20 juin 1973 : *Bull. crim.* n° 286).

12) L'intention fait défaut dans le cas d'une autorisation de déplacement donnée au saisi par le créancier gagiste lui-même (▪ Cass. crim., 25 avr. 1890 : *DP* 90, 1, p. 456) ou même par un seul créancier saisissant alors qu'il en existe plusieurs (▪ Cass. crim., 17 sept. 1852 : *Bull. crim.* n° 321).

13) Nécessité de désignation d'un gardien. Le délit de détournement d'objets saisis n'est punissable que dans la mesure où il a été procédé à la désignation d'un gardien (▪ CA Orléans, 4 déc. 1987 : *JurisData* n° 1987-049402), que ce soit le saisi lui-même ou un tiers.

14) Une cour d'appel, ayant constaté que le prévenu, constitué gardien de meubles saisis par le fisc, les a déménagés puis revendus à un tiers, ne peut, sans méconnaître l'article 314-6 du Code pénal, retenir l'absence d'élément intentionnel chez celui-ci au motif qu'une saisie pratiquée par un autre créancier sur les mêmes meubles avait été levée par décision du juge de l'exécution.

En effet, l'indisponibilité des biens saisis se poursuivait tant que la nullité ou la mainlevée de la saisie opérée par le fisc n'avait pas été prononcée (▪ Cass. crim., 1er sept. 2004 : *Bull. crim.* n° 191 ; *Dr. pén.* 2004, comm. 171, obs. M. Véron).

15) Qualité de saisi. Le délit de détournement d'objet saisi ne peut être imputé qu'à un saisi ou à ses complices. Ne peut donc être condamnée sur ce fondement la société qui a versé par erreur des redevances à un autre que leur séquestre. En conséquence, ne peut être condamné pour recel celui qui a reçu les sommes correspondantes et a refusé de les restituer (▪ Cass. crim., 5 janv. 2017, n° 15-86.486).

II – DÉTOURNEMENT DE GAGE

16) Objet. Ne pouvant porter que sur un objet **mobilier**, le gage ne saurait s'appliquer à un immeuble par destination, *a fortiori* à un immeuble par nature et un objet devenu immeuble par destination ne saurait être détourné (▪ Cass. crim., 26 oct. 1960 : *JCP* 1960, IV, 166).

17) L'article 400, alinéa 5, est applicable en cas de remise en gage d'une créance (▪ CA Caen, 19 mai 1870 : *D.* 1971, 2, p. 228), de délégation de loyers (▪ Cass. crim., 2 févr. 1935 : *Bull. crim.* n° 19), de remise des recettes d'un film données en garantie d'un nantissement de films (▪ Cass. crim., 3 juill. 1964 : *D.* 1965, somm. p. 46), de détournement de certains éléments d'un fonds de commerce donnés en nantissement (▪ Cass. crim., 25 juill. 1912 : *S.* 1914, 1, p. 116, note J.-A. Roux), ou d'un véhicule automobile acheté à crédit et gagé (▪ Cass. crim., 27 nov. 1927 : *S.* 1929, 1, p. 153, note J.-A. Roux. ▪ Cass. crim., 18 janv. 1950 : *S.* 1950, 1, p. 193, note A. Légal ; *JCP* 1950, II, 5422, note Gruffy. ▪ CA Montpellier, 1er juill. 1936 : *Gaz. Pal.* 1936, 2, P. 262 ; *RSC* 1937, p. 77, obs. J. Donnedieu de Vabres).

– L'indisponibilité de biens gagés par une société, placée ultérieurement en redressement judiciaire, s'impose au repreneur de celle-ci dans le cadre d'un plan de cession lui donnant la qualité de débiteur du créancier gagiste (▪ Cass. crim., 16 mai 2001 : *Bull. crim.* n° 125 ; *Dr. pén.* 2001, comm. 127, obs. M. Véron).

18) Exclusions. Les sanctions de l'article 400 du Code pénal ne doivent pas s'appliquer aux **privilèges légaux** qui ne sont que les modalités particulières d'une créance, tel le privilège du bailleur d'immeuble sur les biens garnissant les lieux loués ou le privilège des caisses de crédit agricole sur le cheptel vif et mort et les récoltes de l'emprunteur (▪ CA Orléans, 8 nov. 1957 : *JCP* 1958, II, 10383, note Becqué).

19) Commet un vol et non un détournement de gage, le garagiste non payé qui enlève sur la voie publique la voiture de son client en prétendant exercer son **droit de rétention** (▪ Cass. crim., 25 oct. 1978 : *D.* 1979, IR p. 136).

20) Le délit devant être commis par le propriétaire de l'objet donné en gage, il n'est pas commis par l'acheteur qui vend une voiture avant d'en avoir payé le prix si elle a été vendue à crédit après **réserve de propriété** au profit du vendeur puisqu'elle ne peut, en ce cas, être le gage de celui-ci (▪ Cass. crim., 6 mars 1937 : *D.* 1938, 1, p. 92, note Nast).

21) Preuve et validité du gage. Si la preuve de l'existence du nantissement est indispensable, il n'en va pas de même pour celle de la validité du contrat, la loi civile ne déterminant les cas de nullité ou d'annulation qu'au point de vue des intérêts civils, abstraction faite des éléments délictueux et de leurs conséquences ; les poursuites prennent leur source non dans le contrat mais dans le détournement frauduleux de la chose remise en gage (▪ Cass. crim., 27 févr. 1970 : *JCP* 1970, IV, 101) ; ainsi l'inaccomplissement de la publicité prévue en matière de gage d'un véhicule automobile est sans effet dans les rapports entre le créancier gagiste et le débiteur donneur de gage (▪ Cass. crim., 10 mars 1976 : *Bull. crim.* n° 89. V. aussi ▪ CA Douai, 6 janv. 1989 : *D.* 1991, somm. p. 64, obs. G. Azibert).

22) Détournement. Le détournement peut consister dans un refus ou une impossibilité de représenter le véhicule gagé après sommation (▪ Cass. crim., 18 janv. 1950, préc. 16), dans l'abandon du véhicule sur la voie publique ou dans un garage (▪ Cass. crim., 20 févr. 1973 : *Gaz. Pal.* 1973, 1, p. 285), ou dans le fait de changer de domicile sans en avertir l'établissement prêteur (▪ T. corr. Verdun, 19 nov. 1965 : *JCP* 1966, II, 14735, note Meurisse).

23) A été déclaré coupable de détournement de gage le prévenu qui n'a pu représenter une partie du matériel nanti et a ainsi paralysé le droit que le créancier tenait de son gage (▪ Cass. crim., 14 juin 1994 : *Dr. pén.* 1994, comm. 233, obs. M. Véron).

24) Un arrêt ne saurait se borner, pour relaxer du délit de détournement de gage un prévenu, à constater que ce dernier déclare, d'une part que le véhicule donné en gage est tombé en panne au bout de quelques semaines et a été remisé dans un garage et d'autre part qu'il n'a pas disposé de la voiture qui lui appartient toujours mais qu'il est en procès avec son vendeur en raison de l'état défectueux du véhicule vendu sous garantie (▪ Cass. crim., 23 juin 1965 : *D.* 1965, p. 778).

25) En application des articles 33 et 36 du Code de l'industrie cinématographique, et par l'effet de son inscription au registre public de la cinématographie, l'affectation des recettes d'un film à la sûreté de la créance du distributeur constitue un gage au profit de celui-ci ; se rend dès lors coupable de détournement de gage le débiteur ayant consenti la délégation de recettes qui, en fraude des droits du créancier, perçoit et dispose des produits de l'exploitation du film sans restituer les fonds au distributeur qui en formait légitimement la demande (▪ Cass. crim., 12 avr. 1995 : *Bull. crim.* n° 155).

26) Prescription. Le point de départ de la prescription est retardé au jour où le plaignant a eu connaissance des agissements du prévenu s'il était dans leur ignorance au moment du détournement (■ CA Bordeaux, 9 oct. 1962 : *JCP* 1963, II, 13128, note J. Larguier).

27) Justification. L'administrateur judiciaire, qui ne dispose pas d'un pouvoir de décision au nom de la puissance publique, ne constitue pas une autorité légitime au sens de l'article 122-4 du Code pénal. N'encourt pas la censure l'arrêt qui déclare le prévenu, dirigeant d'une société en redressement judiciaire, coupable de détournement d'objet gagé pour avoir vendu, avec l'autorisation de l'administrateur judiciaire, des marchandises appartenant à ladite société et qui avaient été données en gage (■ Cass. crim., 20 avr. 2017, n° 16-80.808).

28) Action civile. Le préjudice résultant du détournement de gage ne saurait être confondu avec la créance préexistante (■ Cass. crim., 10 mars 1992 : *Dr. pén.* 1992, n° 229 ; *JCP* G 1993, I, 3641, obs. M. Véron).

29) Le paiement, postérieur au détournement du gage, de la créance garantie, ne fait pas disparaître le délit ni le préjudice en résultant, celui-ci ne se confondant pas avec la créance préexistante (■ Cass. crim., 16 mai 2001 : *Bull. crim.* n° 125). De même, il importe peu qu'un paiement soit effectué au profit de l'un des prêteurs postérieurement au détournement du gage (■ Cass. crim., 19 nov. 2014, n° 13-84.841 : *Dr. pén.* 2015, comm. 3, obs. M. Véron).

Section III. – De l'organisation frauduleuse de l'insolvabilité

Art. 314-7. – Le fait, par un débiteur, même avant la décision judiciaire constatant sa dette, d'organiser ou d'aggraver son insolvabilité soit en augmentant le passif ou en diminuant l'actif de son patrimoine, soit en diminuant ou en dissimulant tout ou partie de ses revenus, soit en dissimulant certains de ses biens, en vue de se soustraire à l'exécution d'une condamnation de nature patrimoniale prononcée par une juridiction répressive ou, en matière délictuelle, quasi délictuelle ou d'aliments, prononcée par une juridiction civile, est puni de trois ans d'emprisonnement et de 45 000 € d'amende.

Commet le même délit le dirigeant de droit ou de fait d'une personne morale qui organise ou aggrave l'insolvabilité de celle-ci dans les conditions définies à l'alinéa précédent en vue de la soustraire aux obligations pécuniaires résultant d'une condamnation prononcée en matière pénale, délictuelle ou quasi délictuelle.

Bibliographie : *JCl. Pénal Code, Organisation ou aggravation frauduleuse d'insolvabilité* par M. Daury-Fauveau.

1) Absence de toute condamnation. Le jugement par lequel un tribunal de commerce prononce la liquidation des biens d'un commerçant ne peut être regardé comme étant de la nature de celles des condamnations prévues par l'article 404-1 (devenu art. 314-7) du Code pénal (■ CA Paris, 9e ch., 25 févr. 1988 : *Gaz. Pal.* 1988, 1, p. 319, note J. P. D.).

2) L'offre de régler les emprunts de la communauté ne constitue pas une convention judiciairement homologuée et ne peut servir de base à une poursuite pour insolvabilité frauduleuse lorsqu'elle figure dans une ordonnance de non-conciliation et n'a pas fait l'objet d'une condamnation valant titre exécutoire (■ Cass. crim., 7 sept. 1999 : *Bull. crim.* n° 178 ; *Dr. pén.* 2000, comm. 5, obs. M. Véron).

3) La dissimulation de biens invoquée par la plaignante ne peut résulter du seul fait que le débiteur de la pension a apporté son concours sans rémunération à l'activité professionnelle de sa deuxième épouse, cette contribution devant s'analyser comme l'exécution du devoir d'assistance entre époux (■ Cass. crim., 8 avr. 1986, inédit).

4) Caractérisation de l'organisation frauduleuse. À noter que la condamnation prononcée par la juridiction civile pour recel d'effets de la communauté, prévu par l'article 1477 du Code civil, entre dans les prévisions de l'article 314-7 du Code pénal (■ Cass. crim., 24 mars 2004 : *Bull. crim.* n° 78 ; *Dr. pén.* 2004, comm. 101, obs. M. Véron ; *D.* 2004, somm. comm. p. 2756, obs. S. Mirabail).

5) Caractérise sans insuffisance le délit d'insolvabilité frauduleuse l'arrêt qui constate que le prévenu, après s'être dessaisi, par donation de ses biens, meubles et immeubles, a demandé au juge des affaires matrimoniales la suppression de la pension alimentaire dont il est débiteur en invoquant son impécuniosité (■ Cass. crim., 29 mai 1989 : *Bull. crim.* n° 217).

6) Est coupable d'organisation d'insolvabilité et de complicité du même délit le prévenu, à titre personnel et pris en sa qualité de gérant, qui a créé une société destinée à diminuer l'actif de son patrimoine dans le but de se soustraire à l'exécution de condamnations pécuniaires (■ CA Aix-en-Provence, 14 sept. 1987 : *JurisData* n° 1987-051063).

7) Commet les délits d'organisation d'insolvabilité en vue de se soustraire à l'exécution d'une condamnation pécuniaire et d'abandon de famille le prévenu qui ne paie pas pendant deux mois une pension alimentaire pour l'entretien d'un enfant commun dont il est débiteur, qui diminue son actif en démissionnant brutalement de son emploi après la mise en œuvre d'une procédure de paiement direct de la pension par son conjoint et qui augmente ses charges en louant son appartement inoccupé par lui (▪ CA Rouen, 3 nov. 1987 : *JurisData* n° 1987-051063).

8) Entre dans les prévisions de l'article 404-1 du Code pénal le fait pour le débiteur d'une prestation compensatoire de renoncer volontairement à un emploi rémunéré, ce qui a pour résultat de diminuer l'actif de son patrimoine ; ainsi ne justifie pas sa décision la cour d'appel qui, pour relaxer ce débiteur, énonce que l'article 404-1 « d'interprétation stricte, ne vise que le patrimoine... et non pas le salaire qui est la rémunération d'un travail et ne peut être assimilé à un patrimoine mais constitue un revenu » (▪ Cass. crim., 1er févr. 1990 : *Bull. crim.* n° 55 ; également *D.* 1994, p. 551, note J.-P. Verschave).

9) S'agissant du délit d'insolvabilité frauduleuse, le caractère ostensible d'une donation, faite avec le ministère d'un notaire, autorisé à cet effet par le juge d'instruction à rendre visite à son client détenu dans un établissement pénitentiaire, n'est pas exclusif de l'intention délictuelle, dès lors que le donateur diminuait ainsi son patrimoine en sachant qu'il allait être renvoyé devant la cour d'assises (▪ Cass. crim., 23 août 1994 : *Bull. crim.* n° 293 ; *RSC* 1995, p. 103, obs. R. Ottenhof).

10) Caractérise le délit d'insolvabilité frauduleuse, prévu à l'article 404-1 ancien du Code pénal, devenu l'article 314-7 de ce code, l'arrêt qui constate que, pour se soustraire à l'exécution d'une condamnation pécuniaire prononcée par une juridiction répressive, le prévenu qui, après la saisie de ses parts dans la société immobilière qu'il avait constituée avec son épouse séparée de biens, dépose au greffe du tribunal de commerce un procès-verbal d'une assemblée générale de la société qui se serait tenue à une date antérieure à celle de la saisie et qui aurait décidé l'augmentation du capital social par création de parts intégralement souscrites sans contrepartie réelle par son épouse, en transférant ainsi à cette dernière la presque totalité des droits sur l'actif social et en réduisant corrélativement la valeur des parts saisies (▪ Cass. crim., 3 oct. 1996 : *Bull. crim.* n° 347 ; *Dr. pén.* 1997, comm. 20, obs. M. Véron).

11) Justifie sa décision, la cour d'appel, qui, pour déclarer un prévenu coupable d'avoir organisé ou aggravé son insolvabilité, retient que ce dernier, placé en redressement judiciaire, dont le patrimoine immobilier ne pouvait aisément être saisi, a, en faisant donation de la nue-propriété de ses meubles à ses parents, diminué son patrimoine et tenté de se soustraire à l'exécution d'une condamnation prononcée au profit de la partie civile (▪ Cass. crim., 6 mai 2002 : *Bull. crim.* n° 99 ; *Dr. pén.* 2002, comm. 123, obs. M. Véron).

12) Caractérise en tous ses éléments le délit d'organisation frauduleuse d'insolvabilité, prévu à l'article 314-7 du Code pénal, l'arrêt qui constate que, pour se soustraire à l'exécution des condamnations de nature patrimoniale qu'il encourait, le prévenu a, 2 mois avant la date de l'audience du tribunal correctionnel à laquelle l'affaire avait été renvoyée par un jugement avant-dire droit ordonnant une expertise, et alors qu'il pouvait redouter une condamnation par cette juridiction, diminué l'actif de son patrimoine (▪ Cass. crim., 5 avr. 2005 : *Bull. crim.* n° 118 ; *Dr. pén.* 2005, comm. 104, obs. M. Véron).

13) Commet le délit celui qui, pour se soustraire aux obligations alimentaires découlant des décisions prononcées par le juge aux affaires matrimoniales et le juge de la mise en état, au cours de la procédure de divorce, contemporaine de ses agissements, cède, à vil prix, ses cabinets de courtage et de gestion patrimoniale à une société créée à cette fin par sa concubine, et emprunte des sommes importantes en vue d'aggraver son passif (▪ Cass. crim., 6 oct. 2010 : *JurisData* n° 2010-020177 ; *Dr. pén.* 2011, comm. 3, obs. M. Véron).

14) Mais, doit être cassé pour insuffisance de motifs l'arrêt qui, pour déclarer coupable un débiteur de pension alimentaire d'avoir organisé frauduleusement son insolvabilité, au sens des dispositions de l'article 314-7 du Code pénal, retient qu'il a obtenu la suspension du paiement de cette pension en dissimulant, au juge des affaires familiales, son activité de gérant de fait de société (▪ Cass. crim., 25 avr. 2006 : *Bull. crim.* n° 108).

15) Le délit d'organisation frauduleuse d'insolvabilité n'est caractérisé que lorsque l'intéressé a commis les faits dans le but de se soustraire à l'exécution d'une condamnation patrimoniale définitive, même postérieure aux agissements incriminés.

Encourt la censure l'arrêt qui déclare le prévenu coupable de cette infraction sans constater qu'il a fait l'objet d'une telle condamnation (▪ Cass. crim., 17 févr. 2016, n° 14-86.969 ; *Dr. pén.* 2016, comm. 75, obs. Ph. Conte).

16) Le fait pour un débiteur d'aliments de déclarer de très faibles ressources, en réalité compensées par des avantages en nature considérables non révélés, équivaut à une dissimulation de ses revenus (▪ Cass. crim., 29 juin 2016, n° 14-84.037 : *Dr. pén.* 2016, comm. 137, note Ph. Conte).

17) La qualification d'organisation frauduleuse d'insolvabilité est possible dès lors qu'il s'agit de se soustraire à une condamnation à restituer une somme d'argent de nature patrimoniale intervenue en matière délictuelle ou quasi délictuelle (■ Cass. crim., 23 juin 2020, n° 19-81.642).

18) Le silence gardé par une personne sur un élément d'actif de son patrimoine ou la minoration de son évaluation est sans effet sur la solvabilité et ne peut en conséquence caractériser le délit (■ Cass. crim., 9 sept. 2020, n° 19-84.295).

19) Complicité. Caractérise en tous ses éléments le délit de complicité d'organisation d'insolvabilité retenue contre l'épouse d'un escroc, la cour d'appel qui retient que celle-ci a permis à son mari de percevoir de manière occulte des revenus d'une activité qu'elle exerçait officiellement en son seul nom et relève que les époux ont acquis et exploité une discothèque sous forme de société à responsabilité limitée, dont la prévenue était associée puis gérante de droit et son mari dirigeant de fait et que l'épouse a sciemment dissimulé son état de femme mariée dans tous les actes relatifs à cette société et la position créditrice de son compte courant, les époux ayant ainsi perçu des distributions occultes de bénéfices de plus de 2 millions de francs en 2 ans (■ Cass. crim., 11 déc. 1989 : *Bull. crim.* n° 471).

Art. 314-8. – La juridiction peut décider que la personne condamnée comme complice de l'infraction définie à l'article 314-7 est tenue solidairement, dans la limite des fonds ou de la valeur vénale des biens reçus à titre gratuit ou onéreux, aux obligations pécuniaires résultant de la condamnation à l'exécution de laquelle l'auteur de l'infraction a voulu se soustraire.

Lorsque la condamnation de nature patrimoniale a été prononcée par une juridiction répressive, le tribunal peut décider que la peine qu'il prononce ne se confondra pas avec celle qui a été précédemment prononcée.

La prescription de l'action publique ne court qu'à compter de la condamnation à l'exécution de laquelle le débiteur a voulu se soustraire ; toutefois, elle ne court qu'à compter du dernier agissement ayant pour objet d'organiser ou d'aggraver l'insolvabilité du débiteur lorsque le dernier agissement est postérieur à cette condamnation.

1) La faculté offerte par l'article 314-8 du Code pénal permet à la juridiction répressive, non pas d'apprécier le montant de l'indemnité destinée à réparer le dommage né de l'organisation frauduleuse de l'insolvabilité et mise à la charge de l'ensemble des personnes condamnées pour ladite infraction, mais seulement de déclarer le complice de ce délit tenu solidairement, avec l'auteur principal, dans la limite prévue par ce texte, aux obligations pécuniaires résultant de la condamnation à l'exécution de laquelle celui-ci a voulu se soustraire (■ Cass. crim., 16 nov. 2004 : *Bull. crim.* n° 288).

2) La fixation d'un point de départ spécifique de la prescription du délit d'organisation frauduleuse d'insolvabilité par l'article 314-8, alinéa 3, du Code pénal, exclut son report en raison du caractère occulte d'éléments constitutifs du délit.

Par ailleurs, une procédure d'exequatur rendue nécessaire pour la saisie d'un bien à l'étranger ne modifie pas la date de la condamnation définitive, point de départ de la prescription.

Justifie sa décision la chambre de l'instruction, qui, pour retenir la prescription de faits d'organisation frauduleuse d'insolvabilité, énonce que ce délit est une infraction instantanée, que le point de départ de la prescription, fixé au jour de la condamnation devenue définitive, ne peut être retardé par l'exequatur de cette décision et par la prise en compte de décisions rendues par les juridictions civiles dans le cadre de procédures en recouvrement de la créance principale, dont n'était pas saisi le juge d'instruction (■ Cass. crim., 12 juill. 2016, n° 15-80.923).

3) Le point de départ de la prescription du délit d'organisation frauduleuse d'insolvabilité, spécifiquement fixé par l'article 314-8, alinéa 3, du Code de procédure pénale, qui n'est pas modifié par la loi n° 2017-242 du 27 février 2017 portant réforme de la prescription en matière pénale, est constitué par la date du dernier agissement, et non par la date de la condamnation patrimoniale (■ Cass. crim., 8 nov. 2017, n° 16-85.990).

Art. 314-9. – Pour l'application de l'article 314-7, les décisions judiciaires et les conventions judiciairement homologuées portant obligation de verser des prestations, subsides ou contributions aux charges du mariage sont assimilées aux condamnations au paiement d'aliments.

Section IV. – Peines complémentaires applicables aux personnes physiques et responsabilité des personnes morales

Art. 314-10 *(Mod., L. n° 2008-776, 4 août 2008)*. **– Les personnes physiques coupables de l'un des délits prévus aux articles 314-1, 314-2 et 314-3 encourent également les peines complémentaires suivantes :**

1° L'interdiction des droits civiques, civils et de famille, suivant les modalités prévues par l'article 131-26 ;

2° L'interdiction, suivant les modalités prévues par l'article 131-27, soit d'exercer une fonction publique ou d'exercer l'activité professionnelle ou sociale dans l'exercice ou à l'occasion de l'exercice de laquelle l'infraction a été commise, soit d'exercice une profession commerciale ou industrielle, de diriger, d'administrer, de gérer ou de contrôler à un titre quelconque, directement ou indirectement, pour son propre compte ou pour le compte d'autrui, une entreprise commerciale ou industrielle ou une société commerciale. Ces interdictions d'exercice peuvent être prononcées cumulativement ;

3° La fermeture, pour une durée de cinq ans au plus, des établissements ou de l'un ou de plusieurs des établissements de l'entreprise ayant servi à commettre les faits incriminés ;

4° L'exclusion des marchés publics pour une durée de cinq ans au plus ;

5° L'interdiction, pour une durée de cinq ans au plus, d'émettre des chèques autres que ceux qui permettent le retrait de fonds par le tireur auprès du tiré ou ceux qui sont certifiés ;

6° La confiscation de la chose qui a servi ou était destinée à commettre l'infraction ou de la chose qui en est le produit, à l'exception des objets susceptibles de restitution ;

7° L'affichage ou la diffusion de la décision prononcée dans les conditions prévues par l'article 131-35.

QPC. Non-lieu à renvoi un Conseil constitutionnel de la QPC visant l'article 314-10, 2° (■ Cass. crim., 12 juin 2014, n° 13-87.819. ■ Cass. crim., 23 juill. 2014, n° 14-80.428 : *Dr. pén.* 2014, comm. 125, obs. M. Véron).

Art. 314-11. – Les personnes physiques coupables de l'un des délits prévus aux articles 314-5, 314-6 et 314-7 encourent également les peines complémentaires suivantes :

1° La confiscation de la chose qui a servi ou était destinée à commettre l'infraction ou de la chose qui en est le produit, à l'exception des objets susceptibles de restitution ;

2° L'affichage ou la diffusion de la décision prononcée dans les conditions prévues par l'article 131-35.

Art. 314-12 *(Mod., L. n° 2009-526, 12 mai 2009).* – Les personnes morales déclarées responsables pénalement, dans les conditions prévues par l'article 121-2, des infractions définies aux articles 314-1 et 314-2 encourent, outre l'amende suivant les modalités prévues par l'article 131-38, les peines prévues à l'article 131-39.

L'interdiction mentionnée au 2° de l'article 131-39 porte sur l'activité dans l'exercice ou à l'occasion de l'exercice de laquelle l'infraction a été commise.

Art. 314-13 *(Mod., L. n° 2009-526, 12 mai 2009).* – Les personnes morales déclarées responsables pénalement, dans les conditions prévues par l'article 121-2, des infractions définies aux articles 314-5, 314-6 et 314-7 encourent, outre l'amende suivant les modalités prévues par l'article 131-38, les peines prévues par les 8° et 9° de l'article 131-39.

TITRE II. – DES AUTRES ATTEINTES AUX BIENS

CHAPITRE I. – DU RECEL ET DES INFRACTIONS ASSIMILÉES OU VOISINES

Section I. – Du recel

Art. 321-1. – Le recel est le fait de dissimuler, de détenir ou de transmettre une chose, ou de faire office d'intermédiaire afin de la transmettre, en sachant que cette chose provient d'un crime ou d'un délit.

Constitue également un recel le fait, en connaissance de cause, de bénéficier, par tout moyen, du produit d'un crime ou d'un délit.

Le recel est puni de cinq ans d'emprisonnement et de 375 000 € d'amende.

Art. 321-2. – Le recel est puni de dix ans d'emprisonnement et de 750 000 € d'amende :

1° Lorsqu'il est commis de façon habituelle ou en utilisant les facilités que procure l'exercice d'une activité professionnelle ;

2° Lorsqu'il est commis en bande organisée.

Art. 321-3. – Les peines d'amende prévues par les articles 321-1 et 321-2 peuvent être élevées au-delà de 375 000 € jusqu'à la moitié de la valeur des biens recelés.

Bibliographie : *JCl. Pénal Code, Recel* par M. Daury-Fauveau. • P. Cazalbou, *Étude de la catégorie des infractions de conséquence. Contribution à une théorie des infractions conditionnées* : LGDJ, 2016. • M. Culioli, *Le recel commis par le passager connaissant la provenance frauduleuse du véhicule utilisé* : *RSC* 1973, p. 81. • C. Ducouloux-Favard, *Recel et blanchiment : deux délits de conséquence* : *Gaz. Pal.* 2003, 1-4 janv., p. 11. • R. Vouin, *Le recel et la détention de la chose* : *D.* 1972, chron. p. 281.

• *Sommaire*

I – CHOSES RECELÉES 699
II – ACTE MATÉRIEL DE RECEL 700
III – INTENTION FRAUDULEUSE 704
IV – RÉPRESSION 705

I – CHOSES RECELÉES

1) Nature mobilière. La chose recelée est nécessairement une chose mobilière ; il s'agit de tout objet susceptible d'être matériellement soustrait et peu importe sa valeur (ainsi peuvent être recelées des lettres missives ▪ Cass. crim., 10 févr. 1927 : S. 1929, 1, p. 77). Sur le problème du recel dit d'usage ou de service, V. n° 12. Une information, quelle qu'en soit la nature ou l'origine, échappe aux prévisions de l'article 321-1 du Code pénal qui ne réprime que le recel de choses, et ne relève, le cas échéant – si elle fait l'objet d'une publication contestée par ceux qu'elle concerne – que des dispositions légales spécifiques à la liberté de la presse ou de la communication audiovisuelle (▪ Cass. crim., 3 avr. 1995 : *Bull. crim.* n° 142 ; *JCP* 1995, II, 22429, note E. Derieux ; *RSC* 1995, p. 599, obs. J. Francillon ; *RSC* 1995, p. 821, obs. R. Ottenhof ; *RSC* 1996, p. 645, obs. B. Bouloc ; *Dr. pén.* 1995, comm. 175, obs. M. Véron. ▪ Cass. crim., 19 juin 2001 : *Bull. crim.* n° 149 ; *JCP* 2002, II, 10064, note A. Lepage. ▪ Cass. crim., 12 juin 2007 : *Bull. crim.* n° 157 ; V. violation de secrets et recel).

Il a été jugé que constitue l'infraction le fait de receler un stock de fichiers images de nature pornographique et pédophile obtenus à l'aide du délit de corruption de mineurs de moins de 15 ans et du délit d'enregistrement de l'image d'un mineur présentant un caractère pornographique (▪ T. corr. Mans, 16 févr. 1998 : *JCP* 1999, II, 10011, note J. Frayssinet).

Justifie sa décision l'arrêt qui, pour condamner du chef de recel, par la détention de photographies de films provenant du délit de fixation, enregistrement ou transmission d'images de mineurs à caractère pornographique, en vue de leur diffusion, infraction édictée par l'article 227-23 du Code pénal, constate que la diffusion des images réalisées selon les procédés prévus par ce texte est postérieure au 1er mars 1994 (▪ Cass. crim., 9 juin 1999 : *Bull. crim.* n° 133).

2) Objet. L'objet du recel peut être non seulement la chose obtenue directement du délit originaire, mais encore son produit : ainsi l'article 460 a été appliqué à celui qui a reçu les deniers provenant de la négociation de la chose (▪ Cass. crim., 11 févr. 1964 : *Bull. crim.* n° 46) ; à celui qui a acquis la chose avec des deniers volés (▪ Cass. crim., 9 mars 1900 : *D.* 1902, 1, p. 173) ; à celui qui achète des choses qu'un individu s'était procurées en les ayant payées avec un chèque sans provision (▪ Cass. crim., 4 avr. 1962 : *Bull. crim.* n° 163) ; ou encore à celui qui investit dans ses propres affaires des fonds obtenus initialement à l'aide d'une infraction (▪ Cass. crim., 22 juin 1972 : *Bull. crim.* n° 220). Il a même été jugé (▪ CA Aix-en-Provence, 9 mai 1989 : *JurisData* n° 1989-043316) que le détenteur de cartons de bouteilles volés et retrouvés vides est receleur au motif qu'il a été constaté par les services de gendarmerie que ces cartons, quoique vides de tout objet litigieux, avaient une forte odeur de pastis. *Adde*, M. Véron, *Le recel d'odeur de pastis* : *Dr. pén.* 1990, chron. 1.

3) Profit. Est coupable de recel la femme qui a bénéficié, en connaissance de cause, du train de vie de son époux permis par les faits d'abus de biens sociaux dont ce dernier a été reconnu coupable. Elle a été bénéficiaire, au moins en partie, des achats effectués par son époux en matière de séjours, champagne et vêtements (▪ Cass. crim., 30 janv. 2019, n° 17-85.304).

4) Nécessité d'une infraction initiale. L'objet recelé doit provenir d'une infraction antérieure et en raison de ses termes généraux, l'article 460 ne comporte pas de distinction entre les divers crimes ou délits à l'aide desquels la chose recelée a été enlevée, détournée ou obtenue ni d'exception pour le cas où la fabrication de la chose constitue l'infraction (▪ Cass. crim., 10 juill. 1969 : *D.* 1969, p. 546), ainsi l'infraction d'origine peut être non seulement un vol (▪ Cass. crim., 9 nov. 1965 : *Bull. crim.* n° 227. ▪ Cass. crim., 12 janv. 1981 : *Bull. crim.* n° 15), une escroquerie (▪ Cass.

crim., 3 août 1935 : *DP* 1937, 1, p. 94, note G. Leloir. ▪ Cass. crim., 18 janv. 1988 : *Bull. crim.* n° 22) ou un abus de confiance (▪ Cass. crim., 15 juin 1973 : *Bull. crim.* n° 270), mais encore une suppression de correspondance (▪ Cass. crim., 18 févr. 1927 : *Bull. crim.* n° 61), un abus de biens sociaux (▪ Cass. crim., 6 janv. 1970 : *Bull. crim.* n° 11 ; *Rev. sociétés* 1971, p. 25, note B. Bouloc. ▪ Cass. crim., 3 mai 1982 : *Bull. crim.* n° 110), une émission de chèque sans provision (▪ Cass. crim., 3 oct. 1972 : *Bull. crim.* n° 265), une banqueroute frauduleuse (▪ Cass. crim., 4 oct. 1974 : *Bull. crim.* n° 276), un faux en écritures (▪ Cass. crim., 1er mai 1970 : *Bull. crim.* n° 162), un délit assimilé à la banqueroute simple (▪ Cass. crim., 1er oct. 1980 : *Bull. crim.* n° 243), une violation de secret de fabrique (▪ Cass. crim., 7 nov. 1974 : *Bull. crim.* n° 323), un crime d'intelligence avec l'ennemi (▪ Cass. crim., 31 août 1922 : *D.* 1922, 1, p. 218), un usage de faux et une corruption passive d'employé (▪ Cass. crim., 7 avr. 1986 : *Bull. crim.* n° 115), un trafic d'influence (▪ Cass. crim., 16 déc. 1997 : *Bull. crim.* n° 428), la violation du secret de l'enquête ou de l'instruction (▪ Cass. crim., 13 mai 1991 : *Bull. crim.* n° 200), ou encore du secret professionnel et du secret fiscal (▪ Cass. crim., 3 avr. 1995 : *Bull. crim.* n° 142, précité), une fraude fiscale (▪ Cass. crim., 14 déc. 2000 : *Bull. crim.* n° 381), une prise illégale d'intérêt (▪ Cass. crim., 24 oct. 2001 : *Dr. pén.* 2002, comm. 29, obs. M. Véron), une détention d'images de mineur à caractère pornographique (V. ▪ Cass. crim., 28 sept. 2005, ss art. 227-23).

5) Constatation nécessaire. Encourt la cassation l'arrêt qui déclare le prévenu coupable de recel de violation du secret professionnel sans caractériser le délit principal de violation du secret professionnel, faute d'avoir constaté la révélation d'une information à caractère secret par une personne qui en aurait été dépositaire (▪ Cass. crim., 6 mars 2012, n° 11-80.801 : *D.* 2012, p. 816, obs. S. Lavric ; *Dr. pén.* 2012, comm. 68, obs. M. Véron).

Sur le recel d'abus de biens sociaux, V. Ann. *Droit pénal des affaires*, sous art. L. 246-2, Code de commerce.

À défaut de démonstration que les biens détenus par les prévenus provenaient d'un vol commis antérieurement à leur entrée en possession, leur condamnation pour recel n'était pas fondée (▪ Cass. crim., 28 févr. 2018, n° 17-80.694).

6) Caractère punissable de l'infraction initiale. L'infraction d'origine doit être punissable : ainsi le recel ne pourrait être retenu si elle est amnistiée (▪ Cass. crim., 2 févr. 1925 : *Bull. crim.* n° 47) ou si elle a été abrogée par une loi nouvelle (▪ Cass. crim., 17 mai 1989 : *Bull. crim.* n° 205), ou si elle a été déclarée non constituée (▪ Cass. crim., 17 déc. 2008 : *Bull. crim.* n° 257). La punition effective de l'auteur principal importe peu, du moment que l'existence du crime ou délit fondamental est constatée (▪ Cass. crim., 9 nov. 1965 : *Bull. crim.* n° 227) ; ainsi le recel est constitué même si l'auteur de l'infraction originaire est décédé, en fuite ou inconnu (▪ Cass. crim., 7 mai 1942 : *Bull. crim.* n° 56. ▪ Cass. crim., 10 oct. 1972 : *Bull. crim.* n° 277. ▪ Cass. crim., 3 avr. 1995, préc.). Peu importe que l'auteur de l'infraction originaire soit couvert par l'immunité familiale de l'article 380 (▪ Cass. crim., 7 mai 1942, préc.), ou que cette infraction soit couverte par la prescription (▪ Cass. crim., 16 juill. 1964 : *Bull. crim.* n° 241).

7) Auteurs différents. L'infraction originaire qui a procuré les objets recelés doit avoir été commise par un autre que le receleur et les qualifications de voleur et de receleur sont inconciliables (▪ Cass. crim., 15 déc. 1949 : *Bull. crim.* n° 350. ▪ Cass. crim., 2 déc. 1971 : *Bull. crim.* n° 337) ; en revanche, le complice de l'infraction principale peut être receleur (▪ Cass. crim., 18 nov. 1965 : *D.* 1966, p. 248, note R. Combaldieu. ▪ Cass. crim., 25 avr. 1974 : *Bull. crim.* n° 152).

8) La personne morale, dont le dirigeant est déclaré coupable de déclaration mensongère en vue d'obtenir d'un organisme chargé d'une mission de service public, des avantages indus (infraction pour le compte de la société), peut être condamnée pour recel des avantages ainsi obtenus, dès lors qu'elle-même n'est pas poursuivie pour le délit d'origine (▪ Cass. crim., 19 nov. 2008, n° 07-82.789 : Bull. crim. n° 234).

9) Sur l'antériorité du délit préalable, V. ▪ Cass. crim., 24 oct. 1979 : *D.* 1982, p. 430, note S. Durrande.

II – ACTE MATÉRIEL DE RECEL

10) L'acte de cacher l'objet enlevé, détourné ou obtenu à l'aide d'un crime ou d'un délit ne constitue pas une circonstance nécessaire pour caractériser l'infraction (▪ Cass. crim., 16 juill. 1857 : *Bull. crim.* n° 269. ▪ Cass. crim., 31 déc. 1920 : *S.* 1920, 1, p. 45).

11) Titre de réception de la chose. Peu importe le titre en vertu duquel le receleur a reçu la chose : achat (▪ Cass. crim., 24 déc. 1869 : *DP* 70, 1, p. 382) ; acceptation à titre de gage (▪ Cass. crim., 18 juin 1936 : *S.* 1937, 1, p. 193, note Hugueney) ; dépôt (▪ Cass. crim., 21 nov. 1908 : *Bull. crim.* n° 462) ; paiement d'une créance (▪ Cass. crim., 16 déc. 1871 : *S.* 74, 1, p. 254) ; présentation de chèque en vue d'encaisser des fonds d'origine délictueuse (▪ Cass. crim., 3 août 1935 : *DP* 1937, 1, p. 194, note G. Leloir ; *RSC* 1936, p. 242, obs. H. Donnedieu de Vabres) ; escompte de billets à ordre détournés (■ Cass. crim., 19 nov. 1932 : *Bull. crim.* n° 240), prélèvement d'une rémunération sur le compte bancaire d'une société alors que ce compte avait été alimenté par un abus de confiance (■ Cass. crim., 12 janv. 1972 : *Bull. crim.* n° 18).

12) Encourt la censure l'arrêt qui, pour déclarer coupable de recel d'abus de confiance un expert-comptable ayant reçu, en paiement d'honoraires dus par deux personnes morales, des fonds provenant d'une autre association ayant le même dirigeant, se borne, pour écarter l'argumentation du prévenu qui faisait valoir que l'opération constituait une délégation au sens de l'article 1275 du Code civil, à retenir que celui-ci ne justifie pas d'une déclaration expresse pouvant justifier le règlement par une personne autre que ses débiteurs, dès lors que le consentement du délégué à la **délégation de créance**, s'il doit être certain, peut être tacite (■ Cass. crim., 23 nov. 2004 : *Bull. crim.* n° 294).

13) Absence de détention matérielle. La participation à un délit de recel n'implique pas nécessairement la détention matérielle de l'objet recelé ; est donc justifiée la condamnation d'un prévenu qui avait accepté que soient expédiées au Liban sous son nom et à son adresse un certain nombre de voitures volées et avait été intéressé à ce trafic sous forme de commissions (■ Cass. crim., 6 oct. 1980, inédit). Le recel n'impliquant pas nécessairement la détention matérielle des fonds recelés, se rend coupable de ce délit celui qui bénéficie du règlement de ses propres créanciers, effectué directement par l'auteur de l'infraction d'origine d'où proviennent les fonds (■ Cass. crim., 29 avr. 1996 : *Bull. crim.* n° 174).

– Justifie sa décision la cour d'appel qui, pour déclarer une prévenue coupable de recel de vols, retient que cette dernière a indiqué que son concubin et ses amis, qu'elle avait hébergés, avaient rapporté chez elle toutes sortes d'objets qu'ils se procuraient à l'occasion de leurs activités nocturnes et dont elle connaissait l'origine frauduleuse (■ Cass. crim., 16 nov. 1999 : *Bull. crim.* n° 262).

– Commet aussi le délit celui qui a fait office d'intermédiaire dans la négociation de bons du Trésor dont il connaissait l'origine frauduleuse (■ Cass. crim., 30 nov. 1999 : *Bull. crim.* n° 282 ; Dr. pén. 2000, comm. 55, obs. M. Véron ; *JCP* 2000, II, 10359, note J. Biguenet). V. aussi ■ Cass. crim., 24 sept. 2008 : *Dr. pén.* 2008, obs. M. Véron, pour le recel d'une commission, versée sur un compte occulte et provenant d'un abus de biens sociaux.

– Jugé qu'une société de commerce en ligne, en percevant des commissions sur la vente d'articles dont elle connaissait le caractère contrefaisant a bien commis le délit de recel de vente de produits présentés sous une marque contrefaite commis par d'autres personnes condamnées pour la contrefaçon (■ CA Paris, 12ᵉ ch., 23 janv. 2012 : *JCP* 2012, n° 675, p. 1112, note D. Dechenaud).

14) Il n'est pas nécessaire que la chose ait été remise par un détenteur de mauvaise foi (■ Cass. crim., 3 avr. 1936 : *DP* 1937, p. 94, note G. Leloir). Peut encore être déclaré receleur celui qui, connaissant leur origine, a soustrait à son profit des choses obtenues par un autre individu à l'aide d'un crime (■ Cass. crim., 17 févr. 1953 : *Bull. crim.* n° 57). Dans cette dernière espèce, le receleur est en même temps voleur, cumul de qualifications possible ici, car le deuxième vol n'est pas l'infraction de base donnant origine au recel (V. Vitu, *Traité de droit pénal spécial*, p. 2003, note 2).

15) Prescription. Le recel est une infraction continue, caractérisée lorsque le prévenu a conservé des biens d'origine frauduleuse (■ Cass. crim., 22 juin 1972 : *Bull. crim.* n° 270) ; en conséquence, la prescription ne court pas tant que le receleur détient l'objet de provenance délictueuse (■ Cass. crim., 16 juill. 1964 : *Bull. crim.* n° 241 ; *RSC* 1965, p. 133, obs. P. Bouzat. ■ Cass. crim., 17 mai 1983 : *Bull. crim.* n° 143).

16) Le recel prend fin lorsque le receleur se libère de l'objet recelé entre les mains d'un tiers de bonne foi ; tel est le cas lorsqu'il s'agit d'un document et qu'il est produit en justice (■ Cass. crim., 17 mai 1983 : *Bull. crim.* n° 143).

17) S'il est de principe que la prescription du recel de choses commence à courir du jour où la détention a pris fin, le délit est punissable dès lors qu'il n'est ni établi ni allégué que le prévenu ait cessé de détenir les fonds recelés (■ Cass. crim., 28 mars 1996 : *Bull. crim.* n° 142).

18) Lorsque les infractions sont connexes, tout acte interruptif de prescription concernant l'une d'elles a nécessairement le même effet à l'égard des autres, et ce, même en cas de poursuites exercées séparément ; tel est le cas du recel, connexe selon l'article 203 du Code de procédure pénale, aux délits originaires (■ Cass. crim., 19 déc. 1995 : *Bull. crim.* n° 390).

19) Infraction clandestine initiale. Les dispositions des articles 203 du Code de procédure pénale et 321-3 à 321-5 du Code pénal impliquent que le recel du produit d'un abus de confiance ne saurait commencer à se prescrire avant que l'infraction dont il procède soit apparue et ait pu être constatée dans des conditions permettant l'exercice de l'action publique (■ Cass. crim., 7 mai 2002 : *Bull. crim.* n° 107 ; *Dr. pén.* 2002, comm. 108, obs. M. Véron).

20) En écartant la prescription du délit de recel d'abus de biens sociaux, par les motifs reproduits au moyen, et dès lors que ce délit ne saurait commencer à se prescrire avant que l'infraction dont il procède soit apparue et ait pu être constatée dans des conditions permettant l'exercice de l'action publique, la cour d'appel a justifié sa décision (▪ Cass. crim., 24 sept. 2008 : *JurisData* n° 2008-045563 ; *Dr. pén.* 2009, note 15, obs. J.-H. Robert).

Sur la prescription du recel d'abus de biens sociaux, V. Ann. *Droit pénal des affaires*, ss C. com., art. L. 246-2.

21) Profit. Conçu en termes généraux, l'article 460 atteint tous ceux qui, en connaissance de cause, ont par un moyen quelconque, bénéficié du produit d'un crime ou d'un délit. Ainsi commet un recel celui qui, en se faisant transporter dans une voiture qu'il savait volée, a bénéficié personnellement du produit du vol (▪ Cass. crim., 9 juill. 1970 : *D.* 1971, p. 3, note M.-J. Littmann ; *JCP* 1971, II, 16616, note A. Bénabent. ▪ Cass. crim., 24 août 1981 : *JCP* 1982, II, 19801, note Allix ; *RSC* 1982, p. 620, obs. P. Bouzat) ; ou encore le mari qui tire profit du train de vie luxueux que son épouse assure au ménage par ses détournements (▪ Cass. crim., 9 mai 1974 : *Bull. crim.* n° 170. *Adde,* ▪ Cass. crim., 5 juill. 1982, inédit), ou encore le mari d'une antiquaire qui avait remis à sa femme des fonds pour qu'elle puisse acquérir à vil prix un bijou dont des voleurs lui proposaient l'achat (▪ Cass. crim., 17 juill. 1976 : *Bull. crim.* n° 255). V. aussi ▪ Cass. crim., 24 oct. 1979 : *D.* 1982, p. 430, note S. Durrande. Jugé encore que se rend coupable de recel d'escroquerie l'associé qui, en connaissance de cause de la situation financière exacte de la société, devient, grâce au gérant de celle-ci, propriétaire de la créance du prix de cession de ses parts, l'escroquerie commise par le gérant auteur de l'infraction, ayant porté, non sur les fonds non remis par la victime, mais sur la souscription par elle d'une obligation d'achat (▪ Cass. crim., 18 janv. 1988 : *Bull. crim.* n° 22 ; *Rev. sociétés* 1988, p. 576, note B. Bouloc). *Adde*, sur ce problème : R. Vouin, *Le recel et la détention de la chose : D.* 1972, chron. p. 281. M. Culioli, *Le recel commis par le passager connaissant la provenance frauduleuse du véhicule utilisé : RSC* 1973, p. 81. M.-L. Rassat, obs. : *JCP* 1983, 1, 3123, n° 95. L'article 460 n'exige pas que le prévenu ait tiré un profit personnel des choses recelées (▪ Cass. crim., 14 févr. 1991 : *Bull. crim.* n° 74) et cette solution est la même au regard des dispositions de l'article 321-1 nouveau du Code pénal (▪ Cass. crim., 27 oct. 1997 : *Bull. crim.* n° 352 ; *Dr. pén.* 1998, comm. 20, obs. M. Véron. ▪ Cass. crim., 16 déc. 1997 : *Dr. pén.* 1998, comm. 51, obs. M. Véron).

22) Justifie sa décision la cour d'appel qui, pour déclarer le prévenu coupable de recel, relève que sa concubine a perçu, pendant une période de 18 mois, une somme supérieure à 48 000 euros au titre de salaires fictifs, ainsi qu'une somme de plus de 5 000 euros au titre d'indemnités de maladie indues et que du fait de leur vie commune ininterrompue, ces sommes ont bénéficié tant à celle-ci qu'au prévenu (▪ Cass. crim., 23 nov. 2010 : *JurisData* n° 2010-024676 ; *Dr. pén.* 2011, comm. 30, obs. M. Véron).

23) Violation de secrets et recel. Encourt la cassation l'arrêt qui déclare le prévenu coupable de recel de violation du secret professionnel sans caractériser le délit principal de violation du secret professionnel, faute d'avoir constaté la révélation d'une information à caractère secret par une personne qui en aurait été dépositaire (▪ Cass. crim., 6 mars 2012, n° 11-80.801 : *Bull. crim.* n° 61 ; *D.* 2012, p. 816, obs. S. Lavric ; *AJ pénal* 2012, p. 340, obs. J. Lasserre-Capdeville).

24) La détention et la publication du fac-similé d'un avis d'imposition, couvert par le **secret fiscal** et obtenu par une personne inconnue à l'aide d'un vol ou d'un détournement, constitue l'infraction (▪ Cass. crim., 3 avr. 1995 : *Bull. crim.* n° 142 ; *JCP* 1995, II, 22429, note E. Derieux. À noter que la **CEDH**, par décision du 21 janvier 1999, a dit qu'il y a eu violation de l'article 10 de la Convention : *JCP* 1999, II, 10120, note E. Derieux. Sur la question, V. F. Deboissy et J.-C. Saint-Paul, *La divulgation d'une information patrimoniale : D.* 2000, doctr. p. 267. V. aussi, sur le caractère recevable ou non d'une information : D. Cheurotin : *Dr. pén.* 2001, chron. 12).

25) Commet le délit de **recel du produit de violation de secret professionnel** l'avocat qui utilise, dans le cadre d'une procédure judiciaire, une fiche d'antécédents concernant la partie adverse et émanant apparemment de la Police nationale, document qu'il s'est procuré par l'intermédiaire d'un détective privé rémunéré à cette fin (▪ Cass. crim., 26 oct. 1995 : *Bull. crim.* n° 328). V. aussi pour la détention de documents provenant d'une violation du **secret de l'instruction** : ▪ T. corr. Paris, 10 sept. 1998 : *Dr. pén.* 1998, comm. 144, obs. M. Véron.

26) Ne donne pas de base légale à sa décision la cour d'appel qui déclare un journaliste coupable de recel de violation du secret de l'instruction au motif qu'il a détenu et produit en justice des copies de pièces issues d'une information pénale en cours, sans rechercher si, en l'espèce, la production de ces pièces par l'intéressé n'avait pas été rendue nécessaire pour sa défense dans une instance engagée à son encontre (▪ Cass. crim., 11 juin 2002 : *Bull. crim.* n° 132 ; *Dr. pén.* 2002, comm. 135, obs. M. Véron ; *RSC* 2002, p. 619, obs. J. Francillon ; *JCP* 2003, II, 10061, note E. Dreyer).

Voir : dernier alinéa de l'article 35 de la loi du 29 juillet 1881, créé par la loi du 4 janvier 2010.

27) Prive sa décision de base légale la cour d'appel qui, pour déclarer les prévenus coupables de recel de violation du secret professionnel, se détermine par des motifs qui n'établissent pas, d'une part, que la lettre du garde des Sceaux saisissant le Conseil supérieur de la magistrature était couverte par le secret, d'autre part, que sa divulgation a été le fait d'une personne dépositaire d'un secret par état ou par profession (▪ Cass. crim., 24 mai 2005 : *Bull. crim.* n° 155).

– La lettre du garde des Sceaux saisissant le Conseil supérieur de la magistrature aux fins de poursuites disciplinaires ne constitue pas une information à caractère secret au sens de l'article 226-13 du Code pénal ; encourt la cassation l'arrêt qui, pour déclarer les prévenus coupables de recel de violation du secret professionnel, énonce que l'article 38 de la loi du 29 juillet 1881 interdisant la publication d'informations relatives aux travaux et délibérations du Conseil supérieur de la magistrature inclut par ces termes l'acte de saisine dudit Conseil, et que l'auteur de la transmission du document en cause, dans la perspective d'une publication interdite par la loi, ne peut être qu'un magistrat ou un fonctionnaire nécessairement dépositaire du secret protégeant ce document (▪ Cass. crim., 4 déc. 2007 : *Bull. crim.* n° 302 ; *Dr. pén.* 2008, comm. 37, obs. M. Véron).

28) Pour caractériser le délit de recel d'un document provenant d'une violation du secret de l'enquête ou de l'instruction, seule est exigée la démonstration que l'auteur de la révélation fait partie des dépositaires de ce secret, et non l'identification de celui-ci.

De même, entre dans les prévisions de l'article 321-1 du Code pénal, qui n'est pas incompatible avec l'article 38 de la loi sur la presse, le recel d'un document reproduisant une pièce de l'instruction dès lors qu'il est établi qu'il provient d'une violation du secret de l'instruction (▪ Cass. crim., 9 juin 2015, n° 14-80.713 : *Dr. pén.* 2015, comm. 122, obs. Ph. Conte ; *JCP* 2015, 950, note F. Fourment).

Si l'article 10 de la Convention européenne de sauvegarde des droits de l'homme et des libertés fondamentales reconnaît, en son premier paragraphe, à toute personne le droit à la liberté d'expression, ce texte prévoit, en son second paragraphe, que l'exercice de cette liberté comportant des devoirs et des responsabilités peut être soumis à certaines formalités, conditions, restrictions ou sanctions, prévues par la loi, qui constituent, dans une société démocratique, des mesures nécessaires notamment à la protection des droits d'autrui, au nombre desquels figure la présomption d'innocence, ainsi qu'à la préservation d'informations confidentielles, et à la garantie de l'autorité et l'impartialité du pouvoir judiciaire.

Tel est l'objet des poursuites engagées contre les prévenus du chef de **recel de violation de secret de l'instruction ou de secret professionnel**, pour avoir divulgué le contenu demeuré confidentiel de pièces d'une information judiciaire en cours (▪ Cass. crim., 19 juin 2001 : *Bull. crim.* n° 149 ; *JCP* 2002, II, 10064, concl. Mme Commaret, note A. Lepage ; *RSC* 2002, p. 119, note J. Francillon ; *D.* 2002, jurispr. p. 2538, note B. Beignier et B. De Lamy ; *RSC* 2002, p. 592, obs. Delmas Saint-Hilaire). À noter que la CEDH, par décision du 7 juin 2007, a dit qu'il y a eu violation de l'article 10 de la Convention : *JCP* 2007, II, 10127, note E. Derieux ; *RSC* 2007, p. 563, obs. J. Francillon.

29) Il résulte de l'article 10, § 2, de la Convention européenne des droits de l'homme que la liberté d'expression peut être soumise à des restrictions nécessaires à la protection de la sûreté publique et la prévention des crimes, dans lesquelles s'inscrivent les recherches mises en œuvre pour interpeller une personne dangereuse. Dès lors, ne méconnaît pas ces dispositions la poursuite exercée à l'encontre d'un journaliste qui, s'étant procuré à la suite d'une violation du secret de l'instruction le portrait-robot d'un violeur en série activement recherché, l'a publié, de sa seule initiative, sans en vérifier la fiabilité et au moment choisi par lui, de sorte qu'il en est résulté une entrave au déroulement normal des investigations (▪ Cass. crim., 9 juin 2015, n° 14-80.713).

30) Justifie sa décision au regard de l'article 321-1 du Code pénal, l'arrêt qui, pour déclarer le prévenu coupable de recel, après avoir énoncé que celui-ci avait, lors d'un reportage télévisé dont il était l'auteur, présenté à l'écran des procès-verbaux issus d'une information en cours, retient que l'article 38 de la loi du 29 juillet 1881 interdisant de publier des actes d'accusation et tous autres actes de procédure criminelle ou correctionnelle avant toute lecture en audience publique, n'emporte pas, pour la partie civile, l'impossibilité de poursuivre l'auteur de la publication pour recel de violation du secret de l'instruction dès lors que, comme en l'espèce, ces faits comportent la détention matérielle des écrits litigieux.

En effet, si une information échappe aux prévisions de l'article 321-1 précité qui réprime le seul recel d'une chose et ne relève, le cas échéant, que des dispositions légales spécifiques au droit de la presse, tel n'est pas le cas du recel de documents provenant d'une violation du secret de l'instruction ou du secret professionnel (▪ Cass. crim., 12 juin 2007 : *Bull. crim.* n° 157 ; *Dr. pén.* 2007, comm. 143, obs. J.-H. Robert ; *JCP* 2007, II, 10159, note F. Fourment, C. Michalski et Ph. Piot ; *RSC* 2008, p. 95, obs. J. Francillon).

– Ne méconnaît pas les exigences de l'article 10 de la Convention européenne des droits de l'homme, l'arrêt qui, pour déclarer le prévenu coupable de recel, retient, à bon droit, qu'en l'espèce, la poursuite était justifiée, dès lors que la présentation des procès-verbaux obtenus au mépris du secret de l'information suivie contre une personne dont la présomption d'innocence devait être assurée, ne s'imposait pas, ces extraits ne constituant pas un complément indispensable à la compréhension du reportage diffusé ou répondant à une attente du téléspectateur (même arrêt).

31) Justifie sa décision la cour d'appel qui, pour condamner le prévenu, journaliste, du chef de recel de violation du secret de l'enquête, retient qu'il a fait illustrer un article relatant l'arrestation d'une personne, par une photographie de celle-ci qu'il s'était fait remettre par un fonctionnaire de police, et ajoute qu'il ne pouvait ignorer que, prise par les policiers au cours de la garde à vue, elle provenait d'une enquête en cours et constituait un document protégé par le secret prévu par l'article 11 du Code de procédure pénale (▪ Cass. crim., 25 oct. 2005 : *Bull. crim.* n° 268).

– Est justifiée au regard de l'article 10-2 de la CEDH, la poursuite engagée contre un journaliste pour avoir publié la photographie d'une personne prise au cours de sa garde à vue, alors que cette publication ne répondait à aucune nécessité d'informer le lecteur (même arrêt).

32) Le recel de violation du secret professionnel n'étant pas une infraction commise, par nature, de façon clandestine, sa **prescription**, a pour point de départ la date à laquelle l'infraction a été consommée (▪ Cass. crim., 8 nov. 2005 : *Bull. crim.* n° 284. V. ss art. 226-13, procédure III).

33) Le recel de délit d'initié est caractérisé, non par la détention d'informations privilégiées, mais par le fait de bénéficier du produit de leur exploitation sur le marché, avant qu'elles soient connues du public (▪ Cass. crim., 26 oct. 1995 : *Bull. crim.* n° 324).

III – INTENTION FRAUDULEUSE

34) Connaissance de l'origine frauduleuse. C'est au ministère public et aux parties civiles qu'il appartient d'établir l'élément intentionnel du recel (▪ Cass. crim., 16 mars 1989 : *Bull. crim.* n° 131). Le prévenu doit avoir eu connaissance de l'origine frauduleuse de la chose (▪ Cass. crim., 4 janv. 1963 : *Bull. crim.* n° 5. ▪ Cass. crim., 22 avr. 1977 : *Bull. crim.* n° 131. ▪ Cass. crim., 12 janv. 1981 : *Bull. crim.* n° 15. ▪ Cass. crim., 7 nov. 1990 : *Dr. pén.* 1991, n° 77) et cette connaissance peut s'induire des constatations de fait appréciées souverainement par les juges du fond (▪ Cass. crim., 30 oct. 1962 : *Bull. crim.* n° 298. ▪ Cass. crim., 2 mai 1983 : *Bull. crim.* n° 122), telle la revente sous une fausse identité d'un tableau acquis à vil prix (▪ Cass. crim., 3 mai 1989 : *Dr. pén.* 1989, n° 18), telle la vileté du prix payé pour l'achat de bijoux au regard de l'estimation du prévenu et de celle résultant d'une expertise antérieure au vol (▪ Cass. crim., 12 déc. 1989 : *Dr. pén.* 1990, n° 196), tel le paiement d'autoradios hors comptabilité par des chèques n'étant pas établis à l'ordre de la société venderesse (▪ Cass. crim., 19 déc. 1989 : *Dr. pén.* 1990, n° 196), tels l'achat et le paiement en espèces d'objets et meubles de valeur à des personnes présentant l'aspect de nomades, inconnues du prévenu jusqu'alors, sans facture ni bordereau comptable (▪ Cass. crim., 19 déc. 1989 : *Dr. pén.* 1990, n° 196), tel le défaut d'inscription par le prévenu sur le registre prévu à cet effet, des achats qu'il faisait à son coprévenu et qu'il réglait toujours en espèces (▪ Cass. crim., 17 janv. 1990 : *Dr. pén.* 1990, n° 196), tel encore pour un avocat le fait de recevoir d'un de ses clients, poursuivi pour les escroqueries envers des personnes âgées, un chèque signé par l'une des victimes de ce client et de le faire encaisser par un tiers pour en dissimuler l'origine frauduleuse qu'il connaissait (▪ Cass. crim., 11 févr. 2009 : *Bull. crim.* n° 38 ; *D.* 2009, p. 2403, note B. Sarcy ; *Dr. pén.* 2009, comm. 52, obs. M. Véron). V. également en ce qui concerne la détermination de l'origine des biens recélés : ▪ Cass. crim., 12 mai 2015, n° 14-80.766 : *Dr. pén.* 2015, comm. 95, obs. M. Véron.

35) Le recel peut résulter de l'appropriation d'un bien dont la valeur a été améliorée avec le produit d'un délit, quelle que soit la forme juridique revêtue par l'appropriation, dès lors que tout ou partie de l'origine frauduleuse de cette amélioration était connue du receleur (▪ Cass. crim., 9 févr. 1987 : *Bull. crim.* n° 61).

36) Encourt la cassation, pour insuffisance de motifs et défaut de réponse à conclusions, la cour d'appel qui relaxe la prévenue du recel du produit provenant d'un vol de manuscrit, sans répondre aux conclusions de la partie civile, qui faisait valoir qu'eu égard à sa profession et à ses compétences, cette prévenue ne pouvait ignorer que les sommes obtenues avaient une origine frauduleuse et que, compte tenu de leur montant, elles ne pouvaient être, comme elle prétendait l'avoir cru, le produit d'expertises qu'auraient effectuées son mari, auteur du vol, en dehors de son emploi (▪ Cass. crim., 27 nov. 2007 : *JurisData* n° 2007-042096 ; *Dr. pén.* 2008, comm. 36, obs. M. Véron).

37) A suffisamment caractérisé l'élément intentionnel du délit de recel reproché à la prévenue, l'arrêt qui relève que celle-ci connaissait l'interdiction, résultant du contrat de travail de son mari, de diriger une société, qu'elle était impliquée dans le montage et dans la gestion directe de cette société, dont elle exerçait la gérance sous son nom de jeune fille afin d'occulter tout lien avec son mari, pour assurer exclusivement la gestion des fournisseurs et prestataires de l'Anfa, qu'elle a détenu et profité des fonds détournés par son époux au titre des sommes dues par l'Anfa pour percevoir un salaire, offrir une rémunération complémentaire au salaire de son mari et verser l'autre partie de ces sommes détournées sur un compte livret ouvert à son nom (■ Cass. crim., 9 mai 2018, n° 17-82.809).

38) Étendue de cette connaissance. Le recel est constitué même si le prévenu n'a pas connu les conditions détaillées et exactes dans lesquelles l'infraction initiale a été commise (■ Cass. crim., 19 déc. 1992. ■ Cass. crim., 5 mai 1993 : *Dr. pén.* 1993, comm. 132 et 256, obs. M. Véron. ■ Cass. crim., 6 oct. 2004 : *Dr. pén.* 2005, note 38. ■ Cass. crim., 24 sept. 2008 : *Dr. pén.* 2008, comm. 139, obs. M. Véron, préc.).

Mais si l'infraction a été accompagnée de circonstances aggravantes, seules sont encourues les peines attachées aux circonstances dont il a eu connaissance (■ Cass. crim., 18 mai 1989 : *Dr. pén.* 1989, comm. 65, obs. M. Véron).

39) Bonne foi. Ne saurait être déclaré coupable de recel l'acquéreur d'un bien mobilier lorsque la régularité de la possession et la bonne foi de cet acquéreur impliquent la réunion des conditions d'application de l'article 2279, alinéa 1er, du Code civil : n'est donc pas punissable pour recel l'individu qui continue à détenir une chose après en avoir appris l'origine frauduleuse, s'il était de bonne foi lors de son entrée en possession (■ Cass. crim., 24 nov. 1977 : *Bull. crim.* n° 371 ; *D.* 1978, p. 42, note S. Kehrig. ■ Cass. crim., 24 janv. 1978 : *Bull. crim.* n° 27). Mais ne peut se prévaloir des dispositions de l'article 2279, alinéa 1er, du Code civil un prévenu antiquaire qui, agissant en qualité de professionnel et non de simple particulier, n'a pas respecté à l'occasion d'un achat de biens mobiliers, les obligations mises à sa charge par le décret du 29 août 1968 (art. 2, § 2) qui impose l'inscription de l'opération sur un registre et la production d'une carte d'identité par le vendeur (■ Cass. crim., 3 déc. 1984 : *Bull. crim.* n° 381).

40) Recel de fichiers caractérisant l'apologie d'actes de terrorisme. Entre dans les prévisions des articles 321-1 et 421-2-5 du Code pénal le fait de détenir, à la suite d'un téléchargement effectué en toute connaissance de cause, des fichiers caractérisant l'apologie d'actes de terrorisme. Cependant, une condamnation de ce chef n'est compatible avec l'article 10 de la Convention européenne des droits de l'homme que si est caractérisée, en la personne du receleur, son adhésion à l'idéologie exprimée dans de tels fichiers (■ Cass. crim., 7 janv. 2020, n° 19-80.136). Mais, selon le Conseil constitutionnel, saisi d'une QPC transmise par la chambre criminelle de la Cour de cassation à ce sujet (■ Cass. crim., 24 mars 2020, n° 19-86.706), le délit de recel d'apologie d'actes de terrorisme porte à la liberté d'expression et de communication une atteinte qui n'est pas nécessaire, adaptée et proportionnée. Les mots « ou de faire publiquement l'apologie de ces actes » figurant au premier alinéa de l'article 421-2-5 du Code pénal ne sauraient donc, sans méconnaître cette liberté, être interprétés comme réprimant un tel délit (■ Cons. const., 19 juin 2020, n° 2020-845 QPC).

IV – RÉPRESSION

41) Lorsqu'ils appliquent l'article 58 du Code pénal, les juges doivent préciser la nature de l'infraction préalable au recel afin de permettre à la Cour de cassation d'exercer son contrôle sur la régularité de la condamnation prononcée ; ont ainsi été cassées des décisions qui s'étaient bornées à viser une condamnation antérieure pour recel sans spécifier que ce recel portait sur des objets provenant de vol, escroquerie ou abus de confiance (■ Cass. crim., 19 mai 1932 : *Bull. crim.* n° 240. ■ Cass. crim., 29 mai 1933 : *Bull. crim.* n° 122).

De même, encourt la cassation l'arrêt de la cour d'appel qui déclare un prévenu coupable de recel de fraude fiscale sans caractériser le délit principal de fraude fiscale, faute d'avoir constaté l'existence d'une plainte préalable de l'Administration et de la procédure fiscale antérieure (■ Cass. crim., 14 déc. 2000 : *Bull. crim.* n° 381).

42) Lorsque le juge veut appliquer l'article 460, alinéa 2 en dépassant le maximum prévu par l'article 381, il doit, sous peine de cassation, préciser dans son jugement la valeur des objets afin de permettre à la chambre criminelle de vérifier si l'amende est prononcée proportionnellement à cette valeur dans les limites fixées par la loi (■ Cass. crim., 31 mai 1947 : *JCP* 1947, IV, 126. ■ Cass. crim., 12 mai 1950 : *Bull. crim.* n° 157. ■ Cass. crim., 12 mars 1990 : *Bull. crim.* n° 114) ; mais cette évaluation ne s'impose pas si l'amende prononcée ne dépasse pas le maximum fixé par la loi (■ Cass. crim., 12 juill. 1945 : *Rec. dr. pén.* 1947, n° 188). Les juges répressifs disposent quant à l'application de la peine, dans les limites fixées par la loi, d'une faculté discrétionnaire dont ils ne doivent aucun compte. Il en est ainsi de l'amende qui, aux termes de l'article 460, alinéa 2, du Code pénal, pourra être élevée jusqu'à la moitié de la valeur des objets recelés (■ Cass. crim., 9 févr. 1987 : *Bull. crim.* n° 61).

43) Lorsque plus de 3 ans après le vol, le propriétaire d'un meuble volé en demande la restitution en concurrence avec l'acheteur de bonne foi, c'est ce dernier qui doit l'emporter (■ Cass. crim., 30 oct. 1969 : *JCP* 1970, II, 16333, note G. Goubeaux).

44) *Ne bis in idem.* Des faits qui procèdent de manière indissociable d'une action unique caractérisée par une seule intention coupable ne peuvent donner lieu, contre le même prévenu, à deux déclarations de culpabilité de nature pénale, fussent-elle concomitantes. Doit donc être cassé un arrêt qui avait condamné un prévenu pour complicité de cession de stupéfiants et recel consécutif, les faits constitutifs de la première et ceux caractérisant le second étant les mêmes et ne procédant pas d'une intention coupable distincte (■ Cass. crim., 12 sept. 2018, n° 17-82.842 : *JurisData* n° 2018-017764).

45) Solidarité. Si le receleur qui n'a reçu qu'une partie des objets provenant du délit est solidairement responsable avec l'auteur principal de la totalité des dommages-intérêts, c'est à la condition que la condamnation s'applique tant à l'auteur identifié du délit qu'au receleur (■ Cass. crim., 2 févr. 1982 : *Bull. crim.* n° 37. V. aussi ■ Cass. crim., 14 mai 1984 : *Bull. crim.* n° 174. ■ Cass. crim., 20 mars 1985 : *Bull. crim.* n° 120. ■ Cass. crim., 10 mai 1988 : *Bull. crim.* n° 204. ■ Cass. crim., 22 mai 1991 : *Dr. pén.* 1992, n° 10. ■ Cass. crim., 19 nov. 2003 : *Dr. pén.* 2004, comm. 36, obs. M. Véron).

46) La solidarité édictée par l'article 480-1 du Code de procédure pénale, qui s'impose au juge comme une conséquence légale de la condamnation qu'il prononce, ne saurait être étendue aux dommages-intérêts résultant de faits connexes pour lesquels aucune personne n'a été condamnée ; encourt dès lors la censure l'arrêt qui condamne solidairement deux receleurs à réparer la totalité du préjudice subi par la victime d'un vol alors qu'ils ne sont condamnés que pour le recel d'une partie des objets volés et que les auteurs du vol n'ont pas été identifiés (■ Cass. crim., 18 janv. 2005 : *Bull. crim.* n° 21).

47) Modalités des poursuites. S'il est possible de poursuivre et juger ensemble les auteurs du recel et ceux des infractions originaires, il n'en va plus de même lorsque ces derniers sont décédés ou inconnus (■ Cass. crim., 4 janv. 1963 : *Bull. crim.* n° 5) ou lorsque l'infraction principale est prescrite (■ Cass. crim., 16 juill. 1964 : *Bull. crim.* n° 241 ; *RSC* 1965, p. 133, obs. P. Bouzat).

48) La détention d'une arme peut être sanctionnée en raison de la connaissance par le prévenu de son origine frauduleuse même si le tribunal a déjà réprimé le fait matériel de détention d'arme soumise à la délivrance d'une autorisation administrative dont le prévenu n'était pas titulaire (■ Cass. crim., 7 janv. 1989, inédit).

49) Aucune violation des principes qui gouvernent le libre exercice des droits de la défense ne saurait résulter du renvoi devant les juges répressifs d'un avocat qui aurait reçu, à titre de provision sur honoraires, une somme d'argent dont il connaîtrait la provenance frauduleuse (■ Cass. crim., 25 juin 1985, inédit).

50) La règle de l'indivisibilité de l'aveu édictée par l'article 1356 du Code civil n'est applicable qu'à l'aveu judiciaire, et, en matière pénale, que lorsqu'il s'agit de retenir un tel aveu comme preuve d'un contrat civil dont la violation est nécessaire pour caractériser le délit. Tel n'est pas le cas en matière de délit de recel (■ Cass. crim., 10 mai 1988 : *Bull. crim.* n° 204).

51) Préjudice. Le recel d'un bien, s'agissant d'une infraction continue, est de nature à causer un préjudice de jouissance personnel et direct aux héritiers du propriétaire auquel le bien a été soustrait de façon délictueuse, dès lors que ce délit se poursuit à un moment où ils ont acquis cette qualité (■ Cass. crim., 29 nov. 2016, n° 15-86.409).

52) Compétence. Si le recel s'est poursuivi en plusieurs lieux, toutes les juridictions dans le ressort desquelles l'infraction s'est manifestée seront compétentes (■ Cass. crim., 31 août 1922 : *S.* 1923, 1, p. 237).

53) Des faits de recel imputés à un étranger résidant hors du territoire national peuvent être de la compétence de la juridiction répressive française, en vertu des dispositions de l'article 693 du Code de procédure pénale non pas en raison de la localisation en France d'un acte caractérisant l'intention frauduleuse, mais lorsqu'un des éléments matériels constitutifs de l'infraction a été accompli sur le territoire de la République ; il en est ainsi de la prise de possession en France d'objets de provenance frauduleuse réalisée par l'intermédiaire de tiers agissant pour le compte du prévenu (■ Cass. crim., 1er oct. 1986 : *Bull. crim.* n° 262).

54) Prescription de l'action publique. Lorsque les faits de recel du produit d'abus de biens sociaux résultent de l'exécution d'un seul et même contrat de travail fictif, ils constituent une opération délictueuse unique, de sorte que la prescription, qui n'a pu commencer à courir pour l'ensemble des faits, au plus tôt, qu'après la date de la dernière perception de revenus, ne saurait être acquise, dès lors qu'un acte interruptif de prescription est intervenu moins de trois ans après cette date (■ Cass. crim., 10 nov. 2020, n° 19-80.557).

Art. 321-4. – Lorsque l'infraction dont provient le bien recelé est punie d'une peine privative de liberté d'une durée supérieure à celle de l'emprisonnement encouru en application des articles 321-1 ou 321-2, le receleur est puni des peines attachées à l'infraction dont il a eu connaissance et, si cette infraction est accompagnée de circonstances aggravantes, des peines attachées aux seules circonstances dont il a eu connaissance.

1) Si l'infraction d'origine appelle une peine afflictive et infamante à raison de ses seuls éléments constitutifs, le recel est criminel et celui qui recèle des objets provenant d'un fait de cette nature encourt la peine prévue pour ce dernier, alors même que le receleur aurait ignoré les conditions dans lesquelles il a été commis, dès lors qu'il n'a pu ignorer la provenance frauduleuse de l'objet (▪ Cass. crim., 3 avr. 1936 : *Bull. crim.* n° 43 ; *DP* 1937, 1, p. 94, note G. Leloir. ▪ Cass. crim., 31 mars 1981 : *Bull. crim.* n° 112). Cette solution, postulée selon la jurisprudence par l'ancienne rédaction de l'article 461 du Code pénal, est désormais condamnée par la nouvelle rédaction de ce texte.

2) En revanche, si l'infraction initiale appelle une peine afflictive ou infamante à raison de certaines circonstances aggravantes, le receleur n'encourt que la peine découlant des seules circonstances aggravantes dont il a eu connaissance au temps du recelé (▪ Cass. crim., 17 janv. 1947 : *Bull. crim.* n° 27. ▪ Cass. crim., 16 mars 1965 : *Bull. crim.* n° 79. ▪ Cass. crim., 27 mai 1981 : *Bull. crim.* n° 175. ▪ Cass. crim., 3 sept. 1986 : *Bull. crim.* n° 252). Les juges du fond doivent établir avec certitude cette connaissance (▪ Cass. crim., 18 mai 1989 : *Dr. pén.* 1989, n° 65).

3) Il résulte de l'article 461 du Code pénal qu'il doit être posé à l'égard de l'accusé receleur une question sur chaque circonstance aggravante. Dès lors, en cas de recel du produit d'un vol avec arme, une question doit être posée sur le point de savoir si le receleur a eu connaissance de la circonstance que le vol a été commis avec une arme apparente ou cachée (▪ Cass. crim., 19 mars 1986 : *Bull. crim.* n° 112).

4) V. ss art. 321-1, V. *Intention frauduleuse.* ▪ Cass. crim., 11 févr. 2009 : *Dr. pén.* 2009, comm. 52.

Art. 321-5. – Le recel est assimilé, au regard de la récidive, à l'infraction dont provient le bien recelé.

Section II. – Des infractions assimilées au recel ou voisines de celui-ci

Art. 321-6 ***(L. n° 2006-64, 23 janv. 2006).*** **– Le fait de ne pas pouvoir justifier de ressources correspondant à son train de vie ou de ne pas pouvoir justifier de l'origine d'un bien détenu, tout en étant en relations habituelles avec une ou plusieurs personnes qui soit se livrent à la commission de crimes ou de délits punis d'au moins cinq ans d'emprisonnement et procurant à celles-ci un profit direct ou indirect, soit sont les victimes d'une de ces infractions, est puni d'une peine de trois ans d'emprisonnement et de 75 000 € d'amende.**

Est puni des mêmes peines le fait de faciliter la justification de ressources fictives pour des personnes se livrant à la commission de crimes ou de délits punis d'au moins cinq ans d'emprisonnement et procurant à celles-ci un profit direct ou indirect.

Voir : art. 324-1, p. 725.

1) QPC. Non-lieu à renvoi au Conseil constitutionnel de la question prioritaire de constitutionnalité visant l'article 321-6 du Code pénal (▪ Cass. crim., 25 janv. 2012, n° 11-90.117. ▪ Cass. crim., 13 juin 2012, n° 12-90.027 : les articles 321-6 et 321-6-1 du Code pénal définissant de façon claire et précise l'incrimination contestée de non-justification de ressources et n'édictant aucune présomption de responsabilité pénale mais créent un délit spécifique dont il appartient à l'accusation de rapporter la preuve ; *Dr. pén.* 2012, comm. 128, obs. M. Véron. ▪ Cass. crim., 26 sept. 2012, n° 12-90.051 : *Dr. pén.* 2013, comm. 2, obs. M. Véron).

2) CEDH. Une mère est déclarée coupable du délit de non-justification de ressources, notamment car elle avait des relations habituelles et suivies avec son fils, trafiquant de stupéfiants. La cour d'appel n'avait pas à rechercher, pour caractériser le délit reproché, si ces relations excédaient ou non celles ordinairement entretenues entre une mère et son fils (▪ Cass. crim., 5 avr. 2018, n° 17-81.317 : *JurisData* n° 2018-008024).

3) Le délit de non-justification de ressources ne nécessite pas que soit caractérisée la connaissance par le prévenu des délits effectivement commis par la personne avec laquelle elle est en relations habituelles (▪ Cass. crim., 3 nov. 2016, n° 15-85.751 : *Dr. pén.* 2017, comm. 18, note Ph. Conte. ▪ Cass. crim., 23 mai 2018, n° 17-82.867 : *JurisData* n° 2018-008636).

Art. 321-6-1 *(L. n° 2006-64, 23 janv. 2006 ; Ord. n° 2012-351, 12 mars 2012 ; mod., L. n° 2016-731, 3 juin 2016).* **– Les peines prévues par l'article 321-6 sont portées à cinq ans d'emprisonnement et 150 000 € d'amende lorsque les crimes et délits sont commis par un mineur sur lequel la personne ne pouvant justifier ses ressources à l'autorité.**

Elles sont portées à sept ans d'emprisonnement et 200 000 € d'amende lorsque les infractions commises constituent les crimes ou délits de traite des êtres humains, d'extorsion ou d'association de malfaiteurs ou les délits et crimes en matière d'armes et de produits explosifs prévus par les articles 222-52 et 222-53 du Code pénal, par les articles L. 2339-2, L. 2339-3, L. 2339-10, L. 2341-4, L. 2353-4 et L. 2353-5 du Code de la défense ainsi que par les articles L. 317-2 et L. 317-7 du Code de la sécurité intérieure. Il en est de même lorsqu'elles constituent les crimes ou délits de trafic de stupéfiants, y compris en cas de relations habituelles avec une ou plusieurs personnes faisant usage de stupéfiants.

Elles sont portées à dix ans d'emprisonnement et 300 000 € d'amende lorsqu'il s'agit d'une infraction mentionnée à l'alinéa précédent commise par un ou plusieurs mineurs.

Bibliographie : *JCl. Pénal Code, Recel présumé de délinquance habituelle de mineur* par M. Culioli. • *Non-justification de ressources et facilitation de la justification de ressources fictives* par M. Daury-Fauveau.

1) Caractérise en tous ses éléments le délit prévu et réprimé par l'article 461-1 (ancien) du Code pénal la cour d'appel qui énonce que le numéraire et les vêtements trouvés en la possession des prévenus provenaient de vols commis par des enfants à l'instigation de leurs parents, tous vivant en un groupe étroit et organisé, et que la possession d'une grosse somme d'argent et de véhicules de grande puissance ne pouvait s'expliquer par les ressources dont ils justifiaient (▪ Cass. crim., 8 févr. 1989 : *Bull. crim.* n° 61 ; *RSC* 1989, p. 491, obs. Vitu).

2) Justifie sa décision et fait une exacte application de l'article 321-6 du Code pénal, sans méconnaître la présomption d'innocence, une cour d'appel qui, pour déclarer un prévenu coupable de non-justification des ressources, retient que celui-ci était en relations habituelles avec une personne se livrant à la commission d'infractions à la législation sur les stupéfiants, peu important que cette personne n'ait pas fait l'objet d'une condamnation définitive de ce chef (▪ Cass. crim., 27 févr. 2013, n° 12-81.063 : *Bull. crim.* n° 50 ; *Dr. pén.* 2013 comm. 71, obs. M. Véron ; *AJ pénal* 2013, p. 276, note G. Ruyer).

Art. 321-7 *(Mod., L. n° 2011-267, 14 mars 2011).* **– Est puni de six mois d'emprisonnement et de 30 000 € d'amende le fait, par une personne dont l'activité professionnelle comporte la vente d'objets mobiliers usagés ou acquis à des personnes autres que celles qui les fabriquent ou en font le commerce, d'omettre, y compris par négligence, de tenir jour par jour, dans des conditions prévues par décret en Conseil d'État, un registre indiquant la nature, les caractéristiques, la provenance, le mode de règlement de l'objet et, contenant une description des objets acquis ou détenus en vue de la vente ou de l'échange et permettant l'identification de ces objets ainsi que celle des personnes qui les ont vendus ou apportés à l'échange.**

Est puni des mêmes peines le fait, par une personne, à l'exception des officiers publics ou ministériels, qui organise dans un lieu public ou ouvert au public, une manifestation en vue de la vente ou de l'échange d'objets visés à l'alinéa précédent, d'omettre, y compris par négligence, de tenir jour par jour, dans des conditions prévues par décret en Conseil d'État, un registre permettant l'identification des vendeurs.

Lorsque l'activité professionnelle définie au premier alinéa est exercée par une personne morale, ou que l'organisateur de la manifestation prévue au deuxième alinéa est une personne morale, l'obligation de tenir le registre incombe aux dirigeants de cette personne morale.

Voir : art. R. 321-1 et s., p. 1001, art. R. 633-1 et s., p. 1026 et art. R. 635-3 et s., p. 1029.

1) Des fiches de dépôt tenues par la prévenue, quoiqu'elles permissent la reconnaissance des objets déposés et l'identification des déposants, ne peuvent être considérées comme suppléant le registre exigé par la loi, faute d'enregistrement au jour le jour qui doit en garantir l'authenticité (▪ Cass. crim., 18 sept. 1990 : *D.* 1990, IR p. 262).

2) Les articles 321-7 et 321-8 du Code pénal, qui ont repris les dispositions de la loi du 30 décembre 1987 relative à la prévention et à la répression du recel et organisant la vente ou l'échange d'objets mobiliers, imposent aux professionnels concernés de tenir un registre et de le présenter à tout moment à l'autorité compétente, aux fins de contrôle et d'exploitation ; il s'en déduit que les vérifications effectuées, sur le fondement de ces textes, par des officiers de police judiciaire, ne sont pas soumises aux dispositions du Code de procédure pénale relatives aux perquisitions et saisies (▪ Cass. crim., 13 oct. 1998 : *Bull. crim.* n° 254).

3) Se rend coupable du délit prévu et réprime par l'article 321-7 du Code pénal le brocanteur qui achète des objets en s'abstenant volontairement de demander une pièce d'identité à la personne ayant réalisé la vente (■ Cass. crim., 1er mars 2005 : *JurisData* n° 2005-027880 ; *Dr. pén.* 2005, comm. 94, note M. Véron).

4) Sur la non-tenue du registre par un brocanteur, qui avait argué qu'il avait constitué une société en Grande-Bretagne, ce qui l'aurait affranchi de la législation française, et condamné pour cette infraction, ainsi que pour travail dissimulé : V. ■ Cass. crim., 3 oct. 2006 : *Bull. crim.* n° 242 ; *Dr. pén.* 2006, comm. 159, obs. J.-H. Robert). Cité *infra, Ann. Travail*, sous article L. 324-10 du Code du travail.

Art. 321-8. – Est puni de six mois d'emprisonnement et de 30 000 € d'amende le fait, par une personne visée à l'article précédent, d'apposer sur le registre prévu par cet article des mentions inexactes.

Est puni des mêmes peines le fait, par cette personne, de refuser de présenter ce registre à l'autorité compétente.

Voir : art. R. 321-1 et s., p. 1001, art. R. 633-1 et s., p. 1026 et art. R. 635-3 et s., p. 1029.

Bibliographie : *JCl. Pénal Code, Infractions relatives à la vente ou l'échange de certains objets mobiliers* par M. Daury-Fauveau.

Section III. – Peines complémentaires applicables aux personnes physiques et responsabilité des personnes morales

Art. 321-9 ***(Mod., L. n° 2007-297, 5 mars 2007 ; L. n° 2008-776, 4 août 2008).*** **– Les personnes physiques coupables des infractions prévues au présent chapitre encourent également les peines complémentaires suivantes :**

1° L'interdiction des droits civiques, civils et de famille, suivant les modalités prévues par l'article 131-26 ;

2° L'interdiction, suivant les modalités prévues par l'article 131-27, soit d'exercer une fonction publique ou d'exercer l'activité professionnelle ou sociale dans l'exercice ou à l'occasion de l'exercice de laquelle l'infraction a été commise, cette interdiction étant définitive ou provisoire dans les cas prévus aux articles 321-2 et 321-4 et pour une durée de cinq ans au plus dans les cas prévus aux articles 321-1, 321-6, 321-7 et 321-8, soit d'exercer une profession commerciale ou industrielle, de diriger, d'administrer, de gérer ou de contrôler à un titre quelconque, directement ou indirectement, pour son propre compte ou pour le compte d'autrui, une entreprise commerciale ou industrielle ou une société commerciale. Ces interdictions d'exercice peuvent être prononcées cumulativement ;

3° La fermeture des établissements ou de l'un ou de plusieurs des établissements de l'entreprise ayant servi à commettre les faits incriminés, cette fermeture étant définitive ou temporaire dans les cas prévus aux articles 321-2 et 321-4 et pour une durée de cinq ans au plus dans les cas prévus aux articles 321-1, 321-6, 321-7 et 321-8 ;

4° L'exclusion des marchés publics à titre définitif ou temporaire dans les cas prévus aux articles 321-2 et 321-4 et pour une durée de cinq ans au plus dans les cas prévus aux articles 321-1, 321-6, 321-7 et 321-8 ;

5° L'interdiction, pour une durée de cinq ans au plus, d'émettre des chèques autres que ceux qui permettent le retrait de fonds par le tireur auprès du tiré ou ceux qui sont certifiés ;

6° La confiscation de la chose qui a servi ou était destinée à commettre l'infraction ou de la chose qui en est le produit, à l'exception des objets susceptibles de restitution ;

7° La confiscation d'une ou de plusieurs armes dont le condamné est propriétaire ou dont il a la libre disposition ;

8° L'interdiction de séjour, suivant les modalités prévues par l'article 131-31, dans les cas prévus aux articles 321-1 à 321-4 ;

9° L'affichage ou la diffusion de la décision prononcée dans les conditions prévues par l'article 131-35 :

10° ***(10° abr. à compter du 24 mars 2020, L. n° 2019-222, 23 mars 2019).***

La peine d'interdiction d'exercer une profession commerciale ou industrielle, de diriger, administrer, gérer ou contrôler, à un titre quelconque, directement ou indirectement, une entreprise commerciale ou industrielle ou une société commerciale ne peut pas être prononcée pour des faits antérieurs à l'entrée en vigueur de la loi du 4 août 2008 (■ Cass. crim., 21 mars 2018, n° 17-81.148).

Art. 321-10 ***(Mod., L. n° 2012-304, 6 mars 2012).*** **– Dans les cas prévus aux articles 321-1 à 321-4, peuvent être également prononcées les autres peines complémentaires encourues pour les crimes ou les délits dont provient le bien recelé.**

Lorsque les peines complémentaires prévues pour ces crimes ou délits sont obligatoires, elles doivent également être obligatoirement prononcées contre la personne condamnée pour recel, sauf décision spécialement motivée de

la juridiction, s'il s'agit d'une juridiction correctionnelle, en considération des circonstances de l'infraction et de la personnalité de son auteur.

Art. 321-10-1 *(L. n° 2006-64, 23 janv. 2006)*. **– Les personnes physiques coupables des délits prévus aux articles 321-6 et 321-6-1 encourent également la peine complémentaire de confiscation de tout ou partie de leurs biens, quelle qu'en soit la nature, meuble ou immeuble, divis ou indivis, dont elles n'ont pu justifier l'origine.**

Peuvent également être prononcées les peines complémentaires encourues pour les crimes ou les délits commis par la ou les personnes avec lesquelles l'auteur des faits était en relations habituelles.

1) Les dispositions de l'article 222-49, alinéa 2, du Code pénal, non abrogées, sont de portée équivalente à celles, aujourd'hui applicables, de l'article 321-10-1, alinéa 2, dudit code, en sa rédaction issue de la loi du 23 janvier 2006, en ce que ces dernières permettent le prononcé à l'encontre des auteurs du délit de non justification de ressources des peines complémentaires encourues pour les crimes ou délits commis par les personnes avec lesquelles ils étaient en relation habituelle (notamment la confiscation de biens immobiliers appartenant à ces derniers) : ▪ Cass. crim., 20 févr. 2008, n° H07-81.247 : *JurisData* n° 2008-043362 ; *Bull. crim.* n° 47 ; *Dr. pén.* 2008, comm. 80, obs. M. Véron.

2) La confiscation des biens n'y peut être prononcée indépendamment d'un lien quelconque avec l'infraction d'origine (▪ Cass. crim., 5 mars 2014, n° 12-80.799 : *JurisData* n° 2014-093814 ; *Dr. pén.* 2014, comm. 88, obs. M. Véron).

3) Doit être approuvée la cour d'appel qui, pour confisquer l'immeuble indivis d'un prévenu déclaré coupable de non-justification de ressources, peine prévue par l'article 321-10-1 du Code pénal, retient que l'intéressé ne justifie pas de l'origine des fonds au moyen desquels il a, même partiellement, remboursé l'emprunt souscrit pour l'acquisition du bien confisqué (▪ Cass. crim., 3 nov. 2016, n° 15-85.751).

4) L'article 321-10-1 du Code pénal permet la confiscation d'un bien dont l'origine n'est que partiellement injustifiée. N'encourt pas la censure l'arrêt qui, pour confisquer un immeuble appartenant à une personne déclarée coupable de non-justification de ressources, énonce que l'intéressée n'a pu justifier de la provenance des sommes importantes investies dans la rénovation de ce bien et qui ont permis d'accroître sa valeur de 128 % (▪ Cass. crim., 7 déc. 2016, n° 15-85.429).

5) Le prévenu contre lequel a été prononcée la confiscation d'un immeuble indivis n'a pas la qualité pour invoquer une atteinte aux droits de son coïndivisaire dans le bien confisqué, lequel est dévolu en situation d'indivision à l'État (▪ Cass. crim., 3 nov. 2016, n° 15-85.751).

Art. 321-11. – L'interdiction du territoire français peut être prononcée dans les conditions prévues par l'article 131-30, soit à titre définitif, soit pour une durée de dix ans au plus, à l'encontre de tout étranger coupable de l'une des infractions définies à l'article 321-2.

Art. 321-12 *(Mod., L. n° 2009-526, 12 mai 2009)*. **– Les personnes morales déclarées responsables pénalement, dans les conditions prévues par l'article 121-2, des infractions définies aux articles 321-1 à 321-4, 321-7 et 321-8 encourent, outre l'amende suivant les modalités prévues par l'article 131-38 :**

1° Dans les cas prévus par les articles 321-1 à 321-4, les peines mentionnées à l'article 131-39 ;

2° Dans les cas prévus par les articles 321-7 et 321-8, les peines mentionnées aux 2°, 4°, 5°, 6°, 7°, 8° et 9° de l'article 131-39.

L'interdiction mentionnée au 1° de l'article 131-39 porte sur l'activité dans l'exercice ou à l'occasion de laquelle l'infraction a été commise.

CHAPITRE II. – DES DESTRUCTIONS, DÉGRADATIONS ET DÉTÉRIORATIONS

Section I. – Des destructions, dégradations et détériorations ne présentant pas de danger pour les personnes

Art. 322-1 *(Mod., L. n° 2002-1138, 9 sept. 2002)*. **– La destruction, la dégradation ou la détérioration d'un bien appartenant à autrui est punie de deux ans d'emprisonnement et de 30 000 € d'amende, sauf s'il n'en est résulté qu'un dommage léger.**

Le fait de tracer des inscriptions, des signes ou des dessins, sans autorisation préalable, sur les façades, les véhicules, les voies publiques ou le mobilier urbain est puni de 3 750 € d'amende et d'une peine de travail d'intérêt général lorsqu'il n'en est résulté qu'un dommage léger.

Voir : L. n° 95-73, 21 janv. 1995, ss art. 222-7 ; art. R. 635-1, p. 1027 (destructions, dégradations et détériorations dont il n'est résulté qu'un dommage léger).

Bibliographie : *JCl. Pénal Code, Destructions, dégradations et détériorations ne présentant pas de danger pour les personnes* par E. Bonis et R. Ollard.

1) QPC. Non-lieu à renvoi au Conseil constitutionnel de la question prioritaire de constitutionnalité visant les dispositions de l'article 322-1, alinéa 1 (■ Cass. crim., 4 nov. 2014, n° 14-90.038).

2) Les dispositions de l'article 322-1 sont applicables à toute personne qui détruit, dégrade ou détériore intentionnellement un bien mobilier ou immobilier dont elle n'est pas l'unique propriétaire. Tel est le cas d'un véhicule appartenant à la communauté de biens existant entre un prévenu et son conjoint (■ Cass. crim., 9 mars 1994 : *Bull. crim.* n° 94 ; *Dr. pén.* 1994, comm. 152, obs. M. Véron).

Lorsque des faits de destruction visent des biens mobiliers sis au domicile conjugal, la détermination préalable de la propriété du bien détruit relève non de la loi nationale des époux mais, en l'absence du choix fait par eux d'une loi applicable à leur régime matrimonial, de la loi à laquelle ils ont entendu soumettre ledit régime, en tenant compte spécialement, si le mariage est intervenu avant le 1er septembre 1992, de leur premier domicile commun, et s'il est intervenu après cette date, de leur première résidence habituelle commune, au sens de la convention de La Haye du 14 mars 1978 sur la loi applicable aux régimes matrimoniaux (■ Cass. crim., 5 sept. 2001 : *Bull. crim.* n° 14 ; *Dr. pén.* 2002, chron. 15, C. Castella et B. de Lamy).

3) Entre dans les prévisions de l'article 434 du Code pénal alors applicable comme dans celles de l'article 322-1 du nouveau Code pénal le fait de tracer sur un wagon des signes au moyen de produits ayant atteint et détérioré la substance même du revêtement peint du wagon ainsi que son support métallique (■ Cass. crim., 1er juin 1994 : *Dr. pén.* 1994, comm. 254, obs. M. Véron). V. à ce sujet D. Fontanaud, *La question du tag en droit pénal : Dr. pén.* 1992, chron. 36).

4) La détérioration ou la destruction volontaire de modèles réduits d'avions, par des émissions radioélectriques parasitaires brouillant les ondes et provoquant leur chute, caractérise le délit (■ Cass. crim., 8 oct. 1997 : *JurisData* n° 1997-004476 ; *Dr. pén.* 1998, comm. 56, obs. J.-H. Robert).

5) Caractérise en tous ses éléments, y compris l'élément intentionnel, l'arrêt qui, pour condamner un prévenu pour dégradation ou détérioration grave d'un bien appartenant à autrui, relève qu'après s'être vu refuser, en raison de son état d'imprégnation alcoolique, par le gérant d'une station-service, une boisson alcoolisée, ledit prévenu, ayant repris place à bord de son véhicule auquel il a fait faire demi-tour, est venu défoncer le parvis de la station-service et les deux pompes distributrices de carburant qu'il a démolies (■ Cass. crim., 22 sept. 1999, n° 98-86.577 : *JurisData* n° 1999-003691).

6) Commet le délit défini à l'article 322-1, alinéa 1er, du Code pénal le prévenu qui procède, sur l'ordre de son employeur, au démontage d'équipements dont la société qui les avait commandés refusait d'en payer le coût (■ Cass. crim., 26 juin 2002 : *JurisData* n° 2002-015295 ; *Bull. crim.* n° 148 ; *Dr. pén.* 2002, comm. 133, note M. Véron ; *D.* 2003, somm. p. 171, obs. M. Segonds).

7) Ne justifie pas sa décision la cour d'appel qui déclare les prévenus coupables de dégradation ou détérioration aggravée du bien d'autrui, sans caractériser à l'encontre de chacun d'eux des actes matériels constitutifs de dégradation ou de détérioration, et sans mieux s'expliquer sur leur degré respectif d'implication en qualité d'auteur ou, le cas échéant, de complice de l'action ainsi l'entreprise (■ Cass. crim., 16 nov. 2016, n° 14-86.980).

8) Le délit de destruction, dégradation ou détérioration d'un bien n'est constitué que si le prévenu a commis des actes matériels constitutifs de destruction, dégradation ou détérioration. La responsabilité pénale de l'organisateur d'une opération conduite par des militants placés sous son autorité, qui commettent des actes de cette nature, doit éventuellement être recherchée sur le terrain de la complicité (■ Cass. crim., 30 nov. 2016, n° 14-86.980).

9) Graffitis. La liberté de création artistique ne saurait légitimer l'infraction (■ Cass. crim., 11 juill. 2017, n° 16-83.588 : *Dr. pén.* 2017, comm. 159, note Ph. Conte). De même, un nouvel élément graphique ajouté par son auteur d'origine, mais cette fois sans l'accord du propriétaire, constitue l'infraction (■ Cass. crim., 20 juin 2018, n° 17-86.402).

10) Enregistrement. Un enregistrement d'images et de sons constituant un bien susceptible d'appropriation, il peut faire l'objet du délit de destruction de bien (▪ Cass. crim., 16 déc. 2015, n° 14-83.140 : *D.* 2016, p. 587, note L. Saenko ; *JCP* 2016, p. 575, note S. Detraz ; *Dr. pén.* 2016, comm. 40, obs. Ph. Conte ; *Dr. pén.* 2016, comm. 42, obs. Ph. Conte).

11) Personne morale. Une personne morale ne peut être déclarée coupable du délit de destruction, dégradation ou détérioration d'un bien que s'il est démontré que la destruction, la dégradation ou la détérioration a été commise par ses représentants et pour son compte (arrêt précité).

12) Encourt la cassation la cour d'appel qui déclare irrecevable l'action civile de l'utilisateur du véhicule endommagé appartenant à autrui, sans rechercher s'il n'a pas souffert personnellement des faits, objet de la poursuite, alors que la détérioration d'un bien n'est pas nécessairement préjudiciable, au seul propriétaire de celui-ci (▪ Cass. crim., 21 janv. 1998 : *Bull. crim.* n° 25).

13) Élément moral. Relaxe du prévenu qui a matériellement dégradé des filières, la preuve n'étant pas rapportée que cette dégradation soit volontaire. En effet, il a respecté la réglementation maritime, ce qui résulte d'un avis émis par la direction départementale des territoires et de la mer. Au surplus, la présence d'autres navires dans cette zone, attestée par le centre national de surveillances des pêches de l'État, ne permet pas d'exclure l'intervention d'un tiers dans la réalisation du dommage (▪ Cass. crim., 24 janv. 2018, n° 16-87.295).

14) Justification. Poursuivis pour avoir détruit une parcelle de culture autorisée de maïs génétiquement modifié, les prévenus ont invoqué l'état de nécessité, cause d'irresponsabilité prévue par l'article 122-7 du Code pénal, arguant de ce que les poursuites étaient contraires, notamment, aux article 2 et 8 de la Convention européenne des droits de l'homme, 1er du Protocole additionnel à ladite Convention, et 1 et 2 de la Charte de l'environnement. Leur condamnation n'en était pas moins fondée (▪ Cass. crim., 3 mai 2011, n° 10-81.529).

Voir : Il convient de se référer aussi aux notes figurant sous l'article 322-4, *infra*.

Art. 322-2 ***(Mod., L. n° 2008-696, 15 juill. 2008 ; L. n° 2017-86, 27 janv. 2017).*** **– L'infraction définie au premier alinéa de l'article 322-1 est punie de trois ans d'emprisonnement et de 45 000 € d'amende et celle définie au deuxième alinéa du même article de 7 500 € d'amende et d'une peine de travail d'intérêt général, lorsque le bien détruit, dégradé ou détérioré est :**

1° ***(Abr., L. n° 2011-267, 14 mars 2011)*** **;**

2° Un registre, une minute ou un acte original de l'autorité publique.

1) Utilité publique. L'article 257 a pour but de protéger tous les objets élevés pour l'utilité du public et dont la destruction troublerait la tranquillité publique, ainsi des urinoirs (▪ Cass. crim., 5 août 1858 : *D.* 1958, 5, p. 130), des conduites d'eau (▪ Cass. crim., 11 déc. 1931 : *Bull. crim.* n° 290), des mines de charbon nationalisées (▪ Cass. crim., 23 juin 1955 : *D.* 1955, p. 578), les bâtiments d'une foire-exposition (▪ CA Nancy, 19 juin 1974 : *RSC* 1974, p. 129, obs. Vitu), les immeubles et meubles d'un ministère (▪ Cass. crim., 4 févr. 1971 : *JCP* 1972, II, 17272, note R. Koering-Joulin), le sol d'une pelouse ensemencée d'un jardin public (▪ Cass. crim., 18 janv. 1967 : *D.* 1967, p. 188 ; *RSC* 1967, p. 654, obs. Vitu), un établissement pénitentiaire (▪ Cass. crim., 9 nov. 1988 : *Bull. crim.* n° 385), les dispositifs des cabines téléphoniques installées par l'administration des PTT sur les voies publiques (▪ CA Paris, 18 mars 1985 : *JurisData* n° 1985-023668) ou ces cabines elles-mêmes (▪ CA Bourges, 12 févr. 1987 : *JurisData* n° 1987-041644), le claustra d'une cellule de prison (▪ CA Grenoble, 28 sept. 1989 : *JurisData* n° 1989-046208), le pare-brise d'un autobus (▪ CA Paris, 13e ch. A, 23 oct. 1989 : *JurisData* n° 1989-026498), des banquettes des rames de la RATP (▪ CA Paris, 13e ch. B, 14 déc. 1989 : *JurisData* n° 1989-002768).

2) Il n'y a pas dégradation si les inscriptions sur un mur sont facilement lavables et ne sont pas de nature à altérer le mur dans sa substance (▪ Cass. crim., 23 juin 1953 : *D.* 1953, p. 557) ; l'article 257 est au contraire applicable si la peinture est indélébile et a altéré la substance même du monument d'utilité publique (▪ Cass. crim., 28 sept. 1970 : *D.* 1971, p. 36, note F. Chabas. ▪ Cass. crim., 23 févr. 1972 : *D.* 1973, p. 333, note Littmann). Quoique les inscriptions présentent un caractère politique, l'infraction reste de droit commun (▪ Cass. crim., 23 févr. 1972, préc. ▪ Cass. crim., 15 nov. 1983 : *D.* 1984, IR p. 227, obs. G. Roujou de Boubée).

3) Le caractère officiel du monument subsiste même si la décision de l'Administration est illégale : ainsi l'article 257 trouve application à propos de dégradations causées par le propriétaire d'un terrain à une baraque illégalement construite sur celui-ci (▪ Cass. crim., 13 déc. 1951 : *D.* 1952, p. 88).

4) Archéologie. (art. 322-3-1) Celui qui est surpris alors qu'il ramasse des minéraux dans les déblais d'une mine, malgré un panneau situé à l'extérieur de la mine, portant la mention : « ministère de l'Agriculture, sous-direction de l'archéologie, site archéologique, accès, fouilles, prélèvements interdits, lois des 27 septembre 1941 et 15 juillet 1980 », commet le délit de détérioration d'un terrain contenant des vestiges archéologiques (▪ Cass. crim., 28 nov. 1989 : *Bull. crim.* n° 444).

5) En déclarant un promoteur immobilier coupable de destruction volontaire de terrain contenant des vestiges archéologiques, une cour d'appel, qui relève que bien que le permis de construire qui lui avait été délivré, eût été subordonné à l'accomplissement de fouilles archéologiques que jugeait nécessaire la direction des antiquités, le prévenu avait procédé à des travaux d'excavation et de nivellement avec apport de remblai sur des fouilles non encore exploitées, ayant eu pour effet de faire disparaître les vestiges, a caractérisé en tous ses éléments constitutifs, tant matériel qu'intentionnel, le délit prévu par l'article 257-1 du Code pénal dans sa rédaction alors applicable, infraction également réprimée par l'article 322-2 du nouveau code (▪ Cass. crim., 13 avr. 1994 : *Dr. pén.* 1994, comm. n° 177, obs. M. Véron. V. également, *Dr. pén.* 1996, chron. 15, C. Saujot).

6) Outre des infractions aux lois du 18 décembre 1999 et du 27 septembre 1941 pour utilisation irrégulière d'un détecteur de métaux et fouilles archéologiques sans autorisation, le prévenu a été condamné pour dégradation de terrain contenant des vestiges, exhumant en particulier des pièces de monnaies anciennes à l'aide d'une pelle et sans les précautions nécessaires (▪ CA Nancy, 19 oct. 2000. Le pourvoi contre cet arrêt ayant été rejeté par ▪ Cass. crim., 26 juin 2001 : *Dr. pén.* 2002, chron. 20, par G. Launoy).

7) L'extraction, à l'aide de burins et de massettes, de cristaux de quartz du sein de la paroi granitique où ils se trouvent, dans des filons ou cavités appelés fours, a pour effet de supprimer partie de la substance du site protégé et constitue une dégradation volontaire de site classé (▪ Cass. crim., 9 août 1993 : *Bull. crim.* n° 254).

8) Condamnation de personnes qui ont plongé sur l'épave de la Jeanne-Elisabeth, bien culturel maritime, et participé à sa fouille et à la remontée d'objets anciens et de pièces de monnaie, sans aucune précaution, à l'aide d'un extracteur de fortune, endommageant pour ce faire l'épave et son site (▪ Cass. crim., 3 mai 2018, n° 17-80.283).

Art. 322-3 ***(Mod., L. n° 2008-696, 15 juill. 2008 ; L. n° 2009-928, 29 juill. 2009 ; L. n° 2010-201, 2 mars 2010 ; L. n° 2011-267, 14 mars 2011 ; L. n° 2021-1040, 5 août 2021).*** **– L'infraction définie au premier alinéa de l'article 322-1 est punie de cinq ans d'emprisonnement et de 75 000 € d'amende et celle définie au deuxième alinéa du même article de 15 000 € d'amende et d'une peine de travail d'intérêt général :**

1° Lorsqu'elle est commise par plusieurs personnes agissant en qualité d'auteur ou de complice ;

2° Lorsqu'elle est facilitée par l'état d'une personne dont la particulière vulnérabilité, due à son âge, à une maladie, à une infirmité, à une déficience physique ou psychique ou à un état de grossesse, est apparente ou connue de son auteur ;

3° Lorsqu'elle est commise au préjudice d'un magistrat, d'un juré, d'un avocat, d'un officier public ou ministériel, d'un militaire de la gendarmerie, d'un fonctionnaire de la police nationale, des douanes, de l'administration pénitentiaire ou de toute autre personne dépositaire de l'autorité publique ou chargée d'une mission de service public, en vue d'influencer son comportement dans l'exercice de ses fonctions ou de sa mission ;

3° *bis* Lorsqu'elle est commise au préjudice du conjoint, d'un ascendant ou d'un descendant en ligne directe ou de toute autre personne vivant habituellement au domicile des personnes mentionnées au 3°, en raison des fonctions ou de la qualité de ces personnes ;

4° Lorsqu'elle est commise au préjudice d'un témoin, d'une victime ou d'une partie civile, soit pour l'empêcher de dénoncer le fait, de porter plainte ou de déposer en justice, soit en raison de sa dénonciation, de sa plainte ou de sa déposition ;

5° Lorsqu'elle est commise dans un local d'habitation ou dans un lieu utilisé ou destiné à l'entrepôt de fonds, valeurs, marchandises ou matériels, en pénétrant dans les lieux par ruse, effraction ou escalade ;

6° Lorsqu'elle est commise à l'encontre d'un lieu classifié au titre du secret de la défense nationale ;

7° Lorsqu'elle est commise par une personne dissimulant volontairement en tout ou partie son visage afin de ne pas être identifiée ;

8° Lorsque le bien détruit, dégradé ou détériore est destiné à l'utilité ou à la décoration publique et appartient à une personne publique ou chargée d'une mission de service public ;

9° *(9° créé, L. n° 2020-840, 3 juill. 2020)* Lorsqu'elle porte sur du matériel destiné à prodiguer des soins de premiers secours ;

10° Lorsque le bien détruit, dégradé ou détérioré est destiné à la vaccination.

Lorsque l'infraction définie au premier alinéa de l'article 322-1 est commise à l'encontre d'un établissement scolaire, éducatif ou de loisirs ou d'un véhicule transportant des enfants, les peines encourues sont également portées à cinq ans d'emprisonnement et à 75 000 € d'amende.

Les peines sont portées à sept ans d'emprisonnement et 100 000 € d'amende lorsque l'infraction définie au premier alinéa de l'article 322-1 est commise dans deux des circonstances prévues aux 1° et suivants du présent article.

Coaction. Celui qui fait le guet pendant qu'une autre personne commet une infraction, en l'occurrence un délit de dégradations volontaires en réunion, est coauteur de celle-ci (▪ Cass. crim., 3 mars 2021, n° 19-86.847).

Art. 322-3-1 *(L. n° 2008-696, 15 juill. 2008 ; L. n° 2016-925, 7 juill. 2016).* **– La destruction, la dégradation ou la détérioration est punie de sept ans d'emprisonnement et de 100 000 € d'amende lorsqu'elle porte sur :**

1° Un immeuble ou objet mobilier classé ou inscrit en application des dispositions du Code du patrimoine ou un document d'archives privées classé en application des dispositions du même code ;

2° Le patrimoine archéologique, au sens de l'article L. 510-1 du Code du patrimoine ;

3° Un bien culturel qui relève du domaine public mobilier ou qui est exposé, conservé ou déposé, même de façon temporaire, soit dans un musée de France, une bibliothèque, une médiathèque ou un service d'archives, soit dans un lieu dépendant d'une personne publique ou d'une personne privée assurant une mission d'intérêt général, soit dans un édifice affecté au culte ;

4° Un édifice affecté au culte.

Les peines sont portées à dix ans d'emprisonnement et 150 000 € d'amende lorsque l'infraction prévue au présent article est commise avec la circonstance prévue au 1° de l'article 322-3.

Les peines d'amende mentionnées au présent article peuvent être élevées jusqu'à la moitié de la valeur du bien détruit, dégradé ou détérioré.

Voir : les notes figurent sous l'article 322-2, V. Archéologie.

Art. 322-3-2 *(L. n° 2016-731, 3 juin 2016).* **– Est puni de sept ans d'emprisonnement et de 100 000 € d'amende le fait d'importer, d'exporter, de faire transiter, de transporter, de détenir, de vendre, d'acquérir ou d'échanger un bien culturel présentant un intérêt archéologique, artistique, historique ou scientifique en sachant que ce bien a été soustrait d'un territoire qui constituait, au moment de la soustraction, un théâtre d'opérations de groupements terroristes et sans pouvoir justifier la licéité de l'origine de ce bien.**

Les peines sont portées à dix ans d'emprisonnement et à 150 000 € d'amende lorsque l'infraction prévue au présent article est commise avec la circonstance mentionnée au 1° de l'article 322-3.

Art. 322-4. – La tentative des infractions prévues à la présente section est punie des mêmes peines.

I – INCRIMINATION

1) S'est rendu coupable d'avoir volontairement détruit des objets mobiliers et immobiliers appartenant à autrui, le maire adjoint d'une commune qui, après le départ sous la pression populaire d'une famille vivant dans une vieille caravane, dans des carcasses de voitures et un baraquement implantés sur terrain d'autrui, a fait volontairement et en sa présence, mettre le feu au campement et nivelé le sol alors que, pour arriver aux mêmes fins, il pouvait agir régulièrement, en usant des pouvoirs qu'il tenait de la loi. L'article 434 trouve application dans les cas où la destruction a lieu par tout moyen, y compris l'incendie, lorsque la sécurité des personnes n'est pas menacée (▪ CA Metz, 21 avr. 1983 : *D.* 1983, p. 567, note A. Mayer-Jack et D. Mayer).

2) L'arrachage d'une borne est une dégradation et non une détérioration légère (▪ Cass. crim., 8 juill. 1986 : *Bull. crim.* n° 231).

3) Le bris de pare-brise et de la lunette arrière d'un véhicule privé tombe sous le coup de l'article 434 du Code pénal et non de l'article 257 du même code (▪ CA Pau, 28 juin 1989 : *JurisData* n° 1989-044534).

4) Constitue le délit de destruction d'objet mobilier appartenant à autrui le fait, après avoir intercepté un camion transportant de la viande porcine d'origine étrangère, de la décharger et de l'arroser de gazole (▪ Cass. crim., 14 janv. 1986 : *D.* 1986, IR p. 405, obs. G. Roujou de Boubée). Est coupable de destruction et dégradation le prévenu qui dévaste une maison en fracassant le mobilier (▪ CA Poitiers, 18 déc. 1986 : *JurisData* n° 1989-047106). Est encore coupable le cultivateur qui, sous l'égide d'un groupement d'exploitants agricoles, détruit la récolte d'autrui afin de cultiver le terrain pour son propre compte (■ CA Colmar, 22 sept. 1988 : *JurisData* n° 1988-047303). Commet également le délit celui qui, se prétendant toujours propriétaire de biens remembrés, a fait procéder, en invoquant l'illégalité des opérations de remembrement, au labourage des parcelles ensemencées par leurs nouveaux propriétaires, dès lors que l'exception soulevée, à la supposer fondée, n'était pas de nature à enlever aux faits leur caractère délictueux (■ Cass. crim., 11 oct. 1989 : *Bull. crim.* n° 346).

5) Est justifiée la condamnation, pour dégradation du bien d'autrui en réunion, avec effraction, et pour deux d'entre eux en récidive, de prévenus qui, en brisant la porte, se sont introduits dans une serre du CIRAD où ils ont détruit plusieurs milliers de plants de riz génétiquement modifiés, excipant vainement de la cause d'irresponsabilité de l'article 122-7 du Code pénal et de l'article 8 de la CEDH en soutenant que leur agissements étaient justifiés par le risque pour la santé et l'environnement de ces organismes modifiés (■ Cass. crim., 19 nov. 2002 : *D.* 2003, jurispr. comm. p. 1315, note D. Mayer).

6) N'est pas coupable de destructions ou dégradations, celui qui force et fracture les fermetures de la porte d'entrée d'un pavillon dans le seul but d'entrer dans les lieux (éléments du délit de violation de domicile) et non dans l'intention volontaire de commettre la détérioration incriminée (■ CA Paris, 11e ch. B, 4 nov. 1988 : *JurisData* n° 1988-027018).

II – RÉPRESSION

7) La prévention visée par l'article 434 du Code pénal et le délit de fuite sont des qualifications incompatibles (■ T. corr. Foix, 26 avr. 1983 : *JCP* 1986, II, 20581, note Bonzom).

8) Les dommages matériels occasionnés à un véhicule par l'auteur d'une tentative de vol ne sauraient être réprimés sous la qualification distincte de dégradation volontaire d'un bien appartenant à autrui car ils ne sont que l'élément matériel qui caractérise la tentative (■ CA Paris, 12e ch. B, 29 avr. 1988 : *JurisData* n° 1988-024313).

9) La provocation, en matière de dégradations volontaires d'objet mobilier, ne constitue pas une excuse légale (■ Cass. crim., 10 juin 1987 : *Bull. crim.* n° 238 ; *RSC* 1988, p. 287, obs. Vitu).

Art. 322-4-1 *(L. n° 2003-239, 18 mars 2003 ; L. n° 2017-86, 27 janv. 2017). – (Al. mod., L. n° 2018-957, 7 nov. 2018)* **Le fait de s'installer en réunion, en vue d'y établir une habitation, même temporaire, sur un terrain appartenant soit à une commune qui s'est conformée aux obligations lui incombant en vertu du schéma départemental prévu à l'article 1er de la loi n° 2000-614 du 5 juillet 2000 relative à l'accueil et à l'habitat des gens du voyage ou qui n'est pas inscrite à ce schéma, soit à tout autre propriétaire autre qu'une commune, sans être en mesure de justifier de son autorisation ou de celle du titulaire du droit d'usage du terrain, est puni d'un an d'emprisonnement et de 7 500 € d'amende.**

(Al. créé, L. n° 2018-957, 7 nov. 2018) **Dans les conditions prévues à l'article 495-17 du Code de procédure pénale, l'action publique peut être éteinte par le versement d'une amende forfaitaire d'un montant de 500 €. Le montant de l'amende forfaitaire minorée est de 400 € et le montant de l'amende forfaitaire majorée de 1 000 €.**

Lorsque l'installation s'est faite au moyen de véhicules automobiles, il peut être procédé à leur saisie, à l'exception des véhicules destinés à l'habitation, en vue de leur confiscation par la juridiction pénale.

Section II. – Des destructions, dégradations et détériorations dangereuses pour les personnes

Art. 322-5 *(L. n° 2000-647, 10 juill. 2000 ; mod., L. n° 2004-204, 9 mars 2004 ; L. n° 2005-1549, 12 déc. 2005 ; L. n° 2011-525, 17 mai 2011).* – **La destruction, la dégradation ou la détérioration involontaire d'un bien appartenant à autrui par l'effet d'une explosion ou d'un incendie provoqués par manquement à une obligation de prudence ou de sécurité imposée par la loi ou le règlement est punie d'un an d'emprisonnement et de 15 000 € d'amende.**

En cas de violation manifestement délibérée d'une obligation particulière de prudence ou de sécurité prévue par la loi ou le règlement, les peines encourues sont portées à deux ans d'emprisonnement et à 30 000 € d'amende.

Lorsqu'il s'agit de l'incendie de bois, forêts, landes, maquis, plantations ou reboisements d'autrui, les peines sont portées à deux ans d'emprisonnement et à 30 000 € d'amende dans le cas prévu par le premier alinéa, et à trois ans d'emprisonnement et à 45 000 € d'amende dans le cas prévu par le deuxième alinéa.

Si cet incendie est intervenu dans des conditions de nature à exposer les personnes à un dommage corporel ou à créer un dommage irréversible à l'environnement, les peines sont portées à trois ans d'emprisonnement et à 45 000 € d'amende dans le cas prévu par le premier alinéa, et à cinq ans d'emprisonnement et à 100 000 € d'amende dans le cas prévu par le deuxième alinéa.

Si l'incendie a provoqué pour autrui une incapacité totale de travail pendant au moins huit jours les peines sont portées à cinq ans d'emprisonnement et à 75 000 € d'amende dans le cas prévu par le premier alinéa, et à sept ans d'emprisonnement et à 100 000 € d'amende dans le cas prévu par le deuxième alinéa.

S'il a provoqué la mort d'une ou plusieurs personnes, les peines sont portées à sept ans d'emprisonnement et à 100 000 € d'amende dans le cas prévu par le premier alinéa, et à dix ans d'emprisonnement et à 150 000 € d'amende dans le cas prévu par le deuxième alinéa.

Bibliographie : *JCl. Pénal Code, Destructions, dégradations et détériorations dangereuses pour les personnes* par E. Garçon et R. Ollard. • J.-Ph. Guédon, *Le maquis juridique de la répression des incendies de forêts : Dr. pén.* 2004, étude 11.

1) Justifie sa décision la cour d'appel qui, pour déclarer les prévenus coupables d'avoir involontairement détruit ou dégradé des bois ou des landes appartenant à autrui par l'effet d'un incendie provoqué par le manquement à une obligation de sécurité ou de prudence imposé par la loi ou le règlement (RSC, art. 322-5, al. 1er), retient qu'il résulte de l'article L. 322-3 du Code forestier, dans sa rédaction issue de la loi n° 92-613 du 6 juillet 1992, que le propriétaire d'un immeuble situé en zone particulièrement exposée aux incendies de forêts est tenu d'une obligation de résultat de débroussaillement des abords des constructions édifiées sur son fonds jusqu'à une distance de 50 mètres, y compris, le cas échéant, sur les héritages voisins (▪ Cass. crim., 4 sept. 2007 : *Bull. crim.* n° 192 ; *Dr. pén.* 2007, comm. 136, obs. J.-H. Robert).

2) Ne donne pas de base légale à sa décision la cour d'appel qui condamne le prévenu pour dégradation involontaire par explosion ou incendie en retenant qu'il a eu conscience d'avoir commis un manquement à une obligation de sécurité ou de prudence prévue par la loi ou le règlement en fumant dans le local où il travaillait et en y abandonnant sans l'éteindre un mégot de cigarette, sans préciser la source et la nature de cette obligation (▪ Cass. crim., 12 janv. 2010, n° 09-81.936 : *Bull. crim.* n° 3 ; *Dr. pén.* 2010, comm. 44, obs. M. Véron).

3) Le délit de dégradation involontaire par explosion ou incendie prévu par l'article 322-5, alinéa 1, du Code pénal ne peut être caractérisé qu'en cas de manquement à une obligation de sécurité ou de prudence imposée par la loi ou le règlement.

N'édicte pas d'obligation de sécurité ou de prudence, au sens de ce texte, l'article 1728 du Code civil, qui dispose que le preneur est tenu d'user de la chose louée en bon père de famille (▪ Cass. crim., 18 janv. 2012, n° 11-81.324 : *Bull. crim.* n° 17 ; *Dr. pén.* 2012, comm. 30, obs. M. Véron ; *D.* 2012, p. 360, obs. M. Bombled).

4) Ne justifie pas sa décision, la chambre de l'instruction qui, pour annuler la mise en examen d'une personne morale du chef de destruction involontaire du bien d'autrui par l'effet d'un incendie, retient qu'il ne résulte pas de la procédure qu'un manquement à une obligation de sécurité ou prudence imposé par la loi ou le règlement soit à l'origine de l'incendie, alors qu'elle avait relevé que de tels manquements pouvaient avoir effectivement contribué aux destructions résultant de la propagation de l'incendie (▪ Cass. crim., 22 févr. 2011, n° 10-87.676 : *Bull. crim.* n° 33 ; *D.* 2011, p. 985, note J. Lassere Capdeville ; *D.* 2011, act. p. 752, obs. M. Bombled ; *Dr. pén.* 2011, comm. 73, obs. M. Véron ; *Gaz Pal.* 30-31 mars 2011, jurispr., p. 8 à 11, note J.-C. Saint-Paul).

5) Pour déclarer le prévenu coupable de destruction involontaire du bien d'autrui par l'effet d'un incendie, les juges retiennent que les biens détruits appartenaient à la société, dont il était le président directeur général et que les manquements à des obligations réglementaires de sécurité et de prudence relevés à son encontre, peuvent avoir effectivement contribué aux destructions résultant de la propagation de l'incendie ; en l'état de ces énonciations, la cour d'appel a justifié sa décision (▪ Cass. crim., 7 févr. 2012 : *JurisData* n° 2012-004201 ; *Dr. pén.* 2012, note 69).

6) Le délit de destruction ou dégradation involontaire d'un bien par explosion ou incendie ne peut être constitué qu'en cas de manquement à une obligation de prudence ou de sécurité imposée par la loi ou le règlement. Encourt la censure l'arrêt qui, pour déclarer des prévenus coupables de ce délit, se réfère implicitement aux fautes de maladresse, imprudence, inattention ou négligence constitutives des délits d'homicides et de blessures involontaires retenues à leur encontre (▪ Cass. crim., 13 janv. 2015, n° 12-87.059 ; *AJ pénal* 2015, note Y. Mayaud, p. 191).

7) La contravention de conduite d'un véhicule à une vitesse excessive et le délit de destruction ou détérioration involontaire du bien d'autrui par l'effet d'un incendie provoqué par un manquement à une obligation de prudence ou de sécurité imposée par la loi ou le règlement constituent des infractions différentes qui, lorsqu'elles s'appliquent à un même fait, peuvent être réprimées distinctement (■ Cass. crim., 31 mars 2016, n° 15-85.082 : *Bull. crim.* n° 119).

Art. 322-6 *(Mod., L. n° 2004-209, 9 mars 2004)*. **– La destruction, la dégradation ou la détérioration d'un bien appartenant à autrui par l'effet d'une substance explosive, d'un incendie ou de tout autre moyen de nature à créer un danger pour les personnes est punie de dix ans d'emprisonnement et de 150 000 € d'amende.**

Lorsqu'il s'agit de l'incendie de bois, forêts, landes, maquis, plantations ou reboisements d'autrui intervenu dans des conditions de nature à exposer les personnes à un dommage corporel ou à créer un dommage irréversible à l'environnement, les peines sont portées à quinze ans de réclusion criminelle et à 150 000 € d'amende.

1) La circonstance que la destruction ou la détérioration d'un objet mobilier ou d'un bien immobilier appartenant à autrui a été effectuée par l'effet d'une substance explosive ou incendiaire, ou de tout autre moyen de nature à créer un danger pour la sécurité des personnes, est un élément constitutif de l'infraction prévue et réprimée par l'article 435, alinéa 1er, du Code pénal. La question unique posée dans les termes de ce texte n'est en conséquence pas entachée de complexité prohibée (■ Cass. crim., 27 nov. 1985 : *Bull. crim.* n° 382).

2) Bien d'autrui. Les juges du fond doivent mettre la Cour de cassation en mesure de s'assurer que les éléments légaux de la complicité du délit prévu par l'article 435 du Code pénal sont réunis, et notamment que le bien immobilier détruit ou détérioré n'était pas la propriété de l'auteur principal, non identifié, de l'infraction dont les prévenus ont été reconnus complices (■ Cass. crim., 3 janv. 1985, inédit).

3) Le délit de destruction, dégradation ou détérioration volontaire d'un bien appartenant à autrui, défini par l'article 322-6 du Code pénal, est constitué dans le cas où le gérant d'une société civile immobilière détruit, dégrade ou détériore volontairement un bien immobilier appartenant à cette société civile immobilière, dès lors que le gérant n'est à titre personnel titulaire d'aucun droit réel sur le bien (■ Cass. crim., 20 juin 2018, n° 17-82.713).

4) Se rend coupable du délit de complicité d'incendie volontaire l'individu qui a mis au défi un autre ouvrier d'incendier l'usine dans laquelle ils travaillaient, qui lui a promis un repas ou 1 000 francs, qui lui a remis une boîte d'allumettes et lui a indiqué l'endroit où les matériaux inflammables se trouvaient (■ Cass. crim., 24 juill. 1985 : *Gaz. Pal.* 1986, 1, som., p. 115).

5) L'aspersion de pièces de viande par de l'huile de vidange ne constituant pas un procédé de destruction dangereux pour la sécurité des personnes, a été écartée l'application de l'article 435 et a été retenue celle de l'article 434 (■ CA Bordeaux, 5 mars 1992 : *D.* 1994, p. 305, note S. Mirabail).

6) Tentative. Constitue, tant au regard de l'article 435 de l'ancien Code pénal que de l'article 322-6 du nouveau, une tentative punissable de destruction volontaire d'un bien appartenant à autrui le fait de mettre volontairement le feu à une discothèque dont le prévenu est le propriétaire mais qui est située dans un immeuble appartenant à son épouse, les meubles et la charpente de cet immeuble ayant été épargnés par le feu (■ Cass. crim., 15 juin 1994 : *Dr. pén.* 1994, comm. 255, obs. M. Véron).

7) Intention. L'élément intentionnel de l'infraction définie à l'article 322-6 du Code pénal est caractérisé par la seule utilisation, par l'auteur des faits, d'une substance explosive, d'un incendie ou de tout autre moyen de nature à créer un danger pour les personnes sans qu'il soit nécessaire qu'il ait eu en vue de créer un tel danger (■ Cass. crim., 24 juin 1998 : *Bull. crim.* n° 206 ; *Dr. pén.* 1998, comm. 153, obs. M. Véron).

8) Il a été jugé que le fait de reculer pour heurter violemment et volontairement avec sa voiture un autre véhicule constitue un moyen de dégradation dangereux pour le conducteur placé à côté de ce véhicule (■ CA Toulouse : 19 sept. 2002 : *JurisData* n° 2002-188328 ; *Dr. pén.* 2003, comm. 2, obs. M. Véron).

9) Celui qui met volontairement le feu à l'immeuble d'habitation d'autrui se rend coupable du délit de destruction, dégradation ou détérioration d'un bien prévu par l'article 322-6 du Code pénal qui n'exige pas la présence effective d'une personne dans les lieux où l'infraction est commise (■ Cass. crim., 30 sept. 2003 : *Bull. crim.* n° 171).

10) Complicité. Caractérise la tentative de destruction volontaire du bien d'autrui par l'effet d'une substance explosive de nature à créer un danger pour les personnes, le fait d'ouvrir les vannes du gaz dans des locaux professionnels après avoir confectionné un système de mise à feu, qui en définitive n'a pas fonctionné, en vue d'y provoquer une explosion.

Est complice de cette tentative la personne qui exerçait des fonctions de mandataire judiciaire dans ces locaux et dont l'étude était placée sous administration judiciaire, dès lors qu'elle a enjoint à l'auteur des faits, sa fille, assistée d'un tiers, de les détruire, en lui fournissant les instructions nécessaires pour y parvenir, à la veille d'un audit approfondi par le commissaire aux comptes, afin de dissimuler des fraudes par elles commises (■ Cass. crim., 12 déc. 2007 : *Bull. crim.* n° 307 ; *Dr. pén.* 2008, comm. 28, obs. M. Véron).

11) Élément intentionnel. L'article 322-6 du Code pénal n'exige pas de l'auteur de l'infraction qu'il ait l'intention, en détruisant, dégradant ou détériorant des biens appartenant à l'autrui, de porter atteinte à l'intégrité physique des personnes par l'un des moyens énumérés par ce texte, mais seulement que ceux-ci, en raison de leur nature, soient susceptibles de créer un danger pour les personnes.

Il en est de même de celui qui détient ou transporte des substances, produits incendiaires ou explosifs en vue de préparer des infractions définies à l'article 322-6 précité ou des atteintes aux personnes (■ Cass. crim., 28 mars 2017, n° 17-80.041).

Art. 322-6-1 ***(L. n° 2004-204, 9 mars 2004 ; mod., L. n° 2011-525, 17 mai 2011 ; L. n° 2016-731, 3 juin 2016).*** **– Le fait de diffuser par tout moyen, sauf à destination des professionnels, des procédés permettant la fabrication d'engins de destruction élaborés à partir de poudre ou de substances explosives, de matières nucléaires, biologiques ou chimiques, ou à partir de tout autre produit destiné à l'usage domestique, industriel ou agricole, est puni e trois ans d'emprisonnement et de 45 000 € d'amende.**

Les peines sont portées à cinq ans d'emprisonnement et à 75 000 € d'amende lorsqu'il a été utilisé, pour la diffusion des procédés, un réseau de communication électronique à destination d'un public non déterminé.

Art. 322-7 ***(Mod., L. n° 2004-204, 9 mars 2004).*** **– L'infraction définie à l'article 322-6 est punie de quinze ans de réclusion criminelle et de 150 000 € d'amende lorsqu'elle a entraîné pour autrui une incapacité totale de travail pendant huit jours au plus.**

Lorsqu'il s'agit de l'incendie de bois, forêts, landes, maquis, plantations ou reboisements d'autrui, les peines sont portées à vingt ans de réclusion criminelle et à 200 000 € d'amende.

Art. 322-8 ***(Mod., L. n° 2003-88, 3 févr. 2003 ; L. n° 2004-204, 9 mars 2004 ; L. n° 2017-258, 28 févr. 2017).*** **– L'infraction définie à l'article 322-6 est punie de vingt ans de réclusion criminelle et de 150 000 € d'amende :**

1° Lorsqu'elle est commise en bande organisée ;

2° Lorsqu'elle a entraîné pour autrui une incapacité totale de travail pendant plus de huit jours ;

3° Lorsqu'elle est commise en raison de la qualité de magistrat, de militaire de la gendarmerie nationale, de fonctionnaire de la police nationale, des douanes ou de l'administration pénitentiaire ou de toute autre personne dépositaire de l'autorité publique, ou de sapeur-pompier professionnel ou volontaire, de la personne propriétaire ou utilisatrice du bien.

Lorsqu'il s'agit de l'incendie de bois, forêts, landes, maquis, plantations ou reboisements d'autrui, les peines sont portées à trente ans de réclusion criminelle et à 200 000 € d'amende.

Les deux premiers alinéas de l'article 132-23 relatif à la période de sûreté sont applicables aux infractions prévues par le présent article.

Constitue une bande organisée, toute réunion de plusieurs personnes en vue de commettre une destruction volontaire d'objet mobilier ou d'un bien immobilier et caractérisée par la préparation ainsi que par la possession des moyens utiles à l'action (■ Cass. crim., 11 juin 1985 : *Bull. crim.* n° 226).

Art. 322-9 ***(Mod., L. n° 2004-204, 9 mars 2004).*** **– L'infraction définie à l'article 322-6 est punie de trente ans de réclusion criminelle et de 150 000 € d'amende lorsqu'elle a entraîné pour autrui une mutilation ou une infirmité permanente.**

Lorsqu'il s'agit de l'incendie de bois, forêts, landes, maquis, plantations ou reboisements d'autrui, les peines sont portées à la réclusion criminelle à perpétuité et à 200 000 € d'amende.

Les deux premiers alinéas de l'article 132-23 relatif à la période de sûreté sont applicables à l'infraction prévue par le présent article.

Ne constituent pas une infirmité permanente les blessures à la jambe qui n'ont entraîné ni mutilation, ni amputation, ni privation de l'usage de ce membre, mais seulement une incapacité permanente partielle (■ Cass. crim., 2 juill. 1986 : *Bull. crim.* n° 229 ; *RSC* 1987, p. 202, obs. Levasseur).

Art. 322-10. – L'infraction définie à l'article 322-6 est punie de la réclusion criminelle à perpétuité et de 150 000 € d'amende lorsqu'elle a entraîné la mort d'autrui.

Les deux premiers alinéas de l'article 132-23 relatif à la période de sûreté sont applicables à l'infraction prévue par le présent article.

Art. 322-11. – La tentative du délit prévu par l'article 322-6 est punie des mêmes peines.

Art. 322-11-1 *(L. n° 2007-297, 5 mars 2007 ; mod., L. n° 2016-731, 3 juin 2016).* **– La détention ou le transport de substances ou produits incendiaires ou explosifs ainsi que d'éléments ou substances destinés à entrer dans la composition de produits ou engins incendiaires ou explosifs en vue de la préparation, caractérisée par un ou plusieurs faits matériels, des infractions définies à l'article 322-6 ou d'atteintes aux personnes est puni de sept ans d'emprisonnement et de 100 000 € d'amende.**

Les peines sont portées à dix ans d'emprisonnement et à 500 000 € d'amende lorsque ces faits sont commis en bande organisée.

Hors les cas prévus aux deux premiers alinéas, est puni de trois ans d'emprisonnement et de 45 000 € d'amende la détention ou le transport sans motif légitime :

1° De substances ou produits explosifs permettant de commettre les infractions définies à l'article 322-6, lorsque ces substances ou produits ne sont pas soumis, pour la détention ou le transport, à un régime particulier ;

2° De substances ou produits incendiaires permettant de commettre les infractions définies à l'article 322-6 ainsi que d'éléments ou substances destinés à entrer dans la composition de produits ou engins incendiaires ou explosifs, lorsque leur détention ou leur transport ont été interdit par arrêté préfectoral en raison de l'urgence ou du risque de trouble à l'ordre public.

1) L'infraction prévue par l'article 322-11-1 du Code pénal ne requiert pas que son auteur ait eu l'intention de causer une atteinte à l'intégrité physique d'une personne par l'un des moyens énumérés à l'article 322-6 (■ Cass. crim., 28 mars 2017, n° 17-80.041 : *Dr. pén.* 2017, comm. 106, note Ph. Conte).

2) Faits constitutifs de cette infraction peuvent être connexes au délit d'association de malfaiteurs en vue de la préparation d'actes de terrorisme (■ Cass. crim., 20 juin 2017, n° 16-83.436).

Section III. – Des menaces de destruction, de dégradation ou de détérioration et des fausses alertes

Art. 322-12. – La menace de commettre une destruction, une dégradation ou une détérioration dangereuses pour les personnes est punie de six mois d'emprisonnement et de 7 500 € d'amende lorsqu'elle est soit réitérée, soit matérialisée par un écrit, une image ou tout autre objet.

Art. 322-13. – La menace, par quelque moyen que ce soit, de commettre une destruction, une dégradation ou une détérioration est punie d'un an d'emprisonnement et de 15 000 € d'amende lorsqu'elle est faite avec l'ordre de remplir une condition.

La peine est portée à trois ans d'emprisonnement et 45 000 € d'amende s'il s'agit d'une menace de destruction, de dégradation ou de détérioration dangereuses pour les personnes.

Voir : art. R. 631-1, p. 1025, art. R. 634-1, p. 1027.

1) La menace doit présenter un **caractère** suffisamment alarmant et il appartient aux tribunaux d'en apprécier les termes ; ainsi constituent des menaces de destruction l'expression suivante : « j'ai du plastic et je vais transformer ton établissement en charcuterie » (■ Cass. crim., 13 mars 1967 : *Bull. crim.* n° 97 ; *RSC* 1967, p. 661, obs. Levasseur).

2) En revanche, le délit de menaces de mort par écrit ne peut être retenu contre un hôtelier qui avait signifié par lettre au directeur d'un aéroport qu'à compter d'une date déterminée il interdirait aux avions le survol de son immeuble situé dans le prolongement d'une piste d'envol en dressant un barrage de ballonnets reliés au sol par des câbles d'acier (■ CA Lyon, 9 juill. 1954 : *JCP* 1956, II, 9175, note Meurisse ; *RSC* 1954, p. 767, obs. Hugueney).

3) Réitération. Il a été jugé que si l'article 322-12 du Code pénal exige que les menaces de destruction soient réitérées, le texte n'exige cependant pas qu'elles soient réitérées contre la même personne et le même bien (■ Toulouse, 21 oct. 2008 : *JurisData* n° 2008-370752 ; *Dr. pén.* 2009, comm. 19, obs. M. Véron). L'arrêt a néanmoins été censuré par la Cour de cassation sur ce point précisément : ■ Cass. crim., 29 avr. 2009, n° 08-87.488.

4) Ordre de remplir une condition. L'ordre de remplir une condition peut être aussi bien un ordre de faire qu'un ordre de ne pas faire (■ Cass. crim., 1er févr. 1834 : S. 1834, 1, p. 266).

5) La menace verbale de mort ou de tout autre attentat faite avec ordre ou sous condition a été jugée punissable, alors même que son auteur n'aurait pas eu l'intention de passer la menace à l'exécution, cette dernière intention n'ayant nullement été prise en considération par le législateur (■ Bordeaux, 8 août 1867 : S. 67, 2, p. 273) ; en revanche, la relaxe doit être prononcée dès lors qu'on ne découvre en aucune partie des écrits incriminés l'indication d'un dessein criminel qu'avait formé leur auteur ni l'expression de sa volonté de se livrer à un attentat (■ Basse-Terre, 17 mars 1970 : *D.* 1970, p. 658).

Art. 322-14. – Le fait de communiquer ou de divulguer une fausse information dans le but de faire croire qu'une destruction, une dégradation ou une détérioration dangereuse pour les personnes va être ou a été commise est puni de deux ans d'emprisonnement et de 30 000 € d'amende.

Est puni des mêmes peines le fait de communiquer ou de divulguer une fausse information faisant croire à un sinistre et de nature à provoquer l'intervention inutile des secours.

Le fait de communiquer une fausse information selon laquelle une bombe avait été placée dans un avion dont les portes avaient été closes et qui était sur son axe de départ, constitue le délit prévu par l'article 308-1 du Code pénal (■ Cass. crim., 24 févr. 1987 : *Bull. crim.* n° 94).

Section IV. – Peines complémentaires applicables aux personnes physiques et responsabilité des personnes morales

Art. 322-15 *(Mod., L. n° 2004-204, 9 mars 2004 ; L. n° 2007-297, 5 mars 2007 ; L. n° 2008-776, 4 août 2008 ; L. n° 2012-304, 6 mars 2012).* **– I. – Les personnes physiques coupables de l'une des infractions prévues au présent chapitre encourent également les peines complémentaires suivantes :**

1° L'interdiction des droits civiques, civils et de famille, suivant les modalités prévues par l'article 131-26 ;

2° L'interdiction, suivant les modalités prévues par l'article 131-27, soit d'exercer une fonction publique ou d'exercer l'activité professionnelle ou sociale dans l'exercice ou à l'occasion de l'exercice de laquelle l'infraction a été commise, cette interdiction étant définitive ou provisoire dans les cas prévus aux articles 322-6 à 322-10 et pour une durée de cinq ans au plus dans les cas prévus aux articles 322-1, 322-2, 322-3, 322-3-1, 322-5, 322-12, 322-13 et 322-14 soit, pour les crimes prévus au second alinéa de l'article 322-6 ainsi qu'aux articles 322-7, 322-8, 322-9 et 322-10, d'exercer une profession commerciale ou industrielle, de diriger, d'administrer, de gérer ou de contrôler à un titre quelconque, directement ou indirectement, pour son propre compte ou pour le compte d'autrui, une entreprise commerciale ou industrielle ou une société commerciale. Ces interdictions d'exercice peuvent être prononcées cumulativement ;

3° L'interdiction de détenir ou de porter, pour une durée de cinq ans au plus, une arme soumise à autorisation ;

4° L'interdiction de séjour, suivant les modalités prévues par l'article 131-31, dans les cas prévus par les articles 322-7 à 322-10.

5° *(5° abr. à compter du 24 mars 2020, L. n° 2019-222, 23 mars 2019)* **;**

6° *(6° abr. à compter du 24 mars 2020, L. n° 2019-222, 23 mars 2019)* **;**

7° *(7° créé, L. n° 2019-290, 10 avr. 2019)* **L'interdiction de participer à des manifestations sur la voie publique, dans les conditions prévues à l'article 131-32-1, lorsque les faits punis par le premier alinéa de l'article 322-1 et les articles 322-2, 322-3 et 322-6 à 322-10 sont commis lors du déroulement de manifestations sur la voie publique.**

II. – En cas de condamnation pour les crimes ou délits prévus aux articles 322-6 à 322-11-1, le prononcé de la peine complémentaire prévue au 3° du I du présent article est obligatoire.

Toutefois, la juridiction peut, par une décision spécialement motivée lorsque la condamnation est prononcée par une juridiction correctionnelle, décider de ne pas prononcer cette peine, en considération des circonstances de l'infraction et de la personnalité de son auteur.

Art. 322-15-1 *(L. n° 2003-239, 18 mars 2003).* **– Les personnes physiques coupables de l'infraction prévue à l'article 322-4-1 encourent les peines complémentaires suivantes :**

1° La suspension, pour une durée de trois ans au plus, du permis de conduire ;

2° La confiscation du ou des véhicules automobiles utilisés pour commettre l'infraction, à l'exception des véhicules destinés à l'habitation.

Art. 322-16 *(Mod., L. n° 2018-778, 10 sept. 2018).* **– L'interdiction du territoire français peut être prononcée dans les conditions prévues par l'article 131-30, soit à titre définitif, soit pour une durée de dix ans au plus, à l'encontre de tout étranger coupable de l'une des infractions définies aux articles 322-6à 322-10.**

Art. 322-17 *(Mod., L. n° 2009-526, 12 mai 2009).* **– Les personnes morales déclarées responsables pénalement, dans les conditions prévues par l'article 121-2, des infractions définies au présent chapitre encourent, outre l'amende suivant les modalités prévues par l'article 131-38, la peine prévue par le 2° de l'article 131-39, pour une durée de cinq ans au plus dans les cas prévus par les articles 322-1, 322-3, 322-5, 322-12, 322-13 et 322-14 et sans limitation de durée dans les cas prévus par les articles 322-6 à 322-10.**

L'interdiction mentionnée au 2° de l'article 131-39 porte sur l'activité dans l'exercice ou à l'occasion de l'exercice de laquelle l'infraction a été commise.

Art. 322-18 *(L. n° 2005-1549, 12 déc. 2005).* **– Les personnes physiques coupables des infractions définies aux articles 322-6 à 322-11 peuvent également être condamnées à un suivi socio-judiciaire selon les modalités prévues par les articles 131-36-1 à 131-36-13.**

CHAPITRE III. – DES ATTEINTES AUX SYSTÈMES DE TRAITEMENT AUTOMATISÉ DE DONNÉES

Art. 323-1 *(Mod., L. n° 2004-575, 21 juin 2004 ; L. n° 2012-410, 27 mars 2012 ; L. n° 2015-912, 24 juill. 2015).* **– Le fait d'accéder ou de se maintenir, frauduleusement, dans tout ou partie d'un système de traitement automatisé de données est puni [de] deux ans d'emprisonnement et de 60 000 € d'amende.**

Lorsqu'il en est résulté soit la suppression ou la modification de données contenues dans le système, soit une altération du fonctionnement de ce système, la peine est de trois ans d'emprisonnement et de 100 000 € d'amende.

Lorsque les infractions prévues aux deux premiers alinéas ont été commises à l'encontre d'un système de traitement automatisé de données à caractère personnel mis en œuvre par l'État, la peine est portée à cinq ans d'emprisonnement et à 150 000 € d'amende.

Bibliographie : *JCl. Pénal Code, Atteintes aux systèmes de traitement automatisé de données* par C. Robaczewski.

1) Doit être censuré l'arrêt qui relaxe un prévenu du chef de maintien frauduleux dans un système de traitement automatisé de données alors qu'il relève que celui-ci, quand bien même il y aurait accédé régulièrement, a utilisé pendant plus de 2 ans, et avec un code qui ne lui avait été remis que pour une période d'essai, une base de données qui n'était accessible qu'aux personnes autorisées (■ Cass. crim., 3 oct. 2007 : *Bull. crim.* n° 236 ; *Dr. pén.* 2007, comm. 158, obs. M. Véron ; *RSC* 2008, p. 99, obs. J. Francillon).

2) Constitue le délit de maintien frauduleux dans un système de traitement automatisé de données le fait de se maintenir dans ce système après s'y être introduit à la suite d'une défaillance technique et avoir constaté l'existence d'un contrôle d'accès. Le téléchargement, effectué sans le consentement de leur propriétaire, de données que le prévenu savait protégées caractérise la soustraction frauduleuse constitutive du vol (■ Cass. crim., 20 mai 2015, n° 14-81.336 : *Dr. pén.* 2015, comm. 106, obs. M. Véron ; *JCP* 2015, II, 887, note G. Beaussonie ; *D.* 2015, p. 1466, note L. Saenko ; *Gaz. Pal.* 2015, 1, p. 8, note S. Detraz ; *AJ pénal* 2015, p. 413, note E. Dreyer).

3) Se rend coupable de l'infraction prévue à l'article 323-1 du Code pénal, la personne qui détient et installe un keylogger sur des ordinateurs, pour intercepter à l'insu de leurs utilisateurs, par l'espionnage de la frappe du clavier, les codes d'accès et accéder ainsi aux courriels (■ Cass. crim., 16 janv. 2018, n° 16-87.168).

4) Se rend coupable de l'infraction prévue à l'article 323-1 du Code pénal la personne qui, sachant qu'elle n'y est pas autorisée, accède par quelque moyen que ce soit à un système de traitement automatisé de données. Est ainsi justifiée la condamnation du prévenu qui, s'il affirme n'avoir forcé ni utilisé aucun code, a accédé volontairement, à l'insu de la partie civile, à la messagerie électronique de celle-ci accessible depuis son ordinateur professionnel, qui n'était protégé par un code qu'à l'issue d'une période d'inactivité, au contenu et à la copie de messages qui y étaient stockés, et ce dans le but de lui nuire (▪ Cass. crim., 27 mars 2018, n° 17-81.989).

5) Les atteintes aux systèmes de traitement automatisé de données prévues aux articles 323-1 à 323-3 du Code pénal ne sauraient être reprochées à la personne qui, bénéficiant des droits d'accès et de modification des données, procède à des suppressions de données, sans les dissimuler à d'éventuels autres utilisateurs du système. Était en cause, en l'espèce, un logiciel de gestion à l'usage des pharmacies (▪ Cass. crim., 7 janv. 2020, n° 18-84.755). En revanche, des modifications ou suppressions de données sont nécessairement frauduleuses dès lors qu'elles ont été sciemment dissimulées à au moins un autre utilisateur d'un tel système, même s'il n'est pas titulaire de droits de modification (▪ Cass. crim., 8 juin 2021, n° 20-85.853).

Art. 323-2 *(Mod., L. n° 2004-575, 21 juin 2004 ; L. n° 2012-410, 27 mars 2012 ; L. n° 2015-912, 24 juill. 2015)*. **– Le fait d'entraver ou de fausser le fonctionnement d'un système de traitement automatisé de données est puni de cinq ans d'emprisonnement et de 150 000 € d'amende.**

Lorsque cette infraction a été commise à l'encontre d'un système de traitement automatisé de données à caractère personnel mis en œuvre par l'État, la peine est portée à sept ans d'emprisonnement et à 300 000 € d'amende.

Art. 323-3 *(Mod., L. n° 2004-575, 21 juin 2004 ; L. n° 2012-410, 27 mars 2012 ; L. n° 2014-1353, 13 nov. 2014 ; L. n° 2015-912, 24 juill. 2015)*. **– Le fait d'introduire frauduleusement des données dans un système de traitement automatisé, d'extraire, de détenir, de reproduire, de transmettre, de supprimer ou de modifier frauduleusement les données qu'il contient est puni de cinq ans d'emprisonnement et de 150 000 € d'amende.**

Lorsque cette infraction a été commise à l'encontre d'un système de traitement automatisé de données à caractère personnel mis en œuvre par l'État, la peine est portée à sept ans d'emprisonnement et à 300 000 € d'amende.

1) QPC. Non-lieu à renvoi au Conseil constitutionnel de la question prioritaire visant l'article 323-3 du Code pénal, les termes de ce texte étant clairs et précis (▪ Cass. crim., 10 avr. 2013, n° 12-85.618 : *RSC* 2014, p. 559, obs. J. Francillon).

2) L'introduction délibérée d'un « virus informatique » dans le logiciel d'un client ou le fait de s'abstenir d'informer ce dernier de l'introduction, même accidentelle, d'un tel virus, lorsqu'on en a connaissance, ainsi que de l'altération de l'ensemble du système informatique qui peut en résulter lors de la mise en œuvre du logiciel, constituent des atteintes à des systèmes de traitement automatisé de données entrant dans les prévisions des articles 462-3 et 462-4 du Code pénal (devenus 323-2 et 323-3 de ce code) ; encourt la censure la cour d'appel qui, après avoir constaté l'introduction d'un virus, lors d'un compactage des données du logiciel d'un client, dans des circonstances laissant penser qu'elle a été volontaire, relaxe le prévenu sans ordonner les auditions et autres mesures d'investigations dont elle reconnaît la nécessité en précisant les modalités (▪ Cass. crim., 12 déc. 1996 : *Bull. crim.* n° 465 ; *RSC* 1998, p. 144, obs. J. Francillon).

3) Le fait de modifier ou supprimer intentionnellement, en violation de la réglementation en vigueur, des données contenues dans un système de traitement automatisé caractérise le délit prévu à l'article 323-3 du Code pénal, sans qu'il soit nécessaire que ces modifications ou suppressions émanent d'une personne n'ayant pas un droit d'accès au système ni que leur auteur soit animé de la volonté de nuire. Justifie sa décision la cour d'appel qui, pour déclarer le prévenu coupable de ce délit, relève que l'intéressé a modifié, en violation des règles et principes comptables, des données qui avaient été enregistrées de manière définitive dans le système automatisé de comptabilité dont il avait la charge (▪ Cass. crim., 8 déc. 1999 : *Bull. crim.* n° 296 ; *Dr. pén.* 2000, comm. 53, obs. M. Véron).

4) Jugé que le prévenu a sciemment introduit dans le système *ELIOT*, des données fictives, à savoir des ordres de bourses fictifs, sans aucune réalité économique, qu'il a par la suite annulées, les dites données ayant notamment pour but de faire disparaître son exposition aux risques de marché et de masquer ses engagements hors mandat et hors limite ; dès lors le délit visé à la prévention est établi en tous ses éléments (▪ CA Paris, pôle 5, ch. 12, 24 oct. 2012, n° 11/00404 : *JCP* 2012, note 1371, p. 2309, J. Lasserre-Capdeville).

5) Celui qui procède à la désinstallation d'un logiciel est coupable du délit de modification frauduleuse de données dans un système de traitement automatisé (▪ Cass. crim., 9 déc. 2015, n° 14-87.835 : *Dr. pén.* 2016, comm. 20, obs. Ph. Conte).

Art. 323-3-1 *(L. n° 2004-575, 21 juin 2004 ; L. n° 2013-1168, 18 déc. 2013).* **– Le fait, sans motif légitime, notamment de recherche ou de sécurité informatique d'importer, de détenir, d'offrir, de céder ou de mettre à disposition un équipement, un instrument, un programme informatique ou toute donnée conçus ou spécialement adaptés pour commettre une ou plusieurs des infractions prévues par les articles 323-1 à 323-3 est puni des peines prévues respectivement pour l'infraction elle-même ou pour l'infraction la plus sévèrement réprimée.**

1) La constatation qu'il a agi sans motif légitime et en connaissance de cause établit l'intention coupable de celui qui, en violation de l'article 323-3-1 du Code pénal, importe, détient, offre, cède ou met à disposition un moyen ou une information conçu ou spécialement adapté pour commettre une infraction d'atteinte aux systèmes de traitement automatisé de données. Justifie sa décision la cour d'appel qui retient qu'un prévenu ne pouvait arguer d'un motif légitime tiré de la volonté d'information dès lors que, du fait de son expertise, il savait qu'il diffusait des informations présentant un risque d'utilisation à des fins de piratage (▪ Cass. crim., 27 oct. 2009 : *Bull. crim.* n° 177 ; *Dr. pén.* 2010, comm. 3, obs. M. Véron ; *JCP* G 2010, note 19, A. Lepage ; *D.* 2010, p. 806, note J. Lasserre-Capdeville ; *RSC* 2010, p. 178, obs. J. Francillon).

2) Infraction-cause. Les atteintes aux systèmes de traitement automatisé de données prévues aux articles 323-1 à 323-3 du Code pénal ne sauraient être reprochées à la personne qui, bénéficiant des droits d'accès et de modification des données, procède à des suppressions de données, sans les dissimuler à d'éventuels autres utilisateurs du système. En conséquence, le délit de l'article 323-3-1 ne saurait non plus être reproché à celui qui conçoit et commercialise un logiciel autorisant un tel usage, en l'occurrence un logiciel de gestion à l'usage des pharmacies (▪ Cass. crim., 7 janv. 2020, n° 18-84.755).

Art. 323-4. – La participation à un groupement formé ou à une entente établie en vue de la préparation, caractérisée par un ou plusieurs faits matériels, d'une ou de plusieurs des infractions prévues par les articles 323-1 à 323-3-1 est punie des peines prévues pour l'infraction elle-même ou pour l'infraction la plus sévèrement réprimée.

La mise à disposition des internautes d'un protocole de communication textuelle instantané sur internet (Web Irc), qui permet d'avoir connaissance de modalités concrètes d'opérations d'un collectif de pirates informatiques à l'encontre d'opérateurs d'importance vitale qui ont pour but d'entraver le fonctionnement d'un service de traitement automatisé de données, lorsqu'elle est effectuée de manière consciente, est constitutive du délit d'entente en vue de la préparation d'entraves au bon fonctionnement de systèmes de traitement automatisé de données (▪ Cass. crim., 7 nov. 2017, n° 16-84.918).

Art. 323-4-1 *(L. n° 2014-1353, 13 nov. 2014 ; mod., L. n° 2015-912, 24 juill. 2015).* **– Lorsque les infractions prévues aux articles 323-1 à 323-3-1 ont été commises en bande organisée et à l'encontre d'un système de traitement automatisé de données à caractère personnel mis en œuvre par l'État, la peine est portée à dix ans d'emprisonnement et à 300 000 € d'amende.**

Art. 323-5. – Les personnes physiques coupables des délits prévus au présent chapitre encourent également les peines complémentaires suivantes :

1° L'interdiction, pour une durée de cinq ans au plus, des droits civiques, civils et de famille, suivant les modalités de l'article 131-26 ;

2° L'interdiction, pour une durée de cinq ans au plus, d'exercer une fonction publique ou d'exercer l'activité professionnelle ou sociale dans l'exercice de laquelle ou à l'occasion de laquelle l'infraction a été commise ;

3° La confiscation de la chose qui a servi ou était destinée à commettre l'infraction ou de la chose qui en est le produit, à l'exception des objets susceptibles de restitution ;

4° La fermeture, pour une durée de cinq ans au plus, des établissements ou de l'un ou de plusieurs des établissements de l'entreprise ayant servi à commettre les faits incriminés ;

5° L'exclusion, pour une durée de cinq ans au plus, des marchés publics ;

6° L'interdiction, pour une durée de cinq ans au plus, d'émettre des chèques autres que ceux qui permettent le retrait de fonds par le tireur auprès du tiré ou ceux qui sont certifiés ;

7° L'affichage ou la diffusion de la décision prononcée dans les conditions prévues par l'article 131-35.

Art. 323-6 *(Mod., L. n° 2009-526, 12 mai 2009)*. **– Les personnes morales déclarées responsables pénalement, dans les conditions prévues par l'article 121-2, des infractions définies au présent chapitre encourent, outre l'amende suivant les modalités prévues par l'article 131-38, les peines prévues par l'article 131-39.**

L'interdiction mentionnée au 2° de l'article 131-39 porte sur l'activité dans l'exercice ou à l'occasion de l'exercice de laquelle l'infraction a été commise.

Art. 323-7. – La tentative des délits prévus par les articles 323-1 à 323-3-1 est punie des mêmes peines.

Pour un exemple d'application des articles 462-5, 462-6 et 462-8, V. (■ TGI Paris, 11e ch., 12 oct. 1988 : *JCP* 1989, II, 21253, note J. Devèze) ; et en appel (■ CA Paris, 9e ch. A, 22 mai 1989 : *Gaz. Pal.* 1989, 2, p. 559, note J.-P. Marchi).

Art. 323-8 *(L. n° 2015-912, 24 juill. 2015)*. **– Le présent chapitre n'est pas applicable aux mesures mises en œuvre, par les agents habilités des services de l'État désignés par arrêté du Premier ministre parmi les services spécialisés de renseignement mentionnés à l'article L. 811-2 du Code de la sécurité intérieure, pour assurer hors du territoire national la protection des intérêts fondamentaux de la Nation mentionnés à l'article L. 811-3 du même code.**

CHAPITRE IV. – DU BLANCHIMENT

(L. n° 96-392, 13 mai 1996)

Bibliographie : *JCl. Pénal Code, Infraction générale de blanchiment,* par M. Daury-Fauveau. • P. Cazalbou, *Étude de la catégorie des infractions de conséquence. Contribution à une théorie des infractions conditionnées* : LGDJ, 2016. • R. Parizot, *La responsabilité pénale à l'épreuve de la criminalité organisée* : LGDJ, 2010. • J.-F. Barbiéri, *De la révélation des faits délictueux à la déclaration de soupçons et inversement. Greffe d'une procédure confuse sur une infraction floue : le blanchiment de capitaux,* in *Mél. Bouloc : Dalloz,* 2006, p. 33. • G. Beaussonie, *L'utilité d'une incrimination générale du blanchiment,* in *La corruption. Aspects actuels et de droit comparé* : Erès, 2014, p. 43. • G. Beaussonie, *Quelques observations à partir de (et non sur) l'« auto-blanchiment »* : *AJ pénal* 2016, p. 192. • A. Bollé, *Responsabilité et évolution de l'infraction de blanchiment de capitaux* : *RLDA* 2006, n° 4, n° 222. • A. Botton, *Les aspects procéduraux du blanchiment : une infraction formellement dépendante* : *AJ pénal* 2016, p. 190. • B. Bouloc, *De quelques aspects du délit de blanchiment* : *RD bancaire et fin.* 2002, 151. • N. Catelan, *La présomption d'impureté : blanchir sans linge sale ?* : *RUE* 2015, n° 587, p. 252. • D. Chilstein, *La prévention du blanchiment et les praticiens du droit, étude de droit positif* : *Dr. & patr.* mars 2008, n° 168, p. 24. • D. Chilstein, *Retour sur la question de l'auto-blanchiment,* in *Mél. J.-H. Robert* : *LexisNexis,* 2012, p. 93. • C. Cutajar, *La description du processus de blanchiment,* in *Le Blanchiment des profits illicites* : PUS, 2000. • J.-J. Daigre, *La lutte internationale contre le blanchiment et le financement du terrorisme : Actes du colloque, 1er déc. 2006 : SLDC,* 2007, p. 202. • M. Dantinne, *Blanchiment de capitaux et crise économique et financière,* in *La lutte contre la criminalité économique : L'Harmattan,* 2010, p. 25. • D. Davoust, *La lutte contre les blanchiments de capitaux : une action menée au plan international, européen et national* : *LPA* 5 août 2002, p. 4. • F. Defferrard, *Les métamorphoses de la législation française « anti-blanchiment »* : *Gaz. Pal.* 23-24 oct. 2009, p. 2953. • F. Defferrard, *Les immunités pénales dans la lutte contre le blanchiment des capitaux et le financement du terrorisme,* in *Les immunités pénales : actualités d'une question ancienne,* CEPRISCA : PUF, 2011, p. 117. • J.-C. Delepiere, *Stratégies de la criminalité économique et financière et lutte contre le blanchiment : Les cahiers de la sécurité intérieure,* 1999, p. 41. • D. Desurvire, *Les lois des 29 avril et 13 mai 1996 relatives à la lutte contre le trafic de stupéfiants et le blanchiment d'argent* : *LPA* 21 juin 1996. • C. Ducouloux-Favard, *Typologies du blanchiment en écomafia, Réflexions à partir du rapport GAFI-XIII du 1er février 2002* : *LPA* 2002, n° 94, p. 12. • C. Ducouloux-Favard, *Recel et blanchiment : deux délits de conséquence* : *Gaz. Pal.* 2003, 1-4 janv., p. 11. • O. Dufour, *Le blanchiment, un nouveau risque pour les professions de conseil ?* : *LPA* 2002, n° 130, p. 3. • G. Duteil, *Modes opératoires et évolutions* : *AJ pénal* 2016, p. 171. • D. Gibaut-Croset, *Généralités et particularités de la prescription en matière de blanchiment* : *LPA* 15 juill. 2015, n° 140, p. 11. • Y. Godiveau, *Du blanchiment d'argent à l'économie criminelle, un point de vue policier : Les cahiers de la sécurité intérieure,* 1999, p. 55. • M.-C. Guérin, *La liberté d'entreprendre limitée par la rigueur du blanchiment ; l'indispensable garantie de capitaux licites* : *Dr. pén.* 2009, étude 21. • J. Lasserre-Capdeville, *Le banquier et la lutte contre le blanchiment d'argent* : *AJ pénal* 2016, p. 179. • A. Létocart, *Les évolutions en matière de blanchiment* : *RLDA* 2011, suppl. n° 63, p. 18. • A. Létocart, *La revitalisation du traitement judiciaire du blanchiment* : *JCP* 2015, étude 899. • E. Leverbe, *Le banquier et l'article 324-1 du Code pénal* : *Dr. pén.* 2004, chron. 4. • F. le Gunehec, *Actualités : Premier aperçu des dispositions pénales de la loi n° 96-392 du 13 mai 1996 relative à la lutte contre le blanchiment et les stupéfiants* : *JCP* 3 juill. 1996. • S. Manacorda, *La réglementation du blanchiment des capitaux en droit international : les coordonnées du système* : *RSC* 1999, p. 251. • C. Mascala, *Le rôle des professionnels dans la lutte contre le blanchiment :*

Dr. & patr. 2006, n° 149, p. 75. • H. Matsopoulou, *La répression du blanchiment d'argent : RD bancaire et fin.* 2002, n° 6, p. 363. • F. Meynot et P. Mousseron, *Blanchiment de capitaux : nouvelles suspicions économiques : JCP* E 2001, 16. • M.-C. Moinier, *Professionnels du chiffre et lutte anti-blanchiment : RLDA* 2013/83, n° 4650. • P. Mousseron, *Le blanchiment sociétaire : et si les sociétés lavaient plus blanc... : JCP* E 2004, I, 875. • O. Mussotte, *La lutte communautaire contre le blanchiment de capitaux : LPA* 1996, n° 96, p. 11. • P. Nérac, *La répression de l'infraction générale de blanchiment : AJ pénal* 2006, p. 440. • J. Pardon, *Le blanchiment de l'argent et la lutte contre la criminalité axée sur le profit : RD publ.* 1992, p. 740. • X. Pin, *Corruption et blanchiment : blanc bonnet et bonnet blanc ?*, in *Argent sale : prévenir et réprimer : Les cahiers Lysias*, 2012, p. 6. • J. Riffault, *Le blanchiment de capitaux en droit pénal comparé : RSC* 1999, p. 231. • B. Poulle et S. Aubert, *Lutte contre le blanchiment : l'esprit de l'approche par les risques est-il menacé ? : RD bancaire et fin.* 2014, étude 5. • H. Robert, *Réflexions sur la nature de l'infraction de blanchiment d'argent : JCP* 2008, I, 146. • G. Rouzet, *Un piège opérationnel : le blanchiment des capitaux : Dr. & patr.* nov. 1996, n° 43. • M. Segonds, *Les métamorphoses de l'infraction de blanchiment... ou les enjeux probatoires de la lutte contre le blanchiment : AJ pénal* 2016, p. 168. • D. Skornicki, *Délit de blanchiment : les bienfaits d'une coordination des systèmes répressifs : Décideurs Juridiques et Financiers* 2011, n° 127, p. 104. • H. Synvet, *La banque face au blanchiment : RD bancaire et fin.* 2007, étude 22.

Voir : C. mon. fin., art. L. 561-1 et s.

Section I. – Du blanchiment simple et du blanchiment aggravé

Art. 324-1. – Le blanchiment est le fait de faciliter, par tout moyen, la justification mensongère de l'origine des biens ou des revenus de l'auteur d'un crime ou d'un délit ayant procuré à celui-ci un profit direct ou indirect.

Constitue également un blanchiment le fait d'apporter un concours à une opération de placement, de dissimulation ou de conversion du produit direct ou indirect d'un crime ou d'un délit.

Le blanchiment est puni de cinq ans d'emprisonnement et de 375 000 € d'amende.

Voir : art. 321-6, p. 707.

1) QPC. Non-lieu à renvoi au Conseil constitutionnel de la question prioritaire de constitutionnalité visant l'article 324-1, alinéa 2, du Code pénal, dès lors que ces dispositions, rédigées en termes clairs et précis, ne portent pas atteinte au principe de légalité des délits et des peines (▪ Cass. crim., 27 mars 2013, n° 12-85.115 : *Bull. crim.* n° 71 ; *JCP* 2013, chron. n° 623, spéc. n° 17, p. 1079, B. Mathieu. ▪ Cass. crim., 25 mars 2015, n° 14-85.251). En outre, une QPC a été déclarée irrecevable en ce qu'elle ne concerne pas la compatibilité de la portée d'une disposition législative résultant d'une interprétation jurisprudentielle constante de la Cour de cassation avec les droits et libertés que la Constitution garantit ; qu'elle ne revient, en effet, qu'à contester la conformité de cette interprétation avec le libellé du texte législatif en cause (▪ Cass. crim., 16 sept. 2015, n° 15-83.204 : *Dr. pén.* 2015, comm. 136, obs. Ph. Conte).

2) Le délit nécessite que soient relevés précisément les éléments constitutifs d'un crime ou d'un délit principal ayant procuré à son auteur un profit direct ou indirect, et que l'élément intentionnel de l'infraction, caractérisé par la connaissance de l'origine délictueuse des fonds, soit établi (▪ Cass. crim., 25 juin 2003 : *Dr. pén.* 2003, comm. 142, obs. M. Véron ; *RSC* 2004, p. 350, obs. R. Ottenhof).

La preuve d'un lien entre la détention des fonds saisis et un trafic de stupéfiants est ainsi établie par la présence de traces de cocaïne sur les billets contenus dans un sac (▪ Cass. crim., 7 août 2009 : *Dr. pén.* 2009, comm. 151, obs. M. Véron).

En revanche, il n'est pas exigé que les circonstances de l'infraction originaire soient entièrement déterminées (▪ Cass. crim., 3 mai 2018, n° 17-81.040).

3) Se rend coupable du délit de blanchiment le ministre d'un pays étranger qui, ayant perçu de compagnies pétrolières des commissions en contrepartie de l'octroi de concessions ou de licences d'exploitation dans son pays, transfère les fonds ainsi obtenus sur le territoire national pour les déposer dans des banques et les utiliser pour l'acquisition de biens immobiliers ou mobiliers, dès lors que de tels faits sont réprimés en France sous la qualification de corruption et que les textes qui définissent le délit de blanchiment, infraction générale, distincte et autonome, n'impose ni que l'infraction ayant permis d'obtenir les sommes blanchies ait été commise sur le territoire national ni que les juridictions françaises soient compétentes pour la juger (▪ Cass. crim., 24 févr. 2010, n° 09-82.857 : *Bull. crim.* n° 37 ; *Dr. pén.* 2010, comm. 42, obs. M. Véron ; *JCP* 2010, note 629, C. Cutajar).

4) Caractérise le délit de blanchiment, infraction générale, distincte et autonome, l'utilisation en France de fonds provenant d'un commerce d'armes non déclaré et non autorisé, mais soustrait à l'appréciation des tribunaux français, l'immunité de juridiction étant sans effet sur la licéité des actes auxquels elle s'applique (■ Cass. crim., 16 janv. 2013 : *Bull. crim.* n° 17).

5) Il résulte de l'article L. 562-8 du Code monétaire et financier que la cause d'irresponsabilité pénale instituée au profit des personnes qui ont effectué, auprès du service TRACFIN, la déclaration mentionnée à l'article L. 562-2 du même code, s'applique au délit de blanchiment prévu à l'article 324-1 du Code pénal (■ Cass. crim., 3 déc. 2003 : *Bull. crim.* n° 234 ; *JCP* 2004, 1006, note C. Cutajar ; *AJ pénal* 2004, 116, note C. Girault).

6) Mais la cause d'irresponsabilité pénale instituée par l'article L. 562-8 du Code monétaire et financier au profit des personnes qui ont effectué, auprès du service TRACFIN, la déclaration mentionnée à l'article L. 562-2 du même code, ne s'applique pas lorsqu'il y a eu concertation frauduleuse entre le prévenu et le propriétaire des fonds ; n'encourt pas la censure l'arrêt qui écarte cette cause d'irresponsabilité invoquée par un assureur conseil en gestion de patrimoine, dès lors qu'il résulte des constatations des juges du fond que ce dernier avait agi en concertation frauduleuse avec le propriétaire des sommes qu'il était chargé de placer (même arrêt).

Peu importe que les auteurs des délits qui ont conduit au blanchiment, en l'occurrence des faits de travail dissimulé, ne soient pas connus et que les circonstances de leur commission n'aient pas été entièrement déterminées. Le blanchiment n'en est pas moins caractérisé (■ Cass. crim., 4 déc. 2019, n° 19-82.469).

7) Autoblanchiment. L'article 324-1, alinéa 2, du Code pénal, est applicable à l'auteur du blanchiment du produit d'une infraction qu'il a lui-même commise ; encourt, en conséquence, la censure l'arrêt qui, pour relaxer une personne poursuivie pour avoir apporté son concours à une opération de placement, de dissimulation ou de conversion du produit direct ou indirect des délits de travail clandestin et fraude fiscale, énonce que l'auteur principal d'une infraction ne peut être poursuivi pour blanchiment des sommes produites par sa propre activité illicite et qu'en l'espèce il n'est pas établi que les fonds proviennent d'infractions commises par d'autres personnes (■ Cass. crim., 14 janv. 2004 : *Bull. crim.* n° 12 ; *Dr. pén.* 2004, comm. 48, obs. M. Véron ; *Gaz. Pal.* 16-17 avr. 2004, p. 5, note O. Raynaud ; *JCP* 2004, II, 10081, note H. Matsopoulou ; *D.* 2004, jurispr. p. 1377, note C. Cutajar ; *RSC* 2004, p. 350, obs. R. Ottenhof).

8) La poursuite du délit de blanchiment, infraction générale, distincte et autonome, n'est pas soumise aux dispositions de l'article L. 228 du Livre des procédures fiscales. Justifie dès lors sa décision la cour d'appel qui, pour déclarer le prévenu coupable de blanchiment de fraude fiscale, retient, notamment, que l'article 324-1 du Code pénal n'impose pas que des poursuites aient été préalablement engagées ni qu'une condamnation ait été prononcée du chef du crime ou du délit ayant permis d'obtenir les sommes d'argent blanchies mais qu'il suffit que soient établis les éléments constitutifs de l'infraction principale ayant procuré les sommes litigieuses (■ Cass. crim., 20 févr. 2008, n° 07-82-977 : *Bull. crim.* n° 43 ; *Dr. pén.* 2008, comm. 67, obs. M. Véron ; *JCP* 2008, II, 10103, note J. Lasserre-Capdeville ; *D.* 2008, p. 1585, note C. Cutajar ; *RSC* 2008, p. 607, obs. H. Matsopoulou).

La réserve d'interprétation, émise par le Conseil constitutionnel au paragraphe 21 de sa décision n° 2016-546 QPC du 24 juin 2016, est dépourvue d'incidence sur la règle selon laquelle la poursuite du délit de blanchiment, infraction générale, distincte et autonome, n'est pas soumise aux dispositions de l'article L. 228 du LPF. D'où il suit que le grief, qui revient à invoquer un défaut de conformité de l'article 324-1 du Code pénal aux droits et libertés que la Constitution garantit, en ce que ce texte ne soumet pas la poursuite dudit délit à la procédure prévue par ledit article L. 228, sans qu'une question prioritaire de constitutionnalité ait été régulièrement posée à cet effet, ne saurait être admis (■ Cass. crim., 27 mars 2018, n° 16-87.585).

9) Pour déclarer le prévenu coupable de blanchiment aggravé en bande organisée, l'arrêt retient qu'il a facilité la justification mensongère de l'origine des biens ou des revenus de l'auteur des délits d'introduction de viandes anglaises en violation de l'embargo du 21 mars 1996, de tromperies aggravées et de falsifications, en établissant la comptabilité de sociétés sans activité réelle, en déposant les statuts d'une société fictive, en effectuant des opérations de versements et de retraits en espèces sur les comptes d'autres sociétés, en connaissance de cause de l'origine délictueuse des fonds (■ Cass. crim., 7 oct. 2009 : *Dr. pén.* 2009, comm. 22, obs. M. Véron).

10) Selon l'article 415 du Code des douanes, procède à une opération financière entre l'étranger et la France celui qui importe des fonds qu'il savait provenir d'un délit douanier.

Encourt dès lors la censure l'arrêt d'une cour d'appel qui, pour relaxer le prévenu, poursuivi du chef de blanchiment, retient, notamment, que l'importation de ces fonds ne peut être assimilée à une opération financière (■ Cass. crim., 15 déc. 2010, n° 10-81.734).

11) Commet le délit prévu par l'article 324-1, alinéa 2, du Code pénal, celui qui a servi d'intermédiaire dans la revente d'engins de travaux publics, qui provenaient de vols, en fabriquant de faux certificats de vente, des attestations mensongères et des factures fictives, les fonds étant utilisés pour l'acquisition d'aéronefs par la personne, destinataire des documents mensongers (▪ Cass. crim., 26 janv. 2011, n° 10-84.081 : *Dr. pén.* 2011, comm. 44, obs. M. Véron ; *RSC* 2011, p. 840, obs. H. Matsopoulou ; *D.* 2011, p. 1859, obs. C. Mascala).

12) Est coupable de **blanchiment aggravé** l'avocat qui utilise les facilités que lui procurait sa profession d'avocat pour apporter sciemment son concours au placement de sommes d'argent dont il savait qu'elles avaient été prélevées sur des comptes bloqués judiciairement (▪ Cass. crim., 4 mai 2011, n° 10-84.456 : *Bull. crim.* n° 90 ; *Dr. pén.* 2011, comm. 101, obs. M. Véron ; *RSC* 2011, p. 840, obs. H. Matsopoulou).

13) Encourt la cassation l'arrêt qui, pour déclarer le prévenu coupable de blanchiment, énonce qu'afin de ne pas attirer l'attention des employés de banque, les chèques contrefaits étaient déposés dans des automates situés à des endroits différents, les fonds d'origine frauduleuse étant ainsi mélangés avec les revenus légaux du couple et non déclarés fiscalement, dès lors que cette décision ne caractérise pas un fait de blanchiment imputable au prévenu (▪ Cass. crim., 17 févr. 2016, n° 14-86.969).

14) L'article 324-1, alinéa 2, du Code pénal, instituant une infraction générale et autonome de blanchiment, distincte, dans ses éléments matériel et intentionnel, du crime ou du délit ayant généré un produit, réprime, quel qu'en soit leur auteur, des agissements spécifiques de placement, dissimulation ou conversion de ce produit, de sorte que cette disposition est applicable à celui qui blanchit le produit d'une infraction qu'il a commise (▪ Cass. crim., 9 déc. 2015, n° 15-83.204. ▪ Cass. crim., 14 juin 2017, n° 16-84.921 : *Dr. pén.* 2017, comm. 120, note Ph. Conte).

15) Se rend coupable de blanchiment la personne qui encaisse des chèques correspondant aux salaires de travailleurs en situation irrégulière puis remet à ces derniers les fonds correspondant en espèces. En effet, les salaires versés proviennent directement du profit retiré par l'employeur de l'infraction de travail dissimulé (▪ Cass. crim., 17 juin 2015, n° 14-80.977).

16) La fraude aux accises, infraction aux contributions indirectes prévue à l'article 1791 du Code général des impôts, peut constituer le délit d'origine du blanchiment sanctionné par l'article 324-1 du Code pénal, infraction générale, distincte et autonome qui ne relève pas de l'action de l'administration fiscale et dont la recherche ou la constatation peut être confiée aux agents de la douane judiciaire en application de l'article 28-1 du Code de procédure pénale (▪ Cass. crim., 9 avr. 2015, n° 14-87.660).

17) L'intéressé qui a déposé le produit des impositions éludées sur différents comptes bancaires ouverts à son nom ou à celui de son épouse, les fonds ainsi placés ayant été affectés, non seulement au financement des dépenses courantes du ménage, mais également à l'acquisition de véhicules d'occasion, ainsi qu'à la constitution du capital d'une société, a procédé à une opération de placement et de conversion du produit du délit originaire de fraude fiscale, condamnable au regard de l'article 324-1, alinéa 2, du Code pénal (▪ Cass. crim., 27 mars 2018, n° 16-87.585).

18) QPC – Élément moral. La question posée de la constitutionnalité de l'article 324-1 du Code pénal qui n'exige pas que son auteur ait su quelle infraction était à l'origine ne présente pas un caractère sérieux dès lors que, d'une part, la disposition critiquée est rédigée en termes suffisamment clairs et précis pour permettre son interprétation et sa sanction, qui entrent dans l'office du juge pénal, sans risque d'arbitraire, notamment, en ce qu'elle concerne la détermination de l'élément intentionnel du délit, d'autre part, les poursuites, pour le délit général, distinct et autonome de blanchiment, sont exercées selon les mêmes modalités quelle que soit l'infraction d'origine et qu'ainsi, aucune atteinte n'est portée au principe de la légalité des délits et des peines invoqué (▪ Cass. crim., 17 janv. 2018, n° 17-90.020).

19) *Non bis in idem.* Des faits qui procèdent de manière indissociable d'une action unique caractérisée par une seule intention coupable ne peuvent donner lieu, contre le même prévenu, à deux déclarations de culpabilité de nature pénale, fussent-ils concomitants. Ainsi un même fait ne peut pas fonder une condamnation pour blanchiment et pour recel (▪ Cass. crim., 26 oct. 2016, n° 15-84.552 : *Dr. pén.* 2017, comm. 1 et 4, notes Ph. Conte ; *JCP* 2017, 16, note N. Catelan).

En revanche, à la condition que les faits soient dissociables, par exemple le fait de détourner des fonds au préjudice de sociétés puis celui de les utiliser dans le but de les dissimuler, qui sont des faits distincts relevant d'une intention coupable différente, il peut y avoir abus de biens sociaux et blanchiment à la fois (▪ Cass. crim., 16 janv. 2019, n° 17-80.576). V. pour une solution similaire en matière de fraude fiscale, ▪ Cass. crim., 3 mai 2018, n° 16-86.499. Il est même envisageable de cumuler recel et blanchiment : ▪ Cass. crim., 12 juin 2019, n° 18-83.396, où il était question de personnes qui avaient, d'une part, converti le produit de délits de travail dissimulé, d'abus de faiblesse et de fraude fiscale et, d'autre part, bénéficié chacune d'un véhicule payé par l'auteur de ces infractions.

20) Prescription. Le blanchiment étant un délit autonome, la prescription qui le concerne est indépendante de celle qui s'applique à l'infraction originaire (▪ Cass. crim., 31 mai 2012, n° 12-80.715 : *Bull. crim.* n° 139 ; *Dr. pén.* 2012, comm. 117, obs. M. Véron ; *D.* 2012, act. p. 1678, obs. S. Lavric ; *Gaz. Pal.* 3-4 août 2012, chron. p. 37, note C. Robaczewski ; *RSC* 2012, p. 868, obs. H. Matsopoulou).

Le blanchiment étant une infraction instantanée et non continue, la cour d'appel ne pouvait considérer qu'il perdurait du seul fait que les fonds dissimulés à l'administration fiscale, versés sur le compte ouvert à l'étranger au nom de la société Basic international antérieurement à la période de prévention, se trouvaient toujours détenus sur ce compte au cours de cette période (▪ Cass. crim., 11 sept. 2019, n° 18-81.040).

Lorsqu'il consiste à faciliter la justification mensongère de l'origine de biens ou de revenus ou à apporter un concours à une opération de dissimulation du produit direct ou indirect d'un crime ou d'un délit, le blanchiment, qui a pour objet de masquer le bénéficiaire ou le caractère illicite des fonds ou des biens sur lesquels il porte, notamment aux yeux de la victime et de l'autorité judiciaire, constitue en raison de ses éléments constitutifs une infraction occulte par nature (▪ Cass. crim., 11 sept. 2019, n° 18-83.484).

21) Caractérisation de l'origine frauduleuse des biens blanchis. Il se déduit de l'alinéa 2 de l'article 324-1 que la caractérisation du délit de blanchiment, si elle n'implique pas que les auteurs de l'infraction principale soient connus, ni les circonstances de la commission de celle-ci entièrement déterminées, nécessite que soit établie l'origine frauduleuse des biens blanchis. La cour d'appel qui, sans caractériser le délit de fraude fiscale ayant procuré les sommes blanchies autrement qu'en se référant au défaut de déclaration des fonds aux autorités douanières lors de leur transfert, retient un blanchiment consécutif ne justifie pas sa décision (▪ Cass. crim., 18 mars 2020, n° 18-86.491).

22) Dissimulation. Le transfert de fonds, sans qu'ait été respectée l'obligation déclarative résultant des articles 464 du Code des douanes et L. 152-1 du Code monétaire et financier, doit être considéré comme une opération de dissimulation au sens de l'article 324-1 du Code pénal (▪ Cass. crim., 18 mars 2020, n° 18-86.491).

23) Placement. L'opération de placement consiste notamment à mettre en circulation dans le système financier des biens provenant de la commission d'un crime ou d'un délit. La caractérisation du délit de blanchiment n'implique pas, dans ce cas, que soit établie une dissimulation de l'origine illicite de ces biens. Il s'en déduit que l'opération de dépôt ou de virement du produit d'un crime ou d'un délit sur un compte, y compris s'il s'agit de celui de l'auteur de l'infraction d'origine, qui conduit à faire entrer des fonds illicites dans le circuit bancaire, constitue une opération de placement caractérisant le délit de blanchiment (▪ Cass. crim., 18 mars 2020, n° 18-85.542).

24) Infraction d'origine commise à l'étranger. Les textes qui définissent le délit de blanchiment, qui est une infraction générale, distincte et autonome, n'imposent ni que l'infraction ayant permis d'obtenir les sommes blanchies ait eu lieu sur le territoire national ni que les juridictions françaises soient compétentes pour la poursuivre (▪ Cass. crim., 1er avr. 2020, n° 19-80.875).

L'opération de blanchiment s'entend non seulement de l'opération de placement initial des fonds sur les comptes occultes mais également des opérations de réemploi de ces fonds durant cette période aux fins, notamment, de les convertir dans de nouveaux placements financiers, toutes ces actions formant ainsi une opération unique de dissimulation, placement ou conversion. En application de l'article 113-2 du Code pénal, qui régit la compétence des juridictions pénales françaises, interprété à la lumière de l'article 10 de la directive n° 2018/1673 du Parlement européen et du Conseil du 23 octobre 2018 visant à lutter contre le blanchiment de capitaux au moyen du droit pénal, l'acquisition, sur le marché boursier français, et la détention par un prévenu de nationalité française et domicilié en France, d'emprunts émis par la République française, bénéficiant du crédit et de la signature de l'État français, et soumis à ce titre à l'impôt sur le revenu en France, à l'aide de fonds placés à l'étranger constituant le produit d'une infraction, caractérise un fait constitutif du délit de blanchiment justifiant la compétence des juridictions françaises. Par ailleurs, les juridictions françaises sont compétentes pour connaître du délit de blanchiment commis à l'étranger concernant des fonds qui constituent le produit d'une infraction commise en France, laquelle caractérise un fait constitutif du délit de blanchiment au sens de l'article 113-2 du Code pénal. Et, en raison de l'autonomie de l'infraction de blanchiment, celle-ci, lorsqu'elle est commise en France, peut être poursuivie nonobstant la prescription de l'action publique concernant l'infraction d'origine ou encore en l'absence de toute poursuite du chef de celle-ci. Enfin, il découle de l'article 324-1 du Code pénal, interprété à la lumière des dispositions de l'article 3 de la directive susvisée, qu'il n'est pas nécessaire que l'activité criminelle ou les comportements dont proviennent les biens objet du blanchiment soient précisément établis ou constituent même une infraction dans le pays où ils ont été commis, que leur auteur soit identifié ou qu'il ait fait l'objet de poursuites préalables ou concomitantes. En conséquence, le délit de blanchiment à l'étranger de fonds provenant d'une fraude fiscale commise en France même couverte par la prescription justifie la compétence des juridictions françaises en application du second alinéa de l'article 113-2 du Code pénal (■ Cass. crim., 21 oct. 2020, n° 19-87.076).

Art. 324-1-1 ***(L. n° 2013-1117, 6 déc. 2013).*** **– Pour l'application de l'article 324-1 les biens ou les revenus sont présumés être le produit direct ou indirect d'un crime ou d'un délit dès lors que les conditions matérielles, juridiques ou financières de l'opération de placement, de dissimulation ou de conversion ne peuvent avoir d'autre justification que de dissimuler l'origine ou le bénéficiaire effectif de ces biens ou revenus.**

1) QPC. Non-lieu à renvoi devant le Conseil constitutionnel de la QPC visant l'article 324-1-1 dès lors que, d'une part, la présomption d'illicéité, instituée par le texte contesté, de l'origine des biens ou revenus sur lesquels porte le délit de blanchiment prévu par l'article 324-1 du Code pénal, n'est pas irréfragable, et, d'autre part, nécessite, pour être mise en œuvre, la réunion de conditions de fait ou de droit faisant supposer la dissimulation de l'origine ou du bénéficiaire effectif de ces biens ou revenus (■ Cass. crim., 9 déc. 2015, n° 15-90.019 : *Dr. pén.* 2016, comm. 41, obs. Ph. Conte).

2) Application. L'application de la présomption d'origine illicite des fonds était justifiée dans une affaire où a relevé, notamment, les incohérences dans le récit fait par le prévenu de son voyage entre l'Allemagne et la France, l'absence de justification des raisons de celui-ci et l'importance de la somme non déclarée, les conditions matérielles de l'opération de dissimulation de la somme de 49 500 euros en possession de laquelle le prévenu a été trouvé lors de son passage à la frontière entre la Suisse et la France ne pouvant avoir d'autre justification que de dissimuler l'origine ou le bénéficiaire effectif de cette somme (■ Cass. crim., 6 mars 2019, n° 18-81.059 : *Bull. crim.* n° 52).

3) Office du juge. Les juges du fond apprécient souverainement l'existence de la présomption (■ Cass. crim., 6 mars 2019, préc.), mais il leur appartient de rechercher si les conditions matérielles de l'opération de dissimulation de la somme en possession de laquelle un prévenu a été trouvé ne peuvent avoir d'autre justification que de dissimuler son origine illicite et permettent donc de présumer, en l'absence de preuve contraire apportée par l'intéressé, que ces fonds sont le produit direct ou indirect d'un délit (■ Cass. crim., 15 sept. 2021, n° 21-81.308 : *JurisData* n° 2021-014483).

4) Conséquence : absence de nécessité d'identification et de caractérisation de l'infraction d'origine. Dans le cas où la présomption de l'article 324-1-1 du Code pénal est appliquée, la juridiction correctionnelle n'est pas tenue d'identifier ni *a fortiori* de caractériser le crime ou le délit qui a procuré le produit ayant fait l'objet d'une opération de placement, de dissimulation ou de conversion (■ Cass. crim., 18 déc. 2019, n° 19-82.496 : *JurisData* n° 2019-023036. V., dans le même sens, ■ Cass. crim., 15 sept. 2021, n° 21-81.308 : *JurisData* n° 2021-014483).

Art. 324-2. – Le blanchiment est puni de dix ans d'emprisonnement et de 750 000 € d'amende :

1° Lorsqu'il est commis de façon habituelle ou en utilisant les facilités que procure l'exercice d'une activité professionnelle ;

2° Lorsqu'il est commis en bande organisée.

Art. 324-3. – Les peines d'amende mentionnées aux articles 324-1 et 324-2 peuvent être élevées jusqu'à la moitié de la valeur des biens ou des fonds sur lesquels ont porté les opérations de blanchiment.

Produit de la fraude fiscale. L'assiette de l'amende ainsi définie ne peut être calculée qu'en prenant pour base le montant du produit direct ou indirect de l'infraction d'origine. Lorsque cette infraction est une fraude fiscale, le produit est constitué de l'économie qu'elle a permis de réaliser et dont le montant est équivalent à celui des impôts éludés (■ Cass. crim., 11 sept. 2019, n° 18-81.040).

Art. 324-4. – Lorsque le crime ou le délit dont proviennent les biens et les fonds sur lesquels ont porté les opérations de blanchiment est puni d'une peine privative de liberté d'une durée supérieure à celle de l'emprisonnement encouru en application des articles 324-1 ou 324-2, le blanchiment est puni des peines attachées à l'infraction dont son auteur a eu connaissance et, si cette infraction est accompagnée de circonstances aggravantes, des peines attachées aux seules circonstances dont il a eu connaissance.

Art. 324-5. – Le blanchiment est assimilé, au regard de la récidive, à l'infraction à l'occasion de laquelle ont été commises les opérations de blanchiment.

Recel d'une chose volée. Est commis en récidive le blanchiment commis consécutivement à un recel de fourgons volés – et prenant la forme de la transformation ce ces fourgons en camping-cars – pour lequel le prévenu a été condamné (▪ Cass. crim., 21 janv. 2020, n° 18-84.899).

Art. 324-6. – La tentative des délits prévus à la présente section est punie des mêmes peines.

Pour un exemple, V. ▪ Cass. crim., 11 oct. 2011, n° 10-87.503.

Art. 324-6-1 *(L. n° 2013-1117, 6 déc. 2013)*. **– Toute personne qui a tenté de commettre les infractions prévues à la présente section est exemple de peine si, ayant averti l'autorité administrative ou judiciaire, elle a permis d'éviter la réalisation de l'infraction et d'identifier, le cas échéant, les autres auteurs ou complices.**

La peine privative de liberté encourue par l'auteur ou le complice d'une des infractions prévues à la présente section est réduite de moitié si, ayant averti l'autorité administrative ou judiciaire, il a permis de faire cesser l'infraction ou d'identifier, le cas échéant, les autres auteurs ou complices.

Section II. – Peines complémentaires applicables aux personnes physiques et responsabilité pénale des personnes morales

Art. 324-7 *(Mod., L. n° 2001-420, 15 mai 2001 ; L. n° 2008-776, 4 août 2008 ; L. n° 2012-409, 27 mars 2012 ; L. n° 2013-907, 11 oct. 2013 ; mod. à compter du 31 déc. 2021, L. n° 2021-1729, 22 déc. 2021)*. **– Les personnes physiques coupables des infractions définies aux articles 324-1 et 324-2 encourent également les peines complémentaires suivantes :**

1° L'interdiction, suivant les modalités prévues par l'article 131-27, soit d'exercer une fonction publique ou d'exercer l'activité professionnelle ou sociale dans l'exercice ou à l'occasion de l'exercice de laquelle l'infraction a été commise, cette interdiction étant définitive ou provisoire dans le cas prévu à l'article 324-2 et d'une durée de cinq ans au plus dans le cas prévu à l'article 324-1, soit d'exercice une profession commerciale ou industrielle, de diriger, d'administrer, de gérer ou de contrôler à un titre quelconque, directement ou indirectement, pour son propre compte ou pour le compte d'autrui, une entreprise commerciale ou industrielle ou une société commerciale. Ces interdictions d'exercice peuvent être prononcées cumulativement ;

2° L'interdiction de détenir ou de porter, pour une durée de cinq ans au plus, une arme soumise à autorisation ;

3° L'interdiction, pour une durée de cinq ans au plus, d'émettre des chèques autres que ceux qui permettent le retrait de fonds par le tireur auprès du tiré ou ceux qui sont certifiés et d'utiliser les cartes de paiement ;

4° La suspension, pour une durée de cinq ans au plus, du permis de conduire, cette suspension pouvant être limitée à la conduite en dehors de l'activité professionnelle ;

5° L'annulation du permis de conduire avec l'interdiction de solliciter la délivrance d'un nouveau permis pendant cinq ans au plus ;

6° La confiscation d'un ou plusieurs véhicules appartenant au condamné ;

7° La confiscation d'une ou plusieurs armes dont le condamné est le propriétaire ou dont il a la libre disposition ;

8° La confiscation de la chose qui a servi ou était destinée à commettre l'infraction ou de la chose qui en est le produit, à l'exception des objets susceptibles de restitution et sous réserve du dernier alinéa de l'article 131-21 ;

9° L'interdiction, suivant les modalités prévues aux articles 131-26 et 131-26-1, des droits civiques, civils et de famille ;

10° L'interdiction de séjour suivant les modalités prévues par l'article 131-31 ;

11° L'interdiction, pour une durée de cinq ans au plus, de quitter le territoire de la République.

12° La confiscation de tout ou partie des biens du condamné ou, sous réserve des droits du propriétaire de bonne foi, dont il a la libre disposition, quelle qu'en soit la nature, meubles ou immeubles, divis ou indivis.

1) QPC. – Confiscation. Non-lieu à renvoi au Conseil constitutionnel de la question prioritaire visant la constitutionnalité de l'article 324-7, 12°, du Code pénal, dès lors que ces dispositions, rédigées en termes clairs et précis, ne portent pas atteinte au principe de légalité des délits et des peines (■ Cass. crim., 27 mars 2013, n° 12-85.115 : *Bull. crim.* n° 71 ; *JCP* 2013, chron. n° 623, spéc. n° 17, p. 1079, B. Mathieu).

2) 28 juin 2017. Il résulte de la Convention relative au blanchiment, au dépistage, à la saisine et à la confiscation des produits du crime, du 8 novembre 1990, applicable notamment dans les relations entre la France et l'Italie, qu'une partie ayant reçu de l'autre partie une demande de confiscation concernant des produits situés sur son territoire, est tenue de l'exécuter lorsque les conditions prévues par le texte conventionnel et la loi de l'État requis sont réunies (■ Cass. crim., 13 nov. 2003 : *Bull. crim.* n° 213).

3) Sur la nécessité de l'avis préalable du ministère Public pour les mesures conservatoires (saisie de patrimoine, C. pén., art. 324-7, 12°), V. ■ Cass. crim., 11 juill. 2012, n° 11-82.050, sous l'article 131-21 du même code.

4) Justifient leur décision, sans méconnaître l'article 1er du Premier protocole additionnel de la Convention européenne des droits de l'homme, les juges qui, prononçant la confiscation d'un bien immobilier, n'ont fait qu'user de leur pouvoir d'appréciation de la nécessité de l'atteinte portée au droit de propriété d'une prévenue, au regard de la gravité des faits et de la situation personnelle de l'intéressée (■ Cass. crim., 30 mars 2016, n° 15-81.550).

5) Le blanchiment de fraude fiscale est un délit puni, en application de l'article 324-7, 12° du Code pénal, de la peine complémentaire de confiscation de tout ou partie du patrimoine, laquelle peut, selon les dispositions de l'article 131-21, alinéa 6, du Code pénal, tant dans sa rédaction issue de la loi n° 2007-597 du 5 mars 2007 que dans ses versions ultérieures, porter sur tout ou partie des biens appartenant au condamné, quels qu'en soient la nature, meubles ou immeubles, et le régime, divis ou indivis (■ Cass. crim., 31 mai 2017, n° 16-86.872).

Hormis le cas où la confiscation, qu'elle soit en nature ou en valeur, porte sur un bien qui, dans sa totalité, constitue le produit ou l'objet de l'infraction, le juge, en ordonnant une telle mesure, doit apprécier le caractère proportionné de l'atteinte portée au droit de propriété de l'intéressé lorsqu'une telle garantie est invoquée ou procéder à cet examen d'office lorsqu'il s'agit d'une confiscation de tout ou partie du patrimoine. Il incombe en conséquence au juge qui décide de confisquer un bien, après s'être assuré de son caractère confiscable en application des conditions légales, de préciser la nature et l'origine de ce bien ainsi que le fondement de la mesure et, le cas échéant, de s'expliquer sur la nécessité et la proportionnalité de cette peine (■ Cass. crim., 24 juin 2020, n° 19-85.074).

6) Saisie. En ce qui concerne une saisie portant sur un bien objet, dans sa totalité, du blanchiment du produit direct ou indirect de l'infraction de détournement de fonds publics commise en Russie, le principe de proportionnalité n'a pas lieu de s'appliquer (■ Cass. crim., 1er avr. 2020, n° 19-80.875).

Art. 324-8. – **L'interdiction du territoire français peut être prononcée dans les conditions prévues par l'article 131-30, soit à titre définitif, soit pour une durée de dix ans au plus, à l'encontre de tout étranger coupable de l'une des infractions définies aux articles 324-1 et 324-2.**

Art. 324-9 *(Mod., L. n° 2009-526, 12 mai 2009 ; L. n° 2013-1117, 6 déc. 2013).* – **Les personnes morales déclarées responsables pénalement, dans les conditions prévues par l'article 121-2, des infractions définies aux articles 324-1 et 324-2 encourent, outre l'amende suivant les modalités prévues par l'article 131-38, les peines prévues à l'article 131-39 ainsi que la confiscation de tout ou partie de leurs biens ou, sous réserve des droits du propriétaire de bonne foi, de ceux dont elles ont la libre disposition, quelle qu'en soit la nature, meubles ou immeubles, divis ou indivis.**

L'interdiction mentionnée au 2° de l'article 131-39 porte sur l'activité dans l'exercice ou à l'occasion de l'exercice de laquelle l'infraction a été commise.

LIVRE QUATRIÈME

DES CRIMES ET DÉLITS CONTRE LA NATION, L'ÉTAT ET LA PAIX PUBLIQUE

TITRE PREMIER. – DES ATTEINTES AUX INTÉRÊTS FONDAMENTAUX DE LA NATION

Voir : art. 113-10, p. 84 (Infractions commises hors du territoire de la République) ; art. 434-2, p. 889.

Art. 410-1. – **Les intérêts fondamentaux de la nation s'entendent au sens du présent titre de son indépendance, de l'intégrité de son territoire, de sa sécurité, de la forme républicaine de ses institutions, des moyens de sa défense et de sa diplomatie, de la sauvegarde de sa population en France et à l'étranger, de l'équilibre de son milieu naturel et de son environnement et des éléments essentiels de son potentiel scientifique et économique et de son patrimoine culturel.**

Bibliographie : *JCl. Pénal Code, Atteintes aux intérêts fondamentaux de la nation* par F. Rousseau.

CHAPITRE I. – DE LA TRAHISON ET DE L'ESPIONNAGE

Art. 411-1. – **Les faits définis par les articles 411-2 à 411-11 constituent la trahison lorsqu'ils sont commis par un Français ou un militaire au service de la France et l'espionnage lorsqu'ils sont commis par toute autre personne.**

Bibliographie : *JCl. Pénal Code, Trahison et espionnage* par Vitu.

1) Poursuites. Les dispositions de l'article 698-1 du Code de procédure pénale, qui imposent au procureur de la République d'obtenir, soit une dénonciation, soit un avis du ministre chargé de la Défense ou de l'autorité militaire habilitée par lui pour exercer l'action publique devant les juridictions mentionnées à l'article 697 du même code, ne sauraient être invoquées lorsqu'il s'agit des infractions définies par les articles 411-1 à 411-11 et 413-1 à 413-12 du Code pénal concernant les atteintes à la défense nationale (▪ Cass. crim., 20 févr. 2002 : *Bull. crim.* n° 36).

2) Nationalité. La qualification d'espionnage peut s'appliquer sans avoir à distinguer suivant que l'étranger a ou non la nationalité du pays en état de guerre avec la France (▪ Cass. crim., 24 juill. 1946 : *Bull. crim.* n° 170).

Section I. – De la livraison de tout ou partie du territoire national de forces armées ou de matériel à une puissance étrangère

Art. 411-2. – **Le fait de livrer à une puissance étrangère, à une organisation étrangère ou sous contrôle étranger ou à leurs agents soit des troupes appartenant aux forces armées françaises, soit tout ou partie du territoire national est puni de la détention criminelle à perpétuité et de 750 000 € d'amende.**

Les deux premiers alinéas de l'article 132-23 relatif à la période de sûreté sont applicables au crime prévu par le présent article.

Voir : art. 414-2, p. 748.

Art. 411-3. – Le fait de livrer à une puissance étrangère, à une entreprise ou une organisation étrangère ou sous contrôle étranger ou à leurs agents des matériels, constructions, équipements, installations, appareils affectés à la défense nationale est puni de trente ans de détention criminelle et de 450 000 € d'amende.

Voir : art. 414-2, p. 748.

Section II. – Des intelligences avec une puissance étrangère

Art. 411-4. – Le fait d'entretenir des intelligences avec une puissance étrangère, avec une entreprise ou organisation étrangère ou sous contrôle étranger ou avec leurs agents, en vue de susciter des hostilités ou des actes d'agression contre la France, est puni de trente ans de détention criminelle et de 450 000 € d'amende.

Est puni des mêmes peines le fait de fournir à une puissance étrangère, à une entreprise ou une organisation étrangère ou sous contrôle étranger ou à leurs agents les moyens d'entreprendre des hostilités ou d'accomplir des actes d'agression contre la France.

Voir : art. 414-4, p. 749.

Un seul acte suffit pour réaliser l'intelligence avec une puissance étrangère (art. 70-2°) (■ Cass. crim., 20 févr. 1920 : *Bull. crim.* n° 90) ; est coupable d'intelligence avec une puissance étrangère l'officier de marine qui a livré à l'étranger des documents secrets sur la flotte française (■ Cass. crim., 22 mai 1908 : *Bull. crim.* n° 212) ou l'individu qui a dénoncé des patriotes en territoire occupé par les troupes allemandes (■ Cass. crim., 20 févr. 1908, préc.). Il n'est pas nécessaire que l'intelligence avec une puissance étrangère revête un caractère secret (■ Cass. crim., 24 mai 1917 : *Bull. crim.* n° 135).

Art. 411-5. – Le fait d'entretenir des intelligences avec une puissance étrangère, avec une entreprise ou organisation étrangère ou sous contrôle étranger ou avec leurs agents, lorsqu'il est de nature à porter atteinte aux intérêts fondamentaux de la nation, est puni de dix ans d'emprisonnement et de 150 000 € d'amende.

Voir : art. 414-4, p. 749.

1) Les intelligences avec une puissance étrangère (art. 80-3° du Code pénal) ne se conçoivent-elles qu'en temps de paix ? Dans un ancien arrêt rendu sous l'empire du décret-loi de 1939, la Cour de cassation avait décidé que l'incrimination n'était pas spéciale au temps de paix (■ Cass. crim., 9 mars 1950 : *Bull. crim.* n° 92). Aujourd'hui, la question n'est pas clairement tranchée (la solution la plus convaincante est celle qui attribue au texte le plus large domaine d'application : V. Vitu, *op. cit.*, fasc. 3, n° 80 et *Traité de droit pénal spécial*, t. 1, n° 65 *in fine*).

2) Sont inopérantes les conclusions par lesquelles un accusé soutiendrait qu'il n'a pas commis l'infraction punie par l'article 80-3°, parce que les documents fournis par lui aux agents d'une puissance étrangère ne comportaient que des données ou des renseignements non secrets : l'exigence du caractère secret des documents communiqués n'entre pas dans les composantes de cette disposition légale (■ Cass. crim., 21 oct. 1965 : *Bull. crim.* n° 208 ; *D.* 1965, 842. ■ Cass. crim., 17 févr. 1987 : *Bull. crim.* n° 78).

3) Le crime d'intelligences avec agents d'une puissance étrangère est caractérisé indépendamment de tout résultat positif, dès lors que les intelligences étaient de nature à porter atteinte à la situation militaire ou diplomatique de la France, ou à ses intérêts économiques essentiels ; est dès lors justifié le renvoi aux assises d'une personne si la chambre d'accusation a estimé qu'il existait des charges suffisantes tout en énonçant qu'il n'était contesté par personne que le comportement de l'inculpé n'avait pas effectivement causé un préjudice important aux situations ou aux intérêts protégés par la loi (■ Cass. crim., 23 mars 1982 : *Bull. crim.* n° 85 ; *RSC* 1983, p. 253, obs. Vitu. – V. aussi ■ Cass. crim., 12 févr. 1985 : *Bull. crim.* n° 70 ; *RSC* 1985, p. 802, obs. Delmas-Saint-Hilaire. ■ Cass. crim., 12 janv. 1988 : *Bull. crim.* n° 14).

4) Les dispositions de l'article 80-3° du Code pénal, qui n'exigent pas que les renseignements fournis aient un caractère secret, ne sont pas incompatibles avec les articles 7 et 10 de la Convention européenne des droits de l'homme (■ Cass. crim., 4 janv. 1990 : *Bull. crim.* n° 4).

Section III. – De la livraison d'informations à une puissance étrangère

Art. 411-6. – Le fait de livrer ou de rendre accessibles à une puissance étrangère, à une entreprise ou organisation étrangère ou sous contrôle étranger ou à leurs agents des renseignements, procédés, objets, documents, données informatisées ou fichiers dont l'exploitation, la divulgation ou la réunion est de nature à

porter atteinte aux intérêts fondamentaux de la nation est puni de quinze ans de détention criminelle et de 225 000 € d'amende.

Voir : art. 414-2, p. 748.

Les renseignements visés par l'article 72 de l'ancien Code pénal peuvent être de nature militaire (■ Cass. crim., 1er févr. 1935 : *DH* 1935, 181) ou non (■ Cass. crim., 10 mai 1928 : *Gaz. Pal.* 1928, 2, 82). Pour des exemples d'objets et documents, V. ■ Cass. crim., 20 juill. 1911 : S. 1913, 1, 473. ■ Douai, 22 mars 1910 : *S.* 1913, 2, 4. La divulgation des renseignements est caractérisée même s'il n'a pas été fait usage d'un des moyens de communication énumérés par l'article 23 de la loi du 29 juillet 1881 sur la liberté de la presse (■ Cass. crim., 16 nov. 1950 : *JCP* 1951, II, 6022, note J. Brouchot).

Art. 411-7. – **Le fait de recueillir ou de rassembler, en vue de les livrer à une puissance étrangère, à une entreprise ou organisation étrangère ou sous contrôle étranger ou à leurs agents, des renseignements, procédés, objets, documents, données informatisées ou fichiers dont l'exploitation, la divulgation ou la réunion est de nature à porter atteinte aux intérêts fondamentaux de la nation est puni de dix ans d'emprisonnement et de 150 000 € d'amende.**

Voir : art. 414-4, p. 749.

Il a été jugé que si le centre de recherche de Ladoux fait l'objet d'un classement comme Établissement à régime restrictif (ERR), conformément aux termes de l'instruction interministérielle du 1er mars 1993, il n'est pas démontré que les données informatiques en possession du prévenu concernaient des recherches effectuées sur ce site ; qu'au demeurant, le seul fait du classement en ERR n'induit pas nécessairement que des éléments essentiels du potentiel économique de la France, au sens de l'article 410-1 du Code pénal, soient concernés ; qu'ainsi les éléments constitutifs de l'infraction prévue par l'article 411-7 du Code pénal n'apparaissent en définitive pas caractérisés (■ T. corr. Clermont-Ferrand, 21 juin 2010 : *Dr. pén.* 2010, comm. 116, obs. M. Véron ; *JCP* G 2011, doctr. 191, p. 340, D., A. Maron, J.-H. Robert et M. Véron).

Art. 411-8. – **Le fait d'exercer, pour le compte d'une puissance étrangère, d'une entreprise ou organisation étrangère ou sous contrôle étranger ou de leurs agents, une activité ayant pour but l'obtention ou la livraison de dispositifs, renseignements, procédés, objets, documents, données informatisées ou fichiers dont l'exploitation, la divulgation ou la réunion est de nature à porter atteinte aux intérêts fondamentaux de la nation est puni de dix ans d'emprisonnement et de 150 000 € d'amende.**

Voir : art. 414-4, p. 749.

Section IV. – Du sabotage

Art. 411-9. – **Le fait de détruire, détériorer ou détourner tout document, matériel, construction, équipement, installation, appareil, dispositif technique ou système de traitement automatisé d'informations ou d'y apporter des malfaçons, lorsque ce fait est de nature à porter atteinte aux intérêts fondamentaux de la nation, est puni de quinze ans de détention criminelle et de 225 000 € d'amende.**

Lorsqu'il est commis dans le but de servir les intérêts d'une puissance étrangère, d'une entreprise ou organisation étrangère ou sous contrôle étranger, le même fait est puni de vingt ans de détention criminelle et de 300 000 € d'amende.

Voir : art. 414-2, p. 748.

Section V. – De la fourniture de fausses informations

Art. 411-10. – **Le fait de fournir, en vue de servir les intérêts d'une puissance étrangère, d'une entreprise ou organisation étrangère ou sous contrôle étranger, aux autorités civiles ou militaires de la France des informations fausses de nature à les induire en erreur et à porter atteinte aux intérêts fondamentaux de la nation est puni de sept ans d'emprisonnement et de 100 000 € d'amende.**

Section VI. – De la provocation aux crimes prévus au présent chapitre

Art. 411-11. – **Le fait, par promesses, offres, pressions, menaces ou voies de fait, de provoquer directement à commettre l'un des crimes prévus au présent chapitre, lorsque la provocation n'est pas suivie d'effet en raison de**

circonstances indépendantes de la volonté de son auteur, est puni de sept ans d'emprisonnement et de 100 000 € d'amende.

Sur l'application possible des articles 23 et 24 de la loi du 29 juillet 1881 lorsque la provocation est commise par un des moyens de publicité prévus par cette loi, V. ▪ Cass. crim., 24 mars 1955 : *Bull. crim.* n° 177.

CHAPITRE II. – DES AUTRES ATTEINTES AUX INSTITUTIONS DE LA RÉPUBLIQUE OU À L'INTÉGRITÉ DU TERRITOIRE NATIONAL

Section I. – De l'attentat et du complot

Art. 412-1. – Constitue un attentat le fait de commettre un ou plusieurs actes de violence de nature à mettre en péril les institutions de la République ou à porter atteinte à l'intégrité du territoire national.

L'attentat est puni de trente ans de détention criminelle et de 450 000 € d'amende.

Les peines sont portées à la détention criminelle à perpétuité et à 750 000 € d'amende lorsque l'attentat est commis par une personne dépositaire de l'autorité publique.

Les deux premiers alinéas de l'article 132-23 relatif à la période de sûreté sont applicables à l'infraction prévue au présent article.

Voir : art. 414-2, p. 748.

Bibliographie : *JCl. Pénal Code, Atteintes aux intérêts fondamentaux de la nation*, par F. Rousseau.

1) Pour des exemples d'attentats, V. ▪ Cass. crim., 1er févr. 1849 : *Bull. crim.* n° 23. – Haute Cour, 13 nov. 1849 : *S.* 1849, 1, 722. ▪ Cass. crim., 14 août 1889 : *S.* 1890, 2, 245. ▪ Cass. crim., 30 oct. 1899 et 4 janv. 1900 : *D.* 1903, 2, 345 et 370.

2) De simples paroles, écrits ou discours ne constituent jamais l'acte d'exécution de l'attentat (▪ Cass. crim., 26 avr. 1817 : *Bull. crim.* n° 3. ▪ Cass. crim., 12 avr. 1833 : *S.* 1833, 1, 715) ; mais peut être considéré comme complice de l'attentat l'auteur des écrits ou discours dont les provocations auraient été suivies d'effet (▪ Cass. crim., 9 nov. 1871 : *S.* 1871, 1, 254).

3) La constitution de groupes de combat armés et organisés, leur mise en place et leur activité sont une forme de l'attentat contre l'intégrité de l'État (▪ Cass. crim., 28 févr. 1952 : *Bull. crim.* n° 61. ▪ Cass. crim., 17 juin 1953 : *D.* 1953, 667, note P. A. Pageaud) et réalisent un cumul de qualifications avec l'infraction de formation de bandes armées prévue par les articles 95 et 96 du Code pénal *(mêmes arrêts)*.

Art. 412-2. – Constitue un complot la résolution arrêtée entre plusieurs personnes de commettre un attentat lorsque cette résolution est concrétisée par un ou plusieurs actes matériels.

Le complot est puni de dix ans d'emprisonnement et de 150 000 € d'amende.

Les peines sont portées à vingt ans de détention criminelle et à 300 000 € d'amende lorsque l'infraction est commise par une personne dépositaire de l'autorité publique.

Voir : art. 414-3, p. 749.

1) La résolution d'agir doit s'affirmer en une volonté précise, bien arrêtée, que l'on doit établir avec soin (▪ Cass. crim., 12 mai 1950 : *Bull. crim.* n° 153).

2) Les expressions de « concert » ou d'« accord » n'excluent pas que tel ou tel accusé puisse être acquitté pour défaut d'intention criminelle ; l'accusation demeure pour les autres coupables et l'acquittement de l'un ne rend pas impossible la condamnation des autres (▪ Cass. crim., 9 oct. 1851 : *D.* 1851, 1, 331).

3) Il est sans importance, pour la constitution de l'infraction, que le complot soit connu d'autres personnes que des conspirateurs, et même d'un assez large public ou de la police qui en suivrait le développement pour mieux en saisir les membres au moment opportun (▪ Cass. crim., 13 oct. 1832 : *S.* 1832, 1, 772).

Section II. – Du mouvement insurrectionnel

Art. 412-3. – Constitue un mouvement insurrectionnel toute violence collective de nature à mettre en péril les institutions de la République ou à porter atteinte à l'intégrité du territoire national.

Voir : anc. art. 97 à 99, C. pén.

Art. 412-4. – Est puni de quinze ans de détention criminelle et de 225 000 € d'amende le fait de participer à un mouvement insurrectionnel :

1° En édifiant des barricades, des retranchements ou en faisant tous travaux ayant pour objet d'empêcher ou d'entraver l'action de la force publique ;

2° En occupant à force ouverte ou par ruse ou en détruisant tout édifice ou installation ;

3° En assurant le transport, la subsistance ou les communications des insurgés ;

4° En provoquant des rassemblements d'insurgés, par quelque moyen que ce soit ;

5° En étant, soi-même, porteur d'une arme ;

6° En se substituant à une autorité légale.

Art. 412-5. – Est puni de vingt ans de détention criminelle et de 300 000 € d'amende le fait de participer à un mouvement insurrectionnel :

1° En s'emparant d'armes, de munitions, de substances explosives ou dangereuses ou de matériels de toute espèce soit à l'aide de violences ou de menaces, soit par le pillage, soit en désarmant la force publique ;

2° En procurant aux insurgés des armes, des munitions ou des substances explosives ou dangereuses.

Voir : anc. art. 98, C. pén.

Art. 412-6. – Le fait de diriger ou d'organiser un mouvement insurrectionnel est puni de la détention criminelle à perpétuité et de 750 000 € d'amende.

Voir : art. 414-4, p. 749.

Section III. – De l'usurpation de commandement, de la levée de forces armées et de la provocation à s'armer illégalement

Art. 412-7. – Est puni de trente ans de détention criminelle et de 450 000 € d'amende le fait :

1° Sans droit ou sans autorisation, de prendre un commandement militaire quelconque ou de le retenir contre l'ordre des autorités légales ;

2° De lever des forces armées, sans ordre ou sans autorisation des autorités légales.

Art. 412-8. – Le fait de provoquer à s'armer contre l'autorité de l'État ou contre une partie de la population est puni de cinq ans d'emprisonnement et de 75 000 € d'amende.

Lorsque la provocation est suivie d'effet, les peines sont portées à trente ans de détention criminelle et à 450 000 € d'amende.

Lorsque la provocation est commise par la voie de la presse écrite ou audiovisuelle, les dispositions particulières des lois qui régissent ces matières sont applicables en ce qui concerne la détermination des personnes responsables.

Lorsque le but de l'attentat est d'exciter la population à porter atteinte à l'intégrité du territoire national, il ne suffit pas d'établir que les coupables ont eu en vue de porter atteinte à cette intégrité, mais il faut prouver qu'ils ont excité les citoyens à cet effet (■ Cass. crim., 5 avr. 1961 : *Bull. crim.* n° 207).

CHAPITRE III. – DES AUTRES ATTEINTES À LA DÉFENSE NATIONALE

Section I. – Des atteintes à la sécurité des forces armées et aux zones protégées intéressant la défense nationale

Voir : art. 414-1, p. 741.

Art. 413-1. – Le fait, en vue de nuire à la défense nationale, de provoquer des militaires appartenant aux forces armées françaises à passer au service d'une puissance étrangère est puni de dix ans d'emprisonnement et de 150 000 € d'amende.

Bibliographie : *JCl. Pénal Code, Atteintes à la sécurité des forces armées et aux zones protégées intéressant la défense nationale, atteintes au secret de la défense nationale* par Vitu, actualisé par F. Rousseau.

1) Les infractions prévues par l'article 71 du Code pénal ne peuvent être commises qu'en temps de guerre, ce qui inclut l'armistice signé entre les belligérants qui ne constitue qu'une suspension provisoire des hostilités (■ Cass. crim., 3 nov. 1944 : *S.* 1945, 1, 29).

2) En ce qui concerne l'enrôlement de Français pour une puissance en guerre avec la France (C. pén., art. 71-1°), il importe peu que l'enrôlement ait eu lieu en France ou en territoire étranger (■ Cass. crim., 28 nov. 1946 : *Bull. crim.* n° 211) et qu'il soit le fait d'ennemis ou d'autres étrangers (■ Cass. crim., 24 juill. 1946 : *Bull. crim.* n° 170).

3) Les dispositions de l'article 698-1 du Code de procédure pénale, qui imposent au procureur de la République d'obtenir soit une dénonciation, soit un avis du ministre de la Défense ou de l'autorité militaire habilitée à exercer l'action publique devant les juridictions mentionnées à l'article 697 dudit code, ne sauraient être invoquées lorsqu'il s'agit des infractions définies par les articles 413-1 à 413-12 du Code pénal concernant les atteintes à la défense nationale (■ Cass. crim., 20 févr. 2002, préc. sous art. 411-1).

Art. 413-2. – Le fait, en vue de nuire à la défense nationale, d'entraver le fonctionnement normal du matériel militaire est puni de cinq ans d'emprisonnement et de 75 000 € d'amende.

Est puni des mêmes peines le fait, en vue de nuire à la défense nationale, d'entraver le mouvement de personnel ou de matériel militaire.

Art. 413-3. – Le fait, en vue de nuire à la défense nationale, de provoquer à la désobéissance par quelque moyen que ce soit des militaires ou des assujettis affectés à toute forme du service national est puni de cinq ans d'emprisonnement et de 75 000 € d'amende.

Lorsque la provocation est commise par la voie de la presse écrite ou audiovisuelle, les dispositions particulières des lois qui régissent ces matières sont applicables en ce qui concerne la détermination des personnes responsables.

Art. 413-4. – Le fait de participer à une entreprise de démoralisation de l'armée en vue de nuire à la défense nationale est puni de cinq ans d'emprisonnement et de 75 000 € d'amende.

Lorsque l'infraction est commise par la voie de la presse écrite ou audiovisuelle, les dispositions particulières des lois qui régissent ces matières sont applicables en ce qui concerne la détermination des personnes responsables.

Constitue une entreprise de démoralisation de l'armée la diffusion massive d'imprimés, brochures, tracts, accusant d'atrocités commises en Algérie des militaires français (■ T. civ. Seine, 23 déc. 1959 : *JCP* 1960, II, 11586, note P. Mimin) ; l'article 84 ne joue que si les agissements du prévenu ont eu pour but de démoraliser l'armée et si la diffusion a été systématiquement organisée à cette fin (■ Cass. crim., 27 oct. 1960 : *Bull. crim.* n° 490).

Art. 413-5 ***(Mod., L. n° 2013-1168, 18 déc. 2013).*** **– Le fait, sans autorisation des autorités compétentes, de s'introduire frauduleusement sur un terrain, dans un port, dans une construction ou dans un engin ou appareil quelconque affecté à l'autorité militaire ou placé sous son contrôle est puni d'un an d'emprisonnement et de 15 000 € d'amende.**

Voir : art. R. 644-1, p. 1032.

1) Au sujet de l'introduction frauduleuse dans un ouvrage, intéressant la défense nationale (C. pén., art. 79-1°), le texte n'exige pas de relation de cause à effet entre l'introduction et la dissimulation, contrairement à ce que décidait la jurisprudence sous l'empire de la loi du 18 avril 1886 (■ Cass. crim., 23 juill. 1891 : *D.* 1891, 1, 493. ■ Cass. crim., 10 mai 1928 : *Bull. crim.* n° 137).

2) Compétence. En application de l'article 702, alinéa 2, du Code de procédure pénale, lorsque les faits poursuivis constituent un crime ou un délit prévu et réprimé par l'article 413-5 du Code pénal ou une infraction connexe, la compétence est dévolue aux juridictions pénales statuant en matière militaire, telles que prévues et organisées par l'article 697 du Code de procédure pénale (■ Cass. crim., 31 mars 2004 : *Bull. crim.* n° 83).

Art. 413-6. – Le fait, en vue de nuire à la défense nationale, d'entraver le fonctionnement normal des services, établissements ou entreprises, publics ou privés, intéressant la défense nationale, est puni de trois ans d'emprisonnement et de 45 000 € d'amende.

Art. 413-7. – Est puni de six mois d'emprisonnement et de 7 500 € d'amende le fait, dans les services, établissements ou entreprises, publics ou privés, intéressant la défense nationale, de s'introduire, sans autorisation, à l'intérieur des locaux et terrains clos dans lesquels la libre circulation est interdite et qui sont délimités pour assurer la protection des installations, du matériel ou du secret des recherches, études ou fabrications.

Un décret en Conseil d'État détermine, d'une part, les conditions dans lesquelles il est procédé à la délimitation des locaux et terrains visés à l'alinéa précédent et, d'autre part, les conditions dans lesquelles les autorisations d'y pénétrer peuvent être délivrées.

Voir : art. R. 413-1 s., p. 1005.

Art. 413-8. – La tentative des délits prévus aux articles 413-2 et 413-5 à 413-7 est punie des mêmes peines.

Section II. – Des atteintes au secret de la défense nationale

Art. 413-9 ***(L. n° 94-89, 1er févr. 1994 ; mod., L. n° 2009-928, 29 juill. 2009).*** **– Présentent un caractère de secret de la défense nationale au sens de la présente section les procédés, objets, documents, informations, réseaux informatiques, données informatisées ou fichiers intéressant la défense nationale qui ont fait l'objet de mesures de classification ou leur accès destinées à restreindre leur diffusion.**

Peuvent faire l'objet de telles mesures les procédés, objets, documents, informations, réseaux informatiques, données informatisées ou fichiers dont la divulgation ou auxquels l'accès est de nature à nuire à la défense nationale ou pourrait conduire à la découverte d'un secret de la défense nationale.

Les niveaux de classification des procédés, objets, documents, informations, réseaux informatiques, données informatisées ou fichiers présentant un caractère de secret de la défense nationale et les autorités chargées de définir les modalités selon lesquelles est organisée leur protection sont déterminés par décret en Conseil d'État.

Voir : art. R. 413-6, p. 1006.

QPC. L'article 413-9 du Code pénal est conforme à la constitution (■ Cons. const., 10 nov. 2011, n° 2011-192 QPC : *JO* 11 nov. 2011).

Art. 413-9-1 ***(Abr. à compter du 1er décembre 2011, Cons. const. n° 2011-192 QPC 10 nov. 2011, art. 1er et 2 : JO 11 nov. 2011).***

La classification d'un lieu a pour effet de soustraire une zone géographique définie aux pouvoirs d'investigation de l'autorité judiciaire et subordonne l'exercice de ces pouvoirs d'investigation à une décision administrative ; elle conduit à ce que tous les éléments de preuve, quels qu'ils soient, présents dans ces lieux lui soient inaccessibles tant que cette autorisation n'a pas été délivrée ; par suite, en autorisant la classification de certains lieux au titre du secret de la défense nationale et en subordonnant l'accès du magistrat aux fins de perquisition de ces mêmes lieux à une déclassification temporaire, le législateur a opéré, entre les exigences constitutionnelles précitées, une conciliation qui est déséquilibrée. Ainsi, les dispositions du paragraphe III de l'article 56-4 du Code de procédure pénale, celles des articles 413 9 1, 413-10-1 et 413-11-1 du Code pénal, celles du troisième alinéa de l'article L. 2312-1, du quatrième alinéa de l'article L. 2312-4, celles de l'article L. 2312-7-1 du Code de la défense, ainsi que, par voie de conséquence, les mots : « et d'accéder à tout lieu classifié » figurant au deuxième alinéa de l'article L. 2312-5 du même code doivent être déclarées contraires à la Constitution (■ Cons. const., 10 nov. 2011, n° 2011-192 QPC : *JO* 11 nov. 2011 ; *Dr. pén.* 2011, comm. n° 158, obs. A. Maron et M. Haas).

Art. 413-10 ***(Mod., L. n° 2009-928, 29 juill. 2009).*** **– Est puni de sept ans d'emprisonnement et de 100 000 € d'amende le fait, par toute personne dépositaire, soit par état ou profession, soit en raison d'une fonction ou d'une mission temporaire ou permanente, d'un procédé, objet, document, information, réseau informatique, donnée informatisée ou fichier qui a un caractère de secret de la défense nationale, soit de le détruire, détourner, soustraire ou de le reproduire, soit d'en donner l'accès à une personne non qualifiée ou de le porter à la connaissance du public ou d'une personne non qualifiée.**

Est puni des mêmes peines le fait, par la personne dépositaire, d'avoir laissé accéder à détruire, détourner, soustraire, reproduire ou divulguer le procédé, objet, document, information, réseau informatique, donnée informatisée ou fichier visé à l'alinéa précédent.
Lorsque la personne dépositaire a agi par imprudence ou négligence, l'infraction est punie de trois ans d'emprisonnement et de 45 000 € d'amende.

1) **QPC.** L'article 413-10 du Code pénal est conforme à la constitution (■ Cons. const., 10 nov. 2011, n° 2011-192 QPC : *JO* 11 nov. 2011).

2) Constitue une atteinte au secret de la défense nationale le fait, pour des ingénieurs d'une société, habilités défense, d'adresser des extraits d'un cahier des charges classé « confidentiel défense » à un sous-traitant dont ils savaient qu'il ne possédait pas d'habilitation (■ Cass. crim., 19 nov. 2014, n° 13-84.841 : *Dr. pén.* 2015, comm. 2, obs. M. Véron).

Art. 413-10-1 ***(Abr. à compter du 1er décembre 2011, Cons. const. n° 2011-192 QPC 10 nov. 2011, art. 1er et 2 : JO 11 nov. 2011).***

Art. 413-11 ***(Mod., L. n° 2009-928, 29 juill. 2009).*** **– Est puni de cinq ans d'emprisonnement et de 75 000 € d'amende le fait, par toute personne non visée à l'article 413-10 de :**
1° S'assurer la possession, accéder à, ou prendre connaissance d'un renseignement, procédé, objet, document, donnée informatisée ou fichier qui présente le caractère d'un secret de la défense nationale ;
2° Détruire, soustraire ou reproduire, de quelque manière que ce soit, un tel renseignement, procédé, objet, document, donnée informatisée ou fichier ;
3° Porter à la connaissance du public ou d'une personne non qualifiée un tel renseignement, procédé, objet, document, donnée informatisée ou fichier.

1) **QPC.** L'article 413-11 du Code pénal est conforme à la constitution (■ Cons. const., 10 nov. 2011, n° 2011-192 QPC : *JO* 11 nov. 2011).

2) **Action civile.** Les infractions prévues par les articles 75, 76 et 79, alinéa 6, anciens, et 413-10, 413-11 nouveaux du Code pénal ont pour objet exclusif la protection de l'intérêt général qui s'attache au secret de la Défense nationale, qu'assure seul le ministère public (■ Cass. crim., 1er oct. 1996 : *Bull. crim.* n° 338 ; *Dr. pén.* 1997, comm. 28, obs. A. Maron).

3) **Appréciation du juge.** Il appartient au juge pénal d'apprécier si les faits sur lesquels sont appelés à déposer les témoins présentent un caractère confidentiel et secret qui les dispense, à raison de leurs fonctions, de les révéler à la justice ; il n'importe que des renseignements de même nature ou identiques à ceux dont l'appréhension était imputée au demandeur au pourvoi aient été communiqués par d'autres personnes que lui à d'autres personnes non qualifiées (■ Cass. crim., 6 déc. 1956 : *D.* 1957, p. 193).

Art. 413-11-1 ***(Abr. à compter du 1er décembre 2011, Cons. const. n° 2011-192 QPC 10 nov. 2011, art. 1er et 2 : JO 11 nov. 2011).***

Art. 413-12. **– La tentative des délits prévus au premier alinéa de l'article 413-10 et à l'article 413-11 est punie des mêmes peines.**

QPC. L'article 413-12 du Code pénal est conforme à la constitution (■ Cons. const., 10 nov. 2011, n° 2011-192 QPC : *JO* 11 nov. 2011).

Section III. – Des atteintes à certains services ou unités spécialisés

(L. n° 2011-267, 14 mars 2011)

Art. 413-13 ***(L. n° 2011-267, 14 mars 2011 ; mod. à compter du 3 octobre 2015, L. 2015-912, 24 juill. 2015).*** **– La révélation de toute information qui pourrait conduire, directement ou indirectement, à la découverte de l'usage, en application de l'article L. 861-2 du Code de la sécurité intérieure, d'une identité d'emprunt ou d'une fausse qualité, de l'identité réelle d'un agent d'un service mentionné à l'article L. 811-2 du même code ou d'un service désigné par le décret en Conseil d'État prévu à l'article L. 811-4 dudit code ou de son appartenance à l'un de ces services est punie de cinq ans d'emprisonnement et de 75 000 € d'amende.**

Lorsque cette révélation a causé une atteinte à l'intégrité physique ou psychique à l'encontre de ces personnes ou de leur conjoint ou partenaire lié par un pacte civil de solidarité ou de leurs descendants ou ascendants directs, les peines sont portées à sept ans d'emprisonnement et à 100 000 € d'amende.

Lorsque cette révélation a causé la mort de ces personnes ou de leur conjoint ou partenaire lié par un pacte civil de solidarité ou de leurs descendants ou ascendants directs, les peines sont portées à dix ans d'emprisonnement et à 150 000 € d'amende, sans préjudice, le cas échéant, de l'application du chapitre Ier du titre II du livre II.

La révélation, commise par imprudence ou par négligence, par une personne dépositaire soit par état ou profession, soit en raison d'une fonction ou d'une mission temporaire ou permanente, de l'information mentionnée au premier alinéa est punie de trois ans d'emprisonnement et de 45 000 € d'amende.

Le présent article est applicable à la révélation de toute information qui pourrait conduire, directement ou indirectement, à l'identification réelle ou supposée d'une personne comme source ou collaborateur d'un service mentionné au premier alinéa du présent article.

QPC. Non-lieu à renvoi au Conseil constitutionnel de la question prioritaire contestant la constitutionnalité des dispositions de l'article 413-13, alinéa 1er, du Code pénal dès lors que la disposition contestée, qui n'institue aucune immunité pénale au bénéfice des agents des services de renseignement qui se rendraient coupables de crimes ou de délits, crée une limite à la liberté de l'information concernant leur identité, justifiée par la protection des intérêts de la nation et de la sécurité des intéressés tant que ceux-ci remplissent leur mission dans le respect des lois (■ Cass. crim., 17 avr. 2013, n° 13-90.009, QPC : *Bull. crim.* n° 93 ; *Dr. pén.* 2013, comm. 104, obs. M. Véron ; *Comm. com. électr.* 2014, comm. 80, obs. A. Lepage).

Code de la sécurité intérieure

Art. L. 861-2 *(L. n° 2015-912, 24 juill. 2015)*. – Pour l'exercice d'une mission intéressant la défense et la sécurité nationale, les agents des services spécialisés de renseignement mentionnés à l'article L. 811-2 peuvent, sous l'autorité de l'agent chargé de superviser ou de coordonner la mission, faire usage d'une identité d'emprunt ou d'une fausse qualité.

Dans ce cas, ne sont pas pénalement responsables de cet usage les agents mentionnés au premier alinéa, non plus que de leurs actes les personnes requises à seule fin d'établir ou de permettre l'usage de l'identité d'emprunt ou de la fausse qualité. Les articles 50 à 52 du Code civil ne sont pas applicables à ces personnes.

Un arrêté du Premier ministre précise, parmi les services désignés par le décret en Conseil d'État prévu à l'article L. 811-4 du présent code, ceux dont les agents peuvent également faire usage d'une identité d'emprunt ou d'une fausse qualité.

Art. 413-14 ***(L. n° 2016-483, 20 avr. 2016)*. – La révélation ou la divulgation, par quelque moyen que ce soit, de toute information qui pourrait conduire, directement ou indirectement, à l'identification d'une personne comme membre des unités des forces spéciales désignées par arrêté du ministre de la Défense ou des unités d'intervention spécialisées dans la lutte contre le terrorisme désignées par arrêté du ministre de l'Intérieur est punie de cinq ans d'emprisonnement et de 75 000 € d'amende.**

Les deuxième à avant-dernier alinéas de l'article 413-13 sont applicables à cette révélation ou à cette divulgation.

CHAPITRE IV. – DISPOSITIONS PARTICULIÈRES

Art. 414-1. – En cas d'état de siège ou d'urgence déclaré, ou en cas de mobilisation générale ou de mise en garde décidée par le Gouvernement, les infractions prévues par les articles 413-1 à 413-3 sont punies de trente ans de détention criminelle et de 450 000 € d'amende et l'infraction prévue par l'article 413-6 est punie de sept ans d'emprisonnement et de 100 000 € d'amende.

Dans les cas visés à l'alinéa qui précède, le fait, en vue de nuire à la défense nationale, de provoquer à commettre les infractions prévues par l'article 413-2 est puni de dix ans d'emprisonnement et de 150 000 € d'amende et l'infraction prévue par l'article 413-6 de cinq ans d'emprisonnement et de 75 000 € d'amende.

Bibliographie : *JCl. Pénal Code, Atteintes aux intérêts fondamentaux de la nation* par Vitu, actualisé par F. Rousseau.

Constitution de la République Française du 4 octobre 1958

Art. 36. – L'état de siège est décrété en Conseil des ministres.

Sa prorogation au-delà de douze jours ne peut être autorisée que par le Parlement.

Code de la défense

(Ord. n° 2004-1374, 20 déc. 2004)

TITRE II. – ÉTAT DE SIÈGE

CHAPITRE UNIQUE

Art. L. 2121-1. – L'état de siège ne peut être déclaré, par décret en conseil des ministres, qu'en cas de péril imminent résultant d'une guerre étrangère ou d'une insurrection armée.

Le décret désigne le territoire auquel il s'applique et détermine sa durée d'application.

Art. L. 2121-2. – Aussitôt l'état de siège décrété, les pouvoirs dont l'autorité civile était investie pour le maintien de l'ordre et la police sont transférés à l'autorité militaire.

L'autorité civile continue à exercer ses autres attributions.

Art. L. 2121-3 *(L. n° 2018-607, 13 juill. 2018)*. – Dans les territoires décrétés en état de siège en cas de péril imminent résultant d'une guerre étrangère, les juridictions militaires peuvent être saisies quelle que soit la qualité des auteurs principaux ou des complices de la connaissance des infractions prévues et réprimées par les articles 224-1 à 224-5, 322-6 à 322-11, 410-1 à 413-12, 432-1 à 432-5, 432-11, 433-1 à 433-3 et 433-8, alinéa 2, 442-1 à 442-3, 443-1, 444-1, 444-2 et 450-1 du Code pénal.

Les juridictions militaires peuvent en outre connaître :

1° Des faits sanctionnés par l'article 476-7 du Code de justice militaire ;

2° De la provocation, par quelque moyen que ce soit, à la désobéissance des militaires envers leurs chefs dans tout ce qu'ils leur commandent pour l'exécution des lois et règlements militaires ;

3° De la provocation, par quelque moyen que ce soit, aux crimes d'assassinat, de meurtre, d'incendie, de pillage, de destruction d'édifices, d'ouvrages militaires ;

4° Des délits commis par les fournisseurs en ce qui concerne les fournitures destinées aux forces armées, dans les cas prévus au titre V du livre VI du Code de la consommation et les lois spéciales qui s'y rattachent ;

5° Des faux commis au préjudice des forces armées et, d'une manière générale, tous crimes ou délits portant atteinte à la défense nationale.

Ce régime exceptionnel cesse de plein droit à la signature de la paix.

Art. L. 2121-4. – Si l'état de siège est décrété en cas de péril imminent résultant d'une insurrection à main armée, la compétence exceptionnelle reconnue aux juridictions militaires, en ce qui concerne les non-militaires, ne peut s'appliquer qu'aux crimes spécialement prévus par le Code de justice militaire ou par les articles du Code pénal mentionnés au premier alinéa de l'article L. 2121-3 et aux crimes connexes.

Art. L. 2121-5. – Dans les cas prévus aux articles L. 2121-3 et L. 2121-4, les juridictions de droit commun restent saisies tant que l'autorité militaire ne revendique pas la poursuite.

Art. L. 2121-6. – Après la levée de l'état de siège, les juridictions militaires continuent de connaître des crimes et délits dont la poursuite leur avait été déférée.

Art. L. 2121-7. – Lorsque l'état de siège est décrété, l'autorité militaire peut :

1° Faire des perquisitions domiciliaires de jour et de nuit ;

2° Éloigner toute personne ayant fait l'objet d'une condamnation devenue définitive pour crime ou délit et les individus qui n'ont pas leur domicile dans les lieux soumis à l'état de siège ;

3° Ordonner la remise des armes et munitions, et procéder à leur recherche et à leur enlèvement ;

4° Interdire les publications et les réunions qu'elle juge de nature à menacer l'ordre public.

Art. L. 2121-8. – Nonobstant l'état de siège, l'ensemble des droits garantis par la Constitution continue de s'exercer, lorsque leur jouissance n'est pas suspendue en vertu des articles précédents.

Loi n° 55-385 du 3 avril 1955
instituant un état d'urgence

Art. 1er *(Mod., Ord. n° 2009-536, 14 mai 2009 ; L. n° 2011-525, 17 mai 2011).* **–** L'état d'urgence peut être déclaré sur tout ou partie du territoire métropolitain, des départements d'outre-mer, des collectivités d'outre-mer régies par l'article 74 de la Constitution et en Nouvelle-Calédonie, soit en cas de péril imminent résultant d'atteintes graves à l'ordre public, soit en cas d'événements présentant, par leur nature et leur gravité, le caractère de calamité publique.

Art. 2 *(Ord. n° 60-372, 15 avr. 1960).* **–** L'état d'urgence est déclaré par décret en conseil des ministres. Ce décret détermine la ou les circonscriptions territoriales à l'intérieur desquelles il entre en vigueur.

Dans la limite de ces circonscriptions, les zones où l'état d'urgence recevra application seront fixées par décret.

La prorogation de l'état d'urgence au-delà de douze jours ne peut être autorisée que par la loi.

Art. 3 *(Ord. n° 60-372, 15 avr. 1960).* **–** La loi autorisant la prorogation au-delà de douze jours de l'état d'urgence fixe sa durée définitive.

Art. 4 *(Ord. n° 60-372, 15 avr. 1960).* **–** La loi portant prorogation de l'état d'urgence est caduque à l'issue d'un délai de quinze jours francs suivant la date de démission du Gouvernement ou de dissolution de l'Assemblée nationale.

Art. 4-1 *(L. n° 2015-1501, 20 nov. 2015 ; L. n° 2016-987, 21 juill. 2016).* **–** L'Assemblée nationale et le Sénat sont informés sans délai des mesures prises par le Gouvernement pendant l'état d'urgence. Les autorités administratives leur transmettent sans délai copie de tous les actes qu'elles prennent en application de la présente loi. L'Assemblée nationale et le Sénat peuvent requérir toute information complémentaire dans le cadre du contrôle et de l'évaluation de ces mesures.

Art. 5. – La déclaration de l'état d'urgence donne pouvoir au préfet dont le département se trouve en tout ou partie compris dans une circonscription prévue à l'article 2 dans le but de prévenir des troubles à la sécurité et à l'ordre publics :

1° D'interdire la circulation des personnes ou des véhicules dans les lieux et aux heures fixés par arrêté ;

2° *(Abr. décision du Conseil constitutionnel n° 2017-684 QPC, 11 janv. 2018).*

3° D'interdire le séjour dans tout ou partie du département à toute personne à l'égard de laquelle il existe des raisons sérieuses de penser que son comportement constitue une menace pour la sécurité et l'ordre publics. L'arrêté énonce la durée, limitée dans le temps, de la mesure, les circonstances précises de fait et de lieu qui la motivent, ainsi que le territoire sur lequel elle s'applique, qui ne peut inclure le domicile de la personne intéressée.

Ces mesures tiennent compte de la vie familiale et professionnelle des personnes susceptibles d'être concernées.

Art. 6 *(Mod., L. n° 55-1080, 7 août 1955 ; L. n° 2011-525, 17 mai 2011 ; L. n° 2015-1501, 20 nov. 2015 ; L. n° 2016-1767, 19 déc. 2016 ; L. n° 2017-258, 28 févr. 2017).* **–** Le ministre de l'Intérieur peut prononcer l'assignation à résidence, dans le lieu qu'il fixe, de toute personne résidant dans la zone fixée par le décret mentionné à l'article 2 et à l'égard de laquelle il existe des raisons sérieuses de penser que son comportement constitue une menace pour la sécurité et l'ordre publics dans les circonscriptions territoriales mentionnées au même article 2. Le ministre de l'Intérieur peut la faire conduire sur le lieu de l'assignation à résidence par les services de police ou les unités de gendarmerie.

La personne mentionnée au premier alinéa du présent article peut également être astreinte à demeurer dans le lieu d'habitation déterminé par le ministre de l'Intérieur, pendant la plage horaire qu'il fixe, dans la limite de douze heures par vingt-quatre heures.

L'assignation à résidence doit permettre à ceux qui en sont l'objet de résider dans une agglomération ou à proximité immédiate d'une agglomération. Elle tient compte de leur vie familiale et professionnelle.

En aucun cas, l'assignation à résidence ne pourra avoir pour effet la création de camps où seraient détenues les personnes mentionnées au premier alinéa.

L'autorité administrative devra prendre toutes dispositions pour assurer la subsistance des personnes astreintes à résidence ainsi que celle de leur famille.

Le ministre de l'Intérieur peut prescrire à la personne assignée à résidence :

1° L'obligation de se présenter périodiquement aux services de police ou aux unités de gendarmerie, selon une fréquence qu'il détermine dans la limite de trois présentations par jour, en précisant si cette obligation s'applique y compris les dimanches et jours fériés ou chômés ;

2° La remise à ces services de son passeport ou de tout document justificatif de son identité. Il lui est délivré en échange un récépissé, valant justification de son identité en application de l'article 1er de la loi n° 2012-410 du 27 mars 2012 relative à la protection de l'identité, sur lequel sont mentionnées la date de retenue et les modalités de restitution du document retenu.

La personne astreinte à résider dans le lieu qui lui est fixé en application du premier alinéa du présent article peut se voir interdire par le ministre de l'Intérieur de se trouver en relation, directement ou indirectement, avec certaines personnes, nommément désignées, dont il existe des raisons sérieuses de penser que leur comportement constitue une menace pour la sécurité et l'ordre publics. Cette interdiction est levée dès qu'elle n'est plus nécessaire.

Lorsque la personne assignée à résidence a été condamnée à une peine privative de liberté pour un crime qualifié d'acte de terrorisme ou pour un délit recevant la même qualification puni de dix ans d'emprisonnement et a fini l'exécution de sa peine depuis moins de huit ans, le ministre de l'Intérieur peut également ordonner qu'elle soit placée sous surveillance électronique mobile. Ce placement est prononcé après accord de la personne concernée, recueilli par écrit. La personne concernée est astreinte, pendant toute la durée du placement, au port d'un dispositif technique permettant à tout moment de déterminer à distance sa localisation sur l'ensemble du territoire national. Elle ne peut être astreinte ni à l'obligation de se présenter périodiquement aux services de police et de gendarmerie, ni à l'obligation de demeurer dans le lieu d'habitation mentionné au deuxième alinéa. Toutefois, lorsque le fonctionnement du dispositif de localisation à distance est temporairement suspendu ou gravement altéré pendant plus de douze heures consécutives, ces obligations peuvent lui être imposées jusqu'à la reprise du fonctionnement normal du dispositif. La mise en œuvre du dispositif technique permettant le contrôle à distance peut être confiée à une personne de droit privé habilitée dans des conditions fixées par décret en Conseil d'État. Le ministre de l'Intérieur peut à tout moment mettre fin au placement sous surveillance électronique mobile, notamment en cas de manquement de la personne placée aux prescriptions liées à son assignation à résidence ou à son placement ou en cas de dysfonctionnement technique du dispositif de localisation à distance.

Le procureur de la République compétent est informé sans délai de toute mesure d'assignation à résidence, des modifications qui y sont apportées et de son abrogation.

Le ministre de l'Intérieur peut déléguer au préfet territorialement compétent le soin de modifier le lieu et la plage horaire de l'astreinte à demeurer dans un lieu d'habitation déterminé, dans les limites fixées au deuxième alinéa, ainsi que les horaires, la fréquence et le lieu de l'obligation de présentation périodique aux services de police ou aux unités de gendarmerie, dans les limites fixées au 1°.

La décision d'assignation à résidence d'une personne doit être renouvelée à l'issue d'une période de prorogation de l'état d'urgence pour continuer de produire ses effets.

À compter de la déclaration de l'état d'urgence et pour toute sa durée, une même personne ne peut être assignée à résidence pour une durée totale équivalant à plus de douze mois.

Le ministre de l'Intérieur peut toutefois demander au juge des référés du Conseil d'État l'autorisation de prolonger une assignation à résidence au-delà de la durée mentionnée au quatorzième alinéa. La demande lui est adressée au plus tôt quinze jours avant l'échéance de cette durée. Le juge des référés statue dans les formes prévues au livre V du Code de justice administrative et dans un délai de quarante-huit heures à compter de sa saisine, au vu des éléments produits par l'autorité administrative faisant apparaître les raisons sérieuses de penser que le comportement de la personne continue à constituer une menace pour la sécurité et l'ordre publics. La prolongation autorisée par le juge des référés ne peut excéder une durée de trois mois. L'autorité administrative peut, à tout moment, mettre fin à l'assignation à résidence ou diminuer les obligations qui en découlent en application des dispositions du présent article.

La demande mentionnée à l'avant-dernier alinéa peut être renouvelée dans les mêmes conditions.

QPC. Par décision du Conseil constitutionnel n° 2017-624 QPC du 16 mars 2017, ont été déclarés contraires à la Constitution les mots « demander au juge des référés du Conseil d'État l'autorisation de » figurant à la première phrase du treizième alinéa de l'article 6 de la loi n° 55-385 du 3 avril 1955 relative à l'état d'urgence dans sa rédaction résultant de la loi n° 2016-1767 du 19 décembre 2016 prorogeant l'application de la loi n° 55-385 du 3 avril 1955 relative à l'état d'urgence, les deuxième et troisième phrases du même alinéa ainsi que les mots « autorisée par le juge des référés » figurant à la quatrième phrase de cet alinéa (*D.* 2017, p. 1162, note P. Cassia).

En application de l'article 115-5 du Code pénal, les juridictions pénales sont compétentes pour interpréter les actes administratifs, réglementaires ou individuels et pour en apprécier la légalité, lorsque, de cet examen, dépend la solution du procès pénal qui leur est soumis.

Dès lors, méconnaît les dispositions précitées, la cour d'appel, qui pour déclarer un prévenu coupable du chef de non-respect de l'assignation à résidence prononcée par le ministre de l'Intérieur dans le cadre de l'état d'urgence, selon l'article 6 de la loi n° 55-385 du 3 avril 1955 relative à l'état d'urgence dans sa rédaction résultant de la loi n° 2015-1501 du 20 novembre 2015 prorogeant l'application de la loi n° 55-385 du 3 avril 1955 relative à l'état d'urgence et renforçant l'efficacité de ses dispositions, s'abstient de répondre aux griefs invoqués par les prévenus à l'encontre de cet acte administratif, alors qu'il lui appartenait, sans faire peser la charge de la preuve sur les seuls intéressés, de solliciter, le cas échéant, le ministre public afin d'obtenir de l'autorité administrative les éléments factuels sur lesquels celle-ci s'était fondée pour prendre sa décision (■ Cass. crim., 3 mai 2017, n° 16-86.155 : *D.* 2017, p. 1175, note G. Beaussonie ; *Dr. pén.* 2017, comm. 109, note J.-H. Robert).

Art. 6-1 *(L. n° 2015-1501, 20 nov. 2015)*. **–** Sans préjudice de l'application de l'article L. 212-1 du Code de la sécurité intérieure, sont dissous par décret en conseil des ministres les associations ou groupements de fait qui participent à la commission d'actes portant une atteinte grave à l'ordre public ou dont les activités facilitent cette commission ou y incitent.

Le maintien ou la reconstitution d'une association ou d'un groupement dissous en application du présent article ou l'organisation de ce maintien ou de cette reconstitution sont réprimés dans les conditions prévues aux articles 431-15 et 431-17 à 431-21 du Code pénal.

Par dérogation à l'article 14 de la présente loi, les mesures prises sur le fondement du présent article ne cessent pas de produire leurs effets à la fin de l'état d'urgence.

Pour la prévention des actions tendant au maintien ou à la reconstitution des associations ou groupements dissous en application du présent article, les services spécialisés de renseignement mentionnés à l'article L. 811-2 du Code de la sécurité intérieure et les services désignés par le décret en Conseil d'État prévu à l'article L. 811-4 du même code peuvent recourir aux techniques de renseignement dans les conditions prévues au livre VIII dudit code.

Art. 7 *(Abr., L. n° 2015-1501, 20 nov. 2015).*

Art. 8 *(Mod., L. n° 2011-525, 17 mai 2011 ; L. n° 2016-987, 21 juill. 2016 ; L. n° 2017-258, 28 févr. 2017)*. **–** Le ministre de l'Intérieur, pour l'ensemble du territoire où est institué l'état d'urgence et le préfet, dans le département, peuvent ordonner la fermeture provisoire des salles de spectacles, débits de boissons et lieux de réunion de toute nature, en particulier des lieux de culte au sein desquels sont tenus des propos constituant une provocation à la haine ou à la violence ou une provocation à la commission d'actes de terrorisme ou faisant l'apologie de tels actes, dans les zones déterminées par le décret prévu à l'article 2.

Peuvent être également interdites, à titre général ou particulier, les réunions de nature à provoquer ou à entretenir le désordre.

Les cortèges, défilés et rassemblements de personnes sur la voie publique peuvent être interdits dès lors que l'autorité administrative justifie ne pas être en mesure d'en assurer la sécurité compte tenu des moyens dont elle dispose.

Art. 8-1 *(Abr., décision du Conseil constitutionnel n° 2017-677 QPC, 1er déc. 2017).*

Art. 9 *(L. n° 2015-1501, 20 nov. 2015 ; L. n° 2018-133, 26 févr. 2018)*. **–** Les autorités administratives désignées à l'article 8 peuvent ordonner la remise des armes et des munitions, détenues ou acquises légalement, relevant des catégories A à C, définies à l'article L. 311-2 du Code de la sécurité intérieure. Le représentant de l'État dans le département peut aussi, pour des motifs d'ordre public, prendre une décision individuelle de remise d'armes.

Les armes remises en application du premier alinéa du présent article donnent lieu à la délivrance d'un récépissé. Elles sont rendues à leur propriétaire en l'état où elles étaient lors de leur dépôt.

Art. 10 *(L. n° 2015-1501, 20 nov. 2015)*. **–** La déclaration de l'état d'urgence s'ajoute aux cas prévus à l'article L. 1111-2 du Code de la défense pour la mise à exécution des réquisitions dans les conditions prévues au livre II de la deuxième partie du même code.

Art. 11 *(L. n° 2015-1501, 20 nov. 2015 ; mod., L. n° 2016-987, 21 juill. 2016 ; L. n° 2017-258, 28 févr. 2017).* **–** I. – Le décret déclarant ou la loi prorogeant l'état d'urgence peut, par une disposition expresse, conférer aux autorités administratives mentionnées à l'article 8 le pouvoir d'ordonner des perquisitions en tout lieu, y compris un domicile, sauf dans un lieu affecté à l'exercice d'un mandat parlementaire ou à l'activité professionnelle des avocats, des magistrats ou des journalistes, lorsqu'il existe des raisons sérieuses de penser que ce lieu est fréquenté par une personne dont le comportement constitue une menace pour la sécurité et l'ordre publics.

La décision ordonnant une perquisition précise le lieu et le moment de la perquisition. Le procureur de la République territorialement compétent est informé sans délai de cette décision. La perquisition est conduite en présence d'un officier de police judiciaire territorialement compétent. La perquisition ne peut avoir lieu entre 21 heures et 6 heures, sauf motivation spéciale de la décision de perquisition fondée sur l'urgence ou les nécessités de l'opération. Elle ne peut se dérouler qu'en présence de l'occupant ou, à défaut, de son représentant ou de deux témoins.

Lorsqu'une perquisition révèle qu'un autre lieu répond aux conditions fixées au premier alinéa du présent I, l'autorité administrative peut en autoriser par tout moyen la perquisition. Cette autorisation est régularisée en la forme dans les meilleurs délais. Le procureur de la République en est informé sans délai.

Il peut être accédé, par un système informatique ou un équipement terminal présent sur les lieux où se déroule la perquisition, à des données stockées dans ledit système ou équipement ou dans un autre système informatique ou équipement terminal, dès lors que ces données sont accessibles à partir du système initial ou disponibles pour le système initial. Les données auxquelles il aura été possible d'accéder dans les conditions prévues au présent article peuvent être copiées sur tout support.

Si la perquisition révèle l'existence d'éléments, notamment informatiques, relatifs à la menace que constitue pour la sécurité et l'ordre publics le comportement de la personne concernée, les données contenues dans tout système informatique ou équipement terminal présent sur les lieux de la perquisition peuvent être saisies soit par leur copie, soit par la saisie de leur support lorsque la copie ne peut être réalisée ou achevée pendant le temps de la perquisition.

La copie des données ou la saisie des systèmes informatiques ou des équipements terminaux est réalisée en présence de l'officier de police judiciaire. L'agent sous la responsabilité duquel est conduite la perquisition rédige un procès-verbal de saisie qui en indique les motifs et dresse l'inventaire des matériels saisis. Une copie de ce procès-verbal est remise aux personnes mentionnées au deuxième alinéa du présent I. Les données et les supports saisis sont conservés sous la responsabilité du chef du service ayant procédé à la perquisition. À compter de la saisie, nul n'y a accès avant l'autorisation du juge.

L'autorité administrative demande, dès la fin de la perquisition, au juge des référés du tribunal administratif d'autoriser leur exploitation. Au vu des éléments révélés par la perquisition, le juge statue dans un délai de quarante-huit heures à compter de sa saisine sur la régularité de la saisie et sur la demande de l'autorité administrative. Sont exclus de l'autorisation les éléments dépourvus de tout lien avec la menace que constitue pour la sécurité et l'ordre publics le comportement de la personne concernée. En cas de refus du juge des référés, et sous réserve de l'appel mentionné au dixième alinéa du présent I, les données copiées sont détruites et les supports saisis sont restitués à leur propriétaire.

Pendant le temps strictement nécessaire à leur exploitation autorisée par le juge des référés, les données et les supports saisis sont conservés sous la responsabilité du chef du service ayant procédé à la perquisition et à la saisie. Les systèmes informatiques ou équipements terminaux sont restitués à leur propriétaire, le cas échéant, après qu'il a été procédé à la copie des données qu'ils contiennent, à l'issue d'un délai maximal de quinze jours à compter de la date de leur saisie ou de la date à laquelle le juge des référés, saisi dans ce délai, a autorisé l'exploitation des données qu'ils contiennent. À l'exception de celles qui caractérisent la menace que constitue pour la sécurité et l'ordre publics le comportement de la personne concernée, les données copiées sont détruites à l'expiration d'un délai maximal de trois mois à compter de la date de la perquisition ou de la date à laquelle le juge des référés, saisi dans ce délai, en a autorisé l'exploitation.

En cas de difficulté dans l'accès aux données contenues dans les supports saisis ou dans l'exploitation des données copiées, lorsque cela est nécessaire, les délais prévus au huitième alinéa du présent I peuvent être prorogés, pour la même durée, par le juge des référés saisi par l'autorité administrative au moins quarante-huit heures avant l'expiration de ces délais. Le juge des référés statue dans un délai de quarante-huit heures sur la demande de prorogation présentée par l'autorité administrative. Si l'exploitation ou l'examen des données et des supports saisis conduisent à la constatation d'une infraction, ces données et supports sont conservés selon les règles applicables en matière de procédure pénale.

Pour l'application du présent article, le juge des référés est celui du tribunal administratif dans le ressort duquel se trouve le lieu de la perquisition. Il statue dans les formes prévues au livre V du Code de justice administrative, sous réserve du présent article. Ses décisions sont susceptibles d'appel devant le juge des référés du Conseil d'État dans un délai de quarante-huit heures à compter de leur notification. Le juge des référés du Conseil d'État statue dans le délai de quarante-huit heures. En cas d'appel, les données et les supports saisis demeurent conservés dans les conditions mentionnées au huitième alinéa du présent I.

La perquisition donne lieu à l'établissement d'un compte rendu communiqué sans délai au procureur de la République, auquel est jointe, le cas échéant, copie du procès-verbal de saisie. Une copie de l'ordre de perquisition est remise à la personne faisant l'objet d'une perquisition.

Lorsqu'une infraction est constatée, l'officier de police judiciaire en dresse procès-verbal, procède à toute saisie utile et en informe sans délai le procureur de la République.

Lorsqu'il existe des raisons sérieuses de penser que leur comportement constitue une menace pour la sécurité et l'ordre publics, les personnes présentes sur le lieu d'une perquisition administrative peuvent être retenues sur place par l'officier de police judiciaire pendant le temps strictement nécessaire au déroulement de la perquisition. Le procureur de la République en est informé dès le début de la retenue.

Les personnes faisant l'objet de cette retenue sont informées de leur droit de faire prévenir par l'officier de police judiciaire toute personne de leur choix ainsi que leur employeur. Si l'officier de police judiciaire estime, en raison des nécessités liées à la retenue, ne pas devoir faire droit à cette demande, il en réfère sans délai au procureur de la République qui décide, s'il y a lieu, d'y faire droit.

La retenue ne peut excéder quatre heures à compter du début de la perquisition et le procureur de la République peut y mettre fin à tout moment.

Lorsqu'il s'agit d'un mineur, la retenue fait l'objet d'un accord exprès du procureur de la République. Le mineur doit être assisté de son représentant légal, sauf impossibilité dûment justifiée.

L'officier de police judiciaire mentionne, dans un procès-verbal, les motifs qui justifient la retenue. Il précise le jour et l'heure à partir desquels la retenue a débuté, le jour et l'heure de la fin de la retenue et la durée de celle-ci.

Ce procès-verbal est présenté à la signature de l'intéressé. Si ce dernier refuse de le signer, mention est faite du refus et des motifs de celui-ci.

Le procès-verbal est transmis au procureur de la République, copie en ayant été remise à l'intéressé.

La durée de la retenue s'impute, s'il y a lieu, sur celle de la garde à vue.

Le présent I n'est applicable que dans les zones fixées par le décret prévu à l'article 2.

II. – Le ministre de l'Intérieur peut prendre toute mesure pour assurer l'interruption de tout service de communication au public en ligne provoquant à la commission d'actes de terrorisme ou en faisant l'apologie.

QPC. Le Conseil constitutionnel a décidé que les mots : « À l'exception de celles qui caractérisent la menace que constitue pour la sécurité et l'ordre publics le comportement de la personne concernée, » figurant à la dernière phrase du huitième alinéa du paragraphe 1 de l'article 11 sont contraires à la Constitution (▪ Cons. const., 2 déc. 2016, n° 2016-600 QPC).

Lorsqu'elle apprécie la légalité d'un arrêté préfectoral ordonnant des perquisitions en application de la législation sur l'état d'urgence, la juridiction pénale doit, avant de statuer, si elle estime l'arrêté insuffisamment motivé, solliciter le ministère public afin d'obtenir de l'autorité préfectorale les éléments factuels sur lesquels celle-ci s'est fondée pour prendre sa décision.

Encourt en conséquence la cassation l'arrêt d'une cour d'appel qui, pour accueillir une exception de nullité tirée de l'illégalité de l'acte administratif, se borne à relever que la motivation de celui-ci est insuffisante (▪ Cass. crim., 28 mars 2017, n° 16-85.073 ; sur la compétence du juge pénal pour contrôler les perquisitions administratives, V. *Dr. pén.* 2017, étude 6, par C. Ribeyre ; *JCP* 2017, 473, note J.-B. Perrier ; *D.* 2017, p. 1169, note P. Cassia).

Art. 12 *(Abr., L. n° 2015-1501, 20 nov. 2015).*

Art. 13 *(L. n° 2015-1501, 20 nov. 2015).* **–** Les infractions aux articles 5, 8 et 9 sont punies de six mois d'emprisonnement et de 7 500 € d'amende.

Les infractions au premier alinéa de l'article 6 sont punies de trois ans d'emprisonnement et de 45 000 € d'amende.

Les infractions au deuxième et aux sixième à dixième alinéas du même article 6 sont punies d'un an d'emprisonnement et de 15 000 € d'amende.

L'exécution d'office, par l'autorité administrative, des mesures prescrites peut être assurée nonobstant l'existence de ces dispositions pénales.

Si l'article 13 prévoit des sanctions pénales en cas d'inexécution des décisions prises sur le fondement de l'article 5-3°, cette circonstance ne fait pas obstacle à ce que l'autorité administrative prescrive l'exécution immédiate d'une mesure d'interdiction de séjour (■ CE, 5 juill. 1985 : *Dr. adm.* 1985, n° 461).

Art. 14. – Les mesures prises en application de la présente loi cessent d'avoir effet en même temps que prend fin l'état d'urgence.

(Second al. suppr., L. n° 2015-1501, 20 nov. 2015).

Art. 14-1 *(L. n° 2015-1501, 20 nov. 2015 ; L. n° 2016-987, 21 juill. 2016)*. – À l'exception des peines prévues à l'article 13, les mesures prises sur le fondement de la présente loi sont soumises au contrôle du juge administratif dans les conditions fixées par le Code de justice administrative, notamment son livre V.

La condition d'urgence est présumée satisfaite pour le recours juridictionnel en référé formé contre une mesure d'assignation à résidence.

Bibliographie : J.-F. Dreuille, *État d'urgence : JCl. Lois pénales spéciales.* • F. Saint-Bonnet et O. Beaud, *État d'urgence : un statut constitutionnel donné à l'arbitraire : JCP* 2016, 71, p. 137. • C. Haguenau-Moizard, *La législation sur l'état d'urgence – une perspective comparative : D.* 2016, p. 665.

Art. 15 *(L. n° 2015-1501, 20 nov. 2015 ; L. n° 2016-987, 21 juill. 2016 ; L. n° 2018-133, 26 févr. 2018)*. – La présente loi, dans sa rédaction résultant de la loi n° 2018-133 du 26 février 2018 portant diverses dispositions d'adaptation au droit de l'Union européenne dans le domaine de la sécurité, est applicable sur l'ensemble du territoire de la République.

Code de la défense

(Ord. n° 2004-1374, 20 déc. 2004)

Art. L. 2131-1. – Les règles relatives à l'état d'urgence sont définies par la loi n° 55-385 du 3 avril 1955.

Sur un même territoire il ne peut être fait application simultanément des dispositions du titre II et de celles du titre III du présent livre.

Voir : Les décrets n°s 2005-1386 et 1387 du 8 novembre 2005, portant application de la loi du 3 avril 1955 et déclarant l'état d'urgence à compter du 9 novembre 2005, la loi n° 2005-1425 du 18 novembre 2005 prorogeant l'état d'urgence et le décret n° 2006-2 du 3 janvier 2006 y mettant fin ainsi que les décrets n°s 2015-1475 et 2015-1476 du 14 novembre 2015 déclarant l'état d'urgence à compter du 14 novembre 2015 et les décrets n°s 2015-1493 et 2015-1494 du 18 novembre 2015 portant application outre-mer de la loi n° 55-385 du 3 avril 1955. La loi n° 2016-162 du 19 février 2016 a prorogé l'état d'urgence pour une durée de trois mois à compter du 26 février 2016. La loi n° 2016-629 du 20 mai 2016 a prorogé l'application de la loi du 3 avril 1955. La loi n° 2016-1767 du 19 décembre 2016 a prorogé, à compter du 22 décembre 2016, jusqu'au 15 juillet 2017 l'état d'urgence. La loi n° 2017-1154 du 11 juillet 2017 a prorogé à compter du 16 juillet 2017, jusqu'au 1er novembre 2017, l'état d'urgence. L'état d'urgence a pris fin le 1er novembre 2017 alors qu'est entrée en vigueur la loi n° 2017-1510 du 30 octobre 2017 renforçant la sécurité intérieure et la lutte contre le terrorisme.

Art. 414-2. – **Toute personne qui a tenté de commettre l'une des infractions prévues par les articles 411-2, 411-3, 411-6, 411-9 et 412-1 sera exempte de peine si, ayant averti l'autorité administrative ou judiciaire, elle a permis d'éviter que l'infraction ne se réalise et d'identifier, le cas échéant, les autres coupables.**

Voir : anc. art. 101, C. pén.

L'excuse atténuante ne peut jouer si, avant la dénonciation, les autorités judiciaires avaient déjà recueilli assez de renseignements pour provoquer une arrestation (■ Cass. crim., 24 sept. 1891 : *D.* 1892, 1, 475) ou si l'efficacité de la dénonciation est subordonnée aux résultats d'un complément d'information sollicité de la juridiction de jugement (■ Cass. crim., 7 févr. 1935 : *Bull. crim.* n° 20) ou si la dénonciation, trop vague, ne précise pas le domicile et l'identité de la personne dénoncée (■ Cass. crim., 7 avr. 1936 : *Bull. crim.* n° 46).

Art. 414-3. – Toute personne ayant participé au complot défini par l'article 412-2 sera exempte de peine si elle a, avant toute poursuite, révélé le complot aux autorités compétentes et permis l'identification des autres participants.

Voir : anc. art. 101, C. pén.

Art. 414-4. – La peine privative de liberté encourue par l'auteur ou le complice des infractions prévues par les articles 411-4, 411-5, 411-7, 411-8 et 412-6 est réduite de moitié si, ayant averti les autorités administratives ou judiciaires, il a permis de faire cesser les agissements incriminés ou d'éviter que l'infraction n'entraîne mort d'homme ou infirmité permanente et d'identifier, le cas échéant, les autres coupables.

Lorsque la peine encourue est la détention criminelle à perpétuité, celle-ci est ramenée à vingt ans de détention criminelle.

Voir : anc. art. 101, C. pén.

Art. 414-5 *(Mod., L. n° 2008-776, 4 août 2008).* – Les personnes physiques coupables des crimes et des délits prévus au présent titre encourent également les peines complémentaires suivantes :

1° L'interdiction des droits civiques, civils et de famille suivant les modalités prévues par l'article 131-26 ;

2° L'interdiction, suivant les modalités prévues par l'article 131-27, soit d'exercer une fonction publique ou d'exercer l'activité professionnelle ou sociale dans l'exercice ou à l'occasion de l'exercice de laquelle l'infraction a été commise, soit, pour les crimes prévus par les articles 411-2, 411-3, 411-4, 411-6, 411-9, 412-1, le dernier alinéa de l'article 412-2, les articles 412-4, 412-5, 412-6, 412-7, le deuxième alinéa de l'article 412-8 et le premier alinéa de l'article 414-1, d'exercer une profession commerciale ou industrielle, de diriger, d'administrer, de gérer ou de contrôler à un titre quelconque, directement ou indirectement, pour son propre compte ou pour le compte d'autrui, une entreprise commerciale ou industrielle ou une société commerciale. Ces interdictions d'exercice peuvent être prononcées cumulativement ;

3° La confiscation de la chose qui a servi ou était destinée à commettre l'infraction ou de la chose qui en est le produit, à l'exception des objets susceptibles de restitution ;

4° L'interdiction de séjour, suivant les modalités prévues par l'article 131-31.

Art. 414-6 *(Mod., L. n° 2003-1119, 26 nov. 2003).* – L'interdiction du territoire français peut être prononcée dans les conditions prévues par l'article 131-30, soit à titre définitif, soit pour une durée de dix ans au plus, à l'encontre de tout étranger coupable de l'une des infractions définies aux chapitres Ier, II et IV du présent titre et aux articles 413-1 à 413-4, 413-10 et 413-11.

Art. 414-7 *(L. n° 2009-526, 12 mai 2009).* – Les personnes morales déclarées responsables pénalement, dans les conditions prévues par l'article 121-2, des infractions définies au présent titre encourent, outre l'amende suivant les modalités prévues par l'article 131-38, les peines prévues par l'article 131-39.

L'interdiction mentionnée au 2° de l'article 131-39 porte sur l'activité dans l'exercice ou à l'occasion de l'exercice de laquelle l'infraction a été commise.

Art. 414-8 *(L. n° 2007-288, 5 mars 2007).* – Les dispositions des articles 411-1 à 411-11 et 413-1 à 413-12 sont applicables aux actes mentionnés par ces dispositions qui seraient commis au préjudice :

1° Des puissances signataires du traité de l'Atlantique Nord ;

2° De l'organisation du traité de l'Atlantique Nord.

Art. 414-9 *(L. n° 2007-288, 5 mars 2007).* – Les dispositions des articles 411-6 à 411-11 et 413-9 à 413-12 sont applicables :

1° Aux informations échangées en vertu d'un accord de sécurité relatif à la protection des informations classifiées conclu entre la France et un ou des États étrangers ou une organisation internationale, régulièrement approuvé et publié ;

2° Aux informations échangées entre la France et une institution ou un organe de l'Union européenne et classifiées en vertu des règlements de sécurité de ces derniers qui ont fait l'objet d'une publication au *Journal officiel de l'Union européenne*.

TITRE II. – DU TERRORISME

Voir : art. 113-13, p. 87 (Infractions commises à l'étranger par un Français ou par une personne résidant habituellement sur le territoire français) ; art. 434-2, p. 889.

CHAPITRE I. – DES ACTES DE TERRORISME

Bibliographie : *JCl. Pénal Code, Terrorisme par J. Alix.* • *JCl. Pénal Code, La provocation à des actes de terrorisme et leur apologie* par J.-H. Robert. • J. Alix, *Terrorisme et droit pénal : Dalloz*, Nouvelle Bibliothèque des thèses, vol. 91, 2010. • J. Alix, *Réprimer la participation au terrorisme : RSC* 2014, p. 849, chron. • J. Alix et O. Cahn, *Mutations de l'antiterrorisme et émergence d'un droit répressif de la sécurité nationale : RSC* 2017, p. 845, chron. • J. Alix, *Radicalisation et droit pénal : RSC* 2020, p. 769. • J. Alix et O. Cahn (dir.), *L'hypothèse de la guerre contre le terrorisme, Implications juridiques : Dalloz*, coll. Thèmes et commentaires, 2017. • G. Beaussonie, *Le droit pénal écarté de la lutte contre le terrorisme : RSC* 2017, p. 777, chron. • O. Cahn, *Judiciarisation du renseignement – Secret versus defense : JCP* G 2021, n° 35, doctr. 880. • A. Casado, F. Safi (Dir.), *« Daech et le droit », éditions Panthéon-Assas Paris II* 2016. • Ph. Chrestia, *La loi du 23 janvier 2006 relative à la lutte contre le terrorisme : premières observations : D.* 2006, chron. p. 1409. • R. Carlo, L'indemnisation des victimes d'actes de terrorisme en droit français : *AJ pénal* 2013, p. 264 • N. Catelan, *Renforcement de la lutte contre le terrorisme : RSC* 2015, p. 425, chron. • N. Catelan, S. Cimamonti, J.-B. Perrier (dir.), *La lutte contre le terrorisme dans le droit et la jurisprudence de l'Union européenne : Presses universitaires d'Aix-Marseille*, DL, 2014. • M. Danti-Juan et J. Bossan (dir.), *L'adaptation des réponses pénales aux formes extérieures de la criminalité : Travaux de l'Institut de sciences criminelles de Poitiers*, vol. XXXI, 2019. • O. Décima, *Terreur et métamorphose. À propos de la loi n° 2016-731 du 3 juin 2016 sur la lutte contre le terrorisme : D.* 2016, p. 1826. • E. Dreyer, *Le blocage de l'accès aux sites terroristes ou pédopornographiques : JCP* 2015, étude 423, p. 685. • C. Godeberge et E. Daoud, *La loi du 13 novembre 2014 constitue-t-elle une atteinte à la liberté d'expression ? : AJ pénal* 2014, p. 563, dossier. • C. Mauro, *Une nouvelle loi contre le terrorisme : quelles innovations ? À propos de la loi n° 2014-1353 du 13 novembre 2014 : JCP 2014, aperçus rapides* n° 1203, p. 2126. • R. Ollard et O. Desaulnay, *La réforme de la législation anti-terroriste ou le règne de l'exception pérenne : Dr. pén.* 2015, étude 1. • F. Molins, *La judiciarisation du renseignement : ses objectifs, ses enjeux*, in O. Forcade et B. Warusfel (dir.), *Le droit du renseignement*, La Documentation française, coll. « Actes de colloque », 2019, p. 112-114. • S. Pellé (dir.), *Le terrorisme, nouveaux enjeux, nouvelles stratégies – Aspects juridiques et criminologiques : Actes du colloque* 25 nov. 2016 : Pau, *Centre de recherches et d'analyses juridiques, coll. Le droit en mouvement*, 2017, n° 6. • J.-B. Perrier, *Loi renforçant la lutte contre le terrorisme et atteinte à l'État de droit : D.* 2018, chron. p. 24. • M. Quéméner, *Les nouvelles dispositions de lutte contre la cybercriminalité issues de la loi du 13 novembre 2014 : AJ pénal* 2015, p. 32. • E. Raschel, *La sécurité intérieure et la lutte contre le terrorisme entre cadence et décadence : commentaire de la loi n° 2017-1510 du 30 octobre 2017 : Dr. pén.* 2017, étude 23. • C. Ribeyre, *Loi du 3 juin 2016 renforçant la lutte contre le crime organisé, le terrorisme et leur financement, et améliorant l'efficacité et les garanties de la procédure pénale – Et maintenant ? : Dr. pén.* 2016, étude 17. • H. Rouidi, *La loi du 13 novembre 2014 : quelles évolutions ? : AJ pénal* 2014, p. 556, dossier. • F. Safi, *Le retour des djihadistes français en France, ou quand il faut choisir entre la politique et le droit... : Dr. pén.* 2018, étude 4. • F. Safi, *Le recel de l'apologie du terrorisme : du juge qui prononce la lettre de la loi au juge qui trahit l'esprit de la loi : Lexbase pénal*, 19 mars 2020, p. 6. • F. Rousseau, *Commentaire de la loi n° 2016-339 du 22 mars 2016 relative à la prévention et à la lutte contre les incivilités, contre les atteintes à la sécurité publique et contre les actes terroristes dans les transports collectifs de voyageurs : Dr. pén.* 2016, étude 9. • M. Touillier, *Le Code de la sécurité intérieure, artisan d'un nouvel ordre ou semeur de désordre ? : Dalloz*, coll. « Les sens du droit », 2017. • Dossier, *« Approche comparée en matière terroriste », Dossier spécial : Rev. pénit.* n° 1/2017, p. 63. • Dossier, *Le droit pénal et la loi du 30 octobre 2017 renforçant la sécurité intérieure et la lutte contre le terrorisme : Gaz. Pal.* 23 janv. 2018, p. 561. • *Terrorisme, psychiatrie et justice (actes de colloque) : RD pén. crim.* 2018, n° 11. • *Dossier spécial, Quels droits pour les djihadistes français de retour en France ? : Rev. pénit.* 2018, p. 7.

Art. 421-1 *(Mod., L. n° 96-647, 22 juill. 1996 ; L. n° 2001-1062, 15 nov. 2001 ; L. n° 2005-1550, 12 déc. 2005 ; L. n° 2011-266, 14 mars 2011 ; Ord., n° 2012-351, 12 mars 2012 ; L. n° 2016-731, 3 juin 2016 ; L. n° 2016-819, 21 juin 2016).* – **Constituent des actes de terrorisme, lorsqu'elles sont intentionnellement en relation avec une entreprise individuelle ou collective ayant pour but de troubler gravement l'ordre public par l'intimidation ou la terreur, les infractions suivantes :**

1° Les atteintes volontaires à la vie, les atteintes volontaires à l'intégrité de la personne, l'enlèvement et la séquestration ainsi que le détournement d'aéronef, de navire ou de tout autre moyen de transport, définis par le livre II du présent code ;

2° Les vols, les extorsions, les destructions, dégradations et détériorations, ainsi que les infractions en matière informatique définis par le livre III du présent code ;

3° Les infractions en matière de groupes de combat et de mouvements dissous définies par les articles 431-13 à 431-17 et les infractions définies par les articles 434-6 et 441-2 à 441-5 ;

4° *(4° rempl., à compter du 1er mai 2012, Ord. n° 2012-351, 12 mars 2012 ; mod., L. n° 2014-1353, 13 nov. 2014)* Les infractions en matière d'armes, de produits explosifs ou de matières nucléaires définies par les articles articles 222-52 à 222-54,322-6-1 et 322-11-1 du présent code, le I de l'article L. 1333-9, les articles L. 1333-11 et L. 1333-13-2, le II des articles L. 1333-13-3 et L. 1333-13-4, les articles L. 1333-13-6, L. 2339-2, L. 2339-14, L. 2339-16, L. 2341-1, L. 2341-4, L. 2341-5, L. 2342-57 à L. 2342-62, L. 2353-4, le 1° de l'article L. 2353-5 et l'article L. 2353-13 du Code de la défense, ainsi que les articles L. 317-7 et L. 317-8 à l'exception des armes de la 6e catégorie, du Code de la sécurité intérieure ;

5° Le recel du produit de l'une des infractions prévues aux 1° à 4° ci-dessus ;

6° Les infractions de blanchiment prévues au chapitre IV du titre II du livre III du présent code ;

7° Les délits d'initié prévus aux articles L. 465-1 à L. 465-3 du Code monétaire et financier.

1) Qualification de terrorisme. L'article 421-1 du Code pénal n'exige, pour qualifier des agissements comme étant des actes de terrorisme, ni qu'ils aient eu une finalité terroriste, ni que les actes de sabotage incriminés aient été susceptibles de provoquer des atteintes à l'intégrité physique des personnes.

Si c'est à tort qu'un arrêt de renvoi devant la juridiction de jugement rendu par une chambre de l'instruction énonce de telles exigences, il n'encourt néanmoins pas la censure dès lors qu'il retient par ailleurs qu'il n'existe pas de charges suffisantes permettant de retenir que les infractions reprochées auraient été commises en relation avec une entreprise individuelle ou collective ayant pour but de troubler gravement l'ordre public par l'intimidation ou la terreur (■ Cass. crim., 10 janv. 2017, n° 16-84.596 : *Dr. pén.* 2017, comm. 35, note Ph. Conte ; *AJ pénal* 2017, 79, note J. Alix).

2) Illustration. Un individu peut être déclaré coupable de complicité par aide ou assistance des crimes d'assassinats et de tentative d'assassinat en relation avec une entreprise terroriste, de complicité par aide ou assistance des crimes d'assassinats et de tentatives d'assassinats commis en raison de l'appartenance à une religion et en relation avec une entreprise terroriste, ainsi que du délit connexe de vol en réunion et en relation avec une entreprise terroriste (■ Cass. crim., 22 avr. 2020, n° 19-83.475 : *Gaz. Pal.* 1er sept. 2020, n° 29, p. 49, obs. S. Detraz).

3) Faits commis avant l'entrée en vigueur du texte. Pour valider une condamnation pénale et la compétence d'une cour d'assises spéciale, la chambre criminelle a pu considérer, d'une part, qu'« aucune référence à la nature terroriste des faits reprochés à l'accusé ne figure sur la feuille de question, la feuille de motivation, l'arrêt criminel, ni sur l'arrêt de renvoi », ce qui est conforme au principe de non-rétroactivité de la loi pénale puisque c'est le Code pénal, « dans sa rédaction entrée en vigueur en 1994 », qui « a fait des actes de terrorisme des infractions autonomes, mais a aussi créé une circonstance aggravante de terrorisme pouvant assortir une qualification de droit commun, qui a pour résultat d'élever les pénalités encourues, ce qui est prévu par l'article 421-3 du Code pénal ». D'autre part, que le caractère terroriste de l'infraction a eu « pour seule conséquence la compétence de la juridiction spécialisée », l'article 706-16 du Code de procédure pénale n'instituant pas de nouvelles incriminations mais se bornant « à désigner les infractions relevant de la cour d'assises spécialement composée, compétente, selon les articles 698-6 et 706-25 du Code de procédure pénale, quand les infractions ainsi énumérées sont en relation avec une entreprise individuelle ou collective ayant pour but de troubler gravement l'ordre public par l'intimidation ou la terreur » (■ Cass. crim., 14 nov. 2019, n° 18-83.122 : *Gaz. Pal.* 17 déc. 2019, n° 44, p. 18, note R. Mésa ; *Gaz. Pal.* 4 févr. 2020, n° 5, p. 49, obs. S. Detraz ; *AJ. pénal* 2020, 83, note M. Lacaze ; *D.* 2020, p. 204, obs. P.-J. Delage).

Art. 421-2 ***(Mod., L. n° 96-647, 22 juill. 1996 ; L. n° 2004-204, 9 mars 2004).*** **– Constitue également un acte de terrorisme, lorsqu'il est intentionnellement en relation avec une entreprise individuelle ou collective ayant pour but de troubler gravement l'ordre public par l'intimidation ou la terreur, le fait d'introduire dans l'atmosphère, sur le sol, dans le sous-sol, dans les aliments ou les composants alimentaires ou dans les eaux, y compris celles de la mer territoriale, une substance de nature à mettre en péril la santé de l'homme ou des animaux ou le milieu naturel.**

Art. 421-2-1 ***(L. n° 96-647, 22 juill. 1996).*** **– Constitue également un acte de terrorisme le fait de participer à un groupement formé ou à une entente établie en vue de la préparation, caractérisée par un ou plusieurs faits matériels, d'un des actes de terrorisme mentionnés aux articles précédents.**

1) Illustrations. Constitue une association de malfaiteurs en vue de préparer des actes terroristes le fait, pour un individu et les personnes qui l'accompagnent, d'avoir organisé, de façon occulte, un voyage en Turquie et d'avoir pris des contacts avec des personnes assurant le passage de la frontière avec la Syrie ainsi que l'accueil dans une zone occupée par « Daech », actes destinés à leur permettre de se mettre au service de cette organisation, afin de commettre sous son commandement des actes de terrorisme sanctionnés par le Code pénal (▪ Cass. crim., 20 févr. 2019, n° 18-80.777 : *JurisData* n° 2019-002410 ; *Dr. pén.* 2019, comm. 81, note Ph. Conte).

Se rend coupable d'association de malfaiteurs en vue de la préparation d'actes de terrorisme un responsable d'un mouvement révolutionnaire qui a activement participé à l'organisation d'actions violentes de représailles à Paris à la suite de l'attentat contre un membre de son réseau, dès lors que ce mouvement révolutionnaire avait pour but, par la commission d'infractions comportant des assassinats et tentatives d'assassinats, des violences volontaires, des extorsions de fond, au préjudice de commerçants, des ports d'armes et des attentats à l'explosif, de pratiquer à l'encontre de ses adversaires et opposants une violence révolutionnaire troublant gravement l'ordre public par l'intimidation ou la terreur, et constituait ainsi une entreprise terroriste (▪ Cass. crim., 2 déc. 2015, n° 14-81.866).

Un individu projetant de commettre des attentats en prêtant allégeance à « Daech » mais sans collusion avec d'autres personnes peut être déclaré coupable d'association de malfaiteurs, les juges relevant, pendant la période de la prévention, l'existence de nombreuses actions terroristes directement commises par l'organisation ou inspirées par les appels lancés par cette entité (▪ Cass. crim., 19 févr. 2019, n° 18-81.096 : *JurisData* n° 2018-018648 ; *Dr. pén.* 2019, comm. 81, note Ph. Conte).

2) Infraction indépendante des crimes ou délits terroristes préparés. Il résulte des articles 421-2-1 et 421-6 du Code pénal que l'association de malfaiteurs en vue de commettre certains crimes à caractère terroriste constitue une infraction indépendante, tant des crimes préparés ou commis par certains de ses membres, que des infractions caractérisées par certains des faits qui la concrétisent.

Méconnaît ce principe la chambre de l'instruction qui, pour dire n'y avoir lieu à mise en examen du chef de participation à un groupement ou une entente terroriste ayant pour objet la préparation d'un ou plusieurs crimes d'atteintes aux personnes, relève que les éléments de la procédure n'apportent pas la démonstration de la participation des intéressés à la préparation desdits crimes ou à la commission du crime de destructions par substances explosives ou incendiaires de nature à causer la mort d'une ou plusieurs personnes (▪ Cass. crim., 12 juill. 2016, n° 16-82.692 : *Dr. pén.* 2016, comm. 152, note Ph. Conte).

Le juge pénal n'a donc pas, pour caractériser l'infraction d'association de malfaiteurs en relation avec une entreprise terroriste, l'obligation de démontrer la participation du prévenu à la préparation ou à la réalisation de certaines infractions spécifiques dès lors que le délit d'association de malfaiteurs constitue une infraction indépendante des crimes ou délits qu'elle a pour objet de préparer ou de commettre (▪ Cass. crim., 19 févr. 2019, n° 18-81.096 : *JurisData* n° 2018-018648 ; *Dr. pén.* 2019, comm. 81, note Ph. Conte).

3) Élément moral. Il résulte de la combinaison des articles 421-1, 421-2-1 et 421-6 du Code pénal qu'est punissable en tant que crime la participation à un groupement formé ou une entente établie en vue de la préparation, caractérisée par un ou plusieurs faits matériels, d'un acte de terrorisme, dès lors qu'il a pour objet de porter volontairement atteinte à la vie ou à l'intégrité de la personne. Méconnaît le sens et la portée des textes précités la chambre de l'instruction qui exige, pour retenir cette circonstance aggravante à l'encontre de celui qui s'associe à une entreprise terroriste ayant un tel objet, la démonstration de la connaissance précise et concrète du projet d'attenter volontairement à la vie ou à l'intégrité de personnes fomenté par l'auteur (▪ Cass. crim., 5 oct. 2016, n° 16-84.597).

L'association de malfaiteurs en relation avec une entreprise terroriste suppose d'établir l'intention coupable du prévenu. Pour confirmer une décision de non-lieu, les juges peuvent retenir qu'en achetant le billet d'avion pour la Turquie à son compagnon, une femme croyait que celui-ci allait et devait rester chez son grand-père, qu'elle n'a apporté aucun soutien à l'État islamique puisque, d'une part, le partage et le financement de la vie à [...] a été subordonné par elle à la condition que son mari ne fût plus soldat pour le compte de l'organisation terroriste, ce qui est corroboré par l'absence apparente durant cette période de tout soutien financier ou matériel de la part de cette organisation à M. B... et, d'autre part, aucun élément de la procédure ne permet de relier l'achat et la possession de l'arme de poing à une activité ou préparation d'action quelconque de M. B... pour le compte de l'organisation dite État islamique, cette arme étant destinée à assurer leur sécurité privée (▪ Cass. crim., 5 sept. 2018, n° 17-82.994, revenant sur ▪ Cass. crim., 7 févr. 2017, n° 16-87.084, inédit, ayant jugé dans la même affaire que les premiers juges avaient confondu intention et mobile).

4) Appréciation du caractère terroriste de l'organisation. Pour apprécier si une organisation a un caractère terroriste, le juge pénal n'est pas tenu par la qualification qui lui serait donnée ou non dans un classement international, lequel, sauf convention internationale régulièrement ratifiée, ne s'impose pas au juge en droit interne. Peu importe également que la France se soit opposée à la classification du groupe en question comme organisation terroriste. Le juge doit s'en tenir au seul examen des faits au regard des critères de l'article 421-1-1 (■ Cass. crim., 14 avr. 2021, n° 20-83.420, D : *JurisData* n° 2021-005583 ; *Dr. pén.* 2021, comm. 123, obs. Ph. Conte).

Art. 421-2-2 ***(L. n° 2001-1062, 15 nov. 2001).*** **– Constitue également un acte de terrorisme le fait de financer une entreprise terroriste en fournissant, en réunissant ou en gérant des fonds, des valeurs ou des biens quelconques ou en donnant des conseils à cette fin, dans l'intention de voir ces fonds, valeurs ou biens utilisés ou en sachant qu'ils sont destinés à être utilisés, en tout ou partie, en vue de commettre l'un quelconque des actes de terrorisme prévus au présent chapitre, indépendamment de la survenance éventuelle d'un tel acte.**

Une association peut être condamnée pour participation à une association de malfaiteurs en relation avec une entreprise terroriste et financement d'une entreprise terroriste, les juges ayant démontré qu'elle avait apporté, en connaissance de cause, par ses organes ou ses représentants, en l'espèce par des dirigeants de fait identifiés, ayant agi pour son compte, un soutien logistique et financier effectif à une organisation classée comme terroriste (■ Cass. crim., 21 mai 2014, n° 13-83.758 : *Dr. pén.* 2014, comm. 106, obs. M. Véron ; *AJ pénal* 2014, 528, obs. P. de Combles de Nayves).

La Cour de cassation a pu admettre la mise en examen d'une grande société de matériaux de construction pour financement d'actes de terrorisme en affirmant qu'il suffit « pour que les faits soient susceptibles d'être établis que l'auteur du financement sache que les fonds fournis sont destinés à être utilisés par l'entreprise terroriste en vue de commettre un acte terroriste, que cet acte survienne ou non, peu important en outre qu'il n'ait pas l'intention de voir les fonds utilisés à cette fin » (■ Cass. crim., 7 sept. 2021, n°s 19-87.036, 19-87.031, 19-87.040 et 19-87.367 : *D.* 2021, 1629 ; *AJ pénal* 2021, 469, note J. Lasserre Capdeville).

Art. 421-2-3 ***(L. n° 2003-239, 18 mars 2003).*** **– Le fait de ne pouvoir justifier de ressources correspondant à son train de vie, tout en étant en relations habituelles avec une ou plusieurs personnes se livrant à l'un ou plusieurs des actes visés aux articles 421-1 à 421-2-2, est puni de sept ans d'emprisonnement et de 100 000 € d'amende.**

Art. 421-2-4 ***(L. n° 2012-1432, 21 déc. 2012).*** **– Le fait d'adresser à une personne des offres ou des promesses, de lui proposer des dons, présents ou avantages quelconques, de la menacer ou d'exercer sur elle des pressions afin qu'elle participe à un groupement ou une entente prévu à l'article 421-2-1 ou qu'elle commette un des actes de terrorisme mentionnés aux articles 421-1 et 421-2 est puni, même lorsqu'il n'a pas été suivi d'effet, de dix ans d'emprisonnement et de 150 000 € d'amende.**

Art. 421-2-4-1 ***(L. n° 2017-1510, 30 oct. 2017).*** **– Le fait, par une personne ayant autorité sur un mineur, de faire participer ce mineur à un groupement formé ou à une entente établie en vue de la préparation, caractérisée par un ou plusieurs faits matériels, d'un des actes de terrorisme mentionnés aux articles 421-1 et 421-2 est puni de quinze ans de réclusion criminelle et de 225 000 € d'amende.**

(Al. mod., L. n° 2019-1480, 28 déc. 2019) (1) **Lorsque le fait est commis par une personne titulaire de l'autorité parentale sur le mineur, la juridiction de jugement se prononce sur le retrait total ou partiel de l'autorité parentale ou sur le retrait de l'exercice de cette autorité en application des articles 378 et 379-1 du Code civil. Elle peut alors statuer sur le retrait de l'autorité parentale ou de l'exercice de cette autorité en ce qu'elle concerne les autres enfants mineurs de cette personne. Si les poursuites ont lieu devant la cour d'assises, celle-ci statue sur cette question sans l'assistance des jurés.**

Art. 421-2-5 ***(L. n° 2014-1353, 13 nov. 2014).*** **– Le fait de provoquer directement à des actes de terrorisme ou de faire publiquement l'apologie de ces actes est puni de cinq ans d'emprisonnement et de 75 000 € d'amende.**

(1) Dispositions applicables à Wallis-et-Futuna, L. n° 2019-1480, 28 déc. 2019.

Les peines sont portées à sept ans d'emprisonnement et à 100 000 € d'amende lorsque les faits ont été commis en utilisant un service de communication au public en ligne.

Lorsque les faits sont commis par la voie de la presse écrite ou audiovisuelle ou de la communication au public en ligne, les dispositions particulières des lois qui régissent ces matières sont applicables en ce qui concerne la détermination des personnes responsables.

1) Le délit d'apologie d'actes de terrorisme, prévu et réprimé par l'article 421-2-5 du Code pénal, consiste dans le fait d'inciter publiquement à porter sur ces infractions ou leurs auteurs un jugement favorable.

Encourt la cassation l'arrêt qui, pour renvoyer un prévenu des fins de la poursuite de ce chef, énonce que, si, lors d'un rassemblement en hommage aux victimes des attentats ayant frappé la France entre les 7 et 9 janvier 2015, il a arboré une pancarte sur laquelle il avait inscrit « je suis Charlie » d'un côté et « je suis Kouachi » de l'autre, ce qui était une référence indéniable à des personnes impliquées dans les attentats terroristes visés par cette manifestation, l'intéressé n'a pas eu la volonté de les légitimer ou d'en faire l'apologie, alors qu'il résulte de ces constatations que le prévenu, par son comportement lors d'un rassemblement public, a manifesté une égale considération pour des victimes d'actes de terrorisme et l'un de leurs auteurs à qui il s'identifiait, ce qui caractérise le délit d'apologie d'actes de terrorisme (■ Cass. crim., 25 avr. 2017, n° 16-83.331 : *Dr. pén.* 2017, comm. 103, note Ph. Conte). Dans la même affaire, après condamnation du prévenu par la juridiction de renvoi, la chambre criminelle, rejetant le pourvoi, a rappelé que le délit d'apologie d'actes de terrorisme consistait dans le fait d'inciter publiquement à porter sur ces infractions ou leurs auteurs un jugement favorable, sans qu'il y ait à établir que les propos en cause ont été proférés en relation avec une entreprise individuelle ou collective ayant pour but de troubler gravement l'ordre public par l'intimidation ou la terreur (■ Cass. crim., 11 déc. 2018, n° 18-82.712 : *JurisData* n° 2018-022746).

Le fait d'affirmer son appartenance personnelle à une organisation terroriste, responsable de plusieurs attentats commis dans une période récente sur le sol français, pour intimider et menacer ses interlocuteurs, ne constitue pas l'apologie d'actes de terrorisme, ces propos ne pouvant compte tenu des circonstances dans lesquelles ils ont été tenus, que susciter en eux des sentiments de crainte et de rejet, exclusifs de tout regard favorable sur ladite organisation (■ Cass. crim., 4 juin 2019, n° 18-85.042 : *JurisData* n° 2019-009580 ; *Dr. pén.* 2019, comm. 161, note Ph. Conte).

Voir : sous art. 227-23, L. n° 2004-575, 21 juin 2004, art. 6-1, D. n° 2015-125, 5 févr. 2015 et D. n° 2015-253, 4 mars 2015.

2) Le délit d'apologie d'actes de terrorisme, prévu et réprimé par l'article 421-2-5 du Code pénal, est constitué lorsque les propos qu'il incrimine ont été prononcés publiquement, c'est-à-dire tenus à haute voix dans des circonstances traduisant une volonté de les rendre publics.

Sont prononcés publiquement des propos tenus dans un fourgon cellulaire ou dans les geôles d'un palais de justice par une personne qui s'adresse aux gendarmes chargés de l'escorte (■ Cass. crim., 11 juill. 2017, n° 16-86.965 : *Dr. pén.* 2017, comm. 158, note Ph. Conte).

Le délit d'apologie d'actes de terrorisme peut être constitué lorsque les propos sont tenus intentionnellement au sein d'un établissement pénitentiaire en présence des seuls personnels de cette administration (■ Cass. crim., 19 juin 2018, n° 17-87.087 : *JurisData* n° 2018-010698 ; *AJ pénal* 2018, p. 419, obs. J.-P. Vicentini).

3) Pour des propos tenus à la radio puis publiés dans un journal ayant donné lieu à une condamnation pénale pour apologie, la Cour de cassation a approuvé une cour d'appel d'avoir décidé que les propos incriminés tendaient à inciter autrui à porter un jugement favorable sur une infraction qualifiée de terroriste ou sur son auteur, même s'ils étaient prononcés dans le cadre d'un débat d'intérêt général et se revendiquaient comme participant d'un discours de nature politique. La cour d'appel, qui a motivé sa décision conformément à l'article 132-1 du Code pénal, avait nécessairement apprécié la proportionnalité de la sanction au regard des objectifs visés au paragraphe 2 de l'article 10 de la Convention européenne des droits de l'homme (■ Cass. crim., 27 nov. 2018, n° 17-83.602 : *JurisData* n° 2018-021294).

4) QPC. Non-lieu à renvoi devant le Conseil constitutionnel de la QPC visant l'article 421-2-5 (■ Cass. crim., 1er déc. 2015, n° 15-90.017 : *Dr. pén.* 2016, comm. 44, obs. Ph. Conte). Mais la chambre criminelle de la Cour de cassation a transmis une QPC au Conseil en ce qui concerne les dispositions des articles 421-2-5, 422-3 et 422-6 du Code pénal, en tant que les peines principales et complémentaires encourues pour le délit précité pourraient méconnaître le principe de nécessité et de proportionnalité des peines, résultant de l'article 8 de la Déclaration des droits de l'homme et du citoyen du 26 août 1789 et porter une atteinte excessive à la liberté de communication consacrée par l'article 11 de ladite Déclaration (■ Cass. crim., 27 févr. 2018, n° 17-83.602). Le Conseil constitutionnel a jugé les textes conformes à la Constitution, précisant que l'apologie est le fait d'inciter à porter un jugement favorable sur une infraction expressément qualifiée par la loi d'acte de terrorisme ou sur son auteur ; elle est ensuite matérialisée par des propos, images ou actes présentant un caractère public, c'est-à-dire dans des circonstances traduisant la volonté de leur auteur de les rendre publics. (▪ Cons. const., 18 mai 2018, n° 2018-706 QPC : *JurisData* n° 2018-008088 ; *Dalloz actualité* 25 mai 2018, obs. S. Lavric ; *D.* 2018, p. 1233, note Y. Mayaud).

5) Recel. Le fait de détenir, à la suite d'un téléchargement effectué en connaissance de cause, des fichiers caractérisant l'apologie d'actes de terrorisme entre dans les prévisions des articles sanctionnant le recel de biens provenant du délit d'apologie d'actes de terrorisme. L'adhésion à l'idéologie doit être caractérisée en la personne du receleur pour que la condamnation de ce chef soit compatible avec l'article 10 de la Convention européenne des droits de l'homme (▪ Cass. crim., 7 janv. 2020, n° 19-80.136 : *JurisData* n° 2020-000056 ; *JCP G* 2020, n° 12, 341, note G. Beaussonie ; *Comm. com. électr.* 2020, comm. 26, obs. A. Lepage ; *Dr. pén.* 2020, comm. 48, obs. Ph. Conte ; *Légipresse* 2020, p. 238, note B. Fiorini ; *Un an de question prioritaire de constitutionnalité en matière pénale : Dr. pén.* 2020, chron. 9, spéc. n° 2, obs. F. Safi. – D. Roets, *Du recel de fichiers téléchargés faisant l'apologie d'actes de terrorisme : Cour de cassation versus Conseil constitutionnel ? : D.* 2020, p. 312).

Une QPC a été transmise au Conseil constitutionnel par la Cour de cassation afin de savoir si les dispositions combinées des articles 321-1 et 421-2-5 du Code pénal, telles qu'interprétées par la jurisprudence de la Cour de cassation, en ce qu'elles incriminent, sous la qualification de recel d'apologie du terrorisme, la consultation de sites internet faisant l'apologie du terrorisme, ou la possession d'un support informatique ou numérique sur lequel serait téléchargé le produit d'une telle consultation, sont contraires aux droits et libertés que la Constitution garantit et, plus précisément, au principe de la liberté d'opinion et de communication garanti par l'article 11 de la Déclaration des droits de l'homme et du citoyen de 1789, et méconnaissent l'autorité de la chose jugée des décisions du Conseil constitutionnel (▪ Cass. crim., 24 mars 2020, n° 19-86.706 : *JurisData* n° 2020-004614 ; *Dr. pén.* 2020, comm. 113, obs. Ph. Conte ; *Gaz. Pal.* 19 mai 2020, n° 19, p. 34, obs. F. Fourment).

Le Conseil constitutionnel a refusé que la qualification de recel puisse servir à une telle répression indirecte de la consultation de sites terroristes. Il a décidé en effet, dans cette affaire, que le délit de recel d'apologie d'actes de terrorisme portait à la liberté d'expression et de communication une atteinte qui n'est pas nécessaire, adaptée et proportionnée. Les mots « ou de faire publiquement l'apologie de ces actes » figurant au premier alinéa de l'article 421-2-5 du Code pénal ne sauraient donc, sans méconnaître cette liberté, être interprétés comme réprimant un tel délit (▪ Cons. const., 19 juin 2020, n° 2020-845 QPC : *JurisData* n° 2020-009383 ; *Comm. com. électr.* 2020, n° 10, comm. 73, obs. A. Lepage ; *Dr. pén.* 2020, n° 9, comm. 153, obs. Ph. Conte ; *RSC* 2020, p. 641, note E. Dreyer).

Bibliographie : V. Brengarth, *L'apologie et la provocation au terrorisme dans le Code pénal : JCP* 2015, étude 1003.

Art. 421-2-5-1 ***(L. n° 2016-731, 3 juin 2016).*** **– Le fait d'extraire, de reproduire et de transmettre intentionnellement des données faisant l'apologie publique d'actes de terrorisme ou provoquant directement à ces actes afin d'entraver, en connaissance de cause, l'efficacité des procédures prévues à l'article 6-1 de la loi n° 2004-575 du 21 juin 2004 pour la confiance dans l'économie numérique ou à l'article 706-23 du Code de procédure pénale est puni de cinq ans d'emprisonnement et de 75 000 € d'amende.**

Art. 421-2-5-2 ***(Abr., décision du Conseil constitutionnel n° 2017-682 QPC du 15 décembre 2017 : Dr. pén. 2018, comm. 22, note Ph. Conte ; D. 2018, p. 97, note Y. Mayaud. – Et V. ▪ Cons. const., 10 févr. 2017, n° 2016-611 QPC : JurisData n° 2017-001939).***

Art. 421-2-6 ***(L. n° 2014-1353, 13 nov. 2014 ; mod., déc. n° 2017-625 QPC, 7 avr. 2017 ; L. n° 2019-222, 23 mars 2019).*** **– I. – Constitue un acte de terrorisme le fait de préparer la commission d'une des infractions mentionnées au II, dès lors que la préparation de ladite infraction est intentionnellement en relation avec une entreprise individuelle ayant pour but de troubler gravement l'ordre public par l'intimidation ou la terreur et qu'elle est caractérisée par :**

1° Le fait de détenir, de se procurer, de tenter de se procurer ou de fabriquer des objets ou des substances de nature à créer un danger pour autrui ;

2° Et l'un des autres faits matériels suivants :

a) **Recueillir des renseignements sur des lieux ou des personnes permettant de mener une action dans ces lieux ou de porter atteinte à ces personnes ou exercer une surveillance sur ces lieux ou ces personnes ;**

b) S'entraîner ou se former au maniement des armes ou à toute forme de combat, à la fabrication ou à l'utilisation de substances explosives, incendiaires, nucléaires, radiologiques, biologiques ou chimiques ou au pilotage d'aéronefs ou à la conduite de navires ;
c) Consulter habituellement un ou plusieurs services de communication au public en ligne ou détenir des documents provoquant directement à la commission d'actes de terrorisme ou en faisant l'apologie ;
d) Avoir séjourné à l'étranger sur un théâtre d'opérations de groupements terroristes.
II. – Le I s'applique à la préparation de la commission des infractions suivantes :
1° Soit un des actes de terrorisme mentionnés au 1° de l'article 421-1 ;
2° Soit un des actes de terrorisme mentionnés au 2° du même article 421-1, lorsque l'acte préparé consiste en des destructions, dégradations ou détériorations par substances explosives ou incendiaires devant être réalisées dans des circonstances de temps ou de lieu susceptibles d'entraîner des atteintes à l'intégrité physique d'une ou plusieurs personnes ;
3° Soit un des actes de terrorisme mentionnés à l'article 421-2, lorsque l'acte préparé est susceptible d'entraîner des atteintes à l'intégrité physique d'une ou plusieurs personnes.

QPC. Par décision n° 2017-625 QPC du 7 avril 2017, le Conseil constitutionnel a décidé que les mots « de rechercher » figurant au 1° du paragraphe I sont contraires à la Constitution et que les autres dispositions de l'article 421-2-6 sont conformes à ladite Constitution (*JurisData* n° 2017-006331). – *JCP* 2017, p. 670, note S. Pellé ; *D.* 2017, p. 1180, note N. Catelan et J.-B. Perrier.

Code de la sécurité intérieure

Interdiction de sortie du territoire

Art. L. 224-1 *(L. n° 2014-1353, 13 nov. 2014 ; L. n° 2016-987, 21 juill. 2016)*. – Tout Français peut faire l'objet d'une interdiction de sortie du territoire lorsqu'il existe des raisons sérieuses de penser qu'il projette :
1° Des déplacements à l'étranger ayant pour objet la participation à des activités terroristes ;
2° Ou des déplacements à l'étranger sur un théâtre d'opérations de groupements terroristes, dans des conditions susceptibles de le conduire à porter atteinte à la sécurité publique lors de son retour sur le territoire français.
L'interdiction de sortie du territoire est prononcée par le ministre de l'Intérieur pour une durée maximale de six mois à compter de sa notification. La décision est écrite et motivée. Le ministre de l'Intérieur ou son représentant met la personne concernée en mesure de lui présenter ses observations dans un délai maximal de huit jours après la notification de la décision. Cette personne peut se faire assister par un conseil ou représenter par un mandataire de son choix.
Lorsque les conditions en sont réunies, l'interdiction de sortie du territoire peut être renouvelée par décision expresse et motivée. Elle est levée aussitôt que ces conditions ne sont plus satisfaites.
La personne qui fait l'objet d'une interdiction de sortie du territoire peut, dans le délai de deux mois suivant la notification de la décision et suivant la notification de chaque renouvellement, demander au tribunal administratif l'annulation de cette décision. Le tribunal administratif statue dans un délai de quatre mois à compter de sa saisine. Ces recours s'exercent sans préjudice des procédures ouvertes aux articles L. 521-1 et L. 521-2 du Code de justice administrative.
L'interdiction de sortie du territoire emporte dès son prononcé et à titre conservatoire l'invalidation du passeport et de la carte nationale d'identité de la personne concernée ou, le cas échéant, fait obstacle à la délivrance d'un tel document. L'autorité administrative informe la personne concernée par tout moyen.
Dès notification de l'interdiction de sortie du territoire, et au plus tard dans les vingt-quatre heures à compter de celle-ci, la personne concernée est tenue de restituer son passeport et sa carte nationale d'identité.
Un récépissé valant justification de son identité est remis à la personne concernée en échange de la restitution de son passeport et de sa carte nationale d'identité ou, à sa demande, en lieu et place de la délivrance d'un tel document. Ce récépissé suffit à justifier de l'identité de la personne concernée sur le territoire national en application de l'article 1er de la loi n° 2012-410 du 27 mars 2012 relative à la protection de l'identité.
Le fait de quitter ou de tenter de quitter le territoire français en violation d'une interdiction de sortie du territoire prise en application du présent article est puni de trois ans d'emprisonnement et de 45 000 € d'amende.

Le fait, pour toute personne s'étant vu notifier une décision d'interdiction de sortie du territoire, de se soustraire à l'obligation de restitution de son passeport et de sa carte nationale d'identité est puni de deux ans d'emprisonnement et de 4 500 € d'amende.

Un décret en Conseil d'État précise les modalités de mise en œuvre du présent article, s'agissant notamment des modalités d'établissement du récépissé mentionné au neuvième alinéa.

Voir : Décret n° 2015-26 du 14 janvier 2015 relatif à l'interdiction de sortie du territoire des ressortissants français projetant de participer à des activités terroristes à l'étranger ; CSI, art. R. 224-1 à R. 224-6.

QPC. Par décision n° 205-490 QPC du 14 octobre 2015, le Conseil constitutionnel a décidé que les dispositions de l'article L. 224-1 du Code de la sécurité intérieure, qui ne méconnaissent ni le droit à la vie privée ni aucun autre droit ou liberté que la Constitution garantit, doivent être déclarées conformes à la Constitution.

Art. 421-3 *(Mod., L. n° 2016-731, 3 juin 2016).* **– Le maximum de la peine privative de liberté encourue pour les infractions mentionnées à l'article 421-1 est relevé ainsi qu'il suit lorsque ces infractions constituent des actes de terrorisme :**

1° Il est porté à la réclusion criminelle à perpétuité lorsque l'infraction est punie de trente ans de réclusion criminelle ;

2° Il est porté à trente ans de réclusion criminelle lorsque l'infraction est punie de vingt ans de réclusion criminelle ;

3° Il est porté à vingt ans de réclusion criminelle lorsque l'infraction est punie de quinze ans de réclusion criminelle ;

4° Il est porté à quinze ans de réclusion criminelle lorsque l'infraction est punie de dix ans d'emprisonnement ;

5° Il est porté à dix ans d'emprisonnement lorsque l'infraction est punie de sept ans d'emprisonnement ;

6° Il est porté à sept ans d'emprisonnement lorsque l'infraction est punie de cinq ans d'emprisonnement ;

7° Il est porté au double lorsque l'infraction est punie d'un emprisonnement de trois ans au plus.

Art. 421-4 *(Mod., L. n° 2002-1138, 9 sept. 2002 ; L. n° 2016-731, 3 juin 2016).* **– L'acte de terrorisme défini à l'article 421-2 est puni de vingt ans de réclusion criminelle et de 350 000 € d'amende.**

Lorsque cet acte a entraîné la mort d'une ou plusieurs personnes, il est puni de la réclusion criminelle à perpétuité et de 750 000 € d'amende.

Art. 421-5 *(Mod., L. n° 96-647, 22 juill. 1996 ; L. n° 2001-1062, 15 nov. 2001 ; L. n° 2004-204, 9 mars 2004 ; L. n° 2016-731, 3 juin 2016 ; L. n° 2016-987, 21 juill. 2016).* **– Les actes de terrorisme définis aux articles 421-2-1 et 421-2-2 sont punis de dix ans d'emprisonnement et de 225 000 € d'amende.**

Le fait de diriger ou d'organiser le groupement ou l'entente défini à l'article 421-2-1 est puni de trente ans de réclusion criminelle et de 500 000 € d'amende.

La tentative du délit défini à l'article 421-2-2 est punie des mêmes peines.

(L. n° 2014-1353, 13 nov. 2014) **L'acte de terrorisme défini à l'article 421-2-6 est puni de dix ans d'emprisonnement et de 150 000 € d'amende.**

1) **QPC.** Par décision n° 2017-625 QPC du 7 avril 2017, le Conseil constitutionnel a déclaré le quatrième alinéa de l'article 421-5 conforme à la Constitution (*JurisData* n° 2017-006331).

2) **Application de la loi dans le temps.** Sauf lorsque la loi en dispose autrement, les articles du Code de procédure pénale relatifs à la poursuite, à l'instruction et au jugement des actes de terrorisme sont applicables aux faits commis avant le 1er mars 1994, dès lors que ces faits entrent dans les prévisions tant de l'article 706-16 ancien de ce code que des articles 421-1 à 421-5 nouveaux du Code pénal (■ Cass. crim., 22 sept. 1998 : *Bull. crim.* n° 231).

3) **Association.** Est justifiée la décision de la cour d'appel qui déclare une association coupable d'association de malfaiteurs en relation avec une entreprise terroriste, financement du terrorisme, par des constatations qui établissent que certains membres identifiés de cette association, mandatés par une organisation terroriste et également poursuivis, organisaient, supervisaient, coordonnaient la partie clandestine des activités de cette association, au profit de l'organisation terroriste, notamment les réunions régulières de cadres venus de divers pays européens, la propagande, le recueil des fonds, la tenue de la comptabilité et, plus généralement, dirigeaient, pour son compte, les opérations représentant la contribu-

tion délibérée de celle-ci au soutien de l'organisation terroriste (■ Cass. crim., 21 mai 2014 : *Bull. crim.* n° 136 ; *Dr. pén.* 2014, comm. 106, obs. M. Véron).

4) Intention. L'association de malfaiteurs en relation avec une entreprise terroriste suppose d'établir l'intention coupable du prévenu (■ Cass. crim., 5 sept. 2018, n° 17-82.994).

5) Peines. Il résulte de l'article 132-19 du Code pénal que le juge qui prononce une peine d'emprisonnement sans sursis doit en justifier la nécessité au regard des faits de l'espèce, de la gravité de l'infraction, de la personnalité de son auteur, de sa situation matérielle, familiale et sociale, ainsi que du caractère inadéquat de toute autre sanction. Méconnaît ce texte l'arrêt qui ne caractérise pas l'inadéquation de toute autre sanction que celle d'emprisonnement prononcée en l'espèce sur la foi d'une radicalisation de l'individu reconnu coupable du délit d'association de malfaiteurs à but terroriste (■ Cass. crim., 22 janv. 2019, n° 18-81.071 : *JurisData* n° 2019-000646).

Art. 421-6 *(L. n° 2006-64, 23 janv. 2006 ; mod., L. n° 2016-731, 3 juin 2016 ; L. n° 2016-987, 21 juill. 2016).* **– Les peines sont portées à trente ans de réclusion criminelle et 450 000 € d'amende lorsque le groupement ou l'entente définie à l'article 421-2-1 a pour objet la préparation :**

1° Soit d'un ou plusieurs crimes d'atteintes aux personnes visés au 1° de l'article 421-1 ;

2° Soit d'une ou plusieurs destructions par substances explosives ou incendiaires visées au 2° de l'article 421-1 et devant être réalisées dans des circonstances de temps ou de lieu susceptibles d'entraîner la mort d'une ou plusieurs personnes ;

3° Soit de l'acte de terrorisme défini à l'article 421-2 lorsqu'il est susceptible d'entraîner la mort d'une ou plusieurs personnes.

Le fait de diriger ou d'organiser un tel groupement ou une telle entente est puni de la réclusion criminelle à perpétuité et de 500 000 € d'amende.

La circonstance aggravante incriminée par l'article 421-6, 1° du Code pénal peut être retenue à l'égard de l'un des participants au groupement sans qu'il soit nécessaire d'établir qu'il en a eu une connaissance précise et concrète (■ Cass. crim., 7 oct. 2016, n° 16-84.597 : *Dr. pén.* 2016, comm. 170, note C. de Jacobet de Nombel ; *AJ pénal* 2016, 526, note Y. Mayaud ; *Gaz. Pal.* 24 janv. 2017, 415, note E. Dreyer).

Art. 421-7 *(L. n° 2016-731, 3 juin 2016).* **– Les deux premiers alinéas de l'article 132-23 relatif à la période de sûreté sont applicables aux crimes ainsi qu'aux délits punis de dix ans d'emprisonnement prévus au présent chapitre. Toutefois, lorsque le crime prévu au présent chapitre est puni de la réclusion criminelle à perpétuité, la cour d'assises peut, par décision spéciale, soit porter la période de sûreté jusqu'à trente ans, soit, si elle prononce la réclusion criminelle à perpétuité, décider qu'aucune des mesures énumérées au même article 132-23 ne pourra être accordée au condamné. En cas de commutation de la peine, et sauf si le décret de grâce en dispose autrement, la période de sûreté est égale à la durée de la peine résultant de la mesure de grâce.**

Art. 421-8 *(L. n° 2016-731, 3 juin 2016 ; mod., L. n° 2020-1023, 10 août 2020).* **– Les personnes coupables des infractions définies aux articles 421-1 à 421-6 sont condamnées à un suivi socio-judiciaire selon les modalités prévues aux articles 131-36-1 à 131-36-13.**

Toutefois, la juridiction peut, par une décision spécialement motivée, décider de ne pas prononcer cette peine, en considération des circonstances de l'infraction et de la personnalité de son auteur.

CHAPITRE II. – DISPOSITIONS PARTICULIÈRES

Art. 422-1. – Toute personne qui a tenté de commettre un acte de terrorisme est exempte de peine si, ayant averti l'autorité administrative ou judiciaire, elle a permis d'éviter la réalisation de l'infraction et d'identifier, le cas échéant, les autres coupables.

Art. 422-2. – La peine privative de liberté encourue par l'auteur ou le complice d'un acte de terrorisme est réduite de moitié si, ayant averti les autorités administratives ou judiciaires, il a permis de faire cesser les agissements incriminés ou d'éviter que l'infraction n'entraîne mort d'homme ou infirmité permanente et d'identifier, le cas échéant, les autres coupables. Lorsque la peine encourue est la réclusion criminelle à perpétuité, celle-ci est ramenée à vingt ans de réclusion criminelle.

Art. 422-3 *(Mod., L. n° 96-647, 22 juill. 1996 ; L. n° 2008-776, 4 août 2008).* **– Les personnes physiques coupables de l'une des infractions prévues par le présent titre encourent également les peines complémentaires suivantes :**

1° L'interdiction des droits civiques, civils et de famille, suivant les modalités prévues par l'article 131-26. Toutefois, le maximum de la durée de l'interdiction est porté à quinze ans en cas de crime et à dix ans en cas de délit ;

2° L'interdiction, suivant les modalités, prévues par l'article 131-27, soit d'exercer une fonction publique ou d'exercer l'activité professionnelle ou sociale dans l'exercice ou à l'occasion de l'exercice de laquelle l'infraction a été commise, le maximum de la durée de l'interdiction temporaire étant porté à dix ans, soit, pour les crimes prévus par les 1° à 4° de l'article 421-3, l'article 421-4, le deuxième alinéa de l'article 421-5 et l'article 421-6, d'exercer une profession commerciale ou industrielle, de diriger, d'administrer, de gérer ou de contrôler à un titre quelconque, directement ou indirectement, pour son propre compte ou pour le compte d'autrui, une entreprise commerciale ou industrielle ou une société commerciale. Ces interdictions d'exercice peuvent être prononcées cumulativement ;

3° L'interdiction de séjour, suivant les modalités prévues par l'article 131-31. Toutefois, le maximum de la durée de l'interdiction est porté à quinze ans en cas de crime et à dix ans en cas de délit.

Art. 422-4 *(L. n° 2016-987, 21 juill. 2016).* **– L'interdiction du territoire français est prononcée par la juridiction de jugement dans les conditions prévues à l'article 131-30, soit à titre définitif, soit pour une durée de dix ans au plus, à l'encontre de tout étranger coupable de l'une des infractions définies au présent titre.**

Toutefois, la juridiction peut, par une décision spécialement motivée, décider de ne pas prononcer ces peines, en considération des circonstances de l'infraction et de la personnalité de son auteur.

Art. 422-5. *– (L. n° 2009-526, 12 mai 2009)* **Les personnes morales déclarées responsables pénalement, dans les conditions prévues par l'article 121-2, des infractions définies au présent titre encourent, outre l'amende suivant les modalités prévues par l'article 131-38, les peines prévues par l'article 131-39.**

L'interdiction mentionnée au 2° de l'article 131-39 porte sur l'activité dans l'exercice ou à l'occasion de l'exercice de laquelle l'infraction a été commise.

Art. 422-6 *(L. n° 2001-1062, 15 nov. 2001 ; L. n° 2012-409, 27 mars 2012).* **– Les personnes physiques ou morales reconnues coupables d'actes de terrorisme encourent également la peine complémentaire de confiscation de tout ou partie des biens leur appartenant ou, sous réserve des droits du propriétaire de bonne foi, dont elles ont la libre disposition quelle qu'en soit la nature, meubles ou immeubles, divis ou indivis.**

Art. 422-7 *(L. n° 2001-1062, 15 nov. 2001).* **– Le produit des sanctions financières ou patrimoniales prononcées à l'encontre des personnes reconnues coupables d'actes de terrorisme est affecté au fonds de garantie des victimes des actes de terrorisme et d'autres infractions.**

Code des transports
(Ord., n° 2010-1307, 28 oct. 2010)

Dispositions relatives à la conduite des trains

Art. L. 2221-9. – Le fait de conduire un train sans être titulaire de la licence et des documents requis par la réglementation de sécurité ou d'affecter à la conduite de trains une personne qui n'est pas titulaire de ces documents est puni d'un emprisonnement d'un an et d'une amende de 75 000 €.

Police du transport ferroviaire ou guidé

Art. L. 2242-1. – Est puni de dix ans d'emprisonnement le fait d'employer volontairement un moyen quelconque aux fins de faire dérailler les véhicules ou de provoquer leur collision.

S'il en résulte un homicide ou des blessures, le coupable est puni de la réclusion criminelle à perpétuité dans le premier cas et de vingt ans de réclusion criminelle dans le second.

Jugé que le mot « volontairement » qui est employé dans l'article 16 ne s'applique pas aux mots qui suivent ; en conséquence, les peines prévues par cet article sont légalement appliquées à l'individu déclaré « coupable d'avoir placé sur la voie des pierres faisant obstacle à la circulation, de manière à entraver la marche des convois ou à les faire sortir des rails » sans qu'il soit nécessaire de constater qu'il avait volontairement placé ces pierres (■ Cass. crim., 21 sept. 1893 : *DP* 1896, 1, p. 435).

Art. L. 2242-2. – Est puni de cinq ans d'emprisonnement, le fait de menacer, par écrit anonyme ou signé, de commettre une des infractions prévues par l'article L. 2242-1, dans le cas où la menace a été faite avec ordre de déposer une somme d'argent dans un lieu indiqué ou de remplir toute autre condition.

Si la menace n'a été accompagnée d'aucun ordre ou condition, la peine est de deux ans d'emprisonnement et de 3 750 € d'amende.

Si la menace avec ordre ou condition a été verbale, la peine est de six mois d'emprisonnement et de 3 750 € d'amende.

Art. L. 2242-3. – Est puni de six mois d'emprisonnement et de 3 750 € d'amende le fait de causer involontairement, sur un chemin de fer ou dans les gares ou stations, par maladresse, imprudence, inattention, négligence ou inobservation des lois ou règlements, un accident occasionnant des blessures.

Si l'accident a occasionné la mort d'une ou plusieurs personnes, la peine est de cinq ans d'emprisonnement et de 3 750 € d'amende.

1) L'article 19 de la loi du 15 juillet 1845, punissant les auteurs de blessures et homicides involontaires lorsque l'accident est survenu sur une voie ferrée, s'applique, en raison de la généralité de ses termes, à toutes personnes et non pas seulement aux agents du chemin de fer (■ Cass. crim., 23 déc. 1952 : *Bull. crim.* n° 322).

2) Une compagnie de chemin de fer est reconnue civilement responsable des suites d'un accident dont ont été victimes des voyageurs, même s'il est établi que ceux-ci étaient en situation irrégulière, dès lors qu'il résulte des constatations des juges que l'accident est dû à la seule faute d'un agent de la compagnie, à l'exclusion d'un fait personnel imputable aux victimes et en dehors de tout risque auquel celles-ci se seraient volontairement exposées (■ Cass. crim., 11 févr. 1959 : *Bull. crim.* n° 94).

3) Les articles 221-6 et 221-7 du Code pénal sont applicables lorsque la responsabilité d'une personne morale est engagée à l'occasion d'un accident causé sur les chemins de fer ou dans les gares ou stations, nonobstant les dispositions de l'article 19 de la loi du 15 juillet 1845 sur la police des chemins de fer (■ Cass. crim., 18 janv. 2000 : *Bull. crim.* n° 28 ; *JCP* G 2000, II, 10935, n° 40, note F. Debove ; *Bull. Joly* 2000, n°s 8-9, p. 809, note Ph. Delebecque ; *Dr. pén.* 2000, n° 6, comm. 72, note M. Véron).

Art. L. 2242-4. – Est puni de six mois d'emprisonnement et de 3 750 € d'amende le fait pour toute personne :

1° De modifier ou déplacer sans autorisation ou de dégrader ou déranger la voie ferrée, les talus, clôtures, barrières, bâtiments et ouvrages d'art, les installations de production, de transport et de distribution d'énergie ainsi que les appareils et le matériel de toute nature servant à l'exploitation ;

2° De jeter ou déposer un matériau ou un objet quelconque sur les lignes de transport ou de distribution d'énergie ou dans les parties de la voie ferrée ou de ses dépendances qui ne sont pas affectées à la circulation publique ;

3° D'empêcher le fonctionnement des signaux ou appareils quelconques ou de manœuvrer, sans en avoir mission, ceux qui ne sont pas à la disposition du public ;

4° De troubler ou entraver, par des signaux faits en dehors du service ou de toute autre façon, la mise en marche ou la circulation des trains ;

5° De pénétrer, circuler ou stationner sans autorisation régulière dans les parties de la voie ferrée ou de ses dépendances qui ne sont pas affectées à la circulation publique, d'y introduire des animaux ou d'y laisser introduire ceux dont elle est responsable, d'y faire circuler ou stationner un véhicule étranger au service, d'y jeter ou déposer un matériau ou un objet quelconque, d'entrer dans l'enceinte du chemin de fer ou d'en sortir par d'autres issues que celles affectées à cet usage ;

6° De laisser stationner sur les parties d'une voie publique suivie ou traversée à niveau par une voie ferrée des voitures ou des animaux, d'y jeter ou déposer un matériau ou un objet quelconque, de faire suivre les rails de la voie ferrée par des véhicules étrangers au service ;

7° De laisser subsister, après une mise en demeure de les supprimer faite par l'autorité administrative compétente de l'État, toutes installations lumineuses et notamment toute publicité lumineuse au moyen d'affiches, enseignes ou panneaux lumineux ou réfléchissants, lorsqu'elles sont de nature à créer un danger pour la circulation des convois en raison de la gêne qu'elles apportent pour l'observation des signaux par les agents du chemin de fer ;

8° De faire usage du signal d'alarme ou d'arrêt mis à la disposition des voyageurs de manière illégitime et dans l'intention de troubler ou d'entraver la mise en marche ou la circulation des trains.

9° *(L. n° 2011-267, 14 mars 2011)* De pénétrer sans autorisation dans les espaces affectés à la conduite des trains.

L'intention coupable de l'auteur du délit prévu par le 5° de l'article L. 2242-4 du Code des transports, est caractérisée par le fait, pour l'intéressé, de pénétrer, circuler ou stationner dans les parties de la voie ferrée ou de ses dépendances, qui ne sont pas affectées à la circulation publique, en sachant qu'il n'est pas titulaire d'une autorisation régulière à cet effet (■ Cass. crim., 9 déc. 2014, n° 14-80.200).

Code des transports

(Aviation civile)

Transport de certaines substances, de certains animaux ou objets et usage aérien de certains appareils

Art. L. 6232-8. – Est puni des peines prévues par l'article L. 6232-4 le fait de :

1° Transporter par aéronef sans autorisation spéciale des explosifs, armes et munitions de guerre, des pigeons voyageurs ou des objets de correspondance y compris ceux du secteur réservé à La Poste tel qu'il est fixé par l'article L. 2 du Code des postes et des communications électroniques ;

2° Transporter, utiliser des appareils photographiques ou faire usage d'objets ou d'appareils dont le transport et l'usage sont interdits par les autorités administratives compétentes ;

3° Faire usage, sans autorisation spéciale, d'appareils photographiques au-dessus des zones interdites.

Art. L. 6232-9. – Outre le procureur de la République, le juge d'instruction et les officiers de police judiciaire désignés à l'article 16 du Code de procédure pénale peuvent, sous réserve des autorisations spéciales prévues par décret en Conseil d'État, saisir les explosifs, les armes et munitions de guerre, les pigeons voyageurs, les appareils photographiques, les clichés et les correspondances postales, ainsi que les appareils radiotélégraphiques et radiotéléphoniques qui se trouvent à bord :

1° Les fonctionnaires des corps techniques de l'aviation civile, les militaires ou marins et les agents de l'autorité militaire ou maritime, commissionnés à cet effet ;

2° Les gendarmes, les ingénieurs de l'armement affectés à l'aéronautique, les techniciens supérieurs d'études et de fabrication ;

3° Les agents des contributions indirectes, les agents des douanes, les agents techniques des eaux et forêts et les gardes champêtres.

Les mêmes autorités peuvent saisir les pigeons voyageurs, les appareils photographiques et les clichés qui se trouveraient à bord d'aéronefs autorisés à transporter ces objets dans le cas où ces aéronefs seraient passés au-dessus de zones interdites.

Elles peuvent également saisir les pigeons voyageurs ainsi que les messages dont ils seraient porteurs.

La confiscation des objets et appareils régulièrement saisis est prononcée par le tribunal.

Code de la sécurité intérieure

Section 4 *bis* : Grands événements

Art. L. 211-11-1 *(Ord. n° 2018-1125, 12 déc. 2018)*. **–** Les grands événements exposés, par leur ampleur ou leurs circonstances particulières, à un risque exceptionnel de menace terroriste sont désignés par décret. Ce décret désigne également les établissements et les installations qui accueillent ces grands événements ainsi que leur organisateur.

L'accès de toute personne, à un autre titre que celui de spectateur ou de participant, à tout ou partie des établissements et installations désignés par le décret mentionné au premier alinéa est soumis à autorisation de l'organisateur pendant la durée de cet événement et de sa préparation. L'organisateur recueille au préalable l'avis de l'autorité administrative rendu à la suite d'une enquête administrative qui peut donner lieu à la consultation, selon les règles propres à chacun d'eux, de certains traitements automatisés de données à caractère personnel relevant de l'article 31 de la loi n° 78-17 du 6 janvier 1978 relative à l'informatique, aux fichiers et aux libertés, à l'exception des fichiers d'identification. Un avis défavorable ne peut être émis que s'il ressort de l'enquête administrative que le comportement ou les agissements de la personne sont de nature à porter atteinte à la sécurité des personnes, à la sécurité publique ou à la sûreté de l'État.

Un décret en Conseil d'État pris après avis de la Commission nationale de l'informatique et des libertés fixe les modalités d'application du présent article, notamment la liste des fichiers mentionnés au deuxième alinéa pouvant faire l'objet d'une consultation, les catégories de personnes concernées et les garanties d'information ouvertes à ces personnes.

Code de la défense
(Ord. n° 2004-1374, 20 déc. 2004)

TITRE III. – MATÉRIELS DE GUERRE, ARMES ET MUNITIONS SOUMIS À AUTORISATION

CHAPITRE I. – DISPOSITIONS GÉNÉRALES

Art. L. 2331-1 *(Mod. à compter du 30 juin 2012, L. n° 2011-702, 22 juin 2011 ; rempl. à compter du 6 sept. 2013, L. n° 2012-304, 6 mars 2012 ; L. n° 2018-133, 26 févr. 2018 ; L. n° 2018-607, 13 juill. 2018 ; Ord. n° 2019-610, 19 juin 2019)*. **–** I. - Les matériels de guerre, armes, munitions et leurs éléments désignés par le présent titre sont classés dans les catégories suivantes :

1° Catégorie A : matériels de guerre et armes interdits à l'acquisition et à la détention, sous réserve des dispositions des articles L. 312-1 à L. 312-4-3 du Code de la sécurité intérieure.

Cette catégorie comprend :

- A1 : les armes et éléments d'armes interdits à l'acquisition et à la détention ;
- A2 : les armes relevant des matériels de guerre, les matériels destinés à porter ou à utiliser au combat les armes à feu, les matériels de protection contre les gaz de combat ;

2° Catégorie B : armes soumises à autorisation pour l'acquisition et la détention ;

3° Catégorie C : armes soumises à déclaration pour l'acquisition et la détention ;

4° Catégorie D : armes et matériels de guerre dont l'acquisition et la détention sont libres.

Un décret en Conseil d'État détermine les matériels de guerre, armes, munitions, éléments accessoires et opérations industrielles compris dans chacune de ces catégories ainsi que les conditions de leur acquisition et de leur détention. Il fixe les modalités de délivrance des autorisations ainsi que celles d'établissement des déclarations.

En vue de préserver la sécurité et l'ordre publics, le classement prévu aux 1° à 4° est fondé sur la dangerosité des matériels et des armes. Pour les armes à feu, la dangerosité s'apprécie en particulier en fonction des modalités de répétition du tir ainsi que du nombre de coups tirés sans qu'il soit nécessaire de procéder à un réapprovisionnement de l'arme.

Par dérogation à l'avant-dernier alinéa du présent I, les armes utilisant des munitions de certains calibres fixés par décret en Conseil d'État sont classées par la seule référence à ce calibre.

II. - Les matériels qui sont soumis à des restrictions ou à une procédure spéciale pour l'importation ou l'exportation hors du territoire de l'Union européenne ou pour le transfert au sein de l'Union européenne sont définis au chapitre V du présent titre.

III. - Les différents régimes d'acquisition et de détention mentionnés au présent article ne s'appliquent pas aux personnes se livrant à la fabrication, au commerce ou à l'intermédiation des matériels de guerre, armes, munitions et de leurs éléments ou qui utilisent ou exploitent, dans le cadre de services qu'elles fournissent, des matériels de guerre et matériels assimilés conformément au chapitre II du présent titre ou au chapitre III du titre Ier du livre III du Code de la sécurité intérieure, auxquelles s'appliquent les règles spécifiques au titre de l'autorisation de fabrication ou de commerce

IV. - Les dispositions relatives aux importations, aux exportations et aux transferts à destination ou en provenance des États membres de l'Union européenne sont applicables à l'Islande et à la Norvège.

1) Une arme de chasse devient arme de la 4e catégorie dès lors que les modifications qui lui ont été apportées : canons ou (et) crosse sciés, l'ont transformée en fait en arme de poing de la 4e catégorie (■ Cass. crim., 17 juill. 1966 : *Bull. crim.* n° 254).

2) Sont des armes de la 6e catégorie : un couteau à cran d'arrêt (■ Cass. crim., 20 févr. 1957 : *Bull. crim.* n° 177), un rasoir à main (■ Cass. crim., 16 nov. 1965 : *Bull. crim.* n° 232), un nerf de bœuf, un tube d'acier, un rondin de bois et des pieds métalliques de chaise (■ Cass. crim., 5 juin 1971 : *Bull. crim.* n° 180 ; *JCP* 1972, II, 17039, note Vitu ; *RSC* 1972, p. 382, obs. Vitu).

3) Une arme des 1re ou 4e catégories peut être considérée comme une arme historique ou de collection lorsque, hors d'état de servir, elle est conservée à titre de trophée de guerre (■ Paris, 5 mai 1938 : *DP* 1938, 1, p. 238 ; *RSC* 1938, obs. Hugueney) ; mais elle continue d'appartenir à sa catégorie initiale lorsqu'elle reste en état de fonctionner, même si le détenteur ne possède pas actuellement de munitions pour l'approvisionner (■ Cass. crim., 24 févr. 1960 : *Bull. crim.* n° 108 ; V. sur la question Vitu, *Problèmes juridiques posés par les armes historiques ou de collection* : *RSC* 1977, p. 89).

Art. L. 2331-1-1 *(En vigueur le 6 septembre 2013, Ord. n° 2013-518, 20 juin 2013)*. **–** La collection des matériels de guerre relevant de la catégorie A est régie par l'article L. 311-3 et par la section 2 du chapitre II du titre Ier du livre III du Code de la sécurité intérieure.

CHAPITRE II. – FABRICATION ET COMMERCE

Section I. – Principes

Art. L. 2332-1 *(Mod. à compter du 6 sept. 2013, L. n° 2012-304, 6 mars 2012 ; L. n° 2018-607, 13 juill. 2018)*. **–** I. - Les entreprises qui se livrent à la fabrication ou au commerce de matériels de guerre, armes, munitions et de leurs éléments relevant des catégories A et B mentionnées à l'article L. 2331-1 ou qui utilisent ou exploitent, dans le cadre de services qu'elles fournissent, des matériels de guerre et matériels assimilés figurant sur la liste mentionnée au second alinéa de l'article L. 2335-2 ne peuvent fonctionner et l'activité de leurs intermédiaires ou agents de publicité ne peut s'exercer qu'après autorisation de l'État et sous son contrôle.

II. - Toute personne qui se propose de créer ou d'utiliser un établissement pour se livrer à la fabrication ou au commerce, autre que de détail, des matériels de guerre, armes, munitions ou de leurs éléments *(Mots rempl., Ord. n° 2019-610, 19 juin 2019)* « relevant des catégories A, B, C, ainsi que des armes, munitions et de leurs éléments relevant de la catégorie D énumérés » par décret en Conseil d'État ou à la fourniture de services fondés sur l'utilisation ou sur l'exploitation des matériels de guerre et matériels assimilés mentionnés au I est tenue d'en faire au préalable la déclaration au préfet du département où est situé l'établissement.

La cessation de l'activité, ainsi que la fermeture ou le transfert de l'établissement, doivent être déclarés dans les mêmes conditions.

III. et IV. - *(Abrogés)*

V. - Un décret en Conseil d'État détermine les modalités d'application du présent article.

Code de la sécurité intérieure

Art. L. 313-3 *(Mod., Ord. n° 2019-610, 19 juin 2019)*. **–** L'ouverture de tout local destiné au commerce de détail des armes, munitions et de leurs éléments des catégories C ou D énumérés par décret en Conseil d'État est soumise à autorisation. Celle-ci est délivrée par le représentant de l'État dans le département où est situé ce local, ou, à Paris, par le préfet de police, après avis du maire.

Cette autorisation est refusée si la protection de ce local contre le risque de vol ou d'intrusion est insuffisante. Elle peut, en outre, être refusée s'il apparaît que l'exploitation de ce local présente, notamment du fait de sa localisation, un risque particulier pour l'ordre et la sécurité publics.

Un établissement ayant fait l'objet d'une déclaration avant le 11 juillet 2010 n'est pas soumis à l'autorisation mentionnée au premier alinéa. Il peut être fermé par arrêté du représentant de l'État dans le département où il est situé, ou par le préfet de police à Paris, s'il apparaît que son exploitation a été à l'origine de troubles répétés à l'ordre et à la sécurité publics ou que sa protection contre le risque de vol ou d'intrusion est insuffisante : dans ce dernier cas, la fermeture ne peut être décidée qu'après une mise en demeure, adressée à l'exploitant, de faire effectuer les travaux permettant d'assurer une protection suffisante de cet établissement contre le risque de vol ou d'intrusion.

Code de la défense

Art. L. 2332-4 *(Mod., L. n° 2011-702, 22 juin 2011 ; Ord. n° 2014-792, 10 juill. 2014)*. **–** Le contrôle est exercé sur place et sur pièces, suivant leurs attributions respectives, par les agents habilités des ministères intéressés.

Art. L. 2332-5. – Le contrôle institué au I de l'article L. 2332-1 porte sur les opérations techniques et comptables, notamment sous le rapport de la production, des perfectionnements réalisés dans la fabrication, des bénéfices et des dépenses de publicité et de représentation et, d'une manière générale, sur l'application des obligations résultant des dispositions du présent titre relatives au régime des matériels de guerre, armes et munitions.

Les écritures à tenir, les comptes rendus à produire et les autres obligations des assujettis sont précisés par décret, s'il y a lieu.

Art. L. 2332-6 *(Ord. n° 2015-1534, 26 nov. 2015 ; L. n° 2018-607, 13 juill. 2018 ; Ord. n° 2019-610, 19 juin 2019)*. **–** Les entreprises fabriquant des matériels de guerre, armes, munitions et leurs éléments relevant des catégories A et B, des matériels de guerre et matériels assimilés ou des biens à double usage au sens du règlement (CE) n° 428/2009 du Conseil du 5 mai 2009 instituant un régime communautaire de contrôle des exportations, des transferts, du courtage et du transit de biens à double usage sont tenues, dans le délai de huit jours après le dépôt de toute demande de brevet concernant ces matériels et biens, faite par elles ou pour leur compte, de faire connaître à l'administration la découverte, invention ou application faisant l'objet du brevet demandé.

L'autorité administrative définit la liste des matériels et biens soumis à l'obligation prévue au présent article.

Les modalités d'application du présent article sont précisées par décret.

Art. L. 2332-7 *(Abr. à compter du 30 juin 2012, L. n° 2011-702, 22 juin 2011).*

Art. L. 2332-8 *(Abr., Ord. n° 2014-792, 10 juill. 2014).*

Art. L. 2332-8-1 *(En vigueur à compter du 30 juin 2012, L. n° 2011-702, 22 juin 2011 ; mod., Ord. n° 2019-610, 19 juin 2019)*. **–** Les canons des armes relevant de la catégorie A2 fabriqués en France sont soumis à des épreuves constatées par l'application d'un poinçon.

Section III. - Retrait des autorisations

Art. L. 2332-11 *(Mod., Ord. n° 2019-610, 19 juin 2019)*. **–** L'autorité administrative peut retirer l'autorisation prévue au I de l'article L. 2332-1 à tout individu ayant commis un manquement aux dispositions du présent chapitre ou des dispositions réglementaires afférentes, ou à la législation du travail.

La même sanction peut être prise à l'encontre de tout individu ayant encouru une condamnation pour crime ou à plus de trois mois d'emprisonnement, avec ou sans sursis, pour l'une des infractions énumérées par décret.

Dans ce cas l'intéressé dispose, pour liquider les matériels de guerre, armes, munitions et leurs éléments faisant l'objet du retrait de licence ou d'autorisation, d'un délai qui lui est fixé lors de la notification de cette décision.

Dans la limite de ce délai, l'assujetti peut effectuer les opérations de vente prévues par la réglementation, à l'exclusion de toute fabrication et de tout achat des matériels de guerre, armes, munitions et de leurs éléments concernés par le retrait ainsi que des pièces ne pouvant servir qu'à leur fabrication.

À l'expiration de ce délai, l'administration peut faire vendre aux enchères tout le matériel non encore liquidé.

CHAPITRE V. - IMPORTATIONS ET EXPORTATIONS. - TRANSFERTS AU SEIN DE L'UNION EUROPÉENNE

(Chap. rempl. à compter du 30 juin 2012, L. n° 2011-702, 22 juin 2011)

Section 1. - Importations et exportations des matériels de guerre et matériels assimilés hors du territoire de l'Union européenne

Sous-section 1. - Autorisations d'importation et dérogations

Art. L. 2335-1 *(Mod. à compter du 6 sept. 2013, L. n° 2012-304, 6 mars 2012 ; mod., Ord. n° 2014-792, 10 juill. 2014 ; Ord. n° 2019-610, 19 juin 2019)*. **–** I. - L'importation sans autorisation préalable des matériels de guerre, armes, munitions et de leurs éléments relevant des catégories A et B ainsi que des armes, munitions et de leurs éléments relevant des catégories C et D figurant sur une liste fixée par un décret en Conseil d'État, provenant des États non membres de l'Union européenne ainsi que des territoires exclus du territoire douanier de l'Union européenne est prohibée.

Un décret en Conseil d'État détermine les conditions dans lesquelles il peut être dérogé à cette prohibition et les conditions dans lesquelles une autorisation d'importation peut être délivrée.

II. – Aucun des matériels guerre, armes, munitions et de leurs éléments relevant des catégories A et B dont l'importation en France est prohibée ne peut figurer dans une vente publique à moins d'avoir été au préalable rendu impropre à son usage normal.

III. – Aucun importateur des matériels de guerre, armes, munitions et de leurs éléments relevant des catégories A et B ne peut obtenir une autorisation d'importation s'il n'est pas déjà titulaire de l'autorisation prévue au I de l'article L. 2332-1.

Les personnes non titulaires de cette autorisation peuvent, à titre exceptionnel, demander à bénéficier d'une autorisation d'importation de ces matériels de guerre, armes, munitions et de leurs éléments dans des conditions définies par décret en Conseil d'État.

IV. – L'autorité administrative peut à tout moment, dans les conditions fixées par décret en Conseil d'État, suspendre, modifier, abroger ou retirer les autorisations d'importation qu'elle a délivrées, pour des raisons de respect des engagements internationaux de la France, de protection des intérêts essentiels de sécurité, d'ordre public ou de sécurité publique, ou pour non-respect des conditions spécifiées dans l'autorisation.

Sous-section 2. – Autorisations d'exportation et dérogations

Art. L. 2335-2 *(Mod., Ord. n° 2014-792, 10 juill. 2014)*. **–** L'exportation sans autorisation préalable de matériels de guerre et matériels assimilés vers des États non membres de l'Union européenne ainsi que des territoires exclus du territoire douanier de l'Union européenne est prohibée.

L'autorité administrative définit la liste de ces matériels de guerre et matériels assimilés soumis à autorisation préalable ainsi que les dérogations à cette autorisation.

Art. L. 2335-3 *(Mod., L. n° 2012-304, 6 mars 2012 ; Ord. n° 2014-792, 10 juill. 2014 ; L. n° 2018-607, 13 juill. 2018)*. **–** I. – L'autorisation préalable d'exportation, dénommée licence d'exportation, est accordée par l'autorité administrative, sous l'une des formes suivantes :

1° Des arrêtés dénommés « licences générales d'exportation », comportant des listes de matériels *(Mots aj., Ord. n° 2019-610, 19 juin 2019)* « de guerre et matériels assimilés » et autorisant directement tout exportateur établi en France remplissant certaines conditions définies par l'autorité administrative à expédier ces matériels vers une ou plusieurs catégories de destinataires situés dans un État non membre de l'Union européenne ainsi que dans les territoires exclus du territoire douanier de l'Union européenne ;

2° Des licences globales d'exportation, faisant l'objet d'une notification, autorisant, à sa demande, un exportateur établi en France à expédier des matériels de guerre et matériels assimilés spécifiques à un ou plusieurs destinataires identifiés, situés dans un État non membre de l'Union européenne ainsi que dans les territoires exclus du territoire douanier de l'Union européenne, pour une durée déterminée, sans limite de quantité ni de montant ;

3° Des licences individuelles d'exportation, faisant l'objet d'une notification, autorisant, à sa demande, un exportateur établi en France à expédier, en une ou plusieurs fois, un ou plusieurs matériels de guerre et matériels assimilés à un destinataire situé dans un État non membre de l'Union européenne ainsi que dans les territoires exclus du territoire douanier de l'Union européenne.

Les licences d'exportation peuvent comporter des conditions ou des restrictions concernant l'utilisation finale de ces matériels.

II. – Les licences générales d'exportation autorisent tout exportateur établi en France à effectuer des exportations de matériels de guerre et matériels assimilés, y compris toutes les opérations commerciales préalables.

III. – Les licences globales et les licences individuelles d'exportation autorisent un exportateur établi en France à procéder à l'exportation de matériels de guerre et matériels assimilés, y compris toutes les opérations commerciales préalables.

IV. – Les opérations préalables mentionnées aux II et III comprennent la communication d'informations dans le cadre de la négociation d'un contrat, l'acceptation d'une commande ou la signature d'un contrat.

À la demande de l'exportateur ou lorsque l'autorité administrative l'estime nécessaire, compte tenu de l'opération d'exportation, l'autorisation peut être limitée à la communication d'informations dans le cadre de la négociation d'un contrat, à l'acceptation d'une commande ou à la signature d'un contrat.

V *(V mod., Ord. n° 2019-610, 19 juin 2019)*. – Aucun exportateur des matériels de guerre, armes, munitions et de leurs éléments relevant des catégories A et B ou de services fondés sur l'utilisation ou sur l'exploitation des matériels de guerre et matériels assimilés figurant sur la liste mentionnée au second alinéa de l'article L. 2335-2 ne peut utiliser une licence générale d'exportation ou obtenir une licence globale ou individuelle d'exportation s'il n'est déjà titulaire de l'autorisation prévue au I de l'article L. 2332-1.

Les personnes non titulaires de cette autorisation peuvent, à titre exceptionnel, demander à bénéficier d'une licence générale, globale ou individuelle d'exportation de ces matériels de guerre, armes, munitions et de leurs éléments ou de ces services.

VI. – Les modalités d'application du présent article sont déterminées par décret en Conseil d'État.

Art. L. 2335-4 *(Ord. n° 2016-982, 20 juill. 2016)*. **–** L'autorité administrative peut à tout moment, dans les conditions fixées par un décret en Conseil d'État, suspendre, modifier, abroger ou retirer les licences d'exportation qu'elle a délivrées, pour des raisons de respect des engagements internationaux de la France, de protection des intérêts essentiels de sécurité, d'ordre public ou de sécurité publique ou pour non-respect des conditions spécifiées dans la licence.

Il en est de même en cas d'inexécution des mesures correctives prescrites en application de l'article L. 2339-1-2.

Sous-section 3. – Obligations des exportateurs et des importateurs

Art. L. 2335-5 *(En vigueur à compter du 30 juin 2012, L. n° 2011-702, 22 juin 2011)*. **–** Les exportateurs de matériels de guerre et matériels assimilés informent le ministre de la Défense, dans un délai fixé par voie réglementaire, de leur intention d'utiliser une licence générale d'exportation pour la première fois.

Les exportateurs de matériels de guerre et matériels assimilés informent les destinataires des conditions dont est assortie la licence d'exportation ainsi que, le cas échéant, des restrictions dont elle fait l'objet concernant l'utilisation finale de ces matériels ou leur réexportation. Ces conditions et restrictions doivent être reproduites dans le contrat ou dans tout acte liant les parties.

Art. L. 2335-6 *(En vigueur à compter du 30 juin 2012, L. n° 2011-702, 22 juin 2011)*. **–** Les exportateurs de matériels de guerre et matériels assimilés tiennent, dans des conditions déterminées par l'autorité administrative, un registre des exportations qu'ils ont effectuées.

Le registre des exportations ainsi que l'ensemble des documents commerciaux nécessaires à leur réalisation sont conservés pendant dix ans à compter de la fin de l'année civile au cours de laquelle l'exportation a eu lieu.

Les exportateurs sont également tenus de transmettre à l'administration un compte rendu des prises de commande et des exportations effectuées. Les importateurs sont tenus de transmettre à l'administration un compte rendu des importations effectuées. L'autorité administrative définit le contenu de ce document, la périodicité de sa transmission et la liste des catégories de matériels concernées par cette obligation.

L'autorité administrative définit, en outre, les obligations spécifiques qui s'appliquent aux exportateurs sollicitant une licence globale d'exportation.

Sans préjudice des compétences du ministre chargé des douanes, le ministre de la Défense exerce le contrôle du respect des obligations définies à la présente sous-section.

Les modalités d'application du présent article sont déterminées par décret en Conseil d'État.

Art. L. 2335-7 *(En vigueur à compter du 30 juin 2012, L. n° 2011-702, 22 juin 2011)*. **–** Lors du dépôt d'une demande de licence d'exportation, les exportateurs de matériels de guerre et matériels assimilés qu'ils ont reçus au titre d'une licence de transfert publiée ou notifiée par un autre État membre de l'Union européenne et faisant l'objet de restrictions à l'exportation déclarent à l'autorité administrative qu'ils ont respecté ces restrictions ou, le cas échéant, qu'ils ont obtenu l'accord de cet État membre. Les modalités de cette déclaration sont fixées par l'autorité administrative.

CHAPITRE VI. – ACQUISITION ET DÉTENTION

Les textes du Code de la défense ont été recodifiés dans le Code de la sécurité intérieure (V. *infra*).

CHAPITRE VIII. – PORT, TRANSPORT ET USAGE

Art. L. 2338-2. – Les militaires peuvent porter leurs armes *(Mots aj., Ord. n° 2019-610, 19 juin 2019)* « , munitions et leurs éléments » dans les conditions définies par les règlements particuliers qui les concernent.

Art. L. 2338-3 *(L. n° 2017-258, 28 févr. 2017 ; mod., L. n° 2018-607, 13 juill. 2018 ; L. n° 2021-646, 25 mai 2021)*. **–** Les militaires de la gendarmerie nationale peuvent faire usage de leurs armes dans les conditions prévues à l'article L. 435-1 du Code de la sécurité intérieure. Ils peuvent également faire usage de matériels appropriés pour immobiliser les moyens de transport dans les conditions prévues à l'article L. 214-2 du même code.

Les militaires déployés sur le territoire national dans le cadre des réquisitions prévues à l'article L. 1321-1 du présent code peuvent faire usage de leurs armes dans les conditions prévues à l'article L. 435-1 du Code de la sécurité intérieure. Ils peuvent également faire usage de matériels appropriés, conformes à des normes techniques définies par arrêté conjoint des ministres de l'intérieur et de la défense, pour immobiliser les moyens de transport dans les conditions prévues à l'article L. 214-2 du même code.

Les militaires chargés de la protection des installations militaires situées sur le territoire national peuvent faire usage de leurs armes dans les conditions prévues aux 1° à 4° de l'article L. 435-1 du Code de la sécurité intérieure en cas d'absolue nécessité et de manière strictement proportionnée. Ils peuvent également faire usage de moyens techniques appropriés, conformes à des normes techniques définies par arrêté du ministre de la défense, pour immobiliser les moyens de transport dans les conditions prévues à l'article L. 214-2 du même code.

CHAPITRE IX. - DISPOSITIONS PÉNALES

Section I. - Procédure

Art. L. 2339-1 *(Mod. à compter du 30 juin 2012, L. n° 2011-702, 22 juin 2011 ; mod., à compter du 6 sept. 2013, L. n° 2012-304, 6 mars 2012 ; Ord. n° 2013-518, 20 juin 2013)*. **–** Toute infraction aux prescriptions du présent titre peut être constatée par les agents des contributions indirectes et des douanes et par les autorités de police judiciaire qui en dressent procès-verbal.

Les agents du ministère de la Défense habilités dans des conditions fixées par décret en Conseil d'État peuvent également constater les infractions aux dispositions du présent titre ainsi qu'aux dispositions réglementaires prises pour leur application.

Les titulaires des autorisations et des licences définies au présent titre sont tenus de laisser pénétrer, dans toutes les parties de leurs locaux, les agents habilités de l'État.

Ils sont tenus de fournir les renseignements verbaux ou écrits et les comptes rendus demandés par ces mêmes agents.

Ils sont également tenus de n'apporter aucune entrave aux investigations nécessaires à l'exécution des missions des agents habilités. Ces investigations peuvent comporter, outre l'examen des lieux, des matériels et du système d'information, les recensements et les vérifications des comptabilités ou registres de toute espèce paraissant utiles.

Les agents habilités de l'État qui ont connaissance à titre quelconque des renseignements recueillis au sujet des entreprises en application du présent titre sont tenus au secret professionnel sous les peines définies à l'article 226-13 du Code pénal.

Par dérogation à l'alinéa précédent, les agents des douanes et les agents habilités du ministère de la Défense mentionnés au présent article peuvent se communiquer spontanément tous les renseignements et documents détenus ou recueillis dans le cadre de leurs missions respectives.

Les procès-verbaux des infractions constatées aux prescriptions du présent titre sont transmis au représentant de l'État dans le département ou, à Paris, au préfet de police.

En cas d'infraction aux dispositions du présent titre, les services compétents du ministère de la Défense adressent au procureur de la République les procès-verbaux des constatations effectuées. Une expédition est également transmise au ministre de la Défense.

(Al. mod., Ord. n° 2019-610, 19 juin 2019) Sans préjudice de l'application de l'article 36 du Code de procédure pénale, l'action publique en matière d'infraction aux dispositions des chapitres II à V du présent titre commise par une personne morale visée au I de l'article L. 2332-1 est mise en mouvement par le procureur de la République.

Il apprécie la suite à donner aux faits portés à sa connaissance, notamment par la dénonciation du ministre de la Défense ou de l'autorité habilitée par lui.

À défaut de cette dénonciation, le procureur de la République informe le ministre de la Défense ou l'autorité habilitée par lui.

Hormis le cas d'urgence, le ministre de la Défense ou l'autorité habilitée par lui donne son avis dans le délai d'un mois, par tout moyen.

L'autorité visée au neuvième alinéa du présent article est habilitée par arrêté du ministre de la Défense.

1) L'article 36, alinéa 3, du décret-loi du 18 avril 1939, qui exige la plainte préalable des ministres compétents pour que l'action publique soit régulièrement exercée, est expressément applicable à l'infraction aux dispositions de l'article 2, alinéa 3, dudit décret, qui font obligation à quiconque exerce le commerce des armes de guerre d'y être autorisé par l'État et qui forment avec le texte sanctionnateur de l'article 24 un tout indissociable (■ Cass. crim., 5 déc. 1996 : *Bull. crim.* n° 450 ; *RSC* 1997, p. 399, obs. J.-P. Dintilhac).

2) Les poursuites pour commerce illicite d'armes des quatre premières catégories ne peuvent être engagées que sur plainte préalable des ministres compétents (■ Cass. crim., 27 juin 2001 : *Bull. crim.* n° 163).

3) Mais l'exportation des armes de guerre, pour sa poursuite, n'est pas soumise à une telle autorisation car elle est sanctionnée par l'article 414 du Code des douanes (■ Cass. crim., 24 oct. 2001 : *Bull. crim.* n° 219 ; *Dr. pén.* 2002, comm. 30, obs. J.-H. Robert).

4) Lorsque des poursuites sont exercées à la fois pour commerce illicite d'armes et pour le délit douanier d'importation en contrebande de marchandises prohibées, l'annulation de la poursuite du premier de ces chefs comme ayant été exercée sans l'autorisation des ministres compétents prévue par l'article 36 du décret-loi du 18 avril 1939 n'affecte pas la validité de l'enquête ayant précédé l'ensemble des poursuites, l'engagement de celle exercée pour commerce illicite d'armes étant seul soumis à l'autorisation précitée (■ Cass. crim., 12 mai 2004 : *Bull. crim.* n° 118).

Section II. – Sanctions pénales de la fabrication et du commerce

Art. L. 2339-2 *(Mod., L. n° 2009-526, 12 mai 2009 ; L. n° 2011-266, 14 mars 2011 ; mod., à compter du 6 sept. 2013, L. n° 2012-304, 6 mars 2012 ; mod., L. n° 2018-607, 13 juill. 2018 ; Ord. n° 2019-610, 19 juin 2019)*. **–** I. – Est puni d'un emprisonnement de sept ans et d'une amende de 100 000 € quiconque, sans respecter les obligations résultant des I et II de l'article L. 2332-1, se livre à la fabrication ou au commerce de matériels de guerre, armes, munitions et de leurs éléments, utilise ou exploite, dans le cadre de services qu'il fournit, des matériels de guerre et matériels assimilés, ou exerce son activité en qualité d'intermédiaire ou d'agent de publicité à l'occasion de la fabrication ou du commerce de matériels de guerre, armes, munitions et de leurs éléments.

Les peines sont portées à dix ans d'emprisonnement et à 500 000 euros d'amende lorsque l'infraction est commise en bande organisée.

La confiscation des matériels de guerre, armes, munitions et de leurs éléments fabriqués, à vendre ou détenus, ainsi que leur vente aux enchères publiques, est ordonnée par le même jugement.

L'autorité administrative peut prescrire ou faire effectuer la mise hors d'usage, aux frais de l'auteur de l'infraction, du matériel avant sa mise aux enchères publiques.

II. – Les personnes morales déclarées responsables pénalement, dans les conditions prévues par l'article 121-2 du Code pénal, des infractions définies au présent article encourent, outre l'amende suivant les modalités prévues par l'article 131-38 du Code pénal, les peines prévues par les 1°, 2°, 4°, 5°, 8° et 9° de l'article 131-39 du même code.

Voir : art. 321-6-1, p. 708.

Art. L. 2339-3 *(Rempl. à compter du 6 sept. 2013, Ord. n° 2013-518, 20 juin 2013)*. **–** I. – Le fait de contrevenir aux dispositions de l'article L. 2332-6, du premier alinéa de l'article L. 2332-10 et de l'article L. 2339-1 est puni de cinq ans d'emprisonnement et de 75 000 € d'amende.

II. – Les peines sont portées à dix ans d'emprisonnement et 500 000 € d'amende si les infractions prévues au I sont commises en bande organisée.

III. – Les personnes morales déclarées responsables pénalement, dans les conditions prévues par l'article 121-2 du Code pénal, des infractions définies au présent article encourent, outre l'amende suivant les modalités prévues par l'article 131-38 du Code pénal, les peines prévues par les 2°, 4°, 5°, 8° et 9° de l'article 131-39 du même code.

Voir : art. 321-6-1, p. 708.

Art. L. 2339-3-1 *(Abr., L. n° 2017-258, 28 févr. 2017)*.

Code de la sécurité intérieure

TITRE Ier : ARMES ET MUNITIONS

Chapitre Ier : Dispositions générales

Chapitre II : Acquisition et détention

Art. L. 312-1 *(Mod., Ord. n° 2019-610, 19 juin 2019)*. **–** Nul ne peut acquérir et détenir légalement des matériels de guerre, armes, munitions et leurs éléments de toute catégorie s'il n'est pas âgé de dix-huit ans révolus, sous réserve des exceptions définies par décret en Conseil d'État pour la chasse et les activités encadrées par la fédération sportive ayant reçu, au titre de l'article L. 131-14 du Code du sport, délégation du ministre chargé des sports pour la pratique du tir.

Art. L. 312-2 *(Mod., L. n° 2018-133, 26 févr. 2018 ; Ord. n° 2019-610, 19 juin 2019)*. **–** L'acquisition et la détention des matériels de guerre, armes, munitions et de leurs éléments relevant de la catégorie A sont interdites, sauf pour les besoins de la défense nationale et de la sécurité publique. Un décret en Conseil d'État définit les conditions dans lesquelles l'État, pour les besoins autres que ceux de la défense nationale et de la sécurité publique, les collectivités territoriales et les organismes d'intérêt général ou à vocation culturelle, historique ou scientifique ainsi que, pour des activités professionnelles ou sportives, des personnes peuvent être autorisés à acquérir et à détenir des matériels de guerre, armes, munitions et leurs éléments de catégorie A. Il fixe également les conditions dans lesquelles des personnes peuvent acquérir et détenir, à des fins de collection, des matériels de guerre. Ces dérogations sont accordées sous réserve des engagements internationaux en vigueur et des exigences de l'ordre et de la sécurité publics.

Art. L. 312-2-1 *(Créé, L. n° 2022-52, 24 janv. 2022)*. **–** L'acquisition et la détention des armes à feu, des munitions et de leurs éléments relevant des catégories A, B et C par des personnes morales à but non lucratif sont interdites, sauf pour les associations sportives agréées membres d'une fédération sportive ayant reçu du ministre chargé des sports, au titre de l'article L. 131-14 du Code du sport, une délégation pour la pratique du tir, du ball-trap ou du biathlon et pour les associations ayant pour objet statutaire la gestion de la chasse.

Art. L. 312-3 *(Mod., L. n° 2018-133, 26 févr. 2018 ; Ord. n° 2019-610, 19 juin 2019 ; L. n° 2022-52, 24 janv. 2022)*. **–** Sont interdites d'acquisition et de détention d'armes, de munitions et de leurs éléments des catégories A, B et C :

1° Les personnes dont le bulletin n° 2 du casier judiciaire comporte une mention de condamnation pour l'une des infractions suivantes :

- meurtre, assassinat ou empoisonnement prévus aux articles 221-1 et suivants du Code pénal ;
- tortures et actes de barbarie prévus aux articles 222-1 et suivants du même code ;
- violences volontaires prévues aux articles 222-7 et suivants dudit code ;
- exploitation de la vente à la sauvette prévue à l'article 225-12-8 du même code ;
- travail forcé prévu à l'article 225-14-1 du même code ;
- réduction en servitude prévue à l'article 225-14-2 du même code ;
- administration de substances nuisibles prévue à l'article 222-15 du même code ;
- embuscade prévue à l'article 222-15-1 du même code ;
- menaces d'atteinte aux personnes prévues aux articles 222-17 à 222-18-3 du même code ;
- viol et agressions sexuelles prévus aux articles 222-22 à 222-31-2 du même code ;
- exhibition sexuelle prévue à l'article 222-32 du même code ;
- harcèlement sexuel prévu à l'article 222-33 du même code ;
- harcèlement moral prévu aux articles 222-33-2 et 222-33-2-2 du même code ; ;
- enregistrement et diffusion d'images de violence prévus à l'article 222-33-3 du même code ;
- trafic de stupéfiants prévu aux articles 222-34 à 222-43-1 du même code ;
- infractions relatives aux armes prévues aux articles 222-52 à 222-67 du même code ;
- enlèvement et séquestration prévus aux articles 224-1 à 224-5-2 du même code ;
- détournement d'aéronef, de navire ou de tout autre moyen de transport prévu aux articles 224-6 à 224-8-1 du même code ;
- infractions relatives à la traite des êtres humains et à la dissimulation forcée du visage d'autrui prévues aux articles 225-4-1 à 225-4-10 du même code ;
- proxénétisme et infractions qui en résultent prévus aux articles 225-5 à 225-12 du même code ;
- recours à la prostitution des mineurs ou de personnes particulièrement vulnérables prévu aux articles 225-12-1 à 225-12-4 du même code ;
- exploitation de la mendicité prévue aux articles 225-12-5 à 225-12-7 du même code ;
- atteintes aux mineurs et à la famille prévues aux articles 227-1 à 227-28-3 du même code ;
- vols prévus aux articles 311-1 à 311-11 du même code ;
- extorsion prévue aux articles 312-1 à 312-9 du même code ;
- demande de fonds sous contrainte prévue à l'article 312-12-1 du même code ;
- recel de vol ou d'extorsion prévu aux articles 321-1 à 321-5 du même code ;
- destruction, dégradation et détérioration d'un bien prévues à l'article 322-1 du même code ;

- destruction, dégradation et détérioration ne présentant pas de danger pour les personnes prévues aux articles 322-1 à 322-4-1 du même code commises en état de récidive légale ;
- destruction, dégradation et détérioration dangereuses pour les personnes prévues aux articles 322-5 à 322-11-1 du même code ;
- menaces de destruction, de dégradation ou de détérioration et fausses alertes prévues aux articles 322-12 à 322-14 du même code ;
- blanchiment prévu aux articles 324-1 à 324-6-1 du même code ;
- actes de terrorisme prévus aux articles 421-1 à 421-6 du même code ;
- entrave à l'exercice des libertés d'expression, du travail, d'association, de réunion ou de manifestation prévue aux articles 431-1 et 431-2 du même code ;
- participation à un attroupement en étant porteur d'une arme ou provocation directe à un attroupement armé prévues aux articles 431-5 et 431-6 du même code ;
- participation à une manifestation ou à une réunion publique en étant porteur d'une arme prévue à l'article 431-10 du même code ;
- participation à un groupe de combat interdit prévu aux articles 431-13 à 431-21 du même code ;
- intrusion dans un établissement d'enseignement scolaire par une personne porteuse d'une arme prévue aux articles 431-24 et 431-25 du même code ;
- rébellion armée et rébellion armée en réunion prévues à l'article 433-8 du même code ;
- association de malfaiteurs prévue à l'article 450-1 du même code ;
- fabrication ou commerce de matériels de guerre, armes, munitions et de leurs éléments sans autorisation, infraction prévue aux articles L. 2339-2, L. 2339-3 et L. 2339-4 du Code de la défense ainsi qu'aux articles L. 317-1-1, L. 317-2 et L. 317-3-1 du présent code ;
- acquisition, cession ou détention sans déclaration d'armes ou d'éléments d'armes de catégorie C ou de leurs munitions prévues à l'article L. 317-4-1 ;
- détention d'un dépôt d'armes ou de munitions de catégorie C ou de certaines armes de catégorie D prévue à l'article L. 317-7 ;
- acquisition ou détention d'armes, de munitions et de leurs éléments en violation d'une interdiction prévue à l'article L. 317-5 du présent code ;
- obstacle à la saisie d'armes, de munitions et de leurs éléments prévu à l'article L. 317-6 du présent code ;
- port, transport et expéditions d'armes, de munitions ou de leurs éléments des catégories C ou D sans motif légitime prévus aux articles L. 317-8 et L. 317-9 du présent code ;
- le délit prévu à l'article L. 317-10-1 ;
- importation sans autorisation des matériels de guerre, armes, munitions et de leurs éléments des catégories A, B, C ou d'armes, de munitions et de leurs éléments de catégorie D énumérées par un décret en Conseil d'État prévue à la section 5 du chapitre IX du titre III du livre III de la deuxième partie du Code de la défense ;
- fabrication, vente, exportation, sans autorisation, d'un engin ou produit explosif ou incendiaire, port ou transport d'artifices non détonants prévus aux articles L. 2353-4 à L. 2353-13 du même code ;

2° Les personnes condamnées à une peine d'interdiction de détenir ou de porter un matériel de guerre, une arme, des munitions et leurs éléments soumis à autorisation ou à déclaration ou condamnées à la confiscation de matériels de guerre, d'armes, de munitions et de leurs éléments dont elles sont propriétaires ou dont elles ont la libre disposition, ou faisant l'objet d'une telle interdiction dans le cadre d'un contrôle judiciaire, d'une assignation à résidence avec surveillance électronique ou de toute autre décision prononcée par l'autorité judiciaire.

Art. L. 312-3-1 *(Mod., L. n° 2018-133, 26 févr. 2018 ; Ord. n° 2019-610, 19 juin 2019)*. **–** L'autorité administrative peut interdire l'acquisition et la détention des armes, munitions et de leurs éléments des catégories A, B et C aux personnes dont le comportement laisse craindre une utilisation dangereuse pour elles-mêmes ou pour autrui.

Art. L. 312-3-2 *(Créé, L. n° 2019-1480, 28 déc. 2019)*. **–** Sont interdites d'acquisition et de détention d'armes de toutes catégories les personnes faisant l'objet d'une interdiction de détention ou de port d'arme dans le cadre d'une ordonnance de protection en application du 2° de l'article 515-11 du Code civil.

Art. L. 312-4 *(Mod., Ord. n° 2019-610, 19 juin 2019)*. **–** L'acquisition et la détention des armes, munitions et de leurs éléments de catégorie A ou B sont soumises à autorisation dans des conditions définies par un décret en Conseil d'État. Lorsque l'autorisation est délivrée pour la pratique du tir sportif, ce décret prévoit notamment la présentation de la copie d'une licence de tir en cours de validité délivrée par une fédération sportive ayant reçu délégation du ministre chargé des sports au titre de l'article L. 131-14 du Code du sport.

Nul ne peut acquérir et détenir légalement des armes, munitions et leurs éléments de catégorie A ou B s'il ne peut produire un certificat médical datant de moins d'un mois, attestant de manière circonstanciée d'un état de santé physique et psychique compatible avec l'acquisition et la détention d'une arme et établi dans les conditions fixées à l'article L. 312-6 du présent code.

Quiconque devient propriétaire par voie successorale ou testamentaire d'une arme, d'un élément d'arme ou de munitions de catégorie A ou B, sans être autorisé à la détenir, doit s'en défaire dans un délai de trois mois à compter de la mise en possession, dans les conditions prévues à l'article L. 314-2.

Art. L. 312-4-1. – L'acquisition des armes et éléments d'armes de catégorie C nécessite l'établissement d'une déclaration par l'armurier ou par leur détenteur dans des conditions définies par décret en Conseil d'État. Pour les personnes physiques, leur acquisition est subordonnée à la production d'un certificat médical datant de moins d'un mois, attestant de manière circonstanciée d'un état de santé physique et psychique compatible avec l'acquisition et la détention d'une arme et établi dans les conditions fixées à l'article L. 312-6 et, dans des conditions prévues par décret en Conseil d'État, à la présentation d'une copie :

1° D'un permis de chasser revêtu de la validation de l'année en cours ou de l'année précédente ;

2° D'une licence de tir en cours de validité délivrée par une fédération sportive ayant reçu délégation du ministre chargé des sports au titre de l'article L. 131-14 du Code du sport ;

3° Ou d'une carte de collectionneur d'armes délivrée en application de la section 2 du présent chapitre.

Ce décret peut prévoir qu'en raison de leurs caractéristiques techniques ou de leur destination, l'acquisition de certaines armes, munitions et de leurs éléments de catégorie C est dispensée de la présentation des documents mentionnés aux 1° à 3° du présent article ou est soumise à la présentation d'autres documents.

Art. L. 312-4-3 *(L. n° 2018-133, 26 févr. 2018)*. – Sont interdites :

1° L'acquisition ou la détention de plusieurs armes de la catégorie A ou B par un seul individu, sauf dans les cas prévus par décret en Conseil d'État ;

2° L'acquisition ou la détention de plus de cinquante cartouches par arme de la catégorie A ou B, sauf dans les cas prévus par décret en Conseil d'État.

Art. L. 312-5 *(L. n° 2018-133, 26 févr. 2018 ; Ord. n° 2019-610, 19 juin 2019)*. – Dans les ventes publiques, seules peuvent se porter acquéreurs des matériels de guerre, armes, munitions et de leurs éléments des catégories A, B et C les personnes physiques ou morales qui peuvent régulièrement les acquérir et les détenir en application des sections 1 et 2 du présent chapitre, de l'article L. 313-3 du présent code et de l'article L. 2332-1 du Code de la défense.

La vente de ces mêmes matériels de guerre, armes, munitions et de leurs éléments par les brocanteurs est interdite.

Un décret en Conseil d'État détermine les conditions d'application du présent article.

Art. L. 312-6 *(Mod., Ord. n° 2019-610, 19 juin 2019)*. – Toute personne physique sollicitant la délivrance ou le renouvellement d'une autorisation d'acquisition ou de détention de matériels de guerre, d'armes, de munitions et de leurs éléments des catégories A et B ou faisant une déclaration de détention d'armes, de munitions ou de leurs éléments de catégorie C doit produire un certificat médical attestant que son état de santé physique et psychique n'est pas incompatible avec la détention de ces matériels, armes ou munitions.

Dans le cas où la personne mentionnée au précédent alinéa suit ou a suivi un traitement dans un service ou un secteur de psychiatrie d'un établissement de santé, l'autorité administrative lui demande de produire également un certificat médical délivré par un médecin psychiatre.

Un décret en Conseil d'État, pris après avis du Conseil national de l'ordre des médecins, définit les modalités d'application du présent article. Il prévoit notamment les conditions que doivent remplir la délivrance, le renouvellement ou la validation du permis de chasser ou de la licence de tir pour que la présentation de ces documents, au moment de la demande d'autorisation d'acquisition ou de détention, ou de son renouvellement, ou de la déclaration, supplée l'obligation prévue au premier alinéa. Il prévoit également les conditions dans lesquelles le représentant de l'État dans le département peut vérifier si la personne mentionnée au premier alinéa est ou a été dans le cas mentionné au deuxième alinéa.

Section 2. Collectionneurs

Art. L. 312-6-1. – Peuvent obtenir une carte de collectionneur d'armes délivrée par l'autorité compétente de l'État les personnes physiques qui :

1° Exposent dans des musées ouverts au public ou contribuent, par la réalisation de collections, à la conservation, à la connaissance ou à l'étude des armes ;

2° Remplissent les conditions prévues à l'article L. 312-1 et n'entrent pas dans les cas prévus aux 1° et 2° de l'article L. 312-3 ;

3° Produisent un certificat médical dans les conditions prévues à l'article L. 312-6 ;

4° Justifient avoir été sensibilisées aux règles de sécurité dans le domaine des armes.

Art. L. 312-6-2. – Peuvent obtenir une carte de collectionneur d'armes délivrée par l'autorité compétente de l'État les personnes morales :

1° Qui exposent dans des musées ouverts au public ou dont l'objet est de contribuer, par la réalisation de collections, à la conservation, à la connaissance ou à l'étude des armes ;

2° Dont les représentants remplissent les conditions prévues à l'article L. 312-1 et n'entrent pas dans les cas prévus aux 1° et 2° de l'article L. 312-3 ;

3° Dont les représentants produisent un certificat médical dans les conditions prévues à l'article L. 312-6 ;

4° Dont les représentants justifient avoir été sensibilisés aux règles de sécurité dans le domaine des armes.

Art. L. 312-6-3 *(Mod., Ord. n° 2019-610, 19 juin 2019)*. **–** La carte de collectionneur d'armes mentionnée aux articles L. 312-6-1 et L. 312-6-2 permet d'acquérir et de détenir des armes et éléments d'armes de la catégorie C.

Art. L. 312-6-4 *(Mod., Ord. n° 2019-610, 19 juin 2019)*. **–** Un décret en Conseil d'État fixe la durée de la validité de la carte mentionnée aux articles L. 312-6-1 et L. 312-6-2 ainsi que les conditions de son renouvellement. Il détermine également les modalités d'application du 4° des mêmes articles L. 312-6-1 et L. 312-6-2 et les conditions de déclaration des armes et éléments d'armes. Il précise les collections qui, en raison de leur taille et de la nature des armes et éléments d'armes qu'elles comportent, doivent faire l'objet de mesures tendant à prévenir leur vol.

Art. L. 312-6-5. – Dans un délai de six mois à compter du 6 septembre 2013, les personnes physiques et morales détenant des armes relevant de la catégorie C qui déposent une demande de carte de collectionneur d'armes et remplissent les conditions fixées aux articles L. 312-6-1 et L. 312-6-2 sont réputées avoir acquis et détenir ces armes dans des conditions régulières.

JURISPRUDENCE RENDUE SOUS L'EMPIRE DU CODE DE LA DÉFENSE

1) Le dépôt d'une arme dans une maison à l'insu du propriétaire transforme celui-ci en détenteur à partir du moment où, ayant constaté la présence de cet objet chez lui, il le conserve à sa disposition (■ Cass. crim., 15 juin 1877 : *D.* 1878, 1, p. 140).

2) Il a été jugé que deux concubins, poursuivis du chef de détention d'arme détenue sans autorisation sous le même toit, étaient tous deux coupables de détention illégale (T. corr. Saint-Étienne, 7 déc. 1936 : *Gaz. Pal.* 1937, 1, 407).

3) Pour pouvoir acquérir une arme de 1re ou 4e catégorie, il faut non seulement appartenir à une des catégories prévues par décret, mais encore y être spécialement et individuellement autorisé par l'autorité compétente (■ Cass. crim., 24 févr. 1976 : *Bull. crim.* n° 69 ; *RSC* 1976, p. 959, obs. Vitu) ; sur les pouvoirs du préfet et le contrôle de ses décisions par les juridictions administratives, V. ■ CE, 14 janv. 1976 : *JCP* 1976, II, 18360, note J. Laferrière.

4) Se rendent coupables de complicité de détention illégale d'armes de la quatrième catégorie des prévenus qui, ayant neutralisé de telles armes, les ont vendues ensuite comme armes de collection tout en donnant aux acquéreurs les moyens et constructions pour rendre aux armes leur aptitude au tir et leur état primitif (■ Cass. crim., 4 juill. 1983, inédit).

5) Un prévenu ne saurait se prévaloir d'un statut de collectionneur d'armes, non reconnu par la législation actuelle. Au surplus un collectionneur inoffensif se contente d'échantillons représentatifs et variés d'armes et de munitions qui ne lui confèrent aucune puissance de feu véritable, alors que le prévenu disposait à la fois d'un atelier d'armurerie et d'un entrepôt et pouvait mettre sur pied de guerre une escouade (■ Douai, 4e ch., 19 oct. 1989, inédit).

Section III : Injonctions préfectorales

Sous-section 1 : Remise d'une arme à l'autorité administrative

Art. L. 312-7 *(Mod., Ord. n° 2019-610, 19 juin 2019)*. – Si le comportement ou l'état de santé d'une personne détentrice d'armes, de munitions et de leurs éléments présente un danger grave pour elle-même ou pour autrui, le représentant de l'État dans le département peut lui ordonner, sans formalité préalable ni procédure contradictoire, de les remettre à l'autorité administrative, quelle que soit leur catégorie.

Art. L. 312-8 *(Mod., Ord. n° 2019-610, 19 juin 2019)*. – L'arme, les munitions et leurs éléments faisant l'objet de la décision prévue à l'article L. 312-7 doivent être remis immédiatement par le détenteur, ou, le cas échéant, par un membre de sa famille ou par une personne susceptible d'agir dans son intérêt, aux services de police ou de gendarmerie. Le commissaire de police ou le commandant de la brigade de gendarmerie peut procéder, sur autorisation du juge des libertés et de la détention, à la saisie de l'arme, des munitions et de leurs éléments entre 6 heures et 21 heures au domicile du détenteur.

Art. L. 312-9 *(Mod., Ord. n° 2019-610, 19 juin 2019)*. – La conservation de l'arme, des munitions et de leurs éléments remis ou saisis est confiée pendant une durée maximale d'un an aux services de la police nationale ou de la gendarmerie nationale territorialement compétents.

Durant cette période, le représentant de l'État dans le département décide, après que la personne intéressée a été mise à même de présenter ses observations, soit la restitution de l'arme, des munitions et de leurs éléments, soit leur saisie définitive.

Les armes, munitions et leurs éléments définitivement saisis en application du précédent alinéa sont vendus aux enchères publiques. Le produit net de la vente bénéficie aux intéressés.

Art. L. 312-10 *(Mod., Ord. n° 2019-610, 19 juin 2019 ; L. n° 2022-52, 24 janv. 2022)*. – Il est interdit aux personnes dont l'arme, les munitions et leurs éléments ont été saisis en application de l'article L. 312-7 ou de l'article L. 312-9 d'acquérir ou de détenir des armes, munitions et leurs éléments, quelle que soit leur catégorie.

Cette interdiction cesse de produire effet si le représentant de l'État dans le département décide la restitution de l'arme, des munitions et de leurs éléments dans le délai mentionné au premier alinéa de l'article L. 312-9. Après la saisie définitive, elle peut être levée par le représentant de l'État dans le département en considération du comportement du demandeur ou de son état de santé depuis la décision de saisie.

Sous-section 2 : Dessaisissement

Art. L. 312-11 *(Mod., Ord. n° 2019-610, 19 juin 2019 ; L. n° 2022-52, 24 janv. 2022)*. – Sans préjudice des dispositions de la sous-section 1, le représentant de l'État dans le département peut, pour des raisons d'ordre public ou de sécurité des personnes, ordonner à tout détenteur d'une arme, de munitions et de leurs éléments de toute catégorie de s'en dessaisir.

Le dessaisissement consiste soit à vendre l'arme les munitions et leurs éléments à une personne titulaire de l'autorisation, mentionnée à l'article L. 2332-1 du Code de la défense, ou à un tiers remplissant les conditions légales d'acquisition et de détention, soit à la remettre à l'État. Un décret en Conseil d'État détermine les modalités du dessaisissement.

Sauf urgence, la procédure est contradictoire. Le représentant de l'État dans le département fixe le délai au terme duquel le détenteur doit s'être dessaisi de son arme, de ses munitions et leurs éléments.

Toutefois, lorsque l'interdiction d'acquisition et de détention des armes, des munitions et de leurs éléments est prise en application des articles L. 312-3 et L. 312-3-2, les dispositions relatives au respect de la procédure contradictoire prévues au troisième alinéa du présent article ne sont pas applicables.

Art. L. 312-12 *(Mod., Ord. n° 2019-610, 19 juin 2019)*. – Lorsque l'intéressé ne s'est pas dessaisi de l'arme, des munitions et de leurs éléments dans le délai fixé par le représentant de l'État dans le département, celui-ci lui ordonne de les remettre aux services de police ou de gendarmerie.

Le commissaire de police ou le commandant de la brigade de gendarmerie peut demander au juge des libertés et de la détention l'autorisation de procéder à la saisie de l'arme, des munitions et de leurs éléments, entre 6 heures et 21 heures, au domicile du détenteur. La demande d'autorisation comporte toutes les informations en leur possession de nature à justifier cette saisie afin de permettre au juge des libertés et de la détention de vérifier que cette demande est fondée.

La saisie mentionnée à l'alinéa précédent s'effectue sous l'autorité et le contrôle du juge des libertés et de la détention qui l'a autorisée ou d'un juge par lui désigné. Ce magistrat peut se rendre sur les lieux. À tout moment, il peut suspendre ou interrompre la saisie au domicile.

Celle-ci est effectuée en présence de l'occupant des lieux ou de son représentant ; en cas d'impossibilité, le commissaire de police ou le commandant de la brigade de gendarmerie requiert deux témoins choisis en dehors des personnes relevant de son autorité. Le procès-verbal de saisie est dressé sur-le-champ, il relate les modalités et le déroulement de l'intervention et comporte, s'il y a lieu, un inventaire des armes, munitions et de leurs éléments saisis. Il est signé par le commissaire de police ou par le commandant de la brigade de gendarmerie ainsi que par les personnes présentes ; en cas de refus, mention en est faite au procès-verbal. Il est transmis dans les meilleurs délais au juge des libertés et de la détention.

La remise ou la saisie des armes, des munitions et de leurs éléments ne donne lieu à aucune indemnisation.

Art. L. 312-13 *(Mod., Ord. n° 2019-610, 19 juin 2019 ; L. n° 2022-52, 24 janv. 2022)*. **–** Il est interdit aux personnes ayant fait l'objet de la procédure prévue à la présente sous-section d'acquérir ou de détenir des armes, munitions et leurs éléments de toute catégorie.

Cette interdiction est levée par le représentant de l'État dans le département s'il apparaît que l'acquisition ou la détention d'armes, de munitions et de leurs éléments par la personne concernée n'est plus de nature à porter atteinte à l'ordre public ou à la sécurité des personnes.

Art. L. 312-14. – À Paris, les pouvoirs conférés au représentant de l'État dans le département par les dispositions de la présente section sont exercés par le préfet de police.

Art. L. 312-15. – Un décret en Conseil d'État détermine les conditions d'application de la présente section.

Chapitre III : Fabrication et commerce

Art. L. 313-2 *(Mod., Ord. n° 2019-610, 19 juin 2019 ; L. n° 2022-52, 24 janv. 2022)*. **–** Nul ne peut, s'il n'est titulaire d'un agrément relatif à son honorabilité et à ses compétences professionnelles délivré par l'autorité administrative, exercer l'activité qui consiste, à titre principal ou accessoire, soit en la fabrication, le commerce, l'échange, la location, la location-vente, le prêt, la modification, la réparation ou la transformation, soit en la négociation ou l'organisation d'opérations en vue de l'achat, de la vente, de la fourniture ou du transfert d'armes, de munitions ou de leurs éléments.

Par dérogation au premier alinéa, un décret en Conseil d'État détermine les armes, les munitions et leurs éléments ne relevant pas du champ d'application de la directive (UE) 2021/555 du Parlement européen et du Conseil du 24 mars 2021 relative au contrôle de l'acquisition et de la détention d'armes pour lesquels les activités mentionnées au premier alinéa du présent article peuvent être exercées sans que la personne concernée soit titulaire de l'agrément relatif à l'honorabilité et aux compétences professionnelles. Le décret énumère également les armes, les munitions et leurs éléments ne relevant pas du champ d'application de la directive (UE) 2021/555 du Parlement européen et du Conseil du 24 mars 2021 précitée pour lesquels ces activités peuvent être exercées sans avoir à justifier des compétences professionnelles mentionnées au premier alinéa du présent article. Ces dérogations sont accordées sous réserve des engagements internationaux en vigueur et des exigences de l'ordre et de la sécurité publics.

Art. L. 313-3 *(Mod., Ord. n° 2019-610, 19 juin 2019)*. **–** L'ouverture de tout local destiné au commerce de détail des armes, munitions et de leurs éléments des catégories C ou D énumérés par décret en Conseil d'État est soumise à autorisation. Celle-ci est délivrée par le représentant de l'État dans le département où est situé ce local, ou, à Paris, par le préfet de police, après avis du maire.

Cette autorisation est refusée si la protection de ce local contre le risque de vol ou d'intrusion est insuffisante. Elle peut, en outre, être refusée s'il apparaît que l'exploitation de ce local présente, notamment du fait de sa localisation, un risque particulier pour l'ordre et la sécurité publics.

Un établissement ayant fait l'objet d'une déclaration avant le 11 juillet 2010 n'est pas soumis à l'autorisation mentionnée au premier alinéa. Il peut être fermé par arrêté du représentant de l'État dans le département où il est situé, ou par le préfet de police à Paris, s'il apparaît que son exploitation a été à l'origine de troubles répétés à l'ordre et à la sécurité publics ou que sa protection contre le risque de vol ou d'intrusion est insuffisante : dans ce dernier cas, la fermeture ne peut être décidée qu'après une mise en demeure, adressée à l'exploitant, de faire effectuer les travaux permettant d'assurer une protection suffisante de cet établissement contre le risque de vol ou d'intrusion.

Art. L. 313-4 *(Mod., Ord. n° 2019-610, 19 juin 2019)*. – Le commerce de détail des armes, munitions ou de leurs éléments des catégories A, B, C ainsi que des armes, munitions et de leurs éléments de catégorie D énumérées par décret en Conseil d'État ne peut se faire que dans les locaux mentionnés aux premier et troisième alinéas de l'article L. 313-3.

Les dispositions du premier alinéa ne sont pas applicables aux ventes organisées en application du Code du domaine de l'État et aux ventes aux enchères publiques.

Art. L. 313-5 *(Mod., Ord. n° 2019-610, 19 juin 2019)*. – Les armes, munitions ou leurs éléments énumérés par décret en Conseil d'État acquis, par dérogation au premier alinéa de l'article L. 313-4, entre particuliers, directement ou à distance, ne peuvent être livrés que dans les locaux mentionnés aux premier et dernier alinéas de l'article L. 313-3, aux fins de vérification de l'identité de l'acquéreur ainsi que des pièces mentionnées à l'article L. 312-4-1 ou, le cas échéant, de l'autorisation d'acquisition et de détention de l'acquéreur mentionnée à l'article L. 312-4.

La transaction est réputée parfaite à compter de la remise effective à l'acquéreur.

Si la transaction a été faite dans le cadre des activités mentionnées à l'article L. 313-2, ces armes, munitions ou éléments acquis, par dérogation au premier alinéa de l'article L. 313-4, par correspondance ou à distance, peuvent être livrés directement à l'acquéreur.

Art. L. 313-6 *(Mod., Ord. n° 2019-610, 19 juin 2019)*. – Les personnes physiques ou morales autorisées à exercer les activités mentionnées à l'article L. 313-2 peuvent refuser de conclure toute transaction visant à acquérir des armes, des munitions ou leurs éléments dès lors qu'il est raisonnable de considérer que cette transaction présente un caractère suspect, en raison notamment de son échelle ou de sa nature.

Toute tentative de transaction suspecte fait l'objet d'un signalement auprès d'un service désigné par décision du ministre de l'intérieur.

Art. L. 313-7. – Un décret en Conseil d'État précise les modalités d'application du présent chapitre.

Il détermine les conditions dans lesquelles, à titre exceptionnel, les personnes satisfaisant aux prescriptions de l'article L. 2332-1 du Code de la défense et des articles L. 313-2 et L. 313-3 du présent code peuvent participer aux manifestations commerciales et aux salons professionnels déclarés en application des articles L. 762-1 et L. 762-2 du Code de commerce.

Chapitre IV : Conservation, perte et transfert de propriété

Art. L. 314-1 *(Mod., Ord. n° 2019-610, 19 juin 2019)*. – La conservation par toute personne des matériels de guerre, armes, munitions et de leurs éléments des catégories A et B est assurée selon des modalités qui en garantissent la sécurité et évitent leur usage par un tiers.

Les armes, les munitions et leurs éléments des catégories C et D figurant sur une liste fixée par un décret en Conseil d'État sont conservés hors d'état de fonctionner immédiatement.

Un décret en Conseil d'État détermine les conditions d'application du présent article.

Art. L. 314-2 *(Mod., L. n° 2018-133, 26 févr. 2018 ; Ord. n° 2019-610, 19 juin 2019)*. – Un matériel de guerre, une arme, des munitions ou leurs éléments de catégorie A ou B ne peuvent être cédés par un particulier à un autre que dans le cas où le cessionnaire est autorisé à les détenir dans les conditions fixées aux articles L. 312-1 à L. 312-4-3.

Dans tous les cas, les transferts d'armes, de munitions ou de leurs éléments de la catégorie A ou B sont opérés suivant des formes définies par décret en Conseil d'État.

Art. L. 314-2-1 *(Mod., L. n° 2018-133, 26 févr. 2018 ; Ord. n° 2019-610, 19 juin 2019)*. – Toute cession entre particuliers d'une arme ou d'un élément d'arme de catégorie C donne lieu à l'établissement et au dépôt d'une déclaration dans les conditions définies à l'article L. 312-4-1 dans un délai d'un mois, auprès du représentant de l'État dans le département du lieu de son domicile ou, à Paris, du préfet de police.

Art. L. 314-3 *(Mod., Ord. n° 2019-610, 19 juin 2019)*. – Les cessions, à quelque titre que ce soit, de matériels de guerre, d'armes, de munitions et de leurs éléments des catégories A et B non destinés au commerce ne peuvent être faites qu'aux personnes munies d'une autorisation.

Les modalités de délivrance des autorisations d'achat et les indications à y porter sont définies par voie réglementaire.

Art. L. 314-4 *(Mod., Ord. n° 2019-610, 19 juin 2019)*. – Le ministre de l'intérieur et, en cas d'urgence, le représentant de l'État dans le département ou, à Paris, le préfet de police sont autorisés à prescrire ou à requérir auprès de l'autorité militaire, relativement aux matériels de guerre, armes, munitions et à leurs éléments qui existent dans les magasins des fabricants ou commerçants, ou chez les personnes qui les détiennent, les mesures qu'ils estiment nécessaires dans l'intérêt de la sécurité publique.

Chapitre V : Port et transport

Art. L. 315-1 *(Mod., L. n° 2018-133, 26 févr. 2018 ; Ord. n° 2019-610, 19 juin 2019)*. – Sont interdits, sans motif légitime, le port et le transport des matériels de guerre, armes, munitions et de leurs éléments des catégories A, B et C, ainsi que des armes, munitions et de leurs éléments de la catégorie D figurant sur une liste fixée par un décret en Conseil d'État.

Les fonctionnaires et agents des administrations publiques exposés par leurs fonctions à des risques d'agression, ainsi que les personnels auxquels est confiée une mission de gardiennage et qui ont été préalablement agréés à cet effet par le représentant de l'État dans le département, ou, à Paris, par le préfet de police, peuvent être autorisés à s'armer pendant l'exercice de leurs fonctions, dans les conditions définies par décret en Conseil d'État.

Art. L. 315-2 *(Mod., Ord. n° 2019-610, 19 juin 2019)*. – Conformément à l'article L. 2338-2 du Code de la défense, les militaires de la gendarmerie nationale peuvent porter leurs armes dans les conditions définies par les règlements particuliers qui les concernent.

Chapitre VII – Dispositions pénales

Art. L. 317-1 *(En vigueur le 6 sept. 2013, Ord. n° 2013-518, 20 juin 2013 ; mod., Ord. n° 2019-610, 19 juin 2019 ; L. n° 2019-773, 24 juill. 2019 ; L. n° 2022-52, 24 janv. 2022)*. – Toute infraction aux prescriptions du présent titre peut être constatée par les agents des contributions indirectes et des douanes et par les autorités de police judiciaire qui en dressent procès-verbal.

Les agents du ministère de la défense et les agents du ministère de l'intérieur habilités dans des conditions fixées par décret en Conseil d'État peuvent également constater les infractions aux dispositions du présent titre ainsi qu'aux dispositions réglementaires prises pour leur application. Les inspecteurs de l'environnement mentionnés à l'article L. 172-1 du Code de l'environnement, affectés à l'établissement mentionné à l'article L. 131-8 du même code et agissant dans le cadre des articles L. 171-1 et L. 172-4 dudit code peuvent constater les infractions aux dispositions des chapitres II, IV et V du présent titre ainsi qu'aux dispositions réglementaires prises pour leur application.

Les titulaires des autorisations et des licences définies au présent titre sont tenus de laisser pénétrer, dans toutes les parties de leurs locaux, les agents habilités de l'État.

Les présidents des associations sportives agréées membres d'une fédération sportive ayant reçu une délégation du ministre chargé des sports au titre de l'article L. 131-14 du Code du sport, les présidents des fédérations départementales des chasseurs, le président de la fédération interdépartementale des chasseurs et les présidents des associations de chasse sont tenus de laisser pénétrer, dans toutes les parties des locaux liés à l'activité ou de conservation des armes, les agents habilités de l'État.

Les titulaires des autorisations et des licences définies au présent titre sont tenus de fournir les renseignements verbaux ou écrits et les comptes rendus demandés par ces mêmes agents.

Les titulaires des autorisations et des licences définies au présent titre sont également tenus de n'apporter aucune entrave aux investigations nécessaires à l'exécution des missions des agents habilités. Ces investigations peuvent comporter, outre l'examen des lieux, des matériels et du système d'information, les recensements et les vérifications des comptabilités ou registres de toute espèce paraissant utiles.

Les agents habilités de l'État qui ont connaissance à titre quelconque des renseignements recueillis au sujet des entreprises en application du présent titre sont tenus au secret professionnel sous les peines définies à l'article 226-13 du Code pénal.

Par dérogation à l'alinéa précédent, les agents des douanes, les agents habilités du ministère de la défense et les agents habilités du ministère de l'intérieur mentionnés au présent article peuvent se communiquer spontanément tous les renseignements et documents détenus ou recueillis dans le cadre de leurs missions respectives.

Les procès-verbaux des infractions constatées aux prescriptions du présent titre sont transmis au représentant de l'État dans le département ou, à Paris, au préfet de police.

En cas d'infraction aux dispositions du présent titre, les services compétents du ministère de la défense ou du ministère de l'intérieur adressent au procureur de la République les procès-verbaux des constatations effectuées. Une expédition est également transmise, selon le cas, au ministre de la défense ou au ministre de l'intérieur.

Sans préjudice de l'application de l'article 36 du Code de procédure pénale, l'action publique en matière d'infraction aux dispositions du chapitre III du présent titre commise par une personne morale mentionnée au I de l'article L. 2332-1 du Code de la défense est mise en mouvement par le procureur de la République.

Il apprécie la suite à donner aux faits portés à sa connaissance, notamment par la dénonciation du ministre de la défense ou du ministre de l'intérieur ou de l'autorité habilitée par eux.

À défaut de cette dénonciation, le procureur de la République informe le ministre de la défense ou le ministre de l'intérieur ou l'autorité habilitée par eux.

Hormis le cas d'urgence, le ministre de la défense ou le ministre de l'intérieur ou l'autorité habilitée par eux donne son avis dans le délai d'un mois, par tout moyen.

L'autorité mentionnée au dixième alinéa du présent article est habilitée par arrêté du ministre de la défense ou du ministre de l'intérieur.

Art. L. 317-1-1 *(En vigueur le 6 sept. 2013, Ord. n° 2013-518, 20 juin 2013 ; mod., Ord. n° 2019-610, 19 juin 2019)*. **–** Est puni de sept ans d'emprisonnement et de 100 000 € d'amende quiconque, sans respecter les obligations résultant des premier et deuxième alinéas de l'article L. 313-3, se livre à la fabrication ou au commerce d'armes, de munitions et de leurs éléments des catégories C ou D énumérés par décret en Conseil d'État, ou exerce son activité en qualité d'intermédiaire ou d'agent de publicité à l'occasion de la fabrication ou du commerce d'armes, de munitions et de leurs éléments.

Les peines sont portées à dix ans d'emprisonnement et à 500 000 € d'amende lorsque l'infraction est commise en bande organisée.

La confiscation des armes, munitions et de leurs éléments mentionnés au premier alinéa fabriqués ou à vendre, ainsi que leur vente aux enchères publiques, est ordonnée par le même jugement.

L'autorité administrative peut prescrire ou faire effectuer la mise hors d'usage, aux frais de l'auteur de l'infraction, de ces armes, munitions et de leurs éléments avant leur mise aux enchères publiques.

Art. L. 317-1-2 *(En vigueur le 6 sept. 2013, Ord. n° 2013-518, 20 juin 2013)*. **–** Les personnes morales déclarées responsables pénalement, dans les conditions prévues par l'article 121-2 du Code pénal, des infractions définies à l'article L. 317-1-1 encourent, outre l'amende suivant les modalités prévues par l'article 131-38 du Code pénal, les peines prévues par les 1°, 2°, 4°, 5°, 8° et 9° de l'article 131-39 du même code.

Art. L. 317-2 *(En vigueur le 6 sept. 2013, Ord. n° 2013-518, 20 juin 2013 ; mod., Ord. n° 2019-610, 19 juin 2019)*. **–** Est puni de cinq ans d'emprisonnement et de 75 000 € d'amende :

1° Le fait de contrevenir aux dispositions des articles L. 312-5 et L. 317-1 ;

2° Le fait de vendre ou d'acheter des armes, des munitions ou leurs éléments en méconnaissance des dispositions des articles L. 313-4 et L. 313-5 ;

3° Le fait de céder ou de vendre des matériels de guerre, des armes, des munitions ou leurs éléments constitutifs à un mineur, hors les cas où cette vente est autorisée dans les conditions fixées par décret en Conseil d'État.

Voir : art. 321-6-1, p. 708.

Art. L. 317-2-1 *(En vigueur le 6 sept. 2013, Ord. n° 2013-518, 20 juin 2013)*. **–** Les peines sont portées à dix ans d'emprisonnement et 500 000 € d'amende si les infractions prévues à l'article L. 317-2 sont commises en bande organisée.

Art. L. 317-3 *(En vigueur le 6 sept. 2013, Ord. n° 2013-518, 20 juin 2013)*. **–** Les personnes morales déclarées responsables pénalement, dans les conditions prévues par l'article 121-2 du Code pénal, des infractions définies aux articles L. 317-2 et L. 317-2-1 encourent, outre l'amende suivant les modalités prévues par l'article 131-38 du Code pénal, les peines prévues par les 2°, 4°, 5°, 8° et 9° de l'article 131-39 du même code.

Art. L. 317-3-1 *(En vigueur le 6 sept. 2013, Ord. n° 2013-518, 20 juin 2013 ; mod., L. n° 2018-133, 26 févr. 2018 ; Ord. n° 2019-610, 19 juin 2019)*. **–** Est punie de trois ans d'emprisonnement et de 45 000 € d'amende la cession, à quelque titre que ce soit, par un fabricant ou commerçant, détenteur de l'une des autorisations mentionnées à l'article L. 313-3, d'une ou plusieurs armes ou munitions ou de leurs éléments des catégories A, B ou C, en violation des articles L. 312-1 à L. 312-4-3 ou de l'article L. 314-3.

Le tribunal ordonne, en outre, la confiscation de ces armes, munitions et de leurs éléments.

Art. L. 317-3-2 *(En vigueur le 6 sept. 2013, Ord. n° 2013-518, 20 juin 2013 ; mod., L. n° 2018-133, 26 févr. 2018 ; Ord. n° 2019-610, 19 juin 2019)*. – Est punie de six mois d'emprisonnement et de 7 500 € d'amende toute personne titulaire de l'une des autorisations de fabrication ou de commerce d'armes, de munitions et de leurs éléments mentionnés à l'article L. 313-3 qui :

1° Ne tient pas à jour le registre spécial dans lequel sont enregistrés, dans des conditions fixées par décret en Conseil d'État, les armes, munitions et leurs éléments mis en fabrication, en réparation, en transformation, achetés, vendus, loués ou détruits ;

2° Dans le cas d'opérations d'intermédiation, ne tient pas à jour le registre spécial dans lequel sont enregistrés, dans des conditions fixées par le même décret en Conseil d'État, le nom des entreprises mises en relation ou des autres participants à l'opération d'intermédiation ainsi que le contenu de ces opérations ;

3° En cas de cessation d'activité, ne dépose pas auprès de l'autorité administrative compétente les registres spéciaux mentionnés aux 1° et 2° ou n'en assure pas la conservation pendant un délai et dans des conditions fixés par le même décret en Conseil d'État ;

4° Cède à un autre commerçant ou fabricant autorisé une arme, des munitions et leurs éléments des catégories A, B ou C sans accomplir les formalités déterminées par le même décret en Conseil d'État ;

5° Vend par correspondance des armes, munitions et leurs éléments sans avoir reçu et conservé les documents nécessaires à leur inscription sur le registre spécial mentionné au 1° du présent article.

Art. L. 317-4 *(Abr., L. n° 2016-731, 3 juin 2016)*.

Voir : art. 321-6-1, p. 708.

Art. L. 317-4-1 *(En vigueur le 6 sept. 2013, Ord. n° 2013-518, 20 juin 2013 ; L. n° 2018-133, 26 févr. 2018 ; Ord. n° 2019-610, 19 juin 2019)*. – Sont punies de deux ans d'emprisonnement et de 30 000 € d'amende l'acquisition, la cession ou la détention d'une ou de plusieurs armes, de munitions ou de leurs éléments de la catégorie C en l'absence de la déclaration prévue à l'article L. 312-4-1 ou à l'article L. 314-2-1.

Les peines sont portées à sept ans d'emprisonnement et à 100 000 € d'amende lorsque l'infraction est commise en bande organisée.

Art. L. 317-5 *(En vigueur le 6 sept. 2013, Ord. n° 2013-518, 20 juin 2013 ; mod., Ord. n° 2019-610, 19 juin 2019)*. – Est puni de trois ans d'emprisonnement et de 45 000 € d'amende le fait d'acquérir ou de détenir des armes, munitions et leurs éléments en violation d'une interdiction prévue aux articles L. 312-3, L. 312-10 et L. 312-13.

Art. L. 317-6 *(En vigueur le 6 sept. 2013, Ord. n° 2013-518, 20 juin 2013 ; L. n° 2018-133, 26 févr. 2018)*. – Est puni de trois mois d'emprisonnement et de 3 750 € d'amende le fait de mettre obstacle à la saisie prévue par les articles L. 312-8 et L. 312-12.

Art. L. 317-7 *(L. n° 2016-731, 3 juin 2016)*. – La détention d'un dépôt d'armes ou de munitions de la catégorie C, ainsi que des armes de la catégorie D figurant sur une liste fixée par un décret en Conseil d'État, est punie de trois ans d'emprisonnement et de 45 000 € d'amende.

Les peines sont portées à sept ans d'emprisonnement et à 100 000 € d'amende lorsque l'infraction est commise en bande organisée.

Les peines sont portées à sept ans d'emprisonnement et à 100 000 € d'amende si l'auteur des faits a été antérieurement condamné pour une ou plusieurs infractions mentionnées aux articles 706-73 et 706-73-1 du Code de procédure pénale à une peine égale ou supérieure à un an d'emprisonnement ferme. En outre, la peine complémentaire d'interdiction de séjour peut être prononcée suivant les modalités prévues à l'article 131-31 du Code pénal.

Le tribunal ordonne, en outre, la confiscation des armes ou des munitions.

Ces dispositions ne sont pas applicables, dans la mesure où ils exercent leur industrie ou leur commerce, aux fabricants et aux vendeurs régulièrement autorisés.

Voir : art. 321-6-1, p. 708.

Art. L. 317-7-1 à L. 317-7-4 *(Abr., L. n° 2016-731, 3 juin 2016)*.

Art. L. 317-8 *(L. n° 2016-731, 3 juin 2016 ; en vigueur le 6 sept. 2013, Ord. n° 2013-518, 20 juin 2013 ; mod., L. n° 2013-711, 5 août 2013 ; Ord. n° 2019-610, 19 juin 2019)*. – Quiconque, hors de son domicile et sauf les exceptions résultant des articles L. 315-1 et L. 315-2, est trouvé porteur ou effectue sans motif légitime le transport d'armes, de munitions ou de leurs éléments, même s'il en est régulièrement détenteur, est puni :

1° *(Abr., L. n° 2016-731, 3 juin 2016).*

2° S'il s'agit d'armes, de munitions ou de leurs éléments de la catégorie C, de deux ans d'emprisonnement et de 30 000 € d'amende ;

3° S'il s'agit d'armes, de munitions ou de leurs éléments de la catégorie D, à l'exception de ceux qui présentent une faible dangerosité et figurent sur une liste fixée par arrêté, d'un an d'emprisonnement et de 15 000 € d'amende.

Art. L. 317-9 *(L. n° 2016-731, 3 juin 2016 ; mod., Ord. n° 2019-610, 19 juin 2019)*. – Si le transport d'armes, de munitions ou de leurs éléments est effectué par au moins deux personnes ou si deux personnes au moins sont trouvées ensemble porteuses d'armes de munitions ou de leurs éléments, les peines prévues à l'article L. 317-8 sont portées :

1° *(Abrogé)* ;

2° S'il s'agit d'armes, de leurs éléments ou de munitions de catégorie C, à cinq ans d'emprisonnement et 75 000 € d'amende ;

3° S'il s'agit d'armes, de munitions ou de leurs éléments de la catégorie D, à l'exception de ceux qui présentent une faible dangerosité et figurent sur une liste fixée par arrêté, à deux ans d'emprisonnement et 30 000 € d'amende.

Art. L. 317-9-1 *(En vigueur le 6 sept. 2013, Ord. n° 2013-518, 20 juin 2013 ; mod., Ord. n° 2019-610, 19 juin 2019)*. – La licence de tir en cours de validité délivrée par une fédération sportive ayant reçu délégation du ministre chargé des sports au titre de l'article L. 131-14 du Code du sport ou la carte de collectionneur d'armes délivrée en application des articles L. 312-6-1 à L. 312-6-4 du présent code valent titre de transport légitime des armes, munitions et de leurs éléments qu'elles permettent d'acquérir régulièrement.

Le permis de chasser vaut titre de transport légitime pour les armes, munitions et leurs éléments qu'il permet de détenir.

Le permis de chasser accompagné de la validation de l'année en cours ou de l'année précédente vaut titre de port légitime des armes, munitions et de leurs éléments qu'il permet d'acquérir pour leur utilisation en action de chasse ou pour toute activité qui y est liée.

Art. L. 317-9-2 *(Abr., L. n° 2016-731, 3 juin 2016).*

Art. L. 317-10-1 *(L. n° 2018-133, 26 févr. 2018)*. – La tentative des délits prévus aux articles L. 317-4-1, L. 317-5 et L. 317-6 est punie des mêmes peines que celles prévues pour chacun de ces délits.

Art. L. 317-11 *(En vigueur le 6 sept. 2013, Ord. n° 2013-518, 20 juin 2013)*. – La peine privative de liberté encourue par l'auteur ou le complice des infractions prévues à l'article L. 317-7 est réduite de moitié si, ayant averti l'autorité administrative ou judiciaire, il a permis de faire cesser les agissements incriminés et d'identifier, le cas échéant, les autres auteurs ou complices.

Art. L. 317-12 *(En vigueur le 6 sept. 2013, Ord. n° 2013-518, 20 juin 2013 ; mod., Ord. n° 2019-610, 19 juin 2019)*. – En cas de condamnation pour les infractions prévues au présent chapitre, le prononcé des peines complémentaires suivantes est obligatoire :

1° L'interdiction de détenir ou de porter, pour une durée de cinq ans au plus, un matériel de guerre, une arme, des munitions et leurs éléments soumis à autorisation ;

2° La confiscation de matériels de guerre, d'armes, de munitions et de leurs éléments dont le condamné est propriétaire ou dont il a la libre disposition ;

3° Le retrait du permis de chasser avec interdiction de solliciter la délivrance d'un nouveau permis pendant cinq ans au plus.

Toutefois, la juridiction peut, par une décision spécialement motivée, décider de ne pas prononcer ces peines, en considération des circonstances de l'infraction et de la personnalité de son auteur.

Code de la sécurité intérieure

Titre Ier. – Armes et munitions

Chapitre Ier. – Dispositions générales

Section 1. – Définitions

Art. R. 311-1 *(Mod., D. n° 2017-909, 9 mai 2017 ; D. n° 2018-1195, 20 déc. 2018 ; D. n° 2020-486, 28 avr. 2020 ; D. n° 2022-144, 8 févr. 2022)*. **–** On entend par :

I. – Armes par nature et munitions :

1° *(Abrogé).*

2° Arme : tout objet ou dispositif conçu ou destiné par nature à tuer, blesser, frapper, neutraliser ou à provoquer une incapacité ;

3° Arme à canon lisse : arme dont l'âme du canon est de section circulaire et ne peut donner aucun mouvement de rotation à un projectile unique ou multiple ;

4° Arme à canon rayé : arme dont l'âme du canon n'est pas de section circulaire et présente une ou plusieurs rayures conventionnelles ou polygonales destinées à donner un mouvement de rotation à un projectile unique ou multiple ;

5° Arme à feu : arme qui tire un projectile par l'action de la combustion d'une charge propulsive ;

6° Arme à répétition automatique : toute arme qui, après chaque coup tiré, se recharge automatiquement et qui peut, par une seule pression sur la détente, lâcher une rafale de plusieurs coups ;

7° Arme à répétition manuelle : arme qui, après chaque coup tiré, est rechargée manuellement par introduction dans le canon d'une munition prélevée dans un système d'alimentation et transportée à l'aide d'un mécanisme ;

8° Arme à répétition semi-automatique : arme qui, après chaque coup tiré, se recharge automatiquement et qui ne peut, par une seule pression sur la détente, lâcher plus d'un seul coup ;

9° Arme à un coup : arme sans système d'alimentation, qui est chargée avant chaque coup par introduction manuelle de la munition dans la chambre ou dans un logement prévu à cet effet à l'entrée du canon ;

10° Arme blanche : toute arme dont l'action perforante, tranchante ou brisante n'est due qu'à la force humaine ou à un mécanisme auquel elle a été transmise, à l'exclusion d'une explosion ;

11° Arme camouflée : toute arme dissimulée sous la forme d'un autre objet, y compris d'un autre type d'arme ;

12° Arme d'épaule : arme que l'on épaule pour tirer.

La longueur hors tout d'une arme d'épaule à crosse amovible ou repliable se mesure sans la crosse ou la crosse repliée. La longueur de référence du canon d'une arme d'épaule se mesure de l'extrémité arrière de la chambre jusqu'à l'autre extrémité du canon, les parties démontables non comprises ;

13° Arme de poing : arme qui se tient par une poignée à l'aide d'une seule main et qui n'est pas destinée à être épaulée. La longueur de référence d'une arme de poing se mesure hors tout ;

14° Arme incapacitante agissant par projection ou émission : arme ayant pour effet de provoquer une incapacité et agissant par projection à distance ou émission du procédé ou moyen incapacitant ;

15° Arme incapacitante de contact : arme de défense ayant pour effet de provoquer une incapacité et agissant à bout touchant ;

16° Arme neutralisée : arme qui a été rendue définitivement impropre au tir de toute munition par l'application de procédés techniques assurant que tous les éléments de l'arme à feu à neutraliser ont été rendus définitivement inutilisables et impossibles à modifier ;

17° Douille amorcée : douille qui comporte une amorce sans autre charge de poudre ;

18° Douille chargée : douille qui comporte une charge de poudre ;

19° Élément d'arme : partie d'une arme essentielle à son fonctionnement : le canon, la carcasse, la boîte de culasse, y compris le cas échéant ses parties supérieures et inférieures, la culasse, y compris le cas échéant son ensemble mobile additionnel, le barillet, les systèmes de fermetures et la conversion ;

20° Élément d'arme neutralisé : partie d'une arme essentielle à son fonctionnement rendue définitivement impropre à son usage par l'application de procédés techniques définis ;

21° Élément de munition : partie essentielle d'une munition telle que projectile, amorce, douille, douille amorcée, douille chargée, douille amorcée et chargée ;

22° Munition à projectile expansif : munition dont le projectile est spécialement façonné, de quelque façon que ce soit, pour foisonner, s'épandre ou champignonner à l'impact. Entrent notamment dans cette catégorie les projectiles à pointe creuse ;

23° Munition à projectile explosif : munition avec projectile contenant une charge explosant lors de l'impact ;

24° Munition à projectile incendiaire : munition avec projectile contenant un mélange chimique s'enflammant au contact de l'air ou lors de l'impact ;

25° Munition à projectile perforant :

a) Munition pour arme d'épaule, avec projectile identifié visuellement le cas échéant par un code couleur, contenant un noyau dur en acier trempé ou en carbure de tungstène ;

b) Munition pour arme de poing, contenant un noyau dur en acier trempé ou en carbure de tungstène ;

c) Munition pour arme de poing, avec projectile métallique monolithique ou monobloc conçu pour perforer un gilet pare-balle souple (aramide ou équivalent) en dotation réglementaire au sein des forces de sécurité intérieure ;

26° Munition neutralisée : munition dont le projectile a un diamètre inférieur à 20 mm et dont la chambre à poudre présente un orifice latéral d'un diamètre au moins égal à 2 mm ne contenant plus de poudre et dont l'amorce a été percutée.

Les munitions à chargement d'emploi particulier, explosives ou incendiaires, restent dans tous les cas réputées fonctionnelles ;

27° Systèmes d'alimentation des armes : constitués par les magasins faisant partie intégrante de l'arme, tubulaires ou intégrés dans la boîte de culasse, et les magasins indépendants de l'arme, réservoirs, chargeurs et bandes, fixes ou mobiles pendant le tir.

II. – Autres armes :

1° Arme à blanc : objet ou dispositif ayant ou non l'apparence d'une arme à feu conçu et destiné par la percussion de la munition à provoquer uniquement un effet sonore et dont les caractéristiques excluent le tir ou la conversion sans recourir à un procédé industriel pour le tir de tout projectile (arme de starter) ;

1° *bis* Arme d'alarme : objet ou dispositif ayant l'apparence d'une arme à feu, conçu uniquement pour le tir de munition à blanc, de produits irritants, d'autres substances actives ou d'articles de signalisation pyrotechnique, dont les caractéristiques excluent le tir ou la conversion pour le tir de tout projectile autre que ceux mentionnés ci-dessus ;

2° Arme de signalisation : arme à feu destinée à tirer un dispositif pyrotechnique de signalisation, dont les caractéristiques excluent le tir ou la conversion pour le tir de tout autre projectile ;

3° Arme de spectacle : toute arme à feu transformée spécifiquement pour le tir de munitions à blanc, notamment lors de représentations théâtrales, de séances de photographies, de tournages de films, d'enregistrement télévisuels, de reconstitutions historiques, de parades, d'évènements sportifs ou de séances d'entraînement, dont les caractéristiques excluent le tir ou la conversion pour le tir de tout projectile. L'arme de spectacle reste classée dans sa catégorie originelle, avant sa transformation ;

4° Arme didactique : arme authentique laissant apparaître ses mécanismes internes sans que son fonctionnement n'ait été modifié, ni qu'elle ait subi le procédé de neutralisation ;

5° Arme factice : objet ayant l'apparence d'une arme à feu susceptible d'expulser un projectile non métallique avec une énergie à la bouche inférieure à 2 joules ;

6° Maquette : reproduction d'arme à feu à une échelle autre que 1 : 1 et garantissant la non-interchangeabilité des pièces ;

7° Munition inerte : munition factice qui ne peut être transformée en une munition active ;

8° Lanceur de paintball : système permettant de propulser de façon non pyrotechnique un projectile destiné à ne laisser sur la cible qu'une trace visualisant l'emplacement de l'impact ;

9° Reproduction d'arme : arme à feu reproduisant à l'identique une arme ayant existé dans sa forme et dans son fonctionnement ;

10° Armes qui revêtent une importance historique particulière : armes dont la fabrication est antérieure au 1er janvier 1946 qui ne sont pas des armes historiques au sens des dispositions des e ou g du IV de l'article R. 311-2.

Les caractéristiques mentionnées aux 1° à 3° sont définies par arrêté conjoint du ministre de l'intérieur et du ministre chargé des douanes.

III. – Activités en relation avec les armes :

1° Activité d'intermédiation : toute opération à caractère commercial ou à but lucratif dont l'objet consiste, en tout ou partie :

a) À rapprocher des personnes souhaitant conclure un contrat d'achat ou de vente, de prêt ou de location-vente de matériels de guerre, d'armes et de munitions, ou à conclure un tel contrat pour le compte d'une des parties ;

b) Ou à organiser des transferts d'armes à feu, d'éléments d'arme ou de munitions à l'intérieur d'un État membre, depuis un État membre vers un autre État membre, depuis un État membre vers un pays tiers ou depuis un pays tiers vers un État membre.

Cette opération d'intermédiation faite au profit de toute personne quel que soit le lieu de son établissement prend la forme d'une opération de courtage ou celle d'une opération faisant l'objet d'un mandat particulier ou d'un contrat de commission ;

2° Activité de fabrication : conception, réparation, fabrication, transformation, modification ou assemblage d'une arme, de ses éléments essentiels finis ou non finis, ou de munitions ;

3° Armurier : toute personne physique ou morale dont l'activité professionnelle consiste en tout ou en partie dans la fabrication, le commerce, l'échange, la location, le prêt, la réparation ou la transformation d'armes, d'éléments d'arme, de munitions et de leurs éléments ;

4° Commerce de détail : activité d'armurier au sens de l'article L. 313-2, effectuée à destination d'un consommateur final ;

5° Courtier : toute personne physique ou morale qui se livre à une activité d'intermédiation ;

6° Dépôt d'armes : détention illicite, par une personne ou en bande organisée, dans un ou plusieurs lieux, d'armes ou munitions au-delà du nombre maximum légalement autorisé ;

7° Fabrication illicite :

a) Fabrication, transformation, modification ou assemblage d'une arme, de ses éléments essentiels finis ou non finis, ou de munitions sans autorisation ou sans avoir appliqué les marquages d'identification, à l'exclusion des opérations de rechargement effectuées dans un cadre privé à partir d'éléments obtenus de manière licite ;

b) Détention de tout outillage ou matériel spécifique à la fabrication d'une arme sans disposer des autorisations de fabrication et de commerce correspondantes ;

8° Marquage : apposition sur l'un ou plusieurs éléments essentiels de toute arme à feu, de façon définitive et visible sans démontage, des éléments d'identification constitués par :

a) L'indication du fabricant, du pays ou lieu de fabrication, de l'année de fabrication, du modèle, du calibre et du numéro de série ;

b) Les poinçons d'épreuve selon les modalités prévues par les stipulations de la convention du 1er juillet 1969 pour la reconnaissance réciproque des poinçons d'épreuves des armes à feu portatives ;

c) L'éventuelle indication d'une cession opérée par l'État ;

d) L'éventuelle indication d'une neutralisation de l'arme, dont le poinçon, apposé par l'autorité qui constate la neutralisation, atteste du caractère inutilisable de l'arme.

Ce marquage appliqué aux munitions comporte les mentions du nom du fabricant, du numéro d'identification du lot, du calibre, du type de munition et du signe de contrôle d'épreuve sur les conditionnements élémentaires ;

9° Opérations industrielles : opérations industrielles entrant dans le champ d'application de l'article L. 2331-1 du Code de la défense constituées par les opérations de montage, assemblage des matériels des catégories A, B et C, de chargement industriel des munitions ainsi que par les opérations d'usinage, de moulage ou d'emboutissage les amenant à leur forme définitive ou très approchée ;

10° Port d'arme : fait d'avoir une arme sur soi utilisable immédiatement ;

11° Traçabilité : obligation d'enregistrement des différents détenteurs successifs d'une arme et de ses éléments numérotés, de leur fabrication à la possession finale par le dernier acquéreur ;

12° Trafic illicite : acquisition, vente, livraison, transport d'armes à feu, d'éléments d'arme, de munitions ou d'éléments de munitions, d'outils ou matériels spécifiques à la fabrication des armes, sans autorisation ou en violation d'une réglementation européenne ou internationale, à partir, à destination ou au travers du territoire national ou vers le territoire d'un autre État ;

13° Transport d'arme : fait de déplacer une arme en l'ayant auprès de soi et inutilisable immédiatement.

IV. – Ne sont pas des armes au sens du présent titre :

1° Les objets tirant un projectile ou projetant des gaz lorsqu'ils développent à la bouche une énergie inférieure à 2 joules ;

2° Les réducteurs de son constituant des pièces additionnelles ne modifiant pas le fonctionnement de l'arme ;

3° Les objets conçus aux fins de sauvetage, d'abattage, de pêche au harpon ou destinés à des fins industrielles ou techniques, à condition qu'ils ne puissent être utilisés que pour ces usages précis.

Section 2. – Classement des matériels de guerre, armes et munitions

Art. R. 311-2 *(Mod., D. n° 2017-909, 9 mai 2017 ; D. n° 2018-1195, 20 déc. 2018 ; D. n° 2022-144, 8 févr. 2022)*. **–** Les matériels de guerre, armes, munitions et éléments désignés par le présent titre sont classés dans les catégories suivantes :

I. – Armes de catégorie A :

Les matériels de guerre et armes interdits à l'acquisition et à la détention qui relèvent de la catégorie A sont les suivants :

Rubrique 1 :

Les armes et les éléments d'arme interdits à l'acquisition et à la détention qui relèvent de la catégorie A1 sont les suivants :

1° Armes à feu camouflées sous la forme d'un autre objet ;

2° Armes à feu de poing, quel que soit le type ou le système de fonctionnement, permettant le tir de plus de vingt et une munitions sans qu'intervienne un réapprovisionnement, dès lors qu'un système d'alimentation d'une capacité supérieure à vingt cartouches fait partie intégrante de l'arme à feu ou, s'il est amovible, y a été inséré ;

3° Armes à feu d'épaule à répétition semi-automatique à percussion annulaire permettant le tir de plus de trente et une munitions sans qu'intervienne un réapprovisionnement, dès lors qu'un chargeur d'une capacité supérieure à trente cartouches fait partie intégrante de l'arme à feu ou, s'il est amovible, y a été inséré ;

3° *bis* Armes à feu d'épaule à répétition semi-automatique à percussion centrale permettant de tirer plus de onze coups sans recharger, dès lors :

a) Qu'un chargeur d'une capacité supérieure à dix cartouches fait partie intégrante de l'arme à feu ;

b) ou qu'un chargeur amovible d'une capacité supérieure à dix cartouches y a été inséré ;

3° *ter* Armes à feu d'épaule à répétition semi-automatique alimentées par bande quelle qu'en soit la capacité ;

3° *quater* Armes à feu d'épaule à répétition manuelle permettant le tir de plus de trente et une munitions sans qu'intervienne un réapprovisionnement, dès lors qu'un chargeur d'une capacité supérieure à trente cartouches fait partie intégrante de l'arme à feu ou, s'il est amovible, y a été inséré ;

4° Armes à feu à canons rayés et leurs munitions dont le projectile a un diamètre maximum supérieur ou égal à 20 mm à l'exception des armes conçues pour tirer exclusivement des projectiles non métalliques ;

5° Armes à feu à canon lisse et leurs munitions d'un calibre supérieur au calibre 8, à l'exclusion des armes de catégorie C ou D, classées par arrêté conjoint du ministre de l'intérieur et du ministre chargé des douanes ;

6° Munitions dont le projectile est supérieur ou égal à 20 mm, à l'exception de celles utilisées par les armes classées en catégorie C ;

7° Éléments de ces armes et éléments de ces munitions ;

8° Système d'alimentation d'arme de poing contenant plus de 20 munitions ;

9° Système d'alimentation d'arme d'épaule à percussion annulaire contenant plus de 30 munitions ;

9° *bis*Système d'alimentation d'arme d'épaule à répétition semi-automatique à percussion centrale contenant plus de 10 munitions ;

9° *ter*Système d'alimentation d'arme d'épaule à répétition manuelle et à percussion centrale contenant plus de trente munitions ;

10° Armes ou type d'armes présentant des caractéristiques techniques équivalentes et qui, pour des raisons tenant à leur dangerosité, à l'ordre public ou à la sécurité nationale, sont classées dans cette catégorie par arrêté conjoint du ministre de l'intérieur et du ministre chargé des douanes ;

11° Armes à feu à répétition automatique transformées en armes à feu à répétition semi-automatique ;

12° Armes à feu d'épaule à répétition semi-automatique dont la longueur peut être réduite à moins de 60 cm à l'aide d'une crosse repliable ou télescopique, ou d'une crosse démontable sans outils, sans qu'elles perdent leur fonctionnalité.

Rubrique 2 :

Les armes relevant des matériels de guerre, les matériels destinés à porter ou à utiliser au combat les armes à feu, les matériels de protection contre les gaz de combat, qui sont classés en catégorie A2, sont les suivants :

1° Armes à feu à répétition automatique, leurs éléments spécifiquement conçus pour elles et tout dispositif additionnel pouvant se monter sur une arme à feu à répétition semi-automatique permettant le tir en rafale de projectiles ou s'assimilant au tir en rafale par l'augmentation de sa vitesse de tir ;

2° Munitions à projectiles perforants, explosifs ou incendiaires et leurs éléments ;

3° Armes auxquelles un rayon laser confère des capacités de mise hors de combat ou de destruction ;

4° Canons, obusiers, mortiers, lance-roquettes et lance-grenades, de tous calibres, lance-projectiles et systèmes de projection spécifiquement destinés à l'usage militaire ou au maintien de l'ordre, ainsi que leurs tourelles, affûts, bouches à feu, tubes de lancement, lanceurs à munition intégrée, culasses, traîneaux, freins et récupérateurs ;

5° Munitions et éléments de munitions pour les armes énumérées au 4° ;

6° Bombes, torpilles, mines, missiles, grenades, engins incendiaires, chargés ou non chargés, leurres ; équipements de lancement ou de largage pour les matériels visés au présent alinéa ; artifices et appareils, chargés ou non chargés, destinés à faire éclater les engins ou munitions visés au 5° et au 6° ;

7° Engins nucléaires explosifs, leurs composants spécifiques et les matériels ou logiciels spécialisés de développement, de fabrication et d'essai ;

8° Véhicules de combat blindés ou non blindés, équipés à poste fixe ou munis d'un dispositif spécial permettant le montage ou le transport d'armes ainsi que leurs blindages et leurs tourelles ;

9° Aéronefs plus lourds ou plus légers que l'air, montés ou non, à voilure fixe ou tournante, pilotés ou non pilotés, conçus pour les besoins militaires ainsi que leurs éléments suivants : moteurs, fuselages, cellules, ailes, empennages ;

10° Navires de guerre de toutes espèces ainsi que leurs blindages, tourelles, affûts, rampes et tubes de lancement et les éléments suivants de ces navires : systèmes de combat, chaufferies nucléaires, accumulateurs d'électricité pour sous-marins, systèmes de propulsion anaérobies ;

11° Moteurs aéronautiques spécialement conçus ou modifiés pour les missiles ;

12° Matériels de transmission et de télécommunication conçus pour les besoins militaires ou pour la mise en œuvre des forces et leurs logiciels spécialement conçus ; matériels de contre-mesures électroniques et leurs logiciels spécialement conçus ;

13° Moyens de cryptologie spécialement conçus ou modifiés pour porter, utiliser ou mettre en œuvre les armes, soutenir ou mettre en œuvre les forces armées ;

14° Matériels d'observation ou de prise de vues conçus pour l'usage militaire ; matériels de visée ou de vision nocturne ou par conditions de visibilité réduite utilisant l'intensification de lumière ou l'infrarouge passif destinés exclusivement à l'usage militaire et matériels utilisant les mêmes technologies qui peuvent être mis en œuvre sans l'aide des mains ;

15° Matériels, y compris les calculateurs, de navigation, de détection, d'identification, de pointage, de visée ou de désignation d'objectif, de conduite de tir, pour l'utilisation des armes et matériels de la présente catégorie ;

16° Matériels de détection ou de brouillage des communications conçus pour l'usage militaire ou la sécurité nationale ;

17° Matériels, spécialement conçus pour l'usage militaire, de détection et de protection contre les agents biologiques ou chimiques et contre les risques radiologiques ;

18° Armes ou type d'armes, matériels ou type de matériels présentant des caractéristiques techniques équivalentes classés dans cette catégorie pour des raisons d'ordre public ou de sécurité nationale définies par arrêté conjoint des ministres de la défense, de l'intérieur et des ministres chargés des douanes et de l'industrie.

II. – Armes de catégorie B :

Les armes soumises à autorisation pour l'acquisition et la détention, qui relèvent de la catégorie B, sont les suivantes :

1° Armes à feu de poing et armes converties en armes de poing non comprises dans les autres catégories ;

2° Armes à feu d'épaule :

a) À répétition semi-automatique, à percussion centrale, dont le projectile a un diamètre inférieur à 20 mm, d'une capacité supérieure à 3 coups ou équipées d'un système d'alimentation amovible et n'excédant pas 11 coups sans qu'intervienne un réapprovisionnement ;

a bis) À répétition semi-automatique à percussion annulaire, dont le projectile a un diamètre inférieur à 20 mm, d'une capacité supérieure à 3 coups ou équipées d'un système d'alimentation amovible et n'excédant pas 31 coups sans qu'intervienne un réapprovisionnement ;

b) À répétition manuelle, dont le projectile a un diamètre inférieur à 20 mm, d'une capacité supérieure à 11 coups et n'excédant pas 31 coups sans qu'intervienne un réapprovisionnement ;

c) Dont la longueur totale minimale est inférieure ou égale à 80 centimètres ou dont la longueur du canon est inférieure ou égale à 45 centimètres ;

d) À canon lisse à répétition ou semi-automatiques dont la longueur totale minimale est inférieure ou égale à 80 cm ou dont la longueur du canon est inférieure ou égale à 60 cm ;

e) À répétition semi-automatique ayant l'apparence d'une arme automatique ;

f) À répétition manuelle munies d'un dispositif de rechargement à pompe suivantes :

– armes à canon lisse ;

– armes à canon rayé autres que celles répondant aux caractéristiques énoncées au *b* du 1° du III ou celles mentionnées au d du même 1° ;

3° Armes à feu fabriquées pour tirer une balle ou plusieurs projectiles non métalliques et munitions classées dans cette catégorie par arrêté conjoint du ministre de l'intérieur et du ministre chargé des douanes ;

4° Armes chambrant les calibres suivants, quel que soit leur type ou le système de fonctionnement ainsi que leurs munitions, douilles et douilles amorcées, à l'exception de celles classées dans la catégorie A :

a) Calibre 7,62 × 39 ;

b) Calibre 5,56 × 45 ;

c) Calibre 5,45 × 39 ;

d) Calibre 12,7 × 99 ;
e) Calibre 14,5 × 114 ;
5° Éléments des armes classées aux 1°, 2°, 3° et 4° de la présente catégorie ;
6° Armes à impulsion électrique permettant de provoquer un choc électrique à distance et leurs munitions ;
7° Armes à impulsion électrique de contact permettant de provoquer un choc électrique à bout touchant classées dans cette catégorie par arrêté conjoint du ministre de l'intérieur et du ministre chargé des douanes ;
8° Générateurs d'aérosols incapacitants ou lacrymogènes d'une capacité supérieure à 100 ml ou classés dans cette catégorie par arrêté conjoint du ministre de l'intérieur et du ministre chargé des douanes ;
9° Armes ou type d'armes présentant des caractéristiques techniques équivalentes qui, pour des raisons tenant à leur dangerosité, à l'ordre public ou à la sécurité nationale, sont classées dans cette catégorie par arrêté conjoint du ministre de l'intérieur et du ministre chargé des douanes ;
10° Munitions à percussion centrale et leurs éléments conçus pour les armes de poing mentionnées au 1° à l'exception de celles classées en catégorie C par un arrêté conjoint du ministre de l'intérieur et du ministre chargé des douanes ;
11° Système d'alimentation des armes mentionnées au II ;
12° Armes à répétition manuelle, qui, après chaque coup tiré, sont rechargées par introduction dans le canon d'une munition prélevée dans un système d'alimentation et transportée à l'aide d'un mécanisme par la seule action du tireur sur la détente.
III. – Armes de catégorie C :
Les armes soumises à déclaration pour l'acquisition et la détention, qui relèvent de la catégorie C, sont les suivantes :
1° Armes à feu d'épaule :
a) À répétition semi-automatique dont le projectile a un diamètre inférieur à 20 mm équipées de systèmes d'alimentation inamovibles permettant le tir de 3 munitions au plus sans qu'intervienne le réapprovisionnement ;
b) À répétition manuelle dont le projectile a un diamètre inférieur à 20 mm équipées de systèmes d'alimentation permettant le tir de 11 munitions au plus, sans qu'intervienne le réapprovisionnement, ainsi que les systèmes d'alimentation de ces armes ;
c) À un coup par canon ;
d) À répétition manuelle à canon rayé munies d'un dispositif de rechargement à pompe chambré pour les calibres 8, 10, 12, 14, 16, 20, 24, 28, 32, 36 et 410, d'une capacité inférieure ou égale à 5 coups, dont la longueur totale est supérieure à 80 cm, dont la longueur du canon est supérieure à 60 cm et dont la crosse est fixe ;
2° Éléments de ces armes ;
3° Armes à feu fabriquées pour tirer une balle ou plusieurs projectiles non métalliques classées dans cette catégorie par arrêté conjoint du ministre de l'intérieur et du ministre chargé des douanes ;
4° Armes et lanceurs dont le projectile est propulsé de manière non pyrotechnique avec une énergie à la bouche supérieure ou égale à 20 joules ;
5° Armes ou type d'armes présentant des caractéristiques équivalentes qui, pour des raisons tenant à leur dangerosité, à l'ordre public ou à la sécurité nationale sont classées dans cette catégorie par arrêté conjoint du ministre de l'intérieur et du ministre chargé des douanes ;
6° Munitions et éléments de munitions classés dans cette catégorie selon les modalités prévues au 10° de la catégorie B ;
7° Munitions et éléments de munitions classés dans cette catégorie par arrêté conjoint du ministre de l'intérieur et du ministre chargé des douanes ;
8° Autres munitions et éléments de munitions des armes de catégorie C ;
9° Armes à feu des catégories A, B ou C neutralisées selon les modalités définies par arrêté conjoint du ministre de l'intérieur et du ministre chargé des douanes ;
10° Système d'alimentation des armes mentionnées au III.
IV. – Armes de catégorie D :
Les armes et matériels dont l'acquisition et la détention sont libres, qui relèvent de la catégorie D, sont les suivants :
a) Tous objets susceptibles de constituer une arme dangereuse pour la sécurité publique dont :
- les armes non à feu camouflées ;
- les poignards, les couteaux-poignards, les matraques, les projecteurs hypodermiques et les autres armes figurant sur un arrêté du ministre de l'intérieur ;
b) Générateurs d'aérosols lacrymogènes ou incapacitants d'une capacité inférieure ou égale à 100 ml sauf ceux classés dans une autre catégorie par arrêté conjoint du ministre de l'intérieur et du ministre chargé des douanes ;

c) Armes à impulsions électriques de contact permettant de provoquer un choc électrique à bout touchant sauf celles classées dans une autre catégorie par arrêté conjoint du ministre de l'intérieur et du ministre chargé des douanes ;

d) Armes classées aux e, f ou g qui ont été neutralisées ;

e) Armes historiques et de collection dont le modèle est antérieur au 1er janvier 1900, à l'exception de celles classées dans une autre catégorie, en raison de leur dangerosité avérée, notamment en raison de leur année de fabrication, par arrêté conjoint du ministre de l'intérieur et du ministre chargé des douanes.

Le contrôle de la date du modèle et de l'année de fabrication des armes importées est effectué dans les cas et selon des modalités qui sont définis par arrêté conjoint du ministre de l'intérieur et du ministre chargé des douanes ;

f) Reproductions d'arme dont le modèle est antérieur au 1er janvier 1900 ne pouvant tirer que des munitions sans étui métallique, sauf celles dont la technique de fabrication améliore la précision et la durabilité de l'arme.

Ces reproductions d'armes historiques et de collection ne peuvent être importées, mises sur le marché ou cédées que si elles sont conformes aux caractéristiques techniques définies par arrêté conjoint du ministre de l'intérieur et des ministres chargés de l'industrie et des douanes et constatées dans un procès-verbal d'expertise effectuée par un établissement technique désigné par le ministre de l'intérieur, dans les cas et les conditions déterminés par l'arrêté interministériel prévu ci-dessus.

Les reproductions d'armes historiques et de collection qui ne satisfont pas à ces dispositions relèvent, selon leurs caractéristiques techniques, du régime applicable aux armes des catégories A, B ou C ;

g) Armes historiques et de collection dont le modèle est postérieur au 1er janvier 1900 et qui sont énumérées par un arrêté conjoint du ministre de l'intérieur et de la défense compte tenu de leur intérêt culturel, historique ou scientifique ;

h) Armes et lanceurs dont le projectile est propulsé de manière non pyrotechnique avec une énergie à la bouche comprise entre 2 et 20 joules ;

i) Armes conçues exclusivement pour le tir de munitions à blanc, à gaz ou de signalisation et non convertibles pour le tir d'autres projectiles et les munitions de ces armes ;

j) Munitions et éléments de munition à poudre noire utilisables dans les armes historiques et de collection ainsi que les munitions des armes du h de la présente catégorie ;

k) Matériels de guerre dont le modèle est antérieur au 1er janvier 1946, à l'exception des armes mentionnées au 9° du III, et dont la neutralisation est effectivement garantie par l'application de procédés techniques définis par arrêté du ministre de la défense ;

l) Matériels de guerre dont le modèle est postérieur au 1er janvier 1946 dont la neutralisation est effectivement garantie dans les conditions prévues au *k* et qui sont énumérés par arrêté du ministre de la défense.

Art. R. 311-3 *(Rempl., D. n° 2017-909, 9 mai 2017 ; mod., D. n° 2018-542, 29 juin 2018 ; D. n° 2022-144, 8 févr. 2022)*. **–** Les mesures de classement des armes dans les catégories définies à l'article R. 311-2, autres que celles prévues par arrêtés interministériels, sont prises par le ministre de l'intérieur, à l'exclusion de celles des armes et matériels de guerre de la catégorie A2, prises par le ministre de la défense.

A cette fin, toute arme des catégories A, B ou C fabriquée, transformée, introduite ou importée en France, sous réserve, dans ces deux derniers cas, des dispositions respectivement prévues aux articles R. 316-17 et R. 316-32 et qui, à ce titre, est réglementairement soumise à épreuve obligatoire, au sens de la convention relative à la reconnaissance réciproque des poinçons d'épreuve des armes à feu portatives et du règlement avec annexes I et II, faits à Bruxelles le 1er juillet 1969, fait concomitamment l'objet d'une décision de classement du ministre de l'intérieur ou du ministre des armées dans le cas d'une arme classée en catégorie A2, préalablement à sa mise sur le marché.

Les armes d'alarme et les armes de signalisation sont transmises au banc national d'épreuve de Saint-Étienne aux fins d'expertise des caractéristiques définies au dernier alinéa du II de l'article R. 311-1.

Pour instruire ces décisions de classement, le ministre de l'intérieur peut solliciter l'avis d'experts techniques, au sein d'un réseau constitué, notamment, du banc national d'épreuve de Saint-Étienne, des laboratoires de police technique et scientifique de la direction générale de la police nationale et de la direction générale de la gendarmerie nationale ainsi que des services désignés par ces directions. Le cas échéant, il peut également solliciter le concours d'un établissement technique désigné par le ministre de la défense, s'il s'agit d'armes susceptibles de présenter des caractéristiques techniques comparables à celles définies à la rubrique 2 du I de l'article R. 311-2.

Art. R. 311-3-1 *(D. n° 2017-909, 9 mai 2017 ; mod., D. n° 2018-542, 29 juin 2018)*. **–** S'il s'avère que le matériel relève de la compétence du ministre de la défense, au titre de l'article R. 2332-1 du Code de la défense, le ministre de l'intérieur lui transmet le dossier de classement dans les meilleurs délais.

Art. R. 311-3-2 *(Créé, D. n° 2020-486, 28 avr. 2020 ; D. n° 2022-144, 8 févr. 2022)*. **–** Un référentiel général des armes, accessible en ligne, recense, de manière actualisée, l'ensemble des caractéristiques techniques des armes à feu portatives des catégories A, B et C fabriquées, transformées, introduites ou importées sur le territoire national, ainsi que leurs classements respectifs dans le respect des articles R. 311-2 et R. 311-3.

Il est mis en œuvre par le ministre de l'intérieur.

Art. R. 311-4 *(Rempl., D. n° 2017-909, 9 mai 2017 ; mod., D. n° 2018-542, 29 juin 2018 ; D. n° 2022-144, 8 févr. 2022)*. **–** En vue de garantir leur traçabilité, toutes les armes à feu portatives des catégories A, B ou C fabriquées, importées ou introduites en France, sont enregistrées au moyen d'un code unique.

Toutefois, ne sont pas enregistrées :

a) Les armes à feu importées en France bénéficiant des dérogations à l'obligation d'autorisation préalable prévues par l'article R. 316-32 et par l'arrêté pris en application de l'article R. 2335-4 du Code de la défense, à l'exception de l'importation des armes à percussion annulaire mentionnées aux 1° et 2° de la catégorie C ;

b) Les armes à feu introduites en France bénéficiant des dérogations à l'obligation d'accord préalable prévues par l'article R. 316-17, à l'exception des transferts définitifs mentionnés au 3° de cet article.

En tant que de besoin, le ministre de la défense peut déroger aux règles de traçabilité définies au présent article pour les armes à feu de la catégorie A2.

A cette fin, qu'elles soient ou non soumises à épreuve obligatoire, elles sont transmises au banc national d'épreuve de Saint-Étienne.

En tant que de besoin, le ministre de la défense peut déroger aux règles de traçabilité définies au présent article pour les armes à feu mentionnées au 1° de la catégorie A2.

Art. R. 311-4-1 *(D. n° 2017-909, 9 mai 2017 ; D. n° 2022-144, 8 févr. 2022)*. **–** Par dérogation à l'article R. 311-4, les titulaires d'une autorisation mentionnée au premier alinéa de l'article R. 313-8 ou au deuxième alinéa de l'article R. 313-28 ou à l'article R. 313-47 communiquent au banc national d'épreuve une liste comprenant les numéros de série et les caractéristiques techniques des armes importées d'un pays partie à la convention pour la reconnaissance réciproque des poinçons d'épreuves des armes à feu portatives et de son règlement, signés à Bruxelles le 1er juillet 1969. En tant que de besoin, le directeur du banc national d'épreuve peut demander que certaines de ces armes lui soient présentées.

Chapitre II. – Acquisition et détention

Section 1. – Dispositions générales

Sous-section 1. – Interdiction d'acquisition par les mineurs

Art. R. 312-1 *(Mod., D. n° 2018-542, 29 juin 2018 ; D. n° 2022-144, 8 févr. 2022)*. **–** La vente aux mineurs des matériels de guerres, armes, munitions et de leurs éléments est interdite.

L'acquisition est faite par une personne qui exerce l'autorité parentale, sauf si celle-ci est inscrite au fichier national des interdits d'acquisition et de détention d'armes :

1° Sur présentation du permis de chasser délivré en France ou à l'étranger au nom du mineur, ou de toute autre pièce tenant lieu de permis de chasser étranger, accompagné d'un titre de validation de l'année en cours ou de l'année précédente ;

2° Ou d'une licence au nom du mineur en cours de validité d'une fédération sportive ayant reçu, au titre de l'article L. 131-14 du Code du sport, délégation du ministre chargé des sports pour la pratique du tir, du ball-trap ou du biathlon.

Lorsque la fédération concernée a également reçu délégation pour la pratique d'autres disciplines que celles qui sont énumérées à l'alinéa précédent, la licence est accompagnée d'un document de la fédération certifiant la pratique spécifique par le mineur du tir, du ball-trap ou du biathlon.

Sous-section 2. – Armes soumises à autorisation

§ 1. – Autorité compétente pour délivrer des autorisations

Art. R. 312-2 *(Mod., D. n° 2018-1195, 20 déc. 2018)*. – Les autorisations mentionnées aux articles R. 312-26, R. 312-27, R. 312-30, R. 312-31, R. 312-39, R. 312-39-1, R. 312-40, R. 312-44, R. 312-44-1 et R. 312-65 sont délivrées ou retirées, dans chaque cas, par les autorités suivantes :

1° *(Abrogé)*.

2° *(Abrogé)*.

3° Pour les autorisations mentionnées à l'article R. 312-26, par le préfet du département dans lequel se trouve situé le siège de l'entreprise ou du théâtre national ;

4° Pour les autorisations mentionnées à l'article R. 312-39-1 et aux 1° et 2° de l'article R. 312-40, par le préfet du département du lieu de domicile ou du siège de l'association ;

5° Pour les autorisations mentionnées à l'article R. 312-44, par le préfet du département du lieu d'élection de domicile, au sens de l'article L. 264-1 du Code de l'action sociale et des familles, ou, en cas d'implantation supérieure à trois mois, du lieu d'implantation de la manifestation ;

6° Pour les autorisations mentionnées aux articles R. 312-39 et R. 312-65, par le préfet du département du lieu de domicile ;

7° Pour les autorisations mentionnées à l'article R. 312-27, par le préfet du département dans lequel se trouvent situés le musée, autre qu'un musée de l'État, le siège de la personne morale ou de l'établissement d'enseignement ou le domicile de la personne physique. Lorsque le matériel de guerre est classé au titre des monuments historiques, la décision est prise après avis du ministre chargé de la culture ;

8° Pour les autorisations mentionnées à l'article R. 312-30, par le préfet du département dans lequel se trouvent situés le siège de l'entreprise ou ses établissements. Lorsqu'il s'agit de matériels de guerre de la catégorie A2, la décision est prise après avis du ministre de la défense ;

9° Pour les autorisations mentionnées à l'article R. 312-31, par le préfet du département du lieu où l'expert exerce son activité ;

10° Pour les autorisations mentionnées à l'article R. 312-44-1, par le préfet du département du lieu de l'établissement ou de l'installation sportive.

Art. R. 312-3. – Les demandes d'autorisation ou de renouvellement d'autorisation d'acquisition et de détention de matériels de guerre, d'armes, de munitions et de leurs éléments accompagnées des pièces justificatives nécessaires sont transmises pour décision au préfet du lieu de domicile ou, pour les personnes ne possédant pas la nationalité française, du lieu de leur résidence.

§ 5. – Conditions générales de délivrance de l'autorisation

Art. R. 312-21 *(Mod., D. n° 2018-1195, 20 déc. 2018 ; D. n° 2022-144, 8 févr. 2022)*. – En application des articles L. 312-2 et L. 312-4, les conditions dans lesquelles peuvent être autorisées l'acquisition et la détention des matériels de guerre, armes, munitions et de leurs éléments des catégories A et B sont définies, par catégorie de personnes intéressées, au paragraphe 6 de la présente sous-section.

L'autorisation n'est pas accordée lorsque le demandeur :

1° Se trouve dans une des situations prévues à de l'article L. 312-16 ;

2° A été condamné pour l'une des infractions mentionnées au 1° de l'article L. 312-3 du présent code figurant au bulletin n° 2 de son casier judiciaire ou dans un document équivalent pour les ressortissants d'un État membre de l'Union européenne ou d'un autre État partie à l'accord sur l'Espace économique européen ;

3° A un comportement incompatible avec la détention de ces matériels de guerre, armes, munitions et leurs éléments, révélé par l'enquête diligentée par le préfet. Cette enquête peut donner lieu à la consultation des traitements automatisés de données personnelles mentionnés à l'article 26 de la loi n° 78-17 du 6 janvier 1978 ;

4° Fait l'objet d'une mesure de protection juridique en application de l'article 425 du Code civil, a été ou est admis en soins psychiatriques sans consentement en application de l'article 706-135 du Code de procédure pénale et des articles L. 3212-1 à L. 3213-11 du Code de la santé publique ou est dans un état physique ou psychique manifestement incompatible avec la détention de ces matériels de guerre, armes, munitions et leurs éléments.

L'autorisation peut toutefois être accordée par le préfet dès lors que la personne ayant fait l'objet de soins psychiatriques sans consentement présente un certificat médical conforme aux dispositions de l'article R. 312-6.

§ 6. – Conditions particulières de délivrance d'autorisation

Sous-§ 1. – Fonctionnaires et agents publics

Art. R. 312-22 *(Mod., D. n° 2017-909, 9 mai 2017)*. – Sous réserve des dispositions de l'article R. 312-23, les administrations ou services publics peuvent acquérir et détenir les matériels de guerre, armes, munitions et leurs éléments de toute catégorie en vue de leur remise à leurs fonctionnaires et agents relevant de certaines catégories, pour l'exercice de leurs fonctions.

Art. R. 312-23 *(Mod., D. n° 2017-909, 9 mai 2017)*. – Le ministère de l'Intérieur, l'administration des douanes et l'administration pénitentiaire peuvent acquérir et détenir des matériels de guerre, armes, munitions et leurs éléments de toute catégorie en vue de leur remise à leurs fonctionnaires et agents pour l'exercice de leurs fonctions.

Art. R. 312-24. – Les fonctionnaires et agents des administrations publiques chargés d'une mission de police sont autorisés à acquérir et à détenir des armes, éléments d'arme et munitions et leurs éléments de la catégorie B.

Les fonctionnaires et agents des administrations ou services publics, exposés à des risques d'agression, peuvent être autorisés à acquérir et à détenir des armes, éléments d'arme et munitions et leurs éléments de la catégorie B.

Les officiers d'active, les officiers généraux du cadre de réserve, les officiers de réserve et les sous-officiers d'active sont autorisés à acquérir et à détenir des armes, munitions et leurs éléments de la catégorie B.

Préalablement à tout achat, les personnes mentionnées au présent article déclarent au préfet du lieu d'exercice leur intention d'acquérir des armes et des munitions. À cette déclaration est jointe une attestation délivrée par l'administration ou le service public dont elles relèvent, spécifiant que les armes ou les munitions dont l'acquisition est envisagée sont nécessaires à l'accomplissement du service.

Art. R. 312-25. – Les catégories de fonctionnaires et agents appelés à bénéficier des autorisations mentionnées à l'article R. 312-22 et aux premier et deuxième alinéas de l'article R. 312-24 sont déterminées par arrêtés conjoints du ministre de l'Intérieur et des ministres intéressés qui précisent les autorités ayant compétence pour délivrer les attestations requises.

Les autorisations individuelles sont visées par le préfet du département où les intéressés exercent leurs fonctions.

Sous-§ 6. – Activités privées de sécurité
(Abr., D. n° 2017-1844, 29 déc. 2017)

Sous-§ 7. – Personnes exposées à des risques sérieux du fait de leur activité professionnelle

Art. R. 312-39 *(Mod., D. n° 2018-542, 29 juin 2018)*. – Peuvent être autorisées à acquérir une arme, des munitions et leurs éléments des 1°, 8° et 10° de la catégorie B et à les détenir sur le lieu d'exercice de leur activité professionnelle les personnes majeures, exposées à des risques sérieux pour leur sécurité du fait de la nature ou du lieu d'exercice de cette activité.

Ces personnes peuvent être autorisées à acquérir et détenir à leur domicile ou dans une résidence secondaire, pour le même motif, une seconde arme du type mentionné au premier alinéa.

§ 7. – Acquisition et détention des systèmes d'alimentation et des munitions

Art. R. 312-45 *(Mod., D. n° 2018-542, 29 juin 2018 ; D. n° 2022-144, 8 févr. 2022)*. – Pour les tireurs sportifs, les associations mentionnées au 1° de l'article R. 312-40 et les fédérations mentionnées à l'article R. 312-39-1, l'acquisition des systèmes d'alimentation de la catégorie A d'une capacité supérieure à 10 coups et inférieure ou égale à 30 coups utilisables par les armes à répétition semi-automatique à percussion centrale classées aux 2° et 4° de la catégorie B est soumise à la présentation de l'autorisation de l'arme ou de la carcasse ou, le cas échéant, de la partie inférieure de la boîte de culasse détenue.

L'acquisition des systèmes d'alimentation de la catégorie B est soumise à la présentation de l'autorisation de l'arme ou de la carcasse ou, le cas échéant, de la partie inférieure de la boîte de culasse détenue.

L'acquisition des systèmes d'alimentation de la catégorie C utilisables par les armes à répétition semi-automatique classées aux 2° et 4° de la catégorie B est soumise à la présentation du récépissé de déclaration de l'arme ou de la carcasse ou, le cas échéant, de la partie inférieure de la boîte de culasse détenue.

Nul ne peut acquérir et détenir un système d'alimentation sans avoir le titre de détention de l'arme correspondante.

Nul ne peut acquérir et détenir plus de dix systèmes d'alimentation par arme.

Art. R. 312-45-1 *(D. n° 2018-542, 29 juin 2018)*. – Par dérogation à l'article R. 312-45, les personnes pratiquant une discipline de tir nécessitant l'utilisation de tels systèmes d'alimentation et en possession du certificat fédéral peuvent acquérir et détenir des systèmes d'alimentation permettant le tir de plus de vingt munitions pour les armes de poing et de plus de trente munitions pour les armes d'épaules, dans les conditions définies au 10° de l'article R. 312-5.

Ces systèmes d'alimentation ne sont pas pris en compte dans les quotas prévus à l'article R. 312-45.

Art. R. 312-45-2 *(D. n° 2018-542, 29 juin 2018)*. – Nul ne peut acquérir un réducteur de son sans présentation d'un des titres mentionnés à l'article R. 312-53 ainsi que du titre de détention de l'arme correspondante.

Art. R. 312-46 *(D. n° 2014-1253, 27 oct. 2014)*. – Les personnes majeures peuvent acquérir les munitions des armes de la catégorie B, sous réserve des dispositions des articles R. 312-6 à R. 312-8.

Art. R. 312-47 *(Mod., D. n° 2018-542, 29 juin 2018)*. – L'autorisation d'acquisition et de détention d'une arme ou d'un élément d'arme permettant la conversion du calibre vaut autorisation d'acquisition et de détention des munitions correspondantes, sous réserve des dispositions du présent article.

Le détenteur d'une arme peut acquérir, pendant la durée de l'autorisation mentionnée au premier alinéa, et par période de douze mois à compter de la date de délivrance de celle-ci :

1° 50 cartouches par arme au titre de l'article R. 312-39 ;

2° 1 000 cartouches par arme au titre de l'article R. 312-30 ;

3° 2 000 cartouches par arme au titre du 2° de l'article R. 312-40 et de l'article R. 312-41 ;

4° 3 000 cartouches par arme au titre du 1° de l'article R. 312-40 pour les associations sportives autorisées à détenir de 1 à 30 armes ;

5° 6 000 cartouches par arme au titre du 1° de l'article R. 312-40 pour les associations sportives autorisées à détenir de 31 à 50 armes ;

6° 10 000 cartouches par arme au titre du 1° de l'article R. 312-40 pour les associations sportives autorisées à détenir de 51 à 90 armes.

Art. R. 312-48 *(Mod., D. n° 2018-542, 29 juin 2018)*. – Les personnes mentionnées à l'article R. 312-40 sont autorisées à acquérir et détenir, sans limitation, des éléments de munitions, pour les calibres des armes qu'elles détiennent.

Les autorisations d'acquisition et de détention d'armes accordées aux entreprises mentionnées à l'article R. 312-26 valent autorisation d'acquisition et de détention, pour des munitions inertes ou à blanc.

Art. R. 312-49 *(Mod., D. n° 2018-542, 29 juin 2018)*. – Nul ne peut détenir plus de 1 000 munitions par arme.

Par dérogation, les entreprises de spectacle mentionnées à l'article R. 312-26 ne sont soumises à aucun quota de détention de munitions inertes ou à blanc et les associations sportives mentionnées au 1° de l'article R. 312-40 qui détiennent de 51 à 90 armes ne peuvent à aucun moment détenir plus de 3 000 munitions par arme.

§ 8. – Dispositions diverses

Art. R. 312-50 *(Mod., D. n° 2018-542, 29 juin 2018)*. – Tout titulaire d'un titre d'acquisition ou de détention d'arme informe de son changement d'adresse le préfet du département dans lequel se situe le nouveau domicile.

Art. R. 312-51 *(Mod., D. n° 2018-542, 29 juin 2018 ; D. n° 2022-144, 8 févr. 2022)*. – Toute personne mise en possession d'une arme, d'un élément d'arme ou de munitions de catégorie A ou B, trouvés par elle ou qui lui sont attribués par voie successorale doit faire constater sans délai la mise en possession ou l'attribution par le commissaire de police ou le commandant de brigade de gendarmerie du lieu de domicile, qui en délivre récépissé.

Lorsque la personne mentionnée à l'alinéa précédent n'est pas titulaire de l'autorisation prévue au premier alinéa de l'article R. 312-21, ou lorsque cette personne est titulaire de cette autorisation mais qu'elle détient déjà le nombre d'armes maximal prévu aux articles R. 312-40, R. 312-41 ou R. 312-41-1, elle doit s'en dessaisir selon les modalités prévues aux articles R. 312-74 et R. 312-75 ou la faire neutraliser dans un délai de trois mois.

Toutefois, si la personne souhaite conserver l'arme, l'élément d'arme ou les munitions, elle dispose d'un délai de douze mois à partir de la mise en possession pour remplir les conditions nécessaires à l'obtention de l'autorisation prévue au premier alinéa de l'article R. 312-21, ou, le cas échéant, pour se mettre en conformité avec les règles relatives aux quotas prévues aux articles R. 312-40, R. 312-41 ou R. 312-41-1. A défaut, elle s'en dessaisit dans les conditions prévues à l'alinéa précédent. Durant cette période, l'arme est conservée par un commerçant autorisé et inscrite à ce titre au registre spécial.

Sous-section 3. – Armes soumises à déclaration ou à enregistrement

§ 1. – Acquisition et détention des armes

Art. R. 312-52 *(Mod., D. n° 2018-542, 29 juin 2018 ; D. n° 2022-144, 8 févr. 2022)*. **–** L'acquisition par des personnes majeures des armes et leurs éléments de la catégorie C s'effectue dans les conditions prévues aux articles R. 312-53 à R. 312-58-1.

Les armes et leurs éléments des catégories C peuvent être détenus par des mineurs s'ils ont plus de seize ans, y sont autorisés par une personne exerçant l'autorité parentale, sauf si celle-ci est inscrite au fichier national des interdits d'acquisition et de détention d'armes, et, hormis pour les armes des *e* au *g* de la catégorie D, sont titulaires du permis de chasser, délivré en France ou à l'étranger, ou de toute autre pièce tenant lieu de permis de chasser étranger accompagné d'un titre de validation délivré en France de l'année en cours ou de l'année précédente.

Les armes et leurs éléments des catégories C peuvent être détenus par des mineurs s'ils ont plus de douze ans, y sont autorisés par une personne exerçant l'autorité parentale, sauf si celle-ci est inscrite au fichier national des interdits d'acquisition et de détention d'armes et sont titulaires d'une licence d'une fédération sportive ayant reçu, au titre de l'article L. 131-14 du Code du sport, délégation du ministre chargé des sports pour la pratique du tir, du ball-trap ou du biathlon.

Les armes, leurs éléments, les munitions et leurs éléments des h et j de la catégorie D, à l'exception des munitions à poudre noire, peuvent être détenues par des mineurs s'ils ont plus de neuf ans, y sont autorisés par une personne exerçant l'autorité parentale, sauf si celle-ci est inscrite au fichier national des interdits d'acquisition et de détention d'armes, et sont titulaires d'une licence d'une fédération sportive ayant reçu, au titre de l'article L. 131-14 du Code du sport, délégation du ministre chargé des sports pour la pratique du tir, du ball-trap ou du biathlon.

Les mineurs de plus de douze ans sont autorisés à utiliser les lanceurs de paintball du *h* de la catégorie D sur les terrains de paintball déclarés en application du Code du sport.

Art. R. 312-53 *(Mod., D. n° 2018-542, 29 juin 2018 ; D. n° 2022-144, 8 févr. 2022)*. **–** LL'acquisition par des personnes majeures des armes et de leurs éléments de la catégorie C est subordonnée à la présentation d'un permis de chasser délivré en France ou à l'étranger ou de toute autre pièce tenant lieu de permis de chasser étranger, accompagné d'un titre de validation annuel ou temporaire ou d'un titre de validation de l'année précédente ou, dans les conditions prévues au 4° de l'article R. 312-5, d'une licence en cours de validité de la fédération sportive ayant reçu, au titre de l'article L. 131-14 du Code du sport, délégation du ministre chargé des sports pour la pratique du tir, du ball-trap ou du biathlon, ou d'une carte de collectionneur délivrée dans les conditions prévues à la section 2.

Lorsque la fédération sportive a également reçu, au titre de l'article L. 131-14 du Code du sport, délégation pour d'autres disciplines que celles qui sont énumérées au premier alinéa, la licence est accompagnée d'une attestation de cette fédération certifiant la pratique spécifique par le demandeur, le cas échéant, du tir, du ball-trap, ou du biathlon.

La présentation d'une carte de collectionneur permet également l'acquisition de munitions neutralisées correspondant aux armes de catégorie C..

La présentation de l'un des titres prévus à cet article supplée à la production du certificat médical datant de moins d'un mois prévu à l'article L. 312-6 du présent code.

Art. R. 312-54 *(Mod., D. n° 2018-542, 29 juin 2018 ; D. n° 2022-144, 8 févr. 2022)*. **–** N'est pas subordonnée à la présentation de l'un des titres prévus au premier alinéa de l'article R. 312-53 :

1° L'acquisition des armes, munitions et de leurs éléments des 1°, 2°, 3° et 8° de la catégorie C lorsqu'elle est faite en vue du transfert vers un autre État membre de l'Union européenne ou de l'exportation vers un pays tiers. Cette acquisition est subordonnée à la présentation de l'autorisation d'exportation lorsqu'elle est exigible ;

2° L'acquisition des armes du 3° de la catégorie C ;

3° L'acquisition des armes du 9° de la catégorie C ;

4° L'acquisition des armes, des munitions ou de leurs éléments de la catégorie C lorsqu'elle est faite par une association agréée pour la pratique du tir sportif, du ball-trap ou du biathlon ou par un exploitant de tir forain ;

5° L'acquisition des armes, munitions ou leurs éléments de la catégorie C par les experts agréés en armes et munitions près la Cour de cassation ou près d'une cour d'appel lorsqu'ils sont titulaires d'une autorisation accordée en application de l'article R. 312-31 ;

6° L'acquisition des armes de la catégorie C par les entreprises qui se livrent à leur location à des sociétés de production de films ou de spectacles, ainsi que par les théâtres nationaux ;

7° L'acquisition des armes de la catégorie C par une personne morale mentionnée au troisième alinéa de l'article R. 312-58 ;

8° L'acquisition des armes de la catégorie C par les personnes morales dont les statuts ont pour objet la formation.

Les armes de la catégorie C ainsi acquises dans le cadre de leur activité sont soumises aux dispositions des articles R. 312-32, R. 312-33, R. 312-34 et R. 312-36.

Art. R. 312-55 *(Mod., D. n° 2018-542, 29 juin 2018)*. – Toute personne physique en possession d'une arme ou d'un élément d'arme de la catégorie C trouvé par elle ou qui lui est dévolu par voie successorale qu'elle souhaite conserver doit faire constater sans délai la mise en possession par un professionnel mentionné à l'article L. 313-2 et procède à une déclaration, sur l'imprimé conforme au modèle fixé par l'arrêté prévu à l'article R. 311-6. Elle remet cette déclaration au professionnel mentionné à l'article L. 313-2 qui la transmet au préfet du lieu de domicile du déclarant.

La déclaration est accompagnée du certificat médical mentionné à l'article L. 312-6, placé sous pli fermé, datant de moins d'un mois, attestant que l'état de santé physique et psychique du déclarant n'est pas incompatible avec la détention de cet arme ou élément d'arme et d'une copie de la pièce justificative de l'identité du déclarant. Le préfet en délivre récépissé.

La présentation de la copie de l'un des titres prévus au premier alinéa de l'article R. 312-53 supplée à la production du certificat médical mentionné à l'article L. 312-6.

Si elle ne souhaite pas conserver les armes ou éléments, la personne mentionnée au premier alinéa doit s'en dessaisir selon les modalités prévues aux articles R. 312-74 et R. 312-75 ou la faire neutraliser dans un délai de six mois.

Art. R. 312-56 *(Mod., D. n° 2018-542, 29 juin 2018 ; D. n° 2022-144, 8 févr. 2022)*. – Toute personne physique qui acquiert en France auprès d'un armurier, ou d'un particulier en présence d'un armurier ou par l'intermédiaire d'un courtier agréé, une arme ou un élément d'arme de la catégorie C procède à une déclaration, sur l'imprimé conforme au modèle fixé par l'arrêté prévu à l'article R. 311-6.

Elle remet cette déclaration à l'armurier ou au courtier qui la transmet au préfet du département du domicile du déclarant. La déclaration est accompagnée d'une copie de l'un des titres prévus au premier alinéa de l'article R. 312-53 et d'une copie de la pièce justificative de l'identité du déclarant en cours de validité.

Pour les armes du 3° et du 9° de la catégorie C, la déclaration peut être accompagnée du seul certificat médical mentionné à l'article L. 312-6, placé sous pli fermé, datant de moins d'un mois, attestant que l'état de santé physique et psychique du déclarant n'est pas incompatible avec leur détention. Le préfet en délivre récépissé.

Art. R. 312-57 *(D. n° 2014-1253, 27 oct. 2014)*. – Le préfet demande au déclarant de produire un certificat médical datant de moins d'un mois délivré dans les conditions prévues à l'article R. 312-6 du présent code, si l'agence régionale de santé, consultée par ses soins, a signalé que le déclarant a été admis en soins psychiatriques sans consentement dans un établissement de santé habilité en vertu des dispositions de l'article L. 3222-1 du Code de la santé publique ou a suivi ou suit un traitement dans un service ou un secteur de psychiatrie.

Art. R. 312-58 *(Mod., D. n° 2018-542, 29 juin 2018 ; D. n° 2022-144, 8 févr. 2022)*. – Toute personne morale ayant pour objet statutaire la pratique du tir sportif ou du ball-trap, la gestion de la chasse, la formation ou l'exploitation d'un stand de tir forain et qui acquiert une arme ou un élément d'arme de la catégorie C auprès d'un particulier en présence d'un armurier ou auprès d'un armurier ou par l'intermédiaire d'un courtier fait faire, par son représentant légal, une déclaration pour une arme de la catégorie C sur l'imprimé conforme au modèle fixé par l'arrêté prévu à l'article R. 311-6.

Cette déclaration est transmise par l'armurier ou le courtier agréé au préfet du département dans lequel se trouve situé le siège de l'association, de l'entreprise, ou du lieu d'élection de domicile, au sens de l'article L. 264-1 du Code de l'action sociale et des familles, du stand de tir forain. Elle est accompagnée d'une copie des statuts de la personne morale et de la pièce justificative de l'identité de son représentant légal en cours de validité ainsi que du certificat médical mentionné à l'article L. 312-6, placé sous pli fermé, datant de moins d'un mois, attestant que l'état de santé physique et psychique de ce représentant légal n'est pas incompatible avec la détention des armes concernées. Toutefois, la production de l'un des titres prévus à l'article R. 312-53 supplée à la production de ce certificat médical.

Toute personne morale, dont les statuts n'ont pas cet objet et figurant sur une liste fixée par arrêté du ministre de l'intérieur, peut, sur autorisation du préfet du département du lieu d'exercice de l'activité pour laquelle cette arme ou cet élément d'arme est susceptible d'être utilisé, acquérir une arme ou un élément d'arme de la catégorie C pour les nécessités de son activité. L'acquisition de l'arme ou de l'élément d'arme est déclarée dans les conditions du présent article.

Art. R. 312-58-1 *(D. n° 2018-542, 29 juin 2018)*. **–** Les entreprises se livrant à la location d'armes à des sociétés de production de films ou de spectacles ainsi que les théâtres nationaux, qui acquièrent une arme de spectacle auprès d'un particulier en présence d'un armurier ou auprès d'un armurier ou par l'intermédiaire d'un courtier font faire, par leur représentant légal, une déclaration pour une arme de la catégorie C sur l'imprimé conforme au modèle fixé par l'arrêté prévu à l'article R. 311-6.

Les producteurs de films et les directeurs d'entreprises de spectacles ou organisateurs de spectacles, locataires de ces armes, sont autorisés à remettre ces armes, sous leur responsabilité, aux acteurs et figurants pendant le temps nécessaire au tournage ou au spectacle.

Les entreprises mentionnées au premier alinéa peuvent être autorisées à acquérir et à détenir des munitions inertes ou à blanc. Ces dispositions sont applicables aux locataires et utilisateurs des armes en cause.

Cette déclaration est transmise selon les modalités prévues à l'article R. 312-58.

§ 2. – Acquisition et détention de munitions

Art. R. 312-60 *(Mod., D. n° 2018-542, 29 juin 2018 ; D. n° 2022-144, 8 févr. 2022)*. **–** L'acquisition de munitions et éléments de munition classés dans le 8° de la catégorie C se fait sur présentation du permis de chasser délivré en France ou à l'étranger, ou de toute autre pièce tenant lieu de permis de chasser étranger accompagné d'un titre de validation, annuel ou temporaire, du titre de validation annuel de l'année précédente ou de la licence de tir, de ball-trap ou de biathlon en cours de validité.

L'acquisition des munitions des armes du 3° de la catégorie C se fait sur présentation du récépissé de la déclaration de l'arme détenue.

Art. R. 312-61 *(Mod., D. n° 2018-542, 29 juin 2018)*. **–** L'acquisition des munitions et éléments de munition classés dans les 6° et 7° de la catégorie C se fait sur présentation du récépissé de déclaration de l'arme légalement détenue et du permis de chasser accompagné d'un titre de validation, annuel ou temporaire, du titre de validation annuel de l'année précédente ou de la licence de tir en cours de validité.

Nul ne peut détenir plus de 1 000 munitions du 6° ou du 7° de la catégorie C par arme détenue légalement.

Art. R. 312-62 *(Mod., D. n° 2018-542, 29 juin 2018)*. **–** L'acquisition par des personnes majeures des munitions classées au j de la catégorie D est libre.

Art. R. 312-63 *(Mod., D. n° 2018-542, 29 juin 2018)*. **–** Nul ne peut détenir plus de 500 munitions classées dans les 6°, 7° et 8° de la catégorie C sans détenir l'arme correspondante.

Sous-section 4. – Dispositions diverses

Art. R. 312-65 *(Mod., D. n° 2018-542, 29 juin 2018)*. **–** Les personnes qui détiennent des armes surclassées postérieurement à l'achat peuvent les conserver si elles remplissent les conditions correspondant à leur nouveau régime de détention.

Si ce surclassement conduit à un régime d'autorisation, celle-ci ne peut être délivrée que si la demande en est faite dans le délai de six mois qui suit l'entrée en vigueur de la décision portant surclassement.

Doivent se dessaisir de ces armes selon les modalités prévues aux articles R. 312-74 et R. 312-75 ou les faire neutraliser dans un délai de trois mois, les détenteurs dont l'autorisation a été refusée.

Art. R. 312-66 *(Mod., D. n° 2018-542, 29 juin 2018)*. **–** Les associations sportives mentionnées à l'article R. 312-39-1 et les associations agréées membres d'une fédération sportive ayant reçu, du ministre chargé des sports au titre de l'article L. 131-14 du Code du sport, délégation pour la pratique du tir ou du biathlon ou du ball-trap sont autorisées à céder des munitions acquises dans les conditions prévues, le cas échéant, aux articles R. 312-47 et R. 312-60 à leurs adhérents dans les conditions suivantes :

1° En faire la déclaration à la préfecture du lieu d'implantation de l'association ;

2° Les vendre à un prix au moins égal au prix d'achat ;

3° Respecter la réglementation sur les dépôts de poudres ;

4° Ne céder à l'acquéreur que des munitions pour l'arme qu'il utilise ;
5° Que l'utilisation en soit faite exclusivement dans l'enceinte du stand de tir déclaré.

Chapitre IV. – Port et transport

Section 1. – Autorisation de port et de transport

Sous-section 1. – Règles générales

Art. R. 315-1 *(Mod., D. n° 2018-542, 29 juin 2018)*. **–** Sont interdits :
1° Sauf dans les cas prévus aux articles R. 315-5 à R. 315-10, le port des armes, éléments d'arme et munitions des catégories A et B ;
2° Le transport sans motif légitime des armes, éléments d'arme et munitions des catégories A et B ;
3° Le port et le transport sans motif légitime des armes, éléments d'arme et munitions des catégories C et D.

Art. R. 315-2 *(Mod., D. n° 2018-542, 29 juin 2018)*. **–** 1° Le permis de chasser délivré en France ou à l'étranger ou toute autre pièce tenant lieu de permis de chasser étranger, accompagné d'un titre français de validation en cours vaut titre de port légitime pour les armes, éléments d'arme et munitions de la catégorie C ainsi que pour les armes du a de la catégorie D pour leur utilisation en action de chasse ou pour toute activité qui y est liée ;
2° Le permis de chasser délivré en France ou à l'étranger ou toute autre pièce tenant lieu de permis de chasser étranger, vaut titre de transport légitime des armes, éléments d'arme et munitions de catégorie C ainsi que des armes du a de la catégorie D, destinés à être utilisés en action de chasse ou pour toute activité qui y est liée ;
3° La licence de tir en cours de validité délivrée par une fédération sportive ayant reçu délégation du ministre chargé des sports au titre de l'article L. 131-14 du Code des sports pour la pratique du tir vaut titre de transport légitime des armes, éléments d'arme, systèmes d'alimentation et munitions des catégories A, B et C ainsi que des armes, éléments d'arme et munitions de la catégorie D utilisés dans la pratique du sport relevant de ladite fédération ;
4° La carte de collectionneur vaut titre de transport légitime des armes de catégorie C pour les activités liées à l'exposition dans un musée ouvert au public, à la conservation, à la connaissance ou à l'étude des armes.

Art. R. 315-3 *(Mod., D. n° 2018-542, 29 juin 2018 ; D. n° 2022-144, 8 févr. 2022)*. **–** La justification de la participation à une reconstitution historique ou une manifestation culturelle à caractère historique ou commémoratif constitue un motif légitime de transport et, le cas échéant, de port des armes et éléments d'arme neutralisés, d'armes et matériels de la catégorie C, des a, e, f, g, k et l de la catégorie D, ainsi que d'armes à blanc et leurs munitions mentionnées au i de la catégorie D, dans le cadre du déroulement de ces manifestations.

Art. R. 315-4 *(Mod., D. n° 2018-542, 29 juin 2018)*. **–** Les armes à feu mentionnées aux 2° et 3° de l'article R. 315-1 sont transportées de manière à ne pas être immédiatement utilisables, soit en recourant à un dispositif technique répondant à cet objectif, soit par démontage d'un de leurs éléments.

Sous-section 2. – Situations particulières

Art. R. 315-5 *(Mod., D. n° 2020-486, 28 avr. 2020)*. **–** Le ministre de l'intérieur peut autoriser par arrêté toute personne exposée à des risques exceptionnels d'atteinte à sa vie, sur sa demande, à porter et transporter une arme de poing ainsi que les munitions correspondantes dans les limites fixées au 1° de l'article R. 312-47.
Le silence gardé par le ministre pendant quatre mois vaut décision de refus.
La demande d'autorisation ou de renouvellement d'autorisation comprend :
1° Une attestation de suivi d'une formation initiale aux règles de sécurité, de stockage et de manipulation et d'usage de cette arme au cours des douze mois précédant la demande, mentionnée au c du 7° de l'article R. 312-5 ;
2° Une justification de la participation à trois séances contrôlées de pratique du tir, espacées d'au moins deux mois, au cours des douze mois précédant la demande d'autorisation et un engagement personnel à poursuivre une pratique du tir selon la même périodicité et selon les modalités prévues à l'alinéa précédent.
Toutefois, à titre exceptionnel, lorsque l'urgence le justifie, il peut être dérogé à l'obligation de fournir le justificatif de participation à trois séances de pratique du tir au cours des douze mois précédant la demande.
L'autorisation, délivrée pour une période qui ne peut excéder un an, est renouvelable. Elle peut être retirée à tout moment.

Le préfet du département du domicile du titulaire de cette autorisation de port d'arme lui délivre, sur présentation des pièces mentionnées à l'article R. 312-4, l'autorisation d'acquérir et de détenir, pour la même durée, l'arme de poing et, dans les limites prévues au 1° de l'article R. 312-47, les munitions correspondantes. En cas de retrait ou de non-renouvellement de l'autorisation de port d'arme, l'autorisation d'acquisition et de détention d'arme devient aussitôt caduque. Son titulaire se dessaisit alors de l'arme et des munitions selon les modalités prévues aux articles R. 312-74 et R. 312-75.

Art. R. 315-6 *(Mod., D. n° 2017-1844, 29 déc. 2017)*. **–** Le ministre de l'intérieur peut autoriser par arrêté toute personnalité étrangère séjournant en France ainsi que les personnes assurant sa sécurité ou toute personne y exerçant des fonctions au sein d'une représentation diplomatique ou d'une organisation internationale ou d'une institution, organe, organisme ou service de l'Union européenne, sur la demande du gouvernement du pays dont cette personnalité est ressortissante ou sur la demande d'une organisation internationale ou d'une institution, organe, organisme ou service de l'Union européenne, ayant son siège ou un bureau en France, à détenir, porter et transporter une arme de poing et, dans les limites fixées au 1° de l'article R. 312-47, les munitions correspondantes.

L'autorisation ne peut être délivrée pour une durée supérieure à celle du séjour en France de la personnalité ou à celle de l'exercice des fonctions. Dans ce dernier cas, l'autorisation est délivrée pour une durée maximale d'un an, renouvelable.

Les personnes assurant la sécurité de la personnalité étrangère mentionnée au premier alinéa peuvent également être autorisées, à titre exceptionnel, à détenir, porter ou transporter une arme à feu d'épaule et les munitions correspondantes.

Le silence gardé par le ministre sur ces demandes pendant quatre mois vaut décision de rejet.

Les armes sont portées de façon non apparente. Les armes de poing sont portées dans leur étui. Elles sont approvisionnées. Elles sont, suivant le type d'arme, en position de sécurité ou non armées.

Art. R. 315-7. – Un arrêté du ministre de l'intérieur détermine la catégorie et les caractéristiques des armes dont le port est autorisé pour les personnes mentionnées aux articles R. 315-5 et R. 315-6.

Sous-section 3. – Situation des fonctionnaires

Art. R. 315-8 *(Mod., D. n° 2018-542, 29 juin 2018)*. **–** Les fonctionnaires et agents mentionnés au premier alinéa de l'article R. 312-24 sont autorisés à porter, dans l'exercice ou à l'occasion de leurs fonctions, des armes et munitions du 1° de la catégorie B et de la catégorie D qu'ils détiennent dans des conditions régulières.

Pour les fonctionnaires et agents mentionnés aux premier et deuxième alinéas de l'article R. 312-24, les arrêtés d'autorisation prévus à l'article R. 312-25 emportent autorisations individuelles de port d'armes.

Art. R. 315-9. – Les militaires mentionnés au troisième alinéa de l'article R. 312-24 portent leurs armes et munitions dans les conditions définies par les règlements particuliers qui les concernent.

Art. R. 315-10. – Les fonctionnaires et agents de l'administration des douanes et de l'administration pénitentiaire sont autorisés dans l'exercice de leurs fonctions à transporter, à porter et utiliser les armes des catégories A, B, C et D qui leur ont été remises par leur administration.

Art. R. 315-11 *(Abr., D. n° 2017-1844, 29 déc. 2017)*.

Section 2. – Sécurité des expéditions et des transports des armes

Art. R. 315-12 *(Mod., D. n° 2018-542, 29 juin 2018)*. **–** Les dispositions du présent chapitre sont applicables aux expéditions et transports d'armes et de leurs éléments des catégories A, B, C et des g et h de la catégorie D à l'exception des lanceurs de paintball et des armes neutralisées, que ces expéditions et transports soient ou non soumis à autorisation, lorsqu'ils sont effectués à titre professionnel ou par des particuliers.

Art. R. 315-13 *(Mod., D. n° 2018-542, 29 juin 2018)*. **–** Les expéditions d'armes à feu et de leurs éléments des catégories mentionnées à l'article R. 315-12 doivent être effectuées sans qu'aucune mention faisant apparaître la nature du contenu ne figure sur l'emballage extérieur.

En outre, toute arme à feu des catégories A et B doit faire l'objet de deux expéditions séparées :

1° D'une part, des armes proprement dites sur lesquelles a été prélevée l'une des pièces de sécurité mentionnées au 1° de l'article R. 313-16 ;

2° D'autre part, des éléments prélevés, qui doivent être acheminés séparément, à vingt-quatre heures d'intervalle au moins.

Ces dispositions ne sont pas applicables aux expéditions d'armes sous scellés judiciaires.

Art. R. 315-14 *(Mod., D. n° 2017-909, 9 mai 2017 ; D. n° 2022-144, 8 févr. 2022)*. **–** Les expéditions d'armes à feu, munitions et leurs éléments transférés, importés ou exportés au sens du chapitre VI depuis ou vers des États dont la réglementation ne prévoit pas d'obligation équivalente, peuvent être effectuées sans respecter les obligations prévues aux deuxième à quatrième alinéa de l'article R. 315-13 dans les cas suivants :

a) Un professionnel mentionné à l'article L. 312-2 qui souhaite procéder à un tel transfert, à une telle importation ou à une telle exportation, déclare son intention auprès du ministre de l'intérieur. Celui-ci en avise les ministres intéressés ;

b) Une personne autre qu'un professionnel mentionné à l'article L. 312-2 peut demander au ministre de l'intérieur à bénéficier d'une dérogation. Lorsque cette dérogation est accordée, après avis des ministres intéressés, elle peut imposer des mesures de sécurité renforcées à la charge du demandeur.

Un arrêté du ministre de l'intérieur définit les modalités selon lesquelles ces demandes doivent être effectuées.

Art. R. 315-15 *(Mod., D. n° 2018-542, 29 juin 2018)*. **–** Toute expédition d'armes à feu, d'éléments de ces armes des catégories A, B, C du g et h de la catégorie D, à l'exception des lanceurs de paintball, doit être effectuée par envoi suivi délivré contre signature.

Art. R. 315-16 *(Mod., D. n° 2018-542, 29 juin 2018)*. **–** Les expéditions par la voie ferrée, aérienne ou maritime d'armes à feu et d'éléments de ces armes des catégories A, B, C, des g et h de la catégorie D, à l'exception des lanceurs de paintball, doivent être effectuées par un régime d'acheminement permettant de satisfaire aux conditions de délai prévues à l'article R. 315-18. Les armes et éléments de ces armes classés dans ces catégories doivent être placés dans des cartons ou des caisses cerclés ou des conteneurs métalliques cadenassés.

Art. R. 315-17 *(Mod., D. n° 2018-542, 29 juin 2018)*. **–** L'expédition par la voie routière d'armes à feu et d'éléments de ces armes des catégories A, B, C, des g et h de la catégorie D, à l'exception des lanceurs de paintball, doit être effectuée en utilisant des véhicules fermés à clé.

Les armes et éléments de ces armes classés dans ces catégories doivent être placés dans des cartons ou des caisses cerclés ou des conteneurs métalliques cadenassés ; ils doivent rester pendant toute la durée du transport, notamment pendant les opérations de chargement et de déchargement ainsi que pendant les arrêts en cours de trajet, sous la garde permanente du conducteur du véhicule ou d'un convoyeur.

Lorsque le transport ou l'expédition par la voie routière est effectué dans le cadre d'un groupage de marchandises, l'entreprise de transport doit être informée du contenu des colis qui lui sont remis. Elle doit prendre les mesures de sécurité appropriées pour se prémunir contre les vols au cours des diverses manipulations ainsi que, s'il y a lieu, pendant les stockages provisoires des armes et éléments de ces armes dans ses magasins.

Dans ce dernier cas les dispositions du deuxième alinéa ne sont pas applicables.

Art. R. 315-18 *(Mod., D. n° 2018-542, 29 juin 2018)*. **–** Les entreprises expéditrices ou destinataires d'armes et d'éléments de ces armes des catégories A, B, C, des g et h de la catégorie D, à l'exception des lanceurs de paintball, doivent prendre toutes dispositions utiles pour que le séjour de ces matériels n'excède pas vingt-quatre heures dans les gares et les aéroports et soixante-douze heures dans les ports.

Les conditions de sécurité auxquelles doivent satisfaire les opérations de chargement, de déchargement et de transit dans les gares routières, ferroviaires, les ports et les aéroports des armes et éléments des armes classés dans ces catégories sont fixées par arrêté conjoint des ministres de l'intérieur et de la défense et des ministres chargés de l'industrie, des transports et des douanes.

Chapitre VII. – Dispositions pénales

Section 1. – Acquisition et détention

Art. R. 317-1 *(Mod., D. n° 2018-542, 29 juin 2018)*. **–** Est punie de l'amende prévue pour les contraventions de la quatrième classe la détention par un mineur d'une arme, d'un élément d'arme, de munitions ou éléments de munition :

1° De la catégorie A ou B sans remplir les conditions mentionnées au 2° de l'article R. 312-40 ;

2° Des catégories C et D sans remplir les conditions mentionnées aux deuxième à quatrième alinéas de l'article R. 312-52.

Art. R. 317-2. – Est puni de l'amende prévue pour les contraventions de la quatrième classe le fait pour :
1° Toute personne de ne pas faire la déclaration de perte ou de vol prévue à l'article R. 314-12 ;
2° Tout locataire mentionné à l'article R. 314-7 de ne pas fournir au loueur la copie de la déclaration de perte prévue au même article.

Art. R. 317-3 *(Mod., D. n° 2018-542, 29 juin 2018)*. **–** Est puni de l'amende prévue pour les contraventions de la quatrième classe le fait pour :
1° Toute personne qui transfère son domicile dans un autre département de ne pas respecter l'obligation d'information prévue à l'article R. 312-50 ;
2° Toute personne qui transfère la propriété d'une arme ou d'un élément d'arme soumis à déclaration de la catégorie C de ne pas accomplir les formalités prévues à l'article R. 314-20 ;
3° Toute personne qui entre en possession d'un matériel, d'une arme ou d'un élément d'arme de la catégorie C de ne pas faire la déclaration prévue à l'article R. 312-55.

Art. R. 317-3-1 *(D. n° 2018-542, 29 juin 2018)*. **–** Est puni de l'amende prévue pour les contraventions de la quatrième classe le fait pour toute fédération sportive ayant reçu du ministre chargé des sports, au titre de l'article L. 131-14 du Code du sport, délégation pour la pratique du tir d'acquérir ou de détenir un nombre d'armes supérieur à celui prévu dans la décision mentionnée à l'article R. 312-39-1.

Art. R. 317-3-2 *(D. n° 2018-542, 29 juin 2018 ; rempl., D. n° 2020-486, 28 avr. 2020 ; D. n° 2022-144, 8 févr. 2022)*. **–** Est puni de l'amende prévue pour les contraventions de quatrième classe, le fait pour toute personne de proposer et d'organiser une séance de tir d'initiation à une personne qui n'est adhérente ni d'associations sportives agréées membres de la fédération française de tir, ni d'association affiliées à la fédération française de ball-trap et de tir à balle, ni d'une personne morale ayant pour objet statutaire la gestion de la chasse sans respecter les conditions fixées par l'article R. 312-43-1.

Art. R. 317-4 *(Mod., D. n° 2018-542, 29 juin 2018 ; mod. à compter du 10 mai 2022, D. n° 2022-144, 8 févr. 2022)*. **–** Est puni de l'amende prévue pour les contraventions de la quatrième classe le fait pour :
1° Toute association sportive agréée membre d'une fédération sportive ayant reçu du ministre chargé des sports, au titre de l'article L. 131-14 du Code du sport, délégation pour la pratique du tir, d'acquérir ou de détenir plus d'une arme pour quinze tireurs ou fraction de quinze tireurs ou plus de quatre-vingt-dix armes en violation du 1° de l'article R. 312-40 du présent code ;
2° Toute association sportive agréée membre d'une fédération sportive ayant reçu du ministre chargé des sports, au titre de l'article L. 131-14 du Code du sport, délégation pour la pratique du tir, d'acquérir ou de détenir plus d'une arme pour quinze tireurs, ou fraction de quinze tireurs et d'un maximum de vingt armes, en violation du II de l'article R. 312-41 ;
3° Toute personne physique d'acquérir ou de détenir une arme en violation des quotas prévus au 2° de l'article R. 312-40, au I de l'article R. 312-41 ou à l'article R. 312-41-1.

Art. R. 317-5. – Est puni de l'amende prévue pour les contraventions de la quatrième classe le fait pour toute personne d'acquérir ou de détenir plus de dix systèmes d'alimentation par arme, en violation du quota fixé à l'article R. 312-45.

Art. R. 317-6 *(Mod., D. n° 2018-542, 29 juin 2018 ; D. n° 2022-144, 8 févr. 2022)*. **–** EEst puni de l'amende prévue pour les contraventions de la quatrième classe le fait pour toute personne d'acquérir des munitions classées dans le 8° de la catégorie C sans présentation du permis de chasser, accompagné d'un titre de validation de l'année en cours ou de l'année précédente ou de la licence de tir en cours de validité.

Art. R. 317-7 *(Mod., D. n° 2022-144, 8 févr. 2022)*. **–** Est puni de l'amende prévue pour les contraventions de la quatrième classe le fait pour :
1° Toute personne d'acquérir des munitions classées dans les 6° et 7° de la catégorie C sans présentation du récépissé de déclaration de l'arme légalement détenue et du permis de chasser, accompagné d'un titre de validation de l'année en cours ou de l'année précédente ou de la licence de tir en cours de validité ;
2° Toute personne d'acquérir ou de détenir plus de 1 000 munitions classées dans les 6° et 7° de la catégorie C par arme.

Art. R. 317-8 *(Mod., D. n° 2018-542, 29 juin 2018)*. **–** Est puni de l'amende prévue pour les contraventions de la quatrième classe le fait pour toute personne de détenir plus de 500 munitions classées dans les 6°, 7° et 8° de la catégorie C sans détenir l'arme correspondante.

Section 1 *bis*. – Transfert entre États membres de l'Union européenne, acquisition et détention par un résident d'un État membre

(D. n° 2017-909, 9 mai 2017)

Art. R. 317-8-1 *(Mod., D. n° 2018-542, 29 juin 2018)*. **–** Est puni de la peine d'amende prévue pour les contraventions de la 4e classe le fait pour toute personne :

1° De ne pas inscrire sur les exemplaires des accords préalables de transfert mentionnés à l'article R. 316-16 et sur les autorisations d'importation mentionnées à l'article R. 316-29 les quantités d'armes, d'éléments d'arme, munitions ou éléments de munition qu'elle a reçus conformément aux dispositions de ces articles ;

2° De refuser de présenter le permis, l'autorisation d'importation ou la déclaration de transfert et l'attestation de transfert ainsi que l'arme, les munitions et leurs éléments concernés sur réquisition des autorités habilitées conformément aux dispositions des articles R. 316-14, R. 316-15, R. 316-16, R. 316-24 et R. 316-27 ;

3° De céder à un résident d'un autre État membre une arme, des munitions ou leurs éléments chargés de la catégorie C sans avoir obtenu la copie de la déclaration d'intention dans les conditions prévues au I de l'article R. 316-5 ou la copie de l'accord préalable de transfert dans les conditions prévues à l'article R. 316-13.

Art. R. 317-8-2 *(Mod., D. n° 2018-542, 29 juin 2018 ; mod. à compter du 31 décembre 2022, D. n° 2022-144, 8 févr. 2022)*. **–** Est puni de la peine d'amende prévue pour les contraventions de la 4ème classe le fait pour :

1° Toute personne, dans les cas prévus au quatrième alinéa de l'article R. 316-7, de ne pas faire mettre à jour sa carte européenne d'arme à feu ;

2° Tout résident d'un autre État membre de détenir, au cours d'un voyage en France, une arme, un élément d'arme ou des munitions de la catégorie C sans y être autorisé conformément aux dispositions de l'article R. 316-10 ;

3° Tout tireur sportif, dans les cas prévus à l'article R. 316-11, soit de détenir une arme ou un élément d'arme de la catégorie C mentionné à cet article sans que cette arme ou cet élément d'arme soit inscrit sur sa carte européenne d'arme à feu, soit de ne pas être en possession de l'invitation écrite ou de la preuve de son inscription prévue au même alinéa du même article. Il en est de même de la détention des munitions sans l'autorisation prévue à cet article ;

4° Tout chasseur résident d'un autre État membre de détenir une arme de la catégorie C mentionnée à l'article R. 316-11 sans que cette arme soit inscrite sur sa carte européenne d'arme à feu.

Section 2. – Commerce de détail

Art. R. 317-9 *(Mod., D. n° 2018-542, 29 juin 2018)*. **–** Est puni de l'amende prévue pour les contraventions de la cinquième classe le fait pour toute personne d'exercer à titre individuel l'activité qui consiste à titre principal ou accessoire en la fabrication, le commerce, l'échange, la location, la location-vente, le prêt, la modification, la réparation ou la transformation d'une arme, d'élément d'arme et de munitions, la négociation ou l'organisation d'opérations en vue de l'achat, de la vente, de la fourniture ou du transfert d'armes, de munitions ou de leurs éléments essentiels, ou de diriger ou gérer une personne morale exerçant cette activité, sans être titulaire d'un agrément relatif à son honorabilité et à ses compétences professionnelles délivré par l'autorité administrative.

Art. R. 317-9-1 *(D. n° 2017-909, 9 mai 2017)*. **–** Est puni de l'amende prévue pour les contraventions de 4e classe, le fait pour tout commerçant autorisé d'organiser une séance de tir en violation de l'une des interdictions énoncées à l'article R. 313-15-1.

Section 3. – Conservation

Art. R. 317-10 *(Mod., D. n° 2018-542, 29 juin 2018)*. **–** Est puni de l'amende prévue pour les contraventions de la quatrième classe le fait pour :

1° Toute personne mentionnée à l'article R. 313-16 de ne pas conserver un matériel, une arme ou un de ces éléments qu'elle détient conformément aux dispositions de cet article ;

2° Toute personne responsable d'une association sportive de ne pas conserver une arme, un de ses éléments et les munitions mentionnés à l'article R. 314-8 dans les conditions fixées par cet article ;

3° L'exploitant de tir forain de ne pas conserver les armes mentionnées à l'article R. 314-9 dans les conditions prévues par cet article ;

4° Toute personne responsable d'une entreprise mentionnée aux articles R. 314-5 et R. 314-6 de ne pas conserver les armes, munitions et leurs éléments dans les conditions fixées aux mêmes articles ;

5° Tout loueur, locataire ou utilisateur temporaire mentionné à l'article R. 314-7 de ne pas conserver les armes, munitions et leurs éléments dans les conditions fixées au même article ;

6° Tout propriétaire d'armes mentionnées à l'article R. 314-7 de ne pas faire, en cas de location, l'inventaire des armes conformément aux dispositions de cet article ou de ne pas annexer cet inventaire au contrat de location ;

7° Tout propriétaire, dirigeant, responsable d'un musée ou propriétaire de collections présentées au public mentionné à l'article R. 314-10 de ne pas respecter les dispositions que prescrit cet article au regard des mesures de sécurité, pour l'exposition et la conservation des armes, des éléments d'arme et des munitions ou concernant la tenue du registre inventaire ou de ne pas le présenter à toute réquisition des représentants de l'administration ;

8° Toute personne physique et toute personne morale mentionnées à l'article R. 312-44-1 de ne pas conserver les armes, munitions et leurs éléments dans les conditions prévues aux articles R. 314-3 et R. 314-4 ;

9° Toute personne mentionnée à l'article R. 312-66-1 de ne pas conserver les armes, munitions et leurs éléments dans les conditions prévues à l'article R. 312-66-19.

Section 4. – Port et transport

Art. R. 317-11 *(Mod., D. n° 2018-542, 29 juin 2018)*. **–** Est puni de l'amende prévue pour les contraventions de la quatrième classe le fait pour toute personne de ne pas observer les dispositions de sécurité prévues à l'article R. 315-4 ou, sans motif légitime, de porter hors de son domicile ou de transporter une arme de la catégorie D figurant sur une liste fixée par arrêté des ministres de la justice et de l'intérieur.

Art. R. 317-12. – Est puni de l'amende prévue pour les contraventions de la quatrième classe le fait pour :

1° Toute personne d'expédier, sauf dérogation prévue par l'article R. 315-14, une arme et un élément d'arme mentionnés au premier alinéa de l'article R. 315-13 sans se conformer aux dispositions édictées par cet alinéa et par l'article R. 315-15 ;

2° Toute personne d'expédier, sauf dérogation prévue par l'article R. 315-14, une arme mentionnée au deuxième alinéa de l'article R. 315-13, à l'exception des armes expédiées sous scellés judiciaires, sans se conformer aux mesures de sécurité édictées par cet alinéa ;

3° Toute personne d'expédier à titre professionnel par voie ferrée une arme et un élément d'arme mentionnés à l'article R. 315-16 sans respecter les mesures de sécurité édictées par cet article ;

4° Toute personne de transporter, en connaissance de cause, à titre professionnel par voie routière une arme et un élément d'arme mentionnés à l'article R. 315-17 sans respecter les mesures de sécurité édictées par cet article ;

5° Toute personne d'expédier ou de faire transporter à titre professionnel par voie routière une arme et un élément d'arme mentionnés à l'article R. 315-17 sans respecter les mesures de sécurité édictées par cet article ;

6° Toute personne de transporter à titre particulier par voie routière une arme mentionnée au premier alinéa de l'article R. 315-17 sans respecter la mesure de sécurité édictée à cet alinéa ;

7° Toute personne qui expédie à titre professionnel ou est destinataire d'une arme ou d'un élément d'arme mentionnés à l'article R. 315-18 de laisser par négligence séjourner ces armes et éléments d'arme plus de vingt-quatre heures dans les gares et les aéroports et soixante-douze heures dans les ports ;

8° Toute personne agissant à titre professionnel de ne pas se conformer aux conditions de sécurité fixées à l'article R. 315-18 auxquelles doivent satisfaire les opérations de chargement, de déchargement et de transit dans les gares routières ou ferroviaires, les ports et les aéroports des armes et éléments d'arme mentionnés à cet article.

Section 4 *bis* : Collectionneurs

Art. R. 317-12-1 *(D. n° 2018-542, 29 juin 2018)*. **–** Est puni de l'amende prévue pour les contraventions de la quatrième classe le fait pour toute personne détentrice d'une carte de collectionneur de ne pas la restituer dans le cas prévu à l'article R. 312-66-14.

Section 4 *ter* : Acquisition, cession ou transfert de domicile à l'étranger

(Créé compter du 31 décembre 2022, D. n° 2022-144, 8 févr. 2022)

Art. R. 317-12-2 *(Créé à compter du 31 décembre 2022, D. n° 2022-144, 8 févr. 2022)*. **–** Est puni de l'amende prévue pour les contraventions de la quatrième classe le fait, pour toute personne mentionnée à l'article R. 312-91 qui acquiert la propriété d'une arme des catégories A, B ou C à l'étranger, de ne pas faire constater, dans un délai d'un mois à compter de l'introduction de l'arme sur le territoire national, la mise en possession de cette arme par un professionnel mentionné à l'article L. 313-2 ou par le Banc national d'épreuve de Saint-Etienne.

Art. R. 317-12-3 *(Créé à compter du 31 décembre 2022, D. n° 2022-144, 8 févr. 2022)*. **–** t puni de l'amende prévue pour les contraventions de la quatrième classe le fait, pour toute personne mentionnée à l'article R. 312-91 qui souhaite céder la propriété d'une arme hors du territoire national, de ne pas faire constater au préalable ce projet de cession par un professionnel mentionné à l'article L. 313-2.

Art. R. 317-12-4 *(Créé à compter du 31 décembre 2022, D. n° 2022-144, 8 févr. 2022)*. **–** Est puni de l'amende prévue pour les contraventions de la cinquième classe le fait, pour toute personne mentionnée à l'article R. 312-91 qui transfère son domicile hors du territoire national, de ne pas en faire la déclaration dans les conditions prévues à l'article R. 314-23.

Section 5. – Peines complémentaires applicables aux personnes physiques et aux personnes morales

Art. R. 317-13 *(D. n° 2017-909, 9 mai 2017)*. **–** Les personnes physiques coupables de l'une des contraventions prévues au présent chapitre encourent également les peines complémentaires suivantes :

1° L'interdiction de détenir ou de porter, pour une durée de trois ans au plus, une arme soumise à autorisation ;

2° La confiscation d'une ou de plusieurs armes dont le condamné est propriétaire ou dont il a la libre disposition ;

3° La confiscation de la chose qui a servi ou était destinée à commettre l'infraction ou de la chose qui en est le produit ;

4° L'obligation d'accomplir un stage de citoyenneté, selon les modalités prévues par les articles 131-5-1 et R. 131-35 à R. 131-44 du Code pénal.

Code de la défense

Art. L. 2339-4 *(Mod. à compter du 6 sept. 2013, L. n° 2012-304, 6 mars 2012 ; Ord. n° 2013-518, 20 juin 2013 ; L. n° 2018-133, 26 févr. 2018 ; Ord. n° 2019-610, 19 juin 2019)*. **–** Est punie d'un emprisonnement de trois ans et d'une amende de 45 000 € la cession, à quelque titre que ce soit, par le détenteur de l'autorisation mentionnée au I de l'article L. 2332-1, d'un ou plusieurs matériels de guerre, armes, munitions et de leurs éléments relevant des catégories A, B ou C, en violation des articles L. 312-1 à L. 312-4-3 ou L. 314-3 du Code de la sécurité intérieure.

Le tribunal ordonne, en outre, la confiscation des matériels de guerre, armes, munitions et de leurs éléments concernés.

Art. L. 2339-4-1 *(En vigueur à compter du 6 sept. 2013, L. n° 2012-304, 6 mars 2012 ; L. n° 2018-133, 26 févr. 2018 ; Ord. n° 2019-610, 19 juin 2019)*. **–** Est punie d'un emprisonnement de six mois et d'une amende de 7 500 € toute personne titulaire de l'une des autorisations de fabrication ou de commerce mentionnées à l'article L. 2332-1 qui :

1° Ne tient pas à jour le registre spécial dans lequel sont enregistrés, dans des conditions fixées par décret en Conseil d'État, les matériels de guerre, armes, munitions et leurs éléments mis en fabrication, en réparation, en transformation, achetés, vendus, loués ou détruits ;

2° Dans le cas d'opérations d'intermédiation, ne tient pas à jour le registre spécial dans lequel sont enregistrés, dans des conditions fixées par le même décret en Conseil d'État, le nom des entreprises mises en relation ou des autres participants à l'opération d'intermédiation, ainsi que le contenu de ces opérations ;

3° En cas de cessation d'activité, ne dépose pas auprès de l'autorité administrative compétente les registres spéciaux mentionnés aux 1° et 2° ou n'en assure pas la conservation pendant un délai et dans des conditions fixés par le même décret en Conseil d'État ;

4° Cède à un autre commerçant ou fabricant autorisé un matériel de guerre, une arme, des munitions et leurs éléments relevant des catégories A, B ou C sans accomplir les formalités déterminées par le même décret en Conseil d'État ;

5° Vend par correspondance des matériels de guerre, armes, munitions et leurs éléments essentiels sans avoir reçu et conservé les documents nécessaires à leur inscription sur le registre spécial mentionné au 1° du présent article.

Section III. – Sanctions pénales de l'acquisition et de la détention

Art. L. 2339-5 *(L. n° 2016-731, 3 juin 2016 ; abr., L n° 2017-258 du 28 févr. 2017).*

A fait l'exacte application de la loi la cour d'appel qui, après avoir déclaré un prévenu coupable d'infraction à la législation sur les armes avec la circonstance aggravante qu'il a été antérieurement condamné à l'emprisonnement pour un délit, retient la même condamnation pour caractériser l'état de récidive rendant applicables les peines minimales prévues par l'article 132-19-1 du Code pénal (■ Cass. crim., 22 sept. 2010 : *Bull. crim.* n° 138).

Art. L. 2339-6 et L. 2339-7 *(Abr. et recodifiés à compter du 1er mai 2012, Ord. n° 2012-351, 12 mars 2012. - V. CSI, art. L. 317-5 et L. 317-6).*

Section V. – Sanctions pénales des importations, exportations et transferts

(Mod. à compter du 30 juin 2012, L. n° 2011-702, 22 juin 2011)

Art. L. 2339-10 *(Mo. à compter du 6 sept. 2013, L. n° 2012-304, 6 mars 2012 ; L. n° 2016-731, 3 juin 2016 ; Ord. n° 2019-610, 19 juin 2019).* **–** Est punie de cinq ans d'emprisonnement et d'une amende de 75 000 euros l'importation, sans autorisation, des matériels de guerre, armes, munitions et leurs éléments relevant des catégories A, B, C ainsi que des armes, munitions et de leurs éléments relevant de la catégorie D figurant sur une liste fixée par un décret en Conseil d'État.

Le fait de contrevenir au I de l'article L. 2335-17 est puni des mêmes peines.

Les peines sont portées à dix ans d'emprisonnement et à 500 000 € d'amende lorsque l'infraction est commise en bande organisée.

La tentative des délits prévus aux alinéas précédents est punie des mêmes peines.

Voir : art. 321-6-1, p. 708.

Art. L. 2339-11 *(Mod., L. n° 2007-1544, 29 oct. 2007 ; mod. à compter du 30 juin 2012, L. n° 2011-702, 22 juin 2011 ; rempl. à compter du 6 sept. 2013, L. n° 2012-304, 6 mars 2012 ; L. n° 2016-731, 3 juin 2016).* **–** Est puni d'un emprisonnement de deux ans et d'une amende de 30 000 € l'usage, par une personne non qualifiée, du poinçon mentionné à l'article L. 2332-8-1.

Art. L. 2339-11-1 *(En vigueur à compter du 30 juin 2012, L. n° 2011-702, 22 juin 2011).* **–** Est puni d'un emprisonnement de cinq ans et d'une amende de 75 000 € :

1° Sans préjudice de l'application du Code des douanes, le fait de contrevenir aux articles L. 2335-2, L. 2335-3, L. 2335-9 et L. 2335-10 et au I de l'article L. 2335-18 ;

2° Le fait de ne pas tenir ou de ne pas conserver durant le délai prévu le registre des exportations mentionné à l'article L. 2335-6 et le registre des transferts mentionné à l'article L. 2335-14 ;

3° Le fait de ne pas présenter le registre des exportations ou le registre des transferts aux agents visés à l'article L. 2339-1 à leur première demande ;

4° Le fait d'omettre, de manière répétée et significative, de renseigner une ou plusieurs des informations obligatoires des registres prévus aux articles L. 2335-6 et L. 2335-14.

Art. L. 2339-11-2 *(En vigueur à compter du 30 juin 2012, L. n° 2011-702, 22 juin 2011 ; Ord. n° 2019-610, 19 juin 2019).* **–** Est puni d'un emprisonnement de trois ans et d'une amende de 45 000 € :

1° Le fait de ne pas reproduire les mentions obligatoires prescrites au second alinéa des articles L. 2335-5 ou L. 2335-13 ;

2° Le fait pour le destinataire de transférer des produits liés à la défense ou d'exporter des matériels de guerre et matériels assimilés non intégrés dans ses propres produits liés à la défense en violation de l'engagement prévu à l'article L. 2335-15 ;

3° Le fait d'obtenir la licence d'exportation mentionnée à l'article L. 2335-7 à la suite d'une déclaration mensongère ou frauduleuse selon laquelle les restrictions à l'exportation de produits liés à la défense, reçus au titre d'une licence de transfert d'un État membre de l'Union européenne, ont été respectées ou levées par l'État membre d'origine ;

4° Le fait pour un destinataire d'omettre ou de refuser de répondre aux demandes qui lui sont adressées par les agents mentionnés à l'article L. 2339-1 concernant les utilisateurs finaux et l'utilisation finale de tous les matériels de guerre et matériels assimilés exportés, ainsi que les produits liés à la défense ou les matériels mentionnés au I de l'article L. 2335-18, transférés ou reçus par l'entreprise au titre d'une licence de transfert d'un autre État membre de l'Union européenne.

Art. L. 2339-11-3 *(En vigueur à compter du 30 juin 2012, L. n° 2011-702, 22 juin 2011 ; mod., Ord. n° 2019-610, 19 juin 2019)*. **–** Est puni d'une amende de 15 000 € :

1° Le fait pour un fournisseur ou un exportateur de ne pas informer le ministre de la défense, dans le délai fixé, y compris par négligence, de son intention d'utiliser une licence générale d'exportation ou une licence générale de transfert pour la première fois ;

2° Le fait de ne pas transmettre à l'autorité administrative les registres et comptes rendus mentionnés aux articles L. 2335-6 et L. 2335-14.

Art. L. 2339-11-4 *(En vigueur à compter du 30 juin 2012, L. n° 2011-702, 22 juin 2011)*. **–** Pour les infractions prévues aux articles L. 2339-11-1 et L. 2339-11-2, les personnes morales encourent :

1° L'amende, suivant les modalités prévues par l'article 131-38 du Code pénal ;

2° Les peines mentionnées aux 2°, 4°, 5°, 8° et 9° de l'article 131-39 du même code.

Section VI. – Sanctions pénales de la récidive

Art. L. 2339-12 *(Mod. à compter du 1er mai 2012, Ord. n° 2012-351, 12 mars 2012)*. **–** En cas de récidive les peines complémentaires de l'interdiction de séjour et l'interdiction des droits mentionnés à l'article 131-26 du Code pénal peuvent être prononcées.

Les délits prévus et réprimés par le présent titre, ainsi que ceux prévus et réprimés par le titre Ier du livre III du Code de la sécurité intérieure sont considérés comme étant, du point de vue de la récidive, un même délit.

Section VII. – Protection des personnes bénéficiant de réduction de peines pour avoir permis d'éviter la réalisation d'infractions, de faire cesser ou d'atténuer le dommage causé par une infraction, ou d'identifier les auteurs ou complices d'infractions

Art. L. 2339-13 *(Mod. à compter du 1er mai 2012, Ord. n° 2012-351, 12 mars 2012)*. **–** La peine privative de liberté encourue par l'auteur ou le complice des infractions prévues aux articles L. 2339-2 et L. 2339-10 est réduite de moitié si, ayant averti l'autorité administrative ou judiciaire, il a permis de faire cesser les agissements incriminés et d'identifier, le cas échéant, les autres auteurs ou complices.

Section VIII. – De la prolifération des vecteurs d'armes de destruction massive

(L. n° 2011-266, 14 mars 2011)

Art. L. 2339-14 *(L. n° 2016-731, 3 juin 2016)*. **–** Les infractions définies aux articles 222-52 à 222-54 du Code pénal, au premier alinéa du I de l'article L. 2339-2, à l'article L. 2339-4 et aux deux premiers alinéas de l'article L. 2339-10 du présent code, ainsi qu'au premier alinéa de l'article L. 317-7 du Code de la sécurité intérieure, sont punies de quinze ans de réclusion criminelle et un million et demi d'euros d'amende lorsqu'elles concernent des missiles, fusées ou autres systèmes sans pilote capables de conduire à leur cible des armes nucléaires telles que définies au III de l'article L. 1333-13-4, chimiques ou biologiques et spécialement conçus à cet usage.

Ces faits sont punis de vingt ans de réclusion criminelle et de trois millions d'euros d'amende lorsqu'ils sont commis en bande organisée.

Art. L. 2339-15 *(L. n° 2011-266, 14 mars 2011)*. **–** Le fait de procurer un financement en fournissant, réunissant ou gérant des fonds, des valeurs ou des biens quelconques ou en donnant des conseils à cette fin, dans l'intention de voir ces fonds, valeurs ou biens utilisés ou en sachant qu'ils sont destinés à être utilisés, en tout ou partie, en vue de commettre l'une quelconque des infractions prévues à l'article L. 2339-14, indépendamment de la commission effective d'une telle infraction, est puni des peines prévues à ce même article.

Art. L. 2339-16 *(L. n° 2011-266, 14 mars 2011 ; mod., Ord. n° 2012-351, 12 mars 2012 ; Ord. n° 2013-518, 20 juin 2013)*. **–** Le fait de se faire délivrer indûment, par quelque moyen frauduleux que ce soit, les autorisations ou agréments mentionnés au I de l'article L. 2332-1 et aux articles L. 2335-1 à L. 2335-3 du présent code, ainsi qu'à l'article L. 312-2 et à l'article L. 314-3 du Code de la sécurité intérieure, est puni de dix ans d'emprisonnement et un million et demi d'euros d'amende lorsque ces autorisations ou agréments concernent des missiles, fusées ou autres systèmes sans pilote capables de conduire à leur cible des armes nucléaires telles que définies au III de l'article L. 1333-13-4 du présent code, chimiques ou biologiques et spécialement conçus à cet usage.

Art. L. 2339-17 *(L. n° 2011-266, 14 mars 2011)*. **–** Les personnes physiques coupables de l'une des infractions prévues à la présente section encourent les peines complémentaires suivantes :

1° L'interdiction, suivant les modalités prévues par l'article 131-26 du Code pénal, des droits civiques, civils et de famille ;

2° L'interdiction, suivant les modalités prévues par l'article 131-27 du même code, d'exercer une fonction publique ou d'exercer l'activité professionnelle ou sociale dans l'exercice ou à l'occasion de l'exercice de laquelle l'infraction a été commise ;

3° La fermeture soit à titre définitif, soit pour une durée de cinq ans au plus des établissements ou de l'un ou de plusieurs des établissements de l'entreprise ayant servi à commettre les faits incriminés ;

4° L'exclusion des marchés publics pour une durée de cinq ans au plus ;

5° La confiscation des missiles, fusées ou autres systèmes sans pilote capables de conduire à leur cible des armes nucléaires telles que définies au III de l'article L. 1333-13-4 du présent code, chimiques ou biologiques et spécialement conçus à cet usage, ainsi que celle des équipements ayant servi à l'élaboration, à l'utilisation ou au transport de ces biens ;

6° L'affichage ou la diffusion de la décision prononcée dans les conditions prévues par l'article 131-35 du Code pénal ;

7° L'interdiction de séjour, suivant les modalités prévues par l'article 131-31 du même code ;

8° L'interdiction du territoire français, lorsqu'il s'agit d'étrangers, prononcée dans les conditions prévues par l'article 131-30 du même code, soit à titre définitif, soit pour une durée de dix ans au plus.

Art. L. 2339-18 *(L. n° 2011-266, 14 mars 2011)*. **–** Les personnes morales coupables de l'une des infractions prévues à la présente section encourent, outre l'amende suivant les modalités prévues par l'article 131-38 du même code, les peines suivantes :

1° Dans les cas prévus par les articles L. 2339-14 et L. 2339-15 du présent code, les peines mentionnées à l'article 131-39 du Code pénal ;

2° Dans les cas prévus par l'article L. 2339-16 du présent code, les peines mentionnées aux 2° à 11° de l'article 131-39 du Code pénal.

L'interdiction mentionnée au 2° du même article 131-39 porte sur l'activité dans l'exercice ou à l'occasion de l'exercice de laquelle l'infraction a été commise.

Section IX. – Peines complémentaires applicables aux personnes physiques

(En vigueur à compter du 6 sept. 2013, L. n° 2012-304, 6 mars 2012)

Art. L. 2339-19 *(En vigueur à compter du 6 sept. 2013, L. n° 2012-304, 6 mars 2012 ; mod., Ord. n° 2019-610, 19 juin 2019)*. **–** En cas de condamnation pour les infractions prévues au présent chapitre, le prononcé des peines complémentaires suivantes est obligatoire :

1° L'interdiction de détenir ou de porter, pour une durée de cinq ans au plus, un matériel de guerre, une arme, des munitions et leurs éléments soumis à autorisation ;

2° La confiscation des matériels de guerre, armes, munitions et de leurs éléments dont le condamné est propriétaire ou dont il a la libre disposition ;

3° Le retrait du permis de chasser avec interdiction de solliciter la délivrance d'un nouveau permis pendant cinq ans au plus.

Toutefois, la juridiction peut, par une décision spécialement motivée, décider de ne pas prononcer ces peines, en considération des circonstances de l'infraction et de la personnalité de son auteur.

TITRE IV. – ARMES SOUMISES À INTERDICTION

CHAPITRE I. – ARMES BIOLOGIQUES OU À BASE DE TOXINES

Section I. – Interdictions

Art. L. 2341-1 *(Mod., L. n° 2011-266, 14 mars 2011)*. **–** Sont interdits la mise au point, la fabrication, la détention, le stockage, le transport, l'acquisition, la cession, l'importation, l'exportation, le commerce et le courtage des agents microbiologiques, des autres agents biologiques et des toxines biologiques, quels qu'en soient l'origine et le mode de production, des types et en quantité non destinés à des fins prophylactiques, de protection ou à d'autres fins pacifiques.

Art. L. 2341-2 *(Rempl., L. n° 2011-266, 14 mars 2011)*. **–** Il est interdit de procurer un financement en fournissant, réunissant ou gérant des fonds, des valeurs ou des biens quelconques ou en donnant des conseils à cette fin, dans l'intention de voir ces fonds, valeurs ou biens utilisés ou en sachant qu'ils sont destinés à être utilisés, en tout ou partie, en vue de commettre l'un quelconque des actes interdits à l'article L. 2341-1, indépendamment de la réalisation effective d'un tel acte.

Section II. – Dispositions pénales

Art. L. 2341-3. – Dans le cas où des poursuites pénales ont été engagées en application des articles L. 2341-1 et L. 2341-2, le juge d'instruction peut, par ordonnance, prononcer, à titre provisoire, la fermeture totale ou partielle de l'établissement où a été mis au point, fabriqué, détenu ou stocké l'un des agents ou toxines définis à l'article L. 2341-1.

Art. L. 2341-4 *(Rempl., L. n° 2011-266, 14 mars 2011)*. – Les infractions aux articles L. 2341-1 et L. 2341-2 sont punies de vingt ans de réclusion criminelle et de trois millions d'euros d'amende.

Les peines sont portés à trente ans de réclusion criminelle et à cinq millions d'euros d'amende lorsque l'infraction est commise en bande organisée.

En cas de condamnation, la juridiction de jugement ordonne la confiscation, en vue de leur destruction, des agent ou toxines définis à l'article L. 2341-1.

Voir : art. 321-6-1, p. 708.

Art. L. 2341-5 *(Rempl., L. n° 2011-266, 14 mars 2011)*. – Le fait de provoquer, d'encourager ou d'inciter quiconque, de quelque manière que ce soit, à commettre les infractions prévues à l'article L. 2341-4, lorsque ce fait a été suivi d'effet, est puni des peines prévues pour ces infractions.

Lorsque les faits mentionnés au premier alinéa du présent article ne sont pas suivis d'effet en raison de circonstances indépendantes de la volonté de leur auteur, la peine est de sept ans d'emprisonnement et de 100 000 € d'amende.

Art. L. 2341-5-1 *(L. n° 2011-266, 14 mars 2011)*. – Les personnes physiques coupables de l'une des infractions prévues à la présence section encourent les peines complémentaires suivantes :

1° L'interdiction, suivant les modalités prévues par l'article 131-26 du Code pénal, les droits civiques, civils et de famille ;

2° L'interdiction, suivant les modalités prévues par l'article 131-27 du même code, d'exercer une fonction publique ou d'exercer l'activité professionnelle ou sociale dans l'exercice ou à l'occasion de l'exercice de laquelle l'infraction a été commise ;

3° La fermeture soit à titre définitif, soit pour une durée de cinq ans au plus des établissements ou de l'un ou de plusieurs des établissements de l'entreprise ayant servi à commettre les faits, incriminés ;

4° L'exclusion des marchés publics pour une durée de cinq ans au plus ;

5° La confiscation des équipements ayant servi à la mise au point, à la fabrication, au transport, à la détention et au stockage des agents ou toxines définis à l'article L. 2341-1 du présent code ;

6° L'affichage ou la diffusion de la décision prononcée dans les conditions prévues par l'article 131-35 du Code pénal ;

7° L'interdiction de séjour, suivant les modalités prévues par l'article 131-31 du même code ;

8° L'interdiction du territoire français, lorsqu'il s'agit d'étrangers, prononcée dans les conditions prévues par l'article 131-30 du même code, soit à titre définitif, soit pour une durée de dix ans au plus.

Art. L. 2341-5-2 *(L. n° 2011-266, 14 mars 2011)*. – Les personnes morales coupables de l'une des infractions prévues à la présente section encourent, outre l'amende suivant les modalités prévues par l'article 131-38 du Code pénal, les peines mentionnées à l'article 131-39 du même code.

L'interdiction mentionnée au 2° du même article 131-39 porte sur l'activité dans l'exercice ou à l'occasion de l'exercice de laquelle l'infraction a été commise.

Art. L. 2341-6 *(Mod., L. n° 2011-266, 14 mars 2011)*. – La peine privative de liberté encourue par l'auteur ou le complice des infractions prévues par la présente section est réduite de moitié si, ayant averti l'autorité administrative ou judiciaire, il a permis de faire cesser les agissements incriminés ou d'éviter que l'infraction n'entraîne mort d'homme ou infirmité permanente et d'identifier, le cas échéant, les autres auteurs ou complices.

Art. L. 2341-6-1 *(L. n° 2011-266, 14 mars 2011)*. – Toute personne qui a tenté de commettre les infractions prévues par la présente section est exempte de peine si, ayant averti l'autorité administrative ou judiciaire, elle a permis d'éviter la réalisation de l'une des infractions et d'identifier, le cas échéant, les autres auteurs ou complices.

Art. L. 2341-6-2 *(L. n° 2011-266, 14 mars 2011)*. **–** Les deux premiers alinéas de l'article 132-23 du Code pénal sont applicables aux infractions prévues par la présente section.

Art. L. 2341-7. **–** Un décret en Conseil d'État détermine les mesures d'application du présent chapitre.

CHAPITRE IV. – Armes à sous-munitions

(En vigueur à compter du 2 août 2010, L. n° 2010-819, 20 juill. 2010)

Section II. – Régime juridique

Art. L. 2344-2 *(En vigueur à compter du 2 août 2010, L. n° 2010-819, 20 juill. 2010)*. **–** La mise au point, la fabrication, la production, l'acquisition, le stockage, la conservation, l'offre, la cession, l'importation, l'exportation, le commerce, le courtage, le transfert et l'emploi des armes à sous-munitions sont interdits.

Est également interdit le fait d'assister, d'encourager ou d'inciter quiconque à s'engager dans une des activités interdites susmentionnées.

Ces interdictions s'appliquent également aux petites bombes explosives qui sont spécifiquement conçues pour être dispersées ou libérées d'un disperseur fixé à un aéronef.

Art. L. 2344-3 *(En vigueur à compter du 2 août 2010, L. n° 2010-819, 20 juill. 2010)*. **–** Nonobstant les dispositions de l'article L. 2344-2, toute personne peut participer à une coopération en matière de défense ou de sécurité ou à une opération militaire multinationale ou au sein d'une organisation internationale avec des États non parties à la convention d'Oslo qui pourraient être engagés dans des activités interdites par ladite convention.

Est interdit le fait pour une personne agissant dans le cadre susmentionné de mettre au point, de fabriquer, de produire, d'acquérir de quelque autre manière des armes à sous-munitions, de constituer elle-même des stocks, de transférer ces armes, de les employer elle-même ou d'en demander expressément l'emploi, lorsque le choix des munitions est sous son contrôle exclusif.

Section III. – Dispositions pénales

Art. L. 2344-7 *(En vigueur à compter du 2 août 2010, L. n° 2010-819, 20 juill. 2010)*. **–** Le fait de méconnaître les interdictions mentionnées à l'article L. 2344-2 et au second alinéa de l'article L. 2344-3 est puni de dix ans d'emprisonnement et de 150 000 € d'amende.

La tentative des délits mentionnés à l'alinéa précédent est punie des mêmes peines.

Art. L. 2344-8 *(En vigueur à compter du 2 août 2010, L. n° 2010-819, 20 juill. 2010)*. **–** Les personnes physiques coupables de l'une des infractions prévues à la présente sous-section encourent les peines complémentaires suivantes :

1° L'interdiction, suivant les modalités prévues par l'article 131-26 du Code pénal, des droits civiques, civils et de famille ;

2° L'interdiction, suivant les modalités prévues par l'article 131-27 du même code, d'exercer une fonction publique ou d'exercer l'activité professionnelle ou sociale dans l'exercice ou à l'occasion de l'exercice de laquelle l'infraction a été commise ;

3° La fermeture, soit à titre définitif, soit pour une durée de cinq ans au plus, des établissements ou de l'un ou de plusieurs des établissements de l'entreprise ayant servi à commettre les faits incriminés ;

4° L'exclusion des marchés publics pour une durée de cinq ans au plus ;

5° La confiscation des équipements ayant servi à la mise au point, à la fabrication, à la détention ou au stockage des armes à sous-munitions, suivant les modalités prévues à l'article 131-21 du même code ;

6° L'affichage et la diffusion de la décision prononcée dans les conditions prévues par l'article 131-35 du même code ;

7° L'interdiction de séjour, suivant les modalités prévues par l'article 131-31 du même code ;

8° L'interdiction du territoire français, lorsqu'il s'agit d'étrangers, prononcée dans les conditions prévues par l'article 131-30 du même code, soit à titre définitif, soit pour une durée de dix ans au plus.

Art. L. 2344-9 *(En vigueur à compter du 2 août 2010, L. n° 2010-819, 20 juill. 2010)*. **–** Les personnes morales déclarées responsables pénalement, dans les conditions prévues par l'article 121-2 du Code pénal, des infractions définies à l'article L. 2344-7 du présent code encourent, outre l'amende suivant les modalités prévues par l'article 131-39 du même code.

L'interdiction mentionnée au 2° du même article 131-39 porte sur l'activité dans l'exercice ou à l'occasion de l'exercice de laquelle l'infraction a été commise.

Art. L. 2344-10 *(En vigueur à compter du 2 août 2010, L. n° 2010-819, 20 juill. 2010)*. – Lorsque les infractions définies à l'article L. 2344-2 et au second alinéa de l'article L. 2344-3 du présent code sont commises hors du territoire de la République par un Français, la loi pénale française est applicable alors même que les faits ne seraient pas punis par la législation du pays où ils ont été commis. La seconde phrase de l'article 113-8 du Code pénal n'est pas applicable.

V. Décret n° 90-153 du 16 février 1990 portant diverses dispositions relatives au régime des produits explosifs *(Abr. et codifié au Code de la défense, D. n° 2009-1440, 23 nov. 2009)*

Sous-section 7. – Dispositions particulières aux dépôts, débits et installations mobiles de produits explosifs

§ 1. – Autorisations individuelles d'exploitation

Art. R. 2352-110 *(D. n° 2009-1440, 23 nov. 2009 ; mod. à compter du 4 juill. 2010, D. n° 2010-455, 4 mai 2010 ; D. n° 2017-909, 9 mai 2017 ; D. n° 2020-133, 18 févr. 2020)*. – L'exploitation d'un dépôt, d'un débit ou d'une installation mobile de produits explosifs est subordonnée, indépendamment de l'agrément technique prévu à l'article R. 2352-97, à la délivrance par le préfet d'une autorisation individuelle à la personne physique qui entend se livrer à cette exploitation, ou, dans le cas d'une personne morale, à la personne physique ayant qualité pour représenter celle-ci.

Est dispensée de l'obligation d'autorisation individuelle l'exploitation :

1° Des installations de l'État relevant du ministre de la défense et de celles du Commissariat à l'énergie atomique et aux énergies alternatives ;

2° Des installations soumises à des règles de protection du secret défense nationale et exploitées par des entreprises publiques ou privées travaillant pour la défense ;

3° Des installations de l'État relevant du ministre de l'intérieur ;

4° Des dépôts et débits de munitions et éléments de munitions des armes énumérées à l'article R. 311-2 du Code de la sécurité intérieure ;

5° Des dépôts ou débits remplissant les conditions mentionnées à l'article R. 2352-92.

Art. R. 2352-111 *(D. n° 2009-1440, 23 nov. 2009)*. – L'autorisation individuelle est délivrée par le préfet du département d'implantation du dépôt ou débit d'explosifs ou, à Paris, par le préfet de police.

Dans le cas d'une installation mobile, l'autorisation individuelle est délivrée par le préfet du département du siège social de l'exploitation, si l'installation est exploitée par une personne morale, ou par le préfet du département de résidence de l'exploitant, si l'installation est exploitée par une personne physique. L'autorisation individuelle détermine sa durée de validité et la zone géographique où l'installation mobile peut être exploitée.

Art. R. 2352-112 *(D. n° 2009-1440, 23 nov. 2009)*. – Nul ne peut se voir délivrer l'autorisation d'exploiter un dépôt, un débit ou une installation mobile de produits explosifs :

1° S'il a fait l'objet, pour des motifs incompatibles avec cette délivrance, d'une condamnation à une peine correctionnelle ou criminelle inscrite au bulletin n° 2 du casier judiciaire ou, pour les ressortissants étrangers, dans un document équivalent ;

2° Si son comportement, apprécié, le cas échéant, au vu des mentions figurant dans les traitements automatisés de données personnelles gérés par les services de police et de gendarmerie, a été contraire à l'honneur, à la probité ou de nature à porter atteinte à la sécurité des personnes ou des biens, à la sécurité publique ou à la sûreté de l'État.

Art. R. 2352-113 *(D. n° 2009-1440, 23 nov. 2009 ; mod., à compter du 4 juill. 2010, D. n° 2010-455, 4 mai 2010)*. – Un arrêté du ministre de l'Intérieur fixe la composition du dossier qui doit être joint à la demande d'autorisation individuelle ainsi que les modalités de délivrance de cette autorisation.

Art. R. 2352-114 *(D. n° 2009-1440, 23 nov. 2009)*. – Le titulaire d'une autorisation qui envisage de cesser l'exploitation de l'installation concernée en avise l'autorité qui a donné l'autorisation et lui précise les conditions dans lesquelles le transfert des produits explosifs restants est assuré.

Art. R. 2352-115 *(D. n° 2009-1440, 23 nov. 2009)*. – Tout changement d'exploitant ne peut prendre effet qu'à la suite de la délivrance d'une autorisation individuelle au nouvel exploitant dans les conditions prévues aux articles R. 2352-111 à R. 2352-113.

Le nouvel exploitant joint à sa demande d'autorisation un document dans lequel l'ancien exploitant déclare cesser son exploitation.

Art. R. 2352-116 *(D. n° 2009-1440, 23 nov. 2009 ; D. n° 2016-308, 17 mars 2016).* **–** L'autorisation individuelle peut être retirée, dans les conditions définies par les articles L. 121-1, L. 121-2 et L. 122-1 du Code des relations entre le public et l'administration, lorsque son titulaire cesse de remplir l'une des conditions prévues à la présente sous-section.

Elle peut être suspendue immédiatement en cas d'urgence ou de nécessité tenant à l'ordre public.

Art. R. 2352-117 *(D. n° 2009-1440, 23 nov. 2009 ; mod. à compter du 4 juill. 2010, D. n° 2010-455, 4 mai 2010).* **–** Lorsqu'il estime que la sûreté d'un dépôt ou d'un débit n'est plus, compte tenu des circonstances, convenablement assurée, le préfet peut prendre toutes mesures adaptées à la situation et, en particulier, ordonner que les produits explosifs qui y sont conservés soient transférés dans un autre dépôt. En cas d'urgence, et si le transfert n'est pas possible, il peut ordonner la destruction de ces produits.

§ 2. – Agrément des personnes intervenant dans les dépôts, débits et installations mobiles de produits explosifs

Art. R. 2352-118 *(D. n° 2009-1440, 23 nov. 2009).* **–** Les préposés et salariés du titulaire d'une autorisation individuelle d'exploitation, affectés à une activité dans un établissement faisant l'objet de la présente sous-section ou qui ont, de par leurs fonctions, connaissance des mouvements des produits explosifs, ainsi que toute personne qui intervient dans un tel établissement en vue de l'entretien des équipements de sûreté doivent être agréés par le préfet de leur domicile ou, à Paris, par le préfet de police.

L'agrément est valable cinq ans.

Art. R. 2352-119 *(D. n° 2009-1440, 23 nov. 2009).* **–** Nul ne peut se voir délivrer l'agrément mentionné à l'article R. 2352-118 dans les cas prévus aux 1° et 2° de l'article R. 2352-112.

Art. R. 2352-120 *(D. n° 2009-1440, 23 nov. 2009 ; mod. à compter du 4 juill. 2010, D. n° 2010-455, 4 mai 2010).* **–** Un arrêté du ministre de l'Intérieur fixe les modalités de délivrance de l'agrément mentionné à l'article R. 2352-118.

Art. R. 2352-121 *(D. n° 2009-1440, 23 nov. 2009).* **–** Les dispositions du présent paragraphe ne sont pas applicables dans les dépôts, débits ou installations mobiles de produits explosifs dont les exploitants sont dispensés de l'obligation d'autorisation individuelle en application des alinéas 2 à 7 de l'article R. 2352-110.

Section 4. – Études et recherches relatives aux produits explosifs

Art. R. 2352-122 *(D. n° 2009-1440, 23 nov. 2009 ; mod. à compter du 4 juill. 2010, D. n° 2010-455, 4 mai 2010 ; mod., D. n° 2020-133, 18 févr. 2020).* **–** Toute personne physique ou morale qui désire faire des études ou recherches relatives aux produits explosifs autres que ceux relevant de la réglementation des matériels de guerre, armes et munitions doit y avoir été préalablement autorisée par arrêté conjoint des ministres de la défense, de l'intérieur.

Toutefois, cette autorisation n'est pas requise pour les études et recherches poursuivies par le ministère de la défense et le Commissariat à l'énergie atomique et aux énergies alternatives ou pour leur compte.

Un arrêté conjoint des ministres de la défense, de l'intérieur et du ministre chargé de l'industrie fixe les modalités de présentation de la demande ainsi que la composition du dossier qui doit être joint à celle-ci.

Art. R. 2352-123 *(D. n° 2009-1440, 23 nov. 2009).* **–** L'autorisation présente un caractère précaire et révocable et peut n'être délivrée que pour la durée, les études et recherches et les installations fixes et mobiles qu'elle détermine.

Art. R. 2352-124 *(Abr. à compter du 4 juill. 2010, D. n° 2010-455, 4 mai 2010).*

Art. R. 2352-125 *(D. n° 2009-1440, 23 nov. 2009).* **–** Préalablement à l'intervention d'une décision de retrait, l'intéressé est invité à présenter ses observations.

Art. R. 2353-3 à R. 2353-6 *(Abr. à compter du 4 juill. 2010, D. n° 2010-455, 4 mai 2010).*

Art. R. 2353-7 *(D. n° 2009-1440, 23 nov. 2009).* **–** Est puni des peines prévues pour les contraventions de la 5e classe le fait d'établir ou d'exploiter une installation fixe ou mobile de produits explosifs en infraction avec les règles techniques prévues aux articles R. 2352-90 et R. 2352-92.

Art. R. 2353-8 *(D. n° 2009-1440, 23 nov. 2009)*. – Est puni de la peine d'amende prévue pour les contraventions de la 5e classe le fait d'exploiter une installation fixe ou mobile en infraction avec les règles prévues aux articles R. 2352-94 à R. 2352-104.

Art. R. 2353-9 *(D. n° 2009-1440, 23 nov. 2009)*. – Est puni des peines prévues pour les contraventions de la 5e classe le fait d'établir ou d'exploiter une installation fixe ou mobile de produits explosifs, autre que de production, sans que celle-ci possède l'agrément technique prévu à l'article R. 2352-97 ou en infraction avec les prescriptions mentionnées au premier alinéa de l'article R. 2352-102 et à l'article R. 2352-105.

Art. R. 2353-10 *(D. n° 2009-1440, 23 nov. 2009)*. – Est puni des peines prévues pour les contraventions de la 5e classe le fait d'établir ou d'exploiter une installation fixe ou mobile de production de produits explosifs en infraction avec les prescriptions mentionnées au premier alinéa de l'article R. 2352-102 et à l'article R. 2352-105.

Art. R. 2353-11 *(D. n° 2009-1440, 23 nov. 2009)*. – Est puni des peines d'amende prévues pour les contraventions de la 4e classe tout exploitant d'une installation fixe ou mobile pour laquelle un agrément technique a été accordé qui, en méconnaissance des prescriptions de l'article R. 2352-106, a omis d'informer le préfet des modifications apportées à celle-ci ou à ses conditions d'exploitation.

Art. R. 2353-12 *(D. n° 2009-1440, 23 nov. 2009)*. – Est puni des peines prévues pour les contraventions de la 5e classe le fait d'exploiter une installation fixe ou mobile de produits explosifs en infraction avec les prescriptions des articles R. 2352-108 et R. 2352-109.

Est puni des mêmes peines tout titulaire d'une autorisation individuelle d'exploitation dont les préposés et salariés mentionnés à l'article R. 2352-118 n'ont pas obtenu l'agrément prévu au même article.

Art. R. 2353-13 *(D. n° 2009-1440, 23 nov. 2009)*. – Est puni de la peine d'amende prévue pour les contraventions de la 5e classe le fait d'exploiter un dépôt, un débit ou une installation mobile de produits explosifs sans être titulaire de l'autorisation mentionnée à l'article R. 2352-110.

Art. R. 2353-14 *(D. n° 2009-1440, 23 nov. 2009)*. – Est punie de la peine d'amende prévue pour les contraventions de la 5e classe toute personne qui a effectué des études et recherches en violation des dispositions des articles R. 2352-122 et R. 2352-123.

Art. R. 2353-15 *(D. n° 2009-1440, 23 nov. 2009)*. – En cas de récidive des infractions prévues aux articles précédents, à l'exclusion de l'article R. 2353-11, les peines prévues pour la récidive des contraventions de la 5e classe sont applicables.

Art. R. 2353-16 *(D. n° 2009-1440, 23 nov. 2009)*. – En cas de condamnation d'une personne physique ou d'une personne morale, le tribunal peut également prononcer la confiscation de la chose qui a servi ou était destinée à commettre l'infraction ou de la chose qui en est le produit.

Art. R. 2353-17 *(D. n° 2017-1308, 29 août 2017 ; D. n° 2021-1033, 4 août 2021)*. – Est puni de l'amende prévue pour les contraventions de la 5e classe le fait, pour toute personne physique ou morale agissant à des fins qui ne sont pas liées à ses activités commerciales ou professionnelles, d'introduire, d'acquérir, de détenir ou d'utiliser un des précurseurs d'explosifs faisant l'objet de restrictions au sens de l'article 3, paragraphe 12 du règlement (UE) 2019/1148 du Parlement européen et du Conseil du 20 juin 2019 relatif à la commercialisation et à l'utilisation de précurseurs d'explosifs, modifiant le règlement (CE) n° 1907/2006 et abrogeant le règlement (UE) n° 98/2013.

La récidive des contraventions prévues au présent article est réprimée conformément aux articles 132-11 et 132-15 du Code pénal.

Art. R. 2353-18 *(D. n° 2017-1308, 29 août 2017 ; D. n° 2021-1033, 4 août 2021)*. – Est puni de l'amende prévue pour les contraventions de la 5e classe le fait, pour tout opérateur économique au sens de l'article 3 paragraphe 10 du règlement mentionné à l'article R. 2353-17 :

1° De mettre à la disposition de toute personne physique ou morale agissant à des fins qui ne sont pas liées à ses activités commerciales ou professionnelles un des précurseurs d'explosifs faisant l'objet de restrictions au sens de l'article 3, paragraphe 12 du règlement mentionné à l'article R. 2353-17 ;

2° De mettre à la disposition de tout utilisateur professionnel, au sens de l'article 3 paragraphe 9 du règlement mentionné à l'article R. 2353-17 ou de tout opérateur économique au sens du paragraphe 10 de ce même article 3, sans avoir effectué les vérifications prévues à l'article 8, paragraphes 2 et 3 de ce même règlement, un des précurseurs d'explosifs faisant l'objet de restrictions au sens de l'article 3, paragraphe 12 du même règlement ;

3° De ne pas conserver pendant dix-huit mois, à partir du jour de la transaction, les données enregistrées conformément aux dispositions de l'article 8, paragraphe 4 du règlement mentionné à l'article R. 2353-17 ;

4° De ne pas permettre la disponibilité aux fins de contrôle, à tout moment, des informations mentionnées à l'article 8 du règlement mentionné à l'article R. 2353-17 ;

5° De ne pas signaler les transactions suspectes au sens des articles 3 et 9 du règlement mentionné à l'article R. 2353-17 ;

La récidive des contraventions prévues au présent article est réprimée conformément aux articles 132-11 et 132-15 du Code pénal.

Art. R. 2353-19 *(D. n° 2017-1308, 29 août 2017 ; D. n° 2021-1033, 4 août 2021)*. **–** Est puni de l'amende prévue pour les contraventions de la 5e classe le fait, pour tout utilisateur professionnel au sens de l'article 3 paragraphe 9 du règlement mentionné à l'article R. 2353-17 ou pour tout opérateur économique au sens de l'article 3 paragraphe 10 du même règlement de ne pas signaler au point de contact national mentionné à l'article R. 2351-3 les disparitions ou les vols importants de précurseurs d'explosifs.

La récidive de la contravention prévue au présent article est réprimée conformément aux articles 132-11 et 132-15 du Code pénal.

Art. R. 2353-20 *(D. n° 2017-1308, 29 août 2017 ; D. n° 2021-1033, 4 août 2021)*. **–** Est puni de l'amende prévue pour les contraventions de la 4e classe le fait pour tout opérateur économique au sens de l'article 3 paragraphe 10 du règlement mentionné à l'article R. 2353-17 :

1° De ne pas avoir mis son personnel en mesure de savoir quels sont les produits qui contiennent des précurseurs d'explosifs réglementés parmi ceux qu'il met à disposition ;

2° De ne pas avoir adressé d'instructions à son personnel relatives à la mise en œuvre des obligations prévues aux paragraphes 1 et 2 de l'article 5, au paragraphe 1 de l'article 7, à l'article 8 et aux paragraphes 1 et 5 de l'article 9 du règlement mentionné à l'article R. 2353-17.

Art. R. 2353-21 *(Créé, D. n° 2021-1033, 4 août 2021)*. **–** Est puni de l'amende prévue pour les contraventions de la 3e classe le fait pour tout opérateur économique au sens de l'article 3 paragraphe 10 du règlement mentionné à l'article R. 2353-17 de ne pas se conformer aux obligations d'information prévues à l'article 7, paragraphe 1 du même règlement.

Code de la défense

(Ord. n° 2004-1374, 20 déc. 2004)

CHAPITRE II. – ARMES CHIMIQUES

Art. L. 2342-1. – Pour l'application du présent chapitre, les mots « convention de Paris » désignent la Convention sur l'interdiction de la mise au point, de la fabrication, du stockage et de l'emploi d'armes chimiques et sur leur destruction, publiée par le décret n° 2001-269 du 26 mars 2001.

Art. L. 2342-2. – Pour l'application du présent chapitre, le terme :

« Organisation » désigne l'organisation instituée par la Convention de Paris.

Les termes et expressions : « accord d'installation », « armes chimiques », « armes chimiques anciennes », « armes chimiques abandonnées », « consommation », « équipe d'inspection », « fabrication », « fins de protection », « inspection par mise en demeure », « installation », « installation de fabrication d'armes chimiques », « mandat d'inspection », « matériels de fabrication d'armes chimiques », « observateur », « périmètre », « périmètre alternatif », « périmètre final », « point d'entrée », « précurseur », « produit chimique toxique », « produit chimique organique défini », « site d'inspection », « site d'usines » et « traitement » ont le sens qui leur est donné par la Convention de Paris.

Section I. – Élimination des armes chimiques

Sous-section I. – Interdictions

Art. L. 2342-3 *(L. n° 2011-266, 14 mars 2011)*. **–** Sont interdits l'emploi d'armes chimiques, leur mise au point, leur fabrication, leur stockage, leur détention, leur conservation, leur acquisition, leur cession, leur importation, leur exportation, leur transit, leur commerce et leur courtage.

Il est interdit d'entreprendre tous préparatifs en vue d'utiliser des armes chimiques, ainsi que d'aider, encourager ou inciter quiconque de quelque manière que ce soit à entreprendre toute activité interdite par le présent chapitre.

Il est interdit de procurer un financement en fournissant, réunissant ou gérant des fonds, des valeurs ou des biens quelconques ou en donnant des conseils à cette fin, dans l'intention de voir ces fonds, valeurs ou biens utilisés ou en sachant qu'ils sont destinés à être utilisés, en tout ou partie, en vue d'entreprendre une activité interdite par le présent chapitre, indépendamment de la réalisation effective d'une telle activité.

Les services de l'État sont toutefois autorisés, dans des conditions prévues par décret, à détenir, stocker ou conserver des armes chimiques en vue de leur destruction. Ils peuvent confier ces opérations à des personnes agréées dans des conditions définies par le même décret.

Art. L. 2342-4. – Sont interdits :

1° La conception, la construction ou l'utilisation :

a) D'une installation de fabrication d'armes chimiques ;

b) D'une installation, y compris ses matériels de fabrication, utilisée exclusivement pour la fabrication de pièces non chimiques d'armes chimiques ou de matériels spécifiquement conçus pour être utilisés en liaison directe avec l'emploi d'armes chimiques, ci-après dénommée installation de fabrication de munitions chimiques non remplies et de matériels destinés à l'emploi d'armes chimiques ;

2° La modification d'installations ou de matériels de toute nature dans le but d'exercer une activité interdite par la présente sous-section ;

3° L'importation, l'exportation, le commerce et le courtage de tout matériel de fabrication d'armes chimiques ou de tout document ou objet en vue de permettre ou de faciliter la violation des dispositions de la présente sous-section ;

4° La communication de toute information en vue de permettre ou de faciliter la violation des dispositions de la présente sous-section.

Sous-section II. – Déclarations

Art. L. 2342-5. – Sont soumis à déclaration :

1° Par leur détenteur :

a) Les armes chimiques anciennes ;

b) Les autres armes chimiques détenues à la date du 18 juin 1998 ;

2° Par leur exploitant :

a) Les installations de fabrication, de stockage ou de conservation d'armes chimiques, les installations de fabrication de munitions chimiques non remplies et de matériels destinés à l'emploi d'armes chimiques ;

b) Les autres installations ou établissements conçus, construits ou utilisés principalement pour mettre au point des armes chimiques, y compris les laboratoires et les sites d'essais et d'évaluation ;

c) Les installations de destruction d'armes chimiques.

Sous-section III. – Destruction

Art. L. 2342-6. – Les armes chimiques fabriquées avant le 18 juin 1998 sont détruites dans des conditions définies par décret.

Les armes chimiques et les produits chimiques inscrits au tableau 1 annexé à la Convention de Paris fabriqués depuis le 18 juin 1998 à des fins autres que des fins médicales, pharmaceutiques, de recherche ou de protection sont saisis et mis sous scellés par l'autorité administrative. Sous réserve des mesures nécessitées par l'exécution des poursuites pénales, cette autorité fait procéder à leur destruction aux frais de leur détenteur.

Art. L. 2342-7. – Les installations désignées au 1° de l'article L. 2342-4 sont mises hors d'état de fonctionner et fermées par l'autorité administrative. Tous les accès aux installations sont également fermés. La fermeture n'empêche pas la poursuite des activités visant au maintien de la sécurité des installations.

Ces installations et leurs matériels sont ensuite détruits à l'initiative et aux frais de l'administration. Toutefois, ils peuvent être convertis avec l'accord de l'organisation. Ils sont alors soumis à la vérification systématique.

Les installations et les matériels désignés au présent article conçus, construits ou importés postérieurement au 18 juin 1998 sont détruits à l'initiative de l'administration et aux frais de l'exploitant.

Section II. – Contrôle de certains produits chimiques et des installations de fabrication, traitement, stockage ou consommation de ces produits

Sous-section I. – Produits chimiques du tableau 1

Art. L. 2342-8 *(L. n° 2013-1168, 18 décembre 2013)*. – I. - La mise au point, la fabrication, l'acquisition, la cession, l'utilisation, la détention, la conservation, le stockage, l'importation, l'exportation, le transit, le commerce et le courtage des produits chimiques inscrits au tableau 1 annexé à la Convention de Paris sont interdits sauf à des fins médicales, pharmaceutiques, de recherche ou de protection et dans des quantités limitées à ce que peuvent strictement justifier ces fins.

II. - Lorsqu'ils ne sont pas interdits au I :

1° La mise au point, la fabrication, l'acquisition, la cession, l'utilisation, la détention, la conservation ou le stockage des produits chimiques inscrits au tableau 1 sont soumis à autorisation. Celle-ci fixe les quantités pour lesquelles elle est accordée ;

2° L'importation, l'exportation et le transit des produits chimiques inscrits au tableau 1 sont interdits lorsqu'ils sont en provenance ou à destination d'un État non partie à la Convention de Paris.

2° *bis* Le transfert entre États membres de l'Union européenne des produits chimiques inscrits au tableau 1 est soumis aux articles L. 2335-9 et suivants.

Dans les autres cas, sans préjudice des dispositions communautaires applicables en la matière :

a) Ces opérations sont soumises aux autorisations prévues par les articles L. 2335-1, L. 2335-2 et L. 2335-3 ;

b) La réexportation de ces produits à destination de tout État est interdite.

Sans préjudice des dispositions douanières, la réalisation des opérations d'importation et d'exportation autorisées est soumise à déclaration préalable ;

3° Le commerce et le courtage de ces produits :

a) Sont interdits lorsque ces opérations sont réalisées en provenance d'un État non partie à la Convention de Paris ou à destination d'un tel État ;

b) Sont soumis à autorisation lorsque ces opérations sont réalisées en provenance et à destination d'un État partie à la Convention de Paris.

Art. L. 2342-9. – Les exploitants des installations mentionnées au I de l'article L. 2342-10 et à l'article L. 2342-11 indiquent chaque année à l'autorité administrative :

1° Les quantités de produits chimiques inscrits au tableau 1 qu'ils ont fabriquées, acquises, cédées, traitées, consommées ou stockées et les quantités de précurseurs inscrits à l'un des trois tableaux qu'ils ont utilisées pour la fabrication de ces produits chimiques ;

2° Les quantités de produits chimiques inscrits au tableau 1 qu'ils prévoient, le cas échéant, de fabriquer au cours de l'année suivante.

Art. L. 2342-10. – I. - La fabrication à des fins médicales, pharmaceutiques, de recherche ou de protection des produits chimiques inscrits au tableau 1 ne peut être réalisée que dans une seule installation, appartenant à l'État.

Toutefois, les mêmes produits chimiques peuvent être également fabriqués dans la limite de quantités globales maximales annuelles :

1° À des fins de protection, dans une seule installation en plus de celle mentionnée au premier alinéa ;

2° À des fins médicales, pharmaceutiques ou de recherche, dans d'autres installations. Ces installations sont soumises à autorisation.

II. - Toutefois, ne sont pas soumis à autorisation les laboratoires qui fabriquent par synthèse des produits chimiques inscrits au tableau 1 à des fins médicales, pharmaceutiques ou de recherche, dans la limite de quantités maximales annuelles. Ces laboratoires sont soumis à déclaration.

Art. L. 2342-11. – Les installations de traitement, de stockage ou de consommation de produits chimiques inscrits au tableau 1 sont soumises à déclaration.

Sous-section II. – Produits chimiques du tableau 2

Art. L. 2342-12. – La fabrication, le traitement et la consommation de produits chimiques inscrits au tableau 2 annexé à la Convention de Paris sont soumis à déclaration.

Toutefois, ne sont pas soumis à cette déclaration les mélanges comportant une concentration de ces produits inférieure à des taux déterminés.

Art. L. 2342-13. – L'importation, l'exportation, le commerce et le courtage de produits chimiques inscrits au tableau 2 en provenance ou à destination d'un État non partie à la Convention de Paris sont interdits.

Art. L. 2342-14. – Les installations de fabrication, de traitement ou de consommation de produits chimiques inscrits au tableau 2 sont soumises à déclaration lorsqu'elles fabriquent, traitent ou consomment des quantités supérieures à des seuils déterminés.

Toutefois, ces installations ne sont pas soumises à déclaration lorsqu'elles ne fabriquent, traitent ou consomment que des mélanges comportant une concentration de ces produits inférieure à des taux déterminés.

Sous-section III. – Produits chimiques du tableau 3

Art. L. 2342-15. – La fabrication de produits chimiques inscrits au tableau 3 annexé à la Convention de Paris est soumise à déclaration.

Toutefois, ne sont pas soumis à cette déclaration les mélanges comportant une concentration de ces produits inférieure à des taux déterminés.

Art. L. 2342-16. – L'exportation de produits chimiques inscrits au tableau 3 à destination d'un État non partie à la convention de Paris est soumise à autorisation. L'autorisation est refusée si l'État de destination ne fournit pas, sur demande de l'autorité administrative, un certificat d'utilisation finale et un certificat de non-réexportation.

Leur commerce et leur courtage à destination d'un État non partie à la Convention de Paris sont soumis à autorisation.

Art. L. 2342-17. – Les installations de fabrication de produits chimiques inscrits au tableau 3 sont soumises à déclaration lorsqu'elles fabriquent des quantités supérieures à des seuils déterminés.

Toutefois, ces installations ne sont pas soumises à déclaration lorsqu'elles ne fabriquent que des mélanges comportant une concentration de ces produits inférieure à des taux déterminés.

Sous-section IV. – Installations de fabrication par synthèse de produits chimiques organiques définis

Art. L. 2342-18 *(Mod., L. n° 2011-266, 14 mars 2011)*. **–** Les installations de fabrication par synthèse de produits chimiques organiques définis non inscrits à l'un des trois tableaux annexés à la Convention de Paris sont soumises à déclaration lorsqu'elles fabriquent des quantités supérieures à des seuils déterminés.

Les sites d'usines dans lesquels sont exclusivement fabriqués des hydrocarbures ou des substances explosives ne sont pas soumis à déclaration.

Sous-section V. – Dispositions communes

Art. L. 2342-19. – Les importateurs et les exportateurs de produits chimiques inscrits à l'un des trois tableaux, ou leurs représentants, informent l'autorité administrative des opérations qu'ils ont réalisées.

Art. L. 2342-20. – Les autorisations d'importation ou d'exportation mentionnées à la présente section peuvent être suspendues ou abrogées soit pour la mise en œuvre de mesures prises en application d'un accord international ratifié ou dans le cadre de l'Union européenne, soit lorsque la réalisation de l'opération peut porter atteinte aux intérêts de la sécurité extérieure de l'État ou de la défense nationale.

Art. L. 2342-21. – Les conditions d'application des articles L. 2342-8 à L. 2342-19 sont définies par décret en Conseil d'État.

Ce décret définit notamment les quantités de produits chimiques en deçà desquelles les autorisations et les déclarations mentionnées auxdits articles ne sont pas requises.

Section III. – Vérification internationale

Sous-section I. – Inspecteurs et accompagnateurs

Art. L. 2342-22. – Les vérifications internationales sont effectuées par des inspecteurs habilités par l'Organisation et agréés par l'autorité administrative. Pour l'exécution de leur mission, les inspecteurs disposent des pouvoirs et jouissent des privilèges et immunités prévus par la Convention de Paris.

Des accompagnateurs accueillent les inspecteurs au point d'entrée sur le territoire, assistent à leurs opérations et les raccompagnent au point de sortie du territoire.

Art. L. 2342-23. – À l'occasion de chaque inspection, l'autorité administrative désigne une équipe d'accompagnement dont chaque membre a la qualité d'accompagnateur.

Le chef de l'équipe d'accompagnement veille à la bonne exécution de la vérification internationale. Dans le cadre de ses attributions, il représente l'État auprès du chef de l'équipe d'inspection et des personnes soumises à vérification internationale. Il peut déléguer certaines de ses attributions aux autres accompagnateurs.

Les accompagnateurs et les inspecteurs sont soumis à une obligation de confidentialité.

Art. L. 2342-24. – Le chef de l'équipe d'accompagnement vérifie la capacité des équipements utilisés par les inspecteurs pour communiquer avec le siège du Secrétariat technique de l'Organisation à protéger la confidentialité des informations qu'ils recueillent.

Le chef de l'équipe d'accompagnement vérifie au point d'entrée et à la sortie du territoire que les matériels détenus par les inspecteurs sont conformes aux modèles homologués par l'Organisation pour ce type d'inspection.

Art. L. 2342-25. – Lorsque, au cours de l'inspection, les inspecteurs demandent à avoir accès aux relevés mentionnés au 47 de la deuxième partie de l'annexe sur la vérification de la Convention de Paris, le chef de l'équipe d'accompagnement :

1° Veille, s'il s'agit d'une installation de fabrication, de traitement ou de consommation de produits chimiques inscrits au tableau 1, à ce que cet accès ne soit utilisé que pour vérifier que la nature et les quantités des produits chimiques sont conformes aux déclarations et qu'il n'y a pas de détournement ou d'utilisation de ces produits à d'autres fins que celles déclarées ;

2° Veille, s'il s'agit d'une installation de fabrication, de traitement ou de consommation de produits inscrits au tableau 2, à ce que cet accès ne soit utilisé que pour vérifier que la nature et les quantités des produits chimiques sont conformes aux déclarations et qu'il n'y a pas de détournement de ces produits ;

3° Fixe, s'il s'agit d'une installation de fabrication de produits chimiques inscrits au tableau 3 ou de produits chimiques organiques définis, les conditions de cet accès après consultation de l'exploitant ou de son représentant.

Art. L. 2342-26. – Le chef de l'équipe d'accompagnement vérifie qu'aucune information nominative relative à la vie privée des personnes n'est communiquée aux inspecteurs.

Art. L. 2342-27. – Lorsqu'un inspecteur s'entretient avec un membre du personnel de l'installation, un accompagnateur est présent. L'exploitant peut demander à assister à l'entretien. L'accompagnateur peut soulever des objections quant aux questions posées lorsqu'il juge que ces questions sont étrangères à l'inspection ou de nature à compromettre la protection de la confidentialité des informations. En attente de la décision finale prise par le chef de l'équipe d'accompagnement, la personne interrogée est tenue de ne pas répondre à la question.

Art. L. 2342-28. – L'exploitant ou un accompagnateur prend, pour le compte des inspecteurs, les photographies des installations que ces derniers lui demandent, après vérification par le chef de l'équipe d'accompagnement que ces photographies sont nécessaires à leur mission et conformes aux dispositions de la Convention de Paris et de ses annexes.

Art. L. 2342-29. – I. – Après vérification par le chef de l'équipe d'accompagnement qu'ils sont nécessaires pour l'accomplissement de l'inspection conformément à la Convention de Paris, l'exploitant ou un accompagnateur prélève, pour le compte des inspecteurs et en leur présence, les échantillons physiques et chimiques que ces derniers lui demandent. Le prélèvement peut être effectué par les inspecteurs eux-mêmes en accord avec le chef de l'équipe d'accompagnement et de l'exploitant eu égard à la sécurité des personnes et des installations.

II. – L'équipe d'inspection analyse sur place, en présence d'un accompagnateur et de l'exploitant, les échantillons et prélèvements à l'aide des matériels vérifiés conformément à l'article L. 2342-24 ou de matériels fournis par l'exploitant. Elle peut demander que l'analyse soit faite sur place par l'exploitant en présence d'un inspecteur et d'un accompagnateur.

Toutefois, lorsque le chef de l'équipe d'accompagnement ne s'y oppose pas, ces analyses peuvent être faites dans des laboratoires désignés par l'Organisation.

Les analyses sont réalisées en présence d'un accompagnateur et de l'exploitant si celui-ci le demande.

III. – Sauf dans le cas d'une inspection par mise en demeure soumise aux dispositions particulières de l'article L. 2342-45, les prélèvements et analyses sont effectués dans le seul but de vérifier l'absence ou la présence de produits chimiques non déclarés et inscrits à l'un des trois tableaux.

Art. L. 2342-30. – Lorsqu'un inspecteur demande des éclaircissements sur les ambiguïtés apparues au cours de l'inspection, le chef de l'équipe d'accompagnement prend, après avis de l'exploitant, les mesures appropriées pour lever ces ambiguïtés.

Sous-section II. – Exécution de la vérification internationale

Art. L. 2342-31. – La vérification internationale porte sur :

1° Les installations déclarées par la France à l'Organisation. Elle comprend une inspection initiale, des inspections ultérieures et, le cas échéant, une vérification systématique et des visites mentionnées à l'article L. 2342-36 ;

2° Toute installation ou tout emplacement dans le cas d'une inspection par mise en demeure.

Art. L. 2342-32. – Lorsque la vérification porte sur un lieu dont l'accès, pour tout ou partie de la zone spécifiée, ne dépend pas de l'État, l'autorité administrative ou le chef de l'équipe d'accompagnement avise dès que possible la personne soumise à la vérification à laquelle il fournit une copie de la notification.

Art. L. 2342-33. – L'équipe d'inspection évite de gêner ou de retarder le fonctionnement de l'installation.

Le chef de l'équipe d'accompagnement peut s'opposer aux activités de l'équipe d'inspection qui sont de nature à gêner ou retarder abusivement le fonctionnement de l'installation.

Art. L. 2342-34. – L'exploitant décide seul des conditions dans lesquelles peuvent être exécutées, pour les besoins de la vérification, les opérations ou les manipulations liées au fonctionnement des installations.

Les membres de l'équipe d'inspection, les accompagnateurs, les autres personnes autorisées mentionnées au cinquième alinéa de l'article L. 2342-42 et, le cas échéant, l'observateur se conforment strictement aux règles de sécurité en vigueur sur le site. Toutefois, l'exploitant ne peut opposer aux membres de l'équipe d'inspection ou aux accompagnateurs les règles internes à l'entreprise relatives au suivi médical ou à la formation à la sécurité.

Dans le cas où il ne pourrait être satisfait à une demande d'un inspecteur sans contrevenir aux règles de sécurité en vigueur sur le site, le chef de l'équipe d'accompagnement détermine, en accord avec l'exploitant et avec le chef de l'équipe d'inspection, une solution de substitution qui satisfait aux besoins de la vérification.

Art. L. 2342-35. – L'équipe d'accompagnement et, s'ils le souhaitent, l'exploitant et les autres personnes autorisées mentionnées au cinquième alinéa de l'article L. 2342-42 observent toutes les activités de vérification auxquelles procède l'équipe d'inspection.

Après avoir pris l'avis de l'exploitant, le chef de l'équipe d'accompagnement peut autoriser la prolongation de la durée de l'inspection.

Art. L. 2342-36. – L'avis de l'exploitant est requis avant la conclusion d'un accord d'installation.

Dans le cas de la vérification systématique, les équipements de surveillance mis en place par l'exploitant peuvent être utilisés par l'équipe d'inspection.

L'exploitant informe immédiatement l'autorité administrative de tout fait qui influe sur le bon fonctionnement des équipements de surveillance implantés dans les installations placées sous sa responsabilité. Il ne peut s'opposer aux visites de contrôle du bon fonctionnement de ces équipements effectuées par des inspecteurs habilités par l'Organisation et agréés par l'autorité administrative.

Art. L. 2342-37. – Avant de proposer un périmètre alternatif, le chef de l'équipe d'accompagnement prend dans la mesure du possible l'avis des personnes concernées. Le périmètre final leur est notifié.

Avant le début de l'inspection, le chef de l'équipe d'accompagnement notifie aux personnes concernées le plan d'inspection fourni par l'équipe d'inspection.

Art. L. 2342-38. – Douze heures au plus tard après l'arrivée de l'équipe d'inspection au point d'entrée, l'équipe d'accompagnement ou, si elle n'est pas encore sur place, l'autorité administrative établit un relevé de tous les véhicules sortant du périmètre demandé. Elle peut utiliser à cet effet des prises de vue photographiques, des enregistrements vidéo et des équipements de recueil de preuve chimique, vérifiés conformément à aux dispositions de l'article L. 2342-24, appartenant à l'équipe d'inspection.

Lorsque l'équipe d'inspection procède au verrouillage du site, c'est-à-dire met en place les procédures de surveillance des sorties, le chef de l'équipe d'accompagnement peut l'autoriser à prendre des photographies ou à utiliser des enregistrements vidéo et des équipements de recueil de preuve chimique agréés vérifiés conformément aux dispositions de l'article L. 2342-24.

Art. L. 2342-39. – Lorsqu'il est autorisé par l'autorité administrative à assister à la vérification, l'observateur accède au périmètre final. Le chef de l'équipe d'accompagnement peut l'autoriser à accéder au site d'inspection dans les conditions qu'il définit après avis de la personne soumise à vérification.

Sous-section III. – Droit d'accès

Art. L. 2342-40. – Dans le cas d'une inspection par mise en demeure portant sur un lieu dont l'accès, pour tout ou partie de la zone spécifiée, dépend d'une personne privée, l'inspection ne peut commencer qu'avec l'autorisation du président du tribunal judiciaire dans le ressort duquel s'effectue le premier accès ou du juge délégué par lui. Le président du tribunal judiciaire est saisi par l'autorité administrative.

Lorsque le lieu soumis à inspection dépend d'une personne publique autre que l'État, l'autorisation d'accès est donnée par une autorité administrative de l'État.

Art. L. 2342-41. – Le président du tribunal judiciaire ou le juge délégué par lui s'assure de l'existence du mandat d'inspection. Il vérifie l'habilitation des membres de l'équipe d'inspection et des accompagnateurs et de toute autre personne pour laquelle l'accès est demandé ainsi que, le cas échéant, l'autorisation donnée à l'observateur. Il s'assure également que la demande d'inspection est conforme aux stipulations de la Convention de Paris. S'il estime que ce n'est pas le cas, il en informe sur-le-champ l'autorité administrative qui l'a saisi.

Art. L. 2342-42. – Le président du tribunal judiciaire ou le juge délégué par lui statue immédiatement par ordonnance.

Celle-ci comporte, outre le visa du mandat d'inspection et, le cas échéant, la référence à l'accord d'installation :

1° Le cas échéant mention de la délégation du président du tribunal judiciaire ;

2° Le nom et la qualité de l'autorité administrative qui a sollicité et obtenu l'autorisation de faire procéder à la vérification ;

3° La liste nominative des membres de l'équipe d'inspection autorisés à procéder à la vérification, à laquelle est jointe celle des accompagnateurs, de toute autre personne autorisée par le juge et, le cas échéant, de l'observateur ;

4° La localisation des lieux soumis à la vérification ;

5° Le périmètre.

Art. L. 2342-43. – L'ordonnance est notifiée par l'autorité administrative, sur place au moment de l'inspection, aux personnes concernées qui en reçoivent copie intégrale contre récépissé. En leur absence, la notification est faite après l'inspection par lettre recommandée avec avis de réception.

Art. L. 2342-44. – Le président du tribunal judiciaire ou le juge délégué par lui désigne un officier de police judiciaire, chargé d'assister à l'inspection.

L'officier de police judiciaire dresse un procès-verbal de l'inspection et en adresse l'original au juge. Une copie du procès-verbal est remise à la personne dont dépend l'accès au lieu inspecté.

Art. L. 2342-45. – La personne soumise à inspection peut, dans les conditions prévues au 48 de la dixième partie de l'annexe sur la vérification de la Convention de Paris et avec l'accord du chef de l'équipe d'accompagnement, limiter l'accès des membres de l'équipe d'inspection aux installations en vue d'empêcher la divulgation d'informations et de données confidentielles sans rapport avec le mandat d'inspection.

Le chef de l'équipe d'accompagnement peut, après avis de l'exploitant, prendre des mesures en vue de limiter l'analyse d'échantillons à la détermination de la présence ou de l'absence de produits chimiques inscrits à l'un des trois tableaux ou de leurs produits de dégradation pertinents.

Art. L. 2342-46. – Dans les cas de vérification autres que ceux prévus aux articles L. 2342-40 à L. 2342-45, le chef de l'équipe d'accompagnement avise de la demande de vérification la personne ayant qualité pour autoriser l'accès. Cet avis est donné par tous moyens et dans les délais compatibles avec ceux de l'exécution de la vérification. L'avis indique l'objet et la portée de la vérification.

Si la personne qui a qualité pour autoriser l'accès ne peut être avisée ou si elle s'oppose à tout ou partie de l'accès, l'inspection ne peut se dérouler qu'avec l'autorisation du président du tribunal judiciaire ou du juge délégué par lui selon les procédures et dans les conditions mentionnées aux articles L. 2342-40 à L. 2342-45. L'ordonnance comporte, dans ce cas, au lieu et place du périmètre, la désignation de l'installation soumise à vérification.

Toutefois, si la personne mentionnée à l'alinéa précédent est une personne publique autre que l'État, l'autorisation d'accès est donnée par une autorité administrative de l'État.

Art. L. 2342-47. – Dans le cas d'une demande d'éclaircissement portant sur une installation de fabrication de produits chimiques inscrits au tableau 3 ou de produits chimiques organiques définis, l'autorisation d'accès à d'autres parties du site d'usines peut être donnée aux inspecteurs par le chef de l'équipe d'accompagnement après avis de l'exploitant.

Si l'exploitant refuse l'accès à l'une de ces parties du site d'usines ou les mesures de substitution mentionnées à l'article L. 2342-50 proposées par le chef de l'équipe d'accompagnement, le juge statue d'urgence après s'être fait communiquer la demande formulée par le chef de l'équipe d'inspection et les mesures de substitution proposées par le chef de l'équipe d'accompagnement, et après avoir invité l'exploitant à présenter ses observations.

Art. L. 2342-48. – Le chef de l'équipe d'accompagnement s'assure qu'aucun document, donnée, prélèvement ou autre type d'information sans rapport avec la vérification n'est détenu par l'équipe d'inspection. À l'issue de l'inspection, il vérifie que les documents et informations qu'il désigne comme confidentiels bénéficient d'une protection appropriée.

Cette protection peut consister, à l'exception des échantillons, en la conservation sur place des documents et informations de toute nature dans des conditions qui garantissent leur intégrité et l'accès ultérieur des inspecteurs.

Lorsqu'il n'est pas en mesure d'autoriser la mise à disposition ou l'emport des documents ou informations que le chef de l'équipe d'inspection juge nécessaires à l'établissement de son rapport, le chef de l'équipe d'accompagnement peut proposer à ce dernier de conserver provisoirement ces documents ou informations dans les conditions prévues à l'alinéa précédent. La décision définitive du chef de l'équipe d'accompagnement intervient dans un délai arrêté d'un commun accord.

Art. L. 2342-49. – Lorsque l'équipe d'inspection demande à accéder à des zones, locaux, documents, données ou informations ayant un caractère confidentiel ou privé, le chef de l'équipe d'accompagnement, le cas échéant à la demande de la personne concernée, informe par écrit le chef de l'équipe d'inspection du caractère confidentiel ou privé susmentionné.

Après avoir pris l'avis de l'exploitant ou sur sa demande, le chef de l'équipe d'accompagnement peut prendre toutes dispositions qu'il estime nécessaires à la protection de la confidentialité et du secret relatif aux zones, locaux, documents, données ou informations concernés ainsi que des droits de la personne. Il peut à ce titre restreindre ou prohiber l'utilisation par l'équipe d'inspection d'équipements dont l'emploi est incompatible, en raison de leur nature, avec les informations à protéger.

Art. L. 2342-50. – Le chef de l'équipe d'accompagnement est tenu, lorsqu'il fait usage des pouvoirs mentionnés à la présente sous-section, de faire, après avis de l'exploitant, tout ce qui est raisonnablement possible pour proposer des mesures de substitution visant à démontrer le respect de la Convention de Paris et à satisfaire aux demandes que l'équipe d'inspection formule en application du mandat d'inspection.

Section IV. – Investigations nationales

Art. L. 2342-51. – L'autorité administrative peut :

1° Procéder, ou faire procéder par un établissement public habilité, à des enquêtes portant sur les produits chimiques inscrits à l'un des trois tableaux ou sur les produits chimiques organiques définis ;

2° Exiger de toute personne les renseignements destinés à permettre à l'État de répondre, en temps voulu, aux demandes d'éclaircissement de l'Organisation.

Art. L. 2342-52. – Des agents assermentés habilités exercent les contrôles nécessaires en vue de vérifier le respect des obligations énoncées au présent chapitre, et dans les textes pris pour son application, par une personne qui est assujettie.

À ce titre, ils peuvent :

1. Accéder aux installations et aux locaux professionnels utilisés pour les activités portant sur les produits chimiques inscrits à l'un des trois tableaux ou sur des produits chimiques organiques définis ;

2. Prendre communication et copie, pour une opération donnée, des documents commerciaux la concernant tels que factures, manifestes, pièces administratives, documents de transport et autres documents d'expédition ainsi que, s'il y a lieu, les documents relatifs à l'importation, à l'exportation et au transit desdits produits ;

3. Prélever ou faire prélever en leur présence, si nécessaire, des échantillons dans des conditions définies par décret en Conseil d'État.

Art. L. 2342-53. – Les contrôles et prélèvements prévus à l'article L. 2342-52 sont pratiqués pendant les heures de travail des services concernés de l'établissement où est située l'installation et en présence de l'exploitant.

Art. L. 2342-54. – Les agents procédant à un contrôle dressent un procès-verbal de leurs constatations.

Une copie du procès-verbal est remise à la personne concernée.

Art. L. 2342-55. – Il est régulièrement communiqué au comité d'établissement la liste des produits inscrits à l'ordre des trois tableaux.

Section V. – Dispositions pénales et sanctions administratives

Sous-section I. – Agents habilités à constater les infractions

Art. L. 2342-56. – Peuvent constater les infractions aux prescriptions du présent chapitre, ainsi qu'aux dispositions réglementaires prises pour son application, outre les officiers de police judiciaire agissant conformément aux dispositions du Code de procédure pénale :

1° Les inspecteurs généraux et les inspecteurs des armées, les membres du corps militaire du contrôle général des armées et les officiers de l'armée de terre, de la marine nationale, de l'armée de l'air et de la gendarmerie nationale titulaires d'un commandement et les membres du corps militaire des ingénieurs de l'armement. Leur habilitation est individuelle. Elle est délivrée pour une durée limitée par arrêté du ministre de la Défense. Copie en est jointe aux procès-verbaux de constatation ;

2° Les agents des douanes à l'occasion des contrôles effectués par application du Code des douanes. Les agents du ministère de la Défense et les agents des douanes mentionnés aux alinéas ci-dessus adressent sans délai au procureur de la République le procès-verbal de leurs constatations.

Sous-section II. – Sanctions pénales

Art. L. 2342-57. – Est puni de la réclusion criminelle à perpétuité et de 7 500 000 € d'amende le fait d'employer :

1° Une arme chimique ;

2° Un produit chimique inscrit au tableau 1 à des fins autres que médicales, pharmaceutiques, de recherche ou de protection.

Les deux premiers alinéas de l'article 132-23 du Code pénal relatif à la période de sûreté sont applicables aux infractions prévues par le présent article.

Art. L. 2342-58. – Sont punies de la réclusion criminelle à perpétuité et de 7 500 000 € d'amende la conception, la construction ou l'utilisation d'une installation :

1° De fabrication d'armes chimiques ;

2° De fabrication de munitions chimiques non remplies et de matériels destinés à l'emploi d'armes chimiques.

La modification d'installations ou de matériels de toute nature dans le but d'exercer une activité interdite par la sous-section 1 de la première section du présent chapitre est punie des mêmes peines. Les deux premiers alinéas de l'article 132-23 du Code pénal relatif à la période de sûreté sont applicables aux infractions prévues par le présent article.

Art. L. 2342-59 *(Mod., L. n° 2013-1168, 18 déc. 2013)*. **–** Est puni de la réclusion criminelle à perpétuité et de 7 500 000 euros d'amende le fait de diriger ou d'organiser un groupement ayant pour objet l'emploi, la mise au point, la fabrication, le stockage, la détention, la conservation, l'acquisition, la cession, l'importation, l'exportation, le transit, le transfert entre États membres de l'Union européenne, le commerce ou le courtage :

1° D'une arme chimique ;

2° D'un produit chimique inscrit au tableau 1 à des fins autres que médicales, pharmaceutiques, de recherche ou de protection.

Les deux premiers alinéas de l'article 132-23 du Code pénal relatif à la période de sûreté sont applicables aux infractions prévues par le présent article.

Art. L. 2342-60 *(L. n° 2011-266, 14 mars 2011 ; mod., L. n° 2013-1168, 18 déc. 2013)*. **–** Sont punis de vingt ans de réclusion criminelle et de 3 000 000 euros d'amende la mise au point, la fabrication, le stockage, la détention, la conservation, l'acquisition, la cession, l'importation, l'exportation, le transit, le transfert entre États membres de l'Union européenne, le commerce ou le courtage :

1° D'une arme chimique autre qu'une arme chimique ancienne ou qu'une arme chimique abandonnée ;

2° D'un produit chimique inscrit au tableau 1 à des fins autres que des fins médicales, pharmaceutiques, de recherche ou de protection.

Est puni des mêmes peines le fait de procurer un financement en fournissant, réunissant ou gérant des fonds, valeurs ou biens quelconques ou en donnant des conseils à cette fin, dans l'intention de voir ces fonds, valeurs ou biens utilisés ou en sachant qu'ils sont destinés à être utilisés, en tout ou partie, en vue de commettre l'une quelconque des infractions prévues aux articles L. 2342-57 et L. 2342-58 et aux alinéas ci-dessus, indépendamment de la commission effective d'une telle infraction.

Sont punis des mêmes peines l'importation, l'exportation, le commerce, le transfert entre États membres de l'Union européenne ou le courtage de tout matériel de fabrication d'armes chimiques ou de tout document ou objet en vue de permettre ou de faciliter la violation des dispositions de la sous-section 1 de la première section du présent chapitre.

Est punie de la même peine la communication de toute information en vue de permettre ou de faciliter la violation des dispositions de la sous-section 1 de la première section du présent chapitre.

Les infractions prévues par le présent article sont punies de trente ans de réclusion criminelle et de cinq millions d'euros d'amende lorsqu'elles sont commises en bande organisée.

Les deux premiers alinéas de l'article 132-23 du Code pénal relatif à la période de sûreté sont applicables aux infractions prévues par le présent article.

Art. L. 2342-61. – Le fait de provoquer, d'encourager ou d'inciter quiconque de quelque manière que ce soit à commettre les infractions prévues aux articles L. 2342-57, L. 2342-58 et L. 2342-60, lorsque ce fait a été suivi d'effet, est puni des peines prévues pour ces infractions.

Lorsque les faits mentionnés au premier alinéa ne sont pas suivis d'effet en raison de circonstances indépendantes de la volonté de leur auteur, la peine est de sept ans d'emprisonnement et de 100 000 € d'amende.

Art. L. 2342-62 *(Mod., L. n° 2013-1168 du 18 déc. 2013)*. **–** Sont punis de cinq ans d'emprisonnement et de 75 000 euros d'amende l'acquisition, la cession, l'importation, l'exportation, le transit, le transfert entre États membres de l'Union européenne, le commerce ou le courtage d'une arme chimique ancienne ou d'une arme chimique abandonnée.

Art. L. 2342-63. – Les dispositions des articles L. 2342-60 et L. 2342-62 ne s'appliquent pas à la détention, au stockage et à la conservation des armes chimiques en vue de leur destruction par l'État ou la personne agréée par lui.

Art. L. 2342-64. – Est puni de cinq ans d'emprisonnement et de 75 000 € d'amende le fait de s'opposer à la saisie par l'autorité administrative d'une arme chimique ou d'un produit chimique mentionné au second alinéa de l'article L. 2342-6.

Art. L. 2342-65. – Est puni de deux ans d'emprisonnement et de 30 000 € d'amende le défaut de déclaration par l'exploitant :

1° D'une installation de fabrication, de stockage, de conservation ou de destruction d'armes chimiques ou d'une installation de fabrication de munitions chimiques non remplies ou de matériels destinés à l'emploi d'armes chimiques ;

2° D'une autre installation ou établissement conçu, construit ou utilisé principalement pour mettre au point des armes chimiques, y compris les laboratoires et les sites d'essais et d'évaluation.

Art. L. 2342-66. – Est puni de deux ans d'emprisonnement et de 30 000 € d'amende le défaut de déclaration, par son détenteur, d'une arme chimique détenue au 18 juin 1998.

Est puni des mêmes peines le défaut de déclaration, par son détenteur, d'une arme chimique ancienne ou abandonnée.

Art. L. 2342-67. – Est puni de six mois d'emprisonnement et de 7 500 € d'amende le fait, pour l'exploitant responsable d'équipements de surveillance mentionnés à l'article L. 2342-36, d'omettre d'informer l'autorité administrative de tout fait qui influe sur leur bon fonctionnement.

Art. L. 2342-68 *(Mod., L. n° 2013-1168 du 18 déc. 2013)*. **–** Sont punis de sept ans d'emprisonnement et de 100 000 € d'amende :

1° L'exploitation d'une installation de fabrication de produits chimiques inscrits au tableau 1 à des fins médicales, pharmaceutiques, de recherche ou de protection sans autorisation lorsque celle-ci est obligatoire, ou en violation des conditions de l'autorisation délivrée ;

2° L'importation, l'exportation, le transit, le transfert entre États membres de l'Union européenne, le commerce ou le courtage de produits chimiques inscrits au tableau 1, à des fins médicales, pharmaceutiques, de recherche ou de protection, en provenance ou à destination d'un État non partie à la Convention de Paris.

Art. L. 2342-69 *(Mod., L. n° 2013-1168 du 18 déc. 2013)*. **–** Sont punis de trois ans d'emprisonnement et de 45 000 € d'amende :

1° La mise au point, la fabrication, l'acquisition, la cession, l'utilisation, la détention, la conservation ou le stockage de produits chimiques inscrits au tableau 1 réalisé à des fins médicales, pharmaceutiques, de recherche ou de protection sans autorisation ou en violation des autorisations délivrées ;

2° L'importation, l'exportation, le transit, le transfert entre États membres de l'Union européenne, le commerce ou le courtage, sans autorisation, de produits chimiques inscrits au tableau 1 réalisé à des fins médicales, pharmaceutiques, de recherche ou de protection en provenance ou à destination d'un État partie à la Convention de Paris.

Art. L. 2342-70. – Sont punis de deux ans d'emprisonnement et de 30 000 € d'amende :

1° Le défaut de déclaration d'une installation de traitement, de stockage ou de consommation de produits chimiques inscrits au tableau 1 ;

2° Le commerce ou le courtage de produits inscrits au tableau 2 en provenance d'un État non partie à la Convention de Paris ou à destination d'un tel État ;

3° Le défaut d'information annuelle, par l'exploitant, des quantités de produits chimiques inscrits au tableau 1 qu'il a fabriquées, acquises, cédées, traitées, consommées ou stockées, des quantités de précurseurs inscrits à l'un des trois tableaux qu'il a utilisées pour la fabrication de ces produits chimiques et des quantités de ces produits qu'il prévoit de fabriquer au cours de l'année suivante.

Art. L. 2342-71. – Est puni d'un an d'emprisonnement et de 15 000 € d'amende le commerce ou le courtage sans autorisation de produits chimiques inscrits au tableau 3 à destination d'un État non partie à la Convention de Paris.

Art. L. 2342-72. – La tentative de commettre les délits prévus au second alinéa de l'article L. 2342-61, aux articles L. 2342-62, L. 2342-64, L. 2342-68, L. 2342-69 et aux 2° et 3° de l'article L. 2342-70 est punie des mêmes peines.

Art. L. 2342-73. – Les infractions prévues au second alinéa de l'article L. 2342-61, aux articles L. 2342-62, L. 2342-65 et L. 2342-68 à L. 2342-70 sont considérées, au regard de la récidive, comme une même infraction.

Art. L. 2342-74. – Est puni de cinq ans d'emprisonnement et de 75 000 € d'amende le fait de s'opposer ou de faire obstacle aux vérifications internationales prévues à la section 3 du présent chapitre.

Art. L. 2342-75. – Toute personne qui a tenté de commettre l'une des infractions prévues par les articles L. 2342-57 à L. 2342-61 est exempte de peine si, ayant averti l'autorité administrative ou judiciaire, elle a permis d'éviter la réalisation de l'infraction et d'identifier, le cas échéant, les autres coupables.

Art. L. 2342-76. – La peine privative de liberté encourue par l'auteur ou le complice de l'une des infractions prévues aux articles L. 2342-57 à L. 2342-61 est réduite de moitié si, ayant averti l'autorité administrative ou judiciaire, il a permis de faire cesser les agissements incriminés ou d'éviter que l'infraction n'entraîne mort d'homme ou infirmité permanente et d'identifier, le cas échéant, les autres coupables. Lorsque la peine encourue est la réclusion criminelle à perpétuité, celle-ci est ramenée à vingt ans de réclusion criminelle.

Art. L. 2342-77 *(Mod., L. n° 2008-776, 4 août 2008)*. **–** I. - Les personnes physiques coupables de l'une des infractions prévues au présent chapitre encourent les peines complémentaires suivantes :

1° L'interdiction, suivant les modalités prévues par l'article 131-26 du Code pénal, des droits civiques, civils et de famille ;

2° L'interdiction, suivant les modalités prévues par l'article 131-27 du Code pénal, soit d'exercer une fonction publique ou d'exercer l'activité professionnelle ou sociale dans l'exercice ou à l'occasion de l'exercice de laquelle l'infraction a été commise, soit d'exercer une profession commerciale ou industrielle, de diriger, d'administrer, de gérer ou de contrôler à un titre quelconque, directement ou indirectement, pour son propre compte ou pour le compte d'autrui, une entreprise commerciale ou industrielle ou une société commerciale. Ces interdictions d'exercice peuvent être prononcées cumulativement ;

3° La fermeture, soit à titre définitif, soit pour une durée de cinq ans au plus, des établissements ou de l'un ou de plusieurs des établissements de l'entreprise ayant servi à commettre les faits incriminés ;

4° L'exclusion des marchés publics pour une durée de cinq ans au plus ;

5° La confiscation de la chose qui a servi ou était destinée à commettre l'infraction ou de la chose qui en est le produit, à l'exception des objets susceptibles de restitution ;

6° L'affichage ou la diffusion de la décision prononcée dans les conditions prévues par l'article 131-35 du Code pénal.

II. – Les personnes physiques coupables de l'une des infractions prévues aux articles L. 2342-57 à L. 2342-62, L. 2342-64, L. 2342-68, L. 2342-69, L. 2342-74 et L. 2342-79 encourent également les peines complémentaires suivantes :

1° L'interdiction de séjour, suivant les modalités prévues par l'article 131-31 du Code pénal ;

2° L'interdiction du territoire français, lorsqu'il s'agit d'étrangers, prononcée dans les conditions prévues par l'article 131-30 du Code pénal, soit à titre définitif, soit pour une durée de dix ans au plus.

Art. L. 2342-78 *(Mod., L. n° 2009-526, 12 mai 2009)*. **–** Les personnes morales déclarées responsables pénalement, dans les conditions prévues par l'article 121-2 du Code pénal, des infractions définies aux articles L. 2342-57 à L. 2342-62, L. 2342-64 à L. 2342-71, L. 2342-74 et L. 2342-79 encourent, outre l'amende suivant les modalités prévues par l'article 131-38 du Code pénal :

[1°] Dans les cas prévus par les articles L. 2342-57 à L. 2342-61, les peines mentionnées à l'article 131-39 du Code pénal ;

[2°] Dans les cas prévus par les articles L. 2342-62, L. 2342-64 à L. 2342-71, L. 2342-74 et L. 2342-79, les peines mentionnées aux 2° à 9° de l'article 131-39 du Code pénal.

L'interdiction mentionnée au 2° de l'article 131-39 du Code pénal porte sur l'activité dans l'exercice ou à l'occasion de l'exercice de laquelle l'infraction a été commise.

Art. L. 2342-79. – Est punie d'un emprisonnement de trois ans et de 45 000 € d'amende toute communication ou toute divulgation sans l'autorisation de la personne concernée ou de ses ayants droit, ou du signataire ou du destinataire d'un document provenant d'une vérification prévue à la section 3 du présent chapitre, à une personne non qualifiée par les dispositions du présent chapitre pour en prendre connaissance.

Art. L. 2342-80. – Dans les cas prévus aux articles L. 2342-57 à L. 2342-62, L. 2342-64, au deuxième alinéa de l'article L. 2342-65 et aux articles L. 2342-66, L. 2342-68 et L. 2342-69 est prononcée la confiscation des armes chimiques et des produits chimiques inscrits au tableau 1 à quelque personne qu'ils appartiennent et en quelque lieu qu'ils se trouvent.

Art. L. 2342-81. – Lorsque les délits prévus aux articles L. 2342-68, L. 2342-69, au 2° de l'article L. 2342-70 et à l'article L. 2342-71 sont commis dans un État non partie à la Convention de Paris par un Français, la loi française est applicable, par dérogation aux dispositions du deuxième alinéa de l'article 113-6 du Code pénal, et les dispositions de la seconde phrase de l'article 113-8 du même code ne sont pas applicables.

Sous-section III. – Sanctions administratives

Art. L. 2342-82. – Lorsqu'un procès-verbal, dressé en application de l'article L. 2342-54, constate qu'une personne refuse aux agents de l'administration d'exercer leur pouvoir de contrôle prévu par l'article L. 2342-52, l'autorité administrative invite la personne ayant opposé ce refus à présenter ses observations dans un délai de quinze jours.

Passé ce délai, au vu du procès-verbal constatant le refus et des observations susmentionnées, l'autorité administrative peut, par une décision motivée, ordonner une astreinte journalière.

Le montant de l'astreinte journalière ne peut être supérieur à 7 500 € et, le cas échéant, à 0,1 % du chiffre d'affaires inscrit au compte de résultat du dernier exercice clos.

Toutefois, lors de la liquidation de l'astreinte, le total des sommes demandées ne peut être supérieur à 225 000 € et, le cas échéant, à 3 % du chiffre d'affaires inscrit au compte de résultat du dernier exercice clos.

La décision de l'autorité administrative est susceptible d'un recours de pleine juridiction.

Le président du tribunal administratif ou son délégué peut, si au moins l'un des moyens énoncés dans la requête paraît sérieux et de nature à justifier l'annulation de la décision, ordonner la suspension de l'astreinte jusqu'à ce qu'intervienne un jugement au principal.

Le président du tribunal administratif ou son délégué statue en urgence.

Art. L. 2342-83. – Lorsqu'il a été constaté un manquement à une obligation de déclaration prévue par les articles L. 2342-12, L. 2342-14, L. 2342-15 et L. 2342-17 à L. 2342-19 ou lorsqu'il n'a pas été répondu à une demande d'information prévue par l'article L. 2342-51, l'autorité administrative invite la personne concernée à prendre connaissance du dossier et à présenter ses observations dans un délai de quinze jours.

Passé ce délai et au vu des observations susmentionnées, l'autorité administrative peut, par une décision motivée, prononcer une amende au plus égale à 75 000 €.

La décision de l'autorité administrative est susceptible d'un recours de pleine juridiction.

Art. L. 2342-84. – Les amendes et astreintes prévues à la présente sous-section ne peuvent porter sur des faits remontant à plus de trois ans s'il n'a été accompli dans ce délai aucun acte tendant à leur recherche, leur constatation ou leur sanction.

CHAPITRE III. – MINES ANTIPERSONNEL

Section I. – Définition

Art. L. 2343-1. – Pour l'application du présent chapitre, les mots : « convention d'Ottawa » désignent la Convention sur l'interdiction de l'emploi, du stockage, de la production et du transfert des mines antipersonnel et sur leur destruction, publiée par le décret n° 99-303 du 13 avril 1999.

Au titre du présent chapitre, les termes : « mines antipersonnel » et « transfert » ont le sens qui leur est donné par la convention d'Ottawa.

Section II. – Régime juridique

Art. L. 2343-2. – La mise au point, la fabrication, la production, l'acquisition, le stockage, la conservation, l'offre, la cession, l'importation, l'exportation, le transfert et l'emploi des mines antipersonnel sont interdits.

Art. L. 2343-3. – Nonobstant les dispositions de l'article L. 2343-2, les services de l'État sont autorisés :

1° À transférer des mines antipersonnel en vue de leur destruction ;

2° À conserver ou transférer un certain nombre de mines antipersonnel pour la mise au point de techniques de détection des mines, de déminage ou de destruction des mines et pour la formation à ces techniques, le nombre de mines détenues à ces fins ne pouvant excéder 5 000 à partir du 31 décembre 2000.

Les services de l'État peuvent confier ces opérations à des personnes agréées.

Art. L. 2343-4. – Sont soumis à déclaration, dans les conditions prévues à l'article 7 de la convention d'Ottawa :

1° Par leur détenteur :

a) Le total des stocks de mines antipersonnel, incluant une répartition par type, quantité et, si cela est possible, par numéro de lot pour chaque type de mines antipersonnel stockées ;

b) Les types et quantités et, si possible, les numéros de lots de toutes les mines antipersonnel conservées ou transférées pour la mise au point de techniques de détection des mines antipersonnel, de déminage ou de destruction des mines antipersonnel et pour la formation à ces techniques ;

c) Les types et quantités et, si possible, les numéros de lots de toutes les mines antipersonnel transférées dans un but de destruction ;

d) L'état des programmes de destruction des stocks de mines antipersonnel, y compris des précisions sur les méthodes utilisées pour la destruction et les normes observées en matière de sécurité et de protection de l'environnement ;

e) Les types et quantités de toutes les mines antipersonnel détruites après l'entrée en vigueur de la convention d'Ottawa, y compris une répartition de la quantité de chaque type de mines antipersonnel détruites de même que, si possible, les numéros de lots de chaque type de mines antipersonnel.

2° Par leur exploitant :

a) Les installations autorisées à conserver ou à transférer des mines antipersonnel à des fins de destruction ou pour la mise au point de techniques de détection des mines antipersonnel, de déminage ou de destruction des mines antipersonnel et pour la formation à ces techniques ;

b) L'état des programmes de reconversion ou de mise hors service des installations de production des mines antipersonnel.

Section III. – Contrôles

Art. L. 2343-5. – Les missions d'établissement des faits prévues à l'article 8 de la convention d'Ottawa portent sur toutes les zones ou toutes les installations situées sur le territoire français où il pourrait être possible de recueillir des faits pertinents relatifs au cas de non-respect présumé qui motive la mission.

Dans les conditions prévues aux huitième à dixième alinéas de l'article 8 de la convention d'Ottawa, les missions d'établissement des faits sont effectuées par des inspecteurs désignés par le secrétaire général des Nations unies qui n'ont pas été récusés par l'autorité administrative d'un État. Pour l'exécution de leur mission, les inspecteurs disposent des pouvoirs et jouissent des privilèges et immunités prévus par la convention d'Ottawa.

À l'occasion de chaque mission d'établissement des faits, l'autorité administrative de l'État désigne une équipe d'accompagnement dont chaque membre a la qualité d'accompagnateur.

Les accompagnateurs accueillent les inspecteurs à leur point d'entrée sur le territoire, assistent aux opérations effectuées par ceux-ci et les accompagnent jusqu'à leur sortie du territoire.

Le chef de l'équipe d'accompagnement veille à la bonne exécution de la mission. Dans le cadre de ses attributions, il représente l'État auprès du chef de l'équipe d'inspection et des personnes soumises à l'inspection. Il peut déléguer certaines de ses attributions aux autres accompagnateurs.

Le chef de l'équipe d'accompagnement se fait communiquer le mandat d'inspection. Il vérifie au point d'entrée sur le territoire de la mission d'établissement des faits que les équipements détenus par les inspecteurs sont exclusivement destinés à être utilisés pour la collecte de renseignements sur le cas de non-respect présumé. Il s'assure que ces équipements sont conformes à la liste communiquée par la mission avant son arrivée.

Art. L. 2343-6. – Lorsque le lieu soumis à inspection dépend d'une personne publique autre que l'État, l'autorisation d'accès est donnée par une autorité administrative de l'État.

Si la mission d'établissement des faits porte sur un lieu dont l'accès, pour tout ou partie de la zone spécifiée, dépend d'une personne privée, le chef de l'équipe d'accompagnement avise de cette demande la personne ayant qualité pour autoriser l'accès à ce lieu. Cet avis est donné par tous les moyens et dans les délais compatibles avec ceux de l'exécution de la mission d'établissement des faits. L'avis indique l'objet et les conditions de l'inspection. La personne qui a qualité pour autoriser l'accès assiste aux opérations d'inspection ou s'y fait représenter.

Si la personne qui a qualité pour autoriser l'accès ne peut être atteinte par l'avis mentionné à l'alinéa précédent ou si elle refuse l'accès, l'inspection ne peut commencer qu'avec l'autorisation du président du tribunal judiciaire ou du juge délégué par lui. Le président du tribunal judiciaire est saisi par l'autorité administrative de l'État.

Le président du tribunal judiciaire ou le juge délégué par lui s'assure que la demande d'inspection est conforme aux stipulations de la convention d'Ottawa. Il s'assure également de l'existence du mandat d'inspection. Il vérifie l'habilitation des membres de l'équipe d'inspection et des accompagnateurs et de toute autre personne pour laquelle l'accès est demandé. Le président ou le juge délégué par lui statue immédiatement par ordonnance. L'ordonnance comporte le mandat d'inspection, la liste nominative des membres de l'équipe d'inspection, des accompagnateurs et de toute autre personne autorisée, la localisation des lieux soumis à la visite.

La visite s'effectue sous le contrôle du juge qui l'a autorisée et qui désigne, à cet effet, un officier de police judiciaire territorialement compétent chargé d'assister aux opérations. L'ordonnance est notifiée par l'autorité administrative de l'État, sur place au moment de la visite, aux personnes concernées qui en reçoivent copie intégrale contre récépissé. En leur absence, la notification est faite après la visite par lettre recommandée avec avis de réception.

Art. L. 2343-7. – Lorsque la mission d'établissement des faits demande l'accès à des zones, locaux, documents, données ou informations ayant un caractère confidentiel ou privé, le chef de l'équipe d'accompagnement, le cas échéant à la demande de la personne concernée, informe par écrit le chef de la mission d'établissement des faits du caractère confidentiel ou privé susmentionné.

Le chef de l'équipe d'accompagnement peut prendre toutes dispositions qu'il estime nécessaires à la protection de la confidentialité et du secret relatif aux zones, locaux, documents, données ou informations concernés ainsi que des droits de la personne.

Le chef de l'équipe d'accompagnement s'assure qu'aucun document, donnée ou autre type d'information sans rapport avec la mission d'établissement des faits n'est détenu par les inspecteurs. À l'issue de la mission de vérification des faits, il vérifie que les documents et informations qu'il désigne comme confidentiels bénéficient d'une protection appropriée.

Le chef de l'équipe d'accompagnement est tenu, lorsqu'il fait usage des pouvoirs mentionnés aux deux alinéas précédents, de faire tout ce qui est raisonnablement possible pour proposer des mesures de substitution visant à démontrer le respect de la convention d'Ottawa et à satisfaire aux demandes que l'équipe d'inspection formule en application du mandat de la mission d'établissement des faits.

Section IV. – Dispositions pénales

Sous-section I. – Agents habilités à constater les infractions

Art. L. 2343-8 *(Mod., Ord. n° 2021-860, 30 juin 2021)*. **–** Peuvent constater les infractions aux prescriptions du présent chapitre, ainsi qu'aux dispositions réglementaires prises pour son application, outre les officiers de police judiciaire agissant conformément aux dispositions du Code de procédure pénale :

1° Les inspecteurs généraux et les inspecteurs des armées, les membres du corps militaire du contrôle général des armées et les officiers de l'armée de terre, de la marine nationale, de l'armée de l'air et de l'espace et de la gendarmerie nationale titulaires d'un commandement et les membres du corps militaire des ingénieurs de l'armement. Leur habilitation est individuelle. Elle est délivrée pour une durée limitée par arrêté du ministre de la défense. Copie en est jointe aux procès-verbaux de contestation ;

2° Les agents des douanes à l'occasion des contrôles effectués en application du Code des douanes.

Les agents du ministère de la Défense et les agents des douanes mentionnés à l'alinéa ci-dessus adressent sans délai au procureur de la République le procès-verbal de leurs constatations.

Sous-section II. – Sanctions pénales

Art. L. 2343-9. – Les infractions aux dispositions de l'article L. 2343-2, sous réserve des dispositions de l'article L. 2343-3, sont punies de dix ans d'emprisonnement et de 150 000 € d'amende.

Les tentatives d'infraction sont punies de la même peine.

Est puni de cinq ans d'emprisonnement et de 75 000 € d'amende le fait de s'opposer ou de faire obstacle aux procédures internationales d'établissement des faits prévues à l'article L. 2343-5.

Art. L. 2343-10. – Les personnes physiques coupables des infractions prévues à l'article L. 2343-9, sous réserve des dispositions de l'article L. 2343-3, encourent également les peines complémentaires prévues aux articles 221-8 à 221-11 du Code pénal.

Art. L. 2343-11 *(Mod., L. n° 2009-526, 12 mai 2009)*. **–** Les personnes morales déclarées responsables pénalement, dans les conditions prévues par l'article 121-2 du Code pénal, des infractions définies à l'article L. 2343-9, sous réserve des dispositions de l'article L. 2343-3, encourent, outre l'amende suivant les modalités prévues par l'article 131-38 du Code pénal, les peines prévues par l'article 131-39 du même code.

L'interdiction mentionnée au 2° de l'article 131-39 du Code pénal porte sur l'activité dans l'exercice ou à l'occasion de l'exercice de laquelle l'infraction a été commise.

Art. L. 2343-12. – Lorsque les infractions aux dispositions de l'article L. 2343-2, sous réserve des dispositions de l'article L. 2343-3, sont commises hors du territoire de la République par un Français, la loi pénale française est applicable, par dérogation aux dispositions du deuxième alinéa de l'article 113-6 du Code pénal, et les dispositions de la deuxième phrase de l'article 113-8 du même code ne sont pas applicables.

TITRE V. – EXPLOSIFS

CHAPITRE I

(Abr., L. n° 2005-1550, 12 déc. 2005)

Art. L. 2351-1 *(Abr., L. n° 2022-52, 24 janv. 2022).*

CHAPITRE II. – AUTORISATIONS ET AGRÉMENTS

Art. L. 2352-1 *(Mod. à compter du 30 juin 2012, L. n° 2011-702, 22 juin 2011 ; mod. par L. n° 2013-1168, 18 déc. 2013)*. **–** La production, l'importation et l'exportation hors du territoire de l'Union européenne, le transfert entre États membres de l'Union européenne, le commerce, l'emploi, le transport, la conservation et la destruction des produits explosifs sont subordonnés à un agrément technique et aux autorisations et contrôles nécessités par les exigences de la sécurité publique et de la défense nationale.

L'autorité administrative peut à tout moment suspendre, modifier, abroger ou retirer l'agrément technique et les autorisations d'importation et d'exportation hors du territoire de l'Union européenne ou de transfert entre États membres de l'Union européenne prévus à l'alinéa précédent qu'elle a délivrés, pour des raisons de respect des engagements internationaux de la France, de protection des intérêts essentiels de sécurité, d'ordre public ou de sécurité publique, ou pour non-respect des conditions fixées dans l'agrément technique ou spécifiées dans l'autorisation.

Les conditions de mise à disposition sur le marché, de stockage en vue de leur mise à disposition sur le marché, d'importation, de transfert et d'utilisation des produits et des équipements mentionnés à l'article L. 557-1 du Code de l'environnement sont régies par le chapitre VII du titre V du livre V du même code, sans préjudice des dispositions du présent article qui leur sont applicables en tant qu'elles ne sont pas définies par ledit code.

Les conditions dans lesquelles l'agrément technique et les autorisations sont accordés, suspendus, modifiés, abrogés ou retirés et les opérations de contrôle effectuées sont déterminées par décret en Conseil d'État.

Les conditions dans lesquelles l'agrément technique et les autorisations sont accordés et les opérations de contrôle effectuées sont déterminées par décret en Conseil d'État.

Art. L. 2352-1-1 *(Créé, L. n° 2021-646, 25 mai 2021)*. – L'accès aux formations à l'emploi de produits explosifs est subordonné à l'obtention d'une autorisation préalable, qui peut être délivrée après les enquêtes administratives prévues à l'article L. 114-1 du Code de la sécurité intérieure, destinée à vérifier que le comportement des personnes intéressées n'est pas incompatible avec la manipulation ou l'utilisation de ces produits.

La liste des formations mentionnées au premier alinéa du présent article et les modalités d'application du présent article sont définies par décret en Conseil d'État.

Art. L. 2352-2. – Les autorisations ou habilitations réglementaires portent mention des dispositions des articles L. 2353-11 et L. 2353-12.

Avant de lui confier la garde des produits explosifs, l'employeur avertit, dans les conditions définies par décret en Conseil d'État, le préposé des obligations que lui crée l'article L. 2353-12, et obtient reconnaissance de cet avertissement.

CHAPITRE III. – DISPOSITIONS PÉNALES

Section I. – Agents habilités à constater les infractions

Art. L. 2353-1. – Peuvent constater les infractions aux prescriptions du présent titre, ainsi qu'aux dispositions réglementaires prises pour son application, outre les officiers de police judiciaire agissant conformément aux dispositions du Code de procédure pénale :

1° Les ingénieurs des mines et les ingénieurs et fonctionnaires assimilés placés sous leurs ordres, les ingénieurs de l'armement et les ingénieurs des études et techniques d'armement ainsi que les officiers placés sous leurs ordres, désignés par le ministre dont ils relèvent ;

2° Les agents des douanes à l'occasion des contrôles effectués en application du Code des douanes.

Les agents du ministère de la Défense et du ministère chargé de l'industrie, ainsi que les agents des douanes mentionnés aux alinéas ci-dessus adressent sans délai au procureur de la République le procès-verbal de leurs constatations.

Section II. – Sanctions pénales

Art. L. 2353-2 et L. 2353-3 *(Abr., L. n° 2005-1550, 12 déc. 2005)*.

Art. L. 2353-4 *(Mod., L. n° 2005-1550, 12 déc. 2005 ; L. n° 2016-731, 3 juin 2016)*. – Sont punies d'un emprisonnement de cinq ans et d'une amende de 75 000 € :

1° La fabrication, sans autorisation, d'un engin explosif ou incendiaire ou d'un produit explosif, quelle que soit sa composition ;

2° La fabrication de tout autre élément ou substance destinés à entrer dans la composition d'un produit explosif.

Les peines sont portées à dix ans d'emprisonnement et à 500 000 € d'amende lorsque l'infraction est commise en bande organisée.

La peine privative de liberté encourue par l'auteur ou le complice des infractions prévues au présent article est réduite de moitié, si ayant averti l'autorité administrative ou judiciaire, il a permis de faire cesser les agissements incriminés et d'identifier, le cas échéant, les autres auteurs ou complices.

Voir : art. 321-6-1, p. 708.

Art. L. 2353-5 *(Mod., L. n° 2005-1550, 12 déc. 2005 ; mod. à compter du 30 juin 2012, L. n° 2011-702, 22 juin 2011)*. – Sont punis d'un emprisonnement de cinq ans et d'une amende de 4 500 € :

1° Toute violation de l'article L. 2352-1 ou des textes pris pour son application ;

2° Le fait de refuser de se soumettre aux contrôles prévus à l'article L. 2352-1, ou d'y apporter des entraves, ou de ne pas fournir les renseignements demandés en vue de ces contrôles.

Les peines sont portées à dix ans d'emprisonnement et à 500 000 € d'amende lorsque l'infraction est commise en bande organisée.

Voir : art. 321-6-1, p. 708.

Art. L. 2353-6. – Est punie d'un emprisonnement de deux ans et d'une amende de 3 750 € la vente des produits explosifs non susceptibles d'un usage militaire en dehors des conditions prévues par le présent titre et les dispositions réglementaires prises pour son application.

Art. L. 2353-7. – Est punie d'une amende de 3 750 € l'exportation de produits explosifs non susceptibles d'un usage militaire, en dehors des conditions prévues par le présent titre et les textes pris pour son application.

Art. L. 2353-8. – Est punie comme l'auteur des infractions prévues aux articles L. 2353-5, L. 2353-6 et L. 2353-7 la personne exerçant une activité d'intermédiaire ou d'agent de publicité à l'occasion d'opérations portant sur les produits précités.

Art. L. 2353-9 *(Mod., L. n° 2005-1550, 12 déc. 2005)*. – La peine privative de liberté encourue par l'auteur ou le complice des infractions prévues aux articles L. 2353-5 à L. 2353-8 est réduite de moitié, si ayant averti l'autorité administrative ou judiciaire, il a permis de faire cesser les agissements incriminés et d'identifier, le cas échéant, les autres auteurs ou complices.

En cas d'application des dispositions des articles L. 2353-4 à L. 2353-8, le tribunal peut ordonner en outre la confiscation des engins explosifs ou incendiaires et des produits explosifs fabriqués, vendus, exportés ou importés sans autorisation.

Art. L. 2353-10. – Le port ou le transport, sans motif légitime, d'artifices non détonants sont punis de six mois d'emprisonnement et de 3 750 € d'amende.

Le tribunal peut ordonner la confiscation de l'objet de l'infraction.

Art. L. 2353-11. – Toute personne détentrice d'une autorisation de fabriquer, d'acquérir, de transporter ou de conserver en dépôt des produits explosifs, qui n'a pas déclaré auprès des services de police ou de gendarmerie dans les vingt-quatre heures suivant le moment où elle a eu connaissance de la disparition de tout ou partie de ces produits, est punie d'un emprisonnement d'un an et d'une amende de 6 000 €.

Lorsque la personne détentrice d'une autorisation est une personne morale, les mêmes peines sont applicables à ses dirigeants si ces derniers ont eu connaissance de cette disparition et ne l'ont pas déclarée dans le délai prévu à l'alinéa précédent.

Art. L. 2353-12. – Sans préjudice de l'application des dispositions de l'article L. 2353-11, tout préposé auquel a été confiée la garde de produits explosifs est tenu, s'il constate la disparition de tout ou partie de ces derniers, d'en faire dans les vingt-quatre heures la déclaration aux services de police ou de gendarmerie. L'omission de cette déclaration est punie d'un emprisonnement de six mois et d'une amende de 3 750 €.

Art. L. 2353-13 *(L. n° 2005-1550, 12 déc. 2005 ; L. n° 2016-731, 3 juin 2016)*. – L'acquisition, la détention, le transport ou le port illégal de produits explosifs ou d'engins explosifs sont punis selon les dispositions du chapitre IX du titre III du présent livre applicables aux armes de la catégorie A ainsi que selon celles de la section 7 du chapitre II du titre II du livre II du Code pénal.

Les dispositions du premier alinéa ne sont pas applicables à l'acquisition, à la détention, au transport ou au port d'une quantité de 2 kilogrammes au plus de poudre noire ou de poudre à usage civil, en vue de la confection de munitions de chasse ou de tir.

Art. L. 2353-14 *(En vigueur à compter du 6 sept. 2013, L. n° 2012-304, 6 mars 2012)*. – En cas de condamnation pour une infraction prévue par la présente section, le prononcé de la peine complémentaire d'interdiction de détenir ou de porter, pour une durée de cinq ans au plus, une arme soumise à autorisation est obligatoire.

Toutefois, la juridiction peut, par une décision spécialement motivée, décider de ne pas prononcer cette peine, en considération des circonstances de l'infraction et de la personnalité de son auteur.

Décret n° 99-240 du 24 mars 1999

relatif aux conditions de commercialisation de certains objets ayant l'apparence d'une arme à feu

Art. 1er. – L'offre, la mise en vente, la vente, la distribution à titre gratuit ou la mise à disposition à titre onéreux ou gratuit des objets neufs ou d'occasion ayant l'apparence d'une arme à feu, destinés à lancer des projectiles rigides, lorsqu'ils développent à la bouche une énergie supérieure à 0,08 joule et inférieure ou égale à 2 joules, sont réglementées dans les conditions définies par le présent décret.

Art. 2. – La vente, la distribution à titre gratuit à des mineurs ou la mise à leur disposition à titre onéreux ou gratuit des produits visés à l'article 1er du présent décret sont interdites.

Art. 3. – L'indication de l'énergie exprimée en joules développée par les produits visés à l'article 1er du présent décret doit figurer à la fois sur le produit, sur son emballage et sur la notice d'emploi obligatoirement jointe.

Art. 4. – L'emballage ainsi que la notice d'emploi des produits visés à l'article 1er du présent décret doivent indiquer, en caractères lisibles, visibles et indélébiles, les deux mentions : « Distribution interdite aux mineurs » et « Attention : ne jamais diriger le tir vers une personne ».

Art. 5. – Est puni de la peine d'amende prévue pour les contraventions de la 5e classe :

1° Le fait de vendre, de distribuer à titre gratuit à des mineurs, de mettre à leur disposition à titre gratuit ou onéreux les produits visés à l'article 1er du présent décret ;

2° Le fait d'offrir à la vente, de mettre en vente, de vendre, de distribuer à titre gratuit, de mettre à disposition à titre gratuit ou onéreux les produits visés à l'article 1er du présent décret en méconnaissant les dispositions des articles 3 et 4 du présent décret.

En cas de récidive, la peine d'amende prévue pour la récidive de la contravention de 5e classe est applicable.

Les personnes morales peuvent être déclarées pénalement responsables, dans les conditions prévues à l'article 121-2 du Code pénal, des infractions définies au présent article ; elles encourent la peine d'amende selon les modalités prévues à l'article 131-41 du même code.

Loi n° 2011-267 du 14 mars 2011

d'orientation et de programmation pour la performance de la sécurité intérieure

Art. 68. – Le fait d'acheter, de détenir ou d'utiliser un appareil à laser non destiné à un usage spécifique autorisé d'une classe supérieure à 2 est puni de six mois d'emprisonnement et de 7 500 € d'amende.

Est puni des mêmes peines le fait de fabriquer, importer, mettre à disposition à titre gratuit ou onéreux, détenir en vue de la vente ou de la distribution gratuite, mettre en vente, vendre ou distribuer à titre gratuit ces mêmes matériels.

La liste des usages spécifiques autorisés pour les appareils à laser sortant d'une classe supérieure à 2 est fixée par décret.

TITRE III. – DES ATTEINTES À L'AUTORITÉ DE L'ÉTAT

CHAPITRE I. – DES ATTEINTES À LA PAIX PUBLIQUE

Section I. – Des entraves à l'exercice des libertés d'expression, du travail, d'association, de réunion ou de manifestation

Art. 431-1 *(Mod., L. n° 2011-267, 14 mars 2011 ; L. n° 2016-925, 7 juill. 2016 ; L. n° 2021-1109, 24 août 2021).* – **Le fait d'entraver, d'une manière concertée et à l'aide de menaces, l'exercice de la liberté d'expression, du travail, d'association, de réunion ou de manifestation ou d'entraver le déroulement des débats d'une assemblée parlementaire ou d'un organe délibérant d'une collectivité territoriale est puni d'un an d'emprisonnement et de 15 000 euros d'amende.**

Le fait d'entraver, d'une manière concertée et à l'aide de menaces, l'exercice de la liberté de création artistique ou de la liberté de la diffusion de la création artistique est puni d'un an d'emprisonnement et de 15 000 euros d'amende.

Le fait d'entraver, d'une manière concertée et à l'aide de menaces, l'exercice de la fonction d'enseignant est puni d'un an d'emprisonnement et de 15 000 euros d'amende.

Le fait d'entraver, d'une manière concertée et à l'aide de coups, violences, voies de fait, destructions ou dégradations au sens du présent code, l'exercice d'une des libertés visées aux alinéas précédents est puni de trois ans d'emprisonnement et de 45 000 euros d'amende.

Bibliographie : *JCl. Pénal Code, Entraves à l'exercice des libertés d'expression, du travail, d'association, de réunion ou de manifestation par X. Samuel ; D.* 2004, chron. p. 716. • C. Rosinsky et E. Dreyer : *Dr. pén.* 2014, dossier 3, p. 29, C. Claverie-Rousset.

1) QPC. Non-lieu à renvoi au Conseil constitutionnel de la QPC visant l'article 431-1, alinéa 2, du Code pénal (■ Cass. crim., 22 août 2012, n° 12-90.043).

2) Le terme « menaces » doit être employé dans son sens normal : tout acte d'intimidation inspirant la crainte d'un mal (■ Cass. crim., 5 avr. 1867 : *Bull. crim.* n° 79), ainsi le fait d'entourer un non-gréviste et le menacer de continuer la grève s'il persiste à travailler (■ Cass. crim., 14 janv. 1921 : *S.* 1922, 1, 215). Les piquets de grève peuvent avoir un caractère suffisant d'intimidation pour constituer les menaces visées par l'article 414 (■ Cass. crim., 10 mars 1939 : *Bull. crim.* n° 54. ■ Cass. crim., 5 févr. 1957 : *Bull. crim.* n° 166).

3) L'article 414 du Code pénal, réprimant les atteintes portées, au cours d'une grève, à la liberté du travail, n'a pas pour objet la protection du travail en soi, mais exclusivement celle de la liberté des travailleurs contre les procédés de nature à faire obstacle à leur droit de prendre une décision personnelle en ce qui concerne leur participation à une action collective et concertée, liée à des revendications professionnelles (■ Cass. crim., 15 mai 1987 : *Bull. crim.* n° 198).

4) Les juges du fond disposent d'un pouvoir souverain pour apprécier les éléments constitutifs tant matériels qu'intentionnels, de l'infraction d'entrave concertée à la liberté d'expression et de réunion à l'aide de menaces, violences et voies de fait, délit prévu par l'article 431-1 du Code pénal (■ Cass. crim., 22 juin 1999 : *Bull. crim.* n° 141 ; *D.* 2000, jur. 127, obs. B. de Lamy).

5) Encourt la censure l'arrêt de la cour d'appel qui, pour dire coupables du délit prévu par l'article 431-1 du Code pénal des prévenus auxquels il était reproché d'avoir investi les locaux de la direction départementale des affaires maritimes en vue d'obtenir le réexamen de la situation d'un marin victime d'un accident du travail, retient que si l'ancien article 414 du Code pénal avait pour unique but d'empêcher la grève forcée, l'article 431-1 précité sanctionne désormais toute entrave à la liberté du travail et que tel est le cas en la circonstance, les prévenus ayant, pour obtenir gain de cause, empêché les personnes présentes dans les locaux d'exercer librement leur travail.

En effet, le trouble apporté volontairement à l'exercice d'activités professionnelles ne saurait constituer l'élément matériel du délit d'entrave à la liberté du travail, au sens de l'article 431-1 du Code pénal (■ Cass. crim., 3 juin 2008, pourvoi n° 07-80.079 : *Bull. crim.* n° 135).

6) Le simple trouble apporté à la délibération d'un conseil municipal ne saurait constituer une entrave au sens de l'article 431-1 du Code pénal.

Justifie sa décision la cour d'appel qui, pour relaxer le prévenu du chef de complicité d'entrave au déroulement des débats d'un organe délibérant d'une collectivité territoriale, relève que l'attitude des manifestants n'a fait que troubler quelques instants la réunion sans entraver en rien le déroulement des débats du conseil municipal (■ Cass. crim., 11 juin 2013, n° 12-85.104 : *Bull. crim.* n° 131 ; *Dr. pén.* 2013, comm. 122, obs. M. Véron ; *D.* 2013, act., p. 1550, et chron., p. 1790, n° 7, note M.-L. Divielle).

7) L'entrave à la liberté d'expression de la victime ne peut être justifiée par la liberté d'expression du prévenu (■ Cass. crim., 28 juin 2017, n° 16-83.680 : *Dr. pén.* 2017, comm. 139, note Ph. Conte).

8) Action civile. Le droit d'exercer l'action civile devant les juridictions répressives n'appartient qu'à ceux qui ont personnellement et directement souffert du dommage causé par l'infraction ; le préjudice résultant pour une entreprise d'une perte commerciale due à la fermeture momentanée d'un magasin causée par l'existence de barrages ayant empêché ses salariés non grévistes de se rendre à leur poste de travail n'est que la conséquence indirecte de l'infraction prévue par l'article 431-1 du Code pénal, qui a pour seul objet la protection de la liberté du travail (■ Cass. crim., 23 avr. 2003 : *Bull. crim.* n° 84 ; *RSC* 2003, p. 806, obs. G. Giudicelli-Delage).

Art. 431-2. – Les personnes physiques coupables de l'une des infractions prévues par l'article 431-1 encourent également les peines complémentaires suivantes :

1° L'interdiction des droits civiques, civils et de famille, suivant les modalités prévues par l'article 131-26 ;

2° L'interdiction, suivant les modalités prévues par l'article 131-27, d'exercer une fonction publique ou d'exercer l'activité professionnelle ou sociale dans l'exercice ou à l'occasion de l'exercice de laquelle l'infraction a été commise ;

3° L'interdiction de détenir ou de porter, pour une durée de cinq ans au plus, une arme soumise à autorisation.

Section II. – De la participation délictueuse à un attroupement

Art. 431-3 ***(Mod., L. n° 2009-971, 3 août 2009 ; mod. à compter du 1er mai 2012, Ord. n° 2012-351, 12 mars 2012).*** **– Constitue un attroupement tout rassemblement de personnes sur la voie publique ou dans un lieu public susceptible de troubler l'ordre public.**

Un attroupement peut être dissipé par la force publique après deux sommations de se disperser restées sans effet adressées dans les conditions et selon les modalités prévues par l'article L. 211-9 du Code de la sécurité intérieure.

Code de la sécurité intérieure

Art. L. 211-9. – Un attroupement, au sens de l'article 431-3 du Code pénal, peut être dissipé par la force publique après deux sommations de se disperser demeurées sans effet, adressées, lorsqu'ils sont porteurs des insignes de leur fonction, par :

1° Le représentant de l'État dans le département ou, à Paris, le préfet de police ;

2° Sauf à Paris, le maire ou l'un de ses adjoints ;

3° Tout officier de police judiciaire responsable de la sécurité publique, ou tout autre officier de police judiciaire.

Il est procédé à ces sommations suivant des modalités propres à informer les personnes participant à l'attroupement de l'obligation de se disperser sans délai.

Toutefois, les représentants de la force publique appelés en vue de dissiper un attroupement peuvent faire directement usage de la force si des violences ou voies de fait sont exercées contre eux ou s'ils ne peuvent défendre autrement le terrain qu'ils occupent.

Les modalités d'application des alinéas précédents sont précisées par un décret en Conseil d'État, qui détermine également les insignes que doivent porter les personnes mentionnées aux 1° à 3° et les conditions d'usage des armes à feu pour le maintien de l'ordre public.

....

Art. D. 211-10. – Dans le cas d'un attroupement mentionné à l'article L. 211-9, le maintien de l'ordre relève exclusivement du ministre de l'Intérieur.

Art. R. 211-11 *(D. n° 2021-556, 5 mai 2021)*. **–** Pour l'application de l'article L. 211-9, l'autorité habilitée à procéder aux sommations avant de disperser un attroupement par la force :

1° Annonce sa présence en énonçant par haut-parleur les mots : " Attention ! Attention ! Vous participez à un attroupement. Obéissance à la loi. Vous devez vous disperser et quitter les lieux " ;

2° Procède à une première sommation en énonçant par haut-parleur les mots : " Première sommation : nous allons faire usage de la force. Quittez immédiatement les lieux " ;

3° Procède à une deuxième et dernière sommation en énonçant par haut-parleur les mots : " Dernière sommation : nous allons faire usage de la force. Quittez immédiatement les lieux "

Si l'utilisation du haut-parleur est impossible ou manifestement inopérante, chaque annonce ou sommation peut être remplacée ou complétée par le lancement d'une fusée rouge.

Toutefois, si, pour disperser l'attroupement par la force, il doit être fait usage des armes mentionnées à l'article R. 211-16, la dernière sommation ou, le cas échéant, le lancement de fusée qui la remplace ou la complète doivent être réitérés.

Art. R. 211-12 *(D. n° 2021-556, 5 mai 2021)*. **–** Les autorités mentionnées aux 1° à 3° de l'article L. 211-9 doivent, pour procéder aux sommations, porter les insignes suivants :

1° Le représentant de l'État dans le département, ou, sous son autorité, un autre membre du corps préfectoral ou le directeur des services du cabinet : écharpe tricolore ou brassard tricolore ;

2° Le maire ou l'un de ses adjoints : écharpe tricolore ou brassard tricolore ;

3° L'officier de police judiciaire de la police nationale : écharpe tricolore ou brassard tricolore ;

4° L'officier de police judiciaire de la gendarmerie nationale : écharpe tricolore ou brassard tricolore.

Art. R. 211-13. – L'emploi de la force par les représentants de la force publique n'est possible que si les circonstances le rendent absolument nécessaire au maintien de l'ordre public dans les conditions définies par l'article L. 211-9. La force déployée doit être proportionnée au trouble à faire cesser et son emploi doit prendre fin lorsque celui-ci a cessé.

Art. R. 211-14. – Hors les deux cas prévus au sixième alinéa de l'article L. 211-9, les représentants de la force publique ne peuvent faire usage d'armes à feu pour le maintien de l'ordre public que sur ordre exprès des autorités habilitées à décider de l'emploi de la force dans des conditions définies à l'article R. 211-21.

Cet ordre est transmis par tout moyen permettant d'en assurer la matérialité et la traçabilité.

Art. R. 211-15. – Pour les forces armées mentionnées aux 1° et 3° de l'article L. 3211-1 du Code de la défense, l'ordre exprès mentionné à l'article R. 211-14 du présent code prend la forme d'une réquisition spéciale écrite délivrée par les autorités mentionnées à l'article R. 211-21.

Art. R. 211-16 *(Mod. à compter du 1er déc. 2014, D. n° 2014-1253, 27 oct. 2014)*. **–** Hors les deux cas prévus au sixième alinéa de l'article L. 211-9, les armes à feu susceptibles d'être utilisées pour le maintien de l'ordre public sont les grenades principalement à effet de souffle et leurs lanceurs entrant dans le champ d'application de l'article R. 311-2 et autorisés par décret.

Art. D. 211-17. – Les armes à feu susceptibles d'être utilisées par les représentants de la force publique pour le maintien de l'ordre public en application de l'article R. 211-16 sont les suivantes :

(Tableau rempl. à compter du 1er déc. 2014, D. n° 2014-1253, 27 oct. 2014 ; mod., D. n° 2017-1029, 10 mai 2017 ; D. n° 2021-1352, 15 oct. 2021)

APPELLATION	CLASSIFICATION
Grenades à effet sonore Grenades à effet sonore et lacrymogène Grenades lacrymogène instantanée	Article R. 311-2 5° et 6° de la catégorie A2
Grenades instantanée	
Lanceurs de grenades de 56 mm et leurs munitions	Article R. 311-2 4°, 5° et 6° de la catégorie A2
Lanceurs de grenades de 40 mm et leurs munitions	Article R. 311-2 4°, 5° et 6° de la catégorie A2
Grenades à main de désencerclement	Article R. 311-2 6° de la catégorie A2

Art. R. 211-18 *(Mod. à compter du 1er déc. 2014, D. n° 2014-1253, 27 oct. 2014)*. **–** Sans préjudice des articles 122-5 et 122-7 du Code pénal, peuvent être utilisées dans les deux cas prévus au sixième alinéa de l'article L. 211-9 du présent code, outre les armes mentionnées à l'article R. 211-16, les armes à feu des catégories A, B et C adaptées au maintien de l'ordre correspondant aux conditions de ce sixième alinéa, entrant dans le champ d'application de l'article R. 311-2 et autorisées par décret.

Art. D. 211-19. – Les armes à feu susceptibles d'être utilisées par les représentants de la force publique pour le maintien de l'ordre public en application de l'article R. 211-18 sont celles prévues à l'article D. 211-17 ainsi que celles énumérées ci-après :

(Tableau rempl. à compter du 1er déc. 2014, D. n° 2014-1253, 27 oct. 2014)

APPELLATION	CLASSIFICATION
Projectiles non métalliques tirés par les lanceurs de grenades de 56 mm	Article R. 311-2 3° de la catégorie B
Lanceurs de grenades et de balles de défense de 40 × 46 mm et leurs munitions	Article R. 311-2 4°, 5° et 6° de la catégorie A2 et les munitions de la catégorie B
Lanceurs de balles de défense de 44 mm et leurs munitions	Article R. 311-2 3° de la catégorie B

Art. D. 211-20. – En application de l'article R. 211-18, outre les armes à feu prévues à l'article D. 211-19, est susceptible d'être utilisée pour le maintien de l'ordre public, à titre de riposte en cas d'ouverture du feu sur les représentants de la force publique, celle mentionnée ci-après :
(Tableau rempl. à compter du 1er déc. 2014, D. n° 2014-1253, 27 oct. 2014)

APPELLATION	CLASSIFICATION
Fusil à répétition de précision de calibre 7,62 × 51 mm et ses munitions	Article R. 311-2 *b* du 2° de la catégorie B ou *b* du 1° de la catégorie C et les munitions classées au 7° de la catégorie C

Art. R. 211-21 *(D. n° 2021-556, 5 mai 2021).* – Dans les cas d'attroupements prévus à l'article 431-3 du Code pénal, le représentant de l'État dans le département ou un autre membre du corps préfectoral ou le directeur des services du cabinet, le maire ou l'un de ses adjoints, le directeur du service territorial de police en charge de l'ordre public ou son adjoint, le commandant de groupement de gendarmerie départementale ou son commandant en second, ou, mandaté par l'autorité préfectorale, un commissaire ou un officier de police, responsable de service placé sous l'autorité du directeur du service territorial de police en charge de l'ordre public, ou un commandant de compagnie de gendarmerie départementale ou un commandant en second doivent être présents sur les lieux en vue, le cas échéant, de décider de l'emploi de la force après sommation.

Si elle n'effectue pas elle-même les sommations, l'autorité civile responsable de l'emploi de la force désigne un officier de police judiciaire pour y procéder.

Art. R. 211-21-1 *(Créé à compter du 1er déc. 2014, D. n° 2014-1253, 27 oct. 2014 ; mod., D. n° 2018-583, 6 juill. 2018).* – Les attributions dévolues au représentant de l'État dans le département dans le cadre de la présente section sont exercées, sur les emprises des aérodromes de Paris-Charles de Gaulle, Paris-Le Bourget et Paris-Orly par le préfet de police, et, dans le département des Bouches-du-Rhône, par le préfet de police des Bouches-du-Rhône.

Bibliographie : *JCl. Pénal Code, Attroupements* par J.-F. Dreuille.

QPC. La question prioritaire de constitutionnalité visant l'article 431-3 du Code pénal et l'article L. 211-9 du Code de la sécurité intérieure :

– D'une part est irrecevable pour ce qui concerne l'article L. 211-9 du Code de la sécurité intérieure et le second alinéa de l'article 431-3 du Code pénal, ces textes ayant été créés par une ordonnance à ce jour non ratifiée et présentant donc un caractère réglementaire, de telles dispositions ne relevant pas des textes législatifs visés par l'article 61-1 de la Constitution et l'article 23-1 de l'ordonnance du 7 novembre 1958 ;

– D'autre part, pour ce qui concerne les termes du premier alinéa de l'article 431-3 du Code pénal, ne peut donner lieu à renvoi au conseil constitutionnel dès lors que ces termes qui définissent l'attroupement comme un rassemblement de personnes susceptibles de troubler l'ordre public, sont suffisamment clairs et précis pour que l'interprétation de ce texte, qui entre dans l'office du juge pénal, puisse se faire sans risque d'arbitraire ; que, d'autre part, en laissant au pouvoir réglementaire le soin de fixer les conditions de dissipation d'un tel rassemblement, le législateur n'a pas méconnu l'étendue de la compétence que lui confère l'article 34 de la Constitution en matière de fixation des règles concernant la détermination des crimes et délits ainsi que des peines qui leur sont applicables ; qu'enfin, les dispositions contestées, en ce qu'elles incriminent la méconnaissance d'une injonction de dispersion d'un attroupement adressée par les représentants de la force publique, dans l'exercice de leurs pouvoirs de police administrative, dont l'objet est de concilier la prévention des atteintes à l'ordre public, nécessaire à la sauvegarde de droits et principes de valeur constitutionnelle, et l'exercice des libertés constitutionnellement garanties, dont la liberté individuelle et la liberté de manifester, ne méconnaissent pas le principe selon lequel l'autorité judiciaire est gardienne de la liberté individuelle, dès lors qu'il revient à celle-ci, en dernier lieu de s'assurer que le rassemblement a le caractère d'un attroupement au sens précité, de sorte que le juge saisi de poursuites pénales doit vérifier réflectivité du risque de trouble à l'ordre public créé par le rassemblement (■ Cass. crim., 25 févr. 2014, n° 13-90.039, QPC : *D.* 2014, act., p. 608 ; *Dr. pén.* 2014, comm. 73, obs. M. Véron) ;

– De même, par arrêt du 18 octobre 2016, n° 15-84.940, il a été décidé de ne pas renvoyer au Conseil constitutionnel la QPC visant les articles 431-3, alinéa 1, du Code pénal et L. 211-9 du Code de la sécurité intérieure.

Art. 431-4 ***(Mod., L. n° 2010-201, 2 mars 2010).*** **– Le fait, pour celui qui n'est pas porteur d'une arme, de continuer volontairement à participer à un attroupement après les sommations est puni d'un an d'emprisonnement et de 15 000 € d'amende.**

L'infraction définie au premier alinéa est punie de trois ans d'emprisonnement et de 45 000 € d'amende lorsque son auteur dissimule volontairement en tout ou partie son visage afin de ne pas être identifié.

1) QPC. Non-lieu à renvoi au Conseil constitutionnel (▪ Cass. crim., 25 févr. 2014, n° 13-90.039, préc.) et, en ce qui concerne l'alinéa 1, V. ▪ Cass. crim., 18 oct. 2016, n° 15-84.940, préc. : *Dr. pén.* 2017, comm. 6, note Ph. Conte.

2) L'existence de sommations régulières est une composante indispensable de l'incrimination de participation à un attroupement (▪ Cass. crim., 23 févr. 1954 : *D.* 1955, 465, rapp. M. Patin) et la preuve doit être faite que les prévenus aient pu entendre effectivement les injonctions de l'autorité (▪ Grenoble, 17 janv. 1907 : *S.* 1908, 2, 75).

3) Lorsque des violences sont exercées contre les représentants de la force publique appelés en vue de dissiper un attroupement, le recours aux sommations est exclu (▪ Cass. crim., 12 déc. 1963 : *D.* 1964, 185).

4) Les sommations sont nulles si elles sont faites par une autorité non revêtue des insignes de sa fonction (▪ Cass. crim., 4 déc. 1903 : *D.* 1903, 1, 623).

5) L'acte de consommation du délit de participation à attroupement réside dans le simple fait pour le prévenu de ne pas avoir abandonné les lieux après cette première sommation ; il importe peu que le manifestant s'attribue des intentions pacifiques (▪ Paris, 12 juill. 1972 : *D.* 1972, somm., 177).

6) Selon les dispositions de l'article 397-6 du Code de procédure pénale, la convocation par procès-verbal, prévue par l'article 394 du même code, n'est pas applicable en matière de délits politiques.

Constitue un tel délit, l'infraction de participation sans arme à un attroupement après sommation de se disperser, prévue et réprimée par l'article 431-4, premier alinéa, du Code pénal.

Doit être cassé l'arrêt ayant, d'une part, retenu que le seul fait de participer à une manifestation, interdite et organisée par un parti politique, ne conférait pas de caractère politique à cet événement, dès lors que l'objet de celle-ci était exclusif d'une volonté de remise en cause des institutions et des intérêts de la Nation, d'autre part, considéré que le maintien de la manifestation, nonobstant l'interdiction précitée, ne caractérisait qu'une désobéissance à une restriction, décidée par l'autorité publique dans le cadre de l'État de droit, à l'exercice d'une liberté (▪ Cass. crim., 28 mars 2017, n° 15-84.940 : *Dr. pén.* 2017, comm. 104, note Ph. Conte ; *D.* 2017, p. 1233, note J. Pradel).

Art. 431-5 ***(Mod., L. n° 2010-201, 2 mars 2010).*** **– Le fait de participer à un attroupement en étant porteur d'une arme est puni de trois ans d'emprisonnement et de 45 000 € d'amende.**

Si la personne armée a continué volontairement à participer à un attroupement après les sommations, la peine est portée à cinq ans d'emprisonnement et à 75 000 € d'amende.

Si la personne armée dissimule volontairement en tout ou partie son visage afin de ne pas être identifiée, la peine est également portée à cinq ans d'emprisonnement et à 75 000 € d'amende.

La Cour de cassation a jugé, au sujet d'un couteau-poignard, que le délit de port d'arme dans un attroupement est constitué indépendamment de l'usage que le détenteur en a fait, ou auquel il a pu l'avoir destiné, et quand bien même la participation du prévenu à la manifestation n'aurait été que fortuite (▪ Cass. crim., 26 janv. 1965 : *D.* 1965, 302).

Art. 431-6. – La provocation directe à un attroupement armé, manifestée soit par des cris ou discours publics, soit par des écrits affichés ou distribués, soit par tout autre moyen de transmission de l'écrit, de la parole ou de l'image, est punie d'un an d'emprisonnement et de 15 000 € d'amende.

Lorsque la provocation est suivie d'effet, la peine est portée à sept ans d'emprisonnement et à 100 000 € d'amende.

Art. 431-7 ***(Mod., L. n° 2012-304, 6 mars 2012).*** **– I. – Les personnes physiques coupables de l'une des infractions prévues par les articles 431-5 et 431-6 encourent également les peines complémentaires suivantes :**

1° L'interdiction des droits civiques, civils et de famille, suivant les modalités prévues par l'article 131-26 ;

2° ***(Abr., L. n° 2012-304, 6 mars 2012)*** **;**

3° ***(Abr., L. n° 2012-304, 6 mars 2012)*** **;**

4° L'interdiction de séjour, suivant les modalités prévues par l'article 131-31.

II. – En cas de condamnation pour l'une des infractions prévues par les articles 431-5 et 431-6, le prononcé des peines complémentaires suivantes est obligatoire :

1° L'interdiction de détenir ou de porter, pour une durée de cinq ans au plus, une arme soumise à autorisation ;

2° La confiscation d'une ou de plusieurs armes dont le condamné est propriétaire ou dont il a la libre disposition.

Toutefois, la juridiction peut, par une décision spécialement motivée, décider de ne pas prononcer ces peines, en considération des circonstances de l'infraction et de la personnalité de son auteur.

Art. 431-8. – **L'interdiction du territoire français peut être prononcée dans les conditions prévues par l'article 131-30, soit à titre définitif, soit pour une durée de dix ans au plus, à l'encontre de tout étranger coupable de l'une des infractions définies aux articles 431-5 et 431-6.**

Art. 431-8-1 *(Créé, L. n° 2019-290, 10 avr. 2019)*. – **Les articles 393 à 397-7 et 495-7 à 495-15-1 du Code de procédure pénale sont applicables aux délits prévus à la présente section.**

Section III. – Des manifestations illicites et de la participation délictueuse à une manifestation ou à une réunion publique

Art. 431-9. – **Est puni de six mois d'emprisonnement et de 7 500 € d'amende le fait :**

1° D'avoir organisé une manifestation sur la voie publique n'ayant pas fait l'objet d'une déclaration préalable dans les conditions fixées par la loi ;

2° D'avoir organisé une manifestation sur la voie publique ayant été interdite dans les conditions fixées par la loi ;

3° D'avoir établi une déclaration incomplète ou inexacte de nature à tromper sur l'objet ou les conditions de la manifestation projetée.

Bibliographie : *JCl. Pénal Code, Manifestations et réunions publiques* par J.-F. Dreville. • H. Vlamynck, *Le maintien de l'ordre : manifestations, réunions publiques et attroupements : AJ pénal* 2009, p. 289.

1) QPC. Non-lieu à renvoi au Conseil constitutionnel de la QPC visant l'alinéa 1 de l'article 431-9 (▪ Cass. crim., 8 avr. 2014, n° 14-90.008).

2) Si l'existence d'un usage local dispense, selon l'article 1er du décret-loi du 23 octobre 1935, de la déclaration préalable aux réunions sur la voie publique, un tel usage, à le supposer établi, ne saurait priver l'autorité investie des pouvoirs de police de son droit d'interdire une manifestation contraire à l'ordre public ; ainsi, le préfet de police de Paris a pu interdire une manifestation sur la voie publique au motif qu'elle était contraire aux dispositions de l'article L. 630 du Code de la santé publique, en ce qu'elle constituait une incitation à braver l'interdiction légale de l'usage de stupéfiants (▪ Cass. crim., 2 avr. 1998 : *Bull. crim.* n° 130 ; *Dr. pén.* 1998, comm. 111, obs. M. Véron).

3) Dans des poursuites pour organisation d'une manifestation interdite, une cour d'appel, saisie par le prévenu d'une exception d'illégalité de l'arrêté ayant interdit la manifestation en application du décret-loi du 23 octobre 1935, apprécie souverainement si la mesure d'interdiction prise, constitutive d'une restriction à l'exercice du droit de manifester ses opinions et convictions, est justifiée, au regard des circonstances de la cause, par les risques pour l'ordre et la sécurité publics. Constitue le même délit de manifestation illicite, du point de vue de la récidive, l'organisation d'une manifestation sans déclaration préalable et l'organisation d'une manifestation ayant été interdite, infractions toutes deux prévues par l'article 431-9 du Code pénal (▪ Cass. crim., 3 avr. 2001 : *Bull. crim.* n° 89).

4) Constitue une manifestation, au sens et pour l'application des articles L. 211-1 du Code de la sécurité intérieure et 431-9 du Code pénal, tout rassemblement, statique ou mobile, sur la voie publique d'un groupe organisé de personnes aux fins d'exprimer collectivement et publiquement une opinion ou une volonté commune.

Méconnaît ces textes et principe, en ajoutant à la loi des conditions qu'elle ne prévoit pas quant aux modalités matérielles d'expression des buts de la manifestation, la cour d'appel qui, pour entrer en voie de relaxe du chef d'organisation de manifestation sans déclaration préalable, retient que l'opération de distribution de tracts syndicaux à une barrière de péage d'autoroute par une centaine de militants, que le prévenu avait organisée sans l'avoir préalablement déclarée, ne constituait pas une manifestation, en l'absence d'utilisation de banderoles ou de drapeaux, ou de discours proférés à l'aide d'une sonorisation (▪ Cass. crim., 9 févr. 2016, n° 14-82.234 : *JCP* 2016, 465, note P. Collet ; *Dr. pén.* 2016, comm. 74, obs. P. Comte).

5) Poursuivi comme organisateur d'une manifestation ayant été interdite, un prévenu a excipé de la nullité de son interpellation et de sa garde à vue subséquente ; condamné, il interjette appel et la cour d'appel confirme le rejet de l'exception d'illégalité de l'interpellation, aux motifs que le prévenu, connu comme dirigeant du mouvement organisateur d'une manifestation ayant été interdite, a été interpellé à proximité de celle-ci alors qu'il avait publiquement exprimé son intention de passer outre à son interdiction. Ces motifs sont jugés suffisants, en ce qu'ils établissent l'existence d'indices objectifs et apparents, rendant probable la commission, par le prévenu, du délit d'organisation d'une manifestation interdite (■ Cass. crim., 20 juin 2018, n° 16-85.743).

Art. 431-9-1 *(Créé, L. n° 2019-290, 10 avr. 2019)*. **– Est puni d'un an d'emprisonnement et de 15 000 € d'amende le fait pour une personne, au sein ou aux abords immédiats d'une manifestation sur la voie publique, au cours ou à l'issue de laquelle des troubles à l'ordre public sont commis ou risquent d'être commis, de dissimuler volontairement tout ou partie de son visage sans motif légitime.**

Art. 431-10. – Le fait de participer à une manifestation ou à une réunion publique en étant porteur d'une arme est puni de trois ans d'emprisonnement et de 45 000 € d'amende.

Art. 431-11 *(Mod., L. n° 2012-304, 6 mars 2012 ; L. n° 2019-290, 10 avril 2019)*. **– I. – Les personnes physiques coupables des infractions prévues à la présente section encourent également les peines complémentaires suivantes :**

1° L'interdiction des droits civiques, civils et de famille, suivant les modalités prévues par l'article 131-26 ;

2° L'interdiction de participer à des manifestations sur la voie publique, dans les conditions prévues à l'article 131-32-1 ;

3° *(Abr., L. n° 2012-304, 6 mars 2012)* **;**

4° L'interdiction de séjour, suivant les modalités prévues par l'article 131-31.

II. – En cas de condamnation pour les infractions prévues à la présente section, le prononcé des peines complémentaires suivantes est obligatoire :

1° L'interdiction de détenir ou de porter, pour une durée de cinq ans au plus, une arme soumise à autorisation ;

2° La confiscation d'une ou de plusieurs armes dont le condamné est propriétaire ou dont il a la libre disposition.

Toutefois, la juridiction peut, par une décision spécialement motivée, décider de ne pas prononcer ces peines, en considération des circonstances de l'infraction et de la personnalité de son auteur.

Art. 431-12. – L'interdiction du territoire français peut être prononcée dans les conditions prévues par l'article 131-30, soit à titre définitif, soit pour une durée de dix ans au plus, à l'encontre de tout étranger coupable de l'infraction définie à l'article 431-10.

Code de la sécurité intérieure

Art. L. 211-1. – Sont soumis à l'obligation d'une déclaration préalable tous cortèges, défilés et rassemblements de personnes, et, d'une façon générale, toutes manifestations sur la voie publique.

Toutefois, sont dispensées de cette déclaration les sorties sur la voie publique conformes aux usages locaux.

Les réunions publiques sont régies par les dispositions de l'article 6 de la loi du 30 juin 1881.

Art. L. 211-2 *(Mod., L. 2019-290, 10 avr. 2019)*. **–** La déclaration est faite à la mairie de la commune ou aux mairies des différentes communes sur le territoire desquelles la manifestation doit avoir lieu, trois jours francs au moins et quinze jours francs au plus avant la date de la manifestation. À Paris, la déclaration est faite à la préfecture de police. Elle est faite au représentant de l'État dans le département en ce qui concerne les communes où est instituée la police d'État.

La déclaration fait connaître les noms, prénoms et domiciles des organisateurs et est signée par au moins l'un d'entre eux ; elle indique le but de la manifestation, le lieu, la date et l'heure du rassemblement des groupements invités à y prendre part et, s'il y a lieu, l'itinéraire projeté.

L'autorité qui reçoit la déclaration en délivre immédiatement un récépissé.

Art. L. 211-3. – Si les circonstances font craindre des troubles graves à l'ordre public et à compter du jour de déclaration d'une manifestation sur la voie publique ou si la manifestation n'a pas été déclarée, dès qu'il en

a connaissance, le représentant de l'État dans le département ou, à Paris, le préfet de police, peut interdire, pendant les vingt-quatre heures qui la précèdent et jusqu'à dispersion, le port et le transport, sans motif légitime, d'objets pouvant constituer une arme au sens de l'article 132-75 du Code pénal. L'aire géographique où s'applique cette interdiction se limite aux lieux de la manifestation, aux lieux avoisinants et à leurs accès, son étendue devant demeurer proportionnée aux nécessités que font apparaître les circonstances.
Les modalités d'application du présent article sont fixées par décret en Conseil d'État.

Art. L. 211-4. – Si l'autorité investie des pouvoirs de police estime que la manifestation projetée est de nature à troubler l'ordre public, elle l'interdit par un arrêté qu'elle notifie immédiatement aux signataires de la déclaration au domicile élu.
Le maire transmet, dans les vingt-quatre heures, la déclaration au représentant de l'État dans le département. Il y joint, le cas échéant, une copie de son arrêté d'interdiction.
Si le maire, compétent pour prendre un arrêté d'interdiction, s'est abstenu de le faire, le représentant de l'État dans le département peut y pourvoir dans les conditions prévues à l'article L. 2215-1 du Code général des collectivités territoriales.

Section 2. Rassemblements festifs à caractère musical.

Art. L. 211-5. – Les rassemblements exclusivement festifs à caractère musical, organisés par des personnes privées, dans des lieux qui ne sont pas au préalable aménagés à cette fin et répondant à certaines caractéristiques fixées par décret en Conseil d'État tenant à leur importance, à leur mode d'organisation ainsi qu'aux risques susceptibles d'être encourus par les participants, font l'objet d'une déclaration des organisateurs auprès du représentant de l'État dans le département dans lequel le rassemblement doit se tenir, ou, à Paris, du préfet de police. Sont toutefois exemptées les manifestations soumises, en vertu des lois ou règlements qui leur sont applicables, à une obligation de déclaration ou d'autorisation instituée dans un souci de protection de la tranquillité et de la santé publiques.
La déclaration mentionne les mesures envisagées pour garantir la sécurité, la salubrité, l'hygiène et la tranquillité publiques. L'autorisation d'occuper le terrain ou le local où est prévu le rassemblement, donnée par le propriétaire ou le titulaire d'un droit réel d'usage, est jointe à la déclaration.

Art. L. 211-6. – Lorsque les moyens envisagés paraissent insuffisants pour garantir le bon déroulement du rassemblement, le représentant de l'État dans le département ou, à Paris, le préfet de police, organise une concertation avec les responsables, destinée notamment à adapter lesdites mesures et, le cas échéant, à rechercher un terrain ou un local plus approprié.

Art. L. 211-7. – Le représentant de l'État dans le département ou, à Paris, le préfet de police, peut imposer aux organisateurs toute mesure nécessaire au bon déroulement du rassemblement, notamment la mise en place d'un service d'ordre ou d'un dispositif sanitaire.
Il peut interdire le rassemblement projeté si celui-ci est de nature à troubler gravement l'ordre public ou si, en dépit d'une mise en demeure préalable adressée à l'organisateur, les mesures prises par celui-ci pour assurer le bon déroulement du rassemblement sont insuffisantes.

Art. L. 211-8. – Les conditions d'application de la présente section sont fixées par décret en Conseil d'État.

Section 4. Manifestations sportives, récréatives ou culturelles à but lucratif

Art. L. 211-11. – Les organisateurs de manifestations sportives, récréatives ou culturelles à but lucratif peuvent être tenus d'y assurer un service d'ordre lorsque leur objet ou leur importance le justifie.
Les personnes physiques ou morales pour le compte desquelles sont mis en place par les forces de police ou de gendarmerie des services d'ordre qui ne peuvent être rattachés aux obligations normales incombant à la puissance publique en matière de maintien de l'ordre sont tenues de rembourser à l'État les dépenses supplémentaires qu'il a supportées dans leur intérêt.
Un décret en Conseil d'État fixe les conditions d'application du présent article.

Section 5. Dispositions pénales

Sous-section 1 : Manifestations sur la voie publique

Art. L. 211-12. – L'organisation sur la voie publique d'une manifestation n'ayant pas fait l'objet d'une déclaration préalable dans les conditions prévues par la loi, ayant fait l'objet d'une déclaration incomplète ou inexacte de nature à tromper sur l'objet ou les conditions de la manifestation projetée, ou ayant été interdite dans les conditions fixées par la loi et la participation à une manifestation ou à une réunion publique en étant porteur d'une arme sont réprimées dans les conditions prévues à la section 3 du chapitre Ier du titre III du livre IV du Code pénal.

Art. L. 211-13 *(Abr., L. n° 2019-290, 10 avr. 2019).*

Art. L. 211-14. – L'interdiction du territoire français peut être également prononcée, dans les conditions prévues par l'article 131-30 du Code pénal, pour une durée de trois ans au plus, à l'encontre de tout étranger s'étant rendu coupable, lors du déroulement de manifestations sur la voie publique, des infractions prévues aux articles 222-9,222-11 à 222-13,322-3 et 322-6 du Code pénal.

Sous-section 2. Rassemblements festifs à caractère musical.

Si un rassemblement mentionné à l'article L. 211-5 se tient sans déclaration préalable ou en dépit d'une interdiction prononcée par le représentant de l'État dans le département, ou, à Paris, par le préfet de police, les officiers de police judiciaire et, sous leur responsabilité, les agents de police judiciaire peuvent saisir le matériel utilisé, pour une durée maximale de 6 mois, en vue de sa confiscation par le tribunal.

Loi du 30 juin 1881

sur la liberté de réunion

Art. 1er. – Les réunions publiques sont libres.

Elles peuvent avoir lieu sans autorisation préalable, sous les conditions prescrites par les articles suivants.

Art. 5. – La réunion électorale est celle qui a pour but le choix ou l'audition de candidats à des fonctions publiques électives, et à laquelle ne peuvent assister que les électeurs de la circonscription, les candidats, les membres des deux chambres et le mandataire de chacun des candidats.

Art. 6. – Les réunions ne peuvent être tenues sur la voie publique ; elles ne peuvent se prolonger au-delà de onze heures du soir ; cependant, dans les localités où la fermeture des établissements publics a lieu plus tard, elles pourront se prolonger jusqu'à l'heure fixée pour la fermeture de ces établissements.

Art. 8. – Chaque réunion doit avoir un bureau composé de trois personnes au moins. Le bureau est chargé de maintenir l'ordre, d'empêcher toute infraction aux lois, d'interdire tout discours contraire à l'ordre public et aux bonnes mœurs, ou contenant provocation à un acte qualifié crime ou délit.

Les membres du bureau seront élus par l'assemblée.

Les membres du bureau sont responsables des infractions aux prescriptions des articles 6 et 8 de la présente loi.

Art. 9. – Un fonctionnaire de l'ordre administratif ou judiciaire peut être délégué : à Paris, par le préfet de police, et dans les départements, par le préfet, le sous-préfet ou le maire, pour assister à la réunion.

Il choisit sa place.

Le droit de dissolution ne devra être exercé par le représentant de l'autorité que s'il en est requis par le bureau, ou s'il se produit des collisions et voies de fait.

Art. 10. – Toute infraction aux dispositions de la présente loi sera punie des peines de simple police, sans préjudice des poursuites pour crimes et délits qui pourraient être commis dans les réunions.

Art. 11. – L'action publique et l'action privée se prescrivent par six mois.

Art. 12 *(Ord. n° 2009-536, 14 mai 2009)*. **–** Les dispositions de la présente loi sont applicables dans les collectivités d'outre-mer régies par l'article 74 de la Constitution et en Nouvelle-Calédonie.

Loi du 28 mars 1907

relative aux réunions publiques

Art. 1er. – Les réunions publiques, quel qu'en soit l'objet, pourront être tenues sans déclaration préalable.

Art. 2 *(Ord. n° 2009-536, 14 mai 2009)*. **–** Les dispositions de la présente loi sont applicables dans les collectivités d'outre-mer régies par l'article 74 de la Constitution et en Nouvelle-Calédonie.

Section IV. – Des groupes de combat et des mouvements dissous

Voir : CSI, art. L. 212-1.

Art. 431-13. – **Constitue un groupe de combat, en dehors des cas prévus par la loi, tout groupement de personnes détenant ou ayant accès à des armes, doté d'une organisation hiérarchisée et susceptible de troubler l'ordre public.**

Bibliographie : *JCl. Pénal Code, Groupes de combat et mouvements dissous* par H. Angevin.

Art. 431-14. – **Le fait de participer à un groupe de combat est puni de trois ans d'emprisonnement et de 45 000 € d'amende.**

Art. 431-15 *(Mod., L. n° 2021-1109, 24 août 2021).* – **Le fait de participer au maintien ou à la reconstitution, ouverte ou déguisée, d'une association ou d'un groupement dissous en application de l'article L. 212-1 du Code de la sécurité intérieure est puni de trois ans d'emprisonnement et de 45 000 euros d'amende.**

Lorsque l'association ou le groupement maintenu ou reconstitué est un groupe de combat au sens de l'article 431-14 du présent code, la peine est portée à cinq ans d'emprisonnement et à 75 000 euros d'amende.

Art. 431-16. – **Le fait d'organiser un groupe de combat est puni de cinq ans d'emprisonnement et de 75 000 € d'amende.**

Art. 431-17. – **Le fait d'organiser le maintien ou la reconstitution, ouverte ou déguisée, d'un groupe de combat dissous en application de la loi du 10 janvier 1936 précitée est puni de sept ans d'emprisonnement et de 100 000 € d'amende.**

Art. 431-18 *(Mod., L. n° 2021-1109, 24 août 2021).* – **Les personnes physiques coupables des infractions prévues par la présente section encourent également les peines complémentaires suivantes :**

1° L'interdiction des droits civiques, civils et de famille, suivant les modalités prévues par l'article 131-26 ;

1° ***bis*** **L'interdiction de diriger ou administrer une association pendant une durée de trois ans à compter de la date à laquelle la condamnation est devenue définitive ;**

2° La diffusion intégrale ou partielle de la décision ou d'un communiqué informant le public des motifs et du dispositif de celle-ci, dans les conditions prévues par l'article 221-10 ;

3° L'interdiction de séjour, suivant les modalités prévues par l'article 131-31.

Art. 431-19 *(Mod., L. n° 2003-1119, 26 nov. 2003).* – **L'interdiction du territoire français peut être prononcée dans les conditions prévues par l'article 131-30, soit à titre définitif, soit pour une durée de dix ans au plus, à l'encontre de tout étranger coupable de l'une des infractions définies à la présente section.**

Art. 431-20 *(L. n° 2009-526, 12 mai 2009).* – **Les personnes morales déclarées responsables pénalement, dans les conditions prévues par l'article 121-2, des infractions définies à la présente section encourent, outre l'amende suivant les modalités prévues par l'article 131-38, les peines prévues par l'article 131-39.**

L'interdiction mentionnée au 2° de l'article 131-39 porte sur l'activité dans l'exercice ou à l'occasion de l'exercice de laquelle l'infraction a été commise.

Art. 431-21. – **Les personnes physiques ou morales coupables des infractions prévues par la présente section encourent également les peines suivantes :**

1° La confiscation des biens mobiliers et immobiliers appartenant à ou utilisés par le groupe de combat ou l'association ou le groupement maintenu ou reconstitué ;

2° La confiscation des uniformes, insignes, emblèmes, armes et tous matériels utilisés ou destinés à être utilisés par le groupe de combat ou par l'association ou le groupement maintenu ou reconstitué.

Loi du 28 mars 1907

relative aux réunions publiques

Art. L. 212-1. – Sont dissous, par décret en conseil des ministres, toutes les associations ou groupements de fait :

1° Qui provoquent à des manifestations armées dans la rue ;

2° Ou qui présentent, par leur forme et leur organisation militaires, le caractère de groupes de combat ou de milices privées ;

3° Ou qui ont pour but de porter atteinte à l'intégrité du territoire national ou d'attenter par la force à la forme républicaine du Gouvernement ;

4° Ou dont l'activité tend à faire échec aux mesures concernant le rétablissement de la légalité républicaine ;

5° Ou qui ont pour but soit de rassembler des individus ayant fait l'objet de condamnation du chef de collaboration avec l'ennemi, soit d'exalter cette collaboration ;

6° Ou qui, soit provoquent à la discrimination, à la haine ou à la violence envers une personne ou un groupe de personnes à raison de leur origine ou de leur appartenance ou de leur non-appartenance à une ethnie, une nation, une race ou une religion déterminée, soit propagent des idées ou théories tendant à justifier ou encourager cette discrimination, cette haine ou cette violence ;

7° Ou qui se livrent, sur le territoire français ou à partir de ce territoire, à des agissements en vue de provoquer des actes de terrorisme en France ou à l'étranger.

Le maintien ou la reconstitution d'une association ou d'un groupement dissous en application du présent article, ou l'organisation de ce maintien ou de cette reconstitution, ainsi que l'organisation d'un groupe de combat sont réprimées dans les conditions prévues par la section 4 du chapitre Ier du titre III du livre IV du Code pénal.

Section V. – De l'intrusion dans un établissement d'enseignement scolaire

(L. n° 2010-201, 2 mars 2010)

Art. 431-22 *(L. n° 2010-201, 2 mars 2010).* **– Le fait de pénétrer ou de se maintenir dans l'enceinte d'un établissement d'enseignement scolaire sans y être habilité en vertu de dispositions législatives ou réglementaires ou y avoir été autorisé par les autorités compétentes, dans le but de troubler la tranquillité ou le bon ordre de l'établissement, est puni d'un an d'emprisonnement et de 7 500 € d'amende.**

Bibliographie : *JCl. Pénal Code, Intrusion dans un établissement d'enseignement scolaire*, par J.-F. Dreuille.

L'article 431-22 du Code pénal vise le fait de pénétrer ou de se maintenir dans l'enceinte d'un établissement d'enseignement scolaire sans y être habilité ou y avoir été autorisé par les autorités compétentes, dans le but de troubler la tranquillité ou le bon ordre de l'établissement.

Selon l'article 1er du décret n° 2009-1533 du 10 décembre 2009 et l'article 1er du décret n° 2012-715 du 7 mai 2012, l'École normale supérieure de Lyon, établissement d'enseignement supérieur, constitue un établissement public à caractère scientifique, culturel et professionnel au sens de l'article L. 711-1 du Code de l'éducation, et non un établissement scolaire au sens du Livre IV dudit code.

En conséquence, encourt la cassation l'arrêt d'une cour d'appel qui, pour condamner du chef d'intrusion dans un établissement d'enseignement scolaire un prévenu ayant pénétré et s'étant maintenu indûment dans l'enceinte de l'École normale supérieure de Lyon, énonce que cette institution, même qualifiée sur le plan administratif d'établissement public à caractère scientifique et culturel, n'en demeure pas moins un établissement scolaire (■ Cass. crim., 11 déc. 2012, nos 11-88.431 et 11-84.304, (deux arrêts) : *Bull. crim.* n° 272 ; *Dr. pén.* 2013, comm. 19, obs. M. Véron).

Art. 431-23 *(L. n° 2010-201, 2 mars 2010).* **– Lorsque le délit prévu à l'article 431-22 est commis en réunion, les peines sont portées à trois ans d'emprisonnement et 45 000 € d'amende.**

Art. 431-24 *(L. n° 2010-201, 2 mars 2010).* **– Lorsque le délit prévu à l'article 431-22 est commis par une personne porteuse d'une arme, les peines sont portées à trois ans d'emprisonnement et 45 000 € d'amende.**

Art. 431-25 *(L. n° 2010-201, 2 mars 2010).* **– Lorsque le délit prévu à l'article 431-22 est commis en réunion par une personne porteuse d'une arme, les peines sont portées à cinq ans d'emprisonnement et 75 000 € d'amende.**

Art. 431-26 *(L. n° 2010-201, 2 mars 2010 ; L. n° 2012-304, 6 mars 2012)*. – I. – Les personnes physiques coupables de l'une des infractions prévues par la présente section encourent également les peines complémentaires suivantes :

1° L'interdiction des droits civiques, civils et de famille, suivant les modalités prévues par l'article 131-26 ;

2° L'interdiction de détenir ou de porter, pour une durée de cinq ans au plus, une arme soumise à autorisation ;

3° Une peine de travail d'intérêt général ;

4° La confiscation d'une ou de plusieurs armes dont le condamné est propriétaire ou dont il a la libre disposition ;

5° L'interdiction de séjour, suivant les modalités prévues par l'article 131-31.

II. – En cas de condamnation pour les délits prévus aux articles 431-24 et 431-25, le prononcé de la peine complémentaire prévue aux 2° et 4° du I est obligatoire et la durée de l'interdiction est portée à dix ans au plus.

Toutefois, la juridiction peut, par une décision spécialement motivée, décider de ne pas prononcer ces peines, en considération des circonstances de l'infraction et de la personnalité de son auteur.

Art. 431-27 *(L. n° 2010-201, 2 mars 2010)*. – L'interdiction du territoire français peut être prononcée dans les conditions prévues par l'article 131-30, soit à titre définitif, soit pour une durée de dix ans au plus, à l'encontre de tout étranger coupable de l'infraction définie à l'article 431-25.

Section VI. – De l'introduction d'armes dans un établissement scolaire

(L. n° 2010-201, 2 mars 2010)

Art. 431-28 *(Abr., L. n° 2016-731, 3 juin 2016)*.

Bibliographie : *JCl. Pénal Code, Introduction d'armes dans un établissement scolaire*, par J.-F. Dreuille.

Section VII. – De la distribution d'argent à des fins publicitaires sur la voie publique

(L. n° 2011-267, 14 mars 2011)

Art. 431-29 *(L. n° 2011-267, 14 mars 2011)*. – La distribution sur la voie publique, à des fins publicitaires, de pièces de monnaie ou de billets de banque ayant cours légal est puni de six mois d'emprisonnement et 30 000 € d'amende.

Le fait d'annoncer publiquement, par tout moyen, qu'il sera procédé sur la voie publique, à des fins publicitaires, à la distribution de pièces de monnaie ou de billets de banque ayant cours légal est punie de trois mois d'emprisonnement et 15 000 € d'amende.

Dans le cas prévu par le premier alinéa, la peine d'amende peut être portée au double des sommes ayant été distribuées.

Art. 431-30 *(L. n° 2011-267, 14 mars 2011)*. – Les personnes morales déclarées responsables pénalement, dans les conditions prévues par l'article 121-2, des infractions définies à la présente section encourent, outre l'amende suivant les modalités prévues par l'article 131-38, la peine d'affichage de la décision prononcée ou de diffusion de celle-ci soit par la presse écrite, soit par tout moyen de communication au public par voie électronique.

Bibliographie : *JCl. Pénal Code, Distribution d'argent à des fins publicitaires sur la voie publique*, par N. Rias.

CHAPITRE II. – DES ATTEINTES À L'ADMINISTRATION PUBLIQUE COMMISES PAR DES PERSONNES EXERÇANT UNE FONCTION PUBLIQUE

Section I. – Des abus d'autorité dirigés contre l'administration

Art. 432-1. – Le fait, par une personne dépositaire de l'autorité publique, agissant dans l'exercice de ses fonctions, de prendre des mesures destinées à faire échec à l'exécution de la loi est puni de cinq ans d'emprisonnement et de 75 000 € d'amende.

Bibliographie : *JCl. Pénal Code, Mesures destinées à faire échec à l'exécution de la loi par Vitu, actualisé* par C. Ribeyre.

1) QPC. – Non-lieu à renvoi au Conseil constitutionnel de la question visant l'article 432-1 du Code pénal dont les termes précis et dépourvus d'ambiguïté ne portent pas atteinte au principe de légalité des délits et des peines (▪ Cass. crim., 11 juill. 2012, n° 11-88.664 QPC : *Dr. pén.* 2012, comm. 128, obs. M. Véron).

– Non-lieu à renvoi au conseil constitutionnel de la question faisant grief à l'article 432-1 du Code pénal de ne pas préciser si, pour son application, la « loi » doit être entendue au sens matériel ou au sens formel, dès lors qu'il résulte du texte même de l'article 432-1 du Code pénal que celui-ci ne réprime que la prise de mesures destinées à faire échec à l'exécution d'une loi, ce qui correspond à la prévention retenue contre le demandeur qui est prévenu d'avoir pris les mesures destinées à faire échec à l'application d'un article législatif du Code de procédure pénale (▪ Cass. crim., 4 sept. 2012, n° 12-80.081, QPC : *Dr. pén.* 2012, comm. 140, obs. M. Véron).

2) Il a été jugé que l'expression « dépositaire de l'autorité publique » était équivalente à celle de citoyen chargé d'un ministère de service public et permettait d'appliquer l'article 123 à un percepteur et à des commis des contributions directes auxquels il était imputé d'avoir entraîné leurs collègues à faire grève et à manifester dans la cour du ministère des Finances (▪ T. corr. Seine, 4 déc. 1934 : *DP* 1935, 2, 57, note M. Waline ; sur la critique de cette solution, V. Vitu et Dardel, n° 12 à 16).

3) Les articles 432-1 et 432-2 du Code pénal, qui ne concernent que les abus d'autorité commis au préjudice de l'Administration, ne sauraient autoriser une personne privée, fût-ce un syndicat, à engager l'action civile et à mettre ainsi en mouvement l'action publique, alors que l'exercice de cette dernière action est réservé, en pareille hypothèse, au ministère public, s'agissant manifestement de la seule défense des intérêts de l'État (▪ Paris, 19 juin 1996 : *Dr. pén.* 1996, comm. 244, obs. M. Véron).

4) L'inertie des successeurs de ceux qui ont pris la mesure litigieuse ne peut être assimilée aux mesures positives d'abus d'autorité seules sanctionnées par la loi (▪ Cass. crim., 19 févr. 2003 : *Dr. pén.* 2003, comm. 93, obs. M. Véron ; *JurisData* n° 2003-018394).

5) Justifie sa décision la cour d'appel qui, pour déclarer établi le délit prévu par l'article 432-1 du Code pénal, retient que le prévenu, en sa qualité de maire, a fait échec à l'application de l'article 21-2 du Code de procédure pénale en donnant l'ordre à des policiers municipaux placés sous son autorité de ne pas rendre compte à l'officier de police judiciaire compétent d'un délit commis sur le territoire de la commune peu importe que l'interpellation de la personne mise en cause pour ce délit ait eu lieu dans une commune voisine (▪ Cass. crim., 5 févr. 2013, n° 12-80.081 : *Bull. crim.* n° 34 ; *Dr. pén.* 2013, comm. 54, obs. M. Véron).

6) Justifie sa décision la cour d'appel qui, pour déclarer établi le délit prévu par l'article 432-1 du Code pénal, retient que le prévenu, en sa qualité de maire, a fait échec à l'application des articles 21 du Code de procédure pénale et L. 511-1 du Code de la sécurité intérieure, en donnant des instructions à des policiers municipaux placés sous son autorité, de ne pas constater certaines contraventions qu'il leur appartenait cependant de relever dans le cadre de leur mission d'agents de police judiciaire adjoints, qu'ils exercent sous la seule autorité du procureur de la République (▪ Cass. crim., 21 mars 2018, n° 17-81.011).

Art. 432-2. – L'infraction prévue à l'article 432-1 est punie de dix ans d'emprisonnement et de 150 000 € d'amende si elle a été suivie d'effet.

Art. 432-3. – Le fait, par une personne dépositaire de l'autorité publique ou chargée d'une mission de service public ou par une personne investie d'un mandat électif public, ayant été officiellement informée de la décision ou de la circonstance mettant fin à ses fonctions, de continuer à les exercer, est puni de deux ans d'emprisonnement et de 30 000 € d'amende.

Bibliographie : *JCl. Pénal Code, Exercice de l'autorité publique illégalement prolongé* par Vitu actualisé par C. Ribeyre.

1) L'exercice illégal peut résulter soit de l'accomplissement d'actes normaux de la fonction (▪ Cass. crim., 26 févr. 1948 : *Bull. crim.* n° 66), soit de gestes de protestation ou de violence accomplis en la qualité ancienne (▪ Cass. crim., 12 mai 1894 : *Bull. crim.* n° 132).

2) L'article 432-3 du Code pénal punit celui qui, chargé d'une mission de service public, continue à l'exercer alors qu'il a été officiellement informé de la décision ou de la circonstance mettant fin à ses fonctions. Justifie sa décision, la cour d'appel qui, pour relaxer le secrétaire général d'une chambre des métiers poursuivi de ce chef, retient que, s'il a été informé d'un jugement du tribunal administratif annulant la révocation du précédent secrétaire général, le second jugement ordonnant la réintégration de celui-ci et annulant la nomination de son successeur, n'a été notifié que postérieurement à la période visée à la prévention (▪ Cass. crim., 5 avr. 2005 : *Bull. crim.* n° 117).

Section II. – Des abus d'autorité commis contre les particuliers

§ 1. – Des atteintes à la liberté individuelle

Art. 432-4. – Le fait, par une personne dépositaire de l'autorité publique ou chargée d'une mission de service public, agissant dans l'exercice ou à l'occasion de l'exercice de ses fonctions ou de sa mission, d'ordonner ou d'accomplir arbitrairement un acte attentatoire à la liberté individuelle est puni de sept ans d'emprisonnement et de 100 000 € d'amende.

Lorsque l'acte attentatoire consiste en une détention ou une rétention d'une durée de plus de sept jours, la peine est portée à trente ans de réclusion criminelle et à 450 000 € d'amende.

Bibliographie : *JCl. Pénal Code, Atteintes à la liberté individuelle par des personnes exerçant une fonction publique* par Vitu, actualisé par D. Guérin.

1) L'article 114 du Code pénal [ancien] est applicable à des commissaires de police (▪ Cass. crim., 25 nov. 1882 : *S.* 1884, 1, 451), à des gardes champêtres et forestiers (▪ Cass. crim., 25 mai 1827 : *Bull. crim.* n° 122), à des agents de police (▪ Cass. crim., 23 juin 1892 : *D.* 1893, 1, 297), à des agents des douanes (▪ Cass. 1re civ., 20 nov. 1963 : *D.* 1964, 446, note Ruzié ; *JCP* 1964, II, 13774, note Escande) et même à tout préposé à un service public (▪ Cass. crim., 4 déc. 1862 : *S.* 1863, 1, 51). L'article 114 est inapplicable si le fonctionnaire a agi dans un intérêt privé et pour satisfaire ses passions personnelles (▪ Cass. crim., 23 juin 1892, préc.).

2) L'attentat à la liberté individuelle peut résulter d'une simple arrestation, indépendamment de toute détention ultérieure (▪ Paris, 8 mai 1946 : *D.* 1946, 316) ; lorsqu'il y a détention, peu importe la durée de celle-ci (▪ Cass. crim., 5 janv. 1973 : *D.* 1973, 541, note G. Roujou de Boubée).

3) L'article 432-4 du Code pénal incrimine, au titre des atteintes à la liberté individuelle, les seuls actes d'arrestation, de détention ou rétention arbitraires commis par des fonctionnaires publics. Les litiges relatifs aux conditions matérielles d'exécution de la rétention des étrangers en instance d'éloignement prévue par l'article 35 *bis* de l'ordonnance du 2 novembre 1945 ressortissent à la compétence des juridictions administratives (▪ T. confl. 25 avr. 1994 : *D.* 1994, 389, concl. R. Abraham, note Didier ; *Gaz. Pal.* 25 août 1994, note S. Petit).

4) Ne constitue pas un acte attentatoire à la liberté, le fait par des agents des douanes de procéder, en utilisant la clef trouvée au bureau du prévenu, en la présence de celui-ci, à l'ouverture du coffre loué par lui dans une banque sans qu'un procès-verbal de saisie de la clef fut établi (▪ Cass. crim., 18 févr. 1992 : *Dr. pén.* 1992, n° 251).

5) Constitue le délit prévu par l'article 432-4 du Code pénal, le fait pour un dépositaire de l'autorité publique, dans l'exercice ou à l'occasion de l'exercice de ses fonctions, d'avoir, à la suite d'un contrôle initié sur le fondement de l'article 60 du Code des douanes, décidé de retenir la personne contrôlée en s'affranchissant des règles en matière de retenue douanière, et ce faisant commis un acte arbitraire, attentatoire à la liberté de celle-ci (▪ Cass. crim., 8 févr. 2012, n° 11-81.259 : *Bull. crim.* n° 38 ; *AJ pénal* 2012, p. 291, note G. Rousset). Il en est de même lorsque le prévenu, officier de gendarmerie, a fait conduire et retenir pendant plusieurs heures une personne dans des locaux dépendant de son autorité, en connaissance de l'absence de fondement légal de la mesure (▪ Cass. crim., 24 mai 2016, n° 15-80.848).

6) L'article 432-4 du Code pénal réprime les seules atteintes à la liberté d'aller et venir commises par des personnes dépositaires de l'autorité publique ou chargées d'une mission de service public. Par suite, encourt la cassation l'arrêt qui condamne de ce chef un maire qui a fermé la vanne de raccordement d'eau alimentant une habitation non conforme au permis de construire délivré, en retenant que « les plaignants en étant privés de l'élément aussi essentiel à la vie quotidienne qu'à la poursuite de travaux de construction qu'était l'eau, ont été empêchés de s'installer physiquement sur le territoire de la commune » (▪ Cass. crim., 14 sept. 2004 : *Bull. crim.* n° 204 ; *Dr. pén.* 2004, comm. 170, obs. M. Véron).

7) L'article 432-4 du Code pénal incrimine au titre des atteintes à la liberté individuelle, les seuls actes d'arrestation, de détention ou de rétention arbitraires commis par des fonctionnaires publics.

Est donc justifiée la décision de refus d'informer sur une plainte avec constitution de partie civile du chef d'acte attentatoire à la liberté individuelle consistant en une expropriation à vil prix d'une maison au profit d'une société d'économie mixte (▪ Cass. crim., 8 nov. 2011 : *Dr. pén.* 2012, comm. 16, obs. M. Véron).

8) Il n'est pas porté atteinte à la règle *non bis in idem* par des poursuites concomitantes relatives à une même action des chefs de violences par une personne dépositaire de l'autorité publique et d'actes attentatoires à la liberté individuelle (▪ Cass. crim., 21 avr. 1998 : *Bull. crim.* n° 140).

Art. 432-5. – **Le fait, par une personne dépositaire de l'autorité publique ou chargée d'une mission de service public ayant eu connaissance, dans l'exercice ou à l'occasion de l'exercice de ses fonctions ou de sa mission, d'une privation de liberté illégale, de s'abstenir volontairement soit d'y mettre fin si elle en a le pouvoir, soit, dans le cas contraire, de provoquer l'intervention d'une autorité compétente, est puni de trois ans d'emprisonnement et de 45 000 € d'amende.**

Le fait, par une personne visée à l'alinéa précédent ayant eu connaissance, dans l'exercice ou à l'occasion de l'exercice de ses fonctions ou de sa mission, d'une privation de liberté dont l'illégalité est alléguée, de s'abstenir volontairement soit de procéder aux vérifications nécessaires si elle en a le pouvoir, soit, dans le cas contraire, de transmettre la réclamation à une autorité compétente, est puni d'un an d'emprisonnement et de 15 000 € d'amende lorsque la privation de liberté, reconnue illégale, s'est poursuivie.

Art. 432-6. – **Le fait, par un agent de l'administration pénitentiaire, de recevoir ou retenir une personne sans mandat, jugement ou ordre d'écrou établi conformément à la loi, ou de prolonger indûment la durée d'une détention, est puni de deux ans d'emprisonnement et 30 000 € d'amende.**

Voir : anc. art. 120, C. pén.

§ 2. – Des discriminations

Art. 432-7 *(Mod., L. n° 2004-204, 9 mars 2004 ; L. n° 2012-954, 6 août 2012)*. – **La discrimination définie aux articles 225-1 et 225-1-1, commise à l'égard d'une personne physique ou morale par une personne dépositaire de l'autorité publique ou chargée d'une mission de service public, dans l'exercice ou à l'occasion de l'exercice de ses fonctions ou de sa mission, est punie de cinq ans d'emprisonnement et de 75 000 € d'amende :**

1° À refuser le bénéfice d'un droit accordé par la loi ;

2° À entraver l'exercice normal d'une activité économique quelconque.

Bibliographie : *JCl. Pénal Code, Discriminations par des personnes exerçant une fonction publique* par J. Lasserre-Capdeville.

1) Ne commet pas un abus d'autorité et n'est pas coupable du délit de refus de prestation pour discrimination raciale le maire qui interdit pour des motifs de sécurité et non en raison de leur origine l'occupation d'un foyer d'hébergement à des ouvriers étrangers (▪ Paris, 11e ch. B, 1er juin 1989 : *JurisData* n° 1989-024476).

2) Justifie sa décision la cour d'appel qui, pour relaxer des conseillers municipaux, poursuivis du chef de discrimination à raison d'une délibération du conseil municipal refusant un service, retient que cette délibération a été prise par un organe collégial de la commune et ne peut être en conséquence imputée à ceux des conseillers ayant exprimé un vote favorable (▪ Cass. crim., 11 mai 1999 : *Bull. crim.* n° 93 ; *RSC* 2000, p. 197, note Y. Mayaud).

3) L'article 432-7 du Code pénal ne réprime la discrimination définie à l'article 225-1 dudit code, commise à l'égard d'une personne physique ou morale par une personne dépositaire de l'autorité publique ou chargée d'une mission de service public, que lorsqu'elle consiste à refuser le bénéfice d'un droit accordé par la loi ou à entraver l'exercice normal d'une activité économique ; en l'espèce, doit être approuvé l'arrêt qui énonce qu'un candidat ayant échoué à un concours, en raison, selon lui, de ses idées politiques, ne peut légitimement revendiquer que le seul droit de s'y présenter, lequel n'implique pas celui d'être admis, la notation des copies anonymes relevant de l'appréciation souveraine des examinateurs (▪ Cass. crim., 24 mars 1998 : *Bull. crim.* n° 108 ; *Dr. pén.* 1998, comm. 95, obs. M. Véron).

4) Le fait de devoir s'affilier aux régimes obligatoires de sécurité sociale, en l'espèce pour un médecin à la Caisse nationale d'assurance vieillesse des professions libérales, ne saurait constituer une discrimination au sens de l'article 432-7 du Code pénal ; le monopole consacré par le droit interne en matière d'assurances sociales n'est pas incompatible avec la réglementation communautaire (▪ Cass. crim., 24 nov. 1998 : *Bull. crim.* n° 311 ; *JurisData* n° 1998-005081 ; *Dr. pén.* 1999, comm. 52, obs. M. Véron).

5) La vente d'un bien immobilier par un particulier à un autre ne caractérise pas l'exercice d'une activité économique au sens de l'article 432-7, 2° du Code pénal. Encourt dès lors la cassation l'arrêt qui déclare coupable de discrimination économique par personne dépositaire de l'autorité publique, le maire d'une commune qui a fait pression sur le vendeur d'un terrain pour qu'il renonce à vendre ce bien à un acquéreur en raison de l'appartenance de celui-ci à la communauté des gens du voyage (▪ Cass. crim.,

24 mai 2005 : *Bull. crim.* n° 151 ; *Dr. pén.* 2005, comm. 120, obs. M. Véron).

– Et, sur renvoi après cassation dans cette même affaire, justifie sa décision la cour d'appel qui requalifie les faits en complicité de discrimination par refus de fourniture d'un bien en raison de **l'appartenance à une ethnie**. Il n'importe que seul le complice ait été poursuivi, dès lors que le fait principal est punissable (■ Cass. crim., 28 nov. 2006 : *Bull. crim.* n° 294 ; *Dr. pén.* 2007, comm. 31, obs. M. Véron ; *RSC* 2007, p. 79, n° 2, obs. Y. Mayaud).

6) Le délit de discrimination prévu à l'article 432-7 du Code pénal suppose, dans le premier cas visé par cet article, le **refus du bénéfice d'un droit accordé par la loi.**

Encourt dès lors la cassation l'arrêt d'une cour d'appel qui, pour dire coupable du délit défini par l'article 432-7, 1° du Code pénal le maire d'une commune auquel il était reproché d'avoir fait obstacle à la vente d'un bien immobilier situé dans ladite commune en exerçant de façon abusive le droit de préemption lui ayant été délégué, retient que le prévenu, en raison de la consonance du nom des acheteurs laissant supposer leur origine étrangère ou leur appartenance à l'islam, leur a refusé le droit d'acquérir la propriété d'un immeuble et de fixer librement le lieu de leur résidence.

En effet, la loi pénale étant d'interprétation stricte, l'exercice du droit de préemption délégué au maire d'une commune en application de l'article L. 2122-22 du Code général des collectivités territoriales ne saurait, même s'il est abusif, constituer le refus du bénéfice d'un droit accordé par la loi au sens dudit article 432-7 (■ Cass. crim., 17 juin 2008 : *Bull. crim.* n° 148 ; pourvoi n° 07-81.666 ; *Dr. pén.* 2008, comm. 125, obs. M. Véron).

7) Justifie sa décision la cour d'appel qui, pour déclarer un maire coupable du délit de discrimination en raison de **l'appartenance religieuse,** retient qu'il résulte des propos tenus par celui-ci, lors d'une réunion du conseil municipal, qu'il a privé une élue de l'exercice de son droit de parole en raison du port par cette dernière d'un insigne symbolisant son appartenance à la religion chrétienne, qu'il n'est nullement établi qu'en l'espèce, le port d'une croix ait été un facteur de trouble susceptible de justifier que le maire, usant de son pouvoir de police, la prive de son droit à s'exprimer et qu'aucune disposition législative, nécessaire en vertu de l'article 9 de la Convention européenne des droits de l'homme, pour que des restrictions soient apportées à la liberté de manifester sa religion ou ses convictions, ne permet au maire d'une commune, dans le cadre des réunions du conseil municipal, lieu de débats et de confrontations d'idées, d'interdire aux élus de manifester publiquement, notamment par le port d'un insigne, leur appartenance religieuse (■ Cass. crim., 1er sept. 2010 : *Bull. crim.* n° 127 ; *Dr. pén.* 2010, comm. 135, obs. M. Véron ; *D.* 2010, p. 2624, note S. Detraz ; *JCP* 2010, note 1208, E. Dreyer ; *RSC* 2010, p. 853, obs. Y. Mayaud).

8) Jugé que commet le délit un maire qui refuse de procéder au mariage d'un couple de personnes de sexes opposés, mais dont l'une était une transsexuelle (■ Papeete, 1er sept. 2011 : *JurisData* n° 2011-021235 ; *JCP* 2011, note 1132, p. 1873, P. Gourdon).

9) Le délit de discrimination prévu à l'article 432-7 du Code pénal suppose, dans le premier cas visé par cet article, le refus du bénéfice d'un droit accordé par la loi. Encourt dès lors la cassation l'arrêt d'une cour d'appel qui, pour dire coupable du délit défini par l'article 432-7 1° du Code pénal le maire d'une commune auquel il était reproché d'avoir fait obstacle à la vente de biens immobiliers situés dans ladite commune en exerçant de façon abusive le droit de préemption lui ayant été délégué, retient que le prévenu, bien qu'arguant agir au nom d'une politique de mixité sociale, de réhabilitation d'immeubles insalubres et de relogement, a refusé la possibilité à certaines personnes dont les noms avaient une consonance étrangère d'user du droit qu'elles avaient acquis, en signant un compromis de vente, d'être propriétaire d'un bien immobilier. En effet, la loi pénale étant d'interprétation stricte, l'exercice du droit de préemption délégué au maire d'une commune en application de l'article L. 2122-22 du Code général des collectivités territoriales ne saurait, même s'il est abusif, constituer le refus du bénéfice d'un droit accordé par la loi au sens dudit article 432-7 (■ Cass. crim., 21 juin 2011, n° 10-85.641 : *Bull. crim.* n° 143 ; *D.* 2011, act. p. 1821, note M. Blombled ; *Gaz. Pal.* 14-18 août 2011, jurispr. p. 11, note, J. Lasserre-Capdeville et L. Mourey ; *Dr. pén.* 2011, note 1205 ; *RSC* 2012, p. 147, obs. C. Mascala).

§ 3. – Des atteintes à l'inviolabilité du domicile

Art. 432-8. – Le fait, par une personne dépositaire de l'autorité publique ou chargée d'une mission de service public, agissant dans l'exercice ou à l'occasion de l'exercice de ses fonctions ou de sa mission, de s'introduire ou de tenter de s'introduire dans le domicile d'autrui contre le gré de celui-ci hors les cas prévus par la loi est puni de deux ans d'emprisonnement et de 30 000 € d'amende.

Bibliographie : *JCl. Pénal Code, Atteintes à l'inviolabilité du domicile par des personnes exerçant une fonction publique* par H. Matsopoulou.

1) Il a été jugé que le délit était constitué à l'encontre d'un maire, bien que l'occupant n'ait pas opposé de résistance, dès lors que, d'après l'appréciation souveraine des juges du fond, l'attitude passive qu'il a gardée doit être expliquée par la crainte qu'il a nécessairement éprouvée d'être mis en état d'arrestation s'il refusait de laisser opérer la perquisition (▪ Cass. crim., 25 juin 1909 : *S.* 1912, 1, 541).

2) De même ne peut-on considérer qu'il y a consentement en cas d'absence de l'occupant des lieux, ainsi lorsqu'un maire fait ouvrir la porte d'un logement par un serrurier alors que le détenteur des clés refusait de les lui livrer (▪ Cass. crim., 1er mars 1890 : *D.* 1890, 1, 334).

3) L'huissier de justice chargé de l'exécution d'une décision judiciaire, lorsqu'il se trouve en présence d'une résistance, doit requérir l'assistance de la force publique, faute de quoi en pénétrant dans de telles circonstances dans un domicile, il se rendrait coupable du délit prévu par l'article 184 du Code pénal (▪ Cass. crim., 3 févr. 1972 : *D.* 1972, 185, rapp. F. Chapar ; *RSC* 1972, p. 612, obs. Levasseur). Lorsque l'huissier se trouve simplement devant une porte close mais qu'il n'y a pas de résistance active, le fait pour lui de s'introduire en profitant d'une fenêtre ouverte ne constitue pas une violation de domicile (▪ Cass. ass. plén., 16 déc. 1974 : *JCP* 1975, II, 17962, note Lindon ; *RSC* 1975, p. 146, obs. Levasseur). Lorsqu'il est accompagné par un commissaire de police, l'huissier régulièrement commis peut pénétrer, au besoin par la force, au domicile d'un citoyen pour accomplir sa mission (▪ Cass. crim., 12 juill. 1972 : *D.* 1972, 753).

4) Il a été jugé qu'était exclusive de toute intention délictuelle l'introduction de policiers dans le bureau privé d'une association afin d'interpeller un étranger objet d'un arrêté d'expulsion mentionnant le caractère d'urgence, dès lors que les agissements des prévenus ne pouvaient impliquer qu'ils aient eu conscience, au cours de leur mission, qu'ils pénétraient dans un local privé et que celui d'entre eux qui avait commandé l'opération, sans participer au déroulement des faits, n'était pas en mesure de prendre les dispositions de nature à arrêter à temps l'entrée dans ce local (▪ Cass. crim., 19 oct. 1982 : *Gaz. Pal.* 1983, 1, Pan. 96).

5) Il ressort de l'article 78-2-1 du Code de procédure pénale que, sur réquisitions écrites du procureur de la République précisant les infractions aux articles L. 324-9 et L. 341-6 du Code du travail qu'il entend faire rechercher, les officiers et, sous leur ordre ou responsabilité, les agents de police judiciaire sont habilités à entrer dans les lieux à usage professionnel ainsi que dans leurs annexes et dépendances, sauf s'ils constituent un domicile, aux fins de contrôle ; est à bon droit déclaré régulier par la chambre de l'instruction, au regard des dispositions précitées, le contrôle d'identité des membres d'un orchestre qui a été pratiqué dans les couloirs et lieux de passage séparant la salle de spectacle de la loge des artistes et constituant les annexes de ladite salle ; n'est pas légalement justifiée, en revanche, la décision de la même juridiction qui annule le contrôle effectué dans la loge du chef d'orchestre, également gérant de la société à l'initiative de laquelle a eu lieu le spectacle, en retenant que ce lieu d'intimité constitue un domicile, alors qu'en l'état des seules constatations et énonciations de l'arrêt, ne pouvait être qualifiée de domicile la loge mise provisoirement, le temps d'un spectacle à la disposition de son organisateur, fut-il chef d'orchestre (▪ Cass. crim., 6 déc. 2005 : *Bull. crim.* n° 315).

6) Protection du domicile. QPC. Le sixième alinéa de l'article L. 651-6 du Code de la construction et de l'habitation autorise les agents du service municipal du logement, en cas de refus ou d'absence de l'occupant du local ou de son gardien, à se faire ouvrir les portes et à visiter les lieux en présence du maire ou d'un commissaire de police. En prévoyant ainsi que les agents du service municipal du logement peuvent, pour les motifs exposés ci-dessus, procéder à une telle visite, sans l'accord de l'occupant du local ou de son gardien, et sans y avoir été préalablement autorisés par le juge, le législateur a méconnu le principe d'inviolabilité du domicile (▪ Cons. const., 5 avr. 2019, n° 2019-772 QPC).

§ 4. – Des atteintes au secret des correspondances

Art. 432-9. – **Le fait, par une personne dépositaire de l'autorité publique ou chargée d'une mission de service public, agissant dans l'exercice ou à l'occasion de l'exercice de ses fonctions ou de sa mission, d'ordonner, de commettre ou de faciliter, hors les cas prévus par la loi, le détournement, la suppression ou l'ouverture de correspondances ou la révélation du contenu de ces correspondances, est puni de trois ans d'emprisonnement et de 45 000 € d'amende.**

(Al. mod., L. n° 2004-669, 9 juill. 2004) **Est puni des mêmes peines le fait, par une personne visée à l'alinéa précédent ou un agent d'un exploitant de réseaux ouverts au public de communications électroniques ou d'un fournisseur de services de télécommunications, agissant dans l'exercice de ses fonctions, d'ordonner, de**

commettre ou de faciliter, lors les cas prévus par la loi, l'interception ou le détournement de correspondances émises, transmises ou reçues par la voie des télécommunications, l'utilisation ou la divulgation de leur contenu.

Bibliographie : *JCl. Pénal Code, Atteintes au secret des correspondances commises par des personnes dépositaires de l'autorité publique* par V. Peltier : *JCP* 2002, II, 10087, note J. Devèze et M. Vivant : *Courrier électronique et secret.*

1) L'abus d'autorité peut émaner de n'importe quel fonctionnaire ou agent du Gouvernement, même s'il n'appartient pas à l'administration des postes : ainsi un préfet ayant ordonné à un receveur des postes de ne pas distribuer des plis (▪ Cass. crim., 22 janv. 1953 : *D.* 1953, 109, rapp. M. Patin).

2) Ne constitue pas une correspondance protégée, au sens de l'article 432-9 du Code pénal, un billet circulant à découvert.

Dès lors, la loi pénale étant d'interprétation stricte, justifie sa décision la chambre de l'instruction qui confirme l'ordonnance de non-lieu rendue dans une information suivie sur la plainte avec constitution de partie civile déposée, sur le fondement du délit d'atteinte au secret des correspondances prévu par l'article 432-9 du Code pénal, contre le fonctionnaire d'une escorte de police qui avait pris connaissance d'un billet, plié en deux et non fermé, remis en sa présence par un avocat à son client retenu par ladite escorte en vue de sa comparution devant un magistrat (▪ Cass. crim., 16 oct. 2012, n° 11-88.136 : *Bull. crim.* n° 216 ; *AJ pénal* 2013, p. 41, obs. Ph. Belloir ; *Dr. pén.* 2012, comm. 159, obs. M. Veron).

3) L'article 432-9 du Code pénal requiert, pour que soit constituée l'infraction dans son élément intellectuel, que soit établie non pas l'intention de nuire, mais celle de porter atteinte au contenu des correspondances protégées, au sens dudit article (▪ Cass. crim., 27 févr. 2018, n° 17-81.850).

4) V., *supra*, art. 226-15, p. 581 et les notes.

Section III. – Des manquements au devoir de probité

§ 1. – De la concussion

Art. 432-10 *(Mod., L. n° 2013-1117, 6 déc. 2013)*. **– Le fait, par une personne dépositaire de l'autorité publique ou chargée d'une mission de service public, de recevoir, exiger ou ordonner de percevoir à titre de droits ou contributions, impôts ou taxes publics, une somme qu'elle sait ne pas être due, ou excéder ce qui est dû, est puni de cinq ans d'emprisonnement et d'une amende de 500 000 €, dont le montant peut être porté au double du produit tiré de l'infraction.**

Est puni des mêmes peines le fait, par les mêmes personnes, d'accorder sous une forme quelconque et pour quelque motif que ce soit une exonération ou franchise des droits, contributions, impôts ou taxes publics en violation des textes légaux ou réglementaires.

La tentative des délits prévus au présent article est punie des mêmes peines.

Bibliographie : *JCl. Pénal Code, Concussion* par Y. Muller.

1) QPC. Non-lieu à renvoi au Conseil constitutionnel de la QPC visant l'article 432-10, alinéa 2 (▪ Cass. crim., 25 juin 2014, n° 13-88.069).

2) Concussion et corruption. Alors que dans le crime de corruption, le fonctionnaire sollicite ou accepte pour lui-même ou pour autrui un don ou une promesse afin d'accomplir, retarder ou omettre un acte de sa fonction, dans le crime de concussion, le fonctionnaire exige, comme un droit prétendument fondé sur la loi, de l'argent (▪ Cass. crim., 26 juill. 1917 : *D.* 1921, 1, 142).

3) Personnes concernées. Sont des fonctionnaires ou officiers publics un magistrat (▪ Cass. crim., 2 avr. 1896 : *D.* 1896, 1, 440), un commissaire de police (▪ Cass. crim., 1er oct. 1852 : *Bull. crim.* n° 331), un maire (▪ Cass. crim., 21 oct. 1897 : *Bull. crim.* n° 323. ▪ Cass. crim., 16 mars 2001 : *Bull. crim.* n° 124), un auxiliaire de bureau (▪ Cass. crim., 4 mai 1979 : *Bull. crim.* n° 159 ; *RSC* 1980, p. 126, obs. Vitu).

Une cour d'appel a relaxé un SIVOM des chefs de concussion et d'atteinte à la liberté d'accès et à l'égalité des candidats dans les marchés publics, en énonçant que le SIVOM, qui est un organisme public, ne revêt pas les qualités de personne dépositaire de l'autorité publique ou chargée d'une mission de service public. Les juges ajoutent qu'il n'est pas démontré que le SIVOM ait eu conscience du caractère indu de la somme qu'il a exigé de percevoir et que, s'agissant d'une décision collective, elle n'aurait pu être imputée aux membres de l'organe collégial, à raison de leur seule participation à cette dernière. La Cour de cassation décide au contraire que le SIVOM, qui a pour objet la réalisation et la gestion de l'alimentation en eau potable et du réseau d'assainissement de l'agglomération, est chargé directement ou indirectement, d'accomplir des actes ayant pour but de satisfaire à l'intérêt général, et revêt ainsi la qualité de personne chargée d'une mission de service public au sens des articles 432-10 et 432-14 du Code pénal. Mais l'arrêt n'encourt toutefois pas la censure dès lors que les activités respectives de fixation d'une taxe et d'attribution d'un marché public, à l'occasion desquelles les délits susvisés ont été commis, ne sont pas susceptibles de faire l'objet d'une convention de délégation de service public au sens de l'article 121-2 du Code pénal (▪ Cass. crim., 19 déc. 2018, n° 18-81.328 : *JurisData* n° 2018-023771).

Adde, les personnes qualifiées citées dans les notes suivantes.

4) La formule « droits, taxes, contributions et deniers » vise entre autres le prix du tabac vendu par un entreposeur à des débitants buralistes venus s'approvisionner chez lui (▪ Cass. crim., 18 juill. 1873 : *Bull. crim.* n° 199) ou la perception par un adjudicataire de droits de place, de sommes indues (▪ Cass. crim., 6 mai 1943 : *Bull. crim.* n° 33) ou des prestations en nature, telles que des travaux de labour, exigées par un maire (▪ Cass. crim., 11 oct. 1897 : *Bull. crim.* n° 323) ou des livraisons de carburant exigées par un fonctionnaire des Ponts et Chaussées (▪ Cass. crim., 27 févr. 1978, inédit).

5) Mais jugé que ne constitue pas une concussion le fait pour un maire de rédiger de faux mandats de paiement correspondant à des factures majorées afin de permettre à un complice d'encaisser des sommes que la commune ne devait pas (▪ Cass. crim., 30 juill. 1925 : *S.* 1926, 1, 334) ni celui pour un maire de se faire remettre par le Trésor des sommes compensatoires de frais de téléphone et de missions excessifs (▪ Cass. crim., 24 juin 1959 : *JCP* 1959, II, 11210, rapp. Rolland ; *RSC* 1959, p. 348, obs. Hugueney).

6) Élément matériel. Il est réalisé par un acte consistant à recevoir, exiger ou ordonner de percevoir (▪ Cass. crim., 7 mai 2002 : *Bull. crim.* n° 102 ; *Dr. pén.* 2002, comm. 92, obs. M. Véron), étant précisé qu'un ordre de paiement ne peut être assimilé à un ordre de percevoir (▪ Cass. crim., 27 juin 2001 : *Bull. crim.* n° 162 ; *Dr. pén.* 2001, comm. 125 ; *D.* 2002, jur., p. 1798, note M. Segonds), ou encore, selon l'article 432-10, 2ᵉ alinéa, par le fait d'accorder une exonération ou franchise de droits, contributions, impôts ou taxes publiques en violation des textes légaux ou réglementaires (▪ Cass. crim., 19 mai 1999 : *Bull. crim.* n° 100).

7) Ainsi, ne caractérise pas l'élément matériel du délit de concussion le fait pour un directeur des services fiscaux de refuser d'ordonner le dégrèvement d'impôts, ceux-ci ne seraient-ils pas dus (▪ Cass. crim., 7 mai 2002 : *Bull. crim.* n° 102, préc.).

8) Ne donne pas de base légale à sa décision la cour d'appel qui déclare un maire, qui signe des ordres de paiement d'indemnités de fonction au profit de conseillers municipaux, coupable de concussion, et ces derniers coupables de recel de concussion, alors que, d'une part, le délit de concussion n'est constitué que s'il y a eu un ordre de percevoir et non un ordre de paiement que d'autre part, n'entrent pas dans la catégorie des droits visés par les articles 174 ancien et 432-10 du Code pénal, les indemnités librement attribuées à des conseillers municipaux, qu'enfin, ces indemnités ont été perçues par des personnes qui n'étaient ni dépositaires de l'autorité publique, ni chargées d'une mission de service public au sens des articles précités (▪ Cass. crim., 27 juin 2001 : *Bull. crim.* n° 162, préc.).

9) Justifie sa décision la cour d'appel qui, pour condamner un maire du chef de concussion, retient qu'il a imposé à chaque promoteur ou particulier le paiement d'une somme par logement construit, qui n'était prévue par aucun texte ni par une délibération du conseil municipal, et que ces perceptions, qui avaient donné lieu à un registre de la mairie ayant fait office de rôle, étaient versées sur un compte occulte d'un établissement public communal (▪ Cass. crim., 16 mai 2001 : *Bull. crim.* n° 124, préc.).

10) Élément intentionnel. L'appréciation des juges du fond sur l'existence de l'intention coupable est souveraine (▪ Cass. crim., 9 déc. 1904 : *S. 1905*, I, 112).

11) Justifie sa décision de relaxe pour défaut d'intention coupable des fonctionnaires des impôts poursuivis pour concussion par un contribuable ayant fait l'objet d'un redressement fiscal la cour d'appel qui relève notamment qu'à supposer qu'une erreur ait été commise lors de la vérification fiscale entreprise, rien ne permet de dire qu'elle ait été commise volontairement, alors que « le mode de raisonnement des agents des impôts était fondé en raison, ce qui est exclusif de la mauvaise foi caractéristique du délit de concussion » et que les juridictions administratives saisies « n'ont pas relevé de manquement à la procédure » (▪ Cass. crim., 13 mars 1995 : *Dr. pén.* 1995, comm. 144, obs. M. Véron).

12) Applications. Est à bon droit condamné pour concussion le maire qui, afin de continuer à percevoir la partie de ses indemnités de fonction, frappée par la réglementation sur le cumul des mandats, la délègue fictivement à un adjoint et se la fait reverser par ce dernier ; de telles indemnités, dont l'attribution est réglementée par l'autorité publique, sont constitutives de droits, au sens tant de l'article 174 du Code pénal, alors applicable, que de l'article 432-10 du Code pénal entré en vigueur le 1er mars 1994, et leur perception indue, par un maire, caractérise le délit prévu par ces textes (▪ Cass. crim., 14 févr. 1995 : *Bull. crim.* n° 65 ; *Dr. pén.* 1995, comm. 198, obs. M. Véron).

13) Justifie sa décision la cour d'appel qui, pour déclarer un maire coupable de concussion, retient qu'il a laissé son fils, garagiste, exposer des véhicules à la vente sur la place située devant son garage, en le dispensant sciemment du paiement de la redevance d'occupation du domaine public prévue par l'article L. 2331-4 du Code général des collectivités territoriales (▪ Cass. crim., 19 mai 1999 : *Bull. crim.* n° 100).

14) Justifie sa décision la cour d'appel qui, pour condamner un maire du chef de concussion, retient qu'il a imposé à chaque promoteur ou particulier le paiement d'une somme par logement construit, qui n'était prévue par aucun texte ni par une délibération du conseil municipal, et que ces perceptions, qui avaient donné lieu à un registre de la mairie ayant fait office de rôle, étaient versées sur un compte occulte d'un établissement public communal (▪ Cass. crim., 16 mai 2001 : *Bull. crim.* n° 124).

15) Commet le délit de concussion le maire qui, sans y être autorisé par une délibération du conseil municipal prise en application des articles L. 2121-29 et L. 2122-21 du Code des collectivités territoriales, donne à bail gratuitement un bien communal à usage d'habitation (▪ Cass. crim., 31 janv. 2007 : *Bull. crim.* n° 24).

16) Entre dans les prévisions de l'article 432-10, alinéa 2, du Code pénal incriminant le délit de concussion le fait pour un maire d'exonérer l'acquéreur et occupant d'un terrain communal du paiement du prix de ce dernier en s'abstenant volontairement de passer l'acte de vente dudit terrain, autorisé par le conseil municipal, en violation de l'article L. 2122-21, alinéa 7, du Code général des collectivités territoriales (▪ Cass. crim., 10 oct. 2012, n° 11-85.914 : *Bull. crim.* n° 214 ; *Dr. pén.* 2013, comm. 4, obs. M. Véron ; *D.* 2013, pan., p. 143, obs. T. Wickeks, et ét., p. 132, n° 6, note M.-L. Divialle).

17) Justifie sa décision la cour d'appel qui déclare coupable de concussion l'agent contractuel d'une collectivité territoriale qui perçoit, au-delà de ceux auxquels il sait avoir droit, des salaires et indemnités dont l'attribution et le montant sont arrêtés, conformément aux textes applicables, par l'autorité publique compétente ; de tels salaires et indemnités sont perçus à titre de droits, au sens, tant de l'article 174 ancien, dans sa rédaction en vigueur au moment des faits, que de l'article 432-10 du Code pénal (▪ Cass. crim., 24 oct. 2001 : *Bull. crim.* n° 220 ; *Dr. pén.* 2002, comm. 25, obs. M. Véron).

18) Entre dans les prévisions de l'article 432-10, alinéa 1er, du Code pénal incriminant le délit de concussion le fait, pour le directeur d'une URSSAF, chargé en cette qualité d'une mission de service public, d'ouvrir frauduleusement, à son bénéfice, deux comptes épargne temps et de les alimenter de manière fictive grâce à des pressions exercées sur le personnel chargé de l'enregistrement des données, de tels agissements lui permettant de partir en congé de fin de carrière avant le jour de sa retraite tout en percevant jusqu'à cette date une rémunération qu'il savait ne pas lui être due (▪ Cass. crim., 29 juin 2016, n° 15-82.296 : *Dr. pén.* 2016, comm. 154, note Ph. Conte).

19) Imputation et prescription. Le délit de concussion est circonscrit pour chaque fonctionnaire à son intervention personnelle et n'est pas renouvelé par la position prise, au nom de l'Administration, par un autre agent à l'occasion d'une procédure contentieuse ultérieure ; c'est l'acte commis personnellement par chacun des fonctionnaires impliqués qui sert de point de départ de la prescription à son égard (▪ Cass. crim., 3 mai 1995 : *Dr. pén.* 1995, comm. 198, obs. M. Véron).

20) La prescription du délit de concussion résultant d'opérations indivisibles ne commence à courir qu'à compter de la dernière des perceptions ou exonérations indûment accordées (▪ Cass. crim., 31 janv. 2007 : *Bull. crim.* n° 24 ; *Dr. pén.* 2007, comm. 74, obs. M. Véron. ▪ Cass. crim., 16 nov. 2011, n° 10-88.898 : *Dr. pén.* 2012, note 20, obs. M. Véron).

Justifie sa décision la cour d'appel qui, saisie de poursuites exercées contre un prévenu pour des faits consistant, alors qu'il était directeur d'une URSSAF, à bénéficier de congés fictifs générés par l'ouverture et l'alimentation frauduleuses de deux comptes épargne temps, fixe le point de départ de la prescription de l'action publique à la date de versement du dernier salaire afférent à la période de congé (▪ Cass. crim., 29 juin 2016, n° 15-82.296).

21) Le point de départ de la prescription du délit de concussion, infraction instantanée, ne peut être retardé à la date à laquelle la partie civile en a eu connaissance (▪ Cass. crim., 3 déc. 2008 : *Dr. pén.* 2009, comm. 49, obs. M. Véron).

§ 2. – De la corruption passive et du trafic d'influence commis par des personnes exerçant une fonction publique

Voir : art. 435-1 s., p. 913.

Art. 432-11 *(L. n° 2000-595, 30 juin 2000 ; L. n° 2007-1598, 13 nov. 2007 ; L. n° 2011-525, 17 mai 2011 ; L. n° 2013-1117, 6 déc. 2013).* **– Est puni de dix ans d'emprisonnement et d'une amende de 1 000 000 €, dont le montant peut être porté au double du produit tiré de l'infraction le fait, par une personne dépositaire de l'autorité publique, chargée d'une mission de service public, ou investie d'un mandat électif public, de solliciter ou d'agréer, sans droit, à tout moment, directement ou indirectement, des offres, des promesses, des dons, des présents ou des avantages quelconques pour elle-même ou pour autrui :**

1° Soit pour accomplir ou avoir accompli, pour s'abstenir ou s'être abstenue d'accomplir un acte de sa fonction, de sa mission ou de son mandat ou facilité par sa fonction, sa mission ou son mandat ;

2° Soit pour abuser ou avoir abusé de son influence réelle ou supposée en vue de faire obtenir d'une autorité ou d'une administration publique des distinctions, des emplois, des marchés ou toute autre décision favorable.

(Al. créé, Ord. n° 2019-963, 18 sept. 2019 ; mod., L. n° 2020-1672, 24 déc. 2020) **La peine d'amende est portée à 2 000 000 € ou, s'il excède ce montant, au double du produit de l'infraction, lorsque les infractions prévues au présent article sont commises en bande organisée.**

Voir : CCH, art. L. 651-1.

Bibliographie : *JCl. Pénal Code, Corruption passive et trafic d'influence commis par des personnes exerçant une fonction publique*, par E. Dreyer. • *Commentaire de la loi du 30 juin 2000*, par Cartier et Maure : *RSC* 2000, p. 737. • W. Jeandidier, *Du délit de corruption et des défauts qui l'affectent* : *JCP* 2002, I, 166. • Ch. Cutajar, C. Ducouloux-Favard, J. Lelieur, J.-P. Philippe, M. Pieth, M. Segonds, *La lutte contre la corruption* : *D.* 2008, p. 1068 (dossier loi du 13 nov. 2007). • J. Lelieur, *La loi du 13 nov. 2007, quelles avancées du droit français... : Dr. pén.* 2008, étude 25.

I – CORRUPTION PASSIVE

1) Les personnes investies d'un mandat électif sont les membres du parlement (▪ Cass. crim., 24 févr. 1893 : *DP* 1893, 1, 393), des conseils généraux (▪ Cass. crim., 3 nov. 1933 : *DH* 1933, 573), des conseils municipaux (▪ Cass. crim., 29 mai 1886 : *DP* 1887, 1, 238) et même un président de chambre des métiers (▪ Cass. crim., 8 mars 1966 : *Bull. crim.* n° 83).

2) Les fonctionnaires de l'ordre administratif ou judiciaire agents et préposés des administrations publiques, comprennent notamment les membres du gouvernement (▪ Cass. crim., 24 févr. 1893, préc.), les fonctionnaires des administrations fiscales (▪ Cass. crim., 26 déc. 1929 : *Bull. crim.* n° 287), départementales ou communales (▪ Cass. crim., 7 juill. 1949 : *Bull. crim.* n° 229), les magistrats (▪ Cass. crim., 13 janv. 1916 : *D.* 1921, 1, 63), les officiers ministériels, lorsqu'ils concourent à l'œuvre de la justice (▪ Cass. crim., 15 avr. 1932 : *S.* 1933, 1, 320).

3) Les agents des administrations placées sous le contrôle de la puissance publique sont par exemple ceux de la Sécurité sociale (▪ Cass. crim., 21 janv. 1959 : *Bull. crim.* n° 59), de la SNCF (▪ T. corr. Villefranche-sur-Saône, 29 nov. 1949 : *D.* 1950, somm. 9), le président d'une chambre des métiers (▪ Cass. crim., 8 mars 1966 : *Bull. crim.* n° 83), de France Télécom, établissement public (▪ Cass. crim., 30 juin 2010 : *Dr. pén.* 2010, note 143).

4) Le syndic de faillite entre dans l'énumération des personnes visées par l'article 177 en ce qu'il est, au sens de ce texte, un citoyen chargé d'un ministère de service public (▪ Cass. crim., 23 janv. 1973 : *Bull. crim.* n° 29 ; *RSC* 1973, p. 684, obs. Vitu). Mais jugé que le syndic rédigeant une consultation en qualité de membre d'une profession libérale n'entre pas dans la catégorie des personnes visées à l'article 177 du Code pénal (▪ Colmar, 26 mai 1988 : *JurisData* n° 1988-044355).

5) Un ingénieur au commissariat à l'énergie atomique, mis à la disposition de l'agence nationale de valorisation de la recherche, qui avait notamment pour mission d'apporter son concours à un délégué régional dans l'instruction des dossiers de demande d'aide à l'innovation, doit être regardé comme une personne chargée d'une mission de service public, au sens des articles 432-11 et 432-12 du Code pénal, dès lors qu'il était chargé d'accomplir des actes ayant pour but de satisfaire à l'intérêt général, peu important qu'il ne disposât d'aucun pouvoir de décision (▪ Cass. crim., 27 févr. 2002 : *Bull. crim.* n° 48).

6) Des journalistes pigistes employés par une chaîne du service public de la communication audiovisuelle ont la qualité de personne chargée d'une mission de service public au sens de l'article 432-11 du Code pénal ; est, dès lors, justifiée la décision d'une cour d'appel qui déclare coupables de corruption passive deux journalistes professionnels pigistes employés depuis de nombreuses années par la chaîne de télévision France 3 qui ont sollicité des dons ou avantages quelconques pour assurer la couverture médiatique de manifestations sportives (▪ Cass. crim., 19 mars 2003 : *Bull. crim.* n° 73).

7) En dehors des *moyens* classiques générateurs de la corruption (par ex. : argent liquide ▪ Cass. crim., 6 févr. 1969 : *Bull. crim.* n° 67 ; *RSC* 1969, p. 871, obs. Vitu. ▪ Cass. crim., 14 mai 1986 : *Bull. crim.* n° 163. – objets précieux ▪ Cass. crim., 7 janv. 1808 : *Bull. crim.* n° 3. – fournitures à des prix très bas dans un magasin ▪ Cass. crim., 6 févr. 1968 : *Bull. crim.* n° 39 ; *RSC* 1968, p. 850, obs. Vitu), il a été jugé que rentraient dans le champ d'application du texte la promesse de relations sexuelles (enfants Sarreguemines, 11 mai 1967 : *JCP* 1968, II, 15359, note P. A. Sigalas ; *RSC* 1968, p. 329, obs. Vitu), un travail gratuit (▪ Cass. crim., 1er oct. 1984 : *Bull. crim.* n° 277) ou une participation aux affaires traitées (▪ Cass. crim., 28 janv. 1987 : *Bull. crim.* n° 47 ; *RSC* 1987, p. 686, obs. Delmas-Saint-Hilaire) ; mais la Cour de cassation a refusé d'assimiler la sollicitation d'un avantage subjectif consistant en l'assouvissement d'une haine, à la sollicitation d'offres, promesses, dons ou présents prévus par l'article 177 (▪ Cass. crim., 14 oct. 1975 : *Bull. crim.* n° 214 ; *RSC* 1976, p. 415, obs. Vitu).

8) Constitue *la sollicitation* prévue par l'article 177, l'exploit introductif d'instance par lequel le directeur d'une société réclame paiement de commissions qui lui seraient dues à la suite de marchés que par son influence personnelle réelle ou supposée, il aurait fait obtenir à la société défenderesse (▪ Cass. crim., 13 juin 1978 : *Bull. crim.* n° 194). Le délit de corruption est caractérisé par la simple sollicitation, directe ou indirecte, d'avantages quelconques ; il n'importe que la contrepartie promise n'ait pas été effectivement perçue (▪ Cass. crim., 9 nov. 1995 : *D.* 1996, inf. rap. p. 13). Il n'importe pas non plus que les corrompus n'aient pas eu le pouvoir de choisir seuls les entreprises attributaires des marchés dans la mesure où il entrait dans leurs fonctions de les proposer à l'autorité compétente (▪ Cass. crim., 30 juin 2010, n° 09-83.689 : *Dr. pén.* 2010, note 143, préc.).

9) Justifie sa décision la cour d'appel qui, pour déclarer un maire coupable de corruption passive, retient qu'il a sollicité les entreprises liées contractuellement avec la commune, en situation de dépendance économique à son égard, sous la forme d'un pourcentage du montant des marchés (▪ Cass. crim., 30 juin 1999 : *Bull. crim.* n° 168).

10) Finalité et pacte de corruption. *(Jurisprudence antérieure à la loi du 30 juin 2000 prévoyant le fait de solliciter ou d'agréer « à tout moment »).* Il ne suffit pas de constater que les dons ou promesses ont eu pour résultat l'accomplissement ou le non-accomplissement d'un acte de la fonction, mais que tel était leur but précis (▪ Cass. crim., 21 nov. 1972 : *Bull. crim.* n° 350 ; *RSC* 1973, p. 684, obs. Vitu). Le caractère d'antériorité de la convention conclue entre le corrupteur et le corrompu résulte suffisamment du fait que les avantages reçus ont été consentis de façon régulière, de telle sorte qu'ils ont nécessairement précédé les agissements du corrupteur et déterminé le corrompu (▪ Cass. crim., 18 juill. 1985 : *Bull. crim.* n° 269. ▪ Cass. crim., 28 janv. 1987 : *Bull. crim.* n° 47 ; *RSC* 1987, p. 686, obs. Delmas-Saint-Hilaire). Sur la nécessité de l'antériorité de la convention par rapport à l'acte ou l'action demandée (V. ▪ Cass. crim., 14 mai 1986 : *Bull. crim.* n° 163 ; *RSC* 1987, p. 685, obs. Delmas-Saint-Hilaire. ▪ Cass. crim., 26 nov. 1991 : *Dr. pén.* 1992, n° 116, obs. M. Véron. ▪ Cass. crim., 1er mars 2000 : *Bull. crim.* n° 101 ; *Dr. pén.* 2000, comm. 110, obs. M. Véron). Le caractère d'antériorité de la convention conclue entre le corrupteur et le corrompu résulte suffisamment du fait que les avantages reçus ont été réitérés, de telle sorte qu'ils ont nécessairement précédé les agissements du corrupteur et déterminé le corrompu (▪ Cass. crim., 29 sept. 1993 : *Bull. crim.* n° 271. ▪ Cass. crim., 12 mai 1998 : *Dr. pén.* 1998, comm. n° 152, obs. M. Véron).

11) Si le délit de corruption est une infraction instantanée, consommée dès la conclusion du pacte entre le corrupteur et le corrompu, il se renouvelle à chaque acte d'exécution dudit pacte (▪ Cass. crim., 27 oct. 1997 : *Bull. crim.* n° 352 ; *Dr. pén.* 1998, comm. 16, obs. M. Véron).

12) Acte de la fonction. Le délit de corruption ne peut être retenu dans le cas où le fonctionnaire se fait payer pour accomplir un acte ou s'en abstenir lorsque cet acte échappe à ses attributions (▪ Cass. crim., ch. réunies, 31 mars 1827 : *Bull. crim.* n° 71). Il y a acte de la fonction au sens de l'article 177, alinéa 1er et donc corruption lorsque par exemple un fonctionnaire de police accepte de ne pas dresser procès-verbal d'une infraction qu'il a compétence pour constater (▪ Cass. crim., 10 juin 1948 : S. 1948, 1, 117, note M. Rousselet et M. Patin. ▪ Cass. crim., 7 nov. 1955 : *Bull. crim.* n° 494 ; *RSC* 1956, p. 323, obs. Hugueney).

13) Acte facilité par la fonction. Il y a acte facilité par la fonction au sens de l'article 177, dernier alinéa et donc corruption lorsque par exemple un administrateur civil à l'Agence judiciaire du Trésor communique les noms de fonctionnaires victimes d'accidents au directeur d'un « bureau de défense » qui se met en relation avec les intéressés pour les représenter en justice (■ Cass. crim., 6 févr. 1969 : *JCP* 1969, II, 16004, note P. Chambon ; *RSC* 1969, p. 871, obs. Vitu).

14) De même, le délit est constitué lorsque le prévenu, fonctionnaire à la préfecture affecté au service du logement, délivre, contre rémunération, des titres de séjour à des étrangers en situation irrégulière, dès lors que ces actes, sans relever de ses fonctions, ont été facilités par elles (■ Cass. crim., 3 juin 1997 : *JurisData* n° 1997-003489 ; *Dr. pén.* 1997, comm. 150, obs. M. Véron).

15) La cession des parts qu'il détient dans la société civile professionnelle au sein de laquelle il exerce son activité ne constitue pas, pour un notaire, un acte relevant de ses fonctions ou facilitées par elles au sens de l'article 432-11, 1° du Code pénal (■ Cass. crim., 7 déc. 2016, n° 16-81.698).

16) Action civile. Par un arrêt du 1er décembre 1992 (*Dr. pén.* 1993, comm. 126, obs. M. Véron) la Cour de cassation a admis la recevabilité de la constitution de partie civile d'un contribuable victime du délit de corruption passive commis par un receveur des impôts qui avait exigé et obtenu de lui la remise d'une somme d'argent en contrepartie de l'accomplissement d'un acte de sa fonction tendant à lui accorder une diminution de majorations de retard dont il était débiteur.

17) La condamnation du maire pour corruption cause un *préjudice moral* à la ville en portant atteinte à une notoriété connue dans le monde entier, et rend la constitution de partie civile de la commune recevable (■ Cass. crim., 8 févr. 2006 : *JurisData*, n° 2006-032537 ; *Dr. pén.* 2006, comm. 73 obs. M. Véron. ■ Cass. crim., 14 mars 2007 : *JurisData* n° 2007-038462, *Dr. pén.* 2007, comm. 85, obs. M. Véron).

II – TRAFIC D'INFLUENCE

18) Conditions d'application. Seules les décisions prises par les autorités publiques françaises peuvent entrer en jeu dans un trafic d'influence, et non celles émanant d'autorités étrangères (■ Paris, 15 févr. 1941 : *DA* 1941, 217 ; *RSC* 1941, p. 192, obs. Hugueney).

19) Le délit de trafic d'influence exige que le fonctionnaire, bénéficiaire des dons, soit considéré ou se présente comme un intermédiaire dont l'influence réelle ou supposée serait de nature à faire obtenir un avantage ou une décision favorable d'une autorité ou d'une administration (■ Cass. crim., 1er oct. 1984 : *Bull. crim.* n° 277 ; *D.* 1985, note Feneaux).

20) En conséquence, *constitue le délit de corruption passive et non le délit de trafic d'influence* le fait, pour un fonctionnaire de la Direction départementale de l'équipement, de solliciter ou de recevoir des dons d'un entrepreneur pour renseigner ce dernier sur les futurs marchés de travaux publics envisagés dans la circonscription ou pour atténuer la rigueur des contrôles dont il a la responsabilité *(même arrêt)*.

21) Caractérisation du délit. Constitue le délit de trafic d'influence le fait, par un agent d'une commune, de se présenter à des personnes ayant formé des demandes de permis de construire comme étant, en raison de ses fonctions et de ses relations, en mesure d'obtenir la délivrance des permis sollicités, de déterminer ainsi lesdites personnes à lui confier le soin d'établir des plans ou devis en vue de la constitution de leurs dossiers et de les persuader de lui remettre diverses sommes en rémunération de ses travaux et de ses demandes (■ Cass. crim., 4 juill. 1974 : *Bull. crim.* n° 249 ; *RSC* 1975, p. 411, obs. Vitu).

22) Le délit de trafic d'influence est constitué à la charge d'un directeur régional du service de la garantie-or qui a sollicité d'un bijoutier le versement d'une somme d'argent pour intervenir en sa faveur afin que deux procès-verbaux établis à l'égard de ce dernier, qu'il n'était pas en son pouvoir de classer, n'aient pas de suites pénales (■ Cass. crim., 6 juin 1989, inédit).

23) Est justifiée la condamnation d'un adjoint au maire, délégué à la commission des travaux publics, qui, en exécution d'un concert frauduleux, perçoit des fonds pour user de son influence à l'effet de faire attribuer à une entreprise l'adjudication d'un marché public, et la condamnation des deux responsables de la société pour complicité de trafic d'influence (■ Cass. crim., 8 janv. 1998 : *Dr. pén.* 1998, comm. 98, obs. M. Véron).

24) Il n'importe que le marché obtenu par les manœuvres constitutives du trafic d'influence ait eu un caractère privé, dès lors qu'il nécessitait *l'agrément de l'autorité publique*. Le délit de trafic d'influence se renouvelle lors de l'exécution, en connaissance de cause, d'un pacte illicite conclu antérieurement entre des tiers (■ Cass. crim., 15 mars 2000 : *Bull. crim.* n° 115).

25) Peine complémentaire et complicité. Il résulte des termes des articles 121-6 et 432-17, 3°, du Code pénal que la peine complémentaire de la confiscation peut être prononcée, non seulement à l'encontre de l'auteur principal du trafic d'influence, mais aussi de son complice (■ Cass. crim., 19 mars 2008, pourvoi n° K07-82.134).

26) Qualification. Selon l'article 432-11, 2°, du Code pénal, constitue le délit de trafic d'influence le fait par une des personnes qu'il énumère de solliciter ou d'agréer, sans droit, à tout moment, directement ou indirectement, des dons pour elle-même ou pour autrui, pour abuser ou avoir abusé de son influence réelle ou supposée en vue de faire obtenir d'une autorité ou d'une administration publique des distinctions, des emplois, des marchés ou toute autre décision favorable. Un individu a été condamné de ce chef au motif que, bénéficiaire d'une somme de 1 500 000 francs pacifique à lui remise par un sponsor, auprès duquel il s'est engagé à tenir ses promesses, il lui a attribué des stands lors de manifestations festives et que ce dernier n'en a réglé le prix des emplacements qu'avec retard ou pas du tout, qu'a été mise à sa disposition une remorque municipale lors de ces événements et que sa boulangerie a été destinataire de commandes publiques sans mise en concurrence. En statuant ainsi, sans caractériser à la charge du prévenu des actes abusifs d'entremise auprès d'une autorité ou d'une administration publique en vue de faire obtenir des faveurs à l'un de ses administrés, la cour d'appel, qui n'a pas recherché si les faits poursuivis étaient susceptibles d'une autre qualification et notamment de celle de corruption passive de l'article 432-11, 1°, du Code pénal, n'a pas justifié sa décision (■ Cass. crim., 5 déc. 2018, n° 17-86.800 : *JurisData* n° 2018-022149).

27) Prescription. La simple sollicitation de dons suffit à consommer l'infraction ; dès lors, il n'importe que la perception de ces dons ait été postérieure à l'obtention de l'avantage recherché. Lorsque le délit est caractérisé par la perception illicite de dons, c'est seulement à compter du jour de cette perception que court le délai de prescription (■ Cass. crim., 12 déc. 1989 : *JCP* 1990, IV, 102 ; *Bull. crim.* n° 474).

28) Si le délit de trafic d'influence est une infraction instantanée qui se prescrit à compter de la perception du dernier versement effectué en exécution du pacte litigieux, le délai de prescription de l'action publique ne commence à courir, en **cas de dissimulation**, qu'à partir du jour où l'infraction a pu être constatée dans des conditions permettant l'exercice des poursuites (■ Cass. crim., 19 mars 2008, pourvoi n° K07-82.124 : *Dr. pén.* 2008, comm. 102, obs. M. Véron).

29) Action civile. La personne qui, de mauvaise foi, a remis une somme d'argent à l'auteur principal d'un délit de trafic d'influence ou à son complice, en vue d'obtenir une décision favorable d'une autorité publique, est irrecevable à se constituer partie civile contre eux. Encourt, dès lors, la censure l'arrêt qui, après avoir constaté que les parties civiles avaient sciemment remis des fonds au prévenu afin qu'il abuse de son influence pour leur faire obtenir une décision favorable d'une autorité publique, condamne ce dernier, solidairement avec son complice, à leur rembourser les sommes versées, à titre de dommages-intérêts (■ Cass. crim., 7 févr. 2001 : *Bull. crim.* n° 38).

Art. 432-11-1 ***(L. n° 2013-1117, 6 déc. 2013).*** **– La peine privative de liberté encourue par l'auteur ou le complice de l'infraction prévue à l'article 432-11 est réduite de moitié si, ayant averti l'autorité administrative ou judiciaire, il a permis de faire cesser l'infraction ou d'identifier, le cas échéant, les autres auteurs ou complices.**

§ 3. – De la prise illégale d'intérêts

Art. 432-12 ***(Mod., L. n° 2013-1117, 6 déc. 2013 ; L. n° 2021-1729, 22 déc. 2021).*** **– Le fait, par une personne dépositaire de l'autorité publique ou chargée d'une mission de service public ou par une personne investie d'un mandat électif public, de prendre, recevoir ou conserver, directement ou indirectement, un intérêt de nature à compromettre son impartialité, son indépendance ou son objectivité dans une entreprise ou dans une opération dont elle a, au moment de l'acte, en tout ou partie, la charge d'assurer la surveillance, l'administration, la liquidation ou le paiement, est puni de cinq ans d'emprisonnement et d'une amende de 500 000 €, dont le montant peut être porté au double du produit tiré de l'infraction.**

Toutefois, dans les communes comptant 3 500 habitants au plus, les maires, adjoints ou conseillers municipaux délégués ou agissant en remplacement du maire peuvent chacun traiter avec la commune dont ils sont élus pour le transfert de biens mobiliers ou immobiliers ou la fourniture de services dans la limite d'un montant annuel fixé à 16 000 €.

En outre, dans ces communes, les maires, adjoints ou conseillers municipaux délégués ou agissant en remplacement du maire peuvent acquérir une parcelle d'un lotissement communal pour y édifier leur habitation personnelle ou conclure des baux d'habitation avec la commune pour leur propre logement. Ces

actes doivent être autorisés, après estimation des biens concernés par le service des domaines, par une délibération motivée du conseil municipal.

Dans les mêmes communes, les mêmes élus peuvent acquérir un bien appartenant à la commune pour la création ou le développement de leur activité professionnelle. Le prix ne peut être inférieur à l'évaluation du service des domaines. L'acte doit être autorisé, quelle que soit la valeur des biens concernés, par une délibération motivée du conseil municipal.

Pour l'application des trois alinéas qui précèdent, la commune est représentée dans les conditions prévues par l'article L. 122-12 du Code des communes et le maire, l'adjoint ou le conseiller municipal intéressé doit s'abstenir de participer à la délibération du conseil municipal relative à la conclusion ou à l'approbation du contrat. En outre, par dérogation au deuxième alinéa de l'article L. 121-15 du Code des communes, le conseil municipal ne peut décider de se réunir à huis clos.

Bibliographie : *JCl. Pénal Code, Prise illégale d'intérêts* par Y. Muller.

• *Sommaire*

I – QUALITÉ DU DÉLINQUANT	851	III – INTENTION	857
II – ACTE D'INGÉRENCE	853	IV – RÉPRESSION	857

1) QPC. Non-lieu à renvoi au Conseil constitutionnel de la question prioritaire de constitutionnalité concernant l'article 432-12 du Code pénal, la rédaction du texte en cause étant conforme aux principes de précision et de prévisibilité de la loi pénale dont elle permet de déterminer le champ d'application sans porter atteinte au principe constitutionnel de légalité des délits et des peines (■ Cass. crim., 30 nov. 2011, n° 11-90.093 QPC : *Bull. crim.* n° 241 ; *D.* 2012, p. 98. ■ Cass. crim., 19 mars 2014, n° 14-90.001).

I – QUALITÉ DU DÉLINQUANT

2) Principe. Le texte n'exige pas que la fonction entre dans la hiérarchie de l'organisation administrative, pourvu que la personne agisse au nom de la puissance publique (■ Cass. crim., 20 nov. 1980 : *D.* 1982, jur. p. 246, note Jeandidier ; *RSC* 1981, p. 607, obs. Vitu).

– Rappr. ■ Cass. crim., 27 juin 2012, n° 11-86.920, noté sous l'article 432-13 du Code pénal, *infra*.

3) Personnes concernées. L'article 432-12 du Code pénal s'applique : à un expert chargé par l'État de donner son avis à des commissions de réquisition ou de dommages de guerre (■ Cass. crim., 28 févr. 1925 : *Bull. crim.* n° 80), à l'agent technique d'un ministère (■ Cass. crim., 21 déc. 1935 : *Gaz. Pal.* 1936, 1, 138), à un directeur de services techniques d'une commune (■ Cass. crim., 14 juin 1972 : *Bull. crim.* n° 204), à un juge consulaire (■ Lyon, 26 juill. 1910 : *D.* 1913, 2, 30), à un économe de lycée (■ Cass. crim., 11 janv. 1956 : *Bull. crim.* n° 39), aux élus municipaux (■ Cass. crim., 7 oct. 1976 : *Bull. crim.* n° 285 ; *RSC* 1977, p. 325, obs. Vitu. ■ Cass. crim., 2 févr. 1988 : *Bull. crim.* n° 51), au président d'une chambre de commerce et d'industrie (■ Cass. crim., 20 nov. 1980 : *D.* 1982, 246, note Jeandidier ; *RSC* 1981, p. 607, obs. Vitu), au directeur général d'une société d'aménagement foncier et d'établissement rural (■ Cass. crim., 21 nov. 1985 : *Bull. crim.* n° 370 ; *RSC* 1986, p. 607, obs. Delmas-Saint-Hilaire ; *JCP* 1987, II, 20782, note Ourliac et de Juglart), à un inspecteur des impôts (■ Fort-de-France, 9 nov. 1989 : *D.* 1991, somm., 64, obs. G. Azibert et ■ Cass. crim., 3 avr. 1991 : *D.* 1991, inf. rap. 152 ; *JCP* 1991, IV, 270 ; V. également : *JCP* 1994, I, 3808, note S. Majerowiez). Il en est de même d'un président du conseil départemental de la Croix-Rouge chargé en tant que tel d'exercer une fonction ou d'accomplir des actes ayant pour but de satisfaire à l'intérêt général (■ Cass. crim., 3 avr. 2007 : *Bull. crim.* n° 100 ; *Dr. pén.* 2007, comm. 126, obs. M. Véron). *Adde*, pour un président d'université, ■ Cass. crim., 17 déc. 2008 : *Bull. crim.* n° 258 ; *Dr. pén.* 2009, comm. 36 et 39, obs. M. Véron).

4) Un architecte investi d'une mission de maîtrise d'œuvre par, et pour le compte d'une collectivité ou d'un organisme publics, doit être regardé comme une personne chargée d'une mission de service public au sens de l'article 432-12 du Code pénal, qui n'exige pas que cette personne dispose d'un pouvoir de décision au nom de la puissance publique (■ Cass. crim., 14 juin 2000 : *Bull. crim.* n° 221 ; *Dr. pén.* 2001, comm. 5, obs. M. Véron).

5) Le secrétaire général d'une chambre des métiers, à laquelle a été confiée par l'État une mission d'intérêt général, doit être regardé tant comme un agent du gouvernement, au sens de l'article 175 ancien, du Code pénal, que comme une personne chargée d'une mission de service public, au sens de l'article 432-12 du même Code

(■ Cass. crim., 10 sept. 2003 : *Bull. crim.* n° 158 ; *Dr. pén.* 2004, comm. 19, obs. M. Véron ; *D.* 2004, somm. com., p. 2758, obs. M. Segonds).

6) Même solution pour les administrateurs judiciaires et les mandataires judiciaires à la liquidation des entreprises (■ Cass. crim., 26 sept. 2001 : *Bull. crim.* n° 193 ; *Dr. pén.* 2002, comm. 34, obs. J.-H. Robert).

7) Un membre du conseil d'administration d'un port autonome, établissement public à caractère industriel et commercial auquel a été confiée une mission d'intérêt général, doit être regardé comme une personne chargée d'une mission de service public, au sens de l'article 432-12 du Code pénal (■ Cass. crim., 21 nov. 2001 : *Bull. crim.* n° 243).

8) Un ingénieur au commissariat à l'énergie atomique, mis à la disposition de l'agence nationale de valorisation de la recherche, qui avait notamment pour mission d'apporter son concours à un délégué régional dans l'instruction des dossiers de demande d'aide à l'innovation, doit être regardé comme une personne chargée d'une mission de service public, au sens des articles 432-11 et 432-12 du Code pénal, dès lors qu'il était chargé d'accomplir des actes ayant pour but de satisfaire à l'intérêt général, peu important qu'il ne disposât d'aucun pouvoir de décision (■ Cass. crim., 27 févr. 2001 : *Bull. crim.* n° 48).

9) Un délégataire de signature qui accomplit l'acte par lequel se réalise la prise illégale d'intérêts (■ Cass. crim., 27 nov. 2002 : *Bull. crim.* n° 212). V. *infra*, note 24.

10) Le président d'un conseil régional des notaires, établissement d'utilité publique, auquel a été confiée par le Conseil supérieur du notariat, également établissement d'utilité publique, la mission d'intérêt général de faciliter l'obtention de stages aux futurs notaires, doit être regardé comme une personne chargée d'une mission de service public, au sens des articles 432-12 et 432-15 du Code pénal, peu important qu'il ne disposât pas, dans l'exercice de cette mission, de prérogatives de puissance publique (■ Cass. crim., 21 Sept. 2005 : *Bull. crim.* n° 233).

11) L'article 432-12 du Code pénal s'applique à un praticien hospitalier membre puis président de la Commission d'autorisation de mise sur le marché des médicaments, dès lors que pendant 17 ans, il a participé aux travaux de ladite commission, en qualité de membre puis de président, en donnant son avis sur les mérites des médicaments et est apparu ainsi comme un agent de l'Administration par la régularité et la durée de ses fonctions, et la nature de ses avis qui concernaient l'intérêt public (■ Cass. crim., 16 déc. 2014, n° 14-82.815).

12) Doit être regardée comme chargée d'une mission de service public, au sens de l'article 432-12 du Code pénal, toute personne chargée, directement ou indirectement, d'accomplir des actes ayant pour but de satisfaire à l'intérêt général, peu important qu'elle ne disposât d'aucun pouvoir de décision au nom de la puissance publique. Justifie en conséquence sa décision, la cour d'appel qui déclare coupable de prise illégale d'intérêts le dirigeant de fait d'une association chargée de la gestion de mesures de protection judiciaire (■ Cass. crim., 30 janv. 2013, n° 11-89.224 : *Bull. crim.* n° 33 ; *Dr. pén.* 2013, comm. 73, obs. M. Véron ; *AJ pénal* 2013, p. 613, obs. J. Lasserre-Capdeville).

À noter : la loi du 13 juillet 2006, portant engagement national pour le logement, a abrogé l'infraction spéciale de prise illégale d'intérêts, applicable aux dirigeants et aux employés des organismes d'habitations à loyers modérés, ainsi qu'à ceux des organismes agréés collecteurs de la participation des employeurs à l'effort de construction.

La loi nouvelle prévoit que les conventions entre ces organismes et leurs dirigeants doivent être autorisées par le conseil d'administration.

Il en résulte que, si la prise d'intérêts par lesdits dirigeants reste punissable par application des dispositions générales de l'article 432-12 du Code pénal, c'est à la condition de n'avoir pas été régulièrement autorisée (■ Cass. crim., 9 sept. 2008 : *Bull. crim.* n° 181). V. *infra*, V° En matière de construction.

13) Personnes non visées. – Mais les agents subalternes des services publics industriels ou commerciaux n'ont pas la qualité d'agent public ; il en va ainsi pour des ingénieurs d'Électricité de France, alors que ces agents n'étaient chargés d'aucune mission officielle leur donnant droit de délibérer, d'administrer, de liquider ou de surveiller une affaire au nom de la puissance publique (■ Cass. crim., 10 févr. 1988 : *Bull. crim.* n° 69). De même n'est pas chargé d'une mission de service public un administrateur provisoire nommé par décision de justice (■ Cass. crim., 19 juin 1997 : *Bull. crim.* n° 250).

– Cependant il n'importe que l'acte par lequel se réalise la prise illégale d'intérêts soit accompli par un délégataire de signature (■ Cass. crim., 27 nov. 2002 : *Bull. crim.* n° 212).

14) L'article 18 de la loi d'orientation des transports intérieurs, modifié par la loi n° 2006-10 du 5 janvier 2006 transposant les dispositions de la directive 2004/51/CE, puis codifié en 2010 pour devenir l'article L. 2141-1 du Code des transports, applicable au moment des faits, a supprimé la référence à la notion de service public pour l'exploitation des services de fret.

Justifie sa décision la cour d'appel qui énonce que le directeur général adjoint de « fret SNCF » ne peut être considéré comme chargé d'une mission de service public au sens de l'article 432-12 du Code pénal (▪ Cass. crim., 28 oct. 2015, n° 14-82.186 : *JCP* 2016, p. 347, note J.-M. Brigant).

II – ACTE D'INGÉRENCE

15) Domaine. – L'affaire dans laquelle le fonctionnaire s'est ingéré peut être un acte juridique isolé (▪ Cass. crim., 15 déc. 1905 : *D.* 1907, 1, 195, rapp. Mercier) ou une entreprise, par exemple une société (▪ Cass. crim., 2 nov. 1961 : *Bull. crim.* n° 438).

16) Notion de surveillance. – Le terme « surveillance » signifie tout contrôle, direct ou non et il importe peu que le fonctionnaire ait eu en l'occurrence un pouvoir de décision personnel ou partagé ou un pouvoir de préparation des décisions (▪ Cass. crim., 11 mars 1976 : *JCP* 1976, II, 18460, note Vitu. ▪ Cass. crim., 7 oct. 1976 : *Bull. crim.* n° 285 ; *RSC* 1977, p. 325, obs. Vitu) ou de propositions de décisions prises par d'autres (▪ Cass. crim., 22 sept. 1998 : *Dr. pén.* 1999, comm. 21, obs. M. Véron). Sur l'existence, ou non, de la fonction de surveillance, nécessaire à la constitution de l'infraction, V. ▪ Cass. crim., 18 juin 1996 : *JurisData* n° 1996-003527 et ▪ Cass. crim., 6 août 1996 : *Bull. crim.* n° 305 ; *JurisData* n° 1996-003482 ; *Dr. pén.* 1996, comm. 263, obs. M. Véron. – *Adde* ▪ Cass. crim., 11 févr. 2009 : *JCP* 2009, n° 26, 44, p. 26, notes E. Dupie.

17) La participation d'un conseiller d'une collectivité territoriale à un organe délibérant de celle-ci, lorsque la délibération porte sur une affaire dans laquelle il a un intérêt, vaut surveillance ou administration de l'opération au sens de l'article 432-12 du Code pénal (▪ Cass. crim., 19 mai 1999 : *Bull. crim.* n° 101. ▪ Cass. crim., 24 oct. 2001 : *Dr. pén.* 2002, comm. 29, obs. M. Véron), même si cette participation est exclusive de tout vote (▪ Cass. crim., 14 nov. 2007 : *Bull. crim.* n° 279).

– *Adde*, dans le même sens ▪ Cass. crim., 3 déc. 2008 : *JurisData* n° 2008-046509 ; *Dr. pén.* 2009, comm. 38, obs. M. Véron.

La surveillance peut résulter de la participation de l'élu à une réunion informelle, l'opération litigieuse consistant en une cession de parcelles à des membres de sa famille (▪ Cass. crim., 20 janv. 2021, n° 19-86.702 : *JurisData* n° 2021-001106).

18) Notion de liquidation. Le délit de prise illégale d'intérêts est consommé dès que le prévenu a pris, reçu ou conservé, directement ou indirectement, un intérêt dans une affaire dont il avait l'administration ou la surveillance, celles-ci se réduiraient-elles à de simples pouvoirs de préparation ou de proposition de décisions prises par d'autres.

Le mandatement des charges afférentes à une opération dans laquelle le prévenu a pris, reçu ou conservé un intérêt vaut liquidation au sens de l'article 432-12 du Code pénal, peu important que les paiements fussent effectués par une tierce personne (▪ Cass. crim., 14 déc. 2005 : *Bull. crim.* n° 333 ; *Dr. pén.* 2006, comm. 59, obs. M. Véron).

19) Notion d'intérêt. Jurisprudence rendue avant la loi n° 2021-1729 du 22 décembre 2021 pour la confiance dans l'institution judiciaire. – Le délit prévu par l'article 432-12 du Code pénal, est caractérisé par la prise d'un **intérêt quelconque, matériel ou moral, direct ou indirect** ; il en est ainsi d'un président de chambre de commerce et d'industrie qui accorde une sous-concession du domaine public, dont il a l'administration ou la surveillance, à une société dans laquelle il est intéressé par l'intermédiaire de son gendre (▪ Cass. crim., 5 nov. 1998 : *Bull. crim.* n° 289 ; *JCP* 1999, II, 10182, note W. Jeandidier). – Même solution pour un maire qui signe ou fait signer par le premier adjoint, en faveur de son gendre, architecte, des actes d'engagement portant sur des travaux de construction de bâtiments communaux (▪ Cass. crim., 29 sept. 1999 : *Bull. crim.* n° 202 ; *Dr. pén.* 2000, comm. 15, obs. M. Véron). De même, pour un maire qui est intervenu en qualité de président de la commission d'appel d'offres et de membre du bureau d'un district urbain, dans l'attribution de plusieurs marchés de travaux publics à des sociétés gérées par ses enfants et dont l'une exploitait en location-gérance le fonds de commerce de son entreprise personnelle (▪ Cass. crim., 21 juin 2000 : *Bull. crim.* n° 239. *Adde*, ▪ Cass. crim., 3 mai 2001 : *Bull. crim.* n° 106 ; *JCP* 2002, I, 107, note M. Véron ; *RSC* 2002, p. 111, étude Delmas-Saint-Hilaire). Il en va de même pour un maire qui intervient à plusieurs reprises dans un projet d'opération commerciale – création d'un parc de loisirs – de cession de parcelles communales, dont il avait la surveillance et l'administration, au profit des membres de sa famille ou des sociétés contrôlées par ceux-ci ou par lui-même (▪ Cass. crim., 20 janv. 2021, n° 19-86.702 : *JurisData* n° 2021-001106).

20) Caractérise le délit de prise illégale d'intérêts, par prise d'un intérêt moral, le fait, pour un maire, d'ordonner à l'entreprise attributaire d'un marché de travaux de réaliser des travaux non compris dans le marché initial, à la demande d'un élu municipal, afin de favoriser ce dernier (▪ Cass. crim., 29 juin 2011, n° 10-87.498 : *Bull. crim.* n° 153 ; *Gaz. Pal.* 21-26 août 2011, jurispr. p. 15, note J. Lasserre-Capdeville).

21) Pour déclarer le président du conseil général coupable de prise illégale d'intérêts lors de l'attribution d'un marché des travaux publics, la cour d'appel relève que le prévenu a présidé la première réunion de la commission d'appel d'offres, au cours de laquelle a eu lieu l'ouverture des plis, puis la seconde réunion, à l'issue de laquelle la société gérée par ses enfants a été déclarée attributaire du marché. Les juges ajoutent qu'il a pris un **intérêt moral, en l'espèce familial**, du fait que ce marché a bénéficié à une entreprise gérée par ses enfants. La cour d'appel a justifié sa décision, dès lors que le président du conseil général a seul l'administration de l'ensemble des affaires du département, en application de l'article L. 3221-3 du Code général des collectivités territoriales, notamment celles relevant de ses pouvoirs de préparation et d'exécution des décisions de la commission d'appel d'offres qu'il préside (▪ Cass. crim., 9 févr. 2005 : *Bull. crim.* n° 48 ; *JurisData* n° 2005-027420 ; *JCP* 2005, IV, 1783).

22) L'article 432-12 du Code pénal, incriminant le délit de prise illégale d'intérêts, n'exige pas que l'intérêt pris par le prévenu, alors maire, soit en contradiction avec l'intérêt communal (▪ Cass. crim., 19 mars 2008, pourvoi n° 07-84.288 : *Bull. crim.* n° 69 ; *RSC* 2008, p. 592, obs. C. Mascala. ▪ Cass. crim., 22 oct. 2008, n° 08-82.068 : *JurisData* n° 2008-045864 ; *Bull. crim.* n° 212 ; *Dr. pén.* 2009, comm. 3, obs. M. Véron). V. pour un maire et un adjoint au maire, ▪ Cass. crim., 3 avr. 2019, n° 18-83.599, D : *JurisData* n° 2019-004977.

23) L'intérêt, matériel ou moral, direct ou indirect, pris par des élus municipaux en participant au vote des subventions bénéficiant aux associations qu'ils président entre dans les prévisions de l'article 432-12 du Code pénal ; il n'importe que ces élus n'en aient retiré un quelconque profit et que l'intérêt pris ou conservé ne soit pas en contradiction avec l'intérêt communal (▪ Cass. crim., 22 oct. 2008 : *Bull. crim.* n° 212 ; *Dr. pén.* 2009, comm. 3, obs. M. Véron).

24) Un lien d'amitié est constitutif de l'intérêt quelconque, au sens de l'article 432-12 du Code pénal, pris par une personne chargée d'une mission de service public dans une opération dont elle a, au moment de l'acte, en tout ou partie, la charge d'assurer la surveillance, l'administration ou le paiement.

Justifie en conséquence sa décision la cour d'appel qui, constatant, par des motifs non critiqués au moyen proposé par le demandeur au pourvoi, l'existence d'un lien d'amitié entre le maire d'une commune cédante d'un terrain communal et le cessionnaire, déclare le premier coupable de prise illégale d'intérêt (▪ Cass. crim., 5 avr. 2018, n° 17-81.912).

25) Matérialité et consommation de l'infraction. Le délit d'ingérence est consommé dès que le prévenu a reçu un intérêt dans une affaire dont il a la surveillance sans qu'il y ait lieu de tenir compte de la durée plus ou moins longue des avantages qu'il peut procurer ou même qu'il ait réalisé un bénéfice (▪ Cass. crim., 5 juin 1890 : *Bull. crim.* n° 117. ▪ Cass. crim., 16 déc. 1975 : *Bull. crim.* n° 379 ; *RSC* 1976, p. 713, obs. Vitu). – Peu importe que, pour des raisons indépendantes de sa volonté, l'opération en cause n'ait pu aboutir (▪ Cass. crim., 21 févr. 2001 : *Bull. crim.* n° 46) ou que l'administration ou la surveillance de l'affaire en cause se réduise à de simples pouvoirs de préparation ou de proposition de décisions prises par d'autres (▪ Cass. crim., 14 juin 2000 : *Bull. crim.* n° 221).

26) Le délit de prise illégale d'intérêt est consommé dès lors que le prévenu a confié à une société dirigée par les membres de sa famille des prestations effectuées pour le compte de la Croix-Rouge et payées par elle (▪ Cass. crim., 3 avr. 2007 : *Bull. crim.* n° 100, préc.).

27) Le délit de prise illégale d'intérêts est consommé dès que le prévenu a pris directement ou indirectement un intérêt dans une entreprise ou dans une opération dont il avait, au moment de l'acte, la surveillance ou l'administration, celles-ci se réduiraient-elles au simple pouvoir d'émettre un avis en vue de décisions prises par d'autres (▪ Cass. crim., 9 mars 2005 : *Bull. crim.* n° 81 ; *RSC* 2006, p. 75, obs. Delmas-Saint-Hilaire. V. égal., pour un maire ayant participé à une réunion d'un comité d'études ayant pour objet de valider l'avancement des études en cours préalables à l'élaboration du plan d'urbanisme, condamné : ▪ Cass. crim., 15 janv. 2020, n° 19-80.494 : *JurisData* n° 2020-000432). Le délit d'ingérence est caractérisé dès lors qu'il est établi, d'une part, que les prévenus devaient exercer, en qualité de maire ou d'adjoint au maire, une surveillance sur l'activité de la société civile immobilière chargée de l'aménagement du littoral et dont la constitution avait été décidée par le conseil municipal et, d'autre part, qu'ils ont pris un intérêt personnel, même sans rémunération ou contrepartie pécuniaire, dans le fonctionnement de ladite société (▪ Cass. crim., 25 juin 1996 : *Bull. crim.* n° 273 ; *Dr. pén.* 1996, comm. 264, obs. M. Véron).

28) Entre dans les prévisions de l'article 175 du Code pénal le fait, pour l'adjoint au maire, exerçant les fonctions de notaire, d'intervenir dans la préparation comme dans l'adoption de décisions du conseil municipal ayant une influence sur la réalisation d'actes passés dans l'office notarial dont il est l'un des titulaires ; il en est de même lorsqu'il participe à la fixation des limites dans lesquelles la commune pourra enchérir lors d'une vente par adjudication publique de biens immobiliers dépendant d'une succession dont son office assure la liquidation (▪ Cass. crim., 2 févr. 1988 : *Bull. crim.* n° 51).

29) Se rend coupable d'ingérence le prévenu qui, après son élection comme maire, continue d'exercer la fonction de médecin de l'état civil et donne à bail aux services municipaux un immeuble lui appartenant, même s'il n'en a tiré aucun profit (■ Cass. crim., 23 févr. 1988, inédit) ; ou un maire qui a signé en cette qualité deux contrats avec une société dont les associés n'étaient que des prête-noms de son fils, lui-même membre de son cabinet (■ Cass. crim., 20 févr. 1995 : *JurisData* n° 1995-001642 ; *Dr. pén.* 1995, comm. 173, obs. M. Véron) ; ou un maire qui fait acheter par une société dont il est gérant de fait une partie de l'immeuble acquis par la commune (■ Cass. crim., 27 févr. 2013, n° 12-80.632 : *Dr. pén.* 2013, comm. 73, obs. M. Véron).

30) Se rend coupable d'ingérence ou prise illégale d'intérêts le prévenu qui, en qualité de maire, ayant la charge d'assurer la surveillance et l'administration du personnel communal et d'ordonnancer les dépenses afférentes aux emplois communaux, recrute comme agents techniques des personnes qu'il emploie à son service personnel (■ Cass. crim., 7 mai 1998 *Bull. crim.* n° 157 ; V. également ■ Cass. crim., 21 juin 2000 : *Bull. crim.* n° 239).

31) Les dispositions dérogatoires de l'article 432-12, alinéas 2 et suivants du Code pénal, applicables aux communes comptant moins de 3 500 habitants, ne peuvent être invoquées par un maire qui conclut lui-même avec un tiers, au nom de la commune, un contrat dans lequel il prend un intérêt (■ Cass. crim., 29 juin 2005 : *Bull. crim.* n° 198).

32) Commet aussi le délit, le président de la Commission du développement de la Polynésie française qui, dans son intérêt, a préparé et proposé des contrats de travail en faveur de son épouse et de sa sœur, recrutées pour l'assister dans son mandat (■ Cass. crim., 22 sept. 1998 : *Dr. pén.* 1999, comm. 21, obs. M. Véron).

33) Est constitutif du délit de prise illégale d'intérêts, le fait, pour un président d'université, de signer un contrat d'enseignement engageant sa sœur en qualité de professeur contractuel de l'Université, administration dont il avait en charge la direction, la gestion et la surveillance (■ Cass. crim., 17 déc. 2008 : *Bull. crim.* n° 258 ; pourvoi n° 08-82.318 ; *Dr. pén.* 2009, comm. 36 et 39, obs. M. Véron).

34) Le délit prévu par l'article 432-12 du Code pénal est constitué, notamment, par le fait, pour une personne investie d'un mandat électif public, de prendre directement ou indirectement un intérêt dans une opération dont elle a, au moment de l'acte, en tout ou en partie, la charge d'assurer la surveillance ou l'administration ; il en est ainsi d'un président de conseil général qui, en sa qualité d'ordonnateur des dépenses du département, a ordonnancé les dépenses de communication de cette collectivité territoriale au profit d'une société ayant accordé un important soutien financier à deux autres sociétés dont l'intéressé est actionnaire et administrateur (■ Cass. crim., 27 nov. 2002 : *Bull. crim.* n° 213 ; *JCP* 2003, II, 10093, note W. Jeandidier ; *D.* 2003, jur., p. 2406, note M. Segonds).

35) Le délit de prise illégale d'intérêts est constitué dès lors que le prévenu, dépositaire de l'autorité publique (en l'espèce un officier, chef d'un centre logistique militaire), a pris des intérêts dans des opérations dont il détenait un pouvoir de surveillance, de décision et d'administration ; justifie sa décision la cour d'appel qui relève que le prévenu, agent de l'État recourait, pour des actions de formation continue dont il avait la surveillance et l'administration, à des entreprises dans lesquelles il détenait des participations et au bénéfice desquelles il effectuait lui-même des prestations rémunérées (■ Cass. ass. plén. 4 juill. 2008 : *Bull. inf. C. cass.*, nov. 2008, II, p. 31, Rapp. M. Rognon, Avis M. Lucazeau ; *Bull. crim.* n° 2).

36) Interposition de personnes. L'interposition de personnes peut être occulte (■ Cass. crim., 2 nov. 1961 : *Bull. crim.* n° 438 ; *RSC* 1962, p. 327, obs. Hugueney) ou non (■ Cass. crim., 13 févr. 1969 : *Bull. crim.* n° 80). La participation d'un conseiller municipal, par personne interposée munie d'un pouvoir spécial, aux délibérations d'un conseil municipal, lorsque celles-ci portent sur une affaire dans laquelle il a un intérêt, vaut surveillance ou administration de l'opération au sens de l'article 432-12 du Code pénal (■ Cass. crim., 24 oct. 2001 : *Dr. pén.* 2002, comm. 29, obs. M. Véron). Il en est de même pour un membre d'une assemblée territoriale (■ Cass. crim., 10 avr. 2002 : *Bull. crim.* n° 84 ; *Dr. pén.* 2002, comm. 105, obs. M. Véron).

37) Ingérence par délégataire de signature. Il n'importe que l'acte par lequel se réalise la prise illégale d'intérêts soit accompli par un délégataire de signature.

Justifie sa décision la cour d'appel, qui, pour déclarer coupable de prise illégale d'intérêts le directeur d'un service départemental d'incendie et de secours (SDIS), après avoir rappelé qu'en application de l'article L. 1424-34 du Code général des collectivités territoriales, il avait la charge de l'administration dudit service, relève qu'ayant reçu délégation de signature du président de cet organisme, il a notamment signé des états et mandats relatifs au paiement des loyers versés à la société civile immobilière qui était propriétaire du logement qu'il occupait et dont son épouse et sa famille détenaient 98 % des parts (■ Cass. crim., 27 nov. 2002 : *Bull. crim.* n° 212).

38) Autres applications. Le délit d'ingérence (prise illégale d'intérêts) n'exigeant qu'une prise d'intérêts quelconque à l'acte dont le fonctionnaire a la surveillance ou l'administration, se rend coupable de cette infraction le directeur départemental de l'équipement qui conclut avec le directeur des services fiscaux du département une convention d'occupation précaire d'un logement dépendant du domaine privé de l'État, puis fait réaliser au nom de celui-ci des travaux de remise en état (■ CA Rennes, 13 déc. 1994 : *D.* 1995, p. 361, note J. Benoit).

Se rend coupable de prise illégale d'intérêts celui qui, d'une part, participe aux délibérations comme maire suppléant, membre du conseil municipal ayant décidé de la vente d'un terrain communal à une société HLM et comme membre du conseil d'administration de cette société en qualité de représentant de la Communauté de communes ayant décidé de l'acquisition, d'autre part qui a, comme maire, embauché une chargée de la communication au sein d'un EPIC office du tourisme, aux fonctions de directrice de cabinet, celle-ci ayant conservé ces doubles attributions et perçu une rémunération de chacun des employeurs. Cette condamnation est justifiée dès lors que l'intérêt prévu à l'article 432-12 du Code pénal, peut être matériel ou moral, direct ou indirect, peu important que le prévenu n'en ait retiré un quelconque profit et que l'intérêt pris ne soit pas en contradiction avec l'intérêt communal (■ Cass. crim., 27 juin 2018, n° 16-86.256 : *JurisData* n° 2018-011238).

Le fait qu'un prévenu, maire d'une commune, se soit soumis aux règles de recrutement instaurées par la loi n° 84-53 du 26 janvier 1984 et le décret n° 86-68 du 10 janvier 1986, est sans incidence sur la caractérisation de l'infraction dès lors qu'il est, en toute connaissance de cause, intervenu à tous les stades de la procédure ayant abouti au recrutement d'un membre de sa famille, quelles que soient les compétences professionnelles de celui-ci (■ Cass. crim., 4 mars 2020, n° 19-83.390).

39) Pour rejeter l'argument du maire qui faisait valoir qu'il avait renoncé à la qualité d'associé que lui conférait la détention des parts par son épouse, commune de biens, et le déclarer coupable de prise illégale d'intérêts, la cour d'appel retient que, malgré cette renonciation, le prévenu avait, de par ses liens familiaux ainsi qu'en raison du prêt consenti et non encore remboursé à la date des faits, reçu et conservé des intérêts directs et indirects dans l'entreprise attributaire du marché, alors qu'en tant que maire, ordonnateur des dépenses de la municipalité, il était chargé d'assurer la surveillance, l'administration, et la liquidation des opérations (■ Cass. crim., 19 nov. 2003 : *Dr. pén.* 2004, comm. 35, obs. M. Véron).

40) Mais justifie sa décision, la cour d'appel, qui, pour relaxer le prévenu du chef de conservation d'un intérêt illégalement pris ou reçu, constate que l'infraction n'est pas constituée en son élément matériel, faute pour ce dernier d'avoir continué à exercer la surveillance ou l'administration de l'entreprise ou de l'opération (■ Cass. crim., 1er juin 2005, n° 04-85.059).

41) Le délit de prise illégale d'intérêt est consommé dès que le prévenu a pris directement ou indirectement un intérêt dans une entreprise ou dans une opération dont il avait, au moment de l'acte, la surveillance ou l'administration, celles-ci se réduiraient-elles au simple pouvoir d'émettre un avis en vue de décisions prises par d'autres. Il n'est donc pas nécessaire que le prévenu ait disposé d'un pouvoir juridique quelconque sur l'opération dont il a la surveillance, l'administration, la liquidation ou le paiement, en l'espèce un dossier de demande de subvention correspondant aux crédits de la réserve parlementaire (■ Cass. crim., 27 juin 2018, n° 17-84.804 : *JurisData* n° 2018-011246).

42) Prise illégale d'intérêt en matière de construction. La loi du 13 juillet 2006, portant engagement national pour le logement, a abrogé l'infraction spéciale de prise illégale d'intérêts, applicable aux dirigeants et aux employés des organismes d'habitations à loyers modérés, ainsi qu'à ceux des organismes agréés collecteurs de la participation des employeurs à l'effort de construction. La loi nouvelle prévoit que les conventions entre ces organismes et leurs dirigeants doivent être autorisées par le conseil d'administration.

Il en résulte, d'une part, que, si la prise d'intérêts par lesdits dirigeants reste punissable par applicable des dispositions générales de l'article 432-12 du Code pénal, c'est à la condition de n'avoir pas été régulièrement autorisée et, d'autre part, que, s'agissant de faits commis avant l'entrée en vigueur de la loi du 13 juillet 2006, seules les peines plus douces prévues par l'article L. 423-11, ancien, du Code de la construction et de l'habitation peuvent être prononcées. En cet état, justifie sa décision, la cour d'appel, qui, uniquement saisie de l'action civile et pour dire que le prévenu a commis l'infraction de prise illégale d'intérêts, retient qu'en 1998 et 1999, il a acquis la majorité du capital d'une société qui fournissait des services informatiques à l'organisme collecteur, dont il était le directeur, et qu'il ne peut se prévaloir d'une autorisation, antérieure à sa prise d'intérêts, donnée par le conseil d'administration à la convention de services entre l'organisme et la société (▪ Cass. crim., 9 sept. 2008 : *Bull. crim.* n° 181 ; *Dr. pén. 2008*, com. 144, obs. J.-H. Robert).

43) Complicité. Justifie son arrêt de condamnation la cour d'appel qui, pour déclarer le prévenu coupable de complicité d'ingérence – délit par ailleurs retenu contre son beau-frère, maire d'une commune – a relevé que ce prévenu, premier adjoint, s'est substitué au maire pour acquérir un terrain à un prix neuf fois inférieur à sa valeur réelle et a délivré un permis de construire ; il résulte de ses énonciations que c'est en connaissance de cause que le complice a apporté son assistance à l'auteur principal du délit (▪ Cass. crim., 14 juin 1988 : *Bull. crim.* n° 272 ; *JCP* 1989, II, 21218, note W. Jeandidier). Sur l'élément moral du délit et son évolution, V. Delmas-Saint-Hilaire, obs. *in RSC* 1988, 83.

Le délit de complicité de prise illégale d'intérêt n'exige pas la caractérisation d'un tel intérêt pour le complice (▪ Cass. crim., 15 juin 2016, n° 15-81.124).

44) Recel. Pour déclarer deux époux, conseillers municipaux, coupables de recel de favoritisme et prise illégale d'intérêts, les juges retiennent que les intéressés ont commis le délit de recel qui leur est reproché, ayant eu connaissance des multiples aléas de procédure qui n'ont eu pour but que de favoriser indûment leur entreprise et de lui faire obtenir finalement le marché source de profit(▪ Cass. crim., 24 oct. 2001 : *JurisData* n° 2001-012251 ; *Dr. pén.* 2002, comm. 29, obs. M. Véron).

III – INTENTION

45) Accomplissement conscient de l'acte. Il n'est pas nécessaire que le coupable ait été animé d'une intention frauduleuse et il suffit qu'il ait pris sciemment un intérêt dans une affaire soumise à sa surveillance, même sans avoir voulu tirer profit (▪ Cass. crim., 23 déc. 1952 : *RSC* 1953, p. 304, obs. Hugueney. ▪ Cass. crim., 11 janv. 1956 : *Bull. crim.* n° 39 ; *RSC* 1956, p. 539, obs. Hugueney) ; le délit se consomme par le seul abus de la fonction indépendamment de la recherche d'un gain ou d'un avantage personnel (▪ Cass. crim., 14 juin 2000 : *Bull. crim.* n° 221 ; *JurisData* n° 2000-002991. ▪ Cass. crim., 3 mai 2001 : *Bull. crim.* n° 106).

L'intention coupable est caractérisée par le seul fait que l'auteur a accompli sciemment l'acte constituant l'élément matériel du délit de prise illégale d'intérêts (▪ Cass. crim., 21 nov. 2001 : *Bull. crim.* n° 243. ▪ Cass. crim., 27 nov. 2002 : *Bull. crim.* n° 213).

La Cour de cassation a pu ainsi affirmer qu'« en vertu d'une jurisprudence constante, l'abus de fonction ainsi caractérisé suffit à lui seul pour consommer le délit de prise illégale d'intérêts et l'intention coupable est constituée par le seul fait que l'auteur a accompli sciemment l'acte constituant l'élément matériel du délit. Il n'est pas nécessaire qu'il ait agi dans une intention frauduleuse » (▪ Cass. crim., 4 mars 2020, n° 19-83.390).

Pour relaxer le président du conseil général du chef de prise illégale d'intérêts, et ses enfants du chef de recel, s'agissant de l'attribution d'un marché de travaux publics, l'arrêt relève que, si le prévenu a pris un intérêt moral, en l'espèce familial, dans cette entreprise, en revanche, il n'est pas établi qu'il ait pris une part quelconque, de façon directe ou indirecte, dans le processus de décision comme dans l'ensemble des opérations relatives à ce marché. Les juges énoncent que, si celui-ci a été signé par un délégataire du président du conseil général et son paiement effectué par les services de cette collectivité territoriale, on ne saurait néanmoins déduire du seul fonctionnement régulier d'un organisme administratif l'existence de l'élément intentionnel requis par l'article 121-3 du Code pénal. Ils ajoutent que le délit n'étant pas établi en la personne de l'auteur principal, le recel n'est pas constitué à l'encontre de ses enfants. En se prononçant ainsi, alors que, nonobstant la délégation de signature donnée à un chef de service du conseil général, le président de ce conseil général avait conservé la surveillance ou l'administration de la conclusion du marché avec la société gérée par ses enfants et accompli sciemment l'acte constituant l'élément matériel du délit, la cour d'appel a méconnu le sens et la portée des articles 432-12 et 121-3 du Code pénal (▪ Cass. crim., 9 févr. 2005 : *Bull. crim.* n° 48 ; *JurisData* n° 2005-027420 ; *JCP* 2005, IV, 1783, préc.).

IV – RÉPRESSION

46) Nature de l'infraction. Si le délit de l'article 175 du Code pénal n'a pas le caractère d'un délit successif et se consomme par la seule prise d'intérêt, l'infraction doit cependant être retenue à chaque fois qu'elle se produit (▪ Cass. crim., 7 oct. 1976 : *Bull. crim.* n° 285 et 283 ; *RSC* 1977, p. 325, obs. Vitu). Sur l'article 432-12 du nouveau Code pénal et l'interdiction faite aux maires et adjoints d'acquérir des biens de leur commune, V. *Petites affiches* 1993, n° 146, p. 4, note E. Boehler. Sur le caractère continu ou instantané du délit d'ingérence, V. *Dr. pén.* 1994, chron. n° 10, J.-H. Robert ; V. également *Gaz. Pal.* 24-25 juin 1992, p. 8, note Ph. Conte et *JCP* 1994, G, I, 3808, note S. Majerowicz. Le délit d'ingérence ou prise illégale d'intérêts résultant de l'emploi, par un maire, d'un agent communal à des fins privatives se réalise au moment de chaque ordonnancement des rémunérations mensuelles de cet agent (■ Cass. crim., 7 mai 1998 : *Bull. crim.* n° 157).

47) Prescription. Lorsqu'une personne investie d'un mandat électif public a pris un intérêt dans des opérations successives, indépendantes les unes des autres, dont elle avait, au moment de l'acte, en tout ou en partie, la charge d'assurer la surveillance, le délit de prise illégale d'intérêts, consommé à l'occasion de chacune de ces opérations, a conservé son caractère d'infraction instantanée. Justifie, dès lors, sa décision la chambre d'accusation qui déclare prescrits les faits de prise illégale d'intérêts, résultant de la participation du prévenu aux délibérations d'un conseil municipal ayant adopté des décisions favorables à ses activités professionnelles, commis plus de trois années avant le premier acte interruptif de prescription (■ Cass. crim., 4 avr. 2001 : *Bull. crim.* n° 93).

48) Le délit de prise illégale d'intérêts se prescrit à compter du dernier acte administratif accompli par l'agent public par lequel il prend ou reçoit un intérêt dans une opération dont il a l'administration ou la surveillance (■ Cass. crim., 4 oct. 2000 : *Bull. crim.* n° 287 ; *Dr. pén.* 2001, comm. 16, obs. M. Véron ; *D.* 2001, 1654, note M. Segonds). Constitue un tel acte le mandatement par lequel un maire ordonne le paiement du prix d'une vente dans laquelle il a pris un intérêt illégal (■ Cass. crim., 10 avr. 2002 : *Bull. crim.* n° 84 ; *Dr. pén.* 2002, comm. 105, obs. M. Véron). De même constitue un tel acte le dernier versement d'honoraires effectué par un maire, au nom de la commune, au profit de son beau-frère, architecte, attributaire d'un marché de maîtrise d'œuvre pour l'extension et la rénovation d'un bâtiment communal (■ Cass. crim., 29 juin 2005 : *Dr. pén.* 2005, comm. 150, obs. M. Véron).

49) La conservation d'un intérêt dont la prise illégale n'était pas prescrite à la date d'entrée en vigueur du nouveau Code pénal peut être poursuivie après le 17 mars 1994 en application de l'article 432-12 de ce nouveau Code pénal (■ Cass. crim., 3 mai 2001 : *JurisData* n° 2001-009667 ; *Bull. crim.* n° 106 ; *Dr. pén.* 2001, comm. 99, obs. M. Véron).

50) La conservation d'un intérêt dans l'entreprise dont le prévenu avait la charge d'assurer la surveillance confère à l'infraction un caractère continu (■ Cass. crim., 29 avr. 2014, n° 14-80.060 : *Dr. pén.* 2014, comm. 104, obs. M. Véron).

51) Si le délit de prise illégale d'intérêts se prescrit à compter du jour où la participation a pris fin, le délai de prescription de l'action publique ne commence à courir, en cas de dissimulation destinée à empêcher la connaissance de l'infraction, qu'à partir du jour où celle-ci est apparue et a pu être constatée dans des conditions permettant l'exercice des poursuites (■ Cass. crim., 16 déc. 2014, n° 14-82.939).

52) Le délit de recel de prise illégale d'intérêts ne peut être reproché à la personne qui aurait commis l'infraction principale, celle-ci fût-elle prescrite (■ Cass. crim., 12 nov. 2015, n° 14-83.073).

53) Amnistie. Saisie, sur le fondement de la loi du 20 juillet 1988, d'une requête tendant à la constatation de l'amnistie d'un délit d'ingérence, en raison du *quantum* de la peine prononcée, une cour d'appel écarte, à bon droit, la demande en retenant que les faits étaient postérieurs au 20 mai 1988, dès lors que la déclaration définitive de culpabilité visait la vente, par un maire, d'un terrain communal à une société qu'il dirige, suivie des actes d'ingérence réitérés en 1989 après la signature de l'acte authentique en février 1988, ces actes consistant en une délibération du conseil municipal autorisant la vente, à la diligence du maire, et en la réquisition de celui-ci au receveur percepteur pour encaisser le prix (■ Cass. crim., 20 févr. 2001 : *Bull. crim.* n° 45).

54) Action civile. Les syndicats peuvent se constituer partie civile devant le juge d'instruction, du chef de prise illégale d'intérêts, dès lors que les faits invoqués rendent possible l'existence d'un préjudice, fût-il indirect, résultant de l'atteinte aux intérêts moraux de la profession et distinct de celui pu subir individuellement les salariés (■ Cass. crim., 27 juin 2012, n° 11-86.920 : *Bull. crim.* n° 160 ; *JCP* 2012, act. 1305, p. 2202, obs. C. Ducouloux-Favard ; *D.* 2012, p. 2782, note E. Dreyer).

55) Dispositions dérogatoires de l'article 432-12. Les dispositions de l'article 432-12 nouveau du Code pénal sont divisibles, de sorte que les dispositions moins sévères relatives aux seuils de tolérance de la prise d'intérêts sont applicables aux infractions commises avant leur entrée en vigueur. La circonstance que le maire ait présidé une délibération du conseil municipal, autorisant la conclusion d'un contrat dans lequel il prend un intérêt, rend inapplicables les dispositions relatives aux seuils de tolérance de la prise d'intérêts au sens tant de l'article 175 ancien que de l'article 432-12 nouveau du Code pénal s'apprécie par référence au montant global du contrat soumis à la délibération du conseil municipal, et non d'après le montant de la prise effective d'intérêts (■ Cass. crim., 4 juin 1996 : *Bull. crim.* n° 231 ; *Dr. pén.* 1996, comm. 262, obs. M. Véron).

56) Les dispositions dérogatoires de l'article 432-2, alinéas 2 et suivants du Code pénal, applicables aux communes comptant moins de 3 500 habitants ne peuvent être invoquées par un maire qui conclut lui-même avec un tiers au nom de la commune, un contrat dans lequel il prend un intérêt (■ Cass. crim., 29 juin 2005 : *Bull. crim.* n° 198 ; *Dr. pén.* 2005, comm. 150, obs. M. Véron).

Art. 432-12-1 *(Créé, L. n° 2021-1729, 22 déc. 2021).* **– Constitue une prise illégale d'intérêts punie des peines prévues à l'article 432-12 le fait, par un magistrat ou toute personne exerçant des fonctions juridictionnelles, de prendre, recevoir ou conserver, directement ou indirectement, dans une entreprise ou dans une opération à l'égard de laquelle elle a la charge de prendre une décision judiciaire ou juridictionnelle, un intérêt de nature à influencer, au moment de sa décision, l'exercice indépendant, impartial et objectif de sa fonction.**

Art. 432-13 *(Rempl. à compter de la publication d'un décret d'application, et au plus tard le 1er juill. 2007, L. n° 2007-148, 2 févr. 2007 ; mod., L. n° 2013-907, 11 oct. 2013 ; L. n° 2016-483, 20 avr. 2016 ; L. n° 2017-55, 20 janv. 2017).* **– Est puni de trois ans d'emprisonnement et d'une amende de 200 000 €, dont le montant peut être porté au double du produit tiré de l'infraction, le fait, par une personne ayant été chargée, en tant que membre du Gouvernement, membre d'une autorité administrative indépendante ou d'une autorité publique indépendante, titulaire d'une fonction exécutive locale, fonctionnaire, militaire ou agent d'une administration publique, dans le cadre des fonctions qu'elle a effectivement exercées, soit d'assurer la surveillance ou le contrôle d'une entreprise privée, soit de conclure des contrats de toute nature avec une entreprise privée ou de formuler un avis sur de tels contrats, soit de proposer directement à l'autorité compétente des décisions relatives à des opérations réalisées par une entreprise privée ou de formuler un avis sur de telles décisions, de prendre ou de recevoir une participation par travail, conseil ou capitaux dans l'une de ces entreprises avant l'expiration d'un délai de trois ans suivant la cessation de ces fonctions.**

Est punie des mêmes peines toute participation par travail, conseil ou capitaux dans une entreprise privée qui possède au moins 30 % de capital commun ou a conclu un contrat comportant une exclusivité de droit ou de fait avec l'une des entreprises mentionnées au premier alinéa.

Pour l'application des deux premiers alinéas, est assimilée à une entreprise privée toute entreprise publique exerçant son activité dans un secteur concurrentiel et conformément aux règles du droit privé.

Ces dispositions sont applicables aux agents des établissements publics, des entreprises publiques, des sociétés d'économie mixte dans lesquelles l'État ou les collectivités publiques détiennent directement ou indirectement plus de 50 % du capital et des exploitants publics prévus par la loi n° 90-568 du 2 juillet 1990 relative à l'organisation du service public de la poste et à France Télécom.

L'infraction n'est pas constituée par la seule participation au capital de sociétés cotées en bourse ou lorsque les capitaux sont reçus par dévolution successorale.

1) Il appartient à la juridiction d'instruction, saisie d'une plainte avec constitution de partie civile du chef de prise illégale d'intérêts, en application de l'article 432-13 du Code pénal, de rechercher la nature des fonctions effectivement exercées par le fonctionnaire ou l'agent d'une administration publique.

Encourt dès lors la cassation l'arrêt qui, pour dire n'y avoir lieu à informer, se borne à énoncer que, de façon manifeste, au regard de la nature de ses fonctions, l'intéressé n'est pas intervenu et ne pouvait pas intervenir dans le processus formalisé des décisions administratives, alors qu'il lui appartenait de rechercher la nature des fonctions effectivement exercées par celui-ci, l'article du Code pénal précité n'exigeant pas qu'une telle intervention s'inscrive dans le processus formalisé des décisions administratives (■ Cass. crim., 27 juin 2012, n° 11-86.920 : *Bull. crim.* n° 160 ; *JCP* 2012, act. 1305, p. 2202, obs. C. Ducouloux-Favard ; *Gaz. Pal.* 5-9 août 2012, p. 14, note R. Mesa ; *AJ pénal* 2012, jur., p. 489, obs. E. Daoud).

2) Il a été jugé que la prise d'intérêt par un ancien fonctionnaire ne s'appliquait pas à un ministre (Haute Cour de Justice, 21 juill. 1931 : S. 1931, 2, 182) ; sur la critique de cette solution, V. Vitu, *op. cit.*, n° 33.

3) L'article 175-1 exige une participation, c'est-à-dire une participation se prolongeant dans le temps ; le délit imputé à l'ancien fonctionnaire est ainsi une infraction continue (■ Cass. crim., 11 mai 1928 : *Bull. crim.* n° 140).

4) Entre dans les prévisions de l'article 175-1, alinéa 1er du Code pénal le fait pour un fonctionnaire public, agent ou préposé d'une administration publique, d'avoir, dans le délai de 5 ans à compter de la cessation de la fonction, pris ou reçu une participation par travail, conseils ou capitaux, dans une entreprise privée sur laquelle il était en droit d'exercer, en raison même de ses attributions, une surveillance ou un contrôle général et alors même qu'il n'a jamais procédé sur ladite entreprise à des contrôles directs (■ Cass. crim., 15 nov. 1982 : *Bull. crim.* n° 254 ; *RSC* 1983, p. 469, obs. Vitu). La répression de la prise d'intérêts n'est pas subordonnée à des modalités particulières de l'expression des conseils fournis par l'ancien fonctionnaire d'une entreprise antérieurement soumise à son contrôle (■ Cass. crim., 18 juill. 1984 : *Bull. crim.* n° 262 ; *RSC* 1985, p. 291, obs. Delmas-Saint-Hilaire).

§ 4. – Des atteintes à la liberté d'accès et à l'égalité des candidats dans les marchés publics et les contrats de concession

Art. 432-14 *(L. n° 95-127, 8 févr. 1995 ; L. n° 2013-1117, 6 déc. 2013 ; L. n° 2016-1691, 9 déc. 2016).* **– Est puni de deux ans d'emprisonnement et d'une amende de 200 000 €, dont le montant peut être porté au double du produit tiré de l'infraction, le fait par une personne dépositaire de l'autorité publique ou chargée d'une mission de service public ou investie d'un mandat électif public ou exerçant les fonctions de représentant, administrateur ou agent de l'État, des collectivités territoriales, des établissements publics, des sociétés d'économie mixte d'intérêt national chargées d'une mission de service public et des sociétés d'économie mixte locales ou par toute personne agissant pour le compte de l'une de celles susmentionnées de procurer ou de tenter de procurer à autrui un avantage injustifié par un acte contraire aux dispositions législatives ou réglementaires ayant pour objet de garantir la liberté d'accès et l'égalité des candidats dans les marchés publics et les contrats de concession.**

Voir : art. 131-34, p. 229 (peine d'exclusion des marchés publics).

Bibliographie : *JCl. Pénal Code, Marchés publics* par H. Matsopoulou. • J. Savoye, *Du délit de favoritisme et autres infractions en matière de marchés publics : D.* 1999, chron. 169. • T. Dal Farra : *Gaz. Pal.* 9-10 févr. 2000, doctr. p. 2.

1) QPC. Non-lieu à renvoi au Conseil constitutionnel de la question prioritaire de constitutionnalité concernant les dispositions de l'article 432-14 du Code pénal, dès lors qu'en visant la nature législative ou réglementaire de la norme dont la violation est susceptible d'être sanctionnée pénalement, en définissant l'objet de celle-ci par référence aux principes constitutionnels de liberté d'accès et d'égalité des candidats gouvernant la commande publique, en précisant qu'une telle violation doit intervenir dans un marché public ou une délégation de service public et en énumérant de façon limitative les personnes à qui cette violation pourra être imputée, l'article 432-14 définit les manquements réprimés en termes suffisamment clairs et précis pour exclure l'arbitraire (■ Cass. crim., 30 nov. 2011, n° 11-82.961 QPC : *Dr. pén.* 2012, comm. 29, obs. M. Véron. ■ Cass. crim., 23 juill. 2014, n° 14-90.024 : *Dr. pén.* 2014, comm. 124, obs. M. Véron).

La jurisprudence de la Cour de cassation considère que l'avantage injustifié au sens de l'article 432-14 s'induit nécessairement de la violation de la norme légale ou réglementaire gouvernant la commande publique : il n'y a dès lors pas lieu de saisir le Conseil constitutionnel d'une question prioritaire de constitutionnalité portant sur l'absence de définition suffisante de la notion d'avantage injustifié (■ Cass. crim., 19 mai 2021, n° 21-90.006).

2) Imputation. Le coordonnateur d'un groupement de commandes publiques, qui, selon les articles 364 et 375 du Code des marchés publics applicable en 1994, était habilité à procéder aux opérations de consultation collective et à choisir, après avis de la commission de coordination des commandes publiques, l'offre qu'il jugeait la plus intéressante pour les membres du groupement, est une personne entrant dans les prévisions de l'article 432-14 du Code pénal (■ Cass. crim., 7 avr. 2004 : *Bull. crim.* n° 93, arrêt n° 2).

3) Entre dans la catégorie des personnes visées à l'article 432-14 du Code pénal le secrétaire général d'une commune, agissant en qualité de représentant ou agent d'une collectivité territoriale, qui a le pouvoir d'intervenir dans le déroulement d'une procédure d'attribution de marchés en vue de préparer ou de proposer les décisions prises par d'autres (■ Cass. crim., 19 avr. 2005 : *Bull. crim.* n° 139).

4) Personne morale. Une cour d'appel a relaxé un SIVOM des chefs de concussion et d'atteinte à la liberté d'accès et à l'égalité des candidats dans les marchés publics, en énonçant que le SIVOM, qui est un organisme public, ne revêt pas les qualités de personne dépositaire de l'autorité publique ou chargée d'une mission de service public. Les juges ajoutent, s'agissant de la société de traitement et de distribution des eaux poursuivie pour recel, qu'à supposer que l'infraction principale soit établie, l'avenant au contrat, conclu sans procédure de publicité ou de mise en concurrence et sans saisine pour avis de la commission de service public, n'a pas été déféré par le préfet devant la juridiction administrative aux fins d'annulation et que la chambre régionale des comptes, qui en a pointé les insuffisances, n'a pas conclu à son illégalité. La Cour de cassation décide au contraire que le SIVOM, qui a pour objet la réalisation et la gestion de l'alimentation en eau potable et du réseau d'assainissement de l'agglomération, est chargé directement ou indirectement, d'accomplir des actes ayant pour but de satisfaire à l'intérêt général, et revêt ainsi la qualité de personne chargée d'une mission de service public au sens des articles 432-10 et 432-14 du Code pénal. Mais l'arrêt n'encourt toutefois pas la censure dès lors que les activités respectives de fixation d'une taxe et d'attribution d'un marché public, à l'occasion desquelles les délits susvisés ont été commis, ne sont pas susceptibles de faire l'objet d'une convention de délégation de service public au sens de l'article 121-2 du Code pénal (▪ Cass. crim., 19 déc. 2018, n° 18-81.328 : *JurisData* n° 2018-023771).

5) Lorsqu'une association est créée à l'initiative d'une personne publique qui en contrôle l'organisation et le fonctionnement et lui procure l'essentiel de ses ressources, le juge pénal est compétent pour qualifier cette personne privée d'association « transparente » et en déduire que les contrats qu'elle conclut pour l'exécution de la mission qui lui est confiée sont des contrats administratifs soumis au Code des marchés publics (▪ Cass. crim., 7 nov. 2012, n° 11-82.961 : *Bull. crim.* n° 243 ; *Gaz. Pal.* 8-9 févr. 2013, chron. p. 39, note E. Dreyer).

6) Caractérisation. Caractérise le délit en tous ses éléments, tant matériels qu'intentionnels, la cour d'appel qui déclare un maire coupable pour avoir laissé contrevenir aux prescriptions régissant la procédure et la composition des commissions d'appel d'offres, une entreprise ayant ainsi été favorisée (▪ Cass. crim., 15 sept. 1999 : *JurisData* n° 1999-003934 ; *Dr. pén.* 2000, comm. 28, obs. M. Véron).

7) Commet le délit prévu et réprimé par l'article 432-14 du Code pénal le maire qui fractionne un marché pour éviter d'avoir recours à la procédure d'appel d'offres et paie des factures émises par des filiales d'une société de travaux publics bien qu'elles n'aient fourni aucune prestation. Ces agissements ont pour conséquence directe d'écarter de l'accès au marché des candidats potentiels, créant ainsi au bénéfice de la société de travaux publics une inégalité de traitement injustifiée (▪ Cass. crim., 13 déc. 2000 : *Bull. crim.* n° 374).

– Enfreint les règles du Code des marchés publics le maire qui fractionne un marché en plusieurs contrats dont les objets sont très proches, conclus avec des sociétés appartenant au même groupe, dont le dirigeant était commun et rémunérait l'un de ses collaborateurs, octroyant ainsi nécessairement et consciemment un avantage injustifié aux sociétés attributaires (▪ Cass. crim., 10 sept. 2008 : *Dr. pén.* 2008, comm. 158, obs. M. Véron).

8) Caractérise l'infraction la cour d'appel qui retient que la procédure des marchés négociés utilisée par un maire n'avait pas été précédée d'une mise en concurrence par publication d'un nouvel avis et par une consultation écrite de la moitié au moins des candidats au précédent appel.

L'intention de frauder par l'attribution du marché à l'entreprise qui avait la préférence du maire ressort tant de la réitération des irrégularités relevées que de l'absence de consultation de sa part auprès de la direction départementale de l'agriculture, l'incompétence alléguée du prévenu n'étant nullement exclusive de sa mauvaise foi (▪ Cass. crim., 24 oct. 2001 : *Dr. pén.* 2002, comm. 26, obs. M. Véron).

9) Est coupable de favoritisme le maire qui a procuré un avantage injustifié à deux dirigeants d'entreprises, eux-mêmes adjoints au maire, en ayant un recours à un appel d'offres ouvert selon la procédure d'urgence, limitant ainsi le nombre des candidats, et qui a présidé le conseil municipal dont il avait fixé l'ordre du jour, sa participation personnelle aux faits poursuivis étant par là même caractérisée (▪ Cass. crim., 19 nov. 2003 : *Dr. pén.* 2004, comm. 32, obs. M. Véron ; *D.* 2004, somm. com., p. 2753, obs. G. Roujou de Boubée).

10) Complicité. Un directeur général d'un office public HLM peut être déclaré coupable de complicité de ce délit de favoritisme commis par le président en passant de manière illégale un marché de maîtrise d'œuvre dans le cadre de la construction d'une résidence par la procédure de marché public à procédure adaptée, alors que son montant excédait le seuil légal. En effet la complicité ne postule pas forcément un acte positif, et les juges du fond ont pu reprocher au directeur en l'espèce, alors qu'il en avait juridiquement les moyens, de ne pas avoir mis en place de procédure de contrôle lui permettant de s'assurer du strict respect des règles en vigueur. En sa qualité de professionnel il ne peut pas arguer d'une ignorance des obligations légales existant en la matière (▪ Cass. crim., 29 janv. 2020, n° 19-82.942 : *JurisData* n° 2020-001174).

11) Marchés publics. La participation, fût-elle minoritaire, d'une entreprise privée dans le capital d'une société à laquelle participe également une collectivité locale exclut que cette dernière puisse exercer sur cette société un contrôle analogue à celui qu'elle exerce sur ses propres services.

Justifie sa décision, la cour d'appel, qui, pour déclarer le prévenu coupable de favoritisme, pour avoir attribué, sans concurrence, les marchés relatifs à la création et à la réalisation d'un bulletin municipal, pour les années 2003 à 2006, à une société d'économie mixte locale, transformée en société anonyme, écarte notamment l'application de l'article 3 1° du Code des marchés publics alors applicable, excluant du champ d'application du Code des marchés publics les contrats à prestations intégrées (■ Cass. crim., 25 juin 2008, pourvoi n° 07-88.373 : *Bull. crim.* n° 166).

12) Est susceptible de caractériser le délit de favoritisme la violation, en connaissance de cause, des règles de publicité et de concurrence, prévues par le décret n° 93-990 du 3 août 1993, pris pour l'application de la loi du 11 décembre 1992, notamment de celles relatives aux critères d'attribution et aux conditions de légalité des variantes (■ Cass. crim., 4 mai 2011, n° 10-87.447 : *Bull. crim.* n° 91).

13) La méconnaissance des dispositions de l'ordonnance n° 2005-649, du 6 juin 2005, relative aux marchés passés par certaines personnes publiques ou privées non soumises au Code des marchés publics, et notamment de son article 6 qui impose à celles-ci le respect des principes à valeur constitutionnelle de liberté d'accès à la commande publique, d'égalité de traitement des candidats et de transparence des procédures, entre dans les prévisions de l'article 432-14 du Code pénal (■ Cass. crim., 17 févr. 2016, n° 15-85.363 : *Dr. pén.* 2016, comm. 57, obs. C. Claverie-Rousset ; *JCP* 2016, 787, note J.-H. Robert).

14) Le fait par une personne dépositaire de l'autorité publique (en l'espèce, le responsable d'une DDE) de demander à des dirigeants d'entreprises de déposer des offres de couverture, simulant une proposition concurrente pour faire apparaître une autre entreprise comme mieux-disante, dans le cadre d'une procédure d'appel d'offres est de nature à entraver le libre jeu de la concurrence, de façon contraire aux articles 47 du Code des marchés publics de 1964 et 1er du Code des marchés publics de 2001, alors applicables, et procure nécessairement un avantage injustifié à l'entreprise attributaire, ce qui caractérise le délit de favoritisme (■ Cass. crim., 16 nov. 2011, n° 11-80.433 : *Dr. pén.* 2012, comm. 29, obs. M. Véron).

15) Le délit de favoritisme peut être imputé, à propos de travaux dans un logement de fonction, au prévenu, qui a mis en place le système lui ayant permis de contourner les règles des marchés publics, peu important qu'il ne soit pas le signataire des marchés publics dès lors qu'entre dans la catégorie des personnes visées à l'article 432-14 du Code pénal, le directeur général d'un CHU, ordonnateur principal des recettes et des dépenses de ce dernier, qui a le pouvoir d'intervenir dans le déroulement d'une procédure d'attribution de marchés, en vue de préparer ou de proposer les décisions prises par d'autres (■ Cass. crim., 12 sept. 2018, n° 17-83.793 : *JurisData* n° 2018-015446).

16) Portée. La méconnaissance de l'article 1er du Code des marchés publics, dans sa rédaction issue du décret du 7 mars 2001, s'applique à tous les marchés publics, quel que soit leur montant, et entre dans les prévisions de l'article 432-14 du Code pénal (■ Cass. crim., 14 févr. 2007 : *Bull. crim.* n° 47).

17) Une collectivité locale, qui a décidé, bien qu'elle n'y soit pas légalement tenue, de recourir à la procédure d'appel d'offres doit se conformer aux règles imposées par cette dernière (■ Cass. crim., 15 mai 2008, pourvoi n° 07-88.369 : *Bull. crim.* n° 121 ; en l'espèce l'arrêt attaqué a déclaré le prévenu coupable de recel d'atteinte à l'égalité dans l'accès aux marchés publics).

18) L'élément intentionnel du délit prévu par l'article 432-14 du Code pénal est caractérisé par l'accomplissement, en connaissance de cause, d'un acte contraire aux dispositions législatives ou réglementaires ayant pour objet de garantir la liberté d'accès et l'égalité des candidats dans les marchés publics et les délégations de service public (■ Cass. crim., 14 janv. 2004 : *Bull. crim.* n° 11 ; *Dr. pén.* 2004, comm. 50, obs. M. Véron ; *JCP* 2004, II, 10-084, note F. Linditch. ■ Cass. crim., 14 déc. 2011 : *JurisData* n° 2011-031066, cassant un arrêt énonçant, pour prononcer la relaxe, que l'élément intentionnel se définit comme l'intention de nuire ; *Dr. pén.* 2012, comm. 29, obs. M. Véron).

Le prévenu doit avoir eu conscience de procurer un avantage injustifié (■ Cass. crim., 9 sept. 2020, n° 19-85.374).

19) Non rétroactivité des dispositions réglementaires nouvelles. Lorsqu'une disposition législative, support légal d'une incrimination, demeure en vigueur, l'abrogation de textes réglementaires pris pour son application n'a pas d'effet rétroactif. Justifie sa décision la cour d'appel qui écarte l'application de l'article 28 du décret du 7 mars 2001, ayant relevé le seuil au-delà duquel la procédure d'appel d'offres est obligatoire, dès lors, d'une part, que les faits ont été commis avant l'entrée en vigueur de ce texte et, d'autre part, que les dispositions législatives, support légal de l'incrimination, n'ont pas été modifiées ; justifient leur décision les juges qui, pour déclarer le prévenu coupable de recel du délit d'atteinte à la liberté d'accès et à l'égalité des candidats dans les marchés publics, énoncent que l'intéressé avait détenu des documents et des renseignements privilégiés et ainsi bénéficié en connaissance de cause de l'attribution d'un marché irrégulièrement passé (■ Cass. crim., 28 janv. 2004 : *Bull. crim.* n° 23 ; *JCP* 2004, II, 10-084, note F. Linditch). – *Adde*, ■ Cass. crim., 7 avr. 2004 : *Bull. crim.* n° 93, arrêts 1 et 2. ■ Cass. crim., 19 mai 2004 : *Bull. crim.* n° 131.

20) Encourt la cassation l'arrêt qui, pour relaxer du chef de favoritisme un président de conseil général, par ailleurs président d'une association pour la promotion et la communication du département, laquelle a attribué, courant 1991 à 1995, à une société, sans mise en concurrence préalable, le marché d'impression de la revue mensuelle du conseil général dont le montant excédait le seuil alors applicable à partir duquel devait être mise en œuvre la procédure d'appel d'offres énonce que l'article 9 de la loi du 3 janvier 1991 qui a soumis à des mesures de publicité et de mise en concurrence la passation de certains contrats par un organisme de droit privé créé en vue de satisfaire spécifiquement un besoin d'intérêt général et répondant à l'une des conditions prévues par ledit article, ne s'appliquait pas, pendant la période visée à la prévention, aux marchés de fournitures et de services qui n'ont été inclus dans le droit positif que par la loi du 22 janvier 1997, alors que, selon les propres constatations de l'arrêt, ladite association n'était qu'un simple démembrement des services du département et que, par suite, les marchés qu'elle passait relevaient des articles 250 et suivants du Code des marchés publics, alors applicables, relatifs aux marchés passés au nom des collectivités territoriales (■ Cass. crim., 30 juin 2004 : *Bull. crim.* n° 177).

21) Prescription. Le délit d'atteinte à la liberté d'accès et à l'égalité des candidats dans les marchés publics et les délégations de service public est une infraction instantanée qui se prescrit à compter du jour où les faits la consommant ont été commis ; toutefois, le délai de prescription de l'action publique ne commence à courir, lorsque les actes irréguliers ont été dissimulés ou accomplis de manière occulte, qu'à partir du jour où ils sont apparus et ont pu être constatés dans des conditions permettant l'exercice des poursuites ; ne donne donc pas une base légale à sa décision la cour d'appel qui retarde le point de départ de la prescription au jour du dépôt de plainte, sans établir que les actes irréguliers avaient été dissimulés ou accomplis de manière occulte (■ Cass. crim., 27 oct. 1999 : *Bull. crim.* n° 238 et 239 ; *Dr. pén.* 2000, comm. n° 27, obs. M. Véron ; *RSC* 2000, n° 618, obs. Delmas-Saint-Hilaire).

22) Lorsqu'un agent comptable alerte le nouveau président d'Université du dépassement du seuil de commandes publiques passées par son prédécesseur et de l'impossibilité de régler les factures, faute de mise en concurrence préalable, la dissimulation permettant de retarder le point de départ du délai de prescription du délit de favoritisme ne peut être retenue au-delà de cet avertissement (■ Cass. crim., 17 déc. 2008 : *Bull. crim.* n° 261 ; *Dr. pén.* 2009, comm. 36, obs. M. Véron ; *RSC* 2010, p. 141, obs. C. Mascala ; *AJ pénal* 2009, 131, obs. J. Lasserre-Capdeville).

23) Caractérise la dissimulation des actes irréguliers de nature à retarder le point de départ de la prescription, l'arrêt qui relève qu'un marché d'édition et de diffusion du numéro spécial d'un magazine d'information d'une collectivité territoriale, d'un montant excédent le seuil alors en vigueur, a été confié, sans appel public à la concurrence, à une société déjà attributaire du marché d'édition de ce magazine, en ayant recours à une structure de droit privé qui a eu pour effet d'empêcher les contrôles habituels et a fait obstacle à la découverte de l'aspect irrégulier d'une opération présentée comme s'inscrivant dans l'exécution d'un marché déjà passé alors qu'il s'agissait d'une opération autonome (■ Cass. crim., 5 mai 2004 : *Bull. crim.* n° 110. ■ Cass. crim., 19 mai 2004 : *Bull. crim.* n° 131).

24) Acte interruptif. Les actes ayant pour objet la constatation de l'infraction prévue par l'article 432-14 du Code pénal, accomplis par les membres de la Mission interministérielle d'enquête sur les marchés publics, habilités à cet effet par l'article 7 de la loi du 3 janvier 1991, sont interruptifs de prescription (■ Cass. crim., 1er déc. 2004 : *Bull. crim.* n° 303. ■ Cass. crim., 30 nov. 2005 : *Bull. crim.* n° 313).

Constitue un tel acte le courrier qu'adresse le chef de la Mission interministérielle d'enquête sur les marchés, au préfet, dans le cadre de l'enquête dont ce dernier l'a saisie, et qui a pour objet de permettre à cette mission d'accéder à des documents et à des éléments d'information détenus par les services de l'État (■ Cass. crim., 8 avr. 2010, n° 09-86.691 : *Bull. crim.* n° 64 ; *AJ pénal* 2010, jurispr., p. 296, note J.-P. Perrier).

25) Les instructions du procureur général au procureur de la République aux fins d'enquête constituent des actes interruptifs de prescription (■ Cass. crim., 17 déc. 2008 : *Bull. crim.* n° 261, préc.).

26) Recel. Le délit de *recel* de favoritisme est caractérisé à l'égard du prévenu qui bénéficie, en connaissance de cause, du produit de l'attribution irrégulière d'un marché (V. arrêt précité et ■ Cass. crim., 28 janv. 2004 : *supra* ; *Dr. pén.* 2004, comm. 92, obs. M. Véron. ■ Cass. crim., 1er déc. 2004 : *Bull. crim.* n° 303. ■ Cass. crim., 7 nov. 2012, n° 11-82.961 : préc.).

27) Action civile. Est recevable la constitution de partie civile d'un candidat ayant postulé valablement à l'appel d'offres et que l'attribution irrégulière des marchés a eu pour conséquence de lui faire perdre une chance d'en être déclaré attributaire (▪ Cass. crim., 28 janv. 2004 : *Bull. crim.* n° 23. ▪ Cass. crim., 21 sept. 2005 : *Dr. pén.* 2006, comm. 26, obs. M. Véron).

28) Justifie sa décision la cour d'appel qui, ayant déclaré coupable et condamné l'auteur du délit (le directeur d'un commissariat de l'armée de terre), qui a fait fractionner un important marché en douze commandes attribuées à une société avec la complicité du responsable de celle-ci, a alloué à l'État des dommages et intérêts à raison de son préjudice moral, en lien direct avec les infractions qui ont jeté le discrédit sur l'ensemble des personnels civils et militaires du ministère de la Défense, constituant un facteur d'affaiblissement de l'autorité de l'État dans l'opinion publique (▪ Cass. crim., 4 mai 2006 : *JurisData* n° 2006-033687 ; *Dr. pén.* 2006, comm. 113, obs. M. Véron).

29) N'encourt pas la censure la juridiction répressive qui se reconnaît compétente pour statuer sur la responsabilité civile d'un maire, ayant agi dans l'exercice de ses fonctions, condamné pour atteinte à la liberté d'accès et à l'égalité dans les marchés publics, dès lors qu'il résulte des constatations de l'arrêt que la faute imputée à celui-ci présentait le caractère d'une faute personnelle détachable du service (▪ Cass. crim., 7 nov. 2012, n° 11-82.961 : *Bull. crim.* n° 243 ; *Gaz. Pal.* 8-9 févr. 2013, chron. p. 39, note E. Dreyer).

§ 5. - De la soustraction et du détournement de biens

Art. 432-15 ***(Mod., L. n° 2013-1117, 6 déc. 2013 ; Ord. n° 2019-963, 18 sept. 2019).*** **– Le fait, par une personne dépositaire de l'autorité publique ou chargée d'une mission de service public, un comptable public, un dépositaire public ou l'un de ses subordonnés, de détruire, détourner ou soustraire un acte ou un titre, ou des fonds publics ou privés, ou effets, pièces ou titres en tenant lieu, ou tout autre objet qui lui a été remis en raison de ses fonctions ou de sa mission, est puni de dix ans d'emprisonnement et d'une amende de 1 000 000 €, dont le montant peut être porté au double du produit de l'infraction.**

(Mod., L. n° 2020-1672, 24 déc. 2020) **La peine d'amende est portée à 2 000 000 € ou, s'il excède ce montant, au double du produit de l'infraction, lorsque l'infraction est commise en bande organisée.**

La tentative des délits prévus aux alinéas qui précèdent est punie des mêmes peines.

Bibliographie : *JCl. Pénal Code, Soustraction et détournement de biens par des personnes exerçant une fonction publique* par Vitu réactualisé par W. Jeandidier. • Sur le détournement d'archives publiques, V. article L. 214-3 du Code du patrimoine.

1) QPC. Non-lieu à renvoi devant le Conseil constitutionnel de la QPC visant l'article 432-15 (▪ Cass. crim., 20 mai 2015, n° 14-86.842).

2) Personnes concernées. L'article 169 du Code pénal est applicable à tout fonctionnaire public qui a la qualité de dépositaire ou de comptable, ce qui est par exemple le cas d'un inspecteur du Trésor affecté à un centre hospitalier régional (▪ Cass. crim., 22 févr. 1966 : *Bull. crim.* n° 67 ; *RSC* 1966, p. 614, obs. Hugueney), de l'économe d'un lycée (▪ Cass. crim., 14 mai 1870 : *Bull. crim.* n° 107), d'un officier ministériel (▪ Cass. crim., 12 janv. 1938 : *Bull. crim.* n° 179), d'un militaire chargé du maniement des fonds (▪ Cass. crim., 14 janv. 1958 : *Bull. crim.* n° 51), d'un greffier en chef de conseil de prud'hommes (▪ Cass. crim., 26 févr. 1990 : *Dr. pén.* 1990, n° 248), mais non celui d'un secrétaire de mairie (▪ Cass. crim., 7 févr. 1929 : *Bull. crim.* n° 39) ou d'un maire (▪ Cass. crim., 23 mai 1921 : *Bull. crim.* n° 150. ▪ Cass. crim., 30 avr. 1980, préc. ▪ Cass. crim., 19 juin 2002, pourvoi n° H01-84.397).

3) L'article 173 (432-15) du Code pénal a été appliqué au préfet de police de la Seine (▪ Paris, 13 déc. 1887 : *S.* 1889, 2, 81), à un facteur (▪ Cass. crim., 3 janv. 1947 : *D.* 1947, 117 ; *RSC* 1947, p. 226, obs. Hugueney), à des membres d'administrations fiscales (▪ Cass. crim., 14 févr. 1937 : *Bull. crim.* n° 152), à des officiers ministériels (▪ Cass. crim., 24 sept. 1888 : *D. rép., V. Forfaiture*, n° 54. ▪ Cass. crim., 13 févr. 1985 : *Bull. crim.* n° 75), au président d'un conseil général (▪ Cass. crim., 18 oct. 2000 : *Bull. crim.* n° 301. ▪ Cass. crim., 4 mai 2006 : *Bull. crim.* n° 119), au directeur général de la police nationale (▪ Cass. crim., 16 janv. 2019, n° 17-81.529 : *JurisData* n° 2019-000327).

4) Un sénateur est considéré comme « une personne chargée d'une mission de service public au sens de l'article 432-15 du Code pénal », dès lors qu'a cette qualité celui qui « accomplit, directement ou indirectement, des actes ayant pour but de satisfaire à l'intérêt général » (▪ Cass. crim., 27 juin 2018, n° 18-80.069 : *JurisData* n° 2018-011202. ▪ Cass. crim., 27 juin 2018, n° 18-80.072 : *JurisData* n° 2018-011266. ▪ Cass. crim., 27 juin 2018, n° 18-80.080 : *JurisData* n° 2018-011268. ▪ Cass. crim., 27 juin 2018, n° 18-80.085 : *JurisData* n° 2018-011269. ▪ Cass. crim., 27 juin 2018, n° 18-80.086 : *JurisData* n° 2018-011270. ▪ Cass. crim.,

27 juin 2018, n° 17-84.804 : *JurisData* n° 2018-011246. ■ Cass. crim., 11 juill. 2018, n° 18-80.264 : *JurisData* n° 2018-014009).

5) L'article 432-15 du Code pénal, relatif à la destruction, au détournement ou à la soustraction d'un acte commis par un dépositaire public s'applique, comme l'ancien article 173 dudit code, à un notaire qui détruit un acte sous seing privé qui lui avait été remis ou communiqué à raison de ses fonctions. L'officier public ne peut s'exonérer de la responsabilité pénale qu'il encourt en vertu du texte précité qu'en rapportant la preuve du consentement de toutes les parties en cause à la destruction de l'acte (■ Cass. crim., 11 oct. 1994 : *Bull. crim.* n° 323).

6) Selon l'article 432-15, le subordonné d'un dépositaire public peut être déclaré coupable du délit de détournement de biens ; justifie sa décision la cour d'appel qui, pour déclarer coupables de ce délit des prévenus employés par un dépositaire public, énonce que les dispositions de cet article ne comportent aucune restriction quant à la nature du contrat de travail ou le statut du salarié, dès lors que les billets détournés leur avaient été remis en raison de leurs fonctions ou de leurs missions (■ Cass. crim., 29 mars 2000 : *Bull. crim.* n° 144).

7) A la qualité de personne chargée d'une mission de service public, au sens de l'article 432-15 du Code pénal le directeur d'une agence de la Banque postale, qui, à ce titre, veille à l'accomplissement de la mission de service public d'accessibilité bancaire définie par la loi.

Justifie sa décision l'arrêt qui condamne, sur le fondement de ce texte, un directeur d'agence postale après avoir relevé qu'il avait détourné des fonds déposés dans l'agence, peu important que les détournements n'aient pas été commis à l'occasion de l'exécution de la mission d'accessibilité bancaire dont il était investi (■ Cass. crim., 20 avr. 2017, n° 16-80.091 : *D.* 2017, p. 1459, note J. Lasserre Capdeville).

8) Acte commis dans l'exercice des fonctions. Les détournements et soustractions que réprime l'article 169 du Code pénal sont ceux commis dans l'exercice de leurs fonctions par les dépositaires ou comptables publics, sur les deniers ou effets placés entre leurs mains. La qualité de fonctionnaire constitue un élément essentiel de l'infraction. Spécialement, l'intéressé qui était au moment des faits reprochés président et qui faisait fonction de trésorier de la Chambre des métiers, établissement public, n'a pas été investi de ses fonctions par une décision de l'autorité publique (■ Cass. crim., 24 juin 1987 : *Bull. crim.* n° 267 ; *RSC* 1988, p. 293, obs. Delmas-Saint-Hilaire).

9) Le comptable ou dépositaire public doit être nécessairement dans l'exercice de ses fonctions lorsqu'il commet la soustraction ou le détournement, pour que l'article 169 lui soit applicable (■ Cass. crim., 12 juill. 1938 : *Bull. crim.* n° 179).

10) À noter que les billets retirés de la circulation et dont la destruction a été ordonnée conservent la qualité de fonds publics jusqu'à la fin du processus de destruction (■ Cass. crim., 29 mars 2000 : *Bull. crim.* n° 144, préc.).

11) L'examen des comptes du comptable public constitue une *exception préjudicielle* au jugement (■ Cass. crim., 30 juin 1898 : *S.* 1899, I, 535).

12) L'affirmation, par les juges du fond, que le coupable a détourné ou soustrait des deniers publics constate suffisamment *l'intention frauduleuse* (■ Cass. crim., 19 janv. 1959 : *Bull. crim.* n° 26).

13) Applications. Justifie sa décision la cour d'appel qui, pour condamner le président d'un conseil général du chef d'abus de confiance et de détournement de fonds publics par une personne dépositaire de l'autorité publique, caractérise, d'une part, le mandat qu'il tient de l'article L. 3221-2 du Code général des collectivités territoriales, en tant qu'ordonnateur des dépenses du département ayant le pouvoir d'engager et de liquider lesdites dépenses, d'autre part, le détournement des fonds correspondant aux dépenses engagées et liquidées à des fins étrangères à celles prévues pour le fonctionnement du conseil général, peu important que l'intéressé n'ait pas eu la détention matérielle de ces fonds (■ Cass. crim., 18 oct. 2000 : *Bull. crim.* n° 301).

14) Justifie sa décision la cour d'appel qui déclare coupable de détournement de fonds publics le président d'un conseil général, dépositaire de l'autorité publique, qui utilise à des fins contraires à celles autorisées des crédits destinés à des actions ayant pour objet l'insertion des personnes en difficulté et inscrits au budget du département au titre des dépenses obligatoires et qui a personnellement participé à l'attribution de ces crédits (■ Cass. crim., 4 mai 2006 : *Bull. crim.* n° 119).

15) Se rend coupable d'abus de confiance et détournement de fonds publics, au sens des articles 408 ancien et 432-15 du nouveau Code pénal, le maire, titulaire d'un mandat en tant qu'ordonnateur des dépenses de la commune, en application de l'article L. 2122-21 du Code général des collectivités territoriales, qui donne l'ordre de payer des dépenses étrangères au fonctionnement de ladite commune ; encourt, dès lors, la cassation, l'arrêt qui relaxe un maire poursuivi pour avoir détourné et tenté de détourner les sommes correspondant au remboursement à son profit et à celui du secrétaire général de la commune de frais de déplacement indus, en énonçant « qu'il n'existe, en l'espèce, aucun contrat et qu'il n'y a pas eu de remise de fonds pour en faire un usage déterminé » (■ Cass. crim., 19 juin 2002 : *Bull. crim.* n° 240).

16) Se rend coupable de détournement de fonds publics par une personne chargée d'une mission de service public, le président du syndicat mixte d'un parc naturel régional qui accepte qu'un employé détaché dans ce syndicat n'y exerce aucune activité et soit rémunéré par imputation de ses traitements et des charges afférentes à cet emploi fictif sur la dotation budgétaire annuelle allouée par l'organisme public ayant mis ce salarié à sa disposition, peu important que le président du syndicat n'ait pas eu la détention matérielle des fonds, dès lors qu'il avait la disposition de la dotation (■ Cass. crim., 30 mai 2001 : *Bull. crim.* n° 137 ; *Dr. pén.* 2001, comm. 126, obs. M. Véron).

17) L'affectation, en connaissance de cause, d'agents municipaux, à des tâches non conformes aux emplois prévus, implique le détournement de leur rémunération, opérée par prélèvement sur le budget de la commune (■ Cass. crim., 13 sept. 2006 : *Bull. crim.* n° 220).

18) Se rend coupable de détournement de biens le dépositaire public qui utilise, à des fins étrangères à celles prévues, les fonds publics ou privés qui lui ont été remis en raison de ses fonctions ou de sa mission, sans que l'article 432-15 du Code pénal exige que le prévenu ait eu l'intention de s'approprier les fonds détournés ou qu'il en ait tiré un profit ; encourt, dès lors, la cassation l'arrêt qui relaxe des greffiers associés, de tribunaux de commerce qui ont utilisés des fonds reçus de commerçants et de sociétés pour publication d'avis au bulletin officiel des annonces civiles et commerciales, à d'autres fins que celles prévues, notamment en versant des salaires à l'épouse de l'un d'eux sans qu'aucune prestation n'ait été fournie, retardant l'envoi de ces avis afin de différer le paiement de leur publication jusqu'à ce que la trésorerie du greffe le permette (■ Cass. crim., 20 avr. 2005 : *Bull. crim.* n° 140 ; *Dr. pén.* 2005, comm. 102, obs. M. Véron).

19) Justifie sa décision la cour d'appel qui déclare coupable de détournement de fonds publics le maire qui utilise à des fins étrangères à celles prévues des subventions destinées à financer un projet de coopération en affectant ces dernières au paiement de biens ou de prestations de services qui n'ont pas été commandés pour les besoins dudit programme (■ Cass. crim., 19 déc. 2012, n° 22-88.190 : *Bull. crim.* n° 283 ; *Dr. pén.* 2013, comm. 36, obs. M. Véron).

20) Commet l'infraction le maire qui, pendant de longs mois et gratuitement, met à la disposition d'un de ses amis un photocopieur loué et payé par la commune (■ Cass. crim., 20 mai 2009 : *Dr. pén.* 2009, comm. 138, obs. M. Véron).

21) Constituent le délit de détournement de fonds publics par personne dépositaire de l'autorité publique les agissements d'un maire qui fait acquérir par la commune des véhicules de luxe hors de proportion avec les besoins communaux, véhicules de service qu'il utilise essentiellement à des fins personnelles, et qui fait usage, également à des fin personnelles, de la carte de carburant qui lui a été attribuée pour l'exercice de sa fonction d'élu (■ Cass. crim., 29 juin 2016, n° 15-83.598).

22) Ne peut être accueillie par la juridiction répressive l'exception préjudicielle de débet présentée par un maire poursuivi du chef de détournement de fonds publics par personne dépositaire de l'autorité publique, cet élu n'étant ni dépositaire public ni comptable public (Arrêt précité).

23) Il n'importe que l'arrêté n° 885 CM du 22 août 1991 autorise ou non la mise à disposition d'agents de cabinet, dès lors que s'analyse en un dévoiement frauduleux du recrutement et de la mise à disposition de ces agents caractérisant un détournement de fonds publics le fait, par le président du gouvernement de la Polynésie française, simultanément, de recruter des responsables syndicaux comme agents de cabinet et de les mettre à la disposition des organisations syndicales pour lesquelles ils exerçaient déjà leurs activités, la conclusion de tels contrats, dépourvus de toute réalité, étant exclusivement destinée à faire supporter par le territoire les rémunérations versées au titre des prestations qu'ils ont continué d'accomplir au seul profit de leur organisation syndicale (■ Cass. crim., 23 juill. 2014, n° 13-82.193 : *Bull. crim.* n° 173).

24) L'article 432-15 du Code pénal n'exige pas, pour que le délit de détournement de fonds publics soit constitué, que l'emploi par le prévenu des biens ou des fonds à des fins autres que celles prévues par la personne publique à laquelle ils appartiennent, soit contraire à l'intérêt de celle-ci (■ Cass. crim., 24 oct. 2018, n° 17-87.077 : *JurisData* n° 2018-018636 ; *Gaz. Pal.* 5 févr. 2019, n° 341j5, p. 56, obs. E. Dreyer).

25) Se rend complice du délit de détournement de fonds publics commis par un maire, passionné d'art et achetant des œuvres avec des fonds propres et ceux de la commune, le directeur des services qui l'accompagnait régulièrement ou effectuait seul les voyages pour réaliser de telles acquisitions, activités étrangères à ses fonctions et qui avait conscience que le maire se comportait comme le propriétaire de ces œuvres en conservant celles appartenant à la commune à son domicile, au lieu de les remettre au service des musées de la commune (■ Cass. crim., 27 juin 2018, n° 16-86.256 : *JurisData* n° 2018-011238).

Un directeur de cabinet du ministre de l'Intérieur a été condamné du chef de complicité de détournement de fonds publics pour avoir ordonné au directeur général de la police nationale, qui la détenait à raison de ses fonctions, de lui remettre, en espèces, une somme issue de fonds destinés à couvrir des frais d'enquête et de surveillance. (■ Cass. crim., 16 janv. 2019, n° 17-81.529 : *JurisData* n° 2019-000327).

26) Recel. Commet le délit de recel de détournement de fonds publics la personne qui bénéficie sciemment d'une prestation de travail gratuite, assurée par des travailleurs handicapés rémunérés sur fonds publics, accordée illégalement par le directeur d'un établissement et service d'aide par le travail (■ Cass. crim., 28 févr. 2017, n° 15-81.969).

27) Requalification et prescription. Le fait par un notaire de se dessaisir d'actes qui lui avaient été confiés en cette qualité constitue non une soustraction mais un détournement. Le point de départ du délai de prescription, dans des poursuites exercées sur la base de l'article 173 du Code pénal pour détournement par un notaire d'un testament qui lui a été confié, doit être fixé au jour où ce détournement est apparu et a pu être constaté (■ Cass. crim., 10 mars 1992 : *Bull. crim.* n° 197 ; *Gaz. Pal.* 1992, chron. J.-P. Doucet, p. 374 ; *Dr. pén.* 1992, comm. 197, obs. M. Véron).

28) Justifie sa décision la cour d'appel qui, pour écarter la prescription, a caractérisé l'existence d'une dissimulation de nature à retarder le point de départ de cette prescription (■ Cass. crim., 2 déc. 2009, n° 09-81.967 : *Dr. pén.* 2010, comm. 39, obs. M. Véron).

29) Le délit du recel du produit d'un détournement de fonds publics ne saurait commencer à se prescrire avant que l'infraction dont il procède soit apparue et ait pu être constatée dans des conditions permettant l'exercice de l'action publique (■ Cass. crim., 28 févr. 2017, n° 15-81.969).

30) Le délit d'abus de confiance (ou de détournement) résultant du paiement de salaires rémunérant des emplois fictifs est une infraction instantanée consommée lors de chaque paiement indu (■ Cass. crim., 13 sept. 2006 : *Bull. crim.* n° 220).

Art. 432-16. – **Lorsque la destruction, le détournement ou la soustraction par un tiers des biens visés à l'article 432-15 résulte de la négligence d'une personne dépositaire de l'autorité publique ou chargée d'une mission de service public, d'un comptable public ou d'un dépositaire public, celle-ci est punie d'un an d'emprisonnement et de 15 000 € d'amende.**

1) Encourt les peines de l'article 254 l'instituteur secrétaire de mairie qui, en quittant son école, avait par négligence abandonné les registres d'état civil dans un tiroir de bureau où ils avaient été dérobés (■ Nancy, 23 déc. 1965 : *JCP* 1967, II, 14949, note R. De Lestang ; *RSC* 1967, p. 653, obs. Vitu).

2) Justifie sa décision au regard des articles 121-3 et 432-16 du Code pénal, la cour d'appel qui condamne un maire pour avoir signé des bons de commandes et des factures destinés à régler des acquisitions, payées par la commune, dans l'intérêt personnel de la secrétaire de mairie, ses graves négligences et l'absence d'accomplissement des diligences normales qui lui incombaient en sa qualité de maire, étant caractérisées (■ Cass. crim., 9 nov. 1998 : *JurisData* n° 1998-005059 ; *Dr. pén.* 1999, comm. 53, obs. M. Véron).

3) À défaut de preuve du détournement, les faits poursuivis peuvent être requalifiés en négligence ayant permis le détournement (■ Cass. crim., 22 févr. 2006 : *JurisData* n° 2006-032772 ; *Dr. pén.* 2006, comm. 88, obs. J.-H. Robert).

4) Le délit prévu à l'article 432-16 du Code pénal constitue une infraction distincte de celle visée à l'article 433-4 du même code et autonome par rapport à cette dernière (■ Cass. ass. plén., 22 juill. 2016, n° 16-80.133 : *JCP* 2016, 1066, note J.-M. Brigant).

5) L'article 432-16 du Code pénal, qui incrimine la négligence commise par un dépositaire public, un comptable public ou une personne chargée d'une mission de service public et ayant permis un détournement de fonds publics, n'exige pas la violation délibérée d'une obligation particulière de prudence ou de sécurité.

Justifie sa décision la cour d'appel qui, pour déclarer un maire coupable de cette infraction, relève qu'il a signé, en négligeant d'en contrôler le contenu, des ordres de paiement non causés et étayés par de fausses factures, au profit du mari de la secrétaire qui les lui présentait (■ Cass. crim., 22 févr. 2017, n° 15-87.328).

Section IV. – Peines complémentaires

Art. 432-17 *(Mod., L. n° 2007-1598, 13 nov. 2007 ; L. n° 2008-776, 4 août 2008 ; L. n° 2013-907, 11 oct. 2013 ; L. n° 2016-1691, 9 déc. 2016 ; L. n° 2017-1339, 15 sept. 2017).* **– Dans les cas prévus par le présent chapitre, peuvent être prononcées, à titre complémentaire, les peines suivantes :**

1° L'interdiction des droits civils, civiques et de famille, suivant les modalités prévues aux articles 131-26 et 131-26-1 ;

2° L'interdiction, suivant les modalités prévues par l'article 131-27, soit d'exercer une fonction publique ou d'exercer l'activité professionnelle ou sociale dans l'exercice ou à l'occasion de l'exercice de laquelle l'infraction a été commise, soit pour les infractions prévues par le second alinéa de l'article 432-4 et les articles 432-11, 432-15 et 432-16, d'exercer une profession commerciale ou industrielle, de diriger, d'administrer, de gérer ou de contrôler à un titre quelconque, directement ou indirectement, pour son propre compte ou pour le compte d'autrui, une entreprise commerciale ou industrielle ou une société commerciale. Ces interdictions d'exercice peuvent être prononcées cumulativement ;

3° La confiscation, suivant les modalités prévues par l'article 131-21, des sommes ou objets irrégulièrement reçus par l'auteur de l'infraction, à l'exception des objets susceptibles de restitution ;

4° Dans les cas prévus aux articles 432-7, 432-10, 432-11 et 432-12 à 432-16, l'affichage ou la diffusion de la décision prononcée, dans les conditions prévues par l'article 131-35.

QPC. Non-lieu à renvoi au Conseil constitutionnel de la QPC visant l'article 432-17 du Code pénal (■ Cass. crim., 21 sept. 2011, n° 11-81.918. ■ Cass. crim., 30 nov. 2011, n° 11-82.961).

CHAPITRE III. – DES ATTEINTES À L'ADMINISTRATION PUBLIQUE COMMISES PAR LES PARTICULIERS

Section I. – De la corruption active et du trafic d'influence commis par les particuliers

Art. 433-1 *(Rempl., L. n° 2011-525, 17 mai 2011 ; mod., L. n° 2013-1117, 6 déc. 2013).* **– Est puni de dix ans d'emprisonnement d'une amende de 1 000 000 €, dont le montant peut être porté au double du produit tiré de l'infraction, le fait, par quiconque, de proposer sans droit, à tout moment, directement ou indirectement, des offres, des promesses, des dons, des présents ou des avantages quelconques à une personne dépositaire de l'autorité publique, chargée d'une mission de service public ou investie d'un mandat électif public, pour elle-même ou pour autrui :**

1° Soit pour qu'elle accomplisse ou s'abstienne d'accomplir, ou parce qu'elle a accompli ou s'est abstenue d'accomplir, un acte de sa fonction, de sa mission ou de son mandat, ou facilité par sa fonction, sa mission ou son mandat ;

2° Soit pour qu'elle abuse, ou parce qu'elle a abusé, de son influence réelle ou supposée en vue de faire obtenir d'une autorité ou d'une administration publique des distinctions, des emplois, des marchés ou toute autre décision favorable.

Est puni des mêmes peines le fait de céder à une personne dépositaire de l'autorité publique, chargée d'une mission de service public ou investie d'un mandat électif public qui sollicite sans droit, à tout moment, directement ou indirectement, des offres, des promesses, des dons, des présents ou des avantages quelconques, pour elle-même ou pour autrui, pour accomplir ou avoir accompli, pour s'abstenir ou s'être abstenue d'accomplir un acte mentionné au 1° ou pour abuser ou avoir abusé de son influence dans les conditions mentionnées au 2°.

(Al. créé, Ord. n° 2019-963, 18 sept. 2019 ; mod., L. n° 2020-1672, 24 déc. 2020) **La peine d'amende est portée à 2 000 000 € ou, s'il excède ce montant, au double du produit de l'infraction, lorsque les infractions prévues au présent article sont commises en bande organisée.**

Voir : CCH, art. L. 651-1.

Bibliographie : *JCl. Pénal Code, Corruption active et trafic d'influence commis par des particuliers* par E. Dreyer ; *JCP* 2002, I, 166 : du délit de corruption et des défauts qui l'affectent, par W. Jeandidier. • V. *supra*, sous article 432-11 : *D.* 2008, p. 1068, dossier sur la lutte contre la corruption (Loi du 13 nov. 2007). • J. Lelieur, *La loi du 13 nov. 2007 : quelles avancées du droit français par rapport aux exigences du droit international ? : Dr. pén.* 2008, étude 25.

1) Personnes sollicitées. Un agent de la Régie autonome des transports parisiens (RATP) a la qualité de citoyen chargé d'un ministère de service public au sens de l'article 177, alinéa 1er, ancien du Code pénal ou de personne chargée d'une mission de service public, au sens de l'article 433-1 du Code pénal (■ Cass. crim., 2 avr. 1998 : *Bull. crim.* n° 127).

Pour leur détermination, se référer aux notes *infra*, ainsi, qu'à celles visées sous l'article 432-11.

2) Distinction entre corruption active et passive. La corruption, dans le système du Code pénal, suppose, par sa nature même, deux faits principaux, dont l'un ne saurait être considéré comme l'accessoire de l'autre, puisque chacun des deux agents qui concourent à l'infraction, l'un en corrompant, l'autre en se laissant corrompre, y joue un rôle égal et séparément qualifié. Il suit de là que la corruption passive prévue par l'article 177 du Code pénal constitue un délit distinct de celui de corruption active prévu par l'article 179 du même code (■ Cass. crim., 4 nov. 1948 : *Bull. crim.* n° 250). – Pour un exemple de distinction et de combinaison entre corruption active et passive, V. ■ Cass. crim., 30 juin 1999 : *Bull. crim.* n° 168.

3) Délit consommé. Peu importe que la corruption active réprimée par l'article 179 ait ou non produit son effet ; le délit est ainsi consommé dès que le prévenu a usé des moyens prévus par la loi, en vue du but qu'elle définit (■ Cass. crim., 10 juin 1948 : *D.* 1949, 15, note H. Carteret ; *S.* 1948, I, 127, note M. Rousselet et M. Patin. ■ Cass. crim., 1er juill. 1948 : *Bull. crim.* n° 172). Il n'importe ainsi que la décision favorable escomptée se soit avérée inutile ou sans objet (■ Cass. crim., 20 mars 1997 : *Bull. crim.* n° 117).

4) Constitue le délit de corruption active de fonctionnaire, le fait par un étudiant ajourné à un examen, d'adresser à un maître-assistant de la faculté un chèque accompagné d'une lettre par laquelle « il s'en remettait à l'indulgence et à la bienveillance de son professeur pour obtenir une note de treize sur vingt soit par nouvelle interrogation orale, soit par tout autre moyen » (■ Cass. crim., 16 oct. 1985 : *Gaz. Pal.* 19-20 mai 1986, p. 156 ; *RSC* 1986, p. 608, obs. Delmas-Saint-Hilaire).

5) Il a été jugé (**avant la loi modificative du 30 juin 2000**) que le caractère d'antériorité de la convention conclue entre le corrupteur et le corrompu résulte suffisamment du fait que les avantages reçus ont été réitérés, de telle sorte qu'ils ont nécessairement précédé les agissements du corrupteur et déterminé le corrompu (■ Cass. crim., 29 sept. 1993 : *Bull. crim.* n° 271. ■ Cass. crim., 12 mai 1998 : *Dr. pén.* 1998, comm. 152, obs. M. Véron).

– V. aussi, ■ Cass. crim., 26 janv. 2011 : *Dr. pén.* 2011, comm. 45, obs. M. Véron (le prévenu avait reçu d'un agent de l'EDF, personne chargée d'une mission de service public, au domicile duquel il a ensuite fait effectuer gratuitement des travaux, des renseignements lui ayant permis d'obtenir un chantier).

6) Le délit de corruption, consommé dès la conclusion du pacte entre le corrupteur et le corrompu, se renouvelle à chaque acte d'exécution. Il s'ensuit que l'aide ou l'assistance apportée en connaissance de cause à ces actes d'exécution constitue la complicité du délit (■ Cass. crim., 9 nov. 1995 : *Bull. crim.* n° 346. – *Adde*, quant au renouvellement du délit, ■ Cass. crim., 27 oct. 1997 : *Bull. crim.* n° 352. ■ Cass. crim., 12 mai 1998, préc.).

7) Lorsque les faits de corruption active consistent en l'octroi, par le corrupteur, d'un prêt à taux avantageux, en contrepartie du dépôt, dans l'établissement bancaire qu'il dirige, de fonds dont le corrompu dispose dans le cadre de sa mission de service public, le maintien du taux, par le corrupteur, constitue, à chaque échéance, un acte d'exécution du pacte de corruption, dès lors qu'il est subordonné à l'exécution, par le corrompu, d'actes de sa fonction ; justifie dès lors sa décision la chambre de l'instruction qui, pour refuser de constater l'extinction de l'action publique par la prescription pour des faits de corruption active relatifs à des contrats de prêts à taux préférentiel conclus entre une banque et des mandataires de justice et dont l'amortissement s'est poursuivi au cours des trois années précédant le premier acte interruptif de prescription, énonce que les pièces de la procédure font apparaître que la banque se serait notamment ménagé la possibilité de revoir les taux consentis, en cas de cessation des apports de fonds convenus (■ Cass. crim., 8 oct. 2003 : *Bull. crim.* n° 185 ; *D.* 2004, jur., p. 3023, note M. Segonds).

8) Le conseil d'un dirigeant de société qui demande à son client de remettre une somme d'argent à l'administrateur judiciaire afin que celui-ci retarde la décision de redressement judiciaire, peut faire l'objet de poursuites pour corruption active, dès lors que l'administrateur judiciaire désigné par le tribunal de commerce est une personne chargée d'une mission de service public au sens de l'article 433-1 du Code pénal (■ Cass. crim., 17 déc. 2003 : *JurisData* n° 2003-021900).

9) Est nécessairement sans droit, au sens de l'article 433-1, dernier alinéa du Code pénal, la sollicitation de la part d'un élu de fonds destinés au financement d'activités politiques, en vue d'accomplir ou s'abstenir d'accomplir un acte de sa fonction (■ Cass. crim., 30 juin 1999 : *Bull. crim.* n° 168).

10) Constitue le délit de corruption active l'offre d'une somme d'argent à un magistrat dans des conditions qui, même en l'absence de sollicitations précises, impliquaient l'attente d'une contrepartie (■ Cass. crim., 11 févr. 2004 : *Bull. crim.* n° 39).

11) Pour déclarer le prévenu coupable du chef de corruption active, un arrêt relève qu'une contrôleuse au sein de la Direction régionale des entreprises, de la concurrence, de la consommation, du travail et de l'emploi, relate dans son procès-verbal qu'à l'issue de sa visite dans l'établissement exploité par le prévenu, ce dernier a déposé dans son porte document une enveloppe contenant des billets de banque. Les juges ajoutent que si le prévenu conteste formellement ce fait, il n'y a aucune raison objective de remettre en cause ce témoignage, qui émane d'une personne assermentée. En prononçant ainsi, la cour d'appel qui a souverainement apprécié la valeur probante des éléments soumis au débat contradictoire et qui n'était pas saisie d'une demande de confrontation avec l'auteur du procès-verbal rapportant les faits de corruption, a justifié sa décision sans porter atteinte aux droits de la défense (■ Cass. crim., 11 déc. 2018, n° 18-80.271 : *JurisData* n° 2018-022756).

12) Point de départ de la prescription. Si le délit de corruption est une infraction instantanée, consommée dès la conclusion du pacte entre le corrupteur et le corrompu, il se renouvelle chaque fois que le corrompu accomplit un acte de sa fonction ou facilité par sa fonction. Il n'importe que le corrompu n'ait pas accompli lui-même ledit acte dès lors qu'il entrait dans ses attributions d'en proposer ou préparer la réalisation (■ Cass. crim., 29 juin 2005 : *Bull. crim.* n° 200 ; *Dr. pén.* 2005, comm. 163, obs. M. Véron).

Art. 433-2 *(Rempl., L. n° 2007-1598, 13 nov. 2007 ; mod., L. n° 2011-525, 17 mai 2011 ; L. n° 2013-1117, 6 déc. 2013).* – **Est puni de cinq ans d'emprisonnement et d'une amende de 500 000 €, dont le montant peut être porté au double du produit tiré de l'infraction, le fait, par quiconque, de solliciter ou d'agréer, à tout moment, directement ou indirectement, des offres, des promesses, des dons, des présents ou des avantages quelconques, pour lui-même ou pour autrui, pour abuser ou avoir abusé de son influence réelle ou supposée en vue de faire obtenir d'une autorité ou d'une administration publique des distinctions, des emplois, des marchés ou toute autre décision favorable.**

Est puni des mêmes peines le fait de céder aux sollicitations prévues au premier alinéa ou de proposer, sans droit, à tout moment, directement ou indirectement, des offres, des promesses, des dons, des présents ou des avantages quelconques à une personne, pour elle-même ou pour autrui, pour qu'elle abuse ou parce qu'elle a abusé de son influence réelle ou supposée en vue de faire obtenir d'une autorité ou d'une administration publique des distinctions, des emplois, des marchés ou toute autre décision favorable.

1) Trafic d'influence complicité. Se rend complice du trafic d'influence imputé à son beau-père pour avoir exigé le versement de sommes d'argent afin d'user de son influence pour faire aboutir un dossier d'indemnisation, le président d'une société d'économie mixte d'aménagement d'une grande ville convaincu d'avoir informé l'auteur principal des circonstances du litige, de l'avoir introduit auprès des intéressés et de lui avoir fourni des informations administratives propres à accréditer son influence réelle ou supposée (■ Cass. crim., 17 oct. 1995 : *Bull. crim.* n° 309).

2) Justifie sa décision la cour d'appel qui, pour déclarer des prévenus coupables de trafic d'influence, relève qu'ils ont, en exécution d'accords préalables, reçu des fonds d'entreprises ayant obtenu des marchés publics, pour rémunérer leur intervention auprès des élus chargés de les attribuer, appartenant à des partis politiques financés par des organisations dirigées par ces prévenus (■ Cass. crim., 16 déc. 1997 : *Bull. crim.* n° 428).

3) Justifie sa décision la cour d'appel qui, pour déclarer le prévenu coupable de *recel* de fonds provenant d'un trafic d'influence, retient que des fonds provenant d'un trafic d'influence ont été affectés au paiement de dépenses d'un parti politique dont le prévenu était trésorier, à la rémunération de salariés permanents de ce parti, et énonce que des charges dont le paiement incombait à l'intéressé en sa qualité de trésorier dudit parti ont été réglées par des tiers au moyen de sommes dont il connaissait la provenance frauduleuse (■ Cass. crim., 16 déc. 1997 : préc.).

4) Il n'importe que le marché obtenu par les manœuvres constitutives du trafic d'influence ait eu un caractère privé, dès lors qu'il nécessitait l'agrément de l'autorité publique (■ Cass. crim., 15 mars 2000 : *Bull. crim.* n° 115).

5) Le délit de trafic d'influence *se renouvelle lors de l'exécution*, en connaissance de cause, d'un pacte illicite conclu antérieurement entre des tiers (■ Cass. crim., 15 mars 2000 : même arrêt).

6) Constitue le délit de trafic d'influence passif, et non une simple activité de conseil en stratégie, le fait, pour un particulier, moyennant rémunération, de mettre à la disposition d'une société un réseau d'influence et un carnet d'adresses en vue de lui faire obtenir un marché d'armement grâce à des interventions auprès de différentes autorités civiles et militaires (▪ Cass. crim., 4 mai 2011, n° 10-85.381 : *Bull. crim.* n° 93 ; *Dr. pén.* 2011, comm. 104, obs. M. Véron ; *Gaz. Pal.* 27-28 juill. 2011, chron. p. 20, note E. Dreyer).

7) Le fait de se faire remettre par un agent d'une administration publique une information ou un document, même non accessible au public, ne peut constituer l'obtention d'une décision favorable de cette administration au sens de l'article 433-2 du Code pénal.

Encourt, dès lors, la censure l'arrêt qui retient dans les liens de la prévention du chef de trafic d'influence actif le prévenu qui a obtenu, en rémunérant un intermédiaire, des fichiers, des relevés bancaires et téléphoniques et une liste de clients d'une chambre de compensation, remis par des agents d'administrations publiques (▪ Cass. crim., 25 oct. 2017, n° 16-83.724 ; *Dr. pén.* 2018, comm. 23, note Ph. Conte).

8) Prescription. Si le délit de trafic d'influence est une infraction instantanée qui se prescrit à compter de la perception du dernier versement effectué en exécution du pacte litigieux, le délai de prescription de l'action publique ne commence à courir, en cas de dissimulation, qu'à partir du jour où l'infraction a pu être constatée dans des conditions permettant l'exercice des poursuites (▪ Cass. crim., 19 mars 2008, n° 07-82.124 : *Bull. crim.* n° 71).

9) Peine complémentaire. Il résulte des termes des articles 121-6 et 432-17, 3°, du Code pénal que la peine complémentaire de la confiscation peut être prononcée, non seulement à l'encontre de l'auteur principal du trafic d'influence, mais aussi de son complice (▪ Cass. crim., 19 mars 2008 : préc.).

10) Action civile. La personne qui, de mauvaise foi, a remis une somme d'argent à l'auteur principal d'un délit de trafic d'influence est irrecevable à se constituer partie civile contre lui (▪ Cass. crim., 7 févr. 2001 : *Bull. crim.* n° 38 ; *Juris-Data* n° 2001-008890 ; *Dr. pén.* 2001, comm. 82, obs. M. Véron).

Art. 433-2-1 *(L. n° 2013-1117, 6 déc. 2013).* **– La peine privative de liberté encourue par l'auteur ou le complice d'une des infractions prévues à la présente section est réduite de moitié si, ayant averti l'autorité administrative ou judiciaire, il a permis de faire cesser l'infraction ou d'identifier, le cas échéant, les autres auteurs ou complices.**

Section II. – Des menaces et actes d'intimidation commis contre les personnes exerçant une fonction publique

(L. n° 96-647, 22 juill. 1996)

Art. 433-3 *(L. n° 2003-239, 18 mars 2003 ; L. n° 2006-11, 5 janv. 2006 ; L. n° 2010-201, 2 mars 2010 ; L. n° 2017-258, 28 févr. 2017 ; L. n° 2021-646, 25 mai 2021 ; L. n° 2021-1109, 24 août 2021 ; L. n° 2021-1520, 25 nov. 2021).* **– Est punie de trois ans d'emprisonnement et de 45 000 euros d'amende la menace de commettre un crime ou un délit contre les personnes ou les biens proférée à l'encontre d'une personne investie d'un mandat électif public, d'un magistrat, d'un juré, d'un avocat, d'un officier public ou ministériel, d'un militaire de la gendarmerie nationale, d'un fonctionnaire de la police nationale, des douanes, de l'inspection du travail, de l'administration pénitentiaire ou de toute autre personne dépositaire de l'autorité publique, d'un sapeur-pompier ou d'un marin-pompier, d'un gardien assermenté d'immeubles ou de groupes d'immeubles ou d'un agent exerçant pour le compte d'un bailleur des fonctions de gardiennage ou de surveillance des immeubles à usage d'habitation en application de l'article L. 127-1 du Code de la construction et de l'habitation, dans l'exercice ou du fait de ses fonctions, lorsque la qualité de la victime est apparente ou connue de l'auteur.**

Est punie des mêmes peines la menace de commettre un crime ou un délit contre les personnes ou les biens proférée à l'encontre d'un agent d'un exploitant de réseau de transport public de voyageurs, d'un enseignant ou de tout membre des personnels travaillant dans les établissements d'enseignement scolaire ou de toute autre personne chargée d'une mission de service public ainsi que d'un professionnel de santé, dans l'exercice de ses fonctions, lorsque la qualité de la victime est apparente ou connue de l'auteur.

Est punie des mêmes peines la menace de commettre un crime ou un délit contre les personnes ou les biens proférée à l'encontre d'une personne exerçant une activité privée de sécurité mentionnée aux articles L. 611-1 ou L. 621-1 du Code de la sécurité intérieure dans l'exercice de ses fonctions, lorsque la qualité de la victime est apparente ou connue de l'auteur.

Les mêmes peines sont applicables en cas de menace proférée à l'encontre du conjoint, des ascendants ou des descendants en ligne directe des personnes mentionnées aux trois premiers alinéas ou de toute autre personne vivant habituellement à leur domicile, en raison des fonctions exercées par ces personnes.

La peine est portée à cinq ans d'emprisonnement et 75 000 € d'amende lorsqu'il s'agit d'une menace de mort ou d'une menace d'atteinte aux biens dangereuse pour les personnes.

Est puni de dix ans d'emprisonnement et de 150 000 euros d'amende le fait d'user de menaces, de violences ou de commettre tout autre acte d'intimidation pour obtenir d'une personne mentionnée aux trois premiers alinéas soit qu'elle accomplisse ou s'abstienne d'accomplir un acte de sa fonction, de sa mission ou de son mandat, ou facilité par sa fonction, sa mission ou son mandat, soit qu'elle abuse de son autorité vraie ou supposée en vue de faire obtenir d'une autorité ou d'une administration publique des distinctions, des emplois, des marchés ou toute autre décision favorable. Le présent alinéa ne s'applique pas aux faits mentionnés à l'article 433-3-1.

Bibliographie : *JCl. Pénal Code, Actes d'intimidation commis contre des personnes exerçant une fonction publique* par Vitu.

1) Caractérise le délit prévu par l'article 433-3 du Code pénal l'arrêt qui relève que les prévenus, membres de la Confédération de défense des commerçants, professions libérales et agriculteurs, ont exercé des actes d'intimidation à l'encontre d'un huissier de justice, dans le but de dissuader celui-ci de poursuivre le recouvrement forcé de cotisations sociales dont les intéressés refusaient de s'acquitter (■ Cass. crim., 25 juin 1997 : *Bull. crim.* n° 254).

2) Constitue, même en l'absence de violences, un acte d'intimidation au sens de l'article 433-3 du Code pénal, l'action concertée de plusieurs personnes, de nature à empêcher un officierministériel d'accomplir, sans le concours de la force publique, un acte de sa fonction (■ Cass. crim., 18 mai 1999 : *Bull. crim.* n° 98).

3) Le délit de menace de commettre un crime contre un avocat, prévu à l'article 433-3 du Code pénal, est établi lorsque son auteur ne pouvait ignorer que la menace formulée dans un support écrit adressé à des tiers parviendrait à la connaissance de la ou des personnes visées (■ Cass. crim., 10 déc. 2014, n° 14-81.313).

4) Le renvoi par un lien hypertexte à une vidéo contenant des menaces de mort proférées par des tiers n'est pas susceptible de constituer, à lui seul, la commission par le prévenu de l'infraction prévue par l'article 433-3 du Code pénal (■ Cass. crim., 31 mars 2016, n° 15-82.417 : *Dr. pén.* 2016, comm. 90, note Ph. Conte). Mais, sur renvoi après cassation dans la même affaire, la Cour de cassation finit par admettre la condamnation pénale du blogueur qui, en s'abstenant de tout commentaire critique destiné à alimenter un débat d'idées, n'avait pas seulement adhéré à la menace mais se l'était nécessairement appropriée pour l'émettre vers son destinataire et en favoriser la propagation (■ Cass. crim., 10 avr. 2019, n° 17-81.302, D : *JurisData* n° 2019-005568 ; *Dr. pén.* 2019, comm. 101, note Ph. Conte).

Art. 433-33-1 ***(Créé, L. n° 2021-1109, 24 août 2021).*** **– Est puni de cinq ans d'emprisonnement et de 75 000 euros d'amende le fait d'user de menaces ou de violences ou de commettre tout autre acte d'intimidation à l'égard de toute personne participant à l'exécution d'une mission de service public, afin d'obtenir pour soi-même ou pour autrui une exemption totale ou partielle ou une application différenciée des règles qui régissent le fonctionnement dudit service.**

Lorsqu'il a connaissance de faits susceptibles de constituer l'infraction prévue au premier alinéa, le représentant de l'administration ou de la personne de droit public ou de droit privé à laquelle a été confiée la mission de service public dépose plainte.

Section III. – De la soustraction et du détournement de biens contenus dans un dépôt public

Art. 433-4 ***(Mod., Ord. n° 2019-963, 18 sept. 2019).*** **– Le fait de détruire, détourner ou soustraire un acte ou un titre, ou des fonds publics ou privés, ou des effets, pièces ou titres en tenant lieu ou tout autre objet, qui ont été remis, en raison de ses fonctions, à une personne dépositaire de l'autorité publique ou chargée d'une mission de service public, à un comptable public, à un dépositaire public ou à l'un de ses subordonnés, est puni de sept ans d'emprisonnement et de 100 000 € d'amende.**

(Mod., L. n° 2020-1672, 24 déc. 2020) **La peine d'amende est portée à 750 000 €, lorsque l'infraction est commise en bande organisée.**

La tentative des délits prévus aux alinéas qui précèdent est punie des mêmes peines.

Bibliographie : *JCl. Pénal Code, Soustraction et détournement de biens contenus dans un dépôt public* par Vitu.

Constituent notamment des dépôts publics : un cabinet d'instruction (■ Cass. crim., 6 juill. 1934 : *Bull. crim.* n° 135), un wagon postal (■ Cass. crim., 6 août 1914 : *DP* 1918, I, 51) ou le bureau d'un président de cour d'assises (■ Cass. crim., 19 oct. 1993 : *Bull. crim.* n° 297), ou une mairie (■ Cass. crim., 19 févr. 1998 : *Bull. crim.* n° 47).

Section IV. – De l'outrage

Art. 433-5 ***(Mod., L. n° 96-647, 22 juill. 1996 ; L. n° 2002-1138, 9 sept. 2002 ; L. n° 2017-258, 28 févr. 2017 ; L. n° 2021-1520, 25 nov. 2021).*** **– Constituent un outrage puni de 7 500 € d'amende les paroles, gestes ou menaces, les écrits ou images de toute nature non rendus publics ou l'envoi d'objets quelconques adressés à une personne chargée d'une mission de service public, dans l'exercice ou à l'occasion de l'exercice de sa mission, et de nature à porter atteinte à sa dignité ou au respect dû à la fonction dont elle est investie.**

Lorsqu'il est adressé à une personne dépositaire de l'autorité publique, à un sapeur-pompier ou à un marin-pompier dans l'exercice ou à l'occasion de l'exercice de ses missions, l'outrage est puni d'un an d'emprisonnement et de 15 000 euros d'amende.

Lorsqu'il est adressé à une personne chargée d'une mission de service public et que les faits ont été commis à l'intérieur d'un établissement scolaire ou éducatif, ou, à l'occasion des entrées ou sorties des élèves, aux abords d'un tel établissement, l'ouvrage est puni de six mois d'emprisonnement et de 7 500 € d'amende.

Lorsqu'il est commis en réunion, l'outrage prévu au premier alinéa est puni de six mois d'emprisonnement et de 7 500 € d'amende, et l'outrage prévu au deuxième alinéa est puni de deux ans d'emprisonnement et de 30 000 € d'amende.

Voir : art. L. 211-1, p. 1941 (Outrage contre un inspecteur du permis de conduire et de la sécurité routière).

Bibliographie : *JCl. Pénal Code, Outrage envers un dépositaire de l'autorité publique* par Vitu • J.-F. Seuvic, *Outrage commis dans un établissement scolaire ou éducatif : RSC* 2002, p. 860. • M.-L. Rassat, *Dr. pén.* 2018, étude 7 de la création d'un « outrage sexiste et sexuel ».

1) QPC. Non-lieu à renvoi devant le Conseil constitutionnel de la QPC visant l'article 433-5 (■ Cass. crim., 22 juill. 2015, n° 15-80.815 : *Dr. pén.* 2015, comm. 159, obs. Ph. Conte).

Les deux premiers alinéas de l'article 433-5 du Code pénal, dans sa rédaction résultant de la loi n° 2017-258 du 28 février 2017, sont conformes à la Constitution. (DC n° 2021-896 QPC, 9 avr. 2021).

2) Note. – Pour les outrages envers magistrats et jurés, V. *infra*, article 434-24 du Code pénal.

– L'application des dispositions nouvelles du Code pénal est susceptible d'entraîner des modifications dans la classification ci-dessous opérée, en grande partie fondée sur des décisions rendues sous l'empire des textes anciens.

3) Personnes dépositaires de l'autorité publique. Relèvent notamment de cette catégorie, le président de la République (■ Cass. crim., 15 janv. 1904 : *Bull. crim.* n° 209), les ministres (■ Aix-en-Provence, 6 nov. 1903 : *DP* 1904, 2, p. 162), les préfets et sous-préfets (■ Cass. crim., 15 févr. 1902 : *Bull. crim.* n° 75), les maires et adjoints (■ Cass. crim., 17 nov. 1944 : *Bull. crim.* n° 182. ■ Cass. crim., 22 nov. 1966 : *Bull. crim.* n° 263. ■ Cass. crim., 14 mai 2013, n° 12-85.787 : *Dr. pén.* 2013, comm. 124, obs. M. Véron), les représentants ou agents de la force publique comme les commissaires de police (■ Cass. crim., 19 févr. 1974 : *Bull. crim.* n° 271), les officiers de police (■ Cass. crim., 2 déc. 1986 : *RSC* 1987, p. 423, obs. Delmas-Saint-Hilaire. ■ Cass. crim., 4 déc. 2001 : *Dr. pén.* 2002, comm. 53, obs. M. Véron), les membres des compagnies républicaines de sécurité et les gardiens de la paix (■ Cass. crim., 18 juin 1969 : *Bull. crim.* n° 203. ■ Cass. crim., 18 oct. 1972 : *Bull. crim.* n° 294), les gradés de l'armée (■ Cass. crim., 15 déc. 1964 : *Bull. crim.* n° 337) et de la gendarmerie (■ Cass. crim., 20 mars 1963 : *Bull. crim.* n° 127), ainsi que les gendarmes (■ Cass. crim., 14 nov. 1989 : *Bull. crim.* n° 417 ; *RSC* 1990, p. 561, obs. Delmas-Saint-Hilaire), ou encore les douaniers (■ Cass. crim., 7 mars 1984 : *Bull. crim.* n° 96), les gardes-chasse de l'Office national de la chasse (■ Cass. crim., 17 avr. 1985 : *Bull. crim.* n° 148. ■ Cass. crim., 21 nov. 1989 : *Dr. pén.* 1990, comm. 119).

– L'article 222 ancien du Code pénal a été aussi appliqué aux directeurs des établissements pénitentiaires (■ Cass. crim., 10 déc. 1887 : *Bull. crim.* n° 426).

S'agissant de la profession de policier, le fait pour un manifestant de scander des propos injurieux à l'égard des policiers peut constituer un outrage. La chambre criminelle de la Cour de cassation a en effet cassé un arrêt relaxant le prévenu des poursuites pour outrage au motif que les propos proférés s'adressaient à l'ensemble de la profession et non à un individu en particulier, la Haute Juridiction estimant que les juges du fond auraient dû rechercher si en proférant des insultes visant l'ensemble de la police en présence des policiers qui assuraient la sécurité, les participants n'avaient pas eu l'intention d'outrager spécifiquement ces fonctionnaires de police (▪ Cass. crim., 20 oct. 2015, n° 14-84.156 : *JurisData* n° 2015-023350).

4) Officiers ministériels. Sont ainsi protégées à ce titre les fonctions de notaire (▪ Cass. crim., 30 juill. 1927 : *Bull. crim.* n° 199. ▪ Cass. crim., 1er mars 1951 : *Bull. crim.* n° 70), d'avoué (▪ Cass. crim., 15 déc. 1959 : *Bull. crim.* n° 551), d'huissier, qu'il agisse pour l'exécution d'une décision de justice (▪ Cass. crim., 9 janv. 1958 : *Bull. crim.* n° 46) ou sur requête d'un particulier (▪ Cass. crim., 19 juin 1985 : *Gaz. Pal.* 1985, 2, p. 654, note PJD).

– Un huissier de justice est une personne dépositaire de l'autorité publique au sens de l'article 433-5, alinéa 2 du Code pénal (▪ Cass. crim., 21 mai 1997 : *Bull. crim.* n° 196).

5) Autres exemples. Exercent des fonctions d'autorité publique, les fonctionnaires des contributions directes et indirectes (▪ Cass. crim., 13 mars 1908 : *Bull. crim.* n° 116. ▪ Cass. crim., 5 nov. 1927 : *DH* 1928, p. 21). Ainsi, un chef de section du service des impôts est une personne dépositaire de l'autorité publique au sens de l'article 433-5, alinéa 2 du Code pénal (▪ Cass. crim., 21 mai 1997 : *Bull. crim.* n° 196, préc.).

6) Un président d'université, en raison de la nature de ses fonctions et de ses attributions, est dépositaire de l'autorité publique au sens de l'article 433-5 du Code pénal (▪ Cass. crim., 18 avr. 2000 : *Bull. crim.* n° 152 ; *Dr. pén.* 2000, comm. 113, obs. M. Véron).

7) Personnes chargées d'une mission de service public. L'employé de la Direction départementale de l'Équipement qui, dans le cadre de travaux effectués aux abords d'une route nationale, a mis en place des panneaux de signalisation de travaux et de limitation de vitesse est une personne chargée d'une mission de service public, au sens des articles 222-13.4° et 433-5, alinéa 1er, du Code pénal (▪ Cass. crim., 9 oct. 2002 : *Bull. crim.* n° 182 ; *Dr. pén.* 2003, comm. 20, obs. M. Véron).

8) Les gardes-chasse particuliers assermentés, étant investis en application des articles L. 428-21 du Code de l'environnement et 29 du Code de procédure pénale, du pouvoir de dresser procès-verbal des délits et contraventions entrant dans les prévisions de ces textes, bénéficient de la protection instituée par l'article 433-5 du Code pénal (▪ Cass. crim., 14 mars 2006 : *Bull. crim.* n° 67 ; *Dr. pén.* 2006, comm. 95, obs. M. Véron).

9) Un directeur de maison d'arrêt a été considéré comme une personne chargée d'une mission de service public (▪ Cass. crim., 7 déc. 2004 : *Bull. crim.* n° 306). V. *infra* les circonstances particulières de cette affaire.

10) La qualité de personne chargée d'une mission de service public ne peut se déduire de la seule appartenance de la victime de violences volontaires (et d'outrage) à Électricité de France, sans caractériser les actes personnellement accomplis par elle se rattachant directement à l'exécution de l'une des missions de service public spécifiquement imparties à cette société ; dès lors encourt la cassation l'arrêt de la cour d'appel, qui se borne à relever que les deux victimes de violences volontaires, respectivement hôtesse d'accueil et responsable d'une agence d'Électricité de France, participaient à des titres différents à la gestion et au bon fonctionnement de cette agence de cet établissement public chargé d'une mission de service public et qu'elles ont été agressées dans l'exercice de leurs fonctions (▪ Cass. crim., 15 nov. 2006 : *Bull. crim.* n° 285 ; *Dr. pén.* 2007, comm. 18, obs. M. Véron).

11) Autres personnes protégées. Les dispositions anciennes visant les citoyens chargés d'un ministère de service public ont été jugées applicables, notamment, aux experts judiciaires (▪ Cass. crim., 17 mars 1980 : *Bull. crim.* n° 110), aux interprètes judiciaires assermentés (▪ Cass. crim., 20 nov. 1958 : *Bull. crim.* n° 276), aux élèves d'huissier significateurs et assermentés (▪ Paris, 16 déc. 1987 : *JurisData* n° 1987-029636), aux vétérinaires assermentés, directeurs d'abattoirs publics (▪ Cass. crim., 2 juin 1959 : *Bull. crim.* n° 10), aux examinateurs conventionnés du permis de conduire (▪ Cass. crim., 11 janv. 1956 : *Bull. crim.* n° 38), aux agents assermentés verbalisateurs de la SNCF et de la RATP (▪ Cass. crim., 17 mai 1906 : *Bull. crim.* n° 212. ▪ Paris, 9 juill. 1986 : *JurisData* n° 1986-026465).

12) Il en a été de même pour des fonctionnaires chargés de relever les infractions à une législation particulière, comme les ingénieurs des Ponts et Chaussées (▪ Cass. crim., 23 juin 1954 : *Bull. crim.* n° 232), les ingénieurs du génie rural (▪ Cass. crim., 10 févr. 1959 : *Bull. crim.* n° 91), les inspecteurs de la navigation (▪ Cass. crim., 3 nov. 1971 : *Bull. crim.* n° 296 ; *RSC* 1972, p. 381, obs. Vitu). Les inspecteurs du travail (▪ Cass. crim., 6 mai 2008 : *Bull. crim.* n° 106 ; *Dr. pén.* 2008, comm. 112, obs. M. Véron ; V. *infra*).

13) Notion d'outrage. Manque de base légale l'arrêt prononçant la relaxe pour outrage d'un prévenu qui s'était rendu à la brigade de gendarmerie pour déclarer « qu'il n'avait rien à foutre que son véhicule n'ait pas de plaque à l'avant, que celle-ci était dans le coffre et qu'elle serait remise par le réparateur », au motif que de tels propos ne constituaient pas une *atteinte à l'honneur ou à la délicatesse* de la gendarmerie ou du gendarme qui les a entendus, alors que selon les constatations des juges le prévenu s'était présenté devant un gendarme uniquement pour lui signifier le peu de cas qu'il faisait de son intervention et le tourner en dérision (■ Cass. crim., 4 juin 1985, inédit).

Le fait, pour un professeur, de présenter le parti politique auquel appartenaient un maire et son adjoint venus participer à un conseil d'administration d'un lycée professionnel comme raciste et xénophobe et de manifester le refus des enseignants de siéger à leurs côtés peut constituer le délit d'outrage au sens de l'article 433-5, les paroles adressées à des personnes chargées d'une mission de service public, dans l'exercice ou à l'occasion de l'exercice de leurs missions, étant de nature à porter atteinte à leur dignité ou au respect dû à la fonction dont elles sont investies. (■ Cass. crim., 19 juin 2018, n° 17-84.153 : *JurisData* n° 2018-010696).

14) Le conducteur d'un véhicule automobile s'étant fait volontairement verbaliser pour défaut de port de ceinture de sécurité, alors qu'il se savait dispensé pour raisons médicales de cette obligation légale, la cour d'appel pour le déclarer coupable du délit d'outrages à agents de la force publique énonce qu'il a mis les gendarmes « dans la nécessité de dresser un procès-verbal alors qu'il n'ignorait pas que ce procès-verbal ne pourrait avoir de suite... » et qu'il a ainsi eu une attitude « provocante et offensante pour les gendarmes » ; elle justifie sa décision au regard de l'article 224 du Code pénal, dès lors que le comportement du prévenu impliquait la conscience, chez son auteur, qu'il portait *atteinte à l'autorité* des agents de la force publique (■ Cass. crim., 14 nov. 1989 : *Bull. crim.* n° 417 ; *JCP* 1990, II, 21441, note Vitu ; *RSC* 1990, p. 561, obs. Delmas-Saint-Hilaire).

15) Moyens de l'outrage. L'outrage par parole et par écrit se réalise par l'emploi de termes ou de propos grossiers, injurieux, insultants, des invectives ou des expressions méprisantes, déshonorantes pour la qualité de la personne ou la fonction (V. not., pour les paroles ■ Cass. crim., 18 janv. 1956 : *Bull. crim.* n° 73. ■ Cass. crim., 15 déc. 1964 : *Bull. crim.* n° 337 ; *RSC* 1965, p. 418, obs. P. Bouzat. ■ Cass. crim., 22 mars 1966 : *Bull. crim.* n° 107. ■ Cass. crim., 19 févr. 1974 : *Bull. crim.* n° 71 ; pour les écrits ■ Cass. crim., 28 févr. 1974 : *Bull. crim.* n° 90. ■ Cass. crim., 2 déc. 1986 : *RSC* 1987, p. 423, obs. Delmas-Saint-Hilaire. ■ Cass. crim., 21 mai 1997 : *Bull. crim.* n° 196. ■ Cass. crim., 18 avr. 2000 : *Bull. crim.* n° 152, préc.).

16) Est un outrage par geste, le fait de montrer le poing à un gendarme (■ Cass. crim., 20 mars 1963 : *Bull. crim.* n° 127), ou d'arracher un dossier des mains d'un huissier (■ Cass. crim., 19 juin 1985 : *Gaz. Pal.* 1985, 2, p. 654, note JPD).

17) Constitue un outrage par menace, le fait de dire à un agent de police « ... je vais te faire révoquer » (■ Cass. crim., 5 mai 1900 : *Bull. crim.* n° 172. ■ Cass. crim., 5 juill. 1956 : *Bull. crim.* n° 519), ou le fait de réserver « un mauvais parti » à des fonctionnaires de l'administration fiscale (■ Cass. crim., 28 mai 1957 : *Bull. crim.* n° 452).

18) Publicité. Pour l'outrage par parole, menace ou envoi d'objet, peu importe que l'outrage ait eu un caractère public ou privé (■ Cass. crim., 18 oct. 1972 : *Bull. crim.* n° 294. ■ Cass. crim., 20 juill. 1866 : *Bull. crim.* n° 187).

19) Diffusion publique. Toute expression injurieuse ou diffamatoire adressée à une personne dépositaire de l'autorité publique dans l'exercice de ses fonctions caractérise le délit de l'article 433-5 du Code pénal, même si elle a fait l'objet d'une diffusion publique (■ Cass. crim., 25 nov. 2014, n° 13-88.268 : *Dr. pén.* 2015, comm. 19, obs. M. Véron). Les paroles prononcées publiquement n'entrent pas dans le champ de l'article 10, § 1, de la Convention européenne des droits de l'homme (■ Cass. crim., 19 juin 2018, n° 17-84.153 : *JurisData* n° 2018-010696).

20) Exigence d'écrits non rendus publics. L'outrage par écrit adressé à un magistrat (en l'espèce un préfet) ne tombe sous le coup de l'article 222 du Code pénal qu'autant qu'il n'a pas été l'objet d'une publication antérieure ou concomitante à la réception par le magistrat de l'écrit outrageant (C. pén., art. 222) ;

Si la réception par le magistrat de l'écrit outrageant a été postérieure ou même concomitante à la publication de cet écrit dans un journal, le fait rentre dans les prévisions de la loi du 29 juillet 1881 sur la presse (■ Cass. crim., 31 oct. 1890 : *DP* 1891, p. 45, rapp. Tanon).

21) L'outrage adressé par écrit ou dessin aux magistrats de l'ordre administratif ou judiciaire (en l'espèce un maire), et tendant à inculper leur honneur ou leur délicatesse, est puni des peines de l'article 222 du Code pénal quand l'écrit ou le dessin n'a pas été rendu public (■ Cass. crim., 9 mai 1936 : *DH* 1936, p. 333).

Adde ■ Cass. crim., 24 janv. 1991 : *Dr. pén.* 1991, comm. 193, obs. M. Véron).

22) Constitue un outrage un tract diffusé au sein d'un groupement de personnes liées par une communauté d'intérêts (donc non public) et qui comporte à l'égard d'une personne dépositaire de l'autorité publique des allégations mettant en cause sa compétence professionnelle et son intégrité

(■ Cass. crim., 4 déc. 2001 : *JurisData* n° 2001-012580 ; *Dr. pén.* 2002, comm. 53, obs. M. Véron).

23) Selon l'article 433-5 du Code pénal, constituent un outrage les écrits ou images de toute nature non rendus publics envers une personne chargée d'une mission de service public, dans l'exercice ou à l'occasion de l'exercice de sa mission, de nature à porter atteinte à sa dignité ou au respect dû à la fonction dont elle est investie ; justifie sa décision de relaxer une personne prévenue d'outrage envers le directeur d'une maison d'arrêt dans un tract apposé sur un panneau syndical, la cour d'appel qui, après avoir relevé que ce panneau se trouvant dans le hall de l'établissement ou était accessible au passage de personnes étrangères à l'administration pénitentiaire, en déduit que l'écrit litigieux doit être considéré comme un écrit rendu public échappant aux prévisions du texte précité (■ Cass. crim., 7 déc. 2004 : *Bull. crim.* n° 306 ; *Dr. pén.* 2005, comm. 54, obs. M. Véron).

24) Expression injurieuse ou diffamatoire. Les expressions diffamatoires ou injurieuses proférées publiquement par l'un des moyens énoncés à l'article 23 de la loi du 29 juillet 1881 sur la liberté de la presse, contre une personne chargée d'une mission de service public ou dépositaire de l'autorité publique à raison de ses fonctions ou à l'occasion de leur exercice, sans être directement adressées à l'intéressé et sans qu'il soit établi que le prévenu ait voulu qu'elles lui soient rapportées par une personne présente, n'entrent pas dans les prévisions de l'article 433-5 du Code pénal incriminant l'outrage, et ne peuvent être poursuivies et réprimées que sur le fondement des articles 31 et 33 de ladite loi (■ Cass. crim., 29 mars 2017, n° 16-82.884).

25) Exercice de la liberté d'expression. Le Conseil constitutionnel juge conforme à la Constitution l'incrimination d'outrage, laquelle est un abus de la liberté d'expression, après avoir rappelé que « les atteintes portées à l'exercice de cette liberté doivent être nécessaires, adaptées et proportionnées à l'objectif poursuivi », ce qui est le cas de ce délit (■ Cons. const., 9 avr. 2021, n° 2021-896 QPC : *JurisData* n° 2021-005000 ; *Dr. pén.* 2021, comm. 126, obs. Ph. Conte).

26) Les propos qui, adressés à une personne chargée d'une mission de service public, dans l'exercice ou à l'occasion de l'exercice de sa mission, et de nature à porter atteinte à sa dignité ou au respect dû à la fonction dont elle est investie, sont constitutifs d'outrage ne rentrent pas dans le champ de l'article 10, § 1, de la Convention européenne des droits de l'homme (■ Cass. crim., 29 mars 2017, n° 16-80.637 : *Dr. pén.* 2017, comm. 86, note S. Detraz ; *Dr. pén.* 2017, comm. 107, note Ph. Conte. ■ Cass. crim., 19 juin 2018, n° 17-84.153 : *Dr. pén.* 2018, comm. 174, obs. Ph. Conte).

27) Outrage direct ou indirect. En ce qui concerne l'outrage indirect, il a été jugé que l'article 222 du Code pénal punit l'outrage adressé à un magistrat, alors même qu'il n'aurait pas été directement adressé à celui-ci, s'il est parvenu à sa connaissance par la volonté de son auteur, spécialement, les propos outrageants proférés contre un maire, dans la mairie, en présence du secrétaire de la mairie, lequel, à raison même de sa qualité, devait nécessairement rendre compte au maire, tombent sous le coup dudit article (■ Cass. crim., 30 mars 1944 : *Bull. crim.* n° 88).

Doit être cassé l'arrêt qui ne constate pas que des propos outrageants proférés devant un tiers soient parvenus à la connaissance de la personne visée, par la volonté de son auteur (■ Cass. crim., 30 mars 1944, n° 89 ; *RSC* 1944, n° 62, obs. Hugueney).

L'outrage par paroles envers un magistrat de l'ordre administratif ou judiciaire, prévu par l'article 222 du Code pénal, n'est punissable que lorsque cet outrage a été adressé au magistrat lui-même, ou lorsque, ayant été proféré devant un tiers, il est parvenu à la connaissance du magistrat par la volonté de son auteur ; ne met pas la Cour de cassation en mesure d'exercer son contrôle sur l'existence de tous les éléments du délit, l'arrêt qui, après avoir constaté que le prévenu a manifesté sa volonté de faire parvenir l'outrage à la personne du magistrat, omet de préciser si ce dernier en avait eu connaissance (■ Cass. crim., 19 déc. 1946 : *D.* 1947, jur. 110).

28) Pour être constitué, le délit prévu par l'article L. 631-2, devenu l'article L. 8114-2 du Code du travail et par l'article 433-5 du Code pénal suppose, si l'outrage est indirect, que puisse être constatée chez son auteur l'intention de faire parvenir à la personne concernée l'écrit ou les propos outrageants. Justifie en conséquence sa décision la cour d'appel qui, à la suite du procès-verbal dressé par un inspecteur du travail contre un chef d'établissement, dit non établi à la charge de ce dernier le délit d'outrage lui étant reproché pour avoir adressé au directeur départemental du travail un écrit mettant en cause l'impartialité du fonctionnaire, en retenant que le courrier litigieux n'était pas parvenu à la connaissance de l'inspecteur du travail par la volonté de son auteur. En cet état, il ne saurait être reproché aux juges du fond de ne pas avoir requalifié les faits poursuivis au regard des dispositions de l'article 226-10 du Code pénal relative à l'infraction de dénonciation calomnieuse, dès lors qu'il se déduit de la Convention internationale du travail n° 81 signée le 19 juillet 1947 et du décret du 20 août 2003 portant statut du corps de l'inspection du travail, que lorsqu'ils décident de dresser procès-verbal d'une infraction, les inspecteurs du travail ne sont pas placés sous le contrôle hiérarchique du directeur départemental du travail (■ Cass. crim., 6 mai 2008 : *Bull. crim.* n° 106 ; *Dr. pén.* 2008, comm. 112, obs. M. Véron).

29) Lien de l'outrage avec les fonctions. Encourt la cassation l'arrêt de condamnation qui ne précise pas les circonstances établissant que les faits d'outrage avaient trait à la fonction ou à la qualité de la personne outragée, qu'ils aient été commis dans l'exercice ou à l'occasion de l'exercice desdites fonctions (■ Cass. crim., 22 mars 1966 : *Bull. crim.* n° 107 ; *D.* 1966, somm. p. 71).

30) Même s'il concerne sa vie privée, l'outrage proféré à l'égard d'une personne dans l'exercice de ses fonctions rejaillit nécessairement sur celle-ci (en l'espèce paroles outrageantes prononcées entre un adjoint au maire au cours d'une altercation en mairie au sujet d'un plan d'urbanisme) (■ Cass. crim., 14 mai 2013, n° 12-85.787 : *JurisData* n° 2013-011353 ; *Dr. pén.* 2013, comm. 124, obs. M. Véron).

31) Est puni par l'article 433-5 du Code pénal le seul outrage commis au préjudice d'une personne chargée d'une mission de service public, dans l'exercice ou à l'occasion de l'exercice de sa mission.

Encourt en conséquence la cassation l'arrêt qui retient comme constituant des outrages au sens de l'article précité des écrits mettant en cause des fonctionnaires, non à l'occasion de l'exercice de leur mission de service public, mais dans le seul cadre de la mise en œuvre de leurs prérogatives hiérarchiques de notation d'un fonctionnaire placé sous leur autorité (■ Cass. crim., 24 mai 2011, n° 10-87.966 : *Bull. crim.* n° 104).

32) L'irrégularité de l'acte accompli par un agent de la force publique dans l'exercice de ses fonctions, à la supposer établie, est sans incidence sur la régularité de la procédure dirigée contre un prévenu déclaré coupable d'avoir outragé ledit agent et d'avoir exercé sur lui des violences (■ Cass. crim., 7 févr. 1995 : *Bull. crim.* n° 51 ; *Dr. pén.* 1995, comm. 156, obs. M. Véron ; *RSC* 1995, p. 131, obs. Delmas-Saint-Hilaire).

33) Constatations nécessaires. Ne justifie pas sa décision l'arrêt d'une cour d'appel qui relaxe un prévenu du chef d'outrages envers une enseignante sans rechercher, d'une part, si les propos reprochés n'étaient pas de nature à porter atteinte à l'autorité morale de la personne visée ou à diminuer le respect dû à la fonction d'enseignant, d'autre part, si l'intéressé, bien qu'ayant proféré ses propos à des tiers, n'avait pas conscience qu'ils seraient nécessairement rapportés à la victime (■ Cass. crim., 24 juin 2015, n° 14-82.890 : *Dr. pén.* 2015, comm. 110, obs. M. Véron).

À l'inverse, doit être cassée la décision qui condamne pour outrage l'auteur d'un incendie aux motifs qu'il serait nécessairement l'auteur des inscriptions injurieuses adressées au maire de la commune sur les lieux de l'incendie : les juges auraient dû rechercher si les écrits reprochés étaient de nature à porter atteinte à l'autorité morale de la personne visée ou à diminuer le respect dû à sa fonction de maire et si leur auteur avait conscience que ses propos seraient nécessairement rapportés à ce dernier (■ Cass. crim., 18 nov. 2020, n° 19-85.895, inédit).

34) Élément moral. Le délit d'outrage, prévu et réprimé par l'article 224 du Code pénal, n'est pas constitué lorsqu'il est établi que le prévenu ignorait la qualité de l'officier ministériel auquel il s'adressait et qu'après en avoir été avisé, loin de réitérer l'outrage, il a cherché à atténuer la portée du mot prononcé (■ Cass. crim., 12 avr. 1967 : *Bull. crim.* n° 116 ; *RSC* 1967, p. 859, obs. Vitu).

35) En matière d'outrages, l'élément intentionnel du délit fait défaut et la relaxe est justifiée, lorsqu'il est constaté par les juges du fait qu'à raison de circonstances particulières, affectant l'état physique et moral du prévenu, celui-ci n'a pas eu conscience du caractère outrageant de ses propos et de ses gestes (■ Cass. crim., 24 juill. 1931 : *Bull. crim.* n° 214. ■ Cass. crim., 30 juin 1965 : *Bull. crim.* n° 169).

36) Le juge du fond est souverain pour apprécier l'existence de l'élément intentionnel de l'infraction d'outrage, à la condition que cette existence ne soit contredite ni par les termes des propos incriminés, ni par les motifs mêmes de l'arrêt attaqué (■ Cass. crim., 30 juin 1965 : *Bull. crim.* n° 169).

37) Le simple mensonge commis dans le but d'échapper à une poursuite et ne comportant ni parole outrageante, ni geste, ni menace, ne suffit pas à caractériser le délit d'outrage (■ Cass. crim., 12 déc. 1931 : *Bull. crim.* n° 294).

38) Jugé qu'une fausse déclaration à la police pour couvrir une infraction commise par un coprévenu, ne constitue pas un outrage (■ Paris 11e ch. B, 31 oct. 1990 : *JurisData* n° 1990-024896).

39) Constatation de l'outrage. Si aux termes de l'article L. 611-10 du Code du travail, les inspecteurs du travail constatent les infractions par des procès-verbaux qui font foi jusqu'à preuve contraire, il n'en est ainsi que dans les cas où leur auteur constate une infraction entrant dans le champ de compétence qui lui est reconnu par l'article L. 611-1 du même code.

Tel n'est pas le cas du procès-verbal par lequel l'inspecteur du travail relève un délit d'outrage prévu et réprimé par l'article 433-5 du Code pénal (■ Cass. crim., 6 févr. 2007 : *Bull. crim.* n° 33).

40) Distinction de l'outrage et de l'injure. Le Conseil constitutionnel, saisi d'une question prioritaire de constitutionnalité invoquant le principe d'égalité devant la loi pénale, décide que s'il est vrai qu'un même acte commis à l'encontre d'une même catégorie de victimes (personnes chargées d'une mission de service public, fonctionnaires publics ou dépositaires ou agents de l'autorité publique) peut constituer un outrage aussi bien qu'une injure publique, l'égalité n'est pas pour autant violée : l'outrage est adressé à la victime soit directement, en sa présence, soit indirectement lorsqu'il est effectué avec la volonté qu'il lui soit rapporté par un tiers, ce qui n'est pas le cas pour l'injure. L'égalité devant la loi pénale n'interdit pas qu'une différenciation soit opérée par le législateur entre agissements de nature différente (▪ Cons. const., 9 avr. 2021, n° 2021-896 QPC : *JurisData* n° 2021-005000 ; *Dr. pén.* 2021, comm. 121, obs. Ph. Conte). Le Conseil s'appuie sur la jurisprudence de la chambre criminelle qui distingue l'outrage de l'injure publique selon que le comportement a ou n'a pas été adressé directement ou indirectement à la victime (▪ Cass. crim., 10 janv. 2017, n° 16-81.558 : *JurisData* n° 2017-000187 : *Dr. pén.* 2017, comm. 55, préc. n° 24. ▪ Cass. crim., 12 janv. 2021, n° 20-90.028).

Art. 433-5-1 ***(L. n° 2003-239, 18 mars 2003).*** **– Le fait, au cours d'une manifestation organisée ou réglementée par les autorités publiques, d'outrager publiquement l'hymne national ou le drapeau tricolore est puni de 7 500 euros d'amende.**

Lorsqu'il est commis en réunion, cet outrage est puni de six mois d'emprisonnement et de 7 500 euros d'amende.

Bibliographie : *M. Segonds, JCl. Pénal Code, Outrage à l'hymne national ou au drapeau tricolore.*

Le Conseil constitutionnel a jugé « qu'en instituant un tel délit, le législateur [avait] effectué la conciliation qu'il lui appartenait d'assurer entre les exigences constitutionnelles [...] ; que la peine qu'il [avait] fixée ne [revêtait] pas de caractère manifestement disproportionné par rapport à l'infraction » (▪ Cons. const., 13 mars 2003, n° 2003-467 DC, cons. 105 : *D.* 2004, *somm. comm.*, p. 1273, obs. S. Nicot ; *RSC* 2003, p. 616, n° 3, note V. Bück).

Voir : art. R. 645-15, p. 1039.

Section V. – De la rébellion

Art. 433-6. – Constitue une rébellion le fait d'opposer une résistance violente à une personne dépositaire de l'autorité publique ou chargée d'une mission de service public agissant, dans l'exercice de ses fonctions, pour l'exécution des lois, des ordres de l'autorité publique, des décisions ou mandats de justice.

Bibliographie : *JCl. Pénal Code, Rébellion* par R. Bernardini.

1) Personnes protégées. Les personnes visées par l'article 209 ne sont protégées au titre de la rébellion que lorsqu'elles agissent pour l'exécution des lois et des ordres de l'autorité, tel le cas d'un huissier mettant à exécution un jugement d'expulsion d'un locataire (▪ T. corr. Chalon-sur-Saône, 15 févr. 1950 : *JCP* 1950, II, 5505, note Levasseur).

Mais la rébellion ne peut être retenue contre la personne résistant avec violence à un officier public agissant hors de ses fonctions ou sans titre légal ou judiciaire appuyant son action (▪ Cass. crim., 25 mars 1852 : *Bull. crim.* n° 108).

2) Rébellion active. Il y a rébellion chaque fois que les violences ou voies de fait ont été opposées à un agent de la force publique agissant dans le cadre de ses fonctions, même si une irrégularité entachait l'acte mis à exécution ou les conditions mêmes de l'exécution (▪ Cass. crim., 11 août 1905 : *D.* 1907, 1, 309. ▪ Cass. crim., 3 mai 1961 : *Bull. crim.* n° 234. ▪ Cass. crim., 2 juill. 1987 : *Bull. crim.* n° 281 ; *RSC* 1988, p. 519, obs. Delmas-Saint-Hilaire).

3) Est coupable de rébellion l'individu qui tente de s'enfuir en cherchant à faire tomber un gardien de la paix qui venait de l'arrêter en flagrant délit et lui porte des coups (▪ Cass. crim., 28 sept. 1970 : *D.* 1971, 36, note Fr. Chabas ; *JCP* 1972, II, 17272, note R. Koering-Joulin), ou qui essaie de libérer une personne appréhendée par la police en la tirant vigoureusement vers lui pour faire lâcher prise au policier (▪ Cass. crim., 29 janv. 1974 : *Bull. crim.* n° 42) ou même qui oppose une résistance à un officier ministériel, l'accompagnant de violences qui, sans atteindre matériellement sa personne, sont de nature à l'impressionner vivement (▪ Cass. crim., 15 mars 1972 : *Bull. crim.* n° 106 ; V. également ▪ Cass. crim., 20 mars 1991 : *Dr. pén.* 1991, n° 224).

4) La Cour de cassation a encore jugé (▪ Cass. crim., 7 févr. 1990 : *Gaz. Pal.* 4 févr. 1990) qu'il y a rébellion dès lors que la résistance a été accompagnée de violences ou voies de fait qui, sans atteindre matériellement l'agent public, a entravé son action, et qu'elle est caractérisée notamment par tout acte de résistance active à l'intervention des dépositaires de l'autorité publique, même sans atteinte physique à la personne de ces derniers (▪ Cass. crim., 10 nov. 1998 : *Bull. crim.* n° 295 ; *JCP* 1999, somm. n° 1481. ▪ Cass. crim., 11 mai 2005 : *Dr. pén.* 2005, comm. 124, obs. M. Véron).

5) Ne tire pas les conséquences légales de ses propres constatations la cour d'appel qui relaxe du chef de rébellion après avoir relevé que le prévenu s'était débattu au moment de son interpellation et avait pu se libérer avant de prendre la fuite, le délit étant caractérisé par tout acte de résistance active à l'intervention d'une personne dépositaire de l'autorité publique, même sans atteinte physique à l'encontre de cette personne (▪ Cass. crim., 7 nov. 2006 : *Bull. crim.* n° 273 ; *Dr. pén.* 2007, note 20).

6) Il a été jugé que la circonstance que l'inculpé ignorait être l'objet d'un mandat d'arrêt ne saurait être considérée comme un fait propre à légitimer les actes de violence qui auraient été commis sur des agents de la force publique agissant pour l'exécution d'un mandement de justice (▪ Cass. crim., 27 nov. 1931 : *Bull. crim.* n° 276) ; sur la critique de cet arrêt, V. Vitu, *op. cit.*, n° 63.

7) Le fait qu'au cours d'une manifestation une personne ait été soumise au port des menottes par un agent dépositaire de la force publique en violation des dispositions de l'article 803 du Code de procédure pénale ne justifie pas les actes de rébellion commis par cette personne (▪ Paris, 7 janv. 1997 : *Dr. pén.* 1998, comm. 140, note A. Maron).

8) Constitue une rébellion le fait de résister et de refuser que les gendarmes mettent au prévenu, déjà retenu, des menottes à l'autre poignet (▪ Cass. crim., 14 avr. 2015, n° 14-84.260 : *Dr. pén.* 2015, comm. 84, obs. M. Véron).

9) Résistance passive. Il n'y a pas de rébellion dans la résistance opposée par un individu qui, au moment d'être arrêté, refuse de marcher, se couche à terre et se laisse traîner par les agents chargés de l'appréhender (▪ Cass. crim., 23 mai 1913 : *Bull. crim.* n° 244) ; il n'y a pas non plus rébellion en l'absence de résistance avec violences et voies de fait, le prévenu, lors d'une interpellation par des fonctionnaires de police, ayant simplement fait de grands gestes pour empêcher un fonctionnaire de police de le palper et n'ayant pas touché ce fonctionnaire (▪ Paris, 11e ch. B, 17 oct. 1990 : *Juris-Data* n° 1990-024438).

10) Ne justifie pas sa décision la cour d'appel qui condamne pour rébellion sans répondre aux conclusions du prévenu qui déniait toute résistance violente et soutenait que les agents de l'office national des forêts l'avaient jeté à terre pour l'immobiliser alors qu'il leur tournait le dos, sans d'ailleurs qu'il ait été établi la commission d'un débit de chasse justificatif d'une arrestation (▪ Cass. crim., 26 juin 2012, n° 11-87.416 : *Dr. pén.* 2012, comm. 142, obs. M. Véron ; *RSC* 2012, p. 83, obs. C. Mascala).

11) Justifie sa décision la cour d'appel qui, pour renvoyer un prévenu des fins de la poursuite du chef de rébellion, après avoir rappelé que le délit exclut la simple résistance passive à l'usage de la force d'inertie, relève qu'il ressort des constatations du procès-verbal que le prévenu s'est agrippé à son volant en refusant de suivre les gendarmes (▪ Cass. crim., 1er mars 2006 : *Bull. crim.* n° 58 ; *RSC* 2007, p. 85, obs. C. Mascala ; *JurisData* n° 2006-032778 ; *Dr. pén.* 2006, comm. 68, obs. M. Véron).

12) Violence constitutive de la rébellion. Justifie sa décision la cour d'appel qui, pour condamner le prévenu du chef de rébellion et le relaxer du chef de violences exercées sur trois gardiens de la paix, retient qu'il n'a pas commis d'actes de violences distincts de ceux constituant une résistance violente à son arrestation, élément constitutif de la rébellion (▪ Cass. crim., 21 févr. 2006 : *Bull. crim.* n° 47 ; *JurisData* n° 2006-032588 ; *Dr. pén.* 2006, comm. 69, obs. M. Véron ; *RSC* 2006, p. 604, n° 4, obs. Y. Mayaud).

13) Justifie sa décision la cour d'appel qui, pour infirmer le jugement sur intérêts civils et dire réunis les éléments constitutifs du délit de rébellion, retient, qu'au cours d'un contrôle régulier sur sa personne, le prévenu a tenté d'y échapper en effectuant un mouvement violent qui a causé une blessure à l'agent des douanes (▪ Cass. crim., 8 nov. 2011 : *JurisData* n° 2011-028165 ; *Dr. pén.* 2012, comm. 19, obs. M. Véron).

14) Complicité. Pour des exemples de faits de complicité, V. ▪ Cass. crim., 8 déc. et 15 déc. 2009 : *Dr. pén.* 2010, comm. 32, obs. M. Véron ; *D.* 2010, p. 1132, note J.-L. Lennon ; *RSC* 2010, p. 859, obs. C. Mascala.

15) Récidive. La violence que doit revêtir la résistance constitutive de la rébellion ne peut être retenue au regard de la récidive, comme caractérisant la circonstance aggravante de violences prévue par l'article 132-16-4 du Code pénal (▪ Cass. crim., 8 déc. 2009 : *Bull. crim.* n° 209 ; ▪ Cass. crim., 15 déc. 2009, préc. et comm. préc.).

16) Action civile. Justifie sa décision la cour d'appel qui, pour rejeter les demandes d'indemnisation de préjudices moraux formées par des fonctionnaires de police, parties civiles retient que l'infraction de rébellion n'engendre pas nécessairement un préjudice pour les agents ayant procédé à l'interpellation et que ces derniers ne justifient pas, en l'espèce, de l'existence, d'un préjudice personnel en lien direct avec les faits objet de la poursuite (▪ Cass. crim., 16 juin 2015, n° 14-84.491).

17) Impartialité. Un prévenu, qui conduisait son véhicule en agglomération, effectuait des embardées et franchissait des lignes continues, a été interpellé par une patrouille de police. Alors qu'on lui présentait l'éthylotest, il a proféré des injures, des menaces de mort, s'est rebellé et a porté des coups à certains fonctionnaires. Il est condamné notamment pour rébellion et outrage. Les juges, après avoir relevé l'existence de quatre condamnations figurant sur son casier judiciaire pour des faits d'outrages, de rébellion et de violences volontaires par une personne en état d'ivresse manifeste, ajoutent que le tout traduit « un ancrage ancien et constant dans une attitude de rebelle mal embouché, affligeant habituellement l'exercice de l'autorité légitime de l'expression de son impulsivité, voire de sa violence ». Ces motifs, qui mettent en exergue le comportement du prévenu dans les rapports qu'il entretient avec les personnes dépositaires de l'autorité publique et son défaut d'explication devant l'institution judiciaire, s'ils sont, pour certains d'entre eux, inappropriés, ne sont pas suffisants pour faire douter de l'impartialité des juges (▪ Cass. crim., 30 oct. 2018, n° 18-80.049 : *JurisData* n° 2018-019064).

18) *Non bis in idem.* Un prévenu qui se rebelle à l'encontre de deux policiers ne peut pas être condamné pour deux infractions mais pour un seul délit, avec deux parties civiles le cas échéant : « en retenant ainsi pour fonder deux déclarations de culpabilité de nature pénale un fait unique, quoique commis à l'encontre de deux victimes, la cour d'appel a méconnu le principe » *non bis in idem* (▪ Cass. crim., 30 juin 2021, n° 20-84.946, F-D : *JurisData* n° 2021-010589 ; *Dr. pén.* 2021, comm. 162, obs. Ph. Conte).

Art. 433-7 *(L. n° 2007-297, 5 mars 2007 ; L. n° 2017-258, 28 févr. 2017).* **– La rébellion est punie de deux ans d'emprisonnement et de 30 000 € d'amende.**

La rébellion commise en réunion est punie de trois ans d'emprisonnement et de 45 000 € d'amende.

Art. 433-8 *(L. n° 2007-297, 5 mars 2007).* **– La rébellion armée est punie de cinq ans d'emprisonnement et de 75 000 € d'amende.**

La rébellion armée commise en réunion est punie de dix ans d'emprisonnement et de 150 000 € d'amende.

Art. 433-9. – Lorsque l'auteur de la rébellion est détenu, les peines prononcées pour le délit de rébellion se cumulent, par dérogation aux articles 132-2 à 132-5, sans possibilité de confusion, avec celles que l'intéressé subissait ou celles prononcées pour l'infraction à raison de laquelle il était détenu.

Les dispositions dérogatoires de l'article 433-9 du Code pénal, selon lesquelles, lorsque l'auteur d'une rébellion est détenu, les peines prononcées pour le délit de rébellion se cumulent avec celles que l'intéressé subissait ou celles prononcées pour l'infraction à raison de laquelle il était détenu, sont inapplicables en cas de poursuite unique pour plusieurs délits en concours parmi lesquels celui de rébellion, la juridiction étant tenue, dans ce cas de ne prononcer qu'une seule peine d'emprisonnement, conformément aux dispositions de l'article 132-3 du Code pénal (▪ Cass. crim., 10 juin 2015, n° 14-86.068).

Art. 433-10 *(Mod., L. n° 2007-297, 5 mars 2007).* **– La provocation directe à la rébellion, manifestée soit par des cris ou des discours publics, soit par des écrits affichés ou distribués, soit par tout autre moyen de transmission de l'écrit, de la parole ou de l'image, est punie de deux mois d'emprisonnement et de 7 500 € d'amende.**

Lorsque le délit prévu à l'alinéa précédent est commis par la voie de la presse écrite ou audiovisuelle, les dispositions particulières des lois qui régissent ces matières sont applicables en ce qui concerne la détermination des personnes responsables.

Justifie sa décision la cour d'appel qui, pour caractériser le délit de provocation à la rébellion, retient que la personne qui, pour faire obstacle à son interpellation par des policiers, harangue la foule, en l'incitant par des propos violents à commettre des violences sur ceux-ci (▪ Cass. crim., 21 févr. 2017, n° 16-83.641).

Section VI. – De l'opposition à l'exécution de travaux publics

Art. 433-11. – Le fait de s'opposer, par voies de fait ou violences, à l'exécution de travaux publics ou d'utilité publique est puni d'un an d'emprisonnement et de 15 000 € d'amende.

Bibliographie : *JCl. Pénal Code, Opposition à l'exécution de travaux publics* par D. Thomas.

1) QPC. Non-lieu à renvoi au Conseil constitutionnel de la QPC visant l'article 433-11 (■ Cass. crim., 29 janv. 2013, n° 12-90.070).

2) Est protégée par l'article 438 la construction d'un chemin d'exploitation de diverses parcelles entreprise par une association foncière de remembrement créée en exécution du plan de remembrement établi sur ordre de l'autorité administrative et rendudéfinitif et exécutoire par arrêté préfectoral (■ Cass. crim., 21 févr. 1961 : *Bull. crim.* n° 110).

3) L'irrégularité des travaux autorisés par le Gouvernement ne saurait justifier les voies de fait imputées au prévenu (■ Cass. crim., 30 avr. 1974 : *Bull. crim.* n° 155).

4) Il n'est pas nécessaire, pour que le délit soit caractérisé, que l'opposition ait eu pour résultat d'empêcher les travaux ; il suffit qu'elle ait eu pour but d'y faire obstacle (■ Cass. crim., 14 févr. 1956 : *Bull. crim.* n° 153).

5) Ne justifie pas sa décision de condamnation d'un prévenu du chef d'opposition à l'exécution de travaux publics l'arrêt qui se borne à constaterqu'après une manifestation contre la construction d'une section d'autoroute au cours de laquelle le chantier avait été envahi par plusieurs personnes, ledit prévenu avait lui-même pénétré sur le chantier, sans rechercher s'il était, par son fait personnel, volontairement opposé à l'exécution des travaux. La simple participation à une action collective ne suffit pas à caractériser le délit (■ Cass. crim., 8 oct. 1997 : *Dr. pén.* 1998, comm. 19, note M. Véron).

Section VII. – De l'usurpation de fonctions

Art. 433-12. – Est puni de trois ans d'emprisonnement et de 45 000 € d'amende le fait, par toute personne agissant sans titre, de s'immiscer dans l'exercice d'une fonction publique en accomplissant l'un des actes réservés au titulaire de cette fonction.

Bibliographie : *JCl. Pénal Code, Usurpation de fonctions* par C. Ribeyre.

1) Les fonctions protégées par l'article 258 sont toutes celles qui donnent à celui qui en est investi une participation quelconque à l'exercice de la puissance publique ; le texte s'applique ainsi aux fonctions exercées par les inspecteurs du travail (■ Cass. crim., 22 avr. 1969 : *Bull. crim.* n° 143 ; *RSC* 1970, p. 642, obs. Vitu), par les autorités militaires (■ Cass. crim., 15 mai 1942 : *Bull. crim.* n° 62), par les notaires (■ Cass. crim., 10 juill. 1968 : *Bull. crim.* n° 221 ; *RSC* 1969, p. 136, obs. Vitu), par les huissiers (■ Cass. crim., 15 nov. 1967 : *Bull. crim.* n° 291 ; *RSC* 1968, p. 331, obs. Vitu), par les commissaires-priseurs (■ Cass. crim., 3 nov. 1970 : *Bull. crim.* n° 287 ; *RSC* 1971, p. 413, obs. Vitu), par les administrateurs civils (■ Cass. crim., 1er oct. 1990 : *Dr. pén.* 1991, n° 2).

2) L'acte d'immixtion peut consister soit en un ou plusieurs actes de la fonction usurpée (■ Cass. crim., 3 nov. 1970, préc.), soit en des agissements tendant à faire croire que l'intéressé possédait les qualités et pouvoirs des fonctionnaires dans les fonctions desquels il s'immisçait, sans qu'il accomplisse pourtant exactement aucun acte de la fonction (■ Cass. crim., 11 juin 1964 : *Bull. crim.* n° 202 ; *RSC* 1965, p. 126, obs. Hugueney), ainsi l'individu se faisant passer pour fonctionnaire de police et pratiquant des surveillances (■ Cass. crim., 21 juill. 1971 : *Bull. crim.* n° 325). Un maire peut se rendre coupable d'immixtion dans une fonction publique pour avoir procédé à des classements sans suite de contraventions, alors que l'opportunité des poursuites appartient au seul ministère public (■ Cass. crim., 21 mars 2018, n° 17-81.011 : *Juris-Data* n° 2018-004060, *AJ pénal* 2018, p. 244, obs. G. Roussel).

3) Pour que soit constitué le délit d'usurpation de fonctions, il n'est pas nécessaire que des tiers aient cru que le prévenu était investi des fonctions usurpées (■ Cass. crim., 24 mars 1987 : *Bull. crim.* n° 140).

4) Le délit d'usurpation de fonctions publiques peut résulter de faits qui, sans être des actes déterminés et caractéristiques de la fonction usurpée, constituent des manœuvres ou une mise en scène de nature à faire croire au pouvoir du fonctionnaire prétendu ; tel n'est pas le cas de la simple affirmation mensongère (■ Cass. crim., 2 févr. 1994 : *Bull. crim.* n° 53).

5) Le seul fait d'exercer les fonctions de mandataire-liquidateur incompatibles avec celles de commissaire aux comptes de la même société ne saurait constituer le délit d'usurpation de fonctions (■ Cass. crim., 9 sept. 1998 : *Dr. pén.* 1999, comm. 4, obs. M. Véron).

6) Le délit d'usurpation de fonctions est constitué sans qu'il soit nécessaire que l'acte de la fonction dont l'auteur n'était pas investi ait été régulièrement accompli (■ Cass. crim., 21 févr. 2001 : *Bull. crim.* n° 46. ■ Cass. crim., 20 mai 2009 : *Dr. pén.* 2009, comm. 134, obs. M. Véron ; *Bull. crim.* n° 100).

7) Se présenter comme policier en produisant une carte tricolore pour pénétrer dans un appartement ne caractérise pas le délit dès lors qu'il ne résulte pas des motifs de l'arrêt que le prévenu ait accompli un acte réservé à la fonction de policier (■ Cass. crim., 13 oct. 2009 : *Dr. pén.* 2010, comm. 5, obs. M. Véron).

8) Encourt la cassation l'arrêt qui, statuant sur des intérêts civils, pour dire qu'un premier surveillant de maison d'arrêt a commis une faute entrant dans les prévisions de l'article 433-12 du Code pénal réprimant le délit d'usurpation de fonctions, retient que le prévenu a procédé à une enquête à l'intérieur de l'établissement pénitentiaire sans l'accord de sa hiérarchie et a monté un stratagème en vue de provoquer l'interpellation d'un infirmier qu'il suspectait de fournir de la résine de cannabis à un détenu. En effet, de tels motifs ne caractérisent pas l'immixtion dans l'exercice d'une fonction dont il n'était pas investi (■ Cass. crim., 14 sept. 2004 : *Bull. crim.* n° 205).

Pour une distinction entre le délit d'usurpation de fonctions et celui de confusion avec l'exercice d'une fonction publique, V. ■ Cass. crim., 13 oct. 2009 : *Dr. pén.* 2010, comm. 5, obs. M. Véron, préc.

9) Les deux qualifications de complicité de prise illégale d'intérêts et d'usurpation de fonctions ne sont pas incompatibles entre elles et peuvent être retenues pour un même fait, dès lors qu'elles sanctionnent la violation d'intérêts distincts, comportent des éléments constitutifs différents et qu'une seule peine a été prononcée conformément aux articles 5 ancien et 132-3 du Code pénal (■ Cass. crim., 21 févr. 2001, préc.).

10) Justifie sa décision, la cour d'appel qui déclare recevable la constitution de partie civile de la chambre régionale des huissiers de justice et lui alloue des dommages-intérêts, dès lors que l'infraction d'usurpation de fonction porte directement atteinte aux droits et intérêts communs des membres que cette chambre représente, par application de l'ordonnance du 2 novembre 1945 (■ Cass. crim., 20 mai 2009 : *Bull. crim.* n° 100, préc.).

11) Justifie sa décision, sans méconnaître le principe *Ne bis in idem*, la cour d'appel qui déclare le prévenu coupable, à la fois, d'immixtion dans une fonction publique pour avoir procédé à des classements sans suite de contraventions, et de détournement ou destruction, au préjudice de l'État et de la commune dont il est maire, de procès-verbaux constatant des contraventions, dès lors que le fait de filtrer les procès-verbaux des contraventions, en lieu et place du ministère public, est dissociable de l'action d'annuler des références de la souche ou carte maîtresse de l'infraction enregistrée sur un logiciel dédié afin d'éviter toute communication au Trésor public aux fins de recouvrement (■ Cass. crim., 21 mars 2018, n° 17-81.011 : *JurisData* n° 2018-004060 : *Dr. pén.* 2018, comm. 108, obs. Ph. Conte).

12) Sous réserve que les cumuls éventuels de sanction respectent le principe de nécessité des délits et des peines, qui implique qu'une même personne ne puisse faire l'objet de plusieurs poursuites susceptibles de conduire à des sanctions de même nature pour les mêmes faits, en application de corps de règles protégeant les mêmes intérêts sociaux, les mots « dans le cas où ils n'ont pas fait l'objet pour les mêmes opérations des poursuites prévues à l'article 433-12 du Code pénal » figurant au premier alinéa de l'article L. 131-11 du Code des juridictions financières, dans sa rédaction résultant de la loi n° 2008-1091 du 28 octobre 2008 relative à la Cour des comptes et aux chambres régionales des comptes, sont conformes à la Constitution (■ Cons. const., 7 mai 2020, n° 2020-838/839 QPC).

Art. 433-13. – Est puni d'un an d'emprisonnement et de 15 000 € d'amende le fait par toute personne :

1° D'exercer une activité dans des conditions de nature à créer dans l'esprit du public une confusion avec l'exercice d'une fonction publique ou d'une activité réservée aux officiers publics ou ministériels ;

2° D'user de documents ou d'écrits présentant, avec des actes judiciaires ou extrajudiciaires ou avec des documents administratifs, une ressemblance de nature à provoquer une méprise dans l'esprit du public ;

Le délit prévu et puni par l'article 433-13-1° du Code pénal peut résulter d'actes constituant des manœuvres ou une mise en scène effectués dans des conditions de nature à créer, dans l'esprit du public, la confusion avec l'exercice d'une fonction publique ou d'une activité réservée aux officiers publics et ministériels ; en conséquence, justifie sa décision la cour d'appel qui, pour condamner un agent privé de recherche, relève que le prévenu, conscient d'être pris pour un commissaire de police ou un officier ministériel, s'est introduit dans les locaux d'une entreprise à la suite d'un huissier chargé d'y faire un constat et s'est fait remettre des photocopies de documents, a questionné des salariés et a consulté des fichiers informatiques (■ Cass. crim., 9 avr. 2002 : *Bull. crim.* n° 83).

Voir : anc. art. 258-1, C. pén.

Section VIII. – De l'usurpation de signes réservés à l'autorité publique

Art. 433-14 *(L. n° 2013-711, 5 août 2013)*. **– Est puni d'un an d'emprisonnement et de 15 000 € d'amende le fait, par toute personne, publiquement et sans droit :**

1° De porter un costume, un uniforme ou une décoration réglementés par l'autorité publique ;

2° D'user d'un document justificatif d'une qualité professionnelle ou d'un insigne réglementés par l'autorité publique ;

3° D'utiliser un véhicule dont les signes extérieurs sont identiques à ceux utilisés par les fonctionnaires de la police nationale ou les militaires ;

4° D'user de l'emblème ou de la dénomination de l'un des signes distinctifs définis par les conventions signées à Genève le 12 août 1949 et leurs protocoles additionnels.

Voir : Conventions de Genève du 12 août 1949 (prisonniers de guerre, protection des personnes civiles en temps de guerre, amélioration du sort des blessés, des malades et des naufragés des forces armées sur mer, et amélioration du sort des blessés et des malades dans les forces armées en campagne), publiées par D. n° 52-253, 28 févr. 1952 (*JO* 6 mars 1952) ; Protocoles I et II, 8 juin 1977 (protection des victimes des conflits armés), publiés par D. n° 2001-565, 25 juin 2001 (*JO* 30 juin 2001) et D. n° 84-727, 17 juill. 1984 (*JO* 26 juill. 1984).

Bibliographie : *JCl. Pénal Code, Usurpation de signes réservés à l'autorité publique* par C. Ribeyre.

1) Pour des exemples de costumes et uniformes protégés, V. ▪ Cass. civ. 29 juill. 1936 : *DP* 1936, 1, 86, note Appleton (robe d'avocat). ▪ T. corr. Orange, 28 déc. 1916 : *Gaz. Pal.* 1916, 2, 464 (costume officiel étranger).

2) Si le port par un Français de décorations étrangères est réglementé, un étranger séjournant en France peut y porter librement les décorations qui lui ont été conférées par son pays d'origine ou par un autre pays (▪ Cass. crim., 25 mars 1899 : *S.* 1900, 1, 428).

3) L'article 259, alinéa 1er est applicable à un avocat qui, rayé du tableau, persistait à se présenter en robe pour plaider devant le tribunal de commerce (▪ Alger, 16 déc. 1898 : *D.* 1899, 2, 38).

4) La robe que les avocats revêtent, conformément aux prévisions de l'article 3 de la loi du 31 décembre 1971, dans l'exercice de leurs fonctions judiciaires, est un costume réglementé par l'autorité publique au sens de l'article 433-14 du Code pénal ; l'Ordre des avocats est recevable à se constituer partie civile en réparation du préjudice causé aux intérêts collectifs de la profession, notamment par le port illégal du costume d'avocat (▪ Cass. crim., 5 nov. 1997 : *Bull. crim.* n° 377).

Art. 433-15 *(Mod., L. n° 2013-711, 5 août 2013)*. **– Est puni de six mois d'emprisonnement et de 7 500 € d'amende le fait, par toute personne, publiquement, de porter un costume ou un uniforme, d'utiliser un véhicule, ou de faire usage d'un insigne ou d'un document présentant, avec les costumes, uniformes, véhicules, insignes ou documents distinctifs réservés aux fonctionnaires de la police nationale ou aux militaires, une ressemblance de nature à causer une méprise dans l'esprit du public.**

Les mêmes peines sont applicables au fait, par toute personne, de faire publiquement usage d'un emblème ou d'une dénomination présentant avec l'un des signes distinctifs des conventions signées à Genève le 12 août 1949 et de leurs protocoles additionnels une ressemblance de nature à causer une méprise dans l'esprit du public.

Voir : art. R. 643-1, p. 1032.

Voir aussi : Conventions de Genève du 12 août 1949 (prisonniers de guerre, protection des personnes civiles en temps de guerre, amélioration du sort des blessés, des malades et des naufragés des forces armées sur mer, et amélioration du sort des blessés et des malades dans les forces armées en campagne), publiées par D. n° 52-253, 28 févr. 1952 (*JO* 6 mars 1952) ; Protocoles I et II, 8 juin 1977 (protection des victimes des conflits armés), publiés par D. n° 2001-565, 25 juin 2001 (*JO* 30 juin 2001) et D. n° 84-727, 17 juill. 1984 (*JO* 26 juill. 1984).

Art. 433-16. – Les infractions définies par les articles 433-14 et 433-15 sont punies de trois ans d'emprisonnement et de 45 000 € d'amende lorsqu'elles ont pour objet de préparer ou de faciliter la commission d'un crime ou d'un délit.

Section IX. – De l'usurpation de titres

Art. 433-17 *(L. n° 2009-1437, 24 nov. 2009)*. **– L'usage, sans droit, d'un titre attaché à une profession réglementée par l'autorité publique ou d'un diplôme officiel ou d'une qualité dont les conditions d'attribution sont fixées par l'autorité publique est puni d'un an d'emprisonnement et de 15 000 € d'amende.**

Les personnes physiques ou morales coupables du délit prévu à la présente section encourent également la peine complémentaire suivante : interdiction de l'activité de prestataire de formation professionnelle continue au sens de l'article L. 6313-1 du Code du travail pour une durée de cinq ans.

Bibliographie : *JCl. Pénal Code, Usurpation de titres* par Vitu.

1) Applications. L'article 259, alinéa 2, a été appliqué à un individu non inscrit à un barreau qui se paraît du titre d'avocat-conseil (■ Cass. crim., 11 mai 1971 : *D.* 1971, 428 ; *RSC* 1971, p. 934, obs. Vitu. ■ Cass. crim., 14 févr. 1991 : *JCP* 1991, IV, 194) ou de celui d'avocat (■ Cass. crim., 29 janv. 1958 : *D.* 1958, 44), à une femme qui, pour faire pression sur un débiteur, lui avait écrit en se faisant passer pour un avoué dont elle avait inventé le nom (■ T. corr. Le Mans, 25 mars 1955 : *JCP* 1955, II, 8694, note G. M.), à un individu qui avait usurpé la qualité d'expert agréé près une cour d'appel (■ Cass. crim., 26 juin 1968 : *D.* 1968, 671, note P.-J. Doll ; *RSC* 1969, p. 136, obs. Vitu), à un autre qui avait utilisé le titre de conseil en propriété industrielle, créant une confusion avec celui de conseil en brevet d'invention (■ Cass. crim., 30 mai 1985, inédit).

2) Se rend coupable d'usage illégal du titre d'avocat la collaboratrice d'un avocat, qui, préparant l'examen d'entrée au centre de formation professionnelle des avocats, a représenté une des parties devant un conseil de prud'hommes. La circonstance que l'avocat dont elle était la collaboratrice ait fait preuve de légèreté en la chargeant d'une telle mission ne saurait suffire à justifier qu'elle ait fait usage à l'audience d'un titre auquel elle ne pouvait prétendre (■ Cass. crim., 11 oct. 1988 : *Gaz. Pal.* 1988, I, somm. p. 80, note J.-P. Doucet). Est également coupable d'usage irrégulier du titre d'avocat le prévenu qui figure en cette qualité sur l'annuaire électronique des PTT, alors que le Conseil de l'ordre n'avait pas encore statué sur sa demande d'inscription au tableau (■ Cass. crim., 10 mai 1989 : *Dr. pén.* 1990, n° 47). – V. également en ce qui concerne l'usage illégal du titre de conseil juridique (■ Cass. crim., 11 avr. 1991 : *Dr. pén.* 1992, n° 3, note M. Véron. ■ Cass. crim., 10 févr. 1993 : *Dr. pén.* 1993, n° 152. ■ Cass. crim., 31 mars 1993 : *Bull. crim.* n° 142), de conseil en brevet d'invention (■ Cass. crim., 1er mars 1990 : *Dr. pén.* 1990, n° 249. ■ Cass. crim., 11 avr. 1991 : *JCP* G 1991, IV, 280), de géomètre expert (■ Cass. crim., 20 juin 1991 : *Bull. crim.* n° 271) ou d'architecte (■ Rennes, 10 mai 1988 : *JurisData* n° 1988-043657) ou d'expert-comptable (■ Cass. crim., 22 févr. 1996 : *Bull. crim.* n° 90. ■ Cass. crim., 18 juin 2002 : *Bull. crim.* n° 135), ou d'ingénieur de l'École centrale de Paris dans un rapport d'expertise destiné à un juge d'instruction (■ Cass. crim., 20 nov. 2001 : *JurisData* n° 2001-012576 ; *Dr. pén.* 2002, comm. 54, obs. M. Véron), ou encore d'huissier (■ Cass. crim., 3 avr. 1957 : *Bull. crim.* n° 32), de notaire (■ Cass. crim., 10 juill. 1968 : *Bull. crim.* n° 221), ou de médecin (■ Cass. crim., 12 janv. 2010 : *Dr. pén.* 2010, comm. 47, obs. J.-H. Robert, et comm. 45, obs. M. Véron).

3) L'usage sans droit du titre peut se faire par écrit ainsi dans des lettres à en-tête (■ Cass. crim., 28 déc. 1959 : *Bull. crim.* n° 592) ou verbalement (■ Cass. crim., 29 janv. 1956 : *D.* 1958, 449) ou encore par des actes extérieurs telle l'apposition d'une plaque sur la porte d'un local.

4) Le délit n'est pas constitué à la charge d'un prévenu rédacteur d'un article dans une revue auquel le directeur de publication a attribué le titre de conseil en brevet d'invention. Il ne saurait lui être reproché de ne pas avoir procédé à une rectification dès lors que le délit d'usage d'un titre protégé suppose un acte positif et non une simple abstention (■ Paris, 21 nov. 1986 : *JurisData* n° 1986-028675).

5) A légalement justifié sa décision la cour d'appel qui, pour relaxer les employés d'un groupement d'intérêt économique (GIE), prévenus d'exercice illégal de la profession d'expert-comptable, et le dirigeant d'une société d'expertise comptable, prévenu de complicité de ce délit, retient que les premiers se sont bornés, sans faire usage du titre d'expert-comptable, à assurer la tenue, le classement et la centralisation des comptes des membres du GIE, au nom et sous la responsabilité de chacun de ceux-ci, alors que la société d'expertise comptable établissait leurs bilans et comptes de résultats (■ Cass. crim., 20 nov. 2001 : *Bull. crim.* n° 240 ; *Dr. pén.* 2002, comm. 32, obs. J.-H. Robert).

6) Mais commettent le délit d'exercice illégal de la profession d'expert-comptable les prévenus qui, sans être inscrits au tableau de l'Ordre créé par l'ordonnance du 19 septembre 1945, interviennent directement, en leur nom propre et sous leur responsabilité dans la tenue des comptes de plusieurs entreprises dont ils étaient indépendants en dépit de l'apparence créée par les contrats de travail salarié à domicile passés avec chacune d'elles (■ Cass. crim., 18 juin 2002 : *Bull. crim.* n° 135).

7) Les articles L. 127-1 à L. 127-9 du Code du travail, qui régissent les groupements d'employeurs, ne comportent aucune dérogation aux dispositions de l'ordonnance du 19 septembre 1945 ; commet le délit d'exercice illégal de la profession d'expert-comptable ou de comptable agréé le président d'un tel groupement qui a mis à la disposition de ses adhérents des salariés qui ont effectué, au siège de l'association, des travaux de comptabilité facturés sur la base d'un tarif horaire, sans que ces employés soient liés à chaque adhérent par un contrat de travail (▪ Cass. crim., 19 mai 2004 : *Bull. crim.* n° 128).

8) Se rendent coupables de l'infraction d'usurpation de titre prévue à l'article 74 de la loi du 31 décembre 1971 et réprimée par l'article 433-17 du Code pénal, les prévenus qui, sans droit, apposent à l'entrée de leurs locaux professionnels respectifs des plaques portant les inscriptions, pour l'un, « juriste d'entreprise, droit fiscal, droit des affaires, droit des sociétés », pour l'autre, « assistance juridique, rédaction d'actes, représentation devant le tribunal de commerce », l'utilisation conjointe de ces termes étant de nature à entraîner dans l'esprit du public la confusion avec le titre de conseil juridique (▪ Cass. crim., 8 juin 1995 : *Bull. crim.* n° 211).

9) Constitue le délit d'usurpation de titre ou de fonction l'usage, dans l'exercice d'une activité d'assistance ou de représentation des parties devant le tribunal de commerce, des titres de mandataire ou de mandataire près le tribunal de commerce, de nature à entraîner dans l'esprit du public une confusion avec le titre de mandataire judiciaire à la liquidation des entreprises (▪ Cass. crim., 1er févr. 2000 : *Bull. crim.* n° 53).

10) Justifie sa décision la cour d'appel qui, pour relaxer un géomètre topographe prévenu d'exercice illégal de la profession de géomètre-expert, retient que les travaux qu'il a réalisés en vue de l'établissement de documents d'arpentage déposés au service du cadastre par un géomètre-expert n'ont pas eu directement pour objet de fixer les limites des biens fonciers et de définir les droits qui y sont attachés (▪ Cass. crim., 16 mai 2006 : *Bull. crim.* n° 134).

11) Titres sportifs réglementés. Nul ne peut se prévaloir d'un dan ou d'un grade équivalent dans les disciplines sportives relevant des arts martiaux s'il n'a pas été délivré par la commission spécialisée des dans et grades équivalents de la fédération délégataire ou, à défaut, de la fédération agréée consacrée exclusivement aux arts martiaux.

Encourt dès lors la cassation l'arrêt qui, pour relaxer des chefs d'usurpation de titre et de publicité de nature à induire en erreur un professeur de judo, titulaire du 5e dan, retient que le titre de 6e dan dont il a fait état dans des annonces publicitaires après l'entrée en vigueur de la loi du 15 juin 1999, qui a attribué le monopole de la délivrance des dans à la commission spécialisée des dans et grades équivalents de la fédération délégataire, lui a été délivré, avant cette entrée en vigueur et après l'annulation par le Conseil d'État du décret du 2 août 1993 fixant les conditions de délivrance de certains titres dans les disciplines relevant des arts martiaux, par un jury constitué par le syndicat national des enseignants professionnels de judo auquel il appartient (▪ Cass. crim., 10 oct. 2006 : *Bull. crim.* n° 245 ; *JCP* 2007, II, 10043, note Y. Gaudemet). À noter que la Cour d'appel de renvoi a retenu la culpabilité du prévenu, dont le pourvoi a été rejeté (▪ Cass. crim., 18 nov. 2008 : *Dr. pén.* 2009, comm. 21, obs. M. Véron).

12) Élément moral. L'intention coupable consiste à savoir que l'on n'a aucun droit à se réclamer ou à faire usage du titre, du diplôme ou de la qualité usurpée et il n'est pas nécessaire d'exiger une volonté délibérée de tromper le public sur la compétence et la confiance accordées par les milieux professionnels (▪ Cass. crim., 18 déc. 1979 : *Bull. crim.* n° 366 ; *RSC* 1980, p. 709, obs. Vitu).

13) L'élément moral du délit d'usurpation de titre, tel celui d'avocat, qui n'exige pas une intention spéciale de tromperie, est caractérisé par l'utilisation en connaissance de cause d'un titre dont le prévenu n'est pas titulaire (▪ Cass. crim., 30 oct. 1995 : *Bull. crim.* n° 337), ou d'une dénomination voisine pouvant susciter une confusion avec ce titre dans l'esprit du public (▪ Cass. crim., 27 mars 1996 : *Bull. crim.* n° 141).

14) Répression. Dans tous les cas d'application de l'article 433-17 du Code pénal, la peine complémentaire de la diffusion de la décision, prévue par l'article 433-22 du même code, peut être prononcée ; prononce, dès lors, à bon droit cette peine, la cour d'appel qui condamne le prévenu pour le délit d'exercice illégal de la profession d'expert-comptable, prévu par l'article 20 de l'ordonnance du 19 septembre 1945 et puni des peines de l'article 433-17 du Code pénal (▪ Cass. crim., 22 févr. 1996 : *Bull. crim.* n° 90).

15) Action civile. En application de l'article 20, alinéa 4, de l'ordonnance du 19 septembre 1945 modifiée, les Conseils régionaux de l'Ordre peuvent, par exception aux dispositions des articles 31.3° et 37.8° de l'ordonnance du 19 septembre 1945 modifiée, qui réservent au Conseil supérieur de l'Ordre des experts-comptables le droit de se constituer partie civile devant les juridictions pénales relativement aux faits portant un préjudice direct ou indirect à l'intérêt collectif des professions qu'il représente, saisir le tribunal, par voie de citation directe, des délits d'exercice illégal de la profession d'expert-comptable ou d'usage, sans droit, du titre ou de la qualité attachés à cette profession (▪ Cass. crim., 18 juin 2002 : *Bull. crim.* n° 135, préc.).

Section X. – De l'usage irrégulier de qualité

Art. 433-18. – Est puni de six mois d'emprisonnement et de 7 500 € d'amende le fait, par le fondateur ou le dirigeant de droit ou de fait d'une entreprise qui poursuit un but lucratif, de faire figurer ou de laisser figurer, dans une publicité réalisée dans l'intérêt de l'entreprise qu'il se propose de fonder ou qu'il dirige :

1° Le nom, avec mention de sa qualité, d'un membre ou d'un ancien membre du Gouvernement, du Parlement, du Parlement européen, d'une assemblée délibérante d'une collectivité territoriale, du Conseil constitutionnel, du Conseil d'État, du Conseil économique et social, du Conseil supérieur de la magistrature, de la Cour de cassation, de la Cour des comptes, de l'Institut de France, du conseil de direction de la Banque de France ou d'un organisme collégial investi par la loi d'une mission de contrôle ou de conseil ;

2° Le nom, avec mention de sa fonction, d'un magistrat ou d'un ancien magistrat, d'un fonctionnaire ou d'un ancien fonctionnaire ou d'un officier public ou ministériel ;

3° Le nom d'une personne avec mention de la décoration réglementée par l'autorité publique qui lui a été décernée.

Est puni des mêmes peines le fait, par un banquier ou un démarcheur, de faire usage de la publicité visée à l'alinéa qui précède.

Bibliographie : *JCl. Pénal Code, Usage irrégulier de qualité* par Vitu et C. Ribeyre.

1) Doit être considéré comme fonctionnaire un chercheur, titularisé comme maître de recherches dans un établissement public national à caractère administratif (▪ Cass. crim., 10 janv. 1967 : *Bull. crim.* n° 17 ; *RSC* 1967, p. 654, obs. Vitu).

2) Doit être considéré comme un ancien fonctionnaire un officier de réserve, ancien chef de la section des réquisitions de la région de Paris qui, après sa démobilisation, avait créé un office technique de réquisitions et de dommages de guerre à Paris et offrait son concours à des personnes dont les biens avaient été réquisitionnés, en leur adressant des lettres où figurait son titre d'ancien chef de la section des réquisitions (▪ Cass. crim., 28 oct. 1943 : *JCP* 1944, II, 2578, note Charlier).

3) Bien que ne concernant pas les sociétés civiles ordinaires, les articles 262 et 263 peuvent être utilisés contre les dirigeants de telles sociétés lorsqu'en fait l'activité de ces dernières est commerciale ou financière ; il en fut ainsi notamment dans la célèbre affaire dite de la « Garantie foncière » où le consortium formé par deux sociétés civiles immobilières et une société anonyme de gestion immobilière dissimulait en réalité un groupe à objet purement financier (▪ Cass. crim., 27 juin 1972 : *JCP* 1973, II, 17335, note Mayer ; *D.* 1972, 695, note Ph. le T. ; *RSC* 1973, p. 114, obs. Vitu).

4) Sur l'intention coupable, V. ▪ Cass. crim., 10 janv. 1967 : *Bull. crim.* n° 17 ; *RSC* 1967, p. 654, obs. Vitu. ▪ Cass. crim., 27 juin 1972, préc.

Section XI. – Des atteintes à l'état civil des personnes

Art. 433-18-1 ***(L. n° 2007-293, 5 mars 2007).*** **– Le fait, pour une personne ayant assisté à un accouchement, de ne pas faire la déclaration prescrite par l'article 56 du Code civil dans les délais fixés par l'article 55 du même code est puni de six mois d'emprisonnement et de 3 750 € d'amende.**

Bibliographie : *JCl. Pénal Code, Atteintes à l'état civil des personnes* par P. Bonfils.

Art. 433-19. – Est puni de six mois d'emprisonnement et de 7 500 € d'amende le fait, dans un acte public ou authentique ou dans un document administratif destiné à l'autorité publique et hors les cas où la réglementation en vigueur autorise à souscrire ces actes ou documents sous un état civil d'emprunt :

1° De prendre un nom ou un accessoire du nom autre que celui assigné par l'état civil ;

2° De changer, altérer ou modifier le nom ou l'accessoire du nom assigné par l'état civil.

Bibliographie : *JCl. Pénal Code, Usage d'un faux nom dans un acte public* par C. Ribeyre.

1) Se rend coupable du délit le prévenu qui, dans une plainte adressée au juge d'instruction avait usé du pseudonyme Micberth alors que son acte de naissance indique Berthe comme nom patronymique. En effet, la connaissance que le nom patronymique utilisé dans l'un des actes énumérés à l'article 261 du Code pénal n'est pas également le sien, suffit à caractériser l'élément intentionnel du délit (▪ Cass. crim., 11 janv. 1990 : *Gaz. Pal.* 8-11 mai 1990).

2) Pour des exemples d'usurpations de titres nobiliaires et de noms, V. ■ Cass. crim., 14 févr. 1957 : *Bull. crim.* n° 160. ■ Cass. crim., 14 janv. 1959 *Bull. crim.* n° 44. ■ T. corr. Seine, 9 déc. 1936 : *S.* 1937, 2, 133.

Art. 433-20. – Le fait, pour une personne engagée dans les liens du mariage, d'en contracter un autre avant la dissolution du précédent est puni d'un an d'emprisonnement et de 45 000 € d'amende.

Est puni des mêmes peines l'officier public ayant célébré ce mariage en connaissant l'existence du précédent.

Bibliographie : *JCl. Pénal Code, Bigamie* par C. Duvert.

1) Il n'y a pas lieu de distinguer entre nullités absolues et nullités relatives du premier mariage : toutes deux prenant naissance au jour de la célébration du mariage et possédant les mêmes effets, peuventêtre invoquées par le prévenu (■ Cass. crim., 13 avr. 1867 : *DP* 1867, 1, 353).

2) Le tribunal de grande instance est exclusivement compétent pour statuer sur la validité du premier mariage, mais le tribunal correctionnel a qualité pour juger de la validité du second mariage (■ Cass. crim., 18 févr. 1942 : *Bull. crim.* n° 11 : *D.* 1942, 83. ■ Rennes, 27 août 1879 ; *D.* 1880, 2, 189) ; il y a donc, en ce qui concerne le premier point, exception préjudicielle au jugement.

3) La nullité du second mariage prend effet au jour de la célébration de ce mariage et, ses effets remontant à cette date, le délit de bigamie n'est pas constitué (■ Toulouse : 27 juin 2002 ; *Dr. pén.* 2003, comm. 1, obs. M. Véron).

4) Est coupable de bigamie l'étranger marocain qui contracte un second mariage en France alors qu'il est déjà marié selon la loi marocaine. Son intention coupable est caractérisée par la production d'un faux certificat de célibat. L'ordre public français interdit à un étranger de conclure, en France, un mariage bigame même si son statut personnel le lui permet (■ Pau, 6 juill. 1988 : *Juris-Data* n° 1988-044484).

5) La bigamie étant un délit instantané, la prescription de l'action part du jour de la célébration du second mariage (■ Cass. crim., 5 févr. 1963 : *Bull. crim.* n° 65. ■ Cass. crim., 12 avr. 1983 : *Bull. crim.* n° 97).

6) Sur les difficultés d'ordre international, V. ■ T. corr. Brest, 18 oct. 1949 : *S.* 1950, 2, 74 ; *RSC* 1950, p. 415, obs. Hugueney. ■ T. corr. Lyon, 20 nov. 1975 : *Rev. crit. DIP* 1976, 477, note P. Lagarde. ■ T. corr. Paris, 8 avr. 1987 : *Gaz. Pal.* 11 août 1987, note Domingo ; *RSC* 1988, p. 87, obs. Levasseur.

Art. 433-21 ***(Mod., L. n° 2021-1109, 24 août 2021).*** **– Tout ministre d'un culte qui procédera, de manière habituelle, aux cérémonies religieuses de mariage sans que ne lui ait été justifié l'acte de mariage préalablement reçu par les officiers de l'état civil sera puni d'un an d'emprisonnement et de 7 500 euros d'amende.**

Bibliographie : *JCl. Pénal Code, Célébration d'un mariage religieux sans mariage civil préalable* par Vitu, actualisé par M.-F. Homassel.

Art. 433-21-1. – Toute personne qui donne aux funérailles un caractère contraire à la volonté du défunt ou à une décision judiciaire, volonté ou décision dont elle a connaissance, sera punie de six mois d'emprisonnement et de 7 500 € d'amende.

Bibliographie : *JCl. Pénal Code, Atteinte à la liberté des funérailles* par M. Viennois, actualisé par M.-F. Homassel.

Art. 433-21-2 ***(Créé, L. n° 2021-1109, 24 août 2021).*** **– L'interdiction du territoire français peut être prononcée dans les conditions prévues à l'article 131-30, soit à titre définitif, soit pour une durée de dix ans au plus, à l'encontre de tout étranger coupable de l'infraction définie à l'article 433-21.**

Section XII. – Peines complémentaires et responsabilité des personnes morales

Art. 433-22 ***(Mod., L. n° 2008-776, 4 août 2008 ; L. n° 2016-1691, 9 déc. 2016 ; L. n° 2017-1339, 15 sept. 2017).*** **– Les personnes physiques coupables de l'une des infractions prévues au présent chapitre encourent également les peines complémentaires suivantes :**

1° L'interdiction des droits civiques, civils et de famille, suivant les modalités prévues par l'article 131-26 ;

2° L'interdiction, suivant les modalités prévues par l'article 131-27, soit d'exercer une fonction publique ou d'exercer l'activité professionnelle ou sociale dans l'exercice ou à l'occasion de l'exercice de laquelle

l'infraction a été commise le maximum de la durée de l'interdiction temporaire étant porté à dix ans, soit, pour les infractions prévues par les articles 433-1, 433-2 et 433-4, d'exercer une profession commerciale ou industrielle, de diriger, d'administrer, de gérer ou de contrôler à un titre quelconque, directement ou indirectement, pour leur propre compte ou pour le compte d'autrui, une entreprise commerciale ou industrielle ou une société commerciale. Ces interdictions d'exercice peuvent être prononcées cumulativement ;

3° L'affichage ou la diffusion de la décision prononcée dans les conditions prévues par l'article 131-35.

Art. 433-23. – Dans les cas prévus aux articles 433-1, 433-2 et 433-4, peut être également prononcée la confiscation des sommes ou objets irrégulièrement reçus par l'auteur de l'infraction, à l'exception des objets susceptibles de restitution.

Art. 433-23-1 *(Créé, L. n° 2021-1109, 24 août 2021)*. – L'interdiction du territoire français peut être prononcée dans les conditions prévues à l'article 131-30, soit à titre définitif, soit pour une durée maximale de dix ans, à l'encontre de tout étranger coupable de l'infraction prévue à l'article 433-3-1.

Art. 433-24 *(L. n° 2012-304, 6 mars 2012)*. – En cas de condamnation pour les infractions prévues à l'article 433-8, le prononcé des peines complémentaires suivantes est obligatoire :

1° L'interdiction de détenir ou de porter, pour une durée de dix ans au plus, une arme soumise à autorisation ;

2° La confiscation d'une ou de plusieurs armes dont le condamné est propriétaire ou dont il a la libre disposition ;

3° Le retrait du permis de chasser avec interdiction de solliciter la délivrance d'un nouveau permis pendant trois ans au plus.

Toutefois, la juridiction peut, par une décision spécialement motivée, décider de ne pas prononcer ces peines, en considération des circonstances de l'infraction et de la personnalité de son auteur.

Art. 433-25 *(Mod., L. n° 2009-526, 12 mai 2009)*. – Les personnes morales déclarées responsables pénalement, dans les conditions prévues par l'article 121-2, des infractions définies aux sections 1, 6, 7, 9 et 10 du présent chapitre encourent, outre l'amende suivant les modalités prévues par l'article 131-38 :

1° Pour une durée de cinq ans au plus, les peines mentionnées aux 2°, 3°, 4°, 5°, 6° et 7° de l'article 131-39 ;

2° La confiscation prévue à l'article 131-21 ;

3° L'affichage ou la diffusion de la décision prononcée dans les conditions prévues par l'article 131-35.

L'interdiction mentionnée au 2° de l'article 131-39 porte sur l'activité dans l'exercice ou à l'occasion de l'exercice de laquelle l'infraction a été commise.

Art. 433-26 *(L. n° 2016-1691, 9 déc. 2016)*. – Les personnes morales reconnues pénalement responsables dans les conditions prévues à l'article 121-2 des infractions prévues aux articles 433-1 et 433-2 encourent également la peine prévue à l'article 131-39-2.

CHAPITRE IV. – DES ATTEINTES À L'ACTION DE JUSTICE

Section I. – Des entraves à la saisine de la justice

Art. 434-1 *(L. n° 2016-297, 14 mars 2016)*. – Le fait, pour quiconque ayant connaissance d'un crime dont il est encore possible de prévenir ou de limiter les effets, ou dont les auteurs sont susceptibles de commettre de nouveaux crimes qui pourraient être empêchés, de ne pas en informer les autorités judiciaires ou administratives est puni de trois ans d'emprisonnement et de 45 000 € d'amende.

Sont exceptés des dispositions qui précèdent, sauf en ce qui concerne les crimes commis sur les mineurs :

1° Les parents en ligne directe et leurs conjoints, ainsi que les frères et sœurs et leurs conjoints, de l'auteur ou du complice du crime ;

2° Le conjoint de l'auteur ou du complice du crime, ou la personne qui vit notoirement en situation maritale avec lui.

Sont également exceptées des dispositions du premier alinéa les personnes astreintes au secret dans les conditions prévues par l'article 226-13.

Bibliographie : *JCl. Pénal Code, Non-dénonciation de crime* par P. Bonfils.

1) La Cour de cassation considère que l'article 62, alinéa 1er impose de dénoncer le crime, mais pas d'en indiquer l'auteur, son identité, ni le lieu de son refuge (▪ Cass. crim., 2 mars 1961 : *D.* 1962, 121, note P. Bouzat ; *JCP* 1961, II, 12092, note J. Larguier).

2) Le délit prévu par l'article 62 du Code pénal qui réprime la non-dénonciation de crime suppose, pour être constitué, que le prévenu avait connaissance d'un crime déjà tenté ou consommé (▪ Cass. crim., 7 nov. 1990 : *Bull. crim.* n° 372).

3) Un juré d'assises ne saurait se prévaloir d'un fait justificatif fondé sur l'article 62 du Code pénal et tiré d'infractions supposées commises par le président de la cour d'assises, que ce texte lui ferait l'obligation de dénoncer ; en effet, contrairement aux prescriptions de cet article, la dénonciation n'en a pas été faite aux autorités judiciaires ou administratives. Par ailleurs, l'ordre de la loi résultant des dispositions de l'article 62 précité ne saurait être retenu pour justifier les révélations faites concernant les opinions manifestées par les membres d'une cour d'assises sur les questions soumises à son avis (▪ T. corr. Paris, 17e ch., 31 mars 1989 : *JCP* 1989, II, 21356, note E. Dubreuil).

4) Le médecin inspecteur de la santé, appartenant à la direction départementale de la santé, qui reçoit d'un médecin la dénonciation d'un viol est une autorité administrative ; dès lors que cette dénonciation a été faite à ce fonctionnaire, les autres personnes qui viennent à avoir connaissance du crime ne peuvent être condamnées pour non-dénonciation de celui-ci (▪ Cass. crim., 13 oct. 1992 : *Bull. crim.* n° 320).

5) Constitue le délit de non-dénonciation de crime défini par l'article 434-1 du Code pénal le fait par une prévenue, informée d'un projet d'assassinat dirigé contre le chef de l'entreprise où elle était employée et au préjudice de laquelle elle avait commis un abus de confiance, d'avoir gardé le silence, laissant ainsi commettre le crime projeté (▪ Cass. crim., 27 nov. 1996 : *RSC* 1997, p. 379, obs. Y. Mayaud).

6) Une femme, à qui il était reproché d'avoir toléré, pendant plusieurs années, à son domicile, des viols et des agressions sexuelles commis sur ses enfants par une personne dont elle était la débitrice, ayant été renvoyée devant la cour d'assises sous l'accusation de complicité de viols et d'agressions sexuelles, c'est à bon droit que le président de la cour d'assises a posé, comme résultant des débats, la question subsidiaire portant sur le délit de non-dénonciation de crime (▪ Cass. crim., 12 mai 1999 : *JurisData* n° 1999-003263).

7) La loi n'a pas défini, à l'article 434-1, les circonstances qui rendent la dénonciation obligatoire pour prévenir ou empêcher les effets des crimes commis ou la survenance de nouveaux crimes. Leur appréciation est donc confiée à la juridiction répressive qui possède à cet égard un pouvoir souverain que la Cour de cassation ne saurait remettre en cause (▪ Cass. crim., 12 mai 1999, cité *supra*, n° 6).

8) Si les dispositions de l'article 434-1 du Code pénal ont pour objet l'intérêt général et répriment le trouble causé à l'ordre public par une abstention délictueuse, elles ont aussi pour but la protection des intérêts privés. Dès lors, justifie sa décision la chambre d'accusation qui, pour déclarer recevable la constitution de partie civile, à la suite d'une plainte portée pour non-dénonciation de crime, contre un évêque, par les parents d'enfants ayant, au temps de leur minorité, subi des viols et des atteintes sexuelles de la part d'un prêtre, retiennent qu'en ne révélant pas aux autorités judiciaires ou administratives le comportement sexuel du prêtre envers les enfants dont celui-ci avait la charge, l'évêque a privé les parents d'une information qui leur eût permis de comprendre le comportement de leurs fils et d'adopter envers eux une attitude propre à apaiser leurs difficultés à un âge difficile de leur existence et que ce silence a empêché les parents de faire obstacle à la poursuite des rencontres entre leurs enfants et le prêtre (▪ Cass. crim., 27 févr. 2001 : *Bull. crim.* n° 48).

Art. 434-2 ***(Mod., L. n° 2016-731, 3 juin 2016).*** **– Lorsque le crime visé au premier alinéa de l'article 434-1 constitue une atteinte aux intérêts fondamentaux de la nation prévue par le titre Ier du présent livre ou un acte de terrorisme prévu par le titre II du présent livre, la peine est portée à cinq ans d'emprisonnement et à 75 000 € d'amende. Les deuxième, troisième et avant-dernier alinéas de l'article 434-1 ne sont pas applicables.**

Art. 434-3 ***(Mod., L. n° 98-468, 17 juin 1998 ; L. n° 2016-297, 14 mars 2016 ; L. n° 2018-703, 3 août 2018).*** **– Le fait, pour quiconque ayant connaissance de privations, de mauvais traitements ou d'agressions**

ou atteintes sexuelles infligés à un mineur ou à une personne qui n'est pas en mesure de se protéger en raison de son âge, d'une maladie, d'une infirmité, d'une déficience physique ou psychique ou d'un état de grossesse, de ne pas en informer les autorités judiciaires ou administratives ou de continuer à ne pas informer ces autorités tant que ces infractions n'ont pas cessé est puni de trois ans d'emprisonnement et de 45 000 € d'amende.

(Al. créé, L. n° 2018-703, 3 août 2018) **Lorsque le défaut d'information concerne une infraction mentionnée au premier alinéa commise sur un mineur de quinze ans, les peines sont portées à cinq ans d'emprisonnement et 75 000 euros d'amende.**

Sauf lorsque la loi en dispose autrement, sont exceptées des dispositions qui précèdent les personnes astreintes au secret dans les conditions prévues par l'article 226-13.

Bibliographie : *JCl. Pénal Code, Non-dénonciation de mauvais traitements à un mineur de quinze ans ou à une personne vulnérable par P. Bonfils.*

1) Constitution du délit. Entrent dans les prévisions de l'article 434-3 du Code pénal dans sa rédaction antérieure à l'entrée en vigueur de la loi du 17 juin 1998 la non-dénonciation aux autorités judiciaires ou administratives des atteintes sexuelles infligées à un mineur, les dispositions de l'article 15 de ladite loi qui précisent que l'obligation de dénoncer les mauvais traitements infligés à un mineur s'applique également en cas d'atteintes sexuelles, revêtant sur ce point un caractère interprétatif (▪ Cass. crim., 12 janv. 2000 : *Bull. crim.* n° 20).

2) Le délit prévu par l'article 434-3 du Code pénal n'exige pas pour sa constitution que la dénonciation ait pu prévenir ou limiter les effets produits par les atteintes sexuelles infligées ou encore empêcher leur renouvellement (▪ Cass. crim., 6 sept. 2006 : *JurisData* n° 2006-035229 ; *Dr. pén.* 2006, comm. 149, obs. M. Véron).

3) Applications. Se rendent coupables du délit de non-dénonciation de sévices ou de privations infligées à un mineur de 15 ans, prévu et réprimé à l'époque des faits par l'article 62, alinéa 2 du Code pénal alors applicable et, depuis son entrée en vigueur, par l'article 434-3 du nouveau code, les directeur et membres du personnel d'un service de placement familial spécialisé qui, sachant qu'un enfant de 7 ans atteint de mucoviscidose, aurait été, à plusieurs reprises sodomisé par un jeune majeur placé chez la même assistante maternelle, omettent d'en avertir les autorités administratives ou judiciaires (▪ Angers, 12 juill. 1994 : *Gaz. Pal.* 16-18 oct. 1994, note J. Bonneau).

4) Si les dispositions de l'article 62, alinéa 2, du Code pénal ont pour objet l'intérêt général et répriment le trouble causé à l'ordre public par une abstention délictueuse, elles ont aussi pour but la protection des intérêts privés ; dès lors, l'**action civile** née de ce délit peut être régulièrement exercée devant les juridictions répressives dans les conditions prévues aux articles 2 et 3 du Code de procédure pénale et la victime est en droit de demander réparation du dommage né de l'infraction (▪ Cass. crim., 17 nov. 1993 : *Bull. crim.* n° 347. ▪ Cass. crim., 6 sept. 2006, préc.).

5) Caractérise l'infraction de non-dénonciation de sévices ou de privations infligés à un mineur de 15 ans prévue aux dispositions de l'article 62, alinéa 2, du Code pénal alors applicable, la cour d'appel qui relève que le responsable d'un service social, chargé de l'exécution d'une mesure de placement décidée par le juge des enfants dans une procédure d'assistance éducative, a l'obligation de dénoncer à l'autorité judiciaire qui lui a confié le mineur les sévices et privations subis par celui-ci dont il est informé dans l'exécution de sa mission (▪ Cass. crim., 24 janv. 1995 : *Bull. crim.* n° 32 ; *JCP* 1995, G, IV, 1074 ; *D.* 1996, 384, note F. Dekeuwer-Défossez et A. Waxin).

6) Sur la non-dénonciation d'atteintes sexuelles infligées à un mineur par un ministre du culte, V. ▪ T. corr. Caen, 4 sept. 2001 : *Dr. pén.* 2001, chron. 46 par. L. Leturmy ; *D.* 2001, p. 3454, note Y. Mayaud. Pour le cas fort médiatisé de non-dénonciation de faits prescrits et la condamnation d'un archevêque, qui a interjeté appel, V. ▪ T. corr. Lyon, 17e ch., 7 mars 2019, n° 17223000041 : *JurisData* n° 2019-014742.

7) Sur la non-dénonciation par un médecin de mauvais traitements sur personnes vulnérables, V. ▪ Cass. crim., 27 avril 2011 : *Dr. pén.* 2011, comm. 77, obs. M. Véron, cité sous art. 226-14, p. 579.

8) *Le secret professionnel* imposé aux membres d'un service éducatif sur la situation d'un mineur confié à celui-ci par le juge des enfants est inopposable à cette autorité judiciaire, à laquelle ils sont tenus de rendre compte, notamment de tous mauvais traitements, en vertu des dispositions de l'article 375 du Code civil et de l'article 1199-1 du nouveau Code de procédure civile pris pour son application, tout comme un tel secret est inopposable, selon l'article 80 du Code de la famille et de l'aide sociale, au président du conseil général pour les mineurs relevant de sa compétence ; ces dispositions spéciales de la loi privent les personnes astreintes au secret de l'exception prévue en leur faveur par l'article 434-3 du Code pénal, réprimant la non-dénonciation de mauvais traitements à mineur de 15 ans (▪ Cass. crim., 8 oct. 1997 : *Bull. crim.* n° 329 ; *Dr. pén.* 1998, comm. 50, obs. M. Véron).

9) Prescription. Le délit de non dénonciation de mauvais traitements sur mineur de 15 ans, prévu et puni par l'article 434-3 du Code pénal, est un délit instantané dont la prescription court à compter du jour où le prévenu a eu connaissance des faits (▪ Cass. crim., 7 avr. 2009 : *Bull. crim.* n° 66 ; *Dr. pén.* 2009, comm. 91, obs. M. Véron).

10) Requalification. Justifie sa décision la cour d'appel qui requalifie le délit de non-dénonciation de mauvais traitements infligés à une personne vulnérable en omission d'empêcher une infraction, dès lors que la requalification, ne portant pas sur des faits nouveaux, a été soumise au débat contradictoire, qu'elle a fait l'objet de réquisitions du ministère public et que le prévenu a été mis en mesure de s'en expliquer (▪ Cass. crim., 23 oct. 2013, n° 12-80.793 : *Dr. pén.* 2013, comm. 166, obs. M. Véron).

Voir : V. note sous art. 223-6, p. 447.

Art. 434-4. – Est puni de trois ans d'emprisonnement et de 45 000 € d'amende le fait, en vue de faire obstacle à la manifestation de la vérité :

1° De modifier l'état des lieux d'un crime ou d'un délit soit par l'altération, la falsification ou l'effacement des traces ou indices, soit par l'apport, le déplacement ou la suppression d'objets quelconques ;

2° De détruire, soustraire, receler ou altérer un document public ou privé ou un objet de nature à faciliter la découverte d'un crime ou d'un délit, la recherche des preuves ou la condamnation des coupables.

Lorsque les faits prévus au présent article sont commis par une personne qui, par ses fonctions, est appelée à concourir à la manifestation de la vérité, la peine est portée à cinq ans d'emprisonnement et à 75 000 € d'amende.

Bibliographie : *JCl. Pénal Code, Altération des preuves au cours d'une procédure judiciaire* par C. Duvert.

1) V. ▪ Cass. crim., 24 janv. 1967 : *Bull. crim.* n° 35 ; *Gaz. Pal.* 1967, 1, 273, obs. Vitu.

2) Les délits de recel de cadavre et de destruction, soustraction d'objet ou document de preuves en vue de faire obstacle à la manifestation de la vérité prévus par les articles 434-7 et 434-4 du Code pénal ne sauraient s'appliquer à l'auteur de l'infraction principale et ne peuvent être constitués que par le fait de celui qui n'a pas participé à l'infraction (▪ Cass. crim., 24 nov. 2010 : *JurisData* n° 2010-024680 ; *Dr. pén.* 2011, comm. 31, obs. M. Véron).

3) L'article 439, alinéa 1er ne concerne pas les billets de banque (▪ Cass. crim., 4 juin 1975 : *Bull. crim.* n° 143) ni une simple lettre (▪ Paris, 9 févr. 1974 : *D.* 1974, 439).

4) L'article 439, alinéa 2, du Code pénal a pour objet la protection d'un intérêt public, lié à l'administration de la justice, et le délit qu'il réprime ne peut être commis que dans le dessein de mettre obstacle à l'action de la justice, conduite par les personnes habilitées à rechercher les preuves, ou à poursuivre le châtiment des crimes et des délits. Méconnaît le sens et la portée de cet article la cour d'appel qui en fait application à des personnes poursuivies sur plainte avec constitution de partie civile et qui avaient refusé de communiquer un dossier médical à cette partie civile (▪ Cass. crim., 18 janv. 1989 : *Bull. crim.* n° 22 ; *RSC* 1989, p. 500, obs. Delmas-Saint-Hilaire).

5) Les pièces originales des procédures d'information judiciaire suivies par un juge d'instruction constituent des documents de nature à faciliter la recherche des crimes et délits (▪ Cass. crim., 29 juin 1993 : *Bull. crim.* n° 227).

6) Le fait d'avoir sciemment détruit, soustrait ou dissimulé des actes de l'autorité publique implique nécessairement le dessein, chez l'auteur, de faire obstacle à la manifestation de la vérité (▪ Cass. crim., 25 oct. 1995 : *Bull. crim.* n° 319).

7) Un médecin poursuivi pour blessures involontaires, occasionnées à un enfant lors d'un accouchement, peut faire l'objet d'une poursuite du chef d'altération de preuves en vue de faire obstacle à la manifestation de la vérité, ayant consisté à modifier le rapport médical de cet accouchement, dès lors que ce délit ne constitue pas la suite indivisible des blessures involontaires (▪ Cass. crim., 16 mai 2012, n° 11-83.834 : *Bull. crim.* n° 123 ; *Dr. pén.* 2012, comm. 114, obs. M. Véron ; *Gaz. Pal.* 6-7 juill. 2012, chron. p. 25, note A. Renelier ; *Gaz. Pal.* 27-28 juill. 2012, chron. p. 28, note S. Detraz).

8) Les dispositions de l'article 434-4 ont aussi pour but la protection des intérêts privés. Dès lors, l'action civile née de ce délit peut être régulièrement exercée devant les juridictions répressives dans les conditions prévues par les articles 2 et 3 du Code de procédure pénale (▪ Cass. crim., 23 févr. 2000 : *Bull. crim.* n° 78 ; *Dr. pén.* 2000, comm. 70, obs. M. Véron. ▪ Cass. crim.,

14 janv. 2003 : *Dr. pén.* 2003, comm. 66, obs. A. Maron).

9) La prescription du délit prévu par l'article 434-4 du Code pénal court du jour où cesse l'ignorance des procédés frauduleux dans laquelle a été tenue la partie lésée (▪ Cass. crim., 17 déc. 2002 : *Bull. crim.* n° 233 ; *Dr. pén.* 2003, comm. 29, obs. M. Véron. ▪ Cass. crim., 16 mai 2012, n° 11-83.834, préc.).

Art. 434-4-1 ***(L. n° 2007-297, 5 mars 2007).*** **– Le fait pour une personne ayant connaissance de la disparition d'un mineur de quinze ans de ne pas en informer les autorités judiciaires ou administratives, en vue d'empêcher ou de retarder la mise en œuvre des procédures de recherche prévues par l'article 74-1 du Code de procédure pénale, est puni de deux ans d'emprisonnement et de 30 000 € d'amende.**

Art. 434-4-2 ***(L. n° 2010-930, 9 août 2010).*** **– L'article 434-4 est applicable aux atteintes à l'administration de la justice par la Cour pénale internationale.**

Bibliographie : *JCl. Pénal Code, Non information de disparition de mineur de quinze ans* par P. Bonfils.

Art. 434-5. – Toute menace ou tout autre acte d'intimidation à l'égard de quiconque, commis en vue de déterminer la victime d'un crime ou d'un délit à ne pas porter plainte ou à se rétracter, est puni de trois ans d'emprisonnement et de 45 000 € d'amende.

Art. 434-6 ***(Mod., L. n° 96-647, 22 juill. 1996).*** **– Le fait de fournir à la personne auteur ou complice d'un crime ou d'un acte de terrorisme puni d'au moins dix ans d'emprisonnement un logement, un lieu de retraite, des subsides, des moyens d'existence ou tout autre moyen de la soustraire aux recherches ou à l'arrestation est puni de trois ans d'emprisonnement et de 45 000 € d'amende. Les peines sont portées à cinq ans d'emprisonnement et à 75 000 € d'amende lorsque l'infraction est commise de manière habituelle.**

Sont exceptés des dispositions qui précèdent :

1° Les parents en ligne directe et leurs conjoints, ainsi que les frères et sœurs et leurs conjoints, de l'auteur ou du complice du crime ou de l'acte de terrorisme ;

2° Le conjoint de l'auteur ou du complice du crime ou de l'acte de terrorisme, ou la personne qui vit notoirement en situation maritale avec lui.

Bibliographie : *JCl. Pénal Code, Recel de malfaiteur* par P. Salvage.

1) QPC. Non-lieu à renvoi au Conseil constitutionnel de la QPC visant l'article 434-6 (▪ Cass. crim., 12 mars 2014, n° 13-84.427).

2) En ce qui concerne le recel de malfaiteur, la simple connaissance que le receleur a du crime commis, pourvu que cette connaissance soit certaine, suffit à rendre le logeur punissable (▪ Cass. crim., 17 févr. 1899 : *D.* 1899, 1, 326. ▪ Cass. crim., 2 mai 1946 : *S.* 1948, 1, 57. ▪ Cass. crim., 17 sept. 2003 : *Bull. crim.* n° 165 ; *Dr. pén.* 2004, comm. 5, obs. M. Véron) ; le simple avertissement donné par un policier à un criminel qu'il était recherché et allait être arrêté est un fait de recel punissable (▪ Cass. crim., 14 juin 1951 : *JCP* 1951, II, 6425 ; *RSC* 1951, p. 665, obs. Hugueney).

3) Mais il a été jugé que les mensonges tendant à égarer les enquêteurs et à fournir un alibi au criminel ne constituent pas un recel au sens de l'article 61 (▪ Bourges, 16 févr. 1950 : *D.* 1950, 405 ; *JCP* 1950, II, 5629, note A. Chavanne ; *RSC* 1950, p. 413, obs. Hugueney).

4) Justifie le renvoi du prévenu devant la cour d'assises sous l'accusation de recel de malfaiteurs la chambre d'accusation qui relève qu'après avoir reçu à son cabinet d'avocat un homme qu'il pensait être un des complices en fuite de l'auteur de faits criminels et téléphoné à un hôtel pour finalement s'y présenter afin de récupérer des bagages, l'intéressé, bien qu'il s'en défende, ne pouvait ignorer que s'y trouvait un faux passeport dont la disparition aurait rendu impossible l'identification de l'individu recherché (▪ Cass. crim., 25 juin 1985, *Dessaix*, inédit).

5) La solidarité édictée pour les restitutions et les dommages-intérêts par l'article 55 du Code pénal alors en vigueur, s'applique aux auteurs de crimes ou de délits connexes. Aux termes de l'article 203 du Code de procédure pénale, les infractions sont connexes lorsque, notamment, les coupables ont commis les unes pour assurer l'impunité des autres. Ceux qui ont sciemment recelé l'auteur de coups mortels devront donc répondre solidairement de l'entière réparation envers les parties civiles, même si leur action délictueuse est postérieure au crime principal (▪ Cass. crim., 4 janv. 1995 : *Bull. crim.* n° 4 ; *JCP* 1995, G, IV, 888).

6) Si les dispositions de l'article 434-6 du Code pénal ont pour objet l'intérêt général et répriment le trouble causé à l'ordre public par une atteinte à l'action de la justice, elles ont aussi pour but la protection des intérêts privés ; dès lors, l'action civile née du délit peut être régulièrement exercée devant les juridictions répressives dans les conditions prévues par les articles 2 et 3 du Code de procédure pénale et la victime est en droit de demander réparation du dommage né de l'infraction (▪ Cass. crim., 17 sept. 2003 : *Bull. crim.* n° 165, préc. ; *D.* 2004, jur., p. 666, note J. Pradel).

Art. 434-7. – Le fait de receler ou de cacher le cadavre d'une personne victime d'un homicide ou décédée des suites de violences est puni de deux ans d'emprisonnement et de 30 000 € d'amende.

Bibliographie : *JCl. Pénal Code, Recel de cadavre* par Vitu, actualisé par R. Bernardini.

1) L'article 359 ne s'applique qu'à des tiers et non à l'auteur des blessures mortelles ou de l'homicide (▪ Cass. crim., 19 juill. 1956 : *Bull. crim.* n° 556). À l'égard de l'auteur de l'homicide volontaire, le fait d'avoir recelé ou caché le cadavre de sa victime, qui n'est que la suite de ce crime, ne peut jamais prendre le caractère d'un délit distinct de l'homicide volontaire (▪ Cass. crim., 24 nov. 2010 : *Dr. pén.* 2011, comm. 31, obs. M. Véron).

2) Le recel d'un fœtus n'est pas assimilable au recel d'un cadavre, le fœtus n'étant pas une personne au sens de l'article 359 (▪ Cass. crim., 6 août 1945 : *Gaz. Pal.* 1945, 2, 143 ; *RSC* 1946, p. 67, obs. Hugueney).

3) Le recel du cadavre d'une personne victime d'un homicide involontaire est punissable aussi bien que celui d'une personne victime d'un meurtre ou de coups volontaires ayant entraîné la mort, l'article 359 exigeant simplement que la personne ait été homicidée (▪ Cass. crim., 24 mai 1855 : *D.* 1855, 1, 224).

4) La dissimulation d'une personne victime d'un homicide involontaire, pendant le temps mis à profit pour faire disparaître les preuves de la culpabilité de l'auteur de l'infraction, et qui a eu pour conséquences d'apporter une entrave à l'action de la justice, constitue un recel de cadavre (▪ Angers, 24 janv. 1985 : *Bull. inf. C. cass.* 1985, n° 219, p. 9).

Section II. – Des entraves à l'exercice de la justice

Art. 434-7-1. – Le fait, par un magistrat, toute autre personne siégeant dans une formation juridictionnelle ou toute autorité administrative, de dénier de rendre la justice après en avoir été requis et de persévérer dans son déni après avertissement ou injonction de ses supérieurs est puni de 7 500 € d'amende et de l'interdiction de l'exercice des fonctions publiques pour une durée de cinq à vingt ans.

Bibliographie : *JCl. Pénal Code, Déni de justice* par A. Benmakhlouf.

1) Une décision de classement sans suite, prise en application de l'article 40 du Code de procédure pénale, ne saurait constituer le délit prévu par l'article 185 du Code pénal (▪ Cass. crim., 6 juill. 1982 : *Bull. crim.* n° 181 ; *RSC* 1983, p. 254, obs. Vitu. ▪ Cass. crim., 14 nov. 2013, n° 12-85.085, (au visa de l'article 434-7-1) : *Dr. pén.* 2014, comm. 2, obs. M. Véron).

2) La partie civile ne pouvant enjoindre à un juge d'instruction de prononcer une inculpation, le refus qui lui est opposé par ce magistrat ne saurait être un déni de justice (▪ Cass. crim., 6 janv. 1988 : *Bull. crim.* n° 8).

Art. 434-7-2 *(L. n° 2005-1549, 12 déc. 2005 ; L. n° 2021-1729, 22 déc. 2021).* **– Sans préjudice des droits de la défense reconnus à la personne suspectée ou poursuivie ou des droits des victimes, le fait pour toute personne qui, en raison de ses fonctions, a connaissance, en application du Code de procédure pénale, d'informations issues d'une enquête ou d'une instruction en cours concernant un crime ou un délit de révéler sciemment ces informations à des tiers est puni de trois ans d'emprisonnement et de 45 000 euros d'amende.**

Sans préjudice des droits de la défense reconnus à la personne suspectée ou poursuivie ou des droits des victimes, lorsque la révélation par une personne mentionnée au premier alinéa est faite à des personnes qu'elle sait susceptibles d'être impliquées comme auteurs, coauteurs, complices ou receleurs dans la commission de ces infractions, et que cette révélation est réalisée dans le dessein d'entraver le déroulement des investigations ou la manifestation de la vérité, les peines sont portées à cinq ans d'emprisonnement et à 75 000 euros d'amende.

Dans le cas prévu au deuxième alinéa du présent article, lorsque l'enquête ou l'instruction concerne un crime ou un délit puni de dix ans d'emprisonnement relevant de l'article 706-73 du Code de procédure pénale, les peines sont portées à sept ans d'emprisonnement et à 100 000 euros d'amende.

Bibliographie : *JCl. Pénal Code, Révélation d'informations issues d'une enquête ou d'une instruction* par C. Duvert.

QPC. Non-renvoi au Conseil constitutionnel de la QPC visant l'article 437-7-2 du Code pénal car le comportement qu'il vise, dès lors qu'il est établi, est étranger à l'exercice des droits de la défense au regard de la déontologie de la profession d'avocat. L'intérêt spécifique qu'il protège est différent de la simple protection du secret professionnel auquel est astreint l'avocat et l'existence d'un délit distinct pour atteindre cet objectif n'apparaît pas contraire au principe de nécessité et de proportionnalité (▪ Cass. crim., 7 juin 2011, n° 10-88.960).

Art. 434-8. – Toute menace ou tout acte d'intimidation commis envers un magistrat, un juré ou toute autre personne siégeant dans une formation juridictionnelle, un arbitre, un interprète, un expert ou l'avocat d'une partie en vue d'influencer son comportement dans l'exercice de ses fonctions est puni de trois ans d'emprisonnement et de 45 000 € d'amende.

Sur des menaces à un juge d'instruction, V. (▪ Poitiers, 6 mars 1986 : *JurisData* n° 1986-043393, ou à un avocat ▪ Paris, 29 mars 1991 : *JurisData* n° 1991-021445).

Art. 434-9 ***(L. n° 2007-1598, 13 nov. 2007 ; mod., L. n° 2011-525, 17 mai 2011 ; L. n° 2013-1117, 6 déc. 2013).*** **– Est puni de dix ans d'emprisonnement et d'une amende de 1 000 000 €, dont le montant peut être porté au double du produit tiré de l'infraction, le fait, par :**

1° Un magistrat, un juré ou toute autre personne siégeant dans une formation juridictionnelle ;

2° Un fonctionnaire au greffe d'une juridiction ;

3° Un expert nommé, soit par une juridiction, soit par les parties ;

4° Une personne chargée par l'autorité judiciaire ou par une juridiction administrative d'une mission de conciliation ou de médiation ;

5° Un arbitre exerçant sa mission sous l'empire du droit national sur l'arbitrage,

de solliciter ou d'agréer, sans droit, à tout moment, directement ou indirectement, des offres, des promesses, des dons, des présents ou des avantages quelconques, pour lui-même ou pour autrui, pour accomplir ou avoir accompli, pour s'abstenir ou s'être abstenu d'accomplir un acte de sa fonction ou facilité par sa fonction.

Le fait de céder aux sollicitations d'une personne mentionnée aux 1° à 5° ou de lui proposer sans droit, à tout moment, directement ou indirectement, des offres, des promesses, des dons, des présents ou des avantages quelconques, pour elle-même ou pour autrui, pour qu'elle accomplisse ou s'abstienne d'accomplir, ou parce qu'elle a accompli ou s'est abstenue d'accomplir un acte de sa fonction ou facilité par sa fonction est puni des mêmes peines.

Lorsque l'infraction définie au premier à septième alinéas est commise par un magistrat au bénéfice ou au détriment d'une personne faisant l'objet de poursuites criminelles, la peine est portée à quinze ans de réclusion criminelle et à 225 000 € d'amende.

Bibliographie : *JCl. Pénal Code, Corruption et trafic d'influence des autorités judiciaires* par E. Dreyer.

1) S'abstient d'un acte de sa fonction au sens de l'article 434-9 du Code pénal le magistrat qui, en s'affranchissant du secret que lui imposent ses fonctions, divulgue des pièces contenant des informations confidentielles sur une instance en cours ; encourt, dès lors, la cassation l'arrêt qui, pour entrer en voie de relaxe du chef de corruption passive d'un magistrat, retient que le fait pour un conseiller d'une chambre régionale des comptes, de remettre à un tiers, contre la promesse de l'embauche d'un ami, les copies d'un rapport et d'un avis confidentiel d'un collègue en charge d'un dossier sur lequel il devait être débattu à une audience ultérieure à laquelle ce magistrat n'a pas participé, constitue un acte facilité par la fonction, exclu du champ d'application de l'article 434-9 du Code pénal (▪ Cass. crim., 16 nov. 1999 : *Bull. crim.* n° 258 ; *Dr. pén.* 2000, comm. 40, obs. M. Véron. ▪ Cass. crim., 4 juin 2002 ; *Dr. pén.* 2003, chron. 2 par C. Marsat).

2) Le seul fait de consentir des dons ou de faire des cadeaux à un magistrat, qui accepte de les recevoir, ne constitue pas par lui-même le délit de corruption, lequel suppose la promesse, l'abstention ou l'accomplissement d'un acte en contrepartie des avantages reçus (■ Cass. crim., 14 nov. 2013, n° 12-85.085 : *Dr. pén.* 2014, comm. 1, obs. M. Véron).

Art. 434-9-1 *(L. n° 2007-1598, 13 nov. 2007 ; mod., L. n° 2011-525, 17 mai 2011 ; L. n° 2013-1117, 6 déc. 2013).* **– Est puni de cinq ans d'emprisonnement et d'une amende de 500 000 €, dont le montant peut être porté au double du produit tiré de l'infraction, le fait, par quiconque, de solliciter ou d'agréer, à tout moment, directement ou indirectement, des offres, des promesses, des dons, des présents ou des avantages quelconques, pour lui-même ou pour autrui, pour abuser ou avoir abusé de son influence réelle ou supposée en vue de faire obtenir d'une des personnes visées à l'article 434-9 toute décision ou tout avis favorable.**

Est puni des mêmes peines le fait, par quiconque, à tout moment, de céder aux sollicitations prévues au premier alinéa ou de proposer, sans droit, directement ou indirectement, des offres, des promesses, des dons, des présents ou des avantages quelconques à une personne, pour elle-même ou pour autrui, pour qu'elle abuse ou parce qu'elle a abusé de son influence réelle ou supposée en vue de faire obtenir d'une des personnes visées à l'article 434-9 une décision ou un avis favorable.

Art. 434-9-2 *(L. n° 2013-1117, 6 déc. 2013).* **– La peine privative de liberté encourue par l'auteur ou le complice d'une des infractions prévues aux articles 434-9 et 434-9-1 est réduite de moitié si, ayant averti l'autorité administrative ou judiciaire, il a permis de faire cesser l'infraction ou d'identifier, le cas échéant, les autres auteurs ou complices.**

Art. 434-10 *(Mod., L. n° 2003-495, 12 juin 2003 ; L. n° 2011-267, 14 mars 2011).* **– Le fait, pour tout conducteur d'un véhicule ou engin terrestre, fluvial ou maritime, sachant qu'il vient de causer ou d'occasionner un accident, de ne pas s'arrêter et de tenter ainsi d'échapper à la responsabilité pénale ou civile qu'il peut avoir encourue, est puni de trois ans d'emprisonnement et de 75 000 € d'amende.**

Lorsqu'il y a lieu à l'application des articles 221-6 et 222-19, les peines prévues par ces articles sont portées au double hors les cas prévus par les articles 221-6-1, 222-19-1 et 222-20-1.

Voir : Annexe *Transport*, articles L. 231-1 à L. 231-3 du Code de la route et les notes.
art. 131-22, p. 215.

Bibliographie : *JCl. Pénal Code, Délit de fuite* par X. Samuel.

1) QPC. Non-lieu à renvoi devant le Conseil constitutionnel de la QPC visant l'article 434-10 (■ Cass. crim., 19 août 2015, n° 15-81.055 : *Dr. pén.* 2015, comm. 155, obs. Ph. Conte).

2) A été jugé que se rend coupable de délit de fuite l'automobiliste qui, après une collision, s'arrête puis quitte les lieux en refusant d'établir un constat et sans communiquer à la victime toutes indications utiles à son identification (■ Cass. crim., 10 févr. 1993 : *Bull. crim.* n° 68).

3) Justifie sa décision la cour d'appel qui déclare un prévenu coupable du délit de fuite tout en énonçant qu'il a laissé son véhicule sur une aire de stationnement, dès lors qu'elle retient d'autres circonstances établissant qu'il a tenté d'échapper à sa responsabilité pénale ou civile ; l'obligation de s'arrêter est, en effet, destinée à permettre la détermination des causes de l'accident, ou tout au moins, l'identification du conducteur qui l'a causé (■ Cass. crim., 29 oct. 1997 : *Bull. crim.* n° 361 ; *Dr. pén.* 1998, comm. 17, obs. M. Véron).

4) L'obligation de s'arrêter, imposée en cas d'accident par l'article 434-10 du Code pénal, à toute personne susceptible d'encourir une responsabilité pénale ou civile, a pour objet de permettre de déterminer les causes de l'accident ou l'identification du conducteur auquel il peut être imputé. Une immobilisation de quelques secondes du véhicule qui en a percuté un autre ne répond pas aux exigences de la loi (■ Cass. crim., 4 juin 2002 : *Dr. pén.* 2003, chron. 2, obs. C. Marsat ; *JurisData* n° 2003-015345).

Code des transports

Délit de fuite

Art. L. 6142-9. – En cas d'accident causé par un aéronef aux personnes situées à la surface, l'article 434-10 du Code pénal, prévoyant et réprimant le délit de fuite, est applicable, sauf lorsqu'il est établi que l'arrêt de l'aéronef aurait compromis la sécurité des passagers.

Art. 434-11. – Le fait, pour quiconque connaissant la preuve de l'innocence d'une personne détenue provisoirement ou jugée pour crime ou délit, de s'abstenir volontairement d'en apporter aussitôt le témoignage aux autorités judiciaires ou administratives est puni de trois ans d'emprisonnement et de 45 000 € d'amende.

Toutefois, est exempt de peine celui qui apportera son témoignage tardivement, mais spontanément.

Sont exceptés des dispositions du premier alinéa :

1° L'auteur ou le complice de l'infraction qui motivait la poursuite, ses parents en ligne directe et leurs conjoints, ainsi que ses frères et sœurs et leurs conjoints ;

2° Le conjoint de l'auteur ou du complice de l'infraction qui motivait la poursuite, ou la personne qui vit notoirement en situation maritale avec lui.

Sont également exceptées des dispositions du premier alinéa les personnes astreintes au secret dans les conditions prévues par l'article 226-13.

Bibliographie : *JCl. Pénal Code, Omission de témoigner en faveur d'un innocent* par P. Bonfils.

1) Commet le délit prévu par l'article 434-11 du Code pénal la personne qui, connaissant la preuve de l'innocence d'une personne jugée pour crime ou pour délit, s'abstient volontairement d'en apporter aussitôt le témoignage aux autorités judiciaires ou administratives ; la loi pénale étant d'interprétation stricte, encourt la cassation l'arrêt d'une cour d'appel qui, pour dire une telle infraction constituée, se borne à retenir que le prévenu a exprimé de manière non équivoque sa connaissance d'informations de nature à innocenter un condamné, sans constater qu'il connaissait la preuve de l'innocence dudit condamné (▪ Cass. crim., 22 nov. 2005 : *Bull. crim.* n° 301 ; *Dr. pén.* 2006, comm. 34, obs. M. Véron).

2) L'article 434-11 du Code pénal incrimine le fait, pour quiconque connaît la preuve de l'innocence d'une **personne détenue** provisoirement de s'abstenir volontairement d'en apporter aussitôt le témoignage aux autorités judiciaires.

Encourt la censure l'arrêt qui retient l'existence d'une faute civile découlant de faits n'entrant pas dans les prévisions de l'article 434-11 (en l'espèce la personne pouvant bénéficier du témoignage n'étant pas détenue mais en garde à vue) (▪ Cass. crim., 11 mars 2014, n° 12-88.131 : *Dr. pén.* 2014, comm. 69, obs. M. Véron, et comm. 80, obs. A. Maron et M. Haas ; *D.* 2014, p. 1188, note H. Dantras-Bioy ; *JCP* 2014, note 653, p. 1116, J. Pradel). Arrêt préc. sous l'article 111-4 du Code pénal, *supra*.

Art. 434-12. – Le fait, pour toute personne ayant déclaré publiquement connaître les auteurs d'un crime ou d'un délit, de refuser de répondre aux questions qui lui sont posées à cet égard par un juge est puni d'un an d'emprisonnement et de 15 000 € d'amende.

Bibliographie : *JCl. Pénal Code, Refus de déposer* par C. Ribeyre.

Art. 434-13. – Le témoignage mensonger fait sous serment devant toute juridiction ou devant un officier de police judiciaire agissant en exécution d'une commission rogatoire est puni de cinq ans d'emprisonnement et de 75 000 € d'amende.

Toutefois, le faux témoin est exempt de peine s'il a rétracté spontanément un témoignage avant la décision mettant fin à la procédure rendue par la juridiction d'instruction ou par la juridiction de jugement.

Voir : CSS, art. L. 471-4, p. 931.

Bibliographie : *JCl. Pénal Code, Faux témoignage* par Y. Mayaud.

1) La prestation du serment a donc un caractère substantiel (▪ Cass. crim., 19 mai 1978 : *Bull. crim.* n° 157) et il ne peut y avoir faux témoignage si le serment, prêté dans une forme irrégulière, est nul (▪ Cass. crim., 2 déc. 1864 : *D.* 1865, 1, 317). Cette exigence du serment exclut naturellement l'individu poursuivi et la partie civile. Mais si cette dernière a fait une déposition avant sa constitution, sa nouvelle qualité exclut des poursuites pour faux témoignage (▪ Cass. crim., 25 janv. 1955 : *Bull. crim.* n° 56). Enfin, le faux témoignage concerne non seulement le témoin qui dépose dans la cause d'autrui, mais encore le témoin qui altère la vérité pour éviter de se nuire (▪ Cass. crim., 11 avr. 1964 : *JCP* 1964, II, 13770, note J. Larguier).

2) Il n'y a faux témoignage que si l'affirmation mensongère, portant sur un fait principal et non sur une circonstance accessoire, était de nature à influencer la décision du juge et à causer préjudice à l'accusation ou à la défense (▪ Cass. crim., 30 avr. 1954 : *D.* 1954, 573. ▪ Cass. crim., 11 oct. 1989 : *Bull. crim.* n° 354) ; mais il n'y a pas faux témoignage dans les déclarations mensongères faites par un témoin sur un reproche dirigé contre lui, de telles déclarations ne faisant point partie intégrante de la déposition (▪ Cass. crim., 10 nov.

1949 : *D.* 1949, 549, note A. L. P. ; *S.* 1950, 1, 123 ; *JCP* 1950, II, 5537, note A. Chavanne ; *RSC* 1950, p. 54, obs. Hugueney ; *Rev. trim. dr. civ.* 1950, 99, obs. Raynaud).

3) Le faux témoignage peut consister dans l'affirmation d'un fait mensonger (■ Cass. crim., 6 avr. 1954 : *Bull. crim.* n° 145), ou dans la négation d'un fait véritable (■ Cass. crim., 6 mars 1973 : *Bull. crim.* n° 108), ou encore dans une réticence se traduisant par un refus de répondre sur une question déterminée ou par une réponse partielle (■ Cass. crim., 29 nov. 1951 : *Bull. crim.* n° 329) mais certainement pas dans le refus pur et simple de répondre qui est un refus de témoigner réprimé par des textes spéciaux (■ Cass. crim., 6 févr. 1863 : *S.* 1863, 1, 279).

4) Le faux témoignage est une infraction instantanée, qui est constituée et dont la prescription commence à courir du jour où la déposition mensongère a été faite.

Les dispositions de l'article 434-13, alinéa 2, du Code pénal, qui prévoient une exemption de peine si le faux témoin a rétracté spontanément son témoignage, n'ont pas pour effet de reporter le point de départ de la prescription à la date à laquelle le témoignage est devenu irrévocable.

Et le préjudice n'est pas un élément constitutif de l'infraction (■ Cass. crim., 17 déc. 2002 : *Bull. crim.* n° 234 ; *Dr. pén.* 2003, comm. 29 et 32, obs. M. Véron).

5) C'est à bon droit qu'une chambre de l'instruction confirme une ordonnance de non-lieu du chef de faux témoignage sous serment, s'agissant d'une personne ayant témoigné sous couvert d'anonymat en application de la procédure prévue par les articles 706-58 et suivants du Code de procédure pénale et dont l'article 706-59 interdit la révélation de l'identité ou de l'adresse (■ Cass. crim., 7 déc. 2016, n° 15-87.290).

Art. 434-14. – **Le témoignage mensonger est puni de sept ans d'emprisonnement et de 100 000 € d'amende :**

1° Lorsqu'il est provoqué par la remise d'un don ou d'une récompense quelconque ;

2° Lorsque celui contre lequel ou en faveur duquel le témoignage mensonger a été commis est passible d'une peine criminelle.

Voir : CSS, art. L. 471-4, p. 931.

Art. 434-15. – **Le fait d'user de promesses, offres, présents, pressions, menaces, voies de fait, manœuvres ou artifices au cours d'une procédure ou en vue d'une demande ou défense en justice afin de déterminer autrui soit à faire ou délivrer une déposition, une déclaration ou une attestation mensongère, soit à s'abstenir de faire ou délivrer une déposition, une déclaration ou une attestation, est puni de trois ans d'emprisonnement et de 45 000 € d'amende, même si la subornation n'est pas suivie d'effet.**

Voir : CSS, art. L. 471-4, p. 931.

Bibliographie : *JCl. Pénal Code, Subornation de témoin* par Y. Mayaud.

1) QPC. Non-lieu à renvoi devant le Conseil constitutionnel de la QPC visant l'article 434-15 (■ Cass. crim., 7 oct. 2015, n° 15-81.787 : *Dr. pén.* 2015, comm. 160, obs. Ph. Conte).

2) Le délit est constitué, que la subornation ait produit ou non son effet (■ Cass. crim., 6 nov. 1962 : *Bull. crim.* n° 305), par exemple si le témoin n'a pas déposé (■ Cass. crim., 31 janv. 1956 : *D.* 1956, somm. 130). Il n'est pas exigé que les promesses ou pressions aient précédé la demande de déposition mensongère (■ Cass. crim., 4 févr. 1997 : *Bull. crim.* n° 45 ; *Gaz. Pal.* 6-8 avr. 1997, 17, note J.-P. Doucet) ou que les promesses ou offres, faites pour déterminer un témoin à des dépositions ou à des déclarations mensongères, soient adressées personnellement à ce témoin (■ Cass. crim., 20 oct. 1999 : *Bull. crim.* n° 230).

3) Le délit est caractérisé à l'encontre de la personne qui menace de poursuites en faux témoignage l'auteur d'une attestation pour lui faire délivrer une autre attestation rétractant la première, seule conforme à la vérité ; la menace doit s'interpréter en fonction de la psychologie de celui qui en est l'objet, et il suffit de relever que la crainte de subir des poursuites a été à l'origine de sa rétractation (■ Cass. crim., 4 avr. 1978 : *D.* 1978, 512, rapp. E. Robert ; *RSC* 1979, p. 83, obs. Vitu).

– Constitue le délit le fait pour des dirigeants de société de menacer des employés de licenciements s'ils n'établissent pas d'attestations mensongères contredisant les attestations initiales confirmées sincères qu'ils avaient délivrées à une de leurs collègues en procès (■ Cass. crim., 28 juin 2011 : *Dr. pén.* 2011, comm. 119, obs. M. Véron).

4) Si les menaces n'ont été qu'implicites, le délit de subornation de témoins n'apparaît pas caractérisé (■ Bordeaux, 31 janv. 1990 : *JurisData* n° 1990-040564). Ne sauraient constituer des pressions visées par l'article 365 de simples recommandations faites à d'éventuels coïnculpés, en vue de se concerter avant toute procédure pour assurer leur défense commune (■ Cass. crim., 26 janv. 1972 : *Bull. crim.* n° 35 ; *RSC* 1972, p. 867, obs. Vitu), ou une simple sollicitation en vue d'une attestation sur « un élément important et inexact » (▪ Cass. crim., 2 nov. 2005 : *JurisData* n° 2005-031101 ; *Dr. pén.* 2006, comm. 24).

5) Mais constitue une des pressions, manœuvres et artifices le fait, pour obtenir une attestation mensongère, de se rendre, accompagné d'un tiers, chez une personne affectée par un deuil récent, de la tromper sur l'utilisation qui sera faite de cette pièce, de lui en dicter les termes et de lui cacher les motifs pour lesquels elle doit être établie (▪ Cass. crim., 3 avr. 1974 : *Bull. crim.* n° 145).

6) Se rendent coupables du délit de subornation d'autrui, prévu et réprimé par l'article 365 du Code pénal, un inculpé et des avocats qui ont usé, au cours d'une procédure, de manœuvres pour déterminer un autre inculpé à faire des déclarations mensongères (▪ Cass. crim., 25 janv. 1984 : *Bull. crim.* n° 33 ; *RSC* 1985, p. 72, obs. Delmas-Saint-Hilaire).

7) La Cour de cassation refuse le sursis à statuer, dans la procédure diligentée contre le suborneur, jusqu'à la solution définitive du procès principal (▪ Cass. crim., 3 avr. 1974 : *Bull. crim.* n° 145).

8) Justifie sa décision l'arrêt qui, pour déclarer la prévenue coupable de subordination de témoin, retient que celle-ci, bénéficiant d'une emprise sur une amie entendue en qualité de témoin, a pesé sur la volonté de l'intéressée en lui fournissant un modèle de lettre mensongère à recopier et en lui adressant des appels et messages téléphoniques répétés et insistants, ces actes ayant été de nature à la déterminer à revenir sur sa déposition (▪ Cass. crim., 2 mars 2016, n° 15-81.787 : *JurisData* n° 2016-003647 ; *Dr. pén.* 2016, comm. 124, note Ph. Conte).

9) Le fait d'exercer des pressions sur une personne pour l'inciter à déclarer autre chose que ce qu'elle pense être la vérité caractérise le délit de subornation, peu important que le prévenu ne sache pas si, ce faisant, il la détermine à attester des faits objectivement exacts (▪ Cass. crim., 12 juin 2019, n° 18-83.844 : *JurisData* n° 2019-009944 ; *JCP G* 2019, 892, note J.-C. Saint-Pau ; *Dr. pén.* 2019, comm. 162, note Ph. Conte).

Art. 434-15-1 ***(L. n° 2000-516, 15 juin 2000 ; mod., L. n° 2000-1354, 30 déc. 2000 ; L. n° 2002-1138, 9 sept. 2002).*** **– Le fait de ne pas comparaître, de ne pas prêter serment ou de ne pas déposer sans excuse ni justification, devant le juge d'instruction ou devant un officier de police judiciaire agissant sur commission rogatoire par une personne qui a été citée par lui pour y être entendue comme témoin est puni de 3 750 € d'amende.**

Bibliographie : *JCl. Pénal Code, Refus de comparaître, de prêter serment ou de déposer devant le juge d'instruction* par C. Ribeyre.

Art. 434-15-2 ***(L. n° 2001-1062, 15 nov. 2001 ; mod., L. n° 2016-731, 3 juin 2016).*** **– Est puni de trois ans d'emprisonnement et de 270 000 € d'amende le fait, pour quiconque ayant connaissance de la convention secrète de déchiffrement d'un moyen de cryptologie susceptible d'avoir été utilisé pour préparer, faciliter ou commettre un crime ou un délit, de refuser de remettre ladite convention aux autorités judiciaires ou de la mettre en œuvre, sur les réquisitions de ces autorités délivrées en application des titres II et III du livre Ier du Code de procédure pénale.**

Si le refus est opposé alors que la remise ou la mise en œuvre de la convention aurait permis d'éviter la commission d'un crime ou d'un délit ou d'en limiter les effets, la peine est portée à cinq ans d'emprisonnement et à 450 000 € d'amende.

1) Constitutionnalité. Par décision n° 2018-696 QPC du 30 mars 2018, le Conseil constitutionnel a déclaré conforme à la Constitution le premier alinéa de l'article 434-15-2. Le Conseil constitutionnel a décidé que, contrairement aux griefs formulés d'atteinte au droit au silence et au droit de ne pas s'auto-incriminer, l'article 434-15-2 du Code pénal n'a pas pour objet d'obtenir des aveux de la part du prévenu à qui la convention secrète de déchiffrement est demandée. Cette transmission n'emporte ni reconnaissance ni présomption de responsabilité mais permet seulement le déchiffrement des données cryptées. Cet article est donc conforme à la Constitution (▪ Cons. const., 30 mars 2018, n° 2018-696 QPC : *JurisData* n° 2018-004904).

2) Conventionnalité. La Cour de cassation a pareillement jugé que le délit de refus de remettre une convention secrète de déchiffrement cryptologique ne portait pas en soi atteinte au droit de se taire et de ne pas s'auto-incriminer découlant de l'article 6 de la Convention européeenne des droits de l'homme (▪ Cass. crim., 10 déc. 2019, n° 18-86.878 : *JurisData* n° 2019-022224).

Bibliographie : *JCl. Pénal Code, Refus de déchiffrement d'un moyen de cryptologie utilisé à des fins criminelles* par C. Ribeyre. – P. de Combles de

Nayves, *Le code de déverrouillage d'un téléphone n'est pas une convention de déchiffrement : AJ pénal* 2019, p. 439. – W. Azoulay, *Cryptologie : un code de téléphone n'est pas une convention secrète de déchiffrement : Dalloz actualité*, 3 oct. 2019. – P. de Combles de Nayves et E. Mercinier, *Le silence est d'or : AJ pénal* 2017, p. 27. – M. Quéméner, *L'accès à la preuve numérique, enjeu majeur de toute enquête pénale : pratique et perspectives* : Dalloz IP/IT 2018, p. 418, 4 juill. 2018.

3) Téléphone mobile. À propos du refus d'un prévenu de remettre à un policier le code de déverrouillage d'un téléphone mobile, la cour d'appel de Paris a pu juger qu'un code de déverrouillage d'un téléphone portable d'usage courant, s'il permet d'accéder aux données de ce téléphone portable et donc aux éventuels messages qui y sont contenus, ne permet pas de déchiffrer des données ou messages cryptés et, en ce sens, ne constitue pas une convention secrète d'un moyen de cryptologie (■ CA Paris, 16 avr. 2019, n° 18/09267). V. pourtant, mais la question n'était pas posée à la Cour de cassation, ■ Cass. crim., 10 déc. 2019, n° 18-86.878, préc., dans un cas de figure identique et où la condamnation est approuvée. L'arrêt de la cour d'appel de Paris du 16 avril 2019 a depuis fait l'objet d'une cassation sans renvoi, la Cour de cassation considérant que la juridiction du fond s'est référée de façon inopérante à la notion de « téléphone d'usage courant » (■ Cass. crim., 13 oct. 2020, n° 20-80.150). La Cour de cassation juge dans une autre espèce que « le code de déverrouillage d'un téléphone portable constitue une convention de déchiffrement s'il permet de mettre au clair les données qu'il contient » (■ Cass. crim., 13 oct. 2020, n° 19-85.984).

Art. 434-16. – La publication, avant l'intervention de la décision juridictionnelle définitive, de commentaires tendant à exercer des pressions en vue d'influencer les déclarations des témoins ou la décision des juridictions d'instruction ou de jugement est punie de six mois d'emprisonnement et de 7 500 € d'amende.

Lorsque l'infraction est commise par la voie de la presse écrite ou audiovisuelle, les dispositions particulières des lois qui régissent ces matières sont applicables en ce qui concerne la détermination des personnes responsables.

Bibliographie : *JCl. Pénal Code, Publication en vue d'influencer les témoins ou une décision judiciaire* par J.-H. Robert.

1) Ont été relaxés des prévenus qui, dans des articles dont certains étaient intitulés « une escroquerie qui sort de l'ordinaire », relataient une affaire où était mis en cause un éleveur de chiens dans une information judiciaire concernant de faux certificats (■ Cass. crim., 2 mai 1963 : *Bull. crim.* n° 164 ; *RSC* 1963, p. 802, obs. Hugueney). Ou encore échappe à l'article 227 le fait pour un avocat de soutenir que le groupe de presse dirigé par les deux plaignants était contraire à la loi et de souhaiter que soient prises par le gouvernement et la majorité parlementaire des mesures propres à assurer l'engagement de poursuites pénales (■ Cass. crim., 4 nov. 1987 : *Bull. crim.* n° 388). Pour une hypothèse limite, V. ■ Cass. crim., 15 mai 1961 : *Bull. crim.* n° 257 ; *JCP* 1961, II, 12233, note P. Mimin ; *RSC* 1961, p. 803, obs. Hugueney.

2) Ne sont incriminés les commentaires que dans la mesure où ils tendent à exercer des pressions sur les déclarations des témoins ou la décision des juridictions d'instruction ou de jugement (■ Cass. crim., 27 oct. 1992 : *Bull. crim.* n° 343).

3) Les commentaires peuvent éventuellement causer un préjudice direct et personnel de nature à servir de base à une action civile devant la juridiction répressive (■ Cass. crim., 2 oct. 1985 : *Bull. crim.* n° 291).

4) Il y a lieu de débouter les parties civiles de leur demande fondée sur l'article 227 du Code pénal dès lors que l'article incriminé ne recèle aucune pression sur le juge d'instruction et s'inscrit simplement dans le cadre d'une polémique, l'auteur donnant son opinion sur le dessaisissement d'un juge d'instruction (■ Paris, 11e ch. A, 22 nov. 1989 : *JurisData* n° 1989-027505).

Art. 434-17. – Le faux serment en matière civile est puni de trois ans d'emprisonnement et de 45 000 € d'amende.

Bibliographie : *JCl. Pénal Code, Faux serment en matière civile* par S. Detraz.

1) L'article 366 est applicable aussi bien aux serments décisoires déférés ou référés qu'aux serments supplétoires (■ Cass. crim., 20 janv. 1843 : *Bull. crim.* n° 7) ; il s'applique non seulement aux serments prêtés devant les juridictions civiles mais encore à ceux prêtés devant les juridictions commerciales (■ Cass. crim., 11 mai 1878 : *D.* 1878, 1, 487).

2) Le serment étant un mode de preuve admis par la loi civile, sa fausseté ne peut résulter que de la preuve du fait civil au sujet duquel il a été prêté ; ainsi la preuve par écrit, ou par un commencement de preuve par écrit renforcé de témoignages est seule recevable pour établir l'existence d'une obligation non commerciale d'une valeur supérieure à la somme fixée par l'article 1341 du Code civil (■ Cass. crim., 15 juill. 1964 : *JCP* 1964, II, 13817), soit aujourd'hui 5 000 F.

3) Lorsque le serment prêté est décisoire, l'action de la partie civile n'est pas recevable et celle-ci ne peut ni mettre en mouvement l'action publique ni se joindre à l'action intentée par le ministère public (■ Cass. crim., 7 juill. 1843 : *S.* 1844, 1, 36) ; au contraire, la victime peut intervenir au procès pénal si elle y a intérêt dans l'hypothèse où le serment prêté a revêtu la forme supplétoire (■ Cass. crim., 20 janv. 1843 : *S.* 1843, 1, 659).

4) A commis le délit de faux serment le prévenu qui, dans une instance prud'homale, a fait, sous serment décisoire déféré par son adversaire, une affirmation qu'il savait fausse. N'a pas eu pour effet de retirer à ce serment son caractère judiciaire décisoire le fait que, par une erreur de droit, le conseil des prud'hommes n'en a pas tiré les conséquences légales prévues par les articles 1357-1°, 1363 et 1365 du Code civil (■ Cass. crim., 26 avr. 1988 : *Bull. crim.* n° 174).

Art. 434-18. – Le fait, par un interprète, en toute matière, de dénaturer la substance des paroles ou documents traduits est puni, selon les distinctions des articles 434-13 et 434-14, de cinq ans d'emprisonnement et 75 000 € d'amende ou de sept ans d'emprisonnement et 100 000 € d'amende.

Art. 434-19. – La subornation de l'interprète est réprimée dans les conditions prévues par l'article 434-15.

Bibliographie : *JCl. Pénal Code, Entraves à l'exercice de la justice* par S. Detraz.

Art. 434-20. – Le fait, par un expert, en toute matière, de falsifier, dans ses rapports écrits ou ses exposés oraux, les données ou les résultats de l'expertise est puni, selon les distinctions des articles 434-13 et 434-14, de cinq ans d'emprisonnement et 75 000 € d'amende ou de sept ans d'emprisonnement et 100 000 € d'amende.

Ne relève pas de l'article 434-20 du Code pénal, le rapport établi par un expert inscrit sur une liste d'experts judiciaires mais qui n'a pas été désigné pour exécuter une mission judiciaire (■ Cass. crim., 28 mai 2008 : *Bull. crim.* n° 133).

Art. 434-21. – La subornation de l'expert est réprimée dans les conditions prévues par l'article 434-15.

Art. 434-22. – Le bris de scellés apposés par l'autorité publique est puni de deux ans d'emprisonnement et de 30 000 € d'amende. La tentative de bris de scellés est punie des mêmes peines.

Est puni des mêmes peines tout détournement d'objet placé sous scellés ou sous main de justice.

Bibliographie : *JCl. Pénal Code, Bris de scellés* par S. Detraz.

1) Il n'est pas nécessaire que l'ordonnance de justice contienne spécialement l'autorisation d'apposer les scellés ; on doit ainsi considérer comme ordonnance de justice au sens de l'article 249 l'ordonnance du juge du tribunal d'instance fixant la date du transport de ce magistrat pour procéder à l'apposition des scellés (■ Cass. crim., 28 juin 1894 : *DP* 1899, 1, 128).

2) Les tribunaux répressifs n'ont pas à rechercher si la mesure ordonnée par l'autorité administrative est légale ou illégale ; dès lors que la décision de l'autorité publique existe antérieurement à l'apposition des scellés, l'infraction est constituée, même si cette apposition, faite suivant les formes légales par un fonctionnaire compétent, l'a été en dehors des cas précis où elle est autorisée par la loi (■ Cass. crim., 28 nov. 1902 : *DP* 1903, 1, 193, concl. J.-L. Baudouin ; *S.* 1904, 1, 57, note E. Chavegrin).

3) L'infraction ne saurait exister au cas de bris de scellés apposés par des particuliers (■ Cass. crim., 4 déc. 1952 : *Bull. crim.* n° 294).

4) Il suffit, pour que soit constitué le délit défini par l'article 434-22 du Code pénal, que le prévenu, fût-il un tiers, ait brisé en pleine connaissance de cause des scellés apposés par l'autorité publique, sans qu'il soit nécessaire qu'il ait reçu notification de la décision de les apposer (■ Montpellier, 24 avr. 2001 : *Dr. pén.* 2001, comm. 137, note M. Véron).

5) Selon l'article 6-1 du Code de procédure pénale, lorsqu'un crime ou un délit est dénoncé comme ayant été commis à l'occasion d'une poursuite judiciaire, l'absence de décision définitive de la juridiction répressive constatant le caractère illégal de la poursuite ou de l'acte accompli ne met obstacle à l'exercice de l'action publique, pour la répression dudit crime ou délit, que lorsque les infractions dénoncés impliqueraient la violation d'une disposition de procédure pénale.

Ne justifie pas sa décision, au regard de ce texte, l'arrêt qui déclare qu'il n'y a pas lieu d'informer des chefs de faux en écriture publique, destruction ou soustraction de preuve alors que les faits dénoncés, consistant en la substitution et la destruction d'objets qui avaient été régulièrement saisis et placés sous scellés n'impliquent pas la violation d'une règle de procédure pénale (■ Cass. crim., 6 janv. 2009, pourvoi n° 08-81.464).

6) Est constitutif d'un détournement, au sens de l'article 434-22 du Code pénal, le fait, pour un mandataire liquidateur, de verser sur un compte ouvert à la Caisse des dépôts et consignations au nom d'une société en liquidation judiciaire des fonds appartenant à cette dernière, mais provenant d'un compte bloqué par décision d'un juge d'instruction sans en informer ce dernier (■ Cass. crim., 4 mai 2011, n° 10-84.456 : *Bull. crim.* n° 90 ; *Dr. pén.* 2011, comm. 101, obs. M. Véron ; *JCP* 2011, note 894, p. 1478, E. Dreyer).

Art. 434-23. – Le fait de prendre le nom d'un tiers, dans des circonstances qui ont déterminé ou auraient pu déterminer contre celui-ci des poursuites pénales, est puni de cinq ans d'emprisonnement et de 75 000 € d'amende.

Nonobstant les dispositions des articles 132-2 à 132-5, les peines prononcées pour ce délit se cumulent, sans possibilité de confusion, avec celles qui auront été prononcées pour l'infraction à l'occasion de laquelle l'usurpation a été commise.

Est punie des peines prévues par le premier alinéa la fausse déclaration relative à l'état civil d'une personne, qui a déterminé ou aurait pu déterminer des poursuites pénales contre un tiers.

Bibliographie : *JCl. Pénal Code, Usurpation d'état civil* par G. Lorho.

1) Éléments constitutifs. Le délit d'usurpation d'état civil prévu et puni par l'article 780, § 1, du Code de procédure pénale, (abrogé et remplacé par l'article 434-23 du Code pénal) n'est constitué qu'autant que la fausse identité était susceptible de déterminer l'inscription d'une condamnation au casier judiciaire d'un tiers réellement existant.

Encourt la cassation l'arrêt condamnant un prévenu pour usurpation d'état civil, dès lors qu'il ne précise pas que l'identité usurpée correspondait à celle d'une personne réellement existante (■ Cass. crim., 15 avr. 1972 : *Bull. crim.* n° 123. ■ Cass. crim., 9 mai 1972 : *Bull. crim.* n° 162) ; et est insuffisamment motivé l'arrêt qui ne précise pas que cette prise d'une fausse identité a déterminé ou était susceptible de déterminer l'inscription d'une condamnation au casier judiciaire d'un tiers réellement existant (■ Cass. crim., 14 déc. 1971 : *Bull. crim.* n° 349).

2) Il suffit pour que le délit de l'article 780, alinéa 1er, du Code de procédure pénale soit constitué que l'usurpation du nom d'un tiers réellement existant s'accompagne de précisions suffisantes pour entraîner l'inscription d'une condamnation au casier judiciaire de ce tiers.

Les dispositions susvisées ne prévoient aucune tentative mais punissent comme auteur du délit quiconque a pris le nom d'un tiers dans des conditions qui ont déterminé ou auraient pu déterminer l'inscription d'une condamnation au casier judiciaire de ce tiers ; la rétractation ultérieure ne saurait avoir aucun effet sur le délit consommé dès le moment où le nom a été usurpé (■ Cass. crim., 13 janv. 1987 : *Bull. crim.* n° 19).

3) Il résulte de l'article 780 du Code de procédure pénale que l'usurpation du nom d'un tiers n'est punissable que lorsqu'elle a été commise dans des conditions qui ont déterminé ou qui auraient pu déterminer l'inscription d'une condamnation au casier judiciaire de celui-ci.

Encourt dès lors la cassation l'arrêt condamnant, pour usurpation d'identité, l'auteur d'une infraction à l'article R. 9-1 du Code de la route qui, lors du constat de cette infraction, a pris le nom d'un tiers, alors que ladite infraction, sanctionnée, en vertu de l'article R. 232-6 du même code, d'une amende de 600 F à 1 200 F et d'un emprisonnement de cinq jours au plus, ou de l'une de ces deux peines seulement, ne pouvait entraîner une condamnation susceptible d'être inscrite au casier judiciaire de la personne dont l'identité a été usurpée, la juridiction de jugement ayant statué postérieurement à la modification par la loi du 28 décembre 1979 de l'article 768-2 du Code de procédure pénale (■ Cass. crim., 12 janv. 1983 : *Bull. crim.* n° 18).

4) Encourt la censure l'arrêt d'une cour d'appel qui déclare un prévenu coupable de prise du nom d'un tiers dans des circonstances qui ont déterminé ou auraient pu déterminer contre celui-ci des poursuites pénales du chef de diffamation sans établir en quoi le message indûment attribué à un tiers contenait des imputations portant atteinte à l'honneur ou à la considération de personnes nommément désignées (■ Cass. crim., 29 mars 2006 : *Bull. crim.* n° 94 ; *Dr. pén.* 2006, comm. 82, obs. M. Véron).

5) Prescription. Justifie sa décision, une chambre d'accusation qui, pour confirmer une ordonnance portant refus d'informer rendue par le juge d'instruction, retient que les faits d'usurpation dénoncés par la partie civile sont prescrits, le délit prévu et réprimé par l'article 434-23 du Code pénal étant une infraction instantanée, dont la prescription a commencé à courir dès le moment où l'identité est usurpée dans des circonstances de nature à déterminer des poursuites pénales (▪ Cass. crim., 16 févr. 1999 : *Bull. crim.* n° 25).

6) **Cumul des peines.** Il résulte des termes de l'article 780 du Code de procédure pénale que, par exception à la règle posée par l'article 5 du Code pénal, la peine prononcée pour usurpation de nom doit se cumuler avec celle prononcée pour l'infraction à l'occasion de laquelle l'usurpation de nom a été commise (▪ Cass. crim., 17 nov. 1965 : *Bull. crim.* n° 238).

7) Il est dérogé à la règle du non-cumul des peines par l'article 434-23 du Code pénal entré en vigueur le 1er mars 1994, applicable au délit d'usurpation d'état civil et qui se substitue à l'article 780 du Code de procédure pénale abrogé (▪ Cass. crim., 26 sept. 1994 : *Bull. crim.* n° 304).

8) Il résulte des dispositions de l'article 434-23, alinéa 2, du Code pénal que les peines prononcées pour le délit de prise du nom d'un tiers se cumulent, sans possibilité de confusion, avec les seules peines prononcées pour l'infraction à l'occasion de laquelle l'usurpation a été commise ; en conséquence, encourt la censure d'une cour d'appel qui prononce cumulativement une peine d'emprisonnement pour le délit de prise du nom d'un tiers et une peine d'emprisonnement pour deux autres délits étrangers à l'usurpation commise (même arrêt).

9) Si, aux termes des articles 434-23, alinéa 2 du Code pénal et 706-56, II, alinéa 3, du Code de procédure pénale, les peines prononcées pour le délit de prise du nom d'un tiers ou pour celui de refus de prélèvement biologique se cumulent, sans possibilité de confusion, avec les peines prononcées pour l'infraction à l'occasion de laquelle l'usurpation a été commise ou à l'occasion de laquelle les prélèvements devaient être effectués, elles ne se cumulent pas entre elles. Encourt la censure, l'arrêt de la cour d'appel qui, après avoir déclaré une personne coupable devol en récidive et prise du nom d'un tiers en récidive (les faits ayant été commis le 31 mai 2006) et refus de se soumettre tant à des relevés signalétiques qu'à des prélèvements biologiques (les faits ayant eu lieu le lendemain lors de l'exécution d'une mesure de garde à vue), la condamne à 6 mois d'emprisonnement pour le vol en récidive et le refus de se soumettre à des relevés signalétiques, à 10 mois d'emprisonnement pour la prise du nom d'un tiers en récidive et à 2 mois d'emprisonnement pour le refus de se soumettre à des prélèvements biologiques, alors qu'une seule peine devait être prononcée pour ces deux dernières infractions, le délit de prise du nom d'un tiers n'entrant pas dans la liste des infractions énumérées par l'article 706-55 du Code de procédure pénale (▪ Cass. crim., 13 juin 2007 : *Bull. crim.* n° 158).

Art. 434-23-1 ***(L. n° 2010-930, 9 août 2010).*** **– Les articles 434-8, 434-9, 434-13 à 434-15 sont applicables aux atteintes à l'administration de la justice par la Cour pénale internationale.**

Section III. – Des atteintes à l'autorité de la justice

§ 1. – Des atteintes au respect dû à la justice

Art. 434-24. – L'outrage par paroles, gestes ou menaces, par écrits ou images de toute nature non rendus publics ou par l'envoi d'objets quelconques adressé à un magistrat, un juré ou toute personne siégeant dans une formation juridictionnelle dans l'exercice de ses fonctions ou à l'occasion de cet exercice et tendant à porter atteinte à sa dignité ou au respect dû à la fonction dont il est investi est puni d'un an d'emprisonnement et de 15 000 € d'amende.

Si l'outrage a lieu à l'audience d'une cour, d'un tribunal ou d'une formation juridictionnelle, la peine est portée à deux ans d'emprisonnement et à 30 000 € d'amende.

Bibliographie : *JCl. Pénal Code*, Outrage à magistrat par Vitu.

1) **Personnes concernées.** Sont des magistrats de l'ordre administratif : le Président de la République (▪ Cass. crim., 6 janv. 1900 : *S.* 1902, 1, 425), les membres du gouvernement (▪ Aix-en-Provence, 6 nov. 1903 : *D.* 1904, 2, 62), de l'administration préfectorale (▪ Cass. crim., 15 févr. 1902 : *S.* 1904, 1, 476), les maires et leurs adjoints (▪ Cass. crim., 16 févr. 1889 : *D.* 1890, 1, 188. ▪ Cass. crim., 22 nov. 1966 : *Bull. crim.* n° 263 ; *RSC* 1967, p. 448, obs. Vitu), un commissaire de police (▪ Cass. crim., 4 janv. 1991 : *Dr. pén.* 1991, n° 137).

2) Les membres de la commission des requêtes de la Cour de justice de la République ont, indépendamment de leur statut, la qualité de magistrat au sens de l'article 434-24 du Code

pénal (▪ Cass. crim., 21 janv. 1998 : *Bull. crim.* n° 29).

3) Définition de l'outrage. Doit être considérée comme un outrage toute expression de mépris de nature à diminuer le respect des citoyens pour l'autorité morale du fonctionnaire et pour le caractère dont il est revêtu (▪ Cass. crim., 13 mars 1823 : *Bull. crim.* n° 36. ▪ Cass. crim., 8 mai 1891 : *S.* 1892, 1, 41, note M. Villey) ; ainsi le fait de dire à un juge de paix venant de rendre une sentence que son jugement méritait d'être encadré (▪ Cass. crim., ch. réun. 25 juin 1855 : *DP* 1855, 1, 431) ou le fait pour une personne condamnée à des amendes d'émettre la prétention dans un écrit correct en la forme, de les faire payer par le magistrat qui les a prononcées (▪ Cass. crim., 17 nov. 1922 : *S.* 1924, 1, 235) ou encore la dénonciation d'un délit imaginaire (▪ Cass. crim., 13 mai 1971 : *JCP* 1971, I, 16844 ; *RSC* 1971, p. 933, obs. Vitu. ▪ Cass. crim., 4 janv. 1991 : *Dr. pén.* 1991, n° 137) ou le prévenu qui a envoyé aux juges ayant statué sur sa détention des lettres dans lesquelles il les assimilait à des nazis (▪ Angers, 29 août 1992 : *JurisData* n° 1992-048171).

4) Toute expression injurieuse ou diffamatoire, lorsqu'elle s'adresse à un magistrat de l'ordre administratif ou judiciaire dans l'exercice de ses fonctions ou à l'occasion de cet exercice, est qualifiée d'outrage par l'article 222 et entre même, lorsqu'elle a été proférée publiquement, dans les prévisions de ce texte, dont les articles 31 et 33 de la loi du 29 juillet 1881 n'ont pas modifié la portée ni affecté l'application (▪ Cass. crim., 13 févr. 1975 : *Gaz. Pal.* 1975, 1, 357 ; *RSC* 1976, p. 101, obs. Vitu. ▪ Cass. crim., 24 janv. 1991 : *Dr. pén.* 1991, n° 193).

5) Constitue un outrage à magistrat, le fait pour un prévenu comparaissant à une audience correctionnelle, d'accuser le procureur de la République de forfaiture en ajoutant que « ce parquet est la honte de la nation » ; ces propos ayant excédé les limites des droits de la défense, l'immunité de l'article 41, alinéa 3, de la loi du 29 juillet 1881 ne peut recevoir application (▪ Cass. crim., 24 nov. 1998 : *JurisData* n° 1998-005144 ; *Dr. pén.* 1999, comm. 65, obs. M. Véron). Sur la répression des délits d'audience au regard de la Convention européenne des droits de l'homme après la loi du 4 janvier 1993 portant réforme de la procédure pénale, V. *Micou* : *D.* 1994, chron. 85.

6) L'outrage par geste ne doit pas atteindre la personne physique directement, ni être de nature à l'impressionner vivement : ainsi constituent des violences ou voies de fait et non un outrage le fait de saisir un agent de la force publique par le col et de le secouer (V. Vitu, *op. cit.*, n° 70). Mais jugé que se rend coupable d'outrage par geste le prévenu qui, au cours d'une saisie-exécution, pendant qu'un huissier de justice faisait le relevé du mobilier, arrache des mains de cet officier ministériel le dossier qu'il tenait (▪ Cass. crim., 19 juin 1985 : *Gaz. Pal.* 1985, n° 293 à 295, p. 8).

7) L'outrage par écrits ou dessins doit n'être pas public ; dans le cas contraire, le délit est réprimé par la loi du 29 juillet 1881 sur la presse (▪ Cass. crim., 31 oct. 1890 : *D.* 1891, 1, 46).

8) L'outrage proféré hors la présence de la personne visée, ou formulé dans un écrit envoyé à un tiers ne tombe sous le coup de l'article 222 que si le magistrat a eu effectivement connaissance des paroles blessantes ou de l'écrit outrageant et si l'auteur du délit a voulu que l'outrage parvienne à la victime (▪ Cass. crim., 15 sept. 1898 : *D.* 1900, 1, 307. – T. corr. Brive, 9 mars 1979 : *Gaz. Pal.* 1979, 1, 157, note Damien ; *RSC* 1979, p. 547, obs. Vitu et en appel ▪ Limoges, 11 juill. 1979 : *RSC* 1979, obs. Vitu).

9) Le délit n'est constitué que lorsqu'il est établi que l'auteur des propos a voulu que ceux-ci soient rapportés à la personne visée.

Pour confirmer le jugement ayant déclaré le demandeur coupable d'outrage à magistrat, l'arrêt retient, notamment, que le gendarme qui avait entendu les propos outrageants à l'encontre de la présidente de la chambre de l'instruction ne pouvait que rendre compte au juge d'instruction et qu'il existe un lien judiciaire sur le fondement de l'article 40 du Code de procédure pénale reliant ce gendarme à la personne outragée par l'intermédiaire du juge mandant ou du procureur de la République, ce qui ne pouvait échapper au prévenu.

Mais en se prononçant ainsi, alors que ne peut être qualifié de rapporteur nécessaire que celui dont le prévenu savait que par ses liens avec la personne outragée il lui rapporterait l'outrage, la cour d'appel a méconnu le texte susvisé et le principe ci-dessus rappelé (▪ Cass. crim., 26 oct. 2010, n° 09-88.460 : *Dr. pén.* 2011, comm. 4, obs. M. Véron ; *D.* 2011, p. 570, note E. Dreyer).

10) Le délit d'outrage à magistrat, prévu par l'article 434-24 du Code pénal n'est constitué que lorsqu'il est établi que l'auteur des propos a voulu que ceux-ci soient rapportés à la personne visée.

Encourt la cassation l'arrêt qui déclare coupable de ce délit l'auteur d'un écrit produit devant un tribunal, mettant en cause deux magistrats extérieurs à la formation de jugement, sans rechercher en quoi les termes litigieux seraient nécessairement rapportés aux magistrats concernés (▪ Cass. crim., 8 sept. 2015, n° 14-84.380).

Dans le cas où des propos outrageants à l'égard d'un magistrat sont tenus devant un tiers en l'absence de la personne visée ou ne sont adressés qu'à un tiers, notamment par mail, le délit d'outrage à magistrat n'est constitué que si, d'une part, leur auteur a l'intention, non pas seulement de prendre à témoin son interlocuteur, mais de voir ses propos rapportés à l'intéressé, et que, d'autre part, en raison de ses liens avec ce magistrat, ce tiers lui rapportera nécessairement l'outrage (▪ Cass. crim., 23 mai 2018, n° 17-82.355 : *JurisData* n° 2018-008591).

11) Cumul de qualifications. Lorsque l'offense résulte de paroles proférées publiquement envers des personnes visées à la fois par les articles 222 et suivants du Code pénal et la loi du 29 juillet 1881 sur la presse, à l'occasion de l'exercice de leurs fonctions mais en dehors de cet exercice, doivent être appliqués les textes du Code pénal dès lors que les outrages se manifestent plus par des grossièretés que par des critiques (▪ Cass. crim., 18 janv. 1956 : *Bull. crim.* n° 73 ; *RSC* 1956, p. 540, obs. Hugueney).

12) Toute expression injurieuse ou diffamatoire, lorsqu'elle s'adresse à un magistrat de l'ordre administratif ou judiciaire dans l'exercice de ses fonctions ou à l'occasion de cet exercice, est qualifiée d'outrage par l'article 434-24 du Code pénal et, même lorsqu'elle a été proférée publiquement, entre dans les prévisions de ce texte (▪ Cass. crim., 19 avr. 2000 : *Bull. crim.* n° 154).

13) Les expressions diffamatoires ou injurieuses proférées publiquement par l'un des moyens énoncés à l'article 23 de la loi du 29 juillet 1881 sur la liberté de la presse, contre un magistrat de l'ordre administratif ou judiciaire à raison de ses fonctions ou à l'occasion de leur exercice, sans être directement adressées à l'intéressé, n'entrent pas dans les prévisions de l'article 434-24 du Code pénal incriminant l'outrage à magistrat, et ne peuvent être poursuivies et réprimées que sur le fondement des articles 31 et 33 de ladite loi (▪ Cass. crim., 1er mars 2016, n° 15-82.824).

14) A été déclaré coupable du délit de **complicité** d'outrage à magistrat le prévenu qui rédige pour le compte d'un plaideur mécontent une lettre à l'adresse de son juge dans laquelle il écrit : « nous constatons que vous faites volontairement un blocage à notre plainte au pénal », ce qui revient à accuser le magistrat d'avoir commis un déni de justice (▪ Cass. crim., 16 févr. 1994 : *Dr. pén.* 1994, comm. 130, obs. M. Véron).

15) Immunité ou excuse. Ne constituent pas un outrage les mensonges proférés par un prévenu ou un inculpé tentant d'égarer les enquêteurs afin d'échapper aux poursuites (▪ Cass. crim., 12 déc. 1931 : *Gaz. Pal.* 1932, 1, 172).

16) Il a été jugé qu'un prévenu, interrogé et retenu longuement à la gendarmerie, malgré ses protestations et dénégations, qui avait fini par émettre des propos outrageants, pouvait être relaxé, la fatigue, l'exaspération et la maladie lui ayant ôté la conscience du caractère outrageant de ses actes (▪ Cass. crim., 24 juill. 1931 : *Bull. crim.* n° 214).

17) Celui qui dénonce à l'autorité compétente des faits délictueux imputés à un magistrat ne commet à l'égard de ce magistrat aucun outrage s'il se borne à spécifier et qualifier les faits dénoncés. Mais les faits injurieux ou outrageants employés dans la dénonciation et distincts de l'énonciation des faits dénoncés peuvent donner lieu à des poursuites pour outrage ; justifie dès lors sa décision la cour d'appel qui constate que le prévenu a adressé au garde des Sceaux et au procureur général une dénonciation accusant de forfaiture, de faux en écritures publiques et authentiques et de coalition de fonctionnaires le juge de l'application des peines qui avait rejeté sa demande de libération conditionnelle et traitant ce magistrat de « fasciste » (▪ Cass. crim., 27 sept. 2000 : *Bull. crim.* n° 280).

18) L'immunité instituée par l'article 41 de la loi du 29 juillet 1881, destinée à garantir le libre exercice du droit d'agir et de se défendre en justice, est applicable aux écrits produits et aux propos tenus devant toute juridiction. Cette règle ne reçoit exception que dans le cas où les écrits outrageants sont étrangers à la cause. Encourt en conséquence la cassation l'arrêt qui condamne un avocat du chef d'outrage à magistrat pour avoir adressé à des juges saisis de procédures le concernant des lettres contenant des propos qui n'étaient pas étrangers à sa cause (▪ Cass. crim., 8 juin 1999 : *Bull. crim.* n° 127 ; *Dr. pén.* 1999, comm. n° 128, note M. Véron ; *adde.* ▪ Cass. crim., 11 oct. 2005, n° 05-80.545 : *JurisData* n° 2005-030421 ; *Dr. pén.* 2006, comm. 5, obs. M. Véron).

Adde, pour des imputations outrageantes envers les magistrats, contenues dans un mémoire produit à l'appui d'une demande de mise en liberté, non étrangers à la cause et devant bénéficier de l'immunité de l'article 41 de la loi du 29 juillet 1881 ▪ Cass. crim., 13 févr. 2001 : *Dr. pén.* 2001, comm. 98, obs. M. Véron ; *D.* 2004, jur., p. 977, note B. Beignier.

Art. 434-25 *(L. n° 2017-242, 27 févr. 2017).* **– Le fait de chercher à jeter le discrédit, publiquement par actes, paroles, écrits ou images de toute nature, sur un acte ou une décision juridictionnelle, dans des conditions de nature à porter atteinte à l'autorité de la justice ou à son indépendance est puni de six mois d'emprisonnement et de 7 500 € d'amende.**

Les dispositions de l'alinéa précédent ne s'appliquent pas aux commentaires techniques ni aux actes, paroles, écrits ou images de toute nature tendant à la réformation, la cassation ou la révision d'une décision.

Lorsque l'infraction est commise par la voie de la presse écrite ou audiovisuelle, les dispositions particulières des lois qui régissent ces matières sont applicables en ce qui concerne la détermination des personnes responsables.

Bibliographie : *JCl. Pénal Code, Discrédit sur une décision juridictionnelle* par J.-H. Robert.

1) QPC. Non-lieu à renvoi au Conseil constitutionnel de la QPC visant l'article 434-25 (■ Cass. crim., 9 déc. 2014, n° 14-90.041).

2) Sont protégées par l'article 226 les décisions juridictionnelles répressives ou non (■ Aix-en-Provence, 9 nov. 1962 : *D.* 1963, 84, note J. Borricand) ; mais il a été jugé que les décisions sur le sort de l'action publique émanant du parquet échappent au texte (■ T. corr. Pointe-à-Pitre, 1er déc. 1971 : *Gaz. Pal.* 1972, 1, 172 ; *RSC* 1972, p. 590, obs. Vitu).

3) Se rend coupable du délit de discrédit jeté sur un acte juridictionnel le prévenu qui, en relatant la décision d'une juridiction d'expropriation, l'a qualifiée de « chef-d'œuvre d'incohérence, d'extravagance et d'abus du droit tel que rarement les annales judiciaires françaises, pourtant assez bien pourvues d'ordinaire en pareille matière, n'en ont recelé » (■ Aix-en-Provence, 9 nov. 1962, préc. et sur pourvoi ■ Cass. crim., 27 févr. 1964 : *D.* 1964, 623).

4) Se rend coupable du délit de l'article 226 du Code pénal le député qui, interrogé au téléphone dans le cadre d'une émission de radio, a critiqué avec violence et démesure une décision de justice venant de condamner le leader du mouvement indépendantiste néo-calédonien pour atteinte à l'intégrité territoriale (■ Paris, 29 oct. 1986, cassé par ■ Cass. crim., 7 mars 1988 : *JCP* 1988, II, 21133, note W. Jeandidier). Entrent dans les prévisions de l'article 434-25 des déclarations qui, en mettant en cause, en termes outranciers, l'impartialité des juges ayant rendu la décision critiquée et en présentant leur attitude comme une manifestation de « l'injustice judiciaire », ont excédé les limites de la libre critique permise aux citoyens et voulu atteindre dans son autorité, par-delà les magistrats concernés, la justice considérée comme une institution fondamentale de l'État (■ Cass. crim. 11 mars 1997 : *Bull. crim.* n° 96 ; *Bull. inf. C. cass.* 1997, n° 455, p. 7, concl. B. Cotte).

5) L'infraction peut trouver à s'appliquer à la diffusion, sur des blogs internet, de textes comportant des termes polémiques manifestant une volonté évidente de jeter le discrédit sur les décisions juridictionnelles de magistrats de plusieurs juridictions, parmi lesquels l'une se voit imputer une grossière erreur de droit et une violation de son devoir de probité, et qui sont de nature à porter atteinte à l'autorité de la justice. Le fait que les propos aient été tenus sur des blogs rend inapplicables les règles spéciales d'imputation prévues par les lois relatives à la presse écrite ou à la communication audiovisuelle (■ Cass. crim., 5 oct. 2021, n° 20-85.985 : *Gaz. Pal.* 22 févr. 2022, n° 6, p. 53, obs. E. Dreyer).

6) Le délit de discrédit jeté sur un acte ou une décision juridictionnelle implique que les actes, paroles, écrits ou images incriminés, d'une part, aient fait l'objet d'une publicité, d'autre part, aient été de nature à porter atteinte à l'autorité de la justice ou à son indépendance. Est en conséquence cassé l'arrêt qui retient l'existence de ce délit sans caractériser en quoi les propos, aussi outrageants fussent-ils à l'encontre des magistrats dont leur auteur critiquait les décisions rendues à son égard, étaient, dans les circonstances où ils avaient été tenus et compte tenu de l'écho dont ils auraient bénéficié, de nature à porter atteinte à l'autorité ou à l'indépendance de la justice (■ Cass. crim., 23 mai 2018, n° 17-82.355 : *JurisData* n° 2018-008591).

7) Les syndicats de magistrats ne tiennent d'aucune disposition de la loi le droit de poursuivre la réparation du trouble que l'infraction prévue par l'article 226 du Code pénal porte à l'autorité et à l'indépendance de la justice, institution fondamentale de l'État (■ Cass. crim., 9 déc. 1993 : *Bull. crim.* n° 382).

8) Il résulte de la combinaison des dispositions de l'article 434-25 du Code pénal instituant une prescription de 3 mois de l'action publique et de celles des articles 7 et 8 du Code de procédure pénale, que la prescription abrégée reprend son cours après chaque acte d'instruction ou de poursuite accompli dans le même délai. Sont interruptifs de prescription, tant les actes de poursuite ou d'instruction accomplis au cours de l'information, que ceux accomplis au cours d'une procédure incidente devant la chambre d'accusation (■ Cass. crim., 30 avr. 1996 : *Bull. crim.* n° 177).

Art. 434-26. – **Le fait de dénoncer mensongèrement à l'autorité judiciaire ou administrative des faits constitutifs d'un crime ou d'un délit qui ont exposé les autorités judiciaires à d'inutiles recherches est puni de six mois d'emprisonnement et de 7 500 € d'amende.**

Bibliographie : *JCl. Pénal Code, Dénonciation d'une infraction imaginaire* par A.-G. Robert.

1) La dénonciation doit, pour constituer le délit, être claire et précise, ce qui n'est pas le cas de simples soupçons exprimés (▪ Cass. crim., 3 nov. 1993 : *Dr. pén.* 1994, comm. 31, obs. M. Véron).

2) La dénonciation dont le caractère mensonger ne porte que sur une circonstance aggravante d'une infraction n'est pas constitutive du délit prévu par l'article 434-26 du Code pénal (▪ Cass. crim., 20 déc. 2006 : *Bull. crim.* n° 323, effraction simulée pour un vol réel ; *Dr. pén.* 2007, comm. 30, obs. M. Véron ; *AJ pénal* 2007, 134, obs. C. Saas ; *RSC* 2007, p. 539, obs. C. Mascala).

3) L'article 434-26 du Code pénal, qui réprime la dénonciation mensongère à l'autorité publique d'un crime ou d'un délit ayant exposé les autorités judiciaires à d'inutiles recherches, n'exige pas que l'inexistence des faits dénoncés ait été constatée par une décision judiciaire d'acquittement, de relaxe ou de non-lieu devenue définitive (▪ Cass. crim., 10 oct. 2000 : *Bull. crim.* n° 291 ; *Dr. pén.* 2001, comm. 2, obs. M. Véron).

4) Une dénonciation mensongère entrant dans les prévisions de l'article 434-26 du Code pénal ne peut recevoir en outre la qualification d'outrage lorsque l'atteinte portée à la dignité et à l'autorité des membres de l'autorité publique trouve uniquement sa cause dans le fait même de la dénonciation (même arrêt).

5) L'article 434-26 du Code pénal n'exige pas que les autorités judiciaires aient effectivement conduit les recherches inutiles auxquelles la dénonciation mensongère d'un crime ou d'un délit, reçue par elles ou l'autorité administrative, les exposait (▪ Cass. crim., 18 oct. 2016, n° 16-80.579).

6) Il appartient à la juridiction saisie de poursuites pour dénonciation mensongère de crimes imaginaires, d'apprécier la pertinence des accusations lorsque les faits dénoncés ont donné lieu à un classement sans suite (▪ Cass. crim., 30 mars 2016, n° 15-81.660 : *Dr. pén.* 2016, comm. 125, note Ph. Conte).

7) Forme de la dénonciation. Toute dénonciation peut être prise en compte pour l'application de l'article 434-26 du Code pénal quelle que soit sa forme, dès lors qu'elle satisfait aux exigences de la loi. Une simple main courante peut ainsi constituer une dénonciation (▪ Cass. crim., 3 avr. 2007, n° 06-84.788, inédit), de même qu'un appel téléphonique au GIP Enfance en danger, cette autorité administrative ayant ensuite transmis, par l'intermédiaire d'un Conseil départemental, cette dénonciation au ministère public (▪ CA Montpellier, 18 mars 2018, n° 09/01828).

8) Action civile. Ne constituent pas des dommages directement causés par l'infraction de dénonciation mensongère à l'autorité judiciaire, prévue par l'article 434-26 du Code pénal, les frais exposés par l'État à la suite de la mobilisation de la force publique pour effectuer des investigations relatives à des faits d'enlèvement et de séquestration qui se sont révélés imaginaires.

Font l'exacte application des articles 2 et 3 du Code de procédure pénale, les juges qui déclarent irrecevable la constitution de partie civile de l'agent judiciaire du trésor tendant à obtenir le remboursement de tels frais (▪ Cass. crim., 20 janv. 2009, pourvoi n° 08-82.357).

§ 2. – De l'évasion

Art. 434-27 *(Mod., L. n° 2004-204, 9 mars 2004)*. – **Constitue une évasion punissable le fait, par un détenu, de se soustraire à la garde à laquelle il est soumis.**

L'évasion est punie de trois ans d'emprisonnement et de 45 000 € d'amende.

Lorsque l'évasion est réalisée par violence, effraction ou corruption, lors même que celles-ci auraient été commises, de concert avec le détenu, par un tiers, les peines sont portées à cinq ans d'emprisonnement et à 75 000 € d'amende.

Voir : anc. art. 245, C. pén.

Bibliographie : *JCl. Pénal Code, Évasion, remise ou sortie irrégulière d'objet* par D. Thomas. • S. Cébirac, *Évasion et mesures d'aménagement de la peine : Rev. pénit.* 2003, p. 489.

Il résulte de la combinaison des articles 132-73 et 434-27 du Code pénal que le délit d'évasion par effraction n'est constitué que lorsque le détenu, gardé dans un endroit clos, brise le dispositif de fermeture qui fait obstacle à sa fuite ; dès lors, c'est à bon droit qu'une cour d'appel relaxe du chef précité un détenu qui, profitant d'un moment d'inattention du seul policier chargé de sa garde, qui avait lâché ses menottes, a réussi à s'enfuir en passant par la grille ouverte du palais de justice (▪ Cass. crim., 5 mai 1998 : *Bull. crim.* n° 151 ; *Dr. pén.* 1998, comm. 110, obs. M. Véron).

Art. 434-28. – **Pour l'application du présent paragraphe, est regardée comme détenue toute personne :**

1° Qui est placée en garde à vue ;

2° Qui se trouve en instance ou en cours de présentation à l'autorité judiciaire à l'issue d'une garde à vue ou en exécution d'un mandat d'amener ou d'arrêt ;

3° Qui s'est vu notifier un mandat de dépôt ou un mandat d'arrêt continuant de produire effet ;

4° Qui exécute une peine privative de liberté ou qui a été arrêtée pour exécuter cette peine ;

5° Qui est placée sous écrou extraditionnel.

Voir : anc. art. 245, C. pén.

Art. 434-29 *(Mod., L. n° 97-1159, 19 déc. 1997).* – **Constitue également une évasion punie des mêmes peines le fait :**

1° Par un détenu placé dans un établissement sanitaire ou hospitalier, de se soustraire à la surveillance à laquelle il est soumis ;

2° Par tout condamné, de se soustraire au contrôle auquel il est soumis alors qu'il a fait l'objet d'une décision soit de placement à l'extérieur d'un établissement pénitentiaire, soit de placement sous surveillance électronique (1) **ou qu'il bénéficie soit du régime de la semi-liberté, soit d'une permission de sortir ;**

3° Par tout condamné, de ne pas réintégrer l'établissement pénitentiaire à l'issue d'une mesure de suspension ou de fractionnement de l'emprisonnement, de placement à l'extérieur, de semi-liberté ou de permission de sortir.

4° Par tout condamné placé sous surveillance électronique, de neutraliser par quelque moyen que ce soit le procédé permettant de détecter à distance sa présence ou son absence dans le lieu désigné par le juge de l'application des peines.

Voir : anc. art. 245, C. pén.

1) Constitue une évasion tant au sens de l'article 245, dernier alinéa, que de l'article 434-29, alinéa 3 du Code pénal, le seul fait pour un condamné bénéficiant d'une permission de sortir d'un établissement pénitentiaire, de ne pas rejoindre cet établissement, à l'expiration de sa permission (▪ Cass. crim., 22 juin 1994 : *Bull. crim.* n° 251 ; *Dr. pén.* 1994, n° 257, obs. M. Véron ; *RSC* 1995, p. 105, obs. Delmas-Saint-Hilaire ; *Gaz. Pal.* 1994, 2, somm., 690, obs. J.-P. Doucet).

2) Il a été jugé qu'une personne appréhendée pour des infractions au Code de la route et ayant fait l'objet d'une décision de garde à vue, qui s'enfuit alors qu'il était conduit à son domicile pour la recherche d'une pièce d'identité, ne pouvait avoir commis le délit d'évasion, faute d'intention, dès lors que la mesure ne lui avait pas été notifiée, pas plus que les droits attachés à la garde à vue, en raison de l'état d'ébriété dans lequel il se trouvait (▪ Toulouse, 13 avr. 2006 : *JurisData* n° 2006-301203 ; *Dr. pén.* 2007, étude 3, par R. Maman).

3) Le délit d'évasion étant un délit instantané, entièrement consommé à la date même où le condamné n'a pas réintégré l'établissement pénitentiaire, à l'issue d'une permission de sortir, l'intervention d'un tiers postérieurement à cette date aux fins d'aider l'auteur principal dans sa fuite, ne saurait constituer un acte de complicité punissable en l'absence d'un accord antérieur à l'infraction (▪ Cass. crim., 4 mai 2000 : *Bull. crim.* n° 178 ; *D.* 2000, inf. rap. p. 177 ; *RSC* 2001, p. 164, obs. Delmas-Saint-Hilaire).

4) S'il appartient à la juridiction correctionnelle de modifier la qualification des faits et de substituer une qualification nouvelle à celle qui leur est déférée, c'est à la condition de ne pas statuer sur d'autres faits que ceux visés à la prévention. Il en résulte que le juge qui relaxe un prévenu du chef d'évasion par neutralisation du dispositif de surveillance électronique ne peut le condamner du chef de dégradation d'un objet d'utilité publique non visée dans la poursuite (▪ Cass. crim., 13 avr. 2016, n° 15-82.982 : *D.* 2016, 1538, note O. Décima ; *Dr. pén.* 2016, comm. 103, note E. Bonis-Garçon).

5) Justifie sa décision la cour d'appel qui, pour écarter l'état de nécessité invoqué par le prévenu et déclarer ce dernier coupable d'évasion lors de son transport dans un fourgon de police, lequel était attaqué par des malfaiteurs armés,retient que l'intéressé a refusé de se coucher au sol pour se protéger, alors qu'il était invité à le faire par un policier, qu'il a au sauté du fourgon afin de prendre la fuite et qu'il s'est volontairement exposé aux tirs en provenance de l'extérieur (▪ Cass. crim., 11 janv. 2017, n° 15-80.610).

(1) Selon les dispositions de la loi n° 2019-222 du 23 mars 2019, les références au placement sous surveillance électronique sont remplacées par des références à la détention à domicile sous surveillance électronique à compter du 24 mars 2020.

Art. 434-30 *(Mod., L. n° 2004-204, 9 mars 2004)*. **– Les infractions prévues à l'article 434-27 et au 1° de l'article 434-29 sont punies de sept ans d'emprisonnement et de 100 000 € d'amende lorsqu'elles ont été commises sous la menace d'une arme ou d'une substance explosive, incendiaire ou toxique.**

Les peines sont portées à dix ans d'emprisonnement et à 150 000 € d'amende lorsqu'il a été fait usage d'une arme ou d'une substance explosive, incendiaire ou toxique ou lorsque les faits sont commis en bande organisée, que les membres de cette bande soient ou non des détenus.

1) Une double condamnation est justifiée dès lors que sont caractérisés en tous leurs éléments, tant matériel qu'intentionnel, par des faits matériels distincts, les délits d'association de malfaiteurs et d'évasion en bande organisée (■ Cass. crim., 19 janv. 2010, pourvoi n° 09-84.056 : *Bull. crim.* n° 11 ; *Dr. pén.* 2010, comm. 43, obs. M. Véron).

2) La circonstance aggravante de bande organisée présente un caractère réel et non pas personnel ; elle s'applique à tous les coauteurs et complices de l'infraction (■ Cass. crim., 11 janv. 2017, n° 15-80.610 : *Dr. pén.* 2017, comm. 39, note Ph. Conte).

Art. 434-31. **– Nonobstant les dispositions des articles 132-2 à 132-5, les peines prononcées pour le délit d'évasion se cumulent, sans possibilité de confusion, avec celles que l'évadé subissait ou celles prononcées pour l'infraction à raison de laquelle il était détenu.**

La peine prononcée pour évasion doit être subie cumulativement avec celle encourue pour le crime ou délit à raison duquel le prévenu était détenu (■ Cass. crim., 11 déc. 1947 : *D.* 1948, 154) ; encourt ainsi la cassation l'arrêt qui prononce deux peines distinctes, l'une à raison d'un délit de vol, l'autre à raison d'un délit d'évasion, sans constater que le délit de vol était la cause de la détention du prévenu (■ Cass. crim., 16 sept. 1920 : *DP* 1922, 5, 6 ; V. aussi ■ Cass. crim., 27 mai 1972 : *Bull. crim.* n° 173 ; *RSC* 1973, p. 113, obs. Vitu. ■ Cass. crim., 22 janv. 2013, n° 12-80.964 : *JurisData* n° 2013-001639 ; *Dr. pén.* 2013, note 56).

Art. 434-32. **– Est puni de trois ans d'emprisonnement et de 45 000 € d'amende le fait, par toute personne, de procurer à un détenu tout moyen de se soustraire à la garde à laquelle il était soumis.**

Si le concours ainsi apporté s'accompagne de violence, d'effraction ou de corruption, l'infraction est punie de cinq ans d'emprisonnement et de 75 000 € d'amende.

Si ce concours consiste en la fourniture ou l'usage d'une arme ou d'une substance explosive, incendiaire ou toxique, l'infraction est punie de sept ans d'emprisonnement et de 100 000 € d'amende.

Se rend coupable de complicité de tentative de connivence à évasion, le détenu qui fait parvenir des renseignements permettant de réaliser son évasion, à une personne, elle-même complice, qui a recruté des exécutants et fourni les moyens de réaliser le délit, la tentative ayant été interrompue par l'arrivée des forces de police (■ Douai, 21 oct. 2003 : *JCP* 2004, II, 10115, note J.-Y. Maréchal ; *Dr. pén.* 2004, comm. 59, obs. M. Véron).

Art. 434-33. **– Est puni de dix ans d'emprisonnement et de 150 000 € d'amende le fait, par toute personne chargée de sa surveillance, de faciliter ou de préparer, même par abstention volontaire, l'évasion d'un détenu.**

Ces dispositions sont également applicables à toute personne habilitée par ses fonctions à pénétrer dans un établissement pénitentiaire ou à approcher, à quelque titre que ce soit, des détenus.

Dans les cas prévus par le présent article, si le concours apporté consiste en la fourniture ou l'usage d'une arme ou d'une substance explosive, incendiaire ou toxique, l'infraction est punie de quinze ans de réclusion criminelle et de 225 000 € d'amende.

1) La qualité de gardien est reconnue à tous ceux qui étant tenus par leurs fonctions à une mission de contrôle ou de surveillance générale d'un établissement pénitentiaire, ont favorisé par des faits personnels de négligence l'évasion des prisonniers (■ Cass. crim., 10 nov. 1960 : *Bull. crim.* n° 515).

2) L'évasion d'un prisonnier de guerre n'est consommée qu'à sa sortie du territoire français ; par suite, tous les actes d'assistance dont il bénéficie depuis son départ du camp jusqu'à sa sortie du territoire national sont punissables comme des actes de connivence (■ Cass. crim., 27 mai 1948 : *Gaz. Pal.* 1948, 2, 16).

3) Une mise en liberté ordonnée par une décision judiciaire, même si celle-ci est fondée sur des certificats médicaux inexacts, ne saurait constituer une évasion (■ Cass. crim., 21 févr. 1985 : *Bull. crim.* n° 84 ; *RSC* 1985, p. 803, obs. Delmas-Saint-Hilaire).

4) L'arrêt qui condamne un prévenu pour avoir laissé s'évader un prisonnier doit préciser exactement la fonction qu'il remplissait et la nature de sa négligence (▪ Cass. crim., 14 nov. 1903 : *Bull. crim.* n° 376).

5) Sur la connivence à l'évasion, V. Vitu, obs. in *RSC* 1984, p. 499.

6) Infraction particulière, la connivence prévue par l'article 240, alinéa 2 est punissable même si l'évasion n'a été réalisée ni tentée et même si les préparatifs ont été menés à l'insu du prisonnier (▪ Cass. crim., 11 juin 1949 : *JCP* 1949, II, 5039, note Colombini); il y a ainsi tentative punissable de faciliter l'évasion dans le fait de remettre des scies à métaux à un détenu, bien que celui-ci n'en ait pas fait usage et n'ait pas tenté de s'évader *(même arrêt)*.

7) Le fait de rechercher un pilote d'hélicoptère susceptible de poser son appareil dans la cour d'une prison constitue, alors même que le détenu concerné n'a pas été identifié, une tentative de connivence à évasion dès lors que le projet a été abandonné par suite du refus de tous les pilotes pressentis (▪ Cass. crim., 3 sept. 1996 : *Dr. pén.* 1997, comm. 17, obs. M. Véron).

Art. 434-34. – Les personnes visées aux articles 434-32 et 434-33 peuvent être condamnées solidairement aux dommages-intérêts que la victime aurait eu le droit d'obtenir du détenu par l'exercice de l'action civile en raison de l'infraction qui motivait la détention de celui-ci.

Art. 434-35 ***(Mod., L. n° 2003-239, 18 mars 2003 ; L. n° 2017-258, 28 févr. 2017 ; Ord. n° 2022-478, 30 mars 2022).*** **– Est puni d'un an d'emprisonnement et de 15 000 € d'amende le fait, en quelque lieu qu'il se produise, de remettre ou de faire parvenir à un détenu, ou de recevoir de lui et de transmettre des sommes d'argent, correspondances, objets ou substances quelconques ainsi que de communiquer par tout moyen avec une personne détenue, en dehors des cas autorisés par les règlements.**

Est puni des mêmes peines le fait, pour une personne se trouvant à l'extérieur d'un établissement pénitentiaire ou d'un établissement de santé habilité à recevoir des détenus, de communiquer avec une personne détenue à l'intérieur de l'un de ces établissements, y compris par la voie des communications électroniques, hors les cas où cette communication est autorisée en application de l'article 145-4 du Code de procédure pénale ou des dispositions des articles L. 345-1 à L. 345-6 du Code pénitentiaire et réalisée par les moyens autorisés par l'administration pénitentiaire.

La peine est portée à trois ans d'emprisonnement et à 45 000 € d'amende si le coupable est chargé de la surveillance de détenus ou s'il est habilité par ses fonctions à pénétrer dans un établissement pénitentiaire ou à approcher, à quelque titre que ce soit, des détenus.

1) Commet le délit de sortie irrégulière de correspondance l'avocat qui remet à leur destinataire réel des lettres qu'un détenu lui avait transmises à cette fin, par voie postale sous pli fermé (▪ Cass. crim., 21 nov. 1979 : *Bull. crim.* n° 332 ; *Gaz. Pal.* 1980, 1, 266, note P. L. G. ; *RSC* 1980, p. 707, obs. Vitu ; V. également ▪ Cass. crim., 12 mai 1992 : *Bull. crim.* n° 184 ; *RSC* 1993, p. 137, note P. Couvrat ; *D.* 1993, somm. 17, obs. G. Azibert).

2) Il a été jugé que le détenu était complice de l'infraction commise par son épouse, celle-ci, sur son injonction, lui ayant remis une puce électronique pour le téléphone portable qu'il détenait irrégulièrement, appareil avec lequel tous deux avaient pu communiquer notamment par l'envoi de textos (▪ Douai, 23 juin 2004 : *Dr. pén.* 2005, comm. 5, obs. M. Véron).

Art. 434-35-1 ***(L. n° 2003-239, 18 mars 2003).*** **– Est puni d'un an d'emprisonnement et de 15 000 € d'amende le fait de pénétrer dans un établissement pénitentiaire ou d'en escalader l'enceinte sans y être habilité en vertu de dispositions législatives ou réglementaires ou y avoir été autorisé par les autorités compétentes.**

Est coupable du délit de pénétration sans autorisation dans un établissement pénitentiaire la personne qui force le passage pour pénétrer dans l'établissement alors qu'elle a été informée de la suspension de son permis de visite (▪ Cass. crim., 19 sept. 2012, n° 11-86.760 : *Dr. pén.* 2012, comm. 156, obs. M. Véron).

Art. 434-36. – La tentative des délits prévus au présent paragraphe est punie des mêmes peines.

Art. 434-37. – Toute personne qui a tenté de commettre, en qualité d'auteur ou de complice, l'une des infractions prévues au présent paragraphe, sera exempte de peine si, ayant averti l'autorité judiciaire ou l'administration pénitentiaire, elle a permis d'éviter que l'évasion ne se réalise.

§ 3. – Des autres atteintes à l'autorité de la justice pénale

Art. 434-38. – Le fait, par un interdit de séjour, de paraître dans un lieu qui lui est interdit est puni de deux ans d'emprisonnement et de 30 000 € d'amende.

Est puni des mêmes peines le fait pour l'interdit de séjour de se soustraire aux mesures de surveillance prescrites par le juge.

Bibliographie : *JCl. Pénal Code, Violation de l'interdiction de séjour* par J.-L. Lennon.

Le jugement condamnant pour infraction à un arrêté portant interdiction de séjour doit mentionner la date à laquelle l'interdiction de séjour a été notifiée, la durée de l'interdiction de séjour et la date de la fin de la peine principale (▪ Cass. crim., 17 nov. 1959 : *Bull. crim.* n° 489), c'est-à-dire, en particulier, la date de la libération du condamné ou la date à laquelle la décision est devenue définitive (▪ Cass. crim., 15 févr. 1961 : *Bull. crim.* n° 101) et, dans le cas où la notification a été faite après la libération de l'intéressé, si celui-ci a satisfait aux obligations prescrites par l'article 48, alinéa 3 du Code pénal (▪ Cass. crim., 4 juill. 1968 : *Bull. crim.* n° 217).

Art. 434-38-1 ***(Créé, L. n° 2019-290, 10 avr. 2019).*** **– Le fait, pour une personne condamnée à une peine d'interdiction de participer à des manifestations sur la voie publique, de participer à une manifestation en méconnaissance de cette interdiction est puni d'un an d'emprisonnement et de 15 000 € d'amende.**

Art. 434-39. – Dans le cas où un jugement a ordonné, à titre de peine, l'affichage de la décision de condamnation, le fait de supprimer, dissimuler ou lacérer totalement ou partiellement des affiches apposées est puni de six mois d'emprisonnement et de 7 500 € d'amende.

Le jugement ordonnera à nouveau l'exécution de l'affichage aux frais du condamné.

Art. 434-40 ***(L. n° 011-525, 17 mai 2011).*** **– Lorsqu'a été prononcée, à titre de peine, l'interdiction d'exercer une activité professionnelle ou sociale ou une fonction publique prévue au premier alinéa de l'article 131-27 et aux articles 131-28 et 131-29, toute violation de cette interdiction est punie de deux ans d'emprisonnement et de 30 000 € d'amende.**

Art. 434-40-1 ***(L. n° 2011-525, 17 mai 2011).*** **– Lorsqu'a été prononcée, à titre de peine, l'interdiction d'exercer une profession commerciale ou industrielle, de diriger, d'administrer, de gérer ou de contrôler à un titre quelconque, directement ou indirectement, pour son propre compte ou pour le compte d'autrui, une entreprise commerciale ou industrielle ou une société commerciale prévue au deuxième alinéa de l'article 131-27, toute violation de cette interdiction est punie de deux ans d'emprisonnement et de 375 000 € d'amende.**

Art. 434-41 ***(L. n° 2003-495, 12 juin 2003 ; L. n° 2004-204, 9 mars 2004 ; L. n° 2007-297, 5 mars 2007 ; L. n° 2009-1311, 28 oct. 2009 ; L. n° 2013-1117, 6 déc. 2013 ; L. n° 2014-366, 24 mars 2014 ; L. n° 2014-366, 24 mars 2014 ; L. n° 2018-1021, 23 nov. 2018 ; Ord. n° 2020-1144, 16 sept. 2020).*** **– Est punie de deux ans d'emprisonnement et de 30 000 euros d'amende la violation, par le condamné, des obligations ou interdictions résultant des peines de suspension ou d'annulation du permis de conduire, d'interdiction de conduire certains véhicules terrestres à moteur, d'interdiction de paraître dans certains lieux ou de rencontrer certaines personnes, d'obligation d'accomplir un stage, d'interdiction de détenir ou de porter une arme, de retrait du permis de chasser, d'interdiction de détenir un animal, d'interdiction d'émettre des chèques ou d'utiliser des cartes de paiement, de fermeture d'établissement ou d'exclusion des marchés publics prononcées en application des articles 131-5-1, 131-6, 131-10, 131-14, 131-16 ou 131-17, d'interdiction de souscrire un nouveau contrat d'abonnement à un service de communication au public en ligne résultant de la peine complémentaire prévue en matière délictuelle par l'article L. 335-7 du Code de la propriété intellectuelle, d'interdiction d'acheter un bien immobilier ou un fonds de commerce d'un établissement recevant du public à usage total ou partiel d'hébergement résultant de la peine complémentaire prévue au 2° du I de l'article 225-26 du présent code, au 3° du III de l'article L. 511-22 du Code de la construction et de l'habitation.**

Est puni des mêmes peines le fait de détruire, détourner ou tenter de détruire ou de détourner un véhicule immobilisé ou un véhicule, une arme, tout autre bien, corporel ou incorporel, ou un animal confisqués en

application des articles 131-6, 131-10, 131-14, 131-16, 131-21 ou 131-39, tout autre objet ou un animal confisqués en application des articles 131-6, 131-10, 131-14 ou 131-16.

Est également puni des mêmes peines le fait, par une personne recevant la notification d'une décision prononçant à son égard, en application des articles précités, la suspension ou l'annulation du permis de conduire, le retrait du permis de chasser ou la confiscation d'un véhicule, d'une arme, de tout autre bien corporel ou incorporel ou d'un animal, de refuser de remettre le permis suspendu, annulé ou retiré, le bien ou l'animal confisqué à l'agent de l'autorité chargé de l'exécution de cette décision.

Art. 434-42. – La violation, par le condamné, des obligations résultant de la peine de travail d'intérêt général prononcée à titre de peine principale ou de peine complémentaire est punie de deux ans d'emprisonnement et de 30 000 € d'amende.

1) Déclare légalement coupable de violation d'une des obligations résultant d'une peine de travail d'intérêt général, la cour d'appel qui constate que le condamné a omis en toute connaissance de cause de se présenter sur les lieux du travail qui lui avait été imparti aux jour et heure fixés par décision du juge de l'application des peines (■ Cass. crim., 6 nov. 1986 : *Bull. crim.* n° 329 ; *D.* 1987, 237, note J. Pradel).

2) Est coupable du délit de non-respect d'une décision ordonnant un travail d'intérêt général, prévu et puni par l'article 43-6 du Code pénal, le prévenu qui n'a pas accompli le travail d'intérêt général auquel il a été condamné du chef de vol avec effraction, dès lors que cette non-exécution découle directement de la faute personnelle qu'il a commise en commettant un nouveau vol pour lequel il a été à juste titre incarcéré, et que, de son propre fait, il a ainsi rendu impossible l'exécution de ladite mesure (■ Douai, 21 mai 1987 : *Gaz. Pal.* 13-15 nov. 1988).

3) La condamnation prononcée, en application de l'article 434-42 du Code pénal, pour violation des obligations résultant d'une peine de travail d'intérêt général, ne dispense pas le condamné de l'exécution de cette peine ; encourt dès lors la cassation l'arrêt qui, avant de condamner le prévenu de ce chef, ordonne « la révocation » de la peine inexécutée (■ Cass. crim., 7 janv. 1997 : *Bull. crim.* n° 1 ; *Dr. pén.* 1997, comm. 76, obs. M. Véron ; *JCP* 1997, II, 22878, note Ph. Salvage ; *JCP* 1998, I, 105, obs. A. Maron ; *RSC* 1997, p. 829, obs. B. Bouloc).

Art. 434-42-1 ***(Créé à compter du 1er oct. 2015, L. n° 2015-993, 17 août 2015).*** **– Le fait, pour une personne faisant l'objet d'une ou plusieurs obligations ou interdictions imposées par une ordonnance du juge des libertés et de la détention prise en application d'une décision de protection européenne conformément à l'article 696-102 du Code de procédure pénale, de ne pas se conformer à l'une de ces obligations ou interdictions, est puni de deux ans d'emprisonnement et de 30 000 € d'amende.**

Art. 434-43 ***(Mod., L. n° 2001-504, 12 juin 2001).*** **– Lorsqu'a été prononcée contre une personne morale l'une des peines prévues à l'article 131-39, la violation par une personne physique des obligations qui en découlent est punie de deux ans d'emprisonnement et de 30 000 € d'amende.**

Le fait, pour toute personne physique, de participer au maintien ou à la reconstitution, ouverte ou déguisée, d'une personne morale dont la dissolution a été prononcée en application des dispositions du 1° de l'article 131-39 est puni de trois ans d'emprisonnement et de 45 000 € d'amende.

Lorsque la dissolution a été prononcée pour une infraction commise en récidive, ou pour l'infraction prévue à l'alinéa précédent, la peine est portée à cinq ans d'emprisonnement et 75 000 € d'amende.

Bibliographie : *JCl. Pénal Code, Violation des obligations résultant des peines prononcées contre une personne morale* par J.-Y. Maréchal.

Art. 434-43-1 ***(L. n° 2016-1691, 9 déc. 2016).*** **– Le fait, pour les organes ou représentants d'une personne morale condamnée à la peine prévue à l'article 131-39-2, de s'abstenir de prendre les mesures nécessaires ou de faire obstacle à la bonne exécution des obligations qui en découlent est puni de deux ans d'emprisonnement et de 50 000 € d'amende.**

Le montant de l'amende prononcée à l'encontre des personnes morales déclarées responsables pénalement pour le délit prévu au premier alinéa du présent article peut être porté au montant de l'amende encourue au titre du délit pour lequel elles ont été condamnées et qui a donné lieu au prononcé de la peine prévue à l'article 131-39-2. Les personnes morales déclarées responsables pénalement encourent également l'ensemble des autres peines encourues au titre du délit pour lequel elles ont été condamnées et qui a donné lieu au prononcé de cette peine.

Les personnes physiques et les personnes morales déclarées responsables pénalement encourent également la peine complémentaire d'affichage ou de diffusion de la décision prononcée dans les conditions prévues à l'article 131-35.

Section IV. – Peines complémentaires et responsabilité des personnes morales

Art. 434-44 *(Mod., L. n° 2008-776, 4 août 2008 ; L. n° 2017-258, 28 févr. 2017).* – Les personnes physiques coupables de l'un des délits prévus aux articles 434-4 à 434-9-1, 434-11, 434-13 à 434-15, 434-17 à 434-23, 434-27, 434-29, 434-30, 434-32, 434-33, 434-35, 434-36 et 434-40 à 434-43 encourent également l'interdiction des droits civiques, civils et de famille, suivant les modalités prévues par l'article 131-26.

Dans les cas prévus aux articles 434-9, 434-9-1, 434-16 et 434-25, peuvent être également ordonnés l'affichage ou la diffusion de la décision prononcée dans les conditions prévues par l'article 131-35.

Les personnes physiques coupables de l'une des infractions prévues au troisième alinéa de l'article 434-9, à l'article 434-33 et au dernier alinéa de l'article 434-35 encourent également la peine complémentaire d'interdiction, suivant les modalités prévues par l'article 131-27, soit d'exercer une fonction publique ou d'exercer l'activité professionnelle ou sociale dans l'exercice ou à l'occasion de l'exercice de laquelle l'infraction a été commise, soit, pour les seules infractions prévues au dernier alinéa des articles 434-9 et 434-33, d'exercer une profession commerciale ou industrielle, de diriger, d'administrer, de gérer ou de contrôler à un titre quelconque, directement ou indirectement, pour leur propre compte ou pour le compte d'autrui, une entreprise commerciale ou industrielle ou une société commerciale. Ces interdictions d'exercice peuvent être prononcées cumulativement.

Dans tous les cas prévus au présent chapitre, est en outre encourue la confiscation de la chose qui a servi ou était destinée à commettre l'infraction, à l'exception des objets susceptibles de restitution.

Art. 434-45 *(Mod., L. n° 2003, 12 juin 2003).* – Les personnes physiques coupables du délit prévu par l'article 434-10 encourent également la suspension, pour une durée de cinq ans au plus, du permis de conduire, cette suspension ne pouvant pas être limitée à la conduite en dehors de l'activité professionnelle.

Art. 434-46. – L'interdiction du territoire français peut être prononcée dans les conditions prévues par l'article 131-30, soit à titre définitif, soit pour une durée de dix ans au plus, à l'encontre de tout étranger coupable de l'une des infractions définies au huitième alinéa de l'article 434-9, aux articles 434-9-1 et 434-30, au dernier alinéa de l'article 434-32 et à l'article 434-33.

Art. 434-47 *(Mod., L. n° 2001-504, 12 juin 2001 ; L. n° 2007-1598, 13 nov. 2007).* – Les personnes morales reconnues pénalement responsables, dans les conditions prévues à l'article 121-2, des infractions prévues au huitième alinéa de l'article 434-9, au deuxième alinéa de l'article 434-9-1 et aux articles 434-39 et 434-43 encourent les peines suivantes :

1° L'amende, suivant les modalités prévues par l'article 131-38 ;

2° Pour une durée de cinq ans au plus, les peines mentionnées aux 2°, 3°, 4°, 5°, 6° et 7° de l'article 131-39 ;

3° La confiscation prévue à l'article 131-21 ;

4° L'affichage ou la diffusion de la décision prononcée dans les conditions prévues par l'article 131-35 ;

5° Pour les infractions prévues aux deuxième et troisième alinéas de l'article 434-43, la peine de dissolution mentionnée au 1° de l'article 131-39.

L'interdiction mentionnée au 2° de l'article 131-39 porte sur l'activité dans l'exercice ou à l'occasion de l'exercice de laquelle l'infraction a été commise.

Art. 434-48 *(L. n° 2016-1691, 9 déc. 2016).* – Les personnes morales reconnues pénalement responsables dans les conditions prévues à l'article 121-2 des infractions prévues à l'avant-dernier alinéa de l'article 434-9 et au second alinéa de l'article 434-9-1 encourent également la peine prévue à l'article 131-39-2.

CHAPITRE V. – DES ATTEINTES À L'ADMINISTRATION PUBLIQUE ET À L'ACTION DE LA JUSTICE DES COMMUNAUTÉS EUROPÉENNES, DES ÉTATS MEMBRES DE L'UNION EUROPÉENNE, DES AUTRES ÉTATS ÉTRANGERS ET DES AUTRES ORGANISATIONS INTERNATIONALES PUBLIQUES

(L. n° 2007-1598, 13 nov. 2007)

Section I. – Des atteintes à l'administration publique

Sous-section 1. – De la corruption et du trafic d'influence passifs

Art. 435-1 *(Mod., L. n° 2011-525, 17 mai 2011 ; L. n° 2013-1117, 6 déc. 2013).* **– Est puni de dix ans d'emprisonnement et d'une amende de 1 000 000 €, dont le montant peut être porté au double du produit tiré de l'infraction, le fait, par une personne dépositaire de l'autorité publique, chargée d'une mission de service public ou investie d'un mandat électif public dans un État étranger ou au sein d'une organisation internationale publique, de solliciter ou d'agréer, sans droit, à tout moment, directement ou indirectement, des offres, des promesses, des dons, des présents ou des avantages quelconques, pour elle-même ou pour autrui, pour accomplir ou avoir accompli, pour s'abstenir ou s'être abstenue d'accomplir un acte de sa fonction, de sa mission ou de son mandat ou facilité par sa fonction, sa mission ou son mandat.**

(Al. créé, Ord. n° 2019-963, 18 sept. 2019 ; mod., L. n° 2020-1672, 24 déc. 2020) **La peine d'amende est portée à 2 000 000 € ou, s'il excède ce montant, au double du produit de l'infraction, lorsque les infractions prévues au présent article sont commises en bande organisée.**

Art. 435-2 *(Mod., L. n° 2011-525, 17 mai 2011 ; L. n° 2013-1117, 6 déc. 2013 ; L. n° 2016-1691, 9 déc. 2016).* **– Est puni de cinq ans d'emprisonnement et d'une amende de 500 000 €, dont le montant peut être porté au double du produit tiré de l'infraction, le fait, par quiconque, de solliciter ou d'agréer, à tout moment, directement ou indirectement, des offres, des promesses, des dons, des présents ou des avantages quelconques, pour lui-même ou pour autrui, pour abuser ou avoir abusé de son influence réelle ou supposée en vue de faire obtenir des distinctions, des emplois, des marchés ou toute autre décision favorable d'une personne dépositaire de l'autorité publique, chargée d'une mission de service public ou investie d'un mandat électif public dans un État étranger ou au sein d'une organisation internationale publique.**

Sous-section 2. – De la corruption et du trafic d'influence actifs

Art. 435-3 *(Mod., L. n° 2011-525, 17 mai 2011 ; L. n° 2013-1117, 6 déc. 2013).* **– Est puni de dix ans d'emprisonnement et d'une amende de 1 000 000 €, dont le montant peut être porté au double du produit tiré de l'infraction, le fait, par quiconque, de proposer, sans droit, à tout moment, directement ou indirectement, à une personne dépositaire de l'autorité publique, chargée d'une mission de service public ou investie d'un mandat électif public dans un État étranger ou au sein d'une organisation internationale publique, des offres, des promesses, des dons, des présents ou des avantages quelconques, pour elle-même ou pour autrui, pour qu'elle accomplisse ou s'abstienne d'accomplir, ou parce qu'elle a accompli ou s'est abstenue d'accomplir un acte de sa fonction, de sa mission ou de son mandat, ou facilité par sa fonction, sa mission ou son mandat.**

Est puni des mêmes peines le fait, par quiconque, de céder à une personne visée au premier alinéa qui sollicite, sans droit, à tout moment, directement ou indirectement, des offres, des promesses, des dons, des présents ou des avantages quelconques, pour elle-même ou pour autrui, pour accomplir ou avoir accompli, pour s'abstenir ou s'être abstenue d'accomplir un acte visé audit alinéa.

(Al. créé, Ord. n° 2019-963, 18 sept. 2019 ; mod., L. n° 2020-1672, 24 déc. 2020) **La peine d'amende est portée à 2 000 000 € ou, s'il excède ce montant, au double du produit de l'infraction, lorsque les infractions prévues au présent article sont commises en bande organisée.**

1) QPC. Une question prioritaire de constitutionnalité mettant en cause l'article 435-3 du Code pénal a été déclarée irrecevable en ce que, sous couvert d'atteinte aux principes de réciprocité, de souveraineté nationale et d'immunité du chef d'État français, elle portait en réalité sur la compatibilité de la loi avec le droit international coutumier en matière d'immunité des chefs d'État étrangers (■ Cass. crim., 28 juin 2017, n° 17-80.228).

2) Entre dans les prévisions du deuxième alinéa de l'article 435-3 du Code pénal dans sa version en vigueur à la date des faits, le fait, par toute personne physiqueou morale, de céder aux sollicitations dépourvues de fondement juridique des agents d'un organisme ayant la qualité de personne chargée d'une mission de service public au sens des mêmes dispositions, relayant une demande de paiement de commissions occultes formulées par les instances représentatives d'un État qui en sont les bénéficiaires et à défaut du paiement desquelles toute relation commerciale serait interrompue (▪ Cass. crim., 14 mars 2018, n° 16-82.117 : *JurisData* n° 2018-003623).

3) ***Ne bis in idem.*** Saisie d'un pourvoi qui critiquait la mise à l'écart du principe *ne bis in idem* par les juges du fond, en présence d'un plaider-coupable à l'étranger, la Cour de cassation répond que « le moyen qui tend à soumettre les poursuites régulièrement engagées par une autorité judiciaire française à un contrôle de nécessité et de proportionnalité est infondé en ce qu'il se heurte à la souveraineté de l'État français et au principe d'opportunité des poursuites » (▪ Cass. crim,, 1er avr. 2020, n° 19-83.969 : *JurisData* n° 2020-005367).

Art. 435-4 ***(Mod., L. n° 2011-525, 17 mai 2011 ; L. n° 2013-1117, 6 déc. 2013 ; L. n° 2016-1691, 9 déc. 2016).*** **– Est puni de cinq ans d'emprisonnement et d'une amende de 500 000 €, dont le montant peut être porté au double du produit tiré de l'infraction, le fait, par quiconque, de proposer, sans droit, à tout moment, directement ou indirectement, des offres, des promesses, des dons, des présents ou des avantages quelconques à une personne, pour elle-même ou pour autrui, pour qu'elle abuse ou parce qu'elle a abusé de son influence réelle ou supposée en vue de faire obtenir des distinctions, des emplois, des marchés ou toute autre décision favorable d'une personne dépositaire de l'autorité publique, chargée d'une mission de service public ou investie d'un mandat électif public dans un État étranger ou au sein d'une organisation internationale publique.**

Est puni des mêmes peines le fait, par quiconque, de céder à toute personne qui sollicite, à tout moment, directement ou indirectement, des offres, des promesses, des dons, des présents ou des avantages quelconques, pour elle-même ou pour autrui, pour abuser ou avoir abusé de son influence réelle ou supposée en vue de faire obtenir des distinctions, des emplois, des marchés ou toute autre décision favorable d'une personne visée au premier alinéa.

Sous-section 3. – Dispositions communes

Art. 435-5. – Les organismes créés en application du traité sur l'Union européenne sont considérés comme des organisations internationales publiques pour l'application des dispositions de la présente section.

Art. 435-6 ***(Abr., L. n° 2013-1117, 6 déc. 2013).***

Art. 435-6-1 ***(L. n° 2013-1117, 6 déc. 2013).*** **– La peine privative de liberté encourue par l'auteur ou le complice d'une des infractions prévues aux articles 435-1 à 435-4 est réduite de moitié si, ayant averti l'autorité administrative ou judiciaire, il a permis de faire cesser l'infraction ou d'identifier, le cas échéant, les autres auteurs ou complices.**

Art. 435-6-2 ***(L. n° 2016-1691, 9 déc. 2016).*** **– Dans le cas où les infractions prévues aux articles 435-1 à 435-4 sont commises à l'étranger par un Français ou par une personne résidant habituellement ou exerçant tout ou partie de son activité économique sur le territoire français, la loi française est applicable en toutes circonstances, par dérogation au deuxième alinéa de l'article 113-6, et l'article 113-8 n'est pas applicable.**

Pour la poursuite de la personne qui s'est rendue coupable sur le territoire français, comme complice, d'une infraction prévue aux articles 435-1 à 435-4 commise à l'étranger, la condition de constatation de l'infraction par une décision définitive de la juridiction étrangère prévue à l'article 113-5 n'est pas applicable.

Section II. – Des atteintes à l'action de la justice

Sous-section 1. – De la corruption et du trafic d'influence passifs

Art. 435-7 ***(Mod., L. n° 2011-525, 17 mai 2011 ; L. n° 2013-1117, 6 déc. 2013).*** **– Est puni de dix ans d'emprisonnement et d'une amende de 1 000 000 €, dont le montant peut être porté au double du produit tiré de l'infraction, le fait, par :**

1° Toute personne exerçant des fonctions juridictionnelles dans un État étranger ou au sein ou auprès d'une cour internationale ;

2° Tout fonctionnaire au greffe d'une juridiction étrangère ou d'une cour internationale ;

3° Tout expert nommé par une telle juridiction ou une telle cour ou par les parties ;

4° Toute personne chargée d'une mission de conciliation ou de médiation par une telle juridiction ou par une telle cour ;

5° Tout arbitre exerçant sa mission sous l'empire du droit d'un État étranger sur l'arbitrage,

de solliciter ou d'agréer, sans droit, à tout moment, directement ou indirectement, des offres, des promesses, des dons, des présents ou des avantages quelconques, pour lui-même ou pour autrui, pour accomplir ou avoir accompli, pour s'abstenir ou s'être abstenu d'accomplir un acte de sa fonction ou facilité par sa fonction.

Art. 435-8 *(Mod., L. n° 2011-525, 17 mai 2011 ; L. n° 2013-1117, 6 déc. 2013).* – Est puni de cinq ans d'emprisonnement et d'une amende de 500 000 €, dont le montant peut être porté au double du produit tiré de l'infraction, le fait, par quiconque, de solliciter ou d'agréer, à tout moment, directement ou indirectement, des offres, des promesses, des dons, des présents ou des avantages quelconques, pour lui-même ou pour autrui, pour abuser ou avoir abusé de son influence réelle ou supposée en vue de faire obtenir toute décision ou tout avis favorable d'une personne visée à l'article 435-7, lorsqu'elle exerce ses fonctions au sein ou auprès d'une cour internationale ou lorsqu'elle est nommée par une telle cour.

Sous-section 2. – De la corruption et du trafic d'influence actifs

Art. 435-9 *(Mod., L. n° 2011-525, 17 mai 2011 ; L. n° 2013-1117, 6 déc. 2013).* – Est puni de dix ans d'emprisonnement et d'une amende de 1 000 000 €, dont le montant peut être porté au double du produit tiré de l'infraction, le fait, par quiconque, de proposer, sans droit, à tout moment, directement ou indirectement, à :

1° Toute personne exerçant des fonctions juridictionnelles dans un État étranger ou au sein ou auprès d'une cour internationale ;

2° Tout fonctionnaire au greffe d'une juridiction étrangère ou d'une cour internationale ;

3° Tout expert nommé par une telle juridiction ou une telle cour ou par les parties ;

4° Toute personne chargée d'une mission de conciliation ou de médiation par une telle juridiction ou une telle cour ;

5° Tout arbitre exerçant sa mission sous l'empire du droit d'un État étranger sur l'arbitrage,

pour lui-même ou pour autrui, des offres, des promesses, des dons, des présents ou des avantages quelconques pour que cette personne accomplisse ou s'abstienne d'accomplir, ou parce qu'elle a accompli ou s'est abstenue d'accomplir un acte de sa fonction ou facilité par sa fonction.

Est puni des mêmes peines le fait, par quiconque, de céder à une personne mentionnée aux 1° à 5° qui sollicite, sans droit, à tout moment, directement ou indirectement, des offres, des promesses, des dons, des présents ou des avantages quelconques, pour elle-même ou pour autrui, pour accomplir ou avoir accompli, pour s'abstenir ou s'être abstenue d'accomplir un acte de sa fonction ou facilité par sa fonction.

Art. 435-10 *(Mod., L. n° 2011-515, 17 mai 2011 ; L. n° 2013-1117, 6 déc. 2013).* – Est puni de cinq ans d'emprisonnement et d'une amende de 500 000 €, dont le montant peut être porté au double du produit tiré de l'infraction, le fait, par quiconque, de proposer, sans droit, à tout moment, directement ou indirectement, des offres, des promesses, des dons, des présents ou des avantages quelconques à une personne, pour elle-même ou pour autrui, pour qu'elle abuse ou parce qu'elle a abusé de son influence réelle ou supposée en vue de faire obtenir toute décision ou avis favorable d'une personne visée à l'article 435-9, lorsqu'elle exerce ses fonctions au sein ou auprès d'une cour internationale ou lorsqu'elle est nommée par une telle cour.

Est puni des mêmes peines le fait, par quiconque, de céder à toute personne qui sollicite, à tout moment, directement ou indirectement, des offres, des promesses, des dons ou des présents ou des avantages quelconques, pour elle-même ou pour autrui, pour abuser ou avoir abusé de son influence réelle ou supposée en vue de faire obtenir d'une personne visée au premier alinéa toute décision ou tout avis favorable.

Sous-section 3. – Dispositions communes

Art. 435-11 *(Abr., L. n° 2013-1117, 6 déc. 2013).*

Art. 435-11-1 *(L. n° 2013-1117, 6 déc. 2013).* – La peine privative de liberté encourue par l'auteur ou le complice d'une des infractions prévues aux articles 435-7 à 435-10 est réduite de moitié si, ayant averti

l'autorité administrative ou judiciaire, il a permis de faire cesser l'infraction ou d'identifier, le cas échéant, les autres auteurs ou complices.

Art. 435-11-2 *(L. n° 2016-1691, 9 déc. 2016).* **– Dans le cas où les infractions prévues aux articles 435-7 à 435-10 sont commises à l'étranger par un Français ou par une personne résidant habituellement ou exerçant tout ou partie de son activité économique sur le territoire français, la loi française est applicable en toutes circonstances, par dérogation au deuxième alinéa de l'article 113-6, et l'article 113-8 n'est pas applicable.**

Pour la poursuite de la personne qui s'est rendue coupable sur le territoire français, comme complice, d'une infraction prévue aux articles 435-7 à 435-10 commise à l'étranger, la condition de constatation de l'infraction par une décision définitive de la juridiction étrangère prévue à l'article 113-5 n'est pas applicable.

Sous-section 4. – Des autres entraves à l'exercice de la justice

Art. 435-12. – Est puni de trois ans d'emprisonnement et de 45 000 € d'amende le fait, par quiconque, d'user de promesses, offres, présents, pressions, menaces, voies de fait, manœuvres ou artifices à l'occasion d'une procédure ou en vue d'une demande ou défense en justice, dans un État étranger ou devant une cour internationale, afin de déterminer autrui soit à fournir une déposition, une déclaration ou une attestation mensongère, soit à s'abstenir de fournir une déposition, une déclaration ou une attestation, même si la subornation n'est pas suivie d'effet.

Art. 435-13. – Est puni de dix ans d'emprisonnement et de 150 000 € d'amende le fait, par quiconque, d'user de menaces, de violences ou de commettre tout autre acte d'intimidation pour obtenir d'un magistrat, d'un juré, de toute personne siégeant dans une formation juridictionnelle ou participant au service public de la justice, ou d'un agent des services de détection ou de répression des infractions dans un État étranger ou dans une cour internationale, qu'il accomplisse ou s'abstienne d'accomplir un acte de sa fonction, de sa mission ou facilité par sa fonction ou sa mission.

Section III. – Peines complémentaires et responsabilité des personnes morales

Art. 435-14. – Les personnes physiques coupables de l'une des infractions prévues au présent chapitre encourent également les peines complémentaires suivantes :

1° L'interdiction des droits civiques, civils et de famille, suivant les modalités prévues par l'article 131-26 ;

2° L'interdiction, pour une durée de cinq ans au plus, d'exercer une fonction publique ou d'exercer l'activité professionnelle ou sociale dans l'exercice ou à l'occasion de l'exercice de laquelle l'infraction a été commise ;

3° L'affichage ou la diffusion de la décision prononcée dans les conditions prévues par l'article 131-35 ;

4° La confiscation, suivant les modalités prévues par l'article 131-21, de la chose qui a servi ou était destinée à commettre l'infraction ou de la chose qui en est le produit.

L'interdiction du territoire français peut en outre être prononcée dans les conditions prévues par les articles 131-30 à 131-30-2 soit à titre définitif, soit pour une durée de dix ans au plus, à l'encontre de tout étranger qui s'est rendu coupable de l'une des infractions prévues au présent chapitre.

Art. 435-15 *(L. n° 2016-1691, 9 déc. 2016).* **– Les personnes morales reconnues pénalement responsables, dans les conditions prévues à l'article 121-2, des infractions prévues aux articles 435-3, 435-4, 435-9 et 435-10 encourent les peines suivantes :**

1° L'amende, suivant les modalités prévues par l'article 131-38 ;

2° Pour une durée de cinq ans au plus, les peines prévues aux 2° à 7° de l'article 131-39 ;

3° La confiscation, suivant les modalités prévues par l'article 131-21, de la chose qui a servi ou était destinée à commettre l'infraction ou de la chose qui en est le produit ;

4° L'affichage ou la diffusion de la décision prononcée dans les conditions prévues par l'article 131-35 ;

5° La peine prévue à l'article 131-39-2.

Bibliographie : *JCl. Pénal Code, Atteintes à l'administration publique et à l'action de la justice des Communautés européennes, des États membres de l'Union européenne, des autres États étrangers et des autres organisations internationales publiques* par E. Dreyer. • F. Chopin, *L'adaptation de la lutte contre la corruption en droit français à l'Espace économique européen et* *international : Rev. pénit.* 2002, p. 51. • J.-P. Zanoto, *La corruption : un combat sans fin : Rev. pénit.* 2002, p. 43. • Ch. Cutajar, C. Ducoulou-Favard, J. Lelieur, J.-P. Philippe, M. Pieth, M. Segonds, *La lutte contre la corruption (Loi du 13 nov. 2007 : D.* 2008, p. 1068 (dossier). • J. Lelieur, *La loi du 13 nov. 2007, quelles avancées... : Dr. pén.* 2008, étude 25.

CHAPITRE VI. – DE LA PARTICIPATION À UNE ACTIVITÉ DE MERCENAIRE

(L. n° 2003-340, 14 avr. 2003)

Art. 436-1 ***(L. n° 2003-340, 14 avr. 2003).*** **– Est puni de cinq ans d'emprisonnement et de 75 000 € d'amende le fait :**

1° Par toute personne, spécialement recrutée pour combattre dans un conflit armé et qui n'est ni ressortissante d'un État partie audit conflit armé, ni membre des forces armées de cet État, ni n'a été envoyée en mission par un État autre que l'un de ceux parties au conflit en tant que membre des forces armées dudit État, de prendre ou tenter de prendre une part directe aux hostilités en vue d'obtenir un avantage personnel ou une rémunération nettement supérieure à celle qui est payée ou promise à des combattants ayant un rang et des fonctions analogues dans les forces armées de la partie pour laquelle elle doit combattre ;

2° Par toute personne, spécialement recrutée pour prendre part à un acte concerté de violence visant à renverser les institutions ou porter atteinte à l'intégrité territoriale d'un État et qui n'est ni ressortissante de l'État contre lequel cet acte est dirigé, ni membre des forces armées dudit État, ni n'a été envoyée en mission par un État, de prendre ou tenter de prendre part à un tel acte en vue d'obtenir un avantage personnel ou une rémunération importante.

Art. 436-2 ***(L. n° 2003-340, 14 avr. 2003).*** **– Le fait de diriger ou d'organiser un groupement ayant pour objet le recrutement, l'emploi, la rémunération, l'équipement ou l'instruction militaire d'une personne définie à l'article 436-1 est puni de sept ans d'emprisonnement et de 100 000 € d'amende.**

Art. 436-3 ***(L. n° 2003-340, 14 avr. 2003).*** **– Lorsque les faits mentionnés au présent chapitre sont commis à l'étranger par un Français ou par une personne résidant habituellement sur le territoire français, la loi française est applicable par dérogation au deuxième alinéa de l'article 113-6 et les dispositions de la seconde phrase de l'article 113-8 ne sont pas applicables.**

Art. 436-4 ***(L. n° 2003-340, 14 avr. 2003).*** **– Les personnes physiques coupables des infractions prévues par le présent chapitre encourent également les peines complémentaires suivantes :**

1° L'interdiction des droits civiques, civils et de famille, suivant les modalités prévues par l'article 131-26 ;

2° La diffusion intégrale ou partielle de la décision ou d'un communiqué informant le public des motifs et du dispositif de celle-ci dans les conditions prévues par l'article 131-35 ;

3° L'interdiction de séjour, suivant les modalités prévues par l'article 131-31.

Art. 436-5 ***(L. n° 2009-526, 12 mai 2009).*** **– Les personnes morales déclarées responsables pénalement, dans les conditions prévues par l'article 121-2, de l'infraction définie à l'article 436-2 encourent, outre l'amende suivant les modalités prévues par l'article 131-38, les peines prévues par l'article 131-39.**

L'interdiction mentionnée au 2° de l'article 131-39 porte sur l'activité dans l'exercice ou à l'occasion de l'exercice de laquelle l'infraction a été commise.

Bibliographie : *JCl. Pénal Code Participation à une activité de mercenaire*, par J. Amar.

TITRE IV. – DES ATTEINTES À LA CONFIANCE PUBLIQUE

CHAPITRE I. – DES FAUX

Art. 441-1. – Constitue un faux toute altération frauduleuse de la vérité, de nature à causer un préjudice et accomplie par quelque moyen que ce soit, dans un écrit ou tout autre support d'expression de la pensée qui a

pour objet ou qui peut avoir pour effet d'établir la preuve d'un droit ou d'un fait ayant des conséquences juridiques.

Le faux et l'usage de faux sont punis de trois ans d'emprisonnement et de 45 000 € d'amende.

Bibliographie : *JCl. Pénal Code, Faux* par M. Segonds. • C. Guéry, *De l'escroquerie et de l'usage de faux envisagés sous l'angle d'un régime dérogatoire à la prescription de l'action publique* : *D.* 2012, p. 1838.

• *Sommaire*

I – PROCÉDÉS DU FAUX 918
A – Faux matériel 918
B – Faux intellectuel 919
C – Exclusions du faux 922
II – PRÉJUDICE 923
III – INTENTION FRAUDULEUSE 924
IV – USAGE DE FAUX 924
V – PRESCRIPTION DES DÉLITS DE FAUX ET USAGE 926

I – PROCÉDÉS DU FAUX

A – Faux matériel

1) Fausse signature. Elle est réalisée par l'apposition dans un document d'une signature au nom d'un tiers, imaginaire ou réel ou homonyme (▪ Cass. crim., 15 mars 1917 : *Bull. crim.* n° 76. ▪ Cass. crim., 18 janv. 1961 : *Bull. crim.* n° 33. ▪ Cass. crim., 21 mai 1963 : *Bull. crim.* n° 180. ▪ Cass. crim., 28 nov. 1968 : *Bull. crim.* n° 323 ; *RSC* 1969, p. 399, obs. Vitu. ▪ Cass. crim., 30 juill. 1836 : *S.* 1836, I, 941), que la signature soit manuscrite ou imprimée (▪ Cass. crim., 14 mars 1913 : *Bull. crim.* n° 140). Il en est de même s'il y a eu imitation de signature d'autrui (▪ Cass. crim., 29 oct. 1979 : *D.* 1980, inf. rap. 443. ▪ Cass. crim., 2 oct. 2001 : *Bull. crim.* n° 197), celle-ci pouvant consister en une griffe (▪ Cass. crim., 5 janv. 1971 : *Bull. crim.* n° 2) ou en l'utilisation d'un timbre humide (▪ Cass. crim., 11 janv. 1956 : *Bull. crim.* n° 43).

2) Altération de documents. Constitue aussi un faux matériel le fait de modifier des écritures, en l'espèce par surcharges et additions de mentions (▪ Cass. crim., 28 oct. 1985 : *Bull. crim.* n° 327), ou d'en supprimer grâce à l'utilisation de procédés divers, tels le lavage (▪ Cass. crim., 21 mai 1963 : *Bull. crim.* n° 180 ; *RSC* 1963, p. 801, obs. Hugueney), la plastification d'un ticket d'autobus en vue d'empêcher son oblitération, l'altération d'écritures étant ainsi caractérisée (▪ Cass. crim., 19 déc. 1974 : *Bull. crim.* n° 378 ; *RSC* 1975, p. 690, obs. Vitu).

3) Fabrication de documents. Nul ne pouvant se constituer un titre à soi-même, la fabrication d'un document, même comportant des énonciations pour partie exactes, forgé pour servir de preuve, constitue un faux matériel susceptible de porter préjudice à autrui (▪ Cass. crim., 31 janv. 1994 : *Dr. pén.* 1994, n° 104, obs. M. Véron) ; il en est ainsi même si le document fabriqué est conforme à l'original (▪ Cass. crim., 26 nov. 1974 : *Bull. crim.* n° 348).

Constitue un faux l'acte fabriqué par une ou plusieurs personnes à seule fin d'éluder la loi et de créer l'apparence d'une situation juridique de nature à porter préjudice à autrui ; justifie ainsi la déclaration de culpabilité d'un vétérinaire pour faux la cour d'appel qui retient qu'il a, sur la demande d'un pharmacien qui le rémunérait, rédigé de manière habituelle des ordonnances prescrivant des médicaments contenant des substances vénéneuses à des animaux d'élevage dont il n'assurait pas les soins ni la surveillance sanitaire, à seule fin de régulariser la vente des médicaments déjà effectuée par le pharmacien, en méconnaissance de la réglementation pharmaceutique, et que ces pratiques ont porté atteinte à la filière alimentaire de l'élevage (▪ Cass. crim., 6 févr. 2001 : *Bull. crim.* n° 35).

Tel est aussi le cas des ordonnances à en-tête d'un médecin d'exercice libéral, signées à l'avance par celui-ci, que le médecin salarié d'un organisme gérant un régime obligatoire de sécurité sociale délivrait à ceux de ses patients affiliés à cet organisme qui le consultaient au titre du régime général des pensions militaires d'invalidité (▪ Cass. crim., 18 mai 2005 : *Bull. crim.* n° 148).

Le faux par fabrication de conventions, dispositions, obligations ou décharges est caractérisé alors même que la fausseté du fait attesté ne serait pas constaté (▪ Cass. crim., 28 avr. 1970 : *Bull. crim.* n° 1480. ▪ Cass. crim., 31 janv. 1994 : préc.) ; l'insertion frauduleuse d'une mention postérieurement à la rédaction de l'acte est également constitutive du faux (▪ Cass. crim., 18 avr. 1970 : *D.* 1970, p. 575).

– Est **complice** d'un faux certificat de vente, celui qui a confectionné un tampon apocryphe d'un tribunal de commerce intégré dans l'acte (▪ Cass. crim., 31 oct. 2001 : *JurisData* n° 2001-007185 ; *Dr. pén.* 2001, comm. 31, obs. M. Véron).

La fabrication d'un document, forgé pour servir de preuve, constitue un faux matériel susceptible de porter préjudice à un tiers, même si ce document est conforme à l'original (■ Cass. crim., 3 juin 2004 : *Bull. crim.* n° 149 ; *Dr. pén.* 2004, comm. 141, obs. M. Véron ; *D.* 2004, somm. com., p. 2752, obs. B. de Lamy).

4) Pour déclarer le prévenu coupable de faux en ayant porté de fausses mentions dans le procès-verbal de l'assemblée générale du 8 mai 1993 de la Mutuelle dont il était le directeur, l'arrêt relève, notamment, qu'il a admis, de par ses fonctions, avoir l'habitude d'assister aux assemblées générales pour y prendre des notes à partir desquelles était rédigé le procès-verbal de ces assemblées et avoir la responsabilité de sa mise en forme ; qu'il retient que le prévenu est à l'origine de l'établissement du faux procès-verbal dont il est le véritable auteur intellectuel ; qu'en l'état de ces énonciations, et dès lors que se rend coupable de faux celui qui coopère sciemment à la fabrication d'un faux procès-verbal portant la signature de tiers, même s'il n'y concourt pas matériellement, la cour d'appel a justifié sa décision (■ Cass. crim., 3 juin 2004 ; *Dr. pén.* 2004, note 144, obs. M.V.).

5) Particularités. En cas de faux matériel, le délit est caractérisé quelle que soit la valeur de l'écrit et sans qu'il soit une source de droit, dès lors qu'un préjudice peut en résulter et qu'il y a intention coupable (■ Cass. crim., 9 juin 1964 : *Bull. crim.* n° 196). L'écrit fabriqué ou falsifié peut ainsi être une lettre missive (■ Cass. crim., 15 mars 1917 : *Bull. crim.* n° 76. ■ Cass. crim., 28 nov. 1968 : *Bull. crim.* n° 323 ; *RSC* 1969, p. 399, obs. Vitu. ■ Cass. crim., 4 mai 1987 : *Bull. crim.* n° 176), une pétition revêtue de fausses signatures adressée à l'Assemblée nationale (■ Cass. crim., 19 sept. 1850 : *Bull. crim.* n° 318), ou encore une demande de permis de construire portant la signature contrefaite d'un architecte, un tel document pouvant atteindre la réputation professionnelle de l'intéressé et étant de nature à engager sa responsabilité (■ Cass. crim., 13 oct. 1999 : *Bull. crim.* n° 218).

6) La reproduction et la diffusion d'un curriculum vitae en usurpant l'identité d'un tiers, pour nuire à ce dernier, caractérisent les infractions de faux et usage de faux en tous leurs éléments tant matériels qu'intentionnels, sans qu'importe le mobile (■ Cass. crim., 5 déc. 2012, n° 12-81.121 : *JurisData* n° 2012-032691 ; *JCP* 2012, note n° 206, p. 367, O. Decima et St. Detraz).

7) Toujours en cas de faux matériel, il est indifférent que le fait énoncé dans le document soit inexact ou corresponde à la réalité (■ Cass. crim., 28 avr. 1970 : *Bull. crim.* n° 148), ou qu'un document fabriqué soit conforme à celui ayant existé puis disparu (■ Cass. crim., 7 févr. 1973 : *Bull. crim.* n° 70 ; *RSC* 1973, p. 890, obs. Vitu). Pour aider un ami faisant l'objet d'un contrôle fiscal, une personne reconstitue des contrats dont elle prétend qu'ils ont réellement existé, comme l'attesteraient les propos de tiers et une analyse de comptabilité. Elle est condamnée pour faux, sur le fondement de l'article 441-1 du Code pénal : les juges du fond relèvent, d'une part, que la prévenue a créé des documents dont le contenu était soit faux soit incertain, pour les présenter comme vrais dans le cadre du contrôle fiscal et ajoutent, d'autre part, que son intention délictueuse est confirmée par le fait qu'elle a tenté d'utiliser du papier jauni afin de renforcer la crédibilité et l'authenticité des contrats en cause (■ Cass. crim., 12 sept. 2018, n° 17-85.825 : *JurisData* n° 2018-015406 ; *Dr. pén.* 2018, comm. 210, obs. Ph. Conte).

B – Faux intellectuel

8) Documents valant titres. L'altération de la vérité dans un document n'est susceptible de constituer un faux en écriture au sens des articles 145 à 152 du Code pénal que si le document falsifié constitue un titre ; justifie sa décision la cour d'appel qui énonce que l'acte argué de faux n'est pas susceptible d'établir la preuve d'un droit ou d'un fait entraînant quelques conséquences que ce soit (■ Cass. crim., 7 oct. 1991 : *Bull. crim.* n° 332). L'altération frauduleuse de la vérité, préjudiciable à autrui, ne constitue un faux pénalement punissable, au sens des articles 147 ancien et 441-1 du Code pénal, que lorsqu'elle est commise dans un document faisant titre (■ Cass. crim., 5 nov. 1998 : *Bull. crim.* n° 288 ; *D.* 2000, jur. p. 128, note M.-H. Gozzi).

– Constitue le délit de faux, la fabrication d'un document pour servir de preuve, au cours d'une instance civile, lorsque le document ainsi versé aux débats est, comme il résulte des constatations des juges, de nature à avoir valeur probatoire et à entraîner des effets juridiques. Il s'agissait en l'espèce d'une lettre postdatée d'une candidature à un emploi que son auteur avait déjà établie frauduleusement afin d'éviter une condamnation de son employeur pour concurrence déloyale envers son ancien employeur qui ne l'avait pas débauché (■ Cass. crim., 25 févr. 2009 : *JurisData* n° 2009-047645 ; *Dr. pén.* 2009, comm. 78, obs. M. Veron).

9) Écrits de commerce ou de banque. Constitue un faux entrant dans les prévisions tant de l'article 150 du Code pénal que de l'article 441-1 du Code pénal entré en vigueur le 1er mars 1994 l'altération frauduleuse de la vérité, préjudiciable à autrui, accomplie dans un document faisant titre ; tel est le cas de la fausse indication de la date de valeur d'opérations financières affectant un compte bancaire et de l'inscription à un compte bancaire d'opérations concernant un autre compte, le préjudice résultant pour la banque de ces altérations de la vérité, consistant dans le manque à gagner sur les agios exigibles et dans le versement d'intérêts indus (▪ Cass. crim., 8 juin 1994 : *Bull. crim.* n° 228).

10) Un ordre de virement d'une somme d'argent établi par le gérant d'une société au nom d'une ancienne société dont il avait été le gérant de fait, et qui n'a pu être honoré en raison de cette altération de la vérité, constitue les délits de faux et usage de faux (▪ Cass. crim., 16 oct. 2013, n° 12-87.096 : *AJ pénal* 2014, p. 183, obs. J. Lasserre-Capdeville).

11) Une lettre de change acceptée par le tiré constitue un titre et l'inexistence, lors de son émission, d'une créance du tireur sur le tiré s'analyse en une altération frauduleuse de la vérité caractérisant un faux intellectuel de nature à causer un préjudice (▪ Cass. crim., 8 janv. 2014, n° 13-80.087 : *JurisData* n° 2014-000032 ; *Dr. pén.* 2014, comm. 38, obs. M. Véron).

12) Tel est aussi le cas de l'altération de la vérité dans les procès-verbaux d'assemblées générales d'une société (▪ Cass. crim., 20 mars 2007 : *Bull. crim.* n° 86 ; *RSC* 2007, p. 536, obs. C. Mascala). V. *infra*, II. Préjudice.

13) Factures fausses. La fabrication de factures sans cause, au nom d'une entreprise de pure façade ou d'une société fictive, constitue l'élément matériel du délit de faux en écritures de commerce et leur comptabilisation, celui d'usage de faux (▪ Cass. crim., 19 oct. 1987 : *Bull. crim.* n° 353).

Constituent des documents valant titres, les factures fausses jointes à la comptabilité par un mandataire social pour justifier les mouvements de fonds (▪ Cass. crim., 5 avr. 1993 : *Bull. crim.* n° 144. ▪ Cass. crim., 20 juin 1996 : *JurisData* n° 1996-003426). Constitue un faux le fait d'établir, en vue de justifier des mouvements de fonds en comptabilité, des pièces justificatives inexactes, en l'espèce des factures contenant des mentions contraires à la vérité, concernant les opérations correspondantes (▪ Cass. crim., 16 déc. 1997 : *Bull. crim.* n° 428).

Valent aussi titres de fausses pièces justificatives créées dans la comptabilité d'une banque (▪ Cass. crim., 3 janv. 1991 : *D.* 1991, inf. rap. 66), comme les fausses factures jointes à l'appui de bordereaux de cessions des créances transmises par un commerçant à son banquier par application de la loi du 2 janvier 1981 (▪ Cass. crim., 30 mars 1992 : *Bull. crim.* n° 132).

V. J. Djoudi, *Les fausses factures et le délit de faux : RSC* 1996, p. 357.

S'il est vrai que des documents ou écrits mensongers tels que des notes et factures, qui sont par leur nature soumis à discussion et à vérification, ne constituent pas en eux-mêmes des titres susceptibles d'entrer dans les prévisions des articles 147 et 150 du Code pénal, il en est autrement dès lors que, comme en l'espèce, les fausses énonciations résultant de ces opérations fictives ont été reportées sur les livres comptables de la société, pour leur donner l'apparence d'actes de commerce réels et y traduire l'existence d'une activité commerciale, en fait imaginaire (▪ Cass. crim., 24 avr. 1984 : *D.* 1986, 126, note J. Cosson).

Constitue un faux le fait d'établir, en vue de justifier des mouvements de fonds en comptabilité, des pièces justificatives inexactes concernant le prix de marchandises facturées (sous-évalué pour diminuer le coût des droits de douane) et de prestations inexistantes (▪ Cass. crim., 20 juin 2007 : *JurisData* n° 2007-040206 ; *Dr. pén.* 2007, comm. 142, obs. M. Véron ; *RSC* 2008, p. 591, obs. C. Mascala).

14) La circonstance que l'obtention d'un avantage commercial injustifié ne soit passible, en vertu de l'article L. 442-6, I, 2°, a du Code de commerce, que d'une amende civile, ne met pas obstacle aux poursuites exercées du chef de faux, relativement à l'établissement de factures constatant des prestations inexistantes et des prix erronés (▪ Cass. crim., 25 juin 2008, pourvoi n° 07-80.261 : *Bull. crim.* n° 167).

– Sur les fausses factures, V. aussi *infra*, II, préjudice, les notes.

15) Faux par omissions. Le délit de faux en écriture de commerce ou de banque est constitué par le fait, pour une personne chargée de la tenue des comptes d'une entreprise, de faire apparaître, par l'omission intentionnelle de certaines écritures, une situation comptable fausse, caractérisant une altération de la vérité (▪ Cass. crim., 25 févr. 1982 : *D.* 1982, inf. rap. 333).

16) Constitue un faux l'omission volontaire d'un bien dans l'inventaire établi par un curateur et remis au juge des tutelles, cette omission ayant pour conséquence d'éluder le contrôle judiciaire institué dans l'intérêt des majeurs protégés (▪ Cass. crim., 5 févr. 2008, pourvoi n° 07-84.724 : *Bull. crim.* n° 29 ; *Dr. pén.* 2008, comm. 442, obs. M. Véron ; *RSC* 2008, p. 591, obs. C. Mascala).

17) Comptes fictifs. Les documents falsifiés par un employé de banque pour ouvrir des comptes fictifs sont des titres au sens de l'article 150 du Code pénal pour justifier de la comptabilité de la banque et constituent des faux en écriture de banque (▪ Cass. crim., 3 janv. 1991 : *Bull. crim.* n° 2).

18) Écrits privés. Commet un faux en écriture privée le conducteur d'un véhicule qui, après avoir refusé de procéder à l'établissement d'un constat amiable d'accident de la circulation, falsifie un tel constat en y ajoutant sa signature et des mentions écrites dont certaines inexactes. Ce faux constat amiable peut être préjudiciable dans la mesure où il influe sur l'indemnisation du dommage (■ Cass. crim., 1er juin 1981 : *Bull. crim.* n° 46).

19) Commettent le délit un titulaire du CAPA qui adresse au Bâtonnier de fausses conventions de stage en vue de sa réinscription sur la liste du stage, ainsi que l'employé de l'organisme qui a signé irrégulièrement ces conventions constitutives d'une altération de la vérité (■ Cass. crim., 17 déc. 2008 : *JurisData* n° 2008-046813 ; *Dr. pén.* 2009, comm. 45, obs. M. Véron).

20) Altérations imposées. Le fait de tenir la main passive d'une personne en état de pré-coma et dépourvue de lucidité pour l'amener à rédiger un testament olographe implique nécessairement l'altération de la vérité dans l'écrit argué de faux, sans avoir à rechercher quelle était l'intention réelle du testateur ; il s'en déduit, en effet, qu'une volonté étrangère a été substituée à la volonté propre dudit testateur, au moment de la rédaction de l'acte (■ Cass. crim., 30 nov. 1971 : *Bull. crim.* n° 326).

Constitue un faux l'acte, mentionnant des faits ou circonstances ne répondant pas à la réalité, rédigé par un tiers sous la dictée du prévenu qui en impose le contenu (■ Cass. crim., 8 oct. 1996 : *Dr. pén.* 1997, comm. 45, obs. M. Véron).

21) Falsifications. Constitue un faux la fabrication de tout document, tel un bail, susceptible de constituer un titre, dès lors qu'intentionnellement commise elle est de nature à porter préjudice à un tiers (■ Cass. crim., 26 févr. 1990 : *Bull. crim.* n° 94).

Le faux par fabrication de conventions, dispositions, obligations ou décharges se commet dans la rédaction même de l'acte et avant sa signature. Il n'est pas nécessaire que la signature soit faussée, il suffit qu'elle ait été obtenue frauduleusement (■ Cass. crim., 6 févr. 1978 : *Bull. crim.* n° 44. ■ Cass. crim., 1er oct. 1990 : *Bull. crim.* n° 325).

La falsification de feuilles de décomptes d'indemnités journalières de maladie, émanant d'une Caisse primaire de sécurité sociale, constitue un faux en écritures privées et non pas, comme l'a retenu à tort la cour d'appel, le faux portant sur des documents administratifs entrant dans les prévisions de l'article 153 du Code pénal (■ Cass. crim., 4 août 1980 : *Bull. crim.* n° 46).

Constituent des faux documents faisant titre, entrant dans les prévisions de l'article 441-1 du Code pénal, des décomptes informatisés de remboursement de prestations sociales établis, sur papier, à partir des données erronées introduites frauduleusement dans un système de traitement automatisé (■ Cass. crim., 24 janv. 2001 : *Bull. crim.* n° 24 ; *Rev. trim. dr. com. et écon.*, 2001, p. 788, note B. Bouloc).

L'altération frauduleuse de la vérité dans un bulletin de salaire constitue un faux au sens de l'article 441-1 du Code pénal, dès lors qu'un tel document peut avoir pour effet d'établir la preuve de faits ayant des conséquences juridiques (■ Cass. crim., 7 sept. 2005 : *Bull. crim.* n° 220 ; *Dr. pén.* 2005, comm. 176, obs. M. Véron).

22) Faux par simulation. Si les énonciations mensongères auxquelles les parties croient pouvoir consentir dans une convention peuvent ne constituer qu'une simple simulation non punissable, il en est autrement lorsque les fausses énonciations ont été concertées avec l'intention coupable de tromper les tiers et de leur porter éventuellement un préjudice (■ Cass. crim., 12 déc. 1977 : *Bull. crim.* n° 393).

Le fait de porter sciemment dans des conventions des clauses opérant des simulations, constatant des prestations et honoraires fictifs, des suppositions ou interpositions de personnes ou d'actes, caractérise en tous ses éléments, tant matériels qu'intentionnels, le délit de faux, sans que puisse influer le consentement des signatures des actes faux, dont le concert frauduleux a précisément pour objet de tromper des tiers, fussent-ils des personnes morales dans lesquelles ils ont des intérêts (■ Paris, 21 sept. 1998 : *Bull. inf. C. cass.* 1999, n° 700).

23) Abus de blanc-seing. Le délit d'abus de blanc-seing prévu par l'article 407 de l'ancien Code pénal peut entrer dans les prévisions du nouvel article 441-1 (■ Cass. crim., 18 mai 1994 : *Bull. crim.* n° 187).

C'est, dès lors, à bon droit qu'une cour d'appel, sans excéder sa saisine ni violer le principe du débat contradictoire, requalifie en faux, après réquisitions en ce sens du ministère public, des faits poursuivis comme abus de blanc-seing (■ Cass. crim., 20 juin 1996 : *Bull. crim.* n° 269).

Constitue un faux entrant dans les prévisions de l'article 441-1 du Code pénal l'altération frauduleuse de la vérité, préjudiciable à autrui, accomplie dans un document susceptible d'entraîner des conséquences juridiques. Tel est le cas d'une pétition adressée au procureur de la République, dénonçant de prétendus détournements de fonds publics imputés à un maire et aux responsables d'une association, écrite au-dessus des signatures données en blanc par plusieurs personnes en vue d'une demande d'indemnisation, une telle plainte exposant, notamment, ses auteurs à des poursuites pour dénonciation calomnieuse (■ Cass. crim., 20 juin 1996, préc.).

Mais ne constitue pas une altération de la vérité punissable comme faux le fait de compléter une convention par l'indication d'un prix laissé en blanc lors de sa signature par les parties, mais résultant d'un document estimatif auquel elle se réfère (■ Cass. crim., 23 nov. 1995 : *Bull. crim.* n° 357), non plus que la mention marginale ajoutée par un notaire, en présence des parties, après la signature d'un acte, dès lors que cette mention, non signée par les parties, ne leur est pas opposable et ne peut entraîner aucun préjudice (■ Cass. crim., 26 sept. 1995 : *Bull. crim.* n° 284).

C – Exclusions du faux

24) Absence d'altération de la vérité. L'altération frauduleuse de la vérité dans un écrit, élément constitutif du faux, ne saurait se déduire de la seule irrégularité ou illicéité de l'acte incriminé ; justifie sa décision la cour d'appel qui, pour relaxer le directeur d'une agence bancaire, énonce qu'en dépit de l'irrégularité des pratiques suivies au regard des usages bancaires, pour retarder les débits d'un compte client –, les comptes internes de l'établissement ont, en définitive, correspondu aux opérations réellement effectuées, de sorte qu'aucune altération de la vérité n'en est résultée (■ Cass. crim., 23 janv. 1997 : *Bull. crim.* n° 35).

25) Déclarations personnelles. De simples déclarations établies par un prévenu en sa propre faveur ne représentent que ses seules affirmations sujettes à vérification ; l'écrit qu'il relate ne peut constituer un faux en écritures privées au sens de l'article 150 du Code pénal, cet écrit ne constituant pas un titre au profit de celui qui l'a établi et ne faisant pas preuve pour lui (■ Cass. crim., 23 nov. 1972 : *Bull. crim.* n° 357).

Une lettre de change tirée sur un établissement imaginaire et ne portant que la signature du tireur, est un faux intellectuel qui ne comporte pas d'obligations pour un tiers et ne peut constituer le délit ; aucune obligation pour un tiers ne peut résulter de la seule signature du créancier qui se donne un débiteur imaginaire (■ Cass. crim., 28 mai 1962 : *Bull. crim.* n° 212).

Encourt la cassation, pour violation des articles 147 ancien et 441-1 du Code pénal, l'arrêt qui, pour condamner un président de société pour faux et usage, relève qu'il a présenté à l'escompte des lettres de change dépourvues de cause, tirées sur des clients, et qu'il a obtenu ainsi de deux établissements bancaires une remise de fonds, alors que, en l'absence de toute autre circonstance, les effets de commerce, qui n'ont pas été acceptés par les tirés, ne constituent pas des titres au sens de ces textes (■ Cass. crim., 5 nov. 1998 : *Bull. crim.* n° 288 ; *D.* 2000, jur. p. 128, note M.-H. Gozzi ; *D.* 2000, jur. p. 431, note J. Djoudi).

26) Documents vérifiables. Des devis simplement minorés, qui sont par leur nature soumis à discussion et vérification, ne constituent pas, en l'absence de toutes autres précisions, des titres susceptibles d'entrer dans les prévisions de l'article 441-1 du Code pénal (■ Cass. crim., 15 sept. 1999 : *JurisData* n° 1999-003933 ; *Dr. pén.* 2000, comm. 42, obs. M. Véron).

– Les notes d'honoraires, soumises par leur nature à discussion et vérification de la part de celui à qui elles sont opposées, n'ont aucun caractère probatoire au sens de l'article 441-1 du Code pénal (■ Cass. crim., 13 févr. 2002 : *Bull. crim.* n° 29 ; *D.* 2003, jur., p. 448, note B. Bouloc).

– A un effet probatoire la note d'honoraires présentée par un commissaire-priseur, fondée sur l'application du tarif minimal prévu par la loi et non discutable (■ Cass. crim., 9 mars 2005 : *Dr. pén.* 2005, comm. 93, obs. M. Véron).

– Le bilan ou le compte de résultat, documents obligatoires établis par l'expert-comptable, ont par eux-mêmes un caractère probatoire, indépendamment du contrôle exercé postérieurement par le commissaire aux comptes (■ Cass. crim., 17 déc. 2003 ; *JurisData* n° 2003-021902 ; *Dr. pén.* 2004, comm. 60, obs. M. Véron).

27) Documents sans valeur juridique. Ne constitue pas un écrit valant titre et ayant pour objet ou pour effet d'établir la preuve d'un droit ou d'un fait ayant des conséquences juridiques, et n'entre pas dans les prévisions de l'article 441-1 du Code pénal une télécopie adressée à un quotidien en vue de faire paraître un avis de décès faussement imputé à un conseil général (■ Cass. crim., 27 oct. 1999 : *Bull. crim.* n° 235 ; *Dr. pén.* 2000, comm. 42, obs. M. Véron).

28) Conclusions en justice. En l'absence de toute falsification matérielle dans les actes, la simple production en justice de conclusions ne saurait, faute de valeur probatoire, caractériser un faux au sens des articles 145 et suivants du Code pénal (■ Cass. crim., 22 nov. 1977 : *Bull. crim.* n° 378).

Le rapport de synthèse rédigé par un policier dans le cadre d'une enquête pénale qui est versé par le ministère public dans une instance civile ne constitue pas une relation ou une constatation de faits mais un document soumis à discussion, ne pouvant conduire à des poursuites pour escroquerie au jugement et faux en écriture publique (■ Cass. crim., 13 juin 2018, n° 17-83.885 : *JurisData* n° 2018-010267).

29) Mentions non substantielles. Le faux n'est pas non plus constitué si une mention mensongère, inexacte ou erronée n'intéresse pas la substance de l'acte considéré et n'était pas de nature à causer un préjudice (■ Cass. crim., 9 avr. 1962 : *Bull. crim.* n° 175, pour la prise de la fausse qualité de célibataire dans une transaction. ■ Cass. crim.,

20 oct. 1982 : *Bull. crim.* n° 229, pour une substitution de date correspondant à la réalité).

II – PRÉJUDICE

30) Notion. Il n'existe de faux ou d'usage de faux punissable qu'autant que la pièce contrefaite ou altérée est susceptible d'occasionner à autrui un préjudice actuel ou possible (■ Cass. crim., 2 juill. 1980 : *Bull. crim.* n° 210. ■ Cass. crim., 15 oct. 1982 : *Bull. crim.* n° 252), ou éventuel (■ Cass. crim., 9 mai 1984 : *Bull. crim.* n° 161). Il peut être patrimonial (■ Cass. crim., 30 oct. 1975 : *Bull. crim.* n° 235), commercial (■ Cass. crim., 27 mars 2007 : *Dr. pén.* 2007, comm. 99, obs. M. Véron), moral (■ Cass. crim., 13 oct. 1999 : *Bull. crim.* n° 218), social ou public (■ Cass. crim., 19 mars 1920 : *D.* 1920, I, 182. ■ Cass. crim., 2 oct. 2001 : *Bull. crim.* n° 197, concernant la falsification d'un formulaire de changement d'adresse de nature à nuire à la sincérité d'un scrutin électoral).

31) Une facture est une écriture de commerce dont la falsification peut donner naissance aussi bien à un préjudice individuel qu'à un préjudice social. Il n'importe que ce préjudice puisse n'être qu'éventuel, la possibilité d'un préjudice suffisant à faire tomber la falsification de la vérité sous l'application de la loi pénale (■ Cass. crim., 3 févr. 1970 : *Bull. crim.* n° 47).

32) La passation en comptabilité de factures fausses ou fictives caractérise en tous ses éléments constitutifs le délit de faux, le préjudice résultant de l'atteinte portée à la force probante reconnue aux écritures comptables et aux pièces les justifiant (■ Cass. ass. plén., 4 juill. 2008 : *Bull. inf. cass.* 2008, II, p. 31, rapp. M. Rognon, avis M. Lucazeau ; *Bull. crim.* n° 2).

33) L'omission de porter une somme (due aux instances ordinales) sur le tableau de bord comptable remis à la chambre départementale des notaires cause un préjudice résultant de l'atteinte à la force probante des écritures comptables (■ Cass. crim., 14 nov. 2013, n° 12-88.309 : *Dr. pén.* 2014, comm. 21, obs. M. Véron ; *RSC* 2014, p. 74, obs. C. Mascala).

34) Le préjudice causé par la falsification d'un écrit peut résulter de la nature même de la pièce falsifiée. Tel est le cas de l'altération des procès-verbaux d'assemblée générale d'une société, qui est de nature à permettre de contester la régularité et les pouvoirs de cet organe (■ Cass. crim., 20 mars 2007 : *Bull. crim.* n° 86 ; *RSC* 2007, p. 536, obs. C. Mascala). Le préjudice peut exister même en cas de fabrication d'un document conforme à l'original destiné à servir de preuve (■ Cass. crim., 12 sept. 2018, n° 17-85.825 : *JurisData* n° 2018-015406 ; *Dr. pén.* 2018, comm. 210, obs. Ph. Conte). Le préjudice pouvant résulter de la nature même de la pièce falsifiée, est constitutive d'un faux l'altération de procès-verbaux d'assemblée générale ou de réunion d'une association par son président, car elle est de nature à permettre de contester la régularité ou les pouvoirs de l'un de ses organes (■ Cass. crim., 16 juin 2021, n° 20-82.941, F-P : *JurisData* n° 2021-009389).

35) Le délit de faux est une infraction instantanée qui se consomme par l'établissement de l'écrit falsifié, en l'espèce des lettres versées dans une procédure civile ; le fait qu'un jugement civil devienne non avenu, faute de signification, n'est pas de nature à supprimer le caractère préjudiciable de cette infraction dès lors qu'il s'agit là d'un événement postérieur à sa réalisation (■ Cass. crim., 4 nov. 2021, n° 20-86.639).

36) Constatation. Les juges du fond ne sont tenus d'affirmer l'existence du préjudice résultant de l'altération de documents que si celui-ci ne résulte pas de la nature même des pièces incriminées ; tel n'est pas le cas lorsque les faux s'appliquent à des écritures de commerce (■ Cass. crim., 27 nov. 1978 : *Bull. crim.* n° 331. ■ Cass. crim., 25 janv. 1988 : *Bull. crim.* n° 30. ■ Cass. crim., 6 mars 1989 : *Bull. crim.* n° 103), à des procès-verbaux d'un conseil d'administration, à des feuilles de présence d'assemblée générale de société anonyme (■ Cass. crim., 13 mars 1970 : *Bull. crim.* n° 107), à des procès-verbaux de l'assemblée générale extraordinaire d'une société anonyme dont la falsification met en cause la validité des décisions apparemment prises (■ Cass. crim., 21 mars 1972 : *Bull. crim.* n° 115), ou encore à certains faux en écritures privées comme une reconnaissance de dette ou un reçu (■ Cass. crim., 15 juin 1962 : *Bull. crim.* n° 222).

Une condamnation pour délits de faux et usage de faux ayant acquis l'autorité de la chose jugée implique nécessairement l'existence d'un préjudice. La fabrication, par un concert frauduleux, d'une sentence arbitrale, portant condamnation au paiement d'une somme indue et extinction d'une créance par compensation, est constitutive des délits de faux et d'usage de faux, dès lors que cette sentence a fait l'objet d'écritures de débit dans la comptabilité de la partie perdante (■ Cass. crim., 11 janv. 1996 : *Bull. crim.* n° 17).

Dès lors qu'un faux matériel occasionne un préjudice à la personne dont il est censé émaner, il n'importe qu'il ait eu ou non pour objet ou pour effet d'établir la preuve d'un droit ou d'un fait ayant eu des conséquences juridiques (■ Cass. crim., 6 avr. 2016, n° 14-85.501 : *Dr. pén.* 2016, comm. 106, note Ph. Conte).

37) Appréciation souveraine. Dès lors qu'il admet l'existence d'un faux en écriture privée, le juge du fond est tenu d'apprécier l'existence ou non d'un préjudice. Ses énonciations de ce chef sont souveraines (▪ Cass. crim., 20 oct. 1982 : *Bull. crim.* n° 229), mais il est tenu de préciser en quoi et à qui le document tenu pour faux est susceptible de causer un préjudice dès lors que ce préjudice ne résulte pas nécessairement de la nature même de l'acte incriminé (▪ Cass. crim., 19 févr. 1964 : *D.* 1964, p. 376. ▪ Cass. crim., 6 mars 1989 : préc.).

Ainsi, encourt la censure l'arrêt de la chambre de l'instruction, qui, dans l'information suivie contre le comptable salarié d'une société pour faux et usage, abus de confiance, déclare recevable la constitution de partie civile du commissaire aux comptes, qui invoque l'action en responsabilité civile dont il est l'objet de la part de la société, mais qui ne justifie pas d'un préjudice directement causé par l'infraction (▪ Cass. crim., 20 juin 2002 : *Bull. crim.* n° 141).

Sur la question, en général, V. M. Véron, *Du préjudice éventuel au préjudice virtuel* : *Dr. pén.* 1999, chron. n° 7.

III – INTENTION FRAUDULEUSE

38) Conscience de l'altération préjudiciable. Justifie sa décision l'arrêt déclarant établis les délits de faux en écriture privée et d'usage de faux, dès lors qu'il résulte de ses constatations et énonciations que l'altération de la vérité, sciemment commise par le prévenu dans une quittance de règlement amiable, était susceptible de porter préjudice à autrui et que l'intéressé en avait connaissance (▪ Cass. crim., 24 févr. 1972 : *Bull. crim.* n° 78. ▪ Cass. crim., 11 déc. 1974 : *Bull. crim.* n° 366). Constitue un faux la fabrication de conventions, dispositions, obligations ou décharges, ainsi que de tout document susceptible de constituer un mode de preuve, dès lors qu'intentionnellement commise, elle est de nature à préjudicier à un tiers (▪ Cass. crim., 26 nov. 1974 : *Bull. crim.* n° 348).

39) Appréciation souveraine. Les juges du fond apprécient souverainement l'existence d'une intention frauduleuse en matière de faux et d'usage de faux ; justifie sa décision de relaxe, la cour d'appel qui constate que le prévenu, en complétant un document par l'indication de la date et du prix global, s'était référé à un état estimatif mentionné dans la convention (▪ Cass. crim., 23 nov. 1995 : *Bull. crim.* n° 357).

Il n'y a pas d'intention coupable lorsqu'il est établi que le prétendu faussaire a agi avec l'autorisation de la personne dont il a imité la signature (▪ Cass. crim., 6 nov. 1989 : *Dr. pén.* 1990, comm. 85, obs. M. Véron).

Le seul manquement d'un notaire à ses obligations professionnelles de conseil et de vérification de l'identité des parties ne suffit pas à caractériser l'intention frauduleuse exigée par les articles 441-1 et 441-4 du Code pénal (▪ Cass. crim., 29 janv. 1998 : *D.* 2000, jur., 128, note M.-H. Gozzi).

De même, le seul manquement à ses obligations professionnelles par un contrôleur technique de véhicules, qui a omis de mentionner de graves défauts qui les affectaient, ne suffit pas à caractériser l'intention frauduleuse exigée (▪ Cass. crim., 7 sept. 2004 : *Dr. pén.* 2004, comm. 180, obs. M. Véron).

Par contre commet le délit le contrôleur qui a faussement affirmé dans son rapport que, vérifications faites, le véhicule, accidenté, était apte à circuler, alors qu'il n'avait effectué en réalité qu'un examen formel, ne faisant que « jeter un coup d'œil », ce qui constitue une altération frauduleuse de la vérité (▪ Cass. crim., 18 mai 2005 : *Dr. pén.* 2005, comm. 131, obs. M. Véron).

IV – USAGE DE FAUX

40) Usage en justice. La production en justice, au cours d'une instance pénale, de la photocopie d'une fausse attestation obtenue par un montage photographique, constitue un usage de faux lorsque le document ainsi versé aux débats est de nature à avoir une valeur probatoire et à entraîner des effets juridiques (▪ Cass. crim., 6 déc. 1973 : *Bull. crim.* n° 455).

Il en est de même de la production en justice, au cours d'une instance commerciale, de la photocopie d'un écrit émanant de la partie adverse et dont la portée a été volontairement modifiée par la suppression matérielle de certains passages (▪ Cass. crim., 30 oct. 1975 : *Bull. crim.* n° 235. – *Adde* ▪ Cass. crim., 16 févr. 1977 : *Bull. crim.* n° 63).

Caractérise le délit d'usage de faux en écriture privée le fait de produire en justice, pour s'opposer à une demande en payement d'honoraires émanant d'un géomètre, le calque d'un plan établi par ce technicien et revêtu d'une signature substituée à celle de son auteur ainsi que d'une fausse date, le document ayant été forgé par le prévenu dans le seul but de se constituer à lui-même un titre (▪ Cass. crim., 13 juin 1978 : *Bull. crim.* n° 195).

Constituent les délits de faux et d'usage de faux la fabrication d'un document par un montage photographique, à partir d'une lettre émanant d'un tiers, et sa production, sous forme de photocopie, au cours d'une instance civile, dès lors que le document ainsi versé aux débats est, comme il résulte des constatations des juges, de nature à avoir une valeur probatoire et à entraîner des effets juridiques (▪ Cass. crim., 16 nov. 1995 : *Bull.*

crim. n° 354. – *Adde* ■ Cass. crim., 12 nov. 1998 : *Bull. crim.* n° 298).

41) Le contrôle de la Cour de cassation ne portant que sur la légalité des décisions qui lui sont soumises et n'impliquant aucune discussion des éléments de preuve souverainement appréciés par les juges du fond, le simple fait de viser un document argué de faux dans un mémoire en défense produit devant cette juridiction ne saurait constituer un usage de faux ; dès lors, c'est à bon droit que la chambre de l'instruction confirme l'ordonnance du juge d'instruction portant refus d'informer de ce chef (■ Cass. crim., 18 déc. 2007 : *Bull. crim.* n° 314 ; *Dr. pén.* 2008, comm. 45, obs. M. Véron).

42) L'usage de faux se caractérise par un fait positif d'utilisation et ne peut résulter de la seule abstention, même volontaire, destinée à laisser produire en justice par un tiers les documents falsifiés (■ Cass. crim., 4 nov. 2010 : *JurisData* n° 2010-022605 ; *Dr. pén.* 2011, comm. 17, obs. M. Véron).

43) Se rend coupable du délit d'usage de faux en écriture privée, la personne qui produit en justice, au soutien de ses prétentions, un document sachant qu'il était faux, peu important que cette production ait été spontanée ou effectuée en exécution d'une décision de justice (■ Cass. crim., 3 mai 2012, n° 11-82.431 : *Bull. crim.* n° 106 ; *Dr. pén.* 2012, comm. 113, obs. M. Véron ; *AJ pénal* 2012, p. 481, obs. J. Gallois).

44) Autres usages. Constitue l'usage d'une pièce fausse le fait de l'utiliser auprès d'une administration publique pour lui faire conférer, par la certification de sa date, une opposabilité aux tiers (■ Cass. crim., 11 déc. 1974 : *Bull. crim.* n° 366).

Il a été jugé que commet un usage de faux le prévenu qui présente des photocopies d'attestations falsifiées de diplômes universitaires pour s'inscrire à une maîtrise en droit (■ Paris, 12 nov. 1998 : *JurisData* n° 1998-023488 ; *Dr. pén.* 1999, comm. 66, obs. M. Véron).

Le délit de faux et d'usage d'une **fausse attestation d'assurance** reproché à un prévenu implique nécessairement l'absence de souscription de l'assurance obligatoire prévue par l'article L. 241-1 du Code des assurances et a généré pour les parties civiles un préjudice direct constitué par la perte de la chance d'être indemnisée (■ Cass. crim., 5 nov. 2019, n° 18-86.452 : *JurisData* n° 2019-019699).

45) Usages successifs. L'usage de faux constituant, dans les conditions déterminées par la loi, une infraction instantanée, cette infraction se produit chaque fois que, dans ces conditions intervient un nouveau fait d'utilisation de la pièce fausse en vue du but auquel elle est destinée. Il en est ainsi lorsque cette pièce est présentée de nouveau au cours d'un procès civil, après une reprise d'instance (■ Cass. crim., 12 nov. 1979 : *Bull. crim.* n° 313. ■ Cass. crim., 30 mars 1999 : *Bull. crim.* n° 58).

46) *Non bis in idem*. Des faits qui procèdent de manière indivisible d'une action unique caractérisée par une seule intention coupable ne peuvent donner lieu, contre le même prévenu, à deux déclarations de culpabilité de nature pénale, fussent-elles concomitantes. En condamnant le prévenu des chefs d'escroquerie et de faux et usage de faux, pour les mêmes faits consistant à avoir utilisé des factures, des feuilles de soins et des prescriptions médicales fictives pour obtenir des remboursements de la sécurité sociale et de mutuelles concernant des montures et lunettes, sans retenir des faits constitutifs de faux et usage distincts des manœuvres frauduleuses retenues pour déclarer le prévenu coupable d'escroquerie, la cour d'appel a méconnu le principe ne *bis* in idem (■ Cass. crim., 25 oct. 2017, n° 16-84.133 : *JurisData* n° 2017-021080 ; Dr. pén. 2018, comm. 1, obs. Ph. Conte. – Pour de faux documents administratifs et le rappel du principe selon lequel des faits qui procèdent de manière indissociable d'une action unique caractérisée par une seule intention coupable ne peuvent être retenus à la fois comme éléments constitutifs d'une infraction et comme circonstance aggravante d'une autre infraction, V. ■ Cass. crim., 19 juin 2019, n° 18-85.354).

En revanche, ne méconnait pas le principe *ne bis in idem* la cour d'appel qui condamne une infirmière libérale des chefs d'escroquerie et de faux dès lors que les juges se sont fondés, au titre du faux, sur des faits de falsification d'ordonnances médicales qui sont distincts des faits d'utilisation de ces documents retenus comme élément des manœuvres frauduleuses de l'escroquerie à des fins de facturation de soins fictifs au préjudice de caisses d'assurance maladie et mutuelles de santé (■ Cass. crim., 9 sept. 2020, n° 19-84.301). Dans cette hypothèse, seuls les faits d'usage de faux sont donc de nature à procéder des mêmes faits que ceux retenus pour les manœuvres frauduleuses en matière d'escroquerie.

L'interdiction du cumul de qualifications doit être réservée, outre à la situation dans laquelle la caractérisation des éléments constitutifs de l'une des infractions exclut nécessairement la caractérisation des éléments constitutifs de l'autre, aux cas où un fait ou des faits identiques sont en cause et que soit l'une des qualifications, telles qu'elles résultent des textes d'incrimination, correspond à un élément constitutif ou une circonstance aggravante de l'autre, qui seule doit alors être retenue ; soit lorsque l'une des qualifications retenues, dite spéciale, incrimine une modalité particulière de l'action répréhensible sanctionnée par l'autre infraction, dite générale. Un prévenu peut dès lors être condamné pour faux et usage de faux, celui-ci ayant notamment produit de fausses attestations notariales et un faux certificat de dépôt fiduciaire, et pour escroquerie, car ces faux avaient été réalisés afin de faire croire à la solvabilité d'un acquéreur d'une société, et ainsi déterminer des époux, à leur préjudice, à vendre leurs parts dans cette même société, sans s'acquitter de l'intégralité du prix de vente (■ Cass. crim., 15 déc. 2021, n° 21-81.864). Les délits de faux et d'usage de faux peuvent donc se cumuler, car ils visent des faits distincts.

Les délits d'usage de faux et d'escroquerie peuvent aussi se cumuler car, bien que visant des faits identiques, ils n'entrent pas dans l'un des cas où le cumul est interdit (V. la note explicative relative aux arrêts n°s 1387 et 1390 de la chambre criminelle de la Cour de cassation du 15 décembre 2021).

L'usage de faux et l'infraction que cet usage permet de réaliser peuvent être caractérisés tous deux à l'encontre du même prévenu lorsque l'usage est réalisé envers des victimes différentes (faux et usage à l'encontre d'une société par son gérant et escroquerie au préjudice de l'administration fiscale et donc de l'État, l'escroquerie visant à obtenir une remise indue de TVA : ■ Cass. crim., 16 janv. 2019, n° 18-81.566).

V – PRESCRIPTION DES DÉLITS DE FAUX ET USAGE

47) Le faux et l'usage de faux étant des infractions distinctes, le délai de prescription de l'action publique court séparément pour chacune d'elles (■ Cass. crim., 25 oct. 1983 : *Bull. crim.* n° 261).

48) Les délits de faux et usage de faux constituent des infractions instantanées dont la prescription commence à courir du jour de l'établissement du faux ou de celui de son dernier usage délictueux et non de la découverte de l'existence de l'écrit argué de faux (■ Cass. crim., 3 mai 1993 : *Bull. crim.* n° 162. ■ Cass. crim., 25 mai 2004 : *Dr. pén.* 2004, note 183).

49) À l'égard du délit d'usage de faux, infraction instantanée, le délai de prescription court à partir de la date de chacun des actes par lesquels le prévenu se prévaut de la pièce fausse. Ne donne donc pas de base légale à sa décision la chambre d'accusation qui retient la prescription comme acquise, sans rechercher si les documents argués de faux, après leur versement au dossier de première instance, n'avaient pas été invoqués, dans des conclusions régulièrement déposées, aux différents stades du procès civil en cause, et n'avaient ainsi pas fait l'objet d'un nouveau fait positif d'usage (■ Cass. crim., 19 janv. 2000 : *Bull. crim.* n° 32). Un nouveau délai de prescription commence à courir à partir de chaque acte d'utilisation du faux, de sorte que l'usage de faux se prescrit différemment du faux (■ Cass. crim., 24 oct. 2018, n° 17-80.216). V. Ch. Guery, *De l'escroquerie et de l'usage de faux envisagés sous l'angle d'un régime dérogatoire à la prescription de l'action publique* : *D.* 2012, p. 1839.

50) Requalification. Sur la disqualification de l'escroquerie en faux et usage, V. note sous art. 313-1, V, n° 89, *V° Disqualification*, p. 658 : ■ Cass. crim., 16 oct. 2013, n° 12-87.096.

Art. 441-2. – Le faux commis dans un document délivré par une administration publique aux fins de constater un droit, une identité ou une qualité ou d'accorder une autorisation est puni de cinq ans d'emprisonnement et de 75 000 € d'amende.

L'usage du faux mentionné à l'alinéa précédent est puni des mêmes peines.

Les peines sont portées à sept ans d'emprisonnement et à 100 000 € d'amende lorsque le faux ou l'usage de faux est commis :

1° Soit par une personne dépositaire de l'autorité publique ou chargée d'une mission de service public agissant dans l'exercice de ses fonctions ;

2° Soit de manière habituelle ;

3° Soit dans le dessein de faciliter la commission d'un crime ou de procurer l'impunité à son auteur.

Voir : anc. art. 153, C. pén.

1) Solutions rendues sous l'empire de l'ancien Code pénal. L'article 153 s'applique aux passeports français ou étrangers (■ Cass. crim., 5 juill. 1950 : *Bull. crim.* n° 200. ■ Cass. crim., 17 janv. 1984 : *Bull. crim.* n° 21), aux cartes nationales d'identité et aux certificats de nationalité (■ Cass. crim., 19 mai 1981 : *Bull. crim.* n° 162 ; *RSC* 1982, p. 607, obs. Vitu), aux cartes consulaires d'identité délivrées à des étrangers par leur consulat (■ Cass. crim., 9 juill. 1978 : *RSC* 1979, p. 829, obs. Vitu), aux cartes grises (■ Cass. crim., 7 déc. 1965 : *D.* 1966, somm. 59), aux permis de conduire et aux vignettes fiscales relatives aux automobiles (■ Cass. crim., 22 juin 1961 : *Bull. crim.* n° 310 ; *RSC* 1962, p. 95, obs. Hugueney), aux permis de chasse (■ Cass. crim., 13 déc. 1894 : *Bull. crim.* n° 316).

2) Solutions rendues sous l'empire du Code pénal. Entrent dans la définition de l'article 441-2 du Code pénal les ordres de mission délivrés par le président d'un conseil général aux agents de cette collectivité territoriale (■ Cass. crim., 18 oct. 2000 : *Bull. crim.* n° 301), ou encore un bon de commande fictif établi par un agent administratif en matière de marché public (■ Cass. crim., 22 sept. 2004 : *JCP* 2005, II, 10043, note F. Linditch). *V. note sous article 441-4.*

3) La fabrication d'un document administratif relatif à l'état civil des personnes, même comportant des mentions pour partie exactes, constitue un faux matériel qui cause un préjudice résultant de l'atteinte portée aux intérêts de la société et dont la production au cours d'une instance civile constitue l'usage de faux ; constitue ainsi l'usage de faux la production dans une instance en divorce en France, suite à un mariage coutumier au Sénégal non transcrit sur les registres d'état civil de ce pays, d'un certificat de mariage, document fabriqué et sur lequel la seule mention inexacte est la signature de l'officier d'état civil (■ Cass. crim., 22 oct. 2003 : *Bull. crim.* n° 200).

4) Se rend coupable non pas d'un vol simple mais d'un faux en écriture publique le prévenu sous-brigadier de police qui prélève les timbres fiscaux régulièrement apposés sur des avis de contraventions pour les coller sur d'autres avis, supprimant ainsi la preuve d'un paiement effectif pour fournir celle d'un règlement n'ayant pas eu lieu (■ Metz, 24 mars 1988 : *JurisData* n° 1988-043430).

5) Ne caractérise pas le délit, des mentions erronées ou incomplètes portées au journal de bord d'un chalutier, ces déclarations unilatérales étant soumises à vérification (■ Cass. crim., 14 déc. 2004 : *Bull. crim.* n° 318 ; *Dr. pén.* 2005, comm. 69, obs. M. Véron).

6) La reproduction par photocopie et l'usage non frauduleux d'un document administratif, en l'espèce une carte verte, ne peuvent constituer le délit de falsification (■ Grenoble, 29 juin 1988 : *JurisData* n° 1988-045557).

7) Fait usage d'un faux un individu qui s'est présenté aux services de l'aide sociale à l'enfance muni d'une copie certifiée conforme d'un extrait d'acte de naissance établissant son état de minorité alors qu'il était majeur ainsi qu'il a été souverainement apprécié par les juges du fond (■ Cass. crim., 19 juin 2013, n° 12-82.912 : *Bull. crim.* n° 147 ; *Dr. pén.* 2013, comm. 142, obs. J.-H. Robert). V. aussi sous art. 441-7, p. 931.

8) Le préjudice causé par la falsification d'un permis de conduire, qui découle de la nature de l'acte falsifié, n'a pas à être expressément constaté (■ Cass. crim., 12 nov. 1998 : *Bull. crim.* n° 298 ; *JurisData* n° 1998-004734 ; *Dr. pén.* 1999, comm. 37 et chron. 7 par M. Véron).

9) Encourt la censure l'arrêt d'une cour d'appel qui déclare coupable de complicité de faux documents administratifs le prévenu qui a déposé en mairie des demandes mensongères d'inscriptions sur les listes électorales, qu'il a lui-même signées, alors que, d'une part, une demande d'inscription sur une liste électorale, établie unilatéralement par son auteur, et qui doit être soumise au contrôle d'une commission administrative pour produire effet, n'a aucune valeur probante, et que, d'autre part, cette demande, établie sur un simple formulaire émanant de l'administré, ne saurait entrer dans la classe des documents délivrés par une administration publique au sens de l'article 441-2 du Code pénal (■ Cass. crim., 2 sept. 2014, n° 13-83.698 : *Bull. crim.* n° 177 ; *Dr. pén.* 2014, comm. 135, obs. M. Véron). En revanche, constituent des documents délivrés par une administration publique au sens de l'article 441-2 du Code pénal des formulaires de procuration pour participer à une élection politique (■ Cass. crim., 24 oct. 2018, n° 17-86.883 : *JurisData* n° 2018-018639).

10) Un avis de vérification fiscale ne constate pas un droit, une identité ou une qualité au sens de l'article 441-2 du Code pénal.

Encourt la censure l'arrêt qui, pour déclarer le prévenu coupable de faux dans un document administratif et usage, relève qu'à l'occasion d'un contrôle fiscal il a produit un faux avis de vérification fiscale se rapportant à une année antérieure (■ Cass. crim., 5 janv. 2017, n° 16-80).

11) Une personne interpellée lors d'un contrôle routier qui a présenté un certificat d'immatriculation et une vignette de contrôle technique falsifiée ne peut être condamnée pour détention frauduleuse de faux document administratif et usage de faux document administratifs car les faits poursuivis constituent une action unique et ne procèdent pas d'une intention coupable distincte (■ Cass. crim., 21 nov. 2018, n° 17-81.101 : *JurisData* n° 2018-020775).

Art. 441-3. – La détention frauduleuse de l'un des faux documents définis à l'article 441-2 est punie de deux ans d'emprisonnement et de 30 000 € d'amende.

La peine est portée à cinq ans d'emprisonnement et à 75 000 € d'amende en cas de détention frauduleuse de plusieurs faux documents.

La détention, qui se définit comme un pouvoir de fait exercé sur un bien, n'implique pas une appréhension matérielle des documents, qui peuvent être détenus par l'intermédiaire d'autrui. Pour déclarer coupable un individu de la détention frauduleuse des faux documents administratifs découverts sur une autre personne – son épouse – et dans les bagages du couple et de leur fille, une cour d'appel a pu relever que les époux voyageaient à chaque fois ensemble, en famille et que les sommes et objets servant à fabriquer les faux passeports trouvés dans leurs bagages communs devaient être considérés comme détenus en commun. Les juges ont ajouté que les faux documents d'identité portant la photographie de M. X. étaient nécessairement destinés à être prioritairement utilisés par lui, et que le couple agissait de manière parfaitement coordonnée, caractérisant ainsi une coaction. Ils ont pu en déduire que les faits de détention de faux documents devaient leur être imputés à l'un comme à l'autre (▪ Cass. crim., 6 janv. 2021, n° 19-84.547).

Art. 441-4. – Le faux commis dans une écriture publique ou authentique ou dans un enregistrement ordonné par l'autorité publique est puni de dix ans d'emprisonnement et de 150 000 € d'amende.

L'usage du faux mentionné à l'alinéa qui précède est puni des mêmes peines.

Les peines sont portées à quinze ans de réclusion criminelle et à 225 000 € d'amende lorsque le faux ou l'usage de faux est commis par une personne dépositaire de l'autorité publique ou chargée d'une mission de service public agissant dans l'exercice de ses fonctions ou de sa mission.

1) Figurent dans cette catégorie les actes judiciaires dressés par les magistrats et leurs auxiliaires dans les procédures répressives, civiles ou administratives ; ainsi le procès-verbal dressé par un gendarme (▪ Cass. crim., 11 févr. 1842 : *D. Jur. gén., V° Faux*, n° 172), une sentence arbitrale (▪ Cass. crim., 18 mai 1960 : *Bull. crim.* n° 558) ou le jugement d'un tribunal civil (▪ Cass. crim., 23 sept. 1880 : *D.* 1881, 1, 489).

2) Sont des écritures authentiques celles dressées par un notaire (▪ Cass. crim., 21 mars 1963 : *Bull. crim.* n° 180 ; *RSC* 1963, p. 801, obs. Hugueney. ▪ Cass. crim., 1er juin 1976 : *Bull. crim.* n° 193 ; *RSC* 1977, p. 85, obs. Vitu. ▪ Cass. crim., 13 nov. 1991 : *Bull. crim.* n° 405), un huissier (▪ Cass. crim., 16 juill. 1887 : *Bull. crim.* n° 273), un clerc d'huissier assermenté (▪ Cass. crim., 29 oct. 1990 : *Dr. pén.* 1991, n° 71), un commissaire-priseur (▪ Cass. crim., 16 juin 1955 : *Bull. crim.* n° 302).

3) Sont des écritures publiques les actes émanant de diverses autorités administratives ou des préposés des diverses administrations publiques ; ainsi les actes de l'état civil (▪ Cass. crim., 7 nov. 1974 : *Bull. crim.* n° 319 ; *RSC* 1975, p. 689, obs. Vitu), et les registres des délibérations des conseils municipaux (▪ Cass. crim., 5 déc. 1973, *Gaz. Pal.* 1974, 1, p. 129). les arrêtés préfectoraux (▪ Nîmes, 19 déc. 1878 : *D.* 1880, 2, 37), les registres tenus par les administrations fiscales (▪ Cass. crim., 13 avr. 1857 : *Bull. crim.* n° 254. ▪ Cass. crim., 10 janv. 1962 : *Bull. crim.* n° 10. ▪ Cass. crim., 29 avr. 1996 : *Bull. crim.* n° 172), les avis de contraventions (▪ Metz, 24 mars 1988 : *JurisData* n° 1988-043430) ; mais non les actes émanant d'établissements qui ne possèdent pas la qualité d'établissement public malgré un certain contrôle de l'État ou dressés par des personnes n'ayant pas la qualité de fonctionnaire public (▪ Cass. crim., 11 juin 1959 : *Bull. crim.* n° 312).

4) Constitue un faux en écriture publique la modification opérée sur les notes destinées à l'établissement du registre des délibérations d'un conseil municipal (▪ Cass. crim., 30 avr. 2003 : *Dr. pén.* 2003, comm. 109, obs. M. Véron).

5) Caractérise les délits en tous leurs éléments, tant matériels qu'intentionnel, la cour d'appel qui déclare le prévenu (agent administratif) coupable de faux en écriture publique et dans un document administratif, usage, en établissant un bon de commande qui a masqué en location de matériel une prestation de service afin de contourner les règles du marché public dont une société avait l'exclusivité pour confier les travaux à une autre (▪ Cass. crim., 22 sept. 2004 : *JCP* 2005, II, 10042, note F. Linditch).

6) Justifie sa décision la cour d'appel qui déclare un notaire coupable de faux en écriture authentique pour avoir, par sa signature, certifié un acte établi par un clerc et qui faisait faussement état de la présence de deux héritiers réservataires qui auraient été informés du contenu de cet acte et l'auraient signé (▪ Cass. crim., 7 avr. 2009, pourvoi n° 08-84.300 : *JurisData* n° 2009-048208 ; *Dr. pén.* 2009, comm. 90, obs. M. Véron ; *RSC* 2010, p. 139, obs. C. Mascala).

7) La fabrication et l'envoi d'une assignation devant un tribunal, présentée comme émanant d'un huissier de justice, sont constitutifs de faux en écriture publique de nature à causer un préjudice à autrui, et d'usage (▪ Cass. crim., 20 mai 2009 : *JurisData* n° 2009-048554 ; *Dr. pén.* 2009, comm. 140, obs. M. Véron ; *Bull. crim.* n° 100).

8) Constitue un faux en écriture publique le fait, pour un doyen de faculté, de transmettre au secrétariat de l'université, en faveur de deux étudiants, des notes manuscrites mentionnant des décisions spéciales d'un jury, en réalité inexistantes ; la faute ainsi commise est détachable du service (▪ Cass. crim., 26 janv. 2011 : *Dr. pén.* 2011, comm. 46, obs. M. Véron).

9) Ne donne pas de base légale à sa décision l'arrêt de la chambre de l'instruction qui, pour confirmer l'ordonnance du juge d'instruction refusant d'informer, en raison de la prescription triennale, sur les faits dénoncés par la partie civile qui arguait de faux les énonciations d'un procès-verbal dressé par un commissaire de police, retient que le procès-verbal incriminé n'avait pour objet que de relater les motifs et circonstances de la remise de la personne concernée à l'autorité administrative aux fins d'examen médical dans les conditions prévues par les articles L. 342 à L. 349, alors applicables, du Code de la santé publique, et que, même rédigé par un représentant de l'autorité publique dans l'exercice de ses fonctions, et fût-il entaché du faux intellectuel allégué, il ne saurait constituer le crime prévu par l'article 441-4 du Code pénal.

En effet, à la supposer établie, l'altération frauduleuse de la vérité affectant la substance d'un procès-verbal dressé par un commissaire de police, fonctionnaire public, dans l'exercice de ses fonctions, revêt la qualification criminelle prévue audit article et ce, lors même qu'un tel procès-verbal ne vaudrait qu'à titre de simple renseignement (▪ Cass. crim., 28 oct. 2003 : *Bull. crim.* n° 201).

10) Pour un exemple d'écriture publique représenté par un acte politique, émanant d'un des grands pouvoirs de l'État, V. ▪ Cass. crim., 17 nov. 1855 : *DP* 1856, 1, 112.

11) La qualification d'écriture publique est attachée aux titres étrangers comme aux titres nationaux, même avant qu'ils ne soient revêtus des formalités nécessaires pour qu'il en soit fait usage en France (▪ Cass. crim., 21 févr. 1978 : *JCP* 1979, II, 19260, note Brulliard ; *RSC* 1978, p. 851, obs. Vitu).

12) Ne constituent pas des écritures publiques, des fiches de renseignements établies à usage interne par des préposés de la Loterie nationale et du Loto national, société d'économie mixte, personne morale de droit privé (▪ Cass. crim., 10 mai 1994 : *Bull. crim.* n° 179).

De même, ne constitue pas un faux l'ordonnance rendue par un magistrat au seul motif allégué qu'elle a été mise en forme à une date ultérieure par rapport à celle que mentionne l'acte, laquelle correspond au jour effectif où la formalité indiquée avait été accomplie (▪ Nancy, 18 nov. 2004 : *JCP* 2005, II, 10158, note Y. Mayaud).

13) Les faits et motifs énoncés dans une décision de justice ne sont pas susceptibles de constituer des actes de faux en écriture publique ou authentique, au sens de l'article 441-4 du Code pénal (▪ Cass. crim., 9 nov. 2016, n° 15-86.922 : *Dr. pén.* 2017, comm. 17, note Ph. Conte). Dans le même sens, le juge d'instruction qui complète mensongèrement une ordonnance n'est pas punissable, cet écrit ne pouvant servir à établir la preuve d'un droit ou d'un fait ayant des conséquences juridiques (▪ Cass. crim., 6 janv. 2021, n° 19-87.422, D : *JurisData* n° 2021-002085 ; *Dr. pén.* 2021, comm. 42, note Ph. Conte).

14) Objet de la falsification. Peu importe que l'arrêt d'une cour d'appel ait retenu que les documents falsifiés ont donné à l'association l'apparence d'un fonctionnement conforme aux dispositions la régissant dès lors qu'un écrit ou tout autre support d'expression de la pensée, ayant un objet ou pouvant avoir un effet probatoire, peut constituer un faux même s'il n'est pas exigé par la loi ou n'est pas nécessaire d'après les statuts de l'association (▪ Cass. crim., 16 juin 2021, n° 20-82.941 : *D.* 2021, 1190 ; *Juris assoc.* 2021, n° 645, p. 3, édito. B. Clavagnier et n° 645, p. 11, obs. X. Delpech ; *AJ pénal* 2021, 424).

15) Préjudice. Le préjudice auquel peut donner lieu un faux dans un acte authentique résulte nécessairement de l'atteinte portée à la foi publique et à l'ordre social par une falsification de cette nature (▪ Cass. crim., 24 mai 2000 : *Bull. crim.* n° 202).

16) Prescription. Sur la prescription de l'action publique, à la suite de la transformation de crime à délit, V. ▪ Cass. crim., 29 avr. 1997 : *Bull. crim.* n° 155, ss art. 112-2, note 2.

Le faux commis dans un acte authentique par un clerc de notaire est soumis à la prescription délictuelle dès lors que l'intéressé n'est pas dépositaire de l'autorité publique (▪ Cass. crim., 15 mai 2007 : *JurisData* n° 2007-039380 ; *Dr. pén.* 2007, comm. 118, obs. M. Véron).

Code électoral

Art. L. 86. – Toute personne qui se sera fait inscrire sur la liste électorale sous de faux noms ou de fausses qualités ou aura, en se faisant inscrire, dissimulé une incapacité prévue par la loi, ou aura réclamé et obtenu une inscription sur deux ou plusieurs listes, sera punie d'un emprisonnement d'un an et d'une amende de 15 000 euros.

Art. L. 87. – Toute fraude dans la délivrance ou la production d'un certificat d'inscription ou de radiation des listes électorales sera punie des peines portées à l'article L. 113.

Art. L. 88. – Ceux qui, à l'aide de déclarations frauduleuses ou de faux certificats, se seront fait inscrire ou auront tenté de se faire inscrire indûment sur une liste électorale, ceux qui, à l'aide des mêmes moyens, auront fait inscrire ou rayer, tenté de faire inscrire ou rayer indûment un citoyen, et les complices de ces délits, seront passibles d'un emprisonnement d'un an et d'une amende de 15 000 euros.

Art. 441-5. – Le fait de procurer frauduleusement à autrui un document délivré par une administration publique aux fins de constater un droit, une identité ou une qualité ou d'accorder une autorisation est puni de cinq ans d'emprisonnement et de 75 000 € d'amende.

Les peines sont portées à sept ans d'emprisonnement et à 100 000 € d'amende lorsque l'infraction est commise :

1° Soit par une personne dépositaire de l'autorité publique ou chargée d'une mission de service public agissant dans l'exercice de ses fonctions ;

2° Soit de manière habituelle ;

3° Soit dans le dessein de faciliter la commission d'un crime ou de procurer l'impunité à son auteur.

Voir : art. R. 645-8, p. 1036.

L'élément intentionnel du délit prévu par l'article 154, alinéa 3, du Code pénal est caractérisé dès qu'il est constaté que l'auteur a délivré en connaissance de cause des documents administratifs à des personnes qui n'y avaient pas droit (▪ Cass. crim., 26 janv. 1993 : *Bull. crim.* n° 40).

Art. 441-6 ***(Mod., L. n° 2013-1203, 23 déc. 2013).*** **– Le fait de se faire délivrer indûment par une administration publique ou par un organisme chargé d'une mission de service public, par quelque moyen frauduleux que ce soit, un document destiné à constater un droit, une identité ou une qualité ou à accorder une autorisation est puni de deux ans d'emprisonnement et de 30 000 € d'amende.**

Est puni des mêmes peines le fait de fournir sciemment une fausse déclaration ou une déclaration incomplète en vue d'obtenir ou de tenter d'obtenir, de faire obtenir ou de tenter de faire obtenir d'une personne publique, d'un organisme de protection sociale ou d'un organisme chargé d'une mission de service public une allocation, une prestation, un paiement ou un avantage indu.

Voir : art. R. 645-8, p. 1036.

Bibliographie : Sur l'alinéa 2 de l'article 441-6, V. J.-H. Robert : *Dr. pén.* 1994, chron. n° 61.

1) La demande de renouvellement d'un passeport obtenu sous un faux nom constitue une nouvelle infraction punissable même si l'obtention frauduleuse du document est actuellement prescrite (▪ Cass. crim., 11 févr. 1927 : *DH* 1927, 209).

2) L'adverbe « indûment » figurant à l'ancien article 154 ne vise pas le droit ou la qualité constatés par un document administratif, mais seulement les moyens frauduleux utilisés pour obtenir celui-ci (▪ Cass. crim., 19 mai 1981 : *Bull. crim.* n° 162 ; *RSC* 1983, p. 73, obs. Vitu. ▪ Cass. crim., 4 janv. 1982 : *Bull. crim.* n° 2 ; *JCP* 1982, IV, 106).

3) Constitue la prise de fausse qualité, au sens de l'article 154 ancien du Code pénal, le fait, pour un étranger qui a contracté un mariage simulé, de se prévaloir de la qualité de conjoint d'un ressortissant français (▪ Cass. crim., 26 oct. 1994 : *Bull. crim.* n° 341. ▪ Cass. crim., 14 juin 1995 : *Dr. pén.* 1995, comm. 219, obs. M. Véron).

4) La validité de son mariage avec une personne de nationalité française ne constitue pas une exception préjudicielle au jugement d'un ressortissant de nationalité étrangère, poursuivi pour obtention frauduleuse de document administratif (▪ Cass. crim., 5 oct. 2005 : *Bull. crim.* n° 253).

5) S'agissant de la falsification d'un certificat d'hébergement remis à l'administration pénitentiaire à l'appui d'une demande de permission de sortir, les faits reprochés au prévenu sont constitutifs, non du délit de faux en écriture privée et usage, mais de la tentative de délivrance indue d'une autorisation, prévue et réprimée tant par l'article 154, alinéa 1er, du Code pénal ancien que par les articles 441-6 et 441-9 du Code pénal entré en vigueur le 1er mars 1994 (▪ Cass. crim., 30 mars 1994 : *Bull. crim.* n° 129 ; *Dr. pén.* 1994, 154, obs. M. Véron).

6) L'altération des empreintes digitales ne saurait, à elle seule, constituer un commencement E d'exécution du délit d'obtention indue de documents administratifs (▪ Cass. crim., 11 mai 2011, n° 10-84.344 : *Dr. pén.* 2011, comm. 103, obs. M. Véron).

7) Mais constitue le délit le fait pour un individu, convaincu d'être majeur, d'obtenir indûment une ordonnance d'ouverture de tutelle en fournissant une copie certifiée conforme d'un extrait d'acte de naissance établissant son état de minorité (▪ Cass. crim., 19 juin 2013, n° 12-82.912 : *Bull. crim.* n° 147 ; *Dr. pén.* 2013, comm. 142, obs. J.-H. Robert). V. aussi, note sous art. 441-2, p. 926.

8) La demande de paiement présentée par une infirmière correspondant à 24 heures de travail par jour et pendant 730 jours témoigne de sa volonté délibérée d'obtenir des honoraires indus (▪ Cass. crim., 28 janv. 2015, n° 14-80.040 : *Dr. pén.* 2015, comm. 47, obs. M. Véron).

9) Fait l'exacte application des articles 441-6, 2e alinéa, du Code pénal et L. 322-5, R. 322-10-5 du Code de la sécurité sociale, la cour d'appel qui, pour déclarer le prévenu coupable de déclaration mensongère en vue d'obtenir d'une administration publiqueune allocation, une prestation, un paiement ou un avantage indu, relève qu'il a facturé les kilomètres d'approche dans le calcul des distances parcourues lors des transports de patients en méconnaissance de l'article R. 322-10-5 du Code de la sécurité sociale issu du décret du 23 décembre 2006, en vertu duquel le remboursement des frais de transport est calculé sur la base de la distance séparant le point de prise en charge du malade de la structure de soins prescrite appropriée la plus proche et en conformité duquel les conventions locales signées entre les entreprises de taxi et les organismes locaux d'assurance maladie doivent être conclues (▪ Cass. crim., 8 déc. 2015, n° 14-88.517 : *Dr. pén.* 2016, comm. 29, J.-H. Robert).

Art. 441-7. – Indépendamment des cas prévus au présent chapitre, est puni d'un an d'emprisonnement et de 15 000 € d'amende le fait :

1° D'établir une attestation ou un certificat faisant état de faits matériellement inexacts ;

2° De falsifier une attestation ou un certificat originairement sincère ;

3° De faire usage d'une attestation ou d'un certificat inexact ou falsifié.

***(Mod., L. n° 2018-778, 10 sept. 2018)* Les peines sont portées à trois ans d'emprisonnement et à 45 000 € d'amende lorsque l'infraction est commise soit en vue de porter préjudice au Trésor public ou au patrimoine d'autrui, soit en vue d'obtenir un titre de séjour ou le bénéfice d'une protection contre l'éloignement.**

Code de la Sécurité sociale

Art. L. 471-4. – Est puni d'une amende de 12 000 euros et d'un emprisonnement de trois mois quiconque, par menaces, don, promesse d'argent, ristourne sur les honoraires médicaux ou fournitures pharmaceutiques, aura attiré ou tenté d'attirer les victimes d'accidents du travail ou de maladies professionnelles dans une clinique ou cabinet médical ou officine de pharmacie et aura ainsi porté atteinte à la liberté de la victime de choisir son médecin et son pharmacien.

Est puni des mêmes peines, sans préjudice de celles prévues à l'article 441-7 du Code pénal, tout médecin ayant, dans les certificats délivrés pour l'application du présent livre, sciemment dénaturé les conséquences de l'accident ou de la maladie.

Est puni des mêmes peines, sans préjudice de celles prévues aux articles 434-13 à 434-15 du Code pénal, quiconque, par promesses ou menaces, aura influencé ou tenté d'influencer une personne témoin d'un accident du travail à l'effet d'altérer la vérité.

1) Il n'est pas nécessaire que le certificat soit rédigé en une forme brève et concise et il peut être rédigé sous forme de lettre ou de rapport (▪ Cass. crim., 21 avr. 1964 : *D.* 1964, 363). Le certificat ne fait qu'attester un fait et s'il constitue véritablement un titre ayant valeur probatoire, l'article 161 n'est plus applicable (▪ Cass. crim., 23 avr. 1859 : *D.* 1859, 1, 188. ▪ Cass. crim., 18 janv. 1961 : *Bull. crim.* n° 33) ; tel est ainsi le cas d'une personne qui rédige un « certificat attestant que fils de veuve », il doit être exempté du service militaire (▪ Cass. crim., 23 avr. 1859, préc.) ou d'un congé amiable, revêtu d'une fausse signature, produit dans une procédure d'expulsion (▪ Cass. crim., 3 mai 1960 : *Bull. crim.* n° 234).

2) Constituent des certificats propres à attirer la bienveillance (C. pén., art. 161, al. 1er à 3), une fausse lettre d'obédience rédigée en latin utilisée par un prétendu religieux sollicitant la charité publique (▪ Cass. crim., 23 nov. 1815 : *Bull. crim.* n° 64) ou les documents portant des fausses signatures de généraux vendéens produits par des prétendus chouans afin d'obtenir des décorations (▪ Cass. crim., 22 oct. 1825 : *Bull. crim.* n° 128) mais non des certificats attestant des faits faux de nature à procurer à un étranger le bénéfice d'une naturalisation (▪ Cass. crim., 6 août 1924 : *DH* 1924, 599).

3) Constituent des certificats au sens de l'article 161, alinéa 4 le document attestant l'existence et la qualité de marchandises d'exportation déposées chez un transitaire et gagées au profit d'une banque (▪ Cour suprême d'Abidjan, 14 janv. 1966 : *D.* 1966, 489, note B. Bouloc ; *JCP* 1966, II, 14886, note J. Larguier ; *RSC* 1967, p. 446, obs. Vitu), la déclaration par laquelle la victime d'un accident reconnaît être l'unique responsable pour exonérer le vrai coupable (▪ Cass. crim., 30 janv. 1962 : *Bull. crim.* n° 70), mais non la simple photocopie d'un reçu falsifié (▪ Cass. crim., 25 janv. 1961 : *D.* 1961, 406 ; *RSC* 1961, p. 585, obs. Hugueney) ni des bulletins de salaires non signés et inexacts remis par un employeur à ses ouvriers (▪ Cass. crim., 7 févr. 1962 : *Bull. crim.* n° 84 ; *RSC* 1962, p. 751, obs. Hugueney). Pour un exemple d'application inexacte de l'article 161, alinéa 4 par les juges du fond, V. ▪ Cass. crim., 27 févr. 1984 : *JCP* 1984, IV, 145.

4) Caractérise le délit prévu et puni par l'article 161, alinéa 4, 1° du Code pénal, le fait pour le signataire d'une attestation ou d'un certificat, de n'avoir pas eu personnellement connaissance des faits qu'il atteste avoir constatés ; tel est le cas d'un médecin qui a établi des certificats concernant une malade, soignée par un autre praticien appartenant au même cabinet de groupe (▪ Cass. crim., 22 mars 1989 : *Bull. crim.* n° 147). L'article 441-7 du Code pénal incrimine l'attestation de faits matériellement inexacts, qu'ils aient été ou non personnellement constatés par l'auteur de l'attestation (▪ Cass. crim., 1er juin 2005 : *Bull. crim.* n° 169 ; *Dr. pén.* 2005, comm. 141).

5) Il résulte de l'article 441-7, 1° du Code pénal que **seules les déclarations établies en faveur d'un tiers bénéficiaire constituent une attestation ou un certificat** au sens de l'article précité ; la déclaration établie par la prévenue dans son intérêt ne constitue pas une attestation ou un certificat au sens de ce texte.

Encourt, en conséquence, la cassation l'arrêt d'une cour d'appel qui condamne la prévenue pour avoir produit, au soutien de sa demande tendant à la fixation d'une prestation compensatoire, une déclaration sur l'honneur établie en application de l'article 271 du Code civil ne mentionnant pas la donation en avancement d'hoirie, consentie par sa mère (▪ Cass. crim., 7 mars 2012, n° 11-82.153 : *Bull. crim.* n° 66 ; *AJ pénal* 2012, p. 287, note J. Gallois).

6) Pour que l'article 441-7, 1°, soit applicable, il faut que la signature faisant état de faits matériellement inexacts soit authentique (▪ Cass. crim., 7 nov. 1973 : *Bull. crim.* n° 407 ; *RSC* 1974, p. 355, obs. Vitu). Encourt, dès lors, la censure l'arrêt qui déclare un prévenu coupable de ce délit, alors qu'à défaut de signature de son auteur, le document litigieux ne constituait pas une attestation ou un certificat au sens du texte précité, et ne recherche pas si les faits poursuivis pouvaient recevoir une autre qualification (▪ Cass. crim., 15 mars 2000 : *Bull. crim.* n° 117 ; *Dr. pén.* 2000, comm. 86, obs. M. Véron).

7) Les attestations prévues par l'article 202 du nouveau Code de procédure civile ne constituent pas des témoignages, lesquels sont réglementés par les articles 204 et suivants du même code ; commet le délit prévu et réprimé par l'article 161, alinéa 4 du Code pénal, celui qui use d'une telle attestation faisant état de faits inexacts (▪ Cass. crim., 3 févr. 1982 : *Bull. crim.* n° 40).

8) Le délit de l'article 161, alinéa 4 est réalisé dans tous ses éléments lorsque l'auteur d'une attestation établie en faveur d'un tiers connaît l'inexactitude matérielle des faits qu'il certifie, sans qu'il soit nécessaire qu'il ait en outre prévu l'usage frauduleux auquel cette fausse attestation aurait pu être ensuite employée (▪ Cass. crim., 14 mars 1972 : *Bull. crim.* n° 98) et sans qu'il y ait lieu de subordonner l'application de la loi à la condition de l'existence d'un préjudice qui n'est pas exigée (▪ Cass. crim., 15 janv. 1990 : *Bull. crim.* n° 23). L'article 161, alinéa 4, vise le faux intellectuel, c'est-à-dire l'attestation par celui qui la délivre, de faits qu'il savait matériellement inexacts, ce qui exclut les appréciations et commentaires même mensongers, pour ne retenir que l'attestation mensongère d'un fait matériel (▪ Cass. crim., 16 juin 1986, inédit).

9) Le délit prévu par l'article 161 du Code pénal est constitué au lieu où l'auteur établit en faveur d'un tiers une attestation ou un certificat faisant état d'un fait dont il connaît l'inexactitude matérielle, indépendamment de l'usage qui pourra être fait de cette pièce. Les dispositions de l'article 693 du Code de procédure pénale ne sauraient donc recevoir application en un tel cas (▪ Cass. crim., 26 juill. 1989, inédit).

10) Ne rentre pas dans les prévisions de l'article 161, alinéa 4, devenu l'article 441-7 du Code pénal le document qui s'analyse en un simple avis, sans contenir l'affirmation de faits matériels présentés comme indiscutables (▪ Cass. crim., 16 mars 1994 : *Bull. crim.* n° 104).

Les dispositions de l'article 441-7 du Code pénal ne s'appliquent qu'aux certificats ou attestations faisant état de faits matériellement inexacts ; ne rentrent pas dans les prévisions de ce texte les documents qui, se bornant à faire état d'un projet de prêt, ne contiennent aucune affirmation de faits matériel inexacts (▪ Cass. crim., 18 févr. 2003 : *Bull. crim.* n° 39 ; *Dr. pén.* 2003, comm. 70, obs. M. Véron).

11) Mais entre dans les prévisions des articles 161 ancien et 441-7 nouveau du Code pénal, le fait, pour un greffier, d'avoir attesté faussement (par la remise d'un récépissé) le fait matériel du dépôt d'un dossier par des étrangers en situation irrégulière en vue de la délivrance d'un certificat de nationalité française (■ Cass. crim., 29 oct. 1996 : *Bull. crim.* n° 378).

12) La participation d'un dirigeant de club sportif à l'élaboration, en connaissance de cause, d'un document certifiant mensongèrement l'accord officiel de la commission de sécurité sur les conditions de la tenue d'un match, afin d'obtenir, de la fédération sportive compétente, la délivrance de billets complémentaires, caractérise en tous leurs éléments constitutifs, à la charge du prévenu, les délits d'établissement et usage d'une attestation inexacte, au sens des articles 161, alinéa 4, ancien, et 441-7, nouveau, du Code pénal, dont l'application n'est pas subordonnée à l'existence d'un préjudice (■ Cass. crim., 24 juin 1997 : *Bull. crim.* n° 251).

13) Se rend coupable du délit prévu par l'article 441-7 le prévenu qui, sans avoir porté une appréciation erronée sur une décision prise par un salarié de la société qui les emploie l'un et l'autre, a attesté faussement le fait matériel de cette décision (■ Cass. crim., 2 déc. 1997 : *Bull. crim.* n° 408 ; *JCP* 1998, IV, p. 682).

14) Il a été jugé que l'infraction est constituée à la charge d'un prévenu qui a présenté un faux certificat de réussite à un examen d'aptitude professionnelle pour s'inscrire dans un centre de formation (■ Paris, 5 nov. 1998 : *JurisData* n° 1998-023487 ; *Dr. pén.* 1999, comm. 66, obs. M. Véron).

15) Justifie sa décision déclarant caractérisé à l'encontre d'une société le délit d'usage d'une attestation faisant état de faits matériellement inexacts, la cour d'appel qui, après avoir rappelé que le conseiller en ressources humaines a engagé la société en procédant au licenciement d'un salarié, auquel une collègue reprochait des faits de harcèlement sexuel, fondé sur une attestation faisant état de faits matériellement inexacts et contenant un faux intellectuel manifeste, énonce qu'en produisant cette attestation, la société savait utiliser, par des organes ayant pouvoir de l'engager, un document faisant état de faits matériellement inexacts et formellement contestés (■ Cass. crim., 24 mai 2000 : *Bull. crim.* n° 203).

16) Dès lors que le prévenu avait connaissance du caractère inexact des attestations (établies par ses employés) dont il a fait usage, il suffit que la circonstance aggravante tirée de la volonté de porter préjudice au patrimoine d'autrui soit réalisée en la personne de l'auteur de l'usage desdites attestations (■ Cass. crim., 26 sept. 2001 : *JurisData* n° 2001-011720 ; *Dr. pén.* 2002, comm. 15, obs. M. Véron).

17) N'a pas donné de base légale à sa décision la cour d'appel qui, dans la procédure engagée, du chef de fausse attestation et usage, par le médecin psychiatred'un établissement spécialisé, contre, notamment, la mère d'un majeur protégé qui y a séjourné, refuse d'écarter des débats les pièces du dossier médical et psychologique de ce dernier, produites par la partie poursuivante, sans rechercher si l'examen public et contradictoire, devant la juridiction correctionnelle, de ces pièces, couvertes par le secret professionnel, constitue une mesure nécessaire et proportionnée à la défense de l'ordre et à la protection des droits de la partie civile au sens de l'article 8 de la Convention européenne des droits de l'homme (■ Cass. crim., 24 avr. 2007, n° 06-88.051).

Art. 441-8 ***(Abr., L. n° 2011-525, 17 mai 2011 ; rétabli dans la version suivante, L. n° 2016-274, 7 mars 2016 ; mod., L. n° 2018-778, 10 sept. 2018 ; mod. à compter du 1er mai 2021, Ord. n° 2020-1733, 16 déc. 2020).*** **– Le fait d'utiliser un document d'identité ou de voyage, un titre de séjour ou tout document provisoire mentionné à l'article L. 431-3 du Code de l'entrée et du séjour des étrangers et du droit d'asile appartenant à un tiers, avec ou sans son consentement, aux fins d'entrer, de circuler ou de se maintenir sur le territoire français ou d'obtenir indûment un titre, une qualité, un statut ou un avantage est puni de cinq ans d'emprisonnement et de 75 000 € d'amende.**

Le fait pour le titulaire du document d'identité ou de voyage, du titre de séjour ou du document provisoire mentionné au même article L. 431-3 d'avoir sciemment facilité la commission de l'infraction mentionnée au premier alinéa est puni de la même peine.

Les peines sont portées à sept ans d'emprisonnement et à 100 000 € d'amende lorsque ces infractions sont commises de manière habituelle.

Art. 441-9. – La tentative des délits prévus aux articles 441-1, 441-2 et 441-4 à 441-8 est punie des mêmes peines.

Art. 441-10 ***(Mod., L. n° 2008-776, 4 août 2008).*** **– Les personnes physiques coupables des crimes et délits prévus au présent chapitre encourent également les peines suivantes :**

1° L'interdiction des droits civiques, civils et de famille suivant les modalités prévues par l'article 131-26 ;

2° L'interdiction, suivant les modalités prévues par l'article 131-27, soit d'exercer une fonction publique ou d'exercer l'activité professionnelle ou sociale dans l'exercice ou à l'occasion de l'exercice de laquelle l'infraction a été commise, soit d'exercer une profession commerciale ou industrielle, de diriger, d'administrer, de gérer ou de contrôler à un titre quelconque, directement ou indirectement, pour son propre compte ou pour le compte d'autrui, une entreprise commerciale ou industrielle ou une société commerciale. Ces interdictions d'exercice peuvent être prononcées cumulativement ;

3° L'exclusion des marchés publics ;

4° La confiscation de la chose qui a servi ou était destinée à commettre l'infraction ou de la chose qui en est le produit, à l'exception des objets susceptibles de restitution.

1) **QPC.** Non-lieu à renvoi au Conseil constitutionnel de la QPC visant l'article 441-10 du Code pénal (■ Cass. crim., 9 mars 2011, n° 10-87.103). Il en est de même pour la QPC visant l'article 441-10, 2° (■ Cass. crim., 12 juin 2014, n° 13-87.819). Il en est de même pour la QPC visant l'article 441-10, 2° (■ Cass. crim., 12 juin 2014, n° 13-87.819).

2) En prononçant la peine complémentaire d'interdiction définitive de gérer, d'administrer et de diriger toute entreprise commerciale, artisanale ou toute personne morale, pour sanctionner les délits de faux et d'usage commis par le prévenu, gérant de société, la cour d'appel a fait l'exacte application des dispositions des articles 131-27 et 441-10 du Code pénal relatives à l'interdiction d'exercer l'activité professionnelle dans l'exercice ou à l'occasion de l'exercice de laquelle l'infraction a été commise, qui n'ont pas été modifiées par la loi du 4 août 2008 (■ Cass. crim., 6 mai 2009 : *Bull. crim.* n° 87).

3) Pour condamner une prévenue, déclarée coupable d'escroquerie, faux et usage, à 5 ans d'interdiction d'exercer une fonction publique, peine complémentaire prévue par les articles 313-7 et 441-10 du Code pénal, les juges n'avaient pas à relever que les infractions avaient été commises dans l'exercice ou à l'occasion de l'exercice de cette fonction.

Par ailleurs, hormis les cas expressément prévus par la loi, les juges ne sont pas tenus de motiver spécialement le choix de la sanction qu'ils appliquent dans les limites légales (■ Cass. crim., 25 juin 2014, n° 13-83.955).

Art. 441-11. – **L'interdiction du territoire français peut être prononcée dans les conditions prévues par l'article 131-30, soit à titre définitif, soit pour une durée de dix ans au plus, à l'encontre de tout étranger coupable de l'une des infractions définies au présent chapitre.**

Art. 441-12 *(L. n° 2009-526, 12 mai 2009)*. – **Les personnes morales déclarées responsables pénalement, dans les conditions prévues par l'article 121-2, des infractions définies au présent chapitre encourent, outre l'amende suivant les modalités prévues par l'article 131-38, les peines prévues par l'article 131-39.**

L'interdiction mentionnée au 2° de l'article 131-39 porte sur l'activité dans l'exercice ou à l'occasion de l'exercice de laquelle l'infraction a été commise.

CHAPITRE II. – DE LA FAUSSE MONNAIE

Voir : art. R. 642-2 s., p. 1030 et art. R. 645-9 s., p. 1037.

Art. 442-1 *(Mod., L. n° 2004-204, 9 mars 2004)*. – **La contrefaçon ou la falsification des pièces de monnaie ou des billets de banque ayant cours légal en France ou émis par les institutions étrangères ou internationales habilitées à cette fin est punie de trente ans de réclusion criminelle et de 450 000 € d'amende.**

Est punie des mêmes peines la fabrication des pièces de monnaie et des billets de banque mentionnés à l'alinéa précédent réalisée à l'aide d'installations ou de matériels autorisés destinés à cette fin, lorsqu'elle est effectuée en violation des conditions fixées par les institutions habilitées à émettre ces signes monétaires et sans l'accord de ces institutions.

Les deux premiers alinéas de l'article 132-23 relatif à la période de sûreté sont applicables aux infractions prévues par le présent article.

Voir : art. 113-10, p. 84 (Infractions commises hors du territoire de la République).

Bibliographie : *JCl. Pénal Code*, *Fausse monnaie* par M.-L. Rassat.

1) Sur la notion de monnaie de billon, V. ▪ Cass. crim., 21 oct. 1936 : *S.* 1937, 1, 399 ; *RSC* 1937, p. 63, obs. Hugueney.

2) Une monnaie a cours légal dans un pays lorsque tous les citoyens sont obligés de l'accepter (▪ Cass. crim., 27 juill. 1883 : *Bull. crim.* n° 190).

3) Il suffit pour qu'il y ait crime de contrefaçon que l'apparence soit suffisante pour assurer la circulation de la monnaie contrefaite, et l'accusé ne pourrait invoquer en sa faveur l'imperfection de son travail (▪ Cass. crim., 2 juin 1853 : *D.* 1853, 5, 225) et il appartient aux juges du fond d'apprécier souverainement l'aptitude de la monnaie contrefaite à tromper celui qui la reçoit *(même arrêt)*.

4) Pour l'émission, l'exposition et l'introduction en France, la Cour de cassation exige que la question posée à la cour d'assises constate expressément que l'accusé connaissait la fausseté des pièces émises et qu'il avait l'intention d'en assurer la diffusion (▪ Cass. crim., 16 déc. 1880 : *S.* 1881, 1, 330. ▪ Cass. crim., 27 févr. 1947 : *D.* 1947, 252).

5) Sur la jurisprudence antérieure à la loi du 27 novembre 1968, relative à la contrefaçon de monnaies d'or ou d'argent n'ayant plus cours légal, V. ▪ Cass. crim., 4 mars 1954 : *D.* 1954, 242, note F. G. ; *RSC* 1954, p. 541, obs. Hugueney. ▪ Cass. crim., 13 févr. 1969 : *D.* 1969, 269, rapp. Ezcolier ; *RSC* 1969, p. 660, obs. Vitu. ▪ Rouen, 16 juin 1952 : *D.* 1953, 720, note J. Carbonnier.

6) Le crime d'exposition de billets de banque contrefaits ne constitue qu'une modalité du crime d'usage de tels billets (▪ Cass. crim., 3 févr. 1993 : *Bull. crim.* n° 57).

Art. 442-2. – *(L. n° 2004-204, 9 mars 2004 ; mod., L. n° 2007-1544, 29 oct. 2007)* **Le transport, la mise en circulation ou la détention en vue de la mise en circulation des signes monétaires contrefaisants ou falsifiés mentionnés au premier alinéa de l'article 442-1 ou des signes monétaires irrégulièrement fabriqués mentionnés au deuxième alinéa de cet article sont punis de dix ans d'emprisonnement et de 150 000 € d'amende.**

Les infractions prévues au précédent alinéa sont punies de trente ans de réclusion criminelle et de 450 000 € d'amende lorsqu'elles sont commises en bande organisée.

Les deux premiers alinéas de l'article 132-23 relatif à la période de sûreté sont applicables aux infractions prévues au deuxième alinéa du présent article.

Voir : art. 113-10, p. 84 (Infractions commises hors du territoire de la République).

Prive sa décision de base légale la cour d'assises qui, pour déclarer un accusé coupable de détention en vue de leur mise en circulation de billets de banque contrefaits ou falsifiés, fonde la condamnation qu'elle prononce sur une réponse affirmative à une question qui a omis de caractériser la connaissance qu'aurait eu cet accusé de la contrefaçon ou de la falsification des billets détenus (▪ Cass. crim., 8 nov. 2000 : *Bull. crim.* n° 333 ; *Dr. pén.* 2001, comm. 58, obs. M. Véron).

Art. 442-3. – **La contrefaçon ou la falsification de pièces de monnaie ou de billets de banque français ou étrangers n'ayant plus cours légal ou n'étant plus autorisés est punie de cinq ans d'emprisonnement et de 75 000 € d'amende.**

1) La disposition de l'article 133 est applicable sans gradation de peine à toutes les monnaies étrangères, aux monnaies de billon et de cuivre comme aux monnaies d'or et d'argent (▪ Cass. crim., 9 juin 1887 : *S.* V° *Faux et fausse monnaie*, 22).

2) Une monnaie contrefaite dont l'avers imite une pièce française et le revers une pièce étrangère prend la nationalité de l'effigie du prince représenté sur l'avers (▪ Cass. crim., 25 mars 1837 : *S.* 1838, 1, 71).

3) Constitue le délit prévu par l'article 133 alinéa 2 du Code pénal le fait de vendre des reproductions de pièces d'argent ayant eu cours légal en Grèce à l'époque d'Alexandre le Grand (▪ Cass. crim., 13 mai 1987 : *Bull. crim.* n° 196 ; *RSC* 1988, p. 99, obs. M. Massé).

Art. 442-4. – **La mise en circulation de tout signe monétaire non autorisé ayant pour objet de remplacer les pièces de monnaie ou les billets de banque ayant cours légal en France est punie de cinq ans d'emprisonnement et de 75 000 € d'amende.**

1) L'article 136 du Code pénal ne s'applique pas aux titres dont la loi consacre la licéité, ainsi le chèque (▪ CE, 12 févr. 1960 : *JCP* 1960, II, 11629 *bis*, note G. Vedel ; *D.* 1960, 263, note F. L'Huillier).

2) Se rend coupable d'une émission de monnaie parallèle, incriminée par l'article 136 du Code pénal, celui qui introduit dans un appareil automatique en vue de se procurer à bon compte les services qu'il rend, une rondelle métallique grossière et sans l'apparence extérieure d'une pièce de monnaie (T. corr. Saint-Étienne, 17 avr. 1970 : *JCP* 1972, II, 17277, note R. Gassin).

3) Le prévenu qui utilise de la monnaie étrangère, ayant les mêmes caractéristiques physiques que les anciennes pièces françaises de 10 F, pour retirer des timbres-poste dans un distributeur automatique, se rend coupable de mise en circulation de moyens de paiement illégaux aux fins de suppléer les signes monétaires ayant cours légal en France (■ Paris, 9e ch. B, 15 déc. 1988 : *JurisData* n° 1988-027513).

4) Sont coupables du délit de mise en circulation de moyens de paiement ayant pour objet de suppléer ou de remplacer les signes monétaires ayant cours légal, les prévenus qui ont acheté de faux billets pour les écouler dans le commerce (■ Paris, 9e ch. B, 1er déc. 1988 : *JurisData* n° 1988-027502).

Art. 442-5 ***(L. n° 2001-1168, 11 déc. 2001).*** **– La fabrication, l'emploi ou la détention sans autorisation des matières, instruments, programmes informatiques ou de tout autre élément spécialement destiné à la fabrication ou à la protection contre la contrefaçon ou la falsification des billets de banque ou des pièces de monnaie sont punis de deux ans d'emprisonnement et de 30 000 € d'amende.**

Voir : art. 113-10, p. 84 (Infractions commises hors du territoire de la République).

Art. 442-6. – Sont punies d'un an d'emprisonnement et de 15 000 € d'amende la fabrication, la vente, la distribution de tous objets, imprimés ou formules qui présentent avec les signes monétaires visés à l'article 442-1 une ressemblance de nature à faciliter l'acceptation desdits objets, imprimés ou formules aux lieu et place des valeurs imitées.

1) L'article 144-1° est applicable à un éditeur qui a encarté dans un porte-billets distribué à ses lecteurs la reproduction d'un billet de banque de 500 F, l'effigie de Pascal ayant été remplacée par celle d'un chanteur connu et la mention « Banque de France » par les initiales du titre de la revue (■ Cass. crim., 21 févr. 1978 : *Gaz. Pal.* 1978, 1, 310, note P.-J. Doll ; *RSC* 1978, p. 855, obs. Vitu).

2) Commet l'infraction prévue par l'article 144-1° le metteur en scène de cinéma ou le producteur qui, pour pouvoir mieux filmer des effets de foule, fait projeter d'un lieu élevé dans une rue passante des centaines d'imprimés présentant avec le billet de 500 F français une forte ressemblance même si, à un examen un peu sérieux, cet imprimé révèle l'impossibilité d'être présenté aux lieu et place d'un billet véritable ; il suffit qu'il puisse y avoir confusion de la part des personnes peu averties ou négligentes (■ T. corr. Paris, 22 oct. 1968 : *JCP* 1969, IV, 93).

Art. 442-7 ***(Mod., L. n° 2007-1544, 29 oct. 2007).*** **– Le fait, pour celui qui a reçu les signes monétaires contrefaisants ou falsifiés visés à l'article 442-1 en les tenant pour bons, de les remettre en circulation après en avoir découvert les vices est puni de 7 500 € d'amende.**

Art. 442-8. – La tentative des délits prévus par le premier alinéa de l'article 442-2 et par les articles 442-3 à 442-7 est punie des mêmes peines.

Art. 442-9. – Toute personne qui a tenté de commettre l'une des infractions prévues au présent chapitre sera exempte de peine si, ayant averti l'autorité administrative ou judiciaire, elle a permis d'éviter que l'infraction ne se réalise et d'identifier, le cas échéant, les autres coupables.

Art. 442-10. – La peine privative de liberté encourue par l'auteur ou le complice des infractions prévues par les articles 442-1 à 442-4 est réduite de moitié si, ayant averti les autorités administratives ou judiciaires, il a permis de faire cesser les agissements incriminés et d'identifier, le cas échéant, les autres coupables.

Art. 442-11 ***(Mod., L. n° 2008-776, 4 août 2008).*** **– Les personnes physiques coupables des crimes et délits prévus aux articles 442-1 à 442-6 encourent également les peines suivantes :**

1° L'interdiction des droits civiques, civils et de famille suivant les modalités prévues par l'article 131-26 ;

2° L'interdiction, suivant les modalités prévues par l'article 131-27, soit d'exercer une fonction publique ou d'exercer l'activité professionnelle ou sociale dans l'exercice ou à l'occasion de l'exercice de laquelle l'infraction a été commise, soit d'exercer une profession commerciale ou industrielle, de diriger, d'administrer, de gérer ou de contrôler à un titre quelconque, directement ou indirectement, pour son propre compte ou pour le compte d'autrui, une entreprise commerciale ou industrielle ou une société commerciale. Ces interdictions d'exercice peuvent être prononcées cumulativement ;

3° L'interdiction de séjour, suivant les modalités prévues par l'article 131-31.

Art. 442-12 *(Mod., L. n° 2003-1119, 26 nov. 2003).* **– L'interdiction du territoire français peut être prononcée dans les conditions prévues par l'article 131-30, soit à titre définitif, soit pour une durée de dix ans au plus, à l'encontre de tout étranger coupable de l'une des infractions définies aux articles 442-1 à 442-4.**

Art. 442-13 *(Mod., L. n° 2007-1544, 29 oct. 2007).* **– Dans tous les cas prévus au présent chapitre, peut être également prononcée la confiscation de la chose qui a servi ou était destinée à commettre l'infraction ou de la chose qui en est le produit, à l'exception des objets susceptibles de restitution.**

La confiscation des pièces de monnaie et des billets de banque contrefaisants ou falsifiés ainsi que des matières et instruments destinés à servir à leur fabrication est obligatoire.

Selon que la contrefaçon ou la falsification a porté sur des pièces de monnaie ou des billets de banque, les signes monétaires contrefaisants ou falsifiés sont remis à l'administration des monnaies et médailles ou à la Banque de France, aux fins de destruction éventuelle. Leur sont également remis, aux mêmes fins, ceux des matériels et instruments confisqués qu'elles désignent.

La confiscation des objets, imprimés ou formules visés à l'article 442-6 est également obligatoire. Elle entraîne remise de la chose confisquée à l'administration des monnaies et médailles ou à la Banque de France, selon la distinction prévue à l'alinéa précédent, aux fins de destruction éventuelle.

Art. 442-14 *(L. n° 2009-526, 12 mai 2009).* **– Les personnes morales déclarées responsables pénalement, dans les conditions prévues par l'article 121-2, des infractions définies au présent chapitre encourent, outre l'amende suivant les modalités prévues par l'article 131-38 :**

1° Les peines mentionnées à l'article 131-39 ;

2° La confiscation, suivant les modalités prévues par l'article 442-13.

L'interdiction mentionnée au 2° de l'article 131-39 porte sur l'activité dans l'exercice ou à l'occasion de l'exercice de laquelle l'infraction a été commise.

Art. 442-15 *(Abr., L. n° 2001-1168, 11 déc. 2001).* **– Les dispositions des articles 442-1, 442-2 et 442-5 à 442-14 sont applicables lorsque sont en cause les billets de banque et pièces de monnaie qui, bien que destinés à être mis en circulation, n'ont pas été encore émis par les institutions habilitées à cette fin et n'ont pas encore cours légal.**

Voir : art. 113-10, p. 84 (Infractions commises hors du territoire de la République).

Art. 442-16 *(L. n° 2007-297, 5 mars 2007 ; L. n° 2012-409, 27 mars 2012).* **– Les personnes physiques ou morales coupables des crimes et délits prévus aux articles 442-1 à 442-3 encourent également la peine complémentaire de confiscation de tout ou partie des biens leur appartenant ou, sous réserve des droits du propriétaire de bonne foi, dont elles ont la libre disposition, quelle qu'en soit la nature, meubles ou immeubles, divis ou indivis.**

CHAPITRE III. – DE LA FALSIFICATION DES TITRES OU AUTRES VALEURS FIDUCIAIRES ÉMISES PAR L'AUTORITÉ PUBLIQUE

Art. 443-1 *(Mod., L. n° 2007-1544, 29 oct. 2007).* **– La contrefaçon ou la falsification des effets émis par le Trésor public avec son timbre ou sa marque ou des effets émis par les États étrangers avec leur timbre ou leur marque, ainsi que l'usage ou le transport de ces effets contrefaisants ou falsifiés sont punis de sept ans d'emprisonnement et de 100 000 € d'amende.**

Voir : art. 113-10, p. 84 (Infractions commises hors du territoire de la République).

Bibliographie : *JCl. Pénal Code, Falsification des titres ou autres valeurs fiduciaires émises par l'autorité publique* par M.-L. Rassat.

Art. 443-2 *(Mod., L. n° 2007-1544, 29 oct. 2007).* **– Sont punis de cinq ans d'emprisonnement et de 75 000 € d'amende, la contrefaçon ou la falsification des timbres-poste ou autres valeurs fiduciaires postales, ainsi que des timbres émis par l'administration des finances, la vente, le transport, la distribution ou l'usage de ces timbres ou valeurs contrefaisants ou falsifiés.**

Voir : CGI, art. 1840 Q.

1) L'article 142-4° du Code pénal n'est applicable que si les timbres contrefaits ou falsifiés ont cours légal (■ T. corr. Seine, 18 déc. 1922 : *Gaz. Pal.* 1923, 1, 59) ; le fait d'imiter des timbres oblitérés et hors d'usage postal pour les vendre à des collectionneurs ne constitue pas l'infraction prévue par l'article 142, mais peut rentrer dans la prévention de l'escroquerie (■ T. corr. Seine, 23 nov. 1895 : *DP* 1897, 2, 313).

2) Pour condamner la prévenu du chef de transport et vente de timbres-poste contrefaits ou falsifiés, la cour d'appel relève, notamment, que l'infraction est constituée en tous ses éléments puisque le prévenu a reconnu qu'il avait transporté et vendu des timbres contrefaits ; par ces énonciations, et, dès lors qu'il en résulte que les timbres n'étaient pas oblitérés, les juges du second degré ont fait l'exacte application de l'article 443-2 du Code pénal (■ Cass. crim., 30 janv. 2002 ; *Dr. pén.* 2002, comm. 81, obs. M. Véron).

Art. 443-3. – **Sont punis d'un an d'emprisonnement et de 15 000 € d'amende, la fabrication, la vente, le transport ou la distribution de tous objets, imprimés ou formules qui présentent, avec les titres ou autres valeurs fiduciaires émises par l'État, les collectivités locales, les établissements publics ou les exploitants publics prévus par la loi n° 90-568 du 2 juillet 1990 relative à l'organisation du service public de la poste et des télécommunications, une ressemblance de nature à faciliter l'acceptation desdits objets, imprimés ou formules aux lieu et place des valeurs imitées.**

Voir : anc. art. 144-1°, C. pén.

1) Caractérise le délit prévu et puni par l'article 444-3, 1°, du Code pénal, la reproduction de la figure de la Liberté, telle qu'elle est prévue pour le sceau de l'État, avec l'inscription, sur le pourtour « ministère de la Justice », qui donne à cet ensemble l'apparence d'une marque de l'autorité publique (■ Cass. crim., 9 mars 2004 : *Bull. crim.* n° 62).

2) Caractérise le délit prévu et puni par l'article 444-5 du Code pénal, la fabrication et la distribution, surle pare-brise de véhicules, de tracts publicitaires dont le recto, qui prend la forme de faux avis de contravention au stationnement, présente, avec l'imprimé officiel utilisé pour verbaliser les conducteurs, une ressemblance étroite de nature à causer une méprise dans l'esprit du public (■ Cass. crim., 9 mars 2004 : *Bull. crim.* n° 63).

Art. 443-4 *(Mod., L. n° 2007-1544, 29 oct. 2007).* – **Sont punis de six mois d'emprisonnement et de 7 500 € d'amende la contrefaçon ou la falsification des timbres-poste étrangers ou autres valeurs postales émises par le service des postes d'un pays étranger, ainsi que la vente, le transport, la distribution ou l'usage de ces timbres ou valeurs contrefaisants ou falsifiés.**

Voir : anc. art. 144-5°, C. pén.

Art. 443-5. – **La tentative des délits prévus au présent chapitre est punie des mêmes peines.**

Art. 443-6 *(Mod., L. n° 2008-776, 4 août 2008).* – **Les personnes physiques coupables des délits prévus au présent chapitre encourent également les peines suivantes :**

1° L'interdiction des droits civiques, civils et de famille suivant les modalités prévues par l'article 131-26 ;

2° L'interdiction, suivant les modalités prévues par l'article 131-27, soit d'exercer une fonction publique ou d'exercer l'activité professionnelle ou sociale dans l'exercice ou à l'occasion de l'exercice de laquelle l'infraction a été commise, soit d'exercer une profession commerciale ou industrielle, de diriger, d'administrer, de gérer ou de contrôler à un titre quelconque, directement ou indirectement, pour son propre compte ou pour le compte d'autrui, une entreprise commerciale ou industrielle ou une société commerciale ou industrielle ou une société commerciale. Ces interdictions d'exercice peuvent être prononcées cumulativement ;

3° La confiscation de la chose qui a servi ou était destinée à commettre l'infraction ou de la chose qui en est le produit, à l'exception des objets susceptibles de restitution.

Dans tous les cas, la confiscation du corps du délit est obligatoire. Elle entraîne remise à l'Administration de la chose confisquée aux fins de destruction éventuelle.

Art. 443-7. – **L'interdiction du territoire français peut être prononcée dans les conditions prévues par l'article 131-30, soit à titre définitif, soit pour une durée de dix ans au plus, à l'encontre de tout étranger coupable de l'une des infractions définies aux articles 443-1 et 443-2.**

Art. 443-8 *(Mod., L. n° 2009-526, 12 mai 2009)*. – **Les personnes morales déclarées responsables pénalement, dans les conditions prévues par l'article 121-2, des infractions définies au présent chapitre encourent, outre l'amende suivant les modalités prévues par l'article 131-38 :**

1° Les peines mentionnées à l'article 131-39 ;

2° La confiscation suivant les modalités prévues par l'article 443-6.

L'interdiction mentionnée au 2° de l'article 131-39 porte sur l'activité dans l'exercice ou à l'occasion de l'exercice de laquelle l'infraction a été commise.

CHAPITRE IV. – DE LA FALSIFICATION DES MARQUES DE L'AUTORITÉ

Art. 444-1 *(Mod., L. n° 2007-1544, 29 oct. 2007)*. – **La contrefaçon ou la falsification soit du sceau de l'État, soit des timbres nationaux, soit des poinçons servant à marquer les matières d'or, d'argent ou de platine, ou l'usage de ces sceaux, timbres ou poinçons, contrefaisants ou falsifiés, est punie de dix ans d'emprisonnement et de 150 000 € d'amende.**

Voir : art. 113-10, p. 84 (Infractions commises hors du territoire de la République).

Bibliographie : *JCl. Pénal Code, Falsification des marques de l'autorité* par M.-L. Rassat.

1) Un timbre est national lorsqu'il est utilisé, pour les affaires de l'État, par une administration ou par une autorité publique représentant l'État, et lorsqu'il est conforme au type prescrit par la loi ; ainsi a le caractère national le timbre apposé sur le papier timbré (▪ Cass. crim., 13 oct. 1843 : *Bull. crim.* n° 265).

2) Le timbre ou cachet d'oblitération d'un bureau de poste aux lettres, bien que fourni par le gouvernement et apposé par une administration, n'est pas un timbre national car il ne porte qu'un nom de lieu et une date (▪ Cass. crim., 28 nov. 1812 : *Bull. crim.* n° 253).

3) L'article 140 du Code pénal vise également la falsification de l'empreinte elle-même, quel que soit l'instrument que l'on ait employé pour arriver à cette falsification pratiquée sur l'objet même, avec l'intention de faire passer cette marque pour l'empreinte de l'État (▪ Cass. crim., 21 oct. 1813 : *Bull. crim.* n° 226. ▪ Cass. crim., 22 nov. 1861 : *DP* 1863, 5, 291).

Art. 444-2. – **L'usage frauduleux du sceau de l'État, des timbres nationaux ou des poinçons servant à marquer des matières d'or, d'argent ou de platine est puni de sept ans d'emprisonnement et de 100 000 € d'amende.**

Art. 444-3 *(L. n° 99-574, 9 juill. 1999 ; L. n° 2007-1544, 29 oct. 2007)*. – **Sont punies de cinq ans d'emprisonnement et de 75 000 € d'amende :**

1° La contrefaçon ou la falsification des sceaux, timbres ou marques d'une autorité publique, ou l'usage de ces sceaux, timbres ou marques, contrefaisants ou falsifiés ;

2° La contrefaçon ou la falsification des papiers à en-tête ou imprimés officiels utilisés dans les assemblées instituées par la Constitution, les administrations publiques ou les juridictions, la vente, la distribution ainsi que l'usage de ces papiers ou imprimés ainsi contrefaisants ou falsifiés ;

3° La contrefaçon ou la falsification d'estampilles et de marques attestant l'intervention des services d'inspection ou de surveillance sanitaire de la France ou d'un pays étranger.

1) L'article 142-2° du Code pénal s'applique aux cachets que les administrations ou les fonctionnaires emploient comme signes de leur autorité, ainsi le sceau des préfectures (▪ Cass. crim., 28 févr. 1957 : *JCP* 1957, II, 9858, rapp. Rolland), les cachets servant à l'oblitération des timbres-poste (▪ Cass. crim., 7 janv. 1971 : *Bull. crim.* n° 2 ; *RSC* 1971, p. 412, obs. Vitu), les bons d'essence instaurés en période de restriction (▪ Cass. crim., 1er juill. 1943 : *DA* 1943, 71).

2) L'article 142 ayant une portée générale, il vise le « différent » de l'Hôtel des Monnaies, garantie de l'origine du titre et du poids des pièces émises par la Régie des Monnaies ; ce « différent » doit donc être considéré comme une marque de l'autorité (▪ Cass. crim., 4 mars 1954 : *D.* 1954, 242. – V. note J. Carbonnier sous ▪ Rouen, 16 juin 1952 : *D.* 1953, 720).

3) Caractérise le délit prévu et puni par l'article 444-3, 1° du Code pénal, la reproduction de la figure de la Liberté, telle qu'elle est prévue pour le Sceau de l'État, avec l'inscription, sur le pourtour « ministère de la Justice », qui donne à cet ensemble l'apparence d'une marque de l'autorité publique (▪ Cass. crim., 9 mars 2004 : *Bull. crim.* n° 62 ; *Dr. pén.* 2004, comm. 100, obs. M. Véron ; *D.* 2004, somm. com., p. 2753, obs. B. de Lamy).

Art. 444-4 *(Mod., L. n° 99-574, 9 juill. 1999)*. – **L'usage frauduleux des sceaux, marques, timbres, papiers, imprimés ou estampilles et marques attestant l'intervention des services d'inspection ou de surveillance sanitaire visés à l'article 444-3 est puni de trois ans d'emprisonnement et de 45 000 € d'amende.**

1) Il a été jugé que le fait, par un militaire, de se procurer indûment le vrai sceau d'un colonel pour l'apposer sur trois permissions en blanc ne portant aucune signature et de remettre ces pièces à une autre personne, ne pouvait être puni alors qu'il n'avait été fait aucun usage de ces permissions (▪ Besançon, 21 mai 1890 : *DP* 1891, 2, 336).

2) Il y a usage frauduleux d'un timbre, ou au moins tentative de ce délit, dans le fait de se procurer indûment le cachet de la régie dans le dessein de dissimuler un enlèvement clandestin d'alcool et d'éluder ainsi le paiement des droits (▪ Cass. crim., 22 juin 1901 : *S.* 1905, 1, 431).

3) L'article 143 du Code pénal réprime l'usage frauduleux de vrais sceaux, marques ou timbres de l'État, par ceux qui se les sont indûment procurés. En conséquence, encourt la cassation l'arrêt qui condamne, en vertu de cet article le titulaire d'un plan de chasse individuel au grand gibier qui a fait un usage illégal d'un bracelet de marquage qui lui avait été régulièrement délivré (▪ Cass. crim., 30 mai 1985 : *Bull. crim.* n° 205).

4) Justifie sa décision la cour d'appel qui, pour dire établi le délit d'usage frauduleux d'une estampille, relève que les prévenus procédaient à l'acquisition auprès de fournisseurs de viande conditionnée et estampillée, qu'ils en assuraient ensuite la découpe et le reconditionnement, pour la vendre et la livrer aux restaurants du même groupe exploités par des personnes morales distinctes, non sous une estampille propre mais sous l'estampille des fournisseurs (▪ Cass. crim., 1er avr. 2014 : *Bull. crim.* n° 95 ; *Dr. pén.* 2014, comm. 87, obs. M. Véron).

Art. 444-5. – **Sont punies d'un an d'emprisonnement et de 15 000 € d'amende la fabrication, la vente, la distribution ou l'utilisation d'imprimés qui présentent avec les papiers à en-tête ou imprimés officiels en usage dans les assemblées instituées par la Constitution, les administrations publiques ou les juridictions une ressemblance de nature à causer une méprise dans l'esprit du public.**

Caractérise le délit prévu et puni par l'article 444-5 du Code pénal, la fabrication et la distribution, sur le pare-brise de véhicules, de tracts publicitaires dont le recto, qui prend la forme de faux avis de contravention au stationnement, présente, avec l'imprimé officiel utilisé pour verbaliser les conducteurs, une ressemblance étroite de nature à causer une méprise dans l'esprit du public (▪ Cass. crim., 9 mars 2004 : *Bull. crim.* n° 63 ; *Dr. pén.* 2004, comm. 100, obs. M. Véron ; *D.* 2005, jur., p. 40, note J. Daniel).

Art. 444-6. – **La tentative des délits prévus au présent chapitre est punie des mêmes peines.**

Art. 444-7 *(Mod., L. n° 2008-776, 4 août 2008)*. – **Les personnes physiques coupables des crimes et délits prévus au présent chapitre encourent également les peines suivantes :**

1° L'interdiction des droits civiques, civils et de famille suivant les modalités prévues par l'article 131-26 ;

2° L'interdiction, suivant les modalités prévues par l'article 131-27, soit d'exercer une fonction publique ou d'exercer l'activité professionnelle ou sociale dans l'exercice ou à l'occasion de l'exercice de laquelle l'infraction a été commise, soit d'exercer une profession commerciale ou industrielle, de diriger, d'administrer, de gérer ou de contrôler à un titre quelconque, directement ou indirectement, pour son propre compte ou pour le compte d'autrui, une entreprise commerciale ou industrielle ou une société commerciale. Ces interdictions d'exercice peuvent être prononcées cumulativement ;

3° L'exclusion des marchés publics ;

4° La confiscation de la chose qui a servi ou était destinée à commettre l'infraction ou de la chose qui en est le produit, à l'exception des objets susceptibles de restitution.

Dans tous les cas, la confiscation du corps du délit est obligatoire. Elle entraîne remise à l'Administration de la chose confisquée aux fins de destruction éventuelle.

Art. 444-8. – **L'interdiction du territoire français peut être prononcée dans les conditions prévues par l'article 131-30, soit à titre définitif, soit pour une durée de dix ans au plus, à l'encontre de tout étranger coupable de l'une des infractions définies au présent chapitre.**

Art. 444-9 *(Mod., L. n° 2009-526, 12 mai 2009)*. – **Les personnes morales déclarées responsables pénalement, dans les conditions prévues par l'article 121-2, des infractions définies au présent chapitre encourent, outre l'amende suivant les modalités prévues par l'article 131-38 :**

1° Les peines mentionnées à l'article 131-39 ;

2° La confiscation, suivant les modalités prévues par l'article 444-7.

L'interdiction mentionnée au 2° de l'article 131-39 porte sur l'activité dans l'exercice ou à l'occasion de l'exercice de laquelle l'infraction a été commise.

CHAPITRE V. – DE LA CORRUPTION DES PERSONNES N'EXERÇANT PAS UNE FONCTION PUBLIQUE

(L. n° 2005-750, 4 juill. 2005)

Section I. – De la corruption passive et active des personnes n'exerçant pas une fonction publique

Art. 445-1 *(L. n° 2007-1598, 13 nov. 2007 ; mod., L. n° 2011-525, 17 mai 2011 ; L. n° 2013-1117, 6 déc. 2013).* **– Est puni de cinq ans d'emprisonnement et d'une amende de 500 000 €, dont le montant peut être porté au double du produit tiré de l'infraction, le fait, par quiconque, de proposer, sans droit, à tout moment, directement ou indirectement, à une personne qui, sans être dépositaire de l'autorité publique, ni chargée d'une mission de service public, ni investie d'un mandat électif public exerce, dans le cadre d'une activité professionnelle ou sociale, une fonction de direction ou un travail pour une personne physique ou morale ou pour un organisme quelconque, des offres, des promesses, des dons, des présents ou des avantages quelconques, pour elle-même ou pour autrui, pour qu'elle accomplisse ou s'abstienne d'accomplir, ou parce qu'elle a accompli ou s'est abstenue d'accomplir un acte de son activité ou de sa fonction ou facilité par son activité ou sa fonction, en violation de ses obligations légales, contractuelles ou professionnelles.**

Est puni des mêmes peines le fait, par quiconque, de céder à une personne visée au premier alinéa qui sollicite, sans droit, à tout moment, directement ou indirectement, des offres, des promesses, des dons, des présents ou des avantages quelconques, pour elle-même ou pour autrui, pour accomplir ou avoir accompli, pour s'abstenir ou s'être abstenue d'accomplir un acte visé audit alinéa, en violation de ses obligations légales, contractuelles ou professionnelles.

Art. 445-1-1 *(L. n° 2012-158, 1er févr. 2012 ; L. n° 2017-261, 1er mars 2017 ; L. n° 2018-202, 26 mars 2018 ; Ord. n° 2019-1015, 2 oct. 2019).* **– Est puni de cinq ans d'emprisonnement et d'une amende de 500 000 €, dont le montant peut être porté au double du produit tiré de l'infraction, le fait, par quiconque, de proposer, sans droit, à tout moment, directement ou indirectement, à un acteur d'une manifestation sportive ou d'une course hippique donnant lieu à des paris, des offres, des promesses, des présents, des dons ou des avantages quelconques, pour lui-même ou pour autrui, pour que cet acteur, par un acte ou une abstention, modifie le déroulement normal et équitable de cette manifestation ou de cette course ou parce que cet acteur, par un acte ou une abstention, a modifié le déroulement normal et équitable de cette manifestation ou de cette course.**

Art. 445-2 *(L. n° 2007-1598, 13 nov. 2007 ; mod., L. n° 2011-529, 17 mai 2011 ; L. n° 2013-1117, 6 déc. 2013).* **– Est puni de cinq ans d'emprisonnement et d'une amende de 500 000 €, dont le montant peut être porté au double du produit tiré de l'infraction, le fait, par une personne qui, sans être dépositaire de l'autorité publique, ni chargée d'une mission de service public, ni investie d'un mandat électif public exerce, dans le cadre d'une activité professionnelle ou sociale, une fonction de direction ou un travail pour une personne physique ou morale ou pour un organisme quelconque, de solliciter ou d'agréer, sans droit, à tout moment, directement ou indirectement, des offres, des promesses, des dons, des présents ou des avantages quelconques, pour elle-même ou pour autrui, pour accomplir ou avoir accompli, pour s'abstenir ou s'être abstenue d'accomplir un acte de son activité ou de sa fonction ou facilité par son activité ou sa fonction, en violation de ses obligations légales, contractuelles ou professionnelles.**

Le délit de corruption de personnes n'exerçant pas une fonction publique a été instauré par l'article 445-2 du Code pénal résultant de la loi n° 2005-750 du 4 juillet 2005.

Justifie sa décision la cour d'appel qui déclare coupable de complicité de ce délit le prévenu qui a, après l'entrée en vigueur de la loi précitée, continué de provoquer à la corruption en maintenant ses instructions, qui ont entraîné la poursuite des sollicitations et des remises de fonds (■ Cass. crim., 25 févr. 2015, n° 13-88.506 : *Dr. pén.* 2015, comm. 81, obs. M. Véron).

Art. 445-2-1 *(L. n° 2012-158, 1er févr. 2012 ; L. n° 2017-261, 1er mars 2017 ; L. n° 2018-202, 26 mars 2018 ; Ord. n° 2019-1015, 2 oct. 2019).* – Est puni de cinq ans d'emprisonnement et d'une amende de 500 000 €, dont le montant peut être porté au double du produit tiré de l'infraction, le fait, par un acteur d'une manifestation sportive ou d'une course hippique donnant lieu à des paris, de solliciter ou d'agréer de quiconque, sans droit, à tout moment, directement ou indirectement, des offres, des promesses, des présents, des dons ou des avantages quelconques, pour lui-même ou pour autrui, pour modifier ou pour avoir modifié, par un acte ou une abstention, le déroulement normal et équitable de cette manifestation ou de cette course.

Section II. – Peines complémentaires applicables aux personnes physiques et responsabilité pénale des personnes morales

Art. 445-3 *(L. n° 2005-750, 4 juill. 2005 ; L. n° 2008-776, 4 août 2008 ; L. n° 2012-158, 1er févr. 2012).* – Les personnes physiques coupables des infractions définies aux articles 445-1, 445-1-1, 445-2 et 445-2-1 encourent également les peines complémentaires suivantes :

1° L'interdiction, suivant les modalités prévues par l'article 131-26, des droits civiques, civils et de famille ;

2° L'interdiction, suivant les modalités prévues par l'article 131-27, soit d'exercer une fonction publique ou d'exercer l'activité professionnelle ou sociale dans l'exercice ou à l'occasion de l'exercice de laquelle l'infraction a été commise, soit d'exercer une profession commerciale ou industrielle, de diriger, d'administrer, de gérer ou de contrôler à un titre quelconque, directement ou indirectement, pour son propre compte ou pour le compte d'autrui, une entreprise commerciale ou industrielle ou une société commerciale. Ces interdictions d'exercice peuvent être prononcées cumulativement ;

3° La confiscation, suivant les modalités prévues par l'article 131-21, de la chose qui a servi ou était destinée à commettre l'infraction ou de la chose qui en est le produit, à l'exception des objets susceptibles de restitution ;

4° L'affichage ou la diffusion de la décision prononcée dans les conditions prévues par l'article 131-35.

Bibliographie : *JCl. Pénal Code, Corruption active et passive de personnes n'exerçant pas une fonction publique* par M. Segonds.

Art. 445-4 *(Mod., L. n° 2009-526, 12 mai 2009 ; L. n° 2012-158, 1er févr. 2012 ; L. n° 2016-1691, 9 déc. 2016).* – Les personnes morales déclarées responsables pénalement, dans les conditions prévues par l'article 121-2, des infractions définies aux articles 445-1, 445-1-1, 445-2 et 445-2-1 encourent, outre l'amende suivant les modalités prévues par l'article 131-38 :

1° Pour une durée de cinq ans au plus, les peines mentionnées aux 2°, 3°, 4°, 5°, 6° et 7° de l'article 131-39. L'interdiction mentionnée au 2° de l'article 131-39 porte sur l'activité dans l'exercice ou à l'occasion de laquelle l'infraction a été commise ;

2° La confiscation, suivant les modalités prévues par l'article 131-21, de la chose qui a servi ou était destinée à commettre l'infraction ou de la chose qui en est le produit, à l'exception des objets susceptibles de restitution ;

3° L'affichage ou la diffusion de la décision prononcée dans les conditions prévues par l'article 131-35 ;

4° La peine prévue à l'article 131-39-2.

Bibliographie : *JCl. Pénal Code, Corruption active et passive de personnes n'exerçant pas une fonction publique* par M. Segonds.

CHAPITRE VI. – DE LA VIOLATION DES DISPOSITIONS RÉGLEMENTANT LES PROFESSIONS EXERCÉES DANS LES LIEUX PUBLICS

(L. n° 2011-267, 14 mars 2011)

Art. 446-1 *(L. n° 2011-267, 14 mars 2011 ; L. n° 2019-222, 23 mars 2019).* – La vente à la sauvette est le fait, sans autorisation ou déclaration régulière, d'offrir, de mettre en vente ou d'exposer en vue de la vente des biens ou d'exercer toute autre profession dans les lieux publics en violation des dispositions réglementaires sur la police de ces lieux.

La vente à la sauvette est punie de six mois d'emprisonnement et de 3 750 € d'amende.

Pour le délit prévu au premier alinéa du présent article, y compris en cas de récidive, l'action publique peut être éteinte, dans les conditions prévues aux articles 495-17 à 495-25 du Code de procédure pénale, par le versement d'une amende forfaitaire d'un montant de 300 €. Le montant de l'amende forfaitaire minorée est de 250 € et le montant de l'amende forfaitaire majorée est de 600 €.

L'auteur de cette infraction encourt également les peines complémentaires définies à l'article 446-3 du présent code.

Art. 446-2 ***(L. n° 2011-267, 14 mars 2011).*** **– Lorsque la vente à la sauvette est accompagnée de voies de fait ou de menaces ou lorsqu'elle est commise en réunion, la peine est portée à un an d'emprisonnement et à 15 000 € d'amende.**

Art. 446-3 ***(L. n° 2011-267, 14 mars 2011).*** **– Les personnes physiques coupables des délits prévus au présent chapitre encourent également les peines complémentaires suivantes :**

1° La confiscation de la chose qui a servi ou était destinée à commettre l'infraction ou de la chose qui en est le produit ;

2° La destruction de la chose qui a servi ou était destinée à commettre l'infraction ou de la chose qui en est le produit.

Art. 446-4 ***(L. n° 2011-267, 14 mars 2011).*** **– Les personnes morales déclarées responsables pénalement, dans les conditions prévues par l'article 121-2, des infractions définies au présent chapitre encourent, outre l'amende suivant les modalités prévues par l'article 131-38, les peines prévues par l'article 131-39.**

L'interdiction mentionnée au 2° de l'article 131-39 porte sur l'activité dans l'exercice ou à l'occasion de l'exercice de laquelle l'infraction a été commise.

Bibliographie : *JCl. Pénal Code, Violation des dispositions réglementant les professions exercées dans les lieux publics* par N. Rias.

TITRE V. – DE LA PARTICIPATION À UNE ASSOCIATION DE MALFAITEURS

Art. 450-1 ***(L. n° 2001-420, 15 mai 2001).*** **– Constitue une association de malfaiteurs tout groupement formé ou entente établie en vue de la préparation, caractérisée par un ou plusieurs faits matériels, d'un ou plusieurs crimes ou d'un ou plusieurs délits punis d'au moins cinq ans d'emprisonnement.**

Lorsque les infractions préparées sont des crimes ou des délits punis de dix ans d'emprisonnement, la participation à une association de malfaiteurs est punie de dix ans d'emprisonnement et de 150 000 € d'amende.

Lorsque les infractions préparées sont des délits punis d'au moins cinq ans d'emprisonnement, la participation à une association de malfaiteurs est punie de cinq ans d'emprisonnement et de 75 000 € d'amende.

Bibliographie : *JCl. Pénal Code, Participation à une association de malfaiteurs* par Vitu, actualisé par D. Beauvais ; *Association de malfaiteurs et circonstance de bande organisée : Rev. pénit.* 2007, p. 277, par P. Lemoine.

1) Avant la loi du 2 février 1981, la Cour de cassation avait jugé que l'incrimination prévue par l'article 265 s'appliquait même lorsque les malfaiteurs n'auraient accompli que des actes préparatoires (■ Cass. crim., 29 déc. 1970 : *JCP* 1971, II, 16770, note P. Bouzat ; *RSC* 1971, p. 675, obs. Vitu) ; cette jurisprudence est toujours d'actualité.

2) Il importe peu que les crimes auxquels tend l'association soient déterminés ou non (■ Cass. crim., 22 août 1959 : *Bull. crim.* n° 389). L'article 265 du Code pénal n'exige pas comme élément constitutif du délit le dessein, formé par des individus rassemblés, de commettre un crime déterminé de forme précise (■ Cass. crim., 20 juin 1989, *Martin*, inédit).

3) Il importe peu que chaque membre ait été mis au courant de toutes les activités envisagées par l'association et il suffit que chacun ait adhéré volontairement au groupement dont il connaissait le caractère infractionnel (■ Cass. crim., 11 juin 1970 : *Bull. crim.* n° 199 ; *RSC* 1971, p. 108, obs. Vitu).

4) L'association de malfaiteurs constitue une incrimination indépendante des crimes contre les personnes ou les biens qui sont préparés ou commis par les membres de l'association. Est ainsi justifiée la condamnation de trois prévenus à la charge desquels il est relevé qu'ils sont allés, à l'aide d'un véhicule volé pour cette occasion, aux abords d'une agence bancaire où ils avaient l'intention de commettre un vol, qu'arrivés sur les lieux ils ont sursis à opérer en raison des difficultés ou des risques, et que revenus à leur point de départ, ils ont été interpellés porteurs d'armes de poing (▪ Cass. crim., 22 janv. 1986 : *Bull. crim.* n° 29). Se rend coupable du délit de participation à une association de malfaiteurs, au sens de l'article 450-1 du Code pénal, celui qui, dans le dessein de faire défigurer au vitriol une ancienne amie, recrute et rétribue un homme de main, qu'il accompagne en repérage sur les lieux de l'agression projetée et auquel il fournit les instructions et renseignements nécessaires à son exécution. Il n'importe que l'homme chargé de commettre l'infraction, ayant dilapidé l'argent reçu, ait renoncé à l'action (▪ Cass. crim., 30 avr. 1996 : *Bull. crim.* n° 176 ; *RSC* 1997, p. 113, obs. Delmas-Saint-Hilaire).

5) Le délit d'association de malfaiteurs est commis en tous lieux où se trouvent rassemblés, avec résolution d'agir, les individus entre lesquels l'association a été formée ou l'entente établie. En outre, l'article 265 du Code pénal n'exige pas que les membres de l'association aient personnellement participé à plusieurs crimes (▪ Cass. crim., 4 juill. 1989, inédit).

6) Le vol d'un véhicule et l'achat de postiches sont des faits matériels concrétisant une association de malfaiteurs (▪ Cass. crim., 13 nov. 1990 : *Dr. pén.* 1991, n° 74). Même solution lorsqu'il y a découverte dans la voiture des prévenus d'armes de poing, de cagoules, de paires de gants de chirurgie, de sparadrap, de documents relatant des surveillances et de plaques d'immatriculation, et découverte au domicile des prévenus de plans de surveillance d'un établissement spécialisé dans le traitement des bijoux (▪ Cass. crim., 6 sept. 1990 : *Dr. pén.* 1991, n° 3).

7) Doit être considérée comme réputée commise en France une association de malfaiteurs formée en vue de la préparation de crimes contre les personnes ou les biens tant en France qu'à l'étranger. Peut dès lors être jugé en France l'étranger qui participe à une telle association, même s'il n'a pas pris personnellement part à la préparation des projets de crimes en France (▪ Cass. crim., 20 févr. 1990 : *Bull. crim.* n° 84).

8) L'article 265 n'exige pas comme élément constitutif du délit d'association de malfaiteurs le dessein formé par les individus rassemblés de commettre un crime déterminé de façon précise ; il suffit que l'entente établie ait été concrétisée par un ou plusieurs actes préparatoires (▪ Cass. crim., 15 déc. 1993 : *Dr. pén.* 1994, comm. n° 131, obs. M. Véron).

9) L'association ou l'entente formée en vue de commettre un trafic de stupéfiants, définie, avant le 1er mars 1994, par l'article L. 627 du Code de la santé publique, entre désormais dans les prévisions du délit d'association de malfaiteurs, qui, selon l'article 450-1 du Code pénal, réprime la participation à tout groupement formé ou entente établie en vue de la préparation, caractérisée par un ou plusieurs faits matériels, d'un ou plusieurs crimes ou d'un ou plusieurs délits punis de 10 ans d'emprisonnement ; justifie ainsi sa décision la cour d'appel qui, après avoir constaté que le prévenu, avant le 1er mars 1994, a formé avec plusieurs coauteurs un groupement qui a pris contact avec des fournisseurs à l'étranger en vue d'acheter de la drogue, et qui a recherché des acheteurs en France, le déclare coupable d'association de malfaiteurs, et le condamne (en application des dispositions de l'article 450-3) à la peine complémentaire de l'interdiction du territoire français (▪ Cass. crim., 13 mars 1997 : *Bull. crim.* n° 105 ; *JurisData* n° 1997-001682).

Il résulte de l'arrêt attaqué que, pour réaliser l'acquisition d'une quantité importante d'héroïne, « le couple formé par Michel et Vincent » a eu des contacts avec un fournisseur et a organisé de concert une livraison en utilisant divers véhicules, dont une voiture volée, et en disposant d'une forte somme d'argent ; de tels faits matériels caractérisant une association de malfaiteurs (▪ Cass. crim., 3 juin 2004 : *Dr. pén.* 2004, note 182).

10) Doit être cassé l'arrêt qui, pour condamner du chef d'association de malfaiteurs en vue de la préparation d'un délit puni de 10 ans d'emprisonnement, retient que l'infraction préparée était une extorsion commise au préjudice d'une personne particulièrement vulnérable, en raison de son âge de 64 ans, sans préciser en quoi un tel âge mettait la victime dans une situation de particulière vulnérabilité (▪ Cass. crim., 23 juin 1999 : *Bull. crim.* n° 152).

Est également censurée la décision confirmant la déclaration de culpabilité du chef d'association de malfaiteurs, aux seuls motifs d'une proximité avérée, la veille des faits, entre deux individus et le prévenu, comme en témoignent un échange de SMS et un contact avec une ligne téléphonique commune, les juges ajoutant qu'un rendez-vous avait été pris, auquel le prévenu ne s'est pas rendu ; de tels éléments étant insuffisants à établir le délit reproché (▪ Cass. crim., 16 janv. 2019, n° 17-86.698).

11) Caractérise le délit d'association de malfaiteurs en vue de la préparation d'un délit puni de 10 ans d'emprisonnement, la cour d'appel qui précise les éléments objectifs desquels résulte l'intention manifeste des auteurs d'user de leurs armes, nonobstant leur interpellation, antérieure à la mise à exécution de leur projet (■ Cass. crim., 26 mai 1999 : *Bull. crim.* n° 103).

12) Ne méconnaît pas le principe selon lequel un même fait ne peut être retenu comme élément constitutif d'une infraction et circonstance aggravante d'une autre infraction, la cour d'appel qui déclare le prévenu coupable d'association de malfaiteurs en vue de la préparation d'une évasion et d'évasion en bande organisée, dès lors qu'elle constate que les éléments constitutifs du premier de ces délits et la circonstance aggravante du second correspondent en l'espèce à des faits distincts (■ Cass. crim., 19 janv. 2010, pourvoi n° 09-84.056 : *Bull. crim.* n° 11 ; *Dr. pén.* 2010, comm. 43, obs. M. Véron). L'association de malfaiteurs constitue une infraction autonome distincte des délits préparés (■ Cass. crim., 30 juin 2010 : *Dr. pén.* 2010, comm. 125, obs. M. Véron).

– L'association de malfaiteurs constitue un délit distinct tant des crimes préparés ou commis par ses membres que des infractions caractérisées par certains faits qui la concrétisent (■ Cass. crim., 15 juin 2011, n° 09-87.135 : *Dr. pén.* 2011, note 133, obs. M. Véron).

13) Il résulte de la décision du Conseil constitutionnel n° 2004-492 DC du 2 mars 2004 que la bande organisée suppose la préméditation des infractions et, à la différence de l'association de malfaiteurs, une organisation structurée entre ses membres.

Justifie en conséquence sa décision la chambre de l'instruction qui, pour retenir les qualifications correctionnelles de vols aggravés, destructions par incendie et association de malfaiteurs et renvoyer le prévenu devant le tribunal correctionnel, énonce que la seule constitution d'une équipe de plusieurs malfaiteurs ne peut suffire à qualifier la bande organisée dès lors que cette équipe ne répond pas au critère supplémentaire de structure existant depuis un certain temps et qu'en l'espèce les équipes de malfaiteurs n'étaient pas toujours constituées de la même manière mais de façon variable avec trois, quatre ou cinq membres (■ Cass. crim., 8 juill. 2015, n° 14-88.329 : *D.* 2015, p. 2541, note R. Parizot).

14) L'association de malfaiteurs constitue une infraction indépendante, tant des crimes préparés ou commis par certains de ses membres que des infractions caractérisées par certains des faits qui la concrétisent (■ Cass. crim., 12 juill. 2016, n° 16-82.692).

15) *Non bis in idem* : évolutions. Des faits qui procèdent de manière indissociable d'une action unique caractérisée par une seule intention coupable ne peuvent donner lieu, contre le même prévenu, à deux déclarations de culpabilité de nature pénale, fussent-elles concomitantes. Partant, méconnaît le principe *non bis in idem* la cour d'appel qui déclare le prévenu coupable d'association de malfaiteurs et de proxénétisme aggravé sans retenir des faits constitutifs de participation à une association de malfaiteurs distincts de ceux pour lesquels elle a déclaré le prévenu coupable de proxénétisme aggravé (■ Cass. crim., 9 mai 2018, n° 17-86.448 : *JurisData* n° 2018-007625).

De même, pour déclarer le prévenu coupable d'escroquerie en bande organisée, les juges du fond ne peuvent pas retenir des faits constitutifs d'association de malfaiteurs indissociables de ceux caractérisant la bande organisée. En effet, des faits qui procèdent de manière indissociable d'une action unique caractérisée par une seule intention coupable ne peuvent être retenus comme élément constitutif d'une infraction et circonstance aggravante d'une autre infraction (■ Cass. crim., 16 mai 2018, n° 17-81.151).

Dans une autre affaire (■ Cass. crim., 28 oct. 2020, n° 19-85.055 : *JurisData* n° 2020-017375), la Cour de cassation reproche à une cour d'assises d'avoir retenu « des faits identiques pour caractériser, d'une part la circonstance aggravante de bande organisée, et d'autre part l'infraction d'association de malfaiteurs », alors que l'association n'avait pas pour but la commission d'infractions autres que celle commise. Dans une deuxième espèce (■ Cass. crim., 28 oct. 2020, n° 19-87.469), la chambre criminelle censure les juges du fond parce que « les faits visés pour caractériser le délit d'association de malfaiteurs sont ceux retenus pour réprimer les infractions à la législation sur les stupéfiants » et, dans une troisième espèce du même jour (■ Cass. crim., 28 oct. 2020, n° 19-84.311 : *JurisData* n° 2020-017380), elle casse la décision au motif que « les faits visés pour caractériser le délit d'association de malfaiteurs sont inclus dans ceux retenus par ailleurs pour réprimer les infractions à la législation sur les stupéfiants ».

Il est en revanche possible de condamner des accusés pour avoir tenté de commettre un vol en bande organisée et pris part à l'association de malfaiteurs qui l'avait préparé. La double condamnation ne contrevient pas au principe *ne bis in idem*, « dès lors que l'association de malfaiteurs avait pour objet la préparation d'autres infractions » (■ Cass. crim., 9 mai 2019, n° 18-82.885 : *JurisData* n° 2019-007333 ; *Dr. pén.* 2019, comm. 142 et 143, note Ph. Conte ; *Procédures* 2019, comm. 202, obs. A.-S. Chavent-Leclère). Tout dépend donc, cas par cas, du point de savoir si des faits identiques sont utilisés pour caractériser la circonstance aggravante de bande organisée et l'infraction d'association de malfaiteurs (V., décidant qu'en retenant des faits identiques pour caractériser la circonstance aggravante de bande organisée et l'infraction d'association de malfaiteurs, la cour d'assises a méconnu le principe *ne bis in idem*, ▪ Cass. crim., 9 mai 2019, n° 18-82.800, P+B+I : *JurisData* n° 2019-007332 ; *Dr. pén.* 2019, comm. 143, note Ph. Conte. – V. également ▪ Cass. crim., 19 juin 2019, n° 18-85.356 : *JurisData* n° 2019-010722. ▪ Cass. crim., 19 juin 2019, n° 18-85.354 : *JurisData* n° 2019-010731).

Pour condamner un individu du fait de participation à une association de malfaiteurs et du fait d'avoir commis l'infraction consécutive préparée en son sein, les juges du fond doivent établir des actes préparatoires distincts de ceux constituant la préparation de l'infraction consécutive dont ils ont déclaré le demandeur coupable par la même décision (▪ Cass. crim., 30 juin 2021, n° 20-81.724, F-D : *JurisData* n° 2021-010537).

Dans une décision importante, la chambre criminelle de la Cour de cassation avait imposé aux juges du fond de ne retenir qu'une seule qualification « en cas de concours entre une infraction dont la raison d'être est de faire obstacle à la commission d'une autre infraction et une infraction qui sanctionne une action parvenue à son terme ou dont la tentative est consommée » (▪ Cass. crim., 27 mai 2021, n° 20-80.931 : *Dr. pén.* 2021, comm. 139, obs. Ph. Conte. L'arrêt précise que « l'infraction pour laquelle la peine privative de liberté la plus longue est prévue doit être retenue. Lorsque cette peine est identique pour ces deux infractions, la seconde doit être préférée »).

Art. 450-2. – Toute personne ayant participé au groupement ou à l'entente définis par l'article 450-1 est exempte de peine si elle a, avant toute poursuite, révélé le groupement ou l'entente aux autorités compétentes et permis l'identification des autres participants.

Art. 450-2-1 ***(Abr., L. n° 2006-64, 23 janv. 2006).***

Art. 450-3 ***(Mod., L. n° 2008-776, 4 août 2008).*** **– Les personnes physiques coupables de l'infraction prévue par l'article 450-1 encourent également les peines complémentaires suivantes :**

1° L'interdiction des droits civiques, civils et de famille, suivant les modalités prévues par l'article 131-26 ;

2° L'interdiction, suivant les modalités prévues par l'article 131-27, soit d'exercer une fonction publique ou d'exercer l'activité professionnelle ou sociale dans l'exercice ou à l'occasion de l'exercice de laquelle l'infraction a été commise, soit d'exercer une profession commerciale ou industrielle, de diriger, d'administrer, de gérer ou de contrôler à un titre quelconque, directement ou indirectement, pour son propre compte ou pour le compte d'autrui, une entreprise commerciale ou industrielle ou une société commerciale. Ces interdictions d'exercice peuvent être prononcées cumulativement ;

3° L'interdiction de séjour, suivant les modalités prévues par l'article 131-31.

Peuvent être également prononcées à l'encontre de ces personnes les autres peines complémentaires encourues pour les crimes et les délits que le groupement ou l'entente avait pour objet de préparer.

Art. 450-4 ***(Mod., L. n° 2009-516, 12 mai 2009).*** **– Les personnes morales déclarées responsables pénalement, dans les conditions prévues par l'article 121-2, de l'infraction définie à l'article 450-1 encourent, outre l'amende suivant les modalités prévues par l'article 131-38, les peines prévues par l'article 131-39.**

L'interdiction mentionnée au 2° de l'article 131-39 porte sur l'activité dans l'exercice ou à l'occasion de l'exercice de laquelle l'infraction a été commise.

Art. 450-5 ***(L. n° 2004-204, 9 mars 2004 ; L. n° 2012-409, 27 mars 2012).*** **– Les personnes physiques et morales reconnues coupables des infractions prévues au deuxième alinéa de l'article 450-1 et à l'article 321-6-1 encourent également la peine complémentaire de confiscation de tout ou partie des biens leur appartenant ou, sous réserve des droits du propriétaire de bonne foi, dont elles ont la libre disposition, quelle qu'en soit la nature, meubles ou immeubles, divis ou indivis.**

1) La cour d'appel qui, pour rejeter la demande de confiscation du patrimoine immobilier appartenant au prévenu, retient que l'acquisition de ces biens est ancienne et sans lien avec la période de la prévention, et qui n'était pas tenue de motiver sa décision, n'a fait qu'user d'une faculté qu'elle tient de l'article 450-5 du Code pénal (▪ Cass. crim., 16 déc. 2015, n° 14-85.900).

2) Justifient leur décision, sans méconnaître l'article premier du protocole additionnel à la Convention européennedes droits de l'homme, les juges qui s'expliquent, par des motifs dépourvus d'insuffisance, sur la nécessité et la proportionnalité de l'atteinte portée au droit de propriété de l'intéressé par la mesure de confiscation de tout ou partie du patrimoine, au regard de sa situation personnelle et de la gravité concrète des faits (▪ Cass. crim., 7 déc. 2016, n° 15-85.136).

LIVRE QUATRIÈME *BIS*

DES CRIMES ET DES DÉLITS DE GUERRE

(L. n° 2010-930, 9 août 2010)

Voir : Crimes contre l'Humanité, art. 211-1 s., p. 325

CHAPITRE Ier. – DES DIFFÉRENTS CRIMES ET DÉLITS DE GUERRE

Section I. – De la définition des crimes et délits de guerre

Art. 461-1 *(L. n° 2010-930, 9 août 2010).* **– Constituent des crimes ou des délits de guerre les infractions définies par le présent livre commises, lors d'un conflit armé international ou non international et en relation avec ce conflit, en violation des lois et coutumes de la guerre ou des conventions internationales applicables aux conflits armés, à l'encontre des personnes ou des biens visés aux articles 461-2 à 461-31.**

Il ne revient pas au Conseil constitutionnel, saisi en application de l'article 61 de la Constitution, de contrôler la compatibilité de la loi déférée (loi n° 2010-930 portant adaptation du droit pénal à l'institution de la Cour pénale internationale) avec la convention portant statut de la Cour pénale internationale ; un tel contrôle incombe aux juridictions administratives et judiciaires (■ Cons. const., 5 août 2010, n° 2010-612 DC : JO 10 août).

Section II. – Des crimes et délits de guerre communs aux conflits armés internationaux et non internationaux

Sous-section 1. – Des atteintes à la personne humaine perpétrées lors d'un conflit armé international ou non international

§ 1. – Des atteintes à la vie et à l'intégrité physique ou psychique

Art. 461-2 *(L. n° 2010-930, 9 août 2010).* **– Sont passibles des aggravations de peines prévues à l'article 462-1 les atteintes volontaires à la vie, les atteintes volontaires à l'intégrité physique ou psychique de la personne ainsi que l'enlèvement et la séquestration, définis par le livre II du présent code et commis à l'encontre d'une personne protégée par le droit international des conflits armés en vertu des lois et coutumes de guerre et du droit international humanitaire.**

Art. 461-3 *(L. n° 2010-930, 9 août 2010).* **– Le fait de soumettre des personnes d'une partie adverse à des mutilations ou à des expériences médicales ou scientifiques qui ne sont ni justifiées par des raisons thérapeutiques, ni pratiquées dans l'intérêt de ces personnes et qui entraînent leur mort ou portent gravement atteinte à leur santé ou à leur intégrité physique ou psychique est puni de la réclusion criminelle à perpétuité.**

Art. 461-4 *(L. n° 2010-930, 9 août 2010).* **– Le fait de forcer une personne protégée par le droit international des conflits armés à se prostituer, de la contraindre à une grossesse non désirée, de la stériliser**

contre sa volonté ou d'exercer à son encontre toute autre forme de violence sexuelle de gravité comparable est puni de la réclusion criminelle à perpétuité.

Art. 461-5 *(L. n° 2010-930, 9 août 2010).* – Le fait de se livrer à des traitements humiliants et dégradants sur des personnes de la partie adverse et qui portent gravement atteinte à leur intégrité physique ou psychique est puni de quinze ans de réclusion criminelle.

§ 2. – Des atteintes à la liberté individuelle

Art. 461-6 *(L. n° 2010-930, 9 août 2010).* – Sont passibles des aggravations de peines prévues à l'article 462-1 les atteintes à la liberté individuelle définies à l'article 432-4 et commises à l'encontre d'une personne protégée par le droit international des conflits armés, en dehors des cas admis par les conventions internationales.

§ 3. – Des atteintes aux droits des mineurs dans les conflits armés

Art. 461-7 *(L. n° 2010-930, 9 août 2010).* – Le fait de procéder à la conscription ou à l'enrôlement de mineurs de dix-huit ans dans les forces armées ou dans des groupes armés, ou de les faire participer activement à des hostilités est puni de vingt ans de réclusion criminelle. Ces dispositions ne font pas obstacle à l'enrôlement volontaire des mineurs de plus de quinze ans.

Sous-section 2. – Des crimes et délits de guerre liés à la conduite des hostilités

§ 1. – Des moyens et des méthodes de combat prohibés

Art. 461-8 *(L. n° 2010-930, 9 août 2010).* – Le fait d'ordonner qu'il n'y ait pas de survivants ou d'en menacer l'adversaire est puni de la réclusion criminelle à perpétuité.

Art. 461-9 *(L. n° 2010-930, 9 août 2010).* – Le fait de lancer des attaques délibérées contre la population civile en tant que telle ou contre des personnes civiles qui ne prennent pas part directement aux hostilités est puni de la réclusion criminelle à perpétuité.

Art. 461-10 *(L. n° 2010-930, 9 août 2010).* – Le fait de causer des blessures ayant porté gravement atteinte à son intégrité physique à un combattant de la partie adverse qui, ayant déposé les armes ou n'ayant plus de moyens de se défendre, s'est rendu est puni de vingt ans de réclusion criminelle.

La peine est portée à trente ans de réclusion criminelle si les blessures ont entraîné une mutilation ou une infirmité permanente ou la mort de la victime sans intention de la donner.

Le fait de lui donner volontairement la mort dans les circonstances définies au premier alinéa est puni de la réclusion criminelle à perpétuité.

Art. 461-11 *(L. n° 2010-930, 9 août 2010).* – Le fait de causer, par traîtrise, à un individu appartenant à la Nation ou à l'armée adverse ou à un combattant de la partie adverse des blessures ayant porté gravement atteinte à son intégrité physique est puni de vingt ans de réclusion criminelle.

La peine est portée à trente ans de réclusion criminelle si les blessures ont entraîné une mutilation ou une infirmité permanente ou la mort de la victime sans intention de la donner.

Le fait de lui donner volontairement la mort dans les circonstances définies au premier alinéa est puni de la réclusion criminelle à perpétuité.

Art. 461-12 *(L. n° 2010-930, 9 août 2010).* – Est puni de vingt ans de réclusion criminelle le fait :

1° De lancer des attaques délibérées contre le personnel, les bâtiments, le matériel, les unités et les moyens de transport sanitaires portant, conformément au droit international, les signes distinctifs prévus par les conventions de Genève du 12 août 1949 ou leurs protocoles additionnels ;

2° De lancer des attaques délibérées contre le personnel, les installations, le matériel, les unités ou les véhicules employés dans le cadre d'une mission d'aide humanitaire ou de maintien de la paix conformément à la Charte des Nations unies, pour autant qu'ils aient droit à la protection que le droit international des conflits armés garantit aux civils et aux biens de caractère civil.

Lorsque les infractions décrites aux 1° et 2° ont causé aux personnels susmentionnés des blessures ayant entraîné une mutilation ou une infirmité permanente, la peine est portée à trente ans de réclusion criminelle.

Lorsque ces mêmes infractions ont eu pour conséquence la mort des personnels considérés, la peine est portée à la réclusion criminelle à perpétuité.

Art. 461-13 *(L. n° 2010-930, 9 août 2010)*. – Le fait de lancer des attaques délibérées contre des bâtiments consacrés à la religion, à l'enseignement, à l'art, à la science ou à l'action caritative, des monuments historiques, des hôpitaux et des lieux où des malades ou des blessés sont rassemblés, pour autant que ces bâtiments ne soient pas alors utilisés à des fins militaires, est puni de vingt ans de réclusion criminelle.

Art. 461-14 *(L. n° 2010-930, 9 août 2010)*. – Le fait de lancer des attaques délibérées contre des biens de caractère civil qui ne sont pas des objectifs militaires est puni de quinze ans de réclusion criminelle.

§ 2. – Des atteintes aux biens dans les conflits armés

Art. 461-15 *(L. n° 2010-930, 9 août 2010)*. – Le fait de se livrer, avec des armes ou à force ouverte, au pillage d'une ville ou d'une localité, même prise d'assaut, est puni de quinze ans de réclusion criminelle.

Art. 461-16 *(L. n° 2010-930, 9 août 2010)*. – À moins qu'elles ne soient justifiées par des nécessités militaires, constituent également des crimes ou des délits de guerre et sont passibles des aggravations de peines prévues à l'article 462-1 les infractions suivantes commises à l'encontre d'une personne protégée par le droit international des conflits armés :

1° Les vols, les extorsions ainsi que les destructions, dégradations et détériorations de biens définis par le livre III du présent code ;

2° Le recel du produit de l'une des infractions prévues au 1° du présent article.

Art. 461-17 *(L. n° 2010-930, 9 août 2010)*. – La tentative des délits prévus au 1° de l'article 461-16 est passible des mêmes causes d'aggravation des peines.

Sous-section 3. – Des groupements formés ou des ententes établies en vue de préparer des crimes ou des délits de guerre

Art. 461-18 *(L. n° 2010-930, 9 août 2010)*. – Le fait de participer à un groupement formé ou à une entente établie en vue de la préparation, caractérisée par un ou plusieurs faits matériels, de l'un des crimes ou des délits de guerre définis au présent chapitre est puni de dix ans d'emprisonnement et de 225 000 € d'amende.

Section III. – Des crimes et délits de guerre propres aux conflits armés internationaux

Sous-section 1. – Des atteintes à la liberté et aux droits des personnes dans les conflits armés internationaux

Art. 461-19 *(L. n° 2010-930, 9 août 2010)*. – Le fait d'employer une personne protégée par le droit international des conflits armés pour éviter que certains points, zones ou forces militaires ne soient la cible d'opérations militaires est puni de vingt ans de réclusion criminelle.

Art. 461-20 *(L. n° 2010-930, 9 août 2010)*. – Est puni de vingt ans de réclusion criminelle le fait, pour le compte d'une puissance belligérante :

1° De contraindre une personne protégée par le droit international des conflits armés à servir dans ses forces armées ;

2° De contraindre les nationaux de la partie adverse à prendre part aux opérations de guerre dirigées contre leur pays, même s'ils étaient au service de la puissance belligérante avant le commencement de la guerre.

Art. 461-21 *(L. n° 2010-930, 9 août 2010)*. – Le fait de faire obstacle au droit d'une personne protégée par le droit international des conflits armés d'être jugée régulièrement et impartialement, selon les prescriptions des conventions internationales applicables, est puni de vingt ans de réclusion criminelle.

Lorsque l'infraction a conduit à l'exécution de la personne qui a fait l'objet de la condamnation prononcée, la peine est portée à la réclusion criminelle à perpétuité.

Art. 461-22 *(L. n° 2010-930, 9 août 2010).* – Le fait de déclarer les droits et actions des nationaux de la partie adverse irrecevables en justice, forclos ou suspendus, en raison de la nationalité des requérants, est puni de quinze ans de réclusion criminelle.

Sous-section 2. – Des moyens et méthodes de combat prohibés dans un conflit armé international

Art. 461-23 *(L. n° 2010-930, 9 août 2010).* – Est puni de la réclusion criminelle à perpétuité le fait :

1° D'utiliser du poison ou des armes empoisonnées ;

2° D'utiliser des gaz asphyxiants, toxiques ou assimilés et tous liquides, matières ou procédés analogues ;

3° D'utiliser des balles qui se déforment facilement dans le corps humain ;

4° D'employer des armes, des projectiles, des matériels ou des méthodes de combat ayant fait l'objet d'une interdiction générale et ayant été inscrits dans une annexe au statut de la Cour pénale internationale acceptée par la France.

Art. 461-24 *(L. n° 2010-930, 9 août 2010).* – Le fait d'attaquer ou de bombarder, par quelque moyen que ce soit, des villes, villages, habitations ou bâtiments, qui ne sont pas défendus et qui ne sont pas des objectifs militaires, est puni de la réclusion criminelle à perpétuité.

Art. 461-25 *(L. n° 2010-930, 9 août 2010).* – Le fait d'affamer des personnes civiles, comme méthode de guerre, en les privant délibérément de biens indispensables à leur survie, y compris en empêchant intentionnellement l'envoi des secours prévus par les conventions de Genève du 12 août 1949 et leurs protocoles additionnels, est puni de la réclusion criminelle à perpétuité.

Art. 461-26 *(L. n° 2010-930, 9 août 2010).* – Le fait de participer soit au transfert, direct ou indirect, par une puissance occupante, d'une partie de sa population civile dans le territoire qu'elle occupe, soit à la déportation ou au transfert à l'intérieur ou hors du territoire occupé de la totalité ou d'une partie de la population civile de ce territoire, est puni de la réclusion criminelle à perpétuité.

Art. 461-27 *(L. n° 2010-930, 9 août 2010).* – Le fait de lancer une attaque délibérée en sachant qu'elle causera incidemment des pertes en vies humaines dans la population civile ou des blessures parmi cette population, qui seraient manifestement disproportionnées par rapport à l'avantage militaire concret et direct attendu de l'ensemble de l'attaque, est puni de la réclusion criminelle à perpétuité.

Art. 461-28 *(L. n° 2010-930, 9 août 2010).* – Est puni de vingt ans de réclusion criminelle le fait de lancer une attaque délibérée en sachant qu'elle causera incidemment :

1° Des dommages aux biens de caractère civil, qui seraient manifestement disproportionnés par rapport à l'avantage militaire concret et direct attendu de l'ensemble de l'attaque ;

2° Des dommages étendus, durables et graves à l'environnement naturel, qui seraient manifestement disproportionnés par rapport à l'avantage militaire concret et direct attendu de l'ensemble de l'attaque.

Art. 461-29 *(L. n° 2010-930, 9 août 2010).* – Le fait d'employer indûment le pavillon parlementaire, le drapeau ou les insignes militaires et l'uniforme de l'ennemi ou de l'Organisation des Nations unies, ainsi que les signes distinctifs prévus par les conventions de Genève du 12 août 1949 et leurs protocoles additionnels et, ce faisant, de causer à un combattant de la partie adverse des blessures ayant porté gravement atteinte à son intégrité physique, est puni de vingt ans de réclusion criminelle.

Lorsque l'infraction définie au premier alinéa a eu pour effet de causer audit combattant des blessures ayant entraîné une mutilation ou une infirmité permanente, la peine est portée à trente ans de réclusion criminelle.

Lorsque l'infraction a eu pour conséquence la mort de la victime, la peine est portée à la réclusion criminelle à perpétuité.

Section IV. – Des crimes et délits de guerre propres aux conflits armés non internationaux

Art. 461-30 *(L. n° 2010-930, 9 août 2010).* – **À moins que la sécurité des personnes civiles ou des impératifs militaires ne l'exigent, le fait d'ordonner le déplacement de la population civile pour des raisons ayant trait au conflit est puni de la réclusion criminelle à perpétuité.**

Art. 461-31 *(L. n° 2010-930, 9 août 2010).* – **Le fait de prononcer des condamnations et d'exécuter des peines sans un jugement préalable, rendu par un tribunal régulièrement constitué, assorti des garanties judiciaires prévues par les conventions de Genève du 12 août 1949 et leurs protocoles additionnels, est puni de vingt ans de réclusion criminelle.**

Lorsque l'infraction définie au premier alinéa a conduit à l'exécution de la personne qui a été condamnée, la peine est portée à la réclusion criminelle à perpétuité.

CHAPITRE II. – DISPOSITIONS PARTICULIÈRES

Art. 462-1 *(L. n° 2010-930, 9 août 2010).* – **Le maximum de la peine privative de liberté encourue pour les infractions mentionnées aux articles 461-2, 461-6, 461-16 et 461-17 est relevé ainsi qu'il suit lorsque ces infractions constituent des crimes ou des délits de guerre :**

1° Il est porté à la réclusion criminelle à perpétuité lorsque l'infraction est punie de trente ans de réclusion criminelle ;

2° Il est porté à trente ans de réclusion criminelle lorsque l'infraction est punie de vingt ans de réclusion criminelle ;

3° Il est porté à vingt ans de réclusion criminelle lorsque l'infraction est punie de quinze ans de réclusion criminelle ;

4° Il est porté à quinze ans de réclusion criminelle lorsque l'infraction est punie de dix ans d'emprisonnement ;

5° Il est porté à dix ans d'emprisonnement lorsque l'infraction est punie de sept ans d'emprisonnement ;

6° Il est porté à sept ans d'emprisonnement lorsque l'infraction est punie de cinq ans d'emprisonnement ;

7° Il est porté au double lorsque l'infraction est punie de trois ans au plus.

Art. 462-2 *(L. n° 2010-930, 9 août 2010).* – **Les deux premiers alinéas de l'article 132-23 relatif à la période de sûreté sont applicables aux crimes, ainsi qu'aux délits punis de dix ans d'emprisonnement, prévus par le présent livre.**

Art. 462-3 *(L. n° 2010-930, 9 août 2010).* – **Les personnes physiques coupables de l'une des infractions prévues par le présent livre encourent également les peines suivantes :**

1° L'interdiction des droits civiques, civils et de famille, suivant les modalités prévues par l'article 131-26. Toutefois, le maximum de la durée de l'interdiction est porté à quinze ans en cas de crime et à dix ans en cas de délit ;

2° L'interdiction, suivant les modalités prévues par l'article 131-27, d'exercer une fonction publique ou d'exercer l'activité professionnelle ou sociale dans l'exercice ou à l'occasion de l'exercice de laquelle l'infraction a été commise. Toutefois, le maximum de la durée de l'interdiction temporaire est porté à dix ans ;

3° L'interdiction de séjour, suivant les modalités prévues par l'article 131-31. Toutefois, le maximum de la durée de l'interdiction est porté à quinze ans en cas de crime et à dix ans en cas de délit.

Art. 462-4 *(L. n° 2010-930, 9 août 2010).* – **L'interdiction du territoire français peut être prononcée dans les conditions prévues par l'article 131-30 soit à titre définitif, soit pour une durée de dix ans au plus à l'encontre de tout étranger coupable de l'une des infractions définies au présent livre.**

Art. 462-5 *(L. n° 2010-930, 9 août 2010).* – **Les peines encourues par les personnes morales déclarées responsables pénalement, dans les conditions prévues par l'article 121-2, des crimes ou des délits de guerre définis au présent livre sont, outre l'amende, suivant les modalités prévues par l'article 131-38, les peines mentionnées à l'article 131-39.**

L'interdiction mentionnée au 2° de l'article 131-39 porte sur l'activité dans l'exercice ou à l'occasion de l'exercice de laquelle l'infraction a été commise.

Art. 462-6 *(L. n° 2010-930, 9 août 2010 ; L. n° 2012-409, 27 mars 2012).* – Les personnes physiques ou les personnes morales reconnues coupables d'un crime ou d'un délit de guerre visé par le présent livre encourent également la peine complémentaire de confiscation de tout ou partie des biens leur appartenant ou, sous réserve des droits du propriétaire de bonne foi, dont elles ont la libre disposition.

Art. 462-7 *(L. n° 2010-930, 9 août 2010).* – Sans préjudice de l'application des dispositions de l'article 121-7, est considéré comme complice d'un crime ou d'un délit de guerre visé par le présent livre commis par des subordonnés placés sous son autorité et son contrôle effectifs le chef militaire ou la personne qui en faisait fonction qui savait ou, en raison des circonstances, aurait dû savoir que ces subordonnés commettaient ou allaient commettre ce crime ou ce délit et qui n'a pas pris toutes les mesures nécessaires et raisonnables qui étaient en son pouvoir pour en empêcher ou en réprimer l'exécution ou pour en référer aux autorités compétentes aux fins d'enquête et de poursuites.

Sans préjudice de l'application des dispositions de l'article 121-7, est également considéré comme complice d'un crime ou d'un délit de guerre visé par le présent livre et commis par des subordonnés placés sous son autorité et son contrôle effectifs le supérieur hiérarchique, n'exerçant pas la fonction de chef militaire, qui savait que ces subordonnés commettaient ou allaient commettre une telle infraction ou a délibérément négligé de tenir compte d'informations qui l'indiquaient clairement et qui n'a pas pris toutes les mesures nécessaires et raisonnables qui étaient en son pouvoir pour en empêcher ou en réprimer l'exécution ou pour en référer aux autorités compétentes aux fins d'enquête et de poursuites, alors que le crime ou le délit était lié à des activités relevant de sa responsabilité ou de son contrôle effectifs.

Art. 462-8 *(L. n° 2010-930, 9 août 2010).* – L'auteur ou le complice d'un crime ou d'un délit de guerre visé par le présent livre ne peut être exonéré de sa responsabilité pénale du seul fait qu'il a accompli un acte prescrit ou autorisé par des dispositions législatives ou réglementaires ou un acte commandé par l'autorité légitime. Toutefois, la juridiction tient compte de cette circonstance lorsqu'elle détermine la peine et en fixe le montant.

En outre, l'auteur ou le complice n'est pas pénalement responsable dans le cas où il ne savait pas que l'ordre de l'autorité légitime était illégal et où cet ordre n'était pas manifestement illégal.

Art. 462-9 *(L. n° 2010-930, 9 août 2010).* – N'est pas pénalement responsable d'un crime ou d'un délit de guerre visé par le présent livre la personne qui a agi raisonnablement pour sauvegarder des biens essentiels à sa survie ou à celle d'autrui ou essentiels à l'accomplissement d'une mission militaire contre un recours imminent et illicite à la force, sauf s'il y a disproportion entre les moyens de défense employés et la gravité du danger couru.

Art. 462-10 *(Abr., L. n° 2017-242, 27 févr. 2017).*

Art. 462-11 *(L. n° 2010-930, 9 août 2010).* – N'est pas constitutif d'une infraction visée par le présent livre le fait, pour accomplir un acte nécessaire à l'exercice par la France de son droit de légitime défense, d'user de l'arme nucléaire ou de toute autre arme dont l'utilisation n'est pas prohibée par une convention internationale à laquelle la France est partie.

LIVRE CINQUIÈME

DES AUTRES CRIMES ET DÉLITS

TITRE PREMIER. – DES INFRACTIONS EN MATIÈRE DE SANTÉ PUBLIQUE

CHAPITRE I. – DES INFRACTIONS EN MATIÈRE D'ÉTHIQUE BIOMÉDICALE

(L. n° 94-653, 29 juill. 1994)

Section I. – De la protection de l'espèce humaine

Bibliographie : *JCl. Pénal Code, Infractions en matière d'éthique biomédicale* par C. Byk ; M. Véron : *Dr. pén.* 1994, chron. 65 et 67 ; C. Byk : *JCP* 1995, I, 3848. • A. Prothais : *JCP* 1999, I, 129. • N. Le Douarin et C. Puigelier, *L'expérimentation à partir de cellules souches embryonnaires humaines : JCP* 2002, I, 127. • G. Raoul-Cormeil, *Clonage reproductif et filiation. – La chaîne des interdits : JCP* G 2008, I, 128.

Voir : art. 214-2 et s., p. 338 (Eugénisme et clonage reproductif).

Art. 511-1 *(L. n° 2004-800, 6 août 2004)*. **– Est puni de dix ans d'emprisonnement et de 150 000 € d'amende le fait de se prêter à un prélèvement de cellules ou de gamètes, dans le but de faire naître un enfant génétiquement identique à une autre personne, vivante ou décédée.**

Art. 511-1-1 *(L. n° 2004-800, 6 août 2004)*. **– Dans le cas où le délit prévu à l'article 511-1 est commis à l'étranger par un Français ou par une personne résidant habituellement sur le territoire français, la loi française est applicable par dérogation au deuxième alinéa de l'article 113-6 et les dispositions de la seconde phrase de l'article 113-8 ne sont pas applicables.**

Art. 511-1-2 *(L. n° 2004-800, 6 août 2004)*. **– Est puni de trois ans d'emprisonnement et de 45 000 € d'amende le fait, par don, promesse, menace, ordre, abus d'autorité ou de pouvoir, de provoquer autrui à se prêter à un prélèvement de cellules ou de gamètes, dans le but de faire naître un enfant génétiquement identique à une autre personne, vivante ou décédée.**

Est punie des mêmes peines la propagande ou la publicité, quel qu'en soit le mode, en faveur de l'eugénisme ou du clonage reproductif.

Section II. – De la protection du corps humain

Art. 511-2. – Le fait d'obtenir d'une personne l'un de ses organes contre un paiement, quelle qu'en soit la forme, est puni de sept ans d'emprisonnement et de 100 000 € d'amende.

Est puni des mêmes peines, le fait d'apporter son entremise pour favoriser l'obtention d'un organe contre le paiement de celui-ci, ou de céder à titre onéreux un tel organe du corps d'autrui.

Les mêmes peines sont applicables dans le cas où l'organe obtenu dans les conditions prévues au premier alinéa provient d'un pays étranger.

Art. 511-3 *(Rempl., L. n° 2004-800, 6 août 2004 ; mod., L. n° 2011-814, 7 juill. 2011 ; L. n° 2021-1017, 2 août 2021).* – Le fait de prélever un organe sur une personne vivante majeure, y compris dans une finalité thérapeutique, sans que le consentement de celle-ci ait été recueilli dans les conditions prévues au III de l'article L. 1231-1 du Code de la santé publique ou sans que l'autorisation prévue au second alinéa du I et au deuxième alinéa du IV du même article L. 1231-1 ait été délivrée est puni de sept ans d'emprisonnement et de 100 000 euros d'amende.

Est puni des mêmes peines le fait de prélever un organe, un tissu ou des cellules ou de collecter un produit en vue de don sur une personne vivante mineure ou sur une personne vivante majeure faisant l'objet d'une mesure de protection juridique avec représentation relative à la personne, hormis les cas prévus aux articles L. 1241-3 et L. 1241-4 du Code de la santé publique.

Art. 511-4. – Le fait d'obtenir d'une personne le prélèvement de tissus, de cellules ou de produits de son corps contre un paiement, quelle qu'en soit la forme, est puni de cinq ans d'emprisonnement et de 75 000 € d'amende.

Est puni des mêmes peines le fait d'apporter son entremise pour favoriser l'obtention de tissus, de cellules ou de produits humains contre un paiement, quelle qu'en soit la forme, ou de céder à titre onéreux des tissus, des cellules ou des produits du corps d'autrui.

Art. 511-5 *(Rempl., L. n° 2004-800, 6 août 2004 ; mod., L. n° 2011-814, 7 juill. 2011 ; L. n° 2021-1017, 2 août 2021).* – Le fait de prélever un tissu ou des cellules ou de collecter un produit sur une personne vivante majeure sans qu'elle ait exprimé son consentement dans les conditions prévues aux trois derniers alinéas de l'article L. 1241-1 du Code de la santé publique est puni de cinq ans d'emprisonnement et de 75 000 € d'amende.

Le fait de prélever sur une personne vivante mineure ou sur une personne vivante majeure faisant l'objet d'une mesure de protection juridique avec représentation à la personne des cellules hématopoïétiques issues de la moelle osseuse, qu'elles soient recueillies par prélèvement osseux ou dans le sang périphérique, sans avoir respecté les conditions prévues, selon le cas, aux articles L. 1241-3 ou L. 1241-4 du Code de la santé publique est puni de sept ans d'emprisonnement et de 100 000 euros d'amende.

Art. 511-5-1 *(L. n° 2004-800, 6 août 2004).* – Le fait de procéder à des prélèvements à des fins scientifiques sur une personne décédée sans avoir transmis le protocole prévu à l'article L. 1232-3 du Code de la santé publique est puni de deux ans d'emprisonnement et de 30 000 € d'amende.

Est puni des mêmes peines le fait de mettre en œuvre un protocole suspendu ou interdit par le ministre chargé de la recherche.

Art. 511-5-2 *(L. n° 2004-800, 6 août 2004).* – I. – Est puni de cinq ans d'emprisonnement et de 75 000 € d'amende le fait de conserver et transformer à des fins scientifiques, y compris à des fins de recherche génétique, des organes, des tissus, des cellules ou du sang, ses composants et ses produits dérivés :

1° Sans en avoir fait la déclaration préalable prévue à l'article L. 1243-3 du Code de la santé publique ;

2° Alors que le ministre chargé de la recherche s'est opposé à l'exercice de ces activités ou les a suspendues ou interdites.

II. – Est puni des mêmes peines le fait de conserver et transformer, en vue de leur cession pour un usage scientifique, y compris à des fins de recherche génétique, des organes, des tissus, des cellules ou du sang, ses composants et ses produits dérivés, sans avoir préalablement obtenu l'autorisation prévue à l'article L. 1243-4 du Code de la santé publique ou alors que cette autorisation est suspendue ou retirée.

Art. 511-6. – Le fait de recueillir ou de prélever des gamètes sur une personne vivante sans son consentement écrit est puni de cinq ans d'emprisonnement et de 75 000 € d'amende.

Art. 511-7 *(L. n° 2004-800, 6 août 2004).* – Le fait de procéder à des prélèvements d'organes ou des greffes d'organes, à des prélèvements de tissus ou de cellules, à des greffes de tissus ou à des administrations de préparations de thérapie cellulaire, à la conservation ou à la transformation de tissus ou de préparations de thérapie cellulaire dans un établissement n'ayant pas obtenu l'autorisation prévue par les articles L. 1233-1, L. 1234-2, L. 1242-1, L. 1243-2 ou L. 1243-6 du Code de la santé publique, ou après le retrait ou la suspension de cette autorisation, est puni de deux ans d'emprisonnement et de 30 000 € d'amende.

Art. 511-8 *(L. n° 2004-800, 6 août 2004).* – Le fait de procéder à la distribution ou à la cession d'organes, de tissus, de produits cellulaires à finalité thérapeutique ou de produits humains en vue d'un don sans qu'aient été respectées les règles de sécurité sanitaire exigées en application des dispositions de l'article L. 1211-6 du Code de la santé publique est puni de deux ans d'emprisonnement et de 30 000 € d'amende.

Art. 511-8-1 *(Rempl., L. n° 2004-800, 6 août 2004 ; mod., L. n° 2012-387, 22 mars 2012).* – Le fait de procéder à la distribution ou à la cession en vue d'un usage thérapeutique de tissus ou de préparations de thérapie cellulaire en violation des dispositions de l'article L. 1243-2 du Code de la santé publique est puni de deux ans d'emprisonnement et de 30 000 € d'amende.

Art. 511-8-2 *(L. n° 2004-800, 6 août 2004 ; L. n° 2017-220, 23 févr. 2017).* – Le fait de se procurer auprès d'un État membre de l'Union européenne ou partie à l'accord sur l'Espace économique européen ou de lui fournir ou d'importer ou d'exporter des organes, des tissus, leurs dérivés, des cellules issus du corps humain et des préparations de thérapie cellulaires, en violation des dispositions prises pour l'application des articles L. 1235-1, L. 1245-5 et L. 1245-5-1 du Code de la santé publique, est puni de cinq ans d'emprisonnement et de 75 000 € d'amende.

Art. 511-9. – Le fait d'obtenir des gamètes contre un paiement, quelle qu'en soit la forme, à l'exception du paiement des prestations assurées par les établissements effectuant la préparation et la conservation de ces gamètes, est puni de cinq ans d'emprisonnement et de 75 000 € d'amende.

Est puni des mêmes peines le fait d'apporter son entremise pour favoriser l'obtention de gamètes contre un paiement, quelle qu'en soit la forme, ou de remettre à des tiers, à titre onéreux des gamètes provenant de dons.

Art. 511-10 *(Mod., L. n° 2021-1017, 2 août 2021).* – Sauf dans le cas prévu à l'article 16-8-1 du Code civil, le fait de divulguer une information permettant à la fois d'identifier une personne ou un couple qui a fait don de gamètes et le couple ou la femme non mariée qui les a reçus est puni de deux ans d'emprisonnement et de 30 000 euros d'amende.

Art. 511-11. – Le fait de recueillir ou de prélever des gamètes sur une personne vivante en vue d'une assistance médicale à la procréation sans procéder aux tests de dépistage des maladies transmissibles exigés en application de l'article L. 665-15 du Code de la santé publique est puni de deux ans d'emprisonnement et de 30 000 € d'amende.

Art. 511-12. – Le fait de procéder à une insémination artificielle par sperme frais ou mélange de sperme provenant de dons en violation de l'article L. 673-3 du Code de la santé publique est puni de deux ans d'emprisonnement et de 30 000 € d'amende.

Art. 511-13. – Le fait de subordonner le bénéfice d'un don de gamètes à la désignation par le couple receveur d'une personne ayant volontairement accepté de procéder à un tel don en faveur d'un couple tiers en violation de l'article L. 673-7 du Code de la santé publique est puni de deux ans d'emprisonnement et de 30 000 € d'amende.

Art. 511-14 *(Abr., Ord. n° 2008-480, 22 mai 2008).*

Section III. – De la protection de l'embryon humain

Art. 511-15. – Le fait d'obtenir des embryons humains contre un paiement, quelle qu'en soit la forme, est puni de sept ans d'emprisonnement et de 100 000 € d'amende.

Est puni des mêmes peines le fait d'apporter son entremise pour favoriser l'obtention d'embryons humains contre un paiement, quelle qu'en soit la forme, ou de remettre à des tiers, à titre onéreux, des embryons humains.

Art. 511-16 *(L. n° 2004-800, 6 août 2004).* – Le fait d'obtenir des embryons humains sans respecter les conditions prévues aux articles L. 2141-5 et L. 2141-6 du Code de la santé publique est puni de sept ans d'emprisonnement et de 100 000 € d'amende.

Art. 511-17 *(L. n° 2004-800, 6 août 2004).* – Le fait de procéder à la conception *in vitro* ou à la constitution par clonage d'embryons humains à des fins industrielles ou commerciales est puni de sept ans d'emprisonnement et de 100 000 € d'amende.

Est puni des mêmes peines le fait d'utiliser des embryons humains à des fins industrielles ou commerciales.

Art. 511-18 *(L. n° 2004-800, 6 août 2004).* – Le fait de procéder à la conception *in vitro* ou à la constitution par clonage d'embryons humains à des fins de recherche est puni de sept ans d'emprisonnement et de 100 000 € d'amende.

Art. 511-18-1 *(L. n° 2004-800, 6 août 2004).* – Le fait de procéder à la constitution par clonage d'embryons humains à des fins thérapeutiques est puni de sept ans d'emprisonnement et de 100 000 € d'amende.

Art. 511-19 *(L. n° 2004-800, 6 août 2004 ; L. n° 2021-1017, 2 août 2021).* – I. – Le fait de procéder à une étude ou une recherche sur l'embryon humain :

1° Sans avoir préalablement obtenu le consentement écrit et l'autorisation visés à l'article L. 2151-5 du Code de la santé publique, ou alors que cette autorisation est retirée, suspendue, ou que le consentement est révoqué,

2° Sans se conformer aux prescriptions législatives et réglementaires ou à celles fixées par cette autorisation,

est puni de sept ans d'emprisonnement et de 100 000 € d'amende.

II. – Est puni de deux ans d'emprisonnement et de 30 000 euros d'amende le fait de procéder à une recherche sur des cellules souches embryonnaires :

1° Sans avoir préalablement déclaré un protocole auprès de l'Agence de la biomédecine conformément à l'article L. 2151-6 du Code de la santé publique, ou alors que le directeur général de l'Agence de la biomédecine s'est opposé à cette recherche, l'a suspendue ou l'a interdite en application du même article L. 2151-6 ;

2° Sans se conformer aux prescriptions législatives et réglementaires.

III. – Est puni de deux ans d'emprisonnement et de 30 000 euros d'amende le fait de procéder à une recherche sur des cellules souches pluripotentes induites humaines :

1° Sans avoir préalablement déclaré un protocole auprès de l'Agence de la biomédecine conformément à l'article L. 2151-7 du Code de la santé publique, ou alors que le directeur général de l'Agence de la biomédecine s'est opposé à cette recherche, l'a suspendue ou l'a interdite en application du même article L. 2151-7 ;

2° Sans se conformer aux prescriptions législatives et réglementaires.

Art. 511-19-1 *(L. n° 2004-800, 6 août 2004).* – Le fait, à l'issue d'une interruption de grossesse, de prélever, conserver ou utiliser des tissus ou cellules embryonnaires ou fœtaux dans des conditions non conformes à celles prévues par les premier, deuxième et quatrième alinéas de l'article L. 1241-5 du Code de la santé publique ou pour des finalités autres que diagnostiques, thérapeutiques ou scientifiques est puni de deux ans d'emprisonnement et de 30 000 € d'amende.

Art. 511-19-2 *(L. n° 2004-800, 6 août 2004 ; L. n° 2021-1017, 2 août 2021).* – Est puni de deux ans d'emprisonnement et de 30 000 € d'amende :

1° Le fait de conserver des embryons ou des cellules souches embryonnaires sans avoir obtenu l'une des autorisations ou sans avoir effectué l'une des déclarations mentionnées à l'article L. 2151-9 du Code de la santé publique ou alors que cette autorisation est retirée ou suspendue ou que le directeur général de l'Agence de la biomédecine a suspendu ou interdit la conservation en application de l'avant-dernier alinéa du même article L. 2151-9 ;

2° Le fait de conserver des embryons ou des cellules souches embryonnaires sans se conformer aux règles mentionnées aux troisième ou avant-dernier alinéas dudit article L. 2151-9 ;

3° Le fait de céder des embryons ou des cellules souches embryonnaires à des organismes n'ayant pas déclaré leur projet de recherche auprès de l'Agence de la biomédecine conformément à l'article L. 2151-6 du même code ou n'étant pas titulaires de l'autorisation délivrée en application des articles L. 2151-5 ou L. 2151-9 dudit code ou n'ayant pas déclaré leurs activités de conservation de cellules souches embryonnaires conformément à l'avant-dernier alinéa du même article L. 2151-9 ;

4° Le fait d'avoir cédé des embryons ou des cellules souches embryonnaires sans en avoir informé préalablement l'Agence de la biomédecine.

Art. 511-19-3 *(L. n° 2004-800, 6 août 2004 ; L. n° 2021-1017, 2 août 2021).* – Est puni de deux ans d'emprisonnement et de 30 000 euros d'amende le fait d'importer ou d'exporter, à des fins de recherche, des cellules souches embryonnaires sans avoir obtenu l'autorisation mentionnée à l'article L. 2151-8 du Code de la santé publique.

Art. 511-20. – Le fait de procéder au diagnostic prénatal sans avoir reçu l'autorisation mentionnée à l'article L. 162-16 du Code de la santé publique est puni de deux ans d'emprisonnement et de 30 000 € d'amende.

Art. 511-21 *(L. n° 2004-800, 6 août 2004).* – Le fait de méconnaître les dispositions des articles L. 2131-4 et L. 2131-4-1 relatifs au diagnostic préimplantatoire est puni de deux ans d'emprisonnement et de 30 000 € d'amende.

Art. 511-22 *(L. n° 2004-800, 6 août 2004 ; mod., Ord. n° 2008-480, 22 mai 2008).* – Le fait de mettre en œuvre des activités d'assistance médicale à la procréation sans avoir recueilli l'autorisation prévue par le quatrième alinéa de l'article L. 2142-1 du Code de la santé publique ou sans se conformer aux prescriptions de cette dernière est puni de deux ans d'emprisonnement et de 30 000 € d'amende.

Art. 511-23 *(L. n° 2004-800, 6 août 2004).* – Le fait d'introduire des embryons humains sur le territoire où s'applique le Code de la santé publique ou de les sortir de ce territoire sans l'autorisation prévue à l'article L. 2141-9 du Code de la santé publique est puni de trois ans d'emprisonnement et de 45 000 € d'amende.

Art. 511-24. – Le fait de procéder à des activités d'assistance médicale à la procréation à des fins autres que celles définies à l'article L. 152-2 du Code de la santé publique est puni de cinq ans d'emprisonnement et de 75 000 € d'amende.

Art. 511-25 *(L. n° 2004-800, 6 août 2004 ; L. n° 2021-1017, 2 août 2021).* – I. – Le fait d'exercer les activités nécessaires à l'accueil d'un embryon humain dans des conditions fixées à l'article L. 2141-6 du Code de la santé publique :

1° Sans avoir pris connaissance des résultats des tests de dépistage des maladies infectieuses exigés au sixième alinéa du même article ;

2° Ou en dehors d'un établissement autorisé conformément aux dispositions du septième alinéa du même article,

est puni de deux ans d'emprisonnement et de 30 000 € d'amende.

II. – Est puni des mêmes peines le fait de divulguer une information nominative permettant d'identifier à la fois le couple qui a renoncé à l'embryon et le couple qui l'a accueilli.

Art. 511-25-1 *(Ord. n° 2008-480, 22 mai 2008).* – Est puni de deux ans d'emprisonnement et 30 000 € d'amende :

1° Le fait d'importer ou d'exporter des gamètes ou des tissus germinaux sans avoir recueilli l'autorisation prévue à l'article L. 2141-11-1 du Code de la santé publique ;

2° Le fait d'importer ou d'exporter des gamètes ou des tissus germinaux pour des finalités autres que celles prévues dans l'autorisation mentionnée à l'article L. 2141-11-1 du Code de la santé publique.

Section IV. – Autres dispositions et peines complémentaires applicables aux personnes physiques et responsabilité des personnes morales

Art. 511-26 *(L. n° 2004-800, 6 août 2004).* – La tentative des délits prévus par les articles 511-2, 511-3, 511-4, 511-5, 511-5-1, 511-5-2, 511-6, 511-9, 511-15, 511-16 et 511-19 est punie des mêmes peines.

Art. 511-27. – Les personnes physiques coupables des infractions prévues au présent chapitre encourent également la peine complémentaire d'interdiction pour une durée de dix ans au plus, d'exercer l'activité professionnelle ou sociale dans l'exercice de laquelle ou à l'occasion de laquelle l'infraction a été commise.

Art. 511-28. – *(Mod., L. n° 2009-526, 12 mai 2009)* Les personnes morales déclarées responsables pénalement, dans les conditions prévues par l'article 121-2, des infractions définies au présent chapitre encourent, outre l'amende suivant les modalités prévues par l'article 131-38, les peines prévues à l'article 131-39.

L'interdiction mentionnée au 2° de l'article 131-39 porte sur l'activité dans l'exercice ou à l'occasion de l'exercice de laquelle l'infraction a été commise.

TITRE II. – AUTRES DISPOSITIONS

CHAPITRE I. – DES SÉVICES GRAVES OU ACTES DE CRUAUTÉ ENVERS LES ANIMAUX

Art. 521-1 *(Mod., L. n° 99-5, 6 janv. 1999 ; L. n° 2004-204, 9 mars 2004 ; Ord. n° 2006-1224, 5 oct. 2006 ; L. n° 2021-1539, 30 nov. 2021).* – Le fait, publiquement ou non, d'exercer des sévices graves, ou de nature sexuelle, ou de commettre un acte de cruauté envers un animal domestique, ou apprivoisé, ou tenu en captivité, est puni de deux ans d'emprisonnement et de 30 000 € d'amende.

Est considéré comme circonstance aggravante du délit mentionné au premier alinéa le fait de le commettre sur un animal détenu par des agents dans l'exercice de missions de service public.

En cas de sévices graves ou d'actes de cruauté sur un animal domestique, apprivoisé ou tenu en captivité prévus au présent article, est considéré comme circonstance aggravante le fait d'être le propriétaire ou le gardien de l'animal.

Lorsque les faits ont entraîné la mort de l'animal, les peines sont portées à cinq ans d'emprisonnement et à 75 000 euros d'amende.

Est considéré comme circonstance aggravante du délit mentionné au premier alinéa le fait de le commettre en présence d'un mineur.

En cas de condamnation du propriétaire de l'animal ou si le propriétaire est inconnu, le tribunal statue sur le sort de l'animal, qu'il ait été ou non placé au cours de la procédure judiciaire. Le tribunal peut prononcer la confiscation de l'animal et prévoir qu'il sera remis à une fondation ou à une association de protection animale reconnue d'utilité publique ou déclarée, qui pourra librement en disposer.

Les personnes physiques coupables des infractions prévues au présent chapitre encourent également les peines complémentaires d'interdiction, à titre définitif ou non, de détenir un animal et d'exercer, soit définitivement, soit temporairement, dans ce dernier cas pour une durée qui ne peut excéder cinq ans, une activité professionnelle ou sociale dès lors que les facilités que procure cette activité ont été sciemment utilisées pour préparer ou commettre l'infraction. Cette interdiction n'est toutefois pas applicable à l'exercice d'un mandat électif ou de responsabilités syndicales.

Les personnes morales, déclarées pénalement responsables dans les conditions prévues à l'article 121-2 du Code pénal, encourent les peines suivantes :

– l'amende suivant les modalités prévues à l'article 131-38 du Code pénal ;
– les peines prévues aux 2°, 4°, 7°, 8° et 9° de l'article 131-39 du Code pénal.

Les dispositions du présent article ne sont pas applicables aux courses de taureaux lorsqu'une tradition locale ininterrompue peut être invoquée. Elles ne sont pas non plus applicables aux combats de coqs dans les localités où une tradition ininterrompue peut être établie.

Est punie des peines prévues au présent article toute création d'un nouveau gallodrome.

Est également puni des mêmes peines l'abandon d'un animal domestique, apprivoisé ou tenu en captivité, à l'exception des animaux destinés au repeuplement.

Lorsqu'ils sont commis avec circonstance aggravante, sauf lorsque les faits ont entraîné la mort de l'animal, les délits mentionnés au présent article sont punis de quatre ans d'emprisonnement et de 60 000 euros d'amende.

Est considéré comme circonstance aggravante de l'acte d'abandon le fait de le perpétrer, en connaissance de cause, dans des conditions présentant un risque de mort immédiat ou imminent pour l'animal domestique, apprivoisé ou tenu en captivité.

Voir : art. R. 654-1, p. 1040 ; C. proc. pén., art. 99-1 ; C. rur., art. L. 214-1.

Bibliographie : *JCl. Pénal Code, Sévices graves ou actes de cruauté envers les animaux* par J.-Y. Maréchal. • V. aussi J.-P. Marguénaud, *L'animal dans le nouveau Code pénal : D.* 1995, chron. p. 187 et S. Antoine, *La loi n° 99-5 du 6 janvier 1999 et la protection animale : D.* 1999, 167. • Sur les courses de taureaux, V. G. Azibert, *Droit pénal dans l'arène : Gaz. Pal.* 9-11 avr. 1995, p. 18 et C. Pasta, *Droit pénal et tauromachie : Gaz. Pal.* 9-11 avr. 1995, p. 20.

I – INFRACTION

1) Définitions. L'article 521-1 du Code pénal réprime le fait, publiquement ou non, d'exercer des **sévices graves ou** de commettre des **actes de cruauté** accomplis intentionnellement *dans le dessein de provoquer la souffrance ou la mort d'un animal domestique* (▪ Cass. crim., 13 janv. 2004 : *Bull. crim.* n° 7. ▪ 30 mai 2006 : *JurisData* n° 2006-034470 ; *Dr. pén.* 2006, comm. 119, obs. M. Véron). Cette définition de l'incrimination reste telle qu'elle était sous l'empire de l'article 453 ancien du Code pénal (V. *infra*, ▪ Cass. crim., 23 janv. 1989 : *Bull. crim.* n° 23).

2) Des actes de pénétration sexuelle commis par une personne sur un animal constituent des **sévices de nature sexuelle** au sens de l'article 521-1 du Code pénal, dans sa rédaction issue de la loi du 9 mars 2004 (▪ Cass. crim., 4 sept. 2007 : *Bull. crim.* n° 191 ; *Dr. pén.* 2007, comm. 133, obs. M. Véron ; *D.* 2008, p. 524, note J. Chacornac ; *JCP* 2008, II, 1005, note J. Ségura).

3) Applications. Se rend coupable d'un acte de cruauté celui qui tend un piège à mâchoires avec des truites comme appât et capture de la sorte un chat dont il coupe la queue après l'avoir pendu ; bien qu'elle ait été rencontrée à plus de deux cent cinquante mètres d'une habitation et puisse être assimilée à un « chat haret » aux termes de l'arrêté ministériel du 26 mai 1956 interdisant la divagation des chats, la bête n'en conservait pas moins la qualité d'un animal domestique (▪ Douai, 20 mars 1980, inédit ; V. aussi en ce sens ▪ Cass. crim., 28 févr. 1989 : *Bull. crim.* n° 93).

4) Constitue un acte de cruauté le fait d'organiser un concours de chiens ratiers qui, dans une cage, mettent à mort des rats capturés sur les décharges publiques et auxquels aucune chance de salut par la fuite n'est donnée (▪ Douai, 5 juill. 1983 : *Gaz. Pal.* 1983, 2, 540). Le fait pour le propriétaire de chiennes se trouvant dans sa cour, d'ailleurs non hermétiquement close, de tirer de sang-froid depuis sa fenêtre un coup de carabine, qui a blessé gravement, au point que celui-ci dut ensuite être sacrifié, un chien, qui y avait pénétré, attiré par l'une des bêtes en chaleur, sans avoir tenté d'éloigner par des moyens moins extrêmes ce chien qui n'était pas menaçant, constitue le délit de l'article 453 du Code pénal et non la contravention de l'article R. 38-12° du même code (▪ Paris, 2 févr. 1977 : *JCP* 1978, II, 18843, note R. de L.). Constitue encore un acte de cruauté le fait d'attacher des chiens méchants et de les abattre avec une carabine (▪ Metz, 13 juin 1990 : *JurisData* n° 1990-045281).

5) Constitution de l'infraction. Le délit d'actes de cruauté est constitué lorsqu'il est établi que la quasi-totalité des animaux se trouvant chez l'éleveur en cause étaient privés de nourriture ainsi que de boisson, que les locaux où ils étaient détenus parfois sans lumière, sans soin ni nettoyage ni désinfection, dégageaient une odeur pestilentielle, que certains étaient soit enchaînés en permanence à un radiateur, soit reclus dans des cages trop exiguës, que parmi les animaux en vie se trouvaient des cadavres parfois en état de décomposition et que parmi les animaux encore vivants, certains, outre leur maigreur extrême, avaient perdu leur système pileux (▪ T. corr. Évry, 5 nov. 1985 : *Gaz. Pal.* 1986, 1, somm. 205). Doit également être condamné pour cruauté envers un animal domestique, le prévenu qui traîne son poney derrière son véhicule sur une longue distance et l'abandonne pendant plusieurs heures, grièvement blessé, avant de revenir l'achever (▪ Paris, 13ᵉ Ch., 28 mars 1990 : *JurisData* n° 1990-023188). Le fait de s'abstenir volontairement de fournir à boire et à manger à un cheptel pendant une longue période réalise le délit d'acte de cruauté envers des animaux domestiques (▪ Dijon, 27 avr. 1989 : *JurisData* n° 1989-046275). Comp. (▪ Cass. crim., 23 janv. 1989 : *Bull. crim.* n° 23, *infra*, et ▪ Cass. crim. 13 janv. 2004 : *Bull. crim.* n° 7, *supra*).

6) Délit non constitué. Ne constitue pas le délit de l'article 453 l'écornage pratiqué par un éleveur sur de jeunes animaux afin de les empêcher de se blesser mutuellement en stabulation libre (▪ Poitiers, 18 déc. 1964 : *D.* 1965, somm. 75) ; de même aucun acte de cruauté n'est susceptible d'être retenu à la charge de prévenus qui avaient organisé des chasses au cours desquelles étaient tirés des faisans élevés en enclos et qui venaient d'être lâchés dans la nature (■ Cass. crim., 25 févr. 1981 : *Bull. crim.* n° 74 ; *JCP* 1981, II, 19621, note J. De Malafosse) ; jugé encore qu'il n'y avait pas acte de cruauté dans le fait de foncer avec une vedette à moteur sur un groupe de cygnes et de les tuer ou de les blesser (■ Paris, 11 déc. 1970 : *D.* 1971, 480, note Souty).

7) Le seul fait de laisser des animaux dans un pré sans nourriture ni abreuvement, en l'absence de sévices ou d'actes de cruauté accomplis volontairement dans le but de provoquer la souffrance ou la mort, ne constitue pas le délit prévu par l'article 453 du Code pénal (■ Cass. crim., 23 janv. 1989 : *Bull. crim.* n° 23).

8) Ne justifie pas sa décision, la cour d'appel, qui, pour condamner un prévenu pour sévices graves et actes de cruauté sur une pouliche, énonce que l'animal se trouvait dans un état lamentable et que le certificat du vétérinaire qui lui a prodigué des soins est éloquent (■ Cass. crim., 13 janv. 2004 : préc., note 1. ■ Cass. crim., 30 mai 2006, préc.). Même solution encore pour le fait, par un agent de police municipale, de donner un coup de pied à un chien Saint-Bernard en liberté qui se bat avec un autre tenu en laisse, dès lors que cet acte est mesuré et nécessaire et que l'existence d'un lien de causalité entre le coup et le décès de l'animal survenu deux jours plus tard, n'est pas démontrée (■ Aix-en-Provence, 15 févr. 1989 : *Juris-Data* n° 1989-040792). Le propriétaire d'une jument âgée qui se refuse à lui donner la mort alors qu'elle était moribonde, ne saurait tomber sous le coup de l'article 453 du Code pénal (■ T. pol. Bordeaux, 20 févr. 1984 : *D.* 1984, 383, note J. Pradel ; *JCP* 1985, II, 20380, note G. Mémeteau).

9) Il a été jugé qu'il n'y avait pas d'actes de cruauté dans le tir aux pigeons vivants (■ Cass. crim., 13 janv. 1966 : *JCP* 1966, II, 14538, rapp. R. Combaldieu et concl. A. Touren) ; sur la question, V. E. Alauze, *Le tir aux pigeons vivants : Gaz. Pal.* 1980, 2, doctr. 593.

10) Chasse à courre. Un cerf chassé à courre s'étant réfugié dans un étang boueux où il s'est enlisé et ayant été aussitôt assailli par les chiens de la meute, le « piqueux » qui est monté dans une barque et a mis à mort l'animal, est à bon droit relaxé du chef de la poursuite dirigée contre lui, pour avoir enfreint les dispositions de l'article 453, alinéa 1er, du Code pénal, aux motifs que l'enlisement de cet animal vivant dans un état de liberté naturelle totale, ne permet pas de considérer le cerf comme étant, au moment de sa mise à mort, tenu en captivité au sens de la loi (■ Cass. crim., 22 oct. 1980 : *Bull. crim.* n° 265).

11) Imputabilité. Lorsqu'il résulte de l'examen des pièces de la procédure que les actes, causes des poursuites pour actes de cruauté envers les animaux, ont été commis par du personnel subalterne, contrairement aux interventions du directeur départemental adjoint des services vétérinaires et en l'absence d'un technicien du service, ce dernier et le directeur de la Régie d'exploitation de l'abattoir n'ont commis personnellement aucun acte de cruauté pouvant caractériser ce délit dont ils doivent être relaxés, les responsabilités morale et administrative éventuelles des prévenus, susceptibles de découler uniquement de l'absence d'initiative de sanctions émanant directement d'eux, ne peuvent donc instaurer leur responsabilité pénale (■ Cass. crim., 18 févr. 1987 : *JCP* 1987, IV, 140 ; *Bull. crim.* n° 81).

12) Abandon. Constitue un abandon le fait de se désintéresser volontairement et consciemment de ses animaux en très mauvais état de santé, qui ont été confiés à une personne dépourvue de la capacité et de la compétence pour les soigner (■ Cass. crim., 4 mai 2010 : *Dr. pén.* 2010, comm. 88, obs. M. Véron).

En outre, le délit d'abandon d'animaux, prévu à l'article 521-1, alinéa 7, du Code pénal, distinct de l'infraction punie des mêmes peines prévue à l'alinéa 1 du même article, est constitué sans que ne soit exigée l'existence de sévices ou d'actes de cruauté accomplis volontairement dans le but de provoquer la souffrance ou la mort (■ Cass. crim., 16 juin 2015, n° 14-86.387 : *Dr. pén.* 2015, comm. 121, obs. Ph. Conte).

II – FAIT JUSTIFICATIF

13) QPC. – La première phrase du septième alinéa de l'article 521-1 du Code pénal est conforme à la Constitution ■ Cons. const., 21 sept. 2012, n° 2012-271 QPC : *JO* 22 sept. 2012 ; *JurisData* n° 2012-021421. Le Conseil constitutionnel a relevé que l'exclusion de responsabilité pénale instituée par les dispositions contestées du septième alinéa de l'article 521-1 du Code pénal n'est applicable que dans les parties du territoire national où l'existence d'une tradition ininterrompue est établie et pour les seuls actes qui relèvent de cette tradition. Le législateur, par ces dispositions, a entendu que le premier alinéa de l'article 521-1 du Code pénal ne remette pas en cause des traditions de courses de taureaux. Ainsi, la différence de traitement instaurée par le législateur entre agissements de même nature accomplis dans des zones géographiques différentes est en rapport direct avec l'objet de la loi qui l'établit. Il appartient par ailleurs aux juridictions compétentes d'apprécier les situations de fait répondant à la « tradition locale ininterrompue ». Cette notion n'est pas ambiguë.

– V. *D.* 2012, p. 2486, note X. Daverat ; *Dr. pén.* 2012, étude 25 par J.-Y. Marechal.

– Le huitième alinéa de l'article 521-1 concernant la création d'un nouveau gallodrome est déclaré conforme à la Constitution, (▪ Cons. const., 31 juill. 2015, n° 2015-477 QPC). Le Conseil constitutionnel a relevé que si le législateur a entendu, tant pour les courses de taureaux que pour les combats de coqs, fonder l'exclusion de responsabilité pénale sur l'existence d'une tradition ininterrompue, il s'agit toutefois de pratiques distinctes par leur nature. En interdisant la création de nouveaux gallodromes, le législateur a traité différemment des situations différentes. La différence de traitement qui résulte de l'incrimination de toute création d'un nouveau gallodrome est en rapport direct avec l'objet de la loi qui l'établit. Par suite, le grief tiré d'une atteinte au principe d'égalité devant la loi doit être écarté.

Le principe de liberté religieuse ne peut être invoqué dès lors que les actes incriminés « ne s'entendent que d'actes accomplis intentionnellement dans le but de provoquer » la souffrance ou la mort, le mobile religieux étant indifférent à la répression. En outre, le principe d'égalité n'impose pas d'étendre l'exonération de responsabilité pénale à d'autres cas que les combats de coqs et courses de taureaux dans les parties du territoire national où ils font partie d'une tradition ininterrompue et pour les seuls actes relevant de cette tradition (▪ Cass. crim., 5 mars 2019, n° 18-84.554, QPC : *JurisData* n° 2019-004109 ; *Dr. pén.* 2019, comm. 86, note Ph. Conte).

14) La tradition locale ininterrompue, s'agissant des courses de taureaux, ne doit pas être appréciée au regard du seul territoire d'une commune. L'expression « locale » a le sens d'ensemble démographique, notion exclusive de toute frontière administrative et synonyme de région (▪ Cass. crim., 27 mai 1972 : *Bull. crim.* n° 171 ; *Gaz. Pal.* 1972, 2, 607, note L. Lambert. ▪ Cass. crim., 16 sept. 1997 : *Bull. crim.* n° 295).

– V., en l'absence de précision sur la localité concernée, ▪ Cass. 2ᵉ civ.ᵉ, 10 juin 2004 : *JCP* 2004, II, 10162, note E. de Monredon.

15) Il ressort de la jurisprudence de la Cour de cassation que les corridas seraient licites lorsqu'une tradition ininterrompue existerait dans un ensemble démographique déterminé, cette notion correspondant seulement à une zone où les habitants ont les mêmes aspirations et les mêmes traditions et qui n'est en soi ni régionale, ni communale, ni départementale. En l'espèce, le seul fait que plusieurs personnes auraient un goût pour ce genre de spectacle et ont assisté à la corrida, ne peut à lui seul attester la permanence d'une tradition manifestement interrompue, le délai de 26 ans entre les dernières corridas, ne pouvant s'expliquer dans une région où il est soutenu qu'existerait une tradition populaire vivante (▪ T. corr. Bordeaux, 27 avr. 1989 : *JCP* 1989, II, 21344, note Agostini).

16) Les courses à la mode espagnole avec mise à mort ou simulacre de mise à mort n'étant pratiquées dans la région d'Arles qu'exceptionnellement, on ne peut parler de persistance vivante d'une tradition tauromachique ininterrompue de corridas pouvant constituer l'excuse *(sic)* de l'article 453, alinéa 4, du Code pénal (▪ Aix-en-Provence, 5ᵉ ch., 15 févr. 1990, inédit).

17) L'interruption de la tradition locale ne permettant pas au prévenu de bénéficier des dispositions du quatrième alinéa de l'article 453 du Code pénal ne saurait résulter d'un fait matériel et fortuit comme un effondrement dans des arènes. Elle doit s'entendre d'une désuétude née de l'évolution des mœurs, d'un changement des mentalités locales. En l'espèce, la permanence et la persistance du goût de l'ensemble démographique bordelais pour la corrida sont établies. Dès lors, les dispositions répressives de l'alinéa 1ᵉʳ de l'article 453 du Code pénal ne sont pas applicables aux prévenus (▪ Bordeaux, 11 juill. 1989 : *JCP* 1989, II, 21344, note E. Agostini).

18) Justifie sa décision la cour d'appel qui, par des énonciations relevant de son appréciation souveraine, constate, pour faire bénéficier les prévenus de l'immunité légale instituée par l'alinéa 4 de l'article 453 du Code pénal applicable à la date des faits, devenu l'article 521-1 du Code pénal entré en vigueur le 1ᵉʳ mars 1994, l'existence d'une tradition locale ininterrompue (▪ Cass. crim., 8 juin 1994 : *Bull. crim.* n° 225 ; *JCP* 1995, II, 22483, note E. de Monredon. ▪ Cass. crim., 19 juin 1996, pourvoi R. 95-83.4470, précisant qu'aucune distinction n'est à faire entre les diverses variétés de courses de taureaux, comme en l'espèce « à la portugaise ». ▪ Cass. crim., 16 sept. 1997 : *Bull. crim.* n° 295, ajoutant que les juges ne sauraient être liés par les termes d'un arrêté préfectoral relatif à l'absence de coutume locale).

19) Bénéficient de l'immunité légale les organisateurs et participants d'une corrida dans une propriété privée mise à la disposition d'une association ayant pour objet la pratique et l'enseignement de la tauromachie à des amateurs lorsque n'est pas contestée une tradition locale ininterrompue, même en l'absence d'autorisation municipale et en non-conformité avec le règlement de l'Union des Villes Taurines de France, document élaboré par une association qui ne peut s'imposer qu'à ses seuls membres ; est inopérante la distinction faite par le tribunal entre professionnels et amateurs (▪ Nîmes, 1ᵉʳ déc. 2000 : *JurisData* n° 2000-136384 ; *JCP* 2002, II, 10016, note E. de Monredon).

20) La cour d'appel, qui a apprécié souverainement, par une décision motivée, l'existence d'une tradition locale ininterrompue, et qui a retenu exactement que les organisateurs de la manifestation pouvaient se prévaloir de l'immunité légale instituée par l'article 521-1 du Code pénal en raison de l'appartenance de la commune concernée à une région dans laquelle persiste cette tradition, a pu déduire de ces constatations et énonciations l'absence d'un trouble manifestement illicite (▪ Cass. 2e civ., 22 nov. 2001 : *JCP* 2002, II, 10073, note X. Daverat, rejetant le pourvoi formé par une association de défense des animaux contre un arrêt de la cour d'appel de Toulouse refusant, en référé, d'interdire un spectacle de tauromachie avec pose de banderilles).

21) Après avoir rappelé l'inapplicabilité de l'article 521-1 du Code pénal aux courses de taureaux lorsqu'une tradition locale ininterrompue peut être invoquée, une cour d'appel qui a constaté l'ancienneté de l'existence de celle-ci et déduit sa pertinence de l'intérêt que lui portait un nombre suffisant de personnes, rejette valablement une demande en dissolution d'une association ayant pour objet l'organisation de corridas dans une ville et ses environs (▪ Cass. civ., 7 févr. 2006 : *JurisData* n° 2006-032049 ; *D.* 2006, II, 10073, note E. de Monredon).

22) Question de l'abattage rituel. Le droit de l'Union européenne, qui promeut le bien-être animal et interdit l'abattage d'un animal sans étourdissement à l'exception des rites religieux sacrificiels, ne s'oppose pas à ce qu'un État impose, pour cette exception, un procédé d'étourdissement réversible et insusceptible d'entraîner la mort de l'animal (▪ CJUE, gr. ch., 17 déc. 2020, C-336/19, *Centraal Israëlitisch Consistorie van België e.a. c/ Vlaamse Regering* : *JCP* G 2021, 199, note G. Gonzalez). La Cour européenne des droits de l'homme a affirmé que la dérogation existant en France à l'obligation d'étourdissement constituait un engagement positif de l'État visant à assurer le respect effectif de la liberté d'exercice des cultes et a conclu néanmoins à l'absence d'ingérence dans la liberté de religion par le simple fait d'encadrer l'abattage rituel concernant la désignation de sacrificateurs agréés (▪ CEDH, gr. ch., 27 juin 2000, n° 27417/95). V. aussi ▪ CJUE, aff. C-426/16, *Liga van Moskeeën en Islamitische Organisaties Provincie Antwerpen e. a.* : *JurisData* n° 2018-009976. – ▪ CJUE, aff. C-497/17, *Œuvre d'assistance aux bêtes d'abattoirs (OABA)* : *JurisData* n° 2019-003378.

Art. 521-1-1 ***(Créé, L. n° 2021-1539, 30 nov. 2021).*** **– Les atteintes sexuelles sur un animal domestique, apprivoisé ou tenu en captivité sont punies de trois ans d'emprisonnement et de 45 000 euros d'amende.**

Les soins médicaux et d'hygiène nécessaires ainsi que les actes nécessaires à l'insémination artificielle ne peuvent être considérés comme des atteintes sexuelles.

Ces peines sont portées à quatre ans d'emprisonnement et à 60 000 euros d'amende lorsque les faits sont commis en réunion, en présence d'un mineur ou par le propriétaire ou le gardien de l'animal.

En cas de condamnation du propriétaire de l'animal ou si le propriétaire est inconnu, le tribunal statue sur le sort de l'animal, qu'il ait été ou non placé au cours de la procédure judiciaire. Le tribunal peut prononcer la confiscation de l'animal et prévoir qu'il sera remis à une fondation ou à une association de protection animale reconnue d'utilité publique ou déclarée, qui pourra librement en disposer.

Les personnes physiques coupables des infractions prévues au présent article encourent également les peines complémentaires d'interdiction, à titre définitif, de détenir un animal et d'exercer une activité professionnelle ou sociale dès lors que les facilités que procure cette activité ont été sciemment utilisées pour préparer ou commettre l'infraction. Cette interdiction n'est toutefois pas applicable à l'exercice d'un mandat électif ou de responsabilités syndicales.

Les personnes morales déclarées pénalement responsables dans les conditions prévues à l'article 121-2 encourent les peines suivantes :

1° L'amende suivant les modalités prévues à l'article 131-38 ;

2° Les peines prévues aux 2°, 4°, 7°, 8° et 9° de l'article 131-39.

Art. 521-1-2 ***(Créé, L. n° 2021-1539, 30 nov. 2021).*** **– Est constitutif d'un acte de complicité des sévices graves, actes de cruauté ou atteintes sexuelles sur un animal domestique, apprivoisé ou tenu en captivité, prévus au premier alinéa des articles 521-1 et 521-1-1, et est puni des peines prévues aux mêmes articles 521-1 et 521-1-1 le fait d'enregistrer sciemment, par quelque moyen que ce soit et sur quelque support que ce soit, des images relatives à la commission des infractions mentionnées au présent alinéa. Est constitutif d'un acte de complicité de mauvais traitements sur un animal et est puni de l'amende prévue pour les contraventions de la quatrième classe le fait d'enregistrer sciemment, par quelque moyen que ce soit et sur quelque support que ce soit, des images relatives à la commission de l'infraction de mauvais traitements précitée.**

Le fait de diffuser sur internet l'enregistrement de telles images est puni de deux ans d'emprisonnement et de 30 000 euros d'amende.

Le présent article n'est pas applicable lorsque l'enregistrement, la détention, la diffusion ou la consultation de ces images vise à apporter une contribution à un débat public d'intérêt général ou à servir de preuve en justice.

Art. 521-1-3 *(Créé, L. n° 2021-1539, 30 nov. 2021).* – Le fait de proposer ou de solliciter des actes constitutifs d'atteintes sexuelles sur un animal définies à l'article 521-1-1, par quelque moyen que ce soit, est puni d'un an d'emprisonnement et de 15 000 euros d'amende.

Art. 521-2. – Le fait de pratiquer des expériences ou recherches scientifiques ou expérimentales sur les animaux sans se conformer aux prescriptions fixées par décret en Conseil d'État est puni des peines prévues à l'article 521-1.

Voir : art. R. 511-1, p. 1009.

CHAPITRE II. – DES ATTEINTES VOLONTAIRES À LA VIE D'UN ANIMAL

(Créé, L. n° 2021-1539, 30 nov. 2021)

Art. 522-1. – Le fait, sans nécessité, publiquement ou non, de donner volontairement la mort à un animal domestique, apprivoisé ou tenu en captivité, hors du cadre d'activités légales, est puni de six mois d'emprisonnement et de 7 500 euros d'amende.

Le présent article n'est pas applicable aux courses de taureaux lorsqu'une tradition locale ininterrompue peut être invoquée. Il n'est pas non plus applicable aux combats de coqs dans les localités où une tradition ininterrompue peut être établie.

Art. 522-2. – Les personnes physiques coupables de l'infraction prévue à l'article 522-1 encourent également les peines complémentaires d'interdiction, à titre définitif ou non, de détenir un animal et d'exercer, pour une durée de cinq ans au plus, une activité professionnelle ou sociale dès lors que les facilités que procure cette activité ont été sciemment utilisées pour préparer ou commettre l'infraction. Cette interdiction n'est toutefois pas applicable à l'exercice d'un mandat électif ou de responsabilités syndicales.

LIVRE SIXIÈME

DES CONTRAVENTIONS

(Ord. n° 96-267, 28 mars 1996)

TITRE Ier. – DU RECOURS À LA PROSTITUTION

(Ancien titre unique créé, L. n° 2016-444, 13 avr. 2016 ; dénuméroté en titre Ier, L. n° 2018-703, 3 août 2018)

Art. 611-1 *(L. n° 2016-444, 13 avr. 2016).* **– Le fait de solliciter, d'accepter ou d'obtenir des relations de nature sexuelle d'une personne qui se livre à la prostitution, y compris de façon occasionnelle, en échange d'une rémunération, d'une promesse de rémunération, de la fourniture d'un avantage en nature ou de la promesse d'un tel avantage est puni de l'amende prévue pour les contraventions de la cinquième classe.**

Les personnes physiques coupables de la contravention prévue au présent article encourent également une ou plusieurs des peines complémentaires mentionnées à l'article 131-16 et au second alinéa de l'article 131-17.

Voir : art. 225-12-1, p. 487.

Bibliographie : X. Samuel : *JCl. Pénal Code, Recours à la prostitution*, fasc. 20. • J. Buisson : *Procédures* 2016, comm. 213, n° 6. • P. Morvan : *JCP* G 2016, 487.

Bibliographie : A. Casado, *Brèves remarques à la lecture de la loi n° 2016-444 du 13 avril 2016 visant à lutter contre le système prostitutionnel et à accompagner les personnes prostituées : Dr. pén.* 2016, étude 12. • N. Laurent-Bonne, *La lutte contre le système prostitutionnel : D.* 2016, chron. 1713. • B. Lavaud-Legendre, *Quand le législateur se veut pédagogue... Retour sur les objectifs de la loi de lutte contre le système prostitutionnel : RSC* 2016, p. 725. • R. Parizot, *La prostitution, infraction sans texte : RSC* 2016, p. 373.

1) QPC. Conformité à la Constitution des articles 611-1 et 225-12-1 alinéa 1 du Code pénal, par lesquels le législateur a entendu lutter contre le proxénétisme et la traite des êtres humains aux fins d'exploitation sexuelle et assurer la sauvegarde de la dignité de la personne humaine contre ces formes d'asservissement. La prohibition de la demande de relations sexuelles tarifées n'est pas un moyen manifestement inapproprié à l'objectif de politique publique poursuivi, et n'est pas manifestement déséquilibrée la conciliation opérée entre, d'une part, l'objectif de valeur constitutionnelle de sauvegarde de l'ordre public et de prévention des infractions et la sauvegarde de la dignité de la personne humaine et, d'autre part, la liberté personnelle. Pour les mêmes motifs, les peines instituées ne sont pas manifestement disproportionnées et ne méconnaissent pas les principes de nécessité et de proportionnalité des peines, pas plus que la liberté d'entreprendre et la liberté contractuelle, qui peuvent connaître des limitations. Le grief tiré de la méconnaissance du droit à la protection de la santé doit également être écarté car l'appréciation du législateur n'est pas, en l'état actuel des connaissances, manifestement inadéquate. Enfin, les dispositions contestées ne méconnaissent ni le droit au respect de la vie privée, ni aucun autre droit ou liberté que la Constitution garantit. V. ■ Cons. const. 1er févr. 2019, n° 2018-761 QPC : *JO* 2 févr. 2019, n° 104 ; *Dr. pén.* 2019, alerte 11, n° 3, à la suite de ■ CE, 12 nov. 2018, n° 423892 : *JurisData* n° 2018-020695 ; *Dalloz actualité*, 24 janv. 2019, obs. Th. Coustet : présente un caractère sérieux la question soulevée par différentes associations invoquant une atteinte au droit au respect à la vie privée garanti, à la liberté d'entreprendre et au principe de nécessité et de proportionnalité des peines.

2) Distinction avec le proxénétisme. Relève de l'infraction de recours à la prostitution d'autrui, et non du proxénétisme aggravé, le recrutement et la rémunération de personnes prostituées dans le cadre de rencontres à caractère sexuel auxquelles participaient les prévenus, pour leur satisfaction personnelle et celle des autres participants, et sans en tirer de profit financier. Les faits étant en l'espèce antérieurs à l'entrée en vigueur de la loi du 13 avril 2016, ils ne peuvent donner lieu à condamnation. (■ Cass. crim., 28 févr. 2018, n° 16-85.518 : *JurisData* n° 2018-002751 ; *RSC* 2018, p. 690, note Y. Mayaud).

TITRE II. – DE L'OUTRAGE SEXISTE

(L. n° 2018-703, 3 août 2018)

Art. 621-1 *(Créé, L. n° 2018-703, 3 août 2018 ; mod. à compter du 24 mars 2020, L. n° 2019-222, 23 mars 2019).* **– I. – Constitue un outrage sexiste le fait, hors les cas prévus aux articles 222-13, 222-32, 222-33 et 222-33-2-2, d'imposer à une personne tout propos ou comportement à connotation sexuelle ou sexiste qui soit porte atteinte à sa dignité en raison de son caractère dégradant ou humiliant, soit crée à son encontre une situation intimidante, hostile ou offensante.**

II. – L'outrage sexiste est puni de l'amende prévue pour les contraventions de la 4e classe. Cette contravention peut faire l'objet des dispositions du Code de procédure pénale relatives à l'amende forfaitaire, y compris celles concernant l'amende forfaitaire minorée.

III. – L'outrage sexiste est puni de l'amende prévue pour les contraventions de la 5e classe lorsqu'il est commis :

1° Par une personne qui abuse de l'autorité que lui confèrent ses fonctions ;

2° Sur un mineur de quinze ans ;

3° Sur une personne dont la particulière vulnérabilité, due à son âge, à une maladie, à une infirmité, à une déficience physique ou psychique ou à un état de grossesse, est apparente ou connue de son auteur ;

4° Sur une personne dont la particulière vulnérabilité ou dépendance résultant de la précarité de sa situation économique ou sociale est apparente ou connue de son auteur ;

5° Par plusieurs personnes agissant en qualité d'auteur ou de complice ;

6° Dans un véhicule affecté au transport collectif de voyageurs ou dans un lieu destiné à l'accès à un moyen de transport collectif de voyageurs ;

7° En raison de l'orientation sexuelle, vraie ou supposée, de la victime.

La récidive de la contravention prévue au présent III est réprimée conformément au premier alinéa de l'article 132-11.

IV. – Les personnes coupables des contraventions prévues aux II et III du présent article encourent également les peines complémentaires suivantes :

1° La peine de stage prévue aux 1°, 4°, 5° ou 7° de l'article 131-5-1 ;

2° Dans le cas prévu au III, un travail d'intérêt général pour une durée de vingt à cent vingt heures.

Voir : art. 222-7 et s., p. 380, art. R. 624-1, p. 1019, art. 222-33-2 et s., p. 423.

Bibliographie : J.-Ch. Planque, *JCP* G 2017, n° 50, 1314 • V. Tellier-Cayrol, *D.* 2018, 425. • M.-L. Rassat, *Dr. pén.* 2018, étude 7, n° 4. • P.-J. Delage, *JCP* G 2018, n° 38, 947. • A. Denizot, *RTD civ.* 2018, p. 980. • Tellier-Cayrol, *AJ pénal* 2018, 400, (loi du 3 août 2018 renforçant la lutte contre les violences sexuelles et sexistes. Des objectifs respectables, une efficacité incertaine). • C. Claverie-Rousset, *Dr. pénal* 2018, étude 23 (commentaire des principales dispositions de la loi n° 2018-703 du 3 août 2018 renforçant la lutte contre les violences sexuelles ou sexistes). • L. Saenko et S. Detraz, *D.* 2018, chron. 2031 (la loi n° 2018-703 du 3 août 2018 renforçant la lutte contre les violences sexuelles et sexistes : les femmes et les enfants d'abord !).

Circulaire du 3 septembre 2018

relative à la présentation de la loi n° 2018-703 du 3 août 2018 renforçant la lutte contre les violences sexuelles et sexistes
(BOMJ n° 2018-09, 28 sept. 2018)

4.1. Contravention d'outrage sexiste

Prévue par le nouvel article 621-1 du Code pénal, cette contravention a pour principal objet de réprimer le phénomène de harcèlement de rue dont les femmes sont très fréquemment victimes.

Elle est définie comme le fait « d'imposer à une personne tout propos ou comportement à connotation sexuelle ou sexiste qui soit porte atteinte à sa dignité en raison de son caractère dégradant ou humiliant, soit crée à son encontre une situation intimidante, hostile ou offensante ».

Cette définition est ainsi similaire à celle du harcèlement sexuel, à la différence que n'est pas reprise l'exigence de répétition des faits, et qu'un propos ou comportement unique peut donc caractériser l'infraction. La création de l'outrage sexiste comble ainsi un vide juridique en réprimant un certain nombre de comportements à connotation sexuelle ou sexiste qui échappaient jusqu'alors à toute sanction pénale.

Pourront par exemple être qualifiés d'outrages sexistes les faits suivants, dont la preuve pourra non seulement être recueillie par témoignages mais également par l'exploitation de moyens de vidéo protection :

- des propositions sexuelles, mais également certaines attitudes non verbales telles que des gestes imitant ou suggérant un acte sexuel, des sifflements ou des bruitages obscènes ou ayant pour finalité d'interpeller la victime de manière dégradante ;
- des commentaires dégradants sur l'attitude vestimentaire ou l'apparence physique de la victime ;
- une poursuite insistante de la victime dans la rue.

Le champ d'application de l'outrage sexiste ne se limite pas à l'espace public. Par conséquent, l'infraction sera constituée quel que soit son lieu de commission, qu'il s'agisse d'un lieu public tel que la rue, les transports en commun ou encore un établissement scolaire, ou d'un lieu privé, tel un espace de travail.

Il convient de préciser que la qualification d'outrage sexiste ne devra être retenue que dans l'hypothèse où les faits ne pourraient faire l'objet d'aucune autre qualification pénale plus sévère. Ainsi, les poursuites sous les qualifications délictuelles de violences (la qualification de violences pourra être retenue lorsque les faits ont entraîné une incapacité de travail tandis que l'outrage sexiste ne nécessite en revanche pas la preuve d'un préjudice), d'agression sexuelle, d'exhibition sexuelle ou encore de harcèlement devront naturellement primer sur celle d'outrage sexiste. Plus particulièrement, le caractère répété des agissements constatés devra impérativement conduire à poursuivre les faits sous la qualification de harcèlement (étant observé que la condition de répétition caractérisant le délit de harcèlement exige toutefois un certain espacement dans le temps entre les différents actes qui ont été commis ; si la répétition intervient dans un très court trait de temps, les faits constituent la contravention d'outrage sexiste, comme par exemple siffler à plusieurs reprises une passante, ou lui tenir d'affilé e plusieurs propos sexistes).

L'outrage sexiste est puni de l'amende prévue pour les contraventions de la 4e classe.

L'article 621-1 prévoit sept circonstances aggravantes qui portent l'amende à celle des contraventions de la 5e classe.

Il s'agit de :

- l'abus d'autorité ;
- la minorité de quinze ans de la victime ;
- la particulière vulnérabilité physique de la victime ;
- la particulière vulnérabilité économique de la victime ;
- la commission en réunion ;
- la commission dans un véhicule affecté au transport collectif de voyageurs ou dans un lieu destiné à l'accès à un moyen de transport collectif de voyageurs ;
- la commission en raison de l'orientation sexuelle, vraie ou supposée, de la victime.

Plusieurs peines complémentaires sont prévues, et notamment la nouvelle peine de stage de lutte contre le sexisme et de sensibilisation à l'égalité entre les femmes et les hommes (Les autres peines complémentaires encourues sont : le stage de citoyenneté ; le stage de sensibilisation à la lutte contre l'achat d'actes sexuels ; le stage de responsabilisation pour la prévention et la lutte contre les violences au sein du couple et les violences sexistes ; la peine de travail d'intérêt général pour la contravention aggravée). Ce stage pourra également être proposé dans le cadre des alternatives aux poursuites de l'article 41-1 du Code de procédure pénale, ou dans le cadre d'une composition pénale prévue par l'article 41-2 de ce code.

Cette contravention peut être constatée par les agents de police judiciaire adjoints de l'article 21 du Code de procédure pénale, qui a été complété à cette fin, et notamment par les agents de police municipale. Elle peut aussi être constatée par les agents assermentés chargés de la police des transports, notamment ceux de la SNCF et de la RATP, en application de l'article L. 2241-1 du Code des transports qui a également été complété à cette fin. Comme l'indique expressément le II de l'article 621-1 du Code pénal, la procédure de l'amende forfaitaire, y compris celle de l'amende minorée, est applicable à cette contravention.

Lorsque les faits constituent une contravention de la 4e classe, cette procédure pourra être mise en œuvre très rapidement, de nouveaux codes Natinf ayant été créés et communiqués aux applicatifs utilisés par les forces de l'ordre.

LIVRE SEPTIÈME

DISPOSITIONS RELATIVES À L'OUTRE-MER

(Ord. n° 96-267, 28 mars 1996 ; mod. à compter du 1er avr. 2011, Ord. n° 2011-337, 29 mars 2011 ; mod. L. n° 2016-731, 3 juin 2016)

TITRE PREMIER. – DISPOSITIONS APPLICABLES DANS LES COLLECTIVITÉS D'OUTRE-MER

CHAPITRE I. – DISPOSITIONS GÉNÉRALES

Voir : art. R. 711-1 s., p. 1043.

Art. 711-1 ***(Rempl., L. n° 2020-936, 30 juill. 2020 ; L. n° 2020-1672, 24 déc. 2020 ; mod. à compter du 1er mai 2021, Ord. n° 2020-1733, 16 déc. 2020 ; L. n° 2020-1672, 24 déc. 2020 ; L. n° 2021-401, 8 avr. 2021 ; L. n° 2021-478, 21 avr. 2021 ; L. n° 2021-1109, 24 août 2021 ; L. n° 2021-1754, 23 déc. 2021 ; L. n° 2022-92, 31 janv. 2022 ; en vigueur à compter du 1er mai 2022, Ord. n° 2022-478, 30 mars 2022).*** **– Sous réserve des adaptations prévues au présent titre, les livres Ier à V du présent code sont applicables, dans leur rédaction résultant de l'ordonnance n° 2022-478 du 30 mars 2022 portant partie législative du Code pénitentiaire, en Nouvelle-Calédonie, en Polynésie française et dans les îles Wallis-et-Futuna.**

Rédaction future. Art. 711-1 ***(Mod. à compter du 1er septembre 2022, L. n° 2022-401, 21 mars 2022).*** **–** Sous réserve des adaptations prévues au présent titre, les livres Ier à V du présent code sont applicables, dans leur rédaction résultant de la loi n° 2022-401 du 21 mars 2022 visant à améliorer la protection des lanceurs d'alerte, en Nouvelle-Calédonie, en Polynésie française et dans les îles Wallis-et-Futuna.

Art. 711-2. – Les livres I à V du présent code sont applicables dans les Terres australes et antarctiques françaises.

Art. 711-3 ***(Mod., Ord. n° 2000-916, 19 sept. 2000 ; L. n° 2016-731, 3 juin 2016).*** **– En Nouvelle-Calédonie, de la Polynésie française et dans les îles Wallis-et-Futuna, les sanctions pécuniaires encourues en vertu du présent code sont prononcées en monnaie locale, compte tenu de la contre-valeur dans cette monnaie de l'euro.**

Art. 711-4 ***(Mod., L. n° 2016-731, 3 juin 2016).*** **– Pour l'application du présent code dans les collectivités d'outre-mer et en Nouvelle-Calédonie :**

1° Les références au département sont remplacées par la référence à la collectivité ;

2° Les référencesau préfet et au sous-préfet sont remplacées par la référence au représentant de l'État dans la collectivité.

En l'absence d'adaptation, les références faites, par des dispositions du présent code applicables dans les collectivités d'outre-mer et en Nouvelle-Calédonie, à des dispositions qui n'y sont pas applicables sont remplacées par les références aux dispositions ayant le même objet applicables localement.

Pour l'application du présent code à Saint-Pierre-et-Miquelon, en Nouvelle-Calédonie, en Polynésie française et à Wallis-et-Futuna, les références au tribunal judiciaire sont remplacées par la référence au tribunal de première instance.

CHAPITRE II. – ADAPTATION DU LIVRE PREMIER

Art. 712-1 A *(Créé, L. n° 2019-222, 23 mars 2019).* – Pour son application en Nouvelle-Calédonie, l'article 131-8 est complété par un alinéa ainsi rédigé :

« Peuvent également être habilitées à mettre en œuvre des travaux d'intérêt général les institutions de droit coutumier dont la liste est fixée par voie réglementaire. »

Art. 712-1. – Le dernier alinéa de l'article 131-35 est ainsi rédigé :

La diffusion de la décision est faite par le Journal officiel de la République française, par le Journal officiel du territoire, par une ou plusieurs autres publications de presse, ou par un ou plusieurs services de communication audiovisuelle. Les publications ou les services de communication audiovisuelle chargés de cette diffusion sont désignés par la juridiction. Ils ne peuvent s'opposer à cette diffusion.

Art. 712-2 *(Mod., L. n° 2019-1428, 24 déc. 2019).* – Le 7° de l'article 132-45 est ainsi rédigé :

7° S'abstenir de conduire certains véhicules terrestres pour la conduite desquels un permis est nécessaire ou de conduire un véhicule qui ne soit pas équipé, par un professionnel agréé ou par construction, d'un dispositif homologué d'antidémarrage par éthylotest électronique.

CHAPITRE III. – ADAPTATION DU LIVRE DEUXIÈME

Art. 713-1 *(Abr., Ord. n° 2008-1339, 18 déc. 2008).*

Art. 713-2 *(Abr., L. n° 2001-588, 4 juill. 2001).*

Art. 713-3. – Les 2° et 3° de l'article 225-3 sont rédigés comme suit :

2° Aux discriminations fondées sur l'état de santé ou le handicap, lorsqu'elles consistent en un refus d'embauche ou un licenciement fondé sur l'inaptitude médicalement constatée dans le cadre des dispositions relatives à la médecine du travail ou à la fonction publique applicables localement ;

3° Aux discriminations fondées, en matière d'embauche, sur le sexe lorsque l'appartenance à l'un ou l'autre sexe constitue, conformément aux dispositions applicables localement en matière de droit du travail ou de droit de la fonction publique, la condition déterminante de l'exercice d'un emploi ou d'une activité professionnelle.

Art. 713-3-1 *(L. n° 2015-1402, 5 nov. 2015).* – Pour l'application de l'article 226-14 :

1° Au 2°, les mots : « ou de la cellule de recueil, de traitement et d'évaluation des informations préoccupantes relatives aux mineurs en danger ou qui risquent de l'être, mentionnée au deuxième alinéa de l'article L. 226-3 du Code de l'action sociale et des familles, » sont supprimés ;

2° Au dernier alinéa, le mot : « civile, » et les mots : « ou disciplinaire » sont supprimés.

Art. 713-4 *(L. n° 2011-267, 14 mars 2011).* – Pour son application en Polynésie française et en Nouvelle-Calédonie, l'article 226-28 est ainsi rédigé :

Art. 226-28. – Le fait de rechercher l'identification par ses empreintes génétiques d'une personne en dehors des cas prévus à l'article 16-11 du Code civil est puni d'un an d'emprisonnement et de 15 000 € d'amende.

Est puni des mêmes peines le fait de divulguer des informations relatives à l'identification d'une personne par ses empreintes génétiques ou de procéder à l'identification d'une personne par ses empreintes génétiques sans être titulaire de l'agrément prévu par la réglementation localement applicable.

Art. 713-5 *(L. n° 2011-267, 14 mars 2011).* – Pour son application à Wallis-et-Futuna et dans les Terres australes et antarctiques françaises, l'article 226-28 est ainsi rédigé :

Art. 226-28. – Le fait de rechercher l'identification par ses empreintes génétiques d'une personne en dehors des cas prévus à l'article 16-11 du Code civil est puni d'un an d'emprisonnement et de 15 000 € d'amende.

Est puni des mêmes peines le fait de divulguer des informations relatives à l'identification d'une personne par ses empreintes génétiques ou de procéder à l'identification d'une personne par ses empreintes génétiques sans être titulaire de l'agrément prévu à l'article L. 1131-3 du Code de la santé publique.

CHAPITRE IV. – ADAPTATION DU LIVRE TROISIÈME

Art. 714-1 *(Rempl., L. n° 2008-696, 15 juill. 2008).* – Les quatre premiers alinéas de l'article 322-3-1 sont remplacés par un alinéa ainsi rédigé :

La destruction, la dégradation ou la détérioration est punie d'une peine de sept ans d'emprisonnement et de 100 000 € d'amende lorsqu'elle porte sur un immeuble ou un objet mobilier classé, inscrit ou protégé en vertu de la réglementation applicable localement, une découverte archéologique faite au cours de fouilles ou fortuitement, un terrain contenant des vestiges archéologiques ou un objet conservé ou déposé dans des musées, bibliothèques ou archives appartenant à une personne publique, chargée d'un service public ou reconnue d'utilité publique.

CHAPITRE V. – ADAPTATION DU LIVRE QUATRIÈME

Art. 715-1. – Le 3° de l'article 421-1 est rédigé comme suit :

3° La fabrication ou la détention de machines, engins meurtriers ou explosifs définies à l'article 3 de la loi du 19 juin 1871 qui abroge le décret du 4 septembre 1870 sur la fabrication des armes de guerre ;

– la production, la vente, l'importation ou l'exportation de substances explosives en infraction à la réglementation applicable localement ;

– l'acquisition, la détention, le transport ou le port illégitimes de substances explosives ou d'engins fabriqués à l'aide desdites substances en infraction à la réglementation applicable localement ;

– la détention, le port ou le transport d'armes et de munitions en infraction à la réglementation applicable localement ;

– les infractions définies aux articles 1er et 4 de la loi n° 72-467 du 9 juin 1972 interdisant la mise au point, la fabrication, la détention, le stockage, l'acquisition et la cession d'armes biologiques ou à base de toxines.

Art. 715-2. – Le deuxième alinéa de l'article 432-9 est rédigé comme suit :

Est puni des mêmes peines le fait, par une personne visée à l'alinéa précédent ou un agent d'un exploitant de réseau de télécommunications autorisé en vertu de la réglementation applicable localement en matière de postes et télécommunications ou d'un fournisseur de services de télécommunications, agissant dans l'exercice de ses fonctions, d'ordonner, de commettre ou de faciliter, hors les cas prévus par la loi, l'interception ou le détournement des correspondances émises, transmises ou reçues par la voie des télécommunications, l'utilisation ou la divulgation de leur contenu.

Art. 715-3. – Le dernier alinéa [de l'article] 432-12 est rédigé comme suit :

Pour l'application des trois alinéas qui précèdent, la commune est représentée dans les conditions prévues par l'article L. 122-12 du Code des communes tel qu'il a été rendu applicable localement et le maire, l'adjoint ou le conseiller municipal intéressé doit s'abstenir de participer à la délibération du conseil municipal relative à la conclusion ou à l'approbation du contrat. En outre, par dérogation au deuxième alinéa de l'article L. 121-15 du Code des communes tel qu'il a été rendu applicable localement, le conseil municipal ne peut décider de se réunir à huis clos.

Art. 715-4. – Le quatrième alinéa de l'article 432-13 est rédigé comme suit :

Ces dispositions sont applicables aux agents des établissements publics, des entreprises nationalisées, des sociétés d'économie mixte dans lesquelles l'État ou les collectivités publiques détiennent directement ou indirectement plus de 50 % du capital et des exploitants publics intervenant dans le fonctionnement du service public de la poste et des télécommunications.

Art. 715-5. – L'article 443-3 est rédigé comme suit :

Art. 443-3. – Sont punis d'un an d'emprisonnement et de 15 000 € d'amende, la fabrication, la vente, le transport ou la distribution de tous objets, imprimés ou formules qui présentent, avec les titres ou autres valeurs fiduciaires émises par l'État, les collectivités locales, les établissements publics ou les exploitants publics intervenant dans le fonctionnement du service public de la poste et des télécommunications, une ressemblance de nature à faciliter l'acceptation desdits objets, imprimés ou formules aux lieu et place des valeurs imitées.

CHAPITRE VI. – ADAPTATION DU LIVRE CINQUIÈME

Art. 716-1 à 716-15 *(Abr., Ord. n° 2008-1339, 18 déc. 2008).*

Art. 716-16. – L'article 521-2 est ainsi rédigé :

Art. 521-2. – Le fait de pratiquer des expériences ou recherches scientifiques ou expérimentales sur les animaux sans se conformer aux prescriptions applicables localement est puni des peines prévues à l'article 521-1.

CHAPITRE VII. – DISPOSITIONS DIVERSES

Art. 717-1 *(Abr., L. n° 2011-525, 17 mai 2011).*

Art. 717-2. – Le fait, en diffusant, par quelque moyen que ce soit, des informations mensongères ou calomnieuses, en jetant sur le marché des offres destinées à troubler les cours ou des sur-offres faites au prix demandé par les vendeurs, ou en utilisant tout autre moyen frauduleux, d'opérer ou de tenter d'opérer la hausse ou la baisse artificielle du prix de biens ou de services ou d'effets publics ou privés est puni de deux ans d'emprisonnement et de 30 000 € d'amende.

Lorsque la hausse ou la baisse artificielle des prix concerne des produits alimentaires, la peine est portée à trois ans d'emprisonnement et 45 000 € d'amende.

Les personnes physiques coupables des infractions prévues au présent article encourent également les peines complémentaires suivantes :

1° L'interdiction des droits civiques, civils et de famille, suivant les modalités prévues par l'article 131-26 ;

2° L'affichage ou la diffusion de la décision prononcée dans les conditions prévues par l'article 131-35.

Art. 717-3 *(Mod., L. n° 2009-526, 12 mai 2009).* – Les personnes morales déclarées responsables pénalement, dans les conditions prévues par l'article 121-2, des infractions définies aux deux premiers alinéas de l'article 717-2 encourent, outre l'amende suivant les modalités prévues par l'article 131-38, les peines prévues à l'article 131-39.

L'interdiction mentionnée au 2° de l'article 131-39 porte sur l'activité dans l'exercice ou à l'occasion de l'exercice de laquelle l'infraction a été commise.

TITRE II. – DISPOSITIONS PARTICULIÈRES AU DÉPARTEMENT DE MAYOTTE

(Mod. à compter du 1er avril 2011, Ord. n° 2011-337, 29 mars 2011)

Voir : art. 721-1 s., p. 972.

CHAPITRE I. – DISPOSITIONS GÉNÉRALES

Art. 721-1 *(Rempl. à compter du 1er avr. 2011, Ord. n° 2011-337, 29 mars 2011).* – Pour l'application des livres Ier à V du présent code dans le Département de Mayotte, il est tenu compte des adaptations prévues par le présent titre.

Art. 721-2 *(Rempl. à compter du 1er avr. 2011, Ord. n° 2011-337, 29 mars 2011).* – **Pour l'application du présent code dans le Département de Mayotte, les références à des dispositions qui n'y sont pas applicables sont remplacées par les références aux dispositions ayant le même objet applicables localement.**

CHAPITRE II. – ADAPTATION DU LIVRE PREMIER

Art. 722-1. – **Le 7° de l'article 132-45 est rédigé comme suit :**

7° S'abstenir de conduire certains véhicules terrestres pour la conduite desquels un permis est nécessaire.

CHAPITRE III. – ADAPTATION DU LIVRE DEUXIÈME

Art. 723-1. – **Le premier alinéa de l'article 223-8 est rédigé comme suit :**

Le fait de pratiquer ou de faire pratiquer sur une personne une** (L. n° 2012-300, 5 mars 2012) « **recherche impliquant la personne humaine** » **sans avoir recueilli le consentement libre, éclairé et exprès de l'intéressé, des titulaires de l'autorité parentale ou du tuteur est puni de trois ans d'emprisonnement et de 45 000 € d'amende.

Art. 723-2 *(Abr., L. n° 2001-588, 4 juill. 2001).*

Art. 723-3. – **Les 2° et 3° de l'article 225-3 sont rédigés comme suit :**

2° Aux discriminations fondées sur l'état de santé ou le handicap, lorsqu'elles consistent en un refus d'embauche ou un licenciement fondé sur l'inaptitude médicalement constatée dans le cadre des dispositions relatives à la médecine du travail ou à la fonction publique applicables localement ;

3° Aux discriminations fondées, en matière d'embauche, sur le sexe lorsque l'appartenance à l'un ou l'autre sexe constitue, conformément aux dispositions applicables localement en matière de droit du travail ou de droit de la fonction publique, la condition déterminante de l'exercice d'un emploi ou d'une activité professionnelle.

Art. 723-4. – **L'article 226-25 est rédigé comme suit :**

Art. 226-25. – Le fait de procéder à l'étude des caractéristiques génétiques d'une personne à des fins médicales sans avoir préalablement recueilli son consentement par écrit est puni d'un an d'emprisonnement et de 15 000 € d'amende.

Les dispositions de l'alinéa précédent ne sont pas applicables :

1° Lorsque l'étude est réalisée dans le cadre d'une procédure judiciaire ;

2° Ou lorsque, à titre exceptionnel, dans l'intérêt de la personne et le respect de sa confiance, le consentement de celle-ci n'est pas recueilli.

Art. 723-5 *(Rempl., L. n° 2011-267, 14 mars 2011).* – **L'article 226-27 est ainsi rédigé :**

Art. 226-27. – Le fait de procéder, sans avoir recueilli le consentement de la personne dans les conditions prévues par l'article 16-11 du Code civil, à son identification par ses empreintes génétiques à des fins médicales ou de recherche scientifique ou au prélèvement de ses traces biologiques à titre d'ascendant, descendant ou collatéral aux fins de l'établissement, par ses empreintes génétiques, de l'identité d'une personne mentionnée au 3° du même article, est puni d'un an d'emprisonnement et de 15 000 € d'amende.

L'alinéa précédent n'est pas applicable :

1° Lorsque l'étude est réalisée dans le cadre d'une procédure judiciaire ;

2° Ou lorsque, à titre exceptionnel, dans l'intérêt de la personne et le respect de sa confiance, le consentement de celle-ci n'est pas recueilli.

Art. 723-6 *(Rempl., L. n° 2011-267, 14 mars 2011).* – **L'article 226-28 est ainsi rédigé :**

Art. 226-28. – Le fait de rechercher l'identification par ses empreintes génétiques d'une personne en dehors des cas prévus à l'article 16-11 du Code civil est puni d'un an d'emprisonnement et de 15 000 € d'amende.

Est puni des mêmes peines le fait de divulguer des informations relatives à l'identification d'une personne par ses empreintes génétiques ou de procéder à l'identification d'une personne par ses empreintes génétiques sans être titulaire de l'agrément prévu à l'article L. 1131-3 du Code de la santé publique.

CHAPITRE IV. – ADAPTATION DU LIVRE TROISIÈME

Art. 724-1 *(Rempl., L. n° 2008-696, 15 juill. 2008)*. – Les quatre premiers alinéas de l'article 322-3-1 sont remplacés par un alinéa ainsi rédigé :

La destruction, la dégradation ou la détérioration est punie d'une peine de sept ans d'emprisonnement et de 100 000 € d'amende lorsqu'elle porte sur un immeuble ou un objet mobilier classé, inscrit ou protégé en vertu de la réglementation applicable localement, une découverte archéologique faite au cours de fouilles ou fortuitement, un terrain contenant des vestiges archéologiques ou un objet conservé ou déposé dans des musées, bibliothèques ou archives appartenant à une personne publique, chargée d'un service public ou reconnue d'utilité publique.

CHAPITRE V. – ADAPTATION DU LIVRE QUATRIÈME

Art. 725-1. – Le 3° de l'article 421-1 est rédigé comme suit :

3° La fabrication ou la détention de machines, engins meurtriers ou explosifs définies à l'article 3 de la loi du 19 juin 1871 qui abroge le décret du 4 septembre 1870 sur la fabrication des armes de guerre ;

– la production, la vente, l'importation ou l'exportation de substances explosives en infraction à la réglementation applicable localement ;

– l'acquisition, la détention, le transport ou le port illégitimes de substances explosives ou d'engins fabriqués à l'aide desdites substances en infraction à la réglementation applicable localement ;

– la détention, le port ou le transport d'armes et de munitions en infraction à la réglementation applicable localement ;

– les infractions définies aux articles 1er et 4 de la loi n° 72-467 du 9 juin 1972 interdisant la mise au point, la fabrication, la détention, le stockage, l'acquisition et la cession d'armes biologiques ou à base de toxines.

Art. 725-2. – Le deuxième alinéa de l'article 432-9 est rédigé comme suit :

Est puni des mêmes peines le fait, par une personne visée à l'alinéa précédent ou un agent d'un exploitant de réseau de télécommunications autorisé en vertu de la réglementation applicable localement en matière de postes et télécommunications ou d'un fournisseur de services de télécommunications, agissant dans l'exercice de ses fonctions, d'ordonner, de commettre ou de faciliter, hors les cas prévus par la loi, l'interception ou le détournement des correspondances émises, transmises ou reçues par la voie des télécommunications, l'utilisation ou la divulgation de leur contenu.

Art. 725-3. – Le dernier alinéa de l'article 432-12 est rédigé comme suit :

Pour l'application des trois alinéas qui précèdent, la commune est représentée dans les conditions prévues à l'article L. 122-12 du Code des communes tel qu'il a été rendu applicable localement et le maire, l'adjoint ou le conseiller municipal intéressé doit s'abstenir de participer à la délibération du conseil municipal relative à la conclusion ou à l'approbation du contrat. En outre, par dérogation au deuxième alinéa de l'article L. 121-15 du Code des communes tel qu'il a été rendu applicable localement, le conseil municipal ne peut décider de se réunir à huis clos.

Art. 725-4. – Le quatrième alinéa de l'article 432-13 est rédigé comme suit :

Ces dispositions sont applicables aux agents des établissements publics, des entreprises nationalisées, des sociétés d'économie mixte dans lesquelles l'État ou les collectivités publiques détiennent directement ou indirectement plus de 50 % du capital et des exploitants publics intervenant dans le fonctionnement du service public de la poste et des télécommunications.

Art. 725-5 *(Abr., Ord. n° 2010-590, 3 juin 2010)*.

Art. 725-6. – L'article 443-3 est rédigé comme suit :

Art. 443-3. – Sont punis d'un an d'emprisonnement et de 15 000 € d'amende, la fabrication, la vente, le transport ou la distribution de tous objets, imprimés ou formules qui présentent, avec les titres ou autres valeurs fiduciaires émises par l'État, les collectivités locales, les établissements publics ou les exploitants publics intervenant dans le fonctionnement du service public de la poste et des télécommunications, une ressemblance de nature à faciliter l'acceptation desdits objets, imprimés ou formules aux lieu et place des valeurs imitées.

CHAPITRE VI. – ADAPTATION DU LIVRE CINQUIÈME

Art. 726-1. – L'article 511-3 est ainsi rédigé :

***Art. 511-3.** – Le fait de prélever un organe sur une personne vivante majeure sans avoir recueilli son consentement ou sans l'avoir préalablement éclairée sur les risques et les conséquences de l'acte est puni de sept ans d'emprisonnement et de 100 000 € d'amende.*

Est puni des mêmes peines le fait de prélever un organe sur un donneur vivant mineur ou sur un donneur vivant majeur faisant l'objet d'une mesure de protection légale. Toutefois, un prélèvement de moelle osseuse sur un mineur au profit de son frère ou de sa sœur peut être autorisé par un comité médical constitué dans les conditions fixées par la réglementation applicable localement, sous réserve du consentement de chacun des titulaires de l'autorité parentale ou du représentant légal du mineur.

(Mod., Ord. n° 2019-964, 18 sept. 2019) Les consentements prévus aux alinéas précédents sont exprimés devant le président du tribunal judiciaire ou le magistrat désigné par lui. Ils peuvent être révoqués sans forme à tout moment.

En cas d'urgence, le consentement est recueilli par tout moyen par le procureur de la République.

Le comité médical s'assure que le mineur a été informé du prélèvement envisagé en vue d'exprimer sa volonté, si celui-ci y est apte. Le refus du mineur fait obstacle au prélèvement.

Art. 726-2. – Le deuxième alinéa de l'article 511-5 est ainsi rédigé :

***Art. 511-5.** – Est puni des mêmes peines le fait de prélever un tissu ou des cellules ou de collecter un produit sur une personne vivante mineure ou sur une personne vivante majeure faisant l'objet d'une mesure de protection légale.*

Art. 726-3. – L'article 511-7 est ainsi rédigé :

***Art. 511-7.** – Le fait de procéder à des prélèvements d'organes ou des transplantations d'organes, à des prélèvements ou des greffes de tissus, à la conservation ou à la transformation de tissus ou à la greffe de cellules (L. n° 96-1240, 30 déc. 1996) hors d'un établissement autorisé à cet effet est puni de deux ans d'emprisonnement et de 30 000 € d'amende.*

Art. 726-4. – L'article 511-8 est ainsi rédigé :

***Art. 511-8.** – Le fait de procéder à la distribution ou à la cession d'organes, de tissus, de cellules et produits humains en vue d'un don sans qu'aient été respectées les règles de sécurité sanitaires exigées par les dispositions applicables localement (L. n° 96-1240, 30 déc. 1996) « ... » est puni de deux ans d'emprisonnement et de 30 000 € d'amende.*

Art. 726-5. – L'article 511-11 est ainsi rédigé :

***Art. 511-11.** – Le fait de recueillir ou de prélever des gamètes sur une personne vivante en vue d'une assistance médicale à la procréation sans procéder aux tests de dépistage des maladies transmissibles exigés en vertu de la réglementation applicable localement est puni de deux ans d'emprisonnement et de 30 000 € d'amende.*

Art. 726-6. – L'article 511-12 est ainsi rédigé :

***Art. 511-12.** – Le fait de procéder à une insémination artificielle par sperme frais ou mélange de sperme provenant de dons est puni de deux ans d'emprisonnement et de 30 000 € d'amende.*

Art. 726-7. – L'article 511-13 est ainsi rédigé :

***Art. 511-13.** – Le fait de subordonner le bénéfice d'un don de gamètes à la désignation par le couple receveur d'une personne ayant volontairement accepté de procéder à un tel don en faveur d'un couple tiers anonyme est puni de deux ans d'emprisonnement et de 30 000 € d'amende.*

Art. 726-8. – L'article 511-14 est ainsi rédigé :

***Art. 511-14.** – Le fait de procéder à des activités de recueil, de traitement, de conservation et de cession de gamètes provenant de dons hors d'un établissement ou organisme à but non lucratif autorisé à cet effet est puni de deux ans d'emprisonnement et de 30 000 € d'amende.*

Art. 726-9. – L'article 511-16 est ainsi rédigé :

***Art. 511-16.** – Le fait d'obtenir des embryons humains sans autorisation préalable de l'autorité judiciaire est puni de sept ans d'emprisonnement et de 100 000 € d'amende. L'autorité judiciaire ne peut délivrer une telle* *autorisation qu'à titre exceptionnel, au vu du consentement écrit du couple à l'origine de la conception ou, si l'un des membres du couple est décédé, du membre survivant, et après avoir vérifié que l'acte ne tombe pas sous le coup des dispositions de l'article 511-24 et que le couple receveur offre des garanties d'accueil satisfaisantes à l'enfant à naître.*

Est également puni d'une peine de sept ans d'emprisonnement et de 100 000 € d'amende le fait d'obtenir un embryon humain :

– si l'anonymat entre le couple accueillant l'embryon et celui y ayant renoncé n'est pas respecté ;

– ou si le couple accueillant l'embryon ne se trouve pas dans une situation où l'assistance médicale à la procréation sans recours à un tiers donneur ne peut aboutir.

Art. 726-10. – L'article 511-19 est ainsi rédigé :

Art. 511-19. – Est puni de sept ans d'emprisonnement et de 100 000 € d'amende le fait de procéder à une étude ou à une expérimentation sur l'embryon.

L'alinéa précédent n'est pas applicable à une étude réalisée, à titre exceptionnel, à des fins médicales à condition qu'elle ne porte pas atteinte à l'embryon et qu'elle concerne l'embryon issu d'un couple ayant donné son consentement par écrit (L. n° 96-1240, 30 déc. 1996), après avis conforme d'une commission constituée dans les conditions fixées par décret en Conseil d'État.

Art. 726-11. – L'article 511-20 est ainsi rédigé :

Art. 511-20. – Le fait de procéder au diagnostic prénatal hors d'un établissement autorisé à cet effet est puni de deux ans d'emprisonnement et de 30 000 € d'amende.

Art. 726-12. – L'article 511-21 est ainsi rédigé :

Art. 511-21. – Le fait de procéder à un diagnostic préimplantatoire sans que soit attestée, par un médecin exerçant son activité dans un établissement mentionné à l'article 511-20, la forte probabilité, pour le couple, de donner naissance à un enfant atteint d'une maladie génétique (L. n° 96-1240, 30 déc. 1996) d'une particulière gravité reconnue comme incurable au moment du diagnostic, est puni de deux ans d'emprisonnement et de 30 000 € d'amende.

Est puni des mêmes peines le fait de procéder à un diagnostic préimplantatoire :

1° Sans avoir recueilli par écrit le consentement des deux membres du couple ;

2° Ou à d'autres fins que de rechercher l'affection, de la prévenir et de la traiter ;

3° Ou hors d'un établissement autorisé à cet effet.

Art. 726-13. – L'article 511-22 est ainsi rédigé :

Art. 511-22. – Le fait de procéder à des activités d'assistance médicale à la procréation hors d'un établissement autorisé à cet effet est puni de deux ans d'emprisonnement et de 30 000 € d'amende.

Art. 726-14. – L'article 511-24 est ainsi rédigé :

Art. 511-24. – Est puni de cinq ans d'emprisonnement et de 75 000 € d'amende le fait de procéder à des activités d'assistance médicale à la procréation lorsque celles-ci ne répondent pas à la demande parentale d'un couple ou lorsque le couple bénéficiaire n'est pas composé d'un homme et d'une femme vivants, en âge de procréer, mariés ou en mesure d'apporter la preuve d'une vie commune d'au moins deux ans et ayant préalablement consenti au transfert des embryons ou à l'insémination artificielle.

Est puni des mêmes peines le fait de procéder à des activités d'assistance médicale (L. n° 96-1240, 30 déc. 1996) à la procréation en vue d'un objet autre que de remédier à une infertilité dont le caractère pathologique a été médicalement diagnostiqué ou d'éviter la transmission à un enfant d'une maladie d'une particulière gravité.

Art. 726-15. – L'article 511-25 est ainsi rédigé :

Art. 511-25. – Le fait de procéder au transfert d'un embryon sans avoir pris connaissance des résultats des tests de dépistage de maladies infectieuses exigés en application des dispositions en vigueur localement (L. n° 96-1240, 30 déc. 1996) est puni de deux ans d'emprisonnement et de 30 000 € d'amende.

CHAPITRE VII. – DISPOSITIONS DIVERSES

Art. 727-1 *(Abr., L. n° 2011-525, 17 mai 2011).*

Art. 727-2. – Le fait, en diffusant, par quelque moyen que ce soit, des informations mensongères ou calomnieuses, en jetant sur le marché des offres destinées à troubler les cours ou des sur-offres faites aux prix demandés par les vendeurs, ou en utilisant tout autre moyen frauduleux, d'opérer ou de tenter d'opérer la hausse ou la baisse artificielle du prix de biens ou de services ou d'effets publics ou privés est puni de deux ans d'emprisonnement et de 30 000 € d'amende.

Lorsque la hausse ou la baisse artificielle des prix concerne des produits alimentaires, la peine est portée à trois ans d'emprisonnement et 45 000 € d'amende.

Les personnes physiques coupables des infractions prévues au présent article encourent également les peines complémentaires suivantes :

1° L'interdiction des droits civiques, civils et de famille, suivant les modalités prévues par l'article 131-26 ;

2° L'affichage ou la diffusion de la décision prononcée dans les conditions prévues par l'article 131-35.

Art. 727-3 *(Mod., L. n° 2009-526, 12 mai 2009).* – Les personnes morales déclarées responsables pénalement, dans les conditions prévues par l'article 121-2, des infractions définies aux deux premiers alinéas de l'article 727-2 encourent, outre l'amende suivant les modalités prévues par l'article 131-38, les peines prévues par les 2° à 6° et 9° de l'article 131-39.

L'interdiction mentionnée au 2° de l'article 131-39 porte sur l'activité dans l'exercice ou à l'occasion de l'exercice de laquelle l'infraction a été commise.

PARTIE RÉGLEMENTAIRE

Livre premier	- Dispositions générales	983
Livre deuxième	- Des crimes et délits contre les personnes	993
Livre troisième	- Des crimes et délits contre les biens	1001
Livre quatrième	- Des crimes et délits contre la Nation, l'État et la paix publique	1005
Livre cinquième	- Des autres crimes et délits	1009
Livre sixième	- Des contraventions	1013
Livre septième	- Dispositions relatives à l'outre-mer	1043

DÉCRETS EN CONSEIL D'ÉTAT

(D. n° 93-726, 29 mars 1993)

LIVRE PREMIER

DISPOSITIONS GÉNÉRALES

TITRE PREMIER. – DE LA LOI PÉNALE

Néant.

TITRE II. – DE LA RESPONSABILITÉ PÉNALE

Néant.

TITRE III. – DES PEINES

CHAPITRE I. – DE LA NATURE DES PEINES

Section I. – Des peines applicables aux personnes physiques

Sous-section 1. – De la suspension du permis de conduire, de l'interdiction de conduire certains véhicules, de l'immobilisation du véhicule et de l'obligation d'accomplir un stage de sensibilisation à la sécurité routière

(D. n° 2003-642, 11 juill. 2003)

§ 1. – De la suspension du permis de conduire

Art. R. 131-1. – La juridiction qui prononce une suspension du permis de conduire en limitant cette suspension à la conduite en dehors de l'activité professionnelle définit dans sa décision la nature de cette activité et fixe les diverses conditions, notamment de lieu et de temps, auxquelles l'usage du droit de conduire est subordonné ainsi que, le cas échéant, la ou les catégories de véhicules dont la conduite est autorisée.

Art. R. 131-2. – L'agent de l'autorité chargé de l'exécution de la décision prononçant la suspension du permis de conduire limitée à la conduite en dehors de l'activité professionnelle remet au condamné, en échange de son permis suspendu, un certificat établi par le greffier de la juridiction. Ce certificat mentionne :

1° La date de la décision, la juridiction qui l'a prononcée et la durée de la suspension du permis de conduire ;

2° Les nom, prénoms, date et lieu de naissance et domicile de l'intéressé ;

3° Les références du permis de conduire ainsi que les diverses indications qui y sont portées, y compris éventuellement les limitations et restrictions de validité qu'il comporte ;

4° L'activité professionnelle en vue de laquelle la conduite est autorisée, les diverses conditions, notamment de lieu et de temps, auxquelles cette autorisation est subordonnée et, le cas échéant, la ou les catégories de véhicules dont la conduite est autorisée.

Le certificat doit comporter, en outre, une photographie récente du condamné et indiquer qu'il vaut, notamment au regard de l'article R. 123 du Code de la route, justification du droit de conduire, lorsque sont respectées les conditions fixées par la juridiction.

À l'issue de la période de suspension, le permis de conduire est restitué au condamné par le greffier de la juridiction contre remise du certificat.

§ 2. – De l'interdiction de conduire certains véhicules ou des véhicules non équipés d'un éthylotest électronique antidémarrage

(Mod., D. n° 2011-1048, 5 sept. 2011)

Art. R. 131-3. – La juridiction qui prononce une interdiction temporaire de conduire certains véhicules définit dans sa décision la ou les catégories de véhicules dont la conduite est interdite et la durée de cette interdiction.

Art. R. 131-4 *(D. n° 2017-198, 16 févr. 2017)*. – Lorsque le condamné est titulaire d'un permis de conduire, l'agent de l'autorité chargé de l'exécution de la décision lui remet, en échange de ce permis, un certificat établi par le greffier de la juridiction. Ce certificat mentionne :

1° La date de la décision, la juridiction qui l'a prononcée et la durée de l'interdiction de conduire ;

2° Les nom, prénoms, date et lieu de naissance, profession et domicile de l'intéressé ;

3° Les références du permis de conduire ainsi que les diverses indications qui y sont portées, y compris éventuellement les limitations et restrictions de validité qu'il comporte ;

4° La ou les catégories de véhicules pour lesquelles le permis de conduire cesse d'être valable.

Le certificat doit comporter, en outre, une photographie récente du condamné et indiquer qu'il vaut, notamment au regard des articles R. 221-1-1 à R. 221-3 du nouveau Code de la route, justification du droit de conduire, à l'exception de la ou des catégories de véhicules pour lesquelles la juridiction a prononcé l'interdiction de conduire.

À l'issue de la période d'interdiction, le permis de conduire est restitué au condamné par le greffier de la juridiction contre remise du certificat.

Art. R. 131-4-1 *(D. n° 2011-1048, 5 sept. 2011)*. – Lorsqu'est prononcée la peine d'interdiction de conduire un véhicule qui ne soit pas équipé par un professionnel agrée ou par construction d'un dispositif homologué d'antidémarrage par éthylotest électronique, les dispositions de l'article R. 131-4 sont applicables, à l'exception du 4°.

Le certificat remis au condamné mentionne que celui-ci n'est autorisé à conduire qu'un véhicule équipé du dispositif prévu au premier alinéa. Il indique que, lorsque l'intéressé conduit un véhicule, il doit être en mesure de présenter, à toute réquisition de l'autorité publique, les documents mentionnés au 5° de l'article R. 233-1 du Code de la route.

Le certificat comporte le rappel des dispositions des articles L. 234-16 et R. 234-5 du même code.

Lorsque la peine mentionnée au premier alinéa est prononcée en même temps que celle d'annulation ou de suspension du permis de conduire, ce certificat n'est remis à la personne qu'à l'issue de l'exécution de celle-ci.

§ 3. – De l'immobilisation de véhicule

Art. R. 131-5. – L'agent de l'autorité chargé de l'exécution de la décision de justice prononçant une immobilisation de véhicule est un officier de police judiciaire ou, sous l'autorité de celui-ci, un agent de police judiciaire.

Art. R. 131-6. – L'agent de l'autorité met en demeure le condamné de présenter son véhicule aux date et lieu qu'il fixe.

Art. R. 131-7. – L'immobilisation du véhicule est exécutée dans un local dont le condamné à la libre disposition dans le département de sa résidence. À défaut, elle est exécutée dans un lieu désigné par l'agent de l'autorité.

Le condamné remet à l'agent de l'autorité le certificat d'immatriculation du véhicule immobilisé.

Un procès-verbal est dressé sur-le-champ, qui mentionne la date de la condamnation et la juridiction qui l'a prononcée, la durée de l'immobilisation, les nom, prénoms, date et lieu de naissance et domicile de l'intéressé, les date, heure et lieu d'immobilisation, les éléments d'identification du véhicule et son kilométrage.

Art. R. 131-8. – Pendant l'exécution de la peine, le véhicule est placé sous scellés et, en tant que de besoin, immobilisé par un moyen technique.

Art. R. 131-9. – L'agent de l'autorité a le droit d'accéder au lieu d'immobilisation du véhicule.

Il rend compte au procureur de la République de tout incident d'exécution.

Art. R. 131-10. – L'immobilisation cesse et le certificat d'immatriculation est restitué dès la fin de la peine.

Art. R. 131-10-1 *(D. n° 2005-320, 30 mars 2005).* – Lorsque la peine d'immobilisation concerne un véhicule déjà immobilisé et mis en fourrière en application des dispositions de l'article L. 325-1-1 du Code de la route, l'immobilisation effectuée en application de cet article s'impute sur la durée de la peine.

Art. R. 131-11. – L'immobilisation d'un véhicule ne fait obstacle ni aux saisies ou confiscations ordonnées par l'autorité judiciaire ni à l'action du créancier qui disposerait d'un droit réel constitué antérieurement au prononcé de la décision de condamnation.

§ 4. – De l'obligation d'accomplir un stage de sensibilisation à la sécurité routière

(D. n° 2003-642, 11 juill. 2003)

Art. R. 131-11-1 *(D. n° 2003-642, 11 juill. 2003 ; mod., D. n° 2014-1295, 31 oct. 2014 ; D. n° 2016-1709, 12 déc. 2016 ; mod. à compter du 24 mars 2020, D. n° 2020-128, 18 févr. 2020).* – Le stage de sensibilisation à la sécurité routière prévu par le 2° de l'article 131-5-1 est dispensé, dans les conditions fixées par les articles R. 223-5 à R. 223-13 du Code de la route, par les personnes agréées selon les modalités définies par ces articles, sauf lorsque ces stages ont été mis en place conformément aux dispositions des articles R. 131-35 à R. 131-44.

Art. R*. 131-11-2 *(Créé, D. n° 2021-1743, 22 déc. 2021).* – Nonobstant les dispositions du décret n° 2004-374 du 29 avril 2004 relatif aux pouvoirs des préfets, à l'organisation et à l'action des services de l'État dans les régions et départements, l'habilitation prévue au premier alinéa de l'article 131-8 est délivrée par le directeur du service pénitentiaire d'insertion et de probation du département dans lequel le demandeur envisage de mettre en œuvre des travaux d'intérêt général.

Sous-section 2. – Du travail d'intérêt général

Voir : art. 131-22 et s., p. 215.

Art. R. 131-12 *(D. n° 2007-1388, 26 sept. 2007 ; mod. à compter du 1er novembre 2021, D. n° 2021-631, 21 mai 2021 ; D. n° 2021-1743, 22 déc. 2021 ; mod. à compter du 1er mai 2022, D. n° 2022–479, 30 mars 2022).* – Les modalités d'habilitation des personnes morales à mettre en œuvre des travaux d'intérêt général, d'établissement de la liste des travaux d'intérêt général et d'exécution du travail d'intérêt général sont déterminées par les dispositions des articles R*. 623-1 à R. 623-23 du Code pénitentiaire.

§ 1. – Des modalités d'habilitation des personnes morales et d'établissement de la liste des travaux d'intérêt général
(Abr. à compter du 1er mai 2022, D. n° 2022-479, 30 mars 2022)

a) Des modalités d'habilitation des personnes morales

Rédaction antérieure. Art. R. 131-13 ***(Rempl., D. n° 2010-671, 18 juin 2010 ; mod., D. n° 2018-329, 3 mai 2018 ; D. n° 2021-1743, 22 déc. 2021).*** **–** Le directeur du service pénitentiaire d'insertion et de probation procède à toutes diligences qu'il juge utiles. Il sollicite par voie dématérialisée l'avis du procureur de la République, du juge de l'application des peines et du préfet sur la demande d'habilitation, en leur communiquant les éléments d'information qu'il a recueillis.

Au vu des avis recueillis ou un mois au plus tôt après les avoir sollicités, le directeur du service pénitentiaire d'insertion et de probation se prononce sur la demande d'habilitation.

Le directeur du service pénitentiaire d'insertion et de probation communique par voie dématérialisée sa décision d'habilitation à la structure d'accueil, au président du tribunal judiciaire, au juge de l'application des peines, au procureur de la République et au préfet.

L'habilitation accordée est valable pour une durée de cinq ans. Le directeur du service pénitentiaire d'insertion et de probation peut la renouveler après avoir, si nécessaire, sollicité la mise à jour des pièces mentionnées à l'article R. 131-12 et des avis mentionnés au premier alinéa.

Rédaction antérieure. Art. R. 131-14 ***(Abr., D. n° 2010-671, 18 juin 2010).***

Rédaction antérieure. Art. R. 131-15 ***(Mod., D. n° 2007-1388, 26 sept. 2007 ; D. n° 2021-1743, 22 déc. 2021).*** **–** La personne morale habilitée porte à la connaissance du directeur du service pénitentiaire d'insertion et de probation de son département toute modification de l'un des éléments mentionnés à l'article R. 131-12.

Rédaction antérieure. Art. R. 131-16 ***(Mod., D. n° 2010-671, 18 juin 2010 ; mod. à compter du 1er novembre 2021, D. n° 2021-631, 21 mai 2021 ; D. n° 2021-1743, 22 déc. 2021).*** **–** Le directeur du service pénitentiaire d'insertion et de probation du département dans lequel est situé un organisme habilité peut procéder au retrait de son habilitation. À cette fin, il sollicite par voie dématérialisée les avis du juge de l'application des peines, du procureur de la République du ressort concerné et du préfet du département concerné. Il joint à la demande d'avis toutes pièces utiles ainsi que les observations du représentant de la personne morale concernée.

Il prend sa décision au vu des avis recueillis ou un mois au plus tôt après avoir sollicité ceux-ci. Il notifie sa décision par voie dématérialisée à la structure d'accueil, au président du tribunal judiciaire, au juge de l'application des peines, au procureur de la République et au préfet.

Rédaction antérieure. Art. R. 131-16-1 ***(D. n° 2011-1310, 17 oct. 2011 ; mod. à compter du 1er novembre 2021, D. n° 2021-631, 21 mai 2021).*** **–** Par dérogation aux articles R. 131-12 à R. 131-16, l'habilitation peut être délivrée par le ministre de la Justice lorsqu'il s'agit d'une association ou d'une personne morale de droit privé chargée d'une mission de service public exerçant ou ayant vocation à exercer son activité sur l'ensemble du territoire national.

Pour les associations, la demande d'habilitation comporte la copie du *Journal officiel* portant publication de la déclaration de l'association, un exemplaire des statuts, ainsi que l'identité de ses dirigeants.

Pour les personnes morales de droit privé chargées d'une mission de service public, la demande comporte la copie des statuts de la personne morale ainsi que le numéro unique d'identification.

La personne morale habilitée porte à la connaissance du ministre de la Justice toute modification de l'un des éléments mentionnés aux deux alinéas précédents.

Les habilitations sont accordées pour une durée de cinq ans et pour l'ensemble du territoire national.

La liste des personnes morales habilitées est fixée par arrêté du ministre de la Justice.

b) De l'établissement de la liste des travaux d'intérêt général

Rédaction antérieure. Art. R. 131-17 ***(Mod., D. n° 2007-1388, 26 sept. 2007 ; D. n° 2010-671, 18 juin 2010 ; D. n° 2021-1743, 22 déc. 2021).*** **–** Les collectivités publiques, les établissements publics, les personnes morales de droit privé chargées d'une mission de service public et les associations qui désirent faire inscrire des travaux d'intérêt général sur la liste prévue par l'article 131-36 en font la demande au directeur du service pénitentiaire d'insertion et de probation du département dans lequel ils envisagent de faire exécuter ces travaux.

Pour les collectivités publiques et les établissements publics, la demande mentionne les nom, prénoms, date et lieu de naissance ainsi que les fonctions des représentants qualifiés.

Pour les personnes morales de droit privé qui ne sont pas encore habilitées, la demande prévue par le premier alinéa du présent article est jointe à la demande d'habilitation. Pour les associations déjà habilitées, elle comporte mention de la date de cette habilitation sans qu'il soit nécessaire de demander une nouvelle habilitation.

À la demande est annexée une note indiquant la nature et les modalités d'exécution des travaux proposés, les nom, prénoms, date et lieu de naissance et qualité des responsables du poste de travail ainsi que le nombre de postes de travail susceptibles d'être offerts.

Rédaction antérieure. Art. R. 131-18 ***(Mod., D. n° 2010-671, 18 juin 2010 ; D. n° 2018-329, 3 mai 2018 ; D. n° 2021-1743, 22 déc. 2021).*** **–** Le directeur du service pénitentiaire d'insertion et de probation procède à toutes diligences et consultations utiles. À cette fin, il peut notamment adresser par voie dématérialisée copie de la demande au préfet.

Rédaction antérieure. Art. R. 131-19 *(Mod., D. n° 2010-671, 18 juin 2010 ; D. n° 2021-1743, 22 déc. 2021).* **–** Après que le procureur de la République et le juge de l'application des peines ont donné leur avis par voie dématérialisée ou dix jours au plus tôt après la date à laquelle ils ont été saisis, le directeur du service pénitentiaire d'insertion et de probation prend sa décision en tenant compte de l'utilité sociale des travaux proposés et des perspectives d'insertion sociale ou professionnelle qu'ils offrent aux condamnés. Il communique sa décision au procureur de la République, au juge de l'application des peines et au préfet.

Rédaction antérieure. Art. R. 131-20 *(Mod., D. n° 2021-1743, 22 déc. 2021).* **–** La radiation d'un poste de travail inscrit sur la liste peut être décidée selon la procédure prévue par l'article R. 131-19.

La suspension d'un poste de travail peut être décidée à titre provisoire par voie dématérialisée soit par le directeur du service pénitentiaire d'insertion et de probation soit par la structure d'accueil.

c) Dispositions diverses

Rédaction antérieure. Art. R. 131-21 *(Mod., D. n° 2010-671, 18 juin 2010 ; abr., D. n° 2021-1743, 22 déc. 2021).*

Rédaction antérieure. Art. R. 131-22 *(Abr., D. n° 2021-1743, 22 déc. 2021).*

§ 2. – De l'exécution du travail d'intérêt général

(Abr. à compter du 1er mai 2022, D. n° 2022–479, 30 mars 2022)

a) De la décision du juge de l'application des peines fixant les modalités d'exécution du travail d'intérêt général

Rédaction antérieure. Art. R. 131-23 *(Mod., D. n° 2021-1743, 22 déc. 2021).* **–** Le directeur du service pénitentiaire d'insertion et de probation ou son représentant fixe, sauf décision par laquelle le juge de l'application des peines conserve sa compétence, les modalités d'exécution du travail d'intérêt général, qui peut prendre une forme individuelle, pédagogique ou collective.

Sa décision précise :

1° L'organisme au profit duquel le travail sera accompli ;

2° Le travail ou les travaux que le condamné accomplira ;

3° Les horaires de travail.

La décision prise en application du présent article peut être modifiée à tout moment.

Rédaction antérieure. Art. R. 131-24 *(Mod., D. n° 2021-1743, 22 déc. 2021).* **–** Le directeur du service pénitentiaire d'insertion et de probation choisit un travail d'intérêt général parmi ceux inscrits sur la liste de son département ou, avec l'accord du directeur du service pénitentiaire d'insertion et de probation ou de son représentant territorialement compétent, sur la liste d'un autre département.

Rédaction antérieure. Art. R. 131-25. **–** Lorsqu'un condamné exerce une activité salariée, la durée hebdomadaire cumulée de cette activité et du travail d'intérêt général ne peut excéder de plus de douze heures, la durée légale du travail.

Rédaction antérieure. Art. R. 131-26. **–** La durée du travail d'intérêt général n'inclut pas les délais de route et le temps des repas.

Rédaction antérieure. Art. R. 131-27 *(Mod., D. n° 2021-1743, 22 déc. 2021).* **–** Le directeur du service pénitentiaire d'insertion et de probation notifie sa décision à la personne condamnée et à l'organisme au profit duquel le travail d'intérêt général sera accompli. Il en informe par voie dématérialisée le procureur de la République et le juge de l'application des peines.

Rédaction antérieure. Art. R. 131-28 *(Mod., D. n° 2021-1743, 22 déc. 2021).* **–** Avant d'exécuter sa peine de travail d'intérêt général, la personne condamnée est soumise à un examen médical lorsque :

1° La personne est mineure ;

2° La personne est en situation de handicap ;

3° La personne est enceinte ;

4° Le travail d'intérêt général s'effectue de nuit au sens du Code du travail ;

5° Le travail d'intérêt général s'effectue sur un poste présentant des risques particuliers au sens de l'article R. 4624-23 du Code du travail ;

6° Le travail d'intérêt général s'effectue dans un établissement ou organisme public ou privé de prévention ou de soins visé à l'article L. 3111-4 du Code de la santé publique et l'expose à un risque de contamination.

Cet examen médical a pour but de s'assurer que la personne condamnée est médicalement apte au travail auquel le directeur du service pénitentiaire d'insertion et de probation envisage de l'affecter.

Si le travail doit s'exercer dans un établissement ou organisme public ou privé de prévention ou de soins visé à l'article L. 3111-4 du Code de la santé publique et expose la personne condamnée à des risques de contamination, l'examen médical doit permettre de s'assurer qu'elle est immunisée contre les maladies mentionnées à cet article.

Si le directeur du service pénitentiaire d'insertion et de probation l'estime nécessaire, il peut également solliciter un examen médical pour toute autre personne condamnée à une peine de travail d'intérêt général.

Lorsque la personne condamnée fait valoir son inaptitude au travail, il lui appartient de produire un certificat médical constatant cette inaptitude.

Rédaction antérieure. Art. R. 131-28-1 *(Créé, D. n° 2021-1743, 22 déc. 2021)*. – Lorsque le juge de l'application des peines décide d'exercer, à l'égard d'une personne condamnée à la peine de travail d'intérêt général, la compétence du directeur du service pénitentiaire d'insertion et de probation pour déterminer les modalités d'exécution de cette peine, il rend une ordonnance motivée qui est notifiée à la personne condamnée ainsi qu'au directeur du service pénitentiaire d'insertion et de probation.

Les attributions confiées au directeur du service pénitentiaire d'insertion et de probation par les articles R. 131-23 à R. 131-28 sont alors exercées par le juge de l'application des peines.

b) Du contrôle de l'exécution du travail d'intérêt général

Rédaction antérieure. Art. R. 131-29 *(Mod., D. n° 2021-1743, 22 déc. 2021)*. – Le juge de l'application des peines s'assure de l'exécution du travail d'intérêt général par l'intermédiaire d'un conseiller pénitentiaire d'insertion et de probation.

Le conseiller pénitentiaire d'insertion et de probation informe par voie dématérialisée le juge de l'application des peines des modalités d'exécution de la peine.

Rédaction antérieure. Art. R. 131-30 *(Mod., D. n° 2021-1743, 22 déc. 2021)*. – Pour chaque condamné, l'organisme au profit duquel le travail d'intérêt général est effectué fait connaître au conseiller pénitentiaire d'insertion et de probation l'encadrant technique désigné pour assurer la direction et le contrôle technique du travail.

Rédaction antérieure. Art. R. 131-31 *(Mod., D. n° 2021-1743, 22 déc. 2021)*. – Le conseiller pénitentiaire d'insertion et de probation s'assure de l'exécution du travail auprès du responsable du poste de travail. Il visite, le cas échéant, le condamné sur son lieu de travail.

Rédaction antérieure. Art. R. 131-32 *(Mod., D. n° 2021-1743, 22 déc. 2021)*. – Le responsable du poste informe sans délai le conseiller pénitentiaire d'insertion et de probation de toute violation de l'obligation de travail et de tout incident causé ou subi par le condamné à l'occasion de l'exécution de son travail.

Rédaction antérieure. Art. R. 131-33 *(Mod., D. n° 2021-1743, 22 déc. 2021)*. – En cas de danger immédiat pour le condamné ou pour autrui ou en cas de faute grave du condamné, le responsable du poste peut suspendre l'exécution du travail. Il en informe sans délai le conseiller pénitentiaire d'insertion et de probation.

Rédaction antérieure. Art. R. 131-34 *(Mod., D. n° 2021-1743, 22 déc. 2021)*. – L'organisme au profit duquel le travail d'intérêt général a été accompli délivre au conseiller pénitentiaire d'insertion et de probation ainsi qu'à la personne condamnée un document attestant que ce travail a été exécuté.

Sous-section 3. – De la peine de stage

(D. n° 2004-1021, 27 sept. 2004 ; intitulé mod. à compter du 24 mars 2020, D. n° 2020-128, 18 févr. 2020)

§ 1. – Objet et durée du stage

Art. R. 131-35 ***(D. n° 2004-1021, 27 sept. 2004 ; mod. à compter du 24 mars 2020, D. n° 2020-128, 18 févr. 2020)*. – Le contenu des stages prévus par l'article 131-5-1 est précisé par les dispositions du présent article.**

1° Le stage de citoyenneté a pour objet de rappeler au condamné les valeurs républicaines de tolérance et de respect de la dignité de la personne humaine et de lui faire prendre conscience de sa responsabilité pénale et civile ainsi que des devoirs qu'implique la vie en société. Il vise également à favoriser son insertion sociale. Lorsqu'il concerne une personne condamnée pour une infraction commise avec la circonstance aggravante prévue par l'article 132-76, il rappelle en outre à l'intéressé l'existence des crimes contre l'humanité, notamment ceux commis pendant la Seconde Guerre mondiale ;

2° Le stage de sensibilisation à la sécurité routière est destiné à éviter la réitération des comportements dangereux par les conducteurs ;

3° Le stage de sensibilisation aux dangers de l'usage de produits stupéfiants a pour objet de faire prendre conscience au condamné des conséquences dommageables pour la santé humaine et pour la société de l'usage de tels produits ;

4° Le stage de responsabilité parentale a pour objet de rappeler au condamné les obligations juridiques, économiques, sociales et morales qu'implique l'éducation d'un enfant ;

5° Le contenu du stage de responsabilisation pour la prévention et la lutte contre les violences au sein du couple et sexistes doit permettre de rappeler au condamné le principe républicain d'égalité entre les femmes et les hommes, la gravité des violences, quelle que soit leur forme, au sein du couple ou à caractère sexiste et, le cas échéant, le devoir de respect mutuel qu'implique la vie en couple. Il vise également à lui faire prendre conscience de sa responsabilité pénale et civile pour les faits commis ;

6° Le contenu du stage de sensibilisation à la lutte contre l'achat d'actes sexuels doit permettre de rappeler au condamné ce que sont les réalités de la prostitution et les conséquences de la marchandisation du corps. Il vise également à lui faire prendre conscience de sa responsabilité pénale et civile pour les faits commis ;

7° Le contenu du stage de lutte contre le sexisme et de sensibilisation à l'égalité entre les femmes et les hommes doit permettre au condamné de prendre conscience de la gravité des conséquences de toute forme de violence sexuelle ou sexiste dans l'espace public comme dans l'espace privé, notamment dans le monde du travail. Le stage a pour objet de favoriser la compréhension des interdits en soulignant le caractère discriminatoire et dégradant pour les victimes des comportements sexistes. Il comporte notamment des éléments sur l'histoire du mouvement d'émancipation des femmes et du principe républicain d'égalité.

Art. R. 131-36 *(D. n° 2004-1021, 27 sept. 2004 ; mod. à compter du 30 septembre 2021, D. n° 2021-682, 27 mai 2021). – (Mod. à compter du 24 mars 2020, D. n° 2020-128, 18 févr. 2020 ; mod. à compter du 1er novembre 2021, D. n° 2021-631, 21 mai 2021)* La durée du stage est fixée par la juridiction en tenant compte des obligations familiales, sociales ou professionnelles du condamné majeur.

La durée journalière de formation effective ne peut excéder six heures.

§ 2. – Organisation du stage
(D. n° 2004-1021, 27 sept. 2004)

Art. R. 131-37 *(D. n° 2004-1021, 27 sept. 2004 ; mod. D. n° 2015-1272, 13 oct. 2015 ; mod. à compter du 24 mars 2020, D. n° 2020-128, 18 févr. 2020 ; mod. à compter du 1er novembre 2021, D. n° 2021-631, 21 mai 2021 ; mod. à compter du 30 septembre 2021, D. n° 2021-682, 27 mai 2021).* – Le stage est organisé en sessions collectives, continues ou discontinues, composées d'un ou plusieurs modules de formation adaptés à la personnalité des condamnés et à la nature de l'infraction commise.

Les stages sont mis en œuvre sous le contrôle du délégué du procureur de la République du lieu d'exécution de la peine. Ils peuvent également être mis en œuvre sous le contrôle du service pénitentiaire d'insertion ou de probation.

Le contenu du stage fait l'objet d'un projet élaboré par la personne ou le service chargé de procéder au contrôle de sa mise en œuvre. Ce projet est validé par le procureur de la République après avis du président du tribunal judiciaire.

Art. R. 131-38 *(D. n° 2004-1021, 27 sept. 2004 ; mod. à compter du 24 mars 2020, D. n° 2020-128, 18 févr. 2020).* – Les modules du stage peuvent être élaborés avec le concours des collectivités territoriales et des établissements publics et, le cas échéant, de personnes morales de droit privé ou de personnes physiques participant à des missions d'intérêt général, notamment d'accès au droit.

Les modules du stage de sensibilisation aux dangers de l'usage de produits stupéfiants peuvent être élaborés avec le concours des personnes privées dont l'activité est d'assister ou d'aider les usagers de stupéfiants, telles que les associations de lutte contre la toxicomanie et le trafic de stupéfiants prévues à l'article 2-16 du Code de procédure pénale.

Les modules du stage de responsabilité parentale peuvent être élaborés avec le concours des personnes publiques ou privées mettant en œuvre les accompagnements parentaux prévus par l'article L. 141-1 du Code de l'action sociale et des familles.

Les modules de formation du stage de responsabilisation pour la prévention et la lutte contre les violences au sein du couple et sexistes peuvent être élaborés avec le concours des personnes publiques ou privées dont l'activité est d'assister ou d'aider les victimes.

Les modules de formation du stage de lutte contre le sexisme et de sensibilisation à l'égalité entre les femmes et les hommes peuvent être élaborés avec le concours des personnes publiques ou privées dont l'activité est d'assister ou d'aider les victimes de violences sexuelles et sexistes ou de harcèlement, telles que les associations prévues aux articles 2-2 et 2-6 du Code de procédure pénale.

Lorsqu'un module de formation est élaboré avec l'une des personnes publiques ou privées mentionnées aux précédents alinéas, il fait l'objet d'une convention entre le procureur de la République, agissant au nom de l'État, et cette personne. Cette convention précise le contenu de ce module, sa durée, les objectifs particuliers qui lui sont assignés, les modalités de la prestation assurée par la personne privée ou publique ainsi que les modalités de financement des frais engagés.

§ 3. – Déroulement et fin du stage
(D. n° 2004-1021, 27 sept. 2004)

Art. R. 131-39 *(D. n° 2004-1021, 27 sept. 2004)*. – Préalablement à la mise en œuvre du stage, la personne ou le service qui en a la charge reçoit le condamné et lui en expose les objectifs. Il lui précise les conséquences du non-respect de ses obligations résultant du stage, telles qu'elles découlent de l'article 434-41 ou telles qu'elles ont été, le cas échéant, fixées par la juridiction en application de l'article 131-9.

Art. R. 131-40 *(D. n° 2004-1021, 27 sept. 2004)*. – Une attestation de fin de stage est délivrée au condamné, qui l'adresse à la personne ou au service chargé d'en contrôler la mise en œuvre.

§ 4. – Dispositions spécifiques applicables aux mineurs
(D. n° 2004-1021, 27 sept. 2004 ; abr. à compter du 1er novembre 2021, D. n° 2021-631, 21 mai 2021)

Sous-section 4. – De la peine de sanction-réparation

(D. n° 2007-1388, 26 sept. 2007)

Art. R. 131-45. – Dès que la condamnation est exécutoire, la personne condamnée à la peine de sanction-réparation est informée par le procureur de la République ou par son délégué qu'elle doit lui adresser, au plus tard à l'expiration du délai fixé pour indemniser la victime ou procéder à la remise en état des lieux, la justification qu'il a été procédé à cette indemnisation ou à cette remise en état. Si l'indemnisation se fait en plusieurs fois selon des modalités fixées par la juridiction, la justification doit intervenir pour chaque versement, sauf décision contraire du procureur ou de son délégué.

Lorsque la réparation s'exécute en nature et consiste en une remise en état des lieux, ou en cas de retard dans l'indemnisation de la victime, le délégué du procureur peut convoquer le condamné, le cas échéant avec la partie civile, afin de faciliter l'exécution de la peine ou d'en vérifier l'exécution.

Sous-section 5. – De la peine de confiscation d'un animal

(Ancienne sous-section 7 créée, D. n° 2007-1388, 26 sept. 2007 ; dénumérotée à compter du 24 mars 2020, D. n° 2020-128, 18 févr. 2020)

Art. R. 131-50. – Lorsque la juridiction qui prononce la peine de confiscation d'un animal prévue par l'article 131-21-1 ordonne que l'animal sera remis à une fondation ou à une association sans préciser l'identité de cette personne morale, le procureur de la République met à exécution cette peine auprès de la personne morale qu'il détermine.

Art. R. 131-51. – Lorsqu'en application des dispositions de l'article 99-1 du Code de procédure pénale l'animal confisqué a été placé au cours d'une procédure dirigée contre une personne qui n'en est pas propriétaire, la juridiction se prononce sur la mise à la charge du condamné des frais de placement.

Sous-section 5 *(Rédaction antérieure)*. – De la peine de stage de sensibilisation aux dangers de l'usage de produits stupéfiants

(D. n° 2007-1388, 26 sept. 2007 ; abr. à compter du 24 mars 2020, D. n° 2020-128, 18 févr. 2020)

Sous-section 6 *(Rédaction antérieure)*. – De la peine de stage de responsabilité parentale

(D. n° 2007-1388, 26 sept. 2007 ; abr. à compter du 24 mars 2020, D. n° 2020-128, 18 févr. 2020)

Sous-section 7 *(Rédaction antérieure)*. – De la peine de confiscation d'un animal

(D. n° 2007-1388, 26 sept. 2007 ; dénumérotée à compter du 24 mars 2020, D. n° 2020-128, 18 févr. 2020. – V. Sous-section 5)

Sous-section 8 *(Rédaction antérieure)*. – De la peine de stage de responsabilisation pour la prévention et la lutte contre les violences au sein du couple et sexistes

(D. n° 2016-1709, 12 déc. 2016 ; abr. à compter du 24 mars 2020, D. n° 2020-128, 18 févr. 2020)

Sous-section 9 *(Rédaction antérieure)*. – De la peine de stage de sensibilisation à la lutte contre l'achat d'actes sexuels

(D. n° 2016-1709, 12 déc. 2016 ; abr. à compter du 24 mars 2020, D. n° 2020-128, 18 févr. 2020)

Section II. – Des peines applicables aux personnes morales

Art. R. 131-52. – Le mandataire de justice prévu par l'article 131-46 est choisi soit parmi les personnes inscrites sur la liste prévue par l'article 2 de la loi n° 85-99 du 25 janvier 1985 relative aux administrateurs judiciaires, aux mandataires judiciaires à la liquidation des entreprises et experts en diagnostic d'entreprise, soit parmi celles inscrites sur l'une des listes prévues par l'article 157 du Code de procédure pénale. Toutefois, à titre exceptionnel, la juridiction peut, par décision motivée, désigner comme mandataire une personne physique ne figurant sur aucune des listes précitées mais ayant une expérience ou une qualification particulière.

Art. R. 131-53. – Lorsqu'il existe, au sein d'une personne morale citée ou amenée à comparaître devant une juridiction de jugement, des représentants du personnel, le ministère public les avise de la date et de l'objet de l'audience, par lettre recommandée adressée dix jours au moins avant la date de l'audience.

Lorsque le personnel de cette personne morale est régi par les dispositions du Code du travail relatives à la représentation des salariés, l'avis mentionné au premier alinéa est adressé au secrétaire du comité d'entreprise ou, le cas échéant, au secrétaire du comité central d'entreprise et, en l'absence de tels comités, aux délégués du personnel titulaire.

CHAPITRE II. – DU RÉGIME DES PEINES

(D. n° 2003-642, 11 juill. 2003)

Section I. – Dispositions générales

Néant.

Section II. – Des modes de personnalisation des peines

Sous-section 1 à 3

Néant.

Sous-section 4. – Du sursis avec mise à l'épreuve

Art. R. 132-45 *(D. n° 2016-1709, 12 déc. 2016 ; D. n° 2017-198, 16 févr. 2017)*. – Lorsque le sursis avec mise à l'épreuve comprend l'obligation mentionnée au 7° de l'article 132-45, les dispositions des articles R. 131-3 à R. 131-4-1 sont applicables.

Lorsqu'il comprend comme obligation l'accomplissement d'un stage de sensibilisation à la sécurité routière prévu au 15° de l'article 132-45, les dispositions de l'article R. 131-11-1 sont applicables.

Lorsqu'il comprend comme obligation l'accomplissement d'un stage de citoyenneté prévu au 18° de l'article 132-45, les dispositions des articles R. 131-36 à R. 131-44 qui régissent le stage de citoyenneté sont applicables.

Lorsqu'il comprend comme obligation l'accomplissement d'un stage de responsabilisation pour la prévention et la lutte contre les violences au sein du couple et sexistes prévu au 20° de l'article 132-45, les dispositions des articles R. 131-51-1 et R. 131-51-2 sont applicables.

Lorsque le stage n'a pas été organisé par le service pénitentiaire d'insertion et de probation, son accomplissement donne lieu à la remise au condamné d'une attestation que celui-ci adresse au service pénitentiaire d'insertion et de probation. Ce service en avise le juge de l'application des peines.

Voir : Arrêté 25 févr. 2004 relatif aux documents établis à l'occasion du suivi des stages de sensibilisation à la sécurité routière (*JO* 13 mars 2004) mod. Arrêté 2 mai 2013 (*JO* 17 mai 2013).

CHAPITRE III. – DE L'EXTINCTION DES PEINES ET DE L'EFFACEMENT DES CONDAMNATIONS

Section I

Néant.

Section II. – De la grâce

Voir : art. 133-7 s., p. 318.

Art. R. 133-1 *(D. n° 95-152, 7 févr. 1995).* **– Les recours en grâce sont instruits par le ministre de la Justice après, le cas échéant, examen préalable par le ou les ministres intéressés.**

Art. R. 133-2 *(D. n° 95-152, 7 févr. 1995).* **– Le décret de grâce, signé par le Président de la République, est contresigné par le Premier ministre, par le ministre de la Justice et, le cas échéant, le ou les ministres ayant procédé à l'examen préalable du recours.**

LIVRE DEUXIÈME

DES CRIMES ET DÉLITS CONTRE LES PERSONNES

TITRE PREMIER. – DES CRIMES CONTRE L'HUMANITÉ

Néant.

TITRE II. – DES ATTEINTES À LA PERSONNE HUMAINE

CHAPITRE I. – DES ATTEINTES À LA VIE DE LA PERSONNE

Néant.

CHAPITRE II. – DES ATTEINTES À L'INTÉGRITÉ PHYSIQUE OU PSYCHIQUE DE LA PERSONNE

Néant.

CHAPITRE III. – DE LA MISE EN DANGER DE LA PERSONNE

Néant.

CHAPITRE IV. – DES ATTEINTES AUX LIBERTÉS DE LA PERSONNE

Néant.

CHAPITRE V. – DES ATTEINTES À LA DIGNITÉ DE LA PERSONNE

Néant.

Voir : art. 611-1, p. 965.

CHAPITRE VI. – DES ATTEINTES À LA PERSONNALITÉ

Section I. – De l'atteinte à la vie privée

Art. R. 226-1 ***(Rempl., D. n° 97-757, 10 juill. 1997 ; mod., D. n° 2016-67, 29 janv. 2016 ; D. n° 2019-1139, 7 nov. 2019).*** **– La liste d'appareils et de dispositifs techniques prévue par l'article 226-3 est établie par arrêté du directeur général de l'Agence nationale de la sécurité des systèmes d'information.**

Par dérogation aux dispositions de l'article 1er du décret n° 97-34 du 15 janvier 1997 relatif à la déconcentration des décisions administratives individuelles, les autorisations prévues aux articles R. 226-3 et R. 226-7 sont délivrées par le Premier ministre.

Arrêté du 4 juillet 2012

fixant la liste d'appareils et de dispositifs techniques prévue par l'article 226-3 du Code pénal
(JO 1er août 2012 ; mod., A. 11 août 2016 : JO 25 août 2016)

Art. 1er. – La liste prévue par l'article 226-3 du Code pénal des appareils et des dispositifs techniques soumis à l'autorisation mentionnée à l'article R. 226-3 de ce code figure en annexe I au présent arrêté.

Art. 2. – La liste prévue par l'article 226-3 du Code pénal des appareils et des dispositifs techniques soumis à l'autorisation mentionnée à l'article R. 226-7 de ce code figure en annexe II au présent arrêté.

Art. 3. – L'arrêté du 29 juillet 2004 fixant la liste d'appareils prévue par l'article 226-3 du Code pénal est abrogé.

Annexe I

(Version en vigueur avec terme du 1er octobre 2016 au 1er octobre 2021)

Appareils et dispositifs techniques soumis à autorisation
en application de l'article R. 226-3 du Code pénal

1. Appareils, à savoir tous dispositifs matériels et logiciels, de nature à permettre l'interception, l'écoute, l'analyse, la retransmission, l'enregistrement ou le traitement de correspondances émises, transmises ou reçues sur des réseaux de communications électroniques, opérations pouvant constituer l'infraction prévue par le deuxième alinéa de l'article 226-15 du Code pénal.

Entrent notamment dans cette catégorie :

- les appareils dont les fonctionnalités qui participent à l'interception, l'écoute, l'analyse, la retransmission, l'enregistrement ou le traitement de correspondances ne sont pas activées, quel que soit le moyen d'activation ;
- les appareils qui permettent aux opérateurs de communications électroniques de connecter les équipements de leurs clients au cœur de leur réseau radioélectrique mobile ouvert au public, dès lors que ces appareils disposent de fonctionnalités, pouvant être configurées et activées à distance, permettant de dupliquer les correspondances des clients, à l'exclusion des appareils installés chez ceux-ci ;
- les appareils permettant, par des techniques non intrusives d'induction électromagnétique ou de couplage optique, d'intercepter ou d'écouter les correspondances transitant sur les câbles filaires ou les câbles optiques des réseaux de communications électroniques.

N'entrent pas dans cette catégorie :

- les appareils de tests et de mesures utilisables exclusivement pour l'établissement, la mise en service, le réglage et la maintenance des réseaux et systèmes de communications électroniques ;
- les appareils conçus pour un usage grand public et permettant uniquement l'exploration manuelle ou automatique du spectre radioélectrique en vue de la réception et de l'écoute de fréquences ;
- les dispositifs permettant de réaliser l'enregistrement des communications reçues ou émises par des équipements terminaux de télécommunications, lorsque cet enregistrement fait partie des fonctionnalités prévues par les caractéristiques publiques de ces équipements.

2. Appareils qui, spécifiquement conçus pour détecter à distance les conversations afin de réaliser à l'insu du locuteur l'interception, l'écoute ou la retransmission de la parole, directement ou indirectement, par des moyens acoustiques, électromagnétiques ou optiques, permettent de réaliser l'infraction prévue par l'article 226-1 du Code pénal.

Entrent dans cette catégorie :

- les dispositifs microémetteurs permettant la retransmission de la voix par moyens hertziens, optiques ou filaires, à l'insu du locuteur ;

– les appareils d'interception du son à distance de type microcanon ou équipés de dispositifs d'amplification acoustique ;
– les systèmes d'écoute à distance par faisceaux laser.
3. Dispositifs techniques, à savoir tous matériels ou logiciels, spécifiquement conçus pour, sans le consentement des intéressés, accéder aux données informatiques, les enregistrer, les conserver et les transmettre, telles qu'elles s'affichent sur un écran pour l'utilisateur d'un système de traitement automatisé de données ou telles qu'il les y introduit par saisie de caractères, opérations ayant pour objet la captation de données informatiques prévue par l'article 706-102-1 du Code de procédure pénale.

N'entrent pas dans cette catégorie les dispositifs de tests et de mesures des signaux radioélectriques émis par un équipement électronique destinés exclusivement à évaluer la compatibilité ou le champ électromagnétique.

(Version à venir au 1er octobre 2021)

APPAREILS ET DISPOSITIFS TECHNIQUES SOUMIS À AUTORISATION EN APPLICATION DE L'ARTICLE R. 226-3 DU CODE PÉNAL

1. Appareils, à savoir tous dispositifs matériels et logiciels, de nature à permettre l'interception, l'écoute, l'analyse, la retransmission, l'enregistrement ou le traitement de correspondances émises, transmises ou reçues sur des réseaux de communications électroniques, opérations pouvant constituer l'infraction prévue par le deuxième alinéa de l'article 226-15 du Code pénal.
Entrent notamment dans cette catégorie :
– les appareils qui permettent aux opérateurs de communications électroniques de connecter les équipements de leurs clients au cœur de leur réseau radioélectrique mobile ouvert au public, dès lors que ces appareils disposent de fonctionnalités, pouvant être configurées et activées à distance, permettant de dupliquer les correspondances des clients, à l'exclusion des appareils installés chez ceux-ci ;
– les appareils dont les fonctionnalités qui participent à l'interception, l'écoute, l'analyse, la retransmission, l'enregistrement ou le traitement de correspondances ne sont pas activées, quel que soit le moyen d'activation ;
– les appareils permettant, par des techniques non intrusives d'induction électromagnétique ou de couplage optique, d'intercepter ou d'écouter les correspondances transitant sur les câbles filaires ou les câbles optiques des réseaux de communications électroniques.
N'entrent pas dans cette catégorie :
– les appareils de tests et de mesures utilisables exclusivement pour l'établissement, la mise en service, le réglage et la maintenance des réseaux et systèmes de communications électroniques ;
– les appareils conçus pour un usage grand public et permettant uniquement l'exploration manuelle ou automatique du spectre radioélectrique en vue de la réception et de l'écoute de fréquences ;
– les dispositifs permettant de réaliser l'enregistrement des communications reçues ou émises par des équipements terminaux de télécommunications, lorsque cet enregistrement fait partie des fonctionnalités prévues par les caractéristiques publiques de ces équipements.
2. Appareils qui, spécifiquement conçus pour détecter à distance les conversations afin de réaliser à l'insu du locuteur l'interception, l'écoute ou la retransmission de la parole, directement ou indirectement, par des moyens acoustiques, électromagnétiques ou optiques, permettent de réaliser l'infraction prévue par l'article 226-1 du Code pénal.
Entrent dans cette catégorie :
– les dispositifs microémetteurs permettant la retransmission de la voix par moyens hertziens, optiques ou filaires, à l'insu du locuteur ;
– les appareils d'interception du son à distance de type microcanon ou équipés de dispositifs d'amplification acoustique ;
– les systèmes d'écoute à distance par faisceaux laser.
3. Dispositifs techniques, à savoir tous matériels ou logiciels, spécifiquement conçus pour, sans le consentement des intéressés, accéder aux données informatiques, les enregistrer, les conserver et les transmettre, telles qu'elles sont stockées dans un système informatique, telles qu'elles s'affichent sur un écran pour l'utilisateur d'un tel système, telles qu'il les y introduit par saisie de caractères ou telles qu'elles sont reçues et émises par des périphériques audiovisuels, opérations ayant pour objet la captation de données informatiques prévue par l'article 706-102-1 du Code de procédure pénale ou celle prévue par l'article L. 853-2 du Code de la sécurité intérieure.
N'entrent pas dans cette catégorie les dispositifs de tests et de mesures des signaux radioélectriques émis par un équipement électronique destinés exclusivement à évaluer la compatibilité ou le champ électromagnétique.

Annexe II

(Version en vigueur avec terme du 1er octobre 2016 au 1er octobre 2021)

Appareils et dispositifs techniques soumis à autorisation en application de l'article R. 226-7 du Code pénal

1. Appareils, à savoir tous dispositifs matériels et logiciels, conçus pour réaliser l'interception, l'écoute, l'analyse, la retransmission, l'enregistrement ou le traitement de correspondances émises, transmises ou reçues sur des réseaux de communications électroniques, opérations pouvant constituer l'infraction prévue par le deuxième alinéa de l'article 226-15 du Code pénal.

Entrent notamment dans cette catégorie :

– les appareils dont les fonctionnalités qui participent à l'interception, l'écoute, l'analyse, la retransmission, l'enregistrement ou le traitement de correspondances ne sont pas activées, quel que soit le moyen d'activation ;

– les appareils qui permettent aux opérateurs de communications électroniques de connecter les équipements de leurs clients au cœur de leur réseau radioélectrique mobile ouvert au public, dès lors que ces appareils disposent de fonctionnalités, pouvant être configurées et activées à distance, permettant de dupliquer les correspondances des clients, à l'exclusion des appareils installés chez ceux-ci ;

– les appareils permettant, par des techniques non intrusives d'induction électromagnétique ou de couplage optique, d'intercepter ou d'écouter les correspondances transitant sur les câbles filaires ou les câbles optiques des réseaux de communications électroniques.

N'entrent pas dans cette catégorie :

– les appareils de tests et de mesures acquis exclusivement pour l'établissement, la mise en service, le réglage et la maintenance des réseaux et systèmes de communications électroniques ;

– les dispositifs permettant de réaliser l'enregistrement des communications reçues ou émises par des équipements terminaux de télécommunications, lorsque cet enregistrement fait partie des fonctionnalités prévues par les caractéristiques publiques de ces équipements.

2. Appareils permettant l'analyse du spectre radioélectrique ou son exploration manuelle ou automatique en vue de la réception et de l'écoute des fréquences n'appartenant pas aux bandes de fréquences attribuées seules ou en partage par le tableau national de répartition des bandes de fréquences au service de radiodiffusion, ou au service radioamateur, ou aux installations radioélectriques pouvant être établies librement en application de l'article L. 33-3 du Code des postes et des communications électroniques, ou aux postes émetteurs et récepteurs fonctionnant sur les canaux banalisés dits « CB ».

3. Appareils qui, spécifiquement conçus pour détecter à distance les conversations afin de réaliser à l'insu du locuteur l'interception, l'écoute ou la retransmission de la parole, directement ou indirectement, par des moyens acoustiques, électromagnétiques ou optiques, permettent de réaliser l'infraction prévue par l'article 226-1 du Code pénal.

Entrent dans cette catégorie :

– les dispositifs microémetteurs permettant la retransmission de la voix par moyens hertziens, optiques ou filaires, à l'insu du locuteur ;

– les appareils d'interception du son à distance de type microcanon ou équipés de dispositifs d'amplification acoustique ;

– les systèmes d'écoute à distance par faisceaux laser.

4. Dispositifs techniques, à savoir tous matériels ou logiciels, spécifiquement conçus pour, sans le consentement des intéressés, accéder aux données informatiques, les enregistrer, les conserver et les transmettre, telles qu'elles s'affichent sur un écran pour l'utilisateur d'un système de traitement automatisé de données ou telles qu'il les y introduit par saisie de caractères, opérations ayant pour objet la captation de données informatiques prévue par l'article 706-102-1 du Code de procédure pénale.

N'entrent pas dans cette catégorie les dispositifs de tests et de mesures des signaux radioélectriques émis par un équipement électronique, destinés exclusivement à évaluer la compatibilité ou le champ électromagnétique.

(Version à venir au 1er octobre 2021)

APPAREILS ET DISPOSITIFS TECHNIQUES SOUMIS À AUTORISATION EN APPLICATION DE L'ARTICLE R. 226-7 DU CODE PÉNAL

1. Appareils, à savoir tous dispositifs matériels et logiciels, de nature à permettre l'interception, l'écoute, l'analyse, la retransmission, l'enregistrement ou le traitement de correspondances émises, transmises ou reçues sur des réseaux de communications électroniques, opérations pouvant constituer l'infraction prévue par le deuxième alinéa de l'article 226-15 du Code pénal.

Entrent notamment dans cette catégorie :

– les appareils qui permettent aux opérateurs de communications électroniques de connecter les équipements de leurs clients au cœur de leur réseau radioélectrique mobile ouvert au public, dès lors que ces appareils disposent de fonctionnalités, pouvant être configurées et activées à distance, permettant de dupliquer les correspondances des clients, à l'exclusion des appareils installés chez ceux-ci ;

– les appareils dont les fonctionnalités qui participent à l'interception, l'écoute, l'analyse, la retransmission, l'enregistrement ou le traitement de correspondances ne sont pas activées, quel que soit le moyen d'activation ;

– les appareils permettant, par des techniques non intrusives d'induction électromagnétique ou de couplage optique, d'intercepter ou d'écouter les correspondances transitant sur les câbles filaires ou les câbles optiques des réseaux de communications électroniques.

N'entrent pas dans cette catégorie :

– les appareils de tests et de mesures acquis exclusivement pour l'établissement, la mise en service, le réglage et la maintenance des réseaux et systèmes de communications électroniques ;

– les dispositifs permettant de réaliser l'enregistrement des communications reçues ou émises par des équipements terminaux de télécommunications, lorsque cet enregistrement fait partie des fonctionnalités prévues par les caractéristiques publiques de ces équipements.

2. Appareils permettant l'analyse du spectre radioélectrique ou son exploration manuelle ou automatique en vue de la réception et de l'écoute des fréquences n'appartenant pas aux bandes de fréquences attribuées seules ou en partage par le tableau national de répartition des bandes de fréquences au service de radiodiffusion, ou au service radioamateur, ou aux installations radioélectriques pouvant être établies librement en application de l'article L. 33-3 du Code des postes et des communications électroniques, ou aux postes émetteurs et récepteurs fonctionnant sur les canaux banalisés dits CB.

3. Appareils qui, spécifiquement conçus pour détecter à distance les conversations afin de réaliser à l'insu du locuteur l'interception, l'écoute ou la retransmission de la parole, directement ou indirectement, par des moyens acoustiques, électromagnétiques ou optiques, permettent de réaliser l'infraction prévue par l'article 226-1 du Code pénal.

Entrent dans cette catégorie :

– les dispositifs microémetteurs permettant la retransmission de la voix par moyens hertziens, optiques ou filaires, à l'insu du locuteur ;

– les appareils d'interception du son à distance de type microcanon ou équipés de dispositifs d'amplification acoustique ;

– les systèmes d'écoute à distance par faisceaux laser.

4. Dispositifs techniques, à savoir tous matériels ou logiciels, spécifiquement conçus pour, sans le consentement des intéressés, accéder aux données informatiques, les enregistrer, les conserver et les transmettre, telles qu'elles sont stockées dans un système informatique, telles qu'elles s'affichent sur un écran pour l'utilisateur d'un tel système, telles qu'il les y introduit par saisie de caractères ou telles qu'elles sont reçues et émises par des périphériques audiovisuels, opérations ayant pour objet la captation de données informatiques prévue par l'article 706-102-1 du Code de procédure pénale ou celle prévue par l'article L. 853-2 du Code de la sécurité intérieure.

N'entrent pas dans cette catégorie les dispositifs de tests et de mesures des signaux radioélectriques émis par un équipement électronique, destinés exclusivement à évaluer la compatibilité ou le champ électromagnétique.

Art. R. 226-2 *(Rempl., D. n° 97-757, 10 juill. 1997 ; mod., D. n° 2009-1657, 24 déc. 2009 ; D. n° 2016-67, 29 janv. 2016).* – **Il est institué auprès du Premier ministre une commission consultative composée comme suit :**

1° Le directeur général de l'Agence nationale de la sécurité des systèmes d'information ou son représentant, président ;

2° Un représentant du ministre de la Justice ;

3° Un représentant du ministre de l'Intérieur ;

4° Un représentant du ministre de la Défense ;

5° Un représentant du ministre chargé des Douanes ;

6° Un représentant du ministre chargé de l'Industrie ;

7° Un représentant du ministre chargé des Télécommunications ;

8° Un représentant de la Commission nationale de contrôle des techniques de renseignement ;

9° Un représentant du directeur général de l'Agence nationale des fréquences ;

10° Deux personnalités choisies en raison de leur compétence, désignées par le Premier ministre.

La commission peut entendre, à titre d'expert, toute personne compétente.

Elle est saisie pour avis des projets d'arrêtés pris en application des articles R. 226-1 et R. 226-10. Elle peut formuler des propositions de modification de ces arrêtés.

Elle est également consultée sur les demandes d'autorisation présentées en application des articles R. 226-3 et R. 226-7.

Le secrétariat de la commission est assuré par l'Agence nationale de la sécurité des systèmes d'information.

Art. R. 226-3 *(Mod., D. n° 97-757, 10 juill. 1997 ; D. n° 2016-67, 29 janv. 2016 ; D. n° 2019-1139, 7 nov. 2019).* – La fabrication, l'importation, l'exposition, l'offre, la location ou la vente de tout appareil ou dispositif technique figurant sur la liste mentionnée à l'article R. 226-1 est soumise à une autorisation après avis de la commission mentionnée à l'article R. 226-2.

Art. R. 226-4 *(Mod., D. n° 97-757, 10 juill. 1997 ; D. n° 2009-1657, 24 déc. 2009 ; D. n° 2016-67, 29 janv. 2016).* – La demande d'autorisation est déposée auprès du directeur général de l'Agence nationale de la sécurité des systèmes d'information. Elle comporte pour chaque type d'appareil ou de dispositif technique :

1° Le nom et l'adresse du demandeur, s'il est une personne physique, ou sa dénomination et son siège, s'il est une personne morale ;

2° La ou les opérations mentionnées à l'article R. 226-3 pour lesquelles l'autorisation est demandée et, le cas échéant, la description des marchés visés ;

3° L'objet et les caractéristiques techniques du type de l'appareil, ou du dispositif technique accompagnés d'une documentation technique ;

4° Le lieu prévu pour la fabrication de l'appareil ou du dispositif technique ou pour les autres opérations mentionnées à l'article R. 226-3 ;

5° L'engagement de se soumettre aux contrôles nécessaires à la vérification du respect des indications fournies dans la demande d'autorisation.

Art. R. 226-5 *(D. n° 2016-67, 29 janv. 2016).* – L'autorisation mentionnée à l'article R. 226-3 est délivrée pour une durée maximale de six ans.

Elle peut fixer les conditions de réalisation de l'opération et le nombre des appareils ou des dispositifs techniques concernés.

Elle est accordée de plein droit aux services de l'État désignés par arrêté du Premier ministre pour la fabrication d'appareils ou de dispositifs techniques.

Art. R. 226-6 *(Mod., D. n° 97-757, 10 juill. 1997 ; D. n° 2016-67, 29 janv. 2016).* – Chaque appareil ou dispositif technique fabriqué, importé, exposé, offert, loué ou vendu doit porter la référence du type correspondant à la demande d'autorisation et un numéro d'identification individuel.

Art. R. 226-7 *(Mod., D. n° 97-757, 10 juill. 1997 ; D. n° 2016-67, 29 janv. 2016 ; D. n° 2019-1139, 7 nov. 2019).* – L'acquisition ou la détention de tout appareil ou dispositif technique figurant sur la liste mentionnée à l'article R. 226-1 est soumise à une autorisation après avis de la commission mentionnée à l'article R. 226-2.

Art. R. 226-8 *(Mod., D. n° 97-757, 10 juill. 1997 ; D. n° 2009-1657, 24 déc. 2009 ; D. n° 2016-67, 29 janv. 2016).* – La demande d'autorisation est déposée auprès du directeur général de l'Agence nationale de la sécurité des systèmes d'information. Elle comporte pour chaque type d'appareil ou de dispositif technique :

1° Le nom et l'adresse du demandeur, s'il est une personne physique, ou sa dénomination et son siège, s'il est une personne morale ;

2° Le type de l'appareil ou du dispositif technique et le nombre d'appareils pour la détention desquels l'autorisation est demandée ;

3° L'utilisation prévue ;

4° L'engagement de se soumettre aux contrôles nécessaires à la vérification du respect des indications fournies dans la demande d'autorisation.

Art. R. 226-9 *(D. n° 2016-67, 29 janv. 2016)*. **– L'autorisation mentionnée à l'article R. 226-7 est délivrée pour une durée maximale de trois ans.**

Elle peut subordonner l'utilisation des appareils ou des dispositifs techniques à des conditions destinées à en éviter tout usage abusif.

Elle est accordée de plein droit aux agents ou services de l'État habilités à réaliser des interceptions autorisées par la loi.

Art. R. 226-10 *(Mod., D. n° 97-757, 10 juill. 1997 ; D. n° 2016-67, 29 janv. 2016 ; D. n° 2019-1300, 6 déc. 2019)*. **– Les titulaires de l'une des autorisations mentionnées à l'article R. 226-3 ne peuvent proposer, céder, louer ou vendre les appareils ou dispositifs techniques figurant sur la liste prévue à l'article R. 226-1 qu'aux titulaires de l'une des autorisations mentionnées à l'article R. 226-3 à l'article R. 226-7 ou à l'article L. 34-11 du Code des postes et communications électroniques.**

Ils tiennent un registre retraçant l'ensemble des opérations relatives à ces matériels. Le modèle de ce registre est déterminé par arrêté du Premier ministre, pris après avis de la commission mentionnée à l'article R. 226-2.

Voir : Arrêté 16 août 2006 relatif au registre visé par l'article R. 226-10 : *JO* 5 nov. 2006, p. 16456.

Voir : art. R. 623-4 et R. 625-9, p. 1019.

Art. R. 226-11. – Les autorisations prévues à l'article R. 226-3 et à l'article R. 226-7 peuvent être retirées :

1° En cas de fausse déclaration ou de faux renseignement ;

2° En cas de modification des circonstances au vu desquelles l'autorisation a été délivrée ;

3° Lorsque le bénéficiaire de l'autorisation n'a pas respecté les dispositions de la présente section ou les obligations particulières prescrites par l'autorisation ;

4° Lorsque le bénéficiaire de l'autorisation cesse l'exercice de l'activité pour laquelle a été délivrée l'autorisation.

Le retrait ne peut intervenir, sauf urgence, qu'après que le titulaire de l'autorisation a été mis à même de faire valoir ses observations.

Les autorisations prennent fin de plein droit en cas de condamnation du titulaire pour l'une des infractions prévues par les articles 226-1, 226-15 ou 432-9.

Art. R. 226-12 *(D. n° 2016-67, 29 janv. 2016 ; D. n° 2019-1300, 6 déc. 2019)*. **– Les personnes qui fabriquent, importent, détiennent, exposent, offrent, louent ou vendent des appareils ou des dispositifs techniques figurant sur la liste prévue à l'article R. 226-1 doivent se mettre en conformité avec les prescriptions de la présente section en sollicitant les autorisations nécessaires dans un délai de trois mois à compter de la publication de l'arrêté prévu à l'article R. 226-1.**

Si l'autorisation n'est pas délivrée, ces personnes disposent d'un délai d'un mois pour procéder à la destruction de ces appareils ou dispositifs techniques ou pour les vendre ou les céder à une personne titulaire de l'une des autorisations prévues aux articles R. 226-3, R. 226-7 ou à l'article L. 34-11 du Code des postes et communications électroniques. Il en est de même dans les cas d'expiration ou de retrait de l'autorisation.

Code des postes et des communications électroniques

Art. L. 34-11 *(L. n° 2019-810, 1er août 2019)*. **–** I. – Est soumise à une autorisation du Premier ministre, dans le but de préserver les intérêts de la défense et de la sécurité nationale, l'exploitation sur le territoire national des appareils, à savoir tous dispositifs matériels ou logiciels, permettant de connecter les terminaux des utilisateurs finaux au réseau radioélectrique mobile, à l'exception des réseaux de quatrième génération et des générations antérieures, qui, par leurs fonctions, présentent un risque pour la permanence, l'intégrité, la sécurité, la disponibilité du réseau, ou pour la confidentialité des messages transmis et des informations liées aux communications, à l'exclusion des appareils installés chez les utilisateurs finaux ou dédiés exclusivement à un réseau indépendant, des appareils électroniques passifs ou non configurables et des dispositifs matériels informatiques non spécialisés incorporés aux appareils.

L'autorisation mentionnée au premier alinéa du présent I n'est requise que pour l'exploitation, directe ou par l'intermédiaire de tiers fournisseurs, d'appareils par les opérateurs mentionnés à l'article L. 1332-1 du Code de la défense, ainsi désignés en vertu de leur activité d'exploitant d'un réseau de communications électroniques ouvert au public.

La liste des appareils dont l'exploitation est soumise à l'autorisation mentionnée au premier alinéa du présent I est fixée par arrêté du Premier ministre, pris après avis de l'Autorité de régulation des communications électroniques et des postes. Cette liste énumère les différents appareils concernés en référence à la terminologie utilisée dans les standards internationaux associés aux réseaux radioélectriques mobiles de cinquième génération et des générations ultérieures.

II. – L'autorisation d'exploitation d'un appareil peut être octroyée après examen d'un dossier de demande d'autorisation remis par l'opérateur. Le dossier précise les modèles et les versions des appareils pour lesquels l'autorisation est sollicitée.

L'autorisation est octroyée, le cas échéant sous conditions, pour une durée maximale de huit ans. Le renouvellement de l'autorisation fait l'objet d'un dossier de demande de renouvellement, qui est remis au moins deux mois avant l'expiration de l'autorisation en vigueur.

Les modalités d'octroi de l'autorisation, les conditions dont elle peut être assortie ainsi que la composition du dossier de demande d'autorisation et du dossier de demande de renouvellement sont fixées par décret en CE, pris après avis de l'Autorité de régulation des communications électroniques et des postes et de la Commission supérieure du numérique et des postes, qui se prononcent dans un délai d'un mois à compter de leur saisine.

Section II à VI

Néant.

CHAPITRE VII. – DES ATTEINTES AUX MINEURS ET À LA FAMILLE

Néant.

LIVRE TROISIÈME

DES CRIMES ET DÉLITS CONTRE LES BIENS

TITRE PREMIER. – DES APPROPRIATIONS FRAUDULEUSES

Néant.

TITRE II. – DES AUTRES ATTEINTES AUX BIENS

CHAPITRE I. – DU RECEL ET DES INFRACTIONS ASSIMILÉES OU VOISINES

Section I

Néant.

Section II. – Des infractions assimilées au recel ou voisines de celui-ci

Sous-section 1. – Dispositions relatives aux personnes dont l'activité professionnelle comporte la vente ou l'échange de certains objets mobiliers

Art. R. 321-1 *(Mod., D. n° 2009-16, 7 janv. 2009 ; D. n° 2015-73, 24 juin 2015 ; D. n° 2017-1522, 2 nov. 2017 ; mod. à compter du 1er novembre 2021, D. n° 2021-631, 21 mai 2021).* **– Toute personne soumise à l'obligation de tenir le registre d'objets mobiliers prévu au premier alinéa de l'article 321-7 doit effectuer une déclaration préalable à la préfecture ou la sous-préfecture dont dépend son établissement principal. À Paris, la déclaration est faite à la préfecture de police.**

En l'absence d'établissement fixe ouvert au public, le lieu du domicile ou, à défaut, le lieu d'élection de domicile au sens de l'article L. 264-1 du Code de l'action sociale et des familles est considéré comme le lieu d'établissement.

La déclaration comporte les indications suivantes : nom et prénoms du déclarant ; date et lieu de naissance ; nationalité ; lieu d'exercice habituel de la profession ; statut de l'entreprise ainsi que le numéro unique d'identification.

Il est remis un récépissé de déclaration qui doit être présenté à toute réquisition des services de police et de gendarmerie, des services fiscaux, des douanes ainsi que des services de la concurrence, de la consommation et de la répression des fraudes.

Voir : art. R. 633-1 s., p. 1026, art. R. 635-3 s., p. 1029.

Art. R. 321-2. – En cas de changement du lieu de l'établissement principal, les personnes mentionnées à l'article R. 321-1 sont tenues de faire une déclaration au commissariat de police, ou, à défaut, à la mairie tant du lieu qu'elles quittent que de celui où elles vont s'établir.

Le déplacement d'un établissement secondaire doit également faire l'objet d'une déclaration au commissariat de police ou, à défaut, à la mairie du lieu de l'établissement principal.

Il est remis un récépissé de ces déclarations.

Voir : art. R. 635-3, p. 1029 et art. R. 635-7, p. 1029.

Art. R. 321-3 *(Mod., D. n° 2012-99, 26 janv. 2012).* – Le registre d'objets mobiliers prévu au premier alinéa de l'article 321-7 comporte :

1° Les nom, prénoms, qualité et domicile de chaque personne qui a vendu, apporté à l'échange ou remis en dépôt en vue de la vente un ou plusieurs objets, ainsi que la nature, le numéro et la date de délivrance de la pièce d'identité produite par la personne physique qui a réalisé la vente, l'échange ou le dépôt, avec l'indication de l'autorité qui l'a établie ;

2° Lorsqu'il s'agit d'une personne morale, la dénomination et le siège de celle-ci ainsi que les nom, prénoms, qualité et domicile du représentant de la personne morale qui a effectué l'opération pour son compte, avec les références de la pièce d'identité produite ;

3° La nature, la provenance et la description des objets acquis ou détenus en vue de la vente ou de l'échange.

La description de chaque objet comprend ses caractéristiques ainsi que les noms, signatures, monogrammes, lettres, chiffres, numéros de série, emblèmes et signes de toute nature apposés sur lui et qui servent à l'identifier.

Toutefois, les objets dont la valeur unitaire n'excède pas un montant fixé par un arrêté conjoint du garde des Sceaux, ministre de la Justice, du ministre de l'Intérieur et du ministre chargé du commerce et qui ne présentent pas un intérêt artistique ou historique peuvent être regroupés et faire l'objet d'une mention et d'une description communes sur le registre.

Voir : art. R. 633-3, p. 1026.

Art. R. 321-4. – Chaque objet exposé à la vente ou détenu en stock est affecté d'un numéro d'ordre.

Les objets mentionnés au dernier alinéa de l'article R. 321-3 peuvent faire l'objet d'un numéro d'ordre commun.

Le numéro d'ordre est porté sur le registre et figure de manière apparente sur chaque objet ou lot d'objets.

Voir : art. R. 633-2, p. 1026.

La détermination du nombre des contraventions ne résulte pas de celui des objets exposés mais des numéros d'ordre figurant sur le registre (■ Cass. crim., 23 oct. 1997 : *Dr. pén.* 1998, comm. 32, obs. M. Véron).

Art. R. 321-5 *(Mod., D. n° 2012-99, 26 janv. 2012 ; D. n° 2013-287, 4 avr. 2013).* – Le registre comporte également :

1° Le prix d'achat et le mode de règlement de chaque objet ou lot d'objets ou, en cas d'échange, d'acquisition à titre gratuit ou de dépôt en vue de la vente, une estimation de la valeur vénale de chaque objet ou lot d'objets ;

2° Le cas échéant, l'indication de la mesure de protection de l'objet mobilier en application des dispositions du Code du patrimoine, lorsqu'il en est donné connaissance au revendeur d'objets mobiliers.

Art. R. 321-6. – Les mentions figurant sur le registre sont inscrites à l'encre indélébile, sans blanc, rature ni abréviation.

Le registre est coté et paraphé par le commissaire de police ou, à défaut, par le maire de la commune où est situé l'établissement ouvert au public.

Lorsque les personnes mentionnées à l'article R. 321-1 possèdent plusieurs établissements ouverts au public, un registre est tenu pour chaque établissement.

Lorsque ces mêmes personnes ne possèdent pas d'établissement fixe ouvert au public, le registre est coté et paraphé par un commissaire de police ou un maire.

Le registre est conservé pendant un délai de cinq ans à compter de sa date de clôture.

Voir : art. R. 633-3, p. 1026.

Art. R. 321-6-1 *(D. n° 2013-287, 4 avr. 2013).* – La tenue du registre au moyen d'un traitement automatisé de données à caractère personnel dispense de la tenue d'un registre physique coté et paraphé.

Le registre tenu au moyen d'un traitement automatisé comporte les mentions prévues aux articles R. 321-3 à R. 321-5.

Le traitement automatisé garantit l'intégrité, l'intangibilité et la sécurité des données enregistrées.

La durée de conservation des données est de dix ans à compter de leur enregistrement dans le traitement.

Art. R. 321-7. – Lorsque la personne mentionnée à l'article R. 321-1 est une personne morale, les obligations prévues par la présente sous-section incombent aux dirigeants de celle-ci.

Art. R. 321-8 *(D. n° 2013-287, 4 avr. 2013)*. – Le modèle du registre d'objets mobiliers est déterminé par arrêté conjoint du ministre de l'Intérieur et du ministre chargé du commerce.

Les modalités de tenue du registre d'objets mobiliers au moyen d'un traitement automatisé de données à caractère personnel prévu à l'article R. 321-6-1 et les obligations techniques devant être respectées par un tel traitement sont déterminées par arrêté conjoint du ministre de l'Intérieur et du ministre de la Culture.

Voir : art. R. 633-3, p. 1026.

Sous-section 2. – Dispositions concernant les manifestations publiques en vue de la vente ou de l'échange de certains objets mobiliers

Art. R. 321-9 *(Mod., D. n° 2009-16, 7 janv. 2009)*. – Le registre tenu à l'occasion de toute manifestation mentionnée au deuxième alinéa de l'article 321-7 doit comprendre :

1° Les nom, prénoms, qualité et domicile de chaque personne qui offre à la vente ou à l'échange des objets mobiliers usagés ou acquis de personnes autres que celles qui les fabriquent ou en font commerce ainsi que la nature, le numéro et la date de délivrance de la pièce d'identité produite par celle-ci avec l'indication de l'autorité qui l'a établie ;

2° Pour les participants non professionnels, la mention de la remise d'une attestation sur l'honneur de non-participation à deux autres manifestations de même nature au cours de l'année civile ;

3° Lorsqu'il s'agit d'une personne morale, la dénomination et le siège de celle-ci ainsi que les nom, prénoms, qualité et domicile du représentant de la personne morale à la manifestation, avec les références de la pièce d'identité produite.

Voir : art. R. 633-5, p. 1026 et art. R. 635-5, p. 1029.

Art. R. 321-10. – Le registre doit être coté et paraphé par le commissaire de police ou, à défaut, par le maire de la commune du lieu de la manifestation.

Il est tenu à la disposition des services de police et de gendarmerie, des services fiscaux, des douanes ainsi que des services de la concurrence, de la consommation et de la répression des fraudes pendant toute la durée de la manifestation.

Au terme de celle-ci et au plus tard dans le délai de huit jours, il est déposé à la préfecture ou à la sous-préfecture du lieu de la manifestation.

Voir : art. R. 633-5, p. 1026.

Art. R. 321-11. – Lorsque l'organisateur de la manifestation est une personne morale, les obligations prévues par la présente sous-section incombent aux dirigeants de celle-ci.

Art. R. 321-12. – Le modèle du registre est déterminé par arrêté conjoint du ministre de l'Intérieur et du ministre chargé du Commerce.

Section III

Néant.

CHAPITRE II. – DES DESTRUCTIONS, DÉGRADATIONS ET DÉTÉRIORATIONS

Néant.

CHAPITRE III. – DES ATTEINTES AUX SYSTÈMES DE TRAITEMENT AUTOMATISÉ DE DONNÉES

Néant.

LIVRE QUATRIÈME

DES CRIMES ET DÉLITS CONTRE LA NATION, L'ÉTAT ET LA PAIX PUBLIQUE

TITRE PREMIER. – DES ATTEINTES AUX INTÉRÊTS FONDAMENTAUX DE LA NATION

CHAPITRE I. – DE LA TRAHISON ET DE L'ESPIONNAGE

Néant.

CHAPITRE II. – DES AUTRES ATTEINTES AUX INSTITUTIONS DE LA RÉPUBLIQUE OU À L'INTÉGRITÉ DU TERRITOIRE NATIONAL

Néant.

CHAPITRE III. – DES AUTRES ATTEINTES À LA DÉFENSE NATIONALE

Section I. – Des atteintes à la sécurité des forces armées et aux zones protégées intéressant la défense nationale

Art. R. 413-1. – Les zones protégées que constituent les locaux et terrains clos mentionnés à l'article 413-7 sont délimitées dans les conditions prévues à la présente section.

Art. R. 413-2 ***(Mod., D. n° 2001-744, 24 août 2001).*** **– Le besoin de protection est déterminé par le ministre qui a la charge des installations, du matériel ou des recherches, études, fabrications à caractère secret qu'il désigne.**

Les autorités dont relèvent les services, établissements ou entreprises concernés peuvent recevoir par décret délégation pour déterminer ce besoin de protection.

Art. R. 413-3 ***(Mod., D. n° 2001-744, 24 août 2001).*** **– Lorsque l'activité principale du service, de l'établissement ou de l'entreprise relève du ministre ayant déterminé le besoin de protection, l'implantation et les limites des zones protégées sont fixées par arrêté de ce ministre.**

Lorsque l'activité principale du service, de l'établissement ou de l'entreprise relève d'un autre ministre, l'implantation et les limites de zones protégées sont fixées par arrêté conjoint de ce ministre et du ministre ayant déterminé le besoin de protection.

Les autorités dont relèvent ces services, établissements ou entreprises peuvent recevoir par décret délégation pour prendre les arrêtés prévus par le présent article.

Art. R. 413-4 *(Mod., D. n° 2001-744, 24 août 2001).* – L'arrêté portant création d'une zone protégée est notifié au chef du service, de l'établissement ou de l'entreprise. Celui-ci prend alors, sous le contrôle de l'autorité qui a déterminé le besoin de protection, toutes dispositions pour rendre apparentes les limites de la zone et les mesures d'interdiction dont elle est l'objet.

Un exemplaire de l'arrêté est adressé, pour leur information et éventuellement aux fins d'application des dispositions qui les concernent, au ministre de l'Intérieur et aux préfets territorialement compétents.

Art. R. 413-5. – L'autorisation de pénétrer dans la zone protégée est donnée par le chef du service, de l'établissement ou de l'entreprise, selon les directives et sous le contrôle du ministre ayant déterminé le besoin de protection.

Toutefois, lorsque la zone a été instituée pour protéger des recherches, études ou fabrications qui doivent être tenues secrètes dans l'intérêt de la défense nationale, l'autorisation est délivrée par le ministre qui a déterminé le besoin de protection.

Dans tous les cas, l'autorisation est délivrée par écrit. Elle peut être retirée à tout moment dans les mêmes formes.

Art. R. 413-5-1 *(D. n° 2011-1425, 2 nov. 2011).* – I. – Sont dites « zones à régime restrictif » celles des zones, mentionnées à l'article R. 413-1, dont le besoin de protection tient à l'impératif qui s'attache à empêcher que des éléments essentiels du potentiel scientifique ou technique de la nation :

1° Fassent l'objet d'une captation de nature à affaiblir ses moyens de défense, à compromettre sa sécurité ou à porter préjudice à ses autres intérêts fondamentaux ;

2° Ou soient détournés à des fins de terrorisme, de prolifération d'armes de destruction massive et de leurs vecteurs ou de contribution à l'accroissement d'arsenaux militaires.

Les zones à régime restrictif peuvent inclure, dans leur périmètre, des locaux dont la protection renforcée est justifiée par l'entreposage de produits ou par l'exécution d'activités comportant des risques particuliers au regard des impératifs mentionnés aux trois premiers alinéas.

II. – Par dérogation aux deux premiers alinéas de l'article R. 413-5, l'accès à une zone à régime restrictif pour y effectuer un stage, y préparer un doctorat, y participer à une activité de recherche, y suivre une formation, y effectuer une prestation de service ou y exercer une activité professionnelle est soumis à l'autorisation du chef du service, d'établissement ou d'entreprise, après avis favorable du ministre chargé d'en exercer la tutelle ou, à défaut de ministre de tutelle, du ministre qui a déterminé le besoin de protection en application de l'article R. 413-2.

La demande d'avis est adressée par le chef de service, d'établissement ou d'entreprise au ministre mentionné au précédent alinéa. Le silence gardé par le ministre au cours des deux mois suivant la réception de la demande vaut avis favorable.

Le refus d'autorisation d'accès n'est pas motivé.

III. – Toute personne bénéficiant d'une habilitation au titre de la protection du secret de la défense nationale est réputée avoir obtenu l'avis ministériel favorable mentionné au II.

Les prestataires extérieurs de services relevant de catégories précisées par arrêté du Premier ministre et exerçant leur activité habituelle dans une zone à régime restrictif sont réputés avoir obtenu l'avis ministériel favorable mentionné au II pour accéder, dans les conditions prévues par un contrat de prestation de service, à la zone à régime restrictif.

IV. – Dans tous les cas, le chef du service, de l'établissement ou de l'entreprise informe le ministre mentionné au premier alinéa du II de sa décision relative à l'autorisation d'accès.

Voir : A. 3 juill. 2012 relatif à la protection du potentiel scientifique et technique de la nation (*JO* 5 juill. 2012) pour l'application du second alinéa du III (prestataires extérieurs réputés avoir obtenu l'avis ministériel favorable pour accéder aux zones à régime restrictif).

Section II. – Des atteintes au secret de la défense nationale

Art. R. 413-6 *(Mod., D. n° 94-167, 25 févr. 1994 ; D. n° 98-608, 17 juill. 1998).* – Pour l'application de l'article 413-9, les niveaux de classification des renseignements, procédés, objets, documents, données

informatisées ou fichiers présentant un caractère de secret de la défense nationale ainsi que les autorités chargées de définir les modalités selon lesquelles est organisée leur protection sont déterminés par le décret n° 98-608 du 17 juillet 1998 relatif à la protection des secrets de la défense nationale.

CHAPITRE IV. – DISPOSITIONS PARTICULIÈRES

Néant.

TITRE II. – DU TERRORISME

Néant.

TITRE III. – DES ATTEINTES À L'AUTORITÉ DE L'ÉTAT

CHAPITRE I. – DES ATTEINTES À LA PAIX PUBLIQUE

Section I

Néant.

Section II. – De la participation délictueuse à un attroupement

Art. R. 431-1 à R. 431-5 *(Abr. et recodifiés à compter du 1er janv. 2014, D. n° 2013-1113, 4 déc. 2013. – V. CSI, art. R. 211-11 à R. 211-16, R. 211-18, R. 211-21 et R. 214-1 à R. 214-3).*

Voir : CSI, art. R. 211-11 s., p. 828 sous art. 431-3.

Section III et IV

Néant.

CHAPITRE II. – DES ATTEINTES À L'ADMINISTRATION PUBLIQUE COMMISES PAR DES PERSONNES EXERÇANT UNE FONCTION PUBLIQUE

Néant.

CHAPITRE III. – DES ATTEINTES À L'ADMINISTRATION PUBLIQUE COMMISES PAR LES PARTICULIERS

Néant.

CHAPITRE IV. – DES ATTEINTES À L'ACTION DE LA JUSTICE

Néant.

TITRE IV. – DES ATTEINTES À LA CONFIANCE PUBLIQUE

Néant.

TITRE V. – DE LA PARTICIPATION À UNE ASSOCIATION DE MALFAITEURS

Néant.

LIVRE CINQUIÈME

DES AUTRES CRIMES ET DÉLITS

CHAPITRE I. – DES SÉVICES GRAVES OU ACTES DE CRUAUTÉ ENVERS LES ANIMAUX

Art. R. 511-1 *(Mod., Ord. n° 2010-462, 6 mai 2010)*. – **Les prescriptions relatives aux expériences ou recherches scientifiques ou expérimentales sur les animaux mentionnées à l'article 511-2 [art. 521-2] sont fixées par le décret n° 87-848 du 19 octobre 1987 pris pour l'application de cet article et du troisième alinéa de l'article L. 214-3 du Code rural et de la pêche maritime.**

Code rural et de la pêche maritime

Art. R. 214-90 *(D. n° 2013-118, 1er févr. 2013 ; D. n° 2021-1388, 25 oct. 2021)*. – Les animaux utilisés ou destinés à être utilisés dans des procédures expérimentales appartenant aux espèces dont la liste est fixée par arrêté conjoint des ministres chargés de l'environnement, de l'agriculture et de la recherche doivent répondre aux conditions suivantes :

1° Avoir été élevés à cette fin ;

2° Provenir soit d'éleveurs ou de fournisseurs agréés selon les modalités prévues aux articles R. 214-99 à R. 214-103, soit d'éleveurs ou de fournisseurs agréés dans d'autres États membres de l'Union ou dans des États membres de l'Espace économique européen conformément aux dispositions de la directive 2010/63/UE du Parlement européen et du Conseil du 22 septembre 2010 relative à la protection des animaux scientifiques, ou, pour les animaux provenant directement d'éleveurs ou de fournisseurs situés hors de l'Espace économique européen, être accompagnés de tous les documents permettant de justifier que la condition prévue au 1° est remplie.

À compter d'une date fixée par arrêté conjoint des ministres chargés de l'environnement, de l'agriculture et de la recherche, les primates sont issus d'élevages en captivité ou de colonies entretenues sans apport d'effectifs extérieurs.

Des dérogations au 1° peuvent être accordées par le ministre chargé de la recherche, après avis des autres ministres concernés, sur la base d'éléments scientifiques dûment justifié

Art. R. 214-91 *(D. n° 2013-118, 1er févr. 2013)*. – Les animaux d'espèces domestiques errants ou vivant à l'état sauvage ne sont pas utilisés dans des procédures expérimentales. À titre exceptionnel, des dérogations peuvent être accordées par les ministres chargés de l'agriculture et de la recherche après avis favorable de la Commission nationale de l'expérimentation animale pour autant que les conditions suivantes soient satisfaites :

a) Il existe une nécessité essentielle de mener cette procédure expérimentale qui concerne la santé et le bien-être des animaux de la même espèce ou une menace sérieuse pour la santé humaine ou animale ou pour l'environnement ;

b) Il existe des éléments scientifiques démontrant que la finalité de la procédure expérimentale ne peut être atteinte qu'en utilisant un animal errant ou vivant à l'état sauvage.

....

Art. R. 214-99 *(D. n° 2013-118, 1er févr. 2013)*. – Tout établissement éleveur, fournisseur ou utilisateur doit être agréé. À cet effet, sous réserve des dispositions de l'article R. 214-127, une demande d'agrément est adressée par le responsable de l'établissement au préfet du département du lieu d'implantation de l'établissement.

Cette demande est accompagnée d'un dossier dont les éléments sont précisés par arrêté conjoint des ministres chargés de l'agriculture et de la recherche et du ministre de la Défense.

Art. R. 214-100 *(D. n° 2013-118, 1er févr. 2013)*. – L'agrément est accordé en fonction de la vocation de l'établissement, de la nature de ses installations, des espèces animales hébergées, du type de procédures expérimentales mises en œuvre et de la qualification de son personnel. Le préfet peut restreindre l'étendue de l'agrément demandé ou l'assortir de toute condition jugée utile.

L'agrément est accordé pour une durée de six ans.

Toute modification des éléments pris en compte pour l'octroi de l'agrément initial de même que la cessation d'activité doivent être notifiées au préfet. Le cas échéant, une extension de l'étendue de l'agrément peut être accordée par le préfet, après justification par le responsable de l'établissement.

Une modification de l'agrément est requise dès qu'un changement significatif de la structure ou du fonctionnement de l'établissement éleveur, fournisseur ou utilisateur est susceptible de nuire au bien-être des animaux.

L'agrément devient caduc si l'établissement cesse son activité. Il peut être suspendu ou retiré si les conditions qui ont permis l'octroi de l'agrément ne sont plus respectées, dans les conditions prévues à l'article L. 206-2.

Art. R. 233-3-7 *(D. n° 2011-239, 3 mars 2011 ; mod., D. n° 2012-842, 30 juin 2012 ; D. n° 2021-1858, 28 déc. 2021)*. – Lorsqu'un agent mentionné aux articles R. 201-6 et R. 220-1 constate un manquement à l'application des dispositions de la présente sous-section et des arrêtés pris pour son application, ou aux dispositions communautaires et nationales applicables aux maladies réglementées, à l'identification et à la tenue du registre d'élevage, aux notifications des mouvements des animaux, à la protection animale, ou aux conditions de circulation des animaux, il rédige un rapport relatant les faits constatés et le transmet au préfet, qui peut suspendre ou retirer l'agrément dans les conditions fixées à l'article L. 233-3. Le préfet met en demeure le responsable du centre de rassemblement de se conformer aux exigences qu'il lui prescrit dans un délai qui n'excède pas trois mois. Pendant ce délai, le préfet peut prononcer la suspension de l'agrément. À l'issue de ce délai et en l'absence de mise en conformité, le préfet prononce le retrait de l'agrément.

....

Art. R. 215-10 *(Rempl., D. n° 2013-118, 1er févr. 2013)*. – I. – Sont punis de la peine d'amende prévue pour les contraventions de la 4e classe :

1° Le fait, pour toute personne responsable d'un établissement utilisateur dans lequel sont pratiquées des procédures expérimentales sur les animaux, de ne pas s'assurer :

a) Que les animaux qui sont utilisés ou destinés à être utilisés dans des procédures expérimentales proviennent d'établissements éleveurs ou fournisseurs, agréés conformément aux dispositions fixées aux articles R. 214-99 à R. 214-103 et R. 214-127 ;

b) Que les animaux détenus reçoivent les soins nécessaires à leur bon état d'entretien prévus par les dispositions de l'article R. 214-17 ;

c) Que les chiens, les chats et les primates détenus soient identifiés par un marquage individuel et permanent ;

d) Que l'établissement dispose d'un agrément en cours de validité, dont le champ est compatible avec les procédures expérimentales qui sont réalisées dans son enceinte ;

e) Que tous les projets mis en œuvre dans l'établissement soient couverts par une autorisation de projet en cours de validité conformément aux dispositions fixées aux articles R. 214-122 à R. 214-126 ;

f) Que les normes auxquelles doivent être conformes les installations mentionnées à l'article R. 214-95 et les textes pris pour son application soient respectées ;

g) Que les personnes mentionnées aux articles R. 214-101 à R. 214-103 soient en nombre suffisant et disposent de la qualification requise ;

h) Que les méthodes définies aux articles R. 214-98 et R. 214-106 à R. 214-113 et aux textes pris pour leur application, lorsqu'il est procédé à l'euthanasie d'animaux, soient respectées ;

2° Le fait, pour toute personne responsable d'un établissement d'élevage ou de fourniture d'animaux destinés à être utilisés dans des procédures expérimentales :

a) De ne pas s'assurer que l'établissement dispose d'un agrément en cours de validité ;

b) De ne pas assurer aux animaux détenus les soins nécessaires à leur bon état d'entretien prévus par les dispositions de l'article R. 214-17 ;

c) De ne pas respecter les règles particulières applicables aux installations et au fonctionnement des locaux mentionnés à l'article R. 214-95 ;

d) De ne pas s'assurer que les chiens, les chats et les primates détenus sont identifiés par un marquage individuel et permanent ;

e) De ne pas recourir aux méthodes définies à l'article R. 214-98 lorsqu'il est procédé à l'euthanasie d'animaux.

II. – Sont punis de la peine d'amende prévue pour les contraventions de la 3e classe :

1° Le fait, pour toute personne responsable d'un établissement utilisateur dans lequel sont pratiquées des procédures expérimentales sur les animaux, de ne pas être en mesure de présenter aux agents chargés du contrôle les éléments permettant de justifier que les agents placés sous sa responsabilité ont acquis une compétence et qu'ils maintiennent leurs compétences dans le domaine scientifique et spécifique des procédures expérimentales concernées et des espèces animales concernées ;

2° Le fait, pour toute personne responsable d'un établissement utilisateur, éleveur ou fournisseur, de ne pas être en mesure de présenter aux agents chargés du contrôle le registre dûment renseigné permettant d'établir l'origine et la destination des animaux détenus lors du contrôle ou qui ont été détenus antérieurement.

LIVRE SIXIÈME

DES CONTRAVENTIONS

TITRE PREMIER. – DISPOSITIONS GÉNÉRALES

Art. R. 610-1. – Les contraventions, ainsi que les classes dont elles relèvent, sont déterminées par décrets en Conseil d'État.

Bibliographie : *JCl. Pénal Code, Contraventions* par J.-H. Robert.

Art. R. 610-2. – *(D. n° 2001-883, 20 sept. 2001)* Les dispositions des troisième et quatrième alinéas de l'article 121-3 sont applicables aux contraventions pour lesquelles le règlement exige une faute d'imprudence ou de négligence.

Le complice d'une contravention au sens du second alinéa de l'article 121-7 est puni conformément à l'article 121-6.

Art. R. 610-3. – Le montant des amendes encourues pour les cinq classes de contraventions est fixé par l'article 131-13.

Art. R. 610-4. – Les contraventions punies d'une amende dont le taux est proportionnel au montant ou à la valeur exprimée en numéraire du préjudice, des réparations ou de l'objet de l'infraction constituent des contraventions de la 5e classe dont la peine d'amende ne peut excéder les montants fixés par le 5° de l'article 131-13.

Art. R. 610-5 *(Mod., D. n° 2022-185, 15 févr. 2022)*. – La violation des interdictions ou le manquement aux obligations édictées par les décrets et arrêtés de police sont punis de l'amende prévue pour les contraventions de la 2e classe.

Voir : C. route, art. R. 130-1, p. 2035 (compétences des agents ONF) et C. route, art. R. 130-4, p. 2036 (compétences des gardes champêtres).

Bibliographie : *JCl. Pénal Code, Décrets et arrêtés* sanctionnés par J.-H. Robert.

1) Inapplicabilité en cas de textes spéciaux. L'article R. 610-5 du Code pénal n'est pas applicable lorsque la méconnaissance des interdictions ou obligations prévues par un décret ou un arrêté de police est sanctionnée par un texte spécial ; tel est le cas de la violation d'un arrêté préfectoral pris en application de l'article L. 221-17 du Code du travail qui constitue exclusivement la contravention de la 5e classe prévue par l'article R. 262-1 du Code du travail (■ Cass. crim., 1er juill. 1997 : *Bull. crim.* n° 261 ; *Dr. pén.* 1998, comm. 9, obs. J.-H. Robert ; *RSC* 1998, 342, note Cerf). Tel est le cas de la violation d'un arrêté préfectoral pris en application de l'article L. 3132-29 du Code du travail, qui ne peut constituer que la contravention de la 5e classe prévue par l'article R. 3135-2 du même code (■ Cass. crim., 6 sept. 2016, n° 14-85.205).

2) En obligeant le conducteur d'une voiture de grande remise à présenter à toute réquisition un bon de commande, une ordonnance préfectorale tend, notamment, à assurer le bon ordre ainsi que la sûreté et la sécurité publiques.

Dès lors, encourt la cassation le jugement énonçant, pour relaxer le prévenu d'une contravention sanctionnée par l'article R. 610-5, que cette ordonnance qui tend à préserver les conducteurs de voitures de place, aujourd'hui appelées taxis, d'une concurrence illégale, a pour objet la protection d'intérêts privés et financiers (■ Cass. crim., 25 avr. 2001 : *Bull. crim.* n° 102).

3) Les maires peuvent, en application de l'article L. 2212-2 du Code général des collectivités territoriales, **réglementer la pratique de la planche à roulettes**, afin d'assurer le bon ordre, la sûreté, la sécurité et la salubrité publiques ; encourt dès lors la cassation le jugement du tribunal de police qui, pour relaxer le contrevenant, énonce que l'arrêté municipal interdit cette activité en dehors d'un espace spécialement aménagé porte aux libertés individuelles une atteinte disproportionnée par rapport au but de sécurité et de tranquillité publiques qu'il vise (■ Cass. crim., 18 nov. 2003 : *Bull. crim.* n° 215 ; *Dr. pén.* 2004, comm. 22, obs. M. Véron).

TITRE II. – DES CONTRAVENTIONS CONTRE LES PERSONNES

CHAPITRE I. – DES CONTRAVENTIONS DE LA 1re CLASSE CONTRE LES PERSONNES

Section I. – De la diffamation et de l'injure non publiques

Voir : L. 29 juill. 1881, p. 1703.

Art. R. 621-1. – La diffamation non publique envers une personne est punie de l'amende prévue pour les contraventions de la 1re classe.

La vérité des faits diffamatoires peut être établie conformément aux dispositions législatives relatives à la liberté de la presse.

Voir : art. R. 624-3, p. 1020 (diffamation non publique à caractère raciste ou discriminatoire).

Bibliographie : *JCl. Pénal Code, Diffamation et injure non publiques avec, ou sans, caractère discriminatoire, Fasc. 20*, par E. Dreyer.

1) Exclusion de la responsabilité pénale des personnes morales. Il se déduit de l'article 43-1 de la loi du 29 juillet 1881 qu'en dehors des cas expressément prévus par les textes, les personnes morales ne sauraient encourir de responsabilité pénale à raison des contraventions de presse.

Justifie sa décision la cour d'appel qui, pour mettre hors de cause le Syndicat national du travail temporaire, poursuivi en qualité de prévenu, du chef de diffamation non publique, énonce qu'aucune disposition de la loi du 29 juillet 1881, ni aucun texte ultérieur, n'autorisent la poursuite d'une personne morale du chef de diffamation, et que le régime juridique de la contravention de diffamation non publique étant celui des infractions de presse, le premier juge ne pouvait pas entrer en voie de condamnation à l'encontre de ce syndicat (■ Cass. crim., 10 sept. 2013, n° 12-83.672 : *Bull. crim.* n° 178 ; *Dr. pén.* 2013, comm. 169, obs. M. Véron).

2) Caractérisation de l'infraction. Lorsque l'élément de publicité fait défaut, les imputations diffamatoires caractérisent la contravention prévue et réprimée tant par l'article R. 26-11° du Code pénal, applicable aux faits commis avant le 1er mars 1994, que par l'article R. 621-1 du nouveau Code pénal (■ Cass. crim., 21 févr. 1995 : *Bull. crim.* n° 76 ; *RSC* 1996, 122, obs. Y. Mayaud).

Encourt la cassation l'arrêt qui après avoir constaté l'absence de publicité s'abstient de rechercher si les imputations visant le plaignant, à les supposer diffamatoires, ne pouvaient constituer la contravention prévue et réprimée par l'article R. 621-1 du Code pénal (■ Cass. crim., 12 sept. 2000 : *Bull. crim.* n° 267). Partant, la plainte portée pour diffamation oblige les juges d'instruction à informer sur l'ensemble des faits dont ils étaient saisis et à rechercher si les faits, même privés des circonstances propres à leur donner un caractère délictuel, n'étaient pas de nature à justifier le renvoi de leurs auteurs devant le tribunal de police compétent (■ Cass. crim., 21 mai 2019, n° 18-85.246).

3) Lorsque l'élément de publicité fait défaut, les imputations diffamatoires caractérisent la contravention prévue et réprimée par l'article R. 621-1 du Code pénal et la juridiction ayant constaté que les faits retenus constituent l'infraction de diffamation non publique a le devoir de statuer sur cette prévention ; encourt la censure, l'arrêt qui, en pareille occurrence, prononce une relaxe motivée par la prohibition de requalifier la prévention en matière de presse (■ Cass. crim., 8 avr. 2008, n° F07-87.226).

4) Même lorsqu'elles dégénèrent, faute de publicité, en injures non publiques, les imputations diffamatoires sont réputées faites avec intention de nuire (■ Cass. crim., 1er déc. 1987 : *Bull. crim.* n° 440).

5) C'est à bon droit, que les juges du fond peuvent écarter la bonne foi du prévenu pour avoir inutilement usé du ton de la polémique et commis des excès de langage tout en reconnaissant sa sincérité et son désintéressement (■ Cass. crim., 26 oct. 1982 : *Bull. crim.* n° 235).

6) Justifie sa décision la cour d'appel qui estime non caractérisée la diffamation non publique résultant de l'envoi, à un salarié, d'une lettre de licenciement lui imputant des faits de harcèlement sexuel, dès lors que la nécessité d'énoncer le ou les motifs du licenciement prévue par l'article L. 122-14-2 du Code du travail constitue un fait justificatif, et que les juges retiennent que le courrier litigieux ne développait aucun grief, ni aucune circonstance superflus (■ Cass. crim., 12 oct. 2004 : *Bull. crim.* n° 239).

7) Les imputations diffamatoires contenues dans une correspondance personnelle et privée et visant le seul destinataire de la lettre qui les contient, ne sont punissables, sous la qualification de diffamation non publique, que si ladite lettre a été adressée dans des conditions exclusives de tout caractère confidentiel (■ Cass. crim., 11 avr. 2012, n° 11-87.688 : *Bull. crim.* n° 89).

8) Les expressions diffamatoires contenues dans une correspondance personnelle et privée, et visant une personne autre que le destinataire du message qui les contient, ne sont punissables, sous la qualification de diffamation non publique, que si cette correspondance a été adressée dans des conditions exclusives de tout caractère confidentiel. Ce principe est applicable à un courriel, qui revêt le caractère d'une correspondance personnelle et privée (■ Cass. crim., 14 mai 2013, n° 12-84.042 : *Bull. crim.* n° 105 ; *D.* 2013, p. 1351, obs. S. Lavric ; *Dr. pén.* 2013, comm. 121, obs. M. Véron ; *adde.* ■ Cass. crim., 7 mai 2018, n° 16-85.035 : *JurisData* n° 2018-007598, où le courriel litigieux, adressé à des collègues d'un professeur, n'a perdu son caractère confidentiel que par l'initiative de l'un des destinataires).

Pour confirmer l'ordonnance d'un juge d'instruction déclarant irrecevable une plainte avec constitution de partie civile au motif d'une qualification contraventionnelle des faits, une chambre de l'instruction retient que l'envoi du courriel litigieux, adressé en copie à l'adresse [...].fr et à Mme C. ayant une adresse électronique à l'académie de Paris, n'avait pas de caractère public. Mais en prononçant ainsi sans rechercher, comme elle y était invitée par un mémoire régulièrement déposé devant elle, l'identité de toutes les personnes ayant pu prendre connaissance du courriel, comportant en pièce jointe l'écrit incriminé, à partir de la boîte structurelle [...].fr sur laquelle il a été envoyé, la chambre de l'instruction n'a pas justifié sa décision (■ Cass. crim., 22 janv. 2019, n° 18-82.614 : *JurisData* n° 2019-000626).

9) Aux termes de l'article 547, alinéa 3 du Code de procédure pénale, pour l'appel des jugements de police, la cour est composée du seul président de la chambre des appels correctionnels, siégeant à juge unique ; le jugement de la contravention de diffamation non publique prévue par l'article R. 621-1 du Code pénal ne fait pas exception à cette disposition (■ Cass. crim., 11 avr. 2012, même arrêt).

10) À noter que les abus de la liberté d'expression, prévus et réprimés par la loi du 29 juillet 1881 et par l'article R. 621-1 du Code pénal, ne peuvent être poursuivis et réparés sur le fondement de l'article 1382 du Code civil, et que la prescription prévue par l'article 65 de la loi du 29 juillet 1881 n'a pu être interrompue par des actes fondés à tort sur l'article 1382 du Code civil (■ Cass. 2e civ., 10 mars 2004 : *JurisData* n° 2004-022736 ; *Comm. com. électr.* 2004, p. 42, note A. Lepage).

11) Sur la preuve de la vérité des faits diffamatoires, V. les notes sous L., 29 juill. 1881, art. 55, Ann. *Presse*, spécialement ■ Cass. crim., 22 oct. 2013, n° 12-86.197, concernant l'article R. 621-5 du Code pénal.

12) Les expressions diffamatoires, formulées au cours d'un entretien privé entre deux personnes et visant un tiers, ne sont punissables, sous la qualification de diffamation non publique, que si les propos ont été tenus dans des conditions exclusives de tout caractère confidentiel.

Encourt dès lors la cassation l'arrêt d'une cour d'appel qui condamne un prévenu pour diffamation non publique, alors que le propos litigieux a été tenu au cours d'une conversation confidentielle, sans que soit démontrée la volonté de son auteur de le voir porter à la connaissance des tiers (■ Cass. crim., 14 oct. 2014, n° 13-85.512 : *CCE*, nov. 2014, n° 87, p. 39-40, note A. Lepage ; *Dr. pén.* 2015, comm. 4, obs. M. Véron).

13) Imputation d'un fait précis. Pour constituer une diffamation, l'allégation ou l'imputation qui porte atteinte à l'honneur ou à la considération de la victime doit se présenter sous la forme d'une articulation précise de faits de nature à être, sans difficulté, l'objet d'une preuve et d'un débat contradictoire. En l'espèce, pour caractériser la contravention de diffamation non publique à l'encontre de la prévenue, l'arrêt retient que les propos incriminés, même rédigés sous une forme dubitative, dépassent le cadre de la simple critique en jetant le discrédit sur les capacités de la partie civile à diriger une entreprise, et sont bien attentatoires à l'honneur et à la considération de celle-ci. Cette décision encourt la cassation dès lors que le propos litigieux ne comportait pas en lui-même l'allégation ou l'imputation d'un fait suffisamment précis pour faire l'objet d'une preuve et d'un débat contradictoire, et que les juges ne relevaient pas de circonstances extrinsèques à l'écrit incriminé, de nature à lui donner son véritable sens, et à caractériser l'infraction poursuivie (■ Cass. crim., 8 sept. 2015, n° 14-84.270 : *JurisData* n° 2015-019987). Ne constituent donc pas une diffamation des propos litigieux dont les juges du fond relèvent qu'ils ne contiennent pas l'articulation de faits suffisamment précis pour faire, sans difficulté, l'objet d'une preuve et d'un débat contradictoire (■ Cass. crim., 26 janv. 2016, n° 14-87.039 : *JurisData* n° 2016-001007 ; *Dr. pén.* 2016, comm. 80, obs. Ph. Conte).

14) Fait justificatif. Selon l'article 122-4 du Code pénal, n'est pas responsable la personne qui accomplit un acte prescrit ou autorisé par des dispositions législatives ou réglementaires. En application de l'article L. 2132-5 du Code général des collectivités territoriales, le contribuable qui se propose d'exercer, avec l'autorisation du tribunal administratif, les actions qu'il croit appartenir à la commune, et que celle-ci a refusé ou négligé d'exercer, doit, préalablement, appeler les organes de la commune à en délibérer. Encourt en conséquence la cassation l'arrêt qui déclare coupable de la contravention de diffamation non publique le prévenu qui a adressé au maire de sa commune une lettre lui demandant d'exercer au nom de celle-ci, une action pour prise illégale d'intérêts en raison défaits imputés au maire lui-même, alors qu'il invoquait l'application de l'article L. 2132-5 du Code général des collectivités territoriales, et qu'il lui incombait d'énoncer les motifs de sa démarche, de justifier du bien-fondé de l'action en justice qu'il requérait, et de mettre les organes de la commune à même de se prononcer (■ Cass. crim., 27 mai 2015, n° 14-83.061 ; *D.* 2015, p. 1583, note A. Serinet ; *Dr. pén.* 2015, comm. 143, obs. Ph. Conte).

15) Le régime juridique de la contravention de diffamation non publique est celui des infractions de presse, notamment pour ce qui concerne la responsabilité du directeur de publication, en dehors des cas expressément prévus par les textes (■ Cass. crim., 8 janv. 2019, n° 17-85.789 : *JurisData* n° 2019-000050).

Art. R. 621-2. – L'injure non publique envers une personne, lorsqu'elle n'a pas été précédée de provocation, est punie de l'amende prévue pour les contraventions de la 1re classe.

Voir : art. R. 624-3, p. 1020 (injure non publique à caractère raciste ou discriminatoire).

Bibliographie : *JCl. Pénal Code, Diffamation et injure non publiques avec, ou sans, caractère discriminatoire* par E. Dreyer.

1) Exclusion de la responsabilité pénale des personnes morales. (■ Cass. crim., 10 sept. 2013, n° 12-83.672 : *JurisData* n° 2013-018923 ; *Bull. crim.* n° 178 ; *Dr. pén.* 2013, comm. 169, obs. M. Véron ; *Comm. com. électr.* 2013, comm. 118, obs. A. Lepage ; *Gaz. Pal.*, 5-6 févr. 2014, p. 16, obs. F. Fourment) V. note sous art. R. 621-1, p. 1014, sous art. 121-2, p. 99 et sous L. 29 juill. 1881, art. 43-1, p. 1775, Ann. *Presse et médias*.

2) En cas de pluralité d'écrits distincts, non publics, comportant des propos diffamatoires ou injurieux, des condamnations cumulatives à des peines contraventionnelles peuvent être prononcées (■ Cass. crim., 25 mai 1993 : *Bull. crim.* n° 190).

3) Les expressions injurieuses visant une personne autre que le destinataire de la lettre qui les contient ne sont punissables que si ladite lettre a été adressée dans des conditions exclusives d'un caractère confidentiel (■ Cass. crim., 17 janv. 1995 : *Dr. pén.* 1995, comm. 120, obs. M. Véron).

4) Caractère injurieux des propos. L'injure peut résulter d'une insulte (■ Cass. crim., 30 mars 2016, n° 14-88.144 : *JurisData* n° 2016-005809), ou d'une expression outrageante (V. au sujet d'une personne morale dont l'action est comparée à de la fiente, de « donner envie de vomir » (■ Cass. crim., 21 juin 2016, n° 15-82529, inédit).

CHAPITRE II. – DES CONTRAVENTIONS DE LA 2e CLASSE CONTRE LES PERSONNES

Section I. – Des atteintes involontaires à l'intégrité de la personne n'ayant entraîné aucune incapacité totale de travail

Art. R. 622-1 *(Mod., D. n° 2001-883, 20 sept. 2001 ; D. n° 2010-671, 18 juin 2010).* **– Hors le cas prévu par l'article R. 625-3, le fait, par maladresse, imprudence, inattention, négligence ou manquement à une**

obligation de sécurité ou de prudence imposée par la loi ou le règlement, dans les conditions et selon les distinctions prévues à l'article 121-3, de porter atteinte à l'intégrité d'autrui sans qu'il en résulte d'incapacité totale de travail est puni de l'amende prévue pour les contraventions de la 2e classe.

Les personnes coupables de la contravention prévue au présent article encourent également la peine complémentaire de confiscation de la chose qui a servi à commettre l'infraction.

Les personnes morales déclarées responsables pénalement, dans les conditions prévues par l'article 121-2, de l'infraction définie au présent article encourent, outre l'amende suivant les modalités prévues par l'article 131-41, la peine de confiscation de la chose qui a servi à commettre l'infraction.

Bibliographie : *JCl. Pénal Code, Atteintes involontaires à l'intégrité de la personne sans incapacité de travail* par L. Leturmy.

Section II. – De la divagation d'animaux dangereux

Art. R. 622-2. – Le fait, par le gardien d'un animal susceptible de présenter un danger pour les personnes, de laisser divaguer cet animal est puni de l'amende prévue pour les contraventions de la 2e classe.

En cas de condamnation du propriétaire de l'animal ou si le propriétaire est inconnu, le tribunal peut décider de remettre l'animal à une œuvre de protection animale reconnue d'utilité publique ou déclarée, laquelle pourra librement en disposer.

Bibliographie : *JCl. Pénal Code, Divagation d'animaux dangereux* par J.-Y. Maréchal, P.-J. Delage et C. Lanty • J.-Y. Maréchal, *L'animal en droit pénal* : *Dr. pén.* 2018, dossier 1.

1) N'est pas en état de divagation le chien qui est resté sous le contrôle de son maître (▪ Cass. crim., 5 avr. 1990 : *Bull. crim.* n° 146. ▪ CA Limoges, 21 sept. 1990 : *JurisData* n° 1990-043775).

2) L'animal qui se jette spontanément sur les personnes pour les mordre est nécessairement un animal malfaisant ou féroce (▪ Cass. crim., 19 mars 1992 : *Bull. crim.* n° 120 ; *RSC* 1993, 330, obs. Levasseur).

3) Le danger présenté par un chien n'est pas subordonné à son appartenance aux classes prévues par le Code rural. Ainsi, le propriétaire d'un chien de race berger allemand, dont l'enquête a établi qu'il avait l'habitude de divaguer dans le village, a pu être condamné pour blessures involontaires par violation manifestement délibérée d'une obligation particulière de sécurité ou de prudence imposée par la loi ou le règlement, pour avoir laissé divaguer un chien susceptible de présenter un danger pour les personnes, violant ainsi les dispositions de l'article R. 622-2 du Code pénal (▪ Cass. crim., 2 mai 2018, n° 17-83.264 : *JurisData* n° 2018-007366).

Code rural et de la pêche maritime

Art. L. 211-12 *(Mod., L. n° 2008-582 du 20 juin 2008)*. **–** Les types de chiens susceptibles d'être dangereux faisant l'objet des mesures spécifiques prévues par les articles L. 211-13, L. 211-13-1, L. 211-14, L. 211-15 et L. 211-16, sans préjudice des dispositions de l'article L. 211-11, sont répartis en deux catégories :

1° Première catégorie : les chiens d'attaque ;

2° Deuxième catégorie : les chiens de garde et de défense.

Un arrêté du ministre de l'intérieur et du ministre chargé de l'agriculture établit la liste des types de chiens relevant de chacune de ces catégories.

CHAPITRE III. – DES CONTRAVENTIONS DE LA 3e CLASSE CONTRE LES PERSONNES

Section I. – Des menaces de violences

Art. R. 623-1. – Hors les cas prévus par les articles 222-17 et 222-18, la menace de commettre des violences contre une personne, lorsque cette menace est soit réitérée, soit matérialisée par un écrit, une image ou tout autre objet, est punie de l'amende prévue pour les contraventions de la 3e classe.

Section II. – Des bruits ou tapages injurieux ou nocturnes

Art. R. 623-2. – Les bruits ou tapages injurieux ou nocturnes troublant la tranquillité d'autrui sont punis de l'amende prévue pour les contraventions de la 3e classe.

Les personnes coupables de contraventions prévues au présent article encourent également la peine complémentaire de confiscation de la chose qui a servi ou était destinée à commettre l'infraction.

Le fait de faciliter sciemment, par aide ou assistance, la préparation ou la consommation des contraventions prévues au présent article est puni des mêmes peines.

Voir : C. santé publ. art. R. 1337-6 s.

Bibliographie : *JCl. Pénal Code, Bruits ou tapages injurieux ou nocturnes* par T. Fossier.

1) Sont considérés comme coupables de bruits ou tapages injurieux ou nocturnes, non seulement ceux qui prennent une part active à ces bruits ou tapages mais aussi ceux qui, par leur présence ou leur fait, ont favorisé ou facilité la commission de cette infraction (▪ Cass. crim., 17 févr. 1988 : *Bull. crim.* n° 80 ; V. également *Dr. pén.* 1993, obs. M. Véron, chron. n° 58).

2) Lorsque les bruits ont été mesurés à l'aide d'un appareil dit « sonomètre », les juges sont tenus, si le prévenu le conteste, de rechercher si l'appareil utilisé répondait aux exigences de la réglementation en vigueur sur sa conformité et son contrôle (▪ Cass. crim., 18 mars 1992 : *Gaz. Pal.* 30-31 oct. 1991, somm. 8).

3) Même en l'absence de toute volonté de nuire et même si des bruits peuvent résulter de l'exercice d'une profession, la contravention de tapage nocturne prévue par l'article R. 34-8° du Code pénal est caractérisée dès lors que le prévenu a eu conscience du trouble causé au voisinage par l'installation dont il était responsable et n'a pris aucune mesure pour y remédier (▪ Cass. crim., 17 janv. 1990 : *Bull. crim.* n° 30. ▪ Cass. crim., 11 janv. 2005 : même solution pour les aboiements d'un chien dont le maître n'a pris aucune mesure pour y remédier (*Dr. pén.* 2005, comm. 71, obs. M. Véron).

4) Un adjoint engage sa responsabilité pénale pour les infractions qu'il commet dans l'exercice d'une fonction déléguée par le maire d'une commune, dès lors qu'il dispose de la compétence, des pouvoirs et des moyens nécessaires à l'accomplissement de sa mission ; justifie sa décision la cour d'appel qui condamne du chef de tapage nocturne l'adjoint titulaire d'une délégation du maire pour les fêtes et cérémonies, en retenant qu'il est l'organisateur d'une fête communale bruyante, dont il surveillait les émissions acoustiques à l'aide d'un appareil approprié (▪ Cass. crim., 4 sept. 2007 : *Bull. crim.* n° 193 ; *Dr. pén.* 2007, comm. 153, obs. M. Véron).

5) L'infraction de tapage nocturne englobe nécessairement l'ensemble des faits reprochés au prévenu au cours de la nuit, à la date mentionnée par la citation (▪ Cass. crim., 5 nov. 1996 : *Bull. crim.* n° 391 ; *Dr. pén.* 1997, comm. 30, obs. A. Maron).

6) Doit être cassé l'arrêt qui décide que même en l'absence de toute volonté de nuire, et même si les bruits résultent de l'exercice d'une profession, la contravention de tapage injurieux ou nocturne est caractérisée dès lors que le prévenu, comme en l'espèce, a eu conscience du trouble causé au voisinage par les engins dont il est responsable et n'a pris aucune mesure pour y remédier (▪ Cass. crim., 15 sept. 2015, n° 14-86.840).

7) Se rend complice de la contravention de tapage nocturne la personne qui, présente à son domicile, laisse se perpétrer des bruits troublant la tranquillité d'autrui (▪ Cass. crim, 26 févr. 2020, n° 19-80.641 : *JurisData* n° 2020-002440 ; *Lexbase Pénal* n° 26, 23 avr. 2020, note J.-Ch. Saint-Pau).

8) La contravention reprochée à un prévenu criant aux forces de l'ordre « CRS au zoo, libérez les animaux » au cours d'une manifestation politique peut être justifiée par les libertés de réunion et d'expression fondées sur les articles 10 et 11 de la Convention européenne des droits de l'homme (▪ Cass. crim., 3 nov. 2020, n° 2019-87.418 : *JurisData* n° 2020-017863 ; *Dr. pén.* 2021, comm. 3, obs. Ph. Conte).

Section III. – De l'excitation d'animaux dangereux

Art. R. 623-3. – Le fait, par le gardien d'un animal susceptible de présenter un danger pour les personnes, d'exciter ou de ne pas retenir cet animal lorsqu'il attaque ou poursuit un passant, alors même qu'il n'en est résulté aucun dommage, est puni de l'amende prévue pour les contraventions de la 3e classe.

En cas de condamnation du propriétaire de l'animal ou si le propriétaire est inconnu, le tribunal peut décider de remettre l'animal à une œuvre de protection animale reconnue d'utilité publique ou déclarée, laquelle pourra librement en disposer.

Bibliographie : *JCl. Pénal Code, Excitation d'animaux dangereux* par J.-Y. Maréchal.

Section IV. – De la violation des dispositions réglementant le commerce de certains matériels susceptibles d'être utilisés pour porter atteinte à l'intimité de la vie privée

Art. R. 623-4 *(Mod., D. n° 2010-671, 18 juin 2010).* – **Le fait, par une personne titulaire de l'une des autorisations mentionnées à l'article R. 226-3, de ne pas tenir le registre prévu par le deuxième alinéa de l'article R. 226-10 est puni de l'amende prévue pour les contraventions de la 3e classe.**

CHAPITRE IV. – DES CONTRAVENTIONS DE LA 4e CLASSE CONTRE LES PERSONNES

Section I. – Des violences légères

Art. R. 624-1. – **Hors les cas prévus par les articles 222-13 et 222-14, les violences volontaires n'ayant entraîné aucune incapacité totale de travail sont punies de l'amende prévue pour les contraventions de la 4e classe.**

Les personnes coupables de la contravention prévue au présent article encourent également les peines complémentaires suivantes :

1° La suspension, pour une durée de trois ans au plus, du permis de conduire, cette suspension pouvant être limitée à la conduite en dehors de l'activité professionnelle ;

2° L'interdiction de détenir ou de porter, pour une durée de trois ans au plus, une arme soumise à autorisation ;

3° La confiscation d'une ou de plusieurs armes dont le condamné est propriétaire ou dont il a la libre disposition ;

4° Le retrait du permis de chasser, avec interdiction de solliciter la délivrance d'un nouveau permis pendant trois ans au plus ;

5° La confiscation de la chose qui a servi ou était destinée à commettre l'infraction ou de la chose qui en est le produit.

Le fait de faciliter sciemment, par aide ou assistance, la préparation ou la consommation de la contravention prévue au présent article est puni des mêmes peines.

Voir : En cas d'incapacité totale du travail d'une durée inférieure ou égale à 8 jours, art. R. 625-1, p. 1021.

Bibliographie : *JCl. Pénal Code, Violences légères* par D. Thomas.

1) Sont notamment des violences légères le fait de se précipiter sur une personne et de la bousculer (▪ Cass. crim., 19 avr. 1958 : *Bull. crim.* n° 321), le fait d'asperger une personne avec un tuyau d'arrosage (▪ Cass. crim., 16 févr. 1984 : *Gaz. Pal.* 1984, 2, somm. 271) ou le fait de s'opposer pendant un long moment, sans droit et par la force, à un conducteur d'un véhicule désirant quitter son stationnement (▪ Cass. crim., 10 nov. 1992 : *Bull. crim.* n° 368).

2) Le sursis n'est pas applicable à l'amende prononcée pour les contraventions des quatre premières classes (▪ Cass. crim., 27 mars 2018, n° 17-84.303 : inédit).

Section II. – De la diffusion de messages contraires à la décence

Art. R. 624-2. – **Le fait de diffuser sur la voie publique ou dans les lieux publics des messages contraires à la décence est puni de l'amende prévue pour les contraventions de la 4e classe.**

Est puni de la même peine le fait, sans demande préalable du destinataire, d'envoyer ou de distribuer à domicile de tels messages.

Les personnes coupables des contraventions prévues au présent article encourent également la peine complémentaire de confiscation de la chose qui a servi ou était destinée à commettre l'infraction ou de la chose qui en est le produit.

Le fait de faciliter sciemment, par aide ou assistance, la préparation ou la consommation des contraventions prévues au présent article est puni des mêmes peines.

(D. n° 2010-671, 18 juin 2010) **Les personnes morales déclarées responsables pénalement, dans les conditions prévues par l'article 121-2, des infractions définies au présent article encourent, outre l'amende**

Art. R. 625-4. – Les personnes coupables des infractions définies aux articles R. 625-2 et R. 625-3 encourent, outre les peines d'amende prévues par ces articles, les peines complémentaires suivantes :

1° La suspension, pour une durée de trois ans au plus, du permis de conduire, cette suspension pouvant être limitée à la conduite en dehors de l'activité professionnelle ;

2° L'interdiction de détenir ou de porter, pour une durée de trois ans au plus, une arme soumise à autorisation ;

3° La confiscation d'une ou de plusieurs armes dont le condamné est propriétaire ou dont il a la libre disposition ;

4° Le retrait du permis de chasser, avec interdiction de solliciter la délivrance d'un nouveau permis pendant trois ans au plus ;

5° La confiscation de la chose qui a servi à commettre l'infraction ;

6° Le travail d'intérêt général pour une durée de vingt à cent vingt heures.

Art. R. 625-5 *(Rempl., D. n° 2010-671, 18 juin 2010).* – Les personnes morales déclarées responsables pénalement, dans les conditions prévues par l'article 121-2, des infractions définies aux articles R. 625-2 et R. 625-3 encourent, outre l'amende suivant les modalités prévues par l'article 131-41, la peine de confiscation de la chose qui a servi à commettre l'infraction.

Art. R. 625-6. – La récidive des contraventions prévues aux articles R. 625-2 et R. 625-3 est réprimée conformément aux articles 132-11 et 132-15.

Section III. – Des provocations, diffamations et injures non publiques présentant un caractère raciste ou discriminatoire

Art. R. 625-7 *(D. n° 2017-1230, 3 août 2017).* – La provocation non publique à la discrimination, à la haine ou à la violence à l'égard d'une personne ou d'un groupe de personnes à raison de leur origine ou de leur appartenance ou de leur non-appartenance, vraie ou supposée, à une ethnie, une nation, une prétendue race ou une religion déterminée est punie de l'amende prévue pour les contraventions de la 5e classe.

Est punie de la même peine la provocation non publique à la haine ou à la violence à l'égard d'une personne ou d'un groupe de personnes à raison de leur sexe, de leur orientation sexuelle ou identité de genre, ou de leur handicap, ainsi que la provocation non publique, à l'égard de ces mêmes personnes, aux discriminations prévues par les articles 225-2 et 432-7.

Art. R. 625-8 *(D. n° 2017-1230, 3 août 2017).* – La diffamation non publique commise envers une personne ou un groupe de personnes à raison de leur origine ou de leur appartenance ou de leur non-appartenance, vraie ou supposée, à une ethnie, une nation, une prétendue race ou une religion déterminée est punie de l'amende prévue pour les contraventions de la 5e classe.

Est punie de la même peine la diffamation non publique commise envers une personne ou un groupe de personnes à raison de leur sexe, de leur orientation sexuelle ou identité de genre, ou de leur handicap.

Art. R. 625-8-1 *(D. n° 2017-1230, 3 août 2017).* – L'injure non publique commise envers une personne ou un groupe de personnes à raison de leur origine ou de leur appartenance ou de leur non-appartenance, vraie ou supposée, à une ethnie, une nation, une prétendue race ou une religion déterminée est punie de l'amende prévue pour les contraventions de la 5e classe.

Est punie de la même peine l'injure non publique commise envers une personne ou un groupe de personnes à raison de leur sexe, de leur orientation sexuelle ou identité de genre, ou de leur handicap.

Art. R. 625-8-2 *(D. n° 2017-1230, 3 août 2017).* – Les personnes coupables des infractions prévues par la présente section encourent, outre les peines d'amende prévues par ces articles, les peines complémentaires suivantes :

1° L'interdiction de détenir ou de porter, pour une durée de trois ans au plus, une arme soumise à autorisation ;

2° La confiscation d'une ou de plusieurs armes dont le condamné est propriétaire ou dont il a la libre disposition ;

3° La confiscation de la chose qui a servi ou était destinée à commettre l'infraction ou de la chose qui en est le produit ;

4° Le travail d'intérêt général pour une durée de vingt à cent vingt heures ;
5° L'obligation d'accomplir, le cas échéant à ses frais, un stage de citoyenneté.

Les personnes morales déclarées responsables pénalement, dans les conditions prévues par l'article 121-2, des infractions prévues par la présente section encourent, outre l'amende suivant les modalités prévues par l'article 131-41, la peine de confiscation de la chose qui a servi ou était destinée à commettre l'infraction ou de la chose qui en est le produit.

La récidive des contraventions prévues par la présente section est réprimée conformément aux articles 132-11 et 132-15.

Voir : art. 24, al. 6, L. 29 juill. 1881.

Bibliographie : *JCl. Pénal Code, Provocation non publique à la discrimination, à la haine ou à la violence* par E. Dreyer.

Section IV. – Du racolage

(Abr., D. n° 2004-1021, 27 sept. 2004)

Art. R. 625-8 *(Abr., D. n° 2004-1021, 27 sept. 2004).*

Section V. – De la violation des dispositions réglementant le commerce de certains matériels susceptibles d'être utilisés pour porter atteinte à l'intimité de la vie privée

Art. R. 625-9 *(D. n° 2010-671, 18 juin 2010).* – **Le fait, par une personne titulaire de l'une des autorisations mentionnées à l'article R. 226-3, de proposer, céder, louer ou vendre un appareil figurant sur la liste visée à l'article R. 226-1 en violation des dispositions du premier alinéa de l'article R. 226-10 est puni de l'amende prévue pour les contraventions de la 5e classe.**

Les personnes coupables de la contravention prévue au présent article encourent également la peine complémentaire de confiscation de la chose qui a servi ou était destinée à commettre l'infraction ou de la chose qui en est le produit.

Les personnes morales déclarées responsables pénalement, dans les conditions prévues par l'article 121-2, de l'infraction définie au présent article encourent, outre l'amende suivant les modalités prévues par l'article 131-41, la peine de confiscation de la chose qui a servi ou était destinée à commettre l'infraction ou de la chose qui en est le produit.

La récidive de la contravention prévue au présent article est réprimée conformément aux articles 132-11 et 132-15.

Section VI. – Des atteintes aux droits de la personne résultant des fichiers ou des traitements informatiques

(D. n° 2005-1309, 20 oct. 2005)

Art. R. 625-10 *(D. n° 2005-1309, 20 oct. 2005 ; mod., D. n° 2018-687, 1er août 2018).* – **Lorsque cette information est exigée par la loi, est puni de l'amende prévue pour les contraventions de la cinquième classe le fait, pour le responsable d'un traitement automatisé de données à caractère personnel :**

1° De ne pas informer la personne auprès de laquelle sont recueillies des données à caractère personnel la concernant :

***a)* De l'identité du responsable du traitement et, le cas échéant, de celle de son représentant ;**
***b)* De la finalité poursuivie par le traitement auquel les données sont destinées ;**
***c)* Du caractère obligatoire ou facultatif des réponses ;**
***d)* Des conséquences éventuelles, à son égard, d'un défaut de réponse ;**
***e)* Des destinataires ou catégories de destinataires des données ;**
***f)* De ses droits d'opposition, d'interrogation, d'accès et de rectification ;**
***g)* Le cas échéant, des transferts de données à caractère personnel envisagés à destination d'un État n'appartenant pas à l'Union européenne ;**

2° Lorsque les données sont recueillies par voie de questionnaire, de ne pas porter sur le questionnaire les informations relatives :

a) À l'identité du responsable du traitement et, le cas échéant, à celle de son représentant ;

b) À la finalité poursuivie par le traitement auquel les données sont destinées ;

c) Au caractère obligatoire ou facultatif des réponses ;

d) Aux droits d'opposition, d'interrogation, d'accès et de rectification des personnes auprès desquelles sont recueillies les données ;

3° De ne pas informer de manière claire et précise toute personne utilisatrice des réseaux de communications électroniques :

a) De la finalité de toute action tendant à accéder, par voie de transmission électronique, à des informations stockées dans son équipement terminal de connexion ou à inscrire, par la même voie, des informations dans son équipement terminal de connexion ;

b) Des moyens dont elle dispose pour s'y opposer ;

4° De ne pas fournir à la personne concernée, lorsque les données à caractère personnel n'ont pas été recueillies auprès d'elle, les informations énumérées au 1° et au 2° dès l'enregistrement des données ou, si une communication des données à des tiers est envisagée, au plus tard lors de la première communication des données.

(Al. mod., D. n° 2019-536, 29 mai 2019) Est puni de la même peine le fait de ne pas fournir l'une des informations mentionnées au I de l'article 104 de la loi n° 78-17 du 6 janvier 1978 relative à l'informatique, aux fichiers et aux libertés ou aux articles 13 et 14 du règlement (UE) 2016/679 du Parlement européen et du Conseil du 27 avril 2016.

Art. R. 625-11 *(D. n° 2005-1309, 20 oct. 2005 ; mod., D. n° 2018-687, 1er août 2018)*. – Est puni de l'amende prévue pour les contraventions de la cinquième classe le fait, pour le responsable d'un traitement automatisé de données à caractère personnel, de ne pas répondre aux demandes d'une personne physique justifiant de son identité qui ont pour objet :

1° La confirmation que des données à caractère personnel la concernant font ou ne font pas l'objet de ce traitement ;

2° Les informations relatives aux finalités du traitement, aux catégories de données à caractère personnel traitées et aux destinataires ou aux catégories de destinataires auxquels les données sont communiqées ;

3° Le cas échéant, les informations relatives aux transferts de données à caractère personnel envisagés à destination d'un État n'appartenant pas à l'Union européenne ;

4° La communication, sous une forme accessible, des données à caractère personnel qui la concernent ainsi que de toute information disponible quant à l'origine de celles-ci ;

5° Les informations permettant de connaître et de contester la logique qui sous-tend le traitement automatisé en cas de décision prise sur le fondement de celui-ci et produisant des effets juridiques à l'égard de l'intéressé.

Est puni de la même peine le fait de refuser de délivrer, à la demande de l'intéressé, une copie des données à caractère personnel le concernant, le cas échéant, contre paiement d'une somme qui ne peut excéder le coût de la reproduction.

(Al. mod., D. n° 2019-536, 29 mai 2019) Est puni de la même peine le fait de ne pas répondre aux demandes tendant à la mise en œuvre des droits prévus à l'article 15 du règlement (UE) 2016/679 du Parlement européen et du Conseil du 27 avril 2016 ou, hors les cas prévus à l'article 107 de la loi n° 78-17 du 6 janvier 1978 relative à l'informatique, aux fichiers et aux libertés, au II de l'article 104 et à l'article 105 de cette même loi.

Les contraventions prévues par le présent article ne sont toutefois pas constituées si le refus de réponse est autorisé par la loi soit afin de ne pas porter atteinte au droit d'auteur, soit parce qu'il s'agit de demandes manifestement abusives, notamment par leur nombre, leur caractère répétitif ou systématique, soit parce que les données à caractère personnel sont conservées sous une forme excluant manifestement tout risque d'atteinte à la vie privée des personnes concernées et pendant une durée n'excédant pas celle nécessaire aux seules finalités d'établissement de statistiques ou de recherche scientifique ou historique.

La contravention d'opposition à l'exercice du droit d'accès à une information nominative, prévue et réprimée par les articles 35 de la loi du 6 janvier 1978 dans sa rédaction antérieure à la loi du 6 août 2004, 1er 3° du décret du 23 décembre 1981 et consistant dans la fourniture de données présentées sous une forme non directement intelligible, constitue une infraction instantanée, consommée à la date d'envoi de l'information à la personne titulaire du droit d'accès.

Ne caractérisent pas la réitération de cette infraction, les réponses faites ultérieurement aux réclamations du titulaire du droit d'accès se plaignant de l'absence de clarté des informations données.

Justifie, dès lors, sa décision, la cour d'appel qui constate l'extinction de l'action publique par la prescription après avoir retenu qu'il s'était écoulé plus d'une année entre l'envoi des informations au titulaire du droit d'accès et la plainte adressée par lui au procureur de la République (■ Cass. crim., 6 mai 2008 : *Bull. crim.* n° 102 ; *Dr. pén.* 2008, comm. 97, obs. J.-H. Robert ; *RSC* 2008, p. 626, 4, obs. J. Francillon).

Art. R. 625-12 *(D. n° 2005-1309, 20 oct. 2005 ; mod., D. n° 2018-687, 1er août 2018).* **– Est puni de l'amende prévue pour les contraventions de la cinquième classe le fait, pour le responsable d'un traitement automatisé de données à caractère personnel, de ne pas procéder, sans frais pour le demandeur, aux opérations demandées par une personne physique justifiant de son identité et qui exige que soient rectifiées, complétées, mises à jour, verrouillées ou effacées les données à caractère personnel la concernant ou concernant la personne décédée dont elle est l'héritière, lorsque ces données sont inexactes, incomplètes, équivoques, périmées, ou lorsque leur collecte, leur utilisation, leur communication ou leur conservation est interdite.**

(Al. mod., D. n° 2019-536, 29 mai 2019) **Est puni de la même peine le fait de ne pas procéder aux opérations exigées par les articles 16 à 18 du règlement (UE) 2016/679 du Parlement européen et du Conseil du 27 avril 2016, ou, hors les cas prévus à l'article 107 de la loi n° 78-17 du 6 janvier 1978 relative à l'informatique, aux fichiers et aux libertés, par l'article 106 de cette même loi.**

Art. R. 625-13 *(D. n° 2005-1309, 20 oct. 2005 ; mod., D. n° 2010-671, 18 juin 2010).* **– La récidive des contraventions prévues par la présente section est réprimée conformément aux articles 132-11 et 132-15.**

TITRE III. – DES CONTRAVENTIONS CONTRE LES BIENS

CHAPITRE I. – DES CONTRAVENTIONS DE LA 1re CLASSE CONTRE LES BIENS

Section unique. – Des menaces de destruction, de dégradation ou de détérioration n'entraînant qu'un dommage léger

Art. R. 631-1 *(Mod., D. n° 2010-671, 18 juin 2010).* **– Hors le cas prévu par l'article 322-13, la menace de commettre une destruction, une dégradation ou une détérioration n'entraînant qu'un dommage léger, lorsqu'elle est soit réitérée, soit matérialisée par un écrit, une image ou tout autre objet, est punie de l'amende prévue pour les contraventions de la 1re classe.**

Les personnes coupables de la contravention prévue au présent article encourent également les peines complémentaires suivantes :

1° L'interdiction de détenir ou de porter, pour une durée de trois ans au plus, une arme soumise à autorisation ;

2° La confiscation d'une ou de plusieurs armes dont le condamné est propriétaire ou dont il a la libre disposition.

Bibliographie : *JCl. Pénal Code, Menaces de destruction, de dégradation ou de détérioration n'entraînant qu'un dommage léger* par R. Pugnière.

CHAPITRE II. – DES CONTRAVENTIONS DE LA 2e CLASSE CONTRE LES BIENS

Section unique. – Du non-respect de la réglementation en matière de collecte des ordures

Art. R. 632-1 *(D. n° 2007-1388, 26 sept. 2007 ; mod., D. n° 2010-671, 18 juin 2010 ; rempl., D. n° 2015-337, 25 mars 2015 ; D. n° 2020-1573, 11 déc. 2020).* **– Est puni de l'amende prévue pour les**

contraventions de la 2e classe le fait de déposer, dans des conteneurs, poubelles ou bennes adaptés aux déchets ou aux emplacements désignés à cet effet pour ce type de déchets par l'autorité administrative compétente, des ordures, déchets, matériaux ou tout autre objet de quelque nature qu'il soit, en vue de leur enlèvement par le service de collecte, sans respecter les conditions fixées par cette autorité, notamment en matière d'adaptation du contenant à leur enlèvement, de jours et d'horaires de collecte, ou de tri des ordures.

Voir : anc. art. R. 30-14°, C. pén.

Bibliographie : *JCl. Pénal Code, Abandon d'ordures, déchets, matériaux ou autres objets* par R. Pugnière.

1) Viole l'article R. 632-1 du Code pénal la juridiction qui déclare coupable de la contravention réprimée par l'article R. 632-1 du Code pénal le directeur d'un magasin en raison du fait que des détritus, jetés par des clients sur le parking de son établissement, sont emportés par le vent sur des fonds voisins (▪ Cass. crim., 28 juin 2005 : *Bull. crim.* n° 195 ; *Dr. pén.* 2005, comm. 137, obs. M. Véron).

2) Prive sa décision de base légale, la cour d'appel qui, pour relaxer le prévenu de la contravention réprimée par l'article R. 632-1 du Code pénal, retient que des gravats, déposés par l'intéressé sur un terrain lui appartenant, en bordure d'une voie communale, n'empiètent pas sur la chaussée, sans rechercher si l'accotement de la voie, sur lequel elle relève expressément la présence d'une partie des déchets, ne constitue pas une dépendance du domaine public communal (▪ Cass. crim., 7 nov. 2006 : *Bull. crim.* n° 278 ; *Dr. pén.* 2007, comm. 14, obs. M. Véron).

3) Le dépôt de déchets sur son propre terrain par le propriétaire n'est pas punissable selon l'article R. 632-1 dans sa rédaction antérieure au décret n° 2015-337 du 25 mars 2015 (▪ Cass. crim., 15 sept. 2015, n° 14-86.835 : *JurisData* n° 2015-020517).

CHAPITRE III. – DES CONTRAVENTIONS DE LA 3e CLASSE CONTRE LES BIENS

Section I. – De la violation des dispositions réglementant la vente ou l'échange de certains objets mobiliers

Art. R. 633-1. – Le fait, par une personne mentionnée à l'article R. 321-1, lorsqu'elle est requise par l'autorité compétente, de s'abstenir de présenter le récépissé de déclaration prévu au dernier alinéa du même article, est puni de l'amende prévue pour les contraventions de la 3e classe.

Art. R. 633-2. – Le fait, par une personne mentionnée à l'article R. 321-1, d'omettre de faire figurer de manière apparente sur un objet ou lot d'objets exposé à la vente ou détenu en stock le numéro d'ordre correspondant, conformément aux prescriptions de l'article R. 321-4, est puni de l'amende prévue pour les contraventions de la 3e classe.

Art. R. 633-3 *(D. n° 2013-287, 4 avr. 2013)*. – Le fait, par une personne mentionnée à l'article R. 321-1, d'omettre de faire parapher le registre d'objets mobiliers prévu à l'article R. 321-3, conformément aux prescriptions de l'article R. 321-6, est puni de l'amende prévue pour les contraventions de la 3e classe.

Le fait, par une personne mentionnée à l'article R. 321-1, tenant un registre d'objets mobiliers au moyen d'un traitement automatisé de données à caractère personnel, de ne pas tenir ce registre dans les conditions garantissant l'intégrité, l'intangibilité et la sécurité des données enregistrées telles que définies par l'arrêté prévu au deuxième alinéa de l'article R. 321-8 est puni de l'amende prévue pour les contraventions de la 3e classe.

Art. R. 633-4 *(Abr., D. n° 2010-671, 18 juin 2010)*.

Section II. – De la violation des dispositions concernant les manifestations publiques en vue de la vente ou de l'échange de certains objets mobiliers

Art. R. 633-5 *(Mod., D. n° 2010-671, 18 juin 2010)*. – Le fait, par une personne mentionnée au deuxième alinéa de l'article 321-7, d'omettre de faire parapher le registre prévu par l'article R. 321-9, conformément aux prescriptions de l'article R. 321-10, est puni de l'amende prévue pour les contraventions de la 3e classe.

Section III. – De l'abandon d'ordures, déchets, matériaux ou autres objets

(D. n° 2015-337, 25 mars 2015)

Art. R. 633-6 *(D. n° 2015-337, 25 mars 2015 ; abr. D. n° 2020-1573, 11 déc. 2020)*

CHAPITRE IV. – DES CONTRAVENTIONS DE LA 4e CLASSE CONTRE LES BIENS

Section I. – Des menaces de destruction, de dégradation ou de détérioration ne présentant pas de danger pour les personnes

Art. R. 634-1 *(Mod., D. n° 2010-671, 18 juin 2010)*. – **Hors le cas prévu par l'article 322-13, la menace de commettre une destruction, une dégradation ou une détérioration ne présentant pas de danger pour les personnes, lorsqu'elle est soit réitérée, soit matérialisée par un écrit, une image ou tout autre objet, est punie de l'amende prévue pour les contraventions de la 4e classe.**

Les personnes coupables de la contravention prévue au présent article encourent également les peines complémentaires suivantes :

1° L'interdiction de détenir ou de porter, pour une durée de trois ans au plus, une arme soumise à autorisation ;

2° La confiscation d'une ou de plusieurs armes dont le condamné est propriétaire ou dont il a la libre disposition.

Art. R. 634-2 *(Créé, D. n° 2020-1573, 11 déc. 2020)*. – **Hors les cas prévus aux articles R. 635-8 et R. 644-2, est puni de l'amende prévue pour les contraventions de la 4e classe le fait de déposer, d'abandonner, de jeter ou de déverser, en lieu public ou privé, à l'exception des emplacements, conteneurs, poubelles ou bennes adaptés aux déchets désignés à cet effet pour ce type de déchets par l'autorité administrative compétente, des ordures, déchets, déjections, matériaux, liquides insalubres ou tout autre objet de quelque nature qu'il soit, y compris en urinant sur la voie publique, si ces faits ne sont pas accomplis par la personne ayant la jouissance du lieu ou avec son autorisation.**

CHAPITRE V. – DES CONTRAVENTIONS DE LA 5e CLASSE CONTRE LES BIENS

Section I. – Des destructions, dégradations et détériorations dont il n'est résulté qu'un dommage léger

Art. R. 635-1 *(D. n° 2010-671, 18 juin 2010)*. – **La destruction, la dégradation ou la détérioration volontaires d'un bien appartenant à autrui dont il n'est résulté qu'un dommage léger est punie de l'amende prévue pour les contraventions de la 5e classe.**

Les personnes coupables de la contravention prévue au présent article encourent également les peines complémentaires suivantes :

1° La suspension, pour une durée de trois ans au plus, du permis de conduire, cette suspension pouvant être limitée à la conduite en dehors de l'activité professionnelle ;

2° L'interdiction de détenir ou de porter, pour une durée de trois ans au plus, une arme soumise à autorisation ;

3° La confiscation d'une ou de plusieurs armes dont le condamné est propriétaire ou dont il a la libre disposition ;

4° Le retrait du permis de chasser, avec interdiction de solliciter la délivrance d'un nouveau permis pendant trois ans au plus ;

5° La confiscation de la chose qui a servi ou était destinée à commettre l'infraction ou de la chose qui en est le produit ;

6° Le travail d'intérêt général pour une durée de vingt à cent vingt heures.

Le fait de faciliter sciemment, par aide ou assistance, la préparation ou la consommation de la contravention prévue au présent article est puni des mêmes peines.

Les personnes morales déclarées responsables pénalement, dans les conditions prévues par l'article 121-2, de l'infraction définie au présent article encourent, outre l'amende suivant les modalités prévues par l'article 131-41, la peine de confiscation de la chose qui a servi ou était destinée à commettre l'infraction ou de la chose qui en est le produit.

La récidive de la contravention prévue au présent article est réprimée conformément aux articles 132-11 et 132-15.

Bibliographie : *JCl. Pénal Code, Destructions, dégradations et détériorations dont il n'est résulté qu'un dommage léger* par Vitu.

1) Entraient dans les prévisions de l'ancien article R. 38-6°, notamment le fait d'avoir, en dégonflant les pneumatiques d'une voiture appartenant à autrui, mis volontairement ce véhicule hors d'état de rouler (▪ Cass. crim., 12 févr. 1994 : *Bull. crim.* n° 61), le fait, à l'occasion d'une grève, de répandre sur le sol le lait contenu dans des bidons (▪ T. corr. Nancy, 21 oct. 1964 : *Gaz. Pal.* 1965, I, 50) ou le fait de s'opposer à la surélévation d'un mur en démolissant sa partie en briques et en retirant son coffrage (▪ Cass. crim., 25 avr. 1990 : *Gaz. Pal.* 1990, 2, somm. 526).

2) Il résulte de la rédaction même de l'article R. 38-6° du Code pénal que la contravention de dommage causé à un bien appartenant à autrui est une infraction intentionnelle ; les juges du fond apprécient souverainement l'existence ou l'absence de l'élément moral de cette contravention (▪ Cass. crim., 19 déc. 1989 : *Bull. crim.* n° 490).

3) Dès lors qu'une ordonnance d'expropriation pour cause d'utilité publique éteint, par elle-même et à sa date, tous droits réels et personnels existant sur les immeubles expropriés par application de l'article L. 12-2 du Code de l'expropriation, ne se rend pas coupable de la contravention de dégradation légère du bien d'autrui prévue par l'article R. 635-1 du Code pénal la personne morale qui procède à des travaux de démolition de l'immeuble faisant l'objet d'une telle ordonnance.

L'annulation ultérieure de l'ordonnance d'expropriation de saurait avoir pour effet de faire revivre l'infraction (▪ Cass. crim., 16 avr. 2013, n° 12-81.588 : *Bull. crim.* n° 86).

Section II. – De la vente forcée par correspondance

Voir : C. consom., art. L. 122-3 et s., p. 1130.

Art. R. 635-2 *(D. n° 2010-671, 18 juin 2010)*. **– Le fait d'adresser à une personne, sans demande préalable de celle-ci, un objet quelconque accompagné d'une correspondance indiquant que cet objet peut être accepté contre versement d'un prix fixé ou renvoyé à son expéditeur, même si ce renvoi peut être fait sans frais pour le destinataire, est puni de l'amende prévue pour les contraventions de la 5e classe.**

Les personnes coupables de la contravention prévue au présent article encourent également les peines complémentaires suivantes :

1° L'interdiction, pour une durée de trois ans au plus, d'émettre des chèques autres que ceux qui permettent le retrait de fonds par le tireur auprès du tiré ou ceux qui sont certifiés ;

2° La confiscation de la chose qui a servi ou était destinée à commettre l'infraction ou de la chose qui en est le produit.

Les personnes morales déclarées responsables pénalement, dans les conditions prévues par l'article 121-2, de l'infraction définie au présent article encourent, outre l'amende suivant les modalités prévues par l'article 131-41, les peines suivantes :

1° L'interdiction, pour une durée de trois ans au plus, d'émettre des chèques autres que ceux qui permettent le retrait de fonds par le tireur auprès du tiré ou ceux qui sont certifiés ;

2° La confiscation de la chose qui a servi ou était destinée à commettre l'infraction ou de la chose qui en est le produit.

La récidive de la contravention prévue au présent article est réprimée conformément aux articles 132-11 et 132-15.

Bibliographie : *JCl. Pénal Code, Vente forcée par correspondance* par S. Detraz.

1) Le destinataire peut être soit un particulier, soit une personne morale (■ Cass. crim., 5 nov. 1985 : *Bull. crim.* n° 346 ; *JCP* 1987, éd. E, I, 15975, obs. J. Devèze).

2) Le terme « objet quelconque » peut s'appliquer à une carte d'adhérent d'association (■ Paris, 27 oct. 1965 : *JCP* 1966, II, 14662, note C. Guérin) ou une carte d'abonnement à une revue (■ Cass. crim., 14 avr. 1972 : *Bull. crim.* n° 120).

3) L'infraction est commise dès l'expédition, sans qu'il y ait lieu de tenir compte de l'option laissée au destinataire (■ Cass. crim., 25 oct. 1972 : *Bull. crim.* n° 313 ; *D.* 1973, jurispr. p. 27 ; *JCP* G 1973, II, 17308, note H. Guérin ; *JCP* E 1973, I, 10969, note H. Guémard ; *RTD com.* 1973, p. 139, note P. Bouzat. – *Adde*, dans la même affaire : ■ CA Paris, 26 nov. 1971 : *D.* 1972, jurispr. p. 15, note D. S.).

4) Une lettre accompagne la transmission d'un objet spécifié dès lors qu'elle en annonce l'envoi (■ Cass. crim., 25 oct. 1972 : *Bull. crim.* n° 313).

Section III. – De la violation des dispositions réglementant la vente ou l'échange de certains objets mobiliers

Art. R. 635-3. – **Le fait, par une personne mentionnée à l'article R. 321-1, d'omettre de procéder aux déclarations prévues par ce même article et par l'article R. 321-2 est puni de l'amende prévue pour les contraventions de la 5e classe.**

Art. R. 635-4. – **Le fait, par une personne mentionnée à l'article R. 321-1, de recevoir, à titre gratuit ou onéreux, un objet mobilier d'un mineur non émancipé sans le consentement exprès des père, mère ou tuteur est puni de l'amende prévue pour les contraventions de la 5e classe.**

Art. R. 635-5. – **Le fait, par une personne mentionnée au deuxième alinéa de l'article 321-7, d'omettre de déposer le registre prévu par l'article R. 321-9 auprès des services compétents dans les conditions prévues à l'article R. 321-10 est puni de l'amende prévue pour les contraventions de la 5e classe.**

Art. R. 635-6 ***(Abr., D. n° 2010-671, 18 juin 2010).***

Art. R. 635-7. – **La récidive des contraventions prévues aux articles R. 635-3, R. 635-4 et R. 635-5 est réprimée conformément aux articles 132-11 et 132-15.**

Section IV. – De l'abandon d'épaves de véhicules ou d'ordures, déchets, matériaux et autres objets transportés dans un véhicule

Art. R. 635-8 ***(D. n° 2007-1388, 26 sept. 2007 ; D. n° 2010-671, 18 juin 2010).*** – **Est puni de l'amende prévue pour les contraventions de la 5e classe le fait de déposer, d'abandonner, de jeter ou de déverser, en lieu public ou privé, à l'exception des emplacements désignés à cet effet par l'autorité administrative compétente, soit une épave de véhicule, soit des ordures, déchets, déjections, matériaux, liquides insalubres ou tout autre objet de quelque nature qu'il soit, lorsque ceux-ci ont été transportés avec l'aide d'un véhicule, si ces faits ne sont pas accomplis par la personne ayant la jouissance du lieu ou avec son autorisation.**

Les personnes coupables de la contravention prévue au présent article encourent également la peine complémentaire de confiscation de la chose qui a servi ou était destinée à commettre l'infraction ou de la chose qui en est le produit.

Les personnes morales déclarées responsables pénalement, dans les conditions prévues par l'article 121-2, de l'infraction définie au présent article encourent, outre l'amende suivant les modalités prévues par l'article 131-41, la peine de confiscation de la chose qui a servi ou était destinée à commettre l'infraction ou de la chose qui en est le produit.

La récidive de la contravention prévue au présent article est réprimée conformément aux articles 132-11 et 132-15.

Voir : art. R. 632-1, p. 1025 et art. R. 633-6, p. 1027.

Bibliographie : *JCl. Pénal Code, Abandon d'épaves de véhicules ou d'ordures, déchets, matériaux et autres objets transportés dans un véhicule* par R. Pugnière.

TITRE IV. – DES CONTRAVENTIONS CONTRE LA NATION, L'ÉTAT OU LA PAIX PUBLIQUE

CHAPITRE I. – DES CONTRAVENTIONS DE LA 1re CLASSE CONTRE LA NATION, L'ÉTAT OU LA PAIX PUBLIQUE

Section unique. – De l'abandon d'armes ou d'objets dangereux

Art. R. 641-1. – Le fait d'abandonner, en un lieu public ou ouvert au public, une arme ou tout autre objet présentant un danger pour les personnes et susceptible d'être utilisé pour commettre un crime ou un délit est puni de l'amende prévue pour les contraventions de la 1re classe.

Les personnes coupables de la contravention prévue au présent article encourent également la peine complémentaire de confiscation de la chose qui a servi à commettre l'infraction.

Bibliographie : *JCl. Pénal Code, Abandon d'armes ou d'objets dangereux* par M. Wagner.

CHAPITRE II. – DES CONTRAVENTIONS DE LA 2e CLASSE CONTRE LA NATION, L'ÉTAT OU LA PAIX PUBLIQUE

Section I. – Du défaut de réponse à une réquisition des autorités judiciaires ou administratives

Art. R. 642-1. – Le fait, sans motif légitime, de refuser ou de négliger de répondre soit à une réquisition émanant d'un magistrat ou d'une autorité de police judiciaire agissant dans l'exercice de ses fonctions, soit, en cas d'atteinte à l'ordre public ou de sinistre ou dans toute autre situation présentant un danger pour les personnes, à une réquisition émanant d'une autorité administrative compétente, est puni de l'amende prévue pour les contraventions de la 2e classe.

Bibliographie : *JCl. Pénal Code, Défaut de réponse à réquisition* par R. Pugnière.

Constitue la contravention le refus d'un commandant de sapeurs-pompiers de déférer à la réquisition d'un commissaire de police aux fins de procéder à l'enlèvement d'un corps d'une victime faisant obstacle à la circulation ferroviaire (■ Cass. crim., 24 juin 1992 : *Bull. crim.* n° 255) ou encore le refus d'un médecin de déférer à la réquisition de la gendarmerie de pratiquer une prise de sang sur l'auteur d'un accident corporel constituant une infraction flagrante au Code de la route (■ Cass. crim., 15 mars 1961 : *Bull. crim.* n° 164).

Section II. – Des atteintes à la monnaie

Voir : art. 442-1 s., p. 934 (fausse monnaie).

Art. R. 642-2 ***(D. n° 2010-671, 18 juin 2010).*** **– Le fait d'accepter, de détenir ou d'utiliser tout signe monétaire non autorisé ayant pour objet de remplacer les pièces de monnaie ou les billets de banque ayant cours légal en France est puni de l'amende prévue pour les contraventions de la 2e classe.**

Les personnes coupables de la contravention prévue au présent article encourent également la peine complémentaire de confiscation de la chose qui a servi ou était destinée à commettre l'infraction ou de la chose qui en est le produit.

Les personnes morales déclarées responsables pénalement, dans les conditions prévues par l'article 121-2, de l'infraction définie au présent article encourent, outre l'amende suivant les modalités prévues par l'article 131-41, la peine de confiscation de la chose qui a servi ou était destinée à commettre l'infraction ou de la chose qui en est le produit.

La peine de confiscation est obligatoire pour les signes monétaires visés au premier alinéa du présent article en application des articles 131-21 et 131-48.

Bibliographie : *JCl. Pénal Code, Atteintes à la monnaie* par R. Pugnière.

Art. R. 642-3 *(Mod., D. n° 2010-671, 18 juin 2010)*. – **Le fait de refuser de recevoir des pièces de monnaie ou des billets de banque ayant cours légal en France selon la valeur pour laquelle ils ont cours est puni de l'amende prévue pour les contraventions de la 2e classe.**

1) Selon l'article L. 112-5 du Code monétaire et financier, en cas de paiement en billets et pièces, il appartient au débiteur de faire l'appoint ; encourt, dès lors, la cassation, l'arrêt qui déclare coupable de la contravention prévue par l'article R. 642-3 du Code pénal, le responsable d'un magasin poursuivi par avoir refusé de recevoir d'une cliente un billet de 500 euros en paiement d'achats d'un montant de 51,13 euros (■ Cass. crim., 14 déc. 2005 : *Bull. crim.* n° 334 ; *Dr. pén.* 2006, comm. 57, obs. M. Véron ; *D.* 2006, p. 498, note V. Avena-Robardet ; *RSC* 2006, p. 607 et s., obs. Delmas Saint-Hilaire).

2) Justifie sa décision la juridiction de proximité qui, pour déclarer coupable de la contravention prévue par l'article R. 642-3 du Code pénal le responsable d'une société poursuivi pour avoir refusé de recevoir d'un client un règlement en espèces, relève que ladite société n'acceptant aucun règlement en numéraire, le débiteur n'était pas en mesure de s'acquitter de l'obligation de faire l'appoint, prévue à l'article L. 112-5 du Code monétaire et financier (■ Cass. crim., 3 oct. 2007 : *Bull. crim.* n° 235).

3) Carte prépayée (stationnement). La perception de la redevance de stationnement, légalement fixée par le maire dans le cadre des pouvoirs qu'il tient de l'article L. 2213-6 du Code général des collectivités territoriales, au moyen d'appareils horodateurs, échappe au Code de la consommation ; n'est pas entachée d'illégalité l'instauration d'un système de règlement de cette redevance exclusivement au moyen d'une carte prépayée, qui répond à l'objectif d'intérêt public de sécuriser les appareils contre le vol et qui n'apparaît pas imposer aux usagers de sujétions disproportionnées par rapport au but légitime en vue duquel cette mesure a été prise par l'autorité publique (■ Cass. crim., 26 avr. 2006 : *Bull. crim.* n° 114 ; *Dr. pén.* 2006, comm. 111, obs. J.-H. Robert ; *RSC* 2007, p. 87, n° 2, obs. C. Mascala).

4) La carte prépayée nécessaire au paiement de la redevance de stationnement n'est pas une carte de paiement au sens de l'article L. 132-1 du Code monétaire et financier ; la redevance d'utilisation du domaine public aux fins de stationnement ne saurait s'analyser en la contrepartie d'un service offert par la puissance publique dans le cadre d'une activité commerciale, au sens de l'article L. 410-1 du Code de commerce (■ Cass. crim., 13 juin 2007 : *JurisData* n° 2007-040193 ; *Dr. pén.* 2007, comm. 137, obs. J.-H. Robert).

5) La redevance d'utilisation du domaine public, légalement fixée par le maire dans le cadre des pouvoirs qu'il tient de l'article L. 2213-6 du Code général des collectivités territoriales et qui échappe au Code de la consommation, ne s'impose qu'au seul usager désireux d'utiliser l'aire de stationnement réglementée et qui est ainsi tenu de se conformer aux modalités établies par l'autorité publique ; l'instauration d'un système de règlement de cette redevance exclusivement au moyen d'une carte prépayée qui répond à l'objectif d'intérêt public de sécuriser les horodateurs contre le vol, n'apparaît pas imposer aux usagers d'autre contrainte que celle d'en faire l'acquisition auprès des buralistes, laquelle s'opère par tout moyen de paiement, incluant les pièces de monnaie et les billes de banque ayant cours légal, cette seule circonstance ne pouvant être considérée comme imposant des sujétions apparaissant disproportionnées par rapport au but légitime en vue duquel cette mesure a été prise par l'autorité publique ni constitutive d'une rupture de l'égalité entre les usagers de la voie publique (■ Cass. crim., 23 janv. 2013, n° 12-84.164 : *Bull. crim.* n° 28 ; *D.* 2013, act., 506 ; *Dr. pén.* 2013, comm. 57, obs. J.-H. Robert).

6) L'utilisation de la carte prépayée « Paris carte » constitue un moyen de paiement dépourvu d'incidence sur le montant de la redevance due par l'usager et n'induit pas de discrimination tarifaire.

En conséquence, justifie sa décision la juridiction de proximité qui rejette l'exception de nullité de la procédure proposée par le prévenu et prise de la violation du principe d'égalité devant la loi, en ce que les automobilistes ne résidant pas à Paris et ne s'y trouvant que de passage sont dans l'obligation de procéder à l'achat d'une carte prépayée pour régler le coût du stationnement de leur véhicule (■ Cass. crim., 5 févr. 2013, n° 12-83.633 : *Bull. crim.* n° 37 ; *Dr. pén.* 2013, comm. 57, obs. J.-H. Robert).

Voir : anc. art. R. 30-11°, C. pén.

Art. R. 642-4 *(D. n° 2010-671, 18 juin 2010)*. – **Le fait d'utiliser comme support d'une publicité quelconque des pièces de monnaie ou des billets de banque ayant cours légal en France ou émis par les institutions étrangères ou internationales habilitées à cette fin est puni de l'amende prévue pour les contraventions de la 2e classe.**

Les personnes coupables de la contravention prévue au présent article encourent également la peine complémentaire de confiscation de la chose qui a servi ou était destinée à commettre l'infraction ou de la chose qui en est le produit.

Les personnes morales déclarées responsables pénalement, dans les conditions prévues par l'article 121-2, de l'infraction définie au présent article encourent, outre l'amende suivant les modalités prévues par l'article 131-41, la peine de confiscation de la chose qui a servi ou était destinée à commettre l'infraction ou de la chose qui en est le produit.

La peine de confiscation est obligatoire pour les signes monétaires visés au premier alinéa du présent article en application des articles 131-21 et 131-48. Les dispositions du troisième alinéa de l'article 442-13 sont applicables.

CHAPITRE III. – DES CONTRAVENTIONS DE LA 3ᵉ CLASSE CONTRE LA NATION, L'ÉTAT OU LA PAIX PUBLIQUE

Section I. – De l'usurpation de signes réservés à l'autorité publique

Art. R. 643-1 *(D. n° 2010-671, 18 juin 2010).* **– Hors les cas prévus par l'article 433-15, est puni de l'amende prévue pour les contraventions de la 3ᵉ classe le fait de porter publiquement un costume ou un uniforme ou de faire usage d'un insigne ou d'un document présentant avec des costumes, uniformes, insignes ou documents réglementés par l'autorité publique une ressemblance de nature à causer une méprise dans l'esprit du public.**

Les personnes coupables de la contravention prévue au présent article encourent également la peine complémentaire de confiscation de la chose qui a servi ou était destinée à commettre l'infraction ou de la chose qui en est le produit.

Les personnes morales déclarées responsables pénalement, dans les conditions prévues par l'article 121-2, de l'infraction définie au présent article encourent, outre l'amende suivant les modalités prévues par l'article 131-41, la peine de confiscation de la chose qui a servi ou était destinée à commettre l'infraction ou de la chose qui en est le produit.

Bibliographie : *JCl. Pénal Code, Usurpation de signes réservés à l'autorité publique* par Vitu.

Section II. – De l'utilisation de poids ou mesures différents de ceux établis par les lois et règlements en vigueur

Art. R. 643-2 *(D. n° 2010-671, 18 juin 2010).* **– L'utilisation de poids ou mesures différents de ceux qui sont établis par les lois et règlements en vigueur est punie de l'amende prévue pour les contraventions de la 3ᵉ classe.**

Les personnes coupables de la contravention prévue au présent article encourent également la peine complémentaire de confiscation de la chose qui a servi ou était destinée à commettre l'infraction ou de la chose qui en est le produit.

Les personnes morales déclarées responsables pénalement, dans les conditions prévues par l'article 121-2, de l'infraction définie au présent article encourent, outre l'amende suivant les modalités prévues par l'article 131-41, la peine de confiscation de la chose qui a servi ou était destinée à commettre l'infraction ou de la chose qui en est le produit.

Bibliographie : *JCl. Pénal Code, Utilisation de poids ou mesures différents de ceux établis par les lois et règlements en vigueur* par R. Pugnière.

CHAPITRE IV. – DES CONTRAVENTIONS DE LA 4ᵉ CLASSE CONTRE LA NATION, L'ÉTAT OU LA PAIX PUBLIQUE

Section I. – De l'accès sans autorisation à un terrain, une construction, un engin ou un appareil militaires

Art. R. 644-1 *(Mod., D. n° 2015-159, 11 févr. 2015).* **– Hors le cas prévu par l'article 413-5, le fait, sans autorisation des autorités compétentes, de pénétrer, séjourner ou circuler sur un terrain, dans un port, dans une**

construction ou dans un engin ou appareil quelconque affecté à l'autorité militaire ou placé sous son contrôle est puni de l'amende prévue pour les contraventions de la 4e classe.

L'interdiction d'accès aux terrains, constructions, engins ou appareils visés à l'alinéa précédent fait l'objet d'une signalisation particulière lorsqu'aucune marque distinctive ne signale qu'ils sont affectés à l'autorité militaire ou placés sous son contrôle.

Bibliographie : *JCl. Pénal Code, Accès sans autorisation à un établissement militaire* par D. Dassa-Le Deist.

Section II. – Des entraves à la libre circulation sur la voie publique

Art. R. 644-2 ***(Mod., D. n° 2020-1573, 11 déc. 2020).*** **– Le fait d'embarrasser la voie publique en y déposant ou y laissant sans nécessité des matériaux ou objets quelconques qui entravent ou diminuent la liberté ou la sûreté de passage y compris les ordures ou les déchets est puni de l'amende prévue pour les contraventions de la 4e classe.**

Les personnes coupables de la contravention prévue au présent article encourent également la peine complémentaire de confiscation de la chose qui a servi ou était destinée à commettre l'infraction ou de la chose qui en est le produit.

Voir : art. R. 633-6, p. 1027 ; C. route, art. R. 130-1, p. 2035 (compétences des agents ONF) et C. route, art. R. 130-4, p. 2036 (compétences des gardes champêtres).

Bibliographie : *JCl. Pénal Code, Entraves à la libre circulation sur la voie publique* par R. Pugnière.

1) L'expression « *objets quelconques* » ne vise que des choses mobilières, susceptibles de déplacement (■ Cass. crim., 5 févr. 1864 : *DP* 1864, 1, p. 150).

2) Est constitutive de l'infraction la présence d'un étal sur un trottoir si elle occasionne une gêne pour les piétons (■ Paris, 12 janv. 1990 : *JurisData* n° 1990-021273).

3) Toute voie de communication terrestre ouverte à la libre circulation du public constitue une voie publique, au sens de l'article R. 38-11° ancien du Code pénal, devenu R. 644-2 nouveau dudit code ; tel est le cas d'un chemin rural qui, bien que relevant du domaine privé de la commune, est affecté, par détermination de la loi, à la circulation publique (■ Cass. crim., 7 févr. 1996 : *Bull. crim.* n° 68).

4) Le dépôt doit être fait sans nécessité. Le juge doit s'expliquer sur l'excuse de nécessité invoquée par le prévenu sous le contrôle de la Cour de cassation (■ Cass. crim., 21 mars 1931 : *Bull. crim.* n° 87). Il a été jugé que cette excuse de nécessité ne s'identifiait pas à l'état de nécessité au sens de l'article 122-7 du Code pénal et qu'elle pouvait donc être appréciée plus largement, notamment pour les membres d'une association relaxés alors qu'ils occupaient des trottoirs en y installant des tentes destinées à abriter des familles sans logement (■ CA Paris, 13e ch. corr., 28 mai 2009, n° 08/11149 : *JurisData* n° 2009-004993 ; *JCP G* 2009, n° 36, 186, note J.-Y. Maréchal).

Art. R. 644-2-1 ***(Créé, D. n° 2022-185, 15 févr. 2022).*** **– Le fait, par le titulaire d'une autorisation d'occupation temporaire du domaine public, de ne pas respecter les prescriptions de l'arrêté d'autorisation relatives à l'espace occupé ou aux périodes d'occupation est puni de l'amende prévue pour les contraventions de la 4e classe, lorsque cette méconnaissance a pour effet de porter atteinte à la libre circulation sur la voie publique.**

Section III. – De l'acquisition de produits du tabac manufacturé vendus à la sauvette

(Intitulé et section remplacés, D. n° 2019-1396, 18 déc. 2019)

Art. R. 644-3 ***(Mod., D. n° 2010-671, 18 juin 2010, art. 4, 20° ; rempl., D. n° 2019-1396, 18 déc. 2019, art. 1er).*** **– L'acquisition de produits du tabac manufacturé vendus à la sauvette est punie de l'amende prévue pour les contraventions de la 4e classe.**

Bibliographie : *JCl. Pénal Code, Violation des dispositions réglementant les professions exercées dans les lieux publics* par R. Pugnière.

1) La délibération d'un conseil municipal ne constitue pas une disposition réglementaire relative à la police des lieux (■ Cass. crim., 6 mars 1984 : *Bull. crim.* n° 91. ■ Cass. crim., 24 févr. 2009 : *Bull. min.*, n° 44 ; *Dr. pén.* 2009, comm. 72, obs. M. Véron) ; sur la vente du muguet sur la voie publique à l'occasion du 1er mai, V. ▪ Cass. crim., 30 oct. 1984 : *JCP* 1985, IV, 12. ▪ Paris, 13 févr. 1992 : *D.* 1992, IR 143.

2) Le fait de vendre, sans autorisation ou déclaration régulière, des marchandises dans un lieu public, ne peut être sanctionné, par application de l'article R. 644-3 du Code pénal, qu'à la condition que les dispositions réglementaires exigeant une autorisation ou déclaration soient expressément mentionnées dans le jugement (▪ Cass. crim., 3 juin 1998 : *Bull. crim.* n° 180).

3) Ne donne pas de base légale à sa décision le tribunal qui condamne sans préciser quel règlement de police soumet l'exercice de l'activité dans les lieux où les faits ont été constatés (▪ Cass. crim., 6 sept. 2005 : *JurisData* n° 2005-030006 ; *Dr. pén.* 2005, comm. 179, obs. J.-H. Robert).

Section IV. – De la participation à une manifestation interdite sur la voie publique

(Section créée, D. n° 2019-208, 20 mars 2019)

Art. R. 644-4 ***(Créé, D. n° 2019-208, 20 mars 2019).*** **– Le fait de participer à une manifestation sur la voie publique interdite sur le fondement des dispositions de l'article L. 211-4 du Code de la sécurité intérieure est puni de l'amende prévue pour les contraventions de la quatrième classe.**

Section V. – De la violation de certaines mesures de police

(Créée, D. n° 2022-185, 15 févr. 2022)

Art. R. 644-5 ***(Créé, D. n° 2022-185, 15 févr. 2022).*** **– Sont punis de l'amende prévue pour les contraventions de la 4e classe la violation des interdictions et le manquement aux obligations édictées par des décrets et arrêtés pris sur le fondement des pouvoirs de police générale des autorités compétentes qui, à l'occasion d'événements comportant des risques d'atteinte à la sécurité publique :**

1° Réglementent la consommation d'alcool sur la voie publique ;
2° Réglementent l'usage des artifices de divertissement sur la voie publique ;
3° Réglementent le transport de récipients contenant du carburant.

Art. R. 644-5-1 ***(Créé, D. n° 2022-185, 15 févr. 2022).*** **– Sont punis de l'amende prévue pour les contraventions de la 4e classe la violation des interdictions et le manquement aux obligations édictées par des décrets et arrêtés pris sur le fondement des pouvoirs de police générale des autorités compétentes qui, à la suite de troubles, réglementent la présence et la circulation des personnes en certains lieux et à certaines heures afin de prévenir la réitération d'atteintes graves à la sécurité publique.**

Section VI. – Des atteintes aux équipements de secours

(Créée, D. n° 2022-185, 15 févr. 2022)

Art. R. 644-6 ***(Créé, D. n° 2022-185, 15 févr. 2022).*** **– Le fait de procéder, sans motif légitime, à l'ouverture d'un point d'eau incendie ayant pour effet d'entraîner un écoulement d'eau est puni d'une amende prévue pour les contraventions de la 4e classe.**

CHAPITRE V. – DES CONTRAVENTIONS DE LA 5e CLASSE CONTRE LA NATION, L'ÉTAT OU LA PAIX PUBLIQUE

Section I. – Du port ou de l'exhibition d'uniformes, insignes ou emblèmes rappelant ceux d'organisations ou de personnes responsables de crimes contre l'humanité

Art. R. 645-1 ***(D. n° 2010-671, 18 juin 2010).*** **– Est puni de l'amende prévue pour les contraventions de la 5e classe le fait, sauf pour les besoins d'un film, d'un spectacle ou d'une exposition comportant une évocation historique, de porter ou d'exhiber en public un uniforme, un insigne ou un emblème rappelant les uniformes, les insignes ou les emblèmes qui ont été portés ou exhibés soit par les membres d'une organisation déclarée criminelle en application de l'article 9 du statut du tribunal militaire international annexé à l'accord de Londres du 8 août 1945, soit par une personne reconnue coupable par une juridiction française ou**

internationale d'un ou plusieurs crimes contre l'humanité prévus par les articles 211-1 à 212-3 ou mentionnés par la loi n° 64-1326 du 26 décembre 1964.

Les personnes coupables de la contravention prévue au présent article encourent également les peines complémentaires suivantes :

1° L'interdiction de détenir ou de porter, pour une durée de trois ans au plus, une arme soumise à autorisation ;

2° La confiscation d'une ou de plusieurs armes dont le condamné est propriétaire ou dont il a la libre disposition ;

3° La confiscation de la chose qui a servi ou était destinée à commettre l'infraction ou de la chose qui en est le produit ;

4° Le travail d'intérêt général pour une durée de vingt à cent vingt heures.

Les personnes morales déclarées responsables pénalement, dans les conditions prévues par l'article 121-2, de l'infraction définie au présent article encourent, outre l'amende suivant les modalités prévues par l'article 131-41, la peine de confiscation de la chose qui a servi ou était destinée à commettre l'infraction ou de la chose qui en est le produit.

La récidive de la contravention prévue au présent article est réprimée conformément aux articles 132-11 et 132-15.

Bibliographie : *JCl. Pénal Code, Port ou exhibition d'uniformes, insignes ou emblèmes rappelant ceux d'organisations ou de personnes responsables de crimes contre l'humanité* par R. Pugnière.

Section II. – Des dessins, levés ou enregistrements effectués sans autorisation dans une zone d'interdiction fixée par l'autorité militaire

Art. R. 645-2. – Le fait, dans une zone d'interdiction fixée par l'autorité militaire et faisant l'objet d'une signalisation particulière, d'effectuer, sans l'autorisation de cette autorité, des dessins, levés ou des enregistrements d'images, de sons ou de signaux de toute nature est puni de l'amende prévue pour les contraventions de la 5e classe.

Les personnes coupables de la contravention prévue au présent article encourent également la peine complémentaire de confiscation de la chose qui a servi ou était destinée à commettre l'infraction ou de la chose qui en est le produit.

La récidive de la contravention prévue au présent article est réprimée conformément à l'article 132-11.

Bibliographie : *JCl. Pénal Code, Dessins, levés ou enregistrements effectués sans autorisation dans une zone d'interdiction militaire* par D. Dassa-Le Deist.

Section III. – Des atteintes à l'état civil des personnes

Art. R. 645-3 *(D. n° 2017-270, 1er mars 2017)*. **– Est puni de l'amende prévue pour les contraventions de la 5e classe le fait, par un officier d'état civil ou une personne déléguée par lui en vertu des dispositions de l'article R. 2122-10 du Code général des collectivités territoriales :**

1° De contrevenir aux dispositions réglementaires concernant la tenue des registres et la publicité des actes d'état civil ;

2° De ne pas s'assurer de l'existence du consentement des père, mère ou autres personnes lorsque la loi le prescrit pour la validité d'un mariage.

Les contraventions prévues par le présent article sont constituées même lorsque la nullité des actes de l'état civil n'a pas été demandée ou a été couverte.

La récidive des contraventions prévues au présent article est réprimée conformément à l'article 132-11.

Bibliographie : *JCl. Pénal Code, Contraventions commises par un officier d'état civil* par J. Bruneau.

Art. R. 645-4. – Le fait, par une personne ayant assisté à un accouchement, de ne pas faire la déclaration prescrite par l'article 56 du Code civil dans les délais fixés par l'article 55 du même code est puni de l'amende prévue pour les contraventions de la 5e classe.

Bibliographie : *JCl. Pénal Code, Défaut de déclaration d'un accouchement* par J. Bruneau.

Art. R. 645-5. – Le fait, par une personne ayant trouvé un enfant nouveau-né, de ne pas faire la déclaration prescrite par l'article 58 du Code civil ou, si elle ne consent pas à se charger de l'enfant, de ne pas le remettre à l'officier d'état civil est puni de l'amende prévue pour les contraventions de la 5e classe.

Bibliographie : *JCl. Pénal Code, Non-remise d'un enfant trouvé nouveau-né* par J. Bruneau.

Art. R. 645-6 *(Mod., D. n° 2010-671, 18 juin 2010).* – Le fait de procéder ou faire procéder à l'inhumation d'un individu décédé sans que cette inhumation ait été préalablement autorisée par l'officier public, dans le cas où une telle autorisation est prescrite, ou en violation des dispositions législatives et réglementaires relatives aux délais prévus en cette matière est puni de l'amende prévue pour les contraventions de la 5e classe.

La récidive de la contravention prévue au présent article est réprimée conformément aux articles 132-11 et 132-15.

Bibliographie : *JCl. Pénal Code, Atteintes à l'état civil des personnes* par C. Duvert.

Section IV. – De la soustraction d'une pièce produite en justice

Art. R. 645-7 *(Mod., D. n° 2010-671, 18 juin 2010).* – Le fait, pour une personne ayant produit, dans une contestation judiciaire, un titre, une pièce ou un mémoire, de le soustraire, de quelque manière que ce soit, est puni de l'amende prévue pour les contraventions de la 5e classe.

La récidive de la contravention prévue au présent article est réprimée conformément aux articles 132-11 et 132-15.

Bibliographie : *JCl. Pénal Code, Soustraction d'une pièce produite en justice* par M. Segonds.

Section V. – De l'utilisation d'un document délivré par une administration publique comportant des mentions devenues incomplètes ou inexactes

Art. R. 645-8 *(D. n° 2010-671, 18 juin 2010).* – L'usage d'un document délivré par une administration publique aux fins de constater un droit, une identité ou une qualité ou d'accorder une autorisation, lorsque les mentions invoquées par l'intéressé sont devenues incomplètes ou inexactes, est puni de l'amende prévue pour les contraventions de la 5e classe.

Les personnes coupables de la contravention prévue au présent article encourent également la peine complémentaire de confiscation de la chose qui a servi ou était destinée à commettre l'infraction ou de la chose qui en est le produit.

Les personnes morales déclarées responsables pénalement, dans les conditions prévues par l'article 121-2, de l'infraction définie au présent article encourent, outre l'amende suivant les modalités prévues par l'article 131-41, la peine de confiscation de la chose qui a servi ou était destinée à commettre l'infraction ou de la chose qui en est le produit.

La récidive de la contravention prévue au présent article est réprimée conformément aux articles 132-11 et 132-15.

Bibliographie : *JCl. Pénal Code, Utilisation d'un document délivré par une administration publique comportant des mentions devenues incomplètes ou inexactes* par A. Gallois.

Section V *bis*. – De l'usurpation de fonction ou de titre de délégué ou de médiateur du procureur de la République

(D. n° 2004-1021, 27 sept. 2004)

Art. R. 645-8-1 *(Mod., D. n° 2010-671, 18 juin 2010).* – Le fait d'accomplir les actes réservés aux délégués ou médiateurs du procureur de la République ou d'user du titre attaché à ces fonctions, sans y avoir été habilité ou après avoir fait l'objet d'un retrait d'habilitation, est puni de l'amende prévue pour les contraventions de la cinquième classe.

Bibliographie : *JCl. Pénal Code, Usurpation de fonction ou de titre de délégué ou de médiateur du procureur de la République* par A. Gallois.

Section VI. – Du refus de restitution de signes monétaires contrefaits ou falsifiés

Voir : art. 442-1 s., p. 934 (fausse monnaie).

Art. R. 645-9 *(D. n° 2010-671, 18 juin 2010).* – **Le fait, par une personne ayant reçu des pièces de monnaie ou billets de banque ayant cours légal en France contrefaits ou falsifiés, de refuser de les remettre ou de les faire remettre à la Banque de France ou à l'administration des Monnaies et médailles, conformément aux prescriptions de l'article 38-2 du Code des instruments monétaires et des médailles, est puni de l'amende prévue pour les contraventions de la 5e classe.**

Les personnes coupables de la contravention prévue au présent article encourent également la peine complémentaire de confiscation de la chose qui a servi à commettre l'infraction ou de la chose qui en est le produit.

Les personnes morales déclarées responsables pénalement, dans les conditions prévues par l'article 121-2, de l'infraction définie au présent article encourent, outre l'amende suivant les modalités prévues par l'article 131-41, la peine de confiscation de la chose qui a servi ou était destinée à commettre l'infraction ou de la chose qui en est le produit.

La peine de confiscation est obligatoire pour les signes monétaires visés au premier alinéa du présent article en application des articles 131-21 et 131-48. Les dispositions du troisième alinéa de l'article 442-13 sont applicables.

La récidive de la contravention prévue au présent article est réprimée conformément aux articles 132-11 et 132-15.

Bibliographie : *JCl. Pénal Code, Du refus de restitution de signes monétaires contrefaits ou falsifiés* par A. Darsonville.

Section VII. – De l'altération ou de la contrefaçon des timbres-poste ou des timbres émis par l'administration des finances

Art. R. 645-10 *(D. n° 2010-671, 18 juin 2010).* – **L'altération des timbres-poste ou des timbres émis par l'administration des finances dans le but de les soustraire à l'oblitération et de permettre ainsi leur réutilisation est punie de l'amende prévue pour les contraventions de la 5e classe.**

Les personnes coupables de la contravention prévue au présent article encourent également la peine complémentaire de confiscation de la chose qui a servi ou était destinée à commettre l'infraction ou de la chose qui en est le produit.

Les personnes morales déclarées responsables pénalement, dans les conditions prévues par l'article 121-2, des infractions définies au présent article encourent, outre l'amende suivant les modalités prévues par l'article 131-41, la peine de confiscation de la chose qui a servi ou était destinée à commettre l'infraction ou de la chose qui en est le produit.

La peine de confiscation est obligatoire pour les timbres visés au premier alinéa du présent article en application des articles 131-21 et 131-48.

La récidive de la contravention prévue au présent article est réprimée conformément aux articles 132-11 et 132-15.

Bibliographie : *JCl. Pénal Code, De l'altération ou de la contrefaçon des timbres-poste ou des timbres émis par l'administration des finances* par R. Pugnière.

Art. R. 645-11 *(D. n° 2010-671, 18 juin 2010).* – **La contrefaçon ou la falsification des timbres-poste ou autres valeurs fiduciaires postales périmés, français ou étrangers, ainsi que l'usage de ces timbres ou valeurs fiduciaires contrefaits ou falsifiés, sont punis de l'amende prévue pour les contraventions de la 5e classe.**

Les personnes coupables des contraventions prévues au présent article encourent également la peine complémentaire de confiscation de la chose qui a servi ou était destinée à commettre l'infraction ou de la chose qui en est le produit.

Les personnes morales déclarées responsables pénalement, dans les conditions prévues par l'article 121-2, des infractions définies au présent article encourent, outre l'amende suivant les modalités prévues par l'article 131-41, la peine de confiscation de la chose qui a servi ou était destinée à commettre l'infraction ou de la chose qui en est le produit.

La peine de confiscation est obligatoire pour les timbres et autres valeurs fiduciaires postales, visés au premier alinéa du présent article en application des articles 131-21 et 131-48.

La récidive des contraventions prévues au présent article est réprimée conformément aux articles 132-11 et 132-15.

Est punissable le fait d'apposer de fausses surcharges sur des timbres-poste, périmés ou non (▪ Cass. crim., 5 janv. 1971 : *Bull. crim.* n° 2).

Section VIII. – De l'intrusion dans les établissements scolaires

(D. n° 96-378, 6 mai 1996)

Art. R. 645-12 ***(D. n° 2008-1412, 19 déc. 2008).*** **– Le fait de pénétrer ou de se maintenir dans l'enceinte d'un établissement scolaire, public ou privé, sans y être habilité en vertu de dispositions législatives ou réglementaires ou y avoir été autorisé par les autorités compétentes est puni de l'amende prévue pour les contraventions de la 5e classe.**

Les personnes coupables de la contravention prévue au présent article encourent également les peines complémentaires suivantes :

1° La confiscation de la chose qui a servi à commettre l'infraction ou de la chose qui en est le produit ;

2° Le travail d'intérêt général pour une durée de vingt à cent vingt heures.

La récidive de la contravention prévue au présent article est réprimée conformément à l'article 132-11.

Bibliographie : *JCl. Pénal Code, De l'intrusion dans les établissements scolaires* par J.-F. Dreuille.

Section IX. – De l'intrusion dans les lieux historiques ou culturels

(D. n° 2008-1412, 19 déc. 2008)

Art. R. 645-13 ***(D. n° 2008-1412, 19 déc. 2008).*** **– Le fait de pénétrer ou de se maintenir dans un immeuble classé ou inscrit en application des dispositions des articles L. 621-1 et L. 621-25 du Code du patrimoine, un musée de France, une bibliothèque ou une médiathèque ouvertes au public, un service d'archives, ou leurs dépendances, appartenant à une personne publique ou à une personne privée assurant une mission d'intérêt général, dont l'accès est interdit ou réglementé de façon apparente, sans y être habilité en vertu de dispositions législatives ou réglementaires ou y avoir été autorisé par les autorités compétentes ou le propriétaire est puni de l'amende prévue pour les contraventions de la 5e classe.**

Est puni des mêmes peines le fait de pénétrer ou de se maintenir dans les mêmes conditions sur un terrain sur lequel se déroulent des opérations archéologiques.

Les personnes coupables de la contravention prévue au présent article encourent également les peines complémentaires suivantes :

1° La confiscation de la chose qui a servi à commettre l'infraction conformément à l'article 131-21 ;

2° Un travail d'intérêt général pour une durée de vingt à cent vingt heures.

La récidive de la contravention prévue au présent article est réprimée conformément à l'article 132-11.

Remarque : dispositions applicables sur tout le territoire de la République, D. n° 2009-1412, 19 déc. 2008, art. 2.

Bibliographie : *JCl. Pénal Code, Intrusion dans les lieux historiques ou culturels* par J.-F. Dreuille.

Section X. – De la dissimulation illicite du visage à l'occasion de manifestations sur la voie publique

(D. n° 2009-724, 19 juin 2009)

Art. R. 645-14 ***(D. n° 2009-724, 19 juin 2009).*** **– Est puni de l'amende prévue pour les contraventions de la cinquième classe le fait pour une personne, au sein ou aux abords immédiats d'une manifestation sur la voie publique, de dissimuler volontairement son visage afin de ne pas être identifiée dans des circonstances faisant craindre des atteintes à l'ordre public.**

La récidive de la contravention prévue au présent article est réprimée conformément aux articles 132-11 et 132-15.

Les dispositions du présent article ne sont pas applicables aux manifestations conformes aux usages locaux ou lorsque la dissimulation du visage est justifiée par un motif légitime.

Le décret n° 2009-724 du 19 juin 2009 qui a créé cette contravention a été jugé conforme à la loi, sans que le pouvoir réglementaire ait porté une atteinte disproportionnée à l'article 10 de la Convention européenne des droits de l'homme (■ CE, 23 févr. 2011, n° 329477).

L'espace public dans lequel il est interdit de porter une tenue destinée à dissimuler le visage est constitué des voies publiques ainsi que des lieux ouverts au public ou affectés à un service public (■ Cass. crim., 5 mars 2013, n° 12-82.852 : *Bull. crim.* n° 53).

Section XI. – De l'outrage au drapeau tricolore

(D. n° 2010-835, 21 juill. 2010)

Art. R. 645-15 ***(D. n° 2010-835, 21 juill. 2010)*****. – Hors les cas prévus par l'article 433-5-1, est puni de l'amende prévue pour les contraventions de la cinquième classe le fait, lorsqu'il est commis dans des conditions de nature à troubler l'ordre public et dans l'intention d'outrager le drapeau tricolore :**

1° De détruire celui-ci, le détériorer ou l'utiliser de manière dégradante, dans un lieu public ou ouvert au public ;

2° Pour l'auteur de tels faits, même commis dans un lieu privé, de diffuser ou faire diffuser l'enregistrement d'images relatives à leur commission.

La récidive des contraventions prévues au présent article est réprimée conformément aux articles 132-11 et 132-15.

En prévoyant que le fait de détruire, détériorer ou utiliser de manière dégradante le drapeau tricolore, dans un lieu public ou ouvert au public, ou de diffuser ou faire diffuser l'enregistrement d'images relatives à de tels faits, même commis dans un lieu privé, n'est passible des peines que prévoit le décret que commis « dans des conditions de nature à troubler l'ordre public et dans l'intention d'outrager le drapeau tricolore », le pouvoir réglementaire a entendu n'incriminer que les dégradations physiques ou symboliques du drapeau susceptibles d'entraîner des troubles graves à la tranquillité et à la sécurité publiques et commises dans la seule intention de détruire, abîmer ou avilir le drapeau ; ainsi, ce texte n'a pas pour objet de réprimer les actes de cette nature qui reposeraient sur la volonté de communiquer, par cet acte, des idées politiques ou philosophiques ou feraient œuvre de création artistique, sauf à ce que ce mode d'expression ne puisse, sous le contrôle du juge pénal, être regardé comme une œuvre de l'esprit. Partant, compte tenu de ces précisions et malgré la généralité de la définition des actes incriminés, le texte d'incrimination ne porte pas une atteinte excessive à la liberté d'expression garantie par la Déclaration des droits de l'homme et du citoyen et à la Convention européenne de sauvegarde des droits de l'homme et des libertés fondamentales. Au regard des peines déjà prévues par le législateur tant dans le Code pénal que dans le Code de la défense pour protéger l'emblème de la République institué par l'article 2 de la Constitution d'atteintes de ce type, l'auteur du décret n'a pas fait une inexacte appréciation de la nécessité d'interdire les agissements réprimés par ce texte et des sanctions destinées à punir la contravention à ces interdictions (■ CE, 10e et 9e ss-sect. réunies, 19 juill. 2011, n° 343430).

TITRE V. – DES AUTRES CONTRAVENTIONS

CHAPITRE I. – DES CONTRAVENTIONS DE LA 1re CLASSE

Néant.

CHAPITRE II. – DES CONTRAVENTIONS DE LA 2e CLASSE

Néant.

CHAPITRE III. – DES CONTRAVENTIONS DE LA 3e CLASSE

Section unique. – Des atteintes involontaires à la vie ou à l'intégrité d'un animal

Art. R. 653-1. – Le fait par maladresse, imprudence, inattention, négligence ou manquement à une obligation de sécurité ou de prudence imposée par la loi ou les règlements, d'occasionner la mort ou la blessure d'un animal domestique ou apprivoisé ou tenu en captivité est puni de l'amende prévue pour les contraventions de la 3e classe.

En cas de condamnation du propriétaire de l'animal ou si le propriétaire est inconnu, le tribunal peut décider de remettre l'animal à une œuvre de protection animale reconnue d'utilité publique ou déclarée, laquelle pourra librement en disposer.

Voir : anc. art. R. 34-2°, 3° et 4°, C. pén.

Bibliographie : *JCl. Pénal Code, Atteintes involontaires à la vie ou à l'intégrité d'un animal* par J.-Y. Maréchal.

1) Les juges du fond ont souverainement apprécié qu'un éleveur qui ne fait pas parer les sabots de ses chevaux durant plus d'un an commet la contravention de défaut de soins à animaux domestiques prévue aux articles R. 214-17 et R. 215-4 du Code rural et non pas celle de mauvais traitements à animaux prévue à l'article R. 654-1 du Code pénal (▪ Cass. crim., 22 mai 2007 : *Bull. crim.* n° 133 ; *Dr. pén.* 2007, comm. 113, obs. M. Véron).

2) C'est à bon droit que les juges du fond qui retiennent la qualification de défaut de soins à animaux domestiques déclarent irrecevable la constitution de partie civile d'une association de défense ou de protection des animaux, l'article 2-13 du Code de procédure pénale n'autorisant cette association à intervenir devant la juridiction pénale qu'en ce qui concerne les infractions réprimant les sévices graves ou actes de cruauté et les mauvais traitements envers les animaux ainsi que les atteintes volontaires à la vie d'un animal prévus par le Code pénal (même arrêt).

3) La confiscation d'un animal à l'encontre duquel une infraction a été commise peut être prononcée avec remise à une fondation ou à une association de protection animale reconnue d'utilité publique (▪ Cass. crim., 10 janv. 2012, n° 11-81.211 : *JurisData* n° 2012-001643 ; *Dr. pén.* 2012, comm. n° 50, obs. M. Véron).

CHAPITRE IV. – DES CONTRAVENTIONS DE LA 4e CLASSE

Section unique. – Des mauvais traitements envers un animal

Art. R. 654-1. – Hors le cas prévu par l'article 511-1 [art. 521-1], le fait, sans nécessité, publiquement ou non, d'exercer volontairement des mauvais traitements envers un animal domestique ou apprivoisé ou tenu en captivité est puni de l'amende prévue pour les contraventions de la 4e classe.

En cas de condamnation du propriétaire de l'animal ou si le propriétaire est inconnu, le tribunal peut décider de remettre l'animal à une œuvre de protection animale reconnue d'utilité publique ou déclarée, laquelle pourra librement en disposer.

Les dispositions du présent article ne sont pas applicables aux courses de taureaux lorsqu'une tradition locale ininterrompue peut être invoquée. Elles ne sont pas non plus applicables aux combats de coqs dans les localités où une tradition ininterrompue peut être établie.

Bibliographie : *JCl. Pénal Code, Mauvais traitements envers un animal* par J.-Y. Maréchal.

1) Ont été considérés comme mauvais traitements, le fait de blesser par balles le chien de son voisin (▪ Pau, 6 juill. 1988 : *JurisData* n° 1988-044140), le fait de laisser plusieurs bovins dans un pré, au mois de décembre par une température descendant la nuit par moins dix degrés centigrades (▪ Cass. crim., 7 oct. 1975 : *D.* 1975, IR, 225 ; à rapprocher ▪ Cass. crim., 23 janv. 1989 : *Bull. crim.* n° 23. ▪ Cass. crim., 12 mars 1992 : *Bull. crim.* n° 253), le fait d'abandonner des chevaux sans surveillance, sans subsistances et sans soins (▪ Cass. crim., 4 déc. 2001 : *Dr. pén.* 2002, comm. 38, obs. M. Véron).

2) Les juges du fond ont souverainement apprécié qu'un éleveur, qui ne fait pas parer les sabots de ses chevaux durant plus d'un an, commet la contravention de défaut de soins à animaux domestiques prévue aux articles R. 214-17 et

R. 215-17 du Code rural et non pas celle de mauvais traitements à animaux prévue à l'article R. 654-1 du Code pénal (■ Cass. crim., 22 mai 2007, n° 06-86339). En revanche, une prévenue ne saurait faire grief à la cour d'appel d'avoir prononcé à son encontre une double déclaration de culpabilité des chefs de mauvais traitements réprimés par l'article R. 654-1 du Code pénal et de privation de soins à animal domestique sanctionnée par l'article R. 214-17 du Code rural et de la pêche maritime, pour les mêmes faits, dès lors que ces infractions comportent des éléments constitutifs différents, la première résultant notamment d'un défaut de surveillance des animaux (■ Cass. crim., 30 janv. 2018, n° 16-87.072 : *JurisData* n° 2018-000963).

3) Doit être relaxé le propriétaire d'un troupeau qui se trouve en état de nécessité d'abattre un chien en train d'égorger un agneau (■ CA Riom, 22 juin 1966 : *D.* 1966, p. 514). Le propriétaire d'une jument qui n'a pas pu se résoudre à lui donner la mort alors qu'elle ne pouvait plus se relever a pu être également relaxé (■ T. pol. Bordeaux, 20 févr. 1984 : *D.* 1984, p. 383, note J. Pradel ; *JCP* G 1985 II 20380, note G. Mémeteau).

CHAPITRE V. – DES CONTRAVENTIONS DE LA 5e CLASSE

Section unique. – Des atteintes volontaires à la vie d'un animal

Art. R. 655-1. – Le fait, sans nécessité, publiquement ou non, de donner volontairement la mort à un animal domestique ou apprivoisé ou tenu en captivité est puni de l'amende prévue pour les contraventions de la 5e classe.

La récidive de la contravention prévue au présent article est réprimée conformément à l'article 132-11.

Les dispositions du présent article ne sont pas applicables aux courses de taureaux lorsqu'une tradition locale ininterrompue peut être invoquée. Elles ne sont pas non plus applicables aux combats de coqs dans les localités où une tradition ininterrompue peut être établie.

Bibliographie : *JCl. Pénal Code, Atteintes volontaires à la vie d'un animal* par J.-Y. Maréchal.

Face à un danger actuel menaçant son chien attaqué par un autre chien, le prévenu a agi par nécessité et sans disproportion en abattant cet animal agresseur (■ Cass. crim., 8 mars 2011 : *Dr. pén.* 2011, comm. 75, obs. M. Véron). V. aussi art. 122-7, p. 184. – *Adde*, ■ Cass. crim., 5 avr. 2011 : *Dr. pén.* 2011, note 92, pour l'abattage d'un chien s'attaquant à des canards appelants.

LIVRE SEPTIÈME

DISPOSITIONS RELATIVES À L'OUTRE-MER

(D. n° 97-544, 28 mai 1997 ; mod. à compter du 1er avr. 2011, D. n° 2011-338, 29 mars 2011)

TITRE PREMIER. – DISPOSITIONS APPLICABLES DANS LES TERRITOIRES D'OUTRE-MER

CHAPITRE I. – DISPOSITIONS GÉNÉRALES

Art. R. 711-1 *(D. n° 97-544, 28 mai 1997 ; mod., D. n° 2015-337, 25 mars 2015 ; D. n° 2017-198, 16 févr. 2017 ; D. n° 2017-1230, 3 août 2017 ; D. n° 2020-128, 18 févr. 2020 ; mod. à compter du 30 septembre 2021, D. n° 2021-682, 27 mai 2021 ; Ord. n° 2022-185, 15 févr. 2022).* – Sous réserve des adaptations prévues au présent titre, les livres Ier à VI de la deuxième partie du présent code (Décrets en Conseil d'État), à l'exception des articles R. 321-1 à R. 321-12, R. 633-1 à R. 633-5, R. 635-3 à R. 635-7 et R. 645-6, sont applicables en Nouvelle-Calédonie et dans les territoires de la Polynésie française et des îles Wallis-et-Futuna dans leur rédaction résultant décret n° 2022-185 du 15 février 2022.

Art. R. 711-2 *(D. n° 97-544, 28 mai 1997).* – Les livres Ier à VI de la deuxième partie du présent code (Décrets en Conseil d'État) sont applicables dans les Terres australes et antarctiques françaises.

Art. R. 711-3 *(D. n° 97-544, 28 mai 1997).* – Pour l'application du présent code aux territoires visés à l'article R. 711-1, les termes énumérés ci-après sont remplacés comme suit :
- « tribunal judiciaire » par « tribunal de première instance » ;
- « département » par « territoire » ;
- « préfet » et « sous-préfet » par « représentant de l'État dans le territoire » ;
- « Banque de France » par « Institut d'émission d'outre-mer ».

De même, les références à des dispositions non applicables dans ces territoires sont remplacées par les références aux dispositions ayant le même objet applicables localement.

CHAPITRE II. – ADAPTATION DU LIVRE PREMIER

Art. R. 712-1 *(D. n° 97-544, 28 mai 1997).* – Le deuxième alinéa de l'article R. 131-2 est rédigé comme suit :

« Le certificat doit comporter, en outre, une photographie récente du condamné et indiquer qu'il vaut, au regard du Code de la route applicable localement, justification du droit de conduire, lorsque sont respectées les conditions fixées par la juridiction ».

Art. R. 712-2 *(D. n° 97-544, 28 mai 1997).* **– L'avant-dernier alinéa de l'article R. 131-4 est rédigé comme suit :**

« Le certificat doit comporter, en outre, une photographie récente du condamné et indiquer qu'il vaut, au regard du Code de la route applicable localement, justification du droit de conduire, à l'exception de la ou des catégories de véhicules pour lesquelles la juridiction a prononcé l'interdiction de conduire ».

Rédaction antérieure. Art. R. 712-3 ***(D. n° 97-544, 28 mai 1997 ; abr. à compter du 1er mai 2022, D. n° 2022-479, 30 mars 2022).*** **–** Le 1° de l'article R. 131-12 est rédigé comme suit :

« 1° La copie du Journal officiel ou du Journal officiel du territoire portant publication de la déclaration de l'association ».

Rédaction antérieure. Art. R. 712-4 ***(Rempl., D. n° 2010-671, 18 juin 2010 ; D. n° 2021-1743, 22 déc. 2021 ; abr. à compter du 1er mai 2022, D. n° 2022-479, 30 mars 2022).*** **–** La première phrase du troisième alinéa de l'article R. 131-13 est rédigée comme suit :

« Le directeur du service pénitentiaire d'insertion et de probation communique par voie dématérialisée sa décision d'habilitation à la structure d'accueil, au président du tribunal de première instance, au juge de l'application des peines, au procureur de la République et au Haut-Commissaire de la République ».

Rédaction antérieure. Art. R. 712-5 ***(D. n° 97-544, 28 mai 1997 ; D. n° 2021-1743, 22 déc. 2021 ; abr. à compter du 1er mai 2022, D. n° 2022-479, 30 mars 2022).*** **–** La deuxième phrase de l'article R. 131-18 est rédigée comme suit :

« À cette fin, il peut notamment adresser par voie dématérialisée copie de la demande au représentant de l'État dans le territoire ; celui-ci a un mois pour donner son avis ».

Rédaction antérieure. Art. R. 712-6 ***(D. n° 97-544, 28 mai 1997 ; abr. à compter du 1er mai 2022, D. n° 2022-479, 30 mars 2022).*** **–** L'article R. 131-25 est rédigé comme suit :

« Art. R. 131-25. - Lorsqu'un condamné exerce une activité salariée, la durée hebdomadaire cumulée de cette activité et du travail d'intérêt général ne peut excéder de plus de douze heures la durée légale de travail en vigueur localement ».

Rédaction antérieure. Art. R. 712-7 ***(D. n° 97-544, 28 mai 1997 ; D. n° 2021-1743, 22 déc. 2021 ; abr. à compter du 1er mai 2022, D. n° 2022-479, 30 mars 2022).*** **–** Les sixième à neuvième alinéas de l'article R. 131-28 sont rédigés comme suit :

« 5° Le travail d'intérêt général s'effectue sur un poste présentant des risques particuliers au sens des dispositions applicables localement.

6° Le travail d'intérêt général s'effectue dans un établissement ou organisme public ou privé de prévention ou de soins et l'expose à un risque de contamination.

Cet examen médical a pour but de s'assurer que la personne condamnée est médicalement apte au travail auquel le directeur du service pénitentiaire d'insertion et de probation envisage de l'affecter.

Si le travail doit s'exercer dans un établissement ou organisme public ou privé de prévention ou de soins et l'expose à des risques de contamination, l'examen médical doit permettre de s'assurer que la personne condamnée est immunisée contre l'hépatite B, la diphtérie, le tétanos, la poliomyélite, la grippe et la fièvre typhoïde ainsi que contre les maladies prévues par la réglementation applicable localement ».

Art. R. 712-8 *(D. n° 97-544, 28 mai 1997).* **– Le deuxième alinéa de l'article R. 131-36 est rédigé comme suit :**

« Lorsque le personnel de cette personne morale est régi par les dispositions applicables localement relatives à la représentation des salariés, l'avis mentionné au premier alinéa est adressé au secrétaire du comité d'entreprise ou, le cas échéant, au secrétaire du comité central d'entreprise et, en l'absence de tels comités, aux délégués du personnel titulaire ».

Art. D. 712-9 *(Créé, D. n° 2019-1217, 21 nov. 2019 ; D. n° 2021-1744, 22 déc. 2021).* **– En leur qualité d'institutions coutumières de la Nouvelle-Calédonie et en application de l'article 712-1-A, le sénat coutumier et les conseils coutumiers sont habilités à mettre en œuvre des travaux d'intérêt général.**

À ce titre, ils peuvent demander, conformément à l'article R. 131-17, l'inscription de travaux sur la liste prévue par l'article 131-36.

Il en est de même des tribus habilitées à cet effet selon la procédure prévue à l'article R. 712-4.

La tribu sollicitant l'habilitation auprès du directeur du service pénitentiaire d'insertion et de probation compétent accompagne sa demande, des informations relatives à son lieu d'établissement, et aux nom, prénoms, date et lieu de naissance, nationalité de son responsable ou représentant. Elle l'informe de toute modification des éléments communiqués à l'occasion de sa demande.

CHAPITRE III. – ADAPTATION DU LIVRE DEUXIÈME

Néant.

CHAPITRE IV. – ADAPTATION DU LIVRE TROISIÈME

Néant.

CHAPITRE V. – ADAPTATION DU LIVRE QUATRIÈME

Néant.

CHAPITRE VI. – ADAPTATION DU LIVRE CINQUIÈME

Art. R. 716-1 *(D. n° 97-544, 28 mai 1997).* **– L'article R. 511-1 est rédigé comme suit :**

« Art. R. 511-1. – Les prescriptions relatives aux expériences ou recherches scientifiques ou expérimentales sur les animaux mentionnées à l'article 521-2 sont fixées par la réglementation applicable localement ».

CHAPITRE VII. – ADAPTATION DU LIVRE SIXIÈME

Néant.

TITRE II. – DISPOSITIONS PARTICULIÈRES AU DÉPARTEMENT DE MAYOTTE

(Mod. à compter du 1er avr. 2011, D. n° 2011-338, 29 mars 2011)

CHAPITRE I. – DISPOSITIONS GÉNÉRALES

Art. R. 721-1 *(D. n° 97-544, 28 mai 1997 ; rempl. à compter du 1er avr. 2011, D. n° 2011-338, 29 mars 2011).* **– Pour l'application des livres Ier à VI de la deuxième partie du présent code (Décrets en Conseil d'État) dans le Département de Mayotte, les références à des dispositions qui n'y sont pas applicables sont remplacées par les références aux dispositions ayant le même objet applicables localement.**

Art. R. 721-2 *(Abr. à compter du 1er avr. 2011, D. n° 2011-338, 29 mars 2011).*

CHAPITRE II. – ADAPTATION DU LIVRE PREMIER

Art. R. 722-1 et R. 722-2 *(Abr. à compter du 1er avr. 2011, D. n° 2011-338, 29 mars 2011).*

Rédaction antérieure. Art. R. 722-3 *(Rempl., D. n° 2010-671, 18 juin 2010 ; D. n° 2021-1743, 22 déc. 2021 ; abr. à compter du 1er mai 2022, D. n° 2022-479, 30 mars 2022).* – La première phrase du troisième alinéa de l'article R. 131-13 est rédigée comme suit :

« Le directeur du service pénitentiaire d'insertion et de probation communique par voie dématérialisée sa décision d'habilitation à la structure d'accueil, au président du tribunal judiciaire, au procureur de la République, au juge de l'application des peines et au préfet. »

Rédaction antérieure. Art. R. 722-4 *(D. n° 97-544, 28 mai 1997 ; D. n° 2021-1743, 22 déc. 2021 ; abr. à compter du 1er mai 2022, D. n° 2022-479, 30 mars 2022).* – La deuxième phrase de l'article R. 131-18 est ainsi rédigée :

« Il adresse copie de la demande aux organismes ou services locaux de prévention de la délinquance, lorsqu'ils existent ; ceux-ci ont trois mois pour donner leur avis ».

Art. R. 722-5 *(D. n° 97-544, 28 mai 1997)*. – L'article R. 131-25 est rédigé comme suit :

« Art. R. 131-25. – Lorsqu'un condamné exerce une activité salariée, la durée hebdomadaire cumulée de cette activité ne peut excéder de plus de douze heures la durée légale de travail en vigueur localement ».

Art. R. 722-6 *(Abr. à compter du 1er avr. 2011, D. n° 2011-338, 29 mars 2011).*

Art. R. 722-7 *(D. n° 97-544, 28 mai 1997)*. – Le deuxième alinéa de l'article R. 131-36 est rédigé comme suit :

« Lorsque le personnel de cette personne morale est régi par les dispositions applicables localement relatives à la représentation des salariés, l'avis mentionné au premier alinéa est adressé au secrétaire du comité d'entreprise ou, le cas échéant, au secrétaire du comité central d'entreprise et, en l'absence de tels comités, aux délégués du personnel titulaire ».

CHAPITRE III. – ADAPTATION DU LIVRE DEUXIÈME

Néant.

CHAPITRE IV. – ADAPTATION DU LIVRE TROISIÈME

Néant.

CHAPITRE V. – ADAPTATION DU LIVRE QUATRIÈME

Néant.

CHAPITRE VI. – ADAPTATION DU LIVRE CINQUIÈME

Néant.

CHAPITRE VII. – ADAPTATION DU LIVRE SIXIÈME

Néant.

ANNEXES

Annexe 1 - Construction et urbanisme	1049
Annexe 2 - Droit pénal des affaires	1085
Annexe 3 - Enfance	1289
Annexe 4 - Étrangers	1379
Annexe 5 - Libertés	1683
Annexe 6 - Presse et médias	1703
Annexe 7 - Santé	1803
Annexe 8 - Transport	1907
Annexe 9 - Travail	2263

ANNEXE 1

CONSTRUCTION ET URBANISME

Code de la construction et de l'habitation

Bibliographie : J.-M. Berly et H. Des Lyons, Code de la construction et de l'habitation, LexisNexis 2016. • P. Déchelette-Tolot et A. de Konn (préf. J.-H. Robert), *Les infractions pénales dans les opérations de construction* : Lamy, coll. Axe Droit, 2014. • G. Roujou de Boubée, *Droit pénal de la construction et de l'urbanisme* : Dalloz, 1972. • Ph. Bihr, *Le droit pénal de la construction* : thèse, Nancy, 1969. • M. Delmas-Marty, *Les sociétés de construction devant la loi pénale : LGDJ*, 1972. • L. de Graëve, *Construction : JCl. Lois pénales spéciales*. • G. Roujou de Boubée, *Infractions pénales en matière de construction : Construction-Urbanisme*. • G. Beaussonie, Rép. pén. Dalloz, v° *Construction*. • *RDI* 2001, n° spécial, *Le risque en droit pénal*. • G. Beaussonie et C. de Jacobet de Nombel, *chron. mensuelle : RDI*. • G. Beaussonie et E. Joly-Sibuet, *chron. trim. : RTDI*. • G. Roujou de Boubée, *L'aspect pénal de la sécurité en matière de construction : Dr. et ville* 1997, n° 44, p. 13. • C. Mascala, *Présentation générale de la responsabilité des constructeurs : Dr. et ville* 2007, n° 63, p. 203. • R. Merle, *La constitution de partie civile en matière d'infraction au permis de construire*, in *Mél. J. Larguier : PUG*, 1993, p. 219. • G. Roujou de Boubée, *Responsabilité pénale des constructeurs*, in *La responsabilité des constructeurs : Travaux de l'association Henri Capitant*, t. XLII : Litec, 1993, p. 509. • C. Mascala, *L'immeuble, un bien saisi par le Code pénal ?*, in *Mél. à la mémoire du professeur Roger Saint-Alary, L'immeuble et le droit* : PUSS Toulouse, 2006, p. 369.

I. – Dispositions générales

(Livre Ier abrogé à compter du 1er juill. 2021, Ord. n° 2020-71, 29 janv. 2020)

Rédaction antérieure. Art. L. 111-6-1 ***(Mod., L. n° 2014-366 du 24 mars 2014 ; abr. et recodifié à compter du 1er juillet 2021, Ord. n° 2020-71, 29 janv. 2020. – V. CCH, art. L. 126-17).*** – Sont interdites :

– qu'elle soit en propriété ou en jouissance, qu'elle résulte de mutations à titre gratuit ou onéreux, de partage ou de locations, toute division par appartements d'immeubles qui sont frappés d'une interdiction d'habiter, ou d'un arrêté de péril, ou sont déclarés insalubres, ou comportent pour le quart au moins de leur superficie totale des logements loués ou occupés classés dans la catégorie IV visée par la loi n° 48-1360 du 1er septembre 1948 précitée. La division d'un immeuble bâti ou d'un groupe d'immeubles bâtis, entre plusieurs personnes, par lots comprenant chacun une partie privative et une quote-part de parties communes est néanmoins autorisée lorsqu'il s'agit d'y réaliser des travaux de restauration immobilière déclarés d'utilité publique en application de l'article L. 313-4 du Code de l'urbanisme ;

– qu'elle soit en propriété ou en jouissance, qu'elle résulte de mutations à titre gratuit ou onéreux, de partage ou de locations, toute division d'immeuble en vue de mettre à disposition des locaux à usage d'habitation d'une superficie et d'un volume habitables inférieurs respectivement à 14 m^2 et à 33 m^3, les installations ou pièces communes mises à disposition des locaux à usage d'habitation nés de la division n'étant pas comprises dans le calcul de la superficie et du volume desdits locaux, ou qui ne sont pas pourvus d'une installation d'alimentation en eau potable, d'une installation d'évacuation des eaux usées ou d'un accès à la fourniture de courant électrique, ou qui n'ont pas fait l'objet de diagnostics amiante en application de l'article L. 1311-1 du Code de la santé publique et risque de saturnisme lorsque l'immeuble est soumis aux dispositions de l'article L. 1334-5 du même code ;

– toute division par appartements d'immeuble de grande hauteur à usage d'habitation ou à usage professionnel ou commercial et d'habitation dont le contrôle exercé par la commission de sécurité a donné lieu à un avis défavorable de l'autorité compétente ou à des prescriptions qui n'ont pas été exécutées.

Sont punies d'un emprisonnement de deux ans et d'une amende de 75 000 euros les personnes qui mettent en vente, en location ou à la disposition d'autrui des locaux destinés à l'habitation et provenant d'une division réalisée en méconnaissance des interdictions définies au présent article.

Les personnes physiques encourent également la peine complémentaire suivante : l'interdiction, pour une durée de cinq ans au plus, d'exercer une activité professionnelle ou sociale dès lors que les facilités que procure cette activité ont été sciemment utilisées pour préparer ou commettre l'infraction. Cette interdiction n'est toutefois pas applicable à l'exercice d'un mandat électif ou de responsabilités syndicales.

Les peines encourues par les personnes morales sont :

– l'amende, selon les modalités prévues par l'article 131-38 du Code pénal ;

– les peines complémentaires prévues aux 2°, 4°, 8° et 9° de l'article 131-39 du même code. Pour l'application du 8°, la confiscation porte sur le fonds de commerce ou sur l'immeuble destiné à l'hébergement des personnes et ayant servi à commettre l'infraction.

Doit être considérée comme auteur de l'infraction prévue à l'alinéa 4 de l'article L. 111-6-1 du Code de la construction et de l'habitat, toute personne titulaire de droits réels ou personnels lui ayant permis de mettre sciemment en vente, en location ou à la disposition de tiers, à des fins d'habitation, un immeuble insalubre au sens de l'alinéa 1er, peu important qu'elle ne soit pas à l'origine de la division prohibée (■ Cass. crim., 26 juin 2018, n° 17-80.522).

Art. L. 126-17 ***(Créé à compter du 1er juillet 2021, Ord. n° 2020-71, 29 janv. 2020).*** **– Sont interdites, qu'elle soit en propriété ou en jouissance, qu'elle résulte de mutations à titre gratuit ou onéreux, de partage ou de locations :**

1° Toute division par appartements d'immeubles qui sont frappés d'une interdiction d'habiter, ou d'un arrêté de péril, ou sont déclarés insalubres, ou comportent pour le quart au moins de leur superficie totale des logements loués ou occupés classés dans la catégorie IV mentionnée par la loi n° 48-1360 du 1er septembre 1948 portant modification et codification de la législation relative aux rapports des bailleurs et locataires ou occupants de locaux d'habitation ou à usage professionnel et instituant des allocations de logement ;

2° Toute division d'immeuble en vue de mettre à disposition des locaux à usage d'habitation d'une superficie et d'un volume habitables inférieurs respectivement à 14 m^2 et à 33 m^3, les installations ou pièces communes mises à disposition des locaux à usage d'habitation nés de la division n'étant pas comprises dans le calcul de la superficie et du volume de ces locaux ;

3° Toute division d'immeuble en vue de mettre à disposition des locaux à usage d'habitation qui ne sont pas pourvus d'une installation d'alimentation en eau potable, d'une installation d'évacuation des eaux usées ou d'un accès à la fourniture de courant électrique, ou qui n'ont pas fait l'objet d'un constat de risque d'exposition au plomb prévu par l'article L. 1334-5 du Code de la santé publique et d'une recherche de la présence d'amiante, ainsi que, le cas échéant, du diagnostic de l'état de conservation de l'amiante dans les matériaux et produits repérés, prévus par l'article L. 1334-12-1 du même code.

La division d'un immeuble bâti ou d'un groupe d'immeubles bâtis mentionnés au 1o, entre plusieurs personnes, par lots comprenant chacun une partie privative et une quote-part de parties communes est néanmoins autorisée lorsqu'il s'agit d'y réaliser des travaux de restauration immobilière déclarés d'utilité publique en application de l'article L. 313-4 du Code de l'urbanisme.

Rédaction antérieure. Art. L. 111-34 ***(Mod., Ord. n° 2005-658 du 8 juin 2005 ; abr. à compter du 1er juillet 2021, Ord. n° 2020-71, 29 janv. 2020).*** – Quiconque contrevient aux dispositions des articles L. 241-1 à L. 242-1 du Code des assurances, reproduits aux articles L. 111-28 à L. 111-30, sera puni d'un emprisonnement de six mois et d'une amende de 75 000 euros ou de l'une de ces deux peines seulement.

Les dispositions de l'alinéa précédent ne s'appliquent pas à la personne physique construisant un logement pour l'occuper elle-même ou le faire occuper par son conjoint, ses ascendants, ses descendants ou ceux de son conjoint.

La garantie de parfait achèvement ne figure pas parmi les garanties visées aux articles L. 241-1 à L. 242-1 du Code des assurances, auxquels renvoient l'article L. 243-3 du même code et l'article L. 111-34 du Code de la construction et de l'habitation (■ Cass. crim., 22 févr. 2017, n° 15-87.417).

Rédaction antérieure. Art. L. 123-3 ***(Créé, L. n° 2000-1208, 13 déc. 2000 ; mod., Ord. n° 2005-1566, 15 déc. 2005 ; L. n° 2009-323, 25 mars 2009 ; L. n° 2014-366, 24 mars 2014 ; L. fin. n° 2015-1785, 29 déc. 2015, L. n° 2018-1021, 23 nov. 2018 ; abr. et recodifié à compter du 1er juillet 2021, Ord. n° 2020-71, 29 janv. 2020. – V. CCH, art. L. 184-1 à L. 184-9).*** – I. – Dans le cas où un établissement recevant du public est à usage total ou partiel d'hébergement et que le maire a prescrit, par arrêté, à l'exploitant et au propriétaire les mesures nécessaires pour faire cesser la situation d'insécurité constatée par la commission de sécurité et, le cas échéant, pour réaliser des aménagements et travaux dans un délai fixé, le maire peut, à défaut d'exécution volontaire, et après mise en demeure demeurée infructueuse, procéder d'office aux travaux nécessaires pour mettre fin à la situation d'insécurité manifeste, et voir condamner l'exploitant à lui verser une provision à valoir sur le coût des travaux. En cas de litige sur les conditions d'entrée dans l'immeuble, le juge des référés statue.

Lorsque la commune procède d'office aux travaux, elle agit en lieu et place des propriétaires, pour leur compte et à leurs frais. Sa créance est recouvrée comme en matière de contributions directes.

Le maire peut également prononcer une interdiction temporaire d'habiter ou d'utiliser les lieux applicable jusqu'à la réalisation des mesures prescrites.

Si une interdiction temporaire d'habiter ou d'utiliser les lieux est décidée ou si l'état des locaux impose une fermeture définitive de l'établissement, l'hébergement ou le relogement des occupants est assuré dans les conditions fixées aux articles L. 521-1 et suivants du présent code.

Les pouvoirs dévolus au maire par le présent article sont exercés à Paris par le préfet de police.

II. – L'arrêté prévu au I précise que, à l'expiration du délai fixé, en cas de non-exécution des mesures et travaux prescrits, l'exploitant et le propriétaire sont redevables du paiement d'une astreinte par jour de retard. Le propriétaire de l'immeuble et l'exploitant du fonds de commerce sont solidairement tenus au paiement de l'astreinte à compter de la notification par le maire à chacun d'entre eux de l'arrêté appliquant l'astreinte.

Lorsque l'arrêté prévu au I concerne un immeuble en indivision, l'astreinte est appliquée dans les conditions fixées à l'article L. 541-2-1.

III. – Si, à l'expiration du délai fixé, les mesures et travaux prescrits par l'arrêté prévu au I n'ont pas été réalisés, l'exploitant et le propriétaire défaillants sont redevables d'une astreinte d'un montant maximal de 1 000 € par jour de retard. L'astreinte est prononcée par arrêté du maire.

Son montant est modulé en tenant compte de l'ampleur des mesures et travaux prescrits et des conséquences de la non-exécution.

L'astreinte court à compter de la date de la notification de l'arrêté la prononçant et jusqu'à complète exécution des mesures et des travaux prescrits. Le recouvrement des sommes est engagé par trimestre échu.

Le maire peut, lors de la liquidation trimestrielle de l'astreinte, consentir une exonération partielle ou totale de son produit si le redevable établit que la non-exécution de l'intégralité de ses obligations est due à des circonstances qui ne sont pas de son fait.

Le montant total des sommes demandées ne peut être supérieur au montant de l'amende prévue au IV.

L'astreinte est recouvrée, dans les conditions prévues par les dispositions relatives aux produits communaux, au bénéfice de la commune sur le territoire de laquelle est implanté l'établissement ayant fait l'objet de l'arrêté. Dans le cas où l'arrêté a été pris par le président d'un établissement public de coopération intercommunale en application de l'article L. 5211-9-2 du Code général des collectivités territoriales, l'astreinte est recouvrée au bénéfice de l'établissement public concerné.

À défaut pour le maire ou, le cas échéant, le président de l'établissement public de coopération intercommunale de liquider le produit de l'astreinte, de dresser l'état nécessaire à son recouvrement et de le faire parvenir au représentant de l'État dans le département le mois qui suit la demande émanant de celui-ci, la créance est liquidée et recouvrée par l'État. Après prélèvement de 4 % pour frais de recouvrement, les sommes perçues sont versées au budget de l'Agence nationale de l'habitat.

L'application de l'astreinte et sa liquidation ne font pas obstacle à l'exécution d'office par l'autorité administrative des mesures et travaux prescrits par l'arrêté prévu au I. L'astreinte prend fin à la date de la notification à l'exploitant et au propriétaire de l'exécution d'office des mesures et travaux prescrits. Dans ce cas, le montant de l'astreinte, qui s'ajoute à celui du coût des mesures et des travaux exécutés d'office, est garanti par les dispositions prévues au 8° de l'article 2374 du Code civil. Les articles L. 541-1 et suivants du présent code sont applicables.

IV. – Est puni d'un emprisonnement d'un an et d'une amende de 50 000 € le refus délibéré et sans motif légitime, constaté après mise en demeure, d'exécuter les travaux prescrits en application du I.

V. – Est puni d'un emprisonnement de deux ans et d'une amende de 75 000 € le fait de louer des chambres ou locaux dans des conditions qui conduisent manifestement à leur suroccupation.

VI. – Est puni d'un emprisonnement de trois ans et d'une amende de 100 000 € :

- le fait de dégrader, détériorer, détruire des locaux ou de les rendre impropres à l'hébergement de quelque façon que ce soit, dans le but d'en faire partir les occupants, lorsque ces locaux sont visés par un arrêté fondé sur le I ;
- le fait, de mauvaise foi, de ne pas respecter une interdiction d'habiter et d'utiliser les lieux prononcée en application du troisième alinéa du I.

VII. – Les personnes physiques encourent également les peines complémentaires suivantes :

1° La confiscation du fonds de commerce ou de l'immeuble destiné à l'hébergement des personnes et ayant servi à commettre l'infraction Lorsque les biens immeubles qui appartenaient à la personne condamnée au moment de la commission de l'infraction ont fait l'objet d'une expropriation pour cause d'utilité publique, le montant de la confiscation en valeur prévue au neuvième alinéa de l'article 131-21 du Code pénal est égal à celui de l'indemnité d'expropriation ;

2° L'interdiction pour une durée de cinq ans au plus d'exercer une activité professionnelle ou sociale dès lors que les facilités que procure cette activité ont été sciemment utilisées pour préparer ou commettre l'infraction. Cette interdiction n'est toutefois pas applicable à l'exercice d'un mandat électif ou de responsabilités syndicales ;

3° L'interdiction pour une durée de dix ans au plus d'acheter un bien immobilier à usage d'habitation ou un fonds de commerce d'un établissement recevant du public à usage total ou partiel d'hébergement ou d'être usufruitier d'un tel bien ou fonds de commerce. Cette interdiction porte sur l'acquisition ou l'usufruit d'un bien ou d'un fonds de commerce soit à titre personnel, soit en tant qu'associé ou mandataire social de la société civile immobilière ou en nom collectif se portant acquéreur ou usufruitier, soit sous forme de parts immobilières ; cette interdiction ne porte toutefois pas sur l'acquisition ou l'usufruit d'un bien immobilier à usage d'habitation à des fins d'occupation à titre personnel.

Le prononcé des peines complémentaires mentionnées aux 1° et 3° du présent VII est obligatoire à l'encontre de toute personne coupable d'une infraction prévue au présent article. Toutefois, la juridiction peut, par une décision spécialement motivée, décider de ne pas prononcer ces peines, en considération des circonstances de l'infraction et de la personnalité de son auteur.

VIII. – Les personnes morales encourent, outre l'amende prévue à l'article 131-38 du Code pénal, les peines complémentaires prévues aux 2°, 4°, 8° et 9° de l'article 131-39 du même code.

Elles encourent également la peine complémentaire d'interdiction, pour une durée de dix ans au plus, d'acheter ou d'être usufruitier d'un bien immobilier à usage d'habitation ou d'un fonds de commerce d'un établissement recevant du public à usage total ou partiel d'hébergement.

La confiscation mentionnée au 8° du même article 131-39 porte sur le fonds de commerce ou l'immeuble destiné à l'hébergement des personnes et ayant servi à commettre l'infraction.

Le prononcé de la peine de confiscation mentionnée au même 8° et de la peine d'interdiction d'acheter ou d'être usufruitier mentionnée au deuxième alinéa du présent VIII est obligatoire à l'encontre de toute personne coupable d'une infraction prévue au présent article. Toutefois, la juridiction peut, par une décision spécialement motivée, décider de ne pas prononcer ces peines, en considération des circonstances de l'infraction et de la personnalité de son auteur.

Lorsque les biens immeubles qui appartenaient à la personne condamnée au moment de la commission de l'infraction ont fait l'objet d'une expropriation pour cause d'utilité publique, le montant de la confiscation en valeur prévue au neuvième alinéa de l'article 131-21 du Code pénal est égal à celui de l'indemnité d'expropriation.

IX. – Lorsque les poursuites sont effectuées à l'encontre d'exploitants de fonds de commerce aux fins d'hébergement, il est fait application de l'article L. 651-10 du présent code.

Art. L. 184-1 *(Créé à compter du 1er juillet 2021, Ord. n° 2020-71, 29 janv. 2020).* **– Dans le cas où un établissement recevant du public est à usage total ou partiel d'hébergement et le maire a prescrit, par arrêté, à l'exploitant et au propriétaire les mesures nécessaires pour faire cesser la situation d'insécurité constatée par la commission de sécurité et, le cas échéant, pour réaliser des aménagements et travaux dans un délai fixé, le maire peut, à défaut d'exécution volontaire, et après mise en demeure demeurée infructueuse, procéder d'office aux travaux nécessaires pour mettre fin à la situation d'insécurité manifeste, et voir condamner l'exploitant à lui verser une provision à valoir sur le coût des travaux. En cas de litige sur les conditions d'entrée dans le bâtiment, le juge des référés statue.**

Lorsque la commune procède d'office aux travaux, elle agit en lieu et place des propriétaires, pour leur compte et à leurs frais. Sa créance est recouvrée comme en matière de contributions directes.

Le maire peut également prononcer une interdiction temporaire d'habiter ou d'utiliser les lieux, applicable jusqu'à la réalisation des mesures prescrites.

Si une interdiction temporaire d'habiter ou d'utiliser les lieux est décidée ou si l'état des locaux impose une fermeture définitive de l'établissement, l'hébergement ou le relogement des occupants est assuré dans les conditions fixées aux articles L. 521-1 et suivants du présent code.

Les pouvoirs dévolus au maire par la présente section sont exercés à Paris par le préfet de police.

Art. L. 184-2 *(Créé à compter du 1er juillet 2021, Ord. n° 2020-71, 29 janv. 2020).* **– L'arrêté prévu à l'article L. 184-1 précise que, en cas de non-exécution des mesures et travaux prescrits à l'expiration du délai fixé, l'exploitant et le propriétaire sont redevables du paiement d'une astreinte par jour de retard. Le propriétaire de l'immeuble et l'exploitant du fonds de commerce sont solidairement tenus au paiement de l'astreinte à compter de la notification par le maire à chacun d'entre eux de l'arrêté appliquant l'astreinte.**

Lorsque l'arrêté prévu à l'article L. 184-1 concerne un bâtiment en indivision, l'astreinte est appliquée dans les conditions fixées à l'article L. 541-2-1.

Art. L. 184-3 *(Créé à compter du 1er juillet 2021, Ord. n° 2020-71, 29 janv. 2020).* **– Si, à l'expiration du délai fixé, les mesures et travaux prescrits par l'arrêté prévu à l'article L. 184-1 n'ont pas été réalisés, l'exploitant et le propriétaire défaillants sont redevables d'une astreinte d'un montant maximal de 1000 € par jour de retard. L'astreinte est prononcée par arrêté du maire.**

Son montant est modulé en tenant compte de l'ampleur des mesures et travaux prescrits et des conséquences de la non-exécution.

L'astreinte court à compter de la date de la notification de l'arrêté la prononçant et jusqu'à complète exécution des mesures et des travaux prescrits. Le recouvrement des sommes est engagé par trimestre échu.

Le maire peut, lors de la liquidation trimestrielle de l'astreinte, consentir une exonération partielle ou totale de son produit si le redevable établit que la non-exécution de l'intégralité de ses obligations est due à des circonstances qui ne sont pas de son fait. Le montant total des sommes demandées ne peut être supérieur au montant de l'amende prévue à l'article L. 184-4.

L'astreinte est recouvrée, dans les conditions prévues par les dispositions relatives aux produits communaux, au bénéfice de la commune sur le territoire de laquelle est implanté l'établissement ayant fait l'objet de l'arrêté. Dans le cas où l'arrêté a été pris par le président d'un établissement public de coopération intercommunale en application de l'article L. 5211-9-2 du Code général des collectivités territoriales, l'astreinte est recouvrée au bénéfice de l'établissement public concerné.

À défaut pour le maire ou, le cas échéant, le président de l'établissement public de coopération intercommunale de liquider le produit de l'astreinte, de dresser l'état nécessaire à son recouvrement et de le faire parvenir au

représentant de l'État dans le département le mois qui suit la demande émanant de celui-ci, la créance est liquidée et recouvrée par l'État. Après prélèvement de 4 % pour frais de recouvrement, les sommes perçues sont versées au budget de l'Agence nationale de l'habitat.

L'application de l'astreinte et sa liquidation ne font pas obstacle à l'exécution d'office par l'autorité administrative des mesures et travaux prescrits par l'arrêté prévu à l'article L. 184-1. L'astreinte prend fin à la date de la notification à l'exploitant et au propriétaire de l'exécution d'office des mesures et travaux prescrits. Dans ce cas, le montant de l'astreinte, qui s'ajoute à celui du coût des mesures et des travaux exécutés d'office, est garanti par les dispositions prévues au 8° de l'article 2374 du Code civil. Les articles L. 541-1 et suivants du présent code sont applicables.

Art. L. 184-4 *(Créé à compter du 1er juillet 2021, Ord. n° 2020-71, 29 janv. 2020).* – Est puni d'un emprisonnement d'un an et d'une amende de 50000 € le refus délibéré et sans motif légitime, constaté après mise en demeure, d'exécuter les travaux prescrits en application de l'article L. 184-1.

Art. L. 184-5 *(Créé à compter du 1er juillet 2021, Ord. n° 2020-71, 29 janv. 2020).* – Est puni d'un emprisonnement de deux ans et d'une amende de 75000 € le fait de louer des chambres ou locaux dans des conditions qui conduisent manifestement à leur suroccupation.

Art. L. 184-6 *(Créé à compter du 1er juillet 2021, Ord. n° 2020-71, 29 janv. 2020).* – Est puni d'un emprisonnement de trois ans et d'une amende de 100000 € :

1° Le fait de dégrader, détériorer, détruire des locaux ou de les rendre impropres à l'hébergement de quelque façon que ce soit, dans le but d'en faire partir les occupants, lorsque ces locaux sont mentionnés les lieux par un arrêté fondé sur l'article L. 184-1 ;

2° Le fait, de mauvaise foi, de ne pas respecter une interdiction d'habiter et d'utiliser les lieux prononcée en application du troisième alinéa de l'article L. 184-1.

Art. L. 184-7 *(Créé à compter du 1er juillet 2021, Ord. n° 2020-71, 29 janv. 2020).* – En sus des peines prévues par les articles L. 184-4 à L. 184-6, les personnes physiques encourent également les peines complémentaires suivantes :

1° La confiscation du fonds de commerce ou du bâtiment destiné à l'hébergement des personnes et ayant servi à commettre l'infraction. Lorsque les biens immeubles qui appartenaient à la personne condamnée au moment de la commission de l'infraction ont fait l'objet d'une expropriation pour cause d'utilité publique, le montant de la confiscation en valeur prévue au neuvième alinéa de l'article 131-21 du Code pénal est égal à celui de l'indemnité d'expropriation ;

2° L'interdiction pour une durée de cinq ans au plus d'exercer une activité professionnelle ou sociale dès lors que les facilités que procure cette activité ont été sciemment utilisées pour préparer ou commettre l'infraction. Cette interdiction n'est toutefois pas applicable à l'exercice d'un mandat électif ou de responsabilités syndicales ;

3° L'interdiction pour une durée de dix ans au plus d'acheter un bien immobilier à usage d'habitation ou un fonds de commerce d'un établissement recevant du public à usage total ou partiel d'hébergement ou d'être usufruitier d'un tel bien ou fonds de commerce. Cette interdiction porte sur l'acquisition ou l'usufruit d'un bien ou d'un fonds de commerce soit à titre personnel, soit en tant qu'associé ou mandataire social de la société civile immobilière ou en nom collectif se portant acquéreur ou usufruitier, soit sous forme de parts immobilières ; cette interdiction ne porte toutefois pas sur l'acquisition ou l'usufruit d'un bien immobilier à usage d'habitation à des fins d'occupation à titre personnel.

Le prononcé des peines complémentaires mentionnées aux 1° et 3° est obligatoire à l'encontre de toute personne coupable d'une infraction prévue par le présent chapitre. Toutefois, la juridiction peut, par une décision spécialement motivée, décider de ne pas prononcer ces peines, en considération des circonstances de l'infraction et de la personnalité de son auteur.

Art. L. 184-8 *(Créé à compter du 1er juillet 2021, Ord. n° 2020-71, 29 janv. 2020).* – Les personnes morales encourent, outre l'amende prévue à l'article 131-38 du Code pénal, les peines complémentaires prévues aux 2°, 4°, 8° et 9° de l'article 131-39 du même code.

Elles encourent également la peine complémentaire d'interdiction, pour une durée de dix ans au plus, d'acheter ou d'être usufruitier d'un bien immobilier à usage d'habitation ou d'un fonds de commerce d'un établissement recevant du public à usage total ou partiel d'hébergement.

La confiscation mentionnée au 8° du même article 131-39 porte sur le fonds de commerce ou le bâtiment destiné à l'hébergement des personnes et ayant servi à commettre l'infraction.

Le prononcé de la peine de confiscation mentionnée au même 8° et de la peine d'interdiction d'acheter ou d'être usufruitier mentionnée au deuxième alinéa est obligatoire à l'encontre de toute personne coupable d'une infraction prévue au présent article. Toutefois, la juridiction peut, par une décision spécialement motivée, décider de ne pas prononcer ces peines, en considération des circonstances de l'infraction et de la personnalité de son auteur.

Lorsque les biens immeubles qui appartenaient à la personne condamnée au moment de la commission de l'infraction ont fait l'objet d'une expropriation pour cause d'utilité publique, le montant de la confiscation en valeur prévue au neuvième alinéa de l'article 131-21 du Code pénal est égal à celui de l'indemnité d'expropriation.

Art. L. 184-9 *(Créé à compter du 1er juillet 2021, Ord. n° 2020-71, 29 janv. 2020).* – Lorsque les poursuites sont effectuées à l'encontre d'exploitants de fonds de commerce aux fins d'hébergement, il est fait application de l'article L. 651-10.

> **Rédaction antérieure.** Art. L. 123-4 *(L. n° 2003-239, 18 mars 2003 ; abr. et recodifié à compter du 1er juillet 2021, Ord. n° 2020-71, 29 janv. 2020. – V. CCH, art. L. 143-3).* – Sans préjudice de l'exercice par les autorités de police de leurs pouvoirs généraux et dans le cadre de leurs compétences respectives, le maire ou le représentant de l'État dans le département peuvent par arrêté, pris après avis de la commission de sécurité compétente, ordonner la fermeture des établissements recevant du public en infraction avec les règles de sécurité propres à ce -type d'établissement, jusqu'à la réalisation des travaux de mise en conformité.
>
> Le fait pour le propriétaire ou l'exploitant, malgré une mise en demeure du maire ou du représentant de l'État dans le département d'avoir à se conformer à l'arrête pris en application de l'alinéa précédent, de ne pas procéder à la fermeture de l'établissement est puni de 3 750 € d'amende.
>
> Les pouvoirs dévolus au maire ou au représentant de l'État dans le département par le présent article sont exercés à Paris par le préfet de police.

Art. L. 143-3 *(Créé à compter du 1er juillet 2021, Ord. n° 2020-71, 29 janv. 2020).* – I. – Sans préjudice de l'exercice par les autorités de police de leurs pouvoirs généraux et dans le cadre de leurs compétences respectives, le maire ou le représentant de l'État dans le département peuvent par arrêté, pris après avis de la commission de sécurité compétente, ordonner la fermeture des établissements recevant du public en infraction avec les règles de sécurité propres à ce type d'établissement, jusqu'à la réalisation des travaux de mise en conformité.

L'arrêté de fermeture est pris après mise en demeure restée sans effet de l'exploitant ou du propriétaire de se conformer aux aménagements et travaux prescrits ou de fermer son établissement dans le délai imparti.

II. – L'arrêté de fermeture mentionné au I peut prévoir que l'exploitant ou le propriétaire est redevable du paiement d'une astreinte par jour de retard en cas de non-exécution de la décision ordonnant la fermeture de l'établissement dans un délai fixé par l'arrêté de fermeture.

Lorsque l'arrêté de fermeture concerne un immeuble en indivision, l'astreinte est appliquée dans les conditions fixées à l'article L. 541-2-1.

III. – L'astreinte mentionnée au II est prononcée par arrêté.

Son montant ne peut excéder 500 € par jour de retard. Il est modulé en tenant compte de la nature de l'infraction aux règles de sécurité et des conséquences, pour la sécurité du public, de la non-exécution de l'arrêté ordonnant la fermeture de l'établissement.

L'astreinte court à compter du lendemain de la date de fermeture fixée par l'arrêté mentionné au I et jusqu'à la fermeture effective de l'établissement ou jusqu'à l'exécution complète des travaux de mise en conformité requis. Le recouvrement des sommes est engagé par trimestre échu.

L'autorité administrative peut, lors de la liquidation trimestrielle de l'astreinte, consentir une exonération partielle ou totale de son produit si le redevable établit que la non-exécution de l'intégralité de ses obligations est due à des circonstances qui ne sont pas de son fait. Le montant total des sommes recouvrées ne peut pas être supérieur au montant de l'amende prévue au V.

Lorsque l'astreinte est prononcée par le maire, elle est recouvrée, dans les conditions prévues par les dispositions relatives aux produits communaux, au bénéfice de la commune sur le territoire de laquelle est implanté l'établissement ayant fait l'objet de l'arrêté. À défaut, elle est recouvrée par l'État.

IV. – Le prononcé de l'astreinte et sa liquidation ne font pas obstacle à la possibilité pour l'autorité administrative de faire procéder d'office, à défaut d'exécution spontanée et après mise en demeure du propriétaire ou de l'exploitant demeurée infructueuse, à la fermeture de l'établissement lorsque l'arrêté ordonnant cette fermeture n'a pas été exécuté dans les conditions qu'il a prévues. L'astreinte prend alors fin à la date de fermeture effective.

Le propriétaire ou l'exploitant est tenu au paiement des frais engagés par l'autorité administrative pour la fermeture de l'établissement, auxquels s'ajoute, le cas échéant, le montant de l'astreinte.

V. – Le fait pour le propriétaire ou l'exploitant, malgré une mise en demeure du maire ou du représentant de l'État dans le département d'avoir à se conformer à l'arrêté pris en application du I, de ne pas procéder à la fermeture de l'établissement est puni de 10 000 € d'amende.

VI. – Les pouvoirs dévolus au maire ou au représentant de l'État dans le département par le présent article sont exercés à Paris par le préfet de police.

Rédaction antérieure. Art. L. 126-3 *(Mod., L. n° 2010-201, 2 mars 2010 ; L. n° 2019-222, 23 mars 2019 ; abr. à compter du 1er juillet 2021, Ord. n° 2020-71, 29 janv. 2020).* **–** Le fait d'occuper en réunion les espaces communs ou les toits des immeubles collectifs d'habitation en empêchant délibérément l'accès ou la libre circulation des personnes ou le bon fonctionnement des dispositifs de sécurité et de sûreté est puni de deux mois d'emprisonnement et de 3 750 € d'amende.

Lorsque cette infraction est accompagnée de voies de fait ou de menaces, de quelque nature que ce soit, elle est punie de six mois d'emprisonnement et de 7 500 euros d'amende.

Les personnes coupables des infractions prévues aux deux premiers alinéas encourent également, à titre de peine complémentaire, une peine de travail d'intérêt général.

Pour le délit prévu au premier alinéa du présent article, y compris en cas de récidive, l'action publique peut être éteinte, dans les conditions prévues aux articles 495-17 à 495-25 du Code de procédure pénale, par le versement d'une amende forfaitaire d'un montant de 200 €. Le montant de l'amende forfaitaire minorée est de 150 € et le montant de l'amende forfaitaire majorée est de 450 €.

....

Rédaction antérieure. Art. L. 151-1 *(L. n° 83-440, 2 juin 1983 ; L. n° 2005-102, 11 févr. 2005 ; L. n° 2018-1021, 23 nov. 2018 ; abr. et recodifié à compter du 1er juillet 2021, Ord. n° 2020-71, 29 janv. 2020. – V. CCH, art. L. 181-1).* **–** Le préfet et l'autorité compétente mentionnée aux articles L. 422-1 à L. 422-3 du Code de l'urbanisme, ou leurs délégués, ainsi que les fonctionnaires et les agents commissionnés à cet effet par le ministre chargé de la construction et assermentés peuvent, sous réserve des dispositions de l'article L. 111-8-3-2 du présent code, visiter les constructions en cours soumises aux dispositions du présent code afin de vérifier que ces dispositions sont respectées et se faire communiquer tous documents se rapportant à la réalisation de ces opérations.

Le droit de visite et de communication prévu au premier alinéa du présent article s'exerce jusqu'à six ans après l'achèvement des travaux.

....

Art. L. 181-1 ***(Créé à compter du 1er juillet 2021, Ord. n° 2020-71, 29 janv. 2020 ; L. n° 2021-1104, 22 août 2021).* – Le préfet et l'autorité compétente mentionnée aux articles L. 422-1 à L. 422-3 du Code de l'urbanisme ou leurs délégués, ainsi que les fonctionnaires et agents commissionnés à cet effet par le maire ou le ministre chargé de la construction suivant l'autorité dont ils relèvent et assermentés, peuvent visiter les constructions en cours ou achevées afin de vérifier que ces dispositions sont respectées et se faire communiquer tous documents techniques se rapportant à la construction, à la rénovation ou à la démolition des bâtiments.**

Ce droit de visite et de communication s'exerce jusqu'à six ans après l'achèvement des travaux.

Le droit de visite s'exerce entre 6 heures et 21 heures. Toutefois il s'exerce, en dehors de ces heures, lorsque les lieux sont ouverts au public.

Rédaction antérieure. Art. L. 152-2 *(L. n° 83-440, 2 juin 1983 ; abr. et recodifié à compter du 1er juillet 2021, Ord. n° 2020-71, 29 janv. 2020. – V. CCH, art. L. 183-2).* **–** L'interruption des travaux peut être ordonnée soit sur réquisition du ministère public agissant à la requête du maire ou du fonctionnaire compétent soit, même d'office, par le juge d'instruction saisi des poursuites ou par le tribunal correctionnel.

L'autorité judiciaire statue après avoir entendu le bénéficiaire des travaux ou l'avoir dûment convoqué à comparaître dans les quarante-huit heures. La décision judiciaire est exécutoire sur minute et nonobstant toute voie de recours.

Dès qu'un procès-verbal relevant une des infractions prévues à l'article L. 152-4 a été dressé, le maire peut également, si l'autorité judiciaire ne s'est pas encore prononcée, ordonner par arrêté motivé l'interruption des travaux. Copie de cet arrêté est transmise sans délai au ministère public.

L'autorité judiciaire peut à tout moment, d'office ou à la demande, soit du maire ou du fonctionnaire compétent, soit du bénéficiaire des travaux, se prononcer sur la mainlevée ou le maintien des mesures prises pour assurer l'interruption des travaux. En tout état de cause, l'arrêté du maire cesse d'avoir effet en cas de décision de non-lieu ou de relaxe.

Le maire est avisé de la décision judiciaire et en assure, le cas échéant, l'exécution.

Lorsque aucune poursuite n'a été engagée, le procureur de la République en informe le maire qui, soit d'office soit à la demande de l'intéressé, met fin aux mesures par lui prises.

Le maire peut prendre toutes mesures de coercition nécessaires pour assurer l'application immédiate de la décision judiciaire ou de son arrêté, en procédant notamment à la saisie des matériaux approvisionnés et du matériel de chantier.

La saisie et, s'il y a lieu, l'apposition des scellés sont effectuées par l'un des agents mentionnés à l'article L. 152-1 qui dresse procès-verbal.

Les pouvoirs qui appartiennent au maire, en vertu des alinéas qui précèdent, ne font pas obstacle au droit du préfet de prendre, dans tous les cas où il n'y aurait pas été pourvu par le maire et après une mise en demeure restée sans résultat, à l'expiration d'un délai de vingt-quatre heures, toutes les mesures prévues au présent article. Dans ce cas, le préfet reçoit, au lieu et place du maire, les avis et notifications prévus aux alinéas 5 et 6.

Art. L. 183-2 *(Créé à compter du 1er juillet 2021, Ord. n° 2020-71, 29 janv. 2020).* **– L'interruption des travaux peut être ordonnée soit sur réquisition du ministère public agissant à la requête du maire ou du fonctionnaire compétent soit, même d'office, par le juge d'instruction saisi des poursuites ou par le tribunal correctionnel.**

L'autorité judiciaire statue après avoir entendu le bénéficiaire des travaux ou l'avoir dûment convoqué à comparaître dans les quarante-huit heures. La décision judiciaire est exécutoire sur minute et nonobstant toute voie de recours.

Dès qu'un procès-verbal relevant une des infractions prévues à l'article L. 183-4 a été dressé, le maire peut également, si l'autorité judiciaire ne s'est pas encore prononcée, ordonner par arrêté motivé l'interruption des travaux. Copie de cet arrêté est transmise sans délai au ministère public.

L'autorité judiciaire peut à tout moment, d'office ou à la demande, soit du maire ou du fonctionnaire compétent, soit du bénéficiaire des travaux, se prononcer sur la mainlevée ou le maintien des mesures prises pour assurer l'interruption des travaux. En tout état de cause, l'arrêté du maire cesse d'avoir effet en cas de décision de non-lieu ou de relaxe.

Le maire est avisé de la décision judiciaire et en assure, le cas échéant, l'exécution.

Lorsque aucune poursuite n'a été engagée, le procureur de la République en informe le maire qui, soit d'office soit à la demande de l'intéressé, met fin aux mesures par lui prises.

Le maire peut prendre toutes mesures de coercition nécessaires pour assurer l'application immédiate de la décision judiciaire ou de son arrêté, en procédant notamment à la saisie des matériaux approvisionnés et du matériel de chantier.

La saisie et, s'il y a lieu, l'apposition des scellés sont effectuées par l'un des agents mentionnés à l'article L. 183-1 qui dresse procès-verbal.

Les pouvoirs qui appartiennent au maire, en vertu des alinéas qui précèdent, ne font pas obstacle au droit du représentant de l'État dans le département de prendre, dans tous les cas où il n'y aurait pas été pourvu par le maire et après une mise en demeure restée sans résultat, à l'expiration d'un délai de vingt-quatre heures, toutes les mesures prévues au présent article. Dans ce cas, le préfet reçoit, au lieu et place du maire, les avis et notifications prévus aux cinquième et sixième alinéas.

Art. L. 183-3 *(Créé à compter du 1er juillet 2021, Ord. n° 2020-71, 29 janv. 2020).* **– En cas de continuation des travaux nonobstant la décision judiciaire ou l'arrêté en ordonnant l'interruption, les personnes mentionnées au premier alinéa de l'article L. 183-4 encourent un emprisonnement de trois mois et une amende de 45 000 €.**

Rédaction antérieure. Art. L. 152-4 *(Mod., L. n° 2009-526, 12 mai 2009 ; L. n° 2010-788, 12 juill. 2010 ; Ord. n° 2014-1090, 26 sept. 2014 ; L. n° 2018-1021, 23 nov. 2018 ; abr. et recodifié à compter du 1er juillet 2021, Ord. n° 2020-71, 29 janv. 2020. – V. CCH, art. L. 183-4).* – Est puni d'une amende de 45 000 € le fait, pour les utilisateurs du sol, les bénéficiaires des travaux, les architectes, les entrepreneurs ou toute autre personne responsable de l'exécution de travaux, de méconnaître les obligations imposées par les articles L. 111-4, L. 111-7-1, L. 111-7-2, L. 111-7-3, L. 111-8, L. 111-9, L. 111-10, L. 111-10-1, L. 111-10-4, L. 112-17, L. 112-18, L. 112-19, L. 125-3, L. 131-4 et L. 135-1, par les règlements pris pour leur application ou par les autorisations délivrées en conformité avec leurs dispositions. En cas de récidive, une peine d'emprisonnement de six mois peut en outre être prononcée.

Les peines prévues à l'alinéa précédent sont également applicables :

1° En cas d'inexécution, dans les délais prescrits, de tous travaux accessoires d'aménagement ou de démolition imposés par les autorisations mentionnées au premier alinéa ;

2° En cas d'inobservation, par les bénéficiaires d'autorisations accordées pour une durée limitée ou à titre précaire, des délais impartis pour le rétablissement des lieux dans leur état antérieur ou la réaffectation du sol à son ancien usage.

À compter de la fin du douzième mois suivant la publication de l'ordonnance n° 2014-1090 du 26 septembre 2014, le propriétaire ou l'exploitant responsable de la mise en accessibilité d'un établissement recevant du public qui n'a pas rempli les obligations prévues à l'article L. 111-7-3 est puni des peines prévues au premier alinéa.

Les personnes physiques coupables de l'un des délits prévus au présent article encourent également la peine complémentaire d'affichage ou de diffusion, par la presse écrite ou par tout moyen de communication audiovisuelle, de la décision prononcée, dans les conditions prévues à l'article 131-35 du Code pénal.

Les personnes morales peuvent être déclarées responsables pénalement, dans les conditions prévues à l'article 121-2 du Code pénal, des infractions aux articles L. 111-7-1, L. 111-7-2 et L. 111-7-3 du présent code, ainsi que des règlements pris pour leur application ou des autorisations délivrées en conformité avec leurs dispositions. Elles encourent les peines suivantes :

a) L'amende, suivant les modalités prévues par l'article 131-38 du Code pénal ;

b) La peine complémentaire d'affichage ou de diffusion, par la presse écrite ou par tout moyen de communication audiovisuelle, de la décision prononcée, dans les conditions prévues à l'article 131-35 du même code ;

c) La peine complémentaire d'interdiction, à titre définitif ou pour une durée de cinq ans au plus, d'exercer directement ou indirectement une ou plusieurs activités professionnelles ou sociales, selon les modalités prévues à l'article 131-48 du même code.

1) Les articles visés par ce texte laissent à des décrets le soin de fixer les règles générales de construction applicables aux bâtiments d'habitation, leurs caractéristiques thermiques et les normes d'équipement, de fonctionnement et de contrôle des installations consommant de l'énergie.

2) L'article L. 152-4 du Code de la construction et de l'habitation se réfère, comme responsables potentiels des comportements qu'il incrimine, aux « utilisateurs du sol » et aux « bénéficiaires des travaux ». Sont ainsi visés, en premier lieu, les propriétaires de la construction, certaines obligations qui pèsent sur eux étant pénalement sanctionnées (ex. : art. R. 125-3-1 et s. combinés avec art. L. 152-4, à propos des obligations en matière de sécurité des portes automatiques de garage). Il peut notamment s'agir du gérant d'une société civile immobilière (■ Cass. crim., 18 oct. 1995, n° 94-85.303), voire du cogérant qui n'a pas directement pris part aux opérations de construction, l'autre cogérant ayant seul assuré la signature des marchés, le suivi des travaux et la réception de l'immeuble (■ Cass. crim., 9 oct. 1996, n° 95-85.751). Mais sont également visés, en second lieu, ceux qui ont le droit, réel (ex. : usufruitier) ou personnel (ex. : locataire).

Art. L. 183-4 ***(Créé à compter du 1er juillet 2021, Ord. n° 2020-71, 29 janv. 2020).*** **– Est puni d'une amende de 45 000 € le fait, pour les utilisateurs du sol, les bénéficiaires des travaux, les architectes, les entrepreneurs ou toute autre personne responsable de l'exécution de travaux, de méconnaître les obligations imposées par le premier alinéa des articles L. 112-10 et L. 122-1, les articles L. 122-3, L. 122-7, L. 122-8, L. 122-9, L. 122-10, L. 122-11, L. 126-27, L. 126-34, L. 126-37, L. 131-1, L. 131-2, L. 132-2, L. 132-3, L. 133-1, L. 133-2, L. 134-6, L. 134-8, L. 134-11, L. 134-12, L. 141-1, L. 141-2, L. 145-1, L. 146-1, L. 151-1, L. 152-1, L. 152-2, L. 152-3, L. 153-1, L. 153-2, L. 153-3, L. 153-4, L. 154-1, L. 154-2, L. 155-1, L. 156-1, L. 157-1, L. 161-1, L. 162-1, L. 163-1, L. 163-2 à l'exception de son dernier alinéa, L. 164-1, L. 164-2, L. 164-3, L. 171-1, L. 172-1 et L. 173-1, par les dispositions réglementaires prises pour leur application ou par les autorisations délivrées en conformité avec leurs dispositions. En cas de récidive, une peine d'emprisonnement de six mois peut en outre être prononcée.**

Les peines prévues à l'alinéa précédent sont également applicables :

1° En cas d'inexécution, dans les délais prescrits, de tous travaux accessoires d'aménagement ou de démolition imposés par les autorisations mentionnées au premier alinéa ;

2° En cas d'inobservation, par les bénéficiaires d'autorisations accordées pour une durée limitée ou à titre précaire, des délais impartis pour le rétablissement des lieux dans leur état antérieur ou la réaffectation du sol à son ancien usage.

Le propriétaire ou l'exploitant responsable de la mise en accessibilité d'un établissement recevant du public qui n'a pas rempli les obligations prévues aux articles L. 164-1 à L. 164-3 est puni des peines prévues au premier alinéa.

Les personnes physiques coupables de l'un des délits prévus au présent article encourent également la peine complémentaire prévue à l'article 131-35 du Code pénal.

Pour les infractions prévues aux articles L. 162-1 à L. 164-3 du présent code, ainsi que pour les règlements pris pour leur application ou les autorisations délivrées en conformité avec leurs dispositions, les personnes morales encourent les peines suivantes :

a) **L'amende, suivant les modalités prévues par l'article 131-38 du Code pénal ;**

b) **La peine complémentaire prévue au 9° de l'article 131-39 du même code ;**

c) **La peine complémentaire d'interdiction, à titre définitif ou pour une durée de cinq ans au plus, d'exercer directement ou indirectement une ou plusieurs activités professionnelles ou sociales, selon les modalités prévues à l'article 131-48 du même code.**

Art. L. 183-6 *(Créé à compter du 1er juillet 2021, Ord. n° 2020-71, 29 janv. 2020).* **– En cas de condamnation pour une infraction prévue à l'article L. 183-4, le tribunal, au vu des observations écrites ou après audition du fonctionnaire compétent, statue soit sur la mise en conformité des lieux ou celle des ouvrages avec les règlements, l'autorisation administrative ou le permis de construire, soit sur la démolition des ouvrages ou la réaffectation du sol en vue du rétablissement des lieux dans leur état antérieur.**

....

Art. L. 183-11 *(Créé à compter du 1er juillet 2021, Ord. n° 2020-71, 29 janv. 2020).* **– Le fait de faire obstacle aux fonctions exercées par les autorités, fonctionnaires et agents habilités à exercer des missions de recherche et de constatation des infractions prévues par le présent code est puni de six mois d'emprisonnement et de 7 500 € d'amende.**

Art. L. 183-12 *(Créé à compter du 1er juillet 2021, Ord. n° 2020-71, 29 janv. 2020).* **– Le propriétaire qui n'a pas exécuté les travaux de ravalement dans les délais prévus à l'article L. 126-3 est puni d'une amende de 3 750 €.**

Art. L. 183-13 *(Créé à compter du 1er juillet 2021, Ord. n° 2020-71, 29 janv. 2020).* **– Le non-respect des dispositions de l'article L. 134-10 relatif à la sécurité des piscines est puni de 45 000 € d'amende.**

Les personnes morales déclarées responsables pénalement, dans les conditions prévues par l'article 121-2 du Code pénal, de l'infraction définie au premier alinéa encourent, outre l'amende suivant les modalités prévues par l'article 131-38 du Code pénal, les peines prévues par les 2° à 9° de l'article 131-39 du même Code.

L'interdiction mentionnée au 2° de l'article 131-39 du Code pénal porte sur l'activité dans l'exercice ou à l'occasion de l'exercice de laquelle l'infraction a été commise.

Contrat de promotion et sociétés de construction

Art. L. 241-1 *(L. n° 90-1129, 19 déc. 1990).* **– Toute personne qui aura exigé ou accepté un versement, un dépôt de fonds, une souscription ou une acceptation d'effets de commerce, en violation des dispositions des articles L. 212-10, L. 212-11, L. 213-9, L. 222-5 et du paragraphe II de l'article L. 231-4 sera punie d'un emprisonnement de deux ans et d'une amende de 9 000 € ou de l'une de ces deux peines seulement.**

1) Exigence. L'infraction est réalisée par la seule exigence, non contestée, du versement (▪ Cass. crim., 15 juill. 1965 : *Bull. crim.* n° 178).

2) Acceptation. Toute remise de fonds acceptée par le constructeur avant la signature du contrat constitue l'infraction de versements anticipés sanctionnée par l'article L. 241-1 (▪ Cass. crim., 11 juill. 1978 : *Bull. crim.* n° 234 ; *D.* 1979, 21, rapp. E. Robert. ▪ Cass. crim., 5 oct. 1981 : *D.* 1982, IR, p. 466, obs. Magnin).

3) Le pourcentage maximum du prix total exigible lors de la signature du contrat de construction d'une maison individuelle, fixé par le décret n° 72-1239 du 29 décembre 1972 (CCH, art. R. 231-7) pris pour l'application de l'article L. 242-2 dudit code, ne peut être dépassé, quelles que soient les conditions de détermination du prix convenu entre les parties (▪ Cass. crim., 5 oct. 1981, n° 81-90.279 : *Bull. crim.* n° 258 ; *RD imm.* 1982, p. 299, obs. G. Roujou de Boubée ; ▪ Cass. crim., 2 mai 1983). De même, aucune autre échéance que celles que ces textes prévoient déjà ne peuvent être ajoutées par les parties, même en respectant les plafonds imposés (▪ Cass. crim., 21 févr. 1984 : *Bull. crim.* n° 67 ; *RD imm.* 1985, p. 199, obs. G. Roujou de Boubée).

4) L'interdiction s'applique pour les sommes qui n'étant pas dues ne peuvent devenir exigibles, par exemple la facturation majorée de travaux d'équipement non compris dans le prix mais qui doivent faire l'objet d'une estimation dans le contrat et dont le maître de l'ouvrage peut demander la réalisation au constructeur : ▪ Cass crim., 4 janv. 1986 : *Bull. crim.* n° 7.

5) Contrat précédant le contrat de promotion. Le contrat particulier précédant le contrat de promotion et limité aux études préliminaires est soumis aux dispositions de l'article L. 241-1 (▪ Cass. crim., 31 mars 1981 : *D.* 1983, 39, note Magnin).

6) Construction de maison individuelle. L'article L. 241-1 sanctionne également les versements irréguliers opérés en matière de construction de maison individuelle. V. par ex. ▪ Cass. crim., 6 mai 1985 : *D.* 1986, IR, p. 39, obs. Magnin.

Constitue un contrat de construction d'une maison individuelle, et non un contrat de maîtrise d'œuvre, la convention par laquelle une société, qui se présentait, dans la publicité qu'elle diffusait et la documentation qu'elle remettait à ses cocontractants, comme bâtisseur de maisons individuelles, faisait appel à des entreprises avec lesquelles elle traitait directement, la faculté réservée au maître de l'ouvrage de proposer ses propres entrepreneurs étant purement théorique, le contrat souscrit comportant des clauses caractéristiques du contrat de construction et enfin les modifications mineures apportées au plan-type proposé ne permettant pas de considérer que le plan de l'immeuble n'émanait pas de la société chargée de la construction (▪ Cass. crim., 9 janv. 1992, n° 91-82.076 : *Bull. crim.* n° 7 ; *RSC* 1992, p. 598, obs. F. Boulan ; *RDI* 1993, p. 90, obs. J.-C. Groslière et C. Saint-Alary Houin et 144, obs. G. Roujou de Boubée).

En revanche, n'a pas été perçu comme un tel contrat un projet portant réellement sur les études préliminaires à la construction et auquel il n'a pas été donné suite (▪ Cass. crim., 28 mars 2000, n° 99-82.145) ou encore une convention portant seulement sur la réhabilitation d'un immeuble existant (▪ Cass. crim., 20 sept. 2005, n° 04-84.621).

Se rend coupable de perception anticipée de fonds le constructeur de maisons individuelles qui exige ou accepte des acomptes, alors que l'attestation de garantie de remboursement n'a pas été annexée au contrat lors de sa signature (▪ Cass. crim., 7 mars 2006 : *Bull. crim.* n° 65).

7) L'article L. 241-1 punit toute personne chargée de la construction d'un immeuble à usage d'habitation qui exige ou accepte du maître de l'ouvrage un versement avant la date à laquelle la créance est exigible. Justifie dès lors sa décision au regard de l'article 2 du Code de procédure pénale, la cour d'appel qui condamne le gérant de la société à payer aux maîtres de l'ouvrage, parties civiles, le montant des sommes ainsi perçues de façon anticipée, leur préjudice résultant non du contrat qui les liait à la société mais dans les infractions commises personnellement par le prévenu (▪ Cass. crim., 26 mai 1993 : *Bull. crim.* n° 191 ; *JurisData* n° 1993-004880).

8) Le préjudice résultant, pour un maître de l'ouvrage, de l'inexécution des travaux et du défaut de remboursement des sommes versées par anticipation au constructeur de maison individuelle découle directement du délit prévu par l'article L. 241-1 du Code de la construction et de l'habitation (▪ Cass. crim., 28 mai 1997 : *Bull. crim.* n° 206).

9) Méconnaît les articles 2 et 593 du Code de procédure pénale, la cour d'appel, qui condamne des constructeurs de maisons individuelles, déclarés coupables de perception anticipée de fonds, à des réparations civiles, sans s'expliquer sur l'affectation donnée aux acomptes versés, ni rechercher si le surcoût des travaux était la conséquence de la perception anticipée de ces acomptes (▪ Cass. crim., 12 sept. 2006 : *Bull. crim.* n° 216).

10) Méconnaît les articles L. 231-4 II et L. 241-1 ensemble l'article R. 231-7 du Code de la construction et de l'habitation, la cour d'appel qui relaxe un constructeur de maisons individuelles du chef de perception anticipée de fonds, alors qu'elle constate qu'il a exigé le solde du prix avant l'expiration du délai de 8 jours suivant la remise des clés (▪ Cass. crim., 13 févr. 2007 : *Bull. crim.* n° 46).

11) Doit être cassé, pour insuffisance de motifs et défaut de réponse à conclusions, l'arrêt qui condamne une société de construction et son directeur du département maison individuelle pour avoir exigé ou accepté des fonds en violation des dispositions de l'article L. 241-1 du Code de la construction et de l'habitation, sans répondre aux conclusions du prévenu qui faisait valoir qu'il n'était pas personnellement l'auteur des faits et que les lettres d'appel de fonds litigieux avaient été signées par son adjoint, qui en avait le pouvoir (▪ Cass. crim., 5 juin 2007 : *JurisData* n° 2007-039894 ; *Dr. pén.* 2007, comm. 141, obs. J.-H. Robert).

12) Le vendeur ou un intermédiaire peuvent être sanctionnés en tant qu'auteurs principaux, et le notaire qui a prêté son concours à leurs agissements peut être condamné comme complice (▪ Cass. crim., 29 oct. 1973 : *Bull. crim.* n° 388), mais aussi comme coauteur (▪ Cass. crim., 27 janv. 2004, n° 03-83.428).

13) Élément moral. Le simple fait d'exiger ou d'accepter « sciemment » un tel versement suffit à consommer l'infraction : ▪ Cass. crim., 29 oct. 1973 : *Bull. crim.* n° 388 ; ▪ Cass. crim., 17 juill. 1987, n° 86-96.877 ; ▪ Cass. crim., 12 janv. 1988 : *Bull. crim.* n° 16.

14) Action civile. En matière de construction d'une maison individuelle, la chambre criminelle de la Cour de cassation considère que doit être pris en compte, dans l'évaluation du préjudice réparable, le montant du trop perçu par l'auteur de l'infraction (▪ Cass. crim., 26 mai 1993 : *Bull. crim.* n° 191 ; ▪ Cass. crim., 28 mai 1997 : *Bull. crim.* n° 206 ; ▪ Cass. crim., 29 janv. 1998, n° 97-81.179 ; ▪ Cass. crim., 11 févr. 1998, n° 97-83.106), dès lors que les fonds n'ont pas reçu leur affectation normale (▪ Cass. crim., 12 sept. 2006 : *Bull. crim.* n° 216). S'agissant, en revanche, d'un éventuel surcoût des travaux, la preuve doit être rapportée que ce surcoût est la conséquence de la perception anticipée des acomptes (▪ Cass. crim., 12 sept. 2006 : préc.).

Art. L. 241-2 ***(L. n° 92-1336, 16 déc. 1992).*** **– Toute personne qui, ayant reçu ou accepté un ou plusieurs versements, dépôts, souscriptions d'effets de commerce, à l'occasion d'un contrat de société ou de promotion immobilière soumis aux dispositions des titres Ier et II du présent livre, aura détourné tout ou partie de ces sommes sera punie des peines prévues aux articles 314-1 et 314-10 du Code pénal.**

1) Le détournement de fonds apparaît à travers l'impossibilité de faire face aux frais ou à travers l'absence de restitution lorsque les travaux n'ont pas été entrepris (▪ Cass. crim., 31 mars 1981 : *RD imm.* 1981, 550, obs. G. Roujou de Boubée).

2) Le détournement consiste à modifier l'affectation de sommes qui, remises par le maître de l'ouvrage au vendeur (▪ Cass. crim., 3 janv. 1985 : *Bull. crim.* n° 5), au constructeur (▪ Cass. crim., 14 avr. 1993 : *Bull. crim.* n° 156 ; *RD imm.* 1994, p. 131, obs. G. Roujou de Boubée) étaient exclusivement destinées à financer la construction.

3) L'infraction n'existe que pour les contrats prévus par le texte, tout raisonnement par analogie étant interdit (▪ Cass. crim., 29 juin 1983).

4) Inapplicabilité au contrat de construction de maison individuelle. Seul l'abus de confiance est éventuellement concevable en matière de construction de maison individuelle (en ce sens ▪ Cass. crim., 20 déc. 1978 : *Bull. crim.* n° 361 ; ▪ Cass. crim., 11 mai 2000, n° 99-85.509. ▪ Cass. crim., 30 juin 2004, n° 03-81.344. ▪ Cass. crim., 14 déc. 2005, n° 04-87.744. ▪ Cass. crim., 24 févr. 2010 : *Bull. crim.* n° 36. ▪ Cass. crim., 6 avr. 2016, n° 15-81.272 : *Bull. Joly Sociétés* 2016, p. 421, note J.-B. Perrier ; *JCP* G 2016, 854, note N. Catelan ; *Rev. pénit.* 2016-2, obs. G. Beaussonie. *Contra* : ▪ Cass. crim., 24 juin 1992 : *Bull. crim.* n° 251).

Art. L. 241-3 ***(L. n° 86-18, 6 janv. 1986 ; L. n° 90-1129, 19 déc. 1990 ; L. n° 2006-872, 13 juill. 2006).*** **– Ne peuvent participer, en droit ou en fait, directement ou par personne interposée, à la fondation ou à la gestion des sociétés régies par le titre Ier du présent livre, d'une société régie par la loi n° 86-18 du 6 janvier 1986 relative aux sociétés d'attribution d'immeubles en jouissance à temps partagé ou d'une société de promotion immobilière ni à la conclusion d'un contrat de promotion immobilière ou de l'un des contrats régis par les articles L. 231-1 et L. 232-1 les personnes ayant fait l'objet de l'une des condamnations énumérées à l'article 1er de la loi n° 47-1435 du 30 août 1947 relative à l'assainissement des professions commerciales et industrielles ou d'une condamnation à une peine d'emprisonnement avec ou sans sursis pour l'une des infractions ci-après :**

1° Faux et usage de faux en écriture privée, de commerce ou de banque, faux prévu par les articles 441-2, 441-5 et 441-6 du Code pénal ;

2° Vol, recel, escroquerie, abus de confiance, banqueroute, extorsion de fonds, valeurs ou signatures, délits punis des peines de l'escroquerie, de l'abus de confiance ou de la banqueroute ;

3° Émission de mauvaise foi de chèque sans provision, usure et délit réprimé par l'article 15 de la loi n° 66-1010 du 28 décembre 1966 relative à l'usure, aux prêts d'argent et à certaines opérations de démarchage et de publicité [art. L. 353-1 du Code monétaire et financier] ;

4° Soustraction commise par dépositaire public, concussion commise par fonctionnaire public, corruption de fonctionnaires publics et d'employés des entreprises privées, communication de secrets de fabrique ;

5° Atteinte au crédit de l'État, organisation du refus collectif de l'impôt ;

6° Faux témoignage, faux serment, subordination de témoin ;

7° Proxénétisme ou délit puni des peines du proxénétisme ;

8° Délits prévus par les articles 423, 425, 432, 434, 435, 437, 449 et 457 de la loi n° 66-537 du 24 juillet 1966 sur les sociétés commerciales [art. L. 241-1, L. 241-3, L. 242-1, L. 242-3, L. 242-4, L. 242-6, L. 242-17 et L. 242-27 du Code de Commerce] ;

9° Délit prévu par l'article 13 de la loi n° 52-332 du 24 mars 1952 relative aux entreprises de crédit différé ;

10° Délit prévu par l'article 21 de la loi du 13 juin 1941 sur l'exercice de la profession bancaire, délit prévu par le deuxième alinéa de l'article 6 de la loi du 14 juin 1941 relative à la réglementation et à l'organisation des

professions se rattachant à la profession de banquier [Lois abrogées et remplacées par L. n° 84-46, 24 janv. 1984 abrogée et codifiée. V. Code monétaire et financier] ;

11° *(Mod., L. n° 2014-366, 24 mars 2014)* Délit prévu par l'article 4 de la loi n° 60-580 du 21 juin 1960 interdisant certaines pratiques en matière de transactions portant sur des immeubles et des fonds de commerce, et par le *a bis* de l'article 14 et les articles 16, 17 et 18 de la loi n° 70-9 du 2 janvier 1970 réglementant les conditions d'exercice des activités relatives à certaines opérations portant sur les immeubles et les fonds de commerce ;

12° Délit prévu par les articles L. 241-1, L. 241-2, L. 241-5, L. 241-6 L. 263-1 et L. 263-2 ;

13° Délit prévu par l'article L. 311-13.

14° Délits prévus par les articles 22 et 31 de la loi n° 86-18 du 6 janvier 1986 précitée.

Art. L. 241-4. – La même interdiction est encourue :

a) Par les faillis non réhabilités et par les personnes frappées soit de faillite personnelle, soit de l'une des interdictions de diriger, gérer, administrer ou contrôler toute entreprise commerciale prévue aux articles 108 et 109 de la loi n° 67-563 du 13 juillet 1967 sur le règlement judiciaire, la liquidation des biens, la faillite personnelle et les banqueroutes *[abrogée. V. Code de Commerce]* ;

b) Par les officiers publics et ministériels destitués ;

c) Par les agréés, syndics et administrateurs judiciaires révoqués ;

d) Par les membres radiés disciplinairement et à titre définitif, pour manquement à la probité, des professions constituées en ordres.

Art. L. 241-5. – Toute personne qui contreviendra à l'interdiction résultant des articles L. 241-3 et L. 241-4 sera punie d'un emprisonnement de deux ans et d'une amende de 22 500 € ou de l'une de ces deux peines seulement.

Art. L. 241-6. – Seront punies d'un emprisonnement de cinq ans et d'une amende de 18 000 € ou de l'une ces deux peines seulement, les infractions aux dispositions des articles L. 214-6 à L. 214-9.

Seront punis des mêmes peines :

1° Le fait soit d'avoir porté des indications volontairement inexactes ou incomplètes dans les contrats ou documents prévus par le décret n° 54-1123 du 10 novembre 1954 [abrogé sauf en ses dispositions concernant le conseil de surveillance], soit d'avoir, dans l'exécution desdits contrats ou documents, volontairement trompé ou tenté de tromper sur la qualité, la quantité ou les dimensions de la construction ou des matériaux, appareils ou produits employés ou fournis ;

2° Le fait de mettre obstacle à l'action des organes de contrôle prévus par ledit décret ;

3° Le fait pour une personne exerçant en droit ou en fait, directement ou par personne interposée, la gestion d'une société concernée par ces décrets d'avoir, de mauvaise foi, fait, des biens ou du crédit de la société ou des pouvoirs ou des voix dont elle disposait, un usage qu'elle savait contraire à l'intérêt de ladite société, dans un but personnel ou pour favoriser une autre société ou une entreprise quelconque dans laquelle elle était intéressée directement ou indirectement.

Seront punies des mêmes peines les tentatives d'infractions prévues au présent article.

Art. L. 241-7. – I. – Ne peuvent ni procéder habituellement à titre quelconque, directement ou par personne interposée, pour leur compte ou pour celui d'autrui aux opérations mentionnées au décret n° 54-1123 du 10 novembre 1954 présentement abrogé sauf en ses dispositions concernant le conseil de surveillance, reproduites aux articles L. 214-6 à L. 214-9, ni participer en droit ou en fait, directement ou par personne interposée, à la fondation ou à la gestion des sociétés ou autres organismes mentionnés audit décret :

1° Les personnes empêchées d'exercer un commerce en vertu de la loi n° 47-1635 du 30 août 1947 relative à l'assainissement des professions industrielles ou commerciales, ainsi que les personnes condamnées en application soit du décret du 14 juin 1938 sur les entreprises d'assurances présentement repris par le Code des assurances (livre III, titre II, chapitre VIII et livre V, titre Ier, chapitre IV, section IV), soit des lois des 13 et 14 juin 1941 relatives à la réglementation et à l'organisation de la profession bancaire et des professions qui s'y rattachent *[Lois abrogées et remplacées par L. n° 84-46, 24 janv. 1984 abrogée et codifiée. V. Code monétaire et financier]*, soit de la loi n° 52-332 du 24 mars 1952 relative aux entreprises de crédit différé, soit de l'article L. 241-6 ;

2° Les personnes ayant fait l'objet d'une condamnation pour une des infractions suivantes : vol, abus de confiance, escroquerie, émission de chèques sans provision, soustraction commise par un dépositaire public, extorsion de fonds ou de valeurs, usure, atteinte au crédit de la nation ou recel de choses obtenues à l'aide de l'une de ces infractions.

Toute condamnation pour tentative ou complicité des infractions mentionnées aux deux alinéas qui précèdent entraîne la même interdiction.

II. – Les infractions aux dispositions du paragraphe I du présent article sont punies des peines portées à l'article L. 241-6.

III. – Les dispositions du présent article ne font pas obstacle à l'exécution des contrats en cours au 9 août 1957.

Art. L. 241-8 *(L. n° 90-1129, 19 déc. 1990 ; L. n° 2011-525, 17 mai 2011 ; L. n° 2018-1021, 23 nov. 2018).* **– Sera puni d'un emprisonnement de deux ans et d'une amende 300 000 euros quiconque, tenu à la conclusion d'un contrat par application de l'article L. 231-1 ou de l'article L. 232-1, aura entrepris l'exécution des travaux sans avoir conclu un contrat écrit conforme aux dispositions des articles L. 231-1, L. 231-2, L. 231-3, L. 231-9, L. 232-1 et L. 232-2, ou sans avoir obtenu la garantie de livraison définie à l'article L. 231-6.**

1) **Contrat écrit.** Pour des exemples, V. ▪ Cass. crim., 7 nov. 2006, n° 05-86.801. ▪ Montpellier, ch. correc. 3, 16 oct. 2008, n° 1381, 07/01403.

2) **Garantie de livraison.** V. par ex. ▪ Cass. crim., 4 nov. 2014, n° 13-88.408.

3) **Lien entre contrat écrit et garantie de livraison.** Sanction d'une construction de maisons individuelles sans contrat écrit « et par voie de conséquence sans souscription de la garantie de livraison à prix et délais convenus » (▪ Cass. crim., 9 sept. 2014, n° 13-83.353).

4) **Action civile.** Une association de consommateurs peut recevoir qualité à agir. C'est aux conditions que l'association ait été agréée, que l'intérêt collectif des consommateurs ait été atteint et que cette atteinte ait été caractérisée : V. par ex. pour la Fédération du logement de la Creuse ▪ Cass. crim., 9 sept. 2014, n° 13-83.353.

5) **Préjudice réparable.** Le préjudice moral doit être indemnisé (▪ Cass. crim., 6 avr. 2004, n° 03-86.704). Pour le préjudice matériel, il suffit de se reporter à l'article L. 231-6 du Code de la construction et de l'habitation, ce qui reviendrait à faire peser sur le constructeur défaillant ce que le garant aurait pris en charge si la garantie avait été contractée (V., dans la même affaire, ▪ Cass. crim., 27 mai 2003, n° 02-84.136 et ▪ Cass. crim., 16 nov. 2004, n° 04-82.586).

Art. L. 241-9 *(L. n° 90-1129, 19 déc. 1990 ; mod., L. n° 2003-721, 1er août 2003).* **– Sera puni d'un emprisonnement de deux ans et d'une amende de 18 000 €, ou de l'une de ces deux peines seulement, quiconque, chargé de l'une des opérations mentionnées à l'article L. 241-8, n'aura pas conclu par écrit un contrat de sous-traitance avant l'exécution des travaux de chacun des lots de l'immeuble ou aura conclu un contrat ne comportant pas l'énonciation prévue à l'avant-dernier alinéa de l'article L. 231-13.**

....

Ventes d'immeubles à construire ou à rénover

Art. L. 263-1 *(L. n° 2006-872, 13 juill. 2006).* **– Toute personne qui exige ou accepte un versement en violation des dispositions des articles L. 261-12, L. 261-15 et L. 262-8 est punie d'un emprisonnement de deux ans et d'une amende de 9 000 euros ou de l'une de ces deux peines seulement.**

Ne sont pas considérés comme des versements au sens du présent article les dépôts de fonds effectués sur un compte bancaire ouvert au nom du déposant et dont celui-ci peut à tout moment disposer sans restriction d'aucune sorte.

1) Les articles L. 261-1 et suivants s'appliquent à l'un quelconque des locaux composant un immeuble vendu en état futur d'achèvement, sans qu'il y ait lieu de distinguer selon qu'il s'agit d'une édification complète de l'immeuble en cause ou de partie de celui-ci. Il n'y a pas lieu d'en exclure la vente de locaux destinés à être transformés sans surélévation à l'intérieur d'un volume préexistant : ▪ Cass. crim., 23 oct. 1978 : *Bull. crim.* n° 285 ; *RD imm.* 1979. 263, obs. G. Roujou de Boubée. *Contra* : ▪ Cass. 3e civ., 2 mai 1978 : *Bull. civ.* III, n° 168.

2) Condamnation d'un notaire pour avoir exigé ou accepté des versements avant la signature de contrats de vente en l'état futur d'achèvement, délit prévu et puni par l'article L. 261-17 du Code de la construction et de l'habitation pour avoir sciemment privé les acquéreurs de la protection assurée par un tel contrat en scindant l'opération en deux conventions distinctes, l'une de vente d'immeuble et l'autre d'entreprise : ▪ Cass. crim., 27 janv. 2004, n° 03-83.428 ; *Constr.-urb.* 2004, comm. 72, obs. J.-R. Bouyeure.

3) Le vendeur ne peut exiger ni accepter aucun versement, aucun dépôt, aucune souscription ou acceptation d'effets de commerce avant la signature du contrat, c'est-à-dire avant l'acte authentique : ▪ Cass. crim., 29 oct. 1973 : *Bull. crim.* n° 388 ; ▪ Cass. crim., 23 oct. 1978 : *Bull. crim.* n° 285).

4) L'interdiction faite au vendeur, en cas de vente en état futur d'achèvement d'exiger ou d'accepter aucun versement avant la signature du contrat, ne comporte pas d'exception. En conséquence de quoi, elle doit s'appliquer, notamment, au montant des prêts consentis aux vendeurs, dès lors qu'ils représentent le prix de vente ou doivent être imputés sur celui-ci : ▪ Cass. crim., 7 mars 1973 : *Bull. crim.* n° 119 ; *D.* 1973, p. 736, note G. Roujou de Boubée).

Art. L. 263-2 *(L. n° 2006-872, 13 juill. 2006).* **– Toute personne qui, ayant reçu ou accepté un ou plusieurs versements, dépôts, souscriptions d'effets de commerce, à l'occasion d'une vente soumise aux dispositions du présent titre, détourne tout ou partie de ces sommes, est punie des peines prévues aux articles 314-1 et 314-10 du Code pénal.**

Art. L. 263-3 *(L. n° 2006-872, 13 juill. 2006).* **– Ne peuvent procéder habituellement, à titre quelconque, directement ou par personne interposée, pour leur compte ou pour celui d'autrui, aux opérations soumises aux dispositions du présent chapitre les personnes condamnées en application des articles L. 263-1 et L. 263-2, ainsi que celles auxquelles, en application de l'article L. 241-7, il est interdit de procéder aux opérations mentionnées aux articles L. 214-6 à L. 214-9.**

Habitat indigne

Art. L. 521-4 *(Mod., L. n° 2018-1021, 23 nov. 2018).* **– I. – Est puni de trois ans d'emprisonnement et d'une amende de 100 000 euros le fait :**

– en vue de contraindre un occupant à renoncer aux droits qu'il détient en application des articles L. 521-1 à L. 521-3-1, de le menacer, de commettre à son égard tout acte d'intimidation ou de rendre impropres à l'habitation les lieux qu'il occupe ;

– de percevoir un loyer ou toute autre somme en contrepartie de l'occupation du logement, y compris rétroactivement, en méconnaissance du I de l'article L. 521-2 ;

– de refuser de procéder à l'hébergement ou au relogement de l'occupant, bien qu'étant en mesure de le faire.

II. – Les personnes physiques encourent également les peines complémentaires suivantes :

1° La confiscation du fonds de commerce ou des locaux mis à bail. Lorsque les biens immeubles qui appartenaient à la personne condamnée au moment de la commission de l'infraction ont fait l'objet d'une expropriation pour cause d'utilité publique, le montant de la confiscation en valeur prévue au neuvième alinéa de l'article 131-21 du Code pénal est égal à celui de l'indemnité d'expropriation ;

2° L'interdiction pour une durée de cinq ans au plus d'exercer une activité professionnelle ou sociale dès lors que les facilités que procure cette activité ont été sciemment utilisées pour préparer ou commettre l'infraction. Cette interdiction n'est toutefois pas applicable à l'exercice d'un mandat électif ou de responsabilités syndicales.

3° L'interdiction pour une durée de dix ans au plus d'acheter un bien immobilier à usage d'habitation ou un fonds de commerce d'un établissement recevant du public à usage total ou partiel d'hébergement ou d'être usufruitier d'un tel bien ou fonds de commerce. Cette interdiction porte sur l'acquisition ou l'usufruit d'un bien ou d'un fonds de commerce soit à titre personnel, soit en tant qu'associé ou mandataire social de la société civile immobilière ou en nom collectif se portant acquéreur ou usufruitier, soit sous forme de parts immobilières ; cette interdiction ne porte toutefois pas sur l'acquisition ou l'usufruit d'un bien immobilier à usage d'habitation à des fins d'occupation à titre personnel.

Le prononcé des peines complémentaires mentionnées aux 1° et 3° du présent II est obligatoire à l'encontre de toute personne coupable d'une infraction prévue au présent article. Toutefois, la juridiction peut, par une décision spécialement motivée, décider de ne pas prononcer ces peines, en considération des circonstances de l'infraction et de la personnalité de son auteur.

III. – Les personnes morales déclarées responsables pénalement, dans les conditions prévues par l'article 121-2 du Code pénal, des infractions définies au présent article encourent, outre l'amende suivant les modalités prévues par l'article 131-38 du Code pénal, les peines prévues par les 2°, 4°, 8° et 9° de l'article 131-39 du même code.

La confiscation mentionnée au 8° de cet article porte sur le fonds de commerce ou les locaux mis à bail. Lorsque les biens immeubles qui appartenaient à la personne condamnée au moment de la commission de l'infraction ont fait l'objet d'une expropriation pour cause d'utilité publique, le montant de la confiscation en valeur prévue au neuvième alinéa de l'article 131-21 du Code pénal est égal à celui de l'indemnité d'expropriation.

Elles encourent également la peine complémentaire d'interdiction, pour une durée de dix ans au plus, d'acheter ou d'être usufruitier d'un bien immobilier à usage d'habitation ou d'un fonds de commerce d'un établissement recevant du public à usage total ou partiel d'hébergement.

Le prononcé de la peine de confiscation mentionnée au 8° de l'article 131-39 du même code et de la peine d'interdiction d'acheter ou d'être usufruitier mentionnée au troisième alinéa du présent III est obligatoire à l'encontre de toute personne coupable d'une infraction prévue au présent article. Toutefois, la juridiction peut, par une décision spécialement motivée, décider de ne pas prononcer ces peines, en considération des circonstances de l'infraction et de la personnalité de son auteur.

Lorsque les poursuites sont effectuées à l'encontre d'exploitants de fonds de commerce aux fins d'hébergement, il est fait application des dispositions de l'article L. 651-10 du présent code.

QPC. Rejet de la QPC mettant en cause la constitutionnalité des dispositions de l'article 111-5 du Code pénal et des articles L. 1337-4 du Code de la santé publique et L. 521-4 du Code de la construction et de l'habitation, parce que le législateur a pu, sans manquer aux principes de légalité des poursuites et d'égalité devant la loi, et dans le but d'accélérer le cours de la justice répressive, doter le juge pénal de pouvoirs identiques à ceux du juge administratif, relativement à l'espèce dont il est saisi (▪ Cass. crim., 4 déc. 2018, n° 18-82.852).

Réquisition avec attributaire

Art. L. 642-28 ***(L. n° 98-657, 29 juill. 1998 ; mod. L. n° 2009-526, 12 mai 2009).*** **– I. – Sont punis d'un an d'emprisonnement et de 15 000 € d'amende :**

1° Le fait de dissimuler, par des manœuvres frauduleuses, la vacance de locaux ;

2° Le fait de détruire, dégrader ou détériorer des locaux ayant fait l'objet d'une notification d'intention de réquisitionner, dans le but de faire obstacle à une réquisition avec attributaire.

II. – ***(Abr., L. n° 2009-526, 12 mai 2009).***

III. – Le tribunal peut également ordonner que les travaux de remise en état seront exécutés aux frais du condamné.

Code de l'urbanisme

Bibliographie : F. Archer, *Urbanisme : JCl. Lois pénales spéciales.* • B. Lamorlette et D. Moreno, *Code de l'urbanisme 2017, éd. LexisNexis.* • C. de Jacobet de Nombel, *Le droit pénal de l'urbanisme à l'épreuve du droit criminel : Dr. pén.* 2013, dossier 7.

1) INFRACTIONS AUX RÈGLES D'AMÉNAGEMENT ET D'URBANISME

Art. L. 610-1 ***(Ord. n° 2015-1174, 23 sept. 2015 ; L. n° 2018-1021, 23 nov. 2018).*** **– En cas d'infraction aux dispositions des plans locaux d'urbanisme, les articles L. 480-1 à L. 480-9 sont applicables, les obligations mentionnées à l'article L. 480-4 s'entendant également de celles résultant des plans locaux d'urbanisme.**

Les sanctions édictées à l'article L. 480-4 s'appliquent également :

1° En cas d'exécution de travaux ou d'utilisation du sol en méconnaissance des obligations imposées par les articles L. 111-1 à L. 111-10, L. 111-15, L. 111-23 et L. 115-3 ainsi que par les règlements pris pour leur application ;

2° En cas de coupes et d'abattages d'arbres effectuées en infraction aux dispositions de l'article L. 421-4, sur les territoires des communes, parties de communes ou ensemble de communes où l'établissement d'un plan local d'urbanisme a été prescrit mais où ce plan n'a pas encore été rendu public ;

3° En cas d'exécution de travaux ou d'utilisation du sol en infraction aux dispositions des articles L. 113-11 et L. 113-12 relatifs à la protection des espaces naturels sensibles des départements ;

4° En cas d'exécution, dans une zone d'aménagement concerté, de travaux dont la réalisation doit obligatoirement être précédée d'une étude de sécurité publique en application de l'article L. 114-1, avant la réception de cette étude par la commission compétente en matière de sécurité publique.

Sauf en cas de fraude, le présent article n'est pas applicable lorsque le bénéficiaire d'une autorisation définitive relative à l'occupation ou l'utilisation du sol, délivrée selon les règles du présent code, exécute des travaux conformément à cette autorisation.

Toute association agréée de protection de l'environnement en application des dispositions de l'article L. 141-1 du Code de l'environnement peut exercer les droits reconnus à la partie civile en ce qui concerne les faits constituant une infraction aux alinéas premier et second du présent article et portant un préjudice direct ou indirect aux intérêts collectifs qu'elle a pour objet de défendre.

La commune ainsi que l'établissement public de coopération intercommunale compétent en matière d'urbanisme peuvent exercer les droits reconnus à la partie civile, en ce qui concerne les faits commis sur leur territoire et constituant une infraction aux dispositions du présent article.

1) QPC. Non-lieu à renvoi au Conseil constitutionnel de la question visant les articles L. 160-1 et L. 480-4, la rédaction des textes en cause étant conforme aux principes de clarté, d'accessibilité et d'intelligibilité de la loi pénale dont elle permet de déterminer le champ d'application sans porter atteinte au principe constitutionnel de la légalité des délits et des peines (▪ Cass. crim., 25 juill. 2012, n° 12-90.035 QPC : *Dr. pén.* 2012, comm. 131, obs. J.-H. Robert).

2) Les travaux d'aménagement d'une maison d'habitation en studios, qui n'ont pas pour effet de modifier l'aspect extérieur de l'immeuble ni de créer des niveaux supplémentaires, peuvent être entrepris sans autorisation bien qu'ils soient susceptibles d'avoir une incidence sur les règles d'urbanisme, dès lors que, l'immeuble restant à usage exclusif d'habitation, ils n'ont pas pour effet de changer la destination de la construction ; leur réalisation peut constituer en revanche une infraction aux articles L. 160-1 et L. 480-4 du Code de l'urbanisme notamment si les travaux contreviennent aux prescriptions du plan d'occupation des sols (▪ Cass. crim., 9 nov. 1994 : *Bull. crim.* n° 361 ; *JCP* 1995, II, 22518, note M. Ricard).

3) En cas de poursuites engagées pour réalisation de travaux effectués en méconnaissance d'un plan d'occupation des sols, il appartient au juge pénal non pas de rechercher si ces travaux sont ou non soumis à autorisation ou à déclaration en application du livre IV du Code de l'urbanisme mais de vérifier si cette réalisation est prohibée par le plan d'urbanisme adopté en application du livre I de même code et servant de soutien à la prévention (▪ Cass. crim., 2 juin 2004 : *Bull. crim.* n° 145).

4) En l'absence de modification des dispositions législatives, support légal de l'incrimination, justifie sa décision la cour d'appel qui, en cas d'annulation du plan d'occupation des sols en violation duquel les travaux objet des poursuites ont été réalisés, fait application du plan d'occupation des sols immédiatement antérieur, remis en vigueur par application des dispositions de l'article L. 121-8 du Code de l'urbanisme, dès lors que celui-ci n'autorise pas davantage les travaux et installations, objet des poursuites (▪ Cass. crim., 30 oct. 2007 : *Bull. crim.* n° 262).

5) Encourt la cassation l'arrêt de la cour d'appel qui relaxe une société civile immobilière du chef d'infraction aux dispositions du plan d'occupation des sols, sans rechercher si les travaux litigieux sont conformes aux dispositions suffisamment claires et précises dudit plan, selon lesquelles l'aspect des constructions doit être en harmonie avec, d'une part, les constructions voisines et, d'autre part, le caractère des sites et paysages dans lesquels elles s'insèrent (▪ Cass. crim., 11 déc. 2007 : *Bull. crim.* n° 306).

6) Justifie sa décision la cour d'appel qui, pour condamner le prévenu pour avoir exécuté des travaux en méconnaissance du document local d'urbanisme, relève que la propriété de la parcelle sur laquelle le remblai avait été accumulé était distincte de celle située sur l'autre rive du cours d'eau en ce qu'elle appartenait à une indivision et que le fait que le prévenu fût au nombre des propriétaires indivis n'avait pas pour effet de modifier la situation de la ligne séparative des propriétés correspondant à l'axe du cours d'eau (▪ Cass. crim., 1er avr. 2014 : *Bull. crim.* n° 100).

7) Encourt la cassation l'arrêt qui déclare le prévenu coupable d'exécution de travaux sans autorisation et exécution des mêmes travaux sans déclaration, alors que si plusieurs ouvrages, installations, catégories de travaux ou d'activités doivent être réalisés par la même personne sur un même site, une seule demande d'autorisation peut être présentée pour l'ensemble de ces travaux (▪ Cass. crim., 1er avr. 2014 : *Bull. crim.* n° 100).

8) La violation des règles de l'urbanisme est constituée lors de l'établissement du procès-verbal d'infraction, peu important que certains manquements aient été régularisés avant l'achèvement des travaux (▪ Cass. crim., 16 janv. 2018, n° 17-81.157).

9) Cumul d'infractions. Ne méconnaît pas la règle *non bis in idem*, la cour d'appel qui, après avoir examiné un ensemble de travaux, condamne le prévenu pour construction sans permis de construire et pour violation du plan d'occupation des sols, qui protègent des intérêts juridiquement distincts, dès lors qu'une seule peine a été prononcée (▪ Cass. crim., 8 déc. 2015, n° 14-85.548 : *Dr. pén.* 2016, comm. 32, obs. J.-H. Robert).

10) Ne méconnaît pas la règle *non bis in idem* la cour d'appel qui condamne un prévenu pour réalisation irrégulière d'affouillement ou d'exhaussement du sol et de violation du plan d'occupation des sols dès lors que ces incriminations visent à l'application de réglementations distinctes et à la protection d'intérêts juridiquement différents, afférents pour les uns aux travaux, pour les autres, à l'occupation du sol et qu'une seule peine a été prononcée (▪ Cass. crim., 27 avr. 2017, n° 16-84.240). V. aussi, en ce sens, ▪ Cass. crim., 3 déc. 2019, n° 18-86.032.

11) *Ne bis in idem.* Possibilité de la condamnation du prévenu pour les infractions d'exécution de travaux sans déclaration préalable, de non-respect d'arrêtés interruptifs de travaux et de violation du plan d'occupation des sols, sans méconnaître le principe *ne bis in idem*, dès lors que les faits poursuivis ne procédaient pas de manière indissociable d'une action unique caractérisée par une seule intention coupable (▪ Cass. crim., 16 janv. 2018, n° 17-82.220). V., néanmoins, où d'autres critères sont utilisés : ▪ Cass. crim., 6 nov. 2018, n° 17-81.098 (faits constitutifs distincts). ▪ Cass. crim., 10 sept. 2019, n° 18-85.194 (intentions coupables différentes). – Mais dans le même sens, V. ensuite ▪ Cass. crim., 15 janv. 2019, n° 17-87.104.

12) Prescription. Les infractions d'exécution de travaux sans déclaration préalable et en méconnaissance du plan local d'urbanisme s'accomplissant pendant tout le temps où les travaux sont exécutés et jusqu'à leur achèvement, la prescription de l'action publique ne court qu'à compter du jour où les installations sont en état d'être affectées à l'usage auquel elles sont destinées.

Encourt la censure la cour d'appel qui, pour rejeter l'exception de prescription soulevée, retient que les faits reprochés sont des délits continus dont les effets se prolongent par la volonté réaffirmée de la prévenue de ne pas respecter les dispositions réglementaires applicables alors qu'il lui appartenait de rechercher si, à la date du premier acte interruptif de prescription, l'ouvrage était, depuis trois années, en état d'être affecté à l'usage auquel il était destiné (▪ Cass. crim., 27 mai 2014 : *Bull. crim.* n° 141).

Art. L. 610-2 *(Ord. n° 2015-1174, 23 sept. 2015).* **– Toute personne qui effectue, à la demande et pour le compte d'une collectivité publique, les études nécessaires à la préparation de documents d'urbanisme est tenue au secret professionnel. Les infractions sont passibles des sanctions prévues à l'article 226-13 du Code pénal.**

Art. L. 610-3 *(Ord. n° 2015-1174, 23 sept. 2015).* **– Les infractions aux dispositions réglementant, dans les territoires faisant l'objet d'un plan local d'urbanisme approuvé ou d'un document en tenant lieu, l'ouverture, l'extension et les modifications aux conditions d'exploitation des établissements dangereux, insalubres ou incommodes sont punies des peines et sanctions prévues par la législation relative aux installations classées.**

Art. L. 610-4 *(Ord. n° 2015-1174, 23 sept. 2015).* **– Les infractions aux dispositions du règlement national d'urbanisme et aux articles L. 113-8 et L. 113-15 sont constatées par tous officiers ou agents de police judiciaire ainsi que par tous les fonctionnaires et agents de l'État et des collectivités publiques commissionnés à cet effet par le maire ou le ministre chargé de l'urbanisme suivant l'autorité dont ils relèvent et assermentés. Les procès-verbaux dressés par ces agents font foi jusqu'à preuve du contraire.**

Les fonctionnaires et agents contractuels de l'administration des eaux et forêts sont compétents pour constater par procès-verbaux les infractions aux dispositions du présent code relatives à la conservation et à la création d'espaces boisés.

2) INFRACTIONS AUX RÈGLES APPLICABLES AUX CONSTRUCTIONS, AMÉNAGEMENTS ET DÉMOLITIONS

Art. L. 480-1 *(Mod., L. n° 76-1285, 31 déc. 1976 ; L. n° 85-729, 18 juill. 1985 ; L. n° 95-101, 2 févr. 1995 ; L. n° 2001-44, 17 janv. 2001 ; L. n° 2010-788, 12 juill. 2010 ; L. n° 2012-387, 22 mars 2012 ; Ord. n° 2015-1174, 23 sept. 2015 ; L. n° 2016-925, 7 juill. 2016 ; L. n° 2020-1525, 7 déc. 2020).* – **Les infractions aux dispositions des titres Ier, II, III, IV et VI du présent livre sont constatées par tous les officiers ou agents de police judiciaire ainsi que par tous les fonctionnaires et agents de l'État et des collectivités publiques commissionnés à cet effet par le maire ou le ministre chargé de l'urbanisme suivant l'autorité dont ils relèvent et assermentés. Les procès-verbaux dressés par ces agents font foi jusqu'à preuve du contraire.**

Les infractions mentionnées à l'article L. 480-4 peuvent être constatées par les agents commissionnés à cet effet par l'autorité administrative compétente et assermentés lorsqu'elles affectent des immeubles soumis aux dispositions législatives du Code du patrimoine relatives aux monuments historiques, aux abords des monuments historiques ou aux sites patrimoniaux remarquables ou aux dispositions législatives du Code de l'environnement relatives aux sites et qu'elles consistent soit dans le défaut de permis de construire, soit dans la non-conformité de la construction ou des travaux au permis de construire accordé. Il en est de même des infractions aux prescriptions établies en application des articles L. 522-1 à L. 522-4 du Code du patrimoine.

Les infractions mentionnées à l'article L. 480-4 peuvent être constatées par les agents commissionnés à cet effet par le ministre chargé de la culture et assermentés lorsqu'elles affectent des immeubles soumis aux dispositions législatives du Code du patrimoine relatives aux monuments historiques, aux abords des monuments historiques ou aux sites patrimoniaux remarquables ou aux dispositions législatives du Code de l'environnement relatives aux sites et qu'elles consistent soit dans le défaut de permis de construire, soit dans la non-conformité de la construction ou des travaux au permis de construire accordé. Il en est de même des infractions aux prescriptions établies en application des articles L. 522-1 à L. 522-4 du Code du patrimoine.

Lorsque l'autorité administrative et, au cas où il est compétent pour délivrer les autorisations, le maire ou le président de l'établissement public de coopération intercommunale compétent ont connaissance d'une infraction de la nature de celles que prévoient les articles L. 610-1 et L. 480-4, ils sont tenus d'en faire dresser procès-verbal.

Copie du procès-verbal constatant une infraction est transmise sans délai au ministère public.

Toute association agréée de protection de l'environnement en application des dispositions de l'article L. 141-1 du Code de l'environnement peut exercer les droits reconnus à la partie civile en ce qui concerne les faits constituant une infraction à l'alinéa 1er du présent article et portant un préjudice direct ou indirect aux intérêts collectifs qu'elle a pour objet de défendre.

La commune ainsi que l'établissement public de coopération intercommunale compétent en matière d'urbanisme peuvent exercer les droits reconnus à la partie civile, en ce qui concerne les faits commis sur leur territoire et constituent une infraction à l'alinéa 1er du présent article.

1) Les procès-verbaux visés par l'article L. 480-1 font foi jusqu'à preuve contraire (■ Cass. crim., 11 févr. 1971 : *D.* 1971, 294) ; ils ne sont pas le seul mode de preuve des infractions en matière d'urbanisme (■ Cass. crim., 24 mai 1967 : *Bull. crim.* n° 162. ■ Cass. crim., 1er déc. 1981 : *D.* 1982, IR, p. 131. ■ Cass. crim., 19 nov. 1985 : *Bull. crim.* n° 365).

2) Il ne résulte d'aucun texte, ni d'aucun principe substantiel de procédure pénale, que le procès-verbal constatant une infraction en matière d'urbanisme doive être signé de la personne mise en cause ni notifié à celle-ci par lettre recommandée afin de lui permettre de présenter ses observations (■ Cass. crim., 10 oct. 2006 : *Bull. crim.* n° 248).

3) L'existence d'un recours contre un arrêté préfectoral refusant l'octroi d'un permis de construire modificatif est sans effet sur l'exercice de poursuites pour construction sans permis, l'illégalité alléguée, à la supposer établie, ne pouvant suppléer à l'autorisation requise (■ Cass. crim., 16 févr. 1994 : *Bull. crim.* n° 72).

4) L'article 802 du Code de procédure pénale est applicable en cas de méconnaissance des dispositions de l'article L. 480-1 du Code de l'urbanisme prévoyant que copie du procès-verbal constatant une infraction est transmise sans délai au ministère public (■ Cass. crim., 3 nov. 2004 : *Bull. crim.* n° 269).

5) L'article L. 480-1, dernier alinéa du Code de l'urbanisme, qui permet à la commune d'exercer les droits reconnus à la partie civile, en ce qui concerne les faits commis sur son territoire et constituant une infraction à l'alinéa 1er, n'exige pas que le préjudice qu'elle invoque soit personnel et direct (■ Cass. crim., 9 avr. 2002 : *Bull. crim.* n° 81 ; *Dr. pén.* 2002, comm. 114, obs. J.-H. Robert ; *RSC* 2002, p. 823).

6) La possibilité, offerte par l'article L. 480-1, alinéa 5, du Code de l'urbanisme, aux associations agréées de protection de l'environnement d'exercer les droits de la partie civile en ce qui concerne les infractions en matière de permis de construire qui portent un préjudice direct ou indirect aux intérêts collectifs qu'elles ont pour objet de défendre, n'exclut pas le droit, pour une association non agréée, qui remplit les conditions prévues par l'article 2 du Code de procédure pénale, de se constituer partie civile à l'égard des mêmes faits ; satisfait à ces conditions, en raison de la spécificité du but et de l'objet de sa mission, une association, qui ne poursuit pas la défense des intérêts de ses membres mais dont l'objet statutaire est la protection de l'environnement, du cadre de vie, de la faune et de la flore d'un village (■ Cass. crim., 12 sept. 2006 : *Bull. crim.* n° 217).

Art. L. 480-2 ***(Mod., L. n° 76-1285, 31 déc. 1976 ; L. n° 85-729, 18 juill. 1985 ; Ord. n° 2005-1527, 8 déc. 2005 ; L. n° 2016-925, 7 juill. 2016).*** **– L'interruption des travaux peut être ordonnée soit sur réquisition du ministère public agissant à la requête du maire, du fonctionnaire compétent ou de l'une des associations visées a l'article L. 480-1, soit, même d'office, par le juge d'instruction saisi des poursuites ou par le tribunal correctionnel. L'interruption des travaux peut être ordonnée, dans les mêmes conditions, sur saisine du représentant de l'État dans la région ou du ministre chargé de la culture, pour les infractions aux prescriptions établies en application des articles L. 522-1 à L. 522-4 du Code du patrimoine.**

L'autorité judiciaire statue après avoir entendu le bénéficiaire des travaux ou l'avoir dûment convoqué à comparaître dans les quarante-huit heures. La décision judiciaire est exécutoire sur minute et nonobstant toute voie de recours.

Dès qu'un procès-verbal relevant l'une des infractions prévues à l'article L. 480-4 a été dressé, le maire peut également, si l'autorité judiciaire ne s'est pas encore prononcée, ordonner par arrêté motivé l'interruption des travaux. Copie de cet arrêté est transmise sans délai au ministère public.

L'autorité judiciaire peut à tout moment, d'office ou à la demande, soit du maire ou du fonctionnaire compétent, soit du bénéficiaire des travaux, se prononcer sur la mainlevée ou le maintien des mesures prises pour assurer l'interruption des travaux. En tout état de cause, l'arrêté du maire cesse d'avoir effet en cas de décision de non-lieu ou de relaxe.

Le maire est avisé de la décision judiciaire et en assure, le cas échéant, l'exécution.

Lorsque aucune poursuite n'a été engagée, le procureur de la République en informe le maire qui, soit d'office, soit à la demande de l'intéressé, met fin aux mesures par lui prises.

Le maire peut prendre toutes mesures de coercition nécessaires pour assurer l'application immédiate de la décision judiciaire ou de son arrêté, en procédant notamment à la saisie des matériaux approvisionnés ou du matériel de chantier.

La saisie et, s'il y a lieu, l'apposition des scellés sont effectuées par l'un des agents visés à l'article L. 480-1 qui dresse procès-verbal.

Les pouvoirs qui appartiennent au maire, en vertu des alinéas qui précèdent, ne font pas obstacle au droit du représentant de l'État dans le département de prendre, dans tous les cas où il n'y aurait pas été pourvu par le maire et après une mise en demeure adressée à celui-ci et restée sans résultat à l'expiration d'un délai de vingt-quatre heures, toutes les mesures prévues aux précédents alinéas.

Dans le cas de constructions sans permis de construire ou d'aménagement sans permis d'aménager, ou de constructions ou d'aménagement poursuivis malgré une décision de la juridiction administrative suspendant le permis de construire ou le permis d'aménager, le maire prescrira par arrêté l'interruption des travaux ainsi que, le cas échéant, l'exécution, aux frais du constructeur, des mesures nécessaires à la sécurité des personnes ou des biens ; copie de l'arrêté du maire est transmise sans délai au ministère public. Dans tous les cas où il n'y serait pas pourvu par le maire et après une mise en demeure adressée à celui-ci et restée sans résultat à l'expiration d'un délai de vingt-quatre heures, le représentant de l'État dans le département prescrira ces mesures et l'interruption des travaux par un arrêté dont copie sera transmise sans délai au ministère public.

Dans le cas où le représentant de l'État dans le département fait usage des pouvoirs qui lui sont reconnus par les alinéas 9 et 10 du présent article, il reçoit, aux lieu et place du maire, les avis et notifications prévus aux alinéas 5 et 6.

1) L'interruption des travaux est une attribution extraordinaire indépendante de celle que le juge tient du Code de procédure pénale, et présente dans ses effets un caractère à la fois civil et administratif (■ Cass. crim., 10 janv. 1980 : *Bull. crim.* n° 18. ■ Cass. crim., 5 mai 1981 : *Bull. crim.* n° 138).

2) L'inculpé peut faire appel de l'ordonnance du juge d'instruction prescrivant l'interruption des travaux (■ Cass. crim., 10 janv. 1980 : *D.* 1981, p. 96, note J.-P. Chambon).

3) Le juge d'instruction est compétent pour prononcer la mainlevée ou le maintien des mesures prises pour assurer l'interruption des travaux (■ Cass. crim., 5 mai 1981 : *Bull. crim.* n° 138). Sur la mainlevée judiciaire de l'arrêté d'interruption des travaux, V. ■ Cass. crim., 29 mars 1995 : *Juris-Data* n° 1995-001645 ; *Dr. pén.* 1995, comm. 185, obs. J.-H. Robert.

4) Lorsque le maire ordonne, par arrêté, une interruption de travaux en application de l'article L. 480-2, alinéa 3 du Code de l'urbanisme, il agit en qualité de représentant de l'État.

Il ne peut plus se prévaloir de cette qualité devant la cour d'appel saisie d'une demande de mainlevée d'un arrêté de cette nature et n'est pas recevable à se pourvoir contre la décision rendue par cette juridiction si le préfet ou son délégué est intervenu dans la procédure (■ Cass. crim., 17 mai 2011, n° 10-82.655 : *Bull. crim.* n° 100).

Art. L. 480-3 ***(L. n° 2011-525, 17 mai 2011 ; L. n° 2012-387, 22 mars 2012).*** **– En cas de continuation des travaux nonobstant la décision judiciaire ou l'arrêté en ordonnant l'interruption, les personnes visées au deuxième alinéa de l'article L. 480-4 encourent une amende de 75 000 € et une peine de trois mois d'emprisonnement.**

Ces peines sont également applicables en cas de continuation des travaux nonobstant la décision de la juridiction administrative prononçant la suspension ou le sursis à exécution de l'autorisation d'urbanisme.

Les juges ne peuvent, sans excéder leurs pouvoirs, prononcer d'autres peines ou mesures que celles prévues par la loi ; encourt, dès lors, la cassation l'arrêt qui, après avoir déclaré le prévenu coupable de continuation de travaux nonobstant l'arrêté en prescrivant l'interruption, délit prévu par l'article L. 480-3 du Code de l'urbanisme, ordonne la démolition de l'ouvrage irrégulièrement édifié alors que l'article L. 480-5 du Code précité attribue à la juridiction le pouvoir de statuer sur la démolition des ouvrages en cas de condamnation pour les infractions prévues aux articles L. 160-1 et L. 480-4 (■ Cass. crim., 18 mai 2005 : *Bull. crim.* n° 149 ; *Dr. pén.* 2005, comm. 127, obs. J.-H. Robert).

Art. L. 480-4 ***(Ord. n° 2005-1527, 8 déc. 2005 ; L. n° 2016-1547, 18 nov. 2016 ; L. n° 2021-1104, 22 août 2021).*** **– Le fait d'exécuter des travaux mentionnés aux articles L. 421-1 à L. 421-5 en méconnaissance des obligations imposées par les titres Ier à VII du présent livre et les règlements pris pour leur application ou en méconnaissance des prescriptions imposées par un permis de construire, de démolir ou d'aménager ou par la décision prise sur une déclaration préalable est puni d'une amende comprise entre 1 200 € et un montant qui ne peut excéder, soit dans le cas de construction d'une surface de plancher, une somme égale à 6 000 € par mètre carré de surface construite, démolie ou rendue inutilisable au sens de l'article L. 430-2, soit, dans les autres cas, un montant de 300 000 €. En cas de récidive, outre la peine d'amende ainsi définie un emprisonnement de six mois pourra être prononcé.**

Les peines prévues à l'alinéa précédent peuvent être prononcées contre les utilisateurs du sol, les bénéficiaires des travaux, les architectes, les entrepreneurs ou autres personnes responsables de l'exécution desdits travaux.

Ces peines sont également applicables :

1° En cas d'inexécution, dans les délais prescrits, de tous travaux d'aménagement ou de démolition imposés par les autorisations visées au premier alinéa ;

2° En cas d'inobservation, par les bénéficiaires d'autorisations accordées pour une durée limitée ou à titre précaire, des délais impartis pour le rétablissement des lieux dans leur état antérieur ou la réaffectation du sol à son ancien usage ;

3° En cas d'inexécution, dans les délais prescrits par la mise en demeure prévue à l'article L. 121-22-5, des travaux de démolition et de remise en état rendus nécessaires par le recul du trait de côte.

En cas de méconnaissance des obligations imposées par l'article L. 451-3, le tribunal ordonne en outre, en cas de perte ou de destruction de la plaque commémorative au cours des travaux, à la charge du maître d'ouvrage, la gravure et l'installation d'une nouvelle plaque apposée dans les conditions du deuxième alinéa dudit article.

Toute association ou fondation reconnue d'utilité publique telle que définie à l'article 2-4 du Code de procédure pénale peut exercer les droits reconnus à la partie civile en ce qui concerne les faits constituant une infraction à l'article L. 451-3 et portant un préjudice direct ou indirect aux intérêts collectifs qu'elle a pour objet de défendre.

Les dispositions du présent article ne sont pas applicables aux infractions relatives à l'affichage des permis ou des déclarations préalables.

1) Permis valide, préalable aux travaux. L'existence d'une voie de recours contre un arrêté refusant l'octroi d'un permis est sans effet sur l'exercice des poursuites pénales car le délit est consommé dès lors qu'une construction est édifiée sans permis préalable (■ Cass. crim., 15 nov. 1995 : *Bull. crim.* n° 352).

2) Lorsqu'une contestation sérieuse sur la validité d'un permis est soulevée devant la juridiction saisie d'une poursuite pénale, les juges doivent surseoir à statuer pour permettre de saisir la juridiction administrative qui se prononcera sur l'éventuelle nullité du permis de construire (■ Cass. crim., 30 juin 1981 : *Bull. crim.* n° 226 ; *D.* 1983, IR, p. 28, obs. Charles).

3) Le recours en annulation de l'arrêté par lequel le maire a fait opposition à une déclaration de travaux, formé par le prévenu devant la juridiction administrative, n'a pas d'effet suspensif au regard de la poursuite dont la juridiction correctionnelle est saisie du chef de construction non conforme, y compris en ce qui concerne la mesure de démolition sur laquelle elle a l'obligation de statuer (■ Cass. crim., 21 oct. 2003 : *Bull. crim.* n° 198 ; *Dr. pén.* 2004, comm. 40, obs. J.-H. Robert).

4) Le constructeur ne peut se prévaloir d'aucun permis de construire lorsque l'exécution de celui-ci a été suspendue par une décision du juge administratif, et ne saurait se soustraire à l'application des article L. 421-1 et L. 480-4 du Code de l'urbanisme (■ Cass. crim., 6 mai 2002 : *Bull. crim.* n° 101 ; *Dr. pén.* 2002, comm. 100, obs. J.-H. Robert).

Cette affaire ayant donné lieu à l'arrêt du 6 mai 2002, a fait l'objet d'un réexamen à la suite de l'arrêt du 10 octobre 2006 de la Cour européenne des droits de l'homme qui a dit qu'il y avait eu violation de l'article 7 de la Convention de sauvegarde des droits de l'homme.

Par arrêt du 13 février 2009, l'assemblée plénière de la Cour de cassation a décidé que la loi pénale étant d'interprétation stricte, il s'ensuit que la poursuite de travaux malgré une décision de la juridiction administrative prononçant le sursis à exécution du permis de construire mais non suivie d'un arrêté prescrivant l'interruption des travaux n'est pas constitutive de l'infraction de construction sans permis prévue par l'article L. 480-4 du Code de l'urbanisme (■ Cass. ass. plén., 13 févr. 2009, n° 01-85.826 : *Bull. ass. plén.* n° 1 ; *Bull. inf. C. cass.*, 2009, II, p. 23, rapp. André, concl. Mouton ; *Dr. pén.* 2009, comm. 54, obs. J.-H. Robert ; *JCP* 2009, II, 10057, note D. Bailleul ; *Bull. crim.* n° 1).

5) La remise en vigueur d'un permis de construire retiré ou annulé n'efface pas la culpabilité du bâtisseur dès lors qu'il a continué ses travaux pendant que son permis n'était, provisoirement, pas valide (■ Cass. crim., 27 juin 2006 ; *Dr. pén.* 2006, comm. 125).

6) Un permis de construire rectificatif ne met pas obstacle à la déclaration de culpabilité du bâtisseur à raison des travaux irrégulièrement entrepris avant sa délivrance, mais, tant qu'il n'est pas annulé, il interdit la condamnation à la démolition, même à titre de réparation civile (■ Cass. crim., 18 nov. 2008 : *Dr. pén.* 2009, comm. 40, obs. J.-H. Robert).

7) L'obtention d'un *permis de construire tacite*, relativement à des constructions édifiées sans qu'ait été sollicité ni obtenu préalablement le permis de construire nécessité par lesdites constructions, ne saurait avoir pour effet de faire disparaître le délit antérieurement consommé (■ Cass. crim., 18 juin 1997 : *Bull. crim.* n° 247. ■ Cass. crim., 11 déc. 2007 : *JurisData* n° 2007-042593 ; *Dr. pén.* 2008, note 55, obs. J.-H. Robert).

8) Le permis de construire tacite, qui se forme à défaut de notification d'une décision expresse dans le délai de 2 mois imparti par l'article R. 421-18, devenu l'article R. 423-23 du Code de l'urbanisme, ne peut être ultérieurement retiré par l'Administration, dans le délai de recours contentieux, que pour des motifs tirés de l'illégalité de l'autorisation implicite.

Prive sa décision de base légale, une cour d'appel qui prononce une condamnation pour construction sans permis en se fondant sur une décision expresse de rejet, notifiée au pétitionnaire postérieurement à la date d'expiration du délai d'instruction de la demande, sans rechercher si les conditions de retrait du permis tacite étaient réunies et, en particulier, si celui-ci était entaché d'illégalité (■ Cass. crim., 18 sept. 2007 : *Bull. crim.* n° 213).

Sur les conditions de régularité d'un retrait du permis de construire tacite, rappr. ■ Cass. crim., 2 juin 1976 : *Bull. crim.* n° 197. et ■ Cass. crim., 5 janv. 1993 : *Bull. crim.* n° 8).

Le contenu et la portée d'un permis tacite ne peuvent être démontrés que par le pétitionnaire sur la base et dans les limites de la demande qu'il a faite, laquelle relève de l'appréciation souveraine des juges du fond (■ Cass. crim., 24 sept. 2019, n° 18-86.164).

9) Un *permis obtenu frauduleusement* équivaut à son absence et son obtention ne saurait soustraire le prévenu à l'application des articles

L. 421-1 et L. 480-4 du Code de l'urbanisme (▪ Cass. crim., 4 nov. 1998 : *Bull. crim.* n° 286 ; *Dr. pén.* 1999, comm. 45, obs. J.-H. Robert).

10) Le juge répressif est compétent pour constater *l'inexistence* d'un permis de construire obtenu par fraude, les dispositions de l'article L. 480-13 du Code de l'urbanisme étant dans ce cas sans application (▪ Cass. crim., 9 sept. 2003 : *Bull. crim.* n° 155 ; *Dr. pén.* 2003, comm. 128, obs. J.-H. Robert. Rappr. ▪ Cass. crim., 16 mars 2006 : *JurisData* n° 2006-034188 ; *Dr. pén.* 2006, comm. 123, obs. J.-H. Robert).

11) Ne constituent pas un permis de construire des lettres par lesquelles un maire assure un administré qu'il est autorisé à relever des ruines et lui prodigue des conseils architecturaux pour la conduite du chantier. Le constructeur qui se prévaut de ces courriers commet un délit de construction sans permis et le maire en est complice par aide et assistance (▪ Cass. crim., 15 oct. 2002 : *Dr. pén.* 2003, comm. 25, obs. J.-H. Robert).

12) Ne donne pas de base légale à sa décision la cour d'appel qui, pour relaxer le prévenu des chefs de construction sans permis et d'infraction au plan d'occupation des sols, faute d'*élément intentionnel*, retient des lettres de la mairie autorisant l'érection d'une structure de 6 750 m² au sein de l'hippodrome d'Auteuil alors que les motifs énoncés ne justifient ni le caractère inévitable de l'erreur ni la croyance du prévenu dans la légitimité d'une prétendue autorisation (▪ Cass. crim., 12 sept. 2006 : *Bull. crim.* n° 218 ; *Dr. pén.* 2006, comm. 150, obs. M. Véron, et comm. 155, obs. J.-H. Robert ; *RSC* 2007, p. 73, obs. E. Fortis).

13) Principe et applications. L'obtention d'un permis de construire ne se conçoit que pour une *construction présentant un caractère durable* : sont ainsi dispensés de l'obligation de permis les abris précaires (▪ Cass. crim., 17 nov. 1981 : *Bull. crim.* n° 305 ; *D.* 1983, IR, p. 26, obs. Charles). Mais le permis est exigé pour les travaux effectués sur des constructions existantes lorsqu'ils ont pour effet d'en changer la destination, de modifier leur aspect extérieur ou leur volume (▪ Cass. crim., 17 nov. 1981 : *D.* 1983, *préc.*).

14) Il a été jugé que l'édification d'une centrale à béton, même susceptible d'être déplacée à l'aide d'un véhicule approprié, ne peut se faire sans permis de construire, dès lors que la construction litigieuse présente des caractères de fixité et de permanence suffisants (▪ Cass. crim., 19 août 1997 : *Bull. crim.* n° 286).

15) Les travaux d'aménagement d'un grenier dont les caractéristiques physiques le rendent aménageable pour l'habitation peuvent être entrepris sans autorisation lorsque ce local se trouve dans un immeuble à usage d'habitation et qu'ils n'ont donc pas pour effet de changer la destination de la construction. Le caractère aménageable pour l'habitation d'un sous-sol ou de combles s'apprécie d'après les caractéristiques physiques du local en cause et ne dépend pas de la dénomination qui a pu leur être donnée dans un acte de vente ou un règlement de copropriété. Dès lors, doit être compris dans la surface hors œuvre nette d'un immeuble un grenier dont les caractéristiques le rendent aménageable pour l'habitation (▪ Cass. crim., 19 déc. 1989 : *Bull. crim.* n° 494).

16) L'usage ornemental d'une construction ne saurait la soustraire à l'application des articles L. 421-1 et L. 480-4 Code de l'urbanisme (▪ Cass. crim., 3 juin 1986 : *Bull. crim.* n° 194). L'édification d'un abri en bois de 40 mètres carrés, même démontable, ne peut se faire sans qu'ait été obtenu un permis de construire (▪ Cass. crim., 6 déc. 1988 : *Bull. crim.* n° 410). Même solution pour la reconstruction d'une ruine (▪ Cass. crim., 7 févr. 1989 : *Bull. crim.* n° 55).

17) Les articles L. 160-1, L. 421-1 et L. 480-4 du Code de l'urbanisme ayant une portée générale, la circonstance que l'édifice sur lequel portent les travaux irrégulièrement entrepris soit situé dans le domaine public maritime ne fait pas échec à leur application et ne dispense pas l'intéressé de l'obtention du permis de construire (▪ Cass. crim., 11 janv. 1995 : *Bull. crim.* n° 18).

18) La reconstruction d'un bâtiment, dans les conditions prévues par l'article L. 111-3 du Code de l'urbanisme, est soumise à l'obtention préalable d'un permis de construire, afin, notamment, de permettre le contrôle du projet de reconstruction (▪ Cass. crim., 30 juin 2009 : *Bull. crim.* n° 141 ; *Dr. pén.* 2009, comm. 125, obs. J.-H. Robert ; *D.* 2009, Act. jur., p. 2166, note A. Vincent).

19) Imputabilité. Les peines prévues par l'article L. 480-4, alinéa 1er, ne peuvent être prononcées à l'encontre de celui qui a acquis des parts sociales dans une société à responsabilité limitée, puis en est devenu le gérant postérieurement à l'achèvement de travaux qu'elle avait irrégulièrement entrepris, dès lors qu'il n'est pas constaté qu'il avait bénéficié en connaissance de cause ou qu'il ait été responsable à un titre quelconque de leur exécution (▪ Cass. crim., 3 mars 1993 : *Bull. crim.* n° 101).

20) Sont bénéficiaires des travaux, et donc coupables de construction sans permis, l'épouse du constructeur si elle est propriétaire du terrain, ou son associé dans une société civile immobilière (▪ Cass. crim., 6 mars 2001 et 15 mai 2001 : *Dr. pén.* 2002, comm. 133, obs. J.-H. Robert), ou encore la présidente d'une société gérante d'une société de construction qui entreprend une édification d'immeubles sans permis (■ Cass. crim., 21 janv. 2003 : *Dr. pén.* 2003, comm. 51, obs. J.-H. Robert).

21) Le bailleur dont le locataire a élevé une construction irrégulière en est pénalement responsable en tant que « bénéficiaires des travaux » au sens de l'article L. 480-4 du Code de l'urbanisme ; si du moins il a autorisé ces travaux suivant l'appréciation souveraine des juges du fond (■ Cass. crim., 24 juin 2008 : *JurisData* n° 2008-044936 ; *Dr. pén.* 2008, comm. 134. V. aussi ■ Cass. crim., 9 avr. 1992 : *Bull. crim.* n° 156. et ■ Cass. crim., 29 oct. 1997 : *Bull. crim.* n° 363. – Est responsable et bénéficiaire des travaux irrégulièrement édifiés, le conjoint du propriétaire d'un bien immobilier, qui, ayant obtenu un permis de construire l'autorisant à agrandir ce bien, participe, après démolition, à l'exécution des travaux d'édification du nouvel immeuble, dans lequel il s'installe une fois les travaux achevés (■ Cass. crim., 13 janv. 2009 : *Bull. crim.* n° 15).

22) Justifie sa décision la cour d'appel qui considère qu'est bénéficiaire des travaux au sens de l'article L. 480-4, alinéa 2, du Code de l'urbanisme le prévenu qui, marié sous le régime de la communauté réduite aux acquêts, a construit une maison d'habitation selon un projet élaboré par lui en sa qualité d'architecte sur un terrain ayant fait l'objet d'une donation en nue-propriété à son épouse (■ Cass. crim., 6 nov. 2012, n° 12-80.841 : *Bull. crim.* n° 242 ; *RD imm.* 2013, chron. p. 86, note G. Roujou de Boubée).

23) Autres applications. Des travaux consistant à substituer à un espace de loisirs prévu par le permis de construire une discothèque pouvant recevoir un nombre plus important de personnes et imposant, selon les règlements d'urbanisme, la création de places de stationnement supplémentaires, caractérisent le délit d'exécution de travaux en méconnaissance des prescriptions tant du permis de construire que du plan d'occupation des sols, les constructions réalisées en vertu d'un permis de construire devant respecter non seulement les prescriptions que ce dernier contient mais aussi les règles du plan d'occupation des sols en fonction desquelles il a été délivré (■ Cass. crim., 25 janv. 1995 : *Bull. crim.* n° 36).

24) La délivrance d'un permis de construire est nécessaire pour la reconstruction au même lieu d'un ancien bâtiment après sa démolition. Cette reconstruction, fût-elle à l'identique, ne peut être assimilée aux constructions et travaux faits sur une construction existante et qui, dans certaines conditions, sont exemptés de permis de construire par l'article R. 422-2 du Code de l'urbanisme (■ Cass. crim., 11 oct. 1995 : *Bull. crim.* n° 303).

25) Les travaux réalisés sur une construction existante, même illégalement édifiée, sont soumis aux prescriptions du Code de l'urbanisme. En conséquence, le propriétaire, qui transforme, en appartements, des réserves édifiées sans titre, sans avoir obtenu un permis de construire, se rend coupable du délit de construction sans permis (■ Cass. crim., 15 avr. 2008, n° 07-84.150 : *Bull. crim.* n° 100).

26) Le défaut de transfert du permis de construire de l'acquéreur d'une parcelle n'entre pas dans les prévisions de l'article L. 480-4 du Code de l'urbanisme (■ Cass. crim., 29 juin 1999 : *Bull. crim.* n° 166).

27) Le changement d'affectation d'un immeuble à usage de foyer pour étudiants en résidence-hôtel ne constitue une infraction au sens des articles L. 421-1, alinéa 2, et L. 480-4 du Code de l'urbanisme que si l'existence des travaux ayant eu pour effet ce changement de destination est caractérisée (■ Cass. crim., 18 mai 2004 : *Bull. crim.* n° 124 ; *Dr. pén.* 2004, comm. 146, obs. J.-H. Robert).

28) Les prescriptions d'un permis de construire modificatif se substituent à celles du permis initial. Ne justifie pas sa décision, la cour d'appel, qui, pour relaxer un prévenu du délit de travaux non conformes au permis de construire, retient que ces travaux sont « couverts » par un permis qui n'a pas été annulé par la juridiction administrative, alors qu'elle constate qu'ils ne sont pas conformes au permis modificatif délivré ultérieurement (■ Cass. crim., 29 juin. 2004 : *Bull. crim.* n° 176 ; *Dr. pén.* 2004, comm. 127, obs. J.-H. Robert).

29) Le défaut d'autorisation de terrains de sports motorisés est une infraction réprimée par l'article L. 480-4 du Code de l'urbanisme quoiqu'elle soit prévue par le Code de l'environnement (■ Cass. crim., 7 sept. 2004 : *Dr. pén.* 2004, comm. 174, obs. J.-H. Robert).

30) Le montage de passerelles au pied de panneaux publicitaires, pour en faciliter l'exploitation, ne constitue pas des travaux de construction, pour lesquels les articles L. 421-1 et suivants du Code de l'urbanisme exigent un permis de construire ou une déclaration préalable, une telle opération étant soumise aux dispositions de l'article L. 581-34 du Code de l'environnement (■ Cass. crim., 5 oct. 2004 : *Bull. crim.* n° 237).

31) Ne porte pas atteinte aux droits de la défense du prévenu, la cour d'appel qui condamne celui-ci pour violation d'un plan de prévention des risques d'inondation sur le fondement de l'article L. 480-4 du Code de l'urbanisme, dès lors qu'il résulte de l'article L. 562-4 du Code de l'environnement, que ce plan, inclus dans le plan de prévention des risques naturels prévisibles est annexé au plan d'occupation des sols, qui était visé dans la prévention, et que l'article L. 562-5 du même code renvoi, pour la répression de l'infraction au plan de prévention des risques naturels prévisibles, à l'article L. 480-4 du Code de l'urbanisme, également visé dans la citation (■ Cass. crim., 8 déc. 2015, n° 14-85.548).

32) Complicité. Se rend complice de l'exécution de travaux en violation des règles d'utilisation du sol, le maire qui, sciemment, délivre un permis de construire sur un terrain inconstructible (■ Cass. crim., 14 juin 2005 : *JurisData* n° 2005-029308 ; *Dr. pén.* 2005, comm. 145, obs. J.-H. Robert ; *Bull. crim.* n° 179. V. aussi, *supra*, ■ Cass. crim., 15 oct. 2002 : *Dr. pén.* 2003, comm. 25, obs. J.-H. Robert), ou le maire qui a autorisé les travaux irréguliers sur un site classé alors qu'il n'a pu ignorer qu'un simple courrier de sa part ne constituait ni un permis de construire ni l'autorisation exigée par l'article L. 341-10 du Code de l'environnement (■ Cass. crim., 5 mai 2009 : *JurisData* n° 2009-048677 ; *Dr. pén.* 2009, note 113).

33) Prescription. En cas d'infraction aux prescriptions d'un permis de construire délivré pour la construction d'un ensemble immobilier comprenant une partie à usage d'habitation et une partie à usage commercial, qui ont été réalisées successivement, la prescription ne court qu'à compter de la date d'achèvement de l'ensemble des travaux (■ Cass. crim., 6 oct. 1987 : *Bull. crim.* n° 340. ■ Cass. crim., 20 mai 1992 : *Bull. crim.* n° 202).

V. aussi, sur la notion d'entreprise unique et indivisible, qui conduit à attendre l'achèvement des travaux pour faire partir le délai de prescription : ■ Cass. crim., 1er juin 2021, n° 20-86.073 : *RDI* 2021, p. 544, obs. C. Jacobet de Nombel. ■ Cass. crim., 14 sept. 2021, n° 20-86.773.

34) Le délit constitué par l'exécution illicite de travaux de construction s'accomplit pendant tout le temps où les travaux sont exécutés. Sa perpétration s'étend jusqu'à l'achèvement des travaux et il n'importe que ceux d'entre eux restant à exécuter ne soient pas, par eux-mêmes, subordonnés à l'obtention d'un permis de construire (■ Cass. crim., 18 mai 1994 : *Bull. crim.* n° 197 ; *Dr. pén.* 1994, n° 240).

35) En la matière, la prescription de l'action publique ne court qu'à compter du jour où la situation illicite a pris fin (■ Cass. crim., 10 sept. 2019, n° 18-82.934).

36) Le soit-transmis par lequel le procureur de la République invite à remettre en état la construction dans un délai déterminé a le caractère d'un acte de poursuite interruptif de prescription en ce qu'il manifeste la volonté du ministère de poursuivre, en l'absence de régularisation, l'exercice de l'action publique (■ Cass. crim., 13 janv. 2009 : *Bull. crim.* n° 14).

37) Une demande d'information adressée par le procureur de la République à la direction départementale de l'équipement, afin de vérifier la régularité des constructions, interrompt la prescription de l'action publique contre les infractions d'urbanisme (■ Cass. crim., 8 févr. 2005 : *Dr. pén.* 2005, comm. 76, obs. J.-H. Robert). – V. aussi, *infra*, sous article 480-5, V° *Prescription*, ■ Cass. crim., 14 mai 2008 : *Bull. crim.* n° 116 et le commentaire.

38) Il appartient au ministère public d'établir que l'action publique n'est pas éteinte par la prescription et aux juges de s'assurer du moment où les délits ont été consommés et de fixer le point de départ de la prescription.

Encourt la censure l'arrêt qui, pour déclarer le prévenu coupable de construction sans permis de construire et en infraction au plan local d'urbanisme, écarte l'exception de prescription, en énonçant que la prescription ne pouvait être invoquée dans la mesure où le prévenu ne démontrait pas à quelle date des constructions hétéroclites étaient terminées (■ Cass. crim., 23 sept. 2014, n° 13-86.053 : *Bull. crim.* n° 197).

39) Sur l'action civile des simples particuliers, V. ■ Cass. crim., 17 janv. 1984 : *Bull. crim.* n° 24 : *JCP* 1985, II, 20451, note R. Gassin.

À noter qu'une commune qui a illégalement autorisé une construction immobilière, illégalité constatée par la juridiction administrative sur exception préjudicielle, ne saurait prétendre à être indemnisée de sa perte et de celle de ses revenus (■ Cass. crim., 4 nov. 2008 : *JurisData* n° 2008-046109 ; *Dr. pén.* 2009, comm. 26, obs. J.-H. Robert).

Pour la recevabilité de l'action civile d'un copropriétaire, V. ■ Cass. crim., 19 mars 2019, n° 18-83.833.

Est recevable l'action d'une commune, lorsque, comme en l'espèce, le préjudice qu'elle revendique résulte de l'ensemble des éléments constitutifs des infractions poursuivies incriminées par l'article L. 480-4 du Code de l'urbanisme qui causent nécessairement un préjudice à la commune sur le territoire de laquelle elles ont été commises (■ Cass. crim., 22 oct. 2019, n° 18-84.199).

40) Sur l'application de la règle *Electa una via*, au cas où la victime d'une infraction au Code de l'urbanisme exerce l'action civile puis se constitue partie civile dans la poursuite pénale, V. ■ Cass. crim., 15 avr. 2008, n° 07-87.671 : *JurisData* n° 2008-044100 ; *Dr. pén.* 2008, com. 146, obs. J.-H. Robert.

41) Répression. Encourt la cassation l'arrêt qui, après avoir déclaré le prévenu coupable de construction sans permis, le condamne à 75 amendes de 500 euros chacune, soit 500 euros par mètre carré construit, alors que l'article L. 480-4 du Code de l'urbanisme ne prévoit le prononcé que d'une seule (▪ Cass. crim., 30 oct. 2007 : *Dr. pén.* 2008, comm. 24, obs. J.-H. Robert).

42) Une peine d'amende de 20 000 euros constitue une sanction proportionnée à la gravité des délits reprochés et prend en compte la nature de la construction, son implantation qui, selon l'Office national des forêts, « respecte le style d'origine et n'est pas en désaccord avec l'environnement », ce que confirme la position adoptée par la mairie de et par l'association pour la sauvegarde et l'avenir du plateau concerné par la construction (▪ Cass. crim., 12 juin 2019, n° 18-81.874).

43) *Ne bis in idem.* En retenant les qualifications d'exécution de travaux non autorisés par un permis de construire et en méconnaissance du règlement national d'urbanisme, par création de murets ayant conduit au rétrécissement de la chaussée et pour lesquels l'obtention d'une autorisation d'urbanisme n'était pas possible en raison de l'atteinte à la sécurité publique, la cour d'appel n'a pas méconnu le principe *ne bis in idem*, dès lors que la seconde incrimination vise à préserver l'intégrité du domaine public routier, de sorte que seul le cumul de ces deux chefs de poursuite permet d'appréhender l'action délictueuse dans toutes ses dimensions (▪ Cass. crim., 31 mars 2020, n° 19-83.938).

44) QPC. La question de la contrariété de l'article L. 480-4 du Code de l'urbanisme avec le principe de personnalité des peines et de responsabilité personnelle, garanti par les articles 8 et 9 de la Déclaration des droits de l'homme et du citoyen, en ce qu'il permet de sanctionner les utilisateurs du sol et les bénéficiaires des travaux, sans exiger aucune participation personnelle de leur part aux travaux incriminés, ne présente pas un caractère sérieux, dès lors qu'il appartient aux juges de rechercher l'implication des personnes citées dans la question et le bénéfice retiré par celles-ci des travaux en cause (▪ Cass. crim., 1er juin 2021, n° 20-86.773).

Art. L. 480-4-1 ***(L. n° 2009-526, 12 mai 2009).*** **– Est puni d'une amende de 15 000 euros le fait de vendre ou de louer des terrains bâtis ou non bâtis compris dans un lotissement sans avoir obtenu un permis d'aménager ou sans avoir respecté les obligations imposées par l'article L. 442-3, lorsque le lotissement est soumis à une déclaration préalable, ou sans s'être conformé aux prescriptions imposées par le permis d'aménager ou par la décision prise sur la déclaration préalable.**

Lorsque les prescriptions imposées n'ont pas été respectées, le tribunal peut en outre impartir un délai au lotisseur pour mettre les travaux en conformité avec lesdites prescriptions, sous peine d'une astreinte prononcée et exécutée dans les conditions prévues par les articles L. 480-7 et L. 480-8.

Si, à l'expiration du délai fixé par le jugement, les travaux n'ont pas été mis en conformité, l'autorité compétente peut faire effectuer les travaux d'office, aux frais et risques financiers de l'aménageur.

Art. L. 480-4-2 ***(L. n° 2003-591, 11 juill. 2003 ; Ord. n° 2015-1174, 23 sept. 2015).*** **– Les personnes morales peuvent être déclarées responsables dans les conditions prévues par l'article 121-2 du Code pénal des infractions définies aux articles L. 610-1, L. 480-3, L. 480-4, L. 480-4-1, L. 480-12 et L. 510-2 du présent code.**

Les peines encourues par les personnes morales sont les suivantes :

1° L'amende, suivant les modalités prévues par l'article 131-38 du Code pénal ;

2° Les peines mentionnées aux 2°, 3°, 4°, 5° et 9° de l'article 131-39 du Code pénal.

L'interdiction mentionnée au 2° de l'article 131-39 du même code porte sur l'activité dans l'exercice ou à l'occasion de laquelle l'infraction a été commise.

Art. L. 480-5 ***(L. n° 76-1285, 31 déc. 1976 ; mod., L. n° 85-729, 18 juill. 1985 ; L. n° 86-13, 6 janv. 1986 ; Ord. n° 2015-1174, 23 sept. 2015 ; L. n° 2021-1104, 22 août 2021).*** **– En cas de condamnation d'une personne physique ou morale pour une infraction prévue aux articles L. 610-1 et L. 480-4, le tribunal, au vu des observations écrites ou après audition du maire ou du fonctionnaire compétent, statue, même en l'absence d'avis en ce sens de ces derniers, soit sur la mise en conformité des lieux ou celle des ouvrages avec les règlements l'autorisation ou la déclaration en tenant lieu, soit sur la démolition des ouvrages ou la réaffectation du sol en vue du rétablissement des lieux dans leur état antérieur.**

Les mesures prévues au premier alinéa du présent article peuvent être ordonnées selon les mêmes modalités en cas de condamnation pour une infraction prévue aux mêmes articles L. 480-4 et L. 610-1 selon la procédure simplifiée de l'ordonnance pénale prévue aux articles 495 à 495-6 du Code de procédure pénale ou selon la procédure de la comparution sur reconnaissance préalable de culpabilité prévue aux articles 495-7 à 495-16 du même code.

Le tribunal pourra ordonner la publication de tout ou partie du jugement de condamnation, aux frais du délinquant, dans deux journaux régionaux ou locaux diffusés dans tout le département, ainsi que son affichage dans les lieux qu'il indiquera.

1) Nature des mesures. Les mesures prévues par l'article L. 480-5 ne constituent pas des peines mais présentent un caractère purement civil, car elles sont des mesures de réparation (■ Cass. crim., 20 janv. 1981 : *D.* 1981, IR, 453 et 469) et sont des mesures à caractère réel destinées à faire cesser un trouble illicite (■ Cass. crim., 23 nov. 1994 : *Bull. crim.* n° 377 ; *Dr. pén.* 1995, n° 72, obs. J.-H. Robert ; 20 mars 2001 : *Bull. crim.* n° 73).

2) La mise en conformité des lieux ou des ouvrages, leur démolition ou la réaffectation du sol, prévues par l'article L. 480-5 du Code de l'urbanisme, qui a pour objet de réglementer l'usage des biens conformément à l'intérêt général, sont des mesures à caractère réel, destinées à faire cesser une situation illicite, et qui relèvent d'une faculté dont les juges ne doivent aucun compte (■ Cass. crim., 21 oct. 2003 : *Bull. crim.* n° 197 ; *Dr. pén.* 2004, comm. 40, obs. J.-H. Robert).

3) Mais elles ne peuvent être prononcées qu'en cas de condamnation du prévenu (■ Cass. crim., 20 janv. 1981 : *D.* 1981, IR, 453). *Elles ne peuvent être prononcées à titre de peine principale* en vertu de l'article 43-1 du Code pénal (■ Cass. crim., 22 nov. 1990 : *Dr. pén.* 1991, n° 88) comme en vertu de l'article 131-11 du Code pénal car ce ne sont pas des sanctions pénales (■ Cass. crim., 20 mars 2001 : *Bull. crim.* n° 73 ; *Dr. pén.* 2001, comm. 105, obs. J.-H. Robert).

4) Il résulte de l'article 131-11 du Code pénal que seules les peines complémentaires peuvent être prononcées à titre principal.

La mise en conformité des lieux ou des ouvrages, la démolition de ces derniers ou la réaffectation du sol, prévues par l'article L. 480-5 du Code de l'urbanisme, constituent des mesures à caractère réel destinées à faire cesser une situation illicite, et non des sanctions pénales.

Dès lors, doit être cassé l'arrêt qui prononce une de ces mesures à titre de peine principale (■ Cass. crim., 6 nov. 2012, n° 12-82.449 : *Bull. crim.* n° 239 ; *Dr. pén.* 2013, comm. 8, obs. J.-H. Robert ; *JCP* 2013, note 144, p. 256, E. Dreyer ; *RDI* 2013, chron. p. 87, note G. Roujou de Boubée).

Adde ■ Cass. crim., 2 oct. 2007 : *Dr. pén.* 2007, comm. 162, obs. J.-H. Robert. ■ Cass. crim., 30 oct. 2007 ; *Dr. pén.* 2008, comm. 4, obs. M. Véron.

Aucune disposition du Code de l'urbanisme ne s'oppose à ce que la remise en état soit ordonnée cumulativement au titre de l'action publique et au titre de l'action civile. Dès lors, si la demande de remise en état n'était pas sollicitée à titre de mesure à caractère réel destinée à faire cesser une situation illicite, mais à titre de réparation du préjudice subi par les parties civiles dans les motifs de leurs conclusions d'appel, il y a lieu de faire droit à cette demande malgré un prononcé de la mesure au titre de l'action publique (■ Cass. crim., 8 déc. 2020, n° 19-84.245 : *RDI* 2020, p. 93, obs. C. Jacobet de Nombel).

5) Imputation. Il résulte des dispositions combinées des articles L. 480-5 et L. 480-7 du Code de l'urbanisme que l'ordre de mise en conformité des lieux ou de démolition ne peut être donné par le juge qu'au bénéficiaire des travaux irréguliers ou de l'utilisation irrégulière du sol (■ Cass. crim., 12 oct. 1983 : *Bull. crim.* n° 245). La seule constatation que la personne poursuivie ait été responsable des travaux ne suffit pas à établir cette qualité (■ Cass. crim., 10 janv. 1996 : *Bull. crim.* n° 13).

6) La démolition des ouvrages ou la réaffectation du sol en vue du rétablissement des lieux dans leur état antérieur, prévues, par l'article L. 480-5, incombe au bénéficiaire des travaux ou de l'utilisation irrégulière du sol à la date des faits. Il n'importe que le prévenu ait ultérieurement perdu cette qualité (■ Cass. crim., 15 mars 1995 : *Bull. crim.* n° 109), par suite, en l'espèce, de la liquidation judiciaire de la société dont il était le gérant (■ Cass. crim., 19 août 1997 : *Bull. crim.* n° 286). Il n'importe que les prévenus aient perdu ultérieurement toute possibilité de satisfaire eux-mêmes à l'ordre de remise en état au profit d'un liquidateur judiciaire qui, n'ayant pas été appelé à la procédure pénale ni attrait devant le juge de la procédure collective, n'a pas été jugé bénéficiaire en connaissance de cause des travaux illicites ni responsable à un titre quelconque de leur exécution (■ Cass. crim., 8 mars 2016, n° 15-82.513). Il n'importe également que le prévenu n'ait jamais eu cette qualité, un autre que lui, en l'occurrence le nu-propriétaire, étant alors tenu à la démolition (■ Cass. crim., 18 déc. 2018, n° 18-80.536).

7) Appréciation des juges. L'article L. 480-5 n'impose aux juges du fond aucune alternative entre la démolition et la mise en conformité ; les juges disposent d'un pouvoir souverain pour apprécier s'il y a lieu ou non d'ordonner l'une de ces mesures (■ Cass. crim., 14 févr. 1984 : *Bull. crim.* n° 60. ■ Cass. crim., 23 nov. 1994 : *Bull. crim.* n° 377).

8) En prononçant la démolition d'un ouvrage irrégulièrement édifié par le prévenu déclaré coupable, comme bénéficiaire des travaux, de défaut de permis de construire, les juges ne font qu'user de la faculté que leur accorde l'article L. 480-5 du Code de l'urbanisme, et de l'exercice de laquelle ils ne doivent aucun compte. Ils ne sont pas tenus de motiver leur décision ni de répondre aux conclusions déniant la nécessité de la démolition (▪ Cass. crim., 15 oct. 1997 : *Bull. crim.* n° 339).

9) Ces mesures étant facultatives, encourt la cassation l'arrêt de la cour d'appel qui les prononce en énonçant, méconnaissant ainsi le sens et la portée du texte de l'article L. 480-5, qu'elles sont impératives à défaut de toute possibilité de régularisation (▪ Cass. crim., 19 oct. 2004 : *Dr. pén.* 2005, comm. 8, obs. J.-H. Robert).

10) Le recours en annulation de l'arrêté par lequel le maire a fait opposition à une déclaration de travaux, formé par le prévenu devant la juridiction administrative, n'a pas d'effet suspensif au regard de la poursuite dont la juridiction correctionnelle est saisie du chef de construction non conforme, y compris en ce qui concerne la mesure de démolition sur laquelle elle a l'obligation de statuer (▪ Cass. crim., 21 oct. 2003 : *Bull. crim.* n° 198 ; *Dr. pén.* 2004, comm. 40, obs. J.-H. Robert).

11) En retenant que les prévenus, poursuivis pour infraction au plan d'occupation des sols, réalisation d'affouillement ou d'exhaussement du sol, défrichement sans autorisation de bois ou forêts d'un particulier, de travaux nuisibles au débit des eaux ou aux milieux aquatiques et d'altération de l'habitat d'une espèce végétale protégée non cultivée, ont opéré des remaniements d'une ampleur considérable, que l'autorisation de défrichement obtenue a été dépassée de sept hectares et qu'il n'est pas admissible qu'un seul propriétaire puisse modifier l'aménagement d'un secteur important sans en considérer l'ensemble, en fuyant une éventuelle étude d'impact qu'aurait déclenchée une demande d'autorisation, que certes la nature reprend ses droits, mais sous d'autres formes, la cour d'appel a nécessairement apprécié l'utilité de la mesure de remise en état des lieux sous astreinte qu'elle a prononcée au regard des intérêts protégés par les dispositions des Codes de l'urbanisme, de l'environnement et forestier, dont elle a fait application (▪ Cass. crim., 14 juin 2016, n° 15-83.631 : *Dr. pén.* 2016, comm. 146, note J.-H. Robert).

12) Dès lors qu'il est constaté que les bâtiments litigieux sont en site inscrit, ils ne sont ni régularisables ni susceptibles de demeurer en l'état (▪ Cass. crim., 24 sept. 2019, n° 18-86.164).

13) Respect de la vie familiale. Pour ordonner la remise en état des lieux prévue par le Code de l'urbanisme, le juge doit répondre, en fonction des impératifs d'intérêt général poursuivis par cette législation, aux chefs péremptoires des conclusions des parties, selon lesquels une telle mesure porterait une atteinte disproportionnée au droit au respect de la vie familiale. Encourt la censure pour insuffisance de motifs l'arrêt qui, pour ordonner la remise en état des lieux consistant dans la démolition de la maison d'habitation du prévenu, se borne à caractériser la culpabilité de ce dernier, sans répondre à ses conclusions selon lesquelles une démolition porterait une atteinte disproportionnée au droit au respect de sa vie privée et familiale et à son domicile, en ce qu'elle viserait la maison d'habitation dans laquelle il vivait avec sa femme et ses deux enfants, et que la famille ne disposait pas d'un autre lieu de résidence malgré une demande de relogement (▪ Cass. crim., 31 janv. 2017, n° 16-82.945 : *Dr pén.* 2017, comm. 59, note J.-H. Robert).

14) La disproportion manifeste entre l'atteinte à la vie privée et familiale et au domicile par rapport aux impératifs d'intérêt général des législations urbanistique et environnementale qui résulterait de la démolition, ne saurait être utilement invoquée quand la construction litigieuse est située en zone inondable avec fort aléa (▪ Cass. crim., 16 janv. 2018, n° 17-81.884). Pas de disproportion, non plus, à prononcer la démolition d'un local sanitaire situé dans une zone à protéger en raison de son potentiel agricole, dont les prévenus avaient été informés (▪ Cass. crim., 24 nov. 2020, n° 19-81.725 : *RDI* 2020, p. 155, obs. G. Beaussonie).

Le grief selon lequel la mesure de restitution serait disproportionnée ne saurait être soulevé pour la première fois devant la Cour de cassation (▪ Cass. crim., 16 janv. 2018, n° 17-80.008 : *Dr. pén.* 2018, comm. 48, note J.-H. Robert. ▪ Cass. crim., 2 mai 2018, n° 17-83.186. ▪ Cass. crim., 12 oct. 2021, n° 20-87.099 : *RDI* 2021, p. 660, obs. C. de Jacobet de Nombel).

15) Demande de la partie civile. En vertu du principe de la réparation intégrale du dommage, les juges qui ordonnent la démolition réclamée par la partie civile, au seul titre de l'action civile, sont tenus de faire droit à la demande présentée en ce sens (▪ Cass. crim., 9 sept. 2008 : *Bull. crim.* n° 178. Rappr. ▪ Cass. crim., 15 janv. 1997 : *Bull. crim.* n° 11). En cas de demande de démolition, il faut rechercher s'il s'agissait d'une modalité propre à assurer la réparation du dommage subi par la victime (▪ Cass. crim., 24 sept. 2019, n° 18-86.039).

16) Application des mesures. Le condamné auquel il est ordonné de démolir un immeuble doit le raser et non se borner à le rendre inhabitable (▪ Cass. crim., 20 mars 1990 : *Dr. pén.* 1990, n° 233).

17) La condamnation à la remise en état ne peut avoir pour objet que le respect du permis de construire ; doit en conséquence être cassé par voie de retranchement l'arrêt de la cour d'appel en ses seules dispositions ayant dit que la mise en conformité des lieux s'étendrait au rétablissement d'un toit à deux pentes alors que les permis de construire autorisaient qu'il y soit substitué un toit en terrasse (▪ Cass. crim., 4 déc. 2001 : *Dr. pén.* 2002, comm. 47, obs. J.-H. Robert).

18) L'injonction de cesser l'exploitation d'un terrain de sports motorisés, effectuée sans autorisations, et la remise en état des lieux peuvent être prononcées à titre de réparation civile au profit d'une association de défense de l'environnement (▪ Cass. crim., 7 sept. 2004 : *Dr. pén.* 2004, comm. 174, obs. J.-H. Robert).

19) Sur l'application de la peine de la remise en état des lieux après un défrichement non autorisé sur un site classé, V. ▪ Cass. crim., 27 janv. 2004 : *JurisData* n° 2004-022624 ; *Dr. pén.* 2004, comm. 110, obs. J.-H. Robert).

20) Une cour d'appel peut, sur le seul appel du ministère public, ordonner la démolition des ouvrages, qui n'avait pas été prescrite par les premiers juges (▪ Cass. crim., 30 juin 2009 : *Bull. crim.* n° 141 ; *Dr. pén.* 2009, comm. 125, obs. J.-H. Robert).

21) Conformément à l'article 569 du Code de procédure pénale, lorsque la mesure de mise en conformité des lieux a été prononcée à titre de condamnation civile, il n'est pas sursis à son exécution jusqu'à ce que la décision soit définitive (▪ Cass. crim., 3 nov. 2009 : *Bull. crim.* n° 184 ; *Dr. pén.* 2010, comm. 24, obs. J.-H. Robert ; *AJ pénal* 2010, p. 40, jur., note M.-E. Charbonnier).

22) Justifie la condamnation à une peine et à la remise en état, du propriétaire d'un terrain qu'il a donné à bail à diverses entreprises, la cour d'appel qui relève que si le prévenu n'a pas lui-même entreposé des conteneurs illicites sur la parcelle, il est responsable du respect sur son fonds de la réglementation en matière d'urbanisme, dont il a connaissance et qu'ayant conclu plusieurs contrats de location sur le terrain nu avec diverses entreprises de travaux publics et de transport, il ne saurait s'exonérer de cette responsabilité pénale, dès lors qu'il avait le pouvoir, selon les stipulations des baux, de contraindre les preneurs de respecter les règles d'urbanisme lors de leurs travaux, dont il est donc le véritable bénéficiaire, du fait du cadre juridique qu'il a mis en place et des loyers qui en sont la contrepartie (▪ Cass. crim., 24 oct. 2017, n° 16-87.178).

23) Le principe de la réparation intégrale du dommage n'impose pas aux juges d'ordonner la démolition que réclame la partie civile, mais de définir les modalités les plus appropriées à la réparation de celui-ci (▪ Cass. crim., 12 juin 2019, n° 18-81.874). Ni l'adhésion des autorités publiques à la remise en état lorsqu'elle doit être ordonnée au titre de l'action civile, ni la sanction pénale prononcée au titre de l'action publique, ne sont légalement de nature à limiter le droit des parties civiles à la réparation intégrale, sans perte ni profit, de leur préjudice (▪ Cass. crim., 19 mars 2019, n° 18-80.869).

24) Observations de l'administration. L'absence ou l'omission des observations écrites ou orales de l'administration est une cause de nullité des mesures de restitution (▪ Cass. crim., 17 févr. 1977 : *Bull. crim.* n° 67. ▪ Cass. crim., 15 juill. 1981 : *Bull. crim.* n° 233. ▪ Cass. crim., 12 oct. 1994 : *Bull. crim.* n° 331. ▪ Cass. crim., 14 sept. 1999 : *Dr. pén.* 2000, comm. 10, obs. J.-H. Robert).

Encourt la cassation, limitée à cette mesure, la cour d'appel qui ordonne la démolition de la construction alors qu'aucune mention de l'arrêt ou du jugement, ni aucune pièce de la procédure, n'établit que le maire, le préfet ou son représentant aient été entendus ou appelés à fournir leurs observations écrites (▪ Cass. crim., 30 oct. 2007 : *Dr. pén.* 2008, comm. 24, obs. J.-H. Robert).

L'audition du fonctionnaire compétent se fait sans prestation de serment : mais l'audition sous la foi du serment n'est pas une cause de nullité si cette irrégularité n'a pas eu pour effet de porter atteinte aux intérêts du prévenu (▪ Cass. crim., 21 févr. 1989 : *Bull. crim.* n° 87. ▪ Cass. crim., 12 avr. 1994 : *Dr. pén.* 1994, n° 267. ▪ Cass. crim., 21 oct. 2003 : *Bull. crim.* n° 198).

25) Il est satisfait aux prescriptions de l'article L. 480-5 lorsque le représentant du préfet a adressé ses observations écrites au procureur de la République, même si le maire était compétent pour délivrer le permis de construire (▪ Cass. crim., 4 janv. 1991 : *Bull. crim.* n° 11 ; V. également ▪ Cass. crim., 10 janv. 1996 : *JurisData* n° 1996-001057 ; *Dr. pén.* 1996, comm. 89, obs. J.-H. Robert. ▪ Cass. crim., 21 oct. 2003 : *Bull. crim.* n° 197).

26) Les dispositions de l'article L. 480-5 du Code de l'urbanisme ne sont pas contraires aux exigences de l'article 6.1 de la Convention européenne dès lors que les avis recueillis sont soumis à la libre discussion des parties (▪ Cass. crim., 21 oct. 2003 : préc.).

27) Dès lors que le représentant qualifié de l'Administration a formulé son avis, en première instance sur l'opportunité de la démolition prévue par l'article L. 480-5 du Code de l'urbanisme, la cour d'appel peut, même lorsqu'elle a ajourné le prononcé de la peine en application des articles 132-60 et suivants du Code pénal, ordonner cette mesure sans être tenue d'entendre elle-même ledit représentant (▪ Cass. crim., 16 déc.

2003 : *Bull. crim.* n° 248 ; *Dr. pén.* 2004, comm. 41, obs. J.-H. Robert. ▪ Cass. crim., 3 déc. 2019, n° 18-86.032).

28) La cour d'appel, qui n'était pas tenue d'entendre elle-même le maire, dès lors que ce dernier avait sollicité expressément la remise en état des lieux dans la citation délivrée aux prévenues en première instance, a fait l'exacte application de l'article L. 480-5 du Code de l'urbanisme (▪ Cass. crim., 15 sept. 2015, n° 14-88.048).

29) Si selon l'article L. 480-5 du Code de l'urbanisme les juges correctionnels ne peuvent statuer sur la mise en conformité de l'ouvrage, ou sa démolition, qu'au vu des observations écrites ou après audition du maire ou du fonctionnaire compétent, les dispositions de ce texte n'impliquent pas que ces observations, soumises à la libre discussion des parties, soient nécessairement formulées postérieurement à la saisine de la juridiction (▪ Cass. crim., 27 juin 2006 : *Bull. crim.* n° 200 ; *Dr. pén.* 2006, comm. 124).

30) Constituent les observations écrites exigées par l'article L. 480-5 du Code de l'urbanisme, selon lequel les juges correctionnels ne peuvent statuer sur la mise en conformité de l'ouvrage, ou sa démolition, qu'au vu des observations écrites ou après audition du maire ou du fonctionnaire compétent, les conclusions dans lesquelles le maire, représentant de la commune partie civile, demande la mise en conformité des lieux ou la démolition de l'ouvrage (▪ Cass. crim., 3 nov. 2010, n° 03-87.968 : *Bull. crim.* n° 173 ; *Dr. pén.* 2011, comm. 11, note J.-H. Robert).

31) La cour d'appel saisie des seules dispositions civiles d'un jugement à la faculté d'ordonner, à la demande de la partie civile et en réparation de son préjudice, la démolition de l'ouvrage illicite ou la remise en état des lieux, sans être tenue de recueillir, comme le prévoit l'article L. 480-5 du Code de l'urbanisme, les observations écrites du maire ou du fonctionnaire compétent ou de l'entendre (▪ Cass. crim., 9 avr. 2002 : *Bull. crim.* n° 82 ; *Dr. pén.* 2002, comm. 113, obs. J.-H. Robert ; *RSC* 2002, p. 823). Est inopérant le moyen, en ce qu'il allègue que le maire n'aurait pas été entendu, alors que son avis n'était pas nécessaire au prononcé de la démolition à titre de réparation civile (▪ Cass. crim., 9 sept. 2008 : *Bull. crim.* n° 178. ▪ Cass. crim., 3 nov. 2010, n° 10-80.752 : *Bull. crim.* n° 172 ; *Dr. pén.* 2011, comm. 11, obs. J.-H. Robert).

32) C'est dans l'exercice de son pouvoir souverain d'appréciation qu'une cour d'appel retient, dans la limite des conclusions des parties, que la remise en état des lieux sollicitée par la commune, partie civile, ne constitue pas une mesure propre à réparer le dommage né de l'infraction au Code de l'urbanisme (▪ Cass. crim., 1er sept. 2015, n° 14-84.353 : *Dr. pén.* 2015, comm. 144, obs. J.-H. Robert).

33) Prescription. La demande d'avis, adressée par le ministère public a la direction départementale de l'équipement pour recueillir ses observations en application de l'article L. 480-5 du Code de l'urbanisme, interrompt le délai de la prescription de l'action publique applicable au délit de construction sans permis (▪ Cass. crim., 14 mai 2008 : *JurisData* n° 2008-044192 ; *Bull. crim.* n° 116 ; *Dr. pén.* 2008, comm. 133).

34) Publication de la décision. L'article L. 480-5 selon lequel, en cas de condamnation pour une infraction prévue aux articles L. 160-1 et L. 480-4, les juges peuvent ordonner la publication de tout ou partie de leur décision, exige seulement que le journal dans lequel cette publication est ordonnée soit diffusé dans tout le département où a été commise l'infraction, peu important le lieu où il est édité (▪ Cass. crim., 1er févr. 1995 : *Bull. crim.* n° 47).

35) L'article L. 480-5, alinéa 2 du Code de l'urbanisme, selon lequel, en cas de condamnation pour une infraction prévue aux articles L. 160-1 et L. 480-4 les juges peuvent ordonner la publication de tout ou partie de la décision, exige que les journaux dans lesquels cette publication est ordonnée soient des journaux régionaux ou locaux diffusés dans tout le département ; en conséquence, encourt la censure la cour d'appel qui ordonne la publication dans un quotidien national (▪ Cass. crim., 3 nov. 2004 : *Bull. crim.* n° 269 ; *Dr. pén.* 2005, comm. 41, obs. J.-H. Robert. ▪ Cass. crim., 8 févr. 2005 : *Dr. pén.* 2005, comm. 76, obs. J.-H. Robert).

36) La publication de la décision, prononcée en vertu du sixième alinéa de l'article L. 480-5 du Code de l'urbanisme, constitue, ainsi que le prévoient les articles 131-10 et 131-11 du Code pénal, une peine complémentaire qui peut être infligée à titre de peine principale (▪ Cass. crim., 30 oct. 2007 : *Dr. pén.* 2008, note 12, obs. J.-H. Robert).

Art. L. 480-6 *(Mod., L. n° 85-729, 18 juill. 1985)*. – **L'extinction de l'action publique résultant du décès du prévenu, de la dissolution de la personne morale mise en cause ou de l'amnistie ne fait pas obstacle à l'application des dispositions de l'article L. 480-5.**

Si le tribunal correctionnel n'est pas saisi lors de cette extinction, l'affaire est portée devant le tribunal judiciaire du lieu de la situation de l'immeuble, statuant comme en matière civile.

Le tribunal est saisi par le ministère public à la demande du maire ou du fonctionnaire compétent. Dans les deux cas, il statue au vu des observations écrites ou après audition de ces derniers, l'intéressé ou ses ayants droit ayant été mis en cause dans l'instance.

La demande précitée est recevable jusqu'au jour où l'action publique se serait trouvée prescrite.

Les mesures de démolition et de mise en conformité prévues par l'article L. 480-5, alinéa 1er, du Code de l'urbanisme constituent des mesures à caractère réel destinées à faire cesser une situation illicite et non des sanctions pénales mais elles échappent en elles-mêmes à l'amnistie en vertu de l'article L. 480-6 dudit code (▪ Cass. crim., 14 nov. 1989 : *Bull. crim.* n° 410).

Art. L. 480-7 ***(Mod., L. n° 76-1285, 31 déc. 1976 ; L. n° 2003-591, 2 juill. 2003). – (Mod., L. n° 2014-366, 24 mars 2014)*** **Le tribunal impartit au bénéficiaire des travaux irréguliers ou de l'utilisation irrégulière du sol un délai pour l'exécution de l'ordre de démolition, de mise en conformité ou de réaffectation ; il peut assortir son injonction d'une astreinte de 500 € au plus par jour de retard. L'exécution provisoire de l'injonction peut être ordonnée par le tribunal.**

Au cas où le délai n'est pas observé, l'astreinte prononcée, qui ne peut être révisée que dans le cas prévu au troisième alinéa du présent article court à partir de l'expiration dudit délai jusqu'au jour où l'ordre a été complètement exécuté.

Si l'exécution n'est pas intervenue dans l'année de l'expiration du délai, le tribunal peut, sur réquisition du ministère public, relever à une ou plusieurs reprises, le montant de l'astreinte, même au-delà du maximum prévu ci-dessus.

Le tribunal peut autoriser le reversement d'une partie ou dispenser du paiement d'une partie des astreintes pour tenir compte du comportement de celui à qui l'injonction a été adressée et des difficultés qu'il a rencontrées pour l'exécuter.

1) QPC. Non-lieu à renvoi au Conseil constitutionnel, ▪ Cass. crim., 21 janv. 2014, n° 13-84.364 : *Dr. pén.* 2014, comm. 128, obs. J.-H. Robert.

2) L'astreinte dont peut être assorti l'ordre de mise en conformité d'une construction irrégulièrement édifiée constitue non une réparation civile mais une mesure comminatoire destinée à contraindre à exécution le débiteur d'une obligation de faire ; le reversement des astreintes peut être autorisé lorsque la remise en état ordonnée aura été régularisée et que le redevable établira qu'il a été empêché d'observer, par une circonstance indépendante de sa volonté, le délai qui lui a été imparti.

Ni l'alinéa 1er de l'article L. 480-7 du Code de l'urbanisme, ni l'alinéa 4 qui en autorise le reversement, n'exigent la présence aux débats de la commune au profit de laquelle le recouvrement est opéré (▪ Cass. crim., 22 mai 1986 : *Bull. crim.* n° 169).

Cette astreinte court depuis l'expiration du délai imparti pour la mise en conformité jusqu'au jour où celle-ci sera complètement exécutée (▪ Cass. crim., 25 avr. 1988 : *Bull. crim.* n° 171).

3) Lorsqu'un mari a, sur un terrain dont il est copropriétaire avec son épouse, édifié sans permis une construction et a été condamné de ce chef, les juges peuvent lui donner l'ordre de démolir l'édifice litigieux. Le prévenu, seul responsable des travaux, est en effet, en sa qualité de propriétaire indivis, l'un des bénéficiaires desdits travaux au sens des articles L. 480-5 et L. 480-7 du Code de l'urbanisme (▪ Cass. crim., 18 nov. 1986 : *Bull. crim.* n° 347).

4) Pour contraindre le prévenu à exécuter la remise en état des lieux qu'ils ont ordonnée, les juges ne peuvent fixer une astreinte d'un montant supérieur au maximum prévu par l'article L. 480-7 du Code de l'urbanisme (▪ Cass. crim., 3 juin 1986 : *Bull. crim.* n° 194).

5) La construction de plusieurs chalets en violation des règles d'urbanisme constitue une seule « utilisation irrégulière du sol » s'ils sont édifiés sur le même site et dans le cadre d'une même opération ; doit être cassé l'arrêt qui prononce autant d'astreintes que d'unités de construction, une astreinte unique devant l'être (▪ Cass. crim., 20 sept. 2011 : *Dr. pén.* 2011, comm. 152, obs. J.-H. Robert).

6) La demande en relèvement de l'astreinte prononcée en vertu de l'article L. 480-7 n'est recevable que dans les conditions spécifiées par le dernier alinéa de ce texte ; des pourparlers entrepris par le condamné avec la commune ne sauraient dispenser ce dernier du règlement préalable de l'astreinte (▪ Cass. crim., 7 févr. 1996 : *Bull. crim.* n° 67).

7) L'astreinte prévue par l'article L. 480-7 du Code de l'urbanisme ne peut être révisée qu'en vue du relèvement de son taux et n'est susceptible d'être partiellement reversée que lorsque la démolition aura été réalisé (▪ Cass. crim., 10 janv. 2001 : *Bull. crim.* n° 4 ; *Dr. pén.* 2001, comm. 65, obs. M. Véron).

8) Un maître d'ouvrage condamné sous astreinte à remettre les lieux en état dans le délai d'un an, qui n'a pas remis les lieux en conformité avec l'état antérieur, n'est pas recevable à solliciter le relèvement de l'astreinte prononcée en vertu de l'article L. 480-7 du Code de l'urbanisme (▪ Paris, 4 mars 2002 : *Bull. inf. C. cass.* 2002, n° 1044).

9) Est recevable, la requête en difficulté d'exécution d'une personne morale, visée par un arrêté de liquidation d'astreinte prononcée en application de l'article L. 480-7 du Code de l'urbanisme, alors même qu'elle n'était pas partie à l'instance pénale ayant conduit à l'arrêt de condamnation (▪ Cass. crim., 21 nov. 2006 : *Bull. crim.* n° 292).

10) L'astreinte est une mesure à caractère réel, indivisible par nature, et les personnes entre lesquelles elle a été prononcée sont tenus *in solidum* au paiement de la somme résultant de la liquidation de l'unique astreinte dont le principe était définitivement acquis. L'astreinte prévue par l'article L. 480-7 du Code de l'urbanisme peut seulement faire l'objet d'une augmentation ou d'une remise partielle et non d'une suppression.

En cas de liquidation de l'astreinte, le recouvrement de la créance est soumis à la prescription de 30 ans et n'entre pas dans les prévisions de l'article 6 de la Conv. EDH quant au délai raisonnable (▪ Cass. crim., 26 sept. 2006 : *JurisData* n° 2006-035727 ; *Dr. pén.* 2007, comm. 8, obs. J.-H. Robert).

11) Le moyen pris de ce que l'arrêt de la cour d'appel a fixé le point de départ du délai pour la démolition ou la remise en état des lieux au jour de son prononcé, ou encore ne l'a pas fixé, n'est pas fondé car ce délai court nécessairement du jour où la décision sera passée en force de chose jugée (▪ Cass. crim., 18 mai et 14 juin 2005 ; *Dr. pén.* 2005, comm. 129).

12) Aucune disposition du Code de l'urbanisme ne déroge à la règle de la publicité des débats lorsque la juridiction correctionnelle est saisie de toute demande relative à une astreinte prononcée en application de l'article L. 480-7 dudit code (▪ Cass. crim., 7 nov. 2006 ; *Bull. crim.* n° 275 ; ▪ Cass. crim., 24 mars 2015, n° 13-86.327 : *Dr. pén.* 2015, comm. 69, obs. J.-H. Robert).

13) La créance d'une commune en liquidation du produit d'une astreinte assortissant la condamnation d'un prévenu pour infraction aux règles de l'urbanisme et lui ordonnant à titre civil la démolition des ouvrages édifiés irrégulièrement, trouve son fondement dans la condamnation, pénale et civile, prononcée par la juridiction répressive. Encourt la cassation l'arrêt qui déclare la juridiction répressive incompétente au profit du juge de l'exécution (▪ Cass. crim., 24 mars 2015, n° 14-84.300 : *Dr. pén.* 2015, comm. 87, obs. J.-H. Robert).

14) L'astreinte assortissant une remise en état des lieux est une mesure à caractère réel destinée à mettre un terme à une situation illicite et non une peine et les dispositions de l'article L. 480-7 du Code de l'urbanisme, dans leur rédaction consécutive à la loi du 24 mars 2014, entrée en vigueur le 27 mars, portant le montant maximum de l'astreinte à 500 euros par jour de retard, sont applicables aux instances en cours (▪ Cass. crim., 28 juin 2016, n° 15-84.968 : *Dr. pén.* 2016, comm. 145, note J.-H. Robert).

15) Le titre de perception émis pour le recouvrement de l'astreinte assortissant une mesure de remise en état des lieux ordonnée pour infraction au Code de l'urbanisme doit, si les pièces auxquelles il se réfère ne sont pas jointes, comporter lui-même les indications sur les bases de la liquidation de la créance et les éléments de calcul sur lesquels il se fonde. Tel est le cas si le titre fait expressément référence à l'arrêt ayant ordonné la mesure de remise en état sous astreinte et précise le nombre de jours de retard pris en compte pour le calcul de la somme recouvrée (▪ Cass. crim., 27 juin 2017, n° 16-84.189).

16) Prescription. La prescription décennale, est applicable au recouvrement de l'astreinte engagé par arrêté préfectoral conformément aux articles L. 111-3, 1° et L. 111-4, alinéa 2 du Code des procédures civiles d'exécution, ensemble l'article 26-II de la loi n° 2008-561 du 17 juin 2008 (▪ Cass. crim., 8 nov. 2016, n° 15-86.889 : *Dr. pén.* 2017, comm. 7, note J.-H. Robert).

Art. L. 480-8 ***(L. n° 2010-788, 12 juill. 2010 ; mod., L. n° 2014-366, 24 mars 2014).*** **– Les astreintes sont liquidées au moins une fois chaque année et recouvrées par l'État, pour le compte de la ou des communes aux caisses desquelles sont reversées les sommes perçues, après prélèvement de 4 % de celles-ci pour frais d'assiette et de recouvrement.**

1) QPC. Non-lieu à renvoi au Conseil constitutionnel de la question prioritaire visant les dispositions de l'article L. 480-8 du Code de l'urbanisme en ce qu'elles permettent à l'Administration de liquider une astreinte ayant pour partie un caractère pénal, dès lors que la créance d'astreinte liquidée trouvant son fondement dans une décision prononcée par une juridiction répressive en application de l'article L. 480-7 du Code de l'urbanisme, le contentieux de son recouvrement ressortit aux juridictions de l'ordre judiciaire, la circonstance que l'État a procédé à la liquidation de l'astreinte prononcée, ainsi que le prévoit l'article L. 480-8 du même code, n'ayant pu modifier ni la nature du litige ni la détermination de la compétence (▪ Cass. crim., 4 févr. 2014, n° 13-83.492 : *Dr. pén.* 2014, comm. 62, obs. J.-H. Robert).

2) L'astreinte prévue par l'article L. 480-7 du Code de l'urbanisme est, aux termes de l'article L. 480-8 dudit code, liquidée par le maire de la commune ou à défaut par le représentant de l'État dans le département. Elle ne peut être révisée qu'en vue du relèvement de son taux (▪ Cass. crim., 20 mars 1990 : *Bull. crim.* n° 124).

3) L'autorité habilitée à statuer sur les difficultés de recouvrement de l'astreinte liquidée est l'autorité judiciaire (▪ T. confl. 10 juill. 1990 : *JurisData* n° 1990-002623).

4) Sur les difficultés du recouvrement de l'astreinte lorsque le débiteur fait l'objet d'une procédure collective, V. ▪ Cass. crim., 12 mars 2013, n° 12-83.680 : *Dr. pén.* 2013, comm. 128, obs. J.-H. Robert).

5) Justifie sa décision la cour d'appel qui, pour rejeter l'argumentation de la requérante, selon laquelle la procédure prévue par l'article L. 480-8 du Code de l'urbanisme, qui confère au maire le pouvoir de liquider et de recouvrer le produit de l'astreinte, était contraire aux principes posés par l'article 6.1 de la Convention européenne des droits de l'homme, énonce que le pouvoir attribué au maire, en sa qualité de représentant de l'État, n'est pas contraire à ces principes, dès lors que la créance dont la commune poursuit le recouvrement trouve son fondement dans la condamnation prononcée par une juridiction indépendante et impartiale et que la personne condamnée a la faculté de saisir en difficulté d'exécution la juridiction qui a prononcé la sentence (▪ Cass. crim., 8 févr. 2005 : *Dr. pén.* 2005, note 64).

Art. L. 480-9. – Si, à l'expiration du délai fixé par le jugement, la démolition, la mise en conformité ou la remise en état ordonnée n'est pas complètement achevée, le maire ou le fonctionnaire compétent peut faire procéder d'office à tous travaux nécessaires à l'exécution de la décision de justice aux frais et risques du bénéficiaire des travaux irréguliers ou de l'utilisation irrégulière du sol.

Au cas où les travaux porteraient atteinte à des droits acquis par des tiers sur les lieux ou ouvrages visés, le maire ou le fonctionnaire compétent ne pourra faire procéder aux travaux mentionnés à l'alinéa précédent qu'après décision du tribunal judiciaire qui ordonnera, le cas échéant, l'expulsion de tous occupants.

1) Les juges qui prononcent une mesure de remise en état des lieux sont tenus, en application de l'article L. 480-7 du Code de l'urbanisme, de fixer un délai pour l'exécution de celle-ci, à l'expiration duquel le maire ou le fonctionnaire compétent, sur le fondement de l'article L. 480-9 dudit code, peut faire procéder d'office à tous travaux nécessaires (▪ Cass. crim., 18 nov. 2014, n° 13-83.836 : *Dr. pén.* 2015, comm. 8, obs. J.-H. Robert).

2) Ne méconnaît aucun texte légal ou conventionnel l'arrêt qui, pour déclarer irrecevables une demande de démolition et une demande de liquidation d'astreinte, relève que le demandeur était sans qualité pour demander à mettre lui-même en œuvre une mesure prise en l'espèce au titre de l'action publique (▪ Cass. crim., 16 déc. 2014, n° 13-87.390 : *Dr. pén.* 2015, comm. 22, obs. J.-H. Robert).

…………

Art. L. 480-12 *(Mod., L. n° 76-1285, 31 déc. 1976 ; L. n° 85-835, 7 août 1985 ; L. n° 92-1336, 16 déc. 1992 ; L. n° 2018-1021, 23 nov. 2018)*. **– Le fait de faire obstacle aux fonctions exercées par les autorités, fonctionnaires et agents habilités à exercer les missions de contrôle administratif prévues au chapitre Ier du titre VI du présent livre ou de recherche et de constatation des infractions prévues par le présent code est puni de six mois d'emprisonnement et de 7 500 € d'amende**

1) QPC. Par décision n° 2015-464 QPC du 9 avril 2015, le Conseil constitutionnel a déclaré l'article L. 480-12 conforme à la Constitution ; *Dr. pén.* 2015, comm. 164, obs. J.-H. Robert.

2) Commet l'infraction le prévenu qui s'oppose à la visite des lieux par le garde champêtre alors que celui-ci, agissant en qualité de délégué du maire, était habilité, en application de l'article L. 460-1 du Code de l'urbanisme, à visiter les constructions en cours (▪ Cass. crim., 19 oct. 2004 : *Dr. pén.* 2005, comm. 7, obs. J.-H. Robert).

3) Le délit d'obstacle à l'exercice, par les autorités habilitées, du droit de visite des constructions en cours suppose établie une volonté de se soustraire à leur contrôle (▪ Cass. crim., 21 nov. 2017, n° 16-86.745 : *Dr. pén.* 2018, comm. 12, note J.-H. Robert).

4) D'une part, aucune formalité particulière n'est édictée par l'article L. 461-1 du Code de l'urbanisme, d'autre part, le transport sur les lieux, ordonné ultérieurement par la Cour, ne saurait pallier l'absence du prévenu sur les lieux lors du rendez-vous avec la DDTM qu'il a refusé d'honorer, bien que dûment informé et a persisté dans cette position (▪ Cass. crim., 12 juin 2018, n° 17-85.826).

Art. L. 480-13 *(L. n° 2006-872, 13 juill. 2006 ; L. n° 2015-990, 6 août 2015 ; L. n° 2017-86, 27 janv. 2017 ; L. n° 2018-1021, 23 nov. 2018).* – Lorsqu'une construction a été édifiée conformément à un permis de construire :

1° Le propriétaire ne peut être condamné par un tribunal de l'ordre judiciaire à la démolir du fait de la méconnaissance des règles d'urbanisme ou des servitudes d'utilité publique que si, préalablement, le permis a été annulé pour excès de pouvoir par la juridiction administrative et, sauf si le tribunal est saisi par le représentant de l'État dans le département sur le fondement du second alinéa de l'article L. 600-6, si la construction est située dans l'une des zones suivantes :

a) Les espaces, paysages et milieux caractéristiques du patrimoine naturel et culturel montagnard mentionnés à l'article L. 122-9 et au 2° de l'article L. 122-26, lorsqu'ils ont été identifiés et délimités par des documents réglementaires relatifs à l'occupation et à l'utilisation des sols ;

b) Les espaces terrestres et marins, sites et paysages remarquables ou caractéristiques du patrimoine naturel et culturel du littoral et les milieux nécessaires au maintien des équilibres biologiques mentionnés à l'article L. 146-6, lorsqu'ils ont été identifiés et délimités par des documents réglementaires relatifs à l'occupation et à l'utilisation des sols, sauf s'il s'agit d'une construction en bois antérieure au 1er janvier 2010, d'une superficie inférieure à mille mètres carrés, destinée à une exploitation d'agriculture biologique satisfaisant aux exigences ou conditions mentionnées à l'article L. 641-13 du Code rural et de la pêche maritime et bénéficiant d'une appellation d'origine protégée définie à l'article L. 641-10 du même code ;

c) La bande de trois cents mètres des parties naturelles des rives des plans d'eau naturels ou artificiels d'une superficie inférieure à mille hectares mentionnée à l'article L. 122-12 du présent code ;

d) La bande littorale de cent mètres mentionnée aux articles L. 121-16, L. 121-17 et L. 121-19 ;

e) Les cœurs des parcs nationaux délimités en application de l'article L. 331-2 du Code de l'environnement ;

f) Les réserves naturelles et les périmètres de protection autour de ces réserves institués en application, respectivement, de l'article L. 332-1 et des articles L. 332-16 à L. 332-18 du même code ;

g) Les sites inscrits ou classés en application des articles L. 341-1 et L. 341-2 dudit code ;

h) Les sites désignés Natura 2000 en application de l'article L. 414-1 du même code ;

i) Les zones qui figurent dans les plans de prévention des risques technologiques mentionnées au 1° de l'article L. 515-16 dudit code, celles qui figurent dans les plans de prévention des risques naturels prévisibles mentionnés aux 1° et 2° du II de l'article L. 562-1 du même code ainsi que celles qui figurent dans les plans de prévention des risques miniers prévus à l'article L. 174-5 du Code minier, lorsque le droit de réaliser des aménagements, des ouvrages ou des constructions nouvelles et d'étendre les constructions existantes y est limité ou supprimé ;

j) Les périmètres des servitudes relatives aux installations classées pour la protection de l'environnement instituées en application de l'article L. 515-8 du Code de l'environnement, lorsque les servitudes instituées dans ces périmètres comportent une limitation ou une suppression du droit d'implanter des constructions ou des ouvrages ;

k) Les périmètres des servitudes sur des terrains pollués, sur l'emprise des sites de stockage de déchets, sur l'emprise d'anciennes carrières ou dans le voisinage d'un site de stockage géologique de dioxyde de carbone instituées en application de l'article L. 515-12 du même code, lorsque les servitudes instituées dans ces périmètres comportent une limitation ou une suppression du droit d'implanter des constructions ou des ouvrages ;

l) Les sites patrimoniaux remarquables créés en application des articles L. 631-1 et L. 631-2 du Code du patrimoine ;

m) Les abords des monuments historiques prévus aux articles L. 621-30 et L. 621-31 du même code ;

n) Les secteurs délimités par le plan local d'urbanisme en application des articles L. 151-19 et L. 151-23 du présent code.

L'action en démolition doit être engagée dans le délai de deux ans qui suit la décision devenue définitive de la juridiction administrative ;

2° Le constructeur ne peut être condamné par un tribunal de l'ordre judiciaire à des dommages et intérêts que si, préalablement, le permis a été annulé pour excès de pouvoir ou si son illégalité a été constatée par la juridiction administrative. L'action en responsabilité civile doit être engagée au plus tard deux ans après l'achèvement des travaux.

Lorsque l'achèvement des travaux est intervenu avant la publication de la loi n° 2006-872 du 13 juillet 2006 portant engagement national pour le logement, la prescription antérieure continue à courir selon son régime.

1) QPC. Par décision n° 2017-672 QPC du 10 novembre 2017, le Conseil constitutionnel a décidé que les mots : « et si la construction est située dans l'une des zones suivantes : », figurant au premier alinéa du 1°, sont conformes à la Constitution ; *Dr. pén.* 2018, comm. 13, note J.-H. Robert.

2) Ce texte est applicable au cas d'obtention d'un permis de construire tacite et fait donc obstacle à une mesure de démolition de l'ouvrage (■ Cass. crim., 18 juin 1997 : *Bull. crim.* n° 247 ; *Dr. pén.* 1997, comm. 147, obs. J.-H. Robert). Il en est de même pour un ouvrage irrégulièrement édifié mais ayant fait l'objet ultérieurement d'un permis de régularisation (■ Cass. crim., 10 nov. 2015, n° 14-86.879 : *Dr. pén.* 2016, comm. 11, obs. J.-H. Robert).

3) L'article L. 480-13 est inapplicable au cas où le permis de construire a été obtenu frauduleusement, le juge répressif pouvant dès lors constater son inexistence pour l'annuler. – V. *supra*, sous l'article L. 480-4 les notes 3 et 4.

4) Démolition comme dernier recours. L'article L. 480-14 ne saurait, sans porter une atteinte excessive au droit de propriété, être interprété comme autorisant la démolition d'un ouvrage construit en violation de l'article L. 421-8 lorsque le juge peut, en application de l'article L. 480-14, ordonner à la place sa mise en conformité et que celle-ci est acceptée par le propriétaire (■ Cons. const., 31 juill. 2020, n° 2020-853 QPC : *RDI* 2020. 530, obs. G. Beaussonie).

Art. L. 480-14 ***(L. n° 2003-699, 30 juill. 2003 ; mod., L. n° 2010-788, 12 juill. 2010 ; Ord. n° 2019-964, 18 sept. 2019).*** **– La commune ou l'établissement public de coopération intercommunale compétent en matière de plan local d'urbanisme peut saisir le tribunal judiciaire en vue de faire ordonner la démolition ou la mise en conformité d'un ouvrage édifié ou installé sans l'autorisation exigée par le présent livre, en méconnaissance de cette autorisation ou, pour les aménagements, installations et travaux dispensés de toute formalité au titre du présent code, en violation de l'article L. 421-8. L'action civile se prescrit en pareil cas par dix ans à compter de l'achèvement des travaux.**

Art. L. 480-15 ***(Ord. n° 2005-1527, 8 déc. 2005).*** **– Les ventes ou locations de terrains intervenues en méconnaissance des dispositions du titre IV du présent livre peuvent être annulées à la requête de l'acquéreur, du maire ou du représentant de l'État dans le département aux frais et dommages du lotisseur.**

Toutefois, les ventes et locations des parcelles pour lesquelles le permis de construire a été accordé ne peuvent plus être annulées.

Art. L. 480-16 ***(Ord. n° 2005-1527, 8 déc. 2005).*** **– L'action en justice née de la violation de la réglementation applicable aux lotissements se prescrit par dix ans à compter de la publication des actes portant transfert de propriété à la publicité foncière. Passé ce délai, la non-observation de la réglementation applicable aux lotissements ne peut plus être opposée.**

ANNEXE 2

DROIT PÉNAL DES AFFAIRES

I. – Sociétés .... p. 1085
Banqueroute et délits connexes .... p. 1085
Sociétés .... p. 1096
II. – Consommation .... p. 1114
Consommation .... p. 1114
Démarchage à domicile .... p. 1185
Fraudes .... p. 1185
III. – Commerce .... p. 1189
Commerce .... p. 1189
Infractions économiques .... p. 1190
Publicité .... p. 1234
IV. – Monnaie et finances .... p. 1245
Banque .... p. 1245
Bourse .... p. 1260
Changes .... p. 1273
Chèque et carte de paiement .... p. 1283
Usure .... p. 1287

I. – SOCIÉTÉS

BANQUEROUTE ET DÉLITS CONNEXES

Bibliographie : H. Matsopoulou : *Banqueroute et autres infractions : JCl. Lois pénales spéciales.* • J.-P. Langlade : *JCP* 1986, E, II, 15710. • B. de Massiac : *Rev. jurispr. dr. aff.* 1992, p. 658. • J. Devèze : *Rev. proc. coll.* 1992, 319. • L. Joinville : *JCP* 1994, N, Prat. 3053. • P. Gioanni : *D.* 1994, chron. 53. • B. Soinne, *Traité des procédures collectives*, Litec 1995. • N. Stolowy, *délinquance des comptes et droit des entreprises en difficulté : JCP* 2003, I, 147. • J.-H. Robert, *Commentaire des dispositions pénales de la loi n° 2005-845 du 26 juillet 2005 : Dr. pén.* 2005, étude 15. • O. Decima, *Réflexions sur la cessation des paiements en matière pénale : Dr. pén.* 2008, étude 22. • H. Matsopoulou, *Le nouveau régime, Les incapacités commerciales (L. n° 2008-776, 4 août 2008) : Dr. pén.* 2008, étude 24. • J.-H. Robert, *Commentaire de l'ordonnance n° 2008-1345, 18 déc. 2008 : Dr. pén.* 2009, comm. 34. • C. Robaczewski, *Les sanctions pénales dans l'ordonnance du 18 déc. 2008 portant réforme du droit des entreprises en difficulté : Gaz. Pal.* 8-10 mars 2009, p. 61. • N. Redon, *L'interdiction commerciale et industrielle ou la disparition des peines automatiques : D.* 2009, p. 1226.

Code de commerce

(Ord. n° 2000-912, 18 sept. 2000)

Faillite personnelle et interdiction

Art. L. 653-11 *(L. n° 2005-845, 26 juill. 2005 ; mod., Ord. n° 2008-1345, 18 déc. 2008)*. **– Lorsque le tribunal prononce la faillite personnelle ou l'interdiction prévue à l'article L. 653-8, il fixe la durée de la mesure, qui ne peut être supérieure à quinze ans. Il peut ordonner l'exécution provisoire de sa décision. Les déchéances, les interdictions et l'incapacité d'exercer une fonction publique élective cessent de plein droit au terme fixé, sans qu'il y ait lieu au prononcé d'un jugement.**

Le jugement de clôture pour extinction du passif, y compris après exécution d'une condamnation prononcée à son encontre en application de l'article L. 651-2, rétablit le débiteur personne physique ou les dirigeants de la personne morale dans tous leurs droits. Il les dispense ou relève de toutes les déchéances, interdictions et incapacité d'exercer une fonction publique élective.

L'intéressé peut demander au tribunal de le relever, en tout ou partie, des déchéances et interdictions et de l'incapacité d'exercer une fonction publique élective s'il a apporté une contribution suffisante au paiement du passif.

Lorsqu'il a fait l'objet de l'interdiction prévue à l'article L. 653-8, il peut en être relevé s'il présente toutes garanties démontrant sa capacité à diriger ou contrôler l'une ou plusieurs des entreprises ou personnes visées par le même article.

Lorsqu'il y a relèvement total des déchéances et interdictions et de l'incapacité, la décision du tribunal emporte réhabilitation.

En prononçant, le 8 février 2006, quinze ans d'interdiction de gérer, à l'égard du prévenu déclaré coupable de banqueroute, la cour d'appel a fait l'exacte application de l'article L. 653-11, alinéa 1er du Code de commerce, tel qu'il résulte de la loi de sauvegarde des entreprises du 26 juillet 2005, dès lors que les dispositions de cet article sont applicables aux procédures en cours en vertu de l'article 191, 7° de ladite loi (arrêt n° 1).

La condamnation du prévenu déclaré coupable de banqueroute, le 7 septembre 2005, à huit ans de faillite personnelle entre dans les prévisions de l'article L. 653-11, alinéa 1er du Code de commerce tel qu'il résulte de la loi de sauvegarde des entreprises du 26 juillet 2005, les dispositions de cet article étant applicables aux procédures en cours en vertu de l'article 191, 7° de ladite loi (arrêt n° 2).

L'arrêt prononcé le 9 mars 2005, condamnant le prévenu, déclaré coupable de banqueroute, à vingt ans de faillite personnelle, qui n'a pas acquis force de chose jugée le 1er janvier 2006, date d'entrée en vigueur de la loi de sauvegarde des entreprises du 26 juillet 2005, doit être annulé et la durée de cette mesure doit être fixée à quinze ans, en application des dispositions de l'article L. 653-11, alinéa 1er du Code de commerce résultant de ladite loi (arrêt n° 3) (■ Cass. crim., 8 nov. 2006 : *Bull. crim.* n° 280 ; *Dr. pén.* 2007, comm. 9, obs. J.-H. Robert ; *Dr. sociétés* 2007, p. 32, note R. Salomon).

Banqueroute et autres infractions

Art. L. 654-1 *(Mod., Ord. n° 2008-1345, 18 déc. 2008)*. **– Les dispositions de la présente section sont applicables :**

1° À toute personne exerçant une activité commerciale ou artisanale, à tout agriculteur et à toute personne physique exerçant une activité professionnelle indépendante, y compris une profession libérale soumise à un statut législatif ou réglementaire ou dont le titre est protégé ;

2° À toute personne qui a, directement ou indirectement, en droit ou en fait, dirigé ou liquidé une personne morale de droit privé ;

3° Aux personnes physiques représentants permanents de personnes morales dirigeants des personnes morales définies au 2° ci-dessus.

Art. L. 654-2 *(Mod., Ord. n° 2008-1345, 18 déc. 2008)*. **– En cas d'ouverture d'une procédure de redressement judiciaire ou de liquidation judiciaire, sont coupables de banqueroute les personnes mentionnées à l'article L. 654-1 contre lesquelles a été relevé l'un des faits ci-après :**

1° Avoir, dans l'intention d'éviter ou de retarder l'ouverture de la procédure de redressement judiciaire ou de liquidation judiciaire, soit fait des achats en vue d'une revente au-dessous du cours, soit employé des moyens ruineux pour se procurer des fonds ;

2° Avoir détourné ou dissimulé tout ou partie de l'actif du débiteur ;
3° Avoir frauduleusement augmenté le passif du débiteur ;
4° Avoir tenu une comptabilité fictive ou fait disparaître des documents comptables de l'entreprise ou de la personne morale ou s'être abstenu de tenir toute comptabilité lorsque les textes applicables en font obligation ;
5° Avoir tenu une comptabilité manifestement incomplète ou irrégulière au regard des dispositions légales.

1) QPC. Par décision n° 2016-573 QPC du 29 septembre 2016, le Conseil constitutionnel a déclaré conforme à la Constitution le 2° de l'article L. 654-2 (*Dr. pén.* 2016, comm. 165, note V. Peltier).

2) Domaine d'application. Les articles 196 et 197 (L. 626-1 et L. 626-2, C. com.) sont indistinctement applicables aux **dirigeants de droit ou de fait** pour toutes les infractions qu'ils prévoient, y compris pour l'absence de toute comptabilité (▪ Cass. crim., 7 déc. 1992 : *Bull. crim.* n° 402).

– Pour un exemple récent de gestion de fait ainsi que de la condamnation de la société pour recel de banqueroute, V. ▪ Cass. crim., 20 avr. 2005, n° 04-80.740. *Adde* ▪ Cass. crim., 24 sept. 2008 : *Dr. pén.* 2008, comm. 156, obs. J.-H. Robert. ▪ Cass. crim., 10 sept. 2008 : *JurisData* n° 2008-045344 ; *Dr. sociétés* 2008, comm. 259, obs. R. Salomon).

3) Le dirigeant de fait d'une entreprise artisanale, industrielle ou commerciale, exploitée en la forme individuelle, peut être déclaré pénalement responsable des chefs de banqueroute et de fraude fiscale (▪ Cass. crim., 19 nov. 2008 : *Bull. crim.* n° 237 ; *Dr. sociétés* 2009, comm. 18, obs. R. Salomon).

4) Le fait qu'une **société d'économie mixte** locale, personne morale de droit privé régie par les articles L. 1521-1 et suivants du Code général des collectivités territoriales, relevant également des dispositions de la loi du 24 juillet 1966 sur les sociétés commerciales et de celle du 25 janvier 1985 relative au redressement et à la liquidation judiciaires des entreprises, poursuive un but d'intérêt général et que la majorité de son capital soit détenue par une collectivité locale ou un groupement de communes, n'exclut pas que ses dirigeants puissent être poursuivis pour banqueroute, dès lors que cette société exerce une activité économique au sens de l'article 196 de la loi du 25 janvier 1985 (▪ Cass. crim., 2 juin 1999 : *Bull. crim.* n° 118).

5) Condition préalable à l'exercice des poursuites. L'ouverture d'une procédure de redressement ou de liquidation judiciaire n'est qu'une condition préalable à l'exercice de l'action publique du chef de banqueroute. La circonstance que le jugement d'ouverture pourrait être réputé non avenu, faute d'avoir été notifié dans le délai prévu à l'article 478 du nouveau Code de procédure civile, ne saurait avoir d'incidence sur la validité du réquisitoire pris à la suite de ce jugement et tendant à l'ouverture d'une information du chef de banqueroute (▪ Cass. crim., 10 mars 2004 : *Bull. crim.* n° 65) ; de même, la circonstance que les pourvois formés par le prévenu contre les arrêts prononçant son redressement judiciaire puis sa liquidation judiciaire soient pendants devant la Cour de cassation est sans incidence sur les poursuites engagées du chef de banqueroute (▪ Cass. crim., 24 mars 2010 : *Bull. crim.* n° 55 ; *Dr. sociétés* 2011, p. 18, obs. R. Salomon ; *Dr. pén.* 2010, comm. 70, obs. J.-H. Robert ; *D.* 2010, p. 1204, note A. Lienhard ; *Gaz. Pal.* 2-3 juill. 2010, p. 44, obs. C. Robaczewski).

6) La cassation, par la chambre commerciale, de l'arrêt confirmatif du jugement d'ouverture d'une procédure collective ne met pas obstacle à la condamnation pour banqueroute du dirigeant de la société débitrice (▪ Cass. crim., 24 oct. 2013, n° 11-86.165 : *Dr. pén.* 2013, comm. 9, obs. J.-H. Robert. ▪ Cass. crim., 20 mai 2015, n° 13-87.727 : *Dr. pén.* 2015, comm. 100, obs. J.-H. Robert).

7) Mais est irrecevable par application de l'article 385 du Code de procédure civile, en tant qu'il est proposé pour la première fois devant la Cour de cassation, le moyen pris de ce que l'action publique aurait été exercée avant le jugement d'ouverture de la procédure de redressement ou de liquidation judiciaire (▪ Cass. crim., 26 janv. 2005 : *Dr. pén.* 2005, comm. 61, obs. J.-H. Robert).

8) Et cette condition préalable est exclue en matière de défaut ou de tenue irrégulière de comptabilité (V. *infra*, ▪ Cass. crim., 26 janv. 2005).

9) Moyens ruineux. – Constitue le délit de banqueroute par emploi de moyens ruineux pour se procurer des fonds l'escompte de fausses factures et de traites de complaisance dont le coût ne peut qu'aggraver la situation financière de l'entreprise (▪ Cass. crim., 6 déc. 1993 : *Bull. crim.* n° 370. ▪ Cass. crim., 24 mai 2000 : *Dr. pén.* 2000, comm. 129, obs. J.-H. Robert), ou la souscription de prêts entraînant un taux d'endettement excessif générant des frais trop importants au regard des possibilités de l'entreprise (▪ Cass. crim., 12 mars 1998 : *Bull. crim.* n° 100).

10) Un prêt gratuit, même s'il retarde l'ouverture d'une procédure de redressement judiciaire, n'est pas un moyen ruineux de se procurer des fonds au sens de l'article L. 626-2 du Code de commerce. Le débiteur qui vend sa maison pour un prix surévalué et affecté au paiement préférentiel d'un de ses créanciers ne frustre les autres que du prix réel de ce bien (▪ Cass. crim., 21 mars 2001 : *Dr. pén.* 2001 comm. 103, obs. M. Véron). *Noter cependant que l'arrêt attaqué a été cassé pour insuffisance de motifs et défaut de réponse à conclusions.*

11) Détournement d'actif. Le délit de banqueroute par détournement d'actif suppose pour être constitué l'existence d'une dissipation volontaire d'un élément du patrimoine d'un débiteur en état de cessation de paiements par l'une des personnes désignées par l'article 196 de la loi du 25 janvier 1985 ; encourt la cassation l'arrêt qui retient le délit de banqueroute par détournement d'actif sans avoir précisé la date de cessation de paiements (▪ Cass. crim., 10 mai 1993 : *Bull. crim.* n° 168) ou à l'encontre d'un dirigeant d'une société locataire-gérante d'un fonds de commerce qui, après cessation des paiements, en détourne la clientèle, cet élément n'étant pas la propriété de la société et ne figurant pas dans ses actifs (▪ Cass. crim., 22 août 1995 : *Bull. crim.* n° 267).

12) Se rend coupable de banqueroute par détournement d'actif le dirigeant d'une société anonyme en état de cessation de paiements qui détourne partie de l'actif de cette société au profit d'une autre société à laquelle il est également intéressé, sans qu'il soit fondé à se prévaloir de l'existence d'une union économique entre les deux sociétés dès lors que la procédure collective concernant l'une d'entre elles lui restituait, dans l'intérêt des créanciers, son indépendance économique et financière (▪ Cass. crim., 20 juill. 1993 : *Bull. crim.* n° 250) ou le fait par le dirigeant d'une société, titulaire d'un compte courant d'associé créditeur, d'opérer, postérieurement au jugement prononçant le redressement judiciaire et au jugement arrêtant le plan de cession, des prélèvements sur le compte de la société aux fins de paiement de sa créance, dès lors que celle-ci est éteinte faute d'avoir été déclarée dans la procédure collective et que l'intéressé est dessaisi pour partie de ses pouvoirs de gestion (▪ Cass. crim., 20 mars 1995 : *Bull. crim.* n° 110).

13) Si l'intérêt de groupe peut constituer, en cas de poursuite pour abus de biens sociaux, un fait justificatif dans la mesure où le concours financier apporté par le dirigeant d'un **groupe de sociétés** à l'une d'entre elles par une autre est dicté par les intérêts de ce groupe appréciés au regard d'une politique commune, n'est pas dépourvu de contrepartie ou ne rompt pas l'équilibre entre les engagements respectifs des diverses sociétés, et n'excède pas les possibilités financières de celle qui en supporte la charge, il en est autrement en cas de poursuite pour banqueroute par détournement d'actifs d'entreprises en redressement judiciaire ou en liquidation judiciaire (▪ Cass. crim., 27 avr. 2000 : *Bull. crim.* n° 169).

14) Commet le délit de banqueroute par détournement d'actif le gérant d'une société de service informatique en état de cessation des paiements, qui détourne les Codes sources, permettant d'adopter, modifier et faire évoluer en fonction des besoins de la clientèle, des logiciels figurant à l'actif du bilan de ladite société (▪ Cass. crim., 26 nov. 1998 : *Bull. crim.* n° 319).

15) Tout acte de disposition volontaire accompli sur un élément du patrimoine du débiteur après la cessation des paiements, en fraude des droits des créanciers, constitue le délit de banqueroute par détournement d'actif ; encourt la cassation l'arrêt qui, après avoir relevé que le gérant d'une société à responsabilité limitée avait vendu des fonds de commerce appartenant à cette société, en état de cessation des paiements, et avait employé le produit de la vente à rembourser les dettes sociales dont il s'était porté caution solidaire et le compte courant d'associé dont il était titulaire, retient que les faits reprochés ne constituent que des paiements préférentiels, non punissables pénalement (▪ Cass. crim., 11 mai 1995 : *Bull. crim.* n° 172).

16) Justifie sa décision la cour d'appel qui déclare coupable de banqueroute par détournement d'actif le dirigeant d'une société en redressement judiciaire qui émet à son ordre, sur le compte postal de la société un chèque sans établir qu'il disposait d'une créance certaine, liquide et exigible (▪ Cass. crim., 23 oct. 1997 : *Bull. crim.* n° 348) ou encore le gérant de fait d'une société en redressement judiciaire qui fait prendre en charge à celle-ci des dépenses personnelles ainsi que celles de son épouse et d'un groupement d'exploitation agricole dont il était le gérant (▪ Cass. crim., 8 nov. 2006 : *JurisData* n° 2006-036388 ; *Dr. sociétés* 2007, comm. 59, note R. Salomon).

17) Commettent respectivement les délits de banqueroute par détournement d'actif et de **recel**, le gérant d'une société commerciale et son épouse, employée dans l'entreprise, dès lors que les rémunérations qu'ils s'étaient octroyées avaient un caractère excessif au regard de la situation financière de la société en cessation de paiements (▪ Cass. crim., 11 juin 1998 : *Dr. pén.* 1998, comm. 155, obs. J.-H. Robert).

18) Constitue le délit de banqueroute par détournement d'actif la dissimulation aux créanciers du produit de la vente par le débiteur d'un élément d'actif, fût-il cédé à sa juste valeur (▪ Cass. crim., 29 mars 2000 : *Bull. crim.* n° 141).

19) A été déclaré coupable de complicité de banqueroute l'avocat qui a prêté aide et assistance à cette dissimulation (même arrêt).

Se rend coupable de *complicité* de banqueroute par détournement d'actifs le président d'une association de défense d'entreprises en difficulté qui propose au dirigeant d'une société en état de cessation des paiements un montant consistant à démanteler ses actifs, en parfaite connaissance de cause de sa situation obérée (■ Cass. crim., 28 juin 2006 : *JurisData* n° 2006-034835 ; *Dr. sociétés* 2007, comm. 37, obs. R. Salomon).

20) Le délit de banqueroute par détournement d'actif, prévu à l'article 197, suppose l'existence d'une dissipation volontaire d'un élément de patrimoine d'un débiteur en état de cessation des paiements, accompli personnellement par l'une des personnes énumérées à l'article 196 de cette loi ; encourt la cassation, l'arrêt qui condamne pour banqueroute le gérant d'une société en liquidation judiciaire, alors que l'élément principal de l'actif de la société vendu l'a été par le liquidateur, avec l'autorisation du juge-commissaire (■ Cass. crim., 22 févr. 1996 : *Bull. crim.* n° 90).

21) Constitue le délit de banqueroute par détournement d'actif le fait de céder à un prix inférieur au prix d'acquisition des véhicules automobiles précédemment achetés avec une clause de réserve de propriété au profit du vendeur, dès lors que, selon l'article 3 de la loi du 12 mai 1980, les biens dont s'agit doivent figurer sur une ligne distincte à l'actif du bilan de l'acquéreur et font donc partie du patrimoine social (■ Cass. crim., 20 oct. 2004 : *Bull. crim.* n° 249). La banqueroute par dissimulation ou détournement d'actif ne peut pas résulter d'une abstention (■ Cass. crim., 12 janv. 2005 : *Dr. pén.* 2005, comm. 92, obs. J.-H. Robert).

22) Constituent des détournements punissables, l'affectation, par la société en état de cessation des paiements, de sommes en rétribution de diligences effectuées dans l'intérêt du dirigeant, tout comme le transfert d'éléments de production sans contrepartie ainsi que les actes de gestion obérant la trésorerie de la filiale au seul profit de la société mère (■ Cass. crim., 5 avr. 2006 : *JurisData* n° 2006-033277 ; *Dr. sociétés* 2006, comm. 171, obs. R. Salomon).

23) Banqueroute et abus de biens sociaux. Les détournements commis après la date de cessation des paiements constituent le délit de banqueroute et non celui d'abus de biens sociaux ; à défaut de disposition spéciale, la tentative n'est pas punissable (■ Cass. crim., 7 avr. 1998 : *Dr. pén.* 1998, comm. 99, obs. J.-H. Robert. ■ Cass. crim., 18 juin 1998 : *Dr. pén.* 1998, comm. 156. ■ Cass. crim., 27 oct. 1999 : *Dr. pén.* 2000, comm. 48, obs. J.-H. Robert. ■ Cass. crim., 30 juin 2004 : *Dr. pén.* 2004, comm. 147, obs. J.- H. Robert).

24) Cependant, n'encourt pas la censure l'arrêt qui déclare coupables de banqueroute les dirigeants d'une société qui ont prélevé des fonds sociaux avant la date de cessation des paiements et fait l'acquisition, postérieurement à cette date, de deux bateaux de compétition entrés dans le patrimoine de la société, dès lors que ces opérations, effectuées selon les juges dans l'intérêt personnel des dirigeants, sont constitutives du délit d'abus de biens sociaux (■ Cass. crim., 18 juin 1998 : *Dr. pén.* 1998, comm. 156, obs. J.-H. Robert).

25) Déclaré coupable d'abus de biens sociaux pour avoir fait supporter par sa société le coût de voyages offerts à un animateur de télévision, le prévenu ne saurait faire grief d'appel à la cour d'appel de ne pas avoir suffisamment établi la lésion à l'intérêt social dès lors que les faits, commis après la date de la cessation des paiements de la société, constituent en réalité le délit de banqueroute, lequel est caractérisé par la seule constatation du détournement en connaissance de cause d'un élément d'actif de la société (■ Cass. crim., 2 juill. 1998 : *Dr. pén.* 1999, comm. 6, obs. J.-H. Robert).

26) Si c'est à tort que le prévenu a été déclaré coupable d'abus de biens sociaux, pour avoir, postérieurement à la date de cessation des paiements, payé, à une société dans laquelle il avait des intérêts, des prestations sans réelle contrepartie, l'arrêt n'encourt pas la censure dès lors que ces opérations, contraires à l'intérêt de la société et réalisées à une période où le prévenu en était le dirigeant, étaient constitutives du délit de banqueroute par détournement d'actif (■ Cass. crim., 6 juin 2007 : *JurisData* n° 2007-040024 ; *Dr. sociétés*, comm. 187, obs. R. Salomon ; *RSC* 2007, p. 830, obs. D. Rebut).

27) Le détournement d'actif d'une société qui fait l'objet d'une procédure collective est une banqueroute, et non un abus de biens sociaux, *même s'il est commis avant la cessation des paiements lorsqu'il a directement causé cette situation* (■ Cass. crim., 14 févr. 2007 : *JurisData* n° 2007-038037 ; *Dr. pén.* 2007, comm. 73, obs. J.-H. Robert).

28) Un dirigeant peut être déclaré coupable simultanément d'abus de biens sociaux et de banqueroute, pour des faits commis avant et après la date de cessation des paiements de son entreprise (■ Cass. crim., 19 nov. 2008 : *Dr. sociétés* 2009, comm. 40, obs. R. Salomon).

29) Absence, suppression ou tenue irrégulière de comptabilité. Le fait par tout commerçant ou dirigeant d'une personne morale commerçante de s'abstenir de procéder, au mépris des dispositions de l'article 8 du Code de commerce, à l'enregistrement chronologique des mouvements affectant le patrimoine de l'entreprise et à l'établissement de l'inventaire périodique des éléments actifs et passifs de ce patrimoine constitue le délit de banqueroute par abstention de tenue de toute comptabilité (■ Cass. crim., 6 déc. 1993 : *Bull. crim.* n° 370 ; *JCP* 1994, G, IV, 715).

– La banqueroute pour tenue d'une comptabilité manifestement incomplète ou irrégulière résulte de l'absence de report de nombreuses écritures, dont les gérants de droit et de fait avaient la connaissance (▪ Cass. crim., 8 oct. 2008 : *Dr. sociétés* 2009, comm. 17, obs. R. Salomon).

30) Justifie sa décision la cour d'appel qui, pour déclarer le dirigeant d'une société en liquidation judiciaire coupable de banqueroute pour avoir fait disparaître des documents comptables de la personne morale, retient que le prévenu a retardé la communication de la comptabilité au liquidateur, empêchant ainsi celui-ci d'apprécier la situation de l'entreprise, jusqu'au moment où il a eu connaissance de la citation le convoquant devant le tribunal correctionnel (▪ Cass. crim., 19 janv. 2000 : *Bull. crim.* n° 29).

31) De même, est coupable de banqueroute par disparition des pièces comptables le prévenu qui se soustrait à son obligation de fournir la comptabilité en invitant le liquidateur à venir en prendre possession à un endroit où elle serait entreposée, en l'espèce dans des locaux inaccessibles (▪ Cass. crim., 25 févr. 2004 : *Bull. crim.* n° 52 ; *Dr. pén.* 2004, comm. 112, obs. J.-H. Robert).

32) L'absence de comptabilité ou une tenue de comptabilité manifestement incomplète ou irrégulière, procédant de la part du prévenu d'un comportement délibéré, est constitutif du délit de banqueroute, **que les faits soient commis antérieurement ou postérieurement à l'état de cessation des paiements**, aucune disposition légale n'imposant qu'ils interviennent postérieurement à cette date (▪ Cass. crim., 17 nov. 2004 et 26 janv. 2005 : *Dr. pén.* 2005, comm. 61, obs. J.-H. Robert. ▪ Cass. crim, 25 nov. 2020, n° 19-85.205).

Adde, sur le **cumul** des délits de présentation de comptes infidèles (art. L. 242-6, 2°, C. com.) et de banqueroute par tenue d'une comptabilité irrégulière, laquelle peut être retenue pour un exercice antérieur à la date de cessation de paiement : ▪ Cass. crim., 14 nov. 2013, n° 12-85.616 : *Dr. sociétés* 2014, comm. 18, note R. Salomon.

33) L'infraction est réalisée quand le prévenu ne présente que certains documents dont l'exactitude, la fiabilité et la sincérité se révèlent invérifiables faute de pièces comptables justificatives (▪ Cass. crim., 26 janv. 2005, préc.).

34) L'absence ou la tenue irrégulière de comptabilité peut être qualifiée cumulativement de banqueroute et d'infraction fiscale prévue par l'article 1743 du Code général des impôts (▪ Cass. crim., 4 mai 2006 : *JurisData* n° 2006-033686 ; *Dr. pén.* 2006, comm. 101, obs. J.-H. Robert).

35) Justifie sa décision, en l'état de ses énonciations qui établissent la qualité de gérant de fait de l'un des prévenus et sa participation avec le gérant de droit aux faits poursuivis, la cour d'appel qui a caractérisé en tous leurs éléments, tant matériel qu'intentionnel, les infractions de tenue d'une comptabilité fictive, emploi de moyens ruineux et détournement d'actif, et n'a prononcé qu'une seule peine sans méconnaître le principe du non-cumul des qualifications (▪ Cass. crim., 10 sept. 2008 : *Dr. sociétés* 2008, comm. 259, obs. R. Salomon, préc.).

36) Indifférence des mobiles en cas d'absence, de suppression ou de tenue irrégulière de comptabilité. La caractérisation de l'élément intentionnel des délits de banqueroute par absence de comptabilité ou tenue d'une comptabilité manifestement irrégulière suppose la seule conscience de son auteur de se soustraire à ses obligations comptables légales. Elle n'exige pas la preuve que le prévenu a eu la volonté soit d'éviter ou de retarder la constatation de l'état de cessation des paiements, soit d'affecter la consistance de l'actif disponible dans des conditions de nature à placer l'intéressé dans l'impossibilité de faire face au passif exigible. Peu importe en conséquence que les prévenus n'aient pas poursuivi le but de retarder la constatation de l'état de cessation des paiements ou d'affecter l'actif de la SCI dans des conditions qui allaient la mettre dans l'impossibilité de faire face au passif exigible (▪ Cass. crim., 25 nov. 2020, n° 19-85.205).

37) Indifférence de l'accord du conseil d'administration. Est légitimement condamnée pour banqueroute la prévenue qui, ayant la direction effective d'une association placée en redressement judiciaire et connaissant ses graves difficultés financières, s'est sciemment approprié une partie de l'actif de celle-ci, peu important l'accord du conseil d'administration, en continuant à se faire octroyer, après la cessation des paiements, une rémunération excessive (▪ Cass. crim., 18 mars 2020, n° 18-86.492).

38) Action civile. Le débiteur ne peut se constituer partie civile que dans le but de déclencher ou de soutenir l'action publique, le liquidateur disposant seul de la faculté d'exercer l'action civile afin d'assurer la défense des intérêts patrimoniaux de ce dernier (▪ Cass. crim., 9 mars 2016, n° 14-86.631 : *Bull. crim.* n° 73. ▪ Cass. crim., 30 janv. 2019, n° 17-86.344). Ce principe s'applique lorsque sont en cause les seuls intérêts civils, mais également lorsque la constitution de partie civile est associée à l'action publique (▪ Cass. crim., 24 juin 2020, n° 18-85.540).

39) Prescription de l'action publique. En vertu de l'article L. 654-2, en cas d'ouverture d'une procédure de redressement ou de liquidation judiciaire, constitue notamment le délit de banqueroute le fait d'avoir détourné tout ou partie de l'actif du débiteur. Dans cette hypothèse, au regard de ses éléments constitutifs, ce délit ne constitue pas une infraction occulte par nature. Aux termes de l'article L. 654-16, en matière de banqueroute, la prescription de l'action publique ne court que du jour du jugement ouvrant la procédure de sauvegarde, de redressement judiciaire ou de liquidation judiciaire lorsque les faits incriminés sont apparus avant cette date. Le report du point de départ de la prescription est justifié par le fait que l'exercice de poursuites du chef de banqueroute est subordonné à l'ouverture d'une procédure collective. Il en résulte que lorsque les faits sont apparus entre le jour du jugement ouvrant une procédure de redressement judiciaire et le jour du jugement prononçant la liquidation judiciaire, il n'y a pas lieu de repousser le point de départ du délai de prescription à la date de cette seconde décision (▪ Cass. crim., 25 nov. 2020, n° 19-85.091).

Art. L. 654-3 ***(Mod., Ord. n° 2008-1345, 18 déc. 2008).*** **– La banqueroute est punie de cinq ans d'emprisonnement et de 75 000 € d'amende.**

Art. L. 654-4 ***(Ord. n° 2017-1107, 22 juin 2017).*** **– Lorsque l'auteur ou le complice de banqueroute est un dirigeant d'un prestataire de services d'investissement, les peines sont portées à sept ans d'emprisonnement et 100 000 € d'amende.**

Art. L. 654-5 ***(Mod., L. n° 2008-776, 4 août 2008).*** **– Les personnes physiques coupables des infractions prévues par les articles L. 654-3 et L. 654-4 encourent également les peines complémentaires suivantes :**

1° L'interdiction des droits civiques, civils et de famille, suivant les modalités de l'article 131-26 du Code pénal ;

2° L'interdiction, suivant les modalités prévues par l'article 131-27 du Code pénal, soit d'exercer une fonction publique ou d'exercer l'activité professionnelle ou sociale dans l'exercice ou à l'occasion de l'exercice de laquelle l'infraction a été commise, soit d'exercer une profession commerciale ou industrielle, de diriger, d'administrer, de gérer ou de contrôler à un titre quelconque, directement ou indirectement, pour son propre compte ou pour le compte d'autrui, une entreprise commerciale ou industrielle ou une société commerciale. Ces interdictions d'exercice peuvent être prononcées cumulativement ;

3° L'exclusion des marchés publics pour une durée de cinq ans au plus ;

4° L'interdiction, pour une durée de cinq ans au plus, d'émettre des chèques autres que ceux qui permettent le retrait de fonds par le tireur auprès du tiré ou ceux qui sont certifiés ;

5° L'affichage ou la diffusion de la décision prononcée dans les conditions prévues par l'article 131-35 du Code pénal.

QPC. Par décision n° 2016-573 QPC du 29 septembre 2016, le Conseil constitutionnel a déclaré conformes à la Constitution les mots : « ou d'exercer l'activité professionnelle ou sociale dans l'exercice ou à l'occasion de l'exercice de laquelle l'infraction a été commise, soit d'exercer une profession commerciale ou industrielle, de diriger, d'administrer, de gérer ou de contrôler à un titre quelconque, directement ou indirectement, pour son propre compte ou pour le compte d'autrui, une entreprise commerciale ou industrielle ou une société commerciale » figurant au 2° de l'article L. 654-5 (*Dr. pén.* 2016, comm. 165, note V. Peltier).

Art. L. 654-6 ***(Abr., Cons. const., déc. n° 2016-573 QPC, 29 sept. 2016).***

Les dispositions de l'article L. 654-6 du Code de commerce dans sa rédaction résultant de l'ordonnance n° 2008-1345 du 18 décembre 2008 ayant été déclarées contraires à la Constitution par la décision n° 2016-573 QPC du Conseil constitutionnel du 29 septembre 2016, prenant effet à la date de sa publication au *Journal officiel de la République française* le 1er octobre 2016, encourt l'annulation, par voie de retranchement, l'arrêt d'une cour d'appel qui, après avoir déclaré le prévenu coupable de délits de banqueroute, commis en 2009 et 2010, prononce la faillite personnelle de celui-ci (▪ Cass. crim., 22 nov. 2017, n° 16-83.549).

Art. L. 654-7 ***(Rempl., Ord. n° 2008-1345, 18 déc. 2008).*** **– Les personnes morales déclarées responsables pénalement des infractions prévues par les articles L. 654-3 et L. 654-4 encourent les peines suivantes :**

1° L'amende, suivant les modalités prévues par l'article 131-38 du Code pénal ;

2° Les peines mentionnées à l'article 131-39 du Code pénal.

L'interdiction mentionnée au 2° de l'article 131-39 du Code pénal porte sur l'activité dans l'exercice ou à l'occasion de l'exercice de laquelle l'infraction a été commise.

Section II. – Des autres infractions

Art. L. 654-8 *(Ord. n° 2008-1345, 18 déc. 2008 ; Ord. n° 2009-112, 30 janv. 2009)*. – Est passible d'un emprisonnement de deux ans et d'une amende de 30 000 € le fait :

1° Pour toute personne mentionnée à l'article L. 654-1, de passer un acte ou d'effectuer un paiement en violation des dispositions de l'article L. 622-7 ;

2° Pour toute personne mentionnée à l'article L. 654-1, d'effectuer un paiement en violation des modalités de règlement du passif prévues au plan de sauvegarde ou au plan de redressement ou de faire un acte de disposition sans l'autorisation prévue par l'article L. 626-14 ;

3° Pour toute personne, pendant la période d'observation ou celle d'exécution du plan de sauvegarde ou du plan de redressement, en connaissance de la situation du débiteur, de passer avec celui-ci l'un des actes mentionnés aux 1° et 2° ou d'en recevoir un paiement irrégulier ;

4° Pour toute personne, de procéder à la cession d'un bien rendu inaliénable en application de l'article L. 642-10.

Art. L. 654-9. – Est puni des peines prévues par les articles L. 654-3 à L. 654-5 le fait :

1° Dans l'intérêt des personnes mentionnées à l'article L. 654-1, de soustraire, receler ou dissimuler tout ou partie des biens, meubles ou immeubles de celles-ci, le tout sans préjudice de l'application de l'article 121-7 du Code pénal ;

2° Pour toute personne, de déclarer frauduleusement dans la procédure de sauvegarde, de redressement judiciaire ou de liquidation judiciaire, soit en son nom, soit par interposition de personne, des créances supposées ;

3° Pour toute personne exerçant une activité commerciale, artisanale, agricole ou toute autre activité indépendante, sous le nom d'autrui ou sous un nom supposé, de se rendre coupable d'un des faits prévus à l'article L. 654-14.

Art. L. 654-10 *(Mod., Ord. n° 2008-1345, 18 déc. 2008)*. – Le fait, pour le conjoint, les descendants ou les ascendants ou les collatéraux ou les alliés des personnes mentionnées à l'article L. 654-1, de détourner, divertir ou receler des effets dépendant de l'actif du débiteur soumis à une procédure de redressement judiciaire ou de liquidation judiciaire, est puni des peines prévues par l'article 314-1 du Code pénal.

Art. L. 654-11. – Dans les cas prévus par les articles précédents, la juridiction saisie statue, lors même qu'il y aurait relaxe :

1° D'office, sur la réintégration dans le patrimoine du débiteur de tous les biens, droits ou actions qui ont été frauduleusement soustraits ;

2° Sur les dommages et intérêts qui seraient demandés.

Art. L. 654-12 *(Mod., Ord. n° 2016-727, 2 juin 2016)*. – I. – Est puni des peines prévues par l'article 314-2 du Code pénal le fait, pour tout administrateur, mandataire judiciaire, liquidateur ou commissaire à l'exécution du plan, y compris toute personne désignée en application des dispositions du premier alinéa du II de l'article L. 812-2 ou du III de ce même article :

1° De porter volontairement atteinte aux intérêts des créanciers ou du débiteur soit en utilisant à son profit des sommes perçues dans l'accomplissement de sa mission, soit en se faisant attribuer des avantages qu'il savait n'être pas dus ; ;

2° De faire, dans son intérêt, des pouvoirs dont il disposait, un usage qu'il savait contraire aux intérêts des créanciers ou du débiteur.

II. – Est puni des mêmes peines le fait, pour tout administrateur, mandataire judiciaire, liquidateur, commissaire à l'exécution du plan ou toute autre personne, à l'exception des représentants des salariés, de se rendre acquéreur pour son compte, directement ou indirectement, de biens du débiteur ou de les utiliser à son profit, ayant participé à un titre quelconque à la procédure. La juridiction saisie prononce la nullité de l'acquisition et statue sur les dommages et intérêts qui seraient demandés.

1) La non-consignation, par le syndic à la liquidation des biens, des fonds perçus à l'occasion de sa mission, en méconnaissance des prescriptions légales ou réglementaires, et leur utilisation à son

profit, sont constitutives du délit de malversation (■ Cass. crim., 5 juill. 1993 : *Bull. crim.* n° 239 ; *D.* 1993, inf. rap. 240).

– Justifie sa décision la cour d'appel qui, pour déclarer le prévenu coupable de malversation, énonce que celui-ci, intervenant en qualité de mandataire liquidateur à la liquidation judiciaire d'une personne, s'est abstenu de porter la créance des travaux effectués par ce dernier, pour son compte, à l'actif de la liquidation et de la recouvrer ; qu'il a ainsi fait usage, dans son intérêt personnel, d'un pouvoir dont il disposait dans le cadre de ses prérogatives pour soustraire un élément de l'actif, portant ainsi préjudice aux intérêts des créanciers et du débiteur (■ Cass. crim., 9 févr. 2005 : *Dr. pén.* 2005, comm. 80, J.-H. Robert).

2) Constituent des biens du débiteur, au sens de l'article 207, alinéa 2, de la loi du 25 janvier 1985, tous les éléments actifs et passifs du patrimoine ; ne peuvent en être exclues les créances sur le débiteur et les actions ou parts sociales de la société en redressement judiciaire, qui ouvrent droit à une quote-part de l'actif en cas de liquidation. Se rend, dès lors, coupable du délit prévu par ce texte l'administrateur au redressement judiciaire qui achète, par l'intermédiaire d'un prête-nom, des actions de la société qu'il assiste (■ Cass. crim., 19 juin 1997 : *Bull. crim.* n° 250).

3) Fait un usage de ses pouvoirs contraires aux intérêts du débiteur ou des créanciers, et commet ainsi le délit prévu par l'article 207, alinéa 1, 2°, de la loi du 25 janvier 1985, l'administrateur au redressement judiciaire qui laisse sciemment s'éteindre la créance de la société qu'il assiste sur le dirigeant social, son intérêt personnel étant caractérisé par le dessein de prendre le contrôle de la société en accord avec ce dernier (même arrêt).

4) Il se déduit de l'article 207 ancien de la loi du 25 janvier 1985, selon lequel les malversations incriminées par cet article sont punies « des peines prévues par le deuxième alinéa de l'article 408 du Code pénal », que le législateur a, quant à la répression, entendu assimiler ces malversations aux faits d'abus de confiance définis par ce second texte ; il s'ensuit que les dispositions de l'article 408, alinéa 2, ayant été reprises, à compter du 1er mars 1994, à l'article 314-2 du Code pénal, les peines prévues par ce texte ont, dès cette date, été applicables au délit prévu par l'article 207 précité (■ Cass. crim., 30 juin 1998 : *Bull. crim.* n° 209 ; *Dr. pén.* 1998, comm. 157, obs. J.-H. Robert. ■ Cass. crim., 30 juin 1999 : *Bull. crim.* n° 175).

5) Justifie sa décision la cour d'appel qui, pour déclarer coupable de malversation un administrateur judiciaire chargé d'une mission d'assistance d'entreprises placées en redressement judiciaire, énonce, d'une part, qu'il a créé et accueilli, dans ses locaux, des sociétés de façade dissimulant les liens l'unissant à ses subordonnés qui en étaient les gérants de fait, et leur a confié l'exécution d'une partie de son mandat, provoquant l'accroissement des charges de ces entreprises, réduisant le poids de ses frais généraux et recevant, nets de charge, les frais et honoraires dont il pouvait solliciter le paiement en application des barèmes légaux, d'autre part, que le « pacte de confiance » conseillant aux administrateurs judiciaires le concours d'intervenants qualifiés lorsque la situation des entreprises le justifie ne saurait autoriser une quelconque dérogation aux prescriptions du décret du 27 décembre 1985 (■ Cass. crim., 26 sept. 2001 : *Bull. crim.* n° 190 ; *Dr. pén.* 2002, comm. 9, obs. J. Robert ; *RSC* 2002, p. 340, obs. J.-F. Renucci).

6) Constitue une malversation le fait pour un mandataire judiciaire à la liquidation des entreprises de déposer et de maintenir des fonds encaissés des procédures sur des comptes professionnels non rémunérés ouverts à son nom, des avantages indus lui étant personnellement accordés en contrepartie par les banquiers intéressés (■ Cass. crim., 20 avr. 2005 : *Dr. pén.* 2005, comm. 113, obs. J.-H. Robert).

7) Un expert-comptable d'une société en liquidation judiciaire, qui n'était ni un organe de la procédure ni une personne mandatée pour y intervenir, peut acquérir un bien du débiteur et ne saurait être condamné pour malversation (■ Cass. crim., 15 déc. 2004 : *Bull. crim.* n° 321 ; *Dr. pén.* 2005, comm. 46, obs. J.-H. Robert).

8) L'audience au cours de laquelle les juges examinent la situation financière, économique et sociale du débiteur constitue la première étape de la procédure de redressement judiciaire au sens de l'article 207 (■ Cass. crim., 30 juin 1999, préc.).

9) Caractérise le fait de « se rendre acquéreur de biens du débiteur » au sens de l'article 207, la cour d'appel qui retient que le prévenu, après avoir procédé ou fait procéder aux démarches conduisant à l'acquisition de ces biens, se comporte en maître de ceux-ci ; le prononcé de la nullité de l'acquisition, prévue par l'article 207 n'est pas une condition préalable à la condamnation pour malversation (■ Cass. crim., 30 juin 1999, préc.).

10) Le point de départ de la prescription de l'action publique du délit de malversation doit être fixé au jour où l'infraction est apparue et a pu être constatée dans les conditions permettant l'exercice de l'action publique (■ Cass. crim., 9 févr. 2005 : *Bull. crim.* n° 50 ; *Dr. pén.* 2005, comm. 80, obs. J.-H. Robert).

11) Le délit de malversation commis par un mandataire judiciaire ne cause pas un préjudice direct aux sociétés victimes des détournements opérés.

Encourt, dès lors, la cassation l'arrêt qui alloue à l'UNÉDIC AGS des dommages-intérêts en réparation du préjudice résultant du défaut de remboursement des avances consenties aux salariés de diverses sociétés victimes de malversations, sans caractériser l'existence d'un préjudice personnel et direct, distinct de celui subi par ces sociétés (▪ Cass. crim., 7 mars 2012, n° 11-83.005 : *Dr. pén.* 2012, comm. 74, obs. J.-H. Robert ; *D.* 2012, p. 734 ; *Dr. sociétés* 2012, comm. 90, obs. R. Salomon).

Art. L. 654-13. – Le fait, pour le créancier, après le jugement ouvrant la procédure de sauvegarde, de redressement judiciaire ou de liquidation judiciaire, de passer une convention comportant un avantage particulier à la charge du débiteur est puni des peines prévues par l'article 314-1 du Code pénal.

La juridiction saisie prononce la nullité de cette convention.

Art. L. 654-14 ***(Mod., Ord. n° 2010-1512, 9 déc. 2010).*** **– Est puni des peines prévues aux articles L. 654-3 à L. 654-5 le fait, pour les personnes mentionnées aux 2° et 3° de l'article L. 626-1, de mauvaise foi, en vue de soustraire tout ou partie de leur patrimoine aux poursuites de la personne morale qui a fait l'objet d'un jugement d'ouverture de redressement judiciaire de sauvegarde, de redressement judiciaire ou de liquidation judiciaire ou à celles des associés ou des créanciers de la personne morale, de détourner ou de dissimuler, ou de tenter de détourner ou de dissimuler, tout ou partie de leurs biens, ou de se faire frauduleusement reconnaître débitrice de sommes qu'elles ne devaient pas.**

Est puni des mêmes peines le fait, pour l'entrepreneur individuel à responsabilité limitée qui a fait l'objet d'un jugement d'ouverture d'une procédure de sauvegarde, de redressement judiciaire ou de liquidation judiciaire à raison d'une activité à laquelle un patrimoine est affecté, de mauvaise foi, en vue de se soustraire au paiement d'une condamnation susceptible d'être prononcée ou déjà prononcée en application du deuxième alinéa de l'article L. 651-2, de détourner ou de dissimuler, ou de tenter de détourner ou de dissimuler, tout ou partie des biens de son patrimoine non affecté, ou de se faire frauduleusement reconnaître sur ce dernier débiteur de sommes qu'il ne devait pas.

Art. L. 654-15. – Le fait, pour toute personne, d'exercer une activité professionnelle ou des fonctions en violation des interdictions, déchéances ou incapacité prévues par les articles L. 653-2 et L. 653-8, est puni d'un emprisonnement de deux ans et d'une amende de 375 000 €.

1) L'article 190 de la loi du 26 juillet 2005 relative à la sauvegarde des entreprises ayant mis fin, sans rétroactivité, aux peines d'interdiction de gérer prononcées plus de quinze ans avant sa date de publication, justifie sa décision la cour d'appel qui, pour déclarer le prévenu coupable de violation d'une interdiction définitive de gérer, prononcée en 1979, relève que la commission des éléments constitutifs de l'infraction est antérieure au 27 juillet 2005, date d'entrée en vigueur de la loi et que les dispositions de l'article L. 627-4 du Code de commerce, applicable au moment des faits, incriminant le délit de violation d'une interdiction de gérer, ont été reprises par la loi précitée à l'article L. 654-15 du Code de commerce (▪ Cass. crim., 19 sept. 2007 : *Bull. crim.* n° 219 ; *Dr. pén.* 2007, comm. 161, obs. J.-H. Robert ; *RSC* 2008, p. 72, obs. E. Fortis ; *D.* 2008, études, p. 1575, par C. Mascala).

2) Ni l'article 6 de la Convention européenne, ni l'article L. 654-15 du Code de commerce, incriminant la violation d'une interdiction de gérer, n'exigent qu'une telle interdiction, lorsqu'elle est prononcée par une juridiction commerciale, ait été portée à la connaissance du prévenu dans les formes du Code de procédure pénale (▪ Cass. crim., 19 mars 2008 : *Dr. sociétés* 2008, comm. 164, obs. R. Salomon).

3) La faillite personnelle et l'interdiction de gérer s'appliquent pareillement à la gestion de droit et à la gestion de fait, quelle que soit la situation du gérant de fait au regard du droit du travail (▪ Cass. crim., 23 févr. 2011, n° 10-81.543 : *Dr. pén.* 2011, comm. 69, obs. J.-H. Robert).

Section II. – Des règles de procédure

Art. L. 654-16. – Pour l'application des dispositions des sections I et II du présent chapitre, la prescription de l'action publique ne court que du jour du jugement ouvrant la procédure de sauvegarde, de redressement judiciaire ou de liquidation judiciaire lorsque les faits incriminés sont apparus avant cette date.

L'article L. 626-16 du Code de commerce n'impose pas, comme condition de validité des poursuites engagées par le procureur de la République, leur antériorité à toute constitution de partie civile. Et si, au cours de l'information, la constitution de partie civile vient à être déclarée irrecevable par la chambre de l'instruction, la poursuite n'en a pas moins été valablement exercée en raison des réquisitions prises par le ministère public. Qu'il n'en serait autrement que si la mise en mouvement de l'action publique était subordonnée au dépôt d'une plainte préalable (■ Cass. crim., 11 avr. 2002 : *Bull. crim.* n° 87).

Art. L. 654-17. – **La juridiction répressive est saisie soit sur la poursuite du ministère public, soit sur constitution de partie civile de l'administrateur, du mandataire judiciaire, du représentant des salariés, du commissaire à l'exécution du plan, du liquidateur ou de la majorité des créanciers nommés contrôleurs agissant dans l'intérêt collectif des créanciers lorsque le mandataire de justice ayant qualité pour agir n'a pas agi, après une mise en demeure restée sans suite dans un délai et des conditions fixés par décret en Conseil d'État.**

1) Lorsqu'un débiteur a été déclaré coupable de banqueroute par détournement d'actif pour avoir vendu, après le jugement de liquidation judiciaire, un immeuble lui appartenant et en avoir encaissé le prix, le préjudice direct des créanciers, représentés par le liquidateur exerçant l'action civile, résulte non de l'insuffisance globale d'actif, mais de la diminution de l'actif nécessairement égale à la valeur du bien détourné (■ Cass. crim., 13 mars 1995 : *Bull. crim.* n° 99).

2) L'actionnaire d'une société placée en redressement ne peut pas se constituer partie civile du chef de banqueroute par détournement d'actif, en demandant par ce moyen remboursement de son apport en société (■ Cass. crim., 26 janv. 2005 : *Dr. pén.* 2006, comm. 86, obs. J.-H. Robert).

3) L'agent judiciaire du Trésor ne figure pas au nombre des personnes que l'article L. 654-17 du Code de commerce autorise seules, à se constituer partie civile du chef de banqueroute. Justifie, dès lors, sa décision, la chambre de l'instruction qui confirme l'ordonnance du juge d'instruction ayant déclaré irrecevable la constitution de partie civile de l'agent judiciaire du Trésor dans une information ouverte de ce chef (■ Cass. crim., 28 févr. 2006 : *Bull. crim.* n° 55 ; *Rev. soc.* 2006, p. 389, obs. B. Bouloc ; *Dr. sociétés* 2006, comm. 95, obs. R. Salomon).

4) Le débiteur exclu de l'énumération limitative de l'article L. 617 du Code de commerce, n'a pas qualité pour mettre en mouvement l'action publique, par voie de citation directe, du chef de malversation (■ Cass. crim., 10 mars 2010, n° 09-82.063 : *Bull. crim.* n° 50 ; *Dr. pén.* 2010, comm. 86, obs. J.-H. Robert ; *D.* 2010, p. 2758, note B. Bouloc).

5) Le commissaire à l'exécution du plan peut, devant la juridiction répressive, exercer contre le dirigeant l'action en réparation du préjudice découlant directement du délit de banqueroute, qui a un objet totalement distinct de l'action en comblement de passif intentée devant la juridiction civile ou commerciale (■ Cass. crim., 11 juin 2008 : *Dr. sociétés* 2008, comm. 235, obs. R. Salomon).

6) Justifie sa décision la cour d'appel qui déclare recevable la constitution de partie civile d'une société, en sa qualité de cessionnaire de la société visée par une procédure collective, et lui alloue des dommages et intérêts, dès lors que l'article L. 654-17 du Code de commerce n'interdit pas que toute personne ayant personnellement souffert des conséquences directes d'une banqueroute puisse se constituer partie civile pour obtenir réparation de son préjudice et que le cessionnaire des actifs de la société en redressement judiciaire subit un préjudice direct résultant du détournement de certains des actifs, objet de la cession (■ Cass. crim., 30 oct. 2013, n° 12-86.707 : *JurisData* n° 2013-023972 ; *Dr. pén.* 2013, comm. 175, obs. J.-H. Robert ; *Dr. sociétés* 2014, comm. 17, note R. Salomon).

7) Si l'article L. 654-17 du Code de commerce n'interdit pas à un créancier de se constituer partie civile par voie d'intervention dans une information ouverte notamment du chef de banqueroute par détournement d'actif, c'est à la condition que soit invoqué, par cette partie civile, un préjudice particulier distinct du montant de sa créance déclarée dans la procédure collective ouverte contre son débiteur et résultant directement de l'infraction (■ Cass. crim., 17 juin 2014 : *Bull. crim.* n° 150).

8) En vertu de l'article L. 654-17, le liquidateur peut se constituer partie civile sans avoir à justifier d'un préjudice (■ Cass. crim., 21 oct. 2020, n° 19-86.676).

Art. L. 654-18. – **Le ministère public peut requérir de l'administrateur ou du liquidateur la remise de tous les actes et documents détenus par ces derniers.**

Art. L. 654-19 *(L. n° 2005-845, 26 juill. 2005)*. – **Les frais de la poursuite intentée par l'administrateur, le mandataire judiciaire, le représentant des créanciers, le représentant des salariés, le commissaire à l'exécution du plan ou le liquidateur sont supportés par le Trésor public, en cas de relaxe.**

En cas de condamnation, le Trésor public ne peut exercer son recours contre le débiteur qu'après la clôture des opérations de liquidation judiciaire.

Art. L. 654-20. – **Les jugements et arrêts de condamnation rendus en application du présent chapitre sont publiés aux frais du condamné.**

SOCIÉTÉS

Bibliographie : Ph. Conte, W. Jeandidier et J.-Y. Maréchal, *Sociétés : JCl. Lois pénales spéciales.* • Vitu, *Regard sur le droit pénal des sociétés* in *Mélanges Roblot*, p. 247 et s. • W. Jeandidier, *Abus des biens, du crédit, du pouvoir ou des voix : JCl. sociétés*, fasc. 132 B. • Fl. Deboissy et G. Wicker, *Code des sociétés et autres groupements*, éd. LexisNexis, 2017. • Ph. Pétel, Code de commerce 2014, éd. LexisNexis, août 2013. • L. Gamet, *Le principe de personnalité des peines à l'épreuve des fusions et des scissions de sociétés : JCP* 2001, I, 345. • B. Bouloc, *La dépénalisation dans le droit des affaires : D.* 2003, chr., p. 2492. • J.-H. Robert, *Tableau récapitulatif des dépénalisations opérées depuis 2003 dans le droit des sociétés par actions : Dr. pén.* 2005, étude 3.

Code de commerce

(Ord. n° 2000-912, 18 sept. 2000)

1) INFRACTIONS CONCERNANT LES SOCIÉTÉS À RESPONSABILITÉ LIMITÉE

Art. L. 241-1 *(Abr., L. n° 2012-387, 22 mars 2012).*

Art. L. 241-2 *(Mod., Ord. n° 2004-274, 25 mars 2004).* – **Est puni d'un emprisonnement de six mois et d'une amende de 9 000 € le fait, pour des gérants, d'émettre, directement ou par personne interposée, pour le compte de la société des valeurs mobilières quelconques à l'exception des obligations émises dans les conditions déterminées par l'article L. 223-11.**

Art. L. 241-3 *(Mod., L. n° 2013-907, 11 oct. 2013 ; L. n° 2013-907, 11 oct. 2013 ; L. n° 2013-1117, 6 déc. 2013).* – **Est puni d'un emprisonnement de cinq ans et d'une amende de 375 000 € :**

1° Le fait, pour toute personne, de faire attribuer frauduleusement à un apport en nature une évaluation supérieure à sa valeur réelle ;

2° Le fait, pour les gérants, d'opérer entre les associés la répartition de dividendes fictifs, en l'absence d'inventaire ou au moyen d'inventaires frauduleux ;

3° Le fait, pour les gérants, même en l'absence de toute distribution de dividendes, de présenter aux associés des comptes annuels ne donnant pas, pour chaque exercice, une image fidèle du résultat des opérations de l'exercice, de la situation financière et du patrimoine à l'expiration de cette période en vue de dissimuler la véritable situation de la société ;

4° Le fait, pour les gérants, de faire, de mauvaise foi, des biens ou du crédit de la société, un usage qu'ils savent contraire à l'intérêt de celle-ci, à des fins personnelles ou pour favoriser une autre société ou entreprise dans laquelle ils sont intéressés directement ou indirectement ;

5° Le fait, pour les gérants, de faire, de mauvaise foi, des pouvoirs qu'ils possèdent ou des voix dont ils disposent, en cette qualité, un usage qu'ils savent contraire aux intérêts de la société, à des fins personnelles ou pour favoriser une autre société ou une autre entreprise dans laquelle ils sont intéressés directement ou indirectement.

Outre les peines complémentaires prévues à l'article L. 249-1, le tribunal peut également prononcer à titre de peine complémentaire, dans les cas prévus au présent article, l'interdiction des droits civiques, civils et de famille prévue à l'article 131-26 du Code pénal.

L'infraction définie au 4° est punie de sept ans d'emprisonnement et de 500 000 € d'amende lorsqu'elle a été réalisée ou facilitée au moyen soit de comptes ouverts ou de contrats souscrits auprès d'organismes établis à l'étranger, soit de l'interposition de personnes physiques ou morales ou de tout organisme, fiducie ou institution comparable établis à l'étranger.

Art. L. 241-4. – Est puni d'une amende de 9 000 € :

1° Le fait, pour les gérants, de ne pas, pour chaque exercice, dresser l'inventaire, établir les comptes annuels et un rapport de gestion ;

2° et 3° *(Abr., L. n° 2001-420, 15 mai 2001).*

Art. L. 241-5 *(L. n° 2012-387, 22 mars 2012).* – Est puni de 9 000 € d'amende le fait, pour les gérants, de ne pas soumettre à l'approbation de l'assemblée des associés ou de l'associé unique l'inventaire, les comptes annuels et le rapport de gestion établis pour chaque exercice.

Art. L. 241-6 *(Abr., L. n° 2012-387, 22 mars 2012).*

Art. L. 241-7 *(Abr., L. n° 2003-721, 1er août 2003).*

Art. L. 241-8 *(Abr., L. n° 2001-420, 15 mai 2001).*

Art. L. 241-9. – Les dispositions des articles L. 241-2 à L. 241-6 sont applicables à toute personne qui, directement ou par personne interposée, aura, en fait, exercé la gestion d'une société à responsabilité limitée sous le couvert ou au lieu et place de son gérant légal.

2) INFRACTIONS CONCERNANT LES SOCIÉTÉS ANONYMES

a) Des infractions relatives à la constitution

Art. L. 242-1 *(L. n° 2012-387, 22 mars 2012 ; mod., Ord. n° 2019-1067, 21 oct. 2019).* – Est puni de 150 000 € d'amende le fait, pour les fondateurs, le président, les administrateurs ou les directeurs généraux d'une société anonyme, d'émettre ou négocier des actions ou des coupures d'actions sans que les actions de numéraire aient été libérées à la souscription de la moitié au moins ou sans que les actions d'apport aient été intégralement libérées avant l'immatriculation de la société au registre du commerce et des sociétés.

La peine prévue au présent article peut être portée au double lorsque les actions ou coupures d'actions ont fait l'objet d'une offre au public, à l'exception des offres mentionnées au 1° ou au 2° de l'article L. 411-2 du Code monétaire et financier ou à l'article L. 411-2-1 du même code.

Art. L. 242-2. – Est puni d'un emprisonnement de cinq ans et d'une amende de 9 000 € le fait, pour toute personne :

1° à 3° *(Abr., L. n° 2001-420, 15 mai 2001).*

4° De faire attribuer frauduleusement à un apport en nature une évaluation supérieure à sa valeur réelle.

Art. L. 242-3 *(Rempl., L. n° 2012-387, 22 mars 2012).* – Est puni de 150 000 € d'amende le fait, pour les titulaires ou porteurs d'actions, de négocier des actions de numéraire pour lesquelles le versement de la moitié n'a pas été effectué.

Art. L. 242-4 *(Abr., L. n° 2012-387, 22 mars 2012).*

Voir : anc. art. 435, L. 24 juillet 1966.

Art. L. 242-5. – Est puni d'un emprisonnement de six mois et d'une amende de 9 000 euros le fait d'accepter ou de conserver les fonctions de commissaire aux apports, nonobstant les incompatibilités et interdictions légales.

Voir : anc. art. 436, L. 24 juillet 1966.

b) Des infractions relatives à la direction et à l'administration

Art. L. 242-6 *(Mod., L. n° 2013-907, 11 oct. 2013 ; L. n° 2013-1117, 6 déc. 2013).* – Est puni d'un emprisonnement de cinq ans et d'une amende de 375 000 € le fait pour :

1° Le président, les administrateurs ou les directeurs généraux d'une société anonyme d'opérer entre les actionnaires la répartition de dividendes fictifs, en l'absence d'inventaire, ou au moyen d'inventaires frauduleux ;

2° Le président, les administrateurs ou les directeurs généraux d'une société anonyme de publier ou présenter aux actionnaires, même en l'absence de toute distribution de dividendes, des comptes annuels ne donnant pas,

pour chaque exercice, une image fidèle du résultat des opérations de l'exercice, de la situation financière et du patrimoine, à l'expiration de cette période, en vue de dissimuler la véritable situation de la société ;

3° Le président, les administrateurs ou les directeurs généraux d'une société anonyme de faire, de mauvaise foi, des biens ou du crédit de la société, un usage qu'ils savent contraire à l'intérêt de celle-ci, à des fins personnelles ou pour favoriser une autre société ou entreprise dans laquelle ils sont intéressés directement ou indirectement ;

4° Le président, les administrateurs ou les directeurs généraux d'une société anonyme de faire, de mauvaise foi, des pouvoirs qu'ils possèdent ou des voix dont ils disposent, en cette qualité, un usage qu'ils savent contraire aux intérêts de la société, à des fins personnelles ou pour favoriser une autre société ou entreprise dans laquelle ils sont intéressés directement ou indirectement.

Outre les peines complémentaires prévues à l'article L. 249-1, le tribunal peut également prononcer à titre de peine complémentaire, dans les cas prévus au présent article, l'interdiction des droits civiques, civils et de famille prévue à l'article 131-26 du Code pénal.

L'infraction définie au 3° est punie de sept ans d'emprisonnement et de 500 000 € d'amende lorsqu'elle a été réalisée ou facilitée au moyen soit de comptes ouverts ou de contrats souscrits auprès d'organismes établis à l'étranger, soit de l'interposition de personnes physiques ou morales pu de tout organisme, fiducie ou institution comparable établis à l'étranger.

1) Le délit de présentation ou publication de comptes annuels infidèles prévu par l'article L. 242-6, 2° du Code de commerce, est de nature à causer un préjudice personnel et direct à chaque associé ou actionnaire (■ Cass. crim., 30 janv. 2002 : *Bull. crim.* n° 14).

2) La présentation des comptes annuels consolidés est exclue du champ d'application du délit de présentation ou publication de comptes infidèles prévu par l'article L. 242-6, 2°, du Code de commerce. Seule l'absence d'établissement de tels comptes, dont l'objet est de présenter l'état comptable d'un groupe de sociétés, est incriminée par l'article L. 247-1 du même code, leur infidélité n'entrant donc pas dans le champ d'application de l'article L. 242-6 (■ Cass. crim., 17 févr. 2021, n° 20-82.068).

....

3) INFRACTIONS CONCERNANT LES SOCIÉTÉS EN COMMANDITE PAR ACTIONS

Art. L. 243-1. – **Les articles L. 242-1 à L. 242-29 s'appliquent aux sociétés en commandite par actions.**

Les peines prévues pour les présidents, les administrateurs ou les directeurs généraux des sociétés anonymes sont applicables, en ce qui concerne leurs attributions, aux gérants des sociétés en commandite par actions.

....

4) INFRACTIONS COMMUNES AUX DIVERSES FORMES DE SOCIÉTÉS PAR ACTIONS

Art. L. 246-1 *(Abr., L. n° 2003-721, 1er août 2003).*

Art. L. 246-2 *(L. n° 2003-721, 1er août 2003 ; L. n° 2005-842, 26 juill. 2005).* – **Les dispositions des articles L. 242-1 à L. 242-29, L. 243-1 et L. 244-5 visant le président, les administrateurs ou les directeurs généraux de sociétés anonymes ou de sociétés européennes et les gérants de sociétés en commandite par actions sont applicables à toute personne qui, directement ou par personne interposée, a, en fait, exercé la direction, l'administration ou la gestion desdites sociétés sous le couvert ou au lieu et place de leurs représentants légaux.**

....

Art. L. 820-7 *(Mod., L. n° 2011-525, 17 mai 2011).* – **Est puni d'un emprisonnement de cinq ans et d'une amende de 75 000 € le fait, pour toute personne exerçant les fonctions de commissaire aux comptes, de donner ou confirmer des informations mensongères sur la situation de la personne morale ou de ne pas révéler au procureur de la République les faits délictueux dont elle a eu connaissance.**

• ***Sommaire***

I – MAJORATION FRAUDULEUSE DES APPORTS EN NATURE (C. COM., ART. L. 241-3, 1°, L. 242-2, 4° ET L. 243-1) 1099

II – ABUS DES BIENS DU CRÉDIT ET DES POUVOIRS (C. COM. ART. L. 241-3, 4° ET L. 242-6, 3°) 1099

III – PRÉSENTATION OU PUBLICATION D'UN BILAN INEXACT (C. COM. ART. L. 241-3, 3° ET L. 242-6) 1109

IV – DISTRIBUTION DE DIVIDENDES FICTIFS (C. COM., ART. L. 241-3, 2° ET L. 242-6, 2°) 1110

V – INFORMATION MENSONGÈRE ET NON-RÉVÉLATION DE FAITS DÉLICTUEUX PAR LES COMMISSAIRES AUX COMPTES (C. COM., ART. L. 820-7) 1110

I – MAJORATION FRAUDULEUSE DES APPORTS EN NATURE (C. COM., ART. L. 241-3, 1°, L. 242-2, 4° ET L. 243-1)

1) Est coupable du délit de majoration frauduleuse d'apports en nature prévu et réprimé par l'article 433-4° de la loi du 24 juillet 1966 le commissaire aux apports qui, chargé d'apprécier la valeur des apports en nature faits à une société à l'occasion d'une augmentation de capital, a fait une évaluation très supérieure à la valeur réelle des titres apportés, alors qu'il connaissait les graves inexactitudes des estimations ; en effet, s'il est vrai que ce texte ne précise pas ce qu'il faut entendre par valeur réelle et qu'en conséquence les commissaires peuvent être amenés à prendre en considération certains critères objectifs étrangers à la simple valeur vénale ou marchande des biens apportés, ils ne sauraient cependant être autorisés, quelle que soit la méthode qu'ils ont choisie, à dissimuler volontairement des éléments d'appréciation de nature à entraîner une réduction importante de la valeur de ces biens (▪ Cass. crim., 12 avr. 1976 : *JCP* 1977, II, 18523, note Guyon ; *Rev. soc.* 1977, 293, note B. Bouloc. – V. aussi, rendus dans cette même affaire, affaire *Willot :* ▪ T. corr. Paris, 16 mai 1974 : *D.* 1975, 37, et ▪ Paris, 3 mai 1975 ; *Gaz. Pal.* 1976, 1, 8, note A. P. S. – *Adde* M. Trochu, M. Jeantin et D. Langé, *De quelques applications particulières du droit pénal des sociétés au phénomène économique des groupes de sociétés : D.* 1975, chron. p. 7).

2) Les commissaires aux apports qui apprécient sous leur responsabilité la valeur réelle d'un bien en nature apporté à une société commerciale ne peuvent, comme les apporteurs eux-mêmes, dissimuler les éléments de dépréciation du bien. Le commissaire aux apports et l'apporteur qui, lors de la constitution d'une société à responsabilité limitée, ont dissimulé en pleine connaissance de cause l'existence de sûretés grevant un fonds de commerce apporté en nature, se rendent coupables du délit prévu et réprimé par l'article 425-1° de la loi du 24 juillet 1966 (▪ Cass. crim., 22 janv. 1990 : *Bull. crim.* n° 35 ; *Rev. soc.* 1990, 456, note B. Bouloc).

II – ABUS DES BIENS DU CRÉDIT ET DES POUVOIRS (C. COM. ART. L. 241-3, 4° ET L. 242-6, 3°)

3) Abus des pouvoirs. Constitue une utilisation abusive des pouvoirs le fait pour le gérant d'une banque d'inciter un certain nombre de clients de la banque à retirer les fonds qu'ils y avaient en dépôt afin de les lui confier personnellement pour en assurer le placement dans des conditions plus avantageuses, un tel comportement ayant fait courir à la banque le risque d'être appelée à se substituer au prévenu en cas de défaillance de sa part et celui d'encourir les sanctions de la Commission de contrôle des banques (▪ Cass. crim., 19 nov. 1979 : *Bull. crim.* n° 325).

4) Le délit d'abus de pouvoirs exige que son auteur sache, au moment même de l'acte constitutif du délit, que l'usage qu'il fait est contraire aux intérêts de la société qu'il dirige. Cassation de l'arrêt qui, pour retenir le délit contre les membres du directoire d'une société anonyme consistant dans le fait d'avoir fait souscrire à cette société un marché de sous-traitance avec une entreprise dans laquelle ils ont des intérêts, se borne à énoncer que la réalité du risque était inhérente audit marché, sans rechercher si à la date de la signature du contrat, les dirigeants avaient sciemment fait courir à la société un risque anormal (▪ Cass. crim., 16 janv. 1989 : *Bull. crim.* n° 17 ; *Rev. soc.* 1989, 687, note B. Bouloc).

5) Encourt la cassation l'arrêt qui, pour retenir contre le président du conseil d'administration et un administrateur d'une société anonyme le délit d'abus de pouvoirs, prévu et puni par l'article 437, 4° de la loi du 24 juillet 1966, et de complicité de ce délit consistant dans le fait d'avoir passé une convention avec une entreprise dans laquelle ils ont des intérêts, se borne à énoncer qu'en signant la convention litigieuse sans avoir obtenu l'autorisation préalable du conseil d'administration, les prévenus ne pouvaient ignorer l'irrégularité de l'acte et l'avantage financier que devait en retirer cette entreprise et que les conséquences dommageables pour la société anonyme résultent des résultats de celle-ci après application de la convention, sans démontrer que lors de la signature de la convention, les prévenus avaient sciemment cherché à favoriser une société au détriment de l'autre ni qu'une atteinte avait été portée à la société anonyme (▪ Cass. crim., 13 déc. 2000 : *Bull. crim.* n° 378).

Mais, commet le délit prévu à l'article 437-4°, le président du conseil d'administration d'une société anonyme qui use de ses pouvoirs pour organiser une fusion-absorption contraire à l'intérêt de la société et avantageuse pour lui-même et d'autres sociétés dans lesquelles il est intéressé directement ou indirectement (▪ Cass. crim., 10 juill. 1995 : *Bull. crim.* n° 253).

6) Commet le délit d'abus de pouvoirs, le président du conseil d'administration d'une société, qui, pour obtenir le déplafonnement et l'entière variabilité de sa rémunération, s'assure le contrôle du comité des rémunérations et ne met pas les membres du conseil d'administration en mesure de remplir leur mission, dès lors que ces agissements ont eu des conséquences sur les charges financières et l'image de la société (▪ Cass. crim., 16 mai 2012, n° 11-85.150 : *Bull. crim.* n° 127 ; *Dr. pén.* 2012, comm. 104, obs. J.-H. Robert ; *AJ pénal* 2012, p. 540, note B. Bouloc ; *RSC* 2012, p. 565, obs. H. Matsopoulou).

7) Abus du crédit. Constitue un abus du crédit de la société le fait pour le président directeur général d'une société anonyme de se faire consentir des garanties hypothécaires pour obtenir le paiement, soit d'une créance fictive, soit de créances réelles, mais simplement chirographaires, qu'il détient sur la société qu'il administre, alors que, connaissant les difficultés financières graves de cette société et désireux d'y échapper, il a décidé de s'en retirer (▪ Cass. crim., 12 juin 1978 : *Bull. crim.* n° 189).

8) Commet un abus du crédit de la société, et non une tentative d'usage abusif des biens sociaux (la tentative n'étant pas prévue par l'article L. 242-6, 3° du Code de commerce), le prévenu, président d'une société, qui émet un chèque, par la suite non encaissé, sur le compte bancaire de cette société en paiement du prix d'achat par lui-même, à des fins personnelles, d'actions de ladite société (▪ Cass. crim., 5 déc. 2001 : *Dr. pén.* 2002, comm. 42, obs. J.-H. Robert).

9) Notion d'abus. Selon les dispositions des articles 425, 4°, et 437-3°, de la loi du 24 juillet 1996, l'usage des biens ou du crédit d'une société n'est abusif que s'il est contraire à l'intérêt de celle-ci et fait dans l'intérêt, direct ou indirect, de son dirigeant ; ne met pas la Cour de cassation en mesure de s'assurer de la légalité de sa décision, la cour d'appel qui relève que le versement d'une commission à un tiers, sous couvert d'une fausse facture, est sans contrepartie pour la société, tout en constatant par ailleurs que ce versement a pu avoir pour résultat de minorer substantiellement la dette de celle-ci envers le Trésor public (▪ Cass. crim., 6 févr. 1997 : *Bull. crim.* n° 48 ; *JCP* 1997, II, 22823, note M. Pralus ; *Gaz. Pal.*, 6-8 avr. 1997, 22, note J.-P. Doucet ; *Dr. pén.* 1997, comm. 63, obs. J.-H. Robert) – À rappr. ▪ Cass. crim., 24 oct. 1996 : *JurisData* n° 1996-004906 ; *Dr. pén.* 1997, comm. 41, obs. M. Véron ; *RSC* 1997, 395, obs. J.-F. Renucci. – Voir l'étude de M. Pralus, *Contribution au procès du délit d'abus de biens sociaux : JCP* 1997, I, 4001. – D. Rebut, *L'Abus de biens sociaux par abstention* : *D.* 2005, chron., p. 1290.

Le défaut de tenue de comptabilité ne peut à lui seul caractériser l'abus de biens sociaux (▪ Cass. crim., 20 janv. 2021, n° 19-87.955), de même que le fait de dissimuler, dans des écritures comptables irrégulières, des opérations de prélèvement sur des biens sociaux ne constitue pas à lui seul l'infraction si les faits litigieux n'ont pas porté atteinte aux biens ni aux intérêts de la société qui y a consenti (▪ Cass. crim., 15 sept. 2021, n° 20-85.495).

10) Groupe de sociétés. L'appréciation de l'acte contraire à l'intérêt social, lorsque la société fait partie d'un groupe, doit être modifiée : il faut prendre en considération l'intérêt du groupe qui peut sous certaines conditions, justifier l'acte contraire à l'intérêt de la société, V. ▪ Cass. crim., 16 déc. 1975 : *JCP* 1976, II, 18476, note M. Delmas-Marty. ▪ T. corr. Paris, 16 mai 1974, préc. *supra* n° 1. ▪ TGI Mulhouse, 25 mars 1983 : *D.* 1984, 285, note Cl. Ducouloux-Favard. V. Léauté, *La reconnaissance de la notion de groupe en droit pénal des affaires : JCP* 1973, 1, 2551.

Pour échapper aux prévisions des articles 425 (4°) et 437 (3°) de la loi du 24 juillet 1966, le concours financier apporté par les dirigeants de fait ou de droit d'une société, à une autre entreprise d'un même groupe dans laquelle ils sont intéressés directement ou indirectement, doit être dicté par un intérêt économique, social ou financier commun, apprécié au regard d'une politique élaborée pour l'ensemble de ce groupe, et ne doit ni être démuni de contrepartie ou rompre l'équilibre entre les engagements respectifs des diverses sociétés concernées, ni excéder les possibilités financières de celle qui en supporte la charge (▪ Cass. crim., 4 févr. 1985 : *Bull. crim.* n° 54 ; *JCP* 1986, II, 20585, note W. Jeandidier ; *D.* 1985, 478, note D. Ohl ; *Rev. soc.* 1985, 648, note B. Bouloc. ▪ Cass. crim., 13 févr. 1989 : *Bull. crim.* n° 69 ; *RSC* 1989, 692, note B. Bouloc ; V. aussi B. Bouloc, *Droit pénal et groupes d'entreprises : Rev. soc.* 1988, 181. – Voir aussi, ▪ Cass. crim., 4 sept. 1996 : *Bull. crim.* n° 314. ▪ Cass. crim., 20 mars 2007 : *Bull. crim.* n° 86 ; *Dr. sociétés* 2007, comm. 141, obs. R. Salomon. ▪ Cass.

crim., 24 sept. 2008 : *Dr. sociétés* 2008, comm. 258, obs. R. Salomon).

11) Responsabilité. Le président directeur général d'une filiale n'échappe pas à la prévention d'abus de biens sociaux pour la seule raison que, assujetti au contrôle d'une société mère, il serait privé de sa « souveraineté » dans l'exercice de ses fonctions (▪ Cass. crim., 31 mai 2012, n° 11-86.234 : *Dr. pén.* 2012, comm. 132, obs. J.-H. Robert).

12) Sociétés concernées. Justifie sa décision la cour d'appel qui, pour dire les dispositions de l'article L. 242-6 du Code de commerce applicables aux détournements commis au préjudice d'une société ayant son siège social statutaire à l'étranger, relève que son capital est détenu majoritairement par une société française, qu'elle a un établissement en France, immatriculé au registre du commerce, que son président réside à Paris, que les décisions d'octroyer les avances frauduleuses ont été prises en France, et en déduit que le siège social réel de cette société est en France et qu'elle doit être considérée comme de nationalité française (▪ Cass. crim., 31 janv. 2007 : *Bull. crim.* n° 28 ; *RSC* 2007, p. 310, obs. D. Rebult ; *Rev. des sociétés* 2007, p. 379, obs. B. Bouloc).

13) Biens sociaux. Les biens sociaux sont l'ensemble de l'actif mobilier et immobilier de la société : en font ainsi partie le mobilier et le matériel (▪ Cass. crim., 30 janv. 1974 : *Bull. crim.* n° 48), les créances (▪ Cass. crim., 15 mars 1972 : *Bull. crim.* n° 107 ; *Rev. soc.* 1973, 357, note B. Bouloc), les fonds de la société : commet ainsi un abus des biens sociaux le dirigeant qui s'octroie des rémunérations excessives ou qui désintéresse des créanciers personnels avec les fonds de la société (▪ Cass. crim., 25 nov. 1975 : *JCP* 1976, II, 18476, note M. Delmas-Marty ; *Rev. soc.* 1976, 655, note B. Bouloc. ▪ Cass. crim., 6 oct. 1980 : *D.* 1981, IR, 144) ou qui paie à des fins personnelles des factures sans cause à l'aide des deniers de la société (▪ Cass. crim., 19 oct. 1987 : *Bull. crim.* n° 353).

14) Définition de l'intérêt personnel. En matière d'abus de biens sociaux, l'intérêt personnel peut être aussi bien moral que matériel et résulter, notamment, comme en l'espèce, du souci d'entretenir de bonnes relations avec un tiers proche des sphères politiques (▪ Cass. crim., 15 sept. 1999 : *Dalloz Affaires* 2000, jur. p. 319, note A. Médina ; V. l'arrêt de cassation du 6 févr. 1997, *supra* note 8, intervenu dans la même espèce).

15) S'il n'est pas justifié qu'ils ont été utilisés dans le seul intérêt de la société, les fonds sociaux, prélevés de manière occulte par un dirigeant social, l'ont nécessairement été dans son intérêt personnel (▪ Cass. crim., 11 janv. 1996 : *Bull. crim.* n° 21. ▪ Cass. crim., 14 juin 2006 : *Dr. pén.* 2006, comm. 127, obs. J.-H. Robert), que cet intérêt personnel soit direct ou indirect (▪ Cass. crim., 20 juin 1996 : *Bull. crim.* n° 271 ; *D.* 1996, 589, note B. Bouloc).

S'il n'est pas justifié qu'ils ont été utilisés dans le seul intérêt de la société, les biens sociaux, cédés de manière occulte par un dirigeant social, l'ont nécessairement été dans son intérêt personnel (▪ Cass. crim., 24 sept. 2008 : *Bull. crim.* n° 196 ; *Dr. pén.* 2009, comm. 10, obs. J.-H. Robert ; *Dr. sociétés* 2008, comm. 234, obs. R. Salomon).

16) Aucune disposition légale n'exige que l'usage des biens sociaux ait eu lieu à des fins exclusivement personnelles (▪ Cass. crim., 14 mai 2003 : *Bull. crim.* n° 97 ; *D.* 2004, jur. p. 319, obs. M. Segonds. ▪ Cass. crim., 25 oct. 2006 : *Bull. crim.* n° 254).

17) Encourt la cassation, pour défaut de motifs, la cour d'appel qui déclare le dirigeant d'une société coupable d'abus de biens sociaux, sans rechercher si ce dirigeant avait pris un intérêt personnel direct ou indirect dans le règlement de fausses factures qu'il a accepté d'effectuer (▪ Cass. crim., 1er mars 2000 : *Bull. crim.* n° 101) ou en employant fictivement « un chargé de mission » (▪ Cass. crim., 4 nov. 2004 : *Dr. pén.* 2005, comm. 44, obs. J.-H. Robert ; *JCP* 2005, II, 10051, note J.-H. Robert).

18) La simple utilisation abusive des biens suffit à caractériser l'infraction en dehors de toute volonté d'appropriation définitive (▪ Cass. crim., 8 mars 1967 : *D.* 1967, 586, note A. Dalsace).

Voir : H. Matsopoulou, le retour en grâce de l'intérêt personnel dans l'abus de biens sociaux : *D.* 2005, chron., p. 2075 ; J.-P. Brouillaud, *Faut-il supprimer la notion d'intérêt personnel dans la définition de l'abus de biens sociaux ? : D.* 2008, p. 375, chron.

En l'absence de justification de leur caractère social, les dépenses de réception et de cadeaux d'affaire engagées par le gérant d'une société, au moyen de fonds sociaux, l'ont nécessairement été dans son intérêt personnel (▪ Cass. crim., 30 janv. 2019, n° 17-85.304).

Constitue un abus de biens sociaux le fait pour le prévenu de procéder à une facturation mensongère, établie au détriment de la société victime, spoliée du prix de ses prestations au bénéfice d'une EURL dans laquelle il était directement intéressé (▪ Cass. crim., 10 nov. 2020, n° 19-80.557).

19) Usage des biens contraire à l'intérêt social. Caractérise l'abus de biens sociaux, quel que soit l'avantage à court terme qu'elle peut procurer, l'utilisation des fonds sociaux ayant pour seul objet de commettre un délit tel que la corruption ; celle-ci est contraire à l'intérêt social en ce qu'elle expose la personne morale au risque anormal de sanctions pénales ou fiscales contre elle-même et ses dirigeants et porte atteinte à son crédit et à sa réputation (▪ Cass. crim., 27 oct. 1997 : *Bull. crim.* n° 352 ; *Dr. pén.* 1998, comm. 21, obs. J.-H. Robert ; *JCP* 1998, II, 10017, note M. Pralus). ▪ Cass. crim., 19 sept. 2007 : *JurisData* n° 2007-041204 ; *Dr. pén.* 2007, comm. 156, obs. J.-H. Robert).

La corruption du salarié d'une entreprise cliente constitue un abus de biens sociaux commis au préjudice de la société corruptrice, l'utilisation des fonds pour commettre un délit étant contraire à l'intérêt social (▪ Cass. crim., 22 sept. 2004 : *Dr. pén.* 2004, comm. 178, obs. J.-H. Robert).

20) Justifie sa décision la cour d'appel qui, pour déclarer les prévenus coupables d'abus de biens sociaux, retient, notamment, que par les procédés de tenue irrégulière de comptabilité et de fausses imputations de factures les prévenus ont fait des biens de la société un usage contraire à son intérêt en exposant la personne morale ou ses dirigeants à des poursuites pénales ou fiscales (▪ Cass. crim., 14 mai 2003 : *Bull. crim.* n° 97).

21) A été déclaré coupable l'abus de biens sociaux l'un des dirigeants d'une société qui a fait des usages abusifs personnels de biens de cette société qui provenaient en grande partie d'infractions pénales par lui commises (▪ Cass. crim., 3 oct. 2007 : *JurisData* n° 2007-041311 ; *Dr. sociétés* 2007, comm. 226, obs. R. Salomon).

22) L'usage contraire à l'intérêt social peut résulter d'un usage exposant l'actif de la société à un risque de pertes, sans qu'il soit nécessaire de rechercher ni d'établir l'existence d'un préjudice réel (▪ Cass. crim., 8 déc. 1971 : *Bull. crim.* n° 346).

23) L'utilisation des fonds d'une société, aurait-elle cessé toute activité, à seule fin de permettre le fonctionnement d'une structure dépourvue de la personnalité morale, est nécessairement contraire à l'intérêt social (▪ Cass. crim., 19 oct. 2005 : *Bull. crim.* n° 261).

24) L'intérêt social est un élément constitutif de l'abus de biens sociaux que les juges du fond doivent en conséquence caractériser (▪ Cass. crim., 20 janv. 2021, n° 19-87.955 : *JurisData* n° 2021-001122 ; *Dr. sociétés* 2021, comm. 42, note R. Salomon ; *Dr. pén.* 2021, comm. 55. ▪ Cass. crim., 15 sept. 2021, n° 20-85.495 : *JurisData* n° 2021-014481 ; *Dr. pén.* 2021, comm. 187, note J.-R. Robert. ▪ Cass. crim., 17 nov. 2021, n° 20-82.448 : *JurisData* n° 2021-018549).

25) Applications diverses. Agit à des fins personnelles (dol spécial) le maire qui, par souci électoral impose l'implantation d'un ensemble immobilier pour compenser les conséquences fâcheuses sur le plan électoral de l'implantation d'un autre ensemble édifié sur la commune (▪ Cass. crim., 16 févr. 1971 : *Bull. crim.* n° 53 ; *Rev. soc.* 1971, 423, note B. Bouloc) ou le dirigeant qui agit, poussé par le seul désir de maintenir et d'entretenir des relations d'amitié avec un tiers (▪ Cass. crim., 8 déc. 1971 : *Bull. crim.* n° 346 ; *Rev. soc.* 1972, 514, note B. Bouloc) ou animé de la volonté de sauvegarder la réputation d'une famille (▪ Cass. crim., 3 mai 1967 : *Bull. crim.* n° 148) ou désireux de consolider sa situation au sein de la société et d'entretenir, par des faveurs, des relations avantageuses avec des personnages influents (▪ Cass. crim., 9 févr. 1987 : *Bull. crim.* n° 61).

26) Un administrateur de deux sociétés qui a, de mauvaise foi, employé à son profit des effets et des sommes qui revenaient aux sociétés, obéré dans son intérêt leur trésorerie en se faisant consentir des avances injustifiées, facturé aux sociétés des fournitures non effectivement livrées et bénéficié indûment de rémunérations excessives et d'avantages en nature, est coupable des délits d'abus de biens et de crédit social (▪ Cass. crim., 25 nov. 1975, préc. *supra*, n° 10. – V. aussi ▪ Cass. crim., 6 oct. 1980 : *D.* 1981, IR, 144, obs. G. Roujou de Boubée).

27) Constitue un abus de biens sociaux le fait pour des dirigeants d'une société, par un protocole secret, de consentir au précédent président de la société, dont ils redoutaient qu'il puisse leur nuire, des rémunérations ne correspondant à aucune activité effective (▪ Cass. crim., 28 mars 1996 : *Bull. crim.* n° 142).

28) Justifie sa décision la cour d'appel qui déclare le prévenu coupable d'abus de biens sociaux pour avoir loué à la société, dans son seul intérêt, des locaux dont il était propriétaire et devenus inutiles à cette société tant économiquement que commercialement, engendrant pour celle-ci un coût important et aggravant sa situation déjà financièrement obérée (▪ Cass. crim., 12 sept. 2001 : *Dr. pén.* 2002, comm. 6, obs. J.-H. Robert). – Pour échapper aux prévisions de l'article L. 241-3 4° du Code de commerce, le concours financier apporté par les dirigeants d'une société, à une autre entreprise du même groupe dans laquelle ils sont intéressés directement ou indirectement, doit être dicté par un intérêt économique, social ou financier commun, apprécié au regard d'une politique élaborée pour l'ensemble de ce groupe, et ne doit ni être dépourvu de contrepartie ni rompre l'équilibre entre les engagements respectifs des diverses sociétés concernées (▪ Cass. crim., 20 mars 2007 : *Bull. crim.* n° 86 ; *Dr. sociétés* 2007, comm. 141, obs. R. Salomon, préc.).

29) Le fait pour un dirigeant de sociétés de procéder sciemment à un montage juridique et financier aux fins de mettre à la charge de deux de ses sociétés des honoraires ne correspondant à aucune prestation utile au seul profit d'une autre société dont il était, avec son fils, l'ayant cause, est constitutif d'un abus de biens sociaux (▪ Cass.

crim., 25 oct. 2006 : *Bull. crim.* n° 254 ; *Dr. sociétés* 2007, comm. 16, note R. Salomon).

30) Caractérise le délit la Cour d'appel qui énonce que le prévenu, gérant d'une SARL, avait remboursé une dette à la société et que son compte-courant était débiteur avant ce remboursement (▪ Cass. crim., 31 mai 2006, n° 05-86.635 : *RSC* 2006, p. 844, obs. D. Rebut).

31) Sur l'abus de biens sociaux et recel en matière de « rétro-commissions », V. ▪ Cass. crim., 8 avr. 2010, n° 09-85.520 : *JurisData* n° 2010-003379 ; *Dr. pén.* 2010, comm. 82, obs. J.-H. Robert.

32) Intérêts protégés. L'assentiment des associés, même donné sous la forme d'une délibération de l'assemblée générale, ne suffit pas à faire disparaître le délit, la loi ayant pour but de protéger non seulement les intérêts des associés, mais aussi le patrimoine de la société et les intérêts des tiers qui contractent avec elle (▪ Cass. crim., 19 oct. 1971 : *Bull. crim.* n° 272. ▪ Cass. crim., 19 mars 1979 : *Bull. crim.* n° 112).

Ainsi, est coupable d'abus de biens sociaux le gérant d'une société dont les associés sont membres d'une même famille (▪ Cass. crim., 26 mai 1994 : *Bull. crim.* n° 206).

33) Actes approuvés mais réprouvés pénalement. L'approbation donnée par les organes sociaux à certains actes, même non critiqués par l'expert-comptable, le commissaire aux comptes et les contrôleurs fiscaux, n'empêche pas qu'ils puissent constituer des abus de biens sociaux.

Il en est ainsi de la perception de rémunérations excessives par un président de société, proportionnelles à un chiffre d'affaire notablement augmenté par des factures fictives et qui a fait prendre en compte par la société, en difficultés financières, la souscription de contrats d'assurance personnels. La régularisation ultérieure n'enlève pas aux faits leur caractère délictueux et la cour d'appel, en relaxant le prévenu, n'a pas justifié sa décision en se déterminant sans suffisamment s'expliquer (▪ Cass. crim., 22 sept. 2004 : *Dr. pén.* 2004, comm. 177, obs. J.-H. Robert).

34) Participation personnelle à l'infraction. Encourt la cassation l'arrêt qui, pour déclarer coupable d'abus de biens sociaux le président d'une société, se borne à énoncer qu'il aurait dû s'opposer à l'acquisition d'une voiture par le directeur général qui en avait pris l'initiative en s'en réservant l'usage puis le produit de la revente, sans caractériser la participation personnelle du prévenu à l'infraction (▪ Cass. crim., 7 sept. 2005 : *Dr. pén.* 2005, comm. 175, obs. J.-H. Robert ; *RSC* 2006, p. 331, obs. D. Rebut). C'est *idem* pour l'arrêt qui n'a pas caractérisé une action personnelle du prévenu, ressortissant aux pouvoirs de l'administrateur d'une SA, ayant permis la réalisation de l'opération dans laquelle il se trouvait intéressé (▪ Cass. crim., 12 mars 2021, n° 20-80.942).

– Sur la commission de l'infraction par abstention, V. ▪ Cass. crim., 28 janv. 2004 : *Rev. sociétés* 2004, p. 722, note B. Bouloc. – V. D. Rebut : *D.* 2005, chron. p. 1290.

35) Complicité. Se rend coupable de complicité d'abus de biens sociaux, le président du directoire d'une société qui, moyennant rémunération, prépare et facilite les agissements illicites d'un associé majoritaire et membre du directoire. C'est en vain qu'il peut invoquer son manque d'expérience pour échapper à l'incrimination (▪ Cass. crim., 5 sept. 1988 : *Rev. soc.* 1989, 76, note W. Jeandidier ; V. aussi ▪ Cass. crim., 20 mars 1997 : *D.* 1999, 28, note D. Boccara).

36) Ne justifie pas sa décision la cour d'appel qui relaxe, du chef d'abus de biens sociaux et de banqueroute, un administrateur provisoire désigné par le tribunal de commerce avec mission de se substituer aux dirigeants d'une société, sans rechercher si le prévenu, qui a sciemment contrevenu à sa mission en maintenant à son poste le président et en mettant en place à ses côtés un « comité de direction », n'avait pas eu conscience de fournir à deux des membres de celui-ci, les moyens de commettre les détournements dont ceux-ci se sont rendus coupables pendant toute la durée de son mandat (▪ Cass. crim., 22 sept. 2010, n° 09-87.363 : *Dr. pén.* 2010, comm. 139, obs. J.-H. Robert).

37) Dirigeants de fait. Le visa de l'article 478 de la loi du 24 juillet 1966 aux lieu et place de son article 463 ne saurait porter atteinte aux droits de la défense d'un prévenu, dirigeant de fait d'une société, poursuivi et condamné du chef d'abus de biens sociaux, dès lors que les articles précités s'appliquent indistinctement à quiconque qui, directement ou par personne interposée, aura en fait exercé la direction, l'administration ou la gestion de sociétés par actions, sous le couvert de leurs représentants légaux (▪ Cass. crim., 25 mai 1987 : *Bull. crim.* n° 215). V. gérants de fait déclarés coupables d'abus de biens sociaux : ▪ Cass. crim., 22 janv. 2014, n° 12-87.105 ; *RSC* 2014, p. 563, chron., H. Matsopoulou ; *Rev. sociétés* 2014, 452, note B. Bouloc.

38) Exclusion de l'abus de biens sociaux. Les détournements commis après la date de cessation des paiements ne constituent pas le délit d'abus de biens sociaux mais le délit de banqueroute (▪ Cass. crim., 7 avr. 1998 : *Dr. pén.* 1998, comm. 99, obs. J.-H. Robert). ▪ Cass. crim., 30 juin 2004 : *RSC* 2004, p. 895, obs. D. Rebut).

– Mais l'arrêt de condamnation n'encourt pas la censure dès lors que les faits étaient constitutifs du délit de banqueroute par détournement d'actif (▪ Cass. crim., 6 juin 2007 : *RSC* 2007, p. 830, obs. D. Rebut).

39) L'incrimination d'abus de biens sociaux ne peut être étendue à des sociétés que la loi n'a pas prévues, telle une société de droit étranger, pour lesquelles seule la qualification d'abus de confiance est susceptible d'être retenue (▪ Cass. crim., 3 juin 2004 : *Bull. crim.* n° 152 ; *JCP* 2004, II, 10051, note M. Raimond ; *RSC* 2004, p. 892, obs. D. Rebut ; *D.* 2004, *Jur.* p. 3213, note D. Caramalli).

40) Prescription. Le point de départ de la prescription de l'action publique est le jour où l'infraction a été effectivement découverte (▪ Cass. crim., 15 juin et 3 oct. 1973 : *D.* 1974, 646, note B. Bouloc. ▪ Cass. crim., 25 nov. 1975 : *Bull. crim.* n° 257) ; et, plus précisément le jour où le délit est apparu et a pu être constaté dans des conditions permettant l'exercice de l'action publique (▪ Cass. crim., 10 août 1981 : *Rev. soc.* 1983, 368, note B. Bouloc. ▪ Cass. crim., 17 nov. 1986 : *Bull. crim.* n° 342. ▪ Cass. crim., 13 févr. 1989 : *Bull. crim.* n° 69. ▪ Cass. crim., 27 juill. 1993 : *Dr. pén.* 1994, n° 89). Un abus de biens sociaux commis avec le consentement de l'unanimité des associés se prescrit du jour où il est découvert par un tiers étranger à la société, en l'espèce le contrôleur de l'administration fiscale (▪ Cass. crim., 8 mars 2006 : *JurisData* n° 2006-03302 ; *Dr. pén.* 2006, comm. 85, J.-H. Robert).

41) Justifie sa décision l'arrêt qui, pour écarter l'exception de prescription de l'action publique, énonce que les dépenses litigieuses n'apparaissaient pas dans les comptes soumis à l'approbation de l'assemblée générale des associés, que les termes du protocole d'accord signé le 16 juillet 1997 à la suite de la révocation d'un co-gérant n'ont pas été autorisés par cette assemblée générale et que la dissimulation des majorations de salaires aux organismes sociaux et les redressements qui en ont été la conséquence démontrent que ces compléments de rémunération n'apparaissaient dans les comptes sociaux, de sorte que les faits n'ont été connus, dans des conditions permettant l'exercice de l'action publique, qu'après les vérifications fiscales et sociales, moins de 3 ans avant la citation introductive d'instance (▪ Cass. crim., 25 oct. 2006 : *Bull. crim.* n° 253 ; *Dr. pén.* 2006, note 161 ; *Dr. sociétés* 2007, comm. n° 36, note R. Salomon).

42) Il se déduit des articles 53 et 247 de la loi du 24 juillet 1966 *(L. 223-23 et L. 225-254 nouveaux du Code de commerce)* **que la prescription de l'action publique du chef d'abus de biens sociaux court, sauf dissimulation, à compter de la présentation des comptes annuels par lesquels les dépenses litigieuses sont mises indûment à la charge de la société** (▪ Cass. crim., 5 mai 1997 : *Bull. crim.* n° 159 ; V. aussi ▪ Cass. crim., 13 oct. 1999 : *Bull. crim.* n° 219 ; *Dr. pén.* 2000, comm. 17, obs. J.-H. Robert ; *JCP* 2000, II, 10386, note D. Ohl, et ▪ Cass. crim., 10 nov. 1999 : *Dr. pén.* 2000, comm. 58, obs. J.-H. Robert). – *Adde* ▪ Cass. crim., 30 janv. 2013, n° 12-80.107 : *Dr. sociétés* 2013, comm. 91, p. 40, R. Salomon ; *AJ pénal* 2013, p. 481, note J. Gallois.

43) Encourt dès lors la censure l'arrêt qui, après avoir énoncé que les charges indues figurent dans les comptes annuels à la rubrique où elles doivent trouver leur place, fait courir le délai de prescription à compter d'une date postérieure à celle de la présentation des comptes, sans caractériser en quoi les opérations litigieuses auraient été dissimulées et le commissaire aux comptes empêché d'en découvrir l'existence (▪ Cass. crim., 27 juin 2001 : *Bull. crim.* n° 164 ; *Dr. pén.* 2001, comm. 129, obs. J.-H. Robert ; *RSC* 2002, p. 339, obs. J.-F. Renucci).

44) Encourt aussi la censure l'arrêt qui fait courir le point de départ de la prescription à compter de l'approbation, par les assemblées générales des sociétés, de conventions de versement d'honoraires à un tiers, en rémunération de prestations, pour partie fictives, alors que l'usage contraire à l'intérêt social résultait non des conventions mais de leurs modalités d'exécution et que celles-ci devaient faire l'objet, à la fin de chaque exercice, d'un rapport spécial des commissaires aux comptes dont la présentation aux assemblées générales constituait le point de départ du délai de prescription (▪ Cass. crim., 8 oct. 2003 : *Bull. crim.* n° 184 ; *Dr. pén.* 2003, comm. 147, obs. J.-H. Robert ; *JCP* 2004, II, 10028, note S. Jacopin ; *D.* 2003, jur. p. 2695, obs. A. Lienhard).

45) Dissimulation. Caractérise une dissimulation, de nature à faire courir le délai de prescription à compter d'une date postérieure à celle de la présentation des comptes, la cour d'appel qui, à propos d'abus de biens sociaux commis au préjudice d'une société d'économie mixte et résultant de versements de fonds effectués en exécution de conventions réglementées passées avec diverses sociétés, énonce, d'une part, que l'une de ces conventions n'a été présentée que trois ans plus tard aux associés dans le rapport spécial du commissaire aux comptes, qu'une autre n'a fait l'objet d'aucune délibération du conseil d'administration, et que, pour celles qui, dénuées en elles-mêmes de caractère frauduleux, avaient été visées dans les rapports spéciaux des commissaires aux comptes, seuls le rapprochement et l'analyse des factures émises sous leur couvert, effectués postérieurement dans un rapport d'audit, ont permis d'en découvrir l'usage frauduleux, d'autre part, qu'il n'a pas été satisfait aux obligations légales d'information de la collectivité locale actionnaire sur les comptes et les activités de la société ; caractérise de même une telle dissimulation, la cour d'appel qui énonce, à propos d'abus de biens sociaux résultant du paiement de dépenses personnelles au moyen de fonds sociaux, que leur caractère délictueux était dissimulé par la mention sur des notes de restaurant du nom de personnes n'ayant pas pris part aux repas (▪ Cass. crim., 10 avr. 2002 : *Bull. crim.* n° 85 ; *Dr. pén.* 2002, comm. 96, obs. J.-H. Robert ; *RSC* 2002, p. 827, obs. D. Rebut).

46) Ne donne pas de base légale à sa décision la chambre de l'instruction qui, pour constater la prescription des faits d'abus de biens sociaux reprochés au dirigeant de fait d'une société anonyme d'économie mixte sportive qui avait reçu des commissions injustifiées pour le recrutement de joueurs, relève que, si les conditions précises dans lesquelles celui-ci avait perçu ces commissions, dissimulées sous l'apparence d'une comptabilité régulière en la forme, n'étaient pas connues, les vérifications opérées dans le cadre des contrôles et audits financiers avaient immanquablement conduit à suspecter des anomalies de gestion, alors que, d'une part, des indices de mauvaise gestion n'impliquent pas nécessairement de la part des dirigeants d'une société un comportement entrant dans les prévisions de l'article L. 242-6 du Code de commerce, que, d'autre part, les juges n'ont pas tiré les conséquences légales de leurs propres constatations relatives à la dissimulation des commissions (▪ Cass. crim., 7 mai 2002 : *Bull. crim.* n° 106 ; *Dr. pén.* 2002, comm. 84, obs. J.-H. Robert ; *RSC* 2002, préc.).

47) Appréciation de la dissimulation. La prescription de l'action publique du chef d'abus de biens sociaux court, sauf dissimulation, à compter de la présentation des comptes annuels par lesquels les dépenses litigieuses sont mises indûment à la charge de la société.

Caractérise la dissimulation de nature à retarder le point de départ de la prescription, l'arrêt qui relève que certaines dépenses n'ont pas été enregistrées en comptabilité et que d'autres ont été présentées sous une fausse imputation ou sur la base de factures comportant de fausses indications quant au véritable redevable des sommes y figurant et quant à leur objet (▪ Cass. crim., 14 mai 2003 : *Bull. crim.* n° 97 ; *Dr. pén.* 2003, comm. 99, obs. J.-H. Robert ; *RSC* 2003, p. 797, obs. D. Rebut), ou l'arrêt qui retient que les faits se sont inscrits dans le cadre de la dissimulation de détournements au travers de conventions fictives accompagnées de factures dont la fausseté ne pouvait être mise en évidence à l'occasion des vérifications habituelles, notamment de la part des commissaires aux comptes, les créanciers étant étrangers et les versements correspondant aux factures ayant été opérés successivement auprès de plusieurs établissements bancaires situés en Angleterre et en Suisse ; l'établissement de factures non causées destinées à justifier dans les comptes sociaux d'opérations fictives constitue en effet une dissimulation (▪ Cass. crim., 16 nov. 2005 : *Dr. pén.* 2006, comm. 42, obs. J.-H. Robert ; *JCP* 2006, II, 10110, note Ph. Conte. *Dr. sociétés* 2006, comm. 29, note R. Salomon).

48) Justifie aussi sa décision l'arrêt qui relève que les travaux réalisés sans facturation par une société au profit d'un élu n'ont pas été comptabilisés et que les dépenses de fournitures de bureau et de mobilier de jardin payées par deux sociétés pour le compte de cet élu ont été dissimulées par interposition d'une troisième société (▪ Cass. crim., 28 mai 2003 : *Bull. crim.* n° 108).

– Justifie sa décision la Cour d'appel qui énonce que les comptes annuels présentés dissimulaient des opérations fictives révélées à l'issue d'un audit et d'une enquête préliminaire (▪ Cass. crim., 22 sept. 2004 : *Dr. pén.* 2004, comm. 178, obs. J.-H. Robert).

– La dissimulation est aussi caractérisée si la lecture des comptes sociaux ne mettait pas le commissaire aux comptes ou les actionnaires en mesure d'avoir les informations suffisantes pour déceler l'existence de faits constitutifs d'abus de biens sociaux, un emploi fictif étant englobé dans la masse salariale (▪ Cass. crim., 4 nov. 2004 : *Dr. pén.* 2005, comm. 44, obs. J.-H. Robert ; *JCP* 2005, II, 10051, note J.-H. Robert).

– La prescription n'a pu courir de la date de la connaissance des faits d'abus sociaux par le commissaire aux comptes de la société dès lors que celui-ci s'était abstenu de les dénoncer dans des conditions permettant l'exercice de l'action publique (▪ Cass. crim., 3 oct. 2007 : *JurisData* n° 2007-041306 ; *Dr. sociétés* 2007, comm. 228, obs. R. Salomon).

49) Contrôle de la Cour de cassation. Les juges du fond apprécient souverainement le point de savoir si la présentation des comptes aux associés, qui fait courir le délai de prescription, a été ou non affectée par une dissimulation (▪ Cass. crim., 28 janv. 2004 : *Dr. pén.* 2004, comm. 65. ▪ Cass. crim., 25 févr. 2004 : *Dr. pén.* 2004, comm. 105). – Cependant, par deux arrêts des 14 et 28 juin 2006, la chambre criminelle a censuré deux décisions de cours d'appel qui, l'une, n'avait pas caractérisé la dissimulation, et l'autre avait conclu à son absence : *Dr. pén.* 2006, comm. 126, obs. J.-H. Robert). La Cour de cassation contrôle ainsi la motivation des juges du fond sur la dissimulation – *Adde.* en ce sens, 28 juin 2006 : *Dr. pén.* 2006, comm. 142, obs. J.-H. Robert ; *Dr. sociétés* 2006, comm. 190, note R. Salomon).

50) QPC. Non-lieu à renvoi au Conseil constitutionnel de la question prioritaire de constitutionnalité **concernant le point de départ de la prescription de l'abus de confiance et de l'abus de biens sociaux** qui est reporté au jour où les faits ont pu être constatés dans des conditions permettant l'exercice de l'action publique lorsque la commission de l'infraction est occulte ou dissimulée, dès lors que la prescription de l'action publique ne revêt pas le caractère d'un principe fondamental reconnu par les lois de la République et ne procède pas des articles 7 et 8 de la Déclaration des droits de l'homme et du citoyen du 26 août 1789, ni d'aucune disposition, règle ou principe de valeur constitutionnelle, et que les règles relatives au point de départ de la prescription de l'action publique sont anciennes, connues, constantes et reposent sur des critères précis et objectifs (▪ Cass. ass. plén., 20 mai 2011, arrêt n° 597 [11-90.033] : *Bull. crim.* n° 6. ▪ Cass. crim., 20 mai 2011, n° 11-90.032 : *Bull. crim.* n° 8 ; *D.* 2011, p. 1346, obs. A. Lienhard ; *Dr. pén.* 2011, comm. 95, obs. J.-H. Robert ; *Bull. inf. C. cass.* 2011, n° 745, I, rapp. Prétot, avis Cordier).

51) Délit instantané. Le délit d'abus de biens sociaux résultant (en application d'un contrat de travail antérieur) de reversement de salaires rémunérant un emploi fictif est une infraction instantanée consommée lors de chaque paiement indu (▪ Cass. crim., 28 mai 2003 : *Bull. crim.* n° 109 ; *Dr. pén.* 2003, comm. 100, obs. J.-H. Robert ; *RSC* 2004, p. 358, obs. D. Rebut). Le délit d'abus de biens sociaux d'une société résultant d'un cautionnement est une infraction instantanée consommée au jour de l'acte (▪ Cass. crim., 28 févr. 2007 : *JurisData* n° 2007-038438, *Dr. sociétés*, 2007, comm. n° 121, note R. Salomon ; *Dr. pén.* 2007, comm. 83, obs. J.-H. Robert).

V. Y. Mayaud, pour une approche cohérente de la prescription de ce délit : D. 2004, p. 194.

52) En matière de recel. Les dispositions des articles 203 du Code de procédure pénale et 321-3 à 321-5 du Code pénal impliquent que le recel du produit d'un abus de biens sociaux ne saurait commencer à se prescrire avant que l'infraction dont il procède soit apparue et ait pu être constatée dans des conditions permettant l'exercice de l'action publique (▪ Cass. crim., 6 févr. 1997 : préc., note 6 ; *Dr. pén.* 1997, comm. 61, obs. M. Véron. ▪ Cass. crim., 27 oct. 1997 : *Bull. crim.* n° 352. ▪ Cass. crim., 24 sept. 2008 : *JurisData* n° 2008-045563 ; *Dr. pén.* 2009, note 15, obs. J.-H. Robert).

53) Si l'abus de biens sociaux est une infraction instantanée, consommée au jour de l'acte, le recel d'abus de biens est une infraction continue (▪ Cass. crim., 28 févr. 2007 : *JurisData* n° 2007-038438 ; *Dr. sociétés*, 2007, comm. 121, note R. Salomon).

54) Justifie sa décision écartant la prescription de l'action publique en matière d'abus de biens sociaux, l'arrêt qui énonce que l'absence de prestation de travail correspondant aux rémunérations perçues par le prévenu (poursuivi pour avoir recelé ces sommes), n'est apparue et n'a pu être constatée dans des conditions permettant l'exercice de l'action publique que moins de trois ans avant le premier acte interruptif de prescription (▪ Cass. crim., 14 nov. 2007 : *Bull. crim.* n° 282).

55) Justifie sa décision la cour d'appel qui, pour déclarer le prévenu coupable de recel d'abus de biens sociaux, relève qu'il a bénéficié de travaux effectués dans une résidence lui appartenant et réglés par une société au moyen de fonds qu'il savait provenir de versements indus d'une autre société (▪ Cass. crim., 10 juill. 1995 : *Bull. crim.* n° 253 ; *JCP* 1996, II, 22572, note J. Paillusseau).

56) Est coupable de recel celle qui a bénéficié, en connaissance de cause, du train de vie de son époux permis par les faits d'abus de biens sociaux dont ce dernier a été reconnu coupable (▪ Cass. crim., 30 janv. 2019, n° 17-85.304).

Les faits de recel du produit d'abus de biens sociaux résultant de l'exécution d'un seul et même contrat de travail fictif constituent une opération délictueuse unique. En conséquence, la prescription, qui n'a pu commencer à courir pour l'ensemble des faits, au plus tôt, qu'après la date de la dernière perception de revenus, ne saurait être acquise, dès lors qu'un acte interruptif de prescription est intervenu moins de trois ans après cette date. Dès lors que le prévenu a été déclaré coupable d'une partie des faits d'abus de biens sociaux visés à la prévention que les juges ont estimés à bon droit connexes du recel retenu à l'encontre de l'épouse de ce dernier, les griefs pris de ce que la prescription de l'action publique, constatée pour le surplus des faits d'abus de biens sociaux reprochés, interdit au juge répressif de connaître de l'action civile en réparation du dommage causé par ces derniers sont inopérants (▪ Cass. crim., 10 nov. 2020, n° 19-80.557).

57) Action civile. Dès lors que le jugement déclarant la liquidation judiciaire d'une société désigne, conformément aux dispositions de l'article 148 de la loi du 25 janvier 1985 alors applicable, le représentant des créanciers en qualité de liquidateur judiciaire, il ne saurait être fait grief à une cour d'appel d'avoir reçu sa constitution de partie civile dans les poursuites suivies contre le gérant de ladite société du chef d'abus de biens sociaux (▪ Cass. crim., 12 oct. 1995 : *Bull. crim.* n° 305. ▪ Cass. crim., 12 juin 2012, n° 11-87.799. ▪ Cass. crim., 5 déc. 2012, n° 11-85.838 : *Bull. crim.* n° 271 ; *Dr. pén.* 2013, comm. 60, obs. J.-H. Robert). Est recevable la constitution de partie civile du liquidateur en sa qualité de représentant de la société indépendamment de la cessation de paiement de cette dernière (■ Cass. crim., 8 mars 2006 : *Dr. sociétés* 2006, comm. n° 115, note R. Salomon).

58) En cas de poursuites pour abus de biens sociaux, **les associés**, hors le cas d'exercice de l'action sociale *ut singuli*, ne peuvent demander à la juridiction correctionnelle réparation du préjudice résultant de la perte ou de la baisse de valeur de leurs titres, ou de la perte des gains escomptés. En effet, la dévalorisation des titres d'une société découlant des agissements fautifs de ses dirigeants constitue, non pas un dommage propre à chaque associé, mais un préjudice subi par la société elle-même (■ Cass. crim., 13 déc. 2000 : *Bull. crim.* n°s 373 et 378 ; *Dr. pén.* 2001, comm. 47, obs. J.-H. Robert. – Rappr. ■ Cass. crim., 12 sept. 2001 : *Dr. pén.* 2002, comm. 6, obs. J.-H. Robert et ■ Cass. crim., 2 avr. 2003 : *Dr. pén.* 2003, comm. 98, obs. J.-H. Robert ; ■ Cass. crim., 14 juin 2006 : *JurisData* n° 2006-034771 ; *Dr. sociétés* 2006, comm. 151, note R. Salomon).

59) Sont irrecevables à se constituer partie civile du chef d'abus de biens sociaux les actionnaires ou associés agissant à titre individuel, dès lors que les préjudices, économique et moral invoqués ne résultent que de l'atteinte portée au patrimoine de la société (■ Cass. crim., 16 avr. 2008 : *Dr. sociétés* 2008, comm. 191, obs. R. Salomon).

60) L'associé victime d'un abus de biens sociaux, exerçant non l'action sociale mais agissant à titre personnel, est irrecevable à se constituer partie civile sauf à démontrer l'existence d'un préjudice propre, distinct du préjudice social, découlant directement de l'infraction (■ Cass. crim., 5 juin 2013, n° 12-80.387 : *AJ pénal* 2013, p. 674, obs. J. Gallois).

61) L'action sociale *ut singuli* est recevable à l'encontre des complices et des receleurs d'abus de biens sociaux, en dépit de l'extinction de l'action publique à l'égard de l'auteur principal (■ Cass. crim., 14 janv. 2009 : *Dr. sociétés* 2009, comm. 60, obs. R. Salomon ; *Dr. pén.* 2009, comm. 64, obs. J.-H. Robert).

62) Les actionnaires, exerçant l'action sociale au nom d'une société victime d'abus de biens sociaux, sont recevables à se constituer partie civile et à solliciter des dommages-intérêts à l'encontre de l'auteur de ce délit, peu important que le représentant légal de cette société, partie civile, n'invoque l'existence d'aucun préjudice (■ Cass. crim., 16 déc. 2009 : *Bull. crim.* n° 218 ; *Dr. pén.* 2010, comm. 37, obs. J.-H. Robert ; *Dr. sociétés* 2010, comm. 78, note R. Salomon ; *AJ pénal* 2010, p. 144, note M. E. Charbonnier).

63) L'appel de l'actionnaire agissant *ut singuli* est recevable même si les dirigeants de la société victime ne s'y associent pas (■ Cass. crim., 8 oct. 2003 : *Bull. crim.* n° 184 ; *Dr. pén.* 2003, comm. 147, obs. J.-H. Robert, préc.). L'article L. 223-22, alinéa 3 du Code de commerce consacre au profit de l'associé un droit propre qu'il exerce au profit de la société. Il ne saurait donc être exigé de lui qu'il mentionne agir au nom de celle-ci (■ Cass. crim., 28 janv. 2020, n° 19-80.924).

64) L'obligation de mettre en cause la société, qui, selon l'article R. 225-170 du Code de commerce, s'impose à l'actionnaire exerçant l'action sociale, ne s'applique que devant les juridictions de jugement ; encourt en conséquence la censure l'arrêt de la chambre de l'instruction qui, pour juger irrecevable une plainte avec constitution de partie civile déposée par les actionnaires d'une société anonyme déclarant exercer l'action sociale (du chef d'abus de biens sociaux puis de recul d'abus), énonce que la preuve de la mise en cause de ladite société n'est pas rapportée (■ Cass. crim., 3 oct. 2007 : *Bull. crim.* n° 238 ; *Dr. pén.* 2007, comm. 155, obs. J.-H. Robert ; *Dr. sociétés* 2007, comm. 227, obs. R. Salomon).

65) L'auteur d'un délit est tenu de réparer intégralement le préjudice en découlant ; encourt, dès lors, la cassation l'arrêt qui, pour refuser de faire droit à la demande de réparation des préjudices causés par des abus de biens sociaux, formée par un actionnaire d'une société anonyme exerçant l'action sociale, retient que, postérieurement aux faits dont les prévenus ont été déclarés coupables, la société a été restructurée sur le plan financier, notamment par l'apport de fonds propres de la part de son ancien actionnaire et qu'ainsi les conséquences préjudiciables des agissements délictueux ont été réparées (■ Cass. crim., 28 janv. 2004 : *Bull. crim.* n° 18, *D.* 2004, jur., p. 1447, note H. Matsopoulou).

66) Le délit d'abus de biens sociaux n'occasionne un dommage personnel et direct qu'à la société elle-même et non à chaque associé (■ Cass. crim., 5 déc. 2001 : *RSC* 2002, p. 830, obs. D. Rebut).

– L'atteinte au capital ou aux intérêts d'une société susceptible de découler des délits d'abus de biens et de pouvoirs sociaux constitue, non pas un dommage propre à chaque associé, mais un préjudice subi par la société elle-même (■ Cass. crim., 9 mars 2005 : *JurisData* n° 2005-027890 ; *Dr. pén.* 2005, note 97). ■ Cass. crim., 20 juin 2007 : *Dr. sociétés* 2007, comm. 204, obs. R. Alomon).

67) Encourt la cassation l'arrêt de la Cour d'appel qui, pour allouer des dommages-intérêts à des **salariés** et à une **section syndicale**, en réparation du préjudice causé par les abus de biens sociaux commis par le dirigeant de la société, énonce que ces infractions ont eu directement pour effet de diminuer le montant de certaines primes, alors que cette diminution n'est qu'une conséquence indirecte des abus de biens sociaux (▪ Cass. crim., 28 janv. 2004 : *JurisData* n° 2004-022611 ; *Dr. pén.* 2004, comm. 89, obs. J.-H. Robert) ; à rapprocher ▪ Cass. crim., 23 mars 2005 : *JurisData* n° 2005-02828259 : *Dr. sociétés* 2006, comm. 11, note R. Salomon.

68) Est irrecevable l'action civile du chef d'abus de biens sociaux exercée par des syndicats et le représentant des salariés à une procédure collective (▪ Cass. crim., 23 févr. 2005, deux arrêts : *Dr. pén.* 2005, comm. 77, obs. J.-H. Robert).

– De même, il se déduit de l'article 2 du Code de procédure pénale, des articles 1er, 1°, de la loi du 7 juillet 1983, 437, 3°, de la loi du 24 juillet 1966 alors en vigueur et de l'article L. 242-6, 3°, du Code de commerce qu'une collectivité territoriale, agissant pour son compte, est irrecevable à se constituer partie civile en raison du délit d'abus de biens sociaux commis au préjudice de la société d'économie mixte dont elle est l'associée ou la créancière, sauf à démontrer l'existence d'un préjudice propre, distinct du préjudice social, découlant directement de l'infraction (▪ Cass. crim., 3 déc. 2014, n° 13-87.224).

69) Ne peut qu'être indirect le préjudice causé à l'État ayant versé des aides à une société dont les dirigeants sont poursuivis pour avoir abusé des biens de ladite société (▪ Cass. crim., 28 févr. 2006 : *Bull. crim.* n° 55 ; *Rev. soc.* 2006, p. 389, obs. B. Bouloc).

70) Prescription de l'action civile. Tout acte de poursuite et d'instruction accompli dans le délai de prescription de l'action publique interrompt la prescription de l'action civile exercée devant la juridiction répressive, non seulement à l'encontre de tous les participants à l'infraction mais encore à l'égard de leurs commettants, civilement responsables ; encourt dès lors la censure, l'arrêt d'une cour d'appel qui, pour constater la prescription de l'action civile dirigée contre des sociétés de banque, citées en qualité de *civilement responsable* de leurs préposés poursuivis pour complicité d'abus de biens sociaux et pour complicité de recel, retient, notamment, que les actions en responsabilité extracontractuelle se prescrivent par dix ans à compter de la manifestation du dommage ou de son aggravation (▪ Cass. crim., 14 juin 2006 : *Bull. crim.* n° 181).

71) Peine complémentaire illégale. Doivent être cassées les dispositions d'un arrêt condamnant un prévenu coupable d'abus de biens sociaux à la peine complémentaire d'interdiction de gérer ou d'administrer toute entreprise commerciale ou artisanale et toute personne morale, alors que cette peine n'est pas prévue par la loi en matière d'abus de biens sociaux (▪ Cass. crim., 12 sept. 2001 : *Dr. pén.* 2002, comm. 6, obs. J.-H. Robert. ▪ Cass. crim., 9 mai 2007 : *JurisData* n° 2007-039787 ; *Dr. sociétés* 2007, comm. 166, obs. R. Salomon), cette peine ne pouvant s'appliquer, selon l'article L. 249-1 du Code de commerce, qu'aux entreprises commerciales, industrielles et sociétés commerciales et non à une personne morale n'ayant pas ces caractères (▪ Cass. crim., 21 sept. 2011 : *Dr. pén.* 2012, comm. 9, obs. J.-H. Robert).

72) Méconnaît le principe de légalité des peines la cour d'appel qui prononce à l'encontre de l'auteur d'un abus de biens sociaux la peine complémentaire d'interdiction d'exercer les professions d'expert-comptable et de commissaire aux comptes, non prévue par les articles L. 241-3 et L. 242-6 du Code de commerce (▪ Cass. crim., 6 déc. 2006 : *JurisData* n° 2006-037216 ; *Dr. sociétés* 2007, comm. 58, note R. Salomon).

– Il en est de même pour la peine complémentaire d'exclusion des marchés publiés, non prévue par les articles 425 de la loi du 24 juillet 1966, devenu L. 242-6 du Code de commerce, et 179 du Code pénal, dans sa rédaction applicable à la date des faits (▪ Cass. crim., 19 sept. 2007 : *Dr. pén.* 2007, comm. 156, obs. J.-H. Robert).

73) Qualifications des faits. Le demandeur ne peut se faire un grief de ce qu'il a déclaré coupable d'abus de biens sociaux et non de banqueroute, pour des faits commis postérieurement à la date de cessation des paiements, dès lors que la peine prononcée est encourue pour l'une comme pour l'autre incrimination et que les réparations civiles sont justifiées par le dommage résultant du délit quelle que soit sa qualification (▪ Cass. crim., 10 mai 2007 : *JurisData* n° 2007-039368 ; *Dr. sociétés*, comm. 168, obs. R. Salomon).

74) Société par actions simplifiées. L'article L. 244-1 du Code de commerce prévoyant que les articles L. 242-1 à L. 242-6, L. 242-8, L. 242-17 à L. 242-24 du même code s'appliquent aux sociétés par actions simplifiées et que les peines prévues pour le président, les administrateurs ou les directeurs généraux des sociétés anonymes sont applicables au président et aux dirigeants des sociétés par actions simplifiées, l'octroi au dirigeant d'une telle société du bénéfice d'un plan de sauvegarde pour l'emploi ou d'un dispositif de départ anticipé à la retraite mis en place par la société sans approbation préalable du conseil de surveillance est un abus de biens sociaux.

75) Mandat d'arrêt européen. Des faits décrits dans un mandat d'arrêt européen, punis selon la loi de l'État membre d'émission d'une peine d'emprisonnement supérieure à 1 an, correspondant, selon la loi française, au délit d'abus de biens sociaux en ce qu'ils impliquent deux dirigeants de droit de sociétés avec lesquels l'intéressé a participé à des détournements de fonds et que, outre sa qualité de propriétaire des sociétés en cause, celle de membre de ces entités dont partie de l'actif a été détournée l'assimile à un dirigeant de fait susceptible de commettre l'infraction, la remise doit être autorisée (▪ Cass. crim., 7 janv. 2000, n° 19-87.741).

Voir : sur la distinction entre abus de biens sociaux et banqueroute : Ann. *Droit pénal des affaires, supra* ; sur la distinction entre abus de biens sociaux et abus de confiance, note sous l'article 314 du Code pénal.

Bibliographie : L. Yodon, *Abus de confiance et abus de biens sociaux : Rev. soc.* 1997, p. 289. – M. Dobkine, *Réflexions itératives à propos de l'abus de biens sociaux : D.* 1997, chron., p. 323. – Q. Urban, *De la difficulté pour le juge de caractériser l'abus de biens sociaux : JCP* 2005, I, 165. – H. Matsopoulou, *L'intérêt personnel dans l'abus de biens sociaux : D.* 2005, p. 2075.

III – PRÉSENTATION OU PUBLICATION D'UN BILAN INEXACT (C. COM. ART. L. 241-3, 3° ET L. 242-6)

76) Un bilan est inexact lorsqu'il ne mentionne pas une dette officiellement contractée auprès d'une société tierce et qu'il laisse figurer un portefeuille d'actions en réalité vendues au cours de l'exercice (▪ Cass. crim., 26 juin 1978 : *Bull. crim.* n° 212) ; ou lorsque sont omises certaines recettes occultes destinées à alimenter la caisse noire de la société (▪ Cass. crim., 15 mai 1974 : *Bull. crim.* n° 177) ; ou lorsqu'un stock de marchandises est inscrit pour la moitié de sa valeur en raison de plus-values occultes (▪ Cass. crim., 18 déc. 1956 : *D.* 1957, 705, note A. Dalsace) ; ou lorsqu'il comporte des mentions fausses quant à l'importance du service de l'emprunt, en principal et intérêts (▪ Cass. crim., 14 janv. 1980 : *Bull. crim.* n° 21) ; ou lorsqu'il comporte des majorations frauduleuses d'actif (▪ Cass. crim., 12 janv. 1981 : *JCP* 1981, IV, 107). Par contre, il a été jugé qu'il n'y avait pas inexactitude du bilan dans la non-inscription, sous forme de provision, d'une créance invoquée par l'administration fiscale à partir de la notification d'un redressement fiscal (T. corr. Le Havre, 23 juin 1975 : *Rev. soc.* 1976, 150, note B. Bouloc).

77) Par présentation, on doit entendre non la connaissance donnée du bilan à l'assemblée générale, mais la mise à la disposition des actionnaires qui en est faite dans les quinze jours précédant l'assemblée générale annuelle (▪ T. corr. Seine, 13 juill. 1963 : *Gaz. Pal.* 1963, 2, 325).

78) La publication peut résulter de tout procédé ayant pour but et pour effet de faire connaître le bilan aux tiers, fût-ce individuellement, dans le cadre de l'administration de la société et pour les besoins de celle-ci ; tel est le cas de la reproduction du bilan au verso de bons de caisse émis par la société, même si ces bons n'ont pas fait l'objet d'une émission publique (▪ Paris, 12 juill. 1969 : *Gaz. Pal.* 1969, 2, 270).

79) La connaissance chez le prévenu des inexactitudes peut se déduire de la gravité de ces inexactitudes (▪ Cass. crim., 14 déc. 1966 : *Bull. crim.* n° 291. ▪ Cass. crim., 8 févr. 1968 : *Bull. crim.* n° 42) ou de l'existence de plusieurs jeux de bilan destinés à différents partenaires : actionnaires, banques, fisc. (▪ Cass. crim., 14 janv. 1980 : *Bull. crim.* n° 21). L'arrêt qui constate que des manipulations informatiques ont été opérées pour modifier de manière significative le résultat de l'exercice, et qui relève que les prévenus savaient que l'apparence recherchée et donnée au bilan était contraire à la réalité, caractérise l'élément intentionnel du délit de publication de comptes annuels ne donnant pas une image fidèle (▪ Cass. crim., 26 mars 1990 : *Bull. crim.* n° 133 ; *Rev. soc.* 1990, 632, note B. Bouloc).

80) La volonté de dissimuler la véritable situation de la société (dol spécial) se déduit de l'attitude de l'intéressé, par exemple de ses réponses ambiguës (▪ Cass. crim., 19 oct. 1971 : *Bull. crim.* n° 272).

81) Le coupable ne saurait se justifier en alléguant qu'il ne voulait nullement nuire à la société, mais seulement la faire échapper à une imposition trop lourde (▪ Cass. crim., 18 déc. 1956 : *D.* 1957, 705, note A. Dalsace ; *JCP* 1975, II, 7483, note Goré. ▪ Cass. crim., 15 mai 1974 : *Bull. crim.* n° 177. ▪ Cass. crim., 27 nov. 1978 : *Bull. crim.* n° 331) ou sauver son bon renom (▪ Paris, 2 déc. 1936 : *J. soc.* 1937, 659).

82) C'est à bon droit que les juges ont déduit de leurs constatations que le délai de prescription de l'action publique concernant un délit de présentation d'un bilan inexact avait commencé à courir du jour de sa publication (▪ Cass. crim., 19 mars 1986 : *Bull. crim.* n° 109 ; *Rev. soc.* 1987, 85, note B. Bouloc).

83) Le délit de présentation ou de publication de comptes infidèles est constitué dès lors que le prévenu, administrateur de la société, savait que l'apparence donnée aux comptes était contraire à la réalité et qu'il a participé à la délibération ayant décidé la présentation et la publication des comptes (▪ Cass. crim., 29 nov. 2000 : *Bull. crim.* n° 359).

84) Le délit de présentation de comptes annuels infidèles est applicable aux sociétés d'assurance mutuelle (en l'espèce, annexe au bilan inexact) : (■ Cass. crim., 17 oct. 2007 : *JurisData* n° 2007-041537 ; *Dr. sociétés* 2008, 63, p. 36, obs. R. Salomon).

85) Action civile. Méconnaît l'article 2 du Code de procédure pénale l'arrêt qui déclare irrecevable une constitution de partie civile du chef de présentation de bilan inexact alors que ce délit était de nature à causer à la victime, qui avait acquis, postérieurement à cette présentation, des titres d'une société détenant la quasi-totalité du capital social de la société dont les comptes avaient fait l'objet d'irrégularités comptables, un préjudice direct et personnel (■ Cass. crim., 16 avr. 2008, n° 07-84.713 : *Dr. sociétés*, 135, p. 37, obs. R. Salomon).

86) Le délit de présentation ou publication de comptes annuels infidèles prévu par l'article L. 242-6, 2° du Code de commerce, est de nature à causer un préjudice personnel et direct à chaque associé ou actionnaire (■ Cass. crim., 30 janv. 2002 : *Bull. crim.* n° 14 ; *Dr. pén.* 2002, comm. 73, obs. J.-H. Robert).

87) Comptes d'un groupe. L'article L. 242-6, 2° du Code de commerce qui réprime la présentation ou la publication de comptes infidèles des sociétés n'est pas applicable aux comptes consolidés d'un groupe (■ Cass. crim., 17 févr. 2021, n° 20-82.068).

IV – DISTRIBUTION DE DIVIDENDES FICTIFS (C. COM., ART. L. 241-3, 2° ET L. 242-6, 2°)

88) Ne constituent pas des dividendes fictifs les tantièmes (■ Cass. crim., 2 févr. 1939 : *Gaz. Pal.* 1939, 1, 474), ni les réserves libres (■ Cass. crim., 22 janv. 1937 : *S.* 1938, 1, 297, note Légal), ni les réserves occultes pourvu qu'elles soient réellement prélevées sur des éléments d'actif et révèlent l'existence d'un bénéfice (■ Cass. crim., 17 juin 1942 : *S.* 1944, 1, 141, note Légal ; *JCP* 1943, II, 2120, note Bastian. ■ Cass. crim., 4 mai 1954 : *JCP* 1954, II, 8239, note D. B.).

89) Les réserves de réévaluation ne correspondent pas à des bénéfices réellement encaissés et leur répartition entre les associés constitue le délit de distribution de dividendes fictifs (■ T. corr. Seine, 21 déc. 1932 : *J. soc.* 1933, 593).

90) La date de commission du délit se situe non au jour de la décision de l'assemblée générale mais au jour où en exécution de cette décision, le conseil d'administration met les fonds à la disposition des associés (■ Cass. crim., 28 mars 1936 : *Bull. crim.* n° 39).

91) Jugé que le délit ne pouvait être retenu, faute d'élément moral, dans le cas d'administrateurs qui n'avaient pas obtenu la communication des inventaires et bilans reconnus ensuite frauduleux, le président du conseil d'administration exerçant une sorte de dictature (■ Cass. crim., 1er mars 1945 : *D.* 1946, 129, note Cheroy).

V – INFORMATION MENSONGÈRE ET NON-RÉVÉLATION DE FAITS DÉLICTUEUX PAR LES COMMISSAIRES AUX COMPTES (C. COM., ART. L. 820-7)

92) Il n'appartient pas au commissaire aux comptes de déclencher l'action publique relativement aux faits révélés (■ Cass. crim., 19 nov. 1960 : *JCP* 1961, II, 12136, note P. Bouzat).

93) L'appréciation par les juges du fond de la mauvaise foi d'un commissaire aux comptes d'une société anonyme, auteur des délits d'information mensongère sur la situation de la société et de non-révélation de faits délictueux au procureur de la République, échappe au contrôle de la Cour de cassation dès lors que les éléments de conviction sur lesquels cette appréciation repose ont été déduits sans contradiction des faits constatés (■ Cass. crim., 14 janv. 1980 : *Bull. crim.* n° 21. – *Adde* A. Viandier, *Sur les limites de l'obligation de révélation des faits délictueux : JCP* 1982, I, 3094. ■ Cass. crim., 2 mars 1983 : *D.* 1983, IR, 476).

94) Mais encourt la cassation l'arrêt qui, pour relaxer un commissaire aux comptes des fins de la poursuite, énonce notamment que les comptes, certifiés sans aucune réserve, comportaient des factures d'achat étrangères à l'objet de la société, d'un montant très élevé et des fausses factures sans en-tête commerciale, destinées à couvrir des agissements délictueux ; en statuant ainsi, alors qu'il résulte de ses propres constatations que le prévenu avait eu nécessairement connaissance, dans le cadre de sa mission, d'irrégularités susceptibles de constituer des infractions à la loi pénale, la cour d'appel n'a pas justifié sa décision (■ Cass. crim., 25 févr. 2009 : *JurisData* n° 2009-047337 ; *Dr. pén.* 2009, comm. 69, obs. J.-H. Robert ; *Dr. sociétés* 2009, comm. 103, obs. R. Salomon).

95) Commettent le délit de communication d'informations mensongères les commissaires aux comptes d'une société qui approuvent un bilan qu'ils savent être inexact dans un rapport présenté aux actionnaires qui, quoique soustrait au dernier moment, a servi de base aux délibérations de l'assemblée (■ Cass. crim., 12 janv. 1981 : *D.* 1981, 348, note Cosson ; *Rev. soc.* 1981, 612, note B. Bouloc).

96) Caractérise le délit d'informations mensongères l'arrêt qui constate que dans la notice de présentation d'un emprunt obligataire, soumise au visa de la commission des opérations de bourse, les commissaires aux comptes font état de vérifications opérées sur les comptes annuels et les comptes consolidés, alors que les plus significatifs de ces comptes étaient faux (■ Cass. crim., 2 avr. 1990 : *Bull. crim.* n° 142 ; *Rev. soc.* 1990, 461, note B. Bouloc).

97) Caractérise le délit d'informations mensongères, prévu et réprimé par l'article 457 de la loi du 24 juillet 1966, l'arrêt qui constate diverses omissions comptables dans un rapport établi par le commissaire aux comptes à la demande de l'administrateur judiciaire de la société, rapport ultérieurement transmis au procureur de la République. En effet, l'article susmentionné n'exclut pas ce magistrat des destinataires des informations mensongères (■ Cass. crim., 2 févr. 2000 : *Bull. crim.* n° 56 ; *Dr. pén.* 2000, comm. 91, obs. J.-H. Robert).

98) La cour d'appel qui, pour déclarer un commissaire aux comptes coupable d'avoir confirmé des informations mensongères et omis d'avoir dénoncé au parquet des faits délictueux, après avoir exposé les circonstances dans lesquelles les stocks d'une société ont été sous-évalués pour faire apparaître finalement des bénéfices inférieurs à la réalité, relève que le prévenu qui avait procédé à sa mission de contrôle des comptes dans des conditions anormales avait disposé d'un livre d'inventaire incomplet et n'avait pu obtenir communication de l'état récapitulatif des stocks et des travaux en cours, qu'il avait néanmoins certifié sans réserve la régularité des comptes annuels de la société lors de l'assemblée générale des actionnaires, qui ajoute que quelques jours avant cette réunion il avait été informé par le chef-comptable de la société et le conseil de l'un des actionnaires que les comptes étaient faux et qui conclut de ces constatations que les agissements de l'intéressé ne constituaient pas simplement de la négligence, qu'il avait eu connaissance des anomalies affectant la comptabilité et le bilan de la société et qu'il ne pouvait prétendre ne pas avoir été informé, caractérise en tous leurs éléments, notamment intentionnels, les délits prévus et réprimés par l'article 457 de la loi du 24 juillet 1966 (■ Cass. crim., 8 avr. 1991 : *JCP* 1991, IV, 282).

99) Il ressort nettement de la jurisprudence que la simple non-révélation de faits délictueux ne saurait constituer par ailleurs la complicité de délit commis par les dirigeants sociaux. Sur la question, V. E. Du Pontavice, *Commissaire aux comptes, expert-comptable et complicité des délits commis par les dirigeants sociaux : Rev. soc.* 1988, 489.

Mais un commissaire aux comptes qui a contribué à établir des documents inexacts qu'il a certifiés, se rend coupable de complicité de présentation de comptes infidèles, et a été déclaré civilement responsable des dommages subis par une banque ayant accordé des facilités au vu des dits documents (■ Cass. crim., 13 févr. 1997 : *Bull. crim.* n° 61 ; *Dr. pén.* 1997, comm. 98, obs. J.-H. Robert).

100) Le commissaire aux comptes a l'obligation de révéler au procureur de la République, dès qu'il en a connaissance dans le cadre de sa mission, les irrégularités susceptibles de recevoir une qualification pénale, même si celle-ci ne peut en l'état être définie avec précision (■ Cass. crim., 15 sept. 1999 : *Bull. crim.* n° 187).

101) Le délai de prescription du délit de non-dénonciation, prévu par l'article 457 de la loi du 24 juillet 1966, court du jour où le commissaire aux comptes a connaissance des faits délictueux, au plus tard à la certification des comptes, et l'obligation de les révéler au procureur de la République (■ Cass. crim., 9 mars 1999 : *Bull. crim.* n° 32).

102) L'infraction de non révélation de faits délictueux par le commissaire aux comptes est de nature à occasionner à la société un préjudice direct et personnel (■ Cass. crim., 8 mars 2006 : *JurisData* n° 2006-033624 ; *Dr. sociétés* 2006, comm. n° 133, note R. Salomon).

V. N. Stolowsky, *La responsabilité pénale des commissaires aux comptes : Rev. sociétés* 1998, p. 521. – R. Salomon, *L'originalité de la responsabilité disciplinaire des commissaires aux comptes : Dr. sociétés* 2002, études n° 5 p. 4, 1re partie, et n° 6 p. 4, 2e partie – F. Salomon, *Les commissaires aux comptes et le droit pénal : Dr. sociétés* 2004, études n° 4 p. 17, 1re partie, et n° 5 p. 6, 2e partie.

Code monétaire et financier

(Ord. n° 2000-1223, 14 déc. 2000)

Infractions relatives aux instruments financiers

Infractions relatives aux titres

Obligations

Art. L. 231-1 *(L. n° 2003-706, 1er août 2003 ; Ord. n° 2005-429, 6 mai 2005).* **– Les infractions relatives aux obligations sont prévues et sanctionnées dans les conditions fixées par l'article L. 245-9 du Code de commerce.**

Infractions relatives aux placements collectifs

Dispositions relatives aux organismes de placement collectif en valeurs mobilières, aux fonds communs de créances et aux organismes de placement collectif immobilier

Art. L. 231-3. – **Est puni d'un emprisonnement de deux ans et d'une amende de 750 000 € le fait de diriger en droit ou en fait un organisme qui procède à des placements collectifs en valeurs mobilières sans avoir été agréé ou qui poursuit son activité malgré un retrait d'agrément.**

Art. L. 231-4 *(Mod., Ord. n° 2005-1278, 13 oct. 2005 ; Ord. n° 2008-556, 13 juin 2008 ; Ord. n° 2011-915, 1er août 2011 ; Ord. n° 2013-676, 25 juill. 2013 ; Ord. n° 2017-1432, 4 oct. 2017).* – **I. – Est puni d'un emprisonnement de deux ans et d'une amende de 15 000 euros le fait, pour les dirigeants de la société de gestion d'un fonds commun de placement, d'un fonds de placement immobilier, d'un fonds professionnel de placement immobilier, un fonds de financement spécialisé ou d'un fonds commun de titrisation, de ne pas provoquer la désignation du commissaire aux comptes du fonds dans les conditions prévues à l'article L. 214-8-6.**

II. – Est puni d'un emprisonnement de cinq ans et d'une amende de 18 000 euros le fait, pour tout commissaire aux comptes, soit en son nom personnel, soit au titre d'associé dans une société de commissaires aux comptes, de donner ou confirmer des informations mensongères sur la situation du fonds commun de placement, du fonds de placement immobilier, du fonds professionnel de placement immobilier ou du fonds commun de titrisation, ou de ne pas révéler au procureur de la République les faits délictueux dont il a eu connaissance.

III. – Est puni d'un emprisonnement de cinq ans et d'une amende de 18 000 euros le fait, pour les dirigeants de la société de gestion ou de la personne morale dépositaire d'un fonds commun de placement, d'un fonds de placement immobilier, d'un fonds professionnel de placement immobilier ou d'un fonds commun de titrisation, et pour toutes personnes placées sous leur autorité, de mettre obstacle aux vérifications ou contrôles des commissaires aux comptes ou de leur refuser la communication sur place de toutes les pièces utiles à l'exercice de leur mission et, notamment, de tous contrats, livres, documents comptables et registres de procès-verbaux.

....

Art. L. 231-7 *(Mod., Ord. n° 2008-556, 13 juin 2008 ; Ord. n° 2013-676, 25 juill. 2013 ; Ord. n° 2017-1432, 4 oct. 2017).* – **Est puni d'un emprisonnement de deux ans et d'une amende de 750 000 euros le fait, pour les promoteurs d'un fonds de financement spécialisé ou un fonds commun de titrisation, de procéder au placement de parts de ce fonds sans agrément de la société de gestion du fonds ou sans visa de l'Autorité des marchés financiers.**

Art. L. 231-7-1 *(Ord. n° 2005-1278, 13 oct. 2005 ; Ord. n° 2013-676, 25 juill. 2013).* – **Est puni d'un emprisonnement de deux ans et d'une amende de 750 000 € le fait, pour un dirigeant de fait ou de droit d'un organisme de placement collectif immobilier ou d'un organisme professionnel de placement collectif immobilier, de procéder au placement de parts ou d'actions de cet organisme sans que celui-ci ait été agréé ou s'il poursuit son activité malgré un retrait d'agrément.**

Dispositions relatives aux sociétés civiles de placement immobilier

....

Art. L. 231-9 *(Mod., Ord. n° 2013-676, 25 juill. 2013).* – **Est puni d'un emprisonnement de cinq ans et d'une amende de 9 000 € le fait, pour les dirigeants de la société de gestion d'une société civile de placement immobilier, de ne pas se conformer aux dispositions des articles L. 214-114 et L. 214-96.**

Art. L. 231-10. – **Est puni d'un emprisonnement de cinq ans et d'une amende de 9 000 € le fait, pour toute personne :**

1° D'affirmer, sincères et véritables des souscriptions qu'elle sait fictives ou de déclarer que des fonds qui n'ont pas été mis définitivement à la disposition de la société ont été effectivement versés ;

2° D'obtenir ou tenter d'obtenir par simulation de souscriptions ou de versements ou par publication de souscriptions ou de versements qui n'existent pas ou de tous autres faits faux, des souscriptions ou des versements ;

3° De publier, pour provoquer des souscriptions ou des versements, les noms de personnes désignées contrairement à la vérité comme étant ou devant être attachées à la société à un titre quelconque ;

4° De faire attribuer, frauduleusement, à un apport en nature une évaluation supérieure à sa valeur réelle.

Art. L. 231-11. – Est puni d'un emprisonnement de cinq ans et d'une amende de *(Rect. JO 17 mars 2001)* « 375 000 euros » le fait, pour les dirigeants de la société de gestion d'une société civile de placement immobilier :

1. D'opérer la répartition de dividendes fictifs entre les associés ;

2. De publier ou présenter aux associés des informations inexactes, en vue de dissimuler la véritable situation de la société ;

3. De faire, de mauvaise foi, des biens ou du crédit de la société un usage qu'ils savent contraire à l'intérêt de celle-ci, à des fins personnelles ou pour favoriser une autre société ou entreprise dans laquelle ils sont intéressés directement ou indirectement ;

4. De faire, de mauvaise foi, des pouvoirs qu'ils possèdent ou des voix dont ils disposent en cette qualité, un usage qu'ils savent contraire aux intérêts de la société, à des fins personnelles ou pour favoriser une autre société dans laquelle ils sont intéressés directement ou indirectement.

Art. L. 231-12 *(L. n° 2012-387, 22 mars 2012 ; mod., L. n° 2014-1, 2 janv. 2014)*. – Est puni d'une amende de 30 000 € le fait, pour les dirigeants de la société de gestion, de :

1° Ne pas se conformer à l'article L. 214-101 ;

2° Ne pas soumettre à l'approbation de l'assemblée générale les documents prévus aux deux premiers alinéas de l'article L. 214-109.

....

Art. L. 231-14. – Est puni d'un emprisonnement de deux ans et d'une amende de 9 000 € le fait, pour toute personne :

1° D'empêcher un associé de participer à une assemblée ;

2° De participer au vote dans une assemblée, en se présentant faussement comme associé, directement ou par personne interposée ;

3° De se faire accorder, garantir ou promettre des avantages pour voter dans un certain sens ou pour ne pas participer au vote, ou d'accorder, garantir ou promettre ces avantages.

....

Art. L. 231-16. – Est puni d'un emprisonnement de deux ans et d'une amende de 9 000 € le fait, pour les dirigeants de la société de gestion, de ne pas provoquer la désignation du ou des commissaires aux comptes de la société.

Art. L. 231-17 *(Mod., L. n° 2014-1, 2 janv. 2014)*. – Est puni d'un emprisonnement de six mois et d'une amende de 9 000 € le fait, pour toute personne, en son nom personnel ou au titre d'associé dans une société de commissaires aux comptes, d'accepter, d'exercer ou de conserver les fonctions de commissaire aux comptes nonobstant les incompatibilités légales prévues au deuxième alinéa de l'article L. 214-110.

Art. L. 231-18. – Est puni d'un emprisonnement de cinq ans et d'une amende de 18 000 € le fait, pour un commissaire aux comptes, en son nom personnel ou au titre d'associé dans une société de commissaires aux comptes, de donner ou de confirmer des informations mensongères sur la situation de la société civile de placement immobilier ou de ne pas révéler au procureur de la République les faits délictueux dont il a eu connaissance.

Les articles 226-13 et 226-14 du Code pénal sont applicables aux commissaires aux comptes.

Art. L. 231-19. – Est puni d'un emprisonnement de cinq ans et d'une amende de 18 000 € le fait, pour les dirigeants de la société de gestion ou toute personne au service de la société, de mettre obstacle aux vérifications ou contrôles des commissaires aux comptes ou de leur refuser la communication sur place de toutes les pièces utiles à l'exercice de leur mission.

Art. L. 231-20. – **Est puni d'un emprisonnement de cinq ans et d'une amende de 9 000 € le fait, pour le liquidateur, de faire, de mauvaise foi, des biens ou du crédit de la société en liquidation un usage qu'il sait contraire à l'intérêt de celle-ci, à des fins personnelles ou pour favoriser une autre société ou entreprise dans laquelle il est intéressé directement ou indirectement.**

Art. L. 231-21 *(Mod., L. n° 2014-1, 2 janv. 2014).* – **Est puni d'un emprisonnement de deux ans et d'une amende de 750 000 € le fait, pour les dirigeants de la société de gestion, d'exercer leurs fonctions sans que celle-ci ait obtenu l'agrément de l'Autorité des marchés financier ou après le retrait de cet agrément.**

Infractions relatives aux produits d'épargne

Bons de caisse

Art. L. 232-1 *(Ord. n° 2016-520, 28 avr. 2016).* – **Est puni des peines prévues par les articles 313-1, 313-7 et 313-8 du Code pénal le fait, pour l'émetteur, de mettre à disposition des comptes annuels inexacts et faussement attestés sincères dans le cas prévu à l'article L. 223-4.**

II. – CONSOMMATION

CONSOMMATION

Bibliographie : L. Leveneur, Code de la consommation, LexisNexis, 2018. • V. Valette-Ercole, *Crédit : JCl. Lois pénales spéciales.* • S. Fournier, *Pratiques commerciales trompeuses : JCl. Lois pénales spéciales.* • A. Valeteau, *Ventes et prestations de services : JCl. Lois pénales spéciales.* • Ph. Conte, *Cent ans de protection pénale du consommateur : Dr. pén.* 2006, étude 4. • V. Valette-Ercole, *La loi du 17 mars 2014 relative à la consommation, entre dépénalisation et pénalisation : Dr. pén.* 2014, étude 13. • N. Sauphanor-Brouillaud et H. Aubry, *Recodification du droit de la consommation, à propos de l'ordonnance n° 2016-301 du 14 mars 2016 : JCP* 2016, aperçu rapide, 392. • H. Claret et G. Paisant, *La nouvelle codification administrative du droit de la consommation par l'ordonnance du 14 mars 2016 : JCP* 2016, étude 796.

Code de la consommation

Partie législative

(Ord. n° 2016-301, 14 mars 2016 ; Ord. n° 2016-351, 25 mars 2016)

Art. liminaire *(Mod., L. n° 2017-203, 21 févr. 2017 ; Ord. n° 2021-1247, 29 sept. 2021).* – **Avant que le consommateur ne soit lié par un contrat à titre onéreux, le professionnel communique au consommateur, de manière lisible et compréhensible, les informations suivantes :**

1° Les caractéristiques essentielles du bien ou du service, ainsi que celles du service numérique ou du contenu numérique, compte tenu de leur nature et du support de communication utilisé, et notamment les fonctionnalités, la compatibilité et l'interopérabilité du bien comportant des éléments numériques, du contenu numérique ou du service numérique, ainsi que l'existence de toute restriction d'installation de logiciel ;

2° Le prix ou tout autre avantage procuré au lieu ou en complément du paiement d'un prix en application des articles L. 112-1 à L. 112-4-1 ;

3° En l'absence d'exécution immédiate du contrat, la date ou le délai auquel le professionnel s'engage à délivrer le bien ou à exécuter le service ;

4° Les informations relatives à l'identité du professionnel, à ses coordonnées postales, téléphoniques et électroniques et à ses activités, pour autant qu'elles ne ressortent pas du contexte ;

5° L'existence et les modalités de mise en œuvre des garanties légales, notamment la garantie légale de conformité et la garantie légale des vices cachés, et des éventuelles garanties commerciales, ainsi que, le cas échéant, du service après-vente et les informations afférentes aux autres conditions contractuelles ;

6° La possibilité de recourir à un médiateur de la consommation dans les conditions prévues au titre Ier du livre VI.

La liste et le contenu précis de ces informations sont fixés par décret en Conseil d'État.

Les dispositions du présent article s'appliquent également aux contrats portant sur la fourniture d'eau, de gaz ou d'électricité, y compris lorsqu'ils ne sont pas conditionnés dans un volume délimité ou en quantité déterminée, ainsi que de chauffage urbain. Ces contrats font également référence à la nécessité d'une consommation sobre et respectueuse de la préservation de l'environnement.

LIVRE PREMIER. – INFORMATION DES CONSOMMATEURS ET FORMATION DES CONTRATS

TITRE PREMIER. – INFORMATION DES CONSOMMATEURS

CHAPITRE I. – OBLIGATION GÉNÉRALE D'INFORMATION PRÉCONTRACTUELLE

Art. L. 111-1 *(Mod., Ord. n° 2021-1247, 29 sept. 2021)*. – Avant que le consommateur ne soit lié par un contrat à titre onéreux, le professionnel communique au consommateur, de manière lisible et compréhensible, les informations suivantes :

1° Les caractéristiques essentielles du bien ou du service, ainsi que celles du service numérique ou du contenu numérique, compte tenu de leur nature et du support de communication utilisé, et notamment les fonctionnalités, la compatibilité et l'interopérabilité du bien comportant des éléments numériques, du contenu numérique ou du service numérique, ainsi que l'existence de toute restriction d'installation de logiciel ;

2° Le prix ou tout autre avantage procuré au lieu ou en complément du paiement d'un prix en application des articles L. 112-1 à L. 112-4-1 ;

3° En l'absence d'exécution immédiate du contrat, la date ou le délai auquel le professionnel s'engage à délivrer le bien ou à exécuter le service ;

4° Les informations relatives à l'identité du professionnel, à ses coordonnées postales, téléphoniques et électroniques et à ses activités, pour autant qu'elles ne ressortent pas du contexte ;

5° L'existence et les modalités de mise en œuvre des garanties légales, notamment la garantie légale de conformité et la garantie légale des vices cachés, et des éventuelles garanties commerciales, ainsi que, le cas échéant, du service après-vente et les informations afférentes aux autres conditions contractuelles ;

6° La possibilité de recourir à un médiateur de la consommation dans les conditions prévues au titre Ier du livre VI.

La liste et le contenu précis de ces informations sont fixés par décret en Conseil d'État.

Les dispositions du présent article s'appliquent également aux contrats portant sur la fourniture d'eau, de gaz ou d'électricité, y compris lorsqu'ils ne sont pas conditionnés dans un volume délimité ou en quantité déterminée, ainsi que de chauffage urbain. Ces contrats font également référence à la nécessité d'une consommation sobre et respectueuse de la préservation de l'environnement.

Art. L. 111-2. – Outre les mentions prévues à l'article L. 111-1, tout professionnel, avant la conclusion d'un contrat de fourniture de services et, lorsqu'il n'y a pas de contrat écrit, avant l'exécution de la prestation de services, met à la disposition du consommateur ou lui communique, de manière lisible et compréhensible, les informations complémentaires relatives à ses coordonnées, à son activité de prestation de services et aux autres conditions contractuelles, dont la liste et le contenu sont fixés par décret en Conseil d'État.

Les informations complémentaires qui ne sont communiquées qu'à la demande du consommateur sont également précisées par décret en Conseil d'État.

Art. L. 111-3 *(Mod., Ord. n° 2017-484, 6 avr. 2017)*. – Les dispositions des articles L. 111-1 et L. 111-2 s'appliquent sans préjudice des dispositions particulières en matière d'information des consommateurs propres à certaines activités.

Les dispositions de l'article L. 111-2 ne s'appliquent ni aux services mentionnés aux livres Ier à III et au titre V du livre V du Code monétaire et financier, ni aux opérations pratiquées par les entreprises régies par le Code des assurances, par les fonds de retraite professionnelle supplémentaires mentionnés à l'article L. 381-1 du même code, par les mutuelles et unions régies par le livre II du Code de la mutualité, par les mutuelles et unions de retraite professionnelle supplémentaire mentionnées à l'article L. 214-1 du même code, par les institutions de prévoyance et unions régies par le titre III du livre IX du Code de la sécurité sociale et par les institutions de retraite professionnelle supplémentaire mentionnées à l'article L. 942-1 du même code.

Art. L. 111-4 *(Mod. à compter du 1er janvier 2022, L. n° 2021-1485, 15 nov. 2021).* – Le fabricant ou l'importateur de biens meubles informe le vendeur professionnel de la disponibilité ou de la non-disponibilité des pièces détachées indispensables à l'utilisation des biens concernés et, le cas échéant, de la période pendant laquelle ou de la date jusqu'à laquelle ces pièces sont disponibles sur le marché. Pour les équipements électriques et électroniques et les éléments d'ameublement, lorsque cette information n'est pas fournie au vendeur professionnel, les pièces détachées indispensables à l'utilisation des biens sont réputées non disponibles. Les fabricants ou importateurs d'équipements électriques et électroniques informent les vendeurs de leurs produits ainsi que les réparateurs et les reconditionneurs professionnels, à la demande de ces derniers, du détail des éléments constituant l'engagement de durée de disponibilité des pièces détachées. Cette information est rendue disponible notamment à partir d'un support dématérialisé. Les fabricants et les importateurs d'équipements électroménagers, de petits équipements informatiques et de télécommunications, d'écrans et de moniteurs assurent, pour une liste de produits fixée par voie réglementaire, la disponibilité des pièces détachées de ces produits pendant la période de commercialisation du modèle concerné ainsi que pendant une période minimale complémentaire après la date de mise sur le marché de la dernière unité de ce modèle. La durée de cette période minimale complémentaire ne peut être inférieure à cinq ans. Les modalités d'application de cette obligation de disponibilité des pièces détachées, notamment la liste des produits et pièces concernés, les échéances à partir desquelles les pièces détachées sont disponibles pendant la commercialisation des produits ainsi que les périodes minimales complémentaires prévues sont précisées par décret en Conseil d'État. Ces informations sont délivrées obligatoirement au consommateur par le vendeur de manière lisible avant la conclusion du contrat et confirmées par écrit lors de l'achat du bien..

Dès lors qu'il a indiqué la période ou la date mentionnées au premier alinéa, le fabricant ou l'importateur fournit obligatoirement, dans un délai de quinze jours ouvrables, dans des conditions non discriminatoires, aux vendeurs professionnels, aux reconditionneurs ou aux réparateurs, agréés ou non, qui le demandent les pièces détachées indispensables à l'utilisation des biens vendus.

Pour certaines catégories de biens définies par décret, lorsqu'une pièce détachée indispensable à l'utilisation d'un bien disponible sur le marché peut être fabriquée par un moyen d'impression en trois dimensions et qu'elle n'est plus disponible sur le marché, le fabricant ou l'importateur de biens meubles doit, sous réserve du respect des droits de propriété intellectuelle et en particulier sous réserve du consentement du détenteur de la propriété intellectuelle, fournir aux vendeurs professionnels, aux reconditionneurs ou aux réparateurs, agréés ou non, qui le demandent le plan de fabrication par un moyen d'impression en trois dimensions de la pièce détachée ou, à défaut, les informations techniques utiles à l'élaboration de ce plan dont le fabricant dispose. Les modalités d'application du présent article sont précisées par décret.

Art. L. 111-5. – En cas de litige relatif à l'application des dispositions des articles L. 111-1, L. 111-2 et L. 111-4, il appartient au professionnel de prouver qu'il a exécuté ses obligations.

Art. L. 111-6 *(Mod., L. n° 2021-1755, 23 déc. 2021).* – Le producteur de biens comportant des éléments numériques informe le vendeur professionnel de la durée au cours de laquelle les mises à jour logicielles, que le producteur fournit, restent compatibles avec les fonctionnalités du bien. Le vendeur met ces informations à la disposition du consommateur.

Le producteur informe le consommateur, de façon lisible et compréhensible, des caractéristiques essentielles de chaque mise à jour des éléments numériques du bien, notamment de l'espace de stockage qu'elle requiert, de son impact sur les performances du bien et de l'évolution des fonctionnalités qu'elle comporte.

Les modalités d'application du présent article sont précisées par décret.

Art. L. 111-7 *(L. n° 2016-1321, 7 oct. 2016).* – I. – Est qualifiée d'opérateur de plateforme en ligne toute personne physique ou morale proposant, à titre professionnel, de manière rémunérée ou non, un service de communication au public en ligne reposant sur :

1° Le classement ou le référencement, au moyen d'algorithmes informatiques, de contenus, de biens ou de services proposés ou mis en ligne par des tiers ;

2° Ou la mise en relation de plusieurs parties en vue de la vente d'un bien, de la fourniture d'un service ou de l'échange ou du partage d'un contenu, d'un bien ou d'un service.

II. – Tout opérateur de plateforme en ligne est tenu de délivrer au consommateur une information loyale, claire et transparente sur :

1° Les conditions générales d'utilisation du service d'intermédiation qu'il propose et sur les modalités de référencement, de classement et de déréférencement des contenus, des biens ou des services auxquels ce service permet d'accéder ;

2° L'existence d'une relation contractuelle, d'un lien capitalistique ou d'une rémunération à son profit, dès lors qu'ils influencent le classement ou le référencement des contenus, des biens ou des services proposés ou mis en ligne ;

3° La qualité de l'annonceur et les droits et obligations des parties en matière civile et fiscale, lorsque des consommateurs sont mis en relation avec des professionnels ou des non-professionnels.

Un décret précise les conditions d'application du présent article en tenant compte de la nature de l'activité des opérateurs de plateforme en ligne.

Ce décret précise, par ailleurs, pour tout opérateur de plateforme en ligne dont l'activité consiste en la fourniture d'informations permettant la comparaison des prix et des caractéristiques de biens et de services proposés par des professionnels, les informations communiquées aux consommateurs portant sur les éléments de cette comparaison et ce qui relève de la publicité au sens de l'article 20 de la loi n° 2004-575 du 21 juin 2004 pour la confiance dans l'économie numérique.

Ce décret fixe également les modalités selon lesquelles, lorsque des professionnels, vendeurs ou prestataires de services sont mis en relation avec des consommateurs, l'opérateur de plateforme en ligne met à leur disposition un espace leur permettant de communiquer aux consommateurs les informations prévues aux articles L. 221-5 et L. 221-6.

....

Chapitre II. – Information sur les prix et conditions de vente

Art. L. 112-1. – Tout vendeur de produit ou tout prestataire de services informe le consommateur, par voie de marquage, d'étiquetage, d'affichage ou par tout autre procédé approprié, sur les prix et les conditions particulières de la vente et de l'exécution des services, selon des modalités fixées par arrêtes du ministre chargé de l'économie, après consultation du Conseil national de la consommation.

Lorsque les prix des prestations d'un professionnel qui met en relation acquéreurs et vendeurs de biens immobiliers sont fixés proportionnellement à la valeur du bien vendu, l'affichage aux endroits prévus par les textes doit indiquer le ou les pourcentages prélevés, en précisant, le cas échéant, les tranches de prix correspondantes, et faire apparaître tous les éléments auxquels se rapportent ces pourcentages.

Ne justifie pas sa décision la cour d'appel qui déclare un agent immobilier coupable d'affichage illicite, alors que, selon les énonciations de l'arrêt, un affichage en vitrine indiquait le prix des prestations du professionnel proportionnellement aux prix de vente du bien, lequel ne peut être déterminé qu'à l'issue de la négociation (▪ Cass. crim., 4 juin 2013, n° 12-85.688 : *Bull. crim.* n° 127.

Art. L. 112-2 *(L. n° 2017-203, 21 févr. 2017)*. **– Les dispositions de l'article L. 112-1 s'appliquent à toutes les activités de production, de distribution et de services, y compris celles qui sont le fait de personnes publiques, notamment dans le cadre de conventions de délégation de service public ainsi qu'aux prestations mentionnées au titre IV *bis* du livre IV du Code de commerce.**

Les règles relatives à l'obligation de renseignements du public par les établissements de crédit, les sociétés de financement, les établissements de monnaie électronique, les établissements de paiement et les organismes mentionnés à l'article L. 518-1 du Code monétaire et financier sont fixées par l'article L. 312-1-1 du même code.

Art. L. 112-3. – Lorsque le prix ne peut être raisonnablement calculé à l'avance du fait de la nature du bien ou du service, le professionnel fournit le mode de calcul du prix et, s'il y a lieu, tous les frais supplémentaires de transport, de livraison ou d'affranchissement et tous les autres frais éventuels.

Lorsque les frais supplémentaires ne peuvent raisonnablement être calculés à l'avance, le professionnel mentionne qu'ils peuvent être exigibles.

Art. L. 112-4. – Dans le cas d'un contrat à durée indéterminée ou d'un contrat assorti d'un abonnement, le prix total inclut le total des frais exposés pour chaque période de facturation. Lorsque de tels contrats sont facturés à un tarif fixe, le prix total inclut également le total des coûts mensuels. Lorsque le coût total ne peut être raisonnablement calculé à l'avance, le mode de calcul du prix est communiqué.

Art. L. 112-4-1 *(Créé, Ord. n° 2021-1247, 29 sept. 2021)*. **– Lorsque le contrat de vente de biens ou le contrat de fourniture de contenus numériques ou de services numériques ne prévoit pas le paiement d'un prix, le professionnel précise la nature de l'avantage procuré par le consommateur au sens des articles L. 217-1 et L. 224-25-2.**

Titre II. – PRATIQUES COMMERCIALES INTERDITES ET PRATIQUES COMMERCIALES RÉGLEMENTÉES

Chapitre Ier. – Pratiques commerciales interdites

Section I. – Pratiques commerciales déloyales

Art. L. 121-1. – Les pratiques commerciales déloyales sont interdites.

Une pratique commerciale est déloyale lorsqu'elle est contraire aux exigences de la diligence professionnelle et qu'elle altère ou est susceptible d'altérer de manière substantielle le comportement économique du consommateur normalement informé et raisonnablement attentif et avisé, à l'égard d'un bien ou d'un service.

Le caractère déloyal d'une pratique commerciale visant une catégorie particulière de consommateurs ou un groupe de consommateurs vulnérables en raison d'une infirmité mentale ou physique, de leur âge ou de leur crédulité s'apprécie au regard de la capacité moyenne de discernement de la catégorie ou du groupe.

Constituent, en particulier, des pratiques commerciales déloyales les pratiques commerciales trompeuses définies aux articles L. 121-2 à L. 121-4 et les pratiques commerciales agressives définies aux articles L. 121-6 et L. 121-7.

1) N'entrent dans le champ d'application de la directive 2005/29/CE du Parlement et du Conseil du 11 mai 2005 relative aux pratiques commerciales déloyales des entreprises vis-à-vis des consommateurs que celles qui portent directement atteinte aux intérêts économiques des consommateurs, de sorte que cette directive ne s'applique pas aux transactions entre professionnels (▪ Cass. crim., 16 janv. 2018, n° 16-83.457).

2) La notion de pratique commerciale, telle qu'interprétée à la lumière de la directive 2005/29/CE du Parlement européen et du Conseil, du 11 mai 2005, relative aux pratiques commerciales déloyales des entreprises vis-à-vis des consommateurs dans le marché intérieur (▪ CJUE, 20 juill. 2017, aff. C-357/16, *« Gelvora » UAB*), s'applique à toute mesure prise en relation non seulement avec la conclusion d'un contrat, mais aussi avec l'exécution de celui-ci, notamment aux mesures prises en vue d'obtenir le paiement du produit (▪ Cass. crim., 19 mars 2019, n° 17-87.534).

3) En vertu de la directive 2005/29/CE du Parlement européen et du Conseil de l'Union européenne du 11 mai 2005 relative aux pratiques commerciales déloyales, à la lumière de laquelle les textes français doivent être interprétés, les pratiques commerciales qui, comme celle relative aux jeux de hasard, figurent dans l'annexe I de ladite directive sont considérées comme déloyales en toutes circonstances, sans qu'il soit nécessaire pour le juge répressif de caractériser une altération du comportement économique d'un consommateur normalement informé et raisonnablement attentif et avisé (▪ Cass. crim., 28 janv. 2020, n° 19-80.496).

4) Refus de transmettre différentes questions préjudicielles. Le règlement (CE) n° 1223/2009, du 30 novembre 2009, relatif aux produits cosmétiques, que la prévenue invoquait pour expliquer que la commercialisation était licite, n'a pas pour effet de soustraire ceux-ci aux dispositions issues de la transposition de la directive du 11 mai 2005, ces textes ayant tous deux pour objectif de protéger les consommateurs et la directive pouvant s'appliquer, de manière complémentaire, aux allégations relatives aux produits cosmétiques dans la mesure où celles-ci sont le fruit d'une pratique commerciale trompeuse. Il n'y a pas lieu, en conséquence, de transmettre une question préjudicielle portant sur l'articulation de ces deux textes et, notamment, la façon dont doit être désignée la personne responsable d'allégations trompeuses ou erronées sur un produit cosmétique. Il n'y a pas lieu non plus de transmettre des questions préjudicielles, tant sur le point de savoir quelle est la personne devant répondre d'une allégation nutritionnelle ou de santé figurant sur une denrée alimentaire, en application des règlements européens n° 178/2002, du 28 janvier 2002, établissant les principes généraux et les prescriptions générales de la législation alimentaire, n° 1924/2006, du 20 décembre 2006, précité et n° 1969/2011, du 25 octobre 2011, concernant l'information des consommateurs sur les denrées alimentaires, que sur le point de savoir si la personne qui distribue un produit alimentaire, qui est commercialisé sous le nom d'une personne établie dans l'Union européenne, peut, en application des règlements susvisés, être tenue pour responsable des allégations nutritionnelles et de santé susceptibles de figurer sur ce produit. Tout cela n'est pas utile à la solution du litige, dès lors que la cour d'appel a retenu, à bon droit, que la société prévenue avait la qualité d'importateur (■ Cass. crim., 20 oct. 2020, n° 19-81.207).

Sous-section 1. – Pratiques commerciales trompeuses

Art. L. 121-2 *(Mod., Ord. n° 2021-1734, 22 déc. 2021)*. **– Une pratique commerciale est trompeuse si elle est commise dans l'une des circonstances suivantes :**

1° Lorsqu'elle crée une confusion avec un autre bien ou service, une marque, un nom commercial ou un autre signe distinctif d'un concurrent ;

2° Lorsqu'elle repose sur des allégations, indications ou présentations fausses ou de nature à induire en erreur et portant sur l'un ou plusieurs des éléments suivants :

***a)* L'existence, la disponibilité ou la nature du bien ou du service ;**

***b)* Les caractéristiques essentielles du bien ou du service, à savoir : ses qualités substantielles, sa composition, ses accessoires, son origine, notamment au regard des règles justifiant l'apposition des mentions « fabriqué en France » ou « origine France » ou de toute mention, signe ou symbole équivalent, au sens du Code des douanes de l'Union sur l'origine non préférentielle des produits, sa quantité, son mode et sa date de fabrication, les conditions de son utilisation et son aptitude à l'usage, ses propriétés et les résultats attendus de son utilisation, notamment son impact environnemental, ainsi que les résultats et les principales caractéristiques des tests et contrôles effectués sur le bien ou le service ;**

***c)* Le prix ou le mode de calcul du prix, le caractère promotionnel du prix notamment les réductions de prix au sens du I de l'article L. 112-1-1, les comparaisons de prix et les conditions de vente, de paiement et de livraison du bien ou du service ;**

***d)* Le service après-vente, la nécessité d'un service, d'une pièce détachée, d'un remplacement ou d'une réparation ;**

***e)* La portée des engagements de l'annonceur, notamment en matière environnementale, la nature, le procédé ou le motif de la vente ou de la prestation de services ;**

***f)* L'identité, les qualités, les aptitudes et les droits du professionnel ;**

***g)* Le traitement des réclamations et les droits du consommateur ;**

3° Lorsque la personne pour le compte de laquelle elle est mise en œuvre n'est pas clairement identifiable ;

4° Lorsqu'un bien est présenté comme étant identique à un bien commercialisé dans un ou plusieurs autres États membres alors qu'il a une composition ou des caractéristiques différentes.

Art. L. 121-3 *(L. n° 2017-203, 21 févr. 2017)*. **– Une pratique commerciale est également trompeuse si, compte tenu des limites propres au moyen de communication utilisé et des circonstances qui l'entourent, elle omet, dissimule ou fournit de façon inintelligible, ambiguë ou à contretemps une information substantielle ou lorsqu'elle n'indique pas sa véritable intention commerciale dès lors que celle-ci ne ressort pas déjà du contexte.**

Lorsque le moyen de communication utilisé impose des limites d'espace ou de temps, il y a lieu, pour apprécier si des informations substantielles ont été omises, de tenir compte de ces limites ainsi que de toute mesure prise par le professionnel pour mettre ces informations à la disposition du consommateur par d'autres moyens.

Dans toute communication commerciale constituant une invitation à l'achat et destinée au consommateur mentionnant le prix et les caractéristiques du bien ou du service proposé, sont considérées comme substantielles les informations suivantes :

1° Les caractéristiques principales du bien ou du service ;

2° L'adresse et l'identité du professionnel ;

3° Le prix toutes taxes comprises et les frais de livraison à la charge du consommateur, ou leur mode de calcul, s'ils ne peuvent être établis à l'avance ;
4° Les modalités de paiement, de livraison, d'exécution et de traitement des réclamations des consommateurs, dès lors qu'elles sont différentes de celles habituellement pratiquées dans le domaine d'activité professionnelle concerné ;
5° L'existence d'un droit de rétractation, si ce dernier est prévu par la loi.

1) Directive UE. L'article L. 121-1 du Code de la consommation est compatible avec la directive CEE n° 84-450 du 10 septembre 1984 qui définit de manière respective la publicité trompeuse mais ne fait pas obstacle au maintien par les États membres de dispositions visant à assurer une protection plus étendue des consommateurs (même arrêt).

2) Applicabilité. L'article L. 121-1 du Code de la consommation est applicable au simple particulier qui fait paraître dans un journal une annonce de nature à induire en erreur les acheteurs potentiels du bien proposé à la vente (▪ Cass. crim., 27 mars 1996 : *Bull. crim.* n° 139 ; *RSC* 1997, 122, obs. A. Guidicelli).

3) L'article 44-1 de la loi du 27 décembre 1973, devenu l'article L. 121-1 du Code de la consommation, est applicable à une association à but non lucratif dès lors qu'elle propose un bien ou un service, ce qui n'était pas le cas en l'espèce (▪ Cass. ass. plén., 8 juill. 2005 : *Bull. crim.* n° 2 ; *RSC* 2006, p. 86, obs. C. Ambroise-Castérot).

4) Notions de publicité. Constitue une publicité au sens de l'article L. 121-1 du Code de la consommation, tout document commercial, tel un bon de commande, dont les indications et la présentation permettent aux clients potentiels auprès desquels il est diffusé de se former une opinion sur les résultats attendus du bien ou service proposé (▪ Cass. crim., 23 mars 1994 : *Bull. crim.* n° 114).

5) Il en est de même d'une annonce, qui, proposant l'accès à une agence matrimoniale à partir d'un certain prix, ne précise ni l'existence ni le montant de la redevance corrélative à l'utilisation du service télématique, auquel le contrat proposé donnait en réalité accès (▪ Cass. crim., 28 sept. 1994 : *Bull. crim.* n° 308).

6) Constitue une publicité de nature à induire en erreur, la notice de présentation d'un voyage autour du monde destinée à convaincre le client potentiel du caractère luxueux de la croisière aérienne proposée alors que les prestations fournies se sont avérées de qualité médiocre (▪ Cass. crim., 15 oct. 1997 : *Bull. crim.* n° 337).

7) La commercialisation d'un produit sous une dénomination ne correspondant pas à sa définition connue du public (moules de bouchot) et des professionnels qui en ont précisé les caractéristiques, est une publicité de nature à induire en erreur (▪ Cass. crim., 7 oct. 1998 : *Dr. pén.* 1999, comm. 60, obs. J.-H. Robert).

8) Constitue une publicité, au sens de l'article L. 121-1 du Code de la consommation, tout moyen d'information destiné à permettre au client potentiel de se faire une opinion sur les caractéristiques des biens ou services qui lui sont proposées ; induisent en erreur des étiquetages comportant de fausses indications sur la réalité des prix pratiqués (▪ Cass. crim., 14 oct. 1998 : *Bull. crim.* n° 262 ; *JCP* 1999, II, note Ph. Conte).

9) Éléments constitutifs. La mauvaise foi de l'annonceur n'est pas un élément constitutif du délit de publicité de nature à induire en erreur (▪ Cass. crim., 5 avr. 1995 : *Bull. crim.* n° 151).

10) Les éléments matériel et moral du délit de publicité de nature à induire en erreur procèdent du seul caractère trompeur, qui peut résulter d'une faute de négligence ou d'imprudence, de l'un ou l'autre des éléments d'information, quel qu'en soit le support, donnée au client potentiel pour lui permettre de se faire une opinion sur les caractéristiques des biens ou services qui lui sont proposés (▪ Cass. crim., 19 oct. 2004 : *Bull. crim.* n° 245. V. C. consom., art. L. 213-1).

11) L'élément moral du délit est caractérisé par une simple faute d'imprudence. Il en est ainsi du prévenu qui n'a pas pris toutes les précautions nécessaires pour assurer la véracité du message publicitaire incriminé (▪ Cass. crim., 26 oct. 1999 : *Bull. crim.* n° 233).

12) Le dommage n'étant pas un élément constitutif du délit de publicité trompeuse, l'infraction, lorsqu'elle est commise par imprudence ou négligence, n'est pas soumise aux dispositions de l'article 121-3, alinéa 4, du Code pénal, issu de la loi du 10 juillet 2000 (▪ Cass. crim., 26 juin 2001 : *Bull. crim.* n° 160 ; *Dr. pén.* 2001, comm. 143, obs. J.-H. Robert).

13) Ne justifie pas sa décision la cour d'appel qui condamne une société de restauration pour délit de publicité trompeuse au seul motif qu'il était mentionné sur l'affiche prescrite par le décret du 17 décembre 2002, comme pays d'origine de la viande bovine, quatre pays dont la France, alors qu'elle était uniquement d'origine française.

Il appartenait aux juges, le délit n'étant pas caractérisé en l'état de ces seules énonciations, de rechercher si les faits ne constituaient pas la contravention prévue par l'article 3 du décret susvisé (▪ Cass. crim., 23 mars 2010, n° 09-82.545 : *D.* 2010, p. 1913, note E. Dreyer sur la nature de l'élément moral de l'infraction).

14) Application. Condamne à bon droit le directeur général d'une société, du chef de publicité de nature à induire en erreur, l'arrêt qui constate que le document publicitaire, accompagnant l'envoi de livres à titre gratuit, précisait que le cadeau reçu n'engageait pas le destinataire alors que d'autres mentions lui imposaient de cocher une case ou d'écrire, pour éviter de recevoir d'autres livres, cette fois contre paiement (▪ Cass. crim., 14 févr. 1996 : *Bull. crim.* n° 79).

15) Constituent une publicité trompeuse sur la portée des engagements pris par l'annonceur, les documents d'une loterie publicitaire organisée par une société de vente par correspondance laissant croire à tort au destinataire qu'il a gagné l'un des lots mis en jeu. Il n'importe que, conformément aux prescriptions légales, la participation à la loterie soit gratuite et sans obligation d'achat des articles présentés dans le catalogue de vente (▪ Cass. crim., 28 mai 1997 : *Bull. crim.* n° 211).

16) Justifient leur décision les juges du second degré qui, pour déclarer un praticien coupable du délit de publicité de nature à induire la clientèle en erreur sur les qualités ou aptitudes du fabricant ou du prestataire de services, retiennent qu'alors qu'il n'était pas titulaire du diplôme de chirurgien-dentiste, il a proposé, directement, à la clientèle, par voie d'affiches, de tracts et de presse, des travaux de fabrication et de réparation de prothèses dentaires (▪ Cass. crim., 14 mai 1997 : *Bull. crim.* n° 183) ; même solution pour un prestataire de services annonçant un stage payant de karaté et se prévalant d'un titre fédéral délivré par une fédération sportive non agréée (▪ Cass. crim., 15 oct. 1997 : *Bull. crim.* n° 338).

17) Justifient leur décision les juges de fond qui, pour condamner le dirigeant de sociétés de déménagement fonctionnant comme une seule et même entité, retiennent que les publicités parues, pour ces entreprises, dans les pages jaunes de l'annuaire du téléphone comportent une présentation de nature à induire en erreur le consommateur quant à la réalité de la concurrence qu'il peut légitimement faire jouer en composant les numéros d'appel distincts des sociétés mentionnées dans lesdites publicités (▪ Cass. crim., 20 mars 2007 : *Bull. crim.* n° 86 ; *Dr. pén.* 2007 comm. 86, obs. J.-H. Robert).

18) Caractérise le délit de pratique commerciale trompeuse la cour d'appel qui retient que le fait, pour une banque, de continuer d'accepter et de traiter les formulaires de souscription d'ouverture d'un compte rémunéré attachés à une offre promotionnelle interrompue, sans avertir les souscripteurs de la réduction du taux d'intérêt figurant dans cette offre, a altéré le comportement économique d'un consommateur normalement attentif, trompé sur les qualités essentielles du contrat souscrit et sur la portée de l'engagement de l'annonceur (▪ Cass. crim., 13 janv. 2016, n° 14-88.138).

19) Une pratique commerciale est trompeuse notamment si elle repose sur des allégations, indications ou présentations fausses ou de nature à induire en erreur et portant sur le prix ou le mode de calcul du prix, le caractère promotionnel du prix et les conditions de vente, de paiement et de livraison du bien ou du service, et si elle altère ou est susceptible d'altérer de manière substantielle le comportement économique du consommateur normalement informé et raisonnablement attentif et avisé.

N'a pas justifié sa décision la cour d'appel qui, pour relaxer la prévenue, n'a pas suffisamment recherché si les prix de référence mentionnés par les promotions affichées sur son site internet avaient bien été précédemment appliqués et s'est fondée, pour apprécier l'incidence de la pratique concernée sur le comportement économique du consommateur normalement informé et raisonnablement attentif et avisé, sur des critères inopérants tenant à l'intérêt particulier du client éventuel pour le produit concerné en raison d'achats antérieurs sur internet et à sa faculté de comparer instantanément les prix pratiqués par d'autres commerçants en ligne (▪ Cass. crim., 11 juill. 2017, n° 16-84.902 : *Dr. pén.* 2017, comm. 150, note J.-H. Robert).

20) N'a pas justifié sa décision la cour d'appel qui a déclaré la prévenue coupable de pratique commerciale trompeuse, sans avoir procédé à l'appréciation des limites propres au moyen de communication utilisé aux circonstances qui l'entourent, et des mesures prises par le professionnel pour mettre ces informations à la disposition du consommateur par d'autres moyens, ainsi qu'il est prévu par l'article L. 121-1-II du Code de la consommation, dans sa rédaction résultant de la loi du 17 mars 2014 (▪ Cass. crim., 1er sept. 2015, n° 14-85.791 ; *Dr. pén.* 2015, comm. 146, obs. J.-H. Robert).

21) Le fait, pour un démarcheur, de donner des indications fantaisistes sur les délais de livraison d'encarts publicitaires ou d'établir des bons de commande imprécis, équivoques ou ambigus ne peut s'analyser en une simple omission au sens de l'article L. 121-1, paragraphe II du Code de la consommation alors applicable mais constitue une pratique commerciale trompeuse au sens du paragraphe I de ce même article dès lors qu'il participe d'allégations, indications ou présentations fausses de nature à induire en erreur portant sur un ou plusieurs éléments énumérés au 2° de ce même paragraphe qui doivent être appréciées dans leur ensemble.

Il s'ensuit qu'en application du paragraphe III, le délit est caractérisé même quand ces pratiques ont été commises à l'égard de professionnels.

Les mentions écrites figurant au contrat sont sans incidence sur l'existence d'allégations délibérément mensongères qui en ont déterminé la signature (▪ Cass. crim., 22 nov. 2016, n° 15-83.559).

22) Les dispositions des articles L. 120-1, L. 121-1 et L. 121-1-1, devenus L. 121-1 à L. 121-5 du Code de la consommation, relatives aux pratiques commerciales trompeuses, ne s'appliquent pas aux opérations relatives à l'achat d'un produit par un professionnel à un consommateur (▪ Cass. crim., 5 déc. 2017, n° 16-86.729 : *Dr. pén.* 2018, comm. 33, note J.-H. Robert).

23) Personne morale. L'auteur d'une publicité fausse ou de nature à induire en erreur en est responsable s'il n'a pas vérifié la véracité de ses allégations. Une personne morale peut être condamnée de ce chef, sans que le délit puisse être imputé à un organe ou un représentant bien déterminé, dès lors qu'il est le fruit de sa politique commerciale voulue et organisée (▪ Cass. crim., 24 mars 2009 : *JurisData* n° 2009-047943 ; *Dr. pén.* 2009, comm. 84, obs. J.-H. Robert).

V. aussi, *infra*, ▪ Cass. crim., 15 déc. 2009 : *Bull. crim.* n° 112.

24) Mais, le fait d'annoncer comme étant gratuits des services dont le coût est en réalité inclus dans le prix de vente de la marchandise, objet principal de la publicité, ne constitue pas le délit prévu par l'article L. 121-1 du Code de la consommation dès lors que l'acquéreur a été exactement informé du prix global qu'il aurait à payer et qu'il n'a pas été induit en erreur sur l'un des éléments prévus par ce texte (▪ Cass. crim., 29 oct. 1997 : *Bull. crim.* n° 362 ; *JCP* 1998, II, n° 10138, note J. Casey).

25) Cumuls d'infractions. En vertu du règlement n° 1576/89/CEE du 29 mai 1989, dont le décret du 11 mars 1993 prévoit qu'il constitue une mesure d'exécution de l'article L. 214-1 du Code de la consommation, l'étiquetage, la présentation ou la publicité des boissons spiritueuses ne peuvent indiquer une durée de vieillissement qu'à condition que le produit ait été vieilli sous contrôle fiscal ou sous un contrôle présentant des garanties équivalentes. Un tel contrôle n'étant organisé, pour le cognac, que pour une durée de vieillissement n'excédant pas neuf ans, la diffusion de publicités mentionnant que des eaux-de-vie « goûtent » un âge plus élevé, et la commercialisation des produits ainsi désignés, caractérisent les **délits de publicité de nature à induire en erreur et de tromperie**, la formulation « goûte », suivie d'un nombre d'années, accréditant faussement chez le consommateur la conviction qu'il achète un cognac ayant bénéficié d'un vieillissement de cette durée (▪ Cass. crim., 6 sept. 2005 : *Bull. crim.* n° 217 ; *Dr. pén.* 2005, comm. 177, obs. J.-H. Robert).

26) A été cassé l'arrêt renvoyant un professeur de judo des fins de la poursuite pour usurpation de titre et publicité de nature à induire en erreur alors que ce prévenu avait diffusé des annonces dans des publications et sur Internet suivant lesquelles il se prévalait d'un dan dont il n'était pas titulaire (▪ Cass. crim., 10 oct. 2006 : *Bull. crim.* n° 245 ; V. note sous art. 433-17, p. 883).

27) Justifie sa décision la cour d'appel qui, saisie de poursuites à l'encontre d'une société de téléphonie et de son dirigeant pour **publicité de nature à induire en erreur et infractions aux règles relatives aux ventes à distance**, retient que, pour convaincre les consommateurs prospectés par téléphone de changer d'opérateur téléphonique, les agents commerciaux mandatés par la société développaient au téléphone un argumentaire relatif aux tarifs des communications à la seconde ne comportant de précision ni sur le coût de chaque connexion, ni sur celui des paiements par chèque et sur le montant mensuel minimum de la facturation ; que les plaquettes publicitaires envoyées par courrier aux personnes démarchées qui ne précisaient ni l'adresse du siège de la société et la durée de validité des offres, ni l'existence du droit de rétractation, fournissaient aux consommateurs une information parcellaire sur les tarifs réellement pratiqués, et comportaient des précisions difficiles à trouver en raison de leur localisation et de la police de caractères employées, sur la nature exacte des engagements des parties.

Ces énonciations caractérisent la tromperie des consommateurs sur les caractéristiques essentielles des prestations téléphoniques proposées et l'impossibilité pour eux d'exercer la faculté de s'informer et de se rétracter à l'occasion de la vente de prestations de services à distance, et ainsi la commission des délits prévus par les articles L. 121-1, L. 121-18 et L. 121-19 du Code de la consommation, applicables à la date des faits et constitutifs de pratiques commerciales, les unes déloyales, les autres agressives au sens de l'article L. 120-1 du Code de la consommation dans la rédaction résultant de la loi du 4 août 2008 (▪ Cass. crim., 15 déc. 2009 : *Bull. crim.* n° 112 ; *Dr. pén.* 2010, comm. 41, obs. J.-H. Robert ; *D.* 2010, act. jurispr., p. 203, note X. Delpech ; *AJ pénal* 2010, p. 73, note N. Ereseo et J. Lasserre-Capdeville ; *RSC* 2010, p. 146, obs. C. Ambroise-Casterot).

28) Complicité. Pour retenir la complicité de ce délit, au sens de l'article 121-7 du Code pénal, il faut et il suffit d'établir que c'est en connaissance de cause que le complice a donné à l'annonceur des instructions ou lui a fourni les moyens pour la création de la publicité (■ Cass. crim., 23 avr. 1997 : *Bull. crim.* n° 143 ; *Dr. pén.* 1997, comm. 114, obs. J.-H. Robert).

29) Procédure. Sont habilités à constater au moyen de procès-verbaux les infractions aux dispositions de l'article L. 121-1 du Code de la consommation, les agents de la Direction générale de la Concurrence, de la Consommation et de la répression des Fraudes (■ Cass. crim., 25 sept. 1995 : *Bull. crim.* n° 278 ; *Dr. pén.* 1996, comm. 16, obs. J.-H. Robert).

30) Le délit de publicité de nature à induire en erreur, même s'il se manifeste lors de chaque communication au public d'une telle publicité constitue une infraction unique qui ne peut être poursuivie et sanctionnée qu'une seule fois dès l'instant où il s'agit d'allégations identiques, contenues dans le même message publicitaire et diffusées simultanément. Dès lors, encourt la cassation l'arrêt qui, pour écarter l'exception soulevée par les prévenus, retient que, si les faits commis dans un autre département, pour lesquels ils ont été condamnés par arrêt définitif, sont de même nature et correspondent à des opérations commerciales similaires à ceux visés par la poursuite, ils se sont déroulés en deux lieux différents à l'égard de clientèles distinctes (■ Cass. crim., 27 mars 2007 : *Bull. crim.* n° 94 ; *Dr. pén.* 2007, comm. 87, obs. J.-H. Robert).

Bibliographie : V. C. Carreau, *Publicité et escroquerie : D.* 1996, chron., p. 257. – A. Giudicelli, *Synthèse de jurisprudence : RSC* 1999, 115. – R. Saint-Esteben et J.-D. Bretzner, *La charge de la preuve en matière de publicité trompeuse ou de nature à induire en erreur : D.* 2006, chron., p. 1610.

Art. L. 121-4 ***(Mod. à compter du 1er janvier 2020, Ord. n° 2019-1015, 2 oct. 2019 ; mod., L. n° 2020-105, 10 févr. 2020 ; Ord. n° 2021-1734, 22 déc. 2021).*** **– Sont réputées trompeuses, au sens des articles L. 121-2 et L. 121-3, les pratiques commerciales qui ont pour objet :**

1° Pour un professionnel, de se prétendre signataire d'un code de conduite alors qu'il ne l'est pas ;

2° D'afficher un certificat, un label de qualité ou un équivalent sans avoir obtenu l'autorisation nécessaire ;

3° D'affirmer qu'un code de conduite a reçu l'approbation d'un organisme public ou privé alors que ce n'est pas le cas ;

4° D'affirmer qu'un professionnel, y compris à travers ses pratiques commerciales ou qu'un produit ou service a été agréé, approuvé ou autorisé par un organisme public ou privé alors que ce n'est pas le cas ou de ne pas respecter les conditions de l'agrément, de l'approbation ou de l'autorisation reçue ;

5° De proposer l'achat de produits ou la fourniture de services à un prix indiqué sans révéler les raisons plausibles que pourrait avoir le professionnel de penser qu'il ne pourra fournir lui-même ou faire fournir par un autre professionnel, les produits ou services en question ou des produits ou services équivalents au prix indiqué, pendant une période et dans des quantités qui soient raisonnables compte tenu du produit ou du service, de l'ampleur de la publicité faite pour le produit ou le service et du prix proposé ;

6° De proposer l'achat de produits ou la fourniture de services à un prix indiqué, et ensuite :

a) **De refuser de présenter aux consommateurs l'article ayant fait l'objet de la publicité ;**

b) **Ou de refuser de prendre des commandes concernant ces produits ou ces services ou de les livrer ou de les fournir dans un délai raisonnable ;**

c) **Ou d'en présenter un échantillon défectueux, dans le but de faire la promotion d'un produit ou d'un service différent ;**

7° De déclarer faussement qu'un produit ou un service ne sera disponible que pendant une période très limitée ou qu'il ne sera disponible que sous des conditions particulières pendant une période très limitée afin d'obtenir une décision immédiate et priver les consommateurs d'une possibilité ou d'un délai suffisant pour opérer un choix en connaissance de cause ;

8° De s'engager à fournir un service après-vente aux consommateurs avec lesquels le professionnel a communiqué avant la transaction dans une langue qui n'est pas une langue officielle de l'État membre de l'Union européenne dans lequel il est établi et, ensuite, assurer ce service uniquement dans une autre langue sans clairement en informer le consommateur avant que celui-ci ne s'engage dans la transaction ;

9° De déclarer ou de donner l'impression que la vente d'un produit ou la fourniture d'un service est licite alors qu'elle ne l'est pas ;

10° De présenter les droits conférés au consommateur par la loi comme constituant une caractéristique propre à la proposition faite par le professionnel ;

11° D'utiliser un contenu rédactionnel dans les médias pour faire la promotion d'un produit ou d'un service alors que le professionnel a financé celle-ci lui-même, sans l'indiquer clairement dans le contenu ou à l'aide d'images ou de sons clairement identifiables par le consommateur ;

12° De formuler des affirmations matériellement inexactes en ce qui concerne la nature et l'ampleur des risques auxquels s'expose le consommateur sur le plan de sa sécurité personnelle ou de celle de sa famille s'il n'achète pas le produit ou le service ;

13° De promouvoir un produit ou un service similaire à celui d'un autre fournisseur clairement identifié, de manière à inciter délibérément le consommateur à penser que le produit ou le service provient de ce fournisseur alors que tel n'est pas le cas ;

14° De déclarer que le professionnel est sur le point de cesser ses activités ou de les établir ailleurs alors que tel n'est pas le cas ;

15° D'affirmer d'un produit ou d'un service qu'il augmente les chances de gagner aux jeux d'argent et de hasard ;

16° D'affirmer faussement qu'un produit ou une prestation de services est de nature à guérir des maladies, des dysfonctionnements ou des malformations ;

17° De communiquer des informations matériellement inexactes sur les conditions de marché ou sur les possibilités de trouver un produit ou un service, dans le but d'inciter le consommateur à acquérir celui-ci à des conditions moins favorables que les conditions normales de marché ;

18° D'affirmer, dans le cadre d'une pratique commerciale, qu'un concours est organisé ou qu'un prix peut être gagné sans attribuer les prix décrits ou un équivalent raisonnable ;

19° De décrire un produit ou un service comme étant « gratuit », « à titre gracieux », « sans frais » ou autres termes similaires si le consommateur doit payer quoi que ce soit d'autre que les coûts inévitables liés à la réponse, à la pratique commerciale et au fait de prendre possession ou livraison de l'article ;

20° D'inclure dans un support publicitaire une facture ou un document similaire demandant paiement qui donne au consommateur l'impression qu'il a déjà commandé le produit ou le service commercialisé alors que tel n'est pas le cas ;

21° De faussement affirmer ou donner l'impression que le professionnel n'agit pas à des fins qui entrent dans le cadre de son activité commerciale, industrielle, artisanale, libérale ou agricole ou de se présenter faussement comme un consommateur ;

22° De créer faussement l'impression que le service après-vente en rapport avec un produit ou un service est disponible dans un État membre de l'Union européenne autre que celui dans lequel le produit ou le service est vendu.

23° *(23° créé, L. n° 2020-105, 10 févr. 2020)* Dans une publicité, de donner l'impression, par des opérations de promotion coordonnées à l'échelle nationale, que le consommateur bénéficie d'une réduction de prix comparable à celle des soldes, tels que définis à l'article L. 310-3 du Code de commerce, en dehors de leur période légale mentionnée au même article L. 310-3.

24° De faire figurer un drapeau français, une carte de France ou tout symbole représentatif de la France sur les emballages alimentaires lorsque les ingrédients primaires définis par le règlement (UE) n° 1169/2011 du Parlement européen et du Conseil du 25 octobre 2011 concernant l'information des consommateurs sur les denrées alimentaires, modifiant les règlements (CE) n° 1924/2006 et (CE) n° 1925/2006 du Parlement européen et du Conseil et abrogeant la directive 87/250/CEE de la Commission, la directive 90/496/CEE du Conseil, la directive 1999/10/CE de la Commission, la directive 2000/13/CE du Parlement européen et du Conseil, les directives 2002/67/CE et 2008/5/CE de la Commission et le règlement (CE) n° 608/2004 de la Commission ne sont pas d'origine française.

Par dérogation au 24° du présent article, sont exclus du dispositif les ingrédients primaires dont l'origine française est difficile, voire impossible à garantir, car issus de filières non productrices en France ou dont la production est manifestement insuffisante sur le territoire ;

25° De fournir des résultats de recherche en réponse à une requête réalisée en ligne par un consommateur sans l'informer clairement de tout paiement effectué spécifiquement par un tiers pour obtenir un meilleur classement de l'un ou de plusieurs des produits apparaissant dans les résultats de recherche ou pour qu'un ou plusieurs produits y apparaissent ;

26° De revendre des billets pour des manifestations à des consommateurs lorsque le professionnel les a acquis en utilisant un moyen automatisé lui permettant de contourner toute limite imposée au nombre de billets qu'une personne peut acheter ou toute interdiction applicable à l'achat de billets ;

27° D'affirmer que des avis sur un produit sont diffusés par des consommateurs qui ont effectivement utilisé ou acheté le produit sans avoir pris les mesures nécessaires pour le vérifier ;

28° De diffuser ou faire diffuser par une autre personne morale ou physique des faux avis ou de fausses recommandations de consommateurs ou modifier des avis de consommateurs ou des recommandations afin de promouvoir des produits.

Le seul fait d'affirmer d'un produit ou d'un service qu'il augmente les chances de gagner aux jeux de hasard suffit à caractériser l'élément matériel constitutif de l'infraction prévue par le 15° de l'article L. 121-1-1 devenu L. 121-4 du Code de la consommation (■ Cass. crim., 28 janv. 2020, n° 19-80.496).

Art. L. 121-5 *(L. n° 2017-203, 21 févr. 2017)*. **– Les dispositions des articles L. 121-2 à L. 121-4 sont également applicables aux pratiques qui visent les professionnels et les non-professionnels.**

Sous-section 2. Pratiques commerciales agressives

Art. L. 121-6. – Une pratique commerciale est agressive lorsque du fait de sollicitations répétées et insistantes ou de l'usage d'une contrainte physique ou morale, et compte tenu des circonstances qui l'entourent :

1° Elle altère ou est de nature à altérer de manière significative la liberté de choix d'un consommateur ;

2° Elle vicie ou est de nature à vicier le consentement d'un consommateur ;

3° Elle entrave l'exercice des droits contractuels d'un consommateur.

Afin de déterminer si une pratique commerciale recourt au harcèlement, à la contrainte, y compris la force physique, ou à une influence injustifiée, les éléments suivants sont pris en considération :

1° Le moment et l'endroit où la pratique est mise en œuvre, sa nature et sa persistance ;

2° Le recours à la menace physique ou verbale ;

3° L'exploitation, en connaissance de cause, par le professionnel, de tout malheur ou circonstance particulière d'une gravité propre à altérer le jugement du consommateur, dans le but d'influencer la décision du consommateur à l'égard du produit ;

4° Tout obstacle non contractuel important ou disproportionné imposé par le professionnel lorsque le consommateur souhaite faire valoir ses droits contractuels, et notamment celui de mettre fin au contrat ou de changer de produit ou de fournisseur ;

5° Toute menace d'action alors que cette action n'est pas légalement possible.

Art. L. 121-7. – Sont réputées agressives au sens de l'article L. 121-6 les pratiques commerciales qui ont pour objet :

1° De donner au consommateur l'impression qu'il ne pourra quitter les lieux avant qu'un contrat n'ait été conclu ;

2° D'effectuer des visites personnelles au domicile du consommateur, en ignorant sa demande de voir le professionnel quitter les lieux ou de ne pas y revenir, sauf si la législation nationale l'y autorise pour assurer l'exécution d'une obligation contractuelle ;

3° De se livrer à des sollicitations répétées et non souhaitées par téléphone, télécopieur, courrier électronique ou tout autre outil de communication à distance ;

4° D'obliger un consommateur qui souhaite demander une indemnité au titre d'une police d'assurance à produire des documents qui ne peuvent raisonnablement être considérés comme pertinents pour établir la validité de la demande ou s'abstenir systématiquement de répondre à des correspondances pertinentes, dans le but de dissuader ce consommateur d'exercer ses droits contractuels ;

5° Dans une publicité, d'inciter directement les enfants à acheter ou à persuader leurs parents ou d'autres adultes de leur acheter le produit faisant l'objet de la publicité ;

6° D'informer explicitement le consommateur que s'il n'achète pas le produit ou le service, l'emploi ou les moyens d'existence du professionnel seront menacés ;

7° De donner l'impression que le consommateur a déjà gagné, gagnera ou gagnera en accomplissant tel acte un prix ou un autre avantage équivalent, alors que, en fait :
– soit il n'existe pas de prix ou autre avantage équivalent ;
– soit l'accomplissement d'une action en rapport avec la demande du prix ou autre avantage équivalent est subordonné à l'obligation pour le consommateur de verser de l'argent ou de supporter un coût.

Section II. – Abus de faiblesse

Art. L. 121-8. – Est interdit le fait d'abuser de la faiblesse ou de l'ignorance d'une personne pour lui faire souscrire, par le moyen de visites à domicile, des engagements au comptant ou à crédit sous quelque forme que ce soit, lorsque les circonstances montrent que cette personne n'était pas en mesure d'apprécier la portée des engagements qu'elle prenait ou de déceler les ruses ou artifices déployés pour la convaincre à y souscrire ou font apparaître qu'elle a été soumise à une contrainte.

Art. L. 121-9. – Est interdit le fait d'abuser de la faiblesse ou de l'ignorance d'une personne pour obtenir des engagements :

1° Soit à la suite d'un démarchage par téléphone ou télécopie ;

2° Soit à la suite d'une sollicitation personnalisée, sans que cette sollicitation soit nécessairement nominative, à se rendre sur un lieu de vente, effectuée à domicile et assortie de l'offre d'avantages particuliers ;

3° Soit à l'occasion de réunions ou d'excursions organisées par l'auteur de l'infraction ou à son profit ;

4° Soit lorsque la transaction a été faite dans des lieux non destinés à la commercialisation du bien ou du service proposé ou dans le cadre de foires ou de salons ;

5° Soit lorsque la transaction a été conclue dans une situation d'urgence ayant mis la victime de l'infraction dans l'impossibilité de consulter un ou plusieurs professionnels qualifiés, tiers au contrat.

Art. L. 121-10. – Est interdit le fait d'abuser de la faiblesse ou de l'ignorance d'une personne pour se faire remettre, sans contreparties réelles, des sommes en numéraire ou par virement, des chèques bancaires ou postaux, des ordres de paiement par carte de paiement ou carte de crédit ou bien des valeurs mobilières, au sens de l'article 529 du Code civil.

Section III. – Refus et subordination de vente et de prestation de services

Art. L. 121-11 *(Mod., Ord. n° 2018-361, 16 mai 2018)*. **– Est interdit le fait de refuser à un consommateur la vente d'un produit ou la prestation d'un service, sauf motif légitime ;**

Est également interdit le fait de subordonner la vente d'un produit à l'achat d'une quantité imposée ou à l'achat concomitant d'un autre produit ou d'un autre service ainsi que de subordonner la prestation d'un service à celle d'un autre service ou à l'achat d'un produit dès lors que cette subordination constitue une pratique commerciale déloyale au sens de l'article L. 121-1.

Est également interdit le fait de subordonner la vente d'un bien ou la fourniture d'un service à la conclusion d'un contrat d'assurance accessoire au bien ou au service vendu, sans permettre au consommateur d'acheter le bien ou d'obtenir la fourniture du service séparément. Pour les établissements de crédit et les organismes mentionnés à l'article L. 518-1 du Code monétaire et financier, les règles relatives aux ventes subordonnées sont fixées par les dispositions du 1 du I de l'article L. 312-1-2 du même code.

Les dispositions du présent article s'appliquent à toutes les activités de production, de distribution et de services, y compris celles qui sont le fait de personnes publiques, notamment dans le cadre de conventions de délégation de service public.

1) Constitue la contravention de vente de produit ou prestation de service à un consommateur sous condition, le fait pour une agence d'imposer lors de la conclusion d'un « contrat de voyage forfaitaire » la souscription d'une assurance garantissant les risques d'annulation du contrat et d'assistance aux personnes et aux biens, en violation des dispositions de la directive 90-314-CEE du 13 juin 1990 et de l'arrêté interministériel du 14 juin 1982 alors applicable (■ Cass. crim., 12 juin 1995 : *Bull. crim.* n° 212).

2) Les convictions personnelles ne constituent pas pour le pharmacien, titulaire du monopole de vente de médicaments, un motif légitime du refus de vendre, à un consommateur, des contraceptifs hormonaux faisant l'objet d'une prescription médicale ; justifie, dès lors, sa décision, la cour d'appel qui déclare un pharmacien coupable de contravention aux dispositions de l'article L. 122-1 du Code de la consommation au motif que le refus de délivrer des médicaments contraceptifs ne procède pas d'une impossibilité matérielle de satisfaire la demande, faute de stock, mais est opposé au nom de convictions personnelles qui ne peuvent constituer, pour les pharmaciens auxquels est réservée la vente de médicaments, un motif légitime au sens de l'article L. 122-1 précité (■ Cass. crim., 21 oct. 1998 : *Bull. crim.* n° 273).

3) Les modalités de la redevance d'utilisation temporaire du domaine public (en l'espèce le stationnement payant), régulièrement fixées par l'autorité publique, ladite taxe n'étant pas un acte commercial mais relevant d'un acte administratif unilatéral, ne sont pas soumises au Code de la consommation et donc à l'article L. 122-1 dudit code (■ Cass. crim., 26 avr. 2006 : *Bull. crim.* n° 114 ; *Dr. pén.* 2006, comm. 111, obs. J.-H. Robert).

Section IV. – Vente et prestation de services sans commande préalable

Art. L. 121-12. – **Est interdit le fait d'exiger le paiement immédiat ou différé de biens ou de services fournis par un professionnel ou, s'agissant de biens, d'exiger leur renvoi ou leur conservation, sans que ceux-ci aient fait l'objet d'une commande préalable du consommateur.**

Les dispositions du présent article s'appliquent également aux contrats portant sur la fourniture d'eau, de gaz ou d'électricité lorsqu'ils ne sont pas conditionnés dans un volume délimité ou en quantité déterminée ainsi que sur la fourniture de chauffage urbain et de contenu numérique non fourni sur support matériel.

....

Section V. – Vente ou prestation de services « à la boule de neige »

Art. L. 121-15. – **1° La vente pratiquée par le procédé dit « de la boule de neige » ou tous autres procédés analogues consistant en particulier à offrir des marchandises au public en lui faisant espérer l'obtention de ces marchandises à titre gratuit ou contre remise d'une somme inférieure à leur valeur réelle et en subordonnant les ventes au placement de bons ou de tickets à des tiers ou à la collecte d'adhésions ou inscriptions ;**

2° Le fait de proposer à une personne de collecter des adhésions ou de s'inscrire sur une liste en exigeant d'elle le versement d'une contrepartie quelconque et en lui faisant espérer des gains financiers résultant d'une progression du nombre de personnes recrutées ou inscrites plutôt que de la vente, de la fourniture ou de la consommation de biens ou services.

Dans le cas de réseaux de vente constitués par recrutement en chaîne d'adhérents ou d'affiliés, il est interdit d'obtenir d'un adhérent ou affilié du réseau le versement d'une somme correspondant à un droit d'entrée ou à l'acquisition de matériels ou de services à vocation pédagogique, de formation, de démonstration ou de vente ou tout autre matériel ou service analogue, lorsque ce versement conduit à un paiement ou à l'attribution d'un avantage bénéficiant à un ou plusieurs adhérents ou affiliés du réseau.

En outre, est interdit, dans ces mêmes réseaux, le fait d'obtenir d'un adhérent ou affilié l'acquisition d'un stock de marchandises destinées à la revente, sans garantie de reprise du stock aux conditions de l'achat, déduction faite éventuellement d'une somme n'excédant pas 10 % du prix correspondant. Cette garantie de reprise peut toutefois être limitée à une période d'un an après l'achat.

Section VI. – Numéro téléphonique surtaxé

Art. L. 121-16. – **Le numéro de téléphone destiné à recueillir l'appel d'un consommateur en vue d'obtenir la bonne exécution d'un contrat conclu avec un professionnel ou le traitement d'une réclamation ne peut pas être surtaxé.**

Ce numéro est indiqué dans le contrat et la correspondance.

Section VII. – Paiement supplémentaire sans consentement exprès

Art. L. 121-17. – **Préalablement à la conclusion d'un contrat de vente ou de prestation de services, le professionnel s'assure du consentement exprès du consommateur pour tout paiement supplémentaire venant s'ajouter au prix de l'objet principal du contrat.**

Dans l'hypothèse où le paiement supplémentaire résulte d'un consentement du consommateur donné par défaut, c'est-à-dire en l'absence d'opposition expresse de sa part à des options payantes qu'il n'a pas

sollicitées, le consommateur peut prétendre au remboursement des sommes versées au titre de ce paiement supplémentaire.

Les dispositions du présent article s'appliquent aux contrats portant sur la fourniture d'eau, de gaz ou d'électricité lorsqu'ils ne sont pas conditionnés dans un volume délimité ou en quantité déterminée ainsi que sur la fourniture de chauffage urbain et de contenu numérique non fourni sur un support matériel.

....

Section IX. – Loteries publicitaires

Art. L. 121-20. – Dès lors qu'elles sont déloyales au sens de l'article L. 121-1, sont interdites les pratiques commerciales mises en œuvre par les professionnels à l'égard des consommateurs, sous la forme d'opérations promotionnelles tendant à l'attribution d'un gain ou d'un avantage de toute nature par la voie d'un tirage au sort, quelles qu'en soient les modalités ou par l'intervention d'un élément aléatoire.

1) Il résulte de l'article 5, 1er alinéa, de la loi du 23 juin 1989 devenu l'article L. 121-36 du Code de la consommation, qu'est soumise à la réglementation des loteries publicitaires toutes opération publicitaire, réalisée par voie d'écrit, tendant à faire naître, chez chacun des participants, l'espérance d'un gain quelles que soient les modalités du tirage au sort ; les prévisions de ce texte ne se limitent pas aux loteries dans lesquelles chaque participant gagne un lot (■ Cass. crim., 30 oct. 1995 : *Bull. crim.* n° 323).

2) Il y a autant d'infractions à l'article L. 121-36 du Code de la consommation que de destinataires de bulletins individualisés de participation à une loterie publicitaire, non distincts du bon de commande (■ Cass. crim., 25 juin 1997 : *Bull. crim.* n° 257 ; *Dr. pén.* 1997, comm. 145, obs. J.-H. Robert).

Section X. – Frais de recouvrement

Art. L. 121-21. – Est interdit le fait pour un professionnel de solliciter ou de percevoir d'un consommateur des frais de recouvrement dans des conditions contraires au deuxième alinéa de l'article L. 111-8 du C des procédures civiles d'exécution.

Section XI. – Publicité portant sur des opérations commerciales règlementées

Art. L. 121-22 ***(Mod. à compter du 1er janvier 2022, L. n° 2021-1357, 18 oct. 2021).*** **– Est interdite toute publicité portant :**

1° Sur une opération commerciale soumise à autorisation ou à déclaration au titre soit de l'article L. 122-24 du présent code, soit des articles L. 310-1 à L. 310-4 et L. 310-7 du Code de commerce, soit des articles L. 752-1 et L. 752-16 du même code, et qui n'a pas fait l'objet de cette autorisation ou de cette déclaration ;

2° Sur une opération commerciale dont la réalisation nécessite l'emploi de personnel salarié requérant une autorisation au titre du chapitre II du titre III du livre Ier de la troisième partie du Code du travail et réalisée sans l'obtention préalable de cette autorisation, ou qui est en infraction avec les dispositions du chapitre IV du titre III du livre Ier de la troisième partie du même code et de leurs textes d'application ;

3° Sur une opération commerciale réalisée ou devant être réalisée en infraction avec les dispositions de l'article L. 3132-29 du Code du travail ;

4° Sur une manifestation commerciale soumise à la déclaration prévue à l'article L. 762-2 du Code de commerce et qui n'a pas fait l'objet de cette déclaration.

Section XII. – Blocage géographique injustifié

Art. L. 121-23 ***(Créé, L. n° 2020-1508).*** **– Sous réserve des dispositions de l'article L. 132-24-1, il est interdit à un professionnel :**

1° De bloquer ou de limiter l'accès d'un consommateur à son interface en ligne, par l'utilisation de mesures technologiques ou autres, pour des motifs liés au lieu de résidence sur le territoire national de ce consommateur.

Il est également interdit à un professionnel de rediriger, pour des motifs liés à son lieu de résidence, un consommateur vers une version de son interface en ligne qui est différente de celle à laquelle il a initialement

voulu accéder, sauf s'il a expressément donné son consentement à cet effet. Lorsque le consommateur est redirigé après avoir donné son consentement, il doit pouvoir continuer à accéder facilement à la version de l'interface en ligne du professionnel à laquelle il a initialement voulu accéder.

Les interdictions énoncées aux deux premiers alinéas du présent 1° ne sont pas applicables lorsque le blocage, la limitation de l'accès ou la redirection sont nécessaires en vue de satisfaire une exigence légale applicable aux activités du professionnel ; dans de tels cas, le professionnel fournit une explication claire et précise au consommateur sur les raisons pour lesquelles le blocage, la limitation d'accès ou la redirection sont nécessaires à des fins de mise en conformité ;

2° D'appliquer, pour des motifs liés au lieu de résidence sur le territoire national du consommateur, des conditions générales de vente de biens ou de fourniture de services différentes dans les cas où ce consommateur cherche à :

a) Acheter des biens auprès d'un professionnel et que ces biens sont soit livrés en un lieu vers lequel la livraison est proposée dans les conditions générales de vente du professionnel, soit retirés en un lieu défini d'un commun accord entre le professionnel et le consommateur et pour lequel le professionnel propose une telle option dans ses conditions générales de vente ;

b) Obtenir des services fournis par un professionnel par voie électronique ;

c) Obtenir des services d'un professionnel autres que des services fournis par voie électronique, en un lieu situé dans la zone géographique où le professionnel exerce son activité.

Les interdictions énoncées aux quatre premiers alinéas du présent 2° n'empêchent pas le professionnel de proposer des conditions générales de vente, notamment des prix de vente nets, qui varient d'un endroit à l'autre et qui sont proposées, de manière non discriminatoire, à des clients résidant dans une zone géographique spécifique ou à certains groupes de clients ;

3° D'appliquer, pour des motifs liés à la localisation, sur le territoire national, de la résidence du consommateur, de son compte de paiement, du prestataire de services de paiement ou de l'émission de l'instrument de paiement, des conditions différentes aux opérations de paiement réalisées par les consommateurs à l'aide des moyens de paiement acceptés par ce professionnel, lorsque :

a) L'opération de paiement est effectuée au moyen d'un service de paiement mentionné aux 1° à 7° du II de l'article L. 314-1 du Code monétaire et financier ;

b) Les exigences en matière d'authentification sont remplies en application de l'article L. 133-4 du même code ;

c) L'opération de paiement est effectuée dans une devise que le professionnel accepte.Lorsque des raisons objectives le justifient, l'interdiction énoncée au présent 3° ne fait pas obstacle à ce que le professionnel suspende la livraison des biens ou la prestation du service jusqu'à ce qu'il reçoive la confirmation que l'opération de paiement a été dûment engagée.

Chapitre 2. Pratiques commerciales réglementées

Section I. – Publicité comparative

Art. L. 122-1. – Toute publicité qui met en comparaison des biens ou services en identifiant, implicitement ou explicitement, un concurrent ou des biens ou services offerts par un concurrent n'est licite que si :

1° Elle n'est pas trompeuse ou de nature à induire en erreur ;

2° Elle porte sur des biens ou services répondant aux mêmes besoins ou ayant le même objectif ;

3° Elle compare objectivement une ou plusieurs caractéristiques essentielles, pertinentes, vérifiables et représentatives de ces biens ou services, dont le prix peut faire partie.

Art. L. 122-2. – La publicité comparative ne peut :

1° Tirer indûment profit de la notoriété attachée à une marque *(Mots rempl. à compter la date prévue au I de l'article 15 de l'ordonnance n° 2019-1169 du 13 novembre 2019 et au plus tard le 15 décembre 2019, Ord. n° 2019-1169, 13 nov. 2019)* « de produits ou de services », à un nom commercial, à d'autres signes distinctifs d'un concurrent ou à l'appellation d'origine ainsi qu'à l'indication géographique protégée d'un produit concurrent ;

2° Entraîner le discrédit ou le dénigrement des marques, noms commerciaux, autres signes distinctifs, biens, services, activité ou situation d'un concurrent ;

3° Engendrer de confusion entre l'annonceur et un concurrent ou entre les marques, noms commerciaux, autres signes distinctifs, biens ou services de l'annonceur et ceux d'un concurrent ;

4° Présenter des biens ou des services comme une imitation ou une reproduction d'un bien ou d'un service bénéficiant d'une marque ou d'un nom commercial protégé.

Art. L. 122-3. – **Pour les produits bénéficiant d'une appellation d'origine ou d'une indication géographique protégée, la comparaison n'est autorisée qu'entre des produits bénéficiant chacun de la même appellation ou de la même indication.**

Art. L. 122-4. – **Est interdit le fait de faire figurer des annonces comparatives telles que définies aux articles L. 122-1 et L. 122-2 sur des emballages, des factures, des titres de transport, des moyens de paiement ou des billets d'accès à des spectacles ou à des lieux ouverts au public.**

Art. L. 122-5. – **L'annonceur pour le compte duquel la publicité comparative est diffusée doit être en mesure de prouver dans un bref délai l'exactitude matérielle des énonciations, indications et présentations contenues dans la publicité.**

Art. L. 122-6. – **Les insertions réalisées dans la presse pour une publicité définie aux articles L. 122-1 et L. 122-2 ne donnent pas lieu au droit de réponse tel qu'il est défini par l'article 13 de la loi du 29 juillet 1881 sur la liberté de la presse et l'article 6 de la loi n° 82-652 du 29 juillet 1982 sur la communication audiovisuelle.**

1) Les dispositions des articles L. 121-8 et suivants du Code de la consommation réglementant la publicité comparative ne sont pas inconciliables avec celles de l'article 10 de la Convention européenne de sauvegarde des droits de l'homme et des libertés fondamentales, dès lors que cette réglementation constitue une mesure nécessaire à la protection de la réputation ou des droits d'autrui, justifiant une restriction à la liberté d'expression ; est illicite au regard de l'article L. 121-8 du Code de la consommation la publicité comparative sur les prix qui ne concerne pas des produits identiques vendus dans les mêmes conditions ou qui n'indique pas la durée pendant laquelle sont maintenus les prix mentionnés comme siens par l'annonceur ; l'appréciation du caractère identique des produits relève du pouvoir souverain des juges du fond (▪ Cass. crim., 16 oct. 1996 : *Bull. crim.* n° 364).

2) Il résulte de l'article L. 121-8 du Code de la consommation que toute publicité qui met en comparaison des biens ou services en identifiant, implicitement ou explicitement, un concurrent ou des biens ou services offerts par un concurrent n'est licite que si elle n'est pas trompeuse ou de nature à induire en erreur, si elle porte sur des biens ou services répondant aux mêmes besoins ou ayant le même objectif, et si elle compare objectivement une ou plusieurs caractéristiques essentielles, pertinentes, véritables et représentatives de ces biens ou services, dont le prix peut faire partie ; encourt la cassation l'arrêt dont il résulte que la cour d'appel (qui a débouté les parties civiles après que les prévenus aient été relaxés) n'était pas en mesure de s'assurer que les produits présentaient les mêmes caractéristiques essentielles, de sorte que la comparaison ne pouvait être opérée de façon objective (▪ Cass. crim., 9 mai 2007 : *Bull. crim.* n° 119 ; *D.* 2007, p. 2144, note L. Arcelin).

– La cour d'appel de renvoi a retenu que les faits de publicité comparative illicite étaient établis et leurs auteurs ont été condamnés à verser des dommages-intérêts aux parties civiles. Le pourvoi contre cette dernière décision a été rejeté par la Chambre criminelle (▪ Cass. crim., 13 janv. 2009 : *JurisData* n° 2009-046969 ; *Dr. pén.* 2009, comm. 51, obs. J.-H. Robert).

3) Lorsque les éléments de comparaison sur lesquels repose la caractéristique mentionnée dans la publicité comparative ne sont pas énumérés, le destinataire du message publicitaire doit être mis en mesure par l'annonceur d'en vérifier l'exactitude ainsi que celle de la caractéristique en cause ; justifie, en conséquence, sa décision, la cour d'appel qui, pour déclarer des prévenus coupables de publicité comparative illicite, retient que la reproduction des seuls tickets de caisse ne permettait pas au consommateur de s'assurer que les produits comparés, qui, pour certains, présentaient des différences de qualité, de poids, de contenance et de composition, et qui étaient placés dans des chariots recouverts d'un film plastifié, présentaient les mêmes caractéristiques essentielles, de sorte que leur comparaison ne pouvait être opérée de façon objective (▪ Cass. crim., 4 mars 2008, n° 07-83.628 : *Bull. crim.* n° 57 ; *JurisData* n° 2008-043366 ; *Dr. pén.* 2008, comm. 69, obs. J.-H. Robert).

Section III. Règles propres à certaines publicités et pratiques commerciales

Sous-section 3. – Appellation de boulanger et enseigne de boulangerie

Art. L. 122-17. – Les professionnels qui n'assurent pas eux-mêmes, à partir de matières premières choisies, le pétrissage de la pâte, sa fermentation et sa mise en forme ainsi que la cuisson du pain sur le lieu de vente au consommateur final ne peuvent utiliser appellation de « boulanger » et l'enseigne commerciale de « boulangerie » ou une dénomination susceptible de porter à confusion, sur le lieu de vente du pain au consommateur final ou dans des publicités à l'exclusion des documents commerciaux à usage strictement professionnel.

La pâte et les pains ne peuvent à aucun stade de la production ou de la vente être surgelés ou congelés.

Art. L. 122-18. – L'appellation de boulanger et l'enseigne commerciale de boulangerie mentionnées à l'article L. 122 17 peuvent être utilisées lorsque le pain est vendu de façon itinérante par le professionnel, ou sous sa responsabilité, lorsque ce professionnel remplit les conditions énoncées au même article.

TITRE III. – SANCTIONS

Chapitre Ier. – Information des consommateurs

Section I. – Obligation générale d'information précontractuelle

Art. L. 131-1. – Tout manquement à l'obligation d'information mentionnée à l'article L. 111-6 est passible d'une amende administrative dont le montant ne peut excéder 3 000 euros pour une personne physique et 15 000 euros pour une personne morale.

Cette amende est prononcée dans les conditions prévues au chapitre II du titre II du livre V.

Art. L. 131-2. – Tout manquement à l'obligation d'informer sur la durée de disponibilité des pièces détachées mentionnée à l'article L. 111-4 est passible d'une amende administrative dont le montant ne peut excéder 3 000 euros pour une personne physique et 15 000 euros pour une personne morale.

Cette amende est prononcée dans les conditions prévues au chapitre II du titre II du livre V.

Art. L. 131-3 *(Abr., L. n° 2016-1321, 7 oct. 2016).*

Art. L. 131-3-1 *(Créé, Ord. n° 2021-1247, 29 sept. 2021).* – Tout manquement à l'obligation d'information mentionnée à l'article L. 111-6 est passible d'une amende administrative dont le montant ne peut excéder 3 000 euros pour une personne physique et 15 000 euros pour une personne morale.

Cette amende est prononcée dans les conditions prévues au chapitre II du titre II du livre V.

Art. L. 131-4 *(Mod., L. n° 2016-1321, 7 oct. 2016¸ L. n° 2019-1063, 18 oct. 2019).* – Tout manquement aux obligations d'information mentionnées à l'article L. 111-7 et à l'article L. 111-7-2 du présent code ainsi qu'au II de l'article 15 de la loi n° 47-585 du 2 avril 1947 relative au statut des entreprises de groupage et de distribution des journaux et publications périodiques est passible d'une amende administrative dont le montant ne peut excéder 75 000 euros pour une personne physique et 375 000 euros pour une personne morale.

Cette amende est prononcée dans les conditions prévues au chapitre II du titre II du livre V.

Section II. – Information sur les prix et conditions de vente

Art. L. 131-5. – Tout manquement aux dispositions de l'article L. 112-1 définissant les modalités d'information sur le prix et les conditions de vente ainsi qu'aux dispositions des arrêtés pris pour son application est passible d'une amende administrative dont le montant ne peut excéder 3 000 euros pour une personne physique et 15 000 euros pour une personne morale.

Cette amende est prononcée dans les conditions prévues au chapitre II du titre II du livre V.

Lorsque les prix des prestations d'un professionnel qui met en relation acquéreurs et vendeurs de biens immobiliers sont fixés proportionnellement à la valeur du bien vendu, l'affichage aux endroits prévus par les textes doit indiquer le ou les pourcentages prélevés, en précisant, le cas échéant, les tranches de prix correspondantes, et faire apparaître tous les éléments auxquels se rapportent ces pourcentages.

Ne justifie pas sa décision la cour d'appel qui déclare un agent immobilier coupable d'affichage illicite, alors que, selon les énonciations de l'arrêt, un affichage en vitrine indiquait le prix des prestations du professionnel proportionnellement au prix de vente du bien, lequel ne peut être déterminé qu'à l'issue de la négociation (■ Cass. crim., 4 juin 2013, n° 12-85.688 : *Bull. crim.* n° 127).

Art. L. 131-6 *(Mod., Ord. n° 2021-1247, 29 sept. 2021)*. **– Tout manquement aux dispositions des articles L. 112-3, L. 112-4 et L. 112-4-1 relatifs aux modalités de calcul du prix est passible d'une amende administrative dont le montant ne peut excéder 3 000 euros pour une personne physique et 15 000 euros pour une personne morale.**

Cette amende est prononcée dans les conditions prévues au chapitre II du titre II du livre V.

Chapitre 2. Pratiques commerciales interdites et pratiques commerciales réglementées

Section I. Pratiques commerciales interdites

Sous-section 1. – Pratiques commerciales trompeuses

Art. L. 132-1. – Le délit de pratique commerciale trompeuse défini aux articles L. 121-2 à L. 121-4 est constitué dès lors que la pratique est mise en œuvre ou qu'elle produit ses effets en France.

Art. L. 132-2 *(Mod., L. n° 2021-1104, 22 août 2021)*. **– Les pratiques commerciales trompeuses mentionnées aux articles L. 121-2 à L. 121-4 sont punies d'un emprisonnement de deux ans et d'une amende de 300 000 euros.**

Le montant de l'amende peut être porté, de manière proportionnée aux avantages tirés du délit, à 10 % du chiffre d'affaires moyen annuel, calculé sur les trois derniers chiffres d'affaires annuels connus à la date des faits, ou à 50 % des dépenses engagées pour la réalisation de la publicité ou de la pratique constituant ce délit. Ce taux est porté à 80 % dans le cas des pratiques commerciales trompeuses mentionnées aux b et e du 2° de l'article L. 121-2 lorsqu'elles reposent sur des allégations en matière environnementale.

L'article L. 132-2 réprime pénalement les pratiques commerciales trompeuses définies par les articles L. 121-2 à L. 121-4, qui figurent à la section 1 du chapitre Ier du titre II du livre Ier. L'article L. 522-1 se borne quant à lui à donner compétence à l'autorité administrative chargée de la concurrence et de la consommation pour prononcer les amendes administratives sanctionnant les manquements aux dispositions mentionnées aux articles L. 511-5, L. 511-6 et L. 511-7 ; il n'a ni pour objet ni pour effet d'instituer une sanction administrative. Le renvoi à l'article L. 511-5, lequel mentionne la section 1 du chapitre Ier du titre II du livre Ier, n'a, en tout état de cause, pas davantage cet effet. Dès lors, il ne saurait résulter des articles L. 132-2 et L. 522-1 du Code de la consommation un cumul de poursuites (■ Cons. const., 14 juin 2019, n° 2019-790 QPC).

Art. L. 132-3. – Les personnes physiques coupables du délit puni à l'article L. 132-2 encourent également à titre de peines complémentaires l'interdiction, suivant les modalités prévues à l'article 131-27 du Code pénal, soit d'exercer une fonction publique ou d'exercer l'activité professionnelle ou sociale dans l'exercice ou à l'occasion de l'exercice de laquelle l'infraction a été commise, soit d'exercer une profession commerciale ou industrielle, de diriger, d'administrer, de gérer ou de contrôler a un titre quelconque directement ou indirectement, pour leur propre compte ou pour le compte d'autrui, une entreprise commerciale ou industrielle ou une société commerciale.

Ces interdictions d'exercice ne peuvent excéder une durée de cinq ans. Elles peuvent être prononcées cumulativement.

Les personnes morales déclarées responsables pénalement, dans les conditions prévues à l'article 121-2 du Code pénal, du délit puni à l'article L. 132-2 encourent, outre l'amende suivant les modalités prévues à l'article 131-38 du Code pénal, les peines prévues aux 2° à 9° de l'article 131-39 du même code.

L'interdiction mentionnée au 2° du même article 131-39 porte sur l'activité dans l'exercice ou à l'occasion de l'exercice de laquelle l'infraction a été commise. Les peines prévues aux 2° à 7° de cet article ne peuvent être prononcées que pour une durée de cinq ans au plus.

Art. L. 132-4. – En cas de condamnation, le tribunal peut ordonner, par tous moyens appropriés, l'affichage ou la diffusion de l'intégralité ou d'une partie de la décision ou d'un communiqué informant le public des motifs et du dispositif de celle-ci. Il peut, de plus, ordonner la diffusion, aux frais de la personne condamnée, d'une ou de plusieurs annonces rectificatives.

Le jugement fixe les termes de ces annonces et les modalités de leur diffusion et impartit à la personne condamnée un délai pour y faire procéder.

En cas de carence, il est procédé à cette diffusion à la diligence du ministère public aux frais de la personne condamnée.

Art. L. 132-5. – Le défaut d'exécution dans le délai imparti des annonces rectificatives prévues à l'article L. 132-4 est puni d'un emprisonnement de deux ans et d'une amende de 300 000 euros.

Art. L. 132-6. – Pour l'application des articles L. 132-2 et L. 132-3 le tribunal peut demander tant aux parties qu'à l'annonceur la communication de tous documents utiles.

En cas de refus, il peut ordonner la saisie de ces documents ou toute mesure d'instruction appropriée.

Il peut en outre prononcer une astreinte pouvant atteindre 4 500 euros par jour de retard à compter de la date qu'il a retenue pour la production de ces documents.

Art. L. 132-7. – Le refus de communication des éléments de justification ou des publicités diffusées dans les conditions prévues à l'article L. 132-6 est puni d'un emprisonnement de deux ans et d'une amende de 300 000 euros.

Art. L. 132-8. – La cessation de la pratique commerciale trompeuse peut être ordonnée par le juge d'instruction ou par le tribunal saisi des poursuites, soit sur réquisition du ministère public, soit d'office. La mesure ainsi prise est exécutoire nonobstant toutes voies de recours. Mainlevée peut en être donnée par la juridiction qui l'a ordonnée ou qui est saisie du dossier. La mesure cesse d'avoir effet en cas de décision de non-lieu ou de relaxe.

Les décisions statuant sur les demandes de mainlevée peuvent faire l'objet d'un recours devant la chambre de l'instruction ou devant la cour d'appel selon qu'elles ont été prononcées par un juge d'instruction ou par le tribunal saisi des poursuites.

La chambre de l'instruction ou la cour d'appel statue dans un délai de dix jours à compter de la réception des pièces.

Art. L. 132-9. – L'inobservation de la décision du juge ordonnant la cessation de la pratique commerciale trompeuse est punie d'un emprisonnement de deux ans et d'une amende de 300 000 euros.

Sous-section 2. – Pratiques commerciales agressives

Sanctions pénales

Art. L. 132-11 *(Mod., L. n° 2018-938, 30 oct. 2018)*. – Les pratiques commerciales agressives mentionnées aux articles L. 121-6 et L. 121-7 sont punies d'un emprisonnement de deux ans et d'une amende de 300 000 euros.

Le montant de l'amende peut être porté, de manière proportionnée aux avantages tirés du délit, à 10 % du chiffre d'affaires moyen annuel, calculé sur les trois derniers chiffres d'affaires annuels connus à la date des faits.

En cas de condamnation, le tribunal ordonne, par tous moyens appropriés, l'affichage ou la diffusion de l'intégralité ou d'une partie de la décision ou d'un communiqué informant le public des motifs et du dispositif de celle-ci.

Art. L. 132-12. – Les personnes physiques coupables du délit puni à l'article L. 132-11 encourent une interdiction, pour une durée de cinq ans au plus, d'exercer directement ou indirectement une activité commerciale.

Les personnes morales déclarées pénalement responsables dans les conditions prévues à l'article 121-2 du Code pénal, du délit puni à l'article L. 132-11 encourent, outre l'amende suivant les modalités prévues à l'article 131-38 du Code pénal, les peines prévues aux 2° à 9° de l'article 131-39 du même code.

L'interdiction mentionnée au 2° du même article 131-39 porte sur l'activité dans l'exercice ou à l'occasion de l'exercice de laquelle l'infraction a été commise. Les peines prévues aux 2° à 7° de cet article ne peuvent être prononcées que pour une durée de cinq ans au plus.

Sous-section 3. – Abus de faiblesse

Sanctions pénales

Art. L. 132-14. – Le fait d'abuser de la faiblesse ou de l'ignorance d'une personne au sens des articles L. 121-8 à L. 121-10 est puni d'un emprisonnement de trois ans et d'une amende de 375 000 euros.

Le montant de l'amende peut être porté, de manière proportionnée aux avantages tirés du délit, à 10 % du chiffre d'affaires moyen annuel, calculé sur les trois derniers chiffres d'affaires annuels connus à la date des faits.

Art. L. 132-15. – Les personnes physiques coupables du délit puni à l'article L. 132-14 encourent également à titre de peines complémentaires l'interdiction, suivant les modalités prévues à l'article 131-27 du Code pénal, soit d'exercer une fonction publique ou d'exercer l'activité professionnelle ou sociale dans l'exercice ou à l'occasion de l'exercice de laquelle l'infraction a été commise, soit d'exercer une profession commerciale ou industrielle, de diriger, d'administrer, de gérer ou de contrôler à un titre quelconque, directement ou indirectement, pour leur propre compte ou pour le compte d'autrui, une entreprise commerciale ou industrielle ou une société commerciale.

Ces interdictions d'exercice ne peuvent excéder une durée de cinq ans. Elles peuvent être prononcées cumulativement.

Les personnes morales déclarées responsables pénalement, dans les conditions prévues à l'article 121-2 du Code pénal, du délit puni à l'article L. 132-14 encourent, outre l'amende suivant les modalités prévues à l'article 131-38 du Code pénal, les peines prévues aux 2° à 9° de l'article 131-39 du même code.

L'interdiction mentionnée au 2° du même article 131-39 porte sur l'activité dans l'exercice ou à l'occasion de l'exercice de laquelle l'infraction a été commise. Les peines prévues aux 2° à 7° de cet article ne peuvent être prononcées que pour une durée de cinq ans au plus.

1) L'ignorance de la langue française, combinée avec l'approche de l'hiver et des charges de famille, peut constituer la « faiblesse » au sens de l'article L. 122-8 du Code de la consommation (▪ Cass. crim., 5 août 1997 : *JurisData* n° 1997-003725 ; *Dr. pén.* 1998, comm. 37, obs. J.-H. Robert).

2) Constitue l'infraction le fait par un soi-disant voyant-guérisseur de démarcher des personnes particulièrement vulnérables pour leur faire prendre des engagements dont elles ne pouvaient apprécier la portée ni déceler les artifices déployés pour les convaincre (▪ Cass. crim., 21 nov. 2001 : *Dr. pén.* 2002, comm. 46, obs. J.-H. Robert).

3) Justifie sa décision la cour d'appel qui retient l'infraction commise par les dirigeants d'une société dont les clients étaient manifestement fragilisés face à la politique commerciale et aux pratiques agressives mises en œuvre, sur leurs instructions, par des démarcheurs abusant de situations sociales, psychologiques ou médicales précaires pour faire souscrire à tout prix des commandes hors de proportion avec les besoins et les possibilités financières des clients (▪ Cass. crim., 17 sept. 2002 : *Dr. pén.* 2003, comm. 9, obs. J.-H. Robert).

4) Justifie sa décision la cour d'appel qui, pour déclarer le prévenu coupable du délit d'abus de faiblesse prévu et réprimé par l'article L. 122-8 du Code de la consommation, retient qu'il a obtenu d'une personne âgée, à l'occasion de visites à son domicile en compagnie d'un autre vendeur, la souscription d'engagements à crédit dont elle n'a pas été en mesure d'apprécier la portée, destinés à financer des systèmes d'alarme d'un coût exorbitant et d'une utilité douteuse (▪ Cass. crim., 19 avr. 2005 : *Bull. crim.* n° 138 ; *RSC* 2006, p. 325, obs. R. Ottenhof).

5) Par application des dispositions de l'article 112-1 du Code pénal, doit être cassé l'arrêt condamnant le prévenu à l'interdiction de se livrer, directement ou indirectement, à toute activité de démarchage ou de représentation commerciale pour des faits antérieurs à la loi du 4 août 2008 instituant cette interdiction (▪ Cass. crim., 10 nov. 2010 *JurisData* n° 2010-022629 ; *Dr. pén.* 2011, comm. 37, obs. J.-H. Robert).

6) Le délit d'abus de faiblesse réalisé à la suite d'une sollicitation particulière, dans les termes des articles L. 122-8 et L. 122-9 du Code de la consommation exige, pour être constitué, l'existence chez la victime d'un état de faiblesse ou d'ignorance préalable à la sollicitation (▪ Cass. crim., 19 févr. 1997 : *Bull. crim.* n° 70 ; *JurisData* n° 1997-001523). V. R. Ottenhof : *RSC* 1997, 110.

7) Tel n'est pas le cas de clients qui ont effectué des achats auprès du prévenu qui, après les avoir sélectionnés en fonction de leurs capacités financières, les avaient convaincus qu'ils constituaient une clientèle privilégiée et leur avait remis des cadeaux (■ Cass. crim., 19 févr. 1997 : *Dr. pén.* 1998, comm. 71, obs. J.-H. Robert).

8) Justifie sa décision la cour d'appel qui, pour caractériser les éléments constitutifs du délit d'abus de faiblesse d'une part, retient que les prévenus se sont fait remettre par la victime des bons au porteur et un contrat d'assurance et lui ont fait signer une demande de rachat de ses bons, sans mentionner leur nombre, leur montant, ni leurs numéros, et sans lui délivrer aucun reçu, d'autre part, relève que la contrepartie offerte reste incertaine, le remboursement des valeurs n'ayant pas été demandé au nom de la victime, et enfin, ajoute que les prévenus ont profité de la solitude et de l'affaiblissement des facultés de la victime (■ Cass. crim., 26 oct. 1999 : *Bull. crim.* n° 232).

9) Le délit d'abus de faiblesse commis à l'occasion de la vente de marchandises conclue, au cours d'une excursion, par l'intermédiaire d'un agent commercial, pour le compte de la société organisatrice de l'excursion, doit être imputé au dirigeant de celle-ci, en tant qu'auteur principal de l'infraction, dès lors que l'agent commercial s'est conformé aux directives de la société quant au procédé de vente (■ Cass. crim., 1er févr. 2000 : *Bull. crim.* n° 52 ; *Dr. pén.* 2000, comm. 59, obs. M. Véron).

10) L'infraction d'abus de faiblesse, prévue par l'article L. 122-8 du Code de la consommation, et les infractions résultant de la méconnaissance des obligations prescrites par les articles L. 121-23 à L. 121-28 du même code en cas d'engagement conclu lors d'un démarchage à domicile, ne présentent entre elles aucune incompatibilité et sont susceptibles d'être appliquées concurremment, dès lors qu'elles défendent des intérêts distincts tenant à la protection des personnes vulnérables et à celle des consommateurs (■ Cass. crim., 8 mars 2016, n° 14-88.347).

11) Pour des abus commis à l'occasion de démarchages à domicile portant soit sur des ventes de chaises et matelas, soit sur des opérations de démoussage de toiture ou de façade, V. ■ Cass. crim., 12 juin 2019, n° 18-83.396.

Sous-section 4. – Vente et prestation de services sans commande préalable

Sanctions pénales

Art. L. 132-17. – La violation de l'interdiction mentionnée à l'article L. 121-12 est punie d'un emprisonnement de deux ans et d'une amende de 300 000 euros.

Le montant de l'amende peut être porté, de manière proportionnée aux avantages tirés du délit, à 10 % du chiffre d'affaires moyen annuel, calculé sur les trois derniers chiffres d'affaires annuels connus à la date des faits.

Art. L. 132-18. – Les personnes physiques coupables du délit puni à l'article L. 132-17 encourent une interdiction, pour une durée de cinq ans au plus, d'exercer directement ou indirectement une activité commerciale.

Les personnes morales déclarées pénalement responsables, dans les conditions prévues à l'article 121-2 du Code pénal, du délit puni à l'article L. 132-17 encourent, outre l'amende suivant les modalités prévues à l'article 131-38 du Code pénal, les peines prévues aux 2° à 9° de l'article 131-39 du même code.

L'interdiction mentionnée au 2° du même article 131-39 porte sur l'activité dans l'exercice ou à l'occasion de l'exercice de laquelle l'infraction a été commise. Les peines prévues aux 2° à 7° de cet article ne peuvent être prononcées que pour une durée de cinq ans au plus.

Sous-section 5. – Vente ou prestation « à la boule de neige »

Art. L. 132-19. – Le fait de procéder à une vente ou une prestation « à la boule de neige » ou tout procédé analogue défini aux 1° et 2° de l'article L. 121-15 est puni d'un emprisonnement de deux ans et d'une amende de 300 000 euros.

Le montant de l'amende peut être porté, de manière proportionnée aux avantages tirés du délit, a 10 % du chiffre d'affaires moyen annuel, calculé sur les trois derniers chiffres d'affaires annuels connus à la date des faits.

L'infraction d'offre d'adhésion à une chaîne faisant espérer des gains financiers par la progression géométrique des adhérents prévue par l'article L. 122-6, 2°, du Code de la consommation suppose que soit établie la volonté de son auteur de proposer à des tiers de collecter une adhésion ou de s'inscrire sur une liste, moyennant une contrepartie de leur part, en leur faisant espérer un gain financier qui résulterait de la progression du nombre d'adhérents. Elle n'exige pas la preuve que la prévenue a conscience du caractère préjudiciable du système dit pyramidal (■ Cass. crim., 6 avr. 2016, n° 15-81.206 : *Dr. pén.* 2016, comm. 95, note J.-H. Robert).

Art. L. 132-20. – Les personnes physiques coupables du délit puni à l'article L. 132-19 encourent également à titre de peines complémentaires l'interdiction, suivant les modalités prévues à l'article 131-27 du Code pénal, soit d'exercer une fonction publique ou d'exercer l'activité professionnelle ou sociale dans l'exercice ou à l'occasion de l'exercice de laquelle l'infraction a été commise, soit d'exercer une profession commerciale ou industrielle, de diriger, d'administrer, de gérer ou de contrôler à un titre quelconque, directement ou indirectement, pour leur propre compte ou pour le compte d'autrui, une entreprise commerciale ou industrielle ou une société commerciale.

Ces interdictions d'exercice ne peuvent excéder une durée de cinq ans. Elles peuvent être prononcées cumulativement.

Les personnes morales déclarées responsables pénalement, dans les conditions prévues à l'article 121-2 du Code pénal, du délit puni à l'article L. 132-19 encourent, outre l'amende suivant les modalités prévues à l'article 131-38 du Code pénal, les peines prévues aux 2° à 9° de l'article 131-39 du même code.

L'interdiction mentionnée au 2° du même article 131-39 porte sur l'activité dans l'exercice ou à l'occasion de l'exercice de laquelle l'infraction a été commise. Les peines prévues aux 2° à 7° de cet article ne peuvent être prononcées que pour une durée de cinq ans au plus.

Sous-section 6. – Numéro téléphonique surtaxé

Art. L. 132-21. – Tout manquement aux obligations relatives au numéro de téléphone d'assistance au consommateur mentionnées à l'article L. 121-16 est passible d'une amende administrative dont le montant ne peut excéder 3 000 euros pour une personne physique et 15 000 euros pour une personne morale.

Cette amende est prononcée dans les conditions prévues au chapitre II du titre II du livre V.

Sous-section 7. – Paiement supplémentaire sans consentement exprès

Art. L. 132-22. – Tout manquement à l'obligation de recueil du consentement exprès du consommateur dans les conditions prévues à l'article L. 121-17 est passible d'une amende administrative dont le montant ne peut excéder 3 000 euros pour une personne physique et 15 000 euros pour une personne morale.

Cette amende est prononcée dans les conditions prévues au chapitre II du titre II du livre V.

Sous-section 8. – Frais de recouvrement

Art. L. 132-23. – La violation de l'interdiction relative aux frais de recouvrement mentionnée à l'article L. 121-21 est punie d'un emprisonnement de deux ans et d'une amende de 300 000 euros.

Le montant de l'amende peut être porté, de manière proportionnée aux avantages tirés du délit, a 10 % du chiffre d'affaires moyen annuel, calculé sur les trois derniers chiffres d'affaires annuels connus à la date des faits.

Sous-section 9. – Publicité portant sur des opérations commerciales réglementées

Art. L. 132-24. – Le fait pour tout annonceur de diffuser ou faire diffuser une publicité interdite dans les conditions prévues à l'article L. 121-22 est passible d'une amende administrative dont le montant ne peut excéder 15 000 euros pour une personne physique et 75 000 euros pour une personne morale.

Cette amende est prononcée dans les conditions prévues au chapitre II du titre II du livre V.

Sous-section 10. – Blocage géographique injustifié

Art. L. 132-24-1 *(Créé, L. n° 2020-1508, 3 déc. 2020)*. **– Est passible d'une amende administrative, dont le montant ne peut excéder 15 000 euros pour une personne physique et 75 000 euros pour une personne morale, tout manquement aux dispositions du règlement (UE) 2018/302 du Parlement européen et du Conseil du 28 février 2018 visant à contrer le blocage géographique injustifié et d'autres formes de**

discrimination fondée sur la nationalité, le lieu de résidence ou le lieu d'établissement des clients dans le marché intérieur, et modifiant les règlements (CE) n° 2006/2004 et (UE) 2017/2394 et la directive 2009/22/CE, constitué par le fait :

1° De bloquer ou de limiter l'accès d'un client à une interface en ligne ou de le rediriger sans son consentement vers une version différente de l'interface à laquelle il a initialement voulu accéder en violation des interdictions prévues à l'article 3 du même règlement ;

2° D'appliquer des conditions générales d'accès aux biens et aux services en méconnaissance de l'article 4 dudit règlement ;

3° D'appliquer des conditions de paiement discriminatoires en violation de l'article 5 du même règlement.

Cette amende est prononcée dans les conditions prévues au chapitre II du titre II du livre V du présent code.

Art. L. 132-24-2 *(Créé, L. n° 2020-1508, 3 déc. 2020)*. **– Le fait pour tout professionnel de méconnaître les interdictions prévues aux 1° à 3° de l'article L. 121-23 est passible d'une amende administrative dont le montant ne peut excéder 15 000 euros pour une personne physique et 75 000 euros pour une personne morale.**

Cette amende est prononcée dans les conditions prévues au chapitre II du titre II du livre V.

Section II. Pratiques commerciales réglementées

Sous-section 1. – Publicité comparative

Art. L. 132-25. – Les infractions aux dispositions des articles L. 122-1 à L. 122-5 sont, le cas échéant, punies des peines prévues, d'une part, aux articles L. 132-2 à L. 132-9, d'autre part, aux articles L. 716-9 et L. 716-12 du Code de la propriété intellectuelle.

....

Sous-section 3. – Appellation boulanger et enseigne de boulangerie

Art. L. 132-27 *(L. n° 2016-1691, 9 déc. 2016)*. **– Le fait de méconnaître les dispositions des articles L. 122-17 et L. 122-18 est puni d'une amende de 300 000 euros.**

Le montant de l'amende peut être porté, de manière proportionnée aux avantages tirés du délit, à 10 % du chiffre d'affaires moyen annuel, calculé sur les trois derniers chiffres d'affaires annuels connus à la date des faits.

Art. L. 132-28. – Les personnes physiques coupables du délit puni à l'article L. 132-27 encourent également à titre de peines complémentaires l'interdiction, suivant les modalités prévues à l'article 131-27 du Code pénal, soit d'exercer une fonction publique ou d'exercer l'activité professionnelle ou sociale dans l'exercice ou à l'occasion de l'exercice de laquelle l'infraction a été commise, soit d'exercer une profession commerciale ou industrielle, de diriger, d'administrer, de gérer ou de contrôler à un titre quelconque, directement ou indirectement, pour leur propre compte ou pour le compte d'autrui, une entreprise commerciale ou industrielle ou une société commerciale.

Ces interdictions d'exercice ne peuvent excéder une durée de cinq ans. Elles peuvent être prononcées cumulativement.

Les personnes morales déclarées responsables pénalement, dans les conditions prévues à l'article 121-2 du Code pénal, du délit puni à l'article L. 132-27 encourent, outre l'amende suivant les modalités prévues à l'article 131-38 de ce code, les peines prévues aux 2° à 9° de l'article 131-39 du même code.

L'interdiction mentionnée au 2° du même article 131-39 porte sur l'activité dans l'exercice ou à l'occasion de l'exercice de laquelle l'infraction a été commise. Les peines prévues aux 2° à 7° de cet article ne peuvent être prononcées que pour une durée de cinq ans au plus.

....

Livre 2. FORMATION ET EXÉCUTION DES CONTRATS

Titre premier. CONDITIONS GÉNÉRALES DES CONTRATS

Chapitre II. – Clauses abusives

Art. L. 212-1. – Dans les contrats conclus entre professionnels et consommateurs, sont abusives les clauses qui ont pour objet ou pour effet de créer, au détriment du consommateur, un déséquilibre significatif entre les droits et obligations des parties au contrat.

Sans préjudice des règles d'interprétation prévues aux articles 1156 à 1161, 1163 et 1164 du Code civil, le caractère abusif d'une clause s'apprécie en se référant, au moment de la conclusion du contrat, à toutes les circonstances qui entourent sa conclusion, de même qu'à toutes les autres clauses du contrat. Il s'apprécie également au regard de celles contenues dans un autre contrat lorsque les deux contrats sont juridiquement liés dans leur conclusion ou leur exécution.

L'appréciation du caractère abusif des clauses au sens du premier alinéa ne porte ni sur la définition de l'objet principal du contrat ni sur l'adéquation du prix ou de la rémunération au bien vendu ou au service offert pour autant que les clauses soient rédigées de façon claire et compréhensible.

Un décret en Conseil d'État, pris après avis de la commission des clauses abusives, détermine des types de clauses qui, eu égard à la gravité des atteintes qu'elles portent à l'équilibre du contrat, doivent être regardées, de manière irréfragable, comme abusives au sens du premier alinéa.

Un décret pris dans les mêmes conditions, détermine une liste de clauses présumées abusives ; en cas de litige concernant un contrat comportant une telle clause, le professionnel doit apporter la preuve du caractère non abusif de la clause litigieuse.

Ces dispositions sont applicables quels que soient la forme ou le support du contrat. Il en est ainsi notamment des bons de commande, factures, bons de garantie, bordereaux ou bons de livraison, billets ou tickets, contenant des stipulations négociées librement ou non ou des références à des conditions générales préétablies.

Art. L. 212-2. – Les dispositions de l'article L. 212-1 sont également applicables aux contrats conclus entre des professionnels et des non-professionnels.

Les dispositions de l'article L. 132-1 selon lesquelles sont réputées non écrites, parce qu'abusives, les clauses des contrats conclus entre professionnels et non-professionnels ou consommateurs, ne s'appliquent pas aux contrats de fourniture de biens ou de services qui ont un rapport direct avec l'activité professionnelle exercée par le cocontractant ; tel est le cas du contrat portant sur l'acquisition d'un logiciel de « gestion de marketing clients », qui a pour objet la gestion du fichier de la clientèle de la société (■ Cass. 1re civ., 30 janv. 1996 : *Bull. civ.* I, n° 55).

Titre II. RÈGLES DE FORMATION ET D'EXÉCUTION DE CERTAINS CONTRATS

Chapitre 1. Contrats conclus à distance et hors établissement

Section III. – Dispositions particulières applicables aux contrats conclus hors établissement

Art. L. 221-9. – Le professionnel fournit au consommateur un exemplaire daté du contrat conclu hors établissement, sur papier signé par les parties ou, avec l'accord du consommateur, sur un autre support durable, confirmant l'engagement exprès des parties.

Ce contrat comprend toutes les informations prévues à l'article L. 221-5.

Le contrat mentionne, le cas échéant, l'accord exprès du consommateur pour la fourniture d'un contenu numérique indépendant de tout support matériel avant l'expiration du délai de rétractation et, dans cette hypothèse, le renoncement de ce dernier à l'exercice de son droit de rétractation.

Le contrat est accompagné du formulaire type de rétractation mentionné au 2° de l'article L. 221-5

Art. L. 221-10. – Le professionnel ne peut recevoir aucun paiement ou aucune contrepartie, sous quelque forme que ce soit, de la part du consommateur avant l'expiration d'un délai de sept jours à compter de la conclusion du contrat hors établissement.

Toutefois, ne sont pas soumis aux dispositions du premier alinéa :

1° La souscription à domicile d'un abonnement à une publication quotidienne et assimilée au sens de l'article 39 *bis* du Code général des impôts ;

2° Les contrats à exécution successive, conclus dans les conditions prévues au présent chapitre et proposés par un organisme agréé ou relevant d'une décision de l'autorité administrative, ayant pour objet la fourniture de services mentionnés à l'article L. 7231-1 du Code du travail ;

3° Les contrats conclus au cours de réunions organisées par le vendeur à son domicile ou au domicile d'un consommateur ayant préalablement et expressément accepté que cette opération se déroule à son domicile ;

4° Les contrats ayant pour objet des travaux d'entretien ou de réparation à réaliser en urgence au domicile du consommateur et expressément sollicités par lui, dans la limite des pièces de rechange et travaux strictement nécessaires pour répondre à l'urgence.

Pour les contrats mentionnés aux 1° et 2°, le consommateur dispose d'un droit de résiliation du contrat à tout moment et sans préavis, frais ou indemnité et d'un droit au remboursement, dans un délai de quinze jours, des sommes versées au prorata de la durée du contrat restant à courir.

....

Chapitre 4. Règles spécifiques à des contrats ayant un objet particulier

Section VII. – Contrats d'utilisation de biens à temps partagé, contrats de produit de vacances à long terme, contrats de revente et contrats d'échange

Sous-section 1. Champs d'application et définitions

Art. L. 224-69. – Est soumis aux dispositions de la présente section tout contrat ou groupe de contrats, conclu à titre onéreux, par lequel un professionnel confère à un consommateur, directement ou indirectement, un droit ou un service d'utilisation de biens à temps partagé ou concernant des produits de vacances à long terme, ou de revente ou d'échange de tels droits ou services.

Est également soumis aux dispositions de la présente section le contrat de souscription ou de cession de parts ou actions de sociétés d'attribution d'immeubles en jouissance à temps partagé régi par la loi n° 86-18 du 6 janvier 1986 relative aux sociétés d'attribution d'immeubles en jouissance à temps partagé.

Art. L. 224-70. – Les contrats mentionnés au premier alinéa de l'article L. 224-69 sont ainsi définis :

1° Le contrat d'utilisation de biens à temps partagé est un contrat d'une durée de plus d'un an par lequel un consommateur acquiert, à titre onéreux, la jouissance d'un ou plusieurs biens immobiliers ou mobiliers, à usage d'habitation, pour des périodes déterminées ou déterminables ;

2° Le contrat de produit de vacances à long terme est un contrat d'une durée de plus d'un an par lequel un consommateur acquiert, à titre onéreux, un droit à hébergement pour une période déterminée ou déterminable assorti de réductions ou d'autres avantages ou services ;

3° Le contrat de revente est un contrat de service par lequel un professionnel, à titre onéreux, assiste un consommateur en vue de la vente, de la revente ou de l'achat d'un droit d'utilisation de biens à temps partagé ou d'un produit de vacances à long terme ;

4° Le contrat d'échange est un contrat à titre onéreux par lequel un consommateur accède à un système d'échange qui lui permet, en contrepartie de son contrat d'utilisation de biens à temps partagé ou de son contrat d'utilisation de biens à temps partagé ou de son contrat de produit de vacances à long terme, d'accéder à la jouissance d'un autre bien ou à un autre hébergement ou à d'autres services.

Pour les contrats visés aux 1° et 2°, la détermination de la durée minimale tient compte de toute clause contractuelle de reconduction ou de prorogation tacite les portant à une durée supérieure à un an.

Sous-section 2. Publicité

Art. L. 224-71. – Toute publicité relative à tout contrat ou groupe de contrats d'utilisation de biens à temps partagé, de produit de vacances à long terme ou de revente ou d'échange indique la possibilité d'obtenir les informations mentionnées aux articles L. 224-73 et L. 224-74.

Toute invitation à une manifestation ayant pour objet la vente ou la promotion d'un des produits ou services ci-dessus mentionnés indique clairement le but commercial et la nature de cette manifestation. Pendant la durée de celle-ci, le professionnel met à la disposition du consommateur les informations mentionnées aux articles L. 224-73 et L. 224-74.

Art. L. 224-72. – Les biens à temps partagé et produits de vacances à long terme proposés ne peuvent être présentés ni être vendus comme un investissement.

....

Sous-section 4. Formation du contrat

Art. L. 224-79. – Le consommateur dispose d'un délai de quatorze jours francs pour se rétracter d'un des contrats mentionnés aux articles L. 224-69 et L. 224-70, sans avoir à indiquer de motif. Il dispose de ce droit à compter du jour de la conclusion du contrat ou du jour de sa réception, si cette réception est postérieure au jour de la conclusion dudit contrat, sans indemnité ni frais.

Art. L. 224-80. – Dans le cas où le professionnel n'a pas rempli et fourni au consommateur sur support papier ou sur tout autre support durable le formulaire de rétractation prévu au 5° de l'article L. 224-78, le consommateur dispose d'un délai de rétractation d'un an et quatorze jours à compter du jour de la conclusion du contrat ou du jour de sa réception.

Si le formulaire de rétractation est remis au consommateur sur support papier ou sur tout autre support durable dans l'année suivant le jour de la conclusion du contrat ou de sa réception, le délai de rétractation de quatorze jours commence à courir à compter du jour de la réception ou de la remise dudit formulaire.

Dans le cas où le professionnel n'a pas fourni au consommateur, par écrit, sur support papier ou sur tout autre support durable, les informations figurant aux articles L. 224-73 et L. 224-74 ainsi que le formulaire d'information correspondant, le consommateur dispose d'un délai de rétractation de trois mois et quatorze jours à compter du jour de la conclusion du contrat ou du jour de sa réception.

Si ces informations sont remises au consommateur dans les trois mois suivant le jour de la conclusion du contrat ou de sa réception, le délai de quatorze jours commence à courir à compter du jour de la réception ou de la remise des informations et du formulaire standard d'information.

Art. L. 224-81. – Si le consommateur souscrit simultanément un contrat d'utilisation de biens à temps partagé et un contrat d'échange, un seul délai de rétractation s'applique aux deux contrats.

....

Section IX. – Contrats d'achats de métaux précieux

Art. L. 224-97. – Toute opération d'achat de métaux précieux, notamment d'or, d'argent ou de platine, sous quelque forme que ce soit, par un professionnel auprès d'un consommateur fait l'objet d'un contrat écrit dont un exemplaire est remis au consommateur-vendeur au moment de sa conclusion.

Art. L. 224-98. – Le contrat prévu à l'article L. 224-97 comporte les mentions suivantes :

1° Le nom et l'adresse complète du professionnel-acheteur ou, s'il s'agit d'une personne morale, sa raison sociale et l'adresse de son siège social ;

2° Le numéro d'inscription au registre du commerce et des sociétés ou au répertoire des métiers ;

3° Le cas échéant, le numéro individuel d'identification, si le professionnel est assujetti à la taxe sur la valeur ajoutée et identifié par un numéro individuel en application de l'article 286 *ter* du Code général des impôts ;

4° Le nom et l'adresse complète du consommateur-vendeur ;

5° La date et l'adresse du lieu de conclusion du contrat ;

6° La désignation précise de la nature et des caractéristiques des biens objets du contrat, dont le poids et, le cas échéant, la pureté exprimée en millièmes ;

7° Le prix de vente ainsi que toutes taxes ou tous frais éventuels à la charge du consommateur-vendeur.

Le contrat comprend un formulaire détachable destiné à faciliter l'exercice du droit de rétractation dans les conditions prévues à l'article L. 224-99.

Les conditions de présentation de ce formulaire et les mentions devant figurer sur ce dernier sont précisées par décret en Conseil d'État.

Art. L. 224-99 *(L. n° 2017-203, 21 févr. 2017)*. **– Le consommateur dispose d'un délai de quarante-huit heures à compter de la signature du contrat pour exercer son droit de rétractation, sans avoir à justifier de motifs ni à payer de pénalités. L'exercice du droit de rétractation met fin aux obligations des parties. Le consommateur doit alors rembourser au professionnel le prix perçu et, en contrepartie, ce dernier doit lui restituer le ou les objets achetés. À défaut de restituer le ou les objets achetés, le professionnel verse au consommateur une somme équivalente au double du prix de vente perçu pour le bien ou les objets achetés.**

Ce délai de rétractation ne s'applique pas aux opérations d'or investissement.

TITRE 4. SANCTIONS

Chapitre 2. Règles de formation et d'exécution de certains contrats

Section I. – Contrats conclus à distance et hors établissement

Sous-section 2. Sanctions pénales

Art. L. 242-5. – Le fait de ne pas remettre au client un exemplaire du contrat dans les conditions prévues à l'article L. 221-9 ou de remettre un contrat non conforme aux dispositions du même article est puni d'une peine d'emprisonnement de deux ans et d'une amende de 150 000 euros.

Art. L. 242-6. – L'absence du formulaire de rétractation détachable prévu à l'article L. 221-9 ou la remise d'un formulaire non conforme aux dispositions du 2° de l'article L. 221-5 est puni d'une peine d'emprisonnement de deux ans et d'une amende de 150 000 euros.

Art. L. 242-7 *(L. n° 2017-203, 21 févr. 2017)*. **– Le fait d'exiger ou d'obtenir du client, en infraction aux dispositions de l'article L. 221-10 un paiement ou une contrepartie avant l'expiration du délai de sept jours à compter de la conclusion du contrat hors établissement est puni d'une peine d'emprisonnement de deux ans et d'une amende de 150 000 euros.**

Art. L. 242-8. – Les personnes physiques déclarées coupables des délits punis aux articles L. 242-5 et L. 242-7 encourent également, à titre de peines complémentaires, l'interdiction, suivant les modalités prévues à l'article 131-27 du Code pénal, soit d'exercer une fonction publique ou d'exercer l'activité professionnelle ou sociale dans l'exercice ou à l'occasion de l'exercice de laquelle l'infraction a été commise, soit d'exercer une profession commerciale ou industrielle, de diriger, d'administrer, de gérer ou de contrôler à un titre quelconque, directement ou indirectement, pour leur propre compte ou pour le compte d'autrui, une entreprise commerciale ou industrielle ou une société commerciale.

Ces interdictions d'exercice ne peuvent excéder une durée de cinq ans. Elles peuvent être prononcées cumulativement.

Les personnes morales déclarées responsables pénalement, dans les conditions prévues à l'article 121-2 du Code pénal, des délits punis aux articles L. 242-5 et L. 242-7 encourent, outre l'amende suivant les modalités prévues à l'article 131-38 du Code pénal, les peines prévues aux 2° à 9° de l'article 131-39 du même code.

L'interdiction mentionnée au 2° du même article 131-39 porte sur l'activité dans l'exercice ou à l'occasion de l'exercice de laquelle l'infraction a été commise. Les peines prévues aux 2° à 7° de cet article ne peuvent être prononcées que pour une durée de cinq ans au plus.

Art. L. 242-9. – À l'occasion des poursuites pénales exercées contre le vendeur, le prestataire de services ou le démarcheur, en application des dispositions des articles L. 242-5 et L. 242-7 le consommateur qui s'est constitué partie civile est recevable à demander devant la juridiction répressive une somme égale au montant des paiements effectués ou des effets souscrits, sans préjudice de tous dommages et intérêts.

Les parties civiles qui ont fait l'acquisition de biens à l'occasion d'un démarchage à domicile non conforme aux dispositions protectrices du consommateur, si elles sont recevables, en application de l'article L. 121-31 du Code de la consommation devenu l'article L. 242-9 de ce code, à demander, devant la juridiction répressive, une somme égale au montant des paiements effectués ou des effets souscrits, peuvent également solliciter des dommages-intérêts en réparation des préjudices moral et matériel causés par l'infraction, selon les règles du droit commun (■ Cass. crim., 25 oct. 2016, n° 15-83.624).

Section IV. Règles spécifiques à des contrats ayant un objet particulier

Sous-section 6. – Contrats d'utilisation de biens à temps partagé, contrats de produit de vacances à long terme, contrats de revente et contrats d'échange

Sanctions pénales

Art. L. 242-27. – **Le fait, pour tout annonceur de diffuser ou de faire diffuser une publicité non conforme aux obligations prévues aux dispositions des articles L. 224-71 et L. 224-72, est puni d'une amende de 150 000 euros.**

Art. L. 242-28. – **Le fait, pour tout professionnel, de soumettre à un consommateur une offre tendant à la conclusion de tout contrat ou groupe de contrats mentionnés aux articles L. 224-69 et L. 224-70, non conforme aux dispositions des articles L. 224-73 à L. 224-75 est puni d'une amende de 150 000 euros.**

Art. L. 242-29. – **Le fait, pour tout professionnel, d'exiger ou de recevoir du consommateur, directement ou indirectement, tout versement ou engagement de versement, à quelque titre et sous quelque forme que ce soit, avant l'expiration des délais de rétractation prévus aux articles L. 224-79, L. 224-80 et L. 224-81 est puni d'une amende de 300 000 euros.**

Art. L. 242-30. – **Le fait pour tout professionnel, directement ou indirectement, de faire supporter au consommateur qui exerce son droit de rétractation des coûts, y compris ceux afférents à d'éventuels services fournis avant l'exercice du droit de rétractation est puni d'une amende de 300 000 euros.**

Art. L. 242-31. – **Les personnes physiques déclarées coupables de l'une des infractions punies aux articles L. 242-27 à L. 242-30 encourent également, à titre de peines complémentaires, l'interdiction, suivant les modalités prévues à l'article 131-27 du Code pénal, soit d'exercer une fonction publique ou d'exercer l'activité professionnelle ou sociale dans l'exercice ou à l'occasion de l'exercice de laquelle l'infraction a été commise, soit d'exercer une profession commerciale ou industrielle, de diriger, d'administrer, de gérer ou de contrôler à un titre quelconque, directement ou indirectement, pour leur propre compte ou pour le compte d'autrui, une entreprise commerciale ou industrielle ou une société commerciale.**

Ces interdictions d'exercice ne peuvent excéder une durée de cinq ans. Elles peuvent être prononcées cumulativement.

Les personnes morales déclarées responsables pénalement, dans les conditions prévues à l'article 121-2 du Code pénal, de l'une des infractions punies aux articles L. 242-27 à L. 242-30 encourent, outre l'amende suivant les modalités prévues à l'article 131-38 du Code pénal, les peines prévues aux 2° à 9° de l'article 131-39 du même code.

L'interdiction mentionnée au 2° de même article 131-39 porte sur l'activité dans l'exercice ou à l'occasion de l'exercice de laquelle l'infraction a été commise. Les peines prévues aux 2° à 7° de cet article ne peuvent être prononcées que pour une durée de cinq ans au plus.

Sous-section 7. – Contrats de courtage matrimonial

Sanctions pénales

Art. L. 242-33. – **Le fait, pour un professionnel, sous prétexte d'une présentation de candidats au mariage ou à une union stable, de mettre en présence ou de faire communiquer des personnes dont l'une est rémunérée par lui, ou se trouve placée, directement ou indirectement, sous son autorité, ou n'a pas effectué de demande en vue du mariage ou d'une union stable, est puni des peines prévues aux articles 313-1 à 313-3 du Code pénal.**

Le fait, pour un professionnel, de promettre d'organiser des rencontres en vue de la réalisation d'un mariage ou d'une union stable avec une personne fictive, est puni des mêmes peines.

....

Sous-section 8. – Contrats d'achat de métaux précieux

Sanctions pénales

Art. L. 242-36. – **Le fait de ne pas remettre au client un exemplaire du contrat prévu à l'article L. 224-97 ou de remettre un contrat non conforme aux dispositions de l'article L. 224-98 est puni d'une peine d'emprisonnement de deux ans et d'une amende de 150 000 euros.**

Art. L. 242-37. – **Le non-respect des obligations prévues à l'article L. 224-99 est puni d'une peine d'emprisonnement de deux ans et d'une amende de 150 000 euros.**

Art. L. 242-38. – **Les personnes physiques déclarées coupables des infractions punies aux articles L. 242-36 et L. 242-37 encourent également à titre de peines complémentaires l'interdiction, suivant les modalités prévues à l'article 131-27 du Code pénal, soit d'exercer une fonction publique ou d'exercer l'activité professionnelle ou sociale dans l'exercice ou à l'occasion de l'exercice de laquelle l'infraction a été commise, soit d'exercer une profession commerciale ou industrielle, de diriger, d'administrer, de gérer ou de contrôler à un titre quelconque, directement ou indirectement, pour leur propre compte ou pour le compte d'autrui, une entreprise commerciale ou industrielle ou une société commerciale.**

Ces interdictions d'exercice ne peuvent excéder une durée de cinq ans. Elles peuvent être prononcées cumulativement.

Les personnes morales déclarées responsables pénalement, dans les conditions prévues à l'article 121-2 du Code pénal, des infractions punies aux articles L. 242-36 et L. 242-37 encourent, outre l'amende suivant les modalités prévues à l'article 131-38 du Code pénal, les peines prévues aux 2° à 9° de l'article 131-39 du même code.

L'interdiction mentionnée au 2° de l'article 131-39 de ce code porte sur l'activité dans l'exercice ou à l'occasion de l'exercice de laquelle l'infraction a été commise.

Les peines prévues aux 2° à 7° de cet article ne peuvent être prononcées que pour une durée de cinq ans au plus.

....

Livre III. CRÉDIT

Titre Ier – OPÉRATIONS DE CRÉDIT

Chapitre 2. Crédit à la consommation

Section V. – Formation du contrat de crédit

Art. L. 312-22. – **L'exercice par l'emprunteur de son droit de rétractation ne peut donner lieu à enregistrement sur un fichier.**

....

Art. L. 312-25. – **Pendant un délai de sept jours à compter de l'acceptation du contrat par l'emprunteur, aucun paiement, sous quelque forme et à quelque titre que ce soit, ne peut être fait par le prêteur à l'emprunteur ou pour le compte de celui-ci, ni par l'emprunteur au prêteur.**

Pendant ce même délai, l'emprunteur ne peut non plus faire, au titre de l'opération en cause, aucun dépôt au profit du prêteur ou pour le compte de celui-ci.

Si une autorisation du prélèvement sur son compte bancaire est signée par l'emprunteur, sa validité et sa prise d'effet sont subordonnées à celles du contrat de crédit.

....

Section IX. – Crédit affecté

Art. L. 312-53. – Dans les cas de résolution du contrat de vente ou de prestations de services prévus à l'article L. 312-52, le vendeur ou le prestataire de services rembourse, sur simple demande, toute somme que l'acheteur aurait versée d'avance sur le prix.

....

Chapitre 3. Crédit immobilier

Section V. – Formation du contrat de crédit

Art. L. 313-24 *(Ord. n° 2016-351, 25 mars 2016 ; Ord. n° 2017-1433, 4 oct. 2017).* **– Pour les prêts mentionnés à l'article L. 313-1, le prêteur formule une offre fournie gratuitement sur support papier ou sur un autre support durable à l'emprunteur ainsi qu'aux cautions déclarées par l'emprunteur lorsqu'il s'agit de personnes physiques.**

Cette offre est accompagnée de la fiche d'information standardisée européenne mentionnée à l'article L. 313-7 lorsque ses caractéristiques sont différentes des informations contenues dans la fiche d'information fournie précédemment le cas échéant.

Art. L. 313-25 *(Ord. n° 2016-351, 25 mars 2016 ; L. n° 2016-1691, 9 déc. 2016 ; Ord. n° 2017-1090, 1er juin 2017).* **– L'offre mentionnée à l'article L. 313-1 :**

1° Mentionne l'identité des parties et éventuellement des cautions déclarées ;

2° Précise la nature, l'objet, les modalités du prêt, notamment celles qui sont relatives aux dates et conditions de mise à disposition des fonds ;

3° Pour les offres de prêts dont le taux d'intérêt est fixe, comprend un échéancier des amortissements détaillant pour chaque échéance la répartition du remboursement entre le capital et les intérêts ;

4° Pour les offres de prêts dont le taux d'intérêt est variable ou révisable, est accompagnée d'une notice présentant les conditions et modalités de variation du taux d'intérêt et d'un document d'information contenant une simulation de l'impact d'une variation de ce taux sur les mensualités, la durée du prêt et le coût total du crédit. Cette simulation ne constitue pas un engagement du prêteur à l'égard de l'emprunteur quant à l'évolution effective des taux d'intérêt pendant le prêt et à son impact sur les mensualités, la durée du prêt et le coût total du crédit. Le document d'information mentionne le caractère indicatif de la simulation et l'absence de responsabilité du prêteur quant à l'évolution effective des taux d'intérêt pendant le prêt et à son impact sur les mensualités, la durée du prêt et le coût total du crédit ;

5° Indique, outre le montant du crédit susceptible d'être consenti et, le cas échéant, celui de ses fractions périodiquement disponibles, son coût total, son taux défini conformément aux articles L. 314-1 à L. 314-4 ainsi que, s'il y a lieu, les modalités de l'indexation ;

6° Énonce, en donnant une évaluation de leur coût, les stipulations, les assurances et les sûretés réelles ou personnelles exigées, qui conditionnent la conclusion du prêt ;

7° Mentionne que l'emprunteur peut souscrire auprès de l'assureur de son choix une assurance dans les conditions fixées aux articles L. 313-29 et L. 313-30 et précise les documents que doit contenir la demande de substitution ;

8° Fait état des conditions requises pour un transfert éventuel du prêt à une tierce personne ;

9° Rappelle les dispositions de l'article L. 313-34 ;

10° *(10° abr., L. n° 2019-486, 22 mai 2019).*

Le cas échéant, l'information relative aux différents contrats de crédit composant une opération de financement peut figurer dans l'offre.

....

Art. L. 313-30 *(L. n° 2017-203, 21 févr. 2017 ; mod., à compter du 1er déc. 2020, L. n° 2019-733, 14 juill. 2019).* **– Jusqu'à la signature par l'emprunteur de l'offre mentionnée à l'article L. 313-24, le prêteur ne peut pas refuser en garantie un autre contrat d'assurance dès lors que ce contrat présente un niveau de garantie équivalent au contrat d'assurance de groupe qu'il propose. Il en est de même lorsque l'emprunteur fait usage du droit de résiliation mentionné au premier alinéa de l'article L. 113-12-2 du Code des assurances**

ou au troisième alinéa de l'article L. 221-10 du Code de la mutualité dans un délai de douze mois à compter de la signature de l'offre de prêt mentionnée à l'article L. 313-24 ou qu'il fait usage du droit de résiliation annuel mentionné au deuxième alinéa de l'article L. 113-12 du Code des assurances ou au premier alinéa de l'article L. 221-10 du Code de la mutualité. Toute décision de refus doit être motivée.

Art. L. 313-31 *(L. n° 2017-203, 21 févr. 2017 ; Ord. n° 2017-1433, 4 oct. 2017 ; mod., à compter d'une date fixée par décret en Conseil d'État et au plus tard le 1er décembre 2020, L. n° 2019-733, 14 juill. 2019).* **– Si l'offre mentionnée à l'article L. 313-24 a été émise, le prêteur informe l'emprunteur sur support papier ou tout autre support durable de sa décision d'acceptation ou de refus et lui adresse, s'il y a lieu, l'offre modifiée mentionnée à l'article L. 313-27, dans un délai de dix jours ouvrés à compter de la réception de la demande de substitution.**

Si l'emprunteur fait usage du droit de résiliation du contrat d'assurance en application du deuxième alinéa de l'article L. 113-12 du Code des assurances, du premier alinéa de l'article L. 113-12-2 du même code, ou des premier ou troisième alinéas de l'article L. 221-10 du Code de la mutualité, le prêteur notifie à l'emprunteur sa décision d'acceptation ou de refus dans un délai de dix jours ouvrés à compter de la réception d'un autre contrat d'assurance.

En cas d'acceptation, le prêteur modifie par voie d'avenant le contrat de crédit conformément à l'article L. 313-39 en y mentionnant, notamment, le nouveau taux annuel effectif global calculé, conformément aux articles L. 314-1 à L. 314-4, en se fondant sur les informations transmises par l'assureur délégué dans les conditions fixées au deuxième alinéa de l'article L. 313-28.

Lorsque l'avenant comporte un ou plusieurs éléments chiffrés sur le coût de l'assurance, ce coût est exprimé selon les modalités définies à l'article L. 313-8.

Le prêteur ne peut exiger de frais supplémentaires de l'emprunteur pour l'émission de cet avenant.

....

Art. L. 313-34. – L'envoi de l'offre oblige le prêteur à maintenir les conditions qu'elle indique pendant une durée minimale de trente jours à compter de sa réception par l'emprunteur.

L'offre est soumise à l'acceptation de l'emprunteur et des cautions, personnes physiques, déclarées. L'emprunteur et les cautions ne peuvent accepter l'offre que dix jours après qu'ils l'ont reçue. L'acceptation est donnée par lettre, le cachet de l'opérateur postal faisant foi, ou selon tout autre moyen convenu entre les parties de nature à rendre certaine la date de l'acceptation par l'emprunteur.

....

Art. L. 313-38. – Lorsque le contrat en vue duquel le prêt a été demandé n'est pas conclu dans le délai fixé en application des dispositions de l'article L. 313-36, l'emprunteur rembourse la totalité des sommes que le prêteur lui aurait déjà effectivement versées ou qu'il aurait versées pour son compte ainsi que les intérêts y afférents ; le prêteur ne peut retenir ou demander que des frais d'étude dont le montant maximum est fixé suivant un barème déterminé par décret.

Le montant de ces frais ainsi que les conditions dans lesquelles ils sont perçus figurent distinctement dans l'offre.

Section VI. – Contrat principal

Art. L. 313-41. – Lorsque l'acte mentionné à l'article L. 313-40 indique que le prix est payé, directement ou indirectement, même partiellement, à l'aide d'un ou plusieurs prêts régis par les dispositions des sections 1 à 5 et de la section 7 du présent chapitre, cet acte est conclu sous la condition suspensive de l'obtention du ou des prêts qui en assument le financement. La durée de validité de cette condition suspensive ne peut être inférieure à un mois à compter de la date de la signature de l'acte ou, s'il s'agit d'un acte sous seing privé soumis à peine de nullité à la formalité de l'enregistrement, à compter de la date de l'enregistrement.

Lorsque la condition suspensive prévue au premier alinéa n'est pas réalisée, toute somme versée d'avance par l'acquéreur à l'autre partie ou pour le compte de cette dernière est immédiatement et intégralement remboursable sans retenue ni indemnité à quelque titre que ce soit.

....

Section VIII. – Location-vente et location assortie d'une promesse de vente

Art. L. 313-58 *(Ord. n° 2017-1433, 4 oct. 2017)*. **– L'envoi de l'offre oblige le bailleur à maintenir les conditions qu'elle indique pendant une durée minimale de trente jours à compter de sa réception par le preneur.**

L'offre est soumise à l'acceptation du preneur qui ne peut accepter l'offre que dix jours après qu'il l'a reçue. L'acceptation est notifiée par lettre, le cachet de l'opérateur postal faisant foi, ou selon tout autre moyen dématérialisé convenu entre les parties de nature à rendre certaine la date de l'acceptation par l'emprunteur.

Art. L. 313-59. – Jusqu'à l'acceptation de l'offre, le preneur ne peut faire aucun dépôt, souscrire ou avaliser aucun effet de commerce, signer aucun chèque ni aucune autorisation de prélèvement sur compte bancaire ou postal au profit du bailleur ou pour le compte de celui-ci.

....

Art. L. 313-62. – En cas de location assortie d'une promesse de vente, l'acte constatant la levée de l'option est conclu sous la condition suspensive prévue à l'article L. 313-41.

Lorsque cette condition n'est pas réalisée, le bailleur restitue toutes sommes versées par le preneur à l'exception des loyers et des frais de remise en état du bien.

Chapitre 4. Dispositions communes au crédit à la consommation et au crédit immobilier

Section I. – Taux d'intérêts

Sous-section 1. Taux effectif global

Art. L. 314-5. – Le taux effectif global déterminé selon les modalités prévues aux articles L. 314-1 à L. 314-4 est mentionné dans tout écrit constatant un contrat de prêt régi par la présente section.

Sous-section 2. – Taux d'usure

Art. L. 314-6 *(Ord. n° 2016-351, 25 mars 2016)*. **– Constitue un prêt usuraire tout prêt conventionnel consenti à un taux effectif global qui excède, au moment où il est consenti, de plus du tiers, le taux effectif moyen pratiqué au cours du trimestre précédent par les établissements de crédit et les sociétés de financement pour des opérations de même nature comportant des risques analogues, telles que définies par l'autorité administrative après avis du Comité consultatif du secteur financier. Les catégories d'opérations pour les prêts aux particuliers n'entrant pas dans le champ d'application du 1° de l'article L. 313-1 ou ne constituant pas une opération de crédit d'un montant supérieur à 75 000 euros destiné à financer, pour les immeubles à usage d'habitation ou à usage professionnel et d'habitation, les dépenses relatives à leur préparation, leur amélioration ou leur entretien sont définies à raison du montant des prêts.**

Les crédits accordés à l'occasion de ventes à tempérament sont, pour l'application de la présente section, assimilés à des prêts conventionnels et considérés comme usuraires dans les mêmes conditions que les prêts d'argent ayant le même objet.

Chapitre 5. Prêt viager hypothécaire

Section II. – Publicité

Art. L. 315-4 *(Mod., L. n° 2021-1104, 22 août 2021)*. **– Toute publicité faite, reçue ou perçue en France qui, quel que soit son support, porte sur une opération de prêt viager hypothécaire défini à l'article L. 315-1 ou de prêt avance mutation défini à l'article L. 315-2, est loyale et informative.**

À ce titre, elle mentionne :

1° L'identité du prêteur, la nature de l'opération proposée, son coût total et le taux effectif global, à l'exclusion de tout autre taux, calculé par tranches de cinq ans, ainsi que les perceptions forfaitaires ;

2° Les modalités du terme de l'opération proposée.

Elle reproduit les dispositions des articles L. 315-11 et L. 341-43.

Art. L. 315-5. – Lorsque la publicité est écrite et quel qu'en soit le support, les informations relatives à la nature de l'opération, aux conditions de détermination du taux effectif global et, s'il s'agit d'un taux promotionnel, à la période durant laquelle ce taux s'applique, figurent dans une taille de caractères au moins aussi importante que celle utilisée pour indiquer toute autre information relative aux caractéristiques du financement et sont inscrites dans le corps principal du texte publicitaire.

Art. L. 315-6. – Sont interdites de toute publicité :

1° La mention qu'un prêt peut être octroyé sans élément d'information permettant d'apprécier la situation financière et patrimoniale de l'emprunteur ;

2° L'indication de la ressource supplémentaire qu'offre le prêt si elle n'est suivie d'une information sur les modalités du terme de l'opération telles que prévues par les dispositions des articles L. 315-20 et L. 315-21.

Art. L. 315-7. – L'offre préalable de crédit doit être distincte de tout support ou document publicitaire.

Section III. – Formation du contrat de crédit

Art. L. 315-9 *(L. n° 2017-203, 21 févr. 2017 ; L. n° 2021-1104, 22 août 2021).* – L'opération de prêt viager hypothécaire ou de prêt avance mutation est conclue dans les termes d'une offre préalable comportant les mentions suivantes :

1° L'identité des parties et la date d'acceptation de l'offre ;

2° La désignation exacte du bien hypothéqué, conforme aux exigences de la publicité foncière ;

3° La valeur du bien hypothéqué estimée par un expert choisi par les parties et les frais afférents à l'expertise, lorsqu'ils sont mis à la charge de l'emprunteur. Dans le cas d'un prêt avance mutation, l'estimation peut être réalisée par l'établissement prêteur ;

4° La nature du prêt ;

5° Les modalités du prêt et, notamment, les dates et les conditions de mise à disposition des fonds ;

6° En cas de versements échelonnés du capital, l'échéancier des versements périodiques distinguant la part du capital de celle des intérêts accumulés sur ces sommes durant la durée prévisionnelle du prêt et permettant à l'emprunteur de connaître le moment où il aura épuisé l'actif net de son logement ;

7° Lorsque le capital est versé en une seule fois, un état des intérêts accumulés sur ces sommes durant la durée prévisionnelle du prêt, permettant à l'emprunteur de connaître le moment où il aura épuisé l'actif net de son logement ;

8° À partir d'exemples représentatifs établis en fonction d'hypothèses relatives, notamment, à la durée du prêt, le coût global du crédit, le taux effectif global défini conformément aux dispositions des articles L. 314-1 à L. 314-4 ainsi que, s'il y a lieu, les modalités de l'indexation ;

9° La durée de validité de l'offre ;

10° En cas de remboursement périodique des intérêts, l'échéancier des versements périodiques d'intérêts pour les prêts dont le taux d'intérêt est fixe, ou la simulation de l'impact d'une variation du taux sur les mensualités d'intérêts pour les prêts dont le taux d'intérêt est variable. Cette simulation ne constitue pas un engagement du prêteur à l'égard de l'emprunteur quant à l'évolution effective des taux d'intérêt pendant le prêt et à son impact sur les mensualités.

L'offre reproduit les dispositions des articles L. 315-10 à L. 315-15, L. 315-20 et L. 341-55.

Art. L. 315-10. – La remise de l'offre oblige le prêteur à maintenir les conditions qu'elle comporte pendant une durée minimale de trente jours à compter de son émission.

Art. L. 315-11. – L'acceptation de l'offre ne peut intervenir que dix jours après sa réception par l'emprunteur. Elle fait alors l'objet d'un acte notarié.

Jusqu'à l'acceptation de l'offre par l'emprunteur, aucun versement sous quelque forme que ce soit ne peut être fait, au titre de l'opération en cause, par le prêteur à l'emprunteur ou pour le compte de celui-ci, ni par l'emprunteur au prêteur.

Jusqu'à cette acceptation, l'emprunteur ne peut, au même titre, faire aucun dépôt, souscrire ou avaliser aucun effet de commerce ou signer aucun chèque. Si une autorisation de prélèvement sur compte bancaire ou postal est signée par l'emprunteur, sa validité et sa prise d'effet sont subordonnées à celle du contrat de crédit.

Section V. – Plafonnement de la dette

Art. L. 315-15. – **La dette de l'emprunteur ou de ses ayants droit ne peut jamais excéder la valeur de l'immeuble appréciée lors de l'échéance du terme.**

Lorsque le créancier hypothécaire met en jeu sa garantie à l'échéance du terme, si la dette est alors inférieure à la valeur de l'immeuble, la différence entre cette valeur et le montant de la créance est versée, selon le cas, à l'emprunteur ou à ses héritiers.

En cas d'aliénation du bien, la valeur de l'immeuble est égale à la valeur indiquée dans l'acte de cession sous réserve des dispositions de l'article L. 315-21.

Section VI. – Remboursement anticipé

Art. L. 315-18. – **Le remboursement anticipé ne peut donner lieu à aucune indemnité ni à aucun coût à la charge de l'emprunteur autres que ceux qui sont mentionnés aux articles L. 315-16 et L. 315-17.**

Titre II : ACTIVITÉ D'INTERMÉDIAIRE

Chapitre II. – Protection des débiteurs et des emprunteurs

Art. L. 322-1. – **Il est interdit pour un intermédiaire de se charger ou de se proposer moyennant rémunération :**

1° D'examiner la situation d'un débiteur en vue de l'établissement d'un plan de remboursement ;

2° De rechercher pour le compte d'un débiteur l'obtention de délais de paiement ou d'une remise de dette.

3° D'intervenir, pour le compte du débiteur, sous quelque forme que ce soit, pour les besoins de la procédure de surendettement.

Art. L. 322-2. – **Toute publicité diffusée par ou pour le compte d'une personne physique ou morale qui apporte son concours, à quelque titre que ce soit et de quelque manière que ce soit, directement ou indirectement, à l'obtention d'un ou plusieurs prêts d'argent par un particulier, à l'exception des opérations de crédit mentionnées à l'article L. 312-1, comporte, de manière apparente, la mention suivante :**

« Aucun versement, de quelque nature que ce soit, ne peut être exigé d'un particulier, avant l'obtention d'un ou plusieurs prêts d'argent. »

Cette publicité indique le nom et l'adresse de l'établissement de crédit, des établissements de crédit, de la société de financement ou des sociétés de financement pour le compte duquel, desquels, de laquelle ou desquelles l'intermédiaire exerce son activité.

Art. L. 322-3. – **Toute publicité et tout document destinés aux emprunteurs et diffusés par ou pour le compte d'un intermédiaire de crédit au sens du 3° de l'article L. 311-1 indiquent, de manière apparente, l'étendue des pouvoirs de l'intermédiaire, et notamment s'il travaille à titre exclusif avec un ou plusieurs prêteurs ou en qualité de courtier indépendant.**

....

Titre IV. – SANCTIONS

Chapitre Ier. – Opérations de crédit

Section I. – Crédit à la consommation

Sous-section 2. – Formation et exécution du contrat

Sanctions pénales

Art. L. 341-12. – **Le fait pour le prêteur ou le vendeur de réclamer ou de recevoir, en infraction aux dispositions de l'article L. 312-25 ainsi que, pour un contrat de crédit affecté, à celles de l'article L. 312-50, de l'emprunteur ou de l'acheteur un paiement sous quelque forme que ce soit, est puni d'une amende de 300 000 euros.**

À l'occasion d'un achat à crédit, la remise par l'acheteur d'un chèque, fût-il non encaissé, avant l'expiration du délai de rétractation, constitue un paiement sous quelque forme que ce soit. Le délit de perception par un vendeur ou un prestataire de services à crédit d'un paiement avant l'expiration du délai de rétractation est donc constitué dans une telle situation (■ Cass. crim., 24 nov. 2020, n° 19-85.829).

Art. L. 341-13. – **Le fait de faire signer des formules de prélèvements sur comptes bancaires contenant des clauses contraires aux dispositions de l'article L. 312-25 et, pour un contrat de crédit affecté, à celles de l'article L. 312-50 est puni d'une amende de 300 000 euros.**

Art. L. 341-14. – **Le fait de faire souscrire ou accepter ou avaliser par l'emprunteur ou l'acheteur des lettres de change ou des billets à ordre est puni d'une amende de 300 000 euros.**

Art. L. 341-15. – **Le fait d'enregistrer ou faire enregistrer sur un fichier, en infraction aux dispositions de l'article L. 312-22, le nom des personnes faisant usage de la faculté de rétractation, est puni d'une amende de 300 000 euros.**

Art. L. 341-16. – **Le fait de faire signer par un même client une ou plusieurs offres de contrat de crédit d'un montant total en capital supérieur à la valeur payable à crédit du bien acheté ou de la prestation de services fournie est puni d'une amende de 300 000 euros.**

Art. L. 341-17. – **Le fait pour le vendeur ou le prestataire de services, en méconnaissance des dispositions de l'article L. 312-53, de ne pas rembourser les sommes dues à l'acheteur, est puni d'une amende de 300 000 euros.**

Art. L. 341-18. – **Les personnes physiques coupables des délits punis aux articles L. 341-12 à L. 341-17 encourent également à titre de peines complémentaires l'interdiction, suivant les modalités prévues à l'article 131-27 du Code pénal, soit d'exercer une fonction publique ou d'exercer l'activité professionnelle ou sociale dans l'exercice ou à l'occasion de l'exercice de laquelle l'infraction a été commise, soit d'exercer une profession commerciale ou industrielle, de diriger, d'administrer, de gérer ou de contrôler à un titre quelconque, directement ou indirectement, pour leur propre compte ou pour le compte d'autrui, une entreprise commerciale ou industrielle ou une société commerciale.**

Ces interdictions d'exercice ne peuvent excéder une durée de cinq ans. Elles peuvent être prononcées cumulativement.

Section II. – Crédit immobilier

Sous-section 1. – Publicité et informations générales

Art. L. 341-37 *(Ancien article L. 341-26 dénum. et mod. à compter du 1er juillet 2016, Ord. n° 2016-351, 25 mars 2016).* – **Le fait pour le prêteur ou le bailleur de ne pas respecter l'une des obligations prévues aux articles L. 313-24 et L. 313-25 et au deuxième alinéa de l'article L. 313-38 est puni d'une amende de 150 000 euros.**

Art. L. 341-38 *(Ancien article L. 341-27 dénum. et mod. à compter du 1er juillet 2016, Ord. n° 2016-351, 25 mars 2016).* – **Le fait pour le prêteur ou le bailleur de ne pas respecter l'une des obligations prévues à l'article L. 313-55 pour un contrat de location-vente et de vente assortie d'une promesse de vente, est puni d'une amende de 150 000 euros.**

Art. L. 341-39 *(Ancien article L. 341-28 dénum. et mod. à compter du 1er juillet 2016, Ord. n° 2016-351, 25 mars 2016).* – **Le fait pour le prêteur de ne pas respecter l'une des obligations prévues aux articles L. 313-30 et L. 313-31 est puni d'une amende de 3 000 euros.**

Art. L. 341-40 *(Ancien article L. 341-29 dénum. et mod. à compter du 1er juillet 2016, Ord. n° 2016-351, 25 mars 2016).* – **Le fait pour le prêteur de faire souscrire par l'emprunteur ou les cautions déclarées ou de recevoir de leur part l'acceptation de l'offre sans que celle-ci comporte de date ou dans le cas où elle**

comporte une date fausse de nature à faire croire qu'elle a été donnée après expiration du délai de dix jours prescrit à l'article L. 313-34, est puni d'une amende de 300 000 euros.

Art. L. 341-41 *(Ancien article L. 341-30 dénum. et mod. à compter du 1er juillet 2016, Ord. n° 2016-351, 25 mars 2016).* – Le fait pour le bailleur de faire souscrire par le preneur ou de recevoir de sa part l'acceptation de l'offre sans que celle-ci comporte de date ou dans le cas où elle comporte une date fausse de nature à faire croire qu'elle a été donnée après l'expiration du délai de dix jours prescrit à l'article L. 313-58 pour un contrat de location-vente ou de location assortie d'une promesse de vente, est puni d'une amende de 300 000 euros.

Art. L. 341-42 *(Ancien article L. 341-31 dénum. et mod. à compter du 1er juillet 2016, Ord. n° 2016-351, 25 mars 2016).* – Le fait pour le prêteur ou le bailleur, en infraction aux dispositions de l'article L. 313-35 ou, pour un contrat de location-vente et de location assortie d'une promesse de vente, à celles de l'article L. 313-59, d'accepter de recevoir de l'emprunteur ou du preneur, ou pour le compte d'un de ces derniers, un versement ou un dépôt, un chèque ou un effet de commerce souscrit, endossé ou avalisé à son profit ou d'utiliser une autorisation de prélèvement sur compte bancaire ou postal, est puni d'une amende de 300 000 euros.

Art. L. 341-43 *(Ancien article L. 341-32 dénum. et mod. à compter du 1er juillet 2016, Ord. n° 2016-351, 25 mars 2016).* – Le fait pour le prêteur, en infraction aux dispositions de l'article L. 313-38, pour le vendeur, en infraction aux dispositions de l'article L. 313-41 ou pour le bailleur, en infraction aux dispositions de l'article L. 313-62 pour un contrat de location-vente et de location assortie d'une promesse de vente de ne pas restituer les sommes mentionnées à ces articles, est puni d'une amende de 300 000 euros.

Art. L. 341-44 *(Anciens articles L. 341-33 et L. 341-34 dénum. et rempl. à compter du 1er juillet 2016, Ord. n° 2016-351, 25 mars 2016).* – Les personnes physiques coupables des délits punis aux articles L. 341-37, L. 341-38 et L. 341-40 à L. 341-43 encourent également à titre de peines complémentaires l'interdiction, suivant les modalités prévues à l'article 131-27 du Code pénal, soit d'exercer une fonction publique ou d'exercer l'activité professionnelle ou sociale dans l'exercice ou à l'occasion de l'exercice de laquelle l'infraction a été commise, soit d'exercer une profession commerciale ou industrielle, de diriger, d'administrer, de gérer ou de contrôler à un titre quelconque, directement ou indirectement, pour leur propre compte ou pour le compte d'autrui, une entreprise commerciale ou industrielle ou une société commerciale.

Ces interdictions d'exercice ne peuvent excéder une durée de cinq ans. Elles peuvent être prononcées cumulativement.

………………………………………………………………………………………………

Art. L. 341-46. – Le fait pour le prêteur de réclamer à l'emprunteur ou au preneur ou de retenir sur son compte des sommes supérieures à celles qu'il est autorisé à réclamer ou à retenir en application des dispositions des articles L. 313-49, L. 313-52, L. 313-60 ou L. 313-61 est puni d'une amende de 300 000 euros.

Les personnes physiques encourent également à tire de peines complémentaires l'interdiction, suivant les modalités prévues à l'article L. 131-27 du Code pénal, soit d'exercer une fonction publique ou d'exercer l'activité professionnelle ou sociale dans l'exercice ou à l'occasion de l'exercice de laquelle l'infraction a été commise, soit d'exercer une profession commerciale ou industrielle, de diriger, d'administrer, de gérer ou de contrôler à un titre quelconque, directement ou indirectement, pour leur propre compte ou pour le compte d'autrui, une entreprise commerciale ou industrielle ou une société commerciale.

Ces interdictions d'exercice ne peuvent excéder une durée de cinq ans. Elles peuvent être prononcées cumulativement.

Section III. – Taux d'intérêt

Art. L. 341-49. – Le fait de ne pas respecter les dispositions de l'article L. 314-5 est puni d'une amende de 150 000 euros.

Les personnes physiques coupables encourent également à titre de peines complémentaires l'interdiction, suivant les modalités prévues à l'article 131-27 du Code pénal, soit d'exercer une fonction publique ou d'exercer l'activité professionnelle ou sociale dans l'exercice ou à l'occasion de l'exercice de laquelle l'infraction a été commise, soit d'exercer une profession commerciale ou industrielle, de diriger, d'administrer, de gérer ou de contrôler à un titre quelconque, directement ou indirectement, pour leur propre compte ou pour le compte d'autrui, une entreprise commerciale ou industrielle ou une société commerciale.

Ces interdictions d'exercice ne peuvent excéder une durée de cinq ans. Elles peuvent être prononcées cumulativement.

Art. L. 341-50. – Le fait de consentir à autrui un prêt usuraire ou d'apporter à quelque titre et de quelque manière que ce soit, directement ou indirectement, son concours à l'obtention ou à l'octroi d'un prêt usuraire ou d'un prêt qui deviendrait usuraire au sens de l'article L. 314-6 du fait de son concours est puni d'un emprisonnement de deux ans et d'une amende de 300 000 euros.

En cas de condamnation, le tribunal peut en outre ordonner :

1° La publication intégrale, ou par extraits, de sa décision, aux frais du condamné, dans les journaux qu'il désigne, ainsi que l'affichage de cette décision dans les conditions prévues à l'article 131-35 du Code pénal ;

2° La fermeture, pour une durée de cinq ans au plus ou définitive, de l'entreprise dont l'une des personnes chargées de l'administration ou de la direction est condamnée en application de l'alinéa premier du présent article, assortie éventuellement de la nomination d'un administrateur ou d'un liquidateur ;

3° L'interdiction, suivant les modalités prévues par l'article 131-27 du Code pénal, soit d'exercer une fonction publique ou d'exercer l'activité professionnelle ou sociale dans l'exercice ou à l'occasion de l'exercice de laquelle l'infraction a été commise, soit d'exercer une profession commerciale ou industrielle, de diriger, d'administrer, de gérer ou de contrôler à un titre quelconque, directement ou indirectement, pour son propre compte ou pour le compte d'autrui, une entreprise commerciale ou industrielle ou une société commerciale. Ces interdictions d'exercice ne peuvent excéder une durée de cinq ans. Elles peuvent être prononcées cumulativement.

En cas de fermeture, le tribunal fixe la durée pendant laquelle le délinquant ou l'entreprise doit continuer à payer à son personnel les salaires, indemnités et rémunérations de toute nature auxquels celui-ci avait droit jusqu'alors ; cette durée ne saurait excéder trois mois.

Art. L. 341-51. – En ce qui concerne le délit mentionné à l'article L. 341-50, la prescription de l'action publique court à compter du jour de la dernière perception, soit d'intérêt, soit de capital.

....

Section V. – Prêt viager hypothécaire

Art. L. 341-56. – Le fait pour l'annonceur de diffuser ou de faire diffuser une publicité non conforme aux obligations prévues aux articles L. 315-4 à L. 315-7 est puni d'une amende 150 000 euros.

Art. L. 341-57. – Le fait pour le prêteur d'accorder un prêt viager hypothécaire sans saisir l'emprunteur d'une offre préalable conforme à l'article L. 315-9 ou dans des conditions non conformes aux articles L. 315-10 et L. 315-11, est puni d'une amende de 150 000 euros.

Art. L. 341-58. – Le fait pour le prêteur de ne pas restituer les sommes dues en application de l'article L. 315-15 à l'échéance du terme lorsque la dette est inférieure à la valeur de l'immeuble, est puni d'une amende de 300 000 euros.

Art. L. 341-59. – Le fait pour le prêteur de réclamer à l'emprunteur des sommes supérieures à celles dont il est autorisé à demander le versement en application de l'article L. 315-18, est puni d'une amende de 300 000 euros.

Chapitre II. – Activité d'intermédiaire

Section II. Sanctions pénales

Art. L. 342-2. – Le fait pour l'annonceur de diffuser ou de faire diffuser une publicité non conforme aux obligations prévues à l'article L. 322-2 est puni d'une amende de 150 000 euros.

Art. L. 342-3. – Le non-respect des dispositions de l'article L. 322-3 est puni d'une amende de 150 000 euros.

Art. L. 342-4. – Le fait pour l'intermédiaire de crédit de ne pas respecter les obligations prévues à l'article L. 322-4 est puni d'une amende de 150 000 euros.

Art. L. 342-5. – Le fait pour l'intermédiaire de crédit de percevoir une somme d'argent à l'occasion d'une des opérations mentionnées à l'article L. 322-1 est puni d'un emprisonnement d'un an et d'une amende de 300 000 euros.

Le tribunal peut en outre ordonner, aux frais du condamné, la publication intégrale ou par extraits du jugement dans les journaux qu'il fixe, sans que le coût de cette publication puisse excéder le montant de l'amende encourue.

Art. L. 342-6. – Les personnes physiques coupables des délits punis aux articles L. 342-2 à L. 342-5 encourent également à titre de peines complémentaires l'interdiction, suivant les modalités prévues à l'article 131-27 du Code pénal, soit d'exercer une fonction publique ou d'exercer l'activité professionnelle ou sociale dans l'exercice ou à l'occasion de l'exercice de laquelle l'infraction a été commise, soit d'exercer une profession commerciale ou industrielle, de diriger, d'administrer, de gérer ou de contrôler à un titre quelconque, directement ou indirectement, pour leur propre compte ou pour le compte d'autrui, une entreprise commerciale ou industrielle ou une société commerciale.

Ces interdictions d'exercice ne peuvent excéder une durée de cinq ans. Elles peuvent être prononcées cumulativement.

....

Livre IV. – CONFORMITÉ ET SÉCURITÉ DES PRODUITS ET SERVICES

Titre 1er. – CONFORMITÉ

Chapitre III. – Falsifications et autres infractions relatives aux produits

Section I. – Falsifications

Art. L. 413-1. – Il est interdit :

1° De falsifier des produits servant à l'alimentation humaine ou animale, des boissons et des produits agricoles ou naturels destinés à être vendus ;

2° D'exposer, de mettre en vente ou de vendre des produits servant à l'alimentation humaine ou animale, des boissons et des produits agricoles ou naturels, sachant qu'ils sont falsifiés, corrompus ou toxiques ;

3° D'exposer, de mettre en vente ou de vendre, en connaissant leur destination, des produits, objets ou appareils propres à effectuer la falsification des produits servant à l'alimentation humaine ou animale, des boissons ou des produits agricoles ou naturels ;

4° D'inciter à l'emploi des produits, objets ou appareils mentionnés au 3° par le moyen de brochures, circulaires, prospectus, affiches, annonces ou instructions quelconques.

L'infraction est constituée même au cas où la falsification nuisible est connue de l'acheteur ou du consommateur.

Art. L. 413-2. – Il est interdit de détenir, sans motif légitime, dans tous les lieux de fabrication, de production, de conditionnement, de stockage, de dépôt ou de vente, dans les véhicules utilisés pour le transport des marchandises, ainsi que dans les lieux où sont hébergés ou abattus les animaux dont la viande ou les produits sont destinés à l'alimentation humaine ou animale :

1° Des poids ou instruments de mesure faux ou autres appareils inexacts servant au pesage ou au mesurage des marchandises ;

2° Des produits servant à l'alimentation humaine ou animale, des boissons, des produits agricoles ou naturels dont le détenteur sait qu'ils sont falsifiés, corrompus ou toxiques ;

3° Des produits, objets ou appareils propres à effectuer la falsification des produits servant à l'alimentation humaine ou animale, des boissons ou des produits agricoles ou naturels.

Art. L. 413-3. – Les dispositions des articles L. 413-1 et L. 413-2 ne sont pas applicables aux fruits frais et légumes frais, fermentes ou corrompus.

Art. L. 413-4. – Il est interdit d'apposer ou de faire apparaître par addition, retranchement ou par une altération quelconque sur des produits, de fausses indications concernant le nom du fabricant, la raison sociale ou le lieu de fabrication.

Section II. – Autres infractions relatives aux produits

Art. L. 413-5. – Il est interdit à tout professionnel d'exposer ou de mettre en vente des produits marqués de noms faux ou altérés.

Art. L. 413-6. – Il est interdit de supprimer, masquer, altérer ou modifier frauduleusement de quelque façon que ce soit, les noms, signatures, monogrammes, lettres, chiffres, numéros de série, emblèmes, signes de toute nature apposés ou intégrés sur ou dans les marchandises et servant à les identifier de manière physique ou électronique.

Art. L. 413-7. – Il est interdit d'exposer, mettre en vente, vendre ou détenir dans des locaux utilisés à des fins professionnelles, des marchandises dont les signes d'identification ont été altérés.

Art. L. 413-8 *(Mod. à compter de la date d'entrée en vigueur du décret pris pour son application et au plus tard le 15 décembre 2019, Ord. n° 2019-1169, 13 nov. 2019 ; L. n° 2020-699, 10 juin 2020).* – Il est interdit, sur des produits naturels ou fabriqués, détenus ou transportés en vue de la vente, mis en vente ou vendus, d'apposer ou d'utiliser une marque de produits ou de services, un nom, un signe ou une indication quelconque de nature à faire croire, s'ils sont étrangers, qu'ils ont été fabriqués en France ou qu'ils sont d'origine française et, dans tous les cas, qu'ils ont une origine différente de leur véritable origine française ou étrangère.

Toutefois, sauf pour les vins, ces dispositions ne sont pas applicables lorsque le produit porte, en caractères manifestement apparents, l'indication de la véritable origine.

En ce qui concerne les produits français, la raison sociale, le nom et l'adresse du vendeur ne constituent pas nécessairement une indication d'origine.

Chapitre IV. – Dispositions relatives à certains établissements

Art. L. 414-1. – Les établissements traitant par ionisation des denrées destinées à l'alimentation humaine ou animale font l'objet d'un agrément par l'autorité administrative dans des conditions prévues par décret en Conseil d'État.

Toutefois, l'agrément n'est pas requis lorsque ces établissements traitent par ionisation des denrées dont la liste est définie par décret en Conseil d'État.

Titre III. – VALORISATION DES PRODUITS ET SERVICES

Chapitre Ier. – Appellations d'origine

Section I. – Définition et condition d'utilisation

Art. L. 431-1. – Constitue une appellation d'origine la dénomination d'un pays, d'une région ou d'une localité servant à désigner un produit qui en est originaire et dont la qualité ou les caractères sont dus au milieu géographique, comprenant des facteurs naturels et des facteurs humains.

Art. L. 431-2. – Il est interdit :

1° De délivrer une appellation d'origine contrôlée sans satisfaire aux conditions prévues à l'article L. 642-3 du Code rural et de la pêche maritime ;

2° De délivrer une appellation d'origine contrôlée qui n'a pas fait l'objet de l'homologation prévue à l'article L. 641-7 du Code rural et de la pêche maritime ;

3° D'utiliser ou de tenter d'utiliser frauduleusement une appellation d'origine ou une indication géographique définie à l'article L. 721-2 du Code de la propriété intellectuelle ;

4° D'apposer ou de faire apparaître, par addition, retranchement ou par une altération quelconque, sur des produits, naturels ou fabriqués, mis en vente ou destinés à être mis en vente, une appellation d'origine ou une indication géographique définie à l'article L. 721-2 du Code de la propriété intellectuelle, en la sachant inexacte ;

5° De faire croire ou tenter de faire croire qu'un produit bénéficie d'une appellation d'origine ou d'une indication géographique définie au même article L. 721-2 ;

6° De faire croire ou de tenter de faire croire qu'un produit assorti d'une appellation d'origine ou d'une indication géographique définie au même article L. 721-2 est garanti par l'État ou par un organisme public ;

7° De mentionner sur un produit la présence dans sa composition d'un autre produit bénéficiant d'une appellation d'origine ou d'une indication géographique lorsque cette mention détourne ou affaiblit la réputation de l'appellation ou de l'indication concernée.

Chapitre II. – Autres signes d'identification de l'origine et de la qualité

Section I. – Label rouge

Art. L. 432-1. – **Les dispositions applicables au label rouge sont prévues à la sous-section 1 de la section 1 du chapitre 1er du titre IV du livre VI du Code rural et de la pêche maritime.**

Art. L. 432-2. – **Il est interdit :**

1° De délivrer un label rouge sans satisfaire aux conditions prévues à l'article L. 642-3 du Code rural et de la pêche maritime ;

2° De délivrer un label rouge qui n'a pas fait l'objet de l'homologation prévue à l'article L. 641-4 du Code rural et de la pêche maritime ;

3° De délivrer un label rouge en méconnaissance de l'article L. 641-2 du Code rural et de la pêche maritime ;

4° D'utiliser ou de tenter d'utiliser frauduleusement un label rouge ;

5° D'apposer ou de faire apparaître, par addition, retranchement ou par une altération quelconque, sur des produits, naturels ou fabriqués, mis en vente ou destinés à être mis en vente, un label rouge en le sachant inexact ;

6° D'utiliser un mode de présentation faisant croire ou de nature à faire croire qu'un produit bénéficie d'un label rouge ;

7° De faire croire ou de tenter de faire croire qu'un produit assorti d'un label rouge est garanti par l'État ou par un organisme public.

Section II. – Appellation d'origine protégée, indication géographique protégée, spécialité traditionnelle garantie

Art. L. 432-3. – **Les dispositions applicables aux appellations d'origine protégées, aux indications géographiques protégées et aux spécialités traditionnelles garanties sont prévues au chapitre 1er du titre IV du livre VI du Code rural et de la pêche maritime.**

Art. L. 432-4. – **Il est interdit :**

1° De délivrer une appellation d'origine protégée, une indication géographique protégée ou une spécialité traditionnelle garantie sans satisfaire aux conditions prévues à l'article L. 642-3 du Code rural et de la pêche maritime ;

2° De délivrer une appellation d'origine protégée, une indication géographique protégée ou une spécialité traditionnelle garantie qui n'a pas fait l'objet de l'homologation prévue respectivement aux articles L. 641-10, L. 641-11 et L. 641-12 du Code rural et de la pêche maritime ;

3° D'utiliser ou de tenter d'utiliser frauduleusement une appellation d'origine protégée, une indication géographique protégée ou une spécialité traditionnelle garantie ;

4° D'apposer ou de faire apparaître, par addition, retranchement ou par une altération quelconque, sur des produits, naturels ou fabriqués, mis en vente ou destinés à être mis en vente, une appellation d'origine protégée, une indication géographique protégée ou une spécialité traditionnelle garantie en les sachant inexactes ;

5° D'utiliser un mode de présentation faisant croire ou de nature à faire croire qu'un produit bénéficie d'une appellation d'origine protégée, d'une indication géographique protégée ou d'une spécialité traditionnelle garantie ;

6° De faire croire ou de tenter de faire croire qu'un produit assorti d'une spécialité traditionnelle garantie, d'une appellation d'origine protégée ou d'une indication géographique protégée est garanti par l'État ou par un organisme public.

Section III. – Agriculture biologique

Art. L. 432-5. – **Les dispositions applicables à la mention « agriculture biologique » sont prévues à la sous-section 5 de la section 1 du chapitre 1er du titre IV du livre VI du Code rural et de la pêche maritime.**

Art. L. 432-6. – **Il est interdit :**

1° De délivrer une mention « agriculture biologique » sans satisfaire aux conditions prévues à l'article L. 642-3 du Code rural et de la pêche maritime ;

2° De délivrer une mention « agriculture biologique » à un produit qui ne remplit pas les conditions, rappelées à l'article L. 641-13 du Code rural et de la pêche maritime, pour en bénéficier ;

3° D'utiliser ou de tenter d'utiliser frauduleusement le signe « agriculture biologique » ;

4° D'utiliser un mode de présentation faisant croire ou de nature à faire croire qu'un produit a la qualité de produit de l'agriculture biologique ;

5° De faire croire ou de tenter de faire croire qu'un produit ayant la qualité de produit de l'agriculture biologique est garanti par l'État ou par un organisme public.

Chapitre III. – Certification de conformité

Section I. – Produits agricoles et denrées alimentaires

Art. L. 433-2. – **Il est interdit :**

1° De délivrer un certificat de conformité sans satisfaire aux conditions prévues à l'article L. 641-23 du Code rural et de la pêche maritime ;

2° De délivrer un certificat de conformité en méconnaissance de l'article L. 641-21 du Code rural et de la pêche maritime ;

3° D'utiliser ou de tenter d'utiliser frauduleusement un certificat de conformité ;

4° D'apposer ou de faire apparaître, par addition, retranchement ou par une altération quelconque, sur des produits, naturels ou fabriqués, mis en vente ou destinés à être mis en vente, un certificat de conformité en le sachant inexact ;

5° D'utiliser un mode de présentation faisant croire ou de nature à faire croire qu'un produit bénéficie d'un certificat de conformité ;

6° De faire croire ou de tenter de faire croire qu'un produit assorti d'un certificat de conformité est garanti par l'État ou par un organisme public ;

7° De se prévaloir de l'engagement d'une démarche de certification sans que celle-ci ait été enregistrée conformément à l'article L. 641-22 du Code rural et de la pêche maritime.

Art. L. 433-9. – **Il est interdit :**

1° De délivrer, en violation des dispositions prévues aux articles L. 433-3 à L. 433-7, un titre, un certificat ou tout autre document attestant qu'un produit ou un service présente certaines caractéristiques ayant fait l'objet d'une certification ;

2° D'utiliser tout moyen de nature à faire croire faussement qu'un organisme satisfait aux conditions définies aux articles L. 433-3 à L. 433-7.

Titre IV. – FRAUDES

Chapitre unique. – Tromperies

Art. L. 441-1. – **Il est interdit pour toute personne, partie ou non au contrat, de tromper ou tenter de tromper le contractant, par quelque moyen ou procédé que ce soit, même par l'intermédiaire d'un, tiers :**

1° Soit sur la nature, l'espèce, l'origine, les qualités substantielles, la composition ou la teneur en principes utiles de toutes marchandises ;

2° Soit sur la quantité des choses livrées ou sur leur identité par la livraison d'une autre que la chose déterminée qui a fait l'objet du contrat ;

3° Soit sur l'aptitude à l'emploi, les risques inhérents à l'utilisation du produit, les contrôles effectués les modes d'emploi ou les précautions à prendre.

Les dispositions du présent article sont également applicables aux prestations de services.

Art. L. 441-2 *(Mod., L. n° 2021-1485, 15 nov. 2021).* – **Est interdite la pratique de l'obsolescence programmée qui se définit par le recours à des techniques, y compris logicielles, par lesquelles le responsable de la mise sur le marché d'un produit vise à en réduire délibérément la durée de vie.**

Art. L. 441-3 *(L. n° 2020-105, 10 févr. 2020 ; L. n° 2021-1485, 15 nov. 2021).* – **Toute technique, y compris logicielle, par laquelle un metteur sur le marché vise à rendre impossible la réparation ou le reconditionnement d'un appareil ou à limiter la restauration de l'ensemble des fonctionnalités d'un tel appareil hors de ses circuits agréés est interdite.**

Un arrêté définit la liste des produits et les motifs légitimes, notamment la sécurité ou la santé des utilisateurs, pour lesquels le professionnel n'est pas tenu par cette obligation.

La réparabilité du produit est considérée comme une des caractéristiques essentielles du bien ou du service tel que défini aux articles L. 111-1 à L. 111-7 du présent code.

Art. L. 441-4 *(L. n° 2020-105, 10 févr. 2020 ; L. n° 2021-1485, 15 nov. 2021).* – **Tout accord ou pratique ayant pour objet de limiter l'accès d'un professionnel de la réparation, du réemploi ou de la réutilisation aux pièces détachées, modes d'emploi, informations techniques ou à tout autre instrument, équipement ou logiciel permettant la réparation des produits est interdit.**

Art. L. 441-5 *(L. n° 2020-105, 10 févr. 2020).* – **S'il a conçu son appareil en prévoyant les cas d'autoréparation et s'il a donné les consignes de sécurité adéquates pour qu'un utilisateur puisse réaliser une autoréparation, le fabricant ne peut être tenu responsable d'un dommage survenu lors d'une autoréparation dans la mesure où ce dommage est lié à une maladresse de l'utilisateur ou au non-respect par ce dernier des consignes de réparation du produit.**

Titre V. – SANCTIONS

Chapitre premier. Conformité

Section I. – Obligation générale de conformité

Art. L. 451-1 *(L. n° 2017-203, 21 févr. 2017).* – **Le fait pour l'opérateur de ne pas procéder à l'information prévue à l'article L. 411-2 est puni d'une peine d'un an d'emprisonnement et de 150 000 euros d'amende.**

Section II. – Falsifications

Art. L. 451-1-1 *(L. n° 2017-203, 21 févr. 2017).* – **La violation des interdictions prévues à l'article L. 413-1 est punie d'une peine d'emprisonnement de deux ans et d'une amende de 300 000 euros.**

Art. L. 451-2. – **La violation des interdictions prévues à l'article L. 413-1 est punie d'une peine d'emprisonnement de sept ans et d'une amende de 750 000 euros :**

1° Si la substance falsifiée ou corrompue est nuisible à la santé humaine ou animale ;

2° Si les faits ont été commis en bande organisée.

1) Réglementation. Les dispositions nationales limitatives relatives aux additifs à but nutritionnel autorisés dans l'alimentation humaine, sont justifiées, au regard des articles 30 et 36, devenus 28 et 30 du Traité instituant la Communauté européenne, par la protection de la santé publique (■ Cass. crim., 5 sept. 2000 : *Bull. crim.* n° 261).

2) Est justifiée la condamnation d'une dirigeante de société pour infraction à l'article L. 213-3 du Code de la consommation dès lors que les compléments alimentaires fabriqués et commercialisés sans autorisation préalable comportaient des ingrédients non admis par la réglementation nationale et dont la consommation est restée négligeable dans la communauté (■ Cass. crim., 29 juin 2004 : *Dr. pén.* 2004, comm. 160, obs. J.-H. Robert).

3) Ne donne pas de base légale à sa décision la cour d'appel qui déclare coupables de falsification les prévenus poursuivis pour avoir importé des compléments alimentaires auxquels ont été incorporées de la coenzyme Q10 ainsi que diverses vitamines, sans rechercher si l'utilisation de ces substances, dont il était allégué qu'elles étaient en vente libre dans plusieurs États membres de la Communauté européenne, présentaient un risque pour la santé publique et sans vérifier, par ailleurs, si la procédure d'autorisation, prévue par la réglementation nationale, présentait toutes les garanties nécessaires pour préserver les droits des importateurs de produits comportant de tels additifs (■ Cass. crim., 27 mars 2007 : *Bull. crim.* n° 93 ; *RSC* 2008, p. 84, obs. C. Ambroise-Casterot).

4) Justifie sa décision la cour d'appel qui, pour déclarer le prévenu coupable d'exposition, de mise en vente ou vente, connaissant leur destination, des matières propres à effectuer la falsification des vins, énonce que l'adjonction d'albumine de sang est interdite par l'article 15 du règlement 822/87/CEE du 16 mars 1987, modifié par le règlement 2087/97/CEE, portant organisation commune du marché viticole, alors applicable dans tous les états membres ; c'est à bon droit qu'il a été fait application de ce règlement, entré en vigueur le 1er novembre 1997 et directement applicable sans mesure portant réception en droit interne, l'invocation des dispositions de l'article L. 214-3 du Code de la consommation étant inopérant (■ Cass. crim., 4 nov. 2003 : *Dr. pén.* 2004, comm. 38, obs. J.-H. Robert).

5) La falsification d'un produit est constituée par le recours à une manipulation ou à un traitement illicite ou non conforme à la réglementation en vigueur, de nature à en altérer la substance. Tel est le cas du coupage de vins d'appellation contrôlée et de vins de table, interdit par le règlement (CEE) n° 2202/89 du 20 juillet 1989, pris pour l'application du règlement (CEE) n° 822/87 du 16 mars 1987, lequel constitue l'une des mesures d'exécution prévues par les articles L. 214-1 et L. 214-3 du Code de la consommation (■ Cass. crim., 10 oct. 2006 : *Bull. crim.* n° 247 ; *Dr. pén.* 2007, comm. 22, obs. J.-H. Robert).

6) Caractérisation des délits. La falsification d'un produit implique le recours à une manipulation ou à un traitement illicite ou non conforme à la réglementation en vigueur de nature à en altérer la constitution physique. En l'absence de toute manipulation illicite la falsification d'un vin ne peut être déduite des seules erreurs ou irrégularités commises lors de la déclaration de récolte (■ Cass. crim., 15 déc. 1993 : *Bull. crim.* n° 392).

7) L'infraction, pour être constituée, suppose que les juges caractérisent en quoi les produits dont ils font état ont été falsifiés, soit par l'addition d'une substance chimique non autorisée, soit par tout autre procédé ou substance non autorisée par la réglementation en vigueur, et recherchent, ce qu'ils n'ont pas fait, si des produits mis en vente, par la prévenue n'étaient pas propres à effectuer la falsification des denrées alimentaires (■ Cass. crim., 7 oct. 2003 : *Dr. pén.* 2004, comm. 39, obs., J.-H. Robert. Sur ces 2 arrêts : *RSC* 2004, p. 102, obs. C. Ambroise-Casterof).

8) Constitue le délit de vente de denrée alimentaire toxique, le fait de commercialiser sciemment un produit naturel dangereux pour la santé, basé, en l'espèce, d'algue bleue, ayant déjà provoqué des désordres intestinaux chez l'homme et des décès chez l'animal (■ Cass. crim., 4 févr. 1998 : *Dr. pén.* 1998, comm. 85, obs. J.-H. Robert).

9) Caractérise le délit prévu par l'article L. 213-3, alinéa 1, 4°, la vente par un président de société, en connaissance de cause, d'objets destinés à permettre aux viticulteurs d'opérer une manipulation ou un traitement non conforme à la réglementation en vigueur (■ Cass. crim., 23 mai 2000 : *Dr. pén.* 2000, comm. 115, obs. J.-H. Robert).

10) Pour l'adjonction irrégulière de sucre au moût de raisin (■ Cass. crim., 23 janv. 2001 : *Dr. pén.* 2001, comm. 89, obs. J.-H. Robert), ou de sucre de betterave (■ Cass. crim., 17 sept. 2002 : *Bull. crim.* n° 166, préc. sous art. L. 213-1).

11) Compléments alimentaires. Le produit, commercialisé comme complément alimentaire est soumis à la réglementation applicable aux denrées alimentaires dès lors qu'il n'est pas un médicament, ni un produit diététique soumis à la réglementation des aliments destinés à une alimentation particulière. Par application de l'article 1er du décret du 15 avril 1912, il ne peut pas, dès lors, être additionné de produits chimiques autres que ceux dont l'emploi est autorisé par arrêté ministériel (■ Cass. crim., 1er juin 1999 : *Bull. crim.* n° 116.-5 sept. 2000 : *Bull. crim.* n° 261), à moins qu'ils puissent relever des dispositions du règlement 258/97 CE du 27 janvier 1997 relatif aux nouveaux aliments et aux nouveaux ingrédients alimentaires (■ Cass. crim., 1er avr. 2003 : *Bull. crim.* n° 82).

12) *Adde*, sur cette question des compléments alimentaires et leur incompatibilité éventuelle avec les interdictions nationales françaises (■ Cass. crim., 23 mars 2004, 2 arrêts : *JurisData* nos 2004-023198 et 2004-023197 ; *Dr. pén.* 2004, comm. 93, obs. J.-H. Robert).

13) **Requalification.** Constitue le délit de falsification de denrées servant à l'alimentation des animaux, puni par l'article L. 213-3 1° du Code de la consommation de deux ans d'emprisonnement, et non celui d'administration de substances anabolisantes aux animaux dont la chair ou les produits sont destinés à l'alimentation humaine, puni par la loi n° 84-609 du 16 juillet 1984 de six mois d'emprisonnement, les faits reprochés au prévenu, qui consistaient à ajouter du clenbutérol à des aliments destinés à des veaux, et non à distribuer aux animaux les aliments ainsi falsifiés (▪ Cass. crim., 21 mars 2006 : *Bull. crim.* n° 84).

14) **Cumul de qualifications.** La mise en vente, sur le territoire national, d'un produit non conforme à la réglementation communautaire caractérise l'élément matériel des délits de tromperies et de mise en vente de denrées falsifiées. Il incombe au vendeur de s'assurer, par tous moyens, de la conformité dudit produit aux prescriptions européennes : justifie ainsi sa décision la cour d'appel qui pour retenir les délits précités à charge d'un professionnel ayant revendu en France un lot de moût concentré rectifié acheté en Espagne, énonce que ce dernier, qui n'a pas eu recours à la seule méthode de contrôle utile pour détecter la présence de sucre de betterave, à savoir l'analyse par résonance magnétique nucléaire, a effectué une vérification insuffisante (▪ Cass. crim., 17 sept. 2002 : *Bull. crim.* n° 166 ; *Dr. pén.* 2002, comm. 125, obs. J.-H. Robert).

Voir : L. Marville et I. Haye, L'évolution *récente* du statut juridique des *compléments alimentaires et sécurité des consommateurs : JCP* E 2007, p. 1821.

15) **Animaux.** Est coupable de tromperie sur les qualités substantielles de marchandises le prévenu qui vend des chiots sans révéler les doutes sur les éléments substantiels que sont leur âge et leur primovaccination antirabique, doutes d'autant plus sérieux que le prévenu savait pertinemment, au vu des dates de naissance portées sur les passeports, que la primovaccination antirabique était intervenue avant l'expiration du délai de trois mois requis, anormalité que les docteurs vétérinaires consultés par les victimes ont d'ailleurs aisément relevée (▪ Cass. crim., 7 avr. 2021, n°s 20-80.668, 12-80.601).

Art. L. 451-3. – La violation des interdictions prévues à l'article L. 413-2 est punie d'une peine d'emprisonnement d'un an et d'une amende de 150 000 euros.

Art. L. 451-4. – La violation des interdictions prévues à l'article L. 413-2 est punie d'une peine d'emprisonnement de deux ans et d'une amende de 300 000 euros si la substance alimentaire falsifiée ou corrompue est nuisible à la santé humaine ou animale.

1) Le délit de détention de boissons falsifiées, prévu par l'article 4 de la loi du 1er août 1905, devenu L. 213-4 du Code de la consommation, est constitué, en son élément matériel, par le fait pour un importateur ayant procédé aux opérations de dédouanement d'entreposer dans les cuves d'un tiers un vin mouillé, et, en son élément intentionnel, par le fait pour ce professionnel de ne pas s'assurer de la qualité marchande du produit au moment d'en prendre livraison (▪ Cass. crim., 22 août 1995 : *Bull. crim.* n° 96).

2) Nul ne peut être puni d'une peine qui n'est pas prévue par la loi ; dès lors, encourt d'office la cassation, par voie de retranchement, l'arrêt d'une cour d'appel qui prononce l'interdiction des droits civiques, civils et de famille à l'encontre d'un prévenu déclaré coupable de détention de denrées corrompues ou toxiques alors que les textes réprimant cette infraction ne prévoient pas une telle interdiction (▪ Cass. crim.. 25 sept. 1995 : *Bull. crim.* n° 277).

3) L'élément intentionnel du délit est constitué par le fait pour un professionnel de ne pas s'assurer de la qualité de la marchandise conservée (▪ Cass. crim., 1er sept. 2015, n° 14-84.677 : *Dr. pén.* 2015, comm. 166,

4) L'aggravation de peine prévue par le deuxième alinéa de l'article L. 213-4 du Code de la consommation pour détention de substances alimentaires falsifiées ou corrompues ou de substances médicamenteuses falsifiées, nuisibles à la santé de l'homme ou de l'animal, n'est pas applicable à la détention de produits, objets ou appareils propres à effectuer la falsification de denrées alimentaires (▪ Cass. crim., 21 janv. 2003 : *Bull. crim.* n° 14 ; *Dr. pén.* 2003, comm. 49, obs. J.-H. Robert ; *RSC* 2004, p. 101, obs. C. Ambroise-Casterot).

Art. L. 451-5. – Le montant des peines d'amende prévues aux articles L. 451-1 à L. 451-4 peut être porté, de manière proportionnée aux avantages tirés du délit, à 10 % du chiffre d'affaires moyen annuel, calculé sur les trois derniers chiffres d'affaires annuels connus à la date des faits.

Art. L. 451-6. – Les personnes physiques coupables des délits punis aux articles L 451-1 à L. 451-4 encourent également à titre de peines complémentaires l'interdiction, suivant les modalités prévues par

l'article 131-27 du Code pénal, soit d'exercer une fonction publique ou d'exercer l'activité professionnelle ou sociale dans l'exercice ou à l'occasion de l'exercice de laquelle l'infraction a été commise, soit d'exercer une profession commerciale ou industrielle, de diriger, d'administrer, de gérer ou de contrôler à un titre quelconque, directement ou indirectement, pour leur propre compte ou pour le compte d'autrui, une entreprise commerciale ou industrielle ou une société commerciale. Ces interdictions d'exercice peuvent être prononcées cumulativement.

Les personnes morales déclarées responsables pénalement, dans les conditions prévues par l'article 121-2 du Code pénal, des délits punis aux articles L. 451-1 à L. 451-4 encourent, outre l'amende suivant les modalités prévues par l'article 131-38 du Code pénal, les peines prévues par les 2° à 9° de l'article 131-39 du même code.

L'interdiction mentionnée au 2° de l'article 131-39 du Code pénal porte sur l'activité dans l'exercice ou à l'occasion de l'exercice de laquelle l'infraction a été commise.

Art. L. 451-7. – En cas de condamnation pour les faits réprimés au 1° de l'article L. 451-2, le tribunal peut prononcer en outre :

1° L'affichage et la diffusion de la décision dans les conditions prévues à l'article 131-35 du Code pénal ;

2° La diffusion d'un ou plusieurs messages. Le jugement fixe les termes de ces messages et les modalités de leur diffusion et impartit à la personne condamnée un délai pour y faire procéder ; en cas de carence, il est procédé à cette diffusion à la diligence du ministère public aux frais de la personne condamnée ;

3° Le retrait des produits sur lesquels a porté le délit et, dans les mêmes conditions, l'interdiction de la prestation de services.

Lorsque l'affichage est ordonné à la porte des magasins de la personne condamnée, l'exécution du jugement ne peut être entravée par la vente du fonds de commerce réalisée postérieurement à la première décision qui a ordonné l'affichage.

Art. L. 451-8. – Le défaut de diffusion dans le délai imparti des messages prévus à l'article L. 451-7 est puni d'une peine d'emprisonnement de deux ans et d'une amende de 300 000 euros.

Section II. – Infractions relatives aux produits

Art. L. 451-9. – La violation des interdictions prévues à l'article L. 413-4 est punie d'une peine d'emprisonnement de deux ans et d'une amende de 300 000 euros.

Art. L. 451-10. – La violation des interdictions prévues à l'article L. 413-5 est punie d'une peine d'emprisonnement de deux ans et d'une amende de 300 000 euros.

Art. L. 451-11. – La violation des interdictions prévues à l'article L. 413-6 est punie d'une peine d'emprisonnement de deux ans et d'une amende de 300 000 euros.

Art. L. 451-12. – La violation des interdictions prévues à l'article L. 413-7 est punie d'une peine d'emprisonnement d'un an et d'une amende de 150 000 euros.

Art. L. 451-13. – La violation des interdictions prévues à l'article L. 413-8 est punie d'une peine d'emprisonnement de deux ans et d'une amende de 300 000 euros.

Art. L. 451-14. – La violation des interdictions prévues à l'article L. 413-9 est punie d'une peine d'emprisonnement de deux ans et d'une amende de 300 000 euros.

Art. L. 451-15. – Les personnes physiques coupables des délits punis aux articles L. 451-9 à L. 451-14 encourent également à titre de peines complémentaires l'interdiction, suivant les modalités prévues à l'article 131-27 du Code pénal, soit d'exercer une fonction publique ou d'exercer l'activité professionnelle ou sociale dans l'exercice ou à l'occasion de l'exercice de laquelle l'infraction a été commise, soit d'exercer une profession commerciale ou industrielle, de diriger, d'administrer, de gérer ou de contrôler à un titre quelconque, directement ou indirectement, pour leur propre compte ou pour le compte d'autrui, une entreprise commerciale ou industrielle ou une société commerciale.

Ces interdictions d'exercice ne peuvent excéder une durée de cinq ans. Elles peuvent être prononcées cumulativement.

Les personnes morales déclarées responsables pénalement, dans les conditions prévues à l'article 121-2 du Code pénal, des délits punis aux articles L. 451-9 à L. 451-14 encourent, outre l'amende suivant les modalités prévues à l'article 131-38 du même code, les peines prévues aux 2° à 9° de l'article 131-39 de ce code.

L'interdiction mentionnée au 2° du même article 131-39 porte sur l'activité dans l'exercice ou à l'occasion de l'exercice de laquelle l'infraction a été commise. Les peines prévues aux 2° à 7° de cet article ne peuvent être prononcées que pour une durée de cinq ans au plus.

Art. L. 451-16. – **En cas de condamnation pour les faits punis aux articles L. 451-9 à L. 451-12, le tribunal peut en outre ordonner l'affichage et la diffusion du jugement dans les conditions prévues à l'article 131-35 du Code pénal.**

Section III. – Dispositions relatives à certains établissements

Art. L. 451-17. – **Le fait de procéder à des traitements par ionisation sans être titulaire de l'agrément prévu à l'article L. 414-1 est puni d'une peine d'emprisonnement d'un an et d'une amende de 15 000 euros.**

Fait une juste application de l'article L. 218-7 du Code de la consommation qui sanctionne l'inexécution des mesures correctives ordonnées notamment pour assurer la mise en conformité des produits avec la réglementation en vigueur dans les termes de l'article L. 218-5 du même code, la cour d'appel qui retient que, en qualité d'organe de la personne morale et pour le compte de celle-ci, le président du conseil d'administration d'une société spécialisée dans la fabrication et la vente d'huiles essentielles et d'hydrolats aromatiques, malgré la mise en demeure de mise en conformité adressée par la direction départementale de la protection des populations, n'a pas modifié son site internet comportant des allégations faisant état de propriétés de prévention, de traitement et de guérison d'une maladie humaine concernant des produits qui, destinés à une utilisation par voie orale, ont la qualité de denrées alimentaires (■ Cass. crim., 22 mars 2016, n° 15-82.668).

Chapitre II. – Sécurité

Art. L. 452-1. – **Le fait d'exporter vers un pays tiers à l'Union européenne une denrée alimentaire préjudiciable à la santé ou un aliment pour animaux qui est dangereux, en méconnaissance des dispositions de l'article 12 du règlement (CE) n° 178/2002 du Parlement européen et du Conseil du 28 janvier 2002 établissant les principes généraux et les prescriptions générales de la législation alimentaire, instituant l'Autorité européenne de sécurité des aliments et fixant des procédures relatives à la sécurité des denrées alimentaires est puni d'une peine d'emprisonnement de cinq ans et d'une amende de 600 000 euros.**

Ce montant peut être porté, de manière proportionnée aux avantages tirés du délit, à 10 % du chiffre d'affaires moyen annuel, calculé sur les trois derniers chiffres d'affaires annuels connus à la date des faits.

Art. L. 452-2. – **Les personnes physiques coupables du délit puni à l'article L. 452-1 encourent également à titre de peines complémentaires l'interdiction, suivant les modalités prévues par l'article 131-27 du Code pénal, soit d'exercer une fonction publique ou d'exercer l'activité professionnelle ou sociale dans l'exercice ou à l'occasion de l'exercice de laquelle l'infraction a été commise, soit d'exercer une profession commerciale ou industrielle, de diriger, d'administrer, de gérer ou de contrôler à un titre quelconque, directement ou indirectement, pour leur propre compte ou pour le compte d'autrui, une entreprise commerciale ou industrielle ou une société commerciale. Ces interdictions d'exercice peuvent être prononcées cumulativement.**

Les personnes morales déclarées responsables pénalement, dans les conditions prévues par l'article 121-2 du Code pénal, du délit puni à l'article L. 452-1 encourent, outre l'amende suivant les modalités prévues par l'article 131-38 du Code pénal, les peines prévues par les 2° à 9° de l'article 131-39 du même code.

L'interdiction mentionnée au 2° de l'article 131-39 du Code pénal porte sur l'activité dans l'exercice ou à l'occasion de l'exercice de laquelle l'infraction a été commise.

Art. L. 452-3. – **En cas de condamnation pour les faits réprimés à l'article L. 452-1, le tribunal peut prononcer en outre :**

1° L'affichage et la diffusion de la décision dans les conditions prévues à l'article 131-35 du Code pénal ;

2° La diffusion d'un ou plusieurs messages. Le jugement fixe les termes de ces messages et les modalités de leur diffusion et impartit à la personne condamnée un délai pour y faire procéder ; en cas de carence, il est procédé à cette diffusion à la diligence du ministère public aux frais de la personne condamnée ;

3° Le retrait des produits sur lesquels a porté l'infraction et, dans les mêmes conditions, l'interdiction de la prestation de services.

Lorsque l'affichage est ordonné à la porte des magasins de la personne condamnée, l'exécution du jugement ne peut être entravée par la vente du fonds de commerce réalisée postérieurement à la première décision qui a ordonné l'affichage.

Art. L. 452-4. – Le défaut de diffusion dans le délai imparti des messages prévus à l'article L. 452-3 est puni d'une peine d'emprisonnement de deux ans et d'une amende de 300 000 euros.

Art. L. 452-5 *(Mod., L. n° 2018-938, 30 oct. 2018)*. – Le fait, pour un exploitant, de ne pas mettre en œuvre les procédures de retrait ou de rappel prévues par les articles 19 ou 20 du règlement n° 178/2002 du Parlement européen et du Conseil du 28 janvier 2002 établissant les principes généraux et les prescriptions générales de la législation alimentaire, instituant l'Autorité européenne de sécurité des aliments et fixant des procédures relatives à la sécurité des denrées alimentaires, alors qu'il a connaissance qu'un produit ou une denrée alimentaire, autre qu'un produit d'origine animale ou une denrée en contenant, qu'il a importé, produit ou transformé est préjudiciable à la santé humaine ou qu'un aliment pour animaux autre qu'un aliment pour animaux d'origine animale ou contenant des produits d'origine animale qu'il a importé, produit ou transformé est dangereux, est puni d'une peine d'emprisonnement de cinq ans et d'une amende de 600 000 euros.

Ce montant peut être porté, de manière proportionnée aux avantages tirés du délit, à 10 % du chiffre d'affaires moyen annuel, calculé sur les trois derniers chiffres d'affaires annuels connus à la date des faits.

Art. L. 452-6. – Les personnes physiques coupables du délit puni à l'article L. 452-5 encourent également à titre de peines complémentaires l'interdiction, suivant les modalités prévues à l'article 131-27 du Code pénal, soit d'exercer une fonction publique ou d'exercer l'activité professionnelle ou sociale dans l'exercice ou à l'occasion de l'exercice de laquelle l'infraction a été commise, soit d'exercer une profession commerciale ou industrielle, de diriger, d'administrer, de gérer ou de contrôler à un titre quelconque, directement ou indirectement, pour leur propre compte ou pour le compte d'autrui, une entreprise commerciale ou industrielle ou une société commerciale. Ces interdictions d'exercice ne peuvent excéder une durée de cinq ans. Elles peuvent être prononcées cumulativement.

Les personnes morales déclarées responsables pénalement, dans les conditions prévues à l'article 121-2 du Code pénal, du délit puni à l'article L. 452-5 encourent, outre l'amende suivant les modalités prévues à l'article 131-38 du Code pénal, les peines prévues aux 2° à 9° de l'article 131-39 du même code.

L'interdiction mentionnée au 2° du même article 131-39 porte sur l'activité dans l'exercice ou à l'occasion de l'exercice de laquelle l'infraction a été commise. Les peines prévues aux 2° à 7° de cet article ne peuvent être prononcées que pour une durée de cinq ans au plus.

Chapitre III. – Valorisation des produits et services

Art. L. 453-1. – La violation des interdictions prévues à l'article L. 431-2 est punie d'une peine d'emprisonnement de deux ans et d'une amende de 300 000 euros.

Art. L. 453-2. – La violation des interdictions prévues à l'article L. 431-4 est punie d'une peine d'emprisonnement de deux ans et d'une amende de 300 000 euros.

Art. L. 453-3. – La violation des interdictions prévues au deuxième alinéa de l'article L. 643-1 du Code rural et de la pêche maritime est puni d'une peine d'emprisonnement de deux ans et d'une amende de 300 000 euros.

Art. L. 453-4. – La violation des interdictions prévues à l'article L. 432-2 est punie d'une peine d'emprisonnement de deux ans et d'une amende de 300 000 euros.

Art. L. 453-5. – La violation des interdictions prévues à l'article L. 432-4 est punie d'une peine d'emprisonnement de deux ans et d'une amende de 300 000 euros.

Art. L. 453-6. – La violation des interdictions prévues à l'article L. 432-6 est punie d'une peine d'emprisonnement de deux ans et d'une amende de 300 000 euros.

Art. L. 453-7. – **La violation des interdictions prévues à l'article L. 433-2 est punie d'une peine d'emprisonnement de deux ans et d'une amende de 300 000 euros.**

Art. L. 453-8. – **La violation des interdictions prévues à l'article L. 433-9 est punie d'une peine d'emprisonnement de deux ans et d'une amende de 300 000 euros.**

Art. L. 453-9. – **Les personnes physiques coupables des délits punis aux articles L. 453-1 à L. 453-8 encourent également à titre de peines complémentaires l'interdiction, suivant les modalités prévues par l'article 131-27 du Code pénal, soit d'exercer une fonction publique ou d'exercer l'activité professionnelle ou sociale dans l'exercice ou à l'occasion de l'exercice de laquelle l'infraction a été commise, soit d'exercer une profession commerciale ou industrielle, de diriger, d'administrer, de gérer ou de contrôler à un titre quelconque, directement ou indirectement, pour leur propre compte ou pour le compte d'autrui, une entreprise commerciale ou industrielle ou une société commerciale.**

Ces interdictions d'exercice ne peuvent excéder une durée de cinq ans. Elles peuvent être prononcées cumulativement.

Les personnes morales déclarées responsables pénalement, dans les conditions prévues à l'article 121-2 du Code pénal, des délits punis aux articles L. 453-1 à L. 453-8 encourent, outre l'amende suivant les modalités prévues à l'article 131-38 du Code pénal, les peines prévues aux 2° à 9° de l'article 131-39 du même code.

L'interdiction mentionnée au 2° du même article 131-39 porte sur l'activité dans l'exercice ou à l'occasion de l'exercice de laquelle l'infraction a été commise. Les peines prévues aux 2° à 7° de cet article ne peuvent être prononcées que pour une durée de cinq ans au plus.

Art. L. 453-10. – **En cas de condamnation pour les délits punis aux articles L. 453-1 à L. 453-8, le tribunal peut en outre ordonner l'affichage et la diffusion du jugement dans les conditions prévues à l'article 131-35 du Code pénal.**

Chapitre IV. – Fraudes

Art. L. 454-1 *(L. n° 2017-203, 21 févr. 2017).* – **La violation de l'interdiction prévue à l'article L. 441-1 est punie d'une peine d'emprisonnement de deux ans et d'une amende de 300 000 euros.**

1) **Condition nécessaire.** Le délit de tromperie suppose, pour être caractérisé, l'**existence d'un contrat ou d'un acte à titre onéreux** qui est ou va être conclu et qui porte soit sur une marchandise soit sur une prestation de service déterminée.

En conséquence, la délivrance au public, en dehors de tout lien contractuel, d'informations d'ordre général (en l'espèce celles délivrées au public à la suite de l'accident de Tchernobyl) ne se rapportant à aucun produit particulier n'entre pas dans les prévisions de ce texte (■ Cass. crim., 20 nov. 2012, n° 11-87.531 : *Bull. crim.* n° 251 ; *Dr. pén.* 2013, comm. 28, obs. J.-H. Robert ; *D.* 2013, étude, p. 218, note C. Lacroix ; *Comm. com. électr.* 2013, comm. 7, p. 33, note A. Lepage ; *AJ pénal* 2013, jur., p. 220, note J. Lasserre-Capdeville ; *RSC* 2013, p. 89, obs. C. Ambroise-Castérot). – Rappr. ■ Cass. crim., 8 mars 1990 : *Bull. crim.* n° 111.

2) **Champ d'application.** Les dispositions du Code de la santé publique applicables à la préparation, la détention et la délivrance de produits sanguins ne font pas obstacle à ce que les dérivés du sang, fabriqués industriellement, entrent dans la catégorie des marchandises visées par les articles 1er et 2 de la loi du 1er août 1905 ; dès lors, ni le respect formel de la réglementation en vigueur, ni la tutelle de l'État sur un centre de transfusion sanguine ne sauraient à cet égard exonérer les agents de cet établissement de leur responsabilité pénale à raison de leur fait personnel (■ Cass. crim., 22 juin 1994 : *Bull. crim.* n° 248).

3) Caractérise l'élément matériel du délit de tromperie sur les qualités substantielles d'une prestation de service, le fait pour les médecins, le personnel médical ou les responsables d'établissements de soins, de réutiliser, même après restérilisation, un dispositif médical présenté par le fabricant, pour satisfaire à la réglementation, comme étant destiné à un usage unique (■ Cass. crim., 29 juin 1999 : *Bull. crim.* n° 160).

– **Dans l'affaire de l'hormone de croissance,** la cour d'appel a confirmé la relaxe des médecins du chef de tromperie aggravée, **l'élément moral** de l'infraction n'étant pas caractérisé, ces praticiens n'ayant pas en conscience, à l'époque, que le produit litigieux n'avait pas les qualités d'innocuité qu'il aurait dû avoir (■ Paris, pôle 2, ch. corr. 8, 5 mai 2011, n° 09/03331 : *JCP* 2011, note 965, p. 1599, P. Mistretta).

● À noter que sur ce point les pourvois ont été rejetés (■ Cass. crim., 7 janv. 2014, n° 11-84.456 : *JCP*

2014, note 200, P. Mistretta ; *Dr. pén.* 2014, comm. 57, obs. J.-H. Robert).

4) La fourniture d'un logiciel, qui ne confère à son acquéreur qu'un droit d'usage, constitue une prestation de service au sens de l'article L. 216-1 du Code de la consommation ; dès lors, commet le délit de tromperie sur les qualités substantielles le distributeur d'un logiciel de gestion de commandes qui fournit à son client un produit qui ne peut accomplir toutes les tâches contractuellement stipulées (▪ Cass. crim., 2 nov. 2005 : *Bull. crim.* n° 273 ; *JCP* 2006, II, 10031, note S. Plana).

5) Encourt la cassation l'arrêt de la chambre de l'instruction qui, pour dire n'y avoir lieu à suivre du chef de tromperie (portant en l'espèce sur un contrat de traitement de déchets devant se révéler radioactifs), retient que l'article L. 213-1 du Code de la consommation ne s'applique pas aux relations entre professionnels (▪ Cass. crim., 4 nov. 2008, n° 07-88.007 : *Bull. crim.* n° 223 ; *Dr. pén.* 2009, comm. 14, obs. J.-H. Robert).

6) Un agent immobilier qui indique à un locataire une surface supérieure à celle des biens loués ne commet de tromperie ni sur la marchandise, ni sur ses prestations de services car la location d'un immeuble, fût-il meublé, n'entre pas dans le champ d'application de l'incrimination des articles L. 213-1 et L. 216-1 du Code de la consommation (▪ Cass. crim., 13 janv. 2009 : *Bull. crim.* n° 12 ; *Dr. pén.* 2009, comm. 37, obs. J.-H. Robert ; *JCP* 2009, II, 10094, note A. Donnier ; *RSC* 2010, p. 152, obs. C. Ambroise-Casterot).

7) Éléments constitutifs. Constitue l'élément matériel du délit de tromperie sur les qualités substantielles de la marchandise vendue, la mise sur le marché d'un produit non conforme à la réglementation qui en fixe la composition (▪ Cass. crim., 30 mars 1994 : *Bull. crim.* n° 130).

En matière de fraude commerciale portant sur un produit non réglementé, il appartient aux juges du fond de se référer aux usages commerciaux en vigueur, dont ils ont tout pouvoir pour constater ou dénier l'existence (▪ Cass. crim., 17 janv. 1996 : *Bull. crim.* n° 30. ▪ Cass. crim., 7 oct. 1998 : *JurisData* n° 1998-005167 ; *Dr. pén.* 1999, comm. 60, obs. J.-H. Robert).

8) Les éléments matériels et moraux du délit de tromperie peuvent résulter respectivement de la méconnaissance des dispositions réglementaires prises en application des articles L. 213-1 et suivants du Code de la consommation et du défaut de vérification de la conformité du produit ; en conséquence, ne justifie pas sa décision la cour d'appel qui relaxe un prévenu du chef de tromperie sur la nature, l'origine, les qualités substantielles ou la composition d'un miel, sans se référer aux prescriptions du décret du 22 juillet 1976 fixant les règles de dénomination du miel, et sans rechercher si la mauvaise foi du prévenu ne résulte pas du défaut de vérification de l'origine et de la composition du produit qu'il a commercialisé (▪ Cass. crim., 21 janv. 2003 : *Bull. crim.* n° 15).

9) Les éléments matériel et moral du délit de tromperie peuvent résulter de la méconnaissance des mesures d'exécution prises en application de l'article L. 214-1 du Code de la consommation et de l'absence de vérification de la conformité du produit (▪ Cass. crim., 19 oct. 2004 : *Bull. crim.* n° 245, cité *infra*).

10) Absence de vérification de la conformité. Le défaut de contrôle par le prévenu, importateur de viande bovine traitée à l'aide de substances anabolisantes, alors qu'il ne démontre pas l'impossibilité de se livrer aux vérifications imposées, suffit à caractériser **l'élément intentionnel** de la tentative de tromperie (▪ Cass. crim., 29 juin 1999 : *Dr. pén.* 1999, comm. 133, obs. J.-H. Robert).

11) En matière de tromperie, la mauvaise foi de l'importateur de marchandises se déduit de l'absence de vérification par ce dernier, à laquelle il était tenu de procéder avant leur mise sur le marché, de la conformité de ces marchandises avec les usages commerciaux en vigueur (▪ Cass. crim., 17 janv. 1996 : *Bull. crim.* n° 30, arrêt préc.), ou du fait qu'il n'a pas, avant la vente du bien importé, vérifié que celui-ci présentait les caractéristiques essentielles indiquées à l'acquéreur (▪ Cass. crim., 22 mai 1996 : *Bull. crim.* n° 213), ou, notamment, leur conformité aux règles en vigueur en matière d'hygiène et de santé publique (▪ Cass. crim., 10 déc. 1996 : *Bull. crim.* n° 457).

12) La mise en vente d'un produit non conforme aux qualités substantielles présentées sur l'étiquetage caractérise l'élément matériel du délit de tromperie. Il incombe au vendeur de s'assurer de la conformité de la marchandise aux prescriptions relatives notamment à la loyauté des transactions commerciales ; encourt ainsi la cassation l'arrêt d'une cour d'appel qui, pour relaxer le commissionnaire en fruits et légumes poursuivi pour ce délit à raison de la vente de pêches d'un calibre inférieur à celui annoncé sur l'emballage, énonce qu'en reprochant au prévenu d'avoir mis à la disposition des consommateurs des marchandises non conformes à l'étiquetage effectué par le producteur espagnol en application de la réglementation européenne, la poursuite tend à imputer la fraude au commissionnaire français qui n'en est pas l'auteur (▪ Cass. crim., 9 mars 1999 : *Bull. crim.* n° 33 ; *RSC* 2000, 214, obs. D. Rebut. ▪ Cass. crim., 5 sept. 2000 : *Dr. pén.* 2001, comm. 7, obs. J.-H. Robert, pour défaut de mention sur l'étiquetage d'agrumes d'un traitement chimique).

13) Constance de la vérification. Le contrôle de la conformité des fruits et légumes « s'exerce à tous les stades de la commercialisation (▪ Cass. crim., 20 nov. 2001 : *Bull. crim.* n° 241, 2 arrêts ; *Dr. pén.* 2002, comm. 21, obs. J.-H. Robert) et l'obligation qui pèse sur le vendeur de vérifier » la conformité du produit aux prescriptions en vigueur, applicable tant à la production nationale qu'à celle en provenance des États membres, n'est pas incompatible avec les articles 30 et 36 anciens du Traité CE (▪ Cass. crim., 20 nov. 2001 : *Bull. crim.* n° 241, 2 arrêts ; *Dr. pén.* préc.).

14) Le contrôle de la qualité des produits et de leur conformité aux indications portées sur l'emballage s'exerce à tous les stades de la commercialisation ; ce contrôle incombe ainsi au commissionnaire, distributeur exclusif en France d'un cédérom de jeux vidéo produit en Espagne, lequel ne peut s'exonérer de sa responsabilité pénale au motif qu'il n'est pas le propriétaire des objets mis en vente (▪ Cass. crim., 11 juin 2003 : *Bull. crim.* n° 120 ; *RSC* 2004, p. 107, obs. C. Ambroise-Casterot).

15) La mise en vente de jouets revêtus du marquage communautaire de conformité, alors qu'ils ne satisfont pas aux **normes de sécurité** applicables et présentent un caractère dangereux, caractérise l'élément matériel du délit de tromperie. Il incombe au vendeur de s'assurer de la conformité de la marchandise aux prescriptions relatives notamment à la sécurité des personnes ; justifie ainsi sa décision la cour d'appel qui, pour retenir le délit de tromperie à la charge du vendeur de jouets non conformes, importés de Chine par un fournisseur belge, énonce qu'il n'importe que le sigle « CE » ait été apposé en Belgique (▪ Cass. crim., 7 avr. 1999 : *Bull. crim.* n° 72).

16) Les juridictions du fond apprécient souverainement la valeur d'un certificat de conformité aux normes européennes de jouets en provenance de pays tiers à l'Union européenne. La circonstance que le certificat soit établi par un laboratoire étranger bénéficiant d'un label délivré par un organisme d'accréditation étranger partie aux accords de reconnaissance mutuelle, également signés par le comité français d'accréditation, ne dispense pas l'importateur de toute vérification complémentaire.

En conséquence, fait l'exacte application des articles L. 212-1 et L. 213-1 du Code de la consommation et des dispositions du décret du 12 septembre 1989, la cour d'appel qui, pour condamner un prévenu pour tromperie sur les qualités substantielles et les **risques** inhérents à l'utilisation d'ours en peluche, retient notamment qu'il s'est abstenu de procéder aux vérifications imposées par l'insuffisance du certificat remis par son fournisseur chinois (▪ Cass. crim., 6 avr. 2004 : *Bull. crim.* n° 86).

17) Justifie légalement sa décision la cour d'appel qui déclare coupable du délit de tromperie le gérant d'une société commercialisant sous la dénomination « château » du vin issu de raisins qui ne proviennent pas de son exploitation, en contravention avec l'interdiction posée par l'article 13, 4° du décret du 19 août 1921 dont l'objet est distinct de celle prévue par l'article L. 641-17 du Code rural (▪ Cass. crim., 4 mai 2004 : *Bull. crim.* n° 106 ; *D.* 2004, jur. comm., p. 2851, note E. Agostini).

18) Constitue le délit de tromperie le trempage des coquilles Saint-Jacques, procédé dont les juges du fond apprécient souverainement qu'il ne correspond pas à un usage professionnel établi, et qui, en accroissant le taux d'humidité du produit au détriment de la proportion de protéines, entraîne, sans que les consommateurs en soient informés, une altération des qualités substantielles de cette marchandise ainsi qu'une modification de sa teneur en principes utiles (▪ Cass. crim., 7 nov. 2006 : *Bull. crim.* n° 274).

19) Mais il n'y a pas tromperie à indiquer que des huîtres ont été élevées en France si elles y ont passé leur « développement final » et quoiqu'elles soient nées à l'étranger, dès lors que les juges relèvent qu'aucun texte ni usage professionnel commercial ne définit la notion de développement final ni ne fixe la durée minimale de celui-ci (▪ Cass. crim., 24 févr. 2009 : *Dr. pén.* 2009, comm. 71, obs. J.-H. Robert).

20) V. aussi : sous C. consom., art. L. 212-1, p. 1138, ▪ Cass. crim., 13 juin 2006 : *Bull. crim.* n° 176 ; *Dr. pén.* 2006, comm. 143, obs. J.-H. Robert (tromperie résultant de la mise en vente de masques de déguisement dangereux) et ▪ Cass. crim., 20 sept. 2011, n° 11-81.326 : *Dr. pén.* 2011, comm. 156, obs. J.-H. Robert (pour des luminaires contrôlés dangereux par la DGCCRF, malgré des certificats de conformité établis dans le pays d'origine).

21) Réglementation européenne. L'obligation imposée aux États membres par une directive communautaire, non encore transposée, d'interdire, à compter d'une certaine date, les échanges de produits visés par ce texte, ne les empêche pas de prohiber, avant cette date, la commercialisation de ces mêmes produits (en l'espèce des substituts de repas mis en vente en méconnaissance de l'arrêté du 20 juin 1977 définissant leur apport calorique et leur composition) ; c'est donc à bon droit que la cour d'appel a condamné les prévenus pour tromperie sur les qualités substantielles (▪ Cass. crim., 27 mars 2007 : *Bull. crim.* n° 93).

22) La prévenue, qui commercialise un produit ne pouvant être classé ni dans la catégorie des compléments alimentaires ni dans celle des additifs, arômes ou solvants d'extraction, et qui le présente comme un édulcorant naturel dépourvu de toxicité, alors qu'elle a eu connaissance de la décision de la Commission des Communautés européennes, publiée au *Journal officiel* et ayant refusé à un pétitionnaire belge l'autorisation de sa mise sur le marché, commet le délit de tromperie sur l'aptitude à l'emploi du produit (▪ Cass. crim., 19 avr. 2005, n° 04-85.662).

23) Justifie sa décision la cour d'appel qui, pour l'exercice de son pouvoir d'apprécier une méthode de production traditionnelle de Cognac, et pour dire établis les délits de tromperie et de falsification, énonce que le règlement (CE) n° 110/2008 du 15 janvier 2008, qui définit les eaux de vie et brandies, n'interdisant pas les méthodes, traditionnelles, les décrets des 15 mai 1936 et 13 janvier 1938 et le décret n° 2009-1146 du 21 septembre 2009 les abrogeant, définissant les appellations de cognac, et la circulaire administrative du 15 novembre 1921 reconnaissant la pratique traditionnelle de l'aromatisation par addition d'infusion de copeaux dans un produit autre que l'eau distillée constitue une manipulation illicite de la boisson (▪ Cass. crim., 18 nov. 2014, n° 13-86.660).

24) Tromperie en matière automobile. Commet le délit de tromperie sur les qualités substantielles le responsable d'un garage qui vend comme neuf un véhicule automobile, sans avoir informé la cliente que ce véhicule avait fait l'objet d'une immatriculation antérieure au nom de la société venderesse (▪ Cass. crim., 10 janv. 1995 : *Bull. crim.* n° 10 ; *JCP* 1995, II, 22558, note J.-C. Fourgoux ; V. également, ▪ Cass. crim., 24 janv. 1996 : *Bull. crim.* n° 44). Le millésime de l'année modèle d'une voiture, déterminé dans les conditions fixées par l'arrêté du 2 mai 1979 portant application du décret du 4 octobre 1978, – et obligatoirement indiqué à l'acquéreur selon les prescriptions de ce décret – est une qualité substantielle du véhicule vendu même lorsqu'il s'agit de vente de voitures neuves (▪ Cass. crim., 22 mai 1996, préc.).

25) La puissance d'une automobile en est une qualité substantielle dont l'indication mensongère constitue une tromperie. Elle le reste même si les acheteurs ont déclaré, au moment de la livraison, être indifférents à cette caractéristique (▪ Cass. crim., 20 oct. 2009 : *JurisData* n° 2009-050272 ; *Dr. pén.* 2010, comm. 50, obs. J.-H. Robert).

26) Constitue le délit de tromperie sur l'aptitude à l'emploi de la marchandise vendue le fait, pour le vendeur d'un véhicule d'occasion déjà immatriculé à l'étranger, de mettre l'acquéreur dans l'impossibilité d'obtenir la délivrance de la « carte grise », faute d'avoir soumis ce véhicule à une réception par le service des Mines (▪ Cass. crim., 23 mai 1995 : *Bull. crim.* n° 189).

27) Justifie sa décision la cour d'appel qui, pour déclarer un prévenu coupable de tromperie sur les qualités substantielles d'une automobile d'occasion, retient qu'il a dissimulé à l'acheteur que le véhicule avait subi un accident alors que les parties avaient considéré lors de la formation du contrat que l'absence d'accident était une qualité substantielle de la marchandise vendue (▪ Cass. crim., 10 mai 1995 : *Bull. crim.* n° 169).

28) Si le fait de vendre une marchandise à un prix supérieur à sa valeur réelle n'est pas en lui-même constitutif du délit prévu à l'article L. 213-1 du Code de la consommation, il en va différemment du fait de facturer comme neuves des pièces d'occasion (▪ Cass. crim., 2 déc. 1997 : *Bull. crim.* n° 412).

29) Un contrôleur technique agréé de véhicules automobiles qui a délivré un certificat mensonger au vendeur d'une voiture, ne saurait être que complice de la tromperie, dès lors qu'il n'a pas contracté avec l'acheteur, et non coauteur de la fraude (▪ Cass. crim., 13 janv. 2004 : *Dr. pén.* 2004, comm. 131, obs. J.-H. Robert).

30) Le fait par un vendeur de véhicules de ne pas remettre à l'acheteur la carte grise, empêchant ainsi l'immatriculation de la voiture, constitue une tromperie sur les qualités substantielles, même si le défaut de remise était dû au fait que le vendeur, en redressement judiciaire, n'avait pu régler le propriétaire initial qui avait dès lors conservé la carte grise (▪ Cass. crim., 7 sept. 2004 : *Dr. pén.* 2004, note 184, obs. J.-H. Robert).

Sur la répression des tromperies en matière automobile, V. G. Defrance : *Jurispr. auto.* 1997, p. 112.

31) Cumul de qualifications. La mise en vente, sur le territoire national, d'un produit non conforme à la réglementation communautaire caractérise l'élément matériel des délits de tromperies et de mise en vente de denrées falsifiées. Il incombe au vendeur de s'assurer, par tous moyens, de la conformité dudit produit aux prescriptions européennes ; justifie ainsi sa décision la cour d'appel qui, pour retenir les délits précités à charge d'un professionnel ayant revendu en France un lot de moût concentré rectifié acheté en Espagne, énonce que ce dernier, qui n'a pas eu recours à la seule méthode de contrôle utile pour détecter la présence de sucre de betterave, à savoir l'analyse par résonance magnétique nucléaire, a effectué une vérification insuffisante (▪ Cass. crim., 17 sept. 2002 : *Bull. crim.* n° 166 ; *Dr. pén.* 2002, comm. 125, obs. J.-H. Robert).

32) Commet cumulativement le délit de publicité de nature à induire en erreur et celui de tromperie, le voyagiste qui a fait diffuser une publicité comportant des allégations fausses ou de nature à induire en erreur et qui trompe volontairement les cocontractants sur la nature des prestations fournies (■ Cass. crim., 4 mai 2004 : *Bull. crim.* n° 105).

33) Les éléments matériel et moral du délit de tromperie peuvent résulter de la méconnaissance des mesures d'exécution prises en application de l'article L. 214-1 du Code de la consommation et de l'absence de vérification de la conformité du produit.

Les éléments matériel et moral du délit de publicité de nature à induire en erreur procèdent du seul caractère trompeur, qui peut résulter d'une faute de négligence ou d'imprudence, de l'un ou l'autre des éléments d'information, quel qu'en soit le support, donnée au client potentiel pour lui permettre de se faire une opinion sur les caractéristiques des biens ou services qui lui sont proposés.

En conséquence, encourt la censure l'arrêt qui, pour entrer en voie de relaxe des chefs de tromperie et de publicité de nature à induire en erreur relève notamment que la conformité des œufs aux dispositions des règlements communautaires concernant les normes de commercialisation applicables n'a pas été vérifiée et que l'utilisation d'une marque déposée ne peut constituer l'élément matériel du délit de publicité de nature à induire en erreur (■ Cass. crim., 19 oct. 2004 : *Bull. crim.* n° 245, préc.).

34) Le fait de commercialiser du cognac avec l'indication d'un vieillissement non contrôlé constitue à la fois une tromperie et une publicité de nature à induire en erreur (■ Cass. crim., 6 sept. 2005 : *Bull. crim.* n° 217 ; *Dr. pén.* 2005, comm. 177, obs. J.-H. Robert). V. sous C. consom., art. L. 121-1, p. 1118.

Le fait pour un dirigeant de société de contribuer à la mise sur le marché des eaux de vie, obtenues par des mélanges issus de crus et d'aires différents, sous des appellations d'origine auxquelles elles ne pouvaient prétendre, en méconnaissance en outre des prescriptions du décret du 13 janvier 1938, caractérise à la fois le délit d'utilisation frauduleuse des appellations d'origine et celui de tromperie, l'usage local invoqué ne pouvant avoir de portée à l'encontre des dispositions dudit décret (■ Cass. crim., 18 janv. 2007 : *Dr. pén.* 2007, comm. 57, obs. J.-H. Robert).

35) Intention. L'infraction de tromperie peut être commise par quelque moyen ou procédé que ce soit, même par l'intermédiaire d'un tiers.

Justifie sa décision de retenir la responsabilité d'une société exploitant un magasin, la cour d'appel qui relève que le dirigeant de l'entreprise avait la compétence pour mettre en œuvre les mesures de contrôle et de gestion des denrées rigoureuses, s'est abstenu d'agir en ce sens et s'est délibérément maintenu dans la méconnaissance de ses obligations (■ Cass. crim., 22 mars 2016, n° 15-82.677 : *Dr. pén.* 2016, comm. 84, note J.-H. Robert).

36) Complicité. Un contrôleur technique agréé de véhicules automobiles qui a délivré un certificat mensonger au vendeur d'une voiture, ne saurait être que complice de la tromperie, dès lors qu'il n'a pas contracté avec l'acheteur, et non coauteur de la fraude (■ Cass. crim., 13 janv. 2004 : *Dr. pén.* 2004, comm. 131, obs. J.-H. Robert).

37) Tentative. Le fait de soumettre à l'agrément de l'INAO sous l'appellation de muscat du vin chaptalisé constitue une tentative de tromperie (■ Cass. crim., 25 juin 2003 : *JurisData* n° 2003-020140 ; *Dr. pén.* 2003, comm. 125, obs. J.-H. Robert). V. aussi, ■ Cass. crim., 29 juin 1999, préc.

38) Procédure. En matière de tromperie, la délégation constitue un moyen de défense péremptoire auquel les juges sont tenus de répondre (■ Cass. crim., 29 juin 2004 : *Dr. pén.* 2004, comm. 163, obs. J.-H. Robert).

39) Prescription. Si la tromperie est une infraction instantanée, elle n'en constitue pas moins un délit clandestin par nature, en ce qu'il a pour but de laisser le contractant dans l'ignorance des caractéristiques réelles du produit. Dès lors, le délai de prescription de l'action publique de ce délit commence à courir du jour où il apparaît et peut être constaté dans des conditions permettant l'exercice de l'action publique (■ Cass. crim., 7 juill. 2005 : *Bull. crim.* n° 206 ; *JCP* 2005, II, 10143, note J. Leblois-Happe ; *Dr. Pén.* 2005, comm. 132, obs. J.-H. Robert).

40) Action civile. Est irrecevable la constitution de partie civile d'une association de protection d'une appellation contrôlée qui ne figure pas parmi celles qui sont énumérées par les articles 2-1 à 2-11 du Code de procédure pénale et qui, la poursuite ayant été engagée pour tromperie, ne peut justifier d'un préjudice découlant directement des faits délictueux (■ Cass. crim., 20 oct. 2013, n° 12-84.108 : *Bull. crim.* n° 208).

– Rappr. ■ Cass. crim., 7 déc. 1999 : *Bull. crim.* n° 296.

41) Le délit de tromperie portant sur la dénomination « eau de source » ne cause de préjudice direct qu'aux consommateurs pour la protection desquels il est édicté. Encourt dès lors la cassation l'arrêt qui déclare recevable la constitution de partie civile d'une société concurrente commercialisant de l'eau conditionnée (■ Cass. crim., 22 nov. 2016, n° 15-86.766 : *Dr. pén.* 2017, comm. 46, note J.-H. Robert).

Art. L. 454-2. – La violation de l'interdiction prévue à l'article L. 441-1 est punie d'une peine d'emprisonnement de cinq ans et d'une amende de 600 000 euros si le délit ou la tentative de délit est commis :

1° Soit à l'aide de poids ou d'instruments faux ou inexacts ;

2° Soit à l'aide de manœuvres ou procédés tendant à fausser les opérations de l'analyse ou du dosage, du pesage ou du mesurage, ou tendant à modifier frauduleusement la composition, le poids ou le volume des marchandises, même avant ces opérations ;

3° Soit à l'aide d'indications frauduleuses tendant à faire croire à une opération antérieure et exacte.

Art. L. 454-3 *(L. n° 2017-203, 21 févr. 2017)*. – La violation de l'interdiction prévue à l'article L. 441-1 est punie d'une peine d'emprisonnement de sept ans et d'une amende de 750 000 euros si le délit ou la tentative de délit :

1° A eu pour conséquence de rendre l'utilisation de la marchandise dangereuse pour la santé de l'homme ou de l'animal ;

2° A été commis en bande organisée.

Art. L. 454-4. – Les peines d'amende prévues aux articles L. 454-1 à L. 454-3 peuvent être portées, de manière proportionnée aux avantages tirés du délit, à 10 % du chiffre d'affaires moyen annuel, calculé sur les trois derniers chiffres d'affaires annuels connus à la date des faits.

Art. L. 454-5. – Les personnes physiques coupables des délits punis aux articles L. 454-1 à L. 454-3 encourent également à titre de peines complémentaires l'interdiction, suivant les modalités prévues par l'article 131-27 du Code pénal, soit d'exercer une fonction publique ou d'exercer l'activité professionnelle ou sociale dans l'exercice ou à l'occasion de l'exercice de laquelle l'infraction a été commise, soit d'exercer une profession commerciale ou industrielle, de diriger d'administrer, de gérer ou de contrôler à un titre quelconque, directement ou indirectement, pour leur propre compte ou pour le compte d'autrui, une entreprise commerciale ou industrielle ou une société commerciale. Ces interdictions d'exercice peuvent être prononcées cumulativement.

Les personnes morales déclarées responsables pénalement, dans les conditions prévues par l'article 121-2 du Code pénal des délits punis aux articles L. 454-1 à L. 454-3 encourent, outre l'amende suivant les modalités prévues par l'article 131-38 du Code pénal, les peines prévues par les 2° à 9° de l'article 131-39 du même code.

L'interdiction mentionnée au 2° de l'article 131-39 du Code pénal porte sur l'activité dans exercice ou à l'occasion de l'exercice de laquelle l'infraction a été commise.

Art. L. 454-6 *(Mod., L. n° 2020-105, 10 févr. 2020)*. – Les délits prévus aux articles L. 441-2, L. 441-3 et L. 441-4 sont punis d'une peine de deux ans d'emprisonnement et d'une amende de 300 000 euros.

Le montant de l'amende peut être porté, de manière proportionnée aux avantages tirés du délit, à 5 % du chiffre d'affaires moyen annuel, calculé sur les trois derniers chiffres d'affaires annuels connus à la date des faits.

Les personnes physiques encourent également à titre de peines complémentaires l'interdiction, suivant les modalités prévues par l'article 131-27 du Code pénal, soit d'exercer une fonction publique ou d'exercer l'activité professionnelle ou sociale dans l'exercice ou à l'occasion de l'exercice de laquelle l'infraction a été commise, soit d'exercer une profession commerciale ou industrielle, de diriger, d'administrer, de gérer ou de contrôler à un titre quelconque, directement ou indirectement, pour leur propre compte ou pour le compte d'autrui, une entreprise commerciale ou industrielle ou une société commerciale. Ces interdictions d'exercice peuvent être prononcées cumulativement.

Art. L. 454-7. – En cas de condamnation pour les délits punis aux articles L. 454-1 à L. 454-3 et L. 454-6, le tribunal peut prononcer en outre :

1° L'affichage et la diffusion de la décision dans les conditions à l'article 131-35 du Code pénal ;

2° La diffusion d'un ou plusieurs messages. Le jugement fixe les termes de ces messages et les modalités de leur diffusion et impartit à la personne condamnée un délai pour y faire procéder ; en cas de carence, il est procédé à cette diffusion à la diligence du ministère public aux frais de la personne condamnée ;

3° Le retrait des produits sur lesquels a porté l'infraction et, dans les mêmes conditions, l'interdiction de la prestation de services.

Lorsque l'affichage est ordonné à la porte des magasins de la personne condamnée, l'exécution du jugement ne peut être entravée par la vente du fonds de commerce réalisée postérieurement à la première décision qui a ordonné l'affichage.

Confiscation. Peut être prononcée, en outre, une confiscation sur le fondement du droit commun de l'article 131-21 du Code pénal (■ Cass. crim., 24 juin 2020, n° 19-85.874).

…

Art. L. 455-2 *(Mod., L. n° 2022-414, 23 mars 2022)*. **– Sont considérés, au regard de la récidive, comme une même infraction les délits prévus et réprimés par :**

1° Les articles L. 121-2 à L. 121-4 et L. 132-2, les articles L. 122-1 à L. 122-5 et L. 132-25, les articles L. 431-2, L. 431-4, L. 432-2, L. 432-4, L. 432-6, L. 433-2, L. 433-9, L. 453-1 à L. 453-8, les articles L. 441-1 et L. 454-1, les articles L. 413-1 et L. 451-1 à L. 451-4 du présent code ;

2° Les articles L. 716-9 à L. 716-11 du Code de la propriété intellectuelle ;

3° Les articles L. 1343-2 à L. 1343-4, L. 3322-11, L. 3351-1, L. 3351-2, L. 4212-1, L. 4212-2, L. 4212-3, L. 4212-4, L. 4212-5, L. 4212-7, L. 4223-1, L. 4223-4, L. 4323-2, L. 5421-1, L. 5421-2, L. 5421-3, L. 5421-4, L. 5421-5, L. 5421-6, L. 5421-6-1, L. 5421-13, L. 5421-14, L. 5421-15, L. 5424-1, L. 5424-3, L. 5424-6, L. 5424-11, L. 5431-2, L. 5431-5, L. 5431-6, L. 5431-7, L. 5438-3, L. 5438-4, L. 5438-5, L. 5438-6, L. 5432-1, L. 5441-1, L. 5441-2, L. 5441-3, L. 5441-4, L. 5441-5, L. 5441-6, L. 5441-8, L. 5441-9, L. 5442-1, L. 5442-9, L. 5442-10, L. 5442-11, L. 5461-3 et L. 5462-3 du Code de la santé publique ;

4° Les articles L. 237-1, L. 237-2, L. 237-3, L. 253-15 à L. 253-17, L. 254-9, L. 255-18, L. 671-9 et L. 671-10 du Code rural et de la pêche maritime ;

5° La loi du 30 décembre 1931 tendant à réprimer la fraude dans le commerce de l'essence de térébenthine et des produits provenant des végétaux résineux ;

6° La loi du 3 juillet 1934 tendant à réglementer la fabrication des pâtes alimentaires ;

7° La loi du 2 juillet 1935 tendant à l'organisation et à l'assainissement des marchés du lait et des produits résineux ;

8° La loi du 21 avril 1939 tendant à réprimer les fraudes dans la vente des objets en écaille et en ivoire.

Livre V. – POUVOIRS D'ENQUÊTE ET SUITE DONNÉES AUX CONTRÔLES

Titre Ier : RECHERCHE ET CONSTATATION

Chapitre premier : Habilitations

Section I : Agents de la concurrence, de la consommation et de la répression des fraudes

Sous-section 3. – Conformité, sécurité et valorisation des produits et services

Art. L. 511-15. – Pour rechercher et constater les infractions et les manquements mentionnés à la présente sous-section, les agents habilités disposent des pouvoirs définis aux sections 1 à 3 du chapitre II du présent titre et peuvent mettre en œuvre les mesures prévues à l'article L. 521-1 et à la section 2 du chapitre 1er du titre II.

…

Chapitre II. – Pouvoirs d'enquête

Art. L. 512-4. – Il est interdit de faire obstacle à l'exercice des fonctions des agents habilités. Les agents mentionnés aux articles L. 511-3, L. 511-21 et L. 511-22 sont habilités à rechercher et constater cette infraction.

…

Section II. Pouvoirs d'enquête ordinaires

Sous-section 7. – Consignation et saisie

Art. L. 512-29 *(Mod. à compter de la date d'entrée en vigueur du décret pris pour son application et au plus tard le 15 décembre 2019, Ord. n° 2019-1169, 13 nov. 2019)*. **– Les agents habilités peuvent effectuer des saisies sans autorisation judiciaire dans le cas d'un flagrant délit de falsification ou lorsqu'elles portent sur :**

1° Les produits reconnus falsifiés, corrompus ou toxiques ;

2° Les produits reconnus impropres à la consommation, à l'exception des produits d'origine animale, des denrées alimentaires en contenant ainsi que des aliments pour animaux d'origine animale ou contenant des produits d'origine animale dont l'impropriété à la consommation ne peut être reconnue qu'en fonction de caractères organoleptiques anormaux ou de signes de pathologie lésionnelle ;

3° Les produits, objets ou appareils propres à effectuer des falsifications dans les cas prévus aux articles L. 413-1 et L. 413-2 ;

4° Les produits, objets ou appareils reconnus non conformes aux lois et règlements en vigueur et présentant un danger pour la santé ou la sécurité des consommateurs ;

5° Les produits présentés sous une marque, une marque collective ou une marque de garantie contrefaisantes.

Titre II : MESURES CONSÉCUTIVES AUX CONTRÔLES

Chapitre Ier : Mesures de police administrative

Section II. – Mesures spécifiques applicables aux produits, services et établissements

Art. L. 521-4. – Les mesures prévues à la présente section sont mises en œuvre par les agents de la concurrence, de la consommation et de la répression des fraudes et les agents mentionnés à l'article L. 511-22 ou par l'autorité administrative compétente.

....

Sous-section 1. – Mesures spécifiques applicables aux établissements et aux produits

Art. L. 521-16. – S'il est établi qu'un produit a été mis sur le marché sans avoir été l'objet de l'autorisation, de l'enregistrement ou de la déclaration exigé par la réglementation applicable à ce produit, l'autorité administrative peut ordonner par arrêté la suspension de sa mise sur le marché et son retrait jusqu'à la mise en conformité avec la réglementation en vigueur.

....

Sous-section 2. – Mesures spécifiques applicables aux prestations de services

Art. L. 521-19. – Lorsqu'il est constaté qu'une prestation de services n'est pas conforme à la réglementation en vigueur prise en application du livre IV, les agents habilités peuvent en ordonner la mise en conformité, dans un délai qu'ils fixent.

Cette mise en conformité peut concerner les produits et équipements mis à disposition des consommateurs dans le cadre de la prestation de services.

Art. L. 521-22. – Toute mesure prise en application des articles L. 521-19 et L. 521-20 peut prévoir obligation pour le prestataire de service d'afficher, en un endroit visible de l'extérieur du lieu de la prestation, l'intégralité ou un extrait de cette mesure.

Art. L. 521-23. – En cas de danger grave ou immédiat et lorsque la prestation de services n'est pas réglementée en application du livre IV, l'autorité administrative prend par arrêté les mesures d'urgence qui s'imposent. Si nécessaire, elle peut suspendre la prestation de services pour une durée n'excédant pas trois mois, renouvelable dans les mêmes conditions.

Elle peut subordonner la reprise de la prestation de services au contrôle d'un organisme présentant des garanties d'indépendance, de compétence et d'impartialité, qu'elle désigne. Le coût de ce contrôle est supporté par le prestataire.

CHAPITRE III. – Transaction

Art. L. 523-1 *(Mod., L. n° 2020-734, 17 juin 2020)*. – L'autorité administrative chargée de la concurrence et de la consommation a droit, tant que l'action publique n'a pas été mise en mouvement, de transiger après accord du procureur de la République, selon des modalités fixées par décret en Conseil d'État, pour :

1° Les contraventions prévues aux livres Ier, II, III et IV ainsi que celles prévues par leurs textes d'application ;

2° Les délits qui ne sont pas punis d'une peine d'emprisonnement, prévus aux livres I, II et III ainsi que pour les infractions prévues aux articles L. 121-2 à L. 121-4.

La proposition de transaction précise le montant de l'amende transactionnelle. Ce montant est déterminé en tenant compte des engagements pris par l'auteur de l'infraction en considération du dernier alinéa du présent article. Il est inférieur au montant maximum de la sanction pécuniaire encourue.

Cet accord comporte, le cas échéant, des obligations tendant à faire cesser les infractions, à éviter leur renouvellement et à réparer le préjudice subi par les consommateurs.

La transaction prévue par l'article L. 141-2 du Code de la consommation n'éteint l'action publique que lorsque l'auteur a exécuté, dans le délai imparti, les obligations résultant pour lui de l'acceptation de la transaction.

Le simple envoi d'un chèque, à le supposer établi, ne caractérise pas l'exécution de la transaction (■ Cass. crim., 19 mai 2015, n° 14-85.885 : *D.* 2015, p. 1983, note J.-B. Perrier).

Titre III : SANCTIONS

Chapitre Ier : Recherche et constatation

Section I. – Sanctions pénales

Art. L. 531-1. – Le fait de faire obstacle à l'exercice des fonctions des agents habilités en violation des dispositions de l'article L. 512-4 est puni d'un emprisonnement de deux ans et d'une amende de 300 000 euros.

Le montant de l'amende peut être porté, de manière proportionnée aux avantages tirés du délit, à 10 % du chiffre d'affaires moyen annuel, calculé sur les trois derniers chiffres d'affaires annuels connus à la date des faits.

Art. L. 531-2. – Les personnes physiques coupables du délit puni à l'article L. 531-1 encourent également à titre de peines complémentaires l'interdiction, suivant les modalités prévues à l'article 131-27 du Code pénal, soit d'exercer une fonction publique ou d'exercer l'activité professionnelle ou sociale dans l'exercice ou à l'occasion de l'exercice de laquelle l'infraction a été commise, soit d'exercer une profession commerciale ou industrielle, de diriger, d'administrer, de gérer ou de contrôler à un titre quelconque, directement ou indirectement, pour leur propre compte ou pour le compte d'autrui, une entreprise commerciale ou industrielle ou une société commerciale.

Ces interdictions d'exercice ne peuvent excéder une durée de cinq ans. Elles peuvent être prononcées cumulativement.

Les personnes morales déclarées responsables pénalement, dans les conditions prévues à l'article 121-2 du Code pénal, du délit puni à l'article L. 531-1 encourent, outre l'amende suivant les modalités prévues à l'article 131-38 du Code pénal, les peines prévues aux 2° à 9° de l'article 131-39 du même code.

L'interdiction mentionnée au 2° du même article 131-39 du Code pénal porte sur l'activité dans l'exercice ou à l'occasion de l'exercice de laquelle l'infraction a été commise. Les peines prévues aux 2° à 7° de cet article ne peuvent être prononcées que pour une durée de cinq ans au plus.

Art. L. 531-3. – Le non-respect de la mesure de consignation mentionnée à l'article L. 512-26 est puni d'un emprisonnement de deux ans et d'une amende de 300 000 euros.

Art. L. 531-4. – **Le non-respect de la mesure de saisie mentionnée à l'article L. 512-29 est puni d'un emprisonnement de trois ans et d'une amende de 375 000 euros.**

Art. L. 531-5. – **En cas de condamnation pour les faits réprimés par les articles L. 531-3 et L. 531-4, le tribunal peut prononcer en outre :**

1° L'affichage et la diffusion de la décision dans les conditions prévues à l'article 131-35 du Code pénal ;

2° La diffusion d'un ou plusieurs messages. Le jugement fixe les termes de ces messages et les modalités de leur diffusion et impartit à la personne condamnée un délai pour y faire procéder ; en cas de carence, il est procédé à cette diffusion à la diligence du ministère public aux frais de la personne condamnée ;

3° Le retrait des produits sur lesquels a porté l'infraction et, dans les mêmes conditions, l'interdiction de la prestation de services.

Lorsque l'affichage est ordonné à la porte des magasins de la personne condamnée, l'exécution du jugement ne peut être entravée par la vente du fonds de commerce réalisée postérieurement à la première décision qui a ordonné l'affichage.

Livre VI : RÈGLEMENT DES LITIGES

Titre II. – ACTIONS EN JUSTICE DES ASSOCIATIONS DE DÉFENSE DES CONSOMMATEURS

Chapitre Ier. – Actions exercées dans l'intérêt collectif des consommateurs

Section I. – Action civile

Art. L. 621-1. – **Les associations régulièrement déclarées ayant pour objet statutaire explicite la défense des intérêts des consommateurs peuvent, si elles ont été agréées à cette fin en application de l'article L. 811-1, exercer les droits reconnus à la partie civile relativement aux faits portant un préjudice direct ou indirect à l'intérêt collectif des consommateurs.**

Les organisations définies à l'article L. 211-2 du Code de l'action sociale et des familles sont dispensées de l'agrément pour agir en justice dans les conditions prévues au présent article.

1) A été déclarée recevable l'action civile d'une fédération départementale des associations familiales et rurales dans une procédure de publicité de nature à induire en erreur (▪ Cass. crim., 5 janv. 1994 : *Dr. pén.* 1994, n° 188, obs. J.-H. Robert. ▪ Cass. crim., 15 oct. 1997 : *Bull. crim.* n° 337).

2) Aucune infraction ayant porté un préjudice direct ou indirect à l'intérêt collectif des consommateurs n'est exclue des prévisions de l'article 1er de la loi du 5 janvier 1988 devenu l'article L. 421-1 du Code de la consommation ; il s'ensuit que l'action civile d'associations de consommateurs est recevable à l'occasion de poursuites pénales du chef d'escroquerie, si les circonstances de fait établissent que l'infraction a porté un préjudice direct ou indirect à l'intérêt des consommateurs (▪ Cass. crim., 30 janv. 1995 : *Bull. crim.* n° 37). Sur la recevabilité d'une telle action dans les poursuites exercées du chef d'homicides et blessures involontaires consécutives à l'effondrement d'une tribune édifiée dans une enceinte sportive recevant du public (▪ Cass. crim., 24 juin 1997 : *Bull. crim.* n° 251).

3) Aucune infraction ayant porté un préjudice direct ou indirect à l'intérêt collectif des consommateurs n'est exclue des prévisions de l'article L. 421-1, alinéa 1er du Code de la consommation ; pour déclarer l'Union fédérale des consommateurs – Que choisir, association agréée, irrecevable en sa constitution de partie civile, l'arrêt énonce que, dès lors que les poursuites portent exclusivement sur les délits d'homicides involontaires, les associations de consommateurs ne subissent pas de préjudice direct. Mais en prononçant ainsi, alors que, selon l'article L. 221-1 du Code de la consommation, les produits doivent, dans des conditions normales d'utilisation, présenter la sécurité à laquelle on peut légitimement s'attendre et ne pas porter atteinte à la santé des personnes, la cour d'appel a méconnu le sens et la portée des textes susvisés (▪ Cass. crim., 1er avr. 2008 : *JurisData* n° 2008-043776 ; *Dr. pén.* 2008, comm. 99, obs. J.-H. Robert).

4) Méconnaît les dispositions des articles 2 du Code de procédure pénale et L. 421-1 du Code de la consommation la cour d'appel qui accorde réparation d'un préjudice qualifié d'associatif, qui ne trouve son origine ni dans une atteinte directe ou indirecte à l'intérêt collectif des consommateurs ni dans un dommage personnellement et directement causé à l'association demanderesse, alors qu'il résulte de ces textes que les associations régulièrement déclarées ayant pour objet statutaire explicite la défense des intérêts des consommateurs ne peuvent exercer les droits reconnus à la partie civile que relativement aux faits portant un préjudice direct ou indirect à l'intérêt collectif des consommateurs, sauf à justifier avoir souffert elles-mêmes du dommage directement causé par l'infraction (■ Cass. crim., 3 mai 2006 : *Bull. crim.* n° 116).

Livre VII : TRAITEMENT DES SITUATIONS DE SURENDETTEMENT

Titre V. – FICHIER NATIONAL RECENSANT LES INFORMATIONS SUR LES INCIDENTS DE PAIEMENT CARACTÉRISÉS

Chapitre Ier. – Objet du fichier

Art. L. 751-1. – Un fichier national recense les informations sur les incidents de paiement caractérisés liés aux crédits accordés aux personnes physiques pour des besoins non professionnels.

Ce fichier est géré par la Banque de France, laquelle est seule habilitée à centraliser ces informations.

Il est soumis à la loi n° 78-17 du 6 janvier 1978 relative à l'informatique, aux fichiers et aux libertés.

Art. L. 751-2. – Ce fichier a pour finalité de fournir aux établissements de crédit et aux sociétés de financement mentionnés au titre 1er du livre V du Code monétaire et financier, aux établissements de monnaie électronique et aux établissements de paiement mentionnés au titre II du même livre V et aux organismes mentionnés aux 5 et 8 de l'article L. 511-6 du même code un élément d'appréciation de la solvabilité des personnes qui sollicitent un crédit. Toutefois, l'inscription d'une personne physique au sein du fichier n'emporte pas interdiction de délivrer un crédit. Le fichier peut fournir un élément d'appréciation à l'usage des établissements de crédit, des établissements de monnaie électronique et des établissements de paiement dans leurs décisions d'attribution des moyens de paiement.

Les informations qu'il contient peuvent également être prises en compte par les entreprises mentionnées au premier alinéa pour la gestion des risques liés aux crédits souscrits par leurs clients.

L'organisme de caution mentionné à l'article 26-7 de la loi n° 65-557 du 10 juillet 1965 fixant le statut de la copropriété des immeubles bâtis peut consulter le fichier mentionné au présent article, pour les copropriétaires participant à l'emprunt mentionné à l'article 26-4 de cette même loi.

....

Titre VI : SANCTIONS

Chapitre II. – Sanctions pénales

Art. L. 762-1. – Le fait, pour la Banque de France et les entreprises mentionnées au premier alinéa de l'article L. 751-2, de remettre à quiconque copie des informations contenues dans le fichier mentionné à l'article L. 751-1 est puni des peines prévues aux articles 226-21 et 226-22 du Code pénal.

Art. L. 762-2. – La collecte des informations contenues dans le fichier mentionné à l'article L. 751-1 par des personnes autres que la Banque de France et les entreprises mentionnées au premier alinéa de l'article L. 751-2 est punie des peines prévues à l'article 226-18 du Code pénal.

PARTIE RÉGLEMENTAIRE

(D. n° 2016-884, 29 juin 2016)

Information des consommateurs

Art. R. 131-1. – Le fait, pour un professionnel vendeur ou prestataire de services, de ne pas remettre à toute personne intéressée qui en fait la demande un exemplaire des conventions qu'il propose habituellement, en méconnaissance des dispositions de l'article L. 114-1, est puni des peines d'amendes prévues pour les contraventions de la 5e classe.

La récidive est réprimée conformément aux dispositions des articles 132-11 et 132-15 du Code pénal.

Pratiques commerciales interdites et pratiques commerciales réglementées

Art. R. 132-1. – **Les refus de vente ou de prestation de services, en méconnaissance des dispositions du premier alinéa de l'article L. 121-11, sont punis de la peine d'amende prévue pour les contraventions de la 5e classe.**

La récidive est réprimée conformément aux dispositions des articles 132-11 et 132-15 du Code pénal.

Art. R. 132-2 *(D. n° 2018-431, 1er juin 2018).* – **Les subordinations à conditions, de ventes ou de prestations de services, en méconnaissance des dispositions des deuxième et troisième alinéas de l'article L. 121-11 sont punis de la peine d'amende prévue pour les contraventions de la 5e classe.**

La récidive est réprimée conformément aux dispositions des articles 132-11 et 132-15 du Code pénal.

Art. R. 132-3. – **Les règles relatives à la prohibition de la vente forcée par correspondance sont définies par l'article R. 635-2 du Code pénal.**

Section I. – Dispositions particulières aux contrats conclus à distance portant sur des services financiers

Art. R. 242-1. – **Le fait de ne pas communiquer au consommateur les informations mentionnées aux 1°, 2°, 3° et 5° de l'article R. 222-1 et celles mentionnées au 5° de l'article L. 222-5 ou de les lui communiquer sans faire apparaître de manière claire le caractère commercial de sa démarche, est puni de la peine d'amende prévue pour les contraventions de la cinquième classe.**

Art. R. 242-2. – **Le fait de ne pas communiquer au consommateur, dans les conditions prévues à l'article L. 222-6, les informations mentionnées à cet article, est puni de la peine d'amende prévue pour les contraventions de la cinquième classe.**

Art. R. 242-3. – **Le fait de ne pas rembourser le consommateur dans les conditions fixées à l'article L. 222-15 est puni de la peine d'amende prévue pour les contraventions de la cinquième classe.**

Art. R. 242-4. – **La récidive des infractions punies aux articles R. 242-1 à R. 242-3 est réprimée conformément aux dispositions des articles 132-11 et 132-15 du Code pénal.**

Art. R. 242-5. – **Les sanctions au défaut de communication des informations requises en matière de fourniture à distance d'opérations d'assurances sont fixées par les dispositions :**

– du chapitre II du titre Ier du livre Ier du Code des assurances pour les opérations pratiquées par les entreprises régies par le même code ;

– du chapitre Ier du titre II du livre II du Code de la mutualité pour les opérations pratiquées par les mutuelles et unions régies par le même code ;

– du chapitre II du titre III du livre IX du Code de la sécurité sociale pour les opérations pratiquées par les institutions de prévoyance et d'unions régies par le même code.

Contrats de fournitures d'électricité ou de gaz naturel

Art. R. 242-6. – **Le fait de ne pas remettre à un consommateur handicapé les contrats et les informations qu'il a demandés dans la forme adaptée à son handicap en violation de l'article L. 224-2 est puni de la peine d'amende prévue pour les contraventions de la 5e classe.**

Art. R. 242-7. – **Le fait de ne pas mentionner dans l'offre de fourniture d'électricité ou de gaz naturel les informations prévues à l'article L. 224-3 est puni de la peine d'amende prévue pour les contraventions de la 5e classe.**

Art. R. 242-8. – **Le fait de ne pas fournir au consommateur un contrat de fourniture d'électricité ou de gaz naturel écrit ou disponible sur un support durable dans les conditions prévues à l'article L. 224-4 est puni de la peine d'amende prévue pour les contraventions de la 5e classe.**

Art. R. 242-9. – Le fait de ne pas mentionner dans le contrat de fourniture d'électricité ou de gaz naturel fourni au consommateur les informations prévues à l'article L. 224-7 est puni de la peine d'amende prévue pour les contraventions de la 5e classe.

Art. R. 242-10. – Est puni de la peine d'amende prévue pour les contraventions de la 5e classe :

1° Le fait de ne pas proposer au consommateur un contrat unique portant sur la fourniture et la distribution d'électricité ou de gaz naturel en violation des dispositions de l'article L. 224-8 ;

2° Le fait de refuser au consommateur le bénéfice d'une ou plusieurs des prestations techniques proposées par le gestionnaire de réseau dans le cadre du contrat unique en violation des dispositions de l'article L. 224-8 ;

3° Le fait de facturer au consommateur, dans le cadre du contrat unique, des frais liés à l'accès aux réseaux autres que ceux que le gestionnaire de réseau lui a imputés au titre d'une prestation en violation des dispositions de l'article L. 224-8.

Art. R. 242-11. – Est puni de la peine d'amende prévue pour les contraventions de la 5e classe :

1° Le fait de ne pas communiquer au consommateur tout projet de modification des conditions contractuelles de fourniture d'électricité ou de gaz naturel conformément aux dispositions de l'article L. 224-10 ;

2° Le fait de ne pas assortir cette communication d'une information sur la faculté de résiliation prévue à l'article L. 224-10.

Art. R. 242-12. – Le fait de ne pas fournir, au moins une fois par an, une facturation en fonction de l'énergie effectivement consommée conformément aux dispositions de l'article L. 224-11 est puni de la peine d'amende prévue pour les contraventions de la 5e classe.

Art. R. 242-13. – Le fait de fournir une facture dont la présentation n'est pas conforme aux dispositions déterminées par arrêté pris en application de l'article L. 224-12 est puni de la peine d'amende prévue pour les contraventions de la 5e classe.

Art. R. 242-14. – Le fait de facturer à un consommateur, au titre de la résiliation de son contrat de fourniture d'électricité ou de gaz naturel, des frais autres que ceux explicitement prévus au deuxième alinéa de l'article L. 224-15 est puni de la peine d'amende prévue pour les contraventions de la 5e classe.

Art. R. 242-15. – La récidive des infractions punies aux articles R. 242-6 à R. 242-14 est réprimée conformément aux dispositions des articles 132-11 et 132-15 du Code pénal.

Contrats de courtage matrimonial

Art. R. 242-16. – Le fait pour un professionnel de ne pas mentionner dans l'annexe au contrat prévue à l'article L. 224-90 les informations prévues à l'article R. 224-1, est puni de la peine d'amende prévue pour les contraventions de la 5e classe.

Art. R. 242-17. – Le fait pour un professionnel de ne pas remettre à son cocontractant, au moment de la conclusion du contrat, un exemplaire du contrat, avec son annexe, prévu par l'article L. 224-90 est puni de la peine d'amende prévue pour les contraventions de la 5e classe.

Art. R. 242-18. – Le fait pour un professionnel de percevoir, avant l'expiration du délai de renonciation prévu à l'article L. 224-91, un paiement ou un dépôt sous quelque forme que ce soit est puni de la peine d'amende prévue pour les contraventions de la 5e classe.

Art. R. 242-19. – Le fait pour un professionnel de diffuser une annonce personnalisée non conforme aux prescriptions de l'article L. 224-93 est puni de la peine d'amende prévue pour les contraventions de la 5e classe.

Art. R. 242-20. – La récidive des infractions punies aux articles R. 242-16 à R. 242-19 est réprimée conformément aux dispositions des articles 132-11 et 132-15 du Code pénal.

Opérations de crédit

Section I. – Crédit à la consommation

Sous-section 1. – Publicité

Art. R. 341-1. – **Le fait pour l'annonceur de diffuser ou de faire diffuser une publicité non conforme aux obligations prévues aux articles L. 312-5, L. 312-6 et L. 312-8 à L. 312-11 est puni de la peine d'amende prévue pour les contraventions de la 5e classe.**

Le tribunal peut également ordonner la publication du jugement et la rectification de la publicité aux frais du condamné.

Sous-section 2. – Information précontractuelle de l'emprunteur

Art. R. 341-2. – **Le fait pour le prêteur de ne pas respecter les formalités prescrites à l'article L. 312-12 et au deuxième alinéa de l'article L. 312-13 est puni de la peine d'amende prévue pour les contraventions de la 5e classe.**

Sous-section 3. – Explications fournies à l'emprunteur et évaluation de sa solvabilité

Art. R. 341-3. – **Le fait pour le prêteur ou l'intermédiaire de crédit, de contrevenir aux dispositions de l'article L. 312-15 est puni de la peine d'amende prévue pour les contraventions de la 5e classe.**

Sous-section 4. – Formation du contrat de crédit

Art. R. 341-4. – **Le fait pour le prêteur de ne pas respecter les formalités prescrites à l'article L. 312-18 ou de ne pas prévoir un formulaire détachable dans l'offre de contrat de crédit, en application des dispositions de l'article L. 312-21, est puni de la peine d'amende prévue pour les contraventions de la 5e classe.**

Sous-section 5. – Informations mentionnées dans le contrat

Art. R. 341-5. – **Le fait pour le prêteur de ne pas respecter les formalités prescrites aux articles L. 312-28 et L. 312-29 est puni de la peine d'amende prévue pour les contraventions de la 5e classe.**

Sous-section 6. – Exécution du contrat

Art. R. 341-6. – **Le fait pour le prêteur de ne pas respecter les formalités prescrites à l'article L. 312-32 est puni de la peine d'amende prévue pour les contraventions de la 5e classe.**

Sous-section 7. – Crédit gratuit

Art. R. 341-7. – **Le fait pour l'annonceur de diffuser ou de faire diffuser une publicité non conforme aux obligations prévues aux dispositions de l'article L. 312-41 est puni de la peine d'amende prévue pour les contraventions de la 5e classe.**

Le tribunal peut également ordonner la publication du jugement et la rectification de la publicité aux frais du condamné.

Art. R. 341-8. – **Le fait pour le vendeur de ne pas respecter les formalités prescrites à l'article L. 312-42 est puni de la peine d'amende prévue pour les contraventions de la 5e classe.**

Art. R. 341-9. – **Le fait pour le prêteur de ne pas respecter les formalités prescrites à l'article L. 312-43 est puni de la peine d'amende prévue pour les contraventions de la 5e classe.**

Sous-section 8. – Crédit affecté

Art. R. 341-10. – **Le fait pour le vendeur ou le prestataire de services de ne pas préciser dans le contrat, en méconnaissance des dispositions de l'article L. 312-45, que le paiement du prix est acquitté à l'aide d'un crédit est puni de la peine d'amende prévue pour les contraventions de la 5e classe.**

Art. R. 341-11. – Le fait pour le vendeur ou le prestataire de services de faire souscrire lui-même ou par un préposé agissant pour son compte une demande de livraison ou de fourniture immédiate par l'acheteur, en méconnaissance des dispositions de l'article R. 312-20, est puni de la peine d'amende prévue pour les contraventions de la 3e classe.

Sous-section 9. – Crédit renouvelable

Art. R. 341-12. – Le fait pour l'annonceur de diffuser ou de faire diffuser une publicité non conforme aux obligations prévues aux dispositions des articles L. 312-61 est puni de la peine d'amende prévue pour les contraventions de la 5e classe.

Le tribunal peut également ordonner la publication du jugement et la rectification de la publicité aux frais du condamné.

Art. R. 341-13. – Le fait pour le prêteur ou l'intermédiaire de crédit de contrevenir aux obligations prévues par les dispositions des articles L. 312-62 et L. 312-63 en matière d'information précontractuelle est puni de la peine d'amende prévue pour les contraventions de la 5e classe.

Art. R. 341-14. – Le fait pour le prêteur de remettre un contrat non conforme aux dispositions des articles L. 312-64 et L. 312-65 est puni de la peine d'amende prévue pour les contraventions de la 5e classe.

Art. R. 341-15. – Le fait pour le prêteur de ne pas respecter la formalité prévue à l'article L. 312-67 est puni de la peine d'amende prévue pour les contraventions de la 5e classe.

Art. R. 341-16. – Le fait pour le prêteur ou l'intermédiaire de crédit de contrevenir aux obligations prévues par les dispositions de la première phrase de l'article L. 312-68 est puni de la peine d'amende prévue pour les contraventions de la 5e classe.

Art. R. 341-17. – Le fait pour le prêteur de ne pas respecter les obligations prévues à l'article L. 312-71 est puni de la peine d'amende prévue pour les contraventions de la 5e classe.

Art. R. 341-18. – Le fait pour le prêteur de ne respecter l'une des obligations relatives à la reconduction des contrats renouvelables prévues aux articles L. 312-75 à L. 312-83 est puni de la peine d'amende prévue pour les contraventions de la 5e classe.

Art. R. 341-19. – La récidive des infractions punies aux articles R. 341-1 à R. 341-10 et R. 341-12 à R. 341-18 est réprimée conformément aux dispositions des articles 132-11 et 132-15 du Code pénal.

Section II. – Crédit immobilier

Sous-section 1. – Information précontractuelle de l'emprunteur

Art. R. 341-20. – Le fait pour le prêteur ou l'intermédiaire de crédit de ne pas respecter les formalités en matière d'information précontractuelle prescrites à l'article L. 313-7 ou au second alinéa de l'article L. 313-24 est puni de la peine d'amende prévue pour les contraventions de 5e classe.

Sous-section 2. – Explications fournies à l'emprunteur et évaluation de sa solvabilité

Art. R. 341-21. – Le fait pour le prêteur ou l'intermédiaire de crédit de ne pas respecter les formalités en matière d'information précontractuelle prescrites à l'article R. 313-11 et relatives au service de conseil est puni de la peine d'amende prévue pour les contraventions de 5e classe.

Art. R. 341-22. – Le fait pour le prêteur de contrevenir aux dispositions des articles L. 313-20 et L. 313-22 relatives à l'évaluation du bien immobilier est puni de la peine d'amende prévue pour la contravention de 5e classe.

Sous-section 3. – Exécution du contrat de crédit

Art. R. 341-23. – Le fait pour le prêteur ou l'intermédiaire de crédit de ne pas respecter les obligations relatives à l'information de l'emprunteur en cas de modification du taux débiteur fixées à l'article L. 313-46 est puni de la peine d'amende prévue pour les contraventions de 5e classe.

Section III. – Dispositions communes au crédit à la consommation et au crédit immobilier

Art. R. 341-24. – Le fait de rémunérer ou de faire rémunérer un vendeur d'un bien mobilier ou immobilier dans des conditions contraires aux dispositions de l'article L. 314-22 est puni de la peine d'amende prévue pour les contraventions de la 5e classe.

Art. R. 341-25. – Le fait pour un vendeur d'être rémunéré dans des conditions contraires aux dispositions de l'article L. 314-22 est puni de la peine d'amende prévue pour les contraventions de la 5e classe.

Art. R. 341-26. – Le fait pour le prêteur ou l'intermédiaire de ne pas respecter ses obligations prévues par les dispositions des articles L. 314-24 et L. 314-25 est puni de la peine d'amende prévue pour la contravention de 5e classe.

Art. R. 341-27. – La récidive des infractions punies aux articles R. 341-20 à R. 341-26 est réprimée conformément aux dispositions des articles 132-11 et 132-15 du Code pénal.

Conformité

Art. R. 451-1. – Les infractions aux dispositions des décrets pris en application de l'article L. 412-1 sont punies de la peine d'amende prévue pour les contraventions de la 5e classe.

La récidive est réprimée conformément aux dispositions des articles 132-11 et 132-15 du Code pénal.

Pour une illustration, V. ▪ Cass. crim., 16 févr. 2021, n° 20-81.151. V. déjà, dans la même affaire, ▪ Cass. crim., 4 avr. 2018, n° 16-83.270.

Art. R. 451-2. – Le fait de détenir en vue de la vente ou de la distribution à titre gratuit, de mettre en vente, de vendre ou de distribuer à titre gratuit une denrée alimentaire impropre à la consommation, au sens du paragraphe 5 de l'article 14 du règlement (CE) n° 178/2002 modifié établissant les principes généraux et les prescriptions générales de la législation alimentaire, instituant l'Autorité européenne de sécurité des aliments et fixant des procédures relatives à la sécurité des denrées alimentaires est puni de la peine d'amende prévue pour les contraventions de la 5e classe.

La récidive est réprimée conformément aux dispositions des articles 132-11 et 132-15 du Code pénal.

Art. R. 451-3. – Le fait de ne pas mettre en œuvre les procédures de retrait ou de rappel d'une denrée alimentaire autre qu'un produit d'origine animale ou une denrée en contenant impropre à la consommation, au sens du paragraphe 5 de l'article 14 du règlement n° 178/2002 modifié du Parlement européen et du Conseil du 28 janvier 2002 modifié établissant les principes généraux et les prescriptions générales de la législation alimentaire, instituant l'Autorité européenne de sécurité des aliments et fixant des procédures relatives à la sécurité des denrées alimentaires prévues à l'article 19 du même règlement est puni de la peine d'amende prévue pour les contraventions de la 5e classe.

La récidive est réprimée conformément aux dispositions des articles 132-11 et 132-15 du Code pénal.

Sécurité

Art. R. 452-1 *(D. n° 2018-1116, 10 déc. 2018)*. **– Le fait de détenir en vue de la vente ou de la distribution à titre gratuit, de mettre en vente, de vendre, de distribuer à titre gratuit les produits dont l'importation est prohibée, en méconnaissance des dispositions de l'article L. 422-2, est puni de la peine d'amende prévue pour les contraventions de la 5e classe.**

Les personnes physiques ou morales coupables de la contravention prévue au précédent alinéa encourent également la peine complémentaire de confiscation de la chose qui a servi ou était destinée à commettre l'infraction ou de la chose qui en est le produit conformément aux dispositions du 5° de l'article 131-16 et du dernier alinéa de l'article 131-40 du Code pénal.

La récidive est réprimée conformément aux articles 132-11 et 132-15 du Code pénal.

Art. R. 452-2 *(Mod., D. n° 2019-307, 11 avr. 2019 ; D. n° 2021-936, 15 juill. 2021).* – Est puni de l'amende prévue pour les contraventions de la cinquième classe le fait de ne pas informer les autorités administratives compétentes des actions engagées en application :

1° Du premier alinéa de l'article L. 423-3 ;

2° Du paragraphe 3 de l'article 19 et du paragraphe 3 de l'article 20 du règlement (CE) n° 178/2002 du Parlement européen et du Conseil du 28 janvier 2002 établissant les principes généraux et les prescriptions générales de la législation alimentaire, instituant l'Autorité européenne de sécurité des aliments et fixant des procédures relatives à la sécurité des denrées alimentaires ;

3° Du point c) du paragraphe 3 de l'article 4 du règlement (UE) 2019/1020 du Parlement européen et du Conseil du 20 juin 2019 sur la surveillance du marché et la conformité des produits.

La récidive est réprimée conformément aux dispositions des articles 132-11 et 132-15 du Code pénal.

Art. R. 452-3 *(Mod., D. n° 2019-307, 11 avr. 2019).* – Les infractions aux mesures de la Commission européenne mentionnées à l'article L. 422-3 sont punies de la peine d'amende prévue pour les contraventions de la 5e classe.

La récidive est réprimée conformément aux articles 132-11 et 132-15 du Code pénal.

Art. R. 452-3-1 *(D. n° 2019-307, 11 avr. 2019).* – Le fait pour un exploitant du secteur alimentaire ou du secteur de l'alimentation animale, responsable d'activités de commerce de détail ou de distribution, au sens du paragraphe 2 des articles 19 et 20 du règlement (CE) n° 178/2002 du Parlement européen et du Conseil du 28 janvier 2002 établissant les principes généraux et les prescriptions générales de la législation alimentaire, instituant l'Autorité européenne de sécurité des aliments et fixant des procédures relatives à la sécurité des denrées alimentaires, de méconnaître l'une de ses obligations au titre d'une procédure de retrait ou de rappel, prévue par ces mêmes articles, d'un produit ou d'une denrée alimentaire, autre qu'un produit d'origine animale ou une denrée en contenant, ou d'un aliment pour animaux autre que ceux d'origine animale ou contenant des produits d'origine animale, est puni de la peine d'amende prévue pour les contraventions de la 5e classe.

La récidive est réprimée conformément aux articles 132-11 et 132-15 du Code pénal.

Art. R. 452-4 *(Mod., D. n° 2019-307, 11 avr. 2019).* – Les personnes physiques coupables de l'infraction réprimée par les articles R. 452-3 et R. 452-3-1 encourent également la confiscation de la chose qui a servi ou était destinée à commettre l'infraction ou de la chose qui en est le produit.

Les personnes morales déclarées responsables pénalement, dans les conditions prévues par l'article 121-2 du Code pénal, de l'infraction réprimée par les articles R. 452-3 et R. 452-3-1 encourent, outre l'amende suivant les modalités prévues par l'article 131-41 du Code pénal, la peine de confiscation de la chose qui a servi ou était destinée à commettre l'infraction ou de la chose qui en est le produit.

SUITES DONNÉES AUX CONTRÔLES

Art. R. 531-1. – Le fait pour un détenteur de marchandises de ne pas avoir conservé un échantillon laissé à sa garde en application de l'article R. 512-15 ou d'en avoir modifié l'état est puni de la peine prévue pour les contraventions de la 5e classe.

La récidive est réprimée conformément aux articles 132-11 et 132-15 du Code pénal.

Art. R. 531-2. – Le fait de mettre en vente ou de vendre, sans attendre les résultats d'un contrôle officiel en cours, des marchandises reconnues non-conformes à la réglementation ou falsifiées à l'issue de l'enquête consécutive à ce contrôle est puni de la peine prévue pour les contraventions de la 5e classe.

La récidive est réprimée conformément aux articles 132-11 et 132-15 du Code pénal.

Art. R. 532-1 *(Mod., D. n° 2019-307, 11 avr. 2019).* **– Est puni de la peine d'amende prévue pour les contraventions de la 5e classe le fait, en méconnaissance des dispositions d'un arrêté pris en application des articles L. 521-17 ou L. 521-25 :**

1° De fabriquer, importer, exporter, mettre sur le marché à titre gratuit ou onéreux, détenir en vue de la vente ou de la distribution à titre gratuit un produit ou de réaliser une prestation de services ayant fait l'objet d'une mesure de suspension ;

2° D'omettre de diffuser les mises en garde ou précautions d'emploi ordonnées ;

3° De ne pas échanger, de ne pas modifier ou de ne pas rembourser totalement ou partiellement le produit ou le service, dans les conditions de lieu et de délai prescrites ;

4° De ne pas procéder au retrait, au rappel ou à la destruction d'un produit.

La récidive est réprimée conformément aux articles 132-11 et 132-15 du Code pénal.

Art. R. 532-2. – Les personnes physiques coupables des contraventions prévues à l'article R. 532-1 encourent également la confiscation de la chose qui a servi ou était destinée à commettre l'infraction ou de la chose qui en est le produit.

Loi n° 89-421 du 23 juin 1989

relative à l'information et à la protection des consommateurs ainsi qu'à diverses pratiques commerciales

relative notamment au courtage matrimonial

Voir : Les articles 1 à 5 et 13 sont abrogés par l'article 4 de la loi n° 93-949 du 26 juillet 1993.

Bibliographie : G. Heidsieck, *Le marché de la solitude et le droit (Commentaire de l'article 6 de la loi du 23 juin 1989 relatif au courtage matrimonial)* : *JCP* 1990, I, 3432. V. D. n° 90-422 du 16 mai 1990 sur l'application de l'article 6 précité.

Art. 6 ***(Abr. à compter du 1er juillet 2016 et partiellement codifié, Ord. n° 2016-301, 14 mars 2016).– (V. C. consom., art. L. 224-90 à L. 224-94).***

En application de l'article 6 de la loi du 23 juin 1989, le contrat, qui a pour objet l'offre de rencontres en vue de la réalisation d'un mariage ou d'une union stable, comprend nécessairement l'ensemble des prestations fournies par le professionnel. En conséquence, doit être approuvé l'arrêt qui retient qu'une analyse graphomorphopsychologique fait partie intégrante du contrat passé et ne peut, par suite, faire l'objet d'un paiement immédiat (■ Cass. crim., 20 mars 2001 : *Bull. crim.* n° 74).

Décret n° 94-699 du 10 août 1994

fixant les exigences de sécurité relatives aux équipements d'aires collectives de jeux

Art. 1er ***(Mod., D. n° 2019-1007, 30 sept. 2019)*** (1). **– Il est interdit d'importer, de détenir en vue de la vente ou de la distribution à titre gratuit, de mettre en vente, de vendre ou de distribuer à titre gratuit, ou de donner en location des équipements d'aires collectives de jeux qui ne satisfont pas aux prescriptions du présent décret.**

Art. 2. – Pour l'application du présent décret, les équipements d'aires collectives de jeux s'entendent des matériels et ensemble de matériels destinés à être utilisés par des enfants à des fins de jeu, quel que soit le lieu de leur implantation.

Ne sont toutefois pas soumis aux dispositions du présent décret les équipements forains, les équipements aquatiques et les équipements destinés, par leurs caractéristiques, à un usage exclusivement familial.

---

(1) Les produits conformes aux décrets mentionnés au présent décret, dans leur rédaction antérieure à l'entrée en vigueur du présent décret, peuvent être mis sur le marché jusqu'au 1er octobre 2020 et être commercialisés jusqu'à épuisement des stocks. Les attestations de conformité délivrées à la suite d'un examen de type par un organisme satisfaisant aux prescriptions des décrets mentionnés, dans leur rédaction antérieure à l'entrée en vigueur du présent décret, restent valides, D. n° 2019-1007, 30 sept. 2019.

Art. 3. – Les équipements d'aires collectives de jeux doivent satisfaire aux exigences de sécurité définies en annexe au présent décret.

Art. 4 *(Mod., D. n° 2019-1007, 30 sept. 2019)* (1). – Le fabricant ou l'importateur appose, de manière visible, lisible et indélébile :

1° Sur l'équipement et sur son emballage, son nom ou sa raison sociale ou sa marque de commerce, son adresse et une mention permettant d'identifier le modèle ;

2° Sur l'équipement, les avertissements nécessaires à la prévention des risques inhérents à son utilisation.

Art. 5 *(Mod., D. n° 2019-1007, 30 sept. 2019)* (1). – Sont présumés conformes aux exigences de sécurité définies en annexe les équipements d'aires collectives de jeux satisfaisant à l'une des deux obligations suivantes :

1° Être conforme aux normes dont les références sont publiées au *Journal officiel* de la République française. Dans ce cas, le responsable de la première mise sur le marché des équipements tient à la disposition des agents chargés du contrôle un dossier comprenant une description détaillée du produit et des moyens par lesquels le fabricant s'assure de la conformité de sa production aux normes susmentionnées, ainsi que l'adresse des lieux de fabrication ou d'entreposage.

2° S'ils ne respectent pas toutes les normes visées au 1° ci-dessus, être conformes à un modèle bénéficiant lui-même d'une attestation de conformité aux exigences de sécurité délivrée à la suite d'un examen de type effectué par un organisme français ou d'un autre État membre de l'Union européenne ou d'un autre État partie à l'accord sur l'Espace économique européen ou de la Turquie, accrédité pour les essais des produits mentionnés à l'article 2 par le Comité français d'accréditation (COFRAC) ou par un autre organisme d'accréditation signataire de l'accord multilatéral pris dans le cadre de la coordination européenne des organismes d'accréditation.

Dans ce cas, le responsable de la première mise sur le marché des équipements tient à la disposition des agents chargés du contrôle un dossier comprenant une description détaillée du produit, l'attestation de conformité aux exigences de sécurité, une description des moyens par lesquels le fabricant s'assure de la conformité de sa production au modèle examiné et l'adresse des lieux de production ou d'entreposage.

Art. 6. – Tout équipement doit être accompagné d'une notice d'emploi, de montage, d'installation et d'entretien. Cette notice précise l'âge minimal des enfants auxquels l'équipement est destiné et comporte des mentions d'avertissement relatives aux risques liés à son utilisation.

Art. 7 *(Mod., D. n° 2019-1007, 30 sept. 2019)* (1). – Est puni des peines d'amende prévues pour les contraventions de la 5e classe le fait :

a) D'importer, de détenir en vue de la vente ou de la distribution à titre gratuit, de mettre en vente, vendre, distribuer à titre gratuit, ou donner en location un équipement d'aires collectives de jeux qui ne comporte pas les mentions exigées par l'article 4 ou qui ne satisfait pas aux prescriptions de l'article ;

b) Pour les responsables de la première mise sur le marché d'équipements d'aires collectives de jeux, de ne pas être en mesure de présenter les documents prévus à l'article 5.

La récidive est réprimée conformément aux dispositions des articles 132-11 et 132-15 du Code pénal.

Art. 7-1 *(D. n° 2019-1007, 30 sept. 2019)* (1). – Les dispositions du présent décret ne font pas obstacle à la commercialisation des équipements d'aires collectives de jeux légalement fabriqués ou commercialisés dans un autre État membre de l'Union européenne ou en Turquie, ou légalement fabriqués dans un État partie à l'accord instituant l'Espace économique européen, assurant un niveau de sécurité équivalent à celui exigé par le présent décret.

....

(1) Les produits conformes aux décrets mentionnés au présent décret, dans leur rédaction antérieure à l'entrée en vigueur du présent décret, peuvent être mis sur le marché jusqu'au 1er octobre 2020 et être commercialisés jusqu'à épuisement des stocks. Les attestations de conformité délivrées à la suite d'un examen de type par un organisme satisfaisant aux prescriptions des décrets mentionnés, dans leur rédaction antérieure à l'entrée en vigueur du présent décret, restent valides, D. n° 2019-1007, 30 sept. 2019.

Décret n° 2002-1465 du 17 décembre 2002

relatif à l'étiquetage des viandes bovines dans les établissements de restauration

Art. 1er *(En vigueur le 1er mars 2022 jusqu'au 29 février 2024, D. n° 2022-65, 26 janv. 2022).* – Les dispositions du présent décret sont applicables aux plats contenant un ou plusieurs morceaux de viandes bovines au sens du règlement (CE) n° 1760/2000 du Parlement européen et du Conseil du 17 juillet 2000 susvisé, de viandes porcines, ovines et de volailles au sens du règlement (UE) n° 1169/2011 du Parlement européen et du Conseil du 25 octobre 2011 modifié concernant l'information des consommateurs sur les denrées alimentaires ou de la viande bovine hachée au sens du règlement (CE) n° 1825/2000 de la Commission du 25 août 2000 susvisé, destinés aux consommateurs, dans les établissements proposant des repas à consommer sur place ou dans les établissements proposant des repas à consommer sur place et à emporter ou à livrer.

Art. 2 *(En vigueur le 1er mars 2022 jusqu'au 29 février 2024, D. n° 2022-65, 26 janv. 2022).* – L'origine ou la provenance des viandes mentionnées à l'article 1er est indiquée par l'une ou l'autre des mentions suivantes :

1° « Origine : (nom du pays) », lorsque la naissance, l'élevage et l'abattage de l'animal dont sont issues les viandes ont eu lieu dans le même pays ;

2° Pour la viande bovine : « Né et élevé : (nom du pays de naissance et nom du ou des pays d'élevage) et abattu : (nom du pays d'abattage) », lorsque la naissance, l'élevage et l'abattage ont eu lieu dans des pays différents ;

3° Pour la viande porcine, ovine et de volaille : « Elevé : (nom du ou des pays d'élevage) et abattu : (nom du pays d'abattage) », dans les autres cas que celui mentionné au 1°.

Ces mentions sont portées à la connaissance du consommateur, de façon lisible et visible, par affichage, indication sur les cartes et menus, ou sur tout autre support.

Art. 3 *(Mod., D. n° 2016-684, 29 juin 2019 ; en vigueur le 1er mars 2022 jusqu'au 29 février 2024, D. n° 2022-65, 26 janv. 2022).* – Est puni des amendes prévues pour les contraventions de la 5e classe le fait de mettre en vente, de vendre ou de distribuer à titre gratuit, dans les établissements proposant des repas à consommer sur place et ou dans les établissements proposant des repas à consommer sur place et à emporter ou à livrer, les viandes mentionnées à l'article 1er dont l'origine ou la provenance n'est pas portée à la connaissance du consommateur, dans les conditions précisées à l'article 2.

La récidive est réprimée conformément aux dispositions des articles 132-11 et 132-15 du Code pénal.

Décret n° 2006-1129 du 8 septembre 2006

relatif à la sécurité des briquets

Art. 1er. – Il est interdit d'importer, de détenir en vue de la vente ou de la distribution à titre gratuit ou onéreux, de mettre en vente, de vendre ou de distribuer à titre gratuit :

1° Les briquets fantaisie tels que définis à l'article 2 ;

2° Les briquets non rechargeables non munis d'une sécurité enfant ;

3° Les briquets rechargeables non munis d'une sécurité enfant, à l'exception de ceux répondant aux conditions définies à l'article 3.

Art. 2. – Au sens du présent décret, on entend par :

1° « Briquet » : un dispositif actionné manuellement en vue de produire une flamme, utilisant un combustible, dont on se sert normalement pour allumer volontairement cigarettes, cigares et pipes notamment, et dont il est prévisible qu'il puisse servir pour allumer d'autres matériaux tels que du papier, des mèches, des bougies et des lanternes, disposant d'une provision de combustible incorporée, rechargeable ou non ;

2° « Briquet fantaisie » : conformément à la définition donnée par les normes dont les références sont publiées au *Journal officiel* de la République française, tout briquet qui ressemble de quelque manière que ce soit à un autre objet attrayant pour un enfant de moins de 51 mois ou dont l'utilisation est prévue par un enfant de cet âge, ou encore qui le divertit parce qu'il est sonore ou animé. Ne sont pas considérés comme briquets fantaisie les briquets imprimés ou décorés de logos, étiquettes, décalcomanies, dessins, ou les briquets à manchon thermo-rétractable ;

3° « Briquet sécurité enfant » : un briquet conçu et fabriqué de manière à ne pas pouvoir, dans des conditions d'utilisation normales ou raisonnablement prévisibles, être allumé par des enfants de moins de 51 mois, notamment en raison de la force nécessaire pour le faire fonctionner ou en raison de sa conception, de la protection de son mécanisme d'allumage, ou de la complexité ou de la succession des opérations nécessaires à son allumage ;

4° « Modèle de briquet » : briquets d'un même producteur ayant la même conception et les mêmes caractéristiques, notamment concernant la résistance opposée à l'enfant ;

5° « Essai de résistance opposée à l'enfant » : un essai systématique de la résistance opposée à l'enfant par un modèle de briquet donné, pratiqué sur un échantillon des briquets concernés, en particulier les essais réalisés conformément aux normes dont les références sont publiées au *Journal officiel* de la République française, ou conformément aux dispositions en matière d'essai contenues dans les réglementations correspondantes de pays tiers à la Communauté européenne dans lesquels des obligations de sécurité enfants équivalentes à celles établies par le présent décret s'appliquent.

Art. 3. – Sont exclus du champ d'application du présent décret les briquets rechargeables non fantaisie même non munis d'une sécurité enfant pour lesquels les responsables de la première mise sur le marché fournissent sur demande aux agents chargés du contrôle les documents nécessaires établissant que les briquets sont conçus, fabriqués et mis sur le marché de manière à garantir une sécurité d'utilisation prévisible sur une durée de vie d'au moins cinq ans, que ces briquets peuvent être réparés et qu'ils répondent aux exigences suivantes :

1° Être accompagnés d'une garantie écrite du responsable de la première mise sur le marché d'une durée d'au moins deux ans pour chaque briquet ;

2° Être conçus pour être réparés et rechargés de façon sûre sur toute leur durée de vie et incluant en particulier un mécanisme d'allumage réparable ;

3° Les parties non consommables, mais susceptibles de s'user ou de cesser de fonctionner en usage continu après la période de garantie, sont accessibles en vue de leur remplacement ou de leur réparation dans un service après-vente agréé ou spécialisé établi sur le territoire de la Communauté européenne.

Art. 4. – Sont présumés être des briquets de sécurité enfants :

1° Les briquets conformes aux normes dont les références sont publiées au *Journal officiel* de la République française ;

2° Les briquets conformes aux dispositions correspondantes de pays tiers à la Communauté européenne dans lesquels des obligations de sécurité enfants équivalentes à celles définies par le présent décret s'appliquent.

Art. 5. – La première mise sur le marché communautaire des briquets est subordonnée au respect par les responsables de la première mise sur le marché des conditions suivantes :

1° La conservation et la fourniture immédiate à la demande des agents chargés du contrôle, d'un rapport d'essai de résistance à l'enfant accompagné d'échantillons pour chaque modèle de briquet testé, certifiant la résistance opposée à l'enfant du modèle de briquet mis sur le marché ;

2° La fourniture, à la demande des agents chargés du contrôle, d'une attestation indiquant que tous les briquets de chacun des lots mis sur le marché sont conformes au modèle soumis à l'essai ainsi que des documents relatifs au programme d'essai et de contrôle à l'appui de cette attestation ;

3° La vérification permanente, par des méthodes d'essai appropriées, de la conformité des briquets produits aux solutions techniques adoptées pour la résistance opposée à l'enfant et la conservation à la disposition des agents chargés du contrôle des registres de production indiquant que tous les briquets produits sont conformes au modèle soumis à l'essai ;

4° En cas de modification d'un modèle de briquet d'une manière susceptible d'avoir des effets négatifs sur la capacité de ce modèle à répondre aux exigences établies par le présent décret, la conservation et la transmission immédiate aux agents chargés du contrôle, et à leur demande, d'un nouveau rapport d'essai de résistance opposée à l'enfant.

Art. 6. – Les distributeurs conservent et fournissent immédiatement à la demande des agents chargés du contrôle les documents nécessaires pour identifier toute personne qui leur a fourni les briquets qu'ils mettent sur le marché, de manière à garantir la traçabilité du producteur des briquets dans l'ensemble de la chaîne d'approvisionnement.

Art. 7. – Lorsqu'ils ne présentent pas les documents mentionnés aux articles 5 et 6 dans le délai fixé par les agents chargés du contrôle, les responsables de la première mise sur le marché ou les distributeurs retirent les briquets correspondants du marché.

Art. 8. – I. – Les rapports d'essai de résistance opposée à l'enfant mentionnés à l'article 5 contiennent obligatoirement :

1° Le nom, l'adresse et le lieu du principal établissement du fabricant, où qu'il se situe, ainsi que de ceux de l'importateur si les briquets sont importés ;

2° Une description complète du briquet, notamment la taille, la forme, le poids, le combustible, la contenance du réservoir de combustible, le mécanisme d'allumage et les dispositifs, la conception, les solutions techniques et autres caractéristiques garantissant la sécurité enfant conformément aux définitions et exigences établies par le présent décret. Le rapport contiendra en particulier une description détaillée de toutes les dimensions, forces requises ou autres caractéristiques susceptibles d'influer sur la résistance opposée à l'enfant, y compris les tolérances du fabricant pour chacune de ces caractéristiques ;

3° Une description détaillée des essais et des résultats obtenus, les dates des essais, le lieu où ils ont été pratiqués, l'identité de l'organisme qui a réalisé les essais et des précisions sur les qualifications et la compétence de cet organisme pour la réalisation des essais concernés ;

4° L'identification du lieu où les briquets sont ou ont été fabriqués ;

5° Le lieu où les documents requis par le présent décret sont conservés ;

6° Les références de l'agrément ou de la reconnaissance de l'organisme qui a procédé à l'essai.

II. – Les rapports d'essai de résistance opposée à l'enfant mentionnés à l'article 5 sont établis par :

1° Des organismes d'essais agréés, en tant qu'organismes répondant aux prescriptions fixées par la norme dont les références sont publiées au *Journal officiel* de la République française, par un membre de l'International Laboratory Accreditation Cooperation (ILAC) pour réaliser des essais de résistance opposée à l'enfant sur des briquets ou reconnus de toute autre manière à cet effet par l'autorité compétente d'un État membre de la Communauté européenne ;

2° Des organismes d'essais dont les rapports d'essai de résistance opposée à l'enfant sont acceptés par un des pays dans lesquels des obligations de sécurité enfant équivalentes à celles établies par le présent décret s'appliquent.

Art. 9 *(V. D. n° 91-1175, 13 nov. 1991).*

Art. 10. – I. – Est puni de la peine d'amende prévue pour les contraventions de la 5e classe le fait d'importer, de détenir en vue de la vente ou de la distribution à titre gratuit ou onéreux, de mettre en vente, de vendre ou de distribuer à titre gratuit :

1° Des briquets fantaisie tels que définis à l'article 2 ;

2° Les briquets non rechargeables non munis d'une sécurité enfant ;

3° Les briquets rechargeables non munis d'une sécurité enfant, à l'exception de ceux répondant aux conditions définies à l'article 3 du présent décret.

II. – Est puni de la même peine le fait :

1° Pour les responsables de la première mise sur le marché, de ne pas respecter les obligations mentionnées à l'article 5 ;

2° Pour les distributeurs, de ne pas respecter les obligations mentionnées à l'article 6 ;

3° Pour les responsables de la première mise sur le marché et pour les distributeurs, de ne pas procéder au retrait des produits du marché prévu à l'article 7.

III. – La récidive des contraventions prévues au présent article est réprimée conformément aux articles 132-11 et 132-15 du Code pénal.

Art. 11 *(Mod., D. n° 2007-1358, 14 sept. 2007).* – Les dispositions du présent décret entrent en vigueur à compter du 11 mars 2007. Les briquets conformes aux dispositions du décret [n° 91-1175] du 13 novembre 1991 susvisé, mis sur le marché communautaire avant cette date, peuvent continuer à être commercialisés jusqu'au 10 mars 2008.

ANNEXE 2

Décret n° 2016-364 du 29 mars 2016

fixant les exigences de sécurité concernant les bicyclettes

....

Art. 4. – La bicyclette vendue au consommateur final, louée, mise à disposition dans le cadre d'une prestation de services ou distribuée à titre gratuit par des professionnels satisfait à l'une des deux conditions suivantes :

1° Soit avoir été fabriquée conformément aux normes dont les références sont publiées au *Journal officiel* de la République française.

Le responsable de la première mise sur le marché de ce produit tient à la disposition des agents chargés du contrôle les documents comprenant une description détaillée du produit et du référentiel technique utilisé pour vérifier la conformité du produit aux exigences de sécurité, les résultats des essais réalisés ainsi que l'adresse des lieux de production ou d'entreposage en vue de la mise sur le marché ;

2° Soit avoir été fabriquée conformément à un modèle bénéficiant d'une attestation de conformité aux exigences de sécurité, délivrée à la suite d'un examen de type par un organisme français ou d'un autre État membre de l'Union européenne ou d'un État partie à l'accord sur l'Espace économique européen ou de la Turquie, accrédité selon la norme EN/ISO 17025 par le Comité français d'accréditation (COFRAC) ou par un organisme d'accréditation signataire de l'accord multilatéral pris dans le cadre de la coordination européenne des organismes d'accréditation pour le contrôle des produits mentionnés à l'article 1er du présent décret.

Le responsable de la première mise sur le marché de ce produit tient à la disposition des agents chargés du contrôle des documents comprenant l'attestation de conformité aux exigences de sécurité ou une copie certifiée conforme, une description détaillée du modèle et des moyens par lesquels le fabricant s'assure de la conformité de sa production au modèle ayant fait l'objet de l'examen de type, ainsi que l'adresse des lieux de production ou d'entreposage en vue de la mise sur le marché.

Les documents mentionnés au présent article sont conservés dix ans à compter de la date de la dernière vente par le responsable de la première mise sur le marché du produit correspondant.

....

Art. 6. – Les bicyclettes vendues au consommateur final, louées, mises à disposition dans le cadre d'une prestation de services ou distribuées à titre gratuit par des professionnels sont montées et réglées.

Toutefois, peuvent être laissées à la charge des consommateurs les opérations suivantes :

– la pose des roues ;

– le gonflage des pneumatiques et des organes de suspension à la condition que les pompes de gonflage adaptées soient livrées avec la bicyclette ;

– le montage des pédales (avec indication de la pédale de gauche et de celle de droite) ;

– le montage sur le cadre des sous-ensembles selle-tige, potence-guidon ou des dispositifs en faisant fonction et leur réglage à la morphologie de l'utilisateur ;

– pour les bicyclettes pour jeunes enfants, la pose des stabilisateurs ;

– la mise en place des batteries nécessaires au fonctionnement de la bicyclette et de ses accessoires dans leur logement ;

– la pose des dispositifs d'éclairage et de signalisation visuelle ainsi que de l'appareil avertisseur, ceux-ci devant alors être livrés avec la bicyclette ;

– la pose des accessoires tels que porte-bagages, garde-boue, sacoches, paniers, béquille, porte-bidon, rétroviseur, porte-cartes ou compteurs ;

– la pose des dispositifs d'aide à la conduite ou à la navigation.

Sous réserve que ces opérations :

a) Fassent l'objet d'une information précontractuelle du consommateur précisant les opérations laissées à sa charge. Il appartient aux professionnels de pouvoir apporter la preuve que cette information a été transmise au consommateur ;

b) Ne nécessitent pas l'usage d'une pompe à vélo autre qu'usuelle ou d'outils sauf à ce que ceux-ci soient livrés avec la bicyclette ;

c) **Ne conduisent pas à démonter ou dérégler un élément essentiel pour la sécurité, notamment le système de freinage, la direction et la transmission de la bicyclette.**

Art. 9. – Sans préjudice de l'application des sanctions pénales et des mesures administratives prévues au livre II du Code de la consommation, est punie de la peine d'amende prévue pour les contraventions de la 5e classe :

1° Toute personne qui met sur le marché, détient en vue de la vente, de la location de la mise à disposition dans le cadre d'une prestation de services, ou en vue de la distribution à titre gratuit, une bicyclette qui n'est pas présentée dans les conditions prévues à l'article 6, ou qui n'est pas accompagnée de la notice prévue à l'article 7 ;

2° Le responsable de la mise sur le marché qui ne présente pas les documents mentionnés à l'article 4 aux agents chargés du contrôle.

En cas de récidive, la peine d'amende prévue pour la récidive des contraventions de la 5e classe est applicable.

DÉMARCHAGE À DOMICILE

Bibliographie : A. Valoteau, *Ventes et prestations de service : JCl. Lois pénales spéciales.*

Code de la propriété intellectuelle

Art. L. 423-1 *(L. n° 2015-990, 6 août 2015).* **– Les conseils en propriété industrielle sont autorisés, dans les conditions fixées par décret en Conseil d'État, à recourir à la publicité ainsi qu'à la sollicitation personnalisée. La sollicitation personnalisée est accompagnée de la communication d'informations générales sur le droit de la propriété industrielle.**

FRAUDES

Bibliographie : J.-H. Robert, H. Matsopoulou, *Fraudes : JCl. Lois pénales spéciales.*

Loi n° 94-665 du 4 août 1994

relative à l'emploi de la langue française

Art. 1er. – Langue de la République en vertu de la Constitution, la langue française est un élément fondamental de la personnalité et du patrimoine de la France.

Elle est la langue de l'enseignement, du travail, des échanges et des services publics.

Elle est le lien privilégié des États constituant la communauté de la francophonie.

Tout avocat, même de nationalité étrangère plaidant devant les juridictions répressives françaises, est tenu de le faire en français, seule langue de procédure admise.

Justifie, dès lors, sa décision la chambre de l'instruction qui refuse à un avocat polonais, intervenant aux côtés d'un avocat français lors de l'audience de la chambre de l'instruction à laquelle est examinée une demande d'extradition et où est présent un interprète en langue polonaise, la possibilité de présenter (formuler), en langue polonaise, des observations dans l'intérêt de la personne réclamée (■ Cass. crim., 8 févr. 2012, n° 11-88.044).

Art. 2. – Dans la désignation, l'offre, la présentation, le mode d'emploi ou d'utilisation, la description de l'étendue et des conditions de garantie d'un bien, d'un produit ou d'un service, ainsi que dans les factures et quittances, l'emploi de la langue française est obligatoire.

[Dispositions déclarées non conformes à la Constitution par décision du Conseil constitutionnel n° 94-345 DC du 29 juill. 1994].

Les mêmes dispositions s'appliquent à toute publicité écrite, parlée ou audiovisuelle.

Les dispositions du présent article ne sont pas applicables à la dénomination des produits typiques et spécialités d'appellation étrangère connus du plus large public.

La législation sur les marques ne fait pas obstacle à l'application des premier et troisième alinéas du présent article aux mentions et messages enregistrés avec la marque.

Voir : Circulaire du 20 septembre 2001 relative à l'application de l'article 2 de la loi du 4 août 1994 relative à l'emploi de la langue française (*JO* 27 oct. 2001).

Art. 3. – Toute inscription ou annonce apposée ou faite sur la voie publique, dans un lieu ouvert au public ou dans un moyen de transport en commun et destinée à l'information du public doit être formulée en langue française *(Dispositions déclarées non conformes à la Constitution par décision du Conseil constitutionnel n° 94-345 DC du 29 juill. 1994).*

Si l'inscription rédigée en violation des dispositions qui précèdent est apposée par un tiers utilisateur sur un bien appartenant à une personne morale de droit public, celle-ci doit mettre l'utilisateur en demeure de faire cesser, à ses frais et dans le délai fixé par elle, l'irrégularité constatée. Si la mise en demeure n'est pas suivie d'effet, l'usage du bien peut, en tenant compte de la gravité du manquement, être retiré au contrevenant, quels que soient les stipulations du contrat ou les termes de l'autorisation qui lui avait été accordée.

Art. 4. – Lorsque des inscriptions ou annonces visées à l'article précédent, apposées ou faites par des personnes morales de droit public ou des personnes privées exerçant une mission de service public font l'objet de traductions, celles-ci sont au moins au nombre de deux.

Dans tous les cas où les mentions, annonces et inscriptions prévues aux articles 2 et 3 de la présente loi sont complétées d'une ou plusieurs traductions, la présentation en français doit être aussi lisible, audible ou intelligible que la présentation en langues étrangères.

Un décret en Conseil d'État précise les cas et les conditions dans lesquels il peut être dérogé aux dispositions du présent article dans le domaine des transports internationaux.

Art. 5 *(Mod., L. n° 96-597, 2 juill. 1996 ; L. n° 2021-1900, 30 déc. 2021).* – Quels qu'en soient l'objet et les formes, les contrats auxquels une personne morale de droit public ou une personne privée exécutant une mission de service public sont parties, sont rédigés en langue française. Ils ne peuvent contenir ni expression ni terme étrangers lorsqu'il existe une expression ou un terme français de même sens approuvés dans les conditions prévues par les dispositions réglementaires relatives à l'enrichissement de la langue française.

Ces dispositions ne sont pas applicables aux contrats conclus par une personne morale de droit public gérant des activités à caractère industriel et commercial, la Banque de France ou la Caisse des dépôts et consignations et à exécuter intégralement hors du territoire national. Pour l'application du présent alinéa, sont réputés exécutés intégralement hors de France les contrats portant sur la fourniture de services d'investissement au sens de l'article 4 de la loi n° 96-597 du 2 juillet 1996 de modernisation des activités financières et qui relèvent, pour leur exécution, d'une juridiction étrangère.

Les contrats visés au présent article conclus avec un ou plusieurs cocontractants étrangers peuvent comporter, outre la rédaction en français, une ou plusieurs versions en langue étrangère pouvant également faire foi.

Une partie à un contrat conclu en violation du premier alinéa ne pourra se prévaloir d'une disposition en langue étrangère qui porterait préjudice à la partie à laquelle elle est opposée.

Art. 6. – Tout participant à une manifestation, un colloque ou un congrès organisé en France par des personnes physiques ou morales de nationalité française a le droit de s'exprimer en français. Les documents distribués aux participants avant et pendant la réunion pour en présenter le programme doivent être rédigés en français et peuvent comporter des traductions en une ou plusieurs langues étrangères.

Lorsqu'une manifestation, un colloque ou un congrès donne lieu à la distribution aux participants de documents préparatoires ou de documents de travail, ou à la publication d'actes ou de comptes rendus de travaux, les textes ou interventions présentés en langue étrangère doivent être accompagnés au moins d'un résumé en français.

Ces dispositions ne sont pas applicables aux manifestations, colloques ou congrès qui ne concernent que des étrangers, ni aux manifestations de promotion du commerce extérieur de la France.

Lorsqu'une personne morale de droit public ou une personne morale de droit privé chargée d'une mission de service public a l'initiative des manifestations visées au présent article, un dispositif de traduction doit être mis en place.

Art. 7. – Les publications, revues et communications diffusées en France et qui émanent d'une personne morale de droit public, d'une personne privée exerçant une mission de service public ou d'une personne privée bénéficiant d'une subvention publique doivent, lorsqu'elles sont rédigées en langue étrangère, comporter au moins un résumé en français.

[Dispositions déclarées non conformes à la Constitution par décision du Conseil constitutionnel n° 94-345 DC du 29 juill. 1994]

....

Art. 14. – I. – L'emploi d'une marque de fabrique, de commerce ou de service constituée d'une expression ou d'un terme étrangers est interdit aux personnes morales de droit public dès lors qu'il existe une expression ou un terme français de même sens approuvés dans les conditions prévues par les dispositions réglementaires relatives à l'enrichissement de la langue française.

Cette interdiction s'applique aux personnes morales de droit privé chargées d'une mission de service public, dans l'exécution de celle-ci.

II. – Les dispositions du présent article ne sont pas applicables aux marques utilisées pour la première fois avant l'entrée en vigueur de la présente loi.

Art. 15. – L'octroi, par les collectivités et les établissements publics, de subventions de toute nature est subordonné au respect par les bénéficiaires des dispositions de la présente loi.

Tout manquement à ce respect peut, après que l'intéressé a été mis à même de présenter ses observations, entraîner la restitution totale ou partielle de la subvention.

Art. 16 *(Rempl., L. n° 2014-344, 17 mars 2014 ; mod., Ord. n° 2016-301, 14 mars 2016).* – Les infractions aux dispositions des textes pris pour l'application de l'article 2 sont recherchées et constatées par les agents mentionnés aux articles L. 511-3 et L. 511-22 du Code de la consommation, dans les conditions prévues au I de l'article L. 511-22 du même code.

Art. 17 et 18 *(Abr., L. n° 2014-344, 17 mars 2014).*

....

Art. 20. – La présente loi est d'ordre public. Elle s'applique aux contrats conclus postérieurement à son entrée en vigueur.

....

Art. 21. – Les dispositions de la présente loi ne font pas obstacle à l'usage des langues régionales et aux actions publiques et privées menées en leur faveur.

....

Voir : Circulaire du 19 mars 1996 concernant l'application de la loi du 4 août 1994 (*JO* 20 mars 1996) ; Circulaire du 14 février 2003 relative à l'emploi de la langue française (*JO* 21 mars 2003).

Décret n° 95-240 du 3 mars 1995

pris pour l'application de la loi n° 94-665 du 4 août 1994 relative à l'emploi de la langue française

TITRE PREMIER. – SANCTIONS PÉNALES

Art. 1er. – I. – Le fait de ne pas employer la langue française dans les conditions prévues par la loi du 4 août 1994 susvisée relative à l'emploi de la langue française :

1° Dans la désignation, l'offre, la présentation, le mode d'emploi ou d'utilisation, la description de l'étendue et des conditions de garantie d'un bien, d'un produit ou d'un service ainsi que dans les factures et quittances ;

2° Dans toute publicité écrite, parlée ou audiovisuelle, est puni de la peine d'amende prévue pour les contraventions de la 4e classe.

II. – Le fait de ne pas employer la langue française pour toute inscription ou annonce destinée à l'information du public, apposée ou faite sur la voie publique, dans un lieu ouvert au public ou dans un moyen de transport en commun, est puni de la même peine.

III. – Le fait de présenter la version française d'une manière qui n'est pas aussi lisible, audible ou intelligible que la présentation en langue étrangère des mentions, publicités, inscriptions ou annonces visées aux I et II du présent article est puni de la même peine.

IV. – En cas de condamnation prononcée pour l'une des contraventions prévues au présent article, le tribunal peut faire application des articles 132-66 à 132-70 du Code pénal.

1) Les indications relatives aux modalités d'entretien d'un vêtement constituent un mode d'utilisation du produit au sens de la loi du 4 août 1994 et du décret du 3 mars 1995 et doivent être traduites en langue française. Il incombe au responsable de la première mise sur le marché des produits de vérifier que les modalités d'utilisation sont conformes à la législation relative à l'emploi de la langue française (▪ Cass. crim., 14 nov. 2000 : *Bull. crim.* n° 342 ; *JCP* 2001, II, 10525, note E. Dreyer ; *Dr. pén.* 2000, comm. 117, obs. J.-H. Robert).

2) La mesure d'effet équivalent à des restrictions quantitatives à l'importation qui pourrait résulter de la législation prescrivant l'emploi de la langue française dans les modes d'utilisation des produits est justifiée conformément à l'article 36, devenu 30, du traité de la Communauté européenne, par la protection des consommateurs sur le territoire national. Il s'ensuit que justifie sa décision, la cour d'appel, qui pour écarter le moyen de défense du prévenu, importateur des produits, qui soutenait que les conseils d'entretien des textiles n'étaient pas des mentions obligatoires justifiant l'exigence nationale de l'emploi de la langue française, retient que les éléments de l'étiquetage constituent des mises en garde indispensables pour le consommateur (▪ Cass. crim., 14 nov. 2000, arrêt précité).

3) Justifie sa décision la cour d'appel qui condamne le prévenu ayant mis en vente plusieurs exemplaires d'un produit comportant un mode d'utilisation en langue étrangère à autant d'amendes que de contraventions constatées à la législation sur l'emploi de la langue française, dès lors que la commercialisation de chaque article constitue une faute distincte, punissable séparément (▪ Cass. crim., 26 avr. 2000 : *Bull. crim.* n° 163).

4) Il résulte des articles 2 de la loi du 4 août 1994 et 1er et 4 du décret du 3 mars 1995 que l'emploi de la langue française est obligatoire notamment dans la désignation, l'offre, la présentation, le mode d'emploi ou d'utilisation, la description de l'étendue et des conditions de garanties d'un bien, d'un produit ou d'un service. En conséquence, ne justifie pas sa décision, la cour d'appel qui pour relaxer un prévenu se borne à énoncer que les documents en anglais accompagnant le progiciel étaient destinés à un installateur spécialisé et non pas à l'utilisateur final qui pouvait, une fois le progiciel installé par un professionnel, avoir accès aux modes d'emploi en ligne rédigés en français et suffisants pour l'utilisation du produit (▪ Cass. crim., 3 nov. 2004 : *Bull. crim.* n° 266).

Art. 2. – Sous réserve des exceptions prévues par l'article 6 de la loi du 4 août 1994 précitée, est puni de la peine d'amende prévue pour les contraventions de la 4e classe le fait, pour toute personne de nationalité française organisant une manifestation, un colloque ou un congrès :

1° D'interdire aux participants de s'exprimer en français ;

2° De distribuer aux participants des documents avant et pendant la réunion pour en présenter le programme, sans les accompagner d'une version française ;

3° De ne pas établir au moins un résumé en français des documents préparatoires ou de travail distribués aux participants et ne pas inclure, dans les actes ou comptes rendus de travaux publiés, au moins un résumé en français des textes ou interventions présentés en langue étrangère ;

4° De ne pas prévoir un dispositif de traduction dans le cas fixé au quatrième alinéa de l'article 6 de la loi précitée.

Art. 3. – Le fait de ne pas mettre à la disposition d'un salarié une version en langue française d'un document comportant des obligations à l'égard de ce salarié ou des dispositions dont la connaissance est nécessaire à celui-ci pour l'exécution de son travail est puni de la peine d'amende prévue pour les contraventions de la 4e classe.

Art. 4. – Les personnes morales peuvent être déclarées responsables pénalement, dans les conditions prévues par l'article 121-2 du Code pénal, des infractions définies aux articles 1er à 3.

Les personnes morales encourent la peine de l'amende suivant les modalités prévues par l'article 131-41 du Code pénal.

Les dispositions des articles 132-66 à 132-70 du Code pénal sont applicables en cas de condamnation d'une personne morale.

III. – COMMERCE

COMMERCE

Bibliographie : S. Detraz, *Commerce et artisanat : JCl. Lois pénales spéciales.* • Ph. Pétel, Code de commerce, annoté, LexisNexis, 2019.

Code de commerce

Des clauses d'exclusivité

Art. R. 330-1 *(Mod., D. n° 2009-557, 19 mai 2009).* – **Le document prévu au premier alinéa de l'article L. 330-3 contient les informations suivantes :**

1° L'adresse du siège de l'entreprise et la nature de ses activités avec l'indication de sa forme juridique et de l'identité du chef d'entreprise s'il s'agit d'une personne physique ou des dirigeants s'il s'agit d'une personne morale ; le cas échéant, le montant du capital ;

2° Les mentions visées aux 1° et 2° de l'article R. 123-237 ou le numéro d'inscription au répertoire des métiers ainsi que la date et le numéro d'enregistrement ou du dépôt de la marque et, dans le cas où la marque qui doit faire l'objet du contrat a été acquise à la suite d'une cession ou d'une licence, la date et le numéro de l'inscription correspondante au registre national des marques avec, pour les contrats de licence, l'indication de la durée pour laquelle la licence a été consentie ;

3° La ou les domiciliations bancaires de l'entreprise. Cette information peut être limitée aux cinq principales domiciliations bancaires ;

4° La date de la création de l'entreprise avec un rappel des principales étapes de son évolution, y compris celle du réseau d'exploitants, s'il y a lieu, ainsi que toutes indications permettant d'apprécier l'expérience professionnelle acquise par l'exploitant ou par les dirigeants. Les informations mentionnées à l'alinéa précédent peuvent ne porter que sur les cinq dernières années qui précèdent celle de la remise du document. Elles doivent être complétées par une présentation de l'état général et local du marché des produits ou services devant faire l'objet du contrat et des perspectives de développement de ce marché.

Doivent être annexés à cette partie du document les comptes annuels des deux derniers exercices ou, pour les sociétés dont les titres financiers sont admis aux négociations sur un marché réglementé, les rapports établis au titre des deux derniers exercices en application du III de l'article L. 451-1-2 du Code monétaire et financier ;

5° Une présentation du réseau d'exploitants qui comporte :

***a)* La liste des entreprises qui en font partie avec l'indication pour chacune d'elles du mode d'exploitation convenu ;**

***b)* L'adresse des entreprises établies en France avec lesquelles la personne qui propose le contrat est liée par des contrats de même nature que celui dont la conclusion est envisagée ; la date de conclusion ou de renouvellement de ces contrats est précisée ;**

Lorsque le réseau compte plus de cinquante exploitants, les informations mentionnées à l'alinéa précédent ne sont exigées que pour les cinquante entreprises les plus proches du lieu de l'exploitation envisagée ;

***c)* Le nombre d'entreprises qui, étant liées au réseau par des contrats de même nature que celui dont la conclusion est envisagée, ont cessé de faire partie du réseau au cours de l'année précédant celle de la délivrance du document. Le document précise si le contrat est venu à expiration ou s'il a été résilié ou annulé ;**

d) S'il y a lieu, la présence, dans la zone d'activité de l'implantation prévue par le contrat proposé, de tout établissement dans lequel sont offerts, avec l'accord exprès de la personne qui propose le contrat, les produits ou services faisant l'objet de celui-ci ;

6° L'indication de la durée du contrat proposé, des conditions de renouvellement, de résiliation et de cession, ainsi que le champ des exclusivités.

Le document précise, en outre, la nature et le montant des dépenses et investissements spécifiques à l'enseigne ou à la marque que la personne destinataire du projet de contrat engage avant de commencer l'exploitation.

Art. R. 330-2. – Est puni des peines d'amende prévues par le 5° de l'article 131-13 du Code pénal pour les contraventions de la cinquième classe le fait de mettre à la disposition d'une personne un nom commercial, une marque ou une enseigne en exigeant d'elle un engagement d'exclusivité ou de quasi-exclusivité pour l'exercice de son activité sans lui avoir communiqué, vingt jours au moins avant la signature du contrat, le document d'information et le projet de contrat mentionnés à l'article L. 330-3.

En cas de récidive, les peines d'amende prévues le 5° de l'article 131-13 du Code pénal pour les contraventions de la cinquième classe commises en récidive sont applicables.

INFRACTIONS ÉCONOMIQUES

Bibliographie : G. Cas et R. Bout, *Lamy*, Droit économique.

Ordonnance n° 86-1243 du 1er décembre 1986

relative à la liberté des prix et de la concurrence

(Abr., Ord. n° 2000-919, 18 sept. 2000, relative à la partie législative du Code de commerce, à l'exception du troisième alinéa de son article 58 et de son article 61)

Bibliographie : M.-C. Guérin, *Concurrence : JCl. Lois pénales spéciales* ; • A. Decocq et M. Pedamon, *L'ordonnance du 1er décembre 1986 relative à la liberté des prix et de la concurrence*, n° spécial, Éditions techniques 1987. • Varii Auctores, *Le droit français nouveau de la concurrence*, n° spécial : *JCP* 1987, éd. E ; *Cahiers droit de l'entreprise*, n° 1. • J.-M. Mousseron, V. Selinsky et D. Ferrier, *Le mort saisit le vif, commentaire de l'ordonnance du 1er décembre 1986 relative à la liberté des prix et de la concurrence : JCP* 1987, éd. E, II, 14840. • L. Guérin, *Commentaire de l'ordonnance du 1er décembre 1986 : JCl. Pénal Code*, annexes, *Infractions économiques*. • C. Gavalda et C. Lucas de Leyssac, *Commentaire de l'ordonnance n° 86-1243 du 1er décembre 1986 relative à la liberté des prix et de la concurrence : ALD* 1988, 47. • J. Azema, *La dépénalisation du droit de la concurrence : RSC* 1989, 651. • B. Bouloc, *Observations sur le respect de la légalité devant le Conseil de la concurrence : Gaz. Pal.* 21-22 nov. 1990.

Art. 61. – À titre transitoire, demeurent en vigueur les arrêtés réglementant, en application de l'ordonnance n° 45-1483 du 30 juin 1945, les prix des secteurs et des zones visés au deuxième alinéa de l'article 1er de la présente ordonnance et énumérés au décret prévu à l'article suivant.

Les dispositions de l'ordonnance n° 45-1483 du 30 juin 1945 demeurent en vigueur pour la réglementation du papier de presse.

Code de commerce

(Ord. n° 2000-912, 18 sept. 2000)

LIVRE QUATRIÈME. – DE LA LIBERTÉ DES PRIX ET DE LA CONCURRENCE

TITRE PREMIER. – DISPOSITIONS GÉNÉRALES

Art. L. 410-1 *(Mod., Ord. n° 2021-649, 26 mai 2021)*. – Les règles définies au présent livre s'appliquent aux entreprises entendues comme les entités, quelle que soit leur forme juridique et leur mode de financement qui exercent une activité de production, de distribution et de services, y compris celles qui sont le fait de personnes publiques, notamment dans le cadre de conventions de délégation de service public.

1) Il résulte de l'article 53 de l'ordonnance du 1er décembre 1986 (C. com., art. L. 410-1) que les règles qui y sont définies ne s'appliquent aux personnes publiques qu'autant que celles-ci se livrent à des activités de production, de distribution et de services. L'organisation du service public de la distribution de l'eau, à laquelle procède un conseil municipal, n'est pas constitutive d'une telle activité. L'acte juridique de dévolution de l'exécution de ces services n'est pas, par lui-même, susceptible d'empêcher, de restreindre ou de fausser le jeu de la concurrence sur le marché, et il n'appartient en conséquence qu'aux juridictions de l'ordre intéressé de vérifier la validité de cet acte au regard des dispositions de l'article 9 de l'ordonnance du 1er décembre 1986. Ressortit aux juridictions de l'ordre administratif la demande de mesures conservatoires présentée par une société à l'encontre d'une municipalité qui a résilié son contrat de gérance de distribution d'eau et conclu un contrat d'affermage avec une autre société, dès lors que l'allégation de pratiques anticoncurrentielles qui la fonde ne tend, en réalité, qu'à faire échec à l'exécution de la décision d'une collectivité territoriale prise dans l'exercice de ses prérogatives de puissance publique (▪ T. confl. 6 juin 1989 : *JCP* 1990, II, 21395, note Ph. Terneyre ; *D.* 1989, IR. 207 ; *D.* 1990, Somm., 101, obs. C. Gavalda et C. Lucas de Leyssac ; sur cette affaire, V. aussi ▪ Paris, 30 juin 1988 : *Gaz. Pal.* 1988, 2, 656, note Richer et note Morchi. ▪ Paris, 19 janv. 1989 : *Gaz. Pal.* 1989, 1, 242 ; *adde* M.-C. Boutard-Labarde, chron. *in Gaz. Pal.* 7-8 déc. 1988 ; F. Llorens et P. Soler-Couteaux, *La soumission des personnes publiques au droit de la concurrence* : *D.* 1989, chron. 67 ; M.-C. Boutard-Labarde et L. Vogel, *Droit de la concurrence et personnes publiques* : *Gaz. Pal.* 22-23 déc. 1989 ; J.-Y. Chérot, *La soumission d'actes de droit public au droit de la concurrence n'est pas contraire à la Constitution* : *D.* 1991, chron. 163).

2) Si la Société pour l'administration du droit de reproduction mécanique (SADRM) exerce par délégation des auteurs le droit discrétionnaire dont ceux-ci disposent sur leurs œuvres, elle n'en est pas moins une entreprise qui exerce de nombreuses activités de services pour la gestion du patrimoine d'autrui. Dans cette gestion, elle agit de façon autonome et parfois exclusive ; mise en cause à l'occasion de l'exercice de ses pouvoirs propres de négociation, d'application d'une convention et de fixation du taux d'une redevance, elle relève en tant que prestataire de service des dispositions de l'ordonnance du 1er décembre 1986 (▪ Paris, 17 janv. 1990 : *Gaz. Pal.* 30-31 mars 1990, note J.-P. Marchi).

Art. L. 410-2. – Sauf dans les cas où la loi en dispose autrement, les prix des biens, produits et services relevant antérieurement au 1er janvier 1987 de l'ordonnance n° 45-1483 du 30 juin 1945 sont librement déterminés par le jeu de la concurrence.

Toutefois, dans les secteurs ou les zones où la concurrence par les prix est limitée en raison soit de situations de monopole ou de difficultés durables d'approvisionnement, soit de dispositions législatives ou réglementaires, un décret en Conseil d'État peut réglementer les prix après consultation [de l']Autorité de la concurrence.

Les dispositions des deux premiers alinéas ne font pas obstacle à ce que le Gouvernement arrête, par décret en Conseil d'État, contre des hausses ou des baisses excessives de prix, des mesures temporaires motivées par une situation de crise, des circonstances exceptionnelles, une calamité publique ou une situation manifestement anormale du marché dans un secteur déterminé. Le décret est pris après consultation du Conseil national de la consommation. Il précise sa durée de validité qui ne peut excéder six mois.

TITRE II. – DES PRATIQUES ANTICONCURRENTIELLES

Bibliographie : F.-C. Jeantet, *L'esprit du nouveau droit de la concurrence* : *JCP* 1987, I, 3277. • L. Vogel, *Les tendances actuelles du droit de la concurrence en France. Bilan d'une année d'activité du Conseil de la concurrence et de la cour d'appel de Paris, section concurrence* : *JCP* 1990, I, 3470.

Art. L. 420-1 ***(Mod., L. n° 2001-420, 15 mai 2001).*** **– Sont prohibées, même par l'intermédiaire direct ou indirect d'une société du groupe implantée hors de France, lorsqu'elles ont pour objet ou peuvent avoir pour effet d'empêcher, de restreindre ou de fausser le jeu de la concurrence sur un marché, les actions concertées, conventions, ententes expresses ou tacites ou coalitions, notamment lorsqu'elles tendent à :**

1° Limiter l'accès au marché ou le libre exercice de la concurrence par d'autres entreprises ;

2° Faire obstacle à la fixation des prix par le libre jeu du marché en favorisant artificiellement leur hausse ou leur baisse ;

3° Limiter ou contrôler la production, les débouchés, les investissements ou le progrès technique ;

4° Répartir les marchés ou les sources d'approvisionnement.

1) La prohibition édictée par l'ordonnance ne se limite pas aux pratiques réunissant ou opposant des entreprises en situation de concurrence, mais elle intéresse toutes formes de concertation, quels qu'en soient les auteurs et les victimes directes, dès lors qu'objectivement elles ont pour objet ou peuvent avoir pour effet d'empêcher, de restreindre ou de fausser le jeu de la concurrence sur un marché (■ Paris, 6 mars 1991 : *Gaz. Pal.* 5-6 juill. 1991, concl. Y. Jobard).

2) Sont des entreprises au sens de l'article 7 (devenu L. 420-1, C. com.) non seulement les personnes morales mais aussi les personnes physiques qui exercent une activité économique sur le marché (■ Paris, 3 mai 1990 : *Gaz. Pal.* 20-21 juin 1990, note Bailly Caplan).

3) Constitue une atteinte au libre jeu de la concurrence le fait, pour la Fédération française de ski, d'imposer pour l'accès aux compétitions, corrélativement à la possession d'une licence « compétition-dirigeant », l'adhésion au régime d'assurance négocié par la Fédération, sous peine, pour le candidat, d'être exclu des compétitions (■ Cons. conc. 19 avr. 1988 : *D.* 1989, somm., 403).

4) La « préconisation » de prix par un syndicat patronal de boulangers constitue une entente prohibée dès lors que, par action mimétique ou par application de la loi du moindre effort, elle pousse tous les commerçants et artisans concernés à éviter de procéder à la libre détermination de leur propre prix de revient et à s'aligner purement et simplement sur un prix de référence le plus fort (■ Paris, 10 mars 1988 : *D.* 1988, IR 105).

5) Réalise une entente prohibée la mise en place par des fabricants de produits cosmétiques et d'hygiène corporelle, de réseaux de distribution sélective en pharmacie conduisant à une distribution exclusive de ces produits en officine (■ Paris, 28 janv. 1988 : *D.* 1988, somm. 291, obs. C. Gavalda et C. Lucas de Leyssac ; *D.* 1989, 499, note C. Bolze ; et sur pourvoi ■ Cass. com. 25 avr. 1989 : *D.* 1990, 64, note A.-M. Lavillaine-Juliet).

6) Sont une entente illicite les pratiques, de la part d'entreprises de travaux publics, tendant, lors d'un appel d'offres, à désigner à l'avance l'entreprise qui devra apparaître comme la moins distante, et à organiser le dépôt d'offres de couverture par les autres, et les pratiques par lesquelles ces entreprises se répartissent à l'avance les quantités à produire ou les lots d'un marché (■ Cons. conc. 25 oct. 1989 : *Le Monde*, 5 janv. 1990).

7) En soumissionnant pour l'obtention de marchés dont elles ne désiraient pas l'attribution, deux entreprises ont, par le jeu de couvertures croisées auquel elles se sont livrées, contrevenu aux dispositions de l'article 7 de l'ordonnance de 1986, leur action concertée ayant favorisé artificiellement la hausse des prix en faisant obstacle à leur fixation par le libre jeu du marché (■ Paris, 5 mars 1990 : *Gaz. Pal.* 1er-2 août 1990).

8) Il est indifférent qu'une entreprise ait son siège social à l'étranger, du moment que l'entente condamnable développe ses effets néfastes en France (■ Cons. conc., 13 juin 1989 : *BOCC* 29 juin 1989 ; *Gaz. Pal.* 25-26 avr. 1990).

9) Dès lors qu'elle résulte d'une entente prohibée, une interdiction de cession de droits ne peut être rendue licite par l'exercice du droit de grève auquel elle est prétendument rattachée (■ Paris, 6 mars 1991, préc. *supra*).

10) Entrent dans le champ des pratiques concurrentielles définies par l'article 7 les accords liant un ensemble de distributeurs à un fournisseur au moyen d'un contrat-type, prévoyant notamment que l'agrément des distributeurs est subordonné à l'acceptation par eux d'une politique de prix de revente conseillés (■ Cass. com., 18 mai 1993 : *Bull. civ.* IV, n° 201).

11) Entre dans les prévisions de l'article 7, le fait, pour une entreprise de déménagement, d'adresser à un client, de concert avec l'entreprise initialement pressentie par ce dernier, un devis « de couverture », simulant une proposition concurrente, pour faire apparaître cette entreprise comme mieux disante, dès lors qu'une telle manière de faire, en rendant inutile tout autre appel d'offres à un concurrent, est non seulement de nature à entraver le libre jeu de la concurrence sur le marché des transports, mais est également susceptible de provoquer une hausse artificielle des prix (■ Cass. crim., 14 déc. 1995 : *Bull. crim.* n° 384).

12) Une offre de couverture, simulant une proposition concurrente, pour faire apparaître une autre entreprise comme mieux disante, est de nature à entraver le libre jeu de la concurrence et susceptible de provoquer une hausse artificielle des prix de marchés de travaux publics (■ Cass. crim., 20 févr. 2008, nos 02-82.676 et 07-82.110 : *Bull. crim.* n° 44,).

13) Prescription. Le délai de prescription du délit de participation frauduleuse à une entente prohibée, infraction instantanée, part du jour où cette infraction a été constatée dans des conditions permettant l'exercice de l'action publique (■ Cass. crim., 20 févr. 2008, préc.).

14) La participation frauduleuse à une action concertée tendant à refuser l'accès à un marché est un délit qui ne commence à se prescrire qu'à partir de l'instant où le prévenu cesse d'y prendre part (■ Cass. crim., 17 juin 2009, *Bull. crim.* n° 125).

Art. L. 420-2 *(L. n° 2001-420, 15 mai 2001 ; mod., L. n° 2005-882, 2 août 2005 ; Ord. n° 2019-698, 3 juill. 2019).* **– Est prohibée, dans les conditions prévues à l'article L. 420-1, l'exploitation abusive par une entreprise ou un groupe d'entreprises d'une position dominante sur le marché intérieur ou une partie substantielle de celui-ci. Ces abus peuvent notamment consister en refus de vente, en ventes liées ou en conditions de vente discriminatoires ainsi que dans la rupture de relations commerciales établies, au seul motif que le partenaire refuse de se soumettre à des conditions commerciales injustifiées.**

Est en outre prohibée, dès lors qu'elle est susceptible d'affecter le fonctionnement ou la structure de la concurrence, l'exploitation abusive par une entreprise ou un groupe d'entreprises de l'état de dépendance économique dans lequel se trouve à son égard une entreprise cliente ou fournisseur. Ces abus peuvent notamment consister en refus de vente, en ventes liées, en pratiques discriminatoires visées aux articles L. 442-1 à L. 442-3 ou en accords de gamme.

1) Exploite abusivement sa position dominante un club de vente de livres par correspondance qui cherche à éliminer toute forme de concurrence 1) par des clauses d'exclusivité garantissant, de la part de leurs souscripteurs qu'aucune édition en livre de poche ne serait autorisée dans les douze mois de l'inscription au catalogue du club ; 2) en obligeant chaque éditeur à n'autoriser aucune édition susceptible, par sa présentation ou par son prix, de faire concurrence à l'édition du club ; 3) en imposant à chaque édition de refuser toute demande de solde ou d'offre publicitaire de bienvenue émanant d'un autre club ou d'une édition concurrente (▪ Cons. conc., 28 nov. 1989 : *Le Monde* 7-8 janv. 1990 et ▪ Paris, 21 mai 1990 : *Gaz. Pal.* 12-14 août 1990, concl. Y. Jobard).

2) Les pratiques prohibées peuvent concerner un autre marché que celui sur lequel se manifeste la position dominante de l'entreprise (▪ Cons. conc. 28 avr. 1987 : *BOCC* 15 mai 1987).

3) En vue d'assurer une meilleure information de ses lecteurs, il est loisible à un journal occupant une position dominante sur le marché spécifique de la diffusion des annonces immobilières par voie de presse quotidienne, de faire figurer les annonces d'annonceurs spécialisés dans la transaction immobilière dans une rubrique (dite d'informations immobilières) et à un emplacement spécifiques et distincts de ceux des offres et demandes de transactions immobilières. L'annonceur n'est pas fondé à se plaindre d'être victime d'un abus de position dominant et d'état de dépendance économique, dès lors que si certaines annonces de professionnels concurrents directs ont pu paraître dans la rubrique transactions, il s'agit non d'une volonté de discrimination du journal, mais d'erreurs provoquées par les manœuvres de certains annonceurs dissimulant la nature réelle de leurs activités et en considération desquelles le journal a dû renoncer à distinguer les rubriques (▪ Paris, 28 sept. 1989 : *D.* 1989, IR 261).

4) Le fait, pour un producteur qui dispose d'une position dominante et est confronté à la concurrence d'un nouvel entrant pratiquant sur le marché des prix compétitifs, de chercher à éliminer un nouvel entrant en vendant son produit à un prix inférieur à son coût moyen variable constitue un abus anticoncurrentiel de sa position dominante ; en effet, une telle stratégie le conduit délibérément à accumuler des pertes qu'il pourrait éviter, et ne peut être compatible avec son propre intérêt que s'il espère compenser ces pertes par les profits qu'il pourra réaliser une fois le concurrent disparu et sa position dominante restaurée (▪ Cons. const. 24 mai 1994 : *BOCC* 14 juill. 1994).

5) Le fait, pour un producteur dominant confronté à l'apparition d'un nouvel entrant, de réagir en pratiquant des prix inférieurs à ses coûts moyens totaux mais supérieurs à ses coûts moyens variables peut être regardé comme un abus anticoncurrentiel de position dominante, s'il est établi que cette stratégie avait pour objet ou pouvait avoir pour effet d'interdire au nouveau concurrent de se maintenir sur le marché (V. *décision précitée*).

6) Prescription. Le délit d'abus de position dominante, résultant de la conclusion d'un contrat d'approvisionnement exclusif, se prescrit à compter du dernier acte d'exécution dudit contrat (▪ Cass. crim., 19 mars 2008, n° R. 07-80.473 : *Bull. crim.* n° 73 ; *Dr. pén.* 2008, comm. 80, obs. J.-H. Robert).

Art. L. 420-2-1 *(L. n° 2012-1270, 20 nov. 2012).* **– Sont prohibés, dans les collectivités relevant de l'article 73 de la Constitution et dans les collectivités d'outre-mer de Saint-Barthélemy, de Saint-Martin, de Saint-Pierre-et-Miquelon et de Wallis-et-Futuna, les accords ou pratiques concertées ayant pour objet ou pour effet d'accorder des droits exclusifs d'importation à une entreprise ou à un groupe d'entreprises.**

Est également prohibé dans les collectivités mentionnées au premier alinéa du présent article le fait, pour une entreprise exerçant une activité de grossiste importateur ou de commerce de détail ou pour un groupe

d'entreprises dont au moins une des entités exerce une de ces activités, d'appliquer à l'encontre d'une entreprise dont elle ne détient aucune part du capital des conditions discriminatoires relatives à des produits ou services pour lesquels existe une situation d'exclusivité d'importation de fait.

Art. L. 420-2-2 *(L. n° 2016-1920, 29 déc. 2016).* – Sont prohibés les accords, les pratiques concertées et les pratiques unilatérales ayant pour objet ou pour effet d'interdire ou de limiter substantiellement la possibilité pour une entreprise qui exécute des prestations de transport public particulier de personnes ou des services occasionnels de transport collectif de personnes effectués au moyen de véhicules légers :

1° De recourir simultanément à plusieurs intermédiaires ou acteurs de mise en relation avec des clients en vue de la réalisation de ces prestations ;

2° Sans préjudice de l'article L. 3142-5 du Code des transports, de commercialiser sans intermédiaire les services de transport qu'elle exécute ;

3° De faire la promotion, au moyen de signes extérieurs sur le véhicule, d'une ou plusieurs offres de transport, y compris celles qu'elle commercialise sans intermédiaire.

Art. L. 420-3 *(Mod., L. n° 2012-1270, 20 nov. 2012 ; L. n° 2016-1920, 29 déc. 2016).* – Est nul tout engagement, convention ou clause contractuelle se rapportant à une pratique prohibée par les articles L. 420-1, L. 420-2, L. 420-2-1 et L. 420-2-2.

Art. L. 420-4 *(Mod., L. n° 2001-420, 15 mai 2001 ; L. n° 2016-1920, 29 déc. 2016).* – I. – Ne sont pas soumises aux dispositions des articles L. 420-1 et L. 420-2 les pratiques :

1° Qui résultent de l'application d'un texte législatif ou d'un texte réglementaire pris pour son application ;

2° Dont les auteurs peuvent justifier qu'elles ont pour effet d'assurer un progrès économique, y compris par la création ou le maintien d'emplois, et qu'elles réservent aux utilisateurs une partie équitable du profit qui en résulte, sans donner aux entreprises intéressées la possibilité d'éliminer la concurrence pour une partie substantielle des produits en cause. Ces pratiques qui peuvent consister à organiser, pour les produits agricoles ou d'origine agricole, sous une même marque ou enseigne, les volumes et la qualité de production ainsi que la politique commerciale, y compris en convenant d'un prix de cession commun, ne doivent imposer des restrictions à la concurrence que dans la mesure où elles sont indispensables pour atteindre cet objectif de progrès.

II. – Certaines catégories d'accords ou certains accords, notamment lorsqu'ils ont pour objet d'améliorer la gestion des entreprises moyennes ou petites, peuvent être reconnues comme satisfaisant à ces conditions par décret pris après avis conforme [de l']Autorité de la concurrence.

III. – *(L. n° 2012-1270, 20 nov. 2012)* Ne sont pas soumis aux dispositions des articles L. 420-2-1 et L. 420-2-2 les accords ou pratiques dont les auteurs peuvent justifier qu'ils sont fondés sur des motifs objectifs tirés de l'efficacité économique et qui réservent aux consommateurs une partie équitable du profit qui en résulte.

Certaines catégories d'accords ou de pratiques, certains accords ou certaines pratiques, notamment lorsqu'ils ont pour objet de favoriser l'apparition d'un nouveau service, peuvent être reconnus comme satisfaisant aux conditions mentionnées au premier alinéa du présent III, par arrêté conjoint des ministres chargés de l'économie et des transports, pris après avis conforme de l'Autorité de la concurrence et pour une durée ne pouvant excéder cinq ans.

Art. L. 420-5 *(Mod., L. n° 2005-882, 2 août 2005 ; L. n° 2017-256, 28 févr. 2017 ; L. n° 2018-938, 30 oct. 2018).* – Sont prohibées les offres de prix ou pratiques de prix de vente aux consommateurs abusivement bas par rapport aux coûts de production, de transformation et de commercialisation, dès lors que ces offres ou pratiques ont pour objet ou peuvent avoir pour effet d'éliminer d'un marché ou d'empêcher d'accéder à un marché une entreprise ou l'un de ses produits.

En Guadeloupe, en Guyane, en Martinique, à La Réunion et dans le Département de Mayotte, lorsque des denrées alimentaires identiques ou similaires à celles qui sont produites et commercialisées localement sont proposées aux consommateurs à des prix manifestement inférieurs à ceux pratiqués dans l'hexagone, la conclusion d'un accord entre les acteurs de l'importation et de la distribution, d'une part, et ceux de la production et de la transformation locales, d'autre part, peut être rendue obligatoire par le représentant de l'État dans le territoire. Celui-ci prend en compte les volumes de produits concernés, la situation économique

des producteurs locaux et l'intérêt des consommateurs à très faibles revenus. Cet accord, dont la négociation est conduite sous l'égide de l'État et des collectivités compétentes en matière de développement économique, doit mentionner les opérations continues menées par la distribution afin d'offrir au consommateur des denrées produites localement ainsi que la politique menée par les producteurs locaux afin de satisfaire au mieux les besoins des consommateurs. L'accord est rendu public par arrêté préfectoral. En l'absence d'accord dans le délai de dix jours ouvrables à compter de l'ouverture des négociations, le représentant de l'État dans le territoire prend par arrêté toute mesure relevant de sa compétence et permettant de répondre aux objectifs précités.

Les coûts de commercialisation comportent également et impérativement tous les frais résultant des obligations légales et réglementaires liées à la sécurité des produits.

Les premier et troisième alinéas du présent article ne sont pas applicables en cas de revente en l'état, à l'exception des enregistrements sonores reproduits sur supports matériels et des vidéogrammes destinés à l'usage privé du public.

Art. L. 420-6 *(Mod., L. n° 2001-420, 15 mai 2001 ; L. n° 2016-1920, 29 déc. 2016 ; Ord. n° 2021-649, 26 mai 2021).* **– Est puni d'un emprisonnement de quatre ans et d'une amende de 75 000 € le fait, pour toute personne physique, de prendre frauduleusement une part personnelle et déterminante dans la conception, l'organisation ou la mise en œuvre de pratiques visées aux articles L. 420-1, L. 420-2 et L. 420-2-2.**

Le tribunal peut ordonner que sa décision soit publiée intégralement ou par extraits dans les journaux qu'il désigne, aux frais du condamné.

Les actes interruptifs de la prescription devant l'Autorité de la concurrence en application du troisième alinéa de l'article L. 462-7 sont également interruptifs de la prescription de l'action publique.

1) Le délit de revente à perte n'entre pas dans les prévisions de l'article 17 (C. com., art. L. 420-6) de l'ordonnance du 1er décembre 1986 (▪ Cass. crim., 4 févr. 1991 : *JCP* 1991, IV, 186).

2) Il résulte de l'article L. 420-6 du Code de commerce, issu de la loi du 15 mai 2001, applicable aux faits postérieurs à son entrée en vigueur, que la saisine du Conseil de la concurrence est interruptif de la prescription de l'action publique (▪ Cass. crim., 17 juin 2009 : *Bull. crim.* n° 125).

3) D'une part, il résulte de la combinaison des articles L. 420-6, L. 420-2 et L. 420-1 du Code de commerce que la participation à des pratiques caractérisant l'exploitation abusive d'une position dominante est réprimée lorsque ces pratiques ont pour objet ou peuvent avoir pour effet d'empêcher, de restreindre ou de fausser le jeu de la concurrence sur un marché et qu'elles ne sont pas justifiées au regard des dispositions de l'article L. 420-4 du même code. D'autre part, l'article L. 420-6 qui incrimine le fait de prendre frauduleusement une part personnelle et déterminante dans la conception, l'organisation ou la mise en œuvre des pratiques prohibées, vise tout acte intentionnel de mauvaise foi ou de tromperie. Les articles L. 420-6, L. 420-1 et L. 420-2 du Code de commerce sont ainsi rédigés en des termes suffisamment clairs et précis pour exclure tout risque d'arbitraire et laissent au juge, auquel la loi permet de consulter l'autorité de la concurrence, le soin, conformément à son office, de qualifier des comportements que le législateur, de par leur complexité et leur variété, ne peut énumérer de façon exhaustive (▪ Cass. crim., 19 déc. 2018, n° 18-82.746). Il résulte de ces trois textes « qu'est prohibé le fait pour toute personne physique de prendre frauduleusement une part personnelle à l'exploitation abusive par une entreprise ou un groupe d'entreprises d'une position dominante sur le marché intérieur ou une partie substantielle de celui-ci lorsque les pratiques mises en œuvre ont pour objet ou peuvent avoir pour effet d'empêcher, de restreindre ou de fausser le jeu de la concurrence sur ce marché et qu'elles ne sont pas justifiées au regard des dispositions de l'article L. 420-4 du même code, qui exclut notamment les pratiques résultant de l'application d'un texte législatif ou d'un texte réglementaire pris pour son application ». Selon la Cour de cassation, « il s'en déduit que l'exercice d'une action en justice, expression du droit fondamental d'accès au juge, ne peut être qualifié d'abusif, qu'à la double condition d'une part de ne pouvoir être raisonnablement considéré comme visant à faire valoir les droits de l'entreprise concernée, d'autre part, de s'inscrire dans un plan visant à empêcher, restreindre ou fausser le jeu de la concurrence sur le marché considéré ». Dès lors, la cour d'appel, qui s'est contentée d'affirmer que de multiples actions en justice, « manifestement destinées à intimider », constituaient l'exploitation abusive d'une position dominante de la société litigieuse sur le marché, sans rechercher si « ces actions en justice avaient été déclenchées par la société ou son dirigeant et si elles étaient manifestement dépourvues de tout fondement et n'avaient pour objet que d'écarter ses concurrents », n'a pas justifié sa décision (▪ Cass. crim., 9 sept. 2020, n° 18-82.746).

Art. L. 420-6-1 *(Créé, Ord. n° 2021-649, 26 mai 2021).* – Les directeurs, gérants et autres membres du personnel de l'entreprise ou association d'entreprises qui ont pris une part personnelle et déterminante dans la conception, l'organisation ou la mise en œuvre de pratiques mentionnées à l'article L. 420-1 sont exempts des peines prévues par l'article L. 420-6 si cette entreprise ou association d'entreprises a bénéficié d'une exonération totale des sanctions pécuniaires en application de la procédure prévue au IV de l'article L. 464-2 au titre de ces pratiques, et s'il est établi qu'ils ont activement coopéré avec l'Autorité de la concurrence et le ministère public.

La coopération active d'une personne est appréciée au regard des critères suivants :

1° La personne se tient à la disposition des services d'enquête et de l'Autorité de la concurrence pour répondre à toute question pouvant contribuer à établir les faits ;

2° La personne s'abstient de détruire, de falsifier ou de dissimuler des informations ou des preuves pertinentes ;

3° La personne apporte des éléments de preuve de nature à établir l'infraction et à en identifier les autres auteurs ou complices.

L'exemption de peine n'est pas accordée aux directeurs, gérants et autres membres du personnel qui, au moment de la demande d'exonération des sanctions pécuniaires formée par l'entreprise ou l'association d'entreprises pour laquelle ils travaillent en application de la procédure prévue au IV de l'article L. 464-2, avaient connaissance d'une procédure administrative ou judiciaire relative à leur participation aux pratiques mentionnées à l'article L. 420-1 faisant l'objet de cette demande d'exonération.

Art. L. 420-7 *(Ord. n° 2004-1173, 4 nov. 2004 ; Ord. n° 2011-337, 29 mars 2011).* – Sans préjudice des articles L. 420-6, L. 462-8, L. 463-1 à L. 463-4, L. 463-6, L. 463-7 et L. 464-1 à L. 464-8, les litiges relatifs à l'application des règles contenues dans les articles L. 420-1 à L. 420-5 ainsi que dans les articles 81 et 82 du traité instituant la Communauté européenne et ceux dans lesquels ces dispositions sont invoquées sont attribués, selon le cas et sous réserve des règles de partage de compétences entre les ordres de juridiction, aux juridictions civiles ou commerciales dont le siège et le ressort sont fixés par décret en Conseil d'État. Ce décret détermine également le siège et le ressort de la ou des cours d'appel appelées à connaître des décisions rendues par ces juridictions.

....

TITRE IV. – DE LA TRANSPARENCE DES PRATIQUES RESTRICTIVES DE CONCURRENCE ET D'AUTRES PRATIQUES PROHIBÉES

Bibliographie : J. Calais-Auloy, *L'ordonnance du 1er décembre 1986 et les consommateurs : D.* 1987, chron., 137. • L. Focsaneanu, *Les promotions de vente dans l'ordonnance de 1986 relative à la liberté des prix et de la concurrence : JCP* 1987, éd. E, I, 16464.

CHAPITRE PREMIER. – DE LA TRANSPARENCE

Art. L. 441-1 *(Mod., L. n° 2001-1168, 11 déc. 2001 ; Ord. n° 2016-301, 14 mars 2016 ; Ord. n° 2019-359, 24 avr. 2019).* – I. – Les conditions générales de vente comprennent notamment les conditions de règlement, ainsi que les éléments de détermination du prix tels que le barème des prix unitaires et les éventuelles réductions de prix.

II. – Toute personne exerçant des activités de production, de distribution ou de services qui établit des conditions générales de vente est tenue de les communiquer à tout acheteur qui en fait la demande pour une activité professionnelle. Cette communication s'effectue par tout moyen constituant un support durable.

Ces conditions générales de vente peuvent être différenciées selon les catégories d'acheteurs de produits ou de prestations de services. Dans ce cas, l'obligation de communication prescrite au premier alinéa du présent II porte uniquement sur les conditions générales de vente applicables à une même catégorie d'acheteurs.

III. – Dès lors que les conditions générales de vente sont établies, elles constituent le socle unique de la négociation commerciale.

Dans le cadre de cette négociation, les parties peuvent convenir de conditions particulières de vente qui ne sont pas soumises à l'obligation de communication prescrite au II.

Lorsque le prix d'un service ne peut être déterminé a priori ou indiqué avec exactitude, le prestataire de services est tenu de communiquer au destinataire qui en fait la demande la méthode de calcul du prix permettant de vérifier ce dernier, ou un devis suffisamment détaillé.

IV. – Tout manquement au II est passible d'une amende administrative dont le montant ne peut excéder 15 000 € pour une personne physique et 75 000 € pour une personne morale.

Art. L. 112-1. – Tout vendeur de produit ou tout prestataire de services informe le consommateur, par voie de marquage, d'étiquetage, d'affichage ou par tout autre procédé approprié, sur les prix et les conditions particulières de la vente et de l'exécution des services, selon des modalités fixées par arrêtés du ministre chargé de l'économie, après consultation du Conseil national de la consommation.

Art. L. 112-2. – Les dispositions de l'article L. 112-1 s'appliquent à toutes les activités de production, de distribution et de services, y compris celles qui sont le fait de personnes publiques, notamment dans le cadre de conventions de délégation de service public ainsi qu'aux prestations mentionnées au titre IV *bis* du livre IV du Code de commerce.

(Al. abr., L. n° 2017-203, 21 févr. 2017).

Les règles relatives à l'obligation de renseignements du public par les établissements de crédit, les sociétés de financement, les établissements de monnaie électronique, les établissements de paiement et les organismes mentionnés à l'article L. 518-1 du Code monétaire et financier sont fixées par l'article L. 312-1-1 du même code.

Art. L. 141-1 *(Ord. n° 2017-269, 2 mars 2017)*. **–** Dans les collectivités relevant de l'article 73 de la Constitution et dans les collectivités de Saint-Barthélemy, de Saint-Martin, de Saint-Pierre-et-Miquelon et des îles Wallis et Futuna, en cas de situation conjoncturelle où le prix de cession par leur producteur de produits agricoles périssables ou de produits issus de cycles courts de production est anormalement bas par rapport à la moyenne des prix observés lors de la période correspondante de la précédente campagne, l'observatoire des prix, des marges et des revenus mentionné au titre Ier A du livre IX du Code de commerce peut proposer au représentant de l'État de rendre obligatoire l'affichage sur les lieux de vente du prix d'achat au producteur et du prix de vente au consommateur.

Art. L. 224-100. – Les règles relatives à l'obligation de renseignements par les établissements de crédit, les sociétés de financement, les établissements de monnaie électronique, les établissements de paiement et les organismes mentionnés à l'article L. 518-1 du Code monétaire et financier à l'égard de leurs clients sont fixées par les dispositions des sections 3 et 4 du chapitre IV du titre Ier du livre III du Code monétaire et financier.

Les règles relatives aux relations contractuelles entre les établissements de crédit et leurs clients sont fixées par les dispositions du chapitre II du titre III du livre Ier et celles du chapitre II du titre Ier du livre III du même code.

Art. L. 441-1-1 *(Créé, L. n° 2021-1357, 18 oct. 2021)*. **– I. – Pour les produits alimentaires et les produits destinés à l'alimentation des animaux de compagnie, les conditions générales de vente, sur décision du fournisseur et sans que l'acheteur ne puisse interférer dans ce choix :**

1° Soit présentent, pour chacune des matières premières agricoles et pour chacun des produits transformés composés de plus de 50 % de matières premières agricoles qui entrent dans la composition du produit mentionné au premier alinéa du présent I, leur part dans la composition dudit produit, sous la forme d'un pourcentage en volume et d'un pourcentage du tarif du fournisseur ;

2° Soit présentent la part agrégée des matières premières agricoles et des produits transformés composés de plus de 50 % de matière première agricole qui entrent dans la composition du produit mentionné au même premier alinéa, sous la forme d'un pourcentage en volume et d'un pourcentage du tarif du fournisseur ;

3° Soit prévoient, sous réserve qu'elles fassent état d'une évolution du tarif du fournisseur du produit mentionné audit premier alinéa par rapport à l'année précédente, l'intervention d'un tiers indépendant, aux frais du fournisseur, chargé de certifier au terme de la négociation que, conformément au II de l'article L. 443-8, celle-ci n'a pas porté sur la part de cette évolution qui résulte de celle du prix des matières premières agricoles ou des produits transformés mentionnés au premier alinéa du présent I. Dans ce cas, le fournisseur transmet au tiers indépendant les pièces nécessaires à cette certification. Cette certification est fournie dans le mois qui suit la conclusion du contrat. En l'absence de ladite certification, si les parties souhaitent poursuivre leur relation contractuelle, elles modifient leur contrat dans un délai de deux mois à compter de la signature du contrat initial.

Le tiers indépendant est astreint au secret professionnel pour les faits, actes et renseignements dont il a connaissance à raison de ses fonctions. Le recours à un tiers indépendant ne dispense pas le fournisseur de conserver un exemplaire des pièces justificatives afin de répondre, le cas échéant, aux demandes de l'administration.

Tout manquement au présent I est passible d'une amende administrative dans les conditions prévues au VI de l'article L. 443-8.

Un décret peut prévoir que l'obligation prévue au présent I ne s'applique pas aux produits alimentaires ou produits destinés à l'alimentation des animaux de compagnie dont la part agrégée des matières premières agricoles et des produits transformés composés de plus de 50 % de matières premières agricoles, composant ces produits, est inférieure ou égale à un seuil qui ne peut excéder 25 %.

II. – A. – Pour l'application du 1° du I, l'acheteur peut, à ses frais, demander au fournisseur de mandater un tiers indépendant pour attester l'exactitude des éléments figurant dans les conditions générales de vente. Dans ce cas, le fournisseur transmet au tiers indépendant, sous dix jours, les pièces justifiant l'exactitude de ces éléments.

B. – Pour l'application du 2° du I, l'acheteur peut, à ses frais, demander au fournisseur de mandater un tiers indépendant pour attester l'exactitude des éléments figurant dans les conditions générales de vente. En cas d'inexactitude ou de tromperie volontaire de la part du fournisseur quant à la part agrégée des matières premières agricoles dans le volume du produit ou dans son tarif du fournisseur, constatée par le tiers indépendant et entraînant l'impossibilité de délivrer l'attestation mentionnée à la première phrase du présent B, les frais d'intervention du tiers indépendant sont à la charge du fournisseur.

C. – Dans le cadre de l'application des 1° et 2° du I, la mission du tiers indépendant consiste exclusivement, sur la base d'un contrat conclu avec le fournisseur, à réceptionner les pièces transmises par le fournisseur et les pièces justificatives, à attester l'exactitude des informations transmises, notamment la détermination de la part unitaire ou agrégée des matières premières agricoles et produits transformés dans le tarif du fournisseur, et à transmettre cette attestation à l'acheteur dans un délai de dix jours à compter de la réception des pièces mentionnées au présent C.

D. – Le tiers indépendant est astreint au secret professionnel pour les faits, actes et renseignements dont il a connaissance à raison de ses fonctions.

Le recours à un tiers indépendant ne dispense pas le fournisseur de conserver un exemplaire des pièces justificatives afin de répondre, le cas échéant, aux demandes de l'administration.

III. – Le prix de la matière première agricole est celui payé pour la livraison de produits agricoles, au sens des articles 148 et 168 du règlement (UE) n° 1308/2013 du Parlement européen et du Conseil du 17 décembre 2013 portant organisation commune des marchés des produits agricoles et abrogeant les règlements (CEE) n° 922/72, (CEE) n° 234/79, (CE) n° 1037/2001 et (CE) n° 1234/2007 du Conseil, par un premier acheteur, par une organisation de producteurs avec transfert de propriété ou par une coopérative agricole.

IV. – Les conditions générales de vente indiquent si un contrat de vente, conclu en application de l'article L. 631-24 du Code rural et de la pêche maritime, portant sur les matières premières agricoles entrant dans la composition du produit alimentaire ou du produit destiné à l'alimentation des animaux de compagnie est déjà conclu.

V. – Le présent article n'est applicable ni aux grossistes au sens du II de l'article L. 441-4 pour leurs actes d'achat et de revente, ni à certains produits alimentaires, catégories de produits alimentaires ou produits destinés à l'alimentation des animaux de compagnie, dont la liste est définie par un décret pris après concertation avec les organisations interprofessionnelles concernées, en raison des spécificités de leur filière de production.

VI. – Un décret peut fixer la liste des professions présumées présenter les garanties pour exercer la mission de tiers indépendant.

Art. L. 441-2 *(L. n° 2010-874, 27 juill. 2010 ; L. n° 2018-938, 30 oct. 2018 ; Ord. n° 2019-359, 24 avr. 2019).* – Tout prestataire de services est tenu, à l'égard de tout destinataire de prestations de services, de respecter les obligations d'information définies à l'article L. 111-2 du Code de la consommation.

Cette obligation ne s'applique pas aux services mentionnés aux livres Ier à III et au titre V du livre V du Code monétaire et financier ainsi qu'aux opérations pratiquées par les entreprises régies par le Code des assurances, par les fonds de retraite professionnelle supplémentaire mentionnés à l'article L. 381-1 du même code, par les mutuelles ou unions mentionnées à l'article L. 214-1 du Code de la mutualité, par les institutions de retraite professionnelle supplémentaire mentionnées à l'article L. 942-1 du Code de la sécurité sociale, par les mutuelles et unions régies par le livre II du Code de la mutualité et par les institutions de prévoyance et unions régies par le titre III du livre IX du Code de la sécurité sociale.

Art. L. 441-3 *(Mod., L. n° 2001-420, 15 mai 2001 ; L. n° 2012-387, 22 mars 2012 ; L. n° 2014-344, 17 mars 2014 ; Ord. n° 2019-359, 24 avr. 2019 ; mod., L. n° 2020-1525, 7 déc. 2020).* – I. – Une convention écrite conclue entre le fournisseur, à l'exception des fournisseurs de produits mentionnés à l'article L. 443-2, et le distributeur ou le prestataire de services mentionne les obligations réciproques auxquelles se sont engagées les parties à l'issue de la négociation commerciale, dans le respect des articles L. 442-1 à L. 442-3. Cette convention est établie soit dans un document unique, soit dans un ensemble formé par un contrat-cadre et des contrats d'application.

II. – Sans préjudice des articles L. 442-1 à L. 442-3, tout avenant à la convention mentionnée au I fait l'objet d'un écrit qui mentionne l'élément nouveau le justifiant.

III. – La convention mentionnée au I fixe, aux fins de concourir à la détermination du prix convenu, les obligations suivantes :

1° Les conditions de l'opération de vente des produits ou des prestations de services, y compris les réductions de prix, et le cas échéant les types de situation dans lesquelles et les modalités selon lesquelles des conditions dérogatoires de l'opération de vente sont susceptibles d'être appliquées ;

2° Les services de coopération commerciale, propres à favoriser la commercialisation des produits ou services du fournisseur, que le distributeur ou le prestataire de service lui rend, ne relevant pas des obligations d'achat et de vente, en précisant l'objet, la date prévue, les modalités d'exécution, la rémunération de ces services ainsi que les produits ou services auxquels ils se rapportent et la rémunération globale afférente à l'ensemble de ces obligations ;

3° Les autres obligations destinées à favoriser la relation commerciale entre le fournisseur et le distributeur ou le prestataire de services, en précisant pour chacune l'objet, la date prévue et les modalités d'exécution, ainsi que la rémunération ou la réduction de prix globale afférente à l'ensemble de ces obligations.

4° L'objet, la date, les modalités d'exécution, la rémunération et les produits auxquels il se rapporte de tout service ou obligation relevant d'un accord conclu avec une entité juridique située en dehors du territoire français, avec laquelle le distributeur est directement ou indirectement lié.

IV. – La convention mentionnée au I est conclue pour une durée d'un an, de deux ans ou de trois ans, au plus tard le 1er mars de l'année pendant laquelle elle prend effet ou dans les deux mois suivant le point de départ de la période de commercialisation des produits ou des services soumis à un cycle de commercialisation particulier. Lorsqu'elle est conclue pour une durée de deux ou de trois ans, elle fixe les modalités selon lesquelles le prix convenu est révisé. Ces modalités peuvent prévoir la prise en compte d'un ou de plusieurs indicateurs disponibles reflétant l'évolution du prix des facteurs de production.

V. – Le fournisseur communique ses conditions générales de vente au distributeur dans un délai raisonnable avant le 1er mars ou, pour les produits ou services soumis à un cycle de commercialisation particulier, avant le point de départ de la période de commercialisation.

Art. L. 441-4 *(Mod., Ord. n° 2019-359, 24 avr. 2019 ; mod. à compter du 1er novembre 2021, Ord. n° 2021-859, 30 juin 2021 ; L. n° 2021-1357, 18 oct. 2021).* – I. – Le présent article est applicable à la convention mentionnée au I de l'article L. 441-3 lorsqu'elle est relative aux produits de grande consommation définis comme des produits non durables à forte fréquence et récurrence de consommation. La liste de ces produits de grande consommation est fixée par décret.

II. – Le présent article n'est pas applicable au grossiste, qui s'entend de toute personne physique ou morale qui, à des fins professionnelles, achète des produits à un ou plusieurs fournisseurs et les revend, à titre principal, à d'autres commerçants, grossistes ou détaillants, à des transformateurs ou à tout autre professionnel qui s'approvisionne pour les besoins de son activité. Sont assimilés à des grossistes les centrales d'achat ou de référencement de grossistes.

Sont exclus de la notion de grossiste les entreprises ou les groupes de personnes physiques ou morales exploitant, directement ou indirectement, un ou plusieurs magasins de commerce de détail ou intervenant dans le secteur de la distribution comme centrale d'achat ou de référencement pour des entreprises de commerce de détail.

III. – La convention mentionne le barème des prix unitaires, tel qu'il a été préalablement communiqué par le fournisseur, avec ses conditions générales de vente, ou les modalités de consultation de ce barème dans la version ayant servi de base à la négociation.

IV. – La convention fixe le chiffre d'affaires prévisionnel, qui constitue, avec l'ensemble des obligations fixées par la convention conformément au III de l'article L. 441-3, le plan d'affaires de la relation commerciale. Lorsque sa durée est de deux ou trois ans, cette convention fixe les modalités selon lesquelles le chiffre d'affaires prévisionnel est révisé.

V. – La date d'entrée en vigueur de chacune des obligations prévues aux 1° à 3° du III de l'article L. 441-3 est concomitante à la date d'effet du prix convenu. Celui-ci s'applique au plus tard le 1er mars.

Les dispositions du 1° du III de l'article L. 441-3 relatives aux conditions dérogatoires de l'opération de vente ne sont pas applicables au présent article.

VI. – Le fournisseur communique ses conditions générales de vente au distributeur au plus tard trois mois avant le 1er mars ou, pour les produits soumis à un cycle de commercialisation particulier, deux mois avant le point de départ de la période de commercialisation. Le distributeur dispose d'un délai raisonnable à compter de la réception des conditions générales de vente pour motiver explicitement et de manière détaillée par écrit son refus de ces dernières ou son acceptation ou, le cas échéant, les dispositions des conditions générales de vente qu'il souhaite soumettre à la négociation.

VII. – Les conditions dans lesquelles, le cas échéant, le fournisseur s'engage à accorder aux consommateurs, en cours d'année, des avantages promotionnels sur ses produits ou services sont fixées dans des mandats confiés au distributeur ou au prestataire de services, conclus et exécutés conformément aux articles 1984 et suivants du Code civil. Chacun de ces contrats de mandat précise, notamment, le montant et la nature des avantages promotionnels accordés, la période d'octroi, la quantité prévisionnelle de produits concernés et les modalités de mise en œuvre de ces avantages ainsi que les modalités de reddition de comptes par le distributeur au fournisseur.

Pour les produits agricoles mentionnés à l'article L. 443-2, le lait et les produits laitiers, ces avantages ne peuvent dépasser 30 % de la valeur du barème des prix unitaires, frais de gestion compris. (1)

Art. L. 441-5 *(L. n° 2008-3, 3 janv. 2008 ; Ord. n° 2019-359, 24 avr. 2019).* **– Une convention écrite est établie, dans le respect des articles L. 441-1 et L. 442-1 à L. 442-3, pour tout achat de produits manufacturés, fabriqués à la demande de l'acheteur en vue d'être intégrés dans sa propre production, dont le montant est supérieur à un seuil fixé par décret. Elle mentionne les conditions convenues entre les parties, notamment :**

1° L'objet de la convention et les obligations respectives des parties ;

2° Le prix ou les modalités de sa détermination ;

3° Les conditions de facturation et de règlement ;

4° Les responsabilités respectives des parties et les garanties, telles que, le cas échéant, les modalités d'application d'une réserve de propriété ;

5° Les règles régissant la propriété intellectuelle entre les parties lorsque la nature de la convention le justifie ;

6° La durée de la convention ainsi que les modalités de sa résiliation ;

7° Les modalités de règlement des différends quant à l'exécution de la convention et, si les parties décident d'y recourir, les modalités de mise en place d'une médiation. (2)

1) Les dispositions de l'article 31 de l'ordonnance du 1er décembre 1986 (devenu l'article 441-3, C. com.), selon lesquelles tout achat de produits ou toute prestation de service pour une activité professionnelle doit faire l'objet d'une facture mentionnant, notamment, les rabais, remises ou ristournes dont le principe est acquis et le montant chiffrable au moment de la vente, s'imposent indistinctement au vendeur et à l'acheteur, tenus à des obligations complémentaires et réciproques (■ Cass. crim., 20 juin 1994 : *Dr. pén.* 1994, n° 215).

(1) Aux termes de l'article 5 II de l'ordonnance n° 2019-359 du 24 avril 2019, pour les conventions en cours à la date d'entrée en vigueur de la présente ordonnance dont la durée est supérieure à un an, l'article L. 441-4 du Code de commerce dans sa rédaction résultant de cette ordonnance s'appliquent à compter du 1er mars 2020.

(2) Aux termes de l'article 5 II de l'ordonnance n° 2019-359 du 24 avril 2019, pour les conventions en cours à la date d'entrée en vigueur de la présente ordonnance dont la durée est supérieure à un an, l'article L. 441-5 du Code de commerce dans sa rédaction résultant de cette ordonnance s'appliquent à compter du 1er mars 2020.

2) En disposant que les factures doivent seulement mentionner, en plus du prix unitaire, toute réduction de prix acquise à la date de la vente ou de la prestation de service et directement liée à cette opération, la loi du 1er juillet 1996 a restreint le champ d'application de l'incrimination prévue par l'article 31, alinéa 3, de l'ordonnance du 1er décembre 1986 qu'il modifie ; ces dispositions nouvelles, entrées en vigueur le 1er janvier 1997, étant moins sévères que les dispositions anciennes, il y a lieu d'en faire application à des faits antérieurs n'ayant pas donné lieu à une condamnation passée en force de chose jugée (▪ Cass. crim., 23 janv. 1997 : *Bull. crim.* n° 36).

3) Le prix unitaire hors TVA des produits vendus, dont l'article 31 de l'ordonnance du 1er décembre 1986 impose l'indication sur les factures, s'entend exclusivement du prix exigé du client, au moment de la transaction, avant toute imputation des réductions de prix éventuellement acquises à ce dernier. Ce prix est, en application de l'article 1er de ladite ordonnance, lorsque la transaction n'intervient pas dans un secteur resté réglementé, librement déterminé par les parties (▪ Cass. crim., 12 juin 1997 : *Bull. crim.* n° 234).

4) Seules les réductions de prix acquises à la date de la vente doivent, aux termes de l'article 31 de l'ordonnance du 1er décembre 1986, être mentionnées sur la facture de vente ; des ristournes de fin d'année, dont le bénéfice n'est acquis au distributeur des produits d'une marque qu'après réalisation de certains seuils de chiffres d'affaires ou d'opérations de promotion, ne sauraient être regardées, faute d'accomplissement des conditions auxquelles elles sont subordonnées, comme acquises au moment de la vente (▪ Cass. crim., 12 juin 1997 : *Bull. crim.* n° 235).

5) L'obligation faite à l'acheteur de réclamer une facture conforme aux dispositions de l'article 31 de l'ordonnance du 1er décembre 1986 n'est pas contraire à l'article 30 du traité de Rome, dès lors qu'elle porte sur les modalités d'une vente, conclue sur le territoire français, et qu'elle s'applique de la même manière aux produits nationaux et à ceux en provenance des autres États membres (▪ Cass. crim., 18 juin 1998 : *Bull. crim.* n° 199).

6) La seule constatation de la violation en connaissance de cause d'une prescription légale ou réglementaire implique, de la part de son auteur, l'intention coupable exigée par l'article 121-3, alinéa 1er du Code pénal. Tel est le cas de la vente sans facture par un commerçant (▪ Cass. crim., 25 mai 1994 : *Bull. crim.* n° 203).

7) La dénomination précise des produits vendus, dont l'article 31 de l'ordonnance du 1er décembre 1986 impose la mention sur les factures, s'entend non seulement de l'indication de la nature du produit, mais aussi de ses caractéristiques permettant d'assurer la transparence des prix pratiqués ; justifie dès lors sa décision, la cour d'appel qui déclare coupable d'infraction aux règles sur la facturation un fournisseur ne mentionnant pas sur les factures remises à l'acheteur la catégorie de classement des fruits vendus (▪ Cass. crim., 10 mars 1999 : *Bull. crim.* n° 36).

8) Justifie sa décision la cour d'appel qui, pour déclarer un commissionnaire de transport poursuivi pour avoir établi vingt et une factures mentionnant uniquement un prix forfaitaire et ne faisant apparaître ni le prix du transport effectué ni le montant de la commission prélevée, coupable d'infraction à l'article 31 de l'ordonnance du 1er décembre 1986, devenu l'article L. 441-3 du Code de commerce, après avoir rappelé que les dispositions précitées s'appliquent à toute vente ou prestation de service à caractère professionnel, quelle que soit la nature contractuelle spécifique de la prestation, énonce d'une part, que le prévenu a fourni deux prestations consistant dans la recherche et l'organisation des moyens de transport, puis dans le transport lui-même, d'autre part, que le prix de chacun de ces deux services doit être distingué afin de permettre au cocontractant de vérifier la valeur de la prestation de transport et de s'assurer du rôle d'intermédiaire joué par le commissionnaire (▪ Cass. crim., 19 févr. 2003 : *Bull. crim.* n° 46 ; *JCP* 2004, II, 10019, note Ph. Delebecque).

9) Les mentions exigées par l'article L. 441-3 du Code de commerce doivent figurer sur les factures sans qu'il soit nécessaire de se référer aux documents qui les fondent (▪ Cass. crim., 6 déc. 2006 : *Bull. crim.* n° 306).

10) Sur la coresponsabilité pénale du vendeur et de l'acheteur en matière d'infractions relatives à la facturation, V. ▪ Cass. crim., 15 mai 2008 : *Juris-Data* n° 2008-044492 ; *Dr. pén.* 2008, comm. 130, obs. J.-H. Robert. Dans le même sens, ▪ Cass. crim., 20 juin 1994 : *Dr. pén.* 1995, comm. 215 ; *JCP* E, 1995, I, 492, n° 3, note L. Vogel.

Bibliographie : P. Pigassou, *Les mentions sur facture après la loi du 1er juill. 1996 : D.* 1997, chron., 157.

Art. L. 441-6 ***(Mod., L. n° 2001-420, 15 mai 2001 ; L. n° 2005-882, 2 août 2005 ; L. n° 2006-10, 5 janv. 2006 ; L. n° 2008-3, 3 janv. 2008 ; L. n° 2008-776, 4 août 2008 ; L. n° 2010-853, 23 juill. 2010, L. n° 2012-387, 22 mars 2012, L. n° 2012-1270, 20 nov. 2012 ; L. n° 2014-344, 17 mars 2014 ; Ord. n° 2014-487, 15 mai 2014 ; L. n° 2014-626, 18 juin 2014 ; L. n° 2015-990, 6 août 2015 ; L. n° 2016-1691,***

9 déc. 2016 ; L. n° 2018-938, 30 oct. 2018 ; Ord. n° 2019-359, 24 avr. 2019). – **Tout manquement aux dispositions des articles L. 441-3 à L. 441-5 est passible d'une amende administrative dont le montant ne peut excéder 75 000 € pour une personne physique et 375 000 € pour une personne morale.**

Le maximum de l'amende encourue est porté à 150 000 € pour une personne physique et 750 000 € pour une personne morale en cas de réitération du manquement dans un délai de deux ans à compter de la date à laquelle la première décision de sanction est devenue définitive. (1)

Art. L. 441-7 *(L. n° 2008-3, 3 janv. 2008 ; L. n° 2008-776, 4 août 2008 ; L. n° 2014-344, 17 mars 2014 ; L. n° 2015-990, 6 août 2015 ; L. n° 2016-1691, 9 déc. 2016 ; Ord. n° 2017-303, 9 mars 2017 ; Ord. n° 2019-359, 24 avr. 2019).* – **I. – Le contrat conclu entre un fournisseur et un distributeur portant sur la conception et la production de produits alimentaires selon des modalités répondant aux besoins particuliers de l'acheteur et vendus sous marque de distributeur mentionne le prix ou les critères et modalités de détermination du prix d'achat des produits agricoles entrant dans la composition de ces produits alimentaires.**

II. – L'obligation prévue au I s'applique uniquement lorsque la vente des produits agricoles fait l'objet d'un contrat écrit. Elle s'applique, le cas échéant, lorsque le vendeur est une société mentionnée à l'article L. 521-1 du Code rural et de la pêche maritime. (2)

Art. L. 441-8 *(L. n° 2014-344, 17 mars 2014 ; Ord. n° 2017-303, 9 mars 2017 ; L. n° 2018-938, 30 oct. 2018 ; Ord. n° 2019-359, 24 avr. 2019).* – **Sans préjudice de l'article 172 *bis* du règlement (UE) n° 1308/2013 du Parlement européen et du Conseil du 17 décembre 2013 portant organisation commune des marchés des produits agricoles et abrogeant les règlements (CEE) n° 922/72, (CEE) n° 234/79, (CE) n° 1037/2001 et (CE) n° 1234/2007 du Conseil, les contrats d'une durée d'exécution supérieure à trois mois portant sur la vente des produits agricoles et alimentaires figurant sur une liste fixée par décret, dont les prix de production sont significativement affectés par des fluctuations des prix des matières premières agricoles et alimentaires et des produits agricoles et alimentaires et, le cas échéant, des coûts de l'énergie comportent une clause relative aux modalités de renégociation du prix permettant de prendre en compte ces fluctuations à la hausse comme à la baisse.**

Cette clause, définie par les parties, précise les conditions et les seuils de déclenchement de la renégociation et prend notamment en compte les indicateurs mentionnés à l'article L. 631-24-1 du Code rural et de la pêche maritime ou, à défaut, un ou plusieurs indicateurs des prix des produits agricoles ou alimentaires constatés sur le marché sur lequel opère le vendeur diffusés, le cas échéant, par accords interprofessionnels ou par l'Observatoire de la formation des prix et des marges des produits alimentaires.

La renégociation de prix est conduite de bonne foi dans le respect du secret des affaires, ainsi que dans un délai, précisé dans le contrat, qui ne peut être supérieur à un mois. Elle tend à une répartition équitable entre les parties de l'accroissement ou de la réduction des coûts de production résultant de ces fluctuations. Elle tient compte notamment de l'impact de ces fluctuations sur l'ensemble des acteurs de la chaîne d'approvisionnement. Un compte rendu de cette négociation est établi, selon des modalités définies par décret.

Le fait de ne pas prévoir de clause de renégociation conforme aux deux premiers alinéas, de ne pas respecter le délai fixé au troisième alinéa, de ne pas établir le compte rendu prévu au même troisième alinéa ou de porter atteinte, au cours de la renégociation, aux secrets de fabrication ou au secret des affaires est passible d'une amende administrative dont le montant ne peut excéder 75 000 € pour une personne physique et 375 000 € pour une personne morale. Le maximum de l'amende encourue est doublé en cas de réitération du manquement dans un délai de deux ans à compter de la date à laquelle la première décision de sanction est devenue définitive.

(1) Aux termes de l'article 5 II de l'ordonnance n° 2019-359 du 24 avril 2019, pour les conventions en cours à la date d'entrée en vigueur de la présente ordonnance dont la durée est supérieure à un an, l'article L. 441-6 du Code de commerce dans sa rédaction résultant de cette ordonnance s'appliquent à compter du 1er mars 2020.

(2) Aux termes de l'article 5 II de l'ordonnance n° 2019-359 du 24 avril 2019, pour les conventions en cours à la date d'entrée en vigueur de la présente ordonnance dont la durée est supérieure à un an, l'article L. 441-7 du Code de commerce dans sa rédaction résultant de cette ordonnance s'appliquent à compter du 1er mars 2020.

Si la renégociation de prix n'aboutit pas à un accord au terme du délai d'un mois prévu au troisième alinéa, et sauf recours à l'arbitrage, il est fait application de l'article L. 631-28 du Code rural et de la pêche maritime sans que le contrat puisse prévoir un autre dispositif de médiation.

Le présent article ne fait pas obstacle à toute autre renégociation, dans le respect du présent titre.

Le présent article est également applicable aux contrats d'une durée d'exécution supérieure à trois mois portant sur la conception et la production, selon des modalités répondant aux besoins particuliers de l'acheteur, de produits mentionnés au premier alinéa.

Art. L. 441-9 *(L. n° 2014-344, 17 mars 2014 ; L. n° 2015-990, 6 août 2015 ; Ord. n° 2019-359, 24 avr. 2019)*. – I. – Tout achat de produits ou toute prestation de service pour une activité professionnelle fait l'objet d'une facturation.

Le vendeur est tenu de délivrer la facture dès la réalisation de la livraison ou de la prestation de services au sens du 3 du I de l'article 289 du Code général des impôts. L'acheteur est tenu de la réclamer.

Le vendeur et l'acheteur conservent chacun un exemplaire de toute facture émise dans la limite de durée prévue par les dispositions applicables du Code général des impôts. La facture émise sous forme papier est rédigée en double exemplaire.

Sous réserve du *c* du II de l'article 242 *nonies* A de l'annexe II au Code général des impôts, dans sa version en vigueur au 26 avril 2013, la facture mentionne le nom des parties ainsi que leur adresse et leur adresse de facturation si elle est différente, la date de la vente ou de la prestation de service, la quantité, la dénomination précise, et le prix unitaire hors TVA des produits vendus et des services rendus ainsi que toute réduction de prix acquise à la date de la vente ou de la prestation de services et directement liée à cette opération de vente ou de prestation de services, à l'exclusion des escomptes non prévus sur la facture.

La facture mentionne la date à laquelle le règlement doit intervenir. Elle précise les conditions d'escompte applicables en cas de paiement à une date antérieure à celle résultant de l'application des conditions générales de vente, le taux des pénalités exigibles le jour suivant la date de règlement inscrite sur la facture ainsi que le montant de l'indemnité forfaitaire pour frais de recouvrement due au créancier en cas de retard de paiement. Le règlement est réputé réalisé à la date à laquelle les fonds sont mis, par le client, à la disposition du bénéficiaire ou de son subrogé.

La facture mentionne le numéro du bon de commande lorsqu'il a été préalablement établi par l'acheteur.

II. – Tout manquement au I est passible d'une amende administrative dont le montant ne peut excéder 75 000 € pour une personne physique et 375 000 € pour une personne morale.

Le maximum de l'amende encourue est porté à 150 000 € pour une personne physique et 750 000 € pour une personne morale en cas de réitération du manquement dans un délai de deux ans à compter de la date à laquelle la première décision de sanction est devenue définitive.

Art. L. 441-10 *(L. n° 2016-1691, 9 déc. 2016 ; L. n° 2018-938, 30 oct. 2018 ; Ord. n° 2019-359, 24 avr. 2019)*. – I. – Sauf dispositions contraires figurant aux conditions de vente ou convenues entre les parties, le délai de règlement des sommes dues ne peut dépasser trente jours après la date de réception des marchandises ou d'exécution de la prestation demandée.

Le délai convenu entre les parties pour régler les sommes dues ne peut dépasser soixante jours après la date d'émission de la facture.

Par dérogation, un délai maximal de quarante-cinq jours fin de mois après la date d'émission de la facture peut être convenu entre les parties, sous réserve que ce délai soit expressément stipulé par contrat et qu'il ne constitue pas un abus manifeste à l'égard du créancier.

En cas de facture périodique au sens du 3 du I de l'article 289 du Code général des impôts, le délai convenu entre les parties ne peut dépasser quarante-cinq jours après la date d'émission de la facture.

II. – Les conditions de règlement mentionnées au I de l'article L. 441-1 précisent les conditions d'application et le taux d'intérêt des pénalités de retard exigibles le jour suivant la date de règlement figurant sur la facture ainsi que le montant de l'indemnité forfaitaire pour frais de recouvrement due au créancier dans le cas où les sommes dues sont réglées après cette date. Sauf disposition contraire qui ne peut toutefois fixer un taux inférieur à trois fois le taux d'intérêt légal, ce taux est égal au taux d'intérêt appliqué par la Banque centrale européenne à son opération de refinancement la plus récente majoré de 10 points de pourcentage. Dans ce cas, le taux applicable pendant le premier semestre de l'année concernée est le taux en vigueur au 1er janvier de l'année en question.

Pour le second semestre de l'année concernée, il est le taux en vigueur au 1er juillet de l'année en question. Les pénalités de retard sont exigibles sans qu'un rappel soit nécessaire. Tout professionnel en situation de retard de paiement est de plein droit débiteur, à l'égard du créancier, d'une indemnité forfaitaire pour frais de recouvrement, dont le montant est fixé par décret. Lorsque les frais de recouvrement exposés sont supérieurs au montant de cette indemnité forfaitaire, le créancier peut demander une indemnisation complémentaire, sur justification. Toutefois, le créancier ne peut invoquer le bénéfice de ces indemnités lorsque l'ouverture d'une procédure de sauvegarde, de redressement ou de liquidation judiciaire interdit le paiement à son échéance de la créance qui lui est due.

III. – Sous réserve de dispositions spécifiques plus favorables au créancier, lorsqu'une procédure d'acceptation ou de vérification permettant de certifier la conformité des marchandises ou des services au contrat est prévue, la durée de cette procédure est fixée conformément aux bonnes pratiques et usages commerciaux et, en tout état de cause, n'excède pas trente jours à compter de la date de réception des marchandises ou de réalisation de la prestation des services, à moins qu'il n'en soit expressément stipulé autrement par contrat et pourvu que cela ne constitue pas une clause ou pratique abusive au sens de l'avant-dernier alinéa de l'article L. 441-16 ou de l'article L. 442-1. La durée de la procédure d'acceptation ou de vérification ne peut avoir pour effet ni d'augmenter la durée, ni de décaler le point de départ du délai maximal de paiement prévu aux deuxième, troisième et quatrième alinéas du I, à moins qu'il n'en soit expressément stipulé autrement par contrat et pourvu que cela ne constitue pas une clause ou pratique abusive, au sens de l'avant-dernier alinéa de l'article L. 441-16 ou de l'article L. 442-1.

Art. L. 441-11 *(Créé, Ord. n° 2019-359, 24 avr. 2019)*. – I. – Les professionnels d'un secteur, clients et fournisseurs, peuvent décider conjointement de réduire le délai maximum de paiement fixé aux deuxième, troisième et quatrième alinéas du I de l'article L. 441-10. Ils peuvent également proposer de retenir la date de réception des marchandises ou d'exécution de la prestation de services demandée comme point de départ de ce délai. Des accords peuvent être conclus à cet effet par leurs organisations professionnelles. Un décret peut étendre le nouveau délai maximum de paiement à tous les opérateurs du secteur ou, le cas échéant, valider le nouveau mode de computation et l'étendre à ces mêmes opérateurs.

II. – Le délai de paiement, par tout producteur, revendeur ou prestataire de services, ne peut dépasser :

1° Trente jours après la fin de la décade de livraison pour les achats de produits alimentaires périssables et de viandes congelées ou surgelées, de poissons surgelés, de plats cuisinés et de conserves fabriqués à partir de produits alimentaires périssables, à l'exception des achats de produits saisonniers effectués dans le cadre de contrats d'intégration conclus dans le secteur des fruits et légumes mentionnés aux articles L. 326-1 à L. 326-3 du Code rural et de la pêche maritime ;

2° Vingt jours après le jour de livraison pour les achats de bétail sur pied destiné à la consommation et de viandes fraîches dérivées ;

3° Trente jours après la fin du mois de livraison pour les achats de boissons alcooliques passibles des droits de consommation prévus à l'article 403 du Code général des impôts ;

4° Quarante-cinq jours fin de mois ou soixante jours après la date d'émission de la facture pour les achats de raisins et de moûts destinés à l'élaboration de vins ainsi que de boissons alcooliques passibles des droits de circulation prévus à l'article 438 du Code général des impôts, sauf dispositions dérogatoires figurant :

a) Dans des décisions interprofessionnelles prises en application de la loi du 12 avril 1941 portant création d'un comité interprofessionnel du vin de Champagne ;

b) Ou dans des accords interprofessionnels pris en application du livre VI du Code rural et de la pêche maritime et rendus obligatoires par voie réglementaire à tous les opérateurs sur l'ensemble du territoire métropolitain ;

5° Trente jours après la date d'émission de la facture pour le transport routier de marchandises, pour la location de véhicules avec ou sans conducteur, pour la commission de transport ainsi que pour les activités de transitaire, d'agent maritime et de fret aérien, de courtier de fret et de commissionnaire en douane ;

6° Pour les ventes entre, d'une part, les industriels de l'agroéquipement, constructeurs et importateurs et, d'autre part, les entreprises de distribution spécialisées et de réparation, dans le secteur de l'agroéquipement :

a) Cinquante-cinq jours fin de mois après la date d'émission de la facture pour les matériels d'entretien d'espaces verts ;

b) Cent-dix jours fin de mois après la date d'émission de la facture pour les matériels agricoles à l'exception des tracteurs, matériels de transport et d'élevage ;

7° Quatre-vingt-dix jours après la date d'émission de la facture pour le règlement du solde des factures relatives à des livraisons effectuées avant l'ouverture de la saison d'activité dans le secteur des articles de sport, pour les ventes d'équipements nécessaires à la pratique des sports de glisse sur neige entre les fournisseurs et les entreprises dont l'activité est exclusivement ou quasi exclusivement saisonnière ;

8° Cinquante-quatre jours fin de mois après la date d'émission de la facture dans le secteur de la filière du cuir, pour les ventes entre les fournisseurs et les distributeurs spécialisés ;

9° Cinquante-neuf jours fin de mois ou soixante-quatorze jours nets après la date d'émission de la facture dans le secteur de l'horlogerie, de la bijouterie, de la joaillerie et de l'orfèvrerie pour les ventes entre, d'une part, les fournisseurs, fabricants, importateurs ou grossistes et, d'autre part, les distributeurs spécialisés, au titre de leur activité au sein d'un point de vente ou dans le cadre de leur activité de vente à distance ou les centrales d'achat dont l'activité principale est de revendre des produits de l'horlogerie, de la bijouterie, de la joaillerie et de l'orfèvrerie à des distributeurs spécialisés ;

10° Pour les ventes entre les fabricants et les distributeurs spécialisés dans le secteur du commerce du jouet :

a) Quatre-vingt-quinze jours nets après la date d'émission de la facture pour la période « du permanent » s'étendant du mois de janvier au mois de septembre inclus ;

b) Soixante-quinze jours nets après la date d'émission de la facture pour la période de fin d'année, s'étendant du mois d'octobre au mois de décembre inclus.

III. – Le délai maximum mentionné aux 6° à 10° du II est expressément stipulé par contrat et ne doit pas constituer un abus manifeste à l'égard du créancier. À défaut de stipulation expresse, le délai prévu au deuxième alinéa du I de l'article L. 441-10 est applicable.

Art. L. 441-12 *(Créé, Ord. n° 2019-359, 24 avr. 2019).* – Par dérogation au I de l'article L. 441-10 et aux 1° à 3° du II de l'article L. 441-11, le délai convenu entre les parties pour le paiement des achats effectués en franchise de la taxe sur la valeur ajoutée, en application de l'article 275 du Code général des impôts, de biens destinés à faire l'objet d'une livraison en l'état hors de l'Union européenne ne peut dépasser quatre-vingt-dix jours après la date d'émission de la facture. Le délai convenu entre les parties est expressément stipulé par contrat et ne doit pas constituer un abus manifeste à l'égard du créancier.

À défaut de stipulation expresse ou si les biens ne reçoivent pas la destination prévue au premier alinéa, les pénalités de retard mentionnées au II de l'article L. 441-10 sont exigibles.

Le présent article n'est pas applicable aux achats effectués par les grandes entreprises.

Art. L. 441-13 *(Créé, Ord. n° 2019-359, 24 avr. 2019).* – Pour les livraisons de marchandises qui font l'objet d'une importation dans le territoire fiscal des départements de la Guadeloupe, de la Martinique, de la Guyane, de La Réunion et de Mayotte ainsi que des collectivités d'outre-mer de Saint-Barthélemy, de Saint-Martin, des îles Wallis et Futuna et de Saint-Pierre-et-Miquelon, les délais de paiement prévus au I de l'article L. 441-10 et aux 1° à 4° du II de l'article L. 441-11 ne sont décomptés qu'à partir de la date de dédouanement de la marchandise au port de destination finale. Lorsque la marchandise est mise à la disposition de l'acheteur, ou de son représentant, en métropole, le délai n'est décompté qu'à partir du vingt et unième jour suivant la date de cette mise à disposition ou à partir de la date du dédouanement si celle-ci est antérieure.

Art. L. 441-14 *(Créé, Ord. n° 2019-359, 24 avr. 2019).* – Les sociétés dont les comptes annuels sont certifiés par un commissaire aux comptes communiquent des informations sur les délais de paiement de leurs fournisseurs et de leurs clients suivant des modalités définies par décret.

Ces informations font l'objet d'une attestation du commissaire aux comptes, dans des conditions fixées par ce même décret. Lorsque la société concernée est une grande entreprise ou une entreprise de taille intermédiaire, au sens de l'article 51 de la loi n° 2008-776 du 4 août 2008 de modernisation de l'économie, le commissaire aux comptes adresse son attestation au ministre chargé de l'économie si elle démontre, de façon répétée, des manquements significatifs de la société aux prescriptions du I de l'article L. 441-10 ou du 5° du II de l'article L. 441-11.

Art. L. 441-15 *(Créé, Ord. n° 2019-359, 24 avr. 2019).* – I. – Tout professionnel opérant dans un secteur économique mentionné au III peut demander à l'autorité administrative chargée de la concurrence et de la consommation de prendre formellement position sur la conformité aux deuxième, troisième et quatrième

alinéas du I de l'article L. 441-10 des modalités de computation des délais de paiement qu'il envisage de mettre en place.

Cette prise de position formelle a pour objet de prémunir ce professionnel d'un changement d'appréciation de l'autorité administrative qui serait de nature à l'exposer à la sanction administrative prévue à l'article L. 441-16.

II. – La validité de la prise de position mentionnée au I prend fin à compter de la date à laquelle :

1° La situation du professionnel n'est plus identique à celle présentée dans sa demande ;

2° Est entrée en vigueur une modification de dispositions législatives ou réglementaires de nature à affecter cette validité ;

3° 3° L'autorité administrative notifie au professionnel, après l'avoir préalablement informé, la modification de son appréciation.

III. – Un décret en Conseil d'État précise les secteurs économiques mentionnés au I dans lesquels se posent des difficultés particulières en matière de délais de paiement appréciées en fonction du nombre et de la gravité des incidents de paiement qui y sont constatés et de leur impact économique sur les secteurs concernés ou de la nature et de la récurrence des difficultés d'interprétation qu'y font naître les règles relatives aux délais de paiement.

Art. L. 441-16 ***(Créé, Ord. n° 2019-359, 24 avr. 2019).*** **– Est passible d'une amende administrative dont le montant ne peut excéder 75 000 € pour une personne physique et deux millions d'euros pour une personne morale, le fait de :**

a) **Ne pas respecter les délais de paiement prévus au I de l'article L. 441-10, aux 1°, 2°, 3°, *b* du 4°, 5°, *a* et *b* du 6°, 7°, 8°, 9° et *a* et *b* du 10° du II de l'article L. 441-11, à l'article L. 441-12 et à l'article L. 441-13 ;**

b) **Ne pas indiquer, dans les conditions de règlement fixées au I de l'article L. 441-1, les mentions prévues au II de l'article L. 441-10 ;**

c) **Fixer un taux ou des conditions d'exigibilité des pénalités de retard non conformes aux prescriptions du II de l'article L. 441-10 ;**

d) **Ne pas respecter les modalités de computation des délais de paiement convenues entre les parties conformément aux deuxième, troisième et quatrième alinéas du I de l'article L. 441-10.**

Sous les mêmes sanctions, sont interdites toutes clauses ou pratiques ayant pour effet de retarder abusivement le point de départ des délais de paiement mentionnés au présent article.

Le maximum de l'amende encourue est porté à 150 000 € pour une personne physique et quatre millions d'euros pour une personne morale en cas de réitération du manquement dans un délai de deux ans à compter de la date à laquelle la première décision de sanction est devenue définitive.

CHAPITRE II. – DES PRATIQUES RESTRICTIVES DE CONCURRENCE

Art. L. 442-1 ***(Ord. n° 2016-301, 14 mars 2016 ; Ord. n° 2019-359, 24 avr. 2019 ; L. n° 2020-1525, 7 déc. 2020 ; L. n° 2021-1357, 18 oct. 2021).*** **– I. – Engage la responsabilité de son auteur et l'oblige à réparer le préjudice causé le fait, dans le cadre de la négociation commerciale, de la conclusion ou de l'exécution d'un contrat, par toute personne exerçant des activités de production, de distribution ou de services :**

1° D'obtenir ou de tenter d'obtenir de l'autre partie un avantage ne correspondant à aucune contrepartie ou manifestement disproportionné au regard de la valeur de la contrepartie consentie ;

2° De soumettre ou de tenter de soumettre l'autre partie à des obligations créant un déséquilibre significatif dans les droits et obligations des parties ;

3° D'imposer des pénalités logistiques ne respectant pas l'article L. 441-17 ;

4° S'agissant des produits alimentaires et des produits destinés à l'alimentation des animaux de compagnie soumis au I de l'article L. 441-1-1, de pratiquer, à l'égard de l'autre partie, ou d'obtenir d'elle des prix, des délais de paiement, des conditions de vente ou des modalités de vente ou d'achat discriminatoires et non justifiés par des contreparties réelles prévues par la convention mentionnée à l'article L. 443-8 en créant, de ce fait, pour ce partenaire, un désavantage ou un avantage dans la concurrence.

II. – Engage la responsabilité de son auteur et l'oblige à réparer le préjudice causé le fait, par toute personne exerçant des activités de production, de distribution ou de services de rompre brutalement, même partiellement, une relation commerciale établie, en l'absence d'un préavis écrit qui tienne compte notamment de la durée de la relation commerciale, en référence aux usages du commerce ou aux accords interprofessionnels.

En cas de litige entre les parties sur la durée du préavis, la responsabilité de l'auteur de la rupture ne peut être engagée du chef d'une durée insuffisante dès lors qu'il a respecté un préavis de dix-huit mois.

Les dispositions du présent II ne font pas obstacle à la faculté de résiliation sans préavis, en cas d'inexécution par l'autre partie de ses obligations ou en cas de force majeure.

Art. L. 442-2 ***(Mod., L. n° 2008-3, 3 janv. 2008 ; Ord. n° 2019-359, 24 avr. 2019).*** **– Engage la responsabilité de son auteur et l'oblige à réparer le préjudice causé le fait, par toute personne exerçant des activités de production, de distribution ou de services de participer directement ou indirectement à la violation de l'interdiction de revente hors réseau faite au distributeur lié par un accord de distribution sélective ou exclusive exempté au titre des règles applicables du droit de la concurrence.**

1) Justifie sa décision, la cour d'appel qui, pour statuer sur l'existence du délit d'annonce de revente et revente d'un produit à un prix inférieur à son prix d'achat, prend en considération, pour en apprécier le prix, l'économie globale de l'opération indivisible combinant une prestation de service et un produit (■ Cass. crim., 7 mai 2002 : *Bull. crim.* n° 109 ; *JCP* 2003, II, 10047, note E. Courtois-Champenois).

2) L'article L. 442 du Code de commerce n'opère aucune distinction entre les opérateurs et incrimine tout commerçant qui revend un produit en l'état à un prix inférieur à son prix d'achat.

Justifie dès lors sa décision la cour d'appel qui, pour déclarer une société coupable du délit de revente à perte, en écartant son argumentation prise de l'absence de vente préalable en ce que les produits étaient fabriqués sous sa marque et selon ses spécifications, en exécution d'un contrat d'entreprise, par une filiale détenue intégralement, retient, notamment, que les opérations intervenues entre ces sociétés, personnes morales distinctes, ont été comptabilisées par elles comme étant des ventes, que les produits ont été revendus sans avoir subi de transformation, à un prix inférieur au prix d'achat, et que la filiale, qui seule acquérait la matière première, n'était pas un façonnier (■ Cass. crim., 22 nov. 2006 : *Bull. crim.* n° 293 ; *Dr. pén.* 2007, comm. 25, obs. J.-H. Robert).

3) Les opérations d'achat et de revente en l'état peuvent être concomitantes et l'article L. 442-2 du Code de commerce n'exige pas que le revendeur détienne la marchandise ; justifie ainsi sa décision la cour d'appel qui, pour écarter l'argumentation prise par un revendeur de fioul domestique (condamné pour revente à perte) de ce qu'il n'était pas propriétaire du combustible lors des commandes de ses clients, retient, notamment, qu'il se procurait la marchandise pour exécuter son obligation de vendre contractée avec l'acheteur final, peu important qu'il n'en ait pas encore été propriétaire au moment de la conclusion de ce contrat, dès lors que la vente des marchandises vendues au poids, au compte ou à la mesure n'est parfaite que lorsque la chose vendue a été pesée, comptée ou mesurée (■ Cass. crim., 6 déc. 2006 : *Bull. crim.* n° 307 ; *Dr. pén.* 2007, comm. 41, obs. J.-H. Robert).

Art. L. 442-3 ***(Mod., L. n° 2008-3, 3 janv. 2008 ; Ord. n° 2019-359, 24 avr. 2019 ; L. n° 2020-1508, 3 déc. 2020).*** **– Sont nuls les clauses ou contrats prévoyant pour toute personne exerçant des activités de production, de distribution ou de services, la possibilité :**

a) **De bénéficier rétroactivement de remises, de ristournes ou d'accords de coopération commerciale ;**

b) **De bénéficier automatiquement des conditions plus favorables consenties aux entreprises concurrentes par le cocontractant ;**

c) **D'interdire au cocontractant la cession à des tiers des créances qu'il détient sur elle.**

Art. L. 442-4 ***(Mod., L. n° 2008-776, 4 août 2008 ; Ord. n° 2019-359, 24 avr. 2019).*** **– I. – Pour l'application des articles L. 442-1, L. 442-2, L. 442-3, L. 442-7 et L. 442-8, l'action est introduite devant la juridiction civile ou commerciale compétente par toute personne justifiant d'un intérêt, par le ministère public, par le ministre chargé de l'économie ou par le président de l'Autorité de la concurrence lorsque ce dernier constate, à l'occasion des affaires qui relèvent de sa compétence, une pratique mentionnée aux articles précités.**

Toute personne justifiant d'un intérêt peut demander à la juridiction saisie d'ordonner la cessation des pratiques mentionnées aux articles L. 442-1, L. 442-2, L. 442-3, L. 442-7 et L. 442-8 ainsi que la réparation du préjudice subi. Seule la partie victime des pratiques prévues aux articles L. 442-1, L. 442-2, L. 442-3, L. 442-7 et L. 442-8 peut faire constater la nullité des clauses ou contrats illicites et demander la restitution des avantages indus.

Le ministre chargé de l'économie ou le ministère public peuvent demander à la juridiction saisie d'ordonner la cessation des pratiques mentionnées aux articles L. 442-1, L. 442-2, L. 442-3, L. 442-7 et L. 442-8. Ils peuvent

également, pour toutes ces pratiques, faire constater la nullité des clauses ou contrats illicites et demander la restitution des avantages indument obtenus, dès lors que les victimes de ces pratiques sont informées, par tous moyens, de l'introduction de cette action en justice. Ils peuvent également demander le prononcé d'une amende civile dont le montant ne peut excéder le plus élevé des trois montants suivants

– cinq millions d'euros ;

– le triple du montant des avantages indument perçus ou obtenus ;

– 5 % du chiffre d'affaires hors taxes réalisé en France par l'auteur des pratiques lors du dernier exercice clos depuis l'exercice précédant celui au cours duquel les pratiques ont été mises en œuvre.

II. – La juridiction ordonne systématiquement la publication, la diffusion ou l'affichage de sa décision ou d'un extrait de celle-ci selon les modalités qu'elle précise. Elle peut ordonner l'insertion de la décision ou de l'extrait de celle-ci dans le rapport établi sur les opérations de l'exercice par les gérants, le conseil d'administration ou le directoire de l'entreprise. Les frais sont supportés par la personne condamnée.

La juridiction peut ordonner l'exécution de sa décision sous astreinte.

Le juge des référés peut ordonner, au besoin sous astreinte, la cessation des pratiques abusives ou toute autre mesure provisoire.

III. – Les litiges relatifs à l'application des articles L. 442-1, L. 442-2, L. 442-3, L. 442-7 et L. 442-8 sont attribués aux juridictions dont le siège et le ressort sont fixés par décret.

1) Les dispositions de l'article 1er de la loi du 2 juillet 1963 qui interdisent la revente à perte sont inapplicables lorsque le vendeur s'est aligné sur le prix légalement pratiqué par un autre commerçant pour le même produit et dans la même zone d'activité. Pour invoquer cet alignement, il suffit au revendeur d'apporter la preuve du prix sur lequel il prétend s'aligner, sauf pour la partie poursuivante à établir le caractère illégal de ce prix. Il convient de souligner à cet effet que si l'alignement doit se réaliser dans un temps voisin de la pratique constatée chez le concurrent, il n'est pas nécessaire qu'il lui soit concomitant (■ Cass. crim., 17 janv. 1994 : *Bull. crim.* n° 22).

2) Ce texte n'exigeant ni que le prix aligné soit identique au prix servant de référence ni que l'alignement se fasse du jour où le concurrent affiche ce prix, encourent la censure les juges qui, pour refuser de faire droit à l'exception d'alignement alléguée, retiennent que les prix de référence dont il était fait état n'étaient pas totalement identiques à ceux affichés par le prévenu et qu'étant en outre antérieurs d'une semaine au jour du contrôle, ils n'étaient pas de nature à établir la réalité de l'alignement (■ Cass. crim., 3 mai 1995 : *Bull. crim.* n° 162) ou que le prévenu ne pouvait se prévaloir d'un tel fait justificatif dès lors qu'il existait une différence de 80 centimes entre le prix de vente affiché et le prix pratiqué par le concurrent (■ Cass. crim., 23 janv. 1995 : *Bull. crim.* n° 29).

3) L'alignement sur la concurrence, qui est un moyen de défense au fond, peut être soulevé à tout moment de la procédure. Il suffit au revendeur d'apporter la preuve du prix sur lequel il prétend s'aligner, sauf pour la partie poursuivante à établir le caractère illégal de ce prix (■ Cass. crim., 10 avr. 1995 : *Bull. crim.* n° 153).

4) La notion de même zone d'activité doit s'apprécier au regard de l'entreprise et du marché sur lequel elle intervient (arrêt précité).

5) En matière d'activités soumises à réglementations particulières, lorsqu'une infraction a été commise par une personne morale, c'est le responsable légal qui est présumé responsable des faits. Toutefois, hors les cas où la loi en dispose autrement, le chef d'entreprise, qui n'a pas personnellement pris part à la réalisation de l'infraction, peut s'exonérer de sa responsabilité pénale s'il rapporte la preuve qu'il a délégué ses pouvoirs à une personne pourvue de la compétence, de l'autorité et des moyens nécessaires. Il en va notamment ainsi en matière de réglementation économique, la loi n'ayant prévu aucune disposition contraire sur ce point (■ Cass. crim., 17 janv. 1994 : *Bull. crim.* n° 22).

6) Il résulte de l'article 121-2 du Code pénal que les personnes morales ne peuvent être déclarées pénalement responsables que s'il est établi qu'une infraction a été commise, pour leur compte, par leurs organes ou représentants ; ainsi, ne justifie pas sa décision au regard du texte précité, la cour d'appel qui, pour caractériser à l'encontre d'une société l'élément intentionnel du délit d'usage de fausses attestations, se borne à énoncer que cette « société » ne pouvait ignorer que les attestations produites en justice par son directeur général comportaient certaines affirmations inexactes, alors qu'il appartenait aux juges du second degré de rechercher si le directeur général, organe de la société, avait eu personnellement connaissance de l'inexactitude des faits relatés dans les attestations. Il n'est pas nécessaire cependant que l'organe ou le représentant ait été personnellement déclaré coupable des faits reprochés à la personne morale (■ Cass. crim., 2 déc. 1997 : *Bull. crim.* n° 408).

7) L'article 30 du Traité CEE concernant l'interdiction, entre les États membres, des restrictions quantitatives à l'importation et de toute mesure d'effet équivalent ne s'applique pas à une législation d'un État membre interdisant de façon générale la revente à perte (▪ CJCE, 24 nov. 1993, aff. C-267/91, *Keck et Mithouard* : *Rec.* p. I-6126).

8) La vente de jouets à l'occasion des fêtes de Noël présente un caractère saisonnier marqué, la période de vente s'étalant du début novembre au soir, et la revente à perte effectuée le 23 décembre bénéficie d'une autorisation de la loi ; la décision de relaxe est justifiée (▪ Cass. crim., 3 mai 2001 : *Dr. pén.* 2001, comm. 131, obs. J.-H. Robert).

Art. L. 442-5 ***(Mod., Ord. n° 2019-359, 24 avr. 2019).*** **– I. – Le fait, pour tout commerçant, de revendre ou d'annoncer la revente d'un produit en l'état à un prix inférieur à son prix d'achat effectif est puni de 75 000 € d'amende. Cette amende peut être portée à la moitié des dépenses de publicité dans le cas où une annonce publicitaire, quel qu'en soit le support, fait état d'un prix inférieur au prix d'achat effectif. La cessation de l'annonce publicitaire peut être ordonnée dans les conditions prévues à l'article L. 121-3 du Code de la consommation.**

Le prix d'achat effectif est le prix unitaire net figurant sur la facture d'achat, minoré du montant de l'ensemble des autres avantages financiers consentis par le vendeur exprimé en pourcentage du prix unitaire net du produit et majoré des taxes sur le chiffre d'affaires, des taxes spécifiques afférentes à cette revente et du prix du transport.

Le prix d'achat effectif est affecté d'un coefficient de 0,9 pour le grossiste qui distribue des produits ou services exclusivement à des professionnels qui lui sont indépendants et qui exercent une activité de revendeur au détail, de transformateur ou de prestataire de services final. Est considérée comme indépendante toute entreprise libre de déterminer sa politique commerciale et dépourvue de lien capitalistique ou d'affiliation avec le grossiste.

II. – Les dispositions du I ne sont pas applicables :

1° Aux ventes volontaires ou forcées motivées par la cessation ou le changement d'une activité commerciale ;

2° Aux produits dont la vente présente un caractère saisonnier marqué, pendant la période terminale de la saison des ventes et dans l'intervalle compris entre deux saisons de vente ;

3° Aux produits qui ne répondent plus à la demande générale en raison de l'évolution de la mode ou de l'apparition de perfectionnements techniques ;

4° Aux produits, aux caractéristiques identiques, dont le réapprovisionnement s'est effectué en baisse, le prix effectif d'achat étant alors remplacé par le prix résultant de la nouvelle facture d'achat ;

5° Aux produits alimentaires commercialisés dans un magasin d'une surface de vente de moins de 300 mètres carrés et aux produits non alimentaires commercialisés dans un magasin d'une surface de vente de moins de 1 000 mètres carrés, dont le prix de revente est aligné sur le prix légalement pratiqué pour les mêmes produits par un autre commerçant dans la même zone d'activité ;

6° À condition que l'offre de prix réduit ne fasse l'objet d'une quelconque publicité ou annonce à l'extérieur du point de vente, aux produits périssables à partir du moment où ils sont menacés d'altération rapide ;

7° Aux produits soldés mentionnés à l'article L. 310-3.

Ces exceptions ne font pas obstacle à l'application du 2° de l'article L. 653-5 et du 1° de l'article L. 654-2.

III. – Les personnes morales déclarées pénalement responsables de l'infraction prévue au I encourent la peine mentionnée au 9° de l'article 131-39 du Code pénal.

La cessation de l'annonce publicitaire peut être ordonnée dans les conditions prévues à l'article L. 121-3 du Code de la consommation.

Code de la consommation

Art. L. 121-3. – Une pratique commerciale est également trompeuse si, compte tenu des limites propres au moyen de communication utilisé et des circonstances qui l'entourent, elle omet, dissimule ou fournit de façon inintelligible, ambiguë ou à contretemps une information substantielle ou lorsqu'elle n'indique pas sa véritable intention commerciale dès lors que celle-ci ne ressort pas déjà du contexte.

Lorsque le moyen de communication utilisé impose des limites d'espace ou de temps, il y a lieu, pour apprécier si des informations substantielles ont été omises, de tenir compte de ces limites ainsi que de toute mesure prise par le professionnel pour mettre ces informations à la disposition du consommateur par d'autres moyens.

Dans toute communication commerciale constituant une invitation à l'achat et destinée au consommateur mentionnant le prix et les caractéristiques du bien ou du service proposé, sont considérées comme substantielles les informations suivantes :

1° Les caractéristiques principales du bien ou du service ;

2° L'adresse et l'identité du professionnel ;

3° Le prix toutes taxes comprises et les frais de livraison à la charge du consommateur, ou leur mode de calcul, s'ils ne peuvent être établis à l'avance ;

4° Les modalités de paiement, de livraison, d'exécution et de traitement des réclamations des consommateurs, dès lors qu'elles sont différentes de celles habituellement pratiquées dans le domaine d'activité professionnelle concerné ;

5° L'existence d'un droit de rétractation, si ce dernier est prévu par la loi.

1) En retirant au revendeur la possibilité de baisser son prix au-dessous du prix dit de base fixé par le biais d'une marge constituée presque exclusivement par des ristournes conditionnelles – en dehors des ventes promotionnelles – une société par ce moyen, a imposé un caractère minimum au prix de vente de ses produits. Les trois opérations publicitaires dites « offres de remboursement platine laser » organisées en 1986 par la société concernée, aux termes desquelles un remboursement de 400 F puis de 300 F était réservé à tout acheteur d'un « lecteur compact disc » d'une valeur supérieure à 2 350 F puis à 2 650 F, ont bien contribué à imposer indirectement un prix minimum aux platines laser (▪ Versailles, 16 mars 1989 : *Gaz. Pal.* 1989, 2, 526).

2) Le vocabulaire même des propositions de partenariat du vendeur : « coefficient minimum de 1,50 sur les prix facturés », « intervention immédiate en cas d'infraction », « respect de la tarification », indication qu'il s'agit là d'un des points essentiels du partenariat montrent qu'utilisant des menaces à peine déguisées, le fabricant vendeur entend au moins indirectement imposer à sa clientèle un prix de vente minimum (▪ Versailles, 28 nov. 1990 : *Gaz. Pal.* 5-6 juill. 1991, note J.-P. Marchi).

3) Constitue le délit de vente avec imposition d'un prix minimum, le fait pour un producteur de donner un caractère conditionnel à la quasi-totalité de ses ristournes et de prévenir par ce moyen, de la part de ses distributeurs, toute possibilité de vente en dessous du prix facturé, ainsi indirectement imposé comme prix minimum (▪ Cass. crim., 5 nov. 1990 : *Bull. crim.* n° 368).

4) Le fait d'offrir, à l'occasion de la cession d'un produit, des rabais, remises ou ristournes, dans des conditions d'attribution définies de manière objective et ne prêtant pas à discrimination, n'est pas de nature à aliéner la liberté de leur bénéficiaire de fixer le prix de revente de ces produits et ne saurait constituer une pratique tendant à conférer un caractère minimal au prix de revente ; dès lors, justifie sa décision la cour d'appel qui, pour relaxer le dirigeant d'une société, poursuivi par l'un de ses clients pour infraction à l'article 34 de l'ordonnance du 1er décembre 1986, relève que l'octroi des remises critiquées était subordonné à la réalisation préalable d'un certain chiffre d'affaires et ne constituait pas une condition potestative de la part du fournisseur (▪ Cass. crim., 29 nov. 1993 : *Bull. crim.* n° 362).

Art. L. 442-6 ***(Mod., L. n° 2005-882, 2 août 2005 ; L. n° 2008-3, 3 janv. 2008 ; L. n° 2008-776, 4 août 2008 ; L. n° 2010-874, 27 juill. 2010 ; L. n° 2014-344, 17 mars 2014 ; L. n° 2015-990, 6 août 2015 ; L. n° 2016-1691, 9 déc. 2016 ; Ord. n° 2019-359, 24 avr. 2019).*** **– Est puni d'une amende de 15 000 € le fait par toute personne d'imposer, directement ou indirectement, un caractère minimal au prix de revente d'un produit ou d'un bien, au prix d'une prestation de service ou à une marge commerciale.**

Art. L. 442-7 ***(Mod., Ord. n° 2019-359, 24 avr. 2019).*** **– Engage la responsabilité de son auteur et l'oblige à réparer le préjudice causé le fait pour un acheteur de produits agricoles ou de denrées alimentaires de faire pratiquer par son fournisseur un prix de cession abusivement bas.**

Pour caractériser un prix de cession abusivement bas, il est tenu compte notamment des indicateurs de coûts de production mentionnés aux articles L. 631-24, L. 631-24-1, L. 631-24-3 et L. 632-2-1 du Code rural et de la pêche maritime ou, le cas échéant, de tous autres indicateurs disponibles dont ceux établis par l'Observatoire de la formation des prix et des marges des produits alimentaires mentionné à l'article L. 682-1 du même code. Dans le cas d'une première cession, il est également tenu compte des indicateurs figurant dans la proposition de contrat du producteur agricole.

L'article L. 442-4 est applicable à l'action prévue par le présent article. (1)

Art. L. 442-8 ***(Mod., Ord. n° 2019-359, 24 avr. 2019).*** **– I. – Est nul le contrat par lequel un fournisseur s'engage envers toute personne exerçant des activités de production, de distribution ou de services sur une**

(1) Aux termes de l'article 2 de l'ordonnance n° 2019-358 du 24 avril 2019, les présentes dispositions sont applicables à compter du premier septembre 2019 pour les contrats en cours d'exécution à la date de publication de la présente ordonnance.

offre de prix à l'issue d'enchères inversées à distance, organisées notamment par voie électronique, lorsque l'une au moins des règles suivantes n'a pas été respectée :

1° Préalablement aux enchères, l'acheteur ou la personne qui les organise pour son compte communique de façon transparente et non discriminatoire à l'ensemble des candidats admis à présenter une offre les éléments déterminants des produits ou des prestations de services qu'il entend acquérir, ses conditions et modalités d'achat, ses critères de sélection détaillés ainsi que les règles selon lesquelles les enchères vont se dérouler ;

2° À l'issue de la période d'enchères, l'identité du candidat retenu est révélée au candidat qui, ayant participé à l'enchère, en fait la demande. Si l'auteur de l'offre sélectionnée est défaillant, nul n'est tenu de reprendre le marché au dernier prix ni à la dernière enchère.

II. – L'acheteur ou la personne qui organise les enchères pour son compte effectue un enregistrement du déroulement des enchères qu'il conserve pendant un an. Il est présenté aux agents habilités s'il est procédé à une enquête dans les conditions prévues au titre V.

III. – Les enchères à distance inversées organisées par l'acheteur ou par son représentant sont interdites pour les produits agricoles figurant sur une liste établie par décret, ainsi que pour les produits alimentaires de consommation courante issus de la première transformation de ces produits.

IV. – Le fait de ne pas respecter les dispositions des I à III engage la responsabilité de son auteur et l'oblige à réparer le préjudice causé.

Les dispositions de l'article L. 442-4 sont applicables aux opérations mentionnées aux I à III.

Jurisprudence antérieure à l'ordonnance du 24 avril 2019. Le fait, défini par l'article L. 442-8 du Code de commerce, d'offrir à la vente des produits ou de proposer des services en utilisant, dans des conditions irrégulières, le domaine public de l'État, des collectivités locales et de leurs établissements publics, n'est réprimé, par l'article 14 du décret n° 2002-689 du 30 avril 2002, que s'il est commis en violation des dispositions réglementaires sur la police des lieux.

Méconnaît ces dispositions la cour d'appel qui, pour déclarer coupable une commerçante poursuivie devant le tribunal de police pour avoir fait stationner sa camionnette et proposé à la vente des pizzas et des frites sans autorisation et hors des lieux et périodes réservés au marché de détail alimentaire par un arrêté municipal, relève que ce texte réglementaire détermine les conditions d'application du domaine public et interdit à la vente non sédentaire de produits alimentaires sur le territoire communal en dehors des lieux, jours et heures de marché, alors que cet arrêté a pour seul objet de réglementer la police des foires et des marchés, et non pas d'interdire l'exercice du commerce ambulant sur le domaine public communal (4 avr. 2006 : *Bull. crim.* n° 104).

Art. L. 442-9 *(L. n° 2005-157, 23 févr. 2005 ; mod., L. n° 2008-3, 3 janv. 2008 ; Ord. n° 2010-462, 6 mai 2010 ; Ord. n° 2019-359, 24 avr. 2019).* **– I. – Est puni de deux ans d'emprisonnement et de 30 000 € d'amende le fait d'opérer la hausse ou la baisse artificielle soit du prix de biens ou de services, soit d'effets publics ou privés, notamment à l'occasion d'enchères à distance :**

1° En diffusant, par quelque moyen que ce soit, des informations mensongères ou calomnieuses ;

2° En introduisant sur le marché ou en sollicitant soit des offres destinées à troubler les cours, soit des suroffres ou sous-offres faites aux prix demandés par les vendeurs ou prestataires de services ;

3° Ou en utilisant tout autre moyen frauduleux.

La tentative est punie des mêmes peines.

II. – Lorsque la hausse ou la baisse artificielle des prix concerne des produits alimentaires, la peine est portée à trois ans d'emprisonnement et 45 000 € d'amende.

III. – Les personnes physiques coupables des infractions prévues au présent article encourent également les peines complémentaires suivantes :

1° L'interdiction des droits civiques, civils et de famille, suivant les modalités de l'article 131-26 du Code pénal ;

2° L'affichage ou la diffusion de la décision prononcée dans les conditions prévues par l'article 131-35 du Code pénal.

IV. – Les personnes morales déclarées pénalement responsables des infractions prévues aux I et II encourent les peines mentionnées aux 2° à 6° et 9° de l'article 131-39 du Code pénal.

L'interdiction mentionnée au 2° de l'article 131-39 du même code porte sur l'activité dans l'exercice ou à l'occasion de l'exercice de laquelle l'infraction a été commise.

Art. L. 442-10 *(L. n° 2005-882, 2 août 2005 ; mod., L. n° 2008-3, 3 janv. 2008 ; Ord. n° 2019-359, 24 avr. 2019).* – Aucune association ou coopérative d'entreprise ou d'administration ne peut, de façon habituelle, offrir des produits à la vente, les vendre ou fournir des services si ces activités ne sont pas prévues par ses statuts.

Art. L. 442-11 *(Créé, Ord. n° 2019-359, 24 avr. 2019).* – Il est interdit à toute personne d'offrir à la vente des produits ou de proposer des services en utilisant, dans des conditions irrégulières, le domaine public de l'État, des collectivités locales et de leurs établissements publics.

Les infractions à l'interdiction mentionnée au premier alinéa sont recherchées et constatées dans les conditions définies par les articles L. 450-1 à L. 450-3-2 et L. 450-7.

Les agents peuvent consigner, dans des locaux qu'ils déterminent et pendant une durée qui ne peut être supérieure à un mois, les produits offerts à la vente et les biens ayant permis la vente des produits ou l'offre de services.

La consignation donne lieu à l'établissement immédiat d'un procès-verbal. Celui-ci comporte un inventaire des biens et des marchandises consignés ainsi que la mention de leur valeur. Il est communiqué dans les cinq jours de sa clôture au procureur de la République et à l'intéressé

La juridiction peut ordonner la confiscation des produits offerts à la vente et des biens ayant permis la vente des produits ou l'offre de services. La juridiction peut condamner l'auteur de l'infraction à verser au Trésor public une somme correspondant à la valeur des produits consignés, dans le cas où il n'a pas été procédé à une saisie.

TITRE V. – DES POUVOIRS D'ENQUÊTES

Art. L. 450-1 *(Mod., L. n° 2001-420, 15 mai 2001 ; Ord. n° 2004-1173, 4 nov. 2004 ; rempl., Ord. n° 2008-1161, 13 nov. 2008 ; L. n° 2014-344, 17 mars 2014 ; Ord. n° 2021-649, 26 mai 2021).* – I. – Les agents des services d'instruction de l'Autorité de la concurrence habilités à cet effet par le rapporteur général peuvent procéder à toute enquête nécessaire à l'application des dispositions des titres II et III du présent livre.

Ils peuvent également, pour l'application du titre VI du présent livre, mettre en œuvre les pouvoirs d'enquête définis à l'article L. 450-3.

Dans le cas où des investigations sont menées au nom ou pour le compte d'une autorité de concurrence d'un autre État membre, en application du 1 de l'article 22 du règlement (CE) n° 1/2003 du Conseil relatif à la mise en œuvre des règles de concurrence prévues aux articles 101 et 102 du traité sur le fonctionnement de l'Union européenne, le rapporteur général de l'Autorité de la concurrence autorise des agents de l'autorité de concurrence de l'autre État membre à assister activement les agents mentionnés à l'alinéa précédent dans leurs investigations, sous la surveillance de ces derniers.

Les modalités de cette assistance sont fixées par décret en Conseil d'État.

II. – Des fonctionnaires habilités à cet effet par le ministre chargé de l'économie peuvent procéder aux enquêtes nécessaires à l'application des dispositions du présent livre.

II *bis*. – Des fonctionnaires de catégorie A spécialement habilités à cet effet par le ministre de la Justice, sur la proposition, selon le cas, du ministre chargé de l'économie ou du rapporteur général de l'Autorité de la concurrence, peuvent recevoir des juges d'instruction des commissions rogatoires.

III. – Les agents mentionnés aux I et II peuvent exercer les pouvoirs qu'ils tiennent du présent article et des articles suivants sur l'ensemble du territoire national.

Art. L. 450-2 *(Mod., L. n° 2014-344, 17 mars 2014).* – Les enquêtes donnent lieu à l'établissement de procès-verbaux et, le cas échéant, de rapports.

Les procès-verbaux sont transmis à l'autorité compétente. Copie en est transmise aux personnes intéressées. Ils font foi jusqu'à preuve contraire.

Art. L. 450-2-1 *(Créé, L. n° 2020-1525, 7 déc. 2020).* – Les actes établis par les agents mentionnés à l'article L. 450-1 peuvent être établis ou convertis sous format numérique et peuvent être intégralement conservés sous cette forme, dans des conditions sécurisées, sans nécessité d'un support papier.

Lorsque ces actes sont établis sous format numérique et que les dispositions du présent code exigent qu'ils soient signés, ils font l'objet, quel qu'en soit le nombre de pages et pour chaque signataire, d'une signature

unique sous forme numérique, selon des modalités techniques qui garantissent que l'acte ne peut plus ensuite être modifié.

La liste des actes concernés ainsi que les modalités de cette signature et les personnes qui peuvent y recourir sont précisées par décret en Conseil d'État.

Art. L. 450-3 ***(L. n° 2014-344, 17 mars 2014 ; L. n° 2015-990, 6 août 2015 ; Ord. n° 2021-649, 26 mai 2021).*** **– Les agents mentionnés à l'article L. 450-1 peuvent opérer sur la voie publique, pénétrer entre 8 heures et 20 heures dans tous lieux utilisés à des fins professionnelles et dans les lieux d'exécution d'une prestation de services, ainsi qu'accéder à tous moyens de transport à usage professionnel.**

Ils peuvent également pénétrer en dehors de ces heures dans ces mêmes lieux lorsque ceux-ci sont ouverts au public ou lorsqu'à l'intérieur de ceux-ci sont en cours des activités de production, de fabrication, de transformation, de conditionnement, de transport ou de commercialisation.

Lorsque ces lieux sont également à usage d'habitation, les contrôles ne peuvent être effectués qu'entre 8 heures et 20 heures et avec l'autorisation du juge des libertés et de la détention du tribunal judiciaire dans le ressort duquel sont situés ces lieux, si l'occupant s'y oppose.

Les agents peuvent exiger la communication et obtenir ou prendre copie, par tout moyen et sur tout support, des livres, factures et autres documents professionnels de toute nature, et, le cas échéant, de leurs moyens de déchiffrement, susceptibles d'être détenus ou d'être accessibles ou disponibles, entre quelques mains qu'ils se trouvent, propres à faciliter l'accomplissement de leur mission. Ils peuvent exiger la mise à leur disposition des moyens indispensables pour effectuer leurs vérifications. Ils peuvent également recueillir, sur place ou sur convocation, tout renseignement, document ou toute justification nécessaire au contrôle.

Dispositions déclarées non conformes à la Constitution par la décision du Conseil constitutionnel n° 2015-715 DC du 5 août 2015.

Pour le contrôle des opérations faisant appel à l'informatique, ils ont accès aux logiciels et aux données stockées ainsi qu'à la restitution en clair des informations propres à faciliter l'accomplissement de leurs missions. Ils peuvent en demander la transcription par tout traitement approprié des documents directement utilisables pour les besoins du contrôle.

QPC. Par décision n° 2016-552 QPC du 8 juillet 2016, le Conseil constitutionnel a déclaré conformes à la Constitution les dispositions du quatrième alinéa de l'article L. 450-3.

Art. L. 450-3-1 ***(L. n° 2014-344, 17 mars 2014).*** **– Lorsqu'ils recherchent ou constatent une infraction ou un manquement au présent livre, les agents mentionnés à l'article L. 450-1 sont habilités à relever l'identité de la personne qu'ils contrôlent. Si celle-ci refuse ou se trouve dans l'impossibilité de justifier de son identité, ils en rendent compte immédiatement à tout officier de police judiciaire territorialement compétent, qui peut alors procéder à une vérification d'identité dans les conditions prévues à l'article 78-3 du Code de procédure pénale. En ce cas, le délai prévu au troisième alinéa du même article 78-3 court à compter du relevé d'identité.**

Ils peuvent recourir à toute personne qualifiée, désignée par l'autorité administrative dont ils dépendent. Cette personne peut les accompagner lors de leurs contrôles et prendre connaissance de tout document ou élément nécessaire à la réalisation de sa mission ou de son expertise. Elle ne peut effectuer aucun acte de procédure pénale ou de police administrative. Elle ne peut pas utiliser les informations dont elle prend connaissance à cette occasion pour la mise en œuvre des pouvoirs de contrôle dont elle dispose, le cas échéant, en vertu d'autres dispositions législatives ou réglementaires. Elle ne peut, sous les peines prévues à l'article 226-13 du Code pénal, divulguer les informations dont elle a eu connaissance dans ce cadre.

Art. L. 450-3-2 ***(L. n° 2014-344, 17 mars 2014 ; L. n° 2017-256, 28 févr. 2017).*** **– I. – Lorsque l'établissement de la preuve de l'infraction ou du manquement en dépend et qu'elle ne peut être établie autrement, les agents mentionnés à l'article L. 450-1 peuvent différer le moment où ils déclinent leur qualité au plus tard jusqu'à la notification à la personne contrôlée de la constatation de l'infraction ou du manquement.**

II. – Pour le contrôle de la vente de biens et de la fourniture de services sur internet et pour celui des accords ou pratiques concertées mentionnés à l'article L. 420-2-1, les agents mentionnés au I peuvent faire usage d'une identité d'emprunt.

Un décret en Conseil d'État précise les conditions dans lesquelles ils procèdent à leurs constatations.

Art. L. 450-3-3 *(L. n° 2019-486, 22 mai 2019)*. – I. – Par dérogation aux deux derniers alinéas de l'article L. 450-3, pour la recherche et la constatation des infractions et manquements prévus au titre II du présent livre, l'accès aux données conservées et traitées par les opérateurs de télécommunication, dans les conditions et sous les limites prévues à l'article L. 34-1 du Code des postes et des communications électroniques, et par les prestataires mentionnés aux 1 et 2 du I de l'article 6 de la loi n° 2004-575 du 21 juin 2004 pour la confiance dans l'économie numérique est réalisé dans les conditions définies au présent article.

II. – L'accès aux données mentionnées au I du présent article par les agents mentionnés à l'article L. 450-1 fait l'objet d'une demande d'autorisation préalable du rapporteur général de l'Autorité de la concurrence ou de l'autorité administrative chargée de la concurrence et de la consommation auprès d'un contrôleur des demandes de données de connexion.

Le contrôleur des demandes de données de connexion est alternativement un membre du Conseil d'État, en activité ou honoraire, élu par l'assemblée générale du Conseil d'État, et un magistrat de la Cour de cassation, en activité ou honoraire, élu par l'assemblée générale de ladite Cour. Son suppléant, issu de l'autre juridiction, est désigné selon les mêmes modalités. Le contrôleur des demandes de données de connexion et son suppléant sont élus pour une durée de quatre ans non renouvelable.

Il ne peut être mis fin aux fonctions du contrôleur des demandes de données de connexion que sur sa demande ou en cas d'empêchement constaté, selon le cas, par le vice-président du Conseil d'État ou par le premier président de la Cour de cassation ou le procureur général près ladite Cour, sur saisine du ministre chargé de l'économie.

Le contrôleur des demandes de données de connexion ne peut recevoir ni solliciter aucune instruction de l'autorité de la concurrence, de l'autorité administrative chargée de la concurrence et de la consommation, ni d'aucune autre autorité dans l'exercice de sa mission.

La demande d'autorisation mentionne les éléments recueillis par les agents mentionnés à l'article L. 450-1 laissant présumer l'existence d'une infraction ou d'un manquement mentionnés au titre II du présent livre et justifiant l'accès aux données de connexion pour les besoins de l'enquête.

Les agents mentionnés à l'article L. 450-1 utilisent les données de connexion communiquées dans les conditions du présent article exclusivement dans le cadre de l'enquête pour laquelle ils ont reçu l'autorisation d'y accéder.

L'autorisation est versée au dossier d'enquête.

Ces données de connexion sont détruites à l'expiration d'un délai de six mois à compter d'une décision devenue définitive de l'Autorité de la concurrence, de l'autorité administrative chargée de la concurrence et de la consommation ou de la juridiction judiciaire ou administrative.

Les données de connexion relatives à des faits ne faisant pas l'objet de poursuites sont détruites à l'expiration d'un délai d'un mois à compter de la décision du rapporteur général de l'Autorité de la concurrence ou de l'autorité administrative mentionnée au I de l'article L. 470-2 ou de la juridiction judiciaire ou administrative, sans préjudice de leur transmission au procureur de la République en application de l'article 40 du Code de procédure pénale.

Les modalités d'application du présent article sont précisées par décret en Conseil d'État.

Art. L. 450-4 *(L. n° 2000-516, 15 juin 2000 ; L. n° 2001-420, 15 mai 2001 ; Ord. n° 2004-1173, 4 nov. 2004 ; L. n° 2009-526, 12 mai 2009 ; L. n° 2016-731, 3 juin 2016 ; L. n° 2020-1525, 7 déc. 2020 ; Ord. n° 2021-649, 26 mai 2021)*. – Les agents mentionnés à l'article L. 450-1 ne peuvent procéder aux visites en tous lieux ainsi qu'à la saisie de documents et de tout support d'information et, le cas échéant, de leurs moyens de déchiffrement, susceptibles d'être détenus ou d'être accessibles ou disponibles que dans le cadre d'enquêtes demandées par la Commission européenne, le ministre chargé de l'économie ou le rapporteur général de l'Autorité de la concurrence sur proposition du rapporteur, sur autorisation judiciaire donnée par ordonnance du juge des libertés et de la détention du tribunal judiciaire dans le ressort duquel sont situés les lieux à visiter. Ils peuvent également, dans les mêmes conditions, procéder à la pose de scellés sur tous locaux commerciaux, documents et supports d'information dans la limite de la durée de la visite de ces locaux. Lorsque ces lieux sont situés dans le ressort de plusieurs juridictions et qu'une action simultanée doit être menée dans chacun d'eux, une ordonnance unique peut être délivrée par l'un des juges des libertés et de la détention compétents.

Le juge vérifie que la demande d'autorisation qui lui est soumise est fondée ; cette demande doit comporter tous les éléments d'information en possession du demandeur de nature à justifier la visite. Lorsque la visite vise à permettre la constatation d'infractions aux dispositions du livre IV du présent code en train de se commettre, la demande d'autorisation peut ne comporter que les indices permettant de présumer, en l'espèce, l'existence des pratiques dont la preuve est recherchée.

La visite et la saisie s'effectuent sous l'autorité et le contrôle du juge qui les a autorisées. Celui-ci désigne le ou les chefs de service territorialement compétents, lesquels nomment autant d'officiers de police judiciaire que de lieux visités. Les officiers de police judiciaire sont chargés, chacun en ce qui les concerne, d'assister à ces opérations, d'y apporter leur concours en procédant, le cas échéant, aux réquisitions nécessaires et de tenir le juge informé du déroulement de ces opérations. Le juge ayant autorisé les opérations de visite et de saisie peut, pour en exercer le contrôle, délivrer une commission rogatoire au juge des libertés et de la détention dans le ressort duquel s'effectue la visite.

Le juge peut se rendre dans les locaux pendant l'intervention. À tout moment, il peut décider la suspension ou l'arrêt de la visite.

L'ordonnance est notifiée verbalement et sur place au moment de la visite à l'occupant des lieux ou à son représentant qui en reçoit copie intégrale contre récépissé ou émargement au procès-verbal. En l'absence de l'occupant des lieux ou de son représentant, l'ordonnance est notifiée après la visite, par lettre recommandée avec avis de réception. La notification est réputée faite à la date de réception figurant sur l'avis.

L'ordonnance par laquelle le juge des libertés et de la détention statue sur la demande d'autorisation mentionnée au premier alinéa peut faire l'objet d'un appel devant le premier président de la cour d'appel dans le ressort de laquelle le juge a autorisé ou refusé la mesure, suivant les règles prévues par le Code de procédure pénale. Le ministère public peut interjeter appel, ainsi que la personne à l'encontre de laquelle a été ordonnée cette mesure. L'Autorité de la concurrence ou le ministre chargé de l'économie peut interjeter appel contre une ordonnance de refus d'autorisation. L'appel est formé par déclaration au greffe du tribunal judiciaire dans un délai de dix jours à compter de la notification de l'ordonnance. Il n'est pas suspensif. En cas d'appel formé à l'encontre d'une ordonnance d'autorisation, le ministre chargé de l'économie ou l'Autorité de la concurrence, selon le cas, est partie à cette procédure. Les parties à la procédure devant le premier président de la cour d'appel peuvent former un pourvoi en cassation à l'encontre de l'ordonnance rendue à son issue selon les règles prévues par le Code de procédure pénale. Les pièces saisies sont conservées jusqu'à ce qu'une décision soit devenue définitive.

La visite, qui ne peut commencer avant six heures ou après vingt et une heures, est effectuée en présence de l'occupant des lieux ou de son représentant. En cas d'impossibilité, l'officier de police judiciaire requiert deux témoins choisis en dehors des personnes relevant de son autorité, de celle de l'administration de la direction générale de la concurrence, de la consommation et de la répression des fraudes ou de celle du Conseil de la concurrence.

Les agents mentionnés à l'article L. 450-1, l'occupant des lieux ou son représentant ainsi que l'officier de police judiciaire et, le cas échéant, les agents et autres personnes mandatés par la Commission européenne peuvent seuls prendre connaissance des pièces et documents avant leur saisie. Les agents mentionnés à l'article L. 450-1 peuvent procéder au cours de la visite à des auditions de l'occupant des lieux ou de son représentant en vue de recueillir les informations ou explications utiles aux besoins de l'enquête.

Conformément à l'article 28 du Code de procédure pénale, l'article 61-1 du même code est applicable lorsqu'il est procédé à l'audition d'une personne à l'égard de laquelle il existe des raisons plausibles de soupçonner qu'elle a commis ou tenté de commettre une infraction.

Les inventaires et mises sous scellés sont réalisés conformément à l'article 56 du Code de procédure pénale.

Une copie du procès-verbal et de l'inventaire est remise à l'occupant des lieux ou à son représentant. Une copie est également adressée par lettre recommandée avec demande d'avis de réception aux personnes mises en cause ultérieurement par les pièces saisies au cours de l'opération.

Les pièces et documents saisis sont restitués à l'occupant des lieux, dans un délai de six mois à compter de la date à laquelle la décision [de l']Autorité de la concurrence est devenue définitive. L'occupant des lieux est mis en demeure, par lettre recommandée avec avis de réception, de venir les rechercher, dans un délai de deux mois. À l'expiration de ce délai et à défaut de diligences de sa part, les pièces et documents lui sont restitués, à ses frais.

Le déroulement des opérations de visite et saisie peut faire l'objet d'un recours devant le premier président de la cour d'appel dans le ressort de laquelle le juge a autorisé ces dernières, suivant les règles prévues par le Code de

procédure pénale. Le ministère public, la personne à l'encontre de laquelle a été prise l'ordonnance mentionnée au premier alinéa et les personnes mises en cause au moyen de pièces saisies au cours de ces opérations peuvent former ce recours. Le ministre chargé de l'économie ou l'Autorité de la concurrence, selon le cas, est partie à cette procédure en qualité de partie défenderesse. Ce dernier est formalisé par déclaration au greffe du tribunal judiciaire dans un délai de dix jours à compter de la remise ou de la réception du procès-verbal et de l'inventaire, ou, pour les personnes n'ayant pas fait l'objet de visite et de saisie et qui sont mises en cause, à compter de la date à laquelle elles ont reçu notification du procès-verbal et de l'inventaire et, au plus tard à compter de la notification de griefs prévue à l'article L. 463-2. Le recours n'est pas suspensif. Les parties à la procédure devant le premier président de la cour d'appel peuvent former un pourvoi en cassation à l'encontre de l'ordonnance rendue à son issue selon les règles prévues par le Code de procédure pénale. Les pièces saisies sont conservées jusqu'à ce qu'une décision soit devenue définitive.

Bibliographie : L. Saenko, *Les saisies globales en droit de la concurrence : prescriptives nouvelles : Dr. pén.* 2013, études 16.

1) QPC. Non-lieu à renvoi devant le Conseil constitutionnel de la question prioritaire contestant la constitutionnalité de l'article L. 450-4 du Code de commerce (■ Cass. crim., 22 sept. 2010, n° 10-90.099 : *JurisData* n° 2010-017030 ; *Dr. pén.* 2010, comm. 126, obs. J.-H. Robert. – *Adde*, ■ Cass. crim., 1er déc. 2010, nos 10-80.016 et 10-80.017 : *Bull. crim.* n° 192. ■ Cass. crim., 26 juill. 2017, n° 16-87.189 : *Dr. pén.* 2017, comm. 162, note J.-H. Robert).

– Non-lieu à renvoi au Conseil constitutionnel de la question concernant notamment la saisie globale des fichiers informatiques (■ Cass. crim., 19 oct. 2011, n° 10-88.194 : *Dr. pén.* 2012, comm. 10, obs. J.-H. Robert).

– Non-lieu à renvoi au Conseil constitutionnel, dès lors que les dispositions contestées de l'article L. 450-4 du Code de commerce assurent un contrôle effectif, par le juge, de la nécessité de chaque visite et lui donnent les pouvoirs d'en suivre effectivement le cours, de régler les éventuels incidents portant notamment sur la saisie, par l'Administration, de documents de nature personnelle, confidentielle ou couverts par le secret professionnel et, le cas échéant, de mettre fin à la visite à tout moment (■ Cass. crim., 27 juin 2012, n° 12-90.028 QPC : *Bull. crim.* n° 163 ; *Dr. pén.* 2012, comm. 133, obs. J.-H. Robert).

– Non-lieu à renvoi au Conseil constitutionnel d'une QPC portant sur les deux premiers alinéas de l'article L. 450-4 du Code de commerce, qui prévoient que les agents mentionnés à l'article L. 450-1 du même Code peuvent procéder aux visites en tous lieux ainsi qu'à la saisie de documents et de tout support d'information, sans les restreindre au but de recherche de la preuve d'infractions déterminées, d'une part car l'article L. 450-4 du Code de commerce renvoie expressément à l'article L. 450-1, lequel permet de définir avec suffisamment de précision le cadre des enquêtes dans lesquelles les agents de l'administration peuvent procéder sur le fondement de ce texte aux opérations de visites et de saisies, soit les enquêtes liées à l'application des titres II et III du livre 4 du Code de commerce, destinées à rechercher les preuves de pratiques anticoncurrentielles ou d'opérations de concentration prohibées et, d'autre part, car, selon l'interprétation de ce texte par la chambre criminelle de la Cour de cassation, le juge du fond doit exercer un contrôle effectif sur les présomptions de pratiques prohibées et les agissements dont la preuve est recherchée (■ Cass. crim., 9 déc. 2020, n° 20-83.001).

2) Les motifs et le dispositif d'une ordonnance statuant sur une requête tendant à voir autoriser des opérations de visite et de saisie sont réputés avoir été établis par le juge qui l'a rendue et signée.

Doit en conséquence être approuvée la décision du premier président qui écarte le moyen faisant grief au juge des libertés et de la détention de s'être borné à reproduire les termes de la requête dont il était saisi, une telle pratique n'étant pas contraire aux dispositions des articles 6 et 8 de la Convention européenne des droits de l'homme (■ Cass. crim., 27 févr. 2013, n° 11-82.446 : *Bull. crim.* n° 51).

3) En vertu de l'article 48 de l'ordonnance du 1er décembre 1986 (C. com., art. L. 450-4), le juge doit vérifier le bien-fondé de la demande de visites et saisies qui lui est présentée par l'Administration ; pour faire droit à la demande de la Direction de la concurrence tendant à être autorisée à procéder à des visites et saisies dans les locaux d'une société, l'ordonnance attaquée se borne à retenir que les informations fournies laissent présumer que cette société a participé à des pratiques anticoncurrentielles ; en se déterminant par ce seul motif, le président du tribunal n'a pas mis la Cour de cassation en mesure de contrôler si le bien-fondé de la demande avait été vérifié ; le président du tribunal de grande instance s'est reconnu compétent pour faire procéder, par voie de commission rogatoire, à des visites et saisies hors de son ressort dans les locaux de la société, sans constater qu'une action simultanée devait être menée dans différents ressorts ; en quoi il a méconnu les exigences de l'article 48 de l'ordonnance du 1er décembre 1986 (■ Cass. ch. mixte, 15 déc. 1988 : *Gaz. Pal.* 18-20 déc. 1988 ; *JCP* 1989, II, 21263, note O. Dugrip).

4) Il résulte de l'article L. 450-4 du Code de commerce qu'après avoir vérifié que la demande qui lui est soumise est fondée, le juge des libertés et de la détention peut autoriser des opérations de visite et saisie dans toute entreprise, quelle que soit son activité.

Encourt dès lors la cassation, l'ordonnance du délégué du premier président qui soumet l'autorisation des opérations de visite et saisie dans des entreprises de presse à des conditions particulières (■ Cass. crim., 11 janv. 2012, n° 10-85.446 : *Dr. pén.* 2012, comm. 37, obs. J.-H. Robert).

5) L'occupant des lieux ne dispose pas du droit de saisir lui-même le juge qui a autorisé la visite et la saisie, les officiers de police judiciaire chargés d'assister aux opérations devant, au cours de la visite, tenir ce magistrat informé des difficultés rencontrées (■ Cass. crim., 9 mars 2016, n° 14-84.566 : *Dr. pén.* 2016, comm. 81, obs. J.-H. Robert).

6) Encourt aussi la cassation l'ordonnance énonçant que les présomptions précises, graves et concordantes doivent, en répondant aux exigences des articles 1349 et 1353 du Code civil, permettre d'établir la réalité d'un fait inconnu à partir de faits connus ; qu'après avoir analysé les indices recueillis, le juge en déduit que la directrice générale de la concurrence, de la consommation et de la répression des fraudes n'a pas rapporté la preuve d'un faisceau de présomptions suffisant pour justifier une visite dans les locaux de la société dont il s'agit ; qu'il ajoute que les documents joints à la requête présentée au juge des libertés et de la détention n'autorisaient pas celui-ci à retenir l'existence de présomptions d'entente illicite permettant la recherche de preuves dans les locaux visités ; en statuant ainsi, le juge a ajouté à la loi des conditions qu'elle ne comporte pas (■ Cass. crim., 19 déc. 2012, n° 12-82.270 : *Dr. pén.* 2012, comm. 77, obs. J.-H. Robert).

7) Ajoute à la loi des conditions qu'elle ne comporte pas l'ordonnance du premier président qui subordonne l'autorisation d'effectuer les opérations de visite et de saisie prévues par l'article L. 450-4 du Code de commerce à l'existence de présomptions précises, graves et concordantes permettant d'établir la réalité d'un fait inconnu à partir de faits connus (■ Cass. crim., 22 janv. 2014, n° 13-81.013 : *Dr. pén.* 2014, comm. 44, obs. J.-H. Robert ; *JCP* 2014, act., n° 130, p. 196, note B. Ruy).

8) Il résulte de l'article 50 *bis* de l'ordonnance du 1er décembre 1986 (devenu l'article L. 470-6 du Code de commerce) que les pouvoirs prévus à l'article L. 48 de cette ordonnance (devenu l'article L. 450-4 dudit code) peuvent être mis en œuvre dans le cadre d'une enquête effectuée par la Commission européenne en vue de rechercher la preuve de pratiques anticoncurrentielles. Le droit, pour les agents de la Commission, de prendre copie des livres ou documents professionnels suppose, en cas de refus des dirigeants de l'entreprise, que ces livres ou documents soient préalablement saisis par les fonctionnaires nationaux présents pour assister les agents de la Commission (■ Cass. crim., 22 oct. 2003 : *Bull. crim.* n° 199, arrêt n° 1).

9) Il résulte de l'arrêt de la Cour de justice des Communautés européennes du 22 octobre 2002, Roquettes Frères SA que, si l'instance compétente, en vertu du droit national, pour autoriser des agents de l'Administration à user de mesures coercitives en vue d'apporter leur concours aux agents mandatés par la Commission européenne aux fins de rechercher la preuve de pratiques anticoncurrentielles, ne peut, à cette occasion, substituer sa propre appréciation du caractère nécessaire des vérifications ordonnées à celle de la Commission, dont les évaluations de fait et de droit ne sont soumises qu'au contrôle de légalité des juridictions communautaires, ni exiger la transmission des éléments et des indices figurant au dossier de la Commission et sur lesquels reposent les soupçons de cette dernière, il entre en revanche dans ses pouvoirs d'examiner si les mesures de contrainte envisagées ne sont pas arbitraires ou excessives par rapport à l'objet de la vérification et de veiller au respect des règles de son droit national dans le déroulement de ces mesures ; un tel contrôle suppose que la Commission fournisse des explications faisant ressortir de manière circonstanciée qu'elle dispose, dans son dossier, d'éléments et d'indices sérieux permettant de soupçonner des infractions aux règles de concurrence par l'entreprise concernée.

Procède au contrôle qui lui incombe en vertu des articles 14, paragraphe 6, du règlement CEE 17-62 du Conseil du 6 février 1962 et 48 de l'ordonnance du 1er décembre 1986 (devenu l'article L. 450-4 du Code de commerce) le président d'un tribunal qui, après avoir exactement énoncé qu'il ne lui appartient pas d'apprécier les motifs de fait et de droit fondant la décision de la Commission, s'assure que les pièces produites par l'Administration ont une origine apparemment licite, reconnaît l'authenticité de la décision de la Commission puis estime que les agissements décrits dans cette décision et dont la preuve est recherchée laissent présumer que la société dont les locaux font l'objet d'une demande de visite est impliquée dans des pratiques anticoncurrentielles sur un marché dont il précise la nature et qu'en raison, notamment, du caractère confidentiel des documents s'y rapportant, seuls les pouvoirs conférés par l'article 48 de l'ordonnance du 1er décembre 1986 sont propres à garantir l'accomplissement de la mission des agents mandatés par la Commission (▪ Cass. crim., 22 oct. 2003 : *Bull. crim.* n° 199, arrêts 1 et 2).

10) Le juge saisi d'un recours concernant le déroulement des opérations de visite et de saisie qu'il a autorisées en application de l'article L. 450-4 du Code de commerce, s'il doit ordonner la restitution des pièces appréhendées irrégulièrement ou en violation des droits de la défense, ne peut annuler ces opérations et restituer l'ensemble des pièces alors qu'il lui appartenait de rechercher si certains des documents et supports d'information appréhendés concernaient les pratiques anticoncurrentielles susceptibles d'entrer dans le champ de l'enquête et si leur saisie avait été régulièrement effectuée (▪ Cass. crim., 20 mai 2009 : *Bull. crim.* n° 103).

11) Lorsque le premier président de la cour d'appel est saisi d'un recours portant sur la régularité des opérations de visite et saisie en vue de rechercher la preuve de pratiques anticoncurrentielles, il appartient aux parties d'établir si les fichiers entrent ou non dans les prévisions de l'autorisation de procéder à ces opérations (▪ Cass. crim., 30 nov. 2011, nos 10-81.748 et 10-81.749, 2 arrêts : *Bull. crim.* nos 242 et 243 ; *Dr. pén.* 2012, comm. 10, obs. J.-H. Robert).

12) Justifie sa décision le juge qui, pour dire régulières les opérations pratiquées :

– énonce qu'aucune disposition légale n'impose, à peine de nullité des opérations de visite et saisie, que les éventuelles réserves émises par l'occupant des lieux soient annexés au procès-verbal de ces opérations ;

– constaté que la saisie des fichiers de messageries, après leur transcription du serveur de la société demanderesse sur un disque dur avait été opérée conformément aux prescriptions légales applicables ;

– qu'il a souverainement apprécié que les écrits, supports et données saisis, qui ont été sélectionnés selon des critères que l'Administration n'est pas tenue de communiquer, n'étaient ni divisibles ni étrangers au but de l'autorisation accordée ;

– et relève que la demanderesse n'établit la présence, parmi les documents maintenus sous saisie, d'aucune correspondance émanant de ses avocats ou qu'elle leur aurait adressée, en lien avec l'exercice des droits de sa défense (▪ Cass. crim., 14 déc. 2011, n° 10-85.294 : *Dr. pén.* 2012, comm. 25, obs. J.-H. Robert). –Ne justifie pas sa décision le juge qui annule la saisie d'un ordinateur dès lors que celui-ci se trouvait dans les lieux visés par l'ordonnance autorisant les opérations de visite et saisie et qu'il n'était pas allégué l'absence dans ce matériel de données en lien avec l'objet de cette autorisation (▪ Cass. crim., 14 déc. 2011, n° 10-85.293 : *Bull. crim.* n° 259 ; *D.* 2012, act. p. 86 ; *Rev. Lamy dr. aff.* 2012, p. 42, note C. Mathonnière).

13) Le juge des libertés et de la détention qui a rendu une ordonnance autorisant, à titre préventif, les agents de la Direction nationale des enquêtes, de concurrence, de consommation et de répression des fraudes (DNECCRF) à effectuer des opérations de visite et de saisie dans les locaux d'une société pour assister les agents de la Commission européenne est incompétent pour statuer sur la régularité de ces opérations dès lors qu'il constate que son ordonnance n'a pas été mise en œuvre par les enquêteurs de la DNECCRF, en l'absence d'opposition de la société aux opérations de visite et de saisie effectuées par les agents de la Commission européenne (▪ Cass. crim., 2 juin 2010 : *Bull. crim.* n° 100).

14) Sauf dispositions contraires, les règles de la procédure civile sont applicables devant le premier président de la cour d'appel statuant, en application de l'ordonnance du 13 novembre 2008, sur le contentieux des visites domiciliaires autorisées par le juge des libertés et de la détention en vue de rechercher la preuve de pratiques anticoncurrentielles (▪ Cass. crim., 8 sept. 2010 : *Bull. crim.* n° 132 ; *JCP* E 2010, Panorama, n° 1944, note).

15) L'ordonnance rendue par un juge des libertés et de la détention pour désigner des officiers de police judiciaire chargés de prêter leur concours à des opérations de visite et saisie de documents dans les locaux d'une société, en vue de rechercher la preuve de pratiques anticoncurrentielles, n'est qu'un acte d'exécution de l'ordonnance principale rendue par le juge des libertés et de la détention pour autoriser lesdites visite et saisie.

Est dès lors irrecevable le recours formé, en application du dernier alinéa de l'article L. 450-4 du Code de commerce, dans sa rédaction issue de l'ordonnance du 13 novembre 2008, contre l'ordonnance rendue sur commission rogatoire pour désigner des officiers de police judiciaire (▪ Cass. crim., 23 févr. 2011, n° 09-87.848 : *Bull. crim.* n° 40 ; *Dr. pén.* 2011, comm. 68, obs. J.-H. Robert).

16) Le rapporteur général de l'Autorité de la concurrence qui a sollicité et obtenu du juge des libertés et de la détention l'autorisation de procéder à des opérations de visite et saisie, en vue de rechercher la preuve de pratiques anticoncurrentielles, conformément à l'article L. 450-4 du Code de commerce et dont le déroulement a fait l'objet d'un recours devant le premier président de la cour d'appel, est recevable à se pourvoir en cassation contre l'ordonnance dudit premier président.

Viole l'article L. 450-4 du Code de commerce, ensemble l'article 143 du Code de procédure civile, le premier président qui, saisi d'un recours sur le déroulement des opérations de visite et saisie, ordonne une mesure d'instruction sans rapport concret avec le litige, comme tendant à apprécier la possibilité pour les enquêteurs de procéder autrement qu'ils ne l'ont fait, alors qu'il lui appartenait de vérifier concrètement, en se référant au procès-verbal et à l'inventaire des opérations, la régularité de ces dernières et d'ordonner, le cas échéant, la restitution des documents qu'il estimait appréhendés irrégulièrement ou en violation des droits de la défense (▪ Cass. crim., 16 juin 2011, n° 11-80.345 : *Bull. crim.* n° 135 ; *Dr. pén.* 2011, comm. 109, obs. J.-H. Robert. ▪ Cass. crim., 11 janv. 2012, n°s 10-88.193 et 10-88.194 : *Dr. pén.* 2012, comm. 38, obs. J.-H. Robert).

17) Irrecevabilité de l'appel interjeté contre l'ordonnance par laquelle un juge des libertés et de la détention refuse de rétracter son autorisation de visite domiciliaire par les agents de l'Autorité de la concurrence (▪ Cass. crim., 16 juin 2011, n° 10-84.126 : *Dr. pén.* 2011, comm. 125, obs. J.-H. Robert).

18) Le premier président retient, à bon droit, que les dispositions de la loi du 6 janvier 1978 relative à l'informatique, aux fichiers et aux libertés sont inapplicables, dès lors que l'exécution d'une opération de visite et saisie, autorisée par le juge des libertés et de la détention, est réalisée sous son contrôle et son déroulement est susceptible d'un recours devant le premier président (▪ Cass. crim., 30 nov. 2011, n° 10-81.748 : *Bull. crim.* n° 242 ; *Dr. pén.* 2012, comm. 10, obs. J.-H. Robert).

19) Aux termes de l'article L. 450-4 du Code de commerce, le **pourvoi en cassation** contre l'ordonnance du premier président de la cour d'appel statuant sur la validité d'une ordonnance du juge des libertés et de la détention autorisant des opérations de visite et saisie en vue de rechercher la preuve de pratiques anticoncurrentielles est soumis aux dispositions du Code de procédure pénale.

Il s'ensuit que lorsque la décision est rendue après débat contradictoire et que les parties ont été informées de la date à laquelle elle serait prononcée, le délai de cinq jours francs prévu par l'article 568 de ce code court du jour de ce prononcé (▪ Cass. crim., 11 janv. 2012, n° 10-87.762 : *Rev. Lamy dr. aff.* 2012, act., n° 3877, p. 45, note C. Mathonnière).

20) Aux termes de l'article L. 450-4 du Code de commerce, le pourvoi en cassation contre l'ordonnance du premier président de la cour d'appel statuant sur la validité d'une ordonnance du juge des libertés et de la détention autorisant des opérations de visite et saisie en vue de rechercher la preuve de pratiques anticoncurrentielles, est soumis aux dispositions du Code de procédure pénale.

Il s'ensuit que lorsque la décision est rendue après débat contradictoire et que les parties ont été informées de la date à laquelle elle serait prononcée, le délai de cinq jours francs prévu par l'article 568 de ce code court du jour de ce prononcé.

Cependant, lorsque l'acte de notification de l'arrêt comporte une indication erronée quant au point de départ du délai de pourvoi, cette notification ouvre un nouveau délai de recours (arrêt n° 1).

Tel n'est pas le cas lorsque la notification est postérieure à l'expiration du délai ayant commencé à courir au jour du prononcé de l'arrêt (arrêt n° 2) (▪ Cass. crim., 19 déc. 2012, n°s 11-88.472 et 12-81.350 : *Bull. crim.* n° 286).

21) Le premier président, saisi d'un recours sur le déroulement des opérations de visite et saisie, effectuées sur le fondement de l'article L. 450-4 du Code de commerce, ne peut ordonner une mesure d'instruction sans rapport avec le litige comme tendant, en l'espèce, à apprécier la possibilité pour les enquêteurs de procéder autrement qu'ils ne l'ont fait, alors qu'il lui appartenait de vérifier, en se référant au procès-verbal et à l'inventaire des opérations, la régularité de ces dernières et d'ordonner, le cas échéant, la restitution des documents qu'il estimait irrégulièrement appréhendés (▪ Cass. crim., 11 janv. 2012, n° 10-88.197 : *D.* 2012, Act. dr. aff., p. 214 ; *JCP* 2012, chron., n° 341, p. 564, note J.-H. Robert ; *Rev. Contrats, conc. consom.* 2012, comm. 71, note D. Bosco ; *Rev. Comm. comm. électr.* 2012, comm. 31, note M. Chagny ; *Rev. Lamy dr. aff.* 2012, act., n° 3874, note Dan Roskis et C. Mai Doremus et n° 3875, note C. Mathonnière).

22) Il résulte de l'article L. 450-4 du Code de commerce que le premier président qui rejette la requête de l'administration tendant à obtenir l'autorisation d'effectuer des opérations de visite et saisie ne peut ordonner la restitution immédiate des pièces saisies, celle-ci ne pouvant intervenir qu'après que la décision du premier président soit devenue définitive (▪ Cass. crim., 27 févr. 2013, n° 11-88.471 : *Bull. crim.* n° 51).

23) Il résulte de l'article L. 450-4, alinéa 6, précité que les pièces saisies lors d'une visite domiciliaire doivent être conservées jusqu'à ce que la décision statuant sur les opérations effectuées lors de cette visite soit devenue définitive ; méconnaît ce texte le premier président qui, infirmant l'ordonnance du juge des libertés et de la détention ayant autorisé la visite des locaux d'une société, ordonne la restitution des pièces et documents qui y ont été saisis (▪ Cass. crim., 22 janv. 2014, n° 13-81.013 : *JCP* 2014, act., n° 130 p. 196, note B. Ruy).

24) Il appartient au premier président, statuant sur un recours exercé contre le déroulement des opérations de visite et saisie effectuées par les services de l'Autorité de la concurrence, de rechercher si les pièces et supports informatiques dont la saisie est contestée, sont ou non couverts par le secret professionnel entre un avocat et son client.

Lorsqu'il constate que des correspondances saisies relèvent de la protection de ce secret et alors que la violation dudit secret intervient dès que le document est saisi par les enquêteurs, le premier président doit annuler la saisie de ces pièces.

Encourt dès lors la cassation, l'ordonnance qui refuse d'annuler cette saisie au motif que l'Autorité de la concurrence ne s'oppose pas à la restitution d'un document protégé et que la pertinence de la saisie ne peut s'apprécier que par la prise de connaissance de son contenu (▪ Cass. crim., 24 avr. 2013, n° 12-80.331 : *Bull. crim.* n° 102 ; *Gaz. Pal.* 2-4 juin 2013, jur. p. 10, note D. Piau ; *Procédures* 2013, comm. 222, note A.-S. Chavent-Leclere ; *Dr. pén.* 2013, comm. 112, obs. J.-H. Robert).

25) Est justifiée la décision qui, pour déclarer régulière la saisie de fichiers informatiques effectuée lors d'une visite domiciliaire autorisée en vertu de l'article L. 450-4 du Code de commerce, énonce que ces fichiers ont été identifiés puis inventoriés et que l'occupant de lieux, qui en a reçu copie et a ainsi été mis en mesure d'en connaître le contenu, n'a pas formulé d'observations au moment où les opérations ont été effectuées puis n'a invoqué, au soutien de son recours devant le premier président, aucun élément de nature à établir l'insaisissabilité de certains des documents appréhendés (▪ Cass. crim., 14 nov. 2013, n° 12-87.346 : *Bull. crim.* n° 227 ; *Dr. pén.* 2014, comm. 28, obs. J.-H. Robert ; *D.* 2013, act. p. 9692 ; *Rev. Lamy dr. aff.* janv. 2014, n° 4926, p. 39, note C. Mathonnière).

26) La société objet d'une visite domiciliaire effectuée, à quelque date que ce soit, en application de l'article L. 450-4 du Code de commerce peut se faire assister d'un avocat dès le début des opérations.

Encourt la censure la décision du premier président qui ne fait pas droit au recours en annulation pris de ce qu'il a été fait interdiction aux conseils de la société d'accéder aux locaux visités et de prendre la parole (▪ Cass. crim., 27 nov. 2013, n° 12-86.424 : *Bull. crim.* n° 241 ; *Dr. pén.* 2014, comm. 43, obs. J.-H. Robert).

27) Les avocats de la société objet d'une visite domiciliaire bénéficient des droits reconnus par l'alinéa 8 de l'article L. 450-4 du Code de commerce à cette société et à ses représentants.

La décision qui, à tort, ne leur reconnaît pas ces droits n'encourt pas pour autant la censure, dès lors que la société et ses conseils, qui sont intervenus dès le début des opérations de visite et avaient nécessairement connaissance des documents susceptibles d'être appréhendés, n'ont soulevé aucune contestation sur les documents qui leur paraissaient devoir être exclus de la saisie (▪ Cass. crim., 27 nov. 2013, n° 12-85.830 : *Bull. crim.* n° 242 ; *JCP* 2013, n° 1302, p. 2270, note B. Ruy ; *D.* 2013, act. p. 2844 ; *Rev. Lamy dr. aff.* janv. 2014, act., n° 4926, p. 39, note Ch. Mathonnière ; *Dr. pén.* 2014, comm. 43, obs. J.-H. Robert).

28) Dans les procédures fondées sur la violation du droit de la concurrence, l'obligation d'assurer l'exercice des droits de la défense doit être respectée dès le stade de l'enquête préalable.

Les opérations de visite et saisie effectuées en application de l'article L. 450-4 du Code de commerce doivent être annulées, dès lors qu'il a été fait obstacle à la présence des avocats appelés à y assister (▪ Cass. crim., 25 juin 2014 : *Bull. crim.* n° 170).

29) N'est pas fondé le moyen pris de ce qu'une autorisation de visite et saisie a été accordée sur le fondement de l'article L. 450-4 du Code de commerce sans que l'Autorité de la concurrence ait communiqué au juge des libertés et de la détention l'ensemble des pièces qu'elle détenait, dès lors qu'il n'est pas démontré que les pièces manquantes auraient été de nature à modifier l'appréciation portée par le juge sur les éléments établissant les présomptions de fraude (▪ Cass. crim., 11 juill. 2017, n° 16-81.039).

30) Si, selon les principes rappelés par l'article 66-5 de la loi du 31 décembre 1971, les correspondances échangées entre le client et son avocat sont, en toutes matières, couvertes par le secret professionnel, il demeure qu'elles peuvent notamment être saisies dans le cadre des opérations de visite prévues par l'article L. 450-4 du Code de commerce dès lors qu'elles ne concernent pas l'exercice des droits de la défense (▪ Cass. crim., 25 nov. 2020, n° 19-84.304).

Art. L. 450-5 ***(Mod., L. n° 2001-420, 15 mai 2001 ; rempl., Ord. n° 2008-1161, 13 nov. 2008 ; mod., L. n° 2012-1270, 20 nov. 2012 ; L. n° 2016-1920, 29 déc. 2016).*** **– Le rapporteur général de l'Autorité de la**

concurrence est informé avant leur déclenchement des investigations que le ministre chargé de l'économie souhaite voir diligenter sur des faits susceptibles de relever des articles L. 420-1 à L. 420-2-2 et L. 420-5 ou d'être contraires aux mesures prises en application de l'article L. 410-3 et peut, dans un délai fixé par décret, en prendre la direction.

Le rapporteur général est informé sans délai du résultat des investigations menées par les services du ministre. Il peut, dans un délai fixé par décret, proposer à l'Autorité de se saisir d'office.

Art. L. 450-6 *(Mod., L. n° 2001-420, 15 mai 2001 ; rempl., Ord. n° 2008-1161, 13 nov. 2008)*. – Le rapporteur général désigne, pour l'examen de chaque affaire, un ou plusieurs agents des services d'instruction aux fonctions de rapporteur. À sa demande écrite, l'autorité dont dépendent les agents mentionnés au II de l'article L. 450-1 met sans délai à sa disposition, en nombre et pour la durée qu'il a indiqués, les agents nécessaires à la réalisation des opérations mentionnées à l'article L. 450-4.

Art. L. 450-7 *(Mod., Ord. n° 2008-1161, 13 nov. 2008 ; Ord. n° 2021-649, 26 mai 2021)*. – Les agents mentionnés à l'article L. 450-1 peuvent, sans se voir opposer le secret professionnel, accéder à tout document ou élément d'information détenu par les services et établissements de l'État, les autorités administratives indépendantes et autorités publiques indépendantes mentionnées à l'annexe de la loi n° 2017-55 du 20 janvier 2017 portant statut général des autorités administratives indépendantes et des autorités publiques indépendantes, et des autres collectivités publiques.

Art. L. 450-8 *(Mod., Ord. n° 2008-1161, 13 nov. 2008 ; L. n° 2014-344, 17 mars 2014 ; Ord. n° 2021-649, 26 mai 2021)*. – I. - Sous réserve des dispositions du II, est puni d'un emprisonnement de deux ans et d'une amende de 300 000 € le fait pour quiconque de s'opposer, de quelque façon que ce soit, à l'exercice des fonctions dont les agents mentionnés au II de l'article L. 450-1 sont chargés en application du présent livre.

II. - Lorsque l'opposition porte sur des actes des agents mentionnés au II de l'article L. 450-1 accomplis au titre de leur mise à disposition du rapporteur général de l'Autorité de la concurrence en application de l'article L. 450-6, et qu'elle est le fait d'une personne morale, les dispositions du I ne sont pas applicables et elle n'est passible que de la sanction pécuniaire prévue au deuxième alinéa du V de l'article L. 464-2.

1) Est coupable du chef d'opposition à fonctions le prévenu qui, absent lors de l'intervention sur place des agents enquêteurs, ne répond pas à une convocation ultérieure et exige de voir consultés sur place les documents qui lui sont réclamés (■ Cass. crim., 14 janv. 1991 : *Dr. pén.* 1991, n° 117).

2) Dès lors que les enquêteurs habilités par le ministre chargé de l'économie exercent leurs fonctions en exécution d'une ordonnance du président du tribunal de grande instance, ils sont réputés agir dans les conditions prévues par la loi et les obstacles mis à leurs fonctions constituent le délit prévu par l'article 52 (■ Cass. crim., 25 févr. 1992 : *Bull. crim.* n° 86).

3) Le délit d'obstacle à fonctions prévu et réprimé par l'article L. 450-8 du Code de commerce consiste en une obstruction, de quelque nature que ce soit, apportée aux demandes d'un fonctionnaire de contrôle tendant à l'empêcher de procéder aux enquêtes dont il est chargé. Ce texte ne porte pas atteinte au droit au silence garanti par les dispositions des articles 14 du Pacte international relatif aux droits civils et politiques et 6 de la Convention européenne des droits de l'homme (■ Cass. crim., 24 févr. 2009 : *Bull. crim.* n° 46 ; *AJ pénal* 2009, p. 226, obs. J. Lasserre Capdeville ; *Dr. pén.* 2009, comm. 83, obs. J.-H. Robert).

Art. L. 450-9 *(Créé, Ord. n° 2021-649, 26 mai 2021)*. – Est puni d'un emprisonnement de deux ans et d'une amende de 300 000 € le fait pour une personne physique de s'opposer à l'exercice des fonctions dont les agents mentionnés au I de l'article L. 450-1 sont chargés en application du présent livre.

Art. L. 450-10 *(Créé, Ord. n° 2021-649, 26 mai 2021)*. – Les dispositions de l'article 121-2 du Code pénal ne sont pas applicables aux infractions mentionnées à l'article L. 450-9, ni à celles mentionnées au I de l'article L. 450-8, lorsque l'opposition porte sur des actes des agents mentionnés au II de l'article L. 450-1 accomplis au titre de leur mise à disposition du rapporteur général de l'Autorité de la concurrence en application de l'article 450-6.

TITRE VII. – DISPOSITIONS DIVERSES

(Ord. n° 2017-303, 9 mars 2017)

Art. L. 490-1. – La juridiction peut condamner solidairement les personnes morales au paiement des amendes prononcées contre leurs dirigeants en vertu des dispositions du présent livre et des textes pris pour son application.

Art. L. 490-2. – En cas de condamnation au titre d'un délit prévu au titre IV du présent livre, la juridiction peut ordonner que sa décision soit affichée ou diffusée dans les conditions prévues par l'article 131-10 du Code pénal.

Art. L. 490-3 *(Mod., Ord. n° 2019-698, 3 juill. 2019).* – Lorsqu'une personne ayant fait l'objet, depuis moins de deux ans, d'une condamnation pour l'une des infractions définies par les articles L. 442-5, L. 442-6 et L. 443-1, commet la même infraction, le maximum de la peine d'amende encourue est porté au double.

Art. L. 490-4 *(Mod., Ord. n° 2019-698, 3 juill. 2019).* – Lorsqu'une personne morale ayant fait l'objet, depuis moins de deux ans, d'une condamnation pour l'infraction définie par l'article L. 442-5 commet la même infraction, le taux maximum de la peine d'amende encourue est égal à dix fois celui applicable aux personnes physiques pour cette infraction.

Art. L. 490-5. – Pour les délits prévus au titre IV du présent livre pour lesquels une peine d'emprisonnement n'est pas encourue et pour les contraventions prévues au présent livre, l'autorité administrative chargée de la concurrence et de la consommation a droit, tant que l'action publique n'a pas été mise en mouvement de transiger, après accord du procureur de la République, selon les modalités fixées par décret en Conseil d'État.

L'acte par lequel le procureur de la République donne son accord à la proposition de transaction est interruptif de la prescription de l'action publique.

L'action publique est éteinte lorsque l'auteur de l'infraction a exécuté dans le délai imparti les obligations résultant pour lui de l'acceptation de la transaction.

Art. L. 490-6. – I. – La composition pénale prévue à l'article 41-2 du Code de procédure pénale est applicable aux personnes morales qui reconnaissent avoir commis un ou plusieurs délits prévus au titre IV du présent livre pour lesquels une peine d'emprisonnement n'est pas encourue ainsi que, le cas échéant, une ou plusieurs contraventions connexes. Seule la mesure prévue par le 1° de l'article 41-2 du même code est applicable à ces personnes.

II. – Pour les délits mentionnés au I, le procureur de la République peut proposer la composition pénale à l'auteur des faits par l'intermédiaire d'un fonctionnaire mentionné au quatrième alinéa de l'article L. 450-1 du présent code.

Art. L. 490-7. – Pour les délits prévus au titre IV du présent livre pour lesquels une peine d'emprisonnement n'est pas encourue, vaut citation à personne la convocation en justice notifiée au prévenu, sur instruction du procureur de la République, par un fonctionnaire mentionné au quatrième alinéa de l'article L. 450-1.

Les dispositions de l'article 390-1 du Code de procédure pénale sont applicables à la convocation ainsi notifiée.

Art. L. 490-8. – Pour l'application des dispositions du présent livre, le ministre chargé de l'économie ou son représentant peut, devant les juridictions civiles ou pénales, déposer des conclusions et les développer oralement à l'audience. Il peut également produire les procès-verbaux et les rapports d'enquête.

Art. L. 490-9. – Pour l'application des articles 81 à 83 du traité instituant la Communauté européenne, le ministre chargé de l'économie et les fonctionnaires qu'il a désignés ou habilités conformément aux dispositions du présent livre d'une part, l'Autorité de la concurrence, d'autre part, disposent des pouvoirs respectifs qui leur sont reconnus par les articles du présent livre et du règlement (CE) n° 139/2004 du Conseil, du 20 janvier 2004, relatif au contrôle des concentrations entre entreprises et par le règlement du Conseil n° 1/2003 (CE) du 16 décembre 2002 relatif à la mise en œuvre des règles de concurrence prévues aux articles 81 et 82 du traité instituant la Communauté européenne. Les règles de procédure prévues par ces textes leur sont applicables.

Pour l'application des articles 87 et 88 du traité instituant la Communauté européenne, le ministre chargé de l'économie et les fonctionnaires qu'il a désignés ou habilités conformément aux dispositions de l'article L. 450-1 disposent des pouvoirs qui leur sont reconnus par le titre V du livre IV.

Art. L. 490-10. – Les organisations professionnelles peuvent introduire l'action devant la juridiction civile ou commerciale pour les faits portant un préjudice direct ou indirect à l'intérêt collectif de la profession ou du secteur qu'elles représentent, ou à la loyauté de concurrence.

Code de commerce

(Ord. n° 2000-912, 18 sept. 2000)

....

LIVRE TROISIÈME. – DE CERTAINES FORMES DE VENTES ET DES CLAUSES D'EXCLUSIVITÉ

TITRE PREMIER. – DES LIQUIDATIONS, DES VENTES AU DÉBALLAGE, DES SOLDES ET DES VENTES EN MAGASINS D'USINE

Art. L. 310-1 *(Mod., Ord. n° 2004-274, 25 mars 2004 ; Ord. n° 2014-295, 6 mars 2014).* – Sont considérées comme liquidations les ventes accompagnées ou précédées de publicité et annoncées comme tendant, par une réduction de prix, à l'écoulement accéléré de la totalité ou d'une partie des marchandises d'un établissement commercial à la suite d'une décision, quelle qu'en soit la cause, de cessation, de suspension saisonnière ou de changement d'activité, ou de modification substantielle des conditions d'exploitation.

Les liquidations sont soumises à déclaration préalable auprès du maire de la commune dont relève le lieu de la liquidation. Cette déclaration comporte la cause et la durée de la liquidation qui ne peut excéder deux mois. Elle est accompagnée d'un inventaire des marchandises à liquider. Lorsque l'événement motivant la liquidation n'est pas intervenu au plus tard dans les six mois qui suivent la déclaration, le déclarant est tenu d'en informer l'autorité administrative compétente.

Pendant la durée de la liquidation, il est interdit de proposer à la vente d'autres marchandises que celles figurant à l'inventaire sur le fondement duquel la déclaration préalable a été déposée.

Art. L. 310-2 *(Mod., Ord. n° 2004-274, 25 mars 2004 ; L. n° 2008-776, 4 août 2008 ; L. n° 2010-874, 27 juill. 2010 ; Ord. n° 2014-295, 6 mars 2014 ; L. n° 2016-1691, 9 déc. 2016).* – I. – Sont considérés comme ventes au déballage les ventes et rachats de marchandises effectués dans des locaux ou sur des emplacements non destinés à la vente au public ou au rachat de ces marchandises ainsi qu'à partir de véhicules spécialement aménagés à cet effet.

Les ventes au déballage ne peuvent excéder deux mois par année civile dans un même local sur un même emplacement ou dans un même arrondissement. Les ventes au déballage de fruits et légumes frais effectuées en période de crise conjoncturelle ne sont pas prises en compte pour le calcul de cette limite. Les ventes au déballage font l'objet d'une déclaration préalable auprès du maire de la commune dont dépend le lieu de la vente dont une copie est adressée concomitamment à l'autorité administrative chargée de la concurrence et de la consommation dans le département du lieu de vente.

Les particuliers non inscrits au registre du commerce et des sociétés sont autorisés à participer aux ventes au déballage en vue de vendre exclusivement des objets personnels et usagés deux fois par an au plus.

II. – Les dispositions du I ne sont pas applicables aux professionnels :

1° Effectuant dans une ou plusieurs communes, des tournées de ventes définies par le 1° de l'article L. 121-22 du Code de la consommation ;

2° Réalisant des ventes définies par l'article L. 320-2 ;

3° Qui justifient d'une permission de voirie ou d'un permis de stationnement pour les ventes réalisées sur la voie publique.

III. – Les dispositions du I ne sont pas applicables aux organisateurs de :

1° Manifestations commerciales comportant des ventes de marchandises au public dans un parc d'exposition ;

2° Manifestations commerciales qualifiées de salon professionnel ne se tenant pas dans un parc d'exposition ;

3° Fêtes foraines et de manifestations agricoles lorsque seuls des producteurs ou des éleveurs y sont exposants.

1) Le délit de vente au déballage sans autorisation, prévu et puni par les articles L. 310-2, L. 310-5 et L. 310-6 du Code de commerce n'est imputable, à titre d'auteur principal, qu'à la personne qui procède à la vente ; encourt la cassation l'arrêt qui déclare une association de commerçants coupable de ce délit sans préciser quel organe ou représentant aurait engagé, à titre d'auteur principal, la responsabilité pénale de cette personne morale (■ Cass. crim., 29 avr. 2003 : *Bull. crim.* n° 91 ; *D.* 2004, p. 167, note J.-Ch. Saint-Pau).

2) Constitue une vente au déballage sans autorisation le fait, pour une société exploitant un hypermarché, de procéder, dans l'allée centrale de la galerie marchande d'un centre commercial, à la vente au déballage de marchandises, dès lors qu'elle ne rapporte pas la preuve que la surface de vente complémentaire, installée dans la galerie commerciale, entrait dans le cadre du régime transitoire d'application de l'article 102 de la loi n° 2008-776 du 4 août 2008, à défaut, notamment, de produire l'autorisation de la propriétaire pour l'emprise créée par ce nouvel espace de vente (■ Cass. crim., 10 mars 2015, n° 14-88.326).

3) Lorsque la vente au déballage a eu lieu sur un emplacement non réservé au public, la constatation de la violation de cette prescription légale implique, de la part de son auteur, l'intention coupable exigée par l'article 121-3 du Code pénal (■ Cass. crim., 14 juin 2016, n° 15-84.162 : *Dr. pén.* 2016, comm. 160, note J.-H. Robert).

Art. L. 310-3 *(L. n° 2008-776, 4 août 2008 ; L. n° 2011-525, 17 mai 2011 ; L. 2014-626, 18 juin 2014 ; Ord. n° 2016-30, 14 mars 2016 ; à compter du 1er novembre 2019, L. n° 2019-486, 22 mai 2019)*. **– I. – Sont considérées comme soldes les ventes qui sont accompagnées ou précédées de publicité et sont annoncées comme tendant, par une réduction de prix, à l'écoulement accéléré de marchandises en stock.**

Les soldes ont lieu, pour l'année civile, durant deux périodes d'une durée minimale de trois semaines et d'une durée maximale de six semaines chacune, dont les dates et les heures de début et de fin sont fixées par un arrêté du ministre chargé de l'économie. Cet arrêté peut prévoir, pour ces deux périodes, et pour les ventes autres que celles mentionnées à l'article L. 221-1 du Code de la consommation, des dates différentes dans certains départements pour tenir compte d'une forte saisonnalité des ventes ou d'opérations commerciales menées dans des régions frontalières.

Les produits annoncés comme soldés doivent avoir été proposés à la vente et payés depuis au moins un mois à la date de début de la période de soldes considérée.

II. – Dans toute publicité, enseigne, dénomination sociale ou nom commercial, l'emploi du mot : solde (s) ou de ses dérivés est interdit pour désigner toute activité, dénomination sociale ou nom commercial, enseigne ou qualité qui ne se rapporte pas à une opération de soldes telle que définie au I ci-dessus.

Art. L. 310-4. – La dénomination de magasin ou de dépôt d'usine ne peut être utilisée que par les producteurs vendant directement au public la partie de leur production non écoulée dans le circuit de distribution ou faisant l'objet de retour. Ces ventes directes concernent exclusivement les productions de la saison antérieure de commercialisation, justifiant ainsi une vente à prix minoré.

Art. L. 310-5 *(Mod., Ord. n° 2004-274, 25 mars 2004 ; L. n° 2008-776, 4 août 2008 ; L. n° 2009-526, 12 mai 2009)*. **– Est puni d'une amende de 15 000 € :**

1° Le fait de procéder à une liquidation sans la déclaration préalable mentionnée à l'article L. 310-1 ou en méconnaissance des conditions prévues à cet article ;

2° Le fait de procéder à une vente au déballage sans la déclaration prévue par l'article L. 310-2 ou en méconnaissance de cette déclaration ;

3° Le fait de réaliser des soldes portant sur des marchandises détenues depuis moins d'un mois à la date de début de la période de soldes considérée ;

4° Le fait d'utiliser le mot : solde(s) ou ses dérivés dans les cas où cette utilisation ne se rapporte pas à une opération de soldes définie au I de l'article L. 310-3 ;

5° Le fait d'utiliser la dénomination magasin d'usine ou dépôt d'usine en méconnaissance des dispositions de l'article L. 310-4.

5° ***bis*** **Le fait, pour un parc d'exposition, de ne pas se faire enregistrer ou de ne pas déclarer de programme de manifestations commerciales en application du second alinéa de l'article L. 762-1, ou de ne pas déclarer les modifications au programme faisant l'objet de la déclaration annuelle initiale ;**

6° Le fait d'organiser une manifestation commerciale sans la déclaration prévue au second alinéa de l'article L. 762-2 ou de ne pas respecter les conditions de réalisation de la manifestation déclarée.

Les personnes physiques encourent également la peine complémentaire d'affichage ou de diffusion de la décision prononcée, dans les conditions prévues par l'article 131-35 du Code pénal.

L'article L. 310-5 3° du Code de commerce, dans sa rédaction applicable depuis le 1er janvier 2009, ne réprime plus, lorsqu'elles sont pratiquées en dehors des périodes autorisées prévues à l'article L. 310-3 de ce code, les ventes accompagnées ou précédées de publicité, annoncées comme tendant, par une réduction de prix, à l'écoulement accéléré de marchandises en stock (▪ Cass. crim., 24 janv. 2012, n° 11-84.045 : *Bull. crim.* n° 20 ; *RSC* 2013, p. 93, obs. C. Ambroise-Casterot). Rappr. 22 mars 2011 : *Bull. crim.* n° 58.

Art. L. 310-6 *(L. n° 2009-526, 12 mai 2009)*. **– Les personnes morales déclarées responsables pénalement, dans les conditions prévues par l'article 121-2 du Code pénal, des infractions définies à l'article L. 310-5 du présent code encourent, outre l'amende suivant les modalités prévues par l'article 131-38 du Code pénal, la peine prévue par le 9° de l'article 131-39 du même code.**

1) La loi du 5 juillet 1996, immédiatement applicable aux poursuites en cours, ne soumet plus les ventes en soldes à l'autorisation spéciale du maire qui était prévue par la loi du 30 décembre 1906 abrogée ; cependant, les ventes en liquidation restent punissables, à défaut d'une telle autorisation, en application de l'article 26 de la loi du 5 juillet 1996, et les ventes en soldes pratiquées en dehors des périodes fixées par arrêté préfectoral entrent tout à la fois dans les prévisions de l'article 28 de ladite loi et dans celles des trois derniers alinéas de l'article 1er de la loi du 30 décembre 1906 ; est, dès lors, justifiée la condamnation, pour complicité de vente en soldes et en liquidation sans autorisation antérieure à l'entrée en vigueur de la loi du 5 juillet 1996, de la gérante d'une société ayant organisé en dehors des soldes saisonniers, pour le compte d'un autre commerçant, une vente accompagnée d'une publicité, présentant un caractère occasionnel en tendant à l'écoulement accéléré de tout ou partie d'un stock de marchandises, malgré le refus de l'autorisation administrative demandée (▪ Cass. crim., 12 oct. 1999 : *Bull. crim.* n° 215. ▪ Cass. crim., 26 avr. 2000 : *Dr. pén.* 2001, comm. 8, obs. J.-H. Robert).

2) Constitue une vente au déballage, au sens de l'article 27 de la loi du 5 juillet 1996, la présentation à la vente de produits sur des emplacements non destinés à la vente au public de ces marchandises, quel que soit le lieu du paiement, les juges appréciant souverainement que les marchandises sont bien mises en vente dans les lieux litigieux ; justifie, dès lors, sa décision la cour d'appel qui retient que caractérise l'infraction l'exposition d'articles, avec affichage de leurs caractéristiques et de leurs prix, sur le parking, dans le sas d'entrée et l'allée marchande d'un magasin, lieu habituellement non affectés à la vente, malgré l'obligation de payer l'article en passant aux caisses (▪ Cass. crim., 29 nov. 2000 : *Bull. crim.* n° 360).

3) Selon l'article 28 de la loi du 5 juillet 1996, devenu l'article L. 310-3 du Code de commerce, sont considérées comme soldes les ventes accompagnées ou précédées de publicité et annoncées comme tendant, par une réduction de prix, à l'écoulement accéléré de marchandises en stock ; les juges du fond apprécient souverainement l'existence d'une réduction de prix sur le produit vendu ; la publicité susceptible d'induire en erreur le consommateur sur la réduction de prix annoncée avec la vente est inopérante sur la qualification de soldes (▪ Cass. crim., 23 janv. 2001 : *Bull. crim.* n° 22 ; *Dr. pén.* 2001, comm. 64, obs. J.-H. Robert).

4) Justifie sa décision la cour d'appel qui, pour déclarer des prévenus coupables du délit de vente en soldes en dehors des périodes autorisées, prévu par l'article L. 310-3 du Code de commerce, énonce que l'envoi à des milliers de personnes de cartons d'invitation, indiquant des remises importantes sur des articles de la collection automne-hiver pour une période juste antérieure à celle légale des soldes, constitue une publicité au sens du texte précité, qu'il est établi, en raison d'un réassortiment très ponctuel, l'absence d'une réelle disponibilité des modèles présentés et que le but manifeste de l'opération était de réaliser un écoulement accéléré des stocks par une réduction de prix (▪ Cass. crim., 19 févr. 2003 : *Bull. crim.* n° 47).

5) Constituent des soldes les ventes accompagnées ou précédées de publicité et annoncées comme tendant, par une réduction de prix, à l'écoulement accéléré de marchandises en stock ; justifie par suite sa décision la cour d'appel qui, pour apprécier la légalité de telles opérations intervenues en dehors des périodes autorisées, retient, en analysant la teneur de la publicité qui ne comportait pas le mot « soldes », que c'est le but manifeste d'écoulement accéléré des stocks par l'effet d'importantes réductions des prix, dont elle apprécie souverainement l'existence, qui doit être pris en considération et non le résultat obtenu (▪ Cass. crim., 10 janv. 2004 : *Bull. crim.* n° 10 ; *Dr. pén.* 2004, comm. 52, J.-H. Robert).

6) Justifie sa décision la cour d'appel qui, pour déclarer le prévenu coupable du délit de vente en soldes en dehors des périodes autorisées, prévu par l'article L. 310-3 du Code de commerce, énonce que ces ventes, annoncées par des publicités mentionnant des slogans tels que « tout doit disparaître », « prix sacrifiés », « dépêchez-vous », étaient présentées comme ayant pour finalité l'écoulement accéléré du stock de marchandises,

ANNEXE 2

notamment saisonnières, avant le lancement d'un nouveau catalogue (■ Cass. crim., 5 déc. 2006 : *Bull. crim.* n° 305 ; *D.* 2007, jur., p. 79, note E. Chevrier).

Art. L. 310-6-1 *(Ord. n° 2017-303, 9 mars 2017).* – **Les infractions prévues au présent titre ou par les textes pris pour son application sont recherchées et constatées par les agents mentionnés au II de l'article L. 450-1, dans les conditions prévues aux articles L. 450-1, L. 450-2, L. 450-3, L. 450-7 et L. 450-8. Les articles L. 521-1, L. 521-2 et L. 524-1 à L. 524-3 du Code de la consommation peuvent être mis en œuvre à partir des constatations effectuées.**

Pour ces infractions, l'autorité administrative chargée de la concurrence et de la consommation a droit, tant que l'action publique n'a pas été mise en mouvement, de transiger, après accord du procureur de la République, dans les conditions prévues à l'article L. 490-5.

Art. L. 310-7. – **Les modalités d'application des dispositions du présent titre sont fixées par décret en Conseil d'État et notamment les secteurs dans lesquels les annonces, quel qu'en soit le support, de réduction de prix aux consommateurs ne peuvent s'exprimer en pourcentage ou par la mention du prix antérieurement pratiqué, et la durée ou les conditions de cette interdiction.**

....

TITRE II. – DES VENTES AUX ENCHÈRES PUBLIQUES

Art. L. 320-1 *(Rempl. à compter du 1er septembre 2011, L. n° 2011-850, 20 juill. 2011 ; L. n° 2022-267, 28 févr. 2022).* – **Les ventes aux enchères publiques de meubles sont régies par le présent titre, sous réserve des dispositions particulières à la vente de certains meubles incorporels.**

Les ventes de comestibles et d'objets de peu de valeur, à cri public, sont libres.

Art. L. 320-2 *(Rempl. à compter du 1er septembre 2011, L. n° 2011-850, 20 juill. 2011).* – **Constituent des ventes aux enchères publiques les ventes faisant intervenir un tiers, agissant comme mandataire du propriétaire ou de son représentant, pour proposer et adjuger un bien au mieux-disant des enchérisseurs à l'issue d'un procédé de mise en concurrence ouvert au public et transparent. Le mieux-disant des enchérisseurs acquiert le bien adjugé à son profit ; il est tenu d'en payer le prix.**

Sauf dispositions particulières et le cas des ventes effectuées dans le cercle purement privé, ces ventes sont ouvertes à toute personne pouvant enchérir et aucune entrave ne peut être portée à la liberté des enchères.

CHAPITRE PREMIER. – DES VENTES VOLONTAIRES DE MEUBLES AUX ENCHÈRES PUBLIQUES

Section I. – Dispositions générales

Art. L. 321-1 *(Mod. à compter du 1er septembre 2011, L. n° 2011-850, 20 juill. 2011 ; L. n° 2022-267, 28 févr. 2022).* – **Sous réserve des dispositions de l'article L. 322-8, les ventes volontaires de meubles aux enchères publiques peuvent porter sur des biens neufs ou sur des biens d'occasion. Ces biens sont vendus au détail, par lot ou en gros, c'est-à-dire par lots suffisamment importants pour ne pas être considérés comme tenus à la portée du consommateur. La vente en gros ne peut porter que sur des biens neufs issus du stock d'une entreprise. Lorsque des biens neufs sont mis en vente par le commerçant ou l'artisan qui les a produits, il en est fait mention dans les documents et publicités annonçant la vente.**

Sont considérés comme d'occasion les biens qui, à un stade quelconque de la production ou de la distribution, sont entrés en la possession d'une personne pour son usage propre, par l'effet de tout acte à titre onéreux ou à titre gratuit, ou ont subi des altérations qui ne permettent pas leur mise en vente comme neufs.

Lorsque la vente porte sur un bien neuf, il en est fait mention dans la publicité prévue à l'article L. 321-11.

Art. L. 321-2 *(Mod., L. n° 2011-850, 20 juill. 2011 ; L. n° 2014-344, 17 mars 2014).* – **Les ventes volontaires de meubles aux enchères publiques sont, sauf les cas prévus à l'article L. 321-36 organisées et réalisées dans les conditions prévues au présent chapitre par des opérateurs exerçant à titre individuel ou sous la forme juridique de leur choix.**

Lorsqu'ils satisfont à des conditions de formation fixées par la voie réglementaire, les notaires et les huissiers de justice peuvent également organiser et réaliser ces ventes, à l'exception des ventes volontaires aux enchères publiques de marchandises en gros, dans les communes où il n'est pas établi d'office de commissaire-priseur judiciaire. Ils exercent cette activité à titre accessoire dans le cadre de leur office et selon les règles qui leur sont applicables. Ce caractère accessoire s'apprécie au regard des résultats de cette activité rapportés à l'ensemble des produits de l'office, de la fréquence de ces ventes, du temps qui y est consacré et, le cas échéant, du volume global des ventes volontaires de meubles aux enchères publiques réalisées dans le ressort du tribunal judiciaire. Ils ne peuvent être mandatés que par le propriétaire des biens.

Hormis les cas prévus à l'article L. 321-36, la dénomination « ventes aux enchères publiques » est réservée aux ventes organisées et réalisées par les personnes mentionnées au présent article.

Tout autre usage de cette dénomination est passible des sanctions prévues à l'article L. 121-6 du Code de la consommation.

Les ventes volontaires de meubles aux enchères publiques, auxquelles ne peuvent procéder que des sociétés agréées, ou, à titre accessoire à leur activité principale, les notaires et les huissiers de justice, consistent à proposer, en agissant comme mandataires des propriétaires, des biens aux enchères publiques afin de les adjuger au mieux-disant des enchérisseurs (▪ Cass. crim., 16 janv. 2007, n° 06-82.381 : *D.* 2007, p. 1772, note L. Mauger-Vielpeau).

Art. L. 321-3 *(Mod., à compter du 1er janvier 2013, L. n° 2011-850, 20 juill. 2011 ; mod., L. n° 2014-344, 17 mars 2014 ; Ord. n° 2016-301, 14 mars 2016).* **– Le fait de proposer, en agissant comme mandataire du propriétaire, un bien aux enchères publiques à distance par voie électronique pour l'adjuger au mieux-disant des enchérisseurs constitue une vente aux enchères par voie électronique, soumise aux dispositions du présent chapitre. La seule circonstance qu'une confirmation, conforme aux dispositions de l'article 1369-5 du Code civil, soit exigée est sans incidence sur la qualification de la vente.**

Les opérations de courtage aux enchères réalisées à distance par voie électronique se caractérisant par l'absence d'adjudication au mieux-disant des enchérisseurs et d'intervention d'un tiers dans la description du bien et la conclusion de la vente ne constituent pas des ventes aux enchères publiques au sens du présent chapitre.

Le prestataire de services mettant à la disposition du vendeur une infrastructure permettant d'organiser et d'effectuer une opération de courtage aux enchères par voie électronique informe le public de manière claire et non équivoque sur la nature du service proposé, dans les conditions fixées à l'article L. 111-2 du Code de la consommation et au III de l'article L. 441-6 du présent code. Un arrêté conjoint du garde des Sceaux, ministre de la Justice, et du ministre chargé de la culture précise les conditions dans lesquelles le prestataire de services porte également à la connaissance du vendeur et de l'acquéreur la réglementation relative à la circulation des biens culturels, ainsi qu'à la répression des fraudes en matière de transactions d'œuvres d'art et d'objets de collection, lorsque l'opération de courtage aux enchères par voie électronique porte sur de tels biens.

Les manquements aux dispositions du troisième alinéa sont punis d'une sanction pécuniaire dont le montant peut atteindre le double du prix des biens mis en vente en méconnaissance de cette obligation, dans la limite de 15 000 € pour une personne physique et de 75 000 € pour une personne morale.

Les manquements aux dispositions du troisième alinéa sont recherchés et constatés par procès-verbal dans les conditions fixées aux II et III de l'article L. 450-1 et aux articles L. 450-2, L. 450-3, L. 450-7 et L. 450-8 du présent code.

Le double du procès-verbal, accompagné de toutes les pièces utiles et mentionnant le montant de la sanction encourue, est notifié à la personne physique ou morale concernée. Le procès-verbal indique la possibilité pour la personne visée de présenter, dans un délai d'un mois, ses observations écrites ou orales.

À l'issue de ce délai d'un mois, le procès-verbal, accompagné, le cas échéant, des observations de la personne visée, est transmis à l'autorité administrative compétente qui peut, par décision motivée et après une procédure contradictoire, ordonner le paiement de la sanction pécuniaire mentionnée au quatrième alinéa. La personne concernée est informée de la possibilité de former un recours gracieux ou contentieux contre cette décision dans un délai de deux mois à compter de la notification de la sanction.

Les sanctions pécuniaires et les astreintes mentionnées au présent article sont versées au Trésor public et sont recouvrées comme les créances de l'État étrangères à l'impôt et au domaine.

Les articles L. 521-1, L. 521-2 et L. 524-1 à L. 524-3 du Code de la consommation peuvent être mis en œuvre à partir des constatations effectuées.

Toute personne intéressée peut demander au président du tribunal statuant en référé d'enjoindre sous astreinte au prestataire de services qui délivre des informations de nature à susciter dans l'esprit du public une confusion entre son activité et la vente aux enchères par voie électronique de modifier ces informations afin de supprimer cette confusion ou de se conformer aux dispositions du présent chapitre.

....

CHAPITRE II. – DES AUTRES VENTES AUX ENCHÈRES

Art. L. 322-1. – Les ventes publiques et au détail de marchandises qui ont lieu après décès ou par autorité de justice sont faites selon les formes prescrites et par les officiers ministériels préposés pour la vente forcée du mobilier conformément aux articles 53 de la loi n° 91-650 du 9 juillet 1991 relative à la réforme des procédures civiles d'exécution et 945 du Code de procédure civile.

Art. L. 322-2 *(Mod., L. n° 2011-850, 20 juill. 2011)*. – Les ventes de marchandises après liquidation judiciaire sont faites conformément aux articles L. 622-19 et suivants.

Elles peuvent être faites par le ministère des commissaires-priseurs judiciaires, des notaires ou des huissiers de justice lorsqu'elles ont lieu au détail ou par lots, ou par le ministère des courtiers de marchandises assermentés lorsqu'elles ont lieu en gros. Les biens meubles du débiteur autres que les marchandises ne peuvent être vendus aux enchères que par le ministère des commissaires-priseurs judiciaires, des notaires ou des huissiers de justice, en application des lois et règlements régissant les interventions de ces différents officiers.

Art. L. 322-3 *(Mod., L. n° 2011-850, 20 juill. 2011)*. – Les ventes publiques et par enchères après cessation de commerce, ou dans les autres cas de nécessité dont l'appréciation est soumise au tribunal de commerce, ne peuvent avoir lieu qu'autant qu'elles ont été préalablement autorisées par le tribunal de commerce, sur la requête du commerçant propriétaire, à laquelle est joint un état détaillé des marchandises.

Le tribunal constate, par son jugement, le fait qui donne lieu à la vente ; il indique le lieu de l'arrondissement où se fait la vente ; il peut même ordonner que les adjudications n'ont lieu que par lots dont il fixe l'importance.

Il décide qui, des courtiers de marchandises assermentés, des commissaires-priseurs judiciaires ou des autres officiers publics, est chargé de la réception des enchères.

L'autorisation ne peut être accordée pour cause de nécessité qu'au marchand sédentaire, ayant depuis un an au moins son domicile réel dans l'arrondissement où la vente doit être opérée.

Des affiches apposées à la porte du lieu où se fait la vente énoncent le jugement qui l'a autorisée.

Art. L. 322-4 *(Rempl. à compter du 1er septembre 2011, L. n° 2011-850, 20 juill. 2011)*. – Les ventes aux enchères publiques de marchandises en gros faites en application de la loi ou ordonnées par décision de justice sont confiées à un courtier de marchandises assermenté.

Art. L. 322-5 *(Mod. à compter du 1er septembre 2011, L. n° 2011-850, 20 juill. 2011)*. – Toute infraction aux dispositions des articles L. 322-1 à L. 322-7 est punie de la confiscation des marchandises mises en vente et, en outre, d'une amende de 3 750 €, qui est prononcée solidairement tant contre le vendeur que contre le courtier de marchandises assermenté ou l'officier public qui l'a assisté, sans préjudice des dommages intérêts, s'il y a lieu.

Art. L. 322-6 *(Anc. L. 25 juin 1841 ; mod., L. n° 2011-850, 20 juill. 2011)*. – Le fait pour les vendeurs, les courtiers de marchandises assermentés ou les officiers publics de comprendre dans les ventes faites par autorité de justice, sur saisie, après décès, liquidation judiciaire, cessation de commerce, ou dans les autres cas de nécessité dont l'appréciation est soumise au tribunal de commerce des marchandises neuves ne faisant pas partie du fonds ou mobilier mis en vente, est passible des peines prévues à l'article L. 322-5.

Art. L. 322-7 *(Anc. L. 25 juin 1841 ; mod., L. n° 2011-850, 20 juill. 2011)*. – Dans les lieux où il n'y a point de courtiers de marchandises assermentés, les commissaires-priseurs judiciaires, les notaires et huissiers font les ventes prévues à l'article L. 322-4, conformément aux dispositions légales et réglementaires régissant leurs interventions.

Ils sont, pour lesdites ventes, soumis aux formes, conditions et tarifs imposés aux courtiers.

Art. L. 322-8 *(Rempl., L. n° 2011-850, 20 juill. 2011).* – Les ventes volontaires aux enchères publiques en gros d'armes, de munitions et de leurs éléments essentiels ne peuvent avoir lieu que sur autorisation préalable du tribunal de commerce.

Art. L. 322-9 *(Rempl., L. n° 2011-850, 20 juill. 2011).* – Les courtiers de marchandises assermentés sont soumis aux dispositions prescrites par les articles 871 et 873 du Code général des impôts.

Art. L. 322-10 *(Anc. L. 28 mai 1858 ; mod., L. n° 2011-850, 20 juill. 2011).* – Le droit de courtage pour les ventes qui font l'objet des articles L. 322-8 à L. 322-13 est fixé, pour chaque localité, par le ministre chargé du commerce, après avis de la chambre de commerce et d'industrie territoriale et du tribunal de commerce. En aucun cas, il ne peut excéder le droit établi dans les ventes de gré à gré, pour les mêmes sortes de marchandises.

Art. L. 322-11. – Les contestations relatives aux ventes réalisées en application de l'article L. 322-8 sont portées devant le tribunal de commerce.

Art. L. 322-12 et L. 322-13 *(Abr., L. n° 2011-850, 20 juill. 2011).*

Art. L. 322-14. – Les tribunaux de commerce peuvent, après décès ou cessation de commerce et dans tous les autres cas de nécessité dont l'appréciation leur est soumise, autoriser la vente aux enchères en gros des marchandises de toute espèce et de toute provenance.

L'autorisation est donnée sur requête. Un état détaillé des marchandises à vendre est joint à la requête.

Le tribunal constate par son jugement le fait qui donne lieu à la vente.

Art. L. 322-15 *(Anc. L. 3 juill. 1861 ; mod., L. n° 2011-850, 20 juill. 2011).* – Les ventes judiciaires de marchandises en gros autorisées en vertu de l'article L. 322-14 ainsi que toutes celles qui sont autorisées ou ordonnées par la justice consulaire dans les divers cas prévus par le présent code sont faites par des courtiers de marchandises assermentés.

Néanmoins, il appartient toujours au tribunal ou au juge qui autorise ou ordonne la vente de désigner, pour y procéder, un commissaire-priseur judiciaire, un huissier de justice ou un notaire. Dans ce cas, l'officier public, quel qu'il soit, est soumis aux dispositions qui régissent les courtiers de marchandises assermentés relativement aux formes, aux tarifs et à la responsabilité.

Art. L. 322-16. – Les dépositions des articles L. 322-11 à L. 322-13 sont applicables aux ventes visées aux articles L. 322-14 et L. 322-15.

Ordonnance n° 58-1331 du 23 décembre 1958

relative à la constatation, la poursuite et la répression des infractions en matière de répartition des produits industriels et de l'énergie

CHAPITRE PREMIER. – CHAMP D'APPLICATION

Art. 1er. – Sont soumises aux dispositions de la présente ordonnance les infractions aux dispositions législatives ou réglementaires, présentes ou à intervenir concernant la répartition, la récupération, la mobilisation ou le rationnement des produits industriels et de l'énergie.

Art. 2. – Sont également soumises aux dispositions de la présente ordonnance les fraudes concernant des titres ou autorisations quelconques délivrés en matière de répartition et, notamment, tout vol ou trafic, toute falsification ou contrefaçon, toute délivrance, obtention, cession ou utilisation irrégulière.

CHAPITRE II. – CONSTATATION DES INFRACTIONS

Art. 3. – Les procès-verbaux constatant les infractions à la présente ordonnance sont dressés :

1° Par les officiers de police judiciaire, les officiers de police adjoints, les militaires de la gendarmerie, les agents de la direction générale du contrôle et des enquêtes économiques, ceux de la police économique, les agents des régies financières, ceux de la répression des fraudes et ceux des poids et mesures ;

2° Par tous autres fonctionnaires et agents de l'État, des collectivités publiques et, le cas échéant, des organismes professionnels spécialement commissionnés à cet effet par le ministre de l'Industrie et du Commerce et assermentés dans les conditions prévues par décret.

Art. 4. – Les procès-verbaux indiquent que l'intéressé a été informé de la date et du lieu de leur rédaction et que sommation lui a été faite d'assister à cette rédaction. Il peut en demander copie.

Les procès-verbaux font foi jusqu'à preuve contraire.

Art. 5. – Sans qu'il y ait lieu de rechercher si les biens sont ou non la propriété de l'intéressé, les procès-verbaux peuvent porter déclaration de blocage de tout ou partie des produits industriels ou énergétiques sur lesquels a porté l'infraction.

Art. 6. – Le produit bloqué peut être laissé sur place ou transporté en tout autre lieu désigné par l'administration. Dans le premier cas, le détenteur peut être constitué gardien par le procès-verbal.

Si le blocage porte sur des produits périssables ou si les nécessités de la répartition l'exigent, les produits font l'objet par l'administration d'une attribution dans des conditions fixées par règlement d'administration publique.

Art. 7. – Les agents verbalisateurs peuvent exiger la communication, en quelque main qu'ils se trouvent, des documents de toute nature (comptabilité, copies de lettres, carnets de chèques, traites, relevés des comptes en banque, etc.) propres à faciliter l'accomplissement de leur mission, et procéder à leur saisie. Ils ont le droit de prélever des échantillons.

Les fonctionnaires et agents de l'État peuvent également, sans se voir opposer le secret professionnel, consulter tous documents dans les administrations ou offices de l'État, des départements, des communes, les établissements publics, les établissements et organismes placés sous le contrôle de l'État, ainsi que les entreprises et services concédés.

Art. 8. – Les agents verbalisateurs ont libre accès dans les magasins, arrière magasins, bureaux, annexes, dépôts, exploitations, lieux de production, de vente, d'expédition ou de stockage et, d'une façon générale, en quelque lieu que ce soit, à la seule exception des pièces exclusivement réservées à l'habitation.

L'action de ces agents s'exerce également en cours de transport des produits ; ils peuvent requérir, pour l'accomplissement de leur mission, l'ouverture de tous colis et bagages, en présence, soit de l'expéditeur, soit du destinataire, soit du transporteur ou du porteur.

Art. 9. – Le ministre de l'Industrie et du Commerce peut charger des experts de procéder à l'examen de tous documents visés à l'article 7, alinéa 1, ou de toute caractéristique technique de produits industriels ou énergétiques.

Ces experts disposent du droit de communication des documents précités et, lorsqu'ils sont accompagnés d'un agent verbalisateur, du droit de visite défini à l'article 8, 1er alinéa.

CHAPITRE III. – PROCÉDURE

Art. 10 *(L. n° 74-908, 29 oct. 1974)*. – Sous réserve des dispositions prévues à l'article 11, les procès-verbaux dressés en application de l'article 3 sont transmis au procureur de la République par le directeur départemental de la concurrence et des prix qui reçoit à cet effet délégation du ministre chargé de l'industrie, dans des conditions fixées par décret.

Le directeur départemental de la concurrence et des prix fait connaître au procureur de la République les conclusions de l'administration quant à la suite transactionnelle ou judiciaire à donner. Lorsqu'il admet la possibilité d'une transaction, le procureur de la République renvoie à cet effet les pièces au directeur départemental de la concurrence et des prix en lui faisant connaître, le cas échéant, les dossiers à l'égard desquels les dispositions de l'alinéa 2 de l'article 13 seront appliquées.

Art. 11 *(L. n° 74-908, 29 oct. 1974)*. – En cas de flagrant délit, les dispositions des articles 67, 71 *[abrogé]*, 393 et suivants du Code de procédure pénale sont applicables. Le procureur de la République informe immédiatement le directeur départemental de la concurrence et des prix afin que celui-ci lui donne l'avis de l'administration dans le délai de trois jours, selon les modalités déterminées par le décret prévu à l'article 10.

Art. 12 *(L. n° 74-908, 29 oct. 1974)*. – Le directeur départemental de la concurrence et des prix peut proposer, après accord du procureur de la République, comme il est dit à l'article 10, et dans les conditions fixées par décret, le bénéfice de la transaction fixée par l'administration.

Les transactions sont recouvrées par les trésoriers-payeurs généraux.

Le directeur départemental de la concurrence et des prix adresse au trésorier-payeur général un avis de transaction portant indication du débiteur, du montant et de la date de la transaction.

Le paiement du montant de la transaction doit être effectué dans le mois de sa date.

À l'expiration du délai ci-dessus, le trésorier-payeur général informe le directeur départemental de la concurrence et des prix de la libération ou de la carence du débiteur de la transaction.

Art. 13 *(L. n° 74-908, 29 oct. 1974)*. – Si aucune transaction n'intervient dans les conditions prévues à l'article précédent, ou si le délinquant n'effectue pas le paiement du montant de la transaction dans le délai prévu audit article, le directeur départemental de la concurrence et des prix renvoie le dossier au procureur de la République.

Lorsque le procureur de la République a préalablement constaté l'existence d'une pluralité de délinquants, ou admis la connexité entre plusieurs délits, les dossiers lui sont renvoyés si la transaction n'intervient pas avec tous les délinquants ou si l'un ou plusieurs d'entre eux n'effectue pas le paiement du montant de la transaction dans le délai prévu à l'article précédent.

Art. 14 *(L. n° 74-908, 29 oct. 1974)*. – Le procureur de la République, le juge d'instruction ou le tribunal peut, tant qu'une décision statuant au fond, contradictoirement ou par défaut, n'a pas acquis l'autorité de la chose jugée, faire droit à la requête des personnes poursuivies, ou de l'une d'entre elles demandant le bénéfice d'une transaction. Dans ce cas, le dossier est transmis au directeur départemental de la concurrence et des prix aux fins de règlement transactionnel.

L'administration de la concurrence et des prix dispose, pour conclure la transaction qui sera proposée dans les conditions prévues par le décret mentionné à l'article 10, d'un délai fixé par l'autorité judiciaire qui a été saisie. Ce délai, qui court du jour de la transmission du dossier, ne peut être inférieur à trois mois ni excéder six mois.

Après réalisation définitive de la transaction, le dossier est renvoyé au procureur de la République, au juge d'instruction ou au tribunal, qui constate que l'action publique est éteinte.

En cas de non-réalisation de la transaction, l'instance judiciaire reprend son cours. La transaction est réalisée et recouvrée suivant les modalités prévues à l'article 12.

Art. 15 *(L. n° 74-908, 29 oct. 1974)*. – La procédure est suivie conformément au droit commun.

Toutefois, le directeur départemental de la concurrence et des prix peut déposer des conclusions qui seront jointes à celles du ministère public et les faire développer à l'audience par un fonctionnaire dûment habilité ou par un avocat.

CHAPITRE IV. – DISPOSITIONS PÉNALES

Art. 16 *(L. n° 74-908, 29 oct. 1974)*. – Les infractions prévues aux articles 1er et 2 sont punies d'un emprisonnement de cinq ans et d'une amende de 150 000 € ou de l'une de ces deux peines seulement.

Sont punis des mêmes peines le fait de disposer en infraction à l'article 2 de produits bloqués sans autorisation de l'autorité compétente ainsi que toute opposition à l'exécution d'une décision d'attribution d'office.

Art. 17 *(Abr., L. n° 74-908, 29 oct. 1974)*.

Art. 18 *(L. n° 74-908, 29 oct. 1974)*. – L'opposition à l'exercice des fonctions des agents chargés de la recherche et de la constatation des infractions à la présente ordonnance ou l'opposition aux opérations des experts, les injures et voies de fait commises à leur égard, ainsi que le refus de communication ou la dissimulation des documents sont punis d'une peine d'emprisonnement de six mois et d'une amende de 3 750 € ou de l'une de ces deux peines seulement.

Art. 19. – La tentative des infractions prévues par la présente ordonnance est punie comme le délit consommé.

Art. 20 *(Mod., Ord. n° 2005-428, 6 mai 2005).* – Le tribunal peut prononcer, à titre temporaire ou définitif, la fermeture des magasins, bureaux ou usines du condamné ou, lorsque ce dernier a été poursuivi par application du premier alinéa de l'article 23, des entreprises qu'il dirige ou administre et dans l'activité desquelles l'infraction a été commise.

Il peut aussi interdire au condamné, à titre temporaire ou définitif, l'exercice de sa profession, sans préjudice des dispositions du chapitre VIII du titre II du livre 1er du Code de commerce.

Si l'infraction a été commise pour le compte d'une personne morale de droit privé, l'interdiction peut être également prononcée contre cette personne morale en ce qui touche l'exercice de la profession à l'occasion de laquelle l'infraction a été commise.

En cas de fermeture et pendant un délai qui ne peut excéder trois mois, le délinquant ou l'entreprise doit continuer de payer à son personnel les salaires, indemnités et rémunérations de toute nature auxquels il avait droit jusqu'alors.

Pendant la durée de l'interdiction, le délinquant ne peut être employé, à quelque titre que ce soit, dans l'établissement qu'il exploitait, même s'il l'a vendu, loué ou mis en gérance. Il ne peut non plus être employé dans l'établissement qui serait exploité par son conjoint même séparé.

Toute infraction aux dispositions d'un jugement prononçant la fermeture ou l'interdiction est punie des peines prévues à l'article 18 ci-dessus. L'interdiction pour le délinquant d'exercer sa profession entraîne, pour la durée de cette interdiction, le retrait du titre qui lui permettait d'exercer sa profession.

Art. 21. – Lorsque la fermeture ou l'interdiction d'exercer la profession est d'une durée supérieure à deux ans et si le fonds est la propriété du condamné, la vente aux enchères du fonds de commerce est ordonnée.

À la requête du ministère public, le président du tribunal judiciaire du lieu de la situation du fonds de commerce désigne un administrateur provisoire et l'officier ministériel chargé de procéder à la vente suivant les règles ordinaires en matière de vente de fonds de commerce.

Dans le cas où le condamné n'est pas propriétaire du fonds, le président du tribunal judiciaire peut autoriser le propriétaire à reprendre son fonds, nonobstant toutes conventions et quelle que soit la durée de la fermeture et de l'interdiction prononcée. Ladite autorisation entraîne pour le propriétaire le droit à l'exploitation du fonds.

Le président du tribunal judiciaire statuant en référé connaît les constatations de toute nature auxquelles les dispositions du présent article donnent lieu.

Art. 22. – La juridiction compétente peut ordonner que sa décision soit publiée intégralement ou par extraits dans les journaux qu'elle désigne et affichée dans les lieux qu'elle indique.

Art. 23. – Sont passibles des peines et sanctions prévues à la présente ordonnance tous ceux qui, chargés à un titre quelconque de la direction ou de l'administration d'une entreprise, d'un établissement, d'une société, d'une association ou d'une collectivité, ont, soit contrevenu par un acte personnel, soit en tant que commettant, laissé contrevenir par toute personne relevant de leur autorité ou de leur contrôle aux dispositions de la présente ordonnance.

Sont également passibles des mêmes peines et sanctions tous ceux qui, sans remplir des fonctions de direction ou d'administration, participent à un titre quelconque, notamment en qualité de gérant, mandataire ou employé, à l'activité de l'entreprise, de l'établissement, de la société, de l'association ou de la collectivité et ont contrevenu, à l'occasion de cette participation, aux dispositions de la présente ordonnance soit par un fait personnel, soit en exécutant des ordres qu'ils savaient contraires à ces dispositions.

L'entreprise, l'établissement, la société, l'association ou la collectivité répond solidairement du montant des amendes et frais que ces délinquants ont encourus.

CHAPITRE V. – DISPOSITIONS DIVERSES

Art. 24. – La loi du 29 juillet 1943, modifiée, réglant le contrôle et la répression des infractions en matière de répartition des produits industriels est abrogée.

Toutefois, sera poursuivi, conformément aux dispositions de l'article 17 de la loi abrogée du 29 juillet 1943, le recouvrement des amendes administratives sanctionnant les infractions en matière de répartition des produits industriels qui auront été infligées antérieurement à la présente ordonnance.

Les amendes administratives prononcées en application de la loi précitée du 29 juillet 1943 se prescrivent conformément aux dispositions de l'article 636 du Code d'instruction criminelle [*CPP, art. 764*].

Loi de finances n° 63-628 du 2 juillet 1963

rectificative pour 1963 portant maintien de la stabilité économique et financière

Art. 1er ***(Abr. à compter du 1er janvier 1997 : les références à cet article contenues dans les dispositions de nature législative sont remplacées par une référence à l'article 32 de l'ordonnance 86-1243 du 1er déc. 1986, L. 96-588, 1er juill. 1996).***

Art. 2. – I. – Tout commerçant, industriel ou artisan qui introduit une action en réparation du préjudice subi du fait d'actes de concurrence déloyale ou illicite, peut, en outre, demander suivant une procédure qui sera fixée par décret en Conseil d'État que, en attendant qu'il soit définitivement statué au fond, la cessation des agissements reprochés au défendeur soit ordonnée à titre provisoire et sous astreinte comminatoire.

Les dispositions qui précèdent ne sont pas applicables en matière de propriété industrielle.

II. – Les juridictions ayant statué sur les actions visées au paragraphe précédent pourront en outre ordonner la publication de leurs décisions, soit par affichage en certains lieux qu'elles fixeront, soit par insertion intégrale ou par extraits dans les journaux qu'elles désigneront.

1) Après avoir observé que le prévenu, responsable des actes de la société européenne de supermarchés fait valoir qu'il n'a pas été tenu compte dans la détermination du prix d'achat effectif de remises qui ne pouvaient être calculées et affectées à chaque produit qu'à la clôture de l'exercice, la cour d'appel qui, pour relaxer le prévenu, énonce que l'article 32 de l'ordonnance du 1er décembre 1986 autorise le revendeur à faire prendre en compte, pour la détermination de ce prix, toutes les remises même futures et conditionnelles dans la mesure où leur principe étant acquis elles devront être, sans fraude, régulièrement et effectivement octroyées, alors que les remises alléguées n'étaient pas chiffrables au jour de la vente, méconnaît le sens et la portée de l'ordonnance (■ Cass. crim., 18 févr. 1991 : *JCP* 1991, IV, 206 ; *JCP* E 1991, II, 183, note J.-M. Mousseron, cassant ■ Colmar, 26 févr. 1990 : *JCP* 1990, II, 21522, note Burst).

2) L'article 1er de la loi du 2 juillet 1963 n'exige point que l'intention frauduleuse soit établie (■ Cass. crim., 4 févr. 1991 : *D.* 1991, inf. rap. 120 ; *Gaz. Pal.* 5-6 juill. 1991).

3) Hors le cas où la loi en dispose autrement, le chef d'entreprise, qui n'a pas personnellement pris part à la réalisation de l'infraction, peut s'exonérer de sa responsabilité pénale s'il rapporte la preuve qu'il a délégué ses pouvoirs à une personne pourvue de la compétence, de l'autorité et des moyens nécessaires. Aucune disposition de la loi du 2 juillet 1963 n'ayant exclu une telle possibilité, encourt la censure la cour d'appel qui, pour écarter la délégation invoquée, se borne à affirmer que la fixation des prix de vente relevait nécessairement des fonctions que le dirigeant devait assurer personnellement (■ Cass. crim., 3 mai 1995 : *Bull. crim.* n° 162).

4) Dès lors que l'exception d'alignement du prix de revente sur le prix légalement pratiqué pour les mêmes produits par un même commerçant, dans la même zone d'activité, prévue au dernier alinéa du § II de l'article 1er de la loi du 2 juillet 1963, a été soulevée par le prévenu des fins d'une poursuite du chef de revente à perte, qui a produit un ticket de caisse au cours de l'enquête administrative et qu'aucune diligence n'a été effectuée à l'effet d'apprécier la légalité des prix pratiqués par les concurrents désignés, aucun élément de la procédure ne permettant de conclure que ces commerçants aient eux-mêmes procédé à des ventes à perte, la cour d'appel justifie sa décision de relaxer le prévenu (■ Cass. crim., 11 mars 1991 : *JCP* 1991, IV, 237 ; *Gaz. Pal.* 5-6 juill. 1991, note Bayet).

5) En cas de revente à perte, pour se prévaloir de l'exception prévue par l'alinéa 2 de l'article 1er de la loi du 2 juillet 1963, il suffit au revendeur d'apporter la preuve du prix sur lequel il prétend s'aligner, sauf à la partie poursuivante à établir le caractère illégal de ce prix (■ Cass. crim., 11 mars 1991 : *JCP* 1991, IV, 238 ; *Gaz. Pal.* 5-6 juill. 1991, note Bayet).

6) L'article 1er de la loi du 2 juillet 1963 n'exige pas, en cas d'alignement sur la concurrence, que le prix pratiqué soit exactement égal au prix servant de référence ou que l'alignement se fasse du jour où le concurrent affiche ce prix ; encourt donc la censure la cour d'appel qui, pour écarter l'exception d'alignement invoquée par le prévenu, énonce que ce dernier ne pouvait se prévaloir d'un tel fait justificatif dès lors qu'il existait une différence de 80 centimes entre le prix de vente affiché et le prix pratiqué par le concurrent (■ Cass. crim., 23 janv. 1995 : *Bull. crim.* n° 29) ou que les prix de référence dont il était fait état n'étaient pas totalement identiques à ceux affichés par le prévenu et qu'étant en outre antérieurs d'une semaine au jour du contrôle, ils n'étaient pas de nature à établir la réalité de l'alignement (■ Cass. crim., 3 mai 1995 : *Bull. crim.* n° 162).

Loi n° 72-618 du 5 juillet 1972

relative aux publications, imprimés et objets vendus dans un but philanthropique

Art. 1er. – Toute publication, imprimé ou objet, de quelque nature que ce soit, vendu, à domicile ou sur la voie publique, dans un but philanthropique donne lieu à l'apposition d'une marque distinctive.

Art. 2. – La marque distinctive visée à l'article 1er ci-dessus est délivrée sur demande, pour une durée qui ne peut excéder trois ans, par le ministre chargé de la santé publique, après avis de la commission prévue à l'article 4.

Cette marque distinctive peut être à nouveau délivrée pour une même durée renouvelable, par le ministre chargé de la santé publique, après avis de ladite commission qui vérifie notamment la mesure dans laquelle les fonds procurés par la vente de ces publications, imprimés ou objets, sont effectivement utilisés dans le but déclaré.

Art. 3. – Les organismes responsables de la production et de la diffusion des publications, imprimés ou objets mis en vente dans un but philanthropique doivent consacrer à l'objet philanthropique déclaré une somme au moins égale à 50 p. 100 du prix de vente au public.

Art. 4. – Un décret détermine les caractéristiques et les conditions d'attribution et de retrait de la marque distinctive prévue à l'article 1er de la présente loi. Ce décret fixe également la composition et les conditions de fonctionnement de la commission chargée de donner un avis sur l'attribution de cette marque distinctive.

Art. 5. – La personne physique ou le responsable qualifié de la personne morale qui édite ou vend la publication, l'imprimé ou l'objet bénéficiaire de la marque visée à l'article 1er ci-dessus, ou pour le compte de qui ceux-ci sont édités ou vendus, est tenue, chaque année, de présenter à la commission visée à l'article 4 toutes pièces comptables faisant état des résultats de la vente et toutes justifications quant à l'utilisation des fonds recueillis.

Le défaut de présentation de ces pièces et justifications entraînera, après une mise en demeure restée sans effet, le retrait de la marque distinctive.

Art. 6. – Sous réserve de l'application de peines plus fortes s'il échet, sera puni d'un emprisonnement de deux ans et d'une amende de 9 000 € :

1° Quiconque aura sciemment fait un usage illégal ou abusif de la marque distinctive visée à l'article 1er ;

2° Quiconque aura offert à la vente une publication, un imprimé ou un objet quelconque ne portant pas cette marque distinctive en faisant valoir ou en donnant à croire par quelque moyen que ce soit et notamment par la dénomination, la présentation ou l'emballage de la publication, de l'imprimé ou de l'objet vendu, par la raison sociale de son fabricant, de son éditeur ou de son vendeur, ou par une publicité quelconque que la vente est effectuée dans un but philanthropique ;

3° Quiconque, à l'occasion de la vente au détail et à domicile d'une publication, d'un imprimé ou d'un objet sur lequel est apposée la marque distinctive visée à l'article 1er, aura accordé ou perçu une commission proportionnelle au montant des ventes réalisées. Cette interdiction ne s'appliquera pas aux personnes titulaires de la carte d'identité professionnelle des représentants instituée par la loi du 8 octobre 1919 modifiée, si ces personnes se bornent à prendre à domicile et à transmettre les commandes pour les ventes au détail.

PUBLICITÉ

Bibliographie : S. Fournier, *Pratiques commerciales trompeuses : JCl. Lois pénales spéciales.* • V. Malabat, *Publicité réglementée : JCl. Lois pénales spéciales.* • A.-G. Robert, *Publicité extérieure et affichage : JCl. Lois pénales spéciales.* • J.-H. Robert, *Le lieu et le temps de la publicité trompeuse : Dr. pén.* 1989, n° 2, chron. et *JCP* 1990, I, 3454. • S. Guinchard, *Vingt ans après : l'évolution des sanctions de la publicité mensongère : Mélanges Chavanne*, 1990, 11. • P. et F. Greffe, *La publicité et la loi*, Litec 2000.

Code de l'environnement

(Ord. n° 2000-914, 18 sept. 2000)

CHAPITRE. – PUBLICITÉ, ENSEIGNES ET PRÉENSEIGNES

Section I. – Principes généraux

Art. L. 581-1. – Chacun a le droit d'exprimer et de diffuser informations et idées, quelle qu'en soit la nature, par le moyen de la publicité, d'enseignes et de préenseignes, conformément aux lois en vigueur et sous réserve des dispositions du présent chapitre.

Art. L. 581-2. – Afin d'assurer la protection du cadre de vie, le présent chapitre fixe les règles applicables à la publicité, aux enseignes et aux préenseignes, visibles de toute voie ouverte à la circulation publique, au sens précisé par décret en Conseil d'État. Ses dispositions ne s'appliquent pas à la publicité, aux enseignes et aux préenseignes situées à l'intérieur d'un local, sauf si l'utilisation de celui-ci est principalement celle d'un support de publicité.

Art. L. 581-3. – Au sens du présent chapitre :

1° constitue une publicité, à l'exclusion des enseignes et des préenseignes, toute inscription, forme ou image destinée à informer le public ou à attirer son attention, les dispositifs dont le principal objet est de recevoir lesdites inscriptions, formes ou images étant assimilées à des publicités ;

2° constitue une enseigne toute inscription, forme ou image apposée sur un immeuble et relative à une activité qui s'y exerce ;

3° constitue une préenseigne toute inscription, forme ou image indiquant la proximité d'un immeuble où s'exerce une activité déterminée.

Section II. – Publicité

Sous-section 1. – Dispositions générales

Art. L. 581-4 ***(Mod., L. n° 2006-436, 14 avr. 2006 ; L. n° 2016-925, 7 juill. 2016)*****. – I. – Toute publicité est interdite :**

1° Sur les immeubles classés ou inscrits au titre des monuments historiques ;

2° Sur les monuments naturels et dans les sites classés ;

3° Dans les cœurs des parcs nationaux et les réserves naturelles ;

4° Sur les arbres.

II. – Le maire ou, à défaut, le préfet, sur demande ou après avis du conseil municipal et après avis de la commission départementale compétente en matière de sites, peut en outre interdire par arrêté toute publicité sur des immeubles présentant un caractère esthétique, historique ou pittoresque.

III. – L'avis de la commission départementale compétente en matière de sites est réputé acquis s'il n'est pas intervenu dans un délai de deux mois à compter de la saisine par le préfet ou de la demande d'avis de la commission adressée par le maire au préfet.

À privé sa décision de base légale la cour d'appel qui, pour relaxer le prévenu poursuivi pour avoir apposé ou fait apposer sur un arbre et un poteau des PTT deux panneaux de fléchage destinés à signaler un chantier de construction, a retenu que lesdits panneaux constituaient de simples préenseignes dénuées de tout caractère publicitaire, alors que, d'une part, selon les dispositions combinées des articles 4-4°, 18 et 19 de la loi du 29 septembre 1979, il ne pouvait être dérogé à l'interdiction d'apposer sur un arbre une préenseigne que sous réserve de l'autorisation du maire prévue à l'article 18 du décret du 24 février 1982 et que, d'autre part, l'apposition de tout placard même non publicitaire sur un ouvrage situé dans les emprises du domaine routier constituait la contravention prévue et réprimée par les articles 5 et 11 du décret du 11 février 1976 (■ Cass. crim., 18 mars 1986 : *JCP* 1987, II, 20762, note G. Heidsieck).

Art. L. 581-5. – Toute publicité doit mentionner, selon le cas, le nom et l'adresse ou bien la dénomination ou la raison sociale de la personne physique ou morale qui l'a apposée ou fait apposer.

Art. L. 581-6. – L'installation, le remplacement ou la modification des dispositifs ou matériels qui supportent de la publicité sont soumis à déclaration préalable auprès du maire et du préfet dans des conditions fixées par décret en Conseil d'État.

Sous-section 2. – Publicité en dehors des agglomérations

Art. L. 581-7 *(L. n° 2010-788, 12 juill. 2010 ; L. n° 2015-990, 6 août 2015 ; Ord. n° 2016-79, 29 janv. 2016).* – **En dehors des lieux qualifiés d'agglomération par les règlements relatifs à la circulation routière, toute publicité est interdite. Elle est toutefois autorisée à l'intérieur de l'emprise des aéroports ainsi que des gares ferroviaires et routières et des équipements sportifs ayant une capacité d'accueil d'au moins 15 000 places, selon des prescriptions fixées par décret en Conseil d'État. La publicité peut également être autorisée par le règlement local de publicité de l'autorité administrative compétente à proximité immédiate des établissements de centres commerciaux exclusifs de toute habitation et situés hors agglomération, dans le respect de la qualité de vie et du paysage et des critères, en particulier relatifs à la densité, fixés par décret.**

Sous-section 3. – Publicité à l'intérieur des agglomérations

Art. L. 581-8 *(Mod., L. n° 2006-436, 14 avr. 2006 ; rempl., L. n° 2010-788, 12 juill. 2010 ; L. n° 2016-925, 7 juill. 2016 ; L. n° 2017-257, 28 févr. 2017).* – **I. – À l'intérieur des agglomérations, la publicité est interdite :**

1° Aux abords des monuments historiques mentionnés à l'article L. 621-30 du Code du patrimoine ;

2° Dans le périmètre des sites patrimoniaux remarquables mentionnés à l'article L. 631-1 du même code ;

3° Dans les parcs naturels régionaux ;

4° Dans les sites inscrits ;

5° À moins de 100 mètres et dans le champ de visibilité des immeubles mentionnés au II de l'article L. 581-4 ;

6° *(Abrogé)* **;**

7° Dans l'aire d'adhésion des parcs nationaux ;

8° Dans les zones spéciales de conservation et dans les zones de protection spéciales mentionnées à l'article L. 414-1.

Il ne peut être dérogé à cette interdiction que dans le cadre d'un règlement local de publicité établi en application de l'article L. 581-14.

II. – Dans le cas où il n'est pas dérogé aux interdictions prévues au I du présent article, le maire peut autoriser l'affichage d'opinion et la publicité relative aux activités des associations, mentionnés à l'article L. 581-13, sur les palissades de chantier, dans des conditions déterminées par décret en Conseil d'État.

III. – La publicité ne peut recouvrir tout ou partie d'une baie. Toutefois, sous réserve de l'application de l'article L. 581-4 et du présent article, cette interdiction est levée pour les dispositifs de petit format intégrés à des devantures commerciales et ne recouvrant que partiellement la baie ou lorsqu'il s'agit de la devanture d'un établissement temporairement fermé pour réfection ou à la suite d'une procédure de règlement judiciaire, dans des conditions fixées par décret en Conseil d'État.

Art. L. 581-9 *(L. n° 2010-788, 12 juill. 2010 ; mod., L. n° 2011-525, 17 mai 2011 ; Ord. 2018-1125, 12 déc. 2018).* – **Dans les agglomérations, et sous réserve des dispositions des articles L. 581-4 et L. 581-8, la publicité est admise. Elle doit toutefois satisfaire, notamment en matière d'emplacements, de densité, de surface, de hauteur, d'entretien et, pour la publicité lumineuse, d'économies d'énergie et de prévention des nuisances lumineuses au sens du chapitre III du présent titre, à des prescriptions fixées par décret en Conseil d'État en fonction des procédés, des dispositifs utilisés, des caractéristiques des supports et de l'importance des agglomérations concernées. Ce décret précise également les conditions d'utilisation comme supports publicitaires du mobilier urbain installé sur le domaine public.**

Peuvent être autorisés par arrêté municipal, au cas par cas, les emplacements de bâches comportant de la publicité et, après avis de la commission départementale compétente en matière de nature, de paysages et de sites, l'installation de dispositifs publicitaires de dimensions exceptionnelles liés à des manifestations temporaires. Les conditions d'application du présent alinéa sont déterminées par le décret mentionné au premier alinéa.

L'installation des dispositifs de publicité lumineuse autres que ceux qui supportent des affiches éclairées par projection ou par transparence est soumise à l'autorisation de l'autorité compétente.

(Al. abr. à compter de la date prévue à l'article 29 de l'ordonnance n° 2018-1125 du 12 décembre 2018, et au plus tard le 1er juin 2019, Ord. n° 2018-1125, 12 déc. 2018).

Art. L. 581-10 *(L. n° 2015-990, 6 août 2015).* – Sans préjudice de l'article L. 581-4 et des I et II de l'article L. 581-8, les dispositifs publicitaires, lumineux ou non, implantés sur l'emprise des équipements sportifs ayant une capacité d'accueil d'au moins 15 000 places assises peuvent déroger au premier alinéa de l'article L. 581-9 en matière d'emplacement, de surface et de hauteur, dans des conditions fixées par décret en Conseil d'État. L'implantation des dispositifs dérogatoires est soumise à l'autorisation du conseil municipal ou de l'assemblée délibérante de l'établissement public de coopération intercommunale compétent ou du conseil de la métropole de Lyon.

Art. L. 581-11 et L. 581-12 *(Abr., L. n° 2010-788, 12 juill. 2010).*

Art. L. 581-13. – Sous réserve des dispositions de la présente loi, le maire détermine par arrêté et fait aménager sur le domaine public ou en surplomb de celui-ci ou sur le domaine privé communal un ou plusieurs emplacements destinés à l'affichage d'opinion, ainsi qu'à la publicité relative aux activités des associations sans but lucratif. Aucune redevance ou taxe n'est perçue à l'occasion de cet affichage ou de cette publicité.

En vue d'assurer la liberté d'opinion et de répondre aux besoins des associations, les conditions d'application du présent article sont fixées par décret en Conseil d'État en fonction du nombre d'habitants et de la superficie de la commune. Ce décret fixe une surface minimale que chaque catégorie de communes doit réserver à l'affichage défini à l'alinéa précédent.

Si dans un délai de six mois à compter de l'entrée en vigueur de ce décret, le maire n'a pas pris l'arrêté prévu au premier alinéa, le préfet, après une mise en demeure restée sans effet durant trois mois, détermine le ou les emplacements nécessaires. L'arrêté préfectoral cesse de s'appliquer dès l'entrée en vigueur d'un arrêté du maire déterminant un autre ou d'autres emplacements.

Sous-section 4. – Règlements locaux de publicité
(L. n° 2010-788, 12 juill. 2010)

Art. L. 581-14 *(Mod., L. n° 2014-626, 18 juin 2014 ; L. n° 2015-990, 6 août 2015 ; L. n° 2016-1087, 8 août 2016).* – L'établissement public de coopération intercommunale compétent en matière de plan local d'urbanisme la métropole de Lyon ou, à défaut, la commune peut élaborer sur l'ensemble du territoire de l'établissement public ou de la commune un règlement local de publicité qui adapte les dispositions prévues aux articles L. 581-9 et L. 581-10.

Sous réserve des dispositions des articles L. 581-4, L. 581-8 et L. 581-13, le règlement local de publicité définit une ou plusieurs zones où s'applique une réglementation plus restrictive que les prescriptions du règlement national.

Il peut aussi définir des zones dans lesquelles tout occupant d'un local commercial visible depuis la rue ou, à défaut d'occupant, tout propriétaire doit veiller à ce que l'aspect extérieur de ce local ne porte pas atteinte au caractère ou à l'intérêt des lieux avoisinants.

La publicité supportée par des palissades de chantier ne peut être interdite, sauf lorsque celles-ci sont implantées dans les lieux visés aux 1° et 2° du I de l'article L. 581-8.

Le cas échéant, les dispositions du règlement local de publicité doivent être compatibles avec les orientations de protection, de mise en valeur et de développement durable de la charte applicables à l'aire d'adhésion d'un parc national mentionnées au 2° du I de l'article L. 331-3.

Sur le territoire d'un parc naturel régional, le règlement local de publicité peut autoriser la publicité dans les conditions prévues aux articles L. 581-7 et L. 581-8 lorsque la charte du parc contient des orientations ou mesures relatives à la publicité, après avis du syndicat mixte d'aménagement et de gestion du parc.

Les dispositions du règlement local de publicité doivent être compatibles avec la charte.

Le sixième alinéa du présent article est opposable aux règlements locaux de publicité applicables sur le territoire d'un parc naturel régional dont le projet de charte a fait l'objet d'une enquête publique ouverte après la publication de la loi n° 2016-1087 du 8 août 2016 pour la reconquête de la biodiversité, de la nature et des paysages. Les règlements locaux de publicité doivent alors être abrogés ou mis en compatibilité avec la charte, dans un délai de trois ans à compter de la date de publication du décret approuvant la charte initiale ou révisée.

Art. L. 581-14-1 *(Créé, L. n° 2010-788, 12 juill. 2010 ; Ord. n° 2012-11, 5 janv. 2012 ; L. n° 2015-990, 6 août 2015 ; Ord. n° 2015-1174, 23 sept. 2015 ; L. n° 2019-1461, 27 déc. 2019).* – Le règlement local de publicité est élaboré, révisé ou modifié conformément aux procédures d'élaboration, de révision ou de modification des plans locaux d'urbanisme définies au titre V du livre Ier du Code de l'urbanisme, à l'exception des dispositions relatives à la procédure de modification simplifiée prévue par l'article L. 153-45 et des dispositions transitoires du chapitre IV du titre VII du Code de l'urbanisme. Par dérogation au premier alinéa de l'article L. 581-14 du présent code, les dispositions du titre V du livre Ier du Code de l'urbanisme relatives au périmètre du plan local d'urbanisme et à l'autorité compétente en la matière ainsi que les dispositions du même titre V relatives aux établissements publics de coopération intercommunale à fiscalité propre de grande taille sont applicables aux règlements locaux de publicité. La métropole d'Aix-Marseille-Provence peut élaborer un ou plusieurs règlements locaux de publicité sur le périmètre prévu au second alinéa de l'article L. 134-12 du même code.

Le président de l'établissement public de coopération intercommunale compétent en matière de plan local d'urbanisme, la métropole de Lyon ou le maire peut recueillir l'avis de toute personne, de tout organisme ou association compétents en matière de paysage, de publicité, d'enseignes et préenseignes, d'environnement, d'architecture, d'urbanisme, d'aménagement du territoire, d'habitat et de déplacements, y compris, le cas échéant, des collectivités territoriales des États limitrophes.

Avant d'être soumis à enquête publique, le projet de règlement arrêté par l'établissement public de coopération intercommunale ou la commune est soumis pour avis à la commission départementale compétente en matière de nature, de paysages et de sites. Cet avis est réputé favorable s'il n'est pas intervenu dans un délai de trois mois.

L'élaboration, la révision ou la modification du règlement local de publicité et l'élaboration, la révision ou la modification du plan local d'urbanisme peuvent faire l'objet d'une procédure unique et d'une même enquête publique dans les conditions définies par le chapitre III du titre II du livre Ier du présent code.

Le règlement local de publicité, une fois approuvé, est annexé au plan local d'urbanisme ou aux documents d'urbanisme en tenant lieu. À défaut de document d'urbanisme, il est tenu à disposition du public.

L'illégalité pour vice de forme ou de procédure commise à l'occasion de l'élaboration, de la révision ou de l'approbation d'un règlement local de publicité ne peut être invoquée par voie d'exception après l'expiration d'un délai de six mois à compter de l'entrée en vigueur de ce règlement. Cette règle ne s'applique pas lorsque le vice de procédure concerne la méconnaissance substantielle ou la violation manifeste des règles de l'enquête publique.

Lorsqu'elle annule pour excès de pouvoir un règlement local de publicité ou en ordonne la suspension, la juridiction administrative se prononce sur l'ensemble des moyens qu'elle estime susceptibles de fonder l'annulation ou la suspension en l'état du dossier.

Art. L. 581-14-2 *(Abr. L. n° 2021-1104, 22 août 2021).*

Art. L. 581-14-3 *(Mod., L. n° 2019-1461, 27 déc. 2019 ; L. n° 2020-734, 17 juin 2020).* – Pour l'application de la présente sous-section, les établissements publics de coopération intercommunale auxquels a été transférée la compétence « règlement local de publicité » sont soumis aux mêmes dispositions que les établissements publics de coopération intercommunale compétents *(Abr., L. n° 2021-1104, 22 août 2021)* en matière de plan local d'urbanisme, quand bien même cette dernière compétence ne leur aurait pas été transférée.

Les conditions de mise en œuvre de la présente sous-section sont fixées par décret en Conseil d'État.

Les réglementations spéciales qui sont en vigueur à la date de publication de la loi n° 2010-788 du 12 juillet 2010 portant engagement national pour l'environnement restent valables jusqu'à leur révision ou modification et pour une durée maximale de dix ans et six mois à compter de cette date. Elles sont révisées ou modifiées selon la procédure prévue à l'article L. 581-14-1. Lorsqu'un établissement public de coopération intercommunale à fiscalité propre compétent en matière de plan local d'urbanisme, un établissement public territorial de la métropole du Grand Paris ou la métropole de Lyon a prescrit l'élaboration d'un règlement de publicité intercommunal, la durée prévue au présent alinéa est de douze ans.

Art. L. 581-14-4 *(Créé, L. n° 2021-1104, 22 août 2021).* – Par dérogation à l'article L. 581-2, le règlement local de publicité peut prévoir que les publicités lumineuses et les enseignes lumineuses situées à l'intérieur des vitrines ou des baies d'un local à usage commercial qui n'est pas principalement utilisé comme un support de publicité et destinées à être visibles d'une voie ouverte à la circulation publique respectent des prescriptions qu'il définit en matière d'horaires d'extinction, de surface, de consommation énergétique et de prévention des nuisances lumineuses.

La section 6 du présent chapitre est applicable en cas de non-respect des prescriptions posées par le règlement local de publicité en application du présent article.

Sous-section 5. – Dispositions particulières applicables
à certains modes d'exercice de la publicité

Art. L. 581-15. – La publicité sur les véhicules terrestres, sur l'eau ou dans les airs peut être réglementée, subordonnée à autorisation ou interdite, dans des conditions fixées par décret en Conseil d'État.

Toutefois, les dispositions de l'alinéa précédent ne sont pas applicables à la publicité relative à l'activité exercée par le propriétaire ou l'usager d'un véhicule, sous réserve que ce véhicule ne soit pas utilisé ou équipé à des fins essentiellement publicitaires.

Art. L. 581-16. – Les communes ont le droit d'utiliser à leur profit comme support de publicité commerciale ou d'affichage libre défini à l'article L. 581-13 les palissades de chantier lorsque leur installation a donné lieu à autorisation de voirie.

Art. L. 581-17. – Un décret en Conseil d'État détermine les conditions dans lesquelles la publicité peut déroger aux dispositions de la présente section lorsqu'elle est effectuée en exécution d'une disposition législative ou réglementaire ou d'une décision de justice ou lorsqu'elle est destinée à informer le public sur des dangers qu'il encourt ou des obligations qui pèsent sur lui dans les lieux considérés.

Section III. – Dispositions applicables aux enseignes et préenseignes

Art. L. 581-18 *(L. n° 2010-788, 12 juill. 2010)*. – Un décret en Conseil d'État fixe les prescriptions générales relatives à l'installation et à l'entretien des enseignes en fonction des procédés utilisés, de la nature des activités ainsi que des caractéristiques des immeubles où ces activités s'exercent et du caractère des lieux où ces immeubles sont situés. Ce décret fixe également des prescriptions relatives aux enseignes lumineuses afin *(Mots aj., L. n° 2012-387, 22 mars 2012)* « d'économiser l'énergie et » de prévenir ou limiter les nuisances lumineuses mentionnées au chapitre III du présent titre.

Le règlement local de publicité mentionné à l'article L. 581-14 peut prévoir des prescriptions relatives aux enseignes plus restrictives que celles du règlement national, dans des conditions fixées par décret en Conseil d'État.

Sur les immeubles et dans les lieux mentionnés aux articles L. 581-4 et L. 581-8, ainsi que cadre d'un règlement local de publicité, l'installation d'une enseigne est soumise à autorisation.

Les enseignes à faisceau de rayonnement laser sont soumises à l'autorisation de l'autorité compétente en matière de police.

Art. L. 581-19 *(Mod. à compter du 13 juill. 2015 ; L. n° 2010-788, 12 juill. 2010)*. – Les préenseignes sont soumises aux dispositions qui régissent la publicité.

Les dispositions relatives à la déclaration prévue par l'article L. 581-6 sont applicables aux préenseignes dans des conditions, notamment de dimensions, précisées par décret en Conseil d'État.

Par dérogation à l'interdiction mentionnée au premier alinéa de l'article L. 581-7, en dehors des lieux qualifiés d'agglomération par les règlements relatifs à la circulation routière, peuvent être signalés de manière harmonisée par des préenseignes, dans des conditions définies par décret en Conseil d'État :

– les activités en relation avec la fabrication ou la vente de produits du terroir par des entreprises locales, les activités culturelles et les monuments historiques, classés ou inscrits, ouverts à la visite ;

– à titre temporaire, les opérations et manifestations exceptionnelles mentionnées à l'article L. 581-20 du présent code.

Les activités autres que celles mentionnées aux quatrième et cinquième alinéas du présent article ne peuvent être signalées que dans des conditions définies par les règlements relatifs à la circulation routière.

Art. L. 581-20. – I. – Le décret prévu à l'article L. 581-18 détermine les conditions dans lesquelles peuvent être temporairement apposées sur des immeubles des enseignes annonçant :

1° Des opérations exceptionnelles qui ont pour objet lesdits immeubles ou sont relatives aux activités qui s'y exercent ;

2° Des manifestations exceptionnelles à caractère culturel ou touristique qui y ont lieu ou y auront lieu.

II. – Le décret prévu à l'article L. 581-19 détermine les conditions dans lesquelles peuvent être temporairement apposées des préenseignes indiquant la proximité des immeubles mentionnés au paragraphe I.

III. – Le décret prévu à l'article L. 581-19 détermine les conditions dans lesquelles peuvent être apposées des préenseignes indiquant la proximité de monuments historiques, classés ou inscrits, ouverts à la visite.

....

Section VI. – Des sanctions

Sous-section 1. – Procédure administrative

Art. L. 581-26 *(Mod., Ord. n° 2000-914, 18 sept. 2000 ; L. n° 2010-788, 12 juill. 2010)*. – Sans préjudice des dispositions des articles L. 581-30 et L. 581-34, est punie d'une amende d'un montant de 1.500 € la personne qui a apposé ou fait apposer un dispositif ou matériel visé à l'article L. 581-6, sans déclaration préalable ou non conforme à cette déclaration. Le manquement est constaté par un procès-verbal établi par un fonctionnaire ou agent mentionné à l'article L. 581-40. Une copie du procès-verbal est adressée à la personne visée. Le manquement ainsi relevé donne lieu à une amende prononcée par le préfet. L'amende est recouvrée, dans les conditions prévues par les dispositions relatives aux produits communaux, au bénéfice de la commune sur le territoire de laquelle le manquement a été constaté. La personne visée a accès au dossier et est mise à même de présenter ses observations écrites, dans un délai d'un mois, sur le projet de sanction de l'administration. La décision du préfet, qui doit être motivée, est susceptible d'un recours de pleine juridiction.

Les dispositions du présent article sont applicables en cas d'infraction aux dispositions des articles L. 581-4, L. 581-5 et L. 581-24.

....

Sous-section 2. – Sanctions pénales

Art. L. 581-34 *(Mod., L. n° 2003-591, 2 juill. 2003 ; L. n° 2010-788, 12 juill. 2010 ; Ord. n° 2012-34, 11 janv. 2012)*. – I. – Est puni d'une amende de 7.500 € le fait d'apposer, de faire apposer ou de maintenir après mise en demeure une publicité, une enseigne ou une préenseigne :

1° Dans des lieux, sur des emplacements ou selon des procédés interdits en application des articles L. 581-4, L. 581-7, L. 581-8, L. 581-15, L. 581-18 et L. 581-19 ;

2° Sans avoir obtenu les autorisations préalables prévues aux sections II et III du présent chapitre ou sans avoir observé les conditions posées par ces autorisations ou sans avoir procédé à la déclaration préalable prévue à l'article L. 581-6 ou en ayant produit une fausse déclaration ;

3° Sans avoir observé les dispositions particulières prévues par le règlement local de publicité établi en application de l'article L. 581-14.

II – Est puni des mêmes peines le fait de laisser subsister une publicité, une enseigne ou une préenseigne au-delà des délais de mise en conformité prévus à l'article L. 581-43, ainsi que le fait de s'opposer à l'exécution des travaux d'office prévus par l'article L. 581-31.

III. – L'amende est appliquée autant de fois qu'il y a de publicités, d'enseignes ou de préenseignes en infraction.

1) Il ressort des dispositions de l'article 29 de la loi n° 79-1150 du 29 décembre 1979 qu'est punissable non seulement le maintien après mise en demeure d'une publicité illicite mais encore l'apposition de cette publicité sans que, dans ce dernier cas, une mise en demeure préalable soit exigée. Aucune disposition de la loi du 29 décembre 1979 ne subordonne l'exercice des poursuites pénales à la prise d'un arrêté de mise en demeure ou à une demande de l'Administration (■ Cass. crim., 12 nov. 1986 : *Bull. crim.* n° 330).

2) Il résulte des articles 14 et 29 de la loi du 29 décembre 1979 que le législateur a expressément renvoyé à un décret en Conseil d'État la réglementation de la publicité sur les véhicules terrestres et a déterminé les pénalités applicables ; il s'ensuit que ne donne pas de base légale à sa décision la cour d'appel qui relaxe un prévenu au motif que le décret du 6 septembre 1982, pris en application de ladite loi et fixant, pour les affiches, la surface maximale autorisée, ne comporte aucune sanction pénale (▪ Cass. crim., 20 déc. 1990 : *Bull. crim.* n° 445. ▪ Cass. crim., 8 févr. 1995 : *Bull. crim.* n° 62).

3) Il résulte des dispositions des articles 8 et 29 de la loi du 29 décembre 1979 que, lorsqu'il y a plusieurs dispositifs publicitaires luminaires distincts, il doit être prononcé autant d'amendes que de dispositifs en infraction (▪ Cass. crim., 20 juill. 1993 : *Bull. crim.* n° 248. ▪ Cass. crim., 8 févr. 1995 : *Bull. crim.* n° 54).

4) Le nombre de publicités en infraction qui détermine, aux termes de l'article 29 de la loi du 29 décembre 1979, celui des amendes applicables, doit être fixé compte tenu non seulement du nombre de véhicules servant de support à la publicité incriminée, mais aussi des différentes circonstances de temps et de lieu dans lesquelles ont été constatées les infractions (▪ Cass. crim., 8 févr. 1995 : *Bull. crim.* n° 55).

5) Pour condamner le prévenu du chef d'apposition de publicité non conforme sur un véhicule publicitaire, les juges relèvent qu'il ressort des constatations faites par les gendarmes dans chacun des procès-verbaux que la superficie d'affichage publicitaire était supérieure à 16 m ; en l'état de ces énonciations, et dès lors que, selon l'article 3 de la loi du 29 décembre 1979, devenu l'article L. 581-3 du Code de l'environnement, sont assimilés à des publicités, les dispositifs dont le principal objet est de recevoir les inscriptions, formes ou images destinées à informer le public ou à attirer son attention, la cour d'appel a justifié sa décision (▪ Cass. crim., 18 juin 2002 : *Dr. pén.* 2003, comm. 21, obs. J.-H. Robert).

6) Le prévenu, invoquant l'incompatibilité du décret précité du 6 septembre 1982 avec les articles 30 et 59, devenus 28 et 49 du Traité CE, qui interdisent les restrictions quantitatives à l'importation ou les mesures d'effet équivalent et les restrictions à la libre prestation des services, a demandé la saisine, à titre préjudiciel, de la Cour de justice des Communautés européennes ; pour écarter cette exception, les juges du second degré retiennent que la limitation de la surface totale des publicités apposées sur les véhicules utilisés ou équipés à des fins essentiellement publicitaires, s'applique indistinctement aux nationaux et aux autres ressortissants de la Communauté européenne, et affecte de la même manière la commercialisation des produits nationaux comme de ceux en provenance des États membres ; en l'état de ces motifs, et dès lors que les dispositions du Traité ne font pas obstacle aux interdictions ou restrictions justifiées notamment pour des raisons de protection du cadre de vie et de l'environnement, la cour d'appel a justifié sa décision (même arrêt).

7) Le montage de passerelles au pied de panneaux publicitaires, pour en faciliter l'exploitation, ne constitue pas des travaux de construction, pour lesquels les articles L. 421-1 et suivants du Code de l'urbanisme exigent un permis de construire ou une déclaration préalable, une telle opération étant soumise aux dispositions de l'article L. 581-34 du Code de l'environnement (▪ Cass. crim., 5 oct. 2004 : *Bull. crim.* n° 237).

Art. L. 581-35. – **Est puni des mêmes peines que l'auteur de l'infraction, celui pour le compte duquel la publicité est réalisée, lorsque la publicité ou le dispositif publicitaire ne comporte pas les mentions visées à l'article L. 581-5 ou lorsque celles-ci sont inexactes ou incomplètes.**

Dans le cas d'une publicité de caractère électoral, l'autorité administrative compétente met en demeure celui pour le compte duquel cette publicité a été réalisée de la supprimer et de procéder à la remise en état des lieux dans un délai de deux jours francs. Si cette mise en demeure est suivie d'effet, les dispositions de l'alinéa précédent ne sont pas applicables.

Art. L. 581-36 *(L. n° 2010-788, 12 juill. 2010)*. – **En cas de condamnation, le tribunal ordonne soit la suppression, dans un délai qui ne peut excéder un mois et sous astreinte de 15 € à 150 € par jour de retard, des publicités, enseignes ou préenseignes qui constituent l'infraction, soit leur mise en conformité, dans le même délai et sous les mêmes conditions, avec les prescriptions auxquelles ils contreviennent ; il ordonne, le cas échéant, la remise en état des lieux. Il peut déclarer sa décision exécutoire par provision.**

L'enlèvement des panneaux ou remise en état des lieux prévus par l'article 31 de la loi du 29 décembre 1979 sont des mesures à caractère réel destinées à faire cesser une situation illicite et non des sanctions pénales (▪ Cass. crim., 21 nov. 1989 : *Bull. crim.* n° 425).

Art. L. 581-37 *(Mod., L. n° 2003-591, 2 juill. 2003)*. – L'astreinte ne peut être révisée par le tribunal que si le redevable établit qu'il n'a pu observer le délai imposé pour l'exécution totale de ses obligations qu'en raison de circonstances indépendantes de sa volonté. Elle est recouvrée dans les conditions prévues au troisième alinéa de l'article L. 581-30.

Art. L. 581-38. – La prescription de l'action publique ne court qu'à partir du jour où la publicité, l'enseigne ou la préenseigne en infraction aux dispositions du présent chapitre et des règlements pris pour son application est supprimée ou mise en conformité avec les dispositions auxquelles il est contrevenu.

Art. L. 581-39. – Les dispositions des articles L. 581-35, L. 581-36, L. 581-37 et L. 581-38 et les règles relatives à la complicité sont applicables aux contraventions aux dispositions réglementaires prises pour l'application du présent chapitre.

Art. L. 581-40 *(L. n° 2010-788, 12 juill. 2010 ; Ord. n° 2012-34, 11 janv. 2012)*. – I. – Pour l'application des articles L. 581-14-2, L. 581-27, L. 581-34 et L. 581-39, sont habilités à procéder à toutes constatations, outre les officiers de police judiciaire :

1° Les agents de police judiciaire mentionnés aux articles 20 et 21 du Code de procédure pénale ;

2° Les fonctionnaires et agents habilités à constater les infractions aux lois du 31 décembre 1913 sur les monuments historiques et au titre IV du livre III du présent code ;

3° Les fonctionnaires et agents habilités à constater les infractions aux dispositions du Code de la voirie routière ;

4° Les fonctionnaires et agents publics habilités à constater les infractions au Code de l'urbanisme ;

5° Les fonctionnaires et agents des services de l'État et de ses établissements publics, commissionnés à cet effet et assermentés ;

6° Les agents habilités par les collectivités locales à constater les infractions au Code de la route en matière d'arrêt et de stationnement des véhicules automobiles en vertu de l'article L. 24 dudit code.

7° Les agents des collectivités territoriales assermentés et commissionnés à cet effet par l'autorité compétente en matière de police définie à l'article L. 581-14-2.

8° Les fonctionnaires et agents mentionnés à l'article L. 341-20 du présent code, commissionnés et assermentés ;

9° Les agents des réserves naturelles mentionnés à l'article L. 332-20 agissant dans les conditions prévues à cet article ;

10° Les gardes du littoral mentionnés à l'article L. 322-10-1, agissant dans les conditions prévues à cet article.

II *(II abr. à compter du 1er juillet 2013, Ord. n° 2012-34, 11 janv. 2012)*.

Art. L. 581-41 *(L. n° 2008-776, 4 août 2008 ; Ord. n° 2015-1174, 23 sept. 2015)*. – Les amendes prononcées en application des articles L. 581-34 et L. 581-35 sont affectées d'une majoration de 50 % perçue au bénéfice du département. Son produit constitue l'une des ressources du département pour mettre en œuvre la politique des espaces naturels sensibles prévue à l'article L. 113-8 du Code de l'urbanisme.

Art. L. 581-42. – Les dispositions de la présente section ne s'appliquent ni à l'affichage d'opinion, ni à la publicité relative aux activités des associations, mentionnés à l'article L. 581-13, dès lors que le maire ou le préfet n'aura pas déterminé et fait aménager le ou les emplacement prévus au même article.

Art. L. 581-43 *(L. n° 2010-788, 12 juill. 2010 ; mod., L. n° 2012-387, 22 mars 2012 ; L. n° 2019-1461, 27 déc. 2019 ; L. n° 2021-1104, 22 août 2021)*. – Les publicités, enseignes et préenseignes, qui ont été mises en place avant l'entrée en vigueur des actes pris pour l'application des articles L. 581-4, avant-dernier alinéa, L. 581-7, L. 581-8, L. 581-14 et L. 581-18, deuxième et troisième alinéas et qui ne sont pas conformes à leurs prescriptions, ainsi que celles mises en place dans des lieux entrés dans le champ d'application des articles L. 581-4, L. 581-8 et L. 581-44 en vertu d'actes postérieurs à leur installation, peuvent, sous réserve de ne pas contrevenir à la réglementation antérieure, être maintenues pendant un délai maximal de six ans à compter de l'entrée en vigueur des actes précités.

Les publicités, enseignes et préenseignes soumises à autorisation en vertu du présent chapitre qui ne sont pas conformes à des règlements visés à l'alinéa précédent et entrés en vigueur après leur installation peuvent être maintenues, sous réserve de ne pas contrevenir à la réglementation antérieure, pendant un délai maximal de six ans à compter de l'entrée en vigueur de ces règlements.

Les publicités, enseignes et préenseignes qui ont été mises en place avant l'entrée en vigueur de la loi n° 2010-788 du 12 juillet 2010 portant engagement national pour l'environnement et des décrets en Conseil d'État pris pour l'application de l'article 36 de cette loi peuvent, sous réserve de ne pas contrevenir aux dispositions antérieurement applicables, être maintenues pendant un délai maximal de six ans à compter de l'entrée en vigueur de la loi et des décrets en Conseil d'État précités.

Pour les publicités et préenseignes, un décret peut prévoir un délai moindre, qui ne peut être inférieur à deux ans à compter de sa publication.

À l'issue de la durée mentionnée au dernier alinéa de l'article L. 581-14-3 du présent code, les publicités, enseignes et préenseignes mises en place en application des réglementations spéciales antérieurement applicables mentionnées au même dernier alinéa peuvent être maintenues pendant un délai de deux ans, sous réserve de ne pas contrevenir à ces mêmes réglementations spéciales.

Les publicités et enseignes mentionnées à l'article L. 581-14-4 mises en place avant l'entrée en vigueur d'un règlement local de publicité pris en application du même article L. 581-14-4 et qui contreviennent aux prescriptions posées par ce même règlement peuvent être maintenues pendant un délai de deux ans à compter de l'entrée en vigueur dudit règlement, sous réserve de ne pas contrevenir aux dispositions antérieurement applicables.

Loi n° 93-122 du 29 janvier 1993

relative à la prévention de la corruption et à la transparence de la vie économique et des procédures publiques

TITRE II. – DISPOSITIONS RELATIVES À LA TRANSPARENCE DES ACTIVITÉS ÉCONOMIQUES

....

CHAPITRE II. – PRESTATIONS DE PUBLICITÉ

Art. 20. – Tout achat d'espace publicitaire ou de prestation ayant pour objet l'édition ou la distribution d'imprimés publicitaires ne peut être réalisé par un intermédiaire que pour le compte d'un annonceur et dans le cadre d'un contrat écrit de mandat.

Ce contrat fixe les conditions de la rémunération du mandataire en détaillant, s'il y a lieu, les diverses prestations qui seront effectuées dans le cadre de ce contrat de mandat et le montant de leur rémunération respective. Il mentionne également les autres prestations rendues par l'intermédiaire en dehors du contrat de mandat et le montant global de leur rémunération. Tout rabais ou avantage tarifaire de quelque nature que ce soit accordé par le vendeur doit figurer sur la facture délivrée à l'annonceur et ne peut être conservé en tout ou partie par l'intermédiaire qu'en vertu d'une stipulation expresse du contrat de mandat.

Même si les achats mentionnés au premier alinéa ne sont pas payés directement par l'annonceur au vendeur, la facture est communiquée directement par ce dernier à l'annonceur.

Art. 21. – Le mandataire mentionné au premier alinéa de l'article 20 ne peut ni recevoir d'autre paiement que celui qui lui est versé par son mandant pour la rémunération de l'exercice de son mandat ni aucune rémunération ou avantage quelconque de la part du vendeur.

Art. 22. – Le prestataire qui fournit des services de conseil en plan média ou de préconisation de support d'espace publicitaire ne peut recevoir aucune rémunération ni avantage quelconque de la part du vendeur d'espace.

Art. 23. – Le vendeur d'espace publicitaire en qualité de support ou de régie rend compte directement à l'annonceur dans le mois qui suit la diffusion du message publicitaire des conditions dans lesquelles les prestations ont été effectuées.

En cas de modification devant intervenir dans les conditions de diffusion du message publicitaire, le vendeur d'espace publicitaire avertit l'annonceur et recueille son accord sur les changements prévus. Il lui rend compte des modifications intervenues.

Dans le cas où l'achat d'espace publicitaire est effectué par l'intermédiaire d'un mandataire, les obligations prévues à l'alinéa précédent incombent tant au vendeur à l'égard du mandataire qu'au mandataire à l'égard de l'annonceur.

Art. 24. – Toute personne qui fournit des services de conseil en plan média ou de préconisation de support d'espace publicitaire doit indiquer dans ses conditions générales de vente les liens financiers qu'elle entretient ou que son groupe entretient avec des vendeurs mentionnés à l'article 20, en précisant le montant de ces participations.

Art. 25 *(Mod., L. n° 2011-525, 17 mai 2011 ; L. n° 2019-698, 3 juill. 2019)*. – 1° Est puni d'une amende de 30 000 € le fait :

a) Pour tout annonceur ou tout intermédiaire de ne pas rédiger de contrat écrit conforme aux dispositions des deux premiers alinéas de l'article 20 ;

b) Pour la personne qui fournit des services de conseil en plan média ou de préconisation de support d'espace publicitaire, de ne pas indiquer dans ses conditions générales de vente les informations prévues à l'article 24.

2° Est puni des sanctions prévues à l'article L. 441-9 du Code de commerce, le fait pour un vendeur de ne pas communiquer directement la facture à l'annonceur conformément aux dispositions du troisième alinéa de l'article 20.

3° Est puni d'une amende de 300 000 € le fait :

a) Pour toute personne qui fournit des services de conseil en plan média ou de préconisation de support d'espace publicitaire, de préconiser ou de réaliser un achat d'espace publicitaire, pour le compte d'un annonceur, auprès d'un vendeur d'espace publicitaire avec lequel elle entretient ou avec lequel son groupe entretient des liens financiers, en donnant sciemment à cet annonceur des informations fausses ou trompeuses sur les caractéristiques ou sur le prix de vente de l'espace publicitaire du support préconisé ou des supports qui lui sont substituables ;

b) Pour tout mandataire mentionné à l'article 20, de recevoir une rémunération ou un avantage quelconque d'autres personnes que son mandant ;

c) Pour tout vendeur mentionné à l'article 20, d'accorder une rémunération ou un avantage quelconque au mandataire ou au prestataire de l'annonceur ;

d) Pour toute personne qui fournit des services de conseil en plan média ou de préconisation de support d'espace publicitaire, de recevoir une rémunération ou un avantage quelconque de la part du vendeur d'espace publicitaire.

Pour les infractions prévues aux 1°, 2° et 3° ci-dessus, les personnes morales peuvent être déclarées responsables, conformément à l'article 121-2 du Code pénal. Elles encourent également la peine d'exclusion des marchés publics, pour une durée de cinq ans au plus, en application du 5° de l'article 131-39 du Code pénal.

Les fonctionnaires désignés à l'article L. 450-1 du Code de commerce peuvent procéder aux enquêtes nécessaires à l'application du présent chapitre selon les modalités prévues aux articles L. 450-2 à L. 450-4, L. 450-7 et L. 450-8 du même code.

Art. 26. – Pour l'application des articles 20 à 25 de la présente loi, la régie publicitaire est considérée comme vendeur d'espace.

Le mandataire mentionné à l'article 20 n'est pas considéré comme agent commercial au sens de l'article L. 134-1 du Code de commerce.

L'expression « achat d'espace publicitaire » n'a pas pour effet de limiter la responsabilité du directeur de publication établie par la loi du 29 juillet 1881 sur la liberté de la presse.

Art. 27. – Les dispositions du présent chapitre s'appliquent quel que soit le lieu d'établissement de l'intermédiaire, dès lors que le message publicitaire est réalisé au bénéfice d'une entreprise française et qu'il est principalement reçu sur le territoire français.

IV. – MONNAIE ET FINANCES

BANQUE

Voir : Concernant le blanchiment de capitaux, C. monét. fin., art. L. 561-1 s.

Bibliographie : C. Claverie-Rousset, *Banque : JCl. Lois pénales spéciales.* • Ph. Conte, *Banque : aspect pénal des obligations de vigilance tendant à prévenir le blanchiment : JCP* 2005, I, 126. • Th. Bonneau, *La responsabilité du banquier pour non-respect de la législation relative au blanchiment des capitaux : Rev. dr. banc. et fin.*, 2005, Analyses, p. 41.

Code monétaire et financier
(Ord. n° 2000-1223, 14 déc. 2000)

Établissements du secteur bancaire

Les établissements de crédit

Art. L. 511-1 *(Rempl. à compter du 1er janv. 2014, Ord. n° 2013-544, 27 juin 2013 ; mod., Ord. n° 2014-158, 20 févr. 2014 ; Ord. n° 2015-558, 21 mai 2015 ; Ord. n° 2021-796, 23 juin 2021).* **– I. – Les établissements de crédit sont les entreprises définies au point 1 du paragraphe 1 de l'article 4 du règlement (UE) n° 575/2013 du Parlement européen et du Conseil du 26 juin 2013.**

II. – Les sociétés de financement sont des personnes morales, autres que des établissements de crédit, qui effectuent à titre de profession habituelle et pour leur propre compte des opérations de crédit dans les conditions et limites définies par leur agrément. Elles sont des établissements financiers au sens du 4 de l'article L. 511-21.

Art. L. 511-2 *(Mod. à compter du 1er janv. 2014, Ord. n° 2013-544, 27 juin 2013 ; mod., L. n° 2013-672, 26 juill. 2013).* **– Les établissements de crédit et les sociétés de financement peuvent, en outre, dans des conditions définies par le ministre chargé de l'économie, prendre et détenir des participations après, selon le cas, autorisation préalable de l'Autorité de contrôle prudentiel et de résolution, déclaration ou notification.**

Art. L. 511-3 *(Mod., L. n° 2013-672, 26 juill. 2013 ; L. n° 2014-773, 7 juill. 2014).* **– Les établissements de crédit et les sociétés de financement ne peuvent exercer à titre habituel une activité autre que celles mentionnées aux articles L. 311-1, L. 311-2 et L. 511-2 ou régies par le chapitre VIII du titre Ier du livre III que dans des conditions définies par le ministre chargé de l'économie.**

Ces opérations doivent, en tout état de cause, demeurer d'une importance limitée par rapport à l'ensemble des activités habituelles de l'établissement ou de la société et ne pas empêcher, restreindre ou fausser le jeu de la concurrence sur le marché considéré.

....

Art. L. 511-5 *(Mod. à compter du 1er janv. 2014, Ord. n° 2013-544, 27 juin 2013).* **– Il est interdit à toute personne autre qu'un établissement de crédit ou une société de financement d'effectuer des opérations de crédit à titre habituel.**

Il est, en outre, interdit à toute personne autre qu'un établissement de crédit de recevoir à titre habituel des fonds remboursables du public ou de fournir des services bancaires de paiement.

Habitude. L'infraction suppose l'existence, à l'égard de plusieurs clients, d'opérations distinctes caractérisant un délit d'habitude commis sciemment (■ Cass. crim., 20 avr. 2005, n° 04-87.038 : *Dr. sociétés* 2005, comm. 183, note Th. Bonneau ; *Dr. pén.* 2005, comm. 108). Des opérations successives de retrait suivies de remise de fonds à une seule personne, réalisées à la suite d'une remise unique de fonds remboursable par ce tiers ne suffisent pas à démontrer le caractère habituel des opérations de banque au sens de l'article L. 511-5 du Code monétaire et financier (■ Cass. crim., 9 sept. 2020, n° 19-80.090).

....

Art. L. 511-8 *(Mod. à compter du 1er janv. 2014, Ord. n° 2013-544, 27 juin 2013).* **– Il est interdit à toute entreprise autre qu'un établissement de crédit ou une société de financement d'utiliser une dénomination, une**

raison sociale, une publicité ou, d'une façon générale, des expressions faisant croire qu'elle est agréée respectivement en tant qu'établissement de crédit ou société de financement, ou de créer une confusion en cette matière.

Il est interdit à un établissement de crédit ou une société de financement de laisser entendre qu'il appartient à une catégorie autre que celle au titre de laquelle il a obtenu son agrément ou de créer une confusion sur ce point.

Art. L. 511-33 *(Rempl., L. n° 2008-776, 4 août 2008 ; Ord. n° 2010-76, 21 janv. 2010 ; mod. à compter du 1er janv. 2014, Ord. n° 2013-544, 27 juin 2013 ; mod., L. n° 2013-672, 26 juill. 2013 ; Ord. n° 2014-158, 20 févr. 2014 ; Ord. n° 2017-1107, 22 juin 2017).* – I. – Tout membre d'un conseil d'administration et, selon le cas, d'un conseil de surveillance et toute personne qui à un titre quelconque participe à la direction ou à la gestion d'un établissement de crédit, d'une société de financement ou d'un organisme mentionné aux 5 et 8 de l'article L. 511-6 ou qui est employée par l'un de ceux-ci est tenu au secret professionnel.

Outre les cas où la loi le prévoit, le secret professionnel ne peut être opposé ni à l'Autorité de contrôle prudentiel et de résolution ni à la Banque de France ni à l'Institut d'émission des départements d'outre-mer, ni à l'Institut d'émission d'outre-mer, ni à l'autorité judiciaire agissant dans le cadre d'une procédure pénale, ni aux commissions d'enquête créées en application de l'article 6 de l'ordonnance n° 58-1100 du 17 novembre 1958 relative au fonctionnement des assemblées parlementaires.

Les établissements de crédit et les sociétés de financement peuvent par ailleurs communiquer des informations couvertes par le secret professionnel, d'une part, aux agences de notation pour les besoins de la notation des produits financiers et, d'autre part, aux personnes avec lesquelles ils négocient, concluent ou exécutent les opérations ci-après énoncées, dès lors que ces informations sont nécessaires à celles-ci :

1° Opérations de crédit effectuées, directement ou indirectement, par un ou plusieurs établissements de crédit ou sociétés de financement ;

2° Opérations sur instruments financiers, de garanties ou d'assurance destinées à la couverture d'un risque de crédit ;

3° Prises de participation ou de contrôle dans un établissement de crédit, une entreprise d'investissement ou une société de financement ;

4° Cessions d'actifs ou de fonds de commerce ;

5° Cessions ou transferts de créances ou de contrats ;

6° Contrats de prestations de services conclus avec un tiers en vue de lui confier des fonctions opérationnelles importantes ;

7° Lors de l'étude ou l'élaboration de tout type de contrats ou d'opérations, dès lors que ces entités appartiennent au même groupe que l'auteur de la communication.

Lors d'opérations sur contrats financiers, les établissements de crédit et les sociétés de financement peuvent également communiquer des informations couvertes par le secret professionnel, lorsqu'une législation ou une réglementation d'un État qui n'est pas membre de l'Union européenne prévoit la déclaration de ces informations à un référentiel central. Lorsque ces informations constituent des données à caractère personnel soumises à la loi n° 78-17 du 6 janvier 1978 relative à l'informatique, aux fichiers et aux libertés, leur transmission doit s'effectuer dans les conditions prévues par la même loi.

Outre les cas exposés ci-dessus, les établissements de crédit et les sociétés de financement peuvent communiquer des informations couvertes par le secret professionnel au cas par cas et uniquement lorsque les personnes concernées leur ont expressément permis de le faire.

Les personnes recevant des informations couvertes par le secret professionnel, qui leur ont été fournies pour les besoins d'une des opérations ci-dessus énoncées, doivent les conserver confidentielles, que l'opération susvisée aboutisse ou non. Toutefois, dans l'hypothèse où l'opération susvisée aboutit, ces personnes peuvent à leur tour communiquer les informations couvertes par le secret professionnel dans les mêmes conditions que celles visées au présent article aux personnes avec lesquelles elles négocient, concluent ou exécutent les opérations énoncées ci-dessus.

II. – Le personnel des établissements de crédit, des sociétés de financement, des compagnies financières holding, des compagnies financières holding mixtes et des entreprises mères de société de financement soumis au contrôle de l'Autorité de contrôle prudentiel et de résolution, ainsi que le personnel des

prestataires externes de ces personnes, peuvent signaler à l'Autorité les manquements et infractions potentiels ou avérés au règlement (UE) n° 575/2013 du Parlement européen et du Conseil du 26 juin 2013 et au règlement (UE) n° 600/2014 du Parlement européen et du Conseil du 15 mai 2014, aux dispositions du présent titre et du titre III du présent livre ou d'un règlement pris pour leur application ou de toute autre disposition législative ou réglementaire dont la méconnaissance entraîne celle des dispositions précitées. Les signalements sont faits sous forme écrite et accompagnés de tout élément de nature à établir la réalité des faits signalés.

L'Autorité de contrôle prudentiel et de résolution recueille les signalements dans des conditions qui garantissent la protection des personnes signalant les manquements, notamment en ce qui concerne leur identité, et la protection des données à caractère personnel relatives aux personnes concernées par les signalements.

Commet le délit de violation du secret professionnel le banquier qui informe son client d'une réquisition adressée par un officier de police judiciaire à l'établissement bancaire (■ Cass. crim., 30 janv. 2001 : *Bull. crim.* n° 29 ; *JCP*, E, p. 1328, note J. Stoufflet).

Art. L. 511-34 *(Mod., L. n° 2008-776, 4 août 2008 ; L. n° 2010-737, 1er juill. 2010 ; à compter du 1er janv. 2014, Ord. n° 2013-544, 27 juin 2013 ; mod., L. n° 2014-1, 2 janv. 2014 ; Ord. n° 2014-158, 20 févr. 2014 ; à compter du 1er janv. 2016, Ord. n° 2015-378, 2 avr. 2015 ; mod., Ord. n° 2020-115, 12 févr. 2020).* **– Les entreprises établies en France et qui font partie d'un groupe financier ou d'un groupe comprenant au moins une société de financement ou, pour l'application du 2° du présent article, d'un groupe au sens de l'article L. 356-1 du Code des assurances, d'un groupe au sens du III de l'article L. 511-20 comprenant au moins une entité mentionnée au 1° *bis* ou 1° *ter* de l'article L. 561-2, ou d'un groupe mixte ou d'un conglomérat financier auquel appartiennent des entités réglementées au sens de l'article L. 517-2 ayant leur siège social dans un État membre de l'Union européenne ou État partie à l'accord sur l'Espace économique européen ou dans un État où sont applicables les accords prévus aux articles L. 632-7, L. 632-13 et L. 632-16 du présent code sont tenues, nonobstant toutes dispositions contraires, de transmettre à des entreprises du même groupe ayant leur siège social dans l'un de ces États :**

1° Les renseignements relatifs à leur situation financière nécessaires à l'organisation de la surveillance sur base consolidée et de la surveillance complémentaire de ces entités réglementées ou sociétés de financement ;

2° Les informations nécessaires à l'organisation de la lutte contre le blanchiment des capitaux et contre le financement du terrorisme ;

3° Les informations nécessaires à l'organisation de la détection des abus de marché mentionnés à l'article 16 du règlement (UE) n° 596/2014 du Parlement européen et du Conseil du 16 avril 2014 sur les abus de marché (règlement relatif aux abus de marché) et abrogeant la directive 2003/6/CE du Parlement européen et du Conseil et les directives 2003/124/CE, 2003/125/CE et 2004/72/CE de la Commission ;

4° Les informations nécessaires à la gestion des conflits d'intérêts au sens du 3° du I et 3° du II de l'article L. 533-10.

Ces dernières informations ne peuvent être communiquées à des personnes extérieures au groupe, à l'exception des autorités compétentes des États visés au premier alinéa. Cette exception ne s'étend pas aux autorités des États ou territoires dont la législation est reconnue insuffisante ou dont les pratiques sont considérées comme faisant obstacle à la lutte contre le blanchiment des capitaux ou le financement du terrorisme par l'instance internationale de concertation et de coordination en matière de lutte contre le blanchiment d'argent dont la liste est mise à jour par arrêté du ministre chargé de l'économie.

Les personnes recevant ces informations sont tenues au secret professionnel dans les conditions et sous les peines mentionnées à l'article L. 511-33, pour tous renseignements ou documents qu'elles seraient ainsi amenées à recevoir ou à détenir.

Les dispositions du présent article ne font pas obstacle à l'application de la loi n° 78-17 du 6 janvier 1978 relative à l'informatique, aux fichiers et aux libertés.

Art. L. 511-35 *(Mod., L. n° 2003-706, 1er août 2003 ; Ord. n° 2009-79, 22 janv. 2009 ; L. n° 2010-788, 12 juill. 2010 ; L. n° 2010-1249, 22 oct. 2010 ; L. n° 2011-525, 17 mai 2011 ; Ord. n° 2013-544, 27 juin 2013 ; L. n° 2014-1, 2 janv. 2014 ; Ord. n° 2014-158, 20 févr. 2014 ; Ord. n° 2015-558, 21 mai 2015 ; Ord. n° 2017-1180, 19 juill. 2017 ; Ord. n° 2020-142, 16 sept. 2020).* **– Les dispositions de l'article L. 232-1 du Code de commerce sont applicables aux établissements de crédit, aux sociétés de financement et aux**

entreprises d'investissement dans des conditions fixées par l'Autorité des normes comptables après avis du comité consultatif de la législation et de la réglementation financières. Pour l'application de ces dispositions aux succursales d'établissements de crédit mentionnées au I de l'article L. 511-10, les obligations prévues à l'article L. 232-1 du Code de commerce sont remplies par les personnes mentionnées au second alinéa de l'article L. 511-13 du présent code.

L'article L. 225-102-1 du Code de commerce est applicable, dans les conditions prévues pour les sociétés mentionnées à l'article L. 22-10-36, aux établissements de crédit qui revêtent la forme sociale de société anonyme, de société en commandite par actions, de société à responsabilité limitée ou de société par actions simplifiée ainsi qu'aux sociétés de financement, aux entreprises d'investissement, aux entreprises mères de sociétés de financement et aux sociétés financières holding qui revêtent l'une de ces formes sociales et dont les titres sont admis à la négociation sur un marché réglementé, lorsque le total de leur bilan ou leur chiffre d'affaires et leur nombre de salariés excèdent, le cas échéant sur une base consolidée, les seuils prévus pour les sociétés mentionnées à l'article L. 22-10-36.

L'article L. 225-102-1 du Code de commerce est également applicable, aux établissements de crédit qui ne revêtent pas l'une des formes sociales mentionnées à l'alinéa précédent ainsi qu'aux sociétés de financement, aux entreprises d'investissement, aux entreprises mères de sociétés de financement et aux sociétés financières holding dont les titres ne sont pas admis à la négociation sur un marché réglementé, lorsque le total de leur bilan ou leur chiffre d'affaires et leur nombre de salariés excèdent, le cas échéant sur une base consolidée, les seuils prévus pour ces sociétés.

Art. L. 511-36 *(Ord. n° 2005-861, 28 juill. 2005 ; mod. à compter du 1er janv. 2014, Ord. n° 2013-544, 27 juin 2013).* – Lorsqu'ils établissent leurs comptes sous une forme consolidée, les établissements de crédit et les sociétés de financement le font selon les règles définies par règlement [de l'] Autorité des normes comptables pris après avis du Comité consultatif de la législation et de la réglementation financières. Toutefois, ils sont dispensés de se conformer à ces règles lorsqu'ils utilisent les normes comptables internationales adoptées par règlement de la Commission européenne.

Art. L. 511-37 *(Mod. à compter du 1er janvier 2014, Ord. n° 2013-544, 27 juin 2013 ; mod., Ord. n° 2014-158, 20 févr. 2014).* – Tout établissement de crédit, société de financement, entreprise d'investissement, autre qu'une société de gestion de portefeuille, ou adhérent aux chambres de compensation mentionné au 3 de l'article L. 440-2 doit publier ses comptes annuels dans des conditions fixées par [l'] Autorité des normes comptables après avis du Comité consultatif de la législation et de la réglementation financières.

L'Autorité de contrôle prudentiel et de résolution s'assure que les publications prévues au présent article, dans le règlement (UE) n° 575/2013 du Parlement européen et du Conseil du 26 juin 2013 et, pour les sociétés de financement, à l'article L. 511-99, sont régulièrement effectuées. Elle peut ordonner aux personnes mentionnées à l'alinéa précédent de procéder à des publications rectificatives dans le cas où des inexactitudes ou des omissions auraient été relevées dans les documents publiés.

Elle peut porter à la connaissance du public toutes informations qu'elle estime nécessaires.

....

Les banques mutualistes ou coopératives

Art. L. 512-1 *(Mod., Ord. n° 2005-429, 6 mai 2005 ; Ord. n° 2009-80, 22 janv. 2009).* – Les banques mutualistes ou coopératives sont soumises au régime des fusions scissions et apports des sociétés anonymes prévues par le livre II du Code de commerce même si elles ne sont pas constituées sous une forme régie par cette loi.

Toutefois, les dispositions de l'article L. 236-10 du Code de commerce ne sont pas applicables à ceux de ces établissements qui n'ont pas émis de titres donnant un droit sur l'actif net.

Les banques mutualistes et coopératives peuvent procéder à une offre au public de titres financiers.

Elles peuvent également procéder à une offre au public, telle que définie pour les titres financiers par les articles L. 411-1 et suivants, de leurs parts sociales dans les conditions fixées par le règlement général de l'Autorité des marchés financiers.

(L. n° 2016-1691, 9 déc. 2016) Toutes les informations, y compris les communications à caractère publicitaire, relatives à des parts sociales présentent un contenu exact, clair et non trompeur. Les

communications à caractère publicitaire sont clairement identifiées comme telles. Les souscripteurs reçoivent, préalablement à la souscription, les informations leur permettant raisonnablement de comprendre la nature des parts sociales proposées ainsi que les risques et inconvénients y afférents, afin d'être en mesure de prendre leurs décisions d'investissement en connaissance de cause.

(L. n° 2016-1691, 9 déc. 2016) Les banques mutualistes et coopératives s'enquièrent auprès des personnes auxquelles la souscription de parts sociales est proposée de leurs connaissances et de leur expérience en matière financière, ainsi que de leur situation financière et de leurs objectifs de souscription, de manière à pouvoir recommander à ces personnes une souscription adaptée à leur situation. Pour l'accomplissement de ces diligences, elles tiennent compte des caractéristiques des parts sociales et des montants de souscription envisagés. Lorsque ces personnes ne communiquent pas l'ensemble des éléments d'information mentionnés ci-dessus, les banques mutualistes et coopératives les mettent en garde préalablement à la souscription.

Les parts sociales des banques mutualistes et coopératives sont des parts de capital social.

Art. L. 512-1-1 *(Ord. n° 2008-1278, 8 déc. 2008).* – Sont exemptées des obligations mentionnées à l'article L. 823-19 du Code de commerce :

a) Les personnes et entités affiliées, au sens de l'article L. 512-92, à une caisse d'épargne et de prévoyance ;

b) Les personnes et entités agréées collectivement avec une caisse régionale ou fédérale ou une fédération régionale au sens de l'article R. 511-3 ;

c) Les personnes et entités agréées collectivement avec une banque mutualiste et coopérative au sens de l'article R. 515-1, dès lors qu'elles n'ont pas émis de valeurs mobilières admises à la négociation sur un marché réglementé.

Art. L. 512-2 *(Mod., L. n° 2009-715, 18 juin 2009).* – Les banques populaires ne peuvent faire d'opérations qu'avec des commerçants, industriels, fabricants, artisans, patrons bateliers, sociétés commerciales et les membres des professions libérales pour l'exercice normal de leur industrie, de leur commerce, de leur métier ou de leur profession.

Elles sont toutefois habilitées à prêter leurs concours à leurs sociétaires et à participer à la réalisation de toutes opérations garanties par une société de caution mutuelle.

Elles peuvent également recevoir des dépôts de toute personne ou société.

....

Art. L. 512-102 *(Mod. à compter de la date prévue par la loi n° 2009-715 du 18 juin 2009).* – Il est interdit aux organismes qui n'entrent pas dans le champ d'application de la présente section d'utiliser l'une des dénominations suivantes : « caisse d'épargne et de prévoyance », « caisse d'épargne », « société locale d'épargne ».

....

Les caisses de crédit municipal

Art. L. 514-1 *(Mod., Ord. n° 2010-76, 21 janv. 2010 ; Ord. n° 2013-544, 27 juin 2013 ; L. n° 2013-672, 26 juill. 2013 ; Ord. n° 2014-1332, 6 nov. 2014).* – I. – Les caisses de crédit municipal sont des établissements publics communaux de crédit et d'aide sociale. Elles ont notamment pour mission de combattre l'usure par l'octroi de prêts sur gages corporels dont elles ont le monopole. Elles peuvent réaliser toutes opérations avec les établissements de crédit et les sociétés de financement, recevoir des fonds des personnes physiques et des personnes morales, mettre à la disposition de ces personnes des moyens de paiement et réaliser avec elles des opérations connexes au sens de l'article L. 311-2.

II. – Elles exercent leur activité après avoir obtenu l'agrément [de] la Banque centrale européenne. Cet agrément peut prévoir, en fonction des capacités techniques et financières de la caisse, que celle-ci est, en outre, habilitée à exercer les activités suivantes ou l'une d'entre elles :

1. L'octroi de crédits aux personnes physiques ;

2. L'octroi de crédits aux établissements publics locaux et aux associations régies par la loi du 1er juillet 1901 relative au contrat d'association dont l'activité s'exerce dans la zone d'activité habituelle de la caisse et dont l'objet présente un intérêt social ou culturel.

Les caisses peuvent, seules ou conjointement avec d'autres caisses, détenir des parts sociales ou participer au capital de sociétés ainsi que créer des associations concourant respectivement au développement des activités qu'elles sont habilitées à exercer.

Les caisses de crédit municipal peuvent librement céder les biens, droits et obligations correspondant aux activités autres que le prêt sur gages.

III. – Les caisses de crédit municipal peuvent aussi apporter ces biens, droits et obligations à des sociétés anonymes régies par le livre II du Code de commerce, créées à cet effet, dont l'objet est limité aux activités, autres que le prêt sur gages, que peuvent effectuer les caisses de crédit municipal. Elles participent au capital de ces sociétés à concurrence de leurs apports. Ces sociétés sont agréées par la Banque centrale européenne, si leur activité relève du statut d'établissement de crédit, ou par l'Autorité de contrôle prudentiel et de résolution, dans les autres cas. Leur agrément est soumis aux limitations prévues au I et aux trois premiers alinéas du II.

Les participations détenues par les caisses de crédit municipal sont cessibles. En vue de leur transmission universelle, les apports mentionnés à l'alinéa précédent sont réputés placés sous le régime juridique des scissions.

....

Les sociétés financières

Art. L. 515-1 *(Rempl., Ord. n° 2013-544, 27 juin 2013).* – Outre les opérations mentionnées au II de l'article L. 511-1, les sociétés de financement peuvent exercer l'une des opérations suivantes :
- fournir des services de paiement, sous réserve d'avoir obtenu l'agrément prévu à l'article L. 522-6 ;
- émettre et gérer de la monnaie électronique, sous réserve d'avoir obtenu l'agrément prévu à l'article L. 526-7 ;
- fournir des services d'investissement, sous réserve d'avoir obtenu l'agrément prévu à l'article L. 532-2.

Art. L. 515-1-1 *(Ord. n° 2014-158, 20 févr. 2014).* – Les fonds propres d'une société de financement ne peuvent être inférieurs au montant du capital initial exigé lors de son agrément.

Art. L. 515-2 *(Rempl., Ord. n° 2013-544, 27 juin 2013).* – Lorsqu'elles ne collectent pas de fonds remboursables du public mentionnés à l'article L. 312-2, les entreprises qui gèrent à titre de profession habituelle des sociétés créées en vue de la réalisation même non habituelle des opérations mentionnées à l'article L. 313-7 doivent être agréées en qualité de société de financement.

....

Compagnies financières

Art. L. 517-1 *(L. n° 2003-706, 1er août 2003 ; Ord. n° 2004-1201, 12 nov. 2004 ; Ord. n° 2013-544, 27 juin 2013 ; Ord. n° 2014-158, 20 févr. 2014 ; Ord. n° 2020-1635, 21 déc. 2020).* – Une compagnie financière holding est un établissement financier au sens de l'article L. 511-21 dont les filiales sont exclusivement ou principalement des établissements ou des établissements financiers, l'une au moins de ces filiales étant un établissement, et qui n'est pas une compagnie financière holding mixte.

Pour l'application du précédent alinéa, le mot : « établissement » s'entend au sens du 3 du paragraphe 1 de l'article 4 du règlement (UE) n° 575/2013 du Parlement et du Conseil du 26 juin 2013.

Une entreprise mère de société de financement est un établissement financier, au sens de l'article L. 511-21, qui n'est ni une compagnie financière holding ni une compagnie financière holding mixte ni une compagnie holding mixte et qui a pour filiales, exclusivement ou principalement, une ou plusieurs sociétés de financement ou établissements financiers. L'une au moins de ces filiales est une société de financement.

Une compagnie financière holding mère dans un État membre est une compagnie financière holding qui n'est pas elle-même une filiale d'un établissement agréé dans le même État membre ou d'une compagnie financière holding ou compagnie financière holding mixte constituée dans le même État membre au sens du 30 du paragraphe 1 de l'article 4 du règlement (UE) n° 575/2013 du Parlement européen et du Conseil du 26 juin 2013.

Une compagnie financière holding mère dans l'Union est une compagnie financière holding mère dans un État membre qui n'est pas une filiale d'un établissement agréé dans un État membre ou d'une autre compagnie financière holding ou compagnie financière holding mixte constituée dans un État membre au sens du 31 du paragraphe 1 de l'article 4 du règlement (UE) n° 575/2013 du Parlement européen et du Conseil du 26 juin 2013.

Une entreprise mère dans un État membre de société de financement est une entreprise mère de société de financement qui n'est pas elle-même une filiale d'un établissement ou d'une société de financement agréés dans le même État membre ou d'une compagnie financière holding ou compagnie financière holding mixte constituée dans le même État membre.

Une entreprise mère dans l'Union de société de financement est une entreprise mère dans un État membre de société de financement qui n'est pas une filiale d'un établissement ou d'une société de financement agréés dans un État membre ou d'une autre compagnie financière holding ou compagnie financière holding mixte constituée dans un État membre.

Les établissements et services autorisés à effectuer des opérations de banque

La Caisse des dépôts et consignations

Art. L. 518-2 *(Mod., L. n° 2008-776, 4 août 2008).* **– La Caisse des dépôts et consignations et ses filiales constituent un groupe public au service de l'intérêt général et du développement économique du pays. Ce groupe remplit des missions d'intérêt général en appui des politiques publiques conduites par l'État et les collectivités territoriales et peut exercer des activités concurrentielles.**

La Caisse des dépôts et consignations est un établissement spécial chargé d'administrer les dépôts et les consignations, d'assurer les services relatifs aux caisses ou aux fonds dont la gestion lui a été confiée et d'exercer les autres attributions de même nature qui lui sont légalement déléguées. Elle est chargée de la protection de l'épargne populaire, du financement du logement social et de la gestion d'organismes de retraite. Elle contribue également au développement économique local et national, particulièrement dans les domaines de l'emploi, de la politique de la ville, de la lutte contre l'exclusion bancaire et financière, de la création d'entreprise et du développement durable.

La Caisse des dépôts et consignations est un investisseur de long terme et contribue, dans le respect de ses intérêts patrimoniaux, au développement des entreprises.

La Caisse des dépôts et consignations est placée, de la manière la plus spéciale, sous la surveillance et la garantie de l'autorité législative.

Elle est organisée par décret en Conseil d'État, pris sur la proposition de la commission de surveillance.

La Poste

Art. L. 518-25 *(Rempl., L. n° 2005-516, 20 mai 2005 ; mod., Ord. n° 2009-866, 15 juill. 2009).* **– Dans les domaines bancaire, financier et des assurances, La Poste propose des produits et services au plus grand nombre, notamment le Livret A.**

(Al. mod., L. n° 2013-100, 28 janv. 2013 ; Ord. n° 2013-544, 27 juin 2013) **À cette fin, et sous réserve, le cas échéant, des activités qu'elle exerce directement en application des textes qui la régissent, La Poste crée, dans les conditions définies par la législation applicable, toute filiale ayant le statut d'établissement de crédit, de société de financement, d'entreprise d'investissement** *(Mots aj. à compter du 3 janvier 2018, Ord. n° 2017-1107, 22 juin 2017)* **« de société de gestion de portefeuille », d'établissement de monnaie électronique, d'établissement de paiement ou d'entreprise d'assurance et prend directement ou indirectement toute participation dans de tels établissements ou entreprises. Elle peut conclure avec ces établissements** *(Mots aj. à compter du 3 janvier 2018, Ord. n° 2017-1107, 22 juin 2017)* **« , sociétés » ou entreprises toute convention en vue d'offrir, en leur nom et pour leur compte et dans le respect des règles de concurrence, toute prestation concourant à la réalisation de leur objet, notamment toute prestation relative aux opérations prévues à l'article L. 311-1, au I de l'article L. 311-2, au II de l'article L. 314-1 et aux articles L. 321-1, L. 321-2 et L. 522-2 ou à tous produits d'assurance.**

Art. L. 518-25-1 *(En vigueur à compter du 1er janvier 2009, L. n° 2008-776, 4 août 2008).* – I. – Un établissement de crédit, dont La Poste détient la majorité du capital, reçoit les dépôts du livret A dans les conditions prévues à la section 1 du chapitre Ier du titre II du livre II.

II. – L'État et cet établissement de crédit concluent une convention qui précise les conditions applicables à cet établissement pour la distribution et le fonctionnement du livret A.

III. – La Poste et ce même établissement de crédit concluent une convention, dans les conditions prévues à l'article L. 518-25, qui précise les conditions dans lesquelles tout déposant muni d'un livret A ouvert auprès de cet établissement peut effectuer ses versements et opérer ses retraits dans les bureaux de poste dûment organisés à cet effet.

....

Les intermédiaires en opérations de banque

Art. L. 519-1 *(Mod., Ord. n° 2013-544, 27 juin 2013 ; mod. à compter du 1er janvier 2016, L. fin. rect. n° 2015-1786, 29 déc. 2015 ; à compter du 1er juillet 2016, Ord. n° 2016-351, 25 mars 2016 ; à compter du 13 janvier 2018, Ord. n° 2017-1252, 9 août 2017 ; mod., L. n° 2019-486, 22 mai 2019 ; Ord. n° 2021-1735, 22 déc. 2021).* – I. – L'intermédiation en opérations de banque et en services de paiement est l'activité qui consiste à présenter, proposer ou aider à la conclusion des opérations de banque ou des services de paiement ou à effectuer tous travaux et conseils préparatoires à leur réalisation.

Est intermédiaire en opérations de banque et en services de paiement toute personne qui exerce, à titre habituel, contre une rémunération ou toute autre forme d'avantage économique, l'intermédiation en opérations de banque et en services de paiement, sans se porter ducroire ou qui fournit un service de conseil au sens de l'article L. 519-1-1.

II. – Le second alinéa du I ne s'applique ni aux établissements de crédit, ni aux sociétés de financement, ni aux sociétés de gestion de portefeuille mentionnées à l'article L. 532-9 lorsqu'elles agissent pour un placement collectif qu'elles gèrent, ni aux établissements de monnaie électronique qui fournissent des services de paiement, ni aux établissements de paiement, ni aux prestataires de services d'information sur les comptes, ni aux personnes physiques salariées d'un établissement de crédit, d'une société de financement, d'un établissement de monnaie électronique qui fournit des services de paiement ou d'un établissement de paiement, ni aux établissements de crédit, aux établissements de monnaie électronique qui fournissent des services de paiement, aux établissements de paiement et aux personnes physiques salariées d'un établissement de crédit, d'un établissement de monnaie électronique qui fournit des services de paiement ou d'un établissement de paiement, intervenant en libre prestation de services, ni aux personnes qui, pratiquant une activité d'intermédiation en opérations de banque et en services de paiement, répondent à des conditions fixées par décret en Conseil d'État, ni aux personnes physiques salariées des personnes pratiquant une activité d'intermédiation en opérations de banque et en services de paiement. Les conditions fixées par ce décret tiennent notamment à l'activité de l'intermédiaire et à la nature du contrat de crédit et de service de paiement.

III. – Un décret en Conseil d'État précise les conditions d'application du présent chapitre et détermine les catégories de personnes habilitées à exercer une activité d'intermédiation en opérations de banque et en services de paiement.

Il distingue notamment ces personnes selon la nature des mandats en vertu desquels elles agissent et, notamment, si elles sont soumises ou pas à une obligation contractuelle de travailler exclusivement pour un établissement de crédit, une société de financement, un établissement de monnaie électronique qui fournit des services de paiement, un établissement de paiement, un intermédiaire en financement participatif, un prestataire de services de financement participatif dans le cadre de ses activités de facilitation d'octroi de prêts, une entreprise d'assurance dans le cadre de ses activités de prêts ou une société de gestion dans le cadre de ses activités de gestion de FIA mentionnés à l'article L. 511-6 et selon qu'elles sont en mesure ou pas de se fonder sur une analyse objective du marché..

Art. L. 519-1-1 *(Ord. n° 2016-351, 25 mars 2016).* – Les intermédiaires en opérations de banque et en services de paiement peuvent fournir à leurs clients un service de conseil en matière d'opérations relatives à des contrats de crédit mentionnés à l'article L. 313-1 du Code de la consommation, à l'exclusion des opérations de regroupement de crédits définies aux articles L. 314-10 à L. 314-14 du même code.

Le service de conseil consiste en la fourniture au client, y compris au client potentiel, de recommandations personnalisées en ce qui concerne une ou plusieurs opérations relatives à des contrats de crédit. Il constitue une activité distincte de l'octroi de crédit et de l'intermédiation en opérations de banque et en services de paiement.

Cette recommandation personnalisée porte sur un ou plusieurs contrats de crédits adaptés aux besoins et à la situation financière du client sur le fondement de la prise en considération :

– d'un nombre suffisamment important de contrats de crédit de leur gamme de produits pour les intermédiaires agissant en vertu d'un mandat délivré par un établissement de crédit ou une société de financement ; ou

– d'un nombre suffisamment important de contrats de crédit disponibles sur le marché pour les intermédiaires agissant en vertu d'un mandat délivré par un client.

Le conseil est qualifié d'indépendant dès lors qu'il est rendu en considération d'un nombre suffisamment important de contrats de crédit disponibles sur le marché et que sa fourniture ne donne lieu à aucune autre rémunération que celle versée, le cas échéant, par le client, ni à aucune forme d'avantage économique.

L'intermédiaire de crédit qui fournit une prestation de service de conseil indépendant peut se prévaloir de l'appellation de conseiller indépendant.

Les conditions de la fourniture du service de conseil sont précisées par décret en Conseil d'État.

....

Art. L. 519-4. – **Tout intermédiaire en opérations de banque et en services de paiement, qui, même à titre occasionnel, se voit confier des fonds en tant que mandataire des parties, est tenu à tout moment de justifier d'une garantie financière spécialement affectée au remboursement de ces fonds aux clients.**

Cette garantie ne peut résulter que d'un engagement de caution pris par un établissement de crédit ou une société de financement habilité à cet effet ou une entreprise d'assurance ou de capitalisation régie par le Code des assurances.

....

Les changeurs manuels

Art. L. 524-1 *(Anc. art. L. 520-1, Ord. n° 2009-866, 15 juill. 2009 ; L. n° 2013-100, 28 janv. 2013).* – **I. – Constitue une opération de change manuel l'échange immédiat de billets ou monnaies libellés en devises différentes. Constitue également une opération de change manuel le fait d'accepter, en échange des espèces délivrées à un client, un règlement par un autre moyen de paiement, sous réserve que celui-ci soit libellé dans une devise différente.**

II. – Les changeurs manuels sont des personnes physiques ou morales, autres que les établissements de crédit, les établissements de monnaie électronique, les établissements de paiement et les institutions et services mentionnés à l'article L. 518-1, qui effectuent à titre de profession habituelle des opérations de change manuel.

Toutefois, ne constitue pas l'exercice de la profession de changeur manuel le fait de réaliser, à titre occasionnel ou pour des montants limités, des opérations de change manuel dans des conditions définies par décret.

....

Les prestataires de services d'investissement

Art. L. 531-1 *(Ord. n° 2017-1107, 22 juin 2017).* – **Les prestataires de services d'investissement sont les entreprises d'investissement, les sociétés de gestion de portefeuille ainsi que les établissements de crédit ayant reçu un agrément pour fournir des services d'investissement mentionnés à l'article L. 321-1.**

La prestation de services connexes au sens de l'article L. 321-2 est libre, dans le respect des dispositions législatives et réglementaires en vigueur applicables à chacun de ces services. Elle ne permet pas, à elle seule, de prétendre à la qualité d'entreprise d'investissement.

....

Art. L. 531-11 *(Ord. n° 2017-1107, 22 juin 2017).* – **Il est interdit à toute entreprise autre qu'une entreprise d'investissement ou qu'une société de gestion de portefeuille d'utiliser une dénomination, une raison sociale, une publicité ou, d'une façon générale, des expressions faisant croire qu'elle est agréée en tant qu'entreprise d'investissement ou en tant que société de gestion de portefeuille, ou de créer une confusion en cette matière.**

Il est interdit à une entreprise d'investissement ou à une société de gestion de portefeuille de laisser entendre qu'elle appartient à une catégorie autre que celle au titre de laquelle elle a obtenu son agrément ou de créer une confusion sur ce point.

....

Prestataires de services d'investissement autres que les sociétés de gestion de portefeuille

Art. L. 532-1 *(Mod., L. n° 2003-706, 1er août 2003 ; à compter du 1er nov. 2007, Ord. n° 2007-544, 12 avr. 2007 ; Ord. n° 2017-1107, 22 juin 2017).* **– Pour fournir des services d'investissement, les prestataires de services d'investissement autres que les sociétés de gestion de portefeuille doivent obtenir un agrément. Cet agrément est délivré par l'Autorité de contrôle prudentiel et de résolution. Il n'est pas requis pour le seul exercice d'un ou plusieurs des services mentionnés à l'article L. 321-2.**

Préalablement à la délivrance de l'agrément, les prestataires de services d'investissement autres que les sociétés de gestion de portefeuille doivent obtenir l'approbation par l'Autorité des marchés financiers de leur programme d'activité, dans les conditions fixées à l'article L. 532-4.

Un décret en Conseil d'État détermine les modalités d'application du présent article. Il précise, notamment, les conditions dans lesquelles les décisions sont prises et notifiées ainsi que les dispositions particulières applicables aux entreprises d'investissement constituant des filiales directes ou indirectes d'entreprises d'investissement ou d'établissement de crédit qui soit ont été agréés dans un autre État membre de l'Union européenne ou partie à l'accord sur l'Espace économique européen, soit ne relèvent pas du droit de l'un de ces États.

NB : Les articles L. 561-1 à L. 564-2 et les articles L. 574-1 et L. 574-2 du Code monétaire et financier, contenant les dispositions sur les obligations relatives à la lutte contre le *blanchiment des capitaux*, les autres obligations de vigilance des organismes financiers et les dispositions pénales relatives au blanchiment des capitaux, sont reproduits à l'annexe « Substances vénéneuses ».

....

Dispositions pénales

Dispositions relatives aux établissements du secteur bancaire

Dispositions générales

Art. L. 571-1 *(Mod., L. n° 2009-526, 12 mai 2009).* **– Les personnes morales déclarées responsables pénalement, dans les conditions prévues par l'article 121-2 du Code pénal, des infractions définies aux articles L. 571-3, L. 571-4, L. 571-6 à L. 571-9, L. 571-14 et L. 571-16 encourent, outre l'amende suivant les modalités prévues par l'article 131-38 du Code pénal, les peines prévues par l'article 131-39 du même code.**

L'interdiction mentionnée au 2° de l'article 131-39 du Code pénal porte sur l'activité dans l'exercice ou à l'occasion de l'exercice de laquelle l'infraction a été commise.

Art. L. 571-2 *(L. n° 2013-672, 26 juill. 2013).* **– Les autorités judiciaires saisies de poursuites relatives à des infractions prévues aux articles L. 571-3 à L. 571-9 et L. 571-14 à L. 571-16 peuvent, en tout état de la procédure, demander à l'Autorité de contrôle prudentiel et de résolution tous avis et informations utiles.**

Art. L. 571-3. – Le fait, pour toute personne, de méconnaître l'une des interdictions prescrites par les articles L. 511-5 et L. 511-8 est puni de trois ans d'emprisonnement et de 375 000 € d'amende.

Le tribunal peut ordonner l'affichage ou la diffusion de la décision prononcée dans les conditions prévues par l'article 131-35 du Code pénal.

1) A été cassé l'arrêt qui s'est borné à énoncer qu'un prévenu a consenti plusieurs prêts successifs à une même société, sans rechercher si de tels prêts constituaient des opérations de banque au sens des articles 1 à 4 de la loi du 24 janvier 1984 et s'ils étaient effectués à titre habituel (■ Cass. crim., 2 mai 1994 : *Bull. crim.* n° 158).

Même solution pour l'arrêt qui n'a pas caractérisé l'existence d'opérations passées au débit ou au crédit de comptes ouverts à des tiers permettant le transfert de fonds au sens des articles 1er et 4 de la loi du 24 janvier 1984 (■ Cass. crim., 26 févr. 1998 : *Bull. crim.* n° 77 ; *Dr. pén.* 1998, comm. 83, obs. J.-H. Robert).

2) Justifie sa décision la chambre d'accusation qui déclare irrecevable la constitution de partie civile d'un particulier, du chef d'exercice illégal de la profession de banquier, en relevant que le préjudice allégué par le plaignant, simple créancier, n'est pas la conséquence directe d'une éventuelle activité illicite en matière bancaire (▪ Cass. crim., 7 nov. 1989 : *Bull. crim.* n° 393 ; A. Maron : *Dr. pén.* 1990, n° 11).

3) Selon les dispositions combinées des articles 10 et 75 de la loi du 24 janvier 1984, est punissable pour exercice illégal de la profession de banquier toute personne, autre qu'un établissement de crédit, qui effectue à titre habituel des opérations de banque ; la pratique du versement d'espèces contre la remise de chèques au porteur caractérise la gestion de moyens de paiement, opération de banque visée à l'article 1er de cette loi (▪ Cass. crim., 21 sept. 1994 : *Bull. crim.* n° 301) ; la réception habituelle de fonds du public sous forme de dépôts constitue, quelle que soit leur destination, une opération de banque, au sens des articles 1er et 2 de la loi du 24 janvier 1984. Justifie sa décision de condamnation pour complicité d'exercice illégal de la profession de banquier la cour d'appel qui constate que les prévenus ont recueilli diverses sommes d'argent en espèces auprès de particuliers, les ont transmises à un coprévenu en sachant que celui-ci avait pour activité habituelle de recevoir des fonds du public, sous forme de dépôts, à charge de placer les capitaux ainsi recueillis (▪ Cass. crim., 21 mars 1996 : *Bull. crim.* n° 126).

4) Justifie sa décision la cour d'appel qui déboute des prêteurs, parties civiles, de leur demande de dommages-intérêts du chef d'exercice illégal de la profession de banquier, après avoir constaté que n'ayant pu se méprendre sur la qualité des prévenus, brasseurs et non banquiers, lesdits prêteurs se sont délibérément affranchis des garantie que pouvait leur offrir un véritable établissement de crédit (▪ Cass. crim., 3 juin 2004 : *Bull. crim.* n° 147 ; *D.* 2004, jurispr. p. 2782, note B. Dondero).

5) Encourt, pour insuffisance et contradiction de motifs, la cassation, l'arrêt qui relaxe un notaire en retenant qu'il n'avait pas reçu des fonds, ni effectué des opérations de crédit, tout en relevant que les prêteurs indiqués aux prêts étaient fictifs, de sorte que les fonds avancés aux clients ne pouvaient provenir que de l'étude ou des facultés personnelles du prévenu (▪ Cass. crim., 24 mai 2000 : *Bull. crim.* n° 202).

6) Si la loi du 24 janvier 1984 n'interdit pas à un particulier de se constituer partie civile pour les délits qu'elle prévoit, au motif que sa violation ne porterait atteinte qu'à l'intérêt général, encore faut-il que le préjudice allégué soit en relation directe de causalité avec l'activité illicite au regard de la réglementation bancaire ; donne une base légale à sa décision la cour d'appel qui, constatant l'absence d'un tel lien de causalité, déclare irrecevable l'action civile exercée, du chef d'exercice illégal de la profession de banquier, en réparation du seul préjudice causé par la non-restitution des fonds, le délit ne supposant pas nécessairement pour les clients créanciers une perte financière ni un détournement punissable (▪ Cass. crim., 3 nov. 1994 : *Bull. crim.* n° 345 ; *JCP* 1995, II, 22445, note Fr. Pollaud-Dulian).

Art. L. 571-4 ***(Rempl., L. n° 2008-776, 4 août 2008 ; L. n° 2014-344, 17 mars 2014 ; Ord. n° 2021-1735, 22 déc. 2021).*** **– Le fait, pour tout dirigeant d'un établissement de crédit ou d'une des personnes morales ou filiales mentionnées aux articles L. 612-24 et L. 612-26, de ne pas répondre, après mise en demeure, aux demandes d'informations de l'Autorité de contrôle prudentiel et de résolution, de mettre obstacle de quelque manière que ce soit à l'exercice par celle-ci de sa mission de contrôle ou de lui communiquer des renseignements inexacts est puni d'un an d'emprisonnement et de 15 000 € d'amende.**

Les mêmes dispositions s'appliquent aux dirigeants des personnes morales et aux personnes physiques que l'Autorité de contrôle prudentiel et de résolution a décidé de soumettre à son contrôle en application du 3° et du 4° du II de l'article L. 612-2.

Le fait pour les personnes mentionnées aux articles L. 511-33 et L. 511-34 de méconnaître le secret professionnel est sanctionné par les peines prévues à l'article 226-13 du Code pénal.

Dès lors qu'ils ont caractérisé une participation directe du dirigeant à l'infraction, les juges n'ont pas à se prononcer sur les effets d'une délégation de pouvoirs invoquée qui s'avère nécessairement inopérante ; doit donc être approuvée la cour d'appel qui, pour retenir la responsabilité d'un des dirigeants d'une banque sans répondre au moyen de défense invoqué, relève que la décision de dissimuler le montant réel des prêts accordés à la clientèle, qui constitue le délit d'obstacle au contrôle de la commission bancaire, a été prise sciemment et de concert par l'ensemble des dirigeants de l'établissement de crédit y compris le prévenu (▪ Cass. crim., 20 mars 1995 : *Bull. crim.* n° 114).

Art. L. 571-5 *(Mod., Ord. n° 2014-158, 20 févr. 2014)*. – Les dispositions des articles L. 820-5, L. 820-6 et L. 820-7 du Code de commerce sont applicables aux commissaires aux comptes des établissements de crédit, des sociétés de financement, des entreprises d'investissement, des établissements de monnaie électronique, des établissements de paiement et des compagnies financières holding, quelle que soit leur forme juridique.

Art. L. 571-6 *(Mod., Ord. n° 2013-544, 27 juin 2013)*. – Le fait, pour les dirigeants d'un établissement de crédit ou d'une société de financement, de ne pas, pour chaque exercice, dresser l'inventaire, établir des comptes annuels et un rapport de gestion dans les conditions prévues à l'article L. 511-35 est puni de 15 000 € d'amende.

Art. L. 571-7 *(Mod., Ord. n° 2013-544, 27 juin 2013)*. – Le fait, pour les dirigeants d'un établissement de crédit ou d'une société de financement, de ne pas provoquer la désignation des commissaires aux comptes de l'établissement ou de ne pas les convoquer à toute assemblée générale est puni de deux ans d'emprisonnement et de 30 000 € d'amende.

Est puni de cinq ans d'emprisonnement et de 75 000 € d'amende, le fait, pour tout dirigeant d'un établissement de crédit ou pour toute personne au service de l'établissement, de mettre obstacle aux vérifications ou contrôles des commissaires aux comptes ou de leur refuser la communication sur place de toutes les pièces utiles à l'exercice de leur mission, et notamment de tous contrats, livres, documents comptables et registres de procès-verbaux.

Art. L. 571-8 *(Mod., Ord. n° 2013-544, 27 juin 2013)*. – Le fait, pour les dirigeants d'un établissement de crédit ou d'une société de financement, de ne pas publier les comptes annuels dans les conditions prévues à l'article L. 511-37 est puni d'une amende de 15 000 €.

Art. L. 571-9 *(Mod., Ord. n° 2013-544, 27 juin 2013)*. – Le fait, pour les dirigeants d'un établissement de crédit ou d'une société de financement, de ne pas établir les comptes sous forme consolidée, conformément à l'article L. 511-36, est puni de 15 000 € d'amende.

Banques mutualistes ou coopératives

Les banques populaires

Art. L. 571-10. – Est puni des peines prévues par l'article 313-1 du Code pénal le fait, pour toute entreprise autre que celles mentionnées à l'article L. 512-2, de faire usage, sous quelque forme que ce soit, du titre ou du qualificatif de « banque populaire ».

Le réseau des caisses d'épargne

Art. L. 571-11. – Est puni des peines prévues aux articles 313-1 et 313-2 du Code pénal, le fait, pour toute personne, de méconnaître les interdictions prescrites à l'article L. 512-102.

Caisses de crédit municipal

Art. L. 571-12. – >Est puni de six mois d'emprisonnement et de 9 000 € d'amende le fait, pour toute personne, d'ouvrir ou de tenir une maison de prêts sur gages ou nantissement sans autorisation légale.

Est puni des mêmes peines le fait, pour une personne ayant une autorisation, de ne pas tenir un registre conforme aux règlements contenant de suite, sans aucun blanc ni interligne, les sommes ou les objets prêtés, les noms, domicile et profession des emprunteurs, la nature, la qualité et la valeur des objets mis en nantissement.

Est puni des mêmes peines le fait d'acheter ou de vendre de façon habituelle des récépissés de nantissement de caisses de crédit municipal.

Sociétés de crédit-bail

Art. L. 571-13. – **Est puni des peines prévues par l'article L. 571-3 le fait, pour toute personne, soit directement soit pour le compte d'une société d'exercer les activités définies à l'article L. 515-2 sans se conformer aux dispositions du titre Ier du présent livre ou des règlements pris pour leur application.**

Compagnies financières et compagnies financières holding mixtes

Art. L. 571-14 *(Mod., Ord. n° 2004-1201, 12 nov. 2004 ; Ord. n° 2014-158, 20 févr. 2014).* – **Le fait, pour les dirigeants d'une compagnie financière holding, d'une entreprise mère de société de financement ou d'une compagnie financière holding mixte, de ne pas établir les comptes sous une forme consolidée, conformément à l'article L. 517-5 ou L. 517-9, est puni de 15 000 euros d'amende.**

Intermédiaires en opérations de banque

Art. L. 571-15 *(Mod., Ord. n° 2005-429, 6 mai 2005 ; L. n° 2014-1662, 30 déc. 2014 ; L. n° 2014-1662, 30 déc. 2014).* – **Le fait, pour toute personne physique, d'exercer l'activité d'intermédiaire en opérations de banque et en services de paiement sans satisfaire à l'obligation prévue au premier alinéa de l'article L. 519-2 est puni de deux ans d'emprisonnement et de 30 000 euros d'amende.**

1) Est coupable du délit prévu et réprimé par l'article 77 le gérant d'une société de transactions immobilières qui exerce à titre habituel une activité d'intermédiaire financier consistant à prospecter des particuliers désirant obtenir ces prêts hypothécaires et à les mettre en rapport avec d'autres particuliers disposés à les accorder (■ Cass. crim., 23 févr. 1990 : *Bull. crim.* n° 88).

2) L'article 65 de la loi du 24 janvier 1984 interdisant toutes médiations, directes ou indirectes, autres que celles réalisées par les établissements de crédit, constitue le délit d'exercice illicite de l'activité d'intermédiaire en opérations de banque et celui d'exécution illicite d'opérations de banque, le fait de mettre en relation, de manière habituelle, des personnes démarchées par voie de presse et des personnes disposant de capitaux, dont l'identité a été communiquée par des études notariales, et de cautionner contre rémunération les contrats de prêts souscrits entre ces personnes (■ Cass. crim., 12 nov. 1998 : *Bull. crim.* n° 297).

Art. L. 571-16. – **Le fait, pour tout intermédiaire en opérations de banque, de ne pas satisfaire à l'obligation instituée à l'article L. 519-4, est puni d'un an d'emprisonnement et de 15 000 € d'amende.**

Prestataires de services de paiement et changeurs manuels

Art. L. 572-1 *(Rempl., Ord. n° 2009-104, 30 janv. 2009 ; mod., L. n° 2009-888, 22 juill. 2009 ; L. n° 2013-672, 26 juill. 2013).* – **Est puni de deux ans d'emprisonnement et de 30 000 € d'amende le fait, pour toute personne, agissant soit pour son propre compte, soit pour le compte d'une personne morale, de méconnaître l'une des interdictions prévues à l'article L. 524-4.**

Est puni de la même peine le fait, pour toute personne, de méconnaître l'interdiction prescrite par l'article L. 524-5.

Est puni d'un an d'emprisonnement et de 15 000 € d'amende le fait, pour toute personne soumise à l'obligation de déclaration mentionnée au II de l'article L. 524-2, de ne pas la souscrire ou de communiquer des renseignements inexacts à l'Autorité de contrôle prudentiel et de résolution.

Art. L. 572-2 *(Ord. n° 2010-76, 21 janv. 2010 ; L. n° 2013-672, 26 juill. 2013).* – **Est puni des peines prévues à l'article L. 571-4, le fait, pour toute personne, agissant soit pour son propre compte, soit pour le compte d'une personne morale et faisant profession habituelle d'effectuer des opérations de change manuel, de ne pas répondre, après mise en demeure, aux demandes d'informations de l'Autorité de contrôle prudentiel et de résolution, de mettre obstacle de quelque manière que ce soit à l'exercice de sa mission de contrôle ou de lui communiquer des renseignements inexacts.**

Art. L. 572-3. – **Les dispositions de l'article L. 571-2 sont applicables aux procédures relatives aux infractions prévues aux articles L. 572-1 et L. 572-2.**

Art. L. 572-4 *(Mod., L. n° 2009-888, 22 juill. 2009)*. – Est puni d'un emprisonnement de six mois et d'une amende de 7 500 euros, le fait, pour toute personne, de s'opposer à l'exercice par les agents des douanes des pouvoirs qu'ils tiennent de l'article L. 524-4.

....

Dispositions relatives aux prestataires de services d'investissement

Art. L. 573-1 *(Mod. à compter du 1er nov. 2007, Ord. n° 2007-1490, 18 oct. 2007 ; Ord. n° 2013-676, 25 juill. 2013 ; Ord. n° 2017-1107, 22 juin 2017)*. – I. – Est puni de trois ans d'emprisonnement et de 375 000 € d'amende le fait, pour toute personne physique, de fournir des services d'investissement à des tiers à titre de profession habituelle sans y avoir été autorisée dans les conditions prévues aux articles L. 532-1 et L. 532-48 ou sans figurer au nombre des personnes mentionnées à l'article L. 531-2.

I *bis*. – Est puni de trois ans d'emprisonnement et de 375 000 € d'amende le fait, pour toute personne physique, de gérer un FIA mentionné au II ou aux 1° et 2° du III de l'article L. 214-24 sans y avoir été autorisée dans les conditions prévues à l'article L. 532-9.

II. – Les personnes physiques coupables de l'infraction prévue au I ou au I *bis* encourent également les peines complémentaires suivantes :

1. L'interdiction des droits civiques, civils et de famille, suivant les modalités prévues par l'article 131-26 du Code pénal ;
2. L'interdiction suivant les modalités prévues par l'article 131-27 du Code pénal d'exercer une fonction publique ou d'exercer l'activité professionnelle ou sociale dans l'exercice ou à l'occasion de laquelle l'infraction a été commise, pour une durée de cinq ans au plus ;
3. La fermeture, pour une durée de cinq ans au plus, des établissements ou de l'un ou plusieurs établissements de l'entreprise ayant servi à commettre les faits incriminés ;
4. La peine de confiscation, dans les conditions et selon les modalités prévues à l'article 131-21 du Code pénal ;
5. L'affichage ou la diffusion de la décision prononcée dans les conditions prévues par l'article 131-39 du Code pénal.

La convention d'apport d'affaires entre deux sociétés de gestion de portefeuille suppose que les deux parties au contrat soient agréées conformément au Code monétaire et financier. À défaut, les dirigeants de la société qui ne l'est pas est coupable de l'exercice sans agrément de cette profession et le dirigeant de sa contractante, bien qu'agréée, est complice et receleur, et tous sont tenus solidairement de réparer le préjudice subi par les parties civiles (■ Cass. crim., 20 juin 2007 : *JurisData* n° 2007-040209 ; *Dr. pén.* 2007, comm. 140, obs. J.-H. Robert).

Art. L. 573-1-1 *(Ord. n° 2009-104, 30 janv. 2009 ; mod., Ord. n° 2010-76, 21 janv. 2010 ; L. n° 2013-672, 26 juill. 2013)*. – Le fait, pour tout dirigeant d'un prestataire de services d'investissement autre qu'une société de gestion de portefeuille ou d'une des personnes morales ou filiales mentionnées à l'article L. 612-26 ou pour tout dirigeant d'une entreprise de marché, d'un adhérent aux chambres de compensation ou d'une personne habilitée à exercer les activités de conservation ou d'administration d'instruments financiers, de ne pas répondre, après mise en demeure, aux demandes d'informations de l'Autorité de contrôle prudentiel et de résolution, de mettre obstacle de quelque manière que ce soit à l'exercice par celle-ci de sa mission de contrôle ou de lui communiquer des renseignements inexacts est puni d'un an d'emprisonnement et de 15 000 € d'amende.

Art. L. 573-2. – Le fait, pour toute personne physique, de méconnaître l'une des interdictions prescrites par l'article L. 531-11 est puni de trois ans d'emprisonnement et de 375 000 € d'amende.

Le tribunal peut également ordonner l'affichage ou la diffusion de la décision prononcée dans les conditions prévues à l'article 131-39 du Code pénal.

Art. L. 573-2-1 *(L. n° 2008-776, 4 août 2008 ; Ord. n° 2014-158, 20 févr. 2014)*. – Le fait pour les personnes mentionnées au I de l'article L. 531-12 de méconnaître le secret professionnel est sanctionné par les peines prévues à l'article 226-13 du Code pénal.

Art. L. 573-3 *(Ord. n° 2017-1107, 22 juin 2017).* – Le fait, pour les dirigeants d'une entreprise d'investissement, ou d'une société de gestion de portefeuille de ne pas, pour chaque exercice, dresser l'inventaire et établir les comptes annuels et un rapport de gestion dans les conditions prévues à l'article L. 533-5 est puni de 15 000 € d'amende.

Art. L. 573-4 *(Ord. n° 2017-1107, 22 juin 2017).* – Le fait, pour les dirigeants d'une entreprise d'investissement ou d'une société de gestion de portefeuille, de ne pas provoquer la désignation des commissaires aux comptes de l'entreprise ou de la société ou de ne pas les convoquer à l'assemblée générale est puni de deux ans d'emprisonnement et de 30 000 euros d'amende.

Le fait, pour les dirigeants d'une entreprise d'investissement ou d'une société de gestion de portefeuille, ou pour toute personne au service de cette entreprise ou de cette société, de mettre obstacle aux vérifications ou aux contrôles des commissaires aux comptes ou de refuser la communication sur place de toute les pièces utiles à l'exercice de leur mission et notamment tous contrats, livres, documents comptables et registres de procès-verbaux est puni de cinq ans d'emprisonnement et de 75 000 euros d'amende.

Art. L. 573-5 *(Ord. n° 2017-1107, 22 juin 2017).* – Le fait, pour les dirigeants d'une entreprise d'investissement ou d'une société de gestion de portefeuille, de ne pas publier les comptes annuels de l'entreprise ou de la société dans les conditions prévues à l'article L. 533-5 est puni d'une amende de 15 000 euros.

Art. L. 573-6 *(Ord. n° 2017-1107, 22 juin 2017).* – Le fait, pour les dirigeants d'une entreprise d'investissement ou d'une société de gestion de portefeuille, de ne pas établir, conformément à l'article L. 533-5, les comptes de l'entreprise ou de la société sous une forme consolidée est puni de 15 000 euros d'amende.

Art. L. 573-7 *(Mod., L. n° 2009-526, 12 mai 2009).* – Les personnes morales déclarées responsables pénalement, dans les conditions prévues par l'article 121-2 du Code pénal, des infractions définies aux articles L. 573-1 à L. 573-6 encourent, outre l'amende suivant les modalités prévues par l'article 131-38 du Code pénal, les peines prévues par l'article 131-39 du même code.

L'interdiction mentionnée au 2° de l'article 131-39 du Code pénal porte sur l'activité dans l'exercice ou à l'occasion de l'exercice de laquelle l'infraction a été commise.

Art. L. 573-8 *(Mod., L. n° 2019-486, 22 mai 2019).* – Est puni d'un emprisonnement de cinq ans et d'une amende de 18 000 euros, le fait, pour toute personne de méconnaître les obligations prescrites aux articles L. 551-3 et L. 551-4.

Est puni d'un emprisonnement de deux ans et d'une amende de 9 000 euros le fait, pour le gestionnaire, de ne pas se conformer aux dispositions de l'article L. 551-5.

Est puni d'un emprisonnement de cinq ans et d'une amende de 18 000 euros le fait, pour le commissaire aux comptes, soit en son nom personnel, soit au titre d'associé dans une société de commissaires aux comptes, de donner ou confirmer des informations mensongères sur les documents mentionnés à l'article L. 551-4 ou de ne pas révéler au procureur de la République les faits délictueux dont il a eu connaissance.

Dispositions relatives aux conseillers en investissements financiers

Art. L. 573-9 *(L. n° 2003-706, 1er août 2003).* – Est puni des peines prévues à l'article 313-1 du Code pénal :

1° Le fait, pour toute personne, d'exercer l'activité de conseil en investissements financiers définie à l'article L. 541-1 sans remplir les conditions prévues par les articles L. 541-2 à L. 541-5 ;

2° *(Abr., Ord. n° 2005-429, 6 mai 2005)* ;

3° Le fait, pour toute personne se livrant à l'activité de conseil en investissements financiers, de recevoir de ses clients des fonds en violation de l'interdiction prévue à l'article L. 541-6.

Art. L. 573-10. – Les personnes physiques coupables de l'un des délits mentionnés à l'article L. 573-9 encourent également les peines complémentaires suivantes :

1° L'interdiction des droits civiques, civils et de famille, suivant les modalités prévues par l'article 131-26 du Code pénal ;

2° L'interdiction, suivant les modalités prévues par l'article 131-27 du même code, d'exercer une fonction publique ou d'exercer une activité professionnelle ou sociale dans l'exercice ou à l'occasion de laquelle l'infraction a été commise, pour une durée de cinq ans au plus ;

3° L'affichage ou la diffusion de la décision prononcée dans les conditions prévues par l'article 131-35 du même code.

Art. L. 573-11 *(Mod., L. n° 2009-526, 12 mai 2009).* **– Les personnes morales déclarées responsables pénalement, dans les conditions prévues par l'article 121-2 du Code pénal, des infractions définies à l'article L. 573-9 encourent, outre l'amende suivant les modalités prévues par l'article 131-38 du Code pénal, les peines prévues par l'article 131-39 du même code.**

L'interdiction mentionnée au 2° de ce même article porte sur l'activité dans l'exercice ou à l'occasion de l'exercice de laquelle l'infraction a été commise.

Dispositions relatives aux conseillers en investissements participatifs

Art. L. 573-12 *(Créé à compter du 1er octobre 2014, Ord. n° 2014-559, 30 mai 2014 ; Ord. n° 2021-1735, 22 déc. 2021).* **– Est puni des peines prévues à l'article 313-1 du Code pénal le fait, pour toute personne d'exercer l'activité de prestataire de services de financement participatif en violation des articles L. 547-1 à L. 547-6.**

Art. L. 573-13 *(Créé à compter du 1er oct. 2014, Ord. n° 2014-559, 30 mai 2014).* **– Les personnes physiques coupables de l'un des délits mentionnés à l'article L. 573-12 encourent également les peines complémentaires suivantes :**

1° L'interdiction des droits civiques, civils et de famille, suivant les modalités prévues par l'article 131-26 du Code pénal ;

2° L'interdiction, suivant les modalités prévues par l'article 131-27 du même code, d'exercer une fonction publique ou d'exercer une activité professionnelle ou sociale dans l'exercice ou à l'occasion de laquelle l'infraction a été commise, pour une durée de cinq ans au plus ;

3° L'affichage ou la diffusion de la décision prononcée dans les conditions prévues par l'article 131-35 du même code.

BOURSE

Bibliographie : Ch. Blanchard, Ph. Conte et J.-Y. Maréchal, *Marchés d'instruments financiers : JCl. Lois pénales spéciales.* • W. Jeandidier, *Démarchage bancaire ou financier : JCl., Lois pénales spéciales.* • D. Carreau et J.-Y. Martin, *La loi n° 89-531 du 2 août 1989 relative à la sécurité et à la transparence du marché financier : ALD* 1989, 191. • A. Viandier, *Sécurité et transparence du marché financier : JCP* 1989, I, 3420. • Ch. Gavalda, *Commentaire de la loi du 2 août 1989 : Rev. soc.* 1990, 1. • E. Gaillard, *Le droit français des délits d'initiés : JCP* 1991, I, 3516. • G. Coscas et Th. Forschbach, *Code de la bourse et des sociétés cotées,* Litec 1996 ; *Modernisation des activités financières,* Litec 1997. • J.-F. Renucci, *Les frontières du délit d'initié,* Dalloz Affaires, 1996, n° 14, p. 403. • J. Riffault-Treca, *La répression pénale et/ou administrative des infractions d'initié : RSC* 1997, p. 1. • M. E. Gounot, *Essai d'application de l'analyse économique du droit à la réglementation boursière des opérations d'initiés : RSC* 2000, p. 335. • S. Schiller, *L'intérêt social, fait justificatif ? : Dr. sociétés* 2000, chron. n° 7. • Code monétaire et financier, *Litec* éd. 2010 par A. Pezard. • R. Salomon, *Le particularisme des infractions boursières : Dr. pén.* 2003, chron. 1 et 4. • V. Rapp-Cassigneul, *Le délit d'initié et le délai d'abstention de l'administrateur : Dr. pén.* 2008, étude 26. • E. Dezeuze, *La refonte de la répression des abus de marché, Loi n° 2016-816 du 21 juin 2016 : JCP* 2016, 846, p. 1450.

Code monétaire et financier

Infractions relatives à la protection des investisseurs

Section I. – Atteintes à la transparence des marchés (délit d'initié)

Art. L. 465-1 *(Mod., L. n° 2001-1062, 15 nov. 2001 ; L. n° 2010-1249, 22 oct. 2010 ; L. n° 2012-387, 22 mars 2012 ; L. n° 2013-672, 26 juill. 2013 ; mod., L. n° 2016-819, 21 juin 2016, en vigueur à compter*

du 3 juill. 2016). **– I. – A. Est puni de cinq ans d'emprisonnement et de 100 millions d'euros d'amende, ce montant pouvant être porté jusqu'au décuple du montant de l'avantage retiré du délit, sans que l'amende puisse être inférieure à cet avantage, le fait, par le directeur général, le président, un membre du directoire, le gérant, un membre du conseil d'administration ou un membre du conseil de surveillance d'un émetteur concerné par une information privilégiée ou par une personne qui exerce une fonction équivalente, par une personne disposant d'une information privilégiée concernant un émetteur au sein duquel elle détient une participation, par une personne disposant d'une information privilégiée à l'occasion de sa profession ou de ses fonctions ou à l'occasion de sa participation à la commission d'un crime ou d'un délit, ou par toute autre personne disposant d'une information privilégiée en connaissance de cause, de faire usage de cette information privilégiée en réalisant, pour elle-même ou pour autrui, soit directement, soit indirectement, une ou plusieurs opérations ou en annulant ou en modifiant un ou plusieurs ordres passés par cette même personne avant qu'elle ne détienne l'information privilégiée, sur les instruments financiers émis par cet émetteur ou sur les instruments financiers concernés par ces informations privilégiées.**

B. Le simple fait qu'une personne dispose d'une information privilégiée n'est pas constitutif de l'infraction prévue au A, si son comportement est légitime, au sens de l'article 9 du règlement (UE) n° 596/2014 du Parlement européen et du Conseil du 16 avril 2014 sur les abus de marché (règlement relatif aux abus de marché) et abrogeant la directive 2003/6/CE du Parlement européen et du Conseil et les directives 2003/124/CE, 2003/125/CE et 2004/72/CE de la Commission.

C. Au sens de la présente section, les mots : « information privilégiée » désignent les informations privilégiées au sens des 1 à 4 de l'article 7 du règlement (UE) n° 596/2014 du Parlement européen et du Conseil du 16 avril 2014 précité.

II. – La tentative de l'infraction prévue au I du présent article est punie des mêmes peines.

Voir : ancien article 10-1 de l'ordonnance du 28 septembre 1967 dans sa rédaction issue de la loi du 23 décembre 1970.

Voir : art. 421-1, p. 750.

DÉLIT D'INITIÉ

1) QPC. Par décision n°s 2014-453/454 QPC et 2015-462 QPC du 18 mars 2015, le Conseil constitutionnel a déclaré contraire à la Constitution l'article L. 465-1 dans sa rédaction résultant de la loi n° 2005-842 du 26 juillet 2005 pour la confiance et la modernisation de l'économie en relevant notamment que les sanctions du délit d'initié et du manquement d'initié ne peuvent, pour les personnes autres que celles mentionnées au paragraphe II de l'article L. 621-9 du Code monétaire et financier, être regardées comme de nature différente en application de corps de règles distincts devant leur propre ordre de juridiction, que, ni les articles L. 465-1 et L. 621-15 du Code monétaire et financier, ni aucune autre disposition législative n'excluent qu'une personne autre que celles mentionnées au paragraphe II de l'article L. 621-9 puisse faire l'objet, pour les mêmes faits, de poursuites devant la commission des sanctions de l'Autorité des marchés financiers sur le fondement de l'article L. 621-15 et devant l'autorité judiciaire sur le fondement de l'article L. 465-1, que, par suite, les articles L. 465-1 et L. 621-15 méconnaissent le principe de nécessité des délits et des peines. L'abrogation de l'article 465-1 a été reportée au 1er septembre 2016. V. les commentaires de cette décision : *JCP* 2015, 368, note F. Sudre et *JCP* 2015, 369, note J.-H. Robert ; *Dr. pén.* 2015, comm. 56, F. Creux Thomas ; *Dr. pén.* 2015, comm. 79, obs. V. Peltier.

Doit en conséquence être annulé, par application de l'article 62 de la Constitution, l'arrêt ayant condamné le prévenu sur le fondement de l'article L. 465-1 du Code monétaire et financier, pour des faits identiques à ceux pour lesquels la commission des sanctions de l'Autorité des marchés financiers avait antérieurement statué à son encontre de manière définitive sur le fondement de l'article L. 621-15 du même code, l'annulation ayant lieu sans renvoi, aucune poursuite ne pouvant être continuées à l'encontre du prévenu devant le juge judiciaire statuant en matière pénale sur le fondement de l'article L. 465-1 du code précité (■ Cass. crim., 20 mai 2015, n° 13-83.489 : *Dr. pén.* 2015, comm. 99, obs. J.-H. Robert).

2) Il n'y a lieu à renvoi de la QPC relative à l'article L. 465-1 du Code monétaire et financier, dans sa version applicable au 4 janvier 2002, dès lors que ces dispositions sont, d'une part, suffisamment claires et précises pour permettre leur interprétation, qui entre dans l'office du juge pénal, sans risque d'arbitraire, notamment en ce qu'elles concernent la nature et l'objet des informations utilisées par l'auteur du délit d'initié pour réaliser des opérations de marché telles que visées par le texte, et, d'autre part, instaurent une présomption d'utilisation de ces informations pouvant être écartée en rapportant la preuve contraire (■ Cass. crim., 8 juill. 2015, n° 14-84.562 : *Dr. pén.* 2015, comm. 128, obs. J.-H. Robert).

La question relative au fait que l'article L. 465-1, tel qu'il est interprété à la Cour de cassation, imposerait à la personne poursuivie de rapporter la preuve d'un fait négatif pour renverser la présomption résultant d'un faisceau d'indices, à savoir l'absence de transmission et d'utilisation d'une information privilégiée, ne présente pas un caractère sérieux dès lors que la présomption de culpabilité remplit les quatre conditions, permettant sa compatibilité avec la présomption d'innocence, telles que le Conseil constitutionnel les a posées dans sa décision du 16 septembre 2011, n° 2011-164 QPC. D'une part, cette présomption peut être écartée en rapportant la preuve de l'absence d'utilisation d'une information privilégiée ou en renversant les éléments sur lesquels elle se fonde. D'autre part, cette présomption ne porte pas atteinte à l'exercice des droits de la défense. Ensuite, l'ensemble des éléments précis, graves et concordants dont est tirée la présomption induisent raisonnablement la vraisemblance de l'imputation de l'infraction au prévenu. Enfin, la culpabilité ne résulte pas de la seule imputation matérielle d'actes pénalement sanctionnés mais découle des circonstances de commission de ceux-ci dont il ressort que les agissements incriminés ne sauraient être le fruit du hasard ni des seules compétences du prévenu (■ Cass. crim., 15 déc. 2021, n° 21-83.500 : *JurisData* n° 2021-020991).

3) Sont des initiés : le dirigeant d'une société (■ T. corr. Paris, 29 oct. 1975 : *D.* 1976, 53, note M. Delmas-Marty ; *JCP* 1976, II, 18329, note A. Tunc ; *Rev. soc.* 1976, 345, note B. Bouloc), le secrétaire général d'une société (■ T. corr. Paris, 17 mars 1976 : *JCP* 1976, II, 18496, note A. Tunc, et en appel ■ Paris, 30 mars 1978 : *JCP* 1978, II, 18789, note A. Tunc), l'administrateur d'une société lors de la prise de contrôle d'une autre société (■ T. corr. Paris, 26 oct. 1979 : *JCP* 1981, II, 19518, note A.T.), un journaliste financier (■ T. corr. Paris, 18 avr. 1976 : *JCP* 1982, II, 19306, note A. Tunc).

4) Le caractère français de la valeur ou du marché n'est ni un élément constitutif ni une condition préalable du délit d'initié (■ Paris, 12 juill. 1989 : *RSC* 1991, 355, obs. Giudicelli-Delage).

5) L'acquisition d'informations privilégiées peut résulter d'un fait matériel, même fortuit, ou d'une confidence, dès l'instant où l'un ou l'autre concerne la marche technique, commerciale ou financière d'une société et est intervenu à l'occasion de l'exercice d'une profession. L'exploitation des informations privilégiées doit être réprimée dès lors qu'elle est faite sachant que celles-ci sont ignorées du public, sans qu'il soit nécessaire de rechercher si le prévenu a eu une intention spéculative (■ T. corr. Paris, 15 oct. 1976 : *D.* 1978, 381, note Guyénot ; *JCP* 1977, II, 18543, note A. Tunc ; *Rev. soc.* 1977, 123, note B. Bouloc).

6) La connaissance des pertes constitue, en raison de leur importance et de la soudaineté de leur révélation, une information privilégiée (■ Paris, 26 mai 1977 : *JCP* 1978, II, 18789, note A. Tunc ; *D.* 1978, 379, note Cosson).

7) L'élément matériel de l'infraction existe dès lors que l'inculpé a pris la décision d'achat après conception et mise au point par lui-même du projet d'offre publique d'achat qui concernait à l'évidence la marche financière de la société et qu'il a ainsi exploité pour son compte des informations privilégiées dont le public a eu connaissance après son dernier acte d'achat (■ T. corr. Paris, 29 oct. 1975 : *JCP* 1976, II, 18329, note A. Tunc).

8) Caractérise son intention frauduleuse le dirigeant de société qui, exploitant à son profit une information privilégiée relative à sa société, se dégage de titres de mauvaise qualité pour leur substituer de meilleurs (■ Paris, 26 mai 1977, préc.). Il importe peu que le prévenu n'ait pas employé à l'achat de titres l'ensemble des fonds dont il disposait (■ T. corr. Paris, 18 avr. 1979 : *JCP* 1980, II, 19305, note A. Tunc). Sur l'élément moral, V. aussi ■ T. corr. Paris, 28 janv. 1985 : *D.* 1985, 357 ; *RSC* 1986, 623, obs. Massé.

9) L'article 10-1 de l'ordonnance du 28 septembre 1967, dans sa rédaction issue de la loi du 23 décembre 1970, punit notamment toutes personnes disposant, à l'occasion de l'exercice de leur profession ou de leurs fonctions, d'informations privilégiées sur la marche technique, commerciale et financière d'une société, qui auront réalisé sur le marché boursier, soit directement, soit par interposition de personnes, une ou plusieurs opérations en exploitant lesdites informations avant que le public en ait connaissance. Dès lors, ayant relevé que les prévenus, lorsqu'ils ont spéculé sur le marché obligataire, connaissaient les conditions de rachat des titres par les sociétés émettrices et donc les décisions prises par la marche financière de ces sociétés, la Cour n'a pas tiré les conséquences légales de ses constatations en les relaxant des fins de la poursuite (■ Cass. crim., 18 févr. 1991 : *Gaz. Pal.* 26-27 juin 1991, note Y. Marchi).

10) Caractérise le délit prévu par l'article 10-1 de l'ordonnance du 28 septembre 1967 la cour d'appel qui constate que l'information publiée sur une opération de stellage n'avait porté que sur l'échéance ultime et les prix plancher et plafond, mais qu'aucune information n'avait été publiée sur les parties, le nombre de titres concernés, le sens et la date de dénouement de l'opération, de sorte que le dirigeant de la société ayant organisé celle-ci, qui avait bénéficié d'informations privilégiées, avait, en achetant des titres pour les revendre dans le cadre du stellage, réalisé une négociation fructueuse avant que le public ait connaissance desdites informations (▪ Cass. crim., 29 nov. 2000 : *Bull. crim.* n° 359).

11) Les mobiles qui ont poussé les intéressés à agir sont indifférents (▪ TGI Paris, 20 déc. 1990 : *Gaz. Pal.* 4-6 août 1991, note Y. Marchi).

12) S'agissant d'opérations réalisées par une personne morale, l'alinéa 2 de l'article 10-1 de l'ordonnance du 28 septembre 1967 implique également la responsabilité du dirigeant de droit. A été cassé l'arrêt qui s'est borné à énoncer qu'il n'est démontré à l'encontre du prévenu, dirigeant d'une personne morale, poursuivi du chef du délit d'initié, aucun fait impliquant sa participation délibérée et a inversé ainsi la charge de la preuve (▪ Cass. crim., 15 mars 1993 : *Bull. crim.* n° 113 ; *D.* 1993, 610, note C. Ducouloux-Favard ; V. également, *Gaz. Pal.* 1994, n° 11, p. 12, note R. Bronnet. ▪ Orléans, 20 juin 1994 : *D.* 1995, 81, note C. Ducouloux-Favard).

13) Sauf le cas où la loi en dispose autrement, le chef d'entreprise est admis à s'exonérer de sa responsabilité pénale en rapportant la preuve qu'il a délégué ses pouvoirs à une personne pourvue de la compétence, de l'autorité et des moyens nécessaires. Pour pouvoir exciper d'une telle délégation, l'intéressé ne doit pas, toutefois, avoir pris une part personnelle à la réalisation de l'infraction ; doit donc être approuvée la cour d'appel qui, pour condamner le dirigeant d'un établissement financier du chef de délit d'initié sur le fondement de l'article 10-1 de l'ordonnance du 28 septembre 1967, énonce que la délégation de pouvoirs invoquée pour combattre la présomption de responsabilité posée par ce texte était, en l'espèce, sans effet, la décision de réaliser les titres sur le marché ayant été prise par l'intéressé lui-même (▪ Cass. crim., 19 oct. 1995 : *Bull. crim.* n° 317).

14) Selon l'article 693 du Code de procédure pénale, dont les dispositions sont reprises dans l'article 113-2, alinéa 2, du Code pénal, il suffit, pour que l'infraction soit réputée commise sur le territoire de la République et soit punissable en vertu de la loi française, qu'un de ses faits constitutifs ait eu lieu sur ce territoire ; tel est le cas d'un délit d'initié, caractérisé par la réalisation d'opérations à l'étranger, portant sur des valeurs mobilières étrangères, lorsque la divulgation des informations privilégiées a eu lieu à partir du territoire français, le terme de « marché », au sens de l'article 10-1 de l'ordonnance du 28 septembre 1967 modifiée, s'appliquant à tout lieu où s'effectue le rapprochement entre une offre et une demande portant sur des valeurs mobilières (▪ Cass. crim., 26 oct. 1995 : *Bull. crim.* n° 324).

15) L'article 10-1 de l'ordonnance du 28 septembre 1967 modifiée n'exige pas, pour que soit caractérisé le délit d'initié, que l'initié connaisse l'identité de l'opérateur qui réalise les opérations sur le marché, ni les modalités de ces opérations (▪ Cass. crim., 26 oct. 1995 : *Bull. crim.* n° 324).

16) Le recel de délit d'initié est caractérisé, non par la détention d'informations privilégiées, mais par le fait de bénéficier du produit de leur exploitation sur le marché, avant qu'elles soient connues du public (▪ Cass. crim., 26 oct. 1995 : *Bull. crim.* n° 324).

17) Si les dispositions de l'article 10-1 de l'ordonnance du 28 septembre 1967, comme celles de la directive n° 89-592-CEE du 13 novembre 1989 avec lesquelles elles sont compatibles, interdisent aux personnes disposant, en raison de leur profession ou de leurs fonctions, d'informations privilégiées sur les perspectives d'évolution d'une valeur mobilière, de réaliser des opérations sur le marché avant que le public en ait eu connaissance, c'est à la condition que lesdites informations soient précises, confidentielles, de nature à influer sur le cours de la valeur et déterminantes des opérations réalisées ; le caractère privilégié de telles informations ne saurait résulter de l'analyse que peut en faire celui qui les reçoit et les utilise mais doit s'apprécier, de manière objective, excluant tout arbitraire, et en fonction de leur seul contenu (▪ Cass. crim., 26 juin 1995 : *Bull. crim.* n° 233 ; *JCP* 1996, 11, 22599, notre A. Viandier).

18) Sur la commission de l'infraction par voie de minitel, V. ▪ TGI Paris, 5 juill. 1988 : *Gaz. Pal.* 8-10 janv. 1989.

19) Encourt la cassation, l'arrêt de la chambre de l'instruction qui, pour confirmer l'ordonnance du juge d'instruction ayant déclaré irrecevable la constitution de partie civile d'un actionnaire du chef de délit d'initié, énonce que la cession d'actions par des administrateurs disposant d'informations privilégiées, si elle peut porter atteinte au fonctionnement normal du marché, ne cause par elle-même aucun préjudice personnel et direct aux autres actionnaires de la société, alors que le délit d'initié, à le supposer établi, est susceptible de causer un préjudice personnel direct aux actionnaires (▪ Cass. crim., 11 déc. 2002 : *Bull. crim.* n° 224 ; *Dr. pén.* 2003, comm. 35, obs. J.-H. Robert).

20) Se rend coupable du délit d'initié, prévu par l'article 10-1 de l'ordonnance du 28 septembre 1967, modifié par la loi du 27 janvier 1988, alors applicable, le gérant d'un fonds d'investissement, ayant pour objet de réaliser des placements internationaux, qui, informé d'un projet de prise de participation significative dans le capital d'une banque par une société d'investissement, a obtenu de cette société à la recherche d'investisseurs des précisions sur cette opération à laquelle il a refusé de participer et a, dans les jours suivants, acquis des titres de la banque qu'il a revendus en réalisant une plus-value importante, dès lors que l'arrêt relève l'arrêt que le prévenu a obtenu de ses interlocuteurs une information précise, confidentielle et de nature à influer sur le cours de la valeur et que cette information, qu'il a sciemment utilisée, a été déterminante des opérations réalisées (▪ Cass. crim., 14 juin 2006 : *Bull. crim.* n° 178 ; *D.* 2007, p. 2418, obs. B. Le Bars et S. Thomasset-Pierre ; *AJ pénal* 2006, p. 364, note G. Royer ; *Rev. sociétés* 2007, 125, note B. Bouloc).

21) La cour d'appel, qui prononce une peine d'amende proportionnelle au profit résultant de l'infraction doit dans sa décision préciser le montant dudit profit, afin de permettre à la Cour de cassation d'exercer son contrôle sur la légalité de la peine prononcée (même arrêt : *Dr. sociétés* 2006, comm. 132, note R. Salomon).

22) Le condamné dans l'affaire ci-dessus rapportée, ayant donné lieu à l'arrêt du 14 juin 2006 de la chambre criminelle, avait saisi la **Cour européenne des droits de l'homme** en alléguant la violation de l'article 7 de la Convention européenne des droits de l'homme.

Par décision du 6 octobre 2011, n° 50425/06, la cour a estimé que cet article n'a pas été violé, dans la mesure où la loi applicable au moment des faits (art. 10-1 de l'ordonnance du 28 sept. 1967) était suffisamment prévisible, écartant donc le grief d'une précision insuffisante de l'incrimination (*AJ pénal* 2012, jurispr. p. 156, note J. Lasserre-Capdeville).

23) La **Cour de justice de l'Union européenne** a décidé qu'une information peut être considérée comme privilégiée même s'il est impossible de déterminer le sens, haussier ou baissier, qu'elle aurait si elle était rendue publique (▪ CJUE, 11 mars 2015, aff. C-628/13 (communiqué n° 33/15) : *Dr. pén.* 2015, comm. 72, obs. J.-H. Robert).

24) Répression. L'article 50 de la Charte des droits fondamentaux de l'Union européenne ne s'oppose pas à ce qu'une personne sanctionnée pour un manquement relevant de la compétence de l'autorité des marchés financiers puisse, en raison des mêmes faits, être poursuivie et condamnée pour un des délits définis par les articles L. 465-1 et suivants du Code monétaire et financier.

Sous la réserve que le montant global des amendes susceptibles d'être prononcées ne dépasse pas le plafond de la sanction encourue la plus élevée, ce **cumul** garantit en effet la sanction effective, proportionnée et dissuasive, au sens de l'article 14-1 de la directive n° 2003/6/CE du 28 janvier 2003, dont dépend la réalisation de l'objectif d'intérêt général de l'Union européenne d'assurer l'intégrité des marchés financiers communautaires et de renforcer la confiance des investisseurs, objectif qui entre dans les prévisions de l'article 52 de la Charte précitée (▪ Cass. crim., 22 janv. 2014, n° 12-83.579 : *Bull. inf. C. cass.* 15 avr. 2014, n° 782, avec la note ; *JCP* 2014, act. 131, p. 196, et note 345, p. 533, note C. Mauro ; *Dr. pén.* 2014, comm. 67, obs. E. Bonis-Garçon, et études 6, par L. de Graeve ; *AJ pénal* 2014, p. 180, note J. Lasserre Capdeville ; *Dr. sociétés* 2014, comm. 56, note R. Salomon).

Art. L. 465-2 ***(Mod., L. n° 2005-842, 26 juill. 2005 ; L. n° 2010-1249, 22 oct. 2010 ; L. n° 2013-672, 26 juill. 2013 ; mod., L. n° 2016-819, 21 juin 2016, en vigueur à compter du 3 juill. 2016).*** **– I. – Est puni des peines prévues au A du I de l'article L. 465-1 le fait, par l'une des personnes mentionnées au même article L. 465-1, de recommander la réalisation d'une ou plusieurs opérations sur les instruments financiers auxquels l'information privilégiée se rapporte ou d'inciter à la réalisation de telles opérations sur le fondement de cette information privilégiée.**

II. – Constitue l'infraction prévue au A du I dudit article L. 465-1 le fait, par toute personne, de faire usage de la recommandation ou de l'incitation mentionnée au I du présent article en sachant qu'elle est fondée sur une information privilégiée.

III. – Constitue l'infraction prévue au I de l'article L. 465-3 le fait, par toute personne, de communiquer la recommandation ou l'incitation mentionnée au I du présent article en sachant qu'elle est fondée sur une information privilégiée.

IV. – La tentative de l'infraction prévue au I du présent article est punie des mêmes peines.

Art. L. 465-3 ***(Mod., L. n° 2009-526, 12 mai 2009 ; L. n° 2013-672, 26 juill. 2013 ; mod., L. n° 2016-819, 21 juin 2016, en vigueur à compter du 3 juill. 2016).*** **– I. – Est puni des peines prévues au A du I de l'article L. 465-1 le fait, par une personne disposant d'une information privilégiée concernant un émetteur au sein duquel elle exerce les fonctions de directeur général, de président, de membre du directoire, de gérant, de membre du**

conseil d'administration, de membre du conseil de surveillance ou une fonction équivalente ou au sein duquel elle détient une information, par une personne disposant d'une information privilégiée à l'occasion de sa profession ou de ses fonctions ou à l'occasion de sa participation à la commission d'un crime ou d'un délit, ou par toute autre personne disposant d'une information privilégiée en connaissance de cause, de la communiquer à un tiers, à moins qu'elle ne prouve que cette communication intervient dans le cadre normal de sa profession ou de ses fonctions, y compris lorsqu'elle relève d'un sondage de marché effectué conformément aux 1 à 8 de l'article 11 du règlement (UE) n° 596/2014 du Parlement européen et du Conseil du 16 avril 2014 sur les abus de marché (règlement relatif aux abus de marché) et abrogeant la directive 2003/6/CE du Parlement européen et du Conseil et les directives 2003/124/CE, 2003/125/CE et 2004/72/CE de la Commission.

II. – La tentative de l'infraction prévue au I du présent article est punie des mêmes peines.

Art. L. 465-3-1 *(Créé à compter du 3 juill. 2016, L. n° 2016-819, 21 juin 2016)*. – I. – A. Est puni des peines prévues au A du I de l'article L. 465-1 le fait, par toute personne, de réaliser une opération, de passer un ordre ou d'adopter un comportement qui donne ou est susceptible de donner des indications trompeuses sur l'offre, la demande ou le cours d'un instrument financier ou qui fixe ou est susceptible de fixer à un niveau anormal ou artificiel le cours d'un instrument financier.

B. Le A du présent I n'est pas applicable dans les cas où l'opération ou le comportement mentionné au présent I est fondé sur un motif légitime et est conforme à une pratique de marché admise, au sens du 9 du 1 de l'article 3 du règlement (UE) n° 596/2014 du Parlement européen et du Conseil du 16 avril 2014 sur les abus de marché (règlement relatif aux abus de marché) et abrogeant la directive 2003/6/CE du Parlement européen et du Conseil et les directives 2003/124/CE, 2003/125/CE et 2004/72/CE de la Commission.

II. – Est également puni des peines prévues au A du I de l'article L. 465-1 le fait, par toute personne, de réaliser une opération, de passer un ordre ou d'adopter un comportement qui affecte le cours d'un instrument financier, en ayant recours à des procédés fictifs ou à toute autre forme de tromperie ou d'artifice.

III. – La tentative des infractions prévues aux I et II du présent article est punie des mêmes peines.

Art. L. 465-3-2 *(Créé à compter du 3 juillet 2016, L. n° 2016-819, 21 juin 2016)*. – I. – Est puni des peines prévues au A du I de l'article L. 465-1 le fait, par toute personne, de diffuser, par tout moyen, des informations qui donnent des indications fausses ou trompeuses sur la situation ou les perspectives d'un émetteur ou sur l'offre, la demande ou le cours d'un instrument financier ou qui fixent ou sont susceptibles de fixer le cours d'un instrument financier à un niveau anormal ou artificiel.

II. – La tentative de l'infraction prévue au I du présent article est punie des mêmes peines.

Art. L. 465-3-3 *(Créé à compter du 3 juillet 2016, L. n° 2016-819, 21 juin 2016)*. – I. – Est puni des peines prévues au A du I de l'article L. 465-1 le fait, par toute personne :

1° De fournir ou de transmettre des données ou des informations fausses ou trompeuses utilisées pour calculer un indice de référence ou des informations de nature à fausser le cours d'un instrument financier ou d'un actif auquel est lié un tel indice ;

2° D'adopter tout autre comportement aboutissant à la manipulation du calcul d'un tel indice. Constitue un indice de référence tout taux, indice ou nombre mis à la disposition du public ou publié, qui est déterminé périodiquement ou régulièrement par application d'une formule ou sur la base de la valeur d'un ou de plusieurs actifs ou prix sous-jacents, y compris des estimations de prix, de taux d'intérêt ou d'autres valeurs réels ou estimés, ou des données d'enquêtes, et par référence auquel est déterminé le montant à verser au titre d'un instrument financier ou la valeur d'un instrument financier.

II. – La tentative de l'infraction prévue au I du présent article est punie des mêmes peines.

Art. L. 465-3-4 *(Créé à compter du 3 juillet 2016, L. n° 2016-819, 21 juin 2016)*. – I. – La présente section s'applique :

1° Aux instruments financiers négociés sur un marché réglementé ou sur un système multilatéral de négociation ou pour lesquels une demande d'admission à la négociation sur un marché réglementé ou sur un système multilatéral de négociation a été présentée ;

2° Aux instruments financiers autres que ceux mentionnés au 1° dont le cours ou la valeur dépend du cours ou de la valeur d'un instrument financier mentionné au même 1° ou dont le cours ou la valeur a un effet sur le cours ou la valeur d'un instrument financier mentionné audit 1° ;

3° Aux unités mentionnées à l'article L. 229-7 du Code de l'environnement.

II. – Les articles L. 465-3-1 et L. 465-3-2 du présent code s'appliquent également :

1° Aux contrats au comptant sur matières premières, au sens du 15 du 1 de l'article 3 du règlement (UE) n° 596/2014 du Parlement européen et du Conseil du 16 avril 2014 sur les abus de marché (règlement relatif aux abus de marché) et abrogeant la directive 2003/6/CE du Parlement européen et du Conseil et les directives 2003/124/CE, 2003/125/CE et 2004/72/CE de la Commission, qui ne sont pas des produits énergétiques de gros, au sens du 4 de l'article 2 du règlement (UE) n° 1227/2011 du Parlement européen et du Conseil du 25 octobre 2011 concernant l'intégrité et la transparence du marché de gros de l'énergie, lorsque l'opération, le comportement ou la diffusion a ou est susceptible d'avoir un effet sur le cours ou la valeur d'un instrument financier mentionné au I du présent article ;

2° Aux instruments financiers dont le cours ou la valeur a un effet sur le cours ou la valeur d'un contrat au comptant sur matières premières, au sens du 15 du 1 de l'article 3 du règlement (UE) n° 596/2014 du Parlement européen et du Conseil du 16 avril 2014 précité, lorsque l'opération, le comportement ou la diffusion a ou est susceptible d'avoir un effet sur le cours ou la valeur du contrat au comptant sur matières premières.

III. – La présente section ne s'applique pas :

1° Aux opérations de rachat par les sociétés de leurs propres actions, au sens des articles L. 225-206 à L. 225-216 du Code de commerce, lorsque ces opérations sont réalisées conformément aux 1 à 3 de l'article 5 du règlement (UE) n° 596/2014 du Parlement européen et du Conseil du 16 avril 2014 précité ;

2° Aux opérations de stabilisation, au sens du *d* du 2 de l'article 3 du même règlement, portant sur les instruments financiers mentionnés aux *a* et *b* du même 2, lorsque ces opérations sont réalisées conformément aux 4 et 5 de l'article 5 dudit règlement ;

3° Aux opérations ou comportements mentionnés aux 1 à 4 de l'article 6 du même règlement.

Art. L. 465-3-5 ***(Créé à compter du 3 juillet 2016, L. n° 2016-819, 21 juin 2016 ; L. n° 2016-1691, 9 déc. 2016).*** **– I. – Les personnes morales déclarées responsables pénalement, dans les conditions prévues à l'article 121-2 du Code pénal, des infractions définies aux articles L. 465-1 à L. 465-3-3 du présent code encourent, outre l'amende suivant les modalités prévues à l'article 131-38 du Code pénal, les peines prévues à l'article 131-39 du même code. L'amende peut être portée à 15 % du chiffre d'affaires annuel total au sens du dernier alinéa du III *bis* de l'article L. 621-15. Les modalités prévues à l'article 131-38 dudit code s'appliquent uniquement à l'amende exprimée en valeur absolue.**

L'interdiction mentionnée au 2° de l'article 131-39 du même code porte sur l'activité dans l'exercice ou à l'occasion de l'exercice de laquelle l'infraction a été commise.

II. – Lorsqu'elles sont commises en bande organisée, les infractions prévues aux articles L. 465-1 à L. 465-3-3 du présent code sont punies de dix ans d'emprisonnement et de 100 millions d'euros d'amende, ce montant pouvant être porté jusqu'au décuple du montant de l'avantage retiré du délit.

1) La technique de la « bouilloire » consiste à manipuler rapidement, à la hausse, une valeur dont le marché est étroit et sensible en passant de très nombreux ordres d'achat, généralement sans disposer de la couverture nécessaire, pour persuader les spéculateurs de l'imminence d'une opération sur ce titre et les amener ainsi à entretenir la hausse. Le manipulateur passe alors les ordres de vente, soit de titres éventuellement acquis antérieurement, soit à découvert, puis se hâte de retirer les fonds ainsi obtenus. Les résultats de ce procédé frauduleux sont d'autant plus favorables à ses initiateurs que le marché est étroit, la brusque croissance du volume des transactions et l'augmentation artificielle du cours du titre trompant les investisseurs au profit des manipulateurs (▪ TGI Paris, 11e ch., 14 mars 1990 : *Gaz. Pal.* 20-21 juin 1990 ; confirmé par ▪ Paris, 9e ch. A, 19 févr. 1991 : *JurisData* n° 1991-020861).

2) Abstraction faite d'un motif erroné mais surabondant, car l'article L. 465-2, alinéa premier, du Code monétaire et financier n'exige pas, pour la caractérisation du délit de manipulation de cours, que les opérations litigieuses aient eu lieu sur le marché du titre, ne constitue pas une manipulation de cours et n'admet aucune autre qualification pénale le fait pour une société, au cours d'une procédure, de réévaluer de façon artificielle et exagérée sa demande d'indemnité envers une autre société, laquelle s'est plainte de ce qu'une telle nouvelle demande, qu'elle n'avait dû mentionner dans ses comptes au titre des risques, avait entraîné un effondrement du cours de son action (▪ Cass. crim., 27 mars 2013, n° 12-81.047 : *Bull. crim.* n° 70 ; *Dr. pén.* 2013, comm. 94, obs. J.-H. Robert ; *Dr. sociétés* 2013, comm. 110, p. 36, note R. Salomon ; *Bull. Joly Bourse* 2013, n° 103, p. 36, note J. Lasserre Capdeville ; *AJ pénal* 2013, p. 343, note J. Gallois).

3) Dès lors qu'un salarié n'a pas agi de sa propre initiative, mais au profit de la société de bourse et après en avoir informé sa hiérarchie, l'infraction d'entrave au fonctionnement régulier d'un marché réglementé a été nécessairement commise pour le compte de la société, de sorte que la responsabilité de cette dernière peut être engagée (▪ Cass. crim., 28 janv. 2009 : *JurisData* n° 2009-047081 ; *Dr. sociétés* 2009, comm. 83, note R. Salomon ; *RSC* 2010, p. 165, obs. F. Stasiak).

4) Publication de fausses nouvelles. Ce délit ne peut être imputé au directeur de la publication d'un service télématique comme auteur, dès lors qu'il n'avait aucun moyen de contrôle préalable du message litigieux, ni comme coauteur dès lors qu'il n'est pas prouvé que le service a été créé en vue de propager une fausse nouvelle ; enfin, la complicité ne peut non plus être retenue en l'absence d'intention d'aider l'auteur principal à commettre le délit (▪ Paris, 15 déc. 1989 : *JurisData* n° 1989-027616).

5) Tombe sous le coup de l'incrimination le fait pour un responsable de la société, d'indiquer à un journaliste que le résultat net pour 1985 serait globalement équilibré alors que la société connaissait une situation très difficile (▪ TGI Paris, 20 déc. 1990 : *Gaz. Pal.* 4-6 août 1991, note Y. Marchi).

6) Caractérise le délit de diffusion d'informations fausses ou mensongères la cour d'appel qui retient que le prévenu, administrateur de la société concernée, a approuvé la publication au BALO d'un tableau d'activité et de résultats ne faisant pas apparaître les opérations reprochées (▪ Cass. crim., 29 nov. 2000 : *Bull. crim.* n° 359).

Bibliographie : *Sur le fonctionnement et les pouvoirs de la commission des opérations de bourse, voir les articles L. 621-1 à L. 621-30 et L. 642-1 à L. 642-3 du Code monétaire et financier (Ord. n° 2000-1223, 14 déc. 2000).*

Code monétaire et financier

(Ord. n° 2000-1223, 14 déc. 2000)

Le démarchage et le colportage

Démarchage bancaire ou financier

Art. L. 341-1 *(L. n° 2003-706, 1er août 2003 ; mod., Ord. n° 2009-866, 15 juill. 2009 ; L. n° 2010-1249, 22 oct. 2010 ; L. n° 2019-486, 22 mai 2019 ; L. n° 2021-1735, 22 déc. 2021).* **– Constitue un acte de démarchage bancaire ou financier toute prise de contact non sollicitée, par quelque moyen que ce soit, avec une personne physique ou une personne morale déterminée, en vue d'obtenir, de sa part, un accord sur :**

1° La réalisation par une des personnes mentionnées au 1° de l'article L. 341-3 d'une opération sur un des instruments financiers énumérés à l'article L. 211-1 ;

2° La réalisation par une des personnes mentionnées au 1° ou au 4° de l'article L. 341-3 d'une opération de banque ou d'une opération connexe définies aux articles L. 311-1 et L. 311-2 ;

3° La fourniture par une des personnes mentionnées au 1° de l'article L. 341-3 d'un service d'investissement ou d'un service connexe définis aux articles L. 321-l et L. 321-2 ;

4° La réalisation d'une opération sur biens divers mentionnée à l'article L. 551-1 ;

5° La fourniture par une des personnes mentionnées au 3° de l'article L. 341-3 d'une prestation de conseil en investissement prévu au I de l'article L. 541-1.

6° La fourniture par une des personnes mentionnées au 1° de l'article L. 341-3 d'un service de paiement prévu au II de l'article L. 314-1 ;

7° La fourniture, par un prestataire de services de financement participatif mentionné à l'article L. 547-1 ainsi que par tout prestataire de services de financement participatif agréé dans un autre État membre de l'Union européenne et habilité à intervenir sur le territoire français, d'un service de financement participatif ;

8° La réalisation d'une opération sur un des actifs numériques mentionnés à l'article L. 54-10-1, notamment dans le cadre d'une offre au public de jetons au sens de l'article L. 552-3 ;

9° La fourniture d'un service sur actifs numériques au sens de l'article L. 54-10-2.

Constitue également un acte de démarchage bancaire ou financier, quelle que soit la personne à l'initiative de la démarche, le fait de se rendre physiquement au domicile des personnes, sur leur lieu de travail ou dans les lieux non destinés à la commercialisation de produits, instruments et services financiers, en vue des mêmes fins.

L'activité de démarchage bancaire ou financier est exercée sans préjudice de l'application des dispositions particulières relatives à la prestation de services d'investissement, à la réalisation d'opérations de banque et de services de paiement et à la réalisation d'opérations sur biens divers, ainsi que des dispositions de l'article 66-4 de la loi n° 71-1130 du 31 décembre 1971 portant réforme de certaines professions judiciaires et juridiques.

Art. L. 341-2 *(Rempl., L. n° 2003-706, 1er août 2003 ; mod., L. n° 2004-804, 9 août 2004 ; Ord. n° 2005-1527 du 8 déc. 2005 ; L. n° 2006-1770, 30 déc. 2006 ; à compter du 25 novembre 2008, L. n° 2008-776, 4 août 2008 et D. n° 2008-1212, 24 nov. 2008 ; Ord. n° 2009-866, 15 juill. 2009 ; mod., L. n° 2010-737, 1er juill. 2010 ; L. n° 2013-100, 28 janv. 2013 ; à compter du 1er janvier 2014, Ord. n° 2013-544, 27 juin 2013).* – Les règles concernant le démarchage bancaire ou financier ne s'appliquent pas :

1° Aux prises de contact avec les investisseurs qualifiés *(Mots rempl., Ord. n° 2019-1067, 21 oct. 2019)* « définis au 1 de » l'article L. 411-2 et avec les personnes morales dont le total du bilan, le chiffre d'affaires, le montant des actifs gérés, les recettes ou les effectifs sont supérieurs à un seuil fixé par décret ;

2° Aux prises de contact dans les locaux des personnes mentionnées à l'article L. 341-3, sauf lorsque ces personnes sont contractuellement liées, en vue de la commercialisation d'instruments financiers et de produits d'épargne, aux sociétés exploitant des magasins de grande surface visées par l'article L. 752-1 du Code de commerce et l'article 30-2 du Code de l'industrie cinématographique, et que leurs locaux sont implantés dans les locaux de ces magasins ;

3° Aux démarches dans les locaux professionnels d'une personne morale à la demande de cette dernière ;

4° Aux prises de contact avec des personnes morales, lorsqu'elles portent exclusivement sur les services visés au 4 de l'article L. 321-2 ;

5° Lorsque la personne visée est déjà cliente de la personne pour le compte de laquelle la prise de contact a lieu, dès lors que l'opération proposée correspond, à raison de ses caractéristiques, des risques ou des montants en cause, à des opérations habituellement réalisées par cette personne ;

6° Aux démarches effectuées, pour le compte d'un établissement de crédit, ou d'une société de financement en vue de proposer un contrat de financement de biens ou de prestations de services répondant aux conditions prévues à la section 9 du chapitre Ier du titre Ier du livre III du Code de la consommation, ou constituant une location-vente ou une location avec option d'achat visées à l'article L. 311-2 dudit code. Il en va de même lorsque ces contrats sont destinés aux besoins d'une activité professionnelle ;

7° Sans préjudice des dispositions prévues au 6°, aux démarches effectuées pour le compte d'un établissement de crédit ou d'une société de financement en vue de proposer des contrats de financement de ventes à tempérament ou de location aux personnes, physiques ou morales, autres que celles visées au 1°, à la condition que le nom de l'établissement ou de la société prêteur et le coût du crédit ou de la location soient mentionnés, sous peine de nullité ;

8° Aux démarches effectuées sur le lieu de vente, pour le compte d'un établissement de crédit, d'une société de financement, d'un établissement de monnaie électronique fournissant des services de paiement permettant l'octroi de crédit ou d'un établissement de paiement, en vue de proposer des crédits visés au titre Ier du livre III du Code de la consommation ;

9° Aux conventions conclues entre les personnes mentionnées au 1° de l'article L. 341-3, à l'exception des sociétés de capital-risque, pour la distribution de produits, la réalisation d'une opération ou la fourniture d'un service, mentionnés à l'article L. 341-1, à l'exception des dispositions mentionnées à l'article L. 341-6.

10° Aux démarches effectuées, pour le compte d'un établissement de paiement ou d'un établissement de monnaie électronique fournissant des services de paiement permettant l'octroi de crédit, en vue de proposer un contrat de financement de biens ou de prestations de services répondant aux conditions prévues à la section 5 du chapitre Ier du titre Ier du livre III du Code de la consommation.

11° À la diffusion auprès des personnes physiques ou morales d'une simple information publicitaire, à l'exclusion de tout document contractuel ou précontractuel, quel que soit le support.

Art. L. 341-3 *(Rempl., L. n° 2003-706, 1er août 2003, art. 50, I ; modifié à compter du 1er novembre 2009, Ord. n° 2009-866, 15 juill. 2009 ; mod., L. n° 2010-1249, 22 oct. 2010 L. n° 2013-100, 28 janv. 2013° ; mod. à compter du 1er janvier 2014, Ord. n° 2013-544, 27 juin 2013 ; à compter du 1er octobre 2014, Ord. n° 2014-559, 30 mai 2014 ; Ord. n° 2021-1735, 22 déc. 2021).* – Ne peuvent recourir ou se livrer à l'activité de démarchage bancaire ou financier, dans la limite des dispositions particulières qui les régissent, que :

1° *(1° mod., Ord. n° 2017-484, 6 avr. 2017, art. 3, 4° ; mod. à compter du 3 janvier 2018, Ord. n° 2017-1107, 22 juin 2017)* Les établissements de crédit ou les sociétés de financement définis à l'article L. 511-1, les organismes mentionnés à l'article L. 518-1, les établissements de monnaie électronique, les établissements de paiement, les prestataires de services d'information sur les comptes, les entreprises d'investissement et les entreprises d'assurance définies respectivement à l'article L. 531-4 du présent code et à l'article L. 310-1 du Code des assurances, les fonds de retraite professionnelle supplémentaire mentionnés à l'article L. 381-1 du même code, les sociétés de capital-risque mentionnées à l'article 1er-1 de la loi n° 85-695 du 11 juillet 1985 portant diverses dispositions d'ordre économique et financier, en vue de la souscription des titres qu'elles émettent, les sociétés de gestion de placements collectifs définies à l'article L. 543-1 du présent code en vue de la souscription des titres financiers émis par les placements collectifs dont elles assurent la gestion, ainsi que les établissements et entreprises équivalents agréés dans un autre État membre de l'Union européenne et habilités à intervenir sur le territoire français ;

2° Les entreprises, dans le cadre des dispositifs relevant du livre III de la troisième partie du Code du travail qu'elles proposent à leurs bénéficiaires, ainsi que les personnes morales qu'elles mandatent pour proposer un de ces dispositifs conclus par l'entreprise. Dans ce cas, et sans préjudice des règles d'information et de commercialisation auxquelles elles sont soumises, seules sont applicables à ces activités de démarchage les dispositions de l'article L. 341-9, du 3° de l'article L. 353-2 et de l'article L. 353-4 du présent code ;

3° Les conseillers en investissements financiers définis à l'article L. 541-1 ;

4° Les intermédiaires en opérations de banque et en services de paiement mentionnés à l'article L. 519-1 ;

5° Les agents liés mentionnés à l'article L. 545-1 ;

6° Les prestataires de services de financement participatif mentionnés à l'article L. 547-1 ainsi que les prestataires de services de financement participatif agréés dans un autre État membre de l'Union européenne et habilités à intervenir sur le territoire français ;

7° *(7° créé, L. n° 2019-486, 22 mai 2019)* Les émetteurs de jetons ayant obtenu le visa prévu à l'article L. 552-4 ;

8° *(8° créé, L. n° 2019-486, 22 mai 2019)* Les prestataires agréés dans les conditions prévues à l'article L. 54-10-5.

Personnes habilitées à procéder au démarchage

Art. L. 341-4 *(Rempl., L. n° 2003-706, 1er août 2003 ; mod., Ord. n° 2005-429, 6 mai 2005 ; L. n° 2006-1770, 30 déc. 2006).* – I. – Les personnes mentionnées à l'article L. 341-3 peuvent mandater des personnes physiques afin d'exercer pour leur compte une activité de démarchage bancaire ou financier. Les établissements et entreprises ou institutions mentionnés au 1° de cet article peuvent également mandater des personnes morales à cet effet. Dans ce cas, celles-ci peuvent à leur tour mandater des personnes physiques afin d'exercer cette activité pour leur compte.

II. – Dans tous les cas, le mandat est nominatif. Il mentionne la nature des produits et services qui en sont l'objet ainsi que les conditions dans lesquelles l'activité de démarchage peut être exercée. Sa durée est limitée à deux ans. Il peut être renouvelé.

(Al. créé, L. n° 2010-1249, 22 oct. 2010) Le démarcheur exerce une activité de démarchage bancaire et financier uniquement pour le compte de son mandant et dans la limite des services, opérations et produits pour lesquels celui-ci est agréé.

Une même personne physique ou morale peut recevoir des mandats émanant de plusieurs entreprises, institutions ou établissements mentionnés au 1° de l'article L. 341-3. Cette personne informe alors l'ensemble de ses mandants des mandats ainsi détenus.

III. – Les personnes mentionnées à l'article L. 341-3 et celles mandatées en application du I du présent article sont civilement responsables du fait des démarcheurs, agissant en cette qualité, auxquels elles ont délivré un mandat. Les personnes morales mentionnées à l'article L. 341-3 demeurent responsables du fait des salariés ou employés des personnes physiques ou des personnes morales qu'elles ont mandatées, dans la limite du mandat.

IV. – Les démarcheurs personnes physiques et les personnes physiques ayant le pouvoir de gérer ou d'administrer les personnes morales mandatées en application du I doivent remplir des conditions d'âge, d'honorabilité et de compétence professionnelle fixées par décret. Il en va de même des salariés ou employés des personnes mentionnées à l'article L. 341-3, lorsqu'ils exercent des activités de démarchage, et de ceux des personnes physiques ou des personnes morales mandatées en application du I du présent article.

V. – Les règles fixées aux II et IV ne s'appliquent pas aux personnes physiques participant à l'envoi de documents nominatifs, sous réserve qu'elles n'aient aucun contact personnalisé permettant d'influencer le choix de la personne démarchée. Dans ce cas, les personnes morales mentionnées à l'article L. 341-3 ou mandatées en application du I sont considérées comme exerçant directement l'activité de démarchage et sont tenues d'en appliquer les règles.

....

Démarchage concernant les valeurs mobilières

Art. L. 342-1. – Sont interdits le colportage et le démarchage en vue de la vente, de l'achat ou de l'échange de l'or en lingots, barres, monnaies étrangères et pièces d'or démonétisées.

Se livre au colportage de ces matières celui qui se rend au domicile des particuliers, autres que les banquiers, agents de change et négociants en métaux précieux, ou dans les lieux publics non réservés à cet effet, pour offrir ou se procurer les matières ci-dessus désignées, avec livraison et paiement immédiats, en totalité ou en partie, soit en numéraire, soit en valeurs.

Art. L. 342-2. – I. – Se livre au démarchage des matières mentionnées au premier alinéa de l'article L. 344-1 celui qui se rend habituellement au domicile des particuliers, autres que les banquiers, agents de change, négociants en métaux précieux, ou dans les lieux publics non réservés à cet effet, pour conseiller l'achat, la vente ou l'échange de ces matières, ou pour offrir de participer soit à des opérations à terme sur les mêmes matières, soit à des syndicats ayant pour objet des opérations fondées sur des différences de cours et portant sur les mêmes matières.

II. – Sont également considérées comme actes de démarchage interdits par l'article L. 344-1, les offres de service faites de façon habituelle, par lettres, circulaires, communications téléphoniques ou tout autre moyen, au domicile des personnes autres que les banquiers, agents de change, négociants en métaux précieux ou dans les lieux publics non réservés à cet effet en vue des opérations mentionnées au I.

Art. L. 342-3. – Sont interdits le colportage et le démarchage en vue de la vente ou de l'échange des billets de banque étrangers.

Se livre au colportage des billets de banque étrangers celui qui se rend au domicile des particuliers, autres que les banquiers et agents de change, ou dans les lieux publics, pour offrir ou se procurer ces billets avec livraison et paiement immédiats, en totalité ou en partie, soit en numéraire, soit en valeurs.

Se livre au démarchage des billets de banque étrangers celui qui se rend habituellement au domicile des particuliers, autres que les banquiers et agents de change, ou dans les lieux publics, pour conseiller l'achat, la vente ou l'échange de ces billets, la participation à des opérations sur ces billets, ou pour offrir de participer, soit à des opérations à terme sur les mêmes billets, soit à des syndicats ayant pour objet des opérations fondées sur des différences de cours et portant sur les mêmes billets.

Sont également considérées comme actes de démarchage interdits par le présent article les offres de service faites de façon habituelle (par lettres, circulaires, communications téléphoniques ou tout autre moyen) au domicile des personnes, autres que les banquiers et agents de change, ou dans les lieux publics, en vue des opérations mentionnées à l'alinéa précédent.

....

Dispositions pénales

Infractions relatives aux opérations de banque et aux opérations connexes

Art. L. 351-1 *(Mod., Ord. n° 2015-1033, 20 août 2015 ; L. n° 2018-700, 3 août 2018).* – Est puni d'une amende fiscale de 75 € le fait de méconnaître l'une des obligations mentionnées aux premier, deuxième,

troisième et dernier alinéas du II de l'article L. 312-1-1 et, lorsque le client est une personne physique agissant pour des besoins non professionnels, à l'article L. 314-12 et au III de l'article L. 314-13. Cette amende est prononcée et recouvrée suivant les règles applicables à la taxe sur la valeur ajoutée. Le contentieux est suivi par l'administration qui a constaté l'infraction.

Est puni de la peine d'amende prévue pour les contraventions de la cinquième classe le fait de méconnaître l'une des obligations mentionnées aux I et IV de l'article L. 312-1-1, au I de l'article L. 314-13, ainsi qu'au IV du même article L. 314-13 lorsque le client est une personne physique agissant pour des besoins non professionnels, et aux articles L. 315-5 à L. 315-8 ou l'une des interdictions édictées au I de l'article L. 312-1-2.

Infractions relatives au fonds de garantie des déposants

Art. L. 352-1. – Est puni des peines prévues à l'article 226-13 du Code pénal, le fait pour les membres du directoire ou du conseil de surveillance du fonds de garantie des déposants ainsi que toute personne qui, par ses fonctions, a accès aux documents et informations détenus par ce fonds, de violer le secret professionnel institué à l'article L. 312-14.

Infractions relatives au démarchage

Opérations de banque

Art. L. 353-1 *(L. n° 2003-706, 1er août 2003 ; mod., Ord. n° 2005-429, 6 mai 2005 ; L. n° 2006-387, 31 mars 2006 ; Ord. n° 2009-15, 8 janv. 2009 ; L. n° 2019-486, 22 mai 2019).* **– Est puni de six mois d'emprisonnement et de 7 500 € d'amende :**

1° Le fait, pour toute personne, de se livrer à l'activité de démarchage bancaire ou financier définie à l'article L. 341-1 sans avoir obtenu une carte de démarchage en cas d'activité réalisée dans les conditions de l'article L. 341-8 ;

2° Le fait, pour toute personne se livrant à l'activité de démarchage bancaire ou financier dans les conditions définies au septième alinéa de l'article L. 341-1, de ne pas communiquer à la personne démarchée les informations et documents mentionnés à l'article L. 341-12 et à l'avant-dernier alinéa de l'article L. 341-6 ;

3° Le fait, pour toute personne se livrant à l'activité de démarchage bancaire ou financier définie à l'article L. 341-1, de ne pas respecter les règles relatives à la signature du contrat prévues à l'article L. 341-14 ;

4° Le fait, pour toute personne se livrant à l'activité de démarchage bancaire ou financier définie à l'article L. 341-1, de ne pas permettre à la personne démarchée de bénéficier du délai de rétractation mentionné à l'article L. 341-16 sous réserve des dérogations prévues à cet article ;

5° Le fait, pour toute personne se livrant à l'activité de démarchage bancaire ou financier définie au deuxième alinéa de l'article L. 341-1, de recevoir des personnes démarchées des ordres ou des fonds en vue de la fourniture de services de réception-transmission et exécution d'ordres pour le compte de tiers mentionnés à l'article L. 321-1, ou d'instruments financiers mentionnés à l'article L. 211-1, avant l'expiration du délai de quarante-huit heures mentionné au IV de l'article L. 341-16 ;

6° Le fait, pour toute personne se livrant à l'activité de démarchage bancaire ou financier définie aux 8° ou 9° de l'article L. 341-1, de recevoir des personnes démarchées des ordres ou des fonds en vue de la fourniture du service de réception et de transmission d'ordres sur actifs numériques pour le compte de tiers mentionné à l'article L. 54-10-2, ou d'actifs numériques mentionnés à l'article L. 54-10-1, avant l'expiration du délai de quarante-huit heures mentionné au IV de l'article L. 341-16.

L'interdiction faite aux démarcheurs financiers de percevoir des fonds ou valeurs quelconques « englobe » la défense qui leur était faite, avant l'entrée en vigueur de la loi du 1er août 2003, de recevoir des fonds avant l'expiration du délai de réflexion. En conséquence, les démarcheurs qui avaient commis cette dernière infraction, entre les années 1990 et 1993, sous le droit antérieur à ladite loi restent punissables ; mais l'arrêt de la cour d'appel encourt la cassation, pour méconnaissance des dispositions de l'article 112-1 du Code pénal, en ce que les prévenus ont été condamnés à des peines de un an et deux ans avec sursis, alors que la loi nouvelle, moins sévère que celle du 28 mars 1885, punit l'infraction, aux peines de l'article L. 353-1 du Code monétaire et financier, de six mois d'emprisonnement et de 7 500 euros d'amende (■ Cass. crim., 19 sept. 2007 : *JurisData* n° 2007-040978 ; *Dr. pén.* 2008, comm. 22, obs. J.-H. Robert).

Art. L. 353-2 *(L. n° 2003-706, 1er août 2003 ; mod., L. n° 2019-486, 22 mai 2019)*. – Est puni des peines prévues à l'article 313-1 du Code pénal :

1° Le fait, pour toute personne, de recourir à l'activité de démarchage bancaire ou financier définie à l'article L. 341-1 sans remplir les conditions prévues aux articles L. 341-3 et L. 341-4 ;

2° Le fait, pour toute personne se livrant à l'activité de démarchage bancaire ou financier définie à l'article L. 341-1, de proposer des produits interdits de démarchage mentionnés à l'article L. 341-10 ;

3° *(Abr., Ord. n° 2005-429, 6 mai 2005)* ;

4° Le fait, pour toute personne se livrant à l'activité de démarchage bancaire ou financier, de proposer aux personnes démarchées des produits, instruments financiers et services autres que ceux pour lesquels elle a reçu des instructions expresses de la ou des personnes pour le compte de laquelle ou desquelles elle agit ;

5° Le fait, pour toute personne autre que celles mentionnées au second alinéa de l'article L. 341-15 se livrant à l'activité de démarchage bancaire ou financier, de recevoir des personnes démarchées des espèces, des actifs numériques, des effets de commerce, des valeurs ou chèques au porteur ou à son nom ou tout paiement par un autre moyen.

Art. L. 353-3 *(L. n° 2003-706, 1er août 2003)*. – Les personnes physiques coupables de l'un des délits mentionnés aux articles L. 353-1 et L. 353-2 encourent également les peines complémentaires suivantes :

1° L'interdiction des droits civiques, civils et de famille, suivant les modalités prévues par l'article 131-26 du Code pénal ;

2° L'interdiction, suivant les modalités prévues par l'article 131-27 du Code pénal, d'exercer une fonction publique ou d'exercer une activité professionnelle ou sociale dans l'exercice ou à l'occasion de laquelle l'infraction a été commise, pour une durée de cinq ans au plus ;

3° L'affichage ou la diffusion de la décision prononcée, dans les conditions prévues par l'article 131-35 du Code pénal.

Art. L. 353-4 *(Rempl., L. n° 2009-526, 12 mai 2009)*. – Les personnes morales déclarées responsables pénalement, dans les conditions prévues par l'article 121-2 du Code pénal, des infractions définies aux articles L. 353-1 et L. 353-2 encourent, outre l'amende suivant les modalités prévues par l'article 131-38 du Code pénal, les peines prévues par l'article 131-39 du même code.

L'interdiction mentionnée au 2° de ce même article porte sur l'activité dans l'exercice ou à l'occasion de l'exercice de laquelle l'infraction a été commise.

Art. L. 353-5 *(Ord. n° 2016-301, 14 mars 2016)*. – Les agents mentionnés aux articles L. 511-3 et L. 511-21 du Code de la consommation sont habilités à rechercher et constater les infractions prévues aux articles L. 353-1 et L. 353-2 du présent code, dans les conditions prévues à l'article L. 511-5 du Code de la consommation.

Opérations sur matières précieuses et billets de banque étrangers

Art. L. 353-6 *(L. n° 2003-706, 1er août 2003)*. – Est puni d'un emprisonnement de six mois et d'une amende de 9 000 €, le fait, pour toute personne, de méconnaître les obligations prescrites au titre des opérations sur matières précieuses et des billets de banque, par les articles L. 344-1 à L. 344-3.

La saisie et la confiscation des matières mentionnées aux articles L. 342-1 à L. 342-3 sont obligatoires.

....

Infractions relatives aux entreprises de marché et aux chambres de compensation

Art. L. 464-1 *(Mod., Ord. n° 2007-1490, 18 oct. 2007)*. – Est puni des peines prévues à l'article 226-13 du Code pénal, le fait, pour tout dirigeant, salarié ou préposé des chambres de compensation, de violer le secret professionnel institué à l'article L. 440-4, sous réserve des dispositions de l'article 226-14 du Code pénal.

....

Infractions relatives à la protection des investisseurs

Art. L. 465-4. – Les sanctions applicables aux infractions relatives à l'obligation d'information sur les prises de participations significatives sont fixées par le 1° et le 2° du I et le III de l'article L. 247-1 et par l'article L. 247-2 du Code de commerce [...].

....

Art. L. 466-1 ***(Mod. à compter du 1er avr. 2009, Ord. n° 2009-80, 22 janv. 2009 ; L. n° 2010-1249, 22 oct. 2010 ; mod., L. n° 2016-1691, 9 déc. 2016).*** **– Les autorités judiciaires compétentes, saisies de poursuites relatives à des infractions mettant en cause les sociétés dont les titres financiers sont admis aux négociations sur un marché réglementé ou offerts au public sur un système multilatéral de négociation, ou à des infractions commises à l'occasion d'opérations sur un marché d'instruments financiers ou d'actifs mentionnés au II de l'article L. 421-1, peuvent, en tout état de la procédure, demander l'avis de l'Autorité des marchés financiers. Cet avis est obligatoirement demandé lorsque les poursuites sont engagées en exécution des articles L. 465-1 à L. 465-3-3.**

1) QPC. La dernière phrase de l'article L. 466-1 dans sa rédaction issue de la loi n° 2010-1249 du 22 octobre 2010 de régulation bancaire et financière est contraire à la Constitution : ▪ Cons. const. n° 2014-453/454 QPC et n° 2015-462 QPC, 18 mars 2015 : *JO* 20 mars 2015.

L'abrogation a été reportée au 1er septembre 2016.

Voir : *supra*, sous art. L. 465-1, la QPC concernant cet article, p. 1260.

2) L'avis que la Commission des opérations de bourse, selon l'article 12-1, doit donner à l'autorité judiciaire saisie des poursuites du chef de délit d'initié n'est soumis à aucune forme particulière ; constitue un tel avis le document par lequel la Commission des opérations de bourse transmet au procureur de la République, en vue de poursuites judiciaires, le dossier de l'enquête à laquelle elle a fait procéder (▪ Cass. crim., 26 oct. 1995 : *Bull. crim.* n° 324. ▪ Cass. crim., 1er mars 2000 : *Dr. pén.* 2000, comm. 75, obs. J.-H. Robert).

3) La règle « non *bis* in idem » consacrée par l'article 4 du protocole n° 7, additionnel à la Convention européenne de sauvegarde des droits de l'homme et des libertés fondamentales, ne trouve à s'appliquer, selon les réserves faites par la France en marge de ce protocole, que pour les infractions relevant en droit français de la compétence des tribunaux statuant en matière pénale et n'interdit pas l'exercice de poursuites devant le juge répressif parallèlement à une procédure conduite devant la commission des opérations de bourse aux fins de sanctions administratives (▪ Cass. crim., 1er mars 2000, arrêt précité).

CHANGES

Bibliographie : S. Detraz, *Changes : JCl. Lois pénales spéciales.* • *Code monétaire et financier*, LexisNexis, 2015, sous la direction de D. Martin.

Code monétaire et financier

(Ord. n° 2000-1223, 14 déc. 2000)

TITRE PREMIER. – LES RELATIONS FINANCIÈRES AVEC L'ÉTRANGER

CHAPITRE I. – DISPOSITIONS GÉNÉRALES

Art. L. 151-1. – Les relations financières entre la France et l'étranger sont libres.

Cette liberté s'exerce selon les modalités prévues par le présent chapitre, dans le respect des engagements internationaux souscrits par la France.

Art. L. 151-2 ***(Mod., Ord. n° 2014-158, 20 févr. 2014).*** **– Le Gouvernement peut, pour assurer la défense des intérêts nationaux et par décret pris sur le rapport du ministre chargé de l'économie :**

1. Soumettre à déclaration, autorisation préalable ou contrôle :

a) **Les opérations de change, les mouvements de capitaux et les règlements de toute nature entre la France et l'étranger ;**

b) La constitution, le changement de consistance et la liquidation des avoirs français à l'étranger ;

c) La constitution et la liquidation des investissements étrangers en France ;

d) L'importation et l'exportation de l'or ainsi que tous autres mouvements matériels de valeurs entre la France et l'étranger ;

2. Prescrire le rapatriement des créances sur l'étranger hors Union européenne nées de l'exportation de marchandises, de la rémunération de services et, d'une manière générale, de tous revenus ou produits à l'étranger ;

3. Habiliter des intermédiaires pour réaliser les opérations mentionnées aux 1, *a* et *d* ci-dessus.

Art. L. 151-3 *(Rempl., L. n° 2004-1343, 9 déc. 2004 ; mod., L. n° 2019-486, 22 mai 2019).* – I. – Sont soumis à autorisation préalable du ministre chargé de l'économie les investissements étrangers dans une activité en France qui, même à titre occasionnel, participe à l'exercice de l'autorité publique ou relève de l'un des domaines suivants :

a) Activités de nature à porter atteinte à l'ordre public, à la sécurité publique ou aux intérêts de la défense nationale ;

b) Activités de recherche, de production ou de commercialisation d'armes, de munitions, de poudres et substances explosives.

Un décret en Conseil d'État définit la nature des activités ci-dessus et des investissements soumis à autorisation.

II. – L'autorisation donnée peut être assortie le cas échéant de conditions visant à assurer que l'investissement projeté ne portera pas atteinte aux intérêts nationaux visés au I.

Le décret mentionné au I précise la nature et les modalités de révision des conditions dont peut être assortie l'autorisation.

Art. L. 151-3-1 *(L. n° 2019-486, 22 mai 2019 et rect. JO 15 juin 2019).* – Si un investissement étranger a été réalisé sans autorisation préalable, le ministre chargé de l'économie prend une ou plusieurs des mesures suivantes :

1° Injonction à l'investisseur de déposer une demande d'autorisation ;

2° njonction à l'investisseur de rétablir à ses frais la situation antérieure ;

3° Injonction à l'investisseur de modifier l'investissement.

Les injonctions mentionnées aux 1° à 3° peuvent être assorties d'une astreinte. L'injonction précise le montant et la date d'effet de cette astreinte. Un décret en Conseil d'État fixe le montant journalier maximal de l'astreinte et les modalités selon lesquelles, en cas d'inexécution totale ou partielle ou de retard d'exécution, il est procédé à sa liquidation.

Le ministre chargé de l'économie peut également, si la protection des intérêts nationaux mentionnés au I de l'article L. 151-3 est compromise ou susceptible de l'être, prendre les mesures conservatoires qui lui apparaissent nécessaires. Il peut à ce titre :

a) Prononcer la suspension des droits de vote attachés à la fraction des actions ou des parts sociales dont la détention par l'investisseur aurait dû faire l'objet d'une autorisation préalable ;

b) Interdire ou limiter la distribution des dividendes ou des rémunérations attachés aux actions ou aux parts sociales dont la détention par l'investisseur aurait dû faire l'objet d'une autorisation préalable ;

c) Suspendre, restreindre ou interdire temporairement la libre disposition de tout ou partie des actifs liés aux activités définies au même I ;

d) Désigner un mandataire chargé de veiller, au sein de l'entreprise dont relève l'activité mentionnée au I de l'article L. 151-3, à la protection des intérêts nationaux. Ce mandataire peut faire obstacle à toute décision des organes sociaux de nature à porter atteinte à ces intérêts. Sa rémunération est fixée par le ministre chargé de l'économie ; elle est prise en charge, ainsi que les frais engagés par le mandataire, par l'entreprise auprès de laquelle il est désigné.

II. – Le ministre chargé de l'économie, s'il estime que les conditions dont est assortie son autorisation en application du II de l'article L. 151-3 ont été méconnues, prend une ou plusieurs des mesures suivantes :

1° Retrait de l'autorisation. Sauf s'il rétablit la situation antérieure à l'investissement, l'investisseur étranger sollicite de nouveau l'autorisation d'investissement prévue au même article L. 151-3 ;

2° Injonction à l'investisseur auquel incombait l'obligation non exécutée de respecter dans un délai qu'il fixe les conditions figurant dans l'autorisation ;

3° Injonction à l'investisseur auquel incombait l'obligation non exécutée d'exécuter dans un délai qu'il fixe des prescriptions en substitution de l'obligation non exécutée, y compris le rétablissement de la situation antérieure au non-respect de cette obligation ou la cession de tout ou partie des activités définies au I dudit article L. 151-3.

Ces injonctions peuvent être assorties d'une astreinte selon les modalités prévues au I du présent article.

Le ministre chargé de l'économie peut également prendre les mesures conservatoires nécessaires, dans les conditions et selon les modalités prévues au même I.

III. – Les décisions ou injonctions prises sur le fondement du présent article ne peuvent intervenir qu'après que l'investisseur a été mis en demeure de présenter des observations dans un délai de quinze jours, sauf en cas d'urgence, de circonstances exceptionnelles ou d'atteinte imminente à l'ordre public, la sécurité publique ou la défense nationale.

IV. – Ces décisions sont susceptibles d'un recours de plein contentieux.

V. – Un décret en Conseil d'État détermine les modalités d'application du présent article.

Art. L. 151-3-2 *(L. n° 2019-486, 22 mai 2019).* – En cas de réalisation d'un investissement sans autorisation préalable, d'obtention par fraude d'une autorisation préalable, de méconnaissance des prescriptions du II de l'article L. 151-3, d'inexécution totale ou partielle des décisions ou injonctions prises sur le fondement de l'article L. 151-3-1, le ministre chargé de l'économie peut, après avoir mis l'investisseur à même de présenter ses observations sur les faits qui lui sont reprochés dans un délai minimal de quinze jours, lui infliger une sanction pécuniaire dont le montant s'élève au maximum à la plus élevée des sommes suivantes : le double du montant de l'investissement irrégulier, 10 % du chiffre d'affaires annuel hors taxes de l'entreprise qui exerce les activités définies au I de l'article L. 151-3, cinq millions d'euros pour les personnes morales et un million d'euros pour les personnes physiques.

Le montant de la sanction pécuniaire est proportionné à la gravité des manquements commis. Le montant de la sanction est recouvré comme les créances de l'État étrangères à l'impôt et au domaine.

Art. L. 151-4 *(Mod., L. n° 2019-486, 22 mai 2019).* – Est nul tout engagement, convention ou clause contractuelle qui réalise directement ou indirectement un investissement étranger dans l'un des domaines mentionnés au I de l'article L. 151-3 lorsque cet investissement n'a pas fait l'objet de l'autorisation exigée sur le fondement de l'article L. 151-3.

Art. L. 151-5 *(L. n° 2019-486, 22 mai 2019).* – L'investisseur ou l'entreprise exerçant les activités mentionnées à l'article L. 151-3 sont tenus de communiquer à l'autorité administrative chargée de la procédure d'autorisation et de contrôle des investissements étrangers, sur sa demande, tous les documents et informations nécessaires à l'exécution de sa mission, sans que les secrets légalement protégés ne puissent lui être opposés.

Art. L. 151-6 *(L. n° 2019-486, 22 mai 2019).* – Sous réserve des dispositions relatives à la protection du secret de la défense nationale, le ministre chargé de l'économie rend publiques, annuellement, selon des modalités garantissant l'anonymat des personnes physiques et morales concernées, les principales données statistiques relatives au contrôle par le Gouvernement des investissements étrangers en France.

Art. L. 151-7 *(L. n° 2019-486, 22 mai 2019).* – I. – Le Gouvernement transmet chaque année aux présidents des commissions chargées des affaires économiques et aux rapporteurs généraux des commissions chargées des finances de chaque assemblée un rapport portant sur l'action du Gouvernement en matière de protection et de promotion des intérêts économiques, industriels et scientifiques de la Nation, ainsi qu'en matière de contrôle des investissements étrangers dans le cadre de la procédure prévue à l'article L. 151-3. Ce rapport comporte :

1° Une description de l'action du Gouvernement en matière de protection et de promotion des intérêts économiques, industriels et scientifiques de la Nation, notamment des mesures prises en matière de sécurité économique et de protection des entreprises stratégiques, des objectifs poursuivis, des actions déployées et des résultats obtenus ;

2° Des informations relatives à la procédure d'autorisation préalable des investissements étrangers dans une activité en France, comprenant notamment des éléments détaillés relatifs au nombre de demandes d'autorisation préalables adressées au ministre chargé de l'économie, de refus d'autorisation, d'opérations autorisées, d'opérations autorisées assorties de conditions prévues au II du même article L. 151-3, ainsi que des éléments relatifs à l'exercice par le ministre du pouvoir de sanction prévu audit article L. 151-3, à l'exclusion des éléments permettant l'identification des personnes physiques ou morales concernées par la procédure d'autorisation préalable des investissements étrangers dans une activité en France.

II. – Les présidents des commissions chargées des affaires économiques et les rapporteurs généraux des commissions chargées des finances de chaque assemblée peuvent conjointement :

1° Entendre les ministres compétents, le commissaire à l'information stratégique et à la sécurité économiques et les directeurs des administrations centrales concernées, accompagnés des collaborateurs de leur choix, dans leurs champs de compétences respectifs. Ces échanges, qui ne sont pas rendus publics, peuvent porter sur des éléments permettant l'identification des personnes physiques ou morales faisant l'objet de la procédure d'autorisation préalable des investissements étrangers prévue par l'article L. 151-3 ;

2° Procéder à toutes investigations, sur pièces et sur place, de l'action du Gouvernement en matière de protection et de promotion des intérêts économiques, industriels et scientifiques de la Nation, ainsi qu'en matière de contrôle des investissements étrangers en France. Ces investigations ne peuvent porter sur des investissements susceptibles de faire l'objet de décisions du ministre chargé de l'économie. Tous les renseignements et documents administratifs qu'ils demandent dans le cadre de ces investigations, y compris tout rapport établi par les organismes et services chargés du contrôle de l'administration, doivent leur être fournis, sous réserve des renseignements et documents protégés par le secret de la défense nationale.

L'exercice des pouvoirs mentionnés aux 1° et 2° donne lieu à une communication publique de chaque président et de chaque rapporteur général devant sa commission, pouvant s'accompagner de la publication d'un rapport. Cette communication et, le cas échéant, ce rapport ne peuvent faire état d'aucune information ni d'aucun élément d'appréciation permettant l'identification des personnes physiques ou morales faisant l'objet de la procédure d'autorisation préalable prévue à l'article L. 151-3.

Dans le cadre de leurs travaux, les présidents et les rapporteurs généraux mentionnés au premier alinéa du présent II peuvent adresser conjointement des recommandations et des observations au Président de la République, au Premier ministre et aux ministres compétents. Ils les transmettent au Président du Sénat et au Président de l'Assemblée nationale.

Chaque président de commission et chaque rapporteur général mentionné au premier alinéa du présent II peut déléguer à un membre de sa commission les pouvoirs et responsabilités prévus au I et au présent II. Dans cette hypothèse, le président de la commission ou le rapporteur général demeure destinataire du rapport prévu au I.

CHAPITRE II. – OBLIGATIONS DE DÉCLARATION

Art. L. 152-1 *(Mod., L. fin. rect. n° 2006-1771, 30 déc. 2006 ; Ord. n° 2009-866, 15 juill. 2009 ; L. n° 2013-100, 28 janv. 2013 ; L. n° 2013-1117, 6 déc. 2013 ; L. n° 2016-731, 3 juin 2016).* – Les personnes physiques qui transfèrent vers un État membre de l'Union européenne ou en provenance d'un État membre de l'Union européenne des sommes, titres ou valeurs, y compris les valeurs mentionnées à l'article L. 561-13, les moyens de paiement décrits par la loi n° 2013-100 du 28 janv. 2013 portant diverses dispositions d'adaptation de la législation au droit de l'Union européenne en matière économique et financière, ou de l'or, sans l'intermédiaire d'un établissement de crédit, d'un établissement de monnaie électronique, d'un établissement de paiement ou d'un organisme ou service mentionné à l'article L. 518-1 doivent en faire la déclaration dans des conditions fixées par décret.

Une déclaration est établie pour chaque transfert à l'exclusion des transferts dont le montant est inférieur à 10 000 €.

L'obligation de déclaration n'est pas réputée exécutée si les informations fournies sont incorrectes ou incomplètes.

Sont également considérées comme non effectuées les déclarations portant sur des sommes supérieures à 50 000 € et qui ne sont pas accompagnées des documents dont la production permet de justifier de leur provenance.

Un décret fixe la liste des documents admis pour justifier de la provenance des fonds ainsi transférés. Il fixe également les modalités de transmissions dématérialisées de ces documents.

II. – Le I du présent article entre en vigueur à compter de la publication du décret pris pour son application et, au plus tard, un an après la promulgation de la présente loi.

1) Les personnes physiques qui transfèrent vers l'étranger ou en provenance de l'étranger des sommes d'un montant égal ou supérieur à 50 000 francs, sans l'intermédiaire d'un établissement de crédit agréé, doivent, en application de l'article 98 de la loi du 29 décembre 1989 (devenu l'article 464 du Code des douanes), en faire la déclaration dans des conditions fixées par décret ; la méconnaissance de cette obligation est sanctionnée, en matière douanière, non des peines prévues par l'article 459 du Code des douanes applicable au contentieux des relations financières avec l'étranger, mais de celles prévues par l'article 23-II de la loi du 12 juillet 1990 (devenu l'article 465 du Code des douanes). Les peines d'amende et de confiscation prévues par ce texte ne trouvant à s'appliquer, en vertu du principe de légalité des délits et des peines, qu'aux faits commis postérieurement à son entrée en vigueur, aucune sanction douanière ne saurait être appliquée à un défaut de déclaration commis le 4 mars 1990 (■ Cass. crim., 16 nov. 1995 : *Bull. crim.* n° 353).

2) Encourt la censure l'arrêt qui, pour déclarer un prévenu coupable de défaut de déclaration de transfert de capitaux à destination de l'étranger, ne rapporte pas la preuve que pour la période couverte par la prévention chaque transfert non déclaré l'a été par fraction d'un montant égal ou supérieur à 50 000 francs (7 622,45 €) prévu par l'article 464 du Code des douanes (■ Cass. crim., 26 nov. 1998 : *Bull. crim.* n° 320).

3) L'obligation de déclarer les transferts de capitaux en provenance ou à destination de l'étranger, instituée par l'article 464 du Code des douanes dans le but, notamment, de lutter contre le blanchiment d'argent, entre dans les prévisions de l'article 58, paragraphe 1.*b* du traité CE ; cette obligation et les pénalités dont l'article 465 du même code l'assortit ne sont pas contraires au principe communautaire de proportionnalité (■ Cass. crim., 29 mars 2000 : *Bull. crim.* n° 142).

4) L'obligation de déclarer des sommes, titres ou valeurs, transférées à destination ou en provenance de l'étranger, sans l'intermédiaire d'un établissement financier, à l'exclusion des transferts dont le montant est inférieur à 50 000 F (7 622,45 €), prévue par les articles 98-1 de la loi de finances pour 1990 et 23 de la loi du 12 juillet 1990, dont les dispositions ont été reprises par les articles 464 et 465 du Code des douanes, s'impose à toute personne physique résident ou non résident français, dès lors qu'un de ses objets est de prévenir le blanchiment des capitaux provenant du trafic de stupéfiant et que la mesure est compatible avec les exigences de la directive CE du 24 juin 1988 sur la libre circulation des capitaux (■ Cass. crim., 29 mars 2000 : *Bull. crim.* n° 145 ; *Dr. pén.* 2000, comm. 103, obs. J.-H. Robert).

5) Les dispositions des articles 464 et 465 du Code des douanes, qui frappent d'une amende douanière et de la confiscation de l'objet du délit le défaut de déclaration des transferts de capitaux à destination ou en provenance de l'étranger non effectués par un intermédiaire agréé, à l'exclusion de ceux dont le montant n'excède pas 50 000 F (7 622,45 €) sont conformes à l'article 4 de la directive 88-361-CEE du 24 juin 1988, qui reconnaît aux États membres le droit de prendre les mesures indispensables pour faire échec aux infractions à leurs lois et règlements.

Il n'appartient pas à la Cour de cassation d'apprécier la conformité des articles 464 et 465 du Code des douanes à un texte de valeur constitutionnelle, tel que l'article 8 de la Déclaration des droits de l'homme du 26 août 1789 (■ Cass. crim., 29 mars 2000 : *Bull. crim.* n° 146).

6) L'or n'étant plus une marchandise prohibée, l'exportation de lingots d'or sans déclaration n'entre pas dans les prévisions des articles 428-1 et 414 du Code des douanes mais peut être poursuivi pour le délit de défaut de déclaration de transfert de fonds à destination de l'étranger prévu par les articles 464 et 465 du Code des douanes, sauf au prévenu à rapporter la preuve que la valeur des lingots d'or était inférieure à 50 000 F (7 622,45 €) lors de chaque transfert (■ Cass. crim., 29 mars 2000 : *Bull. crim.* n° 145).

7) L'article 399 du Code des douanes, qui soumet les personnes physiques et morales ayant participé, comme intéressées à un délit douanier, aux mêmes peines que l'auteur dudit délit, est applicable lorsque ce délit est celui d'importation ou d'exportation de capitaux sans déclaration, prévu aux articles 464 et 465 du Code des douanes (■ Cass. crim., 26 sept. 2001 : *Bull. crim.* n° 191).

8) Méconnaît l'article L. 152-1 du Code monétaire et financier la cour d'appel qui condamne le prévenu, solidairement avec une société, à une amende représentant le quart du montant des transferts illégaux en prenant en considération le montant d'opérations de transfert qui sont distinctes de celles qui lui sont reprochées et dont il n'a pas été déclaré coupable (■ Cass. crim., 25 mars 2015, n° 14-84.422).

Art. L. 152-2. – **Les personnes physiques, les associations, les sociétés n'ayant pas la forme commerciale, domiciliées ou établies en France, sont soumises aux dispositions du deuxième alinéa de l'article 1649 A du Code général des impôts.**

ANNEXE 2

Art. L. 152-3 *(Mod., Ord. n° 2009-866, 15 juill. 2009 ; L. n° 2013-100, 28 janv. 2013).* – Les établissements de crédit, les établissements de monnaie électronique, les établissements de paiement ainsi que les organismes et services mentionnés à l'article L. 518-1 doivent communiquer aux administrations fiscales et douanières, sur leur demande, la date et le montant des sommes transférées à l'étranger par les personnes visées à l'article L. 152-2, l'identification de l'auteur du transfert et du bénéficiaire ainsi que les références des comptes concernés en France et à l'étranger. Ces dispositions s'appliquent également aux opérations effectuées pour le compte de ces personnes sur des comptes de non-résidents.

Les organismes mentionnés au premier alinéa sont tenus de conserver, dans les conditions prévues à l'article L. 102 B du livre des procédures fiscales, tout document, information, donnée ou traitement relatif aux opérations de transfert mentionnées aux alinéas précédents.

Un décret en Conseil d'État peut fixer, après avis de la commission nationale de l'informatique et des libertés, les règles particulières relatives à la conservation et à la communication des informations détenues par les organismes mentionnés au premier alinéa.

Art. L. 152-4 *(Rempl., L. n° 2004-204, 9 mars 2004 ; mod., Ord. n° 2005-1512, 7 déc. 2005 ; L. fin. rect. n° 2006-1771, 30 déc. 2006 ; L. n° 2010-1249, 22 oct. 2010 ; L. n° 2013-1117, 6 déc. 2013 ; L. n° 2016-731, 3 juin 2016).* – I. – La méconnaissance des obligations déclaratives énoncées à l'article L. 152-1 et dans le règlement (CE) n° 1889/2005 du Parlement européen et du Conseil, du 26 octobre 2005, relatif aux contrôles de l'argent liquide entrant ou sortant de la Communauté est punie d'une amende égale à 50 % de la somme sur laquelle a porté l'infraction ou la tentative d'infraction.

II. – En cas de constatation de l'infraction mentionnée au I par les agents des douanes, ceux-ci consignent la totalité de la somme sur laquelle a porté l'infraction ou la tentative d'infraction, pendant une durée de six mois, renouvelable sur autorisation du procureur de la République du lieu de la direction des douanes dont dépend le service chargé de la procédure, dans la limite de douze mois au total.

La somme consignée est saisie et sa confiscation peut être prononcée par la juridiction compétente si, pendant la durée de la consignation, il est établi que l'auteur de l'infraction mentionnée au I est ou a été en possession d'objets laissant présumer qu'il est ou a été l'auteur d'une ou plusieurs infractions prévues et réprimées par le Code des douanes ou qu'il participe ou a participé à la commission de telles infractions ou s'il y a des raisons plausibles de penser que l'auteur de l'infraction visée au I a commis une infraction ou plusieurs infractions prévues et réprimées par le Code des douanes ou qu'il a participé à la commission de telles infractions.

La décision de non-lieu ou de relaxe emporte de plein droit, aux frais du Trésor, mainlevée des mesures de consignation et saisie ordonnées. Il en est de même en cas d'extinction de l'action pour l'application des sanctions fiscales. Les agents des douanes procèdent à la retenue, pour les besoins de l'enquête, des documents se rapportant aux sommes consignées ou en prennent copie.

III. – La recherche, la constatation et la poursuite des infractions mentionnées au I sont effectuées dans les conditions fixées par le Code des douanes.

Dans le cas où l'amende prévue au I est infligée, la majoration de 40 % mentionnée au premier alinéa de l'article 1758 du Code général des impôts n'est pas appliquée.

1) Restitution. En cas de transfert de capitaux sans déclaration, l'article L. 152-4 du Code monétaire et financier, auquel renvoie l'article 465 du Code des douanes, n'exige pas que les sommes saisies soient restituées de plein droit à l'expiration de leur durée de consignation (■ Cass. crim., 25 juin 2014 : *Bull. crim.* n° 165).

2) Confiscation. Refus de renvoi d'une QPC, car la sanction fiscale de confiscation des fonds consignés et saisis par les agents des douanes n'est encourue qu'en cas de déclaration de culpabilité du chef de transfert de capitaux sans déclaration, dont les éléments constitutifs doivent être établis par l'autorité poursuivante. D'ailleurs, aux termes de l'article L. 152-4, II, alinéa 3, du Code monétaire et financier, une décision de non-lieu ou de relaxe emporte de plein droit mainlevée des mesures de consignation et de saisie. L'atteinte à la présomption d'innocence ne saurait résulter de ce que les juges, après avoir retenu la culpabilité du prévenu, ne peuvent prononcer la confiscation que si sont réunies certaines circonstances de fait, appréciées au cas par cas, dont il résulte une vraisemblance raisonnable de commission ou de participation à la commission d'une autre infraction douanière, laquelle peut être discutée par la défense (■ Cass. crim., 29 janv. 2020, n° 19-82.263).

Art. L. 152-5. – Les infractions aux dispositions de l'article L. 152-2 sont passibles d'une amende de 750 € par compte non déclaré.

QPC. Par décision n° 2017-692 QPC du 16 février 2018, le Conseil constitutionnel a décidé que l'article L. 152-5 du Code monétaire et financier, dans sa rédaction issue de l'ordonnance n° 2000-1223 du 14 décembre 2000 relative à la partie législative du Code monétaire et financier est conforme à la Constitution avant le 1er janvier 2009, mais que cet article est contraire à la Constitution à compter du 1er janvier 2009.

Art. L. 152-6 *(Mod., L. n° 2013-1117, 6 déc. 2013).* – Les organismes qui ne se conforment pas aux obligations prévues à l'article L. 152-3 sont passibles d'une amende égale à 50 % du montant des sommes non communiquées. Lorsque le contribuable apporte la preuve que le Trésor n'a subi aucun préjudice, le taux de l'amende est ramené à 5 % et son montant plafonné à 750 € en cas de première infraction.

L'infraction est constatée et l'amende recouvrée, garantie et contestée dans les conditions prévues pour les contraventions aux dispositions relatives au droit de communication des administrations fiscales et douanières mentionnées à l'article L. 152-3.

Infractions à la législation sur les relations financières avec l'étranger

Art. L. 165-1 *(Mod., L. fin. rect. n° 2011-1978, 28 déc. 2011).* – Les infractions aux obligations prévues aux articles L. 151-2 et L. 151-3 sont sanctionnées conformément à l'article 459 du Code des douanes. Sont également applicables les dispositions de l'article 451 du Code des douanes.

Code des douanes

Art. 451 *bis* *(L. n° 2001-1275, 28 déc. 2001).* – Pour l'application du présent code, sont assimilées à des relations financières avec l'étranger toutes les opérations financières effectuées en France par ou pour le compte des personnes physiques et morales visées par les règlements communautaires pris en application *(Mots rempl., L. fin. rect. n° 2011-1978, 28 déc. 2011)* « de l'article 215 du traité sur le fonctionnement de l'Union européenne » ou par les traités et accords internationaux régulièrement approuvés et ratifiés.

Art. 459 *(Mod., L. n° 2011-267, 14 mars 2011 ; L. n° 2011-525, 17 mai 2011).* – 1 *(1 mod., L. n° 2008-776, 4 août 2008 ; L. n° 2011-267, 14 mars 2011 ; L. n° 2011-525, 17 mai 2011 ; Ord. n° 2020-1342, 4 nov. 2020).* Quiconque aura contrevenu ou tenté de contrevenir à la législation et à la réglementation des relations financières avec l'étranger soit en ne respectant pas les obligations de déclaration ou de rapatriement, soit en n'observant pas les procédures prescrites ou les formalités exigées, soit en ne se munissant pas des autorisations requises ou en ne satisfaisant pas aux conditions dont ces autorisations sont assorties sera puni d'une peine d'emprisonnement de un an à cinq ans, de la confiscation du corps du délit, de la confiscation des moyens de transport utilisés pour la fraude, de la confiscation des biens et avoirs qui sont le produit direct ou indirect de l'infraction et d'une amende égale au minimum au montant et au maximum au double de la somme sur laquelle a porté l'infraction ou la tentative d'infraction.

1 *bis*. Est puni des mêmes peines le fait, pour toute personne, de contrevenir ou de tenter de contrevenir aux mesures de restriction des relations économiques et financières prévues par la réglementation communautaire prise en application des articles 75 ou 215 du traité sur le fonctionnement de l'Union européenne ou par les traités et accords internationaux régulièrement approuvés et ratifiés par la France.

1 *ter (1 ter rempl., L. n° 2009-526, 12 mai 2009).* Les personnes morales déclarées responsables pénalement, dans les conditions prévues par l'article 121-2 du Code pénal, des infractions définies aux 1 et 1 *bis* du présent article encourent, outre l'amende suivant les modalités prévues par l'article 131-38 du Code pénal, les peines prévues par l'article 131-39 du même code.

2. Lorsque, pour une cause quelconque, les objets passibles de confiscation n'ont pu être saisis ou ne sont pas représentés par le délinquant ou lorsque le ministre du budget ou son représentant en fait la demande, le tribunal

doit, pour tenir lieu de la confiscation, prononcer une condamnation au paiement d'une somme égale à la valeur de ces objets.

3. Sera punie d'un emprisonnement d'un an à cinq ans et d'une amende de 225 000 € toute personne qui aura incité par écrit, propagande ou publicité à commettre une des infractions visées au 1 ci-dessus, que cette incitation ait été ou non suivie d'effet.

4. Les personnes condamnées pour infractions à la législation et à la réglementation relative aux relations financières avec l'étranger sont, en outre, déclarées incapables d'exercer les fonctions d'agents de change, d'être électeurs ou élus aux chambres de commerce, tribunaux de commerce et conseils de prud'hommes, tant et aussi longtemps qu'elles n'auront pas été relevées de cette incapacité.

5. Les tribunaux ordonneront, en outre, que leurs décisions portant condamnation seront, aux frais des personnes condamnées, insérées en entier ou par extraits dans les journaux qu'ils désigneront.

....

Art. 464 ***(Rempl. à compter du 15 juin 2007, D. n° 2007-471, 28 mars 2007 ; rempl., D. n° 2011-1694, 29 nov. 2011 ; D. n° 2021-722, 4 juin 2021).*** **– Les transports par porteur et les envois sans l'intervention d'un porteur d'argent liquide, au sens du règlement (UE) n° 2018/1672 du Parlement européen et du Conseil du 23 octobre 2018 relatif aux contrôles de l'argent liquide entrant dans l'Union ou sortant de l'Union et abrogeant le règlement (CE) n° 1889/2005, à destination ou en provenance d'un État membre de l'Union européenne, font l'objet d'une déclaration auprès de l'administration des douanes dans les conditions prévues aux articles L. 152-1 à L. 152-1-2 du Code monétaire et financier.**

1) En l'absence de modification de la loi pénale et dès lors que le principe de non-rétroactivité ne s'applique pas à une simple interprétation jurisprudentielle, un demandeur ne saurait se prévaloir des dispositions plus favorables d'un arrêt de la Cour de cassation, au demeurant frappé d'opposition et rétracté par la suite, pour contester l'application à son encontre, nonobstant sa qualité de non-résident français, de l'obligation déclarative prévue par l'article 464 du Code des douanes (▪ Cass. crim., 30 janv. 2002 : *Bull. crim.* n° 16 ; *Dr. pén.* 2002, comm. 45, obs. J.-H. Robert).

2) L'article 464 du Code des douanes, qui fait obligation aux personnes physiques de déclarer les sommes, titres ou valeurs qu'elles transfèrent vers l'étranger ou en provenance de l'étranger, est applicable même lorsque lesdites sommes, provenant d'un pays étranger et destinées à être transférées vers un autre pays étranger, n'ont fait que transiter par le territoire français (▪ Cass. crim., 19 févr. 2003 : *Bull. crim.* n° 44 ; *Dr. pén.* 2003, comm. 59, obs. J.-H. Robert).

3) Le chèque étant une valeur, son transfert à l'étranger entre dans les prévisions de l'article 464 du Code de douanes et doit donc être déclaré (▪ Cass. crim., 6 avr. 2005 : *Dr. pén.* 2005, comm. 110, obs. J.-H. Robert).

Un chèque barré, même s'il porte l'identification du bénéficiaire, est une valeur dont la déclaration est obligatoire lors de son introduction en France (▪ Cass. crim., 19 juin 2013, n° 12-81.811 : *Dr. pén.* 2013, comm. 154, obs. J.-H. Robert).

Art. 465 ***(Rempl. à compter du 15 juin 2007, D. n° 2007-471, 28 mars 2007 ; D. n° 2011-1694, 29 nov. 2011 ; D. n° 2021-722, 4 juin 2021).*** **– I. – La méconnaissance des obligations déclaratives énoncées aux articles L. 152-1 à L. 152-1-2 et dans le règlement (UE) n° 2018/1672 du Parlement européen et du Conseil du 23 octobre 2018 relatif aux contrôles de l'argent liquide entrant dans l'Union ou sortant de l'Union et abrogeant le règlement (CE) n° 1889/2005, est recherchée, constatée et réprimée dans les conditions prévues à l'article L. 152-4 du Code monétaire et financier.**

II. – Les agents des douanes peuvent retenir temporairement l'argent liquide transporté par porteur ou faisant l'objet d'un envoi sans l'intervention d'un porteur, à destination ou en provenance de l'étranger, dans les conditions prévues au II de l'article L. 152-4 du Code monétaire et financier.

La décision de retenue temporaire peut faire l'objet d'un recours dans les conditions prévues à l'article L. 152-5 du Code monétaire et financier.

1) QPC. Non-lieu à renvoi au Conseil constitutionnel de la question prioritaire de constitutionnalité visant l'article 465 du Code des douanes, car, d'une part, les dispositions contestées, issues de l'article 1er du décret n° 93-995 du 4 août 1993, ensuite modifiées par l'article 2 du décret n° 2004-759 du 27 juillet 2004, ne sont pas des dispositions législatives au sens de l'article 61-1 de la Constitution ; d'autre part, elles se bornent à tirer les conséquences nécessaires des dispositions inconditionnelles et précises du Règlement (CE) n° 1889/2005 du Parlement européen et du Conseil du 26 octobre 2005 relatif aux contrôles de l'argent liquide entrant ou sortant de la Communauté, qui ne mettent en cause aucune règle, ni aucun principe inhérent à l'identité constitutionnelle de la France (▪ Cass. crim., 22 févr. 2012, n° 11-90.122 QPC : *Bull. crim.* n° 54 ; *Dr. pén.* 2012, comm. 57, obs. J.-H. Robert).

2) Validité et comptabilité. L'entrée en vigueur des articles L. 151-1 à L. 152-6 du Code monétaire et financier n'a pas abrogé les articles 464 à 466 du Code des douanes (▪ Cass. crim., 3 juin 2004 : *JurisData* n° 2004-024826).

3) Les sanctions prévues par l'article 465 du Code des douanes, qui ont été instituées notamment en vue de la lutte contre le blanchiment de capitaux, laquelle figure parmi les objectifs de la Communauté européenne, sont conformes au principe communautaire de proportionnalité et non contraires aux dispositions de la Convention européenne de sauvegarde des droits de l'homme (▪ Cass. crim., 30 janv. 2002 : *Bull. crim.* n° 16 ; *Dr. pén.* 2002, comm. 45, obs. J.-H. Robert).

– Mais voir *infra*, V° *Conv. EDH*.

4) Ces sanctions ne méconnaissent, en outre, ni l'article 1er du premier protocole additionnel à la CEDH, ni l'article 132-24 du Code pénal relatif à la personnalisation des peines (▪ Cass. crim., 6 avr. 2005 : *JurisData* n° 2005-028523).

5) La cour d'appel qui, pour l'infraction de l'article 465 du Code des douanes, condamne à une amende de 765 000 € et ordonne la confiscation de la somme de 32 850 000 pesetas espagnoles (soit environ 197 432 €) ne méconnaît pas le principe supra-législatif de proportionnalité des pénalités à la gravité des faits (▪ Cass. crim., 3 juin 2004 : *JurisData* n° 2004-024826).

6) L'article 465-II, alinéa 2, du Code des douanes, permettant aux juges qui ont caractérisé le délit de transfert de capitaux sans déclaration de prononcer la confiscation de la somme saisie si certaines circonstances de fait sont réunies, n'est pas contraire aux dispositions des articles 6, § 2, et 7 de la Convention européenne des droits de l'homme (▪ Cass. crim., 11 janv. 2006 : *Bull. crim.* n° 14).

7) Conditions au prononcé de la confiscation (D. du 27 juillet 2004). Il résulte de l'article 465-II, alinéa 2, du Code des douanes, que la confiscation encourue en cas de transfert sans déclaration de capitaux ne peut être prononcée que s'il est établi que l'auteur de l'infraction est ou a été en possession d'objets laissant présumer sa participation passée ou actuelle à la commission d'une infraction au Code des douanes ou s'il y a des raisons plausibles de penser qu'il a commis ou participé à la commission d'une telle infraction ; ne justifie pas sa décision la cour d'appel qui, pour confisquer la somme saisie, se borne à relever que cette somme, d'un montant important, avait été soigneusement cachée dans trente paquets enveloppés de scotch marron et que ladite somme, dont l'origine n'est pas justifiée, était acheminée suivant un axe nord-sud et donc, dans la logique d'un trafic, aux fins de financer un éventuel achat de stupéfiants (▪ Cass. crim., 11 janv. 2006 : *Bull. crim.* n° 15. ▪ Cass. crim., 10 mai 2007 : *Dr. pén.* 2007, comm. 117, obs. J.-H. Robert).

8) Pour prononcer, outre une amende douanière du chef de transfert de capitaux sans déclaration (la poursuite pour infraction à la législation sur les stupéfiants ayant été clôturée par un non-lieu), la confiscation des sommes saisies, les juges du second degré énoncent que le prévenu n'a produit aucune justification de l'origine régulière de ces sommes dont le montant était sans proportion avec ses revenus déclarés, qu'il a été mis en cause en Belgique dans plusieurs affaires de stupéfiants, qu'il était en relation avec diverses personnes elles-mêmes impliquées dans ce type de trafic et que le chien dressé pour la recherche de tels produits a marqué un arrêt devant les billets de banque, lors de leur découverte ; ils en déduisent qu'il existe des raisons plausibles de penser que le manquement à l'obligation déclarative relevé peut avoir un lien avec une détention irrégulière de produits stupéfiants réputés importés en contrebande, justifiant ainsi leur décision (▪ Cass. crim., 1er déc. 2010 : *Dr. pén.* 2011, comm. 49, obs. J.-H. Robert).

9) En cas de transfert de capitaux sans déclaration, l'article L. 152-4 du Code monétaire et financier, auquel renvoie l'article 465 du Code des douanes, n'exige pas que les sommes saisies soient restituées de plein droit à l'expiration de leur durée de consignation.

– Il résulte de l'article 465 II, alinéa 2, du Code des douanes que la confiscation encourue en cas de transfert sans déclaration de capitaux ne peut être prononcée que si, pendant la durée de la consignation, il est établi que l'auteur de l'infraction est ou a été en possession d'objets laissant présumer sa participation passée ou actuelle à la commission d'une infraction au Code des douanes ou s'il y a des raisons plausibles de penser qu'il a commis ou participé à la commission d'une telle infraction.

Justifie sa décision l'arrêt qui, pour rejeter la requête en restitution de la somme saisie formée par le prévenu, déclaré coupable de transfert de capitaux sans déclaration, et en prononcer la confiscation, relève qu'il a été constaté, dès le contrôle et la rétention douanière, que la somme d'argent que celui-ci transportait comportait des coupures imprégnées d'héroïne et de cocaïne et en déduit qu'il existe à son encontre des raisons plausibles de penser qu'il a participé, comme auteur ou complice, au délit douanier de contrebande de marchandises prohibées (▪ Cass. crim., 25 juin 2014 : *Bull. crim.* n° 165).

10) Convention EDH. Dans l'affaire ayant donné lieu à l'arrêt de la chambre criminelle du 30 janvier 2002 (préc.), antérieure à la modification des articles 464 et 465 du Code des douanes par la loi du 9 mars 2004 puis celle du 28 mars 2007, la Cour EDH a retenu qu'il y avait eu violation de l'article premier du Protocole additionnel n° 1 de la Convention européenne, et que la sanction imposée au requérant, cumulant la confiscation et l'amende, était disproportionnée au regard du manquement commis (en l'espèce un défaut de déclaration en douane d'une importante somme d'argent par lui détenue à la frontière franco-andorrane) et que le juste équilibre entre les exigences de l'intérêt général et la protection des droits fondamentaux de l'individu n'a pas été respecté, un manquement éventuel afférent à un délit tel que le blanchiment d'argent ou la fraude fiscale n'ayant pas été constaté (▪ CEDH, 26 févr. 2009, n° 28336/02 : *Bull. inf. C. cass.*, 1er avr. 2009, p. 6 ; *JCP* 2009, II, 10075, note J. Pannier).

11) Procédure. L'article 60 du Code des douanes, qui permet aux agents des douanes de procéder à la visite des marchandises, des moyens de transport et de personnes, est applicable à l'infraction de transfert sans déclaration de capitaux, prévue à l'article 465 du Code des douanes (▪ Cass. crim., 22 févr. 2006 : *Bull. crim.* n° 53).

12) Encourt la censure l'arrêt qui déclare coupable des faits reprochés un prévenu poursuivi, à la seule initiative du ministère public, du chef de transfert de capitaux sans déclaration, cette infraction n'étant passible que des sanctions fiscales prévues à l'article 465 du Code des douanes (▪ Cass. crim., 27 févr. 2002 : *Bull. crim.* n° 50. V. sous art. 343 du Code des douanes).

13) L'exercice de poursuites pour la violation de l'obligation déclarative prévue et réprimée par les articles 464 et 465 du Code des douanes n'est pas subordonné au dépôt d'une plainte préalable du ministre de l'Économie et des Finances (▪ Cass. crim., 11 déc. 2013, n° 13-83.925 : *Bull. crim.* n° 253).

14) L'exercice de poursuites pour violation de l'obligation déclarative prévue et réprimée par les articles 464 et 465 du Code des douanes et pour le délit de blanchiment prévu à l'article 415 du même code n'est pas subordonné au dépôt d'une plainte préalable du ministre de l'Économie et des Finances (▪ Cass. crim., 25 mars 2015, n° 13-84.422 ; *Dr. pén.* 2015, comm. 89, obs. J.-H. Robert).

Code monétaire et financier

Art. R. 151-1 ***(Mod., D. n° 2005-1739, 30 déc. 2005 ; D. n° 2014-488, 15 mai 2014 ; D. n° 2017-732, 10 mai 2017 ; abr. et renum., D. n° 2019-1590, 31 déc. 2019).***

Chapitre II. – Obligations de déclaration

Section 1. – Déclarations statistiques en vue de l'établissement de la balance des paiements et de la position extérieure de la France

Art. R. 152-1 ***(Mod., D. n° 2013-383, 6 mai 2013 ; D. n° 2014-1315, 3 nov. 2014).*** **– I. – Les établissements de crédit, les sociétés de financement, les établissements de monnaie électronique, les établissements de paiement, les entreprises d'investissement,** ***(Mots aj. à compter du 3 janvier 2018, D. n° 2017-1253, 9 août 2017)*** **« les sociétés de gestion de portefeuille, » les organismes de placement collectif et les institutions et services mentionnés à l'article L. 518-1 sont tenus d'établir les déclarations statistiques mensuelles relatives aux règlements entre résidents et non-résidents, effectués en France et qui dépassent 12 500 euros, sur la base des éléments que leur communiquent les résidents auteurs ou bénéficiaires de ces règlements.**

II. – Les entreprises ou groupes d'entreprises dont le montant des opérations avec l'étranger, quelles que soient leur nature ou leurs modalités, excède au cours d'une année civile, pour au moins une rubrique de services ou de revenus de la balance des paiements, un montant fixé par arrêté du ministre chargé de l'économie doivent déclarer chaque mois directement à la Banque de France l'ensemble de leurs opérations réalisées avec l'étranger ou en France avec des non-résidents. La liste des rubriques de services et de revenus de la balance des paiements mentionnées ci-dessus est fixée par cet arrêté.

III. – Les résidents qui réalisent directement des opérations à l'étranger, notamment à partir de comptes ouverts à l'étranger, ou par compensation de créances et de dettes, doivent déclarer chaque mois directement à la Banque de France les opérations de cette nature lorsque leur montant total dépasse un seuil fixé par arrêté du ministre chargé de l'économie.

Art. R. 152-2. – Les résidents déclarent à la Banque de France les éléments statistiques nécessaires à la connaissance de la position extérieure de la France, lorsque l'encours de leurs biens et créances à l'étranger ou de leurs dettes envers l'étranger excède un montant fixé par arrêté du ministre chargé de l'économie.

Art. R. 152-3. – Doivent faire l'objet auprès de la Banque de France d'informations complémentaires à des fins statistiques, dans des conditions et délais fixés par arrêté du ministre chargé de l'économie, lorsque leur montant dépasse 15 millions d'euros :

1° Les investissements directs étrangers en France et leur liquidation tels que définis au 4° de l'article R. 151-1 et leur liquidation ;

2° L'acquisition ou la cession d'entreprises non résidentes par des résidents ;

3° L'acquisition ou la cession de biens immobiliers à l'étranger par des résidents et en France par des non-résidents.

Art. R. 152-4 *(Abr., D. n° 2017-732, 10 mai 2017).*

Section 2. – Investissements étrangers

(Sect. abr., D. n° 2017-732, 10 mai 2017)

Section 4. – Définitions

Art. R. 152-11 *(Créé, D. n° 2019-1590, 31 déc. 2019).* **– Pour l'application du présent titre :**

1° Le territoire dénommé « France » s'entend : de la France métropolitaine, de la Guadeloupe, de la Guyane, de la Martinique, de la Réunion, de Mayotte, de Saint-Barthélemy, de Saint-Martin, de Saint-Pierre-et-Miquelon et des îles Wallis-et-Futuna ainsi que la Principauté de Monaco. Toutefois, pour les besoins statistiques liés à l'établissement de la balance des paiements, les îles Wallis-et-Futuna sont considérées comme l'étranger ;

2° Sont considérés comme résidents : les personnes physiques ayant leur principal centre d'intérêt en France, les fonctionnaires et autres agents publics français en poste à l'étranger dès leur prise de fonctions, ainsi que les personnes morales françaises ou étrangères pour leurs établissements en France ;

3° Sont considérés comme non-résidents : les personnes physiques ayant leur principal centre d'intérêt à l'étranger, les fonctionnaires et autres agents publics étrangers en poste en France dès leur prise de fonctions, et les personnes morales françaises ou étrangères pour leurs établissements à l'étranger ;

4° Pour les besoins statistiques mentionnés aux articles R. 152-1, R. 152-2 et R. 152-3, sont considérées comme des investissements directs étrangers en France ou français à l'étranger les opérations par lesquelles des non-résidents ou des résidents acquièrent au moins 10 % du capital ou des droits de vote, ou franchissent le seuil de 10 %, d'une entreprise résidente ou non résidente respectivement. Relèvent aussi de la définition statistique des investissements directs toutes les opérations entre entreprises apparentées, de quelque nature qu'elles soient, telles que prêts, emprunts ou dépôts, ainsi que les investissements immobiliers.

CHÈQUE ET CARTE DE PAIEMENT

Voir : art. 131-19 s., p. 203 (interdiction d'émettre des chèques ou d'utiliser des cartes de paiement).

Bibliographie : M. Cabrillac et D. Dechenaud, *Chèque : JCl. Lois pénales spéciales* • B. Bouloc, *Droit pénal du chèque : RSC* 1992, 613. • Y. Chaput, *La loi n° 91-1382 du 30 décembre 1991 relative à la sécurité des chèques et des cartes de paiement : D.* 1992, chron. 101. • E. Madranges, *La loi du 30 décembre 1991 relative à la sécurité des chèques et des cartes de crédit : Gaz. Pal.* 1er-2 avr. 1992, p. 2. • D. Martin, *La carte de paiement et la loi (ou la puce maltraitée) : D.* 1992, chron. 277. • B. Nicod, *La fin des chèques sans provision : Gaz. Pal.* 14-15 oct. 1992, doctr. 2. • M. Véron, *Le dispositif légal relatif à l'émission des chèques sans provision depuis la loi du 30 décembre 1991 : Dr. pén.* 1992, chron. n° 17.

Code monétaire et financier
(Ord. n° 2000-1223, 14 déc. 2000)

Art. L. 163-1. – Est puni d'une amende de 6 000 € le fait, pour le tiré, de refuser le paiement d'un chèque hors les cas mentionnés au deuxième alinéa de l'article L. 131-35, au motif que le tireur y a fait opposition.

Justifie sa décision la cour d'appel qui, pour déclarer le gérant d'une société, coupable de défense au tiré de payer un chèque émis sur son compte personnel et remis, à titre de cautionnement de la société, à un créancier de celle-ci, relève que tant la dénonciation du vol imaginaire du chèque que l'opposition subséquente, formalisées quelques jours avant la déclaration de cessation des paiements de la société, ont constitué une manoeuvre du prévenu pour éluder ses engagements avec l'intention de porter atteinte aux droits du bénéficiaire du chèque (■ Cass. crim., 4 janv. 1996 : *Bull. crim.* n° 3).

Art. L. 163-2. – Est puni d'un emprisonnement de cinq ans et d'une amende de 375 000 €, le fait pour toute personne d'effectuer après l'émission d'un chèque, dans l'intention de porter atteinte aux droits d'autrui, le retrait de tout ou partie de la provision, par transfert, virement ou quelque moyen que ce soit, ou de faire dans les mêmes conditions défense au tiré de payer.

Est puni des mêmes peines le fait, pour toute personne, d'accepter de recevoir ou d'endosser en connaissance de cause un chèque émis dans les conditions définies à l'alinéa précédent.

Est puni des mêmes peines le fait, pour toute personne, d'émettre un ou plusieurs chèques au mépris de l'injonction qui lui a été adressée en application de l'article L. 131-73.

Est puni des mêmes peines le fait, pour un mandataire, d'émettre, en connaissance de cause, un ou plusieurs chèques dont l'émission était interdite à son mandant en application de l'article L. 131-73.

Pour la recherche, la poursuite, l'instruction et le jugement des infractions mentionnées aux alinéas précédents, le tribunal du lieu où le chèque est payable est compétent, sans préjudice de l'application des articles 43, 52 et 382 du Code de procédure pénale.

Encourt la cassation l'arrêt qui relaxe le prévenu, poursuivi pour avoir fait défense au tiré de payer deux chèques qu'il avait émis, au motif qu'il n'était pas établi qu'il ait eu l'intention de porter atteinte aux droits du bénéficiaire, alors que les juges ont constaté l'inexactitude du motif de l'opposition et qu'ils ont relevé que les conventions intervenues entre les parties ne permettaient pas de déterminer si ces chèques avaient été émis en garantie d'engagements ou comme moyen de paiement d'une créance (■ Cass. crim., 27 sept. 2006 : *JurisData* n° 2006-035560 ; *Dr. pén.* 2007, comm. 38, obs. J.-H. Robert).

Art. L. 163-3 ***(Mod., L. n° 2007-1544, 29 oct. 2007 ; Ord. n° 2009-866, 15 juill. 2009 ; mod. à compter du 1er juin 2019, L. n° 2019-222, 23 mars 2019).*** **– Est puni d'un emprisonnement de cinq ans et d'une amende de 375 000 euros le fait pour toute personne :**

1. De contrefaire ou de falsifier un chèque ou un autre instrument mentionné à l'article L. 133-4 ;

2. De faire ou de tenter de faire usage, en connaissance de cause, d'un chèque ou un autre instrument mentionné à l'article L. 133-4 contrefaisant ou falsifié ;

3. D'accepter, en connaissance de cause, de recevoir un paiement au moyen d'un chèque ou d'un autre instrument mentionné à l'article L. 133-4 contrefaisant ou falsifié.

1) QPC. Non-lieu à renvoi au Conseil constitutionnel de la QPC visant l'article L. 163-3 (■ Cass. crim., 7 janv. 2014, n° 13-82.514).

2) Jugé que l'immunité familiale expressément prévue pour le délit d'escroquerie (art. 313-3 du Code pénal) ne peut être étendue au délit de falsification de chèque ou usage, la loi pénale étant d'interprétation stricte (■ Paris, 10 janv. 2002 : *Dr. pén.* 2002, comm. 81, obs. M. Véron ; V. article 111-4 du Code pénal).

3) L'existence d'un préjudice n'est pas un élément constitutif du délit de contrefaçon ou falsification de chèque, prévu et réprimé par l'article L. 163-3 du Code monétaire et financier ; ainsi, a méconnu le sens et la portée de ce texte la cour d'appel qui relaxe un prévenu au motif que l'existence d'un quelconque préjudice n'est ni démontré ni même allégué par la partie civile (■ Cass. crim., 8 janv. 2003 : *Bull. crim.* n° 4 ; *Dr. pén.* 2003, comm. 48, obs. J.-H. Robert ; J. Djoudi : *D.* 2003, jur. p. 2037).

Art. L. 163-4 *(Anc. art. L. 163-4-1, dénum. et mod. à compter du 1er nov. 2009, Ord. n° 2009-866, 15 juill. 2009).* **– Est puni de sept ans d'emprisonnement et de 750 000 € d'amende le fait, pour toute personne, de fabriquer, d'acquérir, de détenir, de céder, d'offrir ou de mettre à disposition des équipements, instruments, programmes informatiques ou toutes données conçus ou spécialement adaptés pour commettre les infractions prévues au 1° de l'article L. 163-3.**

Action civile. L'utilisation frauduleuse de la carte bancaire d'un tiers porte préjudice non seulement à ce dernier mais encore à l'établissement bancaire, détenteur et possesseur des sommes détournées (■ Cass. crim., 14 nov. 2007 : *Bull. crim.* n° 278 ; *D.* 2008, p. 759, note J. Lasserre Capdeville).

Art. L. 163-4-1 *(Anc. art. L. 163-4-2, dénum. et mod. à compter du 1er nov. 2009, Ord. n° 2009-866, 15 juill. 2009).* **– La tentative des délits prévus au 1° de l'article L. 163-3 et à l'article L. 163-4 est punie des mêmes peines.**

Art. L. 163-4-2 *(L. n° 2011-267, 14 mars 2011).* **– Les peines encourues sont portées à dix ans d'emprisonnement et un million d'euros d'amende lorsque les infractions prévues aux articles L. 163-3, L. 163-4 et L. 163-4-1 sont commises en bande organisée.**

Art. L. 163-5 *(Rempl., L. n° 2001-1062, 15 nov. 2001 ; mod. à compter du 1er nov. 2009, Ord. n° 2009-866, 15 juill. 2009).* **– La confiscation, aux fins de destruction, des chèques et autres instruments mentionnés à l'article L. 133-4 contrefaits ou falsifiés est obligatoire dans les cas prévus aux articles L. 163-3 à L. 163-4-1. Est également obligatoire la confiscation des matières, machines, appareils, instruments, programmes informatiques ou de toutes données qui ont servi ou étaient destinés à servir à la fabrication desdits instruments, sauf lorsqu'ils ont été utilisés à l'insu du propriétaire.**

Art. L. 163-6 *(L. n° 2001-1062, 15 nov. 2001).* **– Dans tous les cas prévus aux articles L. 163-2 à L. 163-4-1 et L. 163-7, le tribunal peut prononcer l'interdiction des droits civiques, civils et de famille prévue par l'article 131-26 du Code pénal ainsi que l'interdiction, pour une durée de cinq ans au plus, d'exercer une activité professionnelle ou sociale, en application des dispositions des articles 131-27 et 131-28 du Code pénal.**

Dans les mêmes cas, il peut interdire au condamné, pour une durée de cinq ans, d'émettre des chèques autres que ceux qui permettent exclusivement le retrait de fonds par le tireur auprès du tiré ou ceux qui sont certifiés. Cette interdiction peut être déclarée exécutoire par provision. Elle est assortie d'une injonction adressée au condamné d'avoir à restituer aux banquiers qui les avaient délivrées les formules en sa possession et en celle de ses mandataires. Le tribunal peut ordonner, aux frais du condamné, la publication par extraits de la décision portant interdiction dans les journaux qu'il désigne et selon les modalités qu'il fixe.

En conséquence de l'interdiction, tout banquier informé de celle-ci par la Banque de France doit s'abstenir de délivrer au condamné et à ses mandataires des formules de chèques autres que celles mentionnées à l'alinéa précédent.

QPC. Non-lieu à renvoi au Conseil constitutionnel de la QPC visant l'article L. 163-6, alinéa 1 (■ Cass. crim., 12 juin 2014, n° 13-87.819).

Art. L. 163-7. – Est puni d'un emprisonnement de cinq ans et d'une amende de 375 000 € le fait, pour toute personne, d'émettre un ou plusieurs chèques en violation de l'interdiction prononcée en application de l'article L. 163-6.

Est puni des mêmes peines le fait, pour un mandataire, d'émettre, en connaissance de cause, un ou plusieurs chèques dont l'émission était interdite à son mandant en application de l'article L. 163-6.

Pour la recherche, la poursuite, l'instruction et le jugement des infractions mentionnées aux alinéas précédents, le tribunal du lieu où le chèque est payable est compétent, sans préjudice de l'application des articles 43, 52 et 382 du Code de procédure pénale.

Art. L. 163-8. – Tous les faits punis par les articles L. 163-2, L. 163-3 pour ce qui concerne les dispositions en matière de chèque et L. 163-7 sont considérés, pour l'application des dispositions concernant la récidive, comme constituant une même infraction.

Art. L. 163-9. – À l'occasion des poursuites pénales exercées contre le tireur, le porteur qui s'est constitué partie civile est recevable à demander devant les juges de la juridiction pénale une somme égale au montant du chèque, sans préjudice, le cas échéant, de tous dommages-intérêts. Il peut, néanmoins, s'il le préfère, agir en paiement de sa créance devant la juridiction civile ou commerciale.

En l'absence de constitution de partie civile et si la preuve du paiement du chèque ne résulte pas des éléments de la procédure, les juges de la juridiction pénale peuvent, même d'office, condamner le tireur à payer au bénéficiaire, outre les frais d'exécution de la décision, une somme égale au montant du chèque, majorée, le cas échéant, des intérêts à partir du jour de la présentation conformément à l'article L. 131-52 et des frais résultant du non-paiement, lorsque le chèque n'a pas été endossé si ce n'est aux fins de recouvrement et qu'il figure en original au dossier de la procédure. Lorsqu'il est fait application des dispositions du présent alinéa, le bénéficiaire peut se faire délivrer une expédition de la décision en forme exécutoire dans les mêmes conditions qu'une partie civile régulièrement constituée.

1) Le bénéficiaire d'un chèque sans provision émis en violation d'une interdiction bancaire est recevable à se constituer partie civile contre l'auteur de l'infraction sur le fondement de l'article 71 (■ Cass. crim., 29 nov. 1993 : *Bull. crim.* n° 361).

2) L'action en paiement d'une somme égale au montant du chèque prévue par l'article 71 du décret-loi du 30 octobre 1935 n'est ouverte que contre le débiteur personnel de l'obligation que ledit chèque prétendait éteindre (■ Cass. crim., 6 avr. 1992 : *Bull. crim.* n° 142).

3) Il résulte des articles L. 163-9 du Code monétaire et financier, 2 et 3 du Code de procédure pénale qu'à l'occasion de la procédure pénale diligentée du chef de retrait de la provision d'un chèque avec l'intention de porter atteinte aux droits d'autrui, l'action civile en remboursement de la créance que la remise du chèque était destinée à éteindre ne peut être dirigée que contre le débiteur lui-même (■ Cass. crim., 22 sept. 2015, n° 14-83.787 : *Dr. pén.* 2015, comm. 141, obs. J.-H. Robert).

Art. L. 163-10. – Est puni d'une amende de 12 000 € le fait, pour le tiré :

1. D'indiquer une provision inférieure à la provision existante et disponible ;
2. De rejeter un chèque pour insuffisance ou indisponibilité de la provision sans indiquer, lorsque tel est le cas, que le chèque a été émis au mépris d'une injonction adressée en application de l'article L. 131-73 ou en violation d'une interdiction prononcée en application de l'article L. 163-6 ;
3. De ne pas déclarer, dans les conditions prévues par décret en Conseil d'État, les incidents de paiement ainsi que les infractions prévues par le troisième alinéa de l'article L. 163-2 et les premier et deuxième alinéas de l'article L. 163-7 ;
4. De contrevenir aux dispositions des articles L. 131-72, L. 131-73 et au troisième alinéa de l'article L. 163-6.

Art. L. 163-10-1 *(Mod., L. n° 2009-526, 12 mai 2009 ; Ord. n° 2009-866, 15 juill. 2009).* – Les personnes morales déclarées responsables pénalement, dans les conditions prévues par l'article 121-2 du Code pénal, des infractions définies aux articles L. 163-2 à L. 163-4, L. 163-7 et L. 163-10 encourent, outre l'amende suivant les modalités prévues par l'article 131-38 du Code pénal, les peines prévues par l'article 131-39 du même code.

L'interdiction mentionnée au 2° de l'article 131-39 du Code pénal porte sur l'activité dans l'exercice ou à l'occasion de l'exercice de laquelle l'infraction a été commise.

Art. L. 163-11 *(Ord. n° 2009-866, 15 juill. 2009 ; L. n° 2010-737, 1er juill. 2010).* – Est puni des peines prévues par l'article 226-21 du Code pénal le fait, pour toute personne :

1. D'utiliser, à d'autres fins que celles poursuivies par les articles L. 131-1 à L. 131-87 relatifs aux chèques et par les articles L. 133-1 à L. 133-28 lorsqu'ils s'appliquent à la carte de paiement, les informations centralisées par la Banque de France en application du premier alinéa de l'article L. 131-85 ;
2. D'assurer, au lieu et place de la Banque de France, la centralisation des informations prévues par le premier alinéa de l'article L. 131-85.

Art. L. 163-12. – Est puni des peines prévues à l'article 226-21 du Code pénal le fait, pour toute personne, de diffuser ou de Conserver des informations obtenues en application de l'article L. 131-86.

....

Art. R. 163-1 *(D. n° 2005-1007, 2 août 2005).* – Le fait d'exiger ou de provoquer, par quelque moyen que ce soit, directement ou indirectement, pour le paiement d'une somme supérieure à 15 euros, la remise d'un ou plusieurs chèques d'un montant inférieur ou égal à 15 euros est puni de l'amende prévue pour les contraventions de la 5e classe. La récidive de la contravention prévue au présent article réprimée conformément à l'article 132-11 du Code pénal.

Art. R. 163-2 *(D. n° 2005-1007, 2 août 2005).* – Le fait, pour toute personne, d'interroger la Banque de France sur la régularité d'un chèque de méconnaissance des conditions fixées par le premier alinéa de l'article R. 131-5 est puni de l'amende prévue par les contraventions de la 5e classe. La récidive de la contravention prévue au présent article est réprimée conformément à l'article 132-11 du Code pénal.

La même peine est applicable au mandataire qui ne se conforme pas aux dispositions du premier alinéa de l'article R. 131-8.

USURE

Bibliographie : V. Valette-Ercole, *Crédit aux particuliers : JCl. Lois pénales spéciales.* • J.-H. Robert, *Dépénalisation partielle de l'usure par la loi du 12 août 2003 pour l'initiative économique : Dr. pén.* 2004, comm. 26.

Code monétaire et financier
(Ord. n° 2000-1223, 14 déc. 2000)

Art. L. 313-2 *(Mod., D. n° 2012-182, 7 févr. 2012 ; rempl., Ord. n° 2014-947, 20 août 2014).* – Le taux de l'intérêt légal est, en toute matière, fixé par arrêté du ministre chargé de l'économie.

Il comprend un taux applicable lorsque le créancier est une personne physique n'agissant pas pour des besoins professionnels et un taux applicable dans tous les autres cas.

Il est calculé semestriellement, en fonction du taux directeur de la Banque centrale européenne sur les opérations principales de refinancement et des taux pratiqués par les établissements de crédit et les sociétés de financement.

Les taux pratiqués par les établissements de crédit et les sociétés de financement pris en compte pour le calcul du taux applicable lorsque le créancier est une personne physique n'agissant pas pour des besoins professionnels sont les taux effectifs moyens de crédits consentis aux particuliers.

Les modalités de calcul et de publicité de ces taux sont fixées par décret.

Art. L. 313-3 *(Mod., Ord. n° 2006-461, 21 avr. 2006).* – En cas de condamnation, le taux de l'intérêt légal est majoré de cinq points à l'expiration d'un délai de deux mois à compter du jour où la décision de justice est devenue exécutoire, fût-ce par provision. Cet effet est attaché de plein droit au jugement d'adjudication sur saisie immobilière, quatre mois après son prononcé.

Toutefois, le juge de l'exécution peut, à la demande du débiteur ou du créancier, et en considération de la situation du débiteur, exonérer celui-ci de cette majoration ou en réduire le montant.

Voir : Avis relatif à l'application de l'article L. 313-3 (*JO* 21 mars 2002).

Décret n° 90-506 du 25 juin 1990
relatif à l'application de l'article 1er de la loi n° 66-1010 du 28 décembre 1966

Art. 1er à 4 *(Abr., D. n° 97-298, 27 mars 1997 relatif au Code de la consommation, partie réglementaire ; rempl. par art. D. 313-6 à D. 313-9 dudit code).*

ANNEXE 3

ENFANCE

Bibliographie : *JCl. Pénal Code, Mineur délinquant. Généralités. Responsabilité pénale* par M.-C. Guérin. • Ch. Lazerges, *De l'irresponsabilité à la responsabilité pénale des mineurs délinquants ou relecture des articles 1 et 2 de l'ordonnance du 2 février 1945. À propos du cinquantième anniversaire de l'ordonnance du 2 février 1945 : RSC* 1995, p. 149. • P. Bonfils, *Les dispositions relatives au droit pénal des mineurs délinquants dans la loi prévention de la délinquance : D.* 2007, p. 1027. • F. Archer, *La réforme du droit des mineurs délinquants (L. n° 2011-939, 10 août 2011) : Dr. pén.* 2011, étude 24. • P. Bonfils, *La réforme du droit pénal des mineurs par la loi du 10 août 2011 : D.* 2011, chron. p. 2286. • *La justice des mineurs : AJ pénal* 2012, p. 311 et s., dossier.

Ordonnance n° 45-174 du 2 février 1945
relative à l'enfance délinquante

(Mod. à de nombreuses reprises puis abr. et codifiée à compter du 30 sept. 2021 ; Ord. n° 2019-950, 11 sept. 2019. – V. CJPM) (1)

....

Code de la justice pénale des mineurs

(Partie créée à compter du 30 septembre 2021, Ord. n° 2019-950, 11 sept. 2019) (2) (3)

PARTIE LEGISLATIVE

Art. préliminaire. – Le présent code régit les conditions dans lesquelles la responsabilité pénale des mineurs est mise en œuvre, en prenant en compte, dans leur intérêt supérieur, l'atténuation de cette responsabilité en fonction de leur âge et la nécessité de rechercher leur relèvement éducatif et moral par des mesures adaptées à leur âge et leur personnalité, prononcées par une juridiction spécialisée ou selon des procédures appropriées.

(1) Selon l'article 10 de l'ordonnance n° 2019-950 du 11 septembre 2019 portant partie législative du Code de la justice pénale des mineurs, les poursuites engagées avant le 30 septembre 2021 se poursuivent jusqu'à leur terme conformément aux dispositions du Code de procédure pénale et de l'ordonnance n° 45-174 du 2 février 1945 relative à l'enfance délinquante dans leur version applicable avant cette date. Toutefois, les dispositions du Code de la justice pénale des mineurs relatives aux mesures de sûreté s'appliquent immédiatement lorsqu'elles sont plus favorables aux mineurs à l'encontre desquels ces poursuites sont engagées.

(2) Les dispositions de la partie législative du Code de la justice pénale des mineurs qui mentionnent, sans les reproduire, des dispositions soit d'autres codes, soit de textes législatifs sont de plein droit modifiées par l'effet des modifications ultérieures de ces dispositions, Ord. n° 2019-950, 11 sept. 2019.

(3) Les dispositions du Code de la justice pénale des mineurs, relatives à la procédure pénale, sont applicables aux poursuites engagées à compter du 30 septembre 2021. Les poursuites engagées avant cette date se poursuivent jusqu'à leur terme conformément aux dispositions du Code de procédure pénale et de l'ordonnance n° 45-174 du 2 février 1945 relative à l'enfance délinquante dans leur version applicable avant cette date.

Toutefois, s'appliquent immédiatement les dispositions du Code de la justice pénale des mineurs relatives aux mesures éducatives ainsi que, lorsqu'elles sont plus favorables aux mineurs à l'encontre desquels ces poursuites sont engagées, aux mesures de sûreté, Ord. n° 2019-950, 11 sept. 2019.

TITRE PRÉLIMINAIRE. – Des principes généraux de la justice pénale des mineurs

CHAPITRE Ier. – Des principes généraux du droit pénal applicable aux mineurs

Art. L. 11-1. – Lorsqu'ils sont capables de discernement, les mineurs, au sens de l'article 388 du Code civil, sont pénalement responsables des crimes, délits ou contraventions dont ils sont reconnus coupables.

Les mineurs de moins de treize ans sont présumés ne pas être capables de discernement. Les mineurs âgés d'au moins treize ans sont présumés être capables de discernement.

Est capable de discernement le mineur qui a compris et voulu son acte et qui est apte à comprendre le sens de la procédure pénale dont il fait l'objet.

Art. L. 11-2. – Les décisions prises à l'égard des mineurs tendent à leur relèvement éducatif et moral ainsi qu'à la prévention de la récidive et à la protection de l'intérêt des victimes.

Art. L. 11-3. – Les mineurs déclarés coupables d'une infraction pénale peuvent faire l'objet de mesures éducatives et, si les circonstances et leur personnalité l'exigent, de peines.

Art. L. 11-4. – Aucune peine ne peut être prononcée à l'encontre d'un mineur de moins de treize ans.

Art. L. 11-5. – Les peines encourues par les mineurs sont diminuées conformément aux dispositions du présent code.

CHAPITRE II. – Des principes généraux de la procédure pénale applicable aux mineurs

Art. L. 12-1. – Les crimes, délits et contraventions de la cinquième classe reprochés à un mineur sont instruits et jugés par des juridictions et chambres spécialisées ou spécialement désignées ou composées, devant lesquelles les procédures sont adaptées.

Ces juridictions et chambres sont :

1° Le juge des enfants ;

2° Le tribunal pour enfants ;

3° Le juge d'instruction chargé spécialement des affaires concernant les mineurs ;

3° *bis*Le juge des libertés et de la détention chargé spécialement des affaires concernant les mineurs ;

4° La cour d'assises des mineurs ;

5° La chambre spéciale des mineurs de la cour d'appel ;

6° La chambre de l'instruction spécialement composée en matière d'affaires concernant les mineurs.

Le conseiller de la cour d'appel délégué à la protection de l'enfance fait partie des chambres mentionnées aux 5° et 6°.

Art. L. 12-2. – L'action publique relative à des crimes, délits ou contraventions de la cinquième classe reprochés à un mineur est exercée par des magistrats désignés chargés spécialement des affaires concernant les mineurs.

Les fonctions du ministère public sont remplies par le procureur général ou un magistrat du ministère public spécialement chargé des affaires concernant les mineurs.

Art. L. 12-3. – La publicité des audiences des juridictions statuant à l'égard des mineurs est restreinte dans les conditions déterminées par le présent code.

Art. L. 12-4. – Le mineur poursuivi ou condamné est assisté d'un avocat.

Le mineur participe au choix de son avocat ou effectue ce choix dans les conditions prévues par le présent code.

Lorsqu'un avocat a été désigné d'office, dans la mesure du possible, le mineur est assisté par le même avocat à chaque étape de la procédure.

Art. L. 12-5. – Dans les conditions fixées par le présent code, les responsables légaux reçoivent les mêmes informations que celles qui doivent être communiquées au mineur au cours de la procédure. Le mineur en est informé.

Le mineur suspecté ou poursuivi a le droit d'être accompagné par ses représentants légaux conformément aux dispositions du présent code.

Art. L. 12-6. – Le droit d'opposition, d'appel ou de recours en cassation est exercé soit par le mineur, soit par son représentant légal.

CHAPITRE III. – Dispositions communes

Art. L. 13-1 *(Mod. à compter du 1er mai 2022, Ord. n° 2022-478, 30 mars 2022).* – Les dispositions législatives et réglementaires en matière de droit pénal et de procédure pénale, notamment celles du Code pénal, du Code de procédure pénale et du Code pénitentiaire, sont applicables aux mineurs, sauf lorsqu'il en est disposé autrement par les dispositions du présent code.

Pour l'application aux mineurs des dispositions du Code pénal, du Code de procédure pénale et du Code pénitentiaire, les références aux juridictions compétentes à l'égard des majeurs s'entendent comme des références aux juridictions compétentes à l'égard des mineurs, telles qu'elles sont définies par le présent code.

Art. L. 13-2. – À moins que le présent code n'en dispose autrement, la juridiction compétente, la procédure applicable ainsi que les mesures et peines encourues sont déterminées selon l'âge du mineur à la date des faits.

Art. L. 13-3. – En aucune circonstance, l'identité ou l'image d'un mineur mis en cause dans une procédure pénale ne peuvent être, directement ou indirectement, rendues publiques.

Art. L. 13-4. – Il peut être proposé à la victime et à l'auteur de l'infraction de recourir à la justice restaurative, conformément à l'article 10-1 du Code de procédure pénale, à l'occasion de toute procédure concernant un mineur et à tous les stades de celle-ci, y compris lors de l'exécution de la peine, sous réserve que les faits aient été reconnus.

La justice restaurative ne peut être mise en œuvre que si le degré de maturité et la capacité de discernement du mineur le permettent, et après avoir recueilli le consentement des représentants légaux.

LIVRE Ier. – Des mesures éducatives et des peines

TITRE Ier. – Des mesures éducatives

CHAPITRE Ier. – Dispositions communes

Art. L. 111-1. – Les mesures éducatives encourues par un enfant ou un adolescent à titre de sanction sont :

1° L'avertissement judiciaire ;

2° La mesure éducative judiciaire.

Art. L. 111-2. – Le juge des enfants, le tribunal pour enfants et la cour d'assises des mineurs peuvent prononcer un avertissement judiciaire et une mesure éducative judiciaire. Un avertissement judiciaire peut être prononcé cumulativement avec une mesure éducative judiciaire qui ne peut comporter que le module de réparation. Si un avertissement judiciaire a déjà été prononcé à l'égard du mineur pour une infraction identique ou assimilée au regard des règles de la récidive commise moins d'un an avant la commission de la nouvelle infraction, il ne peut être prononcé seul.

Le tribunal de police peut prononcer un avertissement judiciaire.

Art. L. 111-3. – Pour les contraventions de la cinquième classe, les délits et les crimes, une mesure éducative peut être prononcée cumulativement avec une peine.

Art. L. 111-4. – Les décisions prononçant une mesure éducative sont exécutoires par provision.

Art. L. 111-5. – Les mesures éducatives prononcées à l'égard d'un mineur ne peuvent constituer le premier terme de récidive.

Art. L. 111-6. – En matière contraventionnelle ou correctionnelle, une dispense de mesure éducative peut être accordée lorsqu'il apparaît que le reclassement du mineur est acquis, que le dommage causé est réparé et que le trouble résultant de l'infraction a cessé.

Le juge des enfants ou le tribunal pour enfants peut prononcer une déclaration de réussite éducative à l'égard du mineur qui, dans le cadre d'une mise à l'épreuve éducative, a pleinement respecté les obligations qui lui étaient alors imposées.

Ces décisions ne peuvent constituer le premier terme d'une récidive.

La juridiction qui prononce une dispense de mesure éducative ou une déclaration de réussite éducative peut décider que sa décision ne sera pas mentionnée au casier judiciaire.

CHAPITRE II. – De la mesure éducative judiciaire

Section 1. – Dispositions générales

Art. L. 112-1. – La mesure éducative judiciaire vise la protection du mineur, son assistance, son éducation, son insertion et son accès aux soins.

Art. L. 112-2 *(Mod., L. n° 2022-299, 2 mars 2022)*. **– La mesure éducative judiciaire consiste en un accompagnement individualisé du mineur construit à partir d'une évaluation de sa situation personnelle, familiale, sanitaire et sociale. La juridiction peut également prononcer l'un ou plusieurs des modules, interdictions ou obligations suivants :**

1° Un module d'insertion ;

2° Un module de réparation ;

3° Un module de santé ;

4° Un module de placement ;

5° Une interdiction de paraître pour une durée qui ne saurait excéder un an, dans le ou les lieux dans lesquels l'infraction a été commise et qui sont désignés par la juridiction, à l'exception des lieux dans lesquels le mineur réside habituellement ;

6° Une interdiction d'entrer en contact avec la victime ou les coauteurs ou complices, désignés par la juridiction, pour une durée d'un an maximum ;

7° Une interdiction d'aller et venir sur la voie publique entre vingt-trois heures et six heures sans être accompagné de l'un de ses représentants légaux, pour une durée de six mois maximum ;

8° L'obligation de remettre un objet détenu ou appartenant au mineur et ayant servi à la commission de l'infraction ou qui en est le produit ;

9° L'obligation de suivre un stage de formation civique, d'une durée qui ne peut excéder un mois, ayant pour objet de rappeler au mineur les obligations résultant de la loi. Ce stage peut comporter un volet spécifique de sensibilisation aux risques liés au harcèlement scolaire.

Art. L. 112-3. – Les modules mentionnés aux 1° à 4° de l'article L. 112-2 et les obligations et interdictions mentionnées aux 5° à 9° du même article L. 112-2 peuvent être prononcés alternativement ou cumulativement.

Toutefois, seuls les mineurs de plus de dix ans encourent une mesure éducative judiciaire comportant l'une ou plusieurs des interdictions et obligations mentionnées aux 5° à 9° de l'article L. 112-2.

Art. L. 112-4. – La mesure éducative judiciaire est prononcée pour une durée n'excédant pas cinq années, sans préjudice de l'application des dispositions des articles L. 112-6, deuxième alinéa, L. 112-9 et L. 112-15, troisième et quatrième alinéas.

Elle peut être prononcée même si l'intéressé est devenu majeur au jour de la décision mais prend fin au plus tard lorsqu'il atteint vingt-et-un ans, sans préjudice de l'application des dispositions des articles L. 112-6, deuxième alinéa, et L. 112-15, dernier alinéa.

Section 2. – Des modules de la mesure éducative judiciaire

Sous-section 1. – Du module d'insertion

Art. L. 112-5 *(Mod., L. n° 2022-299, 2 mars 2022)*. **– La mesure éducative judiciaire consiste en un accompagnement individualisé du mineur construit à partir d'une évaluation de sa situation personnelle, familiale, sanitaire et sociale. La juridiction peut également prononcer un ou plusieurs des modules, interdictions ou obligations suivants :**

1° Un module d'insertion ;

2° Un module de réparation ;

3° Un module de santé ;

4° Un module de placement ;

5° Une interdiction de paraître pour une durée qui ne saurait excéder un an, dans le ou les lieux dans lesquels l'infraction a été commise et qui sont désignés par la juridiction, à l'exception des lieux dans lesquels le mineur réside habituellement ;

6° Une interdiction d'entrer en contact avec la victime ou les coauteurs ou complices, désignés par la juridiction, pour une durée d'un an maximum ;

7° Une interdiction d'aller et venir sur la voie publique entre 22 heures et 6 heures sans être accompagné de l'un de ses représentants légaux, pour une durée de six mois maximum ;

8° L'obligation de remettre un objet détenu ou appartenant au mineur et ayant servi à la commission de l'infraction ou qui en est le produit ;

9° L'obligation de suivre un stage de formation civique, d'une durée qui ne peut excéder un mois, ayant pour objet de rappeler au mineur les obligations résultant de la loi. Ce stage peut comporter un volet spécifique de sensibilisation aux risques liés au harcèlement scolaire.

Art. L. 112-6. – L'accueil de jour du mineur consiste en une prise en charge continue en journée aux fins d'insertion sociale, professionnelle ou scolaire. Il est mis en œuvre par un établissement ou service du secteur public de la protection judiciaire de la jeunesse ou une structure habilitée.

La décision fixe la durée de la mesure, qui ne peut excéder un an, ainsi que ses modalités d'exercice. Cette mesure ne peut être prononcée, poursuivie ou renouvelée après la majorité de l'intéressé qu'avec son accord.

À l'échéance fixée, la personne ou le service auquel la mesure d'accueil de jour a été confiée informe par écrit la juridiction compétente et le service de la protection judiciaire de la jeunesse de l'exécution de la prise en charge.

Art. L. 112-7. – Les dispositions prévues à l'article L. 112-15 sont applicables au prononcé des placements mentionnés aux 2° et 3° de l'article L. 112-5.

Sous-section 2. – Du module de réparation

Art. L. 112-8. – Le module de réparation peut consister en :

1° Une activité d'aide ou de réparation à l'égard de la victime ou dans l'intérêt de la collectivité ;

2° Une médiation entre le mineur et la victime.

Art. L. 112-9. – La juridiction recueille les observations du mineur et, dans la mesure du possible, de ses représentants légaux avant de prononcer un module de réparation. Elle fixe, dans sa décision, la durée de ce module qui ne peut excéder un an.

Art. L. 112-10. – La mise en œuvre du module de réparation peut être confiée à la protection judiciaire de la jeunesse ou à un service ou une personne habilité dans des conditions fixées par décret en Conseil d'État.

L'activité d'aide ou de réparation ne peut être mise en œuvre à l'égard de la victime qu'avec l'accord de celle-ci.

La médiation est mise en œuvre à la demande ou avec l'accord de la victime.

Au terme du délai fixé par la décision, le service ou la personne chargé de sa mise en œuvre informe par écrit la juridiction de l'exécution du module.

Sous-section 3. – Du module de santé

Art. L. 112-11. – Le module de santé peut consister en :

1° Une orientation du mineur vers une prise en charge sanitaire adaptée à ses besoins ;

2° Un placement dans un établissement de santé, à l'exclusion des services de psychiatrie ;

3° Un placement dans un établissement médico-social.

Art. L. 112-12. – Le placement dans un établissement de santé mentionné au 2° de l'article L. 112-11 est prononcé dans les conditions prévues à l'article L. 112-15 au vu d'un avis médical circonstancié d'un médecin extérieur à cet établissement. Lorsque le médecin de l'établissement d'accueil certifie que l'hospitalisation n'est plus nécessaire, le juge des enfants statue sans délai sur la mesure de placement.

Art. L. 112-13. – Le placement dans un établissement médico-social mentionné au 3° de l'article L. 112-11 est prononcé dans les conditions prévues à l'article L. 112-15 au vu d'une décision d'orientation de la commission des droits et de l'autonomie des personnes handicapées prise dans les conditions prévues à l'article L. 241-6 du Code de l'action sociale et des familles.

Sous-section 4. – Du module de placement

Art. L. 112-14. – Au titre du module de placement, le mineur peut être confié :

1° À un membre de sa famille ou une personne digne de confiance ;

2° À un établissement du secteur public de la protection judiciaire de la jeunesse, à l'exclusion des établissements mentionnés à l'article L. 113-7 ;

3° À une institution ou un établissement éducatif privé habilité, à l'exclusion des établissements mentionnés à l'article L. 113-7.

Art. L. 112-15. – La décision de placement est prise par la juridiction après avoir procédé à l'audition du mineur et de ses représentants légaux lors d'une audience.

Toutefois, en cas d'urgence, le juge des enfants peut prononcer un placement sans avoir procédé à l'audition des parties. Dans ce cas, il les convoque à une date qui ne peut être fixée au-delà d'un délai de quinze jours à compter de la décision.

Le placement est prononcé par une ordonnance qui détermine le lieu de placement et en fixe la durée, qui ne peut excéder un an, ainsi que les modalités du droit de visite et d'hébergement des parents.

Ce placement peut être renouvelé selon les modalités prévues au présent article.

Lorsqu'il a été prononcé à l'égard d'un mineur, le placement ne peut se poursuivre après la majorité de l'intéressé qu'avec son accord.

CHAPITRE III. – Du régime du placement

Section 1. – Dispositions générales

Art. L. 113-1. – Les père et mère du mineur bénéficiant d'une mesure de placement au titre du présent code continuent à exercer tous les attributs de l'autorité parentale qui ne sont pas inconciliables avec cette mesure. Toutefois, la personne, le service ou l'établissement auquel l'enfant est confié accomplit tous les actes usuels relatifs à sa surveillance et à son éducation.

Sans préjudice de l'alinéa précédent, le juge compétent pour statuer sur le placement peut exceptionnellement, dans tous les cas où l'intérêt de l'enfant le justifie, autoriser la personne, le service ou l'établissement auquel est confié le mineur à exercer un acte relevant de l'autorité parentale en cas de refus abusif ou injustifié ou en cas de négligence des détenteurs de l'autorité parentale, à charge pour le demandeur de rapporter la preuve de la nécessité de cette mesure.

Art. L. 113-2. – Lorsque le mineur est remis à une personne autre que les titulaires de l'autorité parentale ou la personne à laquelle il était confié, la décision détermine la part des frais d'entretien et de placement restant à leur charge.

Ces frais sont recouvrés comme frais de justice criminelle au profit du Trésor public. Les allocations familiales, majorations et allocations d'assistance auxquelles le mineur ouvre droit seront versées directement par l'organisme débiteur à la personne ou à l'établissement qui accueille le mineur le temps du placement. Toutefois, le juge des enfants peut maintenir le versement des allocations familiales à la famille lorsque celle-ci participe à la prise en charge morale ou matérielle de l'enfant, ou en vue de faciliter le retour de l'enfant dans son foyer.

Lorsque le mineur est confié à l'aide sociale à l'enfance, la part des frais d'entretien et de placement qui n'incombe pas à la famille est mise à la charge du Trésor public.

Art. L. 113-3. – Le magistrat du parquet spécialement désigné et le juge des enfants visitent au moins une fois par an les établissements publics ou privés accueillant des mineurs délinquants situés sur le ressort de la juridiction pour mineurs.

Art. L. 113-4. – Les députés et les sénateurs ainsi que les représentants au Parlement européen élus en France sont autorisés à visiter, à tout moment, les établissements publics ou privés accueillant des mineurs en application des dispositions du présent code.

Art. L. 113-5. – Les magistrats ou juridictions qui ordonnent ou assurent le suivi du placement d'un mineur en application du présent code ou les magistrats qui sont chargés de l'exécution de cette décision peuvent requérir directement la force publique pour faire exécuter cette décision, durant la minorité de l'intéressé.

Art. L. 113-6. – Toute personne souhaitant, à titre habituel, accueillir des mineurs en application du présent code doit solliciter au préalable une habilitation spéciale auprès du représentant de l'État dans le département, selon des modalités fixées par décret en Conseil d'État.

Section 2. – Des centres éducatifs fermés

Art. L. 113-7. – Les centres éducatifs fermés sont des établissements publics ou des établissements privés habilités dans des conditions prévues par décret en Conseil d'État, dans lesquels les mineurs sont placés en application d'un contrôle judiciaire, d'un sursis probatoire, d'un placement à l'extérieur ou à la suite d'une libération conditionnelle. Au sein de ces centres, les mineurs font l'objet des mesures de surveillance et de contrôle permettant d'assurer un suivi éducatif et pédagogique renforcé et adapté à leur personnalité.

Le magistrat ou la juridiction peut, durant le temps et selon les modalités qu'il détermine, autoriser l'établissement à organiser un accueil temporaire du mineur dans d'autres lieux afin de préparer la fin du placement ou de prévenir un incident grave.

La violation des obligations auxquelles le mineur est astreint en vertu des mesures qui ont entraîné son placement dans le centre, y compris en cas d'accueil temporaire dans un autre lieu, peut entraîner le placement en détention provisoire ou l'emprisonnement du mineur.

L'habilitation prévue au premier alinéa ne peut être délivrée qu'aux établissements offrant une éducation et une sécurité adaptées à la mission des centres ainsi que la continuité du service.

Le juge des enfants prend toute mesure permettant d'assurer la continuité de la prise en charge éducative du mineur en vue de sa réinsertion durable dans la société, à l'issue du placement en centre éducatif fermé ou en cas de révocation du contrôle judiciaire ou du sursis probatoire.

Lorsque la place occupée par un mineur suite à une décision de placement reste vacante pendant une durée excédant sept jours, l'établissement accueillant le mineur concerné saisit d'une demande de mainlevée spécialement motivée le magistrat chargé de l'exécution de cette décision, qui statue sans délai.

Des activités culturelles et socioculturelles sont organisées dans les établissements mentionnés au premier alinéa. Elles ont notamment pour objet de développer les moyens d'expression, les connaissances et les aptitudes des mineurs placés dans des centres éducatifs fermés. Les modalités d'application du présent alinéa sont définies par décret.

Art. L. 113-8. – À chaque entrée d'un mineur dans un établissement relevant du secteur public ou habilité de la protection judiciaire de la jeunesse, le directeur de l'établissement ou les membres du personnel de l'établissement spécialement désignés par lui peuvent procéder au contrôle visuel des effets personnels du mineur, aux fins de prévenir l'introduction au sein de l'établissement d'objets ou de substances interdits ou constituant une menace pour la sécurité des personnes ou des biens. Au sein de ces établissements, ces mêmes personnels peuvent, aux mêmes fins, procéder à l'inspection des chambres où séjournent ces mineurs. Cette inspection se fait en présence du mineur sauf impossibilité pour celui-ci de se trouver dans l'établissement. Le déroulé de cette inspection doit être consigné dans un registre tenu par l'établissement à cet effet. Ces mesures s'effectuent dans le respect de la dignité des personnes et selon les principes de nécessité et de proportionnalité.

TITRE II. – Des peines

CHAPITRE Ier. – Des peines encourues

Art. L. 121-1. – Les peines suivantes ne sont pas applicables aux mineurs :

1° La peine d'interdiction du territoire français ;

2° La peine de jour amende ;

3° Les peines d'interdiction des droits civiques, civils et de famille, d'interdiction d'exercer une fonction publique ou une activité professionnelle ou sociale, d'interdiction de séjour, de fermeture d'établissement, d'exclusion des marchés publics ;

4° Les peines d'affichage ou de diffusion de la condamnation.

Aucune interdiction, déchéance ou incapacité ne peut résulter de plein droit d'une condamnation pénale prononcée à l'encontre d'un mineur.

Art. L. 121-2. – Les articles 132-60 à 132-70-3 du Code pénal ne sont pas applicables aux mineurs, à l'exception, pour les articles 132-60 à 132-62 du même code, des procédures jugées devant le tribunal de police.

Art. L. 121-3. – Le tribunal de police qui constate que la contravention imputée à un mineur âgé d'au moins treize ans est établie peut prononcer à son encontre soit :

1° Une dispense de peine ;

2° Une peine d'amende, en faisant application des règles d'atténuation mentionnées à l'article L. 121-6.

3° Une des peines complémentaires énumérées à l'article 131-16 du Code pénal.

Art. L. 121-4. – Le juge des enfants, statuant en chambre du conseil, peut, sur réquisitions du procureur de la République, si les circonstances et la personnalité du mineur le justifient, condamner un mineur âgé d'au moins treize ans aux peines :

1° De confiscation de l'objet ayant servi à commettre l'infraction ;

2° De stage ;

3° De travail d'intérêt général, si le mineur est âgé d'au moins seize ans au moment du prononcé de la peine.

Art. L. 121-5. – Le tribunal pour enfants et la cour d'assises des mineurs ne peuvent prononcer une peine privative de liberté supérieure à la moitié de la peine encourue.

La diminution de moitié de la peine encourue s'applique également aux peines minimales prévues par l'article 132-18 du Code pénal.

Si la peine encourue est la réclusion criminelle ou la détention criminelle à perpétuité, elle ne peut être supérieure à vingt ans de réclusion criminelle ou de détention criminelle.

Les dispositions de l'article 132-23 du Code pénal relatives à la période de sûreté ne sont pas applicables aux mineurs.

Art. L. 121-6. – Il ne peut être prononcé à l'encontre d'un mineur une peine d'amende supérieure à la moitié de la peine encourue ni une peine d'amende excédant 7 500 euros.

Art. L. 121-7. – Si le mineur est âgé de plus de seize ans, le tribunal de police, le tribunal pour enfants et la cour d'assises des mineurs peuvent, à titre exceptionnel et compte tenu des circonstances de l'espèce et de la personnalité du mineur ainsi que de sa situation, décider qu'il n'y a pas lieu de faire application des règles d'atténuation des peines mentionnées aux articles L. 121-5 et L. 121-6. Cette décision ne peut être prise que par une disposition spécialement motivée.

Lorsqu'il est décidé de faire application du premier alinéa et que la peine encourue est la réclusion ou la détention criminelle à perpétuité, la peine maximale pouvant être prononcée est la peine de trente ans de réclusion criminelle ou de détention criminelle.

CHAPITRE II. – Du contenu et des modalités d'application de certaines peines

Art. L. 122-1. – Les dispositions du Code pénal relatives au travail d'intérêt général et au sursis probatoire comportant l'obligation d'effectuer un travail d'intérêt général sont applicables aux mineurs âgés de seize à dix-huit ans au moment de la décision, lorsqu'ils étaient âgés d'au moins treize ans à la date de commission de l'infraction.

Lorsque cette peine est prononcée par le juge des enfants, il ne peut être fait application des dispositions du quatrième alinéa de l'article 131-8 du Code pénal relatif au consentement différé ni des dispositions du deuxième alinéa de l'article 131-9 du même code permettant de fixer la durée maximum de l'emprisonnement ou le montant maximum de l'amende encourus en cas d'inexécution par le condamné.

Pour l'application de ces dispositions, les travaux d'intérêt général doivent être adaptés aux mineurs et présenter un caractère formateur ou être de nature à favoriser l'insertion sociale des jeunes condamnés.

Art. L. 122-2. – En cas de condamnation du mineur à une peine d'emprisonnement assortie d'un sursis probatoire, outre les mesures de contrôle et les obligations prévues aux articles 132-44 et 132-45 du Code pénal, la juridiction de jugement peut imposer au condamné l'observation de l'une ou plusieurs des obligations suivantes :

1° Se soumettre aux mesures de protection, d'assistance, de surveillance et d'éducation confiées à un service de la protection judiciaire de la jeunesse ou à un service habilité, mandaté à cette fin par le magistrat ;

2° Respecter les conditions d'un placement éducatif prévu aux articles L. 112-14 et L. 112-15 du présent code ; ce placement peut être modifié pendant toute la durée de l'exécution de la peine par le juge des enfants ;

3° Respecter, jusqu'à sa majorité, les conditions d'un placement en centre éducatif fermé ; ce placement peut être modifié pendant toute la durée de l'exécution de la peine et jusqu'à la majorité du condamné par le juge des enfants ;

4° Suivre de façon régulière une scolarité ou une formation professionnelle jusqu'à sa majorité ;

5° Accomplir un contrat de service en établissement public d'insertion de la défense mentionné aux articles L. 130-1 à L. 130-5 du Code du service national, lorsque le mineur est âgé d'au moins seize ans. Cette obligation ne peut être prononcée contre le prévenu qui la refuse ou qui n'est pas présent à l'audience. Le président du tribunal, avant le prononcé du jugement, vérifie que le prévenu a reçu l'ensemble des informations utiles à la manifestation de son engagement, l'informe de son droit de refuser l'accomplissement d'un contrat de service en établissement public d'insertion de la défense et reçoit sa réponse.

Toutefois, l'obligation prévue au 3° du présent article ne peut être ordonnée que pour une durée de six mois et ne peut être renouvelée par ordonnance motivée qu'une seule fois pour une durée au plus égale à six mois. L'obligation de placement prévue au 2° ne peut se poursuivre après la majorité de l'intéressé qu'avec son accord.

Art. L. 122-3. – En cas de condamnation à un suivi socio-judiciaire, outre les mesures de contrôle et les obligations prévues aux articles 132-44 et 132-45 du Code pénal, le mineur peut être soumis aux obligations prévues à l'article L. 122-2 du présent code, à l'exception du 3°.

Le placement sous surveillance électronique mobile à titre de mesure de sûreté n'est pas applicable aux mineurs.

Art. L. 122-4. – Lorsqu'une peine de confiscation est prononcée par le juge des enfants, il ne peut être fait application des dispositions du deuxième alinéa de l'article 131-9 du Code pénal permettant de fixer la durée maximum de l'emprisonnement ou le montant maximum de l'amende encourus en cas d'inexécution par le condamné.

Art. L. 122-5 *(Mod., L. n° 2022-299, 2 mars 2022)*. – Lorsqu'il est fait application d'une peine de stage aux mineurs, le contenu du stage est adapté à l'âge du mineur et la juridiction ne peut ordonner que ce stage soit effectué aux frais du condamné.

Lorsqu'il est prononcé pour une infraction commise dans le cadre de la scolarité, le stage de citoyenneté prévu au 1° de l'article 131-5-1 du Code pénal peut comporter un volet spécifique de sensibilisation aux risques liés au harcèlement scolaire.

Lorsque cette peine est prononcée par le juge des enfants, il ne peut être fait application des dispositions du deuxième alinéa de l'article 131-9 du Code pénal permettant de fixer la durée maximum de l'emprisonnement ou le montant maximum de l'amende encourus en cas d'inexécution par le condamné.

Art. L. 122-6. – Lorsqu'il est fait application d'une peine de détention à domicile sous surveillance électronique prévue à l'article 131-4-1 du Code pénal aux mineurs, le tribunal pour enfants et la cour d'assises des mineurs ne peuvent prononcer à son encontre une peine de détention à domicile sous surveillance électronique supérieure à la moitié de la peine d'emprisonnement encourue, sous réserve de l'application de l'article L. 121-7 du présent code.

Cette peine ne peut être prononcée sans l'accord des représentants légaux chez lesquels le mineur réside, sauf carence de ces derniers ou impossibilité de donner leur consentement.

Cette peine doit être assortie d'une mesure éducative confiée à la protection judiciaire de la jeunesse.

CHAPITRE III. – Du prononcé des peines

Art. L. 123-1. – Une peine d'emprisonnement avec ou sans sursis ne peut être prononcée par le tribunal pour enfants et la cour d'assises des mineurs qu'à la condition que cette peine soit spécialement motivée.

Art. L. 123-2. – Le juge des enfants et le tribunal pour enfants peuvent ordonner l'exécution provisoire de leur décision prononçant une peine autre qu'une peine d'emprisonnement ferme ou assortie d'un sursis partiel et qui ne fait pas l'objet d'une des mesures d'aménagement prévues aux articles 132-25 à 132-28 du Code pénal.

Lorsque le tribunal pour enfants prononce une peine d'emprisonnement ferme ou assortie d'un sursis partiel, il peut décerner mandat de dépôt ou d'arrêt contre le mineur prévenu dans les conditions prévues à l'article 465 ou à l'article 465-1 du Code de procédure pénale.

Le tribunal pour enfants peut également maintenir le mineur en détention dans les conditions prévues à l'article 464-1 du même code.

Lorsque le tribunal pour enfants statue dans les conditions prévues au troisième alinéa de l'article L. 423-4 du présent code et qu'il prononce une peine d'emprisonnement sans sursis à l'égard d'un mineur de moins de seize ans placé sous contrôle judiciaire avec obligation de respecter un placement dans un centre éducatif fermé ou d'un mineur âgé d'au moins seize ans placé sous contrôle judiciaire ou sous assignation à résidence avec surveillance électronique, il peut par décision spécialement motivée, après avoir constaté la violation de la mesure de sûreté, décerner mandat de dépôt ou d'arrêt contre le mineur, quelle que soit la durée de la peine prononcée.

CHAPITRE IV. – Du régime d'incarcération

Art. L. 124-1. – Les mineurs sont détenus, dans les conditions définies par décret en Conseil d'État, soit au sein du quartier pour mineurs d'un établissement pénitentiaire ou d'une unité spéciale pour mineures au sein d'une maison d'arrêt, soit dans un établissement pénitentiaire spécialisé pour mineurs, garantissant l'intervention continue d'un service de la protection judiciaire de la jeunesse.

Art. L. 124-2. – Les établissements ou quartiers mentionnés à l'article L. 124-1 garantissent une stricte séparation des détenus mineurs et majeurs.

À titre exceptionnel, un mineur détenu qui atteint la majorité en détention peut être maintenu dans ces établissements jusqu'à ses dix-huit ans et six mois. Il ne doit avoir aucun contact avec les détenus âgés de moins de seize ans.

LIVRE II. – De la spécialisation des acteurs

TITRE Ier. – Du ministère public

CHAPITRE UNIQUE

Art. L. 211-1. – Par dérogation à l'article L. 12-2, en cas d'urgence ou d'empêchement, les magistrats du ministère public spécialement désignés peuvent être substitués dans leurs attributions par tout magistrat du parquet au sein duquel ils exercent leurs fonctions.

Art. L. 211-2. – Le procureur de la République près le tribunal judiciaire dans le ressort duquel un tribunal pour enfants a son siège est compétent pour la poursuite des infractions commises par les mineurs, sous réserve des dispositions des articles 628-1, 704 à 705-1, 706-2, 706-17, 706-72-1 et 706-168 du Code de procédure pénale.

Toutefois, le procureur de la République compétent en application de l'article 43 du Code de procédure pénale peut procéder à tous actes urgents d'enquête et de poursuite, à charge pour lui d'en donner immédiatement avis au procureur de la République mentionné au premier alinéa et de se dessaisir de la procédure dans le plus bref délai.

Lorsqu'un mineur est mis en cause dans une procédure avec un ou plusieurs majeurs, le procureur de la République compétent en application de l'article 43 du Code de procédure pénale procède, conformément aux dispositions de l'alinéa précédent, aux actes urgents d'enquête et de poursuite, y compris l'ouverture d'une information judiciaire. Si ce procureur de la République poursuit des majeurs selon les procédures prévues aux articles 393 à 397-1-1 du Code de procédure pénale ou par voie de citation directe, il constitue un dossier spécial concernant le mineur et le transmet au procureur de la République près le tribunal du siège du tribunal pour enfants.

Art. L. 211-3. – Dans le cas d'infractions pénales dont la poursuite est réservée par la loi à l'administration, le procureur de la République a seul qualité pour exercer la poursuite contre le mineur sur plainte préalable de l'administration intéressée.

TITRE II. – Du juge d'instruction

CHAPITRE UNIQUE

Art. L. 221-1. – Lorsque, en application des deuxième et troisième alinéas de l'article L. 211-2, le procureur de la République compétent en vertu de l'article 43 du Code de procédure pénale ouvre une information judiciaire dans un tribunal judiciaire qui n'est pas le siège d'un tribunal pour enfants, le juge d'instruction peut procéder à tout acte urgent d'information, à charge pour lui de se dessaisir dans le plus bref délai au profit du juge d'instruction du siège du tribunal pour enfants, tant à l'égard du mineur que des majeurs à l'encontre desquels l'information a été ouverte.

Art. L. 221-2. – Lorsqu'une information judiciaire est ouverte dans un tribunal judiciaire autre que celui du lieu de résidence du mineur, le juge d'instruction peut également, après avoir recueilli l'avis du procureur de la République, se dessaisir au profit du juge d'instruction du siège du tribunal pour enfants dans le ressort duquel le mineur a sa résidence.

Art. L. 221-3. – Le conseiller délégué à la protection de l'enfance mentionné à l'article L. 312-6 du Code de l'organisation judiciaire siège comme membre de la chambre de l'instruction dans les affaires impliquant un mineur.

TITRE III. – Des juridictions de jugement

CHAPITRE UNIQUE

Art. L. 231-1. – Sous réserve des dispositions des articles 628-1,706-17,706-27,706-72-1 et 706-168 du Code de procédure pénale, sont compétentes les juridictions de jugement pour mineurs :

1° De la résidence du mineur ou de celle de ses représentants légaux ;

2° Du lieu où il a été placé à titre provisoire ou définitif ;

3° Du lieu de l'infraction ;

4° Du lieu où le mineur a été trouvé.

Art. L. 231-2. – Le juge des enfants connaît :

1° Des contraventions de la cinquième classe et des délits commis par les mineurs ;

2° Des contraventions des quatre premières classes commises par les mineurs, lorsqu'elles sont connexes aux infractions mentionnées au 1°.

Art. L. 231-3. – Le tribunal pour enfants connaît :

1° Des contraventions de la cinquième classe et des délits commis par les mineurs âgés d'au moins treize ans ;

2° Des crimes commis par les mineurs de moins de seize ans ;

3° Des contraventions des quatre premières classes commises par les mineurs, lorsqu'elles sont connexes aux infractions mentionnées aux 1° et 2°.

Art. L. 231-4. – Lorsqu'il siège, le tribunal pour enfants est composé d'un juge des enfants, président, et de deux assesseurs choisis conformément aux dispositions de l'article L. 251-4 du Code de l'organisation judiciaire.

Toutefois, il peut leur être adjoint un ou plusieurs assesseurs supplémentaires, si la durée ou l'importance d'un procès le rend nécessaire. Les assesseurs supplémentaires siègent aux audiences. Les assesseurs supplémentaires ne prennent part au délibéré qu'en cas d'empêchement d'un assesseur constaté par le président du tribunal pour enfants.

Art. L. 231-5. – Le nombre et le jour des audiences du tribunal pour enfants, ainsi que la composition prévisionnelle de ces audiences sont fixés conformément aux dispositions de l'article 399 du Code de procédure pénale.

Art. L. 231-6. – La chambre spéciale des mineurs de la cour d'appel mentionnée à l'article L. 312-6 du Code de l'organisation judiciaire connaît des appels formés contre :

1° Les décisions du juge des enfants et du tribunal pour enfants ;

2° Les jugements du tribunal de police rendus à l'égard des mineurs.

3° Les décisions du juge des libertés et de la détention rendues à l'égard des mineurs en matière de détention provisoire, sauf dans le cadre d'une information judiciaire.

Art. L. 231-7. – Les dispositions du Code de procédure pénale relatives à la cour d'assises sont applicables à la cour d'assises des mineurs, sous réserve des dispositions du présent code.

Art. L. 231-8. – La cour d'assises des mineurs se réunit au siège de la cour d'assises et au cours de la session de celle-ci.

Dans le cas où tous les accusés de la session auront été renvoyés devant la cour d'assises des mineurs, il sera procédé par cette juridiction conformément aux dispositions des articles 288 à 292 du Code de procédure pénale.

Dans le cas contraire, le jury de la cour d'assises des mineurs sera formé de jurés pris sur la liste arrêtée par la cour d'assises.

Sous réserve des dispositions de l'alinéa qui précède, le président de la cour d'assises des mineurs et la cour d'assises des mineurs exerceront respectivement les attributions dévolues par les dispositions du Code de procédure pénale au président de la cour d'assises et à la cour d'assises.

Les fonctions du ministère public sont remplies par le procureur général ou un magistrat du ministère public spécialement chargé des affaires de mineurs.

Art. L. 231-9. – La cour d'assises des mineurs connaît des crimes commis par les mineurs âgés de seize ans.

Elle connaît également, lorsqu'ils sont connexes ou forment un ensemble indivisible avec des crimes commis par des mineurs âgés d'au moins seize ans :

1° Des crimes et délits commis par les intéressés avant qu'ils n'aient atteint l'âge d'au moins seize ans ;

2° Des crimes et délits commis par les intéressés à compter de leur majorité ;

3° Des crimes et délits commis par leurs coauteurs ou complices majeurs.

Art. L. 231-10. – Les deux assesseurs de la cour d'assises des mineurs sont pris, sauf impossibilité, parmi les juges des enfants du ressort de la cour d'appel.

TITRE IV. – De la protection judiciaire de la jeunesse

CHAPITRE UNIQUE

Art. L. 241-1. – La mise en œuvre des décisions prises en application du présent code est confiée, sauf s'il en est disposé autrement, aux services et établissements de la protection judiciaire de la jeunesse.

Les personnels des services et établissements de la protection judiciaire de la jeunesse et du secteur associatif habilité sont, dans l'exercice des missions prévues par le présent code, soumis au secret professionnel.

Art. L. 241-2. – Les personnels des services et établissements de la protection judiciaire de la jeunesse et du secteur associatif habilité saisis concomitamment ou successivement au titre du présent code de mesures concernant un même mineur, peuvent échanger entre eux toutes informations relatives à ce mineur, à condition que ces informations soient strictement nécessaires à sa prise en charge, à son suivi judiciaire ou à la continuité de son parcours. Ils peuvent également échanger dans les mêmes conditions des informations avec les services intervenant au titre de la protection de l'enfance à l'égard des mêmes mineurs.

Ces personnels peuvent également transmettre à toute personne auprès de laquelle le mineur est placé ou scolarisé des éléments dont la connaissance est indispensable pour assurer la sécurité du mineur ou des personnes avec lesquelles il est en contact.

LIVRE III. – Dispositions communes aux différentes phases de la procédure pénale

TITRE Ier. – Du droit du mineur à l'accompagnement et à l'information

CHAPITRE UNIQUE

Art. L. 311-1. – Les représentants légaux sont informés par le ministère public ou, selon le cas, la juridiction d'instruction ou de jugement, des décisions prises à l'égard du mineur.

Cette information se fait par tout moyen sauf lorsqu'il en est disposé autrement.

Le mineur a le droit d'être accompagné par ses représentants légaux :

1° À chaque audience au cours de la procédure ;

2° Lors de ses auditions ou interrogatoires si l'autorité qui procède à cet acte estime qu'il est dans l'intérêt supérieur de l'enfant d'être accompagné et que la présence de ces personnes ne portera pas préjudice à la procédure ; au cours de l'enquête l'audition ou l'interrogatoire du mineur peut débuter en leur absence à l'issue d'un délai de deux heures à compter du moment où celles-ci ont été avisées.

Les représentants légaux du mineur sont convoqués à toutes les audiences des juridictions pour mineurs et, si nécessaire, lors de ses auditions et interrogatoires.

Lorsque l'information des représentants légaux ou l'accompagnement du mineur par ces derniers n'est pas possible ou n'est pas souhaitable, les informations mentionnées aux alinéas précédents sont communiquées à un adulte approprié et le mineur est accompagné par cet adulte, dans les cas et selon les modalités prévues par le présent code.

Art. L. 311-2. – L'information des droits dont le mineur bénéficie n'est pas délivrée aux titulaires de l'autorité parentale et le mineur n'est pas accompagné par ceux-ci lorsque cela :

1° Serait contraire à l'intérêt supérieur du mineur ;

2° N'est pas possible, parce que, après que des efforts raisonnables ont été déployés, aucun des titulaires de l'autorité parentale ne peut être joint ou que leur identité est inconnue ;

3° Pourrait, sur la base d'éléments objectifs et factuels, compromettre de manière significative la procédure pénale.

Dans les cas visés aux alinéas précédents, le mineur peut désigner un adulte approprié, qui doit être accepté en tant que tel par l'autorité compétente, pour recevoir ces informations et pour l'accompagner au cours de la procédure. Lorsque le mineur n'a désigné aucun adulte ou que l'adulte désigné n'est pas acceptable pour l'autorité compétente, le procureur de la République, le juge des enfants ou le juge d'instruction désigne, en tenant compte de l'intérêt supérieur de l'enfant, une autre personne pour recevoir ces informations et accompagner le mineur.

Cette personne peut également être un représentant d'une autorité ou d'une institution compétente en matière de protection de l'enfance, notamment un représentant ad hoc figurant sur la liste dressée en application de l'article 706-51 du Code de procédure pénale.

Art. L. 311-3. – L'adulte approprié a pour rôle de :

1° Recevoir l'information relative aux différentes mesures prononcées à l'égard du mineur et des droits qui lui sont notifiés ;

2° L'accompagner lors des audiences et le cas échant, lors de ses auditions ou interrogatoires si l'autorité qui procède à cet acte estime qu'il est dans l'intérêt supérieur de l'enfant d'être accompagné et que la présence de ces personnes ne portera pas préjudice à la procédure. Au cours de l'enquête, l'audition ou l'interrogatoire peut débuter en l'absence de ces personnes à l'issue d'un délai de deux heures à compter du moment où celles-ci ont été avisées.

L'adulte désigné peut demander un examen médical du mineur gardé à vue. Si cet adulte n'a pas pu être joint dès le début de la garde à vue, l'examen médical du mineur est obligatoire.

Art. L. 311-4. – Si les conditions visées à l'article L. 311-2 ne sont plus réunies, pour la suite de la procédure, les informations sont données aux titulaires de l'autorité parentale et ceux-ci accompagnent le mineur.

Art. L. 311-5. – Lorsque les représentants légaux du mineur poursuivi ne défèrent pas à la convocation à comparaître devant un magistrat ou une juridiction pour mineurs, ce magistrat ou cette juridiction peut, d'office ou sur réquisition du ministère public, ordonner qu'ils soient immédiatement amenés par la force publique devant lui ou devant elle pour être entendus.

Dans tous les cas, les représentants légaux qui ne défèrent pas à la convocation peuvent, sur réquisitions du ministère public, être condamnés par le magistrat ou la juridiction saisi à une amende dont le montant ne peut excéder 3 750 euros et à un stage de responsabilité parentale.

Cette amende peut être rapportée par le magistrat ou la juridiction qui l'a prononcée si les représentants légaux défèrent aux convocations ultérieures.

Les personnes condamnées en application du premier alinéa peuvent former opposition de la décision devant le tribunal correctionnel statuant à juge unique dans le ressort duquel la juridiction qui l'a prononcée a son siège, dans les dix jours à compter de sa notification.

TITRE II. – Des investigations et de la mesure éducative judiciaire provisoire

CHAPITRE Ier. – Dispositions générales

Art. L. 321-1. – **La mesure judiciaire d'investigation éducative et la mesure éducative judiciaire provisoire prévues par le présent titre peuvent être prononcées cumulativement entre elles et avec les différentes mesures de sûreté applicables aux mineurs.**

La mesure judiciaire d'investigation éducative et la mesure éducative judiciaire provisoire déjà prononcées se poursuivent lorsqu'une mesure de sûreté est prononcée à l'encontre d'un mineur.

CHAPITRE II. – Des informations relatives à la personnalité du mineur

Section 1. – Des investigations sur la personnalité et la situation du mineur

Art. L. 322-1. – **Avant toute décision prononçant une mesure éducative ou une peine à l'égard d'un mineur déclaré coupable d'un crime, d'un délit ou d'une contravention de la cinquième classe, des investigations sont réalisées pour acquérir une connaissance suffisante de sa personnalité, de sa situation sociale et familiale et pour assurer la cohérence des décisions dont il fait l'objet.**

Art. L. 322-2. – **Outre l'expertise et les autres mesures d'investigation prévues par le Code de procédure pénale, les mesures suivantes peuvent être ordonnées en vue de recueillir des éléments sur la personnalité et la situation du mineur :**

1° Le recueil de renseignements socio-éducatifs ;

2° La mesure judiciaire d'investigation éducative.

Art. L. 322-3 *(Mod., L. n° 2021-1729, 22 déc. 2021)*. – **Le recueil de renseignements socio-éducatifs est une évaluation synthétique des éléments relatifs à la personnalité et à la situation du mineur. Il donne lieu à un rapport contenant tous renseignements utiles sur sa situation ainsi qu'une proposition éducative ou une proposition de mesures propres à favoriser son insertion sociale.**

Il est ordonné par le procureur de la République, le juge d'instruction et les juridictions de jugement spécialisées.

Le mineur entendu par le service de la protection judiciaire de la jeunesse est informé, préalablement à l'entretien, de son droit de se taire sur les faits qui lui sont reprochés.

Art. L. 322-4. – **Lorsque le procureur de la République saisit le juge des enfants, le juge d'instruction ou le tribunal pour enfants, il ordonne un recueil de renseignements socio-éducatifs.**

Le recueil de renseignements socio-éducatifs est joint à la procédure.

Art. L. 322-5. – **Le recueil de renseignements socio-éducatifs est obligatoire avant toute réquisition ou décision de placement en détention provisoire ou de prolongation de la détention provisoire d'un mineur mis en examen ou convoqué devant une juridiction de jugement.**

Art. L. 322-6. – **Les dispositions des articles L. 322-4 et L. 322-5 s'appliquent même lorsque l'intéressé est devenu majeur le jour où les poursuites sont exercées dès lors qu'il n'a pas atteint ses vingt-et-un ans.**

Art. L. 322-7. – **La mesure judiciaire d'investigation éducative consiste en une évaluation approfondie et interdisciplinaire de la personnalité et de la situation du mineur, y compris, le cas échéant, sur le plan médical.**

Elle peut être ordonnée par le juge des enfants, le juge d'instruction et les juridictions de jugement pour mineurs à tous les stades de la procédure pénale.

Elle peut être mise en œuvre par les services et établissements de la protection judiciaire de la jeunesse ou du secteur associatif habilité.

Elle donne lieu à un rapport contenant tous renseignements utiles sur sa situation ainsi qu'une proposition éducative ou une proposition de mesures propres à favoriser son insertion sociale.

Section 2. – Du dossier unique de personnalité

Art. L. 322-8. – **Un dossier unique de personnalité est constitué par le juge des enfants qui connaît habituellement le mineur, lorsque, à l'occasion de poursuites pénales, ce dernier fait l'objet d'une mesure de**

sûreté, d'une mesure éducative ou d'une mesure d'investigation autre qu'un recueil de renseignements socio-éducatifs.

Il est également ouvert, par le juge des enfants, lorsque celui-ci est saisi de l'application d'une peine ou d'une mesure éducative prononcée par une juridiction de jugement pour mineur.

Le juge d'instruction saisi d'une procédure concernant un mineur transmet au juge des enfants les pièces devant être versées au dossier unique de personnalité.

Ce dossier ne peut être utilisé que dans les procédures pénales suivies devant les juridictions pour mineurs.

Il est disponible sous format numérique.

Les conditions dans lesquelles le dossier unique de personnalité est conservé après la majorité du mineur sont précisées par décret en Conseil d'État.

Art. L. 322-9. – Le juge des enfants verse au dossier unique de personnalité :

1° Les copies des pièces relatives à la personnalité du mineur recueillies dans les procédures pénales dont ce dernier fait ou a fait l'objet, y compris dans le ressort de juridictions différentes ;

2° Le cas échéant, les copies des pièces utiles relatives à sa personnalité et à son environnement social et familial émanant des procédures d'assistance éducative dont il fait ou a fait l'objet.

Art. L. 322-10. – Outre les magistrats et les juridictions ayant à connaitre de la procédure et de la situation du mineur concerné, ont accès au dossier unique de personnalité :

1° Les avocats du mineur et de ses représentants légaux ;

2° Les avocats de la partie civile ; toutefois, le juge des enfants peut s'opposer à la communication d'informations recueillies lors des procédures d'assistance éducative dont le mineur a fait l'objet lorsqu'il estime cette communication contraire à l'intérêt du mineur ;

3° Le mineur, devenu majeur, au jour de l'audience d'une juridiction pour mineur statuant en matière d'application des mesures éducatives et des peines, à moins qu'il ne soit assisté par un avocat ;

4° Les personnels des établissements et services de la protection judiciaire de la jeunesse et du secteur associatif habilité saisi d'une mesure judiciaire concernant le mineur ;

5° Sur autorisation du juge des enfants, le psychologue ou le psychiatre désigné en qualité d'expert.

Il ne peut être délivré copie de tout ou partie des pièces du dossier qu'aux avocats. Ceux-ci ne peuvent transmettre les copies ainsi obtenues ou la reproduction de ces pièces à leur client.

Les informations contenues dans le dossier unique de personnalité sont confidentielles. Le fait, pour une partie à la procédure, de faire état auprès d'un tiers des informations contenues dans le dossier unique de personnalité est puni d'une amende de 3 750 euros.

CHAPITRE III. – De la mesure éducative judiciaire provisoire

Art. L. 323-1. – La mesure éducative judiciaire prévue aux articles L. 112-1 à L. 112-15 peut être prononcée à titre provisoire à tous les stades de la procédure avant le prononcé de la sanction.

Elle ne peut alors comporter que les modules et interdictions prévus aux 1° à 7° de l'article L. 112-2 qui peuvent être prononcés alternativement ou cumulativement.

Dans le cadre de cette mesure, le placement du mineur peut également être ordonné auprès d'un service de l'aide sociale à l'enfance jusqu'à sa majorité.

Art. L. 323-2. – Les modalités et le contenu de la mesure éducative judiciaire provisoire sont prononcés après audition du mineur assisté d'un avocat et de ses représentants légaux.

Si le mineur ou ses représentants légaux régulièrement convoqués à la dernière adresse indiquée ne comparaissent pas, les modalités ou le contenu de la mesure éducative judiciaire provisoire peuvent néanmoins être ordonnés ou modifiés.

Les décisions ordonnant la mesure éducative judiciaire provisoire et les mesures de ses modules sont exécutoires par provision et susceptibles d'appel.

À tout moment, les modalités ou le contenu de la mesure éducative judiciaire provisoire peuvent être modifiées et le juge peut en ordonner la mainlevée.

Art. L. 323-3. – La mesure éducative judiciaire provisoire peut être ordonnée alors même que l'intéressé est devenu majeur au jour où elle est prononcée. Son exécution ne peut toutefois se poursuivre au-delà de l'âge de vingt-et-un ans.

TITRE III. – Des mesures de sûreté

CHAPITRE Ier. – Du contrôle judiciaire

Art. L. 331-1. – **Le mineur d'au moins treize ans peut être placé sous contrôle judiciaire par ordonnance motivée dans les conditions prévues par le Code de procédure pénale, sous réserve des dispositions du présent chapitre.**

Le mineur de moins de seize ans peut être placé sous contrôle judiciaire lorsqu'il encourt une peine criminelle. Il ne peut être placé sous contrôle judiciaire en matière correctionnelle, que dans l'un des cas suivants :

1° Si la peine d'emprisonnement encourue est supérieure ou égale à sept ans ;

2° Si la peine d'emprisonnement encourue est supérieure ou égale à cinq ans et si le mineur a déjà fait l'objet d'une mesure éducative, d'une mesure judiciaire d'investigation éducative, d'une mesure de sûreté, d'une déclaration de culpabilité ou d'une peine prononcée dans le cadre d'une autre procédure et ayant donné lieu à un rapport datant de moins d'un an ;

3° Si la peine d'emprisonnement encourue est supérieure ou égale à cinq ans pour un délit de violences volontaires, d'agression sexuelle ou un délit commis avec la circonstance aggravante de violences.

Le mineur d'au moins seize ans peut être placé sous contrôle judiciaire lorsqu'il encourt une peine criminelle ou, en matière correctionnelle, une peine d'emprisonnement conformément aux dispositions du premier alinéa de l'article 138 du Code de procédure pénale.

Art. L. 331-2. – **Le contrôle judiciaire astreint le mineur à se soumettre, selon la décision du juge des enfants, du tribunal pour enfants, du juge d'instruction ou du juge des libertés et de la détention, aux obligations suivantes :**

1° Ne pas sortir des limites territoriales déterminées par le juge des enfants, le tribunal pour enfants, le juge d'instruction ou par le juge des libertés et de la détention ;

2° Ne s'absenter de son domicile ou de la résidence fixée par le juge des enfants, le tribunal pour enfants, le juge d'instruction ou par le juge des libertés et de la détention qu'aux conditions et pour les motifs déterminés par ce magistrat ;

3° Ne pas se rendre en certains lieux ou ne se rendre que dans les lieux déterminés par le juge des enfants, le tribunal pour enfants, le juge d'instruction ou par le juge des libertés et de la détention ;

4° Ne pas participer à des manifestations sur la voie publique dans des lieux déterminés par le juge des enfants, le tribunal pour enfants, le juge d'instruction ou le juge des libertés et de la détention ;

5° Informer le juge des enfants ou le juge d'instruction de tout déplacement au-delà de limites déterminées ;

6° Se présenter périodiquement aux services, associations habilitées ou autorités désignés par le juge des enfants, le tribunal pour enfants, le juge d'instruction ou le juge des libertés et de la détention qui sont tenus d'observer la plus stricte discrétion sur les faits reprochés au mineur ;

7° Remettre soit au greffe, soit à un service de police ou à une brigade de gendarmerie tous documents justificatifs de l'identité, et notamment le passeport, en échange d'un récépissé valant justification de l'identité ;

8° S'abstenir de conduire tous les véhicules, certains véhicules ou un véhicule qui ne soit pas équipé, par un professionnel agréé ou par construction, d'un dispositif homologué d'antidémarrage par éthylotest électronique, et, le cas échéant, remettre au greffe son permis de conduire contre récépissé ;

9° S'abstenir de recevoir ou de rencontrer certaines personnes spécialement désignées par le juge des enfants, le tribunal pour enfants, le juge d'instruction ou le juge des libertés et de la détention, ainsi que d'entrer en relation avec elles, de quelque façon que ce soit. Lorsque la personne désignée est la victime ou la partie civile, le juge procède conformément aux dispositions de l'article 138-1 du Code de procédure pénale ;

10° Se soumettre à des mesures d'examen, de traitement ou de soins, même sous le régime de l'hospitalisation, notamment aux fins de désintoxication. Une copie de l'ordonnance de placement sous contrôle judiciaire est adressée par le juge des enfants, le tribunal pour enfants ou le juge d'instruction au médecin ou au psychologue qui doit suivre le mineur. Les rapports des expertises réalisées pendant l'enquête, l'instruction ou la mise à l'épreuve éducative sont adressés au médecin ou au psychologue, à leur demande ou à l'initiative du juge des enfants ou du juge d'instruction. Celui-ci peut également leur adresser toute autre pièce utile du dossier ;

11° Ne pas exercer une activité impliquant un contact habituel avec des mineurs lorsqu'il est à redouter qu'une nouvelle infraction soit commise ;

12° Ne pas détenir ou porter une arme et, le cas échéant, remettre au greffe contre récépissé les armes dont il est détenteur ;

13° En cas d'infraction commise soit contre son conjoint ou son concubin, soit contre ses enfants ou ceux de son conjoint ou concubin, résider hors du domicile ou de la résidence du couple et, le cas échéant, s'abstenir de paraître dans ce domicile ou cette résidence ou aux abords immédiats de celui-ci, ainsi que, si nécessaire, faire l'objet d'une prise en charge sanitaire, sociale ou psychologique ; les dispositions du présent alinéa sont également applicables lorsque l'infraction est commise par l'ancien conjoint ou concubin de la victime, le domicile concerné étant alors celui de la victime. Pour l'application du présent alinéa, le juge des enfants, le tribunal pour enfants ou le juge d'instruction recueille ou fait recueillir, dans les meilleurs délais et par tous moyens, l'avis de la victime sur l'opportunité d'astreindre l'auteur des faits à résider hors du logement du couple. Sauf circonstances particulières, cette mesure est prise lorsque sont en cause des faits de violences susceptibles d'être renouvelés et que la victime la sollicite ;

14° Respecter les conditions d'une prise en charge sanitaire, sociale, éducative ou psychologique, destinée à permettre sa réinsertion et l'acquisition des valeurs de la citoyenneté ; cette prise en charge peut, le cas échant, intervenir au sein d'un établissement d'accueil adapté dans lequel la personne est tenu de résider.

La décision peut également imposer spécialement au mineur de respecter jusqu'à sa majorité, les conditions d'un placement éducatif prévu à l'article L. 112-14 ou d'un placement en centre éducatif fermé. La mesure de placement ne peut être ordonnée que pour une durée de six mois, renouvelable une seule fois par ordonnance motivée et pour une durée au plus égale à six mois.

Les manquements du mineur aux obligations qui lui ont été imposées sont signalés sans délai au magistrat mandant par le service chargé de la mise en œuvre de la mesure. Copie de ce rapport est adressée au procureur de la République par le juge.

Art. L. 331-3. – Le juge des enfants, le tribunal pour enfants, le juge d'instruction ou le juge des libertés et de la détention notifie oralement au mineur les obligations qui lui sont imposées, en présence de son avocat et de ses représentants légaux, ou ceux-ci dûment convoqués, et l'informe qu'en cas de non-respect de ces obligations, il pourra être placé en détention provisoire. Mention de cette formalité est portée au procès-verbal qui est signé par le magistrat et le mineur, ou, le cas échéant, aux notes d'audience.

Lorsque la décision de placement sous contrôle judiciaire accompagne une mise en liberté, l'avocat du mineur est convoqué par tout moyen et sans délai.

Art. L. 331-4. – En matière correctionnelle, le mineur de moins de seize ans ne peut être placé sous contrôle judiciaire qu'après la tenue d'un débat contradictoire au cours duquel le ministère public développe ses réquisitions, et la juridiction entend les observations du mineur ainsi que celles de son avocat. Le juge peut recueillir les observations des représentants légaux et du service qui suit le mineur.

Par dérogation aux dispositions de l'article L. 331-3, le juge notifie oralement au mineur les obligations qui lui sont imposées, en présence de son avocat et de ses représentants légaux ou ceux-ci dûment convoqués, et l'informe :

1° Qu'en cas de non-respect des obligations mentionnées aux 1° à 14° de l'article L. 331-2 ou de l'obligation de respecter les conditions d'un placement éducatif, le contrôle judiciaire pourra être modifié pour prévoir son placement dans un centre éducatif fermé ;

2° Qu'en cas de non-respect de l'obligation de respecter un placement dans un centre éducatif fermé, il pourra être placé en détention provisoire conformément aux dispositions du 2° de l'article L. 334-4.

Mention de ces formalités est portée au procès-verbal qui est signé par le magistrat et le mineur.

En matière correctionnelle, lorsque la juridiction envisage de placer un mineur de plus de seize ans sous contrôle judiciaire, elle sollicite les réquisitions du ministère public.

Art. L. 331-5. – Le juge des enfants ou le juge d'instruction peut ordonner la modification ou la mainlevée du contrôle judiciaire, soit d'office, soit à la demande du mineur, de ses représentants légaux ou de la personne qui en a la garde, soit du procureur de la République.

Art. L. 331-6. – Les dispositions de l'article 138-2 du Code de procédure pénale relatives au partage d'informations en matière d'infractions sexuelles sont applicables au contrôle judiciaire ordonné à l'égard d'un mineur par le juge d'instruction, le juge des libertés et de la détention, le juge des enfants ou le tribunal pour enfants.

Art. L. 331-7. – Le mineur peut être placé en rétention dans les conditions prévues à l'article 141-4 du Code de procédure pénale, lorsqu'il existe une ou plusieurs raisons plausibles de soupçonner qu'il a manqué aux obligations qui lui incombent au titre des 1°, 2°, 3°, 8°, 9°, 12° et 13° de l'article L. 331-2 du présent code ou à l'obligation de respecter les conditions d'un placement en centre éducatif fermé prévue au même article.

Le mineur retenu bénéficie des droits prévus à l'article L. 332-1.

CHAPITRE II. – De l'exécution des mandats des juridictions pour mineurs

Art. L. 332-1 *(Mod., L. n° 2021-1729, 22 déc. 2021).* – Lorsqu'un mineur est retenu dans le cadre d'un mandat, d'amener ou d'arrêt en application de l'article 133-1 du Code de procédure pénale ou qu'il est appréhendé en exécution d'un mandat d'arrêt européen en application des articles 695-26 et suivants du même code, l'officier de police judiciaire doit, dès le début de cette rétention, en informer ses représentants légaux, la personne ou le service auquel le mineur est confié ou, dans les cas prévus dans le présent code, un autre adulte approprié.

Les dispositions des articles L. 413-1 à L. 413-15 du présent code, relatives à l'assistance par un avocat, à l'examen médical et à l'enregistrement audiovisuel des auditions sont applicables.

Art. L. 332-2. – L'audience tenue devant la chambre de l'instruction relative à l'exécution d'un mandat d'arrêt européen en application de l'article 695-30 du Code de procédure pénale n'est pas publique.

Lors de cette audience, le mineur est assisté d'un avocat. À défaut de choix d'un avocat par le mineur ou les titulaires de l'autorité parentale, le juge des enfants ou le tribunal pour enfants fait désigner par le bâtonnier un avocat commis d'office.

CHAPITRE III. – De l'assignation à résidence avec surveillance électronique

Art. L. 333-1. – Le mineur âgé d'au moins seize ans peut être assigné à résidence avec surveillance électronique par le juge des enfants, le tribunal pour enfants, le juge d'instruction ou le juge des libertés et la détention, dans les conditions et selon les modalités prévues aux articles 137 et 142-5 à 142-13 du Code de procédure pénale, lorsqu'il encourt une peine d'emprisonnement égale ou supérieure à trois ans. Ces juridictions statuent après avis du service de la protection judiciaire de la jeunesse ou du service pénitentiaire d'insertion et de probation si l'intéressé est majeur au moment de la décision.

Il peut en outre être astreint aux obligations prévues aux 1° à 14° de l'article L. 331-2 du présent code.

Les dispositions relatives au placement sous surveillance électronique mobile ne sont pas applicables.

Art. L. 333-2. – En cas d'assignation à résidence avec surveillance électronique au domicile des représentants légaux du mineur, l'accord écrit de ces derniers doit être préalablement recueilli par le juge ou la juridiction.

CHAPITRE IV. – De la détention provisoire

Art. L. 334-1. – Le mineur de moins de treize ans ne peut être placé en détention provisoire.

Art. L. 334-2. – La détention provisoire d'un mineur ne peut être ordonnée ou prolongée par le juge des enfants, le tribunal pour enfants ou le juge des libertés et de la détention, dans les cas et conditions prévus par le présent chapitre que si cette mesure est indispensable et s'il est démontré, au regard des éléments précis et circonstanciés résultant de la procédure et des éléments de personnalité préalablement recueillis, qu'elle constitue l'unique moyen de parvenir à l'un des objectifs mentionnés à l'article 144 du Code de procédure pénale et que ces objectifs ne sauraient être atteints en cas de placement sous contrôle judiciaire ou en cas d'assignation à résidence avec surveillance électronique.

Art. L. 334-3. – Lorsque le mineur est placé en détention provisoire, le juge des enfants, le tribunal pour enfants ou le juge des libertés et de la détention prononce une mesure éducative judiciaire provisoire.

Art. L. 334-4. – La détention provisoire du mineur de moins de seize ans ne peut être ordonnée que dans l'un des cas suivants :

1° S'il encourt une peine criminelle ;

2° Lorsqu'il encourt une peine correctionnelle, s'il s'est volontairement soustrait à l'obligation de respecter les conditions d'un placement dans un centre éducatif fermé prononcée dans le cadre d'un contrôle judiciaire. La détention provisoire ne peut être ordonnée qu'en cas de violation répétée ou d'une particulière gravité de cette obligation ou si cette dernière s'accompagne de la violation d'une autre obligation du contrôle judiciaire, et lorsque le rappel ou l'aggravation de ces obligations n'est pas suffisant pour atteindre les objectifs prévus à l'article 144 du Code de procédure pénale.

Art. L. 334-5. – **La détention provisoire du mineur âgé d'au moins seize ans ne peut être ordonnée que dans l'un des cas suivants :**

1° S'il encourt une peine criminelle ;

2° S'il encourt une peine d'emprisonnement d'une durée égale ou supérieure à trois ans ;

3° S'il s'est volontairement soustrait aux obligations d'un contrôle judiciaire ou d'une assignation à résidence avec surveillance électronique. La détention provisoire ne peut être ordonnée qu'en cas de violation répétée ou d'une particulière gravité des obligations du contrôle judiciaire ou de l'assignation à résidence avec surveillance électronique et lorsque le rappel ou l'aggravation de ces obligations ne peut suffire pour atteindre les objectifs prévus à l'article 144 du Code de procédure pénale.

Art. L. 334-6. – **Par dérogation à l'article 706-71 du Code de procédure pénale, il ne peut pas être recouru à un moyen de télécommunication audiovisuelle pour statuer sur le placement en détention provisoire ou la prolongation de la détention provisoire d'un mineur, sauf si son transport paraît devoir être évité en raison de risques graves de trouble à l'ordre public ou d'évasion.**

LIVRE IV. – De la procédure préalable au jugement

TITRE Ier. – De l'audition du mineur suspect

CHAPITRE Ier. – Dispositions générales

Art. L. 411-1. – **Pour l'application des dispositions du présent titre, l'âge pris en compte est l'âge du mineur au jour de la mesure dont il fait l'objet.**

CHAPITRE II. – De l'audition libre

Art. L. 412-1. – **Lorsqu'un mineur est entendu librement en application de l'article 61-1 du Code de procédure pénale et lorsqu'il est procédé aux opérations prévues à l'article 61-3 du même code, l'officier ou l'agent de police judiciaire en informe par tout moyen ses représentants légaux, la personne ou le service auquel le mineur est confié.**

Art. L. 412-2. – **Lorsque l'enquête concerne un crime ou un délit puni d'une peine d'emprisonnement et que le mineur n'a pas sollicité l'assistance d'un avocat en application des articles 61-1 et 61-3 du Code de procédure pénale, cette demande peut également être faite par ses représentants légaux, qui sont alors avisés de ce droit lorsqu'ils sont informés en application de l'article L. 412-1. Lorsque le mineur ou ses représentants légaux n'ont pas sollicité la désignation d'un avocat, le procureur de la République, le juge des enfants, le juge d'instruction ou l'officier ou l'agent de police judiciaire en informe par tout moyen et sans délai le bâtonnier afin qu'il en commette un d'office.**

La notification des informations données en application du présent chapitre est mentionnée au procès-verbal.

CHAPITRE III. – De la retenue et de la garde à vue

Section 1. – De la retenue

Art. L. 413-1. – **À titre exceptionnel, le mineur âgé de dix à treize ans à l'encontre duquel il existe une ou plusieurs raisons plausibles de soupçonner qu'il a commis ou tenté de commettre un crime ou un délit puni d'au moins cinq ans d'emprisonnement peut, si cette mesure est l'unique moyen de parvenir à l'un au moins des objectifs mentionnés à l'article 62-2 du Code de procédure pénale, être retenu à la disposition d'un** officier de police judiciaire, avec l'accord préalable et sous le contrôle du procureur de la République ou du juge d'instruction, pour une durée que ce magistrat détermine et qui ne peut excéder douze heures.

La retenue est strictement limitée au temps nécessaire à la déposition du mineur et à sa présentation devant le magistrat compétent ou à sa remise à ses représentants légaux ou à la personne ou au service auquel il est confié.

Les dispositions de l'article 803-6 du Code de procédure pénale sont applicables.

Art. L. 413-2. – À titre exceptionnel, la retenue mentionnée à l'article L. 413-1 peut être prolongée par décision motivée du procureur de la République ou du juge d'instruction pour une durée qui ne peut excéder douze heures, après présentation devant lui du mineur, sauf si les circonstances rendent cette présentation impossible.

Art. L. 413-3. – L'officier de police judiciaire informe par tout moyen les représentants légaux du mineur ainsi que la personne ou le service auquel il est confié de la mesure de retenue dont il fait l'objet.

Il ne peut être dérogé aux dispositions de l'alinéa précédent que pour permettre le recueil ou la conservation des preuves ou pour prévenir une atteinte grave à la vie, à la liberté ou à l'intégrité physique d'une personne, sur décision du procureur de la République ou du juge chargé de l'information prise au regard des circonstances de l'espèce, et pour la durée que le magistrat détermine et qui ne peut excéder douze heures.

Les représentants légaux sont informés que le mineur doit être assisté par un avocat et qu'ils peuvent désigner un avocat ou demander qu'un avocat soit commis d'office.

Art. L. 413-4. – Dès le début de la retenue, le procureur de la République ou le juge d'instruction désigne un médecin qui examine le mineur dans les conditions prévues à l'article 63-3 du Code de procédure pénale.

Art. L. 413-5. – Le mineur retenu est assisté d'un avocat dans les conditions prévues aux articles 63-3-1 à 63-4-4 du Code de procédure pénale.

Lorsque le mineur ou ses représentants légaux n'ont pas désigné d'avocat, le procureur de la République, le juge d'instruction ou l'officier de police judiciaire demande au bâtonnier par tout moyen, dès le début de la retenue, qu'il lui en soit commis un d'office.

Section 2. – De la garde à vue

Art. L. 413-6. – Le mineur âgé d'au moins treize ans peut être placé en garde à vue dans les cas et conditions prévus aux articles 62 à 66 du Code de procédure pénale sous réserve des dispositions de la présente section.

Art. L. 413-7. – Après avoir avisé le procureur de la République ou le juge d'instruction du placement en garde à vue du mineur, l'officier de police judiciaire en informe les représentants légaux et la personne ou le service auquel le mineur est confié.

Il ne peut être dérogé aux dispositions de l'alinéa précédent que pour permettre le recueil ou la conservation des preuves ou pour prévenir une atteinte grave à la vie, à la liberté ou à l'intégrité physique d'une personne, sur décision du procureur de la République ou du juge d'instruction prise au regard des circonstances de l'espèce, et pour la durée que le magistrat détermine et qui ne peut excéder vingt-quatre heures ou, lorsque la garde à vue ne peut faire l'objet d'une prolongation, douze heures.

Les représentants légaux sont informés du droit du mineur à être assisté par un avocat.

Art. L. 413-8. – Dès le début de la garde à vue d'un mineur de moins de seize ans, le procureur de la République ou le juge d'instruction désigne un médecin qui examine le mineur dans les conditions prévues par l'article 63-3 du Code de procédure pénale.

Lorsqu'un mineur d'au moins seize ans est placé en garde à vue, il est informé de son droit de demander un examen médical conformément aux dispositions de l'article 63-3 du Code de procédure pénale. Ses représentants légaux sont avisés de leur droit de demander un examen médical lorsqu'ils sont informés de la garde à vue. L'avocat du mineur peut également demander que celui-ci fasse l'objet d'un examen médical.

Art. L. 413-9. – Dès le début de la garde à vue, le mineur doit être assisté par un avocat, dans les conditions prévues aux articles 63-3-1 à 63-4-3 du Code de procédure pénale. Il doit être immédiatement informé de ce droit. Lorsque le mineur n'a pas sollicité l'assistance d'un avocat, cette demande peut également être faite par ses représentants légaux qui sont alors avisés de ce droit lorsqu'ils sont informés de la garde à vue en application de l'article L. 413-7. Lorsque le mineur ou ses représentants légaux n'ont pas désigné d'avocat, le procureur de la République, le juge d'instruction ou l'officier de police judiciaire doit, dès le début de la garde à vue, informer par tout moyen et sans délai le bâtonnier afin qu'il en commette un d'office.

Art. L. 413-10. – La garde à vue d'un mineur de moins de seize ans ne peut être prolongée que si l'infraction qu'il est soupçonné d'avoir commise ou tenté de commettre est un crime ou un délit puni d'une peine égale ou supérieure à cinq ans d'emprisonnement.

Aucune mesure de garde à vue ne peut être prolongée sans présentation préalable du mineur au procureur de la République ou au juge d'instruction compétent en application de l'article 63-9 et de l'article 154 du Code de procédure pénale.

Cette présentation peut être réalisée par l'utilisation d'un moyen de télécommunication audiovisuelle conformément aux dispositions de l'article 706-71 du Code de procédure pénale.

Art. L. 413-11. – L'article 706-88 du Code de procédure pénale, à l'exception de ses sixième à huitième alinéas, est applicable au mineur de plus de seize ans lorsqu'il existe une ou plusieurs raisons plausibles de soupçonner qu'une ou plusieurs personnes majeures ont participé, comme auteurs ou complices, à la commission de l'infraction.

Section 3. – De l'enregistrement audiovisuel des auditions

Art. L. 413-12. – Les interrogatoires des mineurs placés en garde à vue ou en retenue font l'objet d'un enregistrement audiovisuel.

Lorsque l'enregistrement ne peut être effectué en raison d'une impossibilité technique, il en est fait mention dans le procès-verbal d'interrogatoire qui précise la nature de cette impossibilité. Le procureur de la République ou le juge d'instruction en est immédiatement avisé. En l'absence d'enregistrement, que cette absence ait fait ou non l'objet d'une mention dans le procès-verbal et d'un avis au magistrat compétent, aucune condamnation ne peut être prononcée sur le seul fondement des déclarations du mineur si celles-ci sont contestées.

Art. L. 413-13. – L'enregistrement mentionné à l'article L. 413-12 ne peut être consulté, au cours de l'instruction ou devant la juridiction de jugement, qu'en cas de contestation du contenu du procès-verbal d'interrogatoire, sur décision du juge d'instruction ou de la juridiction de jugement, d'office ou à la demande du procureur de la République ou d'une des parties. Aucune copie de l'enregistrement ne peut être délivrée aux parties ou à leur avocat.

Art. L. 413-14. – Le fait, pour toute personne, de diffuser l'enregistrement audiovisuel réalisé en application de l'article L. 413-12 ou sa copie est puni d'un an d'emprisonnement et de 15 000 euros d'amende.

Art. L. 413-15. – À l'expiration d'un délai de cinq ans à compter de la date de l'extinction de l'action publique, l'enregistrement audiovisuel et sa copie sont détruits dans le délai d'un mois.

Section IV. — Des relevés signalétiques

Art. L. 413-16 *(Créé, L. n° 2022-52, 24 janv. 2022)*. – L'officier ou l'agent de police judiciaire qui envisage de procéder ou de faire procéder, en application du deuxième alinéa de l'article 55-1 du Code de procédure pénale, à une opération de prise d'empreintes digitales ou palmaires ou de photographies d'un mineur entendu en application des articles L. 412-1 et L. 413-6 du présent code doit s'efforcer d'obtenir le consentement de ce mineur.

Il informe le mineur, en présence de son avocat, des peines prévues au troisième alinéa de l'article 55-1 du Code de procédure pénale s'il refuse de se soumettre à cette opération.

Lorsque les conditions prévues à l'article L. 413-17 du présent code sont réunies, il l'informe également, en présence de son avocat, de la possibilité de procéder à cette opération sans son consentement, en application du même article L. 413-17.

Art. L. 413-17 *(Créé, L. n° 2022-52, 24 janv. 2022).* **– L'opération de prise d'empreintes digitales ou palmaires ou de photographies peut être effectuée sans le consentement du mineur, sur autorisation écrite du procureur de la République saisi par une demande motivée de l'officier de police judiciaire, lorsque les conditions ci-après sont réunies :**

1° Cette opération constitue l'unique moyen d'identifier le mineur qui refuse de justifier de son identité ou qui fournit des éléments d'identité manifestement inexacts ;

2° Le mineur apparaît manifestement âgé d'au moins treize ans ;

3° L'infraction dont il est soupçonné constitue un crime ou un délit puni d'au moins cinq ans d'emprisonnement.

L'officier de police judiciaire ou, sous son contrôle, un agent de police judiciaire recourt à la contrainte de manière strictement nécessaire et proportionnée, compte tenu de la situation particulière du mineur.

L'avocat du mineur ainsi que, sauf impossibilité, ses représentants légaux ou, à défaut, l'adulte approprié mentionné à l'article L. 311-1 sont préalablement informés de cette opération.

Cette opération fait l'objet d'un procès-verbal, qui mentionne les raisons pour lesquelles elle constitue l'unique moyen d'identifier la personne ainsi que le jour et l'heure auxquels il y est procédé.

Le procès-verbal est transmis au procureur de la République, copie en ayant été remise à l'intéressé ainsi qu'aux représentants légaux ou à l'adulte approprié.

TITRE II. – De l'action publique

CHAPITRE Ier. – Dispositions générales

Art. L. 421-1. – À l'égard d'un mineur, le procureur de la République apprécie les suites à donner conformément aux dispositions de l'article 40-1 du Code de procédure pénale, en tenant compte de la personnalité du mineur et de ses conditions de vie et d'éducation.

Quelle que soit l'orientation qu'il retient sur l'action publique, le procureur de la République apprécie s'il y a lieu de saisir les autorités compétentes en matière de protection administrative ou judiciaire de l'enfance, cette saisine pouvant être considérée comme une réponse suffisante.

CHAPITRE II. – Des alternatives aux poursuites et de la composition pénale

Section 1. – Des alternatives aux poursuites

Art. L. 422-1 *(Mod., L. n° 2022-299, 2 mars 2022).* **– Lorsque le procureur de la République fait application de l'article 41-1 du Code de procédure pénale relatif aux alternatives aux poursuites à l'égard d'un mineur, la mesure prévue au 2° de cet article peut également consister en l'accomplissement d'un stage de formation civique ou en une consultation auprès d'un psychiatre ou d'un psychologue.**

Lorsqu'il est prononcé pour une infraction commise dans le cadre de la scolarité, le stage de formation civique peut comporter un volet spécifique de sensibilisation aux risques liés au harcèlement scolaire.

Le procureur de la République peut également recourir aux mesures suivantes spécifiques aux mineurs :

1° Demander au mineur de justifier de son assiduité à un enseignement ou une formation professionnelle ;

2° Proposer au mineur une mesure de réparation à l'égard de la victime ou dans l'intérêt de la collectivité. Avant d'ordonner la mesure, le procureur de la République recueille ou fait recueillir l'accord du mineur et de ses représentants légaux. Le procès-verbal constatant cet accord est joint à la procédure. La mesure ne peut être mise en œuvre à l'égard de la victime qu'avec l'accord de celle-ci.

Art. L. 422-2. – Lorsque le procureur de la République fait application, à l'égard d'un mineur, de l'article 41-1 du Code de procédure pénale relatif aux alternatives aux poursuites, les représentants légaux du mineur doivent être convoqués.

Les représentants légaux du mineur qui ne répondent pas à cette convocation sont passibles des sanctions prévues à l'article L. 311-5.

Les mesures prévues aux 2° à 5° de l'article 41-1 du Code de procédure pénale requièrent l'accord des représentants légaux du mineur.

Le procureur de la République fixe, le cas échéant, le montant des frais de stage pouvant être mis à la charge des représentants légaux du mineur.

La mise en œuvre des mesures alternatives aux poursuites peut être confiée à un service de la protection judiciaire de la jeunesse ou à une personne habilitée.

Section 2. – De la composition pénale

Art. L. 422-3 *(Mod., L. n° 2022-299, 2 mars 2022)*. – La procédure de composition pénale prévue par les articles 41-2 et 41-3 du Code de procédure pénale peut être appliquée aux mineurs âgés d'au moins treize ans lorsqu'elle apparaît adaptée à la personnalité de l'intéressé, dans les conditions prévues à la présente section.

L'accomplissement du travail non rémunéré prévu au 6° de l'article 41-2 du Code de procédure pénale ne peut être proposé qu'au mineur âgé d'au moins seize ans.

Outre les mesures de l'article 41-2 précité, le procureur de la République peut également proposer les mesures suivantes spécifiques aux mineurs :

1° Accomplissement d'un stage de formation civique. Lorsqu'il est prononcé pour une infraction commise dans le cadre de la scolarité, ce stage peut comporter un volet spécifique de sensibilisation aux risques liés au harcèlement scolaire ;

2° Suivi de façon régulière d'une scolarité ou d'une formation professionnelle ;

3° Respect d'une décision, antérieurement prononcée par le juge, de placement dans une institution ou un établissement public ou privé d'éducation ou de formation professionnelle habilité ;

4° Consultation d'un psychiatre ou d'un psychologue ;

5° Accomplissement, lorsque le mineur est âgé d'au moins seize ans, d'un contrat de service en établissement public d'insertion de la défense mentionné aux articles L. 130-1 à L. 130-5 du Code du service national.

Art. L. 422-4. – Avant toute proposition du procureur de la République en application de l'article L. 422-3, le service de la protection judiciaire de la jeunesse compétent doit être saisi en vue d'établir un recueil de renseignements socio-éducatifs, joint à la procédure.

La proposition du procureur de la République doit être également faite aux représentants légaux du mineur et obtenir l'accord de ces derniers.

L'accord du mineur et de ses représentants légaux doit être recueilli en présence d'un avocat désigné conformément à l'article L. 12-4.

Pour l'exécution des mesures de stages prévues à l'article 41-2 du Code de procédure pénale, le procureur de la République fixe, le cas échéant, le montant des frais pouvant être mis à la charge des représentants légaux du mineur.

La composition pénale proposée à un mineur doit être validée par le juge des enfants ou, pour les contraventions des quatre premières classes, par le juge compétent du tribunal de police. Les dispositions du vingt-huitième alinéa de l'article 41-2 du Code de procédure pénale qui permettent, dans certains cas, qu'une proposition de composition pénale ne soit pas validée par le président du tribunal ne sont pas applicables aux mineurs.

Avant de valider la composition pénale, le juge peut procéder à l'audition du mineur ou de ses représentants légaux, soit d'office, soit à leur demande. Dans ce dernier cas, l'audition est de droit.

La décision est notifiée à l'auteur des faits et à ses représentants légaux et, le cas échéant, à la victime.

La durée d'exécution des mesures proposées aux mineurs ne peut excéder six mois.

Leur exécution peut être confiée à un service de la protection judiciaire de la jeunesse ou à personne habilitée.

CHAPITRE III. – De la mise en mouvement de l'action publique

Section 1. –Des décisions sur les poursuites

Art. L. 423-1. – Sous réserve des dispositions relatives à la procédure simplifiée prévue aux articles 524 à 530-1 du Code de procédure pénale, les contraventions de police des quatre premières classes commises par les mineurs sont jugées par le tribunal de police.

Art. L. 423-2. – Lorsqu'un délit ou une contravention de la cinquième classe est imputé à un mineur, le procureur de la République peut :

1° Soit requérir l'ouverture d'une information judiciaire en application de l'article 80 du Code de procédure pénale ;

2° Soit saisir une juridiction pour mineurs.

Art. L. 423-3. – Aucune poursuite ne pourra être exercée contre les mineurs en matière de crime sans information préalable.

Art. L. 423-4 *(Mod., L. n° 2022-52, 24 janv. 2022)*. – Lorsque le procureur de la République poursuit un délit ou une contravention de la cinquième classe imputé à un mineur devant la juridiction de jugement spécialisée, il saisit le juge des enfants aux fins de jugement selon la procédure de mise à l'épreuve éducative prévue par les articles L. 521-1 et L. 521-7 à L. 521-25.

Toutefois, si le mineur est âgé d'au moins treize ans et qu'il encourt une peine d'emprisonnement supérieure ou égale à trois ans, le procureur de la République peut également, lorsque sa personnalité, ou la gravité, ou la complexité des faits le justifie, saisir le tribunal pour enfants aux fins de jugement selon cette même procédure.

Lorsqu'un mineur est déféré, le procureur de la République peut, à titre exceptionnel, le poursuivre devant le tribunal pour enfants aux fins de jugement en audience unique selon la procédure prévue par les articles L. 521-26 et L. 521-27, si les conditions suivantes sont réunies :

1° Si la peine encourue est supérieure ou égale à cinq ans d'emprisonnement pour le mineur de moins de seize ans, ou si la peine encourue est supérieure ou égale à trois ans d'emprisonnement pour le mineur d'au moins seize ans.

2° Si le mineur :

a) A déjà fait l'objet d'une mesure éducative, d'une mesure judiciaire d'investigation éducative, d'une mesure de sûreté, d'une déclaration de culpabilité ou d'une peine prononcée dans le cadre d'une autre procédure et ayant donné lieu à un rapport datant de moins d'un an ; si ce rapport n'a pas déjà été déposé, il peut être requis par le procureur de la République à l'occasion du défèrement. Ce rapport doit être versé au dossier de la procédure par le procureur de la République.

b) Ou est également poursuivi pour le délit prévu par le troisième alinéa de l'article 55-1 du Code de procédure pénale. Dans ce cas, le procureur de la République verse au dossier le recueil de renseignements socio-éducatifs établi à l'occasion du défèrement.

Art. L. 423-5. – En aucun cas un mineur ne peut être poursuivi par voie de citation directe ou selon les procédures prévues aux articles 393 à 397-7, 495-7 à 495-17 du Code de procédure pénale ou, pour les contraventions de cinquième classe, selon la procédure simplifiée prévue par les articles 524 à 530-1 du Code de procédure pénale.

Art. L. 423-6. – Lorsque le procureur de la République ordonne la présentation d'un mineur devant lui, il :

1° Avise par tout moyen les représentants légaux du mineur, ainsi que la personne ou le service auquel il est confié ;

2° Requiert l'établissement d'un recueil de renseignements socio-éducatifs ;

3° Sollicite du bâtonnier la désignation d'un avocat commis d'office dans le cas où le mineur ou ses représentants légaux n'ont pas désigné d'avocat. L'avocat désigné peut consulter le dossier de la procédure sur le champ et communiquer librement avec le mineur.

Lorsque le procureur de la République se fait présenter un mineur, il l'informe de son droit d'être assisté par un interprète, il constate son identité et lui notifie les faits qui lui sont reprochés et leur qualification juridique en présence de son avocat.

Le procureur de la République avertit alors le mineur de son droit de faire des déclarations, de répondre aux questions qui lui sont posées ou de se taire. Après avoir, le cas échéant, recueilli les observations du mineur ou procédé à son interrogatoire, le procureur de la République entend, s'il y a lieu, les observations de l'avocat, portant notamment sur la régularité de la procédure, sur la qualification retenue, sur le caractère éventuellement insuffisant de l'enquête, sur la nécessité de procéder à de nouveaux actes qu'il estime nécessaires à la manifestation de la vérité et sur les modalités d'engagement éventuel des poursuites.

Au vu de ces observations, le procureur de la République peut saisir une juridiction de jugement, requérir l'ouverture d'une information, ordonner la poursuite de l'enquête ou prendre toute autre décision sur l'action publique.

À peine de nullité, mention des formalités prévues au 3° et aux cinquième et sixième alinéas du présent article est faite au procès-verbal. Si le procureur de la République saisit la juridiction de jugement, la copie de ce procès-verbal est remise au mineur.

Section 2. – De la saisine de la juridiction de jugement

Sous-section 1. – Des modes de saisine

Art. L. 423-7. – Le juge des enfants ou le tribunal pour enfants est saisi soit :

1° Par convocation délivrée sur instructions du procureur de la République soit par un greffier, un officier ou agent de police judiciaire, un huissier, un délégué ou un médiateur du procureur de la République, soit, si le prévenu est détenu, par le chef de l'établissement pénitentiaire, soit, si le mineur est placé, par le directeur de l'établissement auquel il est confié ;

2° Par procès-verbal du procureur de la République établi lors d'un déferement. Dans ce cas, le procureur de la République procède conformément aux dispositions de l'article L. 423-6 et informe le mineur, en présence de son avocat, qu'il est convoqué devant le juge des enfants ou tribunal pour enfants pour y être jugé, à une audience fixée dans un délai qui ne peut être inférieur à dix jours ni supérieur à trois mois. Il lui notifie les faits qui lui sont reprochés ainsi que le lieu, la date et l'heure de l'audience. Ces formalités sont mentionnées au procès-verbal, dont copie est remise au mineur, à peine de nullité de la procédure.

Art. L. 423-8. – La convocation devant le juge des enfants ou le tribunal pour enfants et le procès-verbal établi par le procureur de la République lors du déferement mentionnent :

1° La date, le lieu et l'heure de l'audience, laquelle se tient dans un délai qui ne peut être inférieur à dix jours ni supérieur à trois mois à compter de la notification de la convocation ;

2° Le fait poursuivi ainsi que le texte de loi qui le réprime ;

3° Les dispositions de l'article L. 12-4.

Sont rappelées les dispositions des articles L. 12-5, L. 311-1 et L. 311-2.

Sont également rappelées les dispositions des articles L. 521-1 et L. 521-2, sauf lorsque le tribunal pour enfants est saisi aux fins d'audience unique en application du troisième alinéa de l'article L. 423-4.

La convocation est notifiée dans les meilleurs délais aux représentants légaux et à la personne ou au service auquel le mineur est confié.

Ces mentions sont formalisées par procès-verbal signé par le mineur et, si elles sont présentes, les personnes visées à l'alinéa précédent, qui en recevront copie. Cette convocation vaut citation à personne et entraîne l'application des délais prévus à l'article 552 du Code de procédure pénale.

Le juge des enfants ou le tribunal pour enfants en est avisé sans délai.

Sous-section 2. – Des mesures prononcées avant la comparution du mineur devant la juridiction de jugement

Art. L. 423-9 *(Mod., L. n° 2021-1729, 22 déc. 2021).* – Aussitôt après avoir procédé aux formalités de l'article L. 423-6, le procureur de la République fait comparaître le mineur devant :

1° Le juge des enfants afin qu'il soit statué sur ses réquisitions tendant :

a) Soit, quel que soit l'âge du mineur, au prononcé d'une mesure éducative judiciaire provisoire jusqu'à l'audience d'examen de la culpabilité ;

b) Soit, pour le mineur âgé d'au moins treize ans, au placement sous contrôle judiciaire, dans les conditions prévues par l'article L. 331-1, jusqu'à l'audience d'examen de la culpabilité ;

c) Soit, pour le mineur âgé d'au moins seize ans, au placement sous assignation à résidence avec surveillance électronique, dans les conditions prévues par l'article L. 333-1, jusqu'à l'audience d'examen de la culpabilité ;

2° Le juge des libertés et de la détention, pour le mineur âgé d'au moins seize ans et lorsque le tribunal pour enfants est saisi aux fins d'audience unique en application du troisième alinéa de l'article L. 423-4, afin qu'il soit statué sur ses réquisitions tendant au placement en détention provisoire du mineur jusqu'à l'audience, dans les conditions prévues aux articles L. 334-1 à L. 334-5. Dans ce cas, l'audience de jugement doit avoir lieu dans un délai ne pouvant excéder un mois, à défaut de quoi le mineur est remis en liberté d'office.

Le mineur est informé que la décision ne pourra intervenir qu'à l'issue d'un débat contradictoire et qu'il a le droit de demander un délai pour préparer sa défense. Si le mineur ou son avocat sollicite un tel délai, le juge des libertés et de la détention statue selon les modalités prévues aux trois derniers alinéas de l'article L. 521-21.

Le procureur de la République avise sans délai le juge des enfants afin qu'il puisse communiquer au juge des libertés et de la détention tout élément utile sur la personnalité du mineur et, le cas échéant, accomplir les diligences prévues à l'article L. 423-10.

Le juge des enfants ou le juge des libertés et de la détention statue par ordonnance motivée qui doit comporter l'énoncé des considérations de droit et de fait qui constituent le fondement de la décision. Il statue en audience de cabinet, après un débat contradictoire au cours duquel il entend les réquisitions du procureur de la République, puis les observations du mineur et celles de son avocat. Le juge des enfants ou le juge des libertés et de la détention entend le cas échéant au cours de ce débat les représentants légaux du mineur et le représentant du service auquel le mineur est confié ou mandaté dans le cadre d'une précédente mesure.

La présence du procureur de la République est facultative dans les cas prévus aux a et b du 1° s'agissant du placement sous contrôle judiciaire des mineurs d'au moins seize ans.

Les représentants légaux du mineur sont avisés par tout moyen de la décision du juge des enfants et du juge des libertés et de la détention.

Art. L. 423-10. – Lorsqu'un mineur est poursuivi dans le cadre de la procédure prévue au troisième alinéa de l'article L. 423-4, le juge des enfants saisi aux fins de prononcer des mesures prévues à l'article L. 423-9 ou avisé de la saisine du juge des libertés et de la détention aux mêmes fins, qui constate qu'une mise à l'épreuve éducative est en cours, peut, d'office ou sur réquisitions du procureur de la République, faire remettre au mineur et à ses représentants légaux une convocation à comparaître devant le tribunal pour enfants à la date d'audience notifiée par le procureur de la République, pour voir statuer sur l'ensemble des procédures ayant donné lieu à une déclaration de culpabilité au cours de la période de mise à l'épreuve éducative.

Art. L. 423-11 *(Mod., L. n° 2021-1729, 22 déc. 2021).* – Le juge des enfants est compétent, jusqu'à la comparution du mineur devant la juridiction, pour statuer sur la mainlevée, ou la modification des mesures d'investigation, éducative judiciaire provisoire et de sûreté, d'office, à la demande du mineur ou de son avocat, ou sur réquisitions du procureur de la République conformément aux dispositions des titres II et III du livre III.

Le juge des enfants peut, en cas d'incident, délivrer à l'encontre d'un mineur un mandat de comparution.

Lorsque le mineur se soustrait aux obligations et interdictions d'un contrôle judiciaire ou d'une assignation à résidence avec surveillance électronique, le juge des enfants peut également ordonner à l'encontre du mineur un mandat d'amener ou, si le mineur est en fuite ou réside à l'étranger, un mandat d'arrêt. Il est alors procédé dans les conditions prévues aux articles 123 à 134 du Code de procédure pénale. Le mineur retenu en exécution d'un mandat bénéficie des droits prévus à l'article L. 332-1 du présent code.

Lorsqu'il constate que le mineur n'a pas respecté les obligations du contrôle judiciaire ou de l'assignation à résidence avec surveillance électronique, le juge des enfants peut, si les conditions prévues aux articles L. 334-4 ou L. 334-5 sont réunies, communiquer le dossier au procureur de la République aux fins de réquisitions et saisir le juge des libertés et de la détention aux fins de révocation de la mesure de contrôle judiciaire ou d'assignation à résidence avec surveillance électronique et de placement du mineur en détention provisoire.

Le mineur est informé que la décision ne pourra intervenir qu'à l'issue d'un débat contradictoire et qu'il a le droit de demander un délai pour préparer sa défense. Si le mineur ou son avocat sollicite un tel délai, le juge des libertés et de la détention statue selon les modalités prévues aux trois derniers alinéas de l'article L. 521-21.

Le mineur placé en détention provisoire, ou son avocat, peut, à tout moment, demander sa mise en liberté. La demande est adressée au juge des libertés et de la détention, qui communique immédiatement le dossier au procureur de la République aux fins de réquisitions et demande au juge des enfants tout élément utile sur la personnalité et l'évolution de la situation du mineur. Le juge des libertés et de la détention statue dans les cinq jours suivant la communication au procureur de la République dans les conditions prévues aux troisième et avant-dernier alinéas de l'article 148 du Code de procédure pénale.

Faute pour le juge des libertés et de la détention d'avoir statué dans le délai prévu à l'avant-dernier alinéa, le mineur ou son avocat et le procureur de la République peuvent saisir la chambre spéciale des mineurs de la cour d'appel, qui statue selon les modalités prévues au second alinéa de l'article L. 521-23.

Art. L. 423-12. – **En cas de révocation du contrôle judiciaire ou de l'assignation à résidence avec surveillance électronique et de placement en détention provisoire du mineur, l'audience de jugement a lieu devant le tribunal pour enfants dans un délai ne pouvant excéder un mois, à défaut de quoi le mineur est remis en liberté d'office.**

Sous-section 3. – Des voies de recours contre les décisions relatives aux mesures prononcées avant la comparution du mineur devant la juridiction de jugement

Art. L. 423-13 *(Mod., L. n° 2022-52, 24 janv. 2022)*. – **Les décisions relatives à la mesure éducative judiciaire provisoire et aux mesures de sûreté rendues par le juge des enfants ou le juge des libertés et de la détention en application des dispositions de la sous-section 2 peuvent faire l'objet d'un appel par le mineur ou l'un de ses représentants légaux et par le ministère public dans un délai de dix jours.**

L'appel de la décision relative à une mesure éducative judiciaire provisoire, un contrôle judicaire ou une assignation à résidence avec surveillance électronique est porté devant le président de la chambre spéciale des mineurs qui statue dans le délai d'un mois.

L'appel de la décision relative au placement en détention provisoire est examiné par la chambre spéciale des mineurs dans les délais et selon les modalités prévues devant la chambre de l'instruction par les articles 194 et 199 du Code de procédure pénale.

Sous-section 4. — Du renvoi du dossier au procureur de la République lorsque la personne est majeure

Art. L. 423-14 *(Créé, L. n° 2022-52, 24 janv. 2022)*. – **S'il apparaît au juge des enfants ou au juge des libertés et de la détention saisi en application de l'article L. 423-9 que la personne présentée devant lui est majeure, il renvoie le dossier au procureur de la République.**

Le juge des enfants ou le juge des libertés et de la détention statue au préalable, après avoir entendu les réquisitions du procureur de la République et les observations de la personne et de son avocat, sur le placement ou le maintien de la personne en détention provisoire jusqu'à sa comparution devant le tribunal correctionnel, devant le juge des libertés et de la détention saisi en application de l'article 396 du Code de procédure pénale ou devant le juge d'instruction. Cette comparution doit avoir lieu dans un délai de vingt-quatre heures, à défaut de quoi la personne est remise en liberté d'office. Toutefois, si les faits relèvent de la compétence d'un pôle de l'instruction et qu'il n'existe pas de pôle au sein du tribunal judiciaire, cette comparution doit intervenir devant le juge d'instruction du pôle territorialement compétent dans un délai de quarante-huit heures au plus, à défaut de quoi la personne est remise en liberté d'office.

TITRE III. – De l'information judiciaire

CHAPITRE Ier. – De l'information et de la convocation des représentants légaux

Art. L. 431-1. – **Le juge d'instruction avise les représentants légaux du mineur et la personne ou le service auquel le mineur est confié des poursuites dont celui-ci fait l'objet.**

L'avis mentionné à l'alinéa précédent est fait verbalement avec émargement au dossier ou par lettre recommandée. Il mentionne les faits reprochés au mineur et leur qualification juridique.

Il précise également qu'à défaut de choix d'un avocat par le mineur ou ses représentants légaux, le juge d'instruction fera désigner un avocat d'office par le bâtonnier.

Art. L. 431-2. – **Quel que soit l'objet de la convocation du mineur par le juge d'instruction, ses représentants légaux sont convoqués par tout moyen dans les conditions prévues à l'article L. 311-1, ainsi que la personne ou le service auquel il est confié, pour être entendus par le juge.**

Art. L. 431-3. – **Les représentants légaux et les personnes civilement responsables doivent déclarer au greffe du juge d'instruction leur adresse selon les modalités prévues par les deux derniers alinéas de l'article 116 du Code de procédure pénale.**

CHAPITRE II. – De la mesure judiciaire d'investigation éducative et de la mesure éducative judiciaire provisoire

Art. L. 432-1. – Lorsqu'une information judiciaire est ouverte à l'encontre d'un mineur, le juge d'instruction ordonne une mesure judiciaire d'investigation éducative.

Toutefois, cette mesure est facultative lorsqu'une copie du dossier unique de personnalité du mineur, contenant un rapport d'une mesure judiciaire d'investigation éducative de moins d'un an, est versée au dossier de l'information judiciaire.

Art. L. 432-2. – Au cours de l'information judiciaire, le juge d'instruction ou le juge des libertés et de la détention saisi en application du dernier alinéa de l'article 137-1 ou du second alinéa de l'article 137-4 du Code de procédure pénale peut ordonner une mesure éducative judiciaire provisoire à l'égard du mineur mis en examen, dans les conditions prévues par les articles L. 323-1 à L. 323-3 du présent code. Le juge d'instruction peut la modifier ou en donner mainlevée à tout moment dans les mêmes conditions.

La mesure est prononcée pour une durée d'un an renouvelable.

CHAPITRE III. – Des mesures de sûreté

Art. L. 433-1. – Au cours de l'information judiciaire, les dispositions relatives au contrôle judiciaire, à l'assignation à résidence avec surveillance électronique et à la détention provisoire, prévues au titre III du livre III sont applicables, sous réserve des dispositions du présent chapitre.

Art. L. 433-2. – En matière correctionnelle, la détention provisoire ordonnée à l'égard d'un mineur de moins de seize ans, dans les conditions prévues par l'article L. 334-4, ne peut excéder :

1° Une durée de quinze jours, renouvelable une fois par ordonnance motivée, lorsque le mineur encourt une peine inférieure à dix ans d'emprisonnement ;

2° Une durée d'un mois, renouvelable une fois par ordonnance motivée, lorsque le mineur encourt une peine de dix ans d'emprisonnement.

Art. L. 433-3. – En matière correctionnelle, la détention provisoire ordonnée à l'égard d'un mineur âgé d'au moins seize ans, dans les conditions prévues par l'article L. 334-5, ne peut excéder :

1° Un mois, lorsque la peine d'emprisonnement encourue est inférieure ou égale à sept ans. Toutefois, à l'expiration de ce délai, la détention peut être prolongée par le juge des libertés et de la détention, à titre exceptionnel, pour une durée n'excédant pas un mois, par une ordonnance motivée conformément aux dispositions de l'article 137-3 du Code de procédure pénale et rendue après un débat contradictoire organisé conformément aux dispositions du sixième alinéa de l'article 145 du même code. La prolongation ne peut être ordonnée qu'une seule fois ;

2° Quatre mois, lorsque la peine d'emprisonnement encourue est supérieure à sept ans. Toutefois, à l'expiration de ce délai, la détention peut être prolongée par le juge des libertés et de la détention, à titre exceptionnel, pour une durée n'excédant pas quatre mois, par une ordonnance motivée conformément aux dispositions de l'article 137-3 du Code de procédure pénale et rendue après un débat contradictoire organisé conformément aux dispositions du sixième alinéa de l'article 145 du même code. Cette décision peut être renouvelée selon la même procédure, la durée totale de la détention ne pouvant excéder un an.

Art. L. 433-4. – En matière criminelle, la détention provisoire ne peut excéder six mois pour le mineur de moins de seize ans. Toutefois, à l'expiration de ce délai, la détention peut être prolongée par le juge des libertés et de la détention, à titre exceptionnel, pour une durée n'excédant pas six mois, par une ordonnance motivée conformément aux dispositions de l'article 137-3 du Code de procédure pénale, par référence aux 1° à 6° de l'article 144 du même code, et rendue après un débat contradictoire organisé conformément aux dispositions du sixième alinéa de l'article 145 du même code. La prolongation ne peut être ordonnée qu'une seule fois.

Art. L. 433-5. – En matière criminelle, la détention provisoire ne peut excéder un an pour le mineur âgé d'au moins seize ans. Toutefois, le juge des libertés et de la détention peut, à l'expiration de ce délai, prolonger la détention pour une durée qui ne peut être supérieure à six mois par une ordonnance motivée conformément aux dispositions de l'article 137-3 du Code de procédure pénale et rendue après un débat contradictoire organisé conformément aux dispositions du sixième alinéa de l'article 145 du même code.

Cette décision peut être renouvelée selon la même procédure, la durée totale de la détention provisoire ne pouvant excéder deux ans.

Art. L. 433-6. – La durée totale de détention provisoire mentionnée au 2° de l'article L. 433-3 du présent code est portée à deux ans pour l'instruction du délit mentionné à l'article 421-2-1 du Code pénal.

La durée totale de détention provisoire mentionnée à l'article L. 433-5 du présent code est portée à trois ans pour l'instruction des crimes prévus au 1° de l'article 421-1 et aux articles 421-5 et 421-6 du Code pénal.

Art. L. 433-7. – Lorsque la détention provisoire est ordonnée à la suite d'une révocation du contrôle judiciaire ou de l'assignation à résidence avec surveillance électronique à l'encontre d'un mineur antérieurement placé en détention provisoire pour les mêmes faits, la durée cumulée des détentions ne peut excéder de plus d'un mois la durée maximale de la détention prévue au présent chapitre.

Art. L. 433-8. – Lorsqu'interviennent plusieurs révocations du contrôle judiciaire d'un mineur de moins de seize ans, la durée cumulée de la détention provisoire ne peut excéder une durée totale d'un mois dans le cas mentionné au 1° de l'article L. 433-2 et de deux mois dans le cas mentionné au 2° du même article.

CHAPITRE IV. – Du règlement de l'information judiciaire

Section 1. – Des ordonnances de règlement

Art. L. 434-1. – Lorsque l'information est terminée, après avoir procédé conformément à l'article 175 du Code de procédure pénale, le juge d'instruction rend l'une des ordonnances de règlement suivantes :

1° Soit une ordonnance de non-lieu dans les cas et conditions prévus à l'article 177 du Code de procédure pénale ;

2° Soit, s'il estime que le fait constitue une contravention des quatre premières classes, une ordonnance de renvoi devant le tribunal de police ;

3° Soit, s'il estime que le fait constitue un délit ou une contravention de la cinquième classe, une ordonnance de renvoi devant le tribunal pour enfants, ou devant le juge des enfants si le mineur est âgé de moins de treize ans ;

4° Soit, s'il estime que les faits constituent un crime, une ordonnance de mise en accusation devant la cour d'assises des mineurs s'il s'agit d'un mineur âgé d'au moins seize ans dans les cas et conditions prévus à l'article 181 du Code de procédure pénale ou une ordonnance de renvoi devant le tribunal pour enfants s'il s'agit d'un mineur de moins de seize ans.

Art. L. 434-2. – Par dérogation aux dispositions du 4° de l'article L. 434-1, lorsque les faits forment un ensemble connexe et indivisible avec un crime commis par un mineur âgé d'au moins seize ans, le juge d'instruction peut, dans l'intérêt d'une bonne administration de la justice, par décision motivée prise après réquisitions du procureur de la République et observations des parties, mettre ce mineur en accusation devant la cour d'assises des mineurs :

1° Pour un crime commis avant qu'il n'ait atteint l'âge de seize ans ;

2° Pour un crime commis à compter de sa majorité.

Art. L. 434-3. – Si le mineur a des coauteurs ou complices majeurs, la procédure, en matière correctionnelle et pour les contraventions de la cinquième classe, est disjointe et ces derniers sont renvoyés devant la juridiction compétente suivant le droit commun.

Si, en matière criminelle, le mineur a des coauteurs ou complices majeurs, le juge d'instruction peut :

1° Soit renvoyer tous les accusés âgés d'au moins seize ans devant la cour d'assises des mineurs ;

2° Soit disjoindre les poursuites et ordonner la mise en accusation des coauteurs ou complices majeurs devant la cour d'assises de droit commun.

Art. L. 434-4. – Lorsqu'il ordonne le renvoi d'un mineur devant le juge des enfants ou le tribunal pour enfants en application de l'article L. 434-1, le juge d'instruction peut, en prenant en considération les intérêts de la victime ou de la partie civile, saisir la juridiction compétente en raison de la résidence du mineur ou de celle de ses représentants légaux.

Section 2. – Du maintien de la mesure éducative et des mesures de sûreté

Art. L. 434-5. – Lorsqu'une mesure éducative judiciaire provisoire a été ordonnée à l'égard du mineur au cours de l'information, le juge d'instruction statue expressément, lors du règlement de l'information, sur le maintien de la mesure jusqu'au jugement.

Art. L. 434-6. – Par dérogation à l'article 179 du Code de procédure pénale, lorsque le juge d'instruction ordonne le renvoi devant le tribunal pour enfants d'un mineur de moins de seize ans en matière correctionnelle, ce dernier peut être maintenu en détention provisoire jusqu'à sa comparution devant la juridiction de jugement pour une durée de deux mois, renouvelable une seule fois pour une durée d'un mois.

Art. L. 434-7. – Par dérogation à l'article 179 du Code de procédure pénale, lorsque le juge d'instruction ordonne le renvoi devant le tribunal pour enfants d'un mineur âgé d'au moins seize ans en matière correctionnelle, ce dernier peut être maintenu en détention provisoire jusqu'à sa comparution devant la juridiction de jugement pour une durée de deux mois renouvelable une fois.

Art. L. 434-8. – Lorsque le juge d'instruction a ordonné le renvoi devant le tribunal pour enfants d'un mineur de moins de seize ans en matière criminelle, ce dernier peut être maintenu en détention provisoire jusqu'à sa comparution devant la juridiction de jugement pour une durée de deux mois renouvelable deux fois dans les conditions prévues par le cinquième alinéa de l'article 179 du Code de procédure pénale.

Art. L. 434-9. – Lorsque le juge d'instruction a ordonné la mise en accusation d'un mineur âgé d'au moins seize ans devant la Cour d'assises des mineurs, il est fait application des dispositions de l'article 181 du Code de procédure pénale.

Section 3. – De la mesure éducative judiciaire provisoire et des mesures de sûreté après le règlement de l'information judiciaire

Art. L. 434-10. – Lorsque le tribunal pour enfants a été saisi par ordonnance de renvoi du juge d'instruction et jusqu'à la comparution du mineur devant lui, le juge des enfants est compétent pour décider, d'office ou à la demande du procureur de la République ou des parties, le maintien ou la modification de la mesure éducative judiciaire provisoire ordonnée à l'égard du mineur ou pour en donner mainlevée.

Lorsque la cour d'assises des mineurs a été saisie par ordonnance de mise en accusation, la demande de maintien, de modification ou de mainlevée de la mesure éducative judiciaire provisoire est portée :

1° Devant cette cour, lorsque la demande est formée durant la session au cours de laquelle elle doit juger l'accusé ;

2° Dans les autres cas devant la chambre de l'instruction de cette même cour.

Art. L. 434-11. – Lorsque le tribunal pour enfants a été saisi par ordonnance de renvoi du juge d'instruction et jusqu'à la comparution du mineur devant lui, le juge des enfants est compétent pour décider, d'office ou à la demande du procureur de la République ou des parties, de la modification ou de la suppression des obligations du contrôle judiciaire ou de l'assignation à résidence avec surveillance électronique auquel le mineur est astreint, d'imposer au mineur une ou plusieurs obligations nouvelles, d'accorder une dispense occasionnelle ou temporaire d'observer certaines d'entre elles ou d'en donner mainlevée.

CHAPITRE V. – De l'appel des ordonnances rendues au cours de l'instruction et à l'issue de celle-ci

Art. L. 435-1. – Sans préjudice des dispositions de l'article 186 du Code de procédure pénale relatives à l'appel des décisions rendues au cours de l'information, le mineur mis en examen ou l'un de ses représentants légaux peut faire appel devant la chambre de l'instruction, selon les modalités prévues par cet article, des ordonnances du juge d'instruction ou du juge des libertés et de la détention relatives à la mesure éducative judiciaire provisoire.

Art. L. 435-2. – Sans préjudice des dispositions de l'article 496 du Code de procédure pénale relatives à l'appel des jugements en matière correctionnelle, le mineur ou l'un de ses représentants légaux peut faire appel devant la chambre spéciale des mineurs de la cour d'appel des décisions du juge des enfants relatives à la mesure éducative judiciaire provisoire rendues en application de l'article L. 434-10 du présent code.

LIVRE V. – Du jugement

TITRE Ier. – Dispositions générales

CHAPITRE Ier. – Des débats

Art. L. 511-1. – Le juge des enfants ou le tribunal pour enfants entend :

1° Le mineur ;

2° Les témoins ;

3° Les représentants légaux et les personnes civilement responsables du mineur ;

4° La personne ou le service auquel le mineur est confié ou qui le suit ;

5° La victime ou la partie civile ;

6° Le procureur de la République. Toutefois, lorsque les débats ont lieu en chambre du conseil, sa présence n'est pas obligatoire. S'il n'est pas présent et entend requérir une des peines mentionnées à l'article L. 121-4, il adresse des réquisitions écrites au juge des enfants qui en donne lecture à l'audience.

7° L'avocat du mineur.

Le mineur ou son avocat a toujours la parole en dernier.

Art. L. 511-2. – Le juge des enfants, le président du tribunal pour enfants et le président du tribunal de police peuvent ordonner, à tout moment, que le mineur se retire pendant tout ou partie de la suite des débats.

Ils peuvent également ordonner aux autres parties de se retirer au moment de l'examen de la situation personnelle du mineur, leurs avocats restant présents.

Art. L. 511-3. – Le juge des enfants ou le président du tribunal pour enfants peut, si l'intérêt du mineur l'exige, dispenser ce dernier de comparaître à l'audience. Dans ce cas, le mineur est représenté par un avocat ou son représentant légal. La décision est réputée contradictoire.

Art. L. 511-4. – Le juge des enfants et le tribunal pour enfants peuvent entendre, à titre de simple renseignement, les coauteurs ou complices majeurs.

Art. L. 511-5. – Le déroulement des débats devant le tribunal pour enfants en matière criminelle obéit aux mêmes règles qu'en matière correctionnelle.

CHAPITRE II. – De l'action civile

Art. L. 512-1. – À l'audience, la déclaration de partie civile doit, à peine d'irrecevabilité, être faite avant les réquisitions du ministère public sur le fond ou, si le juge des enfants ou le tribunal pour enfants statue selon la procédure de mise à l'épreuve éducative, avant les réquisitions du ministère public sur la sanction.

Les victimes sont avisées et les parties civiles sont citées selon les modalités prévues par les articles 391 et 420 du Code de procédure pénale. Toutefois, lorsqu'il a été statué sur l'action civile lors de l'audience d'examen de la culpabilité, la partie civile est avisée par tout moyen de la date de l'audience de prononcé de la sanction.

Art. L. 512-2. – Lorsqu'un mineur est impliqué dans la même cause qu'un ou plusieurs majeurs, le tribunal correctionnel ou la cour d'assises compétente à l'égard des majeurs peut statuer sur l'action civile contre tous les responsables, sur saisine de la victime ou sur renvoi du juge des enfants ou du tribunal pour enfants, d'office ou à la demande de la partie civile.

Dans le cas prévu à l'alinéa qui précède, le mineur ne comparaît pas à l'audience, mais seulement ses représentants légaux. À défaut de choix d'un avocat par le mineur ou ses représentants légaux, il en est désigné un d'office. Les dispositions des articles L. 513-2 à L. 513-4 sont applicables. S'il n'a pas encore été statué sur la culpabilité du mineur, le tribunal correctionnel ou la cour d'assises peut surseoir à statuer sur l'action civile.

Art. L. 512-3. – Après avoir déclaré le mineur coupable des faits qui lui sont reprochés et statué, le cas échéant, sur la sanction, le juge des enfants ou le tribunal pour enfants peut, d'office ou à la demande du procureur de la République ou des parties, renvoyer l'affaire à une date ultérieure pour statuer sur l'action civile, même s'il n'ordonne pas de mesure d'instruction, afin de permettre à la partie civile d'apporter les justificatifs de ses demandes. Ce renvoi est de droit lorsqu'il est demandé par la partie civile. La juridiction doit alors fixer la date de l'audience à laquelle il sera statué sur l'action civile. La présence du ministère public à cette audience n'est pas obligatoire.

L'audience mentionnée au premier alinéa a lieu soit devant le juge des enfants statuant en chambre du conseil, soit, au regard de la gravité du préjudice susceptible d'être invoqué par la partie civile et de la complexité de son évaluation et de sa liquidation, devant le tribunal correctionnel composé conformément aux dispositions du quatrième alinéa de l'article 464 du Code de procédure pénale lorsqu'une ou plusieurs chambres de la juridiction, en application de l'article L. 121-3 du Code de l'organisation judiciaire, connaissent spécifiquement des actions sur intérêts civils.

Lorsque l'affaire est renvoyée devant le tribunal correctionnel, le mineur ne comparaît pas à l'audience, mais seulement ses représentants légaux. À défaut de choix d'un avocat par le mineur ou ses représentants légaux, il en est désigné un d'office. Les dispositions des articles L. 513-2 à L. 513-4 du présent code sont applicables.

Art. L. 512-4. – Les personnes civilement responsables du mineur régulièrement citées à personne sont jugées par jugement contradictoire à signifier, en application de l'article 410 du Code de procédure pénale, lorsqu'elles n'ont pas comparu.

CHAPITRE III. – De la publicité des audiences

Art. L. 513-1. – Devant le juge des enfants, l'affaire est instruite et jugée en chambre du conseil.

Art. L. 513-2. – Devant le tribunal de police, le tribunal pour enfants et la cour d'assises des mineurs, seuls sont admis à assister aux débats la victime, qu'elle soit ou non constituée partie civile, les témoins de l'affaire, les représentants légaux, les personnes civilement responsables, l'adulte approprié mentionné à l'article L. 311-1 et les proches parents du mineur, la personne ou le service auquel celui-ci est confié, les membres du barreau ainsi que les personnels des services désignés pour suivre le mineur.

Le président du tribunal de police ou du tribunal pour enfants peut, à tout moment, ordonner aux témoins de se retirer après leur audition.

Le jugement ou l'arrêt est rendu en audience publique, en présence du mineur.

Art. L. 513-3. – Par dérogation aux dispositions de l'article L. 513-2, le prévenu mineur au moment des faits, devenu majeur au jour de l'ouverture des débats devant le tribunal de police ou le tribunal pour enfants, peut demander à ce que l'audience soit publique, sauf s'il existe un autre prévenu qui est toujours mineur ou qui, mineur au moment des faits et devenu majeur au jour de l'audience, s'oppose à cette demande. S'il est fait droit à cette demande, les dispositions de l'article 400 du Code de procédure pénale sont applicables devant le tribunal.

Par dérogation aux dispositions de l'article L. 513-2, la cour d'assises des mineurs peut décider que les dispositions de l'article 306 du Code de procédure pénale sont applicables devant elle si la personne poursuivie, mineure au moment des faits, est devenue majeure au jour de l'ouverture des débats et que cette dernière, le ministère public ou un autre accusé en fait la demande. Elle ne fait pas droit à cette demande lorsqu'il existe un autre accusé toujours mineur ou que la personnalité de l'accusé qui était mineur au moment des faits rend indispensable que, dans son intérêt, les débats ne soient pas publics. Dans les autres cas, la cour statue en prenant en considération les intérêts de la société, de l'accusé et de la partie civile, après avoir entendu le ministère public et les avocats des parties, par une décision spéciale et motivée qui n'est pas susceptible de recours.

Art. L. 513-4. – La publication, par tout moyen, du compte rendu des débats devant les juridictions de jugement compétentes à l'égard des mineurs est interdite.

Toutefois, lorsque l'audience est publique en application des dispositions de l'article L. 513-3, le compte rendu des débats peut faire l'objet d'une publication mais sans que les nom et prénom du mineur ne soient indiqués, même par une initiale, sauf si l'intéressé donne son accord à cette mention.

La publication, par tout moyen, de tout texte ou de toute illustration concernant l'identité et la personnalité des mineurs délinquants est également interdite.

Le jugement ou l'arrêt rendu en audience publique à l'encontre du mineur peut être publié, mais sans que les nom et prénom du mineur soient indiqués, même par une initiale.

Toute infraction aux dispositions des quatre alinéas précédents est punie d'une amende de 15 000 euros.

Lorsque les infractions prévues par les dispositions du présent article sont commises par la voie de la presse, les directeurs des publications ou éditeurs sont, du seul fait de la publication, passibles comme auteurs principaux de la peine mentionnée au cinquième alinéa. À leur défaut, l'auteur et, à défaut de l'auteur, les imprimeurs, distributeurs et afficheurs sont poursuivis comme auteurs principaux. Lorsque l'auteur n'est pas poursuivi comme auteur principal, il est poursuivi comme complice.

Pourront être poursuivies comme complices, et dans tous les cas, toutes personnes auxquelles les articles 121-6 et 121-7 du Code pénal pourraient s'appliquer.

TITRE II. – De la procédure de jugement

CHAPITRE Ier. – Du jugement devant le juge des enfants et le tribunal pour enfants

Section 1. – Dispositions générales

Art. L. 521-1. – Sauf lorsqu'il est saisi en application du troisième alinéa de l'article L. 423-4 ou par ordonnance de renvoi du juge d'instruction, le juge des enfants ou le tribunal pour enfants statue selon la procédure de mise à l'épreuve éducative. Cette procédure comporte :

1° Une audience d'examen de la culpabilité ;

2° Une période de mise à l'épreuve éducative ;

3° Une audience de prononcé de la sanction.

Art. L. 521-2. – Par dérogation aux dispositions de l'article L. 521-1, la juridiction peut, après avoir recueilli les observations des parties présentes à l'audience et par décision motivée, statuer lors d'une audience unique sur la culpabilité du mineur et la sanction si elle se considère suffisamment informée sur sa personnalité et n'estime pas nécessaire d'ouvrir une période de mise à l'épreuve éducative au vu des faits commis par le mineur et de sa personnalité.

La juridiction statuant selon les modalités prévues au premier alinéa ne peut prononcer une peine que si le mineur a déjà fait l'objet d'une mesure éducative, d'une mesure judiciaire d'investigation éducative, d'une mesure de sûreté, d'une déclaration de culpabilité ou d'une peine prononcée dans le cadre d'une autre procédure et ayant donné lieu à un rapport datant de moins d'un an versé au dossier de la procédure.

Art. L. 521-3. – Si elle estime que l'affaire n'est pas en état d'être jugée, la juridiction peut d'office, ou à la demande d'une partie, renvoyer l'examen de l'affaire à une prochaine audience dans un délai qui ne peut excéder trois mois, en décidant, le cas échéant, de commettre le juge des enfants pour procéder à un supplément d'information. Les dispositions de l'article 463 du Code de procédure pénale sont applicables.

Lorsqu'elle ordonne le renvoi de l'affaire, la juridiction statue au préalable, par décision spécialement motivée, sur le prononcé, le maintien ou la modification d'une mesure éducative judiciaire provisoire et d'une mesure de sûreté.

Lorsque le mineur est en détention provisoire pour la cause, le jugement sur la culpabilité et, le cas échéant, sur la sanction, est rendu dans un délai d'un mois suivant le jour de sa première comparution devant la juridiction à défaut de quoi le mineur est remis en liberté d'office.

Art. L. 521-4. – Si le fait déféré sous la qualification de délit est de nature à entraîner une peine criminelle, la juridiction renvoie le ministère public à se pourvoir ainsi qu'il avisera.

Si le mineur est placé sous contrôle judiciaire, sous assignation à résidence avec surveillance électronique ou s'il bénéficie d'une mesure éducative judiciaire provisoire, la juridiction peut ordonner la prolongation de cette mesure pour une durée d'un mois. Elle demeure compétente pour assurer le suivi et le contrôle de la mesure éducative judiciaire provisoire et des mesures de sûreté jusqu'à l'ouverture de l'information judiciaire. À défaut de saisine du juge d'instruction dans un délai de sept jours, les mesures sont caduques.

Lorsqu'il est saisi en application du troisième alinéa de l'article L. 423-4, le tribunal pour enfants peut maintenir le mineur en détention ou décerner un mandat de dépôt ou un mandat d'arrêt dans les conditions prévues à l'article 469 du Code de procédure pénale.

Art. L. 521-5. – La juridiction peut, si elle estime que la complexité de l'affaire nécessite des investigations supplémentaires approfondies, renvoyer le dossier au procureur de la République.

Si le mineur est placé sous contrôle judiciaire, sous assignation à résidence avec surveillance électronique ou s'il bénéficie d'une mesure éducative judiciaire provisoire, la juridiction peut ordonner la prolongation de cette mesure pour une durée d'un mois. Elle demeure compétente pour assurer le suivi et le contrôle de la mesure éducative judiciaire provisoire et des mesures de sûreté jusqu'à l'ouverture de l'information judiciaire. À défaut de saisine du juge d'instruction dans un délai de sept jours, les mesures sont caduques.

Si le mineur est détenu, la juridiction statue au préalable sur son maintien en détention jusqu'à sa comparution devant le juge d'instruction suivant les conditions du troisième alinéa de l'article 397-2 du Code de procédure pénale.

Art. L. 521-6. – Le jugement est prononcé au plus tard dans un délai d'un mois après l'audience, sauf dans les affaires présentant une particulière complexité.

Section 2. – De la procédure de mise à l'épreuve éducative

Sous-section 1. – De l'audience d'examen de la culpabilité

Art. L. 521-7. – À l'audience d'examen de la culpabilité, la juridiction statue sur la culpabilité du mineur et, le cas échéant, sur l'action civile.

Art. L. 521-8. – Le juge des enfants peut ordonner, d'office ou à la demande du procureur de la République ou du mineur, le renvoi de l'affaire à une audience d'examen de la culpabilité devant le tribunal pour enfants si la personnalité du mineur, ou la gravité, ou la complexité des faits le justifie.

Cette décision de renvoi constitue une mesure d'administration judiciaire qui n'est pas susceptible de recours.

Lorsqu'il ordonne le renvoi de l'affaire, le juge des enfants statue au préalable, par décision spécialement motivée, sur le prononcé, le maintien ou la modification d'une mesure éducative judiciaire provisoire ou d'un placement sous contrôle judiciaire ou sous assignation à résidence avec surveillance électronique.

Une convocation à une audience du tribunal pour enfants dans un délai compris entre dix jours et deux mois est notifiée par le greffier aux parties présentes et vaut citation à personne. Les parties absentes ou non représentées sont citées conformément aux dispositions des articles 550 à 566 du Code de procédure pénale et les victimes en sont avisées.

Art. L. 521-9. – Lorsqu'elle déclare un mineur coupable des faits qui lui sont reprochés, la juridiction ordonne l'ouverture d'une période de mise à l'épreuve éducative, statue sur les mesures mentionnées à l'article L. 521-14 auxquelles le mineur est soumis durant cette période et renvoie le prononcé de la sanction à une audience ultérieure. La période de mise à l'épreuve éducative court jusqu'à l'audience de prononcé de la sanction.

Sauf s'il est fait application des dispositions de l'article L. 521-12, la juridiction fixe, dans son jugement, la date de l'audience de prononcé de la sanction qui a lieu, dans un délai compris entre six et neuf mois après la déclaration de culpabilité, devant le juge des enfants ou, si la personnalité du mineur, ou la gravité, ou la complexité des faits le justifie, devant le tribunal pour enfants de son ressort. Les parties absentes ou non représentées sont citées pour cette audience conformément aux dispositions des articles 550 à 566 du Code de procédure pénale et les victimes en sont avisées.

Une date de mise en place des mesures éducatives est communiquée à l'intéressé à l'issue de l'audience.

Art. L. 521-10. – Lorsque la juridiction constate, lors de l'audience d'examen de la culpabilité, que le mineur n'a pas respecté les obligations du contrôle judiciaire ou de l'assignation à résidence avec surveillance électronique prononcés dans la cause, elle peut, si les conditions des articles L. 334-4 ou L. 334-5 sont réunies, ordonner le placement du mineur en détention provisoire pour une durée n'excédant pas un mois.

Art. L. 521-11. – Par dérogation aux dispositions de l'article L. 521-9, lorsque la juridiction constate, à la date à laquelle elle statue, qu'une période de mise à l'épreuve éducative est en cours pour des faits antérieurs, elle n'ouvre pas, sauf décision contraire motivée, une période de mise à l'épreuve éducative pour les nouveaux faits pour lesquels le mineur est déclaré coupable. La mise à l'épreuve en cours s'étend à ces faits.

La juridiction peut modifier, d'office ou à la demande du procureur de la République ou du mineur, les mesures dont celui-ci fait l'objet afin de les adapter à son évolution.

La juridiction renvoie le mineur pour le prononcé de la sanction à l'audience déjà fixée pour le prononcé de la sanction des faits antérieurs, sous réserve que celle-ci intervienne dans un délai d'au moins dix jours.

Art. L. 521-12. – La juridiction qui déclare un mineur coupable des faits qui lui sont reprochés et ordonne l'ouverture d'une période de mise à l'épreuve éducative, peut ordonner son dessaisissement au profit du juge des enfants compétent à raison de la résidence du mineur ou de celle de ses parents ou représentants légaux.

Dans une même affaire, lorsque la juridiction qui se dessaisit demeure compétente pour l'un des mineurs concernés ou lorsqu'elle se dessaisit au profit de plusieurs juges des enfants, le dossier est disjoint.

La décision de dessaisissement constitue une mesure d'administration judiciaire qui n'est pas susceptible de recours.

Sous-section 2. – De la période de mise à l'épreuve éducative

Art. L. 521-13. – Le suivi du mineur au cours de la période de mise à l'épreuve éducative est placé sous le contrôle du juge des enfants.

Art. L. 521-14. – Dans le cadre de la période de la mise à l'épreuve éducative, les mesures suivantes peuvent être ordonnées :

1° Une expertise médicale ou psychologique ;

2° Une mesure judiciaire d'investigation éducative ;

3° Une mesure éducative judiciaire provisoire dans les conditions et selon les modalités prévues au chapitre III du titre II du livre III ;

4° Un contrôle judiciaire ou une assignation à résidence avec surveillance électronique dans les conditions et selon les modalités prévues au titre III du livre III.

Sauf à ce qu'il en soit donné mainlevée avant, ces mesures provisoires expirent à la date fixée par la décision et en tout état de cause lors du prononcé du jugement sur la sanction.

Les décisions prises en application du présent article sont exécutoires par provision et susceptibles d'appel.

Art. L. 521-15. – À tout moment au cours de la mise à l'épreuve éducative, y compris lorsqu'elle s'étend à des faits nouveaux, le juge des enfants peut prescrire, modifier ou lever la mesure éducative judiciaire provisoire ou les mesures de sûreté mentionnées à l'article L. 521-14, d'office, à la demande du mineur ou de son avocat ou sur réquisitions du procureur de la République.

Art. L. 521-16. – Le juge des enfants peut, en cas d'incident durant la période de mise à l'épreuve éducative, délivrer à l'encontre d'un mineur un mandat de comparution.

Lorsque le mineur se soustrait aux obligations et interdictions d'un contrôle judiciaire ou d'une assignation à résidence avec surveillance électronique durant la période de mise à l'épreuve éducative, le juge des enfants peut également ordonner à l'encontre du mineur un mandat d'amener ou, si le mineur est en fuite ou réside à l'étranger, un mandat d'arrêt. Il est alors procédé conformément aux dispositions des articles 123 à 134 du Code de procédure pénale.

Le mineur retenu en exécution d'un mandat bénéficie des droits prévus à l'article L. 332-1.

Art. L. 521-17. – Le juge des enfants chargé du suivi du mineur dans le cadre de la mise à l'épreuve éducative peut se dessaisir au profit du juge des enfants compétent à raison de la résidence du mineur ou de celle de ses représentants légaux.

Dans une même affaire, lorsque le juge des enfants qui se dessaisit demeure compétent pour l'un des mineurs concernés ou lorsqu'il se dessaisit au profit de plusieurs juges des enfants, le dossier est disjoint.

L'ordonnance de dessaisissement constitue une mesure d'administration judiciaire qui n'est pas susceptible de recours.

Art. L. 521-18. – Le juge des enfants au profit duquel un dessaisissement a eu lieu en application des dispositions des articles L. 521-12 et L. 521-17 est compétent pour contrôler le suivi du mineur au cours de la période de mise à l'épreuve éducative.

Il convoque le mineur, après avis du procureur de la République, à une audience de prononcé de la sanction qui a lieu dans les conditions prévues au deuxième alinéa de l'article L. 521-9. Les parties sont citées pour cette audience conformément aux dispositions des articles 550 à 566 du Code de procédure pénale et les victimes en sont avisées.

Art. L. 521-19. – Si l'évolution de la situation du mineur pendant la période de mise à l'épreuve éducative le justifie, le juge des enfants peut, dans les conditions prévues au deuxième alinéa de l'article L. 521-9, modifier la date de l'audience de prononcé de la sanction ou la juridiction de renvoi précédemment fixée, sous réserve que la nouvelle audience intervienne dans un délai d'au moins dix jours. Toutefois, lorsque le tribunal pour enfants a, lors de l'audience d'examen de la culpabilité, renvoyé le prononcé de la sanction à l'une de ses audiences, le juge des enfants ne peut pas modifier la désignation de la juridiction de renvoi.

Les parties en sont alors avisées, et elles sont citées à la nouvelle audience conformément aux dispositions des articles 550 à 566 du Code de procédure pénale.

La décision de modification de la date de l'audience ou d'orientation de la procédure, constitue une mesure d'administration judiciaire qui n'est pas susceptible de recours.

Art. L. 521-20. – Lorsque le mineur ne respecte pas le contrôle judiciaire ou l'assignation à résidence avec surveillance électronique auquel il est astreint, le juge des enfants peut décider, d'office ou sur réquisitions du procureur de la République, de le convoquer devant le tribunal pour enfants à une audience de prononcé de la sanction avant le terme de la période de mise à l'épreuve éducative dans un délai qui ne peut être inférieur à dix jours, pour l'ensemble des infractions comprises dans la procédure de mise à l'épreuve éducative en cours.

Les parties sont citées conformément aux dispositions des articles 550 à 566 du Code de procédure pénale et les victimes en sont avisées.

Le cas échéant, la date d'audience initialement fixée en vue du prononcé de la sanction est annulée.

Art. L. 521-21. – Lorsque le juge des enfants décide, d'office ou sur réquisitions du procureur de la République, de convoquer le mineur à un débat contradictoire en vue de la révocation du contrôle judiciaire ou de l'assignation à résidence avec surveillance électronique et du placement en détention provisoire en application des dispositions des articles L. 334-4 et L. 334-5, il convoque également l'avocat du mineur, ses représentants légaux et le service auquel la mesure de contrôle judiciaire ou d'assignation à résidence avec surveillance électronique est confiée et en avise le procureur de la République.

Le mineur est informé que la décision ne pourra intervenir qu'à l'issue d'un débat contradictoire et qu'il a le droit de demander un délai pour préparer sa défense.

Si le mineur ou son avocat sollicite un délai pour préparer sa défense, le juge des enfants, après avoir recueilli les observations du procureur de la République, du mineur, de son avocat et, le cas échéant, de ses représentants légaux, ordonne le renvoi à une prochaine audience qui doit avoir lieu dans un délai qui ne peut excéder quatre jours et à laquelle les représentants légaux sont convoqués s'ils n'étaient pas présents lors de l'audience à l'issue de laquelle le renvoi a été décidé. Dans l'attente, le juge des enfants peut, par ordonnance motivée et non susceptible d'appel, prescrire l'incarcération du mineur dans l'établissement pénitentiaire spécialisé pour mineurs ou l'établissement pénitentiaire doté d'un quartier des mineurs le plus proche, pour une durée déterminée, qui ne peut en aucun cas excéder quatre jours ouvrables. À défaut de débat contradictoire dans le délai de quatre jours suivant l'incarcération du mineur, celui-ci est remis en liberté s'il n'est pas détenu pour une autre cause.

Au cours du débat contradictoire et du débat différé, le juge des enfants statue sur le placement en détention provisoire du mineur après avoir recueilli l'avis du service de la protection judiciaire de la jeunesse et entendu les réquisitions du procureur de la République et les observations du mineur et de son avocat ainsi que celles de ses représentants légaux dûment convoqués. Sa décision est exécutoire par provision et susceptible d'appel.

La durée de l'incarcération provisoire prononcée dans l'attente du débat contradictoire s'impute sur la durée totale de la détention provisoire.

Art. L. 521-22. – Au cours de la mise à l'épreuve éducative, le juge des enfants qui prononce la révocation du contrôle judiciaire ou de l'assignation à résidence avec surveillance électronique dans les conditions prévues à l'article L. 521-21 ordonne le placement en détention provisoire du mineur pour une durée qui n'excède pas un mois.

Le mineur ne peut faire l'objet de plus de deux révocations de contrôle judiciaire ou d'assignation à résidence avec surveillance électronique dans le cadre des procédures relatives à une même période de mise à l'épreuve éducative.

En cas de second placement en détention provisoire au cours de la même période de mise à l'épreuve éducative, le mineur peut être convoqué devant le tribunal pour enfants en vue d'une audience de prononcé de la sanction pour l'ensemble des procédures relatives à la même période de mise à l'épreuve éducative, dans un délai qui ne peut être inférieur à dix jours à compter du débat contradictoire, quelle que soit la date d'audience de prononcé de la sanction initialement prévue, celle-ci étant alors annulée. Si l'audience de prononcé de la sanction devant le tribunal pour enfants n'a pas lieu dans un délai d'un mois suivant son incarcération, l'intéressé est remis en liberté d'office s'il n'est pas détenu pour autre cause.

Les parties sont citées pour l'audience mentionnée au troisième alinéa conformément aux dispositions des articles 550 à 566 du Code de procédure pénale et les victimes en sont avisées.

La durée de la détention provisoire prononcée durant la période de mise à l'épreuve éducative s'impute sur la durée de la peine d'emprisonnement éventuellement prononcée par le tribunal pour enfants à l'audience de prononcé de la sanction.

Art. L. 521-23. – Le mineur placé en détention provisoire au cours de la période de mise à l'épreuve éducative ou son avocat peut, à tout moment, demander sa mise en liberté. La demande est adressée au juge des enfants, qui communique immédiatement le dossier au procureur de la République aux fins de réquisitions. Le juge des enfants statue, dans les cinq jours suivant la communication au procureur de la République, en exerçant les attributions confiées au juge des libertés et de la détention par les troisième et quatrième alinéas de l'article 148 du Code de procédure pénale.

Faute pour le juge des enfants d'avoir statué dans le délai fixé par le premier alinéa, le mineur peut saisir la chambre spéciale des mineurs de la cour d'appel qui, sur les réquisitions écrites et motivées du procureur général, se prononce dans les cinq jours de sa saisine faute de quoi le mineur est mis d'office en liberté sauf si des vérifications concernant sa demande ont été ordonnées. Le droit de saisir dans les mêmes conditions la chambre spéciale des mineurs de la cour d'appel appartient également au procureur de la République.

Sous-section 3. – De l'audience de prononcé de la sanction

Art. L. 521-24. – À l'audience de prononcé de la sanction, la juridiction statue sur la sanction et, le cas échéant, sur l'action civile.

Art. L. 521-25. – Lorsqu'elle est saisie de plusieurs procédures engagées à l'encontre d'un même mineur, la juridiction peut en ordonner la jonction à l'audience de prononcé de la sanction, d'office ou sur demande du procureur de la République ou des parties.

Section 3. – De la procédure de jugement en audience unique

Art. L. 521-26. – Lorsqu'elle est saisie en application du troisième alinéa de l'article L. 423-4 ou par ordonnance de renvoi du juge d'instruction, la juridiction statue lors d'une audience unique sur la culpabilité et la sanction.

Art. L. 521-27. – La juridiction saisie dans les conditions mentionnées à l'article L. 521-26 peut, après avoir recueilli les observations des parties présentes à l'audience et par décision motivée au regard de la personnalité et des perspectives d'évolution du mineur, statuer selon la procédure de mise à l'épreuve éducative. La décision mentionne les objectifs de la période de mise à l'épreuve éducative.

Si le mineur comparait détenu, il est remis en liberté.

CHAPITRE II. – Du jugement devant la cour d'assises des mineurs

Art. L. 522-1. – Après l'interrogatoire des accusés, le président de la cour d'assises des mineurs peut, à tout moment, ordonner que l'accusé mineur se retire pendant tout ou partie de la suite des débats.

Concernant l'accusé mineur, le président pose, à peine de nullité, les deux questions suivantes :

1° Y a-t-il lieu d'appliquer à l'accusé une condamnation pénale ?

2° Y a-t-il lieu d'exclure l'accusé du bénéfice de l'atténuation de peine prévue aux articles L. 121-5 et L. 121-6 ?

TITRE III. – Des voies de recours

CHAPITRE Ier. – De l'appel

Section 1. – Dispositions générales

Art. L. 531-1. – **L'appel des jugements du tribunal de police prononcés à l'égard d'un mineur, du juge des enfants et du tribunal pour enfants est porté devant la chambre spéciale des mineurs de la cour d'appel.**

Art. L. 531-2. – **Il est fait application des dispositions du Code de procédure pénale pour les appels portés contre les arrêts de la cour d'assises des mineurs statuant en premier ressort.**

Section 2. – De l'appel de la décision sur la culpabilité et sur la sanction

Art. L. 531-3. – **Il peut être interjeté appel de la décision sur la culpabilité et de la décision sur la sanction dans les délais et selon les modalités prévus par le Code de procédure pénale.**

En cas d'appel portant sur une décision déclarant le mineur coupable, si la cour d'appel n'a pas statué sur l'appel de la décision sur la culpabilité avant la décision sur la sanction, l'appel est alors considéré comme portant à la fois sur la décision sur la culpabilité et sur la décision sur la sanction, sauf désistement de l'appelant.

En cas d'appel portant sur une décision de relaxe, si la cour d'appel déclare le mineur coupable des faits qui lui sont reprochés et ouvre une période de mise à l'épreuve éducative conformément aux dispositions de l'article L. 521-9 ou constate que la période de mise à l'épreuve éducative en cours s'étend à ces nouveaux faits conformément aux dispositions de l'article L. 521-11, elle statue s'il y a lieu sur les mesures provisoires et renvoie le dossier au juge des enfants compétent pour le suivi des mesures et pour la fixation de l'audience sur la sanction dans les conditions prévues aux articles L. 521-13 à L. 521-23. Toutefois, la cour d'appel statue en audience unique lorsqu'elle fait application des dispositions de l'article L. 521-2 ou lorsque le jugement attaqué a été rendu selon les modalités prévues à l'article L. 521-26, sauf si elle décide de faire application des dispositions de l'article L. 521-27.

Section 3. – De l'appel des mesures de sûreté

Art. L. 531-4 *(Mod., L. n° 2022-52, 24 janv. 2022)*. – **Le mineur ou l'un de ses représentants légaux et le ministère public peuvent faire appel des décisions rendues en matière de placement sous contrôle judiciaire, de placement sous assignation à résidence avec surveillance électronique et de placement en détention provisoire prononcées à l'audience d'examen de la culpabilité ou au cours de la période de mise à l'épreuve éducative. L'appel est examiné par la chambre spéciale des mineurs dans les délais et selon les modalités prévus devant la chambre de l'instruction aux articles 194 et 199 du Code de procédure pénale.**

CHAPITRE II. – De l'opposition

Art. L. 532-1. – **Les règles relatives à l'opposition mentionnées à l'article 545 du Code de procédure pénale sont applicables aux jugements du tribunal de police prononcés à l'égard d'un mineur. Celles mentionnées aux articles 489 à 493 du même code sont applicables aux jugements du juge des enfants et du tribunal pour enfants.**

Dans le cas d'une opposition formée à une décision prononcée par le juge des enfants ou le tribunal pour enfants à l'audience d'examen de la culpabilité, la juridiction de jugement statue de nouveau dans les deux mois de l'opposition.

LIVRE VI. – L'application et l'exécution des mesures éducatives et des peines

TITRE Ier. – De l'application des mesures éducatives et des peines

CHAPITRE Ier. – Des juridictions de l'application des mesures éducatives et des peines

Section 1. – De la compétence des juridictions pour mineurs en matière d'application des mesures éducatives et des peines

Art. L. 611-1. – **Lorsqu'une mesure éducative judiciaire est prononcée, son déroulement est placé sous le contrôle du juge des enfants. Il peut, à tout moment, modifier les modalités et le contenu de la mesure ou en ordonner la mainlevée, après l'audition du mineur, assisté de son avocat, ainsi que celle de ses représentants légaux.**

Au besoin, il peut décerner un mandat de comparution contre le mineur.

Si le mineur ou ses représentants légaux régulièrement convoqués à la dernière adresse indiquée ne comparaissent pas, le juge des enfants peut néanmoins se prononcer sur les modalités ou le contenu de la mesure.

Art. L. 611-2 *(Mod. à compter du 1er mai 2022, Ord. n° 2022-478, 30 mars 2022).* – **Lorsqu'une condamnation a été prononcée à l'encontre d'un mineur, le juge des enfants exerce, à l'égard des mineurs condamnés, les fonctions dévolues au juge de l'application des peines dans les conditions prévues par les dispositions du présent titre et selon les règles du Code pénal, du Code de procédure pénale et du Code pénitentiaire jusqu'à ce que la personne condamnée ait atteint l'âge de vingt-et-un ans.**

Le juge des enfants préside notamment la commission de l'application des peines lorsque celle-ci examine la situation d'un condamné relevant de la compétence de ce magistrat.

Art. L. 611-3 *(Mod. à compter du 1er mai 2022, Ord. n° 2022-478, 30 mars 2022).* – **Le tribunal pour enfants exerce, à l'égard des mineurs condamnés, les attributions dévolues au tribunal de l'application des peines dans les conditions prévues par le Code pénal, du Code de procédure pénale et du Code pénitentiaire.**

Art. L. 611-4. – **L'appel des décisions rendues par le juge des enfants ou le tribunal pour enfants est porté devant la chambre spéciale des mineurs de la cour d'appel ou son président, qui exerce les compétences respectivement confiées à la chambre de l'application des peines de la cour d'appel et à son président.**

Art. L. 611-5. – **Le juge des enfants peut se dessaisir au profit du juge de l'application des peines lorsque le condamné a atteint l'âge de dix-huit ans, en raison de la personnalité du mineur ou de la durée de la peine prononcée.**

L'ordonnance par laquelle le juge des enfants se dessaisit au profit du juge de l'application des peines constitue une mesure d'administration judiciaire non susceptible de recours.

Art. L. 611-6. – **Lorsque le condamné a atteint l'âge de dix-huit ans au jour de son jugement, le juge de l'application des peines est compétent pour le suivi de la condamnation, sauf si la juridiction spécialisée décide par décision spéciale que le juge des enfants reste compétent.**

Cette décision constitue une mesure d'administration judiciaire non susceptible de recours.

Section 2. – De l'articulation des compétences entre plusieurs juges des enfants chargés du suivi du mineur

Art. L. 611-7. – **Pour l'application des dispositions de la présente section, est considéré comme le juge des enfants qui connaît habituellement de la situation du mineur le juge du lieu de la résidence habituelle du mineur ou de ses parents qui est ou a été saisi d'une procédure en assistance éducative ou d'une procédure pénale concernant le mineur.**

Art. L. 611-8. – **Lorsque le juge des enfants chargé de l'application des peines territorialement compétent n'est pas le juge des enfants qui connaît habituellement la situation du mineur, il transmet à ce dernier une demande d'avis préalablement à toute décision prise en application des dispositions de l'article 712-6 du Code de procédure pénale. Il en est de même pour les décisions prises par le tribunal pour enfants en application des dispositions de l'article 712-7 du même code.**

Le juge des enfants territorialement compétent peut aussi consulter le juge des enfants qui connaît habituellement la situation du mineur pour toute autre décision.

Art. L. 611-9. – Le juge des enfants chargé de l'application des peines initialement saisi peut se dessaisir au profit du juge des enfants qui connaît habituellement la situation du mineur, après avoir obtenu l'accord préalable de ce magistrat. La saisine de ce juge emporte également saisine du tribunal pour enfants correspondant.

Ce dessaisissement constitue une mesure d'administration judiciaire non susceptible de recours.

CHAPITRE II. – Des audiences d'application des peines

Art. L. 612-1. – Le mineur condamné doit être assisté d'un avocat au cours des débats contradictoires prévus par les articles 712-6 et 712-7 du Code de procédure pénale.

Il en est de même lorsque, en acceptant un aménagement de l'exécution de sa peine, le mineur est susceptible de renoncer à la tenue de ce débat conformément aux dispositions du deuxième alinéa de l'article 712-6 du même code.

Le mineur ne peut renoncer à l'assistance d'un avocat.

À défaut de choix d'un avocat par le mineur ou ses représentants légaux, le juge des enfants ou le tribunal pour enfants fait désigner par le bâtonnier un avocat commis d'office.

Art. L. 612-2. – Les représentants légaux sont convoqués pour être entendus par ces juridictions avant qu'elles ne statuent dans les conditions prévues par les articles 712-6 et 712-7 du Code de procédure pénale.

Art. L. 612-3. – Lorsque le condamné est mineur, les ordonnances et jugements du juge des enfants et du tribunal pour enfants sont notifiés aux représentants légaux.

Art. L. 612-4. – Les dispositions du présent chapitre ne sont pas applicables au condamné devenu majeur au jour du débat contradictoire.

CHAPITRE III. – Du régime de la rétention

Art. L. 613-1. – Le mineur retenu en application des dispositions des articles 709-1-1 et 716-5 du Code de procédure pénale bénéficie des droits prévus à l'article L. 332-1 du présent code.

TITRE II. – De l'aménagement des peines

CHAPITRE UNIQUE

Art. L. 621-1. – Les dispositions du Code de procédure pénale permettant la conversion d'une peine en travail d'intérêt général ou en sursis probatoire comportant l'obligation d'effectuer un travail d'intérêt général sont applicables au mineur âgé d'au moins seize ans au moment de la décision, lorsqu'il était âgé d'au moins treize ans à la date de commission de l'infraction.

Art. L. 621-2. – Pour l'exécution des peines prononcées à l'étranger et lorsque le condamné était mineur à la date des faits, le tribunal pour enfants exerce les attributions du tribunal correctionnel pour l'application des articles 728-4 à 728-7 du Code de procédure pénale et le juge des enfants exerce les attributions du président du tribunal judiciaire et du juge des libertés et de la détention pour l'application des articles 728-46,728-47 et 728-67 à 728-69 du même code.

Le juge des enfants exerce les attributions du juge de l'application des peines mentionnées aux articles 764-21 à 764-43 du Code de procédure pénale en matière de reconnaissance et de mise à exécution des condamnations et des décisions de probation prononcées par une juridiction d'un autre État membre de l'Union européenne à l'égard des personnes mineures à la date des faits.

Art. L. 621-3. – Lorsqu'il s'agit d'un aménagement de peine pour lequel le juge d'application des peines peut imposer au condamné une ou plusieurs des obligations prévues en matière de sursis probatoire, le juge des enfants peut également imposer au condamné une des mesures mentionnées à l'article L. 122-2. L'obligation de respecter les conditions d'un placement en centre éducatif fermé ne peut toutefois être prononcée que dans le cadre du placement extérieur et de la libération conditionnelle.

TITRE III. – Du casier judiciaire et des autres fichiers

CHAPITRE Ier. – Du casier judiciaire

Art. L. 631-1. – **Sans préjudice des dispositions du dernier alinéa de l'article L. 111-6, les condamnations, les déclarations de culpabilité assorties d'une dispense de peine, d'une dispense de mesure éducative ou d'une déclaration de réussite éducative, les décisions prononçant des mesures éducatives rendues à l'égard d'un mineur, lors du prononcé de la sanction, ainsi que les compositions pénales sont inscrites au casier judiciaire selon les modalités prévues par le Code de procédure pénale rappelées par le présent code.**

Art. L. 631-2. – **Les décisions mentionnées à l'article L. 631-1 figurent au bulletin n° 1 du casier judiciaire. Elles ne figurent pas aux bulletins n° 2 et n° 3 du casier judiciaire.**

Art. L. 631-3. – **Les décisions relatives aux mesures éducatives, aux dispenses de mesure éducative et aux déclarations de réussite éducative prononcées à l'encontre d'un mineur sont retirées à l'expiration d'un délai de trois ans à compter du jour où la mesure est devenue définitive.**

Les fiches relatives aux condamnations prononcées à l'encontre d'un mineur sont retirées dans les conditions prévues par le Code de procédure pénale.

Art. L. 631-4. – **Lorsque, à la suite de la condamnation prononcée à l'encontre d'un mineur à une peine criminelle ou correctionnelle devenue définitive, le relèvement éducatif de ce mineur apparaît comme acquis, le tribunal pour enfants peut, après l'expiration d'un délai de trois ans à compter de ladite décision et même si le mineur a atteint sa majorité, décider, à sa requête, à celle du ministère public ou d'office, le retrait du casier judiciaire de la décision dont il s'agit.**

Le tribunal pour enfants statue en dernier ressort. Lorsque le retrait du casier judiciaire de la décision a été prononcé, la mention de cette décision ne doit plus figurer au bulletin n° 1 du casier judiciaire du mineur.

Le tribunal de la poursuite initiale, celui du lieu du domicile actuel du mineur et celui du lieu de sa naissance sont compétents pour connaître de la requête.

CHAPITRE II. – Du fichier judiciaire national automatisé des auteurs d'infractions sexuelles ou violentes

Section 1. – De l'inscription des décisions

Art. L. 632-1. – **Les décisions concernant les mineurs de moins de treize ans ne sont pas inscrites dans le fichier judiciaire national automatisé des auteurs d'infractions sexuelles ou violentes.**

Art. L. 632-2. – **Les décisions rendues lors du prononcé de la sanction concernant les mineurs âgés d'au moins treize ans relatives à un délit relevant de l'article 706-47 du Code de procédure pénale ne sont pas inscrites dans le fichier judiciaire national automatisé des auteurs d'infractions sexuelles ou violentes, sauf si cette inscription est ordonnée par décision expresse de la juridiction, ou dans les cas prévus aux 3° et 4° de l'article 706-53-2 du même code, par le procureur de la République.**

Art. L. 632-3. – **Les décisions concernant les mineurs âgés d'au moins treize ans relatives à un crime relevant de l'article 706-47 du Code de procédure pénale sont inscrites de plein droit dans le fichier judiciaire national automatisé des auteurs d'infractions sexuelles ou violentes, sauf décision contraire spécialement motivée de la juridiction de jugement.**

Section 2. – De l'effacement des décisions

Art. L. 632-4. – **Les informations mentionnées à l'article 706-53-2 du Code de procédure pénale sont retirées du fichier au décès de l'intéressé ou à l'expiration d'un délai de dix ans à compter du prononcé de la décision ou à compter de sa libération lorsque la personne exécute une peine privative de liberté sans sursis en application de la condamnation entraînant l'inscription.**

Toutefois le mineur peut solliciter la rectification ou l'effacement des informations contenues dans le fichier dans les conditions prévues à l'article 706-53-10 du même code.

Section 3. – Du suivi des mineurs inscrits

Art. L. 632-5. – Le régime de justification semestrielle prévu par le cinquième alinéa de l'article 706-53-5 du Code de procédure pénale n'est applicable qu'aux mineurs âgés d'au moins treize ans condamnés pour un crime puni d'au moins vingt ans de réclusion.

CHAPITRE III. – Du fichier judiciaire national automatisé des auteurs d'infractions terroristes

Section 1. – De l'inscription des décisions

Art. L. 633-1. – Les décisions concernant les mineurs de moins de treize ans ne sont pas inscrites dans le fichier judiciaire national automatisé des auteurs d'infractions terroristes.

Art. L. 633-2. – Les décisions rendues lors du prononcé de la sanction concernant les mineurs âgés d'au moins treize ans ne sont pas inscrites dans le fichier, sauf si cette inscription est ordonnée par décision expresse de la juridiction ou, dans les cas prévus aux 3° et 4° de l'article 706-25-4 du Code de procédure pénale, par le procureur de la République.

Section 2. – De l'effacement des décisions

Art. L. 633-3. – Les informations mentionnées à l'article 706-25-4 du Code de procédure pénale sont retirées du fichier au décès de l'intéressé ou à l'expiration, à compter du prononcé de la décision ou à compter de sa libération lorsque la personne exécute une peine privative de liberté sans sursis en application de la condamnation entraînant l'inscription, d'un délai de dix ans ou, lorsqu'elles concernent une infraction mentionnée aux articles L. 224-1 ou L. 225-7 du Code de la sécurité intérieure, d'un délai de trois ans.

Toutefois le mineur peut solliciter la rectification ou l'effacement des informations contenues dans le fichier dans les conditions prévues à l'article 706-25-12 du Code de procédure pénale.

Section 3. – Du suivi des mineurs inscrits

Art. L. 633-4. – Les mineurs sont astreints aux obligations de justification et de présentation prévues par le Code de procédure pénale à compter du prononcé de la décision, pendant un délai de cinq ans, ou, s'il s'agit d'une infraction mentionnée à l'article L. 224-1 du Code de la sécurité intérieure, pendant un délai de trois ans.

CHAPITRE IV. – Des fichiers d'antécédents

Art. L. 634-1. – Conformément aux articles 230-6 à 230-11 du Code de procédure pénale, les infractions commises par les mineurs font l'objet d'une inscription dans les fichiers d'antécédents judiciaires qui peuvent être consultés dans le cadre des procédures pénales ainsi que dans le cadre des enquêtes administratives prévues aux articles L. 114-1 et L. 234-1 à L. 234-3 du Code de la sécurité intérieure et à l'article 17-1 de la loi n° 95-73 du 21 janvier 1995 d'orientation et de programmation relative à la sécurité.

Les mineurs peuvent demander, auprès du procureur de la République territorialement compétent ou du magistrat désigné à l'article 230-9 du Code de procédure pénale, que les données personnelles concernant ces infractions soient effacées, complétées ou rectifiées, notamment en cas de requalification judiciaire, ou qu'elles fassent l'objet d'une mention interdisant qu'elles fassent l'objet d'une consultation dans le cadre des enquêtes administratives mentionnées au premier alinéa.

Conformément à l'article 230-8 du Code de procédure pénale, ces demandes peuvent être formées à tout moment, sauf si, à la suite d'infractions commises pendant la majorité de l'intéressé, celui-ci a fait l'objet de condamnations qui sont toujours inscrites au bulletin n° 2 de son casier judiciaire. Il est statué sur ces demandes pour des raisons liées à la finalité du fichier au regard de la nature ou des circonstances de commission de l'infraction ou de la personnalité de l'intéressé.

LIVRE VII. – Dispositions relatives à l'outre-mer

TITRE Ier. – Dispositions particulières à la Guadeloupe, à la Guyane, à la Martinique, à Mayotte, à la réunion, à Saint-Barthélemy, à Saint-Martin et à Saint-Pierre-et-Miquelon

CHAPITRE Ier. – Dispositions particulières à Mayotte

Art. L. 711-1. – **Pour l'application des dispositions du présent code à Mayotte les mots : « cour d'appel » et les mots : « chambre spéciale des mineurs de la cour d'appel » sont remplacés par les mots : « chambre d'appel de Mamoudzou ».**

Art. L. 711-2. – **Pour son application à Mayotte, l'article L. 231-10 est ainsi rédigé :**
« Art. L. 231-10. – Un des assesseurs de la cour d'assises des mineurs est remplacé, sauf impossibilité, par le magistrat du siège du tribunal judiciaire exerçant les fonctions de juge des enfants. ».

Art. L. 711-3. – **À Mayotte, les articles L. 412-2, L. 413-5 et L. 413-9 s'appliquent dans les conditions suivantes :**

1° Lorsque le déplacement d'un avocat ou d'une personne agréée en application de l'article 879 du Code de procédure pénale paraît matériellement impossible, les attributions dévolues à l'avocat par les articles 61-1, 63-4 à 63-4-3 du Code de procédure pénale peuvent être exercées par une personne majeure, choisie par les représentants légaux du mineur ou à défaut par le mineur lui-même, qui n'est pas mise en cause pour les mêmes faits ou pour des faits connexes et qui n'a fait l'objet d'aucune condamnation, incapacité ou déchéance mentionnée au bulletin n° 2 du casier judiciaire ;

2° Les dispositions de l'article 63-4-4 du même code sont applicables à la personne choisie, qui en est informée par l'officier de police judiciaire.

CHAPITRE II. – Dispositions particulières à Saint-Pierre-et-Miquelon

Art. L. 712-1. – **Pour l'application du présent code à Saint-Pierre-et-Miquelon, la commission des droits et de l'autonomie des personnes handicapées est remplacée par la commission localement compétente en matière de reconnaissance du handicap.**

TITRE II. – Dispositions applicables en Nouvelle-Calédonie, en Polynésie française et dans les Îles de Wallis-et-Futuna

CHAPITRE Ier. – Dispositions applicables en Nouvelle-Calédonie

Art. L. 721-1 *(Mod., L. n° 2022-52, 24 janv. 2022 ; en vigueur à compter du 1er mai 2022, Ord. n° 2022-478, 30 mars 2022).* – **Les dispositions du présent code, à l'exception des articles L. 113-2 et L. 113-6 sont applicables en Nouvelle-Calédonie dans leur rédaction résultant de l'ordonnance n° 2022-478 du 30 mars 2022 portant partie législative du Code pénitentiaire, sous réserve des adaptations prévues au présent chapitre**

Art. L. 721-2. – **Pour l'application des dispositions du présent code en Nouvelle-Calédonie :**

1° Les mots : « protection judiciaire de la jeunesse » sont remplacés par les mots : « protection judiciaire de l'enfance et de la jeunesse » ;

2° La mise en œuvre des procédures alternatives aux poursuites et de l'accueil de jour en Nouvelle-Calédonie est déterminée selon la règlementation applicable localement ;

3° Les références aux dispositions du Code de l'action sociale et des familles sont remplacées par les références aux dispositions équivalentes applicables localement ;

4° La commission des droits et de l'autonomie des personnes handicapées est remplacée par la commission localement compétente en matière de reconnaissance du handicap.

Art. L. 721-3. – **En Nouvelle-Calédonie, le juge des enfants, le président du tribunal pour enfants ou le président de la cour d'assises peut autoriser, d'office ou à la demande du ministère public ou d'une partie, et avec l'accord du mineur, de ses représentants légaux et, s'ils sont présents, de la victime ou de son représentant et du ministère public, toute personne représentant des institutions de droit coutumier dont la**

liste est fixée par voie réglementaire à assister aux débats et à prendre la parole aux audiences avec son autorisation, si sa présence apparait utile pour la bonne compréhension de la situation du mineur ou pour sa prise en charge éducative et sociale.

Art. L. 721-4. – En Nouvelle-Calédonie, avant d'ordonner une mesure de réparation ou un module de réparation, le procureur de la République ou la juridiction pour mineurs peut consulter toute personne représentant des institutions de droit coutumier dont la liste est fixée par voie réglementaire.

Art. L. 721-5. – En Nouvelle-Calédonie, les articles L. 412-2, L. 413-5 et L. 413-9 s'appliquent dans les conditions suivantes :

1° Lorsque l'audition libre, la retenue ou la garde à vue du mineur se déroule en dehors des communes de Nouméa, Mont-Dore, Dumbéa et Païta et que le déplacement d'un avocat paraît matériellement impossible, les attributions dévolues à l'avocat par les articles 61-1, 63-4 à 63-4-3 du Code de procédure pénale peuvent être exercées par une personne majeure, choisie par les représentants légaux du mineur ou à défaut par le mineur lui-même, qui n'est pas mise en cause pour les mêmes faits ou pour des faits connexes et qui n'a fait l'objet d'aucune condamnation, incapacité ou déchéance mentionnée au bulletin n° 2 du casier judiciaire ;

2° Les dispositions de l'article 63-4-4 du même code sont applicables à la personne choisie, qui en est informée par l'officier de police judiciaire.

CHAPITRE II. – Dispositions applicables en Polynésie française

Art. L. 722-1 *(Mod., L. n° 2022-52, 24 janv. 2022 ; en vigueur à compter du 1er mai 2022, Ord. n° 2022-478, 30 mars 2022).* – Les dispositions du présent code, à l'exception des articles L. 113-2 et L. 113-6 sont applicables en Polynésie française dans leur rédaction résultant de l'ordonnance n° 2022-478 du 30 mars 2022 portant partie législative du Code pénitentiaire, sous réserve des adaptations prévues au présent chapitre

Art. L. 722-2. – Pour l'application du présent code en Polynésie française :

1° Les références aux dispositions du Code de l'action sociale et des familles sont remplacées par les références équivalentes applicables localement ;

2° La commission des droits et de l'autonomie des personnes handicapées est remplacée par la commission localement compétente en matière de reconnaissance du handicap.

Art. L. 722-3. – En Polynésie française, les articles L. 412-2, L. 413-5 et L. 413-9 s'appliquent dans les conditions suivantes :

1° En l'absence d'avocat dans l'île où se déroule l'audition libre, la retenue ou la garde à vue du mineur et lorsque le déplacement d'un avocat paraît matériellement impossible, les attributions dévolues à l'avocat par les articles 61-1, 63-4 à 63-4-3 du Code de procédure pénale peuvent être exercées par une personne majeure, choisie par les représentants légaux du mineur ou à défaut par le mineur lui-même, qui n'est pas mise en cause pour les mêmes faits ou pour des faits connexes et qui n'a fait l'objet d'aucune condamnation, incapacité ou déchéance mentionnée au bulletin n° 2 du casier judiciaire ;

2° Les dispositions de l'article 63-4-4 du même code sont applicables à la personne choisie, qui en est informée par l'officier de police judiciaire.

CHAPITRE III. – Dispositions applicables à Wallis-et-Futuna

Art. L. 723-1 *(Mod., L. n° 2022-52, 24 janv. 2022 ; en vigueur à compter du 1er mai 2022, Ord. n° 2022-478, 30 mars 2022).* – Les dispositions du présent code, à l'exception des articles L. 113-2 et L. 113-6 sont applicables dans les îles Wallis-et-Futuna dans leur rédaction résultant de l'ordonnance n° 2022-478 du 30 mars 2022 portant partie législative du Code pénitentiaire, sous réserve des adaptations prévues au présent chapitre.

Art. L. 723-2. – Pour l'application du présent code à Wallis-et-Futuna :

1° Les références aux dispositions du Code de l'action sociale et des familles sont remplacées par les références équivalentes applicables localement ;

2° La commission des droits et de l'autonomie des personnes handicapées est remplacée par la commission localement compétente en matière de reconnaissance du handicap.

Art. L. 723-3. – À Wallis-et-Futuna, les articles L. 412-2, L. 413-5 et L. 413-9 s'appliquent dans les conditions suivantes : les attributions dévolues à l'avocat par les articles 61-1, 63-4 à 63-4-3 du Code de procédure pénale peuvent être exercées par une personne agréée par le président du tribunal de première instance.

PARTIE RÈGLEMENTAIRE

(Partie créée à compter du 31 septembre 2021, D. n° 2021-682, 27 mai 2021)

TITRE PRÉLIMINAIRE. – Des principes généraux de la justice pénale des mineurs

CHAPITRE I. – Des principes généraux du droit pénal applicable aux mineurs

Art. R. 11-1. – La capacité de discernement du mineur âgé de moins de treize ans et l'absence de capacité de discernement du mineur âgé d'au moins treize ans peuvent être établies notamment par leurs déclarations, celles de leur entourage familial et scolaire, les éléments de l'enquête, les circonstances dans lesquelles les faits ont été commis, une expertise ou un examen psychiatrique ou psychologique.

CHAPITRE II. – DES PRINCIPES GÉNÉRAUX DE LA PROCÉDURE PÉNALE APPLICABLE AUX MINEURS

Art. D. 12-1. – Lorsqu'une décision prise à l'égard d'un mineur peut faire l'objet d'un des recours mentionnés à l'article L. 12-6, le mineur et ses représentants légaux sont informés de l'existence de ce recours et du délai dans lequel il peut être exercé.

Art. D. 12-2. – La notification de ses droits à un mineur, en application des dispositions du présent code, est réalisée dans des termes simples et accessibles.

Chapitre III. — DISPOSITIONS COMMUNES

Le présent chapitre ne contient pas de dispositions réglementaires

Livre I. — DES MESURES ÉDUCATIVES ET DES PEINES

Titre I : DES MESURES ÉDUCATIVES

Chapitre I : DISPOSITIONS COMMUNES

Chapitre II : DE LA MESURE ÉDUCATIVE JUDICIAIRE

Section 1 : Dispositions générales

Sous-section 1 : De la mise en œuvre de la mesure éducative judiciaire

Art. D. 112-1. – La juridiction qui prononce une mesure éducative judiciaire désigne le service éducatif de milieu ouvert de la protection judiciaire de la jeunesse auquel l'exécution et la coordination de cette mesure sont confiées.

Ce service :

1° Adresse au juge des enfants, tous les six mois et au moins quinze jours avant l'échéance de la mesure, un rapport sur son exécution et sur l'évolution du mineur ;

2° Établit un rapport actualisé en vue de chaque audience concernant le mineur ;

3° Informe sans délai le juge des enfants de tout événement de nature à justifier une modification ou la cessation du ou des modules, interdictions ou obligations prononcés, ou la mainlevée de la mesure.

Art. D. 112-2. – L'évaluation prévue à l'article L. 112-2 a pour objectifs la compréhension de la situation du mineur, la prise en compte de ses besoins fondamentaux et la construction d'un projet éducatif.

Elle est réalisée dans un cadre pluridisciplinaire.

Elle permet de recueillir les éléments relatifs au parcours éducatif et judiciaire du mineur, à sa situation familiale, à ses conditions d'hébergement, à son environnement et à ses réseaux de socialisation, à sa santé, à sa situation sociale, à son insertion scolaire et professionnelle.

Art. D. 112-3. – L'accompagnement individualisé du mineur consiste à soutenir son insertion sociale, scolaire et professionnelle, à prendre en compte ses besoins en matière de santé, à s'assurer de sa compréhension des décisions judiciaires qui le concernent et à engager un travail sur la responsabilisation et sur la prise en compte de la victime. Cet accompagnement associe les représentants légaux, soutient l'exercice de l'autorité parentale et aide au renforcement des liens familiaux.

Art. D. 112-4. – Le cas échéant, afin de répondre à des besoins identifiés en termes d'insertion, de réparation, de santé et de placement, l'accompagnement défini à l'article D. 112-3 est complété par un ou plusieurs modules prévus aux 1° à 4° de l'article L. 112-2.

Art. D. 112-5. – Les objectifs et les modalités de la prise en charge sont inscrits dans le document individuel de prise en charge prévu à l'article L. 311-4 du Code de l'action sociale et des familles et dans ses avenants.

Sous-Section 2. Des interdictions et obligations de la mesure éducative judiciaire

Art. D. 112-6. – Le service de la protection judiciaire de la jeunesse chargé de la mesure éducative judiciaire accompagne le mineur et ses représentants légaux dans la compréhension et le respect des interdictions et obligations prononcées en application des 5° à 9° de l'article L. 112-2.

Art. D. 112-7. – Le procureur de la République est chargé de l'exécution de l'obligation prévue au 8° de l'article L. 112-2.

Art. D. 112-8. – Le stage de formation civique prévu au 9° de l'article L. 112-2 a pour objet de faire prendre conscience au mineur de sa responsabilité pénale et civile, ainsi que des devoirs qu'implique la vie en société. Il vise également à favoriser son insertion sociale.

Art. D. 112-9. – La durée du stage de formation civique est fixée par la juridiction en tenant compte des obligations scolaires du mineur et de sa situation familiale.

La durée journalière de formation effective ne peut excéder six heures. Elle est adaptée à l'âge et à la personnalité du mineur.

Art. D. 112-10. – Le stage de formation civique est organisé en sessions collectives, continues ou discontinues, composées de différents modules de formation adaptés à l'âge et à la personnalité des stagiaires.

Art. D. 112-11. – Le contenu du stage de formation civique fait l'objet d'un projet élaboré par un service de la protection judiciaire de la jeunesse ou du secteur associatif habilité à l'exercice de cette mission dans les conditions prévues par le décret n° 88-949 du 6 octobre 1988 relatif à l'habilitation des personnes physiques, établissements, services ou organismes publics ou privés auxquels l'autorité judiciaire confie habituellement des mineurs ou l'exécution de mesures les concernant.

Art. D. 112-12. – Le service de la protection judiciaire de la jeunesse ou du secteur associatif habilité peut élaborer des modules du stage de formation civique avec le concours des collectivités et établissements publics et, le cas échéant, de personnes morales de droit privé ou de personnes physiques participant à des missions d'intérêt général ou d'accès au droit.

Lorsqu'un module est élaboré en concertation avec l'une des personnes publiques ou privées mentionnées à l'alinéa précédent, il fait l'objet d'une convention qui précise son contenu, sa durée, ses objectifs particuliers, les modalités de la prestation assurée par la personne privée ou publique et les modalités de financement des frais engagés.

Art. D. 112-13. – Le directeur territorial de la protection judiciaire de la jeunesse informe le président du tribunal judiciaire et le procureur de la République de la liste des services de la protection judiciaire de la jeunesse et du secteur associatif habilité chargés de mettre en œuvre des stages de formation civique dans le ressort du tribunal, ainsi que du contenu de ces stages.

Art. D. 112-14. – Préalablement à la mise en œuvre du stage de formation civique, le service qui en a la charge reçoit le mineur et ses représentants légaux, ainsi que le responsable de l'établissement ou la personne à qui le mineur est confié.

Il leur expose les objectifs éducatifs et le contenu du stage.

Art. D. 112-15. – Le stage de formation civique se déroule sous le contrôle et en présence d'un personnel éducatif du service chargé de sa mise en œuvre.

Art. D. 112-16. – En cas de difficulté d'exécution du stage de formation civique, liée notamment au comportement du mineur, le service chargé de sa mise en œuvre peut en suspendre l'exécution. Il en informe sans délai le juge des enfants et lui adresse un rapport.

Art. D. 112-17. – Lorsque le stage de formation civique a été accompli, le service chargé de sa mise en œuvre reçoit le mineur et les représentants légaux, ainsi que le responsable de l'établissement ou la personne à qui le mineur est confié afin d'établir un bilan sur le déroulement du stage et de vérifier que les objectifs éducatifs ont été atteints.

Dans le mois suivant la fin du stage, ce service transmet un rapport de synthèse au juge des enfants.

Sous-section 3. Des frais de mise en œuvre de la mesure éducative judiciaire

Art. D. 112-18. – Sans préjudice des dispositions de l'article L. 113-2, les frais de toute nature qui résultent de la mise en œuvre de la mesure éducative judiciaire sont imputés sur le budget du ministère de la justice.

Section 2. Des modules de la mesure éducative judiciaire

Sous-section 1 : Du module d'insertion

Art. D. 112-19. – La décision ordonnant l'accueil de jour prévu à l'article L. 112-6 désigne le service ou établissement de la protection judiciaire de la jeunesse ou la structure habilitée chargé de le mettre en œuvre.

Art. D. 112-20. – Le service, l'établissement ou la structure chargé de l'accueil de jour vérifie que les responsables légaux du mineur ont souscrit une assurance garantissant leur responsabilité civile du fait des agissements de leur enfant mineur ou que le majeur a souscrit une assurance garantissant sa responsabilité civile.

À défaut, le service, l'établissement ou la structure souscrit une assurance au nom du mineur ou du majeur garantissant cette responsabilité.

Art. R. 112-21. – L'accueil de jour est organisé dans le respect des obligations légales d'instruction et de formation définies par le Code de l'éducation.

Art. D. 112-22. – Le service, l'établissement ou la structure chargé de l'accueil de jour adresse au juge des enfants et au service chargé de la mesure éducative judiciaire un rapport intermédiaire sur son déroulement. Il les informe sans délai de tout événement de nature à en justifier la modification.

Art. D. 112-23. – Avant l'échéance de l'accueil de jour, le service, l'établissement ou la structure qui en est chargé dresse un bilan avec le mineur et ses représentants légaux.

Au moins quinze jours avant l'échéance, il ou elle adresse un rapport au juge des enfants et au service chargé de la mesure éducative judiciaire.

Art. D. 112-24. – La décision de placement en internat scolaire prévue au 2° de l'article L. 112-5 confie le mineur à l'établissement public local d'enseignement ou à l'établissement privé sous contrat auquel l'internat est rattaché, en accord avec l'autorité de l'État compétente en matière d'éducation dans le département.

Un mineur ne peut être confié à un établissement que durant les périodes d'ouverture de l'internat et sans excéder la durée de l'année scolaire en cours.

Art. D. 112-25. – Le chef de l'établissement public local d'enseignement ou de l'établissement privé sous contrat adresse au juge des enfants et au service chargé de la mesure éducative judiciaire un rapport après les quinze premiers jours de placement et un rapport intermédiaire sur le déroulement du placement. Il les informe sans délai de tout événement, notamment une exclusion temporaire de l'établissement ou de l'un de ses services annexes, de nature à justifier une modification du placement.

Art. D. 112-26. – Si le conseil de discipline de l'établissement auquel est rattaché l'internat scolaire prononce l'exclusion définitive du mineur, cette décision est transmise au juge des enfants qui en tire sans délai les conséquences sur la décision de placement du mineur.

Art. D. 112-27. – Au moins quinze jours avant l'échéance du placement, le chef d'établissement auquel est rattaché l'internat scolaire adresse un rapport sur son déroulement au juge des enfants et au service chargé de la mesure éducative judiciaire.

Sous-section 2. Du module de réparation

Art. D. 112-28. – L'activité d'aide ou de réparation au bénéfice de la victime ou dans l'intérêt de la collectivité prévue au 1° de l'article L. 112-8 a pour objectifs :

1° D'accompagner l'auteur dans la compréhension des causes et des conséquences de son acte ;
2° De favoriser son processus de responsabilisation ;
3° D'envisager et de mettre en œuvre les modalités de réparation des dommages commis ;
4° De prendre en considération la victime.

Art. D. 112-29. – La médiation prévue au 2° de l'article L. 112-8 vise à l'apaisement des relations entre l'auteur et la victime, ainsi qu'à l'ouverture ou à la restauration d'un dialogue. Elle consiste à rechercher, avec l'aide d'un tiers, une résolution amiable par les parties d'un différend né de la commission d'une infraction.

Art. D. 112-30. – Le service désigné construit le projet de médiation en tenant compte de la personnalité du mineur et de sa capacité à respecter les conditions de sa mise en œuvre.

À toutes les étapes de la médiation, le service chargé du module informe le juge des enfants des difficultés constatées et peut solliciter la modification du module ou sa suppression.

Art. D. 112-31. – La décision prononçant le module de réparation prévu à l'article L. 112-8 désigne le service de la protection judiciaire de la jeunesse ou du secteur associatif habilité, chargé de le mettre en œuvre.

Au sein du secteur associatif habilité, seules les structures autorisées et habilitées pour exercer la médiation selon des modalités adaptées aux mineurs peuvent être désignées par l'autorité judiciaire.

Art. D. 112-32. – Lorsqu'une structure du secteur associatif habilité est chargée de mettre en œuvre un module de réparation, le document de prise en charge conjointe fixe les modalités d'articulation, de coordination et d'échange d'informations entre cette structure et le service de la protection judiciaire de la jeunesse chargé de la mesure éducative judiciaire.

La structure du secteur associatif habilité informe ce service de la mise en œuvre du module et de tout événement de nature à justifier sa modification ou sa cessation.

Art. D. 112-33. – Au moins quinze jours avant l'échéance de l'activité de réparation ou de la médiation, le service chargé de la mise en œuvre du module adresse au juge des enfants et au service de la protection judiciaire de la jeunesse chargé de la mesure éducative judiciaire un rapport rendant compte de son déroulement.

Lorsqu'il estime que la poursuite de l'accompagnement éducatif n'est plus nécessaire, le service de la protection judiciaire de la jeunesse peut adresser au juge des enfants un rapport aux fins de mainlevée de la mesure éducative judiciaire.

Sous-section 3. Du module de santé

Art. R. 112-34. – L'orientation du mineur vers une prise en charge sanitaire prévue au 1° de l'article L. 112-11 répond à un besoin de santé identifié.

Le juge des enfants oriente le mineur vers les soins de santé adaptés à ses besoins et à sa situation.

Art. R. 112-35. – Les établissements mentionnés aux 2° et 3° de l'article L. 112-11 adressent au juge des enfants, avant l'échéance du placement, dans le respect du secret médical, un rapport sur le déroulement du placement, et en transmettent copie au service de la protection judiciaire de la jeunesse chargé de la mesure éducative judiciaire.

Sous-section 4. Du module de placement

Art. D. 112-36. – Les placements prévus aux 2° et 3° de l'article L. 112-14 sont mis en œuvre dans des établissements de placement de la protection judiciaire de la jeunesse ou du secteur associatif habilité.

Le suivi éducatif est assuré par le service de la protection judiciaire de la jeunesse chargé de la mesure éducative judiciaire, en lien avec l'établissement de placement désigné.

Art. D. 112-37. – L'établissement de placement informe sans délai le juge des enfants et le service de la protection judiciaire de la jeunesse chargé de la mesure éducative judiciaire de tout événement de nature à justifier une modification du placement ou sa mainlevée.

Il leur adresse un rapport intermédiaire sur le déroulement du placement.

Art. D. 112-38. – Au moins quinze jours avant l'échéance du placement, l'établissement adresse au juge des enfants et au service de la protection judiciaire de la jeunesse chargé de la mesure éducative judiciaire, un rapport sur le déroulement du placement.

Art. D. 112-39. – Le suivi du placement chez un membre de la famille ou une personne digne de confiance est assuré par le service de la protection judiciaire de la jeunesse chargé de la mesure éducative judiciaire.

Chapitre III : DU RÉGIME DU PLACEMENT

Section 1 : Dispositions générales

Art. D. 113-1. – En application du deuxième alinéa de l'article L. 113-2, la juridiction informe l'organisme débiteur que la part des allocations familiales, majorations et allocations d'assistance auxquelles le mineur ouvre droit est attribuée à la personne ou à l'établissement qui accueille le mineur.

Art. D. 113-2. – Dès l'arrivée du mineur dans l'établissement auquel il a été confié, un dossier est ouvert à son nom, au sein duquel est mentionné tout renseignement concernant son évolution, son comportement, son insertion scolaire et professionnelle, y compris son salaire, et ses relations avec sa famille.

Art. D. 113-3. – Chaque établissement de placement de la protection judiciaire de la jeunesse et du secteur associatif habilité recevant des mineurs au titre du présent code adresse tous les ans, avant la fin du premier trimestre, au magistrat coordonnateur du tribunal pour enfants de son ressort, un rapport sur le fonctionnement général, moral et financier de l'établissement.

Art. D. 113-4. – Les représentants du ministère de la justice chargés de contrôler le fonctionnement des établissements de placement recevant des mineurs au titre du présent code peuvent entendre les mineurs hors la présence des représentants de l'établissement.

Tous les registres et dossiers, tous documents relatifs au fonctionnement administratif et financier des établissements leur sont communiqués.

Art. D. 113-5. – Le procureur de la République et le président du tribunal judiciaire ou le magistrat qu'il délègue rendent compte annuellement aux chefs de cour des visites effectuées en application de l'article L. 113-3. Ils font part de leurs observations éventuelles aux autorités compétentes pour y donner suite.

Section 2 : Des centres éducatifs fermés

Art. R. 113-6. – Lors de la visite des centres éducatifs fermés prévue à l'article 719 du Code de procédure pénale, le directeur du centre éducatif fermé ne peut s'opposer à l'entrée des journalistes accompagnant les parlementaires que pour des motifs impératifs liés à la sécurité, au bon ordre, à l'intérêt public ou à la protection des victimes, des mineurs placés et du personnel au sein de l'établissement. Il peut mettre fin, à tout moment, à leur présence pour ces motifs.

Les parlementaires ne peuvent être accompagnés, au sein d'un centre éducatif fermé, de plus de trois journalistes, titulaires de la carte d'identité professionnelle mentionnée à l'article L. 7111-6 du Code du travail, dont un seul utilisant du matériel de prise de vue ou de son. Le nombre maximal de journalistes s'entend par visite, quel que soit le nombre de parlementaires y participant. Leur entrée est concomitante à celles des parlementaires qu'ils accompagnent dans leur parcours. Leur sortie ne peut être postérieure à celle des parlementaires.

Art. R. 113-7. – Les écrits, photographies, croquis, prises de vue et de son que les journalistes effectuent sont circonscrits au cadre de la visite du parlementaire dans le centre éducatif fermé. Le directeur du centre éducatif fermé peut interdire les enregistrements d'images et de son dans une zone de l'établissement pour des motifs tenant au bon ordre et à la sécurité. Leur diffusion ou leur utilisation ne peut permettre d'identifier les personnels présents au sein de l'établissement que si ces derniers y ont consenti par écrit.

Un mineur ne peut être filmé, enregistré ou photographié qu'avec son accord écrit préalable et l'autorisation conjointe des titulaires de l'exercice de l'autorité parentale. L'accord est donné selon les mêmes modalités qu'il s'agisse de l'utilisation de l'image ou de celle de la voix ainsi captée.

Dans tous les cas, les journalistes veillent à ce qu'aucun élément concernant l'identité ou la personnalité permettant d'identifier le mineur placé ne soit, de quelque manière que ce soit, révélé. Les obligations relatives à la diffusion des productions des journalistes mentionnées aux trois alinéas précédents s'imposent aux directeurs de publication, éditeurs et distributeurs de ces productions.

Art. D. 113-8. – Le directeur du centre éducatif fermé est chargé de l'organisation régulière d'activités socio-culturelles au sein de l'établissement. Ces activités, animées par des personnels du centre ou par des personnes extérieures autorisées par le directeur, s'inscrivent dans la continuité des activités d'insertion scolaire et professionnelle.

Les mineurs placés au sein du centre peuvent être associés à l'organisation et à l'animation de ces activités, sous le contrôle du personnel de l'établissement.

La diffusion à l'extérieur du centre éducatif fermé de productions audio-visuelles réalisées dans le cadre de ces activités est soumise, d'une part à l'accord écrit préalable du mineur et des titulaires de l'autorité parentale, et d'autre part, à l'autorisation du directeur interrégional territorialement compétent.

Art. R. 113-9. – En cas d'inspection d'une chambre d'un centre éducatif fermé où séjourne un mineur, sont consignés au registre mentionné à l'article L. 113-8 :

1° La date et l'heure de début et de fin de l'inspection ;

2° Les noms et qualités des personnels ayant procédé à l'inspection ;

3° Le motif de l'inspection ;

4° Le lieu inspecté ;

5° Si le mineur est présent, ses éventuelles observations ;

6° Si le mineur est absent, le motif de son absence et les raisons pour lesquelles l'inspection n'a pu être retardée ;

7° Les objets ou substances interdites ou constituant une menace trouvés au cours de l'inspection et le sort qui leur a été réservé.

Le registre est signé par les personnels et le mineur présents lors de l'inspection.

Titre II : DES PEINES

Chapitre I : DES PEINES ENCOURUES

Le présent chapitre ne comporte pas de dispositions réglementaires

Chapitre II : DU CONTENU ET DES MODALITÉS D'APPLICATION DE CERTAINES PEINES

Section 1 : Du travail d'intérêt général

Art. R*. 122-1 *(Mod., D. n° 2021-1743, 22 déc. 2021).* – Pour l'habilitation des personnes morales de droit privé chargées d'une mission de service public ou des associations demandant à mettre en œuvre des travaux d'intérêt général spécifiquement adaptés aux mineurs dans les conditions prévues par les articles R. * 131-11-2 à R. 131-16 du Code pénal, la décision d'habilitation est confiée au directeur territorial de la protection judiciaire de la jeunesse, nonobstant les dispositions du décret n° 2004-374 du 29 avril 2004 relatif aux pouvoirs des préfets, à l'organisation et à l'action des services de l'État dans les régions et départements.

Le directeur territorial de la protection judiciaire de la jeunesse communique par voie dématérialisée sa décision au juge des enfants, au procureur de la République, au préfet et à l'organisme habilité.

Art. R. 122-2 *(Mod., D. n° 2021-1743, 22 déc. 2021).* – Le directeur territorial de la protection judiciaire de la jeunesse statue sur l'inscription sur la liste prévue par l'article R. 131-36 du Code pénal des travaux d'intérêt général applicables aux mineurs dans les conditions prévues par les articles R. 131-17 à R. 131-20 du Code pénal, en tenant compte du caractère formateur du travail proposé ou de son apport à l'insertion sociale des jeunes condamnés.

Art. R. 122-3. – Le condamné au travail d'intérêt général doit se soumettre aux mesures de contrôle suivantes :

1° Répondre aux convocations du juge des enfants et de l'éducateur ou du service désigné conformément à l'article R. 122-4 ;

2° Se soumettre à l'examen médical prévu par l'article R. 131-28 du Code pénal ;

3° Informer le juge des enfants de tout changement d'emploi ou de résidence ou de tout déplacement qui ferait obstacle à l'exécution du travail d'intérêt général selon les modalités fixées.

Art. R. 122-4 *(Mod., D. n° 2021-1743, 22 déc. 2021).* – Le directeur du service de la protection judiciaire de la jeunesse compétent, par délégation du directeur territorial, s'assure, sauf décision motivée par laquelle le juge des enfants conserve sa compétence, de l'exécution du travail d'intérêt général, par l'intermédiaire d'un service de la protection judiciaire de la jeunesse qu'il désigne. Ce service lui rend compte du déroulement de la mesure, en vérifiant notamment si le travail effectué conserve un caractère formateur ou de nature à permettre l'insertion sociale du jeune condamné et s'il demeure adapté à la personnalité de celui-ci.

Le directeur du service de la protection judiciaire de la jeunesse compétent, par délégation du directeur territorial, informe le juge des enfants des modalités d'exécution de la peine de travail d'intérêt général.

Section 2 : Du sursis probatoire avec suivi renforcé et du sursis probatoire

Art. D. 122-5. – La convocation mentionnée à l'article D. 546-2 du Code de procédure pénale est remise au mineur et à ses représentants légaux.

Art. D. 122-6. – Le service de la protection judiciaire de la jeunesse mandaté qui veille à la bonne exécution de la peine de sursis probatoire adresse un rapport au procureur de la République ainsi qu'au juge des enfants en cas de non-respect par le mineur des obligations qui lui ont été imposées.

Section 3 : Du stage

Art. R. 122-7. – La durée de la peine de stage est fixée par la juridiction en tenant compte des obligations scolaires du mineur et de sa situation familiale.

La durée journalière de formation effective ne peut excéder six heures et est adaptée en fonction de l'âge et de la personnalité du mineur.

Art. R. 122-8. – Le stage est organisé conformément aux dispositions du premier alinéa de l'article R. 131-37 du Code pénal et tient compte de l'âge des mineurs.

Art. R. 122-9. – Le stage est élaboré et mis en œuvre sous le contrôle du service de milieu ouvert de la protection judiciaire de la jeunesse. Le projet de stage est transmis par le responsable de ce service au directeur territorial de la protection judiciaire de la jeunesse. Pour en autoriser la mise en œuvre, le directeur recueille l'avis du juge des enfants et l'accord du procureur de la République du lieu où se déroulera habituellement le stage.

Art. R. 122-10. – La convention prévue au dernier alinéa de l'article R. 131-38 du Code pénal est passée entre les personnes mentionnées à cet article et le service de la protection judiciaire de la jeunesse.

Le directeur territorial de la protection judiciaire de la jeunesse informe le juge des enfants et le procureur de la République de l'identité des services mettant en œuvre des stages pour les mineurs dans le département et du contenu de ces stages.

Art. R. 122-11. – Les formalités prévues à l'article R. 131-39 du Code pénal sont accomplies en présence des représentants légaux et du responsable de l'établissement ou de la personne à qui le mineur est confié, ou ceux-ci dûment convoqués.

Le stage se déroule sous le contrôle et en présence d'un personnel éducatif du service chargé de sa mise en œuvre. En cas de difficulté d'exécution du stage liée notamment au comportement du mineur, le représentant du service peut en suspendre l'exécution. Il en informe alors sans délai le juge des enfants et le procureur de la République et leur adresse un rapport.

Art. R. 122-12. – En fin de stage, le service en charge de la mesure reçoit le mineur et les représentants légaux afin d'établir un bilan du déroulement du stage et de vérifier que ses objectifs ont été atteints.

Dans le délai d'un mois suivant la fin du stage, un rapport de synthèse est adressé par le service au juge des enfants et au procureur de la République.

Section 4 : De la détention à domicile sous surveillance électronique

Art. R. 122-13 *(Mod. à compter du 1er mai 2022, D. n° 2022-479, 30 mars 2022).* – Le service de milieu ouvert de la protection judiciaire de la jeunesse recueille l'accord écrit du propriétaire ou du ou des titulaires du contrat de location des lieux où pourra être installé le récepteur, sauf s'il s'agit d'un lieu public.

Ce service assure le contrôle et le suivi des mesures ordonnées par le juge des enfants, à l'exception de la mise en œuvre du dispositif technique de surveillance électronique.

Le condamné et ses représentants légaux sont convoqués devant ce service qui prend attache avec le service pénitentiaire d'insertion et de probation aux fins d'organiser la pose du dispositif de surveillance électronique.

Lors du débat prévu par le premier alinéa de l'article D. 49-85 du Code de procédure pénale, le mineur est assisté de son avocat et ses représentants légaux y sont convoqués.

Les informations et les avis prévus par le dernier alinéa de l'article D. 49-84 du Code de procédure pénale et les deuxième et quatrième alinéas de l'article D. 49-85 du même code sont également transmis aux représentants légaux du mineur. Ceux-ci peuvent demander à tout moment qu'un médecin vérifie que la mise en œuvre du procédé décrit à l'article R. 622-1 du Code pénitentiaire ne présente pas d'inconvénient pour la santé du mineur.

Art. R. 122-14. – En cas d'impossibilité de pose du dispositif dans les délais prévus par les articles D. 49-84 et D. 49-85 du Code de procédure pénale, le service pénitentiaire d'insertion et de probation rend compte sans délai au juge des enfants ainsi qu'au service de milieu ouvert de la protection judiciaire de la jeunesse.

Chapitre III : DU PRONONCÉ DES PEINES

Art. R. 123-1. – Le mandat de dépôt à effet différé ne peut être prononcé à l'encontre d'un mineur.

Art. R. 123-2. – Le procureur de la République ne peut ramener à exécution une peine d'emprisonnement ferme prononcée par le tribunal pour enfants, que celui-ci ait ou non décerné mandat de dépôt conformément au deuxième alinéa de l'article L. 123-2, qu'après s'être fait présenter le mineur, après application, s'il y a lieu, des dispositions de l'article 716-5 du Code de procédure pénale.

Après avoir vérifié son identité et lui avoir notifié la condamnation dont il fait l'objet, ce magistrat remplit la notice prévue par l'article D. 55-1 du Code de procédure pénale puis fait procéder à l'incarcération du mineur.

Les dispositions du présent article ne sont pas applicables lorsque la mise à exécution de la peine intervient immédiatement à l'issue de l'audience.

Elles ne sont également pas applicables lorsque, conformément aux dispositions des articles 723-15 et D. 49-35 du Code de procédure pénale, l'extrait de la décision doit être adressé au juge des enfants pour que ce dernier détermine les modalités d'exécution de la peine et propose le cas échéant une mesure d'aménagement.

Chapitre IV : DU RÉGIME D'INCARCÉRATION

Section 1 : Des conditions générales de détention

Art. R. 124-1. – Le régime de détention tient compte de la personnalité du mineur détenu et des perspectives du travail éducatif, par la mise en œuvre de modalités différenciées de prise en charge.

Art. R. 124-2 *(Mod. à compter du 1er mai 2022, D. n° 2022-479, 30 mars 2022).* **– Lorsqu'un mineur détenu ne peut bénéficier d'un encellulement individuel pour l'un des motifs prévus aux articles L. 213-5 et L. 213-6 du Code pénitentiaire, apprécié le cas échéant au regard de son état de santé, il ne peut être placé en cellule qu'avec un autre mineur de son âge.**

Art. R. 124-3 *(Mod. à compter du 1er mai 2022, D. n° 2022-479, 30 mars 2022).* **– Pour les établissements pénitentiaires dans lesquels les mineurs sont incarcérés, les dispositions communes du règlement intérieur type prévu par l'article L. 112-4 du Code pénitentiaire sont applicables sous réserve des dispositions spécifiques aux mineurs annexées à la présente section.**

Le règlement intérieur de l'établissement, de même que ses éventuelles modifications, sont adressés pour information au juge des enfants.

Le règlement intérieur de chaque établissement pénitentiaire est tenu à la disposition des mineurs détenus et de leurs représentants légaux, lorsque les intéressés en font la demande.

Annexe à l'article R. 124-3

(Créé à compter du 1er mai 2022, D. n° 2022-479, 30 mars 2022)

Dispositions du règlement intérieur type des établissements pénitentiaires spécifiques aux mineurs détenus

Art. 1. – Les dispositions de la présente annexe sont applicables aux mineurs détenus mentionnés à l'article L. 124-1.

Art. 2. – Les détenues mineures de sexe féminin sont hébergées dans les unités prévues à cet effet sous la surveillance des personnels de leur sexe. Toutefois, l'encadrement peut comporter des personnels masculins.

Les activités organisées dans les établissements pénitentiaires accueillant des mineurs détenus peuvent admettre des détenus des deux sexes.

Art. 3. – À son arrivée, le mineur détenu est mis en mesure d'informer sa famille de son incarcération dans les meilleurs délais. Si le mineur détenu n'a pas informé l'un de ses titulaires de l'autorité parentale ou représentants légaux, le chef d'établissement procède à cette diligence et informe également les services de la protection judiciaire de la jeunesse.

Art. 4. – Le mineur détenu est reçu, dès que possible, par un agent de la protection judiciaire de la jeunesse. Au cours de cet entretien, le mineur est informé du rôle et des modalités d'organisation du service éducatif en détention.

Art. 5. – Les mineurs détenus ont l'interdiction de fumer en tout lieu, y compris dans les espaces non couverts.

Art. 6. – Les repas des mineurs détenus sont composés conformément aux principes de la diététique et servis dans des conditions permettant leur éducation à une alimentation équilibrée et régulière.

Art. 7. – L'enseignement ou la formation constituent la part la plus importante de l'emploi du temps du mineur détenu.

Un bilan pédagogique est réalisé par le personnel enseignant de l'éducation nationale auprès de chaque mineur détenu entrant. A partir des éléments recueillis, un projet individuel visant une reprise ou une poursuite de l'enseignement ou de la formation est proposé au mineur détenu.

Toutes les activités contribuant à la poursuite ou à la reprise d'un cursus scolaire ou de formation doivent être proposées aux mineurs détenus âgés d'au moins 16 ans au regard de l'obligation de formation à laquelle ils sont soumis.

Art. 8. – Le mineur détenu a également accès à des activités socio-éducatives et sportives ou de détente adaptées à son âge. Un temps est consacré aux activités de plein air.

L'emploi du temps du mineur détenu intègre l'ensemble des entretiens utiles avec les personnels et intervenants concourant à son éducation et son insertion sociale.

Art. 9. – À titre exceptionnel, le chef d'établissement, seul ou à l'initiative de l'équipe pluridisciplinaire, peut proposer des activités de travail aux mineurs détenus âgés d'au moins seize ans. Ces activités ne doivent pas se substituer aux activités d'enseignement ou de formation.

À titre exceptionnel également, le chef d'établissement peut autoriser la participation d'un mineur détenu âgé d'au moins seize ans aux activités organisées dans l'établissement pénitentiaire avec des personnes détenues majeures, si l'intérêt du mineur le justifie.

Art. 10. – Les services de la protection judiciaire de la jeunesse sont consultés par le chef d'établissement avant toute décision relative aux modalités de prise en charge d'un mineur détenu.

Les activités socio-éducatives mises en œuvre par les services de la protection judiciaire de la jeunesse auprès du mineur détenu sont obligatoires et contribuent à la préparation par la protection judiciaire de la jeunesse du projet de sortie individualisé du mineur détenu.

Art. 11. – Les titulaires de l'autorité parentale ou les représentants légaux du mineur détenu sont informés de toute demande de permis de visite faite au chef de l'établissement, de toute modification du régime de détention, ainsi que de toute procédure disciplinaire. Ils reçoivent mensuellement un état du compte nominatif du mineur détenu. Ils sont tenus informés du déroulement de sa scolarité, de sa formation ou de ses activités professionnelles. Les emplois du temps scolaires et les livrets d'attestation des parcours leur sont communiqués.

Art. 12. – Les mineurs détenus peuvent téléphoner aux membres de leur famille ou à toute personne participant effectivement à leur éducation ou à leur insertion sociale, sous réserve, en ce qui concerne les prévenus, d'y avoir été autorisées par le magistrat saisi du dossier de la procédure.

Art. 13. – Tout mineur détenu mineure peut demander à bénéficier d'une mesure de protection individuelle. Le chef d'établissement peut faire droit à cette demande s'il estime que les circonstances de la détention ou la personnalité du mineur détenu nécessitent la mise en œuvre de mesures de protection particulières. Il s'attache à recueillir préalablement l'avis de l'équipe pluridisciplinaire.

Le mineur détenu bénéficiant d'une mesure de protection individuelle fait l'objet d'un suivi éducatif renforcé et peut être momentanément dispensée de tout ou partie de la vie collective.

Cette mesure ne suspend pas l'exercice de ses droits.

La mise sous protection individuelle est d'une durée maximale de six jours, renouvelable une fois. La durée de cette mesure ne peut excéder douze jours par période de détention de quatre mois. Le chef d'établissement peut y mettre fin à tout moment après avoir entendu l'intéressé et recueilli l'avis de l'équipe pluridisciplinaire. Il est tenu d'y mettre fin si l'intéressé le demande.

La décision de mise sous protection individuelle et sa levée sont portées à la connaissance des titulaires de l'autorité parentale ou des représentants légaux du mineur détenu et du magistrat saisi du dossier de la procédure ou en charge de l'application des peines.

Art. R. 124-4. – Au sein de chaque établissement pénitentiaire recevant des mineurs, une équipe pluridisciplinaire réunit des représentants des différents services intervenant auprès des mineurs incarcérés. Elle est chargée d'assurer la collaboration de ces services et le suivi individuel de chaque mineur détenu.

L'équipe pluridisciplinaire est présidée par le chef d'établissement ou son représentant. Elle comprend au moins, outre son président, un représentant du personnel de surveillance, un représentant de la protection judiciaire de la jeunesse et un représentant de l'éducation nationale. Elle peut associer, en tant que de besoin, un représentant des services de santé, un représentant du service pénitentiaire d'insertion et de probation ou tout autre intervenant dans la prise en charge des mineurs détenus.

L'équipe pluridisciplinaire se réunit au moins une fois par semaine.

Art. R. 124-5. – Des permissions de sortir prévues aux articles D. 143, D. 143-1, D. 143-4 et D. 145 du Code de procédure pénale peuvent être accordées, quel que soit leur établissement d'affectation, aux mineurs condamnés à une ou plusieurs peines privatives de liberté à condition, si leur durée totale excède un an, que le tiers ait été exécuté.

Les condamnés mineurs peuvent également bénéficier de permissions de sortir dans les conditions fixées aux articles D. 143-2, D. 143-3 et D. 143-5 du Code de procédure pénale.

Art. R. 124-6. – Lorsque, en application des dispositions de l'article L. 1111-5 du Code de la santé publique, le mineur détenu se fait accompagner d'une personne majeure de son choix, celle-ci doit au préalable obtenir des autorités judiciaires ou administratives compétentes, selon que le mineur est prévenu ou condamné, l'autorisation de s'entretenir avec lui, dans le respect de la confidentialité de leurs échanges.

Dans le cas où le mineur ne connaîtrait pas de personne majeure susceptible de l'accompagner, les services de la protection judiciaire de la jeunesse relaient sa demande auprès de personnes physiques ou morales extérieures intervenant habituellement auprès de mineurs.

Art. D. 124-7. – Le mineur qui, à l'issue de son placement en détention provisoire dans un établissement pénitentiaire où les mineurs sont incarcérés, fait l'objet d'une des mesures prévues par l'article L. 112-2, est signalé par le chef de l'établissement pénitentiaire qui en a la garde, au procureur de la République du siège du tribunal pour enfants et à la direction de la protection judiciaire de la jeunesse au ministère de la justice aux fins d'être pris en charge et conduit sans délai par les services de la protection judiciaire de la jeunesse auprès de la personne ou de l'institution chargée de la mesure.

Art. R. 124-8. – Dans le cadre des visites des établissements pénitentiaires par les parlementaires accompagnés de journalistes, un mineur détenu ne peut être filmé, enregistré ou photographié qu'avec son accord écrit préalable et l'autorisation des titulaires de l'exercice de l'autorité parentale. L'accord est donné selon les mêmes modalités qu'il s'agisse de l'utilisation de l'image ou de celle de la voix ainsi captée.

Dans tous les cas et sans préjudice des dispositions de l'article R. 57-6-17 du Code de procédure pénale, les journalistes veillent à ce qu'aucun élément concernant l'identité ou la personnalité qui permettrait d'identifier les mineurs détenus ne soit, de quelque manière que ce soit, révélé.

Les obligations relatives à la diffusion des productions des journalistes mentionnées aux deux alinéas précédents s'imposent aux directeurs de publication, éditeurs et distributeurs de ces productions.

Art. R. 124-9. – La liste des établissements pénitentiaires dans lesquels les mineurs sont incarcérés est fixée par arrêté du garde sceaux, ministre de la justice, aux articles 1 à 3 de l'annexe 1 du présent code.

Annexe 1

(Annexe créée à compter du 30 septembre 2021, A. 27 mai 2021)

Art. 1er. – La liste des établissements pénitentiaires spécialisés pour mineurs prévue à l'article R. 124-9 est fixée comme suit :
- établissement spécialisé pour mineurs de Lavaur (Tarn) ;
- établissement spécialisé pour mineurs de Marseille (Bouches-du-Rhône) ;
- établissement spécialisé pour mineurs d'Orvault (Loire-Atlantique) ;
- établissement spécialisé pour mineurs de Porcheville (Yvelines) ;
- établissement spécialisé pour mineurs de Quiévrechain (Nord) ;
- établissement spécialisé pour mineurs du Rhône (Meyzieu-Rhône).

Art. 2. – La liste des quartiers pour mineurs prévue à l'article R. 124-9 est fixée comme suit :
- quartier des mineurs du centre pénitentiaire d'Aix-Luynes (Bouches-du-Rhône) ;
- quartier des mineurs de la maison d'arrêt d'Angoulême (Charente) ;
- quartier des mineurs du centre pénitentiaire d'Avignon-Le Pontet (Vaucluse) ;
- quartier des mineurs du centre pénitentiaire de Baie-Mahault (Guadeloupe) ;
- quartier des mineurs de la maison d'arrêt de Besançon (Doubs) ;
- quartier des mineurs du centre de semi-liberté de Besançon (Doubs) ;
- quartier des mineurs de la maison d'arrêt de Bonneville (Haute-Savoie) ;
- quartier des mineurs de la maison d'arrêt de Bordeaux-Gradignan (Gironde) ;
- quartier des mineurs du centre pénitentiaire de Borgo (Haute-Corse) ;
- quartier des mineurs de la maison d'arrêt de Bourges (Cher) ;
- quartier des mineurs de la maison d'arrêt de Brest (Finistère) ;
- quartier des mineurs de la maison d'arrêt de Caen (Calvados) ;
- quartier des mineurs du Camp-Est (Nouméa) ;
- quartier des mineurs de la maison d'arrêt de Chaumont (Haute-Marne) ;
- quartier des mineurs de la maison d'arrêt de Dijon (Côte-d'Or) ;
- quartier des mineurs du centre pénitentiaire de Ducos (Martinique) ;
- quartier des mineurs de la maison d'arrêt d'Epinal (Vosges) ;
- quartier des mineurs du centre pénitentiaire de Faa'a-Nuutania (Papeete) ;
- quartier des mineurs de la maison d'arrêt de Fleury-Mérogis (Essonne) ;
- quartier des mineurs de la maison d'arrêt de Grasse (Alpes-Maritimes) ;
- quartier des mineurs de la maison d'arrêt de Grenoble-Varces (Isère) ;

- quartier des mineurs du centre pénitentiaire du Havre (Seine-Maritime) ;
- quartier des mineurs du centre pénitentiaire de Laon (Aisne) ;
- quartier des mineurs du centre pénitentiaire de Liancourt (Oise) ;
- quartier des mineurs de la maison d'arrêt de Limoges (Haute-Vienne) ;
- quartier des mineurs de la maison d'arrêt de Longuenesse (Pas-de-Calais) ;
- quartier des mineurs de la maison d'arrêt de Majicavo (Mayotte) ;
- quartier des mineurs du centre de semi-liberté de Maxéville (Meurthe-et-Moselle) ;
- quartier des mineurs du centre pénitentiaire de Metz (Moselle) ;
- quartier des mineurs du centre pénitentiaire de Moulins-Yzeure (Allier) ;
- quartier des mineurs du centre pénitentiaire de Mulhouse-Lutterbach (Haut-Rhin) ;
- quartier des mineurs du quartier de semi-liberté de la maison d'arrêt de Mulhouse (Haut-Rhin) ;
- quartier des mineurs de la maison d'arrêt de Nanterre (Hauts-de-Seine) ;
- quartier des mineurs de la maison d'arrêt de Pau (Pyrénées-Atlantiques) ;
- quartier des mineurs du centre pénitentiaire de Perpignan (Pyrénées-Orientales) ;
- quartier des mineurs de la maison d'arrêt de Reims (Marne) ;
- quartier des mineurs du centre pénitentiaire de Remire-Montjoly (Guyane) ;
- quartier des mineurs de la maison d'arrêt de Rouen (Seine-Maritime) ;
- quartier des mineurs du centre pénitentiaire de Saint-Denis (Réunion) ;
- quartier des mineurs du centre pénitentiaire de Saint-Pierre (collectivité territoriale de Saint-Pierre-et-Miquelon) ;
- quartier des mineurs du centre de semi-liberté de Souffelweyersheim (Bas-Rhin) ;
- quartier des mineurs de la maison d'arrêt de Strasbourg (Bas-Rhin) ;
- quartier des mineurs de la maison d'arrêt de Tours (Indre-et-Loire) ;
- quartier des mineurs de la maison d'arrêt de Varennes-le-Grand (Saône-et-Loire) ;
- quartier des mineurs de la maison d'arrêt de Villeneuve-lès-Maguelone (Hérault) ;
- quartier des mineurs de la maison d'arrêt de Villepinte (Seine-Saint-Denis).

Art. 3. – La liste des unités affectées à la prise en charge des mineures prévue à l'article R. 124-9 est fixée comme suit :

- unité de l'établissement spécialisé pour mineurs de Lavaur (Tarn) ;
- unité de l'établissement spécialisé pour mineurs de Quiévrechain (Nord) ;
- unité de l'établissement spécialisé pour mineurs du Rhône (Meyzieu, Rhône) ;
- unité de la maison d'arrêt des femmes de Marseille-Les Baumettes (Bouches-du-Rhône) ;
- unité de la maison d'arrêt des femmes d'Épinal (Vosges) ;
- unité de la maison d'arrêt des femmes de Fleury-Mérogis (Essonne) ;
- unité du centre pénitentiaire pour femmes de Rennes (Ille-et-Vilaine).

Section 2 : De l'intervention de la protection judiciaire de la jeunesse en détention

Art. R. 124-10. – Les services de l'administration pénitentiaire et de la protection judiciaire de la jeunesse travaillent conjointement à l'accompagnement des mineurs détenus en organisant l'individualisation de leur période de détention.

Art. R. 124-11. – Les services de la protection judiciaire de la jeunesse assurent une intervention éducative continue en détention auprès des mineurs.

Art. R. 124-12 ***(Mod. à compter du 1er mai 2022, D. n° 2022-479, 30 mars 2022).*** **– Les services et établissements de la protection judiciaire de la jeunesse assurent la prise en charge éducative individualisée des mineurs détenus. Ils assurent la continuité de l'action éducative en collaboration avec le service chargé du suivi du mineur en dehors de l'établissement pénitentiaire.**

Ils exercent, à leur égard, les missions dévolues au service pénitentiaire d'insertion et de probation par les dispositions des articles D. 113-24, D. 113-40, D. 113-60 et D. 214-9 du Code pénitentiaire.

Art. R. 124-13. – La continuité de l'accès du mineur à l'enseignement ou à la formation est assurée, quel que soit son âge, conformément aux dispositions des livres Ier et III du Code de l'éducation.

Art. R. 124-14. – Les activités d'enseignement et de formation sont mises en œuvre par les services de l'éducation nationale.

Les services de la protection judiciaire de la jeunesse assurent la mise en œuvre des activités socio-éducatives. Les activités sportives sont organisées par les services de l'administration pénitentiaire.

Art. R. 124-15 *(Mod. à compter du 1er mai 2022, D. n° 2022-479, 30 mars 2022)*. – Les personnels de la protection judiciaire de la jeunesse intervenant en détention ont accès, dans les conditions prévues à l'article R. 240-5 du Code pénitentiaire, au traitement automatisé de données à caractère personnel dénommé gestion nationale des personnes détenues en établissement pénitentiaire (GENESIS).

Section 3 : Du régime disciplinaire

Sous-section 1 : De la procédure disciplinaire

Art. R. 124-16 *(Mod. à compter du 1er mai 2022, D. n° 2022-479, 30 mars 2022)*. – En cas de manquement à la discipline par un mineur détenu de nature à justifier une sanction disciplinaire, le compte rendu d'incident et le rapport prévus aux articles R. 234-12 et R. 234-13 du Code pénitentiaire sont complétés par un rapport sur la situation personnelle, sociale et familiale du mineur, établi par le service de la protection judiciaire de la jeunesse, saisi par le chef d'établissement. Ce rapport fournit au chef d'établissement les éléments d'appréciation sur l'opportunité de poursuivre ou non la procédure et formule toute proposition éducative appropriée.

Art. R. 124-17. – Lorsque des poursuites disciplinaires sont engagées, le mineur détenu est obligatoirement assisté par un avocat. À défaut de choix d'un avocat par lui ou par ses représentants légaux, il est assisté par un avocat désigné par le bâtonnier.

Art. R. 124-18. – Lorsqu'un mineur détenu est convoqué devant la commission de discipline, une copie de la convocation est adressée à ses représentants légaux.

Art. R. 124-19. – Lors de la comparution devant la commission de discipline d'un mineur détenu, un personnel du service de la protection judiciaire de la jeunesse, avisé par le chef d'établissement, peut assister à la commission de discipline et présenter oralement ses observations sur la situation personnelle, sociale et familiale du mineur.

Art. R. 124-20 *(Mod. à compter du 1er mai 2022, D. n° 2022-479, 30 mars 2022)*. – Le placement préventif d'un mineur âgé d'au moins seize ans en cellule disciplinaire n'est possible que pour les fautes prévues aux 1° à 10° de l'article R. 232-4 du Code pénitentiaire.

Art. R. 124-21. – La suspension à titre préventif de l'exercice de l'activité professionnelle du mineur âgé d'au moins seize ans est limitée au strict nécessaire et ne peut excéder trois jours ouvrables. Le délai de computation de la suspension à titre préventif commence à courir le lendemain du prononcé de la suspension. Il expire le troisième jour suivant le prononcé de la sanction à vingt-quatre heures. Le délai qui expirerait un samedi, un dimanche ou un jour férié ou chômé est prorogé jusqu'au premier jour ouvrable suivant.

Art. R. 124-22. – Dans le délai de cinq jours à compter de la décision prononçant une sanction disciplinaire à l'encontre d'un mineur, le chef d'établissement transmet une copie de la décision, d'une part, au directeur interrégional des services pénitentiaires et au directeur interrégional de la protection judiciaire de la jeunesse et, d'autre part, au magistrat saisi de la procédure dans le cadre de laquelle le mineur est détenu. Il avise également les représentants légaux du mineur.

Il fait rapport à la commission d'application des peines et à l'équipe pluridisciplinaire chargée du suivi individuel du mineur de toute sanction de confinement en cellule individuelle ordinaire et de toute sanction de cellule disciplinaire prononcée à l'encontre du mineur.

Sous-section 2 : Des sanctions

Art. R. 124-23 *(Mod. à compter du 1er mai 2022, D. n° 2022-479, 30 mars 2022)*. – Les sanctions suivantes peuvent être prononcées à l'encontre du mineur détenu quel que soit son âge :

1° L'avertissement ;

2° La privation, pendant une période maximale de quinze jours, de la faculté d'effectuer en cantine tout achat autre que celui de produits d'hygiène et du nécessaire de correspondance ;

3° La privation, pendant une durée maximale de quinze jours, de tout appareil audiovisuel dont le mineur a l'usage personnel ;

4° Une activité de réparation prévue à l'article R. 124-25 ;

5° La privation ou la restriction d'activités culturelles, sportives et de loisirs pour une période maximum de huit jours ;

6° Le confinement en cellule individuelle ordinaire dans les conditions de durée maximales prévues à l'article R. 124-27.

Toutefois, le mineur âgé de moins de seize ans ne peut faire l'objet de confinement que lorsque les faits commis constituent une des fautes prévues aux 1° à 10° de l'article R. 232-4 du Code pénitentiaire.

Art. R. 124-24 *(Mod. à compter du 1er mai 2022, D. n° 2022-479, 30 mars 2022)*. – Les sanctions suivantes ne peuvent être prononcées qu'à l'encontre du mineur détenu âgé d'au moins seize ans :

1° La mise en cellule disciplinaire dans les conditions de durée maximale prévues à l'article R. 124-29, lorsque les faits commis constituent :

a) Les fautes prévues aux 1° à 10° de l'article R. 232-4 du Code pénitentiaire ;

b) Les menaces prévues aux 12° et 13° de l'article R. 232-4 du même code et la faute prévue au 7° de l'article R. 57-7-2 du même code ;

2° La suspension de la décision de classement dans un emploi ou une activité de formation pour une durée maximale de trois jours lorsque la faute disciplinaire a été commise au cours ou à l'occasion du travail ou de cette activité.

Art. R. 124-25. – La sanction d'activité de réparation prévue au 4° de l'article R. 124-23 consiste en l'une des mesures suivantes :

1° Présenter oralement ses excuses à la victime de la faute ;

2° Rédiger une lettre d'excuse ;

3° Rédiger un écrit portant sur la faute commise et sur le préjudice qu'elle a occasionné ;

4° Effectuer un travail de nettoyage ou de rangement des locaux de l'établissement pour une durée globale n'excédant pas dix heures lorsque la faute disciplinaire est en relation avec un manquement aux règles de l'hygiène.

Le président de la commission de discipline détermine la nature de l'activité de réparation. Il recueille le consentement du mineur et de ses représentants légaux préalablement au prononcé de la sanction de réparation.

Les services de la protection judiciaire de la jeunesse mettent en œuvre la sanction d'activité de réparation lorsque son contenu nécessite un accompagnement éducatif particulier.

Art. R. 124-26. – Le confinement en cellule individuelle ordinaire décidé par le président de la commission de discipline à l'encontre du mineur détenu n'interrompt ni sa scolarité, ni sa formation, ni les entretiens avec les personnels de la protection judiciaire de la jeunesse.

Art. R. 124-27 *(Mod. à compter du 1er mai 2022, D. n° 2022-479, 30 mars 2022)*. – La durée du confinement en cellule individuelle ordinaire du mineur détenu âgé d'au moins seize ans ne peut excéder :

1° Sept jours lorsqu'est sanctionnée une des fautes du premier degré prévues à l'article R. 232-4 du Code pénitentiaire ;

2° Cinq jours lorsqu'est sanctionnée une des fautes du deuxième degré prévues à l'article R. 232-5 du même code ;

3° Trois jours lorsqu'est sanctionnée une des fautes du troisième degré prévues à l'article R. 232-6 du même code.

Lorsqu'elle est prononcée à l'encontre d'un mineur détenu âgé de moins de seize ans, la durée du confinement est de trois jours maximum.

Art. R. 124-28. – Pour les mineurs détenus, la sanction de cellule disciplinaire n'emporte aucune restriction à leur faculté de recevoir les visites de leur famille ou de toute autre personne participant à leur éducation et à leur insertion sociale. Ils rencontrent les personnels de la protection judiciaire de la jeunesse et ont accès à l'enseignement ou à la formation.

Art. R. 124-29 *(Mod. à compter du 1er mai 2022, D. n° 2022-479, 30 mars 2022)*. – La durée du placement en cellule disciplinaire des mineurs âgés d'au moins seize ans ne peut excéder :

1° Sept jours lorsqu'est sanctionnée une des fautes du premier degré prévues à l'article R. 232-4 du Code pénitentiaire ;

2° Cinq jours lorsqu'est sanctionnée une des fautes du deuxième degré prévues à l'article R. 232-5 du même code.

Sous-section 3 : Du prononcé des sanctions

Art. R. 124-30. – Les sanctions prononcées par le président de la commission de discipline à l'encontre d'un mineur détenu tiennent compte de leur âge et de leur personnalité.

Art. R. 124-31. – Le président de la commission de discipline ne peut prononcer à l'encontre d'un mineur détenu, pour une même faute, qu'une seule des sanctions prévues aux articles R. 124-23 ou R. 124-24.

Art. R. 124-32. – Lorsque la commission de discipline est amenée à se prononcer le même jour sur plusieurs fautes commises par un mineur détenu, et sauf décision contraire de son président, les durées des sanctions prononcées se cumulent. Toutefois, lorsque les sanctions sont de même nature, leur durée cumulée ne peut excéder la limite du maximum prévu pour la faute la plus grave. Pour l'application de cette disposition, sont réputés de même nature :

1° Le confinement en cellule individuelle ordinaire et le placement en cellule disciplinaire ;

2° La privation de tout appareil audiovisuel dont le mineur a l'usage personnel et la privation d'activités culturelles, sportives et de loisirs.

Art. R. 124-33 *(Mod. à compter du 1er mai 2022, D. n° 2022-479, 30 mars 2022)*. – Lorsqu'il octroie le bénéfice du sursis à un mineur détenu, le président de la commission de discipline fixe un délai de suspension de la sanction ne pouvant excéder trois mois. Il appelle l'attention du mineur détenu sur les conséquences du sursis telles qu'elles sont réglées par les articles R. 234-37 et R. 234-38 du Code pénitentiaire.

Art. R. 124-34 *(Mod. à compter du 1er mai 2022, D. n° 2022-479, 30 mars 2022)*. – Pour l'application de l'article R. 234-37 du Code pénitentiaire, sont considérées comme des sanctions de même nature la privation de tout appareil audiovisuel dont le mineur a l'usage personnel et la privation d'activités culturelles, sportives et de loisirs.

Art. R. 124-35 *(Mod. à compter du 1er mai 2022, D. n° 2022-479, 30 mars 2022)*. – Lorsqu'il ordonne le sursis à exécution de l'une des sanctions de cellule prévues au 6° de l'article R. 124-23 et au 1° de l'article R. 124-24 prononcée à l'encontre d'un mineur âgé d'au moins seize ans, le président de la commission de discipline peut décider qu'il devra accomplir, pendant tout ou partie du délai de suspension de la sanction, des travaux de nettoyage pour une durée globale n'excédant pas vingt heures.

Le consentement du mineur détenu doit être préalablement recueilli.

Les dispositions des articles R. 234-35, R. 234-36, R. 234-37, R. 234-38 et R. 234-40 du Code pénitentiaire et des articles R. 124-33, R. 124-34 et R. 124-36 du présent code sont, pour le surplus, applicables au sursis ordonné dans les conditions prévues au présent article.

Art. R. 124-36. – Lorsque la révocation du sursis est envisagée à l'égard du mineur détenu, en cas d'inexécution totale ou partielle du travail ordonné, les observations du service de la protection judiciaire de la jeunesse sont recueillies.

Section 4 : Des procédures d'orientation et d'affectation

Art. R. 124-37. – La procédure d'orientation est obligatoirement mise en œuvre pour les condamnés mineurs dont le temps d'incarcération restant à subir est supérieur à trois mois.

Art. R. 124-38 *(Mod. à compter du 1er mai 2022, D. n° 2022-479, 30 mars 2022)*. – Le chef d'établissement constitue un dossier d'orientation pour chaque condamné mineur dont le temps d'incarcération restant à subir est d'une durée supérieure à trois mois.

Outre les pièces mentionnées au premier alinéa de l'article D. 211-11 du Code pénitentiaire, le dossier d'orientation comprend l'avis du mineur, des représentants légaux ou des titulaires de l'autorité parentale, du service de la protection judiciaire de la jeunesse, et les éléments afférents aux conditions de prise en charge éducative ; il peut également comprendre l'avis de l'éducation nationale et du service de la santé et, le cas échéant, l'avis de tout service ayant à connaître de la situation du mineur.

Les condamnés mineurs ayant à subir un temps d'incarcération d'une durée inférieure ou égale à trois mois peuvent faire l'objet d'un dossier d'orientation selon les mêmes modalités lorsque le chef d'établissement estime que leur situation nécessite une orientation particulière.

Le dossier d'orientation des condamnés mineurs dont le temps d'incarcération restant à subir est égal ou supérieur à deux ans contient également les pièces visées à l'article D. 211-12 du Code pénitentiaire.

Art. D. 124-39. – Le chef d'établissement informe le magistrat et le service de la protection judiciaire de la jeunesse de la décision d'affectation ou de changement d'affectation du mineur détenu dans les plus brefs délais, ainsi que du transfert de l'intéressé à la date à laquelle ce transfert est réalisé.

Section 5 : De la commission d'incarcération

Art. D. 124-40. – Sur le ressort de l'établissement pénitentiaire dans lequel les mineurs sont incarcérés, le directeur territorial de la protection judiciaire de la jeunesse réunit au moins deux fois par an la commission d'incarcération pour déterminer la politique locale en matière de prise en charge des mineurs détenus, et de continuité de la prise en charge éducative en cas d'incarcération et en cas de libération.

Le directeur territorial de la protection judiciaire de la jeunesse transmet le compte-rendu de la commission d'incarcération au directeur interrégional de la protection judiciaire de la jeunesse.

Art. D. 124-41. – La commission d'incarcération est composée d'un représentant de l'établissement pénitentiaire, de la protection judiciaire de la jeunesse, de l'éducation nationale et des autres membres permanents de l'équipe pluridisciplinaire qui interviennent dans l'établissement pénitentiaire. Elle comprend également un représentant du service pénitentiaire d'insertion et de probation, un représentant de l'ordre des avocats, le procureur de la République ainsi que les juges des enfants et les juges d'application des peines près le tribunal judiciaire dans le ressort duquel se trouve l'établissement pénitentiaire.

Le directeur territorial de la protection judiciaire de la jeunesse peut inviter à cette instance, en tant que de besoin, les partenaires institutionnels et du secteur associatif impliqués dans l'individualisation et la continuité des parcours des mineurs détenus ainsi que le coordonnateur de l'unité de soins.

Section 6 : Du recours judiciaire visant à garantir le droit au respect de la dignité en détention

Art. R. 124-42 *(Créé à compter du 1er octobre 2021, D. n° 2021-1194, 15 sept. 2021)*. – Si le placement en détention provisoire a été prononcé par un juge des libertés et de la détention spécialement chargé des affaires concernant les mineurs, la requête prévue à l'article 803-8 du Code de procédure pénale est examinée par un juge des libertés et de la détention présentant la même spécialisation. Celui-ci sollicite, le cas échéant, les observations du juge des enfants chargé du suivi de la procédure.

Si le placement en détention provisoire a été prononcé par un juge des enfants ou un tribunal pour enfants, la requête est examinée par le juge des enfants chargé du suivi de la procédure qui est compétent pour statuer.

Si la personne a été condamnée par une juridiction pour mineurs, la requête est examinée par le juge des enfants lorsque celui-ci exerce les attributions du juge d'application des peines.

Art. R. 124-43 *(Créé à compter du 1er octobre 2021, D. n° 2021-1194, 15 sept. 2021)*. – Les ordonnances prévues aux articles R. 249-21 à R. 249-35 du Code de procédure pénale sont prises, selon les cas, par le juge des libertés et de la détention spécialement chargé des affaires concernant les mineurs ou par le juge des enfants saisis en application de l'article R. 124-42 du présent code. Elles sont notifiées au mineur, à son avocat et à ses représentants légaux.

Art. R. 124-44 *(Créé à compter du 1er octobre 2021, D. n° 2021-1194, 15 sept. 2021)*. – Outre les personnes prévues au 4° de l'article R. 249-24 du Code de procédure pénale, le juge peut également procéder à l'audition des personnels de la protection judiciaire de la jeunesse intervenant auprès du requérant.

Art. R. 124-45 *(Créé à compter du 1er octobre 2021, D. n° 2021-1194, 15 sept. 2021).* **– Lorsqu'elles sont rendues hors procédure d'information judiciaire, les ordonnances mentionnées à l'article R. 124-43 peuvent faire l'objet d'un appel devant le président de la chambre spéciale des mineurs de la cour d'appel dans les conditions prévues par les articles R. 249-36 à R. 249-39 du Code de procédure pénale.**

Livre II : DE LA SPÉCIALISATION DES ACTEURS

Titre I : DU MINISTÈRE PUBLIC

Chapitre unique : De la désignation du magistrat du parquet spécialement chargé des mineurs

Art. D. 211-1. – Dans chaque tribunal judiciaire doté d'un pôle de l'instruction et dans le ressort duquel siège un tribunal pour enfants, un ou plusieurs magistrats du parquet spécialement chargés des affaires concernant les mineurs sont désignés par le procureur général de la cour d'appel compétente.

Titre II : DU JUGE D'INSTRUCTION

Chapitre unique : De la désignation du juge d'instruction spécialement chargé des mineurs

Art. D. 221-1. – Dans chaque tribunal judiciaire doté d'un pôle de l'instruction et dans le ressort duquel siège un tribunal pour enfants, un ou plusieurs juges d'instruction spécialement chargés des affaires concernant les mineurs sont désignés par le premier président de la cour d'appel compétente.

Titre III : DU JUGE DES LIBERTÉS ET DE LA DÉTENTION

Chapitre unique : De la désignation du juge des libertés et de la détention spécialement chargé des mineurs

Art. D. 231-1. – Dans chaque tribunal judiciaire dans le ressort duquel siège un tribunal pour enfants, un ou plusieurs juges des libertés et de la détention spécialement chargés des affaires concernant les mineurs sont désignés par le premier président de la cour d'appel compétente.

Titre IV : DES JURIDICTIONS DE JUGEMENT

Chapitre unique

Le présent chapitre ne comporte pas de dispositions réglementaires

Titre V : DE LA PROTECTION JUDICIAIRE DE LA JEUNESSE

Chapitre unique : Des services et établissements de la protection judiciaire de la jeunesse et du secteur associatif habilité

Section 1 : Des modalités de partage d'informations

Art. R. 241-1. – Le mineur et ses représentants légaux sont préalablement informés de l'échange d'informations prévu au premier alinéa de l'article L. 241-2.

Art. R. 241-2. – Les services et établissements de la protection judiciaire de la jeunesse et du secteur associatif habilité, saisis concomitamment ou successivement de mesures concernant un même mineur, inscrivent dans un document de prise en charge conjointe leurs modalités d'articulation, de coordination et d'échanges d'informations. Les services intervenant au titre de la protection de l'enfance à l'égard de ce mineur peuvent également y contribuer.

Section 2 : Des services déconcentrés de la protection judiciaire de la jeunesse

Art. R. 241-3. – Les services déconcentrés de la protection judiciaire de la jeunesse sont constitués de directions interrégionales et de directions territoriales.

Art. R. 241-4. – Le ressort territorial de chaque direction interrégionale de la protection judiciaire de la jeunesse regroupe sous l'autorité d'un directeur interrégional de la protection judiciaire de la jeunesse plusieurs circonscriptions régionales.

Les directions territoriales implantées dans les départements et les collectivités d'outre-mer sont rattachées à la même direction interrégionale.

Le ressort de chaque direction interrégionale de la protection judiciaire de la jeunesse est fixé par arrêté du garde des sceaux, ministre de la justice, aux articles 1er et 2 de l'annexe 2 du présent code.

Art. R. 241-5. – Le ressort territorial de chaque direction territoriale de la protection judiciaire de la jeunesse peut regrouper sous l'autorité d'un directeur territorial de la protection judiciaire de la jeunesse plusieurs circonscriptions départementales.

Il peut correspondre au territoire d'une ou plusieurs collectivités d'outre-mer.

Le ressort de chaque direction territoriale de la protection judiciaire de la jeunesse est fixé par arrêté du garde des sceaux, ministre de la justice.

Art. R. 241-6. – Sous l'autorité du garde des sceaux, ministre de la justice, les directeurs interrégionaux ont autorité sur les directeurs territoriaux de la protection judiciaire de la jeunesse de leur ressort

Les directeurs territoriaux ont autorité sur les directeurs des établissements et services de la protection judiciaire de la jeunesse de leur ressort.

Les directeurs des établissements et services de la protection judiciaire de la jeunesse ont autorité sur les personnels en fonction dans les établissements et services de la protection judiciaire de la jeunesse.

Art. R. 241-7. – Sous la responsabilité des directeurs interrégionaux, les directions interrégionales de la protection judiciaire de la jeunesse sont chargées de :

1° La déclinaison en objectifs stratégiques des orientations nationales de la protection judiciaire de la jeunesse sur leur territoire ;

2° La concertation entre les institutions intervenant au titre de la justice civile et pénale des mineurs ;

3° L'organisation des relations avec les autorités judiciaires et administratives ainsi qu'avec les collectivités territoriales afin d'assurer la représentation de la protection judiciaire de la jeunesse et sa contribution aux politiques publiques dans le cadre régional ;

4° L'organisation de la complémentarité des interventions des différents acteurs concourant aux missions de protection judiciaire de la jeunesse après l'évaluation des besoins de prise en charge des mineurs et des majeurs sous protection judiciaire jusqu'à l'âge de vingt-et-un ans en liaison avec les autorités compétentes ;

5° La préparation et l'exécution du budget dans le respect des attributions dévolues aux préfets de région et de département pour les investissements et la comptabilité publique ;

6° La gestion des ressources humaines, le recueil et l'analyse des besoins individuels et collectifs de formation ainsi que l'élaboration du plan interrégional de formation continue ;

7° Les relations avec les organisations représentatives des personnels notamment par la mise en place, la programmation et la tenue des organismes consultatifs interrégionaux ;

8° L'instruction pour le compte du préfet de département des procédures d'autorisation de création, d'habilitation, de tarification et de fermeture des établissements, services et lieux de vie et d'accueil prenant en charge directement des mineurs et majeurs sous protection judiciaire jusqu'à l'âge de vingt-et-un ans ;

9° La programmation et la conduite des missions de contrôle et d'audit des établissements et services, lieux de vie et d'accueil concourant à la mission de protection judiciaire de la jeunesse.

Art. R. 241-8. – Le directeur interrégional peut déléguer à la direction territoriale dont le siège correspond à celui du chef-lieu de la région la mission de représentation et de contribution aux politiques publiques confiées aux directions interrégionales par le 3° de l'article R. 241-7.

Art. R. 241-9. – Sous la responsabilité des directeurs territoriaux, les directions territoriales de la protection judiciaire de la jeunesse contribuent à la mise en œuvre des attributions confiées aux directions interrégionales par l'article R. 241-7, à l'exception de celles prévues aux 3° et 7°.

Sous la responsabilité des directeurs territoriaux, les directions territoriales de la protection judiciaire de la jeunesse sont chargées :

1° Du pilotage de la mise en œuvre des orientations de la protection judiciaire de la jeunesse déclinées au niveau interrégional, en liaison avec chaque politique départementale d'aide sociale à l'enfance ;

2° De la participation à la coordination des acteurs de la justice civile et pénale des mineurs ;

3° De l'organisation de la représentation et de la contribution de la protection judiciaire de la jeunesse aux politiques publiques de niveau infrarégional, notamment en matière de protection de l'enfance et de prévention de la délinquance ;

4° Du suivi et du contrôle de l'activité des établissements et services de la protection judiciaire de la jeunesse et du secteur associatif habilité, situés dans leur ressort, afin de garantir l'exécution des décisions judiciaires ;

5° Des relations avec les organisations représentatives des personnels, notamment par la mise en place, la programmation et la tenue des organismes consultatifs territoriaux.

Annexe 2

(Annexe créée à compter du 30 septembre 2021, A. 27 mai 2021)

Art. 1er. – Les circonscriptions régionales ainsi que les départements et collectivités d'outre-mer sont regroupés sous l'autorité de directeurs interrégionaux de la protection judiciaire de la jeunesse.

Art. 2. – Le ressort territorial des directions interrégionales de la protection judiciaire de la jeunesse est déterminé conformément au tableau ci-dessous :

DÉNOMINATION	CIRCONSCRIPTIONS RÉGIONALES
CENTRE EST (siège à Lyon)	Auvergne Rhône-Alpes
GRAND CENTRE (siège à Dijon)	Centre Val-de-Loire Bourgogne Franche-Comté
GRAND EST (siège à Nancy)	Grand Est
GRAND NORD (siège à Lille)	Hauts-de-France
GRAND OUEST (siège à Rennes)	Bretagne Pays-de-la Loire Normandie
ÎLE-DE-FRANCE-OUTRE-MER (siège à Paris)	Île-de-France Outre-mer
SUD (siège à Toulouse)	Occitanie
SUD EST (siège à Marseille)	Provence-Alpes-Côte d'Azur Corse
SUD OUEST (siège à Bordeaux)	Nouvelle Aquitaine

Section 3 : Des services et établissements de la protection judiciaire de la jeunesse

Sous-section 1 : Définition et missions

Art. D. 241-10. – Les établissements et services de la protection judiciaire de la jeunesse du ministère de la justice exercent les missions suivantes :

1° L'aide à la préparation des décisions de l'autorité judiciaire prises en application des législations relatives à l'enfance délinquante ou à l'assistance éducative par l'apport d'éléments d'information et d'analyse relatifs à la situation de mineurs susceptibles de faire l'objet desdites décisions et par la formulation de propositions éducatives.

À ce titre, les établissements et services mettent en œuvre les mesures d'investigation ordonnées par l'autorité judiciaire en application du présent code et du Code de procédure civile et concourent à la préparation des décisions de justice à caractère pénal conformément aux dispositions du Code de procédure pénale ;

2° La mise en œuvre des décisions de l'autorité judiciaire prises en application du présent code, des législations et réglementations relatives à l'assistance éducative ou à la protection judiciaire des majeurs jusqu'à l'âge de vingt-et-un ans. À ce titre, les établissements et services assurent :

a) Selon les cas, la mise en œuvre et le suivi des décisions civiles et pénales de mesures d'investigation, mesures éducatives, mesures de sûreté, peines et aménagements de peines prononcées par les juridictions à l'égard des mineurs et des majeurs jusqu'à l'âge de vingt-et-un ans en application du présent code, des articles 375 à 375-8 du Code civil, du Code pénal et du décret du 18 février 1975 fixant les modalités de mise en œuvre d'une action de protection judiciaire en faveur des jeunes majeurs ;

b) Une intervention éducative continue auprès de tous les mineurs détenus ;

c) La mise en œuvre d'actions de préformation, de formation et de préparation à la vie professionnelle et l'organisation permanente, sous la forme d'activités de jour, d'un ensemble structuré d'actions qui ont pour objectifs le développement personnel, la promotion de la santé, l'intégration sociale et l'insertion professionnelle du mineur ou du majeur jusqu'à l'âge de vingt-et-un ans ;

3° L'accueil et l'information des mineurs et des familles dont les demandes sont susceptibles de relever de la justice des mineurs ;

4° La participation aux politiques publiques visant :

a) La coordination des actions de la direction de la protection judiciaire de la jeunesse avec celles des collectivités publiques en vue d'assurer une meilleure prise en charge des mineurs délinquants ou en danger ;

b) L'organisation et la mise en œuvre d'actions de protection de l'enfance et de prévention de la délinquance.

Art. D. 241-11. – Les établissements et services de la protection judiciaire de la jeunesse garantissent l'égal accès de tous les mineurs et majeurs jusqu'à l'âge de vingt-et-un ans qui leur sont confiés par l'autorité judiciaire aux actions éducatives qu'ils conduisent.

Les établissements et services mettent en œuvre, sous l'autorité du directeur territorial, les décisions judiciaires exécutoires qui leur sont transmises à cet effet.

Afin que le mineur ou le majeur jusqu'à l'âge de vingt-et-un ans puisse disposer des conditions nécessaires à son développement et à son insertion, les établissements et services assurent la continuité de la prise en charge éducative avec le nouvel établissement ou le nouveau service éventuellement désigné par l'autorité judiciaire. Avant le terme de la mesure judiciaire, l'établissement ou le service prend toutes dispositions utiles pour mettre le mineur ou le majeur jusqu'à l'âge de vingt-et-un ans en relation avec les services susceptibles de contribuer à son insertion sociale.

Art. D. 241-12. – En application de l'article L. 312-1 du Code de l'action sociale et des familles, les établissements et services de la protection judiciaire de la jeunesse constituent des établissements et services sociaux et médico-sociaux, à l'exception des services éducatifs en établissement pénitentiaire spécialisé pour mineurs.

Sous réserve des prérogatives de l'autorité judiciaire, les établissements et services mentionnés au présent article garantissent aux mineurs et aux majeurs jusqu'à l'âge de vingt-et-un ans qu'ils prennent en charge au titre de la mise en œuvre d'une décision judiciaire les droits et libertés individuelles énoncés aux articles L. 311-3 à L. 311-5 du même code.

Art. D. 241-13. – Les établissements de la protection judiciaire de la jeunesse exercent les missions définies au 1°, aux a et c du 2° et au 4° de l'article D. 241-10. À ce titre, ils :

a) Accueillent en hébergement les mineurs et, le cas échéant, les majeurs jusqu'à l'âge de vingt-et-un ans placés par les juridictions ;

b) Évaluent la situation, notamment familiale et sociale, de chaque personne accueillie, le cas échéant aux fins d'élaborer des propositions d'orientation à l'intention de l'autorité judiciaire ;

c) Organisent la vie quotidienne des personnes accueillies ;

d) Élaborent pour chaque personne accueillie un projet individuel ;

e) Accompagnent chaque personne accueillie dans toutes les démarches d'insertion ;

f) Assurent à l'égard de chaque personne accueillie une mission d'entretien ;

g) Assurent à l'égard des mineurs accueillis une mission de protection et de surveillance ;

h) Exercent, dans le cadre de l'exécution des peines et des mesures de sûreté, le contrôle des obligations imposées aux personnes qui leur sont confiées.

Art. D. 241-14. – Les établissements de la protection judiciaire de la jeunesse sont :
1° Les établissements de placement éducatif ;
2° Les établissements de placement éducatif et d'insertion ;
3° Les centres éducatifs fermés.

Art. D. 241-15. – Les établissements de placement éducatif et les établissements de placement éducatif et d'insertion accueillent des mineurs délinquants ou en danger et des majeurs jusqu'à l'âge de vingt-et-un ans.

Art. D. 241-16. – Les centres éducatifs fermés accueillent exclusivement des mineurs délinquants conformément à l'article L. 113-7.

Art. D. 241-17. – Les services de la protection judiciaire de la jeunesse sont :
1° Les services territoriaux éducatifs de milieu ouvert ;
2° Les services territoriaux éducatifs de milieu ouvert et d'insertion ;
3° Les services éducatifs auprès des tribunaux ;
4° Les services territoriaux éducatifs d'insertion ;
5° Les services éducatifs en établissements pénitentiaires pour mineurs.

Art. D. 241-18. – Les services territoriaux éducatifs de milieu ouvert et les services territoriaux éducatifs de milieu ouvert et d'insertion assurent :

1° Sans préjudice des attributions dévolues aux services éducatifs auprès des tribunaux, une permanence éducative dans les tribunaux judiciaires pourvus d'un tribunal pour enfants, qui consiste à accueillir et informer les mineurs et leurs familles et à mettre en œuvre les prescriptions de l'autorité judiciaire ordonnées en application des dispositions des articles L. 322-4, L. 322-5, L. 422-4 et L. 423-6 ;

2° L'apport d'éléments d'information et d'analyse susceptibles d'éclairer l'autorité judiciaire dans le cadre de sa prise de décision conformément aux dispositions du 1° de l'article D. 241-10 ;

3° La mise en œuvre jusqu'à l'âge de vingt-et-un ans, des décisions civiles et pénales, autres que les mesures de placement, mentionnées à l'article D. 241-10, dans l'environnement familial et social des mineurs et des majeurs, en apportant, le cas échéant, aide et conseil à la famille du mineur ;

4° Des interventions éducatives dans les quartiers des établissements pénitentiaires spécialement réservés aux mineurs, mentionnés à l'article L. 124-1 ;

5° L'aide à l'insertion sociale et professionnelle par la mise en œuvre des actions prévues au c du 2° de l'article D. 241-10.

Art. D. 241-19. – Les services éducatifs auprès des tribunaux peuvent être institués dans les tribunaux judiciaires pourvus d'un tribunal pour enfants et comportant au moins sept emplois de juges des enfants.

Ils assurent la permanence éducative définie au 1° de l'article D. 241-18. En outre, à titre exceptionnel et dans le cadre des orientations fixées par le directeur territorial, ils peuvent mettre en œuvre les mesures mentionnées au 3° de l'article D. 241-18.

Art. D. 241-20. – Les services territoriaux éducatifs d'insertion exercent la mission définie au c du 2° de l'article D. 241-10 en organisant des activités scolaires, professionnelles, culturelles et sportives adaptées aux mineurs et aux majeurs jusqu'à l'âge de vingt-et-un ans qui font l'objet d'une décision judiciaire mise en œuvre par un établissement ou un service de la protection judiciaire de la jeunesse.

Dans l'exercice de cette mission, ils préparent les personnes qui leur sont confiées à l'accès aux dispositifs de socialisation et de formation de droit commun.

Dans les conditions fixées au deuxième alinéa de l'article D. 241-27, les services territoriaux éducatifs d'insertion peuvent également participer à la prise en charge de mineurs et de majeurs jusqu'à l'âge de vingt-et-un ans :

1° Confiés à un établissement ou suivis par un service relevant du service de l'aide sociale à l'enfance, en application de l'article L. 221-1 du Code de l'action sociale et des familles, ou habilité en application de l'article L. 313-10 du Code de l'action sociale et des familles ;

2° Ou pris en charge par un organisme concourant à l'insertion sociale et professionnelle des jeunes.

Art. R. 241-21. – Les services éducatifs en établissement pénitentiaire spécialisé pour mineurs exercent, auprès des personnes incarcérées mineures et, en cas de maintien dans l'établissement après leur majorité, jusqu'à l'expiration du sixième mois suivant leur dix-huitième anniversaire, les missions éducative, de formation et d'intégration sociale et professionnelle prévues aux b et c du 2° de l'article D. 241-10.

Ils assurent une prise en charge éducative continue de ces personnes, veillent au maintien de leurs liens familiaux et sociaux et préparent leur libération.

Sous-section 2 : De l'organisation

Art. D. 241-22. – Les unités éducatives d'un même établissement ou d'un même service peuvent être implantées sur des départements distincts dès lors qu'ils relèvent du ressort de la même direction territoriale.

Art. D. 241-23. – Pour l'accomplissement de leurs missions, les établissements de placement éducatif sont constitués d'au moins deux unités éducatives relevant d'une ou plusieurs des catégories suivantes :

1° Les unités éducatives d'hébergement collectif ;

2° Les unités éducatives d'hébergement diversifié, dans lesquelles les mineurs et les majeurs jusqu'à l'âge de vingt-et-un ans sont hébergés en famille d'accueil bénévole, en résidence éducative, en logement autonome ou en résidence sociale et bénéficient d'un accompagnement éducatif régulier de la part des professionnels de l'unité ;

3° Les unités éducatives dénommées « centre éducatif renforcé », dans lesquelles la prise en charge des personnes est organisée en hébergement collectif, sur la base d'activités intensives et au moyen d'un encadrement éducatif renforcé, aux fins d'établir une rupture temporaire du jeune tant avec son environnement qu'avec son mode de vie habituel.

Au sein de ces unités éducatives, la prise en charge des personnes est organisée en continu.

Art. D. 241-24. – Les établissements de placement éducatif et d'insertion sont constitués d'au moins une unité éducative mentionnée à l'article D. 241-23 et d'au moins une unité éducative d'activités de jour mentionnée à l'article D. 241-27.

Art. D. 241-25. – Pour l'accomplissement de leurs missions, les services territoriaux éducatifs de milieu ouvert comportent au moins deux unités éducatives, et parmi celles-ci, au moins une unité éducative de milieu ouvert.

Ils peuvent comporter une unité éducative auprès du tribunal. Cette unité peut être instituée dans les tribunaux judiciaires pourvus d'un tribunal pour enfants comportant au moins trois emplois de juge des enfants, pour assurer l'exercice de la permanence éducative définie au 1° de l'article D. 241-18.

Art. D. 241-26. – Les services territoriaux éducatifs de milieu ouvert et d'insertion sont constitués d'au moins une unité éducative mentionnée à l'article D. 241-25 et d'au moins une unité éducative d'activités de jour mentionnée à l'article D. 241-27.

Art. D. 241-27. – Pour l'accomplissement de leurs missions, les services territoriaux éducatifs d'insertion sont constitués d'au moins deux unités éducatives d'activités de jour.

Lorsqu'une unité éducative d'activités de jour accueille une personne relevant des catégories mentionnées aux troisième à cinquième alinéas de l'article D. 241-20, une convention conclue avec l'organisme chargé de la prise en charge de la personne détermine les modalités administratives, éducatives et financières de cet accueil.

Art. D. 241-28. – Pour l'accomplissement de leurs missions, les centres éducatifs fermés, les services éducatifs auprès des tribunaux et les services éducatifs en établissements pénitentiaires pour mineurs sont constitués d'une seule unité éducative, respectivement dénommée :

1° Unité éducative « centre éducatif fermé » ;

2° Unité éducative « service éducatif auprès du tribunal » ;

3° Unité éducative « service éducatif en établissement pénitentiaire spécialisé pour mineur ».

Art. D. 241-29. – À titre expérimental ou aux fins de tenir compte de particularités ou contraintes locales ou de la spécificité des publics accueillis ou des méthodes éducatives mises en œuvre, le garde des sceaux, ministre de la justice, peut déroger aux dispositions des articles D. 241-22 à D. 241-28 en déterminant des modalités particulières d'organisation d'un établissement ou d'un service, après avis du comité technique de la protection judiciaire de la jeunesse.

Sous-section 3 : Du fonctionnement

Art. D. 241-30. – Les établissements et services sont dirigés par des directeurs de service de la protection judiciaire de la jeunesse. Ils coordonnent l'action des unités éducatives placées sous leur autorité. À cet effet, ils ont autorité sur l'ensemble des personnels de la structure.

Lorsque l'établissement ou le service est constitué d'au moins deux unités éducatives, la direction pédagogique et administrative de chacune de ces unités est assurée, sous l'autorité du directeur de service de rattachement, par un responsable d'unité éducative. À cet effet, il a autorité sur l'ensemble des personnels de l'unité éducative.

Les directeurs des établissements ou services sont les interlocuteurs des autorités judiciaires dont ils reçoivent les décisions. Ils rendent compte à ces autorités de leur mise en œuvre.

Dans le respect des orientations territoriales, ils représentent les établissements ou les services qu'ils dirigent au sein des instances concourant à la mise en œuvre de la mission définie au 4° de l'article D. 241-10.

Art. D. 241-31. – Les personnes prises en charge dans les établissements et services de la protection judiciaire de la jeunesse sont associées, sous forme de consultations ou de groupe d'expression, au fonctionnement desdits établissements et services.

Sans préjudice des dispositions des articles L. 311-7 et L. 311-8 du Code de l'action sociale et des familles, cette participation a pour objet de permettre aux personnes prises en charge d'exprimer leurs avis ou d'émettre des propositions sur toute question intéressant le fonctionnement de l'établissement ou du service.

À cette fin, un groupe d'expression est réuni au moins une fois par an. Le directeur de l'établissement ou du service le convoque, le préside et en fixe l'ordre du jour.

À défaut, il est procédé, selon la même périodicité, à une consultation des usagers à l'initiative du directeur.

Les conclusions des consultations ou les délibérations des groupes d'expression sont transmises, par le directeur du service ou de l'établissement, au directeur territorial de la protection judiciaire de la jeunesse.

Les dispositions du présent article ne sont pas applicables aux services éducatifs auprès des tribunaux et aux services éducatifs en établissement pénitentiaire spécialisé pour mineurs.

Art. R. 241-32. – Le règlement de fonctionnement et le projet d'établissement prévus aux articles L. 311-7 et L. 311-8 du Code de l'action sociale et des familles sont élaborés pour chaque établissement ou service de la protection judiciaire de la jeunesse après organisation de la participation prévue à l'article D. 241-31 du présent code. L'ensemble des personnels du service ou de l'établissement participe, sous l'autorité du directeur, à l'élaboration de ces documents. Le règlement de fonctionnement et le projet d'établissement ou de service sont arrêtés par le directeur territorial, après avis du comité technique territorial compétent.

Le règlement de fonctionnement est actualisé afin de tenir compte des contraintes inhérentes aux missions de l'établissement ou du service.

Le projet de chaque établissement ou service est établi pour une durée de cinq ans. Il est actualisé chaque année pour tenir compte de l'évolution des missions de l'établissement ou du service, de son organisation, des modalités de mise en œuvre des mesures et des moyens qui lui sont alloués. Le comité technique compétent est informé de cette actualisation.

Art. R. 241-33. – Les modalités de fonctionnement des établissements et services de la protection judiciaire de la jeunesse ainsi que celles des unités éducatives qui les constituent sont précisées dans des cahiers des charges fixées par arrêté du garde des sceaux, ministre de la justice, après avis du comité de la protection judiciaire de la jeunesse.

Sous-section 4 : De la création, transformation et suppression

Art. D. 241-34. – Les établissements et services de la protection judiciaire de la jeunesse ainsi que les unités éducatives qui les composent sont créés, transformés, étendus dans leur capacité et fermés, par arrêté du garde des sceaux, ministre de la justice. Le comité technique territorial ou le comité technique interrégional compétent est consulté au préalable.

À l'exception des services éducatifs en établissement pénitentiaire spécialisé pour mineurs, la création, l'extension ou la transformation des établissements et des services de la protection judiciaire de la jeunesse est préalablement soumise à autorisation du préfet conformément aux modalités prévues aux articles L. 313-1 et suivants du Code de l'action sociale et des familles. La même autorité est compétente pour décider de leur fermeture conformément aux modalités prévues aux articles L. 313-16 et suivants du même code.

Le directeur interrégional de la protection judiciaire de la jeunesse propose la création, la transformation ou la suppression des établissements, des services et des unités éducatives ou donne son avis sur des projets ayant le même objet.

Le projet ou la proposition doit :

1° Contribuer à la mise en œuvre des orientations nationales et objectifs définis par le garde des sceaux, ministre de la justice ;

2° Répondre à une analyse des besoins à satisfaire ;

3° S'inscrire en cohérence avec les priorités et objectifs définis par les autorités administratives et judiciaires territorialement compétentes en matière de protection de l'enfance et de prévention de la délinquance.

Art. D. 241-35. – L'arrêté de création précise pour chaque établissement ou service :

1° La catégorie d'établissement ou de service dont il relève ;

2° Sa localisation, ainsi que le nombre, la nature et la localisation de chacune de ses unités éducatives.

Pour tout établissement ou service constitué d'au moins une des unités éducatives mentionnées aux articles D. 241-23, D. 241-27 ou au 1° de l'article D. 241-28, l'arrêté de création précise en outre pour chacune d'entre elles :

a) La capacité d'accueil théorique ;

b) Les conditions d'âge applicables ;

c) Si, par exception au principe de mixité, ne sont prises en charge que les personnes de l'un des deux sexes.

Les arrêtés de création, d'extension, de transformation et de fermeture sont publiés au *Journal officiel* de la République française.

Sous-section 5 : Du contrôle et de l'évaluation

Art. R. 241-36. – Le directeur de l'établissement ou du service garantit aux autorités judiciaires et administratives, investies de prérogatives de contrôle, l'accès aux locaux ainsi qu'à toutes informations permettant d'apprécier les conditions matérielles et morales de fonctionnement de l'établissement ou du service.

Art. D. 241-37. – À l'exception des services éducatifs en établissement pénitentiaire spécialisé pour mineurs, les établissements et services de la protection judiciaire de la jeunesse sont soumis aux dispositions relatives à l'évaluation prévues à l'article L. 312-8 du Code de l'action sociale et des familles.

Section 4 : Des établissements de la protection judiciaire de la jeunesse et du secteur associatif habilité

Art. D. 241-38. – Les centres éducatifs renforcés accueillent les mineurs au cours de sessions ou de façon permanente, en fonction de leur projet d'établissement.

Section 5 : Des délais de mise en œuvre des décisions exécutoires

Art. D. 241-39. – En cas de prononcé d'une décision exécutoire ordonnant une mesure judiciaire d'investigation éducative, une mesure éducative judiciaire provisoire, un contrôle judiciaire, une assignation à résidence avec surveillance électronique, une mesure éducative judiciaire ou une peine autre qu'une peine ferme privative de liberté, et notamment pour l'application de l'article L. 521-9, il est remis au mineur et à ses représentants légaux présents, à l'issue de leur audition ou de l'audience, un avis de convocation à comparaître, dans un délai maximal de cinq jours ouvrables, devant le service de la protection judiciaire de la jeunesse désigné pour la mise en œuvre de la décision.

Ce service se trouve ainsi saisi de la mise en œuvre de la mesure.

Si le mineur ne se présente pas à la date fixée, le juge des enfants ou le juge d'instruction le convoque devant lui s'il le juge utile ou, dans un délai maximal de dix jours, devant le service de la protection judiciaire de la jeunesse.

Livre III : DISPOSITIONS COMMUNES AUX DIFFÉRENTES PHASES DE LA PROCÉDURE PÉNALE

Titre I : DU DROIT DU MINEUR À L'ACCOMPAGNEMENT ET À L'INFORMATION

Chapitre unique : Du droit du mineur à être informé et accompagné d'un adulte

Art. D. 311-1. – Chaque fois qu'une information est donnée au mineur en application de l'article L. 311-1, elle est également donnée par tout moyen et dans les meilleurs délais aux représentants légaux ou à l'adulte approprié mentionnés à l'article L. 311-2.

Art. D. 311-2. – Lorsque la désignation d'un adulte approprié apparaît nécessaire pour recevoir des informations ou accompagner le mineur en application de l'article L. 311-2, l'officier de police judiciaire, le procureur de la République, le juge des enfants ou le juge d'instruction sollicite du mineur qu'il désigne cet adulte.

Si le mineur ne désigne aucun adulte ou que l'adulte qu'il a désigné n'apparaît pas approprié, le procureur de la République, le juge des enfants ou le juge d'instruction, informé le cas échéant par l'officier de police judiciaire, procède à cette désignation.

L'adulte approprié est choisi en priorité parmi les proches du mineur. Si aucun adulte ne peut être désigné, le procureur de la République, le juge des enfants ou le juge d'instruction désigne un administrateur *ad hoc* sur la liste prévue par les articles R. 53 et R. 53-6 du Code de procédure pénale. Les dispositions des 1° à 4° et 6° à 11° de l'article R. 216 du même code sont alors applicables.

Titre II : DES INVESTIGATIONS ET DE LA MESURE ÉDUCATIVE JUDICIAIRE PROVISOIRE

Chapitre I : DISPOSITIONS GÉNÉRALES

Le présent chapitre ne comporte pas de dispositions réglementaires

Chapitre II : DES INFORMATIONS RELATIVES À LA PERSONNALITÉ DU MINEUR

Section 1 : Des investigations sur la personnalité et la situation du mineur

Art. D. 322-1. – Le recueil de renseignements socio-éducatifs est établi :

1° Lorsque l'intéressé est mineur, par le service de la protection judiciaire de la jeunesse ;

2° Lorsque l'intéressé est devenu majeur, par le service de la protection judiciaire de la jeunesse ou, en cas de circonstances matérielles insurmontables, par le service pénitentiaire d'insertion et de probation ou par toute personne habilitée conformément au sixième alinéa de l'article 81 du Code de procédure pénale.

Art. D. 322-2. – Le recueil de renseignements socio-éducatifs comporte les renseignements prévus au premier alinéa de l'article L. 322-3 et permet de préparer le mineur et sa famille à la tenue de l'audience.

La proposition éducative comporte les objectifs et les modalités du projet d'accompagnement éducatif.

Quand l'incarcération du mineur est envisagée, le recueil de renseignements socio-éducatifs propose une alternative et en étudie la faisabilité socio-éducative.

Art. D. 322-3. – Le recueil de renseignements socio-éducatifs est adressé au magistrat mandant et à la juridiction de jugement dans des délais permettant le respect des droits de la défense et du principe du contradictoire. En cas de déferement, une copie de ce rapport est remise à l'avocat du mineur avant le débat contradictoire.

Art. D. 322-4. – La mesure judiciaire d'investigation éducative est ordonnée pour une durée de six mois.

Art. D. 322-5. – En cours de réalisation de la mesure judiciaire d'investigation éducative, le juge des enfants peut demander un rapport intermédiaire au service chargé de la mesure.

Art. D. 322-6. – Les éléments recueillis par le service éducatif dans le cadre de la mesure judiciaire d'investigation éducative portent notamment sur :

1° La situation matérielle et sociale de la famille, les relations en son sein ;

2° Les conditions d'éducation du mineur et d'exercice de l'autorité parentale ;

3° La prise en compte des besoins fondamentaux du mineur ;
4° La personnalité du mineur, son parcours de vie, son histoire familiale, ses réseaux de socialisation ;
5° Ses antécédents judiciaires et éducatifs, son positionnement par rapport aux faits reprochés et à la victime ;
6° Ses compétences psychosociales, son insertion scolaire et professionnelle ;
7° Son bien-être, sa santé physique et psychologique.

Art. D. 322-7. – Sur la base des éléments recueillis, le service chargé de la mesure judiciaire d'investigation éducative propose une analyse pluridisciplinaire et élabore les hypothèses de suivi.

Art. D. 322-8. – Au moins quinze jours avant l'échéance de la mesure, un rapport est adressé au juge des enfants. Il rend compte des éléments d'analyse et des propositions du service prévues à l'article L. 322-7, ainsi que du positionnement du mineur et de la famille sur les orientations proposées.

Art. D. 322-9. – En cas de dégradation de la situation, le service adresse au juge des enfants un rapport circonstancié, formulant des orientations éducatives et proposant le cas échéant la tenue d'une audience.

Art. D. 322-10. – Chaque mesure judiciaire d'investigation éducative effectuée en application du présent code par un service du secteur associatif habilité ouvre droit au profit de ce dernier à un paiement versé par le ministère de la justice selon les modalités fixées à la section II du chapitre IV du titre Ier du livre III du Code de l'action sociale et des familles.

Section 2 : Du dossier unique de personnalité

Art. R. 322-11. – Le dossier unique de personnalité est conservé jusqu'aux dix-huit ans révolus du mineur au greffe de la juridiction qui suit habituellement le mineur.

Art. R. 322-12. – Par dérogation aux dispositions de l'article R. 322-11, le dossier unique de personnalité est conservé après la majorité de l'intéressé :
1° Jusqu'à ce que la juridiction saisie ait statué définitivement par une décision rendue au fond ;
2° Jusqu'au terme du suivi d'une mesure éducative ordonnée en application de l'article L. 112-2 ;
3° Tant que le juge des enfants exerce les fonctions dévolues au juge de l'application des peines en application de l'article L. 611-2.

Art. R. 322-13. – Le dossier unique de personnalité est détruit à l'issue des délais de conservation mentionnés aux articles R. 322-11 et R. 322-12.

Chapitre III : DE LA MESURE ÉDUCATIVE JUDICIAIRE PROVISOIRE

Art. D. 323-1. – Les modalités d'application de la mesure éducative judiciaire prévues aux articles D. 112-2 à D. 113-5 sont applicables à la mesure éducative judiciaire provisoire.

Art. D. 323-2. – La juridiction qui prononce une mesure éducative judiciaire provisoire désigne le service éducatif de milieu ouvert de la protection judiciaire de la jeunesse auquel l'exécution et la coordination cette mesure sont confiées.
Ce service :
1° Adresse au juge des enfants, au moins quinze jours avant l'échéance de celle-ci, un rapport sur l'exécution de la mesure et l'évolution du mineur ;
2° Établit un rapport actualisé en vue de chaque audience concernant le mineur ;
3° Informe sans délai le juge des enfants de tout événement de nature à justifier une modification ou la cessation du ou des modules, interdictions prononcées, ou la mainlevée de la mesure.

Titre III : DES MESURES DE SÛRETÉ

Chapitre I : DU CONTRÔLE JUDICIAIRE

Art. D. 331-1. – Le rapport mentionné au 2° de l'article L. 331-1 contient des éléments circonstanciés relatifs au suivi éducatif, à la mise en œuvre de la mesure et à l'évolution du mineur. Il comprend une proposition éducative. En cas de carence du mineur, le rapport précise les diligences effectuées par le service pour rencontrer le mineur.

Art. R. 331-2. – Lorsqu'un mineur est retenu en raison de la violation des obligations d'un contrôle judiciaire, lui sont notifiés, outre les droits prévus par l'article 141-4 du Code de procédure pénale, les droits suivants :

1° Le droit à ce que les représentants légaux ou l'adulte approprié mentionné à l'article L. 311-2 soient informés et le droit d'être accompagné par ceux-ci lors de ses auditions ou interrogatoires dans les conditions prévues par l'article L. 311-1, sauf circonstances particulières énoncées au deuxième alinéa de l'article L. 413-3 et au deuxième alinéa de l'article L. 413-7 ;

2° Le droit à la protection de sa vie privée garanti par l'interdiction de diffuser les enregistrements de ses auditions, par la tenue des audiences en publicité restreinte et par l'interdiction de publier le compte rendu des débats d'audience ou tout élément permettant son identification ;

3° Le droit d'être détenu séparément des personnes majeures détenues ;

4° Le droit à la préservation de sa santé, ainsi que le respect du droit à la liberté de religion ou de conviction.

Chapitre II : DE L'EXÉCUTION DES MANDATS DES JURIDICTIONS POUR MINEURS

Art. R. 332-1. – Lorsqu'un mineur est retenu dans le cadre d'un mandat d'amener ou d'arrêt, lui sont notifiés, outre les droits prévus par l'article 133-1 du Code de procédure pénale, les droits suivants :

1° Le droit à ce que les représentants légaux ou l'adulte approprié mentionné à l'article L. 311-2 soient informés et le droit d'être accompagné par ceux-ci lors de ses auditions ou interrogatoires dans les conditions prévues par l'article L. 311-1, sauf circonstances particulières énoncées au deuxième alinéa de l'article L. 413-3 et au deuxième alinéa de l'article L. 413-7 ;

2° Le droit à la protection de sa vie privée garanti par l'interdiction de diffuser les enregistrements de ses auditions, par la tenue des audiences en publicité restreinte et par l'interdiction de publier le compte rendu des débats d'audience ou de tout élément permettant son indentification ;

3° Le droit d'être détenu séparément des personnes majeures détenues ;

4° Le droit à la préservation de sa santé, ainsi que le respect du droit à la liberté de religion ou de conviction.

Art. R. 332-2. – Lorsqu'un mineur est appréhendé en exécution d'un mandat d'arrêt européen, lui sont notifiés, outre les droits prévus à l'article 695-27 du Code de procédure pénale, les droits suivants :

1° Le droit à ce que les représentants légaux ou l'adulte approprié mentionné à l'article L. 311-2 soient informés et le droit d'être accompagné par ceux-ci lors de ses auditions ou interrogatoires dans les conditions prévues par l'article L. 311-1, sauf circonstances particulières énoncées au deuxième alinéa de l'article L. 413-3 et au deuxième alinéa de l'article L. 413-7 ;

2° Le droit à la protection de sa vie privée garanti par l'interdiction de diffuser les enregistrements de ses auditions, par la tenue des audiences en publicité restreinte et par l'interdiction de publier le compte rendu des débats d'audience ou de tout élément permettant son indentification ;

3° Le droit d'assister aux audiences ;

4° Le droit d'être accompagné par les représentants légaux ou par l'adulte approprié mentionné à l'article L. 311-2 au cours des audiences ;

5° Le droit à une évaluation éducative personnalisée ;

6° Le droit de bénéficier de l'aide juridictionnelle dans les conditions fixées par la loi n° 91-647 du 10 juillet 1991 relative à l'aide juridique.

Chapitre III : DE L'ASSIGNATION À RÉSIDENCE AVEC SURVEILLANCE ÉLECTRONIQUE

Art. D. 333-1. – Lorsque l'assignation à résidence avec surveillance électronique concerne un mineur, elle peut être exécutée dans un établissement de placement éducatif de la protection judiciaire de la jeunesse ou dans un établissement du secteur associatif habilité, à l'exception des centres éducatifs fermés.

La décision d'assignation à résidence avec surveillance électronique est alors accompagnée d'une décision de placement au sein de l'établissement.

Les vérifications prévues par les articles D. 32-4 et D. 32-5 du Code de procédure pénale sont confiées à un service de la protection judiciaire de la jeunesse. Lorsque la personne mise en examen ou prévenue, mineure au moment des faits, a atteint l'âge de dix-huit ans, ces vérifications peuvent être confiées au service pénitentiaire d'insertion et de probation.

L'avis prévu à l'article L. 333-1 est donné par écrit dans un rapport qui contient une proposition éducative ainsi que tous éléments utiles sur la mise en œuvre du suivi éducatif dans le cadre de la mesure d'assignation à résidence avec surveillance électronique si celle-ci est prononcée.

Art. D. 333-2. – Pour l'application des dispositions des articles 142-9, D. 32-17 et D. 32-18 du Code de procédure pénale, le directeur interrégional de la protection judiciaire de la jeunesse peut exercer les attributions du directeur du service pénitentiaire d'insertion et de probation. Dans ce cadre, il peut déléguer sa signature et ses pouvoirs à l'un de ses directeurs territoriaux ou l'un de ses directeurs de service. En leur absence ou en cas d'empêchement, le directeur interrégional désigne un fonctionnaire des services déconcentrés pour exercer ces missions.

Les services de la protection judiciaire de la jeunesse assurent le contrôle et le suivi de la mesure conformément aux modalités prévues par les dispositions de l'article R. 57-22 du Code de procédure pénale ainsi que l'accompagnement éducatif auprès du mineur.

Chapitre IV : DE LA DÉTENTION PROVISOIRE

Art. R. 334-1. – Lorsque le mineur est placé en détention provisoire, le document qui lui est remis en application de l'article 803-6 du Code de procédure pénale comprend également l'information des droits suivants :

1° Le droit à ce que les représentants légaux ou l'adulte approprié mentionné à l'article L. 311-2 soient informés et le droit d'être accompagné par ceux-ci lors de ses auditions ou interrogatoires dans les conditions prévues par l'article L. 311-1 ;

2° Le droit à la protection de sa vie privée garanti par l'interdiction de diffuser les enregistrements de ses auditions, par la tenue des audiences en publicité restreinte et par l'interdiction de publier le compte rendu des débats d'audience ou de tout élément permettant son identification ;

3° Le droit à la limitation de la privation de liberté et au recours à des mesures alternatives à la détention, y compris le droit au réexamen périodique de la détention ;

4° Le droit, durant la privation de liberté, à un traitement particulier lié à sa minorité, notamment le droit à l'éducation et l'exercice effectif et régulier du droit à la vie familiale, le droit à la préservation de son développement physique et mental ;

5° Le droit d'être détenu séparément des personnes majeures détenues ;

6° Le droit à la préservation de sa santé, ainsi que le respect du droit à la liberté de religion ou de conviction.

Art. R. 334-2 *(Mod. à compter du 1er mai 2022, D. n° 2022-479, 30 mars 2022)*. – Sans préjudice des dispositions prévues aux premier et deuxième alinéas de l'article D. 211-4 du Code pénitentiaire, les mineurs placés en détention provisoire peuvent également être incarcérés dans un établissement pénitentiaire spécialisé pour mineurs.

L'équipe pluridisciplinaire mentionnée à l'article R. 124-3 peut proposer au magistrat, dans l'intérêt du mineur, de l'incarcérer dans un établissement pénitentiaire dans lesquels les mineurs sont incarcérés autre que son lieu d'incarcération initial.

Art. R. 334-3. – Les ordres nécessaires pour le jugement des mineurs, prévus par l'article D. 55 du Code de procédure pénale, peuvent être donnés par le juge des enfants à l'égard des mineurs relevant de sa juridiction.

Toute difficulté dans l'exécution de ces ordres fait l'objet d'un compte rendu transmis en urgence au juge des enfants

Art. R. 334-4. – À l'occasion de ses visites dans les établissements pénitentiaires, le juge des enfants vérifie les conditions de la détention des mineurs et peut rencontrer les prévenus mineurs relevant de sa juridiction. Il fait part de ses observations éventuelles aux autorités compétentes pour y donner suite.

Art. R. 334-5. – Dans l'hypothèse où le service pénitentiaire d'insertion et de probation est saisi de la situation d'un prévenu détenu suivi précédemment par le service de la protection judiciaire de la jeunesse, ce dernier transmet au service pénitentiaire d'insertion et de probation compétent auprès de l'établissement pénitentiaire où le prévenu est détenu les éléments ou documents recueillis à l'occasion de la mise en œuvre et du suivi des mesures provisoires.

Livre IV : DE LA PROCÉDURE PRÉALABLE AU JUGEMENT

Titre I : DE L'AUDITION DU MINEUR SUSPECT

Chapitre I : DISPOSITIONS GÉNÉRALES

Art. D. 411-1. – La présomption d'absence de capacité de discernement des mineurs âgés de moins de treize ans prévue à l'article L. 11-1 n'interdit pas leur audition au cours de l'enquête ou sur commission rogatoire dans le cadre d'une audition libre ou d'une retenue.

Chapitre II : DE L'AUDITION LIBRE

Art. R. 412-1. – Lors de l'audition libre d'un mineur, lui sont notifiés dans des termes simples et accessibles, outre les droits prévus à l'article 61-1 du Code de procédure pénale, les droits suivants :

1° Le droit à ce que les représentants légaux ou l'adulte approprié mentionné à l'article L. 311-2 soient informés et le droit d'être accompagné par ceux-ci lors de ses auditions dans les conditions prévues par l'article L. 311-1 ;

2° Le droit à la protection de sa vie privée garanti par l'interdiction de diffuser les enregistrements de ses auditions, par la tenue des audiences en publicité restreinte et par l'interdiction de publier le compte rendu des débats d'audience ou de tout élément permettant son identification.

Chapitre III : DE LA RETENUE ET DE LA GARDE À VUE

Art. R. 413-1. – Lors de la retenue ou de la garde à vue d'un mineur, lui sont notifiés dans des termes simples et accessibles, outre les droits prévus aux articles L. 413-8 et L. 413-9 du présent code ainsi qu'à l'article 63-1 du Code de procédure pénale, les droits suivants :

1° Le droit à ce que les représentants légaux ou l'adulte approprié mentionné à l'article L. 311-2 soient informés et le droit d'être accompagné par ceux-ci lors de ses auditions ou interrogatoires dans les conditions prévues par l'article L. 311-1, sauf circonstances particulières énoncées au deuxième alinéa de l'article L. 413-3 et au deuxième alinéa de l'article L. 413-7 ;

2° Le droit à la protection de sa vie privée garanti par l'interdiction de diffuser les enregistrements de ses auditions, par la tenue des audiences en publicité restreinte et par l'interdiction de publier le compte rendu des débats d'audience ou de tout élément permettant son identification ;

3° Le droit d'être détenu séparément des personnes majeures détenues ;

4° Le droit à la préservation de sa santé, ainsi que le respect du droit à la liberté de religion ou de conviction.

Art. R. 413-2. – Lorsqu'en application du premier alinéa de l'article L. 413-3 et du premier alinéa de l'article L. 413-7, l'officier de police judiciaire informe du placement en retenue ou en garde à vue d'un mineur, ses représentants légaux et la personne ou le service auquel il est confié, il leur donne connaissance de la qualification, de la date et du lieu présumés de l'infraction que le mineur est soupçonné avoir commis ou tenté de commettre ainsi que des motifs mentionnés aux 1° à 6° de l'article 62-2 du Code de procédure pénale justifiant son placement en retenue ou en garde à vue.

Lorsqu'il est fait application du deuxième alinéa de l'article L. 413-3 et du deuxième alinéa de l'article L. 413-7 du présent code, le procureur de la République ou le juge d'instruction en avise sans retard le juge des enfants territorialement compétent.

Lorsqu'elle n'est pas donnée aux représentants légaux, l'information prévue aux articles L. 413-3 et L. 413-7 est donnée à l'adulte approprié mentionné à l'article L. 311-2.

Art. R. 413-3. – Les mineurs placés en retenue et en garde à vue sont séparés des personnes majeures sauf :

1° S'il est de l'intérêt supérieur de l'enfant de ne pas en être séparé ;

2° À titre exceptionnel, si cette séparation n'apparaît pas possible, à la condition que la manière dont les mineurs sont mis en présence des personnes majeures soit compatible avec l'intérêt supérieur de l'enfant.

Art. D. 413-4. – Pour l'application des dispositions de l'article L. 413-12 relatif à l'enregistrement audiovisuel des interrogatoires des mineurs placés en garde à vue ou en retenue, l'enregistrement original est placé sous scellé fermé et une copie est versée au dossier. Cette copie peut être commune à l'ensemble des enregistrements effectués au cours de la procédure.

Sur instruction du procureur de la République ou du procureur général, l'enregistrement original et la copie versée au dossier sont détruits par le greffe de la juridiction dans le délai prévu par l'article L. 413-15.

Une copie de l'enregistrement peut être conservée par le service ou l'unité de police judiciaire chargé de la procédure, qui peut la consulter pour les nécessités des investigations. Cette copie est détruite au plus tard dans un délai de cinq ans après le dernier acte de procédure dressé par les enquêteurs.

Les modalités techniques de l'enregistrement audiovisuel sont déterminées par arrêté conjoint du garde des sceaux, ministre de la justice, et du ministre de l'intérieur.

Titre II : DE L'ACTION PUBLIQUE

Chapitre I : DISPOSITIONS GÉNÉRALES

Le présent chapitre ne comporte pas de dispositions réglementaires

Chapitre II : DES ALTERNATIVES AUX POURSUITES ET DE LA COMPOSITION PÉNALE

Section 1 : Des alternatives aux poursuites

Art. D. 422-1. – Si, à l'issue de l'enquête, le procureur de la République classe sans suite la procédure au motif que le mineur n'était pas capable de discernement au sens de l'article L. 11-1, il saisit s'il y a lieu les autorités compétentes en matière de protection administrative ou judiciaire de l'enfance.

Art. D. 422-2. – Le procureur de la République ne peut faire application, à l'égard d'un mineur de moins de treize ans, des articles L. 422-1 à L. 422-2 relatifs aux alternatives aux poursuites, que lorsqu'il ressort des éléments de la procédure que le mineur est capable de discernement au sens de l'article L. 11-1.

Art. D. 422-3. – Lorsque le procureur de la République propose au mineur la mesure de réparation prévue au 2° de l'article L. 422-1, il est fait application des dispositions de l'article D. 112-28.

Art. D. 422-4. – Lorsque le procureur de la République fait procéder à une mission de médiation prévue au 5° de l'article 41-1 du Code de procédure pénale, il est fait application des dispositions des articles D. 112-29 et D. 112-30.

Art. D. 422-5. – Lorsque le procureur de la République propose au mineur une mesure de réparation prévue au 2° de l'article L. 422-1 ou fait procéder à une mission de médiation prévue au 5° de l'article 41-1 du Code de procédure pénale, il désigne le service de la protection judiciaire de la jeunesse ou du secteur associatif habilité chargé de la mettre en œuvre.

À l'échéance de la mesure, ce service adresse au procureur de la République un rapport rendant compte de son déroulement.

Section 2 : De la composition pénale

Art. D. 422-6. – Lorsque le procureur de la République propose l'accomplissement d'un stage de formation civique prévu au 1° de l'article L. 422-3, il est fait application des articles D. 112-8 à D. 112-17.

En cas de difficulté d'exécution du stage, le service chargé de sa mise en œuvre en informe sans délai le procureur de la République et lui adresse un rapport.

Dans le délai d'un mois suivant la fin du stage, un rapport sur l'exécution de la mesure est transmis au procureur de la République.

Art. R. 422-7. – Le travail non rémunéré prévu au deuxième alinéa de l'article L. 422-3 présente un caractère formateur et est de nature à favoriser l'insertion sociale du mineur. Il est adapté aux mineurs et tient compte des contraintes liées à la poursuite ou à la recherche de scolarité et de formation.

Art. R. 422-8. – Le travail non rémunéré prévu au deuxième alinéa de l'article L. 422-3 consiste dans l'un des travaux inscrits sur la liste prévue au 1° de l'article 131-36 du Code pénal et établie selon les modalités prévues à l'article R. 122-2 du présent code.

Art. R. 422-9. – Pour l'habilitation, prévue au 6° de l'article 41-2 du Code de procédure pénale, des personnes morales de droit privé chargées d'une mission de service public ou des associations demandant à mettre en œuvre des travaux non rémunérés adaptés aux mineurs, il est fait application des dispositions de l'article R. 122-1 du présent code.

Art. R. 422-10. – Lorsque le procureur de la République propose au mineur l'accomplissement d'un travail non rémunéré en application du deuxième alinéa de l'article L. 422-3, il désigne le service de la protection judiciaire de la jeunesse ou du secteur associatif habilité chargé de le mettre en œuvre.

Art. R. 422-11. – Le service chargé de la mise en œuvre du travail non rémunéré recueille les pièces permettant au mineur d'exécuter cette mesure. Un certificat médical d'aptitude à l'affectation envisagée doit être produit par le mineur.

Art. R. 422-12. – Le service chargé de la mise en œuvre du travail non rémunéré propose une affectation adaptée à la personnalité et à la situation du mineur.

Art. R. 422-13. – Le procureur de la République fixe les modalités d'exécution du travail non rémunéré et notamment l'organisme au sein duquel le travail sera accompli.

L'ordonnance d'affectation est notifiée préalablement à l'exécution du travail non rémunéré par le procureur de la République au mineur, à ses représentants légaux, au service chargé de sa mise en œuvre, ainsi qu'à l'organisme au profit duquel le travail non rémunéré est accompli.

Art. R. 422-14. – Le travail non rémunéré est exécuté conformément aux dispositions du droit du travail encadrant le temps de travail des mineurs d'au moins seize ans.

Art. R. 422-15. – En cas de difficulté d'exécution du travail non rémunéré liée notamment au comportement du mineur, le service chargé de sa mise en œuvre en informe sans délai le procureur de la République et lui adresse un rapport.

Dans le délai d'un mois suivant la fin de l'exécution du travail non rémunéré, un rapport est adressé au procureur de la République.

Chapitre III : DE LA MISE EN MOUVEMENT DE L'ACTION PUBLIQUE

Section 1 : Des décisions sur les poursuites

Art. R. 423-1. – L'action publique ne peut être mise en mouvement contre un mineur de moins de treize ans que lorsque les éléments de la procédure font apparaître qu'il est capable de discernement au sens de l'article L. 11-1.

Art. D. 423-2. – Le juge des enfants ou le tribunal pour enfants peut ordonner des investigations supplémentaires sur la capacité de discernement du mineur, d'office, à la demande du ministère public ou des autres parties, en application de l'article L. 521-3.

Le juge d'instruction peut également ordonner des investigations à cette fin, en application de l'article 156 du Code de procédure pénale.

Art. D. 423-3. – Le rapport mentionné au *a* du 2° de l'article L. 423-4 contient des éléments circonstanciés relatifs au suivi éducatif, à la mise en œuvre de la mesure et à l'évolution du mineur. Il comprend une proposition éducative. En cas de carence du mineur, le rapport précise les diligences effectuées par le service pour rencontrer le mineur.

Art. D. 423-4. – Lorsqu'elles sont remises à un mineur, les convocations en justice mentionnées à l'article L. 423-8 contiennent l'information des droits suivants :

1° Le droit à ce que les représentants légaux ou l'adulte approprié mentionné à l'article L. 311-2 soient informés et le droit d'être accompagné par ceux-ci lors de ses auditions ou interrogatoires dans les conditions prévues par l'article L. 311-1, sauf circonstances particulières énoncées au deuxième alinéa de l'article L. 413-3 et au deuxième alinéa de l'article L. 413-7 ;

2° Le droit à la protection de sa vie privée garanti par l'interdiction de diffuser les enregistrements de ses auditions, par la tenue des audiences en publicité restreinte et par l'interdiction de publier le compte rendu des débats d'audience ou de tout élément permettant son identification ;

3° Le droit d'assister aux audiences ;

4° Le droit d'être accompagné par les représentants légaux ou par l'adulte approprié mentionné à l'article L. 311-2 au cours des audiences ;

5° Le droit à une évaluation éducative personnalisée ;

6° Le droit de bénéficier de l'aide juridictionnelle dans les conditions fixées par la loi n° 91-647 du 10 juillet 1991 relative à l'aide juridique.

Art. D. 423-5. – Lorsque la juridiction est saisie par procès-verbal du procureur de la République établi lors d'un déferement en application du 2° de l'article L. 423-7, la victime est avisée par tout moyen de la date d'audience.

Art. D. 423-6. – Lorsque le juge des libertés et de la détention ne fait pas droit aux réquisitions du procureur de la République aux fins de placement en détention provisoire du mineur en application du 2° de l'article L. 423-9, le juge des enfants peut modifier, dans le respect des délais prévus à l'article L. 423-8, la date de convocation devant le tribunal pour enfants notifiée préalablement par le procureur de la République.

La nouvelle convocation est notifiée à l'intéressé par le juge des enfants ou par son greffier, et dans les meilleurs délais aux représentants légaux et à la personne ou au service auquel le mineur est confié. La victime est avisée par tout moyen de la nouvelle date d'audience.

Section 2 : De la transmission d'informations du juge des enfants au juge des libertés et de la détention

Art. D. 423-7. – Dès qu'il est avisé par le procureur de la République de la mise en œuvre des dispositions du 2° de l'article L. 423-9, le juge des enfants communique au juge des libertés et de la détention tout élément utile relatif à la personnalité et à la situation du mineur.

Art. D. 423-8. – Lorsque le juge des libertés et de la détention est saisi d'une demande de mise en liberté en application de l'article L. 423-11, le juge des enfants lui communique tout élément utile relatif à l'évolution de la situation du mineur et l'informe notamment des dispositifs de scolarisation, d'insertion ou de placement envisageables pour le mineur en cas de libération.

Section 3 : De la saisine de la juridiction de jugement

Art. D. 423-9. – Lorsqu'il est fait application de l'article L. 423-10, les avis et citations des parties à la nouvelle audience de prononcé de la sanction mentionnent l'annulation de la date d'audience initialement prévue. En cas de pluralité d'auteurs dans la procédure dans laquelle une période de mise à l'épreuve éducative est déjà en cours, le dossier est disjoint pour le mineur faisant l'objet de la nouvelle convocation.

Titre III : DE L'INFORMATION JUDICIAIRE

Chapitre I : DE L'INFORMATION ET DE LA CONVOCATION DES REPRÉSENTANTS LÉGAUX

Art. R. 431-1. – Lors de la première comparution du mineur, lui sont notifiés dans des termes simples et accessibles, outre les droits prévus par l'article 116 du Code de procédure pénale, les droits suivants :

1° Le droit à ce que les représentants légaux ou l'adulte approprié mentionné à l'article L. 311-2 soient informés et le droit d'être accompagné par ceux-ci lors de ses auditions ou interrogatoires dans les conditions prévues par l'article L. 311-1, sauf circonstances particulières énoncées au deuxième alinéa de l'article L. 413-3 et au deuxième alinéa de l'article L. 413-7 ;

2° Le droit à la protection de sa vie privée garanti par l'interdiction de diffuser les enregistrements de ses auditions, par la tenue des audiences en cabinet et par l'interdiction de publier le compte rendu des débats d'audience ou de tout élément permettant son identification ;

3° Le droit d'assister aux audiences ;

4° Le droit d'être accompagné par les représentants légaux ou par l'adulte approprié mentionné à l'article L. 311-2 au cours des audiences ;

5° Le droit à une évaluation éducative personnalisée ;

6° Le droit de bénéficier de l'aide juridictionnelle dans les conditions fixées par la loi n° 91-647 du 10 juillet 1991 relative à l'aide juridique.

Chapitre II : DE LA MESURE JUDICIAIRE D'INVESTIGATION ÉDUCATIVE ET DE LA MESURE ÉDUCATIVE JUDICIAIRE PROVISOIRE

Art. D. 432-1. – Lorsqu'une mesure judiciaire d'investigation éducative ou une mesure éducative judiciaire provisoire est ordonnée dans le cadre d'une information judiciaire en application des articles L. 432-1 et L. 432-2, les références au juge des enfants relatives au suivi de ces mesures s'entendent comme des références au juge d'instruction.

Chapitre III : DES MESURES DE SÛRETÉ

Le présent chapitre ne comporte pas de dispositions réglementaires

Chapitre IV : DU RÈGLEMENT DE L'INFORMATION JUDICIAIRE

Le présent chapitre ne comporte pas de dispositions réglementaires

Chapitre V : DE L'APPEL DES ORDONNANCES RENDUES AU COURS DE L'INSTRUCTION ET À L'ISSUE DE CELLE-CI

Le présent chapitre ne comporte pas de dispositions réglementaires

Livre V : DU JUGEMENT

Titre I : DISPOSITIONS GÉNÉRALES

Chapitre I : DES DÉBATS

Chapitre II : DE L'ACTION CIVILE

Art. D. 512-1. – La juridiction de jugement qui, après avoir déclaré que le mineur poursuivi a commis les faits qui lui sont reprochés, constate qu'il n'est pas pénalement responsable en raison de son absence de capacité de discernement, statue sur l'action civile conformément aux articles 1240 et 1242 du Code civil. La juridiction peut décider de faire application des dispositions de l'article L. 512-3 du présent code.

Chapitre III : DE LA PUBLICITÉ DES AUDIENCES

Le présent chapitre ne comporte pas de dispositions réglementaires

Titre II : DE LA PROCÉDURE DE JUGEMENT

Chapitre I : DU JUGEMENT DEVANT LE JUGE DES ENFANTS ET LE TRIBUNAL POUR ENFANTS

Art. R. 521-1. – Le jugement déclarant un mineur âgé de moins de treize ans coupable d'une infraction pénale est motivé au regard de la présomption d'absence de capacité de discernement prévue à l'article L. 11-1. La motivation se fonde sur tout élément du dossier établissant qu'il était capable de discernement au moment des faits.

Art. D. 521-2. – Le rapport mentionné au deuxième alinéa de l'article L. 521-2 contient des éléments circonstanciés relatifs au suivi éducatif, à la mise en œuvre de la mesure et à l'évolution du mineur. Il comprend une proposition éducative. En cas de carence du mineur, le rapport précise les diligences effectuées par le service pour rencontrer le mineur.

Art. D. 521-3. – Lorsqu'un mineur est déclaré coupable en application des articles L. 521-7 à L. 521-12 et L. 521-27, le jugement se prononce sur la culpabilité, sur l'action civile le cas échéant, sur le renvoi du prononcé de la sanction, sur l'ouverture ou l'extension d'une période de mise à l'épreuve éducative et sur les mesures prises en application de l'article L. 521-14.

Art. D. 521-4. – Lorsqu'une période de mise à l'épreuve éducative est étendue, en application de l'article L. 521-11, à une ou plusieurs autres procédures, la période de mise à l'épreuve éducative ainsi que les mesures prononcées deviennent communes à l'ensemble de ces procédures.

Art. D. 521-5. – Lorsqu'il est fait application du premier alinéa de l'article L. 521-11, l'extension de la période de mise à l'épreuve éducative est mentionnée au dossier initial.

Art. D. 521-6. – Lorsqu'une période de mise à l'épreuve éducative est commune à plusieurs procédures, les décisions ordonnant le prononcé, la modification ou la mainlevée des mesures prévues à l'article L. 521-14 sont versées au dossier initial.

Ces décisions mentionnent les références des procédures concernées par la période de mise à l'épreuve éducative.

Art. D. 521-7. – Lorsque plusieurs mineurs sont déclarés coupables dans la même affaire et qu'ils ne sont pas renvoyés à la même audience de prononcé de la sanction, le dossier est disjoint. Un dossier est constitué pour chaque mineur.

Art. D. 521-8. – En cas de dessaisissement décidé en application de l'article L. 521-12 ou L. 521-17, la procédure est transmise sans délai au juge des enfants nouvellement saisi.

Art. D. 521-9. – Lorsqu'il est fait application des articles L. 521-19 ou L. 521-20, les avis et citations des parties à la nouvelle audience de prononcé de la sanction mentionnent l'annulation de la date d'audience initialement prévue. En cas de pluralité d'auteurs, le dossier est disjoint.

Art. D. 521-10. – Lorsque le juge des enfants ordonne l'incarcération provisoire du mineur en vue d'un débat différé en application de l'article L. 521-21, il peut saisir le service compétent de la protection judiciaire de la jeunesse afin qu'il soit procédé aux vérifications prévues par l'article 81 du Code de procédure pénale.

Chapitre II : DU JUGEMENT DEVANT LA COUR D'ASSISES DES MINEURS

Le présent chapitre ne comporte pas de dispositions réglementaires

Titre III : DES VOIES DE RECOURS

Chapitre I : DE L'APPEL

Art. D. 531-1. – Pour l'application de l'article L. 531-3, les juridictions de premier degré et d'appel se transmettent réciproquement et sans délai les actes de la procédure postérieurs à la date à laquelle l'appel a été interjeté.

Art. D. 531-2. – La période de mise à l'épreuve éducative étendue à plusieurs procédures subsiste lorsqu'une relaxe est prononcée en appel dans une des affaires pour lesquelles elle est ouverte. La cour d'appel qui prononce la relaxe statue, le cas échéant, sur le maintien des mesures de sûreté prononcées.

Chapitre II : DE L'OPPOSITION

Le présent chapitre ne comporte pas de dispositions réglementaires

Livre VI : L'APPLICATION ET L'EXÉCUTION DES MESURES ÉDUCATIVES ET DES PEINES

Titre I : DE L'APPLICATION DES MESURES EDUCATIVES ET DES PEINES

Chapitre I : DES JURIDICTIONS DE L'APPLICATION DES MESURES ÉDUCATIVES ET DES PEINES

Section 1 : De la compétence des juridictions pour mineurs en matière d'application des mesures éducatives et des peines

Art. D. 611-1. – **Toutes les décisions du juge des enfants relatives à la mesure éducative judiciaire sont transmises au service de la protection judiciaire de la jeunesse désigné pour exercer la mesure en application de l'article D. 112-1.**

Section 2 : De l'articulation des compétences entre plusieurs juges des enfants chargés du suivi du mineur

Art. D. 611-2. – **L'ordonnance par laquelle le juge des enfants se dessaisit au profit du juge de l'application des peines conformément aux dispositions de l'article L. 611-5 est portée à la connaissance du condamné par lettre recommandée si celui-ci n'est pas détenu ou par le greffe de l'établissement pénitentiaire dans le cas contraire. Le parquet du lieu de condamnation en est également avisé.**

Art. D. 611-3. – **L'ordonnance par laquelle le juge des enfants se dessaisit, en application du premier alinéa de l'article L. 611-9, au profit du juge des enfants qui connaît habituellement la situation du mineur, est portée à la connaissance du condamné par lettre recommandée si celui-ci n'est pas détenu ou par le greffe de l'établissement pénitentiaire dans le cas contraire. Cette ordonnance est notifiée par lettre recommandée aux représentants légaux du mineur. Le service de la protection judiciaire de la jeunesse est informé. Le parquet du lieu de condamnation en est également avisé.**

Art. D. 611-4. – **Pour l'application des dispositions de l'article D. 48-2-1 du Code de procédure pénale, la convocation est délivrée en premier lieu devant le juge des enfants compétent en application des dispositions de l'article L. 611-7.**

Art. D. 611-5. – **Lorsque le tribunal judiciaire ne comporte pas dans son ressort d'établissement pénitentiaire dans lequel sont incarcérés les mineurs, les juges des enfants et les responsables du service du tribunal pour enfants sont conviés aux réunions de la commission de l'exécution et de l'application des peines prévue par l'article D. 48-5-4 du Code de procédure pénale de la juridiction limitrophe dans laquelle se situe un tel établissement.**

Section 3 : De la compétence de la protection judiciaire de la jeunesse en matière d'application des mesures éducatives et des peines

Art. D. 611-6. – **La juridiction pour mineurs désigne, s'il y a lieu, le service de la protection judiciaire de la jeunesse chargé de préparer, mettre en œuvre et suivre les condamnations pénales et les mesures d'individualisation de la peine.**

La juridiction pour mineurs peut également, lorsque le condamné a atteint l'âge de dix-huit ans à la date de sa condamnation, saisir le service pénitentiaire d'insertion et de probation.

Art. D. 611-7. – **Les services de la protection judiciaire de la jeunesse, pour les situations relevant de leur compétence en application de l'article D. 621-2, concourent à la préparation des mesures d'individualisation de la peine. Ils peuvent être chargés de l'exécution d'investigations et de vérifications. Ils fournissent à l'autorité judiciaire compétente, à la demande de celle-ci ou de leur propre initiative, tout élément d'information sur la situation personnelle, familiale et sociale de nature à favoriser l'individualisation de la peine de la personne condamnée ou susceptible de l'être.**

Lorsqu'il a été prononcé une peine privative de liberté, les services de la protection judiciaire de la jeunesse sont chargés de rechercher les moyens permettant l'élaboration d'un projet d'aménagement de peine. Ils produisent les avis ou rapports sur le condamné, détenu ou libre, dont la situation pénale est examinée par le juge des enfants ou le tribunal pour enfants.

Art. D. 611-8. – Le service de la protection judiciaire de la jeunesse désigné en application de l'article D. 611-6 assure l'accompagnement éducatif du condamné dans le cadre de la mesure qui lui a été confiée. Il lui apporte aide et soutien. Il veille au respect des obligations qui lui sont imposées dans le cadre d'une condamnation pénale ou d'une mesure d'aménagement de peine.

Il propose, en fonction de l'évolution de l'intéressé, des aménagements ou modifications des mesures de contrôle, obligations ou conditions fixées par l'autorité judiciaire.

Art. D. 611-9. – Le service de la protection judiciaire de la jeunesse désigné en application de l'article D. 611-6 adresse au juge, dans un délai de trois mois à compter de sa saisine, un rapport relatif au projet d'exécution de la peine.

Il lui adresse ensuite un rapport d'évaluation selon les échéances fixées par la juridiction ainsi qu'à l'issue du suivi.

Tout incident relatif aux obligations, conditions et mesures de contrôle auxquelles est soumis le condamné fait l'objet d'un rapport circonstancié transmis au juge dans les meilleurs délais.

Art. D. 611-10. – Pour l'exercice de ses missions d'application des peines, le service de la protection judiciaire de la jeunesse désigné en application de l'article D. 611-6 met en œuvre un accompagnement éducatif global en prenant appui sur l'ensemble des ressources des établissements et services de la protection judiciaire de la jeunesse et du secteur associatif habilité. Il inscrit son action dans le cadre des politiques publiques territoriales destinées aux jeunes en difficulté. Il vise notamment à favoriser l'accès aux droits.

Dans le cadre de la mise en œuvre et du suivi d'un aménagement de la peine, le service de la protection judiciaire de la jeunesse désigné veille à inscrire ses actions dans la continuité de l'action éducative déjà engagée auprès du condamné.

Art. D. 611-11. – Les services de la protection judiciaire de la jeunesse exercent leurs missions en matière d'application des peines en lieu et place des services pénitentiaires d'insertion et de probation.

Pour l'exercice des missions relatives à l'application des peines, les personnels de la protection judiciaire de la jeunesse bénéficient des mêmes prérogatives que les personnels du service pénitentiaire d'insertion et de probation telles que définies aux articles D. 462 et D. 463 du Code de procédure pénale.

Art. D. 611-12. – Lorsque la commission de l'application des peines examine la situation d'un condamné relevant de la compétence d'un service de la protection judiciaire de la jeunesse, ce service y est représenté par l'un de ses personnels éducatifs.

Art. D. 611-13. – Dans l'hypothèse où le service pénitentiaire d'insertion et de probation est saisi de la situation d'un condamné suivi précédemment par le service de la protection judiciaire de la jeunesse, ce dernier transmet au service pénitentiaire d'insertion et de probation compétent auprès de l'établissement pénitentiaire où le condamné est détenu ou, si le condamné n'est pas ou n'est plus détenu, au service pénitentiaire d'insertion et de probation du lieu de résidence de l'intéressé, copie des éléments ou documents recueillis à l'occasion de la mise en œuvre et du suivi des condamnations.

Art. D. 611-14. – Dans le cas prévu par le deuxième alinéa de l'article 712-13 du Code de procédure pénale, le président et les conseillers de la chambre spéciale des mineurs de la cour d'appel sont assistés par le responsable d'une association de réinsertion des condamnés et le responsable d'une association d'aide aux victimes membres de la chambre de l'application des peines de la cour d'appel. Est le cas échéant compétente la chambre des mineurs de la cour d'appel dont la compétence territoriale est étendue en application des dispositions du deuxième alinéa de l'article 712-13 du Code de procédure pénale.

Chapitre II : DES AUDIENCES D'APPLICATION DES PEINES

Art. D. 612-1. – Lorsque le juge des enfants convoque un mineur condamné à un suivi socio-judiciaire en application de l'article R. 61 du Code de procédure pénale, il convoque également ses représentants légaux.

Art. D. 612-2. – **Pour la tenue du débat contradictoire prévu aux articles 712-6 et 712-7 du Code de procédure pénale, le service de la protection judiciaire de la jeunesse compétent adresse au juge des enfants ou au tribunal pour enfants un rapport comprenant sa proposition éducative.**

Le juge des enfants ou le tribunal pour enfants peut demander au représentant de la protection judiciaire de la jeunesse de développer oralement sa proposition éducative lors du débat contradictoire.

Chapitre III : DU RÉGIME DE LA RETENTION

Le présent chapitre ne comporte pas de dispositions réglementaires

Titre II : DE L'AMÉNAGEMENT DES PEINES

Chapitre unique : De la mise en œuvre et du suivi des condamnations

Art. D. 621-1. – **Lorsque le juge des enfants chargé de l'application des peines impose au condamné le respect d'une des obligations prévues aux 1° à 3° de l'article L. 122-2, il ordonne par décision séparée le prononcé ou la modification de cette obligation.**

Art. D. 621-2. – **Les services de la protection judiciaire de la jeunesse préparent, mettent en œuvre et assurent le suivi des condamnations prononcées par les juridictions spécialisées pour mineurs et le suivi des condamnations des personnes mineures à la date des faits, et dont l'exécution est transférée par l'autorité compétente d'un État membre de l'Union européenne et reconnue en vertu des articles 728-43, 728-46, 728-67 ou 764-22 du Code de procédure pénale et de l'article L. 621-2, hormis les hypothèses prévues aux articles L. 611-5 et L. 611-6.**

Titre III : DU CASIER JUDICIAIRE ET DES AUTRES FICHIERS

Chapitre I : DU CASIER JUDICIAIRE

Art. R. 631-1. – **Le retrait du casier judiciaire de la décision, ordonné par le tribunal pour enfants en application de l'article L. 631-4, se fait à la diligence du ministère public près le tribunal pour enfants qui a rendu cette décision.**

Chapitre II : DU FICHIER JUDICIAIRE NATIONAL AUTOMATISÉ DES AUTEURS D'INFRACTIONS SEXUELLES OU VIOLENTES

Art. R. 632-1. – **Lors de l'inscription du mineur au fichier judiciaire national automatisé des auteurs d'infractions sexuelles ou violentes, le procureur de la République en cas de condamnation ou le juge d'instruction en cas de mise en examen avise les représentants légaux ou les personnes auxquelles la garde du mineur a été confiée par décision judiciaire, de la notification faite en application de l'article R. 53-8-9 du Code de procédure pénale.**

Art. R. 632-2. – **La justification d'adresse ou la déclaration de changement d'adresse d'un mineur prévue à l'article 706-53-5 du Code de procédure pénale est effectuée par ses représentants légaux ou les personnes auxquelles sa garde a été confiée par décision judiciaire.**

Les dispositions du septième alinéa de l'article 706-53-5 du Code de procédure pénale sont applicables.

Chapitre III : DU FICHIER JUDICIAIRE NATIONAL AUTOMATISÉ DES AUTEURS D'INFRACTIONS TERRORISTES

Art. R. 633-1. – **Lors de l'inscription du mineur au fichier judiciaire national automatisé des auteurs d'infractions terroristes, le procureur de la République en cas de condamnation ou le juge d'instruction en cas de mise en examen avise les représentants légaux ou les personnes auxquelles la garde du mineur a été confiée par décision judiciaire, de la notification faite en application de l'article R. 50-38 du Code de procédure pénale.**

Chapitre IV : DES FICHIERS D'ANTÉCEDENTS

Art. R. 634-1. – Les données concernant la personne mineure mise en cause sont conservées cinq ans.

Par dérogation, elles sont conservées :

1° Dix ans lorsque la personne est mise en cause pour l'une des infractions mentionnées ci-dessous :

a) Infractions contre les personnes : exploitation de la mendicité aggravée ou en bande organisée ; vol avec violences ; violence volontaire aggravée autres que celles prévues au 2° ; transport, détention, offre, cession, acquisition ou emploi illicites de stupéfiants ; traite des êtres humains autre que celle prévue au 2° ; exhibition sexuelle ;

b) Infractions contre les biens : destruction, dégradation et détérioration d'un bien appartenant à autrui par l'effet d'une substance explosive, d'un incendie ou de tout autre moyen de nature à créer un danger pour les personnes ; extorsion ; atteinte aux systèmes de traitement automatisé de données ; blanchiment ; contrefaçon, falsification de monnaies ou moyens de paiement ;

c) Atteinte à la paix publique : recel de malfaiteurs ;

2° Vingt ans lorsque la personne est mise en cause pour l'une des infractions mentionnées ci-dessous :

a) Infractions contre les personnes : administration de substances nuisibles ; détournement de moyen de transport ; empoisonnement ; enlèvement, séquestration, prise d'otage ; crime contre l'humanité, génocide ; meurtre, assassinat ; torture, acte de barbarie ; violence volontaire ayant entraîné la mort ; violence volontaire entraînant une mutilation ou une infirmité permanente ; vol avec violences aggravé ; agression sexuelle ; proxénétisme ; viol ; trafic de stupéfiants autres que ceux visés au 1° ; traite des êtres humains en bande organisée ou avec tortures et actes de barbarie ;

b) Infractions contre les biens : vol en bande organisée ; vol avec arme ;

c) Atteinte à la paix publique : acte de terrorisme ; association de malfaiteurs ; atteinte aux intérêts fondamentaux de la Nation.

Livre VII : DISPOSITIONS RELATIVES À L'OUTRE-MER

Titre I : DISPOSITIONS PARTICULIÈRES À LA GUADELOUPE, À LA GUYANE, À LA MARTINIQUE, À MAYOTTE, À LA RÉUNION, À SAINT-BARTHÉLEMY, À SAINT-MARTIN ET À SAINT-PIERRE-ET-MIQUELON

Chapitre I : Dispositions particulières à Mayotte

Art. D. 711-1. – Pour l'application de l'article R. 124-38, les titulaires de l'autorité parentale des mineurs détenus relevant du statut civil de droit local sont les personnes qui exercent de fait l'autorité parentale.

Chapitre II : Dispositions particulières à Saint-Pierre-et-Miquelon

Le présent chapitre ne comporte pas de dispositions réglementaires

Titre II : DISPOSITIONS APPLICABLES EN NOUVELLE-CALÉDONIE, EN POLYNÉSIE FRANÇAISE ET DANS LES ÎLES DE WALLIS-ET-FUTUNA

Art. R. 720. – Pour l'application du présent code en Nouvelle-Calédonie, en Polynésie française et à Wallis-et-Futuna, le mot : « préfet » est remplacé par les mots : « représentant de l'État dans le territoire ».

Chapitre I : Dispositions applicables en Nouvelle-Calédonie

Art. D. 721-1 *(Mod., D. n° 2021-1744, 22 déc. 2021 ; D. n° 2022-479, 30 mars 2022)*. – Les dispositions du présent code, à l'exception des articles D. 112-18, D. 112-24 à D. 112-27, D. 113-1 et R. 241-3 à D. 241-37 sont applicables en Nouvelle-Calédonie, dans la rédaction résultant du décret n° 2022-479 du 30 mars 2022, sous réserve des adaptations prévues au présent chapitre.

Art. D. 721-2. – Les établissements et services de la protection judiciaire de l'enfance et de la jeunesse en Nouvelle Calédonie et leurs missions sont définis selon la règlementation applicable localement.

Art. D. 721-3. – Pour l'application des dispositions du présent code en Nouvelle-Calédonie, les références au directeur interrégional de la protection judiciaire de la jeunesse et au directeur territorial de la protection judiciaire de la jeunesse sont remplacées par les références au directeur de la protection judiciaire de l'enfance et de la jeunesse de la Nouvelle-Calédonie.

Art. R. 721-4. – En Nouvelle-Calédonie, le premier alinéa de l'article R. 124-14 est ainsi rédigé :

« Les activités d'enseignement sont mises en œuvre par l'éducation nationale. »

Art. D. 721-5. – En Nouvelle-Calédonie, peuvent être autorisées, conformément à l'article L. 721-3, à assister aux débats et à prendre la parole aux audiences, toute personne représentant une des institutions de droit coutumier suivantes :

1° Le Sénat coutumier ;

2° Un conseil coutumier ;

3° Une tribu.

Art. D. 721-6. – En Nouvelle-Calédonie, peuvent être consultées, conformément à l'article L. 721-4, avant le prononcé d'une mesure de réparation ou d'un module de réparation, toute personne représentant les institutions de droit coutumier suivantes :

1° Le Sénat coutumier ;

2° Un conseil coutumier ;

3° Une tribu.

Chapitre II : Dispositions applicables en Polynésie française

Art. D. 722-1 *(Mod., D. n° 2021-1744, 22 déc. 2021 ; D. n° 2022-479, 30 mars 2022)*. – Les dispositions du présent code, à l'exception des articles D. 112-24 à D. 112-27, D. 113-1 et D. 241-10 à D. 241-37 sont applicables en Polynésie française, dans la rédaction résultant du décret n° 2022-479 du 30 mars 2022, sous réserve des adaptations prévues au présent chapitre.

Art. R. 722-2. – Le service déconcentré de la protection judiciaire de la jeunesse relevant du ministère de la justice en Polynésie française est la direction de la protection judiciaire de la jeunesse en Polynésie française.

Art. R. 722-3. – Dans le respect des attributions dévolues au haut-commissaire de la République en Polynésie française, le directeur de la protection judiciaire de la jeunesse en Polynésie française est chargé, en Polynésie française :

1° De mettre en œuvre la politique nationale de prise en charge des mineurs délinquants en coordination avec les services du pays d'outre-mer chargé de la protection de l'enfance ;

2° De gérer les moyens en personnel et équipements de la direction de la protection judiciaire de la jeunesse ;

3° D'assurer la direction et le contrôle de l'activité des personnels de la direction de la protection judiciaire de la jeunesse en fonction dans les établissements et services en Polynésie française ;

4° D'assurer la prévision et l'exécution des dépenses relatives au fonctionnement des établissements et services de la direction de la protection judiciaire de la jeunesse ;

5° De définir et d'évaluer les besoins de prise en charge de la jeunesse délinquante et de contribuer, en liaison avec les autorités judiciaires et administratives, à l'élaboration et au suivi des actions conduites dans ce domaine ;

6° D'assurer le contrôle pédagogique, administratif et financier des personnes physiques ou morales de droit privé exerçant des mesures ordonnées par l'autorité judiciaire au titre de la législation relative aux mineurs délinquants ;

7° De participer à l'organisation et à la mise en œuvre d'actions de prévention de la délinquance des mineurs ;

8° D'assister le directeur interrégional chargé de l'outre-mer dans l'exercice de ses missions.

Art. R. 722-4. – Le directeur de la protection judiciaire de la jeunesse en Polynésie française est placé sous l'autorité du directeur interrégional de la protection judiciaire de la jeunesse chargé de l'outre-mer.

Art. R. 722-5. – Les établissements et services chargés de la mise en œuvre des décisions judiciaires ordonnées en application de la législation relative aux mineurs délinquants et gérés par la direction de la protection judiciaire de la jeunesse en Polynésie française sont créés et dissous par arrêté du garde des Sceaux, ministre de la justice.

Chapitre III : Dispositions applicables à Wallis-et-Futuna

Art. D. 723-1 *(Mod., D. n° 2021-1744, 22 déc. 2021 ; D. n° 2022-479, 30 mars 2022).* – Les dispositions du présent code, à l'exception des articles D. 112-18, D. 113-1 et R. 241-3 à D. 241-37 sont applicables à Wallis-et-Futuna, dans la rédaction résultant du décret n° 2022-479 du 30 mars 2022, sous réserve des adaptations prévues au présent chapitre.

Art. D. 723-2. – Pour l'application des dispositions du présent code à Wallis-et-Futuna, les références à la protection judiciaire de la jeunesse, au directeur interrégional de la protection judiciaire de la jeunesse et au directeur territorial de la protection judiciaire de la jeunesse sont remplacées, selon le cas, par les références au service localement compétent ou au responsable de ce service.

Art. R. 723-3. – À Wallis-et-Futuna, l'article R. 124-14 est ainsi rédigé :

« Art. R. 124-14. – Les activités d'enseignement sont mises en œuvre par l'éducation nationale. »

Code de la santé publique

(Ord. n° 2000-548, 15 juin 2000)

Art. L. 2324-1 *(Mod., Ord. n° 2005-1092, 1er sept. 2005 ; Ord. n° 2005-1477, 1er déc. 2005 ; L. n° 2010-625, 9 juin 2010).* – Si elles ne sont pas soumises à un régime d'autorisation en vertu d'une autre disposition législative, la création, l'extension et la transformation des établissements et services gérés par une personne physique ou morale de droit privé accueillant des enfants de moins de six ans sont subordonnées à une autorisation délivrée par le président du conseil général, après avis du maire de la commune d'implantation.

(V. ancien art. L. 180, C. santé publ.)

Sous la même réserve, la création, l'extension et la transformation des établissements et services publics accueillant des enfants de moins de six ans sont décidées par la collectivité publique intéressée, après avis du président du conseil général.

L'organisation d'un accueil collectif à caractère éducatif hors du domicile parental, à l'occasion des vacances scolaires, des congés professionnels ou des loisirs, public ou privé, ouvert à des enfants scolarisés de moins de six ans est subordonnée à une autorisation délivrée par le représentant de l'État dans le département, après avis du médecin responsable du service départemental de protection maternelle et infantile.

Les seules conditions exigibles de qualification ou d'expérience professionnelle, de moralité et d'aptitude physique requises des personnes exerçant leur activité dans les établissements ou services mentionnés aux alinéas précédents ainsi que les seules conditions exigibles d'installation et de fonctionnement de ces établissements ou services sont fixées par décret.

Les dispositions de l'article L. 133-6 du Code de l'action sociale et des familles s'appliquent aux établissements, services et lieux de vie et d'accueil mentionnés au présent chapitre.

....

Art. L. 2326-4. – La création, l'extension ou la transformation des établissements et services privés mentionnés à l'article L. 2324-1 sans l'autorisation mentionnée aux alinéas premier et troisième de l'article L. 2324-1 est punie de trois mois d'emprisonnement et de 3 750 € d'amende.

Les personnes physiques coupables de l'infraction mentionnée à l'alinéa précédent encourent également les peines complémentaires suivantes :

1° L'interdiction, temporaire ou définitive, de diriger tout établissement ou service mentionnés à l'article L. 2324-1 ;

2° La fermeture, temporaire ou définitive, des établissements ou services.

Ordonnance n° 59-28 du 5 janvier 1959

réglementant l'accès des mineurs à certains établissements

Art. 1er. – Sans préjudice de l'application des lois et règlements en vigueur, le préfet peut, par arrêté, interdire l'accès des mineurs de dix-huit ans à tout établissement offrant, quelles qu'en soient les conditions

d'accès, des distractions ou spectacles, lorsque ces distractions ou spectacles ou la fréquentation de cet établissement se révèlent de nature à exercer une influence nocive sur la santé ou la moralité de la jeunesse.

Cet arrêté est pris après consultation du maire et avis « du conseil départemental de la protection de l'enfance ». La consultation du maire n'est toutefois pas nécessaire lorsque l'arrêté doit recevoir application sur le territoire de plusieurs communes.

La composition et le fonctionnement de cette commission, les conditions dans lesquelles est effectuée la publicité donnée à l'arrêté préfectoral, ainsi que les autres modalités d'application du présent article sont fixés par arrêté conjoint des ministres intéressés.

Art. 2. – **En cas de violation de l'arrêté d'interdiction prévu à l'article 1er, le préfet peut, afin de préserver l'ordre, la santé ou la moralité publics, ordonner après nouvel avis « du conseil départemental » visé à l'article 1er, la fermeture de l'établissement pour une durée n'excédant pas six mois.**

La violation de l'arrêté de fermeture sera punie d'un emprisonnement de un an et d'une amende de 4 500 € ou de l'une de ces deux peines seulement.

Décret n° 60-59 du 15 janvier 1960

réprimant les contraventions aux dispositions prises en application
de l'article 1er de l'ordonnance n° 59-28 du 5 janvier 1959
réglementant l'accès des mineurs à certains établissements

Art. 1er. – **Est punie de l'amende prévue pour les contraventions de la 5e classe toute personne qui, dirigeant en fait un établissement interdit aux mineurs de dix-huit ans en application de l'article 1er de l'ordonnance susvisée du 5 janvier 1959, n'a pas assuré la publicité de l'interdiction dans les conditions prescrites.**

Art. 2. – **Est punie de l'amende prévue pour les contraventions de la 5e classe toute personne qui, dirigeant en fait un établissement interdit aux mineurs de dix-huit ans en application de l'article 1er de l'ordonnance susvisée du 5 janvier 1959, laisse pénétrer un mineur de dix-huit ans dans cet établissement.**

En cas de récidive, l'amende sera celle prévue pour les contraventions de la 5e classe commises en récidive.

Art. 3. – **Les dispositions de l'article qui précède sont, en outre, applicables à toute personne qui, chargée de contrôler l'accès d'un établissement interdit aux mineurs de dix-huit ans en application de l'article 1er de l'ordonnance susvisée du 5 janvier 1959, laisse pénétrer un mineur de dix-huit ans dans cet établissement.**

Bibliographie : Dardel, *Interdiction de certains établissements aux mineurs de dix-huit ans : JCl. Pénal Code*, App. art. 334 à 335-7.

Code de l'action sociale et des familles

(Ord. n° 2000-1249, 21 déc. 2000)

Mineurs hors du domicile parental

Art. L. 227-4 *(Ord. n° 2005-1092, 1er sept. 2005)*. – **La protection des mineurs, dès leur inscription dans un établissement scolaire en application de l'article L. 113-1 du Code de l'éducation, qui bénéficient hors du domicile parental, à l'occasion des vacances scolaires, des congés professionnels ou des loisirs, d'un mode d'accueil collectif à caractère éducatif entrant dans une des catégories fixées par décret en Conseil d'État, est confiée au représentant de l'État dans le département.**

Ce décret définit, pour chaque catégorie d'accueil, la réglementation qui lui est applicable, et les conditions dans lesquelles un projet éducatif doit être établi.

Les dispositions du présent article ne sont pas applicables à l'accueil organisé par des établissements d'enseignement scolaire.

Art. L. 227-5. – *(Ord. n° 2005-1092, 1er sept. 2005)* **Les personnes organisant l'accueil de mineurs mentionné à l'article L. 227-4 ainsi que celles exploitant les locaux où ces mineurs sont hébergés doivent en faire la déclaration préalable auprès de l'autorité administrative. Celle-ci peut s'opposer à l'organisation de** cette activité lorsque les conditions dans lesquelles elle est envisagée présentent des risques pour la santé et la sécurité physique ou morale des mineurs et notamment lorsque les exigences prévues au dernier alinéa ne sont pas satisfaites.

Les personnes organisant l'accueil des mineurs mentionné à l'article L. 227-4, ainsi que celles exploitant les locaux où cet accueil se déroule, sont tenues de souscrire un contrat d'assurance garantissant les conséquences pécuniaires de leur responsabilité civile, ainsi que de celle de leurs préposés et des participants aux activités qu'elles proposent. Les assurés sont tiers entre eux.

Les personnes organisant l'accueil des mineurs mentionné à l'article L. 227-4 sont également tenues d'informer les responsables légaux des mineurs concernés de leur intérêt à souscrire un contrat d'assurance de personnes couvrant les dommages corporels auxquels peuvent exposer les activités auxquels ils participent.

Un décret en Conseil d'État précise les modalités d'application des dispositions ci-dessus, notamment le contenu de la déclaration préalable, les normes d'hygiène et de sécurité auxquelles doit satisfaire l'accueil, les exigences liées à la qualification des personnes assurant l'encadrement des mineurs, les conditions particulières d'encadrement et de pratique des activités physiques, ainsi que les modalités de souscription aux contrats d'assurance obligatoire.

Art. L. 227-6 *(Mod., L. n° 2019-486, 22 mai 2019)*. – Ne sont pas tenus de satisfaire aux conditions prévues aux I et II de l'article L. 211-18 du Code du tourisme :

1° Les associations organisant sur le territoire national des accueils collectifs de mineurs à caractère éducatif conformément à l'article L. 227-4 du présent code et bénéficiant d'un agrément de jeunesse et d'éducation populaire, du sport ou d'associations éducatives complémentaires de l'enseignement public, dans le cadre exclusif de leurs activités propres, y compris le transport lié au séjour ;

2° L'État, les collectivités territoriales et les établissements publics, à l'exception des établissements publics à caractère industriel et commercial, pour l'organisation sur le territoire national d'accueils collectifs de mineurs à caractère éducatif conformément au même article L. 227-4.

Art. L. 227-7 et L. 227-7-1 *(Abr., Ord. n° 2005-1477, 1er déc. 2005)*.

Art. L. 227-8 *(Mod., L. n° 2009-526, 12 mai 2009)*. – Est puni de six mois d'emprisonnement et de 3 750 € d'amende :

1° Le fait pour une personne de ne pas souscrire la déclaration préalable mentionnée à l'article L. 227-5 ;

2° Le fait d'apporter un changement aux conditions d'accueil des mineurs mentionné à l'article L. 227-4, sans avoir souscrit à cette déclaration ;

3° Le fait de ne pas souscrire aux garanties d'assurance mentionnées à l'article L. 227-5.

Est puni d'un an d'emprisonnement et de 7 500 € d'amende le fait de s'opposer de quelque façon que ce soit à l'exercice des fonctions dont sont chargés les agents mentionnés à l'article L. 227-9.

Est puni de deux ans d'emprisonnement et de 30 000 € d'amende :

1° Le fait d'exercer des fonctions à quelque titre que ce soit en vue de l'accueil de mineurs mentionnés à l'article L. 227-4, ou d'exploiter les locaux accueillant ces mineurs malgré les incapacités prévues à l'article L. 133-6 ;

2° Le fait de ne pas exécuter les décisions préfectorales prévues aux articles L. 227-5, L. 227-10 et L. 227-11.

Assistants maternels

Art. L. 321-4 *(Mod., Ord. n° 2005-1477, 1er déc. 2005 ; L. n° 2007-308, 5 mars 2007 ; L. n° 2009-526, 12 mai 2009 ; Ord. n° 2018-22, 17 janv. 2018)*. – Est puni d'un emprisonnement de trois mois et d'une amende de 3 750 euros :

1° Le fait d'héberger ou de recevoir collectivement et de manière habituelle des mineurs dans un établissement mentionné à l'article L. 321-1, sans avoir effectué la déclaration préalable auprès du président du conseil départemental ;

2° Le fait d'apporter un changement important à l'établissement, sans avoir effectué la déclaration préalable auprès du président du conseil départemental ou de procéder à l'ouverture ou à la transformation de l'établissement malgré l'opposition du président du conseil départemental ;

3° Le fait, pour le responsable de l'établissement, de ne pas se conformer aux décisions prévues à l'article L. 313-16 ou d'ouvrir à nouveau l'établissement, après fermeture administrative, sans solliciter l'autorisation préfectorale prévue à l'article L. 322-6 ;

4° Le fait de ne pas tenir le registre prévu à l'article L. 331-2.

Les personnes physiques coupables des infractions définies au présent article encourent également la peine complémentaire d'interdiction, suivant les modalités de l'article 131-27 du Code pénal, d'exploiter ou de diriger un établissement soumis aux dispositions du présent chapitre ou d'effectuer des placements d'enfants ou de recevoir des enfants.

....

Art. L. 421-1 *(L. n° 2005-706, 27 juin 2005 ; Ord. n° 2007-329, 12 mars 2007 ; mod., Ord. n° 2021-611, 19 mai 2021).* – L'assistant maternel est la personne qui, moyennant rémunération, accueille habituellement et de façon non permanente des mineurs à son domicile ou dans un lieu distinct de son domicile appelé « maison d'assistants maternels » tel que défini à l'article L. 424-1.

L'assistant maternel accueille des mineurs confiés par leurs parents, directement ou par l'intermédiaire d'un service d'accueil mentionné à l'article L. 2324-1 du Code de la santé publique. Il exerce sa profession comme salarié de particuliers employeurs ou de personnes morales de droit public ou de personnes morales de droit privé dans les conditions prévues au chapitre III du présent livre, après avoir été agréé à cet effet.

....

Art. L. 421-10 *(L. n° 2005-706, 27 juin 2005 ; L. n° 2013–403, 17 mai 2013).* – La personne qui accueille habituellement des mineurs à son domicile moyennant rémunération sans avoir préalablement obtenu l'agrément institué par l'article L. 421-3 et dont la situation est signalée au président du conseil général est mise en demeure par celui-ci de présenter une demande d'agrément dans le délai de quinze jours. Son ou ses employeurs sont informés de cette mise en demeure par le président du conseil général.

Art. L. 421-11 *(L. n° 2005-706, 27 juin 2005 ; L. n° 2013–403, 17 mai 2013).* – En cas d'application des articles L. 421-9 et L. 421-10, l'assistant maternel ou la personne mentionnée à l'article L. 421-10 est tenu de fournir au président du conseil général, sur sa demande, les noms et adresses des représentants légaux des mineurs qu'il ou qu'elle accueille.

Art. L. 421-12 *(L. n° 2005-706, 27 juin 2005).* – Le fait d'accueillir à son domicile moyennant rémunération des mineurs sans avoir déféré à une mise en demeure prononcée en application de l'article L. 421-10, ou après une décision de refus, de suspension ou de retrait d'agrément, est puni des peines prévues à l'article L. 321-4.

....

Loi n° 87-588 du 30 juillet 1987

portant diverses mesures d'ordre social

Art. 99 *(L. n° 2007-293, 5 mars 2007).* – Est interdite l'installation, à moins de deux cents mètres d'un établissement d'enseignement, d'un établissement dont l'activité est la vente ou la mise à disposition du public d'objets à caractère pornographique. L'infraction au présent article est punie de deux ans d'emprisonnement et de 30 000 € d'amende.

Sont passibles des mêmes peines les personnes qui favorisent ou tolèrent l'accès d'un mineur à un établissement où s'exerce l'une des activités visées au premier alinéa.

Pour cette infraction, les associations de parents d'élèves, de jeunesse et de défense de l'enfance en danger, régulièrement déclarées depuis au moins cinq ans à la date des faits, peuvent exercer les droits reconnus à la partie civile.

QPC. Non-lieu à renvoi au Conseil constitutionnel de la question prioritaire visant l'inconstitutionnalité de l'article 99 de la loi du 30 juillet 1987 modifiée, dès lors que la disposition légale critiquée, qui a été adoptée par le législateur dans un but de protection renforcée de l'enfance dont l'intérêt, la prise en compte des besoins et le respect des droits constituent des motifs d'intérêt général répondant à des exigences constitutionnelles reconnues et garanties par les alinéas 10 et 11 du préambule de la Constitution de 1946 et à l'objectif de valeur constitutionnelle de sauvegarde de l'ordre public, n'a pas pour effet de porter à la liberté d'entreprendre une atteinte manifestement disproportionnée au regard de l'objectif poursuivi (■ Cass. crim., 22 janv. 2013, n° 12-90.065 QPC : *Bull. crim.* n° 23 ; *JCP* 2013, chron., n° 191, spéc. n° 18, p. 335, note B. Mathieu ; *Gaz. Pal.* 7-9 avr. 2013, chron. p. 25, note D. Rousseau ; *Dr. pén.* 2013, comm. 41, obs. J.-H. Robert).

Loi n° 98-468 du 17 juin 1998

relative à la prévention et à la répression des infractions sexuelles ainsi qu'à la protection des mineurs

CHAPITRE III. – DISPOSITIONS RELATIVES À L'INTERDICTION DE MISE À DISPOSITION DE CERTAINS DOCUMENTS AUX MINEURS

Art. 32 *(Mod., L. n° 2007-297, 5 mars 2007 ; L. n° 2015-177, 16 févr. 2015).* **– Lorsqu'un document fixé par un procédé déchiffrable par voie électronique en mode analogique ou en mode numérique présente un danger pour la jeunesse en raison de son caractère pornographique, le support et chaque unité de son conditionnement doivent comporter de façon visible, lisible et inaltérable la mention « mise à disposition des mineurs interdite (article 227-24 du Code pénal) ». Cette mention emporte interdiction de proposer, donner, louer ou vendre le produit en cause aux mineurs.**

Lorsqu'un document fixé par un procédé identique peut présenter un risque pour la jeunesse en raison de la place faite au crime, à la violence, à l'incitation à l'usage, à la détention ou au trafic de stupéfiants, à l'incitation à la consommation excessive d'alcool ainsi qu'à la discrimination ou à la haine contre une personne déterminée ou un groupe de personnes, le support et chaque unité de son conditionnement doivent faire l'objet d'une signalétique destinée à en limiter la mise à disposition à certaines catégories de mineurs, en fonction de leur âge. Lorsque le document contient un logiciel de loisir, au sens du II de l'article 220 *terdecies* du Code général des impôts, chaque unité de son conditionnement doit faire l'objet d'une signalétique précisant le risque contenu dans le document. Les caractéristiques de la signalétique apposée sur ces documents sont homologuées par l'autorité administrative.

La mise en œuvre de l'obligation fixée aux deux alinéas précédents incombe à l'éditeur ou, à défaut, au distributeur chargé de la diffusion en France du document.

Art. 33 *(L. n° 2007-297, 5 mars 2007).* **– L'autorité administrative peut en outre interdire :**

1° De proposer, de donner, de louer ou de vendre à des mineurs les documents mentionnés à l'article 32 ;

2° D'exposer les documents mentionnés à l'article 32 à la vue du public en quelque lieu que ce soit. Toutefois, l'exposition demeure possible dans les lieux dont l'accès est interdit aux mineurs ;

3° De faire, en faveur de ces documents, de la publicité par quelque moyen que ce soit. Toutefois, la publicité demeure possible dans les lieux dont l'accès est interdit aux mineurs.

Art. 34 *(L. n° 2007-297, 5 mars 2007).* **– Le fait de ne pas se conformer aux obligations et interdictions fixées au premier alinéa de l'article 32 et à l'article 33 est puni d'un an d'emprisonnement et d'une amende de 15 000 €.**

Le fait, par des changements de titres ou de supports, par des artifices de présentation ou de publicité ou par tout autre moyen, d'éluder ou de tenter d'éluder l'application du premier alinéa de l'article 32 et de l'article 33 est puni de deux ans d'emprisonnement et d'une amende de 30 000 €.

Les personnes physiques coupables des infractions prévues aux deux premiers alinéas encourent également la peine complémentaire de confiscation de la chose qui a servi à commettre l'infraction ou était destinée à la commettre ou de la chose qui en est le produit.

Les personnes morales déclarées pénalement responsables des infractions prévues aux deux premiers alinéas encourent les peines suivantes :

– l'amende, dans les conditions fixées par l'article 131-38 du Code pénal ;

– la confiscation prévue par le 8° de l'article 131-39 du même code.

Art. 35 *(L. n° 2007-297, 5 mars 2007).* – Les dispositions du présent chapitre ne s'appliquent pas aux documents qui constituent la reproduction intégrale d'une œuvre cinématographique ayant obtenu le visa prévu à l'article 19 du Code de l'industrie cinématographique.

Toutefois, les documents reproduisant des œuvres cinématographiques auxquelles s'appliquent les articles 11 et 12 de la loi de finances pour 1976 (n° 75-1278 du 30 décembre 1975) sont soumis de plein droit à l'interdiction prévue au premier alinéa de l'article 32 de la présente loi.

Décret n° 99-771 du 7 septembre 1999

portant application du chapitre III du titre II de la loi n° 98-468 du 17 juin 1998 relative à la prévention et à la répression des infractions sexuelles ainsi qu'à la protection des mineurs

Art. 8. – I. – Est puni de l'amende prévue pour les contraventions de la 5e classe le fait de proposer, de donner, de louer ou de mettre en vente des documents ayant fait l'objet d'une interdiction en vertu des articles 32 ou 34 de la loi du 17 juin 1998 précitée [n° 98-468] et ne faisant pas apparaître, dans les conditions prévues à l'article 7, la mention de cette interdiction.

Les personnes coupables de la contravention prévue au présent article encourent également la peine complémentaire de la confiscation de la chose qui a servi ou était destinée à commettre l'infraction ou de la chose qui en est le produit.

II. – Les personnes morales peuvent être déclarées responsables pénalement, dans les conditions prévues par l'article 121-2 du Code pénal, de l'infraction définie au présent article.

Les peines prévues pour les personnes morales sont :

1° L'amende, suivant les modalités prévues par l'article 131-41 du Code pénal ;

2° La confiscation de la chose qui a servi ou était destinée à commettre l'infraction ou de la chose qui en est le produit.

III. – La récidive de la contravention prévue aux I et II du présent article est réprimée conformément aux articles 132-11 et 132-15 du Code pénal.

ANNEXE 4

ÉTRANGERS

Bibliographie : M. Segonds, *Étrangers : JCl. Lois pénales spéciales.* • V. Tchen, *Code de l'entrée et du séjour des étrangers et du droit d'asile* 2019, LexisNexis, 2018. • V. Tchen, *Droit des étrangers : 2020, LexisNexis,*coll. Manuel, 2020. • N. Guimezanes, *La loi n° 81-973 du 29 octobre 1981 sur les conditions d'entrée et de séjour des étrangers en France : D.* 1982, chron. 173. • *Le droit des étrangers, 1985 : l'entrée et le séjour*, Armand Colin, 1987. • *La loi du 9 septembre 1986 sur les conditions d'entrée et de séjour des étrangers en France : JCP* 1987, I, 3270. • *La nouvelle loi sur l'entrée et le séjour des étrangers en France (loi n° 89-548 du 2 août 1989) : JCP* 1990, I, 3424. • J. Laferrière, *Commentaire de la loi du 2 août 1989 : ALD* 1990, 17. • Sur la circulaire d'application de la loi du 2 août 1989, V. Circulaire du 2 août 1989 : *JO* 8 août, p. 9977. • N. Guimezanes : *JCP* 1998, Actualité, 1025 ; étude, I, 180. • F.-J. Laferrière, *Les dispositions répressives de la loi du 26 novembre 2003 : AJ pénal* 2004, p. 96. • D. Liger, *La réforme de la double peine : AJ pénal* 2004, p. 102. • N. Guimezanes, *la loi du 24 juillet 2006 relative à l'immigration et à l'intégration : JCP* 2006, I, 167. • N. Guimezanes, *La réforme du droit d'asile à propos de la loi du 29 juillet 2015 : JCP* 2015, I, 903. • N. Guimezanes, *La loi relative au droit des étrangers en France à propos de la loi du 7 mars 2016 : JCP* 2016, I, 320, p. 550. • M. Bouleau, *La loi du 7 mars 2016 relative au droit des étrangers en France ou les illusions du législateur : D.* 2016, 1720. • V. Tchen, *La loi pour une immigration maîtrisée, un droit d'asile effectif et une intégration réussie. Des moyens juridiques à la hauteur des ambitions affichées ? : JCP* G 2018, n° 39, 976. • P. Berdugo, *Nouveautés notables du contentieux judiciaire des étrangers : focus sur certaines évolutions pratiques mise en œuvre par la loi du 10 septembre 2018 : Hebdo édition publique* n° 517, 4 oct. 2018, n° Lexbase : L9696LLP. • X. Vandendriessche, *La loi Immigration et asile, une nouvelle occasion manquée ? : AJDA* 2018, p. 2234. • C. d'Harcourt et A. Savy, *Repenser un code à droit constant* : *AJDA* 2021, p. 838. • V. Tchen, *Les mystères des « principes de la République » en droit des étrangers* : *JCP* G 2021, p. 891. • O. Boskovic, S. Corneloup, F. Jault-Seseke, N. Joubert et K. Parrot, *Droit des étrangers et de la nationalité, chron. déc. 2020-déc. 2021* : *Dalloz* 2022, p. 244.

Loi n° 89-548 du 2 août 1989

relative aux conditions de séjour et d'entrée des étrangers en France

Art. 1er. – La République française a, dès sa proclamation, affirmé ses principes d'hospitalité et de tolérance. En conséquence, elle interdit et condamne, sur tous les territoires où elle a autorité, le racisme, l'antisémitisme et la xénophobie.

Les agissements discriminatoires des détenteurs de l'autorité publique, des groupements ou des personnes privées, la provocation à la discrimination, à la haine ou à la violence, la diffamation et l'injure au motif de l'appartenance ou de la non-appartenance à une ethnie, une nation, une race ou une religion sont interdits.

Conformément à la Convention internationale du 21 décembre 1965 sur l'élimination de toutes les formes de discrimination raciale, sont interdites toute distinction, exclusion, restriction ou préférence fondées sur la race, la couleur, l'ascendance ou l'origine nationale, ethnique, qui a pour but ou pour effet de détruire ou de compromettre la reconnaissance, la jouissance ou l'exercice, dans des conditions d'égalité, des droits de l'homme et des libertés fondamentales dans les domaines politique, économique, social ou culturel, ou dans tout autre domaine de la vie publique.

Art. 2 *(Abr. et codifié, Ord. n° 2000-549, 15 juin 2000. V. Code de l'éducation, art. L. 311-4).*

Art. 3. – La loi n° 86-1025 du 9 septembre 1986 relative aux conditions d'entrée et de séjour des étrangers en France est abrogée dans ses articles 1er (paragraphe III), 2 (paragraphes I, II et VI), 5 (cinquième, huitième, neuvième et dixième alinéas), 7 (deuxième et troisième alinéas), 8, 9, 10 et 12.

Art. 4 à 9 *(V. Ord. n° 45-26, 2 nov. 1945).*

Ordonnance n° 45-2658 du 2 novembre 1945
relative aux conditions d'entrée et de séjour des étrangers en France

Art. 37 *(L. n° 93-1027, 24 août 1993 ; L. n° 2003-1119, 26 nov. 2003).* **– Les dispositions sur le retrait des titres de séjour prévues à l'article 15 *bis* et au deuxième alinéa de l'article 30, dans leur rédaction issue de la loi 93-1027 du 24 août 1993 relative à la maîtrise de l'immigration et aux conditions d'entrée, d'accueil et de séjour des étrangers en France, ne sont applicables qu'à des étrangers ayant reçu un titre de séjour après l'entrée en vigueur de cette loi.**

Les dispositions du premier alinéa du IV de l'article 29, dans leur rédaction issue de la loi 2003-1119 du 26 novembre 2003 précitée, ne sont applicables qu'à des étrangers ayant reçu un titre de séjour après l'entrée en vigueur de cette loi.

Ordonnance n° 2020-1733 du 16 décembre 2020
portant partie législative du Code de l'entrée et du séjour des étrangers et du droit d'asile

Art. 1. – Les dispositions annexées à la présente ordonnance constituent la partie législative du Code de l'entrée et du séjour des étrangers et du droit d'asile.

Art. 2. – Les dispositions de la partie législative du Code de l'entrée et du séjour des étrangers et du droit d'asile qui mentionnent, sans les reproduire, des dispositions soit d'autres codes, soit de textes législatifs sont de plein droit modifiées par l'effet des modifications ultérieures de ces dispositions.

Art. 3. – Les références à des dispositions abrogées par la présente ordonnance sont remplacées par les références aux dispositions correspondantes du Code de l'entrée et du séjour des étrangers et du droit d'asile dans sa rédaction annexée à la présente ordonnance.

....

Art. 20. – Les dispositions de la présente ordonnance entrent en vigueur le 1er mai 2021.

Code de l'entrée et du séjour des étrangers et du droit d'asile (nouveau)
(En vigueur à compter du 1er mai 2021, Ord. n° 2020-1733, 16 déc. 2020)

PARTIE LÉGISLATIVE NOUVELLE

Livre I. – DISPOSITIONS GÉNÉRALES

Titre I. – CHAMP D'APPLICATION

Art. L. 110-1. – Le présent code régit, sous réserve du droit de l'Union européenne et des conventions internationales, l'entrée, le séjour et l'éloignement des étrangers en France ainsi que l'exercice du droit d'asile.

Art. L. 110-2. – Le présent code est applicable sur l'ensemble du territoire de la République.

Art. L. 110-3. – Sont considérées comme étrangers au sens du présent code les personnes qui n'ont pas la nationalité française, soit qu'elles aient une nationalité étrangère, soit qu'elles n'aient pas de nationalité.

Art. L. 110-4. – Sans préjudice du droit de l'Union européenne, le livre II du présent code régit l'entrée, le séjour et l'éloignement des citoyens de l'Union européenne, des étrangers qui leur sont assimilés ainsi que des étrangers membres de leur famille ou entretenant avec eux des liens privés et familiaux.

Les citoyens de l'Union européenne et les étrangers mentionnés au premier alinéa exercent le droit d'asile dans les conditions prévues par le même livre II.

Les dispositions des autres livres ne leurs sont applicables que dans les conditions précisées par le livre II et rappelées dans chacun des autres livres.

Art. L. 110-5. – À l'exception des dispositions du livre V relatives à l'asile, les dispositions du présent code ne sont pas applicables aux agents diplomatiques et aux consuls de carrière.

Art. L. 110-6. – Tout étranger, quelle que soit la catégorie à laquelle il appartient en raison de son séjour en France, peut acquérir la nationalité française dans les conditions prévues par le titre Ier *bis* du livre Ier du Code civil.

Voir : C. civ., art. 17 et s.

Code civil

Art. 21-27. – Nul ne peut acquérir la nationalité française ou être réintégré dans cette nationalité s'il a été l'objet soit d'une condamnation pour crimes ou délits constituant une atteinte aux intérêts fondamentaux de la Nation ou un acte de terrorisme, soit, quelle que soit l'infraction considérée, s'il a été condamné à une peine égale ou supérieure à six mois d'emprisonnement, non assortie d'une mesure de sursis.

Il en est de même de celui qui a fait l'objet soit d'un arrêté d'expulsion non expressément rapporté ou abrogé, soit d'une interdiction du territoire français non entièrement exécutée.

Il en est de même de celui dont le séjour en France est irrégulier au regard des lois et conventions relatives au séjour des étrangers en France.

Les dispositions du présent article ne sont pas applicables à l'enfant mineur susceptible d'acquérir la nationalité française en application des articles 21-7, 21-11, 21-12 et 22-1, ni au condamné ayant bénéficié d'une réhabilitation de plein droit ou d'une réhabilitation judiciaire conformément aux dispositions de l'article 133-12 du Code pénal, ou dont la mention de la condamnation a été exclue du bulletin n° 2 du casier judiciaire, conformément aux dispositions des articles 775-1 et 775-2 du Code de procédure pénale.

Les dispositions de l'article 21-27 du Code civil, faisant obstacle à l'acquisition de la nationalité française des personnes pénalement condamnées pour des infractions d'atteintes aux intérêts fondamentaux de la Nation, ne sont pas applicables à ceux qui ont bénéficié d'une réhabilitation légale à ce titre, peu important que ladite condamnation continue de figurer au bulletin n° 2 extrait de leur casier judiciaire (■ CE, 21 déc. 2021, n° 447231 : *AJDA* 2021, p. 2554).

....

Art. 25 *(Mod., L. n° 98-170, 16 mars 1998)*. **–** L'individu qui a acquis la qualité de Français peut, par décret pris après avis conforme du Conseil d'État, être déchu de la nationalité française, sauf si la déchéance a pour résultat de le rendre apatride :

1° S'il est condamné pour un acte qualifié de crime ou délit constituant une atteinte aux intérêts fondamentaux de la Nation ou pour un crime ou un délit constituant un acte de terrorisme ;

2° S'il est condamné pour un acte qualifié de crime ou délit prévu et réprimé par le chapitre II du titre III du livre IV du Code pénal ;

3° S'il est condamné pour s'être soustrait aux obligations résultant pour lui du Code du service national ;

4° S'il s'est livré au profit d'un État étranger à des actes incompatibles avec la qualité de Français et préjudiciables aux intérêts de la France.

1) QPC. Conformité à la Constitution de la déchéance de nationalité susceptible d'être prononcée à l'encontre de personnes naturalisées condamnées pour des faits de terrorisme. Si les dispositions contestées instituent une sanction ayant le caractère d'une punition, celle-ci n'est pas disproportionnée au regard de la gravité toute particulière des actes de terrorisme, ne porte pas atteinte à une situation légalement acquise et ne met pas en cause son droit au respect de la vie privée (■ Cons. const., 23 janv. 2015, n° 2014-439 QPC).

2) CEDH. La déchéance de nationalité instituée par l'article 25 du Code civil ne constitue pas une sanction pénale au sens de l'article 4 du protocole 7 ; en effet, elle n'est pas une mesure pénale en droit interne, elle obéit à l'objectif particulier de prendre solennellement acte de la rupture du lien avec la France des personnes ayant commis des actes particulièrement graves tels que des actes de terrorisme, et son degré de sévérité doit être relativisé au regard de la gravité desdits comportements, de son exclusion lorsqu'elle aurait pour conséquence de rendre la personne apatride, et du fait qu'elle n'emporte pas automatiquement éloignement du territoire (■ CEDH, 25 juin 2020, nos 52273/16 et 4 autres, *Ghoumid et a. c/ France : JurisData* n° 2020-008627 ; *JCP* G, 2020, p. 1023, zoom par M. Malblanc et p. 930, zoom par F. Sudre ; *RSC* 2021, p. 795, D. Sidhoum-Rahal).

3) Est irrecevable la requête formée par la personne déchue de sa nationalité de naissance à la suite de sa condamnation pour des faits de terrorisme, étant souligné que les juridictions internes avaient procédé à un examen prompt et complet de sa situation, que les infractions commises constituent une menace grave pour les droits de l'homme et qu'il dispose d'une autre nationalité (■ CEDH, 1er févr. 2022, n° 27801/19, *Johansen c/ Danemark*).

....

Art. 47 *(L. n° 2003-1119, 26 nov. 2003 ; L. n° 2006-1376, 14 nov. 2006 ; L. n° 2021-1017, 2 août 2021)*. **–** Tout acte de l'état civil des Français et des étrangers fait en pays étranger et rédigé dans les formes usitées dans ce pays fait foi, sauf si d'autres actes ou pièces détenus, des données extérieures ou des éléments tirés de l'acte lui-même établissent, le cas échéant après toutes vérifications utiles, que cet acte est irrégulier, falsifié ou que les faits qui y sont déclarés ne correspondent pas à la réalité. Celle-ci est appréciée au regard de la loi française.

Loi n° 2019-222 du 23 mars 2019

de programmation 2018-2022 et de réforme pour la justice

Art. 16 *(Mod., Déc. n° 2021-972 QPC, 18 févr. 2022)*. **–** [...]

II. - Sauf engagement international contraire, tout acte public établi par une autorité étrangère et destiné à être produit en France doit être légalisé pour y produire effet.

La légalisation est la formalité par laquelle est attestée la véracité de la signature, la qualité en laquelle le signataire de l'acte a agi et, le cas échéant, l'identité du sceau ou timbre dont cet acte est revêtu.

Un décret en Conseil d'État précise les actes publics concernés par le présent II et fixe les modalités de la légalisation.

QPC. Contrariété à la Constitution, pour incompétence négative dans des conditions portant atteinte au droit à un recours juridictionnel effectif, de l'absence de toute voie de recours contre la décision de refus de légalisation des actes établis par une autorité étrangère, la jurisprudence du Conseil d'État ne reconnaissant pas le juge administratif compétent pour apprécier une telle décision, et aucune autre disposition ne permettant aux intéressés de saisir le juge judiciaire ; report des effets de l'inconstitutionnalité au 31 décembre 2022 (■ Cons. const., 18 févr. 2022, n° 2021-972 QPC).

Décret n° 2015-1740 du 24 décembre 2015

relatif aux modalités de vérification d'un acte de l'état civil étranger

Art. 1er. – Lorsque, en cas de doute sur l'authenticité ou l'exactitude d'un acte de l'état civil étranger, l'autorité administrative saisie d'une demande d'établissement ou de délivrance d'un acte ou de titre procède ou fait procéder, en application de l'article 47 du Code civil, aux vérifications utiles auprès de l'autorité étrangère compétente, le silence gardé pendant huit mois vaut décision de rejet.

Dans le délai prévu à l'article L. 231-4 du Code des relations entre le public et l'administration, l'autorité administrative informe par tout moyen l'intéressé de l'engagement de ces vérifications.

Art. 2. – Le présent décret entre en vigueur le 1er janvier 2016.

Titre IV. – PROCÉDURES ADMINISTRATIVES ET TRAITEMENTS DE DONNÉES

Chapitre II. – TRAITEMENTS AUTOMATISÉS DE DONNÉES À CARACTÈRE PERSONNEL

Art. L. 142-1. – Afin de mieux garantir le droit au séjour des personnes en situation régulière et de lutter contre l'entrée et le séjour irréguliers des étrangers en France, peuvent être relevées, mémorisées et faire l'objet d'un traitement automatisé de données à caractère personnel dans les conditions prévues par le règlement (UE) 2016/679 du 27 avril 2016 relatif à la protection des personnes physiques à l'égard des

traitements des données à caractère personnel et à la libre circulation de ces données et par la loi n° 78-17 du 6 janvier 1978 relative à l'informatique, aux fichiers et aux libertés, les empreintes digitales ainsi qu'une photographie des ressortissants étrangers :

1° Qui sollicitent la délivrance, auprès d'un consulat ou à la frontière extérieure des États parties à la convention signée à Schengen le 19 juin 1990, d'un visa afin de séjourner en France ou sur le territoire d'un autre État partie à ladite convention ; ces empreintes et cette photographie sont obligatoirement relevées en cas de délivrance d'un visa ;

2° Qui, non ressortissants d'un État membre de l'Union européenne, de la République d'Islande, de la Principauté du Liechtenstein, du Royaume de Norvège ou de la Confédération suisse, sollicitent la délivrance d'un titre de séjour en application de l'article L. 411-1 ;

3° Qui sont en situation irrégulière en France, qui font l'objet d'une décision d'éloignement du territoire français ou qui, ayant été contrôlés à l'occasion du franchissement de la frontière en provenance d'un pays tiers aux États parties à la convention signée à Schengen le 19 juin 1990, ne remplissent pas les conditions d'entrée prévues à l'article 6 du règlement (UE) 2016/399 du Parlement européen et du Conseil du 9 mars 2016 concernant un code de l'Union relatif au régime de franchissement des frontières par les personnes (Code frontières Schengen) ou à l'article L. 311-1 ;

4° Qui bénéficient de l'aide au retour prévue par l'article L. 711-2.

Art. L. 142-2. – En vue de l'identification d'un étranger qui n'a pas justifié des pièces ou documents mentionnés à l'article L. 812-1 ou qui n'a pas présenté à l'autorité administrative compétente les documents de voyage permettant l'exécution d'une décision de refus d'entrée en France, d'une interdiction administrative du territoire français, d'une décision d'expulsion, d'une mesure de reconduite à la frontière, d'une décision portant obligation de quitter le territoire français, d'une interdiction de retour sur le territoire français ou d'une peine d'interdiction du territoire français ou qui, à défaut de ceux-ci, n'a pas communiqué les renseignements permettant cette exécution, les données des traitements automatisés des empreintes digitales mis en œuvre par le ministère de l'intérieur peuvent être consultées par les agents expressément habilités des services de ce ministère dans les conditions prévues par le règlement (UE) 2016/679 du 27 avril 2016 relatif à la protection des personnes physiques à l'égard des traitements des données à caractère personnel et à la libre circulation de ces données et par la loi n° 78-17 du 6 janvier 1978 relative à l'informatique, aux fichiers et aux libertés.

Art. L. 142-3. – Afin de mieux garantir la protection de l'enfance et de lutter contre l'entrée et le séjour irréguliers des étrangers en France, les empreintes digitales ainsi qu'une photographie des ressortissants étrangers se déclarant mineurs privés temporairement ou définitivement de la protection de leur famille peuvent être relevées, mémorisées et faire l'objet d'un traitement automatisé dans les conditions prévues par le règlement (UE) 2016/679 du 27 avril 2016 relatif à la protection des personnes physiques à l'égard des traitements des données à caractère personnel et à la libre circulation de ces données et par la loi n° 78-17 du 6 janvier 1978 relative à l'informatique, aux fichiers et aux libertés.

Le traitement de données ne comporte pas de dispositif de reconnaissance faciale à partir de la photographie.

Les données peuvent être relevées dès que la personne se déclare mineure. La conservation des données des personnes reconnues mineures est limitée à la durée strictement nécessaire à leur prise en charge et à leur orientation, en tenant compte de leur situation personnelle.

Code civil

Art. 388 *(Mod., L. n° 2016-297, 14 mars 2016)*. – Le mineur est l'individu de l'un ou l'autre sexe qui n'a point encore l'âge de dix-huit ans accomplis.

Les examens radiologiques osseux aux fins de détermination de l'âge, en l'absence de documents d'identité valables et lorsque l'âge allégué n'est pas vraisemblable, ne peuvent être réalisés que sur décision de l'autorité judiciaire et après recueil de l'accord de l'intéressé.

Les conclusions de ces examens, qui doivent préciser la marge d'erreur, ne peuvent à elles seules permettre de déterminer si l'intéressé est mineur. Le doute profite à l'intéressé.

En cas de doute sur la minorité de l'intéressé, il ne peut être procédé à une évaluation de son âge à partir d'un examen du développement pubertaire des caractères sexuels primaires et secondaires.

Bibliographie : S. Corneloup, *La jurisprudence de la Cour de cassation relative aux mineurs étrangers à la lumière de la jurisprudence du Conseil constitutionnel : Titre VII*, avr. 2021, n° 6.

1) QPC. Compte tenu des garanties légales instituées, le recours aux examens radiologiques osseux à des fins de détermination de l'âge, l'exigence de protection de l'intérêt supérieur de l'enfant qui découle des dixième et onzième alinéas du préambule de la Constitution de 1946 n'est pas méconnue. Par ailleurs, dès lors que ces examens visent uniquement à déterminer l'âge d'une personne, ne peuvent intervenir sans son accord, n'impliquent aucun procédé douloureux, intrusif ou attentatoire à la dignité, les griefs tirés de l'atteinte au principe de respect de la dignité de la personne humaine et d'inviolabilité du corps humain manquent en fait (■ Cons. const., 21 mars 2019, n° 2018-788 QPC : *JurisData* n° 2019-004007 ; *Dr. famille* 2019, comm. 107, n° 5, H. Fulchiron ; *Dr. famille* 2019, comm. 135, n° 6, Ph. Bonfil).

2) Présomption de minorité. En application de l'article 388 alinéa 3 du Code civil, les conclusions des examens radiologiques osseux réalisés aux fins de détermination de l'âge d'un individu ne peuvent à elles seules permettre de déterminer si l'individu est mineur, le doute devant profiter à l'intéressé ; cassation de la décision s'étant fondée sur les seuls tests osseux pour conclure à la majorité de celui qui avait produit des documents d'état civil constituant un indice de minorité et dont la posture générale était celle d'un adolescent (■ Cass. 1re civ., 12 janv. 2022, n° 20-17.343 : *JurisData* n° 2022-000187 ; *Dalloz actualité*, 26 janv. 2022, note E. Supiot).

Code de l'action sociale et des familles

Art. R. 221-15-1 *(D. n° 2019-57, 30 janv. 2019)*. **–** Le ministre de l'intérieur (direction générale des étrangers en France) est autorisé à mettre en œuvre un traitement automatisé de données à caractère personnel dénommé « appui à l'évaluation de la minorité » (AEM), ayant pour finalités de mieux garantir la protection de l'enfance et de lutter contre l'entrée et le séjour irréguliers des étrangers en France et, à cet effet :

1° D'identifier, à partir de leurs empreintes digitales, les personnes se déclarant mineures et privées temporairement ou définitivement de la protection de leur famille et ainsi de lutter contre la fraude documentaire et la fraude à l'identité ;

2° De permettre une meilleure coordination des services de l'État et des services compétents en matière d'accueil et d'évaluation de la situation des personnes mentionnées au 1° ;

3° D'améliorer la fiabilité de l'évaluation et d'en raccourcir les délais ;

4° D'accélérer la prise en charge des personnes évaluées mineures ;

5° De prévenir le détournement du dispositif de protection de l'enfance par des personnes majeures ou des personnes se présentant successivement dans plusieurs départements.

....

Art. R. 221-15-3. – I. - Peuvent accéder, à raison de leurs attributions et dans la limite du besoin d'en connaître, à tout ou partie des données à caractère personnel et informations mentionnées à l'article R. 221-15-2 :

1° Les agents des préfectures et des sous-préfectures chargés de la mise en œuvre de la réglementation concernant les ressortissants étrangers, individuellement désignés et spécialement habilités par le préfet et, à Paris, par le préfet de police ;

2° Aux fins d'administration du traitement, les agents relevant des services centraux du ministère de l'intérieur chargés de l'immigration et du séjour ainsi que des applications et des systèmes d'information relatifs aux étrangers en France, individuellement désignés et spécialement habilités par le ministre de l'intérieur.

II. - Peuvent accéder, à des fins exclusives d'établissement de statistiques, aux informations anonymisées obtenues à partir du traitement mentionné à l'article R. 221-15-1 les agents chargés des études et des statistiques affectés à la direction générale des étrangers en France et à la direction de la recherche, des études, de l'évaluation et des statistiques du ministère chargé des affaires sociales, dans le respect de l'article 7 *bis* de la loi n° 51-711 du 7 juin 1951 modifiée sur l'obligation, la coordination et le secret en matière de statistiques.

Rejet, pour l'essentiel, du recours pour excès de pouvoir contre le décret n° 2019-57 du 30 janvier 2019 relatif aux modalités d'évaluation des personnes se déclarant mineures et privées temporairement ou définitivement de la protection de leur famille et autorisant la création d'un traitement de données à caractère personnel relatif à ces personnes (dit « AEM »). Le Conseil d'État estime que ledit décret ne méconnaît pas l'intérêt supérieur de l'enfant, mais il précise que l'étranger se déclarant mineur doit faire l'objet, sans que cela ne soit subordonné à son passage en préfecture, d'un accueil provisoire d'urgence dans l'attente de l'évaluation de sa situation, ladite évaluation devant relever d'une approche pluridisciplinaire et ne pouvant reposer sur la seule consultation de bases de données consultées en préfecture ni la majorité être déduite du seul refus de se rendre en préfecture. Par ailleurs, aucune mesure d'éloignement ne peut être prise à l'issue du passage en préfecture tant que l'évaluation de la minorité n'est pas terminée. Enfin, le fichier n'a pas de finalité pénale, le procureur de la République n'étant destinataire des informations collectées qu'au titre de ses missions de protection des mineurs en danger, et les données collectées ne pouvant, sous réserve de l'exercice du droit de communication des autorités mentionnées à l'article 3 de la loi du 6 janvier 1978, être utilisées aux fins de recherche et d'établissement de l'existence d'infractions pénales (▪ CE, ch. réunies, 5 févr. 2020, n° 428478 : *Juris-Data* n° 2020-001540).

Art. L. 142-4. – **Dans le cadre de sa mission de coordination de la gestion de l'hébergement dans les lieux d'hébergement, prévue à l'article L. 121-1, l'Office français de l'immigration et de l'intégration conçoit, met en œuvre et gère, dans les conditions prévues par le règlement (UE) 2016/679 du 27 avril 2016 relatif à la protection des personnes physiques à l'égard des traitements des données à caractère personnel et à la libre circulation de ces données et par la loi n° 78-17 du 6 janvier 1978 relative à l'informatique, aux fichiers et aux libertés, un traitement automatisé de données relatives aux capacités des lieux d'hébergement, à l'utilisation de ces capacités et aux demandeurs d'asile qui y sont accueillis.**

Les personnes morales chargées de la gestion des lieux d'hébergement mentionnés à l'article L. 552-1 sont tenues de déclarer à l'office, dans le cadre du traitement automatisé de données, les places disponibles dans les lieux d'hébergement. Ces personnes morales sont tenues d'alerter l'autorité administrative compétente en cas d'absence injustifiée et prolongée des personnes qui y ont été orientées pour la durée de la procédure et en cas de comportement violent ou de manquement grave au règlement du lieu d'hébergement.

Art. L. 142-5. – **Les modalités d'application du présent chapitre sont fixées, pour chacun des traitements mentionnés aux articles L. 142-1 à L. 142-4, par décret en Conseil d'État, pris après avis de la Commission nationale de l'informatique et des libertés. Ces décrets précisent, notamment, la durée de conservation et les conditions de mise à jour des données à caractère personnel et des informations enregistrées, les catégories de personnes pouvant y accéder et les modalités d'habilitation de celles-ci ainsi que, les conditions dans lesquelles les personnes intéressées peuvent exercer leurs droits.**

Livre II. – DISPOSITIONS APPLICABLES AUX CITOYENS DE L'UNION EUROPÉENNE ET AUX MEMBRES DE LEUR FAMILLE

....

Titre V. – DÉCISIONS D'ÉLOIGNEMENT

Chapitre I. – OBLIGATION DE QUITTER LE TERRITOIRE FRANÇAIS

Section 1. – Décision portant obligation de quitter le territoire français

Art. L. 251-1. – **L'autorité administrative compétente peut, par décision motivée, obliger les étrangers dont la situation est régie par le présent livre, à quitter le territoire français lorsqu'elle constate les situations suivantes :**

1° Ils ne justifient plus d'aucun droit au séjour tel que prévu par les articles L. 232-1, L. 233-1, L. 233-2 ou L. 233-3 ;

2° Leur comportement personnel constitue, du point de vue de l'ordre public ou de la sécurité publique, une menace réelle, actuelle et suffisamment grave à l'encontre d'un intérêt fondamental de la société ;

3° Leur séjour est constitutif d'un abus de droit.

Constitue un abus de droit le fait de renouveler des séjours de moins de trois mois dans le but de se maintenir sur le territoire alors que les conditions requises pour un séjour d'une durée supérieure à trois mois ne sont pas remplies, ainsi que le séjour en France dans le but essentiel de bénéficier du système d'assistance sociale.

L'autorité administrative compétente tient compte de l'ensemble des circonstances relatives à leur situation, notamment la durée du séjour des intéressés en France, leur âge, leur état de santé, leur situation familiale et économique, leur intégration sociale et culturelle en France, et l'intensité des liens avec leur pays d'origine.

Art. L. 251-2. – Ne peuvent faire l'objet d'une décision portant obligation de quitter le territoire français en application de l'article L. 251-1 les citoyens de l'Union européenne ainsi que les membres de leur famille qui bénéficient du droit au séjour permanent prévu par l'article L. 234-1.

Section 2. – Décisions pouvant assortir l'obligation de quitter le territoire français

Sous-section 1. – Délai de départ volontaire

Art. L. 251-3. – Les étrangers dont la situation est régie par le présent livre disposent, pour satisfaire à l'obligation qui leur a été faite de quitter le territoire français, d'un délai de départ volontaire d'un mois à compter de la notification de la décision.

L'autorité administrative ne peut réduire le délai prévu au premier alinéa qu'en cas d'urgence et ne peut l'allonger qu'à titre exceptionnel.

Sous-section 2. – Interdiction de circulation sur le territoire français

Art. L. 251-4. – L'autorité administrative peut, par décision motivée, assortir la décision portant obligation de quitter le territoire français édictée sur le fondement des 2° ou 3° de l'article L. 251-1 d'une interdiction de circulation sur le territoire français d'une durée maximale de trois ans.

Art. L. 251-5. – L'autorité administrative peut à tout moment abroger l'interdiction de circulation sur le territoire français.

Lorsque l'étranger sollicite l'abrogation de l'interdiction de circulation sur le territoire français, sa demande n'est recevable que s'il justifie résider hors de France depuis un an au moins. Cette condition ne s'applique pas :

1° Pendant le temps où l'étranger purge en France une peine d'emprisonnement ferme ;

2° Lorsque l'étranger fait l'objet d'une mesure d'assignation à résidence prise en application de l'article L. 262-1.

Art. L. 251-6. – Le sixième alinéa de l'article L. 251-1 et les articles L. 251-3, L. 251-7 et L. 261-1 sont applicables à l'interdiction de circulation sur le territoire français.

Section 3. – Procédure contentieuse

Art. L. 251-7. – Les décisions portant obligation de quitter le territoire français et les interdictions de circulation sur le territoire français prises en application du présent chapitre peuvent être contestées devant le tribunal administratif dans les conditions prévues au chapitre IV du titre I du livre VI. L'article L. 614-5 n'est toutefois pas applicable.

Art. L. 251-8. – Si la décision relative au délai de départ volontaire est annulée, une nouvelle décision est prise en application de l'article L. 251-3.

Chapitre II. – EXPULSION

Art. L. 252-1. – L'étranger dont la situation est régie par le présent livre peut faire l'objet d'une décision d'expulsion, prévue à l'article L. 631-1, sous réserve que son comportement personnel représente une menace réelle, actuelle et suffisamment grave pour un intérêt fondamental de la société.

Pour prendre une telle décision, l'autorité administrative tient compte de l'ensemble des circonstances relatives à sa situation, notamment la durée de son séjour sur le territoire national, son âge, son état de santé, sa situation familiale et économique, son intégration sociale et culturelle dans la société française ainsi que l'intensité de ses liens avec son pays d'origine.

Art. L. 252-2. – Sous réserve que l'article L. 631-3 n'y fasse pas obstacle, le citoyen de l'Union européenne qui séjourne régulièrement en France depuis dix ans ne peut faire l'objet d'une décision d'expulsion, en application de l'article L. 631-2, que si elle constitue une nécessité impérieuse pour la sûreté de l'État ou la sécurité publique.

Par dérogation au dernier alinéa de l'article L. 631-2, la circonstance qu'il a été condamné définitivement à une peine d'emprisonnement ferme au moins égale à cinq ans n'a pas pour effet de le priver du bénéfice des dispositions du présent article.

Chapitre III. – AUTRES DISPOSITIONS APPLICABLES

Art. L. 253-1. – Outre les dispositions du présent titre, sont également applicables aux étrangers dont la situation est régie par le présent livre les dispositions de l'article L. 611-3, du second alinéa de l'article L. 613-3, de la première phrase de l'article L. 613-6, du chapitre IV du titre I du livre VI à l'exception de celles de l'article L. 614-5, et des articles L. 631-1 à L. 631-4, L. 632-1 à L. 632-7 et L. 641-1 à L. 641-3.

Titre VI. – EXÉCUTION DES DÉCISIONS D'ÉLOIGNEMENT

Chapitre I. – EXÉCUTION D'OFFICE DE LA DÉCISION PORTANT OBLIGATION DE QUITTER LE TERRITOIRE FRANÇAIS

Art. L. 261-1. – La décision portant obligation de quitter le territoire français prévue à l'article L. 251-1 mentionne le pays, fixé en application de l'article L. 721-4, à destination duquel les étrangers dont la situation est régie par le présent livre sont renvoyés en cas d'exécution d'office.

Chapitre II. – ASSIGNATION À RÉSIDENCE

Art. L. 262-1. – Les étrangers dont la situation est régie par le présent livre peuvent être assignés à résidence dans les conditions et selon les modalités prévues :

1° Au 1° de l'article L. 731-1 et au 1° de l'article L. 731-3, lorsqu'ils font l'objet d'une décision portant obligation de quitter le territoire français prise en application de l'article L. 251-1 ;

2° Au 2° de l'article L. 731-1 et au 2° de l'article L. 731-3, lorsqu'ils font l'objet d'une interdiction de circulation sur le territoire français prise en application de l'article L. 251-4.

Chapitre III. – RÉTENTION ADMINISTRATIVE

Art. L. 263-1. – Les étrangers dont la situation est régie par le présent livre peuvent être placés en rétention administrative dans les conditions et selon les modalités prévues aux articles L. 741-1, L. 741-4, L. 741-5 et L. 741-7 lorsqu'ils font l'objet d'une décision portant obligation de quitter le territoire français ou d'une interdiction de circulation sur le territoire français prise en application du chapitre I du titre IV.

Chapitre IV. – AUTRES DISPOSITIONS APPLICABLES

Art. L. 264-1. – Outre les dispositions du présent titre, sont également applicables aux étrangers dont la situation est régie par le présent livre les dispositions des articles L. 711-1, du troisième alinéa de l'article L. 711-2, des articles L. 721-2 à L. 721-5, L. 722-1 à L. 722-8, L. 722-11, des 6°, 7° et 8° et du dernier alinéa de l'article L. 731-1, de l'article L. 731-2, des 6°, 7° et 8° de l'article L. 731-3, des articles L. 731-4, L. 731-5, L. 732-1 à L. 732-9, L. 733-1 à L. 733-17, L. 741-1 à L. 744-17, L. 752-1 à L. 752-12, L. 753-1 à L. 753-12, L. 754-1 et L. 754-3 à L. 754-8.

Titre VII. – CONTRÔLES ET SANCTIONS

Art. L. 270-1. – Sont applicables aux étrangers dont la situation est régie par le présent livre les dispositions du titre I du livre VIII ainsi que les dispositions des articles L. 821-3 à L. 821-5, L. 822-1 à L. 822-6, L. 823-1 à L. 823-10, L. 823-11 à L. 823-17, L. 824-1 à L. 824-9 et L. 824-11.

....

Livre III. – ENTRÉE EN FRANCE

Titre III. – CONTRÔLES AUX FRONTIÈRES ET REFUS D'ENTRÉE SUR LE TERRITOIRE FRANÇAIS

Art. L. 330-1. – Conformément à l'article L. 223-1, les dispositions des articles L. 331-1 à L. 331-3, L. 332-1, L. 332-2, L. 333-1 et L. 333-2 sont applicables à l'étranger dont la situation est régie par le livre II.

Chapitre I. – CONTRÔLES AUX FRONTIÈRES

Art. L. 331-1. – Conformément à l'article 2 du règlement (UE) 2016/399 du Parlement européen et du Conseil du 9 mars 2016 concernant un code de l'Union relatif au régime de franchissement des frontières par les personnes (Code frontières Schengen), les frontières intérieures sont les frontières terrestres communes, y compris fluviales et lacustres, des États membres, leurs aéroports pour les vols intérieurs ainsi que leurs ports maritimes, fluviaux et lacustres pour les liaisons régulières intérieures par transbordeur.

Les frontières extérieures sont les frontières terrestres, y compris fluviales et lacustres, des États membres, leurs frontières maritimes ainsi que, pour autant qu'ils ne soient pas des frontières intérieures, leurs aéroports, ports fluviaux, maritimes et lacustres.

Art. L. 331-2. – Les contrôles aux frontières extérieures sont exercés dans les conditions prévues au chapitre II du titre II du règlement 2016/399 du Parlement européen et du Conseil du 9 mars 2016.

Art. L. 331-3. – Dans les cas prévus au chapitre II du titre III du règlement 2016/399 du Parlement européen et du Conseil du 9 mars 2016, des contrôles aux frontières intérieures peuvent être réintroduits à titre temporaire.

Ces contrôles sont effectués dans les conditions prévues par ce règlement.

Chapitre II. – DÉCISION DE REFUS D'ENTRÉE À LA FRONTIÈRE

Art. L. 332-1. – L'étranger qui ne satisfait pas aux conditions d'admission prévues au titre I peut faire l'objet d'une décision de refus d'entrée, sans préjudice des dispositions particulières relatives au droit d'asile et à la protection internationale ou à la délivrance de visas de long séjour.

Art. L. 332-2. – La décision de refus d'entrée, qui est écrite et motivée, est prise par un agent relevant d'une catégorie fixée par voie réglementaire.

La notification de la décision de refus d'entrée mentionne le droit de l'étranger d'avertir ou de faire avertir la personne chez laquelle il a indiqué qu'il devait se rendre, son consulat ou le conseil de son choix. Elle mentionne le droit de l'étranger de refuser d'être rapatrié avant l'expiration du délai d'un jour franc dans les conditions prévues à l'article L. 333-2.

La décision et la notification des droits qui l'accompagne lui sont communiquées dans une langue qu'il comprend.

Une attention particulière est accordée aux personnes vulnérables, notamment aux mineurs accompagnés ou non d'un adulte.

Art. L. 332-3. – La procédure prévue à l'article L. 332-2 est applicable à la décision de refus d'entrée prise à l'encontre de l'étranger en application de l'article 6 du règlement 2016/399 du Parlement européen et du Conseil du 9 mars 2016. Elle est également applicable lors de vérifications effectuées à une frontière intérieure en cas de réintroduction temporaire du contrôle aux frontières intérieures dans les conditions prévues au chapitre II du titre III du même règlement.

Chapitre III. – EXÉCUTION D'OFFICE DE LA DÉCISION DE REFUS D'ENTRÉE À LA FRONTIÈRE

Art. L. 333-1. – La décision de refus d'entrée sur le territoire français dont l'étranger fait l'objet peut être exécutée d'office par l'autorité administrative.

Art. L. 333-2. – L'étranger peut refuser d'être rapatrié avant l'expiration du délai d'un jour franc.

L'étranger mineur non accompagné d'un représentant légal ne peut être rapatrié avant l'expiration du même délai.

Le présent article n'est pas applicable aux refus d'entrée notifiés à la frontière terrestre de la France.

Art. L. 333-3. – Lorsque l'entrée en France est refusée à un étranger, l'entreprise de transport aérien ou maritime qui l'a acheminé est tenue de le ramener sans délai, à la requête des autorités chargées du contrôle des personnes à la frontière, au point où il a commencé à utiliser le moyen de transport de cette entreprise. En cas d'impossibilité, l'étranger est ramené dans l'État qui a délivré le document de voyage avec lequel il a voyagé ou en tout autre lieu où il peut être admis.

Il en va de même lorsqu'il est acheminé par une entreprise de transport routier exploitant des liaisons internationales sous la forme de lignes régulières, de services occasionnels ou de navette, à l'exclusion des trafics frontaliers.

Lorsqu'il est acheminé par une entreprise de transport ferroviaire, cette dernière est tenue, à la requête des autorités chargées du contrôle des personnes à la frontière, de mettre à la disposition de ces autorités des places permettant le réacheminement de cet étranger au-delà de la frontière française.

Art. L. 333-4. – L'obligation de réacheminer un étranger prévue à l'article L. 333-3 est applicable, en cas de transit aérien ou maritime, dans les situations suivantes :

1° L'entreprise de transport qui devait acheminer l'étranger dans le pays de destination ultérieure refuse de l'embarquer ;

2° Les autorités du pays de destination ont refusé l'entrée à l'étranger et l'ont renvoyé en France.

Art. L. 333-5. – Lorsqu'un refus d'entrée a été prononcé, les frais de réacheminement de l'étranger incombent à l'entreprise de transport aérien, maritime ou ferroviaire ou de transport routier exploitant des liaisons internationales sous la forme de lignes régulières, de services occasionnels ou de navette, à l'exclusion des trafics frontaliers, qui l'a acheminé en France. Il en est de même lorsque l'étranger est placé en zone d'attente en application du deuxième alinéa de l'article L. 341-1.

Incombent également à cette entreprise les frais de prise en charge de l'étranger placé ou maintenu en zone d'attente en application du titre IV, à compter de la décision de placement jusqu'à la fin du placement ou du maintien.

Titre IV. – ZONE D'ATTENTE

Art. L. 340-1. – Conformément à l'article L. 223-1, les dispositions du présent titre sont applicables à l'étranger dont la situation est régie par le livre II.

Chapitre I. – PLACEMENT EN ZONE D'ATTENTE

Section 1. – Décision de placement en zone d'attente

Art. L. 341-1. – L'étranger qui arrive en France par la voie ferroviaire, maritime ou aérienne et qui n'est pas autorisé à entrer sur le territoire français peut être placé dans une zone d'attente située dans une gare ferroviaire ouverte au trafic international figurant sur une liste définie par voie réglementaire, dans un port ou à proximité du lieu de débarquement ou dans un aéroport, pendant le temps strictement nécessaire à son départ.

Peut également être placé en zone d'attente l'étranger qui se trouve en transit dans une gare, un port ou un aéroport si l'entreprise de transport qui devait l'acheminer dans le pays de destination ultérieure refuse de l'embarquer ou si les autorités du pays de destination lui ont refusé l'entrée et l'ont renvoyé en France.

Il en est de même lorsqu'il est manifeste qu'un étranger appartient à un groupe d'au moins dix étrangers venant d'arriver en France en dehors d'un point de passage frontalier, en un même lieu ou sur un ensemble de lieux distants d'au plus dix kilomètres.

Art. L. 341-2. – Le placement en zone d'attente est prononcé pour une durée qui ne peut excéder quatre jours par une décision écrite et motivée d'un agent relevant d'une catégorie fixée par voie réglementaire.

Cette décision est inscrite sur un registre mentionnant l'état civil de l'intéressé et la date et l'heure auxquelles la décision de placement lui a été notifiée. Elle est portée sans délai à la connaissance du procureur de la République.

Art. L. 341-3. – L'étranger placé en zone d'attente est informé de ses droits dans les conditions prévues à l'article L. 343-1.

Art. L. 341-4. – Les modalités d'application de la présente section sont fixées par décret en Conseil d'État.

Section 2. – Délimitation de la zone d'attente

Art. L. 341-5. – Les locaux des zones d'attente ne relèvent pas de l'administration pénitentiaire. Ils sont matériellement distincts et séparés des lieux de rétention mentionnés au livre VII.

Art. L. 341-6. – La zone d'attente s'étend des points d'embarquement et de débarquement à ceux où sont effectués les contrôles des personnes.

Elle est délimitée par l'autorité administrative compétente. Elle peut inclure, sur l'emprise, ou à proximité, de la gare, du port ou de l'aéroport ou à proximité du lieu de débarquement, un ou plusieurs lieux d'hébergement assurant aux étrangers concernés des prestations de type hôtelier.

Dans ces lieux d'hébergement, un espace permettant aux avocats de s'entretenir confidentiellement avec les étrangers est prévu. À cette fin, sauf en cas de force majeure, il est accessible en toutes circonstances sur demande de l'avocat.

Dans le cas où un groupe d'au moins dix étrangers est arrivé en France en dehors d'un point de passage frontalier, prévu au troisième alinéa de l'article L. 341-1, la zone d'attente s'étend, pour une durée maximale de vingt-six jours, du ou des lieux de découverte des intéressés jusqu'au point de passage frontalier le plus proche.

Art. L. 341-7. – La zone d'attente s'étend, sans qu'il soit besoin de prendre une décision particulière, aux lieux dans lesquels l'étranger doit se rendre soit dans le cadre de la procédure en cours, soit en cas de nécessité médicale.

Chapitre II. – MAINTIEN EN ZONE D'ATTENTE

Section 1. – Conditions dans lesquelles l'étranger peut être maintenu en zone d'attente

Art. L. 342-1 *(Ord. n° 2020-1733, 16 déc. 2020)*. – Le maintien en zone d'attente au-delà de quatre jours à compter de la décision de placement initiale peut être autorisé, par le juge des libertés et de la détention statuant sur l'exercice effectif des droits reconnus à l'étranger, pour une durée qui ne peut être supérieure à huit jours.

Compétence. L'appréciation de la légalité des décisions de placement en zone d'attente relève de la compétence des juridictions administratives ; le juge judiciaire saisi d'une demande de maintien plus de quatre jours au-delà de la décision initiale de placement ne peut donc se prononcer sur le moment d'entrée en vigueur de l'arrêté préfectoral créant une zone d'attente temporaire ni sur la suffisante précision de la délimitation de cette zone (■ Cass. 1re civ., 9 févr. 2022, n° 19-15.655 : *Dalloz* 2022, p. 282).

Art. L. 342-2. – La requête aux fins de maintien en zone d'attente expose les raisons pour lesquelles l'étranger n'a pu être rapatrié ou, s'il a demandé l'asile, admis, et le délai nécessaire pour assurer son départ de la zone d'attente.

Art. L. 342-3. – L'étranger est maintenu à disposition de la justice dans des conditions fixées par le procureur de la République pendant le temps strictement nécessaire à la tenue de l'audience et au prononcé de l'ordonnance.

Art. L. 342-4. – À titre exceptionnel ou en cas de volonté délibérée de l'étranger de faire échec à son départ, le maintien en zone d'attente au-delà de douze jours peut être renouvelé, dans les conditions prévues au présent chapitre, par le juge des libertés et de la détention, pour une durée qu'il détermine et qui ne peut être supérieure à huit jours.

Toutefois, lorsque l'étranger dont l'entrée sur le territoire français a été refusée dépose une demande d'asile dans les six derniers jours de cette nouvelle période de maintien en zone d'attente, celle-ci est prorogée d'office de six jours à compter du jour de la demande. Cette décision est mentionnée sur le registre prévu au second alinéa de l'article L. 341-2 et portée à la connaissance du procureur de la République dans les conditions prévues au même article. Le juge des libertés et de la détention est informé immédiatement de cette prorogation. Il peut y mettre un terme.

Section 2. – Jugement de la requête aux fins de maintien en zone d'attente

Art. L. 342-5. – Le juge des libertés et de la détention statue par ordonnance dans les vingt-quatre heures de sa saisine ou, lorsque les nécessités de l'instruction l'imposent, dans les quarante-huit heures de celle-ci. Il statue après audition de l'intéressé, ou de son conseil s'il en a un, ou celui-ci dûment averti.

Art. L. 342-6. – Le juge des libertés et de la détention statue au siège du tribunal judiciaire. Toutefois, si une salle d'audience attribuée au ministère de la justice lui permettant de statuer publiquement a été spécialement aménagée sur l'emprise ferroviaire, portuaire ou aéroportuaire, il statue dans cette salle.

Sous réserve de l'application de l'article 435 du Code de procédure civile, le juge des libertés et de la détention statue publiquement.

En cas de nécessité, le président du tribunal judiciaire peut décider de tenir une seconde audience au siège du tribunal judiciaire, le même jour que celle qui se tient dans la salle spécialement aménagée.

Art. L. 342-7. – Par décision du juge des libertés et de la détention prise sur une proposition de l'autorité administrative, les audiences prévues à la présente section peuvent se dérouler avec l'utilisation de moyens de télécommunication audiovisuelle garantissant la confidentialité de la transmission. Il est alors dressé, dans chacune des deux salles d'audience ouvertes au public, un procès-verbal des opérations effectuées.

Art. L. 342-8. – À peine d'irrecevabilité, prononcée d'office, aucune irrégularité antérieure à l'audience relative à la première prolongation du maintien en zone d'attente ne peut être soulevée lors de l'audience relative à la seconde prolongation.

Art. L. 342-9. – En cas de violation des formes prescrites par la loi à peine de nullité ou d'inobservation des formalités substantielles, le juge des libertés et de la détention saisi d'une demande sur ce motif ou qui relève d'office une telle irrégularité ne peut prononcer la mainlevée du maintien en zone d'attente que lorsque cette irrégularité a eu pour effet de porter atteinte aux droits de l'étranger.

Art. L. 342-10. – L'existence de garanties de représentation de l'étranger n'est pas à elle seule susceptible de justifier le refus de prolongation de son maintien en zone d'attente.

Art. L. 342-11. – Lorsqu'une ordonnance du juge des libertés et de la détention met fin au maintien en zone d'attente, elle est immédiatement notifiée au ministère public.

L'étranger est maintenu à la disposition de la justice pendant un délai de dix heures à compter de cette notification, à moins que le procureur de la République n'en dispose autrement.

Section 3. – Voies de recours

Art. L. 342-12. – Les ordonnances du juge des libertés et de la détention mentionnées à la présente section sont susceptibles d'appel devant le premier président de la cour d'appel ou son délégué.

L'appel peut être formé par l'étranger, le ministère public et l'autorité administrative compétente.

Le premier président de la cour d'appel ou son délégué est saisi sans forme et doit statuer dans les quarante-huit heures de sa saisine.

Art. L. 342-13. – L'appel n'est pas suspensif.

Toutefois, le ministère public peut demander au premier président de la cour d'appel ou à son délégué de déclarer son recours suspensif. Dans ce cas, l'appel, accompagné de la demande, est formé dans un délai de dix heures à compter de la notification de l'ordonnance au procureur de la République et transmis au premier président de la cour d'appel ou à son délégué. Celui-ci décide, sans délai, s'il y a lieu, au vu des pièces du dossier, de donner à cet

appel un effet suspensif. Il statue par une ordonnance motivée rendue contradictoirement qui n'est pas susceptible de recours.

L'intéressé est maintenu à la disposition de la justice jusqu'à ce que cette ordonnance soit rendue et, si elle donne un effet suspensif à l'appel du ministère public, jusqu'à ce qu'il soit statué sur le fond.

Art. L. 342-14. – Le premier président de la cour d'appel ou son délégué peut, par ordonnance motivée et sans avoir préalablement convoqué les parties, rejeter les déclarations d'appel manifestement irrecevables.

Art. L. 342-15. – Les règles de procédure ou de forme prévues aux articles L. 342-7 à L. 342-10 ainsi qu'au premier alinéa de l'article L. 342-11 sont applicables en appel.

Les règles prévues aux articles L. 342-8, L. 342-9 et L. 342-10 sont également applicables devant la Cour de cassation.

Section 4. – Droits garantis à l'étranger au cours de la procédure juridictionnelle

Art. L. 342-16. – L'étranger peut demander au juge des libertés et de la détention qu'il lui soit désigné un conseil d'office.

Le mineur non accompagné est assisté d'un avocat choisi par l'administrateur *ad hoc* ou, à défaut, commis d'office.

Art. L. 342-17. – L'étranger peut demander au juge des libertés et de la détention le concours d'un interprète et la communication de son dossier. Il en va de même de l'administrateur *ad hoc* dans le cas du mineur mentionné à l'article L. 343-2.

Sont à la charge de l'État et sans recours contre l'étranger, dans les conditions prévues pour les frais de justice criminelle, correctionnelle ou de police, les honoraires et indemnités des interprètes désignés pour l'assister au cours de la procédure juridictionnelle de maintien en zone d'attente prévue par le présent chapitre.

Art. L. 342-18. – Durant la période pendant laquelle il est maintenu à disposition de la justice, dans les conditions prévues à l'article L. 342-3, l'étranger est mis en mesure, s'il le souhaite, de contacter son avocat et un tiers, de rencontrer un médecin et de s'alimenter.

Section 5. – Fin du maintien en zone d'attente

Art. L. 342-19. – Si le maintien en zone d'attente n'est pas prolongé au terme du délai fixé par la dernière décision de maintien, l'étranger est autorisé à entrer en France sous couvert d'un visa de régularisation de huit jours. Il devra avoir quitté le territoire français à l'expiration de ce délai, sauf s'il obtient une autorisation provisoire de séjour, un document provisoire délivré à l'occasion d'une demande de titre de séjour ou une attestation de demande d'asile.

Chapitre III. – RÉGIME DE LA ZONE D'ATTENTE

Section 1. – Droits des étrangers en zone d'attente

Art. L. 343-1. – L'étranger placé en zone d'attente est informé, dans les meilleurs délais, qu'il peut demander l'assistance d'un interprète et d'un médecin, communiquer avec un conseil ou toute personne de son choix et quitter à tout moment la zone d'attente pour toute destination située hors de France. Il est également informé des droits qu'il est susceptible d'exercer en matière de demande d'asile. Ces informations lui sont communiquées dans une langue qu'il comprend. Mention en est faite sur le registre mentionné au second alinéa de l'article L. 341-2, qui est émargé par l'intéressé.

En cas de placement simultané en zone d'attente d'un nombre important d'étrangers, la notification des droits mentionnés au premier alinéa s'effectue dans les meilleurs délais, compte tenu du nombre d'agents de l'autorité administrative et d'interprètes disponibles. De même, dans ces mêmes circonstances particulières, les droits notifiés s'exercent dans les meilleurs délais.

Si l'étranger placé en zone d'attente dispose du droit de communiquer avec un conseil, il ne peut se prévaloir d'un droit à l'assistance d'un avocat, non prévu par la loi ; il appartient par ailleurs à l'étranger souhaitant bénéficier d'une prestation d'interprétariat, notamment lors de la venue de son avocat, d'en faire la demande auprès de l'autorité administrative, qui est alors tenue de prendre les dispositions nécessaires afin que l'étranger puisse les contacter et qu'ils puissent accéder à la zone d'attente (■ Cass. 1re civ., 9 févr. 2022, n° 19-15.655 : *Dalloz* 2022, p. 282).

Art. L. 343-2. – **Lorsqu'un étranger mineur non accompagné d'un représentant légal n'est pas autorisé à entrer en France, le procureur de la République, avisé immédiatement par l'autorité administrative, lui désigne sans délai un administrateur *ad hoc*. Celui-ci assiste le mineur durant son maintien en zone d'attente et assure sa représentation dans le cadre des procédures administratives et juridictionnelles relatives à ce maintien.**

Il assure également la représentation du mineur dans toutes les procédures administratives et juridictionnelles afférentes à son entrée en France.

L'administrateur *ad hoc* est désigné par le procureur de la République compétent sur une liste de personnes morales ou physiques dont les modalités de constitution sont fixées par décret en Conseil d'État. Ce décret précise également les conditions de leur indemnisation.

Art. L. 343-3. – **Pendant toute la durée du maintien en zone d'attente, l'étranger dispose des droits qui lui sont reconnus à l'article L. 343-1.**

Le procureur de la République ainsi que, à l'issue des quatre premiers jours, le juge des libertés et de la détention, peuvent se rendre sur place pour vérifier les conditions de ce placement et se faire communiquer le registre mentionné au second alinéa de l'article L. 341-2.

Le procureur de la République visite les zones d'attente chaque fois qu'il l'estime nécessaire et au moins une fois par an.

....

Livre IV. – SÉJOUR EN FRANCE

....

Titre II. – CATÉGORIES DE TITRES DE SÉJOUR

Chapitre III. – TITRES DE SÉJOUR POUR MOTIF FAMILIAL

Section 1. – Étranger conjoint de Français

Art. L. 423-1 ***(Mod., L. n° 2021-1109, 24 août 2021).*** – **L'étranger marié avec un ressortissant français, se voit délivrer une carte de séjour temporaire portant la mention « vie privée et familiale » d'une durée d'un an lorsque les conditions suivantes sont réunies :**

1° La communauté de vie n'a pas cessé depuis le mariage ;

2° Le conjoint a conservé la nationalité française ;

3° Lorsque le mariage a été célébré à l'étranger, il a été transcrit préalablement sur les registres de l'état civil français.

Art. L. 423-2 ***(Mod., L. n° 2021-1109, 24 août 2021).*** – **L'étranger, entré régulièrement et marié en France avec un ressortissant français avec lequel il justifie d'une vie commune et effective de six mois en France, se voit délivrer une carte de séjour temporaire portant la mention « vie privée et familiale » d'une durée d'un an. La condition prévue à l'article L. 412-1 n'est pas opposable.**

Art. L. 423-3. – **Lorsque la rupture du lien conjugal ou la rupture de la vie commune est constatée au cours de la durée de validité de la carte de séjour prévue aux articles L. 423-1 ou L. 423-2, cette dernière peut être retirée.**

Le renouvellement de la carte est subordonné au maintien du lien conjugal et de la communauté de vie avec le conjoint qui doit avoir conservé la nationalité française.

Art. L. 423-4. – **La rupture du lien conjugal n'est pas opposable lorsqu'elle résulte du décès du conjoint. Il en va de même de la rupture de la vie commune.**

Art. L. 423-5 *(Mod., L. n° 2021-1109, 24 août 2021)*. – La rupture de la vie commune n'est pas opposable lorsqu'elle est imputable à des violences familiales ou conjugales ou lorsque l'étranger a subi une situation de polygamie.

En cas de rupture de la vie commune imputable à des violences familiales ou conjugales subies après l'arrivée en France du conjoint étranger, mais avant la première délivrance de la carte de séjour temporaire, le conjoint étranger se voit délivrer la carte de séjour prévue à l'article L. 423-1 sous réserve que les autres conditions de cet article soient remplies.

Voir : art. 132-80, p. 314, art. 222-10, p. 383, art. 222-12 et 222-13, p. 388.

Art. L. 423-6. – L'étranger marié depuis au moins trois ans avec un ressortissant français se voit délivrer une carte de résident d'une durée de dix ans à condition qu'il séjourne régulièrement en France depuis trois ans et que la communauté de vie entre les époux n'ait pas cessé depuis le mariage, que le conjoint ait conservé la nationalité française et, lorsque le mariage a été célébré à l'étranger, qu'il ait été transcrit préalablement sur les registres de l'état civil français.

La délivrance de cette carte est subordonnée au respect des conditions d'intégration républicaine prévues à l'article L. 413-7.

Elle peut être retirée en raison de la rupture de la vie commune dans un délai maximal de quatre années à compter de la célébration du mariage.

Toutefois, lorsque la communauté de vie a été rompue par le décès de l'un des conjoints ou en raison de violences familiales ou conjugales, l'autorité administrative ne peut pas procéder au retrait pour ce motif.

En outre, lorsqu'un ou des enfants sont nés de cette union et sous réserve que l'étranger titulaire de la carte de résident établisse contribuer effectivement, depuis la naissance, à l'entretien et à l'éducation du ou des enfants dans les conditions prévues à l'article 371-2 du Code civil, l'autorité administrative ne peut pas procéder au retrait au motif de la rupture de la vie commune.

....

Section 5. – Étranger autorisé à séjourner en France au titre du regroupement familial

Art. L. 423-14. – L'étranger qui a été autorisé à séjourner en France au titre du regroupement familial dans les conditions prévues au chapitre IV du titre III, entré en France régulièrement et dont le conjoint est titulaire d'une carte de séjour temporaire, d'une carte de séjour pluriannuelle ou d'une carte de résident, se voit délivrer une carte de séjour temporaire portant la mention « vie privée et familiale » d'une durée d'un an.

Art. L. 423-15. – L'étranger qui a été autorisé à séjourner en France au titre du regroupement familial dans les conditions prévues au chapitre IV du titre III et dont l'un des parents au moins est titulaire d'une carte de séjour temporaire, d'une carte de séjour pluriannuelle ou d'une carte de résident se voit délivrer, dans l'année qui suit son dix-huitième anniversaire ou entre ses seize et dix-huit ans s'il entre dans les prévisions de l'article L. 421-35, une carte de séjour temporaire portant la mention « vie privée et familiale » d'une durée d'un an.

Art. L. 423-16. – Le conjoint d'un étranger titulaire de la carte de résident, qui a été autorisé à séjourner en France au titre du regroupement familial dans les conditions prévues au chapitre IV du titre III et qui justifie d'une résidence régulière non interrompue d'au moins trois années en France, se voit délivrer une carte de résident d'une durée de dix ans.

La délivrance de cette carte de résident est subordonnée au respect des conditions d'intégration républicaine prévues à l'article L. 413-7.

Cette carte est délivrée, dans les mêmes conditions, aux enfants de l'étranger mentionné au premier alinéa, dans l'année qui suit leur dix-huitième anniversaire ou lorsqu'ils entrent dans les prévisions de l'article L. 421-35.

Art. L. 423-17. – En cas de rupture de la vie commune ne résultant pas du décès de l'un des conjoints, le titre de séjour qui a été remis au conjoint d'un étranger peut, pendant les trois années suivant l'autorisation de séjourner en France au titre du regroupement familial, faire l'objet d'un retrait ou d'un refus de renouvellement.

Lorsque la rupture de la vie commune est antérieure à la demande de titre, l'autorité administrative refuse d'accorder ce titre.

Les dispositions du premier alinéa ne s'appliquent pas si un ou plusieurs enfants sont nés de cette union, lorsque l'étranger est titulaire de la carte de résident et qu'il établit contribuer effectivement, depuis la naissance, à l'entretien et à l'éducation du ou des enfants dans les conditions prévues à l'article 371-2 du Code civil.

Art. L. 423-18. – Lorsque l'étranger a subi des violences familiales ou conjugales et que la communauté de vie a été rompue, l'autorité administrative ne peut procéder au retrait du titre de séjour de l'étranger admis au séjour au titre du regroupement familial et en accorde le renouvellement. En cas de violence commise après l'arrivée en France du conjoint mais avant la première délivrance de la carte de séjour temporaire, le conjoint se voit délivrer une carte de séjour temporaire portant la mention « vie privée et familiale » d'une durée d'un an.

Art. L. 423-19. – Le titre de séjour d'un étranger qui n'entre pas dans les catégories mentionnées aux articles L. 631-2, L. 631-3 et L. 631-4 peut faire l'objet d'un retrait lorsque son titulaire a fait venir son conjoint ou ses enfants en dehors de la procédure du regroupement familial. La décision de retrait du titre de séjour est prise après avis de la commission du titre de séjour prévue à l'article L. 432-14.

Art. L. 423-20. – Les conditions d'application des articles L. 423-17 et L. 423-19 sont fixées par décret en Conseil d'État.

....

Chapitre IV. – TITRES DE SÉJOUR ACCORDÉS AUX BÉNÉFICIAIRES D'UNE PROTECTION INTERNATIONALE

Section 1. – Réfugiés

Art. L. 424-1. – L'étranger auquel la qualité de réfugié a été reconnue en application du livre V se voit délivrer une carte de résident d'une durée de dix ans.

Art. L. 424-2. – Après avoir déposé sa demande de carte de résident, et dans l'attente de la délivrance de cette carte, l'étranger mentionné à l'article L. 424-1 a le droit d'exercer la profession de son choix dans les conditions prévues à l'article L. 414-10.

Les conditions dans lesquelles l'étranger est autorisé à séjourner en France dans l'attente de la délivrance de la carte de résident sont déterminées par décret en Conseil d'État.

Art. L. 424-3. – La carte de résident prévue à l'article L. 424-1, délivrée à l'étranger reconnu réfugié, est également délivrée à :

1° Son conjoint, son partenaire avec lequel il est lié par une union civile ou son concubin, s'il a été autorisé à séjourner en France au titre de la réunification familiale dans les conditions prévues aux articles L. 561-2 à L. 561-5 ;

2° Son conjoint ou son partenaire avec lequel il est lié par une union civile, âgé d'au moins dix-huit ans, si le mariage ou l'union civile est postérieur à la date d'introduction de sa demande d'asile, à condition que le mariage ou l'union civile ait été célébré depuis au moins un an et sous réserve d'une communauté de vie effective entre époux ou partenaires, sans que la condition de régularité du séjour ne soit exigée ;

3° Ses enfants dans l'année qui suit leur dix-huitième anniversaire ou qui entrent dans les prévisions de l'article L. 421-35 ;

4° Ses parents si l'étranger qui a obtenu le bénéfice de la protection est un mineur non marié, sans que la condition de régularité du séjour ne soit exigée.

L'enfant visé au présent article s'entend de l'enfant ayant une filiation légalement établie, y compris l'enfant adopté, en vertu d'une décision d'adoption, sous réserve de la vérification par le ministère public de la régularité de cette décision lorsqu'elle a été prononcée à l'étranger.

Art. L. 424-4. – Le délai pour la délivrance de la carte de résident prévue à l'article L. 424-1 après la décision de reconnaissance de la qualité de réfugié par l'Office français de protection des réfugiés et apatrides ou la Cour nationale du droit d'asile est fixé par décret en Conseil d'État.

Art. L. 424-5. – L'étranger titulaire de la carte de résident prévue à l'article L. 424-1 peut se voir délivrer une carte de résident portant la mention « résident de longue durée-UE » d'une durée de dix ans dans les conditions prévues à l'article L. 426-17.

Par dérogation à l'article L. 426-17 est prise en compte dans le calcul des cinq années de résidence régulière ininterrompue la période comprise entre la date de dépôt de la demande d'asile, sur la base de laquelle a été reconnue la qualité de réfugié, et la date de délivrance de la carte de résident.

Son conjoint, le partenaire avec lequel il est lié par une union civile, son concubin et ses enfants dans l'année qui suit leur dix-huitième anniversaire ou qui entrent dans les prévisions de l'article L. 421-35, admis en France conformément à l'article L. 424-3, peuvent également se voir délivrer une carte de résident portant la mention « résident de longue durée-UE », dans les conditions prévues à l'article L. 426-17.

La décision d'accorder la carte de résident portant la mention « résident de longue durée-UE » prévue au présent article est subordonnée au respect des conditions d'intégration républicaine prévues au à l'article L. 413-7.

Art. L. 424-6. – Lorsqu'il est mis fin au statut de réfugié par décision définitive de l'Office français de protection des réfugiés et apatrides ou par décision de justice ou lorsque l'étranger renonce à ce statut, la carte de résident prévue aux articles L. 424-1 et L. 424-3 est retirée.

L'autorité administrative statue sur le droit au séjour des intéressés à un autre titre dans un délai fixé par décret en Conseil d'État.

La carte de résident ne peut être retirée en application du premier alinéa quand l'étranger est en situation régulière depuis au moins cinq ans.

Art. L. 424-7. – L'autorité administrative ne peut procéder au retrait de la carte de résident délivrée en application du 2° de l'article L. 424-3 lorsque la communauté de vie a été rompue en raison de violences conjugales ou familiales.

Art. L. 424-8. – La carte de résident portant la mention « résident de longue durée-UE » délivrée en application de l'article L. 424-5 peut être retirée à l'étranger lorsqu'il perd la qualité de réfugié en application du F de l'article 1er de la convention de Genève du 28 juillet 1951 relative au statut des réfugiés, ainsi qu'en cas d'obtention frauduleuse de cette qualité.

Section 2. – Bénéficiaires de la protection subsidiaire

Art. L. 424-9. – L'étranger qui a obtenu le bénéfice de la protection subsidiaire se voit délivrer une carte de séjour pluriannuelle portant la mention « bénéficiaire de la protection subsidiaire » d'une durée maximale de quatre ans.

Cette carte est délivrée dès la première admission au séjour de l'étranger.

Art. L. 424-10. – Après avoir déposé sa demande de carte de séjour pluriannuelle, et dans l'attente de la délivrance de cette carte, l'étranger mentionné à l'article L. 424-9 a le droit d'exercer la profession de son choix dans les conditions prévues à l'article L. 414-11.

Les conditions dans lesquelles l'étranger est autorisé à séjourner en France dans l'attente de la délivrance de cette carte de séjour sont déterminées par décret en Conseil d'État.

Art. L. 424-11. – Une carte de séjour pluriannuelle portant la mention « membre de la famille d'un bénéficiaire de la protection subsidiaire », identique à la carte prévue à l'article L. 424-9 délivrée à l'étranger qui a obtenu le bénéfice de la protection subsidiaire, est délivrée à :

1° Son conjoint, son partenaire avec lequel il est lié par une union civile ou à son concubin, s'il a été autorisé à séjourner en France au titre de la réunification familiale dans les conditions prévues aux articles L. 561-2 à L. 561-5 ;

2° Son conjoint ou partenaire avec lequel il est lié par une union civile, âgé d'au moins dix-huit ans, si le mariage ou l'union civile est postérieur à la date d'introduction de sa demande d'asile, à condition que le mariage ou l'union civile ait été célébré depuis au moins un an et sous réserve d'une communauté de vie effective entre époux ou partenaires ;

3° Ses enfants dans l'année qui suit leur dix-huitième anniversaire ou entrant dans les prévisions de l'article L. 421-35 ;

4° Ses parents si l'étranger qui a obtenu le bénéfice de la protection est un mineur non marié.

Art. L. 424-12. – Le délai pour la délivrance de la carte de séjour pluriannuelle prévue à l'article L. 424-9 à compter de la décision accordant le bénéfice de la protection subsidiaire par l'Office français de protection des réfugiés et apatrides ou la Cour nationale du droit d'asile est fixé par décret en Conseil d'État.

Art. L. 424-13. – L'étranger titulaire de la carte de séjour pluriannuelle délivrée aux bénéficiaires de la protection subsidiaire et aux membres de leur famille, prévue aux articles L. 424-9 et L. 424-11, et justifiant de quatre années de résidence régulière en France, se voit délivrer une carte de résident d'une durée de dix ans, sous réserve de la régularité du séjour.

Art. L. 424-14. – L'étranger titulaire de la carte de séjour pluriannuelle prévue à l'article L. 424-9 peut se voir délivrer une carte de résident portant la mention « résident de longue durée-UE », dans les conditions prévues à l'article L. 426-17.

Par dérogation à l'article L. 426-17 est prise en compte dans le calcul des cinq années de résidence régulière ininterrompue la période comprise entre la date de dépôt de la demande d'asile, sur la base de laquelle a été accordé le bénéfice de la protection subsidiaire, et la date de délivrance de la carte de séjour pluriannuelle.

Son conjoint, le partenaire avec lequel il est lié par une union civile, son concubin et ses enfants dans l'année qui suit leur dix-huitième anniversaire ou entrant dans les prévisions de l'article L. 421-35, admis en France conformément à l'article L. 424-11 peuvent également se voir délivrer une carte de résident portant la mention « résident de longue durée-UE », dans les conditions prévues à l'article L. 426-17.

La décision d'accorder la carte de résident portant la mention « résident de longue durée-UE » prévue au présent article est subordonnée au respect des conditions d'intégration républicaine prévues à l'article L. 413-7.

Art. L. 424-15. – Lorsqu'il est mis fin au bénéfice de la protection subsidiaire par décision définitive de l'Office français de protection des réfugiés et apatrides ou par décision de justice ou lorsque l'étranger renonce à ce bénéfice, la carte de séjour pluriannuelle prévue aux articles L. 424-9 et L. 424-11 est retirée.

L'autorité administrative statue sur le droit au séjour des intéressés à un autre titre dans un délai fixé par décret en Conseil d'État.

La carte de séjour pluriannuelle ne peut être retirée en application du premier alinéa quand l'étranger est en situation régulière depuis au moins cinq ans.

Art. L. 424-16. – La carte délivrée en application du 2° de l'article L. 424-11 ne peut être retirée par l'autorité administrative lorsque la communauté de vie a été rompue en raison de violences familiales ou conjugales.

Art. L. 424-17. – La carte de résident portant la mention « résident de longue durée-UE » délivrée à l'étranger en application de l'article L. 424-14 peut lui être retirée lorsqu'il perd le bénéfice de la protection subsidiaire en application de l'article L. 512-3, ainsi qu'en cas d'obtention frauduleuse.

Section 3. – Bénéficiaires du statut d'apatride

Art. L. 424-18. – L'étranger qui a obtenu le statut d'apatride en application du livre V se voit délivrer une carte de séjour pluriannuelle portant la mention « bénéficiaire du statut d'apatride » d'une durée maximale de quatre ans.

Cette carte est délivrée dès la première admission au séjour de l'étranger.

Art. L. 424-19. – Une carte de séjour pluriannuelle portant la mention « membre de la famille d'un bénéficiaire du statut d'apatride », identique à la carte prévue à l'article L. 424-18, délivrée à l'étranger qui a obtenu le statut d'apatride, est délivrée à :

1° Son conjoint, son partenaire avec lequel il est lié par une union civile ou à son concubin, s'il a été autorisé à séjourner en France au titre de la réunification familiale, conformément à l'article L. 582-5, dans les conditions prévues aux articles L. 561-2 à L. 561-5 ;

2° Son conjoint ou partenaire avec lequel il est lié par une union civile, âgé d'au moins dix-huit ans, si le mariage ou l'union civile est postérieur à la date d'introduction de sa demande d'asile, à condition que le mariage ou l'union civile ait été célébré depuis au moins un an et sous réserve d'une communauté de vie effective entre époux ou partenaires ;

3° Ses enfants dans l'année qui suit leur dix-huitième anniversaire ou entrant dans les prévisions de l'article L. 421-35 ;

4° Ses ascendants directs au premier degré si l'étranger qui a obtenu le bénéfice de la protection est un mineur non marié.

Art. L. 424-20. – **La carte délivrée en application du 2° de l'article L. 424-19 ne peut être retirée par l'autorité administrative lorsque la communauté de vie a été rompue en raison de violences familiales ou conjugales.**

Art. L. 424-21. – **L'étranger titulaire de la carte de séjour pluriannuelle délivrée aux bénéficiaires du statut d'apatride et aux membres de leur famille, prévue aux articles L. 424-18 et L. 424-19, et justifiant de quatre années de résidence régulière en France, se voit délivrer une carte de résident d'une durée de dix ans, sous réserve de la régularité du séjour.**

L'enfant concerné par les dispositions du premier alinéa s'entend de l'enfant ayant une filiation légalement établie, y compris l'enfant adopté, en vertu d'une décision d'adoption, sous réserve de la vérification par le ministère public de la régularité de cette décision lorsqu'elle a été prononcée à l'étranger.

Convention de New York du 28 septembre 1954

relative au statut des apatrides
(D. n° 60-1066, 4 oct. 1960)

Chapitre premier. – Dispositions générales

Art. premier. – *Définition du terme « apatride »*

1. Aux fins de la présente Convention, le terme « apatride » désigne une personne qu'aucun État ne considère comme son ressortissant par application de sa législation.

2. Cette Convention ne sera pas applicable :

i) Aux personnes qui bénéficient actuellement d'une protection ou d'une assistance de la part d'un organisme ou d'une institution des Nations Unies autre que le Haut Commissariat des Nations Unies pour les réfugiés, tant qu'elles bénéficieront de ladite protection ou de ladite assistance ;

ii) Aux personnes considérées par les autorités compétentes du pays dans lequel ces personnes ont établi leur résidence comme ayant les droits et les obligations attachés à la possession de la nationalité de ce pays ;

iii) Aux personnes dont on aura des raisons sérieuses de penser :

a) Qu'elles ont commis un crime contre la paix, un crime de guerre ou un crime contre l'humanité, au sens des instruments internationaux élaborés pour prévoir des dispositions relatives à ces crimes ;

b) Qu'elles ont commis un crime grave de droit commun en dehors du pays de leur résidence avant d'y être admises ;

c) Qu'elles se sont rendues coupables d'agissements contraires aux buts et aux principes des Nations Unies.

Art. 2. – *Obligations générales*

Tout apatride a, à l'égard du pays où il se trouve, des devoirs qui comportent notamment l'obligation de se conformer aux lois et règlements ainsi qu'aux mesures prises pour le maintien de l'ordre public.

Art. 3. – *Non-discrimination*

Les États contractants appliqueront les dispositions de cette Convention aux apatrides sans discrimination quant à la race, la religion ou le pays d'origine.

Art. 4. – *Religion*

Les États contractants accorderont aux apatrides sur leur territoire un traitement au moins aussi favorable que celui accordé aux nationaux en ce qui concerne la liberté de pratiquer leur religion et en ce qui concerne la liberté d'instruction religieuse de leurs enfants.

Art. 5. – *Droits accordés indépendamment de cette Convention*

Aucune disposition de cette convention ne porte atteinte aux autres droits et avantages accordés, indépendamment de cette Convention, aux apatrides.

....

Chapitre II. – Condition juridique

Art. 12. – *Statut personnel*

1. Le statut personnel de tout apatride sera régi par la loi du pays de son domicile ou, à défaut de domicile, par la loi du pays de sa résidence.

2. Les droits précédemment acquis par l'apatride et découlant du statut personnel, et notamment ceux qui résultent du mariage, seront respectés par tout État contractant, sous réserve, le cas échéant, de l'accomplissement des formalités prévues par la législation dudit État, étant entendu, toutefois, que le droit en cause doit être de ceux qui auraient été reconnus par la législation dudit État si l'intéressé n'était devenu apatride.

....

Chapitre V. – Mesures administratives

....

Art. 31. – *Expulsion*

1. Les États contractants n'expulseront un apatride se trouvant régulièrement sur leur territoire que pour des raisons de sécurité nationale ou d'ordre public.

2. L'expulsion de cet apatride n'aura lieu qu'en exécution d'une décision rendue conformément à la procédure prévue par la loi. L'apatride devra, sauf si des raisons impérieuses de sécurité nationale s'y opposent, être admis à fournir des preuves tendant à le disculper, à présenter un recours et à se faire représenter à cet effet devant une autorité compétente ou devant une ou plusieurs personnes spécialement désignées par l'autorité compétente.

3. Les États contractants accorderont à un tel apatride un délai raisonnable pour lui permettre de chercher à se faire admettre régulièrement dans un autre pays. Les États contractants peuvent appliquer, pendant ce délai, telle mesure d'ordre interne qu'ils jugeront opportune.

Art. 32. – *Naturalisation*

Les États contractants faciliteront, dans toute la mesure du possible, l'assimilation et la naturalisation des apatrides. Ils s'efforceront notamment d'accélérer la procédure de naturalisation et de réduire, dans toute la mesure du possible, les taxes et les frais de cette procédure.

Chapitre V. – TITRES DE SÉJOUR POUR MOTIF HUMANITAIRE

Section 1. – Étranger victime de traite des êtres humains ou de proxénétisme ou engagé dans un parcours de sortie de la prostitution

Art. L. 425-1. – L'étranger qui dépose plainte contre une personne qu'il accuse d'avoir commis à son encontre des faits constitutifs des infractions de traite des êtres humains ou de proxénétisme, visées aux articles 225-4-1 à 225-4-6 et 225-5 à 225-10 du Code pénal, ou témoigne dans une procédure pénale concernant une personne poursuivie pour ces mêmes infractions, se voit délivrer, sous réserve qu'il ait rompu tout lien avec cette personne, une carte de séjour temporaire portant la mention « vie privée et familiale » d'une durée d'un an. La condition prévue à l'article L. 412-1 n'est pas opposable.

Elle est renouvelée pendant toute la durée de la procédure pénale, sous réserve que les conditions prévues pour sa délivrance continuent d'être satisfaites.

Voir : art. 225-4-1, p. 475, art. 225-4-6, p. 477, art. 222-5 et s., p. 379.

Art. L. 425-2. – L'étranger titulaire de la carte de séjour temporaire prévue à l'article L. 425-1 peut bénéficier de l'allocation mentionnée à l'article L. 553-1 pendant une durée déterminée s'il satisfait à des conditions d'âge et de ressources.

Art. L. 425-3. – L'étranger mentionné à l'article L. 425-1 se voit délivrer, en cas de condamnation définitive de la personne mise en cause, et sous réserve de la régularité du séjour, une carte de résident d'une durée de dix ans.

ANNEXE 4

Art. L. 425-4. – L'étranger victime des infractions de traite des êtres humains ou de proxénétisme, visées aux articles 225-4-1 à 225-4-6 et 225-5 à 225-10 du Code pénal qui, ayant cessé l'activité de prostitution, est engagé dans le parcours de sortie de la prostitution et d'insertion sociale et professionnelle mentionné à l'article L. 121-9 du Code de l'action sociale et des familles, peut se voir délivrer une autorisation provisoire de séjour d'une durée minimale de six mois. La condition prévue à l'article L. 412-1 n'est pas opposable.

Cette autorisation provisoire de séjour ouvre droit à l'exercice d'une activité professionnelle.

Elle est renouvelée pendant toute la durée du parcours de sortie de la prostitution et d'insertion sociale et professionnelle, sous réserve que les conditions prévues pour sa délivrance continuent d'être satisfaites.

Commet une erreur de droit le tribunal qui, pour approuver le refus du préfet d'autoriser une personne à s'engager dans le parcours de sortie de la prostitution et d'insertion sociale, nie la réalité de l'engagement de celle-ci au motif qu'elle n'avait pas encore cessé de se prostituer et n'avait pas déposé plainte comme victime de proxénétisme ou de traite des êtres humains (▪ CE, 19 nov. 2021, n° 440802 : *JCP* A 2021, p. 717, note M. Touzeil-Divina).

Code de l'action sociale et des familles

Art. L. 121-9 *(Ord. n° 2020-1733, 16 déc. 2020)*. **–** I. – Dans chaque département, l'État assure la protection des personnes victimes de la prostitution, du proxénétisme ou de la traite des êtres humains et leur fournit l'assistance dont elles ont besoin, notamment en leur procurant un placement dans un des établissements mentionnés à l'article L. 345-1.

Une instance chargée d'organiser et de coordonner l'action en faveur des victimes de la prostitution, du proxénétisme et de la traite des êtres humains est créée dans chaque département. Elle met en œuvre le présent article. Elle est présidée par le représentant de l'État dans le département. Elle est composée de représentants de l'État, notamment des services de police et de gendarmerie, de représentants des collectivités territoriales, d'un magistrat, de professionnels de santé et de représentants d'associations.

II. – Un parcours de sortie de la prostitution et d'insertion sociale et professionnelle est proposé à toute personne victime de la prostitution, du proxénétisme et de la traite des êtres humains aux fins d'exploitation sexuelle. Il est défini en fonction de l'évaluation de ses besoins sanitaires, professionnels et sociaux, afin de lui permettre d'accéder à des alternatives à la prostitution. Il est élaboré et mis en œuvre, en accord avec la personne accompagnée, par une association mentionnée à l'avant-dernier alinéa du présent II.

L'engagement de la personne dans le parcours de sortie de la prostitution et d'insertion sociale et professionnelle est autorisé par le représentant de l'État dans le département, après avis de l'instance mentionnée au second alinéa du I et de l'association mentionnée au premier alinéa du présent II.

La personne engagée dans le parcours de sortie de la prostitution et d'insertion sociale et professionnelle peut se voir délivrer l'autorisation provisoire de séjour mentionnée à l'article L. 425-4 du Code de l'entrée et du séjour des étrangers et du droit d'asile. Elle est présumée satisfaire aux conditions de gêne ou d'indigence prévues au 1° de l'article L. 247 du Livre des procédures fiscales. Lorsqu'elle ne peut prétendre au bénéfice des allocations prévues à l'article L. 262-2 du présent code et à l'article L. 553-1 du Code de l'entrée et du séjour des étrangers et du droit d'asile, une aide financière à l'insertion sociale et professionnelle lui est versée.

L'aide mentionnée au troisième alinéa du présent II est à la charge de l'État. Le montant de l'aide et l'organisme qui la verse pour le compte de l'État sont déterminés par décret. Le bénéfice de cette aide est accordé par décision du représentant de l'État dans le département après avis de l'instance mentionnée au second alinéa du I. Il est procédé au réexamen de ce droit dès lors que des éléments nouveaux modifient la situation du bénéficiaire. L'aide est incessible et insaisissable.

L'instance mentionnée au second alinéa du I du présent article assure le suivi du parcours de sortie de la prostitution et d'insertion sociale et professionnelle. Elle veille à ce que la sécurité de la personne accompagnée et l'accès aux droits mentionnés au troisième alinéa du présent II soient garantis. Elle s'assure du respect de ses engagements par la personne accompagnée.

Le renouvellement du parcours de sortie de la prostitution et d'insertion sociale et professionnelle est autorisé par le représentant de l'État dans le département, après avis de l'instance mentionnée au second alinéa du I et de l'association mentionnée au premier alinéa du présent II. La décision de renouvellement tient compte du respect de ses engagements par la personne accompagnée, ainsi que des difficultés rencontrées.

Toute association choisie par la personne concernée qui aide et accompagne les personnes en difficulté, en particulier les personnes prostituées, peut participer à l'élaboration et à la mise en œuvre du parcours de sortie de la prostitution et d'insertion sociale et professionnelle, dès lors qu'elle remplit les conditions d'agrément fixées par décret en Conseil d'État.

Les conditions d'application du présent article sont déterminées par le décret mentionné à l'avant-dernier alinéa du présent II.

Art. L. 425-5. – Les conditions d'application des articles L. 425-1 et L. 425-4, et notamment les conditions de la délivrance, du renouvellement et du retrait de la carte de séjour temporaire et de l'autorisation provisoire de séjour ainsi que les modalités de protection, d'accueil et d'hébergement de l'étranger auquel cette carte ou cette autorisation provisoire de séjour est accordée, sont précisées par décret en Conseil d'État.

Section 2. – Étranger placé sous ordonnance de protection

Art. L. 425-6. – L'étranger qui bénéficie d'une ordonnance de protection en vertu de l'article 515-9 du Code civil, en raison des violences exercées au sein du couple ou par un ancien conjoint, un ancien partenaire lié par un pacte civil de solidarité ou un ancien concubin se voit délivrer, dans les plus brefs délais, une carte de séjour temporaire mention « vie privée et familiale » d'une durée d'un an. La condition prévue à l'article L. 412-1 n'est pas opposable.

Une fois arrivée à expiration elle est renouvelée de plein droit à l'étranger qui continue à bénéficier d'une telle ordonnance de protection.

Lorsque l'étranger a porté plainte contre l'auteur des faits elle est renouvelée de plein droit pendant la durée de la procédure pénale afférente, y compris après l'expiration de l'ordonnance de protection.

Voir : C. civ., art. 515-9 et s. ss art. 227-4-3, p. 597.

Art. L. 425-7. – La carte de séjour prévue à l'article L. 425-6 est délivrée, dans les mêmes conditions, à l'étranger qui bénéficie d'une ordonnance de protection en application de l'article 515-13 du Code civil en raison de la menace d'un mariage forcé.

Art. L. 425-8. – En cas de condamnation définitive de la personne mise en cause, l'étranger détenteur de la carte de séjour prévue aux articles L. 425-6 et L. 425-7 ayant déposé plainte pour des faits de violences commis à son encontre par son conjoint, son concubin ou le partenaire auquel il est lié par un pacte civil de solidarité, ou pour des faits de violences commis à son encontre en raison de son refus de contracter un mariage ou de conclure une union ou afin de le contraindre à contracter un mariage ou à conclure une union, se voit délivrer une carte de résident d'une durée de dix ans.

Le refus de délivrer la carte de résident prévue au premier alinéa ne peut être motivé par la rupture de la vie commune avec l'auteur des faits.

Section 3. – Étranger dont l'état de santé nécessite une prise en charge médicale

Art. L. 425-9. – L'étranger, résidant habituellement en France, dont l'état de santé nécessite une prise en charge médicale dont le défaut pourrait avoir pour lui des conséquences d'une exceptionnelle gravité et qui, eu égard à l'offre de soins et aux caractéristiques du système de santé dans le pays dont il est originaire, ne pourrait pas y bénéficier effectivement d'un traitement approprié, se voit délivrer une carte de séjour temporaire portant la mention « vie privée et familiale » d'une durée d'un an. La condition prévue à l'article L. 412-1 n'est pas opposable.

La décision de délivrer cette carte de séjour est prise par l'autorité administrative après avis d'un collège de médecins du service médical de l'Office français de l'immigration et de l'intégration, dans des conditions définies par décret en Conseil d'État.

Sous réserve de l'accord de l'étranger et dans le respect des règles de déontologie médicale, les médecins de l'office peuvent demander aux professionnels de santé qui en disposent les informations médicales nécessaires à l'accomplissement de cette mission. Les médecins de l'office accomplissent cette mission dans le respect des orientations générales fixées par le ministre chargé de la santé.

Si le collège de médecins estime dans son avis que les conditions précitées sont réunies, l'autorité administrative ne peut refuser la délivrance du titre de séjour que par une décision spécialement motivée.

Chaque année, un rapport présente au Parlement l'activité réalisée au titre du présent article par le service médical de l'office ainsi que les données générales en matière de santé publique recueillies dans ce cadre.

Art. L. 425-10. – Les parents étrangers de l'étranger mineur qui remplit les conditions prévues à l'article L. 425-9, ou l'étranger titulaire d'un jugement lui ayant conféré l'exercice de l'autorité parentale sur ce mineur, se voient délivrer, sous réserve qu'ils justifient résider habituellement en France avec lui et subvenir à son entretien et à son éducation, une autorisation provisoire de séjour d'une durée maximale de six mois. La condition prévue à l'article L. 412-1 n'est pas opposable.

Cette autorisation provisoire de séjour ouvre droit à l'exercice d'une activité professionnelle.

Elle est renouvelée pendant toute la durée de la prise en charge médicale de l'étranger mineur, sous réserve que les conditions prévues pour sa délivrance continuent d'être satisfaites.

Elle est délivrée par l'autorité administrative, après avis d'un collège de médecins du service médical de l'Office français de l'immigration et de l'intégration, dans les conditions prévues à l'article L. 425-9.

....

LIVRE V. – DROIT D'ASILE ET AUTRES PROTECTIONS INTERNATIONALES

Bibliographie : D. Lochak, *Protéger les réfugiés ou les intérêts de l'État ? Sous le droit, la politique* : *Dr. soc.* 2021/2, p. 501-512.

TITRE I. – CONDITIONS D'OCTROI DE L'ASILE

Art. L. 510-1. – Conformément à l'article L. 240-1, les dispositions du présent titre sont applicables à l'étranger dont la situation est régie par le livre II.

CHAPITRE I. – STATUT DE RÉFUGIÉ

Art. L. 511-1. – La qualité de réfugié est reconnue :

1° À toute personne persécutée en raison de son action en faveur de la liberté ;

2° À toute personne sur laquelle le Haut-Commissariat des Nations unies pour les réfugiés exerce son mandat aux termes des articles 6 et 7 de son statut tel qu'adopté par l'Assemblée générale des Nations unies le 14 décembre 1950 ;

3° À toute personne qui répond aux définitions de l'article 1er de la convention de Genève du 28 juillet 1951 relative au statut des réfugiés.

Ces personnes sont régies par les dispositions applicables aux réfugiés en vertu de la convention de Genève susmentionnée.

Art. L. 511-2. – Les actes de persécution et les motifs de persécution, au sens de la section A de l'article 1er de la convention de Genève du 28 juillet 1951, sont appréciés dans les conditions prévues aux paragraphes 1 et 2 de l'article 9 et au paragraphe 1 de l'article 10 de la directive 2011/95/UE du Parlement européen et du Conseil, du 13 décembre 2011, concernant les normes relatives aux conditions que doivent remplir les ressortissants des pays tiers ou les apatrides pour pouvoir bénéficier d'une protection internationale, à un statut uniforme pour les réfugiés ou les personnes pouvant bénéficier de la protection subsidiaire, et au contenu de cette protection.

Art. L. 511-3. – S'agissant des motifs de persécution, les aspects liés au sexe, à l'identité de genre et à l'orientation sexuelle sont pris en considération aux fins de la reconnaissance de l'appartenance à un certain groupe social ou de l'identification d'une caractéristique d'un tel groupe.

Art. L. 511-4. – Pour que la qualité de réfugié soit reconnue à un demandeur, il doit exister un lien entre l'un des motifs de persécution qu'il allègue et les actes de persécution ou l'absence de protection contre de tels actes.

Art. L. 511-5. – Lorsque l'autorité compétente évalue si un demandeur craint avec raison d'être persécuté, il est indifférent que celui-ci possède effectivement les caractéristiques liées au motif de persécution ou que ces caractéristiques lui soient seulement attribuées par l'auteur des persécutions.

Art. L. 511-6. – Le statut de réfugié n'est pas accordé à une personne qui relève de l'une des clauses d'exclusion prévues aux sections D, E ou F de l'article 1er de la convention de Genève du 28 juillet 1951.

La même section F s'applique également aux personnes qui sont les instigatrices ou les complices des crimes ou des agissements mentionnés à ladite section ou qui y sont personnellement impliquées.

Art. L. 511-7 *(Mod., L. n° 2021-1109, 24 août 2021)*. – Le statut de réfugié est refusé ou il y est mis fin dans les situations suivantes :

1° Il y a des raisons sérieuses de considérer que la présence en France de la personne concernée constitue une menace grave pour la sûreté de l'État ;

2° La personne concernée a été condamnée en dernier ressort en France, dans un État membre de l'Union européenne ou dans un État tiers figurant sur la liste, fixée par décret en Conseil d'État, des États dont la France reconnaît les législations et juridictions pénales au vu de l'application du droit dans le cadre d'un régime démocratique et des circonstances politiques générales soit pour un crime, soit pour un délit constituant un acte de terrorisme ou une apologie publique d'un acte de terrorisme ou puni de dix ans d'emprisonnement, et sa présence constitue une menace grave pour la société française.

Cassation de la décision ayant estimé que la présence en France de l'intéressé ne constituait pas une menace grave pour la société française au sens de l'article L. 711-6 ancien du CESEDA ; si la commission d'infractions pénales ne suffit pas à justifier légalement une décision mettant fin au statut de réfugié, la seule circonstance que celui-ci se soit abstenu, postérieurement à l'exécution de sa peine privative de liberté, de tout comportement répréhensible n'implique pas que la menace grave pour la société ait disparu, du moins avant l'expiration d'un certain délai (■ CE, 18 nov. 2021, n° 441397).

Art. L. 511-8. – L'Office français de protection des réfugiés et apatrides met fin, de sa propre initiative ou à la demande de l'autorité administrative, au statut de réfugié lorsque la personne concernée relève de l'une des clauses de cessation prévues à la section C de l'article 1er de la convention de Genève, du 28 juillet 1951. Pour l'application des 5 et 6 de la même section C, le changement dans les circonstances ayant justifié la reconnaissance de la qualité de réfugié doit être suffisamment significatif et durable pour que les craintes du réfugié d'être persécuté ne puissent plus être considérées comme fondées.

L'office met également fin à tout moment, de sa propre initiative ou à la demande de l'autorité administrative, au statut de réfugié dans les cas suivants :

1° Le réfugié aurait dû être exclu du statut de réfugié en application des sections D, E ou F de l'article 1er de la convention de Genève du 28 juillet 1951 ;

2° La décision de reconnaissance de la qualité de réfugié a résulté d'une fraude ;

3° Le réfugié doit, compte tenu de circonstances intervenues après la reconnaissance de cette qualité, en être exclu en application des sections D, E ou F de l'article 1er de la convention de Genève du 28 juillet 1951.

Art. L. 511-9. – Dans les cas prévus aux 1° et 2° de l'article L. 511-8, lorsque la reconnaissance de la qualité de réfugié résulte d'une décision de la Cour nationale du droit d'asile ou du Conseil d'État, la juridiction peut être saisie par l'Office français de protection des réfugiés et apatrides ou par le ministre chargé de l'asile en vue de mettre fin au statut de réfugié. Les modalités de cette procédure sont fixées par décret en Conseil d'État.

CHAPITRE II. – PROTECTION SUBSIDIAIRE

Art. L. 512-1. – Le bénéfice de la protection subsidiaire est accordé à toute personne qui ne remplit pas les conditions pour se voir reconnaître la qualité de réfugié mais pour laquelle il existe des motifs sérieux et avérés de croire qu'elle courrait dans son pays un risque réel de subir l'une des atteintes graves suivantes :

1° La peine de mort ou une exécution ;

2° La torture ou des peines ou traitements inhumains ou dégradants ;

3° S'agissant d'un civil, une menace grave et individuelle contre sa vie ou sa personne en raison d'une violence qui peut s'étendre à des personnes sans considération de leur situation personnelle et résultant d'une situation de conflit armé interne ou international.

Art. L. 512-2. – La protection subsidiaire n'est pas accordée à une personne s'il existe des raisons sérieuses de penser :

1° Qu'elle a commis un crime contre la paix, un crime de guerre ou un crime contre l'humanité ;

2° Qu'elle a commis un crime grave ;

3° Qu'elle s'est rendue coupable d'agissements contraires aux buts et aux principes des Nations unies ;

4° Que son activité sur le territoire constitue une menace grave pour l'ordre public, la sécurité publique ou la sûreté de l'État ;

5° Qu'elle a commis, avant son entrée en France, un ou plusieurs crimes qui ne relèvent pas du champ d'application des 1°, 2°, 3° ou 4° et qui seraient passibles d'une peine de prison s'ils avaient été commis en France, et qu'elle n'a quitté son pays d'origine que dans le but d'échapper à des sanctions résultant de ces crimes.

Les 1° à 3° s'appliquent aux personnes qui sont les instigatrices, les auteurs ou les complices des crimes ou des agissements mentionnés à ces mêmes 1° à 3° ou qui y sont personnellement impliquées.

Art. L. 512-3. – L'Office français de protection des réfugiés et apatrides met fin, de sa propre initiative ou à la demande de l'autorité administrative, au bénéfice de la protection subsidiaire lorsque les circonstances ayant justifié l'octroi de cette protection ont cessé d'exister ou ont connu un changement suffisamment significatif et durable pour que celle-ci ne soit plus requise.

L'office met également fin à tout moment, de sa propre initiative ou à la demande de l'autorité administrative, au bénéfice de la protection subsidiaire dans les cas suivants :

1° Le bénéficiaire de la protection subsidiaire aurait dû être exclu de cette protection pour l'un des motifs prévus à l'article L. 512-2 ;

2° La décision d'octroi de la protection subsidiaire a résulté d'une fraude ;

3° Le bénéficiaire de la protection subsidiaire doit, à raison de faits commis après l'octroi de la protection, en être exclu pour l'un des motifs prévus à l'article L. 512-2.

Par dérogation au premier alinéa, la protection subsidiaire est maintenue lorsque son bénéficiaire justifie de raisons impérieuses tenant à des atteintes graves antérieures pour refuser de se réclamer de la protection de son pays.

CHAPITRE III. – DISPOSITIONS COMMUNES

Art. L. 513-1. – La qualité de réfugié est reconnue et le bénéfice de la protection subsidiaire est accordé par l'Office français de protection des réfugiés et apatrides dans les conditions prévues au chapitre I du titre III ou par la Cour nationale du droit d'asile dans les conditions prévues au chapitre II du même titre.

Art. L. 513-2. – Les persécutions ou menaces de persécutions prises en compte dans la reconnaissance de la qualité de réfugié et les atteintes graves ou menaces d'atteintes graves pouvant donner lieu au bénéfice de la protection subsidiaire peuvent être le fait des autorités de l'État, de partis ou d'organisations qui contrôlent l'État ou une partie substantielle du territoire de l'État, ou d'acteurs non étatiques dans les cas où les autorités définies au premier alinéa de l'article L. 513-3 refusent ou ne sont pas en mesure d'offrir une protection.

Art. L. 513-3. – Les autorités susceptibles d'offrir une protection peuvent être les autorités de l'État ou des partis ou organisations, y compris des organisations internationales, qui contrôlent l'État ou une partie importante de son territoire de celui-ci. Cette protection doit être effective et non temporaire.

Une telle protection est en principe assurée lorsque les autorités définies au premier alinéa prennent des mesures appropriées pour empêcher les persécutions ou les atteintes graves, en particulier lorsqu'elles disposent d'un système judiciaire effectif permettant de déceler, de poursuivre et de sanctionner les actes constituant de telles persécutions ou de telles atteintes, et lorsque le demandeur a accès à cette protection.

Art. L. 513-4. – Les craintes de persécutions prises en compte dans la reconnaissance de la qualité de réfugié et le risque réel de subir des atteintes graves pouvant donner lieu au bénéfice de la protection subsidiaire peuvent être appréciés sur le fondement d'événements survenus après que le demandeur d'asile a quitté son pays d'origine ou à raison d'activités qu'il a exercées après son départ du pays, notamment s'il est établi que les activités invoquées constituent l'expression et la prolongation de convictions ou d'orientations affichées dans son pays.

Art. L. 513-5. – Peut être rejetée la demande d'asile d'une personne qui aurait accès à une protection sur une partie du territoire de son pays d'origine si elle n'a aucune raison de craindre d'y être persécutée ou d'y être exposée à une atteinte grave, si elle peut se rendre vers cette partie du territoire légalement et en toute sécurité et si on peut raisonnablement s'attendre à ce qu'elle s'y établisse.

Il est tenu compte des conditions générales prévalant dans la partie du territoire concernée, de la situation personnelle du demandeur ainsi que de l'identité ou de la qualité de l'auteur de la persécution au moment où il est statué sur la demande d'asile.

Art. L. 513-6. – L'autorité judiciaire communique au directeur général de l'Office français de protection des réfugiés et apatrides et au président de la Cour nationale du droit d'asile, sur demande ou d'office, tout élément recueilli au cours d'une instance civile ou d'une information criminelle ou correctionnelle, y compris lorsque celle-ci s'est terminée par un non-lieu, de nature à faire suspecter qu'une personne qui demande l'asile ou qui a obtenu le statut de réfugié ou le bénéfice de la protection subsidiaire relève de l'une des clauses d'exclusion mentionnées aux articles L. 511-6 et L. 512-2 ou à l'article 1er de la convention de New York, du 28 septembre 1954, relative au statut des apatrides ou d'un refus ou d'une fin de protection en application de l'article L. 511-7.

Art. L. 513-7 *(Mod., L. n° 2021-953, 19 juill. 2021)*. – L'autorité judiciaire communique au directeur général de l'Office français de protection des réfugiés et apatrides, au directeur général de l'Office français de l'immigration et de l'intégration et au président de la Cour nationale du droit d'asile, sur demande ou d'office, tout élément recueilli au cours d'une instance civile ou d'une information criminelle ou correctionnelle, y compris lorsque celle-ci s'est terminée par un non-lieu, de nature à faire suspecter le caractère frauduleux d'une demande d'asile.

....

LIVRE VI. – DÉCISIONS D'ÉLOIGNEMENT

TITRE I. – OBLIGATION DE QUITTER LE TERRITOIRE FRANÇAIS

Art. L. 610-1. – Conformément à l'article L. 253-1, les dispositions de l'article L. 611-3, du second alinéa de l'article L. 613-3, de la première phrase de l'article L. 613-6 et du chapitre IV du présent titre, à l'exception des dispositions de l'article L. 614-5, sont applicables à l'étranger dont la situation est régie par le livre II.

CHAPITRE I. – DÉCISION PORTANT OBLIGATION DE QUITTER LE TERRITOIRE FRANÇAIS

Art. L. 611-1. – L'autorité administrative peut obliger un étranger à quitter le territoire français lorsqu'il se trouve dans les cas suivants :

1° L'étranger, ne pouvant justifier être entré régulièrement sur le territoire français, s'y est maintenu sans être titulaire d'un titre de séjour en cours de validité ;

2° L'étranger, entré sur le territoire français sous couvert d'un visa désormais expiré ou, n'étant pas soumis à l'obligation du visa, entré en France plus de trois mois auparavant, s'est maintenu sur le territoire français sans être titulaire d'un titre de séjour ou, le cas échéant, sans demander le renouvellement du titre de séjour temporaire ou pluriannuel qui lui a été délivré ;

3° L'étranger s'est vu refuser la délivrance d'un titre de séjour, le renouvellement du titre de séjour, du document provisoire délivré à l'occasion d'une demande de titre de séjour ou de l'autorisation provisoire de séjour qui lui avait été délivré ou s'est vu retirer un de ces documents ;

4° La reconnaissance de la qualité de réfugié ou le bénéfice de la protection subsidiaire a été définitivement refusé à l'étranger ou il ne bénéficie plus du droit de se maintenir sur le territoire français en application des articles L. 542-1 et L. 542-2, à moins qu'il ne soit titulaire de l'un des documents mentionnés au 3° ;

5° Le comportement de l'étranger qui ne réside pas régulièrement en France depuis plus de trois mois constitue une menace pour l'ordre public ;

6° L'étranger qui ne réside pas régulièrement en France depuis plus de trois mois a méconnu les dispositions de l'article L. 5221-5 du Code du travail.

Lorsque, dans le cas prévu à l'article L. 431-2, un refus de séjour a été opposé à l'étranger, la décision portant obligation de quitter le territoire français peut être prise sur le fondement du seul 4°.

Art. L. 611-2. – L'étranger en provenance directe du territoire d'un des États parties à la convention signée à Schengen le 19 juin 1990 peut se voir appliquer les 1° et 2° de l'article L. 611-1 lorsqu'il ne peut justifier être entré ou s'être maintenu sur le territoire métropolitain en se conformant aux stipulations des paragraphes 1 et 2 de l'article 19, du paragraphe 1 de l'article 20 et des paragraphes 1 et 2 de l'article 21 de cette même convention.

Art. L. 611-3 *(Mod., L. n° 2021-1109, 24 août 2021)*. – Ne peuvent faire l'objet d'une décision portant obligation de quitter le territoire français :

1° L'étranger mineur de dix-huit ans ;

2° L'étranger qui justifie par tous moyens résider habituellement en France depuis qu'il a atteint au plus l'âge de treize ans ;

3° L'étranger qui réside régulièrement en France depuis plus de dix ans, sauf s'il a été, pendant toute cette période, titulaire d'une carte de séjour temporaire ou pluriannuelle portant la mention « étudiant » ;

4° L'étranger qui réside régulièrement en France depuis plus de vingt ans ;

5° L'étranger qui est père ou mère d'un enfant français mineur résidant en France, à condition qu'il établisse contribuer effectivement à l'entretien et à l'éducation de l'enfant dans les conditions prévues par l'article 371-2 du Code civil depuis la naissance de celui-ci ou depuis au moins deux ans ;

6° L'étranger marié depuis au moins trois ans avec un conjoint de nationalité française, à condition que la communauté de vie n'ait pas cessé depuis le mariage et que le conjoint ait conservé la nationalité française ;

7° L'étranger qui réside régulièrement en France depuis plus de dix ans et qui est marié depuis au moins trois ans avec un ressortissant étranger relevant du 2°, à condition que la communauté de vie n'ait pas cessée depuis le mariage ;

8° L'étranger titulaire d'une rente d'accident du travail ou de maladie professionnelle servie par un organisme français et dont le taux d'incapacité permanente est égal ou supérieur à 20 % ;

9° L'étranger résidant habituellement en France si son état de santé nécessite une prise en charge médicale dont le défaut pourrait avoir pour lui des conséquences d'une exceptionnelle gravité et si, eu égard à l'offre de soins et aux caractéristiques du système de santé du pays de renvoi, il ne pourrait pas y bénéficier effectivement d'un traitement approprié.

Par dérogation au présent article, l'étranger mentionné aux 2° à 8° peut faire l'objet d'une décision portant obligation de quitter le territoire français en application de l'article L. 611-1 s'il vit en France en état de polygamie.

CHAPITRE II. – DÉCISION POUVANT ASSORTIR LA DÉCISION PORTANT OBLIGATION DE QUITTER LE TERRITOIRE FRANÇAIS

Section 1. – Délai de départ volontaire

Art. L. 612-1. – L'étranger faisant l'objet d'une décision portant obligation de quitter le territoire français dispose d'un délai de départ volontaire de trente jours à compter de la notification de cette décision.

L'autorité administrative peut accorder, à titre exceptionnel, un délai de départ volontaire supérieur à trente jours s'il apparaît nécessaire de tenir compte de circonstances propres à chaque cas.

Elle peut prolonger le délai accordé pour une durée appropriée s'il apparaît nécessaire de tenir compte de circonstances propres à chaque cas. L'étranger est informé par écrit de cette prolongation.

Art. L. 612-2. – Par dérogation à l'article L. 612-1, l'autorité administrative peut refuser d'accorder un délai de départ volontaire dans les cas suivants :

1° Le comportement de l'étranger constitue une menace pour l'ordre public ;

2° L'étranger s'est vu refuser la délivrance ou le renouvellement de son titre de séjour, du document provisoire délivré à l'occasion d'une demande de titre de séjour ou de son autorisation provisoire de séjour au motif que sa demande était manifestement infondée ou frauduleuse ;

3° Il existe un risque que l'étranger se soustraie à la décision portant obligation de quitter le territoire français dont il fait l'objet.

Art. L. 612-3. – Le risque mentionné au 3° de l'article L. 612-2 peut être regardé comme établi, sauf circonstance particulière, dans les cas suivants :

1° L'étranger, qui ne peut justifier être entré régulièrement sur le territoire français, n'a pas sollicité la délivrance d'un titre de séjour ;

2° L'étranger s'est maintenu sur le territoire français au-delà de la durée de validité de son visa ou, s'il n'est pas soumis à l'obligation du visa, à l'expiration d'un délai de trois mois à compter de son entrée en France, sans avoir sollicité la délivrance d'un titre de séjour ;

3° L'étranger s'est maintenu sur le territoire français plus d'un mois après l'expiration de son titre de séjour, du document provisoire délivré à l'occasion d'une demande de titre de séjour ou de son autorisation provisoire de séjour, sans en avoir demandé le renouvellement ;

4° L'étranger a explicitement déclaré son intention de ne pas se conformer à son obligation de quitter le territoire français ;

5° L'étranger s'est soustrait à l'exécution d'une précédente mesure d'éloignement ;

6° L'étranger, entré irrégulièrement sur le territoire de l'un des États avec lesquels s'applique l'acquis de Schengen, fait l'objet d'une décision d'éloignement exécutoire prise par l'un des États ou s'est maintenu sur le territoire d'un de ces États sans justifier d'un droit de séjour ;

7° L'étranger a contrefait, falsifié ou établi sous un autre nom que le sien un titre de séjour ou un document d'identité ou de voyage ou a fait usage d'un tel titre ou document ;

8° L'étranger ne présente pas de garanties de représentation suffisantes, notamment parce qu'il ne peut présenter des documents d'identité ou de voyage en cours de validité, qu'il a refusé de communiquer les renseignements permettant d'établir son identité ou sa situation au regard du droit de circulation et de séjour ou a communiqué des renseignements inexacts, qu'il a refusé de se soumettre aux opérations de relevé d'empreintes digitales ou de prise de photographie prévues au 3° de l'article L. 142-1, qu'il ne justifie pas d'une résidence effective et permanente dans un local affecté à son habitation principale ou qu'il s'est précédemment soustrait aux obligations prévues aux articles L. 721-6 à L. 721-8, L. 731-1, L. 731-3, L. 733-1 à L. 733-4, L. 733-6, L. 743-13 à L. 743-15 et L. 751-5.

Art. L. 612-4. – L'étranger en provenance directe du territoire d'un des États parties à la convention signée à Schengen le 19 juin 1990 peut se voir appliquer les 1° et 2° de l'article L. 612-3 lorsqu'il ne peut justifier être entré ou s'être maintenu sur le territoire métropolitain en se conformant aux stipulations des paragraphes 1 et 2 de l'article 19, du paragraphe 1 de l'article 20 et des paragraphes 1 et 2 de l'article 21 de cette même convention.

Art. L. 612-5. – L'autorité administrative peut mettre fin au délai de départ volontaire accordé en application de l'article L. 612-1 si un motif de refus de ce délai apparaît postérieurement à la notification de la décision relative à ce délai.

Section 2. – Interdiction de retour sur le territoire français

Art. L. 612-6. – Lorsqu'aucun délai de départ volontaire n'a été accordé à l'étranger, l'autorité administrative assortit la décision portant obligation de quitter le territoire français d'une interdiction de retour sur le territoire français. Des circonstances humanitaires peuvent toutefois justifier que l'autorité administrative n'édicte pas d'interdiction de retour.

Les effets de cette interdiction cessent à l'expiration d'une durée, fixée par l'autorité administrative, qui ne peut excéder trois ans à compter de l'exécution de l'obligation de quitter le territoire français.

Art. L. 612-7. – Lorsque l'étranger s'est maintenu irrégulièrement sur le territoire au-delà du délai de départ volontaire, l'autorité administrative édicte une interdiction de retour. Des circonstances humanitaires peuvent toutefois justifier que l'autorité administrative n'édicte pas d'interdiction de retour.

Les effets de cette interdiction cessent à l'expiration d'une durée, fixée par l'autorité administrative, qui ne peut excéder deux ans à compter de l'exécution de l'obligation de quitter le territoire français.

Art. L. 612-8. – Lorsque l'étranger n'est pas dans une situation mentionnée aux articles L. 612-6 et L. 612-7, l'autorité administrative peut assortir la décision portant obligation de quitter le territoire français d'une interdiction de retour sur le territoire français.

Les effets de cette interdiction cessent à l'expiration d'une durée, fixée par l'autorité administrative, qui ne peut excéder deux ans à compter de l'exécution de l'obligation de quitter le territoire français.

Art. L. 612-9. – Sauf s'il n'a pas satisfait à une précédente décision portant obligation de quitter le territoire français ou si son comportement constitue une menace pour l'ordre public, les articles L. 612-6,

L. 612-7 et L. 612-8 ne sont pas applicables à l'étranger obligé de quitter le territoire français au motif que le titre de séjour qui lui avait été délivré en application des articles L. 425-1 ou L. 425-3 n'a pas été renouvelé ou a été retiré ou que, titulaire d'un titre de séjour délivré sur le même fondement dans un autre État membre de l'Union européenne, il n'a pas rejoint le territoire de cet État à l'expiration de son droit de circulation sur le territoire français dans le délai qui lui a, le cas échéant, été imparti.

Art. L. 612-10. – Pour fixer la durée des interdictions de retour mentionnées aux articles L. 612-6 et L. 612-7, l'autorité administrative tient compte de la durée de présence de l'étranger sur le territoire français, de la nature et de l'ancienneté de ses liens avec la France, de la circonstance qu'il a déjà fait l'objet ou non d'une mesure d'éloignement et de la menace pour l'ordre public que représente sa présence sur le territoire français.

Il en est de même pour l'édiction et la durée de l'interdiction de retour mentionnée à l'article L. 612-8 ainsi que pour la prolongation de l'interdiction de retour prévue à l'article L. 612-11.

Art. L. 612-11. – L'autorité administrative peut prolonger l'interdiction de retour pour une durée maximale de deux ans dans les cas suivants :

1° L'étranger s'est maintenu irrégulièrement sur le territoire français alors qu'il était obligé de le quitter sans délai ;

2° L'étranger s'est maintenu irrégulièrement sur le territoire français au-delà du délai de départ volontaire qui lui avait été accordé ;

3° L'étranger est revenu sur le territoire français après avoir déféré à l'obligation de quitter le territoire français, alors que l'interdiction de retour poursuivait ses effets.

Compte tenu des prolongations éventuellement décidées, la durée totale de l'interdiction de retour ne peut excéder cinq ans à compter de l'exécution de l'obligation de quitter le territoire français, sauf menace grave pour l'ordre public.

Section 3. – Pays de renvoi

Art. L. 612-12. – La décision portant obligation de quitter le territoire français mentionne le pays, fixé en application de l'article L. 721-3, à destination duquel l'étranger est renvoyé en cas d'exécution d'office.

CHAPITRE III. – PROCÉDURE ADMINISTRATIVE

Section 1. – Édition des décisions

Art. L. 613-1. – La décision portant obligation de quitter le territoire français est motivée.

Dans le cas prévu au 3° de l'article L. 611-1, la décision portant obligation de quitter le territoire français n'a pas à faire l'objet d'une motivation distincte de celle de la décision relative au séjour. Toutefois, les motifs des décisions relatives au délai de départ volontaire et à l'interdiction de retour édictées le cas échéant sont indiqués.

Art. L. 613-2. – Les décisions relatives au refus et à la fin du délai de départ volontaire prévues aux articles L. 612-2 et L. 612-5 et les décisions d'interdiction de retour et de prolongation d'interdiction de retour prévues aux articles L. 612-6, L. 612-7, L. 612-8 et L. 612-11 sont distinctes de la décision portant obligation de quitter le territoire français. Elles sont motivées.

Section 2. – Information de l'étranger

Art. L. 613-3. – L'étranger auquel est notifiée une décision portant obligation de quitter le territoire français est informé, par cette notification écrite, des conditions, prévues aux articles L. 722-3 et L. 722-7, dans lesquelles cette décision peut être exécutée d'office.

Lorsque le délai de départ volontaire n'a pas été accordé, l'étranger est mis en mesure, dans les meilleurs délais, d'avertir un conseil, son consulat ou une personne de son choix.

Art. L. 613-4. – L'étranger auquel est notifiée une décision portant obligation de quitter le territoire français est également informé qu'il peut recevoir communication des principaux éléments, traduits dans une langue qu'il comprend ou dont il est raisonnable de supposer qu'il la comprend, des décisions qui lui sont notifiées en application des chapitres I et II.

Art. L. 613-5. – L'étranger auquel est notifiée une interdiction de retour sur le territoire français est informé qu'il fait l'objet d'un signalement aux fins de non-admission dans le système d'information Schengen, conformément à l'article 24 du règlement (UE) n° 2018/1861 du Parlement européen et du Conseil du 28 novembre 2018 sur l'établissement, le fonctionnement et l'utilisation du système d'information Schengen (SIS) dans le domaine des vérifications aux frontières, modifiant la convention d'application de l'accord de Schengen et modifiant et abrogeant le règlement (CE) n° 1987/2006.

Les modalités de suppression du signalement de l'étranger en cas d'annulation ou d'abrogation de l'interdiction de retour sont fixées par voie réglementaire.

Section 3. – Abrogation de la décision portant obligation de quitter le territoire français en cas de reconnaissance de la qualité de réfugié ou d'apatride ou d'octroi de la protection subsidiaire

Art. L. 613-6. – Lorsque la qualité de réfugié ou d'apatride est reconnue ou le bénéfice de la protection subsidiaire accordé à un étranger ayant antérieurement fait l'objet d'une décision portant obligation de quitter le territoire français, l'autorité administrative abroge cette décision. Elle délivre au réfugié la carte de résident prévue à l'article L. 424-1, au bénéficiaire de la protection subsidiaire la carte de séjour pluriannuelle prévue à l'article L. 424-9 et à l'étranger qui a obtenu le statut d'apatride la carte de séjour pluriannuelle prévue à l'article L. 424-18.

Section 4. – Abrogation de l'interdiction de retour

Art. L. 613-7. – L'autorité administrative peut à tout moment abroger l'interdiction de retour.

Lorsque l'étranger sollicite l'abrogation de l'interdiction de retour, sa demande n'est recevable que s'il justifie résider hors de France. Cette condition ne s'applique pas :

1° Pendant le temps où l'étranger purge en France une peine d'emprisonnement ferme ;

2° Lorsque l'étranger fait l'objet d'une mesure d'assignation à résidence prise en application des articles L. 731-1 ou L. 731-3.

Art. L. 613-8. – Lorsqu'un étranger faisant l'objet d'une interdiction de retour édictée en application de l'article L. 612-8 justifie, au plus tard deux mois suivant l'expiration du délai de départ volontaire dont il a bénéficié, avoir satisfait à son obligation de quitter le territoire français dans le délai imparti, l'interdiction de retour est abrogée.

Toutefois, par décision motivée, l'autorité administrative peut refuser cette abrogation au regard de circonstances particulières tenant à la situation et au comportement de l'intéressé.

Les modalités de constat de la date d'exécution de l'obligation de quitter le territoire français de l'étranger faisant l'objet d'une interdiction de retour sont déterminées par voie réglementaire.

CHAPITRE IV. – PROCÉDURE CONTENTIEUSE

Section 1. – Dispositions générales

Art. L. 614-1. – L'étranger qui fait l'objet d'une décision portant obligation de quitter le territoire français peut, dans les conditions et délais prévus au présent chapitre, demander au tribunal administratif l'annulation de cette décision, ainsi que l'annulation de la décision relative au séjour, de la décision relative au délai de départ volontaire et de la décision d'interdiction de retour sur le territoire français qui l'accompagnent le cas échéant.

Les dispositions du présent chapitre sont applicables au jugement de la décision fixant le pays de renvoi contestée en application de l'article L. 721-5 et de la décision d'assignation à résidence contestée en application de l'article L. 732-8.

Section 2. – Procédure applicable en l'absence d'assignation à résidence ou de placement en rétention de l'étranger

Sous-section 1. – Dispositions générales

Art. L. 614-2. – **Les dispositions de la présente section sont applicables lorsque l'étranger ne fait pas l'objet d'une assignation à résidence en application de l'article L. 731-1 ou d'un placement en rétention en application de l'article L. 741-1.**

Art. L. 614-3. – **Si en cours d'instance l'étranger est assigné à résidence en application de l'article L. 731-1 ou placé en rétention en application de l'article L. 741-1, il est fait application des articles L. 614-7 à L. 614-13.**

Sous-section 2. – En cas de délai de départ volontaire

Art. L. 614-4. – **Lorsque la décision portant obligation de quitter le territoire français prise en application des 3°, 5° ou 6° de l'article L. 611-1 est assortie d'un délai de départ volontaire, le tribunal administratif est saisi dans le délai de trente jours suivant la notification de la décision.**

L'étranger peut demander le bénéfice de l'aide juridictionnelle au plus tard lors de l'introduction de sa requête en annulation.

Le tribunal administratif statue dans un délai de trois mois à compter de sa saisine.

Art. L. 614-5. – **Lorsque la décision portant obligation de quitter le territoire français prise en application des 1°, 2° ou 4° de l'article L. 611-1 est assortie d'un délai de départ volontaire, le président du tribunal administratif peut être saisi dans le délai de quinze jours suivant la notification de la décision.**

L'interdiction de retour prévue à l'article L. 612-7, notifiée postérieurement à la décision portant obligation de quitter le territoire français, peut être contestée dans les mêmes conditions.

Le président du tribunal administratif ou le magistrat qu'il désigne à cette fin parmi les membres de sa juridiction ou parmi les magistrats honoraires inscrits sur la liste mentionnée à l'article L. 222-2-1 du Code de justice administrative statue dans un délai de six semaines à compter de sa saisine.

L'étranger peut demander au président du tribunal administratif ou au magistrat désigné à cette fin le concours d'un interprète et la communication du dossier contenant les pièces sur la base desquelles la décision contestée a été prise.

L'audience est publique. Elle se déroule sans conclusions du rapporteur public, en présence de l'intéressé, sauf si celui-ci, dûment convoqué, ne se présente pas. L'étranger est assisté de son conseil s'il en a un. Il peut demander au président du tribunal administratif ou au magistrat désigné à cette fin qu'il lui en soit désigné un d'office.

Lorsque l'étranger conteste une décision portant obligation de quitter le territoire fondée sur le 4° de l'article L. 611-1 et une décision relative au séjour intervenue concomitamment, le président du tribunal administratif ou le magistrat désigné à cette fin statue par une seule décision sur les deux contestations.

Sous-section 3. – En l'absence de délai de départ volontaire

Art. L. 614-6. – **Lorsque la décision portant obligation de quitter le territoire français n'est pas assortie d'un délai de départ volontaire, le président du tribunal administratif peut être saisi dans le délai de quarante-huit heures suivant la notification de la mesure.**

Il est statué sur ce recours selon la procédure et dans les délais prévus, selon le fondement de la décision portant obligation de quitter le territoire français, aux articles L. 614-4 ou L. 614-5.

Section 3. – Procédure applicable en cas d'assignation à résidence ou de placement en rétention de l'étranger

Art. L. 614-7. – **Les dispositions de la présente section sont applicables lorsque l'étranger fait l'objet d'une assignation à résidence en application de l'article L. 731-1 ou d'un placement en rétention en application de l'article L. 741-1, y compris lorsque ces décisions interviennent en cours d'instance.**

Art. L. 614-8. – Lorsque la décision portant obligation de quitter le territoire français est notifiée avec une décision d'assignation à résidence prise en application de l'article L. 731-1 ou une décision de placement en rétention prise en application de l'article L. 741-1, le président du tribunal administratif peut être saisi dans le délai de quarante-huit heures suivant la notification de ces mesures.

Art. L. 614-9. – Le président du tribunal administratif, ou le magistrat qu'il désigne à cette fin parmi les membres de sa juridiction, ou les magistrats honoraires inscrits sur la liste mentionnée à l'article L. 222-2-1 du Code de justice administrative, statue au plus tard quatre-vingt-seize heures à compter de l'expiration du délai de recours.

Dans le cas où la décision d'assignation à résidence ou de placement en rétention intervient en cours d'instance, le président du tribunal administratif ou le magistrat désigné à cette fin statue dans un délai de cent quarante-quatre heures à compter de la notification de cette décision par l'autorité administrative au tribunal.

Art. L. 614-10. – L'étranger peut demander au président du tribunal administratif ou au magistrat désigné à cette fin le concours d'un interprète et la communication du dossier contenant les pièces sur la base desquelles la décision contestée a été prise.

Art. L. 614-11. – Le président du tribunal administratif ou le magistrat désigné à cette fin peut se transporter au siège de la juridiction judiciaire la plus proche du lieu où se trouve l'étranger si celui-ci est placé ou maintenu en rétention.

Si une salle d'audience attribuée au ministère de la justice lui permettant de statuer publiquement a été spécialement aménagée à proximité immédiate de ce lieu de rétention, il peut statuer dans cette salle. Lorsque l'audience se tient dans cette salle, le juge peut également siéger au tribunal dont il est membre, les salles d'audience étant reliées en direct par un moyen de communication audiovisuelle garantissant la confidentialité de la transmission. La salle d'audience située à proximité du lieu de rétention et celle du tribunal administratif sont ouvertes au public.

L'audience est publique. Elle se déroule sans conclusions du rapporteur public, en présence de l'intéressé, sauf si celui-ci, dûment convoqué, ne se présente pas. L'étranger est assisté de son conseil s'il en a un. Il peut demander au président du tribunal administratif ou au magistrat désigné à cette fin qu'il lui en soit désigné un d'office.

Art. L. 614-12. – La décision d'assignation à résidence prise en application de l'article L. 731-1 peut être contestée dans les conditions prévues à l'article L. 732-8.

Art. L. 614-13. – La décision de placement en rétention ne peut être contestée que devant le juge des libertés et de la détention, conformément aux dispositions de l'article L. 741-10.

Dans ce cas, le juge des libertés et de la détention informe sans délai le tribunal administratif territorialement compétent, par tout moyen, du sens de sa décision. La méconnaissance des dispositions du présent alinéa est sans conséquence sur la régularité et le bien-fondé des procédures ultérieures d'exécution de la décision d'éloignement.

Section 4. – Procédure applicable en cas de détention de l'étranger

Art. L. 614-14. – En cas de détention de l'étranger, celui-ci est informé dans une langue qu'il comprend, dès la notification de la décision portant obligation de quitter le territoire français, qu'il peut, avant même l'introduction de sa requête, demander au président du tribunal administratif l'assistance d'un interprète ainsi que d'un conseil.

Art. L. 614-15. – Les dispositions des articles L. 614-4 à L. 614-6 sont applicables à l'étranger détenu.

Toutefois, lorsqu'il apparaît, en cours d'instance, que l'étranger détenu est susceptible d'être libéré avant que le juge statue, l'autorité administrative en informe le président du tribunal administratif ou le magistrat désigné. Il est alors statué sur le recours dirigé contre la décision portant obligation de quitter le territoire français selon la procédure prévue aux articles L. 614-9 à L. 614-11 et dans un délai de huit jours à compter de l'information du tribunal par l'autorité administrative.

Section 5. – Exécution des décisions de la juridiction administrative

Art. L. 614-16. – Si la décision portant obligation de quitter le territoire français est annulée, il est immédiatement mis fin aux mesures de surveillance prévues aux articles L. 721-6, L. 721-7, L. 731-1, L. 731-3, L. 741-1 et L. 743-13, et l'étranger est muni d'une autorisation provisoire de séjour jusqu'à ce que l'autorité administrative ait à nouveau statué sur son cas.

Art. L. 614-17. – Si la décision de ne pas accorder de délai de départ volontaire est annulée, il est immédiatement mis fin aux mesures de surveillance prévues aux articles L. 731-1, L. 731-3, L. 741-1 et L. 743-13, et le président du tribunal administratif ou le magistrat désigné à cette fin rappelle à l'étranger son obligation de quitter le territoire français dans le délai qui lui sera fixé par l'autorité administrative en application des articles L. 612-1 ou L. 612-2. Ce délai court à compter de sa notification.

Art. L. 614-18. – Si la décision d'assignation à résidence prévue à l'article L. 731-1 est annulée, il est immédiatement mis fin à cette mesure et le président du tribunal administratif ou le magistrat désigné à cette fin rappelle à l'étranger son obligation de quitter le territoire français.

Art. L. 614-19. – L'annulation de la décision relative au séjour emporte abrogation de la décision portant obligation de quitter le territoire français et de la décision d'interdiction de retour qui l'accompagne le cas échéant, y compris lorsque le recours dirigé contre celles-ci a été rejeté selon la procédure prévue aux articles L. 614-7 à L. 614-13.

CHAPITRE V. – CAS DE L'ÉTRANGER OBLIGÉ DE QUITTER LE TERRITOIRE D'UN AUTRE ÉTAT MEMBRE DE L'UNION EUROPÉENNE OU D'UN ÉTAT AVEC LEQUEL S'APPLIQUE L'ACQUIS DE SCHENGEN

Section 1. – Décision de mise en œuvre d'une décision prise par un autre État membre de l'Union européenne ou par un État avec lequel s'applique l'acquis de Schengen

Art. L. 615-1. – L'autorité administrative peut décider de mettre en œuvre une décision obligeant un étranger à quitter le territoire d'un autre État dans les cas suivants :

1° L'étranger a fait l'objet d'un signalement aux fins de non-admission en vertu d'une décision de refus d'entrée ou d'éloignement exécutoire prise par l'un des autres États parties à la convention signée à Schengen le 19 juin 1990 et se trouve irrégulièrement sur le territoire métropolitain ;

2° L'étranger a fait l'objet, alors qu'il se trouvait en France, d'une décision d'éloignement exécutoire prise par l'un des autres États membres de l'Union européenne, la République d'Islande, la Principauté du Liechtenstein, le Royaume de Norvège ou la Confédération suisse.

Les conditions d'application du 2° sont fixées par décret en Conseil d'État.

Section 2. – Procédure contentieuse

Art. L. 615-2. – Les articles L. 614-7 à L. 614-13 sont applicables à la contestation de la décision prévue à l'article L. 615-1 lorsque l'étranger qui en fait l'objet est assigné à résidence en application de l'article L. 731-1 ou placé ou maintenu en rétention en application du titre IV du livre VII.

TITRE III. – EXPULSION

Art. L. 630-1. – Conformément à l'article L. 253-1, les dispositions des articles L. 631-1 à L. 631-4 et L. 632-1 à L. 632-7, sont applicables à l'étranger dont la situation est régie par le livre II.

CHAPITRE I. – CAS DANS LESQUELS UN ÉTRANGER PEUT FAIRE L'OBJET D'UNE DÉCISION D'EXPULSION

Art. L. 631-1. – L'autorité administrative peut décider d'expulser un étranger lorsque sa présence en France constitue une menace grave pour l'ordre public, sous réserve des conditions propres aux étrangers mentionnés aux articles L. 631-2 et L. 631-3.

Art. L. 631-2 *(Modifié, L. n° 2021-1109, 24 août 2021, art. 25).* – Ne peut faire l'objet d'une décision d'expulsion que si elle constitue une nécessité impérieuse pour la sûreté de l'État ou la sécurité publique et sous réserve que l'article L. 631-3 n'y fasse pas obstacle :

1° L'étranger qui est père ou mère d'un enfant français mineur résidant en France, à condition qu'il établisse contribuer effectivement à l'entretien et à l'éducation de l'enfant dans les conditions prévues par l'article 371-2 du Code civil depuis la naissance de celui-ci ou depuis au moins un an ;

2° L'étranger marié depuis au moins trois ans avec un conjoint de nationalité française, à condition que la communauté de vie n'ait pas cessé depuis le mariage et que le conjoint ait conservé la nationalité française ;

3° L'étranger qui réside régulièrement en France depuis plus de dix ans, sauf s'il a été pendant toute cette période titulaire d'une carte de séjour temporaire ou pluriannuelle portant la mention « étudiant » ;

4° L'étranger titulaire d'une rente d'accident du travail ou de maladie professionnelle servie par un organisme français et dont le taux d'incapacité permanente est égal ou supérieur à 20 %.

Par dérogation au présent article, l'étranger mentionné aux 1° à 4° peut faire l'objet d'une décision d'expulsion en application de l'article L. 631-1 s'il a été condamné définitivement à une peine d'emprisonnement ferme au moins égale à cinq ans.

Par dérogation au présent article, l'étranger mentionné aux 1° à 4° peut faire l'objet d'une décision d'expulsion s'il vit en France en état de polygamie.

Art. L. 631-3 *(Mod., L. n° 2021-1109, 24 août 2021).* – Ne peut faire l'objet d'une décision d'expulsion qu'en cas de comportements de nature à porter atteinte aux intérêts fondamentaux de l'État, ou liés à des activités à caractère terroriste, ou constituant des actes de provocation explicite et délibérée à la discrimination, à la haine ou à la violence contre une personne déterminée ou un groupe de personnes :

1° L'étranger qui justifie par tous moyens résider habituellement en France depuis qu'il a atteint au plus l'âge de treize ans ;

2° L'étranger qui réside régulièrement en France depuis plus de vingt ans ;

3° L'étranger qui réside régulièrement en France depuis plus de dix ans et qui est marié depuis au moins quatre ans soit avec un ressortissant français ayant conservé la nationalité française, soit avec un ressortissant étranger relevant du 1°, à condition que la communauté de vie n'ait pas cessée depuis le mariage ;

4° L'étranger qui réside régulièrement en France depuis plus de dix ans et qui est père ou mère d'un enfant français mineur résidant en France, à condition qu'il établisse contribuer effectivement à l'entretien et à l'éducation de l'enfant dans les conditions prévues par l'article 371-2 du Code civil depuis la naissance de celui-ci ou depuis au moins un an ;

5° L'étranger résidant habituellement en France si son état de santé nécessite une prise en charge médicale dont le défaut pourrait avoir pour lui des conséquences d'une exceptionnelle gravité et si, eu égard à l'offre de soins et aux caractéristiques du système de santé du pays de renvoi, il ne pourrait pas y bénéficier effectivement d'un traitement approprié.

Par dérogation au présent article, l'étranger mentionné aux 1° à 5° peut faire l'objet d'une décision d'expulsion s'il vit en France en état de polygamie.

Par dérogation au présent article, l'étranger mentionné aux 3° et 4° peut faire l'objet d'une décision d'expulsion en application des articles L. 631-1 ou L. 631-2 lorsque les faits à l'origine de la décision d'expulsion ont été commis à l'encontre de son conjoint ou de ses enfants ou de tout enfant sur lequel il exerce l'autorité parentale.

La circonstance qu'un étranger mentionné aux 1° à 5° a été condamné définitivement à une peine d'emprisonnement ferme au moins égale à cinq ans ne fait pas obstacle à ce qu'il bénéficie des dispositions du présent article.

Art. L. 631-4. – L'étranger mineur de dix-huit ans ne peut faire l'objet d'une décision d'expulsion.

CHAPITRE II. – PROCÉDURE ADMINISTRATIVE

Section 1. – Commission d'expulsion

Art. L. 632-1. – L'expulsion ne peut être édictée que dans les conditions suivantes :

1° L'étranger est préalablement avisé dans des conditions fixées par décret en Conseil d'État ;

2° L'étranger est convoqué pour être entendu par une commission qui se réunit à la demande de l'autorité administrative et qui est composée :
a) du président du tribunal judiciaire du chef-lieu du département, ou d'un juge délégué par lui, président ;
b) d'un magistrat désigné par l'assemblée générale du tribunal judiciaire du chef-lieu du département ;
c) d'un conseiller de tribunal administratif.
Le présent article ne s'applique pas en cas d'urgence absolue.

Art. L. 632-2. – La convocation mentionnée au 2° de l'article L. 632-1 est remise à l'étranger quinze jours au moins avant la réunion de la commission. Elle précise que l'intéressé a le droit d'être assisté d'un conseil ou de toute personne de son choix et d'être entendu avec un interprète.

L'étranger peut demander le bénéfice de l'aide juridictionnelle dans les conditions prévues par la loi n° 91-647 du 10 juillet 1991 relative à l'aide juridique. Cette faculté est indiquée dans la convocation. L'admission provisoire à l'aide juridictionnelle peut être prononcée par le président de la commission.

Les débats de la commission sont publics. Le président veille à l'ordre de la séance. Tout ce qu'il ordonne pour l'assurer est immédiatement exécuté. Devant la commission, l'étranger peut faire valoir toutes les raisons qui militent contre son expulsion. Un procès-verbal enregistrant les explications de l'étranger est transmis, avec l'avis motivé de la commission, à l'autorité administrative compétente pour statuer. L'avis de la commission est également communiqué à l'intéressé.

La commission rend son avis dans le délai d'un mois à compter de la remise à l'étranger de la convocation mentionnée au premier alinéa. Toutefois, lorsque l'étranger demande le renvoi pour un motif légitime, la commission prolonge ce délai, dans la limite d'un mois maximum à compter de la décision accordant ce renvoi. À l'issue du délai d'un mois ou, si la commission l'a prolongé, du délai supplémentaire qu'elle a fixé, les formalités de consultation de la commission sont réputées remplies.

Section 2. – Abrogation des décisions d'expulsion

Art. L. 632-3. – La décision d'expulsion peut à tout moment être abrogée.

Art. L. 632-4. – Lorsque la demande d'abrogation est présentée à l'expiration d'un délai de cinq ans à compter de l'exécution effective de la décision d'expulsion, elle ne peut être rejetée qu'après avis de la commission mentionnée à l'article L. 632-1, devant laquelle l'intéressé peut se faire représenter.

Art. L. 632-5. – Il ne peut être fait droit à une demande d'abrogation d'une décision d'expulsion présentée plus de deux mois après la notification de cette décision que si le ressortissant étranger réside hors de France. Cette condition ne s'applique pas :

1° Pour la mise en œuvre de l'article L. 632-6 ;

2° Pendant le temps où le ressortissant étranger subit en France une peine d'emprisonnement ferme ;

3° Lorsque l'étranger fait l'objet d'une décision d'assignation à résidence prise en application des articles L. 731-3, L. 731-4 ou L. 731-5.

Art. L. 632-6. – Sans préjudice des dispositions des articles L. 632-3 et L. 632-4, les motifs de la décision d'expulsion donnent lieu à un réexamen tous les cinq ans à compter de sa date d'édiction. L'autorité compétente tient compte de l'évolution de la menace pour l'ordre public que constitue la présence de l'intéressé en France, des changements intervenus dans sa situation personnelle et familiale et des garanties de réinsertion professionnelle ou sociale qu'il présente, en vue de prononcer éventuellement l'abrogation de cette décision. L'étranger peut présenter des observations écrites.

À défaut de notification à l'intéressé d'une décision explicite d'abrogation dans un délai de deux mois, ce réexamen est réputé avoir conduit à une décision implicite de ne pas abroger. Cette décision est susceptible de recours. Le réexamen ne donne pas lieu à consultation de la commission mentionnée à l'article L. 632-1.

Art. L. 632-7. – Sauf en cas de menace pour l'ordre public, dûment motivée, les étrangers qui résident hors de France et qui ont obtenu l'abrogation de la décision d'expulsion dont ils faisaient l'objet bénéficient d'un visa pour rentrer en France, lorsque, à la date de la décision d'expulsion, ils relevaient, sous les réserves prévues par ces articles, des catégories mentionnées aux 1°, 2°, 3° et 4° de l'article L. 631-3 et

qu'ils entrent dans le champ d'application des articles L. 423-1 ou L. 423-7 ou dans celui du chapitre IV du titre III du livre IV.

Lorsqu'ils ont été condamnés en France pour violences ou menaces à l'encontre d'un ascendant, d'un conjoint ou d'un enfant, le droit au visa est subordonné à l'accord des ascendants, du conjoint et des enfants vivant en France.

Le présent article n'est applicable qu'aux étrangers ayant fait l'objet d'une mesure d'expulsion avant l'entrée en vigueur de la loi n° 2003-1119 du 26 novembre 2003 relative à la maîtrise de l'immigration, au séjour des étrangers en France et à la nationalité.

....

TITRE IV. – PEINE D'INTERDICTION DU TERRITOIRE FRANÇAIS

Art. L. 640-1. – Conformément à l'article L. 253-1, les dispositions du présent titre sont applicables à l'étranger dont la situation est régie par le livre II.

Voir : art. 131-30, p. 223.

CHAPITRE UNIQUE

Art. L. 641-1. – La peine d'interdiction du territoire français susceptible d'être prononcée contre un étranger coupable d'un crime ou d'un délit est régie par les dispositions des articles 131-30, 131-30-1 et 131-30-2 du Code pénal.

Voir : art. 131-30, p. 223.

CEDH. Irrecevabilité du recours de l'étranger qui invoquait une violation de l'article 8 de la Convention européenne pour une interdiction du territoire de 10 années, les juridictions internes ayant, par des décisions dûment motivées, légitimement pu considérer une telle peine comme nécessaire à la défense de l'ordre public et à la prévention des infractions pénales, et proportionnée aux buts poursuivis au regard de la gravité des infractions précédemment commises et de sa situation personnelle de personne célibataire sans enfant, cette situation devant être appréciée à la date à laquelle la mesure litigieuse est devenue définitive (■ CEDH, 21 oct. 2021, n° 21643/19, *Ngumbu Kikoso c/ France*).

Art. L. 641-2. – Il ne peut être fait droit à une demande de relèvement d'une interdiction du territoire que si le ressortissant étranger réside hors de France. Cette condition ne s'applique pas :

1° Pendant le temps où le ressortissant étranger subit en France une peine d'emprisonnement ferme ;

2° Lorsque l'étranger fait l'objet d'une décision d'assignation à résidence prise en application des articles L. 731-3, L. 731-4 ou L. 731-5.

Art. L. 641-3. – Sauf en cas de menace pour l'ordre public, dûment motivée, les étrangers qui résident hors de France et qui ont été relevés de leurs peines d'interdiction du territoire français ou encore dont les peines d'interdiction du territoire français ont été entièrement exécutées ou ont acquis un caractère non avenu bénéficient d'un visa pour rentrer en France, lorsque, à la date du prononcé de la peine, ils relevaient, sous les réserves mentionnées par cet article, des catégories mentionnées aux 1° à 4° de l'article 131-30-2 du Code pénal, et qu'ils entrent dans le champ d'application des articles L. 423-1 ou L. 423-7 ou dans celui du chapitre IV du titre III du livre IV.

Lorsqu'ils ont été condamnés en France pour violences ou menaces à l'encontre d'un ascendant, d'un conjoint ou d'un enfant, le droit au visa est subordonné à l'accord des ascendants, du conjoint et des enfants vivant en France.

Les dispositions du présent article ne sont applicables qu'aux étrangers ayant fait l'objet d'une interdiction du territoire français devenue définitive avant l'entrée en vigueur de la loi n° 2003-1119 du 26 novembre 2003 relative à la maîtrise de l'immigration, au séjour des étrangers en France et à la nationalité.

....

LIVRE VII. – EXÉCUTION DES DÉCISIONS D'ÉLOIGNEMENT

Art. L. 700-1. – Le présent livre détermine les règles d'exécution :

1° Des décisions portant obligation de quitter le territoire français ;

2° Des interdictions de retour sur le territoire français ;

3° Des décisions de mise en œuvre d'une décision prise par un autre État ;
4° Des remises aux autorités d'un autre État ;
5° Des interdictions de circulation sur le territoire français ;
6° Des décisions d'expulsion ;
7° Des peines d'interdiction du territoire français ;
8° Des décisions d'interdiction administrative du territoire lorsque l'étranger est présent sur le territoire français.

Art. L. 700-2. – Le chapitre I du titre V du présent livre détermine également les règles applicables à l'exécution des décisions de transfert prises en application de l'article L. 572-1 ou des requêtes aux fins de prise en charge ou de reprise en charge en application du règlement (UE) n° 604/2013 du Parlement européen et du Conseil du 26 juin 2013 établissant les critères et mécanismes de détermination de l'État membre responsable de l'examen d'une demande de protection internationale introduite dans l'un des États membres par un ressortissant de pays tiers ou un apatride.

TITRE I. – EXÉCUTION PAR L'ÉTRANGER

Art. L. 710-1. – Conformément à l'article L. 264-1, les dispositions de l'article L. 711-1 et du troisième alinéa de l'article L. 711-2 sont applicables à l'étranger dont la situation est régie par le livre II.

CHAPITRE UNIQUE

Art. L. 711-1. – L'étranger exécute la décision d'éloignement dont il fait l'objet sans délai ou, lorsqu'il bénéficie d'un délai de départ volontaire pour satisfaire à une décision portant obligation de quitter le territoire français, avant l'expiration de ce délai.

Art. L. 711-2. – Pour satisfaire à l'exécution d'une décision mentionnée aux 1° et 2° de l'article L. 700-1, l'étranger rejoint le pays dont il a la nationalité ou tout pays, autre qu'un État membre de l'Union européenne, la République d'Islande, la Principauté du Liechtenstein, le Royaume de Norvège ou la Confédération suisse, dans lequel il est légalement admissible.

Toutefois, si l'étranger est accompagné d'un enfant mineur ressortissant d'un État membre de l'Union européenne ou d'un des États énumérés au premier alinéa et dont il assure seul la garde effective, il est seulement tenu de rejoindre un de ces États.

L'étranger qui fait l'objet d'une décision portant obligation de quitter le territoire français peut solliciter un dispositif d'aide au retour dans son pays d'origine.

TITRE II. – EXÉCUTION PAR L'AUTORITÉ ADMINISTRATIVE

Art. L. 720-1. – Conformément à l'article L. 264-1, les dispositions des articles L. 721-2 à L. 721-5, L. 722-1 à L. 722-8 et L. 722-11 sont applicables à l'étranger dont la situation est régie par le livre II.

CHAPITRE I. – PRÉPARATION DE L'EXÉCUTION D'OFFICE

Art. L. 721-1. – Les dispositions du présent chapitre sont applicables à l'étranger faisant l'objet d'une décision d'éloignement dès son édiction puis à tout moment de la procédure jusqu'à ce qu'il soit procédé à son éloignement effectif.

Section 1. – Décisions pouvant être prises à tout moment de la procédure

Sous-section 1. – Transmission d'informations en vue de la mise en œuvre d'une décision d'éloignement

Art. L. 721-2. – À la demande de l'autorité administrative, le directeur général de l'Office français de protection des réfugiés et apatrides communique à des agents habilités des documents d'état civil ou de voyage permettant d'établir la nationalité de la personne dont la demande d'asile a été rejetée ou, à défaut, une copie de ces documents, à condition que cette communication s'avère nécessaire à la mise en œuvre d'une décision d'éloignement et qu'elle ne porte pas atteinte à la sécurité de cette personne ou de ses proches.

Les modalités de désignation et d'habilitation de ces agents sont fixées par décret en Conseil d'État.

Sous-section 2. – Désignation du pays de renvoi

Art. L. 721-3. – L'autorité administrative fixe, par une décision distincte de la décision d'éloignement, le pays à destination duquel l'étranger peut être renvoyé en cas d'exécution d'office d'une décision portant obligation de quitter le territoire français, d'une interdiction de retour sur le territoire français, d'une décision de mise en œuvre d'une décision prise par un autre État, d'une interdiction de circulation sur le territoire français, d'une décision d'expulsion, d'une peine d'interdiction du territoire français ou d'une interdiction administrative du territoire français.

Art. L. 721-4. – L'autorité administrative peut désigner comme pays de renvoi :

1° Le pays dont l'étranger a la nationalité, sauf si l'Office français de protection des réfugiés et apatrides ou la Cour nationale du droit d'asile lui a reconnu la qualité de réfugié ou lui a accordé le bénéfice de la protection subsidiaire ou s'il n'a pas encore été statué sur sa demande d'asile ;

2° Un autre pays pour lequel un document de voyage en cours de validité a été délivré en application d'un accord ou arrangement de réadmission européen ou bilatéral ;

3° Ou, avec l'accord de l'étranger, tout autre pays dans lequel il est légalement admissible.

Un étranger ne peut être éloigné à destination d'un pays s'il établit que sa vie ou sa liberté y sont menacées ou qu'il y est exposé à des traitements contraires aux stipulations de l'article 3 de la Convention européenne de sauvegarde des droits de l'homme et des libertés fondamentales du 4 novembre 1950.

Art. L. 721-5. – Les dispositions du chapitre IV du titre I du livre VI sont applicables à la contestation et au jugement de la décision fixant le pays de renvoi qui vise à exécuter une décision portant obligation de quitter le territoire français ou une interdiction de retour sur le territoire français.

Les dispositions des articles L. 614-7 à L. 614-13 sont applicables à la contestation et au jugement de la décision fixant le pays de renvoi qui vise à exécuter une décision de mise en œuvre d'une décision prise par un autre État, une interdiction de circulation sur le territoire français ou une peine d'interdiction du territoire français, lorsque l'étranger qui en fait l'objet est assigné à résidence en application de l'article L. 731-1 ou placé ou maintenu en rétention en application du titre IV du présent livre.

La décision fixant le pays de renvoi peut être contestée dans le même recours que la décision administrative d'éloignement qu'elle vise à exécuter. Lorsqu'elle a été notifiée postérieurement à la décision d'éloignement, la décision fixant le pays de renvoi peut être contestée alors même que la légalité de la décision d'éloignement a déjà été confirmée par le juge administratif ou ne peut plus être contestée.

Section 2. – Décisions pouvant être prises pendant le délai de départ volontaire

Art. L. 721-6. – L'étranger auquel un délai de départ volontaire a été accordé peut, dès la notification de la décision portant obligation de quitter le territoire français, être contraint de résider dans le lieu qui lui est désigné par l'autorité administrative. Cette décision est prise pour une durée qui ne peut se poursuivre au-delà de l'expiration du délai de départ volontaire.

Art. L. 721-7. – L'étranger auquel un délai de départ volontaire a été accordé peut, dès la notification de la décision portant obligation de quitter le territoire français, être astreint à se présenter à l'autorité administrative ou aux services de police ou aux unités de gendarmerie pour y indiquer ses diligences dans la préparation de son départ. Cette décision est prise pour une durée qui ne peut se poursuivre au-delà de l'expiration du délai de départ volontaire.

Art. L. 721-8. – L'autorité administrative peut prescrire à l'étranger auquel un délai de départ a été accordé la remise de son passeport ou de tout document justificatif de son identité, dans les conditions prévues à l'article L. 814-1.

Art. L. 721-9. – Les modalités d'application de la présente section sont prévues par décret en Conseil d'État.

CHAPITRE II. – EXÉCUTION D'OFFICE

Section 1. – Engagement de la procédure d'exécution d'office

Art. L. 722-1. – Lorsque l'étranger n'a pas satisfait à son obligation d'exécuter la décision d'éloignement dont il fait l'objet, l'autorité administrative peut prendre les décisions prévues aux titres III et IV, nécessaires à l'exécution d'office des décisions d'éloignement, sous réserve de ne procéder à l'éloignement effectif que dans les conditions prévues aux articles L. 722-7 à L. 722-10.

Art. L. 722-2. – Lorsque l'étranger fait l'objet d'une décision d'expulsion, d'une peine d'interdiction du territoire français ou d'une interdiction administrative du territoire français, la procédure prévue à l'article L. 733-8 peut lui être appliquée sans que la condition d'assignation à résidence ou la condition d'impossibilité d'exécution d'office de la décision d'éloignement résultant de l'obstruction volontaire de l'étranger soit requise.

Les modalités d'application du présent article sont fixées par décret en Conseil d'État.

Sous-section 1. – Décisions administratives d'éloignement

Art. L. 722-3. – L'autorité administrative peut engager la procédure d'exécution d'office de la décision portant obligation de quitter le territoire français dès l'expiration du délai de départ volontaire ou, si aucun délai n'a été accordé, dès la notification de l'obligation de quitter le territoire français ou, s'il a été mis fin au délai accordé, dès la notification de la décision d'interruption du délai.

Art. L. 722-4. – L'autorité administrative peut engager la procédure d'exécution d'office des décisions d'éloignement autres que celle portant obligation de quitter le territoire français dès leur notification.

Lorsqu'une décision de remise aux autorités d'un autre État ou portant obligation de quitter le territoire français assortie d'une interdiction de retour ou de circulation a déjà été exécutée ou que l'étranger qui en fait l'objet est revenu en France, cette interdiction, si elle poursuit ses effets, peut être exécutée d'office.

Art. L. 722-5. – L'autorité administrative ne peut procéder à l'exécution d'office d'une interdiction administrative du territoire français lorsque l'étranger est mineur.

Sous-section 2. – Peine d'interdiction du territoire français

Art. L. 722-6. – La peine d'interdiction du territoire français prononcée à l'encontre d'un étranger coupable d'un crime ou d'un délit en application des articles 131-30 à 131-30-2 du Code pénal est exécutoire dans les conditions prévues aux deuxième à quatrième alinéas de l'article 131-30 du même code.

Section 2. – Conditions dans lesquelles il peut être procédé à l'éloignement effectif

Sous-section 1. – Étranger faisant l'objet d'une décision portant obligation de quitter le territoire français ou d'une interdiction de retour sur le territoire français

Art. L. 722-7. – L'éloignement effectif de l'étranger faisant l'objet d'une décision portant obligation de quitter le territoire français ne peut intervenir avant l'expiration du délai ouvert pour contester, devant le tribunal administratif, cette décision et la décision fixant le pays de renvoi qui l'accompagne, ni avant que ce même tribunal n'ait statué sur ces décisions s'il a été saisi.

Lorsque la décision fixant le pays de renvoi est notifiée postérieurement à la décision portant obligation de quitter le territoire français, l'éloignement effectif ne peut non plus intervenir avant l'expiration du délai ouvert pour contester cette décision, ni avant que le tribunal administratif n'ait statué sur ce recours s'il a été saisi.

Les dispositions du présent article s'appliquent sans préjudice des possibilités d'assignation à résidence et de placement en rétention prévues au présent livre.

Art. L. 722-8. – Lorsque l'étranger ne peut être éloigné en exécution d'une décision portant obligation de quitter le territoire français, l'autorité administrative ne peut pas procéder à l'exécution d'office de l'interdiction de retour assortissant cette obligation de quitter le territoire français.

Sous-section 2. – Étranger devant être éloigné pour la mise en œuvre d'une décision prise par un État membre de l'Union européenne

Art. L. 722-9. – L'éloignement effectif de l'étranger faisant l'objet de la décision prévue à l'article L. 615-1 ne peut intervenir avant que l'étranger ait été mis en mesure de présenter des observations et d'avertir ou de faire avertir son consulat, un conseil ou toute personne de son choix.

Sous-section 3. – Étranger devant être remis aux autorités d'un État membre de l'Union européenne ou faisant l'objet d'une interdiction de circulation sur le territoire français

Art. L. 722-10. – **La remise effective de l'étranger, prévue au titre II du livre VI, ne peut intervenir avant que celui-ci ait été mis en mesure de présenter des observations et d'avertir ou de faire avertir son consulat, un conseil ou toute personne de son choix.**

Section 3. – Libération conditionnelle de l'étranger condamné à une peine privative de liberté et faisant l'objet d'une décision d'éloignement

Art. L. 722-11. – **Le juge d'application des peines ou le tribunal de l'application des peines peut décider de la libération conditionnelle de l'étranger condamné à une peine privative de liberté et faisant l'objet d'une décision mentionnée à l'article L. 700-1, à l'exception de son 4°, ou d'une mesure d'extradition ou de remise sur le fondement d'un mandat d'arrêt européen dans les conditions prévues à l'article 729-2 du Code de procédure pénale.**

Section 4. – Escorte en cas de transit d'un étranger par un aéroport français

Art. L. 722-12. – **En cas de transit d'un étranger par un aéroport français en vue de son acheminement vers le pays de destination en exécution d'une décision d'éloignement prise par un État membre de l'Union européenne, la République d'Islande, la Principauté du Liechtenstein, le Royaume de Norvège ou la Confédération suisse, l'escorte est placée sous l'autorité du ministre de l'intérieur.**

Dans ce cadre, les prérogatives des membres de l'escorte sont limitées à la légitime défense et, dans le but de porter assistance aux autorités françaises, à un usage raisonnable et proportionné de la force. Ils ne disposent en aucun cas du pouvoir d'interpellation.

TITRE III. – ASSIGNATION À RÉSIDENCE

Art. L. 730-1. – **L'autorité administrative peut, dans les conditions prévues au présent titre, assigner à résidence l'étranger faisant l'objet d'une décision d'éloignement sans délai de départ volontaire ou pour laquelle le délai de départ volontaire imparti a expiré et qui ne peut quitter immédiatement le territoire français.**

Art. L. 730-2. – **Conformément à l'article L. 264-1, les dispositions des 6°, 7° et 8° et du dernier alinéa de l'article L. 731-1, de l'article L. 731-2, des 6°, 7° et 8° de l'article L. 731-3, des articles L. 731-4, L. 731-5, L. 732-1 à L. 732-9 et L. 733-1 à L. 733-17 sont applicables à l'étranger dont la situation est régie par le livre II.**

CHAPITRE I. – CAS DANS LESQUELS L'ÉTRANGER PEUT ÊTRE ASSIGNÉ À RÉSIDENCE

Section 1. – Assignation à résidence aux fins d'exécution de la décision d'éloignement

Art. L. 731-1. – **L'autorité administrative peut assigner à résidence l'étranger qui ne peut quitter immédiatement le territoire français mais dont l'éloignement demeure une perspective raisonnable, dans les cas suivants :**

1° L'étranger fait l'objet d'une décision portant obligation de quitter le territoire français, prise moins d'un an auparavant, pour laquelle le délai de départ volontaire est expiré ou n'a pas été accordé ;

2° L'étranger doit être éloigné en exécution d'une interdiction de retour sur le territoire français prise en application des articles L. 612-6, L. 612-7 et L. 612-8 ;

3° L'étranger doit être éloigné pour la mise en œuvre d'une décision prise par un autre État, en application de l'article L. 615-1 ;

4° L'étranger doit être remis aux autorités d'un autre État en application de l'article L. 621-1 ;

5° L'étranger doit être éloigné en exécution d'une interdiction de circulation sur le territoire français prise en application de l'article L. 622-1 ;

6° L'étranger fait l'objet d'une décision d'expulsion ;

7° L'étranger doit être éloigné en exécution d'une peine d'interdiction judiciaire du territoire prononcée en application du deuxième alinéa de l'article 131-30 du Code pénal ;

8° L'étranger doit être éloigné en exécution d'une interdiction administrative du territoire français.

L'étranger qui, ayant été assigné à résidence en application du présent article, ou placé en rétention administrative en application des articles L. 741-1 ou L. 741-2, n'a pas déféré à la décision dont il fait l'objet ou, y ayant déféré, est revenu en France alors que cette décision est toujours exécutoire, peut être assigné à résidence sur le fondement du présent article.

Art. L. 731-2. – L'étranger assigné à résidence en application de l'article L. 731-1 peut être placé en rétention en application de l'article L. 741-1, lorsqu'il ne présente plus de garanties de représentation effectives propres à prévenir un risque de soustraction à l'exécution de la décision d'éloignement apprécié selon les mêmes critères que ceux prévus à l'article L. 612-3.

Les modalités d'application de la présente section sont fixées par décret en Conseil d'État.

Section 2. – Assignation à résidence en cas de report de l'éloignement

Art. L. 731-3. – L'autorité administrative peut autoriser l'étranger qui justifie être dans l'impossibilité de quitter le territoire français ou ne pouvoir ni regagner son pays d'origine ni se rendre dans aucun autre pays, à se maintenir provisoirement sur le territoire en l'assignant à résidence jusqu'à ce qu'existe une perspective raisonnable d'exécution de son obligation, dans les cas suivants :

1° L'étranger fait l'objet d'une décision portant obligation de quitter le territoire français pour laquelle le délai de départ volontaire est expiré ou n'a pas été accordé ;

2° L'étranger doit être éloigné en exécution d'une interdiction de retour sur le territoire français en application des articles L. 612-6, L. 612-7 et L. 612-8 ;

3° L'étranger doit être éloigné pour la mise en œuvre d'une décision prise par un autre État, en application de l'article L. 615-1 ;

4° L'étranger doit être remis aux autorités d'un autre État en application de l'article L. 621-1 ;

5° L'étranger doit être éloigné en exécution d'une interdiction de circulation sur le territoire français en application de l'article L. 622-1 ;

6° L'étranger fait l'objet d'une décision d'expulsion ;

7° L'étranger doit être éloigné en exécution d'une peine d'interdiction judiciaire du territoire prononcée en application du deuxième alinéa de l'article 131-30 du Code pénal ;

8° L'étranger doit être éloigné en exécution d'une interdiction administrative du territoire français.

Les modalités d'application du présent article sont fixées par décret en Conseil d'État.

Art. L. 731-4. – L'autorité administrative peut assigner à résidence l'étranger faisant l'objet d'une décision d'expulsion non exécutée lorsque son état de santé nécessite une prise en charge médicale dont le défaut pourrait avoir pour lui des conséquences d'une exceptionnelle gravité et si, eu égard à l'offre de soins et aux caractéristiques du système de santé du pays de renvoi, il ne pourrait pas y bénéficier effectivement d'un traitement approprié.

Art. L. 731-5. – L'autorité administrative peut, à titre probatoire et exceptionnel, assigner à résidence l'étranger faisant l'objet d'une décision d'expulsion édictée en application de l'article L. 631-2.

L'autorité administrative peut abroger sa décision à tout moment en cas de manquement aux obligations et prescriptions liées à l'assignation à résidence prévues aux articles L. 733-1 et L. 824-4 à L. 824-7, ainsi qu'en cas de faits nouveaux constitutifs d'un comportement préjudiciable à l'ordre public.

CHAPITRE II. – RÉGIME DES ASSIGNATIONS À RÉSIDENCE

Section 1. – Dispositions générales

Art. L. 732-1. – Les décisions d'assignation à résidence, y compris de renouvellement, sont motivées.

Art. L. 732-2. – L'étranger qui fait l'objet d'une décision d'expulsion, d'une peine d'interdiction du territoire français ou d'une interdiction administrative du territoire prononcée en tout point du territoire de la République peut, quel que soit l'endroit où il se trouve, être assigné à résidence dans des lieux choisis par l'autorité administrative sur l'ensemble du territoire de la République.

Art. L. 732-3. – L'assignation à résidence prévue à l'article L. 731-1 ne peut excéder une durée de quarante-cinq jours.

Elle est renouvelable une fois dans la même limite de durée.

Art. L. 732-4. – Lorsque l'assignation à résidence a été édictée en application des 1°, 2°, 3°, 4° ou 5° de l'article L. 731-3, elle ne peut excéder une durée de six mois.

Elle peut être renouvelée une fois, dans la même limite de durée. Toutefois, dans les cas prévus aux 2° et 5° du même article, elle ne peut être renouvelée que tant que l'interdiction de retour ou l'interdiction de circulation sur le territoire français demeure exécutoire.

Art. L. 732-5. – Lorsque l'assignation à résidence a été édictée en application des 6°, 7° ou 8° de l'article L. 731-3 ou des articles L. 731-4 ou L. 731-5, la durée maximale de six mois prévue à l'article L. 732-4 ne s'applique pas.

Dans le cas prévu au 7° de l'article L. 731-3, le maintien sous assignation à résidence au-delà de cinq ans fait l'objet d'une décision spécialement motivée faisant état des circonstances particulières justifiant cette prolongation au regard, notamment, de l'absence de garanties suffisantes de représentation de l'étranger ou si sa présence constitue une menace grave pour l'ordre public.

Art. L. 732-6. – Les modalités d'application de la présente section sont fixées par décret en Conseil d'État.

Section 2. – Dispositions particulières à l'assignation à résidence aux fins d'exécution de la décision d'éloignement

Sous-section 1. – Information de l'étranger

Art. L. 732-7. – Il est remis aux étrangers assignés à résidence en application de l'article L. 731-1 une information sur les modalités d'exercice de leurs droits, les obligations qui leur incombent et, le cas échéant, la possibilité de bénéficier d'une aide au retour.

Les modalités d'application du présent article sont fixées par décret en Conseil d'État.

Sous-section 2. – Procédure contentieuse spécifique

Art. L. 732-8. – La décision d'assignation à résidence prise en application des 1°, 2°, 3°, 4° ou 5° de l'article L. 731-1 peut être contestée devant le président du tribunal administratif dans le délai de quarante-huit heures suivant sa notification. Elle peut être contestée dans le même recours que la décision d'éloignement qu'elle accompagne.

Le délai de quarante-huit heures prévu au premier alinéa est également applicable à la contestation de la décision d'assignation à résidence notifiée postérieurement à la décision d'éloignement, alors même que la légalité de cette dernière a été confirmée par le juge administratif ou ne peut plus être contestée.

Les dispositions des articles L. 614-7 à L. 614-13 sont applicables au jugement de la décision d'assignation à résidence contestée en application du présent article.

Section 3. – Dispositions particulières à l'assignation à résidence en cas de report de l'éloignement

Art. L. 732-9. – Les décisions d'assignation à résidence prévues aux articles L. 731-4 et L. 731-5 sont assorties d'une autorisation de travail.

CHAPITRE III. – MESURES APPLICABLES AUX ÉTRANGERS ASSIGNÉS À RÉSIDENCE

Section 1. – Dispositions générales

Art. L. 733-1. – L'étranger assigné à résidence en application du présent titre se présente périodiquement aux services de police ou aux unités de gendarmerie.

Il se présente également, lorsque l'autorité administrative le lui demande, aux autorités consulaires, en vue de la délivrance d'un document de voyage.

Art. L. 733-2. – L'autorité administrative peut, aux fins de préparation du départ de l'étranger, lui désigner, en tenant compte des impératifs de la vie privée et familiale, une plage horaire pendant laquelle il demeure dans les locaux où il réside, dans la limite de trois heures consécutives par période de vingt-quatre heures.

Lorsque l'étranger assigné à résidence fait l'objet d'une décision d'expulsion, d'une peine d'interdiction du territoire français ou d'une décision d'interdiction administrative du territoire français, ou si son comportement constitue une menace pour l'ordre public, la durée de cette plage horaire peut être portée à dix heures consécutives par période de vingt-quatre heures.

Art. L. 733-3. – Si l'étranger présente une menace d'une particulière gravité pour l'ordre public, l'autorité administrative peut le faire conduire par les services de police ou les unités de gendarmerie jusqu'aux lieux d'assignation.

Art. L. 733-4. – L'autorité administrative peut prescrire à l'étranger assigné à résidence la remise de son passeport ou de tout document justificatif de son identité, dans les conditions prévues à l'article L. 814-1.

Art. L. 733-5. – Les modalités d'application des articles L. 733-1 à L. 733-4 sont fixées par décret en Conseil d'État.

Section 2. – Dispositions applicables en cas d'obstruction de l'étranger

Sous-section 1. – En vue de la présentation de l'étranger aux autorités consulaires

Art. L. 733-6. – Si l'étranger assigné à résidence en application des articles L. 731-1, L. 731-3, L. 731-4 ou L. 731-5 n'a pas déféré, sans motif légitime, à une demande de présentation aux autorités consulaires du pays dont il est raisonnable de penser qu'il a la nationalité, en vue de la délivrance d'un document de voyage, l'autorité administrative peut le faire conduire auprès de ces autorités par les services de police ou les unités de gendarmerie en vue de cette démarche, dans les conditions et pour le temps strictement nécessaires à celle-ci.

Art. L. 733-7. – Lorsque l'obstruction volontaire de l'étranger mentionné à l'article L. 733-6 fait obstacle à ce qu'il soit conduit auprès des autorités consulaires, l'autorité administrative peut, après avoir dûment constaté cette obstruction, demander au juge des libertés et de la détention de l'autoriser à requérir les services de police ou les unités de gendarmerie pour qu'ils visitent le domicile de l'étranger. Cette visite a pour but de s'assurer de la présence de l'étranger, de le conduire auprès des autorités consulaires et, si les conditions en sont remplies, de lui notifier une décision de placement en rétention.

Pour l'application du premier alinéa, le juge des libertés et de la détention s'assure de l'obstruction volontaire de l'étranger à la demande de présentation aux autorités consulaires. Cette obstruction résulte de la non-présentation, sans motif légitime, aux autorités consulaires en vue de préparer l'exécution de la décision d'éloignement. Il est alors procédé comme il est dit aux articles L. 733-9 à L. 733-12.

Sous-section 2. – En vue de l'exécution d'office de la décision d'éloignement

Art. L. 733-8. – Lorsque l'obstruction volontaire de l'étranger assigné à résidence en application des articles L. 731-1, L. 731-3, L. 731-4 ou L. 731-5 fait obstacle à l'exécution d'office de la décision d'éloignement, l'autorité administrative peut, après avoir dûment constatée cette obstruction, demander au juge des libertés et de la détention de l'autoriser à requérir les services de police ou les unités de gendarmerie pour qu'ils visitent le domicile de l'étranger. Cette visite a pour but de s'assurer de la présence de l'étranger, de permettre de procéder à son éloignement effectif ou, si le départ n'est pas possible immédiatement, de lui notifier une décision de placement en rétention.

Pour l'application du premier alinéa, le juge des libertés et de la détention s'assure du caractère exécutoire de la décision d'éloignement que la requête vise à exécuter et de l'obstruction volontaire de l'étranger à ladite exécution. Cette obstruction résulte notamment de l'absence de réponse de l'étranger à sa demande de présentation pour les nécessités de l'exécution de la décision d'éloignement. Il est alors procédé comme il est dit aux articles L. 733-9 à L. 733-12.

Sous-section 3. – Procédure relative à la visite du domicile d'un étranger

Art. L. 733-9. – Le juge des libertés et de la détention, saisi par requête en application des articles L. 733-7 ou L. 733-8, statue dans un délai de vingt-quatre heures.

À peine de nullité, sa décision est motivée. Elle mentionne l'adresse des lieux dans lesquels les opérations de visite peuvent être effectuées.

Art. L. 733-10. – L'ordonnance du juge des libertés et de la détention autorisant la visite du domicile de l'étranger est exécutoire pendant quatre-vingt-seize heures au seul vu de la minute.

Elle est notifiée sur place à l'étranger dans une langue qu'il comprend ou, à défaut, à l'occupant des lieux, qui en reçoit copie intégrale contre récépissé. L'acte de notification comporte mention des voies de recours.

Art. L. 733-11. – Les opérations de visite sont effectuées sous le contrôle du magistrat qui les a autorisées, qui peut se déplacer sur les lieux pour veiller au respect des dispositions légales. Ces opérations ne peuvent être commencées avant 6 heures ni après 21 heures. Elles ne peuvent, à peine de nullité, avoir un autre objet que l'exécution de la décision d'éloignement visée dans la décision du juge des libertés et de la détention.

Il est dressé un procès-verbal mentionnant les dates et heures de début et de fin des opérations et les conditions de leur déroulement. Ce procès-verbal est présenté à la signature de l'étranger ou, à défaut, de l'occupant des lieux ; en cas de refus, mention est faite de ce refus et de ses motifs déclarés. Le procès-verbal est transmis au juge des libertés et de la détention, copie en ayant été remise à l'étranger ou, à défaut, à l'occupant des lieux.

Art. L. 733-12. – L'ordonnance mentionnée à l'article L. 733-10 est susceptible d'appel devant le premier président de la cour d'appel ou son délégué, qui est saisi sans forme et statue dans un délai de quarante-huit heures à compter de sa saisine.

L'appel n'est pas suspensif.

Le premier président de la cour d'appel ou son délégué peut, par ordonnance motivée et sans avoir préalablement convoqué les parties, rejeter les déclarations d'appel manifestement irrecevables.

Art. L. 733-13. – Les modalités d'application des articles L. 733-6 à L. 733-12 sont fixées par décret en Conseil d'État.

Section 3. – Dispositions spécifiques à l'étranger dont le comportement est lié à des activités à caractère terroriste

Art. L. 733-14. – L'étranger condamné à une peine d'interdiction du territoire français pour des actes de terrorisme prévus par le titre II du livre IV du Code pénal, ou faisant l'objet d'une décision d'expulsion prononcée pour un comportement lié à des activités à caractère terroriste, et qui est assigné à résidence en application des 6° ou 7° de l'article L. 731-3 ou de l'article L. 731-4 peut être placé sous surveillance électronique mobile.

Ce placement est prononcé par l'autorité administrative, après accord de l'étranger, pour une durée de trois mois. Cette durée initiale peut être prolongée pour une même durée sans que la durée totale du placement dépasse deux ans. À défaut de prolongation, il est mis fin au placement sous surveillance électronique mobile.

Pendant toute la durée du placement, l'étranger est astreint au port d'un dispositif intégrant un émetteur permettant à tout moment de déterminer à distance sa localisation sur l'ensemble du territoire national.

La mise en œuvre du dispositif technique permettant le contrôle à distance peut être confiée à une personne de droit privé habilitée dans des conditions fixées par décret en Conseil d'État.

Pendant la durée du placement, l'autorité administrative peut, d'office ou à la demande de l'étranger, modifier ou compléter les obligations résultant dudit placement.

Art. L. 733-15. – Lorsque la préservation de la sécurité publique l'exige, l'autorité administrative peut interdire à l'étranger, assigné à résidence en application des 6° ou 7° de l'article L. 731-3 ou de l'article L. 731-4, qui a été condamné à une peine d'interdiction du territoire pour des actes de terrorisme prévus au titre II du livre IV du Code pénal ou qui fait l'objet d'une décision d'expulsion édictée pour un comportement lié à des activités à caractère terroriste de se trouver en relation, directement ou indirectement, avec certaines personnes nommément désignées dont le comportement est lié à des activités à caractère terroriste.

La décision est écrite et motivée. Elle peut être prise pour une durée maximale de six mois et renouvelée, dans la même limite de durée, par une décision également motivée. Cette interdiction est levée dès que les conditions ne sont plus satisfaites ou en cas de levée de l'assignation à résidence.

Section 4. – Dispositions spécifiques à l'étranger faisant l'objet d'une peine d'interdiction du territoire français lorsqu'il n'est plus assigné à résidence

Art. L. 733-16. – Lorsqu'il n'est plus assigné à résidence en application du 7° de l'article L. 731-3, l'étranger faisant l'objet d'une peine d'interdiction du territoire français peut être astreint à déclarer l'adresse des locaux où il réside à l'autorité administrative, aux services de police ou aux unités de gendarmerie et à se présenter, sur convocation, à ces mêmes services en vue des démarches nécessaires aux fins d'exécution de l'interdiction du territoire.

Il se présente également, lorsque l'autorité administrative le lui demande, aux autorités consulaires, en vue de la délivrance d'un document de voyage. Dans ce cas, les dispositions des articles L. 733-6 et L. 733-7 sont applicables.

Section 5. – Manquement aux prescriptions liées à l'assignation à résidence

Art. L. 733-17. – Le manquement aux prescriptions liées à l'assignation à résidence, au placement sous surveillance électronique mobile et à l'interdiction de se trouver en relation avec certaines personnes nommément désignées dont le comportement est lié à des activités à caractère terroriste est sanctionné dans les conditions prévues aux articles L. 824-4 à L. 824-7.

Les modalités d'application du présent article sont fixées par décret en Conseil d'État.

TITRE IV. – RÉTENTION ADMINISTRATIVE

Art. L. 740-1. – L'autorité administrative peut, dans les conditions prévues au présent titre, placer en rétention un étranger pour l'exécution de la décision d'éloignement dont il fait l'objet.

Art. L. 740-2. – Conformément à l'article L. 264-1, les dispositions du présent titre sont applicables à l'étranger dont la situation est régie par le livre II.

CHAPITRE I. – PLACEMENT EN RÉTENTION PAR L'AUTORITÉ ADMINISTRATIVE

Section 1. – Décision de placement en rétention

Art. L. 741-1. – L'autorité administrative peut placer en rétention, pour une durée de quarante-huit heures, l'étranger qui se trouve dans l'un des cas prévus à l'article L. 731-1 lorsqu'il ne présente pas de garanties de représentation effectives propres à prévenir un risque de soustraction à l'exécution de la décision d'éloignement et qu'aucune autre mesure n'apparaît suffisante à garantir efficacement l'exécution effective de cette décision.

Le risque mentionné au premier alinéa est apprécié selon les mêmes critères que ceux prévus à l'article L. 612-3.

Art. L. 741-2. – La peine d'interdiction du territoire français prononcée à titre de peine principale et assortie de l'exécution provisoire entraîne de plein droit le placement en rétention de l'étranger, pour une durée de quarante-huit heures. Les dispositions des articles L. 741-8 et L. 741-9 ainsi que celles des chapitres II à IV sont alors applicables.

Prononcée à titre de peine complémentaire, l'interdiction du territoire peut donner lieu au placement en rétention de l'étranger, le cas échéant à l'expiration de sa peine d'emprisonnement, en application de l'article L. 741-1.

Art. L. 741-3. – Un étranger ne peut être placé ou maintenu en rétention que pour le temps strictement nécessaire à son départ. L'administration exerce toute diligence à cet effet.

Art. L. 741-4. – La décision de placement en rétention prend en compte l'état de vulnérabilité et tout handicap de l'étranger.

Le handicap moteur, cognitif ou psychique et les besoins d'accompagnement de l'étranger sont pris en compte pour déterminer les conditions de son placement en rétention.

Évaluation de la vulnérabilité. Si l'étranger placé en rétention a le droit, en application de l'article R. 751-8 du Code de l'entrée et du séjour des étrangers et du droit d'asile (ex. art. R. 553-13), de demander une évaluation de son état de vulnérabilité par des agents de l'OFFII et, si besoin, par un médecin, une telle évaluation est indépendante de la prise en compte de l'état de vulnérabilité au moment du placement en rétention, imposée par l'article L. 744-9 et l'ancien article L. 571-4, et ne peut en compenser l'absence (▪ Cass. 1re civ., 15 déc. 2021, n° 20-17.283 : *JurisData* n° 2021-020419).

Art. L. 741-5. – L'étranger mineur de dix-huit ans ne peut faire l'objet d'une décision de placement en rétention. Il ne peut être retenu que s'il accompagne un étranger placé en rétention dans les conditions prévues au présent article.

L'étranger accompagné d'un mineur ne peut être placé en rétention que dans les cas suivants :

1° L'étranger n'a pas respecté l'une des prescriptions d'une précédente mesure d'assignation à résidence ;

2° À l'occasion de la mise en œuvre de la décision d'éloignement, l'étranger a pris la fuite ou opposé un refus ;

3° En considération de l'intérêt du mineur, le placement en rétention de l'étranger dans les quarante-huit heures précédant le départ programmé préserve l'intéressé et le mineur qui l'accompagne des contraintes liées aux nécessités de transfert.

La durée de rétention d'un étranger accompagné d'un mineur est la plus brève possible, eu égard au temps strictement nécessaire à l'organisation du départ. Dans tous les cas, le placement en rétention d'un étranger accompagné d'un mineur n'est possible que dans un lieu de rétention administrative bénéficiant de chambres isolées et adaptées, spécifiquement destinées à l'accueil des familles.

L'intérêt supérieur de l'enfant est une considération primordiale pour l'application de la présente section.

Section 2. – Procédure administrative

Art. L. 741-6. – La décision de placement en rétention est prise par l'autorité administrative, après l'interpellation de l'étranger ou, le cas échéant, lors de sa retenue aux fins de vérification de son droit de circulation ou de séjour, à l'expiration de sa garde à vue, ou à l'issue de sa période d'incarcération en cas de détention. Elle est écrite et motivée.

Elle prend effet à compter de sa notification.

Art. L. 741-7. – La décision de placement en rétention ne peut être prise avant l'expiration d'un délai de sept jours à compter du terme d'un précédent placement prononcé en vue de l'exécution de la même mesure. Toutefois, si ce précédent placement a pris fin en raison de la soustraction de l'étranger aux mesures de surveillance dont il faisait l'objet, l'autorité administrative peut décider d'un nouveau placement en rétention avant l'expiration de ce délai.

Art. L. 741-8. – Le procureur de la République est informé immédiatement de tout placement en rétention.

Nullité d'ordre public. Les articles L. 551-2, alinéa 1, devenu L. 741-8, L. 553-3, alinéa 1, devenu L. 743-1 et L. 552-13 dans sa rédaction issue de la loi n° 2011-672 du 16 juin 2011 imposent que le procureur de la République, garant de la liberté individuelle, soit immédiatement et effectivement informé de tout placement en rétention ; est entachée d'une nullité d'ordre public, ici relevée d'office, la procédure dont les pièces du dossier ne permettent pas d'établir le respect de cette exigence, sans que l'étranger n'ait à démontrer l'existence d'une atteinte à ses droits (▪ Cass. 1re civ., 23 juin 2021, n° 20-15.788 : *JurisData* n° 2021-010056).

Art. L. 741-9. – L'étranger placé en rétention est informé de ses droits dans les conditions prévues à l'article L. 744-4.

Section 3. – Contestation de la décision de placement en rétention

Art. L. 741-10. – L'étranger qui fait l'objet d'une décision de placement en rétention peut la contester devant le juge des libertés et de la détention, dans un délai de quarante-huit heures à compter de sa notification.

Il est statué suivant la procédure prévue aux articles L. 743-3 à L. 743-18.

CHAPITRE II. – MAINTIEN EN RÉTENTION PAR LE JUGE DES LIBERTÉS ET DE LA DÉTENTION

Section 1. – Première prolongation

Art. L. 742-1. – **Le maintien en rétention au-delà de quarante-huit heures à compter de la notification de la décision de placement initiale peut être autorisé, dans les conditions prévues au présent titre, par le juge des libertés et de la détention saisie à cette fin par l'autorité administrative.**

Art. L. 742-2. – **L'étranger est maintenu à disposition de la justice, dans des conditions fixées par le procureur de la République, pendant le temps strictement nécessaire à la tenue de l'audience et au prononcé de l'ordonnance.**

Art. L. 742-3. – **Si le juge ordonne la prolongation de la rétention, celle-ci court pour une période de vingt-huit jours à compter de l'expiration du délai de quarante-huit heures mentionné à l'article L. 741-1.**

Section 2. – Nouvelles prolongations

Sous-section 1. – Dispositions générales

Art. L. 742-4. – **Le juge des libertés et de la détention peut, dans les mêmes conditions qu'à l'article L. 742-1, être à nouveau saisi aux fins de prolongation du maintien en rétention au-delà de trente jours, dans les cas suivants :**

1° En cas d'urgence absolue ou de menace d'une particulière gravité pour l'ordre public ;

2° Lorsque l'impossibilité d'exécuter la décision d'éloignement résulte de la perte ou de la destruction des documents de voyage de l'intéressé, de la dissimulation par celui-ci de son identité ou de l'obstruction volontaire faite à son éloignement ;

3° Lorsque la décision d'éloignement n'a pu être exécutée en raison :

***a)* du défaut de délivrance des documents de voyage par le consulat dont relève l'intéressé ou lorsque la délivrance des documents de voyage est intervenue trop tardivement pour procéder à l'exécution de la décision d'éloignement ;**

***b)* de l'absence de moyens de transport.**

L'étranger peut être maintenu à disposition de la justice dans les conditions prévues à l'article L. 742-2.

Si le juge ordonne la prolongation de la rétention, celle-ci court à compter de l'expiration de la précédente période de rétention et pour une nouvelle période d'une durée maximale de trente jours. La durée maximale de la rétention n'excède alors pas soixante jours.

Art. L. 742-5. – **À titre exceptionnel, le juge des libertés et de la détention peut à nouveau être saisi aux fins de prolongation du maintien en rétention au-delà de la durée maximale de rétention prévue à l'article L. 742-4, lorsqu'une des situations suivantes apparaît dans les quinze derniers jours :**

1° L'étranger a fait obstruction à l'exécution d'office de la décision d'éloignement ;

2° L'étranger a présenté, dans le seul but de faire échec à la décision d'éloignement :

***a)* une demande de protection contre l'éloignement au titre du 9° de l'article L. 611-3 ou du 5° de l'article L. 631-3 ;**

***b)* ou une demande d'asile dans les conditions prévues aux articles L. 754-1 et L. 754-3 ;**

3° La décision d'éloignement n'a pu être exécutée en raison du défaut de délivrance des documents de voyage par le consulat dont relève l'intéressé et qu'il est établi par l'autorité administrative compétente que cette délivrance doit intervenir à bref délai.

L'étranger est maintenu en rétention jusqu'à ce que le juge ait statué.

Si le juge ordonne la prolongation de la rétention, celle-ci court à compter de l'expiration de la dernière période de rétention pour une nouvelle période d'une durée maximale de quinze jours.

Si l'une des circonstances mentionnées aux 1°, 2° ou 3° survient au cours de la prolongation exceptionnelle ordonnée en application du huitième alinéa, elle peut être renouvelée une fois, dans les mêmes conditions. La durée maximale de la rétention n'excède alors pas quatre-vingt-dix jours.

Sous-section 2. – Dispositions spécifiques à l'étranger dont le comportement est lié à des activités à caractère terroriste pénalement constatées

Art. L. 742-6. – Par dérogation à l'article L. 742-4, le juge des libertés et de la détention peut également être à nouveau saisi aux fins de prolongation du maintien en rétention au-delà de trente jours si l'étranger a été condamné à une peine d'interdiction du territoire pour des actes de terrorisme prévus par le titre II du livre IV du Code pénal ou s'il fait l'objet d'une décision d'expulsion édictée pour un comportement lié à des activités à caractère terroriste pénalement constatées, dès lors que son éloignement demeure une perspective raisonnable et qu'aucune décision d'assignation à résidence ne permettrait un contrôle suffisant de cet étranger.

L'étranger peut être maintenu à disposition de la justice dans les conditions prévues à l'article L. 742-2.

Si le juge ordonne la prolongation de la rétention, celle-ci court pour une nouvelle période d'une durée maximale de trente jours qui peut être renouvelée. La durée maximale de la rétention n'excède alors pas cent quatre-vingts jours.

Art. L. 742-7. – À titre exceptionnel, le juge des libertés et de la détention peut à nouveau être saisi aux fins de prolongation du maintien au-delà de la durée maximale de rétention prévue à l'article L. 742-6, dans les conditions prévues à l'article L. 742-5. La durée maximale de la rétention n'excède alors pas deux cent dix jours.

Section 3. – Demande de mise en liberté par l'étranger

Art. L. 742-8. – Hors des audiences de prolongation de la rétention prévues au présent chapitre, l'étranger peut demander qu'il soit mis fin à sa rétention en saisissant le juge des libertés et de la détention. La décision de maintien en rétention d'un demandeur d'asile prévue à l'article L. 754-3 ne peut toutefois être contestée que devant le juge administratif.

Il est statué suivant la procédure prévue aux articles L. 743-3, L. 743-4, L. 743-6 à L. 743-12, L. 743-18 à L. 743-20, L. 743-24 et L. 743-25.

Section 4. – Fin de la rétention

Art. L. 742-9. – Si la décision d'éloignement est annulée par le juge administratif, il est immédiatement mis fin au maintien de l'étranger en rétention. Une autorisation provisoire de séjour lui est fournie jusqu'à ce que l'autorité administrative ait à nouveau statué sur son cas.

Art. L. 742-10. – Lorsqu'il est mis fin à la rétention pour une raison autre que l'annulation, l'abrogation ou le retrait de la décision d'éloignement, d'interdiction administrative du territoire ou de transfert, un rappel de l'obligation de déférer à cette décision est adressé à l'étranger par le juge des libertés et de la détention ou par l'autorité administrative.

L'étranger peut alors être assigné à résidence en application de l'article L. 731-1.

La méconnaissance des dispositions du premier alinéa est sans conséquence sur la régularité et le bien-fondé de procédures ultérieures d'éloignement et de rétention.

CHAPITRE III. – CONTRÔLE DE LA RÉTENTION PAR L'AUTORITÉ JUDICIAIRE

Section 1. – Intervention de l'autorité judiciaire de sa propre initiative

Art. L. 743-1. – Pendant toute la durée de la rétention de l'étranger, le procureur de la République ou le juge des libertés et de la détention peut se transporter sur les lieux, vérifier les conditions du maintien et se faire communiquer le registre prévu à l'article L. 744-2.

Le procureur de la République visite les lieux de rétention chaque fois qu'il l'estime nécessaire et au moins une fois par an.

Art. L. 743-2. – À tout moment, le juge des libertés et de la détention peut, après avoir mis l'autorité administrative en mesure de présenter ses observations, de sa propre initiative ou à la demande du ministère public, décider la mise en liberté de l'étranger maintenu en rétention lorsque les circonstances de droit ou de fait le justifient, sous réserve de la compétence exclusive du juge administratif sur la décision de maintien en rétention d'un demandeur d'asile.

Section 2. – Jugement des requêtes de l'étranger et de l'autorité administrative

Art. L. 743-3. – Les dispositions de la présente section sont applicables au jugement des requêtes formées par l'étranger aux fins de contestation de la décision de placement en rétention en application de l'article L. 741-10 et par l'autorité administrative aux fins de prolongation de la rétention en application de l'article L. 742-1 ou des articles L. 742-4 à L. 742-7.

Elles s'appliquent également au jugement de la requête formée par l'étranger, aux fins de remise en liberté hors des audiences de prolongation, en application de l'article L. 742-8.

Sous-section 1. – Dispositions communes

Art. L. 743-4. – Le juge des libertés et de la détention statue, par ordonnance, dans les quarante-huit heures suivant sa saisine.

Art. L. 743-5. – Lorsque le juge des libertés et de la détention est saisi par l'étranger aux fins de contestation de la décision de placement en rétention en application de l'article L. 741-10 et par l'autorité administrative aux fins de prolongation de la rétention en application de l'article L. 742-1, l'audience est commune aux deux procédures, sur lesquelles il est statué par ordonnance unique.

Art. L. 743-6. – Le juge des libertés et de la détention statue après audition du représentant de l'administration, si celui-ci, dûment convoqué, est présent, et de l'intéressé ou de son conseil, s'il en a un.

Art. L. 743-7. – Le juge des libertés et de la détention statue au siège du tribunal judiciaire dans le ressort duquel se situe le lieu de rétention de l'étranger, sauf exception prévue par voie réglementaire. Si une salle d'audience attribuée au ministère de la justice lui permettant de statuer publiquement a été spécialement aménagée à proximité immédiate de ce lieu de rétention, il statue dans cette salle.

Art. L. 743-8. – Le juge des libertés et de la détention peut décider, sur proposition de l'autorité administrative, que les audiences prévues à la présente section se déroulent avec l'utilisation de moyens de télécommunication audiovisuelle garantissant la confidentialité de la transmission. Il est alors dressé, dans chacune des deux salles d'audience ouvertes au public, un procès-verbal des opérations effectuées.

Sous-section 2. – Dispositions spécifiques au jugement de la requête aux fins de prolongation de la rétention

§ 1. – Contrôle de l'exercice des droits en rétention et de la proportionnalité de la mesure

Art. L. 743-9. – Le juge des libertés et de la détention, saisi aux fins de prolongation de la rétention, rappelle à l'étranger les droits qui lui sont reconnus et s'assure, d'après les mentions figurant au registre prévu à l'article L. 744-2 émargé par l'intéressé, que celui-ci a été, dans les meilleurs délais suivant la notification de la décision de placement en rétention, pleinement informé de ses droits et placé en état de les faire valoir à compter de son arrivée au lieu de rétention.

Le juge tient compte des circonstances particulières liées notamment au placement en rétention simultané d'un nombre important d'étrangers pour l'appréciation des délais relatifs à la notification de la décision, à l'information des droits et à leur prise d'effet.

Art. L. 743-10. – La circonstance que l'étranger a sollicité l'aide au retour prévue à l'article L. 711-2 alors qu'il est placé en rétention n'est pas à elle seule susceptible de justifier le refus de prolongation du maintien en rétention.

Art. L. 743-11. – À peine d'irrecevabilité, prononcée d'office, aucune irrégularité antérieure à une audience à l'issue de laquelle le juge des libertés et de la détention a prolongé la mesure ne peut être soulevée lors d'une audience ultérieure.

Art. L. 743-12. – En cas de violation des formes prescrites par la loi à peine de nullité ou d'inobservation des formalités substantielles, le juge des libertés et de la détention saisi d'une demande sur ce motif ou qui

relève d'office une telle irrégularité ne peut prononcer la mainlevée du placement ou du maintien en rétention que lorsque celle-ci a eu pour effet de porter atteinte aux droits de l'étranger.

§ 2. – Assignation à résidence alternative à la rétention

Art. L. 743-13. – Le juge des libertés et de la détention peut ordonner l'assignation à résidence de l'étranger lorsque celui-ci dispose de garanties de représentation effectives.

L'assignation à résidence ne peut être ordonnée par le juge qu'après remise à un service de police ou à une unité de gendarmerie de l'original du passeport et de tout document justificatif de son identité, en échange d'un récépissé valant justification de l'identité et sur lequel est portée la mention de la décision d'éloignement en instance d'exécution.

Lorsque l'étranger s'est préalablement soustrait à l'exécution d'une décision mentionnée à l'article L. 700-1, à l'exception de son 4°, l'assignation à résidence fait l'objet d'une motivation spéciale.

Art. L. 743-14. – Le juge des libertés et de la détention fixe les lieux dans lesquels l'étranger est assigné à résidence. À la demande du juge, l'étranger justifie que le local affecté à son habitation principale proposé pour l'assignation satisfait aux exigences de garanties de représentation effectives.

Art. L. 743-15. – L'étranger assigné à résidence en application de l'article L. 743-13 se présente quotidiennement aux services de police ou aux unités de gendarmerie territorialement compétents au regard du lieu d'assignation, en vue de l'exécution de la décision d'éloignement.

Art. L. 743-16. – En cas d'assignation à résidence en application de l'article L. 743-13, les dispositions des articles L. 732-7 et L. 733-6 à L. 733-12 sont applicables.

Les modalités d'application du présent article sont fixées par décret en Conseil d'État.

Art. L. 743-17. – Le manquement aux prescriptions liées à l'assignation à résidence est sanctionné dans les conditions prévues à l'article L. 824-4. Le procureur de la République est alors saisi dans les meilleurs délais.

Sous-section 3. – Dispositions spécifiques au jugement de la requête formée par l'étranger aux fins de mise en liberté hors des audiences de prolongation de la rétention

Art. L. 743-18. – Le juge des libertés et de la détention, saisi par l'étranger aux fins de mise en liberté hors des audiences de prolongation de la rétention en application de l'article L. 742-8, peut rejeter la requête sans avoir préalablement convoqué les parties s'il apparaît qu'aucune circonstance nouvelle de fait ou de droit n'est intervenue depuis le placement en rétention ou sa prolongation, ou que les éléments fournis à l'appui de la demande ne permettent manifestement pas de justifier qu'il soit mis fin à la rétention.

Section 3. – Information du procureur de la République et du tribunal administratif

Art. L. 743-19. – Lorsqu'une ordonnance du juge des libertés et de la détention met fin à la rétention d'un étranger ou l'assigne à résidence, elle est immédiatement notifiée au procureur de la République. L'étranger est maintenu à la disposition de la justice pendant un délai de dix heures à compter de cette notification, à moins que le procureur de la République n'en dispose autrement.

Art. L. 743-20. – Le juge des libertés et de la détention informe sans délai et par tous moyens du sens de sa décision le tribunal administratif saisi, le cas échéant, par l'étranger d'un recours dirigé contre la décision d'éloignement qui le vise.

La méconnaissance des dispositions du premier alinéa est sans conséquence sur la régularité et le bien-fondé des procédures ultérieures d'exécution de la décision d'éloignement.

Section 4. – Voies de recours

Art. L. 743-21. – Les ordonnances mentionnées au présent chapitre sont susceptibles d'appel devant le premier président de la cour d'appel ou son délégué.

L'appel peut être formé par l'étranger, le ministère public et l'autorité administrative.

Le premier président de la cour d'appel ou son délégué est saisi sans forme et doit statuer dans les quarante-huit heures de sa saisine.

Sous réserve des dispositions du troisième alinéa, les dispositions du présent chapitre relatives aux attributions et à la procédure suivie devant le juge des libertés et de la détention sont applicables devant la cour d'appel.

Art. L. 743-22. – L'appel n'est pas suspensif.

Toutefois, le ministère public peut demander au premier président de la cour d'appel ou à son délégué de déclarer son recours suspensif lorsqu'il lui apparaît que l'intéressé ne dispose pas de garanties de représentation effectives ou en cas de menace grave pour l'ordre public. Dans ce cas, l'appel, accompagné de la demande qui se réfère à l'absence de garanties de représentation effectives ou à la menace grave pour l'ordre public, est formé dans un délai de dix heures à compter de la notification de l'ordonnance au procureur de la République et transmis au premier président de la cour d'appel ou à son délégué. Celui-ci décide, sans délai, s'il y a lieu de donner à cet appel un effet suspensif, en fonction des garanties de représentation dont dispose l'étranger ou de la menace grave pour l'ordre public, par une ordonnance motivée rendue contradictoirement et qui n'est pas susceptible de recours.

L'intéressé est maintenu à la disposition de la justice jusqu'à ce que cette ordonnance soit rendue et, si elle donne un effet suspensif à l'appel du ministère public, jusqu'à ce qu'il soit statué sur le fond.

Art. L. 743-23. – Le premier président de la cour d'appel ou son délégué peut, par ordonnance motivée et sans avoir préalablement convoqué les parties, rejeter les déclarations d'appel manifestement irrecevables.

Lorsqu'il est saisi d'un appel contre une décision rendue par le juge des libertés et de la détention dans les cas prévus aux articles L. 741-10 et L. 742-8, il peut également rejeter la déclaration d'appel sans avoir préalablement convoqué les parties s'il apparaît qu'aucune circonstance nouvelle de fait ou de droit n'est intervenue depuis le placement en rétention administrative ou son renouvellement, ou que les éléments fournis à l'appui de la demande ne permettent manifestement pas de justifier qu'il soit mis fin à la rétention.

Section 5. – Droits garantis à l'étranger au cours de la procédure juridictionnelle

Art. L. 743-24. – L'étranger peut demander au juge des libertés et de la détention qu'il lui soit désigné un conseil d'office. Il peut bénéficier de l'aide juridictionnelle.

Le juge informe l'étranger des possibilités et des délais de recours contre toutes les décisions le concernant.

Art. L. 743-25. – Durant la période pendant laquelle il est maintenu à la disposition de la justice, dans les conditions prévues à l'article L. 742-2, l'étranger est mis en mesure, s'il le souhaite, de contacter son avocat et un tiers, de rencontrer un médecin et de s'alimenter.

CHAPITRE IV. – RÉGIME DE LA RÉTENTION

Section 1. – Organisation des lieux de rétention

Art. L. 744-1. – Lorsqu'il est fait application du présent titre, l'étranger est placé en rétention dans des locaux ne relevant pas de l'administration pénitentiaire.

Art. L. 744-2. – Il est tenu, dans tous les lieux de rétention, un registre mentionnant l'état civil des personnes retenues, ainsi que les conditions de leur placement ou de leur maintien en rétention. Le registre mentionne également l'état civil des enfants mineurs accompagnant ces personnes ainsi que les conditions de leur accueil.

L'autorité administrative tient à la disposition des personnes qui en font la demande les éléments d'information concernant les date et heure du début du placement de chaque étranger en rétention, le lieu exact de celle-ci ainsi que les date et heure des décisions de prolongation.

Art. L. 744-3. – Les conditions d'accessibilité adaptées aux lieux de rétention sont précisées par décret en Conseil d'État.

Section 2. – Droits des étrangers en rétention

Sous-section 1. – Droit de communiquer

Art. L. 744-4. – L'étranger placé en rétention est informé dans les meilleurs délais qu'il bénéficie, dans le lieu de rétention, du droit de demander l'assistance d'un interprète, d'un conseil et d'un médecin, et qu'il peut communiquer avec son consulat et toute personne de son choix. Ces informations lui sont communiquées dans une langue qu'il comprend.

En cas de placement simultané en rétention d'un nombre important d'étrangers, la notification des droits mentionnés au premier alinéa s'effectue dans les meilleurs délais.

Les modalités selon lesquelles s'exerce l'assistance de ces intervenants sont précisées, en tant que de besoin, par décret en Conseil d'État.

Art. L. 744-5. – Dans chaque lieu de rétention, l'étranger retenu peut s'entretenir confidentiellement avec son avocat dans un local prévu à cette fin. Ce local est accessible en toutes circonstances sur demande de l'avocat, sauf en cas de force majeure.

Les modalités d'application du présent article sont précisées, en tant que de besoin, par décret en Conseil d'État.

Sous-section 2. – Accueil, information et soutien de l'étranger

Art. L. 744-6. – À son arrivée au centre de rétention, l'étranger reçoit notification des droits qu'il est susceptible d'exercer en matière de demande d'asile.

À cette fin, il peut bénéficier d'une assistance juridique et linguistique. Lui sont notamment indiquées les conditions de recevabilité d'une demande d'asile formée en rétention prévues à l'article L. 754-1.

Art. L. 744-7. – Sauf en cas de menace pour l'ordre public à l'intérieur ou à l'extérieur du lieu de rétention, ou si la personne ne paraît pas psychologiquement à même de recevoir ces informations, l'étranger est informé par le responsable du lieu de rétention de toutes les prévisions de déplacement le concernant, liées aux audiences, à la présentation au consulat et aux conditions du départ.

La méconnaissance des dispositions du présent article est sans conséquence sur la régularité et le bien-fondé des procédures d'éloignement et de rétention.

Art. L. 744-8. – Dans chaque lieu de rétention, un document rédigé dans les langues les plus couramment utilisées, et décrivant les droits de l'étranger au cours de la procédure d'éloignement et de rétention, ainsi que leurs conditions d'exercice, est mis à disposition des personnes retenues.

La méconnaissance des dispositions du présent article est sans conséquence sur la régularité et le bien-fondé des procédures d'éloignement et de rétention.

Art. L. 744-9. – L'étranger maintenu en rétention bénéficie d'actions d'accueil, d'information et de soutien, pour permettre l'exercice effectif de ses droits et préparer son départ, selon des modalités définies par décret en Conseil d'État.

Sous-section 3. – Exercice des droits en lien avec une procédure pénale

Art. L. 744-10. – L'appel d'une décision prononcée par la juridiction pénale peut être interjeté par l'étranger placé ou maintenu en rétention au moyen d'une déclaration auprès du responsable du lieu de rétention. Il en est de même du pourvoi en cassation.

Cette déclaration est constatée, datée et signée par le responsable du lieu de rétention. Elle est également signée par l'étranger. Si celui-ci ne peut signer, il en est fait mention par le responsable. Ce document est adressé sans délai, en original ou en copie, au greffe de la juridiction qui a rendu la décision attaquée. Il est transcrit sur le registre prévu par, selon le cas, le troisième alinéa de l'article 380-12, le quatrième alinéa de l'article 502 ou le troisième alinéa de l'article 576 du Code de procédure pénale et annexé à l'acte dressé par le greffier.

Art. L. 744-11. – Lorsqu'un étranger est condamné en première instance à une peine d'interdiction du territoire français à titre de peine principale assortie de l'exécution provisoire et que l'éloignement du territoire a lieu avant la date de l'audience d'appel, son avocat est entendu lors de cette audience d'appel s'il en fait la demande. Il en est de même de l'avocat commis d'office lorsque l'étranger a demandé le bénéfice d'un conseil dans sa requête d'appel.

Section 3. – Accès aux lieux de rétention

Art. L. 744-12. – Les députés et les sénateurs ainsi que les représentants au Parlement européen élus en France sont autorisés à visiter à tout moment les lieux de rétention administrative.

Ils peuvent être accompagnés par un ou plusieurs journalistes titulaires de la carte d'identité professionnelle mentionnée à l'article L. 7111-6 du Code du travail.

Art. L. 744-13. – Le délégué du Haut-Commissariat des Nations unies pour les réfugiés et ses représentants peuvent être autorisés à visiter les lieux de rétention administrative.

Art. L. 744-14. – Les représentants des associations humanitaires peuvent être autorisés à visiter les lieux de rétention administrative.

Art. L. 744-15. – Sous réserve de ne pas porter atteinte à la dignité des personnes et aux exigences de sécurité et de bon fonctionnement du lieu de rétention administrative, les journalistes titulaires de la carte d'identité professionnelle mentionnée à l'article L. 7111-6 du Code du travail peuvent être autorisés à accéder aux lieux de rétention administrative.

Les prises d'images et de son des étrangers, des personnels et des intervenants dans les lieux de rétention administrative, de même que leur diffusion, ne sont autorisées qu'avec leur accord préalable. Elles se déroulent dans le respect de l'anonymat patronymique et physique des mineurs et, sauf accord contraire exprès, des majeurs.

Art. L. 744-16. – Les conditions d'accès du délégué du Haut-Commissariat des Nations unies pour les réfugiés et ses représentants, des représentants des associations humanitaires et des journalistes titulaires de la carte d'identité professionnelle mentionnée à l'article L. 7111-6 du Code du travail, aux lieux de rétention sont fixées par décret en Conseil d'État.

Section 4. – Transfert de l'étranger vers un autre lieu de rétention

Art. L. 744-17. – En cas de nécessité, l'autorité administrative peut, pendant toute la durée de la rétention, décider de déplacer un étranger d'un lieu de rétention vers un autre, sous réserve d'en informer les procureurs de la République compétents du lieu de départ et du lieu d'arrivée, ainsi que, après la première ordonnance de prolongation, les juges des libertés et de la détention compétente.

TITRE V. – MESURES APPLICABLES EN CAS DE DEMANDE D'ASILE

Art. L. 750-1. – Conformément à l'article L. 264-1, les dispositions des articles L. 752-1 à L. 752-12, L. 753-1 à L. 753-12, L. 754-1 et L. 754-3 à L. 754-8 sont applicables à l'étranger dont la situation est régie par le livre II.

CHAPITRE I. – MESURES APPLICABLES EN VUE DE L'EXÉCUTION D'UNE DÉCISION DE TRANSFERT

Art. L. 751-1. – Le présent chapitre détermine les mesures applicables aux étrangers faisant l'objet d'une requête aux fins de prise en charge ou de reprise en charge, en application du règlement (UE) n° 604/2013 du Parlement européen et du Conseil du 26 juin 2013, ou d'une décision de transfert en application de l'article L. 572-1.

Section 1. – Assignation à résidence

Sous-section 1. – Pendant la détermination de l'État responsable de l'examen de la demande d'asile et aux fins d'exécution de la décision de transfert

Art. L. 751-2. – L'étranger qui fait l'objet d'une requête aux fins de prise en charge ou de reprise en charge peut être assigné à résidence par l'autorité administrative pour le temps strictement nécessaire à la détermination de l'État responsable de l'examen de sa demande d'asile.

Lorsqu'un État requis a refusé de prendre en charge ou de reprendre en charge l'étranger, il est immédiatement mis fin à l'assignation à résidence édictée en application du présent article, sauf si une demande de réexamen est adressée à cet État dans les plus brefs délais ou si un autre État peut être requis.

En cas de notification d'une décision de transfert, l'assignation à résidence peut se poursuivre si l'étranger ne peut quitter immédiatement le territoire français mais que l'exécution de la décision de transfert demeure une perspective raisonnable.

L'étranger faisant l'objet d'une décision de transfert peut également être assigné à résidence en application du présent article, même s'il n'était pas assigné à résidence lorsque la décision de transfert lui a été notifiée.

L'étranger qui, ayant été assigné à résidence en application du présent article ou placé en rétention administrative, n'a pas déféré à la décision de transfert dont il fait l'objet ou, y ayant déféré, est revenu en France alors que cette décision est toujours exécutoire peut être à nouveau assigné à résidence en application du présent article.

Art. L. 751-3. – L'étranger assigné à résidence en application de l'article L. 751-2 peut être placé en rétention en application de l'article L. 751-9 s'il présente un risque non négligeable de fuite tel que défini à l'article L. 751-10.

Art. L. 751-4. – En cas d'assignation à résidence en application de l'article L. 751-2, les dispositions des articles L. 572-7, L. 732-1, L. 732-3, L. 732-7, L. 733-1 à L. 733-4 et L. 733-8 à L. 733-12 sont applicables.

Toutefois, pour l'application du second alinéa de l'article L. 732-3, l'assignation à résidence est renouvelable trois fois.

Le manquement aux prescriptions liées à l'assignation à résidence est sanctionné dans les conditions prévues aux articles L. 824-4 et L. 824-5.

Art. L. 751-5. – L'étranger assigné à résidence en application de l'article L. 751-2 se présente aux convocations de l'autorité administrative, répondre aux demandes d'information et se rendre aux entretiens prévus dans le cadre de la procédure de détermination de l'État responsable de l'examen de sa demande d'asile ou de l'exécution de la décision de transfert. L'autorité administrative peut prescrire à l'étranger la remise de son passeport ou de tout document justificatif de son identité, dans les conditions prévues à l'article L. 814-1.

Si l'étranger n'a pas déféré, sans motif légitime, aux convocations de l'autorité administrative et aux entretiens prévus dans le cadre de la procédure de détermination de l'État responsable de la demande d'asile ou de l'exécution de la décision de transfert, l'autorité administrative peut le faire conduire par les services de police ou les unités de gendarmerie en vue d'effectuer ces démarches, dans les conditions et pour le temps strictement nécessaires à celles-ci.

Lorsque l'obstruction volontaire de l'étranger fait obstacle à sa conduite en vue des présentations nécessaires, l'autorité administrative peut, après avoir dûment constaté cette obstruction, demander au juge des libertés et de la détention de l'autoriser à requérir les services de police ou les unités de gendarmerie afin qu'ils visitent le domicile de l'étranger. Cette visite a pour but de s'assurer de la présence de l'étranger, de le conduire pour assurer les présentations nécessaires et, si les conditions en sont remplies, de lui notifier une décision de transfert à destination de l'État responsable de sa demande ainsi que, le cas échéant, une décision de placement en rétention.

Pour l'application du troisième alinéa, le juge s'assure de l'obstruction volontaire de l'étranger aux demandes de présentation à la demande de présentation. Il est alors procédé comme il est dit aux articles L. 733-9 à L. 733-12.

Les opérations de visite ne peuvent, à peine de nullité, avoir d'autres finalités que celles énumérées au troisième alinéa.

Sous-section 2. – En cas de report du transfert

Art. L. 751-6. – L'étranger faisant l'objet d'une décision de transfert et qui justifie être dans l'impossibilité de quitter le territoire ou ne pouvoir ni regagner son pays d'origine ni se rendre dans aucun autre pays peut être autorisé à se maintenir sur le territoire français par l'autorité administrative qui l'assigne à résidence jusqu'à ce qu'existe une perspective raisonnable d'exécution du transfert.

Art. L. 751-7. – En cas d'assignation à résidence en application de l'article L. 751-6, les dispositions des articles L. 732-1, L. 732-4, L. 733-1 à L. 733-4 et L. 733-8 à L. 733-12 sont applicables.

Le manquement aux prescriptions liées à l'assignation à résidence est sanctionné dans les conditions prévues aux articles L. 824-4 et L. 824-5.

Art. L. 751-8. – Les modalités d'application des articles L. 751-2, L. 751-3, L. 751-4 et L. 751-6 sont fixées par décret en Conseil d'État.

Section 2. – Rétention administrative

Art. L. 751-9. – L'autorité administrative peut placer en rétention, pour une durée de quarante-huit heures, l'étranger faisant l'objet d'une requête aux fins de prise en charge ou de reprise en charge pour prévenir un risque non négligeable de fuite tel que défini à l'article L. 751-10, dans la mesure où le placement en rétention est proportionné et si les dispositions de l'article L. 751-2 ne peuvent être effectivement appliquées.

L'étranger faisant l'objet d'une requête aux fins de prise en charge ou de reprise en charge ne peut être placé et maintenu en rétention que pour le temps strictement nécessaire à la détermination de l'État responsable de l'examen de sa demande d'asile.

Lorsqu'un État requis a refusé de prendre en charge ou de reprendre en charge l'étranger, il est immédiatement mis fin à la rétention de ce dernier, sauf si une demande de réexamen est adressée à cet État dans les plus brefs délais ou si un autre État peut être requis.

En cas d'accord d'un État requis, la décision de transfert est notifiée à l'étranger dans les plus brefs délais et la rétention peut se poursuivre, dans les mêmes conditions et selon les mêmes modalités, pour le temps strictement nécessaire à l'exécution du transfert, si l'étranger ne peut quitter immédiatement le territoire français mais que l'exécution de la décision de transfert demeure une perspective raisonnable.

L'étranger faisant l'objet d'une décision de transfert peut également être placé en rétention en application du présent article, même s'il n'était pas retenu lorsque la décision de transfert lui a été notifiée.

Art. L. 751-10. – Le risque non négligeable de fuite mentionné à l'article L. 751-9 peut, sauf circonstance particulière, être regardé comme établi dans les cas suivants :

1° L'étranger s'est précédemment soustrait, dans un autre État membre, à la détermination de l'État responsable de l'examen de sa demande d'asile ou à l'exécution d'une décision de transfert ;

2° L'étranger a été débouté de sa demande d'asile dans l'État membre responsable ;

3° L'étranger est de nouveau présent sur le territoire français après l'exécution effective d'une décision de transfert ;

4° L'étranger s'est soustrait à l'exécution d'une précédente décision d'éloignement ;

5° L'étranger, aux fins de se maintenir sur le territoire français, a contrefait, falsifié ou établi sous un autre nom que le sien un titre de séjour ou un document d'identité ou de voyage ;

6° L'étranger a dissimulé des éléments de son identité ; la circonstance tirée de ce qu'il ne peut justifier de la possession de documents d'identité ou de voyage en cours de validité ne peut toutefois suffire, à elle seule, à établir une telle dissimulation ;

7° L'étranger qui ne bénéficie pas des conditions matérielles d'accueil prévues au titre V du livre V ne peut justifier du lieu de sa résidence effective ou permanente ;

8° L'étranger qui a refusé le lieu d'hébergement proposé en application de l'article L. 552-8 ne peut justifier du lieu de sa résidence effective ou permanente ou si l'étranger qui a accepté le lieu d'hébergement proposé a abandonné ce dernier sans motif légitime ;

9° L'étranger ne se présente pas aux convocations de l'autorité administrative, ne répond pas aux demandes d'information et ne se rend pas aux entretiens prévus dans le cadre de la procédure de détermination de l'État responsable de l'examen de sa demande d'asile ou de l'exécution de la décision de transfert sans motif légitime ;

10° L'étranger s'est précédemment soustrait aux obligations prévues aux articles L. 721-6 à L. 721-8, L. 731-1, L. 731-3, L. 733-1 à L. 733-4, L. 733-6, L. 743-13 à L. 743-15 et L. 751-5 ;

11° L'étranger a explicitement déclaré son intention de ne pas se conformer à la procédure de détermination de l'État responsable de l'examen de sa demande d'asile ou à la procédure de transfert.

Art. L. 751-11. – En cas de placement en rétention en application de l'article L. 751-9, les dispositions des articles L. 741-4 à L. 741-10, ainsi que les dispositions des chapitres II, III et IV du titre IV, sont applicables.

Art. L. 751-12. – Les modalités de prise en compte, en rétention, de la vulnérabilité et, le cas échéant, des besoins particuliers des demandeurs d'asile et des étrangers faisant l'objet d'une requête aux fins de prise en charge ou de reprise en charge ou d'une décision de transfert sont précisées par décret en Conseil d'État.

Section 3. – Conditions d'exécution de la décision de transfert par l'autorité administrative

Art. L. 751-13. – Les dispositions de l'article L. 711-1 relatives à l'exécution de la décision d'éloignement par l'étranger sont applicables à l'exécution des décisions de transfert.

L'autorité administrative peut prendre les mesures pour l'exécution de la décision de transfert dans les conditions prévues à l'article L. 722-4, sous réserve que le transfert effectif de l'étranger n'intervienne pas avant l'expiration du délai ouvert pour contester la décision de transfert devant le tribunal administratif, ni avant que le tribunal administratif n'ait statué sur ce recours s'il a été saisi, sans préjudice des possibilités d'assignation à résidence et de placement en rétention prévues au présent chapitre.

CHAPITRE II. – MESURES APPLICABLES EN VUE DE L'EXÉCUTION DE LA DÉCISION PORTANT OBLIGATION DE QUITTER LE TERRITOIRE FRANÇAIS DU DEMANDEUR D'ASILE DONT LE DROIT AU MAINTIEN A PRIS FIN

Section 1. – Cas spécifiques d'assignation à résidence et de rétention administrative

Sous-section 1. – Cas dans lesquels l'étranger peut être assigné à résidence ou placé en rétention

Art. L. 752-1. – L'autorité administrative peut assigner à résidence, aux fins du traitement rapide et du suivi efficace de sa demande d'asile, l'étranger dont le droit au maintien a pris fin en application des *b* ou *d* du 1° de l'article L. 542-2 et qui fait l'objet d'une décision portant obligation de quitter le territoire français.

Art. L. 752-2. – L'autorité administrative peut placer en rétention l'étranger mentionné à l'article L. 752-1, à condition que le placement soit nécessaire pour déterminer les éléments sur lesquels se fonde sa demande d'asile, notamment pour prévenir un risque de soustraction à l'exécution de la décision d'éloignement apprécié selon les mêmes critères que ceux prévus à l'article L. 612-3 ou lorsque la protection de la sécurité nationale ou de l'ordre public l'exige.

Sous-section 2. – Conditions et modalités de l'assignation à résidence et du placement en rétention

Art. L. 752-3. – En cas d'assignation à résidence en application de l'article L. 752-1, les dispositions des articles L. 732-1, L. 732-3, L. 732-7, L. 733-1, L. 733-2 et L. 733-3 sont applicables.

Le manquement aux prescriptions liées à l'assignation à résidence est sanctionné dans les conditions prévues aux articles L. 824-4 et L. 824-5.

Art. L. 752-4. – En cas de placement en rétention en application de l'article L. 752-2 les dispositions des articles L. 741-3 à L. 741-10, ainsi que les dispositions des chapitres II, III et IV du titre IV, sont applicables.

Section 2. – Demande de suspension de l'éloignement jusqu'à l'expiration du délai de recours ou en cas de recours devant la Cour nationale du droit d'asile

Sous-section 1. – Dispositions générales

Art. L. 752-5. – L'étranger dont le droit au maintien sur le territoire a pris fin en application des *b* ou *d* du 1° de l'article L. 542-2 et qui fait l'objet d'une décision portant obligation de quitter le territoire français peut, dans les conditions prévues à la présente section, demander au tribunal administratif la suspension de l'exécution de cette décision jusqu'à l'expiration du délai de recours devant la Cour nationale du droit d'asile ou, si celle-ci est saisie, soit jusqu'à la date de la lecture en audience publique de la décision de la cour, soit, s'il est statué par ordonnance, jusqu'à la date de la notification de celle-ci.

Sous-section 2. – Demande de suspension de la décision portant obligation de quitter le territoire français en cours d'instance

Art. L. 752-6. – Lorsque le juge n'a pas encore statué sur le recours en annulation formé contre la décision portant obligation de quitter le territoire français en application de l'article L. 614-1, l'étranger peut demander au juge déjà saisi de suspendre l'exécution de cette décision.

Sous-section 3. – Demande de suspension de la décision portant obligation de quitter le territoire français devenue définitive

Art. L. 752-7. – Lorsque la décision portant obligation de quitter le territoire français, notifiée antérieurement à la décision de l'Office français de protection des réfugiés et apatrides, est devenue définitive, l'étranger qui fait l'objet, postérieurement à la décision de l'office, d'une assignation à résidence, ou d'un placement en rétention administrative dans les conditions prévues aux titres III et IV en vue de l'exécution de cette décision portant obligation de quitter le territoire français, peut, dans un délai de quarante-huit heures suivant la notification de la décision d'assignation à résidence ou de placement en rétention, demander au président du tribunal administratif de suspendre l'exécution de la décision portant obligation de quitter le territoire français.

Art. L. 752-8. – L'éloignement effectif de l'étranger ne peut intervenir pendant le délai de quarante-huit heures mentionné à l'article L. 752-7 ou, en cas de saisine du président du tribunal administratif, avant que ce dernier ou le magistrat désigné ait statué.

Art. L. 752-9. – Le président du tribunal administratif ou le magistrat qu'il désigne à cette fin parmi les membres de sa juridiction ou les magistrats honoraires inscrits sur la liste mentionnée à l'article L. 222-2-1 du Code de justice administrative statue dans les conditions prévues aux articles L. 614-7 à L. 614-13.

Art. L. 752-10. – Les modalités d'application des articles L. 752-7 à L. 752-9, et notamment les modalités de prise en compte de la vulnérabilité du demandeur d'asile et, le cas échéant, de ses besoins particuliers, sont fixées par décret en Conseil d'État.

Sous-section 4. – Suspension de la décision portant obligation de quitter le territoire français par le juge

Art. L. 752-11. – Le président du tribunal administratif ou le magistrat désigné, saisi en application des articles L. 752-6 ou L. 752-7, fait droit à la demande de l'étranger lorsque celui-ci présente des éléments sérieux de nature à justifier, au titre de sa demande d'asile, son maintien sur le territoire durant l'examen de son recours par la Cour nationale du droit d'asile.

Art. L. 752-12. – La décision du juge administratif de suspendre l'exécution de la décision portant obligation de quitter le territoire français met fin à l'assignation à résidence ou à la rétention administrative de l'étranger, sauf lorsque l'Office français de protection des réfugiés et apatrides a pris une décision de rejet et que la présence en France du demandeur d'asile constitue une menace grave pour l'ordre public, la sécurité publique ou la sûreté de l'État, comme mentionné au 5° de l'article L. 531-27.

CHAPITRE III. – MESURES APPLICABLES EN VUE DE L'EXÉCUTION D'UNE DÉCISION D'EXPULSION, D'UNE PEINE D'INTERDICTION DU TERRITOIRE FRANÇAIS OU D'UNE INTERDICTION ADMINISTRATIVE DU TERRITOIRE FRANÇAIS EN CAS DE DEMANDE D'ASILE

Section 1. – Assignation à résidence ou rétention administrative

Sous-section 1. – Cas dans lesquels l'étranger demandeur d'asile peut être assigné à résidence ou placé en rétention

Art. L. 753-1. – L'autorité administrative peut assigner à résidence ou placer en rétention l'étranger demandeur d'asile qui fait l'objet d'une décision d'expulsion, d'une peine d'interdiction du territoire français en application de l'article 131-30 du Code pénal ou d'une interdiction administrative du territoire français

pour le temps strictement nécessaire à l'examen par l'Office français de protection des réfugiés et apatrides de sa demande d'asile, que celle-ci ait été présentée antérieurement ou postérieurement à la notification de la décision d'éloignement dont il fait l'objet.

En cas de décision de rejet ou d'irrecevabilité de la demande d'asile, l'assignation à résidence ou la rétention peuvent se poursuivre dans l'attente du départ de l'étranger.

Art. L. 753-2. – **La décision de placement en rétention ne peut être édictée que pour des raisons impérieuses de protection de l'ordre public ou de la sécurité nationale établies à partir d'une évaluation individuelle du demandeur, si d'autres mesures moins coercitives ne peuvent être efficacement appliquées. Elle prend en compte la vulnérabilité du demandeur.**

Sous-section 2. – Conditions et modalités de l'assignation à résidence et de la rétention

Art. L. 753-3. – **En cas d'assignation à résidence en application de l'article L. 753-1, les dispositions des articles L. 732-1, L. 732-2, L. 732-3, L. 732-7, L. 733-1, L. 733-2 et L. 733-3 sont applicables.**

Le manquement aux prescriptions liées à l'assignation à résidence est sanctionné dans les conditions prévues aux articles L. 824-4 et L. 824-5.

Art. L. 753-4. – **En cas de placement en rétention en application de l'article L. 753-1, les dispositions des articles L. 741-3 à L. 741-10, ainsi que les dispositions des chapitres II, III et IV du titre IV, sont applicables.**

Section 2. – Modalités d'examen de la demande d'asile par l'Office français de protection des réfugiés et apatrides en cas d'assignation à résidence ou de placement en rétention

Art. L. 753-5. – **À la demande de l'autorité administrative, et sans préjudice des cas prévus aux *c* et *d* du 2° de l'article L. 542-2, l'Office français de protection des réfugiés et apatrides statue sur la demande d'asile de l'étranger assigné à résidence ou placé en rétention en application de l'article L. 753-1 selon les modalités et dans le délai prévu à l'article L. 531-29.**

Art. L. 753-6. – **Sans préjudice d'autres mesures de surveillance décidées par l'autorité administrative ou l'autorité judiciaire, il est mis fin à la rétention si l'Office français de protection des réfugiés et apatrides reconnaît à l'étranger la qualité de réfugié ou lui accorde le bénéfice de la protection subsidiaire.**

Section 3. – Demande de suspension de l'éloignement jusqu'à l'expiration du délai de recours ou en cas de recours devant la Cour nationale du droit d'asile

Art. L. 753-7. – **En cas de décision de rejet ou d'irrecevabilité par l'Office français de protection des réfugiés et apatrides, l'étranger peut, dans les quarante-huit heures suivant la notification de cette décision, demander au président du tribunal administratif de suspendre l'exécution de éloignement jusqu'à l'expiration du délai de recours devant la Cour nationale du droit d'asile ou, si celle-ci est saisie, soit jusqu'à la date de la lecture en audience publique de la décision de la cour, soit, s'il est statué par ordonnance, jusqu'à la date de la notification de celle-ci.**

Art. L. 753-8. – **L'éloignement effectif de l'étranger ne peut intervenir pendant le délai de quarante-huit heures mentionné à l'article L. 753-7 ou, en cas de saisine du président du tribunal administratif, avant que ce dernier ou le magistrat désigné ait statué.**

Art. L. 753-9. – **Le président du tribunal administratif, ou le magistrat qu'il désigne à cette fin parmi les membres de sa juridiction, ou les magistrats honoraires inscrits sur la liste mentionnée à l'article L. 222-2-1 du Code de justice administrative, statue dans les conditions prévues aux articles L. 614-7 à L. 614-13.**

Art. L. 753-10. – **Le président du tribunal administratif ou le magistrat désigné fait droit à la demande de l'étranger lorsque celui-ci présente des éléments sérieux de nature à justifier, au titre de sa demande d'asile, son maintien sur le territoire durant l'examen de son recours par la cour.**

Art. L. 753-11. – **La suspension de l'éloignement ne met pas fin à l'assignation à résidence ou à la rétention de l'étranger, qui se poursuit dans les conditions et limites prévues au présent livre.**

Section 4. – Dispositions communes

Art. L. 753-12. – Les modalités d'application du présent chapitre, et notamment les modalités de prise en compte de la vulnérabilité du demandeur d'asile et, le cas échéant, de ses besoins particuliers, sont précisées par décret en Conseil d'État.

CHAPITRE V. – DEMANDE D'ASILE PRÉSENTÉE EN RÉTENTION

Art. L. 754-1. – La demande d'asile d'un étranger placé ou maintenu en rétention n'est pas recevable si elle est formulée plus de cinq jours après qu'il s'est vu notifier ses droits en matière d'asile dans les conditions prévues à l'article L. 744-6. Toutefois, cette irrecevabilité n'est pas opposable à l'étranger qui invoque, au soutien de sa demande, des faits survenus après l'expiration de ce délai.

L'irrecevabilité de la demande d'asile peut être opposée par l'autorité administrative lorsque cette demande a été présentée par un étranger, en provenance d'un pays considéré comme un pays d'origine sûr en application de l'article L. 531-25, au-delà des cinq premiers jours de rétention dans le seul but de faire échec à l'exécution effective et imminente de la décision d'éloignement.

Art. L. 754-2. – Lorsqu'un étranger placé ou maintenu en rétention présente une demande d'asile, l'autorité administrative peut procéder, pendant la rétention, à la détermination de l'État responsable de l'examen de cette demande conformément à l'article L. 571-1 et, le cas échéant, à l'exécution d'office du transfert dans les conditions prévues à l'article L. 751-13.

Art. L. 754-3. – Si la France est l'État responsable de l'examen de la demande d'asile et si l'autorité administrative estime, sur le fondement de critères objectifs, que cette demande est présentée dans le seul but de faire échec à l'exécution de la décision d'éloignement, elle peut prendre une décision de maintien en rétention de l'étranger pendant le temps strictement nécessaire à l'examen de sa demande d'asile par l'Office français de protection des réfugiés et apatrides et, en cas de décision de rejet ou d'irrecevabilité de celle-ci, dans l'attente de son départ.

Cette décision de maintien en rétention n'affecte ni le contrôle ni la compétence du juge des libertés et de la détention exercé sur le placement et le maintien en rétention en application du chapitre III du titre IV. La décision de maintien en rétention est écrite et motivée.

À défaut d'une telle décision, il est immédiatement mis fin à la rétention et l'autorité administrative compétente délivre à l'intéressé l'attestation mentionnée à l'article L. 521-7.

Art. L. 754-4. – L'étranger peut demander au président du tribunal administratif l'annulation de la décision de maintien en rétention prévue à l'article L. 754-3 dans les quarante-huit heures suivant sa notification afin de contester les motifs retenus par l'autorité administrative pour estimer que sa demande d'asile a été présentée dans le seul but de faire échec à l'exécution de la décision d'éloignement.

Le président du tribunal administratif, ou le magistrat qu'il désigne à cette fin parmi les membres de sa juridiction, ou les magistrats honoraires inscrits sur la liste mentionnée à l'article L. 222-2-1 du Code de justice administrative, statue après la notification de la décision de l'Office français de protection des réfugiés et apatrides relative au demandeur, dans un délai qui ne peut excéder quatre-vingt-seize heures à compter de l'expiration du délai de recours, dans les conditions prévues aux articles L. 614-7 à L. 614-13.

Si l'étranger a formé un recours contre la décision portant obligation de quitter le territoire français en application de l'article L. 614-8 et que le président du tribunal administratif ou le magistrat qu'il désigne à cette fin n'a pas encore statué sur ce premier recours, il statue sur les deux requêtes par une seule décision.

En cas d'annulation de la décision de maintien en rétention, il est immédiatement mis fin à la rétention et l'autorité administrative compétente délivre à l'intéressé l'attestation mentionnée à l'article L. 521-7. Dans ce cas l'étranger peut être assigné à résidence en application de l'article L. 731-3.

Art. L. 754-5. – À l'exception des cas mentionnés aux *b* et *c* du 2° de l'article L. 542-2, la décision d'éloignement ne peut être mise à exécution avant que l'Office français de protection des réfugiés et apatrides ait rendu sa décision ou, en cas de saisine du président du tribunal administratif, avant que ce dernier ou le magistrat désigné à cette fin ait statué.

Art. L. 754-6. – **La demande d'asile présentée en application du présent chapitre est examinée par l'Office français de protection des réfugiés et apatrides selon la procédure accélérée, conformément au 3° de l'article L. 531-24.**

Art. L. 754-7. – **Il est mis fin à la rétention si l'Office français de protection des réfugiés et apatrides considère qu'il ne peut examiner la demande selon la procédure accélérée mentionnée à l'article L. 754-6 ou s'il reconnaît à l'étranger la qualité de réfugié ou lui accorde le bénéfice de la protection subsidiaire.**

Art. L. 754-8. – **À l'exception de l'article L. 754-1, les modalités d'application du présent chapitre, et notamment les modalités de prise en compte de la vulnérabilité du demandeur d'asile et, le cas échéant, de ses besoins particuliers, sont fixées par décret en Conseil d'État.**

LIVRE VIII. – CONTRÔLES ET SANCTIONS

TITRE I. – CONTRÔLES

Art. L. 810-1. – **Conformément à l'article L. 270-1, les dispositions du présent titre sont applicables à l'étranger dont la situation est régie par le livre II.**

CHAPITRE I. – VÉRIFICATIONS PRÉALABLES À LA DÉLIVRANCE OU AU RETRAIT

Section 1. – Enquêtes administratives

Art. L. 811-1. – **Dans les cas prévus au V de l'article L. 114-1 du Code de la sécurité intérieure, il peut être procédé à des enquêtes administratives avant la délivrance, le renouvellement ou le retrait du titre de séjour ou de l'autorisation de séjour.**

Section 2. – Vérification d'acte d'état civil étranger

Art. L. 811-2. – **La vérification de tout acte d'état civil étranger est effectuée dans les conditions définies à l'article 47 du Code civil.**

Voir : C. civ., art. 47 ss C. étrangers, art. L. 110-6, p. 1381 – Annexe étrangers.

Section 3. – Droit de communication

Art. L. 811-3. – **Sans que s'y oppose un secret professionnel autre que le secret médical, les autorités ainsi que les personnes privées mentionnées aux 1° à 8° de l'article L. 811-4 transmettent à l'autorité administrative compétente, agissant dans le cadre de l'instruction d'une première demande de titre ou d'une demande de renouvellement de titre ou dans le cadre des contrôles prévus aux articles L. 432-2, L. 432-5 et L. 433-1, les documents et les informations nécessaires au contrôle de la sincérité et de l'exactitude des déclarations souscrites ou au contrôle de l'authenticité des pièces produites en vue de l'attribution d'un droit au séjour ou de sa vérification.**

Art. L. 811-4. – **Le droit de communication prévu à l'article L. 811-3 s'exerce sur demande de l'autorité administrative compétente, de manière ponctuelle et à titre gratuit, quel que soit le support utilisé pour la conservation des documents, auprès :**

1° Des autorités dépositaires des actes d'état civil ;
2° Des administrations chargées du travail et de l'emploi ;
3° Des organismes de sécurité sociale et de l'institution mentionnée à l'article L. 5312-1 du Code du travail ;
4° Des établissements scolaires et des établissements d'enseignement supérieur ;
5° Des fournisseurs d'énergie et des services de communications électroniques ;
6° Des établissements de santé publics et privés ;
7° Des établissements bancaires et des organismes financiers ;
8° Des greffes des tribunaux de commerce.

Pour l'application du 5°, le droit de communication ne peut porter sur les données techniques définies à l'article L. 34-1 du Code des postes et des communications électroniques.

Art. L. 811-5. – L'autorité administrative compétente est tenue d'informer la personne dont elle s'apprête à retirer la carte de séjour sur le fondement d'informations ou de documents recueillis auprès des autorités ou des personnes privées mentionnées aux 1° à 8° de l'article L. 811-4 de la teneur et de l'origine des informations et documents ainsi obtenus. Elle communique une copie des documents susmentionnés à l'intéressé s'il en fait la demande.

La conservation des données à caractère personnel concernant l'étranger ne peut excéder la durée cumulée du titre de séjour dont il est titulaire et, le cas échéant, de la procédure de renouvellement dudit titre. La durée de conservation est prolongée jusqu'à l'épuisement des voies et délais de recours contre les décisions administratives édictées sur le fondement d'informations transmises en application de l'article L. 811-3 et, si un recours a été déposé, jusqu'à ce que la juridiction compétente ait statué.

À la demande de l'étranger, les données à caractère personnel le concernant sont, selon le cas, rectifiées, complétées, mises à jour ou effacées si elles sont inexactes, incomplètes ou périmées ou si leur collecte, leur utilisation, leur communication ou leur conservation n'est pas compatible avec les finalités déterminées à l'article L. 811-3.

Art. L. 811-6. – Les modalités d'application de la présente section sont déterminées par décret en Conseil d'État, pris après avis de la Commission nationale de l'informatique et des libertés. Ce décret définit notamment la nature des documents et des informations susceptibles d'être communiqués à l'autorité administrative compétente par chacune des autorités ou des personnes privées mentionnées aux 1° à 8° de l'article L. 811-4.

CHAPITRE II. – CONTRÔLE DE LA DÉTENTION DES TITRES

Section 1. – Contrôle des obligations de détention, de port et de présentation des pièces et documents autorisant à circuler ou séjourner en France

Art. L. 812-1. – Tout étranger doit être en mesure de présenter les pièces ou documents sous le couvert desquels il est autorisé à circuler ou à séjourner en France à toute réquisition d'un officier de police judiciaire de la police nationale ou de la gendarmerie nationale et, sur l'ordre et sous la responsabilité de celui-ci, des agents de police judiciaire et agents de police judiciaire adjoints mentionnés à l'article 20 et au 1° de l'article 21 du Code de procédure pénale, dans les conditions prévues à la présente section.

Art. L. 812-2. – Les contrôles des obligations de détention, de port et de présentation des pièces et documents prévus à l'article L. 812-1 peuvent être effectués dans les situations suivantes :

1° En dehors de tout contrôle d'identité, si des éléments objectifs déduits de circonstances extérieures à la personne même de l'intéressé sont de nature à faire apparaître sa qualité d'étranger ; ces contrôles ne peuvent être pratiqués que pour une durée n'excédant pas six heures consécutives dans un même lieu et ne peuvent consister en un contrôle systématique des personnes présentes ou circulant dans ce lieu ;

2° À la suite d'un contrôle d'identité effectué en application des articles 78-1 à 78-2-2 du Code de procédure pénale, selon les modalités prévues à ces articles, si des éléments objectifs déduits de circonstances extérieures à la personne même de l'intéressé sont de nature à faire apparaître sa qualité d'étranger ;

3° En application de l'article 67 *quater* du Code des douanes, selon les modalités prévues à cet article.

Code de procédure pénale

Art. 78-1 *(Mod., L. n° 99-291, 15 avr. 1999)*. – L'application des règles prévues par le présent chapitre est soumise au contrôle des autorités judiciaires mentionnées aux articles 12 et 13.

Toute personne se trouvant sur le territoire national doit accepter de se prêter à un contrôle d'identité effectué dans les conditions et par les autorités de police visées aux articles suivants.

Art. 78-2 *(Mod., L. n° 2018-778, 10 sept. 2018)*. – Les officiers de police judiciaire et, sur l'ordre et sous la responsabilité de ceux-ci, les agents de police judiciaire et agents de police judiciaire adjoints mentionnés aux articles 20 et 21-1° peuvent inviter à justifier, par tout moyen, de son identité toute personne à l'égard de laquelle existe une ou plusieurs raisons plausibles de soupçonner :

- qu'elle a commis ou tenté de commettre une infraction ;
- ou qu'elle se prépare à commettre un crime ou un délit ;
- ou qu'elle est susceptible de fournir des renseignements utiles à l'enquête en cas de crime ou de délit ;
- ou qu'elle a violé les obligations ou interdictions auxquelles elle est soumise dans le cadre d'un contrôle judiciaire, d'une mesure d'assignation à résidence avec surveillance électronique, d'une peine ou d'une mesure suivie par le juge de l'application des peines ;
- ou qu'elle fait l'objet de recherches ordonnées par une autorité judiciaire.

Sur réquisitions écrites du procureur de la République aux fins de recherche et de poursuite d'infractions qu'il précise, l'identité de toute personne peut être également contrôlée, selon les mêmes modalités, dans les lieux et pour une période de temps déterminés par ce magistrat. Le fait que le contrôle d'identité révèle des infractions autres que celles visées dans les réquisitions du procureur de la République ne constitue pas une cause de nullité des procédures incidentes.

L'identité de toute personne, quel que soit son comportement, peut également être contrôlée, selon les modalités prévues au premier alinéa, pour prévenir une atteinte à l'ordre public, notamment à la sécurité des personnes ou des biens.

Dans une zone comprise entre la frontière terrestre de la France avec les États parties à la convention signée à Schengen le 19 juin 1990 et une ligne tracée à 20 kilomètres en deçà, ainsi que dans les zones accessibles au public des ports, aéroports et gares ferroviaires ou routières ouverts au trafic international et désignés par arrêté et aux abords de ces gares, pour la prévention et la recherche des infractions liées à la criminalité transfrontalière, l'identité de toute personne peut également être contrôlée, selon les modalités prévues au premier alinéa, en vue de vérifier le respect des obligations de détention, de port et de présentation des titres et documents prévues par la loi. Lorsque ce contrôle a lieu à bord d'un train effectuant une liaison internationale, il peut être opéré sur la portion du trajet entre la frontière et le premier arrêt qui se situe au-delà des vingt kilomètres de la frontière. Toutefois, sur celles des lignes ferroviaires effectuant une liaison internationale et présentant des caractéristiques particulières de desserte, le contrôle peut également être opéré entre cet arrêt et un arrêt situé dans la limite des cinquante kilomètres suivants. Ces lignes et ces arrêts sont désignés par arrêté ministériel. Lorsqu'il existe une section autoroutière démarrant dans la zone mentionnée à la première phrase du présent alinéa et que le premier péage autoroutier se situe au-delà de la ligne des 20 kilomètres, le contrôle peut en outre avoir lieu jusqu'à ce premier péage sur les aires de stationnement ainsi que sur le lieu de ce péage et les aires de stationnement attenantes. Les péages concernés par cette disposition sont désignés par arrêté. Le fait que le contrôle d'identité révèle une infraction autre que celle de non-respect des obligations susvisées ne constitue pas une cause de nullité des procédures incidentes. Pour l'application du présent alinéa, le contrôle des obligations de détention, de port et de présentation des titres et documents prévus par la loi ne peut être pratiqué que pour une durée n'excédant pas douze heures consécutives dans un même lieu et ne peut consister en un contrôle systématique des personnes présentes ou circulant dans les zones ou lieux mentionnés au même alinéa.

Dans un rayon maximal de dix kilomètres autour des ports et aéroports constituant des points de passage frontaliers au sens de l'article 2 du règlement (UE) 2016/399 du Parlement européen et du Conseil du 9 mars 2016 concernant un code de l'Union relatif au régime de franchissement des frontières par les personnes (code frontières Schengen), désignés par arrêté en raison de l'importance de leur fréquentation et de leur vulnérabilité, l'identité de toute personne peut être contrôlée, pour la recherche et la prévention des infractions liées à la criminalité transfrontalière, selon les modalités prévues au premier alinéa du présent article, en vue de vérifier le respect des obligations de détention, de port et de présentation des titres et documents prévus par la loi. L'arrêté mentionné à la première phrase du présent alinéa fixe le rayon autour du point de passage frontalier dans la limite duquel les contrôles peuvent être effectués. Lorsqu'il existe une section autoroutière commençant dans la zone mentionnée à la même première phrase et que le premier péage autoroutier se situe au-delà des limites de cette zone, le contrôle peut en outre avoir lieu jusqu'à ce premier péage sur les aires de stationnement ainsi que sur le lieu de ce péage et les aires de stationnement attenantes. Les péages concernés par cette disposition sont désignés par arrêté. Le fait que le contrôle d'identité révèle une infraction autre que celle de non-respect des obligations susmentionnées ne constitue pas une cause de nullité des procédures incidentes. Pour l'application du présent alinéa, le contrôle des obligations de détention, de port et de présentation des titres et documents prévus par la loi ne peut être pratiqué que pour une durée n'excédant pas douze heures consécutives dans un même lieu et ne peut consister en un contrôle systématique des personnes présentes ou circulant dans les zones mentionnées au présent alinéa.

Dans une zone comprise entre les frontières terrestres ou le littoral du département de la Guyane et une ligne tracée à vingt kilomètres en-deçà, et sur une ligne tracée à cinq kilomètres de part et d'autre, ainsi que sur la route nationale 2 sur le territoire de la commune de Régina, l'identité de toute personne peut être contrôlée, selon les modalités prévues au premier alinéa, en vue de vérifier le respect des obligations de détention, de port et de présentation des titres et documents prévus par la loi.

L'identité de toute personne peut également être contrôlée, selon les modalités prévues au premier alinéa du présent article, en vue de vérifier le respect des obligations de détention, de port et de présentation des titres et documents prévus par la loi :

1° En Guadeloupe, dans une zone comprise entre le littoral et une ligne tracée à un kilomètre en deçà, ainsi que sur le territoire des communes que traversent les routes nationales 1, 2, 4, 5, 6, 9, 10 et 11 ;

2° À Mayotte sur l'ensemble du territoire ;

3° À Saint-Martin, dans une zone comprise entre le littoral et une ligne tracée à un kilomètre en deçà ;

4° À Saint-Barthélemy, dans une zone comprise entre le littoral et une ligne tracée à un kilomètre en deçà ;

5° En Martinique, dans une zone comprise entre le littoral et une ligne tracée à un kilomètre en deçà, ainsi que dans une zone d'un kilomètre de part et d'autre de la route nationale 1 qui traverse les communes de Sainte-Marie, La Trinité, Le Robert et Le Lamentin, de la route nationale 2 qui traverse les communes de Saint-Pierre, Le Carbet, Le Morne-Rouge, l'Ajoupa-Bouillon et Basse-Pointe, de la route nationale 3 qui traverse les communes de Le Morne-Rouge, l'Ajoupa-Bouillon, Basse-Pointe, Fonds-Saint-Denis et Fort-de-France, de la route nationale 5 qui traverse les communes de Le Lamentin, Ducos, Rivière-Salée, Sainte-Luce, Rivière-Pilote et Le Marin, de la route nationale 6 qui traverse les communes de Ducos, Le Lamentin, Le Robert, Le François et Le Vauclin, Rivière-Salée, Sainte-Luce, Rivière-Pilote et Le Marin et de la route départementale 1 qui traverse les communes de Le Robert, Le François et Le Vauclin.

Conformément au IV de l'article 71 de la loi n° 2018-778 du 10 septembre 2018, ces dispositions entrent en vigueur à une date fixée par décret en Conseil d'État, au plus tard le 1er mars 2019 et s'appliquent aux contrôles effectués à compter de cette date.

Art. 78-2-1 *(Mod., Ord. n° 2007-329, 12 mars 2007)*. **–** Sur réquisitions du procureur de la République, les officiers de police judiciaire et, sur l'ordre ou la responsabilité de ceux-ci, les agents de police judiciaire et agents de police judiciaire adjoints mentionnés aux articles 20 et 21 (1°) sont habilités à entrer dans les lieux à usage professionnel, ainsi que dans leurs annexes et dépendances, sauf s'ils constituent un domicile, où sont en cours des activités de construction, de production, de transformation, de réparation, de prestation de services ou de commercialisation, en vue :

- de s'assurer que ces activités ont donné lieu à l'immatriculation au répertoire des métiers ou au registre du commerce et des sociétés lorsqu'elle est obligatoire, ainsi qu'aux déclarations exigées par les organismes de protection sociale et l'administration fiscale ;
- de se faire présenter le registre unique du personnel et les documents attestant que les déclarations préalables à l'embauche ont été effectuées ;
- de contrôler l'identité des personnes occupées, dans le seul but de vérifier qu'elles figurent sur le registre ou qu'elles ont fait l'objet des déclarations mentionnées à l'alinéa précédent.

Les réquisitions du procureur de la République sont écrites et précisent les infractions, parmi celles visées aux articles L. 5221-8, L. 5221-11, L. 8221-1, L. 8221-2, L. 8251-1 du Code du travail, qu'il entend faire rechercher et poursuivre, ainsi que les lieux dans lesquels l'opération de contrôle se déroulera. Ces réquisitions sont prises pour une durée maximum d'un mois et sont présentées à la personne disposant des lieux ou à celle qui la représente.

Les mesures prises en application des dispositions prévues au présent article font l'objet d'un procès-verbal remis à l'intéressé.

Art. 78-2-2 *(Mod., L. n° 2019-222, 23 mars 2019)*. **–** I. – Sur réquisitions écrites du procureur de la République, dans les lieux et pour la période de temps que ce magistrat détermine et qui ne peut excéder vingt-quatre heures, renouvelables sur décision expresse et motivée selon la même procédure, les officiers de police judiciaire et, sur l'ordre et sous la responsabilité de ceux-ci, les agents de police judiciaire et les agents de police judiciaire adjoints mentionnés aux 1°, 1° *bis* et 1° *ter* de l'article 21 du présent code, peuvent procéder aux contrôles d'identité prévus au septième alinéa de l'article 78-2, aux fins de recherche et de poursuite des infractions suivantes :

1° Actes de terrorisme mentionnés aux articles 421-1 à 421-6 du Code pénal ;

2° Infractions en matière de prolifération des armes de destruction massive et de leurs vecteurs mentionnées aux 1° et 2° du I de l'article L. 1333-9, à l'article L. 1333-11, au II des articles L. 1333-13-3 et L. 1333-13-4 et aux articles L. 1333-13-5, L. 2339-14, L. 2339-15, L. 2341-1, L. 2341-2, L. 2341-4, L. 2342-59 et L. 2342-60 du Code de la défense ;

3° Infractions en matière d'armes mentionnées à l'article 222-54 du Code pénal et à l'article L. 317-8 du Code de la sécurité intérieure ;

4° Infractions en matière d'explosifs mentionnés à l'article 322-11-1 du Code pénal et à l'article L. 2353-4 du Code de la défense ;

5° Infractions de vol mentionnées aux articles 311-3 à 311-11 du Code pénal ;

6° Infractions de recel mentionnées aux articles 321-1 et 321-2 du même code ;

7° Faits de trafic de stupéfiants mentionnés aux articles 222-34 à 222-38 dudit code.

II. – Dans les mêmes conditions et pour les mêmes infractions que celles prévues au I, les officiers de police judiciaire, assistés, le cas échéant, des agents de police judiciaire et des agents de police judiciaire adjoints mentionnés aux 1°, 1° *bis* et 1° *ter* de l'article 21 du présent code peuvent procéder à la visite des véhicules circulant, arrêtés ou stationnant sur la voie publique ou dans des lieux accessibles au public.

Les véhicules en circulation ne peuvent être immobilisés que le temps strictement nécessaire au déroulement de la visite qui doit avoir lieu en présence du conducteur. Lorsqu'elle porte sur un véhicule à l'arrêt ou en stationnement, la visite se déroule en présence du conducteur ou du propriétaire du véhicule ou, à défaut, d'une personne requise à cet effet par l'officier ou l'agent de police judiciaire et qui ne relève pas de son autorité administrative. La présence d'une personne extérieure n'est toutefois pas requise si la visite comporte des risques graves pour la sécurité des personnes et des biens.

En cas de découverte d'une infraction ou si le conducteur ou le propriétaire du véhicule le demande ainsi que dans le cas où la visite se déroule en leur absence, il est établi un procès-verbal mentionnant le lieu et les dates et heures de début et de fin de ces opérations. Un exemplaire en est remis à l'intéressé et un autre exemplaire est transmis sans délai au procureur de la République.

Toutefois, la visite des véhicules spécialement aménagés à usage d'habitation et effectivement utilisés comme résidence ne peut être faite que conformément aux dispositions relatives aux perquisitions et visites domiciliaires.

III. – Dans les mêmes conditions et pour les mêmes infractions que celles prévues au I, les officiers de police judiciaire, assistés, le cas échéant, des agents de police judiciaire et des agents de police judiciaire adjoints mentionnés aux 1°, 1° *bis* et 1° *ter* de l'article 21 du présent code peuvent procéder à l'inspection visuelle des bagages ou à leur fouille.

Les propriétaires des bagages ne peuvent être retenus que le temps strictement nécessaire au déroulement de l'inspection visuelle ou de la fouille des bagages, qui doit avoir lieu en présence du propriétaire.

En cas de découverte d'une infraction ou si le propriétaire du bagage le demande, il est établi un procès-verbal mentionnant le lieu et les dates et heures de début et de fin de ces opérations. Un exemplaire en est remis à l'intéressé et un autre exemplaire est transmis sans délai au procureur de la République.

III *bis*. – Dans les mêmes conditions et pour les mêmes infractions que celles prévues au I, les officiers de police judiciaire, assistés, le cas échéant, des agents de police judiciaire et des agents de police judiciaire adjoints mentionnés aux 1°, 1° *bis* et 1° *ter* de l'article 21, peuvent accéder à bord et procéder à une visite des navires présents en mer territoriale, se dirigeant ou ayant déclaré leur intention de se diriger vers un port ou vers les eaux intérieures, ou présents en amont de la limite transversale de la mer, ainsi que des bateaux, engins flottants, établissements flottants et matériels flottants se trouvant dans la mer territoriale ou en amont de la limite transversale de la mer, ainsi que sur les lacs et plans d'eau.

La visite se déroule en présence du capitaine ou de son représentant. Est considérée comme le capitaine la personne qui exerce, de droit ou de fait, le commandement, la conduite ou la garde du navire, du bateau, de l'engin flottant, de l'établissement flottant ou du matériel flottant lors de la visite.

La visite comprend l'inspection des extérieurs ainsi que des cales, des soutes et des locaux.

La visite des locaux spécialement aménagés à un usage d'habitation et effectivement utilisés comme résidence ne peut être faite que conformément aux dispositions relatives aux perquisitions et visites domiciliaires.

Le navire, le bateau, l'engin flottant, l'établissement flottant ou le matériel flottant ne peut être immobilisé que le temps strictement nécessaire au déroulement de la visite, dans la limite de douze heures.

L'officier de police judiciaire responsable de la visite rend compte du déroulement des opérations au procureur de la République et l'informe sans délai de toute infraction constatée.

IV. – Le fait que ces opérations révèlent des infractions autres que celles visées dans les réquisitions du procureur de la République ne constitue pas une cause de nullité des procédures incidentes.

Bibliographie : Th. Lebreton, *Les contrôles d'identité de police judiciaire : AJ pénal* 2020, p. 571.

Section 2. – Visite sommaire des véhicules dans les zones frontalières

Art. L. 812-3. – En vue de vérifier le respect des obligations de détention, de port et de présentation des pièces ou documents prévus à l'article L. 812-1 ou de rechercher et constater les infractions relatives à l'entrée et au séjour des étrangers en France, les officiers de police judiciaire de la police nationale ou de la gendarmerie nationale peuvent procéder à la visite sommaire des véhicules circulant sur la voie publique, à l'exclusion des voitures particulières :

1° Dans une zone comprise entre la frontière terrestre de la France avec les États parties à la convention signée à Schengen le 19 juin 1990 et une ligne tracée à vingt kilomètres en deçà ;

2° Sur les aires de stationnement des sections autoroutières commençant dans la zone mentionnée au 1° jusqu'au premier péage lorsqu'il se situe au-delà des limites de cette zone, ainsi que sur le lieu de ce péage et les aires de stationnement attenantes.

L'officier de police judiciaire peut être assisté des agents de police judiciaire et des agents de police judiciaire adjoints mentionnés à l'article 20 et au 1° de l'article 21 du Code de procédure pénale.

Art. L. 812-4. – Il ne peut être procédé à la visite sommaire du véhicule prévue à l'article L. 812-3 qu'avec l'accord du conducteur ou, à défaut, sur instructions du procureur de la République. Dans l'attente des instructions du procureur de la République, le véhicule peut être immobilisé pour une durée qui ne peut excéder quatre heures.

La visite, dont la durée est limitée au temps strictement nécessaire, se déroule en présence du conducteur et donne lieu à l'établissement d'un procès-verbal mentionnant les dates et heures du début et de la fin des opérations. Un exemplaire de ce procès-verbal est remis au conducteur et un autre transmis sans délai au procureur de la République.

CHAPITRE III. – VÉRIFICATION DU DROIT DE CIRCULATION ET DE SÉJOUR

Section 1. – Placement en retenue

Art. L. 813-1. – Si, à l'occasion d'un contrôle mentionné à l'article L. 812-2, il apparaît qu'un étranger n'est pas en mesure de justifier de son droit de circuler ou de séjourner en France, il peut être retenu aux fins de vérification de son droit de circulation ou de séjour sur le territoire français. Dans ce cadre, l'étranger peut être conduit dans un local de police ou de gendarmerie et y être retenu par un officier de police judiciaire de la police nationale ou de la gendarmerie nationale.

Voir : Circ. n° JUSC1301015C, 28 janv. 2013 et n° INTTK1300159C, 18 janv. 2013 relatives à la présentation des principales dispositions de la loi n° 2012-1560 du 31 déc. 2012 relative à la retenue pour vérification du droit au séjour (documents non reproduits).

Art. L. 813-2. – Lorsqu'un étranger retenu aux fins de vérification de son identité en application de l'article 78-3 du Code de procédure pénale n'est pas en mesure de justifier de son droit de circuler ou de séjourner en France, les dispositions de l'article L. 813-1 sont applicables.

Art. L. 813-3. – L'étranger ne peut être retenu que pour le temps strictement exigé par l'examen de son droit de circulation ou de séjour et, le cas échéant, le prononcé et la notification des décisions administratives applicables. La retenue ne peut excéder vingt-quatre heures à compter du début du contrôle mentionné à l'article L. 812-2.

Dans le cas prévu à l'article L. 813-2, la durée de la retenue effectuée aux fins de vérification d'identité en application de l'article 78-3 du Code de procédure pénale s'impute sur celle de la retenue pour vérification du droit de circulation ou de séjour.

Art. L. 813-4. – Le procureur de la République est informé dès le début de la retenue et peut y mettre fin à tout moment.

Section 2. – Droits garantis à l'étranger retenu

Art. L. 813-5. – L'étranger auquel est notifié un placement en retenue en application de l'article L. 813-1 est aussitôt informé, dans une langue qu'il comprend ou dont il est raisonnable de supposer qu'il la comprend, des motifs de son placement en retenue, de la durée maximale de la mesure et du fait qu'il bénéficie des droits suivants :

1° Être assisté par un interprète ;

2° Être assisté, dans les conditions prévues à l'article L. 813-6, par un avocat désigné par lui ou commis d'office par le bâtonnier, qui est alors informé de cette demande par tous moyens et sans délai ;

3° Être examiné par un médecin désigné par l'officier de police judiciaire ; le médecin se prononce sur l'aptitude au maintien de la personne en retenue et procède à toutes constatations utiles ;

4° Prévenir à tout moment sa famille et toute personne de son choix et de prendre tout contact utile afin d'assurer l'information et, le cas échéant, la prise en charge des enfants dont il assure normalement la garde, qu'ils l'aient ou non accompagné lors de son placement en retenue, dans les conditions prévues à l'article L. 813-7 ;

5° Avertir ou de faire avertir les autorités consulaires de son pays.

Lorsque l'étranger ne parle pas le français, il est fait application des dispositions de l'article L. 141-2.

Art. L. 813-6. – L'avocat de l'étranger retenu peut, dès son arrivée au lieu de retenue, communiquer avec lui pendant trente minutes, dans des conditions qui garantissent la confidentialité de l'entretien.

L'étranger peut demander que l'avocat assiste à ses auditions. Dans ce cas, la première audition, sauf si elle porte uniquement sur les éléments d'identité, ne peut débuter sans la présence de l'avocat avant l'expiration d'un délai d'une heure suivant l'information adressée à celui-ci. Toutefois, les opérations de vérification ne nécessitant pas la présence de l'étranger peuvent être effectuées dès le début de la retenue. Au cours des auditions, l'avocat peut prendre des notes.

À la fin de la retenue, l'avocat peut, à sa demande, consulter le procès-verbal établi en application du premier alinéa de l'article L. 813-13 ainsi que le certificat médical y étant, le cas échéant, annexé. Il peut formuler des observations écrites qui sont annexées au procès-verbal.

Art. L. 813-7. – Si des circonstances particulières l'exigent, l'officier de police judiciaire prévient lui-même la famille de l'étranger et la personne choisie par ce dernier de son placement en retenue.

En tant que de besoin, il informe le procureur de la République aux fins d'instruction dans l'intérêt des enfants.

Section 3. – Déroulement de la procédure

Art. L. 813-8. – L'officier de police judiciaire ou, sous le contrôle de celui-ci, un agent de police judiciaire, procède aux auditions de l'étranger retenu.

Sous le contrôle de l'officier de police judiciaire, l'étranger est mis en mesure de fournir par tout moyen les pièces et documents requis. Il est procédé, s'il y a lieu, aux opérations de vérification nécessaires.

Art. L. 813-9. – Pour les seules nécessités de la vérification du droit de circulation et de séjour, il peut être procédé, sous le contrôle de l'officier de police judiciaire et en présence de l'étranger, avec l'accord de ce dernier ou, à défaut, après avoir informé par tout moyen le procureur de la République, à l'inspection des bagages et effets personnels de l'étranger et à leur fouille.

En cas de découverte d'une infraction, il est établi un procès-verbal distinct de celui prévu au premier alinéa de l'article L. 813-13, qui mentionne le lieu et les dates et heures de début et de fin de ces opérations et dont un exemplaire est transmis sans délai au procureur de la République.

Art. L. 813-10. – Si l'étranger ne fournit pas d'éléments permettant d'apprécier son droit de circulation ou de séjour, les opérations de vérification peuvent donner lieu, après information du procureur de la République, à la prise d'empreintes digitales ou de photographies pour établir la situation de cette personne. Les empreintes digitales et photographies sont collectées en vue de l'établissement du droit de circuler ou de séjourner de l'étranger et ne peuvent être mémorisées et faire l'objet d'un traitement automatisé en application du 3° de l'article L. 142-1 que s'il apparaît, à l'issue de la retenue, que l'étranger ne dispose pas d'un droit de circulation ou de séjour.

Art. L. 813-11. – Durant la retenue, lorsque sa participation aux opérations de vérification n'est pas nécessaire, l'étranger ne peut être placé dans une pièce occupée simultanément par une ou plusieurs personnes gardées à vue.

Art. L. 813-12. – Les mesures de contrainte exercées sur l'étranger retenu en application de l'article L. 813-1 sont strictement proportionnées à la nécessité des opérations de vérification et de son maintien à la disposition de l'officier de police judiciaire.

L'étranger ne peut être soumis au port des menottes ou des entraves que s'il est considéré soit comme dangereux pour autrui ou pour lui-même, soit comme susceptible de tenter de prendre la fuite.

Section 4. – Fin de la procédure

Art. L. 813-13. – L'officier de police judiciaire ou, sous le contrôle de celui-ci, un agent de police judiciaire mentionne, dans un procès-verbal, les motifs qui ont justifié le contrôle, ainsi que la vérification du droit de circulation ou de séjour et les conditions dans lesquelles la personne a été présentée devant lui, informée de ses droits et mise en mesure de les exercer. Il précise le jour et l'heure du début et de la fin de la retenue et la durée de celle-ci et, le cas échéant, la prise d'empreintes digitales ou de photographies ainsi que l'inspection visuelle ou la fouille des bagages et effets personnels et les dates et heures de début et de fin de ces opérations. Il y annexe le certificat médical établi à l'issue de l'examen éventuellement pratiqué.

Ce procès-verbal est présenté à la signature de l'étranger intéressé qui est informé de la possibilité de ne pas le signer. S'il refuse de le signer, mention est faite du refus et des motifs de celui-ci.

Le procès-verbal est transmis au procureur de la République, copie en ayant été remise à la personne intéressée. Les mentions de chaque procès-verbal concernant l'identité de la personne, le jour et l'heure du début et de la fin de la retenue et la durée de celle-ci figurent également sur un registre spécial, tenu à cet effet dans le local de police ou de gendarmerie. Ce registre peut être tenu sous forme dématérialisée. Le procès-verbal est transmis au procureur de la République, copie en ayant été remise à la personne intéressée. Les mentions de chaque procès-verbal concernant l'identité de la personne, le jour et l'heure du début et de la fin de la retenue et la durée de celle-ci figurent également sur un registre spécial, tenu à cet effet dans le local de police ou de gendarmerie. Ce registre peut être tenu sous forme dématérialisée.

Art. L. 813-14. – Si elle n'est suivie à l'égard de l'étranger qui a été retenu d'aucune procédure d'enquête ou d'exécution adressée à l'autorité judiciaire ou n'a donné lieu à aucune décision administrative, la vérification du droit de circulation ou de séjour ne peut donner lieu à aucune mise en mémoire sur fichiers. Le procès-verbal et toutes les pièces se rapportant à la vérification sont détruits dans un délai de six mois à compter de la fin de la retenue, sous le contrôle du procureur de la République.

Art. L. 813-15. – S'il apparaît, au cours de la retenue de l'étranger, que celui-ci doit faire l'objet d'un placement en garde à vue conformément aux articles 62 et suivants du Code de procédure pénale, la durée de la retenue s'impute sur celle de la garde à vue.

Section 5. – Dispositions communes

Art. L. 813-16. – Les prescriptions énumérées au présent chapitre sont imposées à peine de nullité, sous réserve des dispositions de l'article L. 743-12.

CHAPITRE IV. – MESURES DE SUIVI DES ÉTRANGERS

Section unique. – Retenue du passeport ou du document de voyage de l'étranger en situation irrégulière

Art. L. 814-1. – L'autorité administrative compétente, les services de police et les unités de gendarmerie sont habilités à retenir le passeport ou le document de voyage des personnes de nationalité étrangère en situation irrégulière.

Ils leur remettent en échange un récépissé valant justification de leur identité et sur lequel sont mentionnées la date de retenue et les modalités de restitution du document retenu.

TITRE II. – SANCTIONS

Art. L. 820-1. – Conformément à l'article L. 270-1, les dispositions des articles L. 821-3 à L. 821-5, L. 822-1 à L. 822-6, L. 823-1 à L. 823-10, L. 823-11 à L. 823-17, L. 824-1 à L. 824-9 et L. 824-11 sont applicables à l'étranger dont la situation est régie par le livre II.

CHAPITRE I. – MÉCONNAISSANCE DES OBLIGATIONS RELATIVES À L'ENTRÉE EN FRANCE

Section 1. – Manquements aux conditions d'entrée

Art. L. 821-1. – **Est puni d'un an d'emprisonnement et de 3 750 euros d'amende le fait, pour un étranger, de pénétrer sur le territoire métropolitain :**

1° Sans remplir les conditions mentionnées aux points *a*, *b* ou *c* du paragraphe 1 de l'article 6 du règlement (UE) n° 2016/399 du Parlement européen et du Conseil du 9 mars 2016 concernant un code de l'Union relatif au régime de franchissement des frontières par les personnes (Code frontières Schengen) et sans avoir été admis sur le territoire en application des points *a* et *c* du paragraphe 5 de l'article 6 de ce même règlement ;

2° Alors qu'il faisait l'objet d'un signalement aux fins de non-admission en application d'une décision exécutoire prise par l'un des autres États parties à la convention signée à Schengen le 19 juin 1990.

L'étranger condamné en application du présent article encourt la peine complémentaire de trois ans d'interdiction du territoire français.

Pour l'application du présent article, l'action publique ne peut être mise en mouvement que lorsque les faits ont été constatés dans les circonstances prévues à l'article 53 du Code de procédure pénale.

Section 2. – Refus de se soumettre aux opérations de relevé d'empreintes digitales et de prise de photographie

Art. L. 821-2. – **Est puni d'un an d'emprisonnement, de 3 750 euros d'amende et de trois ans d'interdiction du territoire français le fait, pour un étranger ayant été contrôlé à l'occasion du franchissement de la frontière en provenance d'un pays tiers aux États parties à la convention signée à Schengen le 19 juin 1990 sans remplir les conditions d'entrée prévues à l'article 6 du règlement (UE) 2016/399 du Parlement européen et du Conseil du 9 mars 2016 concernant un code de l'Union relatif au régime de franchissement des frontières par les personnes (code frontières Schengen) ou à l'article L. 311-1, de refuser de se soumettre aux opérations de relevé des empreintes digitales et de prise de photographie dans le cas prévu au 3° de l'article L. 142-1.**

Section 3. – Méconnaissance d'une décision de refus d'entrée

Art. L. 821-3. – **Est puni de trois ans d'emprisonnement le fait, pour un étranger, de ne pas présenter à l'autorité administrative compétente les documents de voyage permettant l'exécution d'une décision de refus d'entrée en France ou, à défaut de ceux-ci, de ne pas communiquer les renseignements permettant cette exécution ou de communiquer des renseignements inexacts sur son identité.**

L'étranger condamné en application du présent article encourt la peine complémentaire de dix ans d'interdiction du territoire français.

Art. L. 821-4. – **Est puni de trois ans d'emprisonnement le fait, pour un étranger placé ou maintenu en zone d'attente, de se soustraire ou de tenter de se soustraire à cette mesure de surveillance.**

Cette peine d'emprisonnement est portée à cinq ans lorsque les faits sont commis par violence, effraction ou corruption, et à sept ans lorsque les faits sont commis en réunion ou sous la menace d'une arme ou d'une substance explosive, incendiaire ou toxique.

Est puni des mêmes peines le fait, pour toute personne, de faciliter sciemment, par aide ou par assistance, la préparation ou la commission des infractions prévues au présent article.

L'étranger condamné en application du présent article encourt la peine complémentaire de dix ans d'interdiction du territoire français.

Art. L. 821-5. – **Est puni de trois ans d'emprisonnement le fait, pour un étranger, de se soustraire ou de tenter de se soustraire à l'exécution d'une décision de refus d'entrée en France.**

Ces peines sont également applicables en cas de refus, par un étranger, de se soumettre aux modalités de transport qui lui sont désignées pour l'exécution d'office de la décision de refus d'entrée.

L'étranger condamné en application du présent article encourt la peine complémentaire de dix ans d'interdiction du territoire français.

Section 4. – Amendes aux entreprises de transport ayant méconnu la réglementation sur l'entrée

Sous-section 1. – Amendes aux entreprises ayant débarqué un étranger dépourvu des documents requis

Art. L. 821-6. – Est passible d'une amende administrative de 10 000 euros l'entreprise de transport aérien, maritime ou routier qui débarque sur le territoire français, en provenance d'un État qui n'est pas partie à la convention signée à Schengen le 19 juin 1990, un étranger non ressortissant d'un État membre de l'Union européenne, de la République d'Islande, de la Principauté du Liechtenstein, du Royaume de Norvège ou de la Confédération suisse démuni du document de voyage et, le cas échéant, du visa requis par la loi ou l'accord international qui lui est applicable en raison de sa nationalité.

Est passible de la même amende l'entreprise de transport aérien, maritime ou routier qui débarque, dans le cadre du transit, un étranger non ressortissant d'un État membre de l'Union européenne, de la République d'Islande, de la Principauté du Liechtenstein, du Royaume de Norvège ou de la Confédération suisse démuni du document de voyage ou du visa requis par la loi ou l'accord international qui lui est applicable compte tenu de sa nationalité et de sa destination.

Art. L. 821-7. – Les entreprises de transport routier mentionnées à l'article L. 821-6 sont celles exploitant des liaisons internationales en provenance d'un État qui n'est pas partie à la convention signée à Schengen le 19 juin 1990 sous la forme de lignes régulières, de services occasionnels ou de navette, à l'exclusion des trafics frontaliers.

Si une telle entreprise n'a pu procéder à la vérification du document de voyage et, le cas échéant, du visa des passagers empruntant ses services, elle est exonérée de l'amende prévue à l'article L. 821-6, à condition d'avoir justifié d'un contrôle à l'entrée sur le territoire d'un des États parties à ladite convention ou, à défaut d'un tel contrôle, à condition d'y avoir fait procéder à l'entrée en France par les services compétents.

Art. L. 821-8. – L'amende prévue à l'article L. 821-6 peut être prononcée autant de fois qu'il y a de passagers concernés.

Elle n'est pas infligée :

1° Lorsque l'étranger a été admis sur le territoire français au titre d'une demande d'asile qui n'était pas manifestement infondée ;

2° Lorsque l'entreprise de transport établit que les documents requis lui ont été présentés au moment de l'embarquement et qu'ils ne comportaient pas d'élément d'irrégularité manifeste.

Elle ne peut être infligée pour des faits remontant à plus d'un an.

Art. L. 821-9. – Lorsque l'étranger débarqué en France est un mineur sans représentant légal, la somme de 10 000 euros doit être immédiatement consignée auprès de l'agent, mentionné au premier alinéa de l'article L. 821-12, ayant établi le procès-verbal constatant le manquement de l'entreprise de transport à ses obligations. Tout ou partie de cette somme est restituée à l'entreprise selon le montant de l'amende prononcée ultérieurement par l'autorité administrative.

Si l'entreprise ne consigne pas la somme, le montant de l'amende est porté à 20 000 euros.

Les conditions de cette consignation et de son éventuelle restitution, en particulier le délai maximal dans lequel cette restitution doit intervenir, sont fixées par décret en Conseil d'État.

Sous-section 2. – Amendes aux entreprises n'ayant pas respecté leurs obligations de réacheminement et de prise en charge d'un étranger

Art. L. 821-10. – Est passible d'une amende administrative de 30 000 euros l'entreprise de transport aérien, maritime, routier ou ferroviaire qui ne respecte pas les obligations de réacheminement et de prise en charge d'un étranger qui lui sont fixées aux articles L. 333-3, L. 333-4 et L. 333-5.

Art. L. 821-11. – L'amende prévue à l'article L. 821-10 ne peut être infligée à raison d'un manquement aux obligations de réacheminement pour des faits remontant à plus de quatre ans.

Sous-section 3. – Dispositions communes

Art. L. 821-12. – Le manquement aux obligations de l'entreprise de transport est constaté par un procès-verbal établi par un agent relevant d'une catégorie fixée par décret en Conseil d'État.

L'entreprise de transport se voit remettre copie du procès-verbal et a accès au dossier. Elle est mise à même de présenter, dans un délai d'un mois, ses observations écrites sur le projet de sanction de l'autorité administrative.

Art. L. 821-13. – **Le montant de l'amende est versé au Trésor public par l'entreprise de transport.**

CHAPITRE II. – MÉCONNAISSANCE DES OBLIGATIONS RELATIVES AU SÉJOUR EN FRANCE

Section 1. – Refus de se soumettre aux opérations de relevé d'empreintes digitales et de prise de photographie

Art. L. 822-1. – **Est puni d'un an d'emprisonnement, de 3 750 euros d'amende et de trois ans d'interdiction du territoire français le fait, pour un étranger en situation irrégulière en France, de refuser de se soumettre aux opérations de relevé des empreintes digitales et de prise de photographie dans le cas prévu au 3° de l'article L. 142-1.**

Section 2. – Contribution forfaitaire de l'employeur ayant occupé un étranger en situation irrégulière

Art. L. 822-2. – **Sans préjudice des poursuites judiciaires qui peuvent être engagées à son encontre et de la contribution spéciale prévue à l'article L. 8253-1 du Code du travail, l'employeur qui a occupé un travailleur étranger en situation de séjour irrégulier acquitte une contribution forfaitaire représentative des frais d'éloignement du territoire français de cet étranger.**

Art. L. 822-3. – **Le montant total des sanctions pécuniaires prévues, pour l'emploi d'un étranger non autorisé à travailler, à l'article L. 822-2 du présent code et à l'article L. 8253-1 du Code du travail ne peut excéder le montant des sanctions pénales prévues aux articles L. 8256-2, L. 8256-7 et L. 8256-8 du même code ou, si l'employeur entre dans le champ d'application de ces articles, le montant des sanctions pénales prévues aux articles L. 823-1 à L. 823-10 du présent code.**

Art. L. 822-4. – **L'Office français de l'immigration et de l'intégration est chargé de constater et de fixer le montant de la contribution prévue à l'article L. 822-2.**

À cet effet, il peut avoir accès aux traitements automatisés des titres de séjour des étrangers dans les conditions définies par la loi n° 78-17 du 6 janvier 1978 relative à l'informatique, aux fichiers et aux libertés.

Art. L. 822-5. – **L'État est ordonnateur de la contribution forfaitaire. À ce titre, il liquide et émet le titre de perception.**

Sont applicables à la contribution forfaitaire prévue à l'article L. 822-2 du présent code les dispositions des articles L. 8253-1 à L. 8253-5 du Code du travail en matière de recouvrement et de privilège applicables à la contribution spéciale.

Art. L. 822-6. – **Les modalités d'application de la présente section sont fixées par décret en Conseil d'État.**

CHAPITRE III. – FACILITATION DE L'ENTRÉE, DE LA CIRCULATION ET DU SÉJOUR IRRÉGULIERS

Section 1. – Aide à l'entrée, à la circulation et au séjour irréguliers

Sous-section 1. – Peines principales

Art. L. 823-1. – **Sous réserve des exemptions prévues à l'article L. 823-9, est puni de cinq ans d'emprisonnement et de 30 000 euros d'amende le fait, pour toute personne, de faciliter ou de tenter de faciliter, par aide directe ou indirecte, l'entrée, la circulation ou le séjour irréguliers d'un étranger en France.**

Les dispositions du présent article sont applicables y compris lorsque les faits sont commis par une personne se trouvant sur le territoire d'un autre État partie à la convention signée à Schengen le 19 juin 1990.

Voir : Circ. min. Int. n° INTK1300159C, 18 janv. 2013 relative aux apports de la loi n° 2012-1560 du 31 déc. 2012 (texte non reproduit).

Art. L. 823-2. – Sous réserve des exemptions prévues à l'article L. 823-9, est puni de cinq ans d'emprisonnement et de 30 000 euros d'amende le fait, pour toute personne, de faciliter ou de tenter de faciliter l'entrée, la circulation ou le séjour irréguliers d'un étranger :

1° Sur le territoire d'un autre État partie à la convention signée à Schengen le 19 juin 1990 ;

2° Sur le territoire d'un autre État partie au protocole contre le trafic illicite de migrants par terre, air et mer, additionnel à la convention des Nations unies contre la criminalité transnationale organisée, signée à Palerme le 12 décembre 2000.

Les dispositions du 2° sont applicables à compter de la date de publication de ce protocole au *Journal officiel* de la République française.

Art. L. 823-3. – Sont punies de dix ans d'emprisonnement et de 750 000 euros d'amende les infractions définies aux articles L. 823-1 et L. 823-2 lorsque les faits :

1° Sont commis en bande organisée ;

2° Sont commis dans des circonstances qui exposent directement les étrangers à un risque immédiat de mort ou de blessures de nature à entraîner une mutilation ou une infirmité permanente ;

3° Ont pour effet de soumettre les étrangers à des conditions de vie, de transport, de travail ou d'hébergement incompatibles avec la dignité de la personne humaine ;

4° Sont commis au moyen d'une habilitation ou d'un titre de circulation en zone réservée d'un aérodrome ou d'un port ;

5° Ont pour effet d'éloigner des mineurs étrangers de leur milieu familial ou de leur environnement traditionnel.

Sous-section 2. – Peines complémentaires

§ 1. – Peines complémentaires applicables aux personnes physiques

Art. L. 823-4. – Les personnes physiques condamnées en application des articles L. 823-1, L. 823-2 ou L. 823-3 encourent les peines complémentaires suivantes :

1° L'interdiction de séjour pour une durée de cinq ans au plus ;

2° La suspension, pour une durée de cinq ans au plus, du permis de conduire ; cette durée peut être doublée en cas de récidive ;

3° Le retrait temporaire ou définitif de l'autorisation administrative d'exploiter soit des services occasionnels à la place ou collectifs, soit un service régulier, ou un service de navettes de transports internationaux ;

4° La confiscation de la chose qui a servi ou était destinée à commettre l'infraction, notamment tout moyen de transport ou équipement terrestre, fluvial, maritime ou aérien, ou de la chose qui est le produit de cette infraction ; les frais résultant des mesures nécessaires à l'exécution de la confiscation sont à la charge du condamné et sont recouvrés comme frais de justice ;

5° L'interdiction, pour une durée de cinq ans au plus, d'exercer l'activité professionnelle ou sociale à l'occasion de laquelle l'infraction a été commise, sous les réserves mentionnées à l'article 131-27 du Code pénal ; toute violation de cette interdiction est punie de deux ans d'emprisonnement et de 30 000 euros d'amende.

Art. L. 823-5. – Outre les peines complémentaires prévues à l'article L. 823-4, les personnes physiques condamnées en application de l'article L. 823-3 encourent la peine complémentaire de confiscation de tout ou partie de leurs biens, quelle qu'en soit la nature, meubles ou immeubles, divis ou indivis.

Art. L. 823-6. – Les étrangers condamnés en application des articles L. 823-1, L. 823-2 ou L. 823-3 encourent l'interdiction du territoire français :

1° Pour une durée de dix ans au plus, en cas de condamnation en application des articles L. 823-1 ou L. 823-2 ;

2° À titre définitif, en cas de condamnation en application de l'article L. 823-3.

§ 2. – Peines complémentaires applicables aux personnes morales

Art. L. 823-7. – Les personnes morales déclarées responsables pénalement, dans les conditions prévues à l'article 121-2 du Code pénal, des infractions définies aux articles L. 823-1, L. 823-2 et L. 823-3 du présent code encourent, outre l'amende suivant les modalités prévues à l'article 131-38 du Code pénal, les peines prévues aux 1° à 5°, 8° et 9° de l'article 131-39 du même code.

L'interdiction visée au 2° de l'article 131-39 du Code pénal porte sur l'activité dans l'exercice ou à l'occasion de l'exercice de laquelle l'infraction a été commise.

Art. L. 823-8. – Les personnes morales condamnées en application de l'article L. 823-3 encourent la peine complémentaire de confiscation de tout ou partie de leurs biens, quelle qu'en soit la nature, meubles ou immeubles, divis ou indivis.

Sous-section 3. – Conditions d'exercice des poursuites pénales

Art. L. 823-9. – L'aide à la circulation ou au séjour irréguliers d'un étranger ne peut donner lieu à des poursuites pénales sur le fondement des articles L. 823-1 ou L. 823-2 lorsqu'elle est le fait :

1° Des ascendants ou descendants de l'étranger, de leur conjoint, des frères et sœurs de l'étranger ou de leur conjoint ;

2° Du conjoint de l'étranger, de la personne qui vit notoirement en situation maritale avec lui, ou des ascendants, descendants, frères et sœurs du conjoint de l'étranger ou de la personne qui vit notoirement en situation maritale avec lui ;

3° De toute personne physique ou morale lorsque l'acte reproché n'a donné lieu à aucune contrepartie directe ou indirecte et a consisté à fournir des conseils ou accompagnements juridiques, linguistiques ou sociaux, ou toute autre aide apportée dans un but exclusivement humanitaire.

Les exemptions prévues aux 1° et 2° ne s'appliquent pas lorsque l'étranger bénéficiaire de l'aide à la circulation ou au séjour irréguliers vit en état de polygamie ou lorsque cet étranger est le conjoint d'une personne polygame résidant en France avec le premier conjoint.

Les dispositions du présent article s'appliquent sans préjudice des articles L. 821-1 et L. 823-11 à L. 823-17.

Art. L. 823-10. – Pour l'application du second alinéa de l'article L. 823-1 et de l'article L. 823-2, la situation irrégulière de l'étranger est appréciée au regard de la législation de l'État partie intéressé. En outre, les poursuites ne peuvent être exercées à l'encontre de l'auteur de l'infraction que sur une dénonciation officielle ou sur une attestation des autorités compétentes de l'État partie intéressé.

Aucune poursuite ne peut être exercée contre une personne justifiant qu'elle a été jugée définitivement à l'étranger pour les mêmes faits et, en cas de condamnation, que la peine a été subie ou prescrite.

Section 2. – Mariage contracté ou enfant reconnu à seule fin d'obtenir ou de faire obtenir à un étranger un titre de séjour ou la nationalité française

Sous-section 1. – Peines principales

Art. L. 823-11. – Est puni de cinq ans d'emprisonnement et de 15 000 euros d'amende le fait, pour toute personne, de contracter un mariage ou de reconnaître un enfant aux seules fins d'obtenir, ou de faire obtenir, un titre de séjour ou le bénéfice d'une protection contre l'éloignement, ou aux seules fins d'acquérir, ou de faire acquérir, la nationalité française. Ces peines sont également encourues lorsque l'étranger qui a contracté mariage a dissimulé ses intentions à son conjoint.

Ces mêmes peines sont applicables en cas d'organisation ou de tentative d'organisation d'un mariage ou d'une reconnaissance d'enfant aux mêmes fins.

Art. L. 823-12. – Est punie de dix ans d'emprisonnement et de 750 000 euros d'amende toute personne qui commet le délit défini à l'article L. 823-11 lorsque les faits sont commis en bande organisée.

Sous-section 2. – Peines complémentaires

§ 1. – Peines complémentaires applicables aux personnes physiques

Art. L. 823-13. – Les personnes physiques condamnées en application des articles L. 823-11 ou L. 823-12 encourent les peines complémentaires suivantes :

1° L'interdiction de séjour pour une durée de cinq ans au plus ;

2° L'interdiction, pour une durée de cinq ans au plus, d'exercer l'activité professionnelle ou sociale à l'occasion de laquelle l'infraction a été commise, sous les réserves mentionnées à l'article 131-27 du Code pénal.

Art. L. 823-14. – Outre les peines complémentaires prévues à l'article L. 823-13, les personnes physiques condamnées en application des articles L. 823-11 ou L. 823-12 encourent la peine complémentaire de confiscation de tout ou partie de leurs biens, quelle qu'en soit la nature, meubles ou immeubles, divis ou indivis.

Art. L. 823-15. – Les étrangers condamnés en application des articles L. 823-11 ou L. 823-12 encourent l'interdiction du territoire français :

1° Pour une durée de dix ans au plus, en cas de condamnation en application de l'article L. 823-11 ;

2° À titre définitif, en cas de condamnation en application de l'article L. 823-12.

§ 2. – Peines complémentaires et responsabilité des personnes morales

Art. L. 823-16. – Les personnes morales déclarées responsables pénalement, dans les conditions prévues à l'article 121-2 du Code pénal, des infractions définies au second alinéa de l'article L. 823-11 ou à l'article L. 823-12 du présent code encourent, outre l'amende suivant les modalités prévues à l'article 131-38 du Code pénal, les peines prévues aux 1° à 5° et 9° de l'article 131-39 du même code.

L'interdiction visée au 2° de l'article 131-39 du Code pénal porte sur l'activité dans l'exercice ou à l'occasion de l'exercice de laquelle l'infraction a été commise.

Art. L. 823-17. – Les personnes morales condamnées en application de l'article L. 823-12 encourent la peine de confiscation de tout ou partie de leurs biens, quelle qu'en soit la nature, meubles ou immeubles, divis ou indivis.

CHAPITRE IV. – MANQUEMENT À L'EXÉCUTION D'UNE DÉCISION D'ÉLOIGNEMENT

Section 1. – Défaut de coopération et d'exécution de la décision d'éloignement par l'étranger

Art. L. 824-1. – Est puni de trois d'emprisonnement le fait, pour un étranger, de ne pas présenter à l'autorité administrative compétente les documents de voyage permettant l'exécution d'une interdiction administrative du territoire, d'une décision d'expulsion, d'une mesure de reconduite à la frontière ou d'une obligation de quitter le territoire français ou, à défaut de ceux-ci, de ne pas communiquer les renseignements permettant cette exécution ou de communiquer des renseignements inexacts sur son identité.

L'étranger condamné en application du présent article encourt la peine complémentaire de dix ans d'interdiction du territoire français.

Art. L. 824-2. – Est puni en application de l'article L. 822-1 le fait, pour un étranger faisant l'objet d'une décision d'éloignement du territoire français, de refuser de se soumettre aux opérations de relevé des empreintes digitales et de prise de photographie dans les cas prévus aux 3° et 4° de l'article L. 142-1.

Art. L. 824-3. – Est puni d'un an d'emprisonnement et de 3 750 euros d'amende le fait, pour un étranger, de se maintenir irrégulièrement sur le territoire français sans motif légitime, après avoir fait l'objet d'une mesure régulière de placement en rétention ou d'assignation à résidence ayant pris fin sans qu'il ait pu être procédé à son éloignement en exécution d'une interdiction administrative du territoire français, d'une obligation de quitter le territoire français, d'une décision de mise en œuvre une décision prise par un autre État, d'une décision d'expulsion ou d'une peine d'interdiction du territoire français.

L'étranger condamné en application du présent article encourt la peine complémentaire de trois ans d'interdiction du territoire français.

Section 2. – Méconnaissance des mesures prises pour l'exécution d'office d'une décision d'éloignement

Sous-section 1. – Méconnaissance des prescriptions liées à l'assignation à résidence

Art. L. 824-4. – Est puni de trois ans d'emprisonnement le fait, pour un étranger assigné à résidence en application des articles L. 731-1, L. 731-3, L. 731-4 ou L. 731-5, de ne pas rejoindre dans les délais prescrits la résidence qui lui est assignée ou de quitter cette résidence sans autorisation de l'autorité administrative.

Art. L. 824-5. – **Est puni d'un an d'emprisonnement le fait, pour un étranger assigné à résidence en application des 6° ou 7° de l'article L. 731-3 ou des articles L. 731-4 ou L. 731-5, de ne pas respecter les obligations de présentation aux services de police et aux unités de gendarmerie prévues à l'article L. 733-1.**

Art. L. 824-6. – **Est puni d'un an d'emprisonnement le fait, pour un étranger assigné à résidence, de ne pas respecter les prescriptions liées au placement sous surveillance électronique mobile qui lui ont été fixées en application de l'article L. 733-14.**

Art. L. 824-7. – **Est puni d'un an d'emprisonnement le fait, pour un étranger assigné à résidence, de ne pas respecter l'interdiction de se trouver en relation, directement ou indirectement, avec certaines personnes nommément désignées dont le comportement est lié à des activités à caractère terroriste, qui lui est prescrite en application de l'article L. 733-15.**

Sous-section 2. – Soustraction au placement et au maintien en rétention administrative

Art. L. 824-8. – **Est puni de trois ans d'emprisonnement le fait, pour un étranger placé ou maintenu en rétention administrative, de se soustraire ou de tenter de se soustraire à la mesure de surveillance dont il fait l'objet.**

Cette peine d'emprisonnement est portée à cinq ans lorsque les faits sont commis par violence, effraction ou corruption, et à sept ans lorsque les faits sont commis en réunion ou sous la menace d'une arme ou d'une substance explosive, incendiaire ou toxique.

Est puni des mêmes peines le fait, pour toute personne, de faciliter sciemment, par aide ou par assistance, la préparation ou la commission des infractions prévues au présent article.

L'étranger condamné en application du présent article encourt la peine complémentaire de dix ans d'interdiction du territoire français.

Sous-section 3. – Soustraction à l'exécution d'une décision d'éloignement

Art. L. 824-9. – **Est puni de trois ans d'emprisonnement le fait, pour un étranger, de se soustraire ou de tenter de se soustraire à l'exécution d'une interdiction administrative du territoire français, d'une obligation de quitter le territoire français ou d'une décision d'expulsion.**

Cette peine est également applicable en cas de refus, par un étranger, de se soumettre aux modalités de transport qui lui sont désignées pour l'exécution d'office de la mesure dont il fait l'objet.

(Al. créé, L. n° 2021-1040, 5 août 2021) **Cette peine est également applicable en cas de refus, par un étranger, de se soumettre aux obligations sanitaires nécessaires à l'exécution d'office de la mesure dont il fait l'objet.**

L'étranger condamné en application du présent article encourt la peine complémentaire de dix ans d'interdiction du territoire français.

1) Épuisement préalable des mesures administratives coercitives. Juge, au motif que l'ordonnance du 21 décembre 2020 a opéré une recodification à droit constant du CESEDA, et conformément aux décisions de la Cour de justice de l'Union européenne du 6 décembre 2011, *Achughbabian*, et de la Cour de cassation des 1er avril 2015 et 9 juin 2021, que les poursuites sur le fondement du délit de soustraction à l'exécution d'une obligation de quitter le territoire ne peuvent être engagées qu'une fois expiré le délai maximal de rétention administrative ; en l'absence de cette condition, la garde à vue subie par l'étranger était irrégulière et celui-ci doit être relaxé (■ T. corr. Rouen, 16 juin 2021, n° 1142/21).

2) Non-respect des obligations sanitaires. Conformité à la Constitution de l'incrimination du refus de se soumettre aux obligations sanitaires nécessaires à l'exécution d'office de la mesure d'éloignement, qui doit s'entendre, au regard des travaux parlementaires, comme relative aux tests de dépistage de la Covid-19, sous la réserve que le juge pénal saisi des poursuites vérifie la réalité du refus opposé par l'étranger et son intention de se soustraire à l'exécution d'office de la mesure d'éloignement. Sous cette réserve, ces dispositions ne méconnaissent pas le principe de proportionnalité des peines et, dès lors que ce test ne comporte aucun procédé attentatoire à l'intégrité physique et à la dignité des personnes, manquent en fait les griefs tirés de l'atteinte au principe de dignité de la personne humaine et à l'inviolabilité du corps humain (■ Cons. const., 5 août 2021, n° 2021-824 DC).

3) Test PCR. La réalisation d'un test PCR de dépistage est un acte médical soumis au principe du consentement libre et éclairé ; relaxe, sur le fondement des critères issus de l'article 8 de la Convention européenne, de la personne qui a refusé de subir un tel test en raison du caractère disproportionné de l'atteinte audit principe par la prévision d'une peine d'emprisonnement conséquente sanctionnant l'exercice d'un droit protégé par l'article 8 (■ CA Douai, 16 févr. 2022, n° 2201600098).

Art. L. 824-10. – Est puni de trois ans d'emprisonnement le fait, pour un étranger, de se soustraire ou de tenter de se soustraire à l'exécution d'une décision de mise en œuvre d'une décision prise par un autre État, d'une décision de remise aux autorités d'un autre État ou d'une décision de transfert prévue à l'article L. 572-1.

L'étranger condamné en application du présent article encourt la peine complémentaire de trois ans d'interdiction du territoire français.

Sous-section 4. – Retour non autorisé sur le territoire français en méconnaissance d'une décision d'éloignement

Art. L. 824-11. – Est puni de trois ans d'emprisonnement le fait, pour un étranger faisant l'objet d'une interdiction administrative du territoire, d'une interdiction de retour sur le territoire français, d'une décision d'expulsion ou d'une peine d'interdiction du territoire français, de pénétrer de nouveau sans autorisation en France.

L'étranger condamné en application du présent article encourt la peine complémentaire de dix ans d'interdiction du territoire français.

Art. L. 824-12. – Est puni de trois ans d'emprisonnement le fait, pour un étranger, de pénétrer de nouveau sans autorisation en France après avoir fait l'objet d'une décision de remise aux autorités d'un autre État, d'une interdiction de circulation sur le territoire français ou d'une décision de transfert prévue à l'article L. 572-1.

L'étranger condamné en application du présent article encourt la peine complémentaire de trois ans d'interdiction du territoire français.

....

PARTIE RÉGLEMENTAIRE NOUVELLE

LIVRE II. – DISPOSITIONS APPLICABLES AUX CITOYENS DE L'UNION EUROPÉENNE ET AUX MEMBRES DE LEUR FAMILLE

TITRE VII. – CONTRÔLES ET SANCTIONS

Art. R. 270-1. – Le fait pour les citoyens de l'Union européenne de ne pas se conformer à la formalité d'enregistrement prévue à l'article L. 236-1 est puni de la peine d'amende prévue pour les contraventions de quatrième classe.

Art. R. 270-2. – Le fait pour les membres de famille ressortissants de pays tiers mentionnés à l'article L. 233-2 de ne pas solliciter la délivrance de la carte de séjour mentionnée à l'article R. 233-15 dans les délais prévus au même article est puni de la peine d'amende prévue pour les contraventions de cinquième classe.

Art. R. 270-3. – Le fait pour les membres de famille ressortissants de pays tiers mentionnés au second alinéa de l'article L. 234-1 de ne pas solliciter la délivrance de la carte de séjour mentionnée à l'article R. 234-2 dans les délais prévus au même article est puni de la peine d'amende prévue pour les contraventions de cinquième classe.

Art. R. 270-4. – Outre les dispositions du présent titre, sont également applicables aux étrangers dont la situation est régie par le présent livre les dispositions des articles R. 811-1 à R. 811-5, R. 812-1, R. 814-1 à R. 814-4 et R. 822-2 à R. 822-5.

LIVRE III. – ENTRÉE EN FRANCE

TITRE III. – CONTRÔLES AUX FRONTIÈRES ET REFUS D'ENTRÉE SUR LE TERRITOIRE FRANÇAIS

Art. R. 330-1. – Conformément à l'article R. 223-1, les dispositions de l'article R. 332-1 sont applicables à l'étranger dont la situation est régie par le livre II.

CHAPITRE I. – CONTRÔLES AUX FRONTIÈRES

Le présent chapitre ne comprend pas de dispositions réglementaires.

CHAPITRE II. – DÉCISION DE REFUS D'ENTRÉE À LA FRONTIÈRE

Art. R. 332-1. – La décision refusant l'entrée en France à un étranger, prévue à l'article L. 332-2, est prise :

1° Par le chef du service de la police nationale chargé du contrôle aux frontières ou, par délégation, par un fonctionnaire désigné par lui, titulaire au moins du grade de brigadier ;

2° Ou par le chef du service des douanes chargé du contrôle aux frontières ou, par délégation, par un fonctionnaire désigné par lui, titulaire au moins du grade d'agent de constatation principal de deuxième classe.

Dans les aérodromes affectés à titre exclusif ou principal au ministère de la défense, cette décision peut être également prise par le commandant d'unité de la gendarmerie maritime ou de la gendarmerie de l'air ou, par délégation, par un militaire désigné par lui, titulaire au moins du grade de gendarme.

CHAPITRE III. – EXÉCUTION D'OFFICE DE LA DÉCISION DE REFUS D'ENTRÉE À LA FRONTIÈRE

Le présent chapitre ne comprend pas de dispositions réglementaires.

……………………………………………………………………………………………

LIVRE VI. – DÉCISIONS D'ÉLOIGNEMENT

TITRE I. – OBLIGATION DE QUITTER LE TERRITOIRE FRANÇAIS

CHAPITRE IV. – PROCÉDURE CONTENTIEUSE

Art. R. 614-1. – La présentation, l'instruction et le jugement par les juridictions administratives des recours en annulation mentionnés à l'article L. 614-1 obéissent aux règles définies au chapitre VI du titre VII du livre VII du Code de justice administrative.

Code de justice administrative

Chapitre VI. – Le contentieux des obligations de quitter le territoire

(D. n° 2016-1458, 28 oct. 2016)

Section 1. – Dispositions communes

Art. R. 776-1 *(D. n° 2020-1734, 16 déc. 2020)*. **–** Sont présentées, instruites et jugées selon les dispositions du chapitre IV du titre I du livre VI du Code de l'entrée et du séjour des étrangers et du droit d'asile et de l'article L. 732-8 du même code, ainsi que celles du présent code, sous réserve des dispositions du présent chapitre, les requêtes dirigées contre :

1° Les décisions portant obligation de quitter le territoire français, prévues aux articles L. 241-1 et L. 611-1 du Code de l'entrée et du séjour des étrangers et du droit d'asile, ainsi que les décisions relatives au séjour notifiées avec les décisions portant obligation de quitter le territoire français ;

2° Les décisions relatives au délai de départ volontaire prévues aux articles L. 251-3 et L. 612-1 du même code ;

3° Les interdictions de retour sur le territoire français prévues aux articles L. 612-6 à L. 612-8 du même code et les interdictions de circulation sur le territoire français prévues à l'article L. 241-4 dudit code ;

4° Les décisions fixant le pays de renvoi prévues à l'article L. 721-4 du même code ;

5° Les décisions d'assignation à résidence prévues aux articles L. 731-1, L. 751-2, L. 752-1 et L. 753-1 du même code.

Sont instruites et jugées dans les mêmes conditions les conclusions tendant à l'annulation d'une autre décision d'éloignement prévue au livre VI du Code de l'entrée et du séjour des étrangers et du droit d'asile, à l'exception des décisions d'expulsions, présentées en cas de placement en rétention administration, en cas de détention ou dans le cadre d'une requête dirigée contre la décision d'assignation à résidence prise au titre de cette mesure.

Sont instruites et jugées dans les mêmes conditions les conclusions présentées dans le cadre des requêtes dirigées contre les décisions portant obligation de quitter le territoire français mentionnées au 1° du présent article, sur le fondement de l'article L. 752-5 du Code de l'entrée et du séjour des étrangers et du droit d'asile, tendant à la suspension de l'exécution de ces décisions d'éloignement.

Art. R. 776-2 *(D. n° 2020-1734, 16 déc. 2020)*. **–** I. - Conformément aux dispositions de l'article L. 614-4 du Code de l'entrée et du séjour des étrangers et du droit d'asile, la notification d'une obligation de quitter le territoire français avec délai de départ volontaire, prise en application de l'article L. 251-1 ou des 3°, 5° ou 6° de l'article L. 611-1 du même code, fait courir un délai de trente jours pour contester cette obligation ainsi que les décisions relatives au séjour, au délai de départ volontaire, au pays de renvoi et à l'interdiction de retour ou à l'interdiction de circulation notifiées simultanément.

Conformément aux dispositions de l'article L. 614-5 du même code, la notification d'une obligation de quitter le territoire français avec délai de départ volontaire, prise en application des 1°, 2° ou 4° de l'article L. 611-1 du même code, fait courir un délai de quinze jours pour contester cette obligation ainsi que les décisions relatives au séjour, au délai de départ volontaire, au pays de renvoi et à l'interdiction de retour notifiées simultanément. Cette notification fait courir ce même délai pour demander la suspension de l'exécution de la décision d'éloignement dans les conditions prévues à l'article L. 752-5 du même code.

Lorsque le délai de recours mentionné aux alinéas précédents n'est pas expiré à la date à laquelle l'autorité compétente notifie à l'intéressé la décision de supprimer le délai de départ volontaire en application de l'article L. 612-5 du Code de l'entrée et du séjour des étrangers et du droit d'asile, ce délai de recours expire quarante-huit heures après cette notification. La décision de supprimer le délai de départ volontaire peut être contestée dans le même délai.

II. - Conformément aux dispositions de l'article L. 614-6 du Code de l'entrée et du séjour des étrangers et du droit d'asile, la notification par voie administrative d'une obligation de quitter sans délai le territoire français fait courir un délai de quarante-huit heures pour contester cette obligation et les décisions relatives au séjour, à la suppression du délai de départ volontaire, au pays de renvoi et à l'interdiction de retour ou à l'interdiction de circulation notifiées simultanément. Cette notification fait courir ce même délai pour demander la suspension de l'exécution de la décision d'éloignement dans les conditions prévues à l'article L. 752-5 du même code.

Art. R. 776-3 *(D. n° 2020-1734, 16 déc. 2020)*. **–** Conformément aux dispositions de l'article L. 614-5 du Code de l'entrée et du séjour des étrangers et du droit d'asile, les interdictions de retour sur le territoire français prises en application de l'article L. 612-7 de ce code à l'encontre d'étrangers s'étant maintenus sur le territoire français au-delà du délai de départ volontaire peuvent faire l'objet d'un recours contentieux dans les quinze jours de leur notification.

Le même délai s'applique pour la contestation des décisions prolongeant les interdictions de retour, prises en application de l'article L. 612-11 du même code.

Art. R. 776-4 *(D. n° 2020-1734, 16 déc. 2020)*. **–** Conformément aux dispositions de l'article L. 614-8 du Code de l'entrée et du séjour des étrangers et du droit d'asile, le délai de recours contentieux contre les décisions mentionnées à l'article R. 776-1 en cas de placement en rétention administrative ou d'assignation à résidence en application des articles L. 731-1 ou L. 751-2 du Code de l'entrée et du séjour des étrangers et du droit d'asile est de quarante-huit heures. Ce délai court à compter de la notification de la décision par voie administrative.

Art. R. 776-5 *(D. n° 2011-819, 8 juill. 2011)*. **–** I. - Le délai de recours contentieux de trente jours mentionné *(D. n° 2016-1458, 28 oct. 2016)* « à l'article R. 776-2 » n'est pas prorogé par l'exercice d'un recours administratif.

II. - *(D. n° 2016-1458, 28 oct. 2016)* « Les délais de quarante-huit heures mentionnés aux articles R. 776-2 et R. 776-4 et les délais de quinze jours mentionnés aux articles R. 776-2 et R. 776-3 ne sont susceptibles d'aucune prorogation. »

Lorsque le délai est de quarante-huit heures *(D. n° 2016-1458, 28 oct. 2016)* « ou de quinze jours », le second alinéa de l'article R. 411-1 n'est pas applicable et l'expiration du délai n'interdit pas au requérant de soulever des moyens nouveaux, quelle que soit la cause juridique à laquelle ils se rattachent.

Le requérant qui, dans le délai de quarante-huit heures *(D. n° 2016-1458, 28 oct. 2016)* « ou de quinze jours selon les cas », a demandé l'annulation de l'une des décisions qui lui ont été notifiées simultanément peut, jusqu'à la clôture de l'instruction, former des conclusions dirigées contre toute autre de ces décisions.

Art. R. 776-6 *(D. n° 2011-819, 8 juill. 2011)*. **–** Les conclusions dirigées contre des décisions mentionnées à l'article R. 776-1 notifiées simultanément peuvent être présentées dans la même requête.

Art. R. 776-7 *(D. n° 2011-819, 8 juill. 2011)*. **–** Les mesures prises pour l'instruction des affaires, l'avis d'audience et le jugement sont notifiés aux parties par tous moyens.

Art. R. 776-8 *(D. n° 2011-819, 8 juill. 2011)*. **–** Dès le dépôt de la requête, le président du tribunal administratif transmet au préfet compétent pour représenter l'État en défense copie du recours et des pièces qui y sont jointes.

Art. R. 776-9 *(D. n° 2011-819, 8 juill. 2011)*. **–** Le délai d'appel est d'un mois. Il court à compter du jour où le jugement a été notifié à la partie intéressée. Cette notification mentionne la possibilité de faire appel et le délai dans lequel cette voie de recours peut être exercée.

(Suppr., D. n° 2016-1480, 2 nov. 2016) « ... ».

Art. R. 776-9-1 *(D. n° 2016-1458, 28 oct. 2016)*. **–** Les dispositions du présent chapitre ne sont pas applicables en Guyane, en Guadeloupe, à Mayotte, à Saint-Barthélemy *(D. n° 2020-1734, 16 déc. 2020)* « et Saint-Martin. »

Section 2. – Dispositions applicables en l'absence de placement en rétention, ou d'assignation à résidence

(D. n° 2018-1142, 12 déc. 2018)

Sous-section 1. – Dispositions applicables en cas d'obligation de quitter le territoire français prise sur le fondement de l'article L. 251-1 ou des 3°, 5° ou 6° de l'article L. 611-1 du Code de l'entrée et du séjour des étrangers et du droit d'asile

(D. n° 2020-1734, 16 déc. 2020 ; D. n° 2016-1458, 28 oct. 2016)

Art. R. 776-10 *(D. n° 2020-1734, 16 déc. 2020)*. **–** Les dispositions de la présente sous-section sont applicables aux recours formés, en application des articles L. 614-4 ou L. 614-6 du Code de l'entrée et du séjour des étrangers et du droit d'asile, contre les décisions d'obligation de quitter le territoire français prise sur le fondement de l'article L. 251-1 ou des 3°, 5° ou 6° de l'article L. 611-1 du même code et les autres décisions mentionnées à l'article R. 776-1 du présent code, lorsque l'étranger n'est pas placé en rétention, ni assigné à résidence.

Art. R. 776-11 *(D. n° 2011-819, 8 juill. 2011)*. **–** Le président de la formation de jugement ou le rapporteur qui a reçu délégation à cet effet peut, dès l'enregistrement de la requête, faire usage du pouvoir prévu au premier alinéa de l'article R. 613-1 de fixer la date à laquelle l'instruction sera close. Il peut, par la même ordonnance, fixer la date et l'heure de l'audience au cours de laquelle l'affaire sera appelée. Dans ce cas, l'ordonnance tient lieu de l'avertissement prévu à l'article R. 711-2.

Art. R. 776-12 *(D. n° 2011-819, 8 juill. 2011)*. **–** Lorsqu'une requête sommaire mentionne l'intention du requérant de présenter un mémoire complémentaire, la production annoncée doit parvenir au greffe du tribunal administratif dans un délai de quinze jours à compter de la date à laquelle la requête a été enregistrée.

Si ce délai n'est pas respecté, le requérant est réputé s'être désisté à la date d'expiration de ce délai, même si le mémoire complémentaire a été ultérieurement produit. Il est donné acte de ce désistement.

Art. R. 776-13 *(D. n° 2011-819, 8 juill. 2011)*. **–** L'État est représenté en défense par le préfet qui a pris la ou les décisions attaquées.

Les délais donnés aux parties pour fournir leurs observations doivent être observés, faute de quoi il peut être passé outre sans mise en demeure.

(Al. créé à compter du 1er janvier 2012, D. n° 2011-1950, 23 déc. 2011) Le président de la formation de jugement peut dispenser le rapporteur public, sur sa proposition, de prononcer des conclusions à l'audience.

Le tribunal administratif statue dans le délai de trois mois à compter de l'enregistrement de la requête prévu *(D. n° 2020-1734, 16 déc. 2020)* « à l'article L. 614-4 » du Code de l'entrée et du séjour des étrangers et du droit d'asile.

Sous-section 2. – Dispositions applicables en cas d'obligation de quitter le territoire français prise sur le fondement des 1°, 2° ou 4° de l'article L. 611-1 du Code de l'entrée et du séjour des étrangers et du droit d'asile

(D. n° 2020-1734, 16 déc. 2020 ; D. n° 2016-1458, 28 oct. 2016)

Art. R. 776-13-1 *(D. n° 2020-1734, 16 déc. 2020)*. **–** Les dispositions de la présente sous-section sont applicables aux recours formés, en application des articles L. 614-5 ou L. 614-6 du Code de l'entrée et du séjour des étrangers et du droit d'asile, contre les décisions d'obligation de quitter le territoire français prise sur le fondement des 1°, 2° ou 4° de l'article L. 611-1 du même code et les décisions mentionnées à l'article R. 776-1 du présent code notifiées simultanément, lorsque l'étranger n'est pas placé en rétention, ni assigné à résidence. Elles sont également applicables, dans ce cas, aux demandes de suspension de l'exécution de la décision d'éloignement mentionnées à l'article R. 776-1, lorsque cette dernière est prise sur ces mêmes fondements.

Art. R. 776-13-2 *(D. n° 2016-1458, 28 oct. 2016)*. **–** La présentation, l'instruction et le jugement des recours obéissent, sans préjudice de la section I, aux règles définies au premier alinéa de l'article R. 776-13, aux articles R. 776-15, R. 776-18, R. 776-20-1, R. 776-22 à R. 776-26, aux deuxième et quatrième alinéas de l'article R. 776-27 et à l'article R. 776-28.

Art. R. 776-13-3 *(D. n° 2016-1458, 28 oct. 2016)*. **–** Le président du tribunal administratif ou le magistrat désigné statue dans le délai de six semaines prévu *(D. n° 2020-1734, 16 déc. 2020)* « à l'article L. 614-5 » du Code de l'entrée et du séjour des étrangers et du droit d'asile.

Section 3. – Dispositions applicables en cas de placement en rétention ou d'assignation à résidence

Art. R. 776-14 *(D. n° 2011-819, 8 juill. 2011)*. **–** La présente section est applicable aux recours dirigés contre les décisions mentionnées à l'article R. 776-1, lorsque l'étranger est placé en rétention ou assigné à résidence.

(D. n° 2018-1142, 12 déc. 2018) « La présente section est également applicable aux demandes de suspension de l'exécution de la mesure d'éloignement mentionnées à l'article R. 776-1 du présent code, lorsque l'étranger est placé en rétention ou assigné à résidence. »

Art. R. 776-15 *(D. n° 2011-819, 8 juill. 2011)*. **–** Les jugements sont rendus, sans conclusions du rapporteur public, par le président du tribunal administratif ou le magistrat qu'il désigne à cet effet.

Les attributions dévolues par les dispositions réglementaires du présent code à la formation de jugement ou à son président sont exercées par ce magistrat.

Il peut, par ordonnance :

1° Donner acte des désistements ;

2° *(D. n° 2019-82, 7 févr. 2019)* « Transmettre sans délai le dossier à la juridiction qu'il estime compétente » ;

3° Constater qu'il n'y a pas lieu de statuer sur un recours ;

4° Rejeter les recours entachés d'une irrecevabilité manifeste non susceptible d'être couverte en cours d'instance

Art. R. 776-16 *(D. n° 2011-819, 8 juill. 2011 ; D. n° 2011-1950, 23 déc. 2011)*. **–** Le tribunal administratif territorialement compétent est celui dans le ressort duquel se trouve le lieu où le requérant est placé en rétention ou assigné à résidence au moment de l'introduction de la requête ou, si elle a été introduite avant le placement en rétention ou l'assignation à résidence, au moment où cette mesure est décidée.

Toutefois, lorsque, avant la tenue de l'audience, l'étranger est transféré dans un autre lieu de rétention, le président du tribunal administratif peut décider, dans l'intérêt d'une bonne administration de la justice, par une décision insusceptible de recours, de transmettre le dossier au tribunal administratif dans le ressort duquel est situé le nouveau lieu de rétention.

Lorsque le président d'un tribunal administratif est saisi de conclusions qu'il estime relever de la compétence d'un autre tribunal administratif, il lui transmet le dossier sans délai et par tous moyens, dans les formes prévues au premier alinéa de l'article R. 351-6.

Par exception aux dispositions du premier alinéa et de l'article R. 221-3, le tribunal administratif territorialement compétent est celui de Nancy lorsque le requérant est placé au centre de rétention de Metz *(D. n° 2016-1480, 2 nov. 2016)* « et le tribunal administratif de Montreuil lorsque le requérant est placé au centre de rétention n° 3 du Mesnil-Amelot ».

Art. R. 776-17 *(D. n° 2011-819, 8 juill. 2011)*. – Lorsque l'étranger est placé en rétention ou assigné à résidence après avoir introduit un recours contre la décision portant obligation de quitter le territoire ou après avoir déposé une demande d'aide juridictionnelle en vue de l'introduction d'un tel recours, la procédure se poursuit selon les règles prévues par la présente section. Les actes de procédure précédemment accomplis demeurent valables. L'avis d'audience se substitue, le cas échéant, à celui qui avait été adressé aux parties en application de l'article R. 776-11.

Toutefois, lorsque le requérant a formé des conclusions contre la décision relative au séjour notifiée avec une obligation de quitter le territoire, *(D. n° 2018-1142, 12 déc. 2018)* « (...) il est statué sur cette décision dans les conditions prévues à la sous-section 1 ou à la sous-section 2 de la section 2, selon le fondement de l'obligation de quitter le territoire. »

Lorsque le requérant est placé en rétention ou assigné à résidence en dehors du ressort du tribunal administratif qu'il a saisi en application des dispositions de la section 2, le dossier est transmis au tribunal administratif dans le ressort duquel se trouve le lieu de rétention ou d'assignation à résidence. Toutefois, le tribunal initialement saisi demeure compétent pour connaître des conclusions dirigées contre la décision relative au séjour.

Art. R. 776-18 *(D. n° 2011-819, 8 juill. 2011 ; D. n° 2012-1437, 21 déc. 2012)*. – La requête est présentée en un seul exemplaire.

Lorsqu'elle est adressée par le moyen de l'application informatique mentionnée à l'article R. 414-1 *(D. n° 2018-251, 6 avr. 2018)* « ou par le téléservice mentionné à l'article R. 414-6 », son auteur signale son urgence en sélectionnant le type de procédure dans la rubrique correspondante.

Les décisions attaquées sont produites par l'administration.

Art. R. 776-19 *(D. n° 2011-819, 8 juill. 2011)*. – Si, au moment de la notification d'une décision mentionnée à l'article R. 776-1, l'étranger est retenu par l'autorité administrative, sa requête peut valablement être déposée, dans le délai de recours (...) *(D. n° 2018-1142, 12 déc. 2018)* contentieux, auprès de ladite autorité administrative.

Dans le cas prévu à l'alinéa précédent, mention du dépôt est faite sur un registre ouvert à cet effet. Un récépissé indiquant la date et l'heure du dépôt est délivré au requérant.

L'autorité qui a reçu la requête la transmet sans délai et par tous moyens au président du tribunal administratif.

Art. R. 776-20 *(D. n° 2011-819, 8 juill. 2011 ; mod., D. n° 2012-89, 25 janv. 2012)*. – L'État est représenté en défense par le préfet du département qui a pris la décision de placement en rétention administrative ou d'assignation à résidence.

Toutefois, des observations orales peuvent être présentées au nom de l'État par le préfet du département dans lequel est situé le centre de rétention administrative où se trouve l'étranger et, si le centre de rétention administrative est situé à Paris, par le préfet de police.

Art. R. 776-20-1 *(D. n° 2012-1437, 21 déc. 2012)*. – Lorsqu'elles sont faites par voie électronique conformément *(D. n° 2020-1734, 16 déc. 2020)* « au premier alinéa de l'article L. 614-9 », les communications et convocations sont réputées reçues dès leur mise à disposition dans l'application.

Art. R. 776-21 *(D. n° 2018-1142, 12 déc. 2018)*. – Le président du tribunal administratif ou le magistrat désigné statue au plus tard quatre-vingt-seize heures à compter de l'expiration du délai de recours, conformément au *(D. n° 2020-1734, 16 déc. 2020)* « premier alinéa de l'article L. 614-9 » du Code de l'entrée et du séjour des étrangers et du droit d'asile.

Lorsque l'étranger est placé en rétention ou assigné à résidence après avoir introduit un recours contre la décision portant obligation de quitter le territoire, le président du tribunal administratif ou le magistrat désigné statue dans le délai de cent quarante-quatre heures prévu *(D. n° 2020-1734, 16 déc. 2020)* « au second alinéa du même article L. 614-9 ». Ce délai court à compter de la transmission par le préfet au tribunal de la décision de placement en rétention ou d'assignation à résidence.

Ces délais ne sont pas interrompus lorsque l'étranger est assigné à résidence par le juge des libertés et de la détention en application de l'article *(D. n° 2020-1734, 16 déc. 2020)* « L. 743-12 » du même code.

Art. R. 776-22 *(D. n° 2011-819, 8 juill. 2011 ; mod., D. n° 2019-966, 18 sept. 2019)*. – L'étranger peut, au plus tard avant le début de l'audience, demander qu'un avocat soit désigné d'office. Il en est informé par le greffe du tribunal au moment de l'introduction de sa requête.

Quand l'étranger a demandé qu'un avocat soit désigné d'office, le président du tribunal administratif ou le magistrat désigné en informe aussitôt le bâtonnier de l'ordre des avocats près le tribunal judiciaire dans le ressort duquel se tiendra l'audience. Le bâtonnier effectue la désignation sans délai.

Art. R. 776-23 *(D. n° 2011-819, 8 juill. 2011)*. – Dans le cas où l'étranger, qui ne parle pas suffisamment la langue française, le demande, le président nomme un interprète qui doit prêter serment d'apporter son concours à la justice en son honneur et en sa conscience. Cette demande peut être formulée dès le dépôt de la requête introductive d'instance. Lors de l'enregistrement de la requête, le greffe informe au besoin l'intéressé de la possibilité de présenter une telle demande.

Les frais d'interprète sont liquidés dans les conditions prévues à l'article R. 122 du Code de procédure pénale.

Art. R. 776-24 *(D. n° 2011-819, 8 juill. 2011)*. – Après le rapport fait par le président du tribunal administratif ou par le magistrat désigné, les parties peuvent présenter en personne ou par un avocat des observations orales. Elles peuvent également produire des documents à l'appui de leurs conclusions. Si ces documents apportent des éléments nouveaux, le magistrat demande à l'autre partie de les examiner et de lui faire part à l'audience de ses observations.

Art. R. 776-25 *(D. n° 2011-819, 8 juill. 2011)*. – L'information des parties prévue aux articles R. 611-7 et R. 612-1 peut être accomplie au cours de l'audience.

Art. R. 776-26 *(D. n° 2011-819, 8 juill. 2011)*. – L'instruction est close soit après que les parties ont formulé leurs observations orales, soit, si ces parties sont absentes ou ne sont pas représentées, après appel de leur affaire à l'audience.

Art. R. 776-27 *(D. n° 2011-819, 8 juill. 2011)*. – Le jugement est prononcé à l'audience si l'étranger est retenu, au jour de celle-ci, par l'autorité administrative.

À moins qu'un procès-verbal d'audience signé par le juge et par l'agent chargé du greffe de l'audience ait été établi, le jugement mentionne les moyens nouveaux soulevés par les parties lors de l'audience.

Le dispositif du jugement assorti de la formule exécutoire prévue à l'article R. 751-1 est communiqué sur place aux parties présentes à l'audience, qui en accusent aussitôt réception.

En cas d'annulation de la seule décision refusant à l'intéressé le délai de départ volontaire, la notification du jugement lui rappelle son obligation de quitter le territoire français dans le délai qui lui sera fixé par l'autorité administrative.

Art. R. 776-28 *(Rempl. à compter du 1er janvier 2012, D. n° 2011-1950, 23 déc. 2011)*. – Devant la cour administrative d'appel, le président de la formation de jugement peut dispenser le rapporteur public, sur sa proposition, de prononcer des conclusions à l'audience.

Section 4. – Dispositions applicables en cas de détention

(D. n° 2016-1458, 28 oct. 2016)

Art. R. 776-29 *(D. n° 2018-1142, 12 déc. 2018)*. – Conformément aux dispositions *(D. n° 2020-1734, 16 déc. 2020)* « de l'article L. 614-15 » du Code de l'entrée et du séjour des étrangers et du droit d'asile, lorsqu'il apparaît, en cours d'instance, que l'étranger détenu est susceptible d'être libéré avant l'expiration du délai de jugement prévu, selon le cas, au dernier alinéa de l'article R. 776-13 ou à l'article R. 776-13-3, l'administration en informe le président du tribunal administratif ou le magistrat désigné.

Sous réserve des adaptations prévues à la présente section, il est alors statué selon la procédure prévue à la section 3 du présent chapitre, dans un délai qui ne peut excéder huit jours à compter de l'information prévue au premier alinéa.

Art. R. 776-30 *(D. n° 2016-1458, 28 oct. 2016)*. – Au dernier alinéa de l'article R. 776-16, les mots : « centre de rétention » sont remplacés par les mots : « centre pénitentiaire ».

Art. R. 776-31 *(D. n° 2016-1458, 28 oct. 2016)*. – Au premier alinéa de l'article R. 776-19, les mots : « de ladite autorité administrative » sont remplacés par les mots : « du chef de l'établissement pénitentiaire ».

Art. R. 776-32 *(D. n° 2016-1458, 28 oct. 2016)*. – À l'article R. 776-20 :

1° Au premier alinéa, les mots : « la décision de placement en rétention administrative ou d'assignation à résidence » sont remplacés par les mots : « la décision attaquée » ;

2° Au second alinéa, les mots : « le centre de rétention administrative » sont remplacés par les mots : « l'établissement pénitentiaire ».

Art. R. 776-33 *(D. n° 2018-1142, 12 déc. 2018)*. – Au premier alinéa de l'article R. 776-22, la seconde phrase est remplacée par la phrase suivante :

« L'étranger, qui en a déjà été informé par l'autorité administrative compétente dès la notification de l'obligation de quitter le territoire français conformément *(D. n° 2020-1734, 16 déc. 2020)* "à l'article L. 614-14" du Code de l'entrée et du séjour des étrangers et du droit d'asile, se voit rappeler cette information par le greffe du tribunal au moment de l'introduction de sa requête. »

Art. R. 776-34 *(D. n° 2018-1142, 12 déc. 2018)*. – Au premier alinéa de l'article R. 776-23, les deuxième et troisième phrases sont remplacées par les phrases suivantes :

« Cette demande peut être formulée dès la notification de l'obligation de quitter le territoire français. Lors de l'enregistrement de la requête, le greffe rappelle au besoin à l'intéressé la possibilité de présenter une telle demande. »

....

LIVRE VIII. – CONTRÔLES ET SANCTIONS

TITRE I. – CONTRÔLES

Art. R. 810-1. – Conformément à l'article R. 270-4, les dispositions des articles R. 811-1 à R. 811-5, R. 812-1 et R. 814-1 à R. 814-4 sont applicables à l'étranger dont la situation est régie par le livre II.

CHAPITRE I. – VÉRIFICATIONS PRÉALABLES À LA DÉLIVRANCE OU AU RETRAIT DES TITRES DE SÉJOUR

Section 1. – Enquêtes administratives

Art. R. 811-1. – Les enquêtes administratives mentionnées à l'article L. 811-1, conduites pour la délivrance, le renouvellement ou le retrait du titre de séjour ou de l'autorisation de séjour, sont réalisées dans les conditions prévues aux articles R. 114-1 à R. 114-6 du Code de la sécurité intérieure.

Section 2. – Vérification d'acte d'état civil étranger

Art. R. 811-2. – Lorsqu'un étranger présente une demande de visa pour un séjour d'une durée supérieure à trois mois en se prévalant d'un acte d'état civil pour lequel il existe un doute sérieux sur son authenticité, les autorités diplomatiques et consulaires sursoient à statuer sur cette demande pendant une période maximale de quatre mois, qui suspend le délai d'instruction de la demande.

Lorsque, malgré les diligences accomplies, les vérifications n'ont pas abouti, la suspension du délai d'instruction peut être prorogée pour une durée strictement nécessaire et qui ne peut excéder quatre mois.

Ces dispositions s'appliquent par dérogation aux dispositions de l'article L. 231-1 du Code des relations entre le public et l'administration.

Voir : art. L. 811-2, p. 1439.

Section 3. – Droit de communication

Art. R. 811-3. – L'autorité administrative compétente mentionnée à l'article L. 811-3 est le préfet de département.

Art. R. 811-4. – Les demandes d'informations et de documents auprès des autorités et personnes privées mentionnées aux 1° à 8° de l'article L. 811-4 s'exercent par tout moyen, notamment dématérialisé, permettant l'identification du représentant de l'autorité administrative demandeuse.

Art. R. 811-5. – Les autorités et personnes privées mentionnées aux 1° à 8° de l'article L. 811-4 transmettent les documents et informations suivantes :

1° Pour les autorités dépositaires des actes d'état civil : l'authentification des actes d'état civil français qu'elles ont délivrées ;

2° Pour les administrations chargées du travail et de l'emploi : les documents établissant l'existence et la nature de l'activité professionnelle déclarée par le demandeur ;

3° Pour les organismes de sécurité sociale et l'institution mentionnée à l'article L. 5312-1 du Code du travail : l'adresse déclarée par le demandeur, la composition de son foyer, les prestations familiales et sociales perçues par le demandeur et ses ayants droit, l'existence et la nature d'une activité professionnelle et l'affiliation à un régime de sécurité sociale ;

4° Pour les établissements scolaires et les établissements d'enseignement supérieur :

a) pour les établissements d'enseignement primaire et secondaire : l'attestation de l'inscription dans l'établissement des enfants à charge du demandeur et leur assiduité,

b) pour les établissements d'enseignement supérieur : l'attestation d'inscription du demandeur dans leur établissement, l'assiduité dans le suivi des enseignements et l'authentification des relevés de notes produits par le demandeur ;

5° Pour les fournisseurs d'énergie et des services de communications électroniques : l'adresse déclarée par le demandeur, l'authentification des contrats et factures émises par ces entreprises et l'historique sur cinq années des contrats et abonnements ouverts au nom du demandeur ;

6° Pour les établissements de santé publics et privés : l'authentification des attestations et convocations produites par le demandeur, l'attestation de la fréquentation de l'établissement par le demandeur ;

7° Pour les établissements bancaires et les organismes financiers : l'adresse déclarée par le demandeur, l'existence du compte du demandeur ouvert dans leurs livres ainsi que les noms du ou des titulaires du compte et les relevés de ces comptes sur les deux dernières années ;

8° Pour les greffes des tribunaux de commerce : l'authentification des documents et informations relatifs à l'existence d'une société dirigée par le demandeur ou l'employant.

CHAPITRE II. – CONTRÔLE DE LA DÉTENTION DES TITRES

Section unique. – Visite sommaire des véhicules dans les zones frontalières

Art. R. 812-1. – Le ministre de l'intérieur établit par arrêté la liste des péages mentionnés au 2° de l'article L. 812-3.

CHAPITRE III. – VÉRIFICATION DU DROIT DE CIRCULATION ET DE SÉJOUR

Le présent chapitre ne comprend pas de dispositions réglementaires.

CHAPITRE IV. – MESURES DE SUIVI DES ÉTRANGERS

Section 1. – Fiche individuelle de police

Art. R. 814-1. – Aux fins de prévention des troubles à l'ordre public, d'enquêtes judiciaires et de recherche dans l'intérêt des personnes, les hôteliers, les exploitants de villages et maisons familiales de vacances, de résidences et villages résidentiels de tourisme, les loueurs de meublés de tourisme et de chambres d'hôtes, les exploitants de terrains de camping, caravanage et autres terrains aménagés sont tenus de remplir, ou faire remplir, et signer par l'étranger, dès son arrivée, une fiche individuelle de police, dont le modèle est fixé par arrêté conjoint du ministre de l'intérieur, du ministre chargé de l'immigration et du ministre chargé du tourisme.

Les personnes physiques ou morales louant des locaux nus ne sont pas astreintes aux obligations prévues au présent article.

Convention d'application de l'Accord de Schengen du 19 juin 1990

entre les gouvernements des États de l'Union économique Benelux, de la République fédérale d'Allemagne et de la République française relatif à la suppression graduelle des contrôles aux frontières communes

Art. 22. – 1. Les étrangers entrés régulièrement sur le territoire d'une des Parties contractantes sont tenus de se déclarer, dans les conditions fixées par chaque Partie contractante, aux autorités compétentes de la Partie contractante sur le territoire de laquelle ils pénètrent. Cette déclaration peut être souscrite au choix de chaque Partie contractante, soit à l'entrée, soit, dans un délai de trois jours ouvrables à partir de l'entrée, à l'intérieur du territoire de la Partie Contractante sur lequel ils pénètrent.

2. Les étrangers résidant sur le territoire de l'une des Parties contractantes et qui se rendent sur le territoire d'une autre Partie contractante sont astreints à l'obligation de déclaration visée au paragraphe 1.

[...]

Art. R. 814-2. – **Les données personnelles collectées en application de l'article R. 814-1 sont notamment :**

1° Le nom et les prénoms ;

2° La date et le lieu de naissance ;

3° La nationalité ;

4° Le domicile habituel de l'étranger ;

5° Le numéro de téléphone mobile et l'adresse électronique de l'étranger ;

6° La date d'arrivée au sein de l'établissement et la date de départ prévue.

Les données relatives aux enfants âgés de moins de 15 ans peuvent figurer sur la fiche d'un adulte qui les accompagne.

Art. R. 814-3. – **Les fiches établies en application de l'article R. 814-1 doivent être conservées pendant une durée de six mois et remises, sur leur demande, aux services de police et unités de gendarmerie.**

Cette transmission peut s'effectuer sous forme dématérialisée.

Section 2. – Retenue du passeport ou du document de voyage de l'étranger en situation irrégulière

Art. R. 814-4. – **L'autorité administrative habilitée à retenir le passeport ou le document de voyage d'un étranger en situation irrégulière en application de l'article L. 814-1 est le préfet de département et, à Paris, le préfet de police.**

TITRE II. – SANCTIONS

Art. R. 820-1. – **Conformément à l'article R. 270-4, les dispositions des articles R. 822-2 à R. 822-5 sont applicables à l'étranger dont la situation est régie par le livre II.**

CHAPITRE I. – MÉCONNAISSANCE DES OBLIGATIONS RELATIVES À L'ENTRÉE EN FRANCE

Section unique. – Amendes aux entreprises de transport ayant méconnu la réglementation sur l'entrée

Sous-section 1. – Autorités administratives compétentes

Art. R. *821-1. – **L'autorité administrative compétente pour prononcer l'amende pour débarquement d'un étranger dépourvu des documents requis, prévue à l'article L. 821-6, est le ministre chargé de l'immigration.**

La même autorité est compétente pour prononcer l'amende pour manquement aux obligations de réacheminement et de prise en charge d'un étranger, prévue à l'article L. 821-10.

Art. R. 821-2. – **Les services compétents pour procéder aux contrôles mentionnés au second alinéa de l'article L. 821-7 sont les services de la police nationale ou, en l'absence de tels services, les services des douanes ou les unités de la gendarmerie nationale situés à l'entrée du territoire français.**

Art. R. 821-3. – **Les décisions de l'autorité administrative prononçant les amendes prévues aux articles L. 821-6 et L. 821-10 sont motivées et susceptibles d'un recours de pleine juridiction.**

Sous-section 2. – Constat du manquement de l'entreprise de transport

Art. R. 821-4. – **Le procès-verbal constatant le manquement de l'entreprise de transport, mentionné à l'article L. 821-12, comporte :**

1° Le nom de l'entreprise de transport ;

2° Les références du vol ou du voyage concerné ;

3° En cas de débarquement d'un étranger dépourvu des documents requis : l'identité du passager au titre duquel la responsabilité de l'entreprise de transport est susceptible d'être engagée, en précisant le motif du refus d'entrée ;

4° En cas de défaut de réacheminement ou de prise en charge d'un étranger : l'identité du passager.

Il comporte également, le cas échéant, les observations de l'entreprise de transport.

Art. R. 821-5. – Le procès-verbal constatant le manquement de l'entreprise de transport, mentionné à l'article L. 821-12, est signé :

1° Par le chef du service de la police nationale chargé du contrôle aux frontières ou territorialement compétent, ou un fonctionnaire désigné par lui, titulaire au moins du grade de brigadier ;

2° Par le chef du service des douanes chargé du contrôle aux frontières ou un fonctionnaire désigné par lui, titulaire au moins du grade d'agent de constatation principal de deuxième classe ;

3° Ou par le commandant de l'unité de gendarmerie territorialement compétente ou un militaire désigné par lui, titulaire au moins du grade de gendarme.

Art. R. 821-6. – Le procès-verbal constatant le manquement de l'entreprise de transport, mentionné à l'article L. 821-12, est transmis à l'autorité administrative mentionnée à l'article R.* 821-1. Copie du procès-verbal est remise au représentant de l'entreprise de transport, qui en accuse réception.

Art. R. 821-7. – L'autorité administrative mentionnée à l'article R.* 821-1 notifie à l'entreprise de transport, par lettre recommandée avec accusé de réception, le projet de sanction prévu à l'article L. 821-12.

L'entreprise de transport est invitée à faire valoir ses observations éventuelles dans le délai d'un mois à compter de cette notification.

Le dossier est mis à sa disposition pendant ce délai. L'entreprise peut se faire délivrer, à ses frais, copie de tout ou partie de la procédure.

L'autorité administrative mentionnée à l'article R.* 821-1 arrête sa décision après l'expiration du délai d'un mois, au vu des observations qui ont pu être produites. La décision écrite et motivée est notifiée à l'entreprise de transport par lettre recommandée avec accusé de réception.

Sous-section 3. – Consignation d'une somme par l'entreprise de transport ayant débarqué un étranger dépourvu des documents requis

Art. R. 821-8. – Le montant de la somme consignée par une entreprise de transport en application de l'article L. 821-9 est mentionné sur le procès-verbal constatant le manquement prévu à l'article L. 821-12. L'absence de consignation est mentionnée dans les mêmes conditions.

La somme consignée est remise sans délai entre les mains d'un comptable de la direction générale des finances publiques.

Consignation de l'amende. La loi n° 2003-1119 du 26 novembre 2003 a prévu un mécanisme de consignation de l'amende lorsque l'étranger débarqué est un mineur isolé.

Voir : art. L. 821-8, p. 1448.

Art. R. 821-9. – La somme consignée s'impute sur le montant de l'amende administrative prononcée en application de l'article L. 821-6.

Art. R. 821-10. – Dès qu'elle décide de ne pas prononcer d'amende, l'autorité administrative compétente mentionnée à l'article R.* 821-1 émet un ordre de restitution du montant de la somme consignée.

Art. R. 821-11. – Lorsque le montant de l'amende prononcée est inférieur au montant de la somme consignée, le comptable de la direction générale des finances publiques mentionné à l'article R. 821-8, au vu du titre exécutoire, restitue à l'entreprise de transport la somme correspondant à la différence entre le second montant et le premier.

Art. R. 821-12. – Le comptable de la direction générale des finances publiques mentionné à l'article R. 821-8 procède à la restitution de tout ou partie de la somme consignée dans un délai d'un mois à compter de la date de réception par ses services du titre exécutoire ou de l'ordre de restitution mentionné à l'article R. 821-10.

Sous-section 4. – Recouvrement de l'amende

Art. R. 821-13. – L'amende est recouvrée dans les conditions prévues pour les créances de l'État mentionnées aux articles 112 à 124 du décret n° 2012-1246 du 7 novembre 2012 relatif à la gestion budgétaire et comptable publique.

CHAPITRE II. – MÉCONNAISSANCE DES OBLIGATIONS RELATIVES AU SÉJOUR EN FRANCE

Section 1. – Garanties de rapatriement

Art. R. 822-1. – Est puni des peines prévues pour les contraventions de cinquième classe le fait, pour un étranger soumis à l'obligation de garantir son rapatriement, de ne plus être en mesure de produire le titre de transport ou l'attestation bancaire mentionnés à l'article R. 313-5.

Section 2. – Contribution forfaitaire de l'employeur ayant occupé un étranger en situation irrégulière

Art. R. 822-2. – La contribution forfaitaire représentative des frais d'éloignement de l'étranger du territoire français prévue à l'article L. 822-2 est due pour chaque employé en situation irrégulière au regard du droit au séjour.

Cette contribution est à la charge de l'employeur qui, en violation de l'article L. 8251-1 du Code du travail, a embauché ou employé un travailleur étranger dépourvu de titre de séjour.

1) Contribution forfaitaire (renvoi). La contribution forfaitaire représentative des frais de réacheminement est supportée par l'employeur qui occupe illégalement un travailleur étranger (CESEDA, art. L. 822-2). Elle doit être distinguée de la contribution spéciale qu'il acquitte, en outre, au bénéfice de l'Office français de l'immigration et de l'intégration (C. trav., art. L. 8253-1).

Voir : art. L. 822-2, p. 1449 et C. trav., art. L. 8253-1.

2) Modalités de recouvrement. Tirant les conséquences de l'article 78 de la loi n° 2010-1657 du 29 décembre 2010 qui assure un partage des compétences entre l'État (recouvrement) et l'Office français de l'immigration et de l'intégration pour la mise en œuvre des contributions spéciales et forfaitaires (constatation et liquidation), l'article 62 de la loi n° 2011-1977 du 28 décembre 2011 impose la transmission d'une copie des procès-verbaux relevant l'infraction d'emploi d'étrangers sans titre à l'Office (V. C. trav., art. R. 8253-1 et s.). La contribution forfaitaire doit être acquittée pour chaque employé en situation irrégulière, et la contribution spéciale est due pour l'emploi d'un travailleur étranger non muni d'une autorisation de travail. Le tribunal administratif compétent est celui situé dans le ressort duquel est constatée l'infraction (CJA, art. R. 312-16).

Art. R. 822-3. – Le montant de la contribution forfaitaire représentative des frais d'éloignement de l'étranger du territoire français prévue à l'article L. 822-2 est fixé par arrêté du ministre chargé de l'immigration et du ministre chargé du budget, en fonction du coût moyen des opérations d'éloignement vers la zone géographique à destination de laquelle est éloigné le salarié, dans la limite prescrite à l'article L. 822-3.

Art. R. 822-4. – Au vu des procès-verbaux qui lui sont transmis en application de l'article L. 8271-17 du Code du travail, le directeur général de l'Office français de l'immigration et de l'intégration indique à l'employeur, par lettre recommandée avec avis de réception ou par tout autre moyen permettant de faire la preuve de sa date de réception par le destinataire, que les dispositions de l'article L. 822-2 sont susceptibles de lui être appliquées et qu'il peut présenter ses observations dans un délai de quinze jours.

Art. R. 822-5. – À l'expiration du délai de quinze jours fixé à l'article R. 822-4, le directeur général de l'Office français de l'immigration et de l'intégration décide, au vu des observations éventuelles de l'employeur, de l'application de la contribution forfaitaire prévue à l'article L. 822-2. Le ministre chargé de l'immigration est l'autorité compétente pour la liquider et émettre le titre de perception correspondant.

La créance est recouvrée par le comptable public compétent comme en matière de créances étrangères à l'impôt et au domaine.

CHAPITRE III. – FACILITATION DE L'ENTRÉE, DE LA CIRCULATION ET DU SÉJOUR IRRÉGULIERS

Le présent chapitre ne comprend pas de dispositions réglementaires.

CHAPITRE IV. – MANQUEMENT À L'EXÉCUTION D'UNE DÉCISION D'ÉLOIGNEMENT

Le présent chapitre ne comprend pas de dispositions réglementaires.

TITRE III. – DISPOSITIONS APPLICABLES À L'OUTRE-MER

CHAPITRE I. – DISPOSITIONS PARTICULIÈRES AUX COLLECTIVITÉS RÉGIES PAR L'ARTICLE 73 DE LA CONSTITUTION ET À SAINT-PIERRE-ET-MIQUELON

Art. R. 831-1. – **Les dispositions du présent livre sont applicables de plein droit en Guadeloupe, en Guyane, en Martinique, à La Réunion, à Mayotte et à Saint-Pierre-et-Miquelon, sous réserve des adaptations prévues au présent chapitre.**

Art. R. 831-2. – **Pour l'application du présent livre en Guadeloupe, en Guyane, en Martinique, à La Réunion, à Mayotte et à Saint-Pierre-et-Miquelon :**

1° À l'article R. 810-1, la référence à l'article R. 812-1 est supprimée ;

2° L'article R. 812-1 n'est pas applicable ;

3° L'article R. 821-2 est ainsi rédigé :

« *Art. R. 821-2.* – Les services compétents pour procéder aux contrôles mentionnés au second alinéa de l'article L. 821-7 sont la formation territoriale de la gendarmerie nationale implantée dans la collectivité ou, en l'absence de tels services, les services des douanes relevant de l'État » ;

Art. R. 831-3. – **Pour l'application du présent livre à Mayotte :**

1° À l'article R. 820-1, les références aux articles R. 822-3 à R. 822-5 sont supprimées ;

2° Les dispositions des articles R. 822-3 à R. 822-5 ne sont pas applicables.

CHAPITRE II. – DISPOSITIONS APPLICABLES À SAINT-BARTHÉLEMY

Art. R. *832-1. – **L'article R.* 821-1 est applicable à Saint-Barthélemy.**

Art. R. 832-2. – **Sous réserve des adaptations prévues par le présent chapitre, les dispositions suivantes sont applicables à Saint-Barthélemy dans leur rédaction résultant du décret n° 2020-1734 du 16 décembre 2020, sauf mention contraire dans le tableau ci-dessous.**

Articles applicables	Dans leur rédaction résultant de
Au titre I	
R. 810-1 à R. 811-5	
R. 814-1 à R. 814-4	
Au titre II	
R. 820-1	
R. 821-2 à R. 822-5	

Art. R. 832-3. – **Pour l'application du présent livre à Saint-Barthélemy :**

1° Les références au préfet sont remplacées par la référence au représentant de l'État à Saint-Barthélemy ;

2° À l'article R. 810-1, la référence à l'article R. 812-1 est supprimée ;

3° L'article R. 821-2 est ainsi rédigé :

« *Art. R. 821-2.* – Les services compétents pour procéder aux contrôles mentionnés au second alinéa de l'article L. 821-7 sont la formation territoriale de la gendarmerie nationale implantée dans la collectivité ou, en l'absence de tels services, les services des douanes relevant de l'État ».

CHAPITRE III. – DISPOSITIONS APPLICABLES À SAINT-MARTIN

Art. R. *833-1. – **L'article R.* 821-1 est applicable à Saint-Martin.**

Art. R. 833-2. – Sous réserve des adaptations prévues par le présent chapitre, les dispositions suivantes sont applicables à Saint-Martin dans leur rédaction résultant du décret n° 2020-1734 du 16 décembre 2020, sauf mention contraire dans le tableau ci-dessous.

Articles applicables	Dans leur rédaction résultant de
Au titre I	
R. 810-1 à R. 811-5	
R. 814-1 à R. 814-4	
Au titre II	
R. 820-1	
R. 821-2 à R. 822-5	

Art. R. 833-3. – Pour l'application du présent livre à Saint-Martin :

1° Les références au préfet sont remplacées par la référence au représentant de l'État à Saint-Martin ;

2° À l'article R. 810-1, la référence à l'article R. 812-1 est supprimée ;

3° L'article R. 821-2 est ainsi rédigé :

« *Art. R. 821-2.* – Les services compétents pour procéder aux contrôles mentionnés au second alinéa de l'article L. 821-7 sont la formation territoriale de la gendarmerie nationale implantée dans la collectivité ou, en l'absence de tels services, les services des douanes relevant de l'État ».

CHAPITRE IV. – DISPOSITIONS APPLICABLES DANS LES ÎLES WALLIS-ET-FUTUNA

Art. R. *834-1. – L'article R.* 821-1 est applicable dans les îles Wallis-et-Futuna.

Art. R. 834-2. – Sous réserve des adaptations prévues par le présent chapitre, les dispositions suivantes sont applicables dans les îles Wallis-et-Futuna dans leur rédaction résultant du décret n° 2020-1734 du 16 décembre 2020, sauf mention contraire dans le tableau ci-dessous.

Articles applicables	Dans leur rédaction résultant de
Au titre I	
R. 810-1 à R. 811-5	
R. 814-1 à R. 814-4	
Au titre II	
R. 820-1	
R. 821-2 à R. 822-5	

Art. R. 834-3. – Pour l'application du présent livre dans les îles Wallis-et-Futuna :

1° Les références au préfet sont remplacées par la référence à l'administrateur supérieur des îles Wallis-et-Futuna ;

2° À l'article R. 810-1, la référence à l'article R. 812-1 est supprimée ;

3° L'article R. 821-2 est ainsi rédigé :

« *Art. R. 821-2.* – Les services compétents pour procéder aux contrôles mentionnés au second alinéa de l'article L. 821-7 sont la formation territoriale de la gendarmerie nationale implantée dans la collectivité ou, en l'absence de tels services, les services des douanes relevant de l'État » ;

4° L'article R. 821-5 est ainsi rédigé :

« *Art. R. 821-5.* – Le procès-verbal constatant le manquement de l'entreprise de transport est signé :

1° Par le fonctionnaire investi des fonctions de chef de poste ou par le fonctionnaire désigné par lui, titulaire du grade de lieutenant ou d'un grade supérieur, si le contrôle est assuré par les fonctionnaires de la police nationale ;

2° Par le fonctionnaire investi des fonctions de chef de poste ou par le fonctionnaire désigné par lui, titulaire du grade de contrôleur ou d'un grade supérieur, si le contrôle est assuré par les fonctionnaires des douanes ;

3° Ou par le militaire de la gendarmerie investi des fonctions de commandant de brigade ou son adjoint si le contrôle est assuré par les militaires de la gendarmerie nationale. » ;

5° À l'article R. 822-2, les mots : « en violation de l'article L. 8251-1 du Code du travail » sont remplacés par les mots : « en violation des dispositions applicables localement relatives à l'emploi de la main d'œuvre étrangère » ;

6° À l'article R. 822-4, les mots : « en application de l'article L. 8271-17 du Code du travail, le directeur général de l'Office français de l'immigration et de l'intégration » sont remplacés par les mots : « en application des dispositions applicables localement relatives à l'emploi de la main d'œuvre étrangère, l'administrateur supérieur des îles Wallis-et-Futuna » ;

7° À l'article R. 822-5 :

a) Les mots : « le directeur général de l'Office français de l'immigration et de l'intégration » et les mots : « le ministre » sont remplacés par les mots : « l'administrateur supérieur des îles Wallis-et-Futuna » ;

b) Après les mots : « La créance est recouvrée par le », sont insérés les mots : « directeur des finances publiques dans les îles Wallis-et-Futuna, ».

CHAPITRE VI. – DISPOSITIONS APPLICABLES EN POLYNÉSIE FRANÇAISE

Art. R. *835-1. – L'article R.* 821-1 est applicable en Polynésie française.

Art. R. 835-2. – Sous réserve des adaptations prévues par le présent chapitre, les dispositions suivantes sont applicables en Polynésie française dans leur rédaction résultant du décret n° 2020-1734 du 16 décembre 2020, sauf mention contraire dans le tableau ci-dessous.

Articles applicables	Dans leur rédaction résultant de
Au titre I	
R. 810-1 à R. 811-5	
R. 814-1 à R. 814-4	
Au titre II	
R. 820-1	
R. 821-2 à R. 822-5	

Art. R. 835-3. – Pour l'application du présent livre à la Polynésie française :

1° Les références au préfet sont remplacées par la référence au haut-commissaire de la République en Polynésie française ;

2° À l'article R. 810-1, la référence à l'article R. 812-1 est supprimée ;

3° L'article R. 821-2 est ainsi rédigé :

« *Art. R. 821-2.* – Les services compétents pour procéder aux contrôles mentionnés au second alinéa de l'article L. 821-7 sont la formation territoriale de la gendarmerie nationale implantée dans la collectivité ou, en l'absence de tels services, les services des douanes relevant de l'État » ;

4° L'article R. 821-5 est ainsi rédigé :

« *Art. R. 821-5.* – Le procès-verbal constatant le manquement de l'entreprise de transport est signé :

1° Par le fonctionnaire investi des fonctions de chef de poste ou par le fonctionnaire désigné par lui, titulaire du grade de lieutenant ou d'un grade supérieur, si le contrôle est assuré par les fonctionnaires de la police nationale ;

2° Par le fonctionnaire investi des fonctions de chef de poste ou par le fonctionnaire désigné par lui, titulaire du grade de contrôleur ou d'un grade supérieur, si le contrôle est assuré par les fonctionnaires des douanes ;

3° Ou par le militaire de la gendarmerie investi des fonctions de commandant de brigade ou son adjoint si le contrôle est assuré par les militaires de la gendarmerie nationale. » ;

5° À l'article R. 822-2, les mots : « en violation de l'article L. 8251-1 du Code du travail » sont remplacés par les mots : « en violation des dispositions applicables localement relatives à l'emploi de la main d'œuvre étrangère » ;

6° À l'article R. 822-4, les mots : « en application de l'article L. 8271-17 du Code du travail, le directeur général de l'Office français de l'immigration et de l'intégration » sont remplacés par les mots : « en application des dispositions applicables localement relatives à l'emploi de la main d'œuvre étrangère, le haut-commissaire de la République en Polynésie française » ;

7° À l'article R. 822-5 :

a) Les mots : « le directeur général de l'Office français de l'immigration et de l'intégration » et les mots : « le ministre » sont remplacés par les mots : « le haut-commissaire de la République en Polynésie française » ;

b) Après les mots : « La créance est recouvrée par le », sont insérés les mots : « directeur des finances publiques en Polynésie française, ».

CHAPITRE VII. – DISPOSITIONS APPLICABLES EN NOUVELLE-CALÉDONIE

Art. R. *836-1. – L'article R.* 821-1 est applicable en Nouvelle-Calédonie.

Art. R. 836-2. – Sous réserve des adaptations prévues par le présent chapitre, les dispositions suivantes sont applicables en Nouvelle-Calédonie dans leur rédaction résultant du décret n° 2020-1734 du 16 décembre 2020, sauf mention contraire dans le tableau ci-dessous.

Articles applicables	Dans leur rédaction résultant de
Au titre I	
R. 810-1 à R. 811-5	
R. 814-1 à R. 814-4	
Au titre II	
R. 820-1	
R. 821-2 à R. 822-5	

Art. R. 836-3. – Pour l'application du présent livre en Nouvelle-Calédonie :

1° Les références au préfet sont remplacées par la référence au haut-commissaire de la République en Nouvelle-Calédonie ;

2° À l'article R. 810-1, la référence à l'article R. 812-1 est supprimée ;

3° L'article R. 821-2 est ainsi rédigé :

« *Art. R. 821-2.* – Les services compétents pour procéder aux contrôles mentionnés au second alinéa de l'article L. 821-7 sont la formation territoriale de la gendarmerie nationale implantée dans la collectivité ou, en l'absence de tels services, les services des douanes relevant de l'État » ;

4° L'article R. 821-5 est ainsi rédigé :

« *Art. R. 821-5.* – Le procès-verbal constatant le manquement de l'entreprise de transport est signé :

1° Par le fonctionnaire investi des fonctions de chef de poste ou par le fonctionnaire désigné par lui, titulaire du grade de lieutenant ou d'un grade supérieur, si le contrôle est assuré par les fonctionnaires de la police nationale ;

2° Par le fonctionnaire investi des fonctions de chef de poste ou par le fonctionnaire désigné par lui, titulaire du grade de contrôleur ou d'un grade supérieur, si le contrôle est assuré par les fonctionnaires des douanes ;

3° Ou par le militaire de la gendarmerie investi des fonctions de commandant de brigade ou son adjoint si le contrôle est assuré par les militaires de la gendarmerie nationale. » ;

5° À l'article R. 822-2, les mots : « en violation de l'article L. 8251-1 du Code du travail » sont remplacés par les mots : « en violation des dispositions applicables localement relatives à l'emploi de la main d'œuvre étrangère » ;

6° À l'article R. 822-4, les mots : « en application de l'article L. 8271-17 du Code du travail, le directeur général de l'Office français de l'immigration et de l'intégration » sont remplacés par les mots : « en application des dispositions applicables localement relatives à l'emploi de la main d'œuvre étrangère, le haut-commissaire de la République en Nouvelle-Calédonie » ;

7° À l'article R. 822-5 :

a) Les mots : « le directeur général de l'Office français de l'immigration et de l'intégration » et les mots : « le ministre » sont remplacés par les mots : « le haut-commissaire de la République en Nouvelle-Calédonie » ;

b) Après les mots : « La créance est recouvrée par le », sont insérés les mots : « directeur des finances publiques en Nouvelle-Calédonie, ».

CHAPITRE VIII. – DISPOSITIONS APPLICABLES AUX TERRES AUSTRALES ET ANTARCTIQUES FRANÇAISES

Le présent chapitre ne comprend pas de dispositions réglementaires.

Code de l'entrée et du séjour des étrangers et du droit d'asile (ancien)

Partie législative

(Ord. n° 2004-1248, 24 nov. 2004 ; version abr. au 1er mai 2021, Ord. n° 2020-1733, 16 déc. 2020)

LIVRE PREMIER. – DISPOSITIONS GÉNÉRALES APPLICABLES AUX ÉTRANGERS ET AUX RESSORTISSANTS DE CERTAINS ÉTATS

TITRE PREMIER. – GÉNÉRALITÉS

CHAPITRE UNIQUE

Art. L. 111-1. – Sont considérées comme étrangers au sens du présent code les personnes qui n'ont pas la nationalité française, soit qu'elles aient une nationalité étrangère, soit qu'elles n'aient pas de nationalité.

Voir : C. civ., art. 17 et s.

Art. L. 111-2 *(Mod., L. n° 2011-672, 16 juin 2011 ; Ord. n° 2014-464, 7 mai 2014 ; L. n° 2018-187, 20 mars 2018 ; L. n° 2018-778, 10 sept. 2018).* – Dans sa rédaction résultant de la loi n° 2018-778 du 10 septembre 2018 pour une immigration maîtrisée, un droit d'asile effectif et une intégration réussie, le présent code régit l'entrée et le séjour des étrangers en France métropolitaine, en Guadeloupe, en Guyane, en Martinique, à La Réunion, à Saint-Pierre-et-Miquelon, à Saint-Barthélemy et à Saint-Martin.

Dans sa rédaction résultant de la loi n° 2018-778 du 10 septembre 2018 pour une immigration maîtrisée, un droit d'asile effectif et une intégration réussie, il régit l'exercice du droit d'asile sur l'ensemble du territoire de la République.

Ses dispositions s'appliquent sous réserve des conventions internationales.

Les conditions d'entrée et de séjour des étrangers dans les îles Wallis-et-Futuna, en Polynésie française, en Nouvelle-Calédonie et dans les Terres australes et antarctiques françaises demeurent régies par les textes ci-après énumérés :

1° *(Abrogé)* ;

2° Ordonnance n° 2000-371 du 26 avril 2000 relative aux conditions d'entrée et de séjour des étrangers dans les îles Wallis-et-Futuna ;

3° Ordonnance n° 2000-372 du 26 avril 2000 relative aux conditions d'entrée et de séjour des étrangers en Polynésie française ;

4° Ordonnance n° 2002-388 du 20 mars 2002 relative aux conditions d'entrée et de séjour des étrangers en Nouvelle-Calédonie ;

5° Loi n° 71-569 du 15 juillet 1971 relative au territoire des Terres australes et antarctiques françaises.

Sont également applicables aux îles Wallis-et-Futuna, en Polynésie française et en Nouvelle-Calédonie les dispositions de l'article L. 214-8 et du treizième alinéa de l'article L. 561-1.

Art. L. 111-3 *(Mod., L. n° 2011-672, 16 juin 2011 ; Ord. n° 2014-464, 7 mai 2014).* – Au sens des dispositions du présent code, l'expression « en France » s'entend de la France métropolitaine, de la Guadeloupe, de la Guyane, de la Martinique, de Mayotte, de La Réunion, de Saint-Pierre-et-Miquelon, de Saint-Barthélemy et de Saint-Martin.

Art. L. 111-4. – À l'exception des dispositions du livre VII relatives à l'asile, les dispositions du présent code ne sont pas applicables aux agents diplomatiques et aux consuls de carrière.

Art. L. 111-5. – Tout étranger, quelle que soit la catégorie à laquelle il appartient en raison de son séjour en France, peut acquérir la nationalité française dans les conditions prévues par le titre I *bis* du livre I du Code civil.

Voir : C. civ., art. 17 et s.

Art. L. 111-6 *(L. n° 2006-911, 24 juill. 2006 ; mod., L. n° 2007-1631, 20 nov. 2007)*. – La vérification de tout acte d'état civil étranger est effectuée dans les conditions définies par l'article 47 du Code civil.

Le demandeur d'un visa pour un séjour d'une durée supérieure à trois mois, ou son représentant légal, ressortissant d'un pays dans lequel l'état civil présente des carences, qui souhaite rejoindre ou accompagner l'un de ses parents mentionné aux articles L. 411-1 et L. 411-2 ou ayant obtenu le statut de réfugié ou le bénéfice de la protection subsidiaire, peut, en cas d'inexistence de l'acte de l'état civil ou lorsqu'il a été informé par les agents diplomatiques ou consulaires de l'existence d'un doute sérieux sur l'authenticité de celui-ci qui n'a pu être levé par la possession d'état telle que définie à l'article 311-1 du Code civil, demander que l'identification du demandeur de visa par ses empreintes génétiques soit recherchée afin d'apporter un élément de preuve d'une filiation déclarée avec la mère du demandeur de visa. Le consentement des personnes dont l'identification est ainsi recherchée doit être préalablement et expressément recueilli. Une information appropriée quant à la portée et aux conséquences d'une telle mesure leur est délivrée.

Les agents diplomatiques ou consulaires saisissent sans délai le tribunal judiciaire de Nantes pour qu'il statue, après toutes investigations utiles et un débat contradictoire, sur la nécessité de faire procéder à une telle identification.

Si le tribunal estime la mesure d'identification nécessaire, il désigne une personne chargée de la mettre en œuvre parmi les personnes habilitées dans les conditions prévues au dernier alinéa.

La décision du tribunal et, le cas échéant, les conclusions des analyses d'identification autorisées par celui-ci sont communiquées aux agents diplomatiques ou consulaires. Ces analyses sont réalisées aux frais de l'État.

Un décret en Conseil d'État, pris après avis du Comité consultatif national d'éthique, définit :

1° Les conditions de mise en œuvre des mesures d'identification des personnes par leurs empreintes génétiques préalablement à une demande de visa ;

2° La liste des pays dans lesquels ces mesures sont mises en œuvre, à titre expérimental ;

3° La durée de cette expérimentation, qui ne peut excéder dix-huit mois à compter de la publication de ce décret et qui s'achève au plus tard le 31 décembre 2009 ;

4° Les modalités d'habilitation des personnes autorisées à procéder à ces mesures.

Art. L. 111-7 *(Mod., L. n° 2012-1560, 31 déc. 2012 ; L. n° 2018-778, 10 sept. 2018)*. – Lorsqu'un étranger fait l'objet d'une mesure de non-admission en France, de maintien en zone d'attente, de placement en rétention, de retenue pour vérification du droit de circulation ou de séjour ou de transfert vers l'État responsable de l'examen de sa demande d'asile et qu'il ne parle pas le français, il indique au début de la procédure une langue qu'il comprend. Il indique également s'il sait lire. Ces informations sont mentionnées sur la décision de non-admission, de maintien, de placement ou de transfert ou dans le procès-verbal prévu au quatorzième alinéa du I de l'article L. 611-1-1. Ces mentions font foi sauf preuve contraire. La langue que l'étranger a déclaré comprendre est utilisée jusqu'à la fin de la procédure. Si l'étranger refuse d'indiquer une langue qu'il comprend, la langue utilisée est le français.

Art. L. 111-8 *(Mod., L. n° 2012-1560, 31 déc. 2012 ; L. n° 2015-925, 29 juill. 2015)*. – Lorsqu'il est prévu aux livres II, V et VI et à l'article L. 742-3 du présent code qu'une décision ou qu'une information doit être communiquée à un étranger dans une langue qu'il comprend, cette information peut se faire soit au moyen de formulaires écrits, soit par l'intermédiaire d'un interprète. L'assistance de l'interprète est obligatoire si l'étranger ne parle pas le français et qu'il ne sait pas lire.

En cas de nécessité, l'assistance de l'interprète peut se faire par l'intermédiaire de moyens de télécommunication. Dans une telle hypothèse, il ne peut être fait appel qu'à un interprète inscrit sur l'une des listes mentionnées à l'article L. 111-9 ou à un organisme d'interprétariat et de traduction agréé par l'administration. Le nom et les coordonnées de l'interprète ainsi que le jour et la langue utilisée sont indiqués par écrit à l'étranger.

Selon l'article 35 *sexies*, alinéas 2 et 3, de l'ordonnance du 2 novembre 1945, devenu l'article L. 111-8 du Code de l'entrée et du séjour des étrangers et du droit d'asile, lorsqu'il est prévu qu'une décision ou information doit être communiquée à un étranger dans une langue qu'il comprend par l'intermédiaire d'un interprète, cette assistance peut, en cas de nécessité, se faire par l'intermédiaire de moyens de télécommunication ; dans une telle hypothèse, il ne peut être fait appel qu'à un interprète inscrit sur l'une des listes prévues ou à un organisme d'interprétariat et de traduction agréé par l'administration ; le nom et les coordonnées de l'interprète ainsi que le jour et la langue utilisée sont indiqués par écrit à l'étranger. Viole, ce texte, ensemble l'article 455 du Nouveau Code de procédure civile, le premier président d'une cour d'appel qui rejette l'exception de nullité de la notification des droits afférents aux décisions de refus d'admission sur le territoire français et de maintien en zone d'attente d'une ressortissante étrangère, sans s'assurer, pour répondre aux contestations de l'intéressée, qu'il a été fait appel – par l'intermédiaire de moyens de télécommunication – à un interprète inscrit sur l'une des listes prévues ou à un organisme d'interprétariat et de traduction agréé par l'administration, ni tirer les conséquences du défaut d'indication des coordonnées de l'interprète dans le procès-verbal de notification (■ Cass. 1re civ., 30 oct. 2006 : *Bull. inf. C. cass.* 2007, n° 285).

Art. L. 111-9. – Un décret en Conseil d'État fixe les modalités d'application des articles L. 111-7 et L. 111-8 et définit notamment les conditions dans lesquelles les interprètes traducteurs sont inscrits sur la liste prévue au dernier alinéa de l'article L. 111-8 et en sont radiés.

Art. L. 111-10 *(Mod., L. n° 2007-1631, 20 nov. 2007 ; D. n° 2009-331, 25 mars 2009 ; L. n° 2015-925, 29 juill. 2015 ; L. n° 2016-274, 7 mars 2016 ; L. n° 2019-161, 1er mars 2019).* **– Chaque année avant le 1er octobre, le Gouvernement dépose devant le Parlement un rapport sur les orientations pluriannuelles de la politique d'asile, d'immigration et d'intégration.**

Ce rapport indique et commente les données quantitatives relatives à l'année civile précédente, à savoir :

a) **Le nombre des différents titres de séjour accordés et celui des demandes rejetées et des renouvellements refusés ;**

b) **Le nombre d'étrangers admis au titre du regroupement familial ;**

c) **Le nombre d'étrangers ayant obtenu le statut de réfugié, le bénéfice de la protection subsidiaire ou le statut d'apatride, ainsi que celui des demandes rejetées ;**

d) **Le nombre d'attestations d'accueil présentées pour validation et le nombre d'attestations d'accueil validées ;**

e) **Le nombre d'étrangers ayant fait l'objet de mesures d'éloignement effectives comparé à celui des décisions prononcées ;**

f) **Les moyens et le nombre de procédures, ainsi que leur coût, mis en œuvre pour lutter contre l'entrée et le séjour irrégulier des étrangers ;**

g) **Les moyens mis en œuvre et les résultats obtenus dans le domaine de la lutte contre les trafics de main-d'œuvre étrangère ;**

h) **Les actions entreprises avec les pays d'origine pour mettre en œuvre une politique d'immigration fondée sur le codéveloppement et le partenariat ;**

i) **Le nombre de contrats souscrits en application des articles L. 311-9 et L. 311-9-1 ainsi que les actions entreprises au niveau national pour favoriser l'intégration des étrangers en situation régulière en facilitant notamment leur accès à l'emploi, au logement et à la culture ;**

j) **Le nombre des acquisitions de la nationalité française ;**

k) **Le nombre de personnes ayant fait l'objet d'une mesure d'assignation à résidence, le nombre des mesures de placement en rétention et la durée globale moyenne de ces dernières ;**

l) **Une évaluation qualitative du respect des orientations fixées par le schéma national d'accueil des demandeurs d'asile.**

Ce rapport propose également des indicateurs permettant d'estimer le nombre d'étrangers se trouvant en situation irrégulière sur le territoire français.

Ce rapport contient également les évaluations, pour l'année en cours, des données quantitatives énumérées aux a à l du présent article, ainsi que les projections relatives à ces mêmes données pour l'année suivante.

Les données quantitatives énumérées au présent article font l'objet d'une présentation distincte pour la France métropolitaine et pour chacune des collectivités d'outre-mer.

L'Office français de protection des réfugiés et apatrides, le Haut Conseil à l'intégration, l'Office français de l'immigration et de l'intégration et le délégué interministériel chargé de l'accueil et de l'intégration des réfugiés joignent leurs observations au rapport.

Art. L. 111-11 *(Mod., L. n° 2007-1631, 20 nov. 2007 ; Ord. n° 2014-464, 7 mai 2014 ; L. n° 2015-925, 29 juill. 2015 ; L. n° 2018-699, 3 août 2018).* – I. – En Guadeloupe, à Mayotte, en Martinique, en Guyane et à La Réunion, un observatoire de l'immigration évalue l'application de la politique de régulation des flux migratoires et les conditions d'immigration dans chacun de ces départements d'outre-mer.

Il se réunit une fois par semestre.

Chaque observatoire peut proposer au Gouvernement les mesures d'adaptation rendues nécessaires par les caractéristiques et contraintes particulières de ces collectivités.

Il comprend les parlementaires, des représentants de l'État et des collectivités territoriales, ainsi que des représentants des milieux économiques et sociaux du département d'outre-mer concerné.

II. – Un observatoire de l'asile évalue l'application de la politique de l'asile dans les départements et les collectivités d'outre-mer et en Nouvelle-Calédonie.

Cet observatoire transmet un rapport au Parlement avant le 1er octobre de chaque année.

Cet observatoire comprend un représentant du ministre de l'Intérieur, du ministre chargé de l'asile, du ministre chargé de l'outre-mer, du ministre chargé du budget, de l'Office français de protection des réfugiés et apatrides, de l'Office français de l'immigration et de l'intégration ainsi que trois députés et trois sénateurs.

TITRE II. – ENTRÉE ET SÉJOUR DES RESSORTISSANTS DES ÉTATS MEMBRES DE L'UNION EUROPÉENNE OU PARTIES À L'ACCORD SUR L'ESPACE ÉCONOMIQUE EUROPÉEN ET DES RESSORTISSANTS SUISSES AINSI QUE SÉJOUR DES MEMBRES DE LEUR FAMILLE

(L. n° 2006-911, 24 juill. 2006)

CHAPITRE I. – DROIT AU SÉJOUR

Art. L. 121-1. – Sauf si sa présence constitue une menace pour l'ordre public, tout citoyen de l'Union européenne, tout ressortissant d'un autre État partie à l'accord sur l'Espace économique européen ou de la Confédération suisse a le droit de séjourner en France pour une durée supérieure à trois mois s'il satisfait à l'une des conditions suivantes :

1° S'il exerce une activité professionnelle en France ;

2° S'il dispose pour lui et pour les membres de sa famille tels que visés au 4° de ressources suffisantes afin de ne pas devenir une charge pour le système d'assistance sociale, ainsi que d'une assurance maladie ;

3° S'il est inscrit dans un établissement fonctionnant conformément aux dispositions législatives et réglementaires en vigueur pour y suivre à titre principal des études ou, dans ce cadre, une formation professionnelle, et garantit disposer d'une assurance maladie ainsi que de ressources suffisantes pour lui et pour les membres de sa famille tels que visés au 5° afin de ne pas devenir une charge pour le système d'assistance sociale ;

4° S'il est un descendant direct âgé de moins de vingt et un ans ou à charge, ascendant direct à charge, conjoint, ascendant ou descendant direct à charge du conjoint, accompagnant ou rejoignant un ressortissant qui satisfait aux conditions énoncées aux 1° ou 2° ;

5° S'il est le conjoint ou un enfant à charge accompagnant ou rejoignant un ressortissant qui satisfait aux conditions énoncées au 3°.

Art. L. 121-2 *(Mod., L. n° 2007-1631, 20 nov. 2007).* – Les ressortissants visés à l'article L. 121-1 qui souhaitent établir en France leur résidence habituelle se font enregistrer auprès du maire de leur commune de résidence dans les trois mois suivant leur arrivée. Les ressortissants qui n'ont pas respecté cette obligation d'enregistrement sont réputés résider en France depuis moins de trois mois.

Ils ne sont pas tenus de détenir un titre de séjour. S'ils en font la demande, il leur est délivré un titre de séjour.

Toutefois, demeurent soumis à la détention d'un titre de séjour durant le temps de validité des mesures transitoires éventuellement prévues en la matière par le traité d'adhésion du pays dont ils sont ressortissants, et sauf si ce traité en stipule autrement, les citoyens de l'Union européenne qui souhaitent exercer en France une activité professionnelle.

Si les citoyens mentionnés à l'alinéa précédent souhaitent exercer une activité salariée dans un métier caractérisé par des difficultés de recrutement et figurant sur une liste établie, au plan national, par l'autorité administrative, ils ne peuvent se voir opposer la situation de l'emploi sur le fondement de l'article L. 341-2 du Code du travail.

Lorsque ces citoyens ont achevé avec succès, dans un établissement d'enseignement supérieur habilité au plan national, un cycle de formation conduisant à un diplôme au moins équivalent au master, ils ne sont pas soumis à la détention d'un titre de séjour pour exercer une activité professionnelle en France.

Art. L. 121-3 *(Mod., L. n° 2007-1631, 20 nov. 2007).* – Sauf si sa présence constitue une menace pour l'ordre public, le membre de famille visé aux 4° ou 5° de l'article L. 121-1 selon la situation de la personne qu'il accompagne ou rejoint, ressortissant d'un État tiers, a le droit de séjourner sur l'ensemble du territoire français pour une durée supérieure à trois mois.

S'il est âgé de plus de dix-huit ans ou d'au moins seize ans lorsqu'il veut exercer une activité professionnelle, il doit être muni d'une carte de séjour. Cette carte, dont la durée de validité correspond à la durée de séjour envisagée du citoyen de l'Union dans la limite de cinq années, porte la mention : « carte de séjour de membre de la famille d'un citoyen de l'Union ». Sauf application des mesures transitoires prévues par le traité d'adhésion à l'Union européenne de l'État dont il est ressortissant, cette carte donne à son titulaire le droit d'exercer une activité professionnelle.

Art. L. 121-4. – Tout citoyen de l'Union européenne, tout ressortissant d'un autre État partie à l'accord sur l'Espace économique européen ou de la Confédération suisse ou les membres de leur famille qui ne peuvent justifier d'un droit au séjour en application des articles L. 121-1 ou L. 121-3 ou dont la présence constitue une menace à l'ordre public peuvent faire l'objet, selon le cas, d'une décision de refus de séjour, d'un refus de délivrance ou de renouvellement d'une carte de séjour ou d'un retrait de celle-ci ainsi que d'une mesure d'éloignement prévue au livre V.

Art. L. 121-4-1 *(L. n° 2011-672, 16 juin 2011).* – Tant qu'ils ne deviennent pas une charge déraisonnable pour le système d'assistance sociale, les citoyens de l'Union européenne, les ressortissants d'un autre État partie à l'accord sur l'Espace économique européen ou de la Confédération suisse, ainsi que les membres de leur famille tels que définis aux 4° et 5° de l'article L. 121-1, ont le droit de séjourner en France pour une durée maximale de trois mois, sans autre condition ou formalité que celles prévues pour l'entrée sur le territoire français.

Art. L. 121-5. – Un décret en Conseil d'État fixe les conditions d'application du présent chapitre.

Voir : Décret n° 2007-371 du 21 mars 2007 relatif au droit de séjour en France des citoyens de l'Union européenne, des ressortissants des autres États parties à l'Espace économique européen et de la Confédération suisse ainsi que des membres de leur famille.

CHAPITRE II. – DROIT AU SÉJOUR PERMANENT

Art. L. 122-1. – Sauf si sa présence constitue une menace pour l'ordre public, le ressortissant visé à l'article L. 121-1 qui a résidé de manière légale et ininterrompue en France pendant les cinq années précédentes acquiert un droit au séjour permanent sur l'ensemble du territoire français.

Sauf si sa présence constitue une menace pour l'ordre public, le membre de sa famille mentionné à l'article L. 121-3 acquiert également un droit au séjour permanent sur l'ensemble du territoire français à condition qu'il ait résidé en France de manière légale et ininterrompue avec le ressortissant visé à l'article L. 121-1 pendant les cinq années précédentes. Une carte de séjour d'une durée de validité de dix ans renouvelable de plein droit lui est délivrée.

Art. L. 122-2. – Une absence du territoire français pendant une période de plus de deux années consécutives fait perdre à son titulaire le bénéfice du droit au séjour permanent.

Art. L. 122-3. – Un décret en Conseil d'État fixe les conditions d'application des dispositions du présent chapitre, en particulier celles dans lesquelles le droit au séjour permanent est acquis par les travailleurs ayant cessé leur activité en France et les membres de leur famille dans des conditions dérogatoires au délai de cinq années mentionné à l'article L. 122-1 et celles relatives à la continuité du séjour.

TITRE III. – ENTRÉE ET SÉJOUR DES RESSORTISSANTS DE CERTAINS AUTRES ÉTATS

Le présent titre ne comprend pas de dispositions législatives.

LIVRE DEUXIÈME. – L'ENTRÉE EN FRANCE

TITRE PREMIER. – CONDITIONS D'ADMISSION

CHAPITRE I. – DOCUMENTS EXIGÉS

Section I. – Généralités

Art. L. 211-1. – **Pour entrer en France, tout étranger doit être muni :**

1° Des documents et visas exigés par les conventions internationales et les règlements en vigueur ;

2° Sous réserve des conventions internationales, du justificatif d'hébergement prévu à l'article L. 211-3, s'il est requis, et des autres documents prévus par décret en Conseil d'État relatifs, d'une part, à l'objet et aux conditions de son séjour et, d'autre part, s'il y a lieu, à ses moyens d'existence, à la prise en charge par un opérateur d'assurance agréé des dépenses médicales et hospitalières, y compris d'aide sociale, résultant de soins qu'il pourrait engager en France, ainsi qu'aux garanties de son rapatriement ;

3° Des documents nécessaires à l'exercice d'une activité professionnelle s'il se propose d'en exercer une.

Section II. – Visa

Art. L. 211-2 *(Abr., L. n° 2016-274, 7 mars 2016).*

Art. L. 211-2-1 *(Mod., L. n° 2007-1631, 20 nov. 2007 ; Ord. n° 2014-464, 7 mai 2014 ; L. n° 2016-274, 7 mars 2016).* – **La demande d'un visa pour un séjour d'une durée supérieure à trois mois donne lieu à la délivrance par les autorités diplomatiques et consulaires d'un récépissé indiquant la date du dépôt de la demande.**

Tout étranger souhaitant entrer en France en vue d'y séjourner pour une durée supérieure à trois mois doit solliciter auprès des autorités diplomatiques et consulaires françaises un visa de long séjour. La durée de validité de ce visa ne peut être supérieure à un an.

Dans les conditions définies par décret en Conseil d'État, ce visa confère à son titulaire les droits attachés à une carte de séjour temporaire ou à la carte de séjour pluriannuelle prévue aux articles L. 313-20 et L. 313-21.

Le visa de long séjour ne peut être refusé à un conjoint de Français qu'en cas de fraude, d'annulation du mariage ou de menace à l'ordre public. Le visa de long séjour est délivré de plein droit au conjoint de Français qui remplit les conditions prévues au présent article.

Les autorités diplomatiques et consulaires sont tenues de statuer sur les demandes de visa de long séjour formées par les conjoints de Français et les étudiants dans les meilleurs délais.

Lorsque la demande de visa de long séjour émane d'un étranger entré régulièrement en France, marié en France avec un ressortissant de nationalité française et que le demandeur séjourne en France depuis plus de six mois avec son conjoint, la demande de visa de long séjour est présentée à l'autorité administrative compétente pour la délivrance d'un titre de séjour.

Art. L. 211-2-2 *(L. n° 2010-769, 9 juill. 2010).* – **Un visa de retour est délivré par les autorités consulaires françaises à la personne de nationalité étrangère bénéficiant d'un titre de séjour en France en vertu des articles L. 313-11 ou L. 431-2 dont le conjoint a, lors d'un séjour à l'étranger, dérobé les documents d'identité et le titre de séjour.**

Section III. – Justificatif d'hébergement

Art. L. 211-3. – **Tout étranger qui déclare vouloir séjourner en France pour une durée n'excédant pas trois mois dans le cadre d'une visite familiale ou privée doit présenter un justificatif d'hébergement. Ce justificatif prend la forme d'une attestation d'accueil signée par la personne qui se propose d'assurer le logement de l'étranger, ou son représentant légal, et validée par l'autorité administrative. Cette attestation d'accueil constitue le document prévu par la convention signée à Schengen le 19 juin 1990 pour justifier les conditions de séjour dans le cas d'une visite familiale ou privée.**

Art. L. 211-4. – L'attestation d'accueil, signée par l'hébergeant et accompagnée des pièces justificatives déterminées par décret en Conseil d'État, est présentée pour validation au maire de la commune du lieu d'hébergement ou, à Paris, Lyon et Marseille, au maire d'arrondissement, agissant en qualité d'agent de l'État.

Elle est accompagnée de l'engagement de l'hébergeant de prendre en charge, pendant toute la durée de validité du visa ou pendant une durée de trois mois à compter de l'entrée de l'étranger sur le territoire des États parties à la convention signée à Schengen le 19 juin 1990, et au cas où l'étranger accueilli n'y pourvoirait pas, les frais de séjour en France de celui-ci, limités au montant des ressources exigées de la part de l'étranger pour son entrée sur le territoire en l'absence d'une attestation d'accueil.

Art. L. 211-5. – Le maire peut refuser de valider l'attestation d'accueil dans les cas suivants :

1° L'hébergeant ne peut pas présenter les pièces justificatives requises ;

2° Il ressort, soit de la teneur de l'attestation et des pièces justificatives présentées, soit de la vérification effectuée au domicile de l'hébergeant, que l'étranger ne peut être accueilli dans des conditions normales de logement ;

3° Les mentions portées sur l'attestation sont inexactes ;

4° Les attestations antérieurement signées par l'hébergeant ont fait apparaître, le cas échéant après enquête demandée par l'autorité chargée de valider l'attestation d'accueil aux services de police ou aux unités de gendarmerie, un détournement de la procédure.

Art. L. 211-6 *(Mod., D. n° 2009-331, 25 mars 2009).* – À la demande du maire, des agents spécialement habilités des services de la commune chargés des affaires sociales ou du logement ou l'Office français de l'immigration et de l'intégration peuvent procéder à des vérifications sur place. Les agents qui sont habilités à procéder à ces vérifications ne peuvent pénétrer chez l'hébergeant qu'après s'être assurés du consentement, donné par écrit, de celui-ci. En cas de refus de l'hébergeant, les conditions d'un accueil dans des conditions normales de logement sont réputées non remplies.

Art. L. 211-7. – Les demandes de validation des attestations d'accueil peuvent être mémorisées et faire l'objet d'un traitement automatisé afin de lutter contre les détournements de procédure. Les fichiers correspondants sont mis en place par les maires, selon des dispositions déterminées par un décret en Conseil d'État, pris après avis de la Commission nationale de l'informatique et des libertés.

Ce décret précise la durée de conservation et les conditions de mise à jour des informations enregistrées, les modalités d'habilitation des personnes qui seront amenées à consulter ces fichiers ainsi que, le cas échéant, les conditions dans lesquelles les personnes intéressées peuvent exercer leur droit d'accès.

Art. L. 211-8 *(Mod., L. n° 2005-32, 18 janv. 2005 ; L. fin. n° 2007-1822, 24 déc. 2007 ; D. n° 2009-331, 25 mars 2009 ; L. fin. n° 2010-1657, 29 déc. 2010 ; L. fin. n° 2011-1977, 28 déc. 2011 ; L. n° 2016-1917, 29 déc. 2016).* – Chaque demande de validation d'une attestation d'accueil donne lieu à la perception d'une taxe d'un montant de 30 euros acquittée par l'hébergeant. Cette taxe est recouvrée comme en matière de droit de timbre.

Art. L. 211-9. – Pour les séjours visés par la présente section, l'obligation d'assurance prévue au 2° de l'article L. 211-1 peut être satisfaite par une assurance ayant la même portée souscrite au profit de l'étranger par la personne qui se propose de l'héberger.

Art. L. 211-10. – Un décret en Conseil d'État fixe les conditions d'application de la présente section, notamment les conditions dans lesquelles l'étranger peut être dispensé du justificatif d'hébergement en cas de séjour à caractère humanitaire ou d'échange culturel, ou lorsqu'il demande à se rendre en France pour une cause médicale urgente ou en raison des obsèques ou de la maladie grave d'un proche.

Section IV. – Autres documents

La présente section ne comprend pas de dispositions législatives.

CHAPITRE II. – DISPENSES

Art. L. 212-1. – Par dérogation aux dispositions de l'article L. 211-1, les étrangers titulaires d'un titre de séjour ou du document de circulation délivré aux mineurs en application de l'article L. 321-4 sont admis sur le territoire au seul vu de ce titre et d'un document de voyage.

Art. L. 212-2. – Les documents mentionnés aux 2° et 3° de l'article L. 211-1 ne sont pas exigés :

1° D'un étranger venant rejoindre son conjoint régulièrement autorisé à résider en France ;

2° Des enfants mineurs de dix-huit ans venant rejoindre leur père ou leur mère régulièrement autorisé à résider en France ;

3° Des personnes qui, de l'avis d'une commission dont la composition est fixée par voie réglementaire, peuvent rendre, par leurs capacités ou leurs talents, des services importants à la France, ou se proposent d'y exercer des activités désintéressées.

CHAPITRE III. – REFUS D'ENTRÉE

Art. L. 213-1 *(Rempl. à compter du 18 juillet 2011, L. n° 2011-672, 16 juin 2011 ; mod., L. n° 2014-1353, 13 nov. 2014 ; L. n° 2016-274, 7 mars 2016).* – L'accès au territoire français peut être refusé à tout étranger dont la présence constituerait une menace pour l'ordre public ou qui fait l'objet soit d'une peine d'interdiction judiciaire du territoire, soit d'un arrêté d'expulsion, soit d'une interdiction de retour sur le territoire français, soit d'une interdiction de circulation, soit d'une interdiction administrative du territoire.

Art. L. 213-2 *(Mod., L. n° 2007-1631, 20 nov. 2007 ; Ord. n° 2014-464, 7 mai 2014 ; L. n° 2016-274, 7 mars 2016 ; L. n° 2018-778, 10 sept. 2018).* – Tout refus d'entrée en France fait l'objet d'une décision écrite motivée prise, sauf en cas de demande d'asile, par un agent relevant d'une catégorie fixée par voie réglementaire.

Cette décision est notifiée à l'intéressé avec mention de son droit d'avertir ou de faire avertir la personne chez laquelle il a indiqué qu'il devait se rendre, son consulat ou le conseil de son choix. En cas de demande d'asile, la décision mentionne également son droit d'introduire un recours en annulation sur le fondement de l'article L. 213-9 et précise les voies et délais de ce recours. La décision et la notification des droits qui l'accompagne doivent lui être communiquées dans une langue qu'il comprend.

L'étranger peut refuser d'être rapatrié avant l'expiration du délai d'un jour franc, ce dont il est fait mention sur la notification prévue au deuxième alinéa. L'étranger mineur non accompagné d'un représentant légal ne peut être rapatrié avant l'expiration du même délai. Le présent alinéa n'est pas applicable aux refus d'entrée notifiés à Mayotte ou à la frontière terrestre de la France.

Lorsque l'étranger ne parle pas le français, il est fait application de l'article L. 111-7.

La décision prononçant le refus d'entrée peut être exécutée d'office par l'administration.

Une attention particulière est accordée aux personnes vulnérables, notamment aux mineurs, accompagnés ou non d'un adulte.

Conformité à la Constitution des dispositions des articles L. 213-2 et L. 221-4 du Code de l'entrée et du séjour des étrangers et du droit d'asile qui ne consacrent pas un droit, pour l'étranger, à être assisté d'un avocat lors des auditions réalisées dans le cadre de l'instruction d'une demande d'entrée en France ou pendant son maintien en zone d'attente dès lors que ces auditions ne relèvent pas d'une procédure de recherche d'auteurs d'infractions et que les décisions relatives au refus d'entrée, au maintien en zone d'attente ou à l'organisation du départ de l'étranger constituent des mesures de police administrative et non des sanctions ayant le caractère d'une punition (■ Cons. const., 6 déc. 2019, n° 2019-818 QPC).

Art. L. 213-3 *(L. n° 2011-672, 16 juin 2011 ; L. n° 2018-778, 10 sept. 2018).* – Les dispositions de l'article L. 213-2 sont applicables à l'étranger qui n'est pas ressortissant d'un État membre de l'Union européenne à qui l'entrée sur le territoire métropolitain a été refusée en application de l'article 6 du règlement (UE) 2016/399 du Parlement européen et du Conseil du 9 mars 2016 concernant un code de l'Union relatif au régime de franchissement des frontières par les personnes (Code frontières Schengen).

Art. L. 213-3-1 *(Créé, L. n° 2018-778, 10 sept. 2018).* – En cas de réintroduction temporaire du contrôle aux frontières intérieures prévue au chapitre II du titre III du règlement (UE) 2016/399 du Parlement européen et du Conseil du 9 mars 2016 concernant un code de l'Union relatif au régime de franchissement des frontières par les personnes (Code frontières Schengen), les décisions mentionnées à l'article L. 213-2 peuvent être prises à l'égard de l'étranger qui, en provenance directe du territoire d'un État partie à la convention signée à Schengen le 19 juin 1990, a pénétré sur le territoire métropolitain en franchissant une frontière intérieure terrestre sans y être autorisé et a été contrôlé dans une zone comprise entre cette frontière et une ligne tracée à dix kilomètres en deçà. Les modalités de ces contrôles sont définies par décret en Conseil d'État.

Art. L. 213-4. – Lorsque l'entrée en France est refusée à un étranger non ressortissant d'un État membre de l'Union européenne, l'entreprise de transport aérien ou maritime qui l'a acheminé est tenue de ramener sans délai, à la requête des autorités chargées du contrôle des personnes à la frontière, cet étranger au point où il a commencé à utiliser le moyen de transport de cette entreprise, ou, en cas d'impossibilité, dans l'État qui a délivré le document de voyage avec lequel il a voyagé ou en tout autre lieu où il peut être admis.

Viole l'article L. 213-4 du Code de l'entrée et du séjour des étrangers et du droit d'asile, qui dispose que l'étranger non ressortissant d'un État membre de l'Union européenne doit être réacheminé au point où il a commencé à utiliser le moyen de transport par lequel il est arrivé en France, le premier président qui, pour rejeter une demande de maintien en zone d'attente, relève qu'il n'a pas été mis en mesure de vérifier que l'étranger sera réacheminé dans le pays dont il a la nationalité (■ Cass. 1re civ., 8 oct. 2008 : *Bull. inf. C. cass.* 2009, n° 168).

Art. L. 213-5 *(L. n° 2016-274, 7 mars 2016)*. – L'obligation de réacheminer un étranger prévue à l'article L. 213-4 est applicable, en cas de transit aérien ou maritime :

1° Si l'entreprise de transport qui devait l'acheminer dans le pays de destination ultérieure refuse de l'embarquer ;

2° Si les autorités du pays de destination lui ont refusé l'entrée et l'ont renvoyé en France.

Art. L. 213-6 *(L. n° 2017-1837, 30 décembre 2017)*. – Lorsqu'un refus d'entrée a été prononcé, et à compter de cette décision jusqu'à la sortie de la zone d'attente, les frais de prise en charge de l'étranger non ressortissant d'un État membre de l'Union européenne ainsi que les frais de réacheminement incombent à l'entreprise de transport qui l'a débarqué en France. Il en est de même à compter de la décision de maintien en zone d'attente prise dans les cas prévus au cinquième alinéa de l'article L. 221-1.

Art. L. 213-7. – Les dispositions des articles L. 213-4 et L. 213-6 sont applicables à l'entreprise de transport routier exploitant des liaisons internationales sous la forme de lignes régulières, de services occasionnels ou de navette, à l'exclusion des trafics frontaliers.

Art. L. 213-8. – Lorsque l'entrée en France est refusée à un étranger non ressortissant de l'Union européenne, l'entreprise de transport ferroviaire qui l'a acheminé est tenue, à la requête des autorités chargées du contrôle des personnes à la frontière, de mettre à la disposition de ces autorités des places permettant le réacheminement de cet étranger au-delà de la frontière française.

Les dispositions de l'article L. 213-6 sont applicables à l'entreprise de transport ferroviaire.

Art. L. 213-8-1 *(L. n° 2015-925, 29 juill. 2015)*. – La décision de refuser l'entrée en France à un étranger qui se présente à la frontière et demande à bénéficier du droit d'asile ne peut être prise par le ministre chargé de l'immigration que si :

1° L'examen de la demande d'asile relève de la compétence d'un autre État en application du règlement (UE) n° 604/2013 du Parlement européen et du Conseil, du 26 juin 2013, établissant les critères et mécanismes de détermination de l'État membre responsable de l'examen d'une demande de protection internationale introduite dans l'un des États membres par un ressortissant de pays tiers ou un apatride, ou en application d'engagements identiques à ceux prévus par le même règlement avec d'autres États ;

2° La demande d'asile est irrecevable en application de l'article L. 723-11 ;

3° Ou la demande d'asile est manifestement infondée.

Constitue une demande d'asile manifestement infondée une demande qui, au regard des déclarations faites par l'étranger et des documents, le cas échéant produits, est manifestement dénuée de pertinence au regard des conditions d'octroi de l'asile ou manifestement dépourvue de toute crédibilité en ce qui concerne le risque de persécutions ou d'atteintes graves.

Sauf dans le cas où l'examen de la demande d'asile relève de la compétence d'un autre État, la décision de refus d'entrée ne peut être prise qu'après consultation de l'Office français de protection des réfugiés et apatrides, qui rend son avis dans un délai fixé par voie réglementaire et dans le respect des garanties procédurales prévues au chapitre III du titre II du livre VII. L'office tient compte de la vulnérabilité du demandeur d'asile. L'avocat ou le représentant d'une des associations mentionnées au huitième alinéa de l'article L. 723-6, désigné par l'étranger, est autorisé à pénétrer dans la zone d'attente pour l'accompagner à son entretien dans les conditions prévues au même article L. 723-6.

Sauf si l'accès de l'étranger au territoire français constitue une menace grave pour l'ordre public, l'avis de l'office, s'il est favorable à l'entrée en France de l'intéressé au titre de l'asile, lie le ministre chargé de l'immigration.

L'étranger autorisé à entrer en France au titre de l'asile est muni sans délai d'un visa de régularisation de huit jours. Dans ce délai, l'autorité administrative compétente lui délivre, à sa demande, une attestation de demande d'asile lui permettant d'introduire sa demande auprès de l'office.

Art. L. 213-8-2 *(L. n° 2015-925, 29 juill. 2015)*. – Le 1° de l'article L. 213-8-1 n'est pas applicable en Guadeloupe, en Guyane, en Martinique, à Mayotte, à La Réunion, à Saint-Pierre-et-Miquelon, à Saint-Barthélemy et à Saint-Martin.

Art. L. 213-9 *(L. n° 2007-1631, 20 nov. 2007 ; L. n° 2015-925, 29 juill. 2015 ; L. n° 2018-778, 10 sept. 2018)*. – L'étranger qui a fait l'objet d'un refus d'entrée sur le territoire français au titre de l'asile et, le cas échéant, d'une décision de transfert mentionnée à l'article L. 742-3 peut, dans les quarante-huit heures suivant la notification de ces décisions, en demander l'annulation au président du tribunal administratif.

Le président, ou le magistrat qu'il désigne à cette fin parmi les membres de sa juridiction ou les magistrats honoraires inscrits sur la liste mentionnée à l'article L. 222-2-1 du Code de justice administrative, statue dans un délai de soixante-douze heures à compter de sa saisine.

Aucun autre recours ne peut être introduit contre la décision de refus d'entrée au titre de l'asile et, le cas échéant, contre la décision de transfert.

L'étranger peut demander au président du tribunal ou au magistrat désigné à cette fin le concours d'un interprète. L'étranger est assisté de son conseil s'il en a un. Il peut demander au président ou au magistrat désigné à cette fin qu'il lui en soit désigné un d'office. L'audience se déroule sans conclusions du commissaire du Gouvernement.

Par dérogation au précédent alinéa, le président du tribunal administratif ou le magistrat désigné à cette fin peut, par ordonnance motivée, donner acte des désistements, constater qu'il n'y a pas lieu de statuer sur un recours et rejeter les recours ne relevant manifestement pas de la compétence de la juridiction administrative ou entachés d'une irrecevabilité manifeste non susceptible d'être couverte en cours d'instance.

L'audience se tient dans les locaux du tribunal administratif compétent. Toutefois, sauf si l'étranger dûment informé dans une langue qu'il comprend s'y oppose, celle-ci peut se tenir dans la salle d'audience de la zone d'attente et le président du tribunal ou le magistrat désigné à cette fin siéger au tribunal dont il est membre, relié à la salle d'audience, en direct, par un moyen de communication audiovisuelle qui garantit la confidentialité de la transmission. La salle d'audience de la zone d'attente et celle du tribunal administratif sont ouvertes au public. L'étranger est assisté de son conseil s'il en a un.

La décision de refus d'entrée au titre de l'asile et, le cas échéant, la décision de transfert ne peuvent être exécutées avant l'expiration d'un délai de quarante-huit heures suivant leur notification ou, en cas de saisine du président du tribunal administratif, avant que ce dernier ou le magistrat désigné à cette fin n'ait statué.

Les dispositions du titre II du présent livre sont applicables.

Le jugement du président du tribunal administratif ou du magistrat désigné par lui est susceptible d'appel dans un délai de quinze jours devant le président de la cour administrative d'appel territorialement compétente ou un magistrat désigné par ce dernier. Cet appel n'est pas suspensif.

Si le refus d'entrée au titre de l'asile et, le cas échéant, la décision de transfert sont annulés, il est immédiatement mis fin au maintien en zone d'attente de l'étranger, qui est autorisé à entrer en France muni d'un visa de régularisation de huit jours. Dans ce délai, l'autorité administrative compétente lui délivre, à sa demande, l'attestation de demande d'asile lui permettant d'introduire sa demande d'asile auprès de l'Office français de protection des réfugiés et apatrides.

La décision de refus d'entrée au titre de l'asile et, le cas échéant, la décision de transfert qui n'ont pas été contestées dans le délai prévu au premier alinéa ou qui n'ont pas fait l'objet d'une annulation dans les conditions prévues au présent article peuvent être exécutées d'office par l'administration.

TITRE II. – MAINTIEN EN ZONE D'ATTENTE

CHAPITRE I. – CONDITIONS DU MAINTIEN EN ZONE D'ATTENTE

Art. L. 221-1 *(Mod., L. n° 2011-672, 16 juin 2011 ; L. n° 2015-925, 29 juill. 2015)*. – L'étranger qui arrive en France par la voie ferroviaire, maritime ou aérienne et qui n'est pas autorisé à entrer sur le territoire français peut être maintenu dans une zone d'attente située dans une gare ferroviaire ouverte au trafic international figurant sur une liste définie par voie réglementaire, dans un port ou à proximité du lieu de débarquement ou dans un aéroport, pendant le temps strictement nécessaire à son départ.

Le présent titre s'applique également à l'étranger qui demande à entrer en France au titre de l'asile, le temps strictement nécessaire pour vérifier si l'examen de sa demande relève de la compétence d'un autre État en application du règlement (UE) n° 604/2013 du Parlement européen et du Conseil, du 26 juin 2013, établissant les critères et mécanismes de détermination de l'État membre responsable de l'examen d'une demande de protection internationale introduite dans l'un des États membres par un ressortissant de pays tiers ou un apatride, ou en application d'engagements identiques à ceux prévus par le même règlement, si sa demande n'est pas irrecevable ou si elle n'est pas manifestement infondée.

Lorsque l'Office français de protection des réfugiés et apatrides, dans le cadre de l'examen tendant à déterminer si la demande d'asile n'est pas irrecevable ou manifestement infondée, considère que le demandeur d'asile, notamment en raison de sa minorité ou du fait qu'il a été victime de torture, de viol ou d'une autre forme grave de violence psychologique, physique ou sexuelle, nécessite des garanties procédurales particulières qui ne sont pas compatibles avec le maintien en zone d'attente, il est mis fin à ce maintien. L'étranger est alors muni d'un visa de régularisation de huit jours. Dans ce délai, l'autorité administrative compétente lui délivre, à sa demande, une attestation de demande d'asile lui permettant d'introduire cette demande auprès de l'office.

Le maintien en zone d'attente d'un mineur non accompagné, le temps strictement nécessaire à l'examen tendant à déterminer si sa demande n'est pas irrecevable ou manifestement infondée, n'est possible que de manière exceptionnelle et seulement dans les cas prévus aux 1° et 2° du I, au 1° du II et au 5° du III de l'article L. 723-2.

Un décret en Conseil d'État fixe les modalités d'application du présent article. Il précise les modalités de prise en compte de la vulnérabilité du demandeur d'asile et, le cas échéant, de ses besoins particuliers.

Les dispositions du présent titre s'appliquent également à l'étranger qui se trouve en transit dans une gare, un port ou un aéroport si l'entreprise de transport qui devait l'acheminer dans le pays de destination ultérieure refuse de l'embarquer ou si les autorités du pays de destination lui ont refusé l'entrée et l'ont renvoyé en France.

Le présent titre s'applique également à l'étranger qui arrive en Guyane par la voie fluviale ou terrestre.

Art. L. 221-2 *(Mod., L. n° 2011-672, 16 juin 2011)*. – La zone d'attente est délimitée par l'autorité administrative compétente. Elle s'étend des points d'embarquement et de débarquement à ceux où sont effectués les contrôles des personnes. Elle peut inclure, sur l'emprise, ou à proximité, de la gare, du port ou de l'aéroport ou à proximité du lieu de débarquement, un ou plusieurs lieux d'hébergement assurant aux étrangers concernés des prestations de type hôtelier. Dans ces lieux d'hébergement, un espace permettant aux avocats de s'entretenir confidentiellement avec les étrangers est prévu. À cette fin, sauf en cas de force majeure, il est accessible en toutes circonstances sur demande de l'avocat.

Lorsqu'il est manifeste qu'un groupe d'au moins dix étrangers vient d'arriver en France en dehors d'un point de passage frontalier, en un même lieu ou sur un ensemble de lieux distants d'au plus dix kilomètres, la zone d'attente s'étend, pour une durée maximale de vingt-six jours, du ou des lieux de découverte des intéressés jusqu'au point de passage frontalier le plus proche.

La zone d'attente s'étend, sans qu'il soit besoin de prendre une décision particulière, aux lieux dans lesquels l'étranger doit se rendre soit dans le cadre de la procédure en cours, soit en cas de nécessité médicale.

Sont matériellement distincts et séparés les locaux qui ne relèvent pas de l'administration pénitentiaire et qui sont soit des zones d'attente, soit des zones de rétention mentionnées à l'article L. 551-1.

1) La rétention des documents d'identité au-delà du temps strictement nécessaire à l'exercice du contrôle d'identité et de la régularité de sa situation par la police aux frontières est susceptible d'avoir porté atteinte à la liberté d'aller et venir de l'intéressé, mais celle-ci n'entre pas dans le champ de la liberté individuelle au sens de l'article 66 de la Constitution et n'est donc pas susceptible de constituer une voie de fait. La réparation des conséquences dommageables d'une telle rétention de documents d'identité relève alors de la compétence des juridictions administratives (■ T. confl., 12 févr. 2018, c4110).

2) L'obligation de demeurer dans une zone de transit dont le périmètre est restreint et clos, à l'intérieur de laquelle les mouvements sont limités et surveillés, et que l'étranger ne peut légalement quitter volontairement, apparaît comme une privation de liberté caractéristique d'une « rétention » au sens des directives applicables (■ CJUE, gr. ch., 14 mai 2020, C 924/19 PPU et C 925/19 PPU).

Art. L. 221-2-1 *(Ord. n° 2014-464, 7 mai 2014 ; L. n° 2018-778, 10 sept. 2018)*. – Le dernier alinéa de l'article L. 221-2 n'est pas applicable à Mayotte pendant cinq ans à compter de la publication de la loi n° 2018-778 du 10 septembre 2018 pour une immigration maîtrisée, un droit d'asile effectif et une intégration réussie.

Lorsque le lieu d'hébergement prévu à l'article L. 221-2 est un lieu de rétention tel que mentionné à l'article L. 551-1, les étrangers maintenus en zone d'attente et les étrangers placés en rétention administrative dans le même lieu demeurent régis respectivement par les dispositions des livres II et V.

Art. L. 221-3 *(Mod., L. n° 2007-1631, 20 nov. 2007)*. – Le maintien en zone d'attente est prononcé pour une durée qui ne peut excéder quatre jours par une décision écrite et motivée d'un agent relevant d'une catégorie fixée par voie réglementaire.

Cette décision est inscrite sur un registre mentionnant l'état civil de l'intéressé et la date et l'heure auxquelles la décision de maintien lui a été notifiée. Elle est portée sans délai à la connaissance du procureur de la République. Lorsque la notification faite à l'étranger mentionne que le procureur de la République a été informé sans délai de la décision de maintien en zone d'attente, cette mention fait foi sauf preuve contraire.

Art. L. 221-4 *(L. n° 2011-672, 16 juin 2011 ; L. n° 2015-925, 29 juill. 2015)*. – L'étranger maintenu en zone d'attente est informé, dans les meilleurs délais, qu'il peut demander l'assistance d'un interprète et d'un médecin, communiquer avec un conseil ou toute personne de son choix et quitter à tout moment la zone d'attente pour toute destination située hors de France. Il est également informé des droits qu'il est susceptible d'exercer en matière de demande d'asile. Ces informations lui sont communiquées dans une langue qu'il comprend. Mention en est faite sur le registre mentionné au deuxième alinéa de l'article L. 221-3, qui est émargé par l'intéressé.

En cas de maintien simultané en zone d'attente d'un nombre important d'étrangers, la notification des droits mentionnés au premier alinéa s'effectue dans les meilleurs délais, compte tenu du nombre d'agents de l'autorité administrative et d'interprètes disponibles. De même, dans ces mêmes circonstances particulières, les droits notifiés s'exercent dans les meilleurs délais.

Lorsque l'étranger ne parle pas le français, il est fait application de l'article L. 111-7.

QPC. Conformité à la Constitution des dispositions des articles L. 213-2 et L. 221-4 du Code de l'entrée et du séjour des étrangers et du droit d'asile qui ne consacrent pas un droit, pour l'étranger, à être assisté d'un avocat lors des auditions réalisées dans le cadre de l'instruction d'une demande d'entrée en France ou pendant son maintien en zone d'attente dès lors que ces auditions ne relèvent pas d'une procédure de recherche d'auteurs d'infractions et que les décisions relatives au refus d'entrée, au maintien en zone d'attente ou à l'organisation du départ de l'étranger constituent des mesures de police administrative et non des sanctions ayant le caractère d'une punition (■ Cons. const., 6 déc. 2019, n° 2019-818 QPC).

Art. L. 221-5. – Lorsqu'un étranger mineur non accompagné d'un représentant légal n'est pas autorisé à entrer en France, le procureur de la République, avisé immédiatement par l'autorité administrative, lui désigne sans délai un administrateur *ad hoc*. Celui-ci assiste le mineur durant son maintien en zone d'attente et assure sa représentation dans le cadre des procédures administratives et juridictionnelles relatives à ce maintien.

Il assure également la représentation du mineur dans toutes les procédures administratives et juridictionnelles afférentes à son entrée en France.

L'administrateur *ad hoc* est désigné par le procureur de la République compétent sur une liste de personnes morales ou physiques dont les modalités de constitution sont fixées par décret en conseil d'État. Ce décret précise également les conditions de leur indemnisation.

Un mineur étranger placé en zone d'attente a droit à faire l'objet de mesures éducatives en application des dispositions de l'article 375 du Code civil ; doit être censurée l'ordonnance du premier président qui, saisi d'un appel de prolongation d'un maintien en zone d'attente autorisé par un juge des libertés et de la détention, énonce qu'une telle mesure de protection ne peut être mise en œuvre que sur le territoire national, ce qui n'était pas le cas en l'espèce, le mineur n'ayant pas été autorisé à séjourner en France, alors que la zone d'attente se trouve sous contrôle administratif et juridictionnel national, méconnaissant ainsi les articles L. 221-1 et s. du Code de l'entrée et de séjour des étrangers et du droit d'asile (■ Cass. 1re civ., 25 mars 2009 : *JCP* 2009, Act. n° 178).

Art. L. 221-6 *(L. n° 2016-274, 7 mars 2016)*. – Sous réserve de ne pas porter atteinte à la dignité des personnes et aux exigences de sécurité et de bon fonctionnement de la zone d'attente, les journalistes titulaires de la carte d'identité professionnelle mentionnée à l'article L. 7111-6 du Code du travail peuvent être autorisés à y accéder dans des conditions fixées par décret en Conseil d'État.

Les prises d'images et de son des étrangers, des personnels et des intervenants dans les zones d'attente, de même que leur diffusion, ne sont autorisées qu'avec leur accord préalable. Elles se déroulent dans le respect de l'anonymat patronymique et physique des mineurs et, sauf accord contraire exprès, des majeurs.

CHAPITRE II. – PROLONGATION DU MAINTIEN EN ZONE D'ATTENTE

Section I. – Décision du juge des libertés et de la détention

Art. L. 222-1 *(L. n° 2016-274, 7 mars 2016)*. – Le maintien en zone d'attente au-delà de quatre jours à compter de la décision initiale peut être autorisé, par le juge des libertés et de la détention, statuant sur l'exercice effectif des droits reconnus à l'étranger pour une durée qui ne peut être supérieure à huit jours.

1) QPC. Conformité à l'article 66 de la Constitution et au droit à un recours juridictionnel effectif de l'article L. 222-1 du Code de l'entrée et du séjour des étrangers et du droit d'asile ancien, dans sa rédaction résultant de la loi du 7 mars 2016, en ce qu'il permet une privation de liberté de quatre jours avant l'intervention du juge judiciaire, un tel délai ne pouvant être prorogé et le maintien en zone d'attente n'étant prévu que s'il est strictement nécessaire à l'accomplissement des diligences relatives à l'organisation du départ de l'étranger ou bien à la vérification de la compétence étatique ou de l'irrecevabilité d'une demande d'asile (▪ Cons. const., 17 mars 2022, n° 2021-983 QPC : *Dalloz actualité*, 25 mars 2022, obs. E. Maupin).

2) Présente un caractère sérieux la question de constitutionnalité relative à la conformité à la liberté individuelle et au droit à un recours effectif, garantis aux articles 16 de la Déclaration des droits de l'homme et du citoyen et 66 de la Constitution, de l'impossibilité pour l'étranger maintenu en zone d'attente de saisir le juge judiciaire afin de demander qu'il soit mis fin à sa privation de liberté avant un délai de quatre jours (▪ Cass. 1re civ., 16 déc. 2021, n° 21-17.228 QPC).

3) Préalablement, refus de transmission, faute de caractère sérieux, d'une QPC relative aux dispositions de l'article L. 222-1 issues de la loi n° 2016-274 du 7 mars 2016, celles-ci ne contenant pas, en elles-mêmes, de limitation de l'office du juge dans son rôle de gardien de la liberté individuelle, ni de restriction au droit à un recours effectif (▪ Cass. 1re civ., 16 oct. 2019, n° 19-40.030 : *Juris-Data* n° 2019-018006).

Art. L. 222-2 *(Mod., L. n° 2007-1631, 20 nov. 2007)*. – À titre exceptionnel ou en cas de volonté délibérée de l'étranger de faire échec à son départ, le maintien en zone d'attente au-delà de douze jours peut être renouvelé, dans les conditions prévues au présent chapitre, par le juge des libertés et de la détention, pour une durée qu'il détermine et qui ne peut être supérieure à huit jours.

Toutefois, lorsque l'étranger dont l'entrée sur le territoire français a été refusée dépose une demande d'asile dans les six derniers jours de cette nouvelle période de maintien en zone d'attente, celle-ci est prorogée d'office de six jours à compter du jour de la demande. Cette décision est mentionnée sur le registre prévu à l'article L. 221-3 et portée à la connaissance du procureur de la République dans les conditions prévues au même article. Le juge des libertés et de la détention est informé immédiatement de cette prorogation. Il peut y mettre un terme.

Lorsqu'un étranger dont l'entrée sur le territoire français au titre de l'asile a été refusée dépose un recours en annulation sur le fondement de l'article L. 213-9 dans les quatre derniers jours de la période de maintien en zone d'attente fixée par la dernière décision de maintien, celle-ci est prorogée d'office de quatre jours à compter du dépôt du recours. Cette décision est mentionnée sur le registre prévu à l'article L. 221-3 et portée à la connaissance du procureur de la République dans les conditions prévues au même article. Le juge des libertés et de la détention est informé immédiatement de cette prorogation. Il peut y mettre un terme.

Art. L. 222-3 *(Mod., L. n° 2007-1631, 20 nov. 2007 ; L. n° 2011-672, 16 juin 2011)*. – L'autorité administrative expose dans sa saisine les raisons pour lesquelles l'étranger n'a pu être rapatrié ou, s'il a demandé l'asile, admis, et le délai nécessaire pour assurer son départ de la zone d'attente.

Le juge des libertés et de la détention statue dans les vingt-quatre heures de sa saisine ou, lorsque les nécessités de l'instruction l'imposent, dans les quarante-huit heures de celle-ci par ordonnance, après audition de l'intéressé ou de son conseil, s'il en a un, ou celui-ci dûment averti.

L'existence de garanties de représentation de l'étranger n'est pas à elle seule susceptible de justifier le refus de prolongation de son maintien en zone d'attente.

L'étranger peut demander au juge des libertés et de la détention qu'il lui soit désigné un conseil d'office. Le mineur est assisté d'un avocat choisi par l'administrateur *ad hoc* ou, à défaut, commis d'office. L'étranger ou, dans le cas du mineur mentionné à l'article L. 221-5, l'administrateur *ad hoc* peut également demander au juge des libertés et de la détention le concours d'un interprète et la communication de son dossier.

À peine d'irrecevabilité, prononcée d'office, aucune irrégularité antérieure à l'audience relative à la première prolongation du maintien en zone d'attente ne peut être soulevée lors de l'audience relative à la seconde prolongation.

Art. L. 222-4 *(Mod., L. n° 2007-1631, 20 nov. 2007 ; L. n° 2011-672, 16 juin 2011 ; L. n° 2018-778, 10 sept. 2018).* – Le juge des libertés et de la détention statue au siège du tribunal judiciaire. Toutefois, si une salle d'audience attribuée au ministère de la Justice lui permettant de statuer publiquement a été spécialement aménagée sur l'emprise ferroviaire, portuaire ou aéroportuaire, il statue dans cette salle.

En cas de nécessité, le président du tribunal judiciaire peut décider de tenir une seconde audience au siège du tribunal judiciaire, le même jour que celle qui se tient dans la salle spécialement aménagée.

Par décision du juge prise sur une proposition de l'autorité administrative à laquelle l'étranger dûment informé dans une langue qu'il comprend ne s'est pas opposé, et avec le consentement de l'étranger, l'audience peut également se dérouler avec l'utilisation de moyens de télécommunication audiovisuelle garantissant la confidentialité de la transmission. Il est alors dressé, dans chacune des deux salles d'audience ouvertes au public, un procès-verbal des opérations effectuées.

Sous réserve de l'application de l'article 435 du Code de procédure civile, le juge des libertés et de la détention statue publiquement.

L'étranger est maintenu à disposition de la justice dans des conditions fixées par le procureur de la République pendant le temps strictement nécessaire à la tenue de l'audience et au prononcé de l'ordonnance.

Art. L. 222-5 *(L. n° 2018-778, 10 sept. 2018).* – Si l'ordonnance met fin au maintien en zone d'attente, elle est immédiatement notifiée au procureur de la République. À moins que le procureur de la République n'en dispose autrement, l'étranger est alors maintenu à la disposition de la justice pendant un délai de dix heures à compter de la notification de l'ordonnance au procureur de la République. Durant cette période, l'étranger peut, s'il le souhaite, contacter son avocat et un tiers, rencontrer un médecin et s'alimenter.

Section II. – Voies de recours

Art. L. 222-6 *(Mod., L. n° 2007-1631, 20 nov. 2007 ; L. n° 2011-672, 16 juin 2011 ; L. n° 2018-778, 10 sept. 2018).* – L'ordonnance est susceptible d'appel devant le premier président de la cour d'appel ou son délégué. Celui-ci est saisi sans forme et doit statuer dans les quarante-huit heures de sa saisine. Par décision du premier président de la cour d'appel ou de son délégué, prise sur une proposition de l'autorité administrative, l'audience peut se dérouler avec l'utilisation de moyens de télécommunication audiovisuelle dans les conditions prévues au troisième alinéa de l'article L. 222-4. Le droit d'appel appartient à l'intéressé, au ministère public et au représentant de l'État dans le département. Le premier président de la cour d'appel ou son délégué peut, par ordonnance motivée et sans avoir préalablement convoqué les parties, rejeter les déclarations d'appel manifestement irrecevables. L'appel n'est pas suspensif.

Toutefois, le ministère public peut demander au premier président de la cour d'appel ou à son délégué de déclarer son recours suspensif. Dans ce cas, l'appel, accompagné de la demande, est formé dans un délai de dix heures à compter de la notification de l'ordonnance au procureur de la République et transmis au premier président de la cour d'appel ou à son délégué. Celui-ci décide, sans délai, s'il y a lieu, au vu des pièces du dossier, de donner à cet appel un effet suspensif. Il statue par une ordonnance motivée rendue contradictoirement qui n'est pas susceptible de recours. L'intéressé est maintenu à la disposition de la justice jusqu'à ce que cette ordonnance soit rendue et, si elle donne un effet suspensif à l'appel du ministère public, jusqu'à ce qu'il soit statué sur le fond. Durant cette période, l'étranger peut, s'il le souhaite, contacter son avocat et un tiers, rencontrer un médecin et s'alimenter

Section III. – Dispositions communes

Art. L. 222-7. – Sont à la charge de l'État et sans recours contre l'étranger, dans les conditions prévues pour les frais de justice criminelle, correctionnelle ou de police, les honoraires et indemnités des interprètes désignés pour l'assister au cours de la procédure juridictionnelle de maintien en zone d'attente prévue par le présent titre.

Art. L. 222-8 *(L. n° 2011-672, 16 juin 2011).* – En cas de violation des formes prescrites par la loi à peine de nullité ou d'inobservation des formalités substantielles, toute juridiction, y compris la Cour de cassation, qui est saisie d'une demande d'annulation ou qui relève d'office une telle irrégularité ne peut prononcer la mainlevée de la mesure de maintien en zone d'attente que lorsque celle-ci a eu pour effet de porter atteinte aux droits de l'étranger.

CHAPITRE III. – CONTRÔLE DES DROITS DES ÉTRANGERS MAINTENUS EN ZONE D'ATTENTE

Art. L. 223-1 *(Mod., L. n° 2011-672, 16 juin 2011 ; L. n° 2016-274, 7 mars 2016).* – Pendant toute la durée du maintien en zone d'attente, l'étranger dispose des droits qui lui sont reconnus à l'article L. 221-4. Le procureur de la République ainsi que, à l'issue des quatre premiers jours, le juge des libertés et de la détention peuvent se rendre sur place pour vérifier les conditions de ce maintien et se faire communiquer le registre mentionné à l'article L. 221-3. Le procureur de la République visite les zones d'attente chaque fois qu'il l'estime nécessaire et au moins une fois par an. Tout administrateur *ad hoc* désigné en application des dispositions de l'article L. 221-5 doit, pendant la durée du maintien en zone d'attente du mineur qu'il assiste, se rendre sur place.

Un décret en Conseil d'État détermine les conditions d'accès aux zones d'attente du délégué du Haut-Commissariat des Nations unies pour les réfugiés ou de ses représentants ainsi que des associations humanitaires ou ayant pour objet d'aider les étrangers à exercer leurs droits du délégué du haut-commissariat des Nations unies pour les réfugiés ou de ses représentants ainsi que des associations humanitaires aux zones d'attente.

CHAPITRE IV. – SORTIE DE LA ZONE D'ATTENTE

Art. L. 224-1 *(L. n° 2015-925, 29 juill. 2015).* – Si le maintien en zone d'attente n'est pas prolongé au terme du délai fixé par la dernière décision de maintien, l'étranger est autorisé à entrer en France sous le couvert d'un visa de régularisation de huit jours. Il devra avoir quitté ce territoire à l'expiration de ce délai, sauf s'il obtient une autorisation provisoire de séjour ou un récépissé de demande de carte de séjour ou une attestation de demande d'asile lui permettant d'introduire sa demande d'asile.

Art. L. 224-2. – Si le départ de l'étranger ne peut être réalisé à partir de la gare, du port ou de l'aéroport dont dépend la zone d'attente dans laquelle il est maintenu, l'étranger peut être transféré vers toute zone d'attente d'une gare, d'un port ou d'un aéroport à partir desquels son départ peut effectivement avoir lieu.

En cas de nécessité, l'étranger peut également être transféré dans une zone d'attente dans laquelle les conditions requises pour son maintien, prévues au présent titre, sont réunies.

Art. L. 224-3. – Lorsque la décision de transfert doit intervenir dans le délai de quatre jours à compter de la décision initiale de maintien en zone d'attente, elle est prise dans les conditions prévues à l'article L. 221-3.

Lorsque le transfert est envisagé alors que le délai de quatre jours à compter de la décision initiale de maintien est expiré, l'autorité administrative en informe le juge des libertés et de la détention au moment où elle le saisit dans les conditions prévues au chapitre II du présent titre.

Art. L. 224-4. – Dans les cas où la prolongation ou le renouvellement du maintien en zone d'attente ont été accordés, l'autorité administrative informe le juge des libertés et de la détention ainsi que le procureur de la République de la nécessité de transférer l'étranger dans une autre zone d'attente et procède à ce transfert.

La prolongation ou le renouvellement du maintien en zone d'attente ne sont pas interrompus par le transfert de l'étranger dans une autre zone d'attente.

L'autorité administrative avise immédiatement de l'arrivée de l'étranger dans la nouvelle zone d'attente le juge des libertés et de la détention et le procureur de la République territorialement compétent.

LIVRE TROISIÈME. – LE SÉJOUR EN FRANCE

TITRE PREMIER. – LES TITRES DE SÉJOUR

CHAPITRE I. – DISPOSITIONS GÉNÉRALES

Section I. – Dispositions relatives aux documents de séjour

(L. n° 2006-911, 24 juill. 2006)

Art. L. 311-1 *(L. n° 2016-274, 7 mars 2016 ; L. n° 2018-778, 10 sept. 2018).* **– Sous réserve des engagements internationaux de la France ou de l'article L. 121-1, tout étranger âgé de plus de dix-huit ans qui souhaite séjourner en France pour une durée supérieure à trois mois doit être titulaire de l'un des documents de séjour suivants :**

1° Un visa de long séjour, d'une durée maximale d'un an ;

2° Un visa de long séjour, d'une durée maximale d'un an, conférant à son titulaire, en application du troisième alinéa de l'article L. 211-2-1, les droits attachés à une carte de séjour temporaire ou à la carte de séjour pluriannuelle prévue aux articles L. 313-20 et L. 313-21 et aux I et II de l'article L. 313-24 lorsque le séjour envisagé sur ce fondement est d'une durée inférieure ou égale à un an ;

3° Une carte de séjour temporaire, d'une durée maximale d'un an, dont les conditions de délivrance et de renouvellement sont prévues au chapitre III du présent titre ;

4° Une carte de séjour pluriannuelle, d'une durée maximale de quatre ans, dont les conditions de délivrance et de renouvellement sont prévues au même chapitre III ;

5° Une carte de résident, d'une durée de dix ans ou à durée indéterminée, dont les conditions de délivrance et de renouvellement sont prévues au chapitre IV du présent titre ;

6° Une carte de séjour portant la mention « retraité », d'une durée de dix ans, dont les conditions de délivrance et de renouvellement sont prévues au chapitre VII du présent titre.

L'étranger qui séjourne au titre de l'un des documents mentionnés aux 2° et 3° du présent article peut solliciter la délivrance d'une carte de séjour pluriannuelle ou d'une carte de résident dans les conditions prévues, respectivement, à l'article L. 313-17 et aux articles L. 314-8 à L. 314-12, sous réserve des exceptions prévues par les dispositions législatives du présent code.

Art. L. 311-2 *(Abr., L. n° 2016-274, 7 mars 2016).*

Art. L. 311-3 *(Mod., L. n° 2016-274, 7 mars 2016).* **– Les étrangers âgés de seize à dix-huit ans qui déclarent vouloir exercer une activité professionnelle reçoivent, de plein droit, une carte de séjour temporaire s'ils remplissent les conditions prévues à l'article L. 313-11, la carte de séjour portant la mention « passeport talent (famille) » s'ils remplissent les conditions prévues à l'article L. 313-21 ou une carte de résident s'ils remplissent les conditions prévues à l'article L. 314-11. Ils peuvent, dans les autres cas, solliciter une carte de séjour temporaire ou une carte de résident en application des articles L. 314-8 et L. 314-9.**

Art. L. 311-4 *(L. n° 2018-778, 10 sept. 2018).* **– La détention d'une attestation de demande de délivrance ou de renouvellement d'un titre de séjour, d'une attestation de demande d'asile ou d'une autorisation provisoire de séjour autorise la présence de l'étranger en France sans préjuger de la décision définitive qui sera prise au regard de son droit au séjour. Sauf dans les cas expressément prévus par la loi ou les règlements, ces documents n'autorisent pas leurs titulaires à exercer une activité professionnelle.**

Entre la date d'expiration de la carte de séjour pluriannuelle d'une durée de quatre ans mentionnée au premier alinéa de l'article L. 313-18, de la carte de résident ou d'un titre de séjour d'une durée supérieure à un an prévu par une stipulation internationale et la décision prise par l'autorité administrative sur la demande tendant à son renouvellement, dans la limite de trois mois à compter de cette date d'expiration, l'étranger peut également justifier de la régularité de son séjour par la présentation de la carte ou du titre arrivé à expiration. Pendant cette période, il conserve l'intégralité de ses droits sociaux ainsi que son droit d'exercer une activité professionnelle.

Dans des départements dont la liste est fixée par arrêté du ministre chargé de l'immigration, l'étranger qui a déposé une demande de renouvellement de sa carte de séjour temporaire ou de sa carte de séjour pluriannuelle autre que celle mentionnée au deuxième alinéa du présent article, avant l'expiration de celle-ci, peut justifier, dans la limite de trois mois à compter de cette date d'expiration, de la régularité de son séjour par la présentation de la carte arrivée à expiration. Pendant cette période, il conserve l'intégralité de ses droits sociaux ainsi que son droit d'exercer une activité professionnelle.

Art. L. 311-5 *(L. n° 2015-925, 29 juillet 2015).* – La délivrance d'une autorisation provisoire de séjour, d'un récépissé de demande de titre de séjour ou d'une attestation mentionnée aux articles L. 741-1, L. 742-1 ou L. 743-1 n'a pas pour effet de régulariser les conditions de l'entrée en France, sauf s'il s'agit d'un étranger qui s'est vu reconnaître la qualité de réfugié ou accorder le bénéfice de la protection subsidiaire en application du livre VII.

Art. L. 311-5-1 *(Créé, L. n° 2015-925, 29 juill. 2015°).* – L'étranger auquel la qualité de réfugié est reconnue par l'Office français de protection des réfugiés et apatrides ou la Cour nationale du droit d'asile est admis à souscrire une demande de délivrance de carte de résident.

Dans un délai de huit jours à compter de sa demande, il est mis en possession d'un récépissé de demande de titre de séjour, qui vaut autorisation de séjour d'une durée de validité de six mois renouvelable et qui porte la mention « reconnu réfugié ».

Ce récépissé confère à son titulaire le droit d'exercer la profession de son choix dans les conditions prévues à l'article L. 314-4.

Art. L. 311-5-2 *(Créé, L. n° 2015-925, 29 juill. 2015).* – L'étranger qui s'est vu accorder le bénéfice de la protection subsidiaire par l'Office français de protection des réfugiés et apatrides ou la Cour nationale du droit d'asile est admis à souscrire une demande de délivrance de carte de séjour.

Dans un délai de huit jours à compter de sa demande, il est mis en possession d'un récépissé de demande de titre de séjour, qui vaut autorisation de séjour d'une durée de validité de six mois renouvelable.

Ce récépissé confère à son titulaire le droit d'exercer la profession de son choix dans les conditions prévues à l'article L. 314-4.

Art. L. 311-6 *(L. n° 2018-778, 10 sept. 2018).* – Lorsqu'un étranger a présenté une demande d'asile qui relève de la compétence de la France, l'autorité administrative, après l'avoir informé des motifs pour lesquels une autorisation de séjour peut être délivrée et des conséquences de l'absence de demande sur d'autres fondements à ce stade, l'invite à indiquer s'il estime pouvoir prétendre à une admission au séjour à un autre titre et, dans l'affirmative, l'invite à déposer sa demande dans un délai fixé par décret. Il est informé que, sous réserve de circonstances nouvelles, notamment pour des raisons de santé, et sans préjudice de l'article L. 511-4, il ne pourra, à l'expiration de ce délai, solliciter son admission au séjour.

Un décret en Conseil d'État précise les conditions d'application du présent article.

Art. L. 311-7 et L. 311-8 *(Abr., L. n° 2016-274, 7 mars 2016).*

Art. L. 311-8-1 *(L. n° 2015-925, 29 juill. 2015).* – Lorsqu'il est mis fin au statut de réfugié ou au bénéficie de la protection subsidiaire par décision définitive de l'Office français de protection des réfugiés et apatrides ou par décision de justice ou lorsque l'étranger renonce à ce statut ou à ce bénéfice, la carte de résident mentionnée au 8° de l'article L. 314-11 ou la carte de séjour temporaire mentionnée à l'article L. 313-13 est retirée.

Dans les cas prévus au premier alinéa du présent article, l'autorité administrative statue, dans un délai fixé par décret en Conseil d'État, sur le droit au séjour des intéressés à un autre titre.

La carte de résident ou la carte de séjour temporaire ne peut être retirée en application du même premier alinéa quand l'étranger est en situation régulière depuis au moins cinq ans.

Section II. – Dispositions relatives à l'intégration dans la société française

(L. n° 2006-911, 24 juill. 2006 ; L. n° 2007-1631, 20 nov. 2007)

Art. L. 311-9 *(L. n° 2016-274, 7 mars 2016 ; L. n° 2018-778, 10 sept. 2018).* – L'État met, dans le pays d'origine, à la disposition de l'étranger qui souhaite s'installer durablement sur le territoire français une information, dans une langue qu'il comprend, sur la vie en France ainsi que sur les droits et devoirs qui y sont liés.

L'étranger admis pour la première fois au séjour en France ou qui entre régulièrement en France entre l'âge de seize ans et l'âge de dix-huit ans révolus et qui souhaite s'y maintenir durablement s'engage dans un parcours personnalisé d'intégration républicaine. Ce parcours a pour objectifs la compréhension par l'étranger primo-arrivant des valeurs et principes de la République, l'apprentissage de la langue française, l'intégration sociale et professionnelle et l'accès à l'autonomie.

Il comprend notamment :

1° La formation civique prescrite par l'État, relative aux principes, aux valeurs et aux institutions de la République, à l'exercice des droits et devoirs liés à la vie en France ainsi qu'à l'organisation de la société française ;

2° La formation linguistique prescrite par l'État, visant à l'acquisition de la langue française ;

2° *bis* Un conseil en orientation professionnelle et un accompagnement destiné à favoriser son insertion professionnelle, en association avec les structures du service public de l'emploi ;

3° Un accompagnement adapté à ses besoins pour faciliter ses conditions d'accueil et d'intégration.

Dans les départements et les régions d'outre-mer, la formation mentionnée au 1° du présent article comporte un volet relatif à l'histoire et à la géographie du département et de la région d'outre-mer de résidence de l'étranger.

La formation mentionnée au 2° du présent article comprend un nombre d'heures d'enseignement de la langue française suffisant pour permettre à l'étranger primo-arrivant d'occuper un emploi et de s'intégrer dans la société française. Cette formation peut donner lieu à une certification standardisée permettant d'évaluer le niveau de langue de l'étranger. À la demande motivée de l'étranger, celui-ci peut être dispensé du conseil mentionné au 2° *bis*.

Les éléments mentionnés aux 1° à 3° sont pris en charge par l'État. Ils peuvent être organisés en association avec les acteurs économiques, sociaux et citoyens, nationaux ou locaux.

L'étranger qui s'engage dans le parcours mentionné au deuxième alinéa conclut avec l'État un contrat d'intégration républicaine par lequel il s'engage à suivre ces formations et dispositifs d'accompagnement et à respecter les principes et valeurs de la République.

Est dispensé de la signature du contrat d'intégration républicaine l'étranger titulaire de la carte de séjour mentionnée aux articles L. 313-6, L. 313-7 et L. 313-7-1, au 2° de l'article L. 313-10, aux 8° et 11° de l'article L. 313-11 et aux articles L. 313-20, L. 313-21, L. 313-23 et L. 313-24 ou de la carte de résident mentionnée au 7° de l'article L. 314-11.

Est également dispensé de la signature de ce contrat l'étranger ayant effectué sa scolarité dans un établissement d'enseignement secondaire français pendant au moins trois années scolaires ou qui a suivi des études supérieures en France d'une durée au moins égale à une année universitaire. Il en est de même de l'étranger âgé de seize à dix-huit ans révolus pouvant prétendre à un titre de séjour et relevant de l'article L. 314-12.

L'étranger n'ayant pas conclu un contrat d'intégration républicaine lorsqu'il a été admis pour la première fois au séjour en France peut demander à signer ultérieurement un tel contrat.

Un décret en Conseil d'État fixe les conditions d'application du présent article. Il détermine la durée du contrat d'intégration républicaine, les formations prévues et les conditions de leur suivi et de leur validation, dont la reconnaissance de l'acquisition d'un niveau satisfaisant de maîtrise de la langue française et la remise à l'étranger d'un document permettant de s'assurer de l'assiduité de celui-ci aux formations qui lui sont prescrites.

Art. L. 311-9-1 et L. 311-9-2 *(Abr., L. n° 2016-274, 7 mars 2016).*

Section III. – Dispositions relatives aux cas de délivrance de l'autorisation provisoire de séjour
(L. n° 2006-911, 24 juill. 2006)

Art. L. 311-10. – Une autorisation provisoire de séjour est délivrée à l'étranger qui souhaite effectuer une mission de volontariat en France auprès d'une fondation ou d'une association reconnue d'utilité publique ou d'une association adhérente à une fédération elle-même reconnue d'utilité publique, à la condition que la mission revête un caractère social ou humanitaire, que le contrat de volontariat ait été conclu préalablement à l'entrée en France, que l'association ou la fondation ait attesté de la prise en charge du demandeur, que celui-ci soit en possession d'un visa de long séjour et qu'il ait pris par écrit l'engagement de quitter le territoire à l'issue de sa mission.

L'association ou la fondation mentionnées au premier alinéa font l'objet d'un agrément préalable par l'autorité administrative, dans des conditions définies par décret.

Art. L. 311-11 *(L. n° 2016-274, 7 mars 2016).* – Une autorisation provisoire de séjour d'une durée de validité de douze mois, non renouvelable, est délivrée à l'étranger ayant obtenu, dans un établissement d'enseignement supérieur habilité au plan national, un diplôme au moins équivalent au grade de master ou figurant sur une liste fixée par décret et qui :

1° Soit entend compléter sa formation par une première expérience professionnelle, sans limitation à un seul emploi ou à un seul employeur. Pendant la durée de cette autorisation, son titulaire est autorisé à chercher et à exercer un emploi en relation avec sa formation et assorti d'une rémunération supérieure à un seul fixé par décret et modulé, le cas échéant, selon le domaine professionnel concerné.

À l'issue de cette période de douze mois, l'intéressé pourvu d'un emploi ou d'une promesse d'embauche satisfaisant aux conditions énoncées au premier alinéa du présent 1° est autorisé à séjourner en France au titre de la carte de séjour pluriannuelle mentionnée aux 1°, 2° de l'article L. 313-10, sans que lui soit opposable la situation de l'emploi ;

2° Soit justifie d'un projet de création d'entreprise dans un domaine correspondant à sa formation.

À l'issue de la période de douze mois mentionnée au premier alinéa du présent article, l'intéressé justifiant de la création et du caractère viable d'une entreprise répondant à la condition énoncée au premier alinéa du présent 2° est autorisé à séjourner en France sous couvert de la carte de séjour pluriannuelle mentionnée au 5° de l'article L. 313-20 ou de la carte de séjour temporaire mentionnée au 3° de l'article L. 313-10.

Art. L. 311-12 *(Mod., Ord. n° 2010-177, 23 févr. 2010 ; L. n° 216-274, 7 mars 2016).* – Sauf si leur présence constitue une menace pour l'ordre public, une autorisation provisoire de séjour est délivrée aux parents étrangers de l'étranger mineur qui remplit les conditions mentionnées au 11° de l'article L. 313-11, ou à l'étranger titulaire d'un jugement lui ayant conféré l'exercice de l'autorité parentale sur ce mineur, sous réserve qu'ils justifient résider habituellement en France avec lui et subvenir à son entretien et à son éducation, sans que la condition prévue à l'article L. 313-2 soit exigée.

L'autorisation provisoire de séjour mentionnée au premier alinéa, qui ne peut être d'une durée supérieure à six mois, est délivrée par l'autorité administrative, après avis d'un collège de médecins du service médical de l'Office français de l'immigration et de l'intégration ; dans les conditions prévues au 11° de l'article L. 313-11. Cette autorisation provisoire de séjour ouvre droit à l'exercice d'une activité professionnelle. Elle est renouvelée pendant toute la durée de la prise en charge médicale de l'étranger mineur, sous réserve que les conditions prévues pour sa délivrance continuent d'être satisfaites.

Section IV. – Dispositions fiscales

(Section créée, L. fin. n° 2008-1425, 27 déc. 2008)

Art. L. 311-13 *(Créé, L. fin. n° 2008-1425, 27 déc. 2008 ; modifié, L. fin. n° 2010-1657, 29 déc. 2010 ; L. fin. n° 2011-1977, 28 déc. 2011 ; L. n° 2011-672, 16 juin 2011 ; L. fin. n° 2011-1977, 28 déc. 2011 ; L. fin. n° 2012-1509, 29 déc. 2012 ; L. fin. n° 2013-1278, 29 déc. 2013 ; L. n° 2016-274, 7 mars 2016 ; L. fin. n° 2016-1917, 29 déc. 2016 ; L. n° 2018-778, 10 sept. 2018 ; L. fin. n° 2018-1317, 28 déc. 2018 ; L. fin. n° 2019-1479, 28 déc. 2019).* – A. – À l'exception des autorisations provisoires de séjour, la délivrance et le renouvellement d'un titre de séjour donnent lieu à la perception d'une taxe dont le montant est fixé à 200 €.

Ce montant est ramené à 50 euros pour les étrangers auxquels est délivrée une carte de séjour sur le fondement des articles L. 313-7, L. 313-7-1, L. 313-8, L. 313-9, des 1° et 9° de l'article L. 313-11, des articles L. 313-23, L. 313-27 et du 3° de l'article L. 314-11.

Le premier alinéa du présent A n'est pas applicable pour la délivrance d'une carte de séjour délivrée sur le fondement de l'article L. 317-1.

Le même premier alinéa n'est pas applicable pour la première délivrance d'une carte de séjour délivrée sur le fondement des 2° *bis* et 11° de l'article L. 313-11, des articles L. 313-25 et L. 313-26 ainsi que des 4°, 5°, 6° et 8° de l'article L. 314-11.

La délivrance d'un visa de long séjour valant ou dispensant de titre de séjour donne lieu, outre aux droits de visa prévus par la réglementation en vigueur, à la perception de la taxe correspondant au titre de séjour que ce visa remplace.

B. – La fourniture de duplicata donne lieu à la perception d'une taxe du même montant que celle applicable lors du renouvellement du titre de séjour pour le même motif.

C. – La délivrance, le renouvellement et la fourniture de duplicata des documents de circulation délivrés aux étrangers mineurs sur le fondement de l'article L. 321-4 donnent lieu à la perception d'une taxe dont le montant est de 50 €.

D. – 1. Sans préjudice des dispositions de l'article L. 313-2, préalablement à la délivrance d'un premier titre de séjour, l'étranger qui est entré en France sans être muni des documents et visas exigés par les conventions internationales et les règlements en vigueur ou qui, âgé de plus de dix-huit ans, n'a pas, après l'expiration depuis son entrée en France d'un délai de trois mois ou d'un délai supérieur fixé par décret en Conseil d'État, été muni d'une carte de séjour, acquitte un droit de visa de régularisation d'un montant égal à 200 €, dont 50 €, non remboursables, sont perçus lors de la demande de titre.

Cette disposition n'est pas applicable aux réfugiés, apatrides et bénéficiaires de la protection subsidiaire et aux étrangers mentionnés au 2° *bis* de l'article L. 313-11, aux 4° à 7° de l'article L. 314-11 et à l'article L. 314-12.

Le visa mentionné au premier alinéa du présent D tient lieu du visa de long séjour prévu au dernier alinéa de l'article L. 211-2-1 si les conditions pour le demander sont réunies.

2. Sans préjudice des dispositions de l'article L. 313-1, le renouvellement d'un titre de séjour demandé après l'expiration du délai requis pour le dépôt de la demande donne lieu, sauf cas de force majeure ou présentation d'un visa en cours de validité, à l'acquittement d'un droit de visa de régularisation de 180 €.

E. – Les taxes prévues aux A, B, C et D sont acquittées en métropole par la voie électronique au moyen d'un timbre dématérialisé et en Guadeloupe, en Guyane, en Martinique, à Mayotte et à La Réunion, soit au moyen de timbres mobiles, soit par la voie électronique au moyen d'un timbre dématérialisé, dans les conditions prévues au chapitre II du titre IV de la première partie du livre Ier du Code général des impôts.

F. – Les modalités d'application du présent article sont précisées par décret.

....

CHAPITRE II. – LA COMMISSION DU TITRE DE SÉJOUR

Art. L. 312-1. – Dans chaque département est instituée une commission du titre de séjour composée :

a) D'un maire ou de son suppléant désignés par le président de l'association des maires du département ou, lorsqu'il y a plusieurs associations de maires dans le département, par le préfet en concertation avec celles-ci et, à Paris, du maire, d'un maire d'arrondissement ou d'un conseiller d'arrondissement ou de leur suppléant désigné par le Conseil de Paris ;

b) De deux personnalités qualifiées désignées par le préfet ou, à Paris, le préfet de police.

Le président de la commission du titre de séjour est désigné, parmi ses membres, par le préfet ou, à Paris, le préfet de police.

Dans les départements de plus de 500 000 habitants, une commission peut être instituée dans un ou plusieurs arrondissements.

Art. L. 312-2. – La commission est saisie par l'autorité administrative lorsque celle-ci envisage de refuser de délivrer ou de renouveler une carte de séjour temporaire à un étranger mentionné à l'article L. 313-11 ou de délivrer une carte de résident à un étranger mentionné aux articles L. 314-11 et L. 314-12, ainsi que dans le cas prévu à l'article L. 431-3.

L'étranger est convoqué par écrit au moins quinze jours avant la date de la réunion de la commission qui doit avoir lieu dans les trois mois qui suivent sa saisine ; il peut être assisté d'un conseil ou de toute personne de son choix et être entendu avec l'assistance d'un interprète. L'étranger peut demander le bénéfice de l'aide juridictionnelle dans les conditions prévues par la loi n° 91-647 du 10 juillet 1991 relative à l'aide juridique, cette faculté étant mentionnée dans la convocation. L'admission provisoire à l'aide juridictionnelle peut être prononcée par le président de la commission.

S'il ne dispose pas d'une carte de séjour temporaire ou si celle-ci est périmée, l'étranger reçoit, dès la saisine de la commission, un récépissé valant autorisation provisoire de séjour jusqu'à ce que l'autorité administrative ait statué.

Art. L. 312-3 *(Mod., Ord. n° 2014-464, 7 mai 2014)*. – Les dispositions du présent chapitre ne sont pas applicables en Guyane, à Mayotte et à Saint-Martin.

CHAPITRE III. – LA CARTE DE SÉJOUR TEMPORAIRE

Section I. – Dispositions générales

Art. L. 313-1 *(Mod., L. n° 2016-274, 7 mars 2016).* **– La durée de validité de la carte de séjour temporaire ne peut être supérieure à un an et ne peut dépasser la durée de validité des documents et visas mentionnés à l'article L. 211-1 du présent code.**

La durée de validité de la carte de séjour pluriannuelle ne peut être supérieure à quatre ans.

À l'expiration de la durée de validité de sa carte, l'étranger doit quitter la France, à moins qu'il n'en obtienne le renouvellement ou qu'il ne lui soit délivré un autre document de séjour.

Art. L. 313-2. – *(L. n° 2016-274, 7 mars 2016 ; L. n° 2018-778, 10 sept. 2018).* **– Sous réserve des engagements internationaux de la France et des exceptions prévues par les dispositions législatives du présent code, la première délivrance de la carte de séjour temporaire et celle de la carte de séjour pluriannuelle mentionnée aux articles L. 313-20, L. 313-21, L. 313-23, L. 313-24, L. 313-27 et L. 313-29 sont subordonnées à la production par l'étranger du visa de long séjour mentionné aux 1° ou 2° de l'article L. 311-1.**

Le cas échéant, la carte de séjour pluriannuelle mentionnée aux articles L. 313-20, L. 313-21, L. 313-24, L. 313-27 et L. 313-29 peut être délivrée par l'autorité diplomatique ou consulaire, dans des conditions fixées par décret en Conseil d'État.

Art. L. 313-3 *(Mod., L. n° 2016-274, 7 mars 2016).* **– La carte de séjour temporaire ou la carte de séjour pluriannuelle peut, par une décision motivée, être refusée ou retirée à tout étranger dont la présence en France constitue une menace pour l'ordre public.**

Art. L. 313-4 *(Abr., L. n° 2016-274, 7 mars 2016).*

Art. L. 313-4-1 *(L. n° 2006-911, 24 juill. 2006 ; mod., L. n° 2011-672, 16 juin 2011 ; L. n° 2016-274, 7 mars 2016 ; L. n° 2018-778, 10 sept. 2018).* **– L'étranger titulaire de la carte de résident de longue durée-UE définie par les dispositions communautaires applicables en cette matière et accordée dans un autre État membre de l'Union européenne qui justifie de ressources stables et suffisantes pour subvenir à ses besoins et, le cas échéant, à ceux de sa famille ainsi que d'une assurance maladie obtient, sous réserve qu'il en fasse la demande dans les trois mois qui suivent son entrée en France et sans que la condition prévue à l'article L. 313-2 soit exigée :**

1° Une carte de séjour temporaire portant la mention « visiteur » s'il remplit les conditions définies à l'article L. 313-6 ;

2° Une carte de séjour temporaire portant la mention « étudiant » s'il remplit les conditions définies au I et aux 2°, 3° ou 5° du II de l'article L. 313-7 ;

3° Une carte de séjour pluriannuelle portant la mention « passeport talent-chercheur » s'il remplit les conditions définies au 4° de l'article L. 313-20 ;

4° Une carte de séjour pluriannuelle portant la mention « passeport talent » s'il remplit les conditions définies au 9° du même article L. 313-20 ;

5° Une carte de séjour temporaire portant la mention de l'activité professionnelle pour laquelle il a obtenu l'autorisation préalable requise, dans les conditions définies, selon le cas, aux 1°, 2° ou 3° de l'article L. 313-10.

Pour l'application du présent article, sont prises en compte toutes les ressources propres du demandeur et, le cas échéant, de son conjoint, indépendamment des prestations familiales et des allocations prévues à l'article L. 262-1 du Code de l'action sociale et des familles, à l'article L. 815-1 du Code de la sécurité sociale et aux articles L. 5423-1, L. 5423-2 et L. 5423-3 du Code du travail. Ces ressources doivent atteindre un montant au moins égal au salaire minimum de croissance et sont appréciées au regard des conditions de logement.

Les dispositions du présent article ne sont pas applicables lorsque cet étranger séjourne en tant que travailleur salarié détaché par un prestataire de services dans le cadre d'une prestation transfrontalière ou en tant que prestataire de services transfrontaliers.

Un décret en Conseil d'État précise les conditions d'application du présent article.

Art. L. 313-5 *(L. n° 2016-274, 7 mars 2016).* – La carte de séjour temporaire ou la carte de séjour pluriannuelle peut être retirée à l'étranger ayant commis les faits qui l'exposent à l'une des condamnations prévues aux articles 222-34 à 222-40, 224-1-A à 224-1-C, 225-4-1 à 225-4-4, 225-4-7, 225-5 à 225-11, 225-12-1 et 225-12-2, 225-12-5 à 225-12-7, 225-13 à 225-15, au 7° de l'article 311-4 et aux articles 312-12-1 et 321-6-1 du Code pénal.

La carte de séjour temporaire ou la carte de séjour pluriannuelle peut également être retirée à tout employeur, titulaire de cette carte, en infraction avec l'article L. 341-6 du Code du travail ainsi qu'à tout étranger qui méconnaît les dispositions de l'article L. 341-4 du même code ou qui exerce une activité professionnelle non salariée sans en avoir l'autorisation.

En outre, l'employeur qui a fait l'objet d'une obligation de quitter le territoire français en raison du retrait, prononcé en application des dispositions du deuxième alinéa, de sa carte de séjour temporaire ou de sa carte de séjour pluriannuelle peut, dans les trois années qui suivent cette obligation, se voir refuser le droit d'exercer une activité professionnelle en France.

La carte de séjour temporaire prévue à l'article L. 313-7 du présent code « ou la carte de séjour pluriannuelle générale portant la mention « étudiant » peut être retirée à l'étudiant étranger qui ne respecte pas la limite de 60 % de la durée de travail annuelle prévue au même article.

Art. L. 313-5-1 *(L. n° 2016-274, 7 mars 2016).* – L'étranger titulaire d'une carte de séjour temporaire ou d'une carte de séjour pluriannuelle doit être en mesure de justifier qu'il continue de remplir les conditions requises pour la délivrance de cette carte. L'autorité administrative peut procéder aux vérifications utiles pour s'assurer du maintien du droit au séjour de l'intéressé et, à cette fin, convoquer celui-ci à un ou plusieurs entretiens.

Si l'étranger cesse de remplir l'une des conditions exigées pour la délivrance de la carte de séjour dont il est titulaire, fait obstacle aux contrôles ou ne défère pas aux convocations, la carte de séjour peut lui être retirée ou son renouvellement refusé par une décision motivée. La décision de retrait ne peut intervenir qu'après que l'intéressé a été mis à même de présenter ses observations dans les conditions prévues aux articles L. 121-1 et L. 121-2 du Code des relations entre le public et l'administration.

N'est pas regardé comme ayant cessé de remplir la condition d'activité prévue au 1° de l'article L. 313-10 et à l'article L. 313-20 l'étranger involontairement privé d'emploi au sens de ces mêmes articles.

Section II. – Les différentes catégories de cartes de séjour temporaires

Sous-section 1. – La carte de séjour temporaire portant la mention « visiteur »

Art. L. 313-6 *(Mod., L. n° 2006-911, 24 juill. 2006 ; L. n° 2018-778, 10 sept. 2018).* – La carte de séjour temporaire portant la mention « visiteur » est délivrée à l'étranger qui apporte la preuve qu'il peut vivre de ses seules ressources, dont le montant doit être au moins égal au salaire minimum de croissance net annuel, indépendamment des prestations et des allocations mentionnées à la troisième phrase du 2° de l'article L. 314-8.

L'étranger doit en outre justifier de la possession d'une assurance maladie couvrant la durée de son séjour et prendre l'engagement de n'exercer en France aucune activité professionnelle.

Sous-section 2. – La carte de séjour temporaire portant la mention « étudiant »

Art. L. 313-7 *(Mod., L. n° 2016-274, 7 mars 2016 ; L. n° 2018-778, 10 sept. 2018).* – I. – La carte de séjour temporaire accordée à l'étranger qui établit qu'il suit en France un enseignement ou qu'il y fait des études et qui justifie qu'il dispose de moyens d'existence suffisants porte la mention « étudiant ». En cas de nécessité liée au déroulement des études ou lorsque l'étranger a suivi sans interruption une scolarité en France depuis l'âge de seize ans et y poursuit des études supérieures, l'autorité administrative peut accorder cette carte de séjour sans que la condition prévue à l'article L. 313-2 soit exigée et sous réserve d'une entrée régulière en France. Cette carte, d'une durée inférieure ou égale à un an et renouvelable, porte la mention « étudiant – programme de mobilité » lorsque l'étudiant relève d'un programme de l'Union européenne, d'un programme multilatéral comportant des mesures de mobilité dans un ou plusieurs États membres de l'Union européenne ou d'une convention entre au moins deux établissements d'enseignement supérieur situés dans au moins deux États membres de l'Union européenne.

L'étranger ayant été admis au séjour dans un autre État membre de l'Union européenne et inscrit dans un programme de mobilité conformément à la directive (UE) 2016/801 du Parlement européen et du Conseil du 11 mai 2016 relative aux conditions d'entrée et de séjour des ressortissants de pays tiers à des fins de recherche, d'études, de formation, de volontariat et de programmes d'échange d'élèves ou de projets éducatifs et de travail au pair peut séjourner en France, après notification de sa mobilité aux autorités administratives compétentes, pour une durée maximale de douze mois, pour effectuer une partie de ses études au sein d'un établissement d'enseignement supérieur, pour autant qu'il dispose de ressources suffisantes, sans que soit exigé le respect de la condition prévue à l'article L. 313-2.

La carte ainsi délivrée donne droit à l'exercice, à titre accessoire, d'une activité professionnelle salariée dans la limite de 60 % de la durée de travail annuelle. Ce même droit est octroyé dans les mêmes conditions à l'étranger qui entre dans les prévisions du deuxième alinéa du présent I.

II. – Sauf si sa présence constitue une menace pour l'ordre public, la carte mentionnée au I est accordée de plein droit :

1° À l'étranger auquel un visa pour un séjour d'une durée supérieure à trois mois a été accordé dans le cadre d'une convention signée entre l'État et un établissement d'enseignement supérieur et qui est inscrit dans cet établissement ;

2° À l'étranger ayant satisfait aux épreuves du concours d'entrée dans un établissement d'enseignement supérieur ayant signé une convention avec l'État ;

3° À l'étranger boursier du Gouvernement français ;

4° À l'étranger titulaire du baccalauréat français préparé dans un établissement relevant de l'Agence pour l'enseignement français à l'étranger ou titulaire d'un diplôme équivalent et ayant suivi pendant au moins trois ans une scolarité dans un établissement français de l'étranger ;

5° À l'étranger ressortissant d'un pays ayant signé avec la France un accord de réciprocité relatif à l'admission au séjour des étudiants.

Les établissements d'enseignement supérieur sont responsables du suivi sanitaire préventif des étudiants étrangers.

Un décret en Conseil d'État précise les conditions d'application des dispositions du présent article, en particulier en ce qui concerne les ressources exigées, les conditions d'inscription dans un établissement d'enseignement et celles dans lesquelles l'étranger entrant dans les prévisions du 2° peut être dispensé de l'obligation prévue à l'article L. 313-2.

Sous-section 2 *bis*. – Dispositions particulières applicables aux étrangers stagiaires

Art. L. 313-7-1. – La carte de séjour temporaire accordée à l'étranger qui établit qu'il suit en France un stage dans le cadre d'une convention de stage visée par l'autorité administrative compétente et qu'il dispose de moyens d'existence suffisants porte la mention « stagiaire ». En cas de nécessité liée au déroulement du stage, et sous réserve d'une entrée régulière en France, l'autorité administrative peut accorder cette carte de séjour sans que la condition prévue à l'article L. 313-2 soit exigée.

L'association qui procède au placement d'un étranger désireux de venir en France en vue d'y accomplir un stage doit être agréée.

Un décret en Conseil d'État fixe les conditions d'application des dispositions du présent article et notamment les modalités d'agrément des associations par arrêté ministériel.

Art. L. 313-7-2 *(Créé L. n° 2016-274, 7 mars 2016 ; L. n° 2018-778, 10 sept. 2018)*. – I. – La carte de séjour temporaire non renouvelable est accordée à l'étranger résidant hors de l'Union européenne qui vient en France, dans le cadre des dispositions du 2° de l'article L. 1262-1 du Code du travail, effectuer un stage dans un établissement ou une entreprise du groupe qui l'emploie, s'il justifie d'une ancienneté d'au moins six mois dans celui-ci, de moyens suffisants et d'un diplôme de l'enseignement supérieur. Elle porte la mention « stagiaire ICT ». Après une période de séjour de six mois cumulés hors de l'Union européenne, une carte « stagiaire ICT » peut être délivrée à l'étranger qui vient effectuer un nouveau stage.

La carte de séjour temporaire portant la mention « stagiaire ICT (famille) » est délivrée de plein droit, s'il est âgé d'au moins dix-huit ans, au conjoint de l'étranger mentionné au premier alinéa du présent I ainsi qu'aux enfants du couple entrés mineurs en France, dans l'année qui suit leur dix-huitième anniversaire ou lorsqu'ils entrent dans les prévisions de l'article L. 311-3, sous réserve du respect de la condition prévue à l'article L. 313-2. La durée de cette carte est égale à la période de validité restant à courir de la carte de séjour de leur conjoint ou parent.

La carte de séjour temporaire portant la mention « stagiaire ICT (famille) » donne droit à l'exercice d'une activité professionnelle.

L'étranger ayant été admis au séjour dans un autre État membre de l'Union européenne pour les mêmes motifs que ceux mentionnés au premier alinéa du présent I peut effectuer une mission en France d'une durée inférieure ou égale à quatre-vingt-dix jours dans le cadre du 2° de l'article L. 1262-1 du Code du travail, afin d'effectuer un stage dans un établissement ou une entreprise du groupe qui l'emploie sous couvert du titre de séjour portant la mention « ICT » délivré dans le premier État membre. L'établissement ou l'entreprise établi dans le premier État membre notifie au préalable le projet de mobilité de l'étranger, dès lors qu'il est connu, aux autorités administratives compétentes du premier État membre ainsi qu'à l'autorité administrative compétente désignée par arrêté du ministre chargé de l'immigration.

II. – Lorsque cette mission est d'une durée supérieure à quatre-vingt-dix jours, l'étranger qui justifie de ressources suffisantes est autorisé à travailler et à séjourner en France au titre d'une carte de séjour portant la mention « stagiaire mobile ICT » d'une durée identique à celle de la mission envisagée, dans la limite d'une durée maximale d'un an diminuée, le cas échéant, de la durée des séjours déjà effectués dans les autres États membres de l'Union européenne dans le cadre d'une mission similaire, sans que soit exigée la condition prévue à l'article L. 313-2 du présent code.

La carte de séjour temporaire portant la mention « stagiaire mobile ICT (famille) » est délivrée dans les conditions prévues au deuxième alinéa du I du présent article, sans que soit exigée la condition prévue à l'article L. 313-2.

La carte de séjour temporaire portant la mention « stagiaire mobile ICT (famille) » donne droit à l'exercice d'une activité professionnelle.

Sous-section 3. – La carte de séjour temporaire portant la mention « scientifique-chercheur »
(Mod., L. n° 2011-672, 16 juin 2011)

Art. L. 313-8 *(L. n° 2006-911, 24 juill. 2006 ; mod., L. n° 2007-1631, 20 nov. 2007 ; L. n° 2011-672, 16 juin 2011 ; L. n° 2018-778, 10 sept. 2018).* – I. – Une carte de séjour temporaire portant la mention « recherche d'emploi ou création d'entreprise » d'une durée de validité de douze mois, non renouvelable, est délivrée à l'étranger qui justifie :

1° Soit avoir été titulaire d'une carte de séjour temporaire ou pluriannuelle portant la mention « étudiant » délivrée sur le fondement des articles L. 313-7, L. 313-18 ou L. 313-27 et avoir obtenu dans un établissement d'enseignement supérieur habilité au plan national un diplôme au moins équivalent au grade de master ou figurant sur une liste fixée par décret ;

2° Soit avoir été titulaire d'une carte de séjour pluriannuelle portant la mention « chercheur » délivrée sur le fondement du 4° de l'article L. 313-20 et avoir achevé ses travaux de recherche.

II. – La carte de séjour temporaire prévue au I est délivrée à l'étranger qui justifie d'une assurance maladie et qui :

1° Soit entend compléter sa formation par une première expérience professionnelle, sans limitation à un seul emploi ou à un seul employeur. Pendant la durée de la carte de séjour temporaire mentionnée au premier alinéa du I, son titulaire est autorisé à chercher et à exercer un emploi en relation avec sa formation ou ses recherches, assorti d'une rémunération supérieure à un seuil fixé par décret et modulé, le cas échéant, selon le niveau de diplôme concerné.

À l'issue de cette période de douze mois, l'intéressé pourvu d'un emploi ou d'une promesse d'embauche satisfaisant aux conditions énoncées au premier alinéa du présent 1° est autorisé à séjourner en France au titre de la carte de séjour pluriannuelle mentionnée aux 1°, 2°, 4° ou 9° de l'article L. 313-20 ou de la carte de séjour temporaire mentionnée aux 1° et 2° de l'article L. 313-10, sans que lui soit opposable la situation de l'emploi ;

2° Soit justifie d'un projet de création d'entreprise dans un domaine correspondant à sa formation ou à ses recherches.

À l'issue de la période de douze mois mentionnée au premier alinéa du I, l'intéressé justifiant de la création et du caractère viable d'une entreprise répondant à la condition énoncée au premier alinéa du présent 2° est autorisé à séjourner en France sous couvert de la carte de séjour pluriannuelle mentionnée au 5° de l'article L. 313-20 ou de la carte de séjour temporaire mentionnée au 3° de l'article L. 313-10.

III. – L'autorité administrative ne peut procéder à des vérifications dans les conditions prévues à l'article L. 313-5-1 qu'à l'expiration d'un délai de trois mois suivant la délivrance de la carte de séjour temporaire.

IV. – L'étranger qui a obtenu dans un établissement d'enseignement supérieur habilité au plan national un diplôme au moins équivalent au grade de master ou figurant sur une liste fixée par décret et qui, à l'issue de ses études, a quitté le territoire national peut bénéficier de la carte de séjour temporaire prévue au I, dans un délai maximal de quatre ans à compter de l'obtention dudit diplôme en France.

Sous-section 4. – La carte de séjour temporaire portant la mention « jeune au pair »

(Sous-section abrogée à compter de la date prévue au II de l'article 67 de la loi n° 2016-274 du 7 mars 2016 et au plus tard le 1er novembre 2016, L. n° 2016-274, 7 mars 2016 ; rétablie à compter d'une date fixée par décret en Conseil d'État, et au plus tard le 1er mars 2019, L. n° 2018-778, 10 sept. 2018)

Art. L. 313-9 ***(L. n° 2018-778, 10 sept. 2018).*** **– I. – Une carte de séjour temporaire d'une durée d'un an renouvelable une fois et portant la mention « jeune au pair » est délivrée à l'étranger qui :**

1° Est âgé de dix-huit à trente ans ;

2° Est accueilli temporairement dans une famille d'une nationalité différente et avec laquelle il ne possède aucun lien de parenté, dans le but d'améliorer ses compétences linguistiques et sa connaissance de la France en échange de petits travaux ménagers et de la garde d'enfants ;

3° A apporté la preuve soit qu'il dispose d'une connaissance de base de la langue française, soit qu'il possède un niveau d'instruction secondaire ou des qualifications professionnelles.

II. – Une convention conclue entre le titulaire de la carte mentionnée au I et la famille d'accueil définit les droits et obligations des deux parties, notamment les modalités de subsistance, de logement et d'assurance en cas d'accident du jeune au pair, les modalités lui permettant d'assister à des cours, la durée maximale hebdomadaire consacrée aux tâches de la famille, qui ne peut excéder vingt-cinq heures, le repos hebdomadaire et le versement d'une somme à titre d'argent de poche. Une annexe à la convention retranscrit également les dispositions du Code pénal sanctionnant la traite d'êtres humains, les infractions d'exploitation, les droits garantis par la loi a la victime ainsi que les sanctions pénales encourues par l'employeur. Une liste des coordonnées d'associations spécialisées dans l'assistance aux victimes figure à la fin de l'annexe.

Un décret en Conseil d'État fixe les conditions d'application du présent article.

Sous-section 5. – La carte de séjour temporaire autorisant l'exercice d'une activité professionnelle

Art. L. 313-10 ***(L. n° 216-274, 7 mars 2016 ; L. n° 2018-778, 10 sept. 2018).*** **– Une carte de séjour temporaire, d'une durée maximale d'un an, autorisant l'exercice d'une activité professionnelle est délivrée à l'étranger :**

1° Pour l'exercice d'une activité salariée sous contrat de travail à durée indéterminée, dans les conditions prévues à l'article L. 5221-2 du Code du travail. Elle porte la mention « salarié ».

La carte de séjour est prolongée d'un an si l'étranger se trouve involontairement privé d'emploi. Lors du renouvellement suivant, s'il est toujours privé d'emploi, il est statué sur son droit de séjour pour une durée équivalente à celle des droits qu'il a acquis à l'allocation d'assurance mentionnée à l'article L. 5422-1 du Code de travail ;

2° Pour l'exercice d'une activité salariée sous contrat de travail à durée déterminée ou dans les cas prévus aux articles L. 1262-1 et L. 1262-2 du même code, dans les conditions prévues à l'article L. 5221-2 dudit code. Cette carte est délivrée pour une durée identique à celle du contrat de travail ou du détachement, dans la limite d'un an. Elle est renouvelée pour une durée identique à celle du contrat de travail ou du détachement. Elle porte la mention « travailleur temporaire » ;

3° Pour l'exercice d'une activité non salariée, économiquement viable et dont il tire des moyens d'existence suffisants, dans le respect de la législation en vigueur. Elle porte la mention « entrepreneur/profession libérale ».

L'étranger se voit délivrer l'une des cartes prévues aux 1° et 2° du présent article sans que lui soit opposable la situation de l'emploi sur le fondement de l'article L. 5221-2 du Code de travail lorsque sa demande concerne un métier et une zone géographique caractérisée par des difficultés de recrutement et figurant sur une liste établie

par l'autorité administrative, après consultation des organisations syndicales d'employeurs et de salariés représentatives.

La carte de séjour prévue aux 1° et 2° du présent article est délivrée, sans que lui soit opposable la situation de l'emploi, à l'étudiant étranger qui, ayant obtenu un diplôme au moins équivalent au grade de master ou figurant sur une liste fixée par un décret dans un établissement d'enseignement supérieur habilité au plan national, souhaite exercer un emploi salarié et présente un contrat de travail, à durée indéterminée ou à durée déterminée, en relation avec sa formation et assorti d'une rémunération supérieure à un seuil déterminé par un décret et modulé, le cas échéant, selon le niveau de diplôme concerné.

Sous-section 6. – La carte de séjour temporaire portant la mention « vie privée et familiale »

Art. L. 313-11 *(Mod., L. n° 2006-911, 24 juill. 2006 ; L. n° 2007-1631, 20 nov. 2007 ; Ord. n° 2010-177, 23 févr. 2010 ; L. n° 2011-672, 16 juin 2011 ; Ord. n° 2014-464, 7 mai 2014 ; L. n° 2016-274, 7 mars 2016 ; L. n° 2018-778, 10 sept. 2018).* – Sauf si sa présence constitue une menace pour l'ordre public, la carte de séjour temporaire portant la mention « vie privée et familiale » est délivrée de plein droit :

1° À l'étranger dans l'année qui suit son dix-huitième anniversaire ou entrant dans les prévisions de l'article L. 311-3, », dont l'un des parents au moins est titulaire de la carte de séjour temporaire, de la carte de séjour pluriannuelle ou de la carte de résident, ainsi qu'à l'étranger entré en France régulièrement dont le conjoint est titulaire de l'une ou de l'autre de ces cartes, s'ils ont été autorisés à séjourner en France au titre du regroupement familial dans les conditions prévues au livre IV ;

2° À l'étranger dans l'année qui suit son dix-huitième anniversaire ou entrant dans les prévisions de l'article L. 311-3, qui justifie par tout moyen avoir résidé habituellement en France avec au moins un de ses parents légitimes, naturels ou adoptifs depuis qu'il a atteint au plus l'âge de treize ans ou, à Mayotte, depuis qu'il a atteint au plus l'âge de treize ans, avec au moins un de ses parents légitimes, naturels ou adoptifs titulaire de la carte de séjour temporaire ou de la carte de résident, la filiation étant établie dans les conditions prévues à l'article L. 313-2 ; la condition prévue à l'article L. 311-7 n'est pas exigée ;

2° *bis* À l'étranger dans l'année qui suit son dix-huitième anniversaire ou entrant dans les prévisions de l'article L. 311-3, qui a été confié, depuis qu'il a atteint au plus l'âge de seize ans, au service de l'aide sociale à l'enfance et sous réserve du caractère réel et sérieux du suivi de la formation, de la nature de ses liens avec la famille restée dans le pays d'origine et de l'avis de la structure d'accueil sur l'insertion de cet étranger dans la société française. La condition prévue à l'article L. 311-7 n'est pas exigée ;

3° *(Abr., L. n° 2016-274, 7 mars 2016).*

La carte de séjour temporaire portant la mention « vie privée et familiale » délivrée dans les conditions prévues à l'alinéa précédent a une durée de validité identique à la durée de la carte de séjour du parent ou du conjoint titulaire d'une carte de séjour portant la mention « carte bleue européenne », « compétences et talents » ou « salarié en mission ». La carte de séjour est renouvelée dès lors que son titulaire continue à remplir les conditions définies par le présent code ;

4° À l'étranger ne vivant pas en état de polygamie, marié avec un ressortissant de nationalité française, à condition que la communauté de vie n'ait pas cessé depuis le mariage, que le conjoint ait conservé la nationalité française et, lorsque le mariage a été célébré à l'étranger, qu'il ait été transcrit préalablement sur les registres de l'état civil français ;

5° *(Abr., L. n° 2011-672, 16 juin 2011)* ;

6° À l'étranger ne vivant pas en état de polygamie, qui est père ou mère d'un enfant français mineur résidant en France, à la condition qu'il établisse contribuer effectivement à l'entretien et à l'éducation de l'enfant dans les conditions prévues par l'article 371-2 du Code civil depuis la naissance de celui-ci ou depuis au moins deux ans, sans que la condition prévue à l'article L. 313-2 soit exigée. Lorsque la filiation est établie à l'égard d'un parent, en application de l'article 316 du Code civil, le demandeur, s'il n'est pas l'auteur de la reconnaissance de paternité ou de maternité, justifie que ce dernier contribue effectivement à l'entretien et à l'éducation de l'enfant, dans les conditions prévues à l'article 371-2 du même code, ou produit une décision de justice relative à la contribution à l'éducation et à l'entretien de l'enfant. Lorsque le lien de filiation est établi mais que la preuve de la contribution n'est pas rapportée ou qu'aucune décision de justice n'est intervenue, le droit au séjour du demandeur s'apprécie au regard du respect de sa vie privée et familiale et au regard de l'intérêt supérieur de l'enfant ;

7° À l'étranger ne vivant pas en état de polygamie, qui n'entre pas dans les catégories précédentes ou dans celles qui ouvrent droit au regroupement familial, dont les liens personnels et familiaux en France, appréciés notamment au regard de leur intensité, de leur ancienneté et de leur stabilité, des conditions d'existence de l'intéressé, de son insertion dans la société française ainsi que de la nature de ses liens avec la famille restée dans le pays d'origine, sont tels que le refus d'autoriser son séjour porterait à son droit au respect de sa vie privée et familiale une atteinte disproportionnée au regard des motifs du refus, sans que la condition prévue à l'article L. 313-2 soit exigée. L'insertion de l'étranger dans la société française est évaluée en tenant compte notamment de sa connaissance des valeurs de la République ;

8° À l'étranger né en France qui justifie par tout moyen y avoir résidé pendant au moins huit ans de façon continue et suivi, après l'âge de dix ans, une scolarité d'au moins cinq ans dans un établissement scolaire français, à la condition qu'il fasse sa demande entre l'âge de seize ans et l'âge de vingt et un ans, sans que la condition prévue à l'article L. 313-2 soit exigée ;

9° À l'étranger titulaire d'une rente d'accident du travail ou de maladie professionnelle servie par un organisme français et dont le taux d'incapacité permanente est égal ou supérieur à 20 %, sans que la condition prévue à l'article L. 313-2 soit exigée ;

10° À l'étranger qui a obtenu le statut d'apatride en application du livre VII du présent code, ainsi qu'à son conjoint et à ses enfants dans l'année qui suit leur dix-huitième anniversaire ou entrant dans les prévisions de l'article L. 311-3, lorsque le mariage est antérieur à la date de cette obtention ou, à défaut, lorsqu'il a été célébré depuis au moins un an, sous réserve d'une communauté de vie effective entre les époux, sans que la condition prévue à l'article L. 313-2 soit exigée ;

11° À l'étranger résidant habituellement en France, si son état de santé nécessite une prise en charge médicale dont le défaut pourrait avoir pour lui des conséquences d'une exceptionnelle gravité et si, eu égard à l'offre de soins et aux caractéristiques du système de santé dans le pays dont il est originaire, il ne pourrait pas y bénéficier effectivement d'un traitement approprié. La condition prévue à l'article L. 313-2 n'est pas exigée. La décision de délivrer la carte de séjour et prise par l'autorité administrative après avis d'un collège de médecins du service médical de l'Office français de l'immigration et de l'intégration, dans des conditions définies par décret en Conseil d'État. Les médecins de l'office accomplissent cette mission dans le respect des orientations générales fixées par le ministre chargé de la santé. Chaque année, un rapport présente au Parlement l'activité réalisée au titre du présent 11° par le service médical de l'Office français de l'immigration et de l'intégration ainsi que les données générales en matière de santé publique recueillies dans ce cadre.

QPC. Les dispositions du 4° du présent article sont conformes à la Constitution (■ Cons. const., n° 2013-312, QPC, 22 mai 2013 : *JO* 24 mai 2013, L. n° 2016-274, 7 mars 2016).

Art. L. 313-11-1 *(Mod., L. n° 2007-1631, 20 nov. 2007)*. **– I. – La carte de séjour temporaire prévue à l'article L. 313-11 est délivrée, sous réserve qu'il en fasse la demande dans les trois mois qui suivent son entrée en France et sans que la condition prévue à l'article L. 313-2 soit exigée, au conjoint d'un étranger titulaire du statut de résident de longue durée-UE dans un autre État-membre de l'Union européenne et d'une carte de séjour temporaire délivrée en application de l'article L. 313-4-1, s'il justifie avoir résidé légalement avec le résident de longue durée-CE dans l'autre État membre, disposer de ressources stables et suffisantes ainsi que d'une assurance maladie.**

II. – La carte de séjour dont la délivrance est prévue au I est également délivrée à l'enfant entré mineur en France d'un étranger titulaire du statut de résident de longue durée-UE dans un autre État membre de l'Union européenne et d'une carte de séjour temporaire délivrée en application de l'article L. 313-4-1 lorsqu'il atteint l'âge de dix-huit ans, sous réserve qu'il en fasse la demande dans les trois mois qui suivent son dix-huitième anniversaire ou lorsqu'il entre dans les prévisions de l'article L. 311-3.

L'enfant doit justifier avoir résidé légalement avec le résident de longue durée-UE dans l'autre État membre et disposer d'une assurance maladie. Il doit également disposer de ressources stables et suffisantes ou être pris en charge par son parent titulaire de la carte de séjour temporaire délivrée en application de l'article L. 313-4-1.

La condition prévue à l'article L. 311-7 n'est pas exigée.

L'enfant mentionné au premier alinéa du présent II est celui qui répond à l'une des définitions données aux articles L. 411-1 à L. 411-4.

III. – *(Al. mod., L. n° 2018-778, 10 sept. 2018)* Pour l'application des I et II, sont prises en compte toutes les ressources propres du demandeur et, le cas échéant, de son conjoint ou parent, indépendamment des prestations familiales et des allocations prévues à l'article L. 262-1 du Code de l'action sociale et des familles, à l'article L. 815-1 du Code de la sécurité sociale et aux articles L. 5423-1, L. 5423-2 et L. 5423-3 du Code du travail. Les ressources doivent atteindre un montant qui tient compte de la taille de la famille du demandeur. Un décret en Conseil d'État fixe ce montant qui doit être au moins égal au salaire minimum de croissance mensuel et au plus égal à ce salaire majoré d'un cinquième.

(Al. abr. à compter d'une date fixée par décret en Conseil d'État, et au plus tard le 1er mars 2019, L. n° 2018-778, 10 sept. 2018)

IV. – La date d'expiration de la carte de séjour temporaire délivrée dans les conditions définies au présent article ne peut être postérieure à celle de la carte de séjour temporaire délivrée, en application de l'article L. 313-4-1, à l'étranger titulaire du statut de résident de longue durée-UE dans un autre État membre de l'Union européenne.

V. – Un décret en Conseil d'État précise les conditions d'application du présent article.

Art. L. 313-12 *(Mod., L. n° 2006-911, 24 juill. 2006 ; L. n° 2007-1631, 20 nov. 2007 ; L. n° 2011-672, 16 juin 2011 ; L. n° 2014-873, 4 août 2014 ; L. n° 2016-274, 7 mars 2016)*. – La carte délivrée au titre de l'article L. 313-11 donne droit à l'exercice d'une activité professionnelle.

Le renouvellement de la carte de séjour délivrée au titre du 4° de l'article L. 313-11 est subordonné au fait que la communauté de vie n'ait pas cessé, sauf si elle résulte du décès du conjoint français. Toutefois, lorsque l'étranger a subi des violences familiales ou conjugales et que la communauté de vie a été rompue, l'autorité administrative ne peut procéder au retrait du titre de séjour de l'étranger et en accorde le renouvellement. En cas de violence commise après l'arrivée en France du conjoint étranger mais avant la première délivrance de la carte de séjour temporaire, le conjoint étranger se voit délivrer, sauf si sa présence constitue une menace pour l'ordre public, une carte de séjour temporaire portant la mention « vie privée et familiale ».

L'accès de l'enfant français à la majorité ne fait pas obstacle au renouvellement de la carte de séjour délivrée au titre du 6° de l'article L. 313-11.

La carte de séjour délivrée au titre de l'article L. 313-11-1 ne donne pas droit à l'exercice d'une activité professionnelle dans l'année qui suit sa première délivrance, sauf si elle est accordée en application du II de cet article et que son bénéficiaire séjourne en France depuis au moins un an.

QPC. Les dispositions du deuxième alinéa de l'article L. 313-12 du Code de l'entrée et du séjour des étrangers et du droit d'asile sont conformes à la Constitution (▪ Cons. const., 29 nov. 2013, n° 2013-358 QPC : *JO* 1er déc. 2013, p. 19605).

Art. L. 313-13 *(L. n° 2015-925, 29 juill. 2015 ; L. n° 2016-274, 7 mars 2016)*. – Sauf si leur présence constitue une menace pour l'ordre public, la carte de séjour temporaire mentionnée à l'article L. 313-11 est délivrée de plein droit :

1° À l'étranger qui a obtenu le bénéfice de la protection subsidiaire en application de l'article L. 712-1 ;

2° À son conjoint, son partenaire avec lequel il est lié par une union civile ou son concubin, s'il a été autorisé à séjourner en France au titre de la réunification familiale dans les conditions prévues à l'article L. 752-1 ;

3° À son conjoint ou au partenaire avec lequel il est lié par une union civile, âgé d'au moins dix-huit ans, si le mariage ou l'union civile est postérieur à la date d'introduction de sa demande d'asile, à condition que le mariage ou l'union civile ait été célébré depuis au moins un an et sous réserve d'une communauté de vie effective entre époux ou partenaires ;

4° À ses enfants dans l'année qui suit leur dix-huitième anniversaire ou entrant dans les prévisions de l'article L. 311-3 ;

5° À ses ascendants directs au premier degré si l'étranger qui a obtenu le bénéfice de la protection est un mineur non marié.

Sans préjudice du troisième alinéa du II de l'article L. 752-1, la condition prévue à l'article L. 313-2 n'est pas exigée.

Le délai pour la délivrance de la carte de séjour temporaire après la décision d'octroi de la protection subsidiaire par l'Office français de protection des réfugiés et apatrides ou la Cour nationale du droit d'asile est fixé par décret en Conseil d'État.

Sous-section 7. – L'admission exceptionnelle au séjour

Art. L. 313-14 *(L. n° 2006-911, 24 juill. 2006 ; L. n° 2007-1631, 20 nov. 2007 ; mod., L. n° 2011-672, 16 juin 2011 ; L. n° 2016-274, 7 mars 2016).* – La carte de séjour temporaire mentionnée à l'article L. 313-11 ou la carte de séjour temporaire mentionnée aux 1° et 2° de l'article L. 313-10 peut être délivrée, sauf si sa présence constitue une menace pour l'ordre public, à l'étranger ne vivant pas en état de polygamie dont l'admission au séjour répond à des considérations humanitaires ou se justifie au regard des motifs exceptionnels qu'il fait valoir, sans que soit opposable la condition prévue à l'article L. 313-2.

Un décret en Conseil d'État définit les modalités d'application du présent article.

Art. L. 313-14-1 *(Créé, L. n° 2018-778, 10 sept. 2018).* – Sauf si sa présence constitue une menace à l'ordre public et à condition qu'il ne vive pas en état de polygamie, la carte de séjour temporaire mentionnée à l'article L. 313-11 ou la carte de séjour mentionnée aux 1° et 2° de l'article L. 313-10 peut être délivrée, sans que soit opposable la condition prévue à l'article L. 313-2, à l'étranger accueilli par les organismes mentionnés au premier alinéa de l'article L. 265-1 du Code de l'action sociale et des familles qui justifie de trois années d'activité ininterrompue au sein de ce dernier, du caractère réel et sérieux de cette activité et de ses perspectives d'intégration, dans des conditions fixées par décret en Conseil d'État.

Art. L. 313-15 *(L. n° 2011-672, 16 juin 2011 ; L. n° 2016-274, 7 mars 2016).* – À titre exceptionnel et sauf si sa présence constitue une menace pour l'ordre public, la carte de séjour temporaire prévue aux 1° et 2° de l'article L. 313-10 portant la mention « salarié » ou la mention « travailleur temporaire » peut être délivrée, dans l'année qui suit son dix-huitième anniversaire, à l'étranger qui a été confié à l'aide sociale à l'enfance entre l'âge de seize ans et l'âge de dix-huit ans et qui justifie suivre depuis au moins six mois une formation destinée à lui apporter une qualification professionnelle, sous réserve du caractère réel et sérieux du suivi de cette formation, de la nature de ses liens avec sa famille restée dans le pays d'origine et de l'avis de la structure d'accueil sur l'insertion de cet étranger dans la société française. Le respect de la condition prévue à l'article L. 313-2 n'est pas exigé.

Art. L. 313-16 *(Ord. n° 2014-464, 7 mai 2014).* – La présente sous-section n'est pas applicable à Mayotte.

CHAPITRE IV. – LA CARTE DE RÉSIDENT

Section I. – Dispositions générales

Art. L. 314-1. – La carte de résident est valable dix ans. Sous réserve des dispositions des articles L. 314-5 et L. 314-7, elle est renouvelable de plein droit.

Art. L. 314-1-1 *(L. n° 2006-911, 24 juill. 2006 ; L. n° 2016-274, 7 mars 2016).* – Les dispositions de la présente section s'appliquent à la carte de résident et à la carte de résident portant la mention « résident de longue durée-UE ».

Art. L. 314-2 *(L. n° 2006-911, 24 juill. 2006 ; mod., L. n° 2011-672, 16 juin 2011 ; L. n° 2016-274, 7 mars 2016).* – Lorsque des dispositions législatives du présent code le prévoient, la délivrance d'une première carte de résident est subordonnée à l'intégration républicaine de l'étranger dans la société française, appréciée en particulier au regard de son engagement personnel à respecter les principes qui régissent la République française, du respect effectif de ces principes et de sa connaissance de la langue française, qui doit être au moins égale à un niveau défini par décret en Conseil d'État.

Pour l'appréciation de la condition d'intégration, l'autorité administrative saisit pour avis le maire de la commune dans laquelle il réside. Cet avis est réputé favorable à l'expiration d'un délai de deux mois à compter de la saisine du maire par l'autorité administrative.

Les étrangers âgés de plus de soixante-cinq ans ne sont pas soumis à la condition relative à la connaissance de la langue française.

Art. L. 314-3. – La carte de résident peut être refusée à tout étranger dont la présence constitue une menace pour l'ordre public.

Art. L. 314-4. – Lorsqu'elle a été délivrée à un étranger résidant sur le territoire de la France métropolitaine, la carte de résident en cours de validité confère à son titulaire le droit d'exercer, sur ce territoire, la profession de son choix, dans le cadre de la législation en vigueur.

Art. L. 314-5. – Par dérogation aux dispositions des articles L. 314-8 à L. 314-12 la carte de résident ne peut être délivrée à un ressortissant étranger qui vit en état de polygamie ni aux conjoints d'un tel ressortissant ni à un ressortissant étranger condamné pour avoir commis sur un mineur de quinze ans l'infraction définie à l'article 222-9 du Code pénal ou s'être rendu complice de celle-ci. Une carte de résident délivrée en méconnaissance de ces dispositions doit être retirée.

Art. L. 314-5-1 *(L. n° 2018-778, 10 sept. 2018)*. – Le retrait, motivé par la rupture de la vie commune, de la carte de résident délivrée sur le fondement du 3° de l'article L. 314-9 ne peut intervenir que dans la limite de quatre années à compter de la célébration du mariage, sauf si un ou des enfants sont nés de cette union et à la condition que l'étranger titulaire de la carte de résident établisse contribuer effectivement, depuis la naissance, à l'entretien et à l'éducation du ou des enfants dans les conditions prévues à l'article 371-2 du Code civil. Toutefois, lorsque la communauté de vie a été rompue par le décès de l'un des conjoints ou en raison de violences familiales ou conjugales, l'autorité administrative ne peut pas procéder au retrait.

Art. L. 314-6. – La carte de résident peut être retirée à tout employeur, titulaire de cette carte, ayant occupé un travailleur étranger en violation des dispositions de l'article L. 341-6 du Code du travail.

En outre, l'employeur qui a fait l'objet d'une obligation de quitter le territoire français en raison du retrait, prononcé en application des dispositions du présent article, de sa carte de résident peut, dans les trois années qui suivent cette obligation, se voir refuser le droit d'exercer une activité professionnelle en France.

Art. L. 314-6-1. – La carte de résident d'un étranger qui ne peut faire l'objet d'une mesure d'expulsion en application des articles L. 521-2 ou L. 521-3 peut lui être retirée s'il fait l'objet d'une condamnation définitive sur le fondement des articles 433-3, 433-4, des deuxième à quatrième alinéas de l'article 433-5, du deuxième alinéa de l'article 433-5-1 ou de l'article 433-6 du Code pénal.

La carte de séjour temporaire portant la mention « vie privée et familiale » lui est délivrée de plein droit.

Art. L. 314-6-2 *(Créé, L. n° 2018-778, 10 sept. 2018)*. – La carte de résident délivrée à un étranger en application du 7° de l'article L. 314-11 peut lui être retirée en cas de retrait, pour cause de désertion ou de comportement ultérieur inadapté aux exigences des forces armées, du certificat de bonne conduite présenté pour la délivrance de ce titre.

Art. L. 314-7 *(Mod., L. n° 2006-911, 24 juill. 2006 ; L. n° 2016-274, 7 mars. 2016)*. – La carte de résident d'un étranger qui a quitté le territoire français et a résidé à l'étranger pendant une période de plus de trois ans consécutifs est périmée, de même que la carte de résident portant la mention « résident de longue durée-UE » accordée par la France lorsque son titulaire a résidé en dehors du territoire des États membres de l'Union européenne pendant une période de plus de trois ans consécutifs.

La période mentionnée ci-dessus peut être prolongée si l'intéressé en a fait la demande soit avant son départ de France, soit pendant son séjour à l'étranger.

En outre, est périmée la carte de résident portant la mention « résident de longue durée-UE » accordée par la France lorsque son titulaire a, depuis sa délivrance, acquis ce statut dans un autre État membre de l'Union européenne, ou lorsqu'il a résidé en dehors du territoire national pendant une période de six ans consécutifs.

Art. L. 314-7-1 *(L. n° 2013-1005, 12 nov. 2013 ; L. n° 2015-925, 29 juill. 2015)*. – La carte de résident portant la mention : « résident de longue durée-UE » délivrée à l'étranger en application de l'article L. 314-8-2 peut lui être retirée lorsqu'il perd la qualité de réfugié en application du F de l'article 1er de la Convention de Genève du 28 juillet 1951 relative au statut des réfugiés ou le bénéfice de la protection subsidiaire en application de l'article L. 712-3. Elle peut également être retirée en cas d'obtention frauduleuse de cette qualité ou de cette protection.

Section II. – Délivrance de la carte de résident

Sous-section 1. – Délivrance subordonnée à une durée de séjour régulier

Art. L. 314-8 *(L. n° 2016-274, 7 mars 2016)*. – Une carte de résident portant la mention « résident de longue durée-UE » est délivrée de plein droit à l'étranger qui justifie : *(Al. mod., L. n° 2018-778, 10 sept. 2018)*

1° D'une résidence régulière ininterrompue d'au moins cinq ans en France au titre de l'une des cartes de séjour temporaires ou pluriannuelles ou de l'une des cartes de résident prévues au présent code, à l'exception de celles délivrées sur le fondement des articles L. 313-7, L. 313-7-1, L. 313-7-2 ou L. 313-13, du 3° de l'article L. 313-20, de l'article L. 313-21 lorsqu'il s'agit du conjoint ou des enfants du couple de l'étranger titulaire de la carte de séjour délivrée en application du 3° de l'article L. 313-20, des articles L. 313-23, L. 313-24, L. 317-1 ou du 8° de l'article L. 314-11.

Les années de résidence sous couvert d'une carte de séjour temporaire portant la mention « vie privée et familiale » retirée par l'autorité administrative sur le fondement d'un mariage ayant eu pour seules fins d'obtenir un titre de séjour ou d'acquérir la nationalité française ne peuvent être prises en compte pour obtenir la carte de résident ;

2° De ressources stables, régulières et suffisantes pour subvenir à ses besoins. Ces ressources doivent atteindre un montant au moins égal au salaire minimum de croissance. Sont prises en compte toutes les ressources propres du demandeur, indépendamment des prestations familiales et des allocations prévues à l'article L. 262-1 du Code de l'action sociale et des familles ainsi qu'aux articles L. 5423-1, L. 5423-2, L. 5423-3 et L. 5423-8 du Code du travail. La condition prévue au présent 2° n'est pas applicable lorsque la personne qui demande la carte de résident est titulaire de l'allocation aux adultes handicapés mentionnée à l'article L. 821-1 du Code de la sécurité sociale ou de l'allocation supplémentaire mentionnée à l'article L. 815-24 du même code ;

3° D'une assurance maladie.

Un décret en Conseil d'État définit les modalités d'application du présent article.

II. – Au troisième alinéa de l'article L. 314-8-1 du même code, les mots : « son intention de s'établir durablement en France » sont remplacés par les mots : « ressources stables, régulières et suffisantes ».

Voir : C. étrangers, art. L. 623-1 et s., p. 1558.

Art. L. 314-8-1 *(L. n° 2011-672, 16 juin 2011 ; L. n° 2016-274, 7 mars 2016)*. – L'étranger titulaire de la carte de séjour « passeport talent » prévue au 2° de l'article L. 313-20 peut se voir délivrer une carte de résident portant la mention « résident de longue durée-UE » s'il justifie d'une résidence ininterrompue, conforme aux lois et règlements en vigueur, d'au moins cinq années sur le territoire d'un État membre de l'Union européenne sous couvert d'une carte bleue européenne, dont, en France, les deux années précédant sa demande de délivrance de la carte de résident.

Les absences du territoire de l'Union européenne ne suspendent pas le calcul de la période mentionnée à l'alinéa précédent si elles ne s'étendent pas sur plus de douze mois consécutifs et ne dépassent pas au total dix-huit mois sur l'ensemble de cette période de résidence ininterrompue d'au moins cinq années.

L'étranger titulaire de la carte de séjour « passeport talent » prévu au même 2° doit également justifier de son intention de s'établir durablement en France dans les conditions prévues à l'article L. 314-8.

Son conjoint et ses enfants dans l'année qui suit leur dix-huitième anniversaire ou entrant dans les prévisions de l'article L. 311-3, admis en France conformément à l'article L. 313-21, peuvent se voir délivrer une carte de résident portant la mention « résident de longue durée-UE » dans les conditions prévues à l'article L. 314-8.

Art. L. 314-8-2 *(L. n° 2013-1005, 12 nov. 2013 ; L. n° 2015-925, 29 juill. 2015 ; L. n° 2016-274, 7 mars 2016)*. – L'étranger titulaire de la carte de résident prévue au 8° de l'article L. 314-11, du fait de la reconnaissance de la qualité de réfugié, ou de la carte de séjour temporaire prévue à l'article L. 313-13, du fait de l'octroi du bénéfice de la protection subsidiaire, peut se voir délivrer une carte de résident portant la mention : « résident de longue durée-UE » dans les conditions prévues à l'article L. 314-8.

Par dérogation au 1° de l'article L. 314-8, est prise en compte, dans le calcul des cinq années de résidence régulière ininterrompue, la période comprise entre la date de dépôt de la demande d'asile, sur la base de laquelle a été reconnue la qualité de réfugié ou accordé le bénéfice de la protection subsidiaire, et la date de délivrance de la carte de résident prévue au 8° de l'article L. 314-11 ou de la carte de séjour temporaire prévue à l'article L. 313-13.

Son conjoint, le partenaire avec lequel il est lié par une union civile, son concubin et ses enfants dans l'année qui suit leur dix-huitième anniversaire ou entrant dans les prévisions de l'article L. 311-3, admis en France conformément au 8° de l'article L. 314-11 ou à l'article L. 313-13, peuvent se voir délivrer une carte de résident portant la mention : « résident de longue durée-UE », dans les conditions prévues à l'article L. 314-8.

Art. L. 314-9 *(Mod., L. n° 2006-911, 24 juill. 2006 ; L. n° 2011-672, 16 juin 2011 ; L. n° 2016-274, 7 mars 2016).* – La carte de résident est délivrée de plein droit :

1° Au conjoint et aux enfants dans l'année qui suit leur dix-huitième anniversaire ou entrant dans les prévisions de l'article L. 311-3 d'un étranger titulaire de la carte de résident, qui ont été autorisés à séjourner en France au titre du regroupement familial dans les conditions prévues au livre IV et qui justifient d'une résidence non interrompue, conforme aux lois et règlements en vigueur, d'au moins trois années en France ;

2° À l'étranger qui est père ou mère d'un enfant français résidant en France et titulaire depuis au moins trois années de la carte de séjour temporaire mentionnée au 6° de l'article L. 313-11 ou d'une carte de séjour pluriannuelle mentionnée au 1° de l'article L. 313-8, sous réserve qu'il remplisse encore les conditions prévues pour l'obtention de cette carte de séjour et qu'il ne vive pas en état de polygamie.

3° À l'étranger marié depuis au moins trois ans avec un ressortissant de nationalité française, à condition qu'il séjourne régulièrement en France, que la communauté de vie entre les époux n'ait pas cessé depuis le mariage, que le conjoint ait conservé la nationalité française et, lorsque le mariage a été célébré à l'étranger, qu'il ait été transcrit préalablement sur les registres de l'état civil français.

L'enfant visé au présent article s'entend de l'enfant ayant une filiation légalement établie, y compris l'enfant adopté, en vertu d'une décision d'adoption, sous réserve de la vérification par le ministère public de la régularité de cette décision lorsqu'elle a été prononcée à l'étranger.

(Ord. n° 2014-464, 7 mai 2014) Pour l'application des 2° et 3° du présent article à Mayotte, la condition prévue à la première phrase du 2° de l'article L. 314-8 s'applique.

Art. L. 314-10 *(L. n° 2016-274, 7 mars 2016).* – Dans tous les cas prévus dans la présente sous-section, la décision d'accorder la carte de résident ou la carte de résident portant la mention « résident de longue durée-UE » est subordonnée au respect des conditions prévues à l'article L. 314-2.

Sous-section 2. – Délivrance de plein droit

Art. L. 314-11 *(Mod., Ord. n° 2005-759, 4 juill. 2005 ; L. n° 2006-911, 24 juill. 2006 ; L. n° 2015-925, 29 juill. 2015 ; L. n° 2016-274, 7 mars 2016).* – Sauf si la présence de l'étranger constitue une menace pour l'ordre public, la carte de résident est délivrée de plein droit, sous réserve de la régularité du séjour :

1° *(Abr., L. n° 2006-911, 24 juill. 2006)* ;

2° À l'enfant étranger d'un ressortissant de nationalité française si cet enfant est âgé de dix-huit à vingt et un ans ou dans les conditions prévues à l'article L. 311-3 ou s'il est à la charge de ses parents ainsi qu'aux ascendants d'un tel ressortissant et de son conjoint qui sont à sa charge, sous réserve qu'ils produisent un visa pour un séjour d'une durée supérieure à trois mois ;

3° À l'étranger titulaire d'une rente d'accident de travail ou de maladie professionnelle versée par un organisme français et dont le taux d'incapacité permanente est égal ou supérieur à 20 % ainsi qu'aux ayants droit d'un étranger, bénéficiaires d'une rente de décès pour accident de travail ou maladie professionnelle versée par un organisme français ;

4° À l'étranger ayant servi dans une unité combattante de l'armée française ;

5° À l'étranger ayant effectivement combattu dans les rangs des forces françaises de l'intérieur, titulaire du certificat de démobilisation délivré par la commission d'incorporation de ces formations dans l'armée régulière ou qui, quelle que soit la durée de son service dans ces mêmes formations, a été blessé en combattant l'ennemi ;

6° À l'étranger qui a servi en France dans une unité combattante d'une armée alliée ou qui, résidant antérieurement sur le territoire de la République, a également combattu dans les rangs d'une armée alliée ;

7° *(7° rempl. à compter du 9 déc. 2018, L. n° 2018-778, 10 sept. 2018)* À l'étranger servant ou ayant servi dans la Légion étrangère, comptant au moins trois ans de services dans l'armée française et titulaire du certificat de bonne conduite, sans que soit applicable la condition de régularité du séjour ;

8° À l'étranger reconnu réfugié en application du livre VII ainsi qu'à :

a) Son conjoint, son partenaire avec lequel il est lié par une union civile ou son concubin, s'il a été autorisé à séjourner en France au titre de la réunification familiale dans les conditions prévues à l'article L. 752-1 ;

b) Son conjoint ou son partenaire avec lequel il est lié par une union civile, âgé d'au moins dix-huit ans, si le mariage ou l'union civile est postérieur à la date d'introduction de sa demande d'asile, à condition que le mariage ou l'union civile ait été célébré depuis au moins un an et sous réserve d'une communauté de vie effective entre époux ou partenaires ;

c) Ses enfants dans l'année qui suit leur dix-huitième anniversaire ou entrant dans les prévisions de l'article L. 311-3 ;

d) Ses ascendants directs au premier degré si l'étranger qui a obtenu le bénéfice de la protection est un mineur non marié.

Le délai pour la délivrance de la carte de résident après la décision de reconnaissance de la qualité de réfugié par l'Office français de protection des réfugiés et apatrides ou la Cour nationale du droit d'asile est fixé par décret en Conseil d'État ; (1)

(Al. créé à compter d'une date fixée par décret en Conseil d'État, et au plus tard le 1er mars 2019, L. n° 2018-778, 10 sept. 2018) La condition de régularité du séjour mentionnée au premier alinéa du présent article n'est pas applicable aux cas prévus aux *b* et *d* ;

9° *(L. n° 2018-778, 10 sept. 2018)* À l'étranger titulaire de la carte de séjour pluriannuelle prévue à l'article L. 313-26 et justifiant de quatre années de résidence régulière en France ;

10° *(Abr., L. n° 2006-911, 24 juill. 2006 ; rétabli dans la version suivante, L. n° 2014-873, 4 août 2014)* À l'étranger qui remplit les conditions prévues au second alinéa de l'article L. 316-1 ;

11° À l'étranger titulaire d'une carte de séjour portant la mention « retraité » qui justifie de sa volonté de s'établir en France et d'y résider à titre principal.

12° *(L. n° 2018-778, 10 sept. 2018)* À l'étranger titulaire de la carte de séjour pluriannuelle prévue à l'article L. 313-25 et justifiant de quatre années de résidence régulière en France.

L'enfant visé aux 2°, 8° et 9° du présent article s'entend de l'enfant ayant une filiation légalement établie, y compris l'enfant adopté, en vertu d'une décision d'adoption, sous réserve de la vérification par le ministère public de la régularité de cette décision lorsqu'elle a été prononcée à l'étranger.

Art. L. 314-12. – La carte de résident est délivrée de plein droit à l'étranger qui remplit les conditions d'acquisition de la nationalité française prévues à l'article 21-7 du Code civil.

Sous-section 3. – Carte de résident délivrée en Nouvelle-Calédonie

Art. L. 314-13. – La carte de résident délivrée en Nouvelle-Calédonie est valable sur le territoire défini à l'article L. 111-3.

Sous-section 4. – La carte de résident permanent

Art. L. 314-14 *(L. n° 2007-1631, 20 nov. 2007 ; mod., L. n° 2008-776, 4 août 2008 ; L. n° 2011-672, 16 juin 2011 ; L. n° 2016-274, 7 mars 2016).* – À l'expiration de sa carte de résident délivrée sur le fondement de l'article L. 314-8, L. 314-8-1, L. 314-9, L. 314-11 « ou L. 314-12 », une carte de résident permanent, à durée indéterminée, peut être délivrée à l'étranger qui en fait la demande, sauf si sa présence constitue une menace pour l'ordre public et à condition qu'il satisfasse aux conditions prévues à l'article L. 314-2.

Sous les mêmes réserves que celles prévues au premier alinéa, la délivrance de la carte de résident permanent est de droit dès le second renouvellement de la carte de résident ou de la carte de résident portant la mention « résident de longue durée-UE.

La carte de résident permanent est délivrée de plein droit, même s'il n'en fait pas la demande, à l'étranger âgé de plus de soixante ans qui remplit les conditions définies au premier alinéa, titulaire d'une carte de résident et qui

(1) Dispositions applicables aux demandes de titres de séjour introduites un mois après la publication de la loi n° 2006-911 du 24 juillet 2006 (*JO* 25 juill. 2006), même L., art. 116.

en sollicite le renouvellement, sauf s'il demande la délivrance ou le renouvellement de la carte de résident mentionnée à l'article L. 314-8.

Lors du dépôt de sa demande de renouvellement de carte de résident, l'étranger est dûment informé des conditions dans lesquelles il pourra se voir accorder une carte de résident permanent.

Les articles L. 314-4 à L. 314-7 sont applicables à la carte de résident permanent.

Lorsque la carte de résident permanent est retirée à un ressortissant étranger qui ne peut faire l'objet d'une mesure d'expulsion en application des articles L. 521-2 ou L. 521-3, une carte de séjour temporaire lui est délivrée de plein droit.

Sous-section 5. – Carte de résident délivrée pour une contribution économique exceptionnelle

Art. L. 314-15 *(Abr., L. n° 2016-274, 7 mars 2016).*

CHAPITRE V. – LA CARTE DE SÉJOUR PORTANT LA MENTION « COMPÉTENCES ET TALENTS »

(Abr., L. n° 2016-274, 7 mars 2016)

CHAPITRE VI. – DISPOSITIONS APPLICABLES AUX ÉTRANGERS AYANT DÉPOSÉ PLAINTE POUR CERTAINES INFRACTIONS, TÉMOIGNÉ DANS UNE PROCÉDURE PÉNALE OU BÉNÉFICIANT DE MESURES DE PROTECTION

(L. n° 2010-769, 9 juill. 2010)

Art. L. 316-1 *(Mod., L. n° 2006-911, 24 juill. 2006 ; L. n° 2014-873, 4 août 2014 ; L. n° 2016-274, 7 mars 2016 ; L. n° 2016-444, 13 avr. 2016).* **– Sauf si sa présence constitue une menace à l'ordre public, une carte de séjour temporaire portant la mention « vie privée et familiale » est délivrée à l'étranger qui dépose plainte contre une personne qu'il accuse d'avoir commis à son encontre les infractions visées aux articles 225-4-1 à 225-4-6 et 225-5 à 225-10 du Code pénal ou témoigne dans une procédure pénale concernant une personne poursuivie pour ces mêmes infractions. La condition prévue à l'article L. 313-2 n'est pas exigée. Cette carte de séjour temporaire ouvre droit à l'exercice d'une activité professionnelle. Elle est renouvelée pendant toute la durée de la procédure pénale, sous réserve que les conditions prévues pour sa délivrance continuent d'être satisfaites.**

En cas de condamnation définitive de la personne mise en cause, une carte de résident est délivrée de plein droit à l'étranger ayant déposé plainte ou témoigné.

Art. L. 316-1-1 *(L. n° 2016-444, 13 avr. 2016).* **– Une autorisation provisoire de séjour d'une durée minimale de six mois peut être délivrée, sauf si sa présence constitue une menace pour l'ordre public, à l'étranger victime des infractions prévues aux articles 225-4-1 à 225-4-6 et 225-5 à 225-10 du Code pénal qui, ayant cessé l'activité de prostitution, est engagé dans le parcours de sortie de la prostitution et d'insertion sociale et professionnelle mentionné à l'article L. 121-9 du Code de l'action sociale et des familles. La condition prévue à l'article L. 313-2 du présent code n'est pas exigée. Cette autorisation provisoire de séjour ouvre droit à l'exercice d'une activité professionnelle. Elle est renouvelée pendant toute la durée du parcours de sortie de la prostitution et d'insertion sociale et professionnelle, sous réserve que les conditions prévues pour sa délivrance continuent d'être satisfaites.**

Art. L. 316-2 *(Mod., L. n° 2006-911, 24 juill. 2006 ; L. n° 2016-444, 13 avr. 2016).* **– Un décret en Conseil d'État précise les conditions d'application des articles L. 316-1 et L. 316-1-1. Il détermine notamment les conditions de la délivrance, du renouvellement et du retrait de la carte de séjour temporaire mentionnée au premier alinéa de l'article L. 316-1 et de l'autorisation provisoire de séjour mentionnée à l'article L. 316-1-1 ainsi que les modalités de protection, d'accueil et d'hébergement de l'étranger auquel cette carte ou cette autorisation provisoire de séjour est accordée.**

Art. L. 316-3 *(Rempl., L. n° 2011-672, 16 juin 2011 ; L. n° 2016-274, 7 mars 2016 ; L. n° 2018-778, 10 sept. 2018).* **– Sauf si sa présence constitue une menace à l'ordre public, l'autorité administrative délivre dans les plus brefs délais une carte de séjour temporaire portant la mention « vie privée et familiale » à l'étranger qui bénéficie d'une ordonnance de protection en vertu de l'article 515-9 du Code**

civil, en raison des violences exercées au sein du couple ou par un ancien conjoint, un ancien partenaire lié par un pacte civil de solidarité ou un ancien concubin. La condition prévue à l'article L. 313-2 du présent code n'est pas exigée. Cette carte de séjour temporaire ouvre droit à l'exercice d'une activité professionnelle.

Le titre de séjour arrivé à expiration de l'étranger qui bénéficie d'une ordonnance de protection en vertu de l'article 515-9 du Code civil, en raison des violences exercées au sein du couple ou par un ancien conjoint, un ancien partenaire lié par un pacte civil de solidarité ou un ancien concubin, est renouvelé.

Sauf si la présence de l'étranger constitue une menace à l'ordre public, l'autorité administrative délivre dans les plus brefs délais une carte de séjour temporaire portant la mention « vie privée et familiale » à l'étranger qui bénéficie d'une ordonnance de protection en application de l'article 515-13 du Code civil en raison de la menace d'un mariage forcé. Une fois arrivée à expiration, cette carte de séjour temporaire est renouvelée de plein droit à l'étranger qui continue à bénéficier d'une telle ordonnance de protection. La condition prévue à l'article L. 313-2 du présent code n'est pas exigée. Cette carte de séjour temporaire ouvre droit à l'exercice d'une activité professionnelle.

Une fois arrivée à expiration, la carte de séjour mentionnée au présent article est renouvelée de plein droit même après l'expiration de l'ordonnance de protection lorsque l'étranger a porté plainte contre l'auteur des faits, pendant la durée de la procédure pénale y afférente.

Art. L. 316-4 *(L. n° 2010-769, 9 juill. 2010 ; L. n° 2014-873, 4 août 2014 ; L. n° 2018-778, 10 sept. 2018).* – En cas de condamnation définitive de la personne mise en cause, une carte de résident est délivrée à l'étranger détenteur de la carte de séjour mentionnée à l'article L. 316-3 ayant déposé plainte pour des faits de violences commis à son encontre par son conjoint, son concubin ou le partenaire auquel elle est liée par un pacte civil de solidarité.

Le refus de délivrer la carte prévue au premier alinéa du présent article ne peut être motivé par la rupture de la vie commune avec l'auteur des faits.

En cas de condamnation définitive de la personne mise en cause, une carte de résident est délivrée à l'étranger, détenteur de la carte de séjour mentionnée au même article L. 316-3, ayant déposé plainte pour des faits de violences commis à son encontre, en raison de son refus de contracter un mariage ou de conclure une union ou afin de le contraindre à contracter un mariage ou à conclure une union.

CHAPITRE VII. – LA CARTE DE SÉJOUR PORTANT LA MENTION « RETRAITÉ »

Art. L. 317-1 *(Anc. L. 315-1, dénum., L. n° 2006-911, 24 juill. 2006).* – L'étranger qui, après avoir résidé en France sous couvert d'une carte de résident, a établi ou établit sa résidence habituelle hors de France et qui est titulaire d'une pension contributive de vieillesse, de droit propre ou de droit dérivé, liquidée au titre d'un régime de base français de sécurité sociale, bénéficie, à sa demande, d'une carte de séjour portant la mention « retraité ». Cette carte lui permet d'entrer en France à tout moment pour y effectuer des séjours n'excédant pas un an. Elle est valable dix ans et est renouvelée de plein droit. Elle n'ouvre pas droit à l'exercice d'une activité professionnelle.

Le conjoint du titulaire d'une carte de séjour « retraité », ayant résidé régulièrement en France avec lui, bénéficie d'un titre de séjour conférant les mêmes droits.

TITRE II. – LES CONDITIONS DU SÉJOUR

CHAPITRE I. – CONDITIONS DE CIRCULATION

Section I. – Dispositions générales

Art. L. 321-1. – Tout étranger résidant en France, quelle que soit la nature de son titre de séjour, peut quitter librement le territoire français.

Art. L. 321-2. – Les conditions de la circulation des étrangers en France sont déterminées par voie réglementaire.

Section II. – Documents de circulation délivrés aux étrangers mineurs

Art. L. 321-3 *(Rempl. L. n° 2018-778, 10 sept. 2018).* – **Le titulaire du document de circulation pour étranger mineur prévu à l'article L. 321-4 peut être réadmis en France, en dispense de visa, sur présentation de ce titre accompagné d'un document de voyage en cours de validité.**

Le document de circulation pour étranger mineur délivré par le représentant de l'État à Mayotte ne permet la réadmission de son titulaire, en dispense de visa, qu'à Mayotte, sur présentation de ce titre accompagné d'un document de voyage en cours de validité. Le mineur ressortissant d'un pays tiers figurant sur la liste annexée au règlement (CE) n° 539/2001 du Conseil du 15 mars 2001 fixant la liste des pays tiers dont les ressortissants sont soumis à l'obligation de visa pour franchir les frontières extérieures des États membres et la liste de ceux dont les ressortissants sont exemptés de cette obligation qui réside à Mayotte et qui souhaite se rendre dans un autre département doit obtenir un visa. Ce visa est délivré dans les conditions prévues à l'article L. 832-2.

Art. L. 321-4 *(Mod., L. n° 2006-911, 24 juill. 2006 ; L. n° 2016-274, 7 mars 2016 ; L. n° 2018-778, 10 sept. 2018).* – **Un document de circulation pour étranger mineur est délivré de plein droit à l'étranger mineur résidant en France :**

1° Dont au moins l'un des parents est titulaire d'une carte de séjour temporaire, d'une carte de séjour pluriannuelle ou d'une carte de résident ou, à Mayotte, à l'étranger mineur né sur le territoire français dont au moins l'un des parents est titulaire d'une carte de séjour temporaire, d'une carte de séjour pluriannuelle ou d'une carte de résident ;

2° Qui est l'enfant étranger d'un ressortissant français ou un descendant direct d'un ressortissant d'un État membre de l'Union européenne, d'un autre État partie à l'accord sur l'Espace économique européen ou de la Confédération suisse satisfaisant aux conditions énoncées aux 1° ou 2° de l'article L. 121-1 ou qui est l'enfant à charge d'un ressortissant d'un de ces mêmes États satisfaisant aux conditions énoncées au 3° du même article L. 121-1 ;

3° Qui est un descendant direct à charge du conjoint d'un ressortissant d'un État membre de l'Union européenne, d'un autre État partie à l'accord sur l'Espace économique européen ou de la Confédération suisse satisfaisant aux conditions énoncées aux 1° ou 2° dudit article L. 121-1 ;

4° Dont au moins l'un des parents a acquis la nationalité française ;

5° Qui relève, en dehors de la condition de majorité, des prévisions du 2° *bis* de l'article L. 313-11 ;

6° Qui s'est vu reconnaître la qualité de réfugié ou s'est vu accorder le bénéfice de la protection subsidiaire ;

7° Qui est entré en France sous couvert d'un visa d'une durée supérieure à trois mois en qualité d'enfant de Français ou d'adopté ;

8° Qui est entré en France avant l'âge de treize ans sous couvert d'un visa d'une durée supérieure à trois mois délivré en qualité de visiteur et qui justifie avoir résidé habituellement en France depuis ;

9° Qui, né à l'étranger, est entré à Mayotte, hors regroupement familial, avant l'âge de treize ans sous couvert des documents et visas exigés par les conventions internationales et les règlements en vigueur et dont au moins l'un des parents est titulaire d'une carte de séjour temporaire, d'une carte de séjour pluriannuelle ou d'une carte de résident.

Le document de circulation pour étranger mineur est délivré dans des conditions fixées par décret.

CHAPITRE II. – EXERCICE D'UNE ACTIVITÉ PROFESSIONNELLE

Section I. – Activité professionnelle salariée

Art. L. 322-1 *(Rempl., L. n° 2011-525, 17 mai 2011).* – **Pour exercer en France une activité professionnelle salariée, les étrangers doivent se conformer aux articles L. 1261-1, L. 5221-1 à L. 5221-3, L. 5221-5, L. 5221-7, L. 5523-1 à L. 5523-3 et L. 8323-2 du Code du travail ainsi qu'aux articles L. 311-13 et L. 311-14 du présent code.**

Code du travail

Art. L. 1261-1. – Les dispositions du présent titre sont applicables sous réserve, le cas échéant, de celles des traités, conventions ou accords régulièrement ratifiés ou approuvés et publiés, et notamment des traités instituant les communautés européennes ainsi que de celles des actes des autorités de ces communautés pris pour l'application de ces traités.

....

Art. L. 5221-1. – Les dispositions du présent titre sont applicables, sous réserve de celles des traités, conventions ou accords régulièrement ratifiés ou approuvés et publiés, et notamment des traités instituant les communautés européennes ainsi que de celles des actes des autorités de ces communautés pris pour l'application de ces traités.

Art. L. 5221-2. – Pour entrer en France en vue d'y exercer une profession salariée, l'étranger présente :

1° Les documents et visas exigés par les conventions internationales et les règlements en vigueur ;

2° Un contrat de travail visé par l'autorité administrative ou une autorisation de travail.

Art. L. 5221-2-1 *(L. n° 2016-274, 7 mars 2016 ; rempl., L. n° 2019-774, 24 juill. 2019)*. – Par dérogation à l'article L. 5221-2, n'est pas soumis à la condition prévue au 2° du même article L. 5221-2 :

1° L'étranger qui entre en France afin d'y exercer une activité salariée pour une durée inférieure ou égale à trois mois dans un domaine figurant sur une liste fixée par décret ;

2° Le praticien étranger titulaire d'un diplôme, d'un certificat ou d'un autre titre permettant l'exercice dans le pays d'obtention de ce diplôme, de ce certificat ou de ce titre, sur présentation de la décision d'affectation du ministre chargé de la santé dans un établissement de santé, prévue aux articles L. 4111-2 et L. 4221-12 du Code de la santé publique, ainsi que, à titre transitoire, les médecins, chirurgiens-dentistes, sages-femmes et pharmaciens mentionnés à l'article 83 de la loi n° 2006-1640 du 21 décembre 2006 de financement de la sécurité sociale pour 2007, sur présentation de la décision du ministre chargé de la santé d'affectation dans un établissement de santé prévue au même article 83.

Art. L. 5221-3. – L'étranger qui souhaite entrer en France en vue d'y exercer une profession salariée et qui manifeste la volonté de s'y installer durablement atteste d'une connaissance suffisante de la langue française sanctionnée par une validation des acquis de l'expérience ou s'engage à l'acquérir après son installation en France.

Art. L. 5221-4. – Sous réserve des accords internationaux, il est interdit à une entreprise de travail temporaire de mettre à la disposition de quelque personne que ce soit des travailleurs étrangers si la prestation de service s'effectue hors du territoire français.

Art. L. 5221-5 *(Mod., L. n° 2018-778, 10 sept. 2018)*. – Un étranger autorisé à séjourner en France ne peut exercer une activité professionnelle salariée en France sans avoir obtenu au préalable l'autorisation de travail mentionnée au 2° de l'article L. 5221-2.

L'autorisation de travail est accordée de droit à l'étranger autorisé à séjourner en France pour la conclusion d'un contrat d'apprentissage ou de professionnalisation à durée déterminée. Cette autorisation est accordée de droit aux mineurs isolés étrangers pris en charge par l'aide sociale à l'enfance, sous réserve de la présentation d'un contrat d'apprentissage ou de professionnalisation.

L'autorisation de travail peut être retirée si l'étranger ne s'est pas fait délivrer un certificat médical dans les trois mois suivant la délivrance de cette autorisation.

....

Art. L. 5221-7. – L'autorisation de travail peut être limitée à certaines activités professionnelles ou zones géographiques.

L'autorisation délivrée en France métropolitaine ne confère de droits qu'en France métropolitaine.

Pour l'instruction de la demande d'autorisation de travail, l'autorité administrative peut échanger tous renseignements et documents relatifs à cette demande avec les organismes concourant au service public de l'emploi mentionnés à l'article L. 5311-2, avec les organismes gérant un régime de protection sociale, avec l'établissement mentionné à l'article L. 767-1 du Code de la sécurité sociale ainsi qu'avec les caisses de congés payés prévues à l'article L. 3141-30.

....

Art. L. 5221-10 *(Abr., L. fin. n° 2008-1425, 27 déc. 2008).*

Art. L. 5221-11. – Un décret en Conseil d'État détermine les modalités d'application des articles L. 5221-3 et L. 5221-5 à L. 5221-8.

....

Art. L. 5523-1 *(Mod., Ord. n° 2017-1491, 25 oct. 2017)*. – À l'exception des dispositions du deuxième alinéa de l'article L. 5221-7, les dispositions du titre II du livre II relatives aux travailleurs étrangers sont applicables en Guadeloupe, en Guyane, en Martinique, à Mayotte, à La Réunion.

Art. L. 5523-2 *(L. n° 2016-274, 7 mars 2016)*. **–** L'autorisation de travail accordée à l'étranger est limitée au département ou à la collectivité dans lequel elle a été délivrée lorsqu'il s'agit :

1° De la carte de séjour temporaire portant la mention « vie privée et familiale » prévue aux articles L. 313-11 à L. 313-13 du Code de l'entrée et du séjour des étrangers et du droit d'asile ;

2° De la carte de séjour temporaire portant la mention « stagiaire ICT (famille) » et « stagiaire mobile ICT (famille) », délivrées en application de l'article L. 313-7-2 du même code ;

3° De la carte de séjour pluriannuelle prévue à l'article L. 313-21 dudit code ;

4° De la carte de séjour pluriannuelle portant la mention « salarié détaché ICT (famille) » et « salarié détaché mobile ICT (famille) », délivrées en application de l'article L. 313-24 du même code ;

5° De la carte de résident prévue aux articles L. 314-1 à L. 314-13 du même code.

Art. L. 5523-3 *(Mod., Ord. n° 2017-1491, 25 oct. 2017)*. **–** Un décret prévoit les conditions dans lesquelles les taux prévus aux articles L. 5212-2 et L. 5212-7 sont atteints à Mayotte.

Le taux fixé de manière transitoire pour l'application à Mayotte de l'article L. 5212-2 ne peut être inférieur à 2 %.

....

Art. L. 8323-2. – Nul ne peut, directement ou par personne interposée, engager, conserver à son service ou employer pour quelque durée que ce soit un étranger non muni du titre l'autorisant à exercer une activité salariée à Saint-Pierre-et-Miquelon.

Les conditions de délivrance de l'autorisation de travail sont déterminées par voie réglementaire.

Voir : C. trav., art. L. 8251-1 et s., p. 1563, ss C. étrangers, art. L. 626-1, p. 1562.

Section II. – Autres activités professionnelles

Art. L. 322-2. – Des décrets en Conseil d'État peuvent soumettre à autorisation l'exercice par les étrangers de certaines activités professionnelles non salariées.

Art. L. 322-3 ***(Abr., L. n° 2007-1631, 20 nov. 2007).***

TITRE III. – L'AIDE AU RETOUR VOLONTAIRE

CHAPITRE UNIQUE

Art. L. 331-1 ***(Abr., L. fin. n° 2019-1479, 28 déc. 2019).***

Art. L. 331-2 ***(Ord. n° 2014-464, 7 mai 2014 ; abr., L. fin. n° 2019-1479, 28 déc. 2019).***

LIVRE QUATRIÈME. – LE REGROUPEMENT FAMILIAL

TITRE PREMIER. – CONDITIONS DU REGROUPEMENT FAMILIAL

CHAPITRE UNIQUE

Art. L. 411-1 ***(Mod., L. n° 2006-911, 24 juill. 2006).*** **– Le ressortissant étranger qui séjourne régulièrement en France depuis au moins dix-huit mois, sous couvert d'un des titres d'une durée de validité d'au moins un an prévus par le présent code ou par des conventions internationales, peut demander à bénéficier de son droit à être rejoint, au titre du regroupement familial, par son conjoint, si ce dernier est âgé d'au moins dix-huit ans, et les enfants du couple mineurs de dix-huit ans.**

Voir : D. n° 2006-1561, 8 déc. 2006 relatif au regroupement familial des étrangers et modifiant le Code de l'entrée et du séjour des étrangers et du droit d'asile.

Art. L. 411-2. – Le regroupement familial peut également être sollicité pour les enfants mineurs de dix-huit ans du demandeur et ceux de son conjoint dont, au jour de la demande, la filiation n'est établie qu'à l'égard du demandeur ou de son conjoint ou dont l'autre parent est décédé ou déchu de ses droits parentaux.

Art. L. 411-3. – Le regroupement familial peut être demandé pour les enfants mineurs de dix-huit ans du demandeur et ceux de son conjoint, qui sont confiés, selon le cas, à l'un ou l'autre, au titre de l'exercice de l'autorité parentale, en vertu d'une décision d'une juridiction étrangère. Une copie de cette décision devra être produite ainsi que l'autorisation de l'autre parent de laisser le mineur venir en France.

Art. L. 411-4. – L'enfant pouvant bénéficier du regroupement familial est celui qui répond à la définition donnée au dernier alinéa de l'article L. 314-11.

Le regroupement familial est sollicité pour l'ensemble des personnes désignées aux articles L. 411-1 à L. 411-3. Un regroupement partiel peut être autorisé pour des motifs tenant à l'intérêt des enfants.

Art. L. 411-5 *(Mod., L. n° 2007-1631, 20 nov. 2007 ; L. n° 2016-274, 7 mars 2016 ; L. n° 2016-1917, 29 déc. 2016).* – Le regroupement familial ne peut être refusé que pour l'un des motifs suivants :

1° Le demandeur ne justifie pas de ressources stables et suffisantes pour subvenir aux besoins de sa famille. Sont prises en compte toutes les ressources du demandeur et de son conjoint indépendamment des prestations familiales, de l'allocation équivalent retraite et des allocations prévues à l'article L. 262-1 du Code de l'action sociale et des familles, à l'article L. 815-1 du Code de la sécurité sociale et aux articles L. 5423-1 et L. 5423-2 du Code du travail. Les ressources doivent atteindre un montant qui tient compte de la taille de la famille du demandeur. Le décret en Conseil d'État prévu à l'article L. 441-1 fixe ce montant qui doit être au moins égal au salaire minimum de croissance mensuel et au plus égal à ce salaire majoré d'un cinquième. Ces dispositions ne sont pas applicables lorsque la personne qui demande le regroupement familial est titulaire de l'allocation aux adulteshandicapés mentionnée aux articles L. 821-1 ou L. 821-2 du Code de la sécurité sociale ou de l'allocation supplémentaire mentionnée à l'article L. 815-24 du même code ou lorsqu'une personne âgée de plus de soixante-cinq ans et résidant régulièrement en France depuis au moins vingt-cinq ans demande le regroupement familial pour son conjoint et justifie d'une durée de mariage d'au moins dix ans ;

2° Le demandeur ne dispose pas ou ne disposera pas à la date d'arrivée de sa famille en France d'un logement considéré comme normal pour une famille comparable vivant dans la même région géographique ;

3° Le demandeur ne se conforme pas aux principes essentiels qui, conformément aux lois de la République, régissent la vie familiale en France, pays d'accueil.

Art. L. 411-6. – Peut être exclu du regroupement familial :

1° Un membre de la famille dont la présence en France constituerait une menace pour l'ordre public ;

2° Un membre de la famille atteint d'une maladie inscrite au règlement sanitaire international ;

3° Un membre de la famille résidant en France.

Art. L. 411-7. – Lorsqu'un étranger polygame réside en France avec un premier conjoint, le bénéfice du regroupement familial ne peut être accordé à un autre conjoint. Sauf si cet autre conjoint est décédé ou déchu de ses droits parentaux, ses enfants ne bénéficient pas non plus du regroupement familial.

Le titre de séjour sollicité ou obtenu par un autre conjoint est, selon le cas, refusé ou retiré. Le titre de séjour du ressortissant étranger polygame qui a fait venir auprès de lui plus d'un conjoint, ou des enfants autres que ceux du premier conjoint ou d'un autre conjoint décédé ou déchu de ses droits parentaux, lui est retiré.

Art. L. 411-8 *(Abr., L. n° 2016-274, 7 mars 2016).*

TITRE II. – INSTRUCTION DES DEMANDES

CHAPITRE UNIQUE

Art. L. 421-1. – L'autorisation d'entrer en France dans le cadre de la procédure du regroupement familial est donnée par l'autorité administrative compétente après vérification des conditions de logement et de ressources par le maire de la commune de résidence de l'étranger ou le maire de la commune où il envisage de s'établir. Le maire, saisi par l'autorité administrative, peut émettre un avis sur la condition mentionnée au 3° de l'article L. 411-5. Cet avis est réputé rendu à l'expiration d'un délai de deux mois à compter de la communication du dossier par l'autorité administrative.

Art. L. 421-2 *(Mod., D. n° 2009-331, 25 mars 2009).* – Pour procéder à la vérification des conditions de logement et de ressources, le maire examine les pièces justificatives requises dont la liste est déterminée par décret. Des agents spécialement habilités des services de la commune chargés des affaires sociales ou du logement, ou, à la demande du maire, des agents de l'Office français de l'immigration et de l'intégration peuvent pénétrer dans le logement. Ils doivent s'assurer au préalable du consentement écrit de son occupant. En cas de refus de l'occupant, les conditions de logement permettant le regroupement familial sont réputées non remplies. Lorsque ces vérifications n'ont pas pu être effectuées parce que le demandeur ne disposait pas encore du logement nécessaire au moment de la demande, le regroupement familial peut être autorisé si les autres conditions sont remplies et après que le maire a vérifié sur pièces les caractéristiques du logement et la date à laquelle le demandeur en aura la disposition.

Art. L. 421-3 *(Mod., D. n° 2009-331, 25 mars 2009).* – À l'issue de l'instruction, le maire émet un avis motivé. Cet avis est réputé favorable à l'expiration d'un délai de deux mois à compter de la communication du dossier par l'autorité administrative. Le dossier est transmis à l'Office français de l'immigration et de l'intégration qui peut demander à ses agents de procéder, s'ils ne l'ont déjà fait, à des vérifications sur place dans les conditions prévues à l'article L. 421-2.

Art. L. 421-4. – L'autorité administrative statue sur la demande dans un délai de six mois à compter du dépôt par l'étranger du dossier complet de cette demande. Il informe le maire de la décision rendue.

La décision autorisant l'entrée en France des membres de la famille est caduque si le regroupement n'est pas intervenu dans un délai fixé par voie réglementaire.

TITRE III. – DÉLIVRANCE DES TITRES DE SÉJOUR

CHAPITRE UNIQUE

Art. L. 431-1. – Les membres de la famille entrés en France régulièrement au titre du regroupement familial reçoivent de plein droit une carte de séjour temporaire, dès qu'ils sont astreints à la détention d'un titre de séjour.

Le titre de séjour délivré à la personne autorisée à séjourner au titre du regroupement familial confère à son titulaire, dès la délivrance de ce titre, le droit d'exercer toute activité professionnelle de son choix dans le cadre de la législation en vigueur.

Art. L. 431-2 *(L. n° 2006-911, 24 juill. 2006 ; mod., L. n° 2007-1631, 20 nov. 2007 ; L. n° 2011-672, 16 juin 2011 ; L. n° 2014-873, 4 août 2014 ; L. n° 2016-274, 7 mars 2016 ; L. n° 2018-778, 10 sept. 2018).* – En cas de rupture de la vie commune ne résultant pas du décès de l'un des conjoints, le titre de séjour qui a été remis au conjoint d'un étranger peut, pendant les trois années suivant l'autorisation de séjourner en France au titre du regroupement familial, faire l'objet d'un retrait ou d'un refus de renouvellement.

Lorsque la rupture de la vie commune est antérieure à la demande de titre, l'autorité administrative refuse de l'accorder.

Les dispositions du premier alinéa ne s'appliquent pas si un ou plusieurs enfants sont nés de cette union, lorsque l'étranger est titulaire de la carte de résident et qu'il établit contribuer effectivement, depuis la naissance, à l'entretien et à l'éducation du ou des enfants dans les conditions prévues à l'article 371-2 du Code civil.

En outre, lorsque l'étranger a subi des violences familiales ou conjugales et que la communauté de vie a été rompue, l'autorité administrative ne peut procéder au retrait du titre de séjour de l'étranger admis au séjour au titre du regroupement familial et en accorde le renouvellement. En cas de violence commise après l'arrivée en France du conjoint mais avant la première délivrance de la carte de séjour temporaire, le conjoint se voit délivrer, sauf si sa présence constitue une menace pour l'ordre public, une carte de séjour temporaire portant la mention « vie privée et familiale ».

Art. L. 431-3. – Le titre de séjour d'un étranger qui n'entre pas dans les catégories mentionnées aux articles L. 521-2, L. 521-3 et L. 521-4 peut faire l'objet d'un retrait lorsque son titulaire a fait venir son conjoint ou ses enfants en dehors de la procédure du regroupement familial. La décision de retrait du titre de séjour est prise après avis de la commission du titre de séjour mentionnée à l'article L. 312-1.

TITRE IV. – DISPOSITIONS COMMUNES

CHAPITRE UNIQUE

Art. L. 441-1. – **Un décret en Conseil d'État fixe les conditions d'application du présent livre.**

LIVRE CINQUIÈME. – LES MESURES D'ÉLOIGNEMENT

TITRE PREMIER. – L'OBLIGATION DE QUITTER LE TERRITOIRE FRANÇAIS, L'INTERDICTION DE RETOUR SUR LE TERRITOIRE FRANÇAIS ET L'INTERDICTION DE CIRCULATION SUR LE TERRITOIRE FRANÇAIS

CHAPITRE I. – CAS DANS LESQUELS UN ÉTRANGER PEUT FAIRE L'OBJET D'UNE OBLIGATION DE QUITTER LE TERRITOIRE FRANÇAIS, D'UNE INTERDICTION DE RETOUR SUR LE TERRITOIRE FRANÇAIS ET D'UNE INTERDICTION DE CIRCULATION SUR LE TERRITOIRE FRANÇAIS

Art. L. 511-1 *(Rempl., L. n° 2011-672, 16 juin 2011 ; L. n° 2015-925, 29 juill. 2015 ; L. n° 2016-274, 7 mars 2016 ; L. n° 2018-778, 10 sept. 2018).* – **I. – L'autorité administrative peut obliger à quitter le territoire français un étranger non ressortissant d'un État membre de l'Union européenne, d'un autre État partie à l'accord sur l'Espace économique européen ou de la Confédération suisse et qui n'est pas membre de la famille d'un tel ressortissant au sens des 4° et 5° de l'article L. 121-1, lorsqu'il se trouve dans l'un des cas suivants :**

1° Si l'étranger ne peut justifier être entré régulièrement sur le territoire français, à moins qu'il ne soit titulaire d'un titre de séjour en cours de validité ;

2° Si l'étranger s'est maintenu sur le territoire français au-delà de la durée de validité de son visa ou, s'il n'est pas soumis à l'obligation du visa, à l'expiration d'un délai de trois mois à compter de son entrée sur le territoire sans être titulaire d'un premier titre de séjour régulièrement délivré ;

3° Si la délivrance ou le renouvellement d'un titre de séjour a été refusé à l'étranger ou si le titre de séjour qui lui avait été délivré lui a été retiré ;

4° Si l'étranger n'a pas demandé le renouvellement de son titre de séjour temporaire ou pluriannuel et s'est maintenu sur le territoire français à l'expiration de ce titre ;

5° Si le récépissé de la demande de carte de séjour ou l'autorisation provisoire de séjour qui avait été délivré à l'étranger lui a été retiré ou si le renouvellement de ces documents lui a été refusé ;

6° Si la reconnaissance de la qualité de réfugié ou le bénéfice de la protection subsidiaire a été définitivement refusé à l'étranger ou si l'étranger ne bénéficie plus du droit de se maintenir sur le territoire français en application des articles L. 743-1 et L. 743-2, à moins qu'il ne soit titulaire d'un titre de séjour en cours de validité. Lorsque, dans l'hypothèse mentionnée à l'article L. 311-6, un refus de séjour a été opposé à l'étranger, la mesure peut être prise sur le seul fondement du présent 6° ;

7° Si le comportement de l'étranger qui ne réside pas régulièrement en France depuis plus de trois mois constitue une menace pour l'ordre public ;

8° Si l'étranger qui ne réside pas régulièrement en France depuis plus de trois mois a méconnu l'article L. 5221-5 du Code du travail.

La décision énonçant l'obligation de quitter le territoire français est motivée. Elle n'a pas à faire l'objet d'une motivation distincte de celle de la décision relative au séjour dans les cas prévus aux 3° et 5° du présent I, sans préjudice, le cas échéant, de l'indication des motifs pour lesquels il est fait application des II et III.

Pour satisfaire à l'obligation qui lui a été faite de quitter le territoire français, l'étranger rejoint le pays dont il possède la nationalité ou tout autre pays non membre de l'Union européenne avec lequel ne s'applique pas l'acquis de Schengen où il est légalement admissible. Toutefois, lorsqu'il est accompagné d'un enfant mineur ressortissant d'un autre État membre de l'Union européenne, d'un autre État partie à l'accord sur l'Espace économique européen ou de la Confédération suisse dont il assure seul la garde effective, il ne peut être tenu de rejoindre qu'un pays membre de l'Union européenne ou appliquant l'acquis de Schengen. L'obligation de quitter le territoire français fixe le pays à destination duquel l'étranger est renvoyé en cas d'exécution d'office.

II. – L'étranger auquel il est fait obligation de quitter le territoire français dispose d'un délai de départ volontaire de trente jours à compter de la notification de l'obligation de quitter le territoire français. L'autorité administrative

peut accorder, à titre exceptionnel, un délai de départ volontaire supérieur à trente jours s'il apparaît nécessaire de tenir compte de circonstances propres à chaque cas.

Le délai de départ volontaire accordé à l'étranger peut faire l'objet d'une prolongation par l'autorité administrative pour une durée appropriée s'il apparaît nécessaire de tenir compte de circonstances propres à chaque cas. L'étranger est informé par écrit de cette prolongation.

Toutefois, l'autorité administrative peut, par une décision motivée, décider que l'étranger est obligé de quitter sans délai le territoire français :

1° Si le comportement de l'étranger constitue une menace pour l'ordre public ;

2° Si l'étranger s'est vu refuser la délivrance ou le renouvellement de son titre de séjour, de son récépissé de demande de carte de séjour ou de son autorisation provisoire de séjour au motif que sa demande était ou manifestement infondée ou frauduleuse ;

3° S'il existe un risque que l'étranger se soustraie à cette obligation. Ce risque peut être regardé comme établi, sauf circonstance particulière, dans les cas suivants :

a) Si l'étranger, qui ne peut justifier être entré régulièrement sur le territoire français, n'a pas sollicité la délivrance d'un titre de séjour ;

b) Si l'étranger s'est maintenu sur le territoire français au-delà de la durée de validité de son visa ou, s'il n'est pas soumis à l'obligation du visa, à l'expiration d'un délai de trois mois à compter de son entrée en France, sans avoir sollicité la délivrance d'un titre de séjour ;

c) Si l'étranger s'est maintenu sur le territoire français plus d'un mois après l'expiration de son titre de séjour, de son récépissé de demande de carte de séjour ou de son autorisation provisoire de séjour, sans en avoir demandé le renouvellement ;

d) Si l'étranger s'est soustrait à l'exécution d'une précédente mesure d'éloignement ;

e) Si l'étranger a contrefait, falsifié ou établi sous un autre nom que le sien un titre de séjour ou un document d'identité ou de voyage ou s'il a fait usage d'un tel titre ou document ;

f) Si l'étranger ne présente pas de garanties de représentation suffisantes, notamment parce qu'il ne peut présenter des documents d'identité ou de voyage en cours de validité, qu'il a refusé de communiquer les renseignements permettant d'établir son identité ou sa situation au regard du droit de circulation et de séjour ou a communiqué des renseignements inexacts, qu'il a refusé de se soumettre aux opérations de relevé d'empreintes digitales ou de prise de photographie prévues au deuxième alinéa de l'article L. 611-3, qu'il ne justifie pas d'une résidence effective et permanente dans un local affecté à son habitation principale ou qu'il s'est précédemment soustrait aux obligations prévues aux articles L. 513-4, L. 513-5, L. 552-4, L. 561-1, L. 561-2 et L. 742-2 ;

g) Si l'étranger, entré irrégulièrement sur le territoire de l'un des États avec lesquels s'applique l'acquis de Schengen, fait l'objet d'une décision d'éloignement exécutoire prise par l'un de ces États ou s'est maintenu sur le territoire d'un de ces États sans justifier d'un droit de séjour ;

h) Si l'étranger a explicitement déclaré son intention de ne pas se conformer à son obligation de quitter le territoire français. » ;

L'autorité administrative peut faire application du troisième alinéa du présent II lorsque le motif apparaît au cours du délai accordé en application du premier alinéa.

III. – L'autorité administrative, par une décision motivée, assortit l'obligation de quitter le territoire français d'une interdiction de retour sur le territoire français, d'une durée maximale de trois ans à compter de l'exécution de l'obligation de quitter le territoire français, lorsque aucun délai de départ volontaire n'a été accordé à l'étranger.

Des circonstances humanitaires peuvent toutefois justifier que l'autorité administrative ne prononce pas d'interdiction de retour.

Sauf s'il n'a pas satisfait à une précédente obligation de quitter le territoire français ou si son comportement constitue une menace pour l'ordre public, le présent III n'est pas applicable à l'étranger obligé de quitter le territoire français au motif que le titre de séjour qui lui avait été délivré en application de l'article L. 316-1 n'a pas été renouvelé ou a été retiré ou que, titulaire d'un titre de séjour délivré sur le même fondement dans un autre État membre de l'Union européenne, il n'a pas rejoint le territoire de cet État à l'expiration de son droit de circulation sur le territoire français dans le délai qui lui a, le cas échéant, été imparti pour le faire.

Lorsqu'elle ne se trouve pas en présence du cas prévu au premier alinéa du présent III, l'autorité administrative peut, par une décision motivée, assortir l'obligation de quitter le territoire français d'une interdiction de retour sur le territoire français d'une durée maximale de deux ans à compter de l'exécution de l'obligation de quitter le territoire français.

L'étranger à l'encontre duquel a été prise une interdiction de retour est informé qu'il fait l'objet d'un signalement aux fins de non-admission dans le système d'information Schengen, conformément à l'article 24 du règlement (CE) n° 1987/2006 du Parlement européen et du Conseil du 20 décembre 2006 sur l'établissement, le fonctionnement et l'utilisation du système d'information Schengen de deuxième génération (SIS II). Les modalités de suppression du signalement de l'étranger en cas d'annulation ou d'abrogation de l'interdiction de retour sont fixées par voie réglementaire.

Lorsque l'étranger ne faisant pas l'objet d'une interdiction de retour s'est maintenu irrégulièrement sur le territoire au-delà du délai de départ volontaire, l'autorité administrative prononce une interdiction de retour pour une durée maximale de deux ans à compter de l'exécution de l'obligation de quitter le territoire français. Des circonstances humanitaires peuvent toutefois justifier que l'autorité administrative ne prononce pas d'interdiction de retour.

Lorsque l'étranger faisant l'objet d'une interdiction de retour s'est maintenu irrégulièrement sur le territoire au-delà du délai de départ volontaire ou alors qu'il était obligé de quitter sans délai le territoire français ou, ayant déféré à l'obligation de quitter le territoire français, y est revenu alors que l'interdiction de retour poursuit ses effets, l'autorité administrative peut prolonger cette mesure pour une durée maximale de deux ans.

La durée de l'interdiction de retour mentionnée aux premier, sixième et septième alinéas du présent III ainsi que le prononcé et la durée de l'interdiction de retour mentionnée au quatrième alinéa sont décidés par l'autorité administrative en tenant compte de la durée de présence de l'étranger sur le territoire français, de la nature et de l'ancienneté de ses liens avec la France, de la circonstance qu'il a déjà fait l'objet ou non d'une mesure d'éloignement et de la menace pour l'ordre public que représente sa présence sur le territoire français.

Sauf menace grave pour l'ordre public, la durée totale de l'interdiction de retour ne peut excéder cinq ans, compte tenu des prolongations éventuellement décidées.

L'autorité administrative peut à tout moment abroger l'interdiction de retour. Lorsque l'étranger sollicite l'abrogation de l'interdiction de retour, sa demande n'est recevable que s'il justifie résider hors de France. Cette condition ne s'applique pas :

1° Pendant le temps où l'étranger purge en France une peine d'emprisonnement ferme ;

2° Lorsque l'étranger fait l'objet d'une mesure d'assignation à résidence prise en application des articles L. 561-1 ou L. 561-2.

Lorsqu'un étranger faisant l'objet d'une obligation de quitter le territoire français avec délai de départ volontaire assortie d'une interdiction de retour justifie avoir satisfait à cette obligation dans le délai imparti, au plus tard deux mois suivant l'expiration de ce délai de départ volontaire, l'interdiction de retour est abrogée. Toutefois, par décision motivée, l'autorité administrative peut refuser cette abrogation au regard de circonstances particulières tenant à la situation et au comportement de l'intéressé.

Les modalités de constat de la date d'exécution de l'obligation de quitter le territoire français de l'étranger faisant l'objet d'une interdiction de retour sont déterminées par voie réglementaire.

1) Réfugié. Il résulte des articles 33 de la convention de Genève du 28 juillet 1951, L. 721-2 et L. 511-1 du Code de l'entrée et du séjour des étrangers et du droit d'asile que l'étranger ayant obtenu la qualité de réfugié ne peut faire l'objet d'une obligation de quitter le territoire français (▪ Cass. crim., 11 mars 2020, n° 19-81.541 : *JurisData* n° 2020-003213 ; *Dr. Pén.* 2020, comm. 97, obs. J.-H. Robert).

2) Résident longue durée. Le ressortissant d'un État tiers, résident longue durée, ne peut faire l'objet d'une décision d'éloignement que s'il représente une menace réelle et suffisamment grave pour l'ordre public ou la sécurité publique, ce qui doit faire l'objet d'une appréciation au cas par cas et ne saurait systématiquement résulter du prononcé d'une condamnation pénale ou d'une peine privative de liberté supérieure à 1 an (▪ CJUE, 7 déc. 2017, aff. C-636/16, *Wilber López Pastuzano*).

3) Court séjour. Le fait d'être soupçonné d'avoir commis une infraction pénale permet d'adopter une décision de retour motivée par la menace pour l'ordre public à l'encontre du ressortissant d'un pays tiers non soumis à l'obligation de visa et présent sur le territoire d'un État membre pour un court séjour (▪ CJUE, 12 déc. 2019, n° C-380/18, *Staatssecretaris van Justitie en Veiligheid c/ E.P.*).

Art. L. 511-2 *(Mod., L. n° 2006-911, 24 juill. 2006 ; L. n° 2011-672, 16 juin 2011)*. – Le 1° du I et le *a* du 3° du II de l'article L. 511-1 sont applicables à l'étranger qui n'est pas ressortissant d'un État membre de l'Union européenne :

1° S'il ne remplit pas les conditions d'entrée prévues à l'article 5 du règlement (CE) n° 562/2006 du Parlement européen et du Conseil, du 15 mars 2006, établissant un Code communautaire relatif au régime de franchissement des frontières par les personnes (Code frontières Schengen) ;

2° Si, en provenance directe du territoire d'un État partie à la convention précitée signée à Schengen le 19 juin 1990, il ne peut justifier être entré sur le territoire métropolitain en se conformant aux stipulations de ses articles 19, paragraphe 1 ou 2,20, paragraphe 1, et 21, paragraphe 1 ou 2, de cette même convention.

Art. L. 511-3 *(Mod., L. n° 2006-911, 24 juill. 2006 ; L. n° 2011-672, 16 juin 2011)*. – Les dispositions du 2° du I et du b du 3° du II de l'article L. 511-1 sont applicables à l'étranger qui n'est pas ressortissant d'un État membre de l'Union européenne si, en provenance directe du territoire d'un des États parties à la convention signée à Schengen le 19 juin 1990, il s'est maintenu sur le territoire métropolitain sans se conformer aux stipulations de l'article 19, paragraphe 1 ou 2, de l'article 20, paragraphe 1, et de l'article 21, paragraphe 1 ou 2, de ladite convention.

Art. L. 511-3-1 *(L. n° 2011-672, 16 juin 2011 ; L. n° 2016-274, 7 mars 2016)*. – L'autorité administrative compétente peut, par décision motivée, obliger un ressortissant d'un État membre de l'Union européenne, d'un autre État partie à l'accord sur l'Espace économique européen ou de la Confédération suisse, ou un membre de sa famille à quitter le territoire français lorsqu'elle constate :

1° Qu'il ne justifie plus d'aucun droit au séjour tel que prévu par les articles L. 121-1, L. 121-3 ou L. 121-4-1 ;

2° Ou que son séjour est constitutif d'un abus de droit. Constitue un abus de droit le fait de renouveler des séjours de moins de trois mois dans le but de se maintenir sur le territoire alors que les conditions requises pour un séjour d'une durée supérieure à trois mois ne sont pas remplies. Constitue également un abus de droit le séjour en France dans le but essentiel de bénéficier du système d'assistance sociale ;

3° Ou que son comportement personnel constitue, du point de vue de l'ordre public ou de la sécurité publique, une menace réelle, actuelle et suffisamment grave à l'encontre d'un intérêt fondamental de la société.

L'autorité administrative compétente tient compte de l'ensemble des circonstances relatives à sa situation, notamment la durée du séjour de l'intéressé en France, son âge, son état de santé, sa situation familiale et économique, son intégration sociale et culturelle en France, et de l'intensité de ses liens avec son pays d'origine.

L'étranger dispose, pour satisfaire à l'obligation qui lui a été faite de quitter le territoire français, d'un délai qui, sauf urgence, ne peut être inférieur à trente jours à compter de sa notification. À titre exceptionnel, l'autorité administrative peut accorder un délai de départ volontaire supérieur à trente jours.

L'obligation de quitter le territoire français fixe le pays à destination duquel il est renvoyé en cas d'exécution d'office.

Les articles L. 512-1 à L. 512-4 sont applicables aux mesures prises en application du présent article.

Art. L. 511-3-2 *(L. n° 2016-274, 7 mars 2016)*. – L'autorité administrative peut, par décision motivée, assortir l'obligation de quitter le territoire français prononcée en application des 2° et 3° de l'article L. 511-3-1 d'une interdiction de circulation sur le territoire français d'une durée maximale de trois ans.

L'autorité administrative peut à tout moment abroger l'interdiction de circulation sur le territoire français. Lorsque l'étranger sollicite l'abrogation de l'interdiction de circulation sur le territoire français, sa demande n'est recevable que s'il justifie résider hors de France depuis un an au moins.

Cette condition ne s'applique pas :

1° Pendant le temps où l'étranger purge en France une peine d'emprisonnement ferme ;

2° Lorsque l'étranger fait l'objet d'une mesure d'assignation à résidence prise en application des articles L. 561-1 ou L. 561-2.

Les quatre derniers alinéas de l'article L. 511-3-1 sont applicables.

Art. L. 511-4 *(Mod., L. n° 2006-911, 24 juill. 2006 ; L. n° 2011-672, 16 juin 2011 ; L. n° 2016-274, 7 mars 2016)*. – Ne peuvent faire l'objet d'une obligation de quitter le territoire français :

1° L'étranger mineur de dix-huit ans ;

2° L'étranger qui justifie par tous moyens résider habituellement en France depuis qu'il a atteint au plus l'âge de treize ans ;

3° *(Abr., L. n° 2006-911, 24 juill. 2006)* ;

4° L'étranger qui réside régulièrement en France depuis plus de dix ans, sauf s'il a été, pendant toute cette période, titulaire d'une carte de séjour temporaire ou pluriannuelle portant la mention « étudiant » ;

5° L'étranger qui réside régulièrement en France depuis plus de vingt ans ;

6° L'étranger ne vivant pas en état de polygamie qui est père ou mère d'un enfant français mineur résidant en France, à condition qu'il établisse contribuer effectivement à l'entretien et à l'éducation de l'enfant dans les conditions prévues par l'article 371-2 du Code civil depuis la naissance de celui-ci ou depuis au moins « deux ans » ;

7° L'étranger marié depuis au moins « trois » ans avec un conjoint de nationalité française, à condition que la communauté de vie n'ait pas cessé « depuis le mariage » et que le conjoint ait conservé la nationalité française ;

8° L'étranger qui réside régulièrement en France depuis plus de dix ans et qui, ne vivant pas en état de polygamie, est marié depuis au moins trois ans avec un ressortissant étranger relevant du 2°, à condition que la communauté de vie n'ait pas cessé depuis le mariage ;

9° L'étranger titulaire d'une rente d'accident du travail ou de maladie professionnelle servie par un organisme français et dont le taux d'incapacité permanente est égal ou supérieur à 20 % ;

10° L'étranger résidant habituellement en France si son état de santé nécessite une prise en charge médicale dont le défaut pourrait avoir pour lui des conséquences d'une exceptionnelle gravité et si, eu égard à l'offre de soins et aux caractéristiques du système de santé du pays de renvoi, il ne pourrait pas y bénéficier effectivement d'un traitement approprié dont l'état de santé nécessite une prise en charge médicale dont le défaut pourrait entraîner pour lui des conséquences d'une exceptionnelle gravité, sous réserve de l'absence d'un traitement approprié dans le pays de renvoi, sauf circonstance humanitaire exceptionnelle appréciée par l'autorité administrative après avis du directeur général de l'agence régionale de santé.

11° Le ressortissant d'un État membre de l'Union européenne, d'un autre État partie à l'accord sur l'Espace économique européen ou de la Confédération suisse, ainsi que les membres de sa famille, qui bénéficient du droit au séjour permanent prévu par l'article L. 122-1.

Art. L. 511-5 *(L. n° 2015-925, 29 juill. 2015)*. – En cas de reconnaissance de la qualité de réfugié ou d'octroi de la protection subsidiaire, l'autorité administrative abroge l'obligation de quitter le territoire français qui, le cas échéant, a été prise. Elle délivre sans délai au réfugié la carte de résident prévue au 8° de l'article L. 314-11 et au bénéficiaire de la protection subsidiaire la carte de séjour temporaire prévue à l'article L. 313-13.

CHAPITRE II. – PROCÉDURE ADMINISTRATIVE ET CONTENTIEUSE

(Rempl., L. n° 2011-672, 16 juin 2011 : en vigueur à compter d'une date fixée par décret en Conseil d'État et au plus tard le 30 septembre 2011)

Art. L. 512-1 *(L. n° 2006-911, 24 juill. 2006 ; mod., L. n° 2007-210, 19 févr. 2007 ; rempl., L. n° 2011-672, 16 juin 2011 ; L. n° 2016-274, 7 mars 2016)*. – I. – L'étranger qui fait l'objet d'une obligation de quitter le territoire français sur le fondement des 3°, 5°, 7° ou 8° du I de l'article L. 511-1 ou sur le fondement de l'article L. 511-3-1 et qui dispose du délai de départ volontaire mentionné au premier alinéa du II de l'article L. 511-1 ou au sixième alinéa de l'article L. 511-3-1 peut, dans le délai de trente jours suivant sa notification, demander au tribunal administratif l'annulation de cette décision, ainsi que l'annulation de la décision relative au séjour, de la décision mentionnant le pays de destination et de la décision d'interdiction de retour sur le territoire français ou d'interdiction de circulation sur le territoire français qui l'accompagnent le cas échéant.

L'étranger peut demander le bénéfice de l'aide juridictionnelle au plus tard lors de l'introduction de sa requête en annulation. Le tribunal administratif statue dans un délai de trois mois à compter de sa saisine.

Toutefois, si l'étranger est placé en rétention en application de l'article L. 551-1 ou assigné à résidence en application de l'article L. 561-2, il est statué selon la procédure et dans le délai prévus au III du présent article.

I *bis*. – L'étranger qui fait l'objet d'une obligation de quitter le territoire français sur le fondement des 1°, 2°, 4° ou 6° du I de l'article L. 511-1 et qui dispose du délai de départ volontaire mentionné au premier alinéa du II du même article L. 511-1 peut, dans un délai de quinze jours à compter de sa notification, demander au président du tribunal administratif l'annulation de cette décision, ainsi que l'annulation de la décision mentionnant le pays de destination et de la décision d'interdiction de retour sur le territoire français qui l'accompagnent le cas échéant.

(Al. créé, L. n° 2018-778, 10 sept. 2018) La même procédure s'applique lorsque l'étranger conteste une obligation de quitter le territoire fondée sur le 6° du I dudit article L. 511-1 et une décision relative au séjour intervenue concomitamment. Dans cette hypothèse, le président du tribunal administratif ou le juge qu'il désigne à cette fin statue par une seule décision sur les deux contestations.

L'étranger qui fait l'objet d'une interdiction de retour prévue au sixième alinéa du III du même article L. 511-1 peut, dans le délai de quinze jours suivant sa notification, demander l'annulation de cette décision.

Le président du tribunal administratif ou le magistrat qu'il désigne à cette fin parmi les membres de sa juridiction ou parmi les magistrats honoraires inscrits sur la liste mentionnée à l'article L. 222-2-1 du Code de justice administrative statue dans un délai de six semaines à compter de sa saisine.

L'étranger peut demander au président du tribunal administratif ou au magistrat désigné à cette fin le concours d'un interprète et la communication du dossier contenant les pièces sur la base desquelles la décision contestée a été prise.

L'audience est publique. Elle se déroule sans conclusions du rapporteur public, en présence de l'intéressé, sauf si celui-ci, dûment convoqué, ne se présente pas. L'étranger est assisté de son conseil s'il en a un. Il peut demander au président du tribunal administratif ou au magistrat désigné à cette fin qu'il lui en soit désigné un d'office.

Toutefois, si l'étranger est placé en rétention en application de l'article L. 551-1 du présent code ou assigné à résidence en application de l'article L. 561-2, il est statué selon la procédure et dans le délai prévus au III du présent article.

II. – L'étranger qui fait l'objet d'une obligation de quitter le territoire sans délai peut, dans les quarante-huit heures suivant sa notification par voie administrative, demander au président du tribunal administratif l'annulation de cette décision, ainsi que l'annulation de la décision relative au séjour, de la décision refusant un délai de départ volontaire, de la décision mentionnant le pays de destination et de la décision d'interdiction de retour sur le territoire français ou d'interdiction de circulation sur le territoire français qui l'accompagnent le cas échéant.

Il est statué sur ce recours selon la procédure et dans les délais prévus, selon les cas, aux I ou I *bis*.

Toutefois, si l'étranger est placé en rétention en application de l'article L. 551-1 ou assigné à résidence en application de l'article L. 561-2, il est statué selon la procédure et dans le délai prévus au III du présent article.

III. – En cas de placement en rétention en application de l'article L. 551-1, l'étranger peut demander au président du tribunal administratif l'annulation de l'obligation de quitter le territoire français, de la décision refusant un délai de départ volontaire, de la décision mentionnant le pays de destination et de la décision d'interdiction de retour sur le territoire français ou d'interdiction de circulation sur le territoire français qui l'accompagnent le cas échéant, dans un délai de quarante-huit heures à compter de leur notification, lorsque ces décisions sont notifiées avec la décision de placement en rétention. La décision de placement en rétention ne peut être contestée que devant le juge des libertés et de la détention, dans un délai de quarante-huit heures à compter de sa notification, suivant la procédure prévue à la section 1 du chapitre II du titre V du présent livre et dans une audience commune aux deux procédures, sur lesquelles le juge statue par ordonnance unique lorsqu'il est également saisi aux fins de prolongation de la rétention en application de l'article L. 552-1. Le juge des libertés et de la détention informe sans délai le tribunal administratif territorialement compétent, par tout moyen, du sens de sa décision. La méconnaissance des dispositions de l'avant-dernière phrase du présent alinéa est sans conséquence sur la régularité et le bien-fondé de procédures ultérieures d'éloignement et de rétention.

L'étranger faisant l'objet d'une décision d'assignation à résidence prise en application de l'article L. 561-2 peut, dans le même délai, demander au président du tribunal administratif l'annulation de cette décision. Les décisions mentionnées au premier alinéa du présent III peuvent être contestées dans le même recours lorsqu'elles sont notifiées avec la décision d'assignation.

Le président du tribunal administratif ou le magistrat qu'il désigne à cette fin parmi les membres de sa juridiction ou les magistrats honoraires inscrits sur la liste mentionnée à l'article L. 222-2-1 du Code de justice administrative statue au plus tard soixante-douze heures à compter de sa saisine. Il peut se transporter au siège de la juridiction judiciaire la plus proche du lieu où se trouve l'étranger si celui-ci est retenu en application de l'article L. 551-1 du présent code. Si une salle d'audience attribuée au ministère de la justice lui permettant de statuer publiquement a été spécialement aménagée à proximité immédiate de ce lieu de rétention, il peut statuer dans cette salle. Sauf si l'étranger, dûment informé dans une langue qu'il comprend, s'y oppose, l'audience peut se tenir dans cette salle et le juge siéger au tribunal dont il est membre, relié à la salle d'audience, en direct, par un moyen de communication audiovisuelle qui garantit la confidentialité de la transmission. La salle d'audience située à proximité du lieu de rétention et celle du tribunal administratif sont ouvertes au public.

Le président du tribunal administratif ou le magistrat qu'il désigne à cette fin parmi les membres de sa juridiction ou les magistrats honoraires inscrits sur la liste mentionnée à l'article L. 222-2-1 du Code de justice administrative statue au plus tard quatre-vingt-seize heures à compter de l'expiration du délai de recours. Il peut se transporter au siège de la juridiction judiciaire la plus proche du lieu où se trouve l'étranger si celui-ci est retenu en application de l'article L. 551-1 du présent code. Si une salle d'audience attribuée au ministère de la justice lui permettant de statuer publiquement a été spécialement aménagée à proximité immédiate de ce lieu de rétention, il peut statuer dans cette salle. [L]'audience peut se tenir dans cette salle et le juge siéger au tribunal dont il est membre, relié à la salle d'audience, en direct, par un moyen de communication audiovisuelle qui garantit la confidentialité de la transmission. La salle d'audience située à proximité du lieu de rétention et celle du tribunal administratif sont ouvertes au public.

L'étranger peut demander au président du tribunal administratif ou au magistrat désigné à cette fin le concours d'un interprète et la communication du dossier contenant les pièces sur la base desquelles la décision contestée a été prise.

L'audience est publique. Elle se déroule sans conclusions du rapporteur public, en présence de l'intéressé, sauf si celui-ci, dûment convoqué, ne se présente pas. L'étranger est assisté de son conseil s'il en a un. Il peut demander au président du tribunal administratif ou au magistrat désigné à cette fin qu'il lui en soit désigné un d'office.

Il est également statué selon la procédure prévue au présent III sur le recours dirigé contre l'obligation de quitter le territoire français par un étranger qui est l'objet en cours d'instance d'une décision de placement en rétention ou d'assignation à résidence en application de l'article L. 561-2. Le délai de soixante-douze heures pour statuer court à compter de la notification par l'administration au tribunal de la décision de placement en rétention ou d'assignation.

Il est également statué selon la procédure prévue au présent III sur le recours dirigé contre l'obligation de quitter le territoire français par un étranger qui est l'objet en cours d'instance d'une décision de placement en rétention ou d'assignation à résidence en application de l'article L. 561-2. Le président du tribunal administratif ou le magistrat désigné à cette fin statue dans un délai de cent quarante-quatre heures à compter de la notification par l'administration au tribunal de la décision de placement en rétention ou d'assignation.

IV. – Lorsque l'étranger est en détention, il est statué sur son recours selon la procédure prévu[e] au III. Dès la notification de l'obligation de quitter le territoire français, l'étranger est informé, dans une langue qu'il comprend, qu'il peut demander l'assistance d'un interprète ainsi que d'un conseil.

IV. – En cas de détention de l'étranger, celui-ci est informé dans une langue qu'il comprend, dès la notification de l'obligation de quitter le territoire français, qu'il peut, avant même l'introduction de sa requête, demander au président du tribunal administratif l'assistance d'un interprète ainsi que d'un conseil.

Lorsqu'il apparaît, en cours d'instance, que l'étranger détenu est susceptible d'être libéré avant que le juge statue, l'autorité administrative en informe le président du tribunal administratif ou le magistrat désigné qui statue sur le recours dirigé contre l'obligation de quitter le territoire français selon la procédure prévue au III et dans un délai de huit jours à compter de l'information du tribunal par l'administration.

1) QPC – Étranger détenu. Le temps global de cinq jours, imparti à l'étranger détenu pour former son recours (48 h) et au juge afin de statuer sur celui-ci (72 h) par l'article L. 512-1 du Code de l'entrée et du séjour des étrangers et du droit d'asile dans sa version antérieure à la loi n° 2018-778 du 10 septembre 2018, qui était applicable quelle qu'ait été la durée de la détention, n'opérait pas une conciliation équilibrée entre le droit au recours juridictionnel effectif et l'objectif poursuivi par le législateur d'éviter le placement de l'étranger en rétention administrative à l'issue de sa détention (■ Cons. const. 1er juin 2018, n° 2018-709 QPC : *JurisData* n° 2018-009264 ;

JO 2 juin 2018, texte n° 88 ; F. Malhière, *Gaz. Pal.* 20 nov. 2018, n° 334v6, p. 36).

2) Le délai de 48 heures imparti à l'étranger ne méconnaîtcependant pas, en lui-même et compte tenu de l'objectif poursuivi par le législateur, le droit à un recours juridictionnel effectif, y compris lorsque l'étranger est détenu, et le délai global de 5 jours incluant le temps laissé au juge pour statuer opère une conciliation équilibrée entre ce droit et les objectifs d'exécution des arrêtés de reconduite à la frontière et de moindre prolongation de la privation ou restriction de liberté (■ Cons. const., 19 oct. 2018, n° 2018-741 QPC : *JurisData* n° 2018-018522 ; *JO* 20 oct. 2018, texte n° 53).

Art. L. 512-1-1 *(Abr., L. n° 2011-672, 16 juin 2011).*

Art. L. 512-2 *(Rempl., L. n° 2011-672, 16 juin 2011).* **– Dès notification de l'obligation de quitter le territoire français, l'étranger auquel aucun délai de départ volontaire n'a été accordé est mis en mesure, dans les meilleurs délais, d'avertir un conseil, son consulat ou une personne de son choix. L'étranger est informé qu'il peut recevoir communication des principaux éléments des décisions qui lui sont notifiées en application de l'article L. 511-1. Ces éléments lui sont alors communiqués dans une langue qu'il comprend ou dont il est raisonnable de supposer qu'il la comprend.**

Art. L. 512-3 *(Mod., L. n° 2006-911, 24 juill. 2006 ; rempl., L. n° 2011-672, 16 juin 2011).* **– Les articles L. 551-1 et L. 561-2 sont applicables à l'étranger faisant l'objet d'une obligation de quitter le territoire français dès l'expiration du délai de départ volontaire qui lui a été accordé ou, si aucun délai n'a été accordé, dès la notification de l'obligation de quitter le territoire français.**

L'obligation de quitter le territoire français ne peut faire l'objet d'une exécution d'office ni avant l'expiration du délai de départ volontaire ou, si aucun délai n'a été accordé, avant l'expiration d'un délai de quarante-huit heures suivant sa notification par voie administrative, ni avant que le tribunal administratif n'ait statué s'il a été saisi. L'étranger en est informé par la notification écrite de l'obligation de quitter le territoire français.

Art. L. 512-4 *(Rempl., L. n° 2011-672, 16 juin 2011 ; L. n° 2016-274, 7 mars 2016).* **– Si l'obligation de quitter le territoire français est annulée, il est immédiatement mis fin aux mesures de surveillance prévues aux articles L. 513-4, L. 551-1, L. 552-4, L. 561-1 et L. 561-2 et l'étranger est muni d'une autorisation provisoire de séjour jusqu'à ce que l'autorité administrative ait à nouveau statué sur son cas.**

Si la décision de ne pas accorder de délai de départ volontaire, ou la décision d'assignation à résidence est annulée, il est immédiatement mis fin aux mesures de surveillance prévues aux articles L. 551-1, L. 552-4, L. 561-1 et L. 561-2 et le président du tribunal administratif ou le magistrat désigné à cette fin rappelle à l'étranger son obligation de quitter le territoire français dans le délai qui lui sera fixé par l'autorité administrative en application du II de l'article L. 511-1 ou du sixième alinéa de l'article L. 511-3-1. Ce délai court à compter de sa notification.

Art. L. 512-5 *(Abr., L. n° 2006-911, 24 juill. 2006 ; rétabli dans la version suivante, L. n° 2011-672, 16 juin 2011 ; mod., Ord. n° 2014-464, 7 mai 2014 ; L. n° 2018-778, 10 sept. 2018).* **– L'étranger qui fait l'objet d'une obligation de quitter le territoire français peut solliciter un dispositif d'aide au retour dans son pays d'origine. Lorsqu'il sollicite une telle aide alors qu'il est placé en rétention, cette circonstance n'est pas à elle seule susceptible de justifier le refus de prolongation du maintien en rétention. À Mayotte, l'étranger ne peut bénéficier d'une aide au retour mais, dans des circonstances exceptionnelles et sous réserve de l'existence d'un projet économique viable, d'une aide à la réinsertion économique, ou, s'il est accompagné d'un ou plusieurs enfants mineurs, de mesures d'accompagnement, dans des conditions définies par arrêté du ministre de l'intérieur et du ministre chargé des outre-mer.**

Art. L. 512-6 *(L. n° 2011-672, 16 juin 2011).* **– L'annulation de la décision relative au séjour emporte abrogation de la décision d'interdiction de retour qui l'accompagne le cas échéant, y compris lorsque le recours dirigé contre celle-ci a été rejeté selon la procédure prévue au III de l'article L. 512-1.**

CHAPITRE III. – EXÉCUTION DES OBLIGATIONS DE QUITTER LE TERRITOIRE FRANÇAIS, DES INTERDICTIONS DE RETOUR SUR LE TERRITOIRE FRANÇAIS ET DES INTERDICTIONS DE CIRCULATION SUR LE TERRITOIRE FRANÇAIS

Art. L. 513-1 *(Rempl., L. n° 2011-672, 16 juin 2011 ; mod., L. n° 2016-274, 7 mars 2016).* **– I. – L'obligation de quitter sans délai le territoire français, qui n'a pas été contestée devant le président du tribunal administratif**

dans le délai prévu au II de l'article L. 512-1 ou qui n'a pas fait l'objet d'une annulation, peut être exécutée d'office.

L'obligation de quitter le territoire français avec un délai de départ volontaire, qui n'a pas été contestée devant le tribunal administratif dans les délais prévus aux I et I *bis* du même article L. 512-1 ou qui n'a pas fait l'objet d'une annulation, peut être exécutée d'office à l'expiration du délai de départ volontaire.

II. – Sous réserve des dispositions de l'article L. 512-3, l'étranger faisant l'objet d'une interdiction de retour ou d'une interdiction de circulation sur le territoire français peut être d'office reconduit à la frontière.

Art. L. 513-2 *(L. n° 2006-911, 24 juill. 2006 ; L. n° 2007-1631, 20 nov. 2007 ; mod., L. n° 2011-672, 16 juin 2011 ; L. n° 2016-274, 7 mars 2016).* – L'étranger qui fait l'objet d'une mesure d'éloignement est éloigné :

1° À destination du pays dont il a la nationalité, sauf si l'Office français de protection des réfugiés et apatrides ou la « Cour nationale du droit d'asile » lui a reconnu le statut de réfugié ou lui a accordé le bénéfice de la protection subsidiaire ou s'il n'a pas encore été statué sur sa demande d'asile ;

2° Ou en application d'un accord ou arrangement de réadmission communautaire ou bilatéral, à destination du pays qui lui a délivré un document de voyage en cours de validité ;

3° Ou avec son accord, à destination d'un autre pays dans lequel il est légalement admissible.

Un étranger ne peut être éloigné à destination d'un pays s'il établit que sa vie ou sa liberté y sont menacées ou qu'il y est exposé à des traitements contraires aux stipulations de l'article 3 de la Convention européenne de sauvegarde des droits de l'homme et des libertés fondamentales du 4 novembre 1950.

Art. L. 513-3 *(Mod., L. n° 2006-911, 24 juill. 2006 ; rempl., L. n° 2011-672, 16 juin 2011 ; L. n° 2016-274, 7 mars 2016).* – La décision fixant le pays de renvoi constitue une décision distincte de la mesure d'éloignement elle-même.

Le recours contentieux contre la décision fixant le pays de renvoi n'est suspensif d'exécution, dans les conditions prévues au second alinéa de l'article L. 512-3, que s'il est présenté en même temps que le recours contre la mesure d'éloignement qu'elle vise à exécuter.

Art. L. 513-4 *(Mod., L. n° 2006-911, 24 juill. 2006 ; rempl., L. n° 2011-672, 16 juin 2011 ; L. n° 2018-778, 10 sept. 2018).* – L'étranger auquel un délai de départ volontaire a été accordé en application du II de l'article L. 511-1 peut, dès la notification de l'obligation de quitter le territoire français, être astreint à se présenter à l'autorité administrative ou aux services de police ou aux unités de gendarmerie pour y indiquer ses diligences dans la préparation de son départ.

Cet étranger peut également être contraint à résider dans le lieu qu'une décision motivée de l'autorité administrative désigne. Cette décision est prise pour une durée qui ne peut se poursuivre au delà de l'expiration du délai de départ volontaire. Le premier alinéa du présent article est applicable. L'autorité administrative peut prescrire à l'étranger la remise de son passeport ou de tout document justificatif de son identité dans les conditions prévues à l'article L. 611-2.

Un décret en Conseil d'État prévoit les modalités d'application du présent article.

Art. L. 513-5 *(L. n° 2016-274, 7 mars 2016 ; L. n° 2018-778, 10 sept. 2018).* – Si l'étranger assigné à résidence en application des articles L. 523-3 à L. 523-5, L. 552-4, L. 561-1 ou L. 561-2 n'a pas déféré, sans motif légitime, à une demande de présentation aux autorités consulaires du pays dont il est raisonnable de penser qu'il a la nationalité, en vue de la délivrance d'un document de voyage, l'autorité administrative peut le faire conduire auprès de ces autorités par les services de police ou les unités de gendarmerie en vue de cette démarche, dans les conditions et pour le temps strictement nécessaires à celle-ci.

En cas d'impossibilité de faire conduire l'étranger auprès des autorités consulaires résultant d'une obstruction volontaire de sa part, l'autorité administrative peut demander au juge des libertés et de la détention de l'autoriser à requérir les services de police ou les unités de gendarmerie pour qu'ils visitent le domicile de l'étranger afin de s'assurer de sa présence et de le conduire auprès des autorités consulaires et, si les conditions en sont remplies, de lui notifier une décision de placement en rétention.

Le juge des libertés et de la détention, saisi par requête, statue dans les vingt-quatre heures. À peine de nullité, sa décision est motivée. Le juge s'assure de l'obstruction volontaire de l'étranger à la demande de présentation aux autorités consulaires, dûment constatée par l'autorité administrative, résultant de la non-présentation, sans motif légitime, aux autorités consulaires en vue de préparer l'exécution d'une décision d'éloignement. La décision mentionne l'adresse des lieux dans lesquels les opérations de visite peuvent être effectuées. L'ordonnance du juge des libertés et de la détention est exécutoire dans les conditions fixées aux troisième à sixième alinéas du II de l'article L. 561-2.

Le présent article est également applicable dans le cas prévu au second alinéa de l'article L. 541-3.

CHAPITRE IV. – DISPOSITIONS PROPRES À LA GUYANE, À LA GUADELOUPE, À MAYOTTE, À SAINT-BARTHÉLEMY ET À SAINT-MARTIN

(Intitulé mod., L. n° 2011-672, 16 juin 2011 ; Ord. n° 2014-464, 7 mai 2014)

Art. L. 514-1 *(Mod., L. n° 2006-911, 24 juill. 2006 ; L. n° 2007-1631, 20 nov. 2007 ; L. n° 2011-672, 16 juin 2011 ; Ord. n° 2014-464, 7 mai 2014 ; L. n° 2016-274, 7 mars 2016 ; L. n° 2018-778, 10 sept. 2018)*. – Pour la mise en œuvre du présent titre, sont applicables en Guyane, en Guadeloupe, à Mayotte, à Saint-Barthélemy et à Saint-Martin les dispositions suivantes :

1° Si l'autorité consulaire le demande, l'obligation de quitter sans délai le territoire français ne peut être mise à exécution avant l'expiration du délai d'un jour franc à compter de la notification de l'arrêté ;

2° Sans préjudice des dispositions de l'alinéa précédent, l'étranger qui a fait l'objet d'une obligation de quitter le territoire français et qui défère cet acte au tribunal administratif peut assortir son recours d'une demande de suspension de son exécution ;

3° L'obligation de quitter le territoire français ne peut faire l'objet d'une exécution d'office, si l'étranger a saisi le tribunal administratif d'une demande sur le fondement de l'article L. 521-2 du Code de justice administrative, avant que le juge des référés ait informé les parties de la tenue ou non d'une audience publique en application du deuxième alinéa de l'article L. 522-1 du même code, ni, si les parties ont été informées d'une telle audience, avant que le juge ait statué sur la demande.

En conséquence, l'article L. 512-1, à l'exception de la deuxième phrase du premier alinéa de son III, ainsi que les articles L. 512-3 et L. 512-4 ne sont pas applicables dans ces collectivités. Toutefois, les deuxième à cinquième phrases du troisième alinéa du III de l'article L. 512-1 sont applicables à la tenue de l'audience prévue au 3° du présent article.

Art. L. 514-2 *(Abr., L. n° 2016-274, 7 mars 2016)*.

TITRE II. – L'EXPULSION

CHAPITRE I. – CAS DANS LESQUELS UN ÉTRANGER PEUT FAIRE L'OBJET D'UNE MESURE D'EXPULSION

Art. L. 521-1. – Sous réserve des dispositions des articles L. 521-2, L. 521-3 et L. 521-4, l'expulsion peut être prononcée si la présence en France d'un étranger constitue une menace grave pour l'ordre public.

Art. L. 521-2 *(Mod., L. n° 2006-911, 24 juill. 2006 ; L. n° 2011-672, 16 juin 2011 ; L. n° 2016-274, 7 mars 2016)*. – Ne peuvent faire l'objet d'une mesure d'expulsion que si cette mesure constitue une nécessité impérieuse pour la sûreté de l'État ou la sécurité publique et sous réserve que les dispositions de l'article L. 521-3 n'y fassent pas obstacle :

1° L'étranger, ne vivant pas en état de polygamie, qui est père ou mère d'un enfant français mineur résidant en France, à condition qu'il établisse contribuer effectivement à l'entretien et à l'éducation de l'enfant dans les conditions prévues par l'article 371-2 du Code civil depuis la naissance de celui-ci ou depuis au moins un an ;

2° L'étranger marié depuis au moins « trois » ans avec un conjoint de nationalité française, à condition que la communauté de vie n'ait pas cessé « depuis le mariage » et que le conjoint ait conservé la nationalité française ;

3° *(Abr., L. n° 2006-911, 24 juill. 2006)* ;

4° L'étranger qui réside régulièrement en France depuis plus de dix ans, sauf s'il a été, pendant toute cette période, titulaire d'une carte de séjour temporaire ou pluriannuelle portant la mention « étudiant » ;

5° L'étranger titulaire d'une rente d'accident du travail ou de maladie professionnelle servie par un organisme français et dont le taux d'incapacité permanente est égal ou supérieur à 20 %.

6° Le ressortissant d'un État membre de l'Union européenne, d'un autre État partie à l'accord sur l'Espace économique européen ou de la Confédération suisse qui séjourne régulièrement en France depuis dix ans.

Par dérogation aux dispositions du présent article, l'étranger visé aux 1° à 5° peut faire l'objet d'un arrêté d'expulsion en application de l'article L. 521-1 s'il a été condamné définitivement à une peine d'emprisonnement ferme au moins égale à cinq ans.

1) **Droit de l'Union européenne.** En vertu de l'article 12 de la directive 2003/109, un résident de longue durée ne peut faire l'objet d'une mesure d'éloignement que s'il représente une menace réelle et suffisamment grave pour l'ordre public ou la sécurité publique, ce que ne suffit pas à établir le fait que l'étranger ait été condamné à une peine privative de liberté supérieure à un an. Quelle soit qualifiée de sanction administrative ou qu'elle résulte d'une condamnation pénale, une telle mesure ne peut être prononcée qu'après avoir pris en considération la situation concrète de la personne (durée de la résidence sur leur territoire, âge de la personne concernée, conséquences pour elle et pour les membres de sa famille, liens avec le pays de résidence et le pays d'origine), et elle ne peut alors résulter automatiquement d'une condamnation pénale. V. ▪ CJUE, 7 déc. 2017, aff. C-636/16, *Wilber López Pastuzano*. V. ég., jugeant qu'avoir des antécédents pénaux (en l'espèce, conduite en état d'ivresse) ne suffit pas à ce que soit automatiquement refusé l'octroi d'un statut de résident de longue durée ▪ CJUE, 3 sept. 2020, aff. C-503/19 et C-592/19, *UQ et SI c/ Subdelegación del Gobierno en Barcelona*.

2) **Période de résidence régulière.** Ne peut être regardé comme une période de résidence régulière au sens de l'article L. 521-2 4° du CESEDA le temps passé sur le territoire en exécution d'une peine sous le régime de la semi-liberté ou toute autre période de détention ou d'exécution de la peine sous un autre régime dès lors que cette peine emporte une obligation de résidence sur le territoire français et ne résulte pas d'un choix délibéré de sa part (▪ CE, 28 févr. 2020, n° 426076 : *Gaz. Pal.* 24 mars 2020, p. 38, obs. N. Finck).

Art. L. 521-3 ***(Mod., L. n° 2006-911, 24 juill. 2006 ; L. n° 2011-672, 16 juin 2011 ; L. n° 2016-274, 7 mars 2016).*** **– Ne peuvent faire l'objet d'une mesure d'expulsion qu'en cas de comportements de nature à porter atteinte aux intérêts fondamentaux de l'État, ou liés à des activités à caractère terroriste, ou constituant des actes de provocation explicite et délibérée à la discrimination, à la haine ou à la violence contre une personne déterminée ou un groupe de personnes :**

1° L'étranger qui justifie par tous moyens résider habituellement en France depuis qu'il a atteint au plus l'âge de treize ans ;

2° L'étranger qui réside régulièrement en France depuis plus de vingt ans ;

3° L'étranger qui réside régulièrement en France depuis plus de dix ans et qui, ne vivant pas en état de polygamie, est marié depuis au moins « quatre » ans soit avec un ressortissant français ayant conservé la nationalité française, soit avec un ressortissant étranger relevant du 1°, à condition que la communauté de vie n'ait pas cessé « depuis le mariage » ;

4° L'étranger qui réside régulièrement en France depuis plus de dix ans et qui, ne vivant pas en état de polygamie, est père ou mère d'un enfant français mineur résidant en France, à condition qu'il établisse contribuer effectivement à l'entretien et à l'éducation de l'enfant dans les conditions prévues par l'article 371-2 du Code civil depuis la naissance de celui-ci ou depuis au moins un an ;

5° L'étranger résidant habituellement en France si son état de santé nécessite une prise en charge médicale dont le défaut pourrait avoir pour lui des conséquences d'une exceptionnelle gravité et si, eu égard à l'offre de soins et aux caractéristiques du système de santé du pays de renvoi, il ne pourrait pas y bénéficier effectivement d'un traitement approprié dont l'état de santé nécessite une prise en charge médicale dont le défaut pourrait entraîner pour lui des conséquences d'une exceptionnelle gravité, sous réserve de l'absence d'un traitement approprié dans le pays de renvoi, sauf circonstance humanitaire exceptionnelle appréciée par l'autorité administrative après avis du directeur général de l'agence régionale de santé.

Les dispositions du présent article ne sont toutefois pas applicables à l'étranger mentionné au 3° ou au 4° ci-dessus lorsque les faits à l'origine de la mesure d'expulsion ont été commis à l'encontre de son conjoint ou de ses enfants « ou de tout enfant sur lequel il exerce l'autorité parentale ».

Les étrangers mentionnés au présent article bénéficient de ses dispositions même s'ils se trouvent dans la situation prévue au dernier alinéa de l'article L. 521-2.

Art. L. 521-4. – L'étranger mineur de dix-huit ans ne peut faire l'objet d'une mesure d'expulsion.

Art. L. 521-5 *(L. n° 2011-672, 16 juin 2011)*. – Les mesures d'expulsion prévues aux articles L. 521-1 à L. 521-3 peuvent être prises à l'encontre des ressortissants d'un État membre de l'Union européenne, d'un autre État partie à l'accord sur l'Espace économique européen ou de la Confédération suisse, ou d'un membre de leur famille, si leur comportement personnel représente une menace réelle, actuelle et suffisamment grave pour un intérêt fondamental de la société.

Pour prendre de telles mesures, l'autorité administrative tient compte de l'ensemble des circonstances relatives à leur situation, notamment la durée de leur séjour sur le territoire national, leur âge, leur état de santé, leur situation familiale et économique, leur intégration sociale et culturelle dans la société française ainsi que l'intensité des liens avec leur pays d'origine.

Instruction

relative à l'éloignement des personnes représentant une menace pour l'ordre public et des sortants de prison

3. – Les procédures d'expulsion pourront être utilisées à l'encontre des ressortissants étrangers, incarcérés ou non, qui représentent une menace grave pour l'ordre et la sécurité publics. Par comparaison avec les autres procédures d'éloignement, l'expulsion constitue la procédure la mieux adaptée s'agissant des ressortissants étrangers qui représentent une menace grave pour l'ordre et la sécurité publics, qu'il s'agisse d'individus liés au terrorisme ou à des courants idéologiques extrémistes, ou impliqués dans des faits de droit commun, qui peuvent également revêtir une particulière gravité.

CHAPITRE II. – PROCÉDURE ADMINISTRATIVE

Art. L. 522-1. – I. – Sauf en cas d'urgence absolue, l'expulsion ne peut être prononcée que dans les conditions suivantes :

1° L'étranger doit être préalablement avisé dans des conditions fixées par décret en Conseil d'État ;

2° L'étranger est convoqué pour être entendu par une commission qui se réunit à la demande de l'autorité administrative et qui est composée :

a) Du président du tribunal judiciaire du chef-lieu du département, ou d'un juge délégué par lui, président ;

b) D'un magistrat désigné par l'assemblée générale du tribunal judiciaire du chef-lieu du département ;

c) D'un conseiller de tribunal administratif.

QPC. Par décision n° 2016-580 QPC du 5 octobre 2016, le Conseil constitutionnel a décidé que les mots : « Sauf en cas d'urgence absolue » figurant au premier alinéa de l'article L. 522-1 sont conformes à la Constitution.

Art. L. 522-2 *(Mod., L. n° 2012-1432, 21 déc. 2012)*. – La convocation prévue au 2° de l'article L. 522-1 doit être remise à l'étranger quinze jours au moins avant la réunion de la commission. Elle précise que l'intéressé a le droit d'être assisté d'un conseil ou de toute personne de son choix et d'être entendu avec un interprète.

L'étranger peut demander le bénéfice de l'aide juridictionnelle dans les conditions prévues par la loi n° 91-647 du 10 juillet 1991 relative à l'aide juridique. Cette faculté est indiquée dans la convocation. L'admission provisoire à l'aide juridictionnelle peut être prononcée par le président de la commission.

Les débats de la commission sont publics. Le président veille à l'ordre de la séance. Tout ce qu'il ordonne pour l'assurer doit être immédiatement exécuté. Devant la commission, l'étranger peut faire valoir toutes les raisons qui militent contre son expulsion. Un procès-verbal enregistrant les explications de l'étranger est transmis, avec l'avis motivé de la commission, à l'autorité administrative compétente pour statuer. L'avis de la commission est également communiqué à l'intéressé.

La commission rend son avis dans le délai d'un mois à compter de la remise à l'étranger de la convocation mentionnée au premier alinéa. Toutefois, lorsque l'étranger demande le renvoi pour un motif légitime, la commission prolonge ce délai, dans la limite d'un mois maximum à compter de la décision accordant ce renvoi. À l'issue du délai d'un mois ou, si la commission l'a prolongé, du délai supplémentaire qu'elle a fixé, les formalités de consultation de la commission sont réputées remplies.

Art. L. 522-3 *(Ord. n° 2014-464, 7 mai 2014)*. – Lorsque la présence simultanée à Mayotte des magistrats membres de la commission prévue à l'article L. 522-1, ou de leurs remplaçants, n'est pas matériellement possible, le ou les magistrats empêchés peuvent assister à l'audition de l'étranger depuis un autre point du territoire de la République, ce dernier se trouvant relié, en direct, par un moyen de communication audiovisuelle, à la salle dans laquelle siège la commission, où doit être présent au moins un magistrat.

Un décret en Conseil d'État détermine les modalités d'application des dispositions de l'alinéa précédent.

CHAPITRE III. – EXÉCUTION DES ARRÊTÉS D'EXPULSION

Art. L. 523-1 *(L. n° 2016-274, 7 mars 2016)*. – L'arrêté prononçant l'expulsion d'un étranger peut être exécuté d'office par l'administration.

Le dernier alinéa de l'article L. 214-4 est applicable.

Art. L. 523-2. – Le pays de renvoi d'un étranger faisant l'objet d'un arrêté d'expulsion est déterminé dans les conditions prévues à l'article L. 513-2.

Art. L. 523-3 *(Mod., L. n° 2011-672, 16 juin 2011)*. – L'étranger qui fait l'objet d'un arrêté d'expulsion et qui justifie être dans l'impossibilité de quitter le territoire français en établissant qu'il ne peut ni regagner son pays d'origine ni se rendre dans aucun autre pays peut faire l'objet d'une mesure d'assignation à résidence dans les conditions prévues à l'article L. 561-1. Les dispositions de l'article L. 624-4 sont applicables.

La même mesure peut, en cas d'urgence absolue et de nécessité impérieuse pour la sûreté de l'État ou la sécurité publique, être appliquée aux étrangers qui font l'objet d'une proposition d'expulsion. Dans ce cas, la mesure ne peut excéder un mois.

Art. L. 523-4 *(Mod., L. n° 2011-672, 16 juin 2011 ; L. n° 2016-274, 7 mars 2016)*. – Peut également faire l'objet d'un arrêté d'assignation à résidence l'étranger qui a fait l'objet d'un arrêté d'expulsion non exécuté si son état de santé nécessite une prise en charge médicale dont le défaut pourrait avoir pour lui des conséquences d'une exceptionnelle gravité et si, eu égard à l'offre de soins et aux caractéristiques du système de santé du pays de renvoi, il ne pourrait pas y bénéficier effectivement d'un traitement approprié lorsque son état de santé nécessite une prise en charge médicale dont le défaut pourrait entraîner pour lui des conséquences d'une exceptionnelle gravité, sous réserve de l'absence d'un traitement approprié dans le pays de renvoi, sauf circonstance humanitaire exceptionnelle appréciée par l'autorité administrative après avis du directeur général de l'agence régionale de santé. Cette mesure est assortie d'une autorisation de travail. Les obligations de présentation aux services de police et aux unités de gendarmerie prévues à l'article L. 561-1 ainsi que les sanctions en cas de non-respect des prescriptions liées à l'assignation à résidence prévues à l'article L. 624-4 sont applicables.

Art. L. 523-5 *(Mod., L. n° 2011-267, 14 mars 2011 ; L. n° 2011-672, 16 juin 2011)*. – Peut également faire l'objet d'un arrêté d'assignation à résidence, à titre probatoire et exceptionnel, l'étranger qui fait l'objet d'une mesure d'expulsion prononcée en application de l'article L. 521-2. Cette mesure est assortie d'une autorisation de travail. Elle peut être abrogée à tout moment en cas de faits nouveaux constitutifs d'un comportement préjudiciable à l'ordre public. Les obligations de présentation aux services de police et aux unités de gendarmerie prévues à l'article L. 561-1 ainsi que les sanctions en cas de manquement aux prescriptions liées à l'assignation à résidence prévues à l'article L. 624-4 sont applicables. La mesure peut être abrogée à tout moment en cas de manquement à ces obligations et prescriptions ou de faits nouveaux constitutifs d'un comportement préjudiciable à l'ordre public.

CHAPITRE IV. – ABROGATION DES ARRÊTÉS D'EXPULSION

Art. L. 524-1. – L'arrêté d'expulsion peut à tout moment être abrogé. Lorsque la demande d'abrogation est présentée à l'expiration d'un délai de cinq ans à compter de l'exécution effective de l'arrêté d'expulsion, elle ne peut être rejetée qu'après avis de la commission prévue à l'article L. 522-1, devant laquelle l'intéressé peut se faire représenter.

Art. L. 524-2. – Sans préjudice des dispositions de l'article L. 524-1, les motifs de l'arrêté d'expulsion donnent lieu à un réexamen tous les cinq ans à compter de la date d'adoption de l'arrêté. L'autorité compétente tient compte de l'évolution de la menace pour l'ordre public que constitue la présence de l'intéressé en France, des changements intervenus dans sa situation personnelle et familiale et des garanties de réinsertion professionnelle ou sociale qu'il présente, en vue de prononcer éventuellement l'abrogation de l'arrêté. L'étranger peut présenter des observations écrites.

À défaut de notification à l'intéressé d'une décision explicite d'abrogation dans un délai de deux mois, ce réexamen est réputé avoir conduit à une décision implicite de ne pas abroger. Cette décision est susceptible de recours. Le réexamen ne donne pas lieu à consultation de la commission prévue à l'article L. 522-1.

Art. L. 524-3. – Il ne peut être fait droit à une demande d'abrogation d'un arrêté d'expulsion présentée plus de deux mois après la notification de cet arrêté que si le ressortissant étranger réside hors de France. Toutefois, cette condition ne s'applique pas :

1° Pour la mise en œuvre de l'article L. 524-2 ;

2° Pendant le temps où le ressortissant étranger subit en France une peine d'emprisonnement ferme ;

3° Lorsque l'étranger fait l'objet d'un arrêté d'assignation à résidence pris en application des articles L. 523-3, L. 523-4 ou L. 523-5.

Art. L. 524-4. – Sauf en cas de menace pour l'ordre public, dûment motivée, les étrangers qui résident hors de France et qui ont obtenu l'abrogation de la mesure d'expulsion dont ils faisaient l'objet bénéficient d'un visa pour rentrer en France, lorsque, à la date de la mesure, ils relevaient, sous les réserves prévues par ces articles, des catégories mentionnées aux 1° à 4° de l'article L. 521-3 et qu'ils entrent dans le champ d'application des 4° ou 6° de l'article L. 313-11 ou dans celui du livre IV.

Lorsqu'ils ont été condamnés en France pour violences ou menaces à l'encontre d'un ascendant, d'un conjoint ou d'un enfant, le droit au visa est subordonné à l'accord des ascendants, du conjoint et des enfants vivant en France.

Les dispositions du présent article ne sont applicables qu'aux étrangers ayant fait l'objet d'une mesure d'expulsion avant l'entrée en vigueur de la loi n° 2003-1119 du 26 novembre 2003 relative à la maîtrise de l'immigration, au séjour des étrangers en France et à la nationalité.

TITRE III. – AUTRES MESURES ADMINISTRATIVES D'ÉLOIGNEMENT

CHAPITRE I. – MESURES PRISES DANS LE CADRE DE L'UNION EUROPÉENNE ET DE LA CONVENTION DE SCHENGEN

Art. L. 531-1 *(Mod., L. n° 2011-672, 16 juin 2011 ; L. n° 2016-274, 7 mars 2016 ; L. n° 2018-778, 10 sept. 2018).* – I. – Par dérogation aux articles L. 213-2 et L. 213-3, L. 511-1 à L. 511-3, L. 512-1, L. 512-3, L. 512-4, L. 513-1 et L. 531-3, l'étranger non ressortissant d'un État membre de l'Union européenne qui a pénétré ou séjourné en France sans se conformer aux dispositions des articles L. 211-1 et L. 311-1 peut être remis aux autorités compétentes de l'État membre qui l'a admis à entrer ou à séjourner sur son territoire, ou dont il provient directement, en application des dispositions des conventions internationales conclues à cet effet avec les États membres de l'Union européenne, en vigueur au 13 janvier 2009.

L'étranger visé au premier alinéa est informé de cette remise par décision écrite et motivée prise par une autorité administrative définie par décret en Conseil d'État.

Cette décision peut être exécutée d'office par l'administration après que l'étranger a été mis en mesure de présenter des observations et d'avertir ou de faire avertir son consulat, un conseil ou toute personne de son choix.

II. – L'autorité administrative peut, par décision motivée, assortir la décision de remise prise en application du premier alinéa du I à l'encontre d'un étranger titulaire d'un titre de séjour dans un autre État membre de l'Union européenne d'une interdiction de circulation sur le territoire français d'une durée maximale de trois ans.

Toutefois, cette interdiction de circulation sur le territoire français n'est applicable à l'étranger détenteur d'une carte de résident portant la mention « résident de longue durée-UE » en cours de validité accordée par un autre État membre ou d'une carte de séjour portant la mention « carte bleue européenne » en cours de validité accordée par un autre État membre de l'Union européenne ou à l'étranger et aux membres de sa famille, admis à séjourner sur le territoire d'un État membre de l'Union européenne et bénéficiant d'un transfert temporaire intragroupe

ANNEXE 4

conformément à la directive 2014/66/UE du Parlement européen et du Conseil du 15 mai 2014 établissant les conditions d'entrée et de séjour des ressortissants de pays tiers dans le cadre d'un transfert temporaire intragroupe que lorsque leur séjour en France constitue un abus de droit ou si leur comportement personnel constitue, du point de vue de l'ordre public ou de la sécurité publique, une menace réelle, actuelle et suffisamment grave à l'encontre d'un intérêt fondamental de la société.

Le prononcé et la durée de l'interdiction de circulation sont décidés par l'autorité administrative en tenant compte de la durée de présence de l'étranger sur le territoire français, de la nature et de l'ancienneté de ses liens avec la France, de la circonstance qu'il a déjà fait l'objet ou non d'une mesure d'éloignement et de la menace pour l'ordre public que représente sa présence sur le territoire français.

L'autorité administrative peut à tout moment abroger l'interdiction de circulation. Lorsque l'étranger sollicite l'abrogation de l'interdiction de circulation, sa demande n'est recevable que s'il justifie résider hors de France depuis au moins un an.

Cette condition ne s'applique pas :

1° Pendant le temps où l'étranger purge en France une peine d'emprisonnement ferme ;

2° Lorsque l'étranger fait l'objet d'une mesure d'assignation à résidence prise en application des articles L. 561-1 ou L. 561-2.

Art. L. 531-2 *(Mod., L. n° 2006-911, 24 juill. 2006 ; L. n° 2016-274, 7 mars 2016 ; L. n° 2018-778, 10 sept. 2018).* – L'article L. 531-1 est applicable à l'étranger qui, en provenance du territoire d'un État partie à la convention signée à Schengen le 19 juin 1990, est entré ou a séjourné sur le territoire métropolitain sans se conformer aux dispositions des articles 19, paragraphe 1 ou 2, 20, paragraphe 1, ou 21, paragraphe 1 ou 2, de cette convention ou sans souscrire, au moment de l'entrée sur ce territoire, la déclaration obligatoire prévue par l'article 22 de la même convention, alors qu'il était astreint à cette formalité.

Il en est de même de l'étranger détenteur d'un titre de résident de longue durée-UE en cours de validité accordé par un autre État membre qui fait l'objet d'une mesure d'éloignement du territoire français. Un décret en Conseil d'État détermine les conditions d'application du présent alinéa.

Il en est également de même de l'étranger détenteur d'une carte de séjour portant la mention « carte bleue européenne » en cours de validité accordée par un autre État membre de l'Union européenne lorsque lui est refusée la délivrance de la carte de séjour prévue au 2° de l'article L. 313-20 ou bien lorsque la carte de séjour portant la mention « carte bleue européenne » dont il bénéficie expire ou lui est retirée durant l'examen de sa demande, ainsi que des membres de sa famille. Un décret en Conseil d'État détermine les conditions d'application du présent alinéa.

Il en est de même de l'étranger et des membres de sa famille, admis à séjourner sur le territoire d'un État membre de l'Union européenne et bénéficiant d'un transfert temporaire intragroupe conformément à la directive 2014/66/UE du Parlement européen et du Conseil du 15 mai 2014 établissant les conditions d'entrée et de séjour des ressortissants de pays tiers dans le cadre d'un transfert temporaire intragroupe, lorsque :

1° Le titre de séjour a expiré ou a été retiré par l'État membre qui l'a délivré, au cours de la période de mobilité ;

2° L'autorité administrative compétente n'a pas reçu la notification de l'intention de cet étranger de travailler dans l'un des établissements de son groupe d'entreprises d'origine implanté sur le territoire français ;

3° L'autorité administrative compétente a fait objection à la mobilité d'une durée inférieure ou égale à quatre-vingt-dix jours de cet étranger ;

4° L'autorité administrative compétente a rejeté une demande de mobilité d'une durée supérieure à quatre-vingt-dix jours de cet étranger ;

5° Les conditions de délivrance du titre de séjour n'ont pas été respectées ;

6° Les conditions auxquelles la mobilité de cet étranger entre deux États membres de l'Union européenne a été autorisée ne sont plus réunies.

Il en est de même de l'étranger étudiant et de l'étranger chercheur ainsi que des membres de la famille de ce dernier, admis au séjour sur le territoire d'un État membre de l'Union européenne et bénéficiant d'une mobilité en France conformément à la directive (UE) 2016/801 du Parlement européen et du Conseil du 11 mai 2016 relative aux conditions d'entrée et de séjour des ressortissants de pays tiers à des fins de recherche, d'études, de formation, de volontariat et de programmes d'échange d'élèves ou de projets éducatifs et de travail au pair, lorsque :

a) Le titre de séjour a expiré ou a été retiré par l'État membre qui l'a délivré, au cours de la période de mobilité ;

b) L'étranger ne remplit pas ou plus les conditions de la mobilité ;

c) L'autorité administrative compétente n'a pas reçu la notification de l'intention de cet étranger d'effectuer une mobilité sur le territoire français ;

d) L'autorité administrative compétente a fait objection à la mobilité de cet étranger.

Art. L. 531-2-1 *(L. n° 2016-274, 7 mars 2016)*. – Pour l'exécution des mesures prévues aux articles L. 531-1 et L. 531-2, les articles L. 513-5 et L. 561-1 sont applicables.

5° Au dernier alinéa de l'article L. 531-3 et à l'article L. 541-3, la référence : « de l'article L. 561-1 » est remplacée par les références : « des articles L. 513-5 et L. 561-1 » ;

6° L'article L. 742-2 est complété par quatre alinéas ainsi rédigés :

Si le demandeur astreint à résider dans les lieux qui lui sont fixés n'a pas déféré, sans motif légitime, aux convocations de l'autorité administrative et aux entretiens prévus dans le cadre de la procédure de détermination de l'État responsable de la demande d'asile, l'autorité administrative peut le faire conduire par les services de police ou les unités de gendarmerie en vue de cette démarche, dans les conditions et pour le temps strictement nécessaires à celle-ci.

En cas d'impossibilité de faire conduire le demandeur résultant d'une obstruction volontaire de sa part, l'autorité administrative peut demander au juge des libertés et de la détention de l'autoriser à requérir les services de police ou les unités de gendarmerie pour qu'ils visitent le domicile du demandeur afin de s'assurer de sa présence, de le conduire pour assurer les présentations nécessaires à la poursuite de la procédure de détermination de l'État responsable de la demande d'asile et, si les conditions en sont remplies, de lui notifier une décision de transfert à destination de l'État responsable de sa demande ainsi que, le cas échéant, une décision d'assignation à résidence en application de l'article L. 561-2 ou une décision de placement en rétention.

Le juge des libertés et de la détention, saisi par requête, statue dans les vingt-quatre heures. À peine de nullité, sa décision est motivée. Le juge s'assure de l'obstruction volontaire du demandeur aux demandes de présentation qui lui sont faites dans le cadre de la procédure de détermination de l'État responsable de la demande d'asile, dûment constatée par l'autorité administrative. La décision mentionne l'adresse des lieux dans lesquels les opérations de visite peuvent être effectuées.

L'ordonnance du juge des libertés et de la détention est exécutoire dans les conditions fixées aux troisième à sixième alinéas du II de l'article L. 561-2.

Les opérations de visite ne peuvent, à peine de nullité, avoir d'autres finalités que celles énumérées au cinquième alinéa du présent article.

Art. L. 531-3 *(Mod., L. n° 2011-672, 16 juin 2011)*. – Lorsqu'un étranger non ressortissant d'un État membre de l'Union européenne a fait l'objet d'un signalement aux fins de non-admission en vertu d'une décision exécutoire prise par l'un des autres États parties à la convention signée à Schengen le 19 juin 1990 et qu'il se trouve irrégulièrement sur le territoire métropolitain, l'autorité administrative peut décider qu'il sera d'office reconduit à la frontière.

Il en est de même lorsqu'un étranger non ressortissant d'un État membre de l'Union européenne, qui se trouve en France, a fait l'objet d'une décision d'éloignement exécutoire prise par l'un des autres États membres de l'Union européenne.

Un décret en Conseil d'État fixe les conditions d'application du précédent alinéa.

Pour l'exécution des mesures prévues au présent article, les dispositions de l'article L. 513-2, du premier alinéa de l'article L. 513-3 et de l'article L. 561-1 sont applicables.

Art. L. 531-4 *(L. n° 2006-911, 24 juill. 2006)*. – Est placée sous l'autorité du ministre de l'Intérieur l'escorte de l'étranger non ressortissant d'un État membre de l'Union européenne ou d'un État partie à la convention signée à Schengen le 19 juin 1990 qui transite par un aéroport métropolitain en vue de son acheminement vers le pays de destination en exécution d'une mesure d'éloignement prise par un des États précités, à l'exception du Danemark, de l'Irlande et du Royaume-Uni.

CHAPITRE II. – DISPOSITIONS PROPRES À LA GUYANE

Art. L. 532-1 *(Mod., L. n° 2006-911, 24 juill. 2006)*. – En Guyane, lorsque l'équipage d'un navire se livrant à des activités de pêche illicite est contraint par l'autorité administrative de se rendre à terre, ses membres

peuvent être éloignés d'office, avec leur accord et aux frais de l'État, à destination du Venezuela, du Brésil, du Surinam ou du Guyana selon qu'ils ont la nationalité de l'un de ces États. L'autorité administrative prend toutes mesures à cette fin dans un délai qui ne peut excéder quarante-huit heures.

CHAPITRE III. – AUTRES CAS DE RECONDUITE

(Abr., L. n° 2016-274, 7 mars 2016)

TITRE IV. – LA PEINE D'INTERDICTION DU TERRITOIRE FRANÇAIS

Art. L. 541-1. – La peine d'interdiction du territoire français susceptible d'être prononcée contre un étranger coupable d'un crime ou d'un délit est régie par les dispositions des articles 131-30, 131-30-1 et 131-30-2 du Code pénal ci-après reproduites :

(V. C. pén., art. 131-10, 131-30-1 et 131-30-2).

Voir : art. 131-30-1, p. 223.

Art. L. 541-2 ***(Mod., L. n° 2011-672, 16 juin 2011).*** **– Il ne peut être fait droit à une demande de relèvement d'une interdiction du territoire que si le ressortissant étranger réside hors de France. Toutefois, cette disposition ne s'applique pas :**

1° Pendant le temps où le ressortissant étranger subit en France une peine d'emprisonnement ferme ;

2° Lorsque l'étranger fait l'objet d'un arrêté d'assignation à résidence pris en application des articles L. 523-3, L. 523-4, L. 523-5 ou L. 561-1.

Voir : C. proc. pén., art. 702-1.

1) Condition de résidence hors de France. Le droit à un recours effectif devant une instance nationale n'est garanti qu'aux personnes qui justifient d'un grief sérieux d'atteinte à un droit reconnu par la Convention européenne des droits de l'homme. Encourt la cassation l'arrêt qui, pour déclarer recevable la requête aux fins de relèvement de la mesure d'interdiction définitive du territoire français, constate que, depuis l'exécution de sa peine privative de liberté, l'intéressé vit et travaille en France depuis 6 ans ; de tels éléments qui découlaient de la situation irrégulière en France du requérant ne constituaient pas un grief sérieux d'atteinte à un droit protégé par l'article 8, paragraphe I, de la Convention (■ Cass. crim., 13 juin 2007 : *Bull. crim.* n° 162).

2) La condition de résidence hors de France, imposée par l'article L. 541-2 du Code de l'entrée et du séjour des étrangers et du droit d'asile pour toute demande de relèvement de la peine complémentaire d'interdiction du territoire, ne peut être contournée par une demande de réhabilitation (■ Cass. crim., 14 déc. 2016, n° 14-83.400 : *JurisData* n° 2016-026848).

3) Exceptions à la condition de résidence hors de France. Les conditions de recevabilité de la demande en relèvement doivent être réunies depuis le moment de dépôt de la requête jusqu'à celui où elle est examinée par la juridiction saisie ; ne peut alors bénéficier de l'exception à la condition de résidence en France l'étranger détenu au moment de l'examen de sa demande mais qui résidait, libre, sur le territoire français au moment de l'introduction de celle-ci (■ Cass. crim., 21 janv. 2020, n° 19-83.852 : *JurisData* n° 2020-000645).

4) Proportionnalité. Encourt la cassation, sur le fondement de l'article 8 de la Convention européenne des droits de l'homme, l'arrêt qui rejette unerequête en relèvement de l'interdiction définitive du territoire français par des motifs qui méconnaissent le principe de proportionnalité destiné à assurer un juste équilibre entre, d'une part, le droit au respect de la vie privée et familiale et, d'autre part, les impératifs de la défense de l'ordre public, de la prévention des infractions pénales et de la protection de la santé publique (■ Cass. crim., 3 juin 2015, n° 14-86.507).

Circulaire de la direction des affaires criminelles et des grâces

« Politique pénale relative au prononcé et au relèvement des peines d'interdiction du territoire »

Il convient de rappeler que seules les interdictions du territoire français prononcées à titre de peine complémentaire peuvent faire l'objet d'une requête en relèvement, ce qui doit par ailleurs inviter les parquets à bien mesurer sur ce point la sévérité d'une interdiction du territoire requise à titre de peine principale. (...) Enfin, la cohérence de l'action des autorités publiques doit conduire les procureurs de la

République à se rapprocher de l'autorité administrative afin de dresser localement un état des lieux précis sur l'exécution des peines complémentaires d'interdiction du territoire français et sur le bilan des relations entre les parquets, les services de l'administration pénitentiaire et les services des étrangers des préfectures afin notamment de développer des critères communs d'appréciation pour définir les cas pouvant justifier la prise d'un arrêté d'assignation à résidence facilitant la recevabilité des requêtes en relèvement.

1) QPC – Réhabilitation. La différence de situations entre la personne condamnée à une peine d'interdiction du territoire à titre principal ou à titre de peine complémentaire ne méconnait pas le principe d'égalité dès lors que la différence de traitement est en rapport avec l'objet de la loi qui l'établit. N'est par ailleurs pas manifestement contraire au principe de proportionnalité des peines le fait qu'une personne condamnée à titre principal à une peine autre que l'emprisonnement ou l'amende, sans limite de durée et imprescriptible, ait pour conséquence qu'elle ne puisse former aucune demande de réhabilitation judiciaire ni de relèvement de la peine d'interdiction du territoire, ni bénéficier d'une réhabilitation légale mais uniquement d'une dispense de l'exécuter par la grâce. V. ▪ Cons. const., 27 nov. 2015, n° 2015-501 QPC : *JurisData* n° 2015-026547 ; *La Revue des droits de l'homme*, 7 mars 2016, note M. Duranton ; *Dr. pén.* n° 1, janv. 2016, comm. 18 par V. Peltier.

2) Est irrecevable la demande de réhabilitation relative à une peine d'interdiction définitive du territoire qui, par sa définition même, n'a pas fini d'être exécutée (▪ Cass. crim., 28 févr. 2018, n° 16-84.441 : *JurisData* n° 2018-002694).

Art. L. 541-3 *(Mod., L. n° 2011-672, 16 juin 2011 ; L. n° 2018-778, 10 sept. 2018)*. **– Les dispositions du dernier alinéa de l'article L. 214-4, de l'article L. 513-2, du premier alinéa de l'article L. 513-3 et des articles L. 513-5 et L. 561-1 sont applicables à la reconduite à la frontière des étrangers faisant l'objet d'une interdiction du territoire, prévue au deuxième alinéa de l'article 131-30 du Code pénal.**

Lorsqu'ils ne sont plus assignés à résidence en application de l'article L. 561-1 du présent code, les étrangers faisant l'objet d'une interdiction judiciaire du territoire peuvent être astreints à déclarer l'adresse des locaux où ils résident à l'autorité administrative, aux services de police ou aux unités de gendarmerie et à se présenter, sur convocation, à ces mêmes services en vue des démarches nécessaires aux fins d'exécution de l'interdiction du territoire. Ils doivent également se présenter, lorsque l'autorité administrative le leur demande, aux autorités consulaires, en vue de la délivrance d'un document de voyage.

Art. L. 541-4. – Sauf en cas de menace pour l'ordre public, dûment motivée, les étrangers qui résident hors de France et qui ont été relevés de leurs peines d'interdiction du territoire français ou encore dont les peines d'interdiction du territoire français ont été entièrement exécutées ou ont acquis un caractère non avenu bénéficient d'un visa pour rentrer en France, lorsque, à la date du prononcé de la peine, ils relevaient, sous les réserves mentionnées par cet article, des catégories mentionnées aux 1° à 4° de l'article 131-30-2 du Code pénal, et qu'ils entrent dans le champ d'application des 4° ou 6° de l'article L. 313-11 ou dans celui du livre IV du présent code.

Lorsqu'ils ont été condamnés en France pour violences ou menaces à l'encontre d'un ascendant, d'un conjoint ou d'un enfant, le droit au visa est subordonné à l'accord des ascendants, du conjoint et des enfants vivant en France.

Les dispositions du présent article ne sont applicables qu'aux étrangers ayant fait l'objet d'une interdiction du territoire français devenue définitive avant l'entrée en vigueur de la loi n° 2003-1119 du 26 novembre 2003 relative à la maîtrise de l'immigration, au séjour des étrangers en France et à la nationalité.

TITRE V. – RÉTENTION D'UN ÉTRANGER DANS DES LOCAUX NE RELEVANT PAS DE L'ADMINISTRATION PÉNITENTIAIRE

CHAPITRE I. – PLACEMENT EN RÉTENTION

Art. L. 551-1 *(L. n° 2016-274, 7 mars 2016 ; mod., L. n° 2018-187, 20 mars 2018 ; L. n° 2018-778, 10 sept. 2018)*. **– I. – Dans les cas prévus aux 1° à 7° du I de l'article L. 561-2, l'étranger qui ne présente pas de garanties de représentation effectives propres à prévenir le risque mentionné au 3° du II de l'article**

L. 511-1 peut être placé en rétention par l'autorité administrative dans des locaux ne relevant pas de l'administration pénitentiaire, pour une durée de quarante-huit heures, en prenant en compte son état de vulnérabilité et tout handicap.

II. – Toutefois, dans le cas prévu au 1° *bis* du I de l'article L. 561-2, l'étranger ne peut être placé en rétention que pour prévenir un risque non négligeable de fuite, et uniquement dans la mesure où le placement en rétention est proportionné et si les dispositions du même article L. 561-2 ne peuvent être effectivement appliquées. Le risque non négligeable de fuite peut, sauf circonstance particulière, être regardé comme établi dans les cas suivants :

1° Si l'étranger s'est précédemment soustrait, dans un autre État membre, à la détermination de l'État responsable de l'examen de sa demande d'asile ou à l'exécution d'une décision de transfert ;

2° Si l'étranger a été débouté de sa demande d'asile dans l'État membre responsable ;

3° Si l'étranger est de nouveau présent sur le territoire français après l'exécution effective d'une mesure de transfert ;

4° Si l'étranger s'est soustrait à l'exécution d'une précédente mesure d'éloignement ;

5° *(5° abr., L. n° 2018-778, 10 sept. 2018)*

6° Si l'étranger, aux fins de se maintenir sur le territoire français, a contrefait, falsifié ou établi sous un autre nom que le sien un titre de séjour ou un document d'identité ou de voyage ;

7° Si l'étranger a dissimulé des éléments de son identité, la circonstance tirée de ce qu'il ne peut justifier de la possession de documents d'identité ou de voyage en cours de validité ne pouvant toutefois suffire, à elle seule, à établir une telle dissimulation ;

8° Si l'étranger qui ne bénéficie pas des conditions matérielles d'accueil prévues au chapitre IV du titre IV du livre VII ne peut justifier du lieu de sa résidence effective ou permanente ;

9° Si l'étranger qui a refusé le lieu d'hébergement proposé en application de l'article L. 744-7 ne peut justifier du lieu de sa résidence effective ou permanente ou si l'étranger qui a accepté le lieu d'hébergement proposé a abandonné ce dernier sans motif légitime ;

10° Si l'étranger ne se présente pas aux convocations de l'autorité administrative, ne répond pas aux demandes d'information et ne se rend pas aux entretiens prévus dans le cadre de la procédure de détermination de l'État responsable de l'examen de sa demande d'asile ou de l'exécution de la décision de transfert sans motif légitime ;

11° Si l'étranger s'est précédemment soustrait aux obligations prévues aux articles L. 513-4, L. 552-4, L. 561-1, L. 561-2 et L. 742-2 ;

12° Si l'étranger a explicitement déclaré son intention de ne pas se conformer à la procédure de détermination de l'État responsable de l'examen de sa demande d'asile ou à la procédure de transfert. ;

III. – En toute hypothèse, [l]a décision de placement en rétention ne peut être prise avant l'expiration d'un délai de sept jours à compter du terme d'un précédent placement prononcé en vue de l'exécution de la même mesure d'éloignement. Toutefois, si le précédent placement en rétention a pris fin après que l'étranger s'était soustrait aux mesures de surveillance dont il faisait l'objet, l'autorité administrative peut décider d'un nouveau placement en rétention avant l'expiration de ce délai.

III. *bis*. – L'étranger mineur de dix-huit ans ne peut faire l'objet d'une décision de placement en rétention. Il ne peut être retenu que s'il accompagne un étranger placé en rétention dans les conditions prévues au présent III *bis*.

Les I et II du présent article ne sont pas applicables à l'étranger à l'étranger accompagné d'un mineur, sauf :

1° S'il n'a pas respecté l'une des prescriptions d'une précédente mesure d'assignation à résidence ;

2° Si, à l'occasion de la mise en œuvre de la mesure d'éloignement, il a pris la fuite ou opposé un refus ;

3° Si, en considération de l'intérêt du mineur, le placement en rétention de l'étranger dans les quarante-huit heures précédant le départ programmé préserve l'intéressé et le mineur qui l'accompagne des contraintes liées aux nécessités de transfert.

Dans les cas énumérés aux 1° à 3°du présent III *bis*, la durée du placement en rétention est la plus brève possible, eu égard au temps strictement nécessaire à l'organisation du départ. Dans tous les cas, le placement en rétention d'un étranger accompagné d'un mineur n'est possible que dans un lieu de rétention administrative bénéficiant de chambres isolées et adaptées, spécifiquement destinées à l'accueil des familles.

L'intérêt supérieur de l'enfant doit être une considération primordiale pour l'application du présent article.

IV. – Le handicap moteur, cognitif ou psychique et les besoins d'accompagnement de l'étranger sont pris en compte pour déterminer les conditions de son placement en rétention.

1) Fondement de la mesure de rétention. Si l'étranger qui doit être reconduit à la frontière en application d'une interdiction de retour sur le territoire français peut être placé en rétention administrative, il résulte de la jurisprudence de la Cour de justice de l'Union européenne (▪ CJUE, 26 juill. 2017, C-225/16, *Ouhrami*, § 49) que le séjour irrégulier demeure régi par la décision de retour, et non par l'interdiction d'entrée qui ne peut être méconnue tant que l'étranger n'a pas effectivement exécuté la décision de retour dans son pays d'origine, un pays de transit ou un autre pays tiers au sens de la directive 2008/115 (▪ Cass. 1re civ., 17 nov. 2021, n° 20-17.139 : *JurisData* n° 2021-018629).

2) Rétention des enfants – loi n° 2018-770. Conformité à la Constitution des dispositions issues de la loi n° 2018-770 permettant de déroger à l'interdiction du placement en rétention d'un mineur. La conciliation opérée par le législateur entre l'intérêt du mineur à ne pas être placé en rétention et l'inconvénient d'être séparé de celui qui l'accompagne ou les exigences de la sauvegarde de l'ordre public n'est pas contraire au droit de mener une vie familiale normale ni à la liberté individuelle (▪ Cons. const., 6 sept. 2018, n° 2018-770 DC : *JO* 11 sept. 2018, n° 2).

3) Rétention des enfants – CESDH. De la même façon que le placement en rétention d'un mineur étranger isolé dans des conditions déplorables peut constituer un traitement à dégradant contraire à **l'article 3** de la Convention, un tel seuil de gravité peut être atteint pour des enfants accompagnés de leurs parents au regard de leur jeune âge, de la durée et des conditions de leur enfermement. L'article 5 de la Convention a également été violé car la situation particulière des enfants n'a pas été examinée, faute de disposition légale leur permettant d'exercer un recours distinct de celui de leurs parents, et qu'il n'a pas été recherché si aucune autre mesure alternative ne pouvait se substituer à la rétention. V. ▪ CEDH, 19 janv. 2012, nos 39472/07 et 39474/07, *Popov c/ France* : *JCP* G 2012, n° 8, 221, obs. F. Sudre.

4) Nouvelle condamnation de la France, bien que les conditions matérielles de certains centres soient correctes, en raison de l'effet anxiogène des conditions inhérentes à ce type de structures sur les enfants en bas âge (▪ CEDH, 12 juill. 2016, n° 11593/12, *A.B. et a. c/ France*. ▪ CEDH, 12 juill. 2016, n° 33201/11, *R. M. et M.M. c/ France*. ▪ CEDH, 12 juill. 2016, n° 68264/14, *R. K. c/ France*. ▪ CEDH, 12 juill. 2016, n° 76491/14, *R. C. c/ France*).

5) Violation des **articles 3, 5 § 1 et 5 § 4** de la Convention pour la rétention administrative d'une mère et de son nourrisson, tous deux ayant subi un traitement dépassant le seuil de gravité requis par l'article 3 en raison des conditions de privation de liberté inadaptées à un bébé de quatre mois et des liens indissociables qui unissent un enfant de cet âge à sa mère, une telle violation de l'article 3 permettant d'établir que les autorités et les juridictions internes n'ont pas effectivement vérifié les conditions désormais posées par la loi française, et donc la légalité de la mesure en droit interne et au sens de la Convention, celle-ci devant être nécessaire et ne pouvant être décidée qu'en dernier ressort et pour une durée aussi brève que possible (▪ CEDH, 22 juill. 2021, n° 57035/18, *M. D. et A. D. c/ France* : *AJ pénal* 2021, p. 476, obs. M. Lacaze ; *JCP* G 2022, doctr. 39, chron. F. Sudre et L. Milano).

6) Condamnation de la France sur le volet matériel de l'article 3 de la Convention européenne de sauvegarde des droits de l'homme pour la rétention administrative, dans un centre habilité mais inadapté, d'un enfant âgé de 8 ans accompagné de sa famille pendant quatorze jours ; condamnation également sur le fondement de **l'article 34** en raison du défaut d'exécution, non justifié par des circonstances exceptionnelles, de la mesure provisoire ordonnant de faire cesser la rétention de l'enfant, qui n'avait pris fin qu'en raison de l'éloignement de celui-ci une semaine après la notification de ladite mesure par la Cour européenne (▪ CEDH, 31 mars 2022, n° 49775/20, *N. B. et a. c/ France*).

7) CESDH – Mineur isolé. Violation des articles 3, 8, 5 § 1 et 5 § 4 et 13 de la Convention et 4 du protocole 4 pour le placement de mineurs isolés de 3 et 5 ans en centre de rétention administrative, arbitrairement rattachés à un adulte tiers sans vérification des liens avec celui-ci afin de les éloigner avec lui, et sans possibilité d'examen individualisé de leur situation ni de recours effectif quant à la légalité de la rétention en raison de la rapidité d'exécution de la mesure d'expulsion (▪ CEDH, 25 juin 2020, n° 9347/14, *Moustahi c/ France* : *JurisData* n° 2020-008921 ; *Le Quotidien Lexbase* 6 juill. 2020, obs. M. Le Guerroué ; *JCP* G 2020, 864, Zoom par B. Pastre-Belda ; *Rev. crit. DIP* 2021, p. 828, note K. Parrot ; *D.* 2021. 154, obs. J.-F. Renucci).

8) Risque non négligeable de fuite. Sauf circonstance particulière, le risque non négligeable de fuite peut être regardé comme établi à l'égard de l'étranger qui se trouve de nouveau sur le territoire français après l'exécution effective d'une décision de transfert (▪ Cass. 1re civ., 13 janv. 2021, n° 19-22.721 : *JurisData* n° 2021-000377).

9) Prolongation de la rétention – Délais. Après l'expiration du délai initial de 48 heures, les délais relatifs à la prolongation de la rétention des articles L. 551-1 et L. 552-7 du Code de l'entrée et du séjour des étrangers et du droit d'asile, dès lors qu'ils sont exprimés en jours, expirent le dernier jour à 24 heures (▪ Cass. crim., 22 janv. 2020, n° 19-84.160 : *JurisData* n° 2020-000651).

Art. L. 551-2 *(Mod., L. n° 2011-672, 16 juin 2011 ; L. n° 2012-1560, 31 déc. 2012 ; L. n° 2018-778, 10 sept. 2018).* – **La décision de placement est prise par l'autorité administrative, après l'interpellation de l'étranger ou, le cas échéant, lors de sa retenue aux fins de vérification de son droit de circulation ou de séjour, à l'expiration de sa garde à vue, ou à l'issue de sa période d'incarcération en cas de détention. Elle est écrite et motivée. Elle prend effet à compter de sa notification à l'intéressé. Le procureur de la République en est informé immédiatement.**

L'étranger est informé dans une langue qu'il comprend et dans les meilleurs délais du fait qu'il bénéficie, dans le lieu de rétention, du droit de demander l'assistance d'un interprète, d'un conseil et d'un médecin ainsi que de communiquer avec son consulat et avec toute personne de son choix. Un décret en Conseil d'État précise, en tant que de besoin, les modalités selon lesquelles s'exerce l'assistance de ces intervenants.

Les meilleurs délais, au sens du deuxième alinéa, s'entendent compte tenu du temps requis pour informer chaque étranger de ses droits lorsqu'un nombre important d'étrangers doivent être simultanément placés en rétention.

Lorsque l'étranger ne parle pas le français, il est fait application des dispositions de l'article L. 111-7.

1) Séparation des autorités judiciaires et administratives. Étant rappelé que les litiges relatifs à l'entrée, au séjour et à l'éloignement des étrangers n'entrent pas dans le champ d'application de l'article 6, § 1 de la Convention européenne de sauvegarde des droits de l'homme et des libertés fondamentales, l'absence de décision du juge de la liberté et de la détention au terme du délai de 24 heures prévu à l'article L. 552-1 du Code de l'entrée et du séjour des étrangers et du droit d'asile ne peut être assimilé à une décision implicite de rejet de la requête en contestation de l'arrêté de placement en rétention, d'où il suit que l'appel formé était irrecevable (▪ Cass. 1re civ., 17 oct. 2019, n° 18-24.043 : *JurisData* n° 2019-017996).

2) Jurisprudence antérieure à la loi n° 2016-274 du 7 mars 2016. Viole le principe de la séparation des autorités judiciaire et administrative, ensemble les articles L. 551-1 et suivants du Code de l'entrée et du séjour des étrangers et du droit d'asile, le Premier président qui, se prononçant sur la légalité de la mesure d'éloignement prise à l'encontre d'un ressortissant étranger, retient l'irrégularité de son placement en rétention en raison de l'absence de prévision, dans la décision d'éloignement, d'un délai approprié pour assurer son départ volontaire (▪ Cass. 1re civ., 23 mai 2012, n° 11-30.372 : *RJPF* 2012, nos 7-8, p. 21, note E. Putman).

3) Information du procureur de la République. Les articles L. 551-2, alinéa 1, devenu L. 741-8, L. 553-3, alinéa 1, devenu L. 743-1 et L. 552-13 dans sa rédaction issue de la loi n° 2011-672 du 16 juin 2011 imposent que le procureur de la République, garant de la liberté individuelle, soit immédiatement et effectivement informé de tout placement en rétention ; est entachée d'une nullité d'ordre public, ici relevée d'office, la procédure dont les pièces du dossier ne permettent pas d'établir le respect de cette exigence, sans que l'étranger n'ait à démontrer l'existence d'une atteinte à ses droits (▪ Cass. 1re civ., 23 juin 2021, n° 20-15.788 : *JurisData* n° 2021-010056).

4) Droits de la personne retenue – Obligations d'information. Viole les articles L. 551-2 et L. 552-2 du Code de l'entrée et du séjour des étrangers et du droit d'asile le premier président qui refuse la prolongation d'une mesure de rétention d'un étranger en raison de l'irrégularité de la procédure aux motifs qu'une télécopie adressée par le conseil du retenu, indiquant que celui-ci demandait à rencontrer un médecin, n'avait pas été transmise à l'infirmière de service, alors qu'il avait constaté qu'il résultait d'une note de service que le centre de rétention de Paris disposait d'un service médical associant une permanence infirmière de 8 heures à 18 heures et de 20 heures à 6 heures du matin et des vacations médicales quotidiennes six jours sur sept, ainsi qu'une astreinte téléphonique le dimanche, de sorte que l'intéressé, avisé dès son arrivée au centre de rétention de la possibilité de demander à rencontrer un médecin, avait été mis en mesure d'exercer effectivement ce droit (▪ Cass. 1re civ., 12 mai 2010 : *Bull. inf. C. cass.* 2010, n° 1413 ; *JCP* 2010, p. 1466, n° 798, note N. Guimezanes ; *D.* 2010, act. *Dr. public*, p. 1353).

5) Dès lors qu'aucune pièce de la procédure ne permet d'établir qu'un service médical était à la disposition de la personne retenue, le premier président, qui devait s'assurer que l'intéressé avait été placé en état d'exercer effectivement ses droits, a justement décidé que la procédure était irrégulière (▪ Cass. 1re civ., 12 mai 2010 : *Bull. inf. C. cass.* 2010, n° 1414).

6) Viole les articles 63-3 du Code de procédure pénale et L. 552-1 du Code de l'entrée et du séjour des étrangers et du droit d'asile le Premier président d'une cour d'appel qui, pour annuler une procédure concernant une personne placée en rétention administrative à la suite de trois gardes à vue successives, énonce que le défaut de versement au dossier d'un certificat médical établi en application de l'article 63-3 du Code de procédure pénale a privé l'intéressé de la possibilité de prouver que son état de santé n'était pas compatible avec la mesure de contrainte, n'a pas permis au juge de vérifier cette compatibilité et a nécessairement porté atteinte à l'exercice des droits de la défense, alors que l'irrégularité alléguée affectait la première garde à vue, qui ne précédait pas immédiatement la mesure de rétention litigieuse (■ Cass. 1re civ., 6 juin 2012, n° 11-11.384 : *Bull. inf. C. cass.* 2012, n° 1305).

7) Les dispositions de l'article 16, paragraphe 5, de la Directive 2008/115/CE, qui prévoient que la personne placée en rétention doit avoir communication des informations expliquant le *règlement des lieux*, être informée de son droit de contacter différentes organisations et instances et mise en mesure de l'exercer, remplissent les conditions de l'effet direct, de sorte que ces dispositions, non transposées en droit interne, peuvent, à l'expiration du délai de transposition, être invoquées par l'intéressé (■ Cass. 1re civ., 1er févr. 2012 : *Bull. inf. C. cass.* 2012, n° 679).

8) Il résulte de l'article L. 551-2, alinéa 2, du Code de l'entrée et du séjour des étrangers et du droit d'asile, dans sa rédaction résultant de la loi n° 2011-672 du 16 juin 2011, et de l'article R. 551-4 du même code que c'est à compter de son arrivée au lieu de rétention qu'un étranger peut demander l'assistance d'un interprète, d'un conseil ainsi que d'un médecin, et qu'il peut communiquer avec son consulat et avec une personne de son choix (■ Cass. 1re civ., 15 mai 2013, n° 12-14.566 : *Bull. inf. C. cass.*, 1er nov. 2013, n° 1238 ; *RJPF* 2013, nos 7-8, p. 23, note E. Putman).

9) Prolongation de la rétention – Motivation. Cassation de la décision s'étant bornée à constater le respect des obligations d'information de l'étranger pour juger la procédure régulière, l'appréciation du bien-fondé de la requête préfectorale de maintien en rétention devant être motivée (■ Cass. 1re civ., 20 nov. 2019, n° 18-23.877 : *Juris-Data* n° 2019-020791).

Art. L. 551-3 ***(L. n° 2015-925, 29 juill. 2015 ; L. n° 2016-274, 7 mars 2016).*** **– À son arrivée au centre de rétention, l'étranger reçoit notification des droits qu'il est susceptible d'exercer en matière de demande d'asile. À cette fin, il peut bénéficier d'une assistance juridique et linguistique. Il lui est notamment indiqué que sa demande d'asile ne sera plus recevable pendant la période de rétention si elle est formulée plus de cinq jours après cette notification. Cette irrecevabilité n'est pas opposable à l'étranger qui invoque, au soutien de sa demande, des faits survenus après l'expiration de ce délai. Lorsque le demandeur provient d'un pays considéré comme un pays d'origine sûr en application de l'article L. 722-1, l'autorité administrative peut opposer l'irrecevabilité de la demande d'asile présentée au-delà des cinq premiers jours de rétention dans le seul but de faire échec à l'exécution effective et imminente de la mesure d'éloignement.**

CHAPITRE II. – PROLONGATION DE LA RÉTENTION PAR LE JUGE DES LIBERTÉS ET DE LA DÉTENTION

Section I. – Première saisine du juge des libertés et de la détention aux fins de la prolongation de la rétention

Art. L. 552-1 ***(L. n° 2007-1631, 20 nov. 2007 ; L. n° 2011-672, 16 juin 2011 ; L. n° 2016-274, 7 mars 2016 ; L. n° 2018-778, 10 sept. 2018 ; Ord. n° 2019-964, 18 sept. 2019).*** **– Le juge des libertés et de la détention est saisi dans les quarante-huit heures suivant la notification du placement en rétention aux fins de prolongation de la rétention au delà de cette durée. Il statue dans les quarante-huit heures suivant sa saisine par ordonnance au siège du tribunal judiciaire dans le ressort duquel se situe le lieu de placement en rétention de l'étranger, sauf exception prévue par voie réglementaire, après audition du représentant de l'administration, si celui-ci, dûment convoqué, est présent, et de l'intéressé ou de son conseil, s'il en a un. L'étranger peut demander au juge des libertés et de la détention qu'il lui soit désigné un conseil d'office. Si une salle d'audience attribuée au ministère de la justice lui permettant de statuer publiquement a été spécialement aménagée à proximité immédiate de ce lieu de rétention, le juge statue dans cette salle.**

Il informe sans délai et par tous moyens du sens de sa décision le tribunal administratif saisi, le cas échéant, par l'étranger d'un recours dirigé contre la mesure d'éloignement qui le vise.

> **Rédaction antérieure. Art. L. 552-1.** – *(Version en vigueur du 1er janvier 2019 au 1er janvier 2020)* Le juge des libertés et de la détention est saisi dans les quarante-huit heures suivant la notification du placement en rétention aux fins de prolongation de la rétention au delà de cette durée. Il statue dans les quarante-huit heures suivant sa saisine par ordonnance au siège du tribunal de grande instance dans le ressort duquel se situe le lieu de placement en rétention de l'étranger, sauf exception prévue par voie réglementaire, après audition du représentant de l'administration, si celui-ci, dûment convoqué, est présent, et de l'intéressé ou de son conseil, s'il en a un. L'étranger peut demander au juge des libertés

et de la détention qu'il lui soit désigné un conseil d'office. Si une salle d'audience attribuée au ministère de la justice lui permettant de statuer publiquement a été spécialement aménagée à proximité immédiate de ce lieu de rétention, le juge statue dans cette salle.

Il informe sans délai et par tous moyens du sens de sa décision le tribunal administratif saisi, le cas échéant, par l'étranger d'un recours dirigé contre la mesure d'éloignement qui le vise.

(Version en vigueur du 1er novembre 2016 au 1er janvier 2019) Quand un délai de quarante-huit heures s'est écoulé depuis la décision de placement en rétention, le juge des libertés et de la détention est saisi aux fins de prolongation de la rétention. Le juge statue dans les vingt-quatre heures de sa saisine par ordonnance au siège du tribunal de grande instance dans le ressort duquel se situe le lieu de placement en rétention de l'étranger, sauf exception prévue par voie réglementaire, après audition du représentant de l'administration, si celui-ci, dûment convoqué, est présent, et de l'intéressé ou de son conseil, s'il en a un. L'étranger peut demander au juge des libertés et de la détention qu'il lui soit désigné un conseil d'office. Si une salle d'audience attribuée au ministère de la justice lui permettant de statuer publiquement a été spécialement aménagée à proximité immédiate de ce lieu de rétention, le juge statue dans cette salle.

(Version en vigueur du 18 juillet 2011 au 1er novembre 2016) Quand un délai de cinq jours s'est écoulé depuis la décision de placement en rétention, le juge des libertés et de la détention est saisi aux fins de prolongation de la rétention. Le juge statue dans les vingt-quatre heures de sa saisine par ordonnance au siège du tribunal de grande instance dans le ressort duquel se situe le lieu de placement en rétention de l'étranger, sauf exception prévue par voie réglementaire, après audition du représentant de l'administration, si celui-ci, dûment convoqué, est présent, et de l'intéressé ou de son conseil, s'il en a un. L'étranger peut demander au juge des libertés et de la détention qu'il lui soit désigné un conseil d'office. Toutefois, si une salle d'audience attribuée au ministère de la justice lui permettant de statuer publiquement a été spécialement aménagée à proximité immédiate de ce lieu de rétention, il statue dans cette salle.

I – SITUATION ANTÉRIEURE À LA LOI N° 2016-274 DU 7 MARS 2016

1) Compétence de l'autorité administrative. Saisi de l'appel formé par un préfet contre une décision ayant refusé de prolonger une mesure de rétention administrative d'un étranger, le premier président d'une cour d'appel ne peut ordonner cette mesure, cette décision relevant, antérieurement à la loi n° 2016-274 du 7 mars 2016, de la compétence exclusive de l'autorité administrative en vertu de l'article L. 552-1 du Code de l'entrée et du séjour des étrangers et du droit d'asile, mais seulement, le cas échéant, la prolonger (▪ Cass. 1re civ., 12 avr. 2012 : *Bull. inf. C. cass.* 15 sept. 2012, n° 998).

2) Compétence du JLD. Il résulte des dispositions de l'article L. 552-1 du Code de l'entrée et du séjour des étrangers et du droit d'asile dans sa version antérieure à la loi n° 2016-274 du 7 mars 2016, que, quand un délai de cinq jours s'est écoulé depuis la décision de placement en rétention, le juge des libertés et de la détention est saisi aux fins de prolongation de la rétention.

En conséquence, le juge judiciaire ne peut se prononcer sur le maintien de la rétention administrative qu'à l'issue de ce délai (▪ Cass. 1re civ., 5 déc. 2012, n° 11-30.548 : *Bull. inf. C. cass.* 1er avr. 2013, n° 525 ; *D.* 2013, pan. p. 331, note K. Parrot).

3) Pour demander au juge des libertés et de la détention la prolongation de la décision de placement en rétention d'un étranger, le préfet disposait, antérieurement à la loi n° 2016-274 du 7 mars 2016, d'un délai de cinq jours à compter de cette décision, ce délai ne pouvant excéder sept jours en cas de placement en garde à vue.

Dès lors, encourt la cassation l'ordonnance du premier président d'une cour d'appel ayant retenu que la durée de la garde à vue devait être incluse dans le délai de cinq jours accordé au préfet pour saisir le juge des libertés et de la détention (▪ Cass. 1re civ., 15 mai 2013, n° 12-16.082 : *Bull. inf. C. cass.* 1er nov. 2013, n° 1239 ; *RJPF* 2013, nos 7-8, p. 23, note E. Putman).

4) CESDH – Recours effectif. Quoiqu'il ne soit pas exigé que les recours institués aient un effet suspensif à l'égard de la privation de liberté que constitue la rétention en vue de la reconduite à la frontière, l'étranger qui, en application des dispositions applicables antérieurement à la loi n° 2016-274 du 7 mars 2016, n'avait pu saisir que le juge administratif avant d'être expulsé, alors que ce juge n'est pas compétent pour contrôler les conditions de son interpellation, n'a pas bénéficié d'un recours effectif au sens de l'article 5, §4 de la Convention européenne (▪ CEDH, 12 juill. 2016, n° 56324/13, *A.M. c/ France*).

II – SITUATION POSTÉRIEURE À LA LOI N° 2016-274 DU 7 MARS 2016

5) Droit d'être entendu. Si le droit d'être entendu avant l'adoption de toute mesure individuelle faisant grief relève des droits de la défense figurant au nombre des droits fondamentaux garantis par l'ordre juridique de l'Union européenne, ce droit est considéré comme garanti par la procédure contradictoire permettant à l'intéressé de faire valoir devant le juge judiciaire, saisi dans les 48 heures du placement en rétention et donc à bref délai, tout élément pertinent relatif à ses garanties de représentation ou à sa vie personnelle (▪ Cass. 1re civ., 15 déc. 2021, n° 20-17.628 : *JurisData* n° 2021-020557).

6) Contrôle de la procédure antérieure. L'étranger qui n'a pas formé de recours contre la décision de placement en rétention peut soulever des exceptions tirées de l'irrégularité de la procédure préalable à cette mesure devant le juge des libertés et de la détention statuant pour la première fois sur la prolongation de celle-ci (■ Cass. 1re civ., 15 mai 2019, n° 18-19.276 : *JurisData* n° 2019-007939. ■ Cass. 1re civ., 15 mai 2019, n° 18-19.277 : *JurisData* n° 2019-008093).

7) Contrôle d'identité sur réquisitions. En application de la réserve d'interprétation émise par le Conseil constitutionnel dans sa décision n° 2016-606/607 QPC, il appartient au juge judiciaire, saisi d'une contestation relative au contrôle d'identité réalisé sur le fondement de l'article 78-7 du Code de procédure pénale, et ayant conduit au placement en rétention de l'étranger, d'apprécier l'effectivité du lien entre la recherche des infractions visées par les réquisitions et les lieux et périodes du contrôle, sur la base des mentions desdites réquisitions ou des pièces au vu desquelles elles ont été prises (■ Cass. 1re civ, 15 déc. 2021, n° 20-19.292 : *JurisData* n° 2021-020551 ; *D.* 2022, p. 244, chron. O. Boskovic *et al.* ; V. également ■ CA Toulouse, 15 mars 2021, n° 21/00144 : *D.* 2022, p. 244, chron. O. Boskovic *et al.*).

8) Rétention ayant pris fin. La requête en prolongation de la rétention étant devenue sans objet lorsque l'étranger a postérieurement été assigné à résidence, est également devenu sans objet l'appel interjeté par le ministère public à l'encontre de l'ordonnance du juge de la liberté et de la détention ayant constaté l'irrégularité de la procédure préalable à la rétention et rejeté la demande préfectorale de prolongation de cette mesure (■ Cass. 1re civ., 12 janv. 2022, n° 20-50.027 : *JurisData* n° 2022-000201).

Art. L. 552-2 ***(Rempl., L. n° 2011-672, 16 juin 2011).*** **– Le juge rappelle à l'étranger les droits qui lui sont reconnus et s'assure, d'après les mentions figurant au registre prévu à l'article L. 553-1 émargé par l'intéressé, que celui-ci a été, dans les meilleurs délais suivant la notification de la décision de placement en rétention, pleinement informé de ses droits et placé en état de les faire valoir à compter de son arrivée au lieu de rétention. Le juge tient compte des circonstances particulières liées notamment au placement en rétention simultané d'un nombre important d'étrangers pour l'appréciation des délais relatifs à la notification de la décision, à l'information des droits et à leur prise d'effet. Il informe l'étranger des possibilités et des délais de recours contre toutes les décisions le concernant. L'intéressé est maintenu à disposition de la justice, dans des conditions fixées par le procureur de la République, pendant le temps strictement nécessaire à la tenue de l'audience et au prononcé de l'ordonnance.**

Art. L. 552-3 ***(Mod., L. n° 2011-672, 16 juin 2011 ; L. n° 2016-274, 7 mars 2016 ; L. n° 2018-187, 20 mars 2018).*** **– L'ordonnance de prolongation de la rétention court à compter de l'expiration du délai de quarante-huit heures fixé au I de l'article L. 551-1.**

Art. L. 552-4 ***(Mod., L. n° 2011-672, 16 juin 2011 ; L. n° 2014-1353, 13 nov. 2014 ; L. n° 2016-274, 7 mars 2016 ; L. n° 2018-78, 10 sept. 2018).*** **– Le juge peut ordonner l'assignation à résidence de l'étranger lorsque celui-ci dispose de garanties de représentation effectives, après remise à un service de police ou à une unité de gendarmerie de l'original du passeport et de tout document justificatif de son identité, en échange d'un récépissé valant justification de l'identité et sur lequel est portée la mention de la mesure d'éloignement en instance d'exécution. L'assignation à résidence concernant un étranger qui s'est préalablement soustrait à l'exécution d'une obligation de quitter le territoire français, d'une interdiction de retour sur le territoire français, d'une interdiction de circulation sur le territoire français, d'une interdiction administrative du territoire, d'une mesure de reconduite à la frontière, d'une interdiction du territoire, ou d'une mesure d'expulsion doit faire l'objet d'une motivation spéciale.**

1) La loi n'exige pas que l'étranger qui sollicite le bénéfice d'une assignation à résidence en application de l'article 35 *bis* de l'ordonnance du 2 novembre 1945, devenu l'article L. 552-4 du Code de l'entrée et du séjour des étrangers et du droit d'asile, justifie de circonstances à caractère exceptionnel de nature à légitimer cette mesure (■ Cass. 1re civ., 17 janv. 2006 : *Bull. inf. C. cass.* 2006, n° 772).

2) Aucune disposition n'interdit au juge judiciaire, gardien de la liberté individuelle, d'assigner à résidence, à tout moment, un étranger placé en rétention administrative ; d'où il suit que le moyen n'est pas fondé (■ Cass. 1re civ., 29 févr. 2012, n° 11-30.085 : *Bull. inf. C. cass.* 2012, n° 735).

3) Il résulte de la combinaison des paragraphes 1, 4 et 5 de l'article 15 de la Directive 2008/115/CE du 16 décembre 2008 du Parlement européen et du Conseil, qui est d'effet direct, que l'assignation à résidence ne peut jamais revêtir un caractère exceptionnel (■ Cass. 1re civ., 24 oct. 2012, n° 11-27.956 : *Bull. inf. C. cass.* 15 avr. 2013, n° 780, n° 574).

ANNEXE 4

Art. L. 552-4-1 *(Abr., L. n° 2016-274, 7 mars 2016).*

Art. L. 552-5. – *(Mod., L. n° 2006-911, 24 juill. 2006 ; L. n° 2016-274, 7 mars 2016 ; L. n° 2018-778, 10 sept. 2018)* **L'étranger est astreint à résider dans les lieux qui lui sont fixés par le juge. À la demande du juge, l'étranger justifie que le local affecté à son habitation principale proposé pour l'assignation satisfait aux exigences de garanties de représentation effectives. L'étranger se présente quotidiennement aux services de police ou aux unités de gendarmerie territorialement compétents au regard du lieu d'assignation, en vue de l'exécution de la mesure d'éloignement. Le non-respect des prescriptions liées à l'assignation à résidence est sanctionné dans les conditions prévues au premier alinéa de l'article L. 624-4. Le procureur de la République est saisi dans les meilleurs délais.**

Art. L. 552-6 *(Mod., L. n° 2018-778, 10 sept. 2018).* – **Lorsqu'une ordonnance met fin à la rétention ou assigne l'étranger à résidence, elle est immédiatement notifiée au procureur de la République. À moins que ce dernier n'en dispose autrement, l'étranger est alors maintenu à la disposition de la justice pendant un délai de dix heures à compter de la notification de l'ordonnance au procureur de la République. Durant cette période, l'étranger peut, s'il le souhaite, contacter son avocat et un tiers, rencontrer un médecin et s'alimenter.**

Il résulte des articles L. 552-6 du Code de l'entrée et du séjour des étrangers et du droit d'asile, et 6, alinéa 3, du décret n° 2004-1215 du 17 novembre 2004 que, dès lors que dans le délai maximal de quatre heures qui lui est imparti, le procureur de la République n'estime pas devoir saisir le premier président d'un appel avec demande de déclaration d'effet suspensif contre une ordonnance du juge des libertés et de la détention statuant sur le fondement de l'article L. 552-1, L. 552-7 ou L. 552-8 du code précité, qui met fin au maintien en rétention d'un étranger ou assigne celui-ci à résidence, il doit être immédiatement mis fin à la mesure de maintien, la juridiction du second degré, saisie par l'une des parties, pouvant, le cas échéant, constater le maintien illégal de l'étranger conduit devant lui (▪ Cass. 1re civ., 23 mai 2006 : *Bull. inf. C. cass.* 2006, n° 1835).

Section II. – Nouvelle saisine du juge des libertés et de la détention aux fins de prolongation de la rétention

Art. L. 552-7 *(Rempl., L. n° 2011-672, 16 juin 2011 ; L. n° 2016-274, 7 mars 2016 ; L. n° 2018-778, 10 sept. 2018).* – **Quand un délai de vingt-huit jours s'est écoulé depuis l'expiration du délai de quarante-huit heures mentionné au I de l'article L. 551-1 et en cas d'urgence absolue ou de menace d'une particulière gravité pour l'ordre public, ou lorsque l'impossibilité d'exécuter la mesure d'éloignement résulte de la perte ou de la destruction des documents de voyage de l'intéressé, de la dissimulation par celui-ci de son identité ou de l'obstruction volontaire faite à son éloignement, le juge des libertés et de la détention est à nouveau saisi.**

Le juge peut également être saisi lorsque la mesure d'éloignement n'a pu être exécutée en raison du défaut de délivrance des documents de voyage par le consulat dont relève l'intéressé ou de l'absence de moyens de transport. Il peut également être saisi aux mêmes fins lorsque la délivrance des documents de voyage est intervenue trop tardivement pour procéder à l'exécution de la mesure d'éloignement.

Le juge statue par ordonnance dans les conditions prévues aux articles L. 552-1 et L. 552-2. S'il ordonne la prolongation de la rétention, celle-ci court à compter de l'expiration du délai de vingt-huit jours mentionné au premier alinéa du présent article et pour une nouvelle période d'une durée maximale de trente jours.

Par dérogation aux dispositions de l'alinéa précédent, si l'étranger a été condamné à une peine d'interdiction du territoire pour des actes de terrorisme prévus par le titre II du livre IV du Code pénal ou si une mesure d'expulsion a été prononcée à son encontre pour un comportement lié à des activités à caractère terroriste pénalement constatées, le juge des libertés et de la détention près le tribunal judiciaire de Paris peut, dès lors qu'il existe une perspective raisonnable d'exécution de la mesure d'éloignement et qu'aucune décision d'assignation à résidence ne permettrait un contrôle suffisant de cet étranger, ordonner la prolongation de la rétention pour une durée de trente jours qui peut être renouvelée. La durée maximale de la rétention ne doit, dans ce cas, pas excéder cent quatre-vingts jours.

Avant l'expiration de la durée maximale de rétention prévue aux troisième ou quatrième alinéas, le juge compétent peut, à titre exceptionnel, être à nouveau saisi lorsque, dans les quinze derniers jours, l'étranger a

fait obstruction à l'exécution d'office de la mesure d'éloignement ou présenté, dans le seul but de faire échec à la mesure d'éloignement, une demande de protection contre l'éloignement au titre du 10° de l'article L. 511-4 ou du 5° de l'article L. 521-3 ou une demande d'asile dans les conditions prévues aux articles L. 551-3 et L. 556-1 ou lorsque la mesure d'éloignement n'a pu être exécutée en raison du défaut de délivrance des documents de voyage par le consulat dont relève l'intéressé et qu'il est établi par l'autorité administrative compétente que cette délivrance doit intervenir à bref délai. L'étranger est maintenu en rétention jusqu'à ce que le juge des libertés et de la détention ait statué. Le juge statue par ordonnance dans les conditions prévues au présent article. S'il ordonne la prolongation de la rétention, la prolongation court à compter de l'expiration de la dernière période de rétention pour une nouvelle période d'une durée maximale de quinze jours. Si l'une des circonstances mentionnées à la première phrase du présent alinéa survient au cours d'une période de prolongation ordonnée en application du présent alinéa, le juge peut être à nouveau saisi dans les mêmes conditions. Toutefois, la rétention ne peut être prolongée plus de deux fois en application du présent alinéa et sa durée maximale ne peut excéder quatre-vingt-dix jours ou, par dérogation, deux cent-dix jours dans le cas prévu au quatrième alinéa.

L'article L. 552-6 est applicable.

1) **QPC.** Conformité à la Constitution des mots « quatre-vingt-dix jours » figurant à la dernière phrase de l'avant-dernier alinéa de l'article L. 552-7 du Code de l'entrée et du séjour des étrangers et du droit d'asile, sous la réserve que l'autorité judiciaire conserve, à tout moment, la possibilité de mettre fin à la rétention, de sa propre initiative ou à la demande de l'étranger, pour des motifs de fait ou de droit (■ Cons. const., 6 sept. 2018, n° 2018-770 DC : *JurisData* n° 2018-015957).

2) **Prolongation de la rétention – Délais.** Après l'expiration du délai initial de 48 heures, les délais relatifs à la prolongation de la rétention des articles L. 551-1 et L. 552-7 du Code de l'entrée et du séjour des étrangers et du droit d'asile, dès lors qu'ils sont exprimés en jours, expirent le dernier jour à 24 heures (■ Cass. crim., 22 janv. 2020, n° 19-84.160 : *JurisData* n° 2020-000651).

Art. L. 552-8 *(Rempl., L. n° 2011-672, 16 juin 2011)*. – **À peine d'irrecevabilité, prononcée d'office, aucune irrégularité antérieure à l'audience relative à la première prolongation de la rétention ne peut être soulevée lors de l'audience relative à la seconde prolongation.**

Section III. – Voies de recours

Art. L. 552-9 *(L. n° 2016-274, 7 mars 2016)*. – **Les ordonnances mentionnées aux sections 1 et 2 du présent chapitre sont susceptibles d'appel devant le premier président de la cour d'appel ou son délégué, qui est saisi sans forme et doit statuer dans les quarante-huit heures de sa saisine ; l'appel peut être formé par l'intéressé, le ministère public et l'autorité administrative.**

Le premier président de la cour d'appel ou son délégué peut, par ordonnance motivée et sans avoir préalablement convoqué les parties, rejeter les déclarations d'appel manifestement irrecevables.

Art. L. 552-10 *(Mod., L. n° 2011-672, 16 juin 2011 ; L. n° 2018-778, 10 sept. 2018)*. – **L'appel n'est pas suspensif. Toutefois, le ministère public peut demander au premier président de la cour d'appel ou à son délégué de déclarer son recours suspensif lorsqu'il lui apparaît que l'intéressé ne dispose pas de garanties de représentation effectives ou en cas de menace grave pour l'ordre public. Dans ce cas, l'appel, accompagné de la demande qui se réfère à l'absence de garanties de représentation effectives ou à la menace grave pour l'ordre public, est formé dans un délai de dix heures à compter de la notification de l'ordonnance au procureur de la République et transmis au premier président de la cour d'appel ou à son délégué. Celui-ci décide, sans délai, s'il y a lieu de donner à cet appel un effet suspensif, en fonction des garanties de représentation dont dispose l'étranger ou de la menace grave pour l'ordre public, par une ordonnance motivée rendue contradictoirement qui n'est pas susceptible de recours. L'intéressé est maintenu à la disposition de la justice jusqu'à ce que cette ordonnance soit rendue et, si elle donne un effet suspensif à l'appel du ministère public, jusqu'à ce qu'il soit statué sur le fond. Durant cette période, l'étranger peut, s'il le souhaite, contacter son avocat et un tiers, rencontrer un médecin et s'alimenter.**

Section IV. – Dispositions communes

Art. L. 552-11. – **L'intéressé peut bénéficier de l'aide juridictionnelle.**

Art. L. 552-12 *(Mod., L. n° 2007-1631, 20 nov. 2007 ; L. n° 2018-778, 10 sept. 2018).* **– Par décision du juge prise sur une proposition de l'autorité administrative, les audiences prévues au présent chapitre peuvent se dérouler avec l'utilisation de moyens de télécommunication audiovisuelle garantissant la confidentialité de la transmission. Il est alors dressé, dans chacune des deux salles d'audience ouvertes au public, un procès-verbal des opérations effectuées.**

Art. L. 552-13 *(L. n° 2011-672, 16 juin 2011).* **– En cas de violation des formes prescrites par la loi à peine de nullité ou d'inobservation des formalités substantielles, toute juridiction, y compris la Cour de cassation, qui est saisie d'une demande d'annulation ou qui relève d'office une telle irrégularité ne peut prononcer la mainlevée de la mesure de placement en rétention que lorsque celle-ci a eu pour effet de porter atteinte aux droits de l'étranger.**

1) **Information de l'étranger placé en garde à vue.** Le droit d'être immédiatement informé des droits attachés à une mesure de garde à vue implique que ceux-ci lui soient notifiés par un interprète si la personne ne comprend pas le français, le cas échéant après qu'un formulaire lui a été remis pour information immédiate, et tout retard dans la mise en œuvre de ces obligations fait nécessairement grief au sens de l'article L. 552-13 dans sa rédaction issue de la loi n° 2011-672 du 16 juin 2011 ; cassation de la décision admettant la prolongation de la rétention faisant suite à une garde à vue irrégulière alors que n'étaient pas établies de circonstances insurmontables expliquant le retard dans la notification des droits (▪ Cass. 1re civ., 29 sept. 2021, n° 20-17.036 : *JurisData* n° 2021-015306).

2) **Recueil des empreintes digitales.** Il incombe au juge qui constate une irrégularité des actes de procédure préalables au placement en rétention de rechercher si celle-ci a eu pour effet de porter atteinte aux droits de l'étranger, au sens de l'article L. 552-13 du Code de l'entrée et du séjour des étrangers et du droit d'asile. Ayant relevé que les empreintes digitales irrégulièrement recueillies avaient donné lieu à une simple comparaison et n'avaient fait l'objet d'aucun enregistrement ni d'aucune conservation, le premier président a pu en déduire qu'il n'était résulté de cette irrégularité aucune atteinte à la vie privée de l'intéressé (▪ Cass. 1re civ., 6 juill. 2016, n° 15-22.868).

3) **Erreur de droit affectant l'arrêté de placement en rétention.** La contestation fondée sur une erreur de droit affectant l'arrêté de placement en rétention administrative ne constitue pas une exception de procédure mais une défense au fond qui peut être invoquée en tout état de cause et même pour la première fois devant la juridiction d'appel (▪ Cass. 1re civ., 20 nov. 2019, n° 18-25.107 : *JurisData* n° 2019-020790 ; *JCP* G 2019, n° 49, 1279).

CHAPITRE III. – CONDITIONS DE LA RÉTENTION

Art. L. 553-1 *(Mod., L. n° 2011-672, 16 juin 2011).* **– Il est tenu, dans tous les lieux recevant des personnes placées ou maintenues au titre du présent titre, un registre mentionnant l'état civil de ces personnes ainsi que les conditions de leur placement ou de leur maintien. Le registre mentionne également l'état civil des enfants mineurs accompagnant ces personnes ainsi que les conditions de leur accueil.**

L'autorité administrative tient à la disposition des personnes qui en font la demande les éléments d'information concernant les date et heure du début du placement de chaque étranger en rétention, le lieu exact de celle-ci ainsi que les date et heure des décisions de prolongation.

Art. L. 553-2. – En cas de nécessité et pendant toute la durée de la rétention, l'autorité administrative peut décider de déplacer l'étranger d'un lieu de rétention vers un autre lieu de rétention, sous réserve d'en informer les procureurs de la République compétents du lieu de départ et du lieu d'arrivée, ainsi que, après la première ordonnance de prolongation, les juges des libertés et de la détention compétents.

Art. L. 553-3 *(Mod., L. n° 2011-672, 16 juin 2011 ; L. n° 2015-925, 29 juill. 2015).* **– Pendant toute la durée de la rétention, le procureur de la République ou le juge des libertés et de la détention peut se transporter sur les lieux, vérifier les conditions du maintien et se faire communiquer le registre prévu à l'article L. 553-1. Le procureur de la République visite les lieux de rétention chaque fois qu'il l'estime nécessaire et au moins une fois par an.**

Un décret en Conseil d'État détermine les conditions d'exercice du droit d'accès du délégué du Haut-Commissariat des Nations unies pour les réfugiés ou de ses représentants ainsi que des associations humanitaires aux lieux de rétention.

Art. L. 553-4. – Dans chaque lieu de rétention, un espace permettant aux avocats de s'entretenir confidentiellement avec les étrangers retenus est prévu. À cette fin, sauf en cas de force majeure, il est accessible en toutes circonstances sur demande de l'avocat. Un décret en Conseil d'État précise, en tant que de besoin, les modalités d'application du présent article.

Art. L. 553-5. – Sauf en cas de menace à l'ordre public à l'intérieur ou à l'extérieur du lieu de rétention, ou si la personne ne paraît pas psychologiquement à même de recevoir ces informations, l'étranger est informé par le responsable du lieu de rétention de toutes les prévisions de déplacement le concernant : audiences, présentation au consulat, conditions du départ.

Dans chaque lieu de rétention, un document rédigé dans les langues les plus couramment utilisées, et décrivant les droits de l'étranger au cours de la procédure d'éloignement et de rétention, ainsi que leurs conditions d'exercice, est mis à disposition des personnes retenues.

La méconnaissance des dispositions du présent article est sans conséquence sur la régularité et le bien-fondé des procédures d'éloignement et de rétention.

Art. L. 553-6 *(L. n° 2018-187, 20 mars 2018 ; L. n° 2018-778, 10 sept. 2018)*. – Un décret en Conseil d'État définit les modalités selon lesquelles les étrangers maintenus en rétention bénéficient d'actions d'accueil, d'information et de soutien, pour permettre l'exercice effectif de leurs droits et préparer leur départ. Il précise les modalités de prise en compte de la vulnérabilité et, le cas échéant, des besoins particuliers des demandeurs d'asile ou des étrangers faisant l'objet d'une requête aux fins de prise en charge ou de reprise en charge, en apÉplication du règlement (UE) n° 604/2013 du Parlement européen et du Conseil du 26 juin 2013 établissant les critères et mécanismes de détermination de l'État membre responsable de l'examen d'une demande de protection internationale introduite dans l'un des États membres par un ressortissant de pays tiers ou un apatride, ou d'une décision de transfert notifiée conformément à l'article L. 742-3.

Il précise les conditions d'accessibilité adaptées aux lieux de rétention.

Art. L. 553-7 *(L. n° 2016-274, 7 mars 2016)*. – Sous réserve de ne pas porter atteinte à la dignité des personnes et aux exigences de sécurité et de bon fonctionnement du lieu de rétention administrative, les journalistes titulaires de la carte d'identité professionnelle mentionnée à l'article L. 7111-6 du Code du travail peuvent être autorisés à y accéder dans des conditions fixées par décret en Conseil d'État.

Les prises d'images et de son des étrangers, des personnels et des intervenants dans les lieux de rétention administrative, de même que leur diffusion, ne sont autorisées qu'avec leur accord préalable. Elles se déroulent dans le respect de l'anonymat patronymique et physique des mineurs et, sauf accord contraire exprès, des majeurs.

CHAPITRE IV. – FIN DE LA RÉTENTION

Art. L. 554-1 *(L. n° 2018-187, 20 mars 2018)*. – Un étranger ne peut être placé ou maintenu en rétention que pour le temps strictement nécessaire à son départ. L'administration doit exercer toute diligence à cet effet.

L'étranger ne peut être placé ou maintenu en rétention au titre du 1° *bis* du I de l'article L. 561-2 que pour le temps strictement nécessaire à la détermination de l'État responsable de l'examen de sa demande d'asile et, le cas échéant, à l'exécution d'une décision de transfert. Lorsqu'un État requis a refusé de prendre en charge ou de reprendre en charge l'étranger, il est immédiatement mis fin à la rétention de ce dernier, sauf si une demande de réexamen est adressée à cet État dans les plus brefs délais ou si un autre État peut être requis. En cas d'accord d'un État requis, la décision de transfert est notifiée à l'étranger dans les plus brefs délais.

1) Finalité de la rétention. La rétention de l'étranger qui se poursuit alors qu'il est apparu avec évidence qu'aucun pays tiers sûr n'était susceptible de l'accueillir pour mettre en œuvre l'éloignement devient contraire à l'article 5, § 1 de la Convention européenne de sauvegarde des droits de l'homme et des libertés fondamentales (■ CEDH, 4e sect., 25 juin 2019, n° 10112/16, *Al Husin v. Bosnia and Herzegovina : Journal d'Actualité des Droits Européens*, n° 21, 2019, note E. Destombes).

2) Crise sanitaire. Rejet du référé-liberté demandant la fermeture temporaire des centres de rétention, l'autorité administrative ayant pu récemment procéder à des éloignements du territoire en dépit des restrictions mises en place par de nombreux États à l'entrée sur leur territoire et de la très forte diminution des transports aériens, le juge des libertés et de la détention ayant compétence pour mettre fin à la rétention lorsqu'elle ne se justifie plus (▪ CE, 27 mars 2020, n° 439720).

3) De la même façon, jugeant que la crise sanitaire n'a pas mis fin à l'éloignement des étrangers du territoire, refus de fermer le centre de rétention dans lequel se trouvent plusieurs étrangers atteints du Covid-19 dès lors qu'il n'apparaît pas que les perspectives d'éloignement seront par principe inexistantes une fois ceux-ci guéris, le juge des liberté et de la détention pouvant mettre fin à la rétention s'il estime que l'éloignement n'est pas ou plus envisageable (▪ CE, 7 mai 2020, n° 440255, *Étrangers atteints du Covid-19 au CRA de Vincennes*).

4) V., admettant la prolongation de la rétention au motif de l'existence de perspectives d'éloignement en dépit de la fermeture des frontières vers l'Algérie (▪ CA Rouen, 28 oct. 2020, n° 20/03407. ▪ CA Rouen, 5 janv. 2021, n° 21/00024).

5) **Obligation de diligence.** L'obligation de diligence qui incombe à l'Administration pour mettre en œuvre l'éloignement de l'étranger ne s'impose pas durant la période d'incarcération ayant précédé le placement en rétention de l'étranger (▪ Cass. 1re civ., 17 oct. 2019, n° 19-50.002 : *JurisData* n° 2019-017998).

6) Viole ce texte le premier président qui retient qu'une saisine des autorités consulaires à l'issue d'un délai de trois jours, compte tenu du weekend, répond à ces exigences (▪ Cass. 1er civ., 23 sept. 2015, n° 14-25.064).

Art. L. 554-2. – Si la mesure d'éloignement est annulée par le juge administratif, il est immédiatement mis fin au maintien de l'étranger en rétention et celui-ci est muni d'une autorisation provisoire de séjour jusqu'à ce que l'autorité administrative ait à nouveau statué sur son cas.

Art. L. 554-3 ***(L. n° 2016-274, 7 mars 2016).*** **– Lorsqu'il est mis fin à la rétention pour une raison autre que l'annulation, l'abrogation ou le retrait de la mesure d'éloignement, un rappel de l'obligation de quitter le territoire français est adressé à l'étranger par le juge des libertés et de la détention ou par l'autorité administrative. La méconnaissance des dispositions du présent alinéa est sans conséquence sur la régularité et le bien-fondé de procédures ultérieures d'éloignement et de rétention.**

L'article L. 561-2 est applicable.

CHAPITRE V. – DISPOSITIONS PARTICULIÈRES AUX ÉTRANGERS FAISANT L'OBJET D'UNE MESURE D'INTERDICTION DU TERRITOIRE FRANÇAIS

Art. L. 555-1 ***(Mod., L. n° 2011-672, 16 juin 2011 ; L. n° 2016-274, 7 mars 2016).*** **– L'interdiction du territoire prononcée à titre de peine principale et assortie de l'exécution provisoire entraîne de plein droit le placement de l'étranger dans des lieux ne relevant pas de l'Administration pénitentiaire, dans les conditions définies au présent titre, pendant le temps strictement nécessaire à son départ. Le deuxième alinéa de l'article L. 551-2 et l'article L. 553-4 sont applicables. Quand un délai de quarante-huit heures s'est écoulé depuis le prononcé de la peine, il est fait application des dispositions des chapitres II à IV du présent titre.**

L'interdiction du territoire prononcée à titre de peine complémentaire peut également donner lieu au placement de l'étranger dans des lieux ne relevant pas de l'Administration pénitentiaire, le cas échéant à l'expiration de sa peine d'emprisonnement, dans les conditions définies au présent titre.

Art. L. 555-2. – L'appel d'une décision prononcée par la juridiction pénale peut être interjeté par l'étranger placé ou maintenu dans un lieu de rétention au moyen d'une déclaration auprès du chef du centre ou du local de rétention. Il en est de même du pourvoi en cassation.

Cette déclaration est constatée, datée et signée par le chef du centre ou du local. Elle est également signée par l'étranger. Si celui-ci ne peut signer, il en est fait mention par le chef d'établissement. Ce document est adressé sans délai, en original ou en copie, au greffe de la juridiction qui a rendu la décision attaquée. Il est transcrit sur le registre prévu par, selon le cas, le troisième alinéa de l'article 380-12, le troisième alinéa de l'article 502 ou le troisième alinéa de l'article 576 du Code de procédure pénale et annexé à l'acte dressé par le greffier.

Art. L. 555-3. – Lorsqu'un étranger est condamné en première instance à une peine d'interdiction du territoire français à titre de peine principale assortie de l'exécution provisoire et que l'éloignement du territoire a lieu avant la date de l'audience d'appel, son avocat doit être entendu lors de l'audience d'appel s'il en fait la demande. Il en est de même de l'avocat commis d'office lorsque l'étranger a demandé le bénéfice d'un conseil dans sa requête d'appel.

CHAPITRE VI : DEMANDES D'ASILE EN RÉTENTION

Art. L. 556-1 *(Mod., L. n° 2018-778, 10 sept. 2018).* – **Lorsqu'un étranger placé en rétention en application de l'article L. 551-1 présente une demande d'asile, l'autorité administrative peut procéder pendant la rétention à la détermination de l'État membre responsable de l'examen de cette demande conformément à l'article L. 742-1 et, le cas échéant, à l'exécution d'office du transfert dans les conditions prévues à l'article L. 742-5. Si la France est l'État membre responsable de l'examen de cette demande et si l'autorité administrative estime, sur le fondement de critères objectifs, que cette demande est présentée dans le seul but de faire échec à l'exécution de la mesure d'éloignement, elle peut prendre une décision de maintien en rétention de l'étranger pendant le temps strictement nécessaire à l'examen de sa demande d'asile par l'Office français de protection des réfugiés et apatrides et, en cas de décision de rejet ou d'irrecevabilité de celle-ci, dans l'attente de son départ. Cette décision de maintien en rétention n'affecte ni le contrôle du juge des libertés et de la détention exercé sur la décision de placement en rétention en application de l'article L. 512-1 ni sa compétence pour examiner la prolongation de la rétention en application du chapitre II du titre V du livre V. La décision de maintien en rétention est écrite et motivée. À défaut d'une telle décision, il est immédiatement mis fin à la rétention et l'autorité administrative compétente délivre à l'intéressé l'attestation mentionnée à l'article L. 741-1.**

L'étranger peut demander au président du tribunal administratif l'annulation de la décision de maintien en rétention dans les quarante-huit heures suivant sa notification pour contester les motifs retenus par l'autorité administrative pour estimer que sa demande d'asile a été présentée dans le seul but de faire échec à l'exécution de la mesure d'éloignement. Le président du tribunal administratif ou le magistrat qu'il désigne à cette fin parmi les membres de sa juridiction ou les magistrats honoraires inscrits sur la liste mentionnée à l'article L. 222-2-1 du Code de justice administrative statue après la notification de la décision de l'office relative au demandeur, dans un délai qui ne peut excéder quatre-vingt-seize heures à compter de l'expiration du délai de recours, dans les conditions prévues au III de l'article L. 512-1 du présent code.

Si, saisi dès le placement en rétention de l'étranger en application du même article L. 512-1, le président du tribunal administratif ou le magistrat qu'il désigne à cette fin n'a pas encore statué sur ce premier recours, il statue sur les deux requêtes par une seule décision.

En cas d'annulation de la décision de maintien en rétention, il est immédiatement mis fin à la rétention et l'autorité administrative compétente délivre à l'intéressé l'attestation mentionnée à l'article L. 741-1. L'article L. 561-1 est applicable.

À l'exception des cas mentionnés aux 4° et 5° de l'article L. 743-2, la mesure d'éloignement ne peut être mise à exécution avant que l'Office français de protection des réfugiés et apatrides ait rendu sa décision ou, en cas de saisine du président du tribunal administratif, avant que ce dernier ou le magistrat désigné à cette fin ait statué.

La demande d'asile est examinée selon la procédure accélérée prévue à l'article L. 723-2. L'office statue dans les conditions prévues aux articles L. 723-2 à L. 723-16 dans un délai de quatre-vingt-seize heures. Il tient compte de la vulnérabilité du demandeur d'asile.

Il est mis fin à la rétention si l'office considère qu'il ne peut examiner la demande selon la procédure prévue à l'article L. 723-2 ou s'il reconnaît à l'étranger la qualité de réfugié ou lui accorde le bénéfice de la protection subsidiaire.

Un décret en Conseil d'État fixe les modalités d'application du présent article. Il précise les modalités de prise en compte de la vulnérabilité du demandeur d'asile et, le cas échéant, de ses besoins particuliers.

1) **QPC.** L'article 66 de la Constitution n'est pas méconnu par l'article L. 556-1 du Code de l'entrée et du séjour des étrangers et du droit d'asile tel qu'interprété par la jurisprudence constante de la Cour de cassation, qui exclut la compétence du juge judiciaire pour connaître des contestations portant sur la légalité de l'arrêté de maintien en rétention de l'étranger ayant formulé une demande d'asile postérieurement à son placement en rétention. Bien qu'elle ait pour effet de laisser perdurer une privation de liberté, la décision par laquelle l'autorité administrative décide du maintien en rétention constitue une décision relative au séjour des étrangers. Son annulation ou sa réformation sont alors de la compétence de la juridiction administrative en application du principe fondamental reconnu par les lois de la République selon lequel relève de l'ordre administratif le contentieux relatif aux décisions prises dans l'exercice de prérogatives de puissance publique. Par ailleurs, l'article L. 556-1 du Code de l'entrée et du séjour des étrangers et du droit d'asile ne prive pas le juge judiciaire de sa faculté d'interrompre à

tout moment la prolongation du maintien en rétention pour un autre motif que celui tiré de l'illégalité des décisions relatives au séjour et à l'éloignement des étrangers. Si le législateur peut unifier les règles de compétence juridictionnelle dans l'intérêt d'une bonne administration de la justice, il n'est pas tenu de le faire. Le droit à un recours juridictionnel effectif ne saurait enfin être méconnu par la seule répartition des compétences entre les deux ordres de juridiction. V. ▪ Cons. const., 4 oct. 2019, n° 2014-448 QPC : *JurisData* n° 2019-017066 ; *Dr. adm.* janv. 2020, comm. 2, n° 1, G. Eveillard).

2) Compétence. Si article L. 556-1 a pour conséquence la compétence exclusive du juge administratif pour connaître des contestations relatives à l'existence, la date ou le contenu de l'arrêté de maintien en rétention de l'étranger qui y a formé une demande d'asile, le juge judiciaire conserve la faculté de mettre fin à la rétention à tout moment, à la demande de l'intéressé ou d'office, pour tout autre motif de fait ou de droit extérieur à l'illégalité des décisions relatives au séjour et à l'éloignement de l'étranger (▪ Cass. 1re civ., 18 déc. 2019, n° 18-26.232 : *JurisData* n° 2019-023761).

Art. L. 556-2 *(L. n° 2015-925, 29 juill. 2015)*. **– Les deuxième à cinquième alinéas de l'article L. 556-1 ne sont pas applicables en Guyane, en Guadeloupe, à Mayotte, à Saint-Barthélemy et à Saint-Martin.**

TITRE VI. – ASSIGNATION À RÉSIDENCE

(L. n° 2011-672, 16 juin 2011 : en vigueur à compter d'une date fixée par décret en Conseil d'État et au plus tard le 30 septembre 2011)

CHAPITRE Ier

(L. n° 2011-672, 16 juin 2011 : en vigueur à compter d'une date fixée par décret en Conseil d'État et au plus tard le 30 septembre 2011)

Art. L. 561-1 *(L. n° 2011-672, 16 juin 2011 ; L. n° 2016-274, 7 mars 2016 ; L. n° 2018-187, 20 mars 2018 ; L. n° 2018-778, 10 sept. 2018)*. **– Lorsque l'étranger justifie être dans l'impossibilité de quitter le territoire français ou ne peut ni regagner son pays d'origine ni se rendre dans aucun autre pays, l'autorité administrative peut, jusqu'à ce qu'existe une perspective raisonnable d'exécution de son obligation, l'autoriser à se maintenir provisoirement sur le territoire français en l'assignant à résidence, dans les cas suivants :**

1° Si l'étranger fait l'objet d'une obligation de quitter le territoire français sans délai ou si le délai de départ volontaire qui lui a été accordé est expiré ;

2° Si l'étranger doit être remis aux autorités d'un État membre de l'Union européenne en application des articles L. 531-1 ou L. 531-2 ou transféré vers l'État responsable de sa demande d'asile en application de l'article L. 742-3 ;

3° Si l'étranger doit être reconduit à la frontière en application de l'article L. 531-3 ;

4° Si l'étranger doit être reconduit à la frontière en exécution d'une interdiction de retour ou d'une interdiction de circulation sur le territoire français ;

5° Si l'étranger doit être reconduit à la frontière en exécution d'une interdiction du territoire prévue au deuxième alinéa de l'article 131-30 du Code pénal ;

6° Si l'étranger doit être reconduit à la frontière en exécution d'une interdiction administrative du territoire.

La décision d'assignation à résidence est motivée. Elle peut être prise pour une durée maximale de six mois, renouvelable une fois dans la même limite de durée, par une décision également motivée.

Par exception :

a) Dans le cas prévu au 4° du présent article, la décision d'assignation à résidence peut être renouvelée tant que l'interdiction de retour ou l'interdiction de circulation sur le territoire français demeure exécutoire ;

b) Dans les cas prévus aux articles L. 523-3 à L. 523-5 et au 6° du présent article, la durée maximale de six mois ne s'applique pas ;

c) Dans le cas prévu au 5° du présent article, la durée maximale de six mois ne s'applique pas. Au-delà d'une durée de cinq ans, le maintien sous assignation à résidence fait l'objet d'une décision spécialement motivée faisant état des circonstances particulières justifiant cette prolongation au regard, notamment, de l'absence de garanties suffisantes de représentation de l'étranger ou si sa présence constitue une menace grave pour l'ordre public.

L'étranger astreint à résider dans les lieux qui lui sont fixés par l'autorité administrative doit se présenter périodiquement aux services de police ou aux unités de gendarmerie. Il doit également se présenter, lorsque

l'autorité administrative le lui demande, aux autorités consulaires, en vue de la délivrance d'un document de voyage. L'étranger qui fait l'objet d'un arrêté d'expulsion ou d'une interdiction judiciaire ou administrative du territoire prononcés en tout point du territoire de la République peut, quel que soit l'endroit où il se trouve, être astreint à résider dans des lieux choisis par l'autorité administrative dans l'ensemble du territoire de la République. L'autorité administrative peut prescrire à l'étranger la remise de son passeport ou de tout document justificatif de son identité dans les conditions prévues à l'article L. 611-2. Si l'étranger présente une menace d'une particulière gravité pour l'ordre public, l'autorité administrative peut le faire conduire par les services de police ou de gendarmerie jusqu'aux lieux d'assignation.

L'autorité administrative peut également, aux fins de préparation du départ de l'étranger, lui désigner, en tenant compte des impératifs de la vie privée et familiale, une plage horaire pendant laquelle il doit demeurer dans les locaux où il réside, dans la limite de trois heures consécutives par période de vingt-quatre heures. Lorsque l'étranger est assigné à résidence en application des 5° ou 6° ou au titre d'une des mesures prévues aux articles L. 523-3 à L. 523-5 ou si son comportement constitue une menace pour l'ordre public, la durée de cette plage horaire peut être portée à dix heures consécutives par période de vingt-quatre heures.

Le non-respect des prescriptions liées à l'assignation à résidence est sanctionné dans les conditions prévues à l'article L. 624-4.

1) QPC. S'il est loisible au législateur de ne pas fixer de durée maximale à l'assignation dans le but d'exercer un contrôle de l'étranger qui représente une menace pour l'ordre public, ou pour assurer l'exécution d'une décision de justice, l'absence d'exigence d'une justification de circonstances particulières imposant le maintien de l'assignation à résidence au-delà d'une certaine durée porte une atteinte disproportionnée à la liberté d'aller et venir. Les mots « au 5° du présent article » figurant à la dernière phrase du huitième alinéa de l'article L. 561-1 du Code de l'entrée et du séjour des étrangers et du droit d'asile, dans sa rédaction résultant de la loi n° 2016-274 du 7 mars 2016 relative au droit des étrangers en France, sont alors contraires à la Constitution. Dès lors que la durée indéfinie de la mesure en accroît la rigueur, il appartient par ailleurs à l'autorité administrative, afin de ne pas porter une atteinte disproportionnée aux droits et libertés de l'intéressé, de tenir compte du temps passé sous le régime de l'assignation à résidence et de ses liens familiaux dans la détermination de la contrainte imposée et, le cas échéant, du lieu de résidence. La seule prolongation dans le temps de la mesure ne peut cependant pas avoir pour conséquence de la transformer en mesure privative de liberté au sens de l'article 66 de la Constitution dès lors que l'astreinte à domicile qu'elle peut comporter n'excède pas 12 heures par jour. V. ▪ Cons. const., 1er déc. 2017, n° 2017-674 QPC.

2) Peine d'interdiction du territoire français. La suspension de la peine d'interdiction du territoire, prononcée par la juridiction d'application des peines à la suite d'une mesure de libération conditionnelle, fait obstacle à ce que soit prise une mesure d'assignation à résidence sur le fondement de l'article L. 561-1 5° du CESEDA (▪ CE, 8 juill. 2020, n° 421570 : *JurisData* n° 2020-009749).

Art. L. 561-2 *(L. n° 2016-274, 7 mars 2016 ; L. n° 2018-187, 20 mars 2018 ; L. n° 2018-778, 10 sept. 2018)*. **– I. – L'autorité administrative peut prendre une décision d'assignation à résidence à l'égard de l'étranger qui ne peut quitter immédiatement le territoire français mais dont l'éloignement demeure une perspective raisonnable, lorsque cet étranger :**

1° Doit être remis aux autorités compétences d'un État membre de l'Union européenne en application des articles L. 531-1 ou L. 531-2 ;

1° *bis* Fait l'objet d'une décision de transfert en application de l'article L. 742-3 ou d'une requête aux fins de prise en charge ou de reprise en charge en application du règlement (UE) n° 604/2013 du Parlement européen et du Conseil du 26 juin 2013 établissement les critères et mécanismes de détermination de l'État membre par un ressortissant de pays tiers ou un apatride ;

2° Fait l'objet d'un arrêté d'expulsion ;

3° Doit être reconduit à la frontière en exécution d'une interdiction judiciaire du territoire prise en application du deuxième alinéa de l'article L. 131-30 du Code pénal ;

4° Fait l'objet d'un signalement aux fins de non-admission ou d'une décision d'éloignement exécutoire prise en application de l'article L. 531-3 du présent code ;

5° Fait l'objet d'une obligation de quitter le territoire français prise moins d'un an auparavant et pour laquelle le délai pour quitter le territoire est expiré ou n'a pas été accordé ;

6° Doit être reconduit d'office à la frontière en exécution d'une interdiction de retour sur le territoire français, d'une interdiction de circulation sur le territoire français ou d'une interdiction administrative du territoire ;

7° Ayant fait l'objet d'une décision d'assignation à résidence en application des 1° à 6° du présent article ou de placement en rétention administrative en application de l'article L. 551-1, n'a pas déféré à la mesure d'éloignement dont il fait l'objet ou, y ayant déféré, est revenu en France alors que cette mesure est toujours exécutoire.

Les huit derniers alinéas de l'article L. 561-1 sont applicables, sous réserve que la durée maximale de l'assignation ne puisse excéder une durée de quarante-cinq jours, renouvelable une fois pour les cas relevant des 1° et 2° à 7° du présent I, ou trois fois pour les cas relevant du 1° *bis*.

L'article L. 551-1 est applicable lorsqu'un étranger assigné à résidence en application du présent article :

***a)* Ne présente plus de garanties de représentation effectives propres à prévenir le risque mentionné au 3° du II de l'article L. 511-1 ;**

***b)* Présente un risque non négligeable de fuite, tel que défini aux 1° à 12° du II de l'article L. 551-1, dans le cas d'un étranger faisant l'objet d'une requête aux fins de prise en charge ou de reprise en charge, en application du règlement (UE) n° 604/2013 du Parlement européen et du Conseil du 26 juin 2013 précité, ou d'une décision de transfert notifiée conformément à l'article L. 742-3.**

II. – En cas d'impossibilité d'exécution d'office de la mesure d'éloignement résultant de l'obstruction volontaire de l'étranger assigné à résidence en application du I du présent article, l'autorité administrative peut demander au juge des libertés et de la détention de l'autoriser à requérir les services de police ou les unités de gendarmerie pour qu'ils visitent le domicile de l'étranger afin de s'assurer de sa présence et de le reconduire à la frontière ou, si le départ n'est pas possible immédiatement, de lui notifier une décision de placement en rétention.

Le juge des libertés et de la détention, saisi par requête, statue dans un délai de vingt-quatre heures. À peine de nullité, sa décision est motivée. Le juge s'assure du caractère exécutoire de la décision d'éloignement que la mesure vise à exécuter et de l'obstruction volontaire de l'étranger à ladite exécution, dûment constatée par l'autorité administrative, résultant notamment de l'absence de réponse de l'étranger à sa demande de présentation pour les nécessités de son exécution. La décision mentionne l'adresse des lieux dans lesquels les opérations de visite peuvent être effectuées.

L'ordonnance ayant autorisé la visite est exécutoire pendant 96 heures au seul vu de la minute. Elle est notifiée sur place à l'étranger dans une langue qu'il comprend ou, à défaut, à l'occupant des lieux, qui en reçoit copie intégrale contre récépissé. L'acte de notification comporte mention des voies de recours.

Les opérations de visites sont effectuées sous le contrôle du magistrat qui les a autorisées, qui peut se déplacer sur les lieux pour veiller au respect des dispositions légales. Ces opérations ne peuvent être commencées avant 6 heures ni après 21 heures. Elles ne peuvent, à peine de nullité, avoir un autre objet que l'exécution de la mesure d'éloignement visée dans la décision du juge des libertés et de la détention.

Il est dressé un procès-verbal mentionnant les dates et heures de début et de fin des opérations et les conditions de leur déroulement. Ce procès-verbal est présenté à la signature de l'étranger ou, à défaut, de l'occupant des lieux ; en cas de refus, mention est faite de ce refus et de ses motifs déclarés. Le procès-verbal est transmis au juge des libertés et de la détention, copie en ayant été remise à l'étranger ou, à défaut, à l'occupant des lieux.

Les ordonnances mentionnées au présent article sont susceptibles d'appel devant le premier président de la cour d'appel ou son délégué, qui est saisi sans forme et doit statuer dans un délai de quarante-huit heures à compter de sa saisine. L'appel n'est pas suspensif. Le premier président de la cour d'appel ou son délégué peut, par ordonnance motivée et sans avoir préalablement convoqué les parties, rejeter les déclarations d'appel manifestement irrecevables.

Lorsque l'étranger fait l'objet d'un arrêté d'expulsion, d'une interdiction judiciaire du territoire français ou d'une interdiction administrative du territoire français, la condition d'impossibilité d'exécution d'office de la mesure d'éloignement résultant de l'obstruction volontaire de l'étranger, prévue au premier alinéa du présent II, n'est pas requise.

Le présent II est applicable à l'étranger assigné à résidence en application des articles L. 523-3 à L. 523-5, L. 552-4 ou L. 561-1.

Il se déduit de l'article L. 561-2 II, dans sa version issue de la loi n° 2018-778 du 10 septembre 2018 qui prévoit que l'autorité administrative peut demander au juge des libertés et de la détention de l'autoriser à requérir les services de police ou de gendarmerie pour qu'ils visitent le domicile de l'étranger assigné à résidence à fins d'exécution d'une mesure d'éloignement, qu'une telle autorisation du juge des libertés et de la détention est nécessairement requise, quand bien même n'aurait-il pas été fait usage de la contrainte pour pénétrer dans les lieux ; irrégularité de la visite domiciliaire réalisée sans autorisation préalable du juge des libertés et de la détention, et donc hors de tout cadre légal (■ Cass. 1re civ., 16 mars 2022, n° 21-10.029).

Art. L. 561-2-1 *(L. n° 2016-274, 7 mars 2016)*. – **Les étrangers assignés à résidence sur le fondement des articles L. 552-4 et L. 561-2 se voient remettre une information sur les modalités d'exercice de leurs droits, sur les obligations qui leur incombent et, le cas échéant, sur la possibilité de bénéficier d'une aide au retour.**

Art. L. 561-3 *(L. n° 2011-672, 16 juin 2011)*. – **Les modalités d'application du présent chapitre sont fixées par décret en Conseil d'État.**

ASSIGNATION À RÉSIDENCE AVEC INTERDICTION DE SE TROUVER EN RELATION AVEC UNE PERSONNE NOMMÉMENT DÉSIGNÉ

Art. L. 563-1 *(L. n° 2014-1353, 13 nov. 2014)*. – **L'étranger astreint à résider dans les lieux qui lui sont fixés en application des articles L. 523-3, L. 523-4 ou L. 541-3 qui a été condamné à une peine d'interdiction du territoire pour des actes de terrorisme prévus au titre II du livre IV du Code pénal ou à l'encontre duquel un arrêté d'expulsion a été prononcé pour un comportement lié à des activités à caractère terroriste peut, si la préservation de la sécurité publique l'exige, se voir prescrire par l'autorité administrative compétente pour prononcer l'assignation à résidence une interdiction de se trouver en relation, directement ou indirectement, avec certaines personnes nommément désignées dont le comportement est lié à des activités à caractère terroriste. La décision est écrite et motivée. Elle peut être prise pour une durée maximale de six mois et renouvelée, dans la même limite de durée, par une décision également motivée. Cette interdiction est levée dès que les conditions ne sont plus satisfaites ou en cas de levée de l'assignation à résidence.**

La violation de cette interdiction est sanctionnée dans les conditions prévues à l'article L. 624-4 du présent code.

TITRE VII. – DISPOSITIONS DIVERSES

(Renum. et mod., L. n° 2011-672, 16 juin 2011)

CHAPITRE UNIQUE

Art. L. 571-1 *(Anc. art. L. 561-1, renum. et mod., L. n° 2011-672, 16 juin 2011 ; mod., L. n° 2014-1353, 13 nov. 2014 ; L. n° 2016-274, 7 mars 2016)*. – **La libération conditionnelle des étrangers condamnés à une peine privative de liberté et faisant l'objet d'une mesure d'interdiction du territoire, d'obligation de quitter le territoire français, d'interdiction de retour sur le territoire français, d'interdiction de circulation sur le territoire français, d'interdiction administrative du territoire, de reconduite à la frontière, d'expulsion, d'extradition ou de remise sur le fondement d'un mandat d'arrêt européen est régie par les dispositions de l'article 729-2 du Code de procédure pénale.**

Voir également : sous art. L. 541-2, p. 1526.

Contrariété au principe de proportionnalité des peines de l'article 730-2-1 du Code de procédure pénale tel qu'interprété par la Cour de cassation, dont il résulte que les étrangers condamnés à une peine de réclusion criminelle à perpétuité et à une peine définitive d'interdiction du territoire ne peuvent bénéficier d'aucun aménagement de peine (■ Cons. const., 6 sept. 2019, n° 2019-799/800 QPC : *JurisData* n° 2019-015161 ; *Dr. Pén.* 2019, comm. 178, E. Bonis).

Code de procédure pénale

Art. 729-2 *(Mod., L. n° 2011-672, 16 juin 2011 ; L. n° 2016-274, 7 mars 2016)*. – Lorsqu'un étranger condamné à une peine privative de liberté est l'objet d'une mesure d'interdiction du territoire français, d'obligation de quitter le territoire français, d'interdiction de retour sur le territoire français, d'interdiction de circulation sur le territoire français, d'expulsion d'extradition ou de remise sur le fondement d'un mandat d'arrêt européen, sa libération conditionnelle est subordonnée à la condition que cette mesure soit exécutée. Elle peut être décidée sans son consentement.

Par exception aux dispositions de l'alinéa précédent, le juge de l'application des peines, ou le tribunal de l'application des peines, peut également accorder une libération conditionnelle à un étranger faisant l'objet d'une peine complémentaire d'interdiction du territoire français en ordonnant la suspension de l'exécution de cette peine pendant la durée des mesures d'assistance et de contrôle prévue à l'article 732. À l'issue de cette durée, si la décision de mise en liberté conditionnelle n'a pas été révoquée, l'étranger est relevé de plein droit de la mesure d'interdiction du territoire français. Dans le cas contraire, la mesure redevient exécutoire.

Art. L. 571-2 *(Anc. art. L. 561-2, renum., L. n° 2011-672, 16 juin 2011 ; mod., Ord. n° 2014-464, 7 mai 2014)*. – **Sont applicables sur le territoire défini à l'article L. 111-3 les mesures d'interdiction du territoire prononcées par toute juridiction siégeant dans les îles Wallis-et-Futuna, en Polynésie française et en Nouvelle-Calédonie ainsi que les mesures de reconduite à la frontière et d'expulsion prononcées par le représentant de l'État dans les îles Wallis-et-Futuna, en Polynésie française et en Nouvelle-Calédonie.**

Art. L. 571-3 *(Anc. art. L. 561-3, renum., L. n° 2011-672, 16 juin 2011)*. – **L'autorité administrative peut ordonner le placement sous surveillance électronique mobile de l'étranger astreint à résider dans les lieux qui lui sont fixés en application des articles L. 523-3, L. 523-4 ou L. 541-3 s'il a été condamné à une peine d'interdiction du territoire pour des actes de terrorisme prévus par le titre II du livre IV du Code pénal ou si une mesure d'expulsion a été prononcée à son encontre pour un comportement lié à des activités à caractère terroriste.**

Ce placement est prononcé, après accord de l'étranger, pour une durée de trois mois qui peut être prolongée pour une même durée sans que la durée totale du placement dépasse deux ans. À défaut de prolongation, il est mis fin au placement sous surveillance électronique mobile.

L'étranger est astreint au port, pendant toute la durée du placement, d'un dispositif intégrant un émetteur permettant à tout moment de déterminer à distance sa localisation sur l'ensemble du territoire national.

La mise en œuvre du dispositif technique permettant le contrôle à distance peut être confiée à une personne de droit privé habilitée dans des conditions fixées par décret en Conseil d'État.

Pendant la durée du placement, l'autorité administrative peut, d'office ou à la demande de l'étranger, modifier ou compléter les obligations résultant dudit placement.

Le manquement aux prescriptions liées au placement sous surveillance électronique est sanctionné dans les conditions prévues à l'article L. 624-4.

Art. L. 571-4 *(Créé, L. n° 2018-778, 10 sept. 2018)*. – **I. – Le demandeur d'asile qui fait l'objet d'une mesure d'expulsion, prise en application des articles L. 521-1, L. 521-2, L. 521-3 ou L. 521-5, d'une peine d'interdiction du territoire, prise en application de l'article 131-30 du Code pénal ou d'une interdiction administrative du territoire, prise en application des articles L. 214-1 ou L. 214-2 du présent code, et dont la demande d'asile est en cours d'examen ou a été présentée postérieurement à la notification de cette mesure, peine ou interdiction peut être assigné à résidence ou placé en rétention le temps strictement nécessaire à l'examen de sa demande d'asile par l'Office français de protection des réfugiés et apatrides et, en cas de décision de rejet ou d'irrecevabilité, dans l'attente de son départ.**

Lorsque le demandeur est assigné à résidence, les dispositions de l'article L. 561-2 relatives à la durée maximale et aux modalités de l'assignation à résidence sont applicables.

Lorsque le demandeur est placé en rétention, les dispositions du titre V du présent livre relatives à la durée maximale et aux modalités du placement en rétention sont applicables. La décision de placement en rétention ne peut être prononcée que pour des raisons impérieuses de protection de l'ordre public ou de la sécurité nationale établies sur la base d'une évaluation individuelle du demandeur, si d'autres mesures moins coercitives ne peuvent être efficacement appliquées. Elle prend en compte la vulnérabilité du demandeur.

II. – À la demande de l'autorité administrative, et sans préjudice des cas prévus aux 5° et 6° de l'article L. 743-2, l'office statue sur la demande d'asile de l'étranger ainsi assigné à résidence ou placé en rétention selon les modalités prévues à l'article L. 723-2 et dans le délai prévu à l'article L. 556-1. Sans préjudice d'autres mesures de surveillance décidées par l'autorité administrative ou l'autorité judiciaire, il est mis fin à la rétention si l'office reconnaît à l'étranger la qualité de réfugié ou lui accorde le bénéfice de la protection subsidiaire.

III. – En cas de décision de rejet ou d'irrecevabilité par l'office, l'étranger peut, dans les quarante-huit heures suivant la notification de cette décision, demander au président du tribunal administratif de suspendre l'exécution de la mesure d'éloignement jusqu'à l'expiration du délai de recours devant la Cour nationale du droit d'asile ou, si celle-ci est saisie, soit jusqu'à la date de la lecture en audience publique de la décision de la cour, soit, s'il est statué par ordonnance, jusqu'à la date de la notification de celle-ci. La mesure d'éloignement ne peut être mise à exécution pendant ce délai de quarante-huit heures ou, en cas de saisine du président du tribunal administratif, avant que ce dernier ou le magistrat qu'il désigne à cette fin parmi les membres de sa juridiction ou les magistrats honoraires inscrits sur la liste mentionnée à l'article L. 222-2-1 du Code de justice administrative ait statué. Le président du tribunal administratif ou le magistrat désigné à cette fin statue dans les conditions prévues au III de l'article L. 512-1 du présent code. Il fait droit à la demande de l'étranger lorsque celui-ci présente des éléments sérieux de nature à justifier, au titre de sa demande d'asile, son maintien sur le territoire durant l'examen de son recours par la cour. La suspension de l'exécution de la mesure d'éloignement ne met pas fin à l'assignation à résidence ou à la rétention de l'étranger, qui se poursuit dans les conditions et limites prévues au présent livre.

IV. – Un décret en Conseil d'État fixe les modalités d'application du présent article. Il précise notamment les modalités de prise en compte de la vulnérabilité du demandeur d'asile et, le cas échéant, de ses besoins particuliers.

LIVRE SIXIÈME. – CONTRÔLES ET SANCTIONS

TITRE PREMIER. – CONTRÔLES

Art. L. 611-1 ***(Mod., L. n° 2012-1560, 31 déc. 2012).*** **– I. – En dehors de tout contrôle d'identité, les personnes de nationalité étrangère doivent être en mesure de présenter les pièces ou documents sous le couvert desquels elles sont autorisées à circuler ou à séjourner en France à toute réquisition des officiers de police judiciaire et, sur l'ordre et sous la responsabilité de ceux-ci, des agents de police judiciaire et agents de police judiciaire adjoints mentionnés aux articles 20 et 21 (1°) du Code de procédure pénale.**

À la suite d'un contrôle d'identité effectué en application des articles 78-1, 78-2, 78-2-1 et 78-2-2 du Code de procédure pénale, les personnes de nationalité étrangère peuvent être également tenues de présenter les pièces et documents visés à l'alinéa précédent.

Les contrôles des obligations de détention, de port et de présentation des pièces et documents prévus aux deux premiers alinéas du présent I ne peuvent être effectués que si des éléments objectifs déduits de circonstances extérieures à la personne même de l'intéressé sont de nature à faire apparaître sa qualité d'étranger.

II. – Les contrôles des obligations de détention, de port et de présentation des pièces et documents mentionnés au premier alinéa du I ne peuvent être pratiqués que pour une durée n'excédant pas six heures consécutives dans un même lieu et ne peuvent consister en un contrôle systématique des personnes présentes ou circulant dans ce lieu.

1) QPC. Par décision n° 2016-606/607 QPC du 24 janvier 2017, le Conseil constitutionnel a déclaré conformes à la Constitution la référence « 78-2 » et les mots « 78-2-2 » figurant au deuxième alinéa de l'article L. 611-1.

2) Pour l'application de l'article 78-2 alinéa 8, du Code de procédure pénale, le contrôle d'identité destiné à prévenir et rechercher les infractions liées à la criminalité transfrontière, dans les zones définies par ce texte, est indépendant du recueil d'éléments objectifs, déduits de circonstances extérieures à la personne concernée, de nature à faire apparaître sa qualité d'étranger (■ Cass. crim., 8 févr. 2017, n° 16-81.323 : *JurisData* n° 2017-001837).

Art. L. 611-1-1 ***(Créé, L. n° 2012-1560, 31 déc. 2012 ; mod., L. n° 2018-778, 10 sept. 2018).*** **– I. – Si, à l'occasion d'un contrôle effectué en application de l'article L. 611-1 du présent code, des articles 78-1, 78-2, 78-2-1 et 78-2-2 du Code de procédure pénale ou de l'article 67 *quater* du Code des douanes, il apparaît qu'un étranger n'est pas en mesure de justifier de son droit de circuler ou de séjourner en France, il peut être conduit dans un local de police ou de gendarmerie et y être retenu par un officier de police judiciaire de la police nationale ou de la gendarmerie nationale aux fins de vérification de son droit de circulation ou de séjour sur le territoire français. Dans ce cas, l'officier de police judiciaire ou, sous le contrôle de celui-ci, un agent de police judiciaire procède**

aux auditions de l'étranger. Sous le contrôle de l'officier de police judiciaire, l'étranger est mis en mesure de fournir par tout moyen les pièces et documents requis. Il est procédé, s'il y a lieu, aux opérations de vérification nécessaires. Le procureur de la République est informé dès le début de la retenue.

L'étranger est aussitôt informé, dans une langue qu'il comprend ou dont il est raisonnable de supposer qu'il la comprend, des motifs de son placement en retenue et de la durée maximale de la mesure ainsi que du fait qu'il bénéficie :

1° Du droit d'être assisté par un interprète ;

2° Du droit d'être assisté par un avocat désigné par lui ou commis d'office par le bâtonnier, qui est alors informé de cette demande par tous moyens et sans délai. Dès son arrivée, l'avocat peut communiquer pendant trente minutes avec la personne retenue dans des conditions qui garantissent la confidentialité de l'entretien. L'étranger peut demander que l'avocat assiste à ses auditions. Dans ce cas, la première audition, sauf si elle porte uniquement sur les éléments d'identité, ne peut débuter sans la présence de l'avocat avant l'expiration d'un délai d'une heure suivant l'information adressée à celui-ci. Toutefois, les opérations de vérification ne nécessitant pas la présence de l'étranger peuvent être effectuées dès le début de la retenue. Au cours des auditions, l'avocat peut prendre des notes. À la fin de la retenue, l'avocat peut, à sa demande, consulter le procès-verbal établi en application du quatorzième alinéa du présent I ainsi que le certificat médical y étant, le cas échéant, annexé et formuler des observations écrites également annexées ;

3° Du droit d'être examiné par un médecin désigné par l'officier de police judiciaire. Le médecin se prononce sur l'aptitude au maintien de la personne en retenue et procède à toutes constatations utiles ;

4° Du droit de prévenir à tout moment sa famille et toute personne de son choix et de prendre tout contact utile afin d'assurer l'information et, le cas échéant, la prise en charge des enfants dont il assure normalement la garde, qu'ils l'aient ou non accompagné lors de son placement en retenue. Si des circonstances particulières l'exigent, l'officier de police judiciaire prévient lui-même la famille et la personne choisie. En tant que de besoin, il informe le procureur de la République aux fins d'instruction dans l'intérêt des enfants ;

5° Du droit d'avertir ou de faire avertir les autorités consulaires de son pays.

Lorsque l'étranger ne parle pas le français, il est fait application de l'article L. 111-7.

L'étranger ne peut être retenu que pour le temps strictement exigé par l'examen de son droit de circulation ou de séjour et, le cas échéant, le prononcé et la notification des décisions administratives applicables. La retenue ne peut excéder vingt-quatre heures à compter du début du contrôle mentionné au premier alinéa du présent I. Le procureur de la République peut mettre fin à la retenue à tout moment.

Pour les seules nécessités de la vérification du droit de séjour et de circulation, il peut être procédé, sous le contrôle de l'officier de police judiciaire et en présence de l'étranger, avec l'accord de ce dernier ou, à défaut, après avoir informé par tout moyen le procureur de la République, à l'inspection des bagages et effets personnels de l'étranger et à leur fouille. En cas de découverte d'une infraction, il est établi un procès-verbal distinct de celui prévu au quatorzième alinéa, qui mentionne le lieu et les dates et heures de début et de fin de ces opérations et dont un exemplaire est transmis sans délai au procureur de la République.

Les mesures de contrainte exercées sur l'étranger sont strictement proportionnées à la nécessité des opérations de vérification et de son maintien à la disposition de l'officier de police judiciaire. L'étranger ne peut être soumis au port des menottes ou des entraves que s'il est considéré soit comme dangereux pour autrui ou pour lui-même, soit comme susceptible de tenter de prendre la fuite.

Durant la retenue, lorsque sa participation aux opérations de vérification n'est pas nécessaire, l'étranger ne peut être placé dans une pièce occupée simultanément par une ou plusieurs personnes gardées à vue.

Si l'étranger ne fournit pas d'éléments permettant d'apprécier son droit de circulation ou de séjour, les opérations de vérification peuvent donner lieu, après information du procureur de la République, à la prise d'empreintes digitales ou de photographies pour établir la situation de cette personne. Les empreintes digitales et photographies sont collectées en vue de l'établissement du droit de circuler ou de séjourner de l'étranger et ne peuvent être mémorisées et faire l'objet d'un traitement automatisé en application du deuxième alinéa de l'article L. 611-3 que s'il apparaît, à l'issue de la retenue, que l'étranger ne dispose pas d'un droit de circulation ou de séjour.

L'officier de police judiciaire ou, sous le contrôle de celui-ci, un agent de police judiciaire mentionne, dans un procès-verbal, les motifs qui ont justifié le contrôle, ainsi que la vérification du droit de circulation ou de séjour et les conditions dans lesquelles la personne a été présentée devant lui, informée de ses droits et mise en mesure de

les exercer. Il précise le jour et l'heure du début et de la fin de la retenue et la durée de celle-ci et, le cas échéant, la prise d'empreintes digitales ou de photographies, ainsi que l'inspection visuelle ou la fouille des bagages et effets personnels et les dates et heures de début et de fin de ces opérations. Il y annexe le certificat médical établi à l'issue de l'examen éventuellement pratiqué.

Ce procès-verbal est présenté à la signature de l'étranger intéressé. Celui-ci est informé de la possibilité de ne pas signer ledit procès-verbal. S'il refuse de le signer, mention est faite du refus et des motifs de celui-ci.

Le procès-verbal est transmis au procureur de la République, copie en ayant été remise à la personne intéressée. Les mentions de chaque procès-verbal concernant l'identité de la personne, le jour et l'heure du début et de la fin de la retenue et la durée de celle-ci figurent également sur un registre spécial, tenu à cet effet dans le local de police ou de gendarmerie. Ce registre peut être tenu sous forme dématérialisée.

Si elle n'est suivie à l'égard de l'étranger qui a été retenu d'aucune procédure d'enquête ou d'exécution adressée à l'autorité judiciaire ou n'a donné lieu à aucune décision administrative, la vérification du droit de circulation ou de séjour ne peut donner lieu à une mise en mémoire sur fichiers et le procès-verbal, ainsi que toutes les pièces se rapportant à la vérification sont détruits dans un délai de six mois à compter de la fin de la retenue, sous le contrôle du procureur de la République.

Les prescriptions énumérées au présent article sont imposées à peine de nullité, sous réserve des dispositions de l'article L. 552-13.

II. – Lorsqu'un étranger, retenu en application de l'article 78-3 du Code de procédure pénale, n'est pas en mesure de justifier de son droit de circuler ou de séjourner en France, le I du présent article s'applique et la durée de la retenue effectuée en application de ce même article 78-3 s'impute sur celle de la retenue pour vérification du droit de séjour.

III. – S'il apparaît, au cours de la retenue de l'étranger, que celui-ci doit faire l'objet d'un placement en garde à vue conformément aux articles 62 et suivants du Code de procédure pénale, la durée de la retenue s'impute sur celle de la garde à vue.

1) QPC. Par la décision n° 2016-606/607 QPC du 24 janvier 2017, le Conseil constitutionnel a déclaré conformes à la Constitution la référence « 78-2 » et les mots « et 78-2-2 » figurant au premier alinéa de l'article L. 611-1-1.

2) Durée. L'allongement de la durée maximale de la retenue à 24 heures, et non au-delà, est conforme à la Constitution (▪ Cons. const., 6 sept. 2018, n° 2018-770 DC : *JurisData* n° 2018-015957).

3) La mesure de retenue prévue à l'article L. 611-1 du Code de l'entrée et du séjour des étrangers et du droit d'asile (CESEDA) peut, dès lors que la durée maximale de 16 heures n'est pas dépassée, être fractionnée dans le temps, notamment lorsque l'interruption temporaire intervient pour rendre effectives les vérifications administratives concernant le droit de circulation et de séjour de l'intéressé (▪ Cass. 1re civ., 1er févr. 2017, n° 16-14.700).

4) Le début de la retenue s'entend de la présentation de l'intéressé à l'officier de police judiciaire (▪ Cass. 1re civ., 5 sept. 2018, n° 17-22.507 : *JurisData* n° 2018-014951 ; *JCP* G 2018, n° 40, 1013, veille par Ph. Collet).

5) Contrôle du juge. Cassation de l'ordonnance du juge des libertés et de la détention qui, dans sa décision de prolongation de la rétention de l'étranger intervenue postérieurement à une retenue, avait estimé que ne relevait pas de sa compétence l'appréciation de la conformité de la loi aux conventions internationales et au droit de l'Union en particulier (▪ Cass. 1re civ., 7 oct. 2015, n° 14-20.370 : *JCP* G 2015, n° 51, 1397, note H. Labayle).

6) Le défaut de transmission au procureur de la République du procès-verbal établi au cours de la retenue d'un étranger en vue de la vérification du droit de séjour ne porte pas, en soi, atteinte aux droits de l'étranger, de sorte qu'en application des articles L. 552-13 et L. 611-1-1 du Code de l'entrée et du séjour des étrangers, la juridiction qui relève une telle irrégularité, sans établir qu'elle a eu pour effet de porter atteinte aux droits de l'étranger, ne peut prononcer la mainlevée de la mesure de placement en rétention (▪ Cass. 1re civ., 18 déc. 2013, n° 13-50.010 : *Bull. inf. C. cass.* 15 mars 2014, n° 557 ; *D.* 2014, panorama, p. 451, note K. Parrot).

7) Il résulte des articles L. 552-13 et L. 611-1-1 du Code de l'entrée et du séjour des étrangers et du droit d'asile que le placement d'un étranger retenu dans une pièce simultanément occupée par des personnes gardées à vue ne porte pas, en soi, atteinte aux droits de cet étranger (▪ Cass. crim., 23 sept. 2015, n° 14-21.279 : *JurisData* n° 2015-021069).

8) Une personne en situation irrégulière, invitée à suivre les policiers, qui a accepté de les accompagner dans un local de police pour y recevoir notification d'une décision de placement en rétention, ne doit pas nécessairement être placée en retenue ou entendue sur le fondement des articles L. 611-1-1 du Code d'entrée et du séjour des étranger et du droit d'asile ou 62 du Code de procédure pénale (▪ Cass. 1re civ., 12 juill. 2016, n° 15-22.854 : *JurisData* n° 2016-013671).

9) Selon l'article L. 611-1 du Code de l'entrée et du séjour des étrangers et du droit d'asile, le procureur de la République est informé dès le début de la retenue, non à compter de la présentation des personnes interpellées à l'officier de police judiciaire.

Tout retard dans l'information donnée à ce magistrat, non justifié par des circonstances insurmontables, est de nature à porter atteinte aux droits de la personne concernée (▪ Cass. 1re civ., 17 mai 2017, n° 16-15.229 : *JurisData* n° 2017-009142).

Art. L. 611-2 ***(Mod., L. n° 2011-672, 16 juin 2011).*** **– L'autorité administrative compétente, les services de police et les unités de gendarmerie sont habilités à retenir le passeport ou le document de voyage des personnes de nationalité étrangère en situation irrégulière. Ils leur remettent en échange un récépissé valant justification de leur identité et sur lequel sont mentionnées la date de retenue et les modalités de restitution du document retenu.**

Viole le principe de la *séparation des pouvoirs*, ensemble l'article 8-1 de l'ordonnance du 2 novembre 1945 devenu l'article L. 611-2 du Code de l'entrée et du séjour des étrangers et du droit d'asile, le premier président qui, donnant une injonction à l'Administration, ordonne au représentant du préfet, en raison de l'irrégularité de la procédure de rétention administrative, la remise du passeport à l'intéressé (▪ Cass. 1re civ., 4 oct. 2005 : *Bull. inf. C. cass.* 2006, n° 68).

Art. L. 611-3 ***(Mod., L. n° 2007-1631, 20 nov. 2007 ; L. n° 2011-672, 16 juin 2011 ; L. n° 2016-274, 7 mars 2016 ; L. n° 2018-778, 10 sept. 2018).*** **– Afin de mieux garantir le droit au séjour des personnes en situation régulière et de lutter contre l'entrée et le séjour irréguliers des étrangers en France, les empreintes digitales ainsi qu'une photographie des ressortissants étrangers, non ressortissants d'un État membre de l'Union européenne, d'un autre État partie à l'accord sur l'Espace économique européen ou de la Confédération suisse, qui sollicitent la délivrance d'un titre de séjour en application de l'article L. 311-1 peuvent être relevées, mémorisées et faire l'objet d'un traitement automatisé dans les conditions fixées par la loi n° 78-17 du 6 janvier 1978 relative à l'informatique, aux fichiers et aux libertés.**

Il en est de même de ceux qui sont en situation irrégulière en France, qui font l'objet d'une mesure d'éloignement du territoire français ou qui, ayant été contrôlés à l'occasion du franchissement de la frontière en provenance d'un pays tiers aux États parties à la convention signée à Schengen le 19 juin 1990, ne remplissent pas les conditions d'entrée prévues à l'article 6 du règlement (UE) 2016/399 du Parlement européen et du Conseil du 9 mars 2016 concernant un Code de l'Union relatif au régime de franchissement des frontières par les personnes (Code frontières Schengen) ou à l'article L. 211-1. Le refus de se soumettre à ces opérations est puni d'un an d'emprisonnement, de 3 750 € d'amende et d'une interdiction du territoire français d'une durée n'excédant pas trois ans.

Il en est de même des étrangers bénéficiaires de l'aide au retour mentionnée à l'article L. 512-5.

Circulaire du 5 novembre 2018

présentant les dispositions de droit pénal immédiatement applicables de la loi n° 2018-778 du 10 septembre 2018 pour une immigration maîtrisée, un droit d'asile effectif et une intégration réussie

4 Extension du champ d'application de l'interdiction du territoire français

4.1 Dans le Code de l'entrée et du séjour des étrangers et du droit d'asile

Afin de mieux garantir le droit au séjour des personnes en situation régulière et de lutter contre l'entrée et le séjour irréguliers des étrangers en France, le 2° du I de l'article 35 de la loi aggrave les sanctions encourues pour le délit de refus de se soumettre à la prise d'empreintes digitales et de photographie prévu par l'article L. 611-3 du CESEDA.

Ainsi, outre la peine d'emprisonnement d'un an et la peine d'amende de 3 750 euros, le juge pourra désormais prononcer une interdiction du territoire français d'une durée n'excédant pas trois ans.

Aux termes du I de l'article 71 de la loi, ces dispositions ne s'appliquent qu'aux infractions postérieures à sa date de publication, donc celles commises à compter du 12 septembre 2018.

Art. L. 611-4 ***(L. n° 2016-274, 7 mars 2016).*** **– En vue de l'identification d'un étranger qui n'a pas justifié des pièces ou documents visés à l'article L. 611-1 ou qui n'a pas présenté à l'autorité administrative compétente**

les documents de voyage permettant l'exécution de l'une des mesures mentionnées à l'article L. 624-1-1 ou qui, à défaut de ceux-ci, n'a pas communiqué les renseignements permettant cette exécution, les données des fichiers automatisés des empreintes digitales gérés par le ministère de l'Intérieur peuvent être consultées par les agents expressément habilités des services du ministère de l'Intérieur et de la gendarmerie nationale, dans les conditions fixées par la loi n° 78-17 du 6 janvier 1978, relative à l'informatique, aux fichiers et aux libertés.

Art. L. 611-5. – Un décret en Conseil d'État, pris après avis de la Commission nationale de l'informatique et des libertés, fixe les modalités d'application des articles L. 611-3 et L. 611-4. Il précise la durée de conservation et les conditions de mise à jour des informations enregistrées, les modalités d'habilitation des personnes pouvant y accéder ainsi que, le cas échéant, les conditions dans lesquelles les personnes intéressées peuvent exercer leur droit d'accès.

Art. L. 611-6. – Afin de mieux garantir le droit au séjour des personnes en situation régulière et de lutter contre l'entrée et le séjour irréguliers des étrangers en France, les empreintes digitales ainsi qu'une photographie des ressortissants étrangers qui sollicitent la délivrance, auprès d'un consulat ou à la frontière extérieure des États parties à la convention signée à Schengen le 19 juin 1990, d'un visa afin de séjourner en France ou sur le territoire d'un autre État partie à ladite convention peuvent être relevées, mémorisées et faire l'objet d'un traitement automatisé dans les conditions fixées par la loi n° 78-17 du 6 janvier 1978 relative à l'informatique, aux fichiers et aux libertés.

Ces empreintes et cette photographie sont obligatoirement relevées en cas de délivrance d'un visa.

Art. L. 611-6-1 *(Créé, L. n° 2018-778, 10 sept. 2018)*. – Afin de mieux garantir la protection de l'enfance et de lutter contre l'entrée et le séjour irréguliers des étrangers en France, les empreintes digitales ainsi qu'une photographie des ressortissants étrangers se déclarant mineurs privés temporairement ou définitivement de la protection de leur famille peuvent être relevées, mémorisées et faire l'objet d'un traitement automatisé dans les conditions fixées par la loi n° 78-17 du 6 janvier 1978 relative à l'informatique, aux fichiers et aux libertés.

Le traitement de données ne comporte pas de dispositif de reconnaissance faciale à partir de la photographie.

Les données peuvent être relevées dès que la personne se déclare mineure. La conservation des données des personnes reconnues mineures est limitée à la durée strictement nécessaire à leur prise en charge et à leur orientation, en tenant compte de leur situation personnelle.

Un décret en Conseil d'État, pris après avis publié et motivé de la Commission nationale de l'informatique et des libertés, fixe les modalités d'application du présent article. Il précise la durée de conservation des données enregistrées et les conditions de leur mise à jour, les catégories de personnes pouvant y accéder ou en être destinataires ainsi que les modalités d'exercice des droits des personnes concernées.

Voir : C. civ., art. 388 ss C. étrangers, art. L. 142-3 – Annexe étrangers, p. 1383.

QPC. Conformité à la Constitution de l'article L. 611-6-1 du Code de l'entrée et du séjour des étrangers et du droit d'asile qui opère une conciliation qui n'est pas disproportionnée entre la sauvegarde de l'ordre public et le droit au respect de la vie privée, n'est pas entaché d'incompétence négative et ne méconnaît ni le droit à un recours effectif ni aucun autre droit ou liberté que la Constitution garantit (▪ Cons. const., 26 juill. 2019, n° 2019-797 QPC : *JurisData* n° 2019-013223 ; *Comm. com. électr.* 2020, comm. 19, n° 2, A. Debet).

Art. L. 611-7. – Un décret en Conseil d'État, pris après avis de la Commission nationale de l'informatique et des libertés, fixe les modalités d'application de l'article L. 611-6. Il précise la durée de conservation et les conditions de mise à jour des informations enregistrées, les catégories de personnes pouvant y accéder et les modalités d'habilitation de celles-ci ainsi que, le cas échéant, les conditions dans lesquelles les personnes intéressées peuvent exercer leur droit d'accès.

Art. L. 611-8 *(Mod., L. n° 2012-1560, 31 déc. 2012)*. – Dans une zone comprise entre la frontière terrestre de la France avec les États parties à la convention signée à Schengen le 19 juin 1990 et une ligne tracée à vingt kilomètres en deçà, les officiers de police judiciaire, assistés des agents de police judiciaire et des agents de police judiciaire adjoints mentionnés aux articles 20 et 21 (1°) du Code de procédure pénale, peuvent procéder, avec l'accord du conducteur ou, à défaut, sur instructions du procureur de la République, à la visite sommaire des véhicules circulant sur la voie publique, à l'exclusion des voitures particulières, en vue de vérifier le respect des obligations de détention, de port et de présentation des pièces ou documents prévus à l'article L. 611-1 ou de rechercher et constater les infractions relatives à l'entrée et au séjour des étrangers en France.

Art. L. 611-9. – Lorsqu'il existe une section autoroutière commençant dans la zone mentionnée à l'article L. 611-8 et que le premier péage autoroutier se situe au-delà de la ligne des vingt kilomètres, la visite peut en outre avoir lieu jusqu'à ce premier péage sur les aires de stationnement ainsi que sur le lieu de ce péage et les aires de stationnement attenantes.

Dans l'attente des instructions du procureur de la République, le véhicule peut être immobilisé pour une durée qui ne peut excéder quatre heures.

La visite, dont la durée est limitée au temps strictement nécessaire, se déroule en présence du conducteur et donne lieu à l'établissement d'un procès-verbal mentionnant les dates et heures du début et de la fin des opérations. Un exemplaire de ce procès-verbal est remis au conducteur et un autre transmis sans délai au procureur de la République.

Art. L. 611-10. – Les dispositions des articles L. 611-8 et L. 611-9 sont applicables, en Guyane, dans une zone comprise entre les frontières terrestres et une ligne tracée à vingt kilomètres en deçà ainsi que sur la route nationale 2 sur le territoire des communes de Saint-Georges et de Régina et sur la route départementale 6 et la route nationale 2 sur la commune de Roura.

Art. L. 611-11 *(L. n° 2006-911, 24 juill. 2006 ; rempl., L. n° 2011-672, 16 juin 2011 ; mod., Ord. n° 2014-464, 7 mai 2014 ; L. n° 2016-274, 7 mars 2016 ; L. n° 2018-778, 10 sept. 2018).* – Les visites sommaires prévues aux articles L. 611-8 et L. 611-9 peuvent être effectuées sur l'ensemble du territoire de Mayotte. Il en est de même en Guadeloupe dans une zone comprise entre le littoral et une ligne tracée à un kilomètre en deçà, ainsi que sur les routes nationales 1 et 4, et en Martinique dans une zone comprise entre le littoral et une ligne tracée à un kilomètre en deçà, ainsi que sur les routes nationales 1, 2, 3, 5 et 6 et sur la route départementale 1.

Il en est de même, à Saint-Barthélemy et à Saint-Martin dans une zone comprise entre le littoral et une ligne tracée à un kilomètre en deçà.

Art. L. 611-12 *(L. n° 2016-274, 7 mars 2016 ; Ord. n° 2018-1125, 12 déc. 2018).* – Sans que s'y oppose le secret professionnel autre que le secret médical, les autorités ainsi que les personnes privées mentionnées aux 1° à 8° du présent article transmettent à l'autorité administrative compétente, agissant dans le cadre de l'instruction d'une première demande de titre ou d'une demande de renouvellement de titre ou dans le cadre des contrôles prévus à l'article L. 313-5-1, les documents et les informations nécessaires au contrôle de la sincérité et de l'exactitude des déclarations souscrites ou au contrôle de l'authenticité des pièces produites en vue de l'attribution d'un droit au séjour ou de sa vérification.

Ce droit de communication s'exerce sur demande de l'autorité administrative compétente, de manière ponctuelle et à titre gratuit, quel que soit le support utilisé pour la conservation des documents, auprès :

1° Des autorités dépositaires des actes d'état civil ;

2° Des administrations chargées du travail et de l'emploi ;

3° Des organismes de sécurité sociale et de l'institution mentionnée à l'article L. 5312-1 du Code du travail ;

4° Des établissements scolaires et des établissements d'enseignement supérieur ;

5° Des fournisseurs d'énergie et des services de communications électroniques ;

6° Des établissements de santé publics et privés ;

7° Des établissements bancaires et des organismes financiers ;

8° Des greffes des tribunaux de commerce.

Pour l'application du 5° du présent article, le droit de communication ne peut porter sur les données techniques définies à l'article L. 34-1 du Code des postes et des communications électroniques.

L'autorité administrative compétente est tenue d'informer la personne dont elle s'apprête à retirer la carte de séjour sur le fondement d'informations ou de documents recueillis auprès des autorités ou des privées mentionnées aux 1° à 8° du présent article de la teneur et de l'origine des informations et documents ainsi obtenus. Elle communique une copie des documents susmentionnés à l'intéressé s'il en fait la demande.

La conservation des données à caractère personnel contenues dans les documents et les informations transmises en application du présent article ne peut excéder la durée cumulée du titre de séjour dont l'étranger est titulaire et, le cas échéant, de la procédure de renouvellement dudit titre. La durée de conservation est prolongée jusqu'à l'épuisement des voies et délais de recours contre les décisions administratives prononcées sur le fondement d'informations transmises en application du présent article et, si un recours a été déposé, jusqu'à ce que la juridiction compétente ait statué.

À la demande de l'étranger, les données à caractère personnel le concernant sont, selon le cas, rectifiées, complétées, mises à jour ou effacées si elles sont inexactes, incomplètes ou périmées ou si leur collecte, leur utilisation, leur communication ou leur conservation n'est pas compatible avec les finalités déterminées au premier alinéa.

Un décret en Conseil d'État, pris après avis de la Commission nationale de l'informatique et des libertés, détermine les modalités d'application du présent article. Il définit notamment la nature des documents et des informations susceptibles d'être communiqués à l'autorité administrative compétente par chacune des autorités ou des personnes privées mentionnées aux 1° à 8°.

TITRE II. – SANCTIONS

Bibliographie : M. Segonds, *Étrangers : JCl. Lois pénales spéciales* • C. Chassang, *L'étranger et le droit pénal : étude sur la pertinence de la pénalisation [Résumé de thèse], RDLF* 2014, thèse n° 10. • M. Lacaze, *Le droit pénal comme instrument de répression de l'immigration irrégulière : Rev. pénit.* 2018, n° 3, chron. • F.-X. Roux-Demarre, *Chron. législative. Loi n° 2018-778 du 10 sept. 2018 : Rev. pénit.* 2019, n° 2, p. 509. • L. Richefeu, *La politique pénale de l'Union européenne en matière migratoire : Archives de politique criminelle,* 2019, vol. 41, n° 1, p. 91-104.

Voir : Circ. 5 nov. 2018 présentant les dispositions de droit pénal immédiatement applicables de la loi n° 2018-778 du 10 sept. 2018 pour une immigration maîtrisée, un droit d'asile effectif et une intégration réussie, (NOR : JUSD1830097C).

CHAPITRE I. – ENTRÉE IRRÉGULIÈRE

Art. L. 621-1 *(Abr., L. n° 2012-1560, 31 déc. 2012).*

Art. L. 621-2 *(Mod., L. n° 2011-672, 16 juin 2011 ; L. n° 2012-1560, 31 déc. 2012 ; Ord. n° 2014-464, 7 mai 2014 ; L. n° 2018-778, 10 sept. 2018).* – **Est puni d'une peine d'emprisonnement d'un an et d'une amende de 3 750 € l'étranger qui n'est pas ressortissant d'un État membre de l'Union européenne :**

1° S'il a pénétré sur le territoire métropolitain sans remplir les conditions mentionnées aux points *a*, *b* ou *c* du paragraphe 1 de l'article 5 du règlement (CE) n° 562/2006 du Parlement européen et du Conseil, du 15 mars 2006, établissant un code communautaire relatif au régime de franchissement des frontières par les personnes (Code frontières Schengen) et sans avoir été admis sur le territoire en application des points a et c du paragraphe 4 de l'article 5 de ce même règlement ; il en est de même lorsque l'étranger fait l'objet d'un signalement aux fins de non-admission en application d'une décision exécutoire prise par un autre État partie à la convention signée à Schengen le 19 juin 1990 ;

2° *(Abrogé)* ;

3° Ou s'il a pénétré en Guadeloupe, en Guyane, en Martinique, à Mayotte, à La Réunion, à Saint-Barthélemy, à Saint-Martin ou à Saint-Pierre-et-Miquelon sans se conformer à l'article L. 211-1 du présent code.

La juridiction peut, en outre, interdire à l'étranger condamné, pendant une durée qui ne peut excéder trois ans, de pénétrer ou de séjourner en France. L'interdiction du territoire emporte de plein droit reconduite du condamné à la frontière, le cas échéant à l'expiration de la peine d'emprisonnement.

Pour l'application du présent article, l'action publique ne peut être mise en mouvement que lorsque les faits ont été constatés dans les circonstances prévues à l'article 53 du Code de procédure pénale.

1) **Droit de l'Union européenne.** La directive 2008/115 est applicable à l'étranger ressortissant d'un pays tiers, en provenance d'un État membre faisant partie de l'espace Schengen et en situation de transit par un État membre, même s'il se dirige vers un troisième État en dehors de l'espace Schengen. De la sorte, doivent s'appliquer les critères dégagés par l'arrêt de la CJUE *Achughbabian* en date du 6 décembre 2011 (C-329/11) et le recours à la peine d'emprisonnement n'est pas possible s'agissant de l'étranger pour lequel la procédure de retour établie par cette directive n'a pas encore été menée à son terme. V. ▪ CJUE, gr. ch., 7 juin 2016, aff. C-47/15, *Sélina Affum* : *JurisData* n° 2016-010771 ; *JCP* G 2016, n° 24, 694, obs. D. Berlin ; *Europe* 2016, n° 8-9, comm. 271 par F. Gazin ; *Journal d'actualité des droits européens*, 29 août 2016, note M. Lacaze).

Voir : C. étrangers, art. L. 624-1, p. 1558.

2) Entrée irrégulière depuis une frontière intérieure de l'Union. Jugé, antérieurement à l'abrogation du délit par la loi n° 2018-778 du 10 septembre 2018, que le ressortissant d'un pays tiers à l'Union européenne, entré en France irrégulièrement, par une frontière intérieure à l'espace Schengen, qui n'encourt pas l'emprisonnement prévu à l'article L. 621-2, 2°, du Code de l'entrée et du séjour des étrangers et du droit d'asile dès lors que la procédure de retour établie par la directive 2008/115/CE n'a pas encore été menée à son terme, ne peut, au regard des articles 63 et 67 du Code de procédure pénale, être placé en garde à vue à l'occasion d'une procédure de flagrant délit diligentée du seul chef d'entrée irrégulière (▪ Cass. 1re civ., 9 nov. 2016, n° 13-28.349).

3) Contexte du rétablissement temporaire des contrôles aux frontières intérieures de l'Union. La réintroduction de contrôles aux frontières intérieures de l'Union en raison d'une menace grave pour l'ordre public ou la sécurité intérieure au sens de l'article 25 du règlement 2016/399 ne modifie pas la nature de cette frontière, qui ne peut être considérée comme une frontière extérieure au sens du Code Schengen. Les restrictions au domaine possible de la peine d'emprisonnement posées par la directive 2008/115/CE du 16 décembre 2008, et précisées par l'arrêt *Affum*, demeurent alors applicables. V. ▪ CJUE, gr. ch., 19 mars 2019, aff. C-444/17, *Préfet des Pyrénées-Orientales c/ A.A* : *JurisData* n° 2019-005357 ; *Europe* 2019, n° 5, comm. 191, note F. Gazin ; *Rev. pénit.* 2019, n° 3, p. 716, chron. M. Lacaze. – Renvoi préjudiciel par ▪ Cass. 1re civ., 12 juill. 2017, n° 16-22.548 : *JurisData* n° 2017-013981.

4) Ainsi que l'a jugé la Cour de justice de l'Union européenne le 19 mars 2019, la réintroduction temporaire des contrôles aux frontières intérieures de l'Union ne modifie pas la nature intérieure de la frontière. Il en résulte que la directive 2008/115/CE s'oppose à ce que soit puni d'emprisonnement le seul franchissement irrégulier de cette frontière par le ressortissant d'un pays tiers à l'égard duquel la procédure de retour n'a pas été préalablement été menée à son terme. À défaut d'infraction punie d'emprisonnement, la garde à vue dont a fait l'objet l'étranger était irrégulière et la mesure de rétention ne peut être maintenue. V. ▪ Cass. 1re civ., 13 juin 2019, n° 16-22.548 : *JurisData* n° 2019-010011 ; *Rev. pénit.* 2019, n° 3, p. 716, chron. M. Lacaze ; *JCP* G 2019, 710, obs. V. Tchen.

Circulaire du 5 novembre 2018

présentant les dispositions de droit pénal immédiatement applicables de la loi n° 2018-778 du 10 septembre 2018 pour une immigration maîtrisée, un droit d'asile effectif et une intégration réussie

2 Abrogation du délit d'entrée irrégulière à une frontière intérieure

Le 3° du I de l'article 35 de la loi abroge le 2° de l'article L. 621-2 du CESEDA, qui réprimait d'une peine d'emprisonnement, le fait pour un étranger ressortissant d'un État non membre de l'Union européenne qui est en provenance directe du territoire d'un État partie à la convention Schengen, d'entrer irrégulièrement sur le territoire métropolitain.

Cette abrogation tire les conséquences de la jurisprudence de la Cour de justice de l'Union européenne qui, dans un arrêt Affum du 7 juin 2016, a jugé ces dispositions non conformes à la directive retour n° 2008/l 15 qui « doit être interprétée en ce sens qu'elle s'oppose à une réglementation d'un État membre permettant du seul fait de l'entrée irrégulière par une frontière intérieure, conduisant au séjour irrégulier, l'emprisonnement d'un ressortissant d'un pays tiers, pour lequel la procédure de retour établie par cette directive n'a pas encore été menée à son terme » (note 4).

Aussi, les procédures diligentées de ce chef antérieurement à l'entrée en vigueur de la loi ne pourront plus donner lieu à des poursuites devant les juridictions pénales, l'action publique étant éteinte par l'abrogation de la loi pénale.

En outre, les peines prononcées antérieurement à l'abrogation de ce délit cessent de recevoir exécution conformément aux dispositions de l'article 112-4 du Code pénal.

En conséquence, il importe pour les peines d'emprisonnement ferme prononcées en répression de ce délit, en tant qu'infraction unique ou unique infraction pour laquelle l'emprisonnement était encouru, de ne pas les ramener à exécution et de faire cesser leur exécution dans l'hypothèse où celle-ci serait en cours.

À ce titre, il convient de prendre l'attache :

– du chef de l'établissement pénitentiaire du ressort afin d'identifier, par l'intermédiaire du greffe pénitentiaire, l'ensemble des personnes détenues pour cette infraction unique ou unique infraction pour laquelle l'emprisonnement était encouru et d'ordonner leur libération immédiate ;

– du directeur départemental de la sécurité publique et du commandant de groupement de gendarmerie afin qu'il soit fait retour des extraits diffusés pour mise à exécution de la peine prononcée pour ces faits.

Une attention particulière doit par ailleurs être apportée aux conséquences de cette loi quant à la révocation des sursis simples et des sursis avec mise à l'épreuve :

– une peine d'emprisonnement avec sursis ou sursis avec mise à l'épreuve prononcée en répression de ce délit d'entrée irrégulière d'un ressortissant de pays tiers sur le territoire français par une frontière intérieure ne peut plus faire l'objet d'une révocation ;

– une peine d'emprisonnement ferme prononcée en répression de ce délit ne peut pas entraîner la révocation des sursis ou des sursis avec mise à l'épreuve antérieurement accordés.

Les cas d'entrée irrégulière sur le territoire français prévus par les 1 à 3° de l'article L. 621-2 du CESEDA étant visés par le même code NATINF (note 5), une vérification au cas par cas s'avérera nécessaire pour distinguer les condamnations fondées sur le seul 2°, pour lesquelles il conviendra donc de ne pas ramener à exécution ou de faire cesser l'exécution (note 6).

CHAPITRE II. – AIDE À L'ENTRÉE ET AU SÉJOUR IRRÉGULIERS

Art. L. 622-1 *(Mod., L. n° 2012-1560, 31 déc. 2012)*. – **Sous réserve des exemptions prévues à l'article L. 622-4. Toute personne qui aura, par aide directe ou indirecte, facilité ou tenté de faciliter l'entrée, la circulation ou le séjour irréguliers, d'un étranger en France sera punie d'un emprisonnement de cinq ans et d'une amende de 30 000 €.**

Sous réserve des exemptions prévues à l'article L. 622-4. Sera puni des mêmes peines celui qui, quelle que soit sa nationalité, aura commis le délit défini au premier alinéa du présent article alors qu'il se trouvait sur le territoire d'un État partie à la convention signée à Schengen le 19 juin 1990 autre que la France.

Sous réserve des exemptions prévues à l'article L. 622-4. Sera puni des mêmes peines celui qui aura facilité ou tenté de faciliter l'entrée, la circulation ou le séjour irréguliers d'un étranger sur le territoire d'un autre État partie à la convention signée à Schengen le 19 juin 1990.

Sous réserve des exemptions prévues à l'article L. 622-4. Sera puni de mêmes peines celui qui aura facilité ou tenté de faciliter l'entrée, la circulation ou le séjour irréguliers d'un étranger sur le territoire d'un État partie au protocole contre le trafic illicite de migrants par terre, air et mer, additionnel à la convention des Nations unies contre la criminalité transnationale organisée, signée à Palerme le 12 décembre 2000.

Les dispositions du précédent alinéa sont applicables en France à compter de la date de publication au *Journal officiel* de la République française de ce protocole.

Bibliographie : Ch. Lazerges, *Le délit de solidarité, une atteinte aux valeurs de la République : RSC* 2018, p. 267 • D. Roets, *À quoi sert le fait justificatif spécial d'humanité de l'article L. 622-4 3° du CESEDA ? : AJ pénal* 2017, p. 535. • J.-B. Perrier, *L'immigration et la maîtrise de la solidarité : RSC* 2019, p. 466. • M.-R. Donnarumma, *Le « délit de solidarité », un oxymore indéfendable dans un État de droit : RFD const.* 2019, vol. 117, n° 1, p. 45-58.

1) QPC. Non lieu à renvoi au Conseil Constitutionnel (▪ Cass. crim., 18 févr. 2015, n° 14-84.602 : *Dr. pén.* 2015, comm. 66, obs. J.-H. Robert).

Voir également : C. étrangers, art. L. 622-4, p. 1554.

2) Infraction autonome. Le délit d'aide à l'entrée ou au séjour irréguliers d'un étranger est une infraction autonome. Ne lui est pas applicable la condition de mise en mouvement de l'action publique prévue par le dernier alinéa de l'article L. 622-1, celle-ci étant propre au délit d'entrée irrégulière en France (▪ Cass. crim., 18 oct. 2017, n° 16-83.108 : *Dr. pén.* 2017, comm. 182, note J.-H. Robert).

3) Qualité d'étranger en situation irrégulière. Le délit d'aide à l'entrée ou au séjour d'un étranger n'exige pas que l'étranger qui en bénéficie ait fait l'objet de poursuites pénales du chef d'entrée ou de séjour irrégulier et la question préjudicielle de nationalité ne peut être présentée que par la personne dont la nationalité est en cause, par ses héritiers si elle est décédée en cours d'instance, ou par le ministère public. Ne peut donc soulever une telle question le prévenu qui invoque des certificats de nationalité françaises litigieux relatifs aux personnes ayant bénéficié de l'aide. En l'espèce, la cour d'appel pouvait elle-même constater que les certificats de nationalité françaises avaient été établis sur la base de faux documents et ne pouvaient faire foi de la nationalité de ceux qu'ils désignent. Sont rejetés les pourvois formés contre la décision de condamnation, sur le double fondement du délit d'aide à l'entrée et au séjour d'un étranger en situation irrégulière et d'usage de faux, du président d'une association qui a produit des documents comoriens litigieux afin que soient délivrés des certificats de nationalité française par le greffe d'un tribunal. V. ▪ Cass. crim., 20 févr. 2019, n° 18-80.784 :

JurisData n° 2019-002407 ; *Rev. pénit.* 2019, n° 3, p. 718, chron. M. Lacaze ; *Dr. pén.* 2019, comm. 96, note A. Maron et M. Haas.

4) Illustrations. Le chauffeur de taxi qui aide les immigrés clandestins à gagner la Grande-Bretagne facilite leur circulation et leur séjour sur le territoire français (▪ Cass. crim., 21 janv. 2004 : *Dr. pén.* 2004, comm. 87, obs. J.-H. Robert).

5) Encourt la censure l'arrêt de la cour d'appel renvoyant le prévenu des fins de la poursuite du chef d'aide à l'entrée et au séjour irréguliers d'étrangers en France alors que les reconnaissances de paternité de complaisance effectuées par celui-ci au profit de mineurs haïtiens visaient à leur apporter une aide directe destinée à faciliter leur entrée ou leur séjour irréguliers en France, au sens de l'article L. 622-1 du Code de l'entrée et du séjour des étrangers et du droit d'asile (▪ Cass. crim., 7 janv. 2009 : *Bull. crim.* n° 6 ; *AJF* 2009, jurispr. p. 132, note F. Chénedé). – Rappr. arrêts au visa de l'ancien article 21, ord. du 2 nov. 1945 ▪ Cass. crim., 12 févr. 1980 : *Bull. crim.* n° 56. ▪ Cass. crim., 4 mars 1991 : *Bull. crim.* n° 104 (3). ▪ Cass. crim., 20 mai 1992 : *Bull. crim.* n° 198. ▪ Cass. crim., 4 nov. 1992 : *Bull. crim.* n° 357.

6) Justifie sa décision la Cour d'appel qui, pour déclarer un *avocat* coupable du délit d'aide à l'entrée ou au séjour irréguliers d'un étranger en France, retient qu'il était informé des pratiques illégales du réseau d'immigration clandestine dont il était l'unique conseil, qu'il suscitait et produisait en justice des garanties fictives en faveur de ses clients, et que ses honoraires étaient inclus dans le prix du passage, ces pratiques étant incompatibles avec l'exercice régulier de l'office de la défense (▪ Cass. crim., 18 oct. 2017, n° 16-83.108 : *JurisData* n° 2017-020391 ; *Dr. pén.* 2017, comm. 182, note J.-H. Robert).

7) De même, condamnation de l'avocat pour des actes répréhensibles allant au-delà de sa mission de conseil, destinés à faciliter l'arrivée et le séjour d'immigrés sur le territoire français, ce qui lui conférait, en contrepartie, l'assurance d'une clientèle sans cesse renouvelée (▪ Cass. crim., 9 mai 2018, n° 17-83.709 : *JurisData* n° 2018-007624 ; *Dr. pén.* n° 9, 2018, comm. 160, note J.-H. Robert).

Art. L. 622-2. – **Pour l'application des deuxième, troisième et quatrième alinéas de l'article L. 622-1, la situation irrégulière de l'étranger est appréciée au regard de la législation de l'État partie intéressé. En outre, les poursuites ne pourront être exercées à l'encontre de l'auteur de l'infraction que sur une dénonciation officielle ou sur une attestation des autorités compétentes de l'État membre ou de l'État partie intéressé.**

Aucune poursuite ne pourra être exercée contre une personne justifiant qu'elle a été jugée définitivement à l'étranger pour les mêmes faits et, en cas de condamnation, que la peine a été subie ou prescrite.

Art. L. 622-3. – **Les personnes physiques coupables de l'un des délits prévus à l'article L. 622-1 encourent également les peines complémentaires suivantes :**

1° L'interdiction de séjour pour une durée de cinq ans au plus ;

2° La suspension, pour une durée de cinq ans au plus, du permis de conduire. Cette durée peut être doublée en cas de récidive ;

3° Le retrait temporaire ou définitif de l'autorisation administrative d'exploiter soit des services occasionnels à la place ou collectifs, soit un service régulier, ou un service de navettes de transports internationaux ;

4° La confiscation de la chose qui a servi ou était destinée à commettre l'infraction, notamment tout moyen de transport ou équipement terrestre, fluvial, maritime ou aérien, ou de la chose qui en est le produit. Les frais résultant des mesures nécessaires à l'exécution de la confiscation seront à la charge du condamné. Ils seront recouvrés comme frais de justice ;

5° L'interdiction, pour une durée de cinq ans au plus, d'exercer l'activité professionnelle ou sociale à l'occasion de laquelle l'infraction a été commise, sous les réserves mentionnées à l'article 131-27 du Code pénal. Toute violation de cette interdiction sera punie d'un emprisonnement de deux ans et d'une amende de 30 000 € ;

6° L'interdiction du territoire français pour une durée de dix ans au plus dans les conditions prévues par les articles 131-30 à 131-30-2 du Code pénal. L'interdiction du territoire français entraîne de plein droit la reconduite du condamné à la frontière, le cas échéant, à l'expiration de sa peine d'emprisonnement.

Art. L. 622-4 ***(Mod., L. n° 2006-911, 24 juill. 2006 ; L. n° 2011-672, 16 juin 2011 ; L. n° 2012-1560, 31 déc. 2012 ; L. n° 2018-778, 10 sept. 2018).*** – **Sans préjudice des articles L. 621-2, L. 623-1, L. 623-2 et L. 623-3, ne peut donner lieu à des poursuites pénales sur le fondement des articles L. 622-1 à L. 622-3 l'aide à la circulation ou au séjour irréguliers d'un étranger lorsqu'elle est le fait :**

1° Des ascendants ou descendants de l'étranger, de leur conjoint, des frères et sœurs de l'étranger ou de leur conjoint ;

2° Du conjoint de l'étranger, de la personne qui vit notoirement en situation maritale avec lui, ou des ascendants, descendants, frères et sœurs du conjoint de l'étranger ou de la personne qui vit notoirement en situation maritale avec lui ;

3° De toute personne physique ou morale lorsque l'acte reproché n'a donné lieu à aucune contrepartie directe ou indirecte et a consisté à fournir des conseils ou accompagnements juridiques, linguistiques ou sociaux, ou toute autre aide apportée dans un but exclusivement humanitaire.

Les exceptions prévues aux 1° et 2° ne s'appliquent pas lorsque l'étranger bénéficiaire de l'aide à la circulation ou au séjour irréguliers vit en état de polygamie ou lorsque cet étranger est le conjoint d'une personne polygame résidant en France avec le premier conjoint.

1) Domaine des immunités. À la différence de l'aide à l'entrée irrégulière, toute aide apportée à la circulation de l'étranger n'a pas nécessairement pour conséquence de faire naître une situation illicite. L'article L. 622-4 du Code de l'entrée et du séjour des étrangers et du droit d'asile, dans sa version antérieure à la loi n° 2018-778 du 10 septembre 2018, qui réprimait toute aide à la circulation, y compris si elle constituait l'accessoire de l'aide au séjour de l'étranger ou était motivée par un but humanitaire, n'opérait alors pas une conciliation équilibrée entre le principe de fraternité et l'objectif de valeur constitutionnelle de sauvegarde de l'ordre public. V. ▪ Cons. const., 6 juill. 2018, n° 2018-717/718 QPC : *JurisData* n° 2018-011995 ; *Lexbase Pénal*, juin 2018, note P. Le Monnier de Gouville ; *RSC* 2019, p. 94, note Y. Mayaud ; *Dr. pén.* n° 9, 2018, comm. 159, note J.-H. Robert ; *D.* 2018, p. 1894, note C. Saas ; *AJDA* 2018, p. 1786, note V. Tchen ; *Rev. crit. DIP* 2019, p. 35, note G. Tusseau.

L'abrogation des dispositions jugées contraires à la Constitution est reportée au 1er décembre 2018 mais il y a lieu de juger qu'est immédiatement applicable l'extension de l'exemption pénale à l'aide à la circulation constituant l'accessoire du séjour de l'étranger et réalisée dans un but humanitaire (▪ Cons. const. 6 juill. 2018, n° 2018-717/718 QPC, préc.).

2) Le législateur n'a pas opéré une conciliation manifestement déséquilibrée entre leprincipe de fraternité et l'objectif de valeur constitutionnelle de sauvegarde de l'ordre public en n'instituant pas d'exemption pénale en cas d'aide à l'entrée irrégulière en France d'un étranger, quand bien même celle-ci serait-elle apportée dans un but humanitaire. L'aide à l'entrée irrégulière a en effet nécessairement pour conséquence de faire naître une situation illicite, ce qu'il est alors loisible au législateur de réprimer dès lors que la responsabilité pénale est exclue, en application de l'article 122-7 du Code pénal, lorsque l'acte accompli est nécessaire à la sauvegarde de la personne et qu'il n'existe pas de disproportion entre les moyens employés et la gravité de la menace (▪ Cons. Const., 6 sept. 2018, n° 2018-770 DC : *D.* 2019, p. 49, obs. A. Dejean de la Bâtie).

3) Application de la loi dans le temps. L'extension, par la loi n° 2018-778 du 10 septembre 2018, du champ d'application de l'article L. 622-4 du Code de l'entrée et du séjour des étrangers et du droit d'asile, qui constitue un obstacle aux poursuites pénales, est d'application immédiate en vertu de l'article 71 de ladite loi, et entre dans le champ d'application de l'article 112-1 du Code pénal puisqu'elle élargit le domaine des immunités. Doit alors être annulée, à fins d'un réexamen au regard des dispositions nouvelles, la condamnation du prévenu ayant invoqué le caractère humanitaire d'actes non contestés d'aide à l'entrée, à la circulation et au séjour irréguliers d'étrangers en France (▪ Cass. crim., 12 déc. 2018, n° 17-85.736 : *JurisData* n° 2018-022708 ; *Dalloz actualité*, 19 déc. 2018, obs. J. Gallois ; *Rev. pénit.* 2019, n° 3, p. 722, chron. M. Lacaze ; *AJ pénal* 2018, p. 540, note M. Léna ; *La lettre juridique* n° 769, 24 janv. 2019, *Lexbase* obs. P. Le Monnier de Gouville ; *AJ pénal* 2019, p. 92, note J.-B. Perrier ; *Dr. pén.* 2019, comm. 33, note J.-H. Robert ; dans la même affaire, rejet du pourvoi formé par le parquet général de Lyon contre la relaxe prononcée par la juridiction de renvoi ▪ Cass. crim., 6 oct. 2021, n° 20-86.693 : *D.* 2022, p. 244).

I – IMMUNITÉ HUMANITAIRE

4) Domaine. Le principe de fraternité exclut que les dispositions venant limiter le domaine de l'exemption pénale aux seuls actes de conseils juridiques, de prestations de restauration, d'hébergement ou de soins médicaux destinés à assurer des conditions de vie dignes et décentes et aux actes visant à préserver la dignité ou l'intégrité physique de l'étranger soient interprétées autrement que comme s'appliquant également à tout acte d'aide apportée dans un but humanitaire. Sous cette réserve, la conciliation opérée par le législateur entre le principe de fraternité et l'objectif de valeur constitutionnelle de sauvegarde de l'ordre public n'est pas manifestement déséquilibrée et les principes de nécessité et de proportionnalité des délits et des peines ne sont pas méconnus (▪ Cons. const., 6 juill. 2018, n° 2018-717/718 QPC, préc).

5) Le fait justificatif d'état de nécessité de l'article 122-7 du Code pénal et l'exemption de l'article L. 622-4, 3° du Code de l'entrée et du séjour des étrangers et du droit d'asile sont deux dispositions distinctes, la portée de la seconde n'étant pas réduite aux conditions posées par la première, dont le bénéfice n'est pas réservé aux membres d'associations qui travaillent dans le domaine des étrangers (▪ CE, 19 juill. 2010, n° 334878 : *Juris-Data* n° 2010-012234).

6) Conditions relatives aux étrangers. La situation de détresse des étrangers bénéficiant de l'aide apportée n'est pas une condition d'application de l'article L. 622-4, 3° du Code de l'entrée et du séjour des étrangers et du droit d'asile (▪ Cass. crim., 26 févr. 2020, n° 19-81.561 : *Dalloz actualité*, 11 mars 2020, obs. M. Recotillet).

7) Absence de contrepartie. N'a pas justifié sa décision appliquant les dispositions de l'article L. 622-4, 3° la cour d'appel qui ne s'est pas expliquée davantage sur les circonstances dans lesquelles le prévenu a hébergé des compatriotes en situation irrégulière et leur a fourni des attestations de domicile, notamment sur l'existence d'une contrepartie directe ou indirecte (▪ Cass. crim., 4 mars 2015, n° 13-87.185 : *Dr. pén.* 2015, comm. 66, obs. J.-H. Robert ; *D.* 2015, note C. Saas, p. 1025 ; *AJ pénal* 2015, p. 204, note G. Poissonier).

8) But humanitaire. Le bénéfice de la protection instituée par l'article L. 622-4, 3° du Code de l'entrée et du séjour des étrangers et du droit d'asile n'est pas réservé aux actions purement individuelles et personnelles. Les actions non spontanées et militantes exercées au sein d'une association n'en sont pas exclues, seule échappant au domaine de l'exemption l'aide apportée aux fins de soustraire sciemment des personnes étrangères aux contrôles mis en œuvre par les autorités dans le cadre de l'application des dispositions légales relatives à l'immigration, mobile qui doit être caractérisé par la décision refusant le bénéfice de l'immunité. V. ▪ Cass. crim., 26 févr. 2020, n° 19-81.561 : *Dalloz actualité*, 11 mars 2020, obs. M. Recotillet ; *Dr. pén.* 2020, comm. 77 par J.-H. Robert).

9) Admission du bénéfice de l'immunité humanitaire dès lors que le devoir de fraternité s'est exercé en première et toute urgence, sans recherche de bénéfices secondaires et que le but exclusivement humanitaire exigé n'emporte pas privation de la liberté constitutionnelle de penser et exprimer ses opinions (▪ CA Lyon, 7e ch. corr., 13 mai 2020, n° 19/02231 ; décision définitive depuis ▪ Cass. crim., 31 mars 2021).

II – IMMUNITÉ FAMILIALE

10) CESDH. Le délit d'aide à l'entrée, à la circulation et au séjour irréguliers d'un étranger en France poursuit l'objectif de lutter contre l'immigration clandestine et les réseaux organisés et l'ingérence que son application peut constituer dans la vie privée et familiale des personnes qui aident un membre de leur famille poursuit alors le but légitime de protection de l'ordre public et de prévention des infractions pénales. Les obligations positives inhérentes à un respect effectif de la vie familiale imposent cependant de ménager un juste équilibre entre les intérêts en présence, la notion de « famille » n'étant pas limitée aux relations fondées sur le mariage. Bien que la situation du requérant ne se soit pas inscrite dans le mécanisme d'impunité légale prévu pour les membres de la famille les plus proches de l'étranger en situation irrégulière antérieurement à la loi n° 2012-1560 du 31 décembre 2012, il n'a pas subi d'atteinte disproportionnée à son droit au respect de sa vie familiale dès lors que la déclaration de culpabilité dont il a fait l'objet pour avoir aidé son futur genre a été accompagnée d'une dispense de peine. (▪ CEDH, 10 nov. 2011, n° 29681/08, *Mallah c/ France* : *Dr. pén.* 2012, chron. 3, n° 23, obs. E. Dreyer ; *D.* 2011, p. 2872, obs. R. Grand ; *D.* 2012, p. 390, note F. Jault-Seseke ; *RSC* 2012, p. 256, note D. Roets).

Art. L. 622-5. – Les infractions prévues à l'article L. 622-1 sont punies de dix ans d'emprisonnement et de 750 000 € d'amende :

1° Lorsqu'elles sont commises en bande organisée ;

2° Lorsqu'elles sont commises dans des circonstances qui exposent directement les étrangers à un risque immédiat de mort ou de blessures de nature à entraîner une mutilation ou une infirmité permanente ;

3° Lorsqu'elles ont pour effet de soumettre les étrangers à des conditions de vie, de transport, de travail ou d'hébergement incompatibles avec la dignité de la personne humaine ;

4° Lorsqu'elles sont commises au moyen d'une habilitation ou d'un titre de circulation en zone réservée d'un aérodrome ou d'un port ;

5° Lorsqu'elles ont comme effet, pour des mineurs étrangers, de les éloigner de leur milieu familial ou de leur environnement traditionnel.

1) Cumul de qualifications. S'appuyant explicitement sur les critères dégagés par la décision ▪ Cass. crim., 15 déc. 2021, n° 21-81.864, admission de la pluralité de déclarations de culpabilité pour des faits distincts caractérisant respectivement une association de malfaiteurs visant à préparer des infractions de proxénétisme et traite des êtres humains aggravées et la circonstance de bande organisée aggravant le délit d'aide à l'entrée, à la circulation et au séjour irréguliers (▪ Cass. crim., 15 févr. 2022, n° 20-86.019 : *JurisData* n° 2022-002191).

2) Le principe *non bis in idem* s'oppose au cumul de la qualification de l'article 225-14 du Code pénal et du délit aggravé d'aide au séjour irrégulier d'étrangers ayant pour effet de les soumettre à des conditions de vie et d'hébergement incompatibles avec la dignité humaine dès lors que ces infractions procédaient, de manière indissociable, d'une action unique caractérisée par une même intention coupable (▪ Cass. crim., 20 févr. 2019, n° 18-82.743 : *JurisData* n° 2019-002443 ; *Gaz. Pal.* 2 avr. 2019, 24, note A. Dejean de la Bâtie).

3) Antérieurement, ayant admis le cumul entre le délit d'aide au séjour d'étranger en situation irrégulière dans sa forme non aggravée et le délit de soumission d'une personne à des conditions de vie contraires à la dignité humaine, infractions jugées non incompatibles au regard de la diversité d'intérêts protégés (▪ Cass. crim., 22 juin 2016, n° 14-80.041).

Art. L. 622-6. – **Outre les peines complémentaires prévues à l'article L. 622-3, les personnes physiques condamnées au titre des infractions visées à l'article L. 622-5 encourent également la peine complémentaire de confiscation de tout ou partie de leurs biens, quelle qu'en soit la nature, meubles ou immeubles, divis ou indivis.**

Art. L. 622-7. – **Les étrangers condamnés au titre de l'un des délits prévus à l'article L. 622-5 encourent également l'interdiction définitive du territoire français, dans les conditions prévues par les articles 131-30 à 131-30-2 du Code pénal.**

Art. L. 622-8 *(L. n° 2009-526, 12 mai 2009)*. – **Les personnes morales déclarées responsables pénalement, dans les conditions prévues par l'article 121-2 du Code pénal, des infractions définies aux articles L. 622-1 et L. 622-5 encourent, outre l'amende suivant les modalités prévues par l'article 131-38 du Code pénal, les peines prévues par les 1° à 5°, 8° et 9° de l'article 131-39 du même code.**

L'interdiction visée au 2° de l'article 131-39 du Code pénal porte sur l'activité dans l'exercice ou à l'occasion de l'exercice de laquelle l'infraction a été commise.

Art. L. 622-9. – **En cas de condamnation pour les infractions prévues à l'article L. 622-5, le tribunal pourra prononcer la confiscation de tout ou partie des biens des personnes morales condamnées, quelle qu'en soit la nature, meubles ou immeubles, divis ou indivis.**

Art. L. 622-10 *(L. n° 2016-274, 7 mars 2016)*. – **En Guyane, en Guadeloupe, en Martinique, à Mayotte, à Saint-Barthélemy et à Saint-Martin, le procureur de la République peut, au cours de l'enquête ou si aucune juridiction n'a été saisie ou lorsque la juridiction saisie a épuisé sa compétence sans avoir statué sur le sort des scellés, ordonner la destruction ou l'immobilisation, par la neutralisation de tout moyen indispensable à leur fonctionnement, des embarcations, des véhicules terrestres et des aéronefs qui ont servi à commettre les infractions mentionnées aux articles L. 622-1 et L. 622-2, constatées par procès-verbal.**

Les décisions du procureur de la République prises en application du présent article sont motivées.

Elles sont notifiées par tout moyen aux personnes ayant des droits sur le bien, si celles-ci sont connues, et aux personnes mises en cause. Les décisions d'immobilisation d'un bien peuvent être contestées selon les règles prévues à l'article 41-4 du Code de procédure pénale.

Les décisions de destruction d'un bien prises par le procureur de la République peuvent être contestées par les personnes mentionnées au troisième alinéa du présent article, dans un délai de quarante-huit heures à compter de la notification de la décision, par voie de requête, devant le président de la chambre de l'instruction, qui se prononce dans un délai de quinze jours. Le recours contre la décision de destruction est suspensif. La personne mise en cause et les personnes ayant des droits sur le bien peuvent adresser toutes observations écrites ou être entendues par le président de la chambre de l'instruction. Lorsque la personne mise en cause n'a pas fait connaître son opposition et que, au terme d'un délai de quinze jours à compter de la date de la décision de destruction, le propriétaire ou l'ayant droit supposé n'a pu être identifié ou averti et ne s'est pas manifesté, la procédure est réputée contradictoire et la décision du procureur de la République peut être exécutée.

CHAPITRE III. – RECONNAISSANCE D'ENFANT ET MARIAGE CONTRACTÉ À SEULE FIN D'OBTENIR OU DE FAIRE OBTENIR UN TITRE DE SÉJOUR OU LA NATIONALITÉ FRANÇAISE

Art. L. 623-1 *(Mod., L. n° 2011-672, 16 juin 2011).* **– Le fait de contracter un mariage ou de reconnaître un enfant aux seules fins d'obtenir, ou de faire obtenir, un titre de séjour ou le bénéfice d'une protection contre l'éloignement, ou aux seules fins d'acquérir, ou de faire acquérir, la nationalité française est puni de cinq ans d'emprisonnement et de 15 000 euros d'amende. « Ces peines sont également encourues lorsque l'étranger qui a contracté mariage a dissimulé ses intentions à son conjoint. »**

Ces mêmes peines sont applicables en cas d'organisation ou de tentative d'organisation d'un mariage ou d'une reconnaissance d'enfant aux mêmes fins.

Elles sont portées à dix ans d'emprisonnement et à 750 000 euros d'amende lorsque l'infraction est commise en bande organisée.

Constitue le délit d'organisation d'un mariage aux seules fins de faire acquérir un titre de séjour ou la nationalité française, prévu et réprimé par l'article L. 623-1 du Code de l'entrée et du séjour des étrangers et du droit d'asile le fait pour un avocat, consulté par un étranger afin de lui trouver une solution de régularisation de sa situation sur le territoire français, de lui organiser un mariage ne reposant sur aucune intention conjugale, dans le seul but de lui permettre, par ce moyen, d'obtenir un titre de séjour (▪ Cass. crim., 13 janv. 2016, n° 14-87.760).

Art. L. 623-2. – Les personnes physiques coupables de l'une ou l'autre des infractions visées à l'article L. 623-1 encourent également les peines complémentaires suivantes :

1° L'interdiction de séjour pour une durée de cinq ans au plus ;

2° L'interdiction du territoire français, dans les conditions prévues par les articles 131-30 à 131-30-2 du Code pénal, pour une durée de dix ans au plus ou à titre définitif ;

3° L'interdiction, pour une durée de cinq ans au plus, d'exercer l'activité professionnelle ou sociale à l'occasion de laquelle l'infraction a été commise, sous les réserves mentionnées à l'article 131-27 du Code pénal.

Les personnes physiques condamnées au titre de l'infraction visée au troisième alinéa de l'article L. 623-1 encourent également la peine complémentaire de confiscation de tout ou partie de leurs biens, quelle qu'en soit la nature, meubles ou immeubles, divis ou indivis.

Art. L. 623-3 *(L. n° 2009-526, 12 mai 2009).* **– Les personnes morales déclarées responsables pénalement, dans les conditions prévues par l'article 121-2 du Code pénal, des infractions définies aux deuxième et troisième alinéas de l'article L. 623-1 encourent, outre l'amende suivant les modalités prévues par l'article 131-38 du Code pénal, les peines prévues par les 1° à 5° et 9° de l'article 131-39 du même code.**

L'interdiction visée au 2° de l'article 131-39 du même code porte sur l'activité dans l'exercice ou à l'occasion de l'exercice de laquelle l'infraction a été commise.

Les personnes morales condamnées au titre de l'infraction visée au troisième alinéa de l'article L. 623-1 encourent également la peine de confiscation de tout ou partie de leurs biens, quelle qu'en soit la nature, meubles ou immeubles, divis ou indivis.

CHAPITRE IV. – MÉCONNAISSANCE DES MESURES D'ÉLOIGNEMENT OU D'ASSIGNATION À RÉSIDENCE

Art. L. 624-1 *(Mod., L. n° 2011-672, 16 juin 2011 ; L. n° 2012-1560, 31 déc. 2012 ; L. n° 2014-1353, 13 nov. 2014 ; L. n° 2016-274, 7 mars 2016).* **– Tout étranger qui, faisant l'objet d'un arrêté d'expulsion, d'une mesure de reconduite à la frontière, d'une obligation de quitter le territoire français ou d'une interdiction judiciaire du territoire, se sera maintenu irrégulièrement sur le territoire français sans motif légitime, après avoir fait l'objet d'une mesure régulière de placement en rétention ou d'assignation à résidence ayant pris fin sans qu'il ait pu être procédé à son éloignement, sera puni d'un an d'emprisonnement et de 3 750 € d'amende.**

1) **Domaine du recours à l'emprisonnement – Droit de l'Union européenne.** L'infliction et l'exécution d'une peine d'emprisonnement au cours de la procédure de retour prévue par la directive 2008/115 ne contribuent pas à la réalisation de l'éloignement et porte au contraire atteinte à son effet utile en retardant l'éloignement. La « directive retour » s'oppose alors à l'emprisonnement d'un ressortissant d'un pays tiers en séjour irrégulier qui, n'étant pas disposé à quitter le territoire de l'État membre considéré, n'a pas été soumis aux mesures coercitives prévues par l'article 8

de la directive et n'a pas, en cas de placement en rétention, vu expirer la durée maximale de celle-ci. L'emprisonnement devient cependant possible lorsque la procédure de retour établie par la directive a été mise en œuvre sans succès et que l'étranger demeure irrégulièrement sur le territoire sans motif justifié de non-retour. (▪ CJUE, gr. ch., 6 déc. 2011, aff. C-329/11, *A. Achughbabian c/ Préfet du -Val-de-Marne : JCP* G 2012, 226, obs. A. Levade ; *D.* 2012, p. 333, note G. Poissonnier ; *CPDH*, 8 déc. 2011, note S. Slama ; *Dr. adm.* 2012, n° 2, comm. 17 par V. Tchen. ▪ CJUE, 28 avr. 2011, aff. C-61/11 PPU, *Hassen El Dridi : JurisData* n° 2011-015162).

2) Domaine du recours à l'emprisonnement – Jurisprudence interne. Il résulte de l'article L. 624-1 du Code de l'entrée et du séjour des étrangers et du droit d'asile, d'une part, que l'infraction de maintien irrégulier sur le territoire français n'est susceptible d'être constituée que dans le cas où l'étranger a, au préalable, fait l'objet d'une mesure régulière de placement en rétention ou d'assignation à résidence ayant pris fin sans qu'il ait pu être procédé à son éloignement, d'autre part, que le délit de soustraction à une mesure d'éloignement vise les situations dans lesquelles, l'administration ayant mis effectivement en œuvre les voies d'exécution dont elle dispose, l'étranger s'oppose à l'exécution de cette mesure. Méconnaît donc cette disposition le premier président qui ne précise pas quels éléments de la procédure auraient établi que l'intéressé, soit avait été préalablement soumis à une mesure régulière de placement en rétention ou d'assignation à résidence ayant pris fin sans qu'il ait pu être procédé à son éloignement, soit s'opposait à l'exécution de cette mesure (▪ Cass. 1re civ., 28 mai 2015, n° 14-20.313).

3) Cassation, au visa de la directive 2008/115, de la décision ayant rejeté l'exception d'illégalité relative à la garde à vue préalable et condamné l'étranger sur le fondement du délit de maintien irrégulier sur le territoire national alors que les poursuites pénales avaient été engagées avant l'expiration du délai maximal de rétention administrative prévu par la loi (▪ Cass. crim., 9 juin 2021, n° 20-80.533 : *AJ pénal* 2021, p. 420, obs. M. Lacaze).

4) Si le prononcé d'une peine d'emprisonnement est exclu à l'encontre de l'étranger en situation irrégulière à l'égard duquel la totalité des mesures administratives coercitives poursuivant l'éloignement n'ont pas été mises en œuvre, l'infraction de séjour irrégulier qui demeure prévue par la loi peut être constatée et donner lieu au prononcé de la peine d'**amende** encourue (V., antérieurement à la réécriture de l'article L. 624-1 par la loi n° 2012-1560 du 31 décembre 2012, ▪ Bordeaux, 3e ch. corr., 15 sept. 2011, *M.P. c/ A. ; JLD Bordeaux*, 30 juill. 2011, *B., Cahiers de jurisprudence d'Aquitaine et Midi-Pyrénées*, 2011-3, p. 593).

5) Qualité de réfugié. La décision de l'OFPRA octroyant la qualité de réfugié étant déclarative et recognitive, cette qualité est réputée appartenir à l'étranger depuis le jour de son arrivée en France, ce qui a pour conséquence nécessaire d'ôter toute base légale à la poursuite du chef de soustraction à un arrêté antérieur portant obligation de quitter le territoire français (▪ Cass. crim., 11 mars 2020, n° 19-81.541 : *JurisData* n° 2020-003213 ; *Dr. Pén.* 2020, comm. 97, obs. J.-H. Robert).

6) Garde à vue. Il résulte des arrêts *El Dridi* et *Achughbabian* de la Cour de justice de l'Union européenne que l'étranger séjournant irrégulièrement sur le territoire français n'encourt pas l'emprisonnement prévu pour le délit de maintien irrégulier lorsqu'il n'a pas été soumis préalablement aux mesures coercitives visées à l'article 8 de ladite directive ni, lorsqu'il a déjà fait l'objet d'un placement en rétention, n'a vu expirer la durée maximale de cette mesure. Si ces conditions ne sont pas réunies, le placement en garde à vue de l'étranger n'est pas possible dès lors que le Code de procédure pénale limite le recours à la mesure aux crimes et délits punis d'emprisonnement. (▪ Cass. crim., avis n° 9002 du 5 juin 2012 ; ▪ Cass. 1re civ., 5 juill. 2012, n° 11.30-530 : *JurisData* n° 2012-014965. ▪ Cass. 1re civ., 5 juill. 2012, n° 11-30.371 : *JurisData* n° 2012-014962. ▪ Cass. 1re civ., 5 juill. 2012, n° 11-19.250 : *JurisData* n° 2012-014964 ; *Politeïa*, n° 22, déc. 2012, p. 197-229, note M. Lacaze ; *JCP* G 2012, n° 35, 895, note A. Levade).

Art. L. 624-1-1 *(L. n° 2016-274, 7 mars 2016 ; L. n° 2018-778, 10 sept. 2018).* **– Tout étranger qui se soustrait ou qui tente de se soustraire à l'exécution d'une mesure de refus d'entrée en France, d'une interdiction administrative du territoire, d'un arrêté d'expulsion, d'une mesure de reconduite à la frontière ou d'une obligation de quitter le territoire français est puni d'une peine de trois ans d'emprisonnement. Cette peine est également applicable à l'étranger qui refuse de se soumettre aux modalités de transport qui lui sont désignées pour l'exécution d'office de la mesure dont il fait l'objet.**

Tout étranger qui, expulsé ou ayant fait l'objet d'une interdiction judiciaire du territoire, d'une interdiction administrative du territoire, d'une interdiction de retour sur le territoire français ou d'une interdiction de circulation sur le territoire français, pénètre de nouveau sans autorisation en France est puni de trois ans d'emprisonnement.

La peine prévue au deuxième alinéa du présent article est applicable à l'étranger maintenu en zone d'attente ou en rétention administrative qui se soustrait ou tente de se soustraire à la mesure de surveillance dont il fait l'objet. Elle est portée à cinq ans d'emprisonnement lorsque les faits sont commis par violence, effraction ou corruption et à sept ans d'emprisonnement lorsque les faits sont commis en réunion ou sous la menace d'une arme ou d'une substance explosive, incendiaire ou toxique. Les mêmes peines sont applicables à toute personne qui sciemment, par aide ou par assistance, facilite la préparation ou la commission des infractions prévues au présent alinéa.

La peine prévue au deuxième alinéa est applicable à tout étranger qui ne présente pas à l'autorité administrative compétente les documents de voyage permettant l'exécution de l'une des mesures mentionnées au premier alinéa ou qui, à défaut de ceux-ci, ne communique pas les renseignements permettant cette exécution ou communique des renseignements inexacts sur son identité.

1) Soustraction à une mesure de reconduite à la frontière – Droit de l'Union européenne. V. C. étrangers, art L. 624-1, p. 1558.

2) Soustraction à une mesure de reconduite à la frontière – Jurisprudence interne. Il se déduit de l'article L. 624-1 dans sa rédaction issue de la loi du 31 décembre 2012, en suite des articles 8 et 15 de la directive du Parlement européen et du Conseil du 16 décembre 2008 relative aux normes et procédures communes applicables dans les états-membres au retour des ressortissants de pays tiers en séjour irrégulier, qu'un étranger ayant fait l'objet d'un placement en rétention administrative ou d'une assignation à résidence ne peut être poursuivi du chef de soustraction à l'exécution d'une décision de reconduite à la frontière que si ces mesures administratives ont pris fin sans qu'il ait été procédé à son éloignement (▪ Cass. crim., 1er avr. 2015, n° 13-86.418 : *Dr. pén.* 2015, comm. 81, obs. M. Véron et *Dr. pén.* 2015, comm. 86, obs. J.-H. Robert).

3) Refus de test PCR – Dispositions antérieures à la loi n° 2021-1040 du 5 août 2021. Le refus de se soumettre à un test PCR constitue un refus à des actes préparatoires à l'exécution de la mesure d'éloignement et non une soustraction à la mesure elle-même et ne constituait pas une infraction, en l'absence de disposition spéciale en vigueur au moment des faits, antérieurs à la loi n° 2021-1040 du 5 août 2021 (▪ Cass. crim., 10 nov. 2021, n° 21-81.925 : *JurisData* n° 2021-017804 ; *Dalloz actualité*, 19 nov. 2021, obs. M. Dominati ; *RDH*, mai 2021, obs. J. Fischmeister ; *Dr. pén.* 2022, comm. 6 par J.-H. Robert. ▪ Cass. crim., 24 nov. 2021, n° 21-83.113 : *JurisData* n° 2021-018971 ; *Dr. pén.* 2022, comm. 6 par J.-H. Robert).

4) Dans le même sens, ajoutant à l'argument du principe d'interprétation stricte de la loi pénale celui de l'exigence d'un consentement libre et éclairé pour tout acte médical posé par l'article L. 111-4 du Code de la santé publique en l'absence d'exception au sens de l'article 16-3 du Code civil (▪ CA Douai, 4e ch., 22 avr. 2021, n° 231/2021).

5) Nouvelle entrée sur le territoire – Droit de l'Union. Le droit de l'Union européenne ne s'oppose pas, en principe, à ce qu'une peine d'emprisonnement soit infligée au ressortissant d'un pays tiers qui séjourne irrégulièrement sur le territoire d'un État membre lorsque celui-ci, après avoir été reconduit dans son pays d'origine dans le cadre d'une procédure de retour, entre de nouveau irrégulièrement sur le territoire dudit État (▪ CJUE, 1er oct. 2015, aff. C-290/14, *Skerdjan Celaj* : *JurisData* n° 2015-025185 ; *Europe* 2015, comm. 487, obs. F. Gazin).

Art. L. 624-2 ***(Mod., L. n° 2012-1560, 31 déc. 2012 ; L. n° 2016-274, 7 mars 2016).*** **– Le tribunal pourra, en outre, prononcer à l'encontre de l'étranger condamné l'interdiction du territoire pour une durée n'excédant pas trois ans dans le cas prévu à l'article L. 624-1 et dix ans dans les cas prévus à l'article L. 624-1-1. L'interdiction du territoire emporte de plein droit reconduite à la frontière de l'étranger condamné, le cas échéant, à l'expiration de sa peine d'emprisonnement.**

Art. L. 624-3 ***(Mod., L. n° 2018-778, 10 sept. 2018).*** **– Tout étranger qui se sera soustrait ou qui aura tenté de se soustraire à l'exécution d'une décision prise en application des articles L. 531-1, L. 531-2 et L. 742-3 ou qui, ayant déféré à cette décision, aura pénétré de nouveau sans autorisation en France sera puni de trois ans d'emprisonnement.**

La juridiction pourra, en outre, prononcer à l'encontre du condamné l'interdiction du territoire pour une durée n'excédant pas trois ans.

L'interdiction du territoire emporte de plein droit reconduite à la frontière de l'étranger condamné, le cas échéant, à l'expiration de sa peine d'emprisonnement.

Art. L. 624-4 ***(Mod., L. n° 2007-1631, 20 nov. 2007 ; L. n° 2011-267, 14 mars 2011 ; L. n° 2011-672, 16 juin 2011 ; L. n° 2012-1432, 21 déc. 2012 ; L. n° 2014-1353, 13 nov. 2014).*** **– Les étrangers qui**

n'auront pas rejoint dans les délais prescrits la résidence qui leur est assignée en application des articles L. 523-3, L. 523-4, L. 523-5, L. 561-1 ou L. 561-2 ou qui, ultérieurement, ont quitté cette résidence sans autorisation sont passibles d'une peine d'emprisonnement de trois ans.

Les étrangers visés à l'article L. 571-3 qui n'ont pas respecté les prescriptions liées au placement sous surveillance électronique sont passibles d'une peine d'emprisonnement d'un an.

Les étrangers astreints à résider dans les lieux qui leur sont fixés en application des articles L. 523-3, L. 523-4, L. 523-5, L. 541-3 ou du 6° de l'article L. 561-1 et qui n'ont pas respecté les obligations de présentation aux services de police et aux unités de gendarmerie prévues à l'article L. 561-1 sont passibles d'une peine d'emprisonnement d'un an.

La même peine d'emprisonnement d'un an est applicable aux étrangers qui n'ont pas respecté les interdictions qui leur sont prescrites en application de l'article L. 563-1.

CHAPITRE V. – MÉCONNAISSANCE DES OBLIGATIONS INCOMBANT AUX ENTREPRISES DE TRANSPORT

Art. L. 625-1 *(L. n° 2016-274, 7 mars 2016)*. – Est punie d'une amende d'un montant maximum de 10 000 € l'entreprise de transport aérien ou maritime qui débarque sur le territoire français, en provenance d'un État avec lequel ne s'applique pas l'acquis de Schengen, un étranger non ressortissant d'un État de l'Union européenne et démuni du document de voyage et, le cas échéant, du visa requis par la loi ou l'accord international qui lui est applicable en raison de sa nationalité.

Est punie de la même amende l'entreprise de transport aérien ou maritime qui débarque, dans le cadre du transit, un étranger non ressortissant d'un État membre de l'Union européenne et démuni du document de voyage ou du visa requis par la loi ou l'accord international qui lui est applicable compte tenu de sa nationalité et de sa destination.

QPC. Conformité à la Constitution du régime de sanction du transporteur aérien débarquant sur le territoire français un étranger dépourvu de titre permettant l'entrée sur le territoire national (■ Cons. const., 25 oct. 2019, n° 2019-810 QPC : *JurisData* n° 2019-019197).

Art. L. 625-2. – Le manquement est constaté par un procès-verbal établi par un fonctionnaire appartenant à l'un des corps dont la liste est définie par décret en Conseil d'État. Copie du procès-verbal est remise à l'entreprise de transport intéressée. Le manquement ainsi relevé donne lieu à une amende prononcée par l'autorité administrative compétente. L'amende peut être prononcée autant de fois qu'il y a de passagers concernés. Son montant est versé au Trésor public par l'entreprise de transport.

L'entreprise de transport a accès au dossier et est mise à même de présenter ses observations écrites dans un délai d'un mois sur le projet de sanction de l'administration. La décision de l'autorité administrative, qui est motivée, est susceptible d'un recours de pleine juridiction.

L'autorité administrative ne peut infliger d'amende à raison de faits remontant à plus d'un an.

Art. L. 625-3 *(Abr., L. n° 2016-274, 7 mars 2016)*.

Art. L. 625-4 *(Mod., L. n° 2007-1631, 20 nov. 2007 ; L. n° 2016-274, 7 mars 2016)*. – Lorsque l'étranger débarqué en France est un mineur sans représentant légal, la somme de 10 000 € doit être immédiatement consignée auprès du fonctionnaire visé au premier alinéa de l'article L. 625-2. Tout ou partie de cette somme est restituée à l'entreprise selon le montant de l'amende prononcée ultérieurement par l'autorité administrative. Si l'entreprise ne consigne pas la somme, le montant de l'amende est porté à 20 000 €.

Un décret en Conseil d'État fixe les conditions de cette consignation et de son éventuelle restitution, en particulier le délai maximum dans lequel cette restitution doit intervenir.

Voir : décret n° 2005-913 du 29 juillet 2005 fixant les conditions de la consignation prévue à l'article L. 625-4 (*JO* 5 août 2005).

Art. L. 625-5 *(L. n° 2016-274, 7 mars 2016)*. – Les amendes prévues aux articles L. 625-1 et L. 625-4 ne sont pas infligées :

1° Lorsque l'étranger a été admis sur le territoire français au titre d'une demande d'asile qui n'était pas manifestement infondée ;

2° Lorsque l'entreprise de transport établit que les documents requis lui ont été présentés au moment de l'embarquement et qu'ils ne comportaient pas d'élément d'irrégularité manifeste.

Art. L. 625-6 *(L. n° 2016-274, 7 mars 2016).* **– Les dispositions des articles L. 625-1 à L. 625-5 sont applicables à l'entreprise de transport routier exploitant des liaisons internationales en provenance d'un État avec lequel ne s'applique pas l'acquis de Schengen ; sous la forme de lignes régulières, de services occasionnels ou de navette, à l'exclusion des trafics frontaliers. Le taux de l'amende est fixé dans ce cas à un montant maximal de 10 000 € par passager concerné.**

Si une telle entreprise n'a pu procéder à la vérification du document de voyage et, le cas échéant, du visa des passagers empruntant ses services, elle est exonérée de l'amende prévue au précédent alinéa, à condition d'avoir justifié d'un contrôle à l'entrée sur le territoire d'un des États avec lesquels s'applique l'acquis de Schengen ou, à défaut d'un tel contrôle, à condition d'y avoir fait procéder à l'entrée en France par les services compétents.

Art. L. 625-7 *(L. n° 2016-274, 7 mars 2016).* **– Est punie d'une amende d'un montant maximal de 30 000 € :**

1° L'entreprise de transport aérien ou maritime qui ne respecte pas les obligations fixées aux articles L. 213-4 à L. 213-6 ;

2° L'entreprise de transport routier mentionnée à l'article L. 213-7 qui ne respecte pas les obligations fixées aux articles L. 213-4 et L. 213-6 ;

3° L'entreprise de transport ferroviaire mentionnée à l'article L. 213-8 qui ne respecte pas les obligations fixées au même article L. 213-8 ainsi qu'à l'article L. 213-6.

1) **QPC.** Conformité à la Constitution de l'obligation, pour les transporteurs aériens, de réacheminer les étrangers auxquels l'entrée en France est refusée, ces dispositions n'ayant ni pour objet ni pour effet de mettre à la charge des entreprises de transport une obligation de surveiller la personne ou d'exercer sur elle une contrainte, de telles mesures relevant de la compétence des seules autorités de police, et ne privant pas le commandant de bord de sa faculté de débarquer une personne présentant un danger pour la sécurité, la santé, la salubrité ou le bon ordre de l'aéronef (▪ Cons. const., 15 oct. 2021, n° 2021-940 QPC : *JurisData* n° 2021-016443 ; *Dr. pén.* 2021, comm. 208, J.-H. Robert ; *JCP* G 2021, 1208, note M. Verpeaux ; *D.* 2022 p. 244, O. Boskovic *et al.*).

2) Pour une application et l'indifférence de la présentation d'un passeport falsifié par l'étranger, cette circonstance pouvant seulement être prise en compte pour fixer le montant de l'amende (▪ CE, 11 déc. 2020, n° 427744 : *JurisData* n° 2020-020210 ; *Dr. adm.* 2021, alerte 20, A. Courrèges).

CHAPITRE VI. – DISPOSITIONS DIVERSES

Art. L. 626-1 *(Mod., L. n° 2005-32, 18 janv. 2005 ; D. n° 2009-331, 25 mars 2009 ; L. fin. n° 2010-1657, 29 déc. 2010 ; L. fin. n° 2011-1977, 28 déc. 2011 ; L. n° 2018-1317, 28 déc. 2018).* **– Sans préjudice des poursuites judiciaires qui pourront être engagées à son encontre et de la contribution spéciale prévue à l'article L. 8253-1 du Code du travail, l'employeur qui aura occupé un travailleur étranger en situation de séjour irrégulier acquittera une contribution forfaitaire représentative des frais de réacheminement de l'étranger dans son pays d'origine.**

Le montant total des sanctions pécuniaires prévues, pour l'emploi d'un étranger non autorisé à travailler, au premier alinéa du présent article et à l'article L. 8253-1 du Code du travail ne peut excéder le montant des sanctions pénales prévues par les articles L. 8256-2, L. 8256-7 et L. 8256-8 du Code du travail ou, si l'employeur entre dans le champ d'application de ces articles, le montant des sanctions pénales prévues par le chapitre II du présent titre.

L'Office français de l'immigration et de l'intégration est chargé de constater et de fixer le montant de cette contribution. À cet effet, il peut avoir accès aux traitements automatisés des titres de séjour des étrangers dans les conditions définies par la loi n° 78-17 du 6 janvier 1978 relative à l'informatique, aux fichiers et aux libertés.

L'État est ordonnateur de la contribution forfaitaire. À ce titre, il liquide et émet le titre de perception.

Sont applicables à la contribution forfaitaire prévue au premier alinéa les dispositions prévues aux articles L. 8253-1 à L. 8253-5 du Code du travail en matière de recouvrement et de privilège applicables à la contribution spéciale.

Les modalités d'application du présent article sont fixées par décret en Conseil d'État.

Voir : C. du travail sous C. étrangers, art. L. 322-1, p. 1505.

Code du travail

Titre V : Emploi d'étrangers non autorisés à travailler

Chapitre Ier : Interdictions.

Art. L. 8251-1. – Nul ne peut, directement ou indirectement, embaucher, conserver à son service ou employer pour quelque durée que ce soit un étranger non muni du titre l'autorisant à exercer une activité salariée en France.

Il est également interdit à toute personne d'engager ou de conserver à son service un étranger dans une catégorie professionnelle, une profession ou une zone géographique autres que celles qui sont mentionnées, le cas échéant, sur le titre prévu au premier alinéa.

Art. L. 8251-2. – Nul ne peut, directement ou indirectement, recourir sciemment aux services d'un employeur d'un étranger non autorisé à travailler.

....

Chapitre VI : Dispositions pénales.

Art. L. 8256-1. – Le fait de se rendre coupable de fraude ou de fausse déclaration pour obtenir, faire obtenir ou tenter de faire obtenir à un étranger le titre mentionné à l'article L. 8251-1 est puni d'un emprisonnement d'un an et d'une amende de 3 000 euros.

Art. L. 8256-2. – Le fait pour toute personne, directement ou par personne interposée, d'embaucher, de conserver à son service ou d'employer pour quelque durée que ce soit un étranger non muni du titre l'autorisant à exercer une activité salariée en France, en méconnaissance des dispositions du premier alinéa de l'article L. 8251-1, est puni d'un emprisonnement de cinq ans et d'une amende de 15 000 euros.

Le fait de recourir sciemment, directement ou indirectement, aux services d'un employeur d'un étranger non autorisé à travailler est puni des mêmes peines.

Ces peines sont portées à un emprisonnement de dix ans et une amende de 100 000 euros lorsque l'infraction est commise en bande organisée.

Le premier alinéa n'est pas applicable à l'employeur qui, sur la base d'un titre frauduleux ou présenté frauduleusement par un étranger salarié, a procédé sans intention de participer à la fraude et sans connaissance de celle-ci à la déclaration auprès des organismes de sécurité sociale prévue à l'article L. 1221-10, à la déclaration unique d'embauche et à la vérification auprès des administrations territorialement compétentes du titre autorisant cet étranger à exercer une activité salariée en France.

L'amende est appliquée autant de fois qu'il y a d'étrangers concernés.

Art. L. 8256-3. – Les personnes physiques coupables des infractions prévues à l'article L. 8256-2 encourent les peines complémentaires suivantes :

1° L'interdiction, pour une durée de cinq ans au plus, d'exercer directement ou par personne interposée l'activité professionnelle dans l'exercice ou à l'occasion de l'exercice de laquelle l'infraction a été commise, selon les modalités prévues par l'article 131-27 du Code pénal ;

2° L'exclusion des marchés publics pour une durée de cinq ans au plus ;

3° La peine de confiscation dans les conditions et selon les modalités prévues à l'article 131-21 du Code pénal ;

4° L'affichage ou la diffusion de la décision prononcée, dans les conditions prévues à l'article 131-35 du Code pénal. Lorsqu'une amende est prononcée, la juridiction peut ordonner que cette diffusion soit opérée, pour une durée maximale de deux ans, par les services du ministre chargé du travail sur un site internet dédié, dans des conditions prévues par décret en Conseil d'État pris après avis de la Commission nationale de l'informatique et des libertés ;

5° L'interdiction, suivant les modalités prévues par l'article 131-26 du Code pénal, des droits civiques, civils et de la famille ;

6° L'interdiction de séjour pour une durée de cinq ans au plus.

Art. L. 8256-4. – Les personnes physiques coupables des infractions prévues à l'article L. 8256-2 encourent la peine complémentaire de fermeture des locaux ou établissements tenus ou exploités par elles et ayant servi à commettre les faits incriminés.

Art. L. 8256-5. – Les personnes physiques condamnées au titre de l'infraction prévue au deuxième alinéa de l'article L. 8256-2 encourent la peine complémentaire de confiscation de tout ou partie de leurs biens, quelle qu'en soit la nature.

Art. L. 8256-6. – L'interdiction du territoire français peut être prononcée, dans les conditions prévues par les articles 131-30 à 131-30-2 du Code pénal, pour une durée de dix ans au plus ou à titre définitif à l'encontre de tout étranger coupable des infractions définies à l'article L. 8256-2.

Art. L. 8256-7. – Les personnes morales reconnues pénalement responsables, dans les conditions prévues par l'article 121-2 du Code pénal, des infractions prévues au présent chapitre, à l'exception de l'article L. 8256-1, encourent :

1° L'amende, dans les conditions prévues à l'article 131-38 du Code pénal ;

2° Les peines mentionnées aux 1° à 5°, 8°, 9° et 12° de l'article 131-39 du même code.

L'interdiction mentionnée au 2° de l'article 131-39 porte sur l'activité dans l'exercice ou à l'occasion de l'exercice de laquelle l'infraction a été commise.

Lorsqu'une amende est prononcée, la juridiction peut ordonner que la diffusion prévue au 9° du même article 131-39 soit opérée, pour une durée maximale de deux ans, par les services du ministre chargé du travail sur un site internet dédié, dans des conditions prévues par décret en Conseil d'État pris après avis de la Commission nationale de l'informatique et des libertés.

Art. L. 8256-7-1. – Le prononcé de la peine complémentaire de fermeture provisoire d'établissement mentionnée au 4° de l'article 131-39 du Code pénal n'entraîne ni rupture, ni suspension du contrat de travail, ni aucun préjudice pécuniaire à l'encontre des salariés de l'établissement concerné.

Art. L. 8256-8. – Les personnes morales condamnées au titre de l'infraction prévue au troisième alinéa de l'article L. 8256-2 encourent la peine complémentaire de confiscation de tout ou partie de leurs biens, quelle qu'en soit la nature.

1) QPC. Refus de transmission de la question prioritaire de constitutionnalité relative à l'article L. 8251-1 du Code du travail et qui invoquait une discrimination au regard de l'origine sur le marché du travail ; absence de caractère sérieux de la question dès lors qu'aucun principe ni aucune valeur constitutionnelle n'assure aux étrangers des droits de caractère général et absolu d'accès et de séjour sur le territoire national et que ceux-ci sont dans une situation différente de celles des nationaux ou des ressortissants de l'Union européenne, le législateur étant alors libre de régler de façon différente des situations différentes ou de déroger à l'égalité pour des raisons d'intérêt général pourvu que la différence de traitement qui en résulte soit en rapport direct avec la loi qui l'établit (▪ Cass. crim., 13 avr. 2021, n° 21-90.005 : *Lexbase Pénal*, 24 févr. 2022, panorama E. Gouesse).

2) Application de la loi dans le temps. Le délit d'emploi d'étrangers non munis d'une autorisation de travail salarié demeure punissable s'il était constitué au moment de la levée de la totalité des restrictions à l'accès au marché du travail pour les ressortissants de l'État, ce qui ne constitue qu'une situation de fait. La solution n'est exclue par aucun texte ou principe général du droit de l'Union européenne au regard du principe de l'application rétroactive de la peine plus légère, et toute autre interprétation aurait pour conséquence d'encourager le trafic de main d'œuvre et serait alors contraire aux objectifs recherchés par le droit de l'Union, tel qu'interprété par la Cour de justice dans son arrêt C-218/15 du 6 octobre 2016 (▪ Cass. crim., 7 juin 2017, n° 15-87.214 : *JurisData* n° 2017-010975 ; *Dr. pén.* n° 9, sept. 2017, comm. 131 par J.-H. Robert. ▪ Cass. crim., 12 déc. 2017, n° 16-87.230 : *JurisData* n° 2017-025628).

Voir : C. pén., art. 112-1, p. 29.

3) Éléments constitutifs. Commet le délit intentionnel d'emploi d'un étranger non muni d'une autorisation de travail salarié celui qui s'abstient de vérifier si le travailleur étranger qu'il envisageait de recruter était autorisé à exercer une activité salariée sur le territoire français (▪ Cass. crim., 8 août 2018, n° 17-84.920 : *JurisData* n° 2018-013997).

4) Victime. Admission de la constitution de partie civile du travailleur étranger irrégulièrement employé, qui subit un préjudice direct et personnel causé par le délit d'emploi d'un étranger non muni d'une autorisation de travail (▪ Cass. crim., 11 avr. 2012, n° 11-85.224 : *Bull. crim.* n° 87 ; *JurisData* n° 2012-009487 ; *Dr. pén.* n° 7-8, juill. 2012, comm. 100 par J.-H. Robert).

(...)

PARTIE RÉGLEMENTAIRE

(D. n° 2006-1377, 14 nov. 2006 ; D. n° 2006-1378, 14 nov. 2006)

CHAPITRE I. – DROIT AU SÉJOUR

Section I. – Entrée en France

Art. R. 121-1 *(D. n° 2007-371, 21 mars 2007 ; mod., D. n° 2011-1049, 6 sept. 2011)*. – Tout ressortissant mentionné au premier alinéa de l'article L. 121-1 muni d'une carte d'identité ou d'un passeport en cours de validité est admis sur le territoire français, à condition que sa présence ne constitue pas une menace pour l'ordre public.

Tout membre de sa famille mentionné à l'article L. 121-3, ressortissant d'un État tiers, est admis sur le territoire français à condition que sa présence ne constitue pas une menace pour l'ordre public et qu'il soit muni, à défaut de titre de séjour délivré par un État membre de l'Union européenne portant la mention « Carte de séjour de membre de la famille d'un citoyen de l'Union » en cours de validité, d'un passeport en cours de validité, d'un visa ou, s'il en est dispensé, d'un document établissant son lien familial. L'autorité consulaire lui délivre gratuitement, dans les meilleurs délais et dans le cadre d'une procédure accélérée, le visa requis sur justification de son lien familial. Toutes facilités lui sont accordées pour obtenir ce visa.

Art. R. 121-2 *(D. n° 2007-371, 21 mars 2007)*. – Il est accordé aux ressortissants mentionnés au premier alinéa de l'article L. 121-1 et à l'article L. 121-3 qui ne disposent pas des documents d'entrée prévus à l'article R. 121-1 tous les moyens raisonnables leur permettant de se les procurer dans un délai raisonnable ou de faire confirmer ou prouver par d'autres moyens leur qualité de bénéficiaires du droit de circuler et de séjourner librement en France, avant de procéder à leur refoulement.

Art. R. 121-2-1 *(D. n° 2011-1049, 6 sept. 2011)*. – Après un examen de sa situation personnelle, l'autorité administrative peut appliquer les dispositions des articles R. 121-1 et R. 121-2 à tout ressortissant étranger, quelle que soit sa nationalité, ne relevant pas des 4° et 5° de l'article L. 121-1 :

1° Si dans le pays de provenance, il est membre de famille à charge ou faisant partie du ménage d'un ressortissant mentionné aux 1°, 2° ou 3° de l'article L. 121-1 ;

2° Lorsque, pour des raisons de santé graves, le ressortissant mentionné aux 1°, 2° ou 3° de l'article L. 121-1 doit nécessairement et personnellement s'occuper de cette personne avec laquelle il a un lien de parenté ;

3° S'il atteste de liens privés et familiaux durables, autres que matrimoniaux, avec un ressortissant mentionné aux 1°, 2° ou 3° de l'article L. 121-1.

Section II. – Séjour d'une durée inférieure ou égale à trois mois

Art. R. 121-3 *(Abr., D. n° 2011-1049, 6 sept. 2011)*.

Section III. – Séjour d'une durée supérieure à trois mois

Art. R. 121-4 *(Mod., D. n° 2009-404, 15 avr. 2009 ; mod., D. n° 2011-1049, 6 sept. 2011 ; D. n° 2019-141, 27 févr. 2019)*. – Les ressortissants qui remplissent les conditions mentionnées à l'article L. 121-1 doivent être munis de l'un des deux documents prévus pour l'entrée sur le territoire français par l'article R. 121-1.

L'assurance maladie mentionnée à l'article L. 121-1 doit couvrir les prestations prévues aux articles L. 321-1 et L. 331-2 du Code de la sécurité sociale.

Lorsqu'il est exigé, le caractère suffisant des ressources est apprécié en tenant compte de la situation personnelle de l'intéressé. En aucun cas, le montant exigé ne peut excéder le montant forfaitaire du revenu de solidarité active mentionné au 2° de l'article L. 262-2 du Code de l'action sociale et des familles ou, si l'intéressé remplit les conditions d'âge pour l'obtenir le montant de l'allocation de solidarité aux personnes âgées mentionnée à l'article L. 815-1 du Code de la sécurité sociale.

La charge pour le système d'assistance sociale que peut constituer le ressortissant mentionné à l'article L. 121-1 est évaluée en prenant notamment en compte le montant des prestations sociales non contributives qui lui ont été accordées, la durée de ses difficultés et de son séjour.

En cas de doute, le préfet peut, sans y procéder de façon systématique, vérifier que les conditions mentionnées aux articles L. 121-1, R. 121-6 et R. 121-7 sont satisfaites.

Les ressortissants mentionnés au premier alinéa de l'article L. 121-1 entrés en France pour y rechercher un emploi ne peuvent être éloignés pour un motif tiré de l'irrégularité de leur séjour tant qu'ils sont en mesure de faire la preuve qu'ils continuent à rechercher un emploi et qu'ils ont des chances réelles d'être engagés.

Art. R. 121-5 *(D. n° 2007-371, 21 mars 2007 ; mod., D. n° 2008-223, 6 mars 2008)*. – Une attestation, conforme au modèle fixé par arrêté du ministre chargé de l'immigration, est remise immédiatement par le maire aux ressortissants qui se soumettent à l'obligation d'enregistrement prévue à l'article L. 121-2. Cette attestation n'établit pas un droit au séjour. Sa possession ne peut en aucun cas constituer une condition préalable à l'exercice d'un droit ou à l'accomplissement d'une autre formalité administrative.

Le maire communique au préfet et, à Paris, au préfet de police copie des attestations qu'il a délivrées.

Art. R. 121-5-1 *(D. n° 2011-1049, 6 sept. 2011)*. – Aux fins d'établir si le ressortissant mentionné au premier alinéa de l'article L. 121-1, à l'article L. 121-3 et à l'article R. 121-4-1 représente un danger pour l'ordre public ou la sécurité publique, le préfet peut, s'il le juge indispensable et sans y procéder de façon systématique, lors de la délivrance de l'attestation d'enregistrement, demander aux autorités de l'État membre de l'Union européenne d'origine du ressortissant communautaire et, éventuellement, à d'autres États membres des renseignements sur les antécédents judiciaires de l'intéressé. L'État membre consulté fait parvenir sa réponse dans un délai de deux mois. Le ministre de l'Intérieur saisi par les autorités d'un État membre de l'Union européenne d'une demande visant les antécédents judiciaires d'un ressortissant national transmet la réponse des autorités françaises dans les mêmes délais.

1) **Droit européen.** Avoir des antécédents pénaux (en l'espèce, conduite en état d'ivresse) ne suffit pas à ce que soit automatiquement refusé l'octroi d'un statut de résident de longue durée (■ CJUE, 3 sept. 2020, aff. C-503/19 et C-592/19, *UQ et SI c/ Subdelegación del Gobierno en Barcelona*).

2) L'autorisation de séjour peut ne pas être prolongée, malgré l'intensité des liens personnels du requérant avec l'État concerné, si cela apparaît nécessaire à la protection de l'ordre public et à la prévention des infractions pénales, une grande importance étant attachée à la gravité de l'infraction à l'origine de la peine d'emprisonnement subie par celui-ci (trafic d'héroïne) (■ CEDH, 7 juil. 2020, n° 62130/15, *K.A. c/ Suisse*).

Section IV. – Maintien du droit au séjour

Art. R. 121-6 *(D. n° 2007-371, 21 mars 2007 ; D. n° 2011-1049, 6 sept. 2011 ; D. n° 2019-141, 27 févr. 2019)*. – I. – Les ressortissants mentionnés au 1° de l'article L. 121-1 conservent leur droit au séjour en qualité de travailleur salarié ou de non-salarié :

1° S'ils ont été frappés d'une incapacité de travail temporaire résultant d'une maladie ou d'un accident ;

2° S'ils se trouvent en chômage involontaire dûment constaté après avoir été employés pendant plus d'un an et se sont fait enregistrer en qualité de demandeur d'emploi auprès du service de l'emploi compétent ;

3° S'ils entreprennent une formation professionnelle, devant être en lien avec l'activité professionnelle antérieure à moins d'avoir été mis involontairement au chômage.

II. – Ils conservent au même titre leur droit de séjour pendant six mois s'ils sont involontairement privés d'emploi dans les douze premiers mois qui suivent le début de leur activité professionnelle et sont inscrits sur la liste des demandeurs d'emploi.

Art. R. 121-7 *(D. n° 2007-371, 21 mars 2007 ; mod., D. n° 2011-1049, 6 sept. 2011)*. – Les ressortissants mentionnés aux 4° et 5° de l'article L. 121-1, admis au séjour en leur qualité de membre de famille, conservent leur droit au séjour :

1° En cas de décès du ressortissant accompagné ou rejoint ou si celui-ci quitte la France ;

2° En cas de divorce ou d'annulation du mariage avec le ressortissant accompagné ou rejoint.

Avant l'acquisition du droit de séjour permanent prévu au premier alinéa de l'article L. 122-1, ils doivent entrer à titre individuel dans l'une des catégories définies à l'article L. 121-1.

Art. R. 121-8 *(D. n° 2007-371, 21 mars 2007).* – Les ressortissants d'un État tiers mentionnés à l'article L. 121-3, admis au séjour en leur qualité de membre de famille, conservent leur droit au séjour :

1° En cas de décès du ressortissant accompagné ou rejoint et à condition d'avoir établi leur résidence en France en tant que membre de sa famille depuis plus d'un an avant ce décès ;

2° En cas de divorce ou d'annulation du mariage avec le ressortissant accompagné ou rejoint ;

a) Lorsque le mariage a duré au moins trois ans avant le début de la procédure judiciaire de divorce ou d'annulation, dont un an au moins en France ;

b) Lorsque la garde des enfants du ressortissant accompagné ou rejoint leur est confiée en qualité de conjoint, par accord entre les conjoints ou par décision de justice ;

c) Lorsque des situations particulièrement difficiles l'exigent, notamment lorsque la communauté de vie a été rompue à l'initiative du membre de famille en raison de violences conjugales qu'il a subies ;

d) Lorsque le conjoint bénéficie, par accord entre les époux ou par décision de justice, d'un droit de visite à l'enfant mineur, à condition que ce droit s'exerce en France et pour la durée nécessaire à son exercice.

Pour l'acquisition du droit de séjour permanent prévu au deuxième alinéa de l'article L. 122-1, ils doivent entrer à titre individuel dans l'une des catégories définies aux 1°, 2°, 4° ou 5° de l'article L. 121-1.

Art. R. 121-9 *(D. n° 2007-371, 21 mars 2007).* – En cas de décès du ressortissant accompagné ou rejoint ou si celui-ci quitte la France, les enfants et le membre de la famille qui en a la garde conservent ce droit de séjour jusqu'à ce que ces enfants achèvent leur scolarité dans un établissement français d'enseignement secondaire.

Section V. – Délivrance du titre de séjour

Sous-section 1. – Dispositions générales

Art. R. 121-10 *(D. n° 2007-371, 21 mars 2007 ; D. n° 2016-1456, 28 oct. 2016 ; D. n° 2019-141, 27 févr. 2019).* – Les ressortissants mentionnés au 1° de l'article L. 121-1 qui ont établi leur résidence habituelle en France depuis moins de cinq ans bénéficient, à leur demande, d'un titre de séjour portant la mention : « Citoyen UE/EEE/Suisse – Toutes activités professionnelles ». La reconnaissance de leur droit de séjour n'est pas subordonnée à la détention de ce titre.

Ce titre est d'une durée de validité supérieure de six mois à celle du contrat de travail souscrit ou, pour les travailleurs non salariés, à celle de l'activité professionnelle prévue. Sa durée totale de validité ne peut excéder cinq ans.

Sa délivrance est subordonnée à la production par le demandeur des justificatifs suivants :

1° Un titre d'identité ou un passeport en cours de validité ;

2° Une déclaration d'engagement ou d'emploi établie par l'employeur, une attestation d'emploi ou une preuve attestant d'une activité non salariée.

Art. R. 121-11 *(D. n° 2007-371, 21 mars 2007 ; D. n° 2016-1456, 28 oct. 2016 ; D. n° 2019-141, 27 févr. 2019).* – Les ressortissants mentionnés au 2° de l'article L. 121-1 qui ont établi leur résidence habituelle en France depuis moins de cinq ans bénéficient, à leur demande, d'un titre de séjour portant la mention « Citoyen UE/EEE/Suisse – Non actif ». La reconnaissance de leur droit de séjour n'est pas subordonnée à la détention de ce titre.

Ce titre est d'une durée de validité maximale de cinq ans, déterminée en fonction de la pérennité des ressources dont il est justifié.

Sa délivrance est subordonnée à la production par le demandeur des justificatifs suivants :

1° Un titre d'identité ou un passeport en cours de validité ;

2° Une attestation de prise en charge par une assurance offrant les prestations mentionnées aux articles L. 160-8 et L. 160-9 du Code de la sécurité sociale ;

3° Les documents justifiant de ressources suffisantes pour lui et le cas échéant pour les membres de sa famille.

Art. R. 121-12 *(D. n° 2007-371, 21 mars 2007 ; mod., D. n° 2011-1049, 6 sept. 2011 ; D. n° 2016-1456, 28 oct. 2016 ; D. n° 2019-141, 27 févr. 2019).* – Les ressortissants mentionnés au 3° de l'article L. 121-1 qui ont établi leur résidence habituelle en France depuis moins de cinq ans bénéficient, à leur demande, d'un titre de séjour portant la mention « Citoyen UE/EEE/Suisse – Étudiant ». La reconnaissance du droit de séjour n'est pas subordonnée à la détention de ce titre.

Ce titre est d'une durée de validité égale à celle restant à courir du cycle d'études dans lequel est inscrit l'étudiant. Sa durée de validité ne peut excéder cinq ans.

Sa délivrance est subordonnée à la production par le demandeur des justificatifs suivants :

1° Un titre d'identité ou un passeport en cours de validité ;

2° Un justificatif de son inscription dans un établissement d'enseignement pour y suivre à titre principal des études ou, dans ce cadre, une formation professionnelle ;

3° Une attestation de prise en charge par une assurance offrant les prestations mentionnées aux articles L. 160-8 et L. 160-9 du Code de la sécurité sociale ;

4° Une déclaration ou tout autre moyen équivalent garantissant qu'il dispose de ressources suffisantes pour lui et le cas échéant pour les membres de sa famille.

Art. R. 121-13 *(D. n° 2007-371, 21 mars 2007 ; D. n° 2016-1456, 28 oct. 2016).* – Les membres de famille mentionnés aux 4° et 5° de l'article L. 121-1 qui ont établi leur résidence habituelle en France depuis moins de cinq ans bénéficient à leur demande d'un titre de séjour portant la mention « Carte de séjour de membre de la famille d'un citoyen de l'Union/EEE/Suisse – Toutes activités professionnelles ». La reconnaissance du droit de séjour n'est pas subordonnée à la détention de ce titre.

Ils présentent à l'appui de leur demande l'un des documents prévus au premier alinéa de l'article R. 121-1, un justificatif de leur lien familial ainsi que du droit au séjour du ressortissant qu'ils accompagnent ou rejoignent.

Lorsque le ressortissant qu'ils accompagnent ou rejoignent n'exerce pas d'activité professionnelle, ils justifient en outre des moyens dont celui-ci dispose pour assurer leur prise en charge financière et d'une assurance offrant les prestations mentionnées aux articles L. 321-1 et L. 331-2 du Code de la sécurité sociale.

Ils reçoivent un titre de séjour de même durée de validité que celui auquel le ressortissant mentionné à l'article L. 121-1 qu'ils accompagnent ou rejoignent peut prétendre dans la limite de cinq années.

Art. R. 121-14 *(D. n° 2007-371, 21 mars 2007 ; mod., D. n° 2011-1049, 6 sept. 2011 ; D. n° 2016-1456, 28 oct. 2016).* – *(Al. annulé, CE, 19 mai 2008, n° 305670, Ass. SOS Racisme)* Les membres de famille ressortissants d'un État tiers mentionnés à l'article L. 121-3 présentent dans les deux mois de leur entrée en France leur demande de titre de séjour avec les documents requis pour l'entrée sur le territoire ainsi que les justificatifs établissant leur lien familial et garantissant le droit au séjour du ressortissant accompagné ou rejoint.

Lorsque le ressortissant qu'ils accompagnent ou rejoignent n'exerce pas d'activité professionnelle, ils justifient en outre des moyens dont celui-ci dispose pour assurer leur prise en charge financière et d'une assurance offrant les prestations mentionnées aux articles L. 321-1 et L. 331-2 du Code de la sécurité sociale.

Ils reçoivent un titre de séjour portant la mention « Carte de séjour de membre de la famille d'un citoyen de l'Union/EEE/Suisse – Toutes activités professionnelles » de même durée de validité que celui auquel le ressortissant mentionné à l'article L. 121-1 qu'ils accompagnent ou rejoignent peut prétendre, dans la limite de cinq années. Pendant cette période et en cas de doute, l'autorité administrative peut, sans y procéder de façon systématique, vérifier que les conditions mentionnées aux articles L. 121-3 et R. 121-8 sont satisfaites. La reconnaissance de leur droit de séjour n'est pas subordonnée à la détention du titre de séjour ni à celle du récépissé de demande de titre de séjour.

La validité de la carte de séjour n'est pas affectée par des absences temporaires ne dépassant pas six mois par an, ni par des absences d'une durée plus longue pour l'accomplissement des obligations militaires ou par une absence de douze mois consécutifs pour une raison importante, telle qu'une grossesse, un accouchement, une maladie grave, des études, une formation professionnelle ou un détachement pour raisons professionnelles dans un autre État membre ou un pays tiers.

Le renouvellement du titre de séjour doit être sollicité dans le délai de deux mois précédant sa date d'expiration.

Art. R. 121-14-1 *(D. n° 2011-1049, 6 sept. 2011 ; D. n° 2016-1456, 28 oct. 2016).* – Les dispositions des articles R. 121-13 et R. 121-14 s'appliquent également aux ressortissants visés à l'article R. 121-4-1 lorsqu'ils séjournent en France au-delà de trois mois.

Art. R. 121-15 *(D. n° 2007-371, 21 mars 2007).* – Il est remis un récépissé à tout ressortissant qui sollicite la délivrance ou le renouvellement d'une carte de séjour.

La délivrance de la carte de séjour aux ressortissants d'un État tiers intervient au plus tard dans les six mois suivant le dépôt de la demande.

Sous-section 2. – Dispositions particulières applicables aux ressortissants des États membres de l'Union européenne soumis à des mesures transitoires ainsi qu'aux membres de leur famille ressortissants de ces mêmes États ou d'États tiers

Art. R. 121-16 *(D. n° 2007-371, 21 mars 2007 ; mod., D. n° 2011-1049, 6 sept. 2011 ; D. n° 2016-1456, 28 oct. 2016)*. – I. – Sans préjudice des dispositions du cinquième alinéa de l'article L. 121-2, les ressortissants des États membres de l'Union européenne soumis à des mesures transitoires par leur traité d'adhésion qui souhaitent exercer une activité professionnelle en France sont tenus de solliciter la délivrance d'une carte de séjour ainsi que l'autorisation de travail prévue à l'article L. 5221-2 du Code du travail pour l'exercice d'une activité salariée.

Les membres de leur famille ressortissants d'un État membre de l'Union européenne soumis à des mesures transitoires ou d'un État tiers sont également tenus de solliciter la délivrance d'une carte de séjour ainsi que de l'autorisation de travail prévue à l'article L. 5221-2 du Code du travail pour l'exercice d'une activité salariée. Toutefois, le conjoint ou les descendants de moins de vingt-et-un ans ou à charge sont dispensés de l'autorisation de travail, si la personne qu'ils accompagnent ou rejoignent a été admise sur le marché du travail français pour une durée égale ou supérieure à douze mois à la date de l'adhésion de leur État à l'Union européenne ou postérieurement.

La carte de séjour des ressortissants mentionnés au premier alinéa est délivrée dans les conditions et pour la durée prévues à l'article R. 121-10. Elle porte selon les cas la mention « Citoyen UE – Toutes activités professionnelles » ou « Citoyen UE – Toutes activités professionnelles, sauf salariées ».

La carte de séjour des ressortissants mentionnés au deuxième alinéa est délivrée dans les conditions et pour la durée prévues par l'article R. 121-13 ou par l'article R. 121-14 selon leur nationalité. Elle porte selon les cas la mention « Carte de séjour de membre de la famille d'un citoyen de l'Union – Toutes activités professionnelles » ou « Carte de séjour de membre de la famille d'un citoyen de l'Union – Toutes activités professionnelles, sauf salariées ».

II. – Les ressortissants des États membres de l'Union européenne soumis à des mesures transitoires et les membres de leur famille ressortissants de ces mêmes États ou ressortissants d'un État tiers admis sur le marché du travail français pour une période ininterrompue égale ou supérieure à douze mois à la date de l'adhésion de leur pays à l'Union européenne ou postérieurement et qui souhaitent continuer à exercer une activité salariée sollicitent, à l'expiration de leur titre de séjour, un nouveau titre de séjour, sans qu'une autorisation de travail ne soit requise.

CHAPITRE II. – DROIT AU SÉJOUR PERMANENT

Art. R. 122-1 *(D. n° 2007-371, 21 mars 2007 ; D. n° 2011-1049, 6 sept. 2011 ; D. n° 2016-1456, 28 oct. 2016)*. – Les ressortissants mentionnés au premier alinéa de l'article L. 122-1 peuvent solliciter la délivrance d'une carte de séjour d'une durée de validité de dix ans renouvelable de plein droit portant la mention « Citoyen UE/EEE/Suisse – Séjour permanent – Toutes activités professionnelles », qui est remise dans les meilleurs délais. La reconnaissance du droit de séjour n'est pas subordonnée à la détention de ce titre.

Par dérogation au premier alinéa, les ressortissants des États membres de l'Union européenne soumis à un régime transitoire par leur traité d'adhésion qui ont acquis un droit de séjour permanent sont tenus de solliciter un titre de séjour s'ils souhaitent exercer une activité professionnelle. Leur carte de séjour porte la mention : « Citoyen UE – Séjour permanent – Toutes activités professionnelles ».

Art. R. 122-2 *(D. n° 2007-371, 21 mars 2007 ; mod., D. n° 2011-1049, 6 sept. 2011 ; D. n° 2016-1456, 28 oct. 2016)*. – Les membres de famille ressortissants d'un État tiers mentionnés au deuxième alinéa de l'article L. 122-1 sollicitent la délivrance d'une carte de séjour portant la mention « Directive 2004/38/CE – Séjour permanent – Toutes activités professionnelles » dans le délai de deux mois qui précède l'échéance de la période ininterrompue de cinq ans de séjour régulier.

Cette carte, d'une durée de validité de dix ans, doit être délivrée dans un délai maximum de six mois à compter du dépôt de la demande. Son renouvellement doit être demandé dans un délai de deux mois avant sa date d'expiration.

Les membres de la famille d'un ressortissant d'un État membre de l'Union européenne soumis à un régime transitoire par son traité d'adhésion, lorsqu'ils sont eux-mêmes ressortissants d'un État membre de l'Union européenne soumis à un régime transitoire par leur traité d'adhésion, sont tenus de solliciter un titre de séjour s'ils souhaitent exercer une activité professionnelle. Leur carte de séjour porte la mention « Citoyen UE – Séjour permanent – Toutes activités professionnelles ».

Art. R. 122-3 *(D. n° 2007-371, 21 mars 2007 ; D. n° 2016-1456, 28 oct. 2016).* – La continuité de séjour nécessaire à l'acquisition du droit au séjour permanent n'est pas affectée par :

1° Des absences temporaires ne dépassant pas six mois par an ;

2° Des absences d'une durée plus longue pour l'accomplissement des obligations militaires ;

3° Une absence de douze mois consécutifs au maximum pour une raison importante, telle qu'une grossesse, un accouchement, une maladie grave, des études, une formation professionnelle ou un détachement à l'étranger pour raisons professionnelles.

La continuité du séjour nécessaire à l'acquisition et au maintien du droit au séjour permanent peut être attestée par tout moyen de preuve. Elle est interrompue par l'exécution d'une décision d'éloignement.

Art. R. 122-4 *(D. n° 2007-371, 21 mars 2007).* – I. – Le ressortissant mentionné au 1° de l'article L. 121-1 qui cesse son activité professionnelle sur le territoire français acquiert un droit au séjour permanent avant l'écoulement de la période ininterrompue de cinq ans de séjour prévue à l'article L. 122-1 :

1° Quand il atteint l'âge prévu par les dispositions législatives ou réglementaires en vigueur pour faire valoir ses droits à une pension de retraite à condition d'y avoir exercé son activité professionnelle pendant les douze derniers mois et d'y résider régulièrement depuis plus de trois ans ;

2° À la suite d'une mise à la retraite anticipée et à condition d'y avoir exercé son activité professionnelle pendant les douze derniers mois et d'y résider régulièrement depuis plus de trois ans ;

3° À la suite d'une incapacité permanente de travail et à condition d'y avoir séjourné régulièrement d'une façon continue depuis plus de deux ans ;

4° À la suite d'une incapacité permanente de travail et sans condition de durée de séjour si cette incapacité résulte d'un accident de travail ou d'une maladie professionnelle ouvrant droit pour la personne concernée à une rente à la charge d'un organisme de sécurité sociale ;

5° Après trois ans d'activité et de séjour réguliers et continus, pour exercer une activité professionnelle dans un autre État mentionné à l'article L. 121-1, à condition de garder sa résidence en France et d'y retourner au moins une fois par semaine.

Les périodes d'activité ainsi accomplies dans un autre État sont regardées comme exercées en France pour l'acquisition des droits prévus aux 1° à 4°.

Les conditions de durée de séjour et d'activité prévues aux 1°, 2° et 3° ne s'appliquent pas si le conjoint du travailleur est de nationalité française ou a perdu cette nationalité à la suite de son mariage avec ce travailleur.

II. – Sont également considérés comme périodes d'emploi les périodes de chômage involontaire dûment constatées par le service d'emploi compétent, les périodes d'arrêt d'activité indépendantes de la volonté de l'intéressé ainsi que l'absence de travail ou l'arrêt pour cause de maladie ou d'accident.

Art. R. 122-5 *(D. n° 2007-371, 21 mars 2007).* – Quelle que soit leur nationalité, les membres de famille qui résident avec le travailleur mentionné au 1° de l'article L. 121-1 acquièrent un droit au séjour permanent sur le territoire français avant l'écoulement de la période ininterrompue de cinq ans de séjour régulier prévue à l'article L. 122-1 :

1° Si le travailleur bénéficie lui-même du droit au séjour permanent en application de l'article *(Réf. rempl., D. n° 2011-1049, 6 sept. 2011)* « R. 122-4 » ;

2° Si le travailleur décède alors qu'il exerçait encore une activité professionnelle en France et qu'il y a séjourné de façon régulière et continue depuis plus de deux ans ;

3° Si le travailleur décède alors qu'il exerçait encore une activité professionnelle en France à la suite d'un accident du travail ou d'une maladie professionnelle ;

4° Si le conjoint du travailleur décédé a perdu la nationalité française à la suite de son mariage avec ce travailleur.

....

Sous-section 1. – Demandes de titre de séjour

Art. R. 311-1 *(Mod., D. n° 2007-373, 21 mars 2007 ; D. n° 2011-1049, 6 sept. 2011 ; D. n° 2019-141, 27 févr. 2019).* – Tout étranger, âgé de plus de dix-huit ans ou qui sollicite un titre de séjour en application de l'article L. 311-3, est tenu de se présenter, à Paris, à la préfecture de police et, dans les autres départements, à la préfecture ou à la sous-préfecture, pour y souscrire une demande de titre de séjour du type correspondant à la catégorie à laquelle il appartient.

Toutefois, le préfet peut prescrire que les demandes de titre de séjour soient déposées au commissariat de police ou, à défaut de commissariat, à la mairie de la résidence du requérant.

Le préfet peut également prescrire :

1° Que les demandes de titre de séjour appartenant aux catégories qu'il détermine soient adressées par voie postale ;

2° Que les demandes de cartes de séjour prévues aux articles L. 313-7 et L. 313-27 soient déposées auprès des établissements d'enseignement ayant souscrit à cet effet une convention avec l'État.

Les documents justificatifs présentés par l'étranger à l'appui de sa demande de titre de séjour doivent être accompagnés, le cas échéant, de leur traduction en français par un traducteur interprète agréé.

Par dérogation au premier alinéa, l'étranger résidant hors de France qui sollicite le titre de séjour prévu à l'article L. 317-1 ou son renouvellement peut déposer sa demande auprès de la représentation consulaire française dans son pays de résidence, qui transmet sa demande au préfet territorialement compétent.

Art. R. 311-2 *(D. n° 2007-373, 21 mars 2007 ; D. n° 2014-301, 6 mars 2014 ; D. n° 2016-1456, 28 oct. 2016 ; D. n° 2019-141, 27 févr. 2019).* – La demande est présentée par l'intéressé dans les deux mois de son entrée en France. S'il y séjournait déjà, il présente sa demande :

1° Soit, au plus tard, avant l'expiration de l'année qui suit son dix-huitième anniversaire, si l'étranger peut obtenir de plein droit un titre de séjour en application soit de l'article L. 313-7-2, soit des 1°, 2° ou 2° *bis* de l'article L. 313-11, soit de l'article L. 313-21, soit de l'article L. 313-24, soit des 8° ou 9° de l'article L. 314-11, soit de l'article L. 314-12 ;

2° Soit au plus tard deux mois après la date de son dix-huitième anniversaire, si l'étranger ne peut obtenir de plein droit un titre de séjour dans les conditions prévues au 1° ci-dessus ;

3° Soit au plus tard deux mois après la date à laquelle la perte de la nationalité française lui est devenue opposable ;

4° Soit dans le courant des deux derniers mois précédant l'expiration de la carte de séjour dont il est titulaire, sauf s'il est titulaire du statut de résident de longue durée-UE accordé par la France en application des articles L. 314-8, L. 314-8-1 et L. 314-8-2.

À l'échéance de ce délai et en l'absence de présentation de demande de renouvellement de sa carte de séjour, il justifie à nouveau des conditions requises pour l'entrée sur le territoire national lorsque la possession d'un visa est requise pour la première délivrance de la carte de séjour.

Par dérogation au premier alinéa, lorsqu'il sollicite la délivrance d'une carte de séjour temporaire ou pluriannuelle dans les conditions mentionnées à l'article L. 313-4-1, l'étranger titulaire de la carte de résident de longue durée-UE accordée dans un autre État membre de l'Union européenne doit présenter sa demande dans les trois mois qui suivent son entrée en France.

Disposent du même délai pour présenter leur demande, le conjoint mentionné au I et l'enfant entré mineur sur le territoire mentionné au II de l'article L. 313-11-1 lorsqu'ils sollicitent la délivrance d'une carte de séjour temporaire portant la mention « vie privée et familiale » en application de cet article ou de la carte de séjour pluriannuelle sur le fondement de l'article L. 313-17.

Art. R. 311-2-1 *(D. n° 2011-638, 8 juin 2011).* – La délivrance ou le renouvellement du titre de séjour à un étranger est subordonné(e) à la collecte, lors de la présentation de sa demande, des informations le concernant qui doivent être mentionnées sur le titre de séjour selon le modèle prévu à l'article R. 311-13-1, ainsi qu'au relevé d'images numérisées de sa photographie et, sauf impossibilité physique, des empreintes digitales de ses dix doigts aux fins d'enregistrement dans le traitement automatisé mentionné à l'article R. 611-1.

Art. R. 311-2-2 *(D. n° 2016-1456, 28 oct. 2016 ; D. n° 2019-141, 27 févr. 2019).* – L'étranger qui demande la délivrance ou le renouvellement d'un titre de séjour présente les documents justifiant de son état civil et de sa nationalité et, le cas échéant, de ceux de son conjoint, de ses enfants et de ses ascendants.

Lorsque la demande de titre de séjour est introduite en application de l'article L. 311-6, le demandeur peut être autorisé à déposer son dossier sans présentation des documents mentionnés au premier alinéa. La délivrance du premier récépissé et l'intervention de la décision relative au titre de séjour sollicité sont subordonnées à la production de ces documents.

Art. R. 311-3 *(Mod. à compter du 1er juin 2009, D. n° 2009-477, 27 avr. 2009 ; D. n° 2011-1049, 6 sept. 2011 ; D. n° 2016-1456, 28 oct. 2016 ; D. n° 2019-141, 27 févr. 2019).* – Sont dispensés de souscrire une demande de carte de séjour :

1° Les membres des missions diplomatiques et consulaires accrédités en France, leur conjoint, leurs ascendants et leurs enfants mineurs ou non mariés vivant sous leur toit ;

2° Les étrangers séjournant en France pendant une durée maximale de trois mois sous le couvert de leur document de voyage revêtu, le cas échéant, d'un visa ;

3° Les étrangers séjournant en France sous couvert d'un visa d'une durée supérieure à trois mois et inférieure ou égale à douze mois comportant la mention « dispense temporaire de carte de séjour », pendant la durée de validité de ce visa ;

3° *bis* Les étrangers séjournant en France sous couvert d'un visa dispensant de titre de séjour, d'une durée maximale de douze mois et portant la mention « vacances-travail » ;

3° *ter* Les étrangers, âgés de 17 à 30 ans, séjournant en France à des fins de volontariat sous couvert d'un visa dispensant d'un titre de séjour d'une durée supérieure à trois mois et inférieure ou égale à douze mois et portant la mention « volontaire ». Le demandeur doit produire un contrat de volontariat dans le cadre du service volontaire européen mentionné au 2° du II de l'article L. 120-1 du Code du service national et, s'il est âgé de moins de 18 ans, fournir une autorisation parentale pour le séjour envisagé ;

4° Les étrangers, conjoints de ressortissants français, séjournant en France sous couvert d'un visa pour un séjour d'une durée supérieure à trois mois et portant la mention « vie privée et familiale », délivré en application du troisième alinéa de l'article L. 211-2-1, pendant un an ;

5° Les étrangers mentionnés à l'article L. 313-6 séjournant en France sous couvert d'un visa pour un séjour d'une durée supérieure à trois mois et au plus égale à un an et portant la mention « visiteur », pendant la durée de validité de ce visa ;

6° Les étrangers mentionnés à l'article L. 313-7 séjournant en France sous couvert d'un visa pour un séjour d'une durée supérieure à trois mois et au plus égale à un an et portant la mention « étudiant » ou « étudiant – programme de mobilité », pendant la durée de validité de ce visa ;

7° Les étrangers mentionnés au 1° de l'article L. 313-10 séjournant en France pour l'exercice d'une activité salariée sous contrat de travail à durée indéterminée sous couvert d'un visa pour un séjour d'une durée supérieure à trois mois et au plus égale à un an et portant la mention « salarié », pendant la durée de validité de ce visa ;

8° Les étrangers mentionnés au 2° du même article séjournant en France pour l'exercice d'une activité salariée sous contrat de travail à durée déterminée ou dans les cas prévus aux articles L. 1262-1 et L. 1262-2 du Code du travail sous couvert d'un visa pour un séjour d'une durée supérieure à trois mois et équivalente à la durée de l'emploi et portant la mention « travailleur temporaire », pendant la durée de validité de ce visa ;

9° Les étrangers mentionnés aux articles L. 313-20 et L. 313-21 séjournant en France sous couvert d'un visa pour un séjour d'une durée supérieure à trois mois et au plus égale à un an et portant la mention « passeport talent », pendant la durée de validité de ce visa ;

10° Les étrangers mentionnés à l'article L. 313-7-1 séjournant en France sous couvert d'un visa pour un séjour d'une durée supérieure à trois mois et au plus égale à un an et portant la mention « stagiaire », pendant la durée de validité de ce visa ;

11° Les étrangers, conjoints de ressortissants étrangers, séjournant en France sous couvert d'un visa pour un séjour d'une durée supérieure à trois mois et portant la mention « vie privée et familiale » délivré en application du 1° de l'article L. 313-11, pendant un an ;

12° Les étrangers mentionnés au I de l'article L. 313-7-2 séjournant en France sous couvert d'un visa pour un séjour d'une durée supérieure à trois mois et au plus égale à un an et portant la mention « stagiaire ICT » ou, le cas échéant, « stagiaire ICT (famille) » ;

13° Les étrangers mentionnés aux I et II de l'article L. 313-24 séjournant en France sous couvert d'un visa pour un séjour d'une durée supérieure à trois mois et au plus égale à un an et portant la mention « salarié détaché ICT » ou, le cas échéant, « salarié détaché ICT (famille) » ;

14° Les étrangers mentionnés au 3° de l'article L. 313-10 séjournant en France sous couvert d'un visa pour un séjour d'une durée supérieure à trois mois et au plus égale à un an et portant la mention « entrepreneur/ profession libérale ».

15° Les étrangers mentionnés au IV de l'article L. 313-8 séjournant en France sous couvert d'un visa pour un séjour d'une durée supérieure à trois mois et au plus égale à un an et portant la mention « recherche d'emploi ou création d'entreprise », pendant la durée de validité de ce visa ;

16° Les étrangers mentionnés à l'article L. 313-9 séjournant en France sous couvert d'un visa pour un séjour d'une durée supérieure à trois mois et au plus égale à un an et portant la mention « jeune au pair », pendant la durée de validité de ce visa.

Les visas mentionnés aux 4° à 16° permettent à leur titulaire de séjourner en France au-delà d'une période de trois mois et dans les limites de durée susmentionnées, à la condition que l'intéressé, dans un délai de trois mois à compter de la date de son entrée en France, déclare notamment la date de son entrée en France et le domicile qui y est le sien, au moyen d'un téléservice, dans les conditions prévues par arrêté du ministre chargé de l'immigration.

Cet arrêté précise les modalités d'utilisation de ce téléservice accessible par internet.

Les étrangers mentionnés aux 4°, 5°, 6°, 7°, 8°, 9°, 10°, 11°, 13° à 16° qui souhaitent se maintenir en France au-delà des limites de durée susmentionnées sollicitent une carte de séjour temporaire ou une carte de séjour pluriannuelle dans le courant des deux derniers mois précédant l'expiration de leur visa. L'étranger doit en outre justifier qu'il a accompli les formalités prévues au dix-septième alinéa et, lors de la remise de la carte de séjour, qu'il s'est fait délivrer le certificat médical mentionné au 3° de l'article R. 313-1 s'il était soumis à cette obligation. La demande est instruite conformément aux articles R. 313-4-1 et R. 313-36 et selon les cas, aux articles R. 313-37 et R. 313-38, ainsi qu'aux sections 4 et 5 du chapitre III du titre Ier du livre III du même code. À l'échéance de ce délai, il est fait application des dispositions prévues au deuxième alinéa du 4° de l'article R. 311-2.

Lorsqu'un étranger est autorisé à séjourner en France sous couvert d'un titre de voyage revêtu du visa requis pour un séjour d'une durée supérieure à trois mois et au plus égale à un an, ce visa peut être abrogé par le préfet du département où séjourne l'étranger qui en est titulaire, ou par le préfet du département où la situation de cet étranger est contrôlée, s'il existe des indices concordants permettant de présumer que l'intéressé a obtenu son visa frauduleusement ou qu'il est entré en France pour s'y établir à d'autres fins que celles qui ont justifié la délivrance du visa, ou si le comportement de l'intéressé trouble l'ordre public. Le préfet qui a prononcé l'abrogation en avertit sans délai l'autorité qui a délivré le visa.

Art. R. 311-3-1 *(D. n° 2016-1456, 28 oct. 2016 ; D. n° 2019-141, 27 févr. 2019)*. – En application de l'article L. 313-7, les étrangers titulaires du visa mentionné au 6° de l'article R. 311-3 et, en application de l'article L. 313-27, les étrangers titulaires de la carte de séjour pluriannuelle portant la mention « étudiant – programme de mobilité » bénéficient d'un suivi sanitaire préventif au sein de l'établissement d'enseignement supérieur dans un délai d'un an à compter de la date de leur entrée en France.

Art. D. 311-3-2 *(Créé, D. n° 2019-151, 27 févr. 2019)*. – Pour l'application de l'article L. 311-6, les demandes de titres de séjour sont déposées par le demandeur d'asile dans un délai de deux mois. Toutefois, lorsqu'est sollicitée la délivrance du titre de séjour mentionné au 11° de l'article L. 313-11, ce délai est porté à trois mois.

Art. D. 311-3-3 *(D. 2019-1057, 15 oct. 2019)*. – La décision de l'autorité compétente sur la demande du visa prévu au 3° *ter* de l'article R. 311-3 est notifiée par écrit à l'étranger dans les meilleurs délais et au plus tard dans les quatre-vingt-dix jours à compter de la date d'introduction de la demande complète. Le délai au terme duquel la demande de titre de séjour fait naître la décision implicite prévue à l'article R. * 311-12 est de quatre-vingt-dix jours.

Sous-section 2. – Récépissé des demandes

Art. R. 311-4 *(Mod., D. n° 2007-1352, 13 sept. 2007 ; D. n° 2019-141, 27 févr. 2019)*. – Il est remis à tout étranger admis à souscrire une demande de première délivrance ou de renouvellement de titre de séjour un récépissé qui autorise la présence de l'intéressé sur le territoire pour la durée qu'il précise. Ce récépissé est revêtu de la signature de l'agent compétent ainsi que du timbre du service chargé, en vertu de l'article R. 311-10, de l'instruction de la demande.

Un récépissé peut également être remis à l'étranger qui demande à bénéficier du délai de réflexion prévu aux articles R. 316-1 et R. 316-2 et qui est signalé comme tel par un service de police ou de gendarmerie.

Il n'est pas remis de récépissé au demandeur d'asile titulaire d'une attestation de demande d'asile.

Art. R. 311-5. – La durée de validité du récépissé mentionné à l'article R. 311-4 ne peut être inférieure à un mois. Le récépissé peut être renouvelé.

Art. R. 311-6 *(Rempl., D. n° 2007-373, 21 mars 2007 ; mod., D. n° 2007-1352, 13 sept. 2007 ; D. n° 2011-1049, 6 sept. 2011 ; D. n° 2016-1456, 28 oct. 2016 ; D. n° 2019-141, 27 févr. 2019).* – Le récépissé de la demande de première délivrance d'une carte de séjour prévue à l'article L. 313-8, aux 1°, 2° *bis*, 4°, 6°, 8°, 9° de l'article L. 313-11, aux articles L. 313-21, L. 313-24, L. 313-25 et L. 313-26, aux 1° et 3° de l'article L. 314-9, à l'article L. 314-11, à l'article L. 314-12 ou à l'article L. 316-1, ainsi que le récépissé mentionné au deuxième alinéa de l'article R. 311-4 autorisent son titulaire à travailler.

Il en est de même du récépissé de la demande de première délivrance d'une carte de séjour délivrée sur le fondement des 1° et 2° de l'article L. 313-10, de l'article L. 313-23, dès lors que son titulaire satisfait aux conditions mentionnées à l'article L. 5221-2 du Code du travail, ainsi que de l'article L. 313-20, dès lors que son titulaire est bénéficiaire d'un visa de long séjour ou d'un visa de long séjour valant titre de séjour délivré sur le fondement du 2° de l'article L. 311-1.

Le récépissé de la demande de première délivrance de la carte de séjour mentionnée à l'article L. 313-11-1 n'autorise pas son titulaire à travailler, sauf s'il est délivré en application du II de cet article et que son bénéficiaire séjourne en France depuis au moins un an.

Le récépissé de la demande de renouvellement d'une carte de séjour permettant l'exercice d'une activité professionnelle autorise son titulaire à travailler.

Art. R. 311-7 *(Mod., D. n° 2019-141, 27 févr. 2019).* – Par dérogation au premier alinéa de l'article R. 311-10, lorsque la demande de titre de séjour est déposée auprès d'un établissement d'enseignement supérieur conformément au 2° de l'article R. 311-1, le préfet compétent pour délivrer les cartes de séjour prévues aux articles L. 313-7 et L. 313-27 est le préfet du département où se situe cet établissement. La demande de titre de séjour lui est transmise sans délai. Il est remis au demandeur un document attestant du dépôt de sa demande. Ce document ne vaut pas autorisation de séjour.

Art. R. 311-8. – Au cas où la loi ne prévoit pas de l'en exonérer, le demandeur mentionné à l'article R. 311-4 acquitte la taxe spéciale afférente à la délivrance du titre de séjour.

Art. R. 311-9. – Pour l'application du deuxième alinéa de l'article L. 311-4, l'étranger peut justifier de ses démarches en vue du renouvellement de la carte de résident dont il est titulaire par la présentation d'une attestation de dépôt de sa demande de renouvellement. Cette attestation est délivrée par les services qui ont reçu la demande. Elle vaut convocation pour la remise du titre de séjour sollicité.

Sous-section 3. – Délivrance du titre de séjour

Art. R. 311-10. – Le titre de séjour est délivré par le préfet du département dans lequel l'étranger a sa résidence et, à Paris, par le préfet de police. Toutefois, lorsque son titulaire a déjà quitté la France, le titre de séjour mentionné à l'article L. 317-1 est délivré par le préfet du département où l'étranger déclare vouloir séjourner, même temporairement, et, à Paris, par le préfet de police.

Le titre de séjour porte la photographie de son titulaire.

Le préfet peut également prescrire que la remise du titre soit faite au commissariat de police de la résidence du requérant ou dans l'une des délégations régionales ou départementales de l'Office français de l'immigration et de l'intégration.

(Al. créé à compter du 1er nov. 2016, D. n° 2016-1456, 28 oct. 2016) Pour l'application du premier alinéa de l'article L. 313-5-1, l'étranger qui sollicite la délivrance d'un titre de séjour reçoit une information relative aux conditions auxquelles les dispositions du présent code subordonnent cette délivrance et à ses obligations de déférer aux contrôles et aux convocations. Ce document est signé par l'étranger lors de la remise du titre de séjour.

(Al. créé à compter du 1er mars 2019, D. n° 2019-141, 27 févr. 2019) Lorsque la demande de titre de séjour est introduite en application de l'article L. 311-6, le titre de séjour est délivré par le préfet du département dans lequel l'étranger est domicilié au sens du dernier alinéa de l'article L. 744-1 ou, à Paris, par le préfet de police. À défaut, le titre est délivré par le préfet du département dans lequel l'étranger réside ou, à Paris, par le préfet de police.

Art. R. 311-10-1 *(Créé, D. n° 2018-335, 4 mai 2018).* – Par dérogation au premier alinéa de l'article R. 311-10, lorsque la demande de titre de séjour est déposée auprès de la préfecture du département des Bouches-du-Rhône, le préfet de ce département est compétent pour délivrer un titre de séjour aux étrangers, ainsi qu'aux membres de leur famille, travaillant dans le cadre de l'accord sur l'établissement de l'organisation internationale ITER pour l'énergie de fusion en vue de la mise en œuvre conjointe du projet ITER fait à Paris le 21 novembre 2006 ou pour le centre de recherche sis à Saint-Paul-lez-Durance du Commissariat à l'énergie atomique et aux énergies alternatives et employés par :

1° Un contractant ou un sous-traitant d'un contractant de l'organisation internationale mentionnée au premier alinéa ;

2° Les agences domestiques prévues à l'article 8 de l'accord mentionné au premier alinéa ou un contractant ou un sous-traitant d'un contractant de l'une de ces agences ;

3° Le commissariat mentionné au premier alinéa ou l'un de ses contractants ou sous-traitants d'un contractant.

Art. R. 311-11 *(D. n° 2007-373, 21 mars 2007 ; D. n° 2016-1456, 28 oct. 2016).* – La délivrance d'un titre de séjour est refusée à l'étranger qui ne remplit pas les conditions auxquelles les dispositions du présent code subordonnent cette délivrance ou qui, sollicitant la délivrance d'une carte de séjour au titre de l'exercice d'une activité professionnelle soumise aux prescriptions de l'article L. 5221-2 du Code du travail, n'est pas autorisé à exercer celle-ci.

(Al. mod., D. n° 2018-335) Pour l'application des articles L. 313-7-2 et L. 313-24, la délivrance d'un titre de séjour est également refusée à l'étranger qui effectue une mission dans un établissement ou une entreprise qui a été créée dans le but principal de faciliter l'entrée d'étrangers entrant dans les prévisions des articles L. 313-7-2 et L. 313-24 ainsi que lorsque l'employeur, ou l'entreprise d'accueil de l'étranger a été condamné en vertu de l'article L. 8256-1 du Code du travail.

Pour l'application des articles L. 313-7-2 et L. 313-24, la délivrance d'un titre de séjour est également refusée à l'étranger lorsque la durée maximale de séjour est atteinte, respectivement d'un an pour les étrangers visés à l'article L. 313-7-2 et de trois ans pour les étrangers visés à l'article L. 313-24, réduite, le cas échéant, de la durée de séjour effectuée dans un autre État membre de l'Union européenne dans le cadre d'une mission similaire.

Art. R. 311-11-1 *(Créé, D. n° 2018-335, 4 mai 2018).* – La délivrance d'un titre de séjour peut être refusée à l'étranger, pour l'application des articles L. 313-7-2 et L. 313-24 lorsque l'employeur, l'établissement ou l'entreprise d'accueil de l'étranger a été sanctionné pour avoir méconnu les interdictions définies aux 1° à 4° de l'article L. 8211-1 du Code du travail ou a été condamné en vertu de l'article L. 8256-2 du même code ou a manqué à ses obligations légales en matière de sécurité sociale, de fiscalité ou de droits en matière de travail ou de conditions de travail.

Pour l'application du II de l'article L. 313-7-2 et du IV de l'article L. 313-24, la délivrance d'un titre de séjour peut également être refusée à l'étranger lorsque son titre de séjour portant la mention « ICT », délivré dans le premier État membre, expire durant la procédure d'instruction de sa demande.

Art. R.* 311-12 *(D. n° 2016-1456, 28 oct. 2016).* – Le silence gardé par l'administration sur les demandes de titres de séjour vaut décision implicite de rejet.

Art. R. 311-12-1 *(D. n° 2016-1456, 28 oct. 2016).* – La décision implicite mentionnée à l'article R.* 311-12 naît au terme d'un délai de quatre mois.

Art. R. 311-13. – En cas de refus de délivrance de tout titre de séjour, l'étranger est tenu de quitter le territoire français.

Sous-section 3-1. – Modèle du titre de séjour

Art. R. 311-13-1 *(D. n° 2011-638, 8 juin 2011).* – Le titre de séjour est établi selon un modèle conforme au modèle prévu par le règlement (CE) n° 1030/2002 du Conseil du 13 juin 2002 établissant un modèle uniforme de titre de séjour pour les ressortissants de pays tiers et son annexe, modifié par le règlement (CE) n° 380/2008 du Conseil du 18 avril 2008.

Il comporte les mentions énumérées au A de la section 2 de l'annexe 6-4 au présent code, et un composant électronique contenant les données à caractère personnel énumérées au A de la section 3 de la même annexe.

Sous-section 4. – Retrait du titre de séjour

Art. R. 311-14 *(Mod., D. n° 2011-1049, 6 sept. 2011 ; D. n° 2015-1166, 21 sept. 2015 ; D. n° 2016-1456, 28 oct. 2016 ; D. n° 2018-335, 4 mai 2018 ; D. n° 2019-141, 27 févr. 2019).* – Le titre de séjour est retiré :

1° Si son titulaire, qui réside en France avec un premier conjoint, a fait venir dans le cadre du regroupement familial un autre conjoint ou des enfants autres que ceux mentionnés aux articles L. 411-1 à L. 411-7 ;

2° Si l'étranger titulaire d'une carte de résident vit en France en état de polygamie ; dans ce cas, la carte de résident est également retirée au conjoint ;

3° Si l'étranger titulaire d'une carte de résident s'est absenté du territoire français pendant une période de plus de trois ans consécutifs sans que cette période ait fait l'objet d'une autorisation de prolongation ;

4° Si l'étranger titulaire d'une carte de résident portant la mention « résident de longue durée-UE » accordée par la France a résidé en dehors du territoire des États membres de l'Union européenne pendant une période de plus de trois ans consécutifs sans que cette période ait fait l'objet d'une autorisation de prolongation, ou a résidé en dehors du territoire français pendant une période de plus de six ans consécutifs, ou a acquis le statut de résident de longue durée-UE dans un autre État membre de l'Union européenne ;

5° Si son détenteur fait l'objet d'une mesure d'expulsion ;

6° Si son détenteur fait l'objet d'une décision judiciaire d'interdiction du territoire ;

7° Si l'étranger titulaire d'une carte de résident est condamné pour avoir commis sur un mineur de quinze ans l'infraction définie à l'article 222-9 du Code pénal ou s'être rendu complice de celle-ci ;

8° Si l'étranger titulaire de la carte de séjour temporaire ou de la carte de séjour « pluriannuelle » cesse de remplir l'une des conditions exigées pour sa délivrance. La carte de séjour temporaire ou pluriannuelle portant la mention « salarié » ou la carte de séjour pluriannuelle portant la mention « passeport talent » délivrée sur le fondement des 1°, 2° ou 4° de l'article L. 313-20 ne peut être retirée au motif que l'étranger s'est trouvé, autrement que de son fait, privé d'emploi ;

9° Si l'opération ou l'engagement mentionné à l'article R. 313-64 qui a motivé la délivrance de la carte prévue au 7° de l'article L. 313-20 ne connaît aucun début d'exécution dans un délai d'un an suivant la date de délivrance de cette carte. Dans ce cas, la carte de séjour délivrée sur le fondement de l'article L. 313-21 est également retirée au conjoint et aux enfants majeurs ;

10° S'il est établi que les fonds nécessaires à l'opération mentionnée à l'article R. 313-64 proviennent d'activités illicites. Dans ce cas, la carte de séjour pluriannuelle délivrée sur le fondement du 7° de l'article L. 313-20 est retirée ainsi, le cas échéant, que celles délivrées sur le fondement de l'article L. 313-21 au conjoint et aux enfants majeurs ;

11° S'il est mis fin, dans les conditions prévues à l'article L. 311-8-1, au statut de réfugié ou au bénéfice de la protection subsidiaire par décision définitive de l'Office français de protection des réfugiés et apatrides ou par décision de justice ou lorsque l'étranger renonce à ce statut ou à ce bénéfice. Dans ce cas, le préfet du département où réside habituellement l'étranger ou, lorsque ce dernier réside à Paris, le préfet de police statue dans un délai de quatre mois à compter de la notification de la décision de retrait du titre de séjour sur le droit au séjour de l'intéressé à un autre titre ;

12° Si dans le cadre de l'application des articles L. 313-7-2 et L. 313-24, le titre de séjour a été délivré à l'étranger dont l'établissement ou l'entreprise d'emploi a été créé en France dans le but principal de faciliter l'entrée et le séjour d'étrangers effectuant une mission en France dans le cadre du 2° de l'article L. 1262-1 du Code du travail ou si l'employeur ou l'entreprise d'accueil de l'étranger a été condamné en vertu de l'article L. 8256-1 du Code du travail.

Art. R. 311-15 *(Mod., D. n° 2008-614, 27 juin 2008 ; D. n° 2011-1049, 6 sept. 2011 ; D. n° 2016-1456, 28 oct. 2016).* – I. – Le titre de séjour peut être retiré :

1° Si l'étranger, titulaire d'une carte de séjour temporaire ou d'une carte de séjour pluriannuelle, a commis des faits qui l'exposent à l'une des condamnations prévues aux articles 222-34 à 222-40, 224-1-A à 224-1-C, 225-4-1 à 225-4-4, 225-4-7, 225-5 à 225-11, 225-12-1 et 225-12-2, 225-12-5 à 225-12-7, 225-13 à 225-15, au 7° de l'article 311-4 et aux articles 312-12-1 et 321-6-1 du Code pénal ;

2° Si l'étranger, titulaire d'une carte de séjour temporaire ou d'une carte de séjour pluriannuelle, a occupé un travailleur étranger en infraction avec les dispositions de l'article L. 5221-8 du Code du travail ou a méconnu les dispositions de l'article L. 5221-5 du même code ou a exercé une activité professionnelle non salariée sans en avoir l'autorisation ;

3° Si l'étranger titulaire d'une carte de séjour « étudiant » ne respecte pas la limite de la durée de travail annuelle prévue à l'article L. 313-7 ;

4° Si l'étranger autorisé à séjourner en France au titre du regroupement familial n'est plus en situation de vie commune avec le conjoint qu'il est venu rejoindre dans les trois ans qui suivent la délivrance du titre de séjour, sauf dans les cas mentionnés à l'article L. 316-3 et aux troisième et quatrième alinéas de l'article L. 431-2 ;

5° Sous réserve des dispositions des articles L. 511-4, L. 521-2 et L. 521-3, si l'étranger a fait venir son conjoint ou ses enfants en dehors de la procédure de regroupement familial, sauf s'il est titulaire de la carte de résident portant la mention « résident de longue durée-UE » accordée par la France en application des articles L. 314-8, L. 314-8-1 ou L. 314-8-2 ;

6° Si l'étranger titulaire d'une carte de résident sur le fondement du 3° de l'article L. 314-9 a mis fin à sa vie commune avec un ressortissant de nationalité française dans les quatre années qui suivent la célébration du mariage, sauf dans les cas mentionnés à l'article L. 314-5-1 ;

7° Si l'étranger, titulaire de la carte de résident de longue durée-UE dans un autre État membre, autorisé à séjourner en France en application de l'article L. 313-4-1, exerce dans les douze mois qui suivent la délivrance de la carte de séjour temporaire mentionnée au 1°, 2° ou 3° de l'article L. 313-10, des activités salariées autres que celles pour lesquelles il s'est vu accorder son droit au séjour en France ;

8° Si l'étranger, titulaire d'une carte de résident, a occupé un travailleur étranger en infraction avec les dispositions de l'article L. 5221-8 du Code du travail.

9° Si l'étranger admis à séjourner en France pour y exercer une activité salariée se voit retirer son autorisation de travail au motif qu'il ne s'est pas conformé à l'obligation de produire le certificat médical prévu par l'article L. 5221-5 du Code du travail ;

10° Si l'étranger titulaire d'une carte de séjour temporaire ou d'une carte de séjour pluriannuelle constitue une menace pour l'ordre public ;

11° Si l'étranger, titulaire de la carte de résident portant la mention « résident de longue durée-UE » délivrée par la France sur le fondement de l'article L. 314-8-2, perd la qualité de réfugié ou le bénéfice de la protection subsidiaire dans les cas mentionnés à l'article L. 314-7-1 ;

12° Si l'étranger fait obstacle aux contrôles nécessaires à la vérification du maintien des conditions de délivrance de son titre de séjour ou ne défère pas aux convocations ;

13° Si l'employeur, l'établissement ou l'entreprise d'accueil, de l'étranger entrant dans les prévisions des articles L. 313-7-2 et L. 313-24 a été sanctionné pour avoir méconnu les interdictions définies aux 1° à 4° de l'article L. 8211-1 du Code du travail ou a été condamné en vertu de l'article L. 8256-2 du même code ou manqué à ses obligations légales en matière de sécurité sociale, de fiscalité ou de droits en matière de travail ou de conditions de travail ;

14° *(14° créé à compter du 1er mars 2019, D. n° 2019-141, 27 févr. 2019)* Si l'étranger titulaire d'une carte de résident délivrée sur le fondement du 7° de l'article L. 314-11 s'est vu retirer son certificat de bonne conduite.

II. – La carte de résident peut être retirée et remplacée de plein droit par une carte de séjour temporaire :

1° Si l'étranger, titulaire d'une carte de résident, ne peut faire l'objet d'une mesure d'expulsion en application des articles L. 521-2 ou L. 521-3 du présent code et a été condamné de manière définitive sur le fondement des articles 433-3, 433-4, des deuxième à quatrième alinéas de l'article 433-5, du deuxième alinéa de l'article 433-5-1 ou de l'article 433-6 du Code pénal ;

2° Si l'étranger, titulaire de la carte de résident portant la mention « résident de longue durée-UE » accordée par la France en application des articles L. 314-8, L. 314-8-1 et L. 314-8-2 et dont la présence en France constitue une menace grave pour l'ordre public, ne peut faire l'objet d'une mesure d'expulsion en application des articles L. 521-2 ou L. 521-3.

Art. R. 311-16. – En cas de retrait de son titre de séjour, l'étranger est tenu de quitter le territoire français.

Sous-section 5. – Restitution du titre de séjour

Art. R. 311-17. – Lorsque son titulaire acquiert la nationalité française par décret de naturalisation ou de réintégration, le titre de séjour est restitué à l'autorité qui lui a notifié la décision. Dans les autres cas d'acquisition, il est restitué au préfet du département de sa résidence.

Art. R. 311-18. – Les bénéficiaires de l'aide publique à la réinsertion prévue à l'article D. 331-1 restituent leur titre de séjour au préfet de leur département de résidence dans les conditions définies aux articles D. 331-8 à D. 331-14.

Section III. – Dispositions relatives aux cas de délivrance de l'autorisation provisoire de séjour

Art. R. 311-31 *(D. n° 2016-1456, 28 oct. 2016).* – Pour l'application des articles L. 311-10 à L. 311-12, l'étranger présente à l'appui de sa demande outre les pièces prévues à l'article R. 311-2-2, trois photographies de face, tête nue, de format 3,5 4,5 cm, récentes et parfaitement ressemblantes.

Art. R. 311-32 *(D. n° 2007-1292, 30 août 2007).* – L'autorisation provisoire de séjour mentionnée à l'article L. 311-10 est prévue pour l'exercice d'une mission d'intérêt général visant soit à promouvoir l'autonomie et la protection des personnes, à renforcer la cohésion sociale, à prévenir les exclusions ou, le cas échéant, à en corriger les effets, soit à mener des actions de solidarité en faveur de personnes défavorisées ou sinistrées résidant sur le territoire français.

Le contrat de volontariat mentionné à l'article L. 311-10 comprend les indications prévues à l'article 12 du décret n° 2006-1205 du 29 septembre 2006 relatif au volontariat associatif.

Art. D. 311-33 *(D. n° 2007-1292, 30 août 2007).* – L'agrément mentionné à l'article L. 311-10 est délivré à l'association ou à la fondation qui justifie d'au moins trois années d'existence et qui est titulaire de l'agrément prévu à l'article 15 de la loi n° 2006-586 du 23 mai 2006 relative au volontariat associatif et à l'engagement éducatif. Sa validité prend fin en même temps que la validité de l'agrément prévu à l'article 15 de la loi du 23 mai 2006.

Il prévoit le nombre maximum d'étrangers titulaires de l'autorisation provisoire de séjour dont il est justifié qu'ils peuvent être accueillis au regard des capacités de prise en charge par la structure d'accueil et, le cas échéant, du nombre maximum de volontaires déjà autorisés pour la même année.

Il est délivré par le préfet du département d'implantation de la structure d'accueil du volontaire ou, à Paris, par le préfet de police.

Le cas échéant, l'association ou la fondation d'accueil informe le préfet qui a autorisé le séjour du volontaire de toute cessation anticipée de son contrat de volontariat. L'agrément peut être retiré en cas de non-respect de cette obligation ou si les missions confiées par la structure d'accueil n'entrent pas dans celles mentionnées à l'article R. 311-32 ou en cas de retrait de l'agrément prévu à l'article 15 de la loi du 23 mai 2006.

En cas de retrait de l'agrément mentionné à l'article L. 311-10, les dispositions de l'article 11 du décret du 29 septembre 2006 sont applicables.

Art. R. 311-34 *(D. n° 2007-1292, 30 août 2007).* – Par dérogation à l'article R. 311-2, l'étranger qui demande l'autorisation provisoire de séjour prévue à l'article L. 311-10 dépose sa demande dans un délai d'un mois à compter de son entrée en France. Il présente, outre les pièces prévues à l'article R. 311-31 :

1° Le visa pour un séjour d'une durée supérieure à trois mois justifiant qu'il est entré pour exercer une mission de volontariat ;

2° Le contrat de volontariat conforme aux prescriptions de l'article R. 311-32 ;

3° Une copie de la décision d'agrément mentionnée à l'article L. 311-10 ;

4° Une lettre par laquelle il s'engage à quitter le territoire à l'issue de son contrat ;

La durée de l'autorisation provisoire de séjour ne peut excéder la durée du contrat de volontariat.

Art. R. 311-35 *(D. n° 2016-1456, 28 oct. 2016).* – I. – Pour l'application de l'article L. 311-11, l'étranger, qui sollicite la délivrance de l'autorisation provisoire de séjour, présente à l'appui de sa demande, outre les pièces prévues aux articles R. 311-2-2 et R. 311-31 :

1° La carte de séjour temporaire ou pluriannuelle portant la mention « étudiant » en cours de validité dont il est titulaire ;

2° Un diplôme, obtenu dans l'année, au moins équivalent au grade de master ou figurant sur une liste fixée par décret. La présentation de ce diplôme peut être différée au moment de la remise de l'autorisation provisoire de séjour. La liste des diplômes au moins équivalents au grade de master est établie par arrêté du ministre chargé de l'enseignement supérieur et de la recherche ;

3° Dans le cas visé au 2° de l'article L. 311-11, tout justificatif d'un projet de création d'entreprise dans un domaine correspondant à sa formation.

II. – L'étranger peut, sous couvert de cette autorisation provisoire de séjour, exercer une activité professionnelle salariée dans les conditions prévues au deuxième alinéa du I de l'article L. 313-7 jusqu'à la conclusion de son contrat ou l'immatriculation de son entreprise.

III. – Lorsque l'étranger justifie, au plus tard à l'issue de son autorisation provisoire de séjour, exercer un emploi ou bénéficier d'une promesse d'embauché répondant aux conditions prévues au 1° de l'article L. 311-11, il sollicite la délivrance de la carte de séjour correspondant à son nouveau motif de séjour, dans le respect d'un délai maximal de quinze jours après la conclusion de son contrat de travail.

Lorsque l'étranger concrétise, au plus tard à l'issue de son autorisation provisoire de séjour, un projet de création d'entreprise répondant aux conditions prévues au 2° de l'article L. 311-11, il sollicite la délivrance de la carte de séjour correspondant à son nouveau motif de séjour.

Art. R. 311-36 *(D. n° 2016-1456, 28 oct. 2016)*. – Pour l'application de l'article L. 311-12, l'étranger présente à l'appui de sa demande, outre les pièces prévues aux articles R. 311-2-2 et R. 311-31 :

1° Les documents justifiant de l'état civil et de la nationalité de l'étranger mineur ;

2° Un justificatif de domicile ;

3° L'acte de naissance du mineur comportant l'établissement du lien de filiation ou la décision judiciaire portant délégation de l'autorité parentale sur l'étranger mineur prononcée par une juridiction étrangère ou française ;

4° Les justificatifs permettant d'apprécier la durée de sa résidence habituelle en France avec l'étranger mineur ;

5° Les justificatifs permettant d'apprécier qu'il subvient à l'entretien et à l'éducation de l'étranger mineur.

L'avis médical est rendu dans les conditions prévues à l'article R. 313-23.

CHAPITRE III. – LA CARTE DE SÉJOUR TEMPORAIRE

Section I. – Dispositions générales

Art. R. 313-1 *(D. n° 2016-1456, 28 oct. 2016 ; D. n° 2019-141, 27 févr. 2019)*. – L'étranger qui sollicite la délivrance d'une première carte de séjour doit présenter à l'appui de sa demande, outre les pièces mentionnées à l'article R. 311-2-2, les pièces suivantes :

1° Les documents, mentionnés à l'article R. 211-1, justifiant qu'il est entré régulièrement en France ;

2° Sauf stipulation contraire d'une convention internationale applicable en France, un visa pour un séjour d'une durée supérieure à trois mois autre que celui mentionné au 3° de l'article R. 311-3 ;

3° Un certificat médical délivré dans les conditions fixées par arrêté conjoint du ministre chargé de la santé et du ministre chargé de l'immigration sauf exemptions prévues par le présent code. La présentation du certificat médical est différée au moment de la remise du titre de séjour à l'étranger ;

4° Trois photographies de face, tête nue, de format 3,5 × 4,5 cm, récentes et parfaitement ressemblantes ;

5° Un justificatif de domicile ou d'une déclaration de domiciliation mentionnée à l'article R. 744-2.

Art. R. 313-2 *(D. n° 2007-373, 21 mars 2007 ; D. n° 2016-1456, 28 oct. 2016 ; D. n° 2019-141, 27 févr. 2019)*. – Ne sont pas soumis aux dispositions du 1° de l'article R. 313-1 les étrangers mentionnés à l'article L. 313-4-1, aux 2°, 2° *bis*, 6° à 11° de l'article L. 313-11, et aux articles L. 313-11-1, L. 313-14, L. 313-14-1, L. 313-15, L. 313-25, L. 313-26 et L. 316-1.

Art. R. 313-3 *(D. n° 2007-373, 21 mars 2007 ; D. n° 2016-1456, 28 oct. 2016 ; D. n° 2019-141, 27 févr. 2019)*. – Ne sont pas soumis aux dispositions du 2° de l'article R. 313-1 :

1° L'étranger entré en France pour y faire des études qui présente un visa de séjour d'une durée inférieure ou égale à trois mois comportant la mention « étudiant-concours », s'il justifie de sa réussite effective au concours ou à l'épreuve d'admission préalable pour lequel ce visa lui a été accordé ;

2° Les étrangers mentionnés à l'article L. 313-4-1, aux 2°, 2° *bis*, 6° à 11° de l'article L. 313-11, et aux articles L. 313-11-1, L. 313-14, L. 313-14-1, L. 313-25, L. 313-26, L. 316-1, L. 316-1-1 et L. 316-3.

Art. R. 313-3-1 *(D. n° 2007-373, 21 mars 2007 ; D. n° 2016-1456, 28 oct. 2016).* – L'étranger résidant hors de France qui sollicite le bénéfice des dispositions du 3° du même article présente sa demande auprès des autorités diplomatiques ou consulaires françaises territorialement compétentes dans son pays de résidence.

L'étranger titulaire d'une carte de séjour ne l'autorisant pas à exercer une activité commerciale, industrielle ou artisanale, qui sollicite le bénéfice des dispositions précitées, présente sa demande au préfet du département de son lieu de résidence.

Art. R. 313-4 *(Rempl. D. n° 2014-921, 18 août 2014 ; remplacé à compter du 1er nov. 2016, D. n° 2016-1456, 28 oct. 2016 ; remplacé à compter du 1er mars 2019, D. n° 2019-141, 27 févr. 2019).* – Les étrangers mentionnés au dernier alinéa de l'article L. 211-2-1, aux articles L. 313-7 (1), L. 313-7-1, L. 313-7-2, L. 313-8 et L. 313-9, aux 2°, 2° *bis*, 6°, 7° et 11° de l'article L. 313-11, aux articles L. 313-14, L. 313-14-1, L. 313-15, L. 313-20, L. 313-21 et L. 313-24, à l'article L. 313-25 à l'exception de ceux qui sont visés à l'article L. 752-1, à l'article L. 313-26 à l'exception de ceux visés à l'article L. 812-5, à l'article L. 313-27, au 7° de l'article L. 314-11 et aux articles L. 316-1, L. 316-1-1 et L. 316-3 ne sont pas soumis aux dispositions du 3° de l'article R. 313-1, ainsi que les étrangers déjà admis à résider en France.

Art. R. 313-4-1 *(D. n° 2016-1456, 28 oct. 2016).* – L'étranger déjà admis à résider en France qui sollicite le renouvellement d'une carte de séjour ou la délivrance de la carte de séjour pluriannuelle générale prévue à l'article L. 313-17 doit présenter à l'appui de sa demande, outre les pièces mentionnées à l'article R. 311-2-2, les pièces suivantes :

1° Un justificatif de domicile ;

2° Trois photographies de face, tête nue, de format 3,5 × 4,5 cm, récentes et parfaitement ressemblantes ;

3° La carte de séjour dont il était précédemment titulaire.

Art. R. 313-4-2 *(D. n° 2016-1456, 28 oct. 2016).* – La demande de carte de séjour pluriannuelle générale vaut aussi demande de renouvellement de la carte de séjour précédemment détenue. Toutefois, lorsque la demande de carte de séjour pluriannuelle est sollicitée sur un autre fondement que celui au titre duquel a été délivrée la carte de séjour dont l'étranger est titulaire, elle vaut aussi demande de délivrance de la carte de séjour temporaire correspondant au nouveau motif de séjour invoqué.

Art. R. 313-5 *(Mod., D. n° 2007-373, 21 mars 2007 ; D. n° 2014-301, 6 mars 2014 ; D. n° 2016-1456, 28 oct. 2016).* – La durée de validité de la carte de séjour temporaire délivrée aux étrangers exerçant une activité professionnelle soumise à autorisation ne peut excéder la durée de cette autorisation.

La durée de validité de la carte de séjour temporaire délivrée aux étrangers admis à séjourner en France pour y faire des études ou pour y suivre un enseignement ou un stage de formation ne peut excéder la durée de ces études, de cet enseignement ou de ce stage.

La durée de validité de la carte de séjour temporaire ou pluriannuelle délivrée en application de l'article L. 313-11-1 ou de l'article L. 313-17 aux membres de la famille de l'étranger titulaire du statut de résident de longue durée-CE dans un autre État membre de l'Union européenne et admis au séjour en France ne peut dépasser celle de la carte de séjour temporaire délivrée au résident de longue durée-CE en application de l'article L. 313-4-1.

La durée de validité de la carte de séjour temporaire délivrée en application de l'article L. 313-11-1 aux membres de la famille de l'étranger titulaire du statut de résident de longue durée-UE dans un autre État membre de l'Union européenne et admis au séjour en France ne peut dépasser celle de la carte de séjour temporaire délivrée au résident de longue durée-UE en application de l'article L. 313-4-1.

....

CHAPITRE IV. – LA CARTE DE RÉSIDENT

Section I. – Dispositions générales

La présente section ne comprend pas de dispositions réglementaires.

Section II. – Délivrance de la carte de résident

Sous-section 1. – Délivrance subordonnée à une durée de séjour régulier

Art. R. 314-1 *(Mod., D. n° 2007-373, 21 mars 2007 ; D. n° 2009-331, 25 mars 2009 ; D. n° 2014-301, 6 mars 2014 ; D. n° 2015-938, 30 juill. 2015 ; D. n° 2016-1456, 28 oct. 2016 ; D. n° 2019-141, 27 févr. 2019).* – Pour l'application des dispositions des articles L. 314-8, L. 314-8-1, L. 314-8-2 et L. 314-9, l'étranger présente à l'appui de sa demande de carte de résident ou de carte de résident portant la mention « résident de longue durée-UE » outre les pièces mentionnées à l'article R. 311-2-2, les pièces suivantes :

1° Un justificatif de domicile ;

2° S'il est marié et ressortissant d'un État dont la loi autorise la polygamie, une déclaration sur l'honneur selon laquelle il ne vit pas en France en état de polygamie ;

3° Trois photographies de face, tête nue, de format 3,5 x 4,5 cm, récentes et parfaitement ressemblantes ;

4° Les pièces justifiant :

a) Qu'il entre dans l'un des cas prévus à l'article L. 314-9 ;

b) Ou, s'il ne relève pas de ces dispositions, qu'il satisfait aux conditions prévues aux articles L. 314-8, L. 314-8-1 ou L. 314-8-2 ;

5° Pour l'appréciation de la condition d'intégration prévue à l'article L. 314-2 :

a) Une déclaration sur l'honneur par laquelle il s'engage à respecter les principes qui régissent la République française ;

b) Les diplômes ou certifications permettant d'attester de sa maitrise du français à un niveau égal ou supérieur au niveau A2 du cadre européen commun de référence pour les langues du Conseil de l'Europe tel qu'adopté par le comité des ministres du Conseil de l'Europe dans sa recommandation CM/Rec (2008) 7 du 2 juillet 2008, dont la liste est définie par un arrêté du ministre chargé de l'accueil et de l'intégration ; les personnes dont l'état de santé rend impossible le passage d'un test linguistique, en raison soit d'un handicap, soit d'un état de santé déficient chronique, peuvent être dispensées de la production de ces diplômes ou certifications, sur présentation d'un certificat médical attestant de cette impossibilité, et conforme au modèle fixé par arrêté conjoint du ministre chargé de l'accueil et de l'intégration et des ministres chargés de la santé et des personnes handicapées.

Lorsque les moyens d'existence de l'intéressé sont tirés de l'exercice d'une activité professionnelle soumise à l'autorisation d'une autorité de l'État, cette autorisation peut être accordée ou renouvelée par le préfet.

Art. R. 314-1-1 *(Mod., D. n° 2011-1049, 6 sept. 2011 ; D. n° 2014-301, 6 mars 2014 ; D. n° 2016-1456, 28 oct. 2016 ; D. n° 2019-141, 27 févr. 2019).* – L'étranger qui sollicite la délivrance de la carte de résident portant la mention « résident de longue durée-UE » doit justifier qu'il remplit les conditions prévues aux articles L. 314-8, L. 314-8-1 ou L. 314-8-2 en présentant, outre les pièces mentionnées aux articles R. 311-2-2 et R. 314-1, les pièces suivantes :

1° La justification qu'il réside légalement et de manière ininterrompue en France depuis au moins cinq ans, sous couvert de l'une des cartes de séjour mentionnées aux articles L. 314-8 et L. 314-8-2 ou sous couvert d'un des visas mentionnés aux 4°, 5°, 7°, 8°, 9°, à l'exception de celui conférant les droits attachés à la carte de séjour pluriannuelle du 3° de l'article L. 313-20 ou à celle de l'article L. 313-21 lorsqu'il s'agit du conjoint ou des enfants du couple de l'étranger titulaire de la carte de séjour délivrée en application du 3° de l'article L. 313-20, et 11° de l'article R. 311-3 ; les périodes d'absence du territoire français sont prises en compte dans le calcul des cinq années de résidence régulière ininterrompue lorsque chacune ne dépasse pas six mois consécutifs et qu'elles ne dépassent pas un total de dix mois.

L'étranger titulaire de la carte de séjour pluriannuelle portant la mention « passeport talent » prévue au 2° de l'article L. 313-20 devra justifier qu'il réside légalement et de manière ininterrompue sur le territoire d'un État membre de l'Union européenne sous couvert d'une carte bleue européenne, dont, en France, les deux années précédant sa demande de délivrance de la carte de résident ; les périodes d'absence de l'Union européenne sont prises en compte dans le calcul des cinq années de résidence régulière ininterrompue lorsque chacune ne dépasse pas douze mois consécutifs et qu'elles ne dépassent pas un total de dix-huit mois.

S'agissant d'un étranger qui s'est vu reconnaître par la France la qualité de réfugié ou accorder le bénéfice de la protection subsidiaire, la période entre la date de dépôt de la demande d'asile et celle de la délivrance de l'une des cartes de séjour mentionnées au deuxième alinéa de l'article L. 314-8-2 est également prise en compte.

2° La justification qu'il dispose de ressources propres, stables et régulières, suffisant à son entretien, indépendamment des prestations et des allocations mentionnées au 2° de l'article L. 314-8, appréciées sur la période des cinq années précédant sa demande, par référence au montant du salaire minimum de croissance ; lorsque les ressources du demandeur ne sont pas suffisantes ou ne sont pas stables et régulières pour la période des cinq années précédant la demande, une décision favorable peut être prise, soit si le demandeur justifie être propriétaire de son logement ou en jouir à titre gratuit, soit en tenant compte de l'évolution favorable de sa situation quant à la stabilité et à la régularité de ses revenus, y compris après le dépôt de la demande.

3° La justification qu'il bénéficie d'une assurance maladie.

Les justificatifs prévus au 2° du présent article ne sont pas exigés de l'étranger titulaire de l'allocation aux adultes handicapés mentionnée à l'article L. 821-1 du Code de la sécurité sociale ou de l'allocation supplémentaire mentionnée à l'article L. 815-24 du même code.

Art. R. 314-1-2 *(Abr., D. n° 2016-1456, 28 oct. 2016).*

Art. R. 314-1-3 *(D. n° 2007-373, 21 mars 2007 ; D. n° 2014-301, 6 mars 2014 ; D. n° 2016-1456, 28 oct. 2016).* – La demande de carte de résident portant la mention « résident de longue durée-UE » au titre des articles L. 314-8, L. 314-8-1 ou L. 314-8-2 vaut demande de renouvellement du titre de séjour précédemment acquis. Il en va de même en cas de demande de carte de résident au titre du 1° de l'article L. 314-9, lorsqu'elle est présentée après trois années de résidence régulière ininterrompue, au titre du 2° du même article, lorsqu'elle est présentée par un étranger qui est titulaire depuis au moins trois années de la carte de séjour temporaire mentionnée au 6° de l'article L. 313-11 ou d'une carte de séjour pluriannuelle mentionnée au 2° de l'article L. 313-18, et, le cas échéant, au titre du 3° du même article lorsqu'elle est présentée par un étranger qui est marié depuis au moins trois ans avec un ressortissant de nationalité française.

Par dérogation au 4° de l'article R. 311-2, l'étranger, titulaire d'une carte de séjour pluriannuelle générale ou d'une carte de séjour pluriannuelle portant la mention « passeport talent », à l'exception de celle délivrée sur le fondement du 3° de l'article L. 313-20, peut, dès qu'il en remplit les conditions d'ancienneté de séjour et sans attendre les deux mois précédant l'expiration de son titre, solliciter la carte de résident prévue aux articles L. 314-8, L. 314-9 ou L. 314-11.

Art. R. 314-1-4 *(D. n° 2014-301, 6 mars 2014 ; D. n° 2016-1456, 28 oct. 2016).* – La carte de résident portant la mention « résident de longue durée-UE », délivrée sur le fondement de l'article L. 314-8-2 à l'étranger qui a la qualité de réfugié ou qui bénéficie de la protection subsidiaire, porte la mention suivante sous la rubrique « Remarques » : « La France a accordé la protection internationale le [date] ».

Lorsque l'étranger dispose déjà d'une carte de résident de longue durée-UE délivrée par un autre État membre de l'Union européenne, mentionnant qu'une protection internationale lui a été accordée, la carte de résident portant la mention « résident de longue durée-UE » délivrée par la France sur le fondement de l'article L. 314-8 ou de l'article L. 314-8-1, porte la mention suivante sous la rubrique « Remarques » : « Le [nom de l'État membre] a accordé la protection internationale le [date] », après vérification auprès de l'État membre de l'Union européenne qui lui a accordé cette protection qu'il demeure sous sa protection. Dans le cas où l'étranger obtient le transfert de sa protection en France, la mention est modifiée en conséquence, dans un délai maximal de trois mois suivant le transfert.

Lorsqu'un État membre de l'Union européenne informe la France qu'il a accordé une protection internationale à un étranger déjà titulaire d'une carte de résident portant la mention « résident de longue durée-UE », délivrée par la France sur le fondement de l'article L. 314-8 ou de l'article L. 314-8-1, ou que la responsabilité de la protection de cet étranger a été transférée à cet État membre, la France modifie la mention visée au précédent alinéa en conséquence, dans un délai maximal de trois mois suivant la date à laquelle l'information a été transmise.

Lorsqu'un autre État membre demande à la France si un étranger, déjà titulaire d'une carte de résident délivrée sur le fondement de l'article L. 314-8-2, demeure sous la protection de l'Office français de protection des réfugiés et apatrides, la réponse est adressée par le préfet qui a délivré la carte, dans le délai maximal d'un mois suivant la réception de la demande.

Art. R. 314-1-5 *(D. n° 2015-1166, 21 sept. 2015).* – Lorsqu'un étranger qui dispose déjà d'une carte de résident de longue durée-UE délivrée par un autre État membre de l'Union européenne se voit reconnaître la qualité de réfugié ou accorder le bénéfice de la protection subsidiaire en France, le préfet ou, à Paris, le préfet de police, en informe les autorités de cet État membre afin de leur permettre de modifier en conséquence la rubrique « Remarques » de la carte de séjour de l'intéressé. Il en va de même lorsque l'étranger était déjà placé sous la protection de cet État et que cette protection a été transférée à la France. »

....

Section III. – Renouvellement de la carte de résident

Art. R. 314-3 *(D. n° 2007-373, 21 mars 2007 ; D. n° 2014-301, 6 mars 2014 ; D. n° 2016-1456, 28 oct. 2016).* – Pour l'application des dispositions de l'article L. 314-1, l'étranger présente à l'appui de sa demande de renouvellement de carte de résident ou de statut de résident de longue durée-UE accordé par la France en application des articles L. 314-8, L. 314-8-1 et L. 314-8-2, outre les pièces mentionnées à l'article R. 311-2-2, les pièces suivantes :

1° Un justificatif de domicile ;

2° S'il est marié et ressortissant d'un État dont la loi autorise la polygamie, une déclaration sur l'honneur selon laquelle il ne vit pas en France en état de polygamie ;

3° La carte de résident dont il est titulaire et qui vient à expiration ou la carte de résident portant la mention « résident de longue durée-UE » accordée par la France en application des articles L. 314-8, L. 314-8-1 ou L. 314-8-2 et qui vient à expiration ou qui a expiré en raison du séjour de l'intéressé à l'étranger, dès lors que la durée de ce séjour à l'étranger n'a pas eu pour effet, en application de l'article L. 314-7, de lui faire perdre le bénéfice du statut de résident de longue durée-UE accordé par la France ;

4° Trois photographies de face, tête nue, de format 3,5 cm 4,5 cm, récentes et parfaitement ressemblantes ;

5° Une attestation sur l'honneur selon laquelle il n'a pas, sauf le cas où une prolongation lui a été accordée en application du deuxième alinéa de l'article L. 314-7, séjourné plus de trois années consécutives au cours des dix dernières années hors de France, s'il est titulaire d'une carte de résident, et hors du territoire des États membres de l'Union européenne s'il est titulaire de la carte de résident portant la mention « résident de longue durée-UE » accordée par la France ;

6° Une attestation sur l'honneur selon laquelle il n'a pas, s'il est titulaire de la carte de résident portant la mention « résident de longue durée-UE » accordée par la France, séjourné plus de six années consécutives hors de France ou acquis le statut « résident longue durée-CE » dans un autre État membre de l'Union européenne.

Section IV. – Délivrance de la carte de résident permanent

(D. n° 2008-614, 27 juin 2008)

Art. R. 314-4 *(D. n° 2008-614, 27 juin 2008 ; D. n° 2016-1456, 28 oct. 2016).* – À l'expiration de sa carte de résident délivrée sur le fondement des articles L. 314-8, L. 314-8-1, L. 314-9, L. 314-11 ou L. 314-12 l'étranger qui sollicite la carte de résident permanent présente à l'appui de sa demande, outre les pièces mentionnées aux articles R. 311-2-2 et R. 314-3, celles prévues au 5° de l'article R. 314-1 lorsque son intégration républicaine dans la société française n'a pas été vérifiée en application des dispositions de l'article L. 314-2 à l'occasion d'une précédente demande de titre de séjour.

Lorsque l'étranger qui sollicite le renouvellement de sa carte de résident ou de sa carte de résident portant la mention « résident de longue durée-UE » relève de l'une des situations mentionnées aux deuxième et troisième alinéas de l'article L. 314-14, le préfet lui demande de présenter les mêmes pièces que celles prévues à l'alinéa précédent.

....

TITRE II. – LES CONDITIONS DE SÉJOUR

CHAPITRE I. – CONDITIONS DE CIRCULATION

Section I. – Dispositions générales

Art. R. 321-1 *(Mod., D. n° 2011-1049, 6 sept. 2011).* – Les étrangers séjournant régulièrement en France y circulent librement.

Le ministre de l'Intérieur peut néanmoins désigner par arrêté certains départements dans lesquels les étrangers ne peuvent, à compter de la date de publication dudit arrêté, établir leur domicile sans avoir obtenu préalablement l'autorisation du préfet du lieu où ils désirent se rendre.

Les titres de séjour des étrangers domiciliés dans ces départements portent une mention spéciale les rendant valables pour le département envisagé.

Les dispositions des deuxième et troisième alinéas ne sont pas applicables aux ressortissants d'un État membre de l'Union européenne, d'un autre État partie à l'accord sur l'Espace économique européen ou de la Confédération suisse, ni aux membres de leur famille.

Art. R. 321-2 *(Mod., D. n° 2011-1049, 6 sept. 2011).* – Lorsqu'un étranger non titulaire de la carte de résident doit, en raison de son attitude ou de ses antécédents, être soumis à une surveillance spéciale, l'autorité administrative peut :

1° Lui interdire de résider dans un ou plusieurs départements ;

2° Réduire au département ou, à l'intérieur de ce dernier, à une ou plusieurs circonscriptions la validité de sa carte de séjour ou du titre en tenant lieu dont il est muni.

Ces dispositions ne sont pas applicables aux ressortissants d'un État membre de l'Union européenne, d'un autre État partie à l'accord sur l'Espace économique européen ou de la Confédération suisse, ni aux membres de leur famille.

Art. R.* 321-3. – L'autorité administrative compétente pour prendre la décision mentionnée au 1° de l'article R. 321-2 est le ministre de l'Intérieur.

Art. R. 321-4. – L'autorité administrative compétente pour prendre la décision mentionnée au 2° de l'article R. 321-2 est le préfet.

Art. R. 321-5. – Quand l'autorité administrative a fait usage des pouvoirs prévus à l'article R. 321-2, sa décision est mentionnée sur le titre de séjour de l'intéressé. Celui-ci ne peut se déplacer en dehors de la zone de validité de son titre de séjour sans être muni d'un sauf-conduit délivré par le commissaire de police ou, à défaut de commissaire de police, par la gendarmerie du lieu de leur résidence.

Art. R. 321-6. – Lorsqu'un étranger est autorisé à séjourner en France sous couvert d'un titre de voyage revêtu d'un visa requis pour les séjours n'excédant pas trois mois, ce visa peut être abrogé si l'étranger titulaire de ce visa exerce en France une activité lucrative sans y avoir été régulièrement autorisé, s'il existe des indices concordants permettant de présumer que l'intéressé est venu en France pour s'y établir ou si son comportement trouble l'ordre public.

Art. R. 321-7. – L'abrogation du visa mentionnée à l'article R. 321-6 est décidée par le préfet du département où séjourne l'étranger qui en est titulaire ou du département où la situation de cet étranger est contrôlée. Le préfet qui a prononcé l'abrogation en avertit sans délai le ministre des Affaires étrangères.

Art. R. 321-8 *(D. n° 2016-1456, 28 oct. 2016).* – Tout étranger, séjournant en France et astreint à la possession d'une autorisation de séjour d'une durée supérieure à un an, est tenu, lorsqu'il transfère le lieu de sa résidence effective et permanente, d'en faire la déclaration, dans les trois mois de son arrivée, à la préfecture territorialement compétente.

....

Art. D. 321-9 *(Créé, D. n° 2019-151, 27 févr. 2019).* – Le document de circulation pour étranger mineur est délivré par le préfet du département où réside habituellement le mineur et, lorsque ce dernier réside à Paris, par le préfet de police, sur demande de la personne exerçant l'autorité parentale ou de son mandataire.

Le demandeur est tenu de se présenter, à la préfecture de département ou à la sous-préfecture, ou, à Paris, à la préfecture de police, pour y souscrire une demande de document de circulation pour étranger mineur.

Toutefois, le préfet peut prescrire que les demandes de document de circulation pour étrangers mineurs soient adressées par voie postale ou par voie dématérialisée.

....

LIVRE QUATRIÈME. – LE REGROUPEMENT FAMILIAL

TITRE PREMIER. LES CONDITIONS DU REGROUPEMENT FAMILIAL

CHAPITRE UNIQUE

Art. R. 411-1 *(D. n° 2016-1456, 28 oct. 2016).* – Le document de séjour dont doit justifier un ressortissant étranger pour formuler une demande de regroupement familial est soit une carte de séjour temporaire, d'une durée de validité d'au moins un an, soit une carte de séjour pluriannuelle, soit une carte de résident, d'une durée de dix ans ou à durée indéterminée, soit le récépissé de demande de renouvellement de l'un de ces documents.

Art. R. 411-2 *(D. n° 2016-1456, 28 oct. 2016).* – Le séjour régulier en France d'au moins dix-huit mois mentionné à l'article L. 411-1 doit avoir été accompli sous couvert des documents de séjour mentionnés à l'article R. 411-1 ou des documents suivants :

1° Visa de long séjour, conférant à son titulaire les droits attachés à une carte de séjour temporaire ;
2° Carte de séjour temporaire d'une durée inférieure à un an ;
3° Autorisation provisoire de séjour ;
4° Récépissé d'une demande de première délivrance ou de renouvellement d'un document de séjour ;
5° Attestation de demande d'asile.

....

TITRE III. – DÉLIVRANCE DES TITRES DE SÉJOUR

CHAPITRE UNIQUE

Art. R. 431-1. – La délivrance des titres de séjour et, s'agissant des enfants mineurs, l'admission en France au titre du regroupement familial sont subordonnées à la production du certificat de contrôle médical délivré par l'« Office français de l'immigration et de l'intégration ».

Le titre de séjour délivré aux membres de la famille autorisés à résider en France au titre du regroupement familial est, en application de l'article L. 431-1, la carte de séjour temporaire d'une durée d'un an dès qu'ils sont astreints à la détention d'un titre de séjour.

La carte de séjour temporaire porte la mention « vie privée et familiale ». Elle permet l'exercice de toute activité professionnelle dans le cadre de la réglementation en vigueur.

LIVRE CINQUIÈME. – LES MESURES D'ÉLOIGNEMENT

Art. R. 512-1 *(D. n° 2011-820, 8 juill. 2011 ; mod., D. n° 2016-1457, 28 oct. 2016).* – L'autorité administrative mentionnée aux articles L. 511-1, L. 511-3-1 et L. 511-3-2 est le préfet de département et, à Paris, le préfet de police.

La notification de l'obligation de quitter le territoire français prononcée en application de l'article L. 511-3-1 mentionne le délai imparti pour quitter le territoire.

Art. R. 512-1-1 *(D. n° 2011-820, 8 juill. 2011).* – L'étranger auquel un délai de départ volontaire est imparti peut demander que les principaux éléments des décisions qui lui sont notifiées en application de l'article L. 511-1 lui soient communiqués dans une langue qu'il comprend ou dont il est raisonnable de supposer qu'il la comprend.

....

Art. R. 513-1 *(Mod., D. n° 2011-820, 8 juill. 2011 ; mod. à compter du 1er nov. 2016, D. n° 2016-1457, 28 oct. 2016).* – L'autorité administrative compétente pour prononcer la décision fixant le pays de renvoi d'un étranger en cas d'exécution d'office de la mesure d'éloignement est le préfet de département et, à Paris, le préfet de police.

Art. R. 513-1-1 *(D. n° 2015-26, 14 janv. 2015).* – L'autorité administrative compétente pour prononcer la décision fixant le pays de renvoi dans le cas prévu au deuxième alinéa de l'article L. 214-4 est le ministre de l'Intérieur.

Art. R. 513-2 *(D. n° 2011-820, 8 juill. 2011 ; D. n° 2018-1159, 14 déc. 2018).* – L'autorité administrative compétente pour astreindre un étranger à des obligations de présentation et désigner son lieu de résidence en application de l'article L. 513-4 est le préfet de département et, à Paris, le préfet de police.

....

Art. R. 522-1. – L'autorité administrative compétente pour prononcer l'expulsion d'un étranger en application de l'article L. 521-1, après accomplissement des formalités prévues à l'article L. 522-1, est le préfet de département et, à Paris, le préfet de police.

....

Art. R. 523-1. – L'autorité administrative compétente pour prendre la décision fixant le pays de renvoi d'un étranger qui fait l'objet d'un arrêté d'expulsion pris en application de l'article L. 521-1, après accomplissement des formalités prévues à l'article L. 522-1, est le préfet de département et, à Paris, le préfet de police.

....

Art. R. 523-4 *(Mod., D. n° 2015-26, 14 janv. 2015).* – L'autorité administrative compétente pour prononcer par arrêté, sur le fondement des articles L. 523-3 à L. 523-5, l'assignation à résidence d'un étranger faisant l'objet d'une mesure d'expulsion est le préfet du département où se situe le lieu d'assignation à résidence, à Paris, le préfet de police, quand la mesure d'expulsion est prise sur le fondement de l'article L. 521-1 après accomplissement des formalités prévues à l'article L. 522-1.

....

Art. R. 531-1. – L'autorité administrative compétente pour prendre, en application de l'article L. 531-1, la décision de remise d'un étranger qui a pénétré ou séjourné irrégulièrement en France aux autorités compétentes de l'État membre de l'Union européenne qui l'a admis à entrer ou à séjourner sur son territoire, ou dont il provient directement, est le préfet de département et, à Paris, le préfet de police.

Le préfet ne peut déléguer sa signature à un fonctionnaire de police que dans les départements ayant une frontière commune avec un ou plusieurs États membres de l'Union européenne pour les décisions de remise aux autorités compétentes du ou des États frontaliers. Le fonctionnaire doit avoir au moins le grade de lieutenant de police.

Art. R.* 531-2 et R. 531-3 *(Abr., D. n° 2015-1166, 21 sept. 2015).*

Art. R. 531-3-1 *(D. n° 2007-373, 21 mars 2007 ; D. n° 2015-1166, 21 sept. 2015).* – L'autorité administrative compétente pour prendre, en application du premier alinéa de l'article L. 531-2, la décision de remettre un étranger non ressortissant d'un État membre de l'Union européenne aux autorités compétentes d'un État membre est le préfet de département et, à Paris, le préfet de police.

Art. R. 531-3-2 *(D. n° 2007-373, 21 mars 2007 ; D. n° 2014-301, 6 mars 2014 ; D. n° 2015-1166, 21 sept. 2015).* – L'autorité administrative compétente pour prendre, en application du deuxième alinéa de l'article L. 531-2, la décision de remettre aux autorités compétentes d'un État membre de l'Union européenne un étranger titulaire du statut de résident de longue durée-UE accordé par cet autre État membre ainsi que son conjoint et ses enfants mentionnés aux I et II de l'article L. 313-11-1 est le préfet et, à Paris, le préfet de police.

Art. R. 531-3-3 *(D. n° 2011-820, 8 juill. 2011 ; D. n° 2015-1166, 21 sept. 2015).* – L'autorité administrative compétente pour prendre la décision prévue au troisième alinéa de l'article L. 531-2 est le préfet de département et, à Paris, le préfet de police.

Art. R. 531-3-4 *(Aj. à compter du 1er nov. 2016, D. n° 2016-1457, 28 oct. 2016).* – L'autorité administrative compétente pour prendre la décision prévue au quatrième alinéa de l'article L. 531-2 est le préfet de département et, à Paris, le préfet de police.

Art. R. 531-3-5 *(Créé, D. n° 2018-1159, 14 déc. 2018).* – L'autorité administrative compétente pour prendre la décision prévue au onzième alinéa de l'article L. 531-2 est le préfet de département et, à Paris, le préfet de police.

Art. R. 531-4. – L'autorité administrative compétente pour décider qu'un étranger sera d'office reconduit à la frontière en application de l'article L. 531-3 est le préfet de département et, à Paris, le préfet de police.

....

TITRE V. – RÉTENTION D'UN ÉTRANGER DANS DES LOCAUX NE RELEVANT PAS DE L'ADMINISTRATION PÉNITENTIAIRE

CHAPITRE I. – PLACEMENT EN RÉTENTION

Art. R. 551-1. – L'autorité compétente pour ordonner le placement en rétention administrative d'un étranger est le préfet de département et, à Paris, le préfet de police. La même autorité est compétente pour décider de déplacer un étranger d'un lieu de rétention vers un autre lieu de rétention, dans les conditions prévues à l'article L. 553-2.

Art. R. 551-2 *(D. n° 2018-1159, 14 déc. 2018).* – Les étrangers retenus, en application du présent titre, dans des locaux ne relevant pas de l'administration pénitentiaire sont placés, sous réserve des dispositions de l'article R. 551-3, dans des établissements dénommés « centres de rétention administrative », régis par les articles R. 553-1 à R. 553-4-1.

Les centres de rétention administrative, qui ont une vocation nationale, reçoivent, dans la limite de leur capacité d'accueil et sans considération de la compétence géographique du préfet ayant pris l'arrêté de placement en rétention, les étrangers mentionnés à l'alinéa précédent quel que soit le lieu de leur résidence ou de leur interpellation. Le préfet ayant procédé au placement en rétention de l'étranger exerce les compétences relatives à la mesure d'éloignement qu'il met à exécution jusqu'au terme de la procédure engagée quel que soit le lieu où l'étranger en cause est maintenu en rétention.

Art. R. 551-3 *(Mod., D. n° 2007-373, 21 mars 2007 ; D. n° 2011-820, 8 juill. 2011 ; à compter du 1er novembre 2016, D. n° 2016-1457, 28 oct. 2016).* – Lorsqu'en raison de circonstances particulières, notamment de temps ou de lieu, des étrangers mentionnés à l'article R. 551-2 ne peuvent être placés immédiatement dans un centre de rétention administrative, le préfet peut les placer dans des locaux adaptés à cette fin, dénommés « locaux de rétention administrative » régis par les articles R. 553-5 et R. 553-6.

Les étrangers ne peuvent être maintenus dans ces locaux après que le juge des libertés et de la détention a rendu l'ordonnance mentionnée à l'article L. 552-3. Toutefois, en cas d'appel de cette ordonnance, s'il n'y a pas de centre de rétention administrative dans le ressort de la cour d'appel où se situe le local, l'étranger peut y être maintenu jusqu'à ce que le président de la cour d'appel ait statué. De même, en cas de recours contre la mesure d'éloignement sur lequel il doit être statué dans les délais prévus au III de l'article L. 512-1, s'il n'y a pas de centre de rétention dans le ressort du tribunal administratif, l'étranger peut être maintenu dans le local jusqu'à ce qu'il ait été statué sur le recours.

À Mayotte, les étrangers peuvent être maintenus dans ces locaux pendant une durée n'excédant pas vingt-quatre heures.

Art. R. 551-4. – Dès son arrivée au lieu de rétention, chaque étranger est mis en mesure de communiquer avec toute personne de son choix, avec les autorités consulaires du pays dont il déclare avoir la nationalité et avec son avocat s'il en a un, ou, s'il n'en a pas, avec la permanence du barreau du tribunal judiciaire dans le ressort duquel se trouve le lieu de rétention.

Quel que soit le lieu de rétention dans lequel l'étranger est placé, un procès-verbal de la procédure de notification des droits en rétention est établi. Il est signé par l'intéressé, qui en reçoit un exemplaire, le fonctionnaire qui en est l'auteur et, le cas échéant, l'interprète. Ces références sont portées sur le registre mentionné à l'article L. 553-1.

CHAPITRE II. – PROLONGATION DE LA RÉTENTION PAR LE JUGE DES LIBERTÉS ET DE LA DÉTENTION

Section I. – Première saisine du juge des libertés et de la détention aux fins de prolongation de la rétention

(Intitulé mod. à compter du 1er novembre 2016, D. n° 2016-1457, 28 oct. 2016)

Sous-section 1. – Saisine du juge par l'autorité administrative

Art. R. 552-1. – Pour l'application des articles L. 552-1 à L. 552-8, le juge des libertés et de la détention compétent est celui du tribunal judiciaire dans le ressort duquel l'étranger est maintenu en rétention ou assigné à résidence.

Art. R. 552-2. – Le juge des libertés et de la détention est saisi par simple requête de l'autorité administrative qui a ordonné le placement en rétention.

Art. R. 552-3. – À peine d'irrecevabilité, la requête est motivée, datée, signée et accompagnée de toutes pièces justificatives utiles, notamment une copie du registre prévu à l'article L. 553-1.

Art. R. 552-4 ***(Mod., D. n° 2011-820, 8 juill. 2011 ; mod. à compter du 1er novembre 2016, D. n° 2016-1457, 28 oct. 2016).*** **– La requête est transmise par tout moyen au greffe du tribunal avant l'expiration des délais mentionnés à la première phrase des articles L. 552-1 et L. 552-7.**

Le greffier l'enregistre et y appose, ainsi que sur les pièces jointes, un timbre indiquant la date et l'heure de la réception.

Art. R. 552-5 ***(Mod. à compter du 1er novembre 2016, D. n° 2016-1457, 28 oct. 2016).*** **– Dès réception de la requête, le greffier avise aussitôt et par tout moyen l'autorité administrative qui a ordonné le placement en rétention, le procureur de la République, l'étranger et son avocat, s'il en a un, du jour et de l'heure de l'audience fixés par le juge.**

Art. R. 552-6. – L'étranger est avisé de son droit de choisir un avocat. Le juge lui en fait désigner un d'office si l'étranger le demande.

Art. R. 552-7. – La requête et les pièces qui y sont jointes sont, dès leur arrivée au greffe, mises à la disposition de l'avocat de l'étranger. Elles peuvent y être également consultées, avant l'ouverture des débats, par l'étranger lui-même, assisté, le cas échéant, par un interprète s'il ne connaît pas suffisamment la langue française.

Art. R. 552-8. – L'autorité administrative compétente pour proposer au juge que l'audience se déroule avec l'utilisation de moyens de télécommunication audiovisuelle, comme prévu à l'article L. 552-12, est le préfet de département et, à Paris, le préfet de police.

Art. R. 552-9 ***(Mod. à compter du 1er novembre 2016, D. n° 2016-1457, 28 oct. 2016).*** **– À l'audience, l'autorité administrative qui a ordonné le placement en rétention ou son représentant, sur sa demande ou sur celle du juge, est entendue en ses observations.**

L'étranger, sauf s'il ne se présente pas, bien que dûment convoqué, et, s'il y a lieu, son avocat sont entendus. Le juge nomme un interprète si l'étranger ne parle pas suffisamment la langue française.

Le ministère public peut faire connaître son avis.

Art. R. 552-10 ***(Mod., D. n° 2011-820, 8 juill. 2011).*** **– L'ordonnance du juge des libertés et de la détention est rendue dans le délai accordé à l'article L. 552-1 pour statuer. Elle est notifiée sur place aux parties présentes à l'audience qui en accusent réception. Le magistrat fait connaître verbalement aux parties présentes le délai d'appel et les modalités selon lesquelles cette voie de recours peut être exercée. Il les informe simultanément que seul l'appel formé par le ministère public peut être déclaré suspensif par le premier président de la cour d'appel ou son délégué.**

Les notifications prévues à l'alinéa premier sont faites par tout moyen et dans les meilleurs délais aux parties qui ne se sont pas présentées, bien que dûment convoquées, ainsi qu'au procureur de la République, qui en accusent réception.

Lorsqu'une ordonnance met fin à la rétention ou assigne à résidence l'étranger et que le procureur de la République estime ne pas avoir à solliciter du premier président qu'il déclare l'appel suspensif, il retourne l'ordonnance au magistrat qui l'a rendue en mentionnant sur celle-ci qu'il ne s'oppose pas à sa mise à exécution. Il est alors immédiatement mis fin à la mesure de maintien à la disposition de la justice.

Sous-section 2. – Contestation de la décision de placement en rétention par l'étranger

Art. R. 552-10-1 *(Aj. à compter du 1er novembre 2016, D. n° 2016-1457, 28 oct. 2016 ; D. n° 2018-1159, 14 déc. 2019)*. – L'étranger qui conteste la régularité de la décision de placement en rétention administrative saisit le juge des libertés et de la détention par simple requête adressée par tout moyen au juge, avant l'expiration du délai mentionné à la deuxième phrase du premier alinéa du III de l'article L. 512-1. Le greffier l'enregistre et y appose, ainsi que sur les pièces jointes, un timbre indiquant la date et l'heure de la réception. À peine d'irrecevabilité, la requête est motivée et signée de l'étranger ou de son représentant. La décision attaquée est produite par l'administration.

La requête et les pièces qui y sont jointes le cas échéant sont, dès leur arrivée au greffe, mises à la disposition de l'autorité administrative.

Il est procédé, pour le surplus, comme il est dit aux articles R. 552-1, R. 552-5, R. 552-6 et R. 552-8 à R. 552-10.

Section II. – Nouvelle saisine du juge des libertés
et de la détention aux fins de prolongation de la rétention

Art. R. 552-11 *(Mod., D. n° 2011-820, 8 juill. 2011 ; D. n° 2012-90, 25 janv. 2012 ; D. n° 2018-1159, 14 déc. 2018)*. – Pour la mise en œuvre de l'article L. 552-7, les règles prévues à la section 1 du présent chapitre sont applicables.

Toutefois, par dérogation à l'article R. 552-1, le juge des libertés et de la détention compétent pour faire application des dispositions du quatrième alinéa de l'article L. 552-7 est celui du tribunal judiciaire de Paris. Il en est de même s'il est fait application du cinquième alinéa de l'article L. 552-7 après qu'il a été fait application du quatrième.

Section III. – Voies de recours

Sous-section 1. – Appel

Art. R. 552-12 *(Mod., D. n° 2008-817, 22 août 2008 ; D. n° 2011-820, 8 juill. 2011)*. – L'ordonnance est susceptible d'appel devant le premier président de la cour d'appel ou son délégué, dans les vingt-quatre heures de son prononcé, par l'étranger, par le préfet de département et, à Paris, par le préfet de police. Lorsque l'étranger n'assiste pas à l'audience, le délai court pour ce dernier à compter de la notification qui lui est faite. Le délai ainsi prévu est calculé et prorogé conformément aux articles 640 et 642 du Code de procédure civile.

Le ministère public peut également interjeter appel de cette ordonnance selon les mêmes modalités, alors même qu'il a renoncé à solliciter la suspension provisoire.

Toutefois, il doit former appel dans le délai de « dix » *(D. n° 2018-1159, 14 déc. 2018)* heures s'il entend solliciter du premier président ou de son délégué qu'il déclare l'appel suspensif.

Dans le cas prévu à l'alinéa précédent, le ministère public fait notifier la déclaration d'appel, immédiatement et par tout moyen, à l'autorité administrative, à l'étranger et, le cas échéant, à son avocat, qui en accusent réception. La notification mentionne que des observations en réponse à la demande de déclaration d'appel suspensif peuvent être transmises par tout moyen au secrétariat du premier président ou de son délégué dans un délai de deux heures.

Art. R. 552-13 *(Mod. à compter du 1er novembre 2016, D. n° 2016-1457, 28 oct. 2016)*. – À peine d'irrecevabilité, le premier président ou son délégué est saisi par une déclaration d'appel motivée transmise par tout moyen au greffe de la cour d'appel. La déclaration est enregistrée avec mention de la date et de l'heure.

Le greffier de la cour d'appel avise immédiatement le greffier du tribunal judiciaire qui lui transmet sans délai le dossier.

Art. R. 552-14. – Le premier président ou son délégué statue sur la demande visant à déclarer l'appel suspensif, après que l'étranger ou son conseil a été mis à même de transmettre ses observations, suivant les modalités définies au dernier alinéa de l'article R. 552-12.

La décision du premier président sur le caractère suspensif de l'appel est portée à la connaissance de l'étranger et de son conseil par le greffe de la cour d'appel et communiquée au procureur de la République, qui veille à son exécution et en informe l'autorité administrative.

Lorsque l'étranger est maintenu à la disposition de la justice, le procureur de la République décide des conditions du maintien. Il en informe sans délai l'étranger et l'autorité administrative qui a prononcé la rétention.

Art. R. 552-14-1 *(Aj. à compter du 1er novembre 2016, D. n° 2016-1457, 28 oct. 2016 ; mod., D. n° 2017-892, 6 mai 2017).* – Lorsque le premier président envisage de faire application des dispositions du deuxième alinéa de l'article L. 552-9, il recueille par tout moyen les observations des parties sur le caractère manifestement irrecevable de l'appel.

Sont manifestement irrecevables au sens du dernier alinéa de l'article L. 552-9, notamment les déclarations d'appel formées tardivement, hors du délai prévu à l'article R. 552-12, et les déclarations d'appel non motivées.

La décision prononçant l'irrecevabilité de l'appel est rendue par le premier président dans les quarante-huit heures de sa saisine. Le délai ainsi prévu est calculé et prorogé conformément aux articles 640 et 642 du Code de procédure civile.

L'ordonnance est communiquée au ministère public. Elle est notifiée par tout moyen et dans les meilleurs délais à l'étranger et à son conseil, s'il en a un, ainsi qu'à l'autorité qui a prononcé la rétention, qui en accusent réception.

Art. R. 552-15 *(Mod. à compter du 1er novembre 2016, D. n° 2016-1457, 28 oct. 2016).* – Lorsque le premier président de la cour d'appel ou son délégué ne fait pas application du second alinéa de l'article L. 552-9, le greffier de la cour d'appel fait connaître aux parties et au ministère public la date de l'audience au fond.

L'autorité qui a ordonné la rétention, l'avocat de l'étranger et l'étranger lui-même peuvent demander à être entendus à l'audience. Le ministère public peut faire connaître son avis.

Le premier président ou son délégué statue au fond dans les quarante-huit heures de sa saisine. Le délai ainsi prévu est calculé et prorogé conformément aux articles 640 et 642 du Nouveau Code de procédure civile.

L'ordonnance est communiquée au ministère public. Elle est notifiée à l'étranger et à son conseil, s'il en a un, ainsi qu'à l'autorité qui a prononcé la rétention. La notification est faite sur place aux parties présentes qui en accusent réception. Le greffier la notifie par tout moyen et dans les meilleurs délais aux autres parties qui en accusent réception.

Il résulte des articles R. 552-13 et R. 552-15, alinéa 2, du Code de l'entrée et du séjour des étrangers et du droit d'asile qu'il incombe au premier président, saisi par une déclaration d'appel motivée, de répondre aux moyens qui figuraient dans cette déclaration, même en l'absence de l'appelant et de son représentant, dont la comparution est facultative (■ Cass. 1re civ., 21 oct. 2015, n° 14-22.762).

Sous-section 2. – Pourvoi en cassation

Art. R. 552-16. – L'ordonnance du premier président de la cour d'appel ou de son délégué n'est pas susceptible d'opposition. Le pourvoi en cassation est ouvert à l'étranger, à l'autorité administrative qui a prononcé la rétention et au ministère public.

Section IV. – Dispositions communes

La présente section ne comprend pas de dispositions réglementaires.

Section V. – Saisine du juge par l'étranger et décisions de mise en liberté prises par le juge de sa propre initiative ou à la demande du ministère public

Sous-section 1. – Saisine et décision du juge des libertés et de la détention

Art. R. 552-17 ***(Mod. à compter du 1er novembre 2016, D. n° 2016-1457, 28 oct. 2016).*** **– L'étranger en rétention qui demande, hors des audiences prévues aux articles R. 552-9 et R. 552-15, qu'il soit mis fin à sa rétention saisit le juge des libertés et de la détention par simple requête adressée par tout moyen au juge. À peine d'irrecevabilité, la requête est motivée et signée de l'étranger ou de son représentant, et accompagnée de toutes les pièces justificatives. La décision de maintien en rétention d'un demandeur d'asile ne peut être contestée que devant le juge administratif.**

Il est procédé comme il est dit à la section I du présent chapitre. Toutefois, le juge peut rejeter la requête sans avoir préalablement convoqué les parties s'il apparaît qu'aucune circonstance nouvelle de fait ou de droit n'est intervenue depuis le placement en rétention administrative ou son renouvellement, ou que les éléments fournis à l'appui de la demande ne permettent manifestement pas de justifier qu'il soit mis fin à la rétention.

Excède ses pouvoirs le juge des libertés et de la détention qui se fonde sur des faits antérieurs à la décision du premier président prolongeant la rétention, sans relever l'existence de circonstances nouvelles de droit ou de fait depuis cette décision, alors qu'en application de l'article R. 552-17 du Code de l'entrée et du séjour des étrangers et du droit d'asile, ce n'est que lorsque des circonstances nouvelles de droit ou de fait le justifient que l'étranger en rétention peut demander, par simple requête au juge des libertés et de la détention, qu'il soit mis fin à sa rétention (■ Cass. 1re civ., 24 sept. 2008 : *Bull. inf. C. cass.* 2009, n° 104).

Art. R. 552-18 ***(D. n° 2008-817, 22 août 2008 ; mod. à compter du 1er novembre 2016, D. n° 2016-1457, 28 oct. 2016).*** **– Indépendamment de la mise en œuvre des dispositions de l'article R. 552-17, le juge des libertés et de la détention peut, à tout moment, après avoir mis l'autorité administrative en mesure de présenter ses observations, de sa propre initiative ou à la demande du ministère public, décider la mise en liberté de l'étranger lorsque les circonstances de droit ou de fait le justifient, sous réserve de la compétence exclusive du juge administratif sur la décision de maintien en rétention d'un demandeur d'asile.**

Art. R. 552-19 ***(Mod., D. n° 2008-817, 22 août 2008).*** **– L'ordonnance du juge des libertés et de la détention est notifiée sans délai et par tout moyen à l'étranger et à son conseil, au préfet de département et, à Paris, au préfet de police ainsi qu'au ministère public.**

Sous-section 2. – Appel

Art. R. 552-20 ***(D. n° 2008-817, 22 août 2008 ; D. n° 2011-820, 8 juill. 2011).*** **– L'ordonnance mentionnée à l'article R. 552-19 est susceptible d'appel devant le premier président de la Cour d'appel ou son délégué, dans les vingt-quatre heures de sa notification, par l'étranger, par le ministère public, par le préfet de département et, à Paris, par le préfet de police. Le délai ainsi prévu est calculé et prorogé conformément aux articles 640 et 642 du Code de procédure civile.**

L'appel n'est pas suspensif. Toutefois, le ministère public peut solliciter du premier président ou de son délégué qu'il déclare son recours suspensif, lorsqu'il lui apparaît que l'intéressé ne dispose pas de garanties de représentation effectives ou en cas de menace grave pour l'ordre public.

Dans ce cas, l'appel est formé dans un délai de « dix » ***(D. n° 2018-1159, 14 déc. 2018)*** **heures à compter de la notification de l'ordonnance au procureur de la République.**

Le ministère public fait notifier la déclaration d'appel, accompagnée de la demande qui se réfère à l'absence de garanties de représentation effectives ou à la menace grave pour l'ordre public, immédiatement et par tout moyen à l'autorité administrative, à l'étranger et, le cas échéant, à son avocat, qui en accusent réception.

La notification mentionne que des observations en réponse à la demande de déclaration d'appel suspensif peuvent être transmises par tout moyen au secrétariat du premier président ou de son délégué dans un délai de deux heures.

Art. R. 552-20-1 *(D. n° 2018-1159, 14 déc. 2018)*. – Lorsqu'il est saisi d'un appel contre une décision rendue par le juge des libertés et de la détention hors des audiences prévues à l'article R. 552-9, le premier président de la cour d'appel peut rejeter la déclaration d'appel sans avoir préalablement convoqué les parties s'il apparaît qu'aucune circonstance nouvelle de fait ou de droit n'est intervenue depuis le placement en rétention administrative ou son renouvellement, ou que les éléments fournis à l'appui de la demande ne permettent manifestement pas de justifier qu'il soit mis fin à la rétention.

Dans ce cas, le premier président recueille par tout moyen les observations des parties sur l'absence de circonstance nouvelle de fait ou de droit depuis le placement en rétention administrative ou son renouvellement, ou sur le caractère inopérant des éléments foumis par l'étranger.

La décision rejetant la déclaration d'appel sans audience est rendue par le premier président dans les quarante-huit heures de sa saisine. Le délai ainsi prévu est calculé et prorogé conformément aux articles 640 et 642 du Code de procédure civile.

L'ordonnance est communiquée au ministère public. Elle est notifiée par tout moyen et dans les meilleurs délais à l'étranger et à son conseil, s'il en a un, ainsi qu'à l'autorité qui a prononcé la rétention, qui en accusent réception.

Art. R. 552-21 *(D. n° 2008-817, 22 août 2008)*. – Le premier président ou son délégué est saisi par une déclaration d'appel motivée transmise par tout moyen au greffe de la cour d'appel. La déclaration est enregistrée avec mention de la date et de l'heure.

Le greffier de la cour d'appel avise immédiatement le greffier du tribunal judiciaire qui lui transmet sans délai le dossier.

Art. R. 552-22 *(D. n° 2008-817, 22 août 2008)*. – Le premier président ou son délégué statue sans délai sur la demande visant à déclarer l'appel suspensif, en fonction des garanties de représentation dont dispose l'étranger ou de la menace grave pour l'ordre public, après que l'étranger ou son conseil a été mis à même de transmettre ses observations, suivant les modalités définies au dernier alinéa de l'article R. 552-20, par une ordonnance motivée rendue contradictoirement, non susceptible de recours.

L'intéressé est maintenu à la disposition de la justice jusqu'à ce que cette ordonnance soit rendue et, si elle donne un effet suspensif à l'appel du ministère public, jusqu'à ce qu'il soit statué au fond.

La décision sur le caractère suspensif de l'appel est portée à la connaissance de l'étranger et de son conseil par le greffe de la cour d'appel et communiquée au procureur de la République, qui veille à son exécution et en informe l'autorité administrative.

Lorsque l'étranger est maintenu à la disposition de la justice, le procureur de la République décide des conditions de ce maintien. Il en informe sans délai l'étranger et l'autorité administrative qui a prononcé la rétention.

Art. R. 552-23 *(D. n° 2008-817, 22 août 2008 ; rempl. à compter du 1er novembre 2016, D. n° 2016-1457, 28 oct. 2016)*. – Le premier président ou son délégué statue en faisant application des dispositions de l'article R. 552-14-1 ou de l'article R. 552-15.

Sous-section 3. – Pourvoi en cassation

Art. R. 552-24 *(D. n° 2008-817, 22 août 2008)*. – L'ordonnance du premier président ou de son délégué n'est pas susceptible d'opposition. Le pourvoi en cassation est ouvert à l'étranger, à l'autorité administrative qui a prononcé la rétention et au ministère public.

CHAPITRE III. – CONDITIONS DE LA RÉTENTION

Section I. – Lieux de rétention

Sous-section 1. – Centres de rétention administrative

Art. R. 553-1 *(D. n° 2008-223, 6 mars 2008 ; mod., D. n° 2010-773, 8 juill. 2010 ; D. n° 2012-90, 25 janv. 2012)*. – Les centres de rétention administrative sont créés, sur proposition du ministre chargé de l'immigration, par arrêté conjoint du ministre chargé des affaires sociales, du ministre chargé de l'immigration, du ministre de l'Intérieur et du ministre de la Justice. Cet arrêté mentionne l'adresse du centre et précise, d'une part, si sa surveillance en est confiée à la police nationale ou à la gendarmerie nationale et, d'autre part, si ce centre est susceptible d'accueillir des familles.

Cet arrêté désigne en outre les centres dans lesquels les étrangers auxquels il est fait application des dispositions du quatrième « alinéa ainsi que, lorsqu'il a été fait application de ce quatrième alinéa, du cinquième » *(D. n° 2018-1159, 14 déc. 2018)* alinéa de l'article L. 552-7 sont maintenus en rétention.

Voir : arrêté du 2 novembre 2007 pris en application de l'article R. 553-1 (*JO* 2 nov. 2007).

Art. R. 553-2 *(Mod., D. n° 2008-223, 6 mars 2008 ; à compter du 1er novembre 2016, D. n° 2016-1457, 28 oct. 2016).* – Les centres de rétention administrative sont placés sous la responsabilité du préfet territorialement compétent et, à Paris, du préfet de police, qui désigne par arrêté le chef du centre, après accord du directeur général de la police nationale ou du directeur général de la gendarmerie nationale. Cet arrêté désigne aussi, le cas échéant, dans des conditions définies par arrêté conjoint du ministre chargé de l'immigration et du ministre de l'Intérieur, le responsable de la gestion hôtelière et le responsable de la gestion des dossiers administratifs des étrangers admis au centre.

Le chef de centre est responsable de l'ordre et de la sécurité du centre et de la tenue du registre mentionné à l'article L. 553-1. Il a autorité sur l'ensemble des personnes qui concourent au fonctionnement du centre.

Art. R. 553-3 *(D. n° 2018-1159, 14 déc. 2018).* – Les centres de rétention administrative, dont la capacité d'accueil ne pourra pas dépasser 140 places, offrent aux étrangers retenus des équipements de type hôtelier et des prestations de restauration collective. Ils répondent aux normes suivantes :

1° Une surface utile minimum de 10 mètres carrés par retenu comprenant les chambres et les espaces librement accessibles aux heures ouvrables ;

2° Des chambres collectives non mixtes, contenant au maximum six personnes ;

3° Des équipements sanitaires, comprenant des lavabos, douches et w.-c., en libre accès et en nombre suffisant, soit un bloc sanitaire pour 10 retenus ;

4° Un téléphone en libre accès pour cinquante retenus ;

5° Des locaux et matériels nécessaires à la restauration conformes aux normes prévues par un arrêté conjoint du ministre de l'Agriculture (...) *(D. n° 2016-1457, 28 oct. 2016)*, du ministre chargé de la santé et « du ministre chargé de la consommation » *(D. n° 2016-1457, 28 oct. 2016)* ;

6° Au-delà de quarante personnes retenues, une salle de loisirs et de détente distincte du réfectoire, dont la superficie est d'au moins 50 mètres carrés, majorée de 10 mètres carrés pour quinze retenus supplémentaires ;

7° Une ou plusieurs salles dotées d'équipement médical, réservées au service médical ;

8° Un local permettant de recevoir les visites des familles et des autorités consulaires ;

9° Le local mentionné à l'article R. 553-7, réservé aux avocats ;

10° Un local affecté à l'organisme mentionné à l'article R. 553-13 ;

11° Un local, meublé et équipé d'un téléphone, affecté à l'association mentionnée au premier alinéa de l'article R. 553-14 ;

12° Un espace de promenade à l'air libre ;

13° Un local à bagages.

Les centres de rétention administrative susceptibles d'accueillir des familles disposent en outre de chambres spécialement équipées, et notamment de matériels de puériculture adaptés.

L'article R. 553-3 du Code de l'entrée et du séjour des étrangers et du droit d'asile ne prévoit pas la gratuité du téléphone dans les centres de rétention (■ Cass. 1re civ., 22 oct. 2008, deux arrêts : *Bull. inf. C. cass.* 2009, n° 257 ; *D.* 2008, Act. jur., p. 2798, note C. de Gaudemont).

Art. R. 553-4 *(Mod., D. n° 2008-223, 6 mars 2008 ; D. n° 2011-1693, 30 nov. 2011 ; abr. à compter du 1er novembre 2016, D. n° 2016-1457, 28 oct. 2016).*

Voir : A. 2 mai 2006 (*JO* 6 mai 2006).

Art. R. 553-4-1 *(D. n° 2012-90, 25 janv. 2012).* – Les étrangers auxquels il est fait application des dispositions du quatrième « alinéa ainsi que, lorsqu'il a été fait application de ce quatrième alinéa, du cinquième » *(D. n° 2018-1159, 14 déc. 2018)* alinéa de l'article L. 552-7 sont maintenus en rétention dans un espace qui leur est réservé.

Sous-section 2. – Locaux de rétention administrative

Art. R. 553-5 *(Mod., D. n° 2010-387, 16 avr. 2010 ; à compter du 1er novembre 2016, D. n° 2016-1457, 28 oct. 2016).* – Les locaux mentionnés à l'article R. 551-3 sont créés, à titre permanent ou pour une durée déterminée, par arrêté préfectoral précisant si le local est susceptible d'accueillir des familles. Une copie de cet arrêté est transmise sans délai au procureur de la République et au Contrôleur général des lieux de privation de liberté.

Art. R. 553-6. – Les locaux de rétention administrative doivent disposer des équipements suivants :
1° Des chambres collectives non mixtes, accueillant au maximum six personnes ;
2° Des équipements sanitaires en libre accès comprenant des lavabos, douches et w.-c. ;
3° Un téléphone en libre accès ;
4° Un local permettant de recevoir les visites : autorités consulaires, familles, médecins, membres d'associations ;
5° Le local mentionné à l'article R. 553-7, réservé aux avocats ;
6° Une pharmacie de secours.

(D. n° 2016-1457, 28 oct. 2016) « Les locaux de rétention administrative susceptibles d'accueillir des familles disposent en outre de lieux d'hébergement séparés, spécialement équipés, comportant une pièce de détente et dotés notamment de matériels de puériculture adaptés, ainsi que d'un espace de promenade à l'air libre. »

(D. n° 2014-527, 23 mai 2014) « Les dispositions des alinéas précédents ne sont pas applicables à Mayotte pour une durée de cinq ans à compter de la publication du *(D. n° 2018-1159, 14 déc. 2018)* « décret n° 2018-1159 du 14 décembre 2018 pris pour l'application de la loi n° 2018-778 du 10 septembre 2018 pour une immigration maîtrisée, un droit d'asile effectif et une intégration réussie et portant diverses dispositions relatives à la lutte contre l'immigration irrégulière ». Les locaux de rétention administrative situés dans ce département doivent disposer de lieux d'hébergement ou de repos, d'équipements sanitaires en libre accès, de matériels nécessaires à la restauration ainsi que d'équipements permettant l'exercice effectif de leurs droits par les intéressés, notamment un téléphone en libre accès. Ceux-ci ont accès, si nécessaire, à l'antenne médicale la plus proche aux fins d'une évaluation médicale. »

Sous-section 3. – Dispositions communes

Art. R. 553-7. – Un local réservé aux avocats et permettant de préserver la confidentialité des entretiens est aménagé dans chaque lieu de rétention. Il est accessible en toutes circonstances, sauf en cas de force majeure, sur simple requête de l'avocat auprès du service en charge de l'accueil des étrangers retenus et avec l'accord de la personne intéressée.

Art. R. 553-8 *(Mod., D. n° 2008-223, 6 mars 2008 ; D. n° 2012-561, 24 avr. 2012 ; D. n° 2016-1645, 1er déc. 2016).* – Dans les conditions prévues aux articles R. 553-3 et R. 553-6, des locaux et des moyens matériels adaptés doivent permettre au personnel de santé de donner des consultations et de dispenser des soins dans les centres et locaux de rétention.

Les conditions dans lesquelles établissements de santé interviennent au bénéfice des personnes retenues, en application de l'article L. 6111-1-2 du Code de la santé publique, sont précisées par voie de convention passée entre le préfet territorialement compétent et une de ces personnes selon des modalités définies par arrêté conjoint du ministre chargé de l'immigration, du ministre chargé des affaires sociales et du ministre chargé de la santé. Pour les centres de rétention administrative, cet arrêté précise notamment les conditions de présence et de qualification des personnels de santé ainsi que les dispositions sanitaires applicables en dehors de leurs heures de présence au centre.

Art. R. 553-9 *(Abr., D. n° 2010-387, 16 avr. 2010 ; rétabli dans la version suivante à compter du 1er novembre 2016, D. n° 2016-1457, 28 oct. 2016).* – Dans chaque lieu de rétention, un règlement intérieur, dont les modèles sont fixés, pour les centres et les locaux de rétention, par arrêté conjoint du ministre chargé de l'immigration et du ministre de l'Intérieur, organise la vie quotidienne, dans des conditions conformes à la dignité et à la sécurité de ses occupants. Il rappelle notamment les droits et devoirs des étrangers retenus, ainsi que les modalités pratiques d'exercice par ces derniers de leurs droits. Il mentionne notamment les conditions dans lesquelles s'exerce la circulation des étrangers dans le lieu de rétention, notamment, le cas échéant, l'accès aux espaces à l'air libre.

Le règlement intérieur est établi par le responsable du lieu de rétention et approuvé par le préfet territorialement compétent.

Il est traduit dans les langues les plus couramment utilisées désignées par un arrêté du ministre chargé de l'immigration.

Un exemplaire en langue française et traduit dans les langues prévues à l'alinéa précédent est affiché dans les parties communes du lieu de rétention.

Les informations mentionnées à l'article R. 8252-2 du Code du travail sont affichées dans les parties communes du lieu de rétention administrative. Elles sont disponibles en langue française et traduites dans les langues étrangères désignées par le ministre chargé de l'immigration.

Art. R. 553-10 *(Abr., D. n° 2008-223, 6 mars 2008).*

Section II. – Droits des étrangers retenus

Art. R. 553-11 *(D. n° 2015-1166, 21 sept. 2015 ; mod. à compter du 1er novembre 2015, D. n° 2015-1166 ; à compter du 1er novembre 2016, D. n° 2016-1457, 28 oct. 2016).* – L'administration met un interprète à la disposition des étrangers maintenus en centre ou en local de rétention administrative qui ne comprennent pas le français, dans le seul cadre des procédures d'éloignement dont ils font l'objet et des demandes d'asile. Dans les autres cas, la rétribution du prestataire est à la charge de l'étranger.

Lorsque l'assistance d'un interprète se fait par téléphone ou un autre moyen de télécommunication, le nom et les coordonnées de l'interprète, ainsi que la langue utilisée, sont mentionnés par procès-verbal, dont une copie est remise à l'étranger.

Art. R. 553-12 *(D. n° 2018-528, 28 juin 2018).* – Pendant la durée de leur séjour en rétention, les étrangers sont hébergés et nourris à titre gratuit. Ils sont soignés gratuitement. S'ils en font la demande, ils sont examinés par un médecin de l'unité médicale du centre de rétention administrative, qui assure, le cas échéant, la prise en charge médicale durant la rétention administrative.

Art. R. 553-13 *(Mod., D. n° 2009-331, 25 mars 2009 ; D. n° 2018-528, 28 juin 2018 ; D. n° 2018-1159, 14 déc. 2018).* – I. – Les étrangers placés ou maintenus dans un centre de rétention administrative bénéficient d'actions d'accueil, d'information, de soutien moral et psychologique et d'aide pour préparer les conditions matérielles de leur départ, qui portent notamment sur la récupération des bagages des personnes retenues, la réalisation de formalités administratives, l'achat de produits de vie courante et, le cas échéant, les liens avec le pays d'origine, notamment la famille. Pour la conduite de ces actions, l'État a recours à l'Office français de l'immigration et de l'intégration. Une convention détermine les conditions d'affectation et d'intervention des agents de cet établissement public.

II. – L'étranger ou le demandeur d'asile, placé en rétention administrative en application « du I de l'article L. 744-9-1 ou du I de l'article L. 571-4 peut, indépendamment de l'examen de son état de vulnérabilité par l'autorité administrative lors de son placement en rétention, faire l'objet, à sa demande, d'une évaluation de son état de vulnérabilité par des agents de l'Office français de l'immigration et de l'intégration dans le cadre de la convention prévue au I et, en tant que de besoin, par un médecin de l'unité médicale du centre de rétention administrative.

À l'issue de cette évaluation, l'agent de l'Office français de l'immigration et de l'intégration et le médecin qui en ont été chargés peuvent formuler des avis sur les éventuels besoins d'adaptation des conditions de rétention de l'étranger visé à l'alinéa précédent ou sur son maintien en rétention lorsque ce dernier est incompatible avec son état de vulnérabilité. Le responsable du centre de rétention ou son représentant détermine, le cas échant, les modalités particulières de maintien en rétention tenant compte de la situation de vulnérabilité de la personne et, en cas d'incompatibilité du maintien en rétention avec cet état, en avise l'autorité administrative compétente.

Le cas échéant, le médecin peut également formuler un avis sur la nécessité d'une prise en charge médicale durant le transfert vers l'État membre responsable de l'examen de la demande d'asile.

Section II *bis*. – Intervention des personnes morales

(D. n° 2008-817, 22 août 2008)

Sous-section 1. – Cas des centres de rétention administrative

Art. R. 553-14 *(Rempl., D. n° 2008-817, 22 août 2008)*. – Pour permettre l'exercice effectif de leurs droits par les étrangers maintenus dans un centre de rétention administrative, le ministre chargé de l'immigration conclut une convention avec une ou plusieurs personnes morales ayant pour mission d'informer les étrangers et de les aider à exercer leurs droits. À cette fin, la personne morale assure, dans chaque centre dans lequel elle est chargée d'intervenir, des prestations d'information, par l'organisation de permanences et la mise à disposition de documentation. Ces prestations sont assurées par une seule personne morale par centre. Les étrangers retenus en bénéficient sans formalité dans les conditions prévues par le règlement intérieur.

Art. R. 553-14 *bis* *(D. n° 2014-527, 23 mai 2014)*. – Les dispositions des articles R. 553-13 et R. 553-14 ne sont pas applicables à Mayotte. Les étrangers maintenus dans un centre de rétention administrative dans ce département bénéficient d'actions d'accueil, d'information, d'aide à l'exercice de leurs droits, de soutien moral et psychologique et, le cas échéant, d'aide pour préparer les conditions matérielles de leur départ.

Pour concourir aux actions et à l'aide définies à l'alinéa précédent, le représentant de l'État à Mayotte conclut une convention avec une ou plusieurs personnes morales.

Art. R. 553-14-1 *(D. n° 2008-817, 22 août 2008)*. – L'accès aux centres de rétention administrative des représentants des personnes morales ayant conclu une convention en application de l'article R. 553-14 est subordonné à un agrément individuel accordé pour une durée de trois ans par le préfet ou, à Paris, par le préfet de police, sur proposition de chacune des personnes morales avec lesquelles le ministre chargé de l'immigration a conclu une convention.

Les conventions mentionnées à l'article R. 553-14 déterminent le nombre des agréments individuels propres à chaque centre pour lequel la personne morale est chargée d'intervenir.

Les conventions mentionnées à l'article R. 553-14 déterminent en outre le nombre des agréments individuels permettant l'accès à tous les centres dans lesquels la personne morale est chargée d'intervenir.

Ces agréments sont délivrés par le ministre chargé de l'immigration.

Les agréments individuels sont renouvelables.

Une personne physique ne peut représenter plus d'une personne morale.

Sous-section 2. – Cas des locaux de rétention administrative

Art. R. 553-14-2 *(D. n° 2008-817, 22 août 2008)*. – Pour permettre l'exercice effectif de leurs droits, les étrangers maintenus dans un des locaux de rétention mentionnés à l'article R. 551-3 peuvent bénéficier du concours d'une personne morale, à leur demande ou à l'initiative de celle-ci, dans des conditions définies par convention conclue par le préfet ou, à Paris, par le préfet de police. Dans chaque local de rétention, ce concours est assuré par une seule personne morale.

Art. R. 553-14-3 *(D. n° 2008-817, 22 août 2008)*. – L'accès à un local de rétention administrative des représentants des personnes morales ayant conclu une convention en application de l'article R. 553-14-2 est subordonné à un agrément individuel accordé pour une durée de trois ans par le préfet ou, à Paris, par le préfet de police, sur proposition de chacune des personnes morales avec lesquelles il a passé une convention.

Les conventions mentionnées à l'article R. 553-14-2 déterminent le nombre des agréments individuels propres à chaque local dans lequel la personne morale est chargée d'intervenir.

Cet agrément est renouvelable.

Une personne physique ne peut représenter plus d'une personne morale.

Section II *ter*. – Accès des associations humanitaires aux lieux de rétention

(D. n° 2011-820, 8 juill. 2011)

Art. R. 553-14-4 *(D. n° 2011-820, 8 juill. 2011 ; mod., D. n° 2014-676, 24 juin 2014)*. – Les associations humanitaires ont accès, dans les conditions fixées par la présente section, aux lieux de rétention.

Cet accès ne doit pas entraver le fonctionnement du lieu de rétention ni les activités qu'y exercent les services de l'État et les personnes morales mentionnés à l'article R. 553-14.

Art. R. 553-14-5 *(D. n° 2011-820, 8 juill. 2011 ; partiellement annulé, CE, 23 mai 2012, n° 352534, GISTI : JurisData n° 2012-010988 ; rempl., D. n° 2014-676, 24 juin 2014).* – Toute association régulièrement déclarée depuis au moins cinq années, ayant pour objet la défense des étrangers, la défense des droits de l'homme, l'assistance médicale et sociale ou l'assistance aux personnes privées de liberté, peut demander à être habilitée à proposer des représentants en vue d'accéder aux lieux de rétention.

Le ministre chargé de l'immigration fixe la liste des associations habilitées à proposer des représentants en vue d'accéder aux lieux de rétention.

Tout refus d'habilitation est motivé. Il ne peut être fondé que sur la méconnaissance des critères énoncés au premier alinéa ou sur des motifs d'ordre public.

L'habilitation est accordée pour une durée de cinq ans. Elle est renouvelable pour la même durée.

Le ministre chargé de l'immigration peut, par décision motivée, retirer l'habilitation d'une association lorsqu'elle ne remplit plus les critères énoncés au premier alinéa ou pour des motifs d'ordre public.

Art. R. 553-14-6 *(D. n° 2011-820, 8 juill. 2011 ; rempl., D. n° 2014-676, 24 juin 2014).* – Chaque association habilitée peut transmettre au ministre chargé de l'immigration une liste de cinq personnes au plus ayant vocation à accéder à l'ensemble des lieux de rétention.

Chaque association habilitée peut transmettre au préfet territorialement compétent ou, à Paris, au préfet de police, pour chaque lieu de rétention, une liste de cinq personnes au plus ayant vocation à y accéder.

L'autorité compétente peut, par décision motivée, s'opposer à l'accès d'une ou plusieurs personnes figurant sur une liste pour des motifs d'ordre public. En l'absence d'opposition de l'autorité compétente dans un délai d'un mois après réception de la liste, ces personnes sont autorisées à accéder aux lieux de rétention concernés. L'autorité compétente en informe les responsables de ces lieux de rétention.

Il est mis fin au droit d'accès d'un représentant d'une association à la demande de la personne ou de l'association concernée ou lorsque l'habilitation de cette association est retirée. L'autorité compétente peut également, par décision motivée, mettre fin au droit d'accès pour des motifs d'ordre public.

Art. R. 553-14-7 *(D. n° 2011-820, 8 juill. 2011 ; rempl., D. n° 2014-676, 24 juin 2014).* – Les représentants des associations ont accès, dans le respect des règles sanitaires et de sécurité, aux locaux susceptibles d'accueillir les retenus. Toutefois, ils n'ont accès aux locaux mis à disposition des intervenants et au local réservé aux avocats qu'avec l'accord des intéressés.

Les représentants des associations peuvent s'entretenir avec le responsable du lieu de rétention et, lorsqu'ils sont présents, avec les agents de l'Office français de protection des réfugiés et apatrides et de l'Office français de l'immigration et de l'intégration ainsi qu'avec les représentants agréés des associations ayant conclu la convention prévue à l'article R. 553-14 pour permettre l'exercice effectif des droits des étrangers. Ils peuvent s'entretenir avec l'équipe médicale du lieu de rétention, dans le respect du secret médical.

Les représentants des associations peuvent s'entretenir confidentiellement avec les personnes retenues dans ces lieux. Cette possibilité ne peut être refusée que pour des motifs tirés des exigences mentionnées au second alinéa de l'article R. 553-14-4.

Art. R. 553-14-7-1 *(D. n° 2014-676, 24 juin 2014).* – Un même lieu de rétention peut recevoir, au plus, la visite de cinq représentants d'associations habilitées par période de vingt-quatre heures.

Lorsque les représentants d'une association entendent exercer leur droit d'accès dans un centre de rétention, ils en informent au moins vingt-quatre heures à l'avance le chef de centre.

Lorsque les représentants d'une association entendent exercer leur droit d'accès dans un local de rétention, ils en informent au moins douze heures à l'avance le responsable du local.

Le responsable du lieu de rétention peut, par une décision motivée, ajourner les visites de représentants d'association pour une durée limitée mentionnée dans la décision.

Art. R. 553-14-8 *(D. n° 2011-820, 8 juill. 2011 ; mod., D. n° 2014-676, 24 juin 2014).* – Une réunion est organisée annuellement sur le fonctionnement des lieux de rétention à l'initiative du ministre chargé de l'immigration, avec les associations habilitées et les services de l'État concernés. Le compte rendu de cette réunion, établi conjointement, est rendu public.

Le préfet territorialement compétent ou, à Paris, le préfet de police organise à intervalles réguliers des réunions sur le fonctionnement des lieux de rétention avec les associations ayant des représentants habilités à accéder aux lieux de rétention du département et les services concernés.

....

TITRE II. – SANCTIONS

CHAPITRE I. – MÉCONNAISSANCE DES OBLIGATIONS INCOMBANT AUX CITOYENS DE L'UNION EUROPÉENNE, AUX RESSORTISSANTS DES AUTRES ÉTATS PARTIES À L'ACCORD SUR L'ESPACE ÉCONOMIQUE EUROPÉEN, AUX RESSORTISSANTS DE LA CONFÉDÉRATION SUISSE AINSI QU'AUX MEMBRES DE LEUR FAMILLE

Art. R. 621-1 *(D. n° 2007-371, 21 mars 2007).* – Les ressortissants mentionnés à l'article L. 121-1 qui auront omis de se conformer à la formalité d'enregistrement prévue à l'article L. 121-2 sont punis de la peine d'amende prévue pour les contraventions de quatrième classe.

Art. R. 621-2 *(D. n° 2007-371, 21 mars 2007).* – Les membres de famille ressortissants d'un État tiers mentionnés à l'article L. 121-3 qui auront omis de solliciter dans les délais réglementaires la délivrance de la carte de séjour prévue à l'article R. 121-14 sont punis de la peine d'amende prévue pour les contraventions de cinquième classe.

Art. R. 621-3 *(D. n° 2007-371, 21 mars 2007).* – Les membres de famille ressortissants d'un État tiers mentionnés au deuxième alinéa de l'article L. 122-1 qui auront omis de solliciter dans les délais réglementaires la délivrance de la carte de séjour prévue à l'article R. 122-2 sont punis de la peine d'amende prévue pour les contraventions de cinquième classe.

....

Chapitre V. – MÉCONNAISSANCE DES OBLIGATIONS INCOMBANT AUX ENTREPRISES DE TRANSPORT

Section 1. – Amendes aux entreprises débarquant un étranger dépourvu des documents visés à l'article L. 625-1

Sous-section 1. – Procédure

Art. R. 625-1 *(Mod., D. n° 2008-223, 6 mars 2008).* – Le procès-verbal mentionné au premier alinéa de l'article L. 625-2 est signé :

1° Par le chef du service de la police nationale chargé du contrôle aux frontières ou un fonctionnaire désigné par lui, titulaire au moins du grade de brigadier ;

2° Par le chef du service des douanes chargé du contrôle aux frontières ou un fonctionnaire désigné par lui, titulaire au moins du grade d'agent de constatation principal de 2e classe ;

3° Ou par le commandant de l'unité de gendarmerie territorialement compétente ou un militaire désigné par lui, titulaire au moins du grade de gendarme.

Ce procès-verbal est transmis au ministre chargé de l'immigration. Il comporte le nom de l'entreprise de transport, les références du vol ou du voyage concerné et l'identité des passagers au titre desquels la responsabilité de l'entreprise de transport est susceptible d'être engagée, en précisant, pour chacun d'eux, le motif du refus d'admission. Il comporte également, le cas échéant, les observations de l'entreprise de transport. Copie du procès-verbal est remise à son représentant, qui en accuse réception.

Art. R.* 625-2. – *(Mod., D. n° 2008-223, 6 mars 2008 ; D. n° 2016-1457, 28 oct. 2016)* L'autorité administrative compétente pour prononcer l'amende prévue à l'article L. 625-2 est le ministre chargé de l'immigration.

Art. R. 625-3. – L'autorité mentionnée à l'article R.* 625-2 notifie à l'entreprise de transport, par lettre recommandée avec accusé de réception, le projet de sanction prévu au deuxième alinéa de l'article L. 625-2.

L'entreprise de transport est invitée à faire valoir ses observations éventuelles dans le délai d'un mois à compter de cette notification.

Le dossier est mis à sa disposition pendant ce délai. L'entreprise peut se faire délivrer copie à ses frais de tout ou partie de la procédure.

L'autorité mentionnée à l'article R.* 625-2 arrête sa décision après l'expiration du délai d'un mois, au vu des observations qui ont pu être produites. La décision écrite et motivée est notifiée à l'entreprise de transport par lettre recommandée avec accusé de réception.

L'amende est recouvrée dans les conditions prévues pour les créances de l'État mentionnées [aux] « articles 112 à 124 du décret n° 2012-1246 du 7 novembre 2012 relatif à la gestion budgétaire et comptable publique.

Art. R. 625-4. – La procédure prévue par les articles R. 625-1 et R. 625-3 est applicable aux entreprises de transport routier mentionnées à l'article L. 625-6.

Les services compétents pour procéder aux contrôles mentionnés au deuxième alinéa de l'article L. 625-6 sont les services de la police nationale ou, en l'absence de tels services, les services des douanes ou les unités de la gendarmerie nationale situés à l'entrée du territoire français.

....

Sous-section 2. – Consignation d'une somme par l'entreprise de transport

Art. R. 625-13 *(Mod., D. n° 2014-551, 27 mai 2014)*. – Le montant de la somme consignée en vertu du premier alinéa de l'article L. 625-4 est mentionné sur le procès-verbal prévu à l'article L. 625-2. L'absence de consignation est mentionnée dans les mêmes conditions.

La somme consignée est remise sans délai entre les mains d'un comptable de la direction générale des finances publiques.

Art. R. 625-14 *(Mod., D. n° 2008-223, 6 mars 2008)*. – La somme consignée par une entreprise de transport aérien ou maritime s'impute sur le montant de l'amende fixé par décision du ministre chargé de l'immigration.

Art. R. 625-15 *(Mod., D. n° 2008-223, 6 mars 2008)*. – Dès qu'il décide de ne pas prononcer d'amende, le ministre chargé de l'immigration émet un ordre de restitution du montant de la somme consignée.

Art. R. 625-16 *(Mod., D. n° 2008-223, 6 mars 2008 ; D. n° 2014-551, 27 mai 2014)*. – Lorsque le montant de l'amende prononcée est inférieur au montant de la somme consignée, le comptable de la direction générale des finances publiques mentionné au deuxième alinéa de l'article R. 625-13, au vu du titre exécutoire, restitue à l'entreprise de transport la somme correspondant à la différence entre le second montant et le premier.

Le même comptable procède à la restitution de tout ou partie de la somme consignée dans un délai d'un mois à compter de la date de réception par ses services du titre exécutoire ou de l'ordre de restitution du ministre chargé de l'immigration.

Section 2. – Amende aux entreprises n'ayant pas respecté leurs obligations liées au réacheminement d'un étranger
(Aj. à compter du 1er novembre 2016, D. n° 2016-1457, 28 oct. 2016)

Art. R. 625-17. – Le manquement aux obligations de réacheminement prévues aux articles L. 213-4, L. 213-5, L. 213-7 et L. 213-8 est constaté par procès-verbal signé :

1° Par le chef de service de la police nationale chargé du contrôle aux frontières ou territorialement compétent, ou un fonctionnaire désigné par lui, titulaire au moins du grade de brigadier ;

2° Par le chef du service des douanes chargé du contrôle aux frontières ou un fonctionnaire désigné par lui, titulaire au moins du grade d'agent de constatation principal de 2e classe ;

3° Ou par le commandant de l'unité de gendarmerie territorialement compétente ou un militaire désigné par lui, titulaire au moins du grade de gendarme.

Ce procès-verbal est transmis au ministre chargé de l'immigration. Il comporte le nom de l'entreprise de transport, les références du vol ou du voyage concerné et l'identité des passagers non réacheminés. Il comporte également, le cas échéant, les observations de l'entreprise de transport. Copie du procès-verbal est remise à son représentant qui en accuse réception.

Art. R. 625-18. – L'autorité administrative compétente pour prononcer l'amende pour manquement aux obligations de réacheminement prévue à l'article L. 625-7 est le ministre chargé de l'immigration.

Art. R. 625-19. – L'autorité mentionnée à l'article R. 625-18 notifie à l'entreprise de transport, par lettre recommandée avec accusé de réception, le projet de sanction. L'entreprise de transport est invitée à faire valoir ses observations écrites éventuelles dans le délai d'un mois à compter de cette notification.

Le dossier est mis à sa disposition pendant ce délai. L'entreprise peut se faire délivrer copie à ses frais de tout ou partie de la procédure.

L'autorité mentionnée à l'article R. 625-18 arrête sa décision après l'expiration du délai d'un mois, au vu des observations qui ont pu être produites. La décision écrite et motivée est notifiée à l'entreprise de transport par lettre recommandée avec accusé de réception.

La décision de l'autorité administrative est susceptible d'un recours de pleine juridiction.

L'autorité administrative ne peut infliger d'amende à raison d'un manquement aux obligations de réacheminement pour des faits remontant à plus de quatre ans.

Voir : C. trav., art. L. 8251-1, p. 1563, ss C. étrangers, art. L. 626-1, p. 1562.

Art. R. 625-20. – L'amende est recouvrée dans les conditions prévues pour les créances de l'État mentionnées aux articles 112 à 124 du décret n° 2012-1246 du 7 novembre 2012 relatif à la gestion budgétaire et comptable publique.

CHAPITRE VI. – DISPOSITIONS DIVERSES

Art. R. 626-1 *(Mod., D. n° 2008-223, 6 mars 2008 ; rempl., D. n° 2012-812, 16 juin 2012).* – I. – La contribution forfaitaire représentative des frais de réacheminement de l'étranger dans son pays d'origine prévue à l'article L. 626-1 est due pour chaque employé en situation irrégulière au regard du droit au séjour.

Cette contribution est à la charge de l'employeur qui, en violation de l'article L. 8251-1 du Code du travail, a embauché ou employé un travailleur étranger dépourvu de titre de séjour.

II. – Le montant de cette contribution forfaitaire est fixé par arrêté du ministre chargé de l'immigration et du ministre chargé du budget, en fonction du coût moyen des opérations d'éloignement vers la zone géographique de réacheminement du salarié, dans la limite prescrite à l'alinéa 2 de l'article L. 626-1.

Art. R. 626-2 *(Mod., D. n° 2007-373, 21 mars 2007 ; rempl., D. n° 2012-812, 16 juin 2012 ; D. n° 2020-163, 26 févr. 2020).* – I. – Au vu des procès-verbaux qui lui sont transmis en application de l'article L. 8271-17 du Code du travail, le directeur général de l'Office français de l'immigration et de l'intégration indique à l'employeur, par lettre recommandée avec avis de réception ou par tout autre moyen permettant de faire la preuve de sa date de réception par le destinataire, que les dispositions de l'article L. 626-1 sont susceptibles de lui être appliquées et qu'il peut présenter ses observations dans un délai de quinze jours.

II. – À l'expiration du délai fixé, le directeur général décide, au vu des observations éventuelles de l'employeur, de l'application de la contribution forfaitaire prévue à l'article L. 626-1. Le ministre chargé de l'immigration est l'autorité compétente pour la liquider et émettre le titre de perception correspondant.

La créance est recouvrée par le comptable public compétent comme en matière de créances étrangères à l'impôt et au domaine.

Art. R. 626-3. – Est puni des peines prévues pour les contraventions de cinquième classe le fait pour un étranger soumis à l'obligation de garantir son rapatriement de ne plus être en mesure de produire le titre de transport ou l'attestation bancaire mentionnés à l'article R. 211-31.

Art. R. 626-4. – Est puni des peines prévues pour les contraventions de cinquième classe le fait pour un étranger d'établir son domicile ou de séjourner dans une circonscription territoriale en infraction aux dispositions des articles R. 321-1 à R. 321-5.

TABLES DE CONCORDANCE
NOUVELLE NUMEROTATION VERS L'ANCIENNE (L ET R)

NOUVEAU TEXTE → ANCIEN TEXTE
PARTIE LÉGISLATIVE

Référence du CESEDA en vigueur à compter du 1er mai 2021	Référence du texte en vigueur avant le 1er mai 2021	Texte source
LIVRE Ier		
Titre Ier		
L. 110-1	art. L. 111-2, alinéa 1, en ce qui concerne le champ d'application du code art. L. 111-2, alinéa 3	CESEDA
L. 110-2	art. L. 111-2, alinéa 1, en ce qui concerne le champ d'application géographique du code	CESEDA
L. 110-3	art. L. 111-1	CESEDA
L. 110-4	Nouvel article	
L. 110-5	art. L. 111-4	CESEDA
L. 110-6	art. L. 111-5	CESEDA
Titre II		
L. 121-1	art. L. 5223-1, alinéas 1 à 9 art. L. 5223-2 art. L. 744-4, alinéa 1	Code du travail CESEDA
L. 121-2	art. L. 5223-3	Code du travail
L. 121-3	art. L. 5223-1, alinéa 11	Code du travail
L. 121-4	art. L. 5223-1, alinéa 10	Code du travail
L. 121-5	art. L. 5223-5	Code du travail
L. 121-6	art. L. 5223-6	Code du travail
L. 121-7	art. L. 721-1 art. L. 721-2, alinéas 1 à 3	CESEDA
L. 121-8	art. L. 721-2, alinéas 5 et 6	CESEDA
L. 121-9	art. L. 721-3	CESEDA
L. 121-10	art. L. 721-2, alinéa 4 art. L. 722-3	CESEDA
L. 121-11	art. L. 723-4, alinéa 4	CESEDA
L. 121-12	art. L. 721-4	CESEDA
L. 121-13	art. L. 722-1, alinéas 1 à 7, 13 et 14	CESEDA
L. 121-14	art. L. 722-2	CESEDA
L. 121-15	art. L. 722-4	CESEDA
L. 121-16	art. L. 722-5	CESEDA
L. 123-1	art. L. 111-10	CESEDA

Référence du CESEDA en vigueur à compter du 1er mai 2021	Référence du texte en vigueur avant le 1er mai 2021	Texte source
Titre III		
L. 131-1	art. L. 731-1	CESEDA
L. 131-2	Nouvel article	
L. 131-3	art. L. 732-1	CESEDA
L. 131-4	art. L. 731-4	CESEDA
Titre IV		
L. 140-1	Nouvel article	
L. 140-2	art. L. 111-7 art. L. 213-2, alinéa 4	CESEDA
L. 140-3	art. L. 111-8	CESEDA
L. 140-4	art. L. 111-9	CESEDA
L. 140-5	art. L. 821-1	CESEDA
L. 140-6	art. L. 821-2	CESEDA
L. 140-7	art. L. 821-3	CESEDA
L. 140-8	art. L. 821-4	CESEDA
L. 140-9	art. L. 821-5	CESEDA
L. 142-1	art. L. 611-3 art. L. 611-6	CESEDA
L. 142-2	art. L. 611-4	CESEDA
L. 142-3	art. L. 611-6-1, alinéas 1 à 3	CESEDA
L. 142-4	art. L. 744-4	CESEDA
L. 142-5	art. L. 611-7 art. L. 611-6-1, alinéa 4 art. L. 611-5	CESEDA
Titre V		
L. 151-1	Nouvel article	
L. 151-2		
L. 152-1		
L. 152-2		
L. 153-1		
L. 153-2		
L. 154-1		
L. 154-2		
L. 155-1		
L. 155-2		

Référence du CESEDA en vigueur à compter du 1er mai 2021	Référence du texte en vigueur avant le 1er mai 2021	Texte source
L. 156-1		
L. 156-2		
L. 157-1		
L. 157-2		
L. 158-1	art. L. 111-11, I	CESEDA
L. 158-2	art. L. 111-11, II	CESEDA
LIVRE II		
L. 200-1	Nouvel article	
L. 200-2	Nouvel article	
L. 200-3	Nouvel article	
L. 200-4	art. L. 121-1, en ce qui concerne la définition des membres de famille	CESEDA
L. 200-5	art. R. 121-2-1, en ce qui concerne la définition des étrangers ayant un autre lien avec un citoyen de l'UE	CESEDA
L. 200-6	Nouvel article	
Titre Ier		
L. 210-1	Nouvel article	
Titre II		
L. 221-1	art. R. 121-1, en ce qui concerne le principe de l'obligation des documents	CESEDA
L. 221-2	art. R. 121-2	CESEDA
L. 222-1	art. L. 214-1	CESEDA
L. 222-2	art. L. 214-3, alinéa 3 art. L. 214-4, alinéa 2 première phrase	CESEDA
L. 223-1	Nouvel article	
Titre III		
L. 231-1	art. L. 121-2, alinéa 2	CESEDA
L. 231-2	art. L. 121-2, alinéa 1 art. L. 121-5	CESEDA
L. 231-3	art. L. 121-5	CESEDA
L. 232-1	art. L. 121-4-1 art. L. 121-5	CESEDA
L. 233-1	art. L. 121-1	CESEDA
L. 233-2	art. L. 121-3, alinéa 1	CESEDA
L. 233-3	art. R. 121-4-1	CESEDA
L. 233-4	art. L. 121-2, alinéas 3 à 5	CESEDA

Référence du CESEDA en vigueur à compter du 1er mai 2021	Référence du texte en vigueur avant le 1er mai 2021	Texte source
L. 233-5	art. L. 121-3, alinéa 2	CESEDA
L. 233-6	art. L. 121-5	CESEDA
L. 234-1	art. L. 122-1	CESEDA
L. 234-2	art. L. 122-2	CESEDA
L. 234-3	art. L. 122-3	CESEDA
L. 235-1	art. L. 121-4 art. L. 121-5	CESEDA
L. 236-1	art. L. 321-4, alinéas 1, 3, 4 et 11	CESEDA
L. 237-1	Nouvel article	
Titre IV		
L. 240-1	Nouvel article	
Titre V		
L. 251-1	art. L. 511-3-1, alinéas 1 à 5	CESEDA
L. 251-2	art. L. 511-4, alinéas 1 et 12	CESEDA
L. 251-3	art. L. 511-3-1, alinéa 6	CESEDA
L. 251-4	art. L. 511-3-2, alinéa 1	CESEDA
L. 251-5	art. L. 511-3-2, alinéas 2 à 5	CESEDA
L. 251-6	art. L. 511-3-2, alinéa 6	CESEDA
L. 251-7	art. L. 511-3-1, alinéa 8	CESEDA
L. 251-8	Nouvel article	
L. 252-1	art. L. 521-5	CESEDA
L. 252-2	art. L. 521-2, alinéas 1 et 7	CESEDA
L. 253-1	Nouvel article	
Titre VI		
L. 261-1	art. L. 511-3-1, alinéa 7	CESEDA
L. 262-1	Nouvel article	
L. 263-1	Nouvel article	
L. 264-1	Nouvel article	
Titre VII		
L. 270-1	Nouvel article	
Titre VIII		
L. 281-1	Nouvel article	
L. 281-2		
L. 281-3		

Référence du CESEDA en vigueur à compter du 1er mai 2021	Référence du texte en vigueur avant le 1er mai 2021	Texte source
L. 281-4		
L. 281-5		
L. 281-6		
L. 281-7		
L. 281-8		
L. 282-1		
L. 282-2		
L. 283-1		
L. 283-2		
L. 284-1		
L. 284-2		
L. 285-1		
L. 285-2		
L. 286-1		
L. 286-2		
LIVRE III		
Titre Ier		
L. 310-1	Nouvel article	
L. 311-1	art. L. 211-1	CESEDA
L. 311-2	art. L. 213-1	CESEDA
L. 312-1	Nouvel article	
L. 312-2	art. L. 211-2-1, alinéas 2 et 3	CESEDA
L. 312-3	art. L. 211-2-1, alinéa 4	CESEDA
L. 312-4	art. L. 211-2-2	CESEDA
L. 312-5	art. L. 212-1	CESEDA
L. 312-6	art. L. 212-2	CESEDA
L. 312-7	Nouvel article	
L. 313-1	art. L. 211-3	CESEDA
L. 313-2	art. L. 211-4	CESEDA
L. 313-3	art. L. 211-5	CESEDA
L. 313-4	art. L. 211-6	CESEDA
L. 313-5	art. L. 211-7	CESEDA
L. 313-6	art. L. 211-8	CESEDA
L. 313-7	art. L. 211-9	CESEDA

Référence du CESEDA en vigueur à compter du 1er mai 2021	Référence du texte en vigueur avant le 1er mai 2021	Texte source
L. 313-8	art. L. 211-10	CESEDA
Titre II		
L. 320-1	Nouvel article	
L. 321-1	art. L. 214-2	CESEDA
L. 321-2	art. L. 214-3, alinéas 1 et 2	CESEDA
L. 322-1	art. L. 214-4, alinéa 1	CESEDA
L. 322-2	art. L. 214-4, alinéa 2 art. L. 241-7	CESEDA
L. 323-1	art. L. 214-5	CESEDA
L. 323-2	art. L. 214-6	CESEDA
Titre III		
L. 330-1	Nouvel article	
L. 331-1	Nouvel article	
L. 331-2	Nouvel article	
L. 331-3	Nouvel article	
L. 332-1	Nouvel article	
L. 332-2	art. L. 213-2, alinéas 1, 2 (sauf 2e phrase) et 6	CESEDA
L. 332-3	art. L. 213-3 art. L. 213-3-1	CESEDA
L. 333-1	art. L. 213-2, alinéa 5	CESEDA
L. 333-2	art. L. 213-2, alinéa 3	CESEDA
L. 333-3	art. L. 213-4 art. L. 213-7 art. L. 213-8	CESEDA
L. 333-4	art. L. 213-5	CESEDA
L. 333-5	art. L. 213-6	CESEDA
Titre IV		
L. 340-1	Nouvel article	
L. 341-1	art. L. 221-1, alinéas 1 et 5 art. L. 221-2, alinéa 2	CESEDA
L. 341-2	art. L. 221-3	CESEDA
L. 341-3	art. L. 221-4 (en ce qui concerne le droit d'être informé)	CESEDA
L. 341-4	art. L. 221-1, alinéa 7 (1re phrase)	CESEDA
L. 341-5	art. L. 221-2, alinéa 4	CESEDA
L. 341-6	art. L. 221-2, alinéas 1 et 2	CESEDA

Référence du CESEDA en vigueur à compter du 1er mai 2021	Référence du texte en vigueur avant le 1er mai 2021	Texte source
L. 341-7	art. L. 221-2, alinéa 3	CESEDA
L. 342-1	art. L. 222-1	CESEDA
L. 342-2	art. L. 222-3, alinéa 1	CESEDA
L. 342-3	art. L. 222-4, alinéa 5	CESEDA
L. 342-4	art. L. 222-2, alinéas 1 et 2	CESEDA
L. 342-5	art. L. 222-3, alinéa 2	CESEDA
L. 342-6	art. L. 222-4, alinéas 1, 2 et 4	CESEDA
L. 342-7	art. L. 221-6 art. L. 222-4, alinéa 3 art. L. 222-6, alinéa 1, 3e phrase	CESEDA
L. 342-8	art. L. 222-3, alinéa 5	CESEDA
L. 342-9	art. L. 222-8	CESEDA
L. 342-10	art. L. 222-3, alinéa 3	CESEDA
L. 342-11	art. L. 222-5, 1re et 2e phrases	CESEDA
L. 342-12	art. L. 222-6, alinéa 1, 1re, 2e et 4e phrases	CESEDA
L. 342-13	art. L. 222-6, alinéa 1 (6e phrase) et alinéa 2	CESEDA
L. 342-14	art. L. 222-6, alinéa 1, 5e phrase	CESEDA
L. 342-15	Nouvel article	
L. 342-16	art. L. 222-3, alinéa 4, 1re et 2e phrases	CESEDA
L. 342-17	art. L. 222-3, alinéa 4, 3e phrase art. L. 222-7	CESEDA
L. 342-18	art. L. 222-5, 3e phrase	CESEDA
L. 342-19	art. L. 224-1	CESEDA
L. 343-1	art. L. 221-4 (en ce qui concerne l'information)	CESEDA
L. 343-2	art. L. 221-5	CESEDA
L. 343-3	art. L. 223-1, alinéa 1 (sauf dernière phrase)	CESEDA
L. 343-4	art. L. 223-1, alinéa 1 (dernière phrase)	CESEDA
L. 343-5	art. 719	Code de procédure pénale
L. 343-6	art. L. 223-1, alinéa 2	CESEDA
L. 343-7	art. L. 221-6	CESEDA
L. 343-8	Nouvel article	
L. 343-9	art. L. 224-2	CESEDA
L. 343-10	art. L. 224-3	CESEDA
L. 343-11	art. L. 224-4	CESEDA

Référence du CESEDA en vigueur à compter du 1er mai 2021	Référence du texte en vigueur avant le 1er mai 2021	Texte source
Titre V		
L. 350-1	Nouvel article	
L. 351-1	art. L. 221-1, alinéa 2	CESEDA
L. 351-2	art. L. 221-1, alinéa 4	CESEDA
L. 351-3	art. L. 221-1, alinéa 3	CESEDA
L. 351-4	art. L. 213-8-1, alinéa 8	CESEDA
L. 351-5	art. L. 221-1, alinéa 7, 1re et 2de phrases	CESEDA
L. 352-1	art. L. 213-8-1, alinéas 1 à 5	CESEDA
L. 352-2	art. L. 213-8-1, alinéas 6 et 7	CESEDA
L. 352-3	art. L. 213-2, alinéa 2 (2e phrase)	CESEDA
L. 352-4	art. L. 213-9, alinéas 1 à 4 (sauf dernière phrase de l'alinéa 4)	CESEDA
L. 352-5	art. L. 213-9, alinéa 4 (dernière phrase) et alinéa 6	CESEDA
L. 352-6	art. L. 213-9, alinéa 5	CESEDA
L. 352-7	art. L. 222-2, alinéa 3	CESEDA
L. 352-8	art. L. 213-9, alinéas 7 et 8	CESEDA
L. 352-9	art. L. 213-9, alinéas 9 à 11	CESEDA
Titre VI		
L. 361-1	Nouvel article	
L. 361-2	art. L. 213-8-2	CESEDA
L. 361-3	art. L. 221-1, alinéa 6	CESEDA
L. 361-4	art. L. 213-2, alinéa 3 art. L. 221-2-1	CESEDA
L. 361-5	Nouvel article	
L. 362-1		
L. 362-2	art. L. 213-8-2	CESEDA
L. 363-1	Nouvel article	
L. 363-2	art. L. 213-8-2	CESEDA
L. 364-1	Nouvel article	
L. 364-2		
L. 365-1		
L. 365-2		
L. 366-1		
L. 366-2		

Référence du CESEDA en vigueur à compter du 1er mai 2021	Référence du texte en vigueur avant le 1er mai 2021	Texte source
L. 367-1	art. 7	Loi n° 71-569 du 15 juillet 1971 – TAAF
L. 367-2	art. 8	Loi n° 71-569 du 15 juillet 1971 – TAAF
L. 367-3	art. 9	Loi n° 71-569 du 15 juillet 1971 – TAAF
L. 367-4	art. 10, alinéa 1	Loi n° 71-569 du 15 juillet 1971 – TAAF
L. 367-5	art. 11	Loi n° 71-569 du 15 juillet 1971 – TAAF
L. 367-6	art. 16 (applicable pour les dispositions de ses articles 7 à 15)	Loi n° 71-569 du 15 juillet 1971 – TAAF
LIVRE IV		
Titre Ier		
L. 410-1	Nouvel article	
L. 411-1	art. L. 311-1, alinéas 1 à 7	CESEDA
L. 411-2	art. L. 313-1, alinéa 3 art. R. 311-13 art. R. 311-16	CESEDA
L. 411-3	art. L. 313-1, alinéas 1 et 2 art. L. 311-1, en ce qui concerne la durée des VLS art. L. 314-1, 1re phrase	CESEDA
L. 411-4	art. L. 313-18	CESEDA
L. 411-5	art. L. 314-7	CESEDA
L. 412-1	art. L. 313-2	CESEDA
L. 412-2	Nouvel article	
L. 412-3	Nouvel article	
L. 412-4	art. L. 313-2, alinéa 2	CESEDA
L. 412-5	Nouvel article	
L. 413-1	art. L. 311-9, alinéa 1	CESEDA
L. 413-2	art. L. 311-9, alinéas 2 et 11	CESEDA
L. 413-3	art. L. 311-9, alinéas 3 à 7, 9 et 10	CESEDA
L. 413-4	art. L. 311-9, alinéa 14	CESEDA
L. 413-5	art. L. 311-9, alinéas 12 et 13	CESEDA
L. 413-6	art. L. 311-9, alinéa 15	CESEDA
L. 413-7	art. L. 314-2	CESEDA
L. 414-1	Nouvel article	

Référence du CESEDA en vigueur à compter du 1er mai 2021	Référence du texte en vigueur avant le 1er mai 2021	Texte source
L. 414-2	art. L. 321-1	CESEDA
L. 414-3	art. L. 321-2 art. R. 321-1, alinéa 1	CESEDA
L. 414-4	art. L. 321-4	CESEDA
L. 414-5	art. L. 321-3	CESEDA
L. 414-6	art. L. 321-5, I	CESEDA
L. 414-7	art. L. 321-5, II en ce qui concerne le principe	CESEDA
L. 414-8	art. L. 321-5, II en ce qui concerne les titres	CESEDA
L. 414-9	art. L. 321-6	CESEDA
L. 414-10	Nouvel article	
L. 414-11		
L. 414-12		
L. 414-13		
L. 414-14	art. L. 314-6, alinéa 2	CESEDA
L. 414-15	art. L. 322-2	CESEDA
Titre II		
L. 420-1	Nouvel article	
L. 421-1	art. L. 313-10, alinéas 1 à 3	CESEDA
L. 421-2	art. L. 313-19, II et III	CESEDA
L. 421-3	art. L. 313-10, alinéas 1 et 4	CESEDA
L. 421-4	art. L. 313-10, alinéas 6 et 7	CESEDA
L. 421-5	art. L. 313-10, alinéas 1 et 5	CESEDA
L. 421-6	art. L. 313-19, II (en ce qui concerne entrepreneur) et III	CESEDA
L. 421-7	art. L. 313-20, alinéa 1 (en ce qui concerne la primo délivrance)	CESEDA
L. 421-8	art. L. 313-20, alinéa 16 (en ce qui concerne les conditions d'application)	CESEDA
L. 421-9	art. L. 313-20, 1° (1re partie) et alinéas 15 et 16 art. R. 313-46, en ce qui concerne la première partie du 1° de l'article L. 313-20	CESEDA
L. 421-10	art. L. 313-20, 1° (2e partie), et alinéas 15 et 16 art. R. 313-46, en ce qui concerne la deuxième partie du 1° de l'article L. 313-20	CESEDA
L. 421-11	art. L. 313-20, 2° et alinéas 15 et 16 art. R. 313-48	CESEDA
L. 421-12	art. L. 314-8-1, alinéas 1 à 3 art. L. 314-10, en ce qui concerne L. 314-8-1	CESEDA

Référence du CESEDA en vigueur à compter du 1er mai 2021	Référence du texte en vigueur avant le 1er mai 2021	Texte source
L. 421-13	art. L. 313-20, 3° et alinéa 16 art. R. 313-52	CESEDA
L. 421-14	art. L. 313-20, 4° (1re partie) et alinéa 15 art. R. 313-55 art. R. 313-53, I, alinéa 4	CESEDA
L. 421-15	art. L. 313-20, 4°, 2e partie (sauf la dernière phrase)	CESEDA
L. 421-16	art. L. 313-20, 5° art. R. 313-58	CESEDA
L. 421-17	art. L. 313-20, 6° art. R. 313-62	CESEDA
L. 421-18	art. L. 313-20, 7° art. R. 313-64-1	CESEDA
L. 421-19	art. L. 313-20, 8° et alinéa 16 art. R. 313-66	CESEDA
L. 421-20	art. L. 313-20, 9° et alinéa 16 art. R. 313-69	CESEDA
L. 421-21	art. L. 313-20, 10° art. R. 313-71	CESEDA
L. 421-22	art. L. 313-21, alinéa 1 (1re et 2e phrases), alinéa 2 (3e phrase)	CESEDA
L. 421-23	art. L. 313-21, alinéa 2	CESEDA
L. 421-24	art. L. 313-20, 4° (dernière phrase de la 2de partie)	CESEDA
L. 421-25	art. L. 314-8-1, alinéa 4 art. L. 314-10, en ce qui concerne les membres de familles de l'article L. 314-8-1	CESEDA
L. 421-26	art. L. 313-24, I	CESEDA
L. 421-27	art. L. 313-24, III et alinéa 1 du IV	CESEDA
L. 421-28	art. L. 313-24, II	CESEDA
L. 421-29	art. L. 313-24, IV, alinéa 2	CESEDA
L. 421-30	art. L. 313-7-2, I, alinéa 1	CESEDA
L. 421-31	art. L. 313-7-2, I, alinéa 4, et II, alinéa 1	CESEDA
L. 421-32	art. L. 313-7-2, I, alinéas 2 et 3	CESEDA
L. 421-33	art. L. 313-7-2, II, alinéas 2 et 3	CESEDA
L. 421-34	art. L. 313-23	CESEDA
L. 421-35	art. L. 311-3	CESEDA
L. 422-1	art. L. 313-7, I, alinéa 1 (sauf dernière phrase) et alinéa 3 (première phrase)	CESEDA
L. 422-2	art. L. 313-7, II, alinéas 1 et 3	CESEDA

Référence du CESEDA en vigueur à compter du 1er mai 2021	Référence du texte en vigueur avant le 1er mai 2021	Texte source
L. 422-3	art. L. 313-7, II, alinéas 10 et 11, en ce qui concerne étudiant en France	CESEDA
L. 422-4	art. L. 313-7, I, alinéa 2 et alinéa 3 (dernière phrase)	CESEDA
L. 422-5	art. L. 313-7, I, alinéa 1 (dernière phrase) et alinéa 3 (1re phrase)	CESEDA
L. 422-6	art. L. 313-27	CESEDA
L. 422-7	art. L. 313-7, II, alinéas 10 et 11, en ce qui concerne la mobilité	CESEDA
L. 422-8	art. R. 313-11-4, alinéa 3	CESEDA
L. 422-9	art. L. 313-8, I (en ce qui concerne le caractère non renouvelable), et III	CESEDA
L. 422-10	art. L. 313-8, I et II (1re phrase du 1° et alinéa 1 du 2°)	CESEDA
L. 422-11	art. L. 313-8, II, 1° (sauf première phrase)	CESEDA
L. 422-12	art. L. 313-8, II, 2° (alinéa 2)	CESEDA
L. 422-13	art. L. 313-21, alinéa 1, 3e phrase	CESEDA
L. 422-14	art. L. 313-8, IV	CESEDA
L. 423-1	art. L. 313-11, 4°	CESEDA
L. 423-2	art. L. 211-2-1, alinéa 6	CESEDA
L. 423-3	art. L. 313-12, alinéa 2, (1re phrase)	CESEDA
L. 423-4	art. L. 313-12, alinéa 2, (2e phrase)	CESEDA
L. 423-5	art. L. 313-12, alinéa 2, (2e et 3e phrases)	CESEDA
L. 423-6	art. L. 314-9, 3° art. L. 314-5-1 art. L. 314-10, (en ce qui concerne le 3° de l'article L. 314-9)	CESEDA
L. 423-7	art. L. 313-11, 6°, alinéa 1	CESEDA
L. 423-8	art. L. 313-11, 6°, alinéa 2	CESEDA
L. 423-9	art. L. 313-12, alinéa 3	CESEDA
L. 423-10	art. L. 314-9, 2° art. L. 314-10, (en ce qui concerne le 2° de l'article L. 314-9)	CESEDA
L. 423-11	art. L. 314-11, 2° en ce qui concerne les ascendants	CESEDA
L. 423-12	art. L. 314-11, 2° (en ce qui concerne l'enfant) et alinéa 19 (en ce qui concerne le 2°)	CESEDA
L. 423-13	art. L. 313-11, 8°	CESEDA
L. 423-14	art. L. 313-11, 1° en ce qui concerne le conjoint	CESEDA
L. 423-15	art. L. 313-11, 1°, en ce qui concerne les parents	CESEDA

Référence du CESEDA en vigueur à compter du 1er mai 2021	Référence du texte en vigueur avant le 1er mai 2021	Texte source
L. 423-16	art. L. 314-9, 1° art. L. 314-10, en ce qui concerne le 1° de l'article L. 314-9	CESEDA
L. 423-17	art. L. 431-2, alinéas 1 à 3	CESEDA
L. 423-18	art. L. 431-2, alinéa 4	CESEDA
L. 423-19	art. L. 431-3	CESEDA
L. 423-20	art. L. 441-1, en ce qui concerne les articles L. 431-2 et L. 431-3	CESEDA
L. 423-21	art. L. 313-11, 2°	CESEDA
L. 423-22	art. L. 313-11, 2° *bis*	CESEDA
L. 423-23	art. L. 313-11, 7°	CESEDA
L. 424-1	art. L. 314-11, 8° (alinéa 1)	CESEDA
L. 424-2	art. L. 311-5-1	CESEDA
L. 424-3	art. L. 314-11, 8° (alinéas 2 à 5) et alinéa 7 (en ce qui concerne la filiation)	CESEDA
L. 424-4	art. L. 314-11, 8°, alinéa 6	CESEDA
L. 424-5	art. L. 314-8-2, en ce qui concerne les réfugiés art. L. 314-10, en ce qui concerne l'article L. 314-8-2	CESEDA
L. 424-6	art. L. 311-8-1, en ce qui concerne les réfugiés	CESEDA
L. 424-7	art. L. 314-11, alinéa 20	CESEDA
L. 424-8	art. L. 314-7-1, en ce qui concerne les réfugiés	CESEDA
L. 424-9	art. L. 313-25, 1° et alinéa 7 (1re phrase)	CESEDA
L. 424-10	art. L. 311-5-2 art. R. 313-75-1, III, alinéa 1	CESEDA
L. 424-11	art. L. 313-25, 2° à 5°, et alinéa 7 (2e phrase)	CESEDA
L. 424-12	art. L. 313-25, alinéa 8	CESEDA
L. 424-13	art. L. 314-11, 12°	CESEDA
L. 424-14	art. L. 314-8-2, en ce qui concerne la protection subsidiaire art. L. 314-10, en ce qui concerne l'article L. 314-8-2	CESEDA
L. 424-15	art. L. 311-8-1, en ce qui concerne la protection subsidiaire	CESEDA
L. 424-16	art. L. 313-25, alinéa 7 (3e phrase)	CESEDA
L. 424-17	art. L. 314-7-1, en ce qui concerne la protection subsidiaire	CESEDA
L. 424-18	art. L. 313-26, 1° et alinéa 7 (1re phrase)	CESEDA
L. 424-19	art. L. 313-26, 2° à 5° et alinéa 7 (2e phrase)	CESEDA

Référence du CESEDA en vigueur à compter du 1er mai 2021	Référence du texte en vigueur avant le 1er mai 2021	Texte source
L. 424-20	art. L. 313-26, alinéa 7 (3e phrase)	CESEDA
L. 424-21	art. L. 314-11, 9°, et alinéa 19 (en ce qui concerne le 9°)	CESEDA
L. 425-1	art. L. 316-1, alinéa 1 art. R. 316-3, alinéa 1 en ce qui concerne la rupture du lien	CESEDA
L. 425-2	art. L. 744-10, 2°	CESEDA
L. 425-3	art. L. 314-11, 10° art. L. 316-1, alinéa 2	CESEDA
L. 425-4	art. L. 316-1-1	CESEDA
L. 425-5	art. L. 316-2	CESEDA
L. 425-6	art. L. 316-3, alinéas 1, 2 et 4	CESEDA
L. 425-7	art. L. 316-3, alinéa 3	CESEDA
L. 425-8	art. L. 316-4	CESEDA
L. 425-9	art. L. 313-11, 11°	CESEDA
L. 425-10	art. L. 311-12	CESEDA
L. 426-1	art. L. 314-12	CESEDA
L. 426-2	art. L. 314-11, 4°, 5° et 6°	CESEDA
L. 426-3	art. L. 314-11, 7° art. L. 314-6-2	CESEDA
L. 426-4	art. L. 314-14	CESEDA
L. 426-5	art. L. 313-11, 9°	CESEDA
L. 426-6	art. L. 314-11, 3° (en ce qui concerne l'étranger titulaire de la rente)	CESEDA
L. 426-7	art. L. 314-11, 3° (en ce qui concerne les ayants droits)	CESEDA
L. 426-8	art. L. 317-1, alinéa 1	CESEDA
L. 426-9	art. L. 317-1, alinéa 2	CESEDA
L. 426-10	art. L. 314-11, 11°	CESEDA
L. 426-11	art. L. 313-4-1	CESEDA
L. 426-12	art. L. 313-11-1, I art. L. 313-12, alinéa 4 (en ce qui concerne l'activité professionnelle pour la carte de séjour délivrée sur le fondement du I de l'article L. 313-11-1)	CESEDA
L. 426-13	art. L. 313-11-1, II art. L. 313-12, alinéa 4 (en ce qui concerne l'activité professionnelle pour la carte de séjour délivrée sur le fondement du II de l'article L. 313-11-1)	CESEDA
L. 426-14	art. L. 313-11-1, III	CESEDA

Référence du CESEDA en vigueur à compter du 1er mai 2021	Référence du texte en vigueur avant le 1er mai 2021	Texte source
L. 426-15	art. L. 313-11-1, IV	CESEDA
L. 426-16	art. L. 313-11-1, V	CESEDA
L. 426-17	art. L. 314-8, sauf exceptions du 1°	CESEDA
L. 426-18	art. L. 314-8, exceptions du 1°	CESEDA
L. 426-19	art. L. 314-10, en ce qui concerne L. 314-8	CESEDA
L. 426-20	art. L. 313-6	CESEDA
L. 426-21	art. L. 311-10	CESEDA
L. 426-22	art. L. 313-9	CESEDA
L. 426-23	art. L. 313-7-1	CESEDA
Titre III		
L. 430-1	Nouvel article	
L. 431-1		
L. 431-2	art. L. 311-6	CESEDA
L. 431-3	art. L. 311-4, alinéa 1	CESEDA
L. 431-4	Nouvel article	
L. 431-5	art. L. 311-5	CESEDA
L. 432-1	art. L. 313-3, en ce qui concerne le refus art. L. 314-3	CESEDA
L. 432-2	art. L. 313-5-1, alinéas 2 et 3 (en ce qui concerne le refus)	CESEDA
L. 432-3	art. L. 314-5 (sauf dernière phrase)	CESEDA
L. 432-4	art. L. 313-3, en ce qui concerne le retrait	CESEDA
L. 432-5	art. L. 313-5-1, alinéas 2 et 3 en ce qui concerne le retrait	CESEDA
L. 432-6	art. L. 313-5, alinéa 1	CESEDA
L. 432-7	art. L. 313-5, alinéa 2	CESEDA
L. 432-8	art. L. 313-5, alinéa 3	CESEDA
L. 432-9	art. L. 313-5, alinéa 4	CESEDA
L. 432-10	art. L. 314-5, dernière phrase	CESEDA
L. 432-11	art. L. 314-6, alinéa 1	CESEDA
L. 432-12	art. L. 314-6-1	CESEDA
L. 432-13	art. L. 312-2 art. R. 312-2, alinéas 1 et 2	CESEDA
L. 432-14	art. L. 312-1	CESEDA
L. 432-15	art. L. 312-2	CESEDA
L. 433-1	art. L. 313-5-1, alinéa 1	CESEDA

Référence du CESEDA en vigueur à compter du 1er mai 2021	Référence du texte en vigueur avant le 1er mai 2021	Texte source
L. 433-2	art. L. 314-1, en ce qui concerne le renouvellement	CESEDA
L. 433-3	art. L. 311-4, alinéas 2 et 3	CESEDA
L. 433-4	art. L. 313-17, I, sauf alinéa 5	CESEDA
L. 433-5	art. L. 313-17, I, alinéa 5	CESEDA
L. 433-6	art. L. 313-19, I et III	CESEDA
L. 433-7	art. L. 311-1, alinéa 8 en ce qui concerne la carte de résident	CESEDA
L. 434-1	art. L. 411-4, alinéa 2	CESEDA
L. 434-2	art. L. 411-1	CESEDA
L. 434-3	art. L. 411-2	CESEDA
L. 434-4	art. L. 411-3	CESEDA
L. 434-5	art. L. 411-4, alinéa 1	CESEDA
L. 434-6	art. L. 411-6	CESEDA
L. 434-7	art. L. 411-5, 1°, 1re phrase, 2° et 3°	CESEDA
L. 434-8	art. L. 411-5, 1° sauf 1re phrase	CESEDA
L. 434-9	art. L. 411-7	CESEDA
L. 434-10	art. L. 421-1	CESEDA
L. 434-11	art. L. 421-2, 5e phrase	CESEDA
L. 434-12	art. L. 441-1	CESEDA
L. 435-1	art. L. 313-14	CESEDA
L. 435-2	art. L. 313-14-1	CESEDA
L. 435-3	art. L. 313-15	CESEDA
L. 436-1	art. L. 311-13, A	CESEDA
L. 436-2	art. L. 311-13, B	CESEDA
L. 436-3	art. L. 311-13, C	CESEDA
L. 436-4	art. L. 311-13, D, 1	CESEDA
L. 436-5	art. L. 311-13, D, 2	CESEDA
L. 436-6	art. L. 311-14	CESEDA
L. 436-7	art. L. 311-16	CESEDA
L. 436-8	art. L. 311-18	CESEDA
L. 436-9	art. L. 311-13, F	CESEDA
L. 436-10	art. L. 311-15	CESEDA

Référence du CESEDA en vigueur à compter du 1er mai 2021	Référence du texte en vigueur avant le 1er mai 2021	Texte source
Titre IV		
L. 441-1	Nouvel article	
L. 441-2	art. L. 311-9, alinéa 8 art. L. 311-13, en ce qui concerne les collectivités de l'article 73 de la Constitution	CESEDA
L. 441-3	Nouvel article	
L. 441-4	art. L. 312-3	CESEDA
L. 441-5	Nouvel article	
L. 441-6	art. L. 831-1	CESEDA
L. 441-7	art. L. 313-11, alinéa 3 art. L. 314-9, alinéa 6 art. L. 313-16 art. L. 321-3, alinéa 2 art. L. 321-4, alinéas 2 et 10 art. L. 832-1, alinéas 15, 16 et 18	CESEDA
L. 441-8	art. L. 832-2	CESEDA
L. 442-1	Nouvel article	
L. 442-2		
L. 442-3		
L. 443-1		
L. 443-2		
L. 443-3		
L. 444-1		
L. 444-2		
L. 444-3	art. 15, alinéas 1, 2 et 4 du V art. 7 art. 24	Ordonnance n° 2000-371 du 26 avril 2000 – Wallis-et-Futuna
L. 444-4	art. 12	Ordonnance n° 2000-371 du 26 avril 2000 – Wallis-et-Futuna
L. 445-1	Nouvel article	
L. 445-2		
L. 445-3	art. 16, alinéas 1 et 4 du V art. 8 art. 26	Ordonnance n° 2000-372 du 26 avril 2000 – Polynésie française
L. 445-4	art. 7	Ordonnance n° 2000-372 du 26 avril 2000 – Polynésie française

Référence du CESEDA en vigueur à compter du 1er mai 2021	Référence du texte en vigueur avant le 1er mai 2021	Texte source
L. 445-5	art. 13	Ordonnance n° 2000-372 du 26 avril 2000 – Polynésie française
L. 446-1	Nouvel article	
L. 446-2		
L. 446-3	art. 16, alinéas 1 et 4 du V art. 8 art. 26	Ordonnance n° 2002-388 du 20 mars 2002 – Nouvelle-Calédonie
L. 446-4	art. 7	Ordonnance n° 2002-388 du 20 mars 2002 – Nouvelle-Calédonie
L. 446-5	art. 13 art. L. 314-13	Ordonnance n° 2002-388 du 20 mars 2002 – Nouvelle-Calédonie CESEDA
LIVRE V		
Titre Ier		
L. 510-1	Nouvel article	
L. 511-1	art. L. 711-1	CESEDA
L. 511-2	art. L. 711-2, alinéa 1	CESEDA
L. 511-3	art. L. 711-2, alinéa 2	CESEDA
L. 511-4	art. L. 711-2, alinéa 3	CESEDA
L. 511-5	art. L. 711-2, alinéa 4	CESEDA
L. 511-6	art. L. 711-3	CESEDA
L. 511-7	art. L. 711-6	CESEDA
L. 511-8	art. L. 711-4	CESEDA
L. 511-9	art. L. 711-5	CESEDA
L. 512-1	art. L. 712-1	CESEDA
L. 512-2	art. L. 712-2	CESEDA
L. 512-3	art. L. 712-3	CESEDA
L. 512-4	art. L. 712-4	CESEDA
L. 513-1	art. L. 713-1	CESEDA
L. 513-2	art. L. 713-2, alinéa 1	CESEDA
L. 513-3	art. L. 713-2, alinéas 2 et 3	CESEDA
L. 513-4	art. L. 713-4	CESEDA
L. 513-5	art. L. 713-3	CESEDA
L. 513-6	art. L. 713-5	CESEDA

Référence du CESEDA en vigueur à compter du 1er mai 2021	Référence du texte en vigueur avant le 1er mai 2021	Texte source
L. 513-7	art. L. 713-6, en ce qui concerne la demande d'asile	CESEDA
Titre II		
L. 520-1	art. L. 714-1	CESEDA
L. 520-2	Nouvel article	
L. 521-1	art. L. 741-1, alinéa 1, 1re phrase	CESEDA
L. 521-2	art. L. 741-1, alinéa 1, 2e phrase	CESEDA
L. 521-3	art. L. 741-1, alinéa 2, 1re phrase	CESEDA
L. 521-4	art. L. 741-1, alinéa 3	CESEDA
L. 521-5	Nouvel article	
L. 521-6	art. L. 741-2-1	CESEDA
L. 521-7	art. L. 741-1, alinéa 6, 7 et 8	CESEDA
L. 521-8	Nouvel article	
L. 521-9	art. L. 741-3, alinéa 1	CESEDA
L. 521-10	art. L. 741-3, alinéa 2 et 3	CESEDA
L. 521-11	art. L. 741-3, alinéa 4	CESEDA
L. 521-12	art. L. 741-4	CESEDA
L. 521-13	art. L. 741-1, alinéa 4	CESEDA
L. 521-14	art. L. 741-1, alinéa 5	CESEDA
L. 522-1	art. L. 744-6, alinéas 1 et 4	CESEDA
L. 522-2	art. L. 744-6, alinéa 3	CESEDA
L. 522-3	art. L. 744-6, alinéa 2	CESEDA
L. 522-4	art. L. 744-6, alinéas 5 et 7	CESEDA
L. 522-5	art. L. 744-6, alinéa 8	CESEDA
Titre III		
L. 530-1	Nouvel article	
L. 531-1	art. L. 723-1	CESEDA
L. 531-2	art. L. 741-2	CESEDA
L. 531-3	art. L. 723-4, alinéa 1	CESEDA
L. 531-4	art. L. 723-17	CESEDA
L. 531-5	art. L. 723-4, alinéa 2 et 3	CESEDA
L. 531-6	art. L. 723-4, alinéa 5	CESEDA
L. 531-7	art. L. 723-4, alinéa 6 et 7	CESEDA
L. 531-8	art. L. 723-10	CESEDA
L. 531-9	art. L. 723-15, alinéa 2	CESEDA

Référence du CESEDA en vigueur à compter du 1er mai 2021	Référence du texte en vigueur avant le 1er mai 2021	Texte source
L. 531-10	art. L. 723-3	CESEDA
L. 531-11	art. L. 723-5	CESEDA
L. 531-12	art. L. 723-6, alinéa 1 à 3	CESEDA
L. 531-13	art. L. 723-6, alinéa 6	CESEDA
L. 531-14	art. L. 723-6, alinéas 4 et 5	CESEDA
L. 531-15	art. L. 723-6, alinéa 8	CESEDA
L. 531-16	art. L. 723-6, alinéas 10 à 12	CESEDA
L. 531-17	art. L. 723-6, alinéa 7	CESEDA
L. 531-18	art. L. 723-6, alinéa 9	CESEDA
L. 531-19	art. L. 723-7, I	CESEDA
L. 531-20	art. L. 723-7, II	CESEDA
L. 531-21	art. L. 723-6, alinéas 13 et 14 art. L. 723-7, III	CESEDA
L. 531-22	art. L. 723-8	CESEDA
L. 531-23	art. L. 741-1, alinéa 2, 2e et 3e phrases	CESEDA
L. 531-24	art. L. 723-2, I art. L. 556-1, alinéa 6	CESEDA
L. 531-25	art. L. 722-1, alinéa 8 à 12	CESEDA
L. 531-26	art. L. 723-2, II	CESEDA
L. 531-27	art. L. 723-2, III art. L. 571-4, II, 1re phrase	CESEDA
L. 531-28	art. L. 723-2, V, 2de phrase	CESEDA
L. 531-29	art. L. 723-2, V, 1re phrase art. L. 556-1, alinéa 6 en ce qui concerne délai et conditions art. L. 571-4, II, 1re phrase (en ce qui concerne délai et conditions)	CESEDA
L. 531-30	art. L. 723-2, IV	CESEDA
L. 531-31	art. L. 723-2, VI	CESEDA
L. 531-32	art. L. 723-11, alinéas 1 à 4	CESEDA
L. 531-33	art. L. 723-11, alinéa 6	CESEDA
L. 531-34	art. L. 723-11, alinéa 7	CESEDA
L. 531-35	art. L. 723-11, alinéa 5	CESEDA
L. 531-36	art. L. 723-12	CESEDA
L. 531-37	art. L. 723-13, alinéa 5	CESEDA
L. 531-38	art. L. 723-13, alinéas 1 à 4	CESEDA

Référence du CESEDA en vigueur à compter du 1er mai 2021	Référence du texte en vigueur avant le 1er mai 2021	Texte source
L. 531-39	art. L. 723-13, alinéas 6 et 7	CESEDA
L. 531-40	art. L. 723-14	CESEDA
L. 531-41	art. L. 723-15, alinéa 1	CESEDA
L. 531-42	art. L. 723-16	CESEDA
L. 532-1	art. L. 731-2, alinéa 1	CESEDA
L. 532-2	art. L. 733-5, alinéa 1	CESEDA
L. 532-3	art. L. 733-5, alinéas 2 et 3	CESEDA
L. 532-4	art. L. 731-3	CESEDA
L. 532-5	art. L. 733-3	CESEDA
L. 532-6	art. L. 731-2, alinéa 2, 1re, 2e et 3e phrases	CESEDA
L. 532-7	art. L. 731-2, alinéa 2, 4e et 5e phrases	CESEDA
L. 532-8	art. L. 733-2	CESEDA
L. 532-9	art. L. 733-4	CESEDA
L. 532-10	art. L. 733-5, alinéa 4	CESEDA
L. 532-11	art. L. 733-1-1	CESEDA
L. 532-12	art. L. 733-1, alinéa 1	CESEDA
L. 532-13	art. L. 733-1, alinéa 2	CESEDA
L. 532-14	art. L. 733-1, alinéa 3	CESEDA
L. 532-15	art. L. 733-1, alinéa 4	CESEDA
Titre IV		
L. 540-1	Nouvel article	
L. 541-1	art. L. 743-1, 1re phrase, en ce qui concerne le principe du droit au maintien	CESEDA
L. 541-2	art. L. 743-1, 2e phrase	CESEDA
L. 541-3	art. L. 743-4, alinéa 1	CESEDA
L. 542-1	art. L. 743-1, 1re phrase, en ce qui concerne la fin du droit au maintien	CESEDA
L. 542-2	art. L. 743-2, sauf en ce qui concerne l'attestation de demande d'asile	CESEDA
L. 542-3	art. L. 743-2, en ce qui concerne l'attestation de demande d'asile	CESEDA
L. 542-4		CESEDA
L. 542-5		CESEDA
L. 542-6	Nouvel article	

Référence du CESEDA en vigueur à compter du 1er mai 2021	Référence du texte en vigueur avant le 1er mai 2021	Texte source
Titre V		
L. 550-1	Nouvel article	
L. 550-2	art. L. 744-1, alinéa 2	CESEDA
L. 550-3	Nouvel article	
L. 551-1	art. L. 744-2, I, alinéa 1	CESEDA
L. 551-2	art. L. 744-2, I, alinéa 2	CESEDA
L. 551-3	art. L. 744-2, II, alinéa 2	CESEDA
L. 551-4	art. L. 744-2, II, alinéa 1	CESEDA
L. 551-5	art. L. 744-2, II, alinéa 3	CESEDA
L. 551-6	art. L. 744-2, II, alinéa 4	CESEDA
L. 551-7	art. L. 744-1, alinéa 3	CESEDA
L. 551-8	Nouvel article	
L. 551-9	art. L. 744-1, alinéa 1	CESEDA
L. 551-10	Nouvel article	
L. 551-11	art. L. 744-5, alinéa 1	CESEDA
L. 551-12	art. L. 744-5, alinéa 3	CESEDA
L. 551-13	art. L. 744-9, alinéa 2 en ce qui concerne la fin du droit au maintien	CESEDA
L. 551-14	art. L. 744-9-1, II, sauf en ce qui concerne la décision de transfert	CESEDA
L. 551-15	art. L. 744-7, en ce qui concerne le refus art. L. 744-8, en ce qui concerne le refus	CESEDA
L. 551-16	art. L. 744-7, en ce qui concerne le retrait art. L. 744-8, en ce qui concerne le retrait	CESEDA
L. 552-1	art. L. 744-3, alinéas 2 à 4	CESEDA
L. 552-2	art. L. 744-5, alinéa 1, 1re phrase	CESEDA
L. 552-3	art. L. 744-2, I, alinéa 3	CESEDA
L. 552-4	art. L. 744-5, alinéa 2	CESEDA
L. 552-5	art. L. 744-4, alinéa 3	CESEDA
L. 552-6	art. L. 744-4, alinéas 1 et 2	CESEDA
L. 552-7	art. L. 744-6, alinéas 6 et 7	CESEDA
L. 552-8	art. L. 744-7, alinéa 2	CESEDA
L. 552-9	art. L. 744-3, alinéa 1 en ce qui concerne l'admission	CESEDA
L. 552-10	art. L. 744-3, alinéa 6	CESEDA
L. 552-11	art. L. 744-7, alinéa 5	CESEDA

Référence du CESEDA en vigueur à compter du 1er mai 2021	Référence du texte en vigueur avant le 1er mai 2021	Texte source
L. 552-12	art. L. 744-3, alinéa 8	CESEDA
L. 552-13	art. L. 744-3, alinéas 5 et 7	CESEDA
L. 552-14	art. L. 744-3, alinéa 1 en ce qui concerne la sortie	CESEDA
L. 552-15	art. L. 744-5, alinéas 4 à 6	CESEDA
L. 553-1	art. L. 744-9, alinéa 1	CESEDA
L. 553-2	art. L. 744-9, alinéas 5 à 7	CESEDA
L. 553-3	art. L. 744-9, alinéas 3 et 4 art. L. 744-8, alinéa 4	CESEDA
L. 554-1	art. L. 744-11, alinéa 1, 1re phrase	CESEDA
L. 554-2	art. L. 744-11, alinéa 1, 2e phrase	CESEDA
L. 554-3	art. L. 744-11, alinéa 1, 3e, 4e et 5e phrases	CESEDA
L. 554-4	art. L. 744-11, alinéa 2	CESEDA
Titre VI		
L. 560-1	Nouvel article	
L. 561-1		
L. 561-2	art. L. 752-1, I	CESEDA
L. 561-3	art. L. 752-1, II, alinéas 5 et 6	CESEDA
L. 561-4	art. L. 752-1, II, alinéas 1 et 2	CESEDA
L. 561-5	art. L. 752-1, II, alinéas 3 et 4	CESEDA
L. 561-6	art. L. 752-2, alinéa 1	CESEDA
L. 561-7	art. L. 752-2, alinéa 2	CESEDA
L. 561-8	art. L. 752-3	CESEDA
L. 561-9	art. L. 753-1	CESEDA
L. 561-10	art. L. 753-2	CESEDA
L. 561-11	art. L. 753-3	CESEDA
L. 561-12	art. L. 753-4	CESEDA
L. 561-13	art. L. 753-5	CESEDA
L. 561-14	art. L. 751-1	CESEDA
L. 561-15	art. L. 751-2	CESEDA
L. 561-16	art. L. 751-3	CESEDA
L. 562-1	art. L. 724-1	CESEDA
L. 562-2	art. L. 724-2	CESEDA
L. 562-3	art. L. 724-3	CESEDA

Référence du CESEDA en vigueur à compter du 1er mai 2021	Référence du texte en vigueur avant le 1er mai 2021	Texte source
Titre VII		
L. 571-1	art. L. 742-1 (sauf 1re phrase de l'alinéa 1)	CESEDA
L. 571-2	Nouvel article	
L. 572-1	art. L. 742-3	CESEDA
L. 572-2	art. L. 742-5, alinéa 2	CESEDA
L. 572-3	art. L. 742-7	CESEDA
L. 572-4	Nouvel article	
L. 572-5	art. L. 742-4, I	CESEDA
L. 572-6	art. L. 742-4, II	CESEDA
L. 572-7	art. L. 742-6	CESEDA
L. 573-1	art. L. 742-1, alinéa 1, 1re phrase	CESEDA
L. 573-2	Nouvel article	
L. 573-3		
L. 573-4	art. L. 744-5, alinéa 1, en ce qui concerne le transfert	CESEDA
L. 573-5	art. L. 744-9, alinéa 2, en ce qui concerne le transfert	CESEDA
L. 573-6	art. L. 744-9-1, alinéa 5, en ce qui concerne le transfert	CESEDA
Titre VIII		
L. 580-1	Nouvel article	
L. 581-1	art. L. 811-1	CESEDA
L. 581-2	art. L. 811-2	CESEDA
L. 581-3	art. L. 811-3	CESEDA
L. 581-4	art. L. 811-4	CESEDA
L. 581-5	art. L. 811-5	CESEDA
L. 581-6	art. L. 811-6	CESEDA
L. 581-7	art. L. 811-7	CESEDA
L. 581-8	art. L. 811-8	CESEDA
L. 581-9	art. L. 744-10, 1°	CESEDA
L. 581-10	art. L. 811-9	CESEDA
L. 582-1	art. L. 812-1	CESEDA
L. 582-2	art. L. 812-2	CESEDA
L. 582-3	art. L. 812-3	CESEDA
L. 582-4	art. L. 812-4	CESEDA
L. 582-5	art. L. 812-5	CESEDA
L. 582-6	art. L. 812-6	CESEDA

Référence du CESEDA en vigueur à compter du 1er mai 2021	Référence du texte en vigueur avant le 1er mai 2021	Texte source
L. 582-7	art. L. 812-7	CESEDA
L. 582-8	art. L. 713-5, en ce qui concerne l'apatridie	CESEDA
L. 582-9	art. L. 713-6, en ce qui concerne l'apatridie	CESEDA
Titre IX		
L. 591-1	Nouvel article	
L. 591-2		
L. 591-3		
L. 591-4		
L. 591-5		
L. 592-1		
L. 592-2		
L. 593-1		
L. 593-2		
L. 594-1		
L. 594-2		
L. 595-1		
L. 595-2		
L. 596-1		
L. 596-2		
L. 597-1	art. L. 765-1	CESEDA
Livre VI		
Titre Ier		
L. 610-1	Nouvel article	
L. 611-1	art. L. 511-1, I, alinéas 1 à 9	CESEDA
L. 611-2	art. L. 511-2, 2° (en ce qui concerne l'application du 1° du I de l'article L. 511-1) art. L. 511-3 (en ce qui concerne l'application du 2° du I de l'article L. 511-1)	CESEDA
L. 611-3	art. L. 511-4, alinéas 1 à 11	CESEDA
L. 612-1	art. L. 511-1, II, alinéas 1 et 2	CESEDA
L. 612-2	art. L. 511-1, II, alinéa 3 (sauf en ce qui concerne l'obligation de motivation), alinéas 4 et 5, alinéa 6 (1re phrase)	CESEDA
L. 612-3	art. L. 511-1, II, alinéas 6 (sauf la 1re phrase) à 14	CESEDA
L. 612-4	art. L. 511-2, 2° (en ce qui concerne l'application du *a)* du 3° du II de l'article L. 511-1) art. L. 511-3, (en ce qui concerne l'application du *b)* du 3° du II de l'article L. 511-1)	CESEDA

Référence du CESEDA en vigueur à compter du 1er mai 2021	Référence du texte en vigueur avant le 1er mai 2021	Texte source
L. 612-5	art. L. 511-1, II, alinéa 15	CESEDA
L. 612-6	art. L. 511-1, III, alinéas 1 (sauf en ce qui concerne l'obligation de motivation) et 2	CESEDA
L. 612-7	art. L. 511-1, III, alinéa 6	CESEDA
L. 612-8	art. L. 511-1, III, alinéa 4 (sauf en ce qui concerne l'obligation de motivation)	CESEDA
L. 612-9	art. L. 511-1, III, alinéa 3	CESEDA
L. 612-10	art. L. 511-1, III, alinéa 8	CESEDA
L. 612-11	art. L. 511-1, III, alinéas 7 et 9	CESEDA
L. 612-12	art. L. 511-1, I, alinéa 11 (3e phrase)	CESEDA
L. 613-1	art. L. 511-1, I, alinéa 10	CESEDA
L. 613-2	art. L. 511-1, alinéa 3 (en ce qui concerne l'obligation de motivation) du II art. L. 511-1, III, alinéas 1 et 4 (en ce qui concerne l'obligation de motivation)	CESEDA
L. 613-3	art. L. 512-2, 1re phrase art. L. 512-3, alinéa 2, 2de phrase	CESEDA
L. 613-4	art. L. 512-2, 2e et 3e phrases	CESEDA
L. 613-5	art. L. 511-1, III, alinéa 5	CESEDA
L. 613-6	art. L. 511-5	CESEDA
L. 613-7	art. L. 511-1, III, alinéas 10 à 12	CESEDA
L. 613-8	art. L. 511-1, III, alinéas 13 et 14	CESEDA
L. 614-1	art. L. 512-1, I, I *bis*, II et III, alinéa 1 (en ce qui concerne le droit de recours) art. L. 512-1, III, alinéa 2 (en ce qui concerne le recours contre l'assignation à résidence)	CESEDA
L. 614-2	Nouvel article	
L. 614-3	art. L. 512-1, I, I *bis* et II, dernier alinéa	CESEDA
L. 614-4	art. L. 512-1, I, alinéas 1 et 2	CESEDA
L. 614-5	art. L. 512-1, I *bis*, alinéas 1 à 6	CESEDA
L. 614-6	art. L. 512-1, II, alinéas 1 et 2	CESEDA
L. 614-7	art. L. 512-1, III, alinéa 6, 1re phrase	CESEDA
L. 614-8	art. L. 512-1, III, alinéa 1 (1re phrase) et alinéa 2	CESEDA
L. 614-9	art. L. 512-1, III, alinéa 3 (1re phrase) et alinéa 6 (2e phrase)	CESEDA
L. 614-10	art. L. 512-1, III, alinéa 4	CESEDA
L. 614-11	art. L. 512-1, III, alinéa 3 (2e à 5e phrases) et alinéa 5	CESEDA

Référence du CESEDA en vigueur à compter du 1er mai 2021	Référence du texte en vigueur avant le 1er mai 2021	Texte source
L. 614-12	art. L. 512-1, III, alinéa 2 (en ce qui concerne le cas de la notification de l'assignation à résidence postérieure à l'OQTF)	CESEDA
L. 614-13	art. L. 512-1, III, alinéa 1, 2e phrase (sauf en ce qui concerne l'audience commune), 3e et 4e phrases	CESEDA
L. 614-14	art. L. 512-1, IV, alinéa 1	CESEDA
L. 614-15	art. L. 512-1, IV, alinéa 2	CESEDA
L. 614-16	art. L. 512-4, alinéa 1	CESEDA
L. 614-17	art. L. 512-4, alinéa 2 (en ce qui concerne le délai de départ volontaire)	CESEDA
L. 614-18	art. L. 512-4, alinéa 2 (en ce qui concerne l'assignation à résidence)	CESEDA
L. 614-19	art. L. 512-6 et création en ce qui concerne l'abrogation de l'OQTF	CESEDA
L. 615-1	art. L. 531-3, alinéas 1 à 3	CESEDA
L. 615-2	Nouvel article	
Titre II		
L. 621-1	art. L. 531-1, I, alinéa 1 (en ce qui concerne le principe de la mesure), alinéa 2, alinéa 3 (en ce qui concerne les droits de la personne)	CESEDA
L. 621-2	art. L. 531-1, I, alinéa 1 (en ce qui concerne les conditions de la remise)	CESEDA
L. 621-3	art. L. 531-2, alinéa 1	CESEDA
L. 621-4	art. L. 531-2, alinéa 2	CESEDA
L. 621-5	art. L. 531-2, alinéa 3	CESEDA
L. 621-6	art. L. 531-2, alinéas 4 à 10	CESEDA
L. 621-7	art. L. 531-2, alinéas 11 à 15	CESEDA
L. 622-1	art. L. 531-1, II, alinéa 1	CESEDA
L. 622-2	art. L. 531-1, II, alinéa 2	CESEDA
L. 622-3	art. L. 531-1, II, alinéa 3	CESEDA
L. 622-4	art. L. 531-1, II, alinéas 4 à 7	CESEDA
L. 623-1	Nouvel article	
Titre III		
L. 630-1	Nouvel article	
L. 631-1	art. L. 521-1	CESEDA
L. 631-2	art. L. 521-2, alinéas 1 à 6 et alinéa 8	CESEDA
L. 631-3	art. L. 521-3	CESEDA

Référence du CESEDA en vigueur à compter du 1er mai 2021	Référence du texte en vigueur avant le 1er mai 2021	Texte source
L. 631-4	art. L. 521-4	CESEDA
L. 632-1	art. L. 522-1	CESEDA
L. 632-2	art. L. 522-2	CESEDA
L. 632-3	art. L. 524-1, 1re phrase	CESEDA
L. 632-4	art. L. 524-1, 2de phrase	CESEDA
L. 632-5	art. L. 524-3	CESEDA
L. 632-6	art. L. 524-2	CESEDA
L. 632-7	art. L. 524-4	CESEDA
Titre IV		
L. 640-1	Nouvel article	
L. 641-1	art. L. 541-1, alinéa 1	CESEDA
L. 641-2	art. L. 541-2	CESEDA
L. 641-3	art. L. 541-4	CESEDA
Titre V		
L. 651-1	Nouvel article	
L. 651-2		
L. 651-3	art. L. 514-1, alinéas 1, 3 et 3	CESEDA
L. 651-4	art. L. 514-1, alinéas 1, 3 et 5	CESEDA
L. 651-5	art. L. 532-1	CESEDA
L. 651-6	art. L. 514-1, alinéas 1, 3 et 5	CESEDA
L. 651-7	art. L. 522-3	CESEDA
L. 651-8	Nouvel article	
L. 652-1		
L. 652-2		
L. 652-3	art. L. 514-1, alinéas 1, 3 et 5	CESEDA
L. 653-1	Nouvel article	
L. 653-2		
L. 653-3	art. L. 514-1, alinéas 1, 3 et 5	CESEDA
L. 654-1	Nouvel article	
L. 654-2		
L. 655-1		
L. 655-2		
L. 656-1		
L. 656-2		

Référence du CESEDA en vigueur à compter du 1er mai 2021	Référence du texte en vigueur avant le 1er mai 2021	Texte source
LIVRE VII		
L. 700-1	Nouvel article	
L. 700-2		
Titre Ier		
L. 710-1	Nouvel article	
L. 711-1		
L. 711-2	art. L. 511-1, I, alinéa 11 (1re et 2e phrases) art. L. 512-5, 1re phrase	CESEDA
Titre II		
L. 720-1	Nouvel article	
L. 721-1		
L. 721-2	art. L. 723-9	CESEDA
L. 721-3	art. L. 513-3, alinéa 1 art. L. 531-3, alinéa 4 art. L. 541-3, alinéa 1 art. L. 214-4, alinéa 2, 2de phrase (en ce qui concerne l'IAT) art. L. 523-2	CESEDA
L. 721-4	art. L. 513-2 art. L. 531-3, alinéa 4 art. L. 523-2 art. L. 541-3, alinéa 1 art. L. 214-4, alinéa 2, 2de phrase (en ce qui concerne l'IAT)	CESEDA
L. 721-5	art. L. 513-3, alinéa 2	CESEDA
L. 721-6	art. L. 513-4, alinéa 2	CESEDA
L. 721-7	art. L. 513-4, alinéa 1	CESEDA
L. 721-8	art. L. 513-4, alinéa 2, 4e phrase (en ce qui concerne l'étranger faisant l'objet d'une OQTF)	CESEDA
L. 721-9	art. L. 513-4, alinéa 3	CESEDA
L. 722-1	Nouvel article	
L. 722-2	art. L. 214-4, alinéa 3 art. L. 523-1, alinéa 2 art. L. 561-2, II, alinéa 7	CESEDA
L. 722-3	art. L. 513-1, I art. L. 512-3, alinéa 1 art. R. 511-2, alinéa 2, 2de phrase	CESEDA
L. 722-4	art. L. 531-3, alinéa 4 art. L. 531-1, I, alinéa 3 art. L. 523-1, alinéa 1	CESEDA
L. 722-5	art. L. 214-7	CESEDA

Référence du CESEDA en vigueur à compter du 1er mai 2021	Référence du texte en vigueur avant le 1er mai 2021	Texte source
L. 722-6	art. L. 621-2, alinéa 5 (2de phrase) art. L. 622-3, alinéa 7 (2de phrase) art. L. 624-2, alinéa 2 art. L. 624-3, alinéa 3	CESEDA
L. 722-7	art. L. 512-3, alinéa 2, 1re phrase art. L. 513-1, I art. L. 513-3, alinéa 2	CESEDA
L. 722-8	art. L. 513-1, II	CESEDA
L. 722-9	Nouvel article	
L. 722-10	art. L. 531-1, I, alinéa 3	CESEDA
L. 722-11	art. L. 571-1	CESEDA
L. 722-12	art. L. 531-4	CESEDA
Titre III		
L. 730-1	Nouvel article	
L. 730-2		
L. 731-1	art. L. 561-2, I, alinéas 1, 2 et 4 à 9	CESEDA
L. 731-2	art. L. 561-2, I, alinéas 11 et 12	CESEDA
L. 731-3	art. L. 561-1, alinéas 1, 2, 3 (en ce qui concerne la remise) et 4 à 7 art. L. 523-3, alinéa 1, 1re phrase	CESEDA
L. 731-4	art. L. 523-4, 1re phrase	CESEDA
L. 731-5	art. L. 523-5, 1re et 4e phrases	CESEDA
L. 732-1	art. L. 561-1, alinéa 8, 1re phrase, 2de phrase (en ce qui concerne l'obligation de motivation du renouvellement de l'assignation à résidence)	CESEDA
L. 732-2	art. L. 561-1, alinéa 13, 3e phrase	CESEDA
L. 732-3	art. L. 561-2, I, alinéa 10 (en ce qui concerne la durée maximale et les possibilités de renouvellement)	CESEDA
L. 732-4	art. L. 561-1, alinéa 8, 2de phrase (en ce qui concerne la durée maximale et le renouvellement) et alinéas 9 et 10	CESEDA
L. 732-5	art. L. 561-1, alinéas 8, 11 et 12	CESEDA
L. 732-6	art. L. 561-3	CESEDA
L. 732-7	art. L. 561-2-1, (en ce qui concerne l'étranger assigné à résidence sur le fondement de l'article L. 561-2)	CESEDA
L. 732-8	art. L. 512-1, III, alinéa 2 (en ce qui concerne la notification d'une assignation à résidence postérieure à l'OQTF)	CESEDA
L. 732-9	art. L. 523-4, 2e phrase art. L. 523-5, 2e phrase	CESEDA
L. 733-1	art. L. 561-1, alinéa 13, 1re et 2e phrases art. L. 523-4, 3e phrase art. L. 523-5, 3e phrase	CESEDA

Référence du CESEDA en vigueur à compter du 1er mai 2021	Référence du texte en vigueur avant le 1er mai 2021	Texte source
L. 733-2	art. L. 561-1, alinéa 14	CESEDA
L. 733-3	art. L. 561-1, alinéa 13, 5e phrase	CESEDA
L. 733-4	art. L. 561-1, alinéa 13, 5e phrase	CESEDA
L. 733-5	art. L. 561-3	CESEDA
L. 733-6	art. L. 513-5, alinéa 1 (en ce qui concerne les étrangers assignés à résidence pour un autre motif que celui évoqué aux articles L. 523-4 et L. 523-5)	CESEDA
L. 733-7	art. L. 513-5, alinéa 2, alinéa 3 (3e et 5e phrases)	CESEDA
L. 733-8	art. L. 214-4, alinéa 3 art. L. 523-1, alinéa 2 art. L. 561-2, II, alinéa 1, alinéa 2 (3e phrase)	CESEDA
L. 733-9	art. L. 513-5, alinéa 3, 1re, 2e et 4e phrases art. L. 561-2, II, alinéa 2, 1re, 2e et 4e phrases	CESEDA
L. 733-10	art. L. 561-2, II, alinéa 3 art. L. 513-5, alinéa 3, 5e phrase (en ce qui concerne le renvoi à l'alinéa 3 du II de l'article L. 561-2)	CESEDA
L. 733-11	art. L. 561-2, II, alinéas 4 et 5 art. L. 513-5, alinéa 3, 5e phrase (en ce qui concerne le renvoi aux alinéas 4 et 5 du II de l'article L. 561-2)	CESEDA
L. 733-12	art. L. 561-2, II, alinéa 6 art. L. 513-5, alinéa 3, 5e phrase (en ce qui concerne le renvoi à l'alinéa 6 du II de l'article L. 561-2)	CESEDA
L. 733-13	art. L. 561-3	CESEDA
L. 733-14	art. L. 571-3, alinéas 1 à 5	CESEDA
L. 733-15	art. L. 563-1, alinéa 1	CESEDA
L. 733-16	art. L. 541-3, alinéa 2 art. L. 513-5, alinéa 4	CESEDA
L. 733-17	art. L. 561-1, alinéa 15 art. L. 523-3, alinéa 1, 2de phrase art. L. 523-4, 3e phrase art. L. 523-5, 3e phrase art. L. 571-3, alinéa 6 art. L. 563-1, alinéa 2	CESEDA
Titre IV		
L. 740-1	Nouvel article	
L. 740-2		
L. 741-1	art. L. 551-1, I (sauf en ce qui concerne les locaux ne relevant pas de l'administration pénitentiaire et la vulnérabilité)	CESEDA
L. 741-2	art. L. 555-1, (sauf la 1re phrase de l'alinéa 1 en ce qui concerne les conditions et la durée de maintien en rétention)	CESEDA

Référence du CESEDA en vigueur à compter du 1er mai 2021	Référence du texte en vigueur avant le 1er mai 2021	Texte source
L. 741-3	art. L. 554-1, alinéa 1 art. L. 555-1, alinéa 1, 1re phrase (en ce qui concerne les conditions et la durée de maintien en rétention)	CESEDA
L. 741-4	art. L. 551-1, I (en ce qui concerne la vulnérabilité) art. L. 551-1, IV	CESEDA
L. 741-5	art. L. 551-1, III *bis*	CESEDA
L. 741-6	art. L. 551-2, alinéa 1, 1re, 2e et 3e phrases	CESEDA
L. 741-7	art. L. 551-1, III	CESEDA
L. 741-8	art. L. 551-2, alinéa 1, 4e phrase	CESEDA
L. 741-9	art. L. 551-2, alinéa 2 (en ce qui concerne le principe de l'information), alinéas 3 et 4	CESEDA
L. 741-10	art. L. 512-1, III, alinéa 1, 2e phrase (en ce qui concerne le droit de recours)	CESEDA
L. 742-1	art. L. 552-1, alinéa 1, 1re phrase art. L. 555-1, alinéa 1, 3e phrase	CESEDA
L. 742-2	art. L. 552-2, 4e phrase	CESEDA
L. 742-3	art. L. 552-3	CESEDA
L. 742-4	art. L. 552-7, alinéas 1 et 2, alinéa 3 (2de phrase)	CESEDA
L. 742-5	art. L. 552-7, alinéa 5, 1re à 4e phrase	CESEDA
L. 742-6	art. L. 552-7, alinéa 4 (sauf en ce qui concerne la compétence du juge des libertés et de la détention de Paris)	CESEDA
L. 742-7	art. L. 552-7, alinéa 5, 6e phrase (en ce qui concerne le cas prévu à l'alinéa 4)	CESEDA
L. 742-8	art. R. 552-17, alinéa 1 (1re phrase en ce qui concerne le droit de saisir le juge et 3e phrase) et alinéa 2 (1re phrase)	CESEDA
L. 742-9	art. L. 554-2	CESEDA
L. 742-10	art. L. 554-3	CESEDA
L. 743-1	art. L. 553-3, alinéa 1	CESEDA
L. 743-2	art. R. 552-18	CESEDA
L. 743-3	Nouvel article	
L. 743-4	art. L. 552-1, alinéa 1, 2e phrase (en ce qui concerne le délai de jugement)	CESEDA
L. 743-5	art. L. 512-1, III, alinéa 1, 2e phrase (en ce qui concerne l'audience commune)	CESEDA
L. 743-6	art. L. 552-1, alinéa 1, 2e phrase (sauf en ce qui concerne le lieu de l'audience)	CESEDA

Référence du CESEDA en vigueur à compter du 1er mai 2021	Référence du texte en vigueur avant le 1er mai 2021	Texte source
L. 743-7	art. L. 552-1, alinéa 1, 2e phrase (en ce qui concerne le lieu de l'audience) et 4e phrase	CESEDA
L. 743-8	art. L. 552-12	CESEDA
L. 743-9	art. L. 552-2, 1re et 2e phrases	CESEDA
L. 743-10	art. L. 512-5, 2e phrase	CESEDA
L. 743-11	art. L. 552-8	CESEDA
L. 743-12	art. L. 552-13	CESEDA
L. 743-13	art. L. 552-4	CESEDA
L. 743-14	art. L. 552-5, 1re et 2e phrases	CESEDA
L. 743-15	art. L. 552-5, 3e phrase	CESEDA
L. 743-16	art. L. 561-2-1, (en ce qui concerne le cas prévu à l'article L. 552-4) art. L. 513-5, alinéa 1 (en ce qui concerne les étrangers assignés à résidence en application de l'article L. 552-4)	CESEDA
L. 743-17	art. L. 552-5, 4e et 5e phrases	CESEDA
L. 743-18	art. R. 552-17, alinéa 2, 2de phrase	CESEDA
L. 743-19	art. L. 552-6, 1re et 2e phrases	CESEDA
L. 743-20	art. L. 552-1, alinéa 2 art. L. 512-1, III, alinéa 1, 3e et 4e phrases	CESEDA
L. 743-21	art. L. 552-9, alinéa 1 art. R. 552-20, alinéa 1	CESEDA
L. 743-22	art. L. 552-10, 1re à 5e phrase art. R. 552-20, alinéas 2 et 3 art. R. 552-22, alinéa 2	CESEDA
L. 743-23	art. L. 552-9, alinéa 2 art. R. 552-20-1, alinéa 1	CESEDA
L. 743-24	art. L. 552-1, alinéa 1, 3e phrase art. L. 552-11 art. L. 552-2, 3e phrase	CESEDA
L. 743-25	art. L. 552-6, 3e phrase art. L. 552-10, 6e phrase	CESEDA
L. 744-1	art. L. 551-1, I (en ce qui concerne le caractère non pénitentiaire des lieux de rétention)	CESEDA
L. 744-2	art. L. 553-1	CESEDA
L. 744-3	art. L. 553-6, alinéa 2	CESEDA
L. 744-4	art. L. 551-2, alinéas 2 (en ce qui concerne l'information donnée), 3 et 4	CESEDA
L. 744-5	art. L. 553-4	CESEDA

Référence du CESEDA en vigueur à compter du 1er mai 2021	Référence du texte en vigueur avant le 1er mai 2021	Texte source
L. 744-6	art. L. 551-3 (en ce qui concerne le principe de l'information)	CESEDA
L. 744-7	art. L. 553-5, alinéas 1 et 3	CESEDA
L. 744-8	art. L. 553-5, alinéas 2 et 3	CESEDA
L. 744-9	art. L. 553-6, alinéa 1, 1re phrase	CESEDA
L. 744-10	art. L. 555-2	CESEDA
L. 744-11	art. L. 555-3	CESEDA
L. 744-12	art. 719 (en ce qui concerne les lieux de rétention administrative)	Code de procédure pénale
L. 744-13	art. L. 553-3, alinéa 2 (en ce qui concerne le délégué du HCR)	CESEDA
L. 744-14	art. L. 553-3, alinéas 2 (en ce qui concerne les associations humanitaires)	CESEDA
L. 744-15	art. L. 553-7	CESEDA
L. 744-16	Nouvel article	
L. 744-17	art. L. 553-2	CESEDA
Titre V		
L. 750-1	Nouvel article	
L. 751-1		
L. 751-2	art. L. 561-2, I, 1° *bis*, 7° (en ce qui concerne l'étranger mentionné au 1° *bis*)	CESEDA
L. 751-3	art. L. 561-2, I, alinéas 11 et 13	CESEDA
L. 751-4	art. L. 561-2, I, alinéa 10, en ce qui concerne la décision de transfert	CESEDA
L. 751-5	art. L. 742-2	CESEDA
L. 751-6	art. L. 561-1, 2° (en ce qui concerne la décision de transfert)	CESEDA
L. 751-7	Nouvel article	
L. 751-8	art. L. 561-3 art. L. 551-1, II, alinéa 1, 1re phrase	CESEDA
L. 751-9	art. L. 554-1, alinéa 2	CESEDA
L. 751-10	art. L. 551-1, II, l'alinéa 1 (2de phrase), alinéas 2 à 13	CESEDA
L. 751-11	Nouvel article	
L. 751-12	art. L. 553-6, alinéa 1, 2de phrase	CESEDA
L. 751-13	art. L. 742-5, alinéa 2	CESEDA
L. 752-1	art. L. 744-9-1, I, alinéa 1, 1re phrase	CESEDA
L. 752-2	art. L. 744-9-1, I, alinéa 1, 2de phrase	CESEDA

Référence du CESEDA en vigueur à compter du 1er mai 2021	Référence du texte en vigueur avant le 1er mai 2021	Texte source
L. 752-3	art. L. 744-9-1, I, alinéa 3 (en ce qui concerne l'assignation à résidence)	CESEDA
L. 752-4	art. L. 744-9-1, I, alinéa 3 (en ce qui concerne le placement en rétention administrative)	CESEDA
L. 752-5	art. L. 743-3, alinéa 2 (en ce qui concerne le droit de demander la suspension de l'OQTF et la durée de la suspension) art. L. 743-4, alinéa 1, 1re phrase (en ce qui concerne le droit de demander la suspension de l'OQTF et la durée de la suspension)	CESEDA
L. 752-6	art. L. 743-3, alinéa 2, 1re phrase (en ce qui concerne l'introduction et le jugement de la demande de suspension de l'OQTF)	CESEDA
L. 752-7	art. L. 743-4, alinéa 2, 1re phrase (en ce qui concerne l'introduction et le jugement de la demande de suspension de l'OQTF)	CESEDA
L. 752-8	art. L. 743-4, alinéa 2, 2e phrase	CESEDA
L. 752-9	art. L. 743-4, alinéa 2, 3e phrase	CESEDA
L. 752-10	art. L. 743-4, alinéa 4	CESEDA
L. 752-11	art. L. 743-3, alinéa 2, 2de phrase art. L. 743-4, alinéa 2, 4e phrase	CESEDA
L. 752-12	art. L. 744-9-1, I, alinéa 2 art. L. 743-4, alinéa 3	CESEDA
L. 753-1	art. L. 571-4, I, alinéa 1	CESEDA
L. 753-2	art. L. 571-4, I, alinéa 3, 2e et 3e phrases	CESEDA
L. 753-3	art. L. 571-4, I, alinéa 2	CESEDA
L. 753-4	art. L. 571-4, I, alinéa 3, 1re phrase	CESEDA
L. 753-5	art. L. 571-4, II, 1re phrase	CESEDA
L. 753-6	art. L. 571-4, II, 2de phrase	CESEDA
L. 753-7	art. L. 571-4, III, 1re phrase	CESEDA
L. 753-8	art. L. 571-4, III, 2e phrase	CESEDA
L. 753-9	art. L. 571-4, III, 3e phrase	CESEDA
L. 753-10	art. L. 571-4, III, 4e phrase	CESEDA
L. 753-11	art. L. 571-4, III, 5e phrase	CESEDA
L. 753-12	art. L. 571-4, IV	CESEDA
L. 754-1	art. L. 551-3, 3e à 5e phrase (en ce qui concerne l'information sur la recevabilité d'une demande d'asile)	CESEDA
L. 754-2	art. L. 556-1, alinéa 1, 1re phrase	CESEDA
L. 754-3	art. L. 556-1, alinéa 1, 2e à 5e phrase	CESEDA

Référence du CESEDA en vigueur à compter du 1er mai 2021	Référence du texte en vigueur avant le 1er mai 2021	Texte source
L. 754-4	art. L. 556-1, alinéas 2 à 4	CESEDA
L. 754-5	art. L. 556-1, alinéa 5	CESEDA
L. 754-6	art. L. 556-1, alinéa 6, 1re phrase	CESEDA
L. 754-7	art. L. 556-1, alinéa 7	CESEDA
L. 754-8	art. L. 556-1, alinéa 8	CESEDA
Titre VI		
L. 761-1	Nouvel article	
L. 761-2		
L. 761-3	art. L. 514-1, alinéas 1, 2 et 4	CESEDA
L. 761-4	Nouvel article	
L. 761-5	art. L. 514-1, alinéas 1, 2 et 4	CESEDA
L. 761-6	Nouvel article	
L. 761-7		
L. 761-8	art. L. 512-5, 3e phrase	CESEDA
L. 761-9	art. L. 514-1, alinéas 1, 2 et 4	CESEDA
L. 761-10	Nouvel article	
L. 762-1		
L. 762-2		
L. 762-3	art. L. 514-1, alinéas 1, 2 et 4	CESEDA
L. 763-1	Nouvel article	
L. 763-2		
L. 763-3	art. L. 514-1, alinéas 1, 2 et 4	CESEDA
L. 764-1	Nouvel article	
L. 764-2		
L. 764-3	art. L. 571-2, en ce qui concerne Wallis et Futuna	CESEDA
L. 765-1	Nouvel article	
L. 765-2		
L. 765-3	art. L. 571-2, en ce qui concerne la Polynésie française	CESEDA
L. 766-1	Nouvel article	
L. 766-2		
L. 766-3	art. L. 571-2, en ce qui concerne la Nouvelle-Calédonie	CESEDA
L. 767-1	art. 10	Loi n° 71-569 du 15 juillet 1971 – Terres Australes et Antarctiques Françaises

Référence du CESEDA en vigueur à compter du 1er mai 2021	Référence du texte en vigueur avant le 1er mai 2021	Texte source
LIVRE VIII		
Titre Ier		
L. 810-1	Nouvel article	
L. 811-1		
L. 811-2	art. L. 111-6, alinéa 1	CESEDA
L. 811-3	art. L. 611-12, alinéa 1	CESEDA
L. 811-4	art. L. 611-12, alinéas 2 à 11	CESEDA
L. 811-5	art. L. 611-12, alinéas 12 à 14	CESEDA
L. 811-6	art. L. 611-12, alinéa 15	CESEDA
L. 812-1	art. L. 611-1	CESEDA
L. 812-2	art. L. 611-1 art. L. 611-1-1, I, alinéa 1, 1re phrase (en ce qui concerne le Code des douanes)	CESEDA
L. 812-3	art. L. 611-8 art. L. 611-9, alinéa 1	CESEDA
L. 812-4	art. L. 611-8 art. L. 611-9, alinéas 2 et 3	CESEDA
L. 813-1	art. L. 611-1-1, I, alinéa 1, 1re phrase	CESEDA
L. 813-2	art. L. 611-1-1, II (en ce qui concerne l'application de la retenue)	CESEDA
L. 813-3	art. L. 611-1-1, I, alinéa 9 (1re et 2e phrases), et II	CESEDA
L. 813-4	art. L. 611-1-1, I, alinéa 1 (5e phrase) et alinéa 9 (3e phrase)	CESEDA
L. 813-5	art. L. 611-1-1, I, alinéas 2 et 3, alinéa 4 (1re phrase), alinéa 5, alinéa 6 (1re phrase), alinéas 7 et 8	CESEDA
L. 813-6	art. L. 611-1-1, I, alinéa 4, 2e à 7e phrase	CESEDA
L. 813-7	art. L. 611-1-1, I, alinéa 6, 2e et 3e phrases	CESEDA
L. 813-8	art. L. 611-1-1, I, alinéa 1, 2e à 4e phrase	CESEDA
L. 813-9	art. L. 611-1-1, I, alinéa 10	CESEDA
L. 813-10	art. L. 611-1-1, I, alinéa 13	CESEDA
L. 813-11	art. L. 611-1-1, I, alinéa 12	CESEDA
L. 813-12	art. L. 611-1-1, I, alinéa 11	CESEDA
L. 813-13	art. L. 611-1-1, I, alinéas 14 à 16	CESEDA
L. 813-14	art. L. 611-1-1, I, alinéa 17	CESEDA
L. 813-15	art. L. 611-1-1, III	CESEDA
L. 813-16	art. L. 611-1-1, I, alinéa 18	CESEDA
L. 814-1	art. L. 611-2	CESEDA

Référence du CESEDA en vigueur à compter du 1er mai 2021	Référence du texte en vigueur avant le 1er mai 2021	Texte source
Titre II		
L. 820-1	Nouvel article	
L. 821-1	art. L. 621-2, alinéas 1 et 2, alinéa 5 (1re phrase) et alinéa 6	CESEDA
L. 821-2	art. L. 611-3, alinéa 2, 2de phrase (en ce qui concerne l'étranger contrôlé à la frontière)	CESEDA
L. 821-3	art. L. 624-1-1, alinéa 4 (en ce qui concerne le refus d'entrée) art. L. 624-2, alinéa 1	CESEDA
L. 821-4	art. L. 624-1-1, alinéa 3 (en ce qui concerne la zone d'attente) art. L. 624-2, alinéa 1	CESEDA
L. 821-5	art. L. 624-1-1, alinéa 1 (en ce qui concerne le refus d'entrée) art. L. 624-2, alinéa 1	CESEDA
L. 821-6	art. L. 625-1 art. L. 625-2, alinéa 1, 3e phrase art. L. 625-6, en ce qui concerne l'amende pour les entreprises de transport routier	CESEDA
L. 821-7	art. L. 625-6, en ce qui concerne la définition des entreprises de transport routier	CESEDA
L. 821-8	art. L. 625-2, alinéa 1 (4e phrase), alinéa 3 art. L. 625-5	CESEDA
L. 821-9	art. L. 625-4	CESEDA
L. 821-10	art. L. 625-7	CESEDA
L. 821-11	art. R. 625-19, alinéa 5	CESEDA
L. 821-12	art. L. 625-2, alinéa 1 (1re et 2e phrase), alinéa 2 (1re phrase) art. R. 625-17, alinéa 1 (en ce qui concerne le cas d'une amende pour défaut de réacheminement et de prise en charge) art. R. 625-19, alinéas 1 à 3 (en ce qui concerne le cas d'une amende pour défaut de réacheminement et de prise en charge)	CESEDA
L. 821-13	art. L. 625-2, alinéa 1 (5e phrase)	CESEDA
L. 822-1	art. L. 611-3, alinéa 2, 2de phrase (en ce qui concerne l'étranger en situation irrégulière)	CESEDA
L. 822-2	art. L. 626-1, alinéa 1	CESEDA
L. 822-3	art. L. 626-1, alinéa 2	CESEDA
L. 822-4	art. L. 626-1, alinéa 3	CESEDA
L. 822-5	art. L. 626-1, alinéas 4 et 5	CESEDA
L. 822-6	art. L. 626-1, alinéa 6	CESEDA
L. 823-1	art. L. 622-1, alinéas 1 et 2	CESEDA

Référence du CESEDA en vigueur à compter du 1er mai 2021	Référence du texte en vigueur avant le 1er mai 2021	Texte source
L. 823-2	art. L. 622-1, alinéas 3 à 5	CESEDA
L. 823-3	art. L. 622-5	CESEDA
L. 823-4	art. L. 622-3, alinéas 1 à 6	CESEDA
L. 823-5	art. L. 622-6	CESEDA
L. 823-6	art. L. 622-3, alinéa 7 (1re phrase) art. L. 622-7	CESEDA
L. 823-7	art. L. 622-8	CESEDA
L. 823-8	art. L. 622-9	CESEDA
L. 823-9	art. L. 622-4	CESEDA
L. 823-10	art. L. 622-2	CESEDA
L. 823-11	art. L. 623-1, alinéas 1 et 2	CESEDA
L. 823-12	art. L. 623-1, alinéa 3	CESEDA
L. 823-13	art. L. 623-2, alinéas 1, 2 et 4	CESEDA
L. 823-14	art. L. 623-2, alinéa 5	CESEDA
L. 823-15	art. L. 623-2, alinéa 3	CESEDA
L. 823-16	art. L. 623-3, alinéas 1 et 2	CESEDA
L. 823-17	art. L. 623-3, alinéa 3	CESEDA
L. 824-1	art. L. 624-1-1, alinéa 4 (sauf en ce qui concerne le refus d'entrée) art. L. 624-2, alinéa 1	CESEDA
L. 824-2	art. L. 611-3, alinéa 2, 2de phrase (en ce qui concerne l'étranger faisant l'objet d'une décision d'éloignement)	CESEDA
L. 824-3	art. L. 624-1 art. L. 624-2, alinéa 1	CESEDA
L. 824-4	art. L. 624-4, alinéa 1	CESEDA
L. 824-5	art. L. 624-4, alinéa 3	CESEDA
L. 824-6	art. L. 624-4, alinéa 2	CESEDA
L. 824-7	art. L. 624-4, alinéa 4	CESEDA
L. 824-8	art. L. 624-1-1, alinéa 3 (en ce qui concerne la rétention administrative) art. L. 624-2, alinéa 1	CESEDA
L. 824-9	art. L. 624-1-1, alinéa 1 (sauf en ce qui concerne le refus d'entrée) art. L. 624-2, alinéa 1	CESEDA
L. 824-10	art. L. 624-3, alinéas 1 et 2, en ce qui concerne la soustraction	CESEDA
L. 824-11	art. L. 624-1-1, alinéa 2 art. L. 624-2, alinéa 1	CESEDA

ANNEXE 4

Référence du CESEDA en vigueur à compter du 1er mai 2021	Référence du texte en vigueur avant le 1er mai 2021	Texte source
L. 824-12	art. L. 624-3, alinéas 1 et 2, en ce qui concerne le retour non autorisé	CESEDA
Titre III		
L. 831-1	Nouvel article	
L. 831-2		
L. 831-3	art. L. 611-11, alinéa 1	CESEDA
L. 831-4	art. L. 622-10	CESEDA
L. 831-5	art. L. 611-10	CESEDA
L. 831-6	art. L. 622-10	CESEDA
L. 831-7	art. L. 611-11, alinéa 1	CESEDA
L. 831-8	art. L. 622-10	CESEDA
L. 831-9	art. L. 611-11, alinéa 1	CESEDA
L. 831-10	art. L. 622-10	CESEDA
L. 832-1	Nouvel article	
L. 832-2		
L. 832-3	art. L. 611-11, alinéa 2	CESEDA
L. 832-4	art. L. 622-10	CESEDA
L. 833-1	Nouvel article	
L. 833-2		
L. 833-3	art. L. 611-11, alinéa 2	CESEDA
L. 833-4	art. L. 622-10	CESEDA
L. 834-1	Nouvel article	
L. 834-2		
L. 835-1		
L. 835-2		
L. 836-1		
L. 836-2		
L. 837-1		
L. 837-2		
L. 837-3	art. 12, I, alinéa 7	Loi n° 71-569 du 15 juillet 1971 – Terres Australes et Antarctiques Françaises
L. 837-4	art. 16	Loi n° 71-569 du 15 juillet 1971 – Terres Australes et Antarctiques Françaises

NOUVEAU TEXTE → ANCIEN TEXTE
PARTIE RÉGLEMENTAIRE

Référence du CESEDA en vigueur à compter du 1er mai 2021	Référence du texte en vigueur avant le 1er mai 2021	Texte source
LIVRE Ier		
Titre Ier		
D. 110-1	art. D. 131-1, alinéa 1	CESEDA
Titre II		
R. 121-2	art. R. 5223-1	Code du travail
R. 121-3	art. R. 5223-2	Code du travail
R. 121-4	art. R. 5223-3	Code du travail
R. 121-1	art. R. 5223-4	Code du travail
R. 121-5	art. R. 5223-5	Code du travail
R. 121-6	art. R. 5223-6	Code du travail
R. 121-7	art. R. 5223-7	Code du travail
R. 121-8	art. R. 5223-8	Code du travail
R. 121-9	art. R. 5223-9, I	Code du travail
R. 121-10	art. R. 5223-9, II	Code du travail
R. 121-11	art. R. 5223-9, III	Code du travail
R. 121-12	art. R. 5223-9, IV	Code du travail
R. 121-13	art. R. 5223-10	Code du travail
R. 121-14	art. R. 5223-11	Code du travail
R. 121-15	art. R. 5223-12	Code du travail
R. 121-16	art. R. 5223-13	Code du travail
R. 121-17	art. R. 5223-14	Code du travail
R. 121-18	art. R. 5223-15	Code du travail
R. 121-19	art. R. 5223-16	Code du travail
R. 121-20	art. R. 5223-17	Code du travail
R. 121-21	art. R. 5223-18	Code du travail
R. 121-22	art. R. 5223-20	Code du travail
R. 121-23	art. R. 5223-21	Code du travail
R. 121-24	art. R. 5223-22	Code du travail
R. 121-25	art. R. 5223-23	Code du travail
R. 121-26	art. R. 5223-33	Code du travail
R. 121-27	art. R. 5223-34	Code du travail
R. 121-28	art. R. 5223-35	Code du travail

ANNEXE 4

Référence du CESEDA en vigueur à compter du 1er mai 2021	Référence du texte en vigueur avant le 1er mai 2021	Texte source
R. 121-29	art. R. 5223-37	Code du travail
R. 121-30	art. R. 5223-38	Code du travail
R. 121-31	art. R. 5223-39	Code du travail
R. 121-32	art. R. 722-1	CESEDA
R. 121-33	art. R. 722-2	CESEDA
R. 121-34	art. R. 722-3, alinéas 1 à 5	CESEDA
R. 121-35	art. R. 722-4	CESEDA
R. 121-36	art. R. 722-5	CESEDA
R. 121-37	art. R. 722-6	CESEDA
R. 121-38	art. R. 722-8	CESEDA
R. 121-39	art. R. 722-9	CESEDA
R*. 122-1	Nouvel article	
D. 122-2		
Titre III		
R. 131-1	art. R. 732-1	CESEDA
R. 131-2	art. R. 732-2	CESEDA
R. 131-3	art. R. 732-3	CESEDA
R. 131-4	art. R. 732-4	CESEDA
R. 131-5	art. R. 732-8	CESEDA
R. 131-6	art. R. 732-6	CESEDA
R. 131-7	art. R. 732-5	CESEDA
R. 131-8	art. R. 732-7	CESEDA
Titre IV		
R. 140-1	Nouvel article	
R. 141-1	art. R. 111-1	CESEDA
R. 141-2	art. R. 111-2	CESEDA
R. 141-3	art. R. 111-3	CESEDA
R. 141-4	art. R. 111-4	CESEDA
R. 141-5	art. R. 111-5	CESEDA
R. 141-6	art. R. 111-6	CESEDA
R. 141-7	art. R. 111-7 art. R. 111-10	CESEDA
R. 141-8	art. R. 111-8	CESEDA
R. 141-9	art. R. 111-9	CESEDA

Référence du CESEDA en vigueur à compter du 1er mai 2021	Référence du texte en vigueur avant le 1er mai 2021	Texte source
R. 141-10	art. R. 111-11	CESEDA
R. 141-11	art. R. 111-12	CESEDA
R. 141-12	art. R. 111-12-1	CESEDA
R. 141-13	art. R. 821-1	CESEDA
R. 142-1	art. R. 611-8, alinéas 1 à 4	CESEDA
R. 142-2	art. R. 611-9	CESEDA
R. 142-3	art. R. 611-10	CESEDA
R. 142-4	art. R. 611-12, I, alinéas 1 à 3 art. R. 611-12, IV	CESEDA
R. 142-5	art. R. 611-12, III	CESEDA
R. 142-6	art. R. 611-12, alinéas 4 à 9 et II	CESEDA
R. 142-7	art. R. 611-11	CESEDA
R. 142-8	art. R. 611-13	CESEDA
R. 142-9	art. R. 611-14	CESEDA
R. 142-10	art. R. 611-15	CESEDA
R. 142-11	art. R. 611-1, I	CESEDA
R. 142-12	art. R. 611-1, II	CESEDA
R. 142-13	art. R. 611-2	CESEDA
R. 142-14	art. R. 611-3	CESEDA
R. 142-15	art. R. 611-4	CESEDA
R. 142-16	art. R. 611-5, I	CESEDA
R. 142-17	art. R. 611-5, II	CESEDA
R. 142-18	art. R. 611-6	CESEDA
R. 142-19	art. R. 611-7	CESEDA
R. 142-20	art. R. 611-7-1, alinéa 1	CESEDA
R. 142-21	art. R. 611-7-1, alinéas 2 à 12	CESEDA
R. 142-22	art. R. 611-7-1, alinéa 13	CESEDA
R. 142-23	art. R. 611-7-2	CESEDA
R. 142-24	art. R. 611-7-3	CESEDA
R. 142-25	art. R. 611-7-4	CESEDA
R. 142-26	art. R. 611-17	CESEDA
R. 142-27	art. R. 611-18	CESEDA
R. 142-28	art. R. 611-19, I	CESEDA
R. 142-29	art. R. 611-19, II	CESEDA
R. 142-30	art. R. 611-20	CESEDA

Référence du CESEDA en vigueur à compter du 1er mai 2021	Référence du texte en vigueur avant le 1er mai 2021	Texte source
R. 142-31	art. R. 611-21	CESEDA
R. 142-32	art. R. 611-22	CESEDA
R. 142-33	art. R. 611-35	CESEDA
R. 142-34	art. R. 611-39	CESEDA
R. 142-35	art. R. 611-36	CESEDA
R. 142-36	art. R. 611-38, alinéa 1	CESEDA
R. 142-37	art. R. 611-38, alinéas 2 à 5	CESEDA
R. 142-38	art. R. 611-37	CESEDA
R. 142-39	art. R. 611-40	CESEDA
R. 142-40	art. R. 611-41	CESEDA
R. 142-41	art. R. 611-16	CESEDA
R. 142-42	Nouvel article	
R. 142-43	art. R. 211-19	CESEDA
R. 142-44	art. R. 211-20	CESEDA
R. 142-45	art. R. 211-22	CESEDA
R. 142-46	art. R. 211-26	CESEDA
R. 142-47	art. R. 211-21	CESEDA
R. 142-48	art. R. 211-23	CESEDA
R. 142-49	art. R. 211-24	CESEDA
R. 142-50	art. R. 211-25	CESEDA
R. 142-51	art. R. 744-45	CESEDA
R. 142-52	art. R. 744-46	CESEDA
R. 142-53	art. R. 744-47	CESEDA
R. 142-54	art. R. 744-48	CESEDA
R. 142-55	art. R. 744-49	CESEDA
R. 142-56	art. R. 744-50	CESEDA
R. 142-57	art. R. 744-51	CESEDA
R. 142-58	art. R. 744-52	CESEDA
Titre V		
R. 151-1	Nouvel article	
R. 151-2		
R. 151-3		
R. 151-4		
R. 151-5		

Référence du CESEDA en vigueur à compter du 1er mai 2021	Référence du texte en vigueur avant le 1er mai 2021	Texte source
R. 151-6	art. R. 832-1	CESEDA
R. 151-7	Nouvel article	
R. 152-1		
R. 152-2		
D. 152-3		
R. 153-1		
R. 153-2		
D. 153-3		
R. 154-1		
R. 154-2		
R. 154-3		
D. 154-4		
R. 155-1		
R. 155-2		
R. 155-3		
D. 155-4		
R. 156-1		
R. 156-2		
R. 156-3		
D. 156-4		
R. 157-1		
R. 157-2		
D. 157-3		
LIVRE II		
R. 200-1	Nouvel article	
Titre Ier		
R. 210-1	Nouvel article	
Titre II		
R. 221-1	art. R. 121-1, alinéa 1	CESEDA
R. 221-2	art. R. 121-1, alinéa 2 art. R. 121-2-1, alinéa 1	CESEDA
R. 223-1	Nouvel article	
Titre III		CESEDA
R. 231-1	art. R. 121-5	CESEDA

Référence du CESEDA en vigueur à compter du 1er mai 2021	Référence du texte en vigueur avant le 1er mai 2021	Texte source
R. 231-2	art. R. 121-5-1	CESEDA
R. 231-3	art. R. 311-20, II, 1°, en ce qui concerne les étrangers dont la situation est régie par le livre II	CESEDA
R. 233-1	art. R. 121-4, alinéas 1 à 4	CESEDA
R. 233-2	art. R. 121-4, alinéa 5	CESEDA
R. 233-3	art. R. 121-4, alinéa 6	CESEDA
R. 233-4	art. R. 121-16, alinéas 1 et 3	CESEDA
R. 233-5	art. R. 121-16, alinéas 2 et 4	CESEDA
R. 233-6	art. R. 121-16, II	CESEDA
R. 233-7	art. R. 121-6	CESEDA
R. 233-8	art. R. 121-7	CESEDA
R. 233-9	art. R. 121-8	CESEDA
R. 233-10	art. R. 121-9	CESEDA
R. 233-11	art. R. 121-10	CESEDA
R. 233-12	art. R. 121-11	CESEDA
R. 233-13	art. R. 121-12	CESEDA
R. 233-14	art. R. 121-13	CESEDA
R. 233-15	art. R. 121-14	CESEDA
R. 233-16	art. R. 121-14-1	CESEDA
R. 233-17	art. R. 121-15	CESEDA
R. 233-18	Nouvel article	
R. 234-1	art. R. 122-1	CESEDA
R. 234-2	art. R. 122-2	CESEDA
R. 234-3	art. R. 122-3	CESEDA
R. 234-4	art. R. 122-4, I	CESEDA
R. 234-5	art. R. 122-4, II	CESEDA
R. 234-6	art. R. 122-5	CESEDA
R. 237-1	Nouvel article	
Titre IV		
R. 240-1	Nouvel article	
Titre V		
R. 251-1	art. R. 512-1, alinéa 1 (en ce qui concerne les cas prévus aux articles L. 511-3-1 et L. 511-3-2)	CESEDA
R. 251-2	art. R. 512-1, alinéa 2	CESEDA

Référence du CESEDA en vigueur à compter du 1er mai 2021	Référence du texte en vigueur avant le 1er mai 2021	Texte source
R. 251-3	Nouvel article	
R. 252-1	art. R. 522-9	CESEDA
R. 253-1	Nouvel article	
Titre VI		
R. 264-1	Nouvel article	
Titre VII		
R. 270-1	art. R. 621-1	CESEDA
R. 270-2	art. R. 621-2	CESEDA
R. 270-3	art. R. 621-3	CESEDA
R. 270-4	Nouvel article	
Titre VIII		
R. 281-1	Nouvel article	
R. 281-2		
R. 281-3		
R. 281-4		
R. 281-5	art. R. 831-2	CESEDA
R. 282-1	Nouvel article	
R. 282-2		
R. 283-1		
R. 283-2		
R. 284-1		
R. 284-2		
R. 285-1		
R. 285-2		
R. 286-1		
R. 286-2		
LIVRE III		
Titre Ier		
R. 311-1	art. R. 211-1	CESEDA
R. 311-2	art. R. 211-2	CESEDA
R. 311-3	art. R. 211-3	CESEDA
R. 312-1	art. R. 211-4-1	CESEDA
R. 312-2	art. L. 211-2-1, alinéas 1 et 5	CESEDA
D. 312-3	art. D. 211-5	CESEDA

Référence du CESEDA en vigueur à compter du 1er mai 2021	Référence du texte en vigueur avant le 1er mai 2021	Texte source
D. 312-4	art. D. 211-6	CESEDA
D. 312-5	art. D. 211-7	CESEDA
D. 312-6	art. D. 211-8	CESEDA
D. 312-7	art. D. 211-9	CESEDA
R. 312-8	art. R. 211-10	CESEDA
R. 312-9	art. R. 321-6	CESEDA
R. 312-10	art. R. 311-3, alinéa 23	CESEDA
R. 312-11	art. R. 321-7 art. R. 311-3, alinéa 23	CESEDA
R. 313-1	art. R. 211-27	CESEDA
R. 313-2	art. R. 211-28	CESEDA
R. 313-3	art. R. 211-29	CESEDA
R. 313-4	art. R. 211-30	CESEDA
R. 313-5	art. R. 211-31	CESEDA
R. 313-6	art. R. 211-11	CESEDA
R. 313-7	art. R. 211-12	CESEDA
R. 313-8	art. R. 211-13	CESEDA
R. 313-9	art. R. 211-14	CESEDA
R. 313-10	art. R. 211-15	CESEDA
R. 313-11	art. R. 211-16	CESEDA
R. 313-12	art. R. 211-17	CESEDA
R. 313-13	art. R. 211-18	CESEDA
R. 313-14	art. R. 212-1, alinéas 1 et 4 à 14	CESEDA
R. 313-15	art. R. 212-2	CESEDA
R. 313-16	art. R. 212-3	CESEDA
R. 313-17	art. R. 212-4	CESEDA
R. 313-18	art. R. 212-5	CESEDA
Titre II		
R. 320-1	Nouvel article	
R.* 321-1		
Titre III		
R. 330-1	Nouvel article	
R. 332-1	art. R. 213-1	CESEDA

Référence du CESEDA en vigueur à compter du 1er mai 2021	Référence du texte en vigueur avant le 1er mai 2021	Texte source
Titre IV		
R. 340-1	Nouvel article	
R. 341-1	art. R. 221-1, alinéas 2 et 3	CESEDA
R. 341-2	art. R. 222-1, alinéa 1	CESEDA
R. 342-1	art. R. 222-1 art. R. 222-2, alinéa 1	CESEDA
R. 342-2	art. R. 222-2, alinéa 2	CESEDA
R. 342-3	art. R. 222-2, alinéas 3 et 4	CESEDA
R. 342-4	art. R. 222-3	CESEDA
R. 342-5		
R. 342-6		
R. 342-7		
R. 342-8		
R. 342-9		
R. 342-10	art. R. 222-4	CESEDA
R. 342-11		
R. 342-12		
R. 342-13		
R. 342-14		
R. 342-15		
R. 342-16		
R. 342-17		
R. 342-18		
R. 342-19		
R. 342-20	art. R. 222-3	CESEDA
R. 342-21	art. R. 222-4	CESEDA
R. 342-22	art. R. 222-3	CESEDA
R. 343-1	art. R. 221-3	CESEDA
R. 343-2	art. R. 111-13	CESEDA
R. 343-3	art. R. 111-14	CESEDA
R. 343-4	art. R. 111-15	CESEDA
R. 343-5	art. R. 111-16	CESEDA
R. 343-6	art. R. 111-17	CESEDA
R. 343-7	art. R. 111-19	CESEDA

Référence du CESEDA en vigueur à compter du 1er mai 2021	Référence du texte en vigueur avant le 1er mai 2021	Texte source
R. 343-8	art. R. 111-20, sauf 2° et 3°	CESEDA
R. 343-9	art. R. 111-22	CESEDA
R. 343-10	art. R. 111-18	CESEDA
R. 343-11	art. R. 111-23	CESEDA
R. 343-12	art. R. 223-2 art. R. 223-1, en ce qui concerne le HCR	CESEDA
R. 343-13	art. R. 223-3	CESEDA
R*. 343-14	art. R.* 223-4	CESEDA
R. 343-15	art. R. 223-5	CESEDA
R. 343-16	art. R. 223-6	CESEDA
R. 343-17	art. R. 223-7	CESEDA
R. 343-18	art. R. 223-1, en ce qui concerne les associations	CESEDA
R. 343-19	art. R. 223-8 art. R. 223-10, en ce qui concerne l'article R. 223-8	CESEDA
R. 343-20	art. R. 223-9 art. R. 223-10, en ce qui concerne l'article R. 223-9	CESEDA
R. 343-21	art. R. 223-11	CESEDA
R*. 343-22	art. R.* 223-12	CESEDA
R. 343-23	art. R. 223-13	CESEDA
R. 343-24	art. R. 223-14	CESEDA
R. 343-25	art. R. 221-7	CESEDA
R. 343-26	art. R. 221-8	CESEDA
R. 343-27	art. R. 221-9	CESEDA
R. 343-28	art. R. 221-10	CESEDA
R. 343-29	art. R. 221-11	CESEDA
R. 343-30	art. R. 221-6	CESEDA
R. 343-31	art. R. 221-4, alinéa 1	CESEDA
R. 343-32	art. R. 221-4, alinéa 2	CESEDA
R. 343-33	art. R. 221-5	CESEDA
R. 343-34	art. R. 221-12	CESEDA
Titre V		
R. 350-1	Nouvel article	
R. 351-1	art. R. 213-2	CESEDA
R. 351-2	art. R. 213-3	CESEDA
R. 351-3	art. R. 213-4, alinéas 1 et 2	CESEDA

Référence du CESEDA en vigueur à compter du 1er mai 2021	Référence du texte en vigueur avant le 1er mai 2021	Texte source
R. 351-4	art. R. 213-5	CESEDA
R. 351-5	art. R. 213-6	CESEDA
R. 351-6	art. R. 213-7	CESEDA
R*. 352-1	art. L. 213-8-1, en ce qui concerne l'autorité compétente	CESEDA
R. 352-2	art. R. 213-8	CESEDA
Titre VI		
R. 361-1	Nouvel article	
R. 361-2	art. R. 213-9, I et II	CESEDA
R. 361-3	Nouvel article	
R. 361-4		
R. 361-5		
R. 361-6		
R*. 362-1		
R. 362-2	art. R. 213-9, III	CESEDA
R. 362-3	art. R. 213-9, III	CESEDA
D. 362-4	Nouvel article	
R*. 363-1		
D. 363-4	art. R. 213-9, III	CESEDA
R*. 364-1	art. R. 213-9, III	CESEDA
R*. 364-2	Nouvel article	
R. 364-3		
R. 364-4		
R. 364-5		
D. 364-6		
R*. 365-1		
R*. 365-2		
R. 365-3		
R. 365-4		
R. 365-5		
D. 365-6		
R*. 366-1		
R*. 366-2		
R. 366-3		

Référence du CESEDA en vigueur à compter du 1er mai 2021	Référence du texte en vigueur avant le 1er mai 2021	Texte source
R. 366-4		
R. 366-5		
D. 366-6		
LIVRE IV		
Titre Ier		
R. 410-1	Nouvel article	
R. 413-1	art. R. 311-19	CESEDA
R. 413-2	art. R. 311-20, I	CESEDA
R. 413-3	art. R. 311-21, alinéas 1, 5 et 6	CESEDA
R. 413-4	art. R. 311-26	CESEDA
R. 413-5	art. R. 311-20, II, 3°	CESEDA
R. 413-6	art. R. 311-20, III, sauf exceptions	CESEDA
R. 413-7	art. R. 311-20, III, exceptions	CESEDA
R. 413-8	art. R. 311-21, alinéas 2, 3 et 4	CESEDA
R. 413-9	art. R. 311-24, alinéa 1	CESEDA
R. 413-10	art. R. 311-22	CESEDA
R. 413-11	art. R. 311-25, alinéa 1	CESEDA
R. 413-12	art. R. 311-23	CESEDA
R. 413-13	art. R. 311-24, alinéas 2 à 7	CESEDA
R. 413-14	art. R. 311-25, alinéas 2, 3 et 4	CESEDA
R. 413-15	art. R. 314-1, 5°	CESEDA
D. 414-1	art. D. 321-9	CESEDA
R. 414-2	Nouvel article	
D. 414-3	art. D. 321-11	CESEDA
D. 414-4	art. D. 321-12	CESEDA
R. 414-5	art. R. 321-22	CESEDA
R. 414-6	art. R. 322-1, en ce qui concerne la métropole	CESEDA
Titre II		
R. 420-1	Nouvel article	CESEDA
R. 421-1	art. R. 313-15, alinéa 5	CESEDA
R. 421-2	art. R. 313-38	CESEDA
R. 421-3	art. R. 311-14, 8°, 2e phrase (en ce qui concerne la carte de séjour mention « salarié »)	CESEDA
R. 421-4	art. R. 313-15-1, alinéa 5	CESEDA

Référence du CESEDA en vigueur à compter du 1er mai 2021	Référence du texte en vigueur avant le 1er mai 2021	Texte source
R. 421-5	art. R. 313-37, alinéa 2	CESEDA
D. 421-6	art. D. 313-16-5, en ce qui concerne l'article L. 313-10	CESEDA
R. 421-7	art. R. 313-16	CESEDA
R. 421-8	art. R. 313-3-1	CESEDA
R. 421-9	art. R. 313-16-2	CESEDA
R. 421-10	art. R. 313-16-3	CESEDA
R. 421-11	art. R. 313-41	CESEDA
R. 421-12	art. R. 313-42, I	CESEDA
R. 421-13	art. R. 313-42, II	CESEDA
R. 421-14	art. R. 313-43	CESEDA
R. 421-15	art. R. 311-14, 8°, 2e phrase (en ce qui concerne le passeport talent)	CESEDA
D. 421-16	art. D. 313-45-1, I	CESEDA
D. 421-17	art. D. 313-45-1, II	CESEDA
D. 421-18	art. D. 313-45-1, III	CESEDA
D. 421-19	art. D. 313-45-1, IV	CESEDA
D. 421-20	art. D. 313-46-1	CESEDA
R. 421-21	art. R. 313-49	CESEDA
R. 421-22	art. R. 313-44, II, alinéa 2, dernière phrase	CESEDA
R. 421-23	art. R. 313-50	CESEDA
R. 421-24	art. R. 314-1-3, en ce qui concerne L. 314-8-1	CESEDA
R. 421-25	art. R. 314-1-4, alinéas 2 et 3 (en ce qui concerne L. 314-8-1)	CESEDA
R. 421-26	art. R. 313-53, II	CESEDA
R. 421-27	art. R. 313-56	CESEDA
R. 421-28	art. R. 313-54, I	CESEDA
R. 421-29	art. R. 313-54, II	CESEDA
D. 421-30	art. D. 313-54-1, alinéa 1	CESEDA
R. 421-31	art. R. 313-54, III	CESEDA
D. 421-32	art. D. 313-54-1, alinéa 2	CESEDA
R. 421-33	art. R. 313-59	CESEDA
R. 421-34	art. R. 313-60	CESEDA
R. 421-35	art. R. 313-64	CESEDA
R. 421-36	art. R. 311-14, 9° et 10° (en ce qui concerne l'article L. 313-20 7°)	CESEDA

ANNEXE 4

Référence du CESEDA en vigueur à compter du 1er mai 2021	Référence du texte en vigueur avant le 1er mai 2021	Texte source
R. 421-37	art. R. 311-14, 9° et 10° (en ce qui concerne l'article L. 313-21)	CESEDA
R. 421-38	art. R. 311-11, alinéas 2 et 3 (en ce qui concerne l'article L. 313-24)	CESEDA
R. 421-39	art. R. 311-11-1, alinéa 1 (en ce qui concerne l'article L. 313-24)	CESEDA
R. 421-40	art. R. 311-14, 12° (en ce qui concerne l'article L. 313-24)	CESEDA
R. 421-41	art. R. 311-15, I, 13° (en ce qui concerne l'article L. 313-24)	CESEDA
R. 421-42	art. R. 313-73-1 (en ce qui concerne le I de l'article L. 313-24)	CESEDA
R. 421-44	art. R. 313-72, alinéas 8 et 9	CESEDA
R. 421-43	art. R. 313-72, alinéa 10	CESEDA
R. 421-45	Nouvel article	
R. 421-46	art. R. 313-74, I	CESEDA
R. 421-47	art. R. 313-74, II, alinéas 7 et 8	CESEDA
R. 421-48	Nouvel article	
R. 421-49	art. R. 311-11-1, alinéa 2 (en ce qui concerne le IV de l'article L. 313-24)	CESEDA
R. 421-50	art. R. 313-73-1, en ce qui concerne le II de l'article L. 313-24	CESEDA
R. 421-51	art. R. 313-10-6, alinéa 8	CESEDA
R*. 421-52	art. R.* 313-10-7-1	CESEDA
R. 421-53	art. R. 313-10-10, I	CESEDA
R. 421-54	art. R. 313-10-10, alinéa 6 du II	CESEDA
R. 421-55	art. R. 311-11, alinéas 2 et 3 en ce qui concerne l'article L. 313-7-2	CESEDA
R. 421-56	art. R. 311-11-1, alinéa 1 en ce qui concerne l'article L. 313-7-2	CESEDA
R. 421-57	art. R. 311-11-1, alinéa 2 en ce qui concerne l'article L. 313-7-2	CESEDA
R. 421-58	art. R. 311-14, 12° en ce qui concerne l'article L. 313-7-2	CESEDA
R. 421-59	Nouvel article	
R. 421-60		
R. 422-1		
R. 422-2	art. R. 311-1, alinéa 5	CESEDA

Référence du CESEDA en vigueur à compter du 1er mai 2021	Référence du texte en vigueur avant le 1er mai 2021	Texte source
R. 422-3	art. R. 311-7	CESEDA
R. 422-4	art. R. 313-9	CESEDA
R. 422-5	art. R. 313-7, II	CESEDA
D. 422-6	art. R. 313-75-3, II	CESEDA
R. 422-7	art. D. 313-7-2, alinéa 2 art. R. 311-15, I, 3°	CESEDA
R. 422-8	art. R. 313-7-1, I	CESEDA
R. 422-9	art. R. 313-7-1, II	CESEDA
D. 422-10	art. D. 313-7-2, alinéa 1	CESEDA
R. 422-11	art. R. 313-7-1, III	CESEDA
R. 422-12	art. R. 313-11-4, alinéas 1 et 2	CESEDA
D. 422-13	art. D. 313-16-5, en ce qui concerne l'article L. 313-8	CESEDA
R. 423-1	art. R. 314-1-3, en ce qui concerne le 3° de l'article L. 314-9	CESEDA
R. 423-2	art. R. 311-15, I, 6°	CESEDA
R. 423-3	art. R. 314-1-3, en ce qui concerne le 2° de l'article L. 314-9	CESEDA
R. 423-4	art. R. 314-1-3, en ce qui concerne le 1° de l'article L. 314-9	CESEDA
R. 423-5	art. R. 313-21	CESEDA
R. 424-1	art. R. 314-2, alinéa 12	CESEDA
R. 424-2	art. R. 314-1-4, alinéa 1 en ce qui concerne la qualité de réfugié	CESEDA
R. 424-3	art. R. 314-1-4, alinéa 4	CESEDA
R. 424-4	art. R. 311-14, 11°	CESEDA
R. 424-5	art. R. 311-15, 11° en ce qui concerne les réfugiés	CESEDA
R. 424-6	art. R. 314-1-3, en ce qui concerne l'article L. 314-8-2 statut de réfugié	CESEDA
R. 424-7	art. R. 313-75-1, III alinéa 2	CESEDA
R. 424-8	art. R. 314-1-4, alinéa 1 en ce qui concerne la protection subsidiaire	CESEDA
R. 424-9	art. R. 314-1-4, alinéa 4 en ce qui concerne protection subsidiaire	CESEDA
R. 424-10	art. R. 314-1-3, en ce qui concerne l'article L. 314-8-2 protection subsidiaire	CESEDA
R. 424-11	art. R. 311-14, 11° en ce qui concerne la protection subsidiaire	CESEDA

Référence du CESEDA en vigueur à compter du 1er mai 2021	Référence du texte en vigueur avant le 1er mai 2021	Texte source
R. 424-12	art. R. 311-15, 11° en ce qui concerne la protection subsidiaire	CESEDA
R. 425-1	art. R. 316-1	CESEDA
R. 425-2	art. R. 316-2	CESEDA
R. 425-3	art. R. 311-4, alinéa 2 art. R. 311-6, alinéa 1 (fin de la phrase)	CESEDA
R. 425-4	art. R. 316-6	CESEDA
R. 425-5	art. R. 316-3, alinéas 1 (sauf en ce qui concerne la rupture du lien), 2 et 3	CESEDA
R. 425-6	art. R. 316-4	CESEDA
R. 425-7	art. R. 316-7	CESEDA
R. 425-8	art. R. 316-8	CESEDA
R. 425-9	art. R. 316-9	CESEDA
R. 425-10	art. R. 316-10	CESEDA
R. 425-11	art. R. 313-22	CESEDA
R. 425-12	art. R. 313-23, alinéa 1, 2, 5 et 6	CESEDA
R. 425-13	art. R. 313-23, alinéas 3, 4, 7 et 8	CESEDA
R. 425-14	art. R. 313-24	CESEDA
R. 426-1	art. R. 311-15, 14°	CESEDA
R. 426-2	art. R. 311-1, alinéa 7	CESEDA
R. 426-3	art. R. 311-10, alinéa 1, 2e phrase	CESEDA
R. 426-4	art. R. 311-2, alinéa 7	CESEDA
R. 426-5	art. R. 314-1-5	CESEDA
R. 426-6	art. R. 311-2, alinéa 8	CESEDA
R. 426-7	art. R. 314-1-3, en ce qui concerne L. 314-8	CESEDA
R. 426-8	art. R. 314-1-4, alinéas 2 et 3 en ce qui concerne l'article L. 314-8	CESEDA
R. 426-9	art. R. 311-32	CESEDA
R. 426-10	art. R. 311-34, alinéa 1, 1re phrase	CESEDA
R. 426-11	art. R. 311-34, alinéa 6	CESEDA
D. 426-12	art. D. 311-33	CESEDA
R. 426-13	art. R. 313-12, II	CESEDA
R. 426-14	art. R. 313-12, III	CESEDA
R. 426-15	art. R. 313-37, alinéa 1	CESEDA
R. 426-16	art. R. 313-10-1	CESEDA

Référence du CESEDA en vigueur à compter du 1er mai 2021	Référence du texte en vigueur avant le 1er mai 2021	Texte source
R. 426-17	art. R. 313-10-2, II	CESEDA
R. 426-18	art. R. 313-10-3, II	CESEDA
R. 426-19	art. R. 313-10-3, I	CESEDA
R. 426-20	art. R. 313-10-4, I	CESEDA
R. 426-21	art. R. 313-10-4, II	CESEDA
R. 426-22	art. R. 313-10-4, III	CESEDA
Titre III		
R. 430-1	Nouvel article	
R. 430-2	Nouvel article	
R. 431-1	art. R. 311-13-1	CESEDA
R. 431-2	art. R. 311-1, alinéa 1	CESEDA
R. 431-3	art. R. 311-1, alinéas 2, 3 et 4	CESEDA
R. 431-4	art. R. 311-2, alinéa 1, 1re phrase	CESEDA
R. 431-5	art. R. 311-2, alinéa 1 (2e phrase), alinéas 2 à 5	CESEDA
R. 431-6	art. R. 314-1-3, alinéa 2	CESEDA
D. 431-7	art. D. 311-3-2	CESEDA
R. 431-8	art. R. 311-2, alinéa 6	CESEDA
R. 431-9	art. R. 311-2-1	CESEDA
R. 431-10	art. R. 311-2-2	CESEDA
R. 431-11	Nouvel article	
R. 431-12	art. R. 311-4, alinéa 1 et 3	CESEDA
R. 431-13	art. R. 311-5	CESEDA
R. 431-14	art. R. 311-6, alinéas 1 à 3	CESEDA
R. 431-15	art. R. 311-6, alinéa 4	CESEDA
R. 431-16	art. R. 311-3, sauf alinéas 20 à 23	CESEDA
R. 431-17	art. R. 311-3, alinéas 20 et 21	CESEDA
R. 431-18	art. R. 311-3, alinéa 22 art. R. 313-4	CESEDA
D. 431-19	art. D. 311-3-3	CESEDA
R. 431-20	art. R. 311-10, alinéa 1 (1re phrase) alinéas 3 et 4	CESEDA
R. 431-21	art. R. 311-10, alinéa 5	CESEDA
R. 431-22	art. R. 311-10-1	CESEDA
R. 431-23	art. R. 321-8	CESEDA
R. 431-24	art. R. 311-8	CESEDA

Référence du CESEDA en vigueur à compter du 1er mai 2021	Référence du texte en vigueur avant le 1er mai 2021	Texte source
R*. 432-1	art. R. 311-12	CESEDA
R. 432-2	art. R. 311-12-1	CESEDA
R. 432-3	art. R. 311-14, 1° à 7°, 8° (1re phrase)	CESEDA
R. 432-4	art. R. 311-15, I, 1°, 2°, 4, 5°, et 7° à 12°	CESEDA
R. 432-5	art. R. 311-15, II	CESEDA
R. 432-6	art. R. 312-1	CESEDA
R. 432-7	art. R. 312-2, alinéa 3	CESEDA
R. 432-8	art. R. 312-9	CESEDA
R. 432-9	art. R. 312-3	CESEDA
R. 432-10	art. R. 312-4	CESEDA
R. 432-11	art. R. 312-5	CESEDA
R. 432-12	art. R. 312-6	CESEDA
R. 432-13	art. R. 312-7	CESEDA
R. 432-14	art. R. 312-8	CESEDA
R. 432-15	art. R. 311-17	CESEDA
R. 433-1	art. R. 313-36, alinéa 1	CESEDA
R. 433-2	art. R. 313-76, alinéas 1 et 3	CESEDA
R. 433-3	art. R. 311-9	CESEDA
R. 433-4	art. R. 313-39, alinéas 1 et 2	CESEDA
R. 433-5	art. R. 313-40	CESEDA
R. 433-6	art. R. 313-39, alinéas 1 et 3 art. R. 313-76, alinéas 2 et 3	CESEDA
R. 434-1	art. R. 411-1	CESEDA
R. 434-2	art. R. 411-2	CESEDA
R. 434-3	art. R. 411-3	CESEDA
R. 434-4	art. R. 411-4	CESEDA
R. 434-5	art. R. 411-5	CESEDA
R. 434-6	art. R. 411-6	CESEDA
R. 434-7	art. R. 421-7	CESEDA
R. 434-8	art. R. 421-1	CESEDA
R. 434-9	art. R. 421-2	CESEDA
R. 434-10	art. R. 421-3	CESEDA
R. 434-11	Nouvel article	
R. 434-12	art. R. 421-8	CESEDA

Référence du CESEDA en vigueur à compter du 1er mai 2021	Référence du texte en vigueur avant le 1er mai 2021	Texte source
R. 434-13	art. R. 421-9	CESEDA
R. 434-14	art. R. 421-10	CESEDA
R. 434-15	art. R. 421-11	CESEDA
R. 434-17	art. R. 421-13	CESEDA
R. 434-18	art. R. 421-14	CESEDA
R. 434-19	art. R. 421-15	CESEDA
R. 434-20	art. R. 421-15-1	CESEDA
R. 434-21	art. R. 421-16	CESEDA
R. 434-22	art. R. 421-17	CESEDA
R. 434-23	art. R. 421-18	CESEDA
R. 434-24	art. R. 421-19-1	CESEDA
R. 434-25	art. R. 421-19	CESEDA
R. 434-26	art. R. 421-20	CESEDA
R. 434-27	art. R. 421-21	CESEDA
R. 434-28	art. R. 421-22	CESEDA
R. 434-29	art. R. 421-23	CESEDA
R. 434-30	art. R. 421-24	CESEDA
R. 434-31	art. R. 421-25	CESEDA
R. 434-32	art. R. 421-26	CESEDA
R. 434-33	art. R. 421-27	CESEDA
R. 434-34	art. R. 421-28	CESEDA
R. 434-35	art. R. 421-29	CESEDA
R. 434-36	art. R. 431-1	CESEDA
R. 435-1	Nouvel article	
R. 435-2	art. R. 313-26	CESEDA
D. 436-1	art. D. 311-18-2	CESEDA
D. 436-2	art. D. 311-18-3	CESEDA
R. 436-3	art. L. 311-13, E en ce qui concerne la métropole	CESEDA
Titre IV		
R. 441-1	Nouvel article	
D. 441-2	art. D. 834-1	CESEDA
R. 441-3	art. R. 322-1, en ce qui concerne les collectivités de l'article 73 de la Constitution art. R. 322-2, en ce qui concerne Saint-Pierre-et-Miquelon	CESEDA

ANNEXE 4

Référence du CESEDA en vigueur à compter du 1er mai 2021	Référence du texte en vigueur avant le 1er mai 2021	Texte source
R. 441-4	Nouvel article	
R. 441-5	art. R. 832-1	CESEDA
R. 441-6	art. R. 832-2	CESEDA
R. 441-7	Nouvel article	
R*. 442-1		
R. 442-2		
R. 442-3		
D. 442-4		
R*. 443-1		
R. 443-2		
R. 443-3		
D. 443-4		
R*. 444-1		
R. 444-2		
R. 444-3		
D. 444-4		
D. 444-5		
R*. 445-1		
R. 445-2		
R. 445-3		
R. 445-4		
D. 445-5		
D. 445-6		
R*. 446-1		
R. 446-2		
R. 446-3		
R. 446-4		
D. 446-5		
LIVRE V		
Titre Ier		
R. 510-1	Nouvel article	
R. 511-1	art. R. 711-2	CESEDA
R. 511-2	art. R. 711-1	CESEDA
R. 512-1	art. R. 712-1	CESEDA

Référence du CESEDA en vigueur à compter du 1er mai 2021	Référence du texte en vigueur avant le 1er mai 2021	Texte source
Titre II		
R. 520-1	Nouvel article	
R. 521-1	art. R. 741-1	CESEDA
R*. 521-2	art. R.* 741-1-1	CESEDA
R. 521-3	art. R. 741-2, alinéa 2	CESEDA
R. 521-4	art. R. 741-2, alinéa 1	CESEDA
R. 521-5	art. R. 741-3, alinéas 1 à 5	CESEDA
R. 521-6	art. R. 741-3, alinéa 7	CESEDA
R. 521-7	art. R. 741-3, alinéa 6	CESEDA
R. 521-8	art. R. 741-4, alinéa 1	CESEDA
R. 521-9	art. R. 741-5	CESEDA
R. 521-10	art. R. 741-6	CESEDA
R*. 521-11	art. R.* 741-4-1	CESEDA
D. 521-12	art. D. 744-43	CESEDA
R. 521-13	art. R. 744-4-1, I	CESEDA
R. 521-14	art. R. 741-4, alinéa 3 (1re phrase)	CESEDA
R. 521-15	art. R. 741-4, alinéa 3 (2e phrase) art. R. 723-5, alinéa 2	CESEDA
R. 521-16	art. R. 741-4, alinéa 4	CESEDA
R. 521-17	art. R. 741-4, alinéa 5	CESEDA
R. 521-18	art. R. 741-5, en ce qui concerne les mineurs non accompagnés art. R. 741-1, alinéa 2	CESEDA
R. 521-19	art. R. 741-7	CESEDA
R. 521-20	art. R. 111-20, sauf 1°	CESEDA
R. 522-1	art. R. 744-14, alinéa 1	CESEDA
R. 522-2	art. R. 744-14, alinéa 2	CESEDA
Titre III		
R. 530-1	Nouvel article	
D. 531-1	art. D. 744-42	CESEDA
R. 531-2	art. R. 723-1, alinéa 1	CESEDA
R. 531-3	art. R. 723-1, alinéa 2	CESEDA
R. 531-4	art. R. 723-1, alinéa 4	CESEDA
R. 531-5	art. R. 723-1, alinéa 3	CESEDA
R. 531-6	art. R. 723-2	CESEDA

Référence du CESEDA en vigueur à compter du 1er mai 2021	Référence du texte en vigueur avant le 1er mai 2021	Texte source
R. 531-7	art. R. 723-3	CESEDA
R. 531-8	art. R. 744-4-1, I	CESEDA
R. 531-9	art. R. 744-4-1, II	CESEDA
R. 531-10	art. R. 723-10, alinéa 1	CESEDA
R. 531-11	art. R. 723-5, alinéa 1	CESEDA
R. 531-12	art. R. 723-5, alinéa 3	CESEDA
R. 531-13	art. R. 723-6	CESEDA
R. 531-14	art. R. 723-7, alinéa 3 (sauf 1re phrase)	CESEDA
R. 531-15	art. R. 723-8	CESEDA
R. 531-16	art. R. 723-9	CESEDA
R. 531-17	art. R. 723-19, I art. R. 723-20	CESEDA
R. 531-18	art. R. 723-19, II	CESEDA
R. 531-19	art. R. 723-19, III en ce qui concerne l'OFII	CESEDA
R. 531-20	art. R. 723-19, IV	CESEDA
R. 531-21	art. R. 723-21, alinéa 1	CESEDA
R. 531-22	art. R. 723-21, alinéa 2	CESEDA
R. 531-23	art. R. 723-4, I	CESEDA
R. 531-24	art. R. 722-2-1	CESEDA
R. 531-25	art. R. 722-3, alinéa 6	CESEDA
R. 531-26	art. R. 723-4, II et IV (en ce qui concerne le II)	CESEDA
R. 531-27	art. R. 723-4, III et IV (en ce qui concerne le III)	CESEDA
R. 531-28	art. R. 723-7, alinéa 3 (1re phrase)	CESEDA
R. 531-29	art. R. 723-18	CESEDA
R. 531-30	art. R. 723-11	CESEDA
R. 531-31	art. R. 723-12	CESEDA
R. 531-32	art. R. 723-13	CESEDA
R. 531-33	art. R. 723-14, alinéa 1 et alinéa 2 (4e phrase)	CESEDA
R. 531-34	art. R. 723-14, alinéa 2 (sauf 4e phrase)	CESEDA
R. 531-35	art. R. 723-15, alinéa 1 art. R. 723-15, alinéa 2 (1re phrase)	CESEDA
R. 531-36	art. R. 723-15, alinéa 2 (2e phrase)	CESEDA
R. 531-37	art. R. 723-15, alinéa 2 (3e phrase)	CESEDA
R. 531-38	art. R. 723-16	CESEDA

Référence du CESEDA en vigueur à compter du 1er mai 2021	Référence du texte en vigueur avant le 1er mai 2021	Texte source
R. 531-39	art. R. 723-17	CESEDA
R. 532-1	art. R. 733-2	CESEDA
R. 532-2	art. R. 733-3	CESEDA
R. 532-3	art. R. 733-4, alinéas 1 à 7	CESEDA
R. 532-4	art. R. 733-4, alinéas 8 à 11	CESEDA
R. 532-5	art. R. 733-4-1	CESEDA
R. 532-6	art. R. 733-5, alinéa 1	CESEDA
R. 532-7	art. R. 733-5, alinéas 4 et 5	CESEDA
R. 532-8	art. R. 733-6	CESEDA
R. 532-9	art. R. 733-8	CESEDA
R. 532-10	art. R. 733-7	CESEDA
R. 532-11	art. R. 733-5, alinéa 3	CESEDA
R. 532-12	art. R. 733-9	CESEDA
R. 532-13	art. R. 733-10, alinéa 1	CESEDA
R. 532-14	art. R. 733-10, alinéa 3	CESEDA
R. 532-15	art. R. 733-12, alinéas 1 et 2	CESEDA
R. 532-16	art. R. 733-11	CESEDA
R. 532-17	art. R. 733-12, alinéas 3 à 5	CESEDA
R. 532-18	art. R. 733-12, alinéa 6 art. R. 733-10, alinéa 2	CESEDA
R. 532-19	art. R. 733-15, alinéa 1	CESEDA
R. 532-20	art. R. 733-15, alinéa 2	CESEDA
R. 532-21	art. R. 733-13, alinéa 1	CESEDA
R. 532-22	art. R. 733-13, alinéas 2 et 3	CESEDA
R. 532-23	art. R. 733-13, alinéa 4	CESEDA
R. 532-24	art. R. 733-13, alinéa 5	CESEDA
R. 532-25	art. R. 733-14	CESEDA
R. 532-26	art. R. 733-16	CESEDA
R. 532-27	art. R. 733-13-2, alinéa 1	CESEDA
R. 532-28	art. R. 733-13-2, alinéa 2	CESEDA
R. 532-29	art. R. 733-34, alinéas 1 et 2	CESEDA
R. 532-30	art. R. 733-34, alinéa 3	CESEDA
R. 532-31	art. R. 733-18	CESEDA
R. 532-32	art. R. 733-19	CESEDA

ANNEXE 4

Référence du CESEDA en vigueur à compter du 1er mai 2021	Référence du texte en vigueur avant le 1er mai 2021	Texte source
R. 532-33	art. R. 733-27, alinéa 1	CESEDA
R. 532-34	art. R. 733-27, alinéa 2	CESEDA
R. 532-35	art. R. 733-27, alinéa 3	CESEDA
R. 532-36	art. R. 733-27, alinéas 4 à 6	CESEDA
R. 532-37	art. R. 733-24, alinéa 1	CESEDA
R. 532-38	art. R. 733-24, alinéas 2 et 3	CESEDA
R. 532-39	art. R. 733-24, alinéas 4 à 6	CESEDA
R. 532-40	art. R. 733-5, alinéa 2	CESEDA
R. 532-41	art. R. 733-17, alinéas 1 et 2	CESEDA
R. 532-42	art. R. 733-25, alinéas 1 à 5	CESEDA
R. 532-43	art. R. 733-25, alinéa 6	CESEDA
R. 532-44	art. R. 733-26	CESEDA
R. 532-45	art. R. 733-20	CESEDA
R. 532-46	art. R. 733-21	CESEDA
R. 532-47	art. R. 733-22	CESEDA
R. 532-48	art. R. 733-17, alinéas 3 et 4	CESEDA
R. 532-49	art. R. 733-23	CESEDA
R. 532-50	art. R. 733-28	CESEDA
R. 532-51	art. R. 733-29	CESEDA
R. 532-52	art. R. 733-30	CESEDA
R. 532-53	art. R. 733-31	CESEDA
R. 532-54	art. R. 733-32, alinéa 1	CESEDA
R. 532-55	art. R. 733-32, alinéa 2	CESEDA
R. 532-56	art. R. 733-32, alinéa 3	CESEDA
R. 532-57	art. R. 723-19, III (en ce qui concerne la CNDA))	CESEDA
R. 532-58	art. R. 733-33	CESEDA
R*. 532-59	art. R.* 733-34-1	CESEDA
R*. 532-60	art. R.* 733-34-2	CESEDA
R*. 532-61	art. R.* 733-34-3	CESEDA
R*. 532-62	art. R.* 733-34-4	CESEDA
R*. 532-63	art. R.* 733-34-5	CESEDA
R*. 532-64	art. R.* 733-34-6	CESEDA
R*. 532-65	art. R.* 733-34-7	CESEDA
R*. 532-66	art. R.* 733-34-8	CESEDA

Référence du CESEDA en vigueur à compter du 1er mai 2021	Référence du texte en vigueur avant le 1er mai 2021	Texte source
R. 532-67	art. R. 733-35	CESEDA
R. 532-68	art. R. 733-37, alinéas 1 et 2	CESEDA
R. 532-69	art. R. 733-38	CESEDA
R. 532-70	art. R. 733-41	CESEDA
R. 532-71	art. R. 733-39	CESEDA
R. 532-72	art. R. 733-40	CESEDA
Titre IV		
R. 540-1	Nouvel article	
R. 541-1	art. R. 743-1	CESEDA
R. 541-2	art. R. 743-2	CESEDA
Titre V		
R. 550-1	Nouvel article	CESEDA
R. 551-1	art. R. 744-13-1	CESEDA
R. 551-2	art. R. 744-13-2, alinéa 1	CESEDA
R. 551-3	art. R. 744-13-2, alinéa 2	CESEDA
R. 551-4	art. R. 744-13-3, alinéa 1	CESEDA
R. 551-5	art. R. 744-13-3, alinéa 2	CESEDA
R. 551-6	art. R. 744-13-4	CESEDA
R. 551-7	art. R. 744-1	CESEDA
R. 551-8	art. R. 744-2, alinéas 1 et 2	CESEDA
R. 551-9	art. R. 744-2, alinéa 3	CESEDA
R. 551-10	art. R. 744-2, alinéa 4	CESEDA
R. 551-11	art. R. 744-4-1, I, alinéa 1	CESEDA
R. 551-12	art. R. 744-4-1, I, alinéa 2	CESEDA
R. 551-13	art. R. 744-2, alinéa 5	CESEDA
R. 551-14	art. R. 744-3, I	CESEDA
R. 551-15	art. R. 744-3, II	CESEDA
D. 551-16	art. D. 744-39	CESEDA
D. 551-17	art. D. 744-37-1	CESEDA
D. 551-18	art. D. 744-38	CESEDA
D. 551-19	art. D. 744-36, alinéa 2	CESEDA
D. 551-20	art. D. 744-37	CESEDA
R. 551-21	art. R. 744-9, II	CESEDA
D. 551-22	art. D. 744-36, alinéa 1	CESEDA

ANNEXE 4

Référence du CESEDA en vigueur à compter du 1er mai 2021	Référence du texte en vigueur avant le 1er mai 2021	Texte source
R. 551-23	art. R. 744-9, I	CESEDA
R. 552-1	art. R. 744-5	CESEDA
R. 552-2	art. R. 744-6	CESEDA
R. 552-3	art. R. 744-4	CESEDA
R. 552-4	art. R. 744-10, alinéas 1 à 5	CESEDA
R. 552-5	art. R. 744-10, alinéa 6	CESEDA
R. 552-6	art. R. 744-11, alinéa 1	CESEDA
R. 552-7	art. R. 744-13	CESEDA
R. 552-8	art. R. 744-7	CESEDA
R. 552-9	art. R. 744-8	CESEDA
R. 552-10	art. R. 744-6-1	CESEDA
R. 552-11	art. R. 744-12, I, alinéa 1	CESEDA
R. 552-12	art. R. 744-12, I, alinéa 2	CESEDA
R. 552-13	art. R. 744-12, I, alinéas 3 à 5	CESEDA
R. 552-14	art. R. 744-12, II, alinéa 1	CESEDA
R. 552-15	art. R. 744-12, II, alinéas 2 à 5	CESEDA
R. 552-16	art. R. 744-11, alinéa 2	CESEDA
D. 553-1	art. D. 744-17	CESEDA
D. 553-2	art. D. 744-19, alinéa 1	CESEDA
D. 553-3	art. D. 744-18 art. D. 744-20 art. D. 744-21	CESEDA
D. 553-4	art. D. 744-23, alinéas 1 à 3	CESEDA
D. 553-5	art. D. 744-23, alinéa 4	CESEDA
D. 553-6	art. D. 744-22	CESEDA
D. 553-7	art. D. 744-25	CESEDA
D. 553-8	art. D. 744-26, alinéa 1 (1re phrase)	CESEDA
D. 553-9	art. D. 744-26, alinéa 1 (2e phrase)	CESEDA
D. 553-10	art. D. 744-26, alinéa 3	CESEDA
D. 553-11	art. D. 744-31	CESEDA
D. 553-12	art. D. 744-26, alinéa 2 art. D. 744-27, alinéa 1	CESEDA
D. 553-13	art. D. 744-30	CESEDA
D. 553-14	art. D. 744-27, alinéa 2	CESEDA
D. 553-15	art. D. 744-27, alinéa 3	CESEDA

Référence du CESEDA en vigueur à compter du 1er mai 2021	Référence du texte en vigueur avant le 1er mai 2021	Texte source
D. 553-16	art. D. 744-28	CESEDA
D. 553-17	art. D. 744-29	CESEDA
D. 553-18	art. D. 744-33, alinéa 4	CESEDA
D. 553-19	art. D. 744-32	CESEDA
D. 553-20	art. D. 744-41, alinéas 1 à 4	CESEDA
D. 553-21	art. D. 744-33, alinéas 1 à 3	CESEDA
D. 553-22	art. D. 744-41, alinéa 5 (1re phrase)	CESEDA
D. 553-23	art. D. 744-41, alinéa 5 (2e phrase)	CESEDA
D. 553-24	art. D. 744-34, alinéas 1 à 4	CESEDA
D. 553-25	art. D. 744-35	CESEDA
D. 553-26	art. D. 744-24	CESEDA
D. 553-27	art. D. 744-26, alinéa 1 (3e et 4e phrases)	CESEDA
D. 553-28	art. D. 744-40	CESEDA
D. 554-1	art. D. 744-44	CESEDA
Titre VI		
R. 560-1	Nouvel article	
R. 561-1	art. R. 752-1	CESEDA
R. 561-2	art. R. 752-2	CESEDA
R. 561-3	art. R. 752-3	CESEDA
R. 561-4	art. R. 723-10, alinéa 2	CESEDA
R. 561-5	art. R. 753-1	CESEDA
R. 561-6	art. R. 753-2	CESEDA
R. 561-7	art. R. 753-3	CESEDA
R. 561-8	art. R. 753-4	CESEDA
R. 561-9	art. R. 753-5	CESEDA
R. 561-10	art. R. 753-6	CESEDA
R. 561-11	art. R. 753-7	CESEDA
D. 561-12	art. D. 751-1, I	CESEDA
D. 561-13	art. D. 751-1, II	CESEDA
D. 561-14	art. D. 751-1, III	CESEDA
R. 561-15	art. R. 754-1	CESEDA
R. 562-1	art. R. 723-21, alinéa 2	CESEDA
R. 562-2	art. R. 733-36, alinéas 1 et 2	CESEDA

Référence du CESEDA en vigueur à compter du 1er mai 2021	Référence du texte en vigueur avant le 1er mai 2021	Texte source
Titre VII		
R. 571-1	art. R. 742-2	CESEDA
R. 572-1	art. R. 742-1, alinéa 1 (en ce qui concerne transfert)	CESEDA
R. 573-1	art. R. 742-1, alinéa 1 (en ce qui concerne l'attestation)	CESEDA
R. 573-2	art. R. 742-3	CESEDA
Titre VIII		
R. 580-1	Nouvel article	
R. 581-1	art. R. 811-1, alinéas 1 à 7	CESEDA
R. 581-2	art. R. 811-1, alinéa 8	CESEDA
R. 581-3	art. R. 811-1, alinéa 9	CESEDA
R. 581-4	art. R. 811-2	CESEDA
R. 581-5	art. R. 811-3	CESEDA
R. 581-6	art. R. 811-4	CESEDA
D. 581-7	art. D. 744-19, alinéa 2	CESEDA
R. 581-8	art. R. 811-5	CESEDA
R. 581-9	art. R. 811-6	CESEDA
R. 581-10	art. R. 811-7	CESEDA
R. 581-11	art. R. 811-8	CESEDA
R. 581-12	art. R. 811-9	CESEDA
R. 581-13	art. R. 811-10	CESEDA
R. 581-14	art. R. 811-11	CESEDA
R. 581-15	art. R. 811-12	CESEDA
R. 581-16	art. R. 811-13	CESEDA
R. 581-17	art. R. 811-14	CESEDA
R. 581-18	art. R. 811-15	CESEDA
R. 581-19	art. R. 811-16	CESEDA
R. 582-1	art. R. 812-1	CESEDA
R. 582-2	art. R. 812-2	CESEDA
R. 582-3	art. R. 812-3	CESEDA
R. 582-4	art. R. 812-4, I	CESEDA
R. 582-5	art. R. 812-4, II	CESEDA

Référence du CESEDA en vigueur à compter du 1er mai 2021	Référence du texte en vigueur avant le 1er mai 2021	Texte source
Titre IX		
R. 591-1	art. R. 767-1 art. R. 761-1	CESEDA
D. 591-2	Nouvel article	
R. 591-3	art. R. 768-1	CESEDA
R. 591-4	art. R. 768-2	CESEDA
R. 591-5	art. R. 768-3	CESEDA
R. 591-6	art. R. 768-1	CESEDA
R. 591-7	art. R. 768-2	CESEDA
R. 591-8	art. R. 768-3	CESEDA
D. 591-9	art. D. 767-3	CESEDA
R. 591-10	art. R. 768-1	CESEDA
R. 591-11	art. R. 768-2	CESEDA
R. 591-12	art. R. 768-3	CESEDA
D. 591-13	art. D. 761-3	CESEDA
R. 591-14	art. R. 766-4 art. R. 766-5	CESEDA
D. 591-15	art. D. 766-6	CESEDA
R*. 592-1	art. R.* 766-3	CESEDA
R. 592-2	art. R. 766-1	CESEDA
R. 592-3	art. R. 766-1	CESEDA
D. 592-4	art. D. 766-1-1	CESEDA
D. 592-5	Nouvel article	
R*. 593-1	art. R.* 766-3	CESEDA
R. 593-2	art. R. 766-2	CESEDA
R. 593-3	art. R. 766-2	CESEDA
D. 593-4	art. D. 766-2-1	CESEDA
D. 593-5	art. D. 766-2-1	CESEDA
R*. 594-1	Nouvel article	
R. 594-2	art. R. 762-1 art. R. 762-2 art. R. 812-5	CESEDA
R. 594-3	art. R. 762-1 art. R. 762-2 art. R. 812-5	CESEDA

ANNEXE 4

Référence du CESEDA en vigueur à compter du 1er mai 2021	Référence du texte en vigueur avant le 1er mai 2021	Texte source
R*. 595-1	Nouvel article	
R. 595-2	art. R. 763-1 art. R. 763-2 art. R. 812-6	CESEDA
R. 595-3	art. R. 763-1 art. R. 763-2 art. R. 812-6	CESEDA
R*. 596-1	Nouvel article	
R. 596-2	art. R. 764-1 art. R. 764-2 art. R. 812-7	CESEDA
R. 596-3	art. R. 764-1 art. R. 764-2 art. R. 812-7	CESEDA
R. 597-1	art. R. 765-1, I	CESEDA
R. 597-2	art. R. 765-1, II	CESEDA
R. 597-3	art. R. 765-1, III	CESEDA
LIVRE VI		
Titre Ier		
R. 610-1	Nouvel article	
R. 611-1	art. R. 511-1, alinéas 1 et 4	CESEDA
R. 611-2	art. R. 511-1, alinéas 2 et 3	CESEDA
R. 613-1	art. R. 512-1, alinéa 1 (en ce qui concerne le cas prévu à l'article L. 511-1)	CESEDA
R. 613-2	art. R. 511-2, alinéa 2 (1re phrase)	CESEDA
R. 613-3	art. R. 511-3, alinéa 1	CESEDA
R. 613-4	art. R. 512-1-1	CESEDA
R. 613-5	art. R. 511-2, alinéa 1	CESEDA
R. 613-6	art. R. 511-5	CESEDA
R. 613-7	art. R. 511-3, alinéa 2	CESEDA
R. 614-1	art. R. 512-2 (en ce qui concerne les recours mentionnés à l'article L. 512-1)	CESEDA
R. 615-1	art. R. 531-4	CESEDA
R. 615-2	art. R. 531-5	CESEDA
R. 615-3	art. R. 531-7, alinéa 1 (en ce qui concerne la consultation de l'État auteur) art. R. 531-8 (et création en ce qui concerne la consultation de l'État auteur, dans le cas prévu au 2° de l'article R. 531-5)	CESEDA

Référence du CESEDA en vigueur à compter du 1er mai 2021	Référence du texte en vigueur avant le 1er mai 2021	Texte source
R. 615-4	art. R. 531-8 art. R. 531-6 (en ce qui concerne le retrait du titre de séjour délivré par la France)	CESEDA
R. 615-5	art. R. 531-7, alinéa 1 (en ce qui concerne la consultation de l'État qui a délivré le titre) art. R. 531-7, alinéas 2 et 3 art. R. 531-6 (en ce qui concerne le retrait du titre de séjour délivré par un autre État) art. R. 531-5 (en ce qui concerne l'application sans préjudice de l'article L. 531-2)	CESEDA
Titre II		
R. 621-1	art. R. 531-1, I art. R. 531-3-1 art. R. 531-3-2 art. R. 531-3-3 art. R. 531-3-4 art. R. 531-3-5	CESEDA
R. 621-2	art. R. 211-33, alinéas 1, 2 et 4	CESEDA
R. 621-3	art. R. 211-33, alinéa 3	CESEDA
R. 621-4	art. R. 211-32 art. R. 212-6	CESEDA
R. 621-5	art. R. 531-10, I	CESEDA
R. 621-6	art. R. 531-10, II	CESEDA
R. 621-7	art. R. 531-11, alinéa 1	CESEDA
R. 621-8	art. R. 531-11, alinéa 3	CESEDA
R. 621-9	art. R. 531-11, alinéa 2	CESEDA
R. 621-10	art. R. 531-12, 1re phrase (en ce qui concerne la vérification de la mesure d'éloignement) de l'alinéa 1 du II	CESEDA
R. 621-11	art. R. 531-12, I, 1re phrase (en ce qui concerne l'examen et le retrait du séjour) de l'alinéa 1 du II	CESEDA
R. 621-12	art. R. 531-12, II, alinéa 1 (2de phrase)	CESEDA
R. 621-13	art. R. 531-13	CESEDA
R. 621-14	art. R. 531-12, II, alinéa 2	CESEDA
R. 622-1	art. R. 531-1, II	CESEDA
Titre III		
R. 630-1	Nouvel article	
R. 631-1	art. R. 521-1	CESEDA
R. 632-1	art. R. 522-1	CESEDA
R.* 632-2	art. R.* 522-2	CESEDA
R. 632-3	art. R. 522-4, alinéa 1	CESEDA

ANNEXE 4

Référence du CESEDA en vigueur à compter du 1er mai 2021	Référence du texte en vigueur avant le 1er mai 2021	Texte source
R. 632-4	art. R. 522-5	CESEDA
R. 632-5	art. R. 522-4, alinéa 2 art. R. 522-6	CESEDA
R. 632-6	art. R. 522-7	CESEDA
R. 632-7	art. R. 522-8	CESEDA
R. 632-8	art. R. 522-8-1	CESEDA
R. 632-9	art. R. 524-1	CESEDA
R. 632-10	art. R. 524-2	CESEDA
Titre V		
R. 651-1	Nouvel article	
R.* 651-2	art. R. 522-3	CESEDA
R. 651-3	Nouvel article	
R.* 651-4	art. R. 522-3	CESEDA
R. 651-5	Nouvel article	
R.* 651-6	art. R. 522-3	CESEDA
R. 651-7	Nouvel article	
R.* 651-8	art. R. 522-3	CESEDA
R. 651-9	Nouvel article	
R.* 651-10	art. R. 522-3	CESEDA
R. 651-11	Nouvel article	
R.* 652-1		
R. 652-2		
R. 652-3		
R.* 653-1		
R. 653-2		
R. 653-3		
R.* 654-1		
R. 654-2		
R. 654-3		
R.* 655-1		
R. 655-2		
R. 655-3		
R.* 656-1		
R. 656-2		
R. 656-3		

Référence du CESEDA en vigueur à compter du 1er mai 2021	Référence du texte en vigueur avant le 1er mai 2021	Texte source
LIVRE VII		
Titre Ier		
R. 710-1	Nouvel article	
R. 711-1	art. R. 511-4, alinéa 1	CESEDA
R. 711-2	art. R. 511-4, alinéa 2	CESEDA
R. 711-3	art. R. 512-1-2, alinéa 1	CESEDA
R. 711-4	art. R. 512-1-2, alinéas 3 à 6	CESEDA
R. 711-5	art. R. 512-1-2, alinéa 2	CESEDA
Titre II		
R. 720-1	Nouvel article	
R. 721-1	art. R. 723-21-1 art. R. 723-22	CESEDA
R. 721-2	art. R. 513-1 art. R. 523-1	CESEDA
R*. 721-3	art. R. 513-1-1 art. R.* 523-2 art. R. 523-3	CESEDA
R. 721-4	art. R. 513-2, en ce qui concerne la désignation du lieu de résidence	CESEDA
R. 721-5	art. R. 513-2, en ce qui concerne l'obligation de présentation	CESEDA
R. 721-6	art. R. 513-3	CESEDA
R. 721-7	art. R. 513-4	CESEDA
R. 722-1	art. R. 531-9	CESEDA
R. 722-2	art. R. 531-7, alinéas 2 et 3	CESEDA
Titre III		
R. 730-1	Nouvel article	
R. 731-1	art. R. 523-8	CESEDA
R. 732-1	art. R. 561-1, en ce qui concerne l'assignation à résidence de l'article L. 561-2	CESEDA
R. 732-2	art. R. 561-1, en ce qui concerne l'assignation à résidence des 1° à 4° de l'article L. 561-1 (sauf le cas de transfert) art. R. 523-4	CESEDA
R*. 732-3	art. R*. 523-5 art. R. 523-7	CESEDA
R*. 732-4	art. R.* 541-1 art. R. 561-1-1	CESEDA

ANNEXE 4

Référence du CESEDA en vigueur à compter du 1er mai 2021	Référence du texte en vigueur avant le 1er mai 2021	Texte source
R. 732-5	art. R. 561-5, en ce qui concerne l'assignation de l'article L. 561-2	CESEDA
R. 732-6	art. R. 561-4	CESEDA
R. 733-1	art. R. 561-2, alinéa 1 et alinéa 2 (2de phrase)	CESEDA
R. 733-2	art. R. 561-2, alinéa 2, 1re phrase	CESEDA
R. 733-3	art. R. 561-3	CESEDA
R. 733-4	art. R. 513-5 art. R. 513-6, alinéa 1	CESEDA
R. 733-5	art. R. 214-1 art. R. 561-6, alinéa 1 art. R. 523-9 art. R. 541-2	CESEDA
R. 733-6	art. R. 214-1 art. R. 561-6, alinéa 2 art. R. 513-6, alinéa 2	CESEDA
R. 733-7	art. R. 214-1 art. R. 561-6, alinéa 3 art. R. 513-6, alinéa 3	CESEDA
R. 733-8	art. R. 214-1 art. R. 561-6, alinéas 4 et 5 art. R. 513-6, alinéas 4 et 5	CESEDA
R. 733-9	art. R. 561-7, alinéa 1 (1re phrase)	CESEDA
R. 733-10	art. R. 561-7, alinéa 1 (2e et 3e phrases) et alinéa 2	CESEDA
R. 733-11	art. R. 561-7, alinéas 3 et 4	CESEDA
R. 733-12	art. R. 561-7, alinéas 5 à 7	CESEDA
R. 733-13	art. R. 561-7, alinéa 8	CESEDA
R. 733-14	art. R. 571-1	CESEDA
R. 733-15	art. R. 571-2	CESEDA
R. 733-16	art. R. 571-3	CESEDA
R. 733-17	art. R. 571-4	CESEDA
R. 733-18	art. R. 571-5	CESEDA
R. 733-19	art. R. 571-6	CESEDA
R. 733-20	art. R. 571-7	CESEDA
R. 733-21	art. R. 541-3	CESEDA
Titre IV		
R. 740-1	Nouvel article	
R. 741-1	art. R. 551-1, 1re phrase	CESEDA

Référence du CESEDA en vigueur à compter du 1er mai 2021	Référence du texte en vigueur avant le 1er mai 2021	Texte source
R. 741-2	art. R. 551-2, alinéa 2 (2de phrase)	CESEDA
R. 741-3	art. R. 552-10-1, alinéa 1 (1re phrase)	CESEDA
R. 742-1	art. R. 552-2 art. R. 552-4, alinéa 1	CESEDA
R. 742-2	art. R. 552-17, alinéa 1, 1re phrase (en ce qui concerne la procédure)	CESEDA
R. 743-1	art. R. 552-1 art. L. 552-7, alinéa 4 (en ce qui concerne la compétence du juge des libertés et de la détention de Paris) art. R. 552-10-1, alinéa 3 (en ce qui concerne l'article R. 552-1) art. R. 552-11	CESEDA
R. 743-2	art. R. 552-3 art. R. 552-17, alinéa 1 (2e phrase) art. R. 552-10-1, alinéa 1 (3e et 4e phrases)	CESEDA
R. 743-3	art. R. 552-4, alinéa 2 art. R. 552-10-1, alinéa 1 (2e phrase) art. R. 552-5 art. R. 552-10-1, alinéa 3 (en ce qui concerne l'article R. 552-5)	CESEDA
R. 743-4	art. R. 552-7 art. R. 552-10-1, alinéa 2	CESEDA
R. 743-5	art. R. 552-8 art. R. 552-10-1, alinéa 3 (en ce qui concerne l'article R. 552-8)	CESEDA
R. 743-6	art. R. 552-9 art. R. 552-10-1, alinéa 3 (en ce qui concerne l'article R. 552-9)	CESEDA
R. 743-7	art. R. 552-10, alinéas 1 et 2 art. R. 552-10-1, alinéa 3 (en ce qui concerne les alinéas 1 et 2 de l'article R. 552-10) art. R. 552-19	CESEDA
R. 743-8	art. R. 552-10, alinéa 3 art. R. 552-10-1, alinéa 3 (en ce qui concerne l'alinéa 3 de l'article R. 552-10)	CESEDA
R. 743-9	art. R. 561-5, (en ce qui concerne l'assignation de l'article L. 552-4)	CESEDA
R. 743-10	art. R. 552-12, alinéas 1 et 2 art. R. 552-20, alinéa 1	CESEDA
R. 743-11	art. R. 552-13 art. R. 552-21	CESEDA
R. 743-12	art. R. 552-12, alinéas 3 et 4 art. R. 552-20, alinéas 4 et 5	CESEDA

ANNEXE 4

Référence du CESEDA en vigueur à compter du 1er mai 2021	Référence du texte en vigueur avant le 1er mai 2021	Texte source
R. 743-13	art. R. 552-14, alinéas 1 et 2 art. R. 552-22, alinéas 1 et 3	CESEDA
R. 743-14	art. R. 552-14-1, alinéas 1 et 2 art. R. 552-23, en ce qui concerne l'article R. 552-14-1	CESEDA
R. 743-15	art. R. 552-20-1, alinéa 2 art. R. 552-23, en ce qui concerne l'article R. 552-15	CESEDA
R. 743-16	art. R. 552-14-1, alinéa 3 art. R. 552-20-1, alinéa 3	CESEDA
R. 743-17	art. R. 552-14-1, alinéa 4 art. R. 552-20-1, alinéa 4	CESEDA
R. 743-18	art. R. 552-15, alinéas 1 à 3	CESEDA
R. 743-19	art. R. 552-15, alinéas 4 et 5	CESEDA
R. 743-20	art. R. 552-16 art. R. 552-24	CESEDA
R. 743-21	art. R. 552-6 art. R. 552-10-1, alinéa 3, en ce qui concerne l'article R. 552-6	CESEDA
R. 743-22	art. R. 552-14, alinéa 3 art. R. 552-22, alinéa 4	CESEDA
R. 744-1	art. R. 551-2, alinéa 1	CESEDA
R. 744-2	art. R. 551-2, alinéa 2 (1re phrase)	CESEDA
R. 744-3	art. R. 553-1	CESEDA
R. 744-4	art. R. 553-2	CESEDA
R. 744-5	art. R. 553-3, alinéa 1 (1re phrase)	CESEDA
R. 744-6	art. R. 553-3, alinéas 2 à 15	CESEDA
R. 744-7	art. R. 553-4-1	CESEDA
R. 744-8	art. R. 551-3, alinéa 1	CESEDA
R. 744-9	art. R. 551-3, alinéa 2	CESEDA
R. 744-10	art. R. 553-5	CESEDA
R. 744-11	art. R. 553-6, alinéas 1 à 8	CESEDA
R. 744-12	art. R. 553-9, alinéas 1 à 4	CESEDA
R. 744-13	art. R. 553-9, alinéa 5	CESEDA
R. 744-14	art. R. 553-8	CESEDA
R. 744-15	art. R. 553-7	CESEDA
R. 744-16	art. R. 551-4	CESEDA
R. 744-17	art. R. 553-11	CESEDA

Référence du CESEDA en vigueur à compter du 1er mai 2021	Référence du texte en vigueur avant le 1er mai 2021	Texte source
R. 744-18	art. R. 553-12	CESEDA
R. 744-19	art. R. 553-13, I	CESEDA
R. 744-20	art. R. 553-14	CESEDA
R. 744-21	art. R. 553-14-2	CESEDA
R. 744-22	art. R. 556-11, en ce qui concerne les articles R. 223-1 et R. 223-2 art. R. 223-2 art. R. 223-1, alinéas 2 et 3	CESEDA
R. 744-23	art. R. 556-11, en ce qui concerne l'article R. 223-3 art. R. 223-3	CESEDA
R*. 744-24	art. R.* 223-4 art. R. 556-11, en ce qui concerne l'article R*. 223-4	CESEDA
R. 744-25	art. R. 556-11, en ce qui concerne l'article R. 223-5 art. R. 223-5	CESEDA
R. 744-26	art. R. 556-11, en ce qui concerne l'article R. 223-6 art. R. 223-6	CESEDA
R. 744-27	art. R. 553-14-4	CESEDA
R. 744-28	art. R. 553-14-5	CESEDA
R. 744-29	art. R. 553-14-6	CESEDA
R. 744-30	art. R. 553-14-7	CESEDA
R. 744-31	art. R. 553-14-7-1	CESEDA
R. 744-32	art. R. 553-14-8	CESEDA
R. 744-33	art. R. 553-18	CESEDA
R. 744-34	art. R. 553-19	CESEDA
R. 744-35	art. R. 553-20	CESEDA
R. 744-36	art. R. 553-21	CESEDA
R. 744-37	art. R. 553-22	CESEDA
R. 744-38	art. R. 553-23 art. R. 553-17	CESEDA
R. 744-39	art. R. 553-15, alinéa 1	CESEDA
R. 744-40	art. R. 553-15, alinéa 2	CESEDA
R. 744-41	art. R. 553-16	CESEDA
R. 744-42	Nouvel article	
R. 744-43	art. R. 553-14-1, sauf en ce qui concerne les autorités compétentes	CESEDA
R. 744-44	art. R. 553-14-3, sauf en ce qui concerne l'autorité compétente	CESEDA

Référence du CESEDA en vigueur à compter du 1er mai 2021	Référence du texte en vigueur avant le 1er mai 2021	Texte source
R. 744-45	art. R. 553-14-1, en ce qui concerne l'autorité compétente mentionnée à l'alinéa 1 art. R. 553-14-3, en ce qui concerne l'autorité compétente	CESEDA
R. 744-46	art. R. 553-14-1, en ce qui concerne l'autorité compétente mentionnée à l'alinéa 4	CESEDA
R. 744-47	art. R. 551-1, 2de phrase	CESEDA
Titre V		
R. 750-1	Nouvel article	
R. 751-1	art. R. 742-1, en ce qui concerne l'assignation à résidence art. R. 561-3 (en ce qui concerne l'assignation à résidence en cas de transfert)	CESEDA
R. 751-2	art. R. 742-4	CESEDA
R. 751-3	art. R. 742-5	CESEDA
R. 751-4	Nouvel article	
R. 751-5	art. R. 561-1, en ce qui concerne l'assignation à résidence en cas de transfert du 2° de l'article L. 561-1	CESEDA
R. 751-6	art. R. 561-3 art. R. 561-4	CESEDA
R. 751-7	Nouvel article	
R. 751-8	art. R. 553-13, II, en ce qui concerne le placement en rétention du II de l'article L. 551-1	CESEDA
R. 751-9	Nouvel article	
R. 752-1	art. R. 561-1, en ce qui concerne l'assignation à résidence de l'article L. 744-9-1	CESEDA
R. 752-2	art. R. 561-5, en ce qui concerne l'assignation à résidence de l'article L. 744-9-1 art. R. 561-2, en ce qui concerne les présentations en cas d'assignation à résidence de l'article L. 744-9-1	CESEDA
R. 752-3	Nouvel article	
R. 752-4		
R. 752-5	art. R. 553-13, II, en ce qui concerne le placement en rétention administrative en application du I de L. 744-9-1	CESEDA
R. 753-1	art. R. 561-1, en ce qui concerne l'assignation à résidence de L. 571-4	CESEDA
R. 753-2	art. R. 561-5, en ce qui concerne l'assignation à résidence de l'article L. 571-4 art. R. 561-2, en ce qui concerne les présentations en cas d'assignation à résidence de l'article L. 571-4	CESEDA
R. 753-3	Nouvel article	

Référence du CESEDA en vigueur à compter du 1er mai 2021	Référence du texte en vigueur avant le 1er mai 2021	Texte source
R. 753-4	art. R. 553-13, II, en ce qui concerne le placement en rétention administrative en application du I de L. 571-4	CESEDA
R. 753-5	art. R. 512-2, en ce qui concerne les décisions mentionnées à l'article L. 571-4	CESEDA
R. 754-1	art. R. 556-7	CESEDA
R. 754-2	art. R. 556-1	CESEDA
R. 754-3	art. R. 556-2, I	CESEDA
R. 754-4	art. R. 556-2, II	CESEDA
R. 754-5	art. R. 556-4	CESEDA
R. 754-6	art. R. 556-5, alinéa 1	CESEDA
R. 754-7	art. R. 556-5, alinéa 2	CESEDA
R. 754-8	art. R. 556-5, alinéa 3	CESEDA
R. 754-9	art. R. 556-6	CESEDA
R. 754-10	art. R. 556-3	CESEDA
R. 754-11	art. R. 556-8	CESEDA
R. 754-12	art. R. 556-9	CESEDA
R. 754-13	art. R. 556-10, I	CESEDA
R. 754-14	art. R. 556-10, II, alinéa 1	CESEDA
R. 754-15	art. R. 556-10, II, alinéa 2	CESEDA
R. 754-16	art. R. 556-10, III	CESEDA
R. 754-17	art. R. 556-10, IV	CESEDA
R. 754-18	Nouvel article	
R. 754-19	art. R. 556-12	CESEDA
R. 754-20	art. R. 556-13	CESEDA
Titre VI		
R. 760-1	art. R. 523-6, III	CESEDA
R. 761-1	Nouvel article	
R. 761-2	art. R. 556-14	CESEDA
R*. 761-3	art. R. 523-6, I	CESEDA
R. 761-4	art. R. 553-6, alinéa 9	CESEDA
R. 761-5	art. R. 551-3, alinéa 3 art. R. 553-14 *bis* art. R. 556-14	CESEDA
R*. 761-6	art. R. 523-6, I	CESEDA
R. 761-7	art. R. 523-6, II	CESEDA

Référence du CESEDA en vigueur à compter du 1er mai 2021	Référence du texte en vigueur avant le 1er mai 2021	Texte source
R*. 762-1	Nouvel article	
R. 762-2	art. R. 556-14	CESEDA
R. 762-3	art. R. 523-6, II	CESEDA
R*. 763-1	Nouvel article	
R. 763-2	art. R. 556-14	CESEDA
R. 763-3	art. R. 523-6, II	CESEDA
R*. 764-1	Nouvel article	
R. 764-2		
R. 764-3		
R*. 765-1		
R. 765-2		
R. 765-3		
R*. 766-1		
R. 766-2		
R. 766-3		
LIVRE VIII		
Titre Ier		
R. 810-1	Nouvel article	
R. 811-1	Nouvel article	
R. 811-2	art. R. 211-4	CESEDA
R. 811-3	art. R. 611-41-1, alinéa 1	CESEDA
R. 811-4	art. R. 611-41-1, alinéa 2	CESEDA
R. 811-5	art. R. 611-41-2	CESEDA
R. 812-1	art. R. 611-43	CESEDA
R. 814-1	art. R. 611-42, alinéas 1 et 11	CESEDA
R. 814-2	art. R. 611-42, alinéas 2 à 9	CESEDA
R. 814-3	art. R. 611-42, alinéa 10	CESEDA
R. 814-4	art. R. 611-41-3	CESEDA
Titre II		
R. 820-1	Nouvel article	
R*. 821-1	art. R*. 625-2 art. R. 625-18	CESEDA
R. 821-2	art. R. 625-4, alinéa 2	CESEDA

Référence du CESEDA en vigueur à compter du 1er mai 2021	Référence du texte en vigueur avant le 1er mai 2021	Texte source
R. 821-3	art. L. 625-2, alinéa 2, 2de phrase art. R. 625-19, alinéa 4	CESEDA
R. 821-4	art. R. 625-1, alinéa 5 (2e et 3e phrases) art. R. 625-4, alinéa 1 art. R. 625-17, alinéa 5 (2e et 3e phrases)	CESEDA
R. 821-5	art. R. 625-1, alinéas 1 à 4 art. R. 625-4, alinéa 1 art. R. 625-17, alinéas 1 à 4	CESEDA
R. 821-6	art. R. 625-1, alinéa 5 (1re et 4e phrases) art. R. 625-17, alinéa 5 (1re et 4e phrases)	CESEDA
R. 821-7	art. R. 625-3, alinéas 1 à 3 art. R. 625-19, alinéas 1 à 3	CESEDA
R. 821-8	art. R. 625-13	CESEDA
R. 821-9	art. R. 625-14	CESEDA
R. 821-10	art. R. 625-15	CESEDA
R. 821-11	art. R. 625-16, alinéa 1	CESEDA
R. 821-12	art. R. 625-16, alinéa 2	CESEDA
R. 821-13	art. R. 625-3, alinéa 4 art. R. 625-20	CESEDA
R. 822-1	art. R. 626-3	CESEDA
R. 822-2	art. R. 626-1, I	CESEDA
R. 822-3	art. R. 626-1, II	CESEDA
R. 822-4	art. R. 626-2, I	CESEDA
R. 822-5	art. R. 626-2, II	CESEDA
Titre III		
R. 831-1	Nouvel article	
R. 831-2		
R. 831-3		
R*. 832-1		
R. 832-2		
R. 832-3		
R*. 833-1		
R. 833-2		
R. 833-3		
R*. 834-1		
R. 834-2		

Référence du CESEDA en vigueur à compter du 1er mai 2021	Référence du texte en vigueur avant le 1er mai 2021	Texte source
R. 834-3		
R*. 835-1		
R. 835-2		
R. 835-3		
R*. 836-1		
R. 836-2		

ANNEXE 5

LIBERTÉS

I. – BLOC DE CONSTITUTIONNALITÉ .... p. 1683
II. – UNION EUROPÉENNE .... p. 1687
III. – CONSEIL DE l'EUROPE .... p. 1693

I. – BLOC DE CONSTITUTIONNALITÉ

Bibliographie : L. Favoreu, *La constitutionnalisation du droit pénal et de la procédure pénale*, in *Mél. Vitu, Droit pénal contemporain*, Paris, *Cujas*, 1989, p. 169. • B. De Lamy, *Un nouveau procédé de constitutionnalisation du droit pénal : la QPC. Bilan critique*, in *Mél. J.-H. Robert, LexisNexis*, 2012, p. 377. • Ch. Lazerges, *La question prioritaire de constitutionnalité devant le Conseil constitutionnel en droit pénal : entre audace et prudence : RSC* 2011, p. 193. • G. Lhuilier et E. Plouvier, *Le droit pénal et la Constitution : D.* 2011, p. 1091. • D. Mayer, *L'apport du droit constitutionnel au droit pénal français : RSC* 1988, p. 439. • D. Mayer, *Le Conseil constitutionnel et le juge pénal, histoire d'une tentative de séduction vouée à l'échec*, in *Mél. B. Bouloc, Dalloz*, 2006, p. 823. • J.-B. Perrier, *Le droit pénal face à la question prioritaire de constitutionnalité : Rev. pénit.* 2010, p. 33, doctr. • L. Philip, *La Constitutionnalisation du droit pénal français : RSC* 1985, p. 711. • D. Rebut, Le juge pénal face aux exigences constitutionnelles » : *Cah. Cons. const. 2004*, n° 16 (Dossier : le Conseil constitutionnel et les diverses branches du droit). • *Dossier : dix ans de QPC en matière pénale : AJ pénal* 2018 p. 387 et s.

Constitution de la République Française du 4 octobre 1958

Préambule. Le peuple français proclame solennellement son attachement aux Droits de l'homme et aux principes de la souveraineté nationale tels qu'ils ont été définis par la Déclaration de 1789, confirmée et complétée par le préambule de la Constitution de 1946, ainsi qu'aux droits et devoirs définis dans la Charte de l'environnement de 2004.

En vertu de ces principes et de celui de la libre détermination des peuples, la République offre aux territoires d'outre-mer qui manifestent la volonté d'y adhérer des institutions nouvelles fondées sur l'idéal commun de liberté, d'égalité et de fraternité et conçues en vue de leur évolution démocratique.

Art. 1er. – La France est une République indivisible, laïque, démocratique et sociale. Elle assure l'égalité devant la loi de tous les citoyens sans distinction d'origine, de race ou de religion. Elle respecte toutes les croyances. Son organisation est décentralisée.

La loi favorise l'égal accès des femmes et des hommes aux mandats électoraux et fonctions électives, ainsi qu'aux responsabilités professionnelles et sociales.

Titre I. De la souveraineté

Art. 2. – La langue de la République est le français.

L'emblème national est le drapeau tricolore, bleu, blanc, rouge.

L'hymne national est « La Marseillaise ».

La devise de la République est « Liberté, Égalité, Fraternité ».

Son principe est : gouvernement du peuple, par le peuple et pour le peuple.

....

Art. 4. – Les partis et groupements politiques concourent à l'expression du suffrage. Ils se forment et exercent leur activité librement. Ils doivent respecter les principes de la souveraineté nationale et de la démocratie.

Ils contribuent à la mise en œuvre du principe énoncé au second alinéa de l'article 1er dans les conditions déterminées par la loi.

La loi garantit les expressions pluralistes des opinions et la participation équitable des partis et groupements politiques à la vie démocratique de la Nation.

....

Titre II. Le président de la République

Art. 16. – Lorsque les institutions de la République, l'indépendance de la nation, l'intégrité de son territoire ou l'exécution de ses engagements internationaux sont menacées d'une manière grave et immédiate et que le fonctionnement régulier des pouvoirs publics constitutionnels est interrompu, le Président de la République prend les mesures exigées par ces circonstances, après consultation officielle du Premier ministre, des présidents des assemblées ainsi que du Conseil constitutionnel.

Il en informe la nation par un message.

Ces mesures doivent être inspirées par la volonté d'assurer aux pouvoirs publics constitutionnels, dans les moindres délais, les moyens d'accomplir leur mission. Le Conseil constitutionnel est consulté à leur sujet.

Le Parlement se réunit de plein droit.

L'Assemblée nationale ne peut être dissoute pendant l'exercice des pouvoirs exceptionnels.

Après trente jours d'exercice des pouvoirs exceptionnels, le Conseil constitutionnel peut être saisi par le Président de l'Assemblée nationale, le Président du Sénat, soixante députés ou soixante sénateurs, aux fins d'examiner si les conditions énoncées au premier alinéa demeurent réunies. Il se prononce dans les délais les plus brefs par un avis public. Il procède de plein droit à cet examen et se prononce dans les mêmes conditions au terme de soixante jours d'exercice des pouvoirs exceptionnels et à tout moment au-delà de cette durée.

Art. 17. – Le Président de la République a le droit de faire grâce à titre individuel.

....

Titre IV. Le Parlement

Art. 26. – Aucun membre du Parlement ne peut être poursuivi, recherché, arrêté, détenu ou jugé à l'occasion des opinions ou votes émis par lui dans l'exercice de ses fonctions.

Aucun membre du Parlement ne peut faire l'objet, en matière criminelle ou correctionnelle, d'une arrestation ou de toute autre mesure privative ou restrictive de liberté qu'avec l'autorisation du bureau de l'assemblée dont il fait partie. Cette autorisation n'est pas requise en cas de crime ou délit flagrant ou de condamnation définitive.

La détention, les mesures privatives ou restrictives de liberté ou la poursuite d'un membre du Parlement sont suspendues pour la durée de la session si l'assemblée dont il fait partie le requiert.

L'assemblée intéressée est réunie de plein droit pour des séances supplémentaires pour permettre, le cas échéant, l'application de l'alinéa ci-dessus.

....

Titre V. Des rapports entre le Parlement et le Gouvernement

Art. 34. – La loi fixe les règles concernant :

– les droits civiques et les garanties fondamentales accordées aux citoyens pour l'exercice des libertés publiques ; la liberté, le pluralisme et l'indépendance des médias ; les sujétions imposées par la défense nationale aux citoyens en leur personne et en leurs biens ;

– la nationalité, l'état et la capacité des personnes, les régimes matrimoniaux, les successions et libéralités ;

– la détermination des crimes et délits ainsi que les peines qui leur sont applicables ; la procédure pénale ; l'amnistie ; la création de nouveaux ordres de juridiction et le statut des magistrats ;

– l'assiette, le taux et les modalités de recouvrement des impositions de toutes natures ; le régime d'émission de la monnaie.

La loi fixe également les règles concernant :

– le régime électoral des assemblées parlementaires, des assemblées locales et des instances représentatives des Français établis hors de France ainsi que les conditions d'exercice des mandats électoraux et des fonctions électives des membres des assemblées délibérantes des collectivités territoriales ;

– la création de catégories d'établissements publics ;

– les garanties fondamentales accordées aux fonctionnaires civils et militaires de l'État ;

–

La loi détermine les principes fondamentaux :

– de l'organisation générale de la défense nationale ;

– de la libre administration des collectivités territoriales, de leurs compétences et de leurs ressources ;

– de l'enseignement ;

– de la préservation de l'environnement ;

– du régime de la propriété, des droits réels et des obligations civiles et commerciales ;

– du droit du travail, du droit syndical et de la sécurité sociale.

Les lois de finances déterminent les ressources et les charges de l'État dans les conditions et sous les réserves prévues par une loi organique.

Les lois de financement de la sécurité sociale déterminent les conditions générales de son équilibre financier et, compte tenu de leurs prévisions de recettes, fixent ses objectifs de dépenses, dans les conditions et sous les réserves prévues par une loi organique.

Des lois de programmation déterminent les objectifs de l'action de l'État.

Les orientations pluriannuelles des finances publiques sont définies par des lois de programmation. Elles s'inscrivent dans l'objectif d'équilibre des comptes des administrations publiques.

Les dispositions du présent article pourront être précisées et complétées par une loi organique.

....

Art. 36. – L'état de siège est décrété en Conseil des ministres.

Sa prorogation au-delà de douze jours ne peut être autorisée que par le Parlement.

Art. 37. – Les matières autres que celles qui sont du domaine de la loi ont un caractère réglementaire.

Les textes de forme législative intervenus en ces matières peuvent être modifiés par décrets pris après avis du Conseil d'État. Ceux de ces textes qui interviendraient après l'entrée en vigueur de la présente Constitution ne pourront être modifiés par décret que si le Conseil constitutionnel a déclaré qu'ils ont un caractère réglementaire en vertu de l'alinéa précédent.

....

Titre VIII. De l'autorité judiciaire

Art. 66. – Nul ne peut être arbitrairement détenu.

L'autorité judiciaire, gardienne de la liberté individuelle, assure le respect de ce principe dans les conditions prévues par la loi.

Art. 66-1. – Nul ne peut être condamné à la peine de mort.

Titre IX. La haute cour

Art. 67. – Le Président de la République n'est pas responsable des actes accomplis en cette qualité, sous réserve des dispositions des articles 53-2 et 68.

Il ne peut, durant son mandat et devant aucune juridiction ou autorité administrative française, être requis de témoigner non plus que faire l'objet d'une action, d'un acte d'information, d'instruction ou de poursuite. Tout délai de prescription ou de forclusion est suspendu.

Les instances et procédures auxquelles il est ainsi fait obstacle peuvent être reprises ou engagées contre lui à l'expiration d'un délai d'un mois suivant la cessation des fonctions.

Titre X. De la responsabilité pénale des membres du Gouvernement

Art. 68-1. – **Les membres du Gouvernement sont pénalement responsables des actes accomplis dans l'exercice de leurs fonctions et qualifiés crimes ou délits au moment où ils ont été commis.**

Ils sont jugés par la Cour de justice de la République.

La Cour de justice de la République est liée par la définition des crimes et délits ainsi que par la détermination des peines telles qu'elles résultent de la loi.

Déclaration des Droits de l'Homme et du Citoyen du 26 août 1789

Préambule. Les représentants du peuple français, constitués en Assemblée nationale, considérant que l'ignorance, l'oubli ou le mépris des droits de l'homme sont les seules causes des malheurs publics et de la corruption des gouvernements, ont résolu d'exposer, dans une déclaration solennelle, les droits naturels, inaliénables et sacrés de l'homme, afin que cette déclaration, constamment présente à tous les membres du corps social, leur rappelle sans cesse leurs droits et leurs devoirs ; afin que les actes du pouvoir législatif, et ceux du pouvoir exécutif, pouvant être à chaque instant comparés avec le but de toute institution politique, en soient plus respectés ; afin que les réclamations des citoyens, fondées désormais sur des principes simples et incontestables, tournent toujours au maintien de la Constitution et au bonheur de tous.

En conséquence, l'Assemblée nationale reconnaît et déclare, en présence et sous les auspices de l'Être suprême, les droits suivants de l'homme et du citoyen.

Art. 1er. – **Les hommes naissent et demeurent libres et égaux en droits. Les distinctions sociales ne peuvent être fondées que sur l'utilité commune.**

Art. 2. – **Le but de toute association politique est la conservation des droits naturels et imprescriptibles de l'homme. Ces droits sont la liberté, la propriété, la sûreté, et la résistance à l'oppression.**

Art. 4. – **La liberté consiste à pouvoir faire tout ce qui ne nuit pas à autrui : ainsi, l'exercice des droits naturels de chaque homme n'a de bornes que celles qui assurent aux autres membres de la société la jouissance de ces mêmes droits. Ces bornes ne peuvent être déterminées que par la loi.**

Art. 5. – **La loi n'a le droit de défendre que les actions nuisibles à la société. Tout ce qui n'est pas défendu par la loi ne peut être empêché, et nul ne peut être contraint à faire ce qu'elle n'ordonne pas.**

Art. 7. – **Nul homme ne peut être accusé, arrêté ni détenu que dans les cas déterminés par la loi, et selon les formes qu'elle a prescrites. Ceux qui sollicitent, expédient, exécutent ou font exécuter des ordres arbitraires, doivent être punis ; mais tout citoyen appelé ou saisi en vertu de la loi doit obéir à l'instant : il se rend coupable par la résistance.**

Art. 8. – **La loi ne doit établir que des peines strictement et évidemment nécessaires, et nul ne peut être puni qu'en vertu d'une loi établie et promulguée antérieurement au délit, et légalement appliquée.**

Art. 9. – **Tout homme étant présumé innocent jusqu'à ce qu'il ait été déclaré coupable, s'il est jugé indispensable de l'arrêter, toute rigueur qui ne serait pas nécessaire pour s'assurer de sa personne doit être sévèrement réprimée par la loi.**

Art. 10. – **Nul ne doit être inquiété pour ses opinions, même religieuses, pourvu que leur manifestation ne trouble pas l'ordre public établi par la loi.**

Art. 11. – **La libre communication des pensées et des opinions est un des droits les plus précieux de l'homme : tout citoyen peut donc parler, écrire, imprimer librement, sauf à répondre de l'abus de cette liberté dans les cas déterminés par la loi.**

Art. 12. – **La garantie des droits de l'homme et du citoyen nécessite une force publique : cette force est donc instituée pour l'avantage de tous, et non pour l'utilité particulière de ceux auxquels elle est confiée.**

Art. 16. – **Toute société dans laquelle la garantie des droits n'est pas assurée, ni la séparation des pouvoirs déterminée, n'a point de Constitution.**

Art. 17. – **La propriété étant un droit inviolable et sacré, nul ne peut en être privé, si ce n'est lorsque la nécessité publique, légalement constatée, l'exige évidemment, et sous la condition d'une juste et préalable indemnité.**

II. – UNION EUROPÉENNE

Charte des droits fondamentaux de l'Union européenne du 7 décembre 2000

(JOCE n° L. 364, 18 déc. 2000. Rect. JO 26 oct. 2012 - Numéro C 326 - p.391)

Bibliographie : *JCl. Europe Traité, Charte des droits fondamentaux de l'Union européenne*, par R. Tinière. • A. Gorgoza, *Le rôle de la CJUE en matière pénale : Dr. pén.* 2010, étude 19. • S. Manacorda, *Le droit pénal à l'épreuve de la Charte des droits fondamentaux, in Mél. Ch. Lazerges, Dalloz* 2014, p. 222. • F. Palazzo, *Charte européenne des droits fondamentaux et droit pénal : RSC* 2008, p. 1. • G. Taupiac-Nouvel, *La CJUE, gardienne des droits fondamentaux en matière répressive : Dr. pén.* 2011, étude 13.

Préambule. Le Parlement européen, le Conseil et la Commission proclament solennellement en tant que Charte des droits fondamentaux de l'Union européenne le texte repris ci-après.

Les peuples d'Europe, en établissant entre eux une union sans cesse plus étroite, ont décidé de partager un avenir pacifique fondé sur des valeurs communes.

Consciente de son patrimoine spirituel et moral, l'Union se fonde sur les valeurs indivisibles et universelles de dignité humaine, de liberté, d'égalité et de solidarité ; elle repose sur le principe de la démocratie et le principe de l'État de droit. Elle place la personne au cœur de son action en instituant la citoyenneté de l'Union et en créant un espace de liberté, de sécurité et de justice.

L'Union contribue à la préservation et au développement de ces valeurs communes dans le respect de la diversité des cultures et des traditions des peuples d'Europe, ainsi que de l'identité nationale des États membres et de l'organisation de leurs pouvoirs publics aux niveaux national, régional et local ; elle cherche à promouvoir un développement équilibré et durable et assure la libre circulation des personnes, des services, des marchandises et des capitaux, ainsi que la liberté d'établissement.

À cette fin, il est nécessaire, en les rendant plus visibles dans une Charte, de renforcer la protection des droits fondamentaux à la lumière de l'évolution de la société, du progrès social et des développements scientifiques et technologiques.

La présente Charte réaffirme, dans le respect des compétences et des tâches de l'Union, ainsi que du principe de subsidiarité, les droits qui résultent notamment des traditions constitutionnelles et des obligations internationales communes aux États membres, de la Convention européenne de sauvegarde des droits de l'Homme et des libertés fondamentales, des Chartes sociales adoptées par l'Union et par le Conseil de l'Europe, ainsi que de la jurisprudence de la Cour de justice de l'Union européenne et de la Cour européenne des droits de l'Homme. Dans ce contexte, la Charte sera interprétée par les juridictions de l'Union et des États membres en prenant dûment en considération les explications établies sous l'autorité du praesidium de la Convention qui a élaboré la Charte et mises à jour sous la responsabilité du praesidium de la Convention européenne.

La jouissance de ces droits entraîne des responsabilités et des devoirs tant à l'égard d'autrui qu'à l'égard de la communauté humaine et des générations futures.

En conséquence, l'Union reconnaît les droits, les libertés et les principes énoncés ci-après.

Titre I. – Dignité

Art. 1er. – *Dignité humaine*

La dignité humaine est inviolable. Elle doit être respectée et protégée.

Art. 2. – *Droit à la vie*

1. **Toute personne a droit à la vie.**
2. **Nul ne peut être condamné à la peine de mort, ni exécuté.**

Art. 3. – *Droit à l'intégrité de la personne.*

1. Toute personne a droit à son intégrité physique et mentale.
2. Dans le cadre de la médecine et de la biologie, doivent notamment être respectés :

a) le consentement libre et éclairé de la personne concernée, selon les modalités définies par la loi ;
b) l'interdiction des pratiques eugéniques, notamment celles qui ont pour but la sélection des personnes ;
c) l'interdiction de faire du corps humain et de ses parties, en tant que tels, une source de profit ;
d) l'interdiction du clonage reproductif des êtres humains.

Art. 4. – *Interdiction de la torture et des peines ou traitements inhumains ou dégradants.*
Nul ne peut être soumis à la torture, ni à des peines ou traitements inhumains ou dégradants.

Art. 5. – Interdiction de l'esclavage et du travail forcé.

1. Nul ne peut être tenu en esclavage ni en servitude.
2. Nul ne peut être astreint à accomplir un travail forcé ou obligatoire.
3. La traite des êtres humains est interdite.

Titre II. Libertés

Art. 6. – *Droit à la liberté et à la sûreté.*
Toute personne a droit à la liberté et à la sûreté.

Art. 7. – *Respect de la vie privée et familiale.*
Toute personne a droit au respect de sa vie privée et familiale, de son domicile et de ses communications.

Art. 8. – *Protection des données à caractère personnel.*

1. Toute personne a droit à la protection des données à caractère personnel la concernant.
2. Ces données doivent être traitées loyalement, à des fins déterminées et sur la base du consentement de la personne concernée ou en vertu d'un autre fondement légitime prévu par la loi. Toute personne a le droit d'accéder aux données collectées la concernant et d'en obtenir la rectification.
3. Le respect de ces règles est soumis au contrôle d'une autorité indépendante.

Art. 9. – *Droit de se marier et droit de fonder une famille.*
Le droit de se marier et le droit de fonder une famille sont garantis selon les lois nationales qui en régissent l'exercice.

Art. 10. – *Liberté de pensée, de conscience et de religion.*

1. Toute personne a droit à la liberté de pensée, de conscience et de religion. Ce droit implique la liberté de changer de religion ou de conviction, ainsi que la liberté de manifester sa religion ou sa conviction individuellement ou collectivement, en public ou en privé, par le culte, l'enseignement, les pratiques et l'accomplissement des rites.
2. Le droit à l'objection de conscience est reconnu selon les lois nationales qui en régissent l'exercice.

Art. 11. – *Liberté d'expression et d'information.*

1. Toute personne a droit à la liberté d'expression. Ce droit comprend la liberté d'opinion et la liberté de recevoir ou de communiquer des informations ou des idées sans qu'il puisse y avoir ingérence d'autorités publiques et sans considération de frontières.
2. La liberté des médias et leur pluralisme sont respectés.

Art. 12. – *Liberté de réunion et d'association.*

1. Toute personne a droit à la liberté de réunion pacifique et à la liberté d'association à tous les niveaux, notamment dans les domaines politique, syndical et civique, ce qui implique le droit de toute personne de fonder avec d'autres des syndicats et de s'y affilier pour la défense de ses intérêts.
2. Les partis politiques au niveau de l'Union contribuent à l'expression de la volonté politique des citoyens de l'Union.

Art. 13. – *Liberté des arts et des sciences.*
Les arts et la recherche scientifique sont libres. La liberté académique est respectée.

Art. 14. – *Droit à l'éducation.*

1. Toute personne a droit à l'éducation, ainsi qu'à l'accès à la formation professionnelle et continue.

2. Ce droit comporte la faculté de suivre gratuitement l'enseignement obligatoire.

3. La liberté de créer des établissements d'enseignement dans le respect des principes démocratiques, ainsi que le droit des parents d'assurer l'éducation et l'enseignement de leurs enfants conformément à leurs convictions religieuses, philosophiques et pédagogiques, sont respectés selon les lois nationales qui en régissent l'exercice.

Art. 15. – *Liberté professionnelle et droit de travailler.*

1. Toute personne a le droit de travailler et d'exercer une profession librement choisie ou acceptée.

2. Tout citoyen de l'Union a la liberté de chercher un emploi, de travailler, de s'établir ou de fournir des services dans tout État membre.

3. Les ressortissants des pays tiers qui sont autorisés à travailler sur le territoire des États membres ont droit à des conditions de travail équivalentes à celles dont bénéficient les citoyens de l'Union.

Art. 16. – *Liberté d'entreprise.*

La liberté d'entreprise est reconnue conformément au droit de l'Union et aux législations et pratiques nationales.

Art. 17. – *Droit de propriété.*

1. Toute personne a le droit de jouir de la propriété des biens qu'elle a acquis légalement, de les utiliser, d'en disposer et de les léguer. Nul ne peut être privé de sa propriété, si ce n'est pour cause d'utilité publique, dans des cas et conditions prévus par une loi et moyennant en temps utile une juste indemnité pour sa perte. L'usage des biens peut être réglementé par la loi dans la mesure nécessaire à l'intérêt général.

2. La propriété intellectuelle est protégée.

Art. 18. – *Droit d'asile.*

Le droit d'asile est garanti dans le respect des règles de la convention de Genève du 28 juillet 1951 et du protocole du 31 janvier 1967 relatifs au statut des réfugiés et conformément au traité sur l'Union européenne et au traité sur le fonctionnement de l'Union européenne (ci-après dénommés « les traités »).

Art. 19. – *Protection en cas d'éloignement, d'expulsion et d'extradition.*

1. Les expulsions collectives sont interdites.

2. Nul ne peut être éloigné, expulsé ou extradé vers un État où il existe un risque sérieux qu'il soit soumis à la peine de mort, à la torture ou à d'autres peines ou traitements inhumains ou dégradants.

Titre III. Égalité

Art. 20. – *Égalité en droit.*

Toutes les personnes sont égales en droit.

Art. 21. – *Non-discrimination.*

1. Est interdite toute discrimination fondée notamment sur le sexe, la race, la couleur, les origines ethniques ou sociales, les caractéristiques génétiques, la langue, la religion ou les convictions, les opinions politiques ou toute autre opinion, l'appartenance à une minorité nationale, la fortune, la naissance, un handicap, l'âge ou l'orientation sexuelle.

2. Dans le domaine d'application des traités et sans préjudice de leurs dispositions particulières, toute discrimination exercée en raison de la nationalité est interdite.

Art. 22. – *Diversité culturelle, religieuse et linguistique.*

L'Union respecte la diversité culturelle, religieuse et linguistique.

Art. 23. – *Égalité entre femmes et hommes.*

L'égalité entre les femmes et les hommes doit être assurée dans tous les domaines, y compris en matière d'emploi, de travail et de rémunération.

Le principe de l'égalité n'empêche pas le maintien ou l'adoption de mesures prévoyant des avantages spécifiques en faveur du sexe sous-représenté.

Art. 24. – *Droits de l'enfant.*

1. Les enfants ont droit à la protection et aux soins nécessaires à leur bien-être. Ils peuvent exprimer leur opinion librement. Celle-ci est prise en considération pour les sujets qui les concernent, en fonction de leur âge et de leur maturité.

2. Dans tous les actes relatifs aux enfants, qu'ils soient accomplis par des autorités publiques ou des institutions privées, l'intérêt supérieur de l'enfant doit être une considération primordiale.

3. Tout enfant a le droit d'entretenir régulièrement des relations personnelles et des contacts directs avec ses deux parents, sauf si cela est contraire à son intérêt.

Art. 25. – *Droits des personnes âgées.*

L'Union reconnaît et respecte le droit des personnes âgées à mener une vie digne et indépendante et à participer à la vie sociale et culturelle.

Art. 26. – *Intégration des personnes handicapées.*

L'Union reconnaît et respecte le droit des personnes handicapées à bénéficier de mesures visant à assurer leur autonomie, leur intégration sociale et professionnelle et leur participation à la vie de la communauté.

Titre IV. Solidarité

Art. 27. – *Droit à l'information et à la consultation des travailleurs au sein de l'entreprise.*

Les travailleurs ou leurs représentants doivent se voir garantir, aux niveaux appropriés, une information et une consultation en temps utile, dans les cas et conditions prévus par le droit de l'Union et les législations et pratiques nationales.

Art. 28. – *Droit de négociation et d'actions collectives.*

Les travailleurs et les employeurs, ou leurs organisations respectives, ont, conformément au droit de l'Union et aux législations et pratiques nationales, le droit de négocier et de conclure des conventions collectives aux niveaux appropriés et de recourir, en cas de conflits d'intérêts, à des actions collectives pour la défense de leurs intérêts, y compris la grève.

Art. 29. – *Droit d'accès aux services de placement.*

Toute personne a le droit d'accéder à un service gratuit de placement.

Art. 30. – *Protection en cas de licenciement injustifié.*

Tout travailleur a droit à une protection contre tout licenciement injustifié, conformément au droit de l'Union et aux législations et pratiques nationales.

Art. 31. – *Conditions de travail justes et équitables.*

1. Tout travailleur a droit à des conditions de travail qui respectent sa santé, sa sécurité et sa dignité.

2. Tout travailleur a droit à une limitation de la durée maximale du travail et à des périodes de repos journalier et hebdomadaire, ainsi qu'à une période annuelle de congés payés.

Art. 32. – *Interdiction du travail des enfants et protection des jeunes au travail.*

Le travail des enfants est interdit. L'âge minimal d'admission au travail ne peut être inférieur à l'âge auquel cesse la période de scolarité obligatoire, sans préjudice des règles plus favorables aux jeunes et sauf dérogations limitées.

Les jeunes admis au travail doivent bénéficier de conditions de travail adaptées à leur âge et être protégés contre l'exploitation économique ou contre tout travail susceptible de nuire à leur sécurité, à leur santé, à leur développement physique, mental, moral ou social ou de compromettre leur éducation.

Art. 33. – *Vie familiale et vie professionnelle.*

1. La protection de la famille est assurée sur le plan juridique, économique et social.

2. Afin de pouvoir concilier vie familiale et vie professionnelle, toute personne a le droit d'être protégée contre tout licenciement pour un motif lié à la maternité, ainsi que le droit à un congé de maternité payé et à un congé parental à la suite de la naissance ou de l'adoption d'un enfant.

Art. 34. – *Sécurité sociale et aide sociale.*

1. L'Union reconnaît et respecte le droit d'accès aux prestations de sécurité sociale et aux services sociaux assurant une protection dans des cas tels que la maternité, la maladie, les accidents du travail, la dépendance ou la vieillesse, ainsi qu'en cas de perte d'emploi, selon les règles établies par le droit de l'Union et les législations et pratiques nationales.

2. Toute personne qui réside et se déplace légalement à l'intérieur de l'Union a droit aux prestations de sécurité sociale et aux avantages sociaux, conformément au droit de l'Union et aux législations et pratiques nationales.

3. Afin de lutter contre l'exclusion sociale et la pauvreté, l'Union reconnaît et respecte le droit à une aide sociale et à une aide au logement destinées à assurer une existence digne à tous ceux qui ne disposent pas de ressources suffisantes, selon les règles établies par le droit de l'Union et les législations et pratiques nationales.

Art. 35. – *Protection de la santé.*

Toute personne a le droit d'accéder à la prévention en matière de santé et de bénéficier de soins médicaux dans les conditions établies par les législations et pratiques nationales. Un niveau élevé de protection de la santé humaine est assuré dans la définition et la mise en œuvre de toutes les politiques et actions de l'Union.

Art. 36. – *Accès aux services d'intérêt économique général.*

L'Union reconnaît et respecte l'accès aux services d'intérêt économique général tel qu'il est prévu par les législations et pratiques nationales, conformément aux traités, afin de promouvoir la cohésion sociale et territoriale de l'Union.

Art. 37. – *Protection de l'environnement.*

Un niveau élevé de protection de l'environnement et l'amélioration de sa qualité doivent être intégrés dans les politiques de l'Union et assurés conformément au principe du développement durable.

Art. 38. – *Protection des consommateurs.*

Un niveau élevé de protection des consommateurs est assuré dans les politiques de l'Union.

Titre V : Citoyenneté

Art. 39. – *Droit de vote et d'éligibilité aux élections au Parlement européen.*

1. Tout citoyen de l'Union a le droit de vote et d'éligibilité aux élections au Parlement européen dans l'État membre où il réside, dans les mêmes conditions que les ressortissants de cet État.

2. Les membres du Parlement européen sont élus au suffrage universel direct, libre et secret.

Art. 40. – *Droit de vote et d'éligibilité aux élections municipales.*

Tout citoyen de l'Union a le droit de vote et d'éligibilité aux élections municipales dans l'État membre où il réside, dans les mêmes conditions que les ressortissants de cet État.

Art. 41. – *Droit à une bonne administration.*

1. Toute personne a le droit de voir ses affaires traitées impartialement, équitablement et dans un délai raisonnable par les institutions, organes et organismes de l'Union.

2. Ce droit comporte notamment :

a) le droit de toute personne d'être entendue avant qu'une mesure individuelle qui l'affecterait défavorablement ne soit prise à son encontre ;

b) le droit d'accès de toute personne au dossier qui la concerne, dans le respect des intérêts légitimes de la confidentialité et du secret professionnel et des affaires ;

c) l'obligation pour l'administration de motiver ses décisions.

3. Toute personne a droit à la réparation par l'Union des dommages causés par les institutions, ou par ses agents dans l'exercice de leurs fonctions, conformément aux principes généraux communs aux droits des États membres.

4. Toute personne peut s'adresser aux institutions de l'Union dans une des langues des traités et doit recevoir une réponse dans la même langue.

Art. 42. – *Droit d'accès aux documents.*

Tout citoyen de l'Union ainsi que toute personne physique ou morale résidant ou ayant son siège statutaire dans un État membre a un droit d'accès aux documents des institutions, organes et organismes de l'Union, quel que soit leur support.

Art. 43. – *Médiateur européen.*

Tout citoyen de l'Union ainsi que toute personne physique ou morale résidant ou ayant son siège statutaire dans un État membre a le droit de saisir le médiateur européen de cas de mauvaise administration dans l'action des institutions, organes ou organismes de l'Union, à l'exclusion de la Cour de justice de l'Union européenne dans l'exercice de ses fonctions juridictionnelles.

Art. 44. – *Droit de pétition.*

Tout citoyen de l'Union ainsi que toute personne physique ou morale résidant ou ayant son siège statutaire dans un État membre a le droit de pétition devant le Parlement européen.

Art. 45. – *Liberté de circulation et de séjour.*

1. Tout citoyen de l'Union a le droit de circuler et de séjourner librement sur le territoire des États membres.
2. La liberté de circulation et de séjour peut être accordée, conformément aux traités, aux ressortissants de pays tiers résidant légalement sur le territoire d'un État membre.

Art. 46. – *Protection diplomatique et consulaire.*

Tout citoyen de l'Union bénéficie, sur le territoire d'un pays tiers où l'État membre dont il est ressortissant n'est pas représenté, de la protection des autorités diplomatiques et consulaires de tout État membre dans les mêmes conditions que les ressortissants de cet État.

Titre VI. Justice

Art. 47. – *Droit à un recours effectif et à accéder à un tribunal impartial.*

Toute personne dont les droits et libertés garantis par le droit de l'Union ont été violés a droit à un recours effectif devant un tribunal dans le respect des conditions prévues au présent article.

Toute personne a droit à ce que sa cause soit entendue équitablement, publiquement et dans un délai raisonnable par un tribunal indépendant et impartial, établi préalablement par la loi. Toute personne a la possibilité de se faire conseiller, défendre et représenter.

Une aide juridictionnelle est accordée à ceux qui ne disposent pas de ressources suffisantes, dans la mesure où cette aide serait nécessaire pour assurer l'effectivité de l'accès à la justice.

Art. 48. – *Présomption d'innocence et droits de la défense.*

1. Tout accusé est présumé innocent jusqu'à ce que sa culpabilité ait été légalement établie.
2. Le respect des droits de la défense est garanti à tout accusé.

Art. 49. – *Principes de légalité et de proportionnalité des délits et des peines.*

1. Nul ne peut être condamné pour une action ou une omission qui, au moment où elle a été commise, ne constituait pas une infraction d'après le droit national ou le droit international. De même, il n'est infligé aucune peine plus forte que celle qui était applicable au moment où l'infraction a été commise. Si, postérieurement à cette infraction, la loi prévoit une peine plus légère, celle-ci doit être appliquée.
2. Le présent article ne porte pas atteinte au jugement et à la punition d'une personne coupable d'une action ou d'une omission qui, au moment où elle a été commise, était criminelle d'après les principes généraux reconnus par l'ensemble des nations.
3. L'intensité des peines ne doit pas être disproportionnée par rapport à l'infraction.

Art. 50. – *Droit à ne pas être jugé ou puni pénalement deux fois pour une même infraction.*

Nul ne peut être poursuivi ou puni pénalement en raison d'une infraction pour laquelle il a déjà été acquitté ou condamné dans l'Union par un jugement pénal définitif conformément à la loi.

Titre VII. Dispositions générales régissant l'interprétation et l'application de la charte

Art. 51. – *Champ d'application.*

1. Les dispositions de la présente Charte s'adressent aux institutions, organes et organismes de l'Union dans le respect du principe de subsidiarité, ainsi qu'aux États membres uniquement lorsqu'ils mettent en œuvre le droit

de l'Union. En conséquence, ils respectent les droits, observent les principes et en promeuvent l'application, conformément à leurs compétences respectives et dans le respect des limites des compétences de l'Union telles qu'elles lui sont conférées dans les traités.

2. La présente Charte n'étend pas le champ d'application du droit de l'Union au-delà des compétences de l'Union, ni ne crée aucune compétence ni aucune tâche nouvelles pour l'Union et ne modifie pas les compétences et tâches définies dans les traités.

Art. 52. – *Portée et interprétation des droits et des principes.*

1. Toute limitation de l'exercice des droits et libertés reconnus par la présente Charte doit être prévue par la loi et respecter le contenu essentiel desdits droits et libertés. Dans le respect du principe de proportionnalité, des limitations ne peuvent être apportées que si elles sont nécessaires et répondent effectivement à des objectifs d'intérêt général reconnus par l'Union ou au besoin de protection des droits et libertés d'autrui.

2. Les droits reconnus par la présente Charte qui font l'objet de dispositions dans les traités s'exercent dans les conditions et limites définies par ceux-ci.

3. Dans la mesure où la présente Charte contient des droits correspondant à des droits garantis par la Convention européenne de sauvegarde des droits de l'Homme et des libertés fondamentales, leur sens et leur portée sont les mêmes que ceux que leur confère ladite convention. Cette disposition ne fait pas obstacle à ce que le droit de l'Union accorde une protection plus étendue.

4. Dans la mesure où la présente Charte reconnaît des droits fondamentaux tels qu'ils résultent des traditions constitutionnelles communes aux États membres, ces droits doivent être interprétés en harmonie avec lesdites traditions.

5. Les dispositions de la présente Charte qui contiennent des principes peuvent être mises en œuvre par des actes législatifs et exécutifs pris par les institutions, organes et organismes de l'Union, et par des actes des États membres lorsqu'ils mettent en œuvre le droit de l'Union, dans l'exercice de leurs compétences respectives. Leur invocation devant le juge n'est admise que pour l'interprétation et le contrôle de la légalité de tels actes.

6. Les législations et pratiques nationales doivent être pleinement prises en compte comme précisé dans la présente Charte.

7. Les explications élaborées en vue de guider l'interprétation de la présente Charte sont dûment prises en considération par les juridictions de l'Union et des États membres.

Art. 53. – *Niveau de protection.*

Aucune disposition de la présente Charte ne doit être interprétée comme limitant ou portant atteinte aux droits de l'homme et libertés fondamentales reconnus, dans leur champ d'application respectif, par le droit de l'Union, le droit international et les conventions internationales auxquelles sont parties l'Union, ou tous les États membres, et notamment la Convention européenne de sauvegarde des droits de l'Homme et des libertés fondamentales, ainsi que par les constitutions des États membres.

Art. 54. – *Interdiction de l'abus de droit.*

Aucune des dispositions de la présente Charte ne doit être interprétée comme impliquant un droit quelconque de se livrer à une activité ou d'accomplir un acte visant à la destruction des droits ou libertés reconnus dans la présente Charte ou à des limitations plus amples des droits et libertés que celles qui sont prévues par la présente Charte.

III. – CONSEIL DE L'EUROPE

Convention européenne de sauvegarde des droits de l'homme et des libertés fondamentales du 4 novembre 1950

(D. n° 74-360, 3 mai 1974)

Bibliographie : *JCl. Proc. pén. Synthèse, CEDH*, par L. Grégoire. • J.-P. Doucet, *La Convention EDH et la jurisprudence pénale française* : RTDH 1991, p. 177. • B. de Lamy, *La CEDH, protectrice des droits fondamentaux : Dr. pén.* 2011, étude 12. • R. Merle, *La Convention européenne des droits de l'homme et la justice pénale française : D.* 1981, chron. 227. • L.-E. Pettiti, *Les principes généraux de droit pénal dans la Convention européenne des droits de l'homme : RSC* 1987, p. 167.

Art. 1er. – *Obligation de respecter les droits de l'homme.* Les Hautes Parties contractantes reconnaissent à toute personne relevant de leur juridiction les droits et libertés définis au titre I de la présente Convention.

TITRE PREMIER

Art. 2. – *Droit à la vie.* 1° Le droit de toute personne à la vie est protégé par la loi. La mort ne peut être infligée à quiconque intentionnellement, sauf en exécution d'une sentence capitale prononcée par un tribunal au cas où le délit est puni de cette peine par la loi.

2° La mort n'est pas considérée comme infligée en violation de cet article dans les cas où elle résulterait d'un recours à la force rendu absolument nécessaire :

a) pour assurer la défense de toute personne contre la violence illégale ;

b) pour effectuer une arrestation régulière ou pour empêcher l'évasion d'une personne régulièrement détenue ;

c) pour réprimer, conformément à la loi, une émeute ou une insurrection.

Art. 3. – *Interdiction de la torture.* Nul ne peut être soumis à la torture ni à des peines ou traitements inhumains ou dégradants.

Art. 4. – *Interdiction de l'esclavage et du travail forcé.* 1° Nul ne peut être tenu en esclavage ni en servitude.

2° Nul ne peut être astreint à accomplir un travail forcé ou obligatoire.

3° N'est pas considéré comme « travail forcé ou obligatoire » au sens du présent article :

a) tout travail requis normalement d'une personne soumise à la détention dans les conditions prévues par l'article 5 de la présente Convention, ou durant sa mise en liberté conditionnelle ;

b) tout service de caractère militaire ou, dans le cas d'objecteurs de conscience dans les pays où l'objection de conscience est reconnue comme légitime, à un autre service à la place du service militaire obligatoire ;

c) tout service requis dans le cas de crises ou de calamités qui menacent la vie ou le bien-être de la communauté ;

d) tout travail ou service formant partie des obligations civiques normales.

Art. 5. – *Droit à la liberté et à la sûreté.* 1° Toute personne a droit à la liberté et à la sûreté. Nul ne peut être privé de sa liberté, sauf dans les cas suivants et selon les voies légales :

a) s'il est détenu régulièrement après condamnation par un tribunal compétent ;

b) s'il a fait l'objet d'une arrestation ou d'une détention régulières pour insoumission à une ordonnance rendue, conformément à la loi, par un tribunal ou en vue de garantir l'exécution d'une obligation prescrite par la loi ;

c) s'il a été arrêté et détenu en vue d'être conduit devant l'autorité judiciaire compétente, lorsqu'il y a des raisons plausibles de soupçonner qu'il a commis une infraction ou qu'il y a des motifs raisonnables de croire à la nécessité de l'empêcher de commettre une infraction ou de s'enfuir après l'accomplissement de celle-ci ;

d) s'il s'agit de la détention régulière d'un mineur, décidée pour son éducation surveillée ou de sa détention régulière, afin de le traduire devant l'autorité compétente ;

e) s'il s'agit de la détention régulière d'une personne susceptible de propager une maladie contagieuse, d'un aliéné, d'un alcoolique, d'un toxicomane ou d'un vagabond ;

f) s'il s'agit de l'arrestation ou de la détention régulières d'une personne pour l'empêcher de pénétrer irrégulièrement dans le territoire, ou contre laquelle une procédure d'expulsion ou d'extradition est en cours.

2° Toute personne arrêtée doit être informée, dans le plus court délai et dans une langue qu'elle comprend, des raisons de son arrestation et de toute accusation portée contre elle.

3° Toute personne arrêtée ou détenue, dans les conditions prévues au paragraphe 1 du présent article, doit être aussitôt traduite devant un juge ou un autre magistrat habilité par la loi à exercer des fonctions judiciaires et a le droit d'être jugée dans un délai raisonnable, ou libérée pendant la procédure. La mise en liberté peut être subordonnée à une garantie assurant la comparution de l'intéressé à l'audience.

4° Toute personne privée de sa liberté par arrestation ou détention a le droit d'introduire un recours devant un tribunal, afin qu'il statue à bref délai sur la légalité de sa détention et ordonne sa libération si la détention est illégale.

5° Toute personne victime d'une arrestation ou d'une détention dans des conditions contraires aux dispositions de cet article a droit à réparation.

Art. 6. – *Droit à un procès équitable.* 1° Toute personne a droit à ce que sa cause soit entendue équitablement, publiquement et dans un délai raisonnable, par un tribunal indépendant et impartial, établi par la loi, qui décidera, soit des contestations sur ses droits et obligations de caractère civil, soit du bien-fondé de toute accusation en matière pénale dirigée contre elle. Le jugement doit être rendu publiquement, mais l'accès de la salle d'audience peut être interdit à la presse et au public pendant la totalité ou une partie du procès dans l'intérêt de la moralité, de l'ordre public ou de la sécurité nationale dans une société démocratique, lorsque les intérêts des mineurs ou la protection de la vie privée des parties au procès l'exigent, ou dans la mesure jugée strictement nécessaire par le tribunal, lorsque dans des circonstances spéciales la publicité serait de nature à porter atteinte aux intérêts de la justice.

2° Toute personne accusée d'une infraction est présumée innocente jusqu'à ce que sa culpabilité ait été légalement établie.

3° Tout accusé a droit notamment à :

a) être informé, dans le plus court délai, dans une langue qu'il comprend et d'une manière détaillée, de la nature et de la cause de l'accusation portée contre lui ;

b) disposer du temps et des facilités nécessaires à la préparation de sa défense ;

c) se défendre lui-même ou avoir l'assistance d'un défenseur de son choix et, s'il n'a pas les moyens de rémunérer un défenseur, pouvoir être assisté gratuitement par un avocat d'office lorsque les intérêts de la justice l'exigent ;

d) interroger ou faire interroger les témoins à charge et obtenir la convocation et l'interrogation des témoins à décharge dans les mêmes conditions que les témoins à charge ;

e) se faire assister gratuitement d'un interprète, s'il ne comprend pas ou ne parle pas la langue employée à l'audience.

Art. 7. – *Pas de peine sans loi.* 1° Nul ne peut être condamné pour une action ou une omission qui, au moment où elle a été commise, ne constituait pas une infraction d'après le droit national ou international. De même il n'est infligé aucune peine plus forte que celle qui était applicable au moment où l'infraction a été commise.

2° Le présent article ne portera pas atteinte au jugement et à la punition d'une personne coupable d'une action ou d'une omission qui, au moment où elle a été commise, était criminelle d'après les principes généraux de droit reconnus par les nations civilisées.

Art. 8. – *Droit au respect de la vie privée et familiale.* 1° Toute personne a droit au respect de sa vie privée et familiale, de son domicile et de sa correspondance.

2° Il ne peut y avoir ingérence d'une autorité publique dans l'exercice de ce droit que pour autant que cette ingérence est prévue par la loi et qu'elle constitue une mesure qui, dans une société démocratique, est nécessaire à la sécurité nationale, à la sûreté publique, au bien-être économique du pays, à la défense de l'ordre et à la prévention des infractions pénales, à la protection de la santé ou de la morale, ou à la protection des droits et libertés d'autrui.

Art. 9. – *Liberté de pensée, de conscienceet de religion.* 1° Toute personne a droit à la liberté de pensée, de conscience et de religion ; ce droit implique la liberté de changer de religion ou de conviction, ainsi que la liberté de manifester sa religion ou sa conviction individuellement ou collectivement, en public ou en privé, par le culte, l'enseignement, les pratiques et l'accomplissement des rites.

2° La liberté de manifester sa religion ou ses convictions ne peut faire l'objet d'autres restrictions que celles qui, prévues par la loi, constituent des mesures nécessaires, dans une société démocratique, à la sécurité publique, à la protection de l'ordre, de la santé ou de la morale publiques, ou à la protection des droits et libertés d'autrui.

Art. 10. – *Liberté d'expression.* 1° Toute personne a droit à la liberté d'expression. Ce droit comprend la liberté d'opinion et la liberté de recevoir ou de communiquer des informations ou des idées sans qu'il puisse y avoir ingérence d'autorités publiques et sans considération de frontière. Le présent article n'empêche pas les États de soumettre les entreprises de radiodiffusion, de cinéma ou de télévision à un régime d'autorisations.

2° L'exercice de ces libertés comportant des devoirs et des responsabilités peut être soumis à certaines formalités, conditions, restrictions ou sanctions, prévues par la loi, qui constituent des mesures nécessaires, dans une société démocratique, à la sécurité nationale, à l'intégrité territoriale ou à la sûreté publique, à la défense de l'ordre et à la prévention du crime, à la protection de la santé ou de la morale, à la protection de la réputation ou des droits d'autrui, pour empêcher la divulgation d'informations confidentielles ou pour garantir l'autorité et l'impartialité du pouvoir judiciaire.

Art. 11. – *Liberté de réunion et d'association.* 1° Toute personne a droit à la liberté de réunion pacifique et à la liberté d'association, y compris le droit de fonder avec d'autres des syndicats et de s'affilier à des syndicats pour la défense de ses intérêts.

2° L'exercice de ces droits ne peut faire l'objet d'autres restrictions que celles qui, prévues par la loi, constituent des mesures nécessaires, dans une société démocratique, à la sécurité nationale, à la sûreté publique, à la défense de l'ordre et à la prévention du crime, à la protection de la santé ou de la morale, ou à la protection des droits et libertés d'autrui. Le présent article n'interdit pas que des restrictions légitimes soient imposées à l'exercice de ses droits par les membres des forces armées, de la police ou de l'administration de l'État.

Art. 12. – *Droit au mariage.* À partir de l'âge nubile, l'homme et la femme ont le droit de se marier et de fonder une famille selon les lois nationales régissant l'exercice de ce droit.

Art. 13. – *Droit à un recours effectif.* Toute personne dont les droits et libertés reconnus dans la présente Convention ont été violés, a droit à l'octroi d'un recours effectif devant une instance nationale, alors même que la violation aurait été commise par des personnes agissant dans l'exercice de leurs fonctions officielles.

Art. 14. – *Interdiction de discrimination.* La jouissance des droits et libertés reconnus dans la présente Convention doit être assurée, sans distinction aucune, fondée notamment sur le sexe, la race, la couleur, la langue, la religion, les opinions politiques ou toutes autres opinions, l'origine nationale ou sociale, l'appartenance à une minorité nationale, la fortune, la naissance ou toute autre situation.

Art. 15. – *Dérogation en cas d'état d'urgence.* 1° En cas de guerre ou en cas d'autre danger public menaçant la vie de la nation, toute Haute Partie contractante peut prendre des mesures dérogeant aux obligations prévues par la présente Convention, dans la stricte mesure où la situation l'exige et à la condition que ces mesures ne soient pas en contradiction avec les autres obligations découlant du droit international.

2° La disposition précédente n'autorise aucune dérogation à l'article 2, sauf pour le cas de décès résultant d'actes licites de guerre, et aux articles 3, 4 (§ 1) et 7.

3° Toute Haute Partie contractante qui exerce ce droit de dérogation tient le Secrétaire général du Conseil de l'Europe pleinement informé des mesures prises et des motifs qui les ont inspirées. Elle doit informer le Secrétaire général du Conseil de l'Europe de la date à laquelle ces mesures ont cessé d'être en vigueur si les dispositions de la Convention reçoivent de nouveau pleine application.

Art. 16. – *Restriction à l'activité politique des étrangers.* Aucune des dispositions des articles 10, 11 et 14 ne peut être considérée comme interdisant aux Hautes Parties contractantes d'imposer des restrictions à l'activité politique des étrangers.

Art. 17. – *Interdiction de l'abus de droit.* Aucune des dispositions de la présente Convention ne peut être interprétée comme impliquant pour un État, un groupement ou un individu, un droit quelconque de se livrer à une activité ou d'accomplir un acte visant à la destruction des droits ou libertés reconnus dans la présente Convention ou à des limitations plus amples de ces droits et libertés que celles prévues à ladite Convention.

Art. 18. – *Limitation de l'usage des restrictions aux droits.* Les restrictions qui, aux termes de la présente Convention, sont apportées auxdits droits et libertés ne peuvent être appliquées que dans le but pour lequel elles ont été prévues.

Protocole additionnel du 20 mars 1952

à la Convention européenne de sauvegarde des droits de l'homme et des libertés fondamentales tel qu'amendé par le Protocole n° 11

Art. 1er. – *Protection de la propriété.* Toute personne physique ou morale a droit au respect de ses biens. Nul ne peut être privé de sa propriété que pour cause d'utilité publique et dans les conditions prévues par la loi et les principes généraux du droit international.

Les dispositions précédentes ne portent pas atteinte au droit que possèdent les États de mettre en vigueur les lois qu'ils jugent nécessaires pour réglementer l'usage des biens conformément à l'intérêt général ou pour assurer le paiement des impôts ou d'autres contributions ou des amendes.

Art. 2. – *Droit à l'instruction.* Nul ne peut se voir refuser le droit à l'instruction. L'État, dans l'exercice des fonctions qu'il assumera dans le domaine de l'éducation et de l'enseignement, respectera le droit des parents d'assurer cette éducation et cet enseignement conformément à leurs convictions religieuses et philosophiques.

Art. 3. – *Droit à des élections libres.* Les Hautes Parties contractantes s'engagent à organiser, à des intervalles raisonnables, des élections libres au scrutin secret, dans les conditions qui assurent la libre expression de l'opinion du peuple sur le choix du corps législatif.

Protocole n° 4 du 16 septembre 1963

à la Convention européenne de sauvegarde des droits de l'homme et des libertés fondamentales

(D. n° 74-360, 3 mai 1974)

Art. 1er. – *Interdiction de l'emprisonnement pour dette.* Nul ne peut être privé de sa liberté pour la seule raison qu'il n'est pas en mesure d'exécuter une obligation contractuelle.

Art. 2. – *Liberté de circulation.*

1° Quiconque se trouve régulièrement sur le territoire d'un État a le droit d'y circuler librement et d'y choisir librement sa résidence.

2° Toute personne est libre de quitter n'importe quel pays, y compris le sien.

3° L'exercice de ces droits ne peut faire l'objet d'autres restrictions que celles qui, prévues par la loi, constituent des mesures nécessaires, dans une société démocratique, à la sécurité nationale, à la sûreté publique, au maintien de l'ordre public, à la prévention des infractions pénales, à la protection de la santé ou de la morale, ou à la protection des droits et libertés d'autrui.

4° Les droits reconnus au paragraphe 1 peuvent également, dans certaines zones déterminées, faire l'objet de restrictions qui, prévues par la loi, sont justifiées par l'intérêt public dans une société démocratique.

Art. 3. – *Interdiction de l'expulsion des nationaux.*

1° Nul ne peut être expulsé, par voie de mesure individuelle ou collective, du territoire de l'État dont il est le ressortissant.

2° Nul ne peut être privé du droit d'entrer sur le territoire de l'État dont il est le ressortissant.

Art. 4. – *Interdiction des expulsions collectives d'étrangers.*

Les expulsions collectives d'étrangers sont interdites.

Protocole n° 6 du 28 avril 1983

à la Convention européenne de sauvegarde des droits de l'homme et des libertés fondamentales

(D. n° 86-282, 28 févr. 1986)

Art. 1er. – *Abolition de la peine de mort.*

La peine de mort est abolie. Nul ne peut être condamné à une telle peine ni exécuté.

Art. 2. – *Peine de mort en temps de guerre.*

Un État peut prévoir dans sa législation la peine de mort pour des actes commis en temps de guerre ou de danger imminent de guerre ; une telle peine ne sera appliquée que dans les cas prévus par cette législation et conformément à ses dispositions. Cet État communiquera au Secrétaire général du Conseil de l'Europe les dispositions afférentes de la législation en cause.

Art. 3. – *Interdiction de dérogations.*

Aucune dérogation n'est autorisée aux dispositions du présent protocole au titre de l'article 15 de la Convention.

Protocole n° 7 du 22 novembre 1984

à la Convention européenne de sauvegarde des droits de l'homme et des libertés fondamentales

(D. n° 89-37, 24 janv. 1989)

Art. 1er. – *Garanties procédurales en cas d'expulsion d'étrangers.*

1° Un étranger résidant régulièrement sur le territoire d'un État ne peut en être expulsé qu'en exécution d'une décision prise conformément à la loi et doit pouvoir :

***a)* Faire valoir les raisons qui militent contre son expulsion ;**

***b)* Faire examiner son cas, et**

***c)* Se faire représenter à ces fins devant l'autorité compétente ou une ou plusieurs personnes désignées par cette autorité.**

2° Un étranger peut être expulsé avant l'exercice des droits énumérés au paragraphe 1° *a, b* et *c* de cet article lorsque cette expulsion est nécessaire dans l'intérêt de l'ordre public ou est basée sur des motifs de sécurité nationale.

....

Art. 4. – *Droit à ne pas être jugé ou puni deux fois.*

1° Nul ne peut être poursuivi ou puni pénalement par les juridictions du même État en raison d'une infraction pour laquelle il a déjà été acquitté ou condamné par un jugement définitif conformément à la loi et à la procédure pénale de cet État.

2° Les dispositions du paragraphe précédent n'empêchent pas la réouverture du procès, conformément à la loi et à la procédure pénale de l'État concerné, si des faits nouveaux ou nouvellement révélés ou un vice fondamental dans la procédure précédente sont de nature à affecter le jugement intervenu.

3° Aucune dérogation n'est autorisée au présent article au titre de l'article 15 de la Convention.

Protocole n° 12 du 4 novembre 2000

à la Convention européenne de sauvegarde des droits de l'homme et des libertés fondamentales

Art. 1er. – *Interdiction générale de la discrimination.*

1° La jouissance de tout droit prévu par la loi doit être assurée, sans discrimination aucune, fondée notamment sur le sexe, la race, la couleur, la langue, la religion, les opinions politiques ou toutes autres opinions, l'origine nationale ou sociale, l'appartenance à une minorité nationale, la fortune, la naissance ou toute autre situation.

2° Nul ne peut faire l'objet d'une discrimination de la part d'une autorité publique quelle qu'elle soit fondée notamment sur les motifs mentionnés au paragraphe 1.

Protocole n° 13 du 3 mai 2002

à la Convention européenne de sauvegarde des droits de l'homme et des libertés fondamentales

Les États membres du Conseil de l'Europe, signataires du présent Protocole,

Convaincus que le droit de toute personne à la vie est une valeur fondamentale dans une société démocratique, et que l'abolition de la peine de mort est essentielle à la protection de ce droit et à la pleine reconnaissance de la dignité inhérente à tous les êtres humains ;

Souhaitant renforcer la protection du droit à la vie garanti par la Convention de sauvegarde des Droits de l'Homme et des Libertés Fondamentales signée à Rome le 4 novembre 1950 (ci-après dénommée « la Convention ») ;

Notant que le Protocole n° 6 à la Convention concernant l'abolition de la peine de mort, signé à Strasbourg le 28 avril 1983, n'exclut pas la peine de mort pour des actes commis en temps de guerre ou de danger imminent de guerre ;

Résolus à faire le pas ultime afin d'abolir la peine de mort en toutes circonstances,

Sont convenus de ce qui suit :

Art. 1er. – *Abolition de la peine de mort.*

La peine de mort est abolie. Nul ne peut être condamné à une telle peine ni exécuté.

....

Art. 3. – *Interdiction de dérogations.*

Aucune dérogation n'est autorisée aux dispositions du présent protocole au titre de l'article 15 de la Convention.

Convention du Conseil de l'Europe du 16 mai 2005
sur la lutte contre la traite des êtres humains, adoptée à Varsovie
(D. n° 2008-1118, 31 oct. 2008)

Chapitre 1er Objet, champ d'application, principe de non-discrimination et définitions

Art. 1er. – ***Objet de la Convention.***

1° La présente Convention a pour objet :

a) **de prévenir et combattre la traite des êtres humains, en garantissant l'égalité entre les femmes et les hommes ;**

b) **de protéger les droits de la personne humaine des victimes de la traite, de concevoir un cadre complet de protection et d'assistance aux victimes et aux témoins, en garantissant l'égalité entre les femmes et les hommes, ainsi que d'assurer des enquêtes et des poursuites efficaces ;**

c) **de promouvoir la coopération internationale dans le domaine de la lutte contre la traite des êtres humains.**

2° Afin d'assurer une mise en œuvre efficace de ses dispositions par les Parties, la présente Convention met en place un mécanisme de suivi spécifique.

Art. 2. – ***Champ d'application.***

La présente Convention s'applique à toutes les formes de traite des êtres humains, qu'elles soient nationales ou transnationales et liées ou non à la criminalité organisée.

Art. 3. – ***Principe de non-discrimination.***

La mise en œuvre de la présente Convention par les Parties, en particulier la jouissance des mesures visant à protéger et promouvoir les droits des victimes, doit être assurée sans discrimination aucune, fondée notamment sur le sexe, la race, la couleur, la langue, la religion, les opinions politiques ou toutes autres opinions, l'origine nationale ou sociale, l'appartenance à une minorité nationale, la fortune, la naissance ou toute autre situation.

Art. 4. – ***Définitions.***

Aux fins de la présente Convention :

a) **L'expression « traite des êtres humains » désigne le recrutement, le transport, le transfert, l'hébergement ou l'accueil de personnes, par la menace de recours ou le recours à la force ou d'autres formes de contrainte, par enlèvement, fraude, tromperie, abus d'autorité ou d'une situation de vulnérabilité, ou par l'offre ou l'acceptation de paiements ou d'avantages pour obtenir le consentement d'une personne ayant autorité sur une autre aux fins d'exploitation. L'exploitation comprend, au minimum, l'exploitation de la prostitution d'autrui ou d'autres formes d'exploitation sexuelle, le travail ou les services forcés, l'esclavage ou les pratiques analogues à l'esclavage, la servitude ou le prélèvement d'organes ;**

b) **Le consentement d'une victime de la « traite d'êtres humains » à l'exploitation envisagée, telle qu'énoncée à l'alinéa (a) du présent article, est indifférent lorsque l'un quelconque des moyens énoncés à l'alinéa (a) a été utilisé ;**

c) **le recrutement, le transport, le transfert, l'hébergement ou l'accueil d'un enfant aux fins d'exploitation sont considérés comme une « traite des êtres humains » même s'ils ne font appel à aucun des moyens énoncés à l'alinéa (a) du présent article ;**

d) **le terme « enfant » désigne toute personne âgée de moins de dix-huit ans ;**

e) **le terme « victime » désigne toute personne physique qui est soumise à la traite des êtres humains telle que définie au présent article.**

....

Chapitre IV Droit pénal matériel

Art. 18. – ***Incrimination de la traite des êtres humains.***

Chaque Partie adopte les mesures législatives et autres nécessaires pour conférer le caractère d'infraction pénale aux actes énoncés à l'article 4 de la présente Convention, lorsqu'ils ont été commis intentionnellement.

Art. 19. – *Incrimination de l'utilisation des services d'une victime.*

Chaque Partie envisage d'adopter les mesures législatives et autres nécessaires pour conférer le caractère d'infraction pénale, conformément à son droit interne, au fait d'utiliser les services qui font l'objet de l'exploitation visée à l'article 4 paragraphe a de la présente Convention, en sachant que la personne concernée est victime de la traite d'êtres humains.

Art. 20. – *Incrimination des actes relatifs aux documents de voyage ou d'identité.*

Chaque Partie adopte les mesures législatives et autres nécessaires pour conférer le caractère d'infraction pénale, aux actes ci-après lorsqu'ils ont été commis intentionnellement afin de permettre la traite des êtres humains :

a) fabriquer un document de voyage ou d'identité frauduleux ;

b) procurer ou de fournir un tel document ;

c) retenir, soustraire, altérer, endommager ou détruire un document de voyage ou d'identité d'une autre personne.

Art. 21. – *Complicité et tentative.*

1° Chaque Partie adopte les mesures législatives et autres qui se révèlent nécessaires pour ériger en infraction pénale toute complicité lorsqu'elle est commise intentionnellement en vue de la perpétration d'une des infractions établies en application des articles 18 et 20 de la présente Convention.

2° Chaque Partie adopte les mesures législatives et autres qui se révèlent nécessaires pour ériger en infraction pénale, toute tentative intentionnelle de commettre l'une des infractions établies en application des articles 18 et 20, paragraphe a, de la présente Convention.

Art. 22. – *Responsabilité des personnes morales.*

1° Chaque Partie adopte les mesures législatives et autres qui se révèlent nécessaires pour faire en sorte que les personnes morales puissent être tenues pour responsables des infractions établies en application de la présente Convention, lorsqu'elles sont commises pour leur compte par toute personne physique, agissant soit individuellement, soit en tant que membre d'un organe de la personne morale, qui exerce un pouvoir de direction en son sein, sur les bases suivantes :

a) un pouvoir de représentation de la personne morale ;

b) une autorité pour prendre des décisions au nom de la personne morale ;

c) une autorité pour exercer un contrôle au sein de la personne morale.

2° Outre les cas déjà prévus au paragraphe 1, chaque Partie adopte les mesures nécessaires pour s'assurer qu'une personne morale puisse être tenue pour responsable lorsque l'absence de surveillance ou de contrôle de la part d'une personne physique mentionnée au paragraphe 1 a rendu possible la commission d'une infraction établie conformément à la présente Convention pour le compte de ladite personne morale par une personne physique agissant sous son autorité.

3° Selon les principes juridiques de la Partie, la responsabilité d'une personne morale peut être pénale, civile ou administrative.

4° Cette responsabilité est établie sans préjudice de la responsabilité pénale des personnes physiques ayant commis l'infraction.

Art. 23. – *Sanctions et mesures.*

1° Chaque Partie adopte les mesures législatives et autres qui se révèlent nécessaires pour faire en sorte que les infractions pénales établies en application des articles 18 à 21 soient passibles de sanctions effectives, proportionnées et dissuasives. Celles-ci incluent, pour les infractions établies conformément à l'article 18 lorsqu'elles sont commises par des personnes physiques, des sanctions privatives de liberté pouvant donner lieu à l'extradition.

2° Chaque Partie veille à ce que les personnes morales tenues pour responsables en application de l'article 22 fassent l'objet de sanctions ou mesures pénales ou non pénales effectives, proportionnées et dissuasives, y compris des sanctions pécuniaires.

3° Chaque Partie adopte les mesures législatives et autres qui se révèlent nécessaires pour lui permettre de confisquer ou de priver autrement des instruments et des produits des infractions pénales établies en vertu des articles 18 et 20, paragraphe a, de la présente Convention, ou des biens dont la valeur correspond à ces produits.

4° Chaque Partie adopte les mesures législatives ou autres qui se révèlent nécessaires pour permettre la fermeture temporaire ou définitive de tout établissement utilisé pour commettre la traite des êtres humains, sans préjudice des droits des tiers de bonne foi, ou pour interdire à l'auteur de cet infraction, à titre temporaire ou définitif, l'exercice de l'activité à l'occasion de laquelle celle-ci a été commise.

Art. 24. – *Circonstances aggravantes.*

Chaque Partie fait en sorte que les circonstances suivantes soient considérées comme des circonstances aggravantes dans la détermination de la sanction appliquée aux infractions établies conformément à l'article 18 de la présente Convention :

a) l'infraction a mis en danger la vie de la victime délibérément ou par négligence grave ;
b) l'infraction a été commise à l'encontre d'un enfant ;
c) l'infraction a été commise par un agent public dans l'exercice de ses fonctions
d) l'infraction a été commise dans le cadre d'une organisation criminelle.

Art. 25. – *Condamnations antérieures.*

Chaque Partie adopte les mesures législatives et autres pour prévoir la possibilité de prendre en compte, dans le cadre de l'appréciation de la peine, les condamnations définitives prononcées dans une autre Partie pour des infractions établies conformément à la présente Convention.

Art. 26. – *Disposition de non-sanction.*

Chaque Partie prévoit, conformément aux principes fondamentaux de son système juridique, la possibilité de ne pas imposer de sanctions aux victimes pour avoir pris part à des activités illicites lorsqu'elles y ont été contraintes.

ANNEXE 6

PRESSE ET MÉDIAS

I. – Presse .... p. 1703
II. – Communication audiovisuelle .... p. 1783
III. – Postes .... p. 1788

I. – PRESSE

Bibliographie : C. Bigot, D. Dechenaud, E. Dreyer et J.-B. Thierry, *Presse et communication : JCl. Lois pénales spéciales.* • A. Lepage, *Entre Code pénal et loi du 29 juillet 1881, la protection pénale de l'honneur* : in *Entre tradition et modernité : le droit pénal en contrepoint, Mélanges en l'honneur d'Y. Mayaud* : *Dalloz*, 2017, p. 399. • N. Verly, E. Dreyer, C. Michalski et Ph. Piot, Dossier *Droit de la presse : AJ pénal* 2013, p. 11 et s.

S'agissant d'Internet. B. Ader, *La loi de 1881 « à l'épreuve d'internet » : fantasmes et réalités* : *Légipresse* 2016, n° 341, p. 443. • P. Auvret, C. Auvret, *Délits de presse sur Twitter et responsabilité* : *Légipresse* 2017, n° 353, p. 481. • B. Auroy, E. Stella, *La liberté d'expression face aux réseaux sociaux* : *Dr. pén.* 2017, étude 13.

Loi du 29 juillet 1881
sur la liberté de la presse

CHAPITRE PREMIER. – DE L'IMPRIMERIE ET DE LA LIBRAIRIE

Art. 1er. – L'imprimerie et la librairie sont libres.

NB : Sur le principe de la liberté de la presse et ses restrictions, V. sous l'article 29 de la loi de 1881, notes 1 à 4.

Art. 2 *(L. n° 2010-1, 4 janv. 2010)*. **– Le secret des sources des journalistes est protégé dans l'exercice de leur mission d'information du public.**

Est considérée comme journaliste au sens du premier alinéa toute personne qui, exerçant sa profession dans une ou plusieurs entreprises de presse, de communication au public en ligne, de communication audiovisuelle ou une ou plusieurs agences de presse, y pratique, à titre régulier et rétribué, le recueil d'informations et leur diffusion au public.

Il ne peut être porté atteinte directement ou indirectement au secret des sources que si un impératif prépondérant d'intérêt public le justifie et si les mesures envisagées sont strictement nécessaires et proportionnés au but légitime poursuivi. Cette atteinte ne peut en aucun cas consister en une obligation pour le journaliste de révéler ses sources.

Est considéré comme une atteinte indirecte au secret des sources au sens du troisième alinéa le fait de chercher à découvrir les sources d'un journaliste au moyen d'investigations portant sur toute personne qui, en raison de ses relations habituelles avec un journaliste, peut détenir des renseignements permettant d'identifier ces sources.

Au cours d'une procédure pénale, il est tenu compte, pour apprécier la nécessité de l'atteinte, de la gravité du crime ou du délit, de l'importance de l'information recherchée pour la répression ou la prévention de cette infraction et du fait que les mesures d'investigation envisagées sont indispensables à la manifestation de la vérité.

Bibliographie : J. Francillon, *Liberté d'expression, protection des sources des journalistes : RSC* 2012, p. 603 et s.

1) Réquisitions et secret des sources. Aux termes de l'article 2 de la loi du 29 juillet 1881, dans sa rédaction issue de la loi n° 2010-1 du 4 janvier 2010, il ne peut être porté atteinte directement ou indirectement au secret des sources des journalistes que si un impératif prépondérant d'intérêt public le justifie et si les mesures envisagées sont strictement nécessaires et proportionnées au but légitime poursuivi.

Justifie sa décision au regard de ce texte et au regard de l'article 10 de la Convention européenne des droits de l'homme, la chambre de l'instruction qui, dans une information suivie du chef de violation du secret professionnel, prononce l'annulation des réquisitions adressées, lors de l'enquête préliminaire, à des opérateurs de téléphonie, pour obtenir l'identification des numéros de téléphone des correspondants des journalistes, auteurs d'un article rendant compte d'une procédure judiciaire en cours, ainsi que celle des pièces dont elles étaient le support nécessaire, par des motifs qui établissent que cette atteinte portée au secret des sources des journalistes n'était pas justifiée par un impératif prépondérant d'intérêt public et que la mesure n'était pas nécessaire et proportionnée au but légitime poursuivi (▪ Cass. crim., 6 déc. 2011, n° 11-83.970 : *Bull. crim.* n° 248 ; *D.* 2012, act. p. 17, note S. Lavric ; *Gaz. Pal.* 1er et 2 janv. 2012, chron. p. 23, note Ph. Piot ; *Légipresse* 2012, p. 105, note A. Guedj et Th. Fourrey ; *Procédures* 2012, comm. 47, p. 25, note A.-S. Chavent-Leclere. – Rappr. ▪ Cass. crim., 5 déc. 2000 : *Bull. crim.* n° 362. ▪ Cass. crim., 30 oct. 2006 : *Bull. crim.* n° 258).

2) Caractérisation de l'atteinte au secret des sources. Il résulte des dispositions des articles 10 de la Convention européenne des droits de l'homme et 2 de la loi du 29 juillet 1881 que le secret des sources des journalistes est protégé dans l'exercice de leur mission d'information du public et qu'il ne peut être porté atteinte directement ou indirectement à ce secret que si un impératif prépondérant d'intérêt public le justifie et si les mesures envisagées sont strictement nécessaires et proportionnées au but légitime poursuivi.

Ne justifie pas sa décision au regard de ces dispositions l'arrêt d'une chambre de l'instruction qui prononce l'annulation des réquisitions prises à l'occasion d'une information ouverte du chef de violation du secret de l'instruction et tendant à l'exécution d'investigations destinées à déterminer les lignes téléphoniques attribuées à des journalistes et les facturations détaillées correspondant à ces lignes, sans s'expliquer suffisamment sur l'absence d'impératif prépondérant d'intérêt public pouvant justifier les mesures alors que la violation du secret de l'instruction invoquée imposait de rechercher les auteurs de cette infraction ayant porté atteinte à la présomption d'innocence, ni caractériser l'absence de nécessité et de proportionnalité desdites mesures, tout en faisant, à tort, référence à l'obligation, pour procéder aux réquisitions en cause, d'obtenir un accord des journalistes qui n'était pas en l'espèce nécessaire, ces professionnels n'étant pas directement requis de fournir des informations (▪ Cass. crim., 14 mai 2013, n° 11-86.626 : *Bull. crim.* n° 106 ; *JCP* G 2013, act., note 676, E. Derieux ; *Procédures* 2013, comm. 220 et 223, note A. S. Chavent-Leclere ; *AJ pénal* 2013, p. 467, note J. Lasserre-Capdeville).

3) Justification des ingérences litigieuses. Encourt la cassation l'arrêt de la chambre de l'instruction qui, pour refuser d'annuler des pièces de la procédure suivie contre un journaliste, mis en examen pour violation du secret professionnel, complicité et recel, se détermine par des motifs dont il ne résulte pas que les ingérences litigieuses procédaient d'un impératif prépondérant d'intérêt public, et que d'autres mesures que la perquisition et les saisies opérées au domicile de l'intéressé auraient été insuffisantes pour rechercher l'existence d'une éventuelle violation du secret professionnel, et en identifier les auteurs (▪ Cass. crim., 25 févr. 2014, n° 13-84.761 : *D.* 2014, act., p. 60).

Art. 2 *bis* *(L. n° 2016-1524, 14 nov. 2016)*. – **Tout journaliste, au sens du 1° du I de l'article 2, a le droit de refuser toute pression, de refuser de divulguer ses sources et de refuser de signer un article, une émission, une partie d'émission ou une contribution dont la forme ou le contenu auraient été modifiés à son insu ou contre sa volonté. Il ne peut être contraint à accepter un acte contraire à sa conviction professionnelle formée dans le respect de la charte déontologique de son entreprise ou de sa société éditrice.**

Toute convention ou tout contrat de travail signé entre un journaliste professionnel et une entreprise ou une société éditrice de presse ou de communication audiovisuelle entraîne l'adhésion à la charte déontologique de l'entreprise ou de la société éditrice.

Les entreprises ou sociétés éditrices de presse ou audiovisuelles dépourvues de charte déontologique engagent des négociations à compter de la publication de la loi n° 2016-1524 du 14 novembre 2016 visant à renforcer la liberté, l'indépendance et le pluralisme des médias. Cette charte est rédigée conjointement par la direction et les représentants des journalistes. À défaut de conclusion d'une charte avant le 1er juillet 2017 et jusqu'à l'adoption de celle-ci, les déclarations et les usages professionnels relatifs à la profession de journaliste peuvent être invoqués en cas de litige. Le comité institué à l'article 30-8 de la loi n° 86-1067 du 30 septembre 1986 relative à la liberté de communication est consulté lors de cette rédaction. Le deuxième alinéa du présent article s'applique à compter du 1er juillet 2017.

Art. 3 ***(D.-L. 29 juill. 1939 ; mod., L. 4 févr. 1958).*** **– Tout écrit rendu public, à l'exception des ouvrages de ville ou bilboquets, portera l'indication du nom et du domicile de l'imprimeur à peine, contre celui-ci, d'une amende de 3 750 €.**

La distribution des imprimés qui ne porteraient pas la mention exigée au paragraphe précédent est interdite et la même peine est applicable à ceux qui contreviendraient à cette interdiction.

Une peine d'emprisonnement de six mois pourra être prononcée si, dans les douze mois précédents, l'imprimeur ou le distributeur a été condamné pour contravention de même nature.

Toutefois, si l'imprimé fait appel à des techniques différentes et nécessite le concours de plusieurs imprimeurs, l'indication du nom et du domicile de l'un d'entre eux est suffisante.

1) **Imprimés.** L'article 2 ne vise que la distribution des imprimés et non les affiches (▪ Cass. crim., 13 juin 1956 : *Bull. crim.* n° 471).

2) **Récidive.** L'article 2 déroge à la règle générale écrite dans l'article 63 de la loi du 29 juillet 1881 en vertu duquel l'aggravation des peines, résultant de la récidive, n'est pas applicable aux infractions prévues par la loi. L'état de récidive ne peut résulter au surplus que d'une condamnation définitive, ayant acquis l'autorité de la chose jugée au moment de la perpétration du fait qui donne lieu à la seconde poursuite (▪ Cass. crim., 2 août 1856 : *DP* 1856, 1, p. 379).

3) **Contravention.** V. *infra* note sous art. 9.

Art. 4 ***(Abr., L. 19 mai 1925 et 21 juin 1943).***

CHAPITRE II. – DE LA PRESSE PÉRIODIQUE

§ 1. – Du droit de publication, de la gérance, de la déclaration et du dépôt au Parquet

Art. 5 ***(L. n° 2012-387, 22 mars 2012).*** **– Tout journal ou écrit périodique peut être publié sans déclaration ni autorisation préalable, ni dépôt de cautionnement.**

Saisie d'un journal. La saisie d'un journal par l'autorité administrative doit être justifiée par le maintien du bon ordre et de la sûreté publique et ne pas aller au-delà de ce qui est indispensable pour assurer ces objectifs (▪ T. confl., 8 avr. 1935 : *S.* 1935, 3, p. 76, concl. Josse ; *D.* 1935, 3, p. 25, note Waline ; *RDP* 1935, p. 309, note Jèze. ▪ CE, 23 nov. 1951 : *RDP* 1951, p. 1098, concl. Letourneur et note Waline).

Art. 6 ***(L. n° 86-897, 1er août 1986 ; mod., Ord. 18 sept. 2000 ; L. n° 2017-86, 27 janv. 2017).*** **– Toute publication de presse doit avoir un directeur de la publication.**

Lorsqu'une personne physique est propriétaire ou locataire-gérant d'une entreprise éditrice au sens de la loi n° 86-897 du 1er août 1986 portant réforme du régime juridique de la presse ou en détient la majorité du capital ou des droits de vote, cette personne est directeur de la publication. Dans les autres cas, le directeur de la publication est le représentant légal de l'entreprise éditrice. Toutefois, dans les sociétés anonymes régies par les articles 118 à 150 de la loi n° 66-537 du 24 juillet 1966 [*C. com., art. 225-57 à 225-93*] sur les sociétés commerciales, le directeur de la publication est le président du directoire ou le directeur général unique.

Si le directeur de la publication jouit de l'immunité parlementaire dans les conditions prévues à l'article 26 de la Constitution et aux articles 9 et 10 du Protocole du 8 avril 1965 sur les privilèges et immunités des communautés européennes, l'entreprise éditrice doit nommer un codirecteur de la publication choisi parmi les personnes ne bénéficiant pas de l'immunité parlementaire et, lorsque l'entreprise éditrice est une personne morale, parmi les membres du conseil d'administration, du directoire ou les gérants suivant la forme de ladite personne morale.

Le codirecteur de la publication doit être nommé dans le délai d'un mois à compter de la date à partir de laquelle le directeur de la publication bénéficie de l'immunité visée à l'alinéa précédent.

Le directeur et, éventuellement, le codirecteur de la publication doivent être majeurs, avoir la jouissance de leurs droits civils et n'être privés de leurs droits civiques par aucune condamnation judiciaire. Par dérogation, un mineur âgé de seize ans révolus peut être nommé directeur ou codirecteur de la publication de tout journal ou écrit périodique réalisé bénévolement, sans préjudice de l'application de la loi n° 49-956 du 16 juillet 1949 sur les publications destinées à la jeunesse. La responsabilité des parents d'un mineur âgé de seize ans révolus nommé directeur ou codirecteur de publication ne peut être engagée, sur le fondement de l'article 1242 du Code civil, que si celui-ci a commis un fait de nature à engager sa propre responsabilité civile dans les conditions prévues par la présente loi.

Toutes les obligations légales imposées au directeur de la publication sont applicables au codirecteur de la publication.

Publication de presse : notion. Aux termes de l'article 1er de la loi n° 86-897 du 1er avril 1986 portant réforme du régime juridique de la presse, il faut entendre par « publication de presse » « tout service utilisant un mode écrit de diffusion de la pensée mis à la disposition du public en général ou de catégories de publics et paraissant à intervalles réguliers » ; cette dernière expression implique une diffusion d'informations selon une périodicité cyclique, ce qui n'est pas le cas d'une entreprise de presse telle que l'AFP dont l'objet est d'assurer la retransmission immédiate et continue des informations qu'elle reçoit de ses journalistes. Il en résulte que cet organisme, au demeurant soumis à un statut particulier résultant de la loi du 10 janvier 1957, n'entre pas dans les prévisions de la loi du 1er août 1986 et n'est donc pas tenu de se doter d'un directeur de publication au sens de l'article 6 de la loi du 29 juillet 1881 (▪ Paris, 18 mai 1988 : *JCP* 1989, IV, 6).

– À rapprocher : si l'AFP est dotée d'un statut spécifique, elle n'en a pas moins pour objet la diffusion d'informations permettant de l'assimiler à une publication de presse au sens de la loi du 1er août 1986 et relevant en conséquence de l'application de la loi du 29 juillet 1881 (▪ Paris, 19 févr. 1992, inédit).

Art. 7 et 8 ***(Abr., L. n° 2012-387, 22 mars 2012).***

Art. 9 ***(L. 25 mars 1952 ; mod., L. n° 86-897, 1er août 1986 ; D. n° 93-726, 29 mars 1993 ; L. n° 2012-387, 22 mars 2012).*** **– En cas de contravention à l'article 6, le propriétaire, le directeur de la publication et, dans le cas prévu au troisième alinéa du même article 6, le codirecteur de la publication sont punis de l'amende prévue pour les contraventions de la cinquième classe. La peine sera applicable à l'imprimeur à défaut du propriétaire ou du directeur ou, dans le cas prévu au deuxième alinéa de l'article 6, du codirecteur de la publication.**

Le journal ou écrit périodique ne pourra continuer sa publication qu'après avoir rempli les formalités ci-dessus prescrites, à peine, si la publication irrégulière continue, de l'amende prévue pour les contraventions de la 4e classe, prononcée solidairement contre les mêmes personnes, pour chaque numéro publié à partir du jour de la prononciation du jugement de condamnation, si ce jugement est contradictoire, et du troisième jour qui suivra sa notification, s'il a été rendu par défaut ; et ce, nonobstant opposition ou appel, si l'exécution provisoire est ordonnée.

Le condamné, même par défaut, peut interjeter appel. Il sera statué par la cour dans le délai de trois jours.

Identification de l'imprimeur. Le gérant d'un journal viole la loi lorsqu'il donne une indication mensongère concernant le nom de l'imprimeur (▪ Lyon, 7 août 1884 : *D.* 1885, 2, p. 245) ou lorsqu'il omet de déclarer le nom de l'imprimeur (▪ Cass. crim., 3 janv. 1884 : *DP* 1884, 1, p. 371).

Art. 10 ***(Mod., L. 31 déc. 1945 ; D. n° 93-726, 29 mars 1993 ; L. n° 2012-387, 22 mars 2012).*** **– Sont soumis à l'obligation de dépôt auprès du ministre chargé de la communication à la parution de chaque numéro les journaux et écrits périodiques à diffusion nationale. Un arrêté du ministre chargé de la communication fixe les modalités de mise en œuvre de l'obligation de dépôt ainsi que le nombre d'exemplaires à déposer. Ce nombre ne peut être supérieur à dix et tient compte notamment du fait que la publication est ou non consacrée à l'information politique et générale.**

Ce dépôt sera effectué sous peine de l'amende prévue pour les contraventions de la 4e classe contre le directeur de la publication.

Art. 11 ***(D. n° 93-726, 29 mars 1993).*** **– Le nom du directeur de la publication sera imprimé au bas de tous les exemplaires, à peine contre l'imprimeur de l'amende prévue pour les contraventions de la 4e classe par chaque numéro publié en contravention de la présente disposition.**

La responsabilité de l'omission incombe à l'imprimeur, à l'exclusion de toute autre personne, nonobstant son erreur ou sa bonne foi (▪ Paris, 5 nov. 1907 : *DP* 1908, 2, p. 96).

§ 2. – Des rectifications

Art. 12. – Le directeur de la publication est tenu d'insérer gratuitement, en tête du plus prochain numéro du journal ou écrit périodique, toutes les rectifications qui lui seront adressées par un dépositaire de l'autorité publique, au sujet des actes de sa fonction qui auront été inexactement rapportés par ledit journal ou écrit périodique.

Toutefois ces rectifications ne dépasseront pas le double de l'article auquel elles répondront.

En cas de contravention, le directeur de la publication sera puni d'une amende de 3 750 €.

1) Émission de radio. Le droit de rectification ne peut pas être exercé à l'occasion d'une émission radiophonique ou télévisée (▪ Paris, 27 nov. 1929 : *DP* 1930, 2, p. 153, note Nast. ▪ T. corr. Dunkerque, 11 juin 1954 : *JCP* 1954, II, 8229, note Chavanne. ▪ T. corr. Seine, 10 mai 1967 : *JCP* 1968, II, 15325, note Ch. Debbasch).

2) Dépositaire de l'autorité publique. Sont considérés comme des dépositaires de l'autorité publique : des maires (▪ Cass. crim., 27 mai 1910 : *Bull. crim.* n° 273) ; des commissaires de police (▪ Amiens, 23 déc. 1879 : *DP* 1881, 2, p. 182) ; des magistrats (▪ Cass. crim., 14 mai 1869 : *S.* 1869, 1, p. 439).

3) Droit de réponse et droit de rectification. Si la personne même du fonctionnaire a été mise en cause, celui-ci doit utiliser le droit de réponse et non le droit de rectification (▪ Cass. crim., 18 juill. 1896 : *D.* 1897, 1, p. 55).

Art. 13 *(L. 29 sept. 1919 ; mod., L. 5 oct. 1946 ; L. n° 93-2, 4 janv. 1993 ; L. n° 2000-516, 15 juin 2000)*. – Le directeur de la publication sera tenu d'insérer dans les trois jours de leur réception, les réponses de toute personne nommée ou désignée dans le journal ou écrit périodique quotidien, sous peine d'une amende de 3 750 €, sans préjudice des autres peines et dommages-intérêts auxquels l'article pourrait donner lieu.

En ce qui concerne les journaux ou écrits périodiques non quotidiens, le directeur de la publication, sous les mêmes sanctions, sera tenu d'insérer la réponse dans le numéro qui suivra le surlendemain de la réception.

Cette insertion devra être faite à la même place et en mêmes caractères que l'article qui l'aura provoquée et sans aucune intercalation.

Non compris l'adresse, les salutations, les réquisitions d'usage et la signature, qui ne seront jamais comptées dans la réponse, celle-ci sera limitée à la longueur de l'article qui l'aura provoquée. Toutefois, elle pourra atteindre cinquante lignes, alors même que cet article serait d'une longueur moindre, et elle ne pourra dépasser deux cents lignes, alors même que cet article serait d'une longueur supérieure. Les dispositions ci-dessus s'appliquent aux répliques, lorsque le journaliste aura accompagné la réponse de nouveaux commentaires.

La réponse sera toujours gratuite. Le demandeur en insertion ne pourra excéder les limites fixées au paragraphe précédent en offrant de payer le surplus.

La réponse ne sera exigible que dans l'édition ou les éditions où aura paru l'article.

Sera assimilé au refus d'insertion et puni des mêmes peines, sans préjudice de l'action en dommages-intérêts, le fait de publier, dans la région desservie par les éditions ou l'édition ci-dessus, une édition spéciale d'où serait retranchée la réponse que le numéro correspondant du journal était tenu de reproduire.

Le tribunal prononcera dans les dix jours de la citation sur la plainte en refus d'insertion. Il pourra décider que le jugement ordonnant l'insertion, mais en ce qui concerne l'insertion seulement, sera exécutoire sur minute nonobstant opposition ou appel. S'il y a appel, il y sera statué dans les dix jours de la déclaration faite au greffe.

Pendant toute période électorale, le délai de trois jours prévu pour l'insertion par le paragraphe 1er du présent article sera, pour les journaux quotidiens, réduit à vingt-quatre heures. La réponse devra être remise six heures au moins avant le tirage du journal dans lequel elle devra paraître. Dès l'ouverture de la période électorale, le directeur de la publication du journal sera tenu de déclarer au parquet, sous les peines édictées au paragraphe premier, l'heure à laquelle, pendant cette période, il entend fixer le tirage de son journal. Le délai de citation sur refus d'insertion sera réduit à vingt-quatre heures, sans augmentation pour les distances, et la citation pourra même être délivrée d'heure à heure sur ordonnance spéciale rendue par le président du tribunal. Le jugement ordonnant l'insertion sera exécutoire, mais en ce qui concerne cette insertion seulement, sur minute, nonobstant opposition ou appel. Si l'insertion ainsi ordonnée n'est pas faite dans le délai qui est fixé par le présent alinéa et qui prendra cours à compter du prononcé du jugement, le directeur de la publication sera passible d'une peine d'emprisonnement de trois mois et d'une amende de 3 750 €.

L'action en insertion forcée se prescrira après trois mois révolus, à compter du jour où la publication aura eu lieu.

Sans préjudice de l'application de l'alinéa précédent, toute personne nommée ou désignée dans un journal ou écrit périodique à l'occasion de l'exercice de poursuites pénales peut également exercer l'action en insertion forcée, dans le délai de trois mois à compter du jour où la décision de non-lieu dont elle fait l'objet est intervenue ou celle de relaxe ou d'acquittement la mettant expressément ou non hors de cause est devenue définitive.

Bibliographie : Sur le droit de réponse. ● Maurice-Hersant, *Le droit de réponse : D.* 1982, chron. p. 167.

NB : Sur le droit de réponse en matière audiovisuelle, V. *infra*, L. n° 82-652, 29 juill. 1982.

1) QPC. Non-lieu à renvoi devant le Conseil constitutionnel de la QPC visant les articles 12 et 13 de la loi de 29 juillet 1881 (▪ Cass. crim., 5 sept. 2017, n° 17-80.527 : *Dr. pén.* 2017, comm. 181, note Ph. Conte).

I – PRINCIPE DU DROIT DE RÉPONSE

2) Droit personnel et spécifique. Le droit de réponse existe indépendamment de toute attaque ou agression et ne saurait être confondu avec le droit de légitime défense, la personne nommée ou désignée ayant la faculté de donner son point de vue (▪ Cass. crim., 15 déc. 1934 : *Bull. crim.* n° 210 ; *Gaz. Pal.* 1935, I, 60, rapp. Bompard ; *DP* 1935, 1, 27, note Nast), même si l'information est légitime et objective (▪ Cass. crim., 6 nov. 1956 : *JCP* 1956, IV, 174). C'est le droit au respect de la personne dans sa pensée et dans son activité.

Ce droit est strictement personnel et ne peut être exercé que par celui qui a été expressément ou implicitement mis en cause dans une publication périodique (▪ Cass. crim., 2 févr. 1988 : *Bull. crim.* n° 54 ; *RSC* 1988, p. 790, obs. Levasseur).

3) Droit européen. Il s'ensuit que l'insertion d'un droit de réponse ne saurait constituer une ingérence de l'autorité publique au sens de l'article 10 de la Convention européenne des droits de l'homme (▪ Paris, 13 mars 1991 : *D.* 1991, IR p. 120).

4) Mandat spécial. De la combinaison du principe de personnalité du droit de réponse et de la limitation du monopole de l'avocat, il se déduit que la demande d'insertion d'une réponse à un article paru dans un journal ne peut être l'œuvre que de la personne même qui la formule ou d'un fondé de pouvoir spécial (▪ CA Paris, 11e ch., 17 févr. 1988 : *JurisData* n° 1988-22809).

Aucune disposition de la loi du 31 décembre 1971 n'autorise l'avocat à exercer, sans mandat spécial, le droit exceptionnel et personnel accordé par l'article 13 de la loi du 29 juillet 1881 aux personnes mises en cause dans un écrit périodique (▪ Cass. crim., 9 mai 1990 : *Bull. crim.* n° 178).

Le directeur de la publication peut refuser d'insérer une réponse en application de l'article 13 de la loi du 29 juillet 1881, lorsque l'insertion lui est demandée par un avocat sans que celui-ci ne produise le mandat spécial qui lui a été remis à cet effet par la personne mise en cause ; encourt dès lors la censure l'arrêt qui, pour écarter l'argumentation du directeur de la publication prise de ce que l'avocat n'avait pas joint à la demande d'insertion le mandat spécial de son client, énonce que ce mandat a été produit devant les premiers juges et que l'avocat en disposait lorsque le directeur de la publication a reçu la demande, alors qu'il lui appartenait de rechercher si, au même moment, ce mandat avait été porté à la connaissance de ce dernier (▪ Cass. crim., 22 févr. 2000 : *Bull. crim.* n° 77 ; *Dr. pén.* 2000, comm. 126, obs. M. Véron).

5) Distinction du droit de réponse et de l'action en diffamation. Les actions en diffamation et les actions pour exercer le droit de réponse sont absolument indépendantes les unes des autres, même lorsqu'elles concernent la même publication ; dès lors, il n'y a aucune litispendance entre elles (▪ T. pol. Paris, 16 janv. 1976 : *RSC* 1977, p. 103, obs. Levasseur).

6) Droit inhérent à toute personne physique ou morale. La personne pouvant exercer le droit de réponse peut être aussi bien physique que morale (▪ Cass. crim., 6 nov. 1956 : *JCP* 1957, II, 9723) et il peut s'agir aussi bien d'un simple particulier que d'un fonctionnaire (▪ Cass. crim., 18 juill. 1896 : *DP* 1897, 1, p. 55).

– Un groupe d'élus municipaux n'a pas qualité pour réclamer l'insertion d'une réponse s'il est constaté que ce groupe est dépourvu de la personnalité morale (▪ Cass. crim., 7 avr. 1994 : *Bull. crim.* n° 144).

7) Désignation de la personne : précision. Elle doit avoir été désignée avec suffisamment de précision, soit par son nom ou tout autre élément de description qui permette de la reconnaître (▪ Cass. crim., 4 juin 1953 : *D.* 1953, I, p. 665, note Chavanon). Mais la simple mention de son nom ne suffit pas pour qu'elle se prétende mise en cause (▪ Lyon, 26 janv. 1979 : *JCP* 1980, II, 19264, note Chavanne ; *RSC* 1980, p. 143, obs. Levasseur), tout comme le fait de figurer sur une photo parmi un rassemblement de personnes, sans du moins que l'une ou l'autre d'entre elles ne soit spécialement visée dans le contexte (▪ Cass. crim., 27 mai 1972 : *Bull. crim.* n° 176 ; *RSC* 1973, p. 907, obs. Levasseur).

Le droit de réponse est ouvert notamment à la personne désignée dans la publication d'une mise au point relative à une œuvre de collaboration, quand bien même elle aurait sollicité cette mise au point, dès lors qu'elle n'en est pas l'auteur (▪ Cass. crim., 28 mars 1995 : *Bull. crim.* n° 128).

8) Désignation de la personne : appréciation souveraine. L'appréciation des tribunaux sur le point de savoir si une personne est ou non désignée dans une publication périodique est souveraine (▪ Cass. crim., 2 févr. 1988 : *Bull. crim.* n° 54).

9) Droit général et absolu. (▪ Cass. crim., 12 juill. 1884 : *DP* 1886, 1, p. 47. ▪ Cass. crim., 21 juill. 1955 : *JCP* 1956, II, 9245, note Chavanne. ▪ Cass. crim., 22 févr. 1972 : *Bull. crim.* n° 70 ; *RSC* 1973, p. 128, obs. Levasseur), les juges n'étant pour autant privés du pouvoir d'apprécier l'existence d'abus dans l'exercice de ce droit (▪ T. corr. Paris, 13 déc. 1994, inédit).

Celui qui l'exerce est seul juge de son opportunité (▪ Cass. crim., 19 mai 1958 : *JCP* 1958, IV, 99), comme de la teneur, de l'étendue, de l'utilité et de la forme de la réponse dont il requiert l'insertion (▪ Cass. crim., 20 janv. 1987 : *Bull. crim.* n° 28).

Il importe peu que l'article de journal auquel il est répondu ne renferme ni une attaque contre la personne nommée ni même une appréciation défavorable à son égard (▪ Cass. crim., 3 mai 1923 : *DP* 1923, 1, p. 93), et il a été jugé qu'une rectification spontanément apportée à l'article n'excluait pas le droit de réponse (▪ Cass. crim., 6 nov. 1956 : *JCP* 1956, IV, 174).

10) Écrits concernés. L'article auquel il peut être répondu, peut être un article de critique littéraire, artistique, dramatique ou scientifique (▪ Cass. crim., 17 juin 1898 : *DP* 1899, 1, p. 289, note Appleton ; S. 1898, 1, 538, note Villey. ▪ Cass. crim., 21 mai 1924 : *DP* 1924, 1, p. 97, note Josserand) ou un article religieux (▪ Cass. crim., 16 janv. 1969 : *JCP* 1969, II, 15882, note H. Blin ; *RSC* 1969, p. 672, obs. Levasseur).

11) Cas des dessins. Il a été jugé que l'exercice du droit de réponse est strictement réservé à la personne désignée et mise en cause dans un article et non par un dessin, les termes de l'article 13 ne pouvant être interprétés extensivement (▪ Paris, 11 sept. 1997 : *JurisData* n° 1997-002529 ; *Dr. pén.* 1997, comm. 153, obs. M. Véron ; *JCP* G 1998, II, 10034, note B. Beignier).

II – LIMITES DU DROIT DE RÉPONSE

12) Contrôle de la Cour de cassation. Les appréciations touchant la teneur d'une réponse dont l'insertion a été refusée aussi bien que celle de l'écrit qui a provoqué cette réponse sont soumises au contrôle de la Cour de cassation (▪ Cass. crim., 2 févr. 1988 : *Bull. crim.* n° 54. ▪ Cass. crim., 19 déc. 1989 : *Bull. crim.* n° 493).

13) Refus justifié : ordre public. La réponse ne doit pas être contraire à l'ordre public, aux lois ou aux bonnes mœurs (▪ Paris, 22 mars 1907 : *DP* 1907, 2, p. 191). Si la réponse est, en principe, indivisible, le refus d'insertion n'est pas constitué par une insertion partielle, qui n'a pas sa cause dans l'obligation imposée par l'article 13 de la loi du 29 juillet 1881, dès lors que le directeur de la publication est fondé à refuser l'insertion intégrale d'une lettre portant atteinte à la loi, aux bonnes mœurs, à l'intérêt légitime des tiers ou à l'honneur du journaliste (▪ Cass. crim., 4 sept. 1996 : *Bull. crim.* n° 313). Mais il ne suffirait pas, pour justifier un refus d'insérer, de prétendre que la réponse est de nature à jeter le trouble dans les esprits (▪ Cass. crim., 29 juin 1965 : *Gaz. Pal.* 1965, 2, p. 195).

14) Refus justifié : intérêt de tiers. La réponse ne doit pas être contraire à l'intérêt de tiers (▪ Cass. crim., 16 juin 1955 : *D.* 1955, p. 615. ▪ Cass. crim., 16 oct. 1968 : *Bull. crim.* n° 256. ▪ Cass. crim., 23 mars 1993 : *Bull. crim.* n° 127).

15) Refus justifié : contenu de la réponse. Un directeur de publication est fondé à refuser l'insertion d'un texte qui ne se borne pas à une réponse à une mise en cause mais a pour objet d'assurer une présentation générale et de promouvoir des thèses d'un parti politique (▪ Cass. crim., 3 nov. 1999 : *Bull. crim.* n° 241).

La note d'un professeur de droit qui fait référence à l'étude d'un juriste précise bien que « la solution est correcte au regard de règles légales » ; en signalant son caractère dangereux au plan pratique, il critique non pas l'effort fait par ce juriste pour prévoir notamment les cas d'application du texte nouveau et proposer un formulaire aux praticiens, mais l'innovation légale elle-même. L'avertissement donné à la profession notariale traduit la désapprobation de ce professeur à l'égard de ce texte. Il n'apparaît pas que la note de ce professeur mette en cause le juriste personnellement. Dans ces conditions, il existe une contestation sérieuse sur l'existence des conditions légales d'exercice par ce dernier d'un droit de réponse. Le refus d'insérer des intimés ne constitue pas un trouble manifestement illicite (▪ Paris, 13 juill. 1988 : *Gaz. Pal.* 1988, 2, 743 ; *JCP* 1988, II, 21079).

Ne peut être exigée, au titre du droit de réponse, l'insertion d'un écrit dépourvu de corrélation avec la teneur de l'article auquel il prétend répliquer (▪ Cass. crim., 16 janv. 1996 : *Bull. crim.* n° 26 ; *D.* 1996, p. 462, note Ch. Bigot. ▪ Cass. crim., 4 sept. 2001 : *Bull. crim.* n° 172 ; *Dr. pén.* 2001, comm. 139, obs. M. Véron. ▪ Cass. crim., 14 oct. 2008 : *Dr. pén.* 2009, comm. 2, obs. M. Véron), pas plus qu'elle ne peut l'être au titre de la protection des droits énumérés par l'article 10-2 de la Convention européenne des droits de l'homme (▪ Cass. crim., 4 nov. 1997 : *Bull. crim.* n° 369).

16) Refus justifié : longueur de la réponse. Le directeur de la publication est fondé à refuser l'insertion quand elle dépasse la longueur limitativement fixée par la loi et n'est pas obligé de publier un texte dont la longueur excède de dix lignes celle de l'article initial (▪ Cass. crim., 30 avr. 1970 : *D.* 1970, p. 721, note E. Agostini ; *RSC* 1970, p. 874, obs. Levasseur). Lorsqu'une personne est désignée seulement dans une partie d'un article, la longueur de sa réponse se calcule sur l'importance de ce passage et non sur celle de l'article entier (▪ Cass. crim., 3 févr. 1976 : *Bull. crim.* n° 43 ; *RSC* 1976, p. 977, obs. Levasseur).

En matière d'exercice du droit de réponse, seul le texte incriminé doit, selon l'article 13 de la loi du 29 juillet 1881, être pris en compte pour évaluer le nombre de lignes maximum que la réplique pourra comporter, une photographie incluse dans l'article litigieux, dès lors qu'elle n'est pas incriminée en elle-même, n'ouvrant pas un droit à un nombre supérieur de lignes dans le texte de la réplique. Le calcul effectif du nombre de lignes respectivement de l'article et de la réplique, relève de l'appréciation souveraine des juges du fond ; il appartient seulement à la Cour de cassation de s'assurer que les juges se sont prononcés sans insuffisance ni contradiction sur ce point (▪ Cass. crim., 27 mai 1999 : *Bull. crim.* n° 113).

17) Refus d'insertion injustifiés. Le directeur de la publication n'est pas fondé à refuser l'insertion d'une réponse qui ne porte pas atteinte à l'intérêt légitime des tiers étrangers au débat, ni à l'honneur ou à la considération des personnes ayant concouru à la rédaction et à la publication de l'article auquel il a été répondu (▪ Cass. crim., 28 mars 1995 : *Bull. crim.* n° 128) ; ni être de nature à offenser la mémoire d'un mort (▪ Cass. crim., 20 juin 1989 : *Dr. pén.* 1990, n° 3) ni porter atteinte à l'honneur ou à la considération du journaliste (▪ Cass. crim., 1er juill. 1954 : *D.* 1954, p. 665. ▪ Cass. crim., 9 févr. 1993 : *Dr. pén.* 1993, n° 153) étant précisé qu'une réponse énergique est autorisée dans la mesure où elle n'excède pas la rudesse de l'attaque (▪ Cass. crim., 22 févr. 1972 : *Bull. crim.* n° 70 : *RSC* 1973, p. 128, obs. Levasseur), que l'on ne saurait refuser une réponse sous prétexte que son ton serait incorrect, agressif ou tendancieux (▪ Cass. crim., 16 janv. 1969 : *JCP* 1969, II, 15882, note H. Blin ; *RSC* 1969, p. 672, obs. Levasseur) et que l'annonce, dans la réponse, du dépôt d'une plainte pour injures et diffamation contre l'auteur de l'article incriminé ou le directeur de la publication ne porte pas atteinte à l'honneur ou à la considération de ces derniers (▪ Cass. crim., 15 avr. 1982 : *Bull. crim.* n° 89 ; *D.* 1984, p. 358, note X. Daverat ; *RSC* 1984, p. 511, obs. Levasseur).

Jugé encore que le refus d'insérer n'est pas justifié lorsque l'on ne relève pas dans la réponse d'autres éléments que ceux déjà exposés dans l'article de mise en cause alors que le demandeur s'est exprimé sans malveillance ni appréciations blessantes à l'égard des tiers tandis que pour lui la désignation de ces tiers pouvait être nécessitée par la défense à l'attaque dont il avait été l'objet (▪ Cass. crim., 20 janv. 1987 : *Bull. crim.* n° 28). Jugé en outre que le refus d'insertion est justifié lorsque la réponse porte atteinte à l'honorabilité et à la probité des tiers et qu'il n'importe que les atteintes résultent de la reproduction des extraits de presse et que les intéressés n'aient exercé aucune action judiciaire contre les organes de presse les ayant mis en cause (▪ Cass. crim., 7 avr. 1994 : *Bull. crim.* n° 144).

III – MISE EN ŒUVRE DU DROIT DE RÉPONSE

18) Demande d'insertion. La réponse doit être adressée au directeur de la publication (▪ Cass. crim., 14 mars 1962 : *JCP* 1962, IV, 62) ; une simple lettre recommandée suffit (▪ Cass. crim., 13 mars 1908 : *DP* 1909, 1, p. 165, note Le Poittevin ; *S.* 1908, 1, p. 297, note Roux) ou une lettre normale, voire, en cas d'urgence, un télégramme (▪ Orléans, 29 juill. 1952 : *D.* 1953, p. 30).

19) Droit de réponse sur droit de réponse. Lorsque la publication de la réponse a été accompagnée de nouveaux commentaires, ceux-ci justifient une nouvelle réponse (▪ Cass. crim., 21 févr. 1889 : *DP* 1890, 1, p. 189. ▪ T. pol. Paris, 16 janv. 1976 : *RSC* 1977, p. 103, obs. Levasseur).

20) Seconde demande de réponse. L'envoi d'une réponse non insérée et non suivie d'une action en insertion ne met pas obstacle à l'envoi, dans le délai imparti par l'article 13 de la loi du 29 juillet 1881, d'une seconde réponse conçue dans les mêmes termes, et le refus d'insérer celle-ci constitue un nouveau délit (▪ Cass. crim., 13 mars 1931 : *DH* 1931, p. 270).

21) Présentation de la réponse. L'article 13 de la loi du 29 juillet 1881 dispose que l'insertion de la réponse devra être faite à la même place et dans les mêmes caractères que l'article qui l'a provoquée ; ces dispositions formelles exigent une publication de la réponse identique à celle de l'article de mise en cause ; l'insertion doit comprendre, en sus du texte à insérer, l'adresse, les salutations et la signature du requérant (■ Cass. crim., 20 janv. 1987 : *Bull. crim.* n° 29).

22) Mise en œuvre en cas de réponse trop longue. Lorsque la réponse dépasse la longueur fixée par la loi, le directeur de la publication peut y opérer des coupures ; encore faut-il que cette publication tronquée ne soit pas présentée comme si c'était une réponse ; en ce cas, le journal engagerait sa responsabilité du fait d'un découpage fautif, et resterait soumis à l'obligation de publier une nouvelle réponse de la bonne dimension si celle-ci lui parvenait en temps utile (■ Cass. crim., 30 avr. 1970, préc. – *Adde*, Levasseur, obs. : *RSC* 1969, p. 671).

IV – RÉPRESSION

23) Compétence territoriale. La poursuite pour refus d'insertion peut être portée devant tout tribunal dans le ressort duquel a eu lieu la publication de l'écrit incriminé (■ Cass. crim., 14 févr. 1889 : *DP* 1890, 1, p. 187).

24) Citation. Méconnaît les prescriptions de l'article 53 de la loi du 29 juillet 1881 la citation délivrée sur le fondement de l'article 13 de ladite loi, pour refus d'insertion d'une réponse faisant suite à la publication d'un article, lorsque l'acte ne comporte pas le texte dont l'insertion était demandée (■ Cass. crim., 28 nov. 2006 : *Bull. crim.* n° 299 ; *Dr. pén.* 2007, comm. 51, obs. M. Véron).

25) Prescription de l'action en insertion. Selon l'article 13 de la loi du 29 juillet 1881, l'action en insertion forcée se prescrit après 1 an révolu à compter du jour où la publication a lieu. Ce délai expire le dernier jour de la dernière année qui porte le même quantième que le jour de l'acte ou de la décision ou encore de l'événement qui fait courir le délai (■ Cass. crim., 7 sept. 1999 : *Bull. crim.* n° 182).

26) Prescription du délit de refus d'insertion. Le refus d'insertion étant un délit de presse, il est soumis à la prescription de 3 mois de l'article 65 de la loi de 1881 (■ Cass. crim., 4 févr. 1926 : *DH* 1926, 130). La prescription court à compter du numéro qui suit le surlendemain de la réception de la réponse (■ Cass. crim., 7 mars 1989 : *Bull. crim.* n° 111).

Il résulte des dispositions de l'article 13 de la loi du 29 juillet 1881, selon lesquelles le directeur de la publication des journaux ou écrits périodiques non quotidiens est tenu, sous peine des sanctions prévues par ce texte, de publier la réponse de toute personne y étant nommée ou désignée dans le numéro qui suivra le surlendemain de la réception de la demande d'insertion, que le point de départ de la prescription de l'action publique court à compter de cette publication ; la prescription est acquise lorsque 3 mois se sont écoulés entre le surlendemain de la réception de la réponse et la citation à comparaître pour refus d'insertion (■ Cass. crim., 4 déc. 2007 : *Bull. crim.* n° 300 ; *Dr. pén.* 2008, comm. 44, obs. M. Véron).

27) Complicité. L'auteur de l'article ne participant pas en principe à la gestion du journal, on ne peut en tant que tel le considérer comme complice du délit de refus d'insertion (■ Cass. crim., 15 oct. 1953 : *Dr. pén.* 1953, 365).

28) Publication de la décision. Si les juridictions répressives ne peuvent ordonner la publication de leurs décisions à titre de peine qu'en vertu d'une disposition formelle de la loi, elles peuvent la prescrire, à titre de réparation, lorsque la partie civile la demande (■ Cass. crim., 15 janv. 1991 : *Bull. crim.* n° 25). En l'espèce, où avait été relaxé un prévenu pour refus d'insertion d'un droit de réponse, la partie civile – dont le recours était cantonné aux seuls intérêts civils – avait demandé la publication de l'arrêt à intervenir.

V – DROIT DE RÉPONSE DE L'ARTICLE 13, DERNIER ALINÉA

29) Droit de réponse particulier. Le droit de réponse exceptionnel prévu par le dernier alinéa de l'article 13 de la loi du 29 juillet 1881 concerne les décisions de non-lieu, de relaxe ou d'acquittement rendues, tant par les juridictions françaises que par les juridictions étrangères ; si l'exercice du droit de réponse exceptionnel prévu par le dernier alinéa de l'article 13 de la loi du 29 juillet 1881 n'est soumis à aucune autre condition de forme que celles édictées par les alinéas précédents de ce texte, il résulte de ces dispositions que la demande d'insertion doit être assortie de la décision de non-lieu, de relaxe ou d'acquittement invoquée, ainsi que de la preuve de son caractère définitif, et de la date à laquelle elle est devenue irrévocable (■ Cass. crim., 21 janv. 1997 : *Bull. crim.* n° 19).

Art. 13-1 *(L. n° 90-615, 13 juill. 1990).* **– Le droit de réponse prévu par l'article 13 pourra être exercé par les associations remplissant les conditions prévues par l'article 48-1, lorsqu'une personne ou un groupe de personnes auront, dans un journal ouécrit périodique, fait l'objet d'imputations susceptibles de porter**

Toutefois, quand la mise en cause concernera des personnes considérées individuellement, l'association ne pourra exercer le droit de réponse que si elle justifie avoir reçu leur accord.

Aucune association ne pourra requérir l'insertion d'une réponse en application du présent article dès lors qu'aura été publiée une réponse à la demande d'une des associations remplissant les conditions prévues par l'article 48-1.

§ 3. – Des journaux ou écrits périodiques étrangers

Art. 14. – *(Abr., D. n° 2004-1044, 4 oct. 2004).*

CHAPITRE III. – DE L'AFFICHAGE

§ 1. – De l'affichage

Art. 15 *(Mod., L. n° 69-1067, 28 nov. 1969).* – **Dans chaque commune, le maire désignera, par arrêté, les lieux exclusivement destinés à recevoir les affiches des lois et autres actes de l'autorité publique.**

Il est interdit d'y placarder des affiches particulières.

Les affiches des actes émanés de l'autorité seront seules imprimées sur papier blanc. Toutefois, est licite l'usage du papier blanc pour l'impression d'affiches publicitaires lorsque celles-ci sont recouvertes de caractères ou d'illustrations de couleur et lorsque toute confusion, soit dans le texte, soit dans la présentation matérielle, est impossible avec les affiches administratives.

Toute contravention aux dispositions du présent article sera punie des peines portées en l'article 2.

1) **Principe de la liberté d'affichage.** Sur le principe de la liberté de l'affichage, V. not. ▪ Cass. crim., 10 déc. 1968 : *D.* 1969, p. 473, note Orfila ; *RSC* 1969, p. 400, obs. Vitu.

2) **Portée du texte.** L'alinéa 3 de l'article 15 a une portée générale : il concerne toute feuille imprimée ou manuscrite apposée sur un mur dans un lieu public (▪ Cass. crim., 20 janv. 1954 : *D.* 1954, p. 110).

3) **Responsable.** L'afficheur est seul responsable de l'infraction à l'exclusion de l'imprimeur (▪ Cass. crim., 7 mars 1896 : *DP* 1896, 1, p. 511) et du signataire de l'affiche (▪ Cass. crim., 18 févr. 1921 : *D.* 1921, 1, p. 170).

Art. 16 *(Abr., L. n° 2011-525, 17 mai 2011).*

Art. 17 *(D. n° 93-726, 29 mars 1993).* – **Ceux qui auront enlevé, déchiré, recouvert ou altéré par un procédé quelconque, de manière à les travestir ou à les rendre illisibles, des affiches apposées par ordre de l'Administration dans les emplacements à ce réservés, seront punis de l'amende prévue pour les contraventions de la 3ᵉ classe.**

Si le fait a été commis par un fonctionnaire ou un agent de l'autorité publique, la peine sera de l'amende prévue pour les contraventions de la 4ᵉ classe.

Seront punis de l'amende prévue pour les contraventions de la 3ᵉ classe ceux qui auront enlevé, déchiré, recouvert ou altéré par un procédé quelconque, de manière à les travestir ou à les rendre illisibles, des affiches électorales émanant de simples particuliers, apposées ailleurs que sur les propriétés de ceux qui auront commis cette lacération ou altération.

La peine sera de l'amende prévue pour les contraventions de la 4ᵉ classe si le fait a été commis par un fonctionnaire ou un agent de l'autorité publique, à moins que les affiches n'aient été apposées dans les emplacements réservés par l'article 15.

1) **Destruction avant affichage.** Celui qui enlève ou détruit une affiche avant qu'elle ne soit apposée est impunissable (▪ Cass. crim., 13 juill. 1907 : *Bull. crim.* n° 328).

2) **Destruction d'affiches sur des emplacements autres que réservés.** Est impunissable celui qui lacère ou détruit une affiche administrative ou électorale apposée sur des emplacements autres que ceux réservés par arrêté (▪ Cass. crim., 2 nov. 1911 : *D.* 1913, 1, p. 335).

Le locataire ou le propriétaire d'une maison a le droit d'enlever ou de lacérer des affiches électorales apposées contre son gré sur la maison qu'il habite (▪ Cass. crim., 15 nov. 1884 : *DP* 1885, 1, p. 477, rapp. Vetelay).

3) **Élément moral : faute intentionnelle.** La destruction d'affiches ne tombe sous le coup de l'article 17 quesi l'auteur de la destruction avait l'intention malveillante d'empêcher les tiers d'en prendre connaissance (▪ Cass. crim., 16 janv. 1886 : *S.* 1886, 1, p. 144).

§ 2. – Du colportage et de la vente sur la voie publique

Art. 18 à 22 *(Abr., L. n° 2004-1343, 9 déc. 2004).*

CHAPITRE IV. – DES CRIMES ET DÉLITS COMMIS PAR VOIE DE LA PRESSE OU PAR TOUT AUTRE MOYEN DE PUBLICATION

§ 1. – Provocation aux crimes et délits

Art. 23 *(L. n° 72-546, 1er juill. 1972 ; L. n° 85-1317, 13 déc. 1985 ; L. n° 2004-575, 21 juin 2004).* – **Seront punis comme complices d'une action qualifiée crime ou délit ceux qui, soit par des discours, cris ou menaces proférés dans des lieux ou réunions publics, soit par des écrits, imprimés, dessins, gravures, peintures, emblèmes, images ou tout autre support de l'écrit, de la parole ou de l'image vendus ou distribués, mis en vente ou exposés dans des lieux ou réunions publics, soit par des placards ou des affiches exposés au regard du public, soit par tout moyen de communication au public par voie électronique, auront directement provoqué l'auteur ou les auteurs à commettre ladite action, si la provocation a été suivie d'effet.**

Cette disposition sera également applicable lorsque la provocation n'aura été suivie que d'une tentative de crime prévue par les articles 121-4 et 121-5 du Code pénal.

I – NOTIONS COMMUNES À PLUSIEURS INFRACTIONS EN MATIÈRE DE PRESSE : PUBLICITÉ DES PROPOS ET DES ÉCRITS

1) Contrôle de la Cour de cassation. Il appartient à la Cour de cassation de contrôler si la publicité, qui est l'un des éléments constitutifs de certaines infractions de presse prévues par la loi du 29 juillet 1881, se trouve établie (▪ Cass. crim., 5 oct. 1993 : *Bull. crim.* n° 276).

2) Nouvelle publication. Le fait de publication étant l'élément par lequel les délits de presse sont consommés, toute reproduction dans un écrit périodique rendu public d'un texte déjà publié, quelle que soit la langue dans laquelle il est rédigé, est constitutive d'une nouvelle infraction ; par suite, les faits réitérés sont susceptibles de nouvelles poursuites indépendamment de celles qui ont été exercées à la suite de la première publication (▪ Cass. crim., 24 oct. 1989, n° 88-80.793 : *JCP* 1990, IV, 47 ; *Bull. crim.* n° 380. ▪ Cass. crim., 2 oct. 2012, n° 12-80.419 : *Bull. crim.* n° 204. V. note ss C. pén., art. 65, III, *V° Publication nouvelle*). V. C. pén., art. 35 *bis*).

3) Lieu public. Le lieu public au sens de la loi de 1881 n'est pas le lieu où il y a et où il peut y avoir du public, mais le lieu dont la raison d'être est de réunir du public, de le grouper (▪ Cass. crim., 20 déc. 1930 : *D.* 1931, 1, p. 133, rapp. le Marc'hadour et note A. S. ▪ Cass. crim., 2 mai 1956 : *RSC* 1956, p. 843, obs. Hugueney), ce qui exclut les escaliers et vestibules d'immeubles (mêmes arrêts).

Outre les lieux publics par nature (▪ Cass. crim., 15 mars 1983 : *Bull. crim.* n° 82), jugé qu'étaient des lieux publics, par exemple : une mairie (▪ Cass. crim., 26 nov. 1864 : *Bull. crim.* n° 269) ; les salles d'un café (▪ Cass. crim., 19 avr. 1945 : *D.* 1946, p. 25), la cour intérieure d'un hôpital (▪ Cass. crim., 4 mai 1935 : *DH* 1935, 349), le vestibule d'entrée d'une grande école (▪ Cass. crim., 10 juill. 1973 : *JCP* 1973, IV, 329).

4) Disques phonographiques. Il s'agit d'imprimés au sens de l'article 23 (▪ Cass. crim., 14 janv. 1971, 2 arrêts : *D.* 1971, 101, rapp. Chapar), tout comme le *Journal officiel* (▪ Cass. crim., 17 févr. 1981 : *Bull. crim.* n° 63. ▪ Cass. crim., 14 nov. 1989 : *Bull. crim.* n° 418). Le support de la bande dessinée entre dans les prévisions de l'article 23 de la loi de 1881 (▪ Paris, 26 avr. 1990 : *Gaz. Pal.* 14-15 sept. 1990).

5) Réunion privée. Bien que rassemblant un grand nombre d'assistants, une réunion peut demeurer privée et à l'inverse, elle peut être publique quoique n'étant pas ouverte à quiconque (▪ Cass. crim., 4 déc. 1973 : *Bull. crim.* n° 448). Sont des réunions privées : une assemblée d'actionnaires (▪ Cass. crim., 27 mars 1975 : *Bull. crim.* n° 134 ; *RSC* 1975, p. 1024, obs. Levasseur), la réunion d'un comité d'entreprise (▪ Cass. crim., 30 oct. 1957 : *Bull. crim.* n° 688), la réunion d'une assemblée syndicale (▪ T. corr. Paris, 21 juin 1968 : *Gaz. Pal.* 1968, 2, 268 ; *RSC* 1969, p. 150, obs. Levasseur).

6) Propos public. Un propos injurieux, même tenu dans une réunion ou un lieu publics, ne constitue le délit d'injure que s'il a été « proféré », au sens de l'article 23 de la loi du 29 juillet 1881 sur la presse, c'est-à-dire tenu à haute voix dans des circonstances traduisant une volonté de le rendre public (▪ Cass. crim., 27 nov. 2012, n° 11-86.982 : *Bull. crim.* n° 261 ; *JCP G* 2013, note 19, p. 25, E. Derieux ; *Dr. pén.* 2013, comm. 18, obs. M. Véron ; *Gaz. Pal.* 6-7 févr. 2013, chron., p. 14, note F. Fourment ; *Comm. com. électr.* 2013, comm. 8, note A. Lepage ; *AJ pénal* 2013, p. 217, jur., note

G. Royer. ▪ Cass. crim., 8 avr. 2014, n° 12-87.497 : *Bull. crim.* n° 105).

Pour constituer le délit d'injure publique, au sens de l'article 23 de la loi du 29 juillet 1881, le propos injurieux doit avoir été « proféré », c'est-à-dire tenu à haute voix dans des circonstances traduisant une volonté de le rendre public. Caractérise de telles circonstances l'arrêt qui, pour déclarer le prévenu coupable d'injure publique, retient que les propos litigieux, également entendus par l'épouse du destinataire, ont été tenus d'une voix forte dans une cour d'immeuble comportant plusieurs appartements et à laquelle le public a accès (▪ Cass. crim., 8 avr. 2014 : *Bull. crim.* n° 105 ; *JCP* G 2014, act., n° 477, p. 785 ; *Dr. pén.* 2014, comm. 92, obs. M. Véron).

7) Écrits publics : dépêche d'agence de presse. L'agence France-Presse diffuse sous forme de messages ou dépêches des documents écrits destinés à des catégories de public. L'élément de publicité exigé par l'article 23 de la loi du 29 juillet 1881 en matière de délit de presse est établi dans la mesure où les dépêches sont distribuées par cette entreprise à titre onéreux à des destinataires variés et nombreux non réunis par une communauté d'intérêts et qui reçoivent les informations, à titre non confidentiel, pour les propager au sein de nouveaux publics (▪ Paris, 18 mai 1988 : *JCP* 1989, IV, 6).

8) Distribution. La distribution d'un écrit ou d'un imprimé à diverses personnes qui ne sont pas liées entre elles par une communauté d'intérêts caractérise la publicité au sens de l'article 23 (▪ Cass. crim., 24 janv. 1995 : *Bull. crim.* n° 33).

9) Communauté d'intérêts : absence de publicité. Il n'y a pas publicité lorsqu'une circulaire a été adressée sous pli fermé aux membres d'un groupement de personnes liées par une communauté d'intérêts (▪ Cass. crim., 17 mars 1980 : *Bull. crim.* n° 91), sauf si l'écrit est distribué à un ou plusieurs tiers étrangers au groupement (▪ Cass. crim., 15 juill. 1981 : *Bull. crim.* n° 232. – *Adde* Levasseur, obs. : *RSC* 1972, p. 616 ; 1973, p. 699 ; 1974, p. 875 ; 1976, p. 428 ; pour une pétition émanant d'un groupe de parents d'élèves, V. ▪ Cass. crim., 5 oct. 1993 : *Bull. crim.* n° 276).

Ne donne pas une base légale à sa décision la cour d'appel qui, après avoir relevé que l'écrit litigieux avait été distribué dans un local privé à un groupe de personnes liées par une communauté d'intérêt dans des conditions exclusives de publicité, déduit cet élément d'une éventuelle distribution à des personnes étrangères à l'entreprise (▪ Cass. crim., 13 mai 1986 : *Bull. crim.* n° 162 ; *RSC* 1987, 205, obs. Levasseur. ▪ Cass. crim., 4 janv. 1990 : *JCP* 1990, IV, 123).

Les divers élus municipaux chargés de l'administration des affaires de la commune ne formant pas un groupement de personnes liées par une communauté d'intérêts, la publicité définie par l'article 23 de la loi du 29 juillet 1881 est constituée par la distribution à ces destinataires d'un écrit non confidentiel, visant le maire à raison de sa qualité et de ses fonctions (▪ Cass. crim., 29 mars 1994 : *Bull. crim.* n° 119. ▪ Cass. crim., 3 juin 1997 : *Bull. crim.* n° 218, pour la distribution d'un écrit relatif à la gestion du personnel communal aux conseillers municipaux).

Jugé aussi qu'en raison de la communauté d'intérêts établie entre les destinataires identifiés d'un écrit litigieux (copropriétaires d'un immeuble d'habitation), la publicité fait défaut (▪ Cass. crim., 7 mars 2000 : *JurisData* n° 2000-002027 ; *Dr. pén.* 2000, comm. 97, obs. M. Véron).

Mais l'ensemble des électeurs d'un canton ne constitue pas une communauté d'intérêts (▪ Cass. crim., 2 mars 2004 : *Dr. pén.* 2004, comm. 104, obs. M. Véron).

10) Communauté d'intérêts : application au courrier électronique. Si les destinataires du courrier électronique incriminé peuvent avoir des intérêts communs, ils font partie de groupements qui constituent des entités distinctes, ne partageant pas nécessairement les mêmes objectifs et ayant des domaines d'action différents (les uns étant membres d'un syndicat, les autres d'un parti politique) ; en l'état de ces énonciations, dont il résulte que l'écrit litigieux a été adressé à des personnes qui n'étaient pas liées par la même communauté d'intérêts, la cour d'appel a exactement caractérisé la publicité au sens de l'article 23 de la loi du 29 juillet 1881 (▪ Cass. crim., 28 avr. 2009 : *JurisData* n° 2009-048276 ; *Dr. pén.* 2009, comm. 105, obs. M. Véron).

11) Communauté d'intérêt : parti politique. La diffusion d'un écrit n'est une distribution publique que si les destinataires de cet écrit sont étrangers à un groupement de personnes liées par une communauté d'intérêts ; un parti politique constitue un groupement de cette nature (▪ Cass. crim., 27 mai 1999 : *Bull. crim.* n° 112).

12) Réseau social privé. Ne constituent pas des injures publiques celles diffusées sur un compte de réseau social accessible aux seules personnes agréées, en nombre très restreint, par l'auteur des propos injurieux, et qui forment entre elles une communauté d'intérêts (▪ Cass. 1re civ., 10 avr. 2013, n° 11-19.530 : *JCP* G 2013, act. n° 466, p. 816, note L. Marino ; *Légipresse* 2013, p. 312, note B. Ader ; *JCP* S 2013, note 1237, p. 18, B. Bossu ; *Gaz. Pal.* 19-20 juin 2013, chron., p. 14, note Ph. Piot ; *Comm. com. électr.* 2014, comm. 87, note A. Lepage). V. aussi, note sous L. 29 juill. 1881 art. 29, II, p. 1726, V° Requalification de l'injure. – Il a été jugé que le dialogue entre quelques personnes, reliées entre elles par une communauté d'intérêts familiaux et professionnels, au moyen d'un service de messagerie instantanée (MSN) relève de la confidentialité des communications électroniques (Aix-en-Provence, 7e ch. A., 7 mai 2013, n° 263/A/2013 : *D.* 2013, p. 1550, obs. C. Manara).

13) Réseau social public. Un message diffusé sur un forum de discussion a un caractère public dès lors que tout utilisateur du système de communication *Internet* est en mesure de se connecter librement sur ce forum, peu important l'utilisation requise d'un compte et d'un mot de passe en vue de participer au forum de discussion et de procéder à ce titre à l'envoi de messages (▪ CA Paris, 5 juin 2003 : *JurisData* n° 2003-220543 ; *Comm. com. électr.* 2004, comm. 35, not. A. Lepage).

14) Application de l'exigence de publicité à la diffamation. Les expressions diffamatoires visant une personne autre que les destinataires du message qui les contient ne sont punissables que si l'envoi a été fait dans des conditions exclusives de tout caractère confidentiel ; dès lors, justifie sa décision, la chambre de l'instruction qui, pour confirmer l'ordonnance de non-lieu rendue par le juge d'instruction dans une information suivie pour diffamation publique envers des particuliers, sur plainte avec constitution de partie civile de la Grande Loge Nationale Française (GLNF), en raison de l'envoi par des membres de cette association maçonnique à une dizaine de membres de la Grande Loge des Maîtres Maçons de Marque (GLMMM) d'un courrier électronique comportant des allégations ou imputations diffamatoires, retient que l'information n'a pas établi que le message avait été adressé dans des conditions exclusives de tout caractère confidentiel ni qu'il avait été transmis à un tiers au groupement de personnes liées par une communauté d'intérêts que constituent la GLNF et la GLMMM, toutes deux faisant partie de la « maçonnerie régulière » (▪ Cass. crim., 30 mai 2007 : *Bull. crim.* n° 144).

Les imputations diffamatoires visant une autre personne que le destinataire de la lettre missive qui les contient ne sont punissables que si ladite lettre a été adressée dans des conditions exclusives de tout caractère confidentiel. Tel n'est pas le cas d'une lettre de plainte adressée dans ces conditions au conseil de l'Ordre des médecins (▪ Cass. crim., 11 mai 2010 : *Bull. crim.* n° 80).

Les imputations diffamatoires contenues dans une lettre et concernant une personne autre que le destinataire ne sont susceptibles de recevoir une qualification pénale que s'il est établi que cette lettre a été adressée au tiers dans les conditions exclusives de tout caractère confidentiel (▪ Cass. crim., 23 mai 1989 : *JCP* 1989, IV, 296. ▪ Lyon, 20 mars 2002 : *Bull. inf. C. cass.* 2002, n° 906, p. 47) ; une diffusion restreinte d'une lettre ne lui confère pas le caractère confidentiel susceptible de la soustraire à toute incrimination pénale (▪ Cass. crim., 26 janv. 1993 : *Bull. crim.* n° 41).20) – Les expressions diffamatoires contenues dans une correspondance personnelle et privée, et visant une personne autre que le destinataire du message qui les contient, ne sont punissables, sous la qualification de diffamation non publique, que si cette correspondance a été adressée dans des conditions exclusives de tout caractère confidentiel. – Ce principe est applicable à un courriel, qui revêt le caractère d'une correspondance personnelle et privée (▪ Cass. crim., 14 mai 2013, n° 12-84.042 : *Bull. crim.* n° 105 ; *Dr. pén.* 2013, comm. 121, obs. M. Véron ; *D.* 2013, p. 1351, obs. S. Lavric).

II – PROVOCATION SUIVIE D'EFFETS

15) Lien entre la provocation et l'infraction commise. Il faut qu'il y ait une relation précise et incontestable et un lien étroit entre le fait de la provocation et les crimes qui sont visés dans la provocation (▪ Cass. crim., 13 avr. 1911 : *Bull. crim.* n° 210. ▪ Montpellier, 16 déc. 1964 : *D.* 1965, I, p. 459).

16) Provocation avec condition. Il importe peu que l'exécution de l'infraction à laquelle on provoque soit subordonnée dans la provocation à l'existence d'une condition ou d'un événement hypothétique (▪ Cass. crim., 25 mars 1921 : *D.* 1921, 1, p. 182).

Art. 24 ***(Mod., L. n° 72-546, 1er juill. 1972 ; L. n° 86-1020, 9 sept. 1986 ; L. n° 88-1157, 31 déc. 1987 ; L. n° 90-615, 13 juill. 1990 ; L. n° 92-1336, 16 déc. 1992 ; D. n° 93-726, 29 mars 1993 ; L. n° 2004-1486, 30 déc. 2004 ; L. n° 2012-954, 6 août 2012 ; L. n° 2017-86, 27 janv. 2017 ; L. n° 2021-1109, 24 août 2021).*** **– Seront punis de cinq ans d'emprisonnement et de 45 000 € d'amende ceux qui, par l'un des moyens énoncés à l'article précédent, auront directement provoqué, dans le cas où cette provocation n'aurait pas été suivie d'effet, à commettre l'une des infractions suivantes :**

1° Les atteintes volontaires à la vie, les atteintes volontaires à l'intégrité de la personne et les agressions sexuelles, définies par le livre II du Code pénal ;

2° Les vols, les extorsions et les destructions, dégradations et détériorations volontaires dangereuses pour les personnes, définis par le livre III du Code pénal.

Ceux qui, par les mêmes moyens, auront directement provoqué à l'un des crimes et délits portant atteinte aux intérêts fondamentaux de la nation prévus par le titre Ier du livre IV du Code pénal.

Seront punis de la même peine ceux qui, par l'un des moyens énoncés en l'article 23, auront fait l'apologie des crimes visés au premier alinéa, des crimes de guerre, des crimes contre l'humanité, des crimes de réduction en esclavage ou d'exploitation d'une personne réduite en esclavage ou des crimes ou délits de collaboration avec l'ennemi, y compris si ces crimes n'ont pas donné lieu à la condamnation de leurs auteurs.

Tous cris et chants séditieux proférés dans des lieux ou réunions publics seront punis de la peine prévue pour les contraventions de la 5e classe.

Ceux qui, par l'un des moyens énoncés à l'article 23, auront provoqué à la discrimination, à la haine ou à la violence à l'égard d'une personne ou d'un groupe de personnes à raison de leur origine ou de leur appartenance ou de leur non-appartenance à une ethnie, une nation, une race ou une religion déterminée, seront punis d'un emprisonnement d'un an et d'une amende de 45 000 € ou de l'une de ces deux peines seulement.

Seront punis des peines prévues à l'alinéa précédent ceux qui, par ces mêmes moyens, auront provoqué à la haine ou à la violence à l'égard d'une personne ou d'un groupe de personnes à raison de leur sexe, de leur orientation sexuelle ou identité de genre ou de leur handicap ou auront provoqué, à l'égard des mêmes personnes, aux discriminations prévues par les articles 225-2 et 432-7 du Code pénal.

Lorsque les faits mentionnés aux septième et huitième alinéas du présent article sont commis par une personne dépositaire de l'autorité publique ou chargée d'une mission de service public dans l'exercice ou à l'occasion de l'exercice de ses fonctions ou de sa mission, les peines sont portées à trois ans d'emprisonnement et à 75 000 euros d'amende.

En cas de condamnation pour l'un des faits prévus par les septième et huitième alinéas, le tribunal pourra en outre ordonner :

1° Sauf lorsque la responsabilité de l'auteur de l'infraction est retenue sur le fondement de l'article 42 et du premier alinéa de l'article 43 de la présente loi ou des trois premiers alinéas de l'article 93-3 de la loi n° 82-652 du 29 juillet 1982 sur la communication audiovisuelle, la privation des droits énumérés aux 2° et 3° de l'article 131-26 du Code pénal pour une durée de cinq ans au plus ;

2° L'affichage ou la diffusion de la décision prononcée dans les conditions prévues par l'article 131-35 du Code pénal ;

3° La peine de stage de citoyenneté prévue à l'article 131-5-1 du Code pénal.

Bibliographie : Ch. Korman, *Le délit de diffusion d'idées racistes : JCP* 1989, I, 3404. • J. Pradel, *L'appréhension du fait religieux par le juge pénal : Rev. pénit.* 2009, p. 83 et s. not. II, A. • D. Roets, *La provocation à la discrimination, à la haine ou à la violence en raison de l'origine, de l'appartenance ou de la non-appartenance à une ethnie, une nation, une race ou une religion déterminée : une incrimination insaisissable, in Humanisme et justice, Mél. en l'honneur de G. Giudicelli-Delage, Dalloz*, 2016, p. 643.

NB : sur l'apologie d'actes de terrorisme V. notes sous art. 421-2-5 du Code pénal.

• Sommaire

I – PROVOCATION NON SUIVIE D'EFFETS 1716

II – APOLOGIE 1717

III – PROVOCATION À LA DISCRIMINATION RACIALE 1718

A – Définition de l'infraction 1718

B – Applications 1719

C – Répression 1723

I – PROVOCATION NON SUIVIE D'EFFETS

1) Provocation directe et précise. Il n'est nullement nécessaire que l'intéressé s'adresse à telle ou telle personne, mais seulement qu'il incite à telle infraction précise (▪ Cass. crim., 5 janv. 1883 : *D.* 1884, 1, p. 95. ▪ Cass. crim., 25 mai 1936 : *Bull. crim.* n° 392).

Caractérise le délit de provocation, non suivie d'effet, d'atteinte à l'intégrité de la personne la cour d'appel qui retient notamment qu'au cours d'un entretien accordé à un journaliste, rapporté dans un article du journal publié, le prévenu avait « librement développé des propos sur l'autorisation donnée aux hommes de frapper leur femme » et qu'il avait ainsi intentionnellement provoqué à la commission du délit de violence volontaire (▪ Cass. crim., 6 févr. 2007 : *JurisData* n° 2007-037948 ; *JCP* G 2007, II, 10091, note E. Dreyer).

2) Provocation imprécise. Ne constitue pas une incitation suffisamment précise une protestation contre la guerre d'Indochine (▪ Aix-en-Provence, 10 oct. 1950 : *Gaz. Pal.* 1951, 1, 21) ou contre la condamnation du directeur d'un journal ayant dénoncé des atrocités au Vietnam (▪ T. corr. Beauvais, 20 déc. 1950 : *Gaz. Pal.* 1951, 1, p. 200).

3) Provocation conditionnelle. Peu importe le caractère conditionnel ou non de la provocation (▪ Cass. crim., 29 oct. 1936 : *Bull. crim.* n° 104 ; *S.* 1937, 1, p. 357).

4) Élément moral : faute intentionnelle. L'intention consiste à provoquer l'état d'esprit propre à susciter l'infraction (▪ Nancy, 10 oct. 1950 : *Gaz. Pal.* 1951, 1, p. 151). Le mobile importe peu, seule comptant la manœuvre consciente qui crée la mentalité appelant à l'infraction (▪ Cass. crim., 29 oct. 1936 : préc.).

II – APOLOGIE

5) Exigence de publicité : renvoi. Ce sont ceux prévus par l'article 23 de la loi de 1881 : V. *supra*, notes sous art. 23.

6) Exigence de publicité : application. Il résulte des articles 23 et 24 de la loi du 29 juillet 1881 sur la liberté de la presse que le délit d'apologie de crimes de guerre ou de crimes contre l'humanité n'est constitué que si les propos incriminés ont été « proférés » au sens du premier de ces textes, c'est-à-dire tenus à haute voix dans des circonstances traduisant une volonté de les rendre publics. Encourt la censure l'arrêt qui, pour déclarer un prévenu coupable de ce délit, statue par des motifs dont il se déduit que les propos ont été tenus par leur auteur dans des circonstances exclusives de toute volonté de les rendre publics (▪ Cass. crim., 15 déc. 2015, n° 14-86.132 : *Dr. pén.* 2016, comm. 65, obs. Ph. Conte).

7) Apologie et provocation : infractions distinctes. L'apologie des crimes spécifiés à l'article 24, alinéa 3 est une infraction distincte de la provocation non suivie d'effets aux crimes énumérés par les deux premiers alinéas du même texte (▪ Cass. crim., 11 juill. 1972 : *Bull. crim.* n° 236).

8) Apologie du crime spécifié ou de sa tentative. L'article 24, alinéa 3 est applicable à l'apologie du crime de tentative de meurtre (▪ Cass. crim., 5 avr. 1965 : *Bull. crim.* n° 114 ; *RSC* 1965, p. 877, obs. Hugueney), et à l'apologie du vol présenté comme un exploit digne d'approbation (▪ Cass. crim., 2 nov. 1978 : *Bull. crim.* n° 294).

9) Apologie de son auteur. L'apologie du criminel est assimilée à celle du crime dès lors du moins que la commission du crime sert à valoriser le criminel (▪ Cass. crim., 24 oct. 1967 : *Bull. crim.* n° 263 ; *JCP* 1967, IV, 169).

L'écrit qui présente comme digne d'éloge une personne condamnée pour intelligence avec l'ennemi, magnifie son crime et fait ainsi l'apologie dudit crime (▪ Cass. crim., 16 nov. 1993 : *Bull. crim.* n° 341).

10) Justification de crimes. L'apologie des crimes d'atteintes volontaires à la vie spécifiés à l'article 24, alinéa 5 de la loi du 2 juillet 1881 exige que les propos incriminés constituent une justification desdits crimes. Encourt en conséquence la cassation, l'arrêt qui retient comme apologétiques les propos d'un agriculteur décrivant, après le meurtre de fonctionnaires survenu au cours de vérifications opérées au sein d'une exploitation agricole, quelle serait sa réaction personnelle s'il faisait l'objet d'un contrôle, alors que la manifestation de cette opinion n'était pas de nature à inciter à porter sur les crimes en cause un jugement favorable (▪ Cass. crim., 28 avr. 2009, n° 08-82.136 : *Bull. crim.* n° 79 ; *Dr pén.* 2009, comm. 104, obs. M. Véron).

11) Justification de crimes de guerre ou contre l'humanité. Est apologétique un écrit diffusé qui est de nature à justifier, ne serait-ce que partiellement, des crimes pour lesquels leurs auteurs ont été condamnés par le Tribunal international de Nuremberg (▪ Cass. crim., 14 janv. 1971 : *Bull. crim.* n° 14 ; *JCP* 1972, II, 17022, note H. Blin, et 16943, note Chambon ; *D.* 1971, I, p. 101, rapp. Chapar et concl. Boucheron).

Il fut jugé qu'un écrivain faisait nécessairement l'apologie des crimes de guerre en comparant les actes commis par des criminels de guerre à ceux de combattants loyaux (▪ Cass. crim., 11 févr. 1954 : *RSC* 1954, p. 367, obs. Hugueney), de même que celui exaltant les mérites des victimes de la Résistance (▪ Paris, 25 févr. 1959 : *D.* 1959, p. 552).

12) Justification d'infractions survenues dans un conflit armé. L'article 24, alinéa 3, de la loi du 29 juillet 1881 s'applique à l'apologie de la torture ou des exécutions sommaires pratiquées à l'occasion d'un conflit armé, tel la guerre d'Algérie (▪ Cass. crim., 7 déc. 2004 : *Bull. crim.* n° 310).

13) Information et apologie. Celui qui se réclame du droit à l'information, fondement de la liberté d'expression, n'est pas tenu d'assortir l'exposé des faits qu'il rapporte de commentaires propres à justifier des actes contraires à la dignité humaine universellement réprouvés, ni de glorifier l'auteur de tels actes (▪ Cass. crim., 7 déc. 2004 : *Bull. crim.* n° 310, préc. ; *Dr. pén.* 2005, comm. 20, obs. M. Véron : *D.* 2005, Jur., p. 1341, note D. Roets).

14) Contestation de crimes de guerre. Encourt la censure l'arrêt qui retient le délit d'apologie de crime de guerre, prévu et réprimé par l'article 24 de la loi du 29 juillet 1881 contre l'auteur d'un vidéogramme, tendant à démontrer que les personnes rassemblées dans l'église d'Oradour-sur-Glane, le 10 juin 1944, n'ont pas été brûlées vives par les Waffen SS, mais ont été tuées par l'explosion d'un dépôt de munitions constitué par les résistants dans les combles du bâtiment ; en effet, ce faisant, les juges ont faussement apprécié le sens et la portée du contenu de ce vidéogramme lequel s'analyse en une contestation de crime de guerre non susceptible de qualification pénale (▪ Cass. crim., 12 avr. 2005 : *Bull. crim.* n° 128 ; *Dr. pén.* 2005, comm. 122, obs. M. Véron).

15) Loi de 2001 reconnaissant la traite de l'esclavage : absence d'infraction. Si la loi du 21 mai 2001 tend à la reconnaissance de la traite et de l'esclavage en tant que crime contre l'humanité, une telle disposition législative, ayant pour seul objet de reconnaître une infraction de cette nature, ne saurait être revêtue de la portée normative attachée à la loi et caractériser l'un des éléments constitutifs du délit d'apologie prévu par l'article 24, alinéa 5, de la loi du 29 juillet 1881 (▪ Cass. crim., 5 févr. 2013, n° 11-85.909 : *Bull. crim.* n° 38 ; *AJ pénal* 2013, p. 218, jur., note O. Decima ; *D.* 2013, p. 805, note P. Egea ; *RSC* 2013, p. 79, obs. Y. Mayaud, et p. 99, obs. J. Francillon ; *D.* 2013, p. 1788, n° 6, note M. L. Divialle).

16) Élément moral : faute intentionelle. L'intention coupable se déduit du caractère volontaire des agissements incriminés (▪ Cass. crim., 14 janv. 1971 : préc.).

17) Action civile. Sur l'irrecevabilité de la constitution de partie civile d'une commune qui n'a pas subi de préjudice personnel et direct né de l'infraction, V. ▪ Cass. crim., 17 mars 2015, n° 13-87.358.

III – PROVOCATION À LA DISCRIMINATION RACIALE

18) QPC. Non-lieu à renvoi au Conseil constitutionnel de la question prioritaire de constitutionnalité concernant l'article 24, alinéa 8 de la loi du 29 juillet 1881 car la question posée, faisant valoir que le texte ne mentionne pas la discrimination visant des produits, ne présente pas, à l'évidence, un caractère sérieux, dès lors qu'elle revient, dans la procédure en cause, à contester la qualification appliquée aux faits poursuivis par le ministère public et les juges du fond qui est soumise au contrôle de la Cour de cassation (▪ Cass. crim., 7 juin 2011, n° 10-88.315 : *Bull. crim.* n° 123 ; *D.* 2011, act. p. 1763, note S. Lavric ; *Dr. pén.* 2011, comm. 131, obs. M. Véron). Comp. ▪ T. corr. Paris, 8 juill. 2011 : *Gaz. Pal.* 28 août-1er sept. 2011, p. 15, note G. Poissonnier.

Non-lieu à renvoi au Conseil constitutionnel des questions prioritaires contestant la constitutionnalité des alinéas 8 et 9 de l'article 24 de la loi du 29 juillet 1881, dès lors que ceux-ci sont rédigés en termes suffisamment clairs et précis et les incriminations qu'ils comportent apparaissent nécessaires, adaptées et proportionnées à leur objectif (▪ Cass. crim., 16 avr. 2013, nos 13-90.008 et 13-90.010, 2 arrêts ; *Dr. pén.* 2013, comm. 109, obs. M. Véron).

19) Droit européen. Les incriminations étant définies en termes clairs et précis par les articles 24, alinéa 6, et 32, alinéa 2, de la loi du 29 juillet 1881, ces textes ne sont pas incompatibles avec les dispositions de l'article 7 de la Convention européenne des droits de l'homme (▪ Cass. crim., 13 juin 1995 : *Bull. crim.* n° 217).

L'article 24, alinéa 5, de la loi modifié du 29 juillet 1881 ne saurait constituer une violation des libertés de pensée et d'expression, protégées par les articles 9-1 et 10-1 de la Convention européenne de sauvegarde des droits de l'homme, ces derniers textes, en leur point 2, validant les restrictions prévues par la loi et qui constituent, dans une société démocratique, des mesures nécessaires à la protection de l'ordre, de la morale ou des droits et libertés d'autrui (▪ Cass. crim., 13 mars 1989 : *Bull. crim.* n° 118. ▪ Cass. crim., 13 juin 1995 : *Bull. crim.* n° 217).

A – Définition de l'infraction

20) Contrôle de la Cour de cassation. Il appartient à la Cour de cassation d'exercer son contrôle sur le sens et la portée des écrits incriminés, du chef de l'article 24, alinéa 6, de la loi du 29 juillet 1881 (▪ Cass. crim., 21 mai 1996 : *Bull. crim.* n° 210).

21) Exigence d'un effet incitatif. Les juges doivent rapporter la preuve que « tant par leur sens que par leur portée, les propos incriminés tendent à inciter le public à la discrimination, à la haine ou à la violence envers une personne ou un groupe de personnes déterminées » (Cass. crim., 29 janv. 2008, n° 07-83.695 : *Bull. crim.* n° 25).

De même, la Cour de cassation a affirmé que l'infraction de provocation à la haine raciale, un tel délit « n'est caractérisé que si les juges constatent que, tant par leur sens que par leur portée, les propos incriminés tendent à inciter le public à la discrimination, à la haine ou à la violence envers une personne ou un groupe de personnes déterminées » ; et la chambre criminelle d'ajouter pour asseoir véritablement sa décision de cassation, et sans doute signaler la fermeté de sa position à l'avenir : les propos critiqués, « même si leur formulation peut légitimement heurter les personnes de confession musulmane, [...] ne contiennent néanmoins pas d'appel ou d'exhortation à la discrimination, à la haine ou à la violence à leur égard » (▪ Cass. crim., 7 juin 2017, n° 16-80.322 : *JurisData* n° 2017-010969 ; *D.* 2017, p. 1814, note Ch. Bigot ; *Gaz. Pal.* 31 oct. 2017, n° 37, p. 23, obs. F. Fourment).

Le délit de provocation publique à la discrimination raciale suppose un appel ou une exhortation, « même sous une forme implicite » (▪ Cass. crim., 9 janv. 2018, n° 17-80.491, D : *JurisData* n° 2018-000056). La publication d'un dessin ambigu dont il n'était pas sûr qu'il prêtait aux juifs la volonté de réaliser des profits financiers en exploitant la mémoire des victimes de la Shoah ne constitue donc pas un tel délit (▪ Cass. crim., 26 nov. 2019, n° 19-80.782), de même que de la publication d'un dessin comportant la légende « V. la fille trisomique cachée de W. », car ce dessin et son titre ne visaient pas les personnes atteintes de ce handicap, mais seulement Mme V. en raison de propos qu'elle a tenus (▪ Cass. crim., 19 févr. 2019, n° 18-80.405). Il en irait également ainsi du tweet d'un maire, suivi d'une interview à la télévision, qui dénonçaient la proportion d'« enfants musulmans » dans les écoles de sa ville et s'inquiétaient du dépassement « des seuils de tolérance », la formule du tweet étant restée trop floue et imprécise pour contenir le moindre appel, même implicite, à la discrimination, la haine ou la violence et les propos tenus lors de l'interview n'étant pas violents et n'invitant pas le public à combattre, haïr ou discriminer de potentiels envahisseurs (▪ Cass. crim., 4 juin 2019, n° 18-82.742). En revanche, il y a provocation publique à la discrimination raciale à tweeter qu'il y a « trop de Noirs dans l'équipe de France. Trop de juifs à la télé ! », cette affirmation péremptoire, qui laisse clairement entendre qu'il faut qu'il y en ait moins, renfermant, de façon implicite, un tel appel, à la discrimination envers les groupes ainsi visés (▪ Cass. crim., 15 oct. 2019, n° 18-85.365).

L'appel ou l'exhortation explicites consomment le délit de provocation publique à la discrimination raciale. Ainsi de la diffusion à la télévision de propos qui désignaient tous les musulmans se trouvant en France comme des envahisseurs et leur intimaient l'obligation de renoncer à leur religion ou de quitter le territoire de la République (▪ Cass. crim., 17 sept. 2019, n° 18-85.299) et du propos suivant lequel « Pas compliqué : tant que vous n'accuserez pas les juifs de leurs innombrables crimes, ce sont eux qui vous accuseront des leurs », ce tweet incitant instamment le lecteur à accuser les juifs de leurs crimes afin d'éviter d'en être accusés par eux, les juifs étant ainsi visés sans distinction (▪ Cass. crim., 15 oct. 2019, n° 18-85.368).

22) Absence d'effet incitatif : renvoi à l'injure. Selon l'article 24, alinéa 8, le délit de provocation n'est caractérisé que si les juges constatent que, tant par leur sens que par leur portée, les propos incriminés tendent à inciter le public à la haine ou à la violence à l'égard d'une personne ou d'un groupe de personnes, à raison de leur orientation ou identité sexuelle. La provocation doit donc être écartée au profit de l'injure lorsque l'intention du prévenu n'est pas d'inciter à la haine ou la violence (▪ Cass. crim., 9 janv. 2018, n° 17-80.491, D : *JurisData* n° 2018-000056. ▪ Cass. crim., 9 janv. 2018, n° 16-87.540, D : *JurisData* n° 2018-000055 ; *Dr. pén.* 2018, comm. 63, obs. Ph. Conte ; *Légipresse* 2018, n° 358, p. 152, note Ch. Bigot).

23) Provocation à la discrimination et diffamation. C'est à bon droit que la cour d'appel, infirmant la décision des premiers juges qui, pour un seul et même fait qualifié de diffamation raciale et de provocation à la discrimination et à la haine raciale, avaient retenu un cumul idéal d'infractions, a retenu l'une de ces dernières et prononcé une décision de relaxe pour l'autre ; en effet ces délits sont d'une nature et d'une gravité différentes (▪ Cass. crim., 28 juin 1983 : *Bull. crim.* n° 202).

Est entachée de nullité la plainte qui indique comme étant applicables au même fait incriminé deux textes prévoyant et réprimant deux infractions de nature et de gravité différentes, dont on retient cumulativement les qualifications, à savoir la diffamation et la provocation à la discrimination, à la haine ou à la violence à l'égard d'une personne ou d'un groupe de personnes, dans les deux cas à raison de leur origine ou de leur appartenance ou de leur non appartenance à une ethnie, une nation, une race ou une religion déterminés (articles 24, alinéa 5 et 32, alinéa 2 de la loi du 29 juillet 1881, ▪ Cass. crim., 18 nov. 1980 : *Bull. crim.* n° 305).

B – Applications

24) Illustrations négatives. C'est également à bon droit que la cour d'appel a jugé que la diffamation raciale n'avait pas pour conséquence nécessaire de provoquer à la discrimination et à la haine raciales et que, dans ces conditions, il appartient à la partie poursuivante d'articuler les éléments de fait propres à caractériser cette dernière infraction (▪ Cass. crim., 28 juin 1983 : préc. *supra*. – *adde infra*, ▪ Cass. crim., 21 mai 1996).

Ainsi, ne constitue pas le délit prévu et réprimé par l'article 24 alinéa 5 de la loi du 29 juillet 1881 la publication, par l'un des moyens énoncés à l'article 23 de ladite loi, d'un écrit qui critique, même en termes acerbes, la présence dans une cité de nombreux colporteurs d'origine africaine, en raison des méthodes qu'ils utilisent (■ Cass. crim., 3 mars 1980 : *Bull. crim.* n° 74).

Le délit de provocation à la haine raciale n'est caractérisé que si les juges constatent que, tant par son sens que par sa portée, le propos incriminé tend à inciter le public à la discrimination, à la haine ou à la violence envers une personne ou un groupe de personnes déterminées. En conséquence, encourt la cassation l'arrêt qui retient cette qualification à l'encontre d'un prévenu, commandant de bord, ayant, à l'occasion d'une altercation avec un agent de sécurité aéroportuaire, déclaré à cette personne que « s'il l'avait connu il y a 60 ans, à Vichy, il l'aurait cramée » (■ Cass. crim., 29 janv. 2008, n° 07-83.695 : *Bull. crim.* n° 25).

Il ne résulte pas des faits et circonstances de l'espèce que le prévenu entendait viser par ses écrits ou ses imprimés (en l'espèce en mettant en vente dans son commerce des tee-shirts portant la mention « J'baiserai la France jusqu'à ce qu'elle m'aime ») les Français en tant que groupe constitutif d'une nation (■ Cass. crim., 1er mars 2011, n° 10-83.267 : *Dr. pén.* 2011, comm. 78, obs. M. Véron).

Le délit de provocation à la haine raciale n'est caractérisé que si les juges constatent que, tant par son sens que par sa portée, le propos incriminé tend à inciter le public à la discrimination, à la haine ou à la violence envers une personne ou un groupe de personnes déterminées. N'ont pas cette portée, même s'ils peuvent légitimement heurter ceux qu'ils visent, des propos, figurant dans quatre pages d'un ouvrage consacré aux événements (tragiques) s'étant déroulés au Rwanda entre 1990 et 1994, qui affirment l'existence, chez les Tutsis, d'une (prétendue) « culture du mensonge et de la dissimulation », sans néanmoins contenir d'appel ou d'exhortation à la discrimination, à la haine ou à la violence envers ceux-ci (■ Cass. crim., 8 nov. 2011, n° 09-88.007 : *Bull. crim.* n° 229 ; *Gaz. Pal.* 1er-2 janv. 2012, chron. p. 14, note F. Fourment ; *RSC* 2012, p. 175 et s., obs. J. Francillon).

Une publication mettant en cause les « musulmans salafistes » accusés de développer un « antisémitisme atavique » et de faire « régresser un certain nombre de valeurs démocratiques qui nous ont portés » n'est pas une provocation à la haine raciale car les deux passages incriminés ne visent pas l'ensemble de la communauté arabo-musulmane, mais seulement les musulmans salafistes et une partie des familles arabes, de sorte que l'un des éléments constitutifs du délit fait défaut. Ainsi, « les propos litigieux ne visaient pas un groupe de personnes à raison de leur origine ou de leur appartenance ou de leur non-appartenance à une ethnie, une nation, une race ou une religion déterminée » (■ Cass. crim., 17 sept. 2019, n° 18-85.306).

25) Illustrations positives. Le délit de provocation prévu et réprimé par l'article 24, alinéa 6, de la loi du 29 juillet 1881, exclusif de toute bonne foi, est caractérisé lorsque les juges constatent que, tant par son sens que par sa portée, le texte incriminé tend à inciter le public à la discrimination, à la haine ou à la violence envers une personne ou un groupe de personnes déterminées (■ Cass. crim., 16 juill. 1992 : *Bull. crim.* n° 273).

Entrent dans les prévisions de l'article 24, alinéa 7, des propos qui, au prétexte d'un débat légitime sur les conséquences de l'immigration et la place de l'islam en France, assimilent les immigrés de religion musulmane au grand banditisme et au crime organisé, les présentent comme des délinquants colonisant et asservissant la France par la violence, et affirment que cette situation ne peut être abandonnée à l'action policière ou à celle des tribunaux, dès lors que les lois et les institutions chargées de les faire respecter sont impuissantes à protéger l'indépendance du pays et la liberté du peuple (■ Cass. crim., 20 sept. 2016, n° 15-83.070).

Se rend coupable de provocation à la discrimination raciale le directeur d'un périodique qui tente de persuader ses lecteurs que les travailleurs étrangers sont nuisibles au développement de l'économie (■ Paris, 17 juin 1974 : *D.* 1975, p. 468, note J. Foulon-Piganiol, et rejet du pourvoi par ■ Cass. crim., 12 avr. 1976 : *Bull. crim.* n° 112).

Les délits d'injures raciales et de provocation à la discrimination raciale sont caractérisés si les juges constatent que, tant par leur sens que par leur portée, les propos incriminés sont tenus à l'égard d'une personne ou d'un groupe de personnes en raison de leur origine ou de leur appartenance ou de leur non-appartenance à une ethnie, une Nation, une race ou une religion déterminée. Le seul propos « nique la France » ne vise pas les Français en tant que groupe constitutif d'une Nation. En revanche, doit être censuré l'arrêt qui déboute une partie civile ayant porté plainte et s'étant constituée partie civile des chefs d'injures raciales et de provocation à la discrimination raciale, alors que les propos litigieux, qui seuls permettent, indépendamment de la plainte, la détermination du groupe visé, désignent, à travers les références constituées par la représentation symbolique de la République, le drapeau français et l'hymne national, des personnes appartenant à la Nation française (■ Cass. crim., 28 févr. 2017, n° 16-80.522).

Le délit de provocation à la discrimination raciale est constitué par la publication d'un article intitulé « Société plurielle », qui, après avoir rapporté en exergue une déclaration du Président de la République, faite le 8 mars 1989 à Alger, selon laquelle « la nation française ressent profondément l'utilité de la présence d'immigrés chez nous », où « ils travaillent et travaillent bien », a relaté différents faits divers mettant en cause des personnes originaires d'Afrique du Nord, d'Afrique noire, ou appartenant à la communauté tzigane, visées en raison de leur appartenance à une ethnie, une race ou une religion déterminée. Même dépourvue de commentaire, cette présentation tendancieuse a été de nature à susciter chez le lecteur des réactions de rejet (▪ Cass. crim., 21 mai 1996 : *Bull. crim.* n° 210).

Un article assorti d'un dessin figurant des jeunes noirs et maghrébins dotés d'armes blanches, avec la légende « l'insécurité est souvent le fait de bandes ethniques (blacks, beurs) », caractérise le délit (▪ Cass. crim., 5 janv. 1995, inédit). Il en est de même d'une chanson parodique émise dans une production télévisée préenregistrée sur le thème « j'ai envie de casser du noir, les bronzés, les marrons qu'on tolère, ça me fout la haine, allumez les briquets, on va leur foutre le feu » (▪ Cass. crim., 4 nov. 1997 : *JurisData* n° 005090, *Dr. pén.* 1998, comm. 33, obs. M. Véron).

Commet le délit le prévenu qui, dans un tract électoral s'engage à lutter farouchement contre l'immigration, exiger l'expulsion immédiate des envahisseurs, dénoncer les fonctionnaires français complices ou collaborateurs des occupants de notre sol, demander le renvoi des élèves étrangers irrespectueux et nuisibles à l'éducation des jeunes français ; en effet, les étrangers résidant en France, lorsqu'ils sont visés en raison de leur non-appartenance à la nation française, constituent un groupe de personnes rentrant dans les prévisions de l'article 24, alinéa 6, incriminant la provocation à la discrimination, à la haine ou à la violence (▪ Cass. crim., 24 juin 1997 : *Bull. crim.* n° 253).

De même, le candidat à des élections cantonales partielles qui diffuse aux électeurs une profession de foi intitulé « Islamistes dehors, remettons de l'ordre en France » (▪ Cass. crim., 2 mars 2004 : *Dr. pén.* 2004, comm. 104, obs. M. Véron).

Le délit est aussi caractérisé lorsque les juges constatent que, tant par son sens que par sa portée, le texte incriminé, intitulé « Villefontaine, c'est Minguettes-sur-Isère », tend à susciter un sentiment d'hostilité ou de rejet envers un groupe de personnes à raison d'une origine ou d'une religion déterminée (▪ Cass. crim., 14 mai 2002 : *JurisData* n° 2002-015301 ; *Dr. pén.* 2002, comm. 107, obs. M. Véron).

Le délit d'apologie de crimes d'atteintes volontaires à la vie, prévu par l'article 24, alinéa 5, de la loi du 29 juillet 1881, consiste dans le fait de présenter ces infractions sous un jour favorable, par l'un des moyens énumérés à l'article 23 de la même loi. Justifie sa décision la cour d'appel qui, pour déclarer un prévenu coupable de cette infraction, relève qu'il a offert à un enfant prénommé Jihad, né le 11 septembre 2009, un teeshirt portant, sur le dos, l'inscription « Jihad, né le 11 septembre », et sur la poitrine l'inscription « Je suis une bombe », en déduit que ces mentions font référence aux attentats commis le 11 septembre 2001 à New York et qu'elles visent à présenter sous un jour favorable les crimes évoqués aux yeux des personnes appelées à voir ce vêtement en milieu scolaire, et ajoute que l'utilisation d'un très jeune enfant comme support d'un jugement bienveillant sur des actes criminels dépasse les limites admissibles de la liberté d'expression (▪ Cass. crim., 17 mars 2015, n° 13-87.358 : *D.* 2015, p. 954, note A. Serinet ; *JCP* 2015, p. 937, note E. Dreyer).

26) « Boycott » de produits. Justifie sa décision la cour d'appel qui, saisie de la poursuite exercée contre un prévenu ayant, dans un établissement commercial, apposé des étiquettes appelant à boycotter les produits alimentaires en provenance d'un pays étranger, déclare établi le délit de provocation à la discrimination, à la haine ou à la violence à l'égard d'une personne ou d'un groupe de personnes à raison de leur origine ou de leur appartenance ou non-appartenance à une ethnie, une race ou une religion déterminée prévu par l'article 24, alinéa 8, de la loi du 29 juillet 1881, en retenant qu'un tel comportement, de nature à entraver l'exercice d'une activité économique, a visé de façon discriminatoire les producteurs et fournisseurs de ces produits (▪ Cass. crim., 22 mai 2012, n° 10-88.315 : *Bull. crim.* n° 131 ; *Gaz. Pal.* 27-28 juill. 2012, chron., p. 22, note S. Detraz ; *D.* 2012, act., p. 1405 et p. 457, note E. Dreyer ; *JCP* 2012, 1318, n° 4, obs. B. de Lamy ; *Comm. com. électr.* 2012, comm. 100, note A. Lepage ; *AJ pénal* 2012, p. 592, note G. Poissonnier et F. Dubuisson ; *RSC* 2012, p. 610, obs. J. Francillon).

Justifie sa décision la cour d'appel qui, saisie de la poursuite exercée contre des prévenus ayant, dans un établissement commercial, distribué des tracts et proféré des slogans appelant à boycotter les produits alimentaires en provenance d'un pays étranger, déclare établi le délit de provocation à la discrimination, à la haine ou à la violence à l'égard d'une personne ou d'un groupe de personnes à raison de leur origine ou de leur appartenance ou non-appartenance à une ethnie, une nation, une race ou une religion déterminée, prévu par l'article 24, alinéa 8, de la loi du 29 juillet

1881, en retenant qu'un tel comportement incite les clients à ne pas acheter ces marchandises en raison de l'origine de leurs producteurs, qui constituent un groupe de personnes appartenant à une nation déterminée, au sens de la loi, et que cette provocation ne saurait entrer dans le droit à la liberté d'expression dès lors qu'elle constitue un acte positif de rejet, se manifestant par l'incitation à opérer une différence de traitement à l'égard d'une catégorie de personnes (▪ Cass. crim., 20 oct. 2015, n° 14-80.020 : *JCP* G 2015, 1356, note F. Dubuisson et G. Poissonnier ; *D.* 2016, p. 287, note J.-C. Duhamel et G. Poissonnier ; *Dr. pén.* 2016, comm. 33, obs. Ph. Conte).

Est justifiée la condamnation d'un maire en raison de propos tenus en réunion municipale, puis relayés sur le site Internet de la commune, préconisant le boycott des produits provenant d'Israël pour protester de la politique de son gouvernement à l'égard du peuple palestinien (▪ Cass. crim., 28 sept. 2004 : *Dr. pén.* 2005, comm. 4, obs. M. Véron).

27) Antisémitisme. Fait l'exacte application de l'article 24, alinéa 6, la cour d'appel qui retient qu'en reprenant dans un article les termes d'autocollants mentionnant « Rapport L..., fini les chambres à gaz ? » et « les coupeurs de verges à la grande vergue », son auteur visait bien la communauté juive, principale victime des camps de concentration nazis, et provoquait ainsi, d'une part, au mépris envers cette communauté en laissant entendre que ses représentants auraient menti pour avoir imaginé l'existence des chambres à gaz, et, d'autre part, à la haine à l'égard des « coupeurs de verge » (▪ Cass. crim., 16 juill. 1992 : *Bull. crim.* n° 273, préc.). – V. aussi, pour l'assimilation de la communauté juive à une association de malfaiteurs : ▪ Cass. crim. 13 juin 1995 : *JCP* G 1995, IV, 2350.

Il a par contre été jugé qu'un texte visant expressément « le lobby sioniste » et « la propagande israélienne et sioniste » se borne à faire la critique de l'influence attribuée aux moyens d'information d'un État et d'un mouvement politique. Il ne saurait être tenu comme constitutif du délit de provocation à la discrimination, la haine ou la violence sanctionné par l'article 24, alinéa 5, de la loi du 29 juillet 1881 (▪ Cass. crim., 4 nov. 1987, inédit).

Mais le fait, pour le prévenu, d'avoir au cours d'une interview, émis l'opinion que la façon dont avaient été exterminées les victimes de l'holocauste nazi au cours de la Seconde Guerre mondiale, c'est-à-dire l'emploi des chambres à gaz, constitue « un point de détail » de cette guerre, ne constitue pas les délits de provocation à la discrimination, à la haine ou à la violence raciale, de diffamation raciale ou d'injure raciale, même si de tels propos sont l'expression d'une idéologie raciste en ce qu'ils banalisent et minimisent les souffrances endurées par les victimes de l'holocauste nazi, en raison de leur appartenance à la religion juive ou de leur origine tzigane, cette considération étant sans influence sur leur qualification juridique exacte (▪ Versailles, 18 mars 1991 : *Gaz. Pal.* 2-3 août 1991, concl. M. Duplat).

NB : à ce sujet, *V. infra, sous l'article 32 L. du 29 juill. 1881.*

28) Communauté des catholiques. A été cassé un arrêt qui, après avoir analysé un dessin représentant trois personnages déféquant dans un bénitier et urinant dans un calice, assorti d'une légende « faisons comme eux dans les églises avec des commandos anti-bon-dieu », comme une profanation, avait retenu, qu'ils n'étaient pas de nature à susciter la haine, la violence et la discrimination envers la communauté des catholiques (▪ Cass. crim., 21 oct. 1997 : *JurisData* n° 1997-005095 ; *Dr. pén.* 1998, comm. 33, obs. M. Véron).

La cour d'appel de Paris (▪ CA Paris, 13 nov. 1997 : *D.* 1998, IR, p. 21) a jugé que tant par leur nature que par leur portée des dessins figurant le pape, qui avait déjà été victime d'un attentat, menacé par la guillotine et un boulet de canon, constituaient un appel à la violence et à la haine envers la communauté catholique manifestement visée.

Par contre, ne constituent pas le délit de provocation à la haine ou à la violence envers un groupe de personnes, à raison de leur appartenance à la religion catholique, la publication de caricatures et bandes dessinées tournant en dérision des religieuses ou la publication d'un reportage tournant en dérision la confession en usage dans l'Église catholique, l'incitation au mépris n'entrant pas dans les prévisions de l'article 24, alinéa 6, de la loi du 29 juillet 1881 (▪ Cass. crim., 7 déc. 1992 : *Bull. crim.* n° 374 ; *RSC* 1997, p. 650, obs. Ph. Delmas Saint-Hilaire).

29) Communauté des musulmans. Constituent une provocation à la haine ou à la violence au sens de l'article 24, alinéa 6, de la loi du 29 juillet 1881 les propos ou écrits tendant à susciter un sentiment de rejet ou d'hostilité envers une personne ou un groupe de personnes à raison, notamment, d'une religion déterminée. Dès lors, entrent dans les prévisions de ce texte, ainsi que dans les restrictions à la liberté d'expression prévues à l'article 10, paragraphe 2, de la Convention européenne des droits de l'homme, des propos qui, d'une part, imputent aux musulmans le développement, dans une commune, de la délinquance, sous différentes formes, et de l'insécurité en résultant, d'autre part, associent à ces éléments la compagne d'un adjoint au maire, à raison de son appartenance supposée à ce groupe de personnes (■ Cass. crim., 17 mars 2015, n° 13-87.922).

30) Justifie sa décision la cour d'appel qui, saisie de poursuites pour provocation à la discrimination raciale en raison de la diffusion, à l'initiative de deux conseillers régionaux, d'un tract intitulé « Pas de cathédrale à La Mecque, pas de mosquée à Strasbourg » protestant contre le vote, par le Conseil régional d'Alsace, d'une subvention destinée à la construction d'une mosquée à Strasbourg, a infirmé le jugement de condamnation et prononcé une relaxe, dès lors que les propos dénoncés n'excédaient pas les limites admissibles de la liberté d'expression au sens de l'article 10 de la CEDH (■ Cass. crim., 30 mai 2007 : *Bull. crim.* n° 140).

C – Répression

31) Peine d'inéligibilité. Justifie sa décision une cour d'appel qui, pour condamner l'auteur d'une provocation à la discrimination raciale à une peine complémentaire d'inéligibilité pour une durée d'un an, retient que les faits ont été commis par un homme politique, maire d'une commune depuis 13 ans, dont la mission est avant tout d'assurer la sécurité de l'ensemble des personnes sur sa commune et que cette peine est prononcée compte tenu de la personnalité du prévenu et de la gravité des faits, motifs procédant de son appréciation souveraine qui, d'une part, répondent à l'exigence, résultant des articles 132-1 du Code pénal et 485 du Code de procédure pénale, selon laquelle en matière correctionnelle toute peine doit être motivée au regard de la gravité des faits, de la personnalité de son auteur et de sa situation personnelle, et dont il se déduit, d'autre part, que les juges ont apprécié le caractère proportionné de l'atteinte portée au principe de la liberté d'expression défini par l'article 10 de la Convention européenne des droits de l'homme tel qu'interprété par la Cour européenne (■ Cass. crim., 1er févr. 2017, n° 15-84.511 : *JCP* 2017, 276, note E. Dreyer ; *Dr. pén.* 2017, comm. 50, note V. Peltier).

32) Action civile : région (non). Ne peut qu'être indirect le préjudice subi par une région en raison de propos, provoquant à la haine ou à la discrimination raciale, tenus par un de ses membres (■ Cass. crim., 14 févr. 2006 : *Bull. crim.* n° 36).

33) Action civile : commune (non). Le délit d'apologie de crimes ne peut occasionner pour le commun lieu des faits, fût-il commis dans une école maternelle, un préjudice personnel et direct né de l'infraction, dont elle pourrait demander réparation (■ Cass. crim., 17 mars 2015, n° 13-87.358).

Voir : L. 29 juill. 1881, art. 48-1, et les notes, au sujet de la détermination des associations aptes à exercer les droits de la partie civile en cette matière.

Art. 24 *bis* ***(L. n° 90-615, 13 juill. 1990 ; mod., L. n° 92-1336, 16 déc. 1992 ; L. n° 2014-1353, 13 nov. 2014 ; L. n° 2017-86, 27 janv. 2017 ; L. n° 2021-1109, 24 août 2021).*** **– Seront punis d'un an d'emprisonnement et de 45 000 € d'amende ceux qui auront contesté, par un des moyens énoncés à l'article 23, l'existence d'un ou plusieurs crimes contre l'humanité tels qu'ils sont définis par l'article 6 du statut du tribunal militaire international annexé à l'accord de Londres du 8 août 1945 et qui ont été commis soit par les membres d'une organisation déclarée criminelle en application de l'article 9 dudit statut, soit par une personne reconnue coupable de tels crimes par une juridiction française ou internationale.**

Seront punis des mêmes peines ceux qui auront nié, minoré ou banalisé de façon outrancière, par un des moyens énoncés à l'article 23, l'existence d'un crime de génocide autre que ceux mentionnés au premier alinéa du présent article, d'un autre crime contre l'humanité, d'un crime de réduction en esclavage ou d'exploitation d'une personne réduite en esclavage ou d'un crime de guerre défini aux articles 6, 7 et 8 du statut de la cour pénale internationale signé à Rome le 18 juillet 1998 et aux articles 211-1 à 212-3, 224-1 A à 224-1 C et 461-1 à 461-31 du Code pénal, lorsque :

1° Ce crime a donné lieu à une condamnation prononcée par une juridiction française ou internationale ;

Lorsque les faits mentionnés au présent article sont commis par une personne dépositaire de l'autorité publique ou chargée d'une mission de service public dans l'exercice ou à l'occasion de l'exercice de ses fonctions ou de sa mission, les peines sont portées à trois ans d'emprisonnement et à 75 000 euros d'amende.

2° ***[Dispositions déclarées non conformes à la Constitution par la décision du Conseil constitutionnel n° 2016-745 DC du 26 janvier 2017.]***

Le tribunal pourra en outre ordonner :

1° L'affichage ou la diffusion de la décision prononcée dans les conditions prévues par l'article 131-35 du Code pénal ;

2° ***(Abr.).***

1) QPC. Par décision n° 2015-512 QPC du 8 janvier 2016, le Conseil constitutionnel a déclaré l'article 24 *bis* conforme à la Constitution (*JCP* 2016, 254, p. 453, note O. Décima ; *D.* 2016, p. 521, note J.-B. Perrier et E. Raschel).

2) Droit européen. Les articles 24, alinéas 3 et 6, 24 *bis* et 33, alinéa 3, de la loi du 29 juillet 1881 entrent dans les exceptions prévues à l'alinéa 2 de l'article 10 de la Convention européenne de sauvegarde des droits de l'homme et des libertés fondamentales et dès lors ne sont pas contraires à l'alinéa 1er du même article (▪ Cass. crim., 23 févr. 1993 : *Bull. crim.* n° 86. ▪ Cass. crim., 12 sept. 2000 : *JurisData* n° 006325 ; *Dr. pén.* 2001, comm. obs. J. H. Robert).

3) Caractérisation du délit. Doit être condamné l'auteur d'un article qui a notamment écrit que « le mythe des chambres à gaz est une gredinerie » et qu'il a « d'excellentes raisons de ne pas croire à cette politique d'extermination des juifs, ou à la magique chambre à gaz, et on ne me promènera pas en camion à gaz » (▪ T. corr. Paris, 19 avr. 1991).

Les écrits publiés dans le numéro I de la revue *Annales d'histoire* révisionniste et notamment l'article intitulé « Le mythe de l'extermination des juifs » qui ont pour but avoué la négation du génocide juif et remettent en cause des crimes contre l'humanité en contestant la déportation et l'extermination de plusieurs millions de personnes, tombent sous le coup des dispositions de la loi du 13 juillet 1990 qui a puni des peines prévues à l'article 24 de la loi de 1881 ceux qui auront contesté par un des moyens énoncés à l'article 23 l'existence d'un ou plusieurs crimes contre l'humanité (▪ CA Paris, 1re ch. A, 31 oct. 1990 : *Gaz. Pal.* 1991, 1, p. 311, note Ph. Bilger).

4) Contestation déguisée. La contestation de l'existence des crimes contre l'humanité entre dans les prévisions de l'article 24 *bis* de la loi du 29 juillet 1881, même si elle est présentée sous forme déguisée ou dubitative ou encore par voie d'insinuation ; qu'elle est également caractérisée lorsque sous couvert de recherche d'une supposée vérité historique, elle tend à nier les crimes contre l'humanité commis par les nazis à l'encontre de la communauté juive ; la cour d'appel, en condamnant le prévenu à raison de plusieurs passages de son ouvrage « Les mythes fondamentaux de la politique israélienne », a justifié sa décision (▪ Cass. crim., 12 sept. 2000, préc.). Il en va ainsi d'un dessin qui, « par son titre et en ce qu'il évoque les "historiens déboussolés" et pose la question "Shoah où t'es ?", contient l'insinuation que la Shoah ne serait pas une réalité historique incontestable, mais au contraire un mensonge imposé par culot ou toupet » (▪ Cass. crim., 26 mars 2019, n° 18-81.770), ainsi que de deux tweets libellés précisant : « Je suis émerveillé de la longévité des "rescapés de la Shoah" morts à plus de 90 ans. Ont-ils vécu les horreurs qu'ils ont racontées ? » et « La plantureuse Mme P., "rescapée de la Shoah", a 88 ans. À ma connaissance, elle va bien » (▪ Cass. crim., 13 nov. 2019, n° 18-85.263 : *JurisData* n° 2019-020277 ; *Comm. com. électr.* 2020, comm. 14, obs. A. Lepage).

Il n'en faut pas moins une véritable contestation, ce qui n'est pas le cas d'un dessin qui vise à dénoncer l'exploitation mercantile que la communauté juive ferait de la mémoire des victimes des camps d'extermination et qui ne tend pas pour autant à nier ou à largement minimiser les crimes contre l'humanité commis par les nazis à l'encontre de la communauté juive (▪ Cass. crim., 26 nov. 2019, n° 19-80.782).

5) Minoration des victimes de la politique d'extermination. Si la contestation du nombre des victimes de la politique d'extermination dans un camp de concentration déterminé n'entre pas dans les prévisions de l'article 24 *bis* de la loi du 29 juillet 1881, la minoration outrancière de ce nombre caractérise le délit de contestation de crimes contre l'humanité prévu et puni par ledit article, lorsqu'elle est faite de mauvaise foi (▪ Cass. crim., 17 juin 1997 : *Bull. crim.* n° 236 ; *D.* 1998, p. 50, note J.-Ph. Feldman ; comparer. ▪ Cass. crim., 7 nov. 1995, n° 93-85.800, inédit).

6) Énonciations contradictoires. Ne permettent pas de caractériser à la charge du prévenu le délit de contestation de crimes contre l'humanité tels que définis par l'article 6 du statut du tribunal militaire international annexé à l'accord de Londres du 8 août 1945 et commis, soit par les membres d'une organisation déclarée criminelle en application de l'article 9 dudit statut, soit par une personne reconnue coupable de tels crimes par une juridiction française ou internationale, les propos suivants, retenus dans la citation et qui renferment des énonciations contradictoires : « Il n'y a aucun historien sérieux qui adhère intégralement aux conclusions du procès de Nuremberg, je pense que sur le drame concentrationnaire la discussion doit rester libre. Sur le nombre de morts, sur la façon dont les gens sont morts, les historiens ont le droit d'en discuter. L'existence des chambres à gaz, c'est aux historiens d'en discuter. Il n'existe plus aucun historien sérieux qui adhère intégralement aux conclusions du procès de Nuremberg. Cela ne fait pas de moi l'apologiste des crimes indiscutables commis par le National Socialisme au cours de la seconde guerre mondiale, régime pour lequel ni moi ni mes amis n'avons eu jamais la moindre sympathie. Le nombre effectif de morts, les historiens peuvent en discuter. Je ne remets pas en cause l'existence des camps de concentration, il y a eu des déportations pour des raisons raciales sans doute des centaines de milliers ou millions de personnes exterminées. Le nombre effectif des morts, 50 ans après les faits, les historiens pourraient en discuter. Moi je ne nie pas les chambres à gaz homicides mais la discussion doit rester libre ».

Encourt, dès lors, la cassation sans renvoi l'arrêt qui retient comme constitutifs du délit de contestation de crime contre l'humanité, certains des passages poursuivis (▪ Cass. crim., 23 juin 2009, n° 08-82.521 : *Bull. crim.* n° 132 ; *Dr. pén.* 2009, comm. 119, obs. M. Véron ; *RSC* 2010, p. 170, obs. J. Francillon).

7) Élément moral : faute intentionnelle. La personne poursuivie, sur le fondement de l'article 24 *bis* de la loi du 29 juillet 1881, pour avoir adressé à un site Internet ayant pour objet la lutte contre le révisionnisme des messages contenant des propos niant l'existence des chambres à gaz, et qui fait valoir, pour sa défense, qu'elle croyait intervenir dans un « forum de discussion », ne peut prétendre qu'elle ignorait que ses messages seraient diffusés (▪ Cass. crim., 5 nov. 2002 : *Bull. crim.* n° 200 ; *Dr. pén.* 2003, comm. 58, obs. M. Véron).

8) Diffamation et contestation de crime contre l'humanité. À noter que les infractions de contestation de crime contre l'humanité et de diffamation publique à caractère racial (art. 32), quand elles sont en concours, ne sauraient constituer un cumul idéal d'infractions, étant de nature différente comme les intérêts protégés (▪ Cass. crim., 12 sept. 2000 : *JurisData* n° 2000-006323 ; *Dr. pén.* 2001, comm. 4, obs. J.-H. Robert).

9) Prescription de l'action publique. La disposition de l'article 65, alinéa 2, de la loi sur la liberté de la presse selon laquelle la prescription peut être interrompue, avant l'engagement des poursuites, par des réquisitions aux fins d'enquête, à condition d'articuler et de qualifier les faits d'enquête, s'applique à tous les délits de presse y compris l'infraction de négationnisme prévue par l'article 24 *bis* de cette loi (▪ Cass. crim., 30 oct. 2001 : *Bull. crim.* n° 225).

10) Action civile. S'il est vrai qu'une constitution de partie civile peut avoir pour seul objet de corroborer l'action publique, encore faut-il, pour qu'elle soit recevable, que les circonstances sur lesquelles elle s'appuie permettent à la juridiction d'instruction d'admettre comme possible, non seulement l'existence du préjudice allégué, mais aussi la relation directe de celui-ci avec l'infraction poursuivie ; dès lors une personne ne saurait soutenir avoir subi un préjudice direct et personnel du fait de l'usage frauduleux de son nom au pied d'un tract publié dont l'objet était de contester l'existence de crimes contre l'humanité (▪ Cass. crim., 19 févr. 2002 : *Bull. crim.* n° 34).

Art. 25 *(Abr., L. n° 92-1336, 16 déc. 1992).*

§ 2. – Délits contre la chose publique

Art. 26 *(Abr., L. n° 2013-711, 5 août 2013).*

Art. 27 *(Ord. 6 mai 1944 ; mod., L. n° 2000-516, 15 juin 2000).* **– La publication, la diffusion ou la reproduction par quelque moyen que ce soit, de nouvelles fausses, de pièces fabriquées, falsifiées ou mensongèrement attribuées à des tiers lorsque, faite de mauvaise foi, elle aura troublé la paix publique ou aura été susceptible de la troubler, sera punie d'une amende de 45 000 €.**

Les mêmes faits seront punis d'une amende de 135 000 €, lorsque la publication, la diffusion ou la reproduction faite de mauvaise foi sera de nature à ébranler la discipline ou le moral des armées ou à entraver l'effort de guerre de la Nation.

1) Élément matériel : comportement. L'article 27 réprime l'annonce d'un fait précis et circonstancié, actuel ou passé mais non encore divulgué dont le caractère mensonger est établi de façon objective (▪ Paris, 18 mai 1988 : *D.* 1990, p. 35, note Drouot).

Ne constituent pas une nouvelle, au sens de l'article 27 de la loi du 29 juillet 1881, les affirmations et commentaires tendancieux ou mensongers, portant sur un fait déjà révélé (▪ Cass. crim., 13 avr. 1999 : *Bull. crim.* n° 78).

2) Élément matériel : résultat. La nouvelle fausse du fait qu'un paquebot se serait échoué, qui est de nature à provoquer l'inquiétude des assureurs, des chargeurs, des destinataires de marchandises n'est pas une nouvelle de nature à troubler la paix publique (▪ Cass. crim., 25 déc. 1955 : *Bull. crim.* n° 596).

L'article 27 permet de punir les fausses nouvelles de nature à mettre en péril les bonnes relations internationales (▪ Cass. crim., 7 nov. 1963 : *Bull. crim.* n° 314).

3) Élément moral : faute intentionnelle. La simple négligence à vérifier la nouvelle que l'on publie n'est pas suffisante pour constituer la mauvaise foi nécessaire à une poursuite pénale (▪ Cass. crim., 19 mars 1953 : *Bull. crim.* n° 100), tout comme le fait pour un journaliste de n'avoir voulu donner aucune précision sur la source de son information (▪ Cass. crim., 12 déc. 1957 : *Bull. crim.* n° 837).

La mauvaise foi peut se déduire de l'invraisemblance de la nouvelle ou du fait que le journaliste avait lui-même procédé à une enquête sur place après laquelle il n'était pas possible qu'il ait cru à la vérité de la fausse nouvelle publiée (▪ Cass. crim., 7 nov. 1963 : *Bull. crim.* n° 314).

Art. 28 *(Abr., D.-L. 29 juill. 1939).*

§ 3. – Délits contre les personnes

1) Diffamation non publique. Voir : art. R. 621-1, p. 1014 et art. R. 624-3, p. 1020 du Code pénal pour la diffamation non publique, suivant qu'elle est ou non à caractère raciste. V. aussi *supra* sous l'art. 23, L. 29 juill. 1881 (notion de publicité).

Dès lors qu'entre le chef d'un établissement scolaire sous contrat d'association, responsable, au titre de la vie scolaire, de l'ordre dans l'établissement, de l'application du règlement intérieur et de la mise en œuvre de la procédure et du prononcé des sanctions disciplinaires, et les membres de l'inspection académique il existe un groupement de personnes liées par une communauté d'intérêts, l'État devant veiller, quelles que soient les modalités de scolarisation, à la mise en œuvre d'une procédure disciplinaire garantissant les droits des élèves, notamment le principe du contradictoire et les droits de la défense, ainsi qu'à la protection de l'enfance, la publicité des propos, au sens de l'article 23 de la loi du 29 juillet 1881, n'est pas caractérisée (▪ Cass. crim., 22 janv. 2019, n° 18-82.614 : *Bull. crim.* n° 23).

2) Compétence en cas de disqualification. Lorsque l'élément de publicité fait défaut, les imputations diffamatoires caractérisent la contravention prévue et réprimée par l'article R. 621-1 du Code pénal et la juridiction ayant constaté que les faits retenus constituent l'infraction de diffamation non publique a le devoir de statuer sur cette prévention. Encourt la censure, l'arrêt qui, en pareille occurrence, prononce une relaxe motivée par la prohibition de requalifier la prévention en matière de presse (▪ Cass. crim., 8 avr. 2008, n° 07-87.226).

3) Diffamation envers un « particulier ». Sur l'exigence d'une diffamation commise envers un « particulier » V. *infra*, notes sous art. 32.

Art. 29 *(Ord. 6 mai 1944).* – **Toute allégation ou imputation d'un fait qui porte atteinte à l'honneur ou à la considération de la personne ou du corps auquel le fait est imputé est une diffamation. La publication directe ou par voie de reproduction de cette allégation ou de cette imputation est punissable, même si elle est faite sous forme dubitative ou si elle vise une personne ou un corps non expressément nommés, mais dont l'identification est rendue possible par les termes des discours, cris, menaces, écrits ou imprimés, placards ou affiches incriminés.**

Toute expression outrageante, termes de mépris ou invective qui ne renferme l'imputation d'aucun fait est une injure.

Bibliographie : *JCl. Lois pénales spéciale, Diffamations et injures publiques, Diffamation : généralités ; diffamation envers un particulier* par E. Dreyer. • Ch. Bigot, E. Sudre, *Le journalisme d'investigation et le droit* : *Légipresse* 2018, n° 351, p. 371. • Ph. Conte, *La bonne foi en matière de diffamation : notion et rôle* : *Mélanges Chavanne*, 1990, p. 49. • Sur la distinction de la diffamation avec l'injure, V. • Levasseur, obs. : *RSC* 1974, p. 875 ; 1976, p. 427 ; 1981, p. 621 ; 1984, p. 318 ; N. Droin, *Diffamation et débat d'intérêt général : la bonne foi plie, mais ne rompt pas : D.* 2015, chron. p. 931. • F. Safi, *Le rôle du juge dans la sanction des abus de la liberté d'expression : Dr. pén.* 2017, ét. 3. • T. Besse, *Liberté d'expression et intérêt général : du droit spécial au droit commun : Dr. pén.* 2021, étude 1.

• *Sommaire*

I – DIFFAMATION 1727
A – Élément matériel 1727
1° *Comportement : allégation ou imputation de faits susceptibles de preuve* 1727
2° *Résultat : atteinte à l'honneur ou à la considération* 1730
B – Élément moral 1733
C – L'exception de bonne foi 1733
1° *Définition* 1733
2° *Mise en œuvre* 1734
3° *Appréciation* 1734
4° *Cas particulier de l'information du public* 1736
D – Cas particuliers de prédominance de la liberté d'expression : contexte politique 1737
E – Répression 1740
II – INJURE 1741
A – Définition 1741
B – Répression 1742

I – DIFFAMATION

1) Constitutionnalité. L'incrimination de diffamation est conforme au principe de légalité des délits et des peines (▪ Cass. crim., 15 sept. 2020, n° 19-82.124 QPC : *JurisData* n° 2020-014488. ▪ Cass. crim., 15 sept. 2020, n° 19-82.125 QPC : *JurisData* n° 2020-017847 ; *Dr. pén.* 2020, comm. 207, obs. Ph. Conte).

2) Principe d'interprétation stricte des restrictions à la liberté d'expression. Cass. crim., 14 févr. 2006 : *Bull. crim.* n° 42 ; *RSC* 2006, p. 625, obs. J. Francillon. Les restrictions à la liberté d'expression, en matière de presse, sont d'interprétation étroite (▪ Cass. crim., 12 nov. 2008, n° 07-83.398 : *Bull. crim.* n° 229 ; *D.* 2009, p. 402, note J. Pradel). V. *infra*, sous l'article 33, *V° injure sexiste*.

3) Limites à la liberté d'expression : hommes politiques. La presse joue un rôle éminent dans une société démocratique : si elle ne doit pas franchir certaines limites, tenant notamment à la protection de la réputation et aux droits d'autrui ainsi qu'à la nécessité d'empêcher la divulgation d'informations confidentielles, il lui incombe néanmoins de communiquer, dans le respect de ses devoirs et de ses responsabilités, des informations et des idées sur toutes les questions d'intérêt général ; les limites de la critique admissible de la réputation d'autrui sont plus larges à l'égard d'un homme politique, agissant en sa qualité de personnage public, que d'un simple particulier ; la nécessité d'une quelconque restriction à l'exercice de la liberté d'expression doit se trouver établie de manière convaincante. Il convient d'accorder un grand poids à l'intérêt de la société démocratique à assurer et à maintenir la liberté de la presse lorsqu'il s'agit de déterminer, comme l'exige le paragraphe 2 de l'article 10, si la restriction était disproportionnée au but légitime poursuivi (▪ CEDH, 25 juin 2002, *C. et a. c/ France* : *Bull. inf. C. cass.*, n° 562, p. 4).

4) Limites à la liberté d'expression : responsables syndicaux. La Cour européenne des droits de l'homme (▪ CEDH, 5e sect., 6 oct. 2011, n° 32820/09 : *D.* 2011, act. p. 2475) a retenu la violation de l'article 10 de la Convention EDH, dans une affaire où des syndicalistes de police municipale avaient été condamnés par les juridictions françaises pour diffamation publique envers un maire, en considérant que les critiques admissibles visant un politique sont plus larges que celles visant un particulier, qu'en l'espèce cet élu était attaqué dans le cadre de ses fonctions et que les propos n'avaient pas revêtu un caractère vexatoire ou blessant excédant la polémique syndicale ; la condamnation des requérants est donc disproportionnée au vu des faits reprochés et l'ingérence dans l'exercice de leur droit à la liberté d'expression, en leur qualité de représentants syndicaux, n'était pas nécessaire dans une société démocratique.

5) Limites à la liberté d'expression non dépassées. En application de l'article 10 de la Convention de sauvegarde des droits de l'homme et des libertés fondamentales, la liberté d'expression ne peut être soumise à des ingérences que dans les cas où celles-ci constituent des mesures nécessaires au regard du paragraphe 2 de ce texte. Viole ce texte la cour d'appel qui refuse le bénéfice de la bonne foi et condamne pour complicité de diffamation envers des magistrats un avocat alors que les propos litigieux tenus par celui-ci, qui portaient sur un sujet d'intérêt général relatif au traitement judiciaire d'une affaire criminelle ayant eu un retentissement national et qui reposaient sur une base factuelle suffisante, ne dépassaient pas les limites admissibles de la liberté d'expression d'un avocat dans la critique et le jugement de valeur portés sur l'action des magistrats et ne pouvaient être réduits à la simple expression d'une animosité personnelle envers ces derniers (▪ Cass. ass. plén., 16 déc. 2016, n° 08-86.295 : *D.* 2017, p. 434, note E. Raschel).

6) Limites à la liberté d'expression dépassées. Dépasse les limites admissibles de la liberté d'expression la diffusion d'un message qui porte atteinte à la dignité de la partie civile en l'associant à un excrément, fût-ce en la visant en sa qualité de personnalité politique lors d'une séquence satirique d'une émission télévisée (▪ Cass. crim., 20 sept. 2016, n° 15-82.942 : *Dr. pén.* 2016, comm. 173, note Ph. Conte).

A – Élément matériel

1° Comportement : allégation ou imputation de faits susceptibles de preuve

7) Principe. Une allégation ou une imputation diffamatoire doit se présenter sous la forme d'une articulation précise de faits de nature à être, sans difficulté, l'objet d'une preuve et d'un débat contradictoire (▪ Cass. crim., 6 mars 1974 : *Bull. crim.* n° 96. ▪ Cass. crim., 16 mars 2004 : *Bull. crim.* n° 67, ajoutant « quand bien même une telle preuve ne serait pas admise en matière de diffamation raciale. ▪ Cass. crim., 14 févr. 2006 : *Bull. crim.* n° 40). Mais il appartient aux juges de relever toutes les circonstances même extrinsèques au passage incriminé et de nature à donner à celui-ci un caractère diffamatoire ; la Cour de cassation qui, sur ce point, n'a pas à contrôler les constatations des juges du fond, a le pouvoir, en se reportant au texte retenu dans la prévention, de vérifier si tous les éléments de l'infraction y sont contenus (■ Cass. crim., 8 oct. 1991 : *Bull. crim.* n° 334).

8) Exemples de faits précis. Contient l'imputation d'un fait précis, quoiqu'imaginaire, le dessin assorti de l'expression « génocide familial Front national » représentant l'élimination physique directe d'un groupe d'êtres vivants (■ Cass. crim., 22 mai 1990 : *Bull. crim.* n° 211). Il en va de même, par exemple, pour l'affirmation qu'un expert aurait un intérêt dans l'entreprise qu'il est chargé d'évaluer (■ Cass. crim., 21 mai 2019, n° 18-84.319). Il en va de même pour l'accusation d'autrui de développer un discours islamophobe car ce fait est « de nature à être, sans difficulté, l'objet d'une preuve et d'un débat contradictoire » (■ Cass. crim., 7 mai 2019, n° 18-82.752).

9) Exemples de faits non précis. Mais ne constituent pas le délit de diffamation les propos qui ne mettent en cause qu'une doctrine considérée comme pouvant inspirer des actions criminelles à caractère raciste mais qui ne contiennent aucune imputation de faits précis à l'encontre d'une personne physique ou morale déterminée (■ Cass. crim., 26 mai 1987 : *Bull. crim.* n° 217). Ne constituent pas non plus le délit de diffamation de vagues insinuations insusceptibles de preuve (■ Cass. crim., 3 mai 1989, n° 88-85.552, inédit). V. également un exemple de propos trop vagues : ■ Cass. crim., 6 janv. 2015, n° 13-86.330.

De même tel n'est pas le cas de l'emploi du terme « néo-nazi » qui relève de l'expression d'une opinion et conserve son caractère injurieux, même s'il est accompagné du qualificatif « notoire » et de la référence à l'avis d'un politologue (■ Cass. crim., 14 févr. 2006 : *Bull. crim.* n° 40).

Tel n'est pas le cas du terme « irresponsable », dont l'emploi a été attribué par un hebdomadaire à un premier président de cour d'appel pour qualifier une initiative procédurale d'un juge d'instruction et qui constitue l'expression d'une opinion injurieuse (■ Cass. crim., 13 avr. 2010 : *Bull. crim.* n° 70 ; *Comm. com. électr.* 2010, comm. 76, note A. Lepage ; *Dr. pén.* 2010, comm. 79, obs. M. Véron ; *JCP* 2010, p. 1786, n° 946, note C. de Jacobet de Nombel).

Tel n'est pas le cas des propos contenus dans un tract selon lequel « les méthodes brutales de la police aux frontières (arrestation, perquisition) visent en priorité, dans l'esprit de ses agents souvent familiers des idées racistes, les noirs et les arabes », qui constituent l'expression d'une opinion injurieuse (■ Cass. crim., 7 déc. 2010, n° 10-81.984 : *Bull. crim.* n° 197).

Ne renferment l'imputation d'aucun fait précis les propos mettant en cause les membres de la communauté juive en raison des caractéristiques physiques ou psychologiques qui leur sont prêtées (■ Cass. crim., 28 mars 2006 : *Bull. crim.* n° 90).

Une cour d'appel ayant exactement retenu que les écrits incriminés n'imputaient aucun fait précis, de nature à être, sans difficulté, l'objet d'une preuve ou d'un débat contradictoire, elle en a déduit à bon droit que ces écrits, s'ils revêtaient un caractère injurieux, ne constituaient pas le délit de diffamation envers une administration publique (■ Cass. ass. plén., 25 juin 2010 : *Bull. inf. C. cass.* 2010, n° 727, I ; *Bull. crim.* n° 1 ; en l'espèce, mise en cause des forces de police pour « des centaines de meurtres de jeunes de banlieue » ; *D.* 2010, chron. p. 2090, note V. Vigneau ; *RSC* 2011, p. 130, obs. J. Francillon ; *D.* 2011, p. 780, note E. Dreyer ; *JCP* 2010, 1258, obs. B. de Lamy).

L'emploi de l'expression « délation » pour qualifier la publication du nom de personnalités politiques mises en cause dans l'élaboration d'un plan d'aménagement relève de l'expression d'une opinion et d'un jugement de valeur, et non de l'imputation d'un fait précis (■ Cass. crim., 1er sept. 2010 : *Dr. pén.* 2010, comm. 119).

La diffamation suppose une allégation ou une imputation qui porte atteinte à l'honneur ou à la considération de la victime et doit se présenter sous la forme d'une articulation précise de faits de nature à être, sans difficulté, l'objet d'une preuve et d'un débat contradictoire. Tel n'est pas le cas d'un photomontage outrancier et outrageant comparant le surveillant d'un jardin public à la police de Vichy (■ Cass. crim., 28 nov. 2017, n° 16-86.613 : *JurisData* n° 2017-024156).

Il n'y a pas imputation d'un fait dans l'accusation portée contre un ancien maire d'avoir « financé l'islamisme en finançant des organisations proches de l'UOIF » (■ Cass. crim., 12 mars 2019, n° 18-81.707).

10) Imputation visant une personne physique ou morale. Dès lors qu'elles ne concernent pas la personne physique ou morale, les appréciations, même excessives, touchant les produits, les services ou les prestations d'une entreprise industrielle ou commerciale n'entrent pas dans les prévisions de l'article 29 (■ Cass. crim., 8 févr. 1994 : *Bull. crim.* n° 58 ; *Dr. pén.* 1994, comm. 133. ■ Cass. crim., 24 sept. 1996 : *Dr. pén.* 1997, comm. 8, obs. M. Véron).

Ainsi, justifie sa décision, l'arrêt qui, pour dire non établis les faits de diffamation envers un particulier, énonce que les propos comparant un vin désigné sous une appellation « domaine de... » à une « piquette chimique », dès lors qu'aucune référence n'est faite dans l'article, à une personne physique ou morale qui pourrait être soit le producteur, soit le représentant, soit le négociant, soit le détaillant (■ Cass. crim., 19 janv. 2010 : *Dr. pén.* 2010, comm. 48, obs. J.-H. Robert).

Selon l'article 29 de la loi du 29 juillet 1881, la diffamation est constituée par un fait précis et déterminé portant atteinte à l'honneur et à la considération d'une personne visée ; dès lors qu'elles ne concernent pas la personne physique ou morale, les appréciations, même excessives, touchant les produits, les services ou les prestations d'une entreprise industrielle ou commerciale (en l'espèce une société exploitant un restaurant critiquée par un guide gastronomique) n'entrent pas dans les prévisions de ce texte (▪ Cass. crim., 10 sept. 2013, n° 11-86.311 : *Bull. crim.* n° 177 ; *Dr. pén.* 2013, comm. 174, obs. M. Véron ; *JCP* 2013, chron., n° 1152/n° 8, p. 2039, note E. Dreyer ; *Procédures* 2013, comm. 319, note A. S. Chavent-Leclere ; *D.* 2013, act., p. 2276).

Selon l'article 29 de la loi du 29 juillet 1881, la diffamation est constituée par un fait précis et déterminé de nature à porter atteinte à l'honneur et à la considération d'une personne visée ; encourt la cassation, l'arrêt qui qualifie de diffamatoires au sens du texte précité des propos qui n'atteignent qu'une profession considérée dans son ensemble et non une personne physique ou morale déterminées (▪ Cass. crim., 16 sept. 2003 : *Bull. crim.* n° 161 ; *Dr. pén.* 2003, comm. 2, obs. M. Véron).

Fait l'exacte application de l'article 2 du Code de procédure pénale, sans méconnaître les exigences des articles 6, 13 et 14 de la Convention européenne des droits de l'homme, l'arrêt qui déclare irrecevables les constitutions de partie civile du conseil supérieur du notariat, de la chambre interdépartementale des notaires de Paris et de plusieurs chambres régionales, pour diffamation publique envers des particuliers, à raison de propos qui visent la profession notariale dans son ensemble sans blâmer aucune personne déterminée, ces organismes professionnels ne pouvant se réclamer d'aucun préjudice personnel directement causé par l'infraction (▪ Cass. crim., 1er sept. 2004 : *Bull. crim.* n° 193).

La diffamation prévue par les articles 29, alinéa 1er, et 31, alinéa 1er, de la loi du 29 juillet 1881, qui suppose que soit visée une personne au sens de ladite loi, ne peut concerner le membre d'une collectivité dépourvue de personnalité juridique qui n'est pas suffisamment restreinte pour que chacun de ses membres puisse se sentir atteint et demander réparation du préjudice résultant de l'infraction dénoncée ; en conséquence, encourt la cassation l'arrêt de la cour d'appel qui décide que sont recevables à agir, sur le fondement de l'article 31, alinéa 1er, susvisé, trois personnes ayant la qualité d'anciens harkis, en retenant que les propos poursuivis concernent « 100 000 harkis » et que les parties civiles sont en droit, du fait de leur appartenance à cette collectivité, de se sentir personnellement diffamées par les propos incriminés (▪ Cass. crim., 29 janv. 2008, n° 06-86.474 : *Bull. crim.* n° 23). – Rappr. ▪ Cass. crim., 16 janv. 1969 : *Bull. crim.* n° 32 (2), sur la possibilité de demander réparation d'une diffamation visant une pluralité de personnes lorsqu'elles forment un groupe restreint.

La victime doit être désignée avec précision ; mais il n'est pas nécessaire qu'elle soit spécialement désignée par son nom (▪ Nancy, 9 juill. 1964 : *D.* 1966, p. 47, note Mimin).

Il appartient aux juges, saisis d'une poursuite pour diffamation ou injure, d'identifier, d'après les circonstances de la cause, la personne visée ; cette appréciation est souveraine dans la mesure où elle repose sur des éléments de fait extrinsèques aux propos incriminés (▪ Cass. crim., 19 mars 2002 : *Bull. crim.* n° 67. ▪ Cass. crim., 30 mai 2007 : *Bull. crim.* n° 143 ; *Dr. pén.* 2007, comm. 124, obs. M. Véron).

V. pour une juxtaposition volontaire d'images permettant l'identification d'une personne et d'un commentaire imputant à un groupe d'individus des faits susceptibles de qualification pénale (▪ Cass. crim., 29 oct. 1991 : *Bull. crim.* n° 387).

Si la désignation est suffisamment ambiguë pour pouvoir être appliquée à plusieurs personnes, toutes les victimes se reconnaissant dans cette désignation peuvent agir contre le coupable (▪ Cass. crim., 15 avr. 1921 : *Bull. crim.* n° 165).

Lorsque les imputations ont été formulées sous une forme allusive ou déguisée de manière à faire planer le soupçon sur plusieurs personnes, chacune de celles-ci a qualité pour agir en diffamation et demander réparation du préjudice qui lui a été ainsi causé (▪ Cass. crim., 6 déc. 1994 : *Dr. pén.* 1995, comm. 93, obs. M. Véron).

Mais ne sont pas constitutives de diffamation les attaques publiées dans un article qui, ne précisant pas les auteurs des faits allégués, ne reportent le blâme sur aucune personne physique ou morale déterminée et atteignent seulement un groupe de médecins qui ne peut s'identifier avec un syndicat professionnel partie civile (▪ Cass. crim., 19 janv. 1982 : *Bull. crim.* n° 19). Même solution pour des dessins caricaturaux représentant des médecins sous un jour, peu favorable et intéressé (▪ Cass. crim., 30 mai 1989 : *Dr. pén.*, 1990, n° 6).

V. aussi ▪ Cass. crim., 30 sept. 2009 : *Dr. pén.* 2009, comm. 148, obs. M. Véron : l'emploi du pluriel dans les expressions diffamatoires ou injurieuses n'ont pas permis l'identification d'une victime.

11) Personne visée indirectement. La diffamation visant une personne ne peut rejaillir sur une autre que dans la mesure où les imputations diffamatoires lui sont étendues, fût-ce de manière déguisée ou dubitative, ou par voie d'insinuation ; tel n'est pas le cas à l'égard du maire d'une commune lorsque les propos par lui incriminés rendent compte de l'inauguration par ses soins du parvis d'une cathédrale dédié à un pape, mais ne comportent que des critiques visant les positions attribuées à ce dernier dans le domaine de la contraception et leurs lourdes répercussions en termes de santé publique (■ Cass. crim., 26 mars 2008, n° 06-87.838 : *Bull. crim.* n° 78 ; *JCP* G 2008, IV, n° 1884).

12) Forme de l'imputation. La forme de l'allégation ou de l'imputation importe peu, elle peut ainsi se faire sous la forme interrogative (■ Cass. crim., 24 nov. 1960 : *Bull. crim.* n° 552), affirmative (■ Cass. crim., 3 mai 1966 : *JCP* 1966, IV, 86), dubitative (■ Cass. crim., 29 mars 1978 : *Bull. crim.* n° 118 ; *RSC* 1979, p. 95, obs. Levasseur. ■ Cass. crim., 17 juill. 1985 : *Bull. crim.* n° 267), conditionnelle (■ Cass. crim., 14 févr. 1962 : *JCP* 1962, IV, 46) ou déguisée (■ Cass. crim., 19 mars 1991 : *JCP* 1991, IV, 244. ■ Cass. crim., 15 oct. 2019, n° 18-85.073. ■ Cass. crim., 9 avr. 2019, n° 16-82.610) ou par voie d'insinuation (■ Cass. crim., 9 nov. 2004 : *Bull. crim.* n° 278, p. 1049 ; *Dr. pén.* 2005, comm. 37, obs. M. Véron. ■ Cass. crim., 14 nov. 2006 : *Dr. pén.* 2007, comm. 35. ■ Cass. crim., 22 oct. 2013, n° 12-85.971 : *Dr. pén.* 2014, comm. 5, obs. M. Véron).

L'imputation peut même se présenter sous la forme d'une hypothèse ou d'un soupçon (■ Cass. crim., 18 août 1921 : *Bull. crim.* n° 358) ou d'un signe graphique, tels des guillemets (■ Paris, 27 mai 1982 : *D.* 1982, p. 599, note Amson et sur pourvoi, ■ Cass. crim., 15 mars 1983 : *Bull. crim.* n° 81 ; *JCP* 1984, II, 20145, note Chavanne ; *D.* 1985, p. 582, note Amson ; *RSC* 1986, p. 374, obs. Levasseur).

Encourt la cassation l'arrêt qui, pour relaxer les prévenus du chef de diffamation envers un fonctionnaire public, retient qu'aucun des passages de l'article placés entre guillemets ne comporte l'imputation d'un fait précis, alors que les passages incriminés, qui sont à apprécier au regard de l'ensemble de l'article et de son contexte, imputaient à un fonctionnaire, sous forme d'insinuations, non seulement des erreurs, mais des manquements délibérés aux devoirs de sa charge, dont la preuve pouvait être rapportée et faire l'objet d'un débat contradictoire (■ Cass. crim., 29 janv. 2008 : *JurisData* n° 2008-042712 ; *Dr. pén.* 2008, comm. 62, obs. M. Véron).

Il peut s'agir d'un dessin malveillant figurant sur des tracts reproduisant le dispositif d'un jugement de condamnation rendu 2 ans auparavant (■ Cass. crim., 28 févr. 1989 : *Bull. crim.* n° 98).

L'obscénité, la trivialité des plaisanteries et la vulgarité du style ne sont pas des circonstances suffisantes pour ôter tout caractère diffamatoire au texte d'un article (■ Paris, 11 juill. 1988 : *D.* 1988, IR, p. 234).

Le fait précis caractérisant le délit de diffamation résulte le plus souvent de simples allusions ou insinuations, tels le fait de publier qu'on a renvoyé du personnel « pour des raisons sérieuses » (■ Cass. req., 26 janv. 1914 : *D.* 1918, 1, 11). Il est inutile de donner tous les détails du fait précis imputé et il suffit que l'allusion soit claire pour les personnes auxquelles elle est destinée (■ Cass. crim., 15 févr. 1883 : *D.* 1883, 1, p. 276). La précision du fait imputé peut être déguisée sous de simples expressions outrageantes (■ Cass. crim., 14 avr. 1992 : *Bull. crim.* n° 162).

De même, les propos qui imputent à une personne physique des faits déterminés de malversations et à une personne morale nommément désignée d'en avoir profité portent nécessairement atteinte à leur considération (■ Cass. crim., 19 déc. 2000 : *JurisData* n° 2000-007989 ; *Dr. pén.* 2001, comm. 56, obs. M. Véron).

Un mot bref ou un emblème peut constituer une diffamation, notamment en raison d'un contexte particulier, et non une injure : ainsi la simple apposition d'une croix gammée sur une maison (■ Cass. crim., 23 févr. 1950 : *D.* 1951, p. 217, note Mimin ; *S.* 1950, 1, p. 173, note M.R. M.P.) ou le mot collaborateur (■ Cass. crim., 17 févr. 1949 : *Bull. crim.* n° 66), ou encore l'imputation faite à un journaliste d'être le porte-parole « occulte » d'un ministre (■ Cass. ass. plén., 25 févr. 2000 : *JCP* 2000, II, 10352, note E. Derieux).

L'appréciation du caractère diffamatoire doit se faire y compris en examinant le renvoi fait à un hyperlien de nature à donner aux expressions incriminées leur véritable sens pour en apprécier le caractère éventuellement diffamatoire (■ Cass. crim., 1er sept. 2020, n° 19-84.505 : *JurisData* n° 2021-012315 ; *AJ pénal* 2020, p. 470, obs. J.-B. Thierry ; *Comm. com. électr.* 2020, comm. 90, obs. A. Lepage).

2° *Résultat : atteinte à l'honneur ou à la considération*

13) Principe. Il résulte de l'article 29 de la loi du 29 juillet 1881 que seule l'allégation ou l'imputation d'un fait qui porte atteinte à l'honneur et à la considération de la personne à laquelle le fait est imputé, présente un caractère diffamatoire ; encourt la cassation l'arrêt qui retient la diffamation, alors que les écrits incriminés, dont l'interprétation est soumise à la Cour de cassation, ne contenaient l'imputation d'aucun fait précis de nature à porter atteinte à l'honneur ou à la considération de la partie civile (■ Cass. crim., 30 sept. 2003 : *Bull. crim.* n° 172). Sur l'imputation d'une infidélité conjugale qui n'est pas à elle seule de nature à porter atteinte à l'honneur ou à la considération, V. ■ Cass. 1re civ., 17 déc. 2015, n° 14-29.549 : *JCP* 2016, 285, p. 505, note A. Latil.

14) Considération professionnelle. La considération professionnelle est protégée par l'article 29 de la loi du 29 juillet 1881, au même titre que la considération morale.

Il en est ainsi notamment à l'égard d'un médecin-chef de service hospitalier (▪ Cass. crim., 12 oct. 1993 : *Bull. crim.* n° 289. ▪ Cass. crim., 30 mai 1996 : *Bull. crim.* n° 228).

Le caractère légal des imputations diffamatoires s'apprécie non d'après le mobile qui les a dictées mais selon la nature du fait sur lequel elles portent. Dépassent les limites de la défense des consommateurs et le libre droit de critique concernant les produits les attaques personnelles portant atteinte à la considération professionnelle du fabriquant (▪ Cass. crim., 13 févr. 1990 : *Bull. crim.* n° 75).

15) Appréciation objective de l'imputation. Pour déterminer si l'allégation ou l'imputation d'un fait porte atteinte à l'honneur ou à la considération de la personne à laquelle le fait est imputé, les juges n'ont pas à rechercher quelles peuvent être les conceptions personnelles et subjectives de celle-ci concernant la notion de l'honneur et celle de la considération (▪ Cass. crim., 2 juill. 1975 : *Bull. crim.* n° 174 ; *RSC* 1976, p. 426, obs. Levasseur. ▪ Cass. crim., 28 janv. 1986 : *Bull. crim.* n° 36 ; *RSC* 1986, p. 854, obs. Levasseur. – Comp. ▪ Cass. crim., 23 mars 1978 : *Bull. crim.* n° 115 ; *RSC* 1979, p. 332, obs. Levasseur).

Les juges n'ont pas non plus à tenir compte, à cet égard, de l'opinion que le public a de cette personne. Les lois qui prohibent et punissent la diffamation protègent tous les individus sans prévoir aucun cas d'exclusion fondé sur de tels éléments (▪ Cass. crim., 7 nov. 1989 : *Bull. crim.* n° 403).

Le caractère diffamatoire d'un propos doit s'apprécier objectivement d'après la nature du fait sur lequel il porte (▪ Cass. crim., 13 févr. 1990 : *Bull. crim.* n° 75, préc.).

16) Prise en compte des circonstances. En matière de presse, il appartient aux juges du fond de relever toutes les circonstances extrinsèques qui donnent une portée injurieuse ou diffamatoire aux propos poursuivis, même si ceux-ci ne présentent pas par eux-mêmes ce caractère, et qui sont de nature à révéler leur véritable sens (▪ Cass. crim., 16 oct. 2012, n° 11-82.866 : *JCP* 2012, chron., n° 1318, p. 2225, n° 5, note E. Tricoire ; *D.* 2013, pan., p. 460, n° 2, note E. Dreyer).

17) Contrôle de la Cour de cassation. Il appartient à la Cour de cassation de contrôler et rectifier les appréciations des juges du fond, en ce qui concerne les éléments du délit, tels qu'ils se dégagent de l'écrit incriminé (▪ Cass. crim., 3 juill. 1996 : *Bull. crim.* n° 283. ▪ Cass. crim., 16 sept. 2003 : *Bull. crim.* n° 161, préc.), d'exercer son contrôle sur le sens et la portée des propos poursuivis (▪ Cass. crim., 20 oct. 1992 : *Bull. crim.* n° 329. ▪ Cass. crim., 14 févr. 2006 : *Bull. crim.* n° 42 ; *RSC* 2006, p. 625, obs. J. Francillon ; *JCP* G 2006, I, 190, obs. B. de Lamy. ▪ Cass. crim., 12 nov. 2008, n° 07-83.398 : *Bull. crim.* n° 229 ; *D.* 2009, p. 402, note J. Pradel).

Il appartient à la Cour de cassation d'exercer son contrôle sur le point de savoir si dans les propos retenus dans la prévention, se retrouvent les éléments légaux de la diffamation publique tels qu'ils sont définis par les articles 29 et 32 de la loi du 29 juillet 1881 (▪ Cass. crim., 16 oct. 2001 : *Bull. crim.* n° 210, *infra*).

Il appartient à la Cour de cassation de contrôler si les écrits ou discours poursuivis présentent les éléments légaux des délits de diffamation ou injures publiques tels qu'ils sont définis par la loi qui les réprime (▪ Cass. crim., 10 sept. 2013, n° 11-86.311 : *Bull. crim.* n° 177, préc., *supra*, *V° Imputation visant personne physique ou morale : Dr. pén.* 2013, comm. 174, obs. M. Véron).

La cour d'appel ne doit, pour déterminer le caractère diffamatoire des propos poursuivis, prendre en considération ni le sujet d'intérêt général dont ils pouvaient traiter, ni leur éventuelle base factuelle (▪ Cass. crim., 15 oct. 2019, n° 18-83.255).

18) Applications négatives. Ainsi, ne portent pas atteinte à l'honneur et à la considération des propos qui imputent à un dirigeant politique d'avoir collaboré avec les Khmers rouges au sein d'instances mises en place en vue d'une réconciliation nationale au Cambodge (▪ Cass. crim., 16 oct. 2001 : *Bull. crim.* n° 210).

Le fait d'avoir déclaré au sujet d'un ouvrage présenté lors d'une émission télévisée qu'il s'agissait là d'une enquête fondée sur des rapports de police n'exprime qu'un simple jugement de valeur sur la méthode utilisée et ne comporte aucune atteinte à l'honneur ou à la considération professionnelle d'un journaliste (▪ Cass. crim., 27 juill. 1981 : *Bull. crim.* n° 238).

De même des attaques de portée théorique dirigées contre une conception du rôle des institutions judiciaires dans la société, se ramenant à une opinion sur le fonctionnement d'institutions de l'État, ne constituent pas, quelle que soit leur âpreté, le délit de diffamation (▪ Cass. crim., 23 mars 1978 : *Bull. crim.* n° 115).

Dans le contexte de l'article en cause, l'imputation faite à un député d'être le « protecteur des intérêts du lobby pétrolier » ayant pour seul objet de rappeler les choix politiques de celui-ci, ne saurait porter atteinte à son honneur ou à sa considération au sens de l'article 29 de la loi précitée, et, par suite, constituer le délit de diffamation (▪ Cass. crim., 1er déc. 1998 : *Bull. crim.* n° 324).

19) Applications positives. Est diffamatoire un article, assorti de cartes géographiques faisant corps avec lui, mettant en cause nominativement un hôpital public, parmi 200 services d'urgences d'établissements hospitaliers, présentés comme devant être évités et fermés en raison des imputations d'inaptitude à remplir leur mission de service public hospitalier et de dangerosité envers les patients admis en urgence (▪ Cass. crim., 3 juill. 1996 : *Bull. crim.* n° 283, préc.).

Sur la question de savoir s'il est diffamatoire d'imputer à quelqu'un des actes généralement réprouvés, mais dont lui-même préconise l'accomplissement, V. aussi (▪ T. corr. Paris 4 juill. 1985 : *D.* 1986, 2, note E. Agostini ; *RSC* 1986, p. 375, obs. Levasseur. ▪ T. corr. Paris, 18 avr. 1985 : *D.* 1985, p. 433, note Mayer).

Constituent une allégation de nature à porter atteinte à l'honneur des imputations relatives à la probité, le fait de soutenir qu'un écrivain n'est pas l'auteur d'un livre publié sous sa signature (▪ Cass. crim., 10 oct. 1973 : *Bull. crim.* n° 351 ; *RSC* 1974, p. 599, obs. Levasseur. ▪ Cass. crim., 2 déc. 1980 : *Bull. crim.* n° 328 ; *Gaz. Pal.* 1981, 2, 594 : *RSC* 1982, p. 123, obs. Levasseur. ▪ T. corr. Melun, 4 juin 1982 : *JCP* 1982, II, 19918 ; *RSC* 1983, p. 87), ou de reprocher à quelqu'un d'avoir eu recours à la prescription pour ne pas payer ses dettes (▪ Cass. crim., 2 avr. 1887 : *Bull. crim.* n° 129) ou l'imputation d'infractions ou de condamnations pénales (▪ Cass. crim., 22 avr. 1958 : *Bull. crim.* n° 333. ▪ Cass. crim., 7 déc. 1994 : *Bull. crim.* n° 373).

Ainsi il y a diffamation à publier la photographie d'une personne accompagnée de la légende « le 25 mai 1946 il n'a pas hésité à assassiner d'une balle de revolver X devant la cathédrale de Y » (▪ T. corr. Saint-Denis-de-la-Réunion, 15 mai 1984 : *Gaz. Pal.* 1984, 1, 469, note P. Doucet ; sur cette affaire, V. ▪ Cass. crim., 19 nov. 1985 : *Bull. crim.* n° 363 ; *RSC* 1986, p. 612, obs. Levasseur).

Portent atteinte à la considération les imputations relatives aux mœurs : ainsi l'insinuation qu'un homme se fait entretenir par sa maîtresse (▪ Cass. crim., 12 juill. 1884 : *Bull. crim.* n° 235), à la famille : ainsi l'affirmation qu'on est la femme ou le fils d'un criminel (▪ Cass. crim., 10 mars 1955 : *JCP* 1955, II, 8845, note Chavanne), aux qualités professionnelles : tel le fait de dire qu'un notaire a cherché pour se mettre à couvert à faire passer un acte par un confrère et que ce n'est que sur le refus de ce dernier qu'il l'a lui-même passé (▪ Cass. crim., 4 mars 1887 : *D.* 1888, 1, p. 142), ou de laisser entendre, de manière insidieuse, qu'un avocat, en raison de ses convictions politiques, n'a pas apporté à la défense de sa cliente la conscience professionnelle requise (▪ Cass. crim., 20 oct. 1998 : *JurisData* n° 1998-005061 ; *Dr. pén.* 1999, comm. 56, obs. J.-H. Robert).

Jugé aussi que l'imputation, visant le général commandant une division parachutiste, de manquer de combativité ou de courage, ou d'être inféodé à un parti politique, est susceptible de preuve et d'un débat contradictoire, et elle est de nature à porter atteinte à l'honneur ou à la considération professionnelle du plaignant, en tant que dépositaire de l'autorité publique (▪ Cass. crim., 30 mai 1996 : *Bull. crim.* n° 228).

Porte encore atteinte à la considération de la partie civile le fait de publier ou de reproduire l'imputation d'une doctrine d'euthanasie collective et obligatoire (▪ Cass. crim., 8 févr. 1990 : *Dr. pén.* 1990, n° 154).

L'imputation dirigée contre un maire et un adjoint au maire d'avoir commis une prévarication et une forfaiture constitue une diffamation, portant atteinte à l'honneur ou à la considération des parties civiles (▪ Cass. crim., 22 juill. 1986 : *Bull. crim.* n° 241), ou l'insinuation de faits d'indélicatesse ou d'improbité par l'allégation d'un doute planant sur une gestion municipale qualifiée de ténébreuse, ce dernier terme étant de surcroît placé entre guillemets (▪ Cass. crim., 23 nov. 1993 : *Bull. crim.* n° 350. ▪ Cass. crim., 7 mai 2019, n° 18-82.876, pour du favoritisme) ; tout comme l'allégation qu'un journaliste est un ivrogne bien connu et qu'il est connu comme tel dans le journal qui l'emploie (▪ Cass. crim., 6 déc. 1988 : *Bull. crim.* n° 411).

Est de nature à porter atteinte à l'honneur ou à la considération, nonobstant son caractère fictif, l'imputation d'une action violente menée par un groupe armé dont la constitution est pénalement répréhensible, faite à une personne supposée avoir adhéré aux doctrines nationales-socialistes (▪ Cass. crim., 16 déc. 1986 : *Bull. crim.* n° 374).

L'imputation faite à une personne d'avoir été un agitateur ayant suivi un entraînement spécial pour se livrer à une action subversive constitue l'articulation d'un fait précis portant atteinte à l'honneur ou à la considération de cette personne au sens de l'article 29, al. 1er, de la loi du 29 juillet 1881 (▪ Cass. crim., 10 févr. 1987 : *Bull. crim.* n° 68).

Enfin, présenter un auteur comme « falsificateur de l'histoire des Juifs pendant la période nazie », accréditant l'idée que ce professeur d'université dénature les faits, objets de ses recherches historiques, dans le dessein de tromper ses lecteurs, constitue l'imputation de faits précis de nature à porter atteinte à l'honneur et à la considération du demandeur (▪ TGI Paris, 14 févr. 1990 : *Gaz. Pal.* 2-3 août 1991, note M. Domingo).

« Si le fait de réaliser un film pornographique n'est pas en tant que tel attentatoire à l'honneur ou à la considération, l'article révèle qu'il a été tourné dans une mairie par un réalisateur qui aurait abusé de sa fonction d'adjoint au maire en filmant des images à caractère pornographique ou érotique sans égard pour la solennité et la respectabilité d'un hôtel de ville » (▪ Cass. crim., 12 mars 2019, n° 18-82.750).

20) La reprise d'une imputation diffamatoire constitue elle-même une diffamation. Une reprise implique l'intention de nuire, cette présomption ne pouvant disparaître qu'en présence de faits justificatifs de nature à faire admettre la bonne foi ; encourt la censure l'arrêt qui se borne à énoncer que le journaliste n'a pas repris à son compte la réalité des faits dénoncés et n'a ajouté aucune considération personnelle ou extérieure de nature à en renforcer la crédibilité, alors que l'article indique que « les suspicions étaient légions » (▪ Cass. crim., 14 nov. 2006 : *JurisData* n° 2006-036579 ; *Dr. pén.* 2007, comm. 34).

B – Élément moral

21) Principe. En matière de diffamation la mauvaise foi de l'auteur est présumée (▪ Cass. crim., 18 janv. 1950 : *Bull. crim.* n° 23).

22) Faute présumée. Le diffamateur ne peut échapper aux poursuites en alléguant sa bonne foi, résultant notamment de son absence d'animosité, de la notoriété des imputations ou de sa croyance en l'exactitude des faits rapportés (▪ Cass. crim., 18 mai 1954 : *JCP* 1954, II, 8247, note Chavanne. ▪ Cass. crim.,16 mai et 10 oct. 1973 : *Bull. crim.* n° 225 et 352 ; *RSC* 1974, p. 599, obs. Levasseur. ▪ Cass. crim., 12 juin 1978 : *Bull. crim.* n° 191 ; *RSC* 1979, p. 564, obs. Levasseur. ▪ Cass. crim., 12 juin 1987 : *Bull. crim.* n° 247). Les imputations diffamatoires sont réputées de droit faites avec l'intention de nuire (▪ Cass. crim., 19 nov. 1985 : *Bull. crim.* n° 363 ; *RSC* 1986, p. 612, obs. Levasseur).

23) Preuve contraire. L'intention de nuire résultant des imputations diffamatoires ne peut disparaître que par la preuve incombant à leur auteur, de faits justificatifs suffisants pour établir sa bonne foi (▪ Cass. crim., 16 déc. 1986 : *Bull. crim.* n° 374).

24) Droit européen et droit constitutionnel. Le principe selon lequel l'intention de nuire est attachée de plein droit aux imputations diffamatoires n'est pas incompatible avec les dispositions des articles 6 et 10 de la Convention européenne de sauvegarde des droits de l'homme et des libertés fondamentales, lesquelles ne mettent pas obstacle aux présomptions de droit ou de fait en matière pénale, dès lors qu'il est possible d'apporter la preuve contraire et que les droits de la défense sont assurés (▪ Cass. crim., 16 mars 1993 : *Bull. crim.* n° 115. ▪ Cass. crim., 25 nov. 2003 : *Dr. pén.* 2004, comm. 62).

– La présomption d'imputabilité au titre de l'élément moral du délit de diffamation à l'auteur des propos incriminés, qui est inhérente aux dispositions en cause, est dépourvue de tout caractère irréfragable, le prévenu ayant la faculté de démontrer, soit la vérité du fait diffamatoire, selon les modalités prévues par les articles 35, 55 et 56 de la loi du 29 juillet 1881 précitée, soit l'existence de circonstances particulières de nature à le faire bénéficier de la bonne foi ; elle ne fait pas obstacle à l'exercice des droits de la défense (▪ Cass. crim., 7 mai 2019, 2 arrêts : n°s 19-81.627 et 19.81-629 : *JurisData* n° 2019-007351 ; *Dr. pén.* 2019, comm. 128, obs. Ph. Conte ; *JurisData* n° 2019-010638 ; *Légipresse* 2019, p. 620, note Y. Monerris ; *Dr. pén.* 2020, étude 7, n° 16, O. Mouysset. V. déjà ▪ Cass. crim., 31 mai 2010, n° 09-87.578 QPC : *JurisData* n° 2010-007893 ; *Comm. com. électr.* 2010, comm. 90, obs. A. Lepage).

– V. aussi ▪ Cass. crim., 15 sept. 2020, n° 19-82.124 QPC : *JurisData* n° 2020-014488. ▪ Cass. crim., 15 sept. 2020, n° 19-82.125 QPC : *JurisData* n° 2020-017847 ; *Dr. pén.* 2020, comm. 208, obs. Ph. Conte.

C – L'exception de bonne foi

1° Définition

25) Principe. Pour échapper à sa responsabilité pénale, le prévenu peut établir positivement sa bonne foi, invoquant les nécessités de l'information du public ou de la critique littéraire, artistique ou scientifique, et la prudence et le sérieux qu'il a déployés avant la diffusion de son écrit (▪ Cass. crim., 27 janv. 1949 : *Bull. crim.* n° 37 ; *RSC* 1950, p. 60, obs. M. Patin. ▪ T. corr. Paris, 24 nov. 1969 : *JCP* 1970, II, 16217, note P.M.B. ; *RSC* 1970, p. 395, obs. Levasseur. – *Adde*, ▪ T. corr. Paris, 25 oct. 1978 : *D.* 1980, p. 33, note D. Mayer sur la conciliation entre droit de libre critique et diffamation, au sujet de l'appréciation des speakerines de la télévision). L'absence d'objectivité de l'écrit incriminé ne permet pas au prévenu de bénéficier de la bonne foi (▪ Cass. crim., 13 févr. 1990 : *JCP* 1990, IV, 177).

26) Distinction de la bonne foi et de la preuve de la vérité des faits. En matière de diffamation, la preuve de la vérité du fait diffamatoire et la bonne foi constituent deux questions distinctes ; en conséquence, le prévenu qui n'entend pas offrir la preuve de la vérité du fait diffamatoire ne saurait être déchu du droit d'exciper de sa bonne foi (▪ Cass. crim., 24 mai 2005 : *Bull. crim.* n° 155). Sur l'*exceptio veritatis* V. *infra* notes sous art. 34.

27) Information du public. Justifie sa décision la cour d'appel qui, pour relaxer le prévenu qui invoquait sa bonne foi, a retenu la légitimité du but poursuivi et la nécessité d'informer le public de certains faits pouvant justifier une enquête d'un journaliste et la mise à la disposition du public des informations qu'il avait pu recueillir au cours de celle-ci, le caractère sérieux, documenté et objectif de son travail, ainsi que la prudence dans l'expression excluant toute imputation excessive, toute généralisation hâtive, tout ton polémique ou outrancier, et enfin l'absence d'animosité ou d'attaque personnelle (▪ Cass. crim., 11 sept. 2007, n° 05-87.628 : *Bull. crim.* n° 198).

2° *Mise en œuvre*

28) Constat de la bonne foi. Les imputations diffamatoires impliquent l'intention coupable de leur auteur. L'exception de bonne foi dont peut se prévaloir le prévenu ne saurait être légalement admise par les juges qu'autant qu'ils énoncent les faits sur lesquels ils se fondent, et que ces faits justifient cette exception. Encourt la cassation l'arrêt d'une cour d'appel qui reconnaît le bénéfice de la bonne foi à un ancien juge d'instruction, auteur d'un livre de souvenirs, au journaliste qui l'interrogeait, et à son éditeur, poursuivis du chef de diffamation publique, sans constater l'existence d'éléments suffisants pour le justifier : s'il était admissible, pour ce magistrat, d'évoquer le déroulement d'une importante affaire dont il avait eu à connaître, à titre de contribution au sujet d'intérêt général que constitue l'histoire d'un groupe terroriste, les prévenus ne pouvaient, sans manquer à leur devoir de prudence et de mesure dans l'expression, passer sous silence la décision d'acquittement, définitive, dont avait bénéficié la partie civile, nommément désignée dans l'ouvrage, et mise en cause directement dans la perpétration des crimes évoqués, décision d'acquittement qui constituait un élément essentiel pour l'information des lecteurs, et présenter finalement comme avérée une relation des faits strictement personnelle au juge, qui était contraire à la décision de la cour d'assises (▪ Cass. crim., 17 nov. 2015, n° 14-81.410 : *D.* 2016, p. 55, note A. Sennet).

29) Preuve par le prévenu. En matière de diffamation, si le prévenu peut démontrer sa bonne foi par l'existence de circonstances particulières, c'est à lui seul qu'incombe cette preuve, sans que les juges aient le pouvoir de provoquer, compléter ou parfaire l'établissement de celle-ci. Encourt dès lors la censure l'arrêt d'une cour d'appel qui ordonne, avant dire droit, la communication, par la société France 2, partie civile, d'images non diffusées d'un reportage sur des affrontements entre Israéliens et Palestiniens dans la bande de Gaza, la cassation encourue entraînant, par voie de conséquence, celle de l'arrêt ayant statué au fond (▪ Cass. crim., 28 févr. 2012, n°s 08-83.926 et 08-83.978 : *D.* 2012, act. p. 741, obs. S. Lavric. – Dans le même sens, V. ▪ Cass. crim., 26 mars 2019, n° 17-87.416).

Si le prévenu peut démontrer sa bonne foi, par l'existence de circonstances particulières, c'est à lui seul qu'incombe cette preuve ; l'exception de bonne foi ne saurait être légalement admise par les juges qu'autant qu'ils énoncent les faits sur lesquels ils se fondent et que ces faits justifient cette exception ; encourt la cassation l'arrêt qui admet la bonne foi de l'auteur de l'article, alors que la mise en cause des établissements plaignants procédait d'une généralisation hâtive et d'une amplification systématique d'informations qui n'avaient pas été vérifiées au plan local, et alors que la légitimité du but d'information poursuivi ne dispensait pas le journaliste de ses devoirs de prudence et d'objectivité dans l'expression de la pensée (▪ Cass. crim., 3 juill. 1996 : *Bull. crim.* n° 283).

Si la présomption d'intention de nuire, qui résulte des imputations diffamatoires elles-mêmes, peut être combattue et éventuellement détruite par la preuve de l'existence de faits justificatifs suffisants de nature à faire admettre la bonne foi, c'est à la personne poursuivie et à elle seule qu'incombe cette preuve devant la juridiction de jugement. Dès lors encourt la cassation l'arrêt par lequel une chambre de l'instruction, pour dire n'y avoir lieu à suivre sur une plainte du chef de diffamation publique, prononce d'office sur la bonne foi du mis en examen (▪ Cass. crim., 11 avr. 2012, n° 11-86.331 : *Bull. crim.* n° 92 ; *Dr. pén.* 2012, comm. 102, obs. M. Véron).

En matière de diffamation, la preuve de la vérité des faits diffamatoires ainsi que celle de bonne foi reviennent au prévenu. C'est à bon droit que la cour d'appel retient le délit de diffamation publique à l'encontre du prévenu dès lors que, d'une part, l'imputation de pratiques irrégulières en fraude des droits des débiteurs a porté atteinte à la considération de la partie civile, d'autre part, les juges ont relevé que le prévenu avait agi sans prudence, par animosité personnelle, au mépris de son obligation de réserve et que l'allégation litigieuse était dépourvue d'une base factuelle suffisante (▪ Cass. crim., 11 avr. 2012, n° 11-83.007 : *Bull. crim.* n° 91).

3° *Appréciation*

30) Bonne foi et faits postérieurs à la diffusion (non). La bonne foi du diffamateur ne peut être déduite de faits postérieurs à la diffusion des propos incriminés. Dès lors, encourt la cassation l'arrêt de la cour d'appel qui admet le prévenu au bénéfice de la bonne foi en considération d'éléments d'information recueillis postérieurement à la distribution du tract contenant les imputations diffamatoires (▪ Cass. crim., 6 mai 2008 : *Bull. crim.* n° 103 ; *JCP* 2008, IV, n° 2103 ; *Dr. pén.* 2008, comm. 108, obs. M. Véron).

De même, encourt la cassation l'arrêt de la cour d'appel qui admet le prévenu au bénéfice de la bonne foi en considération du fait que la mise en examen et le renvoi devant le tribunal correctionnel de la personne visée par les propos incriminés, survenus postérieurement à la publication de ces derniers, corroborent des témoignages recueillis par ailleurs et démontrent que le journaliste disposait, lors de la publication, d'une base factuelle suffisante des éléments rapportés (▪ Cass. crim., 8 sept. 2015, n° 14-81.681 : *JurisData* n° 2015-019951 ; *Comm. com. électr.* 2015, comm. 81, obs. A. Lepage ; *Bull. crim.* n° 194 ; *Dr. pén.* 2015, comm. 145, obs. Ph. Conte).

La base factuelle suffisante, nécessaire à l'admission de la bonne foi, doit être antérieure aux propos (▪ Cass. crim., 18 juin 2019, n° 18-83.488. V. aussi ▪ Cass. crim., 3 nov. 2020, n° 19-84.700 : *JurisData* n° 2020-017612 ; *Gaz. Pal.* 9 févr. 2021, p. 29, obs. F. Fourment ; *Dr. pén.* 2021, ét. 7, spéc. n° 25, obs. O. Mouysset).

Elle ne peut être exclue sans un examen attentif des pièces produites à l'appui (▪ Cass. crim., 15 oct. 2019, n° 18-83.255)

31) Refus du bénéfice de la bonne foi et présomption d'innocence. Justifie sa décision une cour d'appel qui, pour refuser le bénéfice de la bonne foi aux auteurs d'un texte diffamatoire, relève que, diffusant une information tronquée, ils ont manqué de prudence dans l'expression, et dès lors que, d'une part, le passage incriminé laisse entendre que la personne en cause a participé à des faits pénalement répréhensibles, en omettant de préciser qu'elle a bénéficié d'une décision de non-lieu, d'autre part, la restriction ainsi apportée à la liberté d'expression est nécessaire pour faire respecter le principe de la présomption d'innocence affirmé tant par l'article 9 de la Déclaration des droits de l'homme et du citoyen que par l'article 6 de la Convention européenne des droits de l'homme (▪ Cass. crim., 14 mars 2017, n° 16-80.209 : *JurisData* n° 2017-004506).

Justifie sa décision au regard de l'article 10, § 2 de la Convention européenne des droits de l'homme l'arrêt qui, pour refuser le bénéfice de la bonne foi aux auteurs d'un communiqué publié sur le réseau Internet imputant à une personne d'avoir commis des agressions sexuelles sur des mineurs et invitant d'autres victimes à se faire connaître, retient que les auteurs du communiqué, qui n'avaient réellement connaissance que des déclarations d'un enfant rapportées par son père, ont agi en violation de la présomption d'innocence alors qu'une information judiciaire était ouverte et ont ainsi, en lançant un tel avis de recherche, manqué de prudence dans l'expression ; ces énonciations établissent en effet que la restriction apportée à la liberté d'expression est proportionnée à la nécessité de faire respecter le principe de la présomption d'innocence affirmé tant par l'article 9 de la Déclaration des droits de l'homme et du citoyen que par l'article 6 de la Convention européenne des droits de l'homme (▪ Cass. crim., 20 févr. 2007 : *Bull. crim.* n° 51 ; *Dr. pén.* 2007, comm. 97, obs. M. Véron).

32) Bonne foi et article 40 du Code de procédure pénale. La bonne foi ne peut être établie au simple motif de l'article 40 du Code de procédure pénale qui impose aux fonctionnaires ou assimilés de révéler au procureur de la République les crimes et délits dont ils ont eu connaissance dans l'exercice de leurs fonctions (▪ Cass. crim., 31 oct. 2017, n° 16-87.632, D : *JurisData* n° 2017-027562 ; *Dr. pén.* 2018, comm. 32, obs. Ph. Conte).

33) Production de pièces. Le droit à un procès équitable et la liberté d'expression justifient que la personne poursuivie du chef de diffamation soit admise à produire, pour les nécessités de sa défense, les pièces d'une information en cours de nature à établir sa bonne foi ou la vérité des faits diffamatoires ; il s'ensuit que de telles pièces ne peuvent être écartées des débats au motif que leur production porterait atteinte à la présomption d'innocence (▪ Cass. crim., 11 févr. 2003 : *Bull. crim.* n° 29, et les arrêts cités not. en sens contraire).

De même, les pièces de nature à établir la vérité des faits ou la bonne foi ne peuvent être écartées des débats au motif qu'elles auraient été obtenues par des moyens illicites ou déloyaux (▪ Cass. crim. 19 janv. 2010, n° 09-84.408 : *Bull. crim.* n° 12 ; *Légipresse* 2010, p. 65, note B. Ader ; *Comm. com. électr.* 2010, comm. 52, note A. Lepage).

Ne donne pas de base légale à sa décision la cour d'appel qui condamne le prévenu pour diffamation publique envers une administration publique, après avoir refusé à celui-ci le bénéfice de la bonne foi, par une motivation qui subordonne le sérieux de l'enquête à la preuve de la vérité des faits (▪ Cass. crim., 17 juin 2008, n° 07-80.767 : *Bull. crim.* n° 151 ; *Dr. pén.* 2008, comm. 124, obs. M. Véron).

34) Bonne foi et croyance en la vérité des faits (non). La croyance en l'exactitude des faits, fût-elle établie, n'est pas de nature à elle seule à justifier la bonne foi (▪ Cass. crim., 13 janv. 1987 : *Bull. crim.* n° 16. ▪ Cass. crim., 11 mai 1989 : *Dr. pén.* 1990, n° 9).

35) Appréciation de la bonne foi : bases factuelles. La bonne foi ne saurait être étendue à des articles comportant le rappel d'événements contemporains historiques à moins qu'ils ne soient empreints d'objectivité et de sincérité et dénués de toute caractère purement polémique et malveillant (▪ Cass. crim., 19 nov. 1985 : *Bull. crim.* n° 363).

Il appartient aux juges d'apprécier le sens et la portée des passages présentés comme diffamatoires au regard du contexte dans lequel ceux-ci ont été portés à la connaissance du public (▪ Cass. crim., 13 déc. 2016, n° 16-80.812 : *JCP* 2017, 278, note N. Droin).

4° *Cas particulier de l'information du public*

36) Rôle du juge. Lorsque l'auteur des propos soutient qu'il était de bonne foi, il appartient aux juges, qui examinent à cette fin si celui-ci s'exprimait dans un but légitime, était dénué d'animosité personnelle, s'est appuyé sur une enquête sérieuse et a conservé prudence et mesure dans l'expression, de rechercher d'abord, en application de [l'article 10], tel qu'interprété par la Cour européenne des droits de l'homme, si lesdits propos s'inscrivent dans un débat d'intérêt général et reposent sur une base factuelle suffisante, afin, s'ils constatent que ces deux conditions sont réunies, d'apprécier moins strictement ces quatre critères, notamment s'agissant de l'absence d'animosité personnelle et de la prudence dans l'expression (▪ Cass. crim., 21 avr. 2020, n° 19-81.172 : *JurisData* n° 2020-006103 ; *Dr. pén.* 2020, étude 7, n° 24, O. Mouysset).

37) Articles de presse : admission de la bonne foi. Prouve sa bonne foi le journaliste qui se borne à rapporter exactement et sans commentaire la teneur d'une dépêche d'agence (▪ Cass. crim., 25 avr. 1989 : *Dr. pén.* 1990, n° 7) ou qui met entre guillemets des propos dont le contenu est diffamatoire (▪ Cass. crim., 11 mai 1989 : *Dr. pén.* 1990, n° 8).

– Encourt la censure la décision des juges du fond qui, après avoir rejeté le fait justificatif de bonne foi, déclarent établies les infractions de diffamation et de complicité de ce délit en raison de la publication d'un article de presse rapportant des échanges de propos tenus lors d'un entretien avec un journaliste, alors que l'article incriminé, traitant d'un sujet d'intérêt général relatif à une affaire financière d'une importance particulière au niveau national et international et dont le développement avait eu de lourdes répercussions nationales d'ordre financier, ne dépassait pas les limites de la liberté d'expression au sens de l'article 10 de la Convention européenne des droits de l'homme (▪ Cass. crim., 11 mars 2008, n° 06-84.712 : *Bull. crim.* n° 59 ; *D.* 2008, p. 2256, note J. Lepousterle).

– Encourt la censure la décision des juges du fond qui, après avoir relevé qu'un article de presse comportait des imputations diffamatoires, écarte le fait justificatif de bonne foi alors que l'article incriminé, portant sur un sujet d'intérêt général relatif au traitement judiciaire d'une affaire criminelle ayant eu un retentissement national, ne dépassait pas, au sens de l'article 10 de la Convention européenne des droits de l'homme, les limites admissibles de la liberté d'expression dans la critique de l'action d'un magistrat (▪ Cass. crim., 12 mai 2009 : *Bull. crim.* n° 88 ; *D.* 2009, p. 2316, note E. Agostini ; *Dr. pén.* 2009, comm. 120, obs. M. Véron).

– Une cour d'appel « ne pouvait déduire l'existence d'une animosité personnelle de la seule circonstance que l'auteur de l'article ou d'autres journalistes du même quotidien avaient précédemment publié dans les colonnes de celui-ci des articles critiques à l'égard de la partie civile, eussent-ils fait l'objet de poursuites judiciaires, cette circonstance, qui n'était pas dissimulée aux lecteurs de l'article dont le titre était incriminé, n'étant pas de nature à faire disparaître le but légitime d'information du public poursuivi par la publication de celui-ci » (▪ Cass. crim., 26 nov. 2019, n° 18-85.046. – V. aussi ▪ Cass. crim., 26 nov. 2019, n° 18-86.335).

38) Articles de presse : refus de la bonne foi. Ne peut bénéficier de la bonne foi l'auteur d'un article qui impute à un haut fonctionnaire d'autorité, ancien ministre, d'avoir participé à la déportation des juifs français, sans faire état de la sentence du jury d'honneur comportant une appréciation nuancée du comportement de la partie civile durant l'occupation ; le texte incriminé ne comportait pas toutes les précisions ou précautions que le devoir de prudence du journaliste commandait d'y insérer (▪ TGI Paris, 17e ch., 16 janv. 1991 : *Gaz. Pal.* 2-3 août 1991).

– N'informe pas le public l'article qui ne contient pas tous les éléments que le devoir d'objectivité exigeait (▪ Cass. crim., 15 oct. 1985 : *Bull. crim.* n° 315).

– La brièveté d'un article de presse n'autorise pas le journaliste à s'affranchir de son devoir de vérifier, par une enquête préalable, l'information qu'il publie pas plus qu'elle ne le dispense de faire preuve de prudence dans l'expression de la pensée (▪ Cass. crim., 16 mars 2004 : *Bull. crim.* n° 66).

– La diffusion d'un communiqué de presse par un ministère ou d'une dépêche par une agence de presse ne dispense pas le journaliste de ses devoirs d'enquête préalable et de prudence dans l'expression de la pensée (▪ Cass. crim., 23 mai 1995 : *Bull. crim.* n° 191).

– Même s'ils figurent dans un éditorial et s'ils traitent d'un sujet d'intérêt général, les propos reprochés doivent reposer sur une base factuelle suffisante en rapport avec la gravité des accusations portées et ne pas être dépourvus de toute prudence et mesure dans l'expression. Encourt la censure l'arrêt qui, pour relaxer un prévenu du chef de diffamation publique envers un particulier, retient que, s'agissant d'un éditorial, la bonne foi ne peut être refusée ni au motif que les propos seraient dénués d'objectivité et d'impartialité, ni à celui que leur auteur aurait manqué de prudence et de retenue dans l'expression, l'écrit en cause étant un billet d'humeur qui permet une plus grande liberté de ton et le recours à une certaine dose d'exagération voire de provocation (▪ Cass. crim., 15 déc. 2015, n° 14-82.529).

– La circonstance qu'un article de presse traite d'un sujet d'intérêt général concernant une personnalité politique ne le dispense pas de fonder les allégations ou imputations diffamatoires qu'il est susceptible de comporter à l'endroit de cette personne sur une base factuelle suffisante, en rapport avec la gravité des accusations portées, et de faire preuve de prudence et de mesure dans l'expression, ce dernier critère ne s'appréciant moins strictement que lorsque les deux autres sont réunis (▪ Cass. crim., 8 janv. 2019, n° 17-83.470).

39) Exploitants de moteurs de recherche. Au regard d'un procédé de recherche dont la fonctionnalité se borne à renvoyer à des commentaires d'un dossier judiciaire publiquement débattu, c'est à bon droit qu'une cour d'appel retient le fait justificatif de la bonne foi en ses éléments de prudence dans l'expression et de sérieux de l'enquête (▪ Cass. 1re civ., 19 févr. 2013, n° 12-12.798 : *JCP* 2013, act. n° 258, p. 464, L. Marino ; *Comm. com. électr.* 2013, comm. 57, p. 39, note A. Lepage).

40) Propos à dimension historique. Si la défense de l'histoire coloniale de la France est l'expression d'une conviction politique ayant à ce titre un caractère légitime, l'outrance des expressions visées par la poursuite caractérise l'animosité de la prévenue envers les parties civiles et, dès lors, la bonne loi ne peut être retenue (▪ Cass. crim., 9 nov. 2010 : *JurisData* n° 2010-022615 ; *Dr. pén.* 2011, comm. 16, obs. M. Véron).

41) Polémique historique. Ne dépassent pas les limites de la liberté d'expression des propos ne faisant qu'exprimer un doute sur une question historique objet de polémique (▪ Cass. 1re civ., 13 oct. 2013, n° 12-35.434 : *JCP* 2013, note 1372, p. 2382, E. Raschel ; *D.* 2013, act., p. 2467).

42) Opinions et doctrines relatives au rôle et au fonctionnement de l'État. Il a été par ailleurs jugé dans le domaine de la polémique politique portant sur les opinions et les doctrines relatives au rôle et au fonctionnement des institutions fondamentales de l'État que le fait justificatif de la bonne foi, propre à la diffamation, n'est pas nécessairement subordonné à la prudence dans l'expression de la pensée mais il ne saurait en être de même quand la polémique a trait à un parti politique et alors qu'un tel groupement ne détient aucune parcelle de puissance publique et ne peut être regardé comme une institution fondamentale de l'État (▪ Cass. crim., 27 juill. 1981 : *Bull. crim.* n° 238. – V. aussi ▪ Cass. crim., 23 mars 1978 : *Bull. crim.* n° 115 ; *RSC* 1979, p. 332, obs. Levasseur).

L'imputation visant un homme politique qui aurait, en tant qu'officier de parachutistes, pratiqué personnellement la torture, ne peut constituer une opinion relative au fonctionnement des institutions fondamentales de l'État (▪ Cass. crim., 7 nov. 1989 : *Bull. crim.* n° 403).

Des imputations diffamatoires dirigées contre un magistrat (manque d'impartialité et d'indépendance) ne peuvent bénéficier de l'immunité attachée aux attaques de portée théorique, dirigée contre une conception générale du rôle des institutions judiciaires dans la société (▪ Cass. crim., 22 juin 1993 : *Bull. crim.* n° 218).

Justifie légalement sa décision la cour d'appel qui, pour refuser au prévenu le bénéfice de la bonne foi, retient qu'en proférant des accusations graves à l'encontre de la police nationale et en procédant à des comparaisons avec les méthodes employées par la Gestapo ou la Milice du régime de Vichy, un avocat s'est exprimé sans prudence ou modération en jetant l'opprobre sur l'ensemble du corps des fonctionnaires de police ; en effet, lorsqu'il ne bénéficie pas de l'immunité prévue par l'article 41 l'avocat qui s'exprime au nom de son client n'est pas dispensé de la prudence et de la circonspection nécessaires à l'admission de la bonne foi (▪ Cass. crim., 3 déc. 2002 : *Bull. crim.* n° 217).

Si, dans le domaine de la polémique politique touchant au rôle et au fonctionnement des institutions de l'État, le fait justificatif de la bonne foi n'est pas nécessairement subordonné à la prudence dans l'expression, ce principe n'est pas applicable aux imputations diffamatoires concernant un magistrat, qui ne peuvent bénéficier de l'immunité attachée aux attaques de portée théorique dirigées contre une conception générale du rôle des institutions judiciaires dans la cité (▪ Cass. crim., 4 déc. 2007 : *Bull. crim.* n° 302 ; *Dr. pén.* 2008, comm. 29, obs. M. Véron).

43) Droit européen. La CEDH, par décision du 14 février 2008, a condamné la France pour violation de la liberté d'expression dans une affaire où un directeur de publication avait été condamné pour diffamation envers des juges d'instruction, en retenant, notamment, que ces fonctionnaires appartenant aux institutions fondamentales de l'État pouvaient faire l'objet de critiques personnelles dans des limites admissibles, et non pas de façon théorique et générale (*JCP* 2008, II, 10118, note E. Derieux).

D – Cas particuliers de prédominance de la liberté d'expression : contexte politique

44) Prise en compte du contexte politique. La bonne foi doit être appréciée en tenant compte du caractère général du sujet sur lequel portent les propos litigieux et du contexte politique dans lequel ils s'inscrivent (■ Cass. crim. 19 janv. 2010, n° 09-84.408 : *Bull. crim.* n° 12 ; *Légipresse* 2010, p. 65, note B. Ader ; *Comm. com. électr.* 2010, comm. 52, note A. Lepage). Encourt la cassation l'arrêt d'une cour d'appel qui, pour refuser le bénéfice de la bonne foi au prévenu, ancien premier adjoint au maire, poursuivi pour des propos imputant à son prédécesseur la responsabilité de l'endettement de la commune, énonce que, si le compte-rendu d'une séance du conseil municipal, lors de sa prise de fonctions, permet de constater que son allégation sur l'état d'endettement de la commune à son arrivée est exacte, ce document ne permet pas d'imputer la responsabilité de cette situation à son prédécesseur puisqu'elle est le résultat de décisions collégiales prises par le conseil municipal, alors que les propos tenus au sujet de l'endettement de la commune s'inscrivaient dans une polémique politique et reposaient sur une base factuelle que la cour d'appel avait elle-même constatée, peu important que les décisions à l'origine de cet endettement eussent été collégiales (■ Cass. crim., 23 janv. 2018, n° 17-81.874).

– Anonymat et contexte politique : le bénéfice de la bonne foi ne peut être refusé à un prévenu au seul motif qu'il a agi sous le couvert de l'anonymat (■ Cass. crim., 7 janv. 2019, n° 18-85.159 : *JurisData* n° 2020-000154 ; *Dr. pén.* 2020, comm. 79, obs. Ph. Conte).

45) Élections politiques. En matière de diffamation, lorsque l'auteur des propos soutient qu'il était de bonne foi, il appartient aux juges, qui examinent à cette fin si celui-ci s'exprimait dans un but légitime, était dénué d'animosité personnelle, s'est appuyé sur une enquête sérieuse et a conservé prudence et mesure dans l'expression, d'apprécier ces critères d'autant moins strictement qu'ils constatent, en application de l'article 10 de la Convention européenne des droits de l'homme, tel qu'interprété par la Cour européenne, que les propos s'inscrivaient dans un débat d'intérêt général et reposaient sur une base factuelle suffisante. Doit en conséquence être approuvé un arrêt dont il résulte que les propos incriminés ont été tenus dans le cadre d'un débat général en vue d'une élection locale et reposaient sur la base factuelle de témoignages recueillis par leur auteur et matérialisés par des attestations, qui n'appelaient pas d'autres investigations de la part d'un non-professionnel de l'information, de sorte que le prévenu ne peut se voir reprocher d'avoir manqué de prudence dans l'expression dans des conditions qui seraient de nature à le priver du bénéfice de la bonne foi (■ Cass. crim., 28 juin 2017, n° 16-82.163).

46) Débat d'intérêt général sur les relations d'un homme politique. Encourent la censure les arrêts qui, pour refuser aux prévenus le bénéfice de la bonne foi, retiennent contre eux une absence de prudence au regard d'une base factuelle insuffisante, alors que les propos incriminés s'inscrivaient dans un débat d'intérêt général sur les relations prêtées, dans un contexte électoral, à un homme politique avec un artiste ayant tenu des propos antisémites, qui, joint à l'existence d'une base factuelle, résultant de la réalité des affinités politiques entre les deux protagonistes et du caractère notoire des propos contestables tenus par le second, autorisait le ton polémique des prévenus (■ Cass. crim., 28 juin 2017, n°s 16-80.064 et 16-80.066).

47) Rappel de condamnations amnistiées et hommes politiques. Si la circonstance que les écrits incriminés ont eu pour objet de porter à la connaissance du public les agissements dans leur jeunesse de deux hommes politiques peut justifier, en cas de bonne foi de leur auteur, la diffamation, il ne saurait en être ainsi, sauf à violer l'article 10, alinéa 2 de la CESDH, ensemble les articles 29 et 32 de la loi du 29 juillet 1881, lorsqu'elle consiste dans le rappel de condamnations amnistiées, lequel est interdit sous peine de sanction pénale (■ Cass. 1re civ., 16 mai 2013, n° 12-19.783 : *D.* 2013, p. 1280, obs. S. Lavric ; *JCP G* 2013, act, n° 192, E. Derieux ; *D.* 2013, chron., p. 2056, n° 7, note I. Darret-Courgeon ; *AJ pénal* 2013, p. 476, obs. N. Verly).

48) Contre-vérité. Le fait de dire d'un élu qu'il associe les membres d'une association religieuse à des « islamo-nazis », alors que l'élu, dans ses propos, n'a jamais visé l'association concernée, même de manière implicite, justifie l'exclusion de la bonne foi, faute de base factuelle suffisante (■ Cass. crim., 16 oct. 2018, n° 17-87.418 : *JurisData* n° 2018-018007).

49) Lutte syndicale. Ne dépasse pas les limites de la liberté d'expression le droit de critique sur un sujet d'intérêt général et historique exercé sur un ton sarcastique qu'autorise le cadre de la lutte syndicale (■ Cass. crim., 23 nov. 2010 : *JurisData* n° 2010-023638 ; *Dr. pén.* 2011, comm. 16, obs. M. Véron).

50) Humoristes et politique. Le bénéfice de la bonne foi ne peut être légalement accordé à un humoriste qui a manqué de prudence en proférant des propos diffamatoires envers un homme politique, dans le contexte d'une émission d'information générale (■ Cass. crim., 29 nov. 1994 : *Bull. crim.* n° 382 ; *Dr. pén.* 1995, comm. 92, obs. M. Véron).

51) Critique politique dans un contexte historique. Encourt la censure la décision des juges du fond qui, après avoir relevé qu'un passage d'un livre comportait des imputations diffamatoires, écarte le fait justificatif de la bonne foi alors que le passage incriminé, portant sur un sujet d'intérêt général relatif à l'histoire récente du Cambodge et au comportement d'un personnage important lors des événements tragiques qu'a connus ce pays de 1975 à 1979, ne dépassait pas les limites admissibles de la liberté d'expression dans la critique de l'action d'un homme politique (▪ Cass. crim., 27 avr. 2011, n° 10-83.771 : *Bull. crim.* n° 77 ; *RSC* 2012, p. 175 et s., obs. J. Francillon).

52) Débat institutionnel d'intérêt général. Encourt la cassation l'arrêt qui, après avoir relevé qu'un article de presse comportait des imputations diffamatoires à l'égard d'un préfet, écarte le fait justificatif de la bonne foi, alors que le propos incriminé, qui s'inscrivait dans la suite d'un débat sur un sujet d'intérêt général relatif aux rapports entretenus entre l'État et les collectivités territoriales, à l'occasion de l'extension d'une usine de retraitement des déchets, et du transfert de la gestion des routes nationales au département, ne dépassait pas les limites admissibles de la liberté d'expression dans la critique, par le président du conseil général, de l'action du représentant de l'État (▪ Cass. crim., 29 mars 2011, n° 10-85.887 : *Bull. crim.* n° 61 ; *AJ pénal* 2011, p. 304, jurispr., note G. Royer ; *D.* 2011, act. p. 1419, note S. Lavric).

53) Contestation des pratiques journalistiques. Justifie sa décision la cour d'appel, qui, saisie de la poursuite exercée du chef de diffamation contre un député ayant diffusé un communiqué demandant l'ouverture d'une enquête sur le financement d'un reportage, puis accordé un entretien à des journalistes sur ce sujet, retient, pour relaxer le prévenu, que celui-ci, dont la bonne foi pouvait être appréciée quel que soit son mode de participation à l'infraction poursuivie, n'était pas tenu aux mêmes exigences déontologiques qu'un journaliste, n'étant pas un professionnel de l'information, et ajoute que ce prévenu, dans le contexte d'un débat d'intérêt général, disposait d'une base factuelle suffisante pour s'interroger publiquement, en sa qualité de député, membre de la commission des Affaires étrangères de l'Assemblée nationale, sur des informations faisant état de pratiques journalistiques contestables, et qu'il l'a fait avec prudence, sans excéder les limites admissibles de la liberté d'expression (▪ Cass. crim., 11 juin 2013, n° 12-83.487 : *Bull. crim.* n° 136 ; *Gaz. Pal.*, 2-3 oct. 2013, chron., p. 21, note Ph. Piot ; *Légipresse* 2013, p. 497, note B. Ader ; *Procédures* 2013, comm. 319, note A.-S. Chavent-Leclere).

54) Conflit israélo-palestinien. Encourt la censure la décision la cour d'appel qui, après avoir relevé à juste titre le caractère diffamatoire des propos dénoncés par la partie civile au cours d'une poursuite exercée du chef de complicité de diffamation publique envers un particulier, retient, pour refuser au prévenu le bénéfice de la bonne foi, que s'il a été satisfait en l'espèce aux critères de légitimité du but poursuivi, d'enquête sérieuse et de défaut d'animosité personnelle, les propos tenus, compte tenu de leur absence de mesure, excèdent les limites admissibles en matière de liberté d'expression, alors que l'écrit incriminé, relatif au conflit israélo-palestinien dans la bande de Gaza, traitait d'un débat portant sur la couverture médiatique d'un événement ayant eu un retentissement mondial et constituant un sujet d'intérêt général au sens de l'article 10 de la Convention européenne des droits de l'homme (▪ Cass. crim., 10 sept. 2013, n° 12-81.990 : *Bull. crim.* n° 176).

55) Politique locale. La liberté d'expression ne peut être soumise à des ingérences que dans les cas où celles-ci constituent des mesures nécessaires au regard du paragraphe 2 de l'article 10 de la Convention européenne des droits de l'homme. Méconnaît ce principe l'arrêt qui refuse au prévenu, poursuivi pour diffamation à l'égard d'un citoyen chargé d'un mandat public, le bénéfice de la bonne foi, alors que le propos incriminé, qui s'inscrivait dans la suite d'un débat d'intérêt général relatif à la politique municipale concernant la mise en œuvre de la législation sur les nuisances sonores et le respect de l'environnement, dans une localité rurale dépendante de l'économie touristique, ne dépassait pas les limites admissibles de la liberté d'expression dans la critique, par un administré, de l'action du maire de la commune (▪ Cass. crim., 8 avr. 2014 : *Bull. crim.* n° 103 ; *JCP* 2014, act., n° 476, p. 785, obs. E. Raschel ; *Dr. pén.* 2014, comm. 91, obs. M. Véron).

De même, encourt la censure l'arrêt qui, après avoir relevé qu'une pétition mise en ligne par le maire d'un arrondissement de Paris comportait des allégations diffamatoires, écarte le fait justificatif de bonne foi, alors que les propos incriminés, qui s'inscrivaient dans le contexte d'un débat général relatif à une question d'urbanisme soulevée par le maintien prolongé d'un ouvrage provisoire sur un site classé, et qui reposaient sur une base factuelle suffisante, ne dépassaient pas les limites admissibles de la liberté d'expression dans la critique, par ce maire, du comportement de ses concepteurs (▪ Cass. crim., 6 mai 2014 : *Bull. crim.* n° 121).

La liberté d'expression ne peut être soumise à des ingérences que dans les cas où celles-ci constituent des mesures nécessaires au regard du paragraphe 2 de l'article 10 de la Convention européenne des droits de l'homme. Méconnaît ce principe l'arrêt qui refuse le bénéfice de la bonne foi à la prévenue, poursuivie pour diffamation publique, alors que les propos incriminés, qui s'inscrivaient dans le contexte d'un débat d'intérêt général relatif à une question d'urbanisme soulevée par le maintien prolongé d'un ouvrage provisoire sur un site classé, et qui reposaient sur une base factuelle suffisante, ne dépassaient pas les limites admissibles de la liberté d'expression dans la critique, par le maire de l'arrondissement concerné, comportement des concepteurs dudit ouvrage (▪ Cass. crim., 6 mai 2014, n° 12-87.789 : *JCP* G 2014, act. n° 582, p. 998).

Le fait de mentionner, au cours d'un entretien avec un journaliste lors d'une campagne électorale, qu'un opposant a été condamné pour incitation à la haine raciale et à l'antisémitisme, peut être juridiquement impropre sans pour autant être reproché à l'auteur des propos, dès lors que la personne concernée a bien été condamnée du chef de provocation à la discrimination, à la haine ou à la violence envers un groupe de personnes en raison de leur origine ou de leur appartenance à une ethnie, une race, une religion ou une nation déterminée pour des propos tenus à l'égard des musulmans. Ces propos s'inscrivent dans une polémique politique et reposent sur une base factuelle suffisante (▪ Cass. crim., 8 janv. 2019, n° 18-81.286 : *JurisData* n° 2019-000057).

V. aussi, au sujet d'une polémique concernant l'endettement d'une commune (▪ Cass. crim., 29 janv. 2018, n° 17-81.874 : *JurisData* n° 2018-000626 ; *Dr. pén.* 2018, étude 6, obs. O. Mouysset).

56) Limites : droit de critique, controverse politique ou historique et protection des personnes. Les discussions polémiques ou les satires politiques cessent là où commencent les attaques personnelles (▪ Cass. crim., 16 déc. 1986 : *Bull. crim.* n° 374. ▪ Cass. crim., 23 mars 1978 : *Bull. crim.* n° 115, préc.).

La critique qui se prétend historique n'échappe pas à cette règle pas plus que la controverse politique, ni l'une ni l'autre n'autorisant les attaques personnelles ; en l'espèce la présentation des faits imputés à une personne sous la qualification d'assassinat par l'auteur de l'article qui ne pouvait en ignorer l'inexactitude, manifestait une outrance qui, sous couvert de narration historique et de controverse politique, s'analysait comme une attaque personnelle exclusive de bonne foi (▪ Cass. crim., 14 mai 2002 : *JCP* G 2003, I, 120, p. 665, chron. B. de Lamy).

A justifié sa décision la cour d'appel qui a refusé aux prévenus le bénéfice de la bonne foi, dès lors que les propos mettant en cause un magistrat, même s'ils concernaient un sujet d'intérêt général relatif au traitement d'une affaire judiciaire ayant eu un retentissement national, étaient dépourvus de base factuelle suffisante et constituaient une attaque personnelle excédant les limites de la liberté d'expression (▪ Cass. crim., 26 mai 2010 : *JurisData* n° 2010-010529 ; *Dr. pén.* 2010, comm. 92, obs. M. Véron).

Dans le même sens, ne pouvait être relaxé de diffamation (envers un citoyen chargé d'un mandat public) l'auteur des propos incriminés qui insinuait qu'un ancien édile aurait utilisé à des fins personnelles la carte de crédit mise à sa disposition par la commune dont il était maire (▪ Cass. crim., 25 avr. 2017, n° 16-81.925 : *Dr. pén.* 2018, étude 6, n° 20, obs. O. Mouysset).

E – Répression

57) Compétence de la loi française. En l'absence de tout critère rattachant au territoire de la République des propos incriminés sur le fondement de la loi du 29 juillet 1881 sur la liberté de la presse, la circonstance que ceux-ci, du fait de leur diffusion sur le réseau internet, aient été accessibles depuis ledit territoire ne caractérise pas, à elle seule, un acte de publication sur ce territoire rendant le juge français compétent pour en connaître. Justifie sa décision la cour d'appel qui, pour confirmer l'incompétence des juridictions françaises, constate, notamment, que les propos poursuivis sous la qualification de diffamation publique envers des particuliers, rédigés en langue anglaise, ont été mis en ligne sur un site internet américain par une personne de nationalité sud-africaine ne résidant pas en France, visent des personnes de nationalité japonaise et/ou américaine domiciliées au Japon et portent sur des événements qui se sont déroulés dans ce pays (▪ Cass. crim., 12 juill. 2016, n° 15-86.645 : *Dr. pén.* 2016, comm. 156, note Ph. Conte ; *D.* 2016, p. 1848, note E. Dreyer).

58) Principe *non bis in idem*. Des faits qui procèdent de manière indissociable d'une action unique caractérisée par une seule intention coupable ne peuvent donner lieu, contre le même prévenu, à deux déclarations de culpabilité de nature pénale, fussent-elles concomitantes. Encourent en conséquence la censure les arrêts prononçant deux déclarations de culpabilité du chef de diffamation publique envers un particulier, en raison de propos contenus, d'une part, dans un article mis en ligne sur internet, d'autre part, dans l'interview par un lien hypertexte depuis ledit article, alors que les propos incriminés au sein de l'article étaient les mêmes, soit qu'ils soient cités, soit qu'ils soient reformulés sans dénaturation, que ceux poursuivis comme ayant été tenus dans l'interview, de sorte que l'ensemble ainsi formé, sur une même page intégralement mise en ligne au même moment sur un site internet, constituait un unique fait de publication (▪ Cass. crim., 23 janv. 2018, n° 17-81.373 : *JurisData* n° 2018-003726 ; *Dr.*

pén. 2018, comm. 60 ; *Rev. pénit.* 2018, p. 124, obs. A.-S. Chavent-Leclère).

II – INJURE

59) Publicité. En matière de presse, l'élément de publicité est caractérisé par l'affichage de l'écrit injurieux ou diffamatoire dans un local accessible à des tiers étrangers à la communauté de personnes liées par un même intérêt. Encourt la cassation l'arrêt qui retient qu'un tract affiché dans le local syndical d'un établissement pénitentiaire n'a pas été diffusé publiquement, alors que ce document était visible par certains détenus, tiers étrangers à la communauté d'intérêt que constitue le personnel pénitentiaire, lors de leur passage ponctuel dans ce local (▪ Cass. crim., 9 déc. 2014, n° 13-86.917). V. *supra* notes sous art. 23.

Le délit d'injure publique est constitué lorsqu'un maire qualifie un délégué syndical de « pauvre type » en réponse à la question d'un journaliste chargé d'en rendre compte à ses lecteurs (▪ Cass. crim., 18 juin 2019, n° 18-83.886).

60) Injure non publique. Pour l'injure non publique, voir art. R. 621-2, p 1016 et art. R. 624-4, p 1020.

A – Définition

61) Expression outrageante. L'expression outrageante est tout propos qui, sans contenir l'imputation d'un fait précis, est de nature à porter atteinte à l'honneur ou à la délicatesse de celui auquel il s'adresse, ainsi l'expression « vous manquez de courage civique » (▪ Cass. crim., 20 juin 1946 : *Gaz. Pal.* 1946, 2, 178) ou encore le fait de traiter un individu de « couard, homme vil, dont la pensée roule au niveau du caniveau » (▪ Cass. crim., 26 févr. 1985 : *Gaz. Pal.* 20 juill. 1985, Somm. p. 19).

En revanche, n'est pas injurieuse la déclaration publique qu'un maire « évoque un Chamallow... Il est tout mou et gluant ». Les propos et illustration poursuivis, pour désagréables qu'ils fussent pour la personne concernée, ne constituaient pas une injure au sens de l'article 29 de la loi du 29 juillet 1881 (▪ Cass. crim., 7 mai 2019, n° 18-82.437).

62) Illustrations. Sont encore injurieuses les expressions « larbin » et « mouche du coche » appliquées par l'auteur d'un article à l'agent chargé de la promotion d'un film (▪ TGI Paris, 14 déc. 1988 : *Gaz. Pal.* 4-6 févr. 1990, Somm.). Le terme « buse » est également injurieux (▪ Paris, 13 déc. 1988 : *D.* 1989, IR p. 22), tout comme les expressions Q morveux » et « mal poli » (▪ Cass. 2e civ., 3 mars 1988, inédit), « paranoïaque » (▪ CA Paris, 11e ch. A, 5 juill. 1989 : *JurisData* n° 1989-24689) et « brebis galeuses » (▪ TGI Paris, 11e ch. A, 21 déc. 1988 : *JurisData* n° 1988-27957).

Viole l'article 29, alinéa 2, de la loi du 29 juillet 1881 la cour d'appel qui, saisie de poursuites pour injures publiques envers un particulier, en raison d'écrits qualifiant la partie civile de « grand manipulateur dont la trahison a des allures de vocation », de « menteur et bonimenteur », relaxe le prévenu en considération du contexte de polémique électorale, alors qu'une telle circonstance n'était pas de nature à faire disparaître le caractère gravement outrageant de ces propos (▪ Cass. crim., 30 mars 2005 : *Bull. crim.* n° 110).

Constituent aussi des injures les termes « tristes cons » et « dangereux salauds » utilisés lors d'un débat télévisé (▪ Cass. crim., 16 mai 2006 : *Dr. pén.* 2006, comm. 135, obs. M. Véron).

Est également injurieuse à l'égard d'une journaliste la juxtaposition des mots « pulpeuse charcutière casher », même si elle évoque au lieu d'énoncer, et utilise des termes dont l'innocuité apparente dissimule l'effet pervers de leur connotation (▪ Paris, 15 févr. 1988 : *JCP* 1988, II, 21115, note E. Agostini).

63) Invective. Elle se distingue de l'expression outrageante par la violence ou la grossièreté des termes utilisés, ainsi « vous n'êtes que des putains et des grues » (▪ Cass. crim., 6 janv. 1949 : *Bull. crim.* n° 6).

Par contre le terme « communiste » n'est pas une injure (▪ T. corr. Seine, 25 mars 1931 : *DH* 1931, 279).

64) Prise en compte du contexte. Certains mots ne constituent des injures qu'en raison d'un certain contexte, ainsi les mots « fasciste » (▪ T. corr. Seine, 18 déc. 1946 : *Gaz. Pal.* 1947, 1, p. 113), « boche » (▪ Paris, 27 déc. 1915 : *D.* 1916, 2, p. 30), « franc-maçon » (▪ Cass. crim., 12 févr. 1897 : *D.* 1897, 1, p. 399) ou « traître » (▪ Cass. crim., 23 févr. 1950 : *D.* 1951, p. 217, note Mimin ; *S.* 1950, 1, p. 173, note M.R.M.P. ▪ Cass. crim., 31 mars 1960 : *Bull. crim.* n° 193).

Il a même été jugé que la déformation d'un nom patronimique de telle façon que sa terminaison devienne « nazi » constituait une injurie (▪ Paris, 5 juin 2003 : *Comm. com. électr.* 2004, comm. 35, note A. Lepage).

65) Champ politique. Un candidat aux élections législatives est personnellement visé par les expressions outrageantes contenues dans un tract présentant son choix comme un retour à l'intolérance, au racisme et au fascisme (▪ Cass. crim., 26 mai 1987 : *Bull. crim.* n° 218). Est injurieux le titre d'un article ainsi libellé : « Un émule de Barbie va-t-il entrer à l'Assemblée européenne ? » (▪ Cass. crim., 7 nov. 1989 : *Bull. crim.* n° 403). Même solution pour le slogan suivant figurant sur des affiches : « Le Pen ne passera pas par moi » (▪ T. corr. Grenoble, 5 juill. 1990).

Si c'est à tort, en l'absence d'imputation ou d'allégation de faits suffisamment précis, qu'une cour d'appel retient, pour relaxer le prévenu, que ses propos, poursuivis sous la qualification d'injures, caractérisent une diffamation, l'arrêt attaqué n'encourt pour autant pas la censure, dès lors que les paroles injurieuses incriminées, prononcées, dans le contexte d'un débat politique, par le maire, chargé de la police de l'assemblée municipale, s'analysaient en une critique du comportement de l'un de ses membres dans l'exercice de son mandat public et ne dépassaient pas les limites admissibles de la liberté d'expression, qui ne peut connaître d'ingérence ou de restriction, en une telle circonstance, que pour des motifs impérieux, dont l'existence n'est pas établie en l'espèce (▪ Cass. crim., 9 déc. 2014, n° 13-85.401 : *Dr. pén.* 2015, comm. 48, obs. M. Véron).

66) Élément moral : principe. En matière d'injure, comme en matière de diffamation, la mauvaise foi de l'auteur est présumée (▪ Cass. crim., 18 janv. 1950 : *Bull. crim.* n° 23).

67) Élément moral : moteur de recherche. Viole les articles 29 et 33 de la loi du 29 juillet 1881 la cour d'appel qui ordonne au directeur de publication et au civilement responsable de sites internet offrant un moteur de recherche comme principale fonctionnalité de prendre toute mesure pour supprimer certaines suggestions de recherche apparaissant à la saisie de certains termes par les internautes, au motif que les suggestions en cause sont constitutives d'une injure, alors que la fonctionnalité aboutissant au rapprochement critiqué est le fruit d'un processus purement automatique dans son fonctionnement et aléatoire dans ses résultats, de sorte que l'affichage des « mots clés » qui en résulte est exclusif de toute volonté de l'exploitant du moteur de recherche d'émettre les propos en cause ou de leur conférer une signification autonome au-delà de leur simple juxtaposition et de leur seule fonction d'aide à la recherche (▪ Cass. 1re civ., 19 juin 2013, n° 12-17.591 : *Bull. inf. C. cass.* 1er déc. 2013, n° 1406 ; *JCP* 2013, note n° 907, p. 1568, A. Lepage ; *Légipresse* 2013, p. 491, note F. Klein et M. Bourgeois ; *Gaz. Pal.* 2-3 oct. 2013, chron., p. 15, note F. Fourment ; *D.* 2013, act., p. 1604).

B – Répression

68) Fait unique. Un fait unique ne peut être poursuivi à la fois comme diffamatoire et comme injurieux, une qualification étant exclusive de l'autre (▪ Cass. crim., 9 mars 1965 : *JCP* 1965, IV, 55. ▪ Cass. crim., 16 janv. 1990 : *Bull. crim.* n° 26).

69) Coexistence de diffamation et injure. Lorsque des expressions outrageantes ou appréciations injurieuses sont indivisibles d'une imputation diffamatoire, le délit d'injures est absorbé par celui de diffamation et ne peut être relevé seul (▪ Cass. crim., 15 mars 1994 : *Bull. crim.* n° 99. ▪ Cass. crim., 24 janv. 1995 : *Bull. crim.* n° 33). Encourt la cassation l'arrêt qui déclare coupable d'injures l'auteur d'un écrit traitant un avocat d'« avocat véreux, raciste et super belliqueux », alors que les expressions outrageantes étaient indivisibles des imputations faites à celui-ci d'avoir été complice d'une « tentative d'escroquerie au jugement », d'avoir proféré des termes racistes, et d'avoir été physiquement menaçant, et se confondaient avec elles, de sorte que la qualification d'injures, seule visée dans la poursuite, était inappropriée (▪ Cass. crim., 2 oct. 2012, n° 12-84.932 : *Bull. crim.* n° 203).

Est justifiée la condamnation pour injures publiques d'un prévenu qui avait traité la partie civile de « dernière des pourritures » lors d'une émission radiophonique, dès lors qu'il résulte de l'arrêt attaqué que les injures incriminées n'étaient pas absorbées par des propos contenant l'imputation de faits précis portant atteinte à l'honneur et à la considération de la partie civile, et qu'elles ne constituaient pas une riposte immédiate et irréfléchie à une provocation (▪ Cass. crim., 24 nov. 2009, n° 09-83.256 : *Bull. crim.* n° 193 ; *AJ pénal* 2010, p. 35, note M. E. Charbonnier ; *Légipresse* 2010, chron. p. 33, n° 9, note E. Dreyer).

70) Constitution de partie civile. Ne justifie pas sa décision la cour d'appel qui retient qu'une plainte avec constitution de partie civile du chef de diffamation publique ne répond pas aux exigences de l'article 50 de la loi du 29 juillet 1881 en ce que, au visa de l'article 29, alinéa 1er, de la loi précitée et sous cette qualification, elle incrimine des propos qualifiés d'insultants et injurieux mais également de gravement diffamatoires et laisse subsister une incertitude sur l'objet de la poursuite.

En effet, les expressions outrageantes « avocat véreux » et « escroc » sont indivisibles et se confondent avec les imputations diffamatoires faites à un avocat, par une cliente, de lui avoir « extorqué » et « volé » une somme de 1 800 €, de sorte que le délit d'injure se trouvant absorbé par celui de diffamation, la plainte ne créait aucune incertitude dans l'esprit de la prévenue quant à la nature des faits poursuivis sous cette dernière qualification (▪ Cass. crim., 23 juin 2009 : *Bull. crim.* n° 133).

71) Requalification de l'injure. Après avoir constaté que les propos litigieux avaient été diffusés sur les comptes ouverts par la défenderesse tant sur le site Facebook que sur le site MSN, lesquels n'étaient en l'espèce accessibles qu'aux seules personnes agréées par l'intéressée, en nombre très restreint, une cour d'appel a retenu, par un motif adopté exempt de caractère hypothétique, que celles-ci formaient une communauté d'intérêts, et en a exactement déduit que ces propos ne constituaient pas des injures publiques.

Mais en se bornant à constater, pour rejeter les prétentions de la demanderesse, que les propos litigieux ne constituaient pas des injures publiques sans rechercher, comme il lui incombait de le faire, si les propos litigieux pouvaient être qualifiés d'injures non publiques, la cour d'appel a violé par refus d'application l'article R. 621-2 du Code pénal (■ Cass. 1re civ., 10 avr. 2013, n° 11-19.530 : *D.* 2013, p. 1004 ; *JCP* 2013, act., note 466, p. 816, L. Marino ; *JCP* S 2013, n° 1237, p. 18, note B. Bossu ; *Légipresse* 2013, p. 312, note B. Ader ; *Gaz. Pal.* 19-20 juin 2013, chron. p. 14, note Ph. Piot).

72) Excuse de provocation. V. *infra*, les notes sous l'article 33.

73) Débat d'intérêt général. À propos du tweet suivant : « je me torcherais bien avec l'institut pour la justice si je n'avais pas peur de salir mon caca ». Pas d'infraction car ces propos se sont inscrits dans une « controverse sur l'action de la justice pénale, à l'occasion de la préparation de la campagne aux élections présidentielles de 2012, constitutive d'un débat public d'intérêt général » et « l'invective qu'ils comportaient répondait également de façon spontanée à l'interpellation d'un internaute sur les thèses défendues par la partie civile et ce, sur un réseau social imposant des réponses lapidaires », de sorte que, « quelles que fussent la grossièreté et la virulence des termes employés, ils ne tendaient pas à atteindre les personnes dans leur dignité ou leur réputation, mais exprimaient l'opinion de leur auteur sur un mode satirique et potache, dans le cadre d'une polémique ouverte sur les idées prônées par une association défendant une conception de la justice opposée à celle que le prévenu, en tant que praticien et débatteur public, entendait lui-même promouvoir ». « En dépit de leur outrance, de tels propos n'excédaient pas les limites admissibles de la liberté d'expression dans un pays démocratique » (■ Cass. crim., 8 janv. 2019, n° 17-81.396).

À propos d'une affiche exhibée lors d'une émission de télévision qui montrait un excrément fumant avec le slogan : « C., la candidate qui vous ressemble », l'animateur est relaxé car la liberté d'expression ne « peut être soumise à des ingérences que dans les cas où celles-ci constituent des mesures nécessaires au regard de l'article 10, § 2, de la Convention EDH », de sorte que « la restriction qu'apportent à la liberté d'expression les articles 29, alinéa 2, et 33 de la loi du 29 juillet 1881, qui prévoient et répriment l'injure, peut donc être justifiée si elle poursuit l'un des buts énumérés à l'article 10, § 2, de cette Convention ». Mais en dehors de l'absence de dépassement des limites de la liberté d'expression, et alors même que l'injure est caractérisée en tous ses éléments constitutifs, les faits objet de la poursuite ne peuvent donner lieu à des réparations civiles » (■ Cass. ass. plén., 25 oct. 2019, n° 17-86.605 : *JurisData* n° 2019-018487 ; *Dr. pén.* 2019, comm. 202, obs. Ph. Conte ; *JCP* G 2019, 1223, note C. Bigot).

Une sanction s'impose, en revanche, « dès lors que les propos constitutifs d'injures visant la personne concernée en raison de son origine ou de son orientation sexuelle, dont la répression est une restriction nécessaire à la liberté d'expression dans une société démocratique, ne relèvent pas de la libre critique, participant d'un débat d'intérêt général » (■ Cass. crim., 19 févr. 2019, n° 18-82.745). De même, la publication de propos injurieux envers la communauté juive au motif « que les propos incriminés portaient atteinte à la dignité humaine des personnes qu'ils visaient, de sorte que les prévenus ne pouvaient se prévaloir d'un quelconque caractère humoristique et ont excédé les limites admissibles de la liberté d'expression », sont injurieux (■ Cass. crim., 15 oct. 2019, n° 18-85.365).

Art. 30 ***(Mod., Ord. 6 mai 1944 ; L. 19 déc. 1952 ; L. n° 72-546, 1er juill. 1972 ; L. n° 92-1336, 16 déc. 1992 ; L. n° 2000-516, 15 juin 2000).*** **– La diffamation commise par l'un des moyens énoncés en l'article 23 envers les cours, les tribunaux, les armées de terre, de mer ou de l'air, les corps constitués et les administrations publiques, sera punie d'une amende de 45 000 €.**

1) Droit européen. Si l'exercice de la liberté d'expression est garanti par l'article 10.1 de la Convention européenne de sauvegarde des droits de l'homme, il peut, en vertu du second paragraphe de ce texte, être soumis à des restrictions et des sanctions dans des cas déterminés par la loi du 29 juillet 1881 ; que tel est l'objet de l'article 30 de ladite loi qui édicte une sanction nécessaire dans une société démocratique à la défense de l'ordre et à la réputation des administrations publiques et, en l'espèce, de la police nationale (■ Cass. crim., 3 déc. 2002 : *Bull. crim.* n° 217, préc., et sous art. 29 et *infra* sous art. 41).

L'article 30 n'est pas contraire à l'article 6-1 de la CEDH (■ Cass. crim., 12 nov. 2003 : préc.).

2) Corps constitués. Il s'agit des organismes permanents de la Nation exerçant une portion d'autorité et qui peuvent à tout moment se réunir en assemblées générales : ainsi des conseils municipaux (▪ Cass. crim., 8 mars 1955 : *Bull. crim.* n° 144. ▪ Cass. crim., 24 juill. 1956 : *JCP* 1956, IV, 133), des facultés (▪ Cass. crim., 27 févr. 1885 : *D.* 1886, 1, 336), les chambres de commerce (▪ Cass. req., 27 oct. 1885 : *D.* 1885, I, p. 397, rapp. Voisin), l'Ordre de la légion d'honneur (▪ Paris : 11 déc. 1963, inédit), mais non une catégorie de fonctionnaires comme les administrateurs de la France d'outre-mer (▪ Cass. crim., 26 avr. 1952 : *D.* 1952, p. 492).

« Ne peuvent agir en diffamation sur le fondement de ce texte que les corps constitués ayant une existence légale permanente auxquels la Constitution ou les lois ont dévolu une portion de l'autorité ou de l'administration publique », ce qui n'est pas le cas du conseil régional de l'ordre des experts-comptables des Pays de la Loire (▪ Cass. crim., 18 juin 2019, n° 19-80.088).

3) **Syndicat intercommunal (oui).** Entre dans les prévisions des articles 30 et 48 de la loi du 29 juillet 1881, relatifs aux injures et diffamations envers les corps constitués visés au premier de ces textes, un syndicat intercommunal qui exerce, par le transfert d'une partie des compétences des communes qui le composent, une portion de l'autorité publique et dont le comité, constitué des représentants de ses membres, peut se réunir en assemblée générale (▪ Cass. crim., 7 nov. 1995 : *Bull. crim.* n° 338).

4) **Municipalité (non).** Réunion du maire et de ses adjoints, c'est une entité dépourvue d'existence légale qui n'entre pas dans la catégorie des corps constitués telle que prévue par l'article 30 de la loi du 29 juillet 1881 ; justifie, dès lors, sa décision l'arrêt qui, pour déclarer irrecevable la poursuite du chef de diffamation publique envers un corps constitué engagée sur citation directe par une commune, retient que les propos incriminés visent en réalité la municipalité, c'est-à-dire le maire et ses adjoints, lesquels ont seuls qualité pour agir, dès lors que, bien que non visés nommément, ils sont identifiables (▪ Cass. crim., 8 juin 2004 : *Bull. crim.* n° 155 ; *Dr. pén.* 2004, comm. 140, obs. M. Véron).

5) **Citoyens chargés d'un mandat public (non).** Si c'est à tort que la cour d'appel a prononcé la nullité de la citation, du chef de diffamation envers un corps constitué en relevant que seuls le maire et les personnes physiques identifiables étaient visés par les propos incriminés, alors qu'en matière d'infraction à la loi sur la liberté de la presse, les faits doivent être appréciés au regard de la qualification fixée irrévocablement à l'acte initial des poursuites, et que toute erreur sur ce point, qu'il appartient aux juges de relever d'office, est dénuée d'effet sur la validité dudit acte, mais fait obstacle à la condamnation, l'arrêt n'encourt pas pour autant la censure dès lors que la Cour de cassation est en mesure de s'assurer que les faits objet de la citation ont été exactement qualifiés, au terme d'un débat contradictoire, de diffamation envers des citoyens chargés d'un service ou d'un mandat public (▪ Cass. crim., 25 févr. 2014, n° 12-88.172 : *D.* 2014, act., p. 608). V. *infra*, art. 41.

6) **Poursuites.** Il résulte des dispositions combinées des articles et 48, dernier alinéa, de la loi du 29 juillet 1881 que, par dérogation à l'article 85 du Code de procédure pénale, la poursuite du chef du délit prévu par l'article 30 de la loi sur la presse ne peut être exercée que par le ministère public ; il s'ensuit que la plainte avec constitution de partie civile déposée par un corps constitué du chef d'injure ou de diffamation est irrecevable et ne peut avoir pour effet d'interrompre la prescription de l'action publique ou d'en suspendre le cours (▪ Cass. crim., 12 nov. 2003 : *Bull. crim.* n° 212 ; *Dr. pén.* 2004, comm. 34, obs. M. Véron).

7) **Armées.** Pour la diffamation envers les armées, V. ▪ Cass. crim., 21 juill. 1950 : *D.* 1950, I, p. 558, rapp. Patin ; *S.* 1951, I, p. 25, note M.R.M.P. ▪ Cass. crim., 12 mai 1960 : *Bull. crim.* n° 267.

8) **Juridictions.** Il s'agit tant de celles de droit commun que de celles qui sont spécialisées. V. pour les juridictions militaires ▪ Cass. crim., 2 avr. 1898 : *D.* 1898, I, 470. ▪ Cass. crim., 7 avr. 1900 : *D.* 1902, I, p. 332.

9) **Juridictions : constitution de partie civile du garde des Sceaux (non).** Dans des poursuites exercées pour diffamation publique envers les cours et tribunaux, le garde des Sceaux qui ne souffre pas personnellement du dommage causé par l'infraction, ne tient d'aucune disposition spéciale le pouvoir de se constituer partie civile pour obtenir réparation du préjudice causé à des magistrats et à une juridiction ; encourt la cassation l'arrêt d'une cour d'appel, qui a octroyé au garde des Sceaux un franc de dommages-intérêts, après avoir accueilli sa constitution de partie civile (▪ Cass. crim., 15 déc. 1998 : *Bull. crim.* n° 340).

10) **Police nationale : constitution de partie civile du ministre de l'Intérieur (non).** Dans des poursuites exercées pour injure et diffamation publiques envers la police nationale, le ministre de l'Intérieur, qui ne souffre pas personnellement du dommage causé par l'infraction, ne tient d'aucune disposition spéciale le pouvoir de se constituer partie civile pour obtenir réparation du préjudice causé aux fonctionnaires de son Administration ; la faculté qu'il tient de l'article 48-3° de la loi du 29 juillet 1881, dans le cas d'injure ou de diffamation envers les fonctionnaires de son Administration, de porter plainte aux fins de mise en mouvement de l'action publique par le procureur de la République, n'emporte pas le droit pour le ministre de se constituer partie civile dans la

procédure suivie sur sa plainte (▪ Cass. crim., 2 sept. 2003 : *Bull. crim.* n° 146 ; *Dr. pén.* 2003, comm. 143, obs. M. Véron).

11) Administrations publiques. Le délit a été ainsi retenu pour diffamation envers l'administration de la police (▪ Nîmes, 2 févr. 1950 : *RSC* 1950, p. 235, obs. Hugueney. ▪ Cass. crim., 6 mars 1952 : *D.* 1952, I, p. 340. ▪ Cass. crim., 23 juin 1964 : *D.* 1964, somm. 11. ▪ Cass. crim., 3 déc. 2002 : *Bull. crim.* n° 217 ; *Dr. pén.* 2003, comm. 33, obs. M. Véron, au sujet d'un communiqué de presse émanant d'un avocat et assimilant les méthodes de la police à celles de la gestapo et de la milice de Vichy).

La Cour de cassation, qui contrôle et rectifie les appréciations des juges du fond quant aux éléments de l'infraction résultant d'un écrit, a censuré une cour d'appel qui avait relaxé des prévenus du chef de diffamation envers l'administration hospitalière publique (▪ Cass. crim., 3 juill. 1996 : *Bull. crim.* n° 283).

12) Cas particuliers. N'est pas une administration publique au sens de l'article 30 une caisse d'épargne (▪ Cass. crim., 10 févr. 1883 : *D.* 1883, 1, p. 436, rapp. Vetelay) ; ou, une société adjudicataire de travaux publics (▪ Cass. crim., 12 févr. 1898 : *D.* 1899, I, p. 551) ; même solution pour les Houillières nationales (▪ Cass. crim., 25 juin 1953 : *Bull. crim.* n° 224).

Art. 31 ***(Mod., Ord. 6 mai 1944 ; L. n° 2013-711, 5 août 2013).*** **– Sera punie de la même peine la diffamation commise par les mêmes moyens, à raison de leurs fonctions ou de leur qualité, envers le président de la République, un ou plusieurs membres du ministère, un ou plusieurs membres de l'une ou de l'autre Chambre, un fonctionnaire public, un dépositaire ou agent de l'autorité publique, un ministre de l'un des cultes salariés par l'État, un citoyen chargé d'un service ou d'un mandat public, temporaire ou permanent, un juré ou un témoin, à raison de sa déposition.**

La diffamation contre les mêmes personnes concernant la vie privée relève de l'article 32 ci-après.

Bibliographie : Sur la diffamation publique visant le président de la République : E. Clément, *L'abrogation du délit d'offense au président de la République au regard des exigences de la Cour européenne des droits de l'homme : Dr. pén.* 2013, étude 19.

1) Détermination de la personne physique ou morale visée. Sur les conditions et la portée de cette exigence, V. *supra* sous l'article 29 de la loi du 29 juillet 1881, *V°* imputation visant une personne physique ou morale et *V°* nécessité de l'indentification.

2) Diffamation spéciale. L'article 31 concerne les diffamations appréciées non d'après le mobile qui les a inspirées ou le but recherché par son auteur, mais d'après la nature du fait sur lequel portent les propos diffamatoires qui contiennent la critique d'actes de la fonction ou d'abus de la fonction ; la qualité ou la fonction de la personne visée doit avoir été soit le moyen d'accomplir le fait imputé, soit son support nécessaire (▪ Cass. crim., 22 juin 1944 : *D.* 1945, p. 142, note Mimin. ▪ Cass. crim., 4 mai 1976 : *Bull. crim.* n° 141. ▪ Cass. crim., 20 janv. 1981 : *Bull. crim.* n° 28. ▪ Cass. crim., 17 juill. 1985 : *Bull. crim.* n° 267. ▪ Cass. crim., 16 déc. 1986 : *Bull. crim.* n° 374. – *Adde*, Levasseur, obs. : *RSC* 1981, p. 387 ; ▪ Cass. crim., 23 août 1989 : *Bull. crim.* n° 312. ▪ Cass. crim., 3 avr. 2013, n° 11-84.409, cassant un arrêt n'ayant pas suffisamment recherché le lien existant entre le fait imputé et les qualités ou fonctions visées à l'article 31 : *Dr. pén.* 2013, comm. 108, obs. M. Véron).

I – LIEN ENTRE LE FAIT IMPUTÉ ET LES FONCTIONS EXERCÉES

3) Lien non établi. L'article 31 de la loi du 29 juillet 1881 ne réprime les diffamations dirigées contre les personnes revêtues de la qualité énoncée par ce texte que lorsque ces diffamations, qui doivent s'apprécier non d'après le mobile les ayant inspirées ou le but recherché par leur auteur mais selon la nature du fait sur lequel elles portent, contiennent des critiques d'actes de la fonction ou d'abus de la fonction, ou encore lorsqu'elles établissent que la qualité ou la fonction de la personne visée a été soit le moyen d'accomplir le fait imputé, soit son support nécessaire.

Encourt la cassation l'arrêt qui, pour dire établie la prévention de diffamation publique envers un citoyen chargé d'un mandat public, retient que le texte litigieux désigne un maire en sa qualité de membre d'un parti politique et donc d'élu local, comme étant l'auteur d'un incendie volontaire, alors qu'en l'espèce le fait imputé ne constituait ni un acte, ni un abus de la fonction de maire du plaignant, et se trouvait dépourvu de tout lien avec ladite fonction, la diffamation ne concernant que le particulier (▪ Cass. crim., 8 avr. 2014 : *Bull. crim.* n° 104 ; *JCP* 2014, n° 586, p. 1000). C'est *idem* pour des faits relatifs au financement de la campagne électorale préalable à l'élection d'un maire (▪ Cass. crim., 9 avr. 2019, n° 18-83.615) ou pour des faits relevant de sa vie privée (▪ Cass. crim., 9 avr. 2019, n° 18-82.753).

De même, encourt la cassation l'arrêt qui, pour dire établie la prévention de diffamation publique envers un citoyen chargé d'un mandat public, retient que les propos litigieux imputaient à un maire d'être, dans le contexte d'un litige relatif à l'application de la législation sur l'urbanisme, responsable de l'incendie volontaire qui avait détruit un hangar appartenant à l'auteur des propos, alors qu'en l'espèce le fait imputé ne constituait ni un acte, ni un abus de la fonction de maire du plaignant, et se trouvait dépourvu de tout lien avec ladite fonction, la diffamation ne concernant que le particulier (▪ Cass. crim., 15 déc. 2015, n° 14-85.118).

L'article 31 ne saurait non plus être applicable à l'imputation faite à un professeur d'université d'avoir participé à une manifestation violente organisée par des étudiants devant le rectorat et de s'être opposé à l'action des forces de police (▪ Cass. crim., 23 août 1989 : *Bull. crim.* n° 312).

V. aussi ▪ Cass. crim., 15 janv. 2008 : *Bull. crim.* n° 9. ▪ Cass. crim., n° 06-89.189 ; *JCP* 2008, II, 10078, note E. Dreyer.

4) Un arrêt du 17 mars 2009, *Bull. crim.* n° 57, reprenant les énonciations du 1er paragraphe de l'arrêt du 15 janvier 2008, conclut que l'erreur dans la qualification de la personne diffamée affecte la régularité de la poursuite et la juridiction saisie doit relaxer les prévenus, après avoir constaté l'irrecevabilité de celle-ci.

5) Lien établi. Il suffit même que le fait imputé ait rejailli directement sur les fonctions publiques pour que l'article 31 s'applique (▪ Cass. crim., 26 avr. 1983 : *D.* 1984, p. 376). Par exemple, l'article 31 est applicable à l'allégation consistant pour la personne visée à avoir accepté, pour sa candidature à la présidence d'un établissement public, la protection et le concours d'une organisation illicite à laquelle elle est désormais inféodée (▪ Cass. crim., 28 nov. 1989 : *Bull. crim.* n° 448).

6) Moment de la diffamation. Le fait imputé doit se placer pendant l'exercice des fonctions de la personne protégée par les dispositions de l'article 31 en raison de sa qualité (▪ Cass. crim., 7 févr. 1929 : *D.* 1930, I, p. 56). Dans ce cas, peu importe qu'elle ait depuis cessé ses fonctions (▪ Cass. crim., 16 déc. 1954 : *Bull. crim.* n° 411. ▪ Cass. crim., 28 janv. 1916 : S. 1918, I, p. 25, note Roux. ▪ Cass. crim., 4 juin 1932 : *Gaz. Pal.* 1932, 2, p. 202). À l'inverse, si le fait imputé remonte à une période antérieure à l'exercice des fonctions, l'article 31 n'est pas applicable (▪ Cass. crim., 6 juill. 1900 : *D.* 1901, 5, p. 505, n° 54. ▪ Cass. crim., 29 nov. 1960 : *Bull. crim.* n° 551 ; *RSC* 1961, p. 351).

7) Faits indivisibles. Lorsque des imputations diffamatoires visant un citoyen chargé d'un mandat public à raison de ses fonctions et de sa vie privée sont indivisibles, la qualification prévue par l'article 31 de la loi du 29 juillet 1881 est seule applicable (▪ Cass. crim., 6 mai 2003 : *JurisData* n° 2003-019537 ; *Comm. com. électr.* 2004, p. 38, note 34 par A. Lepage). Il en va de même pour le reproche fait publiquement à un procureur de la République d'avoir acquis une maison du frère d'un prévenu qui venait de bénéficier d'une relaxe (▪ Cass. crim., 26 nov. 2019, n° 18-86.335).

II – PERSONNES PROTÉGÉES

8) Ministres. L'article 31 de la loi sur la presse qui prévoit l'injure ou la diffamation commises envers un ou plusieurs membres du ministère ne s'applique qu'aux seuls ministres du Gouvernement de la République (et non, en l'espèce, au président du gouvernement de la Polynésie) : (▪ Cass. crim., 19 févr. 2002 : *JurisData* n° 2002-013474 ; *Dr. pén.* 2002, comm. 94, obs. M. Véron).

9) Sénateurs ou députés. En l'état des termes « un ou plusieurs membres de l'une ou l'autre chambre », l'article 31 s'applique uniquement aux diffamations envers un sénateur (▪ Cass. crim., 21 nov. 1902 : *Bull. crim.* n° 360) ou un député (▪ Cass. crim., 27 déc. 1951 : *Bull. crim.* n° 350 ; *D.* 1952, I, p. 69, Patin. ▪ Cass. crim., 23 oct. 1980 : *Bull. crim.* n° 270, pour l'imputation faite à un député d'avoir recueilli des procurations de vote illégales).

10) Fonctionnaires publics. Cela concerne les magistrats, les membres de l'administration préfectorale (▪ Cass. crim., ch. réun. 16 nov. 1897 : *D.* 1898, 1, p. 313, note Appleton), les instituteurs (▪ Cass. crim., 1er juin 1961 : *Bull. crim.* n° 287), un doyen de faculté (▪ Cass. crim., 15 juin 1893 : *D.* 1895, 1, p. 403), les militaires (▪ Cass. crim., 26 juin 1922 : *D.* 1922, 1, p. 115), les professeurs d'université (▪ Cass. crim., 16 avr. 1985 : *Bull. crim.* n° 141), le directeur d'un centre hospitalier régional (▪ Cass. crim., 28 nov. 1989 : *Bull. crim.* n° 449), un chef de bassin, directeur de piscine municipale, qui appartient à la fonction publique territoriale (▪ Cass. crim., 14 oct. 1997 : *Bull. crim.* n° 333).

L'article 31 de la loi du 29 juillet 1881 est applicable, lorsque la qualité de fonctionnaire public a été, au moins pour partie, le moyen d'accomplir, à les supposer vrais, les faits imputés, et que ceux-ci constitueraient, sinon des actes de la fonction, du moins des abus de la fonction ; tel est le cas d'un magistrat qui, en dehors de ses fonctions mais à raison de sa qualité, participe à la création d'une cour martiale, à son organisation, à son fonctionnement et à l'exécution de ses sentences (▪ Cass. crim., 12 janv. 1993 : *Bull. crim.* n° 13).

11) Fonctionnaires mis à disposition. Lorsqu'il est, conformément à son statut professionnel, mis à la disposition d'un organisme associatif de droit privé, sans cesser d'appartenir à son corps d'origine, un fonctionnaire public est atteint, en tant que tel, par des imputations diffamatoires dès lors que sa fonction ou sa qualité a été le moyen d'accomplir le fait imputé ou en a été le support nécessaire ; tel est le cas d'un professeur d'éducation physique du ministère de l'Éducation nationale, coordinateur de district d'une union nationale du sport scolaire, association régie par la loi du 1er juillet 1901 et investie d'une mission de service public, qui, outre son rôle de représentation auprès du public, dispose de pouvoirs d'autorité de décision, dès lors que cet emploi est indissociable de la qualité de fonctionnaire public, étant réservé à un agent nommé par le recteur d'académie et rémunéré par le ministère de l'Éducation nationale (▪ Cass. crim., 12 juill. 1988 : *Bull. crim.* n° 300).

12) Magistrats. Caractérise le délit de diffamation envers un fonctionnaire public, l'imputation de partialité faite à un magistrat à raison de sa qualité et de ses fonctions de président de cour d'assises (▪ Cass. crim., 10 mai 1994 : *Bull. crim.* n° 181).

13) Le délit de diffamation publique envers un fonctionnaire public est caractérisé contre l'avocat qui présente, à l'occasion d'une conférence de presse, un magistrat instructeur comme abusant de la détention provisoire, pour affaiblir une inculpée, briser sa résistance, démontrer sa culpabilité, la punir avant son jugement, à défaut d'en obtenir des aveux et qui impute à ce magistrat la rigueur du régime pénitentiaire de sa cliente (▪ Cass. crim., 26 janv. 1993 : *Bull. crim.* n° 42).

14) Débat d'intérêt général, bonne foi. Encourt la censure la décision des juges du fond qui, après avoir relevé qu'un article de presse comportait des imputations diffamatoires, écarte le fait justificatif de bonne foi alors que l'article incriminé, portant sur un sujet d'intérêt général relatif au traitement judiciaire d'une affaire criminelle ayant eu un retentissement national, ne dépassait pas, au sens de l'article 10 de la Convention européenne des droits de l'homme, les limites admissibles de la liberté d'expression dans la critique de l'action d'un magistrat (▪ Cass. crim., 12 mai 2009 : *Bull. crim.* n° 88 ; *D.* 2009, p. 2316, note E. Agostini). – V. *supra* notes sous l'article 29.

15) Témoins. Les témoins entendus par des enquêteurs dans une affaire de police ne sont pas protégés par l'article 31 qui ne joue que pour les personnes ayant la qualité juridique de témoin, c'est-à-dire ayant prêté serment (▪ Paris, 23 févr. 1883 : *D.* 1883, 2, 135). La diffamation commise envers le témoins, à raison de sa déposition, ne peut constituer une diffamation envers un particulier (▪ Cass. crim., 7 avr. 1994 : *Bull. crim.* n° 142).

Le témoin cité à la requête de la partie civile, au titre de l'offre de preuve contraire prévue par l'article 56 de la loi du 29 juillet 1881, entre dans la catégorie des témoins protégés par l'article 31 de ladite loi (▪ Cass. crim., 7 avr. 1994 : *Bull. crim.* n° 142).

16) Jurés. Les jurés, en tant qu'ils ont été désignés, sans qu'il y ait à distinguer entre jury de session et jury de jugement, bénéficient de l'article 31 (▪ Cass. crim., 8 mai 1891 : *D.* 1992, I, p. 205).

17) Citoyens chargés d'un service ou d'un mandat public. Il s'agit des agents investis dans une mesure quelconque d'une portion de l'autorité publique, mais non des personnes qui ne participent pas à cette autorité, encore bien qu'un intérêt public s'attache à leur service (▪ Cass. crim., 30 avr. 1954 : *D.* 1954, p. 585 Patin ; *JCP* 1954, II, 8220, note Chavanne. ▪ Cass. crim., 4 sept. 2001 : *Dr. pén.* 2002, comm. 5, obs. M. Véron).

18) Prérogatives de puissance public nécessaires. La qualité de dépositaire ou agent de l'autorité publique ou de citoyen chargé d'un service ou d'un mandat public, au sens de l'article 31, n'est reconnue qu'à celui qui accomplit une mission d'intérêt général en exerçant des prérogatives de puissance publique ; tel n'est pas le cas d'un conseiller de premier ministre qui n'est investi d'aucune délégation de compétence ou de signature de nature à lui conférer une prérogative de puissance publique (▪ Cass. crim., 14 janv. 2003 : *Bull. crim.* n° 7) ; mais tel est le cas, en revanche, de l'organe exécutif d'un établissement public administratif, en l'occurrence le chancellier de l'Institut de France (▪ Cass. crim., 19 févr. 2019, n° 17-85.115 : *Bull. crim.* n° 41).

Justifie sa décision la cour d'appel qui refuse cette qualité à la société de droit privé gestionnaire d'un port de plaisance et à son directeur qui, s'ils accomplissent une mission d'intérêt général, n'exercent aucune prérogative de puissance publique (▪ Cass. crim., 1er févr. 2011, n° 10-81.772 : *Bull. crim.* n° 17 ; *AJ pénal* 2011, p. 194, jur., note E. Allain).

19) Citoyens chargés d'un service ou d'un mandat public : illustrations. Sont des citoyens chargés d'un service ou d'un mandat public : le maire d'une commune (▪ Cass. crim., 12 déc. 1962 : *Bull. crim.* n° 379. ▪ Cass. crim., 17 juill. 1985 : *Bull. crim.* n° 267), un conseiller municipal (▪ Cass. crim., 28 mai 1891 : *D.* 1891, 1, 399), le membre d'une chambre de commerce (▪ Cass. crim., 26 nov. 1925 : *DH* 1926, 38), un architecte départemental (▪ Cass. crim., 4 août 1926 : *DP* 1927, 1, p. 42), le président d'un syndicat mixte constitué en application des art. L. 166-1 et suivants du Code des communes (▪ Cass. crim., 6 oct. 1981, inédit), le président d'une chambre de commerce et d'industrie (▪ Cass. crim., 28 nov. 1989 : *Bull. crim.* n° 448), les experts désignés par la justice (▪ Cass. crim., 29 juin 1923 : *DP* 1925, 1, p. 70), un membre des services spéciaux (▪ Paris, 11e ch. A, 31 mai 1989 : *JurisData* n° 2002-24472), un directeur de caisse de sécurité sociale (■ Cass. crim., 9 janv. 1996 : *Bull. crim.* n° 8), le directeur d'une piscine municipale (■ Cass. crim., 14 oct. 1997 : *Bull. crim.* n° 333), un commandant de corps de sapeurs-pompiers professionnels (■ Cass. crim., 13 avr. 1999, n° 97-86-511), le président de la Polynésie française (■ Cass. crim., 19 févr. 2002, préc.).

20) Citoyens chargés d'un service ou d'un mandat public : motivation. Encourt la cassation l'arrêt qui, pour reconnaître la qualité de citoyen chargé d'un service public à un conseiller à la présidence de la République pour les affaires africaines et malgaches se borne à énoncer qu'il était amené à participer personnellement à la mise en œuvre de la politique étrangère de la France, sans rechercher s'il était investi d'une délégation de compétence ou de signature de nature à lui conférer des prérogatives de puissance publique pour l'exercice de ses fonctions (■ Cass. crim., 11 mars 2003 : *Bull. crim.* n° 64).

De même, justifie sa décision la cour d'appel qui, pour refuser d'appliquer l'article 31 à un conseiller diplomatique auprès du président de la République, retient que, d'une part, il ne justifie pas avoir été investi d'une délégation de compétence ou de signature de nature à lui conférer des prérogatives de puissance publique, et que, d'autre part, la qualité de diplomate de la partie civile n'était pas le support nécessaire de l'imputation d'implication dans une tentative d'assassinat contenue dans le propos diffamatoire (■ Cass. crim., 6 janv. 2015, n° 13-86.330).

21) Citoyens chargés d'un service ou d'un mandat public : exclusion. N'ont pas cette qualité : un adjudicataire de travaux publics (■ Cass. crim., 12 févr. 1898 : *D.* 1899, I, p. 551), le président d'une fédération départementale de chasseurs (■ Cass. crim., 30 mai 1989 : *Bull. crim.* n° 224) ni non plus un agent contractuel au ministère des Affaires étrangères détaché comme conseiller à la présidence de la République (■ Paris, 12 juin 1990 : *Gaz. Pal.* 25-26 juill. 1990), ni une association, chargée, par convention passée avec la commune, de l'exploitation, d'un château et du musée de la localité, qui est concessionnaire d'un service public mais qui n'est investie d'aucune prérogative de puissance publique (■ Cass. crim., 21 sept. 1999 : *Bull. crim.* n° 190), ni un administrateur judiciaire (■ Cass. crim., 30 janv. 2001 : *Bull. crim.* n° 27. ■ Cass. crim., 19 juin 2001 : *Dr. pén.* 2001, comm. 128, obs. M. Véron. – ■ Cass. crim., ch. mixte, 4 nov. 2002 : *Bull. crim.* n° 1 (3 arrêts) ; *Dr. pén.* 2003, comm. 18, obs. M. Véron ; ni un mandataire judiciaire à la liquidation des entreprises (même arrêt), *(V. infra, ss art. 46)*, ni les membres du comité directeur d'une fédération sportive de la police française, même lorsqu'ils prononcent une sanction disciplinaire (■ Cass. crim., 4 sept. 2001 : *Dr. pén.* 2002, comm. 5, obs. M. Véron), ni le directeur d'un office public de H.L.M., établissement public à caractère industriel et commercial, soumis à un régime comptable de droit privé (■ Cass. crim., 28 mai 2002 : *Bull. crim.* n° 120), ni le président de l'ordre des experts-comptables (■ Cass. crim., 25 mai 2004 : *Bull. crim.* n° 136), ni un agent départemental accueillant à son domicile des enfants mineurs confiés par le Conseil général (■ Cass. crim., 3 avr. 2013, n° 12-82.494 : *Dr. pén.* 2013, comm. 108, obs. M. Véron), ni un praticien hospitalier (■ Cass. crim., 11 mars 2014 : *Bull. crim.* n° 72 ; *D.* 2014, act., p. 726).

22) Officiers ministériels et avocats : exclusion. Par contre, les officiers ministériels, dont les notaires (■ Cass. crim., 5 janv. 1935 : *D. H.* 1935, p. 165), ou encore les avocats (■ Cass. crim., 4 janv. 1894 : *D.* 1897, I, p. 337, 8ᵉ esp., note Sarrut) ne relèvent pas de la protection de l'article 31.

III – ÉLÉMENT MORAL

23) Faute intentionnelle. Les expressions diffamatoires ou injurieuses proférées publiquement par l'un des moyens énoncés à l'article 23 de la loi du 29 juillet 1881 sur la liberté de la presse, contre une personne chargée d'une mission de service public ou dépositaire de l'autorité publique à raison de ses fonctions ou à l'occasion de leur exercice, sans être directement adressées à l'intéressé et sans qu'il soit établi que le prévenu ait voulu qu'elles lui soient rapportées par une personne présente, n'entrent pas dans les prévisions de l'article 433-5 du Code pénal incriminant l'outrage, et ne peuvent être poursuivies et réprimées que sur le fondement des articles 31 et 33 de ladite loi (■ Cass. crim., 29 mars 2017, n° 16-82.884).

IV – RÉPRESSION

24) Peine complémentaire. Encourt la cassation l'arrêt qui, dans des poursuites exercées pour diffamation publique envers un citoyen chargé d'un mandat public, ordonne l'affichage et la publication de la condamnation à titre de peines complémentaires, alors que ces mesures ne sont pas prescrites par la loi sur la liberté de la presse pour les faits retenus à l'encontre du prévenu (■ Cass. crim., 24 janv. 1995 : *Bull. crim.* n° 33).

Art. 32 ***(D.-L. 21 avr. 1939 ; Ord. 24 nov. 1943 et 6 mai 1944 ; L. n° 72-546, 1er juill. 1972 ; L. n° 90-615, 13 juill. 1990 ; L. n° 92-1336, 16 déc. 1992 ; L. n° 2000-516, 15 juin 2000 ; L. n° 2004-1486, 30 déc.***

2004 ; L. n° 2012-954, 6 août 2012 ; L. n° 2017-86, 27 janv. 2017). – **La diffamation commise envers les particuliers par l'un des moyens énoncés en l'article 23 sera punie d'une amende de 12 000 €.**

La diffamation commise par les mêmes moyens envers une personne ou un groupe de personnes à raison de leur origine ou de leur appartenance ou de leur non-appartenance à une ethnie, une nation, une race ou une religion déterminée sera punie d'un emprisonnement d'un an et d'une amende de 45 000 € ou de l'une de ces deux peines seulement.

Sera punie des peines prévues à l'alinéa précédent la diffamation commise par les mêmes moyens envers une personne ou un groupe de personnes à raison de leur sexe, de leur orientation sexuelle ou identité de genre ou de leur handicap.

En cas de condamnation pour l'un des faits prévus par les deux alinéas précédents, le tribunal pourra en outre ordonner :

1° L'affichage ou la diffusion de la décision prononcée dans les conditions prévues par l'article 131-35 du Code pénal ;

2° La peine de stage de citoyenneté prévue à l'article 131-5-1 du Code pénal.

Bibliographie : M. Lassalle, *La protection pénale des harkis : Dr. pén.* 2020, ét. 13.

1) Élément constitutifs. Sur les éléments constitutifs de la diffamation : V. notes *supra* sous art. 29.

I – EXIGENCE D'UNE DIFFAMATION ENVERS LES « PARTICULIERS »

2) Personne morale. Une société anonyme est une personne morale susceptible d'être déclarée atteinte dans son honneur ou sa considération par des imputations diffamatoires dirigées contre elle (▪ Cass. crim., 12 oct. 1976 : *Bull. crim.* n° 287 ; *RSC* 1977, p. 587, obs. Levasseur) ; pour un syndicat, V. ▪ Cass. crim., 23 mars 1978 : *Bull. crim.* n° 115 ; *RSC* 1979, p. 332, obs. Levasseur.

3) Collectivité sans personnalité morale. Une collectivité ne possédant pas la personnalité morale ne peut poursuivre l'auteur d'une diffamation ou d'une injure à son encontre : tel est le cas des vétérinaires (▪ Cass. crim., 9 févr. 1954 : *D.* 1954, p. 679, note G.L.), du clergé catholique (▪ Cass. crim., 22 nov. 1934 : *S.* 1936, 1, p. 209, Bompard, note Tortat ; *D.* 1936, 1, p. 27, note Nast), des francs-maçons (▪ Cass. crim., 16 févr. 1893 : *D.* 1894, 1, p. 25), des femmes-avocates (▪ T. corr. Paris, 13 déc. 1978 : *D.* 1979, p. 378, note Mayer), de certains médecins (▪ Cass. crim., 19 janv. 1982 : *Bull. crim.* n° 191), des homosexuels (▪ Colmar, 27 juin 1983 : *D.* 1983, p. 550, note R. Koering-Joulin. ▪ Cass. crim., 16 oct. 1984 : *Gaz. Pal.* 1985, 1, p. 161, note J.-P. Doucet), des étrangers ou des immigrés (▪ Cass. crim., 6 mai 1986 : *Bull. crim.* n° 153).

4) États. Aucune disposition légale ne permet à un État étranger, pas plus qu'à l'État français, d'engager une poursuite en diffamation sur le fondement de la loi du 29 juillet 1881 sur la liberté de la presse, un État ne pouvant être assimilé à un particulier au sens de l'article 32, alinéa 1er, de cette foi (▪ Cass. crim., 27 mars 2018, n° 17-84.509. – V. aussi ▪ Cass. crim., 6 févr. 2018, n° 17-83.857 : *JurisData* n° 2018-001242).

5) États étrangers : QPC. Il n'y a pas lieu de transmettre au Conseil constitutionnel une question prioritaire de constitutionnalité relative à l'impossibilité pour un État étranger d'engager une action en diffamation, car il ne résulte pas des textes invoqués une différence de traitement entre l'État français et les États étrangers, qui ne peuvent agir ni l'un ni les autres sur leur fondement (▪ Cass. crim., 17 déc. 2018, n° 18-82.737 : *JurisData* n° 2018-023851).

6) Enregistreur automatique. Les propos diffamatoires ou injurieux transmis au moyen du téléphone par l'intermédiaire d'un répondeur automatique alimenté par une cassette enregistrée ne tombent sous le coup de la loi que s'ils concernent ceux qui les écoutent ou, s'il s'agit de tiers, que s'ils ont été tenus dans des conditions exclusives de tout caractère secret ou confidentiel (▪ Cass. crim., 22 mai 1984 : *Bull. crim.* n° 188).

II – DIFFAMATION FONDÉE SUR L'ORIGINE OU L'APPARTENANCE

7) Droit européen. La protection instituée par les articles 24, alinéa 6 et 32, alinéa 2 de la loi du 29 juillet 1881 n'est pas contraire aux dispositions de l'article 14 de la Convention européenne des droits de l'homme, dès lors que, d'une part, elle est offerte à tous ceux qui sont victimes de propos discriminatoires ou diffamatoires en raison de leur appartenance ou de leur non-appartenance à une communauté ethnique, nationale, raciale ou religieuse, et que, d'autre part, les sanctions qui la garantissent sont applicables à tous (▪ Cass. crim., 13 juin 1995 : *Bull. crim.* n° 217).

8) Définition ordinaire de la diffamation. Pour constituer une diffamation, l'allégation ou l'imputation qui porte atteinte à l'honneur ou à la considération de la victime doit se présenter sous la forme d'une articulation précise de faits de nature à être sans difficulté l'objet d'une preuve et d'un débat contradictoire, quand bien même une telle preuve ne serait pas admise en matière de diffamation raciale (▪ Cass. crim., 16 mars 2004 : *Bull. crim.* n° 67).

9) Cas particulier. En matière de diffamation raciale, le prévenu qui a spontanément offert, dans les conditions précisées par l'article 55 de la loi du 29 juillet 1881, de faire la preuve de la vérité des faits diffamatoires, ne saurait ensuite soutenir que les termes ou expressions incriminées ne seraient pas diffamatoires, faute de contenir l'imputation d'un fait précis susceptible de preuve. Encourt la cassation l'arrêt qui a admis en ce cas l'absence de caractère diffamatoire des propos incriminés (▪ Cass. crim., 29 nov. 1994 : *Bull. crim.* n° 381).

10) Illustration (non). Le fait de dénoncer l'arrogance des jeunes beurs et d'affirmer qu'ils bénéficieraient d'une impunité et de privilèges ne constitue pas une atteinte à l'honneur, de même l'évocation du comportement violent de beurs lors d'une manifestation ne vise pas les jeunes beurs dans leur globalité ; les prévenus doivent donc être relaxés du chef de diffamation envers un groupe de personnes en raison de leur appartenance à une race. Il est impossible à la cour de requalifier l'infraction en provocation à la haine raciale en raison de la nature et de la gravité différente des délits (▪ Paris, 11e ch. A, 30 janv. 1991 : *JCP* 1991, IV, 207).

11) Concours d'infractions. Les infractions de diffamation publique à caractère racial (art. 32) et de contestation de crime contre l'humanité (art. 24 *bis*), quand elles sont en concours, ne sauraient constituer un cumul idéal d'infractions (▪ Cass. crim., 12 sept. 2000 : *JurisData* n° 2000-006323 ; *Dr. pén.* 2001, comm. 4, obs. J.-H. Robert).

12) Exclusion de l'*exceptio veritatis*. Lorsque la diffamation entre dans les prévisions des articles 32, alinéa 2 et 33, alinéa 2 de la loi du 29 juillet 1881, la preuve de la vérité des imputations diffamatoires ne saurait être admise (▪ Cass. crim., 4 nov. 1972 : *Bull. crim.* n° 236).

13) Applications : antisémitisme. L'imputation d'exploiter la légende de l'holocauste faite aux juifs américains, dans une lettre ouverte, publiée dans une revue et suivant laquelle, notamment, l'holocauste est devenu « pour ces gens riches et importants qui cautionnent les richissimes comités, conseils et centres holocaustiques », une affaire florissante, caractérise une allégation diffamatoire visant un groupe de personnes à raison de leur appartenance à une religion déterminée, et entre dans les prévisions de l'article 32, alinéa 2, de la loi du 29 juillet 1881 (▪ Cass. crim., 8 oct. 1991 : *Bull. crim.* n° 334).

Est constitutif d'une diffamation avec motif discriminatoire le tweet selon lequel « Les juifs sont les premiers responsables dans le massacre de 30 millions de chrétiens en URSS entre 1917 et 1947 ». Ledit message impute aux juifs, ainsi visés dans leur ensemble, d'être responsables de massacres en un lieu et à une période déterminés, ce qui constitue un fait précis susceptible de preuve et attentatoire à l'honneur ou à la considération, puisque moralement et pénalement répréhensible. Un tel propos, loin de consister en une simple thèse historique, impute des crimes à l'ensemble des personnes de religion juive (▪ Cass. crim., 15 oct. 2019, n° 18-85.368).

14) Applications : christianisme. Toute imputation diffamatoire visant une personne, physique ou morale, ou un groupe de personnes, quelle qu'en soit l'ampleur, à raison de leur appartenance à une religion déterminée, entre dans les prévisions de l'article 32, alinéa 2, de la loi du 29 juillet 1881.

Tel est le cas des imputations diffamatoires visant les communautés chrétiennes des pays de l'Est, accessoirement à leur localisation géographique, en raison de leur obédience catholique et du comportement prêté à leurs membres (▪ Cass. crim., 2 mars 1993 : *Bull. crim.* n° 94).

L'imputation, dans un article, à la communauté catholique d'une incitation à l'antisémitisme et de la responsabilité des massacres commis à Auschwitz caractérise une diffamation à caractère religieux (▪ Cass. crim., 28 avr. 1998 : *JurisData* n° 1998-002785 ; *Dr. pén.* 1998, comm. 131, obs. J.-H. Robert).

15) Applications : communautés religieuses. L'imputation d'un comportement criminel en relation avec leur appartenance religieuse est diffamatoire envers les membres d'une congrégation religieuse, ainsi qu'envers l'ensemble des religieux susceptibles d'être associés à ce comportement (▪ Cass. crim., 7 déc. 1993 : *Bull. crim.* n° 373).

En revanche, ne sont pas diffamatoires des propos qui « ne visaient que les particuliers qui auraient participé à une pratique rituelle, de surcroît dans des conditions l'ayant rendue répréhensible, et non la communauté musulmane dans son ensemble ou un groupe de personnes en raison de son appartenance à la religion musulmane, laquelle ne se réduit pas au seul exercice d'une pratique religieuse » (▪ Cass. crim., 15 oct. 2019, n° 19-81.631).

16) Harkis (non). Justifie sa décision, au regard des articles 5 de la loi du 23 février 2005 portant reconnaissance de la Nation et contribution nationale en faveur des Français rapatriés, et 32, alinéa 2, de la loi du 29 juillet 1881, la cour d'appel qui déboute les parties civiles de leurs demandes dans une procédure suivie contre l'auteur d'une pièce de théâtre, le metteur en scène et l'éditeur de cette pièce comportant, selon les plaignants, l'imputation ou l'allégation de faits de nature à porter atteinte à l'honneur et à la considération des Harkis ou de leurs descendants, dès lors que ceux-ci ne constituent pas un groupe de personnes entrant dans l'une des catégories limitativement énumérées par l'article 32, alinéa 2, de la loi du 29 juillet 1881 et que, d'autre part, l'interdiction de toute diffamation envers les Harkis posée par l'article 5 de la loi du 23 février 2005 n'est assortie d'aucune sanction pénale (■ Cass. crim., 31 mars 2009 : *Bull. crim.* n° 61 ; *JurisData* n° 2009-047758 ; *Dr. pén.* 2009, comm. 77, obs. M. Véron ; *JCP* 2009, act. 207, obs. E. Derieux). Rappr. ■ Cass. crim., 31 mars 2009 : *Bull. crim.* n° 62, *infra* sous l'article 33.

17) Représentants politiques d'un État (non). Ne constitue pas une diffamation dirigée contre une nation un article de presse qui vise, non chaque individu en tant que membre de cette nation, mais en réalité l'action des représentants politiques d'un État (■ Cass. crim., 3 mars 2002 : *Bull. crim.* n° 54).

18) Groupe de personnes associées (non). Justifie sa décision la cour d'appel qui retient que des propos diffamatoires visant non la croyance partagée par les membres d'une association mais le mode de fonctionnement du groupe dont ces individus font partie, ne constituent pas une diffamation à raison de l'appartenance ou de la non-appartenance à une religion déterminée (■ Cass. crim., 14 déc. 1999 : *Bull. crim.* n° 305).

19) Collectivité territoriale (Corse) (non). Les personnes visées en raison de leur origine ou de leur appartenance à une collectivité territoriale française (en l'espèce la Corse) n'entrent pas dans la catégorie des personnes protégées par les dispositions de l'alinéa 2 de l'article 32 de la loi du 29 juillet 1881 (■ Cass. crim., 3 déc. 2002 : *Bull. crim.* n° 218 ; *Dr. pén.* 2003, comm. 43, obs. M. Véron).

20) Contrôle de la Cour de cassation. En matière de diffamation raciale, il appartient à la Cour de cassation de contrôler le sens et la portée des écrits incriminés, ainsi que l'identification de la victime de l'infraction (■ Cass. crim., 7 déc. 1993 : *Bull. crim.* n° 373).

S'il appartient aux juges de relever toutes les circonstances qui sont de nature à leur permettre d'apprécier le sens et la portée des propos incriminés et de caractériser l'infraction poursuivie, c'est à la condition, s'agissant des éléments extrinsèques auxdits propos, qu'ils aient été expressément invoqués devant eux (■ Cass. crim., 15 oct. 2019, n° 18-85.366).

21) Peines. Méconnaît l'article 111-3 du Code pénal la cour d'appel qui prononce, à titre de peine complémentaire, la diffusion pendant quinze jours, par le service de communication au public par voie électronique du site internet, de la décision de condamnation par extraits, peine complémentaire non prévue par l'article 32, alinéa 1er, de la loi du 29 juillet 1881 (■ Cass. crim., 3 nov. 2015, n° 13-82.645).

Art. 33 ***(D.-L. 21 avr. 1939 ; Ord. 24 nov. 1943 et 6 mai 1944 ; L. n° 72-546, 1er juill. 1972 ; L. n° 90-615, 13 juill. 1990 ; L. n° 92-1336, 16 déc. 1992 ; L. n° 2000-516, 15 juin 2000 ; L. n° 2004-1486, 30 déc. 2004 ; L. n° 2012-954, 6 août 2012 ; L. n° 2017-86, 27 janv. 2017 ; L. n° 2021-1109, 24 août 2021).*** **– L'injure commise par les mêmes moyens envers les corps ou les personnes désignés par les articles 30 et 31 de la présente loi sera punie d'une amende de 12 000 €.**

L'injure commise de la même manière envers les particuliers, lorsqu'elle n'aura pas été précédée de provocations, sera punie d'une amende de 12 000 €.

Sera punie d'un an d'emprisonnement et de 45 000 euros d'amende l'injure commise par les mêmes moyens, envers une personne ou un groupe de personnes à raison de leur origine ou de leur appartenance ou de leur non-appartenance à une ethnie, une nation, une race ou une religion déterminée.

Sera punie des peines prévues à l'alinéa précédent l'injure commise dans les mêmes conditions envers une personne ou un groupe de personnes à raison de leur sexe, de leur orientation sexuelle ou identité de genre ou de leur handicap.

Lorsque les faits mentionnés aux troisième et quatrième alinéas du présent article sont commis par une personne dépositaire de l'autorité publique ou chargée d'une mission de service public dans l'exercice ou à l'occasion de l'exercice de ses fonctions ou de sa mission, les peines sont portées à trois ans d'emprisonnement et à 75 000 euros d'amende.

En cas de condamnation pour l'un des faits prévus par les troisième et quatrième alinéas, le tribunal pourra en outre ordonner :

1° L'affichage ou la diffusion de la décision prononcée dans les conditions prévues par l'article 131-35 du Code pénal ;

2° La peine de stage de citoyenneté prévue à l'article 131-5-1 du Code pénal.

Voir : *supra*, les annotations sous l'article 29 de la loi du 29 juillet 1881, V° « Injure » (définition, exemples), et sous l'article 23 de la même loi quant à la publicité.

1) **Éléments constitutifs.** Sur les éléments constitutifs de l'injure, V. *supra* notes sous art. 29.

2) **Injures non publiques : renvoi.** L'article 33 ne concerne que les injures publiques. Les injures non publiques sont prévues et réprimées par les articles R. 621-2 et R. 624-4 du Code pénal.

I – EXCUSE DE PROVOCATION

3) **Injure envers les seuls particuliers.** L'excuse de provocation n'est admise par l'article 33 de la loi du 29 juillet 1881 que pour les injures envers les particuliers (■ Cass. crim., 15 mars 2005 : *Bull. crim.* n° 89).

4) **QPC : exclusion des injures spéciales.** Il n'y a pas lieu à renvoi au Conseil constitutionnel la QPC relative à l'impossibilité du prévenu poursuivi pour injure à l'égard des personnes visées aux articles 30 et 31 de la loi du 29 juillet 1881, d'invoquer l'excuse de provocation comme moyen de défense, dès lors que, d'une part, le principe d'égalité ne s'oppose pas à ce que le législateur règle de façon différente des situations distinctes, d'autre part, la disposition légale incriminée sanctionne, sans disproportion manifeste, l'atteinte portée non seulement à la personne qui est visée par les propos incriminés, mais aussi à la fonction qu'elle incarne et tend ainsi à concilier la prévention des atteintes à l'ordre public, nécessaire à la sauvegarde de droits et principes de valeur constitutionnelle, et l'exercice des libertés constitutionnellement garanties, au nombre desquelles figure la liberté d'expression et qu'enfin, pour qualifier de tels faits, il entre dans l'office du juge pénal de prendre en compte les circonstances dans lesquelles les propos incriminés ont été tenus et l'intention de leur auteur (■ Cass. crim., 15 mars 2016, n° 15-90.022).

5) **Injustice de la provocation.** Si l'existence d'un lien direct entre la provocation et l'injure est nécessaire, il appartient à la Cour de cassation d'exercer son contrôle sur les conséquences de droit déduites par les juges du fond des constatations faites par eux. Pour être retenue, la provocation invoquée doit être injuste ; il en est ainsi lorsque les propos ou écrits tenus avaient trait à la vie privée du prévenu, faisant allusion à une expertise psychiatrique. Encourt la cassation l'arrêt d'une cour d'appel qui, pour écarter l'excuse de provocation invoquée par le prévenu, se fonde sur ce que les propos ou les écrits constitutifs de ladite provocation ont été reconnus véridiques (■ Cass. crim., 16 avr. 1985 : *Bull. crim.* n° 140 ; *RSC* 1986, p. 377, obs. Levasseur).

6) **Proximité et proportionnalité.** Justifie sa décision la cour d'appel qui, pour refuser de retenir l'excuse de provocation invoquée par l'auteur d'une injure raciale, tirée de ce qu'il avait été l'objet de propos diffamatoires tenus, la veille, par la personne injuriée, a constaté l'absence de proportionnalité et de proximité entre l'attaque et la riposte (■ Cass. crim., 13 avr. 1999 : *Bull. crim.* n° 77 ; *Dr. pén.* 1999, comm. 118, obs. J.-H. Robert).

7) **Lien entre provocation et injure.** Le contenu de l'injure doit être en rapport direct avec celui de la provocation, et l'auteur du propos injurieux doit être lui-même victime de la provocation (■ Cass. crim., 16 mai 2006 : *JurisData* n° 2006-034072 ; *Dr. pén.* 2006, comm. M. Véron, n° 135).

8) **Origine de la provocation : indifférence.** Quand, saisis d'une poursuite pour injures, ils retiennent l'excuse de provocation, les juges n'ont pas à rechercher ce qui a pu déterminer le comportement dont ils admettent le caractère provocateur (■ Cass. crim., 28 mars 2017, n° 16-81.896).

II – INJURE LIÉE A L'ORIGINE OU L'APPARTENANCE

9) **Nécessaire publicité.** Pour dire non établi l'élément de publicité de l'infraction, après avoir retenu le caractère injurieux du second propos à l'égard d'un groupe de personnes à raison de leur origine, l'arrêt relève que si la réunion au cours de laquelle les paroles litigieuses ont été prononcées était ouverte à la presse, la présence de cette dernière, à elle seule, n'enlevait pas à cette manifestation, réservée aux militants d'un parti politique, son caractère privé, et que les images traduisent le « caractère quasi familial » de la rencontre, rien ne venant attester la présence de tiers étrangers à la communauté d'intérêts constituée par les membres de ce groupe de personnes liées par des aspirations communes ; que les juges ajoutent que le prévenu, qui ne voit pas l'objectif de la caméra, s'exprime sur le ton de la confidence, et que son attitude démontre qu'il n'entend pas s'adresser au-delà du cercle restreint formé par les militants qui l'entourent (■ Cass. crim., 27 nov. 2012, n° 11-86.982, préc. ss art. 23, *supra* ; *JCP* 2013, note 19, p. 25, E. Derieux ; *Dr. pén.* 2013, comm. 18, obs. M. Véron). Sur l'exigence de publicité, commune aux infractions de presse, V. *supra* notes sous art. 23.

10) **Antisémitisme.** L'adjonction de l'épithète crématoire au patronyme d'un ministre constitue

une expression outrageante envers la personne invectivée, à raison de sa qualité, dès lors qu'elle évoque les crimes contre l'humanité perpétrés par les adeptes du nazisme (▪ Cass. crim., 20 oct. 1992 : *Bull. crim.* n° 329).

Encourt la cassation l'arrêt qui renvoie le prévenu des fins de la poursuite du chef d'injure raciale envers la communauté juive, alors que les propos litigieux, bien que critiquant d'autres religions, mettaient spécialement en cause celle-ci, présentée comme « l'une des plus graves escroqueries » parce que « la première de toutes » (▪ Cass. crim., 15 mars 2005 : *Bull. crim.* n° 90 ; *Dr. pén.* 2005, comm. 85, obs. M. Véron).

L'affirmation « les juifs, c'est une secte, une escroquerie. C'est une des plus graves parce que c'est la première », ne relève pas de la libre critique du fait religieux, participant d'un débat d'intérêt général mais constitue une injure visant un groupe de personnes en raison de son origine, dont la répression est une restriction nécessaire à la liberté d'expression dans une société démocratique (▪ Cass. ass. plén., 16 févr. 2007 : *Bull. crim.* n° 1 ; *JCP* 2007, II, 10047, note E. Dérieux ; *Dr. pén.* 2007, comm. 50, obs. M. Véron).

Il appartient aux juges du fond de relever toutes les circonstances extrinsèques qui donnent une portée injurieuse ou diffamatoire à des propos, même si ceux-ci ne relèvent pas en eux-mêmes ce caractère, et qui sont de nature à en révéler le sens (▪ Cass. crim., 16 oct. 2012, n° 11-82.866 : *Bull. crim.* n° 217 ; *JCP* 2012, chron., n° 1318, p. 2225, note 5, E. Tricoire ; *D.* 2013, pan., p. 460, n° 2, note E. Dreyer. En l'espèce, propos tenus dans une mise en scène telle que le spectacle a été considéré par les juges comme une injure antisémite).

Constitue une injure publique raciale la mise en ligne sur un site internet d'un dessin satirique ayant pour but de ridiculiser la communauté juive « en tournant en dérision le génocide dont elle a été victime par le biais de représentations particulièrement outrageantes, en rabaissant la souffrance subie dans les camps d'extermination et en s'en moquant avec un mépris affiché particulièrement provocateur » (▪ Cass. crim., 26 mars 2019, n° 18-81.770), de même que des propos outrageants « envers les adeptes de la religion juive, présentés comme atteints de troubles et de maladies » (▪ Cass. crim., 15 oct. 2019, n° 18-85.365).

11) Musulmans. Ne constitue pas non plus une injure publique à caractère racial le fait de qualifier des français musulmans « de traître à la patrie » dès lors que ces propos les visaient non à raison de leur origine religieuse ou ethnique, mais à raison de leur choix politique au moment de la guerre d'Algérie (▪ Cass. crim., 12 sept. 2000 : *JurisData* n° 2000-006324 ; *Dr. pén.* 2001, comm. 32 obs. M. Véron).

12) Étrangers (non). Les propos qui se bornent à viser une catégorie de personnes, comme les « étrangers » ou les « immigrés », sans se référer expressément à l'origine de ceux-ci, à leur appartenance ou non-appartenance à une ethnie, une nation, une race ou une religion déterminée ne tombent pas sous le coup de l'article 33, alinéa 3 (▪ Cass. crim., 6 mai 1986 : *Bull. crim.* n° 153).

13) Origine sociale (non). Les dispositions de l'article 33, alinéa 3, de la loi du 29 juillet 1881 réprimant l'injure envers une personne à raison de son origine n'incluent pas l'origine sociale, justifie dès lors sa décision l'arrêt refusant d'informer sur une plainte visant, sous cette qualification, les termes « aristocrate décadent pour qui la France est née en 1789 » (▪ Cass. crim., 27 sept. 2005 : *Bull. crim.* n° 238 ; *Dr. pén.* 2006, comm. 7).

14) Communauté harkie (non). Justifie sa décision la cour d'appel qui relaxe un prévenu poursuivi du chef d'injures raciales à l'égard de membres de la communauté harkie, sur le fondement de l'article 33, alinéa 3 de la loi du 29 juillet 1881 et de l'article 5 de la loi du 23 février 2005 portant reconnaissance de la Nation et contribution nationale en faveur des Français rapatriés, dès lors que, d'une part, les propos dénoncés ne visent pas un groupe de personnes entrant dans l'une des catégories limitativement énumérées par l'article 33, alinéa 3 de la loi sur la liberté de la presse, et, que d'autre part, l'interdiction de toute injure envers les harkis posée par l'article 5 précité de la loi du 23 février 2005 n'est assortie d'aucune sanction pénale (▪ Cass. crim., 31 mars 2009 : *Bull. crim.* n°s 62 et 61 ; *JurisData* n° 2009-047759 ; *JCP* 2009, act. 207, obs. E. Derieux ; *Dr. pén.* 2009, comm. 77, obs. M. Véron). Rappr. ▪ Cass. crim., 31 mars 2009, n° 07-86.892, *supra* sous l'article 32.

15) Xénophobie (oui). Caractérise une injure publique à caractère racial les propos « sale bougnoule, vous êtes juste tolérés ici » (▪ Cass. crim., 8 avr. 2014, n° 12-87.497 : *Dr. pén.* 2014, comm. 92, obs. M. Véron). Arrêt préc., *supra*, sous l'article 23 de la loi du 29 juillet 1881.

16) Injure religieuse. En matière de presse, il appartient à la Cour de cassation d'exercer son contrôle sur le sens et la portée des propos incriminés, au regard tant des articles de ladite loi servant de base à la poursuite que du principe d'interprétation stricte des restrictions à la liberté d'expression ; même s'il a pu heurter la sensibilité de certains catholiques, ne dépasse pas les limites admissibles de la liberté d'expression et ne constitue pas une injure religieuse, le contenu d'un tract diffusé par les responsables d'une association de lutte contre le Sida, qui, pour annoncer une manifestation d'information et de prévention de cette maladie, représente, sous la légende « Sainte Capote protège-nous », l'image d'une religieuse associée à celles d'un angelot et de deux préservatifs ; encourt, dès lors, la cassation, sans renvoi, l'arrêt qui retient contre les prévenus le délit prévu et réprimé par l'article 33, alinéa 3, de la loi du 29 juillet 1881 (▪ Cass. crim., 14 févr. 2006 : *Bull. crim.* n° 42 ; *JurisData* n° 2006-03259 ; *Dr. pén.* 2006, comm. 67, obs. M. Véron ; *RSC* 2006, p. 625, obs. J. Francillon ; *Légipresse* 2006, III, p. 117, note A. Tricoire ; *AJ pénal* 2006, p. 219, obs. P.-R.).

17) Caricatures du prophète Mahomet. A été relaxé le directeur de publication d'un journal satirique ayant publié des caricatures du prophète Mahomet (▪ T. Paris, 22 mars 2007 : *JCP* 2007, II, 10079, note E. Dérieux ; *Dr. pén.* 2007, comm. 66, obs. A. Lepage). Relaxe confirmée par ▪ Paris, 12 mars 2008, n° 07/02873 : *JurisData* n° 2008-360740 ; *Gaz. Pal.* 16-18 mars 2008, p. 952 s. ; *D.* 2009, p. 1779 s., obs. J.-Y. Dupeux ; *Légipresse* 2008, n° 252, p. 107, III, note H. Leclerc.

18) Parodie de la Cène. Ne constitue pas un trouble manifestement illicite l'affichage d'une photographie qui se présente comme la seule parodie de la forme donnée à la représentation de la Cène, qui n'a pas pour objectif d'outrager les fidèles de religion catholique ni de les atteindre dans leur considération en raison de leur obédience, de sorte qu'elle ne constitue pas l'injure, attaque personnelle et directe envers un groupe de personnes en raison de leur appartenance religieuse (▪ Cass. civ. 1re, 14 nov. 2006 : *Bull. inf. C. cass.* 2007, n° 432 ; *JCP* 2007, II, 10041, note Ph. Malaurie).

19) Représentation du Christ. Justifie sa décision la cour d'appel qui, saisie d'une poursuite du chef d'injure publique religieuse en raison de la publication d'un dessin représentant le Christ en gloire, nu, portant un préservatif, vers lequel se dirigent les regards d'un groupe d'évêques, dont l'un, blanc, déclare à un autre, noir : « Lui-même aurait sans doute utilisé un préservatif », prononce une relaxe après avoir relevé que les restrictions à la liberté d'expression sont d'interprétation étroite et que, si ce dessin a pu heurter la sensibilité de certains chrétiens ou de certains catholiques, son contenu, qui illustre un débat sur la nécessité de se protéger du sida et entendait frapper le lecteur sur le fléau que le virus représente notamment en Afrique, ne dépasse pas les limites admissibles de la liberté d'expression garantie par la Convention européenne des droits de l'homme (▪ Cass. crim., 2 mai 2007 : *Bull. crim.* n° 115).

20) Provocation à la haine. Sur la distinction avec l'injure discriminante V. *supra*, notes sous art. 24.

III – INJURE SEXISTE

21) Orientation sexuelle. En matière de presse, il appartient à la Cour de cassation d'exercer son contrôle sur le sens et la portée des propos poursuivis ; encourt la censure la décision de la cour d'appel qui, pour dire établi à l'encontre d'un parlementaire, poursuivi en raison de la teneur d'un entretien accordé à un journaliste, le délit d'injures publiques envers un groupe de personnes en raison de leur orientation sexuelle puni par l'article 33, alinéa 4, de la loi du 29 juillet 1881 modifiée par la loi du 30 décembre 2004, retient que le prévenu a proféré des propos offensants tendant à souligner « l'infériorité morale » de l'homosexualité, alors que si les propos litigieux, tenus dans les suites des débats parlementaires relatifs à la loi précitée avaient pu heurter la sensibilité de certaines personnes homosexuelles, leur contenu ne dépassait pas les limites de la liberté d'expression (▪ Cass. crim., 12 nov. 2008, n° 07-83.398 : *Bull. crim.* n° 229 ; *JCP* 2008, II, 10206, note E. Dreyer ; *D.* 2009, p. 49, 6°, obs. Chaumont et Degorce ; *D.* 2009, p. 402, note J. Pradel ; *AJ pénal* 2009, p. 228, obs. C. du Parc. – V. aussi *infra*, sous l'article 41.

22) Débat d'intérêt public. La circonstance que les propos incriminés ont été tenus à l'occasion d'un débat d'intérêt public au cours d'une séance d'un conseil municipal n'est pas de nature à leur retirer leur caractère injurieux à l'égard des personnes visées (▪ Cass. crim., 28 nov. 2017, n° 16-85.637 : *JurisData* n° 2017-024174 ; *Dr. pén.* 2018, comm. 45, note Ph. Conte).

Art. 34 *(L. 29 sept. 1919).* **– Les articles 31, 32 et 33 ne seront applicables aux diffamations ou injures dirigées contre la mémoire des morts que dans les cas où les auteurs de ces diffamations ou injures auraient eu l'intention de porter atteinte à l'honneur ou à la considération des héritiers, époux ou légataires universels vivants.**

Que les auteurs des diffamations ou injures aient eu ou non l'intention de porter atteinte à l'honneur ou à la considération des héritiers, époux ou légataires universels vivants, ceux-ci pourront user, dans les deux cas, du droit de réponse prévu par l'article 13.

1) Atteinte à l'honneur des vivants. Le délit de l'article 34 ne peut être retenu qu'à la condition qu'il y ait au moins une allusion directe ou indirecte à un héritier vivant (▪ Cass. crim., 22 mars 1960 : *Bull. crim.* n° 160) ; il n'est réalisé que si l'auteur de l'article a eu l'intention de porter et a réellement porté atteinte à l'honneur et à la considération des héritiers vivants (même arrêt).

2) Héritier d'un criminel. Le journaliste qui, relatant un crime célèbre, a l'imprudence de citer un héritier vivant du criminel peut être poursuivi sur le fondement de l'article 34 (▪ Cass. crim., 10 mars 1955 : *JCP* 1955, II, 8845, note Chavanne).

3) Preuve. Ne donne pas de base légale à sa décision la cour d'appel qui, saisie d'une diffamation envers la mémoire des morts prévue par l'article 34 de la loi sur la presse, fonde l'absence d'intention de nuire à l'honneur ou à la considération des héritiers sur les seuls éléments extrinsèques au contexte, de surcroît antérieurs de trois années aux déclarations litigieuses (▪ Cass. crim., 21 juin 2005 : *Bull. crim.* n° 185 ; *Gaz. Pal.* 3-5 déc. 2006, p. 22 et s., rapp. S. Menotti et note P. Guerder).

4) Propos généraux (non). La cour d'appel a justifié sa décision de relaxe, dès lors que les propos en cause (concernant l'ensemble des femmes tondues pour des relations avec les allemands), ne visaient pas des personnes formant un groupe suffisamment restreint pour que l'attaque rejaillisse sur chacun de ses membres et que l'intention de l'auteur de porter atteinte à l'honneur ou à la considération des héritiers, époux ou légataires universels vivants, exigée par l'article 34 de la loi du 29 juillet 1881, n'était pas établie (▪ Cass. crim., 15 mars 2011, n° 10-81.216 : *Dr. pén.* 2011, comm. 76, obs. M. Véron).

5) Action engagée par les héritiers. Les dispositions de l'article 34 de la loi du 29 juillet 1881 relatives aux infractions de diffamation ou d'injure dirigées contre la mémoire des morts impliquent, pour la recevabilité des actions engagées par les héritiers, que ceux-ci aient la qualité d'héritiers ayant accepté la succession (▪ Cass. crim., 10 mai 2011, n° 09-86.272 : *Bull. crim.* n° 96 ; *Dr. pén.* 2011, comm. 102, obs. M. Véron).

6) Droit de réponse. Sur le droit de réponse, V. ▪ Cass. crim., 14 juin 1972 : *Bull. crim.* n° 205 ; *RSC* 1974, p. 373, obs. Levasseur. V. aussi *supra*, notes sous art. 13.

Art. 35 *(Mod., L. n° 2010-1, 4 janv. 2010 ; L. n° 2021-1109, 24 août 2021).* **– La vérité du fait diffamatoire, mais seulement quand il est relatif aux fonctions, pourra être établie par les voies ordinaires, dans le cas d'imputations contre les corps constitués, les armées de terre, de mer ou de l'air, les administrations publiques et contre toutes les personnes énumérées dans l'article 31.**

La vérité des imputations diffamatoires et injurieuses pourra être également établie contre les directeurs ou administrateurs de toute entreprise industrielle, commerciale ou financière, dont les titres financiers sont admis aux négociations sur un marché réglementé ou offerts au public sur un système multilatéral de négociation ou au crédit.

La vérité des faits diffamatoires peut toujours être prouvée, sauf lorsque l'imputation concerne la vie privée de la personne.

Le troisième alinéa du présent article ne s'applique pas lorsque les faits sont prévus et réprimés par les articles 222-23 à 222-32 et 227-22 à 227-27 du Code pénal et ont été commis contre un mineur. La preuve contraire est alors réservée. Si la preuve du fait diffamatoire est rapportée, le prévenu sera renvoyé des fins de la plainte.

Dans les cas prévus aux deux paragraphes précédents [§ 1 et 2] la preuve contraire est réservée. Si la preuve du fait diffamatoire est rapportée, le prévenu sera renvoyé des fins de la plainte.

Dans toute autre circonstance et envers toute autre personne non qualifiée, lorsque le fait imputé est l'objet de poursuites commencées à la requête du ministère public, ou d'une plainte de la part du prévenu, il sera, durant l'instruction qui devra avoir lieu, sursis à la poursuite et au jugement du délit de diffamation.

Le prévenu peut produire pour les nécessités de sa défense, sans que cette production puisse donner lieu à des poursuites pour recel, des éléments provenant d'une violation du secret de l'enquête ou de l'instruction ou de tout autre secret professionnel s'ils sont de nature à établir sa bonne foi ou la vérité des faits diffamatoires.

Bibliographie : B. Ader : *Légipresse* 1999, n° 159, II, p. 17. • L. François, *Preuve de la vérité des faits diffamatoires et Convention européenne des droits de l'homme : confrontation des conceptions française et européenne* : *D.* 2005, chron. p. 1388. • Levasseur, *Réflexions sur l'exceptio veritatis : Mélanges Chavanne*, 1990, 111. Sur l'abrogation de l'alinéa *b* : • E. Dérieux : *JCP* G 2011, act. 641. • S. Lavric : *D.* 2011, p. 1420 • A. Lepage : *Comm. com. électr.* 2011, comm. 68. • M. Véron : *Dr. pén.* 2011, comm. 90. Sur l'abrogation de l'alinéa c : • E. Dérieux : *JCP* G 2013, act. 696.

I – PRINCIPE ET LIMITES DE L'*EXCEPTIO VERITATIS*

1) Distinction entre *exceptio veritatis* et bonne foi. Les juges ne peuvent s'opposer à l'administration de la preuve de faits justificatifs de nature à combattre la présomption de mauvaise foi qui s'attache de plein droit aux imputations diffamatoires alors même que serait irrecevable la preuve de la vérité des faits diffamatoires ; cassation, pour violation des articles 29 et 35 de la loi du 29 juillet 1881, de l'arrêt qui, pour écarter des débats des pièces que l'inculpé entendait y verser afin de prouver sa bonne foi, considère « que ces documents seraient en réalité de nature à permettre éventuellement à l'auteur d'apporter la preuve justificative mais inadmissible en raison de leur ancienneté de faits diffamatoires remontant à plus de trente ans » (▪ Cass. 2e civ., 29 juin 1988 : *D.* 1988, IR p. 214).

2) Principe. L'article 35 de la loi 1881, modifié par l'ordonnance du 6 mai 1944 concerne les diffamations commises envers les simples particuliers comme celles qui atteignent les corps constitués et les personnes visées à l'article 35, alinéa 1er (▪ Cass. crim., 6 mars 1948 : *JCP* 1948, II, 4431, note A. Colombini. ▪ Cass. crim., 3 mars 1949 : *D.* 1949, p. 205, note A.L.P. ; *JCP* 1949, II, 4978, note A. Colombini. ▪ Cass. crim., 12 oct. 1954 : *D.* 1954, p. 765 ; *RSC* 1955, p. 84, obs. Hugueney).

3) Écrits et propos. L'*exceptio veritatis* concerne la diffamation contre les particuliers non seulement lorsqu'elle est accomplie par voie de presse mais aussi par tous autres moyens, tels que des propos tenus (▪ Cass. crim., 3 mars 1949, préc.).

4) Vie privée. Des difficultés d'expropriation pour cause d'utilité publique, de nature à retarder l'exploitation complète d'une zone industrielle, ne relèvent pas de la vie privée des personnes visées (▪ Cass. crim., 1er oct. 1980 : *Bull. crim.* n° 238 ; *RSC* 1982, p. 121, obs. Levasseur), pas plus que le fait pour un médecin de poser des diagnostics et de prescrire des traitements (▪ Cass. crim., 18 nov. 1986 : *Bull. crim.* n° 345).

La partie poursuivante, qui s'estime diffamée à raison de sa qualité et de ses fonctions, n'est pas recevable à invoquer l'exclusion de la preuve de la vérité des faits diffamatoires concernant sa vie privée (▪ Cass. crim., 7 avr. 1994 : *Bull. crim.* n° 143).

5) Vie privée : « conduite d'escroc ». L'imputation d'avoir détourné des sommes d'argent et s'être conduit en escroc concerne la vie privée (▪ Cass. crim., 22 avr. 1958 : *Bull. crim.* n° 333). Pour d'autres exemples, V. ▪ Cass. crim., 10 juin 1959 : *JCP* 1960, II, 11441, note Mimin ; *RSC* 1960, p. 285, obs. Hugueney. ▪ TGI Seine 24 nov. 1965 : *Gaz. Pal.* 1966, 1, 37.

6) Exceptions : diffamation raciale. La preuve de la vérité des faits diffamatoires n'est pas admise en matière de diffamation raciale (▪ Cass. crim., 16 mars 2004 : *Bull. crim.* n° 67 ; *Dr. pén.* 2004, comm. 102, obs. M. Véron).

7) Charge de la preuve. En matière de diffamation, la preuve de la vérité des faits diffamatoires ainsi que celle de bonne foi reviennent au prévenu. C'est à bon droit que la cour d'appel retient le délit de diffamation publique à l'encontre du prévenu dès lors que, d'une part, l'imputation de pratiques irrégulières en fraude des droits des débiteurs a porté atteinte à la considération de la partie civile, d'autre part, les juges ont relevé que le prévenu avait agi sans prudence, par animosité personnelle, au mépris de son obligation de réserve et que l'allégation litigieuse était dépourvue d'une base factuelle suffisante (▪ Cass. crim., 11 avr. 2012, n° 11-83.007).

8) Pouvoirs des juges. Les juges n'ont pas le pouvoir de compléter ou de parfaire l'établissement de la preuve de la vérité des faits que la loi laisse à la seule initiative des personnes poursuivies en même temps qu'elle en règle les conditions d'admissibilité. C'est donc à bon droit qu'ils refusent d'ordonner la communication d'un dossier d'instruction (▪ Cass. crim., 21 nov. 1989 : *Bull. crim.* n° 431).

9) Preuve et instruction en cours. Le droit à un procès équitable et la liberté d'expression justifient que la personne poursuivie du chef de diffamation soit admise à produire, pour les nécessités de sa défense, les pièces d'une information en cours de nature à établir sa bonne foi ou la vérité des faits diffamatoires ;

Il s'ensuit que de telles pièces ne peuvent être écartées des débats au motif que leur production porterait atteinte à la présomption d'innocence (▪ Cass. crim., 11 févr. 2003 : *Bull. crim.* n° 29, et les arrêts cités not. en sens contraire).

10) Preuve et moyens illicites et déloyaux. Le droit à un procès équitable et la liberté d'expression justifient que la personne poursuivie du chef de diffamation soit admise à produire, pour les nécessités de sa défense, les pièces de nature à établir la vérité des faits ou sa bonne foi, sans qu'elles puissent être écartées des débats au motif qu'elles auraient été obtenues par des moyens illicites ou déloyaux (▪ Cass. crim., 19 janv. 2010, n° 09-84.408 : *Bull. crim.* n° 12 ; *Légipresse* 2010, p. 65, note B. Ader ; *Comm. com. électr.* 2010, comm. 52, note A. Lepage).

11) Ancienne limite : rappel d'une infraction amnistiée, prescrite ; réhabilitation et révision : QPC. Le Conseil constitutionnel a considéré l'article 35 c)contraire à la liberté d'expression : « l'interdiction prescrite par la disposition en cause vise sans distinction, dès lors qu'ils se réfèrent à un fait constituant une infraction amnistiée ou prescrite, ou qui a donné lieu à une condamnation effacée par la réhabilitation ou la révision, tous les propos ou écrits résultant de travaux historiques ou scientifiques ainsi que les imputations se référant à des événements dont le rappel ou le commentaire s'inscrivent dans un débat public d'intérêt général ; que, par son caractère général et absolu, cette interdiction porte à la liberté d'expression une atteinte qui n'est pas proportionnée au but poursuivi ; qu'ainsi, elle méconnaît l'article 11 de la Déclaration de 1789 » : ▪ Cons. const., 7 juin 2013, n° 2013-319 QPC, cons. 9 : *JurisData* n° 2013-012007.

12) Rappel d'une condamnation amnistiée : situation actuelle. Si, en application de l'article 35 de la loi du 29 juillet 1881, et après abrogation par le Conseil constitutionnel, dans sa décision n° 2013-319 QPC du 7 juin 2013, du paragraphe *c)* de cet article, la vérité des faits diffamatoires peut à présent être prouvée lorsque l'imputation se réfère à un fait constituant une infraction amnistiée, cette preuve ne peut être rapportée lorsque l'imputation consiste dans le rappel de la condamnation amnistiée elle-même. Encourt la cassation l'arrêt qui, pour admettre la vérité du fait diffamatoire, et débouter la partie civile, retient que le prévenu produit le jugement de la condamnation dont le propos litigieux faisait état, alors que cette condamnation était amnistiée par la loi du 6 août 2002, dont l'article 15, alinéa 3, interdit toute référence à une sanction ou une peine amnistiée (▪ Cass. crim., 3 nov. 2015, n° 14-83.419 : *JurisData* n° 2015-024528 ; *Comm. com. électr.* 2016, comm. 13, A. Lepage ; *Dr. pén.* 2016, comm. 8, obs. Ph. Conte).

II – ASPECTS PROCÉDURAUX DE L'*EXCEPTIO VERITATIS*

13) Délai de 10 ans : QPC. Le Conseil constitutionnel a considéré que l'interdiction de rapporter la preuve de la vérité des faits, prévue à l'article 35, b), portait atteinte à la liberté d'expression, elle a donc été abrogée : « cette interdiction vise sans distinction, dès lors qu'ils se réfèrent à des faits qui remontent à plus de dix ans, tous les propos ou écrits résultant de travaux historiques ou scientifiques ainsi que les imputations se référant à des événements dont le rappel ou le commentaire s'inscrivent dans un débat public d'intérêt général ; que, par son caractère général et absolu, cette interdiction porte à la liberté d'expression une atteinte qui n'est pas proportionnée au but poursuivi ; qu'ainsi, elle méconnaît l'article 11 de la Déclaration de 1789 » (▪ Cons. const., 20 mai 2011, n° 2011-131 QPC, cons. 6 : *JurisData* n° 2011-017233 ; *Comm. com. électr.* 2011, comm. 68, obs. A. Lepage ; *Dr. pén.* 2011, comm. 90, obs. M. Véron ; *JCP* G 2011, 1227, n° 3, obs. B. de Lamy).

V., déjà, ▪ CEDH, 7 nov. 2006, n° 2697/03, *Mamère c/ France* : *D.* 2007, p. 1704, note J.-P. Marguénaud ; *Légipresse* 2007, III, p. 34, note H. Leclerc ; *RSC* 2008, p. 165, obs. D. Roets.

14) Sursis à statuer obligatoire. Il est obligatoire dans tous les cas où il n'y a pas d'*exceptio veritatis* possible (▪ Cass. crim., 25 juin 1947 : *Bull. crim.* n° 188. ▪ Cass. crim., 3 mai 1966 : *Bull. crim.* n° 132. ▪ Cass. crim., 10 déc. 1985 : *Bull. crim.* n° 397) ; il s'ensuit qu'un pourvoi formé contre un arrêt ordonnant le sursis n'est pas fondé dans une affaire de diffamation concernant la vie privée (▪ Cass. crim., 18 juill. 1952 : *Bull. crim.* n° 198).

D'après l'article 35, dernier alinéa, de la loi du 29 juillet 1881, lorsque le fait imputé est l'objet de poursuites commencées à la requête du ministère public, ou d'une plainte de la part du prévenu, il est obligatoirement sursis à la poursuite et au jugement du délit de diffamation, si la preuve de la vérité du fait diffamatoire est légalement prohibée. Les juges du fond vérifient, sous le contrôle de la Cour de cassation, si l'instruction en cours porte sur les faits imputés par l'article de presse poursuivi comme diffamatoire ; l'opportunité de prononcer facultativement le sursis à statuer dans l'intérêt d'une bonne administration de la justice relève, quant à elle, de l'appréciation souveraine des juges du fond (▪ Cass. crim., 14 févr. 2005 : *Bull. crim.* n° 41 ; *JurisData* n° 2006-032458 ; *Dr. pén.* 2006, comm. 66, obs. M. Véron).

15) Sursis à statuer : témoin. Il y a lieu à surseoir à statuer lorsqu'un témoin inculpé dans une autre procédure, se trouve appelé à déposer sous la foi du serment en application de l'article 55 de la loi du 29 juillet 1881, et que les faits diffamatoires sont en rapport étroit avec ceux qui ont motivé son inculpation (▪ Cass. crim., 18 déc. 1978 : *Bull. crim.* n° 358. ▪ Cass. crim., 27 sept. 1995 : *Bull. crim.* n° 289).

16) Sursis à statuer facultatif. Cela concerne les cas où l'*exceptio veritatis* est admise et les juges l'ordonnent dans un but de bonne administration de la justice afin d'être mieux éclairés sur la gravité de l'affaire (▪ Cass. crim., 7 juill. 1949 : *Bull. crim.* n° 231. ▪ Cass. crim., 13 janv. 1953 : S. 1954, 1, p. 137, note P. L. ▪ Cass. crim., 20 janv. 1981 : *Bull. crim.* n° 29. ▪ Paris, 27 janv. 1988 : *D.* 1988, p. 480, note Mayer). La juridiction de jugement apprécie librement s'il y a lieu d'ordonner le sursis à statuer quand ce dernier n'est que facultatif, même si elle n'est pas saisie de conclusions à cette fin par la partie (▪ Cass. crim., 23 mai 1989 : *Bull. crim.* n° 215).

17) Contrôle de la Cour de cassation. La Cour de cassation contrôle si les juges du fond ont précisé dans quelle mesure les circonstances justificatives étaient ou non établies et s'ils ont exactement apprécié leur corrélation avec les imputations diffamatoires et se sont par suite prononcés à bon droit sur l'administration de la preuve (▪ Cass. crim., 5 déc. 1962 : *Bull. crim.* n° 359. ▪ Cass. crim., 21 nov. 1989 : *Bull. crim.* n° 431. ▪ Cass. crim., 22 mai 1990 : *Bull. crim.* n° 212).

18) Juridictions d'instruction. Il n'appartient pas aux juridictions d'instruction de rechercher si les faits relevés comme diffamatoires sont vrais ou faux. Seule la juridiction de jugement peut prononcer sur ce point lorsque le prévenu est admis à rapporter la preuve de la vérité des faits conformément aux dispositions des articles 35 et 55 de la loi du 29 juillet 1881 (▪ Cass. crim., 4 nov. 1986 : *Bull. crim.* n° 323. ▪ Cass. crim., 24 oct. 1989 : *Bull. crim.* n° 379).

19) Administration de la preuve. La preuve de la vérité des faits diffamatoires, qui doit être administrée par le prévenu dans les formes et conditions prévues par les articles 35 et 55 de la loi du 29 juillet 1881, ne peut être fondée sur des éléments de preuve apportés par le plaignant, qui ne saurait être entendu à ce titre comme témoin (▪ Cass. crim., 7 nov. 1995 : *Bull. crim.* n° 339).

20) Rôle du juge. D'après les articles 35 et 55 de la loi du 29 juillet 1881, la vérité du fait diffamatoire ne constitue un fait justificatif de la diffamation que dans la mesure où la preuve en est administrée par le prévenu en conformité des dispositions qu'ils édictent ; les juges ne peuvent, d'office, admettre l'exactitude des imputations diffamatoires (▪ Cass. crim., 3 juill. 1996 : *Bull. crim.* n° 283).

21) Contenu de la preuve. Pour produire l'effet absolutoire prévu à l'avant-dernier alinéa de l'article 35 de la loi du 29 juillet 1881, la preuve de la vérité des faits diffamatoires doit être parfaite, complète et corrélative aux imputations diffamatoires dans toute leur portée ; encourt la cassation l'arrêt qui s'abstient de rechercher si les prévenus rapportaient la preuve de l'ensemble des faits qu'ils imputaient aux parties civiles et d'apprécier cette preuve au regard tant de la matérialité des imputations formulées que de leur portée et de leur signification diffamatoire (▪ Cass. crim., 14 juin 2000 : *Bull. crim.* n° 225. ▪ Cass. crim., 20 févr. 2007 : *Bull. crim.* n° 51 ; rejetant l'exception produite ; *Dr. pén.* 2007, comm. 97, obs. M. Véron).

Adde, ▪ Cass. crim., 11 avr. 2012, n° 11-83.007, cité *supra* note 10.

22) Effet de l'offre de preuve. Le prévenu qui a, conformément à l'article 35 de la loi du 29 juillet 1881, signifié une offre de preuve de la vérité des faits, ne saurait ensuite soutenir que les termes ou expressions incriminés ne seraient pas diffamatoires faute de contenir l'imputation d'un fait précis (▪ Cass. crim., 22 mai 1990 : *Bull. crim.* n° 211).

23) Violation du secret de l'instruction. L'article 35, dernier alinéa, de la loi du 29 juillet 1881, dans sa rédaction issue de la loi du 4 janvier 2010, a pour seul objet de faire obstacle à la poursuite, du chef de recel d'éléments provenant d'une violation du secret de l'instruction, contre une personne qui produit ceux-ci pour les besoins de sa défense dans l'action en diffamation dirigée contre elle et ne confère aucune autorisation générale de détenir de tels documents (▪ Cass. crim., 9 juin 2015, n° 14-80.713 : *Dr. pén.* 2015, comm. 122, obs. Ph. Conte ; *JCP* G 2015, 950, note F. Fourment).

Art. 35 *bis* (*Ord. 6 mai 1944*). – Toute reproduction d'une imputation qui a été jugée diffamatoire sera réputée faite de mauvaise foi, sauf preuve contraire par son auteur.

En matière de presse, le fait de publication étant l'élément par lequel les infractions sont consommées, toute reproduction dans un écrit rendu public d'un texte déjà publié est elle-même constitutive d'infraction (▪ Cass. crim., 2 oct. 2012, n° 12-80.410 : *Bull. crim.* n° 204 ; *Dr. pén.* 2012, comm. 167, obs. M. Véron).

V., pour des éditions successives, publications nouvelles ou réimpression : ▪ Cass. crim., 2 mars 1954 : *Bull. crim.* n° 94. ▪ Cass. crim., 27 avr. 1982 : *Bull. crim.* n° 107. ▪ Cass. crim., 8 janv. 1991 : *Bull. crim.* n° 13 ; *D.* 1982, comm. 97, obs. Pradel).

Art. 35 *ter* (*L. n° 2000-516, 15 juin 2000*). – I. – Lorsqu'elle est réalisée sans l'accord de l'intéressé, la diffusion, par quelque moyen que ce soit et quel qu'en soit le support, de l'image d'une personne identifiée ou identifiable mise en cause à l'occasion d'une procédure pénale mais n'ayant pas fait l'objet d'un jugement de condamnation et faisant apparaître, soit que cette personne porte des menottes ou entraves, soit qu'elle est placée en détention provisoire, est punie de 15 000 € d'amende.

II. – Est puni de la même peine le fait :

– soit de réaliser, de publier ou de commenter un sondage d'opinion, ou toute autre consultation, portant sur la culpabilité d'une personne mise en cause à l'occasion d'une procédure pénale ou sur la peine susceptible d'être prononcée à son encontre ;

– soit de publier des indications permettant d'avoir accès à des sondages ou consultations visés à l'alinéa précédent.

1) Droit européen. L'article 35 *ter* n'est pas incompatible avec l'article 10 de la Convention européenne des droits de l'homme, en ce qu'il institue une restriction qui constitue une mesure nécessaire dans une société démocratique à la protection des droits d'autrui (▪ Cass. crim.,

8 juin 2004 : *Bull. crim.* n° 156 ; *Dr. pén.* 2004, comm. 157, obs. M. Véron ; *Gaz. Pal.* 2005, p. 20, note Y. Monnet ; *RSC* 2004, p. 967, obs. J.-F. Renucci ; *JCP* 2006, II, 10006, note C. André). Même solution par ▪ Cass. crim., 7 déc. 2004 : *Dr. pén.* 2005, comm. 56.

2) Preuve. La preuve du consentement à la diffusion de l'image pèse sur la personne poursuivie (▪ Cass. crim., 12 janv. 2021, n° 20-83.031 : *JurisData* n° 2021-000344 ; *Dr. pén.* 2021, comm. 48, obs. Ph. Conte ; *Dr. pén.* 2021, chron. 7, spéc. n° 25, obs. O. Mouysset).

Art. 35 *quater* ***(L. n° 2000-516, 15 juin 2000).*** **– La diffusion, par quelque moyen que ce soit et quel qu'en soit le support, de la reproduction des circonstances d'un crime ou d'un délit, lorsque cette reproduction porte gravement atteinte à la dignité d'une victime et qu'elle est réalisée sans l'accord de cette dernière, est punie de 15 000 € d'amende.**

Définition de l'infraction : QPC. Non-lieu à renvoi au Conseil constitutionnel de la question prioritaire de constitutionnalité visant l'article 35 *quater* de la loi du 29 juillet 1881, dès lors que la disposition législative en cause, rédigée en termes suffisamment clairs et précis pour permettre son interprétation, qui relève de l'office du juge pénal, sans risque d'arbitraire, assure un juste équilibre entre la protection des victimes et la liberté d'expression (▪ Cass. crim., 18 déc. 2013, n° 13-83.129 QPC : *Dr. pén.* 2014, comm. 27, obs. M. Véron).

§ 4. – Délits contre les chefs d'état et agents diplomatiques étrangers

Art. 36 ***(Abr., L. n° 2004-204, 9 mars 2004).***

Art. 37 ***(Ord. 6 mai 1944 ; L. n° 2000-516, 15 juin 2000).*** **– L'outrage commis publiquement envers les ambassadeurs et ministres plénipotentiaires, envoyés, chargés d'affaires ou autres agents diplomatiques accrédités près du Gouvernement de la République, sera puni d'une amende de 45 000 €.**

1) Consuls étrangers (non). Sont exclus de la protection de l'article 37 les consuls étrangers résidant en France car ils n'ont pas, sauf accords particuliers, le titre ni le rang d'agents diplomatiques et se contentent de protéger des intérêts privés sans représenter le gouvernement (▪ Cass. crim., 9 févr. 1884 : *D.* 1884, 1, p. 307).

2) Distinction de l'injure. Contrairement à l'injure, l'outrage est adressé, directement ou indirectement, à la victime. Le procédé par lequel il est réalisé importe peu, de même que son caractère public ou non (▪ Cons. const., 9 avr. 2021, n° 2021-896 QPC : *JurisData* n° 2021-005000 ; *Dr. pén.* 2021, comm. 121, obs. Ph. Conte. V. aussi ▪ Cass. crim., 10 janv. 2017, n° 16-81.558 : *JurisData* n° 2017-000187 ; *Dr. pén.* 2017, comm. 55, obs. Ph. Conte).

§ 5. – Publications interdites, immunités de la défense

Art. 38 ***(Mod., L. 10 sept. 1951 ; L. n° 2001-539, 25 juin 2001).*** **– Il est interdit de publier les actes d'accusation et tous autres actes de procédure criminelle ou correctionnelle avant qu'ils aient été lus en audience publique, et ce, sous peine d'une amende de 3 750 €.**

Sans préjudice des dispositions de l'article 378 du Code d'instruction criminelle [*dispositions reprises par l'art. 15, C. pén., abrogé*], il est interdit, sous la même peine, de publier aucune information relative aux travaux et délibérations du Conseil supérieur de la magistrature, à l'exception des informations concernant les audiences publiques et les décisions publiques rendues en matière disciplinaire à l'encontre des magistrats. Pourront, toutefois, être publiées les informations communiquées par le président *(Mots rempl., L. org. n° 2010-830, 22 juill. 2010)* « d'une formation du Conseil supérieur ».

1) Valeur sociale protégée. Le délit de l'article 38, alinéa 1 ne porte pas seulement atteinte au bon exercice de la justice et à l'ordre public ; il peut nuire aussi bien à l'inculpé (▪ Cass. crim., 6 mars 1884 : *D.* 1885, 1, p. 135) qu'à des tiers (▪ Cass. crim., 9 juill. 1926 : *DH* 1926, 534).

2) Initiative des poursuites. La poursuite de ce délit est exclusivement réservée à l'initiative du ministère public (▪ TGI Paris, 5 févr. 1996 : *D.* 1996, p. 230, note B. Beignier).

L'interdiction de publier les actes d'accusation et tous actes de procédure criminelle ou correctionnelle avant leur lecture en audience publique, prévue et réprimée par l'article 38, alinéa 1er, de la loi sur la presse du 29 juillet 1881, entre dans le champ d'application de l'article 47 de ladite loi qui réserve au ministère public l'initiative de la mise en mouvement de l'action publique (▪ Cass. crim., 11 mai 2016, n° 15-82.365 : *D.* 2016, p. 2267, note L. François).

3) Droit européen : alinéa 1 de l'article 38. Toute reproduction, même partielle, du contenu de l'un des actes désignés à l'article 38, alinéa 1er, de la loi du 29 juillet 1881 est incriminée par ce texte ; est justifiée au regard de l'article 10 de la Convention européenne de sauvegarde des droits de l'homme la condamnation prononcée sur le fondement de l'article 38, alinéa 1er, de la loi du 29 juillet 1881 pour publication d'actes d'une procédure criminelle avant leur lecture en audience publique, dès lors que les juges ont caractérisé l'atteinte portée à la protection des droits d'autrui, susceptible de sanction selon le paragraphe 2 du texte conventionnel précité, en relevant que les extraits reproduits viennent accréditer un article tendant à l'évidence à soutenir la version des faits de l'une des personnes mises en examen, opposée à celle défendue par une autre (▪ Cass. crim., 22 juin 1999, n° 98-84.197 : *Bull. crim.* n° 146 ; *Dr. pén.* 2000, comm. 20, obs. J.-H. Robert).

Ne justifie pas sa décision, au regard de l'article 6.2 de la Convention européenne des droits de l'homme, la cour d'appel qui relaxe des prévenus pour publication d'actes d'une procédure criminelle avant leur lecture en audience publique en retenant, d'une part, que cette publication n'a porté atteinte ni à l'autorité et à l'impartialité de la justice, ni aux intérêts de la partie civile, qui a exercé son droit de réponse, et, d'autre part, que l'application de l'article 38 de la loi du 29 juillet 1881 constituerait en l'espèce une ingérence disproportionnée dans l'exercice du droit à la liberté d'expression et ne répondrait pas à un besoin impérieux de protection de la réputation et des droits d'autrui ou de garantie de l'autorité et de l'impartialité de la justice, alors qu'une telle publication, dans son contexte, était de nature à avoir une incidence sur les droits de la personne mise en cause, et, notamment, sur son droit à la présomption d'innocence (▪ Cass. crim., 28 janv. 2014, n° 12-88.430 : *D.* 2014, act. p. 373 ; *JCP* G 2014, act. n° 271, p. 433 ; *Dr. pén.* 2014, comm. 58, obs. M. Véron).

4) Droit européen : ancien alinéa 3 de l'article 38. Il a été jugé que la rédaction de l'alinéa 3 de l'article 38, (abrogé, L. 15 juin 2000, mais repris et modifié par l'article 35 *quater*) dont l'expression « circonstances » est foncièrement imprécise, n'offre pas de garanties réelles quant à la prévisibilité des poursuites et qu'ainsi ce texte est incompatible avec les articles 6, 7 et 10 de la CEDH (▪ Cass. crim., 20 févr. 2001 : *Dr. pén.* 2001, comm. 86, obs. M. Véron ; *D.* 2001, jur., p. 3001, note P. Wachsmann).

5) Recel. L'article 38 de la loi du 29 juillet 1881 interdisant de publier des actes d'accusation et tous autres actes de procédure criminelle ou correctionnelle avant toute lecture en audience publique, n'emporte pas, pour la partie civile, l'impossibilité de poursuivre l'auteur de la publication pour recel de violation du secret de l'instruction dès lors que, comme en l'espèce, ces faits comportent la détention matérielle des écrits litigieux.

En effet, si une information échappe aux prévisions de l'article 321-1 précité qui réprime le seul recel d'une chose et ne relève, le cas échéant, que des dispositions légales spécifiques au droit de la presse, tel n'est pas le cas du recel de documents provenant d'une violation du secret de l'instruction ou du secret professionnel (▪ Cass. crim., 12 juin 2007 : *Bull. crim.* n° 157 ; *Dr. pén.* 2007, comm. 143, obs. J.-H. Robert ; *JCP* G 2007, II, 10159, note F. Fourment, C. Michalskief, Ph. Piot ; *RSC* 2008, p. 95, obs. J. Francillon).

6) Limite : témoignage non décisif et affaire de longue durée. Justifie sa décision la cour d'appel qui, relevant que la publication incriminée d'extraits de procès-verbaux contenant un témoignage non décisif dans une affaire complexe, de longue durée, sans que soient connues l'échéance ni même la certitude d'un procès, ayant trait à un problème de santé publique pour lequel l'information revêtait un caractère d'intérêt général, a pu en déduire que cette publication n'avait pas porté atteinte au droit à un procès équitable ni à l'autorité et à l'impartialité de la justice, de sorte que l'application de l'article 38 de la loi du 29 juillet 1881 à la publication litigieuse constituait une ingérence disproportionnée dans l'exercice de la liberté d'expression garantie par l'article 10 de la Convention de sauvegarde des droits de l'homme et des libertés fondamentales (▪ Cass. 1re civ., 11 mars 2014, n° 12-29.419 : *D.* 2014, act., p. 726).

Art. 38 *ter* ***(L. n° 81-82, 2 févr. 1981 ; L. n° 2021-1729, 22 déc. 2021).*** **– Dès l'ouverture de l'audience des juridictions administratives ou judiciaires, l'emploi de tout appareil permettant d'enregistrer, de fixer ou de transmettre la parole ou l'image est interdit. Le président fait procéder à la saisie de tout appareil et du support de la parole ou de l'image utilisés en violation de cette interdiction.**

Toutefois, sur demande présentée avant l'audience, le président peut autoriser des prises de vues quand les débats ne sont pas commencés et à la condition que les parties ou leurs représentants et le ministère public y consentent.

Toute infraction aux dispositions du présent article sera punie de deux mois d'emprisonnement et de 4 500 euros d'amende. Le tribunal pourra en outre prononcer la confiscation du matériel ayant servi à commettre l'infraction et du support de la parole ou de l'image utilisé.

Est interdite, sous les mêmes peines, la cession ou la publication, de quelque manière et par quelque moyen que ce soit, de tout enregistrement ou document obtenu en violation des dispositions du présent article.

1) Droit européen. Le délit de publication d'enregistrement effectué sans autorisation à l'audience d'une juridiction, prévu par l'article 38 *ter* de la loi du 29 juillet 1881, instaure une restriction à la liberté d'expression nécessaire, dans une société démocratique, à la protection de la réputation ou des droits d'autrui, et pour garantir l'autorité et l'impartialité du pouvoir judiciaire, et s'avère dès lors compatible avec l'article 10 de la Convention européenne des droits de l'homme.

Justifie sa décision la cour d'appel qui condamne pour complicité de ce délit le rédacteur en chef d'une station de télévision qui a diffusé un enregistrement vidéo montrant le président et les assesseurs d'une cour d'assises lors du prononcé du verdict (▪ Cass. crim., 8 juin 2010, n° 09-87.526 : *JurisData* n° 2010-011281 ; *Bull. crim.* n° 103 ; *Comm. com. électr.* 2010, comm. 100, obs. A. Lepage ; *RSC* 2010, p. 943, obs. J.-F. Renucci).

2) Constitutionnalité. Le délit de l'article 38, *ter* de la loi du 29 juillet 1881 n'est pas contraire à la liberté d'expression et de communication, car les atteintes portées à l'exercice de cette liberté sont nécessaires, adaptées et proportionnées à l'objectif poursuivi. Cette disposition ne méconnaît pas non plus le principe de nécessité des délits et des peines (▪ Cons. const., 6 déc. 2019, n° 2019-817 : *JurisData* n° 2019-021938 ; *Comm. com. électr.* 2020, comm. 5, obs. A. Lepage ; *JCP* G 2019, 1323, obs. E. Derieux ; *Procédures* 2020, comm. 46, A.-S. Chavent-Leclère ; *Dr. pén.* 2020, comm. 53, obs. Ph. Conte ; *AJ pénal* 2020, p. 76, note C. Courtin ; *Légipresse* 2020, p. 118, note E. Dérieux ; *Dr. pén.* 2020, ét. 7, n° 17, O. Mouysset).

Art. 38 *quater* *(Créé, L. n° 2021-1729, 22 déc. 2021)*. **– I. – Par dérogation au premier alinéa de l'article 38 *ter*, l'enregistrement sonore ou audiovisuel d'une audience peut être autorisé, pour un motif d'intérêt public d'ordre pédagogique, informatif, culturel ou scientifique, en vue de sa diffusion. La demande d'autorisation d'enregistrement et de diffusion est adressée au ministre de la justice. L'autorisation est délivrée, après avis du ministre de la justice, par le président du Tribunal des conflits, le vice-président du Conseil d'État, le premier président de la Cour de cassation et le premier président de la Cour des comptes, concernant leurs juridictions respectives. Elle est délivrée, après avis du ministre de la justice, par le président de la juridiction concernant les juridictions administratives et les juridictions comprenant un magistrat du siège membre de la Cour de cassation, et par le premier président de la cour d'appel concernant les cours d'appel et les juridictions de l'ordre judiciaire de leur ressort.**

Lorsque l'audience n'est pas publique, l'enregistrement est subordonné à l'accord préalable et écrit des parties au litige. Lorsqu'un majeur bénéficiant d'une mesure de protection juridique est partie à l'audience, qu'elle soit publique ou non, l'enregistrement est subordonné à l'accord préalable du majeur apte à exprimer sa volonté ou, à défaut, de la personne chargée de la mesure de protection juridique. Lorsqu'un mineur est partie à l'audience, qu'elle soit publique ou non, l'enregistrement est subordonné à l'accord préalable du mineur capable de discernement ainsi qu'à celui de ses représentants légaux ou, le cas échéant, de l'administrateur *ad hoc* désigné.

Les modalités de l'enregistrement ne portent atteinte ni au bon déroulement de la procédure et des débats, ni au libre exercice de leurs droits par les parties et les personnes enregistrées, dont la confidentialité des échanges entre l'avocat et son client. Le magistrat chargé de la police de l'audience peut, à tout moment, suspendre ou arrêter l'enregistrement. Cette décision constitue une mesure d'administration judiciaire insusceptible de recours.

La diffusion, intégrale ou partielle, de l'enregistrement n'est possible qu'après que l'affaire a été définitivement jugée. En cas de révision d'un procès en application de l'article 622 du Code de procédure pénale, la diffusion de l'enregistrement peut être suspendue.

La diffusion est réalisée dans des conditions ne portant atteinte ni à la sécurité, ni au respect de la vie privée des personnes enregistrées, ni au respect de la présomption d'innocence. Cette diffusion est accompagnée d'éléments de description de l'audience et d'explications pédagogiques et accessibles sur le fonctionnement de la justice.

Sans préjudice de l'article 39 *sexies* de la présente loi, l'image et les autres éléments d'identification des personnes enregistrées ne peuvent être diffusés qu'avec leur consentement donné par écrit avant la tenue de l'audience. Les personnes enregistrées peuvent rétracter ce consentement dans un délai de quinze jours à compter de la fin de l'audience.

L'image et les autres éléments d'identification des mineurs ou des majeurs bénéficiant d'une mesure de protection juridique ne peuvent, en aucun cas, être diffusés.

Aucun élément d'identification des personnes enregistrées ne peut être diffusé cinq ans après la première diffusion de l'enregistrement ou dix ans après l'autorisation d'enregistrement.

L'accord écrit des parties au litige ou des personnes enregistrées ne peut faire l'objet d'aucune contrepartie.

II. – Après recueil de l'avis des parties, les audiences publiques devant le Conseil d'État et la Cour de cassation peuvent également être diffusées le jour même, sur décision de l'autorité compétente au sein de la juridiction, dans des conditions fixées par décret en Conseil d'État.

III. – Le présent article est également applicable, par dérogation à l'article 11 du Code de procédure pénale, aux audiences intervenant au cours d'une enquête ou d'une instruction ainsi qu'aux auditions, interrogatoires et confrontations réalisés par le juge d'instruction. Lors des auditions, interrogatoires et confrontations, l'enregistrement est subordonné à l'accord préalable et écrit des personnes entendues et le juge d'instruction peut, à tout moment, suspendre ou arrêter l'enregistrement.

IV. – Le fait de diffuser un enregistrement réalisé en application du I sans respecter les conditions de diffusion prévues au même I est puni d'un an d'emprisonnement et de 15 000 € d'amende.

V. – La cession des droits sur les images enregistrées emporte de droit transfert au cessionnaire des obligations et interdictions prévues au présent article.

VI. – Les modalités d'application du présent article sont précisées par décret en Conseil d'État.

Art. 39 *(Mod., Ord. 6 mai 1944 ; L. n° 75-617, 11 juill. 1975 ; L. n° 81-82, 2 févr. 1981 ; L. n° 2021-1729, 22 déc. 2021).* – Il est interdit de rendre compte des procès en diffamation dans le cas prévu au troisième alinéa de l'article 35 de la présente loi. Il est pareillement interdit de rendre compte des débats et de publier des pièces de procédures concernant les questions de filiation, actions à fins de subsides, procès en divorce, séparation de corps et nullités de mariage, procès en matière d'avortement. Cette interdiction ne s'applique pas au dispositif des décisions, qui peut toujours être publié.

Les dispositions qui précèdent ne s'appliquent pas aux publications techniques à condition que soit respecté l'anonymat des parties.

Dans toutes affaires civiles, les cours et tribunaux peuvent interdire le compte rendu du procès.

Il est également interdit de rendre compte des délibérations intérieures, soit des jurys, soit des cours et tribunaux.

Les interdictions prévues au premier alinéa du présent article ne sont pas applicables lorsque les parties ont donné leur accord.

Toute infraction à ces dispositions sera punie d'une amende de 18 000 €.

Étapes de procédure et type de pièces (indifférence). Il a été jugé que l'interdiction visée par l'article 39 de la loi de 1881 ne permet pas de faire une distinction entre les différentes étapes de la procédure et de faire un sort différent selon que les pièces publiées (en l'espèce d'un procès en divorce) concernent des questions de procédure ou des questions de fond (▪ Paris, 3 juill. 2008 : *Dr. pén.* 2008, comm. 153, obs. M. Véron).

Art. 39 *bis* *(L. n° 2000-516, 15 juin 2000).* – Est puni de 15 000 € d'amende le fait de diffuser, de quelque manière que ce soit, des informations relatives à l'identité ou permettant l'identification :

- d'un mineur ayant quitté ses parents, son tuteur, la personne ou l'institution qui était chargée de sa garde ou à laquelle il était confié ;
- d'un mineur délaissé dans les conditions mentionnées aux articles 227-1 et 227-2 du Code pénal ;
- d'un mineur qui s'est suicidé ;
- d'un mineur victime d'une infraction.

Les dispositions du présent article ne sont pas applicables lorsque la publication est réalisée à la demande des personnes ayant la garde du mineur ou des autorités administratives ou judiciaires.

Art. 39 *ter* *(Abr., L. n° 2000-516, 15 juin 2000).*

Art. 39 *quater* *(L. n° 66-500, 11 juill. 1966).* – Il est interdit, moins de trente ans après la mort de l'adopté, de publier par le livre, la presse, la radiodiffusion, le cinématographe ou de quelque manière que ce soit, une information relative à la filiation d'origine d'une personne ayant fait l'objet d'une adoption plénière.

Les infractions à la disposition qui précède sont punies d'une amende de 6 000 € ; en cas de récidive, un emprisonnement de deux ans pourra être prononcé.

Art. 39 *quinquies* *(L. n° 2000-516, 15 juin 2000).* **– Le fait de diffuser, par quelque moyen que ce soit et quel qu'en soit le support, des renseignements concernant l'identité d'une victime d'une agression ou d'une atteinte sexuelles ou l'image de cette victime lorsqu'elle est identifiable est puni de 15 000 € d'amende.**

Les dispositions du présent article ne sont pas applicables lorsque la victime a donné son accord écrit.

Art. 39 *sexies* *(L. n° 95-73, 21 janv. 1995 ; mod., L. 2009-971, 3 août 2009).* **– Le fait de révéler, par quelque moyen d'expression que ce soit, l'identité des fonctionnaires de la police nationale, de militaires, de personnels civils du ministère de la Défense ou d'agents des douanes appartenant à des services ou unités désignés par arrêté du ministre intéressé et dont les missions exigent, pour des raisons de sécurité, le respect de l'anonymat, est puni d'une amende de 15 000 €.**

1) **Définition de l'infraction : QPC.** La rédaction du texte en cause est conforme aux principes de clarté, d'accessibilité et d'intelligibilité de la loi pénale dont elle permet de déterminer le champ d'application sans porter atteinte au principe constitutionnel de la légalité des délits et des peines et à celui de la liberté d'expression. La question n'a donc pas été transmise. (▪ Cass. crim., 6 déc. 2011, n° 11-90.091 : *JurisData* n° 2011-028149 ; *Comm. com. électr.* 2012, comm. 22, obs. A. Lepage).

2) **Diffusion d'informations permettant l'identification.** Il se déduit de l'article 39 *sexies* de la loi du 29 juillet 1881, qui prohibe la révélation par quelque moyen que ce soit de l'identité des fonctionnaires appartenant à des services ou unités désignés par arrêté, dont les missions exigent le respect de l'anonymat pour des raisons de sécurité, que cette interdiction n'est pas limitée à la révélation des nom et prénom des personnes concernées mais s'applique à la diffusion d'informations qui en permettent l'identification (▪ Cass. crim., 12 déc. 2017, n°s 17-80.821 et 17-80.818 : *Comm. com. électr. 2018*, comm. 22, obs. A. Lepage ; *Dr. pén.* 2018, comm. 46, obs. Ph. Conte ; *Légipresse* 2018, n° 357, p. 85, note E. Dreyer ; *Dr. pén.* 2018, étude 6, n° 22, obs. O. Mouysset).

3) **Rediffusion.** La diffusion de précédentes informations relatives à l'intéressé ne fait pas obstacle à la caractérisation de l'infraction (▪ Cass. crim., 12 déc. 2017, nos 17-80.821 et 17-80.818 : préc.).

Art. 40 *(Ord. 6 mai 1944 ; L. n° 2017-86, 27 janv. 2017).* **– Il est interdit d'ouvrir ou d'annoncer publiquement des souscriptions ayant pour objet d'indemniser des amendes, frais et dommages-intérêts prononcés par des condamnations judiciaires, des amendes forfaitaires, des amendes de composition pénale ou des sommes dues au titre des transactions prévues par le Code de procédure pénale ou par l'article 28 de la loi organique n° 2011-333 du 29 mars 2011 relative au Défenseur des droits, sous peine d'un emprisonnement de six mois, et d'une amende de 45 000 € ou de l'une de ces deux peines seulement.**

Le fait d'annoncer publiquement la prise en charge financière des amendes, frais, dommages-intérêts et autres sommes mentionnés au premier alinéa du présent article est sanctionné des mêmes peines.

1) **Contraventions (non).** Le délit de l'article 40 n'existe que pour les condamnations pour des crimes et pour des délits et non pour des contraventions (▪ Cass. crim., 21 févr. 1891 : *D.* 1891, 1, p. 445).

2) **Souscription en vue d'une procédure (non).** Une quête au profit d'un condamné au cours d'une réunion publique est une souscription publique au sens de l'article 40 (▪ Alger, 13 mai 1948 : *D.* 1948, somm. 34) ; mais une souscription publique ouverte au cours d'une réunion et tendant à fournir à un condamné les fonds nécessaires pour se pourvoir devant une juridiction supérieure ne tombe pas sous le coup de la loi (même arrêt).

Art. 41 *(Ord. 17 nov. 1958 ; L. n° 82-506, 15 juin 1982 ; L. n° 2008-1187, 14 nov. 2008).* **– Ne donneront ouverture à aucune action les discours tenus dans le sein de l'Assemblée nationale ou du Sénat ainsi que les rapports ou toute autre pièce imprimée par ordre de l'une de ces deux assemblées.**

Ne donnera lieu à aucune action le compte rendu des séances publiques des assemblées visées à l'alinéa ci-dessus fait de bonne foi dans les journaux.

Ne donneront lieu à aucune action en diffamation, injure ou outrage ni les propos tenus ou les écrits produits devant une commission d'enquête créée, en leur sein, par l'Assemblée nationale ou le Sénat, par la personne tenue d'y déposer, sauf s'ils sont étrangers à l'objet de l'enquête, ni le compte rendu fidèle des réunions publiques de cette commission fait de bonne foi.

Ne donneront lieu à aucune action en diffamation, injure ou outrage, ni le compte rendu fidèle fait de bonne foi des débats judiciaires, ni les discours prononcés ou les écrits produits devant les tribunaux.

Pourront néanmoins les juges, saisis de la cause et statuant sur le fond, prononcer la suppression des discours injurieux, outrageants ou diffamatoires, et condamner qui il appartiendra à des dommages-intérêts.

Pourront toutefois les faits diffamatoires étrangers à la cause donner ouverture, soit à l'action publique, soit à l'action civile des parties, lorsque ces actions leur auront été réservées par les tribunaux, et, dans tous les cas, à l'action civile des tiers.

• ***Sommaire***

I – IMMUNITÉ PARLEMENTAIRE 1764
II – IMMUNITÉ JUDICIAIRE 1765
A – Discours prononcés et écrits produits devant les juridictions 1765
1° Personnes concernées 1765
2° Étendue 1765
3° Limites 1766
B – Compte-rendu fidèle et de bonne foi des débats judiciaires 1767
C – Suppression des discours injurieux, outrageants ou diffamatoires 1768

I – IMMUNITÉ PARLEMENTAIRE

1) **Champ d'application.** Les propos sur l'homosexualité imputés à un député n'ayant pas été tenus au cours de l'une des activités prévues aux titre IV et V de la Constitution, qui peuvent seules caractériser l'exercice des fonctions parlementaires, non plus qu'au sein de l'Assemblée nationale, c'est à bon droit que les juges du fond n'ont pas fait bénéficier le prévenu de l'immunité prévue par l'alinéa 1er de l'article 26 de la Constitution et par l'alinéa 1er de l'article 41 de la loi du 29 juillet 1881 (▪ Cass. crim., 12 nov. 2008 : *Bull. crim.* n° 229 ; *Dr. pén.* 2009, comm. 20, obs. M. Véron). – V. aussi *supra*, sous l'article 33.

2) **Reproduction sans ordre.** La reproduction des écrits émanant des assemblées, faite par un particulier ou un parlementaire, sans ordre des assemblées, n'est pas couverte par l'immunité (▪ T. corr. Seine, 16 juin 1897 : *Gaz. Pal.* 1897, 2, 66).

3) **Témoins.** Les témoins entendus par les commissions d'enquête parlementaire sont couverts par l'immunité ((▪ Cass. req., 5 août 1884 : S. 1885, 1, p. 57, rapp. Petit. ▪ T. corr. Seine, 31 mai 1950 : *JCP* 1951, II, 5965, note A. Colombini). En revanche, les déclarations qui seraient faites en vue de nuire et toucheraient à des éléments étrangers à l'enquête ne seraient pas couvertes (▪ Paris, 11 mars 1953 : *JCP* 1953, II, 7543, note A. Colombini).

4) **Compte-rendu non fidèle.** Il résulte de l'article 41, alinéa 2, de la loi du 29 juillet 1881 que le compte rendu des séances publiques des assemblées parlementaires ne peut donner lieu à aucune action que s'il est fait de bonne foi.

Justifie en conséquence sa décision la cour d'appel qui, pour refuser le bénéfice de cette immunité à un député, rapporteur d'une commission d'enquête parlementaire sur la situation financière, patrimoniale et fiscale des sectes, auquel il était reproché, sous la qualification de diffamation publique, d'avoir imputé à l'une d'elles, lors d'un entretien accordé à un journaliste, de fonctionner « sur le mode de la criminalité internationale », retient que les propos litigieux ne constituent pas un compte rendu fidèle du rapport de la commission d'enquête précitée et que, s'il était légitime de chercher à informer les lecteurs sur les différents aspects de la lutte contre les sectes, il appartenait néanmoins à l'auteur des propos, expert réputé en la matière, de veiller, dans un entretien « minutieusement préparé », à ne pas user de termes approximatifs et à ne pas procéder à des amalgames hâtifs (▪ Cass. crim., 30 sept. 2003 : *Bull. crim.* n° 173 ; *Dr. pén.* 2004, comm. 33, obs. M. Véron).

5) **Propos tenus devant une commission d'enquête : application dans le temps.** Selon les articles 112-1 du Code pénal et 7 de la Convention européenne des droits de l'homme, les dispositions nouvelles, lorsqu'elles sont moins sévères que les dispositions anciennes, s'appliquent aux infractions commises avant leur entrée en vigueur et n'ayant pas donné lieu à une condamnation passée en force de chose jugée.

Tel est le cas de l'alinéa 3 de l'article 41 de la loi du 29 juillet 1881, sur la liberté de la presse, issu de la loi du 14 novembre 2008, qui dispose que ne donneront lieu à aucune action en diffamation, injure ou outrage ni les propos tenus ou les écrits produits devant une commission d'enquête créée en son sein, par l'Assemblée nationale ou le Sénat, par la personne tenue d'y déposer, sauf s'ils sont étrangers à l'objet de l'enquête, ni le compte rendu fidèle des réunions publiques de cette commission fait de bonne foi (▪ Cass. crim., 13 avr. 2010 : *Bull. crim.* n° 67 ; *Dr. pén.* 2010, comm. 78, obs. M. Véron. ▪ Cass. crim., 8 juin 2010 : *Bull. crim.* n° 104).

II – IMMUNITÉ JUDICIAIRE

A – Discours prononcés et écrits produits devant les juridictions

1° *Personnes concernées*

6) Parties privées. Les dispositions de l'article 41 concernent les seules parties privées (▪ Cass. crim., 25 févr. 1992 : *Bull. crim.* n° 85) et leurs conseils (▪ Cass. crim., 1er déc. 1992 : *Bull. crim.* n° 397).

7) Magistrats. Les magistrats ne sont pas soumis aux règles de l'article 41 de la loi sur la presse (▪ Cass. crim., 2 févr. 1900 : *D.* 1900, 5, p. 530), qu'ils soient du ministère public (▪ Cass. crim., 23 nov. 1950 : *Bull. crim.* n° 259), ou du siège ▪ Cass. crim., 23 juin 1980 : *Bull. crim.* n° 201, les juges tenant de la loi qui les institue le pouvoir de relater et d'apprécier, sans autre limitation que celle dictée par leur conscience, le comportement des justiciables déférés à leur juridiction. Dès lors, l'acte juridictionnel qui échappe aux dispositions de l'article 41 de la loi du 29 juillet 1881, ne saurait donner lieu à aucune action en diffamation ou injure.

8) Procès-verbaux de fonctionnaires. Les dispositions de l'article 41 de la loi du 29 juillet 1881, qui concernent les seules parties privées, ne sont pas applicables aux procès-verbaux et à leurs annexes, établis par les inspecteurs du Travail ;

Ces fonctionnaires tiennent des articles L. 611-1 et suivants du Code du travail le droit, sous le seul contrôle des autorités dont ils relèvent, d'écrire tout ce que, selon leur conscience, ils estiment nécessaire à l'accomplissement de leur mission (▪ Cass. crim., 25 févr. 1992 : *Bull. crim.* n° 85).

9) Témoins. Un temps non soumis à l'article 41 (▪ Cass. req., 5 août 1884 : *D.* 1884, I, p. 457, note Petit), il a été depuis jugé que l'immunité accordée aux discours prononcés devant les tribunaux par l'article 41 de la loi du 29 juillet 1881, dont les dispositions, d'ordre public, sont destinées à garantir aussi bien la sincérité du témoignage que la liberté de la défense, s'applique à la déposition orale d'un témoin devant une juridiction (▪ Cass. crim., 4 févr. 1980 : *Bull. crim.* n° 44), de même qu'elle s'applique à l'attestation d'un témoin versée aux débats d'un conseil des prud'hommes (▪ Cass. crim., 9 oct. 1978 : *Bull. crim.* n° 262 ; *RSC* 1979, p. 566, obs. Levasseur). *Adde RSC* 1980, p. 988, obs. Levasseur, et *RSC* 1992, p. 565, obs. Vitu.

10) Experts. L'immunité couvrant les discours prononcés et les écrits produits devant les tribunaux destinée à garantir aussi bien la liberté de la défense que la sincérité des auditions bénéficie à l'expert appelé à déposer à l'audience des juridictions (▪ Cass. crim., 28 mai 1991 : *Bull. crim.* n° 225).

2° *Étendue*

11) Principe. Les discours prononcés et les écrits produits devant les tribunaux ne peuvent donner lieu à aucune action pour diffamation ou outrage ; cette règle ne reçoit exception que dans le cas où les faits sont étrangers à la cause (▪ Cass. crim., 8 juin 1999 : *Bull. crim.* n° 127. ▪ Cass. crim., 14 nov. 2006 : *Bull. crim.* n° 283 ; *Dr. pén.* 2007, comm. 32, obs. M. Véron : cet arrêt rappelle que les dispositions de l'article 41, alinéa 3, sont d'ordre public ; que cette règle destinée à garantir aussi bien la sincérité du témoignage que la liberté de la défense, ne reçoit d'exception que dans le cas où les faits diffamatoires sont étrangers à la cause, et s'ils concernent l'une des parties, à la condition que l'action ait été réservée par le tribunal devant lequel l'écrit est produit).

Adde, ▪ Cass. crim. 15 juin 2000 : *Bull. crim.* n° 231.

12) Provocation. L'immunité dont bénéficient les discours prononcés devant les tribunaux, en vertu de l'article 41 de la loi du 29 juillet 1881, n'interdit pas de leur attribuer, le cas échéant, le caractère d'une provocation au sens de l'article 33, alinéa 2, de la même loi. Par suite, justifie sa décision de reconnaître l'excuse de provocation à l'auteur d'une injure spontanément proférée au cours de la plaidoirie d'un avocat la cour d'appel dont l'arrêt retient, par une appréciation souveraine des faits et circonstances de la cause, ainsi que des éléments de preuve contradictoirement débattus, que cette injure répondait directement à des propos visant personnellement son auteur présent dans le public, lesquels, eu égard aux circonstances dans lesquelles ils avaient été tenus, étaient de nature à porter gravement atteinte à son honneur et à ses intérêts moraux (▪ Cass. crim., 31 mars 2015, n° 13-81.842 : *Dr. pén.* 2015, comm. 68, obs. M. Véron).

13) Publicité étrangère aux débats. Il résulte des dispositions de l'article 41, alinéa 3, de la loi du 29 juillet 1881 que ne donneront lieu à aucune action en diffamation, injure ou outrage, ni le compte rendu fidèle fait de bonne foi des débats judiciaires, ni les discours prononcés ou les écrits produits devant les tribunaux ; l'immunité ainsi prévue, qui s'applique aux seuls discours prononcés ou aux écrits produits en justice dans l'intérêt de la défense des parties, ne protège pas les écrits faisant l'objet, en dehors des juridictions, d'une publicité étrangère aux débats ; en conséquence, encourt la censure l'arrêt qui fait application des dispositions de l'article 41 précité dans la poursuite exercée du chef de diffamation publique par les personnes visées par une plainte avec constitution de partie civile dénonçant des faits de nature à constituer des infractions, à la suite de la mise en ligne sur un site Internet d'un texte reproduisant ladite plainte, le document diffusé ne pouvant alors être analysé comme un écrit produit devant une juridiction (▪ Cass. crim., 26 mars 2008, n° 07-86.406 : *Bull. crim.* n° 79 ; *JCP* G 2008, IV, n° 1885 ; *Dr. pén.* 2008, comm. 96, obs. M. Véron).

14) Juridictions concernées. L'immunité de l'article 41 existe devant toutes les juridictions devant lesquelles peuvent s'exercer les droits de la défense (▪ Cass. crim., req., 29 oct. 1894 : *D.* 1895, 1, 61. ▪ Cass. crim., 13 mai 1933 : *D.* 1933, 1, p. 172, note Leloir. ▪ Cass. crim., 11 oct. 2005 : *Bull. crim.* n° 255 ; *Dr. pen.* 2006, comm. 5, obs. M. Véron), et en particulier le juge d'instruction (▪ Cass. crim., 23 déc. 1986 : *Bull. crim.* n° 391. ▪ Cass. crim., 4 juin 1997 : *Bull. crim.* n° 223. ▪ Paris, 27 janv. 1988 : *D.* 1988, 480, note Mayer), ou la chambre d'accusation (▪ Cass. crim., 13 févr. 2001 : *Dr. pén.* 2001, comm. 98, obs. M. Véron ; *D.* 2004, jur., p. 977, note B. Beignier), et, de façon générale devant toutes les juridictions civiles et administratives, et même devant les instances disciplinaires (▪ Cass. crim., 23 juin 1980 : *Bull. crim.* n° 201).

15) Autres autorités (non). Par contre, l'immunité ne joue pas devant des experts ou des arbitres (▪ Cass. crim., 22 juin 1950 : *Gaz. Pal.* 1950, 2, p. 235) ni devant des autorités administratives non juridictionnelles (▪ Cass. crim., 21 mars 1861 : *D.* 1861, 5, p. 377), ni devant un bureau d'aide juridictionnelle (▪ Cass. crim., 15 mai 1972 : *Bull. crim.* n° 168).

16) Écrits soumis au juge. Si l'immunité instituée par l'article 41, alinéa 3, de la loi du 29 juillet 1881 dans le but d'assurer devant tous les tribunaux le libre accès du droit de la défense, n'est pas limitée aux actes introductifs d'instance ou aux actes subséquents mais couvre également tout autre écrit, c'est à la condition que celui-ci ait été effectivement soumis à l'appréciation d'un juge (▪ Cass. crim., 1er déc. 1987 : *Bull. crim.* n° 440).

Ainsi, constitue un écrit produit en justice une note en délibéré remise dans une instance civile (▪ Cass. crim., 22 oct. 2002 : *Dr. pén.* 2003, comm. 33, obs. M. Véron).

3° *Limites*

17) Gravité des accusations (non). Aux termes de l'article 41 de la loi du 29 juillet 1881, les discours prononcés et les écrits produits devant les tribunaux ne peuvent donner lieu à aucune action pour diffamation ou outrage. Cette règle ne reçoit exception que dans le cas où les faits sont étrangers à la cause ; encourt la cassation l'arrêt qui, pour écarter l'immunité prévue par l'article 41 de la loi précitée et condamner un avocat pour outrage à magistrat en raison du dépôt de conclusions par ce dernier dans une affaire civile mettant en cause le président de la juridiction ayant radié l'affaire de sa cliente, retient que les accusations portées sont d'une extrême gravité excédant les limites de l'exercice des droits de la défense (▪ Cass. crim., 11 oct. 2005 : *Bull. crim.* n° 255 ; *Dr. pén.* 2006, comm. 5, obs. M. Véron ; *D.* 2006, Jur., p. 1272, note B. Beignier).

18) Faits étrangers à la cause : rôle du juge. C'est au juge devant lequel les propos ont été tenus et les écrits ont été produits qu'il appartient de déclarer que les faits étaient étrangers à la cause (▪ Cass. crim., 23 déc. 1986 : *Bull. crim.* n° 391, préc.).

L'immunité de l'article 41 ne joue plus dans les cas où les faits diffamatoires sont étrangers à la cause et s'ils concernent l'une des parties, à la condition que l'action ait été expressément réservée par le tribunal devant lequel les propos ont été tenus ou les écrits produits ; c'est à ce tribunal, quel qu'il soit, qu'il appartient alors de déclarer que les faits étaient étrangers à la cause puisque lui seul peut apprécier si les allégations incriminées étaient ou non nécessaires à la défense et avaient ou non un lien étroit avec l'objet des débats portés devant lui ; à défaut de cette appréciation préalable, il existe une fin de non-recevoir qui porte sur le principe même de la poursuite et qui doit être opposée à l'action en diffamation des parties (▪ Cass. crim., 4 mai 1972 : *Bull. crim.* n° 157. ▪ Cass. crim., 9 oct. 1978 : *Bull. crim.* n° 262 ; *RSC* 1979, p. 566, obs. Levasseur). V. également ▪ Cass. crim., 8 juin 1999 : *Bull. crim.* n° 127. ▪ Cass. 1re civ., 25 févr. 2016, n° 15-12.150.

L'immunité prévue par l'article 41 de la loi du 29 juillet 1881 pour les discours prononcés ou les écrits produits devant les tribunaux ne couvre pas les discours ou écrits outrageants étrangers à la cause, et excédant les limites de la défense (▪ Cass. crim., 8 sept. 2015, n° 14-84.380).

19) Fait étranger à la cause : action en diffamation. Lorsque, à la suite de propos diffamatoires proférés devant une juridiction mais étrangers à la cause, la partie diffamée a obtenu que lui soit réservée l'action prévue par l'alinéa 5 de l'article 41, le seul effet de cette réserve est de lever l'obstacle qui, jusque-là, s'opposait à toute poursuite en diffamation (▪ Cass. crim., 4 nov. 1993 : *Bull. crim.* n° 326).

Les discours prononcés et les écrits produits devant les tribunaux ne peuvent donner lieu à aucune action en diffamation. Cette règle ne reçoit exception que dans le cas où les faits diffamatoires sont étrangers à la cause, et, s'ils concernent l'une des parties, à la condition que l'action ait été expressément réservée par le tribunal devant lequel les propos ont été tenus ou les écrits produits.

Il relève du pouvoir des juges d'apprécier, sans en avoir à en rendre compte, s'il convient d'ordonner la reprise des débats à la suite d'une demande de réserve de l'action en diffamation formée, pour la première fois, par lettre adressée au cours du délibéré (■ Cass. crim., 15 juin 2000 : *Bull. crim.* n° 231).

20) Contrôle de la Cour de cassation. Il appartient à la Cour de cassation de contrôler et de rectifier, s'il y a lieu, les appréciations des juges du fait en ce qui concerne le caractère des propos incriminés et de déterminer si ces propos ont été nécessités par la discussion même du procès ou si, au contraire, ils sont étrangers à la cause et excèdent les limites des droits de la défense (■ Cass. ch. réun., 7 avr. 1897 : *D.* 1897, 1, p. 595, Denis. ■ Cass. crim., 17 mai 1983 : *Bull. crim.* n° 145. ■ Cass. crim., 23 juill. 1984 : *Bull. crim.* n° 265 ; *RSC* 1985, p. 302, obs. Levasseur. ■ Cass. crim., 29 nov. 1994 : *Bull. crim.* n° 383).

21) Outrages et violences. L'immunité ne couvre ni les outrages à magistrats (■ Cass. crim., 13 févr. 1875 : *Bull. crim.* n° 54 ; *RSC* 1976, p. 101, obs. Vitu. ■ Cass. crim., 10 mai 1994 : *Bull. crim.* n° 181, imputation de partialité faite à une présidente de cour d'assises), ni les violences physiques exercées sur eux ni le rappel de condamnations amnistiées (■ Paris, 8 déc. 1971 : *D.* 1973, p. 370, note A. Brunois).

Excèdent ainsi les limites des droits de la défense, les propos d'un prévenu accusant le procureur de la République de forfaiture et ajoutant que « ce parquet est la honte de la Nation » (■ Cass. crim., 24 nov. 1998 : *Dr. pén.* 1999, comm. 65, obs. M. Véron).

22) Avocat. En dehors du prétoire, l'avocat n'est pas protégé par l'immunité de l'article 41 de la loi du 29 juillet 1881. Encourt une sanction disciplinaire, pour manquement aux devoirs de modération et de délicatesse, l'avocat qui, après l'audience, tient des propos présentant une connotation raciale jetant l'opprobre sur les jurés et la suspicion sur leur probité (■ Cass. 1re civ., 5 avr. 2012, n° 11-11.044 : *JCP G* 2012, n° 474, p. 779, Hadislim, et n° 733, p. 1207, note J.-M. Brigant ; *Gaz. Pal.* 15-17 avr. 2012, jur., p. 20, note G. Dehako).

De même, l'article 41 de la loi du 29 juillet 1881, qui n'institue qu'une immunité pénale, et dans la mesure seulement où les propos n'excèdent pas les limites du droit de la défense, n'est pas applicable en matière disciplinaire concernant un avocat (■ Cass. 1re civ., 10 sept. 2015, n° 14-24.208).

Dès lors que l'article 41, alinéa 4, de la loi du 29 juillet 1881 ne protège pas les écrits faisant l'objet, en dehors des juridictions, d'une publicité étrangère aux débats, justifie sa décision la cour d'appel qui, pour écarter l'exception d'immunité juridictionnelle fondée sur cet article, retient que la lettre adressée par des avocats au garde des Sceaux, dans le but d'obtenir l'ouverture d'une enquête de l'inspection générale des services judiciaires sur les dysfonctionnements imputés à des juges d'instruction chargés d'une l'information, ne constitue pas un acte de saisine du Conseil supérieur de la magistrature et que cette lettre a été rendue publique par la reproduction partielle de son contenu dans un journal (■ Cass. ass. plén., 16 déc. 2016, n° 08-86.295).

B – Compte-rendu fidèle et de bonne foi des débats judiciaires

23) Comptes rendus. Un compte rendu consiste dans la reproduction générale ou partielle de ce qui s'est passé au cours d'une audience : énonciation des faits objet de la poursuite, explications des parties et des témoins, interventions du président, du ministère public et des avocats, dispositif de jugement (■ Cass. crim., 5 févr. 1985 : *Bull. crim.* n° 62 ; *RSC* 1986, p. 612, obs. Levasseur).

24) Commentaire d'arrêt. N'entrant pas dans les prévisions des articles 39 et 41, le commentaire d'un arrêt de la Cour de cassation peut donner lieu à des poursuites pour diffamation ; mais le délit n'est pas constitué en cas de bonne foi du commentateur et à défaut d'intention délictueuse, alors qu'en rédigeant l'article, l'auteur, informateur objectif, a exercé son droit de critique sur une décision judiciaire sans ajouter aux énonciations de l'arrêt ni dénaturer les faits dans une intention de nuire (■ Cass. crim., 16 oct. 1968 : *D.* 1969, somm. p. 51).

25) Communiqué de presse. Un communiqué de presse publié par un avocat pour contester les conditions dans lesquelles s'est tenu un procès ne saurait être regardé comme un écrit bénéficiant de l'immunité prévue par l'article 41, alinéa 3, de la loi du 29 juillet 1881 (■ Cass. crim., 3 déc. 2002 : *Bull. crim.* n° 217), tout comme une déclaration faite à la sortie d'une audience devant une chaîne de télévision, les propos litigieux ne constituant pas un compte rendu fidèle et objectif des débats judiciaires (■ Cass. crim., 6 mai 2003 : *JurisData* n° 2003-019538 ; *Dr. pén.* 2003, comm. 121, obs. M. Véron).

Justifie sa décision la cour d'appel qui, pour refuser le bénéfice de l'immunité prévue par l'article 41 de la loi du 29 juillet 1881 à un prévenu soutenant que les propos diffamatoires lui étant imputés n'étaient que la reproduction, par la presse, de débats judiciaires au cours desquels il avait été amené à plaider en sa qualité d'avocat, retient, en se fondant sur des éléments de fait par elle souverainement appréciés, que les propos en cause ne constituent pas un compte-rendu d'audience au sens dudit article (■ Cass. crim., 28 nov. 2006 : *Bull. crim.* n° 298 ; *Dr. pén.* 2007, comm. 32, obs. M. Véron).

26) Version partielle. Contrairement à ce qui était notamment soutenu par le défendeur, l'affichage par lui dans un cabinet médical, lieu public par destination, d'une version expurgée d'un jugement de condamnation, non définitif, du demandeur, qui l'avait assigné pour atteinte à la présomption d'innocence, ne saurait être assimilé à un compte-rendu fait de bonne foi des débats judiciaires et donc de bénéficier de l'immunité de l'article 41 de la loi du 27 juillet 1881 (■ Cass. 1re civ., 10 avr. 2013, n° 11-28.406 : *D.* 2013, act., p. 1003, obs. S. Lavric).

27) Compte-rendu hors sujet. Au sens de l'article 41, alinéa 3 de la loi du 29 juillet 1881, le compte rendu fidèle fait de bonne foi d'un procès consiste à mettre en regard les prétentions contraires des parties de façon à permettre d'apprécier l'ensemble des débats. Ne saurait être couverte par l'immunité instituée par ce texte la reproduction, dans le compte rendu d'un procès en diffamation, des imputations contenues dans l'écrit objet de la poursuite alors que les débats avaient été circonscrits à un incident de procédure et que ceux relatifs à la preuve de la vérité des faits imputés avaient été reportés à une audience ultérieure (■ Cass. crim., 4 nov. 1986 : *Bull. crim.* n° 322).

28) Dénaturation des faits. Le compte rendu doit s'abstenir de toute dénaturation des faits et de tout commentaire malveillant : tel n'est pas le cas d'un article qui présente comme avérés des faits d'escroquerie imputés à un prévenu, devant un tribunal correctionnel, alors que les débats dont il est rendu compte avaient eu seulement pour objet le renvoi d'un procès pénal, et que le but légitime d'information du public, sur le fonctionnement de la justice, ne dispensait pas le journaliste du respect de la présomption d'innocence, ainsi que des devoirs de prudence et d'objectivité dans l'expression de la pensée (■ Cass. crim., 22 oct. 1996 : *Bull. crim.* n° 369).

29) Mise en cause des magistrats. Pour ouvrir droit à l'immunité prévue par l'article 41, alinéa 3, de la loi du 29 juillet 1881, le compte rendu d'un débat judiciaire doit mettre en regard les prétentions contraires des parties et permettre, par une narration générale ou partielle, d'apprécier l'ensemble des débats judiciaires, en s'abstenant de toute dénaturation des faits et de toute imputation malveillante, spécialement à l'égard des membres de la juridiction. Tel n'est pas le cas des passages d'un ouvrage dans lequel l'auteur livre sa propre vision d'un procès dans lequel il est prévenu, et prête au magistrat occupant le siège du ministère public un comportement et des motivations justifiant une comparaison avec les juges des cours de justice spéciales durant l'Occupation (■ Cass. crim., 6 févr. 2007 : *Bull. crim.* n° 32 ; *Dr. pén.* 2007, comm. 67, obs. M. Véron).

30) Malveillance envers les magistrats. Le compte rendu des débats judiciaires et des discours prononcés ou des écrits produits devant les tribunaux ouvrant droit à l'immunité prévue par l'article 41, alinéa 3, de la loi du 29 juillet 1881, consiste à mettre en regard les prétentions contraires des parties et à permettre, par une narration générale ou partielle, d'apprécier l'ensemble des débats judiciaires, en s'abstenant de toute dénaturation des faits et de toute imputation malveillante, spécialement à l'égard des membres de la juridiction (■ Cass. crim., 10 mai 1994 : *Bull. crim.* n° 181, préc.).

C – Suppression des discours injurieux, outrageants ou diffamatoires

31) Suppression. Même lorsque les propos et écrits ne constituent pas les délits d'injure, d'outrage ou de diffamation, les juges peuvent encore les supprimer lorsqu'ils les estiment irrévérencieux ou inconvenants (■ Cass. crim., 15 mars 1939 : *DH* 1939, 260).

32) Excuse de provocation. Selon l'alinéa 4 de l'article 41 de la loi du 29 juillet 1881 la partie qui s'estime atteinte par les injures ou les outrages d'une autre partie au procès ou de son conseil, est admise à demander aux juges saisis de la cause la suppression des discours ou écrits injurieux ou outrageants et l'allocation de dommages-intérêts. Si elle n'a pas usé en temps utile de ces voies de droit ou si elle a succombé dans ses demandes, elle ne saurait ensuite exciper de l'excuse de provocation pour être affranchie des peines encourues à raison des injures par elle adressées ultérieurement à l'auteur des discours ou écrits (■ Cass. crim., 1er déc. 1992 : *Bull. crim.* n° 397).

33) Chambre de l'instruction. La chambre d'accusation ne statuant pas au fond au sens de l'alinéa 4 de l'article 41 de la loi du 29 juillet 1881, c'est à bon droit que cette juridiction déboute la partie qui lui demandait de supprimer certains discours, termes et écrits produits par la partie adverse au cours de l'information et de lui allouer des dommages-intérêts (■ Cass. crim., 12 janv. 1993 : *Bull. crim.* n° 12).

Art. 41-1 *(L. n° 85-1317, 13 déc. 1985).* **– Pour l'application des dispositions des paragraphes 4 et 5 du présent chapitre, la communication audiovisuelle est regardée comme un mode de publication.**

CHAPITRE V. – DES POURSUITES ET DE LA RÉPRESSION

§ 1. – Des personnes responsables des crimes et délits commis par la voie de la presse

Bibliographie : N. Mallet-Poujol, *De la télématique à l'internet, les chausse-trapes de la responsabilité en cascade : in Études en l'honneur du professeur Jérôme Huet : LGDJ*, Lextenso, 2017, p. 291

Art. 42 *(L. 25 mars 1952)*. **– Seront passibles, comme auteurs principaux, des peines qui constituent la répression des crimes et délits commis par la voie de la presse dans l'ordre ci-après, savoir :**

1° Les directeurs de publications ou éditeurs quelles que soient leurs professions ou leurs dénominations et, dans les cas prévus au deuxième alinéa de l'article 6, les codirecteurs de la publication ;

2° À leur défaut, les auteurs ;

3° À défaut des auteurs, les imprimeurs ;

4° À défaut des imprimeurs, les vendeurs, les distributeurs et afficheurs.

Dans les cas prévus au deuxième alinéa de l'article 6, la responsabilité subsidiaire des personnes visées aux paragraphes 2°, 3° et 4° du présent article joue comme s'il n'y avait pas de directeur de la publication lorsque, contrairement aux dispositions de la présente loi, un codirecteur de la publication n'a pas été désigné.

• Sommaire

I – CHAMP D'APPLICATION 1769
II – DÉTERMINATION DES RESPONSABLES 1770
A – Directeur de publication 1770
B – Éditeur 1772
C – Auteurs 1772
D – Imprimeur 1772
E – Vendeurs, distributeurs et afficheurs 1772

I – CHAMP D'APPLICATION

1) Journal publié à l'étranger. Spécificité. Lorsque l'infraction est commise dans un journal étranger publié à l'étranger, l'article 42 cesse de recevoir application : l'auteur de l'article pourra être poursuivi comme coauteur ou même comme auteur principal sans qu'il y ait de présomption irréfragable de responsabilité contre le directeur de la publication ou l'éditeur (▪ Cass. crim., 15 févr. 1894 : *D.* 1894, 1, p. 463. ▪ Cass. crim., 30 avr. 1908 : *S.* 1908, 1, p. 553, note Roux ; *D.* 1909, 1, p. 241, note Le Poittevin).

La responsabilité en cascade prévue par l'article 42 de la loi du 29 juillet 1881, auquel renvoie l'article L. 3421-4 du Code de la santé publique, ne s'applique que lorsque le journal est imprimé et publié en France ; justifie dès lors sa décision l'arrêt qui, pour condamner comme auteurs principaux les personnes distribuant, en France, un journal publié à l'étranger, vantant les bienfaits du cannabis, écarte l'argumentation selon laquelle le directeur de la publication et l'éditeur domiciliés en Belgique pouvaient seuls être poursuivis (▪ Cass. crim., 25 oct. 2005 : *Bull. crim.* n° 266 ; *Dr. pén.* 2006, comm. 21, obs. M. Véron).

2) Étendue. Le devoir de surveillance et de contrôle s'étend au supplément gratuit diffusé avec le journal dont il est indissociable (▪ Cass. crim., 13 nov. 2001 : *Dr. pén.* 2002, comm. 13, obs. M. Véron).

3) Radiodiffusion et télévision. Les dispositions des articles 42 et 43 de la loi du 29 juillet 1881 ne sont pas applicables à la radiodiffusion et à la télévision (▪ Cass. crim., 8 oct. 1979 et les arrêts cités. ▪ Cass. crim., 2 déc. 1980 : *Bull. crim.* n° 328 ; *JCP* 1981, IV, 69). Par suite, l'auteur d'imputations diffamatoires proférées dans une émission radiodiffusée en direct doit être regardé comme étant l'auteur principal de l'infraction, le directeur de la station ne pouvant être retenu que comme relevé à sa charge (▪ Cass. crim., 14 mai 1979 : *Bull. crim.* n° 172 et les arrêtés cités. ▪ Cass. crim., 2 déc. 1980, préc.).

Mais dans une séquence ayant fait l'objet d'une fixation préalable à sa communication au public au sens de l'article 93-3 de la loi du 29 juillet 1982, est responsable de plein droit, en sa qualité de directeur de publication, de l'émission d'une telle séquence comportant intention de nuire, le directeur d'une chaîne de télévision (▪ Cass. crim., 29 oct. 1991 ; *Bull. crim.* n° 387).

4) Radiodiffusion : Radio-France. Jugé que le président-directeur général de Radio-France n'est pas un directeur de publication au sens de la loi de 1881. Il n'est donc pas pénalement responsable de plein droit d'une diffamation à la radio (▪ Paris,

ANNEXE 6

5 avr. 1979 : *Rev. int. dr. auteur* oct. 1979, n° 102, p. 140).

5) Association propriétaire d'une station radio. Le président d'une association, propriétaire d'une station radiophonique, ne fait pas partie, en cette seule qualité, des personnes limitativement énumérées par l'article 42 de la loi du 29 juillet 1881 et ne saurait, en cette seule qualité, être déclaré complice de celui qui a tenu des propos diffamatoires diffusés par cette station, dès lors qu'il n'est pas rapporté à sa charge qu'il a commis, en connaissance de cause, l'un des actes prévus par l'article 60 (ancien, et act. art. 121-7) du Code pénal, les dispositions des articles 42 et 43 de la loi du 29 juillet 1881 ne lui sont en effet pas applicables (▪ Cass. crim., 6 déc. 1988 : *Bull. crim.* n° 411).

V. *infra*, les textes sur la communication audiovisuelle.

6) Correspondances circulant à découvert. L'article 42 n'est pas applicable à la poursuite des infractions commises par des correspondances circulant à découvert, les dispositions de l'article 2 de la loi du 11 juin 1887 (V. *infra*) étant limitatives (▪ Cass. crim., 1er oct. 1980 : *Bull. crim.* n° 238 ; *D.* 1981, IR p. 67).

7) Infractions de droit commun. La responsabilité encourue du seul fait de la publication à raison d'un délit de presse selon l'article 42 de la loi du 29 juillet 1881 par le directeur de la publication ne saurait être étendue au domaine des infractions de droit commun, en l'espèce le délit de discrimination à l'embauche (▪ Cass. crim., 1er déc. 1992 : *Bull. crim.* n° 398).

Sauf disposition expresse, les articles 42 et 43 de la loi du 29 juillet 1881 ne sont pas applicables aux infractions de droit commun, telle la publicité irrégulière en faveur du tabac (▪ Cass. crim., 29 nov. 1994 : *Bull. crim.* n° 384).

8) Responsabilité pénale des personnes morales. V. *infra* notes sous l'article 43-1.

II – DÉTERMINATION DES RESPONSABLES

9) Liste limitative. La liste des personnes énumérées par l'article 42 de la loi du 29 juillet 1881 est limitative (▪ Cass. crim., 6 déc. 1988 : *Bull. crim.* n° 411, préc.), toute autre personne ne pouvant être poursuivie que comme complice de l'infraction (▪ CA Paris, 10 févr. 1908 : *D.* 1908, 2, p. 360).

10) Délégué syndical. Ainsi, aucune présomption légale de responsabilité pénale n'existe contre un délégué syndical pour des faits se rattachant à l'activité de la section syndicale dont il est membre. Il en est ainsi en cas de publication d'un tract prétendument diffamatoire, œuvre de la section syndicale (▪ Cass. crim., 3 juin 1982 : *Bull. crim.* n° 143).

Mais donnent une base légale à leur décision les juges qui constatent qu'un délégué syndical a participé personnellement à la conception, à la réalisation et à la diffusion du tract diffamatoire, le retenant dès lors comme auteur, imprimeur et diffuseur de cet écrit (▪ Cass. crim., 18 déc. 1990 : *Bull. crim.* n° 441). Sur l'auteur de la publication V. notes *infra*.

A – Directeur de publication

11) Directeur de la publication. Le directeur de la publication (V. *supra* les articles 6 à 11 de la loi du 29 juillet 1881) est l'auteur principal, et lui seul, des infractions soumises à la loi sur la presse (▪ Cass. crim., 12 déc. 1947 : *JCP* 1948, II, 4061, note Brouchot. ▪ Cass. crim., 16 mars 1948 : *S.* 1948, I, 95).

12) Responsabilité de plein droit. Sa responsabilité est de plein droit pour tout ce qui paraît dans la publication et, dans la mesure où l'infraction reprochée est réalisée, les juges du fond n'ont pas à apprécier la mauvaise foi en sa personne (▪ Cass. crim., 17 mars 1953 : *JCP* 1953, IV, 69. ▪ Cass. crim., 15 févr. 1955 : *D.* 1955, I, p. 487. ▪ Cass. crim., 28 mai 1957 : *Bull. crim.* n° 451. ▪ Cass. crim., 26 mai 1981, inédit).

13) Reproduction. Le fait de publication étant l'élément par lequel les délits de presse sont consommés, toute reproduction dans un écrit rendu public d'un texte déjà publié, quelle que soit la langue dans laquelle il est rédigé, est constitutive d'infraction (▪ Cass. crim., 24 oct. 1989 : *Bull. crim.* n° 380). Loin d'être exonéré de toute responsabilité lorsqu'il publie les opinions d'autrui constitutives d'un délit réprimé par la loi sur la liberté de la presse, le directeur de publication d'un écrit périodique est de droit responsable, comme auteur principal, des infractions commises par la voie de ce périodique (▪ Cass. crim., 6 oct. 1992 : *Bull. crim.* n° 303).

14) Preuve de la qualité. Les juges du fond retiennent à bon droit, comme directeur de la publication, le prévenu dont cette qualité est révélée par les débats et les documents de la cause, encore qu'il ait été cité en sa qualité de « rédacteur en chef » (▪ Cass. crim., 7 déc. 1950 : *Bull. crim.* 282).

15) Délégation. Le directeur de publication reste le seul auteur principal, même s'il a délégué tout ou partie de ses fonctions à un administrateur délégué (▪ Cass. crim., 23 juin 1949 : *D.* 1949, p. 448).

16) Substitution et fuite. Le directeur reste auteur principal lorsqu'il se substitue un directeur technique (■ Cass. crim., 9 déc. 1949 : *D.* 1950, p. 75) ou lorsqu'il fuit à l'étranger (■ Lyon, 23 janv. 1884 : *S.* 1884, 2, p. 83).

17) Décès. Si le directeur de la publication décède au cours des poursuites, il reste auteur principal du délit et les autres personnes ne peuvent être poursuivies que comme complices (■ Paris, 5 mars 1884 : *S.* 1884, 2, p. 84).

18) Codirecteur de publication. Lorsqu'un codirecteur de la publication est désigné, conformément à l'alinéa 2 de l'article 6 de la loi du 29 juillet 1881, sa responsabilité se substitue à celle du directeur de la publication pendant toute la durée du mandat parlementaire dont celui-ci est investi (■ Cass. crim., 5 mai 1964 : *Bull. crim.* n° 148 et 149 ; *JCP* 1964, IV, 86. ■ Cass. crim., 14 janv. 1965 : *Bull. crim.* n° 17 ; *JCP* 1965, IV, 22. ■ Cass. crim., 25 nov. 1965 : *Bull. crim.* n° 254 ; *JCP* 1965, IV, 167).

Cette substitution se limite, bien entendu, aux infractions dont aurait à répondre, du seul fait de cette qualité, le directeur de la publication, s'il n'était pas parlementaire (■ Cass. crim., 25 nov. 1965, préc.).

19) Autonomie des poursuites. Aucune disposition de la loi du 29 juillet 1881 ne subordonne la poursuite, à titre d'auteur principal, du directeur de la publication ou celle, à quelque titre que ce soit, d'autres personnes pénalement responsables en application des articles 42 et 43 de ladite loi, à la mise en cause de l'auteur de l'écrit (■ Cass. crim., 20 janv. 1987 : *Bull. crim.* n° 30. ■ Cass. crim., 16 juill. 1992 : *Bull. crim.* n° 273. ■ Cass. crim., 3 mars. 2015, n° 13-87.597).

20) Complice. La mise en cause du directeur de la publication n'est pas une condition nécessaire de la poursuite du complice (■ Paris, 11 déc. 1919 : *D.* 1921, 2, p. 16. ■ Cass. crim., 25 oct. 2005 : *Bull. crim.* n° 267). V. *infra* sous art. 43.

21) Complice : fait principal punissable. Dans une poursuite exercée en vertu de la loi sur la presse, la juridiction correctionnelle a le pouvoir d'apprécier le mode de participation du prévenu aux faits spécifiés et qualifiés dans l'acte de poursuite, les restrictions que ladite loi impose aux pouvoirs de cette juridiction étant relatives uniquement à la qualification du fait incriminé. Dès lors, encourt la cassation un arrêt qui, pour débouter la partie civile de ses demandes, retient, au visa de l'article 43 de la loi sur la presse, que l'auteur de l'écrit incriminé n'est, en l'absence de mise en cause du directeur de publication, pas susceptible d'être poursuivi comme complice de ce dernier, faute de fait principal punissable (■ Cass. crim., 3 mars 2015, n° 87-87.597 : *Dr. pén.* 2015, comm. 67, obs. M. Véron).

22) Fait justificatif. Conformément à l'article 327 (ancien, act. art. 122-4) du Code pénal, il n'y a pas diffamation lorsque la publication incriminée est ordonnée par la loi. Ainsi, le directeur de la publication du Journal officiel ne saurait encourir aucune responsabilité du fait de l'insertion d'une déclaration d'association dont il ne peut légalement se dispenser, en exécution des prescriptions de l'article 5 de la loi du 1er juillet 1901 modifiée, comme de l'article 1er du décret du 16 août 1901 (■ Cass. crim., 17 févr. 1981 : *Bull. crim.* n° 63).

23) Publication sur réquisition. Le directeur de la publication d'un journal ne saurait encourir aucune responsabilité du fait de l'insertion d'une annonce dont il ne peut légalement se dispenser, telle l'annonce d'une sanction disciplinaire infligée à un médecin par la section des assurances sociales du Conseil national de l'ordre des médecins, publiée sur réquisition du directeur d'une caisse primaire de sécurité sociale, en application de l'article L. 145-2 du Code de la sécurité sociale (■ Cass. crim., 17 oct. 1995 : *Bull. crim.* n° 311).

24) Effet de la bonne foi de l'auteur. S'il est vrai que l'intention de nuire doit être appréciée en la personne de l'auteur de l'article diffamatoire, l'existence de faits justificatifs suffisants pour faire admettre la bonne foi dudit auteur a pour effet d'exclure tant sa responsabilité que celle du directeur de publication de l'organe de presse dans lequel l'article incriminé a été inséré (■ Cass. crim., 11 juin 1981 : *Bull. crim.* n° 197. ■ Cass. crim., 11 sept. 2007 : *Bull. crim.* n° 198).

25) Citation du directeur de publication. S'il résulte des articles 7 à 13 et 42 de la loi du 29 juillet 1881, ainsi que de l'article 5 de la loi du 1er août 1986, que le directeur de la publication d'un journal peut, par dérogation aux articles 555 et suivants du Code de procédure pénale, être cité au siège de l'entreprise éditrice, c'est seulement à raison des écrits ou images publiés par l'organe de presse dont il est responsable, en cette qualité (V. ■ Cass. crim., 21 janv. 1997 : *Bull. crim.* n° 20).

La délivrance de la citation dans ces conditions n'est pas de nature à porter atteinte aux droits de la défense, ni à entraver l'exercice des droits reconnus au prévenu par l'article 55 de la loi du 29 juillet 1881, lorsque les formalités prévues par les articles 557 et 558 du Code de procédure pénale ont été accomplies (■ Cass. crim., 11 déc. 2001 : *Bull. crim.* n° 264 ; *D.* 2002, IR p. 696).

Le défaut de signature par l'intéressé de l'avis de réception de la lettre recommandée ne peut affecter la validité de la saisine du tribunal et a pour seule conséquence de priver l'exploit d'huissier des effets d'un exploit remis à personne (même arrêt). Tel n'est pas le cas lorsque le directeur de la publication s'est exprimé, à titre personnel, dans une émission radiophonique (■ Cass. crim., 7 avr. 1994 : *Bull. crim.* n° 143).

L'expression « siège de l'entreprise éditrice » désigne, conformément à l'article 2 de la loi précitée du 1er août 1986, la personne physique ou morale ou le groupement de droit qui, en tant que propriétaire ou locataire-gérant, édite une publication de presse. Tel n'est pas le cas de la société qui a la qualité d'imprimeur, au sens de l'article 42 susvisé, et au siège de laquelle le directeur de la publication ne peut être valablement cité (■ Cass. crim., 10 juill. 1996 : *Bull. crim.* n° 293).

26) Droit européen. Le directeur de publication d'une revue périodique a le devoir de surveiller et de vérifier tout ce qui y est inséré. Les dispositions de l'article 42 de la loi du 29 juillet 1881 sur la liberté de la presse, selon lesquelles il est l'auteur principal des infractions commises par voie de presse, ne sont, dès lors, pas contraires à l'article 121-1 du Code pénal ni à l'article 6.1 de la Convention européenne des droits de l'homme (■ Cass. crim., 23 févr. 2000 : *Bull. crim.* n° 85).

B – Éditeur

27) Éditeur. Hors le cas où elle ressort de l'ouvrage ou de l'écrit, la détermination de l'éditeur se fondera sur les éléments et les circonstances de la cause (■ Cass. crim., 2 mai 1901 : *D.* 1901, I, p. 471, pour un particulier ayant fait publier un écrit. ■ Cass. crim., 16 mai 1895 : *D.* 1899, I, p. 577, note Sarrut).

28) Illustration. Est retenu, conformément à l'article 42-1° de la loi du 29 juillet 1881 en qualité d'éditeur, quelle que soit sa profession ou sa dénomination, le président d'une association ayant organisé et financé la confection d'une affiche et qui a fourni les moyens d'impression et de placardage de celle-ci (■ Cass. crim., 22 mai 1990 : *Bull. crim.* n° 211).

C – Auteurs

29) Auteurs. Lorsque le directeur de publication ou l'éditeur de l'ouvrage sont inconnus, le ou les auteurs des écrits incriminés sont tenus pour auteurs principaux du délit de presse (■ Cass. crim., 17 juill. 1969 : *JCP* 1969, IV, 239 ; *Bull. crim.* n° 230. ■ Cass. crim., 5 nov. 1974 : *JCP* 1974, IV, 416 ; *Bull. crim.* n° 310).

En cas d'infraction commise par la voie de la presse, l'auteur de l'article est à bon droit condamné comme auteur principal, lorsque le directeur de la publication n'est pas poursuivi (■ Cass. crim., 29 juin 1954 : *Bull. crim.* n° 240).

30) Propos repris par un journaliste. La présomption de responsabilité résultant de l'article 42 de la loi du 29 juillet 1881 ne s'applique pas à l'auteur d'un propos repris par un journaliste. La personne qui s'estime diffamée par ces propos doit établir, dans les termes de la complicité de droit commun, que leur auteur a su qu'ils étaient destinés à être publiés ; tel n'est pas le cas lorsque les juges constatent que le prévenu ignorait qu'il s'adressait à un journaliste (■ Cass. crim., 6 mars 2007 : *Bull. crim.* n° 72 ; *Dr. pén.* 2007, comm. 96, obs. M. Véron).

31) Auteur d'un tract. Justifie sa décision la cour d'appel qui retient comme auteur principal d'une provocation à la discrimination raciale dans un tract diffusé aux électeurs, le candidat qui a personnalisé ce document à son nom et avec sa photographie et qui l'avait remis avec son visa à la commission de contrôle (■ Cass. crim., 2 mars 2004 : *Dr. pén.* 2004, comm. 104, obs. M. Véron).

D – Imprimeur

32) Imprimeur. À défaut d'auteur, l'imprimeur deviendra alors auteur principal (■ Cass. crim., 1er févr. 1930 : *Gaz. Pal.* 1930, I, 486, s'agissant d'un imprimeur de journaux n'ayant aucune administration régulière).

33) Peine justifiée. En l'absence d'éditeur, il importe peu que le prévenu poursuivi et condamné comme imprimeur ait été également l'auteur du texte incriminé ; en effet la peine étant la même à leur égard, elle se trouve ainsi justifiée bien que l'ordre des responsabilités prévue par l'article 42 n'ait pas été respecté (■ Cass. crim., 5 avr. 1965 : *Bull. crim.* n° 114).

34) Poursuite de l'auteur. Lorsque l'auteur de l'article, ou de l'écrit incriminé, est poursuivi, l'imprimeur ne saurait l'être du simple fait de l'impression. Est à plus forte raison illégale une condamnation prononcée contre l'auteur de l'écrit, considéré comme complice de l'imprimeur (■ Cass. crim., 12 juin 1954 : *Bull. crim.* n° 212).

E – Vendeurs, distributeurs et afficheurs

35) Vendeurs, distributeurs et afficheurs. Aux termes de l'article 42 de la loi du 29 juillet 1881, sont passibles, comme auteurs principaux, des peines qui constituent la répression des crimes et délits commis par la voie de la presse, à défaut des directeurs de publication ou éditeurs, des auteurs, des imprimeurs, les vendeurs, distributeurs et afficheurs (■ Cass. crim., 19 nov. 1958 : *Bull. crim.* n° 679).

36) Preuve. Condamne à bon droit le prévenu du chef de diffamation et injures publiques la cour d'appel qui relève que, s'il n'est pas suffisamment établi que le prévenu a été l'éditeur, l'auteur ou l'imprimeur de ces documents, il est constant qu'il en a été le distributeur (■ Cass. crim., 15 mars 1989 : *Gaz. Pal.* 1989, 2, 514).

37) Cascade. Selon un arrêt du 8 août 1969 (S. 1891, I, p. 283) les juges qui condamnent l'une des personnes visées à l'article 42, à titre d'auteur principal, ne sont pas tenus de s'expliquer sur le fait que les responsables antérieurs étaient inconnus, sauf incident soulevé par le prévenu à ce sujet.

Il ne saurait être reproché à la juridiction de jugement, saisie d'une poursuite contre l'un des coauteurs de l'écrit, de n'avoir pas recherché les autres personnes qui ont participé à sa rédaction, ni déterminé leurs rôles respectifs (■ Cass. crim., 1969 : *Bull. crim.* n° 230, préc.).

Art. 43 ***(L. 25 mars 1952 ; L. n° 92-1336, 16 déc. 1992).*** **– Lorsque les directeurs ou codirecteurs de la publication ou les éditeurs seront en cause, les auteurs seront poursuivis comme complices.**

Pourront l'être, au même titre et dans tous les cas, les personnes auxquelles les articles 121-6 et 121-7 du Code pénal pourraient s'appliquer. Lesdits articles ne pourront s'appliquer aux imprimeurs pour faits d'impression, sauf dans le cas et les conditions prévus par l'article 6 de la loi du 7 juin 1848 sur les attroupements ***(C. pén., art. 431-6)*** **ou, à défaut de codirecteur de la publication, dans le cas prévu au deuxième alinéa de l'article 6.**

Toutefois, les imprimeurs pourront être poursuivis comme complices si l'irresponsabilité pénale du directeur ou du codirecteur de la publication était prononcée par les tribunaux. En ce cas, les poursuites sont engagées dans les trois mois du délit ou, au plus tard, dans les trois mois de la constatation judiciaire de l'irresponsabilité du directeur ou du codirecteur de la publication.

I – AUTEURS DES PROPOS POURSUIVIS COMME COMPLICE (ART. 43, AL. 1)

1) Dispositions particulières. Lorsque le directeur de la publication est poursuivi comme auteur principal d'un délit de presse, l'auteur de l'article est poursuivi comme complice. Il n'est pas nécessaire que les juges constatent que cette complicité réponde aux conditions exigées par l'article 60 (ancien, act. art. 121-7) du Code pénal. La constatation que le prévenu était l'auteur de l'article suffit à caractériser cette complicité, dès lors que le prévenu n'a pas prétendu que l'article a été publié malgré lui (■ Cass. crim., 30 mai 1953 : *Bull. crim.* n° 184. ■ Cass. crim., 23 déc. 1968 : *Bull. crim.* n° 357).

L'auteur est en effet complice en application de l'article 43 de la loi du 29 juillet 1881 (■ Cass. crim., 6 oct. 1992 : *Bull. crim.* n° 303).

Il en est de même lorsque l'éditeur est en cause (■ Cass. crim., 11 mai 1971 : *Bull. crim.* n° 147, préc.).

Encore faut-il que l'auteur ait eu l'intention que son manuscrit soit publié. Ce ne sera pas le cas s'il est démontré qu'il l'a été à son insu (■ Cass. crim., 7 déc. 1934 : *DH* 1935, p. 70. ■ Cass. crim., 30 mai 1953, préc. ■ Cass. crim., 24 oct. 1967 : *D.* 1968, somm. p. 11).

2) Indépendance des poursuites. La poursuite du rédacteur comme complice n'est pas subordonnée à la mise en cause simultanée du directeur de la publication ou de l'éditeur comme auteur principal (■ Cass. crim., 17 juin 1892 : *D.* 1893, 1, 130. (■ Cass. crim., 26 janv. et 14 juin 1894 : *DP* 1894, 1, p. 457, note Sarrut. ■ Cass. crim., 25 oct. 2005 : *Bull. crim.* n° 267).

Aucune disposition de la loi du 29 juillet 1881 ne subordonne la poursuite, à titre d'auteur principal, du directeur de la publication ou celle, à quelque titre que ce soit, d'autres personnes pénalement responsables en application des articles 42 et 43 de ladite loi, à la mise en cause de l'auteur de l'écrit (■ Cass. crim., 20 janv. 1987 : *Bull. crim.* n° 30).

3) Citation unique. Une citation unique adressée à deux intimés, nulle quant à l'auteur principal protégé par une immunité parlementaire, est valable contre le complice puisque la cause de nullité n'affecte pas cette partie de la citation (■ Cass. crim., 21 déc. 1950 : *D.* 1952, p. 113).

Est valable la citation qui ne précise pas si c'est en qualité d'auteur principal ou de complice que l'inculpé est poursuivi (■ Cass. crim., 10 juin 1899 : *DP* 1901, 1, 428).

4) Appréciation du mode de participation aux faits. Même dans une poursuite exercée en vertu de la loi du 29 juillet 1881, la juridiction correctionnelle a le pouvoir d'apprécier le mode de participation du prévenu aux faits spécifiés et qualifiés dans ladite poursuite, les restrictions que la loi précitée impose aux pouvoirs de cette juridiction étant relatives uniquement à la qualification par rapport au fait incriminé (■ Cass. crim., 22 mai 1984 : *Bull. crim.* n° 188. ■ Cass. crim., 18 juin 1985 : *Bull. crim.* n° 234).

5) Requalification. En effet, la complicité n'est qu'un mode de participation au délit. Dès lors que celui-ci est exactement qualifié, les juges ont le pouvoir de retenir comme complice, si les éléments constitutifs de la complicité sont réunis, la personne poursuivie à tort comme auteur principal (■ Cass. crim., 10 juin 1899 : *DP* 1901, 1, p. 428, préc. ■ Cass. crim., 11 mai 1960 : *JCP* 1960, IV, 98).

6) Rôle du juge. Nonobstant les règles restrictives édictées par les articles 50 et 53 de la loi du

29 juillet 1881, il appartient à la juridiction correctionnelle, saisie d'une poursuite exercée en vertu de ladite loi, d'apprécier le mode de participation du prévenu aux faits incriminés. Il suit de là que l'auteur de l'écrit, poursuivi comme auteur principal de l'infraction, alors que l'éditeur est en cause, doit être retenu comme complice, dans les termes de l'article 43 de la loi précitée (▪ Cass. crim., 11 mai 1971 : *Bull. crim.* n° 147).

Le demandeur au pourvoi condamné en tant qu'auteur principal de propos injurieux ne saurait se faire un grief de ce que la cour d'appel, sans débat contradictoire, ait requalifié en délit d'injures la complicité de cette infraction seule visée dans l'acte introductif d'instance lui ayant été délivré, dès lors que les propos retenus caractérisent sa participation à la commission de l'infraction en qualité de complice, de sorte que la requalification opérée n'avait pas lieu d'être (▪ Cass. crim., 25 sept. 2005 : *Bull. crim.* n° 267, préc.).

7) Auteur des propos. L'acte de complicité punissable, au sens des articles 59 et 60 du Code pénal, est constitué par le fait de tenir des propos diffamatoires à un journaliste, en sachant qu'ils seront publiés (▪ Cass. crim., 6 juill. 1993 : *Bull. crim.* n° 242) ; mais l'auteur des propos recueillis n'est punissable que lorsque l'acte principal de publication a été accompli (▪ Cass. crim., 6 oct. 1992 : *Bull. crim.* n° 303).

L'auteur de propos publiés dans un journal ne peut être poursuivi comme complice alors que rien ne démontre que cette publication a été voulue ou permise par lui et qu'elle n'est que la reproduction d'une publication faite par un autre journal édité à l'étranger (▪ Cass. crim., 19 juin 2001 : *Bull. crim.* n° 148 ; *Dr. pén.* 2001, comm. 111, obs. M. Véron).

Si l'auteur d'un propos repris par un journaliste peut en répondre en qualité de complice dans les termes du droit commun, c'est à la condition que soient relevés contre la personne poursuivie sous cette qualification, des faits personnels, positifs et conscients de complicité ; en l'espèce la cour d'appel a justifié sa décision de relaxe dès lors qu'il n'a pas été établi que l'auteur des propos savait qu'ils étaient destinés à être rendus publics par le rédacteur de l'article de presse dont il ignorait la qualité de journaliste (▪ Cass. crim., 6 mars 2007 : *Bull. crim.* n° 72 ; *Dr. pén.* 2007, comm. 96, obs. M. Véron).

8) Élément moral. Justifie sa décision la cour d'appel qui, pour renvoyer un prévenu des fins d'une poursuite pour complicité de provocation à la haine raciale, retient que, s'il n'est pas discuté que le prévenu avait été interviewé par les journalistes d'un quotidien, il n'est pas établi qu'il avait été informé que son interview ou des extraits seraient diffusés sur le blog du journal (▪ Cass. crim., 10 nov. 2009 : *Bull. crim.* n° 188 ; *Dr. pén.* 2010, comm. 17, obs. M. Véron ; *AJ pénal* 2010, p. 36, jur., note M. E. Charbonnier ; *Comm. com. électr.* 2010, comm. 16, p. 38, obs. A. Lepage).

L'auteur d'un ouvrage ne peut s'exonérer de sa responsabilité comme complice qu'en démontrant qu'il n'a ni voulu, ni permis que des noms soient publiés sur la page de couverture de l'ouvrage (▪ Cass. crim., 20 mai 2014, n° 13-82.830 : *Dr. pén.* 2014, comm. 119, obs. M. Véron).

9) Exclusion de complicité : ordre de la loi, journal officiel. Si le Journal officiel entre dans la catégorie des écrits ou imprimés visés par l'article 23 de la loi du 29 juillet 1881, son directeur ne saurait encourir aucune responsabilité du fait de l'insertion d'une déclaration d'association dont il ne peut légalement se dispenser en exécution des articles 5 de la loi du 1er juillet 1901 et 1er du décret du 16 août 1901. Conformément à l'article 327 (ancien, act. art. 122-4) du Code pénal, il n'y a pas diffamation lorsque la publication est ordonnée par la loi. Il s'ensuit que les auteurs de l'écrit publié, qui ne pouvaient être recherchés comme auteurs principaux qu'à défaut du directeur de publication, ne sont pas susceptibles d'être mis en cause comme complices de celui-ci, en l'absence de fait principal punissable (▪ Cass. crim., 14 nov. 1989 : *Bull. crim.* n° 418, préc. sous l'article 42). V. aussi ▪ Cass. crim., 17 févr. 1981 : *Bull. crim.* n° 63).

10) Responsabilité civile. L'article 43 d'après lequel l'imprimeur ne peut être poursuivi comme complice ne statue qu'au point de vue pénal et n'apporte aucune dérogation aux principes de droit civil qui rendent chacun responsable du préjudice causé par sa faute ou son imprudence ; l'imprimeur peut donc être condamné à des dommages-intérêts à raison du préjudice causé par un article imprimé par lui, lorsqu'il est établi qu'il est rendu compte du caractère délictueux de cet article ((▪ Cass. req., 11 janv. 1905 : *DP* 1906, 1, 57, note Le Poittevin).

11) Internet. Pour les délits d'injure et diffamation commises par le réseau Internet, V. ▪ Cass. crim., 6 mai 2003 : *Bull. crim.* n° 94, et l'article 93-3 de la loi du 29 juillet 1982, *infra*.

II – COMPLICITÉ DE DROIT COMMUN (ART. 43, AL. 2)

12) Articulation du droit commun et du droit spécial. Les dispositions particulières de la loi du 29 juillet 1881, dans ses articles 42 et 43, loin d'écarter la complicité de droit commun de l'article 60 du Code pénal la visent au contraire expressément (▪ Cass. crim., 13 janv. 1987 : *Bull. crim.* n° 17).

Constitue un acte de complicité la participation matérielle et intentionnelle à la publication incriminée par fourniture de moyens, sachant que ceux-ci devaient y servir dans les termes des articles 121-6 et 121-7 du Code pénal, lesquels, loin d'être écartés par les dispositions des articles 42 et 43 de la loi du 29 juillet 1881, sont expressément visés par ce dernier texte (■ Cass. crim., 5 oct. 1999 : *Bull. crim.* n° 208).

13) Complicité de droit commun. En matière de presse, la complicité est punissable dans les termes du droit commun ; est à bon droit condamné comme complice celui qui a indûment et sciemment de laisser figurer son nom sur les exemplaires du journal incriminé, avec la fausse qualité de directeur (■ Cass. crim., 13 juill. 1950 : *Bull. crim.* n° 212. ■ Cass. crim., 24 févr. 1953 : *Bull. crim.* n° 63).

En cas d'infraction à la loi sur la presse, si le directeur de la publication est pénalement responsable, des complices peuvent être poursuivis, à la condition qu'il soit relevé à leur encontre des faits de complicité personnels, positifs et conscients (■ Cass. crim., 29 oct. 1953 : *Bull. crim.* n° 277).

L'auteur d'un propos repris par un journaliste ne peut en répondre en qualité de complice de droit commun qu'à la condition que soient relevés contre lui des faits personnels, positifs et conscients de complicité. Justifie sa décision la cour d'appel qui, pour renvoyer un prévenu des fins d'une poursuite pour complicité de diffamation publique envers un particulier, retient que, s'il n'est pas discuté que le prévenu a été interviewé par des journalistes, il n'est pas démontré qu'il leur ait fourni la matière de leurs articles, et notamment les moyens d'identifier la partie civile (■ Cass. crim., 11 mai 2010 : *JurisData* n° 2010-005930 ; *Bull. crim.* n° 81 ; *Comm. com. électr.* 2010, comm. 115, obs. A. Lepage).

V. aussi, dans le même sens, ■ Cass. crim., 23 janv. 2018, n° 17-80.323 : *JurisData* n° 2018-000663 ; *Légipresse* 2018, n° 358, p. 155, note E. Dreyer ; *Dr. pén.* 2018, étude 6, n° 23, obs. O. Mouysset.

14) Illustrations. Il peut en être ainsi pour un directeur technique, politique, un administrateur, un rédacteur en chef, un propriétaire de journal (■ Cass. crim., 24 nov. 1892 : *D.* 1893, I, p. 463. ■ Cass. crim., 13 mars 1897 : *D.* 1897, I, p. 593. ■ Cass. crim., 8 mars 1934 : *Gaz. Pal.* 1934, I, p. 711. ■ Cass. crim., 29 oct. 1953 : *D.* 1954, jur., p. 381, rapp. Patin. ■ Cass. crim., 4 janv. 1908 : *D.* 1910, I, p. 174. ■ Cass. crim., 16 mai 1899 : *D.* 1899, I, p. 318. ■ Cass. crim., 12 juin 1936 : *Gaz. Pal.* 1936, 2, 445).

15) Distributeurs. Selon les dispositions de l'article 43, les personnes auxquelles s'applique l'article 60 (ancien, act. art. 121-7) du Code pénal sont retenues dans tous les cas comme complices. Il en est ainsi de ceux qui, connaissant le caractère diffamatoire d'un écrit, l'ont distribué (■ Cass. crim., 18 juin 1985 : *Bull. crim.* n° 234, préc.).

16) Fourniture de moyens. Doit être retenu comme complice de diffamation celui qui a sciemment fourni les moyens en vue de la rédaction et de la publication d'un tract (■ Cass. crim., 13 janv. 1987 : *Bull. crim.* n° 179, préc.).

Constitue un acte de complicité la participation matérielle et intentionnelle à la publication incriminée par fourniture de moyens sachant que ceux-ci devaient y servir dans les termes de l'article 60 du Code pénal, lequel, loin d'être écarté par les dispositions des articles 42 et 43 de la loi du 29 juillet 1881, est au contraire expressément visé par ce dernier texte. Il n'importe que le prévenu ait été condamné comme auteur principal, dès lors qu'il encourt les mêmes peines comme complice (■ Cass. crim., 19 mars 1991 : *Bull. crim.* n° 132).

17) Bonne foi. En matière de diffamation, le fait justificatif personnel de bonne foi dont ont bénéficié le directeur de la publication et l'auteur de l'article est sans effet sur la responsabilité du complice de droit commun (■ Cass. crim., 19 févr. 2002 : *Bull. crim.* n° 35).

Art. 43-1 *(L. n° 2004-204, 9 mars 2004).* **– Les dispositions de l'article 121-2 du Code pénal ne sont pas applicables aux infractions pour lesquelles les dispositions des articles 42 ou 43 de la présente loi sont applicables.**

1) Situation antérieure à la loi de 2004. Aucune disposition de la loi du 29 juillet 1881 n'autorise la poursuite d'une personne morale du chef d'infraction à la loi sur la presse (■ Cass. crim., 2 déc. 1980 : *Bull. crim.* n° 326).

2) Loi de 2004. Il se déduit de l'article 43-1 de la loi du 29 juillet 1881 qu'en dehors des cas expressément prévus par les textes, les personnes morales ne sauraient encourir de responsabilité pénale à raison des contraventions de presse.

Justifie sa décision la cour d'appel qui, pour mettre hors de cause le Syndicat national du travail temporaire, poursuivi en qualité de prévenu, du chef de diffamation non publique, énonce qu'aucune disposition de la loi du 29 juillet 1881, ni aucun texte ultérieur, n'autorisent la poursuite d'une personne morale du chef de diffamation, et que le régime juridique de la contravention de diffamation non publique étant celui des infractions de presse, le premier juge ne pouvait pas entrer en voie de condamnation à l'encontre de ce syndicat (■ Cass. crim., 10 sept. 2013, n° 12-83.672 : *Bull. crim.* n° 178 ; *Dr. pén.* 2013, comm. 169, obs. M. Véron ; *Procédures* 2013, comm. 319, note A.-S. Chavent-Leclere).

3) Application. Il se déduit de l'article 43-1 de la loi du 29 juillet 1881 sur la liberté de la presse qu'aucune peine se saurait être prononcée à l'encontre des personnes morales en raison des délits de presse.

Encourt la cassation l'arrêt qui prononce une peine contre une société d'édition pour le délit de diffamation publique envers un particulier, cette infraction ne pouvant être imputée à une personne morale (▪ Cass. crim., 11 juill. 2017, n° 16-84.859 : *JurisData* n° 2017-014494 ; *Dalloz actualité*, 6 sept. 2017, obs. S. Lavric ; *Dr. pén.* 2018, étude 6, n° 24, obs. O. Mouysset).

Art. 44 ***(Mod., L. 25 mars 1952).*** **– Les propriétaires des journaux ou écrits périodiques sont responsables des condamnations pécuniaires prononcées au profit des tiers contre les personnes désignées dans les deux articles précédents, conformément aux dispositions des articles 1382, 1383, 1384 du Code civil.**

Dans les cas prévus au deuxième alinéa de l'article 6, le recouvrement des amendes et dommages-intérêts pourra être poursuivi sur l'actif de l'entreprise.

Les dommages-intérêts civils peuvent être prononcés à l'encontre du propriétaire sans que le directeur de la publication soit mis en cause (▪ Paris, 11 déc. 1919 : *D.* 1921, 2, 16).

Art. 45 ***(Ord. 6 mai 1944).*** **– Les infractions aux lois sur la presse sont déférées aux tribunaux correctionnels, sauf :**

a) **Dans les cas prévus par l'article 23, en cas de crime ;**

b) **Lorsqu'il s'agit de simples contraventions.**

1) **Compétence territoriale.** Le lieu du délit doit s'entendre de tout lieu dans lequel s'effectue la publication ; sont donc compétents tous les tribunaux dans le ressort desquels l'écrit incriminé a été publié (▪ Cass. crim., 10 nov. 1883 : *DP* 1884, 1, p. 370. ▪ Cass. crim., 4 juill. 1896 : *S.* 1897, 1, p. 201, note Roux. ▪ Cass. crim., 8 août 1949 : *D.* 1949, 569).

2) **Télévision.** Le délit de diffamation perpétré par la voie de la presse écrite est réputé commis partout où l'écrit a été publié, distribué ou mis en vente ; la diffamation réalisée par la voie de la télévision est accomplie en tous lieux où les émissions télévisées ont pu être reçues (▪ Cass. crim., 5 déc. 2000 : *JurisData* n° 2002-008004 ; *Dr. pén.* 2001, comm. 44, obs. M. Véron).

3) **Journal.** Le délit de diffamation perpétré par la voie de la presse écrite est réputé commis partout où l'écrit a été publié. La publicité est réalisée par la diffusion d'un journal à ses abonnés, en quelque lieu qu'ils se trouvent ; encourt la censure l'arrêt qui, pour faire droit à l'exception d'incompétence territoriale soulevée par le prévenu, énonce que rien ne permet d'affirmer que le journal contenant les propos diffamatoires a été effectivement distribué aux deux abonnés demeurant dans le ressort du tribunal saisi (▪ Cass. crim., 3 févr. 2009 : *Bull. crim.* n° 26 ; *Dr. pén.* 2009, comm. 61, obs. M. Véron).

4) **Pluralité de poursuites.** En cas de pluralité de poursuites, la juridiction dernièrement saisie doit renvoyer l'affaire à celle saisie la première (▪ Cass. crim., 16 mai 1936 : *Bull. crim.* n° 55).

5) **Contraventions.** Les injures ou diffamations réalisées par l'envoi d'une lettre-missive sont des infractions de nature complexe qui supposent nécessairement l'expédition d'un écrit injurieux ou diffamatoire et la réception de cet écrit par le destinataire, la circonstance que l'un de ces deux éléments essentiels de l'infraction a été commis dans une localité déterminée suffit pour attribuer compétence au tribunal de simple police dont relève cette localité. Dès lors, si le juge du lieu où le pli litigieux est parvenu à son destinataire et où se sont réalisés les effets de l'infraction est compétent, la même compétence doit être reconnue au juge du lieu où l'expéditeur, en confiant l'écrit à La Poste ou en le remettant à un tiers en vue de le faire parvenir au destinataire, a personnellement accompli tous les actes qui dépendaient de lui pour que l'infraction fût pleinement consommée (▪ Cass. crim., 28 janv. 1960 : *Bull. crim.* n° 59) ; la solution est identique pour le téléphone (▪ Cass. crim., 3 août 1937 : *Bull. crim.* n° 174).

6) **Compétence « ratione personae ».** Les crimes et délits commis par un membre du gouvernement dans l'exercice de ses fonctions sont de la compétence exclusive de la Cour de justice de la République (▪ Cass. ass. plén., 23 déc. 1999 : *Bull. crim.* n° 312).

Art. 46. – L'action civile résultant des délits de diffamation prévus et punis par les articles 30 et 31 ne pourra, sauf dans le cas de décès de l'auteur du fait incriminé ou d'amnistie, être poursuivie séparément de l'action publique.

1) **Incompétence de la juridiction civile.** L'incompétence de la juridiction civile dans les cas prévus par l'article 46 est d'ordre public et doit être relevée d'office par le juge civil (▪ Cass. civ., 26 juin 1922 : *D.* 1922, 1, 115. ▪ Cass. crim., 9 déc. 1970 : *JCP* 1971, II, 16787, note H. B.).

2) Compétence résiduelle de la juridiction civile. Sous réserve d'indivisibilité entre les diverses imputations, un fonctionnaire diffamé à la fois dans sa vie publique et dans sa vie privée peut restreindre son action auxfaits qui l'atteignent dans sa vie privée et dans cette mesure saisir la juridiction civile (▪ Cass. civ., 26 juin 1922, préc.).

3) Juge des référés. La prohibition édictée par l'article 46 ne met pas obstacle à ce que le juge des référés prenne, conformément à l'article 809 du Code de procédure civile, les mesures qui s'imposent pour faire cesser le trouble manifestement illicite résultant des faits incriminés (▪ Cass. 2ᵉ civ., 27 janv. 1993 : *D.* 1993, IR 54).

4) Exclusions. L'interdiction d'exercer l'action civile séparément de l'action publique, édictée par l'article 46 de la loi du 29 juillet 1881, ne concerne que la diffamation commise envers les personnes protégées par l'article 31 de la même loi et notamment les citoyens chargés d'un service public ; une telle qualité est reconnue à celui qui accomplit une mission d'intérêt général en exerçant des prérogatives de puissance publique ; encourt la cassation l'arrêt qui, pour déclarer irrecevable l'action des administrateurs et mandataires judiciaires à la liquidation des entreprises devant la juridiction civile, retient qu'en application de la loi du 25 janvier 1985 sur le redressement et la liquidation judiciaires ils assument une mission de service public dans le cadre d'une activité libérale alors que ceux-ci ne disposent d'aucune prérogative de puissance publique (▪ Cass. ch. mixte, 4 nov. 2002, 3 arrêts : *Bull. inf. C. cass.* 2002, p. 7, rapp. Mᵐᵉ Aubert, avis M. de Gouttes ; *Bull. crim.* n° 1 ; *Dr. pén.* 2003, comm. 18, obs. M. Véron ; *JCP* G 2003, II, 10006, note E. Derieux ; *D.* 2003, jur. comm., p. 1194, note E. Dreyer).

§ 2. – De la procédure

(Ord. 6 mai 1944 ; Ord. n° 45-2090, 13 sept. 1945)

Art. 47 *(Ord. n° 45-2090, 13 sept. 1945).* **– La poursuite des délits et contraventions de police commis par la voie de la presse ou par tout autre moyen de publication aura lieu d'office et à la requête du ministère public sous les modifications ci-après.**

Art. 48 *(Ord. n° 45-2090, 13 sept. 1945 ; mod., L. n° 53-184, 12 mars 1953 ; L. n° 72-546, 1ᵉʳ juill. 1972 ; L. n° 2000-516, 15 juin 2000 ; L. n° 2004-1486, 30 déc. 2004 ; L. n° 2007-297, 5 mars 2007 ; L. n° 2013-711, 5 août 2013 ; L. n° 2021-1729, 22 déc. 2021).* **– 1° Dans le cas d'injure ou de diffamation envers les cours, tribunaux et autres corps indiqués en l'article 30, la poursuite n'aura lieu que sur une délibération prise par eux en assemblée générale et requérant les poursuites, ou, si le corps n'a pas d'assemblée générale, sur la plainte du chef du corps ou du ministre duquel ce corps relève ;**

2° Dans le cas d'injure ou de diffamation envers le Président de la République, un membre du Gouvernement ou un membre du Parlement, la poursuite n'aura lieu que sur la plainte de la personne ou des personnes intéressées ;

3° Dans le cas d'injure ou de diffamation envers les fonctionnaires publics, les dépositaires ou agents de l'autorité publique autres que les ministres et envers les citoyens chargés d'un service ou d'un mandat public, la poursuite aura lieu, soit sur leur plainte, soit d'office sur la plainte du ministre dont ils relèvent ;

4° Dans le cas de diffamation envers un juré ou un témoin, délit prévu par l'article 31, la poursuite n'aura lieu que sur la plainte du juré ou du témoin qui se prétendra diffamé ;

5° Dans le cas d'outrage envers les agents diplomatiques étrangers, la poursuite aura lieu sur leur demande adressée au ministre des affaires étrangères et par celui-ci au ministre de la justice ;

6° Dans le cas de diffamation envers les particuliers prévu par l'article 32 et dans le cas d'injure prévu par l'article 33, paragraphe 2, la poursuite n'aura lieu que sur la plainte de la personne diffamée ou injuriée. Toutefois, la poursuite pourra être exercée d'office par le ministère public lorsque la diffamation ou l'injure aura été commise envers une personne ou un groupe de personnes à raison de leur origine ou de leur appartenance ou de leur non-appartenance à une ethnie, une nation, une race ou une religion déterminée. La poursuite pourra également être exercée d'office par le ministère public lorsque la diffamation ou l'injure aura été commise envers un groupe de personnes à raison de leur sexe, de leur orientation sexuelle ou de leur handicap ; il en sera de même lorsque ces diffamations ou injures auront été commises envers des personnes considérées individuellement, à la condition que celles-ci aient donné leur accord ;

7° Dans le cas de diffusion de l'image d'une personne menottée ou entravée prévue par l'article 35 *ter*, la poursuite n'aura lieu que sur la plainte de la personne intéressée ;

8° Dans le cas d'atteinte à la dignité de la victime prévue par l'article 35 *quater*, la poursuite n'aura lieu que sur la plainte de la victime.

En outre, dans les cas prévus par les 2°, 3°, 4°, 5°, 6°, 7° et 8° ci-dessus, ainsi que dans les cas prévus aux articles 13, 38 *quater* et 39 *quinquies* de la présent loi, la poursuite pourra être exercée à la requête de la partie lésée.

Art. 48-1 *(Créé, L. n° 72-546, 1er juill. 1972 ; mod., L. n° 90-615, 13 juill. 1990 ; L. n° 2001-434, 21 mai 2001 ; L. n° 2007-297, 5 mars 2007 ; L. n° 2011-525, 17 mai 2011 ; L. n° 2014-1353, 13 nov. 2014 ; L. n° 2017-86, 27 janv. 2017)*. – Toute association régulièrement déclarée depuis au moins cinq ans à la date des faits, se proposant, par ses statuts, de défendre la mémoire des esclaves et l'honneur de leurs descendants, combattre le racisme ou d'assister les victimes de discrimination fondée sur leur origine nationale, ethnique, raciale ou religieuse, peut exercer les droits reconnus à la partie civile en ce qui concerne les infractions prévues par les articles 24 (alinéa 7), 32 (alinéa 2) et 33 (alinéa 3), de la présente loi, ainsi que les délits de provocation prévus par le 1° de l'article 24, lorsque la provocation concerne des crimes ou délits commis avec la circonstance aggravante prévue par l'article 132-76 du Code pénal.

Toutefois, quand l'infraction aura été commise envers des personnes considérées individuellement, l'association ne sera recevable dans son action que si elle justifie avoir reçu l'accord de ces personnes ou si elle justifie que ces personnes ne s'opposent pas aux poursuites.

Art. 48-1-1 *(Créé, L. n° 2017-86, 27 janv. 2017)*. – Toute association régulièrement déclarée depuis au moins cinq ans se proposant, par ses statuts, de lutter contre l'esclavage ou de défendre la mémoire des esclaves et l'honneur de leurs descendants peut exercer les droits reconnus à la partie civile en ce qui concerne les infractions d'apologie, de négation, de minoration ou de banalisation des crimes de réduction en esclavage ou d'exploitation d'une personne réduite en esclavage prévues aux articles 24 et 24 *bis*.

Toutefois, quand l'infraction a été commise envers des personnes considérées individuellement, l'association n'est recevable dans son action que si elle justifie avoir reçu l'accord de ces personnes ou si elle justifie que ces personnes ne s'opposent pas aux poursuites.

Art. 48-2 *(Créé, L. n° 90-615, 13 juill. 1990 ; mod. Cons. const. n° 2015-492 QPC, 16 oct. 2015 ; rempl., L. n° 2017-86, 27 janv. 2017)*. – Toute association régulièrement déclarée depuis au moins cinq ans à la date des faits qui se propose, par ses statuts, de défendre les intérêts moraux et l'honneur de la Résistance ou des déportés, d'assister les victimes de crimes de guerre ou de crimes contre l'humanité, de défendre leur mémoire ou de lutter contre les discriminations peut exercer les droits reconnus à la partie civile en ce qui concerne :

1° L'apologie des crimes de guerre, des crimes contre l'humanité ou des crimes ou délits de collaboration avec l'ennemi mentionnée au cinquième alinéa de l'article 24, lorsque ces crimes ou délits ont donné lieu à une ou plusieurs condamnations prononcées par une juridiction française ou internationale ;

2° L'infraction prévue à l'article 24 *bis*.

Art. 48-3 *(Créé, L. n° 91-1257, 17 déc. 1991 ; mod., L. n° 2006-449, 18 avr. 2006)*. – Toute association régulièrement déclarée depuis au moins cinq ans à la date des faits et inscrite auprès de l'Office national des anciens combattants et victimes de guerre dans des conditions fixées par décret en Conseil d'État, qui se propose par ses statuts de défendre les intérêts moraux et l'honneur des anciens combattants et victimes de guerre et des morts pour la France, peut exercer les droits reconnus à la partie civile en ce qui concerne les délits de diffamation ou d'injures qui ont causé un préjudice direct ou indirect à la mission qu'elle remplit.

En cas de diffamation ou d'injure contre les armées prévues par l'article 30 et le premier alinéa de l'article 33, les dispositions du 1° de l'article 48 ne sont pas applicables.

En cas de diffamation ou d'injure commises envers des personnes considérées individuellement, l'association ne sera recevable dans son action que si elle justifie avoir reçu l'accord de ces personnes ou de leurs ayants droit.

Art. 48-4 *(Créé, L. n° 2004-1486, 30 déc. 2004 ; mod., L. n° 2007-297, 5 mars 2007 ; L. n° 2012-954, 6 août 2012 ; L. n° 2014-1353, 13 nov. 2014 ; L. n° 2017-86, 27 janv. 2017)*. – Toute association, régulièrement déclarée depuis au moins cinq ans à la date des faits, se proposant, par ses statuts, de combattre les violences ou les discriminations fondées sur l'orientation sexuelle ou identité de genre ou d'assister les victimes de ces discriminations peut exercer les droits reconnus à la partie civile en ce qui concerne les délits prévus par le huitième alinéa de l'article 24, le troisième alinéa de l'article 32 et le quatrième alinéa de l'article 33, ainsi que les délits de provocation prévus par le 1° de l'article 24, lorsque la provocation concerne des crimes ou délits commis avec la circonstance aggravante prévue par l'article 132-77 du Code pénal.

Toutefois, quand l'infraction aura été commise envers des personnes considérées individuellement, l'association ne sera recevable dans son action que si elle justifie avoir reçu l'accord de ces personnes.

Art. 48-5 *(Créé, L. n° 2004-1486, 30 déc. 2004 ; L. n° 2007-297, 5 mars 2007 ; L. n° 2014-1353, 13 nov. 2014).* – Toute association, régulièrement déclarée depuis au moins cinq ans à la date des faits, se proposant, par ses statuts, de combattre les violences ou les discriminations fondées sur le sexe ou d'assister les victimes de ces discriminations peut exercer les droits reconnus à la partie civile en ce qui concerne les délits prévus par le huitième alinéa de l'article 24, le troisième alinéa de l'article 32 et le quatrième alinéa de l'article 33, ainsi que les délits de provocation prévus par le 1° de l'article 24, lorsque la provocation concerne des crimes ou délits d'agressions sexuelles ou commis avec la circonstance aggravante prévue par l'article 132-80 du Code pénal.

Toutefois, quand l'infraction aura été commise envers des personnes considérées individuellement, l'association ne sera recevable dans son action que si elle justifie avoir reçu l'accord de ces personnes.

Art. 48-6 *(Créé, L. n° 2004-1486, 30 déc. 2004 ; L. n° 2007-297, 5 mars 2007 ; L. n° 2014-1353, 13 nov. 2014).* – Toute association, régulièrement déclarée depuis au moins cinq ans à la date des faits, se proposant, par ses statuts, de combattre les violences ou les discriminations fondées sur le handicap ou d'assister les victimes de ces discriminations peut exercer les droits reconnus à la partie civile en ce qui concerne les délits prévus au huitième alinéa de l'article 24, au troisième alinéa de l'article 32 et au quatrième alinéa de l'article 33, ainsi que les délits de provocation prévus par le 1° de l'article 24, lorsque la provocation concerne des crimes ou délits aggravés en raison du handicap de la victime.

Toutefois, quand l'infraction aura été commise envers des personnes considérées individuellement, l'association ne sera recevable dans son action que si elle justifie avoir reçu l'accord de ces personnes.

Art. 49 *(Ord. n° 45-2090, 13 sept. 1945).* – Dans tous les cas de poursuites correctionnelles ou de simple police, le désistement du plaignant ou de la partie poursuivante arrêtera la poursuite commencée.

Art. 50 *(Ord. n° 45-2090, 13 sept. 1945).* – Si le ministère public requiert une information, il sera tenu, dans son réquisitoire, d'articuler et de qualifier les provocations, outrages, diffamations et injures à raison desquels la poursuite est intentée, avec indication des textes dont l'application est demandée, à peine de nullité du réquisitoire de ladite poursuite.

Art. 50-1 *(Créé, L. n° 2007-297, 5 mars 2007 ; L. n° 2017-86, 27 janv. 2017).* – Lorsque les faits visés par les articles 24 et 24 *bis*, par les deuxième et troisième alinéas de l'article 32 et par les troisième et quatrième alinéas de l'article 33 résultent de messages ou informations mis à disposition du public par un service de communication au public en ligne et qu'ils constituent un trouble manifestement illicite, l'arrêt de ce service peut être prononcé par le juge des référés, à la demande du ministère public et de toute personne physique ou morale ayant intérêt à agir.

Art. 51 *(Mod., Ord. n° 45-2090, 13 sept. 1945 ; L. n° 2012-387, 22 mars 2012 ; L. n° 2017-86, 27 janv. 2017).* – Immédiatement après le réquisitoire, le juge d'instruction pourra ordonner la saisie de quatre exemplaires de l'écrit, du journal ou du dessin incriminé.

Toutefois, dans les cas prévus aux premier à troisième et cinquième alinéas de l'article 24 et à l'article 37, la saisie des écrits ou imprimés, des placards ou affiches, a lieu conformément aux règles édictées par le Code de procédure pénale. Il en est de même pour la saisie des tracts ou des affiches dans les cas prévus aux septième et huitième alinéas de l'article 24, aux deuxième et troisième alinéas de l'article 32 et aux troisième et quatrième alinéas de l'article 33.

Art. 51-1 *(Créé à compter du 1er juin 2019, L. n° 2019-222, 23 mars 2019 ; mod. DC n° 2021/941 QPC, 14 sept. 2021).* – Par dérogation aux articles 80-1 et 116 du Code de procédure pénale, le juge d'instruction qui envisage de mettre en examen une personne pour le délit de diffamation ou d'injure procède conformément aux dispositions du présent article.

Il informe la personne de son intention de la mettre en examen par lettre recommandée avec demande d'avis de réception en précisant chacun des faits qui lui sont reprochés ainsi que leur qualification juridique et en l'avisant de son droit de faire connaître des observations écrites dans un délai d'un mois. Sous réserve des dispositions du troisième alinéa, il peut aussi, par le même avis, interroger la personne par écrit afin de solliciter, dans le même délai, sa réponse à différentes questions écrites. En ce cas, la personne est informée qu'elle peut choisir de répondre auxdites questions directement en demandant à être entendue par le juge d'instruction.

Le juge d'instruction ne peut instruire sur les preuves éventuelles de la vérité des faits diffamatoires, ni sur celles de la bonne foi en matière de diffamation, ni non plus instruire sur l'éventuelle excuse de provocation en matière d'injure.

Lors de l'envoi de l'avis prévu au deuxième alinéa du présent article, la personne est informée de son droit de désigner un avocat. En ce cas, la procédure est mise à la disposition de l'avocat désigné durant les jours ouvrables, sous réserve des exigences du bon fonctionnement du cabinet d'instruction. Les avocats peuvent également se faire délivrer copie de tout ou partie des pièces et actes du dossier dans les conditions mentionnées à l'article 114 du Code de procédure pénale.

À l'issue d'un délai d'un mois à compter de la réception de l'avis mentionné au deuxième alinéa du présent article, le juge d'instruction peut procéder à la mise en examen en adressant à la personne et à son avocat une lettre recommandée avec demande d'avis de réception selon les modalités prévues aux deuxième et troisième alinéas de l'article 113-8 du Code de procédure pénale. Il informe à cette occasion la personne que, si elle demande à être entendue par le juge d'instruction, celui-ci est tenu de procéder à son interrogatoire.

Constitutionnalité. Les dispositions de l'article 51-1 sont non conformes au droit à un recours juridictionnel effectif (■ Cons. const., 14 sept. 2021, n°s 2021-929 et 2021-941 QPC : *JurisData* n° 2021-013948).

Art. 52 ***(Mod., Ord. n° 45-2090, 13 sept. 1945 ; L. n° 2012-1432, 21 déc. 2012 ; L. n° 2014-1353, 13 nov. 2014).*** **– Si la personne mise en examen est domicilié[e] en France, [elle] ne pourra être placée en détention provisoire que dans les cas prévus à l'article 23 et aux deuxième à quatrième alinéas de l'article 24.**

Art. 53 ***(Ord. n° 45-2090, 13 sept. 1945).*** **– La citation précisera et qualifiera le fait incriminé, elle indiquera le texte de loi applicable à la poursuite.**

Si la citation est à la requête du plaignant, elle contiendra élection de domicile dans la ville où siège la juridiction saisie et sera notifiée tant au prévenu qu'au ministère public.

Toutes ces formalités seront observées à peine de nullité de la poursuite.

Art. 54 ***(Ord. n° 45-2090, 13 sept. 1945 ; L. n° 2020-1672, 24 déc. 2020).*** **– Par dérogation au premier alinéa de l'article 552 du Code de procédure pénale, le délai entre la citation et la comparution sera de vingt jours outre un jour par cinq myriamètres de distance..**

Toutefois, en cas de diffamation ou d'injure pendant la période électorale contre un candidat à une fonction électorale, ce délai sera réduit à vingt-quatre heures, outre le délai de distance prévu aux deux derniers alinéas du même article 552, et les dispositions des articles 55 et 56 de la présente loi ne seront pas applicables.

Art. 54-1 ***(Créé, L. n° 2017-86, 27 janv. 2017).*** **– En cas de poursuites engagées en application des articles 50 ou 53 sous la qualification prévue soit au septième alinéa de l'article 24, soit au deuxième alinéa de l'article 32, soit au troisième alinéa de l'article 33, la juridiction de jugement peut, dans le respect du principe du contradictoire, requalifier l'infraction sur le fondement de l'une de ces dispositions.**

En cas de poursuites engagées en application des articles 50 ou 53 sous la qualification prévue soit au huitième alinéa de l'article 24, soit au troisième alinéa de l'article 32, soit au quatrième alinéa de l'article 33, la juridiction de jugement peut, dans le respect du principe du contradictoire, requalifier l'infraction sur le fondement de l'une de ces dispositions.

Art. 55 ***(Ord. n° 45-2090, 13 sept. 1945).*** **– Quand le prévenu voudra être admis à prouver la vérité des faits diffamatoires, conformément aux dispositions de l'article 35 de la présente loi, il devra, dans le délai de dix jours après la signification de la citation, faire signifier au ministère public ou au plaignant au domicile par lui élu, suivant qu'il est assigné à la requête de l'un ou de l'autre :**

1° Les faits articulés et qualifiés dans la citation, desquels il entend prouver la vérité ;

2° La copie des pièces ;

3° Les noms, professions et demeures des témoins par lesquels il entend faire la preuve.

Cette signification contiendra élection de domicile près le tribunal correctionnel, le tout à peine d'être déchu du droit de faire la preuve.

(Al. créé, L. n° 2017-86, 27 janv. 2017) En cas de poursuites engagées sous la qualification prévues aux septième ou huitième alinéas de l'article 24 ou aux troisième ou quatrième alinéas de l'article 33, le présent article est également applicable devant la juridiction de jugement si celle-ci requalifie l'infraction sous la qualification prévue aux deuxième et troisième alinéas de l'article 32.

Art. 56 *(Ord. n° 45-2090, 13 sept. 1945)*. – Dans les cinq jours suivants, en tous cas moins de trois jours francs avant l'audience, le plaignant ou le ministère public, suivant le cas, sera tenu de faire signifier au prévenu, au domicile par lui élu, les copies des pièces et les noms, professions et demeures des témoins par lesquels il entend faire la preuve du contraire sous peine d'être déchu de son droit.

Art. 57 *(Ord. n° 45-2090, 13 sept. 1945)*. – Le tribunal correctionnel et le tribunal de police seront tenus de statuer au fond dans le délai maximum d'un mois à compter de la date de la première audience.

Dans le cas prévu à l'alinéa 2 de l'article 54, la cause ne pourra être remise au-delà du jour fixé pour le scrutin.

Art. 58 *(Ord. n° 45-2090, 13 sept. 1945 ; mod., L. n° 81-759, 6 août 1981)*. – Le droit de se pourvoir en cassation appartiendra au prévenu et à la partie civile quant aux dispositions relatives à ses intérêts civils. Le prévenu sera dispensé de se mettre en état.

La partie civile pourra user du bénéfice de l'article 124 du Code d'instruction criminelle [CPP, art. 585] sans le ministère d'un avocat à la Cour de cassation.

Art. 59 *(Ord. n° 45-2090, 13 sept. 1945)*. – Le pourvoi devra être formé, dans les trois jours, au greffe de la cour ou du tribunal qui aura rendu la décision. Dans les vingt-quatre heures qui suivront, les pièces seront envoyées à la Cour de cassation, qui jugera d'urgence dans les dix jours à partir de leur réception.

L'appel contre les jugements ou le pourvoi contre les arrêts des cours d'appel qui auront statué sur les incidents et exceptions autres que les exceptions d'incompétence ne sera formé, à peine de nullité, qu'après le jugement ou l'arrêt définitif et en même temps que l'appel ou le pourvoi contre ledit jugement ou arrêt.

Toutes les exceptions d'incompétence devront être proposées avant toute ouverture du débat sur le fond ; faute de ce, elles seront jointes au fond et il sera statué sur le tout par le même jugement.

Art. 60 *(Ord. n° 45-2090, 13 sept. 1945)*. – Sous réserve des dispositions des articles 50, 51, et 52 ci-dessus, la poursuite des crimes aura lieu conformément au droit commun.

§ 3. — Peines complémentaires, récidive, circonstances atténuantes, prescription

Art. 61 *(Ord. n° 45-2090, 13 sept. 1945)*. – S'il y a condamnation, l'arrêt pourra, dans les cas prévus aux articles 24 (§§ 1er et 3), 25, 36 et 37, prononcer la confiscation des écrits ou imprimés, placards ou affiches saisis et, dans tous les cas, ordonner la saisie et la suppression ou la destruction de tous les exemplaires qui seraient mis en vente, distribués ou exposés aux regards du public. Toutefois, la suppression ou la destruction pourra ne s'appliquer qu'à certaines parties des exemplaires saisis.

Art. 62 *(Ord. n° 45-2090, 13 sept. 1945)*. – En cas de condamnation prononcée en application des articles 23, 24 (alinéas 1er et 2), 25 et 27, la suspension du journal ou du périodique pourra être prononcée par la même décision de justice pour une durée qui n'excédera pas trois mois. Cette suspension sera sans effet sur les contrats de travail qui liaient l'exploitant lequel reste tenu de toutes les obligations contractuelles ou légales en résultant.

Art. 63 *(Mod., L. n° 72-546, 1er juill. 1972 ; L. n° 2004-1486, 30 déc. 2004 ; L. n° 2014-1353, 13 nov. 2014)*. – L'aggravation des peines résultant de la récidive ne sera applicable qu'aux infractions prévues par les articles 24 (alinéas 5, 7 et 8), 32 (alinéas 2 et 3) et 33 (alinéas 3 et 4) de la présente loi.

En cas de conviction de plusieurs crimes ou délits prévus par la présente loi, les peines ne se cumuleront pas, et la plus forte sera seule prononcée.

Art. 64 *(Abr., L. n° 92-1336, 16 déc. 1992 ; rétabli, L. n° 2000-516, 15 juin 2000).* – Lorsque ont été ordonnées en référé des mesures limitant par quelque moyen que ce soit la diffusion de l'information, le premier président de la cour d'appel statuant en référé peut, en cas d'appel, arrêter l'exécution provisoire de la décision si celle-ci risque d'entraîner des conséquences manifestement excessives.

Art. 65 *(Mod., L. n° 93-2, 4 janv. 1993).* – L'action publique et l'action civile résultant des crimes, délits et contraventions prévus par la présente loi se prescriront après trois mois révolus, à compter du jour où ils auront été commis ou du jour du dernier acte d'instruction ou de poursuite s'il en a été fait.

Toutefois, avant l'engagement des poursuites, seules les réquisitions aux fins d'enquête seront interruptives de prescription. Ces réquisitions devront, à peine de nullité, articuler et qualifier les provocations, outrages, diffamations et injures à raison desquels l'enquête est ordonnée.

Les prescriptions commencées à l'époque de la publication de la présente loi, et pour lesquelles il faudrait encore, suivant les lois existantes, plus de trois mois à compter de la même époque, seront, par ce laps de trois mois, définitivement accomplies.

Art. 65-1 *(Créé, L. n° 93-2, 4 janv. 1993).* – Les actions fondées sur une atteinte au respect de la présomption d'innocence commise par l'un des moyens visés à l'article 23 se prescriront après trois mois révolus à compter du jour de l'acte de publicité.

Art. 65-2 *(Créé, L. n° 93-2, 4 janv. 1993).* – En cas d'imputation portant sur un fait susceptible de revêtir une qualification pénale, le délai de prescription prévu par l'article 65 est réouvert ou court à nouveau, au profit de la personne visée, à compter du jour où est devenue définitivement une décision pénale intervenue sur ces faits et ne la mettant pas en cause.

Art. 65-3 *(Créé, L. n° 2004-204, 9 mars 2004 ; mod., L. n° 2012-1432, 21 déc. 2012 ; L. n° 2014-56, 27 janv. 2014 ; L. n° 2014-1353, 13 nov. 2014 ; L. n° 2021-1109, 24 août 2021).* – Pour les délits prévus par l'article 24, l'article 24 *bis*, les deuxième et troisième alinéas de l'article 32 et les troisième et quatrième alinéas de l'article 33, le délai de prescription prévu par l'article 65 est porté à un an.

Pour ces délits, le deuxième alinéa de l'article 65 n'est pas applicable.

Art. 65-4 *(Créé, L. n° 2017-86, 27 janv. 2017).* – Les articles 54-1 et 65-3 et le dernier alinéa de l'article 55 sont applicables aux contraventions prévues par le Code pénal réprimant les faits prévus aux septième et huitième alinéas de l'article 24, aux deuxième et troisième alinéas de l'article 32 et aux troisième et quatrième alinéas de l'article 33 lorsque ces faits ne sont pas commis publiquement.

Dispositions transitoires

Art. 66 *(Dispositions d'application limitée dans le temps).*

Art. 67 *(Dispositions d'application limitée dans le temps).*

Art. 68. – Sont abrogés les édits, lois, décrets, ordonnances, arrêtés, règlements, déclarations généralement quelconques, relatifs à l'imprimerie, à la librairie, à la presse périodique ou non périodique, au colportage, à l'affichage, à la vente sur la voie publique et aux crimes et délits prévus par les lois sur la presse et les autres moyens de publication, sans que puissent revivre les dispositions abrogées par les lois antérieures.

Est également abrogé le second paragraphe de l'article 31 de la loi du 10 août 1871 sur les conseils généraux, relatif à l'appréciation de leurs discussions par les journaux.

Art. 69 *(Rempl., Ord. n° 96-267, 28 mars 1996 ; mod., L. n° 2016-1524, 14 nov. 2016 ; L. n° 2017-86, 27 janv. 2017 ; rempl., L. n° 2019-222, 23 mars 2019 ; L. n° 2020–1672, 24 déc. 2020 ; L. n° 2021-1729, 22 déc. 2021).* – La présente loi est applicable, dans sa rédaction résultant de la loi n° 2021-1729 du 22 décembre 2021 pour la confiance dans l'institution judiciaire, dans les îles Wallis-et-Futuna, en Polynésie française, en Nouvelle-Calédonie et dans les Terres australes et antarctiques françaises.

Pour leur application en Nouvelle-Calédonie, les références au Code civil sont remplacées par les références aux dispositions applicables localement ayant le même objet.

Art. 70. – *(Dispositions d'application limitée dans le temps, portant amnistie).*

II. – COMMUNICATION AUDIOVISUELLE

Loi n° 82-652 du 29 juillet 1982
sur la communication audiovisuelle

Art. 6 *(Mod., L. n° 86-1067, 30 sept. 1986 ; L. n° 90-615, 13 juill. 1990 ; L. n° 2000-516, 15 juin 2000 ; L. n° 2004-575, 21 juin 2004 ; mod. à compter du 1er janvier 2020, Ord. n° 2019-738, 17 juill. 2019).* **– I. – Toute personne physique ou morale dispose d'un droit de réponse dans le cas où des imputations susceptibles de porter atteinte à son honneur ou à sa réputation auraient été diffusées dans le cadre d'une activité de communication audiovisuelle.**

Le demandeur doit préciser les imputations sur lesquelles il souhaite répondre et la teneur de la réponse qu'il se propose d'y faire.

La réponse doit être diffusée dans des conditions techniques équivalentes à celles dans lesquelles a été diffusé le message contenant l'imputation invoquée.

Elle doit également être diffusée de manière que lui soit assurée une audience équivalente à celle du message précité.

La demande d'exercice du droit de réponse doit être présentée dans le délai de trois mois suivant celui de la diffusion du message contenant l'imputation qui la fonde. Toutefois, lorsque, à l'occasion de l'exercice de poursuites pénales, ont été diffusées dans le cadre d'une activité de communication audiovisuelle des imputations susceptibles de porter atteinte à l'honneur ou à la réputation d'une personne physique ou morale, ce délai est réouvert à son profit pour la même durée à compter du jour où la décision de non-lieu dont elle fait l'objet est intervenue ou celle de relaxe ou d'acquittement la mettant expressément ou non hors de cause est devenue définitive.

En cas de refus ou de silence gardé sur la demande par son destinataire dans les huit jours suivant celui de sa réception, le demandeur peut saisir le président du tribunal judiciaire, statuant en référé, par la mise en cause de la personne visée au neuvième alinéa du présent article.

Le président du tribunal peut ordonner sous astreinte la diffusion de la réponse ; il peut déclarer son ordonnance exécutoire sur minute nonobstant appel.

Pendant toute campagne électorale, lorsqu'un candidat est mis en cause, le délai de huit jours prévu au sixième alinéa est réduit à vingt-quatre heures.

Pour l'application des dispositions du présent article, dans toute personne morale qui assure, à quelque titre et sous quelque forme que ce soit, un service de communication audiovisuelle, il doit être désigné un responsable chargé d'assurer l'exécution des obligations se rattachant à l'exercice du droit de réponse.

Un décret en Conseil d'État fixe les modalités d'application du présent article.

Il précise notamment les modalités et le délai de conservation des documents audiovisuels nécessaires à l'administration de la preuve des imputations visées au premier alinéa du présent article, sans préjudice de l'application des dispositions de la loi n° 79-18 du 3 janvier 1979 sur les archives.

Les dispositions du présent article sont applicables à tout service de communication mis à la disposition du public sous forme de phonogrammes ou de vidéogrammes paraissant à intervalles réguliers.

II. – Les associations remplissant les conditions fixées par l'article 48-1 de la loi du 29 juillet 1881 sur la liberté de la presse peuvent également exercer le droit de réponse prévu par le présent article dans le cas où des imputations susceptibles de porter atteinte à l'honneur ou à la réputation d'une personne ou d'un groupe de personnes à raison de leur origine, de leur appartenance ou de leur non-appartenance à une ethnie, une nation, une race ou une religion déterminée auraient été diffusées dans le cadre d'une activité de communication audiovisuelle.

Toutefois, quand les imputations concerneront des personnes considérées individuellement, l'association ne pourra exercer le droit de réponse que si elle justifie avoir reçu leur accord.

Aucune association ne pourra requérir la diffusion d'une réponse en application du présent article dès lors qu'aura été diffusée une réponse à la demande d'une des associations remplissant les conditions prévues par l'article 48-1 précité.

Le droit de réponse institué par la loi du 29 juillet 1982 tend à protéger toute personne mise en cause par des imputations diffamatoires à l'occasion d'une activité de communication audiovisuelle. Sous certaines réserves, ce droit est général et absolu. Celui qui l'exerce est juge de

ANNEXE 6

l'utilité, de la forme et de la teneur de la réponse mais il doit préciser les imputations auxquelles il entend répondre et il ne saurait mettre en cause l'intérêt légitime d'un tiers. Si le journaliste animateur de l'émission au cours de laquelle des imputations diffamatoires ont été tenues ne saurait être considéré comme un tiers, l'allégation de la réponse, selon laquelle ce journaliste ne respecterait pas les règles déontologiques de sa profession en négligeant de s'informer, rend sérieusement contestable l'exercice du droit de réponse. Le juge ne pouvant retrancher ce qui porte atteinte à la réputation du journaliste incriminé, il ne peut ordonner l'insertion de la réponse proposée (■ Paris, 15 mai 1990 : *D.* 1990, IR p. 162).

Art. 89 *(Abr. et partiellement codifié, L. n° 2009-669, 12 juin 2009).*

Voir : Pour la sanction de ce texte, V. L. n° 86-1067 du 30 sept. 1986, art. 79-2°.

Art. 93. – *(Mod., L. n° 2004-575, 21 juin 2004 ; abr. et codifié à compter de l'entrée en vigueur de la partie réglementaire du Code du travail et au plus tard le 1er mars 2008, Ord. n° 2007-329, 12 mars 2007. – V. C. trav., art. L. 7111-1 et L. 7111-5).*

Le recrutement des journalistes s'effectue soit selon les règles de la convention collective nationale de la presse et ses avenants, soit selon les règles particulières du Code du travail applicables dans les territoires d'outre-mer.

Art. 93-2 *(Mod., L. n° 85-1317, 13 déc. 1985 ; L. n° 86-1067, 30 sept. 1986 ; L. n° 2004-575, 21 juin 2004 ; L. n° 2017-86, 27 janv. 2017).* **– Tout service de communication au public par voie électronique est tenu d'avoir un directeur de la publication.**

Lorsque le directeur de la publication jouit de l'immunité parlementaire dans les conditions prévues par l'article 26 de la Constitution et par les articles 9 et 10 du protocole du 8 avril 1965 sur les privilèges et immunités des Communautés européennes, il désigne un codirecteur de la publication choisi parmi les personnes ne bénéficiant pas de l'immunité parlementaire et, lorsque le service de communication est assuré par une personne morale, parmi les membres de l'association, du conseil d'administration, du directoire ou les gérants suivant la forme de ladite personne morale.

Le codirecteur de la publication doit être nommé dans le délai d'un mois à compter de la date à partir de laquelle le directeur de la publication bénéficie de l'immunité mentionnée à l'alinéa précédent.

Le directeur et, éventuellement, le codirecteur de la publication doivent être majeurs, avoir la jouissance de leurs droits civils et n'être privés de leurs droits civiques par aucune condamnation judiciaire.

Par dérogation, un mineur âgé de seize ans révolus peut être nommé directeur ou codirecteur de la publication réalisée bénévolement. La responsabilité des parents d'un mineur âgé de seize ans révolus nommé directeur ou codirecteur de publication ne peut être engagée, sur le fondement de l'article 1242 du Code civil, que si celui-ci a commis un fait de nature à engager sa propre responsabilité civile dans les conditions prévues par la loi du 29 juillet 1881 sur la liberté de la presse.

Toutes les obligations légales imposées au directeur de la publication sont applicables au codirecteur de la publication.

Lorsque le service est fourni par une personne morale, le directeur de la publication est le président du directoire ou du conseil d'administration, le gérant ou le représentant légal, suivant la forme de la personne morale.

Lorsque le service est fourni par une personne physique, le directeur de la publication est cette personne physique.

Art. 93-3 *(L. n° 85-1317, 13 déc. 1985 ; L. n° 92-1336, 16 déc. 1992 ; L. n° 2004-575, 21 juin 2004 ; L. n° 2009-669, 12 juin 2009).* **– Au cas où l'une des infractions prévues par le chapitre IV de la loi du 29 juillet 1881 sur la liberté de la presse est commise par un moyen de communication au public par voie électronique, le directeur de la publication ou, dans le cas prévu au deuxième alinéa de l'article 93-2 de la présente loi, le codirecteur de la publication sera poursuivi comme auteur principal, lorsque le message incriminé a fait l'objet d'une fixation préalable à sa communication au public.**

À défaut, l'auteur, et à défaut de l'auteur, le producteur sera poursuivi comme auteur principal.

Lorsque le directeur ou le codirecteur de la publication sera mis en cause, l'auteur sera poursuivi comme complice.

Pourra également être poursuivie comme complice toute personne à laquelle les articles 121-7 du Code pénal seront applicables.

Lorsque l'infraction résulte du contenu d'un message adressé par un internaute à un service de communication au public en ligne et mis par ce service à la disposition du public dans un espace de contributions personnelles identifié comme tel, le directeur ou le codirecteur de publication ne peut pas voir sa responsabilité pénale engagée comme auteur principal s'il est établi qu'il n'avait pas effectivement connaissance du message avant sa mise en ligne ou si, dès le moment où il en a eu connaissance, il a agi promptement pour retirer ce message.

1) Présomption de responsabilité : QPC. L'article 93-3 de la loi n° 82-652 du 29 juillet 1982 modifiée sur la communication audiovisuelle est conforme à la Constitution, sous la réserve que, compte tenu, d'une part, du régime de responsabilité spécifique dont bénéficie le directeur de la publication en vertu des premier et dernier alinéas de l'article 93-3 et, d'autre part, des caractéristiques d'Internet qui, en l'état des règles et des techniques, permettent à l'auteur d'un message diffusé sur Internet de préserver son anonymat, les dispositions contestées ne sauraient, sans instaurer une présomption irréfragable de responsabilité pénale en méconnaissance des exigences constitutionnelles précitées, être interprétées comme permettant que le créateur ou l'animateur d'un site de communication au public en ligne mettant à la disposition du public des messages adressés par des internautes, voie sa responsabilité pénale engagée en qualité de producteur à raison du seul contenu d'un message dont il n'avait pas connaissance avant la mise en ligne (▪ Cons. const., déc. 16 sept. 2011, n° 2011-164 QPC : *JurisData* n° 2011-018690 ; *JCP* G 2011, note 1247, p. 2238, E. Dreyer).

V. *infra*, arrêt ▪ Cass. crim., 31 janv. 2012.

2) Réseau internet. Le réseau internet constituant un moyen de communication audiovisuelle au sens de l'article 2 de la loi n° 86-1067 du 30 septembre 1986 relative à la liberté de communication, la responsabilité pénale du propriétaire d'un site et de l'auteur des propos injurieux ou diffamatoires diffusés sur ce site peut être engagée dans les conditions prévues par l'article 93-3 de la loi n° 82-652 du 29 juillet 1982 sur la communication audiovisuelle dans sa rédaction issue de la loi 13 décembre 1985 applicable au moment où les faits ont été commis (▪ Cass. crim., 6 mai 2003 : *Bull. crim.* n° 94 ; *D.* 2003, jur. p. 2192, note E. Dreyer. ▪ Cass. crim., 10 mai 2005 : *Bull. crim.* n° 144).

3) Réquisitoire introductif. Selon l'article 50 de la loi du 29 juillet 1881, le réquisitoire introductif qui constitue l'acte initial de la poursuite doit préciser, outre l'articulation et la qualification des faits, le texte de ladite loi édictant la peine dont l'application est demandée ; il n'est pas dérogé à ces prescriptions d'ordre public par l'article 93-3 de la loi du 29 juillet 1982 sur la communication audiovisuelle (▪ Cass. crim., 7 nov. 1995 : *Dr. pén.* 1996, comm. 80, obs. M. Véron).

4) Producteur du service. Selon l'article 93-3 de la loi du 29 juillet 1982, lorsqu'une infraction prévue par le chapitre IV de la loi du 29 juillet 1881 est commise par un moyen de communication audiovisuelle, à défaut de poursuites contre l'auteur du message illicite, le producteur du service peut être poursuivi comme auteur principal, même si ce message n'a pas été fixé préalablement à sa communication au public (▪ Cass. crim., 8 déc. 1998 : *Bull. crim.* n° 335 ; *JCP* 1999, II, 10135, note J.-Y. Lassalle).

Selon l'article 93-3 de la loi du 29 juillet 1982 modifiée, lorsqu'une infraction prévue par le chapitre IV de la loi du 29 juillet 1881 est commise par un moyen de communication au public par voie électronique, à défaut de poursuites contre l'auteur du message, le producteur du service peut être poursuivi comme auteur principal, même si ce message n'a pas été fixé préalablement à sa communication au public ; ne justifie pas sa décision la chambre de l'instruction qui, pour confirmer l'ordonnance de non-lieu rendue par le juge d'instruction dans une information ouverte pour injures publiques envers un particulier résultant de messages mis en ligne sur le forum de discussion d'un site Internet, retient que les auteurs de ces messages et l'éventuel producteur n'ont pas été identifiés, sans rechercher si le directeur de la publication, qui avait pris l'initiative de créer ce service de communication au public par voie électronique, ne pouvait également être qualifié de producteur au sens du texte susvisé (▪ Cass. crim., 16 févr. 2010, n° 08-86.301).

5) Directeur-producteur. Encourt la cassation l'arrêt de non-lieu rendu faute d'identification de l'auteur de messages et du producteur, sans qu'il ait été recherché si le directeur de publication n'avait pas également la qualité de producteur au sens de l'article 93-3 de la loi du 29 juillet 1881 (▪ Cass. crim., 16 févr. 2010, n° 08-86.301 : *Bull. crim.* n° 30 ; *D.* 2010, p. 2206, note E. Dreyer).

6) Fixation préalable. Doit être considéré comme ayant fait l'objet d'une fixation préalable à la communication au public, au sens de l'article 93-3 de la loi du 29 juillet 1982, le message qui est diffusé de façon répétitive sur les ondes ; ainsi ce mode de diffusion permettait au directeur de publication d'exercer un contrôle sur le contenu de l'infraction avant sa diffusion à l'antenne (▪ Cass. crim., 8 juin 1999 : *Bull. crim.* n° 128 ; *Dr. pén.* 1999, comm. 141, obs. M. Véron ; *RSC* 2000, p. 194, obs. Bouloc).

En l'état de ces énonciations, d'où il résulte que le directeur de publication a pu exercer son contrôle sur le contenu du message avant sa diffusion, et dès lors que doit être considéré comme ayant fait l'objet d'une fixation préalable à la communication au public, au sens de l'article 93-4 de la loi du 29 juillet 1982, le message qui est diffusé à l'identique et de façon répétitive sur les ondes, la cour d'appel a justifié sa décision (▪ Cass. crim., 5 oct. 2011 : *Dr. pén.* 2012, comm. 5, obs. M. Véron ; *D.* 2012, p. 765, note E. Dreyer ; *RSC* 2012, p. 173, obs. J. Francillon).

7) Selon l'article 93-3 de la loi du 29 juillet 1982, lorsqu'une infraction prévue par le chapitre IV de la loi du 29 juillet 1881 est commise par un moyen de communication au public par voie électronique, à défaut de l'auteur du message, le producteur du service sera poursuivi comme auteur principal, même si ce message n'a pas été fixé préalablement à sa communication au public (▪ Cass. crim., 16 févr. 2010, n° 09-81.064 : *Bull. crim.* n° 31 ; *Dr. pén.* 2010, comm. 80, obs. M. Véron ; *D.* 2010, p. 2206, note E. Dreyer ; *JCP* 2010, p. 1621, n° 873, note J. Huet).

8) Connaissance du contenu des messages. Il se déduit de l'article 93-3 de la loi du 29 juillet 1982 modifiée sur la communication audiovisuelle, tel qu'interprété par le Conseil constitutionnel dans sa décision QPC n° 2011-64 du 16 septembre 2011, que la responsabilité pénale du producteur d'un site de communication au public en ligne, mettant à la disposition du public des messages adressés par des internautes, n'est engagée, à raison du contenu de ces messages que s'il est établi qu'il en avait connaissance avant leur mise en ligne ou que, dans le cas contraire, il s'est abstenu d'agir promptement pour les retirer dès le moment où il en a eu connaissance.

Encourt dès lors la cassation l'arrêt qui, pour déclarer le créateur d'un forum de discussion, répondant à la définition du producteur susvisée, coupable de diffamation à raison de messages émis sous ses pseudonymes, mais également par les utilisateurs du site, se borne à relever qu'il doit en répondre en sa qualité « d'administrateur et de modérateur » du forum en cause (▪ Cass. crim., 31 janv. 2012, n° 11-80.010 : *Bull. crim.* n° 29 ; *Dr. pén.* 2012, comm. 53, obs. M. Véron ; *D.* 2012, act. p. 548, note A. Astaix ; *Comm. com. électr.* 2012, p. 35, note A. Lepage ; *D.* 2012, jurispr. p. 1249, note C. Ravigneaux).

Encourt aussi l'annulation l'arrêt qui déclare le créateur d'un forum de discussion en ligne coupable de diffamation, à raison du message émis sur cet espace de contributions personnelles par un utilisateur du site, sans rechercher si, en sa qualité de producteur au sens du texte susvisé, il avait eu connaissance, préalablement à sa mise en ligne, du contenu de ce message ou si, dans le cas contraire, il s'était abstenu d'agir avec promptitude pour le retirer dès qu'il en avait eu connaissance (▪ Cass. crim., 30 oct. 2012, n° 10-88.825 : *Bull. crim.* n° 233 ; *D.* 2013, p. 160, note E. Dreyer ; *AJ pénal* 2013, p. 157, jur., note G. Royer ; *Dr. pén.* 2013, comm. 6, obs. M. Véron).

Fait l'exacte application du dernier alinéa de l'article 93-3 de la loi du 29 juillet 1982 sur la communication audiovisuelle, l'arrêt qui, pour entrer en voie de condamnation du chef de diffamation publique envers un particulier, retient que le prévenu, en sa qualité de directeur de la publication d'un service de communication en ligne mettant à la disposition du public un espace de contributions personnelles, mais également la possibilité d'alerter en temps réel un service de modération sur le contenu des messages déposés dans cet espace, a été mis en mesure, dès les alertes postées par la partie civile, d'exercer son devoir de surveillance sur le commentaire litigieux, qui n'a pour autant pas été retiré promptement, et ajoute que l'intéressé ne peut utilement se prévaloir, ni de ce que ladite fonction de modération aurait été externalisée, ni du bénéfice des dispositions régissant la responsabilité pénale des hébergeurs de site (▪ Cass. crim., 3 nov. 2015, n° 13-82.645 : *Dr. pén.* 2016, comm. 27, obs. Ph. Conte).

Art. 93-4 *(L. n° 2004-204, 9 mars 2004).* **– Les dispositions de l'article 121-2 du Code pénal ne sont pas applicables aux infractions pour lesquelles les dispositions de l'article 93-3 de la présente loi sont applicables.**

Art. 94 et 95 *(Abr., L. fin. n° 2003-1311, 30 déc. 2003).*

TITRE VII. – DISPOSITIONS PÉNALES

Art. 96 *(Abr., L. fin. n° 2003-1311, 30 déc. 2003).*

Art. 97 *(L. n° 96-1240, 30 déc. 1996 ; mod. à compter du 1er janvier 2020, Ord. n° 2019-738, 17 juill. 2019).* – Les articles 6, 93-2 et 93-3 sont applicables dans les territoires d'outre-mer et à Mayotte.

L'article 6 est applicable en Nouvelle-Calédonie, en Polynésie française et dans les îles Wallis-et-Futuna dans sa rédaction résultant de l'ordonnance n° 2019-738 du 17 juillet 2019.

Bibliographie : V. Peltier, *Communication audiovisuelle : JCl. Lois pénales spéciales.*

Décret n° 87-246 du 6 avril 1987

relatif à l'exercice du droit de réponse dans les services de communication audiovisuelle

Art. 1er. – Le droit de réponse reconnu aux personnes physiques par l'article 6 de la loi n° 82-652 du 29 juillet 1982 modifiée sur la communication audiovisuelle peut être exercé, en cas de décès, par les héritiers en ligne directe, les légataires universels ou par le conjoint de la personne atteinte dans son honneur ou sa réputation.

Les personnes morales exercent leur droit de réponse par l'intermédiaire de leur représentant légal.

Art. 2. – La demande d'exercice du droit de réponse est adressée au directeur de la publication par lettre recommandée avec demande d'avis de réception.

Le délai de huit jours fixé pour la demande d'exercice du droit de réponse, au cinquième alinéa de l'article 6 de la loi du 29 juillet 1982 précitée, est porté à quinze jours lorsque le message contesté a été exclusivement mis à disposition du public dans les départements, territoires ou collectivités territoriales d'outre-mer ou lorsque le demandeur réside outre-mer ou à l'étranger.

Pour les services de vidéographie, la demande d'exercice du droit de réponse est présentée dans les huit jours suivant la réception du message.

Art. 3. – La demande indique les références du message ainsi que les circonstances dans lesquelles le message a été mis à la disposition du public. Elle contient la mention des passages contestés et la teneur de la réponse souhaitée.

Pour les services de vidéographie, le demandeur peut, en outre, réclamer la correction ou la suppression du message pendant la période au cours de laquelle le message est encore accessible au public.

Art. 4. – Dans les délais prévus aux sixième et huitième alinéas de l'article 6 de la loi du 29 juillet 1982 précitée, le directeur de la publication fait connaître au demandeur, par lettre recommandée avec demande d'avis de réception, la suite qu'il entend donner à la demande.

Lorsque le message contesté émane d'une personne autre que celle qui fournit le service, la décision relative au droit de réponse est prise conjointement par cette personne et par le directeur de la publication.

Art. 5. – La réponse établie par le demandeur ou celle qui a été arrêtée avec son accord est mise à la disposition du public dans un délai maximum de trente jours à compter de la date du message contesté.

Pour les services de vidéographie, le délai est de vingt jours à compter de la date de contestation du message. Dans le cas prévu au deuxième alinéa de l'article 3, la correction ou la suppression du message est faite dans un délai maximum de dix jours à compter de la même date.

Ces délais peuvent être prolongés avec l'accord du demandeur.

Dans tous les cas, la réponse est gratuite.

L'absence de réponse ayant l'accord du demandeur est assimilée à un refus et ouvre au demandeur le droit de recours prévu au sixième alinéa de l'article 6 de la loi du 29 juillet 1982 précitée.

Art. 6. – Lorsque la demande tend à l'exercice du droit de réponse, la réponse est annoncée comme s'inscrivant dans le cadre de l'exercice du droit de réponse. Elle fait référence au titre de l'émission ou du message en cause et rappelle la date ou la période de la diffusion ou de la mise à la disposition du public.

Le texte de la réponse ne peut être supérieur à trente lignes dactylographiées. La durée totale du message ne peut excéder deux minutes. Pour les services de vidéographie, la réponse est accessible au public au minimum pendant vingt-quatre heures.

Les modalités selon lesquelles il est donné suite à la demande d'exercice du droit de réponse sont portées à la connaissance du demandeur.

Art. 7. – Les émissions sont enregistrées et conservées pendant une durée minimum de quinze jours après la date de leur diffusion.

En cas de demande d'exercice du droit de réponse, le délai de conservation prévu à l'alinéa précédent est prolongé jusqu'à l'intervention d'une décision définitive.

Art. 8. – Pour les services de vidéographie, la preuve du contenu du message peut être apportée par tout moyen.

Les messages et tous autres documents nécessaires à l'administration de la preuve des imputations de nature à porter atteinte à l'honneur ou à la réputation du demandeur doivent être conservés sous la responsabilité du directeur ou du codirecteur de la publication pendant huit jours à compter de la date à laquelle ils ont cessé d'être mis à la disposition du public.

Art. 9. – En cas de violation des dispositions des articles 7 et 8, le directeur ou le codirecteur de la publication est puni de la peine d'amende prévue pour les contraventions de la 5e classe.

En cas de récidive, il est puni de l'amende prévue pour la récidive des contraventions de la 5e classe.

Art. 10. – Le décret n° 83-419 du 25 mai 1983 fixant les modalités d'application de l'article 6 de la loi du 29 juillet 1982 sur la communication audiovisuelle et relatif au droit de réponse est abrogé.

III. – POSTES

Bibliographie : V. Peltier, *Poste : JCl. Lois pénales spéciales.* • G. Drouot, *La nouvelle réglementation des télécommunications (Loi n° 90-1170 du 29 décembre 1990) : ALD* 1991, p. 97.

Code des postes et des communications électroniques

PREMIÈRE PARTIE – LÉGISLATIVE

(D. n° 52-1133, 8 oct. 1952 ; D. n° 62-273, 12 mars 1962)

LIVRE PREMIER. – LE SERVICE POSTAL

TITRE PREMIER. – DISPOSITIONS GÉNÉRALES

CHAPITRE I. – LE SERVICE UNIVERSEL POSTAL ET LES OBLIGATIONS DU SERVICE POSTAL

Art. L. 1 *(Mod. à compter du 1er janv. 2011, L. n° 2010-123, 9 févr. 2010 ; L. n° 2017-256, 28 févr. 2017).* – Pour l'application du présent code, les services postaux sont la levée, le tri, l'acheminement et la distribution des envois postaux dans le cadre de tournées régulières.

Constitue un envoi postal tout objet destiné à être remis à l'adresse indiquée par l'expéditeur sur l'objet lui-même ou sur son conditionnement, y compris sous forme de coordonnées géographiques codées, et présenté dans la forme définitive dans laquelle il doit être acheminé. Sont notamment considérés comme des envois postaux les livres, les catalogues, les journaux, les périodiques et les colis postaux contenant des marchandises avec ou sans valeur commerciale.

L'envoi de correspondance est un envoi postal ne dépassant pas deux kilogrammes et comportant une communication écrite sur un support matériel, à l'exclusion des livres, catalogues, journaux ou périodiques. Le publipostage fait partie des envois de correspondance.

Le service universel postal concourt à la cohésion sociale et au développement équilibré du territoire. Il est assuré dans le respect des principes d'égalité, de continuité et d'adaptabilité en recherchant la meilleure efficacité économique et sociale. Il garantit à tous les usagers, de manière permanente et sur l'ensemble du territoire national, des services postaux répondant à des normes de qualité déterminées. Ces services sont offerts à des prix abordables pour tous les utilisateurs. Les prix sont orientés sur les coûts et incitent à une prestation efficace, tout en tenant compte des caractéristiques des marchés sur lesquels ils s'appliquent.

Le service universel postal comprend des offres de services nationaux et transfrontières d'envois postaux d'un poids inférieur ou égal à 2 kilogrammes, de colis postaux jusqu'à 20 kilogrammes, d'envois recommandés et d'envois à valeur déclarée.

Les services d'envois postaux à l'unité fournis par le prestataire du service universel postal sont proposés au même tarif sur l'ensemble du territoire métropolitain. Le tarif appliqué aux envois de correspondance à l'unité en provenance et à destination des départements d'outre-mer, de Mayotte, de Saint-Pierre-et-Miquelon, de Saint-Barthélemy, de Saint-Martin, des îles Wallis-et-Futuna et des Terres australes et antarctiques françaises est celui en vigueur sur le territoire métropolitain lorsque ces envois sont d'un poids inférieur à 100 grammes. Il en va de même des envois de correspondance à l'unité relevant de la première tranche de poids en provenance du territoire métropolitain ou des collectivités précédemment mentionnées et à destination de la Polynésie française et de la Nouvelle-Calédonie.

Les services de levée et de distribution relevant du service universel postal sont assurés tous les jours ouvrables, sauf circonstances exceptionnelles.

Le service de distribution est effectué, dans des installations appropriées, au domicile de chaque personne physique ou morale ou, par dérogation, dans des conditions déterminées par décret.

Art. L. 2 *(Mod., L. n° 2010-123, 9 févr. 2010 ; L. n° 2016-1321, 7 oct. 2016 ; L. n° 2019-1063, 18 oct. 2019).* – La Poste est le prestataire du service universel postal pour une durée de quinze ans à compter du 1er janvier 2011. Tous les trois ans, le Gouvernement, après avis de la Commission supérieure du numérique, des postes et de la distribution de la presse et de l'Autorité de régulation des communications électroniques et des postes, informe le Parlement des conditions d'exécution par La Poste de sa mission de service universel postal ainsi que des moyens mis en œuvre pour l'améliorer.

En sus des obligations résultant de l'autorisation prévue à l'article L. 3, le prestataire du service universel postal est soumis, au titre des prestations relevant de ce service, à des obligations particulières en matière de qualité et d'accessibilité du service, de traitement des réclamations des utilisateurs et, pour des prestations déterminées, de dédommagement en cas de non-respect des engagements de qualité de service. Il tient une comptabilité spécifique sur ses activités dans le champ du service universel. Il transmet, sur demande de l'Autorité de régulation des communications électroniques, des postes et de la distribution de la presse, toute information et tout document comptable permettant d'assurer le contrôle du respect de ses obligations.

Un décret en Conseil d'État, pris après consultation de La Poste, et après avis de l'Autorité de régulation des communications électroniques, des postes et de la distribution de la presse et de la Commission supérieure du numérique et des postes, précise les caractéristiques de l'offre de service universel que La Poste est tenue d'assurer.

Ce décret fixe également les droits et obligations de La Poste au titre de ses missions de service public des envois postaux, comprenant le régime spécifique offert à la presse en vertu du deuxième alinéa de l'article L. 4, ainsi que les conditions dans lesquelles sont assurées la neutralité et la confidentialité des services qu'elle fournit.

Art. L. 2-1 *(L. n° 2005-516, 20 mai 2005 ; mod. à compter du 1er janv. 2011, L. n° 2010-123, 9 févr. 2010 ; L. n° 2019-1063, 18 oct. 2019).* – Le prestataire du service universel peut conclure, avec les expéditeurs d'envois de correspondance en nombre, les intermédiaires groupant les envois de correspondance de plusieurs clients ou les titulaires de l'autorisation prévue à l'article L. 3, des contrats dérogeant aux conditions générales de l'offre du service universel et incluant des tarifs spéciaux pour des services aux entreprises, dans le respect des règles énoncées au quatrième alinéa de l'article L. 1.

Le prestataire détermine les tarifs et les conditions de ces prestations selon des règles objectives et non discriminatoires.

Ces contrats sont communiqués à l'Autorité de régulation des communications électroniques, des postes et de la distribution de la presse à sa demande.

Art. L. 2-2 *(Créé, L. n° 2005-516, 20 mai 2005 ; mod. à compter du 1er janvier 2011, L. n° 2010-123, 9 févr. 2010 ; L. n° 2016-1321, 7 oct. 2016 ; L. n° 2019-1063, 18 oct. 2019 ; L. n° 2021-1900, 30 déc. 2021).* – I. – Le prestataire du service universel postal reçoit de l'État une compensation au titre de sa mission de service universel postal définie à l'article L. 1 et dans les textes pris pour son application, dans les conditions fixées par le contrat d'entreprise prévu à l'article 9 de la loi n° 90-568 du 2 juillet 1990 relative à l'organisation du service public de la poste et à France Télécom.

II. – Chaque année, l'Autorité de régulation des communications électroniques, des postes et de la distribution de la presse évalue le coût net du service universel postal. Le prestataire du service universel postal transmet à l'autorité, à la demande de celle-ci, les informations et les documents comptables nécessaires à cette évaluation.

Un décret en Conseil d'État, pris après avis de l'Autorité de régulation des communications électroniques, des postes et de la distribution de la presse et de la Commission supérieure du numérique et des postes, précise la méthode d'évaluation utilisée pour le calcul du coût net de la mission de service universel postal.

L'Autorité de régulation des communications électroniques, des postes et de la distribution de la presse, après avis de la Commission supérieure du numérique et des postes, remet chaque année au Gouvernement et au Parlement un rapport sur le coût net du service universel postal.

Art. L. 3 *(Rempl. à compter du 1er janv. 2011, L. n° 2010-123, 9 févr. 2010 ; L. n° 2019-1063, 18 oct. 2019).* – Les services postaux portant sur les envois de correspondance intérieure et transfrontière sont offerts par tout prestataire de services postaux, sous réserve de l'obtention d'une autorisation délivrée par l'Autorité de régulation des communications électroniques, des postes et de la distribution de la presse dans les conditions prévues à l'article L. 5-1. Cette autorisation n'est toutefois pas requise si ces services se limitent à la correspondance intérieure et n'incluent pas la distribution.

....

TITRE II. – DISPOSITIONS PÉNALES

Art. L. 17 *(Rempl., à compter du 1er janv. 2011, L. n° 2010-123, 9 févr. 2010 ; L. n° 2019-1063, 18 oct. 2019).* – Est puni d'une amende de 50 000 € le fait de fournir des services d'envoi de correspondance en violation de l'article L. 3 ou d'une décision de suspension de l'autorisation accordée en vertu du même article.

Art. L. 18 *(Rempl., L. n° 2005-516, 20 mai 2005 ; mod. à compter du 1er janvier 2011, L. n° 2010-123, 9 févr. 2010).* – Les personnes physiques coupables de l'infraction définie à l'article L. 17 encourent les peines complémentaires suivantes :

a) L'interdiction, pour une durée d'un an au plus, d'exercer l'activité professionnelle ou sociale dans l'exercice de laquelle ou à l'occasion de laquelle l'infraction a été commise ;

b) La confiscation de la chose qui a servi ou était destinée à commettre l'infraction ou la chose qui en est le produit, à l'exception des objets susceptibles de restitution, dans les conditions prévues à l'article 131-21 du Code pénal ;

c) La fermeture, pour une durée d'un an au plus, des établissements ou de l'un ou de plusieurs des établissements de l'entreprise ayant servi à commettre les faits incriminés ;

d) L'affichage ou la diffusion de la décision prononcée, dans les conditions prévues par l'article 131-35 du même code.

Art. L. 19 *(L. n° 2009-526, 12 mai 2009 ; L. n° 2010–123, 9 févr. 2010).* – Les personnes morales déclarées responsables pénalement, dans les conditions prévues par l'article 121-2 du Code pénal, de l'infraction définie à l'article L. 17 encourent, outre l'amende suivant les modalités prévues par l'article 131-38 du Code pénal, les peines prévues par les 2° à 5°, 8° et 9° de l'article 131-39 du même code. L'interdiction mentionnée au 2° de l'article 131-39 du même code porte sur l'activité dans l'exercice ou à l'occasion de l'exercice de laquelle l'infraction a été commise.

Art. L. 20 *(L. n° 99-533, 25 juin 1999 ; L. n° 2004-669, 9 juill. 2004 ; L. n° 2005-516, 20 mai 2005).* – I. – Outre les officiers et agents de police judiciaire agissant conformément aux dispositions du Code de procédure pénale, les fonctionnaires et les agents mentionnés à l'article L. 5-9 peuvent rechercher et constater par procès-verbal les infractions prévues par les dispositions du présent titre.

En vue de rechercher et de constater les infractions, les fonctionnaires et agents mentionnés à l'article L. 5-9 peuvent accéder aux locaux, terrains ou véhicules à usage professionnel, demander la communication de tous

documents professionnels et en prendre copie, recueillir, sur convocation ou sur place, tous renseignements et justifications. Ces fonctionnaires et agents ne peuvent accéder aux locaux qu'entre 6 heures et 21 heures ou pendant leurs heures d'ouverture s'ils sont ouverts au public.

II. – Les fonctionnaires et agents mentionnés à l'article L. 5-9 ne peuvent effectuer les visites prévues au présent article et la saisie des matériels et de documents que sur autorisation judiciaire donnée par ordonnance du président du tribunal judiciaire dans le ressort duquel sont situés les matériels, ou d'un juge délégué par lui.

Lorsque ces lieux sont situés dans le ressort de plusieurs juridictions et qu'une action simultanée doit être menée dans chacun d'eux, une ordonnance unique peut être délivrée par l'un des présidents compétents.

Le juge vérifie que la demande d'autorisation qui lui est soumise est fondée et comporte tous les éléments d'information de nature à justifier la visite.

La visite et la saisie s'effectuent sous l'autorité et le contrôle du juge qui les a autorisées. Le juge désigne un ou plusieurs officiers de police judiciaire chargés d'assister à ces opérations et de le tenir informé de leur déroulement. Il peut se rendre dans les locaux pendant l'intervention, dont il peut à tout moment décider la suspension ou l'arrêt. Lorsque l'intervention a lieu en dehors du ressort de son tribunal judiciaire, il délivre une commission rogatoire pour exercer ce contrôle au président de tribunal judiciaire dans le ressort duquel s'effectue la visite.

L'ordonnance est notifiée verbalement et sur place au moment de la visite à l'occupant des lieux ou à son représentant qui en reçoit copie intégrale contre récépissé ou émargement au procès-verbal. En l'absence de l'occupant des lieux ou de son représentant, l'ordonnance est notifiée après la visite, par lettre recommandée avec avis de réception. La notification est réputée faite à la date de réception figurant sur l'avis.

L'ordonnance n'est susceptible que d'un pourvoi en cassation selon les règles prévues au Code de procédure pénale. Ce pourvoi n'est pas suspensif.

III. – La visite est effectuée en présence de l'occupant des lieux ou de son représentant. En cas d'impossibilité, l'officier de police judiciaire requiert deux témoins choisis en dehors des personnes relevant de son autorité ou de celle de l'administration des postes.

Les enquêteurs, l'occupant des lieux ou son représentant ainsi que l'officier de police judiciaire peuvent seuls prendre connaissance des pièces et documents avant leur saisie.

Les inventaires et mises sous scellés sont réalisés conformément à l'article 56 du Code de procédure pénale. Les originaux du procès-verbal et de l'inventaire sont transmis au juge qui a ordonné la visite.

Toutefois, les correspondances dont la conservation n'apparaît pas utile à la manifestation de la vérité sont remises, après inventaire, au prestataire du service universel qui en assure la distribution.

Le déroulement des visites ou des saisies peut faire l'objet, dans un délai de deux mois qui court à compter de la notification de l'ordonnance les ayant autorisées, d'un recours auprès du juge qui a prononcé l'ordonnance.

Le juge se prononce sur ce recours par une ordonnance qui n'est susceptible que d'un pourvoi en cassation selon les règles prévues au Code de procédure pénale. Ce pourvoi n'est pas suspensif.

....

Art. L. 26 *(L. n° 2005-516, 20 mai 2005).* **– Toute déclaration frauduleuse de valeurs différentes de la valeur réellement insérée dans un envoi postal est punie d'un an d'emprisonnement et de 3 750 € d'amende.**

....

Art. L. 28 *(L. n° 72-437, 30 mai 1972 ; L. n° 99-533, 25 juin 1999 ; L. n° 2004-669, 9 juill. 2004 ; L. n° 2005-516, 20 mai 2005).* **– Pour l'application des dispositions du présent livre, le ministre chargé des postes ou son représentant peut, devant les juridictions pénales, déposer des conclusions et les développer oralement à l'audience.**

Art. L. 29 *(L. n° 2005-516, 20 mai 2005 ; mod. à compter du 1er janv. 2011, L. n° 2010-123, 9 févr. 2010).* **– Le fait d'insérer dans un envoi postal des objets contrefaits ainsi que des matières ou des objets prohibés par la convention postale universelle est puni d'une amende de 15 000 €.**

Les personnes physiques coupables de l'infraction prévue au présent article encourent les peines complémentaires mentionnées aux *a* et *b* de l'article L. 18.

Les personnes morales coupables de l'infraction prévue au présent article encourent les peines complémentaires mentionnées aux 8° et 9° de l'article 131-39 du Code pénal.

LIVRE DEUXIÈME. – LES COMMUNICATIONS ÉLECTRONIQUES

TITRE PREMIER. – DISPOSITIONS GÉNÉRALES

CHAPITRE V. – DISPOSITIONS PÉNALES

(L. n° 90-1170, 29 déc. 1990)

Art. L. 39 *(L. n° 96-659, 26 juill. 1996 ; rempl., L. n° 2004-669, 9 juill. 2004 ; L. n° 2021-650, 26 mai 2021)*. – Est puni d'un emprisonnement d'un an et d'une amende de 75 000 € le fait :

1° De maintenir un réseau ouvert au public en violation d'une décision de suspension ou de retrait du droit d'établir un tel réseau ;

2° De maintenir un service de communications électroniques en violation d'une décision de suspension ou de retrait du droit de fournir au public ou de commercialiser un tel service.

Art. L. 39-1 *(Ord. n° 2001-670, 25 juill. 2001 ; mod., L. n° 2004-575, 21 juin 2004 ; L. n° 2004-669, 9 juill. 2004 ; Ord. n° 2011-1012, 24 août 2011 ; L. n° 2015-1267, 14 oct. 2015)*. – Est puni de six mois d'emprisonnement et de 30 000 € d'amende le fait :

1° De maintenir un réseau indépendant en violation d'une décision de suspension ou de retrait du droit d'établir un tel réseau ;

2° De perturber, en utilisant une fréquence, un équipement ou une installation radioélectrique, dans des conditions non conformes aux dispositions de l'article L. 34-9 ou sans posséder l'autorisation prévue à l'article L. 41-1 ou en dehors des conditions de ladite autorisation lorsque celle-ci est requise ou sans posséder le certificat d'opérateur prévu à l'article L. 42-4 ou en dehors des conditions réglementaires générales prévues à l'article L. 33-3, les émissions hertziennes d'un service autorisé, sans préjudice de l'application de l'article 78 de la loi n° 86-1067 du 30 septembre 1986 relative à la liberté de communication ;

2° *bis* De perturber, en utilisant un appareil, un équipement ou une installation, dans des conditions non conformes aux dispositions applicables en matière de compatibilité électromagnétique des équipements électriques et électroniques fixées dans le Code de la consommation, les émissions hertziennes d'un service autorisé, sans préjudice de l'application de l'article 78 de la loi n° 86-1067 du 30 septembre 1986 relative à la liberté de communication ou sans l'accord mentionné au I de l'article L. 43 ;

3° D'utiliser une fréquence, un équipement ou une installation radioélectrique dans des conditions non conformes aux dispositions de l'article L. 34-9 ou sans posséder l'autorisation prévue à l'article L. 41-1 ou en dehors des conditions de ladite autorisation lorsque celle-ci est requise ou sans posséder le certificat d'opérateur prévu à l'article L. 42-4 ou en dehors des conditions réglementaires générales prévues à l'article L. 33-3.

4° D'avoir pratiqué l'une des activités prohibées par le I de l'article L. 33-3-1 en dehors des cas et conditions prévus au II de cet article.

Autorisation d'utilisation d'une installation radioélectrique. L'utilisation d'une installation radioélectrique est soumise à autorisation quelle que soit la nature du signal transmis (▪ Cass. crim., 8 oct. 1997, n° 95-83.640 : *Dr. pén.* 1998, comm. 56, obs. J.-H. Robert).

Art. L. 39-1-1 *(L. n° 2019-810, 1er août 2019)*. – Est puni de cinq ans d'emprisonnement et de 300 000 euros d'amende le fait :

1° D'exploiter des appareils mentionnés au I de l'article L. 34-11 sans autorisation préalable ou sans respecter les conditions fixées par l'autorisation ;

2° De ne pas exécuter, totalement ou partiellement, les injonctions prises sur le fondement du I de l'article L. 34-13.

Le présent article est applicable dans les îles Wallis-et-Futuna.

Art. L. 39-2 *(L. n° 2004-669, 9 juill. 2004 ; mod., L. n° 2009-526, 12 mai 2009).* – Le fait de contrevenir sciemment aux dispositions de l'article L. 34-3 est puni de 30 000 € d'amende. Les personnes morales peuvent être déclarées responsables pénalement, dans les conditions prévues par l'article L. 121-2 du Code pénal, du délit prévu au présent alinéa.

Art. L. 39-2-1 *(L. n° 2003-239, 18 mars 2003 ; L. n° 2004-669, 9 juill. 2004).* – Les dispositions de l'article L. 39-2 sont applicables en Nouvelle-Calédonie, en Polynésie française et dans les îles Wallis-et-Futuna.

Le montant de l'amende prévu par ces dispositions est égal à sa contre-valeur en monnaie locale.

Art. L. 39-3 *(L. n° 2001-1062, 15 nov. 2001).* – I. – Est puni d'un an d'emprisonnement et de 75 000 € d'amende le fait pour un opérateur de communications électroniques ou ses agents :

1° De ne pas procéder aux opérations tendant à effacer ou à rendre anonymes les données relatives aux communications dans les cas où ces opérations sont prescrites par la loi ;

2° De ne pas procéder à la conservation des données techniques dans les conditions où cette conservation est exigée par la loi.

Les personnes physiques coupables de ces infractions encourent également l'interdiction, pour une durée de cinq ans au plus, d'exercer l'activité professionnelle à l'occasion de laquelle l'infraction a été commise.

II. – *(Abr., L. n° 2004-669, 9 juill. 2004).*

L'interdiction mentionnée au 2° de l'article 131-9 du Code pénal porte sur l'activité professionnelle dans l'exercice ou à l'occasion de l'exercice de laquelle l'infraction a été commise.

Art. L. 39-3-1 *(L. n° 2001-1062, 15 nov. 2001).* – Les dispositions de l'article L. 39-3 sont applicables en Nouvelle-Calédonie, en Polynésie française et dans les îles Wallis-et-Futuna.

Art. L. 39-4 *(Ord. n° 2016-493, 21 avr. 2016).* – Sera puni d'un emprisonnement de trois mois et d'une amende de 30 000 € ou de l'une de ces deux peines seulement quiconque aura, sans raison valable, refusé de fournir les informations ou documents ou fait obstacle au déroulement des enquêtes mentionnés aux articles L. 32-4, L. 40 et L. 43.

Art. L. 39-5 *(L. n° 90-1170, 29 déc. 1990 ; abr., L. n° 2009-526, 12 mai 2009).*

Art. L. 39-6 *(Mod., L. n° 96-659, 26 juill. 1996 ; L. n° 2004-669, 9 juill. 2004 ; L. n° 2019-810, 1er août 2019).* – En cas de condamnation pour l'une des infractions prévues aux articles L. 39, L. 39-1 et L. 39-1-1, le tribunal pourra, en outre, prononcer la confiscation des matériels et installations constituant le réseau ou permettant la fourniture du service ou en ordonner la destruction aux frais du condamné et prononcer l'interdiction, pour une durée de trois années au plus, d'établir un réseau ouvert au public ou de fournir au public un service de communications électroniques.

....

Art. L. 39-9. – En cas de conviction de plusieurs délits ou contraventions prévus par les articles L. 39, L. 39-1, L. 39-8, par le titre IV ou par le Code pénal, la peine la plus forte est seule prononcée.

Art. L. 39-10 *(L. n° 2009-526, 12 mai 2009 ; L. n° 2019-810, 1er août 2019).* – Les personnes morales déclarées responsables pénalement, dans les conditions prévues par l'article 121-2 du Code pénal, des infractions définies aux articles L. 39, L. 39-1, L. 39-1-1 et L. 39-3 encourent, outre l'amende suivant les modalités prévues par l'article 131-38 du Code pénal :

1° *(Abrogé)* ;

2° La peine mentionnée au 2° de l'article 131-39 du Code pénal, pour une durée de cinq ans au plus ;

3° La peine mentionnée au 9° de l'article 131-39 du Code pénal.

L'interdiction mentionnée au 2° de l'article 131-39 du Code pénal porte sur l'activité professionnelle dans l'exercice ou à l'occasion de l'exercice de laquelle l'infraction a été commise.

TITRE II. – PRÉROGATIVES ET SERVITUDES

CHAPITRE III. – DROITS DE PASSAGE ET SERVITUDES

Art. L. 63 *(L. n° 90-568, 2 juill. 1990 ; L. n° 2004-669, 9 juill. 2004)*. **– Les infractions aux dispositions de la section I du présent chapitre et des règlements pris pour son application sont passibles d'une amende de 3 750 €.**

Sur réquisition du ministère public agissant à la demande du ministre intéressé, le tribunal saisi de la poursuite impartit aux personnes qui contreviennent aux dispositions de la section I du présent chapitre, sous peine d'une astreinte de 0,75 à 7,5 € par jour de retard, un délai pour régulariser la situation.

Dans le cas où ce délai n'est pas observé, l'astreinte prononcée court à partir de l'expiration dudit délai jusqu'au jour où la situation est effectivement régularisée.

Si cette régularisation n'est pas intervenue dans l'année de l'expiration du délai, le tribunal peut, sur réquisition du ministère public agissant dans les mêmes conditions, relever à une ou plusieurs reprises le montant de l'astreinte, même au-delà du maximum prévu ci-dessus.

Le tribunal peut autoriser le reversement d'une partie des astreintes lorsque la situation aura été régularisée et que le redevable établira qu'il a été empêché d'observer, par une circonstance indépendante de sa volonté, le délai qui lui avait été imparti.

En outre, si, à l'expiration du délai fixé par le jugement, la situation n'a pas été régularisée, l'Administration peut faire effectuer les travaux d'office aux frais et risques des personnes civilement responsables.

Les personnes qui ont été condamnées par application du présent article et qui, dans les trois années qui suivent, commettent une nouvelle infraction aux dispositions du présent article, sont punies d'une amende de 7 500 € et d'un emprisonnement d'un mois ou de l'une de ces deux peines seulement.

Les infractions aux dispositions du chapitre I peuvent être constatées par des procès-verbaux dressés par les officiers de police judiciaire, les gendarmes et les fonctionnaires assermentés de l'administration intéressée.

Ces procès-verbaux font foi jusqu'à preuve du contraire.

....

CHAPITRE III. – POLICEDES LIAISONS ET DES INSTALLATIONS
DU RÉSEAU DES COMMUNICATIONS ÉLECTRONIQUES

Section I. – Dispositions générales

Art. L. 65 *(L. n° 96-659, 26 juill. 1996)*. **– Le fait de déplacer, détériorer, dégrader de quelque manière que ce soit, une installation d'un réseau ouvert au public ou de compromettre le fonctionnement d'un tel réseau est puni d'une amende de 1 500 €.**

Lorsqu'il s'agit d'une installation comportant plusieurs câbles, il est prononcé autant d'amendes que de câbles concernés.

L'infraction visée au premier alinéa n'est pas constituée si l'emplacement des installations existantes dans l'emprise des travaux n'a pas été porté à la connaissance de l'entreprise avant l'ouverture du chantier.

Art. L. 65-1 *(Anc. art. L. 95 mod., L. n° 90-1170, 29 déc. 1990 ; dénum., L. n° 2004-669, 9 juill. 2004)*. **– Les installations radioélectriques visées aux articles L. 33-1, L. 33-2, L. 33-3 et L. 34-9 peuvent être provisoirement saisies et exploitées, s'il y a lieu, sans indemnité, par décision du conseil des ministres dans tous les cas où leur utilisation serait de nature à nuire à l'ordre, à la sûreté ou au crédit publics ou à la défense nationale.**

Section II. – Dispositions pénales
(L. n° 90-568, 2 juill. 1990)

Art. L. 66 *(L. n° 92-1336, 16 déc. 1992 ; mod., L. n° 2004-669, 9 juill. 2004)*. **– Toute personne qui, par la rupture des fils, par la dégradation des appareils ou par tout autre moyen, cause volontairement l'interruption des communications électroniques, est punie d'un emprisonnement de deux ans et d'une amende de 3 750 €.**

Art. L. 67 *(L. n° 92-1336, 16 déc. 1992 ; mod., L. n° 2004-669, 9 juill. 2004).* – Sont punis de vingt ans de détention criminelle et d'une amende de 4 500 euros, sans préjudice des peines que pourrait entraîner leur complicité avec l'insurrection, les individus qui, dans un mouvement insurrectionnel, ont détruit ou rendu impropres au service une ou plusieurs lignes de communications électroniques, brisé ou détruit des appareils, envahi, à l'aide de violence ou de menaces, un ou plusieurs centraux ou stations de communications électroniques, ceux qui ont intercepté par tout autre moyen, avec violence et menaces, les communications électroniques ou la correspondance par communications électroniques entre les divers dépositaires de l'autorité publique ou qui se sont opposés avec violence ou menaces au rétablissement des liaisons de communications électroniques.

………………………………………………………………………………

CHAPITRE IV. – PROTECTION DES CÂBLES SOUS-MARINS

(L. n° 90-568, 2 juill. 1990)

Section I. – Dispositions générales

Art. L. 72 *(Mod., L. n° 2004-669, 9 juill. 2004).* – Toute personne qui, par négligence coupable et notamment par un acte ou une omission punis de peine de police, rompt un câble sous-marin ou lui cause une détérioration qui peut avoir pour résultat d'interrompre ou d'entraver, en tout ou partie, les communications électroniques, est tenue, dans les vingt-quatre heures de son arrivée, de donner avis aux autorités locales du premier port où abordera le navire sur lequel il est embarqué, de la rupture ou de la détérioration du câble sous-marin dont il se serait rendu coupable.

Section II. – Dispositions pénales

Art. L. 73. – À défaut de la déclaration exigée par l'article L. 72, les infractions prévues audit article sont punies d'une amende de 3 750 € et, éventuellement, d'un emprisonnement de quatre mois.

Art. L. 74 *(Abr., L. n° 2009-526, 12 mai 2009).*

Art. L. 75 *(Ord. n° 2016-131, 10 févr. 2016).* – Sont déclarés responsables des amendes prononcées pour infractions au présent titre et des condamnations civiles auxquelles ces infractions pourraient donner lieu, les armateurs des navires, qu'ils en soient ou non propriétaires, à raison des faits de l'équipage de ces navires.

Les autres cas de responsabilité civile sont réglés conformément aux dispositions de l'article 1242 du Code civil.

………………………………………………………………………………

§ 1. – Dispositions spéciales aux eaux non territoriales

Art. L. 81 *(Mod., L. n° 2004-669, 9 juill. 2004 ; L. n° 2019-810, 1er août 2019).* – Est punie d'une amende de 75 000 € et d'un emprisonnement de trois mois à cinq anscinq ans : toute personne qui rompt volontairement un câble sous-marin ou lui cause une détérioration qui pourrait interrompre ou entraver, en tout ou partie, les communications électroniques..

Les mêmes peines sont prononcées contre les auteurs des tentatives des mêmes faits.

Toutefois, ces dispositions ne s'appliquent pas aux personnes qui auraient été contraintes de rompre un câble sous-marin ou de lui causer une détérioration par la nécessité actuelle de protéger leur vie ou d'assurer la sécurité de leur navire.

§ 2. – Dispositions spéciales aux eaux territoriales

Art. L. 82. – Les dispositions de l'article L. 81 sont observées dans le cas où l'infraction aurait été commise dans les eaux territoriales par tout individu faisant partie de l'équipage d'un navire quelconque, français ou étranger, sans préjudice des dispositions de l'article L. 67.

………………………………………………………………………………

Art. L. 97-3 *(L. n° 2004-575, 21 juin 2004 ; mod., L. n° 2004-669, 9 juill. 2004 ; L. n° 2009-526, 12 mai 2009).* – Est puni d'un emprisonnement de six mois et d'une amende de 75 000 € le fait d'exploiter une assignation de fréquence relative à un système satellitaire déclarée par la France à l'Union internationale des télécommunications, sans l'autorisation prévue à l'article L. 97-2, ou de poursuivre cette exploitation en violation d'une décision de suspension ou de retrait ou d'un constat de caducité de cette autorisation.

Les personnes morales déclarées responsables pénalement, dans les conditions prévues par l'article 121-2 du Code pénal, des infractions définies au présent article encourent, outre l'amende suivant les modalités prévues par l'article 131-38 du Code pénal, les peines prévues par les 4°, 5°, 8° et 9° de l'article 131-39 du même code.

Les fonctionnaires et agents de l'administration des communications électroniques et de l'Agence nationale des fréquences mentionnés à l'article L. 40 peuvent rechercher et constater ces infractions dans les conditions fixées audit article.

DEUXIÈME PARTIE
RÈGLEMENTS D'ADMINISTRATION PUBLIQUE ET DÉCRETS EN CONSEIL D'ÉTAT

(D. n° 57-1125, 5 oct. 1957 ; D. n° 62-274, 12 mars 1962)

LIVRE DEUXIÈME. – COMMUNICATIONS ÉLECTRONIQUES

TITRE PREMIER. – DISPOSITIONS GÉNÉRALES

(D. n° 97-245, 12 mars 1997)

CHAPITRE II. – RÉGIME JURIDIQUE

(D. n° 97-245, 12 mars 1997)

Section II. – Annuaires et services de renseignements

Art. R. 10 *(D. n° 2003-752, 1er août 2003 ; mod., L. n° 2004-669, 9 juill. 2004 ; D. n° 2005-606, 27 mai 2005 ; D. n° 2012-436, 30 mars 2012).* – Toute personne ayant souscrit un abonnement au service téléphonique au public a le droit de figurer gratuitement sur une liste d'abonnés ou d'utilisateurs destinée à être publiée.

Elle peut obtenir gratuitement de l'opérateur auprès duquel elle est abonnée ou du distributeur de son service :

1° De ne pas être mentionnée sur les listes d'abonnés ou d'utilisateurs publiées ou susceptibles d'être consultées par les services de renseignements ;

2° Que ces listes ne comportent pas l'adresse complète de son domicile sauf lorsque l'activité professionnelle mentionnée consiste à fournir des biens ou des services aux consommateurs ;

3° Que ces listes ne comportent pas de référence à son sexe, sous réserve d'absence d'homonymie sur la même liste ;

4° Que les données à caractère personnel la concernant issues des listes d'abonnés ou d'utilisateurs ne soient pas utilisées dans des opérations de prospection directe soit par voie postale, soit par voie de communications électroniques, sans préjudice des dispositions de l'article L. 34-5, à l'exception des opérations concernant la fourniture du service téléphonique au public et relevant de la relation contractuelle entre l'opérateur et l'abonné ;

5° Que ces données ne soient pas mentionnées sur des listes d'abonnés ou d'utilisateurs permettant la recherche inversée de l'identité de l'abonné et de l'utilisateur à partir de son numéro de téléphone.

Les abonnés sont informés par les opérateurs ou leurs distributeurs des droits mentionnés aux alinéas précédents au moment où ils souscrivent leur abonnement. Ces droits peuvent être exercés au moment de la souscription de l'abonnement ou, ultérieurement, à tout moment, auprès de l'opérateur ou du distributeur du service.

Les abonnés qui bénéficient des dispositions prévues au 1 ci-dessus bénéficient de plein droit des dispositions du 4.

Le consentement préalable des abonnés à un opérateur de téléphonie mobile est requis pour toute inscription de données à caractère personnel les concernant dans les listes d'abonnés ou d'utilisateurs mentionnées au premier alinéa. À défaut, ils bénéficient de plein droit des dispositions du 1 ci-dessus.

Les abonnés qui ont opté pour un mode de règlement entièrement prépayé de leurs communications et qui n'ont aucun engagement contractuel de durée avec leur opérateur doivent, pour figurer sur les listes d'abonnés ou d'utilisateurs mentionnées au premier alinéa, formuler une demande auprès de leur opérateur ou distributeur. Ils fournissent à cette fin les renseignements prévus au I de l'article R. 10-3.

Les opérateurs et leurs distributeurs mettent les abonnés qui ont opté pour un mode de règlement entièrement prépayé de leurs communications et qui n'ont aucun engagement contractuel de durée avec leur opérateur à même de prendre connaissance des informations prévues au premier alinéa du présent article.

Art. R. 10-1 *(D. n° 2003-752, 1er août 2003 ; mod., D. n° 2005-606, 27 mai 2005 ; D. n° 2012-436, 30 mars 2012 ; abr., D. n° 2014-1109, 30 sept. 2014).*

Art. R. 10-2 *(Abr., D. n° 2005-606, 27 mai 2005).*

Art. R. 10-3 *(D. n° 2003-752, 1er août 2003 ; D. n° 2005-606, 27 mai 2005).* – I. – Les opérateurs établissent les listes d'abonnés et d'utilisateurs mentionnées au quatrième alinéa de l'article L. 34. Ces listes contiennent les données permettant d'identifier les abonnés ou les utilisateurs, d'empêcher toute confusion entre les personnes et de prendre connaissance des oppositions qui ont été formulées en application de l'article R. 10.

Sans préjudice des dispositions des 1, 2 et 3 de l'article R. 10, ces données sont constituées par les noms, prénoms et, le cas échéant, les raisons sociales ou dénominations sociales, adresses et numéros de téléphone des abonnés au service téléphonique au public et de ses utilisateurs. Les abonnés à la téléphonie fixe ou mobile peuvent demander l'insertion dans les listes des données relatives aux autres utilisateurs de la ligne concernée, sous réserve de leur accord, qui doit accompagner la demande.

Les opérateurs insèrent dans les listes la mention de la profession ou activité des personnes qui en font la demande sous la responsabilité du demandeur. Ils peuvent également proposer l'insertion des adresses électroniques des abonnés ou utilisateurs. Pour un abonné professionnel, l'opérateur n'insère que le ou les principaux numéros de cet abonné ainsi que ceux dont ce dernier a, le cas échéant, demandé l'inscription et ne fait figurer le nom des personnes physiques utilisatrices, si l'abonné le demande, qu'après que celui-ci ait attesté avoir recueilli le consentement préalable de ces personnes.

Les listes font apparaître les oppositions que les abonnés ou utilisateurs ont formulées en application de l'article R. 10.

II. – Les opérateurs prennent, chacun en ce qui le concerne, les précautions nécessaires afin d'assurer le contrôle de l'exactitude des données figurant dans les listes et de la qualité, notamment technique, de ces listes qui doivent être mises à jour sous réserve des dispositions du quatrième alinéa du I du présent article.

Afin que les données correspondantes soient prises en compte dans ces listes, les distributeurs transmettent à chaque opérateur, dans un délai d'un jour suivant la date de la souscription du contrat, les données relatives à l'abonné avec lequel un contrat a été signé.

Art. R. 10-4 *(D. n° 2003-752, 1er août 2003 ; D. n° 2005-606, 27 mai 2005).* – I. – Les opérateurs communiquent, sous la forme d'un fichier transmis sur support électronique, les listes d'abonnés et d'utilisateurs prévues au troisième alinéa de l'article L. 33-4, à toute personne souhaitant éditer un annuaire universel ou fournir un service universel de renseignements.

Les données communiquées concernent soit l'ensemble des abonnés et des utilisateurs domiciliés en France, soit les abonnés et utilisateurs domiciliés dans la ou les communes de la zone géographique faisant l'objet de la demande.

Les modalités d'accès à cette base de données, le format des données ainsi que les caractéristiques du fichier mentionné au deuxième alinéa sont définis par accord entre le demandeur et l'opérateur.

Préalablement à toute communication des listes qu'ils ont constituées, les opérateurs en retirent les données relatives aux abonnés et utilisateurs qui bénéficient des dispositions du 1 de l'article R. 10.

II. – L'usage des listes obtenues par application du quatrième alinéa de l'article L. 34 à d'autres fins que la fourniture d'annuaires universels ou de services universels de renseignements téléphoniques est interdit.

Sauf stipulations contractuelles contraires, toute vente des listes obtenues par application du quatrième alinéa de l'article L. 34 est interdite.

Sans préjudice de l'application des peines prévues à l'article 226-21 du Code pénal, le fait de contrevenir aux dispositions du II du présent article est puni, pour chaque abonné concerné, de l'amende prévue pour les contraventions de la quatrième classe.

Art. R. 10-5 *(D. n° 2003-752, 1er août 2003 ; D. n° 2005-606, 27 mai 2005).* – Les éditeurs d'annuaire universel et les fournisseurs de service universel de renseignements prennent les mesures nécessaires pour préserver, compte tenu des techniques disponibles, la sécurité des informations qui leur ont été communiquées en application de l'article L. 34 afin d'empêcher l'altération, la destruction ou la communication à des tiers non autorisés des fichiers et des données qu'ils contiennent. Ils prennent toutes dispositions, notamment contractuelles, vis-à-vis de leurs agents et de leurs partenaires commerciaux afin que ceux-ci respectent la confidentialité des informations qui leur ont été, le cas échéant, confiées.

Les éditeurs d'annuaire universel et les fournisseurs de service universel de renseignements ne doivent pas effectuer ou permettre à quiconque d'effectuer des opérations tendant à isoler au sein des listes mentionnées au premier alinéa les abonnés d'un opérateur ou d'un distributeur particulier.

Les éditeurs d'annuaire universel et les fournisseurs de service universel de renseignements traitent et présentent de manière non discriminatoire les données relatives aux abonnés qui leur sont communiquées par les opérateurs. Ils s'abstiennent notamment de toute discrimination en fonction de l'opérateur ou du distributeur.

Les insertions publicitaires ou autres prestations permettant aux professionnels qui le souhaitent d'apparaître dans les annuaires universels de manière particulière doivent être identifiées comme telles.

Lorsqu'une personne dispose de plusieurs contrats d'abonnement, elle peut faire usage des droits prévus à l'article R. 10 de manière différente pour chaque abonnement. Pour les abonnements qu'une personne a choisi d'inscrire dans les listes d'abonnés et si elle n'a pas choisi le même degré de protection pour chacun d'entre eux, les opérateurs, les éditeurs d'annuaires universels et les fournisseurs de services universels de renseignements doivent appliquer aux données à caractère personnel relatives à cet abonné la protection la plus forte qu'il a choisie.

Les éditeurs d'annuaires universels et les fournisseurs de services universels de renseignements sont tenus de mettre à jour les informations publiées dans un délai de deux jours ouvrables suivant la réception des informations utiles, pour les annuaires sous forme électronique et pour les services de renseignements, et dans un délai compatible avec la périodicité de leur publication, dans le cas des annuaires imprimés.

Art. R. 10-6 *(D. n° 2003-752, 1er août 2003 ; D. n° 2005-606, 27 mai 2005).* – La communication des listes d'abonnés et d'utilisateurs, par application du quatrième alinéa de l'article L. 34, donne lieu à rémunération des opérateurs ayant communiqué ces données. Les tarifs de cette communication, qui reflètent le coût du service rendu, sont établis par chaque opérateur selon les principes suivants :

1. Les coûts pris en compte pour la fixation du tarif sont ceux qui sont causés, directement ou indirectement, par la fourniture des listes d'abonnés. Ces coûts peuvent notamment comprendre une part liée à l'amortissement du matériel informatique et des logiciels nécessaires et une rémunération normale des capitaux employés.

2. Les coûts qui sont spécifiques à la fourniture des listes d'abonnés sont entièrement pris en compte dans la fixation du tarif. Les coûts liés à d'autres activités de l'opérateur en sont exclus.

Art. R. 10-7 *(D. n° 2003-752, 1er août 2003).* – Sous réserve des dispositions des 1, 2, 3 et 5 de l'article R. 10, tout annuaire universel sous forme imprimée ou électronique et tout service universel de renseignements donnent accès aux noms et prénoms, aux raisons sociales ou dénominations sociales, aux adresses et aux numéros de téléphone de tous les abonnés au service téléphonique au public et des utilisateurs qui ont manifesté leur accord. Ils donnent également accès à la mention de la profession des personnes qui l'ont souhaité dans les conditions prévues au quatrième alinéa de l'article R. 10-3.

Tout annuaire universel électronique donne, en outre, accès aux adresses électroniques figurant dans les listes d'abonnés et d'utilisateurs.

Tout annuaire universel fait apparaître les oppositions que les abonnés et les utilisateurs ont exprimées en application du 4 de l'article R. 10.

Tout annuaire universel comporte une information facilement accessible pour tout utilisateur relative :

– à l'ensemble des droits prévus à l'article R. 10 ;

– au droit pour chaque personne d'obtenir communication des données à caractère personnel la concernant et de demander leur rectification, leur mise à jour ou leur destruction.

Art. R. 10-8 *(D. n° 2003-752, 1er août 2003 ; D. n° 2004-1222, 17 nov. 2004 ; mots rempl., D. n° 2008-792, 20 août 2008 ; D. n° 2016-1870, 26 déc. 2016).* – L'annuaire universel qui peut être fourni sous forme imprimée édité en application de l'article L. 35-4 est publié chaque année à une date portée à la connaissance du public.

L'annuaire universel qui peut être fourni sous forme électronique prévu par les mêmes dispositions permet l'accès immédiat du public, à un tarif abordable, aux informations qu'il contient et qui sont régulièrement mises à jour.

Lorsqu'un opérateur est chargé, en application de l'article L. 35-2, de fournir l'annuaire universel sous forme imprimée, il met gratuitement à la disposition de tout abonné au service téléphonique au public un exemplaire des volumes départementaux de l'annuaire universel du département dans lequel l'abonnement a été souscrit ou, lorsqu'il s'agit d'un abonnement à la téléphonie mobile, du département où se situe l'adresse de facturation, y compris lorsque l'intéressé a fait usage des droits prévus à l'article R. 10. Lorsque plusieurs abonnés ont le même domicile ou lorsque la même personne dispose de plusieurs abonnements correspondant à une même adresse, il est mis à disposition un seul exemplaire gratuit. Cet opérateur propose à la vente l'annuaire universel à un tarif abordable.

Le service universel de renseignements est accessible à un tarif abordable.

Art. R. 10-9 *(D. n° 2003-752, 1er août 2003).* – Est interdit l'usage de tout document imitant ceux qu'utilisent les fournisseurs du service téléphonique au public dans leurs rapports avec leurs abonnés, notamment les factures.

Est interdit l'usage de tout document imitant ceux qu'utilisent les concessionnaires de publicité dans les annuaires d'abonnés au service téléphonique au public pour recueillir des souscriptions de publicité à insérer dans ces annuaires.

Le fait de contrevenir aux dispositions du présent article est puni, pour chaque document mis en circulation, de l'amende prévue pour les contraventions de quatrième classe.

Art. R. 10-10 *(Abr., D. n° 2010-671, 18 juin 2010).*

Art. R. 10-11 *(D. n° 2005-606, 27 mai 2005 ; D. n° 2006-358, 24 mars 2006).* – Ainsi que le prévoit l'article R. 48-1 du Code de procédure pénale, les dispositions de l'article 529 du Code de procédure pénale relatives à l'amende forfaitaire sont applicables aux infractions définies aux articles R. 10-1, R. 10-4 et R. 10-9 du présent code.

....

Section V. – Équipements terminaux de communications électroniques et équipements radioélectriques

§ 6. – Dispositions pénales

Art. R. 20-25 *(D. n° 2003-961, 8 oct. 2003 ; D. n° 2017-599, 21 avr. 2017).* – I. – Est puni de la peine d'amende prévue pour les contraventions de la quatrième classe le fait de connecter à un réseau ouvert au public un équipement terminal non conforme aux dispositions des articles R. 201-10 à R. 20-13-1 ou de l'article R. 20-19 ou en infraction avec les mesures prises en application de l'article R. 20-21.

II. – Est puni de la peine d'amende prévue pour les contraventions de la cinquième classe :

1° Le fait de mettre sur le marché et de mettre en service un équipement n'ayant pas fait l'objet d'une des procédures d'évaluation de conformité mentionnées à l'article R. 20-5 ou non conforme aux exigences essentielles, aux dispositions de l'article R. 20-10 ou en infraction avec les dispositions de l'article R. 20-11 ou avec les mesures prises en application de l'article R. 20-21 ;

2° Le fait de mettre en service un équipement non conforme aux dispositions de l'article R. 20-19 ;

3° Le fait d'effectuer ou de faire effectuer une publicité portant sur un équipement n'ayant pas fait l'objet d'une des procédures d'évaluation de conformité mentionnées à l'article R. 20-5 ou non conforme aux exigences essentielles, aux dispositions de l'article R. 20-10 ou en infraction avec les dispositions de l'article R. 20-21.

Art. R. 20-26 *(D. n° 2003-961, 8 oct. 2003).* – Les personnes coupables des contraventions prévues au I et aux 1° et 2° du II de l'article R. 20-25 encourent également la peine complémentaire de confiscation des équipements qui ont servi à commettre l'infraction, suivant les modalités prévues par l'article 131-21 du Code pénal.

Art. R. 20-27 *(D. n° 2010-671, 18 juin 2010).* – Les personnes morales déclarées responsables pénalement, dans les conditions prévues par l'article 121-2 du Code pénal, des infractions définies à l'article R. 20-25 encourent, outre l'amende suivant les modalités prévues par l'article 131-41 du Code pénal, la peine de confiscation des équipements, dans les cas prévus au I et aux 1° et 2° du II de l'article R. 20-25.

....

TITRE II. – RESSOURCES ET POLICE

CHAPITRE III. – DROITS DE PASSAGE SUR LE DOMAINE PUBLIC ROUTIER ET SERVITUDES

(D. n° 97-683, 30 mai 1997)

Section V. – Dispositions pénales

Art. R. 30 *(Ancien article R.* 40 dénuméroté, D. n° 2019-229, 25 mars 2019).* – Les pénalités encourues en cas d'infraction aux dispositions du chapitre II sont celles fixées par les articles 23-24 de la loi du 15 juin 1906.

Art. R. 31 *(Ancien article R.* 42 mod., D. n° 2014-551, 27 mai 2014 ; dénuméroté, D. n° 2019-229, 25 mars 2019).* – Les astreintes prévues à l'article L. 63 sont recouvrées par les comptables de la direction générale des finances publiques, sur réquisition du ministre intéressé ou de son délégué.

Art. R. 41 *(Abr., D. n° 2019-229, 25 mars 2019).*

CHAPITRE V. – PROTECTION DES CÂBLES SOUS-MARINS

(D. n° 90-1213, 29 déc. 1990)

Section II. – Dispositions pénales

1. – Dispositions applicables aux eaux non territoriales

Art. R. 45. – Est puni de l'amende prévue pour les contraventions de la 4e classe quiconque s'est refusé à exhiber les pièces nécessaires pour rédiger les procès-verbaux prévus à l'article L. 79.

Art. R. 46. – Est puni de l'amende prévue pour les contraventions de la 5e classe :

1° Le capitaine d'un bâtiment qui, occupé à la réparation ou à la pose d'un câble sous-marin, n'observe pas les règles sur les signaux adoptés en vue de prévenir les abordages ;

2° Le capitaine ou patron de tout bâtiment qui, apercevant ou étant en mesure d'apercevoir ces signaux, ne se retire pas ou ne se tient pas éloigné d'un mille nautique au moins du bâtiment occupé à la pose ou à la réparation d'un câble sous-marin ;

3° Le capitaine ou patron de tout bâtiment qui, voyant ou étant en mesure de voir les bouées destinées à indiquer la position des câbles, ne se tient pas éloigné de la ligne des bouées d'un quart de mille nautique au moins.

Art. R. 47. – Est puni de l'amende prévue pour les contraventions de la 5e classe :

1° Le capitaine ou patron de tout bâtiment qui a jeté l'ancre à moins d'un quart de mille nautique d'un câble sous-marin dont il est en mesure de connaître la position au moyen de lignes de bouées ou autrement, ou s'est amarré à une bouée destinée à indiquer la position du câble, sauf les cas de force majeure ;

2° Le patron de tout bateau de pêche qui ne tient pas ses engins ou filets à un mille nautique au moins du bâtiment occupé à la pose, à la réparation d'un câble sous-marin ; toutefois, les bateaux de pêche qui aperçoivent ou sont en mesure d'apercevoir le bâtiment portant les signaux adoptés ont, pour se conformer à l'avertissement, le délai nécessaire pour terminer l'opération en cours, sans que ce délai puisse dépasser vingt-quatre heures ;

3° Le patron de tout bateau de pêche qui ne tient pas ses engins ou filets à un quart de mille nautique au moins de la ligne des bouées destinées à indiquer la position des câbles sous-marins.

Art. R. 48 *(Mod., L. n° 2004-669, 9 juill. 2004).* – Est puni de l'amende prévue pour les contraventions de la 5e classe :

1° Toute personne qui, par négligence coupable et notamment dans les cas visés par les articles R. 46 et R. 47, rompt un câble sous-marin ou lui cause une détérioration qui peut avoir pour résultat d'interrompre ou d'entraver, en tout ou partie, les communications électroniques ;

2° Le capitaine de tout bâtiment qui, occupé à la pose ou à la réparation d'un câble sous-marin, est cause, par l'inobservation des règles sur les signaux adoptés en vue de prévenir les abordages, de la rupture et de la détérioration d'un câble commise par tout autre navire.

Art. R. 49. – Est punie de l'amende prévue pour les contraventions de la 5e :

1° Toute personne qui fabrique, détient hors de son domicile, met en vente, embarque ou fait embarquer des instruments ou engins servant exclusivement à couper ou détruire des câbles sous-marins ;

2° Toute personne qui fait usage des mêmes instruments ou engins.

2. – Dispositions spéciales aux eaux territoriales

Art. R. 50. – Les dispositions des articles R. 45 à R. 49 sont observées dans le cas où l'infraction aurait été commise dans les eaux territoriales par tout individu faisant partie de l'équipage d'un navire quelconque, français ou étranger, sans préjudice des dispositions de l'article L. 67.

Art. R. 51. – Dans le cas prévu au troisième alinéa de l'article L. 81, l'auteur de la rupture ou de la détérioration est tenu, sous peine de l'amende prévue pour les contraventions de la 4e classe de faire la déclaration prévue à l'article L. 72.

Art. R. 52. – En cas de récidive, le maximum des peines édictées à l'article R. 51 est prononcé, ce maximum peut être élevé jusqu'au double.

Il y a récidive pour les faits prévus par les articles R. 46 à R. 49, lorsque, dans les deux années qui précèdent, il a été rendu contre le contrevenant un jugement définitif pour infraction aux dispositions desdits articles.

2° Orienter ses patients, selon leurs besoins, dans le système de soins et le secteur médico-social ;

3° S'assurer de la coordination des soins nécessaire à ses patients ;

4° Veiller à l'application individualisée des protocoles et recommandations pour les affections nécessitant des soins prolongés et contribuer au suivi des maladies chroniques, en coopération avec les autres professionnels qui participent à la prise en charge du patient ;

5° S'assurer de la synthèse des informations transmises par les différents professionnels de santé ;

5° *bis* Administrer et coordonner les soins visant à soulager la douleur. En cas de nécessité, le médecin traitant assure le lien avec les structures spécialisées dans la prise en charge de la douleur ;

6° Contribuer aux actions de prévention et de dépistage ;

7° Participer à la mission de service public de permanence des soins dans les conditions fixées à l'article L. 6314-1 ;

8° Contribuer à l'accueil et à la formation des stagiaires de deuxième et troisième cycles d'études médicales.

Art. L. 4130-2 *(L. n° 2016-41, 26 janv. 2016).* – Les missions du médecin spécialiste de premier ou de deuxième recours comprennent les actions suivantes :

1° Compléter la prise en charge du patient par la réalisation d'une analyse diagnostique et thérapeutique d'expertise, la mise en œuvre du traitement approprié ainsi que le suivi des patients, selon des modalités propres aux compétences de chaque discipline ;

2° Contribuer à la prévention et à l'éducation pour la santé ;

3° Participer à la mission de service public de permanence des soins ;

4° Contribuer à l'accueil et à la formation des stagiaires de deuxième et troisième cycles d'études médicales.

Le médecin spécialiste de deuxième recours peut intervenir en tant que médecin correspondant, en lien avec le médecin généraliste, pour le suivi conjoint du patient et l'élaboration du projet de soins.

Le médecin spécialiste de premier ou de deuxième recours intervient en coopération avec les établissements de santé et contribue à la prévention des hospitalisations inutiles ou évitables.

CHAPITRE Ier. – Conditions d'exercice

Art. L. 4131-1 *(Mod., L. n° 2004-806, 9 août 2004 ; Ord. n° 2004-1174, 4 nov. 2004 ; Ord. n° 2008-507, 30 mai 2008 ; Ord. n° 2009-1585, 17 déc. 2009 ; Ord. n° 2017-50, 19 janv. 2017).* – Les titres de formation de base et de spécialité exigés en application du 1° de l'article L. 4111-1 sont pour l'exercice de la profession de médecin :

1° Soit le diplôme français d'État de docteur en médecine ;

2° Soit, si l'intéressé est ressortissant d'un État membre de l'Union européenne ou partie à l'accord sur l'Espace économique européen :

a) Les titres de formation de médecin délivrés par l'un de ces États conformément aux obligations communautaires et figurant sur une liste établie par arrêté des ministres chargés de l'enseignement supérieur et de la santé ;

b) Les titres de formation de médecin délivrés par un État, membre ou partie, conformément aux obligations communautaires, ne figurant pas sur la liste mentionnée au *a*, s'ils sont accompagnés d'une attestation de cet État certifiant qu'ils sanctionnent une formation conforme à ces obligations et qu'ils sont assimilés, par lui, aux titres de formation figurant sur cette liste ;

c) Les titres de formation de médecin délivrés par un État, membre ou partie, sanctionnant une formation de médecin commencée dans cet État antérieurement aux dates figurant dans l'arrêté mentionné au *a* et non conforme aux obligations communautaires, s'ils sont accompagnés d'une attestation de l'un de ces États certifiant que le titulaire des titres de formation s'est consacré, dans cet État, de façon effective et licite, à l'exercice de la profession de médecin dans la spécialité concernée pendant au moins trois années consécutives au cours des cinq années précédant la délivrance de l'attestation ;

d) Les titres de formation de médecin délivrés par l'ancienne Tchécoslovaquie, l'ancienne Union soviétique ou l'ancienne Yougoslavie ou qui sanctionnent une formation commencée avant la date d'indépendance de la République tchèque, de la Slovaquie, de l'Estonie, de la Lettonie, de la Lituanie ou de la Slovénie, s'ils sont accompagnés d'une attestation des autorités compétentes de la République tchèque ou de la Slovaquie pour les titres de formation délivrés par l'ancienne Tchécoslovaquie, de l'Estonie, de la Lettonie ou de la Lituanie pour les titres de formation délivrés par l'ancienne Union soviétique, de la Slovénie pour les titres de formation délivrés par l'ancienne Yougoslavie, certifiant qu'ils ont la même validité sur le plan juridique que les titres de formation délivrés par cet État.

Cette attestation est accompagnée d'un certificat délivré par ces mêmes autorités indiquant que son titulaire a exercé dans cet État, de façon effective et licite, la profession de médecin dans la spécialité concernée pendant au moins trois années consécutives au cours des cinq années précédant la délivrance du certificat ;

e) Les titres de formation de médecin délivrés par un État, membre ou partie, ne figurant pas sur la liste mentionnée au *a*, s'ils sont accompagnés d'une attestation délivrée par les autorités compétentes de cet État certifiant que le titulaire du titre de formation était établi sur son territoire à la date fixée dans l'arrêté mentionné au *a* et qu'il a acquis le droit d'exercer les activités de médecin généraliste dans le cadre de son régime national de sécurité sociale ;

f) Les titres de formation de médecin délivrés par un État, membre ou partie, sanctionnant une formation de médecin commencée dans cet État antérieurement aux dates figurant dans l'arrêté mentionné au *a*, et non conforme aux obligations communautaires mais permettant d'exercer légalement la profession de médecin dans l'État qui les a délivrés, si le médecin justifie avoir effectué en France au cours des cinq années précédentes trois années consécutives à temps plein de fonctions hospitalières dans la spécialité correspondant aux titres de formation en qualité d'attaché associé, de praticien attaché associé, d'assistant associé ou de fonctions universitaires en qualité de chef de clinique associé des universités ou d'assistant associé des universités, à condition d'avoir été chargé de fonctions hospitalières dans le même temps.

Lorsque ce diplôme a été obtenu dans les conditions définies à l'article L. 632-4 du Code de l'éducation, il est complété par le document mentionné au deuxième alinéa dudit article.

Art. L. 4131-1-1 *(Rempl., Ord. n° 2009-1585, 17 déc. 2009 ; mod., Ord. n° 2017-50, 19 janv. 2017 ; L. n° 2019-774, 24 juill. 2019).* – Le ministre chargé de la santé ou, sur délégation, le directeur général du Centre national de gestion peut, après avis d'une commission composée notamment de professionnels, autoriser individuellement à exercer la profession de médecin, dans la spécialité concernée, les ressortissants d'un État membre de l'Union européenne ou d'un autre État partie à l'accord sur l'Espace économique européen, titulaires de titres de formation délivrés par l'un de ces États, ne répondant pas aux conditions prévues à l'article L. 4131-1 mais permettant d'exercer légalement la profession de médecin dans cet État.

Dans le cas où l'examen des qualifications professionnelles attestées par l'ensemble des titres de formation initiale, de l'expérience professionnelle pertinente et de la formation tout au long de la vie ayant fait l'objet d'une validation par un organisme compétent fait apparaître des différences substantielles au regard des qualifications requises pour l'accès à la profession dans la spécialité concernée et son exercice en France, le ministre chargé de la santé ou, sur délégation, le directeur général du Centre national de gestion exige que l'intéressé se soumette à une mesure de compensation dans la spécialité concernée.

Selon le niveau de qualification exigé en France et celui détenu par l'intéressé, le ministre chargé de la santé ou, sur délégation, le directeur général du Centre national de gestion peut soit proposer au demandeur de choisir entre un stage d'adaptation ou une épreuve d'aptitude, soit imposer un stage d'adaptation ou une épreuve d'aptitude, soit imposer un stage d'adaptation et une épreuve d'aptitude.

La nature des mesures de compensation selon les niveaux de qualification en France et dans les autres États, membres ou parties, est fixée par arrêté du ministre chargé de la santé.

Art. L. 4131-2 *(Mod., Ord. n° 2009-1585, 17 déc. 2009 ; Ord. n° 2010-177, 23 févr. 2010 ; L. n° 2011-940, 10 août 2011 ; Ord. n° 2018-20, 17 janv. 2018 ; L. n° 2019-774, 24 juill. 2019).* – Peuvent être autorisées à exercer la médecine à titre de remplaçant d'un médecin les personnes remplissant les conditions suivantes :

1° Avoir suivi et validé la totalité du deuxième cycle des études médicales en France ou titulaires d'un titre sanctionnant une formation médicale de base équivalente, délivré par un État membre de l'Union européenne ou partie à l'accord sur l'Espace économique européen ;

2° Avoir validé au titre du troisième cycle des études médicales en France un nombre de semestres déterminé, en fonction de la spécialité suivie, par le décret mentionné au dernier alinéa.

Ces autorisations sont délivrées pour une durée limitée par le conseil départemental de l'ordre des médecins qui en informe l'agence régionale de santé.

Lors du remplacement d'un médecin salarié, le directeur de l'établissement de santé respecte les obligations liées à la formation universitaire ainsi qu'à la formation pratique et théorique du remplaçant.

Lorsque les besoins de la santé publique l'exigent, le ministre chargé de la santé peut, par arrêté pris, sauf en cas d'extrême urgence, après avis des conseils de l'ordre intéressés, habiliter pendant un délai déterminé les représentants de l'État dans le département à autoriser, pour une durée limitée, l'exercice de la médecine par des étudiants ayant validé le deuxième cycle des études médicales.

Les personnes appartenant à la réserve sanitaire prévue à l'article L. 3132-1, exerçant une activité au titre d'un engagement à servir dans la réserve opérationnelle prévue à l'article L. 4211-1 du Code de la défense ou requises en application des articles L. 3131-8 ou L. 3131-9 et ayant validé le deuxième cycle des études médicales sont autorisées à exercer la médecine au titre des activités pour lesquelles elles ont été appelées.

Un décret, pris après avis du Conseil national de l'ordre des médecins, fixe les conditions d'application des quatre premiers alinéas du présent article, notamment le niveau d'études exigé selon la qualification du praticien remplacé, la durée maximale des autorisations et les conditions de leur prorogation.

....

TITRE IV. – Profession de chirurgien-dentiste

CHAPITRE Ier. – Conditions d'exercice

Art. L. 4141-1 *(Mod., Ord. n° 2008-507, 30 mai 2008).* – La pratique de l'art dentaire comporte le diagnostic ou le traitement des maladies congénitales ou acquises, réelles ou supposées, de la bouche, des dents, des maxillaires et des tissus attenants, dans le respect des modalités fixées par le code de déontologie de la profession, mentionné à l'article L. 4127-1.

Art. L. 4141-2 *(Mod., L. n° 2006-1640, 21 déc. 2006).* – Les chirurgiens-dentistes peuvent prescrire tous les actes, produits et prestations nécessaires à l'exercice de l'art dentaire.

Art. L. 4141-3 *(Mod., Ord. n° 2008-507, 30 mai 2008 ; Ord. n° 2009-1585, 17 déc. 2009 ; Ord. n° 2017-50, 19 janv. 2017).* – Les titres de formation exigés en application du 1° de l'article L. 4111-1 sont pour l'exercice de la profession de chirurgien-dentiste :

1° Soit le diplôme français d'État de docteur en chirurgie dentaire ;

2° Soit le diplôme français d'État de chirurgien-dentiste ;

3° Soit si l'intéressé est ressortissant d'un État membre de l'Union européenne ou partie à l'accord sur l'Espace économique européen :

a) Les titres de formation de praticien de l'art dentaire délivrés par l'un de ces États conformément aux obligations communautaires et figurant sur une liste établie par arrêté des ministres chargés de l'enseignement supérieur et de la santé ;

b) Les titres de formation de praticien de l'art dentaire délivrés par un État, membre ou partie, conformément aux obligations communautaires, ne figurant pas sur la liste mentionnée au *a*, s'ils sont accompagnés d'une attestation de cet État certifiant qu'ils sanctionnent une formation conforme à ces obligations et qu'ils sont assimilés, par lui, aux diplômes, certificats et titres figurant sur cette liste ;

c) Les titres de formation de praticien de l'art dentaire délivrés par un État, membre ou partie, sanctionnant une formation de praticien de l'art dentaire commencée dans cet État antérieurement aux dates figurant dans l'arrêté mentionné au a et non conforme aux obligations communautaires, s'ils sont accompagnés d'une attestation de l'un de ces États certifiant que le titulaire des titres de formation s'est consacré, dans cet État, de façon effective et licite aux activités de praticien de l'art dentaire ou, le cas échéant, de praticien de l'art dentaire spécialiste, pendant au moins trois années consécutives au cours des cinq années précédant la délivrance de l'attestation ;

d) Les titres de formation de praticien de l'art dentaire délivrés par l'ancienne Union soviétique ou l'ancienne Yougoslavie ou qui sanctionnent une formation commencée avant la date d'indépendance de l'Estonie, de la Lettonie, de la Lituanie ou de la Slovénie, s'ils sont accompagnés d'une attestation des autorités compétentes de l'Estonie, de la Lettonie ou de la Lituanie pour les titres de formation délivrés par l'ancienne Union soviétique, de la Slovénie pour les titres de formation délivrés par l'ancienne Yougoslavie, certifiant qu'ils ont la même validité sur le plan juridique que les titres de formation délivrés par cet État.

Cette attestation est accompagnée d'un certificat délivré par ces mêmes autorités indiquant que son titulaire a exercé dans cet État, de façon effective et licite, la profession de praticien de l'art dentaire ou de praticien de l'art dentaire spécialiste pendant au moins trois années consécutives au cours des cinq années précédant la délivrance du certificat ;

e) Les titres de formation de praticien de l'art dentaire délivrés par un État, membre ou partie, sanctionnant une formation de praticien de l'art dentaire commencée dans cet État antérieurement aux dates figurant dans l'arrêté mentionné au a et non conforme aux obligations communautaires mais permettant d'exercer légalement la profession de praticien de l'art dentaire dans l'État qui les a délivrés, si le praticien de l'art dentaire justifie avoir effectué en France au cours des cinq années précédentes trois années consécutives à temps plein de fonctions hospitalières, le cas échéant dans la spécialité correspondant aux titres de formation, en qualité d'attaché associé, de praticien attaché associé, d'assistant associé ou de fonctions universitaires en qualité de chef de clinique associé des universités ou d'assistant associé des universités, à condition d'avoir été chargé de fonctions hospitalières dans le même temps ;

f) Un titre de formation de médecin délivré en Italie, en Espagne, en Autriche, en République tchèque, en Slovaquie et en Roumanie sanctionnant une formation commencée au plus tard aux dates fixées par arrêté des ministres chargés de l'enseignement supérieur et de la santé, s'il est accompagné d'une attestation des autorités compétentes de cet État certifiant qu'il ouvre droit dans cet État à l'exercice de la profession de praticien de l'art dentaire et que son titulaire s'est consacré, dans cet État, de façon effective et licite, aux activités de praticien de l'art dentaire pendant au moins trois années consécutives au cours des cinq années précédant la délivrance de l'attestation ;

h) Les titres de formation de médecin délivrés par l'Espagne sanctionnant une formation de médecin commencée dans cet État entre le 1er janvier 1986 et le 31 décembre 1997, s'ils sont accompagnés d'une attestation délivrée par les autorités compétentes de cet État indiquant que son titulaire a suivi avec succès au moins trois années d'études conformes aux obligations communautaires de formation de base à la profession de praticien de l'art dentaire, qu'il a exercé, de façon effective, licite et à titre principal, la profession de praticien de l'art dentaire pendant au moins trois années consécutives au cours des cinq années précédant la délivrance de l'attestation et qu'il est autorisé à exercer ou exerce, de façon effective, licite et à titre principal, cette profession dans les mêmes conditions que les titulaires de titres de formation figurant sur la liste mentionnée au *a*.

Pour les titres de formation délivrés par l'Italie, l'intéressé doit en outre, selon la date à laquelle la formation a commencé, produire une attestation certifiant qu'il a passé avec succès une épreuve d'aptitude organisée par les autorités italiennes compétentes.

Art. L. 4141-3-1 *(L. n° 2004-806, 9 août 2004 ; rempl., Ord. n° 2008-507, 30 mai 2008 ; mod., L. n° 2009-179, 17 févr. 2009 ; rempl., Ord. n° 2009-1585, 17 déc. 2009 ; Ord. n° 2017-50, 19 janv. 2017 ; L. n° 2019-774, 24 juill. 2019).* – Le ministre chargé de la santé ou, sur délégation, le directeur général du Centre national de gestion peut, après avis d'une commission composée notamment de professionnels, autoriser individuellement à exercer la profession de chirurgien-dentiste, le cas échéant dans la spécialité, les ressortissants d'un État membre de l'Union européenne ou d'un autre État partie à l'accord sur l'Espace économique européen, titulaires de titres de formation de base et, le cas échéant, de spécialité délivrés par l'un de ces États, ne répondant pas aux conditions prévues à l'article L. 4141-3 mais permettant d'exercer légalement la profession de chirurgien-dentiste dans cet État.

Dans le cas où l'examen des qualifications professionnelles attestées par l'ensemble des titres de formation et de l'expérience professionnelle pertinente fait apparaître des différences substantielles au regard des qualifications requises pour l'accès à la profession, le cas échéant dans la spécialité, et son exercice en France, le ministre chargé de la santé ou, sur délégation, le directeur général du Centre national de gestion exige que l'intéressé se soumette à une mesure de compensation qui consiste, au choix du demandeur, en une épreuve d'aptitude ou en un stage d'adaptation, le cas échéant dans la spécialité.

Art. L. 4141-4 *(Mod., L. n° 2007-294, 5 mars 2007 ; Ord. n° 2009-1585, 17 déc. 2009 ; Ord. n° 2018-20, 17 janv. 2018).* – Les étudiants en chirurgie dentaire ayant satisfait en France à l'examen de cinquième année, peuvent être autorisés à exercer l'art dentaire, soit à titre de remplaçant, soit comme adjoint d'un chirurgien-dentiste.

Ces autorisations sont délivrées pour une durée limitée par le conseil départemental de l'ordre des chirurgiens-dentistes qui en informe les services de l'État.

Un décret, pris après avis du Conseil national de l'ordre des chirurgiens-dentistes, fixe les conditions d'application du présent article, notamment le niveau d'études exigé selon la qualification du praticien remplacé, la durée maximale des autorisations et les conditions de leur prorogation.

Les personnes appartenant à la réserve sanitaire prévue à l'article L. 3132-1, exerçant une activité au titre d'un engagement à servir dans la réserve opérationnelle prévue à l'article L. 4211-1 du Code de la défense ou requises en application des articles L. 3131-8 ou L. 3131-9 et ayant satisfait à l'examen de cinquième année des études odontologiques sont autorisées à exercer l'art dentaire au titre des activités pour lesquelles elles ont été appelées.

....

TITRE V. – Profession de sage-femme

CHAPITRE Ier. – Conditions d'exercice

Art. L. 4151-1 *(Mod., L. n° 2004-806, 9 août 2004 ; L. n° 2009-879, 21 juill. 2009 ; L. n° 2011-814, 7 juill. 2011 ; L. n° 2016-41, 16 janv. 2016)*. – L'exercice de la profession de sage-femme comporte la pratique des actes nécessaires au diagnostic, à la surveillance de la grossesse et à la préparation psychoprophylactique à l'accouchement, ainsi qu'à la surveillance et à la pratique de l'accouchement et des soins postnataux en ce qui concerne la mère et l'enfant, sous réserve des dispositions des articles L. 4151-2 à L. 4151-4 et suivant les modalités fixées par le Code de déontologie de la profession, mentionné à l'article L. 4127-1.

La sage-femme peut effectuer l'examen postnatal à la condition d'adresser la femme à un médecin en cas de situation pathologique constatée.

L'exercice de la profession de sage-femme peut comporter également la réalisation de consultations de contraception et de suivi gynécologique de prévention, ainsi que d'interruptions volontaires de grossesse par voie médicamenteuse sous réserve que la sage-femme adresse la femme à un médecin en cas de situation pathologique.

Les sages-femmes sont autorisées à concourir aux activités d'assistance médicale à la procréation, dans des conditions fixées par décret.

Art. L. 4151-2 *(L. n° 2016-41, 26 janv. 2016 ; L. n° 2019-774, 24 juill. 2019)*. – Les sages-femmes peuvent prescrire et pratiquer les vaccinations de la femme et de l'enfant, dans des conditions définies par décret.

Elles peuvent prescrire et pratiquer, en vue de protéger l'enfant pendant la période postnatale, les vaccinations des personnes qui vivent régulièrement dans son entourage, dans des conditions déterminées par décret. Ce décret détermine également les modalités selon lesquelles les sages-femmes transmettent au médecin traitant de ces personnes les informations relatives à ces vaccinations.

Un arrêté du ministre chargé de la santé fixe la liste des vaccinations mentionnées aux deux premiers alinéas.

Art. L. 4151-3 *(L. n° 2004-806, 9 août 2004)*. – En cas de pathologie maternelle, fœtale ou néonatale pendant la grossesse, l'accouchement ou les suites de couches, et en cas d'accouchement dystocique, la sage-femme doit faire appel à un médecin. Les sages-femmes peuvent pratiquer les soins prescrits par un médecin en cas de grossesse ou de suites de couches pathologiques.

Art. L. 4151-4 *(L. n° 2004-806, 9 août 2004 ; mod., L. n° 2005-1579, 15 déc. 2005 ; L. n° 2016-41, 26 janv. 2016)*. – Les sages-femmes peuvent prescrire les dispositifs médicaux, dont la liste est fixée par l'autorité administrative, et les examens strictement nécessaires à l'exercice de leur profession. Elles peuvent également prescrire les médicaments d'une classe thérapeutique figurant sur une liste fixée par arrêté du ministre chargé de la santé pris après avis de l'Agence nationale de sécurité du médicament et des produits de santé et prescrire des substituts nicotiniques à toutes les personnes qui vivent régulièrement dans l'entourage de la femme enceinte ou de l'enfant jusqu'au terme de la période postnatale ou assurent la garde de ce dernier.

Art. L. 4151-5 *(Mod., Ord. n° 2008-507, 30 mai 2008 ; Ord. n° 2009-1585, 17 déc. 2009 ; Ord. n° 2017-50, 19 janv. 2017)*. – Les titres de formation exigés en application du 1° de l'article L. 4111-1 sont pour l'exercice de la profession de sage-femme :

1° Soit le diplôme français d'État de sage-femme ;

2° Soit, si l'intéressé est ressortissant d'un État membre de l'Union européenne ou partie à l'accord sur l'Espace économique européen :

a) Un titre de formation de sage-femme délivré par l'un de ces États conformément aux obligations communautaires et figurant sur une liste établie par arrêté des ministres chargés de l'enseignement supérieur et de la santé ;

b) Un titre de formation de sage-femme délivré par un État, membre ou partie, conformément aux obligations communautaires, ne figurant pas sur la liste mentionnée au *a*, s'il est accompagné d'une attestation de cet État certifiant qu'il sanctionne une formation conforme à ces obligations et d'une attestation indiquant le type de formation suivie, complétée le cas échéant par une pratique professionnelle, et qu'il est assimilé, par lui, aux diplômes, certificats et titres figurant sur cette liste ;

c) Un titre de formation de sage-femme délivré par l'un de ces États conformément aux obligations communautaires, ne figurant pas sur la liste mentionnée au *a* et non accompagné de l'attestation de pratique professionnelle mentionnée au *b*, si un État, membre ou partie, atteste que l'intéressé s'est consacré de façon effective et licite aux activités de sage-femme pendant au moins deux années consécutives au cours des cinq années précédant la délivrance de cette attestation ;

d) Un titre de formation de sage-femme délivré par un État, membre ou partie, sanctionnant une formation de sage-femme commencée dans cet État antérieurement aux dates figurant dans l'arrêté mentionné au *a* et non conforme aux obligations communautaires, s'il est accompagné d'une attestation de l'un de ces États certifiant que le titulaire du titre de formation s'est consacré dans cet État de façon effective et licite aux activités de sage-femme pendant au moins trois années consécutives au cours des cinq années précédant la délivrance de cette attestation ;

e) Un titre de formation de sage-femme délivré par l'ancienne Tchécoslovaquie, l'ancienne Union soviétique ou l'ancienne Yougoslavie ou qui sanctionne une formation commencée avant la date d'indépendance de la République tchèque, de la Slovaquie, de l'Estonie, de la Lettonie, de la Lituanie ou de la Slovénie, s'il est accompagné d'une attestation des autorités compétentes de la République tchèque ou de la Slovaquie pour les titres de formation délivrés par l'ancienne Tchécoslovaquie, de l'Estonie, de la Lettonie ou de la Lituanie pour les titres de formation délivrés par l'ancienne Union soviétique, de la Slovénie pour les titres de formation délivrés par l'ancienne Yougoslavie, certifiant qu'ils ont la même validité sur le plan juridique que les titres de formation délivrés par cet État.

Cette attestation est accompagnée d'un certificat délivré par ces mêmes autorités indiquant que son titulaire a exercé dans cet État, de façon effective et licite, la profession de sage-femme pendant au moins trois années consécutives au cours des cinq années précédant la délivrance du certificat ;

f) Un titre de formation de sage-femme sanctionnant une formation commencée en Pologne ou en Roumanie antérieurement aux dates fixées dans l'arrêté mentionné au *a* et non conforme aux obligations communautaires, si cet État atteste que l'intéressé a exercé dans cet État, de façon effective et licite, la profession de sage-femme pendant des périodes fixées par arrêté du ministre chargé de la santé ;

g) Un titre de formation de sage-femme délivré en Pologne aux professionnels ayant achevé leur formation avant le 1er mai 2004 et non conforme aux obligations communautaires si cet État atteste que l'intéressé a exercé dans cet État, de façon effective et licite, la profession de sage-femme pendant des périodes fixées par arrêté du ministre chargé de la santé ou si le titre de formation comporte un programme spécial de revalorisation lui permettant d'être assimilé à un titre figurant sur la liste mentionnée au *a* ;

h) Les titres de formation de sage-femme délivrés par un État, membre ou partie, sanctionnant une formation débutée avant le 18 janvier 2016.

La liste des attestations devant accompagner les titres de formation est fixée par arrêté des ministres chargés de l'enseignement supérieur et de la santé.

Art. L. 4151-5-1 *(Ord. n° 2008-507, 30 mai 2008 ; Ord. n° 2017-50, 19 janv. 2017 ; L. n° 2019-774, 24 juill. 2019)*. – Le ministre chargé de la santé ou, sur délégation, le directeur général du Centre national de gestion peut, après avis d'une commission, composée notamment de professionnels, autoriser individuellement à exercer la profession de sage-femme les ressortissants d'un État membre de l'Union européenne ou d'un autre État partie à l'accord sur l'Espace économique européen, titulaires d'un titre de formation délivré par l'un de ces États, ne répondant pas aux conditions prévues à l'article L. 4151-5 mais permettant d'exercer légalement la profession de sage-femme dans cet État. Dans le cas où l'examen des qualifications professionnelles attestées par l'ensemble des titres de formation initiale, de l'expérience professionnelle pertinente et de la formation tout au long de la vie ayant fait l'objet d'une validation par un organisme compétent fait apparaître des différences substantielles au regard des qualifications requises pour l'accès à la profession et son exercice en France, le ministre chargé de la santé ou, sur délégation, le directeur général du Centre national de gestion exige que l'intéressé se soumette à une mesure de compensation.

Selon le niveau de qualification exigé en France et celui détenu par l'intéressé, le ministre chargé de la santé ou, sur délégation, le directeur général du Centre national de gestion peut soit proposer au demandeur de choisir entre un stage d'adaptation ou une épreuve d'aptitude, soit imposer un stage d'adaptation ou une épreuve d'aptitude, soit imposer un stage d'adaptation et une épreuve d'aptitude.

La nature des mesures de compensation selon les niveaux de qualification en France et dans les autres États, membres ou parties, est fixée par arrêté du ministre chargé de la santé.

Art. L. 4151-6 *(Ord. n° 2005-1040, 26 août 2005 ; L. n° 2007-294, 5 mars 2007 ; Ord. n° 2009-1585, 17 déc. 2009 ; Ord. n° 2018-20, 17 janv. 2018)*. – I. – Les étudiants sages-femmes effectuant leur formation en France peuvent être autorisés à exercer la profession de sage-femme comme remplaçant.

Ces autorisations sont délivrées pour une durée limitée par le conseil départemental de l'ordre des sages-femmes qui en informe les services de l'État.

Un décret, pris après avis du Conseil national de l'ordre des sages-femmes, fixe les conditions d'application du présent article, notamment le niveau d'études exigé, la durée maximale des autorisations et les conditions de leur prorogation.

II. – Les personnes appartenant à la réserve sanitaire prévue à l'article L. 3132-1, exerçant une activité au titre d'un engagement à servir dans la réserve opérationnelle prévue à l'article L. 4211-1 du Code de la défense ou requises en application des articles L. 3131-8 ou L. 3131-9 et ayant satisfait à l'examen de troisième année des études de sage-femme sont autorisées à exercer la profession de sage-femme au titre des activités pour lesquelles elles ont été appelées.

TITRE IV. – Dispositions pénales

CHAPITRE Ier. – Exercice illégal

Art. L. 4161-1 *(Mod., L. n° 2004-806, 9 août 2004 ; L. n° 2009-526, 12 mai 2009 ; Ord. n° 2017-48, 19 janv. 2017 ; L. n° 2018-1203, 22 déc. 2018 ; L. n° 2019-774, 24 juill. 2019 ; L. n° 2021-1017, 2 août 2021)*. – Exerce illégalement la médecine :

1° Toute personne qui prend part habituellement ou par direction suivie, même en présence d'un médecin, à l'établissement d'un diagnostic ou au traitement de maladies, congénitales ou acquises, réelles ou supposées, par actes personnels, consultations verbales ou écrites ou par tous autres procédés quels qu'ils soient, ou pratique l'un des actes professionnels prévus dans une nomenclature fixée par arrêté du ministre chargé de la santé pris après avis de l'Académie nationale de médecine, sans être titulaire d'un diplôme, certificat ou autre titre mentionné à l'article L. 4131-1 et exigé pour l'exercice de la profession de médecin, ou sans être bénéficiaire des dispositions spéciales mentionnées aux articles L. 4111-2 à L. 4111-4, L. 4111-7, L. 4112-6, L. 4131-2 à L. 4131-5 ;

2° Toute personne qui se livre aux activités définies au 1° ci-dessus sans satisfaire à la condition posée au 2° de l'article L. 4111-1 compte tenu, le cas échéant, des exceptions apportées à celle-ci par le présent livre et notamment par les articles L. 4111-7 et L. 4131-4-1 ;

3° Toute personne qui, munie d'un titre régulier, sort des attributions que la loi lui confère, notamment en prêtant son concours aux personnes mentionnées aux 1° et 2°, à l'effet de les soustraire aux prescriptions du présent titre ;

4° Toute personne titulaire d'un diplôme, certificat ou tout autre titre de médecin qui exerce la médecine sans être inscrite à un tableau de l'ordre des médecins institué conformément au chapitre II du titre Ier du présent livre ou pendant la durée de la peine d'interdiction temporaire prévue à l'article L. 4124-6 à l'exception des personnes mentionnées aux articles L. 4112-6 et L. 4112-7 ;

5° Tout médecin mentionné à l'article L. 4112-7 qui exécute des actes professionnels sans remplir les conditions ou satisfaire aux obligations prévues audit article.

Les dispositions du présent article ne s'appliquent pas aux étudiants en médecine ni aux sages-femmes ni aux pharmaciens biologistes pour l'exercice des actes de biologie médicale, ni aux pharmaciens qui prescrivent des vaccins ou effectuent des vaccinations, ni aux conseillers en génétique qui prescrivent des examens de biologie médicale en application de l'article L. 1132-1, ni aux physiciens médicaux, ni aux infirmiers ou gardes-malades qui agissent comme aides d'un médecin ou que celui-ci place auprès de ses malades, ni aux détenteurs d'une qualification professionnelle figurant sur une liste fixée par arrêté du ministre chargé de la santé et exerçant, dans la limite de leur formation, l'activité d'assistant médical, ni aux auxiliaires médicaux exerçant en pratique avancée en application de l'article L. 4301-1, ni aux personnes qui accomplissent, dans les conditions prévues par décret en Conseil d'Etat pris après avis de l'Académie nationale de médecine, les actes professionnels dont la liste est établie par ce même décret.

Art. L. 4161-2 *(L. n° 2009-526, 12 mai 2009)*. – Exerce illégalement l'art dentaire :

1° Toute personne qui prend part habituellement ou par direction suivie, même en présence d'un praticien, à la pratique de l'art dentaire, par consultation, acte personnel ou tous autres procédés, quels qu'ils soient, notamment prothétiques :

– sans être titulaire d'un diplôme, certificat ou autre titre mentionné à l'article L. 4141-3 et exigé pour l'exercice de la profession de médecin ou de chirurgien-dentiste, alors qu'elle n'est pas régulièrement dispensée de la possession de l'un de ces diplômes, certificats ou titres par application du présent livre ;

– ou sans remplir les autres conditions fixées à l'article L. 4111-1, compte tenu, le cas échéant, des exceptions apportées à celles-ci, notamment par les articles L. 4111-7 et L. 4141-3-1, ainsi que par l'article 8 de la loi n° 71-1026 du 24 décembre 1971 modifiant le Code de la santé publique ;

2° Toute personne qui, munie d'un titre régulier, sort des attributions que la loi lui confère, notamment en prêtant son concours aux personnes mentionnées au 1°, à l'effet de les soustraire aux prescriptions du présent titre ;

3° Tout médecin, tout chirurgien-dentiste qui exerce l'art dentaire tel qu'il est défini à l'article L. 4141-1 pendant la durée d'une peine d'interdiction temporaire prononcée en application de l'article L. 4124-6 ;

4° Tout médecin ou tout praticien de l'art dentaire mentionné à l'article L. 4112-7 qui exécute des actes professionnels sans remplir les conditions ou satisfaire aux obligations prévues à cet article.

Les dispositions du présent article ne s'appliquent pas aux étudiants en art dentaire mentionnés au premier alinéa de l'article L. 4141-4.

Art. L. 4161-3 *(L. n° 2009-526, 12 mai 2009)*. – Exerce illégalement la profession de sage-femme :

1° Toute personne qui pratique habituellement les actes mentionnés à l'article L. 4151-1 sans remplir les conditions exigées par le présent livre pour l'exercice de la profession de médecin ou de sage-femme, notamment par les articles L. 4111-1, L. 4111-3, L. 4111-7 et L. 4151-5 ;

2° Toute personne qui, munie d'un titre régulier, sort des attributions que la loi lui confère, notamment en prêtant son concours aux personnes mentionnées au 1°, à l'effet de les soustraire aux prescriptions du présent titre ;

3° Tout médecin ou sage-femme qui pratique les actes susmentionnés pendant la durée d'une peine d'interdiction temporaire prononcée en application de l'article L. 4124-6 ;

4° Tout médecin ou sage-femme mentionné à l'article L. 4112-7, qui exécute les actes énumérés sans remplir les conditions ou satisfaire aux obligations prévues audit article.

Art. L. 4161-4 *(Mod., L. n° 2004-204, 9 mars 2004)*. – En ce qui concerne spécialement l'exercice illégal de la médecine, de l'art dentaire ou de la profession de sage-femme, les médecins, les chirurgiens-dentistes et les sages-femmes, et les syndicats intéressés peuvent saisir les tribunaux par voie de citations directes, données dans les termes de l'article 388 du Code de procédure pénale, sans préjudice de la faculté de se porter, s'il y a lieu, partie civile dans toute poursuite intentée par le ministère public.

Art. L. 4161-5 *(Ord. n° 2005-1040, 26 août 2005)*. – L'exercice illégal de la profession de médecin, de chirurgien-dentiste ou de sage-femme est puni de deux ans d'emprisonnement et de 30 000 euros d'amende.

Les personnes physiques encourent également les peines complémentaires suivantes :

a) L'affichage ou la diffusion de la décision prononcée, dans les conditions prévues par l'article 131-35 du Code pénal ;

b) La confiscation de la chose qui a servi ou était destinée à commettre l'infraction ou de la chose qui en est le produit, conformément à l'article 131-21 du Code pénal ;

c) L'interdiction définitive ou pour une durée de cinq ans au plus d'exercer une ou plusieurs professions régies par le présent code ou toute autre activité professionnelle ou sociale à l'occasion de l'exercice de laquelle l'infraction a été commise, suivant les modalités prévues par l'article 131-27 du Code pénal.

Le fait d'exercer l'une de ces activités malgré une décision judiciaire d'interdiction définitive ou temporaire est puni des mêmes peines.

Art. L. 4161-6 *(Mod., Ord. n° 2005-1040, 26 août 2005 ; rempl., L. n° 2009-526, 12 mai 2009)*. – Les personnes morales déclarées responsables pénalement, dans les conditions prévues par l'article 121-2 du Code pénal, de l'infraction définie à l'article L. 4161-5 encourent, outre l'amende suivant les modalités prévues par l'article 131-38 du Code pénal, les peines prévues par les 2° à 9° de l'article 131-39 du même code.

L'interdiction mentionnée au 2° de l'article 131-39 du même code porte sur une ou plusieurs professions régies par le présent code ou toute autre activité professionnelle ou sociale à l'occasion de l'exercice de laquelle l'infraction a été commise.

CHAPITRE II. – Usurpation du titre

Art. L. 4162-1 *(Rempl., Ord. n° 2005-1040, 26 août 2005 ; L. n° 2009-526, 12 mai 2009)*. – L'usage sans droit de la qualité de médecin, de chirurgien-dentiste ou de sage-femme ou d'un diplôme, certificat ou autre titre légalement requis pour l'exercice de ces professions est puni comme le délit d'usurpation de titre prévu à l'article 433-17 du Code pénal.

Les personnes morales déclarées responsables pénalement, dans les conditions prévues par l'article 121-2 du Code pénal, de l'infraction définie au présent article encourent l'amende prévue à l'article 433-17 du Code pénal suivant les modalités prévues par l'article 131-38 du même code, ainsi que les peines prévues aux 2° à 4° de l'article 433-25 du même code.

Le non-respect des dispositions de l'article L. 4111-5 est assimilé à une usurpation du titre de médecin, de chirurgien-dentiste ou de sage-femme.

CHAPITRE III. – Autres dispositions pénales

Art. L. 4163-3. – Le fait, pour toute personne ne remplissant pas les conditions requises pour l'exercice de la profession de médecin, de chirurgien-dentiste ou de sage-femme, de recevoir, en vertu d'une convention, la totalité ou une quote-part des honoraires ou des bénéfices provenant de l'activité professionnelle d'un membre de l'une des professions régies par le présent livre, médecin, chirurgien-dentiste ou sage-femme est puni de 4 500 € d'amende et en cas de récidive de six mois d'emprisonnement et de 9 000 € d'amende.

Art. L. 4163-4. – Est puni de 4 500 € d'amende et en cas de récidive de six mois d'emprisonnement et de 9 000 € d'amende le fait :

1° Sauf les cas mentionnés aux articles L. 4211-3 et L. 5125-2, pour toute personne qui exerce l'une des professions médicales mentionnées au présent livre, de recevoir, sous quelque forme que ce soit, d'une façon directe ou indirecte, des intérêts ou ristournes proportionnels ou non au nombre des unités prescrites ou vendues, qu'il s'agisse de médicaments, d'appareils orthopédiques ou autres, de quelque nature qu'ils soient ;

2° De constituer ou de faire fonctionner des sociétés dont le but manifeste est la recherche des intérêts ou ristournes définis ci-dessus, et revenant aux individus eux-mêmes ou au groupe constitué à cet effet, ainsi que l'exercice pour le même objet de la profession de pharmacien et de celles de médecin, de chirurgien-dentiste ou de sage-femme ;

3° De vendre des médicaments réservés d'une manière exclusive, et sous quelque forme que ce soit, aux médecins bénéficiaires de l'autorisation prévue à l'article L. 4211-3.

L'interdiction temporaire d'exercer la profession pendant une période de un à dix ans peut être prononcée par les cours et tribunaux accessoirement à la peine principale.

Les pharmaciens coauteurs du délit sont punis des mêmes peines.

Art. L. 4163-5. – L'exercice de la médecine, l'art dentaire ou la profession de sage-femme sous un pseudonyme est puni de 4 500 € d'amende.

La récidive est punie de six mois d'emprisonnement et de 9 000 € d'amende.

Art. L. 4163-6. – Le fait pour un médecin, un chirurgien-dentiste ou une sage-femme de donner des consultations dans les locaux ou les dépendances des locaux commerciaux où sont vendus les appareils qu'ils prescrivent ou qu'ils utilisent est puni de 4 500 € d'amende.

La récidive est punie de six mois d'emprisonnement et de 9 000 € d'amende.

Art. L. 4163-7. – Est puni de 3 750 € d'amende le fait :

1° D'exercer la médecine, l'art dentaire ou la profession de sage-femme sans avoir fait enregistrer ou réenregistrer son diplôme en violation des dispositions de l'article L. 4113-1 ;

2° Pour un médecin, de ne pas déférer aux réquisitions de l'autorité publique.

Art. L. 4163-8. – Le fait pour un médecin, chirurgien-dentiste ou une sage-femme de faire une fausse déclaration en vue de son inscription au tableau de l'ordre est puni de trois mois d'emprisonnement et de 3 750 € d'amende.

Art. L. 4163-9. – La constitution et l'utilisation à des fins de prospection ou de promotion commerciales de fichiers composés à partir de données issues directement ou indirectement des prescriptions médicales ou des informations médicales mentionnées à l'article L. 161-29 du Code de la sécurité sociale, dès lors que ces fichiers permettent d'identifier directement ou indirectement le professionnel prescripteur, sont punies de deux ans d'emprisonnement et de 75 000 € d'amende.

Art. L. 4163-10. – Le refus d'un contractant non praticien de rédiger par écrit un des contrats ou avenants prévus à l'article L. 4113-9 est puni de 6 000 € d'amende.

Art. L. 4163-11 *(Créé, L. n° 2022-92, 31 janv. 2022)*. – Le fait de donner des consultations ou de prescrire des traitements en prétendant pouvoir modifier ou réprimer l'orientation sexuelle ou l'identité de genre, vraie ou supposée, d'une personne est puni de deux ans d'emprisonnement et de 30 000 euros d'amende.

L'infraction prévue au premier alinéa n'est pas constituée lorsque le professionnel de santé invite seulement à la réflexion et à la prudence, eu égard notamment à son jeune âge, la personne qui s'interroge sur son identité de genre et qui envisage un parcours médical tendant au changement de sexe.

Une interdiction d'exercer la profession de médecin peut également être prononcée, pour une durée ne pouvant excéder dix ans, à l'encontre des personnes physiques coupables de l'infraction prévue au même premier alinéa.

Les faits mentionnés audit premier alinéa sont punis de trois ans d'emprisonnement et de 45 000 euros d'amende lorsqu'ils sont commis au préjudice d'un mineur ou d'une personne dont la particulière vulnérabilité ou dépendance, due à son âge, à une maladie, à une infirmité, à une déficience physique ou psychique, à un état de grossesse ou à la précarité de sa situation économique ou sociale, est apparente ou connue de leur auteur.

....

TITRE Ier. – Profession d'infirmier ou d'infirmière

CHAPITRE Ier. – Exercice de la profession

Art. L. 4311-1 *(Mod., L. n° 2011-525, 17 mai 2011 ; L. n° 2012-1404, 17 déc. 2012 ; L. n° 2017-220, 23 févr. 2017 ; L. n° 2019-774, 24 juill. 2019)*. – Est considérée comme exerçant la profession d'infirmière ou d'infirmier toute personne qui donne habituellement des soins infirmiers sur prescription ou conseil médical, ou en application du rôle propre qui lui est dévolu.

L'infirmière ou l'infirmier participe à différentes actions, notamment en matière de prévention, d'éducation de la santé et de formation ou d'encadrement.

L'infirmière ou l'infirmier peut effectuer certaines vaccinations, sans prescription médicale, dont la liste, les modalités et les conditions de réalisation sont fixées par décret en Conseil d'État, pris après avis de la Haute Autorité de santé.

L'infirmière ou l'infirmier est autorisé à renouveler les prescriptions, datant de moins d'un an, de médicaments contraceptifs oraux, sauf s'ils figurent sur une liste fixée par arrêté du ministre chargé de la santé, sur proposition de l'Agence nationale de sécurité du médicament et des produits de santé, pour une durée maximale de six mois, non renouvelable. Cette disposition est également applicable aux infirmières et infirmiers exerçant dans les établissements mentionnés au troisième alinéa du I de l'article L. 5134-1 et dans les services mentionnés au premier alinéa de l'article L. 2112-1 et à l'article L. 2311-4.

Dans un protocole inscrit dans le cadre d'un exercice coordonné tel que prévu aux articles L. 1411-11-1, L. 1434-12, L. 6323-1 et L. 6323-3, et dans des conditions prévues par décret, l'infirmier ou l'infirmière est autorisé à adapter la posologie de certains traitements pour une pathologie donnée. La liste de ces pathologies et de ces traitements est fixée par arrêté du ministre chargé de la santé pris après avis de la Haute Autorité de santé. Cette adaptation ne peut avoir lieu que sur la base des résultats d'analyses de biologie médicale, sauf en cas d'indication contraire du médecin, et sous réserve d'une information du médecin traitant désigné par le patient.

Un arrêté des ministres chargés de la santé et de la sécurité sociale fixe la liste des dispositifs médicaux que les infirmiers, lorsqu'ils agissent sur prescription médicale, peuvent prescrire à leurs patients sauf en cas d'indication contraire du médecin et sous réserve, pour les dispositifs médicaux pour lesquels l'arrêté le précise, d'une information du médecin traitant désigné par leur patient.

L'infirmier ou l'infirmière peut prescrire des substituts nicotiniques, des solutions et produits antiseptiques ainsi que du sérum physiologique à prescription médicale facultative.

Art. L. 4311-2. – Sous réserve des dispositions des articles L. 4311-4 et L. 4311-5, peuvent exercer la profession d'infirmier ou d'infirmière les personnes titulaires d'un diplôme, certificat ou titre mentionné aux articles L. 4311-3 et L. 4311-4, ou titulaires des autorisations prévues aux articles L. 4311-9 et L. 4311-10.

....

CHAPITRE IV. – Dispositions pénales

Art. L. 4314-1. – Les groupements professionnels régulièrement constitués d'infirmiers ou d'infirmières sont habilités à exercer des poursuites devant la juridiction pénale en raison d'infractions relatives à l'exercice de la profession d'infirmier ou d'infirmière, sans préjudice de la faculté de se porter partie civile dans toute poursuite intentée par le ministère public.

Art. L. 4314-2 *(Mod. à compter de la date prévue au II de l'article 29 de l'ordonnance n° 2010-177 du 23 février 2010, Ord. n° 2010-177, 23 févr. 2010).* – Les médecins et les pharmaciens inspecteurs de santé publique [,] les inspecteurs des agences régionales de santé, les inspecteurs de *(Mots rempl. à compter de la date prévue au III de l'article 41 de la loi n° 2011-2012 du 29 décembre 2011, L. n° 2011-2012, 29 déc. 2011)* « l'Agence nationale de sécurité du médicament et des produits de santé », ainsi que toutes les personnes habilitées à constater les infractions à la législation sur la répression des fraudes sont habilités à procéder à la recherche et à la constatation des infractions mentionnées à l'article L. 4314-6.

Art. L. 4314-3. – Les infirmiers et infirmières et les étudiants des instituts de formation préparant à l'exercice de la profession sont tenus au secret professionnel dans les conditions et sous les réserves énoncées aux articles 226-13 et 226-14 du Code pénal.

Art. L. 4314-4 *(Rempl., Ord. n° 2005-1040, 26 août 2005 ; mod., L. n° 2009-526, 12 mai 2009).* – L'exercice illégal de la profession d'infirmier ou d'infirmière est puni de deux ans d'emprisonnement et de 30 000 euros d'amende.

Les personnes physiques encourent également les peines complémentaires suivantes :

a) L'affichage ou la diffusion de la décision prononcée, dans les conditions prévues par l'article 131-35 du Code pénal ;

b) La confiscation de la chose qui a servi ou était destinée à commettre l'infraction ou de la chose qui en est le produit, conformément à l'article 131-21 du Code pénal ;

c) L'interdiction définitive ou pour une durée de cinq ans au plus d'exercer une ou plusieurs professions régies par le présent code ou toute autre activité professionnelle ou sociale à l'occasion de l'exercice de laquelle l'infraction a été commise, suivant les modalités prévues par l'article 131-27 du Code pénal.

Le fait d'exercer cette activité malgré une décision judiciaire d'interdiction définitive ou temporaire est puni des mêmes peines.

Les personnes morales déclarées responsables pénalement, dans les conditions prévues par l'article 121-2 du Code pénal, de l'infraction définie au présent article encourent, outre l'amende suivant les modalités prévues par l'article 131-38 du Code pénal, les peines prévues par les 2° à 9° de l'article 131-39 du même code. L'interdiction mentionnée au 2° de l'article 131-39 du même code porte sur une ou plusieurs professions régies par le présent code ou toute autre activité professionnelle ou sociale à l'occasion de l'exercice de laquelle l'infraction a été commise.

Art. L. 4314-5 *(Rempl., Ord. n° 2005-1040, 26 août 2005 ; mod., L. n° 2009-526, 12 mai 2009).* – L'usage sans droit de la qualité d'infirmier ou d'infirmière ou d'un diplôme, certificat ou autre titre légalement requis pour l'exercice de cette profession est puni comme le délit d'usurpation de titre prévu à l'article 433-17 du Code pénal.

Les personnes morales déclarées responsables pénalement, dans les conditions prévues par l'article 121-2 du Code pénal, de l'infraction définie au présent article encourent l'amende prévue à l'article 433-17 du Code pénal suivant les modalités prévues par l'article 131-38 du même code, ainsi que les peines prévues aux 2° à 4° de l'article 433-25 du même code.

Art. L. 4314-6 *(Mod. à compter d'une date fixée par décret et au plus tard le 1er juillet 2018, Ord. n° 2017-49, 19 janv. 2017).* – Les infractions mentionnées aux articles L. 4163-3 et L. 4163-4 sont applicables aux infirmiers et infirmières et sont punies de deux ans d'emprisonnement et de 75 000 euros d'amende.

En cas de condamnation, l'interdiction temporaire d'exercer la profession pendant une période de dix ans au plus peut être prononcée, à titre de peine complémentaire, par les cours ou tribunaux.

Art. L. 4314-7 *(Abr., Ord. n° 2005-1040, 26 août 2005).*

....

CHAPITRE I. – Masseur-kinésithérapeute

Art. L. 4321-1 *(Mod., L. n° 2002-303, 4 mars 2002 ; L. n° 2016-41, 26 janv. 2016 ; L. n° 2022–296, 2 mars 2022).* – La pratique de la masso-kinésithérapie comporte la promotion de la santé, la prévention, le diagnostic kinésithérapique et le traitement :

1° Des troubles du mouvement ou de la motricité de la personne ;

2° Des déficiences ou des altérations des capacités fonctionnelles.

Le masseur-kinésithérapeute peut également concourir à la formation initiale et continue ainsi qu'à la recherche.

Le masseur-kinésithérapeute exerce son activité en toute indépendance et en pleine responsabilité conformément au Code de déontologie mentionné à l'article L. 4321-21.

Dans le cadre des pathologies héréditaires, congénitales ou acquises, stabilisées ou évolutives impliquant une altération des capacités fonctionnelles, le masseur-kinésithérapeute met en œuvre des moyens manuels, instrumentaux et éducatifs et participe à leur coordination.

Dans l'exercice de son art, seul le masseur-kinésithérapeute est habilité à utiliser les savoirs disciplinaires et les savoir-faire associés d'éducation et de rééducation en masso-kinésithérapie qu'il estime les plus adaptés à la situation et à la personne, dans le respect du Code de déontologie précité.

La définition des actes professionnels de masso-kinésithérapie, dont les actes médicaux prescrits par un médecin, est précisée par un décret en Conseil d'État, après avis de l'Académie nationale de médecine.

Lorsqu'il agit dans un but thérapeutique, le masseur-kinésithérapeute pratique son art sur prescription médicale et peut adapter, sauf indication contraire du médecin, dans le cadre d'un renouvellement, les prescriptions médicales initiales d'actes de masso-kinésithérapie datant de moins d'un an, dans des conditions définies par décret. Il peut prescrire, sauf indication contraire du médecin, les dispositifs médicaux nécessaires à l'exercice de sa profession. La liste de ces dispositifs médicaux est fixée par arrêté des ministres chargés de la santé et de la sécurité sociale, après avis de l'Académie nationale de médecine.

Le masseur-kinésithérapeute peut renouveler et adapter, sauf indication contraire du médecin, les prescriptions médicales initiales d'activité physique adaptée, dans des conditions définies par décret.

En cas d'urgence et en l'absence d'un médecin, le masseur-kinésithérapeute est habilité à accomplir les premiers actes de soins nécessaires en masso-kinésithérapie. Un compte rendu des actes accomplis dans ces conditions est remis au médecin dès son intervention.

Art. L. 4321-2 *(Mod., L. n° 2002-303, 4 mars 2002).* – Peuvent exercer la profession de masseur-kinésithérapeute les personnes titulaires d'un diplôme, certificat ou titre mentionné aux articles L. 4321-3 et L. 4321-4 ou titulaires des autorisations mentionnées aux articles L. 4321-5 à L. 4321-7.

....

CHAPITRE II. – Pédicure-podologue

Art. L. 4322-1 *(Mod., L. n° 2008-1330, 17 déc. 2008 ; L. n° 2016-41, 26 janv. 2016 ; L. n° 2019-774, 24 juill. 2019).* – Les pédicures-podologues, à partir d'un diagnostic de pédicurie-podologie qu'ils ont préalablement établi, ont seuls qualité pour traiter directement les affections épidermiques, limitées aux couches cornées et les affections unguéales du pied, à l'exclusion de toute intervention chirurgicale.

Ils ont également seuls qualité pour pratiquer les soins d'hygiène, confectionner et appliquer les semelles destinées à prévenir ou à soulager les affections épidermiques.

Sur ordonnance et sous contrôle médical, les pédicures-podologues peuvent traiter les cas pathologiques de leur domaine de compétence.

Les pédicures-podologues analysent et évaluent les troubles morphostatiques et dynamiques du pied et élaborent un diagnostic de pédicurie-podologie en tenant compte de la statique et de la dynamique du pied ainsi que de leurs interactions avec l'appareil locomoteur.

Les pédicures-podologues peuvent adapter, dans le cadre d'un renouvellement, les prescriptions médicales initiales d'orthèses plantaires datant de moins de trois ans, dans des conditions fixées par décret et sauf opposition du médecin.

Art. L. 4322-2 *(Mod., Ord. n° 2008-507, 30 mai 2008 ; L. n° 2009-879, 21 juill. 2009 ; Ord. n° 2009-1585, 17 déc. 2009 ; Ord. n° 2009-1586, 17 déc. 2009 ; Ord. n° 2010-177, 23 févr. 2010 ; Ord. n° 2018-21, 17 janv. 2018).* – Sont tenues de se faire enregistrer auprès du service ou de l'organisme désigné à cette fin par le ministre chargé de la santé les personnes ayant obtenu un titre de formation ou une autorisation requis pour l'exercice de la profession de pédicure-podologue, avant leur entrée dans la profession, ainsi que celles qui ne l'exerçant pas ont obtenu leur titre de formation depuis moins de trois ans.

L'enregistrement de ces personnes est réalisé après vérification des pièces justificatives attestant de leur identité et de leur titre de formation ou de leur autorisation. Elles informent le même service ou organisme de tout changement de résidence ou de situation professionnelle.

Pour les personnes ayant exercé la profession de pédicure-podologue, l'obligation d'information relative au changement de résidence est maintenue pendant une période de trois ans à compter de la cessation de leur activité.

La procédure d'enregistrement est sans frais.

Il est établi, pour chaque département, par l'agence régionale de santé ou l'organisme désigné à cette fin, une liste de cette profession, portée à la connaissance du public.

(Al. mod., Ord. n° 2019-964, 18 sept. 2020) Nul ne peut exercer la profession de pédicure-podologue si ses diplômes, certificats, titres ou autorisation n'ont été enregistrés conformément au premier alinéa et s'il n'est inscrit au tableau tenu par l'ordre. Le directeur général de l'agence régionale de santé ainsi que le parquet du tribunal judiciaire ont un droit d'accès permanent au tableau tenu par l'ordre et peuvent en obtenir copie.

L'ordre national des pédicures-podologues a un droit d'accès aux listes nominatives des pédicures-podologues employés par les structures publiques et privées et peut en obtenir copie.

Ces listes nominatives sont notamment utilisées pour procéder, dans des conditions fixées par décret, à l'inscription automatique des pédicures-podologues au tableau tenu par l'ordre.

Les décisions mentionnées aux articles L. 4311-16 et L. 4311-18 sont prises par le conseil régional de l'ordre des pédicures-podologues dans les conditions et selon les modalités précisées à ces articles. Les dispositions des articles L. 4311-26 et L. 4311-27 sont applicables aux pédicures-podologues.

Le pédicure-podologue qui demande son inscription au tableau [...] doit posséder les connaissances linguistiques nécessaires à l'exercice de la profession et celles relatives aux systèmes de poids et mesures utilisés en France.

Le contrôle de la maîtrise de la langue doit être proportionné à l'activité à exercer et réalisé une fois la qualification professionnelle reconnue.

Les modalités d'application du présent article sont fixées par décret.

Art. L. 4322-2-1 *(Abr., L. n° 2007-127, 30 janv. 2007 ; rétabli, Ord. n° 2008-507, 30 mai 2008 ; Ord. n° 2009-1585, 17 déc. 2009).* – Le pédicure-podologue peut faire usage de son titre de formation dans la langue de l'État qui le lui a délivré. Il est tenu de faire figurer le lieu et l'établissement où il a été obtenu.

Dans le cas où le titre de formation de l'État d'origine, membre ou partie, est susceptible d'être confondu avec un titre exigeant en France une formation complémentaire, le Conseil national de l'ordre peut décider que le pédicure-podologue fera état du titre de formation de l'État d'origine, membre ou partie, dans une forme appropriée qu'il lui indique.

L'intéressé porte le titre professionnel de pédicure-podologue.

Art. L. 4322-2-2 *(Ord. n° 2009-1586, 17 déc. 2009).* – Les organismes délivrant les titres de formation transmettent ces titres au service ou à l'organisme mentionné à l'article L. 4322-2 sous forme d'informations certifiées.

Art. L. 4322-2-3 *(Ord. n° 2009-1586, 17 déc. 2009).* – Lorsqu'elles sont disponibles, les informations certifiées mentionnées à l'article L. 4322-2-2 tiennent lieu de pièces justificatives pour l'accomplissement des obligations prévues à l'article L. 4322-2.

....

CHAPITRE III. – Dispositions pénales

Art. L. 4323-1. – Les groupements professionnels régulièrement constitués de masseurs-kinésithérapeutes et de pédicures-podologues sont habilités à poursuivre les délinquants par voie de citation directe devant la juridiction correctionnelle, sans préjudice de la faculté de se porter partie civile dans toute poursuite intentée par le ministère public.

Art. L. 4323-2 *(Mod., Ord. n° 2010-177, 23 févr. 2010 ; L. n° 2011-2012, 29 déc. 2011).* – Les médecins et les pharmaciens inspecteurs de santé publique [,] les inspecteurs des agences régionales de santé, les inspecteurs de l'Agence nationale de sécurité du médicament et des produits de santé, ainsi que toutes les personnes habilitées à constater les infractions à la législation sur la répression des fraudes sont habilités à procéder à la recherche et à la constatation des infractions mentionnées à l'article L. 4323-6.

Art. L. 4323-3. – Les masseurs-kinésithérapeutes et les pédicures-podologues se préparant à l'exercice de leur profession sont tenus au secret professionnel, dans les conditions et sous les réserves énoncées aux articles 226-13 et 226-14 du Code pénal.

Art. L. 4323-4 *(Rempl., Ord. n° 2005-1040, 26 août 2005 ; mod., L. n° 2009-526, 12 mai 2009).* – L'exercice illégal de la profession de masseur-kinésithérapeute est puni de deux ans d'emprisonnement et de 30 000 euros d'amende. L'exercice illégal de la profession de pédicure-podologue est puni d'un an d'emprisonnement et de 15 000 euros d'amende.

Les personnes physiques encourent également les peines complémentaires suivantes :

a) L'affichage ou la diffusion de la décision prononcée, dans les conditions prévues par l'article 131-35 du Code pénal ;

b) La confiscation de la chose qui a servi ou était destinée à commettre l'infraction ou de la chose qui en est le produit, conformément à l'article 131-21 du Code pénal ;

c) L'interdiction définitive ou pour une durée de cinq ans au plus d'exercer une ou plusieurs professions régies par le présent code ou toute autre activité professionnelle ou sociale à l'occasion de l'exercice de laquelle l'infraction a été commise, suivant les modalités prévues par l'article 131-27 du Code pénal.

Le fait d'exercer l'une de ces activités malgré une décision judiciaire d'interdiction définitive ou temporaire est puni des mêmes peines.

Les personnes morales déclarées responsables pénalement, dans les conditions prévues par l'article 121-2 du Code pénal, de l'infraction définie au présent article encourent, outre l'amende suivant les modalités prévues par l'article 131-38 du Code pénal, les peines prévues par les 2° à 9° de l'article 131-39 du même code. L'interdiction mentionnée au 2° de l'article 131-39 du même code porte sur une ou plusieurs professions régies par le présent code ou toute autre activité professionnelle ou sociale à l'occasion de l'exercice de laquelle l'infraction a été commise.

Art. L. 4323-4-1 *(L. n° 2016-41, 26 janv. 2016 ; Ord. n° 2018-20, 17 janv. 2018).* – Exerce illégalement la profession de masseur-kinésithérapeute :

1° Toute personne qui pratique la masso-kinésithérapie, au sens de l'article L. 4321-1, sans être titulaire du diplôme d'État de masseur-kinésithérapeute ou de tout autre titre mentionné à l'article L. 4321-4 exigé pour l'exercice de la profession de masseur-kinésithérapeute ou sans relever de l'article L. 4321-11 ;

2° Toute personne titulaire d'un diplôme, d'un certificat, d'une autorisation d'exercice ou de tout autre titre de masseur-kinésithérapeute qui exerce la masso-kinésithérapie sans être inscrite à un tableau de l'ordre des masseurs-kinésithérapeutes conformément à l'article L. 4321-10 ou pendant la durée de la peine d'interdiction temporaire ou permanente prononcée en application de l'article L. 4124-6.

Le présent article ne s'applique ni aux étudiants en masso-kinésithérapie *(Mots aj., L. n° 2019-828, 6 août 2019)* « ni aux apprentis en masso-kinésithérapie » qui effectuent un stage dans le cadre de l'article L. 4381-1 ni aux étudiants qui sont appelés à intervenir dans le cadre de la réserve sanitaire ou de la réserve opérationnelle en application de l'article L. 4321-7.

Art. L. 4323-4-2 *(L. n° 2016-41, 26 janv. 2016).* – Exerce illégalement la profession de pédicure-podologue :

1° Toute personne qui pratique la pédicurie-podologie, au sens de l'article L. 4322-1, sans être titulaire du diplôme d'État de pédicure-podologue ou de tout autre titre mentionné aux articles L. 4322-4 et L. 4322-5 exigés pour l'exercice de la profession de pédicure-podologue ou sans relever de l'article L. 4322-15 ;

2° Toute personne titulaire d'un diplôme, d'un certificat, d'une autorisation d'exercice ou de tout autre titre de pédicure-podologue qui exerce la pédicurie-podologie sans être inscrite à un tableau de l'ordre des pédicures-podologues conformément à l'article L. 4322-2 ou pendant la durée de la peine d'interdiction temporaire ou permanente prononcée en application de l'article L. 4124-6.

Le présent article ne s'applique pas aux étudiants en pédicurie-podologie *(Mots aj., L. n° 2019-828, 6 août 2019)* « ni aux apprentis en pédicurie-podologie » qui effectuent un stage dans le cadre de l'article L. 4381-1.

Art. L. 4323-5 *(Rempl., Ord. n° 2005-1040, 26 août 2005 ; mod., L. n° 2007-124, 30 janv. 2007 ; L. n° 2009-526, 12 mai 2009).* – L'usage sans droit de la qualité de masseur-kinésithérapeute, de gymnaste médical, de masseur, de pédicure-podologue, de pédicure, de podologue ou d'un diplôme, certificat ou autre titre légalement requis pour l'exercice de ces professions est puni comme le délit d'usurpation de titre prévu à l'article 433-17 du Code pénal.

Les personnes morales déclarées responsables pénalement, dans les conditions prévues par l'article 121-2 du Code pénal, de l'infraction définie au présent article encourent l'amende prévue à l'article 433-17 du Code pénal suivant les modalités prévues par l'article 131-38 du même code, ainsi que les peines prévues aux 2° à 4° de l'article 433-25 du même code.

Art. L. 4323-6. – Les infractions mentionnées aux articles L. 4163-2, L. 4163-3 et L. 4163-4 sont applicables aux masseurs-kinésithérapeutes et sont punies de deux ans d'emprisonnement et de 75 000 € d'amende.

En cas de condamnation, l'interdiction temporaire d'exercer la profession pendant une période de dix ans au plus peut être prononcée, à titre de peine complémentaire, par les cours ou tribunaux.

Art. L. 4323-7. – *(Abr., Ord. n° 2005-1040, 26 août 2005).*

Voir : Pour les autres professions de santé réglementées :
- conseiller en génétique, V C. santé publ. art. L. 1133-1 et s. ;
- ergothérapeutes et psychomotricien, V. C. santé publ., art. L. 4331-1 et s. ;
- orthophonistes et orthoptistes, V. C. santé publ., art. L. 4341-1 et s. ;
- manipulateurs d'électroradiologie médicale, V. C. santé publ., art. L. 4351-1 et s. ;
- audioprothésistes et opticiens-lunetiers, V. C santé publ., art. L 4361-1 et s. ;
- diététicien, V. C. santé publ., art. L. 4371-1 et s. ;
- directeur ou directeur adjoint des laboratoires, V. C. santé publ., art. L. 6222-1 et s.

B. – VÉTÉRINAIRES

Code rural et de la pêche maritime

(Ord. n° 2000-550, 15 juin 2000)

Art. L. 241-1 *(Ord. n° 2000-914, 18 sept. 2000 ; Ord. n° 2003-850, 4 sept. 2003 ; L. n° 2010-874, 27 juill. 2010 ; L. n° 2013-619, 16 juill. 2013).* – Tout vétérinaire de nationalité française ou ressortissant d'un autre État membre de l'Union européenne ou d'un autre État partie à l'accord sur l'Espace économique européen qui remplit les conditions d'exercice prévues aux articles L. 241-2, L. 241-2-1 et L. 241-4 et qui désire exercer sa profession est tenu, au préalable, de faire enregistrer sans frais son diplôme auprès du service de l'État compétent ou de l'organisme désigné à cette fin.

Il est établi pour chaque département, par le service de l'État compétent ou l'organisme désigné à cette fin, une liste de cette profession portée à la connaissance du public.

Les modalités d'application du présent article sont fixées par décret.

L'enregistrement du diplôme doit être, préalablement à l'exercice de la profession, suivi de la production d'un certificat d'inscription au tableau de l'ordre des vétérinaires délivré par le conseil régional de l'ordre des vétérinaires.

Dans la limite d'un quota annuel fixé par décret, le ministre chargé de l'agriculture peut autoriser à exercer la médecine et la chirurgie des animaux les personnes de nationalité française ou ressortissantes d'un autre État membre de l'Union européenne ou d'un autre État partie à l'accord sur l'Espace économique européen qui, titulaires d'un diplôme, certificat ou titre de vétérinaire non mentionné aux articles L. 241-2 à L. 241-4, ont satisfait à la vérification d'ensemble de leurs connaissances selon les modalités fixées par décret.

Les vétérinaires de nationalité française qui ont fait l'objet d'un arrêté du ministre chargé de l'agriculture les autorisant à exercer la médecine et la chirurgie des animaux pris antérieurement au 22 juin 1989 sont autorisés à poursuivre leurs activités.

Préalablement à l'exercice effectif de la profession, les personnes autorisées à pratiquer la médecine et la chirurgie des animaux doivent procéder aux formalités d'enregistrement et d'inscription prévues au premier alinéa du présent article et faire la preuve qu'elles possèdent la connaissance du français nécessaire à l'exercice de la profession.

....

Art. L. 243-1 *(Rempl., Ord. n° 2011-78, 20 janv. 2011 ; L. n° 2011-525, 17 mai 2011).* – I. – Pour l'application du présent chapitre, on entend par :

– « acte de médecine des animaux » : tout acte ayant pour objet de déterminer l'état physiologique d'un animal ou d'un groupe d'animaux ou son état de santé, de diagnostiquer une maladie, y compris comportementale, une blessure, une douleur, une malformation, de les prévenir ou les traiter, de prescrire des médicaments ou de les administrer par voie parentérale ;

– « acte de chirurgie des animaux » : tout acte affectant l'intégrité physique de l'animal dans un but thérapeutique ou zootechnique.

II. – Sous réserve des dispositions des articles L. 243-2 et L. 243-3, exercent illégalement la médecine ou la chirurgie des animaux :

1° Toute personne qui ne remplit pas les conditions prévues à l'article L. 241-1 et qui, même en présence d'un vétérinaire, pratique à titre habituel des actes de médecine ou de chirurgie des animaux définis au I ou, en matière médicale ou chirurgicale, donne des consultations, établit des diagnostics ou des expertises, rédige des ordonnances, délivre des prescriptions ou certificats, ou procède à des implantations sous-cutanées ;

2° Le vétérinaire ou l'élève des écoles vétérinaires françaises relevant des articles L. 241-6 à L. 241-12, qui exerce la médecine ou la chirurgie des animaux alors qu'il est frappé de suspension du droit d'exercer ou qu'il fait l'objet d'une interdiction d'exercer.

Art. L. 243-2 *(Rempl., Ord. n° 2011-78, 20 janv. 2011 ; Ord. n° 2011-863, 22 juill. 2011)*. – Dès lors qu'ils justifient de compétences adaptées définies par décret, les propriétaires ou détenteurs professionnels d'animaux relevant d'espèces dont la chair ou les produits sont destinés à la consommation humaine, ou leurs salariés, peuvent pratiquer, sur les animaux de leur élevage ou sur ceux dont la garde leur a été confiée dans le cadre de leur exploitation, dans le respect des dispositions relatives à la protection des animaux, certains actes de médecine ou de chirurgie dont la liste est fixée, selon les espèces, par arrêté du ministre chargé de l'agriculture. Cette liste ne comprend aucun acte réservé expressément par la loi aux vétérinaires, notamment, en application des dispositions de l'article L. 5143-5 du Code de la santé publique, la prescription de médicaments, non plus que les actes qui doivent être réalisés par des vétérinaires détenteurs de l'habilitation mentionnée à l'article L. 203-1 ou du mandat mentionné à l'article L. 203-8.

Art. L. 243-3 *(Mod., Ord. n° 2011-862, 22 juill. 2011 ; L. n° 2014-1170, 13 oct. 2014 ; Ord. n° 2015-953, 31 juill. 2015 ; Ord. n° 2018-20, 17 janv. 2018 ; L. n° 2020-1508, 3 déc. 2020 ; Ord. n° 2021-1370, 20 oct. 2021)*. – Outre les soins de première urgence autres que ceux nécessités par les maladies contagieuses, qui peuvent être réalisés par toute personne, des actes de médecine ou de chirurgie des animaux peuvent être réalisés par :

1° Les maréchaux-ferrants pour le parage et les maladies du pied des équidés, et les pareurs bovins dans le cadre des opérations habituelles de parage du pied ;

2° Les élèves des écoles vétérinaires françaises et de l'École nationale des services vétérinaires dans le cadre de l'enseignement dispensé par ces établissements et des stages faisant l'objet de la convention prévue au deuxième alinéa de l'article L. 124-1 du Code de l'éducation, ainsi que les étudiants régulièrement inscrits dans des études conduisant à la délivrance d'un diplôme ou d'un titre de formation mentionné au 1° de l'article L. 241-2 du présent code dans le cadre des stages faisant l'objet de la convention prévue au deuxième alinéa de l'article L. 124-1 du Code de l'éducation.

3° Les inspecteurs de la santé publique vétérinaire, titulaires d'un titre ou diplôme de vétérinaire, dans le cadre de leurs attributions ;

4° Les fonctionnaires et agents qualifiés, titulaires ou contractuels mentionnés à l'article L. 241-16 lorsqu'ils interviennent dans les limites prévues par cet article ;

5° Les directeurs des laboratoires agréés dans les conditions prévues par les articles L. 202-1 à L. 202-5 pour la réalisation des examens concourant à l'établissement d'un diagnostic vétérinaire ;

6° Les techniciens intervenant sur les espèces aviaires et porcine, justifiant de compétences adaptées définies par décret et placés sous l'autorité et la responsabilité d'un vétérinaire, qui pratiquent des actes de vaccination collective, de castration, de débecquage ou de dégriffage ainsi que des examens lésionnels descriptifs externes et internes des cadavres de ces espèces ;

7° Les techniciens justifiant de compétences adaptées définies par décret, intervenant dans le cadre d'activités à finalité strictement zootechnique, salariés d'un vétérinaire ou d'une société de vétérinaires habilités à exercer, d'une organisation de producteurs reconnue en vertu de l'article L. 551-1 et L. 552-1 d'un organisme à vocation sanitaire reconnu en vertu de l'article L. 201-13 ou d'un organisme relevant du chapitre III du titre V du livre VI. La liste des actes que ces techniciens peuvent réaliser est fixée, selon les espèces, par arrêté du ministre chargé de l'agriculture ;

8° Les fonctionnaires et agents contractuels relevant des établissements ou organismes chargés, en application de l'article L. 653-12, des enregistrements zootechniques des équidés, titulaires d'une licence d'inséminateur pour l'espèce équine et spécialement habilités à cet effet, intervenant dans le cadre de leurs attributions sous l'autorité médicale d'un vétérinaire pour la réalisation des constats de gestation des femelles équines. Les fonctionnaires et agents contractuels relevant de l'Institut français du cheval et de l'équitation peuvent être spécialement habilités à réaliser l'identification électronique complémentaire des équidés sous l'autorité médicale d'un vétérinaire ;

9° Les fonctionnaires ou agents mentionnés à l'article L. 273-4 lorsqu'ils interviennent dans les limites prévues par cet article ;

10° Les vétérinaires des armées en activité, dans le cadre de leurs attributions ;

11° Les techniciens dentaires, justifiant de compétences adaptées définies par décret, autres que ceux répondant aux conditions du 7°, intervenant sur des équidés pour des actes de dentisterie précisés par arrêté, sous réserve de convenir avec un vétérinaire des conditions de leur intervention ;

12° Dès lors qu'elles justifient de compétences définies par décret et évaluées par le conseil national de l'ordre, les personnes réalisant des actes d'ostéopathie animale, inscrites sur une liste tenue par l'ordre des vétérinaires et s'engageant, sous le contrôle de celui-ci, à respecter des règles de déontologie définies par décret en Conseil d'État ;

13° Les techniciens sanitaires apicoles, justifiant de compétences adaptées définies par décret, intervenant sous l'autorité et la responsabilité d'un vétérinaire pour des actes précisés par arrêté.

Art. L. 243-4 *(Ord. n° 2018-20, 17 janv. 2018).* – Sous réserve des dispositions prévues aux articles L. 243-2 et L. 243-3, l'exercice illégal de la médecine ou de la chirurgie des animaux est puni de deux ans d'emprisonnement et d'une amende de 30 000 €. Hormis le cas des personnes visées à l'article L. 243-2 et celui des organismes relevant de l'autorité du ministre de la Défense ou des formations militaires relevant de l'autorité du ministre de l'Intérieur, le tribunal peut ordonner la fermeture de l'établissement et prononcer la confiscation du matériel ayant permis l'exercice illégal.

C. – RECHERCHES IMPLIQUANT LA PERSONNE HUMAINE

Voir : art. 223-8 s., p. 453.

Code de la santé publique
(Ord. n° 2000-548, 15 juin 2000)

Bibliographie : J. Borricand, *Commentaire de la loi n° 88-1138 du 20 décembre 1988 : D.* 1989, chron., 167. • D. Thouvenin, *La loi du 20 décembre 1988 : loi visant à protéger les individus ou loi organisant les expérimentations sur l'homme ? : ALD* 1989, 105. • J.-M. Auby, *La loi du 20 décembre 1988 relative à la protection des personnes qui se prêtent à des recherches biomédicales : JCP* 1989, I, 3384. • G. Mémeteau, *De quelques droits sur l'homme : commentaire de la loi du 20 décembre 1988 relative à la protection des personnes qui se prêtent à des recherches biomédicales : D.* 1990, chron., 165. • F. Alt-Maes, *L'apport de la loi du 20 décembre 1988 à la théorie du consentement de la victime : RSC* 1991, p. 244.

Art. L. 1115-1 *(L. n° 2002-303, 4 mars 2002 ; Ord. n° 2017-31, 12 janv. 2017).* – La prestation d'hébergement de données de santé à caractère personnel recueillies auprès de personnes physiques ou morales à l'origine de la production ou du recueil de ces données ou directement auprès des personnes qu'elles concernent sans être titulaire de l'agrément prévu par l'article L. 1111-8 ou de traitement de ces données sans respecter les conditions de l'agrément obtenu est puni de trois ans d'emprisonnement et de 45 000 euros d'amende.

Art. L. 1115-2 *(L. n° 2009-526, 12 mai 2009).* – Les personnes morales déclarées responsables pénalement, dans les conditions prévues par l'article 121-2 du Code pénal, des infractions définies à l'article L. 1115-1 encourent, outre l'amende suivant les modalités prévues par l'article 131-38 du Code pénal, les peines prévues par les 2°, 3°, 4°, 5° et 9° de l'article 131-39 du même code. L'interdiction prononcée à ce titre porte sur l'activité dans l'exercice ou à l'occasion de laquelle l'infraction a été commise.

ANNEXE 7

Art. L. 1121-1 *(Mod. à compter de la date prévue à l'article 11 de la loi n° 2012-300 du 5 mars 2012, L. n° 2012-300, 5 mars 2012 ; Ord. n° 2016-800, 16 juin 2016).* – Les recherches organisées et pratiquées sur l'être humain en vue du développement des connaissances biologiques ou médicales sont autorisées dans les conditions prévues au présent livre et sont désignées ci-après par les termes « recherche impliquant la personne humaine ».

Il existe trois catégories de recherches impliquant la personne humaine :

1° Les recherches interventionnelles qui comportent une intervention sur la personne non justifiée par sa prise en charge habituelle ;

2° Les recherches interventionnelles qui ne comportent que des risques et des contraintes minimes, dont la liste est fixée par arrêté du ministre chargé de la santé, après avis du directeur général de l'Agence nationale de sécurité du médicament et des produits de santé ;

3° Les recherches non interventionnelles qui ne comporte aucun risque ni contrainte dans lesquelles tous les actes sont pratiqués et les produits utilisés de manière habituelle.

La personne physique ou la personne morale qui est responsable d'une recherche impliquant la personne humaine, en assure la gestion et vérifie que son financement est prévu, est dénommée le promoteur. Celui-ci ou son représentant légal doit être établi dans l'Union européenne. Lorsque plusieurs personnes prennent l'initiative d'une même recherche impliquant la personne humaine, elles désignent une personne physique ou morale qui aura la qualité de promoteur et assumera les obligations correspondantes en application du présent livre.

La ou les personnes physiques qui dirigent et surveillent la réalisation de la recherche sur un lieu sont dénommées investigateurs.

Lorsque le promoteur d'une recherche impliquant la personne humaine confie sa réalisation à plusieurs investigateurs sur plusieurs lieux en France, le promoteur désigne parmi les investigateurs un coordonnateur.

Si, sur un lieu, la recherche est réalisée par une équipe, l'investigateur est le responsable de l'équipe et est dénommé investigateur principal.

Les dispositions du présent titre, à l'exception de celles mentionnées au chapitre IV, ne sont pas applicables aux essais cliniques de médicaments régis par les dispositions du règlement (UE) n° 536/2014 du Parlement européen et du Conseil du 16 avril 2014.

Voir : Pour l'application du 2°, A. 3 mai 2017 (*JO* 6 mai 2017).

Art. L. 1121-2 *(Mod., L. n° 2004-806, 9 août 2004 ; L. n° 2012-300, 5 mars 2012).* – Aucune recherche impliquant la personne humaine ne peut être effectuée :

– si elle ne se fonde pas sur le dernier état des connaissances scientifiques et sur une expérimentation préclinique suffisante ;

– si le risque prévisible encouru par les personnes qui se prêtent à la recherche est hors de proportion avec le bénéfice escompté pour ces personnes ou l'intérêt de cette recherche ;

– si elle ne vise pas à étendre la connaissance scientifique de l'être humain et les moyens susceptibles d'améliorer sa condition.

– si la recherche impliquant la personne humaine n'a pas été conçue de telle façon que soient réduits au minimum la douleur, les désagréments, la peur et tout autre inconvénient prévisible lié à la maladie ou à la recherche, en tenant compte particulièrement du degré de maturité pour les mineurs et de la capacité de compréhension pour les majeurs hors d'état d'exprimer leur consentement.

L'intérêt des personnes qui se prêtent à une recherche impliquant la personne humaine prime toujours les seuls intérêts de la science et de la société.

La recherche impliquant la personne humaine ne peut débuter que si l'ensemble de ces conditions sont remplies. Leur respect doit être constamment maintenu.

Art. L. 1121-3 *(Mod., L. n° 2008-337, 15 avr. 2008 ; L. n° 2011-814, 7 juill. 2011 ; L. n° 2012-300, 5 mars 2012 ; L. n° 2016-41, 26 janv. 2016 ; Ord. n° 2016-800, 16 juin 2016).* – Les recherches ne peuvent être effectuées que si elles sont réalisées dans les conditions suivantes :

– sous la direction et sous la surveillance d'un médecin justifiant d'une expérience appropriée ;

– dans des conditions matérielles et techniques adaptées à la recherche et compatibles avec les impératifs de rigueur scientifique et de sécurité des personnes qui se prêtent à ces recherches.

Dans les sciences du comportement humain, une personne qualifiée, conjointement avec l'investigateur, peut exercer la direction de la recherche.

Les recherches concernant le domaine de l'odontologie ne peuvent être effectuées que sous la direction et la surveillance d'un chirurgien-dentiste ou d'un médecin justifiant d'une expérience appropriée.

Les recherches impliquant la personne humaine concernant le domaine de la maïeutique et conformes aux dispositions du dernier alinéa de l'article L. 1121-5 ne peuvent être effectuées que sous la direction et la surveillance d'un médecin ou d'une sage-femme.

Les recherches mentionnées au 2° de l'article L. 1121-1 concernant le domaine des soins infirmiers ne peuvent être effectuées que sous la direction et la surveillance d'un infirmier ou d'un médecin.

Les recherches mentionnées au 2° de l'article L. 1121-1 et qui n'ont aucune influence sur la prise en charge médicale de la personne qui s'y prête, ainsi que les recherches non interventionnelles, peuvent être effectuées sous la direction et la surveillance d'une personne qualifiée. Le comité de protection des personnes s'assure de l'adéquation entre la qualification du ou des investigateurs et les caractéristiques de la recherche.

Pour les recherches mentionnées au 1° de l'article L. 1121-1, des recommandations de bonnes pratiques sont fixées par décision de l'Agence nationale de sécurité du médicament et des produits de santé. Pour les recherches mentionnées au 2° du même article L. 1121-1 et les recherches non interventionnelles, des recommandations de bonnes pratiques sont fixées par voie réglementaire.

Les personnes chargées du contrôle de qualité d'une recherche impliquant la personne humaine et dûment mandatées à cet effet par le promoteur ont accès, sous réserve de l'absence d'opposition des personnes concernées dûment informées, aux données individuelles strictement nécessaires à ce contrôle ; elles sont soumises au secret professionnel dans les conditions définies par les articles 226-13 et 226-14 du Code pénal.

Art. L. 1121-4 *(L. n° 2004-806, 9 août 2004 ; L. n° 2012-300, 5 mars 2012 ; Ord. n° 2016-800, 16 juin 2016).* – La recherche mentionnée au 1° de l'article L. 1121-1 ne peut être mise en œuvre qu'après avis favorable du comité de protection des personnes mentionné à l'article L. 1123-1 et autorisation de l'autorité compétente mentionnée à l'article L. 1123-12.

La demande d'avis au comité et la demande d'autorisation à l'autorité compétente peuvent ou non être présentées simultanément au choix du promoteur.

Les recherches mentionnées au 2° de l'article L. 1121-1 et les recherches non interventionnelles ne peuvent être mises en œuvre qu'après avis favorable du comité de protection des personnes mentionné à l'article L. 1123-1. Le promoteur adresse une copie de cet avis et un résumé de la recherche à l'autorité compétente. Sur demande de celle-ci, le comité de protection des personnes concerné transmet sans délai toutes les informations utiles concernant ces recherches à l'autorité compétente.

Lorsque les recherches mentionnées au 2° de l'article L. 1121-1 figurent sur une liste fixée par arrêté du ministre chargé de la santé pris sur proposition du directeur général de l'Agence nationale de sécurité du médicament et des produits de santé, le comité de protection des personnes concerné s'assure auprès de l'Agence nationale de sécurité du médicament et des produits de santé que l'utilisation des produits sur lesquels porte la recherche ne présente que des risques minimes.

En cas de doute sérieux sur la qualification d'une recherche au regard des trois catégories de recherches impliquant la personne humaine définies à l'article L. 1121-1, le comité de protection des personnes concerné saisit pour avis l'Agence nationale de sécurité du médicament et des produits de santé.

Art. L. 1121-5 *(Rempl., L. n° 2004-806, 9 août 2004).* – Les femmes enceintes, les parturientes et les mères qui allaitent ne peuvent être sollicitées pour se prêter à des recherches *(Mot rempl. à compter de la date prévue à l'article 11 de la loi n° 2012-300 du 5 mars 2012, L. n° 2012-300, 5 mars 2012)* « mentionnées aux 1° ou 2° de l'article L. 1121-1 » que dans les conditions suivantes :

– soit l'importance du bénéfice escompté pour elles-mêmes ou pour l'enfant est de nature à justifier le risque prévisible encouru ;

– soit ces recherches se justifient au regard du bénéfice escompté pour d'autres femmes se trouvant dans la même situation ou pour leur enfant et à la condition que des recherches d'une efficacité comparable ne puissent être effectuées sur une autre catégorie de la population. Dans ce cas, les risques prévisibles et les contraintes que comporte la recherche doivent présenter un caractère minimal.

Art. L. 1121-6 *(Rempl., L. n° 2004-806, 9 août 2004 ; mod. à compter du 1er août 2011, L. n° 2011-803, 5 juill. 2011).* – Les personnes privées de liberté par une décision judiciaire ou administrative, les personnes faisant l'objet de soins psychiatriques en vertu des articles L. 3212-1 et L. 3213-1 qui ne relèvent pas des dispositions de l'article L. 1121-8 et les personnes admises dans un établissement sanitaire ou social à d'autres fins que celle de la recherche ne peuvent être sollicitées pour se prêter à des recherches *(Mot rempl. à compter de la date prévue à l'article 11 de la loi n° 2012-300 du 5 mars 2012, L. n° 2012-300, 5 mars 2012)* « mentionnées aux 1° ou 2° de l'article L. 1121-1 » que dans les conditions suivantes :

– soit l'importance du bénéfice escompté pour ces personnes est de nature à justifier le risque prévisible encouru ;

– soit ces recherches se justifient au regard du bénéfice escompté pour d'autres personnes se trouvant dans la même situation juridique ou administrative à la condition que des recherches d'une efficacité comparable ne puissent être effectuées sur une autre catégorie de la population. Dans ce cas, les risques prévisibles et les contraintes que comporte la recherche doivent présenter un caractère minimal.

Art. L. 1121-7 *(L. n° 2004-806, 9 août 2004 ; L. n° 2012-300, 5 mars 2012 ; L. n° 2019-180, 8 mars 2019).* – Les mineurs peuvent être sollicités pour se prêter à des recherches mentionnées aux 1° ou 2° de l'article L. 1121-1 seulement si des recherches d'une efficacité comparable ne peuvent être effectuées sur des personnes majeures et dans les conditions suivantes :

– soit l'importance du bénéfice escompté pour ces personnes est de nature à justifier le risque prévisible encouru ;

– soit ces recherches se justifient au regard du bénéfice escompté pour d'autres mineurs. Dans ce cas, les risques prévisibles et les contraintes que comporte la recherche doivent présenter un caractère minimal.

Art. L. 1121-8 *(L. n° 2004-806, 9 août 2004 ; mod., Ord. n° 2020-232, 11 mars 2020).* – Les personnes majeures faisant l'objet d'une mesure de protection légale ou hors d'état d'exprimer leur consentement ne peuvent être sollicitées pour des recherches mentionnées aux 1° ou 2° de l'article L. 1121-1 que si des recherches d'une efficacité comparable ne peuvent être effectuées sur une autre catégorie de la population et dans les conditions suivantes :

– soit l'importance du bénéfice escompté pour ces personnes est de nature à justifier le risque prévisible encouru ;

– soit ces recherches se justifient au regard du bénéfice escompté pour d'autres personnes placées dans la même situation. Dans ce cas, les risques prévisibles et les contraintes que comporte la recherche doivent présenter un caractère minimal.

Art. L. 1121-8-1 *(L. n° 2012-300, 5 mars 2012 ; Ord. n° 2016-800, 16 juin 2016).* – Les personnes qui ne sont pas affiliées à un régime de sécurité sociale ou bénéficiaires d'un tel régime peuvent être sollicitées pour se prêter à des recherches non interventionnelles.

À titre dérogatoire, le comité de protection des personnes peut autoriser une personne qui n'est pas affiliée à un régime de sécurité sociale ou bénéficiaire d'un tel régime à se prêter à des recherches mentionnées aux 1° ou 2° de l'article L. 1121-1. Cette autorisation est motivée. Elle doit se fonder au moins sur l'une des conditions suivantes :

1° L'importance du bénéfice escompté pour ces personnes est de nature à justifier le risque prévisible encouru ;

2° Ces recherches se justifient au regard du bénéfice escompté pour d'autres personnes se trouvant dans la même situation juridique. Dans ce cas, le risque prévisible et les contraintes que comporte la recherche doivent présenter un caractère minime.

Art. L. 1121-9 *(L. n° 2004-806, 9 août 2004 ; L. n° 2012-300, 5 mars 2012).* – Si une personne susceptible de prêter son concours à une recherche mentionnées aux 1° ou 2° de l'article L. 1121-1 relève de plusieurs catégories mentionnées aux articles L. 1121-5 à L. 1121-8, lui sont applicables celles de ces dispositions qui assurent à ses intérêts la protection la plus favorable.

Art. L. 1121-10 *(L. n° 2004-806, 9 août 2004 ; L. n° 2012-300, 5 mars 2012).* – Le promoteur assume l'indemnisation des conséquences dommageables de la recherche impliquant la personne humaine pour la personne qui s'y prête et celle de ses ayants droit, sauf preuve à sa charge que le dommage n'est pas imputable à sa faute ou à celle de tout intervenant sans que puisse être opposé le fait d'un tiers ou le retrait volontaire de la personne qui avait initialement consenti à se prêter à la recherche.

Lorsque la responsabilité du promoteur n'est pas engagée, les victimes peuvent être indemnisées dans les conditions prévues à l'article L. 1142-3.

Toute recherche mentionnée aux 1° ou 2° de l'article L. 1121-1 exige la souscription préalable, par son promoteur, d'une assurance garantissant sa responsabilité civile telle qu'elle résulte du présent article et celle de tout intervenant, indépendamment de la nature des liens existant entre les intervenants et le promoteur. Les dispositions du présent article sont d'ordre public.

La garantie d'assurance de responsabilité visée à l'alinéa précédent couvre les conséquences pécuniaires des sinistres trouvant leur cause génératrice dans une recherche mentionnée aux 1° ou 2° de l'article L. 1121-1, dès lors que la première réclamation est adressée à l'assuré ou à son assureur entre le début de cette recherche et l'expiration d'un délai qui ne peut être inférieur à dix ans courant à partir de la fin de celle-ci. Dans le cas où la personne qui s'est prêtée à la recherche est âgée de moins de dix-huit ans au moment de la fin de celle-ci, ce délai minimal court à partir de la date de son dix-huitième anniversaire.

Pour l'application du présent article, l'État, lorsqu'il a la qualité de promoteur, n'est pas tenu de souscrire à l'obligation d'assurance prévue au troisième alinéa du présent article. Il est toutefois soumis aux obligations incombant à l'assureur.

Art. L. 1121-11 *(L. n° 2004-806, 9 août 2004 ; mod., L. n° 2011-803, 5 juill. 2011 ; L. n° 2011-814, 7 juill. 2011 ; L. n° 2012-300, 5 mars 2012 ; Ord. n° 2020-232, 11 mars 2020).* – La recherche impliquant la personne humaine ne donne lieu à aucune contrepartie financière directe ou indirecte pour les personnes qui s'y prêtent, hormis le remboursement des frais exposés et, le cas échéant, l'indemnité en compensation des contraintes subies versée par le promoteur. Le montant total des indemnités qu'une personne peut percevoir au cours d'une même année est limité à un maximum fixé par le ministre chargé de la santé.

Le versement d'une telle indemnité est interdit dans le cas des recherches effectuées sur des mineurs, des personnes qui font l'objet d'une mesure de protection juridique, des personnes majeures hors d'état d'exprimer leur consentement, des personnes privées de liberté, des personnes faisant l'objet de soins psychiatriques en application des chapitres II à IV du titre Ier du livre II de la troisième partie du présent code ou de l'article 706-135 du Code de procédure pénale et des personnes admises dans un établissement sanitaire et social à d'autres fins que la recherche.

Les personnes susceptibles de se prêter à des recherches mentionnées au 1° de l'article L. 1121-1 bénéficient d'un examen médical préalable adapté à la recherche. Les résultats de cet examen leur sont communiqués directement ou par l'intermédiaire du médecin de leur choix.

Lorsque les recherches impliquant la personne humaine concernent le domaine de la maïeutique et répondent aux conditions fixées au dernier alinéa de l'article L. 1121-5, les résultats de cet examen leur sont communiqués directement ou par l'intermédiaire du médecin ou de la sage-femme de leur choix.

Lorsque les recherches impliquant la personne humaine concernent le domaine de l'odontologie, les résultats de cet examen leur sont communiqués directement ou par l'intermédiaire du médecin ou du chirurgien-dentiste de leur choix.

L'organisme de sécurité sociale dispose contre le promoteur d'une action en paiement des prestations versées ou fournies.

Art. L. 1121-12 *(L. n° 2004-806, 9 août 2004 ; L. n° 2012-300, 5 mars 2012).* – Pour chaque recherche mentionnée aux 1° ou 2° de l'article L. 1121-1, le dossier soumis au comité de protection des personnes et le cas échéant à l'autorité compétente détermine s'il est nécessaire que la personne ne puisse pas participer simultanément à une autre recherche et fixe, le cas échéant, une période d'exclusion au cours de laquelle la personne qui s'y prête ne peut participer à une autre recherche. La durée de cette période varie en fonction de la nature de la recherche.

Art. L. 1121-13 *(Mod., L. n° 2012-300, 5 mars 2012 ; Ord. n° 2016-800, 16 juin 2016 ; Ord. n° 2018-20, 17 janv. 2018).* – Les recherches biomédicales ne peuvent être réalisées que dans un lieu disposant des moyens humains, matériels et techniques adaptés à la recherche et compatibles avec les impératifs de sécurité des personnes qui s'y prêtent.

Ce lieu doit être autorisé, à cet effet, pour une durée déterminée, lorsqu'il s'agit de recherches mentionnées au 1° de l'article L. 1121-1 réalisées en dehors des lieux de soins, ainsi que dans des services hospitaliers et dans tout autre lieu d'exercice des professionnels de santé lorsque ces recherches nécessitent des actes autres que ceux qu'ils pratiquent usuellement dans le cadre de leur activité ou lorsque ces recherches sont réalisées sur des personnes présentant une condition clinique distincte de celle pour laquelle le service a compétence. Cette autorisation est accordée par le directeur général de l'agence régionale de santé ou par le ministre de la Défense, si le lieu relève de son autorité.

La première administration d'un médicament à l'homme dans le cadre d'une recherche ne peut être effectuée que dans des lieux ayant obtenu l'autorisation mentionnée au deuxième alinéa du présent article.

Cette autorisation, à l'exception de celle donnée à des lieux situés dans un établissement mentionné à l'article L. 5126-1, inclut, le cas échéant, la réalisation par un pharmacien des opérations d'approvisionnement, de conditionnement et d'étiquetage des médicaments expérimentaux, ainsi que les opérations de stockage correspondantes, nécessaires aux recherches biomédicales menées dans ce lieu. Ces opérations sont réalisées en conformité avec les bonnes pratiques mentionnées à l'article L. 5121-5.

Art. L. 1121-14 *(Mod., L. n° 2012-300, 5 mars 2012)*. – Aucune recherche ne peut être effectuée sur une personne décédée, en état de mort cérébrale, sans son consentement exprimé de son vivant ou par le témoignage de sa famille.

Toutefois, lorsque la personne décédée est un mineur, ce consentement est exprimé par chacun des titulaires de l'autorité parentale. En cas d'impossibilité de consulter l'un des titulaires de l'autorité parentale, la recherche peut être effectuée à condition que l'autre titulaire y consente.

Les dispositions de l'article 225-17 du Code pénal ne sont pas applicables à ces recherches.

Art. L. 1121-15 *(L. n° 2004-806, 9 août 2004 ; L. n° 2012-300, 5 mars 2012 ; Ord. n° 2016-800, 16 juin 2016 ; Ord. n° 2018-20, 17 janv. 2018)*. – Les recherches impliquant la personne humaine et leurs résultats, à l'exception de ceux relevant du secret de la défense nationale, sont inscrits dans un répertoire d'accès public selon des règles déterminées par décret.

Art. L. 1121-16 *(L. n° 2004-806, 9 août 2004 ; L. n° 2012-300, 5 mars 2012)*. – En vue de l'application des dispositions du premier alinéa de l'article L. 1121-11 et de l'article L. 1121-12 et pour les recherches mentionnées au 1° de l'article L. 1121-1 portant sur les produits mentionnés à l'article L. 5311-1, un fichier national recense les personnes qui ne présentent aucune affection et se prêtent volontairement à ces recherches ainsi que les personnes malades lorsque l'objet de la recherche est sans rapport avec leur état pathologique.

Toutefois, le comité de protection des personnes peut décider dans d'autres cas, compte tenu des risques et des contraintes que comporte la recherche impliquant la personne humaine, que les personnes qui y participent doivent être également inscrites dans ce fichier.

Art. L. 1121-16-1 *(L. n° 2004-806, 9 août 2004 ; L. n° 2012-300, 5 mars 2012 ; Ord. n° 2016-800, 16 juin 2016 ; Ord. n° 2018-20, 17 janv. 2018 ; L. n° 2019-774, 24 juill. 2019)*. – I. – Pendant la durée de la recherche mentionnée au 1° de l'article L. 1121-1, le promoteur fournit gratuitement les médicaments expérimentaux et, le cas échéant, les médicaments auxiliaires, les dispositifs médicaux utilisés pour les administrer, ainsi que, pour les recherches portant sur des produits autres que les médicaments, les produits faisant l'objet de la recherche.

II. – On entend par recherches à finalité non commerciale les recherches dont les résultats ne sont pas exploités à des fins lucratives, qui poursuivent un objectif de santé publique et dont le promoteur ou le ou les investigateurs sont indépendants à l'égard des entreprises qui fabriquent ou qui commercialisent les produits faisant l'objet de la recherche.

III. – Les caisses d'assurance maladie prennent en charge les produits faisant l'objet de recherches à finalité non commerciale dans les conditions suivantes :

1° Les médicaments expérimentaux ou auxiliaires autorisés, inscrits sur la liste mentionnée à l'article L. 5123-2 ou sur l'une des listes mentionnées au premier alinéa ou au deuxième alinéa de l'article L. 162-17 du Code de la sécurité sociale ainsi que les produits inscrits sur la liste mentionnée à l'article L. 165-1 du Code de la sécurité sociale ou pris en charge au titre des prestations d'hospitalisation mentionnées à l'article

L. 162-22-6 du même code, lorsqu'ils sont utilisés dans le cadre d'une recherche à finalité non commerciale autorisée dans les conditions ouvrant droit au remboursement ;

2° À titre dérogatoire, les médicaments expérimentaux ou auxiliaires autorisés, ainsi que les produits faisant l'objet d'une recherche mentionnée aux 1° ou 2° de l'article L. 1121-1, à finalité non commerciale et ayant reçu l'avis favorable d'un comité de protection des personnes et, le cas échéant, l'autorisation de l'autorité compétente, selon les modalités prévues aux articles L. 1123-7 et L. 1123-12, lorsqu'ils ne sont pas utilisés dans des conditions ouvrant droit au remboursement, sous réserve de la pertinence de leur prise en charge financière. La décision de prise en charge est prise par arrêté des ministres chargés de la santé et de la sécurité sociale.

Dans les cas mentionnés aux 1° et 2° du présent article, à l'exception de ceux relevant du secret de la défense nationale, le promoteur de la recherche s'engage à rendre publics les résultats de sa recherche.

Lorsque la recherche ayant bénéficié d'une prise en charge ne répond plus à la définition d'une recherche à finalité non commerciale, le promoteur reverse les sommes engagées au titre du cinquième alinéa pour les recherches concernées aux régimes d'assurance maladie selon les règles prévues à l'article L. 162-37 du Code de la sécurité sociale. Le reversement dû est fixé par décision des ministres chargés de la santé et de la sécurité sociale après que le promoteur concerné a été mis en mesure de présenter ses observations. Le produit du reversement est recouvré par les organismes mentionnés à l'article L. 213-1 du même code désignés par le directeur de l'Agence centrale des organismes de sécurité sociale. Le recours présenté contre la décision fixant ce reversement est un recours de pleine juridiction.

Si le promoteur ne respecte pas l'obligation de reversement visée à l'avant-dernier alinéa du présent article, il se voit appliquer une pénalité dont le montant ne peut être supérieur à 10 % du chiffre d'affaires réalisé par le promoteur constaté l'année précédente. Les modalités d'application du présent alinéa et du précédent sont fixées par décret.

IV. – Lorsqu'une recherche mentionnée au 1° et au 2° de l'article L. 1121-1 à finalité commerciale est réalisée dans des établissements de santé ou des maisons ou des centres de santé, le promoteur prend en charge les frais supplémentaires liés à d'éventuels fournitures ou examens spécifiquement requis par le protocole.

La prise en charge des frais supplémentaires fait l'objet d'une convention conclue entre le promoteur, le représentant légal de chacun des organismes mentionnés au premier alinéa du IV et, le cas échéant, le représentant légal des structures destinataires des contreparties versées par le promoteur. La convention, conforme à une convention type définie par arrêté du ministre chargé de la santé, comprend les conditions de prise en charge de tous les coûts liés à la recherche, qu'ils soient ou non relatifs à la prise en charge du patient. Cette convention est transmise au Conseil national de l'ordre des médecins. Elle est conforme aux principes et garanties prévus au présent titre. Elle est visée par les investigateurs participant à la recherche.

Les conditions d'application du présent article, notamment celles auxquelles se conforment, dans leur fonctionnement et dans l'utilisation des fonds reçus, les structures destinataires des contreparties mentionnées au deuxième alinéa du IV sont précisées par décret.

Art. L. 1121-16-2 *(L. n° 2012-300, 5 mars 2012)*. – Les articles L. 1121-4 et L. 1121-15 ne sont pas applicables aux recherches non interventionnelles portant sur des produits cosmétiques ou alimentaires lorsque ces recherches figurent sur une liste fixée par arrêté du ministre chargé de la santé pris après avis de l'Agence nationale du médicament et des produits de santé.

Art. L. 1121-17 *(L. n° 2004-806, 9 août 2004)*. – Les modalités d'application des dispositions du présent chapitre sont déterminées par décret en Conseil d'État et notamment :

1° Les minima de garanties pour l'assurance prévue au troisième alinéa de l'article L. 1121-10 ;

2° Les conditions de l'autorisation prévue à l'article L. 1121-13 ;

3° Les conditions d'établissement et de publication des répertoires prévus à l'article L. 1121-15.

Information de la personne qui se prête à une recherche impliquant la personne humaine et recueil de son consentement

Art. L. 1122-1 *(L. n° 2004-806, 9 août 2004 ; mod., L. n° 2011-814, 7 juill. 2011 ; L. n° 2012-300, 5 mars 2012 ; L. n° 2016-41, 26 janv. 2016 ; Ord. n° 2016-800, 16 juin 2016)*. – Préalablement à la réalisation d'une recherche impliquant la personne humaine, une information est délivrée à la personne qui y participe par l'investigateur ou par un médecin qui le représente. Lorsque l'investigateur est une personne qualifiée, cette information est délivrée par celle-ci ou par une autre personne qualifiée qui la représente. L'information porte notamment sur :

1° L'objectif, la méthodologie et la durée de la recherche ;

2° Les bénéfices attendus et, dans le cas de recherches mentionnées aux 1° ou 2° de l'article L. 1121-1, les contraintes et les risques prévisibles, y compris en cas d'arrêt de la recherche avant son terme ;

3° Dans le cas de recherches mentionnées aux 1° ou 2° de l'article L. 1121-1, les éventuelles alternatives médicales ;

4° Dans le cas de recherches mentionnées aux 1° ou 2° de l'article L. 1121-1, les modalités de prise en charge médicale prévues en fin de recherche, si une telle prise en charge est nécessaire, en cas d'arrêt prématuré de la recherche, et en cas d'exclusion de la recherche ;

5° L'avis du comité mentionné à l'article L. 1123-1 et l'autorisation de l'autorité compétente mentionnée à l'article L. 1123-12 ;

6° Le cas échéant, l'interdiction de participer simultanément à une autre recherche ou la période d'exclusion prévues par le protocole et son inscription dans le fichier national prévu à l'article L. 1121-16.

6° *bis* Pour les recherches à finalité commerciale, les modalités de versement de contreparties en sus de la prise en charge des frais supplémentaires liés à la recherche, le cas échéant, dans les conditions prévues à l'article L. 1121-16-1 ;

7° Le cas échéant, la nécessité d'un traitement des données personnelles conformément aux dispositions de l'article 57 de la loi n° 78-17 du 6 janv. 1978 relative à l'informatique, aux fichiers et aux libertés.

La personne dont la participation est sollicitée est informée de son droit d'avoir communication, au cours ou à l'issue de la recherche, des informations concernant sa santé, détenues par l'investigateur ou, le cas échéant, le médecin ou la personne qualifiée qui le représente.

La personne dont la participation est sollicitée ou, le cas échéant, les personnes, organes ou autorités chargés de l'assister, de la représenter ou d'autoriser la recherche sont informés de son droit de refuser de participer à la recherche ou de retirer son consentement ou, le cas échéant, son autorisation à tout moment, sans encourir aucune responsabilité ni aucun préjudice de ce fait.

Lorsque la recherche impliquant la personne humaine concerne le domaine de la maïeutique et répond aux conditions fixées au dernier alinéa de l'article L. 1121-5, l'investigateur peut confier à une sage-femme ou à un médecin le soin de communiquer à la personne qui se prête à cette recherche les informations susvisées et de recueillir son consentement.

Lorsqu'une recherche non interventionnelle porte sur l'observance d'un traitement et que sa réalisation répond à une demande de l'Agence nationale de sécurité du médicament et des produits de santé, de la Haute Autorité de santé ou de l'Agence européenne des médicaments, l'objectif de la recherche, sa méthodologie et sa durée peuvent ne faire l'objet que d'une information préalable succincte dès lors que la recherche ne présente aucun risque sérieux prévisible. Le projet mentionné à l'article L. 1123-6 mentionne la nature des informations préalables transmises aux personnes se prêtant à la recherche.

Lorsque la recherche impliquant la personne humaine concerne le domaine de l'odontologie, l'investigateur peut confier à un chirurgien-dentiste ou à un médecin le soin de communiquer à la personne qui se prête à cette recherche les informations susvisées et de recueillir son consentement.

L'objectif d'une recherche en psychologie, ainsi que sa méthodologie et sa durée, peuvent ne faire l'objet que d'une information préalable succincte dès lors que la recherche ne présente aucun risque sérieux prévisible. Une information complète sur cette recherche est fournie à l'issue de celle-ci aux personnes s'y étant prêtées. Le projet mentionné à l'article L. 1123-6 mentionne la nature des informations préalables transmises aux personnes se prêtant à la recherche.

À titre exceptionnel, lorsque dans l'intérêt d'une personne malade le diagnostic de sa maladie n'a pu lui être révélé, l'investigateur peut, dans le respect de sa confiance, réserver certaines informations liées à ce diagnostic. Dans ce cas, le protocole de la recherche doit mentionner cette éventualité.

Les informations communiquées sont résumées dans un document écrit remis à la personne dont le consentement est sollicité. À l'issue de la recherche, la personne qui s'y est prêtée est informée des résultats globaux de cette recherche, selon des modalités qui lui seront précisées dans le document d'information.

Art. L. 1122-1-1 *(L. n° 2012-300, 5 mars 2012 ; Ord. n° 2016-800, 16 juin 2016).* – Aucune recherche mentionnée au 1° de l'article L. 1121-1 ne peut être pratiquée sur une personne sans son consentement libre et éclairé, recueilli par écrit, après que lui a été délivrée l'information prévue à l'article L. 1122-1. Lorsqu'il est impossible à la personne concernée d'exprimer son consentement par écrit, celui-ci peut être attesté par la personne de confiance prévue à l'article L. 1111-6, par un membre de la famille ou, à défaut, par un des proches de la personne concernée, à condition que cette personne de confiance, ce membre ou ce proche soit indépendant de l'investigateur et du promoteur.

Aucune recherche mentionnée au 2° de l'article L. 1121-1 ne peut être pratiquée sur une personne sans son consentement libre, éclairé et exprès.

Aucune recherche mentionnée au 3° du même article L. 1121-1 ne peut être pratiquée sur une personne lorsqu'elle s'y est opposée.

Dans le cas où la personne se prêtant à une recherche a retiré son consentement, ce retrait n'a pas d'incidence sur les activités menées et sur l'utilisation des données obtenues sur la base du consentement éclairé exprimé avant que celui-ci n'ait été retiré.

Art. L. 1122-1-2 *(Créé, Ord. n° 2016-800, 16 juin 2016).* – Le promoteur peut demander à la personne se prêtant à une recherche au moment où celle-ci donne son consentement éclairé lorsqu'il est requis d'accepter que ses données soient utilisées lors de recherches ultérieures exclusivement à des fins scientifiques. La personne peut retirer son consentement à cette utilisation ultérieure ou exercer sa faculté d'opposition à tout moment.

Art. L. 1122-1-3 *(L. n° 2004-806, 9 août 2004 ; L. n° 2012-300, 5 mars 2012 ; renuméroté, Ord. n° 2016-800, 16 juin 2016).* – En cas de recherches impliquant la personne humaine à mettre en œuvre dans des situations d'urgence qui ne permettent pas de recueillir le consentement préalable de la personne qui y sera soumise, lorsqu'il est requis, le protocole présenté à l'avis du comité mentionné à l'article L. 1123-1 peut prévoir que le consentement de cette personne n'est pas recherché et que seul est sollicité celui des membres de sa famille ou celui de la personne de confiance mentionnée à l'article L. 1111-6 dans les conditions prévues à l'article L. 1122-1-1, s'ils sont présents. Le protocole peut prévoir une dérogation à cette obligation dans le cas d'une urgence vitale immédiate qui est appréciée par ce comité. L'intéressé ou, le cas échéant, les membres de la famille ou la personne de confiance mentionnée à l'article L. 1111-6 sont informés dès que possible et leur consentement, lorsqu'il est requis, leur est demandé pour la poursuite éventuelle de cette recherche. Ils peuvent également s'opposer à l'utilisation des données concernant la personne dans le cadre de cette recherche.

Art. L. 1122-1-4 *(L. n° 2012-300, 5 mars 2012 ; renuméroté, Ord. n° 2016-800, 16 juin 2016).* – En cas de recherches impliquant la personne humaine mentionnées au 2° de l'article L. 1121-1 dont les exigences méthodologiques ne sont pas compatibles avec le recueil du consentement dans les conditions prévues au deuxième alinéa de l'article L. 1122-1-1, le protocole présenté à l'avis du comité de protection des personnes concerné peut prévoir que ce consentement n'est pas recherché et que l'information prévue à l'article L. 1122-1 est collective.

Aucune recherche mentionnée au premier alinéa ne peut être pratiquée sur une personne lorsqu'elle s'y est opposée.

Art. L. 1122-2 *(L. n° 2004-806, 9 août 2004 ; L. n° 2012-300, 5 mars 2012 ; mod., Ord. n° 2020-232, 11 mars 2020).* – I. – Les mineurs non émancipés, les majeurs protégés ou les majeurs hors d'état d'exprimer leur consentement et qui ne font pas l'objet d'une mesure de protection juridique reçoivent, lorsque leur participation à une recherche impliquant la personne humaine est envisagée, l'information prévue à l'article L. 1122-1 adaptée à leur capacité de compréhension, tant de la part de l'investigateur que des personnes, organes ou autorités chargés de les assister, de les représenter ou d'autoriser la recherche, eux-mêmes informés par l'investigateur.

Ils sont consultés dans la mesure où leur état le permet. Leur adhésion personnelle en vue de leur participation à la recherche impliquant la personne humaine est recherchée. En toute hypothèse, il ne peut être passé outre à leur refus ou à la révocation de leur acceptation.

II. – Lorsqu'une recherche impliquant la personne humaine est effectuée sur un mineur non émancipé, le consentement, lorsqu'il est requis, est donné par les titulaires de l'exercice de l'autorité parentale. Toutefois, ce consentement peut être donné par le seul titulaire de l'exercice de l'autorité parentale présent, sous réserve du respect des conditions suivantes :

– la recherche ne comporte que des risques et des contraintes minimes ;

– le mineur ne se prête pas à la recherche à titre de volontaire sain ;

– l'autre titulaire de l'exercice de l'autorité parentale ne peut donner son autorisation dans des délais compatibles avec les exigences méthodologiques propres à la réalisation de la recherche au regard de ses finalités.

Lorsqu'une personne mineure se prêtant à une recherche devient majeure dans le cours de sa participation, la confirmation de son consentement est requise après délivrance d'une information appropriée.

Lorsqu'une recherche impliquant la personne humaine est effectuée sur une personne mineure, le cas échéant sous tutelle, l'autorisation est donnée par son représentant légal et, si le comité mentionné à l'article L. 1123-1 considère que la recherche comporte, par l'importance des contraintes ou par la spécificité des interventions auxquelles elle conduit, un risque sérieux d'atteinte à la vie privée ou à l'intégrité du corps humain, par le conseil de famille s'il a été institué, ou par le juge des tutelles.

Lorsqu'à la date de la fin de la recherche, la personne mineure qui s'y est prêtée a acquis la capacité juridique, elle devient personnellement destinataire de toute information communiquée par l'investigateur ou le promoteur.

III. – Une personne faisant l'objet d'une mesure de sauvegarde de justice ne peut être sollicitée aux fins de participer à une recherche impliquant la personne humaine.

Lorsqu'une recherche impliquant la personne humaine est effectuée sur une personne majeure en curatelle, le consentement est donné par l'intéressé assisté par son curateur. Toutefois, si la personne majeure en curatelle est sollicitée en vue de sa participation à une recherche dont le comité mentionné à l'article L. 1123-1 considère qu'elle comporte, par l'importance des contraintes ou par la spécificité des interventions auxquelles elle conduit, un risque sérieux d'atteinte à la vie privée ou à l'intégrité du corps humain, le juge des tutelles est saisi aux fins de s'assurer de l'aptitude à consentir du majeur. En cas d'inaptitude, le juge prend la décision d'autoriser ou non la recherche impliquant la personne humaine.

Lorsqu'une recherche impliquant la personne humaine est effectuée sur une personne majeure faisant l'objet d'un mandat de protection future, d'une habilitation familiale ou d'une mesure de tutelle, avec représentation relative à la personne, l'autorisation est donnée par la personne chargée de la représenter. Toutefois, si le comité mentionné à l'article L. 1123-1 considère que la recherche comporte, par l'importance des contraintes ou par la spécificité des interventions auxquelles elle conduit, un risque sérieux d'atteinte à la vie privée ou à l'intégrité du corps humain, l'autorisation est donnée par le conseil de famille s'il a été constitué ou par le juge des tutelles.

Lorsqu'une recherche impliquant la personne humaine satisfaisant aux conditions édictées par l'article L. 1121-8 est envisagée sur une personne majeure hors d'état d'exprimer son consentement et ne faisant pas l'objet d'une mesure de protection juridique, l'autorisation est donnée par la personne de confiance prévue à l'article L. 1111-6, à défaut de celle-ci, par la famille, ou, à défaut, par une personne entretenant avec l'intéressé des liens étroits et stables. L'intéressé est informé dès que possible et son consentement lui est demandé pour la poursuite éventuelle de cette recherche s'il retrouve sa capacité à consentir. Toutefois, si le comité mentionné à l'article L. 1123-1 considère que la recherche comporte, par l'importance des contraintes ou par la spécificité des interventions auxquelles elle conduit, un risque sérieux d'atteinte à la vie privée ou à l'intégrité du corps humain, l'autorisation est donnée par le juge des tutelles.

IV. – Le consentement prévu au deuxième alinéa du III est donné selon les formes prévues à l'article L. 1122-1-1. Les autorisations prévues aux premier et sixième alinéas du II et aux troisième et quatrième alinéa du III sont données par écrit.

....

Recherches sans bénéfice individuel direct

Art. L. 1124-1 *(Créé, Ord. n° 2016-800, 16 juin 2016 ; Ord. n° 2018-20, 17 janv. 2018 ; L. n° 2018-493, 20 juin 2018)*. – I. – Les essais cliniques de médicaments sont régis par les dispositions du règlement (UE) n° 536/2014 du Parlement européen et du Conseil du 16 avril 2014.

L'autorité compétente pour effectuer l'évaluation de la partie I du rapport d'évaluation prévue à l'article 6 de ce règlement est l'Agence nationale de sécurité du médicament et des produits de santé.

L'évaluation de la partie II prévue à l'article 7 de ce règlement relève de la compétence et de la responsabilité des comités de protection des personnes mentionnés aux articles L. 1123-1 et L. 1123-16.

L'Agence nationale de sécurité du médicament et des produits de santé notifie au promoteur la décision unique relative à l'essai clinique mentionnée au paragraphe 1 de l'article 8 de ce règlement.

II. – En cas de refus d'autorisation d'un essai prévu au paragraphe 4 de l'article 8 du règlement précité, le promoteur peut saisir d'une demande de réexamen les autorités suivantes :

1° L'Agence nationale de sécurité du médicament et des produits de santé, lorsque cette demande porte sur des éléments relevant de la partie I prévue à l'article 6 du règlement mentionné ci-dessus ;

2° Le ministre chargé de la santé lorsque cette demande porte sur des éléments relevant de la partie II prévue à l'article 7 du règlement mentionné ci-dessus.

La demande de réexamen est présentée et instruite dans des délais et selon des modalités fixées par décret en Conseil d'État.

III. – La première administration d'un médicament à l'homme ne peut être effectuée que dans des lieux ayant été autorisés conformément au deuxième alinéa de l'article L. 1121-13.

Les essais cliniques de médicaments de thérapie innovante tels que définis à l'article 2 du règlement (CE) n° 1394/2007 du Parlement européen et du Conseil, du 13 novembre 2007, concernant les médicaments de thérapie innovante et modifiant la directive 2001/83/CE ainsi que le règlement (CE) n° 726/2004 et les essais cliniques de médicaments de thérapie innovante tels que définis au 17° de l'article L. 5121-1 ne peuvent être réalisés que dans des établissements de santé, à l'Établissement français du sang, dans les hôpitaux des armées ou les autres éléments du service de santé des armées mentionnés à l'article L. 6147-7 ou à l'Institution nationale des invalides.

IV. – Sont applicables aux essais cliniques mentionnés au les dispositions du présent chapitre ainsi que les dispositions des articles L. 1121-10, L. 1121-11, L. 1121-13, L. 1121-14, L. 1121-16, L. 1121-16-1, L. 1123-10, L. 1126-1 à L. 1126-12, L. 5121-1-1, L. 5125-1 et L. 5126-1. Ces essais sont interdits sur une personne qui n'est pas affiliée à un régime de sécurité sociale ou bénéficiaire d'un tel régime.

(Al. mod., Ord. n° 2018-1125, 12 déc. 2018) Leur sont également applicables les dispositions de l'article 76 de la loi n° 78-17 du 6 janvier 1978 modifiée relative à l'informatique et aux libertés.

....

Art. L. 1126-1. – Comme il est dit à l'article 223-8 du Code pénal ci-après reproduit :
(V. C. pén., art. 223-8).

Art. L. 1126-2. – Comme il est dit à l'article 223-9 du Code pénal ci-après reproduit :
(V. C. pén., art. 223-9).

Art. L. 1126-3 *(Mod., L. n° 2004-806, 9 août 2004 ; Ord. n° 2016-800, 16 juin 2016).* – Le fait de pratiquer ou de faire pratiquer une recherche impliquant la personne humaine en infraction aux dispositions des articles L. 1121-5 à L. 1121-8 et de l'article L. 1122-1-2 et en infraction avec les articles 31 à 34 du règlement (UE) n° 536/2014 du Parlement européen et du Conseil du 16 avril 2014 relatif aux essais cliniques de médicaments est puni de trois ans d'emprisonnement et de 45 000 euros d'amende.

Les personnes physiques coupables de l'infraction prévue à l'alinéa précédent encourent également les peines suivantes :

1° L'interdiction des droits civiques, civils et de famille, suivant les modalités prévues par l'article 131-26 du Code pénal ;

2° L'interdiction, pour une durée de cinq ans au plus, d'exercer l'activité professionnelle ou sociale à l'occasion de laquelle ou dans l'exercice de laquelle l'infraction a été commise ;

3° La confiscation définie à l'article 131-21 du Code pénal ;

4° L'exclusion des marchés publics à titre définitif ou pour une durée de cinq ans au plus.

Art. L. 1126-4 *(L. n° 2009-526, 12 mai 2009)*. – Les personnes morales déclarées responsables pénalement, dans les conditions prévues par l'article 121-2 du Code pénal, de l'infraction définie à l'article L. 1126-3 encourent, outre l'amende suivant les modalités prévues par l'article 131-38 du Code pénal, les peines prévues par l'article 131-39 du même code.

L'interdiction mentionnée au 2° de l'article 131-39 du Code pénal porte sur l'activité dans l'exercice de laquelle ou à l'occasion de laquelle l'infraction a été commise.

Art. L. 1126-5 *(Mod., L. n° 2004-806, 9 août 2004 ; L. n° 2012-300, 5 mars 2012 ; Ord. n° 2016-800, 16 juin 2016)*. – Est puni d'un an d'emprisonnement et de 15 000 euros d'amende le fait de pratiquer ou de faire pratiquer une recherche impliquant la personne humaine :

1° Sans avoir obtenu l'avis favorable d'un comité de protection des personnes et, dans le cas de recherches mentionnées au 1° de l'article L. 1121-1, l'autorisation de l'autorité compétente conformément à l'article L. 1121-4 ou sans avoir obtenu la décision unique mentionnée au I de l'article L. 1124-1 ;

2° Dans des conditions contraires aux dispositions de l'article L. 1121-12 ;

3° Dont la réalisation a été interdite ou suspendue par l'autorité compétente mentionnée à l'article L. 1123-12.

L'investigateur qui réalise une telle recherche en infraction aux dispositions de l'article L. 1121-13 est puni des mêmes peines.

Art. L. 1126-6 *(L. n° 2004-806, 9 août 2004)*. – Le promoteur dont la responsabilité civile n'est pas garantie par l'assurance prévue à l'article L. 1121-10 est puni d'un an d'emprisonnement et de 15 000 € d'amende.

Art. L. 1126-7 *(Mod., L. n° 2008-561, 17 juin 2008)*. – Par dérogation à l'article 13 de la loi des 16 et 24 août 1790 sur l'organisation judiciaire, le tribunal judiciaire est seul compétent pour statuer sur toute action en indemnisation des dommages résultant d'une recherche impliquant la personne humaine ; cette action se prescrit dans les conditions prévues à l'article 2226 du Code civil.

Art. L. 1126-8 *(Ord. n° 2008-717, 17 juill. 2008)*. – Le fait pour le promoteur de ne pas communiquer aux expérimentateurs des essais chimiques pharmaceutiques, biologiques, pharmacologiques ou toxicologiques les informations réglementairement prescrites et relatives à l'essai, aux médicaments soumis à l'essai, aux médicaments utilisés comme référence et à la synthèse du dernier état des connaissances scientifiques requises pour la mise en œuvre de la recherche est puni de deux ans d'emprisonnement et de 30 000 € d'amende.

Art. L. 1126-9 *(Ord. n° 2008-717, 17 juill. 2008)*. – Le fait pour le promoteur de ne pas communiquer aux investigateurs les informations réglementairement prescrites et relatives à l'essai et aux médicaments expérimentaux est puni de deux ans d'emprisonnement et de 30 000 € d'amende.

Art. L. 1126-10 *(L. n° 2012-300, 5 mars 2012 ; Ord. n° 2016-800, 16 juin 2016)*. – Dans le cadre d'une recherche mentionnée au 1° de l'article L. 1121-1, à l'article L. 1124-1 le fait pour le promoteur de ne pas fournir gratuitement aux investigateurs pendant la durée de la recherche les médicaments expérimentaux et, le cas échéant, les dispositifs utilisés pour les administrer ainsi que, pour les recherches portant sur des produits autres que les médicaments, les produits faisant l'objet de la recherche est puni de 30 000 € d'amende.

Art. L. 1126-11 *(Ord. n° 2008-717, 17 juill. 2008)*. – Le fait pour le promoteur, lorsqu'une recherche est conduite dans un établissement de santé disposant d'une pharmacie à usage intérieur, de ne pas avoir communiqué préalablement au pharmacien assurant la gérance de cette pharmacie les données relatives aux recherches impliquant la personne humaine entrant dans l'une des catégories mentionnées au premier alinéa de l'article L. 5126-11 est puni de 30 000 € d'amende.

Art. L. 1126-12 *(Créé, Ord. n° 2016-800, 16 juin 2016)*. – Le non-respect des articles 37, 42, 43 et 93 du règlement européen (UE) n° 536/2014 du Parlement européen du 16 avril 2014 relatif aux essais cliniques de médicaments sur la communication d'informations destinées à être mise à la disposition du public dans la base de données de l'union est puni d'un an d'emprisonnement et de 15 000 euros d'amende.

D. – PROTECTION DES PERSONNES HOSPITALISÉES EN RAISON DE TROUBLES MENTAUX

Code de la santé publique

(Ord. n° 2000-548, 15 juin 2000)

Hospitalisation sur demande d'un tiers ou en cas de péril imminent

Art. L. 3212-1 *(L. n° 2011-803, 5 juill. 2011 ; mod., L. n° 2013-869, 27 sept. 2013 ; Ord. n° 2020-232, 11 mars 2020).* – I. – Une personne atteinte de troubles mentaux ne peut faire l'objet de soins psychiatriques sur la décision du directeur d'un établissement mentionné à l'article L. 3222-1 que lorsque les deux conditions suivantes sont réunies :

1° Ses troubles mentaux rendent impossible son consentement ;

2° Son état mental impose des soins immédiats assortis soit d'une surveillance médicale constante justifiant une hospitalisation complète, soit d'une surveillance médicale régulière justifiant une prise en charge sous la forme mentionnée au 2° du I de l'article L. 3211-2-1.

II. – Le directeur de l'établissement prononce la décision d'admission :

1° Soit lorsqu'il a été saisi d'une demande présentée par un membre de la famille du malade ou par une personne justifiant de l'existence de relations avec le malade antérieures à la demande de soins et lui donnant qualité pour agir dans l'intérêt de celui-ci, à l'exclusion des personnels soignants exerçant dans l'établissement prenant en charge la personne malade. Lorsqu'elle remplit les conditions prévues au présent alinéa, la personne chargée, à l'égard d'un majeur protégé, d'une mesure de protection juridique à la personne peut faire une demande de soins pour celui-ci.

La forme et le contenu de cette demande sont fixés par décret en Conseil d'État.

La décision d'admission est accompagnée de deux certificats médicaux circonstanciés datant de moins de quinze jours, attestant que les conditions prévues aux 1° et 2° du I du présent article sont réunies.

Le premier certificat médical ne peut être établi que par un médecin n'exerçant pas dans l'établissement accueillant le malade ; il constate l'état mental de la personne malade, indique les caractéristiques de sa maladie et la nécessité de recevoir des soins. Il doit être confirmé par un certificat d'un second médecin qui peut exercer dans l'établissement accueillant le malade. Les deux médecins ne peuvent être parents ou alliés, au quatrième degré inclusivement, ni entre eux, ni du directeur de l'établissement mentionné à l'article L. 3222-1 qui prononce la décision d'admission, ni de la personne ayant demandé les soins ou de la personne faisant l'objet de ces soins ;

2° Soit lorsqu'il s'avère impossible d'obtenir une demande dans les conditions prévues au 1° du présent II et qu'il existe, à la date d'admission, un péril imminent pour la santé de la personne, dûment constaté par un certificat médical établi dans les conditions prévues au troisième alinéa du même 1°. Ce certificat constate l'état mental de la personne malade, indique les caractéristiques de sa maladie et la nécessité de recevoir des soins. Le médecin qui établit ce certificat ne peut exercer dans l'établissement accueillant la personne malade ; il ne peut en outre être parent ou allié, jusqu'au quatrième degré inclusivement, ni avec le directeur de cet établissement ni avec la personne malade.

Dans ce cas, le directeur de l'établissement d'accueil informe, dans un délai de vingt-quatre heures sauf difficultés particulières, la famille de la personne qui fait l'objet de soins et, le cas échéant, la personne chargée de la protection juridique de l'intéressé ou, à défaut, toute personne justifiant de l'existence de relations avec la personne malade antérieures à l'admission en soins et lui donnant qualité pour agir dans l'intérêt de celle-ci.

Lorsque l'admission a été prononcée en application du présent 2°, les certificats médicaux mentionnés aux deuxième et troisième alinéas de l'article L. 3211-2-2 sont établis par deux psychiatres distincts.

....

Art. L. 3212-7 *(L. n° 2011-803, 5 juill. 2011 ; L. n° 2013-869, 27 sept. 2013 ; L. n° 2016-41, 26 janv. 2016).* – À l'issue de la première période de soins psychiatriques prononcée en application du deuxième alinéa de l'article L. 3212-4, les soins peuvent être maintenus par le directeur de l'établissement pour des périodes d'un mois, renouvelables selon les modalités prévues au présent article.

Dans les trois derniers jours de chacune des périodes mentionnées au premier alinéa, un psychiatre de l'établissement d'accueil établit un certificat médical circonstancié indiquant si les soins sont toujours nécessaires. Ce certificat médical précise si la forme de la prise en charge de la personne malade décidée en application de l'article L. 3211-2-2 demeure adaptée et, le cas échéant, en propose une nouvelle. Lorsqu'il ne peut être procédé à l'examen de la personne malade, le psychiatre de l'établissement d'accueil établit un avis médical sur la base du dossier médical.

Au vu du certificat médical ou de l'avis médical mentionné au premier alinéa du présent article, les soins peuvent être maintenus par le directeur de l'établissement pour une durée maximale d'un mois. Au-delà de cette durée, les soins peuvent être maintenus par le directeur de l'établissement pour des périodes maximales d'un mois, renouvelables selon les modalités prévues au présent article ; le certificat est établi dans les trois derniers jours de la période en cause.

Lorsque la durée des soins excède une période continue d'un an à compter de l'admission en soins, le maintien de ces soins est subordonné à une évaluation approfondie de l'état mental de la personne réalisée par le collège mentionné à l'article L. 3211-9. Ce collège recueille l'avis du patient. En cas d'impossibilité d'examiner le patient à l'échéance prévue en raison de son absence, attestée par le collège, l'évaluation et le recueil de son avis sont réalisés dès que possible.

Le défaut de production d'un des certificats médicaux, des avis médicaux ou des attestations mentionnés au présent article entraîne la levée de la mesure de soins.

Les copies des certificats médicaux, des avis médicaux ou des attestations prévus au présent article et à l'article L. 3211-11 sont adressées sans délai par le directeur de l'établissement d'accueil à la commission départementale des soins psychiatriques mentionnée à l'article L. 3222-5.

....

Hospitalisation d'office

Art. L. 3213-1 *(L. n° 2013-869, 27 sept. 2013)*. – I. – Le représentant de l'État dans le département prononce par arrêté, au vu d'un certificat médical circonstancié ne pouvant émaner d'un psychiatre exerçant dans l'établissement d'accueil, l'admission en soins psychiatriques des personnes dont les troubles mentaux nécessitent des soins et compromettent la sûreté des personnes ou portent atteinte, de façon grave, à l'ordre public. Les arrêtés préfectoraux sont motivés et énoncent avec précision les circonstances qui ont rendu l'admission en soins nécessaire. Ils désignent l'établissement mentionné à l'article L. 3222-1 qui assure la prise en charge de la personne malade.

Le directeur de l'établissement d'accueil transmet sans délai au représentant de l'État dans le département et à la commission départementale des soins psychiatriques mentionnée à l'article L. 3222-5 :

1° Le certificat médical mentionné au deuxième alinéa de l'article L. 3211-2-2 ;

2° Le certificat médical et, le cas échéant, la proposition mentionnés aux deux derniers alinéas du même article L. 3211-2-2.

II. – Dans un délai de trois jours francs suivant la réception du certificat médical mentionné à l'avant-dernier alinéa de l'article L. 3211-2-2, le représentant de l'État dans le département décide de la forme de prise en charge prévue à l'article L. 3211-2-1, en tenant compte de la proposition établie, le cas échéant, par le psychiatre en application du dernier alinéa de l'article L. 3211-2-2 et des exigences liées à la sûreté des personnes et à l'ordre public. Il joint à sa décision, le cas échéant, le programme de soins établi par le psychiatre.

Dans l'attente de la décision du représentant de l'État, la personne malade est prise en charge sous la forme d'une hospitalisation complète.

III. – Lorsque la proposition établie par le psychiatre en application de l'article L. 3211-2-2 recommande une prise en charge sous une autre forme que l'hospitalisation complète, le représentant de l'État ne peut modifier la forme de prise en charge des personnes mentionnées au II de l'article L. 3211-12 qu'après avoir recueilli l'avis du collège mentionné à l'article L. 3211-9.

IV. – Les mesures provisoires, les décisions, les avis et les certificats médicaux mentionnés au présent chapitre figurent sur le registre mentionné à l'article L. 3212-11.

Art. L. 3213-2 *(Mod. à compter du 1er août 2011, L. n° 2011-803, 5 juill. 2011)*. – En cas de danger imminent pour la sûreté des personnes, attesté par un avis médical *(Mots suppr. à compter du 8 octobre*

2011, Cons. const. n° 2011-174 QPC, 6 oct. 2011, art. 1er, 2 et consid. 13 : JO 8 oct. 2011) « ... », le maire et, à Paris, les commissaires de police arrêtent, à l'égard des personnes dont le comportement révèle des troubles mentaux manifestes, toutes les mesures provisoires nécessaires, à charge d'en référer dans les vingt-quatre heures au représentant de l'État dans le département qui statue sans délai et prononce, s'il y a lieu, un arrêté d'admission en soins psychiatriques dans les formes prévues à l'article L. 3213-1. Faute de décision du représentant de l'État, ces mesures provisoires sont caduques au terme d'une durée de quarante-huit heures.

La période d'observation et de soins initiale mentionnée à l'article L. 3211-2-2 prend effet dès l'entrée en vigueur des mesures provisoires prévues au premier alinéa.

Art. L. 3213-3 *(L. n° 2011-803, 5 juill. 2011 ; L. n° 2013-869, 27 sept. 2013)*. – I. – Dans le mois qui suit l'admission en soins psychiatriques décidée en application du présent chapitre ou résultant de la décision mentionnée à l'article 706-135 du Code de procédure pénale et ensuite... au moins tous les mois, la personne malade est examinée par un psychiatre de l'établissement d'accueil qui établit un certificat médical circonstancié confirmant ou infirmant, s'il y a lieu, les observations contenues dans les précédents certificats et précisant les caractéristiques de l'évolution des troubles ayant justifié les soins ou leur disparition. Ce certificat précise si la forme de la prise en charge du malade décidée en application de l'article L. 3211-2-1 du présent code demeure adaptée et, le cas échéant, en propose une nouvelle. Lorsqu'il ne peut être procédé à l'examen du patient, le psychiatre de l'établissement établit un avis médical sur la base du dossier médical du patient.

II. – Les copies des certificats et avis médicaux prévus au présent article et à l'article L. 3211-11 sont adressées sans délai par le directeur de l'établissement d'accueil au représentant de l'État dans le département et à la commission départementale des soins psychiatriques mentionnée à l'article L. 3222-5.

III. – Après réception des certificats ou avis médicaux mentionnés aux I et II du présent article et, le cas échéant, de l'avis du collège mentionné à l'article L. 3211-9 et de l'expertise psychiatrique mentionnée à l'article L. 3213-5-1, et compte tenu des exigences liées à la sûreté des personnes et à l'ordre public, le représentant de l'État dans le département peut décider de modifier la forme de la prise en charge de la personne malade.

IV. – Lorsque le représentant de l'État décide de ne pas suivre l'avis du collège mentionné à l'article L. 3211-9 recommandant la prise en charge d'une personne mentionnée au II de l'article L. 3211-12 sous une autre forme que l'hospitalisation complète, il ordonne une expertise dans les conditions prévues à l'article L. 3213-5-1.

Lorsque l'expertise confirme la recommandation de prise en charge sous une autre forme que l'hospitalisation complète, le représentant de l'État décide d'une prise en charge sous la forme mentionnée au 2° du I de l'article L. 3211-2-1, conformément à la proposition mentionnée au premier alinéa du I du présent article.

Lorsque l'expertise préconise le maintien de l'hospitalisation complète et que le représentant de l'État maintient l'hospitalisation complète, il en informe le directeur de l'établissement d'accueil, qui saisit le juge des libertés et de la détention afin que ce dernier statue à bref délai sur cette mesure dans les conditions prévues à l'article L. 3211-12. Le présent alinéa n'est pas applicable lorsque la décision du représentant de l'État intervient dans les délais mentionnés aux 1° et 2° du I de l'article L. 3211-12-1.

Art. L. 3213-4 *(L. n° 2011-803, 5 juill. 2011 ; L. n° 2013-869, 27 sept. 2013)*. – Dans les trois derniers jours du premier mois suivant la décision d'admission en soins psychiatriques mentionnée au I de l'article L. 3213-1 ou, le cas échéant, suivant la mesure provisoire prévue à l'article L. 3213-2, le représentant de l'État dans le département peut prononcer, au vu du certificat médical ou de l'avis médical mentionné à l'article L. 3213-3, le maintien de la mesure de soins pour une nouvelle durée de trois mois. Il se prononce, le cas échéant, sur la forme de la prise en charge du patient dans les conditions prévues au même article L. 3213-3. Au-delà de cette durée, la mesure de soins peut être maintenue par le représentant de l'État dans le département pour des périodes maximales de six mois renouvelables selon les mêmes modalités.

Faute de décision du représentant de l'État à l'issue de chacun des délais prévus au premier alinéa, la levée de la mesure de soins est acquise.

En outre, le représentant de l'État dans le département peut à tout moment mettre fin à la mesure de soins prise en application de l'article L. 3213-1 après avis d'un psychiatre participant à la prise en charge du patient attestant que les conditions ayant justifié la mesure de soins en application du même article L. 3213-1 ne sont plus réunies, ou sur proposition de la commission départementale des soins psychiatriques mentionnée à l'article L. 3222-5.

Le présent article n'est pas applicable aux personnes mentionnées au II de l'article L. 3211-12.

ANNEXE 7

Art. L. 3213-5 *(Abr., L. n° 2013-869, 27 sept. 2013).*

Art. L. 3213-5-1 *(L. n° 2011-803, 5 juill. 2011).* – Le représentant de l'État dans le département peut à tout moment ordonner l'expertise psychiatrique des personnes faisant l'objet d'une mesure de soins psychiatriques prononcée en application du présent chapitre ou du chapitre IV du présent titre ou ordonnée en application de l'article 706-135 du Code de procédure pénale. Cette expertise est conduite par un psychiatre n'appartenant pas à l'établissement d'accueil de la personne malade, choisi par le représentant de l'État dans le département sur une liste établie par le procureur de la République, après avis du directeur général de l'agence régionale de santé de la région dans laquelle est situé l'établissement ou, à défaut, sur la liste des experts inscrits près la cour d'appel du ressort de l'établissement.

Le représentant de l'État dans le département fixe les délais dans lesquels l'expertise mentionnée au premier alinéa doit être produite, dans une limite maximale fixée par décret en Conseil d'État.

Admission en soins psychiatriques des personnes détenues atteintes de troubles mentaux
(L. n° 2002-1138, 9 sept. 2002)

Art. L. 3214-1 *(L. n° 2013-869, 27 sept. 2013 ; L. n° 2016-41, 26 janv. 2016).* – I. – Les personnes détenues souffrant de troubles mentaux font l'objet de soins psychiatriques avec leur consentement. Lorsque les personnes détenues en soins psychiatriques libres requièrent une hospitalisation à temps complet, celle-ci est réalisée dans un établissement de santé mentionné à l'article L. 3222-1 au sein d'une unité hospitalière spécialement aménagée.

II. – Lorsque leurs troubles mentaux rendent impossible leur consentement, les personnes détenues peuvent faire l'objet de soins psychiatriques sans consentement en application de l'article L. 3214-3. Les personnes détenues admises en soins psychiatriques sans consentement sont uniquement prises en charge sous la forme mentionnée au 1° du I de l'article L. 3211-2-1. Leur hospitalisation est réalisée dans un établissement de santé mentionné à l'article L. 3222-1 au sein d'une unité hospitalière spécialement aménagée ou, sur la base d'un certificat médical, au sein d'une unité adaptée.

III. – Lorsque leur intérêt le justifie, les personnes mineures détenues peuvent être hospitalisées au sein d'un service adapté dans un établissement mentionné à l'article L. 3222-1 en dehors des unités prévues aux I et II du présent article.

Art. L. 3214-2 *(L. n° 2002-1138, 9 sept. 2002 ; mod., L. n° 2011-803, 5 juill. 2011 ; L. n° 2013-869, 27 sept. 2013).* – Sous réserve des restrictions rendues nécessaires par leur qualité de détenu ou, s'agissant des personnes faisant l'objet de soins en application de l'article L. 3214-3, par leur état de santé, les articles L. 3211-3, L. 3211-4, L. 3211-6, L. 3211-8, L. 3211-9, L. 3211-12 à L. 3211-12-4 et L. 3211-12-6 sont applicables aux détenus hospitalisés en raison de leurs troubles mentaux.

Lorsque le juge des libertés et de la détention ordonne, en application des articles L. 3211-12 ou L. 3211-12-1, la mainlevée de la mesure d'hospitalisation complète d'une personne détenue faisant l'objet de soins en application de l'article L. 3214-3, cette décision est notifiée sans délai à l'établissement pénitentiaire par le procureur de la République. Le retour en détention est organisé dans les conditions prévues par le décret en Conseil d'État mentionné à l'article L. 3214-5, sauf si la personne détenue est hospitalisée au sein d'une unité hospitalière spécialement aménagée en consentant à ses soins.

Art. L. 3214-3 *(L. n° 2002-1138, 9 sept. 2002 ; mod., L. n° 2011-803, 5 juill. 2011).* – Lorsqu'une personne détenue nécessite des soins immédiats assortis d'une surveillance constante en milieu hospitalier en raison de troubles mentaux rendant impossible son consentement et constituant un danger pour elle-même ou pour autrui, le préfet de police à Paris ou le représentant de l'État dans le département dans lequel se trouve l'établissement pénitentiaire d'affectation du détenu prononce par arrêté, au vu d'un certificat médical circonstancié, son admission en soins psychiatriques sous la forme d'une hospitalisation complète dans les conditions prévues au II de l'article L. 3214-1. Le certificat médical ne peut émaner d'un psychiatre exerçant dans l'établissement d'accueil.

Le régime de cette hospitalisation est celui prévu pour les hospitalisations ordonnées en application de l'article L. 3213-1.

Les arrêtés préfectoraux sont motivés et énoncent avec précision les circonstances qui ont rendu la mesure de soins psychiatriques nécessaire. Ils désignent l'établissement mentionné à l'article L. 3222-1 qui assure la prise en charge de la personne malade et sont inscrits sur le registre mentionné à l'article L. 3212-11.

Le régime de cette hospitalisation est celui prévu pour les hospitalisations ordonnées en application de l'article L. 3213-1.

Les arrêtés préfectoraux sont motivés et énoncent avec précision les circonstances qui ont rendu la mesure de soins psychiatriques nécessaire. Ils désignent l'établissement mentionné à l'article L. 3222-1 qui assure la prise en charge de la personne malade et sont inscrits sur le registre mentionné à l'article L. 3212-11.

Art. L. 3214-4 *(Abr., L. n° 2011-803, 5 juill. 2011).*

Art. L. 3214-5 *(L. n° 2002-1138, 9 sept. 2002).* – Les modalités de garde, d'escorte et de transport des détenus hospitalisés en raison de leurs troubles mentaux sont fixées par décret en Conseil d'État.

Dispositions pénales

Art. L. 3215-1 *(L. n° 2011-803, 5 juill. 2011 ; L. n° 2013-869, 27 sept. 2013 ; L. n° 2016-41, 26 janv. 2016).* – Est puni d'un an d'emprisonnement et de 15 000 € d'amende :

1° Le fait pour le directeur d'un établissement mentionné à l'article L. 3222-1 de maintenir la mesure de soins psychiatriques dont une personne fait l'objet, quelle qu'en soit la forme, lorsque la levée de la mesure est ordonnée par le représentant de l'État dans le département ou, à Paris, le préfet de police en application de l'article L. 3213-4, ou par le juge des libertés et de la détention en application des articles L. 3211-12 ou L. 3211-12-1, ou lorsque la mesure de soins doit être levée en application des articles L. 3212-4, L. 3212-7, L. 3212-8, L. 3212-9 ou L. 3213-4 ;

2° Le fait pour le directeur ou pour tout médecin d'un établissement mentionné à l'article L. 3222-1 de supprimer ou de retenir une requête ou une réclamation adressée à l'autorité judiciaire ou administrative par une personne faisant l'objet de soins psychiatriques en application des chapitres II à IV du présent titre.

Art. L. 3215-2 *(L. n° 2011-803, 5 juill. 2011 ; mod., L. n° 2013-869, 27 sept. 2013 ; L. n° 2016-41, 26 janv. 2016).* – Est puni de six mois d'emprisonnement et de 7 500 € d'amende le fait pour le directeur d'un établissement mentionné à l'article L. 3222-1 :

1° D'admettre une personne en soins psychiatriques en application du 1° du II de l'article L. 3212-1 sans avoir obtenu la demande d'admission en soins et les certificats médicaux prévus par le même 1° ;

2° D'admettre une personne en soins psychiatriques en application du 2° du même II sans disposer du certificat médical prévu par le même 2° ;

3° D'omettre d'adresser au représentant de l'État dans le département ou, à Paris, au préfet de police dans les délais prescrits la décision d'admission, les certificats médicaux et le bulletin d'entrée établis en application du I de l'article L. 3212-5 ;

4° D'omettre d'adresser au représentant de l'État dans le département ou, à Paris, au préfet de police dans les délais prescrits les certificats médicaux établis en application des 1° et 2° du I de l'article L. 3213-1 et de l'article L. 3213-3 ;

5° D'omettre de se conformer dans le délai indiqué aux prescriptions de l'article L. 3212-11 et du IV de l'article L. 3213-1 relatives à la tenue et à la présentation des registres ;

6° D'omettre d'aviser dans le délai prescrit par l'article L. 3213-9-1 le représentant de l'État dans le département ou, à Paris, le préfet de police du certificat médical prévu à cet article.

Art. L. 3215-3 *(Abr., L. n° 2011-803, 5 juill. 2011).*

Art. L. 3215-4 *(L. n° 2011-803, 5 juill. 2011).* – Est puni de six mois d'emprisonnement et de 7 500 € d'amende le fait pour un médecin d'un établissement mentionné à l'article L. 3222-1 de refuser ou d'omettre d'établir dans les délais prescrits les certificats médicaux relevant de sa responsabilité en application des articles L. 3211-2-2, L. 3212-7, L. 3213-1 et L. 3213-3.

ANNEXE 7

E. – MÉDECINE PRÉDICTIVE, IDENTIFICATION GÉNÉTIQUE ET RECHERCHE GÉNÉTIQUE

Voir : art. 226-25 s., p. 587.

Code de la santé publique

(Ord. n° 2000-548, 15 juin 2000)

Principes généraux

Art. L. 1131-1 *(Rempl., L. n° 2004-800, 6 août 2004 ; mod., L. n° 2011-814, 7 juill. 2011 ; L. n° 2021-1017, 2 août 2021).* – I. – Préalablement à la réalisation d'un examen des caractéristiques génétiques d'une personne, le médecin prescripteur informe celle-ci des risques qu'un silence ferait courir aux membres de sa famille potentiellement concernés si une anomalie génétique pouvant être responsable d'une affection grave justifiant de mesures de prévention, y compris de conseil génétique, ou de soins était diagnostiquée. Il prévoit avec elle, dans un document écrit qui peut, le cas échéant, être complété après le diagnostic, les modalités de l'information destinée aux membres de la famille potentiellement concernés afin d'en préparer l'éventuelle transmission. Si la personne a exprimé par écrit sa volonté d'être tenue dans l'ignorance du diagnostic, elle peut autoriser le médecin prescripteur à procéder à l'information des intéressés dans les conditions prévues au II.

En cas de diagnostic d'une anomalie génétique pouvant être responsable d'une affection grave, sauf si la personne a exprimé par écrit sa volonté d'être tenue dans l'ignorance du diagnostic, l'information médicale communiquée est résumée dans un document rédigé de manière loyale, claire et appropriée, qui est signé et remis à cette personne par le médecin. La personne atteste de cette remise. Lors de l'annonce de ce diagnostic, le médecin informe la personne de l'existence d'une ou plusieurs associations de malades susceptibles d'apporter des renseignements complémentaires sur l'anomalie génétique diagnostiquée. Si la personne le demande, il lui remet la liste des associations agréées en application de l'article L. 1114-1.

La personne est tenue d'informer les membres de sa famille potentiellement concernés dont elle ou, le cas échéant, son représentant légal possède ou peut obtenir les coordonnées, dès lors que des mesures de prévention ou de soins peuvent leur être proposées. La personne ou, le cas échéant, son représentant légal communique aux personnes contactées les coordonnées du médecin prescripteur.

II. – Si la personne ne souhaite pas informer elle-même les membres de sa famille potentiellement concernés, elle peut demander par un document écrit au médecin prescripteur, qui atteste de cette demande, de procéder à cette information. Elle lui communique à cette fin les coordonnées des intéressés dont elle dispose. Le médecin porte alors à la connaissance de ces derniers l'existence d'une information médicale à caractère familial susceptible de les concerner et les invite à se rendre à une consultation chez un médecin qualifié en génétique sans dévoiler à ces personnes le nom de la personne ayant fait l'objet de l'examen, ni l'anomalie génétique, ni les risques qui lui sont associés.

III. – Si la personne fait l'objet d'une mesure de protection juridique avec représentation relative à la personne ou est hors d'état d'exprimer sa volonté et que l'examen est réalisé dans son intérêt en application de l'article L. 1130-3, le médecin procède à l'information des membres de la famille potentiellement concernés dont il possède les coordonnées, dans les conditions prévues au II du présent article.

IV. – Si la personne décède avant l'annonce du résultat ou avant d'avoir pu informer les membres de sa famille potentiellement concernés, le médecin procède à l'information de ceux dont il possède les coordonnées, dans les conditions prévues au II du présent article, sauf si la personne s'était opposée antérieurement à être informée du résultat ou si elle s'était opposée antérieurement à ce que les membres de sa famille potentiellement concernés bénéficient de cette information.

V. – Dans tous les cas, le médecin qualifié en génétique consulté par la personne apparentée est informé par le médecin prescripteur de l'anomalie génétique en cause.

Art. L. 1131-1-1 *(L. n° 2012-300, 5 mars 2012 ; L. n° 2021-1017, 2 août 2021).* – I. – Lorsqu'est diagnostiquée chez un tiers donneur, au sens de l'article L. 2143-1, une anomalie génétique pouvant être responsable d'une affection grave justifiant de mesures de prévention, y compris de conseil génétique, ou de soins, le médecin prescripteur saisit le responsable du centre d'assistance médicale à la procréation afin qu'il procède à l'information, dans les conditions prévues au II de l'article L. 1131-1, des personnes issues du don, des parents investis de l'exercice de l'autorité parentale ou, le cas échéant, du tuteur, si ces personnes sont mineures.

II. – Lorsqu'est diagnostiquée chez une personne issue d'un don de gamètes ou d'un accueil d'embryon une anomalie génétique pouvant être responsable d'une affection grave justifiant de mesures de prévention, y compris de conseil génétique, ou de soins, le médecin prescripteur saisit le responsable du centre d'assistance médicale à la procréation afin qu'il procède à l'information du tiers donneur dans les conditions prévues au II de l'article L. 1131-1.

III. – Lorsque le responsable d'un centre d'assistance médicale à la procréation informe, en application des I et II du présent article, un tiers donneur, une personne issue d'un don ou le représentant légal de cette dernière si elle est mineure de l'existence d'une information médicale à caractère génétique susceptible de les concerner, il transmet au médecin consulté par la personne ainsi informée les coordonnées du médecin prescripteur pour la communication de l'anomalie génétique en cause. Aucune autre information n'est transmise par le médecin prescripteur.

Art. L. 1131-1-2 *(L. n° 2011-814, 7 juill. 2011 ; L. n° 2021-1017, 2 août 2021).* – Lorsqu'est diagnostiquée chez une personne mentionnée aux 1° ou 2° de l'article L. 147-2 du Code de l'action sociale et des familles une anomalie génétique pouvant être responsable d'une affection grave justifiant de mesures de prévention, y compris de conseil génétique, ou de soins, le médecin prescripteur saisit le Conseil national pour l'accès aux origines personnelles mentionné à l'article L. 147-1 du même code pour identifier, selon le cas, la ou les personnes mentionnées au 2° de l'article L. 147-2 dudit code ou l'enfant mentionné au 1° du même article L. 147-2.

Dans les deux cas, ni l'anomalie génétique en cause, ni les risques qui lui sont associés ne sont mentionnés dans cette saisine.

Le Conseil national pour l'accès aux origines personnelles porte alors à la connaissance de la personne ainsi identifiée, dans des conditions de nature à préserver le secret de cette transmission définies par décret, l'existence d'une information médicale à caractère familial susceptible de la concerner et l'invite à se rendre à une consultation chez un médecin qualifié en génétique, sans lui dévoiler le nom de la personne ayant fait l'objet de l'examen, ni aucune autre information permettant d'identifier cette seconde personne.

Le conseil transmet au médecin consulté par la personne ainsi informée les coordonnées du médecin prescripteur pour la communication de l'anomalie génétique en cause. Aucune autre information n'est transmise à cette occasion par le médecin prescripteur.

Afin d'accomplir la mission qui lui incombe en application du présent article, le Conseil national pour l'accès aux origines personnelles peut utiliser le numéro d'inscription des personnes au répertoire national d'identification des personnes physiques et consulter ce répertoire. Les conditions de cette utilisation et de cette consultation sont fixées par décret en Conseil d'État, pris après avis de la Commission nationale de l'informatique et des libertés.

Art. L. 1131-1-3 *(L. n° 2011-814, 7 juill. 2011 ; L. n° 2021-1017, 2 août 2021).* – I. – Par dérogation au deuxième alinéa de l'article L. 1111-2 et à l'article L. 1111-7, seul le médecin prescripteur de l'examen des caractéristiques génétiques est habilité à communiquer les résultats de cet examen à la personne concernée ou, s'agissant d'un majeur faisant l'objet d'une mesure de protection juridique avec représentation à la personne, à la personne chargée de la mesure de protection.

II. – Par dérogation à l'article L. 6211-11 et au II de l'article L. 6211-19, la communication du résultat de l'examen au prescripteur est faite par le laboratoire de biologie médicale autorisé en application de l'article L. 1131-2-1. Si un laboratoire de biologie médicale est intervenu pour transmettre l'échantillon, il est informé de cette communication par le laboratoire autorisé.

.....

Art. L. 1131-3 *(L. n° 2004-800, 6 août 2004 ; L. n° 2011-814, 7 juill. 2011 ; L. n° 2021-1017, 2 août 2021).* – Sous réserve des dispositions du dernier alinéa de l'article L. 1131-2-1, sont seuls habilités à procéder à des examens des caractéristiques génétiques d'une personne ou à son identification par empreintes génétiques à des fins médicales les praticiens agréés à cet effet par l'Agence de la biomédecine mentionnée à l'article L. 1418-1 dans des conditions fixées par voie réglementaire.

Les personnes qui procèdent à des examens des caractéristiques génétiques d'une personne ou à son identification par empreintes génétiques à des fins de recherche scientifique sont agréées dans des conditions fixées par voie réglementaire.

Dispositions pénales

Art. L. 1133-1. – Comme il est dit à l'article 226-25 du Code pénal ci-après reproduit :
(V. C. pén., art. 226-25).

Art. L. 1133-2. – Comme il est dit à l'article 226-26 du Code pénal ci-après reproduit :
(V. C. pén., art. 226-26).

Art. L. 1133-3. – Comme il est dit à l'article 226-27 du Code pénal ci-après reproduit :
(V. C. pén., art. 226-27).

Art. L. 1133-4. – Comme il est dit à l'article 226-28 du Code pénal ci-après reproduit :
(V. C. pén., art. 226-28).

Art. L. 1133-4-1 *(L. n° 2011-814, 7 juill. 2011)*. **– Le fait, pour une personne, de solliciter l'examen de ses caractéristiques génétiques ou de celles d'un tiers ou l'identification d'une personne par ses empreintes génétiques en dehors des conditions prévues par la loi est puni de la peine prévue à l'article 226-28-1 du Code pénal.**

Art. L. 1133-5. – Comme il est dit à l'article 226-29 du Code pénal ci-après reproduit :
(V. C. pén., art. 226-29).

F. – DON ET UTILISATION DES ÉLÉMENTS ET PRODUITS DU CORPS HUMAIN

Code de la santé publique

(Ord. n° 2000-548, 15 juin 2000)

Sang humain

Art. L. 1221-4 *(L. n° 2004-800, 6 août 2004 ; mod., Ord. n° 2007-613, 26 avr. 2007 ; Ord. n° 2010-49, 13 janv. 2010)*. **– Le sang, ses composants et leurs dérivés ne peuvent pas être distribués, délivrés, utilisés sans qu'aient été faits des examens biologiques et des tests de dépistage de maladies transmissibles.**

Le sang, ses composants et leurs dérivés peuvent être distribués et utilisés à des fins de recherche, de contrôle des examens de biologie médicale ou de contrôle des dispositifs médicaux de diagnostic *in vitro*, à l'exclusion de toute administration à l'homme, avant l'obtention des résultats des examens biologiques et des tests de dépistage prévus au premier alinéa.

Les conditions d'application du présent article sont fixées par décret.

Art. L. 1221-5 *(Mod., L. n° 2004-800, 6 août 2004 ; Ord. n° 2020-232, 11 mars 2020 ; L. n° 2021-1017, 2 août 2021)*. **– Aucun prélèvement de sang ou de ses composants en vue d'une utilisation thérapeutique pour autrui ne peut avoir lieu sur une personne mineure ou sur une personne majeure faisant l'objet d'une mesure de protection juridique avec représentation relative à la personne.**

Toutefois, s'agissant des mineurs, un prélèvement peut être effectué à titre exceptionnel, lorsque des motifs tirés de l'urgence thérapeutique l'exigent ou lorsqu'il n'a pu être trouvé de donneur majeur immunologiquement compatible.

Le prélèvement ne peut alors être opéré qu'à la condition que chacun des titulaires de l'autorité parentale y consente expressément par écrit.

Le refus de la personne mineure fait obstacle au prélèvement.

Art. L. 1221-6 *(Ord. n° 2016-1406, 2 oct. 2016 ; Ord. n° 2018-20, 17 janv. 2018).* – Les caractéristiques du sang ne peuvent être modifiées avant le prélèvement en vue d'une utilisation thérapeutique pour autrui que par un médecin et au sein de l'Établissement français du sang ou du centre de transfusion sanguine des armées.

Cette modification ne peut intervenir qu'avec le consentement écrit du donneur, ce dernier ayant été préalablement averti par écrit des risques qu'il encourt et des conséquences éventuelles du prélèvement.

Elle ne peut pas être réalisée sur les personnes mentionnées à l'article L. 1221-5.

Art. L. 1221-7. – Le receveur ne peut connaître l'identité du donneur, ni le donneur celle du receveur. Aucune information permettant d'identifier à la fois celui qui a fait don de son sang et celui qui l'a reçu ne peut être divulguée.

Il ne peut être dérogé à ce principe d'anonymat qu'en cas de nécessité thérapeutique.

Art. L. 1221-8 *(L. n° 2004-800, 6 août 2004 ; mod., Ord. n° 2005-1087, 1er sept. 2005 ; L. n° 2011-2012, 29 déc. 2011 ; L. n° 2012-597, 27 avr. 2012 ; L. n° 2014-1554, 22 déc. 2014 ; L. n° 2016-41, 26 janv. 2016 ; Ord. n° 2016-1406, 20 oct. 2016).* – Peuvent être préparés à partir du sang ou de ses composants :

1° Des produits sanguins labiles, comprenant notamment le sang total, le plasma dans la production duquel n'intervient pas un processus industriel, quelle que soit sa finalité, et les cellules sanguines d'origine humaine. À l'exception des produits sanguins labiles destinés à des recherches biomédicales, seuls peuvent être distribués ou délivrés à des fins thérapeutiques, les produits sanguins labiles dont la liste et les caractéristiques sont fixées par décision de l'Agence nationale de sécurité du médicament et des produits de santé, après avis du président de l'Établissement français du sang et du directeur du centre de transfusion sanguine des armées et publiée au *Journal officiel* de la République française ;

2° Des pâtes plasmatiques ;

2° *bis* Du plasma à finalité transfusionnelle dans la production duquel intervient un processus industriel, régi par le livre Ier de la cinquième partie ;

3° Des médicaments issus du fractionnement du plasma régis par le même livre Ier ;

4° Des dispositifs médicaux de diagnostic in vitro dont les conditions de mise sur le marché sont fixées par le titre II du livre II de la cinquième partie ;

5° Des produits cellulaires à finalité thérapeutique mentionnés à l'article L. 1243-1 ;

6° *(Abr., L. n° 2016-41, 26 janv. 2016)* ;

7° Des excipients à usage pharmaceutique et des substances utilisées lors de la fabrication d'un médicament mais n'entrant pas dans sa composition.

Le sang et ses composants, qu'ils aient ou non été prélevés au sein de l'Établissement français du sang, peuvent également être utilisés pour effectuer les contrôles de qualité des analyses de biologie médicale ainsi que pour la réalisation et le contrôle des dispositifs médicaux de diagnostic *in vitro*, ou pour effectuer sur les produits préparés à partir du sang ou de ses composants les expertises et les contrôles techniques réalisés par l'Agence française de sécurité sanitaire des produits de santé en application du 1° de l'article L. 5311-2. Les principes mentionnés aux articles L. 1221-3, L. 1221-4 et L. 1221-6 sont également applicables dans ce cas.

Art. L. 1221-8-1 *(Mod., L. n° 2004-800, 6 août 2004 ; L. n° 2004-806, 9 août 2004 ; L. n° 2006-450, 18 avr. 2006 ; L. n° 2011-803, 5 juill. 2011 ; L. n° 2012-300, 5 mars 2012 ; Ord. n° 2016-1406, 20 oct. 2016).* – Le sang et ses composants peuvent être utilisés dans le cadre d'une activité de recherche, qu'ils aient été ou non prélevés au sein de l'Établissement français du sang. Dans ce cas, la recherche est menée à partir de prélèvements réalisés soit dans une finalité médicale, soit dans le cadre d'une recherche impliquant la personne humaine. Dans tous les cas, les principes mentionnés aux articles L. 1221-3, L. 1221-4 et L. 1221-6 sont applicables, sans préjudice des dispositions du titre II du livre Ier de la présente partie relatives aux recherches impliquant la personne humaine.

Art. L. 1221-8-2 *(Ord. n° 2005-1087, 1er sept. 2005).* – Les produits sanguins labiles proposés en vue de leur inscription sur la liste mentionnée au 1° de l'article L. 1221-8 font l'objet d'une évaluation par *(Mots remplacés à compter de la date prévue au III de l'article 41 de la loi n° 2011-2012 du 29 décembre 2011, L. n° 2011-2012, 29 déc. 2011)* « l'Agence nationale de sécurité du médicament et des produits de santé », au vu d'un dossier dont le contenu est fixé par décision de l'Agence et qui peut être fourni par l'Établissement français du sang, le Centre de transfusion sanguine des armées, tout établissement de transfusion sanguine des États membres de l'Union européenne ou tout fabricant de dispositifs médicaux.

L'Agence procède en tant que de besoin à la réévaluation des produits inscrits sur la liste. Elle peut demander à cet effet des informations à l'Établissement français du sang, au Centre de transfusion sanguine des armées, à tout établissement de transfusion sanguine des États membres de l'Union européenne ou aux fabricants de dispositifs médicaux concernés.

Art. L. 1221-9 *(Mod., Ord. n° 2010-331, 25 mars 2010 ; Ord. n° 2013-1208, 24 déc. 2013 ; L. n° 2014-1554, 22 déc. 2014 ; L. n° 2016-41, 26 janv. 2016).* – Un arrêté des ministres chargés de la santé et de la sécurité sociale fixe les tarifs de cession des produits sanguins labiles, à l'exception des plasmas à finalité transfusionnelle relevant du 1° de l'article L. 1221-8.

Pour la Guadeloupe, la Guyane, la Martinique, Mayotte et La Réunion et pour Saint-Barthélemy et Saint-Martin, un arrêté des ministres chargés de l'outre-mer, de la santé et de la sécurité sociale peut déterminer des majorations aux tarifs fixés en application de l'alinéa précédent. Ces majorations prennent en compte les frais particuliers qui, dans chacun de ces départements, grèvent le coût des produits sanguins labiles par rapport à leur coût en métropole.

Art. L. 1221-10 *(Ord. n° 2018-20, 17 janv. 2018).* – Les produits sanguins labiles destinés à une utilisation thérapeutique directe sont conservés, en vue de leur distribution et de leur délivrance, à l'Établissement français du sang ainsi qu'au centre de transfusion sanguine des armées. Peuvent également conserver ces produits en vue de leur délivrance les établissements de santé et les hôpitaux des armées autorisés à cet effet par l'autorité administrative après avis de l'Établissement français du sang ou, le cas échéant, du centre de transfusion sanguine des armées, dans des conditions définies par décret et les groupements de coopération sanitaire mentionnés à l'article L. 6133-1 autorisés selon la même procédure et dans des conditions définies par décret. Les produits sanguins labiles restent sous la surveillance d'un médecin ou d'un pharmacien. Un décret précise la section de l'ordre national des pharmaciens dont ce pharmacien doit relever, à l'exception de ceux relevant des dispositions de l'article L. 4138-2 du Code de la défense.

La délivrance de produits sanguins labiles ne peut être faite que sur ordonnance médicale.

Art. L. 1221-10-1 *(Ord. n° 2018-20, 17 janv. 2018).* – L'Agence nationale de sécurité du médicament et des produits de santé peut, après avis de l'Établissement français du sang et du centre de transfusion sanguine des armées, réglementer l'utilisation des produits sanguins labiles. L'Agence peut soumettre à des conditions particulières, restreindre, suspendre ou interdire leur utilisation dans l'intérêt de la santé publique.

Art. L. 1221-10-2 *(Ord. n° 2007-613, 26 avr. 2007 ; mod., L. n° 2014-1554, 22 déc. 2014 ; L. n° 2016-41, 26 janv. 2016 ; Ord. n° 2018-20, 17 janv. 2018).* – Toute violation dans un établissement de santé ou dans un hôpital des armées et du fait de celui-ci des prescriptions législatives et réglementaires relatives à la conservation des produits sanguins labiles en vue de leur délivrance ainsi que des termes de l'autorisation mentionnée au premier alinéa de l'article L. 1221-10 entraîne la suspension ou le retrait par l'autorité administrative de cette autorisation. Cette suspension ou ce retrait ne peut intervenir qu'après mise en demeure adressée au directeur de l'établissement de santé de prendre toutes mesures propres à remédier à la violation ou au manquement constaté, ou de fournir toutes explications nécessaires. Cette mise en demeure est faite par écrit par l'autorité compétente et fixe un délai d'exécution ou de réponse qui ne peut excéder un mois.

En cas d'urgence tenant à la sécurité des personnes, une suspension de l'autorisation peut être prononcée à titre conservatoire par l'autorité compétente.

Art. L. 1221-11 *(Ord. n° 2016-1406, 20 oct. 2016).* – La publicité en faveur des substances mentionnées à l'article L. 1221-2 est interdite.

L'information médicale et celle destinée à signaler l'emplacement des dépôts ne constituent pas de la publicité.

Par dérogation au premier alinéa, la communication à caractère promotionnel à destination des professionnels de santé relative aux plasmas dans la production desquels n'intervient pas un processus industriel, mentionnés au 1° de l'article L. 1221-8, est autorisée dans les conditions définies au chapitre III du présent titre.

Art. L. 1221-12 *(L. n° 2004-800, 6 août 2004 ; mod., L. n° 2011-2012, 29 déc. 2011 ; L. n° 2017-220, 23 févr. 2017)*. – L'importation, par quelque organisme que ce soit, d'un produit sanguin labile ou d'une pâte plasmatique, à usage thérapeutique direct ou destiné à la préparation de produits de santé, est subordonnée à une autorisation délivrée par l'Agence nationale de sécurité du médicament et des produits de santé dans des conditions définies par décret.

L'importation ou l'exportation de sang, de ses composants ou de ses produits dérivés à des fins scientifiques est soumise à l'autorisation du ministre chargé de la recherche prévue à l'article L. 1245-5-1.

……………………………………………………………………………………………

Art. L. 1222-9. – L'Établissement français du sang assume, même sans faute, la responsabilité des risques encourus par les donneurs à raison des opérations de prélèvement.

Il doit contracter une assurance couvrant sa responsabilité du fait de ces risques.

……………………………………………………………………………………………

Organes

Prélèvement sur une personne vivante

Art. L. 1231-1 *(L. n° 2004-800, 6 août 2004 ; mod., L. n° 2011-814, 7 juill. 2011 ; Ord. n° 2019-964, 18 sept. 2019 ; L. n° 2021-1017, 2 août 2021)*. – I. – Le prélèvement d'organes sur une personne vivante, qui en fait le don, ne peut être opéré que dans l'intérêt thérapeutique direct d'un receveur. Le donneur doit avoir la qualité de père ou mère du receveur.

Par dérogation au premier alinéa du présent I, peuvent être autorisés à se prêter à un prélèvement d'organe dans l'intérêt thérapeutique direct d'un receveur son conjoint, ses frères ou soeurs, ses fils ou filles, ses grands-parents, ses oncles ou tantes, ses cousins germains et cousines germaines ainsi que le conjoint de son père ou de sa mère. Le donneur peut également être toute personne apportant la preuve d'une vie commune d'au moins deux ans avec le receveur ainsi que toute personne pouvant apporter la preuve d'un lien affectif étroit et stable depuis au moins deux ans avec le receveur.

II. – En cas d'incompatibilité entre une personne ayant exprimé l'intention de don et une personne dans l'intérêt de laquelle le prélèvement peut être opéré en application du I rendant impossible la greffe, le donneur et le receveur potentiels peuvent se voir proposer le recours à un don croisé d'organes. Dans ce cadre, le nombre maximal de paires de donneurs et de receveurs consécutifs est limité à six.

Le don croisé d'organes consiste pour un receveur potentiel à bénéficier du don d'une autre personne qui a exprimé l'intention de don et également placée dans une situation d'incompatibilité à l'égard de la personne dans l'intérêt de laquelle le prélèvement peut être opéré en application du I, tandis que cette dernière bénéficie du don d'un autre donneur.

Pour augmenter les possibilités d'appariement entre les donneurs et les receveurs engagés dans un don croisé et en substitution au prélèvement de l'un des donneurs vivants, il peut y avoir recours à un organe prélevé sur une personne décédée, dans les conditions fixées à l'article L. 1232-1.

En cas d'échec du prélèvement sur un donneur ou de la greffe sur un receveur, l'Agence de la biomédecine est informée sans délai et applique les règles de répartition mentionnées à l'article L. 1231-1 B les plus favorables au receveur compte tenu de sa situation.

Lors de la mise en œuvre d'un don croisé, l'ensemble des opérations de prélèvement se déroulent dans un délai maximal de vingt-quatre heures. Les opérations de greffe sont réalisées consécutivement à chacun des prélèvements. L'anonymat entre donneur et receveur est garanti.

III. – Le donneur, préalablement informé par le comité d'experts mentionné à l'article L. 1231-3 des risques qu'il encourt, des conséquences éventuelles du prélèvement et, le cas échéant, des modalités du don croisé, doit exprimer son consentement au don et, le cas échéant, au don croisé devant le président du tribunal judiciaire ou le magistrat désigné par lui, qui s'assure au préalable que le consentement est libre et éclairé et que le don est conforme aux conditions prévues aux premier et second alinéas du I et, le cas échéant, au II. En cas d'urgence vitale, le consentement est recueilli, par tout moyen, par le procureur de la République. Le consentement est révocable sans forme et à tout moment.

IV. – L'autorisation de prélèvement sur une personne mentionnée au second alinéa du I est délivrée, postérieurement à l'expression du consentement, par le comité d'experts mentionné à l'article L. 1231-3.

Les prélèvements sur les personnes mentionnées au premier alinéa du I peuvent également, sauf en cas d'urgence vitale, être soumis à l'autorisation de ce comité lorsque le magistrat chargé de recueillir le consentement l'estime nécessaire.

L'Agence de la biomédecine est informée, préalablement à sa réalisation, de tout prélèvement d'organes à fins thérapeutiques sur une personne vivante.

V. – Le Gouvernement remet au Parlement tous les quatre ans un rapport sur l'application du présent article, et notamment les dérogations autorisées au titre du second alinéa du I.

Art. L. 1231-2 *(Mod., L. n° 2021-1017, 2 août 2021)*. – Aucun prélèvement d'organes, en vue d'un don, ne peut avoir lieu sur une personne vivante mineure ou sur une personne vivante majeure faisant l'objet d'une mesure de protection juridique avec représentation à la personne.

Art. L. 1231-3 *(L. n° 2004-800, 6 août 2004 ; mod., L. n° 2011-814, 7 juill. 2011 ; L. n° 2021-1017, 2 août 2021)*. – Le comité d'experts dont l'intervention est prévue aux articles L. 1231-1, L. 1241-3 et L. 1241-4 siège en deux formations de cinq membres désignés pour trois ans par arrêté du ministre chargé de la santé. Trois de ces membres, dont deux médecins et une personne qualifiée dans le domaine des sciences humaines et sociales, sont communs aux deux formations. Lorsque le comité se prononce sur les prélèvements sur personne majeure mentionnés aux articles L. 1231-1 et L. 1241-4, il comporte un psychologue et un médecin. Lorsqu'il se prononce sur les prélèvements sur personne mineure mentionnés à l'article L. 1241-3, il comporte une personne qualifiée dans le domaine de la psychologie de l'enfant et un pédiatre. Les cinq membres du comité d'experts sont désignés par l'Agence de la biomédecine parmi les membres disponibles figurant sur l'arrêté susmentionné. Le comité ainsi constitué délivre son autorisation par tout moyen. En cas d'urgence vitale, l'information prévue au III de l'article L. 1231-1 est délivrée par le praticien qui a posé l'indication de greffe ou par tout autre praticien du choix du donneur.

Le comité se prononce dans le respect des principes généraux énoncés au titre Ier du présent livre.

Afin d'apprécier la justification médicale d'un prélèvement et d'une greffe d'organe, les risques que le prélèvement est susceptible d'entraîner pour le donneur ainsi que ses conséquences prévisibles sur les plans physique et psychologique, le comité peut avoir accès aux informations médicales concernant le donneur et le receveur potentiels. Ses membres sont tenus de garder secrètes les informations dont ils ont connaissance en raison de leurs fonctions.

Les décisions prises par le comité ne sont pas motivées.

....

Établissements autorisés à prélever des organes

Art. L. 1233-1 *(L. n° 2004-800, 6 août 2004)*. – Les prélèvements d'organes en vue de don à des fins thérapeutiques ne peuvent être pratiqués que dans des établissements de santé autorisés à cet effet par l'autorité administrative après avis de l'Agence de la biomédecine.

L'autorisation est délivrée pour une durée de cinq ans. Elle est renouvelable.

Tous les établissements de santé, qu'ils soient autorisés ou non, participent à l'activité de prélèvement d'organes et de tissus en s'intégrant dans des réseaux de prélèvement.

Art. L. 1233-2 *(L. n° 2004-800, 6 août 2004)*. – Aucune rémunération à l'acte ne peut être perçue par les praticiens effectuant des prélèvements d'organes en vue de don au titre de cette activité.

....

Tissus, cellules et produits

Art. L. 1241-1 *(L. n° 2004-800, 6 août 2004 ; Ord. n° 2007-613, 26 avr. 2007 ; mod., L. n° 2011-814, 7 juill. 2011 ; L. n° 2011-2012, 29 déc. 2011 ; Ord. n° 2019-964, 18 sept. 2019)*. – Le prélèvement de tissus ou de cellules ou la collecte de produits du corps humain sur une personne vivante en vue de don ne peut être opéré que dans un but thérapeutique ou scientifique ou de réalisation ou de contrôle des dispositifs médicaux de diagnostic in vitro ou de contrôle de qualité des examens de biologie médicale ou dans le cadre des expertises et des contrôles techniques réalisés sur les tissus ou sur les cellules ou sur les produits du corps humain par l'Agence nationale de sécurité du médicament et des produits de santé en application du 1° de l'article L. 5311-2. Seuls peuvent être prélevés en vue de don à des fins thérapeutiques les tissus figurant sur une liste prévue à cet effet, à l'exception des tissus prélevés dans le cadre d'une recherche impliquant la personne humaine.

Le prélèvement de tissus ou de cellules autres que les cellules hématopoïétiques, ou la collecte de produits du corps humain en vue de don à des fins thérapeutiques ou en vue de réalisation ou de contrôle des dispositifs médicaux de diagnostic in vitro ou en vue du contrôle de qualité des examens de biologie médicale ou dans le cadre des expertises et des contrôles techniques réalisés sur les tissus ou sur les cellules ou sur les produits du corps humain par l'Agence nationale de sécurité du médicament et des produits de santé en application du 1° de l'article L. 5311-2 ne peut avoir lieu qu'à la condition que le donneur, dûment informé de l'objet du prélèvement ou de la collecte et de leurs conséquences et des risques qui y sont attachés, ait donné son consentement par écrit. Ce consentement est révocable sans forme et à tout moment. Toutefois, les conditions d'expression du consentement et d'obtention d'une autorisation prévues à l'article L. 1231-1 s'appliquent, lorsque la nature du prélèvement et ses conséquences pour le donneur le justifient.

Le prélèvement, en vue de don à des fins thérapeutiques, de cellules hématopoïétiques recueillies par prélèvement dans la moelle osseuse ou dans le sang périphérique ne peut avoir lieu qu'à la condition que le donneur, préalablement informé des risques qu'il encourt et des conséquences éventuelles du prélèvement, ait exprimé son consentement devant le président du tribunal judiciaire ou le magistrat désigné par lui, qui s'assure au préalable que le consentement est libre et éclairé. En cas d'urgence vitale, le consentement est recueilli, par tout moyen, par le procureur de la République. Le consentement est révocable sans forme et à tout moment.

Le prélèvement de cellules hématopoïétiques du sang de cordon et du sang placentaire ainsi que de cellules du cordon et du placenta ne peut être effectué qu'à des fins scientifiques ou thérapeutiques, en vue d'un don anonyme et gratuit, et à la condition que la femme, durant sa grossesse, ait donné son consentement par écrit au prélèvement et à l'utilisation de ces cellules, après avoir reçu une information sur les finalités de cette utilisation. Ce consentement est révocable sans forme et à tout moment tant que le prélèvement n'est pas intervenu. Par dérogation, le don peut être dédié à l'enfant né ou aux frères ou sœurs de cet enfant en cas de nécessité thérapeutique avérée et dûment justifiée lors du prélèvement.

....

Art. L. 1243-1 *(L. n° 2004-800, 6 août 2004)*. – À l'exception des produits sanguins labiles, sont des produits cellulaires à finalité thérapeutique les cellules humaines utilisées à des fins thérapeutiques autologues ou allogéniques, quel que soit leur niveau de transformation, y compris leurs dérivés.

Lorsque ces produits cellulaires à finalité thérapeutique sont des spécialités pharmaceutiques ou d'autres médicaments fabriqués industriellement, ils sont régis par les dispositions du titre II du livre Ier de la cinquième partie. Dans les autres cas, ce sont des préparations de thérapie cellulaire régies par les dispositions du présent chapitre, y compris lorsque les cellules humaines servent à transférer du matériel génétique.

....

Art. L. 1243-4 *(L. n° 2012-300, 5 mars 2012)*. – Tout organisme qui assure la conservation et la préparation de tissus et cellules, d'organes, de sang, de ses composants et de ses produits dérivés, issus du corps humain en vue de leur cession pour un usage scientifique doit être titulaire d'une autorisation délivrée par le ministre chargé de la recherche. Lorsque l'organisme est un établissement de santé, l'autorisation est délivrée de manière conjointe par le ministre chargé de la recherche et le directeur général de l'agence régionale de santé territorialement compétent.

Par dérogation, les activités prévues au premier alinéa exercées dans le cadre d'une recherche impliquant la personne humaine sont régies par le titre II du livre Ier de la première partie du présent code.

....

Art. L. 1243-6 *(Mod., L. n° 2011-2012, 29 déc. 2011)*. – Les greffes de tissus et les administrations de préparations de thérapie cellulaire ne peuvent être pratiquées que dans des établissements de santé. Lorsque ces activités sont d'un coût élevé ou nécessitent des dispositions particulières dans l'intérêt de la santé publique, elles ne peuvent être pratiquées que dans des établissements de santé autorisés à cet effet, après avis de l'Agence de la biomédecine, dans les conditions prévues au chapitre Ier du titre II du livre Ier de la sixième partie.

Toutefois, peuvent être utilisés par les médecins et les chirurgiens-dentistes en dehors des établissements de santé les tissus et les préparations de thérapie cellulaire figurant sur une liste arrêtée par le ministre chargé de la santé sur proposition de l'Agence française de sécurité sanitaire des produits de santé et après avis de l'Agence de la biomédecine, à condition qu'ils soient utilisés dans le respect de règles de bonnes pratiques arrêtées selon les mêmes modalités.

Toutefois, peuvent être utilisés par les médecins et les chirurgiens-dentistes en dehors des établissements de santé les tissus et les préparations de thérapie cellulaire figurant sur une liste arrêtée par le ministre chargé de la santé sur proposition de l'Agence nationale de sécurité du médicament et des produits de santé et après avis de l'Agence de la biomédecine, à condition qu'ils soient utilisés dans le respect de règles de bonnes pratiques arrêtées selon les mêmes modalités.

Peuvent être autorisés à pratiquer des allogreffes de cellules hématopoïétiques, selon les dispositions du chapitre II du titre IV du livre Ier de la sixième partie, les établissements de santé qui assurent des activités d'enseignement médical et de recherche médicale, ainsi que les établissements de santé liés par convention aux précédents. L'autorité administrative compétente délivre l'autorisation après avis de l'Agence de la biomédecine.

Les greffes composites de tissus vascularisés sont assimilées aux greffes d'organes et relèvent des mêmes dispositions.

Cet article ne s'applique pas aux greffes et administration d'éléments et produits du corps humain mentionnés à l'article L. 1211-8.

....

Art. L. 1244-3. – L'insémination artificielle par sperme frais provenant d'un don et le mélange de spermes sont interdits.

Art. L. 1244-4 *(Mod., L. n° 2004-800, 6 août 2004)*. – Le recours aux gamètes d'un même donneur ne peut délibérément conduire à la naissance de plus de dix enfants.

....

Art. L. 1244-7 *(Mod., L. n° 2004-800, 6 août 2004)*. – Le bénéfice d'un don de gamètes ne peut en aucune manière être subordonné à la désignation par le couple receveur d'une personne ayant volontairement accepté de procéder à un tel don en faveur d'un couple tiers anonyme.

La donneuse d'ovocytes doit être particulièrement informée des conditions de la stimulation ovarienne et du prélèvement ovocytaire, des risques et des contraintes liés à cette technique, lors des entretiens avec l'équipe médicale pluridisciplinaire. Elle est informée des conditions légales du don, notamment du principe d'anonymat et du principe de gratuité. Elle bénéficie du remboursement des frais engagés pour le don.

....

Art. L. 1245-4 *(L. n° 2004-800, 6 août 2004 ; L. n° 2012-300, 5 mars 2012)*. – Pour l'application du présent titre, les prélèvements pratiqués à fins de greffe ou d'administration dans le cadre des recherches biomédicales au sens de l'article L. 1121-1 sont regardés comme des prélèvements à des fins thérapeutiques, sans préjudice des dispositions du titre II du livre I de la présente partie relatives à la protection des personnes qui se prêtent à des recherches biomédicales.

Dans le cas des recherches biomédicales portant sur les préparations de thérapie cellulaire mentionnées à l'article L. 1243-1 et sur les tissus, l'autorisation de mener la recherche vaut également autorisation, pour cette recherche, des lieux de prélèvement, de conservation, de préparation et d'administration ou de greffe mentionnés aux articles L. 1242-1, L. 1243-2 et L. 1243-6 et elle vaut autorisation d'importation et d'exportation mentionnée à l'article L. 1245-5.

....

Dispositions pénales

Sang

Art. L. 1271-1 *(Mod., Ord. n° 2007-613, 26 avr. 2007 ; Ord. n° 2016-1406, 20 oct. 2016)*. – Le fait de procéder aux activités mentionnées à l'article L. 1222-11 ou à toute autre activité liée à la transfusion sanguine, sans être titulaire de l'agrément prévu à l'article L. 1222-1-1 ou, le cas échéant, des autorisations prévues aux articles L. 1221-10, L. 1221-12, L. 1222-3 et L. 1222-1-1 ou en violation des prescriptions fixées par ces agréments ou autorisations, est puni de deux ans d'emprisonnement et de 75 000 € d'amende.

Art. L. 1271-1-1 *(Ord. n° 2007-613, 26 avr. 2007 ; Ord. n° 2016-1406, 20 oct. 2016)*. – Est puni de deux ans d'emprisonnement et de 75 000 € d'amende le fait de contrevenir à une décision de retrait ou de suspension d'agrément ou d'autorisation prise en application des articles L. 1222-13 et L. 1221-10-2.

Art. L. 1271-2 *(Ord. n° 2020-232, 11 mars 2020 ; L. n° 2021-1017, 2 août 2021)*. – Le fait de prélever ou de tenter de prélever du sang sur une personne vivante sans qu'elle ait exprimé son consentement est puni de cinq ans d'emprisonnement et de 150 000 € d'amende.

Est puni des mêmes peines le fait de prélever ou de tenter de prélever du sang en violation des dispositions de l'article L. 1221-5 sur une personne mineure ou sur une personne majeure faisant l'objet d'une mesure de protection juridique avec représentation relative à la personne.

Art. L. 1271-3. – Le fait d'obtenir ou de tenter d'obtenir d'une personne le prélèvement de son sang contre un paiement, quelle qu'en soit la forme, est puni de cinq ans d'emprisonnement et de 150 000 € d'amende.

Est puni des mêmes peines le fait d'apporter ou de tenter d'apporter son entremise pour favoriser l'obtention du sang contre un paiement, quelle qu'en soit la forme.

Art. L. 1271-4 *(Ord. n° 2007-613, 26 avr. 2007)*. – Est punie de deux ans d'emprisonnement et de 75 000 € d'amende la distribution, la délivrance ou l'utilisation du sang, de ses composants ou de leurs dérivés, sans qu'il ait été procédé aux analyses biologiques et aux tests de dépistage de maladies transmissibles requis en application de l'article L. 1221-4.

Art. L. 1271-5 *(Mod., L. n° 2009-526, 12 mai 2009)*. – La modification ou la tentative de modification des caractéristiques du sang d'une personne avant prélèvement en infraction aux dispositions de l'article L. 1221-6 est punie de 45 000 € d'amende. En cas de récidive, une peine d'emprisonnement de six mois peut en outre être prononcée.

Est puni des mêmes peines le fait de contrevenir ou de tenter de contrevenir à l'obligation prescrite par l'article L. 1222-9 à l'Établissement français du sang de contracter une assurance couvrant sa responsabilité du fait des risques encourus par les donneurs à raison des opérations de prélèvement.

Art. L. 1271-6. – La divulgation d'informations permettant d'identifier à la fois le donneur et le receveur de sang, en violation de l'article L. 1221-7, est punie d'un an d'emprisonnement et de 7 500 € d'amende.

Art. L. 1271-7. – Le fait de céder du sang ou des produits labiles dérivés du sang à un tarif différent de celui qui résulte de l'arrêté pris pour l'application de l'article L. 1221-9 est puni d'un an d'emprisonnement et de 7 500 € d'amende.

Art. L. 1271-8. – Les dispositions prévues par les articles L. 213-1, L. 213-2 et L. 213-3 du Code de la consommation en ce qui concerne la falsification des substances médicamenteuses, l'exposition, la mise en vente ou la vente de substances médicamenteuses falsifiées sont applicables au sang humain, à ses composants, ainsi qu'aux produits labiles qui en sont dérivés.

Est puni des mêmes peines prévues aux mêmes articles le fait :

– de distribuer ou de délivrer à des fins thérapeutiques un produit sanguin labile ne figurant pas sur la liste prévue à l'article L. 1221-8, à moins qu'il ne soit destiné à des recherches impliquant la personne humaine ;

– d'utiliser un produit sanguin labile en violation d'une disposition ou d'une décision édictée par l'Agence française de sécurité sanitaire des produits de santé en application de l'article L. 1221-10-1.

Dispositions communes

Art. L. 1274-1. – Les personnes physiques coupables des infractions prévues au présent titre encourent également la peine complémentaire d'interdiction, pour une durée de dix ans au plus, d'exercer l'activité professionnelle ou sociale dans l'exercice de laquelle ou à l'occasion de laquelle l'infraction a été commise.

Art. L. 1274-2 *(Mod., L. n° 2009-526, 12 mai 2009).* – Les personnes morales déclarées responsables pénalement, dans les conditions prévues par l'article 121-2 du Code pénal, des infractions définies au présent titre encourent, outre l'amende suivant les modalités prévues par l'article 131-38 du Code pénal, les peines prévues par l'article 131-39 du même code.

L'interdiction mentionnée au 2° de l'article 131-39 porte sur l'activité dans l'exercice ou à l'occasion de l'exercice de laquelle l'infraction a été commise.

G. – PROTECTION DE LA SANTÉ INFANTILE

Code de la santé publique

(Ord. n° 2000-548, 15 juin 2000)

Art. L. 2131-1 *(L. n° 2011-814, 7 juill. 2011 ; L. n° 2021-1017, 2 août 2021).* – I. – La médecine fœtale s'entend des pratiques médicales, notamment cliniques, biologiques et d'imagerie, ayant pour but le diagnostic et l'évaluation pronostique ainsi que, le cas échéant, le traitement, y compris chirurgical, d'une affection d'une particulière gravité ou susceptible d'avoir un impact sur le devenir du fœtus ou de l'enfant à naître.

II. – Toute femme enceinte reçoit, lors d'une consultation médicale, une information loyale, claire et adaptée à sa situation sur la possibilité de recourir, à sa demande, à des examens de biologie médicale et d'imagerie permettant d'évaluer le risque que l'embryon ou le fœtus présente une affection susceptible de modifier le déroulement ou le suivi de sa grossesse.

III. – Le prescripteur, médecin ou sage-femme, communique les résultats de ces examens à la femme enceinte et, si elle le souhaite, à l'autre membre du couple, lorsque la femme vit en couple, et leur donne toute l'information nécessaire à leur compréhension.

En cas de risque avéré, la femme enceinte et, si elle le souhaite, l'autre membre du couple, lorsque la femme vit en couple, sont pris en charge par un médecin et orientés, si la femme enceinte ou le médecin en fait la demande, vers un centre pluridisciplinaire de diagnostic prénatal. Ils reçoivent, sauf opposition de leur part, des informations sur les caractéristiques de l'affection suspectée, les moyens de la détecter et les possibilités de prévention, de soin ou de prise en charge adaptée du fœtus puis de l'enfant. Une liste des associations spécialisées et agréées dans l'accompagnement des patients atteints de l'affection suspectée et de leur famille leur est proposée.

IV. – En cas de risque avéré, de nouveaux examens de biologie médicale et d'imagerie à visée diagnostique peuvent être proposés par un médecin, le cas échéant membre d'un centre pluridisciplinaire de diagnostic prénatal, au cours d'une consultation adaptée à l'affection recherchée.

V. – Préalablement à certains examens mentionnés au II et aux examens mentionnés au IV du présent article, le consentement prévu au quatrième alinéa de l'article L. 1111-4 est recueilli par écrit auprès de la femme enceinte par le médecin ou la sage-femme qui prescrit ou, le cas échéant, qui effectue les examens. La liste de ces examens est déterminée par arrêté du ministre chargé de la santé au regard notamment de leurs risques pour la femme enceinte, l'embryon ou le fœtus et de la possibilité de détecter une affection d'une particulière gravité chez l'embryon ou le fœtus.

VI. – Préalablement au recueil du consentement mentionné au V et à la réalisation des examens mentionnés aux II et IV, la femme enceinte reçoit, sauf opposition de sa part dûment mentionnée par le médecin ou la sage-femme dans le dossier médical, une information portant notamment sur les objectifs, les modalités, les risques, les limites et le caractère non obligatoire de ces examens.

En cas d'échographie obstétricale et fœtale, il lui est précisé en particulier que l'absence d'anomalie détectée ne permet pas d'affirmer que le fœtus soit indemne de toute affection et qu'une suspicion d'anomalie peut ne pas être confirmée ultérieurement.

La femme enceinte est également informée que certains examens de biologie médicale à visée diagnostique mentionnés au IV peuvent révéler des caractéristiques génétiques fœtales sans relation certaine avec l'indication initiale de l'examen et que, dans ce cas, des investigations supplémentaires, notamment des examens des caractéristiques génétiques de chaque parent, peuvent être réalisées dans les conditions du dispositif prévu à l'article L. 1131-1.

Le médecin mentionné au IV du présent article communique à la femme enceinte ainsi que, si cette dernière le souhaite, à l'autre membre du couple, lorsque la femme vit en couple, sauf opposition de leur part, les résultats de ces examens et leur donne toute l'information utile à leur compréhension. Si les résultats le justifient, il les adresse à un médecin qualifié en génétique, le cas échéant membre d'une équipe pluridisciplinaire.

VI *bis*. – Lorsqu'est diagnostiquée chez un fœtus issu d'un don de gamètes ou d'un accueil d'embryon une anomalie génétique pouvant être responsable d'une affection grave justifiant des mesures de prévention, y compris de conseil génétique, ou de soins, le médecin prescripteur saisit le responsable du centre d'assistance médicale à la procréation afin que ce dernier procède à l'information du tiers donneur dans les conditions prévues au II de l'article L. 1131-1.

VII. – Les examens de biologie médicale destinés à établir un diagnostic prénatal sont pratiqués dans des laboratoires de biologie médicale faisant appel à des praticiens en mesure de prouver leur compétence, autorisés selon les modalités prévues au titre II du livre Ier de la sixième partie et accrédités selon les modalités prévues au chapitre Ier du titre II du livre II de la même partie. Lorsque le laboratoire dépend d'un établissement de santé, l'autorisation est délivrée à cet établissement.

Si un laboratoire de biologie médicale est intervenu pour transmettre l'échantillon, la communication du résultat de l'examen au prescripteur est faite par le laboratoire de biologie médicale autorisé par dérogation à l'article L. 6211-11 et au II de l'article L. 6211-19. L'autre laboratoire est informé de cette communication par le laboratoire autorisé.

VIII. – La création de centres pluridisciplinaires de diagnostic prénatal, mentionnés au III, dans des organismes et établissements de santé publics et privés d'intérêt collectif est autorisée par l'Agence de la biomédecine ;

IX. – Les modalités d'information de l'autre membre du couple prévues au III et au dernier alinéa du VI sont fixées par décret en Conseil d'État.

………

Art. L. 2131-4 *(L. n° 2004-800, 6 août 2004 ; mod., L. n° 2011-814, 7 juill. 2011 ; L. n° 2021-1017, 2 août 2021)*. – On entend par diagnostic préimplantatoire le diagnostic biologique réalisé à partir de cellules prélevées sur l'embryon *in vitro*.

Le diagnostic préimplantatoire n'est autorisé qu'à titre exceptionnel dans les conditions suivantes :

Un médecin exerçant son activité dans un centre pluridisciplinaire de diagnostic prénatal tel que défini par l'article L. 2131-1 doit attester que le couple ou la femme non mariée, du fait de sa situation familiale, a une forte probabilité de donner naissance à un enfant atteint d'une maladie génétique d'une particulière gravité reconnue comme incurable au moment du diagnostic.

Le diagnostic ne peut être effectué que lorsqu'a été préalablement et précisément identifiée, chez l'un des parents ou l'un de ses ascendants immédiats dans le cas d'une maladie gravement invalidante, à révélation tardive et mettant prématurément en jeu le pronostic vital, l'anomalie ou les anomalies responsables d'une telle maladie.

Les deux membres du couple ou la femme non mariée expriment par écrit leur consentement à la réalisation du diagnostic.

Le diagnostic ne peut avoir d'autre objet que de rechercher cette affection ainsi que les moyens de la prévenir et de la traiter.

Il ne peut être réalisé, à certaines conditions, que dans un établissement spécifiquement autorisé à cet effet par l'Agence de la biomédecine instituée à l'article L. 1418-1.

En cas de diagnostic sur un embryon de l'anomalie ou des anomalies responsables d'une des maladies mentionnées au deuxième alinéa, les deux membres du couple ou la femme non mariée, s'ils confirment leur intention de ne pas poursuivre leur projet parental en ce qui concerne cet embryon, peuvent consentir à ce que celui-ci fasse l'objet d'une recherche dans les conditions prévues à l'article L. 2151-5. Par dérogation au deuxième alinéa de l'article L. 1111-2 et à l'article L. 1111-7, seul le médecin prescripteur des examens de biologie médicale destinés à établir un diagnostic prénatal est habilité à en communiquer les résultats à la femme enceinte.

Art. L. 2131-4-1 *(L. n° 2004-800, 6 août 2004 ; mod., L. n° 2011-814, 7 juill. 2011 ; L. n° 2021-1017, 2 août 2021).* – Par dérogation au sixième alinéa de l'article L. 2131-4, et sous réserve d'avoir épuisé toutes les possibilités offertes par les articles L. 1241-1 à L. 1241-7, le diagnostic préimplantatoire peut également être autorisé lorsque les conditions suivantes sont réunies :

– le couple ou la femme non mariée a donné naissance à un enfant atteint d'une maladie génétique entraînant la mort dès les premières années de la vie et reconnue comme incurable au moment du diagnostic ;

– le pronostic vital de cet enfant peut être amélioré, de façon décisive, par l'application sur celui-ci d'une thérapeutique ne portant pas atteinte à l'intégrité du corps de l'enfant né du transfert de l'embryon *in utero*, conformément à l'article 16-3 du Code civil ;

– le diagnostic mentionné au premier alinéa a pour seuls objets de rechercher la maladie génétique ainsi que les moyens de la prévenir et de la traiter, d'une part, et de permettre l'application de la thérapeutique mentionnée au troisième alinéa, d'autre part.

Le dernier alinéa de l'article L. 2141-3 n'est pas opposable au diagnostic préimplantatoire autorisé dans les conditions énoncées aux quatre premiers alinéas du présent article.

Les deux membres du couple ou la femme non mariée expriment par écrit leur consentement à la réalisation du diagnostic.

La réalisation du diagnostic, accompagnée, le cas échéant, de nouvelles tentatives de fécondation in vitro, est soumise à la délivrance d'une autorisation par l'Agence de la biomédecine, qui en rend compte dans son rapport public conformément à l'article L. 1418-1.

Art. L. 2131-4-2 *(Mod., L. n° 2011-814, 7 juill. 2011).* – Sont seuls habilités à procéder au diagnostic biologique effectué à partir de cellules prélevées sur l'embryon *in vitro* les praticiens ayant été agréés à cet effet par l'Agence de la biomédecine mentionnée à l'article L. 1418-1 dans des conditions fixées par voie réglementaire.

....

Assistance médicale à la procréation

Art. L. 2141-1 *(L. n° 2004-800, 6 août 2004 ; mod., L. n° 2011-814, 7 juill. 2011 ; L. n° 2021-1017, 2 août 2021).* – L'assistance médicale à la procréation s'entend des pratiques cliniques et biologiques permettant la conception in vitro, la conservation des gamètes, des tissus germinaux et des embryons, le transfert d'embryons et l'insémination artificielle. La liste des procédés biologiques utilisés en assistance médicale à la procréation est fixée par arrêté du ministre chargé de la santé après avis de l'Agence de la biomédecine. Un décret en Conseil d'État précise les modalités et les critères d'inscription des procédés sur cette liste. Les critères portent notamment sur le respect des principes fondamentaux de la bioéthique prévus en particulier aux articles 16 à 16-8 du Code civil, l'efficacité, la reproductibilité du procédé ainsi que la sécurité de son utilisation pour la femme et l'enfant à naître.

Toute technique visant à améliorer l'efficacité, la reproductibilité et la sécurité des procédés figurant sur la liste mentionnée au premier alinéa du présent article fait l'objet, avant sa mise en œuvre, d'une autorisation délivrée par le directeur général de l'Agence de la biomédecine après avis motivé de son conseil d'orientation.

Lorsque le conseil d'orientation considère que la modification proposée est susceptible de constituer un nouveau procédé, sa mise en œuvre est subordonnée à son inscription sur la liste mentionnée au même premier alinéa.

La technique de congélation ultra-rapide des ovocytes est autorisée.

La mise en œuvre de l'assistance médicale à la procréation privilégie les pratiques et procédés qui permettent de limiter le nombre des embryons conservés. L'Agence de la biomédecine rend compte, dans son rapport annuel, des méthodes utilisées et des résultats obtenus.

La stimulation ovarienne, y compris lorsqu'elle est mise en œuvre indépendamment d'une technique d'assistance médicale à la procréation, est soumise à des règles de bonnes pratiques fixées par arrêté du ministre chargé de la santé.

Un arrêté du ministre chargé de la santé, pris sur proposition de l'Agence de la biomédecine, définit les règles de bonnes pratiques applicables à l'assistance médicale à la procréation.

Art. L. 2141-2 *(L. n° 2004-800, 6 août 2004 ; mod., L. n° 2011-814, 7 juill. 2011 L. n° 2019-222, 23 mars 2019 ; L. n° 2021-1017, 2 août 2021).* – L'assistance médicale à la procréation est destinée à répondre à un projet parental. Tout couple formé d'un homme et d'une femme ou de deux femmes ou toute femme non mariée ont accès à l'assistance médicale à la procréation après les entretiens particuliers des demandeurs avec les membres de l'équipe médicale clinicobiologique pluridisciplinaire effectués selon les modalités prévues à l'article L. 2141-10.

Cet accès ne peut faire l'objet d'aucune différence de traitement, notamment au regard du statut matrimonial ou de l'orientation sexuelle des demandeurs.

Les deux membres du couple ou la femme non mariée doivent consentir préalablement à l'insémination artificielle ou au transfert des embryons.

Lorsqu'il s'agit d'un couple, font obstacle à l'insémination ou au transfert des embryons :

1° Le décès d'un des membres du couple ;

2° L'introduction d'une demande en divorce ;

3° L'introduction d'une demande en séparation de corps ;

4° La signature d'une convention de divorce ou de séparation de corps par consentement mutuel selon les modalités prévues à l'article 229-1 du Code civil ;

5° La cessation de la communauté de vie ;

6° La révocation par écrit du consentement prévu au troisième alinéa du présent article par l'un ou l'autre des membres du couple auprès du médecin chargé de mettre en œuvre l'assistance médicale à la procréation.

Une étude de suivi est proposée au couple receveur ou à la femme receveuse, qui y consent par écrit.

Les conditions d'âge requises pour bénéficier d'une assistance médicale à la procréation sont fixées par décret en Conseil d'État, pris après avis de l'Agence de la biomédecine. Elles prennent en compte les risques médicaux de la procréation liés à l'âge ainsi que l'intérêt de l'enfant à naître.

Lorsqu'un recueil d'ovocytes par ponction a lieu dans le cadre d'une procédure d'assistance médicale à la procréation, il peut être proposé de réaliser dans le même temps une autoconservation ovocytaire.

Art. L. 2141-3 *(L. n° 2004-800, 6 août 2004 ; mod., L. n° 2011-814, 7 juill. 2011 ; L. n° 2021-1017, 2 août 2021).* – Un embryon ne peut être conçu in vitro que dans le cadre et selon les objectifs d'une assistance médicale à la procréation définie à l'article L. 2141-1.

Compte tenu de l'état des techniques médicales, les membres du couple ou la femme non mariée peuvent consentir par écrit à ce que soit tentée la fécondation d'un nombre d'ovocytes pouvant rendre nécessaire la conservation d'embryons, dans l'intention de réaliser ultérieurement leur projet parental. Dans ce cas, ce nombre est limité à ce qui est strictement nécessaire à la réussite de l'assistance médicale à la procréation compte tenu du procédé mis en œuvre. Une information détaillée est remise aux membres du couple ou à la femme non mariée sur les possibilités de devenir de leurs embryons conservés qui ne feraient plus l'objet d'un projet parental ou en cas de décès de l'un des membres du couple.

Les deux membres du couple ou la femme non mariée peuvent consentir par écrit à ce que les embryons non susceptibles d'être transférés ou conservés fassent l'objet d'une recherche dans les conditions prévues à l'article L. 2151-5.

Un couple ou une femme non mariée dont des embryons ont été conservés ne peut bénéficier d'une nouvelle tentative de fécondation in vitro avant le transfert de ceux-ci, sauf si un problème de qualité affecte ces embryons.

Art. L. 2141-4 *(L. 2004-800, 6 août 2004 ; mod., L. n° 2011-814, 7 juill. 2011 ; mod à compter du 31 déc. 2016, Ord. n° 2016-800, 16 juin 2016 ; L. n° 2021-1017, 2 août 2021).* – I. – Les deux membres du couple ou la femme non mariée dont des embryons sont conservés sont consultés chaque année sur le point de savoir s'ils maintiennent leur projet parental. S'ils confirment par écrit le maintien de leur projet parental, la conservation de leurs embryons est poursuivie.

II. – S'ils n'ont plus de projet parental, les deux membres du couple ou la femme non mariée consentent par écrit :
1° À ce que leurs embryons soient accueillis par un autre couple ou une autre femme dans les conditions fixées aux articles L. 2141-5 et L. 2141-6 ;
2° À ce que leurs embryons fassent l'objet d'une recherche dans les conditions prévues à l'article L. 2151-5 ou, dans les conditions fixées par le titre II du livre Ier de la première partie, à ce que les cellules dérivées à partir de ces embryons entrent dans une préparation de thérapie cellulaire ou un médicament de thérapie innovante à des fins exclusivement thérapeutiques ;
3° À ce qu'il soit mis fin à la conservation de leurs embryons.
Dans tous les cas, ce consentement par écrit est confirmé à l'issue d'un délai de réflexion de trois mois à compter de la date du premier consentement mentionné au premier alinéa du présent II. L'absence de révocation par écrit du consentement dans ce délai vaut confirmation.

Dans le cas mentionné au 2°, le consentement des deux membres du couple ou de la femme non mariée est révocable tant qu'il n'y a pas eu d'intervention sur l'embryon dans le cadre de la recherche.

III. – À l'occasion de la consultation annuelle mentionnée au I, les deux membres du couple précisent si, en cas de décès de l'un d'eux, ils consentent à l'une des possibilités du devenir des embryons conservés prévues aux 1° ou 2° du II.

En cas de décès de l'un des membres du couple, le membre survivant est consulté, le cas échéant, sur le point de savoir s'il maintient son consentement aux possibilités prévues aux mêmes 1° ou 2°, après l'expiration d'un délai d'un an à compter du décès, sauf initiative anticipée de sa part. Si le membre survivant révoque son consentement, il est mis fin à la conservation des embryons.

IV. – Dans le cas où l'un des deux membres du couple ou la femme non mariée, consultés annuellement à au moins deux reprises, dans des conditions précisées par décret en Conseil d'État, ne répondent pas sur le point de savoir s'ils maintiennent ou non leur projet parental, il est mis fin à la conservation des embryons si la durée de celle-ci est au moins égale à cinq ans. Il en est de même en cas de désaccord des membres du couple sur le maintien du projet parental ou sur le devenir des embryons. Il en est de même en cas de révocation par écrit du consentement prévue en application de l'avant-dernier alinéa du II.

V. – Lorsque les deux membres du couple ou la femme non mariée ont consenti, dans les conditions prévues aux articles L. 2141-5 et L. 2141-6, à l'accueil de leurs embryons et que ceux-ci n'ont pas été accueillis dans un délai de cinq ans à compter du jour où ce consentement a été confirmé, il est mis fin à la conservation de ces embryons à l'issue de ce délai.

VI. – Lorsque les deux membres du couple ou la femme non mariée ont consenti à ce que leurs embryons fassent l'objet d'une recherche autorisée dans les conditions prévues à l'article L. 2151-5 et que ceux-ci n'ont pas été inclus dans un protocole de recherche à l'issue d'un délai de cinq ans à compter du jour où ce consentement a été confirmé, il est mis fin à la conservation de ces embryons à l'issue de ce délai

VII. – En cas de décès des deux membres du couple, de l'un de ses membres ou de la femme non mariée en l'absence des consentements prévus aux 1° et 2° du II du présent article, il est mis fin à la conservation de leurs embryons.

Art. L. 2141-5 *(L. n° 2004-800, 6 août 2004 ; mod., L. n° 2011-814, 7 juill. 2011).* – Les deux membres du couple peuvent consentir par écrit à ce que les embryons conservés soient accueillis par un autre couple dans les conditions prévues à l'article L. 2141-6.

En cas de décès d'un membre du couple, le membre survivant est consulté par écrit sur le point de savoir s'il consent à ce que les embryons conservés soient accueillis par un autre couple dans les conditions prévues à l'article L. 2141-5.

Art. L. 2141-6 *(L. n° 2004-800, 6 août 2004 ; mod., L. n° 2011-814, 7 juill. 2011 ; L. n° 2021-1017, 2 août 2021).* – Un couple ou une femme non mariée répondant aux conditions prévues à l'article L. 2141-2 peut accueillir un embryon.

Les deux membres du couple ou la femme non mariée doivent préalablement donner leur consentement, devant notaire, à l'accueil de l'embryon. Les conditions et les effets de ce consentement sont régis par l'article 342-10 du Code civil.

Le couple ou la femme non mariée accueillant l'embryon et le couple ou la femme non mariée ayant consenti à l'accueil de leur embryon ne peuvent connaître leurs identités respectives.

En cas de nécessité médicale, un médecin peut accéder aux informations médicales non identifiantes concernant le couple ou la femme non mariée ayant consenti à l'accueil de leur embryon, au bénéfice de l'enfant. Ces informations médicales peuvent être actualisées auprès des établissements mentionnés au dernier alinéa du présent article.

Aucune contrepartie, quelle qu'en soit la forme, ne peut être allouée au couple ou à la femme non mariée ayant consenti à l'accueil de leur embryon.

L'accueil de l'embryon est subordonné à des règles de sécurité sanitaire. Ces règles comprennent notamment des tests de dépistage des maladies infectieuses.

Seuls les établissements publics ou privés à but non lucratif autorisés à cet effet peuvent conserver les embryons destinés à être accueillis et mettre en œuvre la procédure d'accueil.

Art. L. 2141-7 *(L. n° 2004-800, 6 août 2004 ; mod., L. n° 2011-814, 7 juill. 2011).* – L'assistance médicale à la procréation avec tiers donneur peut être mise en œuvre lorsqu'il existe un risque de transmission d'une maladie d'une particulière gravité à l'enfant ou à un membre du couple, lorsque les techniques d'assistance médicale à la procréation au sein du couple ne peuvent aboutir ou lorsque le couple, dûment informé dans les conditions prévues à l'article L. 2141-10, renonce à une assistance médicale à la procréation au sein du couple.

Art. L. 2141-8 *(L. n° 2004-800, 6 août 2004).* – Un embryon humain ne peut être conçu ni utilisé à des fins commerciales ou industrielles.

Art. L. 2141-9 *(L. n° 2004-800, 6 août 2004 ; L. n° 2021-1017, 2 août 2021).* – Seuls les embryons conçus dans le respect des principes fondamentaux énoncés aux articles 16 à 16-8 du Code civil et des dispositions du présent titre peuvent entrer sur le territoire où s'applique le présent code ou en sortir. Ces déplacements d'embryons sont exclusivement destinés à permettre la poursuite du projet parental du couple ou de la femme non mariée concernés. Ils sont soumis à l'autorisation préalable de l'Agence de la biomédecine.

………………………………………………………………………………………………

Dispositions pénales

Diagnostic prénatal

Art. L. 2161-1 *(L. n° 2004-800, 6 août 2004).* – Comme il est dit à l'article 511-20 du Code pénal ci-après reproduit :

(V. C. pén., art. 511-20).

Art. L. 2161-2 *(L. n° 2004-800, 6 août 2004).* – Comme il est dit à l'article 511-21 du Code pénal ci-après reproduit :

(V. C. pén., art. 511-21).

Assistance médicale à la procréation

Art. L. 2162-1 *(L. n° 2004-800, 6 août 2004).* – Comme il est dit à l'article 511-15 du Code pénal ci-après reproduit :

(V. C. pén., art. 511-15).

Art. L. 2162-2 *(L. n° 2004-800, 6 août 2004).* – Comme il est dit à l'article 511-16 du Code pénal ci-après reproduit :

(V. C. pén., art. 511-16).

Art. L. 2162-3 *(L. n° 2004-800, 6 août 2004 ; mod., Ord. n° 2008-480, 22 mai 2008).* – Comme il est dit à l'article 511-22 du Code pénal ci-après reproduit :

(V. C. pén., art. 511-22).

Art. L. 2162-4 *(L. n° 2004-800, 6 août 2004).* – Comme il est dit à l'article 511-23 du Code pénal ci-après reproduit :

(V. C. pén., art. 511-23).

Art. L. 2162-5 *(L. n° 2004-800, 6 août 2004).* – Comme il est dit à l'article 511-24 du Code pénal ci-après reproduit :
(V. C. pén., art. 511-24).

Art. L. 2162-6 *(L. n° 2004-800, 6 août 2004).* – Comme il est dit à l'article 511-25 du Code pénal ci-après reproduit :
(V. C. pén., art. 511-25).

Art. L. 2162-7 *(L. n° 2004-800, 6 août 2004).* – Comme il est dit à l'article 511-26 du Code pénal, la tentative des délits prévus par les articles 511-2, 511-3, 511-4, 511-5, 511-5-1, 511-5-2, 511-6, 511-9, 511-15, 511-16 et 511-19 est punie des mêmes peines.

Art. L. 2162-8 *(Ord. n° 2008-480, 22 mai 2008 ; mod., Ord. n° 2008-480, 22 mai 2008).* – Comme il est dit à l'article 511-25-1 du Code pénal ci-après reproduit :
(V. C. pén., art. 511-25-1).

Dispositions communes

Art. L. 2164-1 *(L. n° 2004-800, 6 août 2004).* – Les personnes physiques coupables des infractions prévues au présent titre encourent également la peine complémentaire d'interdiction, pour une durée de dix ans au plus, d'exercer l'activité professionnelle ou sociale dans l'exercice de laquelle ou à l'occasion de laquelle l'infraction a été commise.

Art. L. 2164-2 *(Anc. art. L. 2153-2 successivement dénum. en art. L. 2163-2 puis L. 2164-2, L. n° 2004-800, 6 août 2004 ; mod., L. n° 2009-526, 12 mai 2009).* – Les personnes morales déclarées responsables pénalement, dans les conditions prévues par l'article 121-2 du Code pénal, des infractions définies au présent titre encourent, outre l'amende suivant les modalités prévues par l'article 131-38 du Code pénal, les peines prévues par l'article 131-39 du même code.

L'interdiction mentionnée au 2° de l'article 131-39 du Code pénal porte sur l'activité dans l'exercice ou à l'occasion de l'exercice de laquelle l'infraction a été commise.

H. – INTERRUPTION VOLONTAIRE DE GROSSESSE

Voir : art. 223-10 s., p. 454 (interruption illégale de la grossesse).

Code de la santé publique

(Ord. n° 2000-548, 15 juin 2000)

Art. L. 2212-1 *(Mod., L. n° 2014-873, 4 août 2014 ; L. n° 2016-41, 26 janv. 2016 ; L. n° 2022-295, 2 mars 2022).* – La femme enceinte qui ne veut pas poursuivre une grossesse peut demander à un médecin ou à une sage-femme l'interruption de sa grossesse. Cette interruption ne peut être pratiquée qu'avant la fin de la quatorzième semaine de grossesse.

Toute personne doit être informée sur les méthodes abortives et a le droit d'en choisir une librement.

Cette information incombe à tout professionnel de santé dans le cadre de ses compétences et dans le respect des règles professionnelles qui lui sont applicables.

Art. L. 2212-2 *(Ord. n° 2003-850, 4 sept. 2003 ; L. n° 2016-41, 26 janv. 2016 ; L. n° 2022-295, 2 mars 2022).* – L'interruption volontaire d'une grossesse ne peut être pratiquée que par un médecin ou par une sage-femme, profession médicale à part entière, quel que soit le lieu où elle exerce. Lorsqu'une sage-femme la réalise par voie chirurgicale, cette interruption ne peut avoir lieu que dans un établissement de santé.

Elle ne peut avoir lieu que dans un établissement de santé, public ou privé, dans le cadre de consultations, le cas échéant réalisées à distance, ou dans le cadre d'une convention conclue entre le praticien ou la sage-femme ou un centre de planification ou d'éducation familiale ou un centre de santé et un tel établissement, dans des conditions fixées par décret en Conseil d'État. Lorsque l'interruption volontaire de grossesse est pratiquée par

voie médicamenteuse dans le cadre d'une telle convention, elle peut être réalisée jusqu'à la fin de la septième semaine de grossesse.

....

Provocation à l'interruption de grossesse

Art. L. 2221-1 *(Abr., L. n° 2001-588, 4 juill. 2001).*

Interruption illégale de grossesse

Art. L. 2222-1. – **Comme il est dit à l'article 223-10 du Code pénal ci-après reproduit :**

« L'interruption de la grossesse sans le consentement de l'intéressée est punie de cinq ans d'emprisonnement et de 75 000 euros d'amende ».

Art. L. 2222-2 *(L. n° 2001-588, 4 juill. 2001 ; L. n° 2016-41, 26 janv. 2016).* – **L'interruption de la grossesse d'autrui est punie de deux ans d'emprisonnement et de 30 000 € d'amende lorsqu'elle est pratiquée, en connaissance de cause, dans l'une des circonstances suivantes :**

1° Après l'expiration du délai dans lequel elle est autorisée par la loi, sauf si elle pratiquée pour un motif médical ;

2° Par une personne n'ayant pas la qualité de médecin ou de sage-femme ;

3° Dans un lieu autre qu'un établissement d'hospitalisation public ou qu'un établissement d'hospitalisation privé satisfaisant aux conditions prévues par la loi, ou en dehors du cadre d'une convention conclue selon les modalités prévues à l'article L. 2212-2.

Cette infraction est punie de cinq ans d'emprisonnement et de 75 000 € d'amende si le coupable la pratique habituellement.

La tentative des délits prévus au présent article est punie des mêmes peines.

Art. L. 2222-3. – **Le fait de procéder à une interruption de grossesse après diagnostic prénatal sans avoir respecté les modalités prévues par la loi est puni de deux ans d'emprisonnement et de 30 000 € d'amende.**

Art. L. 2222-4 *(L. n° 2001-588, 4 juill. 2001).* – **Le fait de fournir à la femme les moyens matériels de pratiquer une interruption de grossesse sur elle-même est puni de trois ans d'emprisonnement et de 45 000 € d'amende. Ces peines sont portées à cinq ans d'emprisonnement et à 75 000 € d'amende si l'infraction est commise de manière habituelle. En aucun cas, la femme ne peut être considérée comme complice de cet acte.**

La prescription ou la délivrance de médicaments autorisés ayant pour but de provoquer une interruption volontaire de grossesse ne peut être assimilée au délit susmentionné.

Entrave à l'interruption légale de grossesse

Art. L. 2223-1. – **Toute association régulièrement déclarée depuis au moins cinq ans à la date des faits, dont l'objet statutaire comporte la défense des droits des femmes à accéder à la contraception et à l'interruption de grossesse, peut exercer les droits reconnus à la partie civile en ce qui concerne les infractions prévues par l'article L. 2223-2 lorsque les faits ont été commis en vue d'empêcher ou de tenter d'empêcher une interruption volontaire de grossesse ou les actes préalables prévus par les articles L. 2212-3 à L. 2212-8.**

Art. L. 2223-2 *(L. n° 2017-347, 20 mars 2017).* – **Est puni de deux ans d'emprisonnement et de 30 000 euros d'amende le fait d'empêcher ou de tenter d'empêcher de pratiquer ou de s'informer sur une interruption volontaire de grossesse ou les actes préalables prévus par les articles L. 2212-3 à L. 2212-8 par tout moyen, y compris par voie électronique ou en ligne, notamment par la diffusion ou la transmission d'allégations ou d'indications de nature à induire intentionnellement en erreur, dans un but dissuasif, sur les caractéristiques ou les conséquences médicales d'une interruption volontaire de grossesse :**

1° Soit en perturbant l'accès aux établissements mentionnés à l'article L. 2212-2, la libre circulation des personnes à l'intérieur de ces établissements ou les conditions de travail des personnels médicaux et non médicaux ;

2° Soit en exerçant des pressions morales et psychologiques, des menaces ou tout acte d'intimidation à l'encontre des personnes cherchant à s'informer sur une interruption volontaire de grossesse, des personnels médicaux et non médicaux travaillant dans les établissements mentionnés au même article L. 2212-2, des femmes venues recourir à une interruption volontaire de grossesse ou de l'entourage de ces dernières.

....

Contraceptifs

Art. L. 5434-1 *(L. n° 2016-41, 26 janv. 2016).* **– Toute infraction en matière de publicité pour les produits et objets contraceptifs autres que les médicaments est punie selon les dispositions des articles L. 5422-5 et L. 5422-6.**

Toutefois, seules les dispositions de l'article L. 5422-6 sont applicables aux infractions en matière de publicité pour les préservatifs.

Art. L. 5434-2 *(L. n° 2001-588, 4 juill. 2001 ; mod., L. n° 2004-806, 9 août 2004).* **– Le fait, de délivrer des contraceptifs mentionnés à l'article L. 5134-1 en infraction aux dispositions du premier alinéa du II et du III dudit article et du 1° de l'article L. 5134-3 est puni de six mois d'emprisonnement et de 7 500 € d'amende.**

Produits aptes à provoquer une interruption volontaire de grossesse

Art. L. 5435-1 *(L. n° 2001-588, 4 juill. 2001 ; mod., L. n° 2009-526, 12 mai 2009).* **– La vente, par les fabricants et négociants en appareils gynécologiques, de dispositifs médicaux utilisables pour une interruption volontaire de grossesse à des personnes n'appartenant pas au corps médical ou ne faisant pas elles-mêmes profession de vendre ces dispositifs est punie de deux ans d'emprisonnement et de 30 000 € d'amende.**

Les personnes physiques et les personnes morales encourent également les peines suivantes :

1° La confiscation des dispositifs médicaux saisis ;

2° L'interdiction d'exercer la profession ou l'activité à l'occasion de laquelle le délit a été commis, pour une durée qui ne peut excéder cinq ans.

II. – PHARMACIE

Bibliographie : *JCl. Lois pénales spéciales, Synthèse Pharmacie,* par J. Lasserre Capdeville, actualisé par N. Bareït.

Code de la santé publique

(Ord. n° 2000-548, 15 juin 2000)

MONOPOLE DES PHARMACIENS

Dispositions générales

Art. L. 4211-1 *(Mod., Ord. n° 2001-198, 1er mars 2001 ; Ord. n° 2007-613, 26 avr. 2007 ; Ord. n° 2012-1427, 19 déc. 2012 ; L. n° 2014-344, 17 mars 2014).* **– Sont réservées aux pharmaciens, sauf les dérogations prévues aux articles du présent code :**

1° La préparation des médicaments destinés à l'usage de la médecine humaine ;

2° La préparation des objets de pansements et de tous articles présentés comme conformes à la pharmacopée ;

3° La préparation des générateurs, trousses ou précurseurs mentionnés à l'article L. 5121-1 ;

4° La vente en gros, la vente au détail, y compris par internet, et toute dispensation au public des médicaments, produits et objets mentionnés aux 1°, 2° et 3° ;

5° La vente des plantes médicinales inscrites à la pharmacopée sous réserve des dérogations établies par décret ;

6° La vente au détail et toute dispensation au public des huiles essentielles dont la liste est fixée par décret ainsi que de leurs dilutions et préparations ne constituant ni des produits cosmétiques, ni des produits à usage ménager, ni des denrées ou boissons alimentaires ;

7° La vente au détail et toute dispensation au public des aliments lactés diététiques pour nourrissons et des aliments de régime destinés aux enfants du premier âge, c'est-à-dire de moins de quatre mois, dont les caractéristiques sont fixées par arrêté des ministres chargés de la consommation et de la santé ;

8° La vente au détail et toute dispensation de dispositifs médicaux de diagnostic *in vitro* destinés à être utilisés par le public, à l'exception des tests destinés au diagnostic de la grossesse ainsi que des tests d'ovulation.

La fabrication et la vente en gros des drogues simples et des substances chimiques destinées à la pharmacie sont libres à condition que ces produits ne soient jamais délivrés directement aux consommateurs pour l'usage pharmaceutique et sous réserve des règlements particuliers concernant certains d'entre eux.

Art. L. 4211-1-1 *(Ord. n° 2012-1427, 19 déc. 2012).* – Les personnes se livrant à une activité de courtage de médicaments mentionnée à l'article L. 5124-19 ne sont pas soumises aux dispositions du présent titre.

....

EXERCICE DE LA PROFESSION DE PHARMACIEN

Conditions d'exercice

Art. L. 4221-1 *(Mod., Ord. n° 2009-1585, 17 déc. 2009 ; L. n° 2009-879, 21 juill. 2009).* – Nul ne peut exercer la profession de pharmacien s'il n'offre toutes garanties de moralité professionnelle et s'il ne réunit les conditions suivantes :

1° Être titulaire d'un diplôme, certificat ou autre titre mentionnés aux articles L. 4221-2 à L. 4221-5 ;

2° Être de nationalité française, citoyen andorran, ressortissant d'un État membre de l'Union européenne ou partie à l'accord sur l'Espace économique européen, ou ressortissant d'un pays dans lequel les Français peuvent exercer la pharmacie lorsqu'ils sont titulaires du diplôme qui en ouvre l'exercice aux nationaux de ce pays ;

3° Être inscrit à l'ordre des pharmaciens.

Les pharmaciens titulaires d'un diplôme, certificat ou autre titre mentionnés à l'article L. 4221-2 sont dispensés de la condition de nationalité prévue au 2°.

Art. L. 4221-1-1 *(L. n° 2016-41, 26 janv. 2016 ; L. n° 2019-774, 24 juill. 2019).* – Par dérogation au 1° de l'article L. 4221-1, peuvent être autorisés individuellement par le ministre chargé de la santé ou, par délégation, le directeur général du Centre national de gestion, après avis du Conseil national de l'ordre des pharmaciens, à exercer temporairement la pharmacie dans le cadre d'une formation spécialisée effectuée en France au sein de lieux de stages agréées pour la formation des internes, lorsqu'ils remplissent des conditions déterminées par décret en Conseil d'État portant sur la durée, les modalités et les lieux d'exercice ainsi que sur les enseignements théoriques et pratiques devant être validés :

1° Les internes en pharmacie à titre étranger et les pharmaciens titulaires d'un diplôme obtenu dans un État autre que les États membres de l'Union européenne, les États parties d'un à l'accord sur l'Espace économique européen ou la Confédération suisse permettant l'exercice de la pharmacie dans leur pays d'origine venant effectuer l'intégralité d'un troisième cycle spécialisé de pharmacie en France dans le cadre prévu au 3° de l'article L. 633-4 du Code de l'éducation ou dans le cadre d'un accord de coopération bilatéral avec la France, lorsque le diplôme de spécialité qu'ils poursuivent nécessite pour sa validation l'accomplissement de fonctions hospitalières de plein exercice ;

2° Les pharmaciens spécialistes titulaires d'un diplôme de spécialité permettant l'exercice effectif et licite de la spécialité dans leur pays d'origine venant effectuer, dans le cadre d'un accord de coopération bilatéral avec la France ou d'un accord de coopération entre, d'une part, une personne de droit public ou privé et, d'autre part, un établissement public de santé en application de l'article L. 6134-1 du présent code ou une université française ou ces deux entités, une formation complémentaire dans leur discipline ou leur spécialité.

....

Dispositions pénales

Art. L. 4223-1 *(Mod., L. n° 2001-504, 12 juin 2001 ; L. n° 2001-1062, 15 nov. 2001 ; rempl., Ord. n° 2005-1040, 26 août 2005 ; mod., L. n° 2009-526, 12 mai 2009).* – Le fait de se livrer à des opérations réservées aux pharmaciens, sans réunir les conditions exigées par le présent livre, constitue l'exercice illégal de la profession de pharmacien. Cet exercice illégal est puni de deux ans d'emprisonnement et de 30 000 euros d'amende.

Les personnes physiques encourent également les peines complémentaires suivantes :

a) L'affichage ou la diffusion de la décision prononcée, dans les conditions prévues par l'article 131-35 du Code pénal ;

b) La confiscation de la chose qui a servi ou était destinée à commettre l'infraction ou de la chose qui en est le produit, conformément à l'article 131-21 du Code pénal ;

c) L'interdiction définitive ou pour une durée de cinq ans au plus d'exercer une ou plusieurs professions régies par le présent code ou toute autre activité professionnelle ou sociale à l'occasion de l'exercice de laquelle l'infraction a été commise, suivant les modalités prévues par l'article 131-27 du Code pénal, ainsi que l'activité de prestataire de formation professionnelle continue au sens de l'article L. 6313-1 du Code du travail pour une durée de cinq ans ;

d) La fermeture définitive ou pour une durée de cinq ans au plus de l'établissement dans lequel l'infraction a été commise.

Le fait d'exercer cette activité malgré une décision judiciaire d'interdiction définitive ou temporaire est puni des mêmes peines.

Les personnes morales déclarées responsables pénalement, dans les conditions prévues par l'article 121-2 du Code pénal, de l'infraction définie au présent article encourent, outre l'amende suivant les modalités prévues par l'article 131-38 du Code pénal, les peines prévues par les 2° à 9° de l'article 131-39 du même code. L'interdiction mentionnée au 2° de l'article 131-39 du même code porte sur une ou plusieurs professions régies par le présent code ou toute autre activité professionnelle ou sociale à l'occasion de l'exercice de laquelle l'infraction a été commise.

Art. L. 4223-2 *(Ord. n° 2005-1040, 26 août 2005 ; mod., L. n° 2009-526, 12 mai 2009 ; L. n° 2011-525, 17 mai 2011).* – L'usage de la qualité de pharmacien, sans remplir les conditions exigées par l'article L. 4221-1, ou l'usage sans droit d'un diplôme, certificat ou autre titre légalement requis pour l'exercice de cette profession, sont passibles des sanctions prévues à l'article 433-17 du Code pénal.

Les personnes physiques encourent également la peine complémentaire de fermeture définitive ou pour une période de cinq ans au plus de l'établissement dans lequel l'infraction a été commise.

Les personnes morales déclarées responsables pénalement, dans les conditions prévues par l'article 121-2 du Code pénal, de l'infraction définie au présent article encourent l'amende prévue à l'article 433-17 du Code pénal suivant les modalités prévues par l'article 131-38 du même code, ainsi que les peines prévues aux 2° à 4° de l'article 433-25 du même code.

Le non-respect des dispositions de l'article L. 4221-14 est assimilé à une usurpation du titre de pharmacien.

Art. L. 4223-3 *(Ord. n° 2005-1040, 26 août 2005).* – Lorsque l'autorité judiciaire a été saisie d'une poursuite par application des articles L. 4223-1 ou L. 4223-2, le représentant de l'État dans le département peut prononcer la fermeture provisoire de l'établissement.

…………………………………………………………………………………………

EXERCICE DE LA PROFESSION DE PRÉPARATEUR EN PHARMACIE

Art. L. 4243-1 *(Ord. n° 2005-1040, 26 août 2005 ; mod., L. n° 2009-526, 12 mai 2009).* – L'exercice illégal de la profession de préparateur en pharmacie est puni d'un an d'emprisonnement et de 15 000 euros d'amende.

Les personnes physiques encourent également les peines complémentaires suivantes :

a) L'affichage ou la diffusion de la décision prononcée, dans les conditions prévues par l'article 131-35 du Code pénal ;

b) La confiscation de la chose qui a servi ou était destinée à commettre l'infraction ou de la chose qui en est le produit, conformément à l'article 131-21 du Code pénal ;

c) L'interdiction définitive ou pour une durée de cinq ans au plus d'exercer une ou plusieurs professions régies par le présent code ou toute autre activité professionnelle ou sociale à l'occasion de l'exercice de laquelle l'infraction a été commise, suivant les modalités prévues par l'article 131-27 du Code pénal.

Le fait d'exercer cette activité malgré une décision judiciaire d'interdiction définitive ou temporaire est puni des mêmes peines.

Les personnes morales déclarées responsables pénalement, dans les conditions prévues par l'article 121-2 du Code pénal, de l'infraction définie au présent article encourent, outre l'amende suivant les modalités prévues par l'article 131-38 du Code pénal, les peines prévues par les 2° à 9° de l'article 131-39 du même code. L'interdiction mentionnée au 2° de l'article 131-39 du même code porte sur une ou plusieurs professions régies par le présent code ou toute autre activité professionnelle ou sociale à l'occasion de l'exercice de laquelle l'infraction a été commise.

Art. L. 4243-2 *(Ord. n° 2005-1040, 26 juill. 2005).* – L'usage sans droit de la qualité de préparateur en pharmacie ou d'un diplôme, certificat ou autre titre légalement requis pour l'exercice de cette profession est puni comme le délit d'usurpation de titre prévu à l'article 433-17 du Code pénal.

Les personnes morales peuvent être déclarées pénalement responsables de ce délit, dans les conditions prévues par l'article 121-2 du Code pénal. Elles encourent les peines prévues pour le délit d'usurpation de titre aux articles 433-17 et 433-25 de ce même code.

....

DISPOSITIONS GÉNÉRALES RELATIVES AUX MÉDICAMENTS

Définitions

Art. L. 5111-1 *(Mod., L. n° 2007-248, 26 févr. 2007 ; L. n° 2022–414, 23 mars 2022).* – I. – On entend par médicament à usage humain toute substance ou composition présentée comme possédant des propriétés curatives ou préventives à l'égard des maladies humaines, ainsi que toute substance ou composition pouvant être utilisée chez l'homme ou pouvant lui être administrée, en vue d'établir un diagnostic médical ou de restaurer, corriger ou modifier ses fonctions physiologiques en exerçant une action pharmacologique, immunologique ou métabolique.

Sont notamment considérés comme des médicaments les produits diététiques qui renferment dans leur composition des substances chimiques ou biologiques ne constituant pas elles-mêmes des aliments, mais dont la présence confère à ces produits, soit des propriétés spéciales recherchées en thérapeutique diététique, soit des propriétés de repas d'épreuve.

Les produits utilisés pour la désinfection des locaux et pour la prothèse dentaire ne sont pas considérés comme des médicaments.

II. – On entend par médicament vétérinaire tout médicament tel que défini par l'article L. 5141-2.

III. – Lorsque, eu égard à l'ensemble de ses caractéristiques, un produit est susceptible de répondre à la fois à la définition du médicament prévue au premier alinéa du I et au II et à celle d'autres catégories de produits régies par le droit européen ou national, il est, en cas de doute, considéré comme un médicament.

Art. L. 5111-2. – On entend par spécialité pharmaceutique, tout médicament préparé à l'avance, présenté sous un conditionnement particulier et caractérisé par une dénomination spéciale.

Art. L. 5111-3 *(Ord. n° 2012-1427, 19 déc. 2012).* – On entend par médicament falsifié tout médicament, tel que défini à l'article L. 5111-1, comportant une fausse présentation :

1° De son identité, y compris de son emballage et de son étiquetage, de son nom ou de sa composition s'agissant de n'importe lequel de ses composants, y compris les excipients, et du dosage de ces composants ;

2° De sa source, y compris de son fabricant, de son pays de fabrication, de son pays d'origine ou du titulaire de son autorisation de mise sur le marché ;

3° Ou de son historique, y compris des autorisations, des enregistrements et des documents relatifs aux circuits de distribution utilisés.

La présente définition n'inclut, pas les défauts de qualité non intentionnels.

Art. L. 5111-4 *(L. n° 2016-41, 26 janv. 2016)*. – On entend par médicaments ou classes de médicaments d'intérêt thérapeutique majeur les médicaments ou classes de médicaments pour lesquels une interruption de traitement est susceptible de mettre en jeu le pronostic vital des patients à court ou moyen terme, ou représente une perte de chance importante pour les patients au regard de la gravité ou du potentiel évolutif de la maladie.

....

MÉDICAMENTS À USAGE HUMAIN

Dispositions générales

Art. L. 5421-1 *(Ord. n° 2013-1183, 19 déc. 2013)*. – Le fait de ne pas respecter les règles de bonnes pratiques définies dans le cadre des décisions ou arrêtés pris en application de l'article L. 5121-5 dont la méconnaissance est de nature à entraîner un risque grave pour la santé publique est puni d'un an d'emprisonnement et 150 000 € d'amende.

Art. L. 5421-2 *(Ord. n° 2013-1183, 19 déc. 2013)*. – I. – Le fait de commercialiser, de réaliser l'activité de courtage ou de distribuer à titre gratuit ou onéreux, en gros ou au détail, une spécialité pharmaceutique, tout autre médicament fabriqué industriellement ou selon une méthode dans laquelle intervient un processus industriel, ainsi que tout générateur, trousse ou précurseur tels que définis respectivement aux 8°, 9° et 10° de l'article L. 5121-1, sans une autorisation de mise sur le marché, une autorisation temporaire d'utilisation, une autorisation mentionnée à l'article L. 5121-9-1 ou sans une autorisation d'importation, ou dont l'autorisation est refusée, suspendue, retirée ou devenue caduque, est puni de cinq ans d'emprisonnement et de 375 000 € d'amende.

II. – Est puni des mêmes peines le fait de réaliser, faire réaliser, diffuser ou faire diffuser une publicité sur une spécialité pharmaceutique, tout autre médicament fabriqué industriellement ou selon une méthode dans laquelle intervient un processus industriel, ainsi que sur tout générateur, trousse ou précurseur tels que définis respectivement aux 8°, 9° et 10° de l'article L. 5121-1, qui n'ont pas fait l'objet d'une autorisation de mise sur le marché, d'une autorisation temporaire d'utilisation, d'une autorisation mentionnée à l'article L. 5121-9-1 ou d'une autorisation d'importation, ou dont l'autorisation est refusée, suspendue, retirée ou devenue caduque.

III. – Les peines prévues aux I et II sont portées à sept ans d'emprisonnement et 750 000 € d'amende, lorsque les délits prévus aux mêmes paragraphes :

1° Sont de nature à entraîner un risque grave pour la santé de l'homme ;

2° Ont été commis en bande organisée ;

3° Ont été commis sur un réseau de télécommunication à destination d'un public non déterminé ;

4° Ont été commis par des établissements pharmaceutiques autorisés conformément à l'article L. 5124-3, des courtiers déclarés conformément à l'article L. 5124-20, des pharmaciens d'officine titulaires de la licence mentionnée à l'article L. 5125-4 et des pharmacies à usage intérieur mentionnés à l'article L. 5126-5 du même code.

Art. L. 5421-3 *(Ord. n° 2013-1183, 19 déc. 2013)*. – I. – Le fait de commercialiser, de réaliser l'activité de courtage ou de distribuer à titre gratuit ou onéreux, en gros ou en détail, des médicaments homéopathiques mentionnés au 11° de l'article L. 5121-1 ou des médicaments traditionnels à base de plantes mentionnés à l'article L. 5121-14-1 n'ayant pas fait l'objet d'un enregistrement auprès de l'Agence nationale de sécurité du médicament et des produits de santé, ou dont l'enregistrement auprès de cette agence est refusé, suspendu, retiré ou devenu caduc, est puni de deux ans d'emprisonnement et 150 000 € d'amende.

II. – Est puni des mêmes peines le fait de réaliser, faire réaliser, diffuser ou faire diffuser une publicité sur des médicaments homéopathiques mentionnés au 11° de l'article L. 5121-1 ou des médicaments traditionnels à base de plantes mentionnés à l'article L. 5121-14-1 qui n'ont pas fait l'objet d'un enregistrement auprès de l'Agence nationale de sécurité du médicament et des produits de santé, ou dont l'enregistrement auprès de cette agence est refusé, suspendu, retiré ou devenu caduc.

III. – Les peines prévues aux I et II sont portées à cinq ans d'emprisonnement et 375 000 € d'amende, lorsque les délits prévus aux mêmes paragraphes :

1° Sont de nature à entraîner un risque grave pour la santé de l'homme ;

2° Ont été commis en bande organisée ;

3° Ont été commis sur un réseau de télécommunication à destination d'un public non déterminé ;

4° Ont été commis par des établissements pharmaceutiques autorisés conformément à l'article L. 5124-3, des courtiers déclarés conformément à l'article L. 5124-20, des pharmaciens d'officine titulaires de la licence mentionnée à l'article L. 5125-4 et des pharmacies à usage intérieur mentionnés à l'article L. 5126-5 du même code.

Art. L. 5421-4 *(Ord. n° 2013-1183, 19 déc. 2013).* – Le fait pour toute personne exploitant un médicament ou produit de ne pas communiquer toute information nouvelle de nature à influencer l'évaluation des bénéfices et des risques du médicament ou du produit concerné en application de l'article L. 5121-9-2 ou de ne pas transmettre les données demandées par l'agence dans les délais impartis par elle en application de l'article L. 5121-9-3 est puni de deux ans d'emprisonnement et de 150 000 € d'amende.

Art. L. 5421-5 *(Ord. n° 2013-1183, 19 déc. 2013).* – Le fait pour toute personne exploitant un médicament ou produit de ne pas communiquer à l'Agence nationale de sécurité du médicament et des produits de santé toute interdiction ou restriction imposée par les autorités compétentes de tout pays dans lequel le médicament ou produit est mis sur le marché en application de l'article L. 5121-9-2 est puni de deux ans d'emprisonnement et de 150 000 € d'amende.

Art. L. 5421-6 *(Ord. n° 2013-1183, 19 déc. 2013).* – Le fait de ne pas respecter l'obligation d'informer l'Agence nationale de sécurité du médicament et des produits de santé de l'arrêt de la commercialisation d'un médicament dans un autre État et de ne pas lui communiquer le motif de cet arrêt de commercialisation en application de l'article L. 5121-9-4 est puni de deux ans d'emprisonnement et de 150 000 € d'amende.

Art. L. 5421-6-2 *(Ord. n° 2013-1183, 19 déc. 2013).* – Le fait pour toute personne assurant la fabrication, l'exploitation, l'importation, l'exportation ou la distribution en gros de médicaments dérivés du sang de ne pas enregistrer les données permettant d'en assurer le suivi en application du 14° de l'article L. 5121-20 est puni de deux ans d'emprisonnement et de 150 000 € d'amende.

Art. L. 5421-6-3 *(Abr., Ord. n° 2013-1183, 19 déc. 2013).*

Art. L. 5421-7 *(Mod., Ord. n° 2008-717, 17 juill. 2008).* – Lorsque l'autorité judiciaire est saisie d'une poursuite par application des articles du présent chapitre, le représentant de l'État dans le département peut prononcer la fermeture provisoire de l'établissement.

Les personnes physiques coupables d'une infraction prévue au présent chapitre encourent la peine complémentaire de la fermeture temporaire ou définitive de l'établissement.

……………………………………………………………………………

Art. L. 5421-9 *(Ord. n° 2013-1183, 19 déc. 2013).* – La tentative des délits prévus aux articles L. 5421-2 et L. 5421-3 est punie des mêmes peines.

……………………………………………………………………………

Médicaments falsifiés
(Ord. n° 2012-1427, 19 déc. 2012)

Art. L. 5421-13 *(Ord. n° 2013-1183, 19 déc. 2013 ; Ord. n° 2018-3, 3 janv. 2018).* – La fabrication, le courtage, la distribution, la publicité, l'offre de vente, la vente, l'importation, l'exportation de médicaments falsifiés définis à l'article L. 5111-3 sont punis de cinq ans d'emprisonnement et de 375 000 € d'amende.

Les précédentes peines sont portées à sept ans d'emprisonnement et 750 000 € d'amende lorsque :

1° Le médicament falsifié est dangereux pour la santé de l'homme ;

2° Ces mêmes délits ont été commis par des établissements pharmaceutiques autorisés conformément à l'article L. 5124-3, des courtiers déclarés conformément à l'article L. 5124-20, des pharmaciens d'officine

ANNEXE 7

titulaires de la licence mentionnée à l'article L. 5125-18 et des pharmaciens à usage intérieur mentionnés à l'article L. 5126-3 du même code ;

3° Ces mêmes délits ont été commis en bande organisée ;

4° Les délits de publicité, offre de vente ou vente de médicaments falsifiés ont été commis sur un réseau de télécommunication à destination d'un public non déterminé.

Art. L. 5421-14. – Sont punis de trois ans d'emprisonnement et de 75 000 € d'amende ceux qui, sans motif légitime, sont trouvés détenteurs de médicaments falsifiés.

Lorsque le médicament falsifié est dangereux pour la santé de l'homme, les peines sont portées à cinq ans d'emprisonnement et à 375 000 € d'amende.

Art. L. 5421-15. – La tentative des délits prévus à l'article L. 5421-13 est punie des mêmes peines.

....

Publicité

Art. L. 5122-1. – On entend par publicité pour les médicaments à usage humain toute forme d'information, y compris le démarchage, de prospection ou d'incitation qui vise à promouvoir la prescription, la délivrance, la vente ou la consommation de ces médicaments, à l'exception de l'information dispensée, dans le cadre de leurs fonctions, par les pharmaciens gérant une pharmacie à usage intérieur.

Ne sont pas inclus dans le champ de cette définition :

– la correspondance, accompagnée le cas échéant de tout document non publicitaire, nécessaire pour répondre à une question précise sur un médicament particulier ;

– les informations concrètes et les documents de référence relatifs, par exemple, aux changements d'emballages, aux mises en garde concernant les effets indésirables dans le cadre de la pharmacovigilance, ainsi qu'aux catalogues de ventes et listes de prix s'il n'y figure aucune information sur le médicament ;

– les informations relatives à la santé humaine ou à des maladies humaines, pour autant qu'il n'y ait pas de référence même indirecte à un médicament.

....

Art. L. 5422-1 *(Abr., Ord. n° 2013-1183, 19 déc. 2013).*

Art. L. 5422-2 *(Abr., Ord. n° 2013-1183, 19 déc. 2013).*

Art. L. 5422-3 *(Ord. n° 2013-1183, 19 déc. 2013).* – Toute publicité au sens de l'article L. 5122-1 effectuée auprès du public ou des professionnels de santé pour un médicament bénéficiant de l'autorisation mentionnée à l'article L. 5121-12 est punie d'un an d'emprisonnement et de 150 000 € d'amende.

....

Art. L. 5422-5 *(Mod., L. n° 2004-806, 9 août 2004 ; Ord. n° 2013-1183, 19 déc. 2013).* – Est punie d'un an d'emprisonnement et de 150 000 € d'amende toute publicité au sens de l'article L. 5122-1 effectuée auprès du public pour un médicament :

1° Soumis à prescription médicale ;

2° Remboursable par les régimes obligatoires d'assurance maladie, sauf dans le cas prévu au troisième alinéa de l'article L. 5122-6 ;

3° Dont l'autorisation de mise sur le marché ou l'enregistrement comporte des restrictions en matière de publicité auprès du public en raison d'un risque possible pour la santé publique.

Est puni des mêmes peines toute campagne publicitaire non institutionnelle pour des vaccins effectuée auprès du public, en méconnaissance des obligations prévues à l'article L. 5122-6.

Art. L. 5422-6 *(Ord. n° 2013-1183, 19 déc. 2013).* – Toute publicité au sens de l'article L. 5122-1 qui n'a pas obtenu le visa en application des articles L. 5122-8 et L. 5122-9 ou qui est effectuée malgré la suspension ou le retrait de celui-ci est punie d'un an d'emprisonnement et de 150 000 € d'amende.

Art. L. 5422-7 *(Abr., Ord. n° 2013-1183, 19 déc. 2013).*

Art. L. 5422-8 *(Mod., Ord. n° 2008-717, 17 juill. 2008 ; Ord. n° 2013-1183, 19 déc. 2013).* – Est puni d'un an d'emprisonnement et de 75 000 € le fait de remettre des échantillons de médicaments :

1° À des personnes non habilitées à prescrire ou à dispenser des médicaments dans le cadre des pharmacies à usage intérieur ;

2° À des personnes habilitées à prescrire ou à dispenser des médicaments dans le cadre des pharmacies à usage intérieur, sans que ces personnes en aient exprimé la demande ;

3° Contenant des substances classées comme psychotropes ou comme stupéfiants, ou auxquels la réglementation des stupéfiants est appliquée en tout ou en partie ;

4° Dans les enceintes accessibles au public à l'occasion de congrès médicaux ou pharmaceutiques ;

5° Différents des spécialités pharmaceutiques concernées ou qui ne portent pas la mention « échantillon gratuit » ;

6° Gratuits au public à des fins promotionnelles ;

7° Aux personnes habilitées sur le fondement de l'article L. 5122-10 en quantité supérieure au nombre fixé par voie réglementaire.

Art. L. 5422-9 *(Mod., Ord. n° 2013-1183, 19 déc. 2013).* – L'octroi, l'offre ou la promesse à des personnes habilitées à prescrire ou à délivrer des médicaments d'une prime, d'un avantage pécuniaire ou en nature, à moins que ceux-ci ne soient de valeur négligeable, pour promouvoir des médicaments, est puni de deux ans d'emprisonnement et 75 000 € d'amende.

Art. L. 5422-10 et L. 5422-11 *(Abr., Ord. n° 2013-1183, 19 déc. 2013).*

Art. L. 5422-12 *(Mod., Ord. n° 2013-1183, 19 déc. 2013).* – Est punie d'un an d'emprisonnement et de 150 000 € d'amende toute publicité pour des objets, appareils ou méthodes mentionnés à l'article L. 5122-15 sans respecter l'obligation de mentionner les avertissements et précautions d'emplois nécessaires à l'information du consommateur ou en dépit de l'interdiction prononcée par le directeur général de l'Agence nationale de sécurité du médicament et des produits de santé.

Art. L. 5422-13 *(Abr., Ord. n° 2013-1183, 19 déc. 2013).*

Art. L. 5422-14 *(Mod., Ord. n° 2013-1183, 19 déc. 2013).* – Dans les cas mentionnés au présent chapitre, le tribunal peut interdire la vente et ordonner la saisie et la confiscation des médicaments, produits, objets et appareils susvisés, ainsi que la saisie et la destruction des documents et objets publicitaires les concernant ou concernant les méthodes susmentionnées.

Art. L. 5422-15 et L. 5422-16 *(Abr., Ord. n° 2013-1183, 19 déc. 2013).*

Art. L. 5422-17 *(Mod., Ord. n° 2008-717, 17 juill. 2008 ; abr., n° L. 2016-41, 26 janv. 2016).*

Fabrication et distribution en gros

Art. L. 5423-1 *(Mod., Ord. n° 2008-717, 17 juill. 2008 ; Ord. n° 2013-1183, 19 déc. 2013).* – Est puni de deux ans d'emprisonnement et de 150 000 € d'amende le fait :

1° D'être propriétaire ou de diriger une entreprise comportant au moins un établissement pharmaceutique sans être pharmacien ou sans avoir désigné un pharmacien à sa direction générale ou à sa gérance ;

2° D'être propriétaire ou de diriger une entreprise comportant au moins un établissement pharmaceutique et concédée en location gérance à une société qui n'est pas la propriété d'un pharmacien ou qui ne comporte pas la participation d'un pharmacien à sa direction générale ou à sa gérance.

Art. L. 5423-2 *(Ord. n° 2013-1183, 19 déc. 2013).* – Le fait de réaliser l'activité de courtage de médicaments mentionnée à l'article L. 5124-19, sans s'être déclaré auprès de l'Agence nationale de sécurité du médicament et des produits de santé dans les conditions fixées par l'article L. 5124-20, est puni d'un an d'emprisonnement et de 75 000 € d'amende.

Art. L. 5423-3 *(Mod., Ord. n° 2008-717, 17 juill. 2008).* – Le fait d'ouvrir ou de faire fonctionner un établissement mentionné à l'article L. 5124-1 sans l'autorisation administrative mentionnée à l'article L. 5124-3 est puni de 150 000 € d'amende.

Art. L. 5423-4 *(Ord. n° 2013-1183, 19 déc. 2013).* – Le fait de ne pas respecter l'interdiction d'exportation d'un médicament prononcée par l'Agence nationale de sécurité du médicament et des produits de santé en application de l'article L. 5124-11 est puni de cinq ans d'emprisonnement et de 375 000 € d'amende.

Art. L. 5423-5 *(Ord. n° 2013-1183, 19 déc. 2013).* – Le fait pour un grossiste-répartiteur de ne pas respecter les obligations de service public définies en application de l'article L. 5124-17-2 est puni de deux ans d'emprisonnement et de 150 000 € d'amende.

Art. L. 5423-6. – Le fait de méconnaître les règles de la publicité en faveur des entreprises et établissements pharmaceutiques fixées par décret en Conseil d'État selon les dispositions de l'article L. 5124-18 est puni de 30 000 € d'amende.

Sont passibles des mêmes peines, quel que soit le mode de publicité utilisé, les personnes qui tirent profit d'une publicité irrégulière et les agents de diffusion de cette publicité.

Les dispositions prévues à l'alinéa précédent sont applicables lorsque cette publicité, faite à l'étranger, est perçue ou diffusée en France.

Dans tous les cas, le tribunal peut ordonner la saisie et la destruction des documents et objets publicitaires concernés.

Art. L. 5423-7 *(Mod., Ord. n° 2008-717, 17 juill. 2008).* – Lorsque l'autorité judiciaire est saisie d'une poursuite par application des articles du présent chapitre à l'exception de l'article L. 5423-6, le représentant de l'État dans le département peut prononcer la fermeture provisoire de l'établissement.

Les personnes physiques coupables d'une infraction prévue aux articles du présent chapitre, à l'exception de l'article L. 5423-6, encourent la peine complémentaire de fermeture temporaire ou définitive de l'établissement.

....

Distribution au détail

Art. L. 5424-1 *(Ord. n° 2013-1183, 19 déc. 2013 ; Ord. n° 2018-3, 3 janv. 2018).* – Le fait d'ouvrir, d'exploiter ou de transférer une officine sans être titulaire de la licence en application de l'article L. 5125-18 ou malgré la suspension ou le retrait de celle-ci est puni d'un an d'emprisonnement et de 75 000 € d'amende.

Art. L. 5424-2 *(Ord. n° 2013-1183, 19 déc. 2013 ; Ord. n° 2018-3, 3 janv. 2018).* – Constitue un manquement soumis à sanction financière le fait :

1° 1° D'ouvrir, d'exploiter ou de transférer une officine sans être titulaire de la licence mentionnée à l'article L. 5125-18 ou malgré la suspension ou le retrait de celle-ci ;

2° De céder une licence indépendamment du fonds de commerce auquel elle se rapporte ;

3° *(Abrogé)* ;

4° De ne pas remettre la licence à l'agence régionale de santé lors de la fermeture définitive de l'officine ;

5° De ne pas respecter les règles relatives à la création, au transfert des officines ou aux conditions minimales d'installation déterminées par décret en Conseil d'État en application du 1° de l'article L. 5125-32 ;

6° De créer ou racheter une officine ouverte depuis moins de trois ans, individuellement ou en société, sans être pharmacien de nationalité française, ou ressortissant de l'un des États membres de l'Union européenne ou d'un des autres États parties à l'accord sur l'Espace économique européen, et sans être titulaire du diplôme français d'État de docteur en pharmacie ou de pharmacien ou de l'un des titres et attestations prévus aux articles L. 4221-4 et L. 4221-5 ;

7° Après le décès d'un pharmacien, pour son conjoint ou ses héritiers, de maintenir une officine ouverte sans respecter les dispositions de l'article L. 5125-16 ;

8° De ne pas respecter les règles relatives à la publicité en faveur des officines de pharmacie, fixées par décret en Conseil d'État en application des dispositions de l'article L. 5125-32 ;

9° *(Al. créé, L. n° 2020-1525, 7 déc. 2020)* De ne pas transmettre à l'agence régionale de santé la déclaration du nombre et du nom des pharmaciens exerçant dans l'officine ainsi que les informations relatives à son activité prévues à l'article L. 5125-15.

Art. L. 5424-3 *(Ord. n° 2013-1183, 19 déc. 2013)*. – Constitue un manquement soumis à sanction financière le fait pour un pharmacien :

1° De ne pas être propriétaire de l'officine dont il est titulaire ou d'être propriétaire ou copropriétaire de plusieurs officines. Toutefois, ces dispositions ne sont pas applicables aux cas prévus par la loi du 31 décembre 1990 relative à l'exercice sous forme de sociétés des professions libérales soumise à un statut législatif ou réglementaire ou dont le titre est protégé ;

2° D'exploiter une officine en exerçant une autre profession en violation de l'article L. 5125-2 ;

3° D'exploiter une officine sans que les médicaments soient préparés par ou sous la surveillance directe d'un pharmacien ;

4° De dispenser une préparation magistrale ou officinale comportant une ou des substances dont l'utilisation pour ces préparations est interdite ;

5° De dispenser des drogues simples, des produits chimiques ou des préparations qui ne répondent pas aux spécifications décrites à la pharmacopée ;

6° De vendre des remèdes secrets ;

7° D'effectuer des préparations pouvant présenter un risque pour la santé sans l'autorisation prévue à l'article L. 5125-1-1 ;

8° De ne pas respecter les règles relatives à l'étiquetage des préparations définies par voie réglementaire en application de l'article L. 5121-20 ;

9° De ne pas exercer personnellement sa profession ;

10° De ne pas se faire régulièrement remplacer lorsqu'il est absent de l'officine dont il est titulaire ;

11° De ne pas disposer, pour l'exercice de sa profession, du nombre de pharmaciens qui doivent l'assister en raison de l'importance de son chiffre d'affaires ;

12° De ne pas participer au service de garde ou au service d'urgence dans les conditions prévues à l'article L. 5125-22 ;

13° D'ouvrir son officine pendant un service de garde ou d'urgence, alors qu'il n'est pas lui-même de service, sans la tenir ouverte pendant tout le service considéré.

Art. L. 5424-4 *(Ord. n° 2013-1183, 19 déc. 2013)*. – Constitue un manquement soumis à sanction financière le fait :

1° De vendre les médicaments et produits mentionnés à l'article L. 5121-8 à un prix supérieur à celui qui résulte de la réglementation sur les prix ;

2° De vendre au public des médicaments, produits ou objets mentionnés à l'article L. 4211-1 par l'intermédiaire de maisons de commission, de groupements d'achats et d'établissements possédés ou administrés par des personnes non titulaires de l'un des diplômes mentionnés à l'article L. 4221-1 ;

3° De délivrer des médicaments, dans une officine de pharmacie, sans porter l'insigne correspondant à sa qualité de pharmacien ou de personne légalement habilitée à le seconder, contrairement aux dispositions de l'article L. 5125-29 ;

4° De solliciter des commandes auprès du public ;

5° De recevoir des commandes de médicaments et autres produits ou objets mentionnés à l'article L. 4211-1 par l'entremise habituelle de courtiers ;

6° De distribuer à domicile des médicaments et autres produits ou objets mentionnés à l'article L. 4211-1, dont la commande leur est parvenue par l'entremise habituelle de courtiers ;

7° Pour toute personne autre qu'un pharmacien ou son préposé, de remettre une commande en dehors de l'officine dans un paquet non conforme aux dispositions de l'article L. 5125-25 ;

8° De dispenser des médicaments dérivés du sang sans enregistrer les données permettant d'en assurer le suivi en application du 14° de l'article L. 5121-20 ;

9° Pour l'un des pharmaciens mentionnés à l'article L. 5125-33, de méconnaître les règles applicables au commerce électronique de médicaments prévues au chapitre V *bis* du titre II du livre Ier de la cinquième partie du présent code et les règles de bonnes pratiques de dispensation mentionnées à l'article L. 5121-5.

Art. L. 5424-5 *(Abr., Ord. n° 2013-1183, 19 déc. 2013)*.

Art. L. 5424-6 *(Ord. n° 2008-717, 17 juill. 2008 ; Ord. n° 2013-1183, 19 déc. 2013)*. – **Est puni de deux ans d'emprisonnement et de 150 000 € d'amende, le fait pour un pharmacien :**

1° D'exploiter une officine sans que les médicaments soient préparés par ou sous la surveillance directe d'un pharmacien ;

2° De dispenser une préparation magistrale ou officinale comportant une ou des substances dont l'utilisation pour ces préparations est interdite ;

3° De dispenser des drogues simples, des produits chimiques ou des préparations qui ne répondent pas aux spécifications décrites à la pharmacopée ;

4° De vendre des remèdes secrets.

Art. L. 5424-7 et L. 5424-8 *(Abr., Ord. n° 2013-1183, 19 déc. 2013)*.

Art. L. 5424-9 *(Mod., Ord. n° 2013-1183, 19 déc. 2013)*. – **Le débit, l'étalage ou la distribution de médicaments sur la voie publique, dans les foires ou marchés même pour une personne munie du diplôme de pharmacien, est puni de un an d'emprisonnement et de 75 000 € d'amende.**

Art. L. 5424-10. – **Le fait, pour un pharmacien de passer une convention avec un médecin, un chirurgien-dentiste ou une sage-femme leur assurant un bénéfice d'une nature quelconque sur la vente des produits pharmaceutiques, médicamenteux, cosmétiques que ceux-ci peuvent prescrire est puni de deux ans d'emprisonnement et de 30 000 € d'amende.**

Art. L. 5424-11 et L. 5424-12 *(Abr., Ord. n° 2013-1183, 19 déc. 2013)*.

Art. L. 5424-13 *(Ord. n° 2013-1183, 19 déc. 2013)*. – **Le fait, pour un pharmacien de ne pas exercer personnellement sa profession est puni de 75 000 € d'amende.**

Art. L. 5424-14 *(Mod., Ord. n° 2013-1183, 19 déc. 2013)*. – **Le fait, pour le titulaire d'une officine qui reste ouverte en son absence, de ne pas se faire régulièrement remplacer, est puni de 75 000 € d'amende.**

Pour une application de ce texte, ▪ Cass. crim., 13 mai 2003 : *JurisData* n° 2003-019687 ; *Dr. pén.* 2003, comm. 113, obs. J.-H. Robert.

Art. L. 5424-15 et L. 5424-18 *(Abr., Ord. n° 2013-1183, 19 déc. 2013)*.

Art. L. 5424-19 *(Mod. à compter de la date prévue au II de l'article 29 de l'ordonnance n° 2010-177 du 23 févr. 2010, Ord. n° 2010-177, 23 févr. 2010)*. – **Lorsque l'autorité judiciaire est saisie d'une poursuite par application des articles mentionnés au présent chapitre, directeur général de l'agence régionale de santé peut prononcer la fermeture provisoire de l'officine.**

Les personnes physiques coupables d'une infraction prévue au présent chapitre, encourent la peine complémentaire de la fermeture temporaire ou définitive de l'officine.

Voir : Pour les préparateurs en pharmacie, art. L. 4241-1 et s. du Code de la santé publique. Pour les médicaments vétérinaires, V. art. L. 5441-1 et s. du code précité. Pour les laboratoires d'analyses de biologie médicale, V. art. L. 6214-1 et s. du code précité.

Matières premières à usage pharmaceutique
(Ord. n° 2012-1427, 19 déc. 2012)

Art. L. 5438-1 *(Mod., Ord. n° 2022-414, 23 mars 2022)*. – **Constitue un manquement soumis à sanction financière :**

1° Le fait pour les fabricants, importateurs, distributeurs de substances actives de ne pas se conformer aux bonnes pratiques de fabrication et de distribution mentionnées aux premier et deuxième alinéas de l'article L. 5138-3 ;

2° Le fait pour tout établissement pharmaceutique mentionné à l'article L. 5124-1, pour les pharmacies d'officine, les pharmacies à usage intérieur, les médecins de ne pas s'assurer de la conformité des substances actives qu'ils utilisent aux bonnes pratiques de fabrication et de distribution, et, pour les

établissements pharmaceutiques, de ne pas réaliser ou faire réaliser des audits pour s'en assurer sur les sites de fabrication et de distribution des substances actives ;

3° Le fait pour tout établissement pharmaceutique mentionné à l'article L. 5124-1 de ne pas déterminer les bonnes pratiques applicables à la fabrication d'excipients en réalisant une évaluation formalisée du risque et de ne pas s'assurer de leur respect.

Art. L. 5438-2 *(Ord. n° 2013-1183, 19 déc. 2013).* – Le fait pour le fabricant, l'importateur ou le distributeur d'excipients tels que définis par l'article L. 5138-2 d'exercer son activité sans avoir effectué la déclaration auprès de l'Agence nationale de sécurité du médicament et des produits de santé dans les conditions fixées à l'article L. 5138-1 est puni d'un an d'emprisonnement et de 75 000 € d'amende.

Art. L. 5438-3 *(Mod., Ord. n° 2013-1183, 19 déc. 2013).* – Le fait pour le fabricant, l'importateur ou le distributeur de substances actives telles que définies par l'article L. 5138-2 d'exercer son activité sans y avoir été autorisé par l'Agence nationale de sécurité du médicament et des produits de santé en application et dans les conditions fixées par l'article L. 5138-1 est puni de deux ans d'emprisonnement et de 150 000 € d'amende.

Art. L. 5438-4 *(Mod., Ord. n° 2022-414, 23 mars 2022).* – La fabrication, le courtage, la distribution, la publicité, l'offre de vente, la vente, l'importation, l'exportation, l'achat de matières premières à usage pharmaceutique falsifiées définies à l'article L. 5138-6 sont punis de cinq ans d'emprisonnement et de 375 000 € d'amende.

Ces peines sont portées à sept ans d'emprisonnement et 750 000 € d'amende lorsque :

1° Ces matières premières sont dangereuses pour la santé de l'homme ou de l'animal ;

2° Les délits prévus au premier alinéa ont été commis par des fabricants, importateurs, distributeurs autorisés ou déclarés en application de l'article L. 5138-1 ou par les établissements pharmaceutiques autorisés conformément à l'article L. 5124-3 ;

3° Ces mêmes délits ont été commis en bande organisée ;

4° Les délits de publicité, d'offre de vente et de vente de matière première à usage pharmaceutique falsifiées ont été commis sur un réseau de télécommunication à destination d'un public non déterminé.

Art. L. 5438-5 *(Mod., Ord. n° 2013-1183, 19 déc. 2013 ; Ord. n° 2022-414, 23 mars 2022).* – Sont punis de trois ans d'emprisonnement et de 75 000 € d'amende ceux qui, sans motif légitime, sont trouvés détenteurs de matières premières à usage pharmaceutique falsifiées.

Lorsque la matière première à usage pharmaceutique falsifiée est dangereuse pour la santé de l'homme ou de l'animal, les peines sont portées à cinq ans d'emprisonnement et à 375 000 € d'amende.

Art. L. 5438-6. – La tentative des délits prévus à l'article L. 5438-4 est punie des mêmes peines.

Art. L. 5438-7 *(Ord. n° 2013-1183, 19 déc. 2013).* – Pour les infractions pénales mentionnées au présent chapitre, les personnes physiques encourent également les peines complémentaires suivantes :

1° L'affichage ou la diffusion de la décision prononcée, dans les conditions et sous les peines prévues à l'article 131-35 du Code pénal ;

2° L'interdiction temporaire ou définitive d'exercer une ou plusieurs professions régies par le présent code, une profession commerciale ou industrielle, de diriger, d'administrer, de gérer ou de contrôler à un titre quelconque, directement ou indirectement, pour son propre compte ou pour le compte d'autrui, une entreprise commerciale ou industrielle ou une société commerciale ou toute autre activité professionnelle ou sociale à l'occasion de l'exercice de laquelle l'infraction a été commise, suivant les modalités prévues à l'article 131-27 du même code ;

3° La confiscation de la chose qui a servi ou était destinée à commettre l'infraction ou de la chose qui en est l'objet ou le produit, en application de l'article 131-21 du même code.

Art. L. 5438-8 *(Ord. n° 2013-1183, 19 déc. 2013).* – Les personnes morales déclarées pénalement responsables, dans les conditions prévues à l'article 121-2 du Code pénal, des infractions prévues au présent chapitre encourent, outre l'amende suivant les modalités prévues à l'article 131-38 du même code, les peines prévues aux 2° à 9° de l'article 131-39 de ce code.

ANNEXE 7

III. – SUBSTANCES DANGEREUSES

A. – SUBSTANCES VÉNÉNEUSES

Bibliographie : N. Bareït, J. Lasserre Capdeville, J. Penneau, *Substances vénéneuses : JCl. Lois pénales spéciales.* • J. Borricand, *Commentaire de la loi n° 87-1157 du 31 décembre 1987 relative à la lutte contre le trafic de stupéfiants et modifiant certaines dispositions du Code pénal : JCP* 88, I, 3337. • Pour le texte de la Convention des Nations unies contre le trafic illicite de stupéfiants et de substances psychotropes de Vienne (19 déc. 1988), V. D. n° 91-271 du 8 mars 1991 : *JO* 14 mars.

Code de la santé publique

(Ord. n° 2000-548, 15 juin 2000)

LUTTE CONTRE LA TOXICOMANIE

Peines applicables

Art. L. 3421-1 *(Mod., L. n° 2007-297, 5 mars 2007 ; L. n° 2019-222, 23 mars 2019 ; L. n° 2021-409, 8 avr. 2021)*. **– L'usage illicite de l'une des substances ou plantes classées comme stupéfiants est puni d'un an d'emprisonnement et de 3 750 € d'amende.**

Si l'infraction est commise dans l'exercice ou à l'occasion de l'exercice de ses fonctions par une personne dépositaire de l'autorité publique ou chargée d'une mission de service public, ou par le personnel d'une entreprise de transport routier, ferroviaire, maritime ou aérien, de marchandises ou de voyageurs exerçant des fonctions mettant en cause la sécurité du transport dont la liste est fixée par décret en Conseil d'État, les peines sont portées à cinq ans d'emprisonnement et à 75 000 euros d'amende. Pour l'application du présent alinéa, sont assimilés au personnel d'une entreprise de transport les travailleurs mis à la disposition de l'entreprise de transport par une entreprise extérieure.

Pour le délit prévu au premier alinéa du présent article, y compris en cas de récidive, l'action publique peut être éteinte, dans les conditions prévues aux articles 495-17 à 495-25 du Code de procédure pénale, par le versement d'une amende forfaitaire d'un montant de 200 €. Le montant de l'amende forfaitaire minorée est de 150 € et le montant de l'amende forfaitaire majorée est de 450 €.

Art. L. 3421-2. – Dans le cas prévu par l'article L. 3421-1, les tribunaux ordonnent la confiscation des substances ou plantes saisies.

Cette confiscation ne peut toutefois être prononcée lorsque le délit a été constaté dans une officine pharmaceutique si le délinquant n'est que le gérant responsable, à moins que le propriétaire de l'officine n'ait fait acte de complicité ou que la détention de ces substances ou plantes ne soit illicite.

Art. L. 3421-3. – Les dispositions de l'article 706-33 du Code de procédure pénale et du premier alinéa de l'article 222-49 du Code pénal sont applicables en cas de poursuites pour le délit prévu par l'article L. 3421-1.

Art. L. 3421-4 *(Mod., L. n° 2007-297, 5 mars 2007)*. **– La provocation au délit prévu par l'article L. 3421-1 ou à l'une des infractions prévues par les articles 222-34 à 222-39 du Code pénal, alors même que cette provocation n'a pas été suivie d'effet, ou le fait de présenter ces infractions sous un jour favorable est puni de cinq ans d'emprisonnement et de 75 000 € d'amende.**

Est punie des mêmes peines la provocation, même non suivie d'effet, à l'usage de substances présentées comme ayant les effets de substances ou plantes classées comme stupéfiants.

Lorsque le délit prévu par le présent article constitue une provocation directe et est commis dans des établissements d'enseignement ou d'éducation ou dans les locaux de l'administration, ainsi que, lors des entrées ou sorties des élèves ou du public ou dans un temps très voisin de celles-ci, aux abords de ces établissements ou locaux, les peines sont portées à sept ans d'emprisonnement et à 100 000 € d'amende.

Lorsque le délit prévu par le présent article est commis par voie de la presse écrite ou audiovisuelle, les dispositions particulières des lois qui régissent ces matières sont applicables en ce qui concerne la détermination des personnes responsables.

Les personnes coupables des délits prévus par le présent article encourent également la peine complémentaire d'obligation d'accomplir, le cas échéant à leurs frais, un stage de sensibilisation aux dangers de l'usage de produits stupéfiants.

Art. L. 3421-5 *(L. n° 2007-297, 5 mars 2007 ; mod., L. n° 2011-525, 17 mai 2011 ; L. n° 2011-2012, 29 déc. 2011 ; L. n° 2016-41, 26 janv. 2016 ; L. n° 2019-222, 23 mars 2019).* – Sur réquisitions du procureur de la République, les officiers de police judiciaire et, sur l'ordre ou sous la responsabilité de ceux-ci, les agents de police judiciaire et agents de police judiciaire adjoints mentionnés à l'article 20 et au 1° de l'article 21 du Code de procédure pénale sont habilités, aux fins de rechercher et de constater le délit prévu au second alinéa de l'article L. 3421-1 du présent code, à entrer dans les lieux où s'exerce le transport public de voyageurs, terrestre, maritime ou aérien, ainsi que dans leurs annexes et dépendances, sauf s'ils constituent un domicile, en vue de :

1° Contrôler l'identité des personnes présentes, pour déterminer celles relevant des dispositions du second alinéa de l'article L. 3421-1 ;

2° Procéder auprès de ces personnes, s'il existe à leur encontre une ou plusieurs raisons plausibles de soupçonner qu'elles ont fait usage de stupéfiants, à des épreuves de dépistage en vue d'établir la commission du délit recherché.

Lorsque ces épreuves de dépistage se révèlent positives ou lorsque la personne refuse ou est dans l'impossibilité de les subir, les officiers ou agents de police judiciaire et agents de police judiciaire adjoints font procéder aux vérifications destinées à établir la preuve de l'usage de produits stupéfiants.

Les vérifications visées au quatrième alinéa sont faites au moyen d'analyses ou examens médicaux, cliniques et biologiques. Les échantillons prélevés sont conservés dans les conditions fixées par un arrêté du ministre chargé de la santé, pris après avis du directeur général de l'Agence nationale de sécurité du médicament et des produits de santé.

Les réquisitions du procureur de la République sont écrites, présentées aux personnes intéressées à leur demande et précisent qu'elles ont pour but la recherche de l'infraction prévue au second alinéa de l'article L. 3421-1. Ces réquisitions sont prises pour une durée maximum d'un mois et précisent les locaux où se déroulera l'opération de contrôle ainsi que les dates et heures de chaque intervention.

Les mesures prises en application du présent article font l'objet d'un procès-verbal remis à l'intéressé.

Art. L. 3421-6 *(L. n° 2007-297, 5 mars 2007).* – Le fait de refuser de se soumettre aux vérifications prévues par l'article L. 3421-5 est puni de deux ans d'emprisonnement et de 30 000 € d'amende.

Art. L. 3421-7 *(L. n° 2007-297, 5 mars 2007 ; mod., L. n° 2019-222, 23 mars 2019).* – Les personnes physiques coupables des délits prévus au second alinéa de l'article L. 3421-1 et à l'article L. 3421-6 encourent également les peines complémentaires suivantes :

1° La suspension pour une durée de trois ans au plus du permis de conduire ou du titre de conduite des bateaux de plaisance français à moteur en mer et en eaux intérieures ; cette suspension ne peut pas être limitée à la conduite en dehors de l'activité professionnelle ; elle ne peut être assortie du sursis, même partiellement ;

2° L'annulation du permis de conduire ou du titre de conduite des bateaux de plaisance français à moteur en mer et en eaux intérieures avec interdiction de solliciter la délivrance d'un nouveau permis ou d'un nouveau titre de conduite pendant trois ans au plus ;

3° La peine de travail d'intérêt général selon les modalités prévues à l'article 131-8 du Code pénal et selon les conditions prévues aux articles 131-22 à 131-24 du même code ;

4° La peine de jours-amende dans les conditions fixées aux articles 131-5 et 131-25 du Code pénal ;

5° L'interdiction, soit définitive, soit pour une durée de cinq ans au plus, d'exercer une profession ayant trait au transport ;

6° L'interdiction de conduire certains véhicules terrestres à moteur, y compris ceux pour la conduite desquels le permis de conduire n'est pas exigé, pour une durée de cinq ans au plus ;

7° L'obligation d'accomplir, à ses frais, un stage de sensibilisation à la sécurité routière ;

8° L'obligation d'accomplir, à ses frais, un stage de sensibilisation aux dangers de l'usage de produits stupéfiants.

Mesures d'accompagnement

Art. L. 3422-1. – En cas d'infraction à l'article L. 3421-1 et aux articles 222-34 à 222-39 du Code pénal, le représentant de l'État dans le département peut ordonner, pour une durée n'excédant pas trois mois, la fermeture de tout hôtel, maison meublée, pension, débit de boissons, restaurant, club, cercle, dancing, lieu de spectacle ou leurs annexes ou lieu quelconque ouvert au public ou utilisé par le public où l'infraction a été commise.

Le ministre de l'Intérieur peut, dans les mêmes conditions, ordonner la fermeture de ces mêmes lieux pour une durée pouvant aller jusqu'à un an ; dans ce cas, la durée de la fermeture prononcée par le représentant de l'État dans le département s'impute sur celle de la fermeture prononcée par le ministre.

Les mesures prévues par les deux alinéas qui précèdent cessent de plein droit de produire effet en cas de décision de non-lieu, de relaxe ou d'acquittement. La durée de la fermeture par l'autorité administrative s'impute sur celle de la fermeture prononcée par la juridiction d'instruction.

Art. L. 3422-2. – Le fait de contrevenir à la décision de fermeture prononcée en application de l'article L. 3422-1 est puni de six mois d'emprisonnement et de 7 500 € d'amende.

Injonction thérapeutique par le procureur de la République

Art. L. 3423-1 *(Rempl., L. n° 2011-1862, 13 déc. 2011)*. – Le procureur de la République peut enjoindre à la personne ayant fait un usage illicite de stupéfiants ou une consommation habituelle et excessive d'alcool de se soumettre à une mesure d'injonction thérapeutique prenant la forme d'une mesure de soins ou de surveillance médicale dans des conditions prévues aux articles L. 3413-1 à L. 3413-4.

La durée de la mesure est de six mois, renouvelable trois fois selon les mêmes modalités.

L'action publique n'est pas exercée à l'encontre des personnes qui se soumettent à la mesure d'injonction thérapeutique qui leur est ordonnée et la suivent jusqu'à son terme.

De même, l'action publique n'est pas exercée à l'égard des personnes ayant fait un usage illicite de stupéfiants lorsqu'il est établi qu'elles se sont soumises, depuis les faits qui leur sont reprochés, à une mesure de soins ou à une surveillance médicale adaptées dans les conditions prévues aux chapitres II et IV du titre Ier du présent livre.

Art. L. 3423-2 *(L. n° 2007-297, 5 mars 2007)*. – Dans tous les cas prévus à l'article L. 3423-1, lorsque la conservation des plantes et substances saisies n'apparaît pas nécessaire, il est procédé à leur destruction par un officier de police judiciaire, sur la réquisition du procureur de la République.

Injonction thérapeutique par le juge d'instruction, le juge des enfants
ou le juge des libertés et de la détention

Art. L. 3424-1 *(L. n° 2007-297, 5 mars 2007 ; mod., L. n° 2011-525, 17 mai 2011)*. – Les personnes mises en examen pour les délits prévus par les articles L. 3421-1 et L. 3425-2 peuvent se voir notifier, par ordonnance du juge d'instruction, du juge des enfants ou du juge des libertés et de la détention, une mesure d'injonction thérapeutique selon les modalités définies aux articles L. 3413-1 à L. 3413-4. La durée de la mesure est de vingt-quatre mois au plus.

L'exécution de cette ordonnance se poursuit, s'il y a lieu, après la clôture de l'information, les règles fixées par les deuxième à quatrième alinéas de l'article 148-1 du Code de procédure pénale étant, le cas échéant, applicables.

Art. L. 3424-2 à L. 3424-5 *(Abr., L. n° 2007-297, 5 mars 2007)*.

Injonction thérapeutique par la juridiction de jugement

Art. L. 3425-1 *(L. n° 2007-297, 5 mars 2007 ; mod., L. n° 2011-525, 17 mai 2011)*. – La juridiction de jugement peut, à titre de peine complémentaire, astreindre les personnes ayant commis le délit prévu par l'article L. 3421-1 à se soumettre à une mesure d'injonction thérapeutique, selon les modalités définies aux articles L. 3413-1 à L. 3413-4. La durée de la mesure est de vingt-quatre mois au plus.

Art. L. 3425-2 *(L. n° 2007-297, 5 mars 2007 ; mod., L. n° 2019-222, 23 mars 2019).* – Le fait de se soustraire à l'exécution de la décision ayant ordonné une injonction thérapeutique est puni des peines prévues aux articles L. 3421-1 et L. 3425-1.

Toutefois, ces sanctions ne sont pas applicables lorsque l'injonction thérapeutique constitue une obligation particulière imposée à une personne qui a été condamnée à une peine d'emprisonnement assortie du sursis probatoire ou du sursis assorti de l'obligation d'accomplir un travail d'intérêt général.

....

Substances et préparations vénéneuses

Art. L. 5132-1 *(Ord. n° 2011-1922, 22 déc. 2011).* – Sont comprises comme substances vénéneuses :

1° *(1° abr., Ord. n° 2011-1922, 22 déc. 2011)* ;

2° Les substances stupéfiantes ;

3° Les substances psychotropes ;

4° Les substances inscrites sur la liste I et la liste II définies à l'article L. 5132-6.

Au sens de cette présente partie :

On entend par « substances » les éléments chimiques et leurs composés comme ils se présentent à l'état naturel ou tels qu'ils sont produits par l'industrie, contenant éventuellement tout additif nécessaire à leur mise sur le marché.

On entend par « préparations » les mélanges ou solutions composés de deux substances ou plus.

Art. L. 5132-2 à L. 5132-5 *(Abr., Ord. n° 2011-1922, 22 déc. 2011).*

Art. L. 5132-6. – Les listes I et II mentionnées au 4° de l'article L. 5132-1 comprennent :

1° *(Ord. n° 2011-1922, 22 déc. 2011)* Certaines substances classées dangereuses pour la santé conformément à l'article L. 1342-2 ;

2° Les médicaments susceptibles de présenter directement ou indirectement un danger pour la santé ;

3° Les médicaments à usage humain contenant des substances dont l'activité ou les effets indésirables nécessitent une surveillance médicale ;

4° *(Abr., Ord. n° 2007-613, 26 avr. 2007)* ;

5° Tout autre produit ou substance présentant pour la santé des risques directs ou indirects.

La liste I comprend les substances ou préparations, et les médicaments et produits présentant les risques les plus élevés pour la santé.

Art. L. 5132-7 *(Mod., L. n° 2011-2012, 29 déc. 2011).* – Les plantes, substances ou préparations vénéneuses sont classées comme stupéfiants ou comme psychotropes ou sont inscrites sur les listes I et II par arrêté du ministre chargé de la santé pris sur proposition du directeur général de l'Agence nationale de sécurité du médicament et des produits de santé.

Art. L. 5132-8. – La production, la fabrication, le transport, l'importation, l'exportation, la détention, l'offre, la cession, l'acquisition et l'emploi de plantes, de substances ou de préparations classées comme vénéneuses sont soumises à des conditions définies par décrets en Conseil d'État.

Ces décrets peuvent prohiber toute opération relative à ces plantes et substances ; ils peuvent notamment, après avis des Académies nationales de médecine et de pharmacie, interdire la prescription et l'incorporation dans des préparations de certaines de ces plantes et substances ou des spécialités qui en contiennent.

Les conditions de prescription et de délivrance de telles préparations sont fixées après avis des conseils nationaux de l'ordre des médecins et de l'ordre des pharmaciens.

Art. L. 5132-9 *(Mod. à compter de la date prévue au II de l'article 29 de l'ordonnance n° 2010-177 du 23 févr. 2010, Ord. n° 2010-177, 23 févr. 2010).* – Lorsqu'ils ont le statut de marchandises communautaires et sont en provenance ou à destination des autres États membres de l'Union européenne, les médicaments, substances ou préparations classés comme stupéfiants ou auxquels la réglementation des stupéfiants est appliquée en tout ou partie en vertu du présent code, ainsi que les médicaments, substances ou préparations classés comme psychotropes doivent être présentés au service des douanes, munis des documents qui les accompagnent.

Les agents des douanes sont chargés :

1° D'endosser, après contrôle des marchandises, l'autorisation d'importation ou d'exportation prévue par le présent code pour les médicaments, substances ou préparations classés comme stupéfiants ou auxquels la réglementation des stupéfiants est appliquée en tout ou partie ;

2° D'endosser, après contrôle des marchandises, l'autorisation d'importation ou d'exportation ou la déclaration d'exportation prévues par la convention de Vienne sur les substances psychotropes du 21 février 1971. Les modalités de la présentation en douane sont fixées par arrêté du ministre chargé des douanes.

....

Art. L. 5432-1 *(Ord. n° 2013-1183, 19 déc. 2013)*. – I. – Est puni de cinq ans d'emprisonnement et de 375 000 € d'amende le fait dans le cadre d'une activité réglementée de ne pas respecter les dispositions prises en application de l'article L. 5132-8 :

1° Fixant les conditions de production, de transport, d'importation, d'exportation, de détention, d'offre, de cession, de prescription, de délivrance, d'acquisition, et d'emploi de médicaments, plantes, substances ou préparations classées comme vénéneuses ;

2° Prohibant les opérations relatives à ces plantes ou substances ;

3° Interdisant la prescription ou l'incorporation dans des préparations, de certaines plantes ou substances vénéneuses ou de spécialités qui en contiennent, ou fixant les conditions particulières de prescription ou de délivrance de ces préparations.

Dans tous les cas prévus au présent article, les tribunaux peuvent ordonner la confiscation des plantes ou substances saisies.

II. – Les peines mentionnées au I sont portées à sept ans d'emprisonnement et 750 000 € d'amende, lorsque :

1° Les faits ont été commis en bande organisée ;

2° Lorsque les faits d'offre, de cession ou d'acquisition ont été commis sur un réseau de télécommunication à destination d'un public non déterminé ;

3° Les faits ont été commis en vue de faciliter, par quelque moyen que ce soit, notamment à l'aide d'ordonnances ou de délivrances de complaisance, le mésusage ou l'abus tels que définis par voie réglementaire, de médicaments, de plantes, de substances ou préparations classées comme vénéneuses. Ces dispositions ne sont pas applicables en cas de prescription d'une spécialité pharmaceutique non conforme à son autorisation de mise sur le marché lorsque les conditions prévues par l'article L. 5121-12-1 sont respectées.

Art. L. 5432-2 *(Ord. n° 2013-1183, 19 déc. 2013)*. – I. – Est puni de cinq ans d'emprisonnement et de 375 000 € d'amende le fait pour quiconque, de fabriquer, d'importer, d'exporter, de transporter, d'offrir, de céder, d'acquérir, de détenir, d'employer de manière illicite ou de se faire délivrer au moyen d'ordonnances fictives ou de complaisance :

1° Des substances, plantes ou préparations inscrites sur les listes I et II ou classées comme psychotropes mentionnées à l'article L. 5132-1 ;

2° Des médicaments mentionnés à l'article L. 5111-1, lorsque ces médicaments sont inscrits sur les listes I et II mentionnées à l'article L. 5132-1 ou lorsque sans être inscrits ces derniers contiennent une ou plusieurs substances ou préparations inscrites dans ces mêmes listes.

II. – Les peines mentionnées au I sont portées à sept ans d'emprisonnement et 750 000 € d'amende, lorsque :

1° Les faits ont été commis en bande organisée ;

2° Lorsque les faits d'offre, de cession ou d'acquisition ont été commis sur un réseau de télécommunication à destination d'un public non déterminé.

B. – TABAC

Bibliographie : N. Bareït, *Santé publique : JCl. Lois pénales spéciales.* • J.-H. Robert, *L'interdiction et la réglementation de la publicité en faveur du tabac selon la loi du 10 janvier 1991 : Dr. pén.* 1991, juin. • L. Bihl, *La nouvelle réglementation de la publicité en faveur du tabac : Gaz. Pal.* 26-27 juin 1991. • J.-Ph. Guedon, *Étude de la loi du 31 juillet 2003 : JCP* 2004, I, 104.

Code de la santé publique

(Ord. n° 2000-548, 15 juin 2000)

LUTTE CONTRE LE TABAGISME

(Ancien titre unique modifié, L. n° 2002-1487, 20 déc. 2002 ; L. n° 2003-715, 31 juill. 2003 ; devenu le présent titre et intitulé créé, Ord. n° 2006-596, 23 mai 2006 ; modifié, L. n° 2009-879, 21 juill. 2009 ; L. n° 2014-344, 17 mars 2014 ; L. n° 2016-41, 26 janv. 2016 ; remplacé, Ord. n° 2016-623, 19 mai 2016)

Chapitre premier : Information et prévention

Art. L. 3511-1 *(Mod., L. n° 2002-1487, 20 déc. 2002 ; L. n° 2011-302, 22 mars 2011 ; rempl., Ord. n° 2016-623, 19 mai 2016).* – Le Gouvernement fixe par décret la date d'une manifestation annuelle intitulée : « Jour sans tabac ».

Art. L. 3511-2 *(Mod., L. n° 2003-715, 31 juill. 2003 ; mod., à compter du 2 janvier 2006, L. n° 2005-842, 26 juill. 2005 ; mod., L. n° 2008-776, 4 août 2008 ; L. n° 2009-879, 21 juill. 2009 ; mod., à compter du 20 mai 2016, L. n° 2016-41, 26 janv. 2016 ; rempl., Ord. n° 2016-623, 19 mai 2016).* – Une information de nature sanitaire prophylactique et psychologique est dispensée dans les établissements scolaires et à l'armée.

Dans le cadre de l'éducation à la santé, une sensibilisation au risque tabagique est organisée, sous forme obligatoire, dans les classes de l'enseignement primaire et secondaire.

Art. L. 3511-3. – *(Mod., L. n° 2003-715, 31 juill. 2003, ; L. n° 2004-806, 9 août 2004 ; L. fin. rect. n° 2010-1658, 29 déc. 2010 ; L. n° 2016-41, 26 janv. 2016 ; rempl., Ord. n° 2016-623, 19 mai 2016)*

Les substituts nicotiniques peuvent être prescrits par :

1° Les médecins, y compris les médecins du travail aux travailleurs ;

2° Les chirurgiens-dentistes, en application de l'article L. 4141-2 ;

3° Les sages-femmes, en application de l'article L. 4151-4 ;

4° Les infirmiers ou les infirmières, en application de l'article L. 4311-1 ;

5° Les masseurs-kinésithérapeutes, en application de l'article L. 4321-1.

La personne qui délivre l'un de ces produits exige du client qu'il établisse la preuve de sa majorité.

Chapitre 2. Produits du tabac

Section 1. Dispositions générales

Art. L. 3512-1 *(Mod., L. n° 2004-806, 9 août 2004 ; rempl., Ord. n° 2016-623, 19 mai 2016).* – Sont considérés comme produits du tabac les produits pouvant être consommés et composés, même partiellement, de tabac, qu'il soit ou non génétiquement modifié.

Les produits du tabac comprennent les cigarettes, le tabac à rouler, le tabac à pipe, le tabac à pipe à eau, les cigares, les cigarillos, le tabac à mâcher, le tabac à priser et le tabac à usage oral.

Sont également des produits du tabac au sens du premier alinéa, les nouveaux produits du tabac qui sont les produits autres que ceux mentionnés au deuxième alinéa et qui sont mis sur le marché après le 19 mai 2014.

Art. L. 3512-2 *(Mod., L. n° 2000-516, 15 juin 2000 ; L. n° 2004-806, 9 août 2004 ; L. n° 2016-41, 26 janv. 2016 ; mod. à compter du 20 mai 2016, L. n° 2016-41, 26 janv. 2016 ; rempl., Ord. n° 2016-623, 19 mai 2016).* – Est considéré comme ingrédient, le tabac, un additif, ainsi que toute autre substance ou tout autre élément présent dans un produit fini du tabac, y compris le papier, le filtre, l'encre, les capsules et les colles.

NB : Le 1° de l'article L. 3511-2-3 du Code de la santé publique entre en vigueur le 20 mai 2020 pour les produits du tabac contenant un arôme clairement identifiable dont le volume des ventes représente, au sein de l'Union européenne, à la date du 20 mai 2016, 3 % ou plus d'une catégorie de produits du tabac déterminée.

Art. L. 3512-3 *(Créé, L. n° 2004-806, 9 août 2004 ; mod., L. n° 2009-526, 12 mai 2009 ; L. n° 2016-41, 26 janv. 2016 ; rempl., Ord. n° 2016-623, 19 mai 2016).* – Est considéré comme du tabac à rouler, le produit du tabac destiné à être utilisé par les consommateurs ou les détaillants pour confectionner des cigarettes. Si un produit peut être utilisé à la fois dans une pipe à eau et comme tabac à rouler, il est réputé être du tabac à rouler.

Art. L. 3512-4 *(Créé, L. n° 2004-806, 9 août 2004 ; rempl., L. n° 2009-879, 21 juill. 2009 ; mod., L. n° 2016-41, 26 janv. 2016 ; rempl., Ord. n° 2016-623, 19 mai 2016).* – La propagande ou la publicité, directe ou indirecte, en faveur du tabac, des produits du tabac, des ingrédients définis à l'article L. 3512-2, ainsi que toute distribution gratuite ou vente d'un produit du tabac à un prix inférieur à celui qui a été homologué conformément à l'article 572 du Code général des impôts sont interdites.

Ces dispositions ne s'appliquent pas aux enseignes des débits de tabac, à condition que ces enseignes soient conformes à des caractéristiques définies par arrêté interministériel.

Elles ne s'appliquent pas non plus :

1° Aux publications et services de communication en ligne édités par les organisations professionnelles de producteurs, fabricants et distributeurs des produits du tabac, réservés à leurs adhérents, ni aux publications professionnelles spécialisées dont la liste est établie par arrêté signé par les ministres chargés de la santé et de la communication, ni aux services de communication en ligne édités à titre professionnel qui ne sont accessibles qu'aux professionnels de la production, de la fabrication et de la distribution des produits du tabac ;

2° Aux publications imprimées et éditées et aux services de communication en ligne mis à disposition du public par des personnes établies dans un pays n'appartenant pas à l'Union européenne ou à l'Espace économique européen, lorsque ces publications et services de communication en ligne ne sont pas principalement destinés au marché communautaire.

Toute opération de parrainage ou de mécénat est interdite lorsqu'elle est effectuée par les fabricants, les importateurs ou les distributeurs de produits du tabac ou lorsqu'elle a pour objet ou pour effet la propagande ou la publicité directe ou indirecte en faveur du tabac, des produits du tabac et des ingrédients définis à l'article L. 3512-2.

Art. L. 3512-5 *(Créé, Ord. n° 2016-623, 19 mai 2016).* – Est considérée comme propagande ou publicité indirecte la propagande ou la publicité en faveur d'un organisme, d'un service, d'une activité, d'un produit ou d'un article autre que le tabac, un produit du tabac ou un ingrédient défini à l'article L. 3512-2 lorsque, par son graphisme, sa présentation, l'utilisation d'une marque, d'un emblème publicitaire ou un autre signe distinctif, elle rappelle le tabac, un produit du tabac ou un ingrédient défini à l'article L. 3512-2.

Toutefois, ces dispositions ne sont pas applicables à la propagande ou à la publicité en faveur d'un produit autre que le tabac, un produit du tabac ou un ingrédient défini à l'article L. 3512-2 qui a été mis sur le marché avant le 1er janvier 1990 par une entreprise juridiquement et financièrement distincte de toute entreprise qui fabrique, importe ou commercialise du tabac un produit du tabac ou un ingrédient défini à l'article L. 3512-2. La création d'un lien juridique ou financier entre ces entreprises rend caduque cette dérogation.

Art. L. 3512-6 *(Créé, Ord. n° 2016-623, 19 mai 2016).* – La retransmission des compétitions de sport mécanique, contenant de la publicité directe ou indirecte en faveur des produits mentionnés à l'article L. 3512-5 et qui se déroulent dans des pays où la publicité pour le tabac est autorisée, peut être assurée par les chaînes de télévision.

Art. L. 3512-7 *(Créé, Ord. n° 2016-623, 19 mai 2016).* – I. – Les fabricants, les importateurs et les distributeurs de produits du tabac ainsi que les entreprises, les organisations professionnelles ou les associations les représentant adressent chaque année au ministre chargé de la santé un rapport détaillant l'ensemble des dépenses liées à des activités d'influence ou de représentation d'intérêts.

II. – Sont considérées comme des dépenses liées à des activités d'influence ou de représentation d'intérêts :

1° Les rémunérations de personnels employés en totalité ou en partie pour exercer des activités d'influence ou de représentation d'intérêts ;

2° Les achats de prestations auprès de sociétés de conseil en activités d'influence ou de représentation d'intérêts ;

3° Les avantages en nature ou en espèces, sous quelque forme que ce soit, d'une façon directe ou indirecte, dont la valeur dépasse 10 euros, procurés à :

a) Des membres du Gouvernement ;

b) Des membres des cabinets ministériels ou à des collaborateurs du Président de la République ;

c) Des collaborateurs du Président de l'Assemblée nationale ou du Président du Sénat ;
d) Des parlementaires ;
e) Des personnes chargées d'une mission de service public que leur mission ou la nature de leur fonction appelle à prendre ou à préparer les décisions et les avis des autorités publiques relatifs aux produits du tabac ;
f) Des experts, personnes physiques ou morales, chargés, par convention avec une personne publique, d'une mission de conseil pour le compte d'une personne publique qui a pour mission de prendre ou de préparer les décisions et les avis des autorités publiques relatifs aux produits du tabac.

III. – Le rapport mentionné au I indique, pour chaque entreprise tenue de l'établir :

1° Le montant total des rémunérations mentionnées au 1° du II et le nombre des personnes concernées ;

2° Le montant total et l'identité des bénéficiaires des dépenses mentionnées au 2° du II ;

3° La nature et l'identité du bénéficiaire de chaque dépense mentionnée au 3° du II.

Art. L. 3512-8 *(Créé, Ord. n° 2016-623, 19 mai 2016)*. – Il est interdit de fumer dans les lieux affectés à un usage collectif, notamment scolaire, et dans les moyens de transport collectif, sauf dans les emplacements expressément réservés aux fumeurs.

Art. L. 3512-9 *(Créé, Ord. n° 2016-623, 19 mai 2016)*. – Il est interdit à tous les occupants d'un véhicule de fumer en présence d'un enfant de moins de dix-huit ans.

Section 2. Modalités de vente

Art. L. 3512-10 *(Créé, Ord. n° 2016-623, 19 mai 2016)*. – L'article L. 3335-1 est applicable aux lieux de vente de tabac manufacturé, sans préjudice des droits acquis.

« Par dérogation à l'article L. 3335-1 et sans préjudice des droits acquis, un débit de tabac ne peut être établi autour d'un établissement d'instruction publique, d'un établissement scolaire privé ou d'un établissement de formation ou de loisirs de la jeunesse à une distance inférieure à un seuil fixé par arrêté du représentant de l'État dans le département.

Art. L. 3512-11 *(Créé, Ord. n° 2016-623, 19 mai 2016)*. – Est interdite la vente de produits du tabac en distributeurs automatiques.

Art. L. 3512-12 *(Créé, Ord. n° 2016-623, 19 mai 2016)*. – Il est interdit de vendre ou d'offrir gratuitement, dans les débits de tabac et tous commerces ou lieux publics, à des mineurs de moins de dix-huit ans des produits du tabac définis à l'article L. 3512-1 ou des ingrédients définis à l'article L. 3512-2.

La personne qui délivre l'un de ces produits exige du client qu'il établisse la preuve de sa majorité.

Art. L. 3512-13 *(Créé, Ord. n° 2016-623, 19 mai 2016)*. – Sont interdites la fabrication, la vente, la distribution ou l'offre à titre gratuit des produits destinés à usage oral, à l'exception de ceux qui sont destinés à être fumés ou chiqués, constitués totalement ou partiellement de tabac, sous forme de poudre, de particules fines ou toutes combinaisons de ces formes, notamment ceux qui sont présentés en sachets portions ou en sachets poreux, ou sous une forme évoquant une denrée comestible.

Art. L. 3512-14 *(Créé, Ord. n° 2016-623, 19 mai 2016)*. – Sont interdites la vente, la distribution ou l'offre à titre gratuit de paquets de moins de vingt cigarettes et de paquets de plus de vingt qui ne sont pas composés d'un nombre de cigarettes multiple de cinq ainsi que des contenants de moins de trente grammes de tabacs fine coupe destinés à rouler des cigarettes, quel que soit leur conditionnement.

Section 3. Ingrédients et émissions

Art. L. 3512-15 *(Ord. n° 2016-623, 19 mai 2016 ; Ord. n° 2016-1812, 22 déc. 2016)*. – I. – Sont interdites la vente, la distribution ou l'offre à titre gratuit de cigarettes dont les teneurs maximales en goudron, en nicotine et en monoxyde de carbone des émissions sont supérieures à des teneurs fixées par arrêté du ministre chargé de la santé.

II. – Cet arrêté fixe en outre :

1° Les méthodes d'analyse permettant de mesurer la teneur en goudron, en nicotine et en monoxyde de carbone des cigarettes ;

2° Les méthodes de vérification de l'exactitude des teneurs déclarées.

III. – Les mesures des émissions mentionnées au I sont vérifiées par des laboratoires agréés par le ministre chargé de la santé, sur avis d'un établissement public, désigné par arrêté du même ministre, qui évalue et contrôle les éléments relevant de son champ de compétence. Ces laboratoires n'appartiennent pas à l'industrie du tabac et ne sont pas contrôlés, directement ou indirectement, par celle-ci.

Un décret prévoit les conditions d'agrément et de contrôle des laboratoires mentionnés ci-dessus.

Art. L. 3512-16 *(Créé, Ord. n° 2016-623, 19 mai 2016)*. – I. – Sont interdites la vente, la distribution ou l'offre à titre gratuit de cigarettes et de tabac à rouler :

1° Aromatisés ayant une odeur ou un goût clairement identifiable avant ou pendant la consommation, autre que ceux du tabac ;

2° Dont les filtres, le papier, les capsules, le conditionnement ou tout autre composant contiennent du tabac, de la nicotine ou des arômes ;

3° Contenant tout dispositif technique permettant de modifier l'odeur ou le goût des produits du tabac ou leur intensité de combustion ;

4° Contenant des vitamines ou d'autres additifs laissant entendre qu'un produit du tabac a des effets bénéfiques sur la santé ou que les risques qu'il présente pour la santé ont été réduits ;

5° Contenant de la caféine, de la taurine ou d'autres additifs et stimulants associés à l'énergie et à la vitalité ;

6° Contenant des additifs qui confèrent des propriétés colorantes aux émissions de fumée ;

7° Contenant des additifs qui facilitent l'inhalation ou l'absorption de nicotine ;

8° Contenant des additifs qui, sans combustion, ont des propriétés cancérogènes, mutagènes ou toxiques pour la reproduction humaine ;

9° Contenant des additifs dans des quantités qui augmentent, lors de la consommation, de manière significative ou mesurable, leurs effets toxiques ou l'effet de dépendance qu'ils engendrent.

II. – Les 4° à 6° et le 8° du I s'appliquent aux autres produits du tabac.

Le 7° du I s'applique aux autres produits du tabac à fumer.

Les 2° et 3° du I s'appliquent également aux papiers et aux filtres vendus, distribués ou offerts séparément.

III. – Le I entre en vigueur le 20 mai 2020 pour les produits du tabac contenant un arôme clairement identifiable dont le volume des ventes représente, au sein de l'Union européenne, à la date du 20 mai 2016, 3 % ou plus d'une catégorie de produits du tabac déterminée.

Art. L. 3512-17 *(Créé, Ord. n° 2016-623, 19 mai 2016)*. – I. – Avant la mise sur le marché de tout produit du tabac, les fabricants et importateurs de produits du tabac transmettent, par marque et par type, à l'établissement public désigné par arrêté la liste de tous les ingrédients utilisés dans la fabrication des produits du tabac et leurs émissions.

Cette déclaration comporte des informations portant notamment sur le statut des ingrédients au regard du règlement (CE) n° 1907/2006 du 18 décembre 2006 et du règlement (CE) n° 1272/2008 du 16 décembre 2008, les données toxicologiques et les effets sur la santé du produit, la raison de l'utilisation des ingrédients, ainsi qu'une description générale des additifs utilisés et leurs propriétés.

II. – Au plus tard dix-huit mois après qu'un additif a été inscrit sur la liste prioritaire établie par décision européenne mentionnée à l'article 6 de la directive 2014/40/UE, les fabricants et les importateurs soumettent les études approfondies qu'ils ont réalisées le concernant.

III. – Pour les nouveaux produits du tabac définis au troisième alinéa de l'article L. 3512-1, une notification complémentaire est transmise six mois avant la mise sur le marché. Cette notification comporte des études portant notamment sur la toxicité, les effets de dépendance, l'attractivité et le marché du produit.

Art. L. 3512-18 *(Créé, Ord. n° 2016-623, 19 mai 2016)*. – Les fabricants et importateurs de produits du tabac communiquent à l'établissement public désigné par arrêté les études internes et externes concernant le marché et les préférences des groupes de consommateurs en matière d'ingrédients et d'émissions et des synthèses d'études en vue du lancement de nouveaux produits. Ils déclarent annuellement à cet établissement le volume de leurs ventes pour l'année écoulée, par marque et par type.

Art. L. 3512-19 *(Ord. n° 2016-623, 19 mai 2016 ; Ord. n° 2016-1812, 22 déc. 2016 ; abr., L. n° 2020-1721, 29 déc. 2020)*.

Section 4. Caractéristiques des conditionnements

Art. L. 3512-20 *(Créé, Ord. n° 2016-623, 19 mai 2016 ; Ord. n° 2021-1843, 22 déc. 2021).* – Sans préjudice des dispositions relatives à l'apposition des marques distinctives mentionnées au 8° de l'article L. 311-39 du Code des impositions sur les biens et services et prises en application du 3° de l'article L. 311-42 du même code, les unités de conditionnement, les emballages extérieurs et les suremballages des cigarettes et du tabac à rouler, le papier à cigarette et le papier à rouler les cigarettes sont neutres et uniformisés.

Art. L. 3512-21 *(Créé, Ord. n° 2016-623, 19 mai 2016 ; mod., Ord. n° 2019-1169, 13 nov. 2019).* – I. – L'étiquetage des unités de conditionnement, tout emballage extérieur ainsi que le produit du tabac proprement dit ne peuvent comprendre aucun élément ou dispositif qui :

1° Contribue à la promotion d'un produit du tabac ou incite à sa consommation en donnant une impression erronée quant aux caractéristiques, effets sur la santé, risques ou émissions de ce produit ;

2° Ressemble à un produit alimentaire ou cosmétique.

II. – Les éléments et dispositifs qui sont interdits en vertu du I comprennent notamment les messages, symboles, noms, marques de produits ou de services, signes figuratifs ou autres.

Art. L. 3512-22 *(Ord. n° 2016-623, 19 mai 2016 ; Ord. n° 2016-1212, 22 déc. 2016).* – I. – Les unités de conditionnement et les emballages extérieurs portent, dans les conditions fixées par un arrêté du ministre chargé de la santé :

1° Pour les produits du tabac à fumer :

a) Un avertissement sanitaire apposé deux fois, comportant notamment les informations relatives au sevrage tabagique, combiné avec une photographie ;

b) Un avertissement général. Ce message est apposé deux fois lorsque ces produits sont conditionnés dans des boites pliantes à couvercle basculant ;

c) Un message d'information.

2° Pour les produits du tabac sans combustion, un avertissement sanitaire apposé deux fois.

II. – Les unités de conditionnement du papier à rouler les cigarettes portent, dans les conditions fixées par un arrêté du ministre chargé de la santé, un avertissement général et un avertissement comportant notamment les informations relatives au sevrage tabagique.

Section 5. Traçabilité

Art. L. 3512-23 *(Créé, Ord. n° 2016-623, 19 mai 2016).* – I. – Les unités de conditionnement de produits du tabac fabriqués en France, importés d'un État non membre de l'Union européenne ou provenant d'un État membre de l'Union européenne, sont revêtus d'un identifiant unique, imprimé ou apposé de façon inamovible et indélébile. Cet identifiant n'est ni dissimulé, ni interrompu et permet d'accéder à des données relatives à la fabrication et aux mouvements de ces produits du tabac.

II. – Les personnes concernées par le commerce des produits du tabac, du fabricant au dernier opérateur avant le premier détaillant, enregistrent l'entrée de toutes les unités de conditionnement en leur possession, ainsi que tous les mouvements intermédiaires et la sortie définitive des unités de conditionnement.

Les personnes qui interviennent dans la chaîne d'approvisionnement des produits du tabac conservent un relevé complet et précis de toutes les opérations concernées.

III. – Les fabricants de produits du tabac fournissent à toutes les personnes concernées par le commerce de ces produits, du fabricant au dernier opérateur avant le premier détaillant, y compris les importateurs, entrepôts et sociétés de transport, l'équipement nécessaire pour enregistrer les produits du tabac achetés, vendus, stockés, transportés ou soumis à toute autre manipulation. Cet équipement permet de lire les données enregistrées et de les transmettre sous forme électronique à une installation de stockage de données.

Art. L. 3512-24 *(Créé, Ord. n° 2016-623, 19 mai 2016).* – I. – Les fabricants et les importateurs de produits du tabac concluent un contrat de stockage des données accessibles grâce à l'identifiant unique avec un tiers indépendant, dans le but d'héberger l'installation de stockage des données mentionnée au III de l'article L. 3512-23.

Ce tiers indépendant est agréé par la Commission européenne, au regard notamment de son indépendance et ses capacités techniques. Il en va de même pour le contrat de stockage de données.

II. – Les informations mentionnées au I sont enregistrées dans des traitements automatisés de données à caractère personnel dans les conditions de la loi n° 78-17 du 6 janvier 1978 modifiée relative à l'informatique, aux fichiers et aux libertés. Elles ne peuvent pas être modifiées ou effacées par une personne concernée par le commerce des produits du tabac.

III. – L'installation de stockage de données est physiquement située sur le territoire de l'Union européenne. La Commission européenne a pleinement accès à cette installation. Les agents habilités des ministères chargés de la santé et chargés des douanes ont pleinement accès aux composantes de cette installation situées sur le territoire français. Ils ont accès électroniquement aux informations mentionnées au I, au moyen d'un lien vers l'identifiant unique.

IV. – Les activités du tiers indépendant sont contrôlées par un auditeur externe, proposé et rémunéré par le fabricant ou l'importateur, et agréé par la Commission européenne. L'auditeur externe soumet au ministre chargé de la santé, au ministre chargé des douanes et à la Commission européenne un rapport annuel dans lequel sont en particulier évaluées les irrégularités éventuelles liées à l'accès aux données stockées par le tiers indépendant.

Art. L. 3512-25 *(Créé, Ord. n° 2016-623, 19 mai 2016)*. – Outre l'identifiant unique mentionné à l'article L. 3512-23, les unités de conditionnements de produits du tabac fabriqués, importés d'un État non membre de l'Union européenne ou provenant d'un État membre de l'Union européenne, comportent un dispositif de sécurité infalsifiable, composé d'éléments visibles et invisibles.

Le dispositif de sécurité est imprimé ou apposé de façon inamovible et indélébile. Il n'est ni dissimulé, ni interrompu.

Art. L. 3512-26 *(Créé, Ord. n° 2016-623, 19 mai 2016)*. – Un décret en Conseil d'État détermine les conditions d'application du présent chapitre, notamment :

1° Le modèle de rapport mentionné à l'article L. 3512-7 ;

2° Les conditions d'application de l'article L. 3512-16 ;

3° Le contenu des déclarations mentionnées aux articles L. 3512-17 et L. 3512-18, leurs modalités de transmission et d'actualisation, la nature des informations qui sont rendues publiques et les modalités de cette publication ;

4° Les conditions de neutralité et d'uniformisation des conditionnements des produits du tabac prévues à l'article L. 3512-20, notamment de forme, de taille, de texture et de couleur, et les modalités d'inscription des marques et des dénominations commerciales sur ces supports ;

5° Les principales catégories d'éléments ou dispositifs contribuant à la promotion d'un produit du tabac qui sont interdits par application du 1° de l'article L. 3512-21 ;

6° Après avis de la Commission nationale de l'informatique et des libertés, les modalités de mise en œuvre de la traçabilité prévue par les articles L. 3512-23 à L. 3512-25.

Chapitre III. Produits du vapotage

Section 1. Dispositions communes

Art. L. 3513-1 *(Créé, Ord. n° 2016-623, 19 mai 2016)*. – Sont considérés comme produits du vapotage :

1° Les dispositifs électroniques de vapotage, c'est-à-dire des produits, ou tout composant de ces produits, y compris les cartouches, les réservoirs et les dispositifs dépourvus de cartouche ou de réservoir, qui peuvent être utilisés, au moyen d'un embout buccal, pour la consommation de vapeur contenant le cas échéant de la nicotine. Les dispositifs électroniques de vapotage peuvent être jetables ou rechargeables au moyen d'un flacon de recharge et d'un réservoir ou au moyen de cartouches à usage unique ;

2° Les flacons de recharge, c'est-à-dire les récipients renfermant un liquide contenant le cas échéant de la nicotine, qui peuvent être utilisés pour recharger un dispositif électronique de vapotage.

Art. L. 3513-2 *(Créé, Ord. n° 2016-623, 19 mai 2016)*. – Ne constituent pas des produits du vapotage les produits qui sont des médicaments ou des dispositifs médicaux au sens des articles L. 5111-1 et L. 5211-1.

Art. L. 3513-3 *(Créé, Ord. n° 2016-623, 19 mai 2016).* – Est considéré comme ingrédient, un additif ainsi que toute autre substance ou tout autre élément présent dans un produit du vapotage.

Art. L. 3513-4 *(Créé, Ord. n° 2016-623, 19 mai 2016).* – La propagande ou la publicité, directe ou indirecte, en faveur des produits du vapotage est interdite.

Ces dispositions ne s'appliquent pas :

1° Aux publications et services de communication en ligne édités par les organisations professionnelles de producteurs, fabricants et distributeurs des produits du vapotage, réservés à leurs adhérents, ni aux publications professionnelles spécialisées dont la liste est établie par arrêté ministériel signé par les ministres chargés de la santé et de la communication ; ni aux services de communication en ligne édités à titre professionnel qui ne sont accessibles qu'aux professionnels de la production, de la fabrication et de la distribution des produits du vapotage ;

2° Aux publications imprimées et éditées et aux services de communication en ligne mis à disposition du public par des personnes établies dans un pays n'appartenant pas à l'Union européenne ou à l'Espace économique européen, lorsque ces publications et services de communication en ligne ne sont pas principalement destinés au marché communautaire ;

3° Aux affichettes relatives aux produits du vapotage, disposées à l'intérieur des établissements les commercialisant et non visibles de l'extérieur.

Toute opération de parrainage ou de mécénat est interdite lorsqu'elle a pour objet ou pour effet la propagande ou la publicité directe ou indirecte en faveur de produits du vapotage.

Art. L. 3513-5 *(Créé, Ord. n° 2016-623, 19 mai 2016).* – Il est interdit de vendre ou d'offrir gratuitement, dans les débits de tabac et tous commerces ou lieux publics, à des mineurs de moins de dix-huit ans des produits du vapotage.

La personne qui délivre l'un de ces produits exige du client qu'il établisse la preuve de sa majorité.

Art. L. 3513-6 *(Créé, Ord. n° 2016-623, 19 mai 2016).* – Il est interdit de vapoter dans :

1° Les établissements scolaires et les établissements destinés à l'accueil, à la formation et à l'hébergement des mineurs ;

2° Les moyens de transport collectif fermés ;

3° Les lieux de travail fermés et couverts à usage collectif.

Section 2. Dispositions propres aux produits du vapotage contenant de la nicotine

Sous-section 1. Ingrédients et émissions

Art. L. 3513-7 *(Créé, Ord. n° 2016-623, 19 mai 2016).* – Les dispositifs électroniques de vapotage jetables, les flacons de recharge et les cartouches à usage unique contenant de la nicotine ne contiennent que des ingrédients de haute pureté, sauf traces techniquement inévitables dans le processus de fabrication.

Sont interdites la vente, la distribution ou l'offre à titre gratuit de dispositifs électroniques de vapotage jetables, de flacons de recharge et les cartouches à usage unique contenant de la nicotine qui comportent les additifs suivants :

1° Des additifs créant l'impression que le produit a des effets bénéfiques sur la santé ou que les risques qu'il présente pour la santé ont été réduits ;

2° Des additifs et stimulants associés à l'énergie et à la vitalité ;

3° Des additifs qui confèrent des propriétés colorantes aux émissions ;

4° Des additifs qui facilitent l'inhalation ou l'absorption de nicotine ;

5° Des additifs qui, sans combustion, ont des propriétés cancérogènes, mutagènes ou toxiques pour la reproduction humaine.

Art. L. 3513-8 *(Créé, Ord. n° 2016-623, 19 mai 2016).* – Dans les produits du vapotage contenant de la nicotine, seuls sont utilisés, à l'exception de la nicotine, des ingrédients qui, chauffés ou non, ne présentent pas de risques pour la santé humaine.

Les teneurs maximales en nicotine de ces produits sont fixées par arrêté du ministre chargé de la santé.

Les dispositifs électroniques de vapotage diffusent, dans des conditions d'utilisation normales, la nicotine de manière constante.

Art. L. 3513-9 *(Créé, Ord. n° 2016-623, 19 mai 2016).* – Les produits du vapotage contenant de la nicotine comportent un dispositif de sûreté dont les caractéristiques sont déterminées par arrêté du ministre chargé de la santé.

Art. L. 3513-10 *(Créé, Ord. n° 2016-623, 19 mai 2016).* – Six mois avant la mise sur le marché de produits du vapotage contenant de la nicotine, les fabricants et importateurs soumettent à l'établissement public désigné par arrêté, un dossier de notification par marque et par type de produit.

Ce dossier porte notamment sur les responsables de cette mise sur le marché, sur la composition, les émissions, les données toxicologiques des ingrédients et des émissions, les composants et le processus de fabrication du produit.

Art. L. 3513-11 *(Créé, Ord. n° 2016-623, 19 mai 2016).* – Les fabricants et importateurs de produits du vapotage contenant de la nicotine déclarent annuellement pour l'année écoulée à l'établissement public mentionné à l'article L. 3513-10 les données de leurs ventes par marque et par type ainsi que des synthèses des études de marché qu'ils réalisent.

Art. L. 3513-12 *(Créé, Ord. n° 2016-623, 19 mai 2016 ; abr., L. n° 2019-1749, 28 déc. 2019).*

Art. L. 3513-13 *(Créé, Ord. n° 2016-623, 19 mai 2016).* – Les fabricants, les importateurs et les distributeurs de produits du vapotage contenant de la nicotine mettent en place et tiennent à jour un système de collecte d'informations sur tous les effets indésirables présumés de ces produits sur la santé humaine.

Si l'un de ces opérateurs économiques considère ou a des raisons de croire que les produits qui sont en sa possession et sont destinés à être mis sur le marché ou sont mis sur le marché ne sont pas sûrs, ne sont pas de bonne qualité ou ne sont pas conformes au présent chapitre, cet opérateur économique prend immédiatement les mesures correctives nécessaires pour mettre le produit concerné en conformité, le retirer ou le rappeler, le cas échéant.

Dans ces cas, l'opérateur économique informe immédiatement l'établissement public mentionné à l'article L. 3513-10, en précisant en particulier les risques pour la santé humaine et la sécurité, toute mesure corrective prise, ainsi que les résultats de ces mesures correctives.

Des informations supplémentaires peuvent être demandées aux opérateurs économiques par l'établissement public mentionné à l'article L. 3513-10, par exemple sur les aspects touchant à la sécurité et à la qualité ou à tout effet indésirable éventuel desdits produits.

Art. L. 3513-14 *(Créé, Ord. n° 2016-623, 19 mai 2016).* – Lorsque l'établissement public mentionné à l'article L. 3513-10 constate ou a des motifs raisonnables de croire qu'un produit du vapotage contenant de la nicotine ou qu'un type de produits donnés pourrait présenter un risque grave pour la santé humaine, il en informe immédiatement le ministère chargé de la santé, en lui proposant les mesures provisoires appropriées.

Sous-section 2. Présentation du produit

Art. L. 3513-15 *(Créé, Ord. n° 2016-623, 19 mai 2016).* – Un arrêté du ministre chargé de la santé définit le volume maximal pour le réservoir des dispositifs électroniques de vapotage jetables et des cartouches à usage unique et pour les flacons de recharge contenant de la nicotine.

Art. L. 3513-16 *(Créé, Ord. n° 2016-623, 19 mai 2016).* – Toutes les unités de conditionnement et tous les emballages extérieurs de produits du vapotage contenant de la nicotine mentionnent :

1° La composition intégrale du liquide contenant de la nicotine ;

2° La teneur moyenne en nicotine et de la quantité diffusée par dose ;

3° Le numéro de lot ;

4° Une recommandation selon laquelle le produit doit être tenu hors de portée des enfants ;

5° Un avertissement sanitaire apposé deux fois.

Un arrêté du ministre chargé de la santé fixe les caractéristiques et les modalités d'inscription de ces mentions obligatoires, les méthodes d'analyse permettant de mesurer la teneur en nicotine et les méthodes de vérification de l'exactitude des mentions portées sur les unités de conditionnement.

Art. L. 3513-17 *(Créé, Ord. n° 2016-623, 19 mai 2016).* – Toutes les unités de conditionnement des produits du vapotage contenant de la nicotine comprennent une notice dont les caractéristiques sont définies par arrêté du ministre chargé de la santé.

Art. L. 3513-18 *(Créé, Ord. n° 2016-623, 19 mai 2016 ; mod., Ord. n° 2019-1169, 13 nov. 2019).* – I. – L'étiquetage des unités de conditionnement, tout emballage extérieur ainsi que le produit du vapotage contenant de la nicotine proprement dit ne peuvent comprendre aucun élément ou dispositif qui :

1° Contribue à la promotion des produits du vapotage ou incite à leur consommation en donnant une impression erronée quant aux caractéristiques, effets sur la santé, risques ou émissions du produit ;

2° Suggère que le produit est moins nocif que d'autres ou vise à réduire l'effet de certains composants nocifs de la fumée ou présente des propriétés vitalisantes, énergisantes, curatives, rajeunissantes, naturelles, biologiques ou a des effets bénéfiques sur la santé ou le mode de vie ;

3° Ressemble à un produit alimentaire ou cosmétique ;

4° Suggère que le produit est plus facilement biodégradable ou présente d'autres avantages pour l'environnement ;

5° Suggère un avantage économique au moyen de bons imprimés, d'offres de réduction, de distribution gratuite, de promotion de type deux pour le prix d'un ou d'autres offres similaires.

II. – Les éléments et dispositifs qui sont interdits en vertu du I comprennent notamment les messages, symboles, noms, marques de produits ou de services, signes figuratifs ou autres.

Art. L. 3513-19 *(Créé, Ord. n° 2016-623, 19 mai 2016).* – Sauf dispositions contraires, un décret en Conseil d'État détermine les conditions d'application du présent chapitre, notamment celles relatives aux articles L. 3513-6 et L. 3513-7, ainsi que le contenu de la notification et de la déclaration mentionnées aux articles L. 3513-10 et L. 3513-11, leurs modalités de transmission et d'actualisation, la nature des informations qui sont rendues publiques et les modalités prévues à cet effet.

Chapitre IV. Produits à fumer à base de plantes autres que le tabac

Art. L. 3514-1 *(Créé, Ord. n° 2016-623, 19 mai 2016).* – Sont considérés comme des produits à fumer à base de plantes autres que le tabac des produits à base de végétaux, de plantes aromatiques ou de fruits, ne contenant pas de tabac et pouvant être consommés au moyen d'un processus de combustion.

Art. L. 3514-2 *(Créé, Ord. n° 2016-623, 19 mai 2016).* – Est considéré comme ingrédient un additif ainsi que toute autre substance ou tout autre élément présent dans un produit à fumer à base de plantes autres que le tabac, y compris le papier, le filtre, l'encre, les capsules et les colles.

Art. L. 3514-3 *(Créé, Ord. n° 2016-623, 19 mai 2016 ; mod., Ord. n° 2019-1169, 13 nov. 2019).* – I. – L'étiquetage des unités de conditionnement, tout emballage extérieur ainsi que le produit à fumer à base de plantes autres que le tabac proprement dit ne peuvent comprendre aucun élément ou dispositif qui :

1° Contribue à la promotion du produit ou incite à sa consommation en donnant une impression erronée quant aux caractéristiques, effets sur la santé, risques ou émissions du produit ; les étiquettes ne comprennent aucune information sur la teneur en nicotine, en goudron ou en monoxyde de carbone du produit ;

2° Suggère qu'un produit est moins nocif que d'autres ou vise à réduire l'effet de certains composants nocifs de la fumée ou présente des propriétés vitalisantes, énergisantes, curatives, rajeunissantes, naturelles, biologiques ou a des effets bénéfiques sur la santé ou le mode de vie ;

3° Indique que le produit est exempt d'additifs ou d'arômes ;

4° Ressemble à un produit alimentaire ou cosmétique.

II. – Les éléments et dispositifs qui sont interdits en vertu du I comprennent notamment les messages, symboles, noms, marques de produits ou de services, signes figuratifs ou autres.

Art. L. 3514-4 *(Créé, Ord. n° 2016-623, 19 mai 2016)*. – Toutes les unités de conditionnement et tous les emballages extérieurs de produits à fumer à base de plantes autres que le tabac portent, dans les conditions fixées par un arrêté du ministre chargé de la santé, un avertissement sanitaire.

Art. L. 3514-5 *(Créé, Ord. n° 2016-623, 19 mai 2016)*. – Avant la mise sur le marché de tout produit à fumer à base de plantes autres que le tabac, les fabricants et importateurs de tels produits transmettent à l'établissement public désigné par arrêté une déclaration des ingrédients utilisés par marque et par type de produit.

Art. L. 3514-6 *(Créé, Ord. n° 2016-623, 19 mai 2016)*. – Un décret en Conseil d'État détermine les conditions d'application du présent chapitre, notamment le contenu de la déclaration, ses modalités de transmission et d'actualisation, la nature des informations qui sont rendues publiques et les modalités selon lesquelles elles le sont.

Chapitre V. Dispositions pénales

Section 1. Contrôles

Art. L. 3515-1 *(Créé, Ord. n° 2016-623, 19 mai 2016)*. – Les agents mentionnés à l'article L. 1312-1 du présent code, aux articles L. 8112-1, L. 8112-3 et L. 8112-5 du Code du travail veillent au respect des articles L. 3512-8, L. 3512-12, L. 3513-5 et L. 3513-6 du présent code et des règlements pris pour son application et procèdent à la recherche et à la constatation des infractions à ces dispositions.

Ils disposent à cet effet, chacun pour ce qui le concerne, des prérogatives qui leur sont reconnues par les articles L. 1312-1 du présent code, L. 8113-1 à L. 8113-5 et L. 8113-7 du Code du travail et par les textes pris pour leur application.

Ces agents peuvent, pour constater une infraction aux articles L. 3512-12 et L. 3513-5, exiger que le client établisse la preuve de sa majorité, par la production de tout document officiel muni d'une photographie.

Art. L. 3515-2 *(Créé, Ord. n° 2016-623, 19 mai 2016)*. – Les agents de police municipale, les gardes champêtres, les agents de surveillance de Paris ainsi que les agents de la ville de Paris chargés d'un service de police mentionnés, respectivement, aux articles L. 511-1, L. 521-1, L. 523-1 et L. 531-1 du Code de la sécurité intérieure peuvent constater par procès-verbaux les infractions aux articles L. 3512-8, L. 3512-12, L. 3513-5 et L. 3513-6 du présent code et aux règlements pris pour leur application, lorsqu'elles sont commises sur le territoire communal, sur le territoire de la ville de Paris ou sur le territoire pour lequel ils sont assermentés et lorsqu'elles ne nécessitent pas de leur part d'actes d'enquête.

Ces agents peuvent, pour constater une infraction aux articles L. 3512-12 et L. 3513-5, exiger que le client établisse la preuve de sa majorité, par la production de tout document officiel muni d'une photographie.

Section 2. Sanctions et responsabilité pénale

Art. L. 3515-3 *(Créé, Ord. n° 2016-623, 19 mai 2016)*. – I. – Est punie de 100 000 euros d'amende :

1° Toute propagande ou publicité, directe ou indirecte, du tabac, d'un produit du tabac ou des ingrédients définis à l'article L. 3512-1 en méconnaissance de l'interdiction prévue à l'article L. 3512-4 ;

2° Le fait de retransmettre une compétition de sport mécanique contenant de la publicité directe ou indirecte pour le tabac et se déroulant dans un pays où la publicité pour le tabac est interdite, ainsi que la retransmission, par un moyen autre qu'une chaîne de télévision, d'une compétition de sport mécanique contenant de la publicité directe ou indirecte pour le tabac et se déroulant dans un pays où la publicité pour le tabac est autorisée, en méconnaissance des dispositions de l'article L. 3512-6 ;

3° Le fait de vendre, distribuer ou offrir à titre gratuit des paquets de moins de vingt cigarettes, des paquets de plus de vingt cigarettes qui ne sont pas composés d'un nombre de cigarettes multiple de cinq ou des contenants de moins de trente grammes de tabacs fine coupe destinés à rouler des cigarettes, quel que soit leur conditionnement ;

4° Le fait de vendre, distribuer ou offrir à titre gratuit des cigarettes dont les teneurs en goudron, en nicotine et en monoxyde de carbone des émissions dépassent les teneurs maximales fixées dans les conditions du I de l'article L. 3512-15 ;

5° Le fait de vendre, distribuer ou offrir à titre gratuit des cigarettes ou du tabac à rouler :

a) Aromatisés ayant une odeur ou un goût clairement identifiable avant ou pendant la consommation, autre que ceux du tabac ;

b) Dont les filtres, le papier, les capsules, le conditionnement ou tout autre composant contiennent du tabac, de la nicotine ou des arômes ;

c) Contenant tout dispositif technique permettant de modifier l'odeur ou le goût des produits du tabac ou leur intensité de combustion ;

d) Contenant des vitamines ou d'autres additifs laissant entendre qu'un produit du tabac a des effets bénéfiques sur la santé ou que les risques qu'il présente pour la santé ont été réduits ;

e) Contenant de la caféine, de la taurine ou d'autres additifs et stimulants associés à l'énergie et à la vitalité ;

f) Contenant des additifs qui confèrent des propriétés colorantes aux émissions de fumée ;

g) Contenant des additifs qui facilitent l'inhalation ou l'absorption de nicotine ;

h) Contenant des additifs qui, sans combustion, ont des propriétés cancérogènes, mutagènes ou toxiques pour la reproduction humaine ;

i) Contenant des additifs dans des quantités qui augmentent, lors de la consommation, de manière significative ou mesurable, leurs effets toxiques ou l'effet de dépendance qu'ils engendrent ;

6° Le fait de vendre, distribuer ou offrir à titre gratuit du papier et des filtres :

a) Contenant du tabac, de la nicotine ou des arômes ;

b) Contenant tout dispositif technique permettant de modifier leur odeur ou leur goût ou l'intensité de la combustion de la cigarette ;

7° Le fait de vendre, distribuer ou offrir à titre gratuit des cigarettes, du tabac à rouler, du papier à cigarette et du papier à rouler les cigarettes en méconnaissance des dispositions de l'article L. 3512-20 imposant une neutralité et une uniformisation des unités de conditionnement, des emballages extérieurs et des suremballages ;

8° Le fait d'utiliser sur l'étiquetage des unités de conditionnement, sur tout emballage extérieur, ainsi que sur les produits du tabac proprement dit, un message, un symbole, une marque, une dénomination commerciale, un signe figuratif ou tout autre élément ou dispositif qui :

a) Contribue à la promotion d'un produit du tabac ;

b) Ressemble à un produit alimentaire ou cosmétique ;

9° Le fait d'utiliser une marque ou une dénomination sur l'étiquetage des unités de conditionnement, sur tout emballage extérieur, ainsi que sur les produits du tabac proprement dit, en méconnaissance des dispositions de l'article L. 3512-21 du Code de la santé publique ;

10° Le fait de vendre, distribuer ou offrir à titre gratuit des produits du tabac ou du papier à rouler les cigarettes dans des unités de conditionnement et des emballages extérieurs méconnaissent les obligations fixées en matière d'avertissements sanitaires prévues à l'article L. 3512-22 ;

11° Toute propagande ou publicité, directe ou indirecte, en faveur des produits du vapotage en méconnaissance de l'interdiction prévue à l'article L. 3513-4 ;

12° Le fait de vendre, distribuer ou offrir à titre gratuit des dispositifs électroniques de vapotage jetables, des flacons de recharge ou des cartouches à usage unique contenant de la nicotine qui comportent les additifs suivants :

a) Des additifs créant l'impression que le produit a des effets bénéfiques sur la santé ou que les risques qu'il présente pour la santé ont été réduits ;

b) Des additifs et stimulants associés à l'énergie et à la vitalité ;

c) Des additifs qui confèrent des propriétés colorantes aux émissions ;

d) Des additifs qui facilitent l'inhalation ou l'absorption de nicotine ;

e) Des additifs qui, sans combustion, ont des propriétés cancérogènes, mutagènes ou toxiques pour la reproduction humaine ;

13° Le fait de vendre, distribuer ou offrir à titre gratuit des produits du vapotage dont les teneurs en nicotine dépassent les teneurs maximales fixées dans les conditions du second alinéa de l'article L. 3513-8 ;

14° Le fait de vendre, distribuer ou offrir à titre gratuit des produits du vapotage contenant de la nicotine sans dispositif de sûreté ou dont le dispositif de sûreté méconnaît les dispositions de l'article L. 3513-9 ;

15° Le fait de vendre, distribuer ou offrir à titre gratuit un dispositif électronique de vapotage jetable dont le réservoir dépasse le volume maximal fixé dans les conditions de l'article L. 3513-15 ;

16° Le fait de vendre, distribuer ou offrir à titre gratuit des cartouches à usage unique dont le réservoir dépasse le volume maximal fixé dans les conditions de l'article L. 3513-15 ;

17° Le fait de vendre, distribuer ou offrir à titre gratuit un flacon de recharge contenant de la nicotine dont le volume maximal méconnait les dispositions de l'article L. 3513-15 ;

18° Le fait de vendre, distribuer ou offrir à titre gratuit un produit du vapotage contenant de la nicotine dont l'unité de conditionnement ou l'emballage extérieur ne mentionne pas l'un ou plusieurs des éléments suivants :

a) La composition intégrale du liquide contenant de la nicotine ;

b) La teneur moyenne en nicotine et de la quantité diffusée par dose ;

c) Le numéro de lot ;

d) Une recommandation selon laquelle le produit doit être tenu hors de portée des enfants ;

e) Un avertissement sanitaire apposé deux fois ;

19° Le fait de vendre, distribuer ou offrir à titre gratuit un produit du vapotage contenant de la nicotine dont l'unité de conditionnement ne comprend pas la notice en méconnaissance des dispositions de l'article L. 3513-17 ;

20° Le fait d'utiliser, sur les unités de conditionnement ainsi que sur tout emballage extérieur de produits du vapotage contenant de la nicotine, un message, un symbole, une marque, une dénomination commerciale, un signe figuratif ou tout autre élément ou dispositif qui :

a) Contribue à la promotion des produits du vapotage ou incite à leur consommation en donnant une impression erronée quant aux caractéristiques, effets sur la santé, risques ou émissions du produit ;

b) Suggère que le produit est moins nocif que d'autres ou vise à réduire l'effet de certains composants nocifs de la fumée ou présente des propriétés vitalisantes, énergisantes, curatives, rajeunissantes, naturelles, biologiques ou a des effets bénéfiques sur la santé ou le mode de vie ;

c) Ressemble à un produit alimentaire ou cosmétique ;

d) Suggère que le produit est plus facilement biodégradable ou présente d'autres avantages pour l'environnement ;

e) Suggère un avantage économique au moyen de bons imprimés, d'offres de réduction, de distribution gratuite, de promotion de type « deux pour le prix d'un » ou d'autres offres similaires ;

21° Le fait d'utiliser, sur les unités de conditionnement ainsi que sur tout emballage extérieur de produits à fumer à base de plantes autres que le tabac, un message, un symbole, une marque, une dénomination commerciale, un signe figuratif ou tout autre élément ou dispositif qui :

a) Contribue à la promotion du produit ou incite à sa consommation en donnant une impression erronée quant aux caractéristiques, effets sur la santé, risques ou émissions du produit ; les étiquettes ne comprennent aucune information sur la teneur en nicotine, en goudron ou en monoxyde de carbone du produit ;

b) Suggère qu'un produit est moins nocif que d'autres ou vise à réduire l'effet de certains composants nocifs de la fumée ou présente des propriétés vitalisantes, énergisantes, curatives, rajeunissantes, naturelles, biologiques ou a des effets bénéfiques sur la santé ou le mode de vie ;

c) Indique que le produit est exempt d'additifs ou d'arômes ;

d) Ressemble à un produit alimentaire ou cosmétique ;

22° Le fait de vendre, distribuer ou offrir à titre gratuit un produit à fumer à base de plantes autres que le tabac dont l'unité de conditionnement et l'emballage extérieur méconnait les dispositions de l'article L. 3514-4 sur l'avertissement sanitaire.

II. – Pour les infractions pénales mentionnées au I, est encourue la peine complémentaire de confiscation de la chose qui a servi ou était destinée à commettre l'infraction ou de la chose qui en est le produit, en application de l'article 131-21 du Code pénal.

III. – La récidive est punie d'une amende de 200 000 euros. En cas de récidive, le tribunal peut, en outre, prononcer l'interdiction pendant une durée inférieure ou égale à cinq ans, de la vente des produits qui ont fait l'objet de l'opération illégale.

Le tribunal ordonne, s'il y a lieu, la suppression, l'enlèvement ou la confiscation de la publicité interdite aux frais des délinquants.

La cessation de la publicité peut être ordonnée soit sur réquisition du ministère public, soit d'office par le juge d'instruction ou le tribunal saisi des poursuites. La mesure ainsi prise est exécutoire nonobstant toutes voies de recours. Mainlevée peut en être donnée par la juridiction qui l'a ordonnée ou qui est saisie du dossier. La mesure cesse d'avoir effet en cas de décision de non-lieu ou de relaxe.

Les décisions statuant sur les demandes de mainlevée peuvent faire l'objet d'un recours devant la chambre de l'instruction ou devant la cour d'appel selon qu'elles ont été prononcées par un juge d'instruction ou par le tribunal saisi des poursuites.

La chambre de l'instruction ou la cour d'appel statue dans un délai de dix jours à compter de la réception des pièces.

Art. L. 3515-4 *(Créé, Ord. n° 2016-623, 19 mai 2016)*. – Est punie de 45 000 euros d'amende :

1° Le fait pour un fabricant ou un importateur de produit du tabac de mettre sur le marché un produit du tabac sans avoir transmis la déclaration définie à l'article L. 3512-17 ;

2° Le fait pour un fabricant ou un importateur de produit du tabac de ne pas avoir communiqué une étude de marché en méconnaissance des dispositions de l'article L. 3512-18 ;

3° Le fait d'importer, en vue de les vendre, distribuer ou offrir à titre gratuit, des produits du tabac fabriqués dans un État non membre de l'Union européenne ou provenant d'un État membre de l'Union européenne dont l'unité de conditionnement n'est pas revêtue de l'identifiant unique en méconnaissance des dispositions de l'article L. 3512-23 ;

4° Le fait d'importer, en vue de les vendre, distribuer ou offrir à titre gratuit, des produits du tabac fabriqués dans un État non membre de l'Union européenne ou provenant d'un État membre de l'Union européenne, dont l'unité de conditionnement ne comporte pas le dispositif de sécurité infalsifiable en méconnaissance des dispositions de l'article L. 3512-25 ;

5° Toute modification ou altération, par toute personne concernée par le commerce des produits du tabac, du fabricant au dernier opérateur avant le premier détaillant, des informations contenues dans le traitement des données géré par le tiers-indépendant prévu à l'article L. 3512-24 ;

6° Le fait pour un fabricant ou un importateur de mettre sur le marché un produit du vapotage contenant de la nicotine sans avoir procédé à la notification dans les conditions et délais définies à l'article L. 3513-10 ;

7° Le fait pour un fabricant ou un importateur d'un produit du vapotage de ne pas avoir adressé la déclaration annuelle pour l'année écoulée en méconnaissance des dispositions de l'article L. 3513-11 ;

8° Le fait pour un fabricant, un distributeur ou un importateur d'un produit du vapotage de ne pas mettre en place ou mettre à jour un système de collecte d'informations mentionné à l'article L. 3513-13, sur tous les effets indésirables présumés de ces produits sur la santé humaine ;

9° Le fait pour un fabricant, un distributeur ou un importateur d'un produit du vapotage de ne pas informer immédiatement l'établissement public mentionné à l'article L. 3513-10 de risques pour la santé humaine et la sécurité que présentent un produit du vapotage qu'il met sur le marché ou commercialise, en violation des dispositions du troisième alinéa de l'article L. 3513-13 ;

10° Le fait pour un fabricant, un distributeur ou un importateur d'un produit du vapotage de ne pas communiquer à l'établissement public mentionné à l'article L. 3513-10 les informations supplémentaires qu'il lui demande conformément à l'article L. 3513-13 ;

11° Le fait pour un fabricant ou un importateur de produit à fumer à base de plantes autres que le tabac de mettre sur le marché un tel produit en méconnaissance de l'obligation de déclaration des ingrédients utilisés définie à l'article L. 3514-5.

Art. L. 3515-5 *(Créé, Ord. n° 2016-623, 19 mai 2016)*. – Est puni de 45 000 euros d'amende le fait pour les fabricants, les importateurs et les distributeurs de produits du tabac, ainsi que les entreprises, les organisations professionnelles ou les associations les représentant de ne pas adresser au ministre chargé de la santé le rapport annuel prévu à l'article L. 3512-7 ou d'omettre sciemment de rendre publiques les dépenses qui doivent y être incluses en application du même article.

Art. L. 3515-6 *(Créé, Ord. n° 2016-623, 19 mai 2016)*. – Les personnes morales déclarées responsables pénalement, dans les conditions prévues par l'article 121-2 du Code pénal, des infractions définies aux articles L. 3515-3 et L. 3515-4, encourent, outre l'amende dont le taux maximum est défini suivant les modalités prévues par l'article 131-38 du Code pénal :

1° La suppression, l'enlèvement ou la confiscation de la publicité interdite aux frais des délinquants ;

2° En cas de récidive, l'interdiction, pendant une durée inférieure ou égale à cinq ans, de la vente des produits qui ont fait l'objet de l'opération illégale.

En cas de poursuites, la cessation de la publicité peut être ordonnée soit sur réquisition du ministère public, soit d'office par le juge d'instruction ou le tribunal saisi des poursuites. La mesure ainsi prise est exécutoire nonobstant toutes voies de recours. Mainlevée peut en être donnée par la juridiction qui l'a ordonnée ou qui est saisie du dossier. La mesure cesse d'avoir effet en cas de décision de non-lieu ou de relaxe.

Les décisions statuant sur les demandes de mainlevée peuvent faire l'objet d'un recours devant la chambre de l'instruction ou devant la cour d'appel selon qu'elles ont été prononcées par un juge d'instruction ou par le tribunal saisi des poursuites.

Section 3. Parties civiles

Art. L. 3515-7 *(Créé, Ord. n° 2016-623, 19 mai 2016).* – Les associations dont l'objet statutaire comporte la lutte contre le tabagisme, régulièrement déclarées depuis au moins cinq ans à la date des faits, peuvent exercer les droits reconnus à la partie civile pour les infractions aux dispositions du présent titre.

Peuvent exercer les mêmes droits les associations de consommateurs mentionnées à l'article L. 421-1 du Code de la consommation ainsi que les associations familiales mentionnées aux articles L. 211-1 et L. 211-2 du Code de l'action sociale et des familles.

....

Art. R. 3512-2 *(D. n° 2016-1117, 11 août 2016).* – L'interdiction de fumer dans les lieux affectés à un usage collectif mentionnée à l'article L. 3512-8 s'applique :

1° Dans tous les lieux fermés et couverts qui accueillent du public ou qui constituent des lieux de travail ;

2° Dans les moyens de transport collectif ;

3° Dans les espaces non couverts des écoles, collèges et lycées publics et privés, ainsi que des établissements destinés à l'accueil, à la formation ou à l'hébergement des mineurs ;

4° Dans les aires collectives de jeux telles que définies par le décret n° 96-1136 du 18 décembre 1996 fixant les prescriptions de sécurité relatives aux aires collectives de jeux.

Art. R. 3512-3 *(D. n° 2016-1117, 11 août 2016).* – L'interdiction de fumer ne s'applique pas dans les emplacements mis à la disposition des fumeurs au sein des lieux mentionnés à l'article R. 3512-2 et créés, le cas échéant, par la personne ou l'organisme responsable des lieux.

Ces emplacements ne peuvent pas être aménagés au sein des établissements d'enseignement publics et privés, des centres de formation des apprentis, des établissements destinés à ou régulièrement utilisés pour l'accueil, la formation, l'hébergement ou la pratique sportive des mineurs, des aires collectives de jeux et des établissements de santé.

Art. R. 3512-4 *(D. n° 2016-1117, 11 août 2016).* – Les emplacements réservés mentionnés à l'article R. 3512-3 sont des salles closes, affectées à la consommation de tabac et dans lesquelles aucune prestation de service n'est délivrée. Aucune tâche d'entretien et de maintenance ne peut y être exécutée sans que l'air ait été renouvelé, en l'absence de tout occupant, pendant au moins une heure.

Ces emplacements doivent :

1° Être équipés d'un dispositif d'extraction d'air par ventilation mécanique permettant un renouvellement d'air minimal de dix fois le volume de l'emplacement par heure. Ce dispositif est entièrement indépendant du système de ventilation ou de climatisation d'air du bâtiment. Le local est maintenu en dépression continue d'au moins cinq pascals par rapport aux pièces communicantes ;

2° Être dotés de fermetures automatiques sans possibilité d'ouverture non intentionnelle ;

3° Ne pas constituer un lieu de passage ;

4° Présenter une superficie au plus égale à 20 % de la superficie totale de l'établissement au sein duquel les emplacements sont aménagés sans que la superficie d'un emplacement puisse dépasser 35 mètres carrés.

....

Art. R. 3512-7 *(D. n° 2016-1117, 11 août 2016).* – Dans les lieux mentionnés à l'article R. 3512-2, une signalisation apparente rappelle le principe de l'interdiction de fumer. Un modèle de signalisation accompagné d'un message sanitaire de prévention est déterminé par arrêté du ministre chargé de la santé.

Le même arrêté fixe le modèle de l'avertissement sanitaire à apposer à l'entrée des espaces mentionnés à l'article R. 3512-3.

....

Art. R. 3512-9 *(D. n° 2016-1117, 11 août 2016)*. – Les mineurs ne peuvent accéder aux emplacements mentionnés au premier alinéa de l'article R. 3512-3.

....

Art. R. 3513-5 *(D. n° 2016-1117, 11 août 2016)*. – Les additifs mentionnés au 2° de l'article L. 3513-7 concernent notamment la caféine ou la taurine.

....

Art. R. 3515-2 *(D. n° 2016-1117, 11 août 2016)*. – Le fait de fumer dans un lieu à usage collectif mentionné à l'article R. 3512-2 hors de l'emplacement mentionné à l'article R. 3512-3 est puni de l'amende prévue pour les contraventions de la troisième classe.

Art. R. 3515-3 *(D. n° 2016-1117, 11 août 2016)*. – Est puni de l'amende prévue pour les contraventions de la quatrième classe le fait, pour le responsable des lieux où s'applique l'interdiction prévue à l'article R. 3512-2, de :

1° Ne pas mettre en place la signalisation prévue à l'article R. 3512-7 ;

2° Mettre à la disposition de fumeurs un emplacement non conforme aux dispositions des articles R. 3512-3 et R. 3512-4 ;

3° Favoriser, sciemment, par quelque moyen que ce soit, la violation de l'interdiction mentionnée au premier alinéa du présent article.

Art. R. 3515-4 *(D. n° 2016-1117, 11 août 2016)*. – Est puni de l'amende prévue pour les contraventions de la quatrième classe le fait de fumer dans un véhicule en présence d'un mineur en méconnaissance de l'interdiction prévue à l'article L. 3512-9.

Art. R. 3515-5 *(D. n° 2016-1117, 11 août 2016)*. – Le fait de vendre ou d'offrir gratuitement, dans les débits de tabac, dans tous commerces ou lieux publics, des produits du tabac à un mineur en méconnaissance de l'interdiction prévue à l'article L. 3512-12 est puni de l'amende prévue pour les contraventions de la quatrième classe.

Art. R. 3515-6 *(D. n° 2016-1117, 11 août 2016)*. – Le fait de vendre ou d'offrir gratuitement, dans les débits de tabac, dans tous commerces ou lieux publics, des produits du vapotage à un mineur en méconnaissance de l'interdiction prévue à l'article L. 3513-5 est puni de l'amende prévue pour les contraventions de la quatrième classe.

Application de l'interdiction de vapoter

(D. n° 2017-633, 25 avr. 2017)

Art. R. 3513-2. – Les lieux de travail soumis à l'interdiction de vapoter en application du 3° de l'article L. 3513-6 du présent code s'entendent des locaux recevant des postes de travail situés ou non dans les bâtiments de l'établissement, fermés et couverts, et affectés à un usage collectif, à l'exception des locaux qui accueillent du public.

Art. R. 3513-3. – Dans les lieux mentionnés aux 1° et 2° et dans les bâtiments abritant les lieux mentionnés au 3° de l'article L. 3513-6, une signalisation apparente rappelle le principe de l'interdiction de vapoter et, le cas échéant, ses conditions d'application dans l'enceinte de ces lieux.

Art. R. 3513-4. – Les dispositions des articles R. 3513-2 à R. 3513-3 s'appliquent sans préjudice des dispositions législatives et réglementaires relatives à l'hygiène et à la sécurité.

Art. R. 3515-7. – Le fait de vapoter dans les lieux mentionnés aux 1° à 3° de l'article L. 3513-6 en méconnaissance de l'interdiction prévue au même article est puni de l'amende prévue pour les contraventions de la 2e classe.

Art. R. 3515-8. – Le fait, pour le responsable des lieux où s'applique l'interdiction prévue à l'article L. 3513-6, de ne pas mettre en place la signalisation prévue à l'article R. 3513-3 est puni de l'amende prévue pour les contraventions de la 3e classe.

C. – DÉBITS DE BOISSONS

Bibliographie : X. Pin, E. Baron, *Débits de boissons : JCl. Lois pénales spéciales.* • A. Decocq, *Les nouvelles restrictions à la publicité en faveur des boissons alcooliques. Loi du 10 janvier 1991 : JCP* G 1991, I, 3501. • L. Bihl, *Le droit des débits de boissons*, Litec, 1992 ; *La réforme du Code des débits de boissons : Gaz. Pal.* 26-27 juin 1991. • J.-H. Robert, *Cachez ce vin que je ne saurais boire ! : Dr. pén.*, mars 1991.

Code de la santé publique

(Ord. n° 2000-548, 15 juin 2000)

LIVRE TROISIÈME. – LUTTE CONTRE L'ALCOOLISME

TITRE II. – BOISSONS

CHAPITRE I. – CLASSIFICATION DES BOISSONS

Art. L. 3321-1. – Les boissons sont, en vue de la réglementation de leur fabrication, de leur mise en vente et de leur consommation, réparties en cinq groupes :

1° Boissons sans alcool : eaux minérales ou gazéifiées, jus de fruits ou de légumes non fermentés ou ne comportant pas, à la suite d'un début de fermentation, de traces d'alcool supérieures à 1,2 degré, limonades, sirops, infusions, lait, café, thé, chocolat ;

2° Boissons fermentées non distillées : vin, bière, cidre, poiré, hydromel, auxquelles sont joints les vins doux naturels bénéficiant du régime fiscal des vins, ainsi que les crèmes de cassis et les jus de fruits ou de légumes fermentés comportant de 1,2 à 3 degrés d'alcool ;

3° Vins doux naturels autres que ceux appartenant au groupe 2, vins de liqueur, apéritifs à base de vin et liqueurs de fraises, framboises, cassis ou cerises, ne titrant pas plus de 18 degrés d'alcool pur ;

4° Rhums, tafias, alcools provenant de la distillation des vins, cidres, poirés ou fruits, et ne supportant aucune addition d'essence ainsi que liqueurs édulcorées au moyen de sucre, de glucose ou de miel à raison de 400 grammes minimum par litre pour les liqueurs anisées et de 200 grammes minimum par litre pour les autres liqueurs et ne contenant pas plus d'un demi-gramme d'essence par litre ;

5° Toutes les autres boissons alcooliques.

CHAPITRE II. – FABRICATION ET COMMERCE DES BOISSONS

Art. L. 3322-1. – Une personne ou une entreprise, se livrant à la fabrication ou à l'importation d'une boisson alcoolique du troisième, du quatrième ou du cinquième groupe doit, préalablement à la mise en vente ou à l'offre à titre gratuit de cette boisson, effectuer en double exemplaire, à l'administration des contributions indirectes, une déclaration indiquant, avec son nom et son adresse, le nom de la boisson, sa composition et l'usage, apéritif ou digestif, auquel elle est destinée. L'un des exemplaires de cette déclaration est transmis par l'administration des contributions indirectes au ministre chargé de la santé.

Aucune modification ne peut être apportée à la composition d'une boisson déclarée ou à son mode de fabrication si elle n'a fait préalablement l'objet d'une déclaration dans les mêmes formes.

La même boisson ne peut être déclarée à la fois comme apéritif et comme digestif.

Art. L. 3322-2 *(Mod., L. n° 2005-102, 11 févr. 2005).* – Aucune des boissons mentionnées à l'article L. 3322-1 ne peut, en France, et sur tous les territoires relevant de l'autorité française, être livrée par le fabricant ou l'importateur, détenue, transportée, mise en vente, vendue ou offerte à titre gratuit, si elle ne porte sur l'étiquette avec sa dénomination, le nom et l'adresse du fabricant ou de l'importateur, ainsi que le qualificatif de digestif ou celui d'apéritif.

Ce qualificatif doit être reproduit sur les factures et circulaires, sur les tableaux apposés dans les débits pour annoncer le prix des consommations et sur les affiches intérieures.

Il est interdit d'y joindre aucune qualification ni aucun commentaire tendant à présenter la boisson comme possédant une valeur hygiénique ou médicale.

Toutes les unités de conditionnement des boissons alcoolisées portent, dans les conditions fixées par arrêté du ministre chargé de la santé, un message à caractère sanitaire préconisant l'absence de consommation d'alcool par les femmes enceintes.

Art. L. 3322-3. – Sont interdites en France, sauf en vue de l'exportation à l'étranger, la fabrication, la détention et la circulation en vue de la vente, la mise en vente, la vente et l'offre à titre gratuit :

1° Des boissons apéritives à base de vin titrant plus de 18 degrés d'alcool acquis ;

2° Des spiritueux anisés titrant plus de 45 degrés d'alcool ;

3° Des bitters, amers, goudrons, gentianes et tous produits similaires d'une teneur en sucre inférieure à 200 grammes par litre et titrant plus de 30 degrés d'alcool.

Art. L. 3322-4. – Comme il est dit à l'article 347 du Code général des impôts, ci-après reproduit :

Sont prohibées la fabrication, la circulation, la détention en vue de la vente et la vente de l'absinthe et des liqueurs similaires dont les caractères sont déterminés par décret.

Art. L. 3322-5. – Il est interdit à un producteur ou fabricant d'essences pouvant servir à la fabrication des boissons alcooliques, telles que les essences d'anis, de badiane, de fenouil, d'hysope, ainsi qu'aux producteurs ou fabricants d'anéthol, de procéder à la vente ou à l'offre, à titre gratuit desdits produits à toutes personnes autres que les fabricants de boissons ayant qualité d'entrepositaires vis-à-vis de l'administration des contributions indirectes, les pharmaciens, les parfumeurs, les fabricants de produits alimentaires ou industriels et les négociants exportateurs directs.

La revente de ces produits en nature sur le marché intérieur est interdite à toutes ces catégories à l'exception des pharmaciens qui ne peuvent les délivrer que sur ordonnance médicale et doivent inscrire les prescriptions qui les concernent sur leur registre d'ordonnances.

Sans préjudice des interdictions mentionnées au 2° de l'article 1812 du Code général des impôts, sont fixées par décret pris en conseil des ministres les conditions dans lesquelles les essences mentionnées à l'alinéa premier du présent article ainsi que les essences d'absinthe et produits assimilés ou susceptibles de les suppléer, peuvent, sous quelque forme que ce soit, être importées, fabriquées, mises en circulation, détenues ou vendues.

Art. L. 3322-6. – Il est interdit aux marchands ambulants de vendre au détail, soit pour consommer sur place, soit pour emporter, des boissons des quatrième et cinquième groupes.

Art. L. 3322-7. – *(Mod., Ord. n° 2010-177, 23 févr. 2010)* Les coopératives fonctionnant sur les lieux de travail ne peuvent vendre ni à crédit, ni à un prix inférieur à celui du commerce local, les boissons comprises dans les troisième, quatrième et cinquième groupes définis par l'article L. 3321-1.

Ces coopératives ne peuvent être assorties d'une licence de débits de boissons à consommer sur place de deuxième, troisième ou quatrième catégorie.

Toute infraction dûment constatée aux dispositions du premier alinéa du présent article est sanctionnée par le retrait immédiat de la licence à emporter accordée à la coopérative en cause.

Art. L. 3322-8. – La délivrance de boissons alcooliques au moyen de distributeurs automatiques est interdite.

Art. L. 3322-9 *(Mod., L. n° 2009-879, 21 juill. 2009)*. – Il est interdit de vendre au détail à crédit, soit au verre, soit en bouteilles, des boissons des troisième, quatrième et cinquième groupes à consommer sur place ou à emporter.

Il est interdit de vendre au détail à crédit, soit au verre, soit en bouteilles, des boissons du deuxième groupe à consommer sur place.

Sauf dans le cadre de fêtes et foires traditionnelles déclarées, ou de celles, nouvelles, autorisées par le représentant de l'État dans le département dans des conditions définies par décret en Conseil d'État, ou lorsqu'il s'agit de dégustations en vue de la vente au sens de l'article 1587 du Code civil, il est interdit d'offrir gratuitement à volonté des boissons alcooliques dans un but commercial ou de les vendre à titre principal contre une somme forfaitaire.

Il est interdit de vendre des boissons alcooliques à emporter, entre 18 heures et 8 heures, dans les points de vente de carburant.

Il est interdit de vendre des boissons alcooliques réfrigérées dans les points de vente de carburant.

L'action en paiement de boissons vendues en infraction des dispositions du présent article n'est pas recevable.

Art. L. 3322-10. – Un décret détermine les conditions dans lesquelles sont réglementées les modalités de la mise en vente des spiritueux titrant plus de 30 degrés d'alcool.

Art. L. 3322-11 *(Mod., Ord. n° 2010-18, 7 janv. 2010).* – Sont déterminées par décrets en Conseil d'État, après avis de l'Agence nationale chargée de la sécurité sanitaire de l'alimentation, de l'environnement et du travail et de l'Académie nationale de médecine :

1° Les modalités de fabrication, de détention en vue de la vente, de mise en vente et de vente de toute boisson mentionnée à l'article L. 3321-1, dans la préparation de laquelle interviennent des plantes, parties de plantes, extraits végétaux ou un autre produit d'origine végétale ;

2° La liste des substances mentionnées au 1°, les conditions de leur emploi et leur teneur maximum en produits actifs.

Il ne peut être en rien dérogé par ces textes aux dispositions établies par les décrets en Conseil d'État pris en application des articles L. 214-1, L. 215-1 et L. 215-4 du Code de la consommation.

CHAPITRE III. – PUBLICITÉ DES BOISSONS

Art. L. 3323-1 *(Mod., L. n° 2009-879, 21 juill. 2009).* – Dans tous les débits de boissons, un étalage des boissons non alcooliques mises en vente dans l'établissement est obligatoire.

L'étalage doit comprendre au moins dix bouteilles ou récipients et présenter, dans la mesure où le débit est approvisionné, un échantillon au moins de chaque catégorie des boissons suivantes :

a) Jus de fruits, jus de légumes ;

b) Boissons au jus de fruits gazéifiées ;

c) Sodas ;

d) Limonades ;

e) Sirops ;

f) Eaux ordinaires gazéifiées artificiellement ou non ;

g) Eaux minérales gazeuses ou non.

Cet étalage, séparé de celui des autres boissons, doit être installé en évidence dans les lieux où sont servis les consommateurs.

Si le débitant propose des boissons alcooliques à prix réduits pendant une période restreinte, il doit également proposer à prix réduit les boissons non alcooliques susmentionnées.

Art. L. 3323-2. – La propagande ou la publicité, directe ou indirecte, en faveur des boissons alcooliques dont la fabrication et la vente ne sont pas interdites sont autorisées exclusivement :

1° Dans la presse écrite à l'exclusion des publications destinées à la jeunesse, définies au premier alinéa de l'article 1er de la loi n° 49-956 du 16 juillet 1949 sur les publications destinées à la jeunesse ;

2° Par voie de radiodiffusion sonore pour les catégories de radios et dans les tranches horaires déterminées par décret en Conseil d'État ;

3° Sous forme d'affiches et d'enseignes ; sous forme d'affichettes et d'objets à l'intérieur des lieux de vente à caractère spécialisé, dans des conditions définies par décret en Conseil d'État ;

4° Sous forme d'envoi par les producteurs, les fabricants, les importateurs, les négociants, les concessionnaires ou les entrepositaires, de messages, de circulaires commerciales, de catalogues et de brochures, dès lors que ces documents ne comportent que les mentions prévues à l'article L. 3323-4 et les conditions de vente des produits qu'ils proposent ;

5° Par inscription sur les véhicules utilisés pour les opérations normales de livraison des boissons, dès lors que cette inscription ne comporte que la désignation des produits ainsi que le nom et l'adresse du fabricant, des agents ou dépositaires, à l'exclusion de toute autre indication ;

6° En faveur des fêtes et foires traditionnelles consacrées à des boissons alcooliques locales et à l'intérieur de celles-ci, dans des conditions définies par décret ;

7° En faveur des musées, universités, confréries ou stages d'initiation œnologique à caractère traditionnel ainsi qu'en faveur de présentations et de dégustations, dans des conditions définies par décret ;

8° Sous forme d'offre, à titre gratuit ou onéreux, d'objets strictement réservés à la consommation de boissons contenant de l'alcool, marqués à leurs noms par les producteurs et les fabricants de ces boissons, à l'occasion de la vente directe de leurs produits aux consommateurs et aux distributeurs ou à l'occasion de la visite touristique des lieux de fabrication.

9° Sur les services de communications en ligne à l'exclusion de ceux qui, par leur caractère, leur présentation ou leur objet, apparaissent comme principalement destinés à la jeunesse, ainsi que ceux édités par des associations, sociétés et fédérations sportives ou des ligues professionnelles au sens du Code du sport, sous réserve que la propagande ou la publicité ne soit ni intrusive ni interstitielle.

Toute opération de parrainage est interdite lorsqu'elle a pour objet ou pour effet la propagande ou la publicité, directe ou indirecte, en faveur des boissons alcooliques.

Art. L. 3323-3. – Est considérée comme propagande ou publicité indirecte la propagande ou publicité en faveur d'un organisme, d'un service, d'une activité, d'un produit ou d'un article autre qu'une boisson alcoolique qui, par son graphisme, sa présentation, l'utilisation d'une dénomination, d'une marque, d'un emblème publicitaire ou d'un autre signe distinctif, rappelle une boisson alcoolique.

Toutefois, ces dispositions ne sont pas applicables à la propagande ou à la publicité en faveur d'un produit autre qu'une boisson alcoolique qui a été mis sur le marché avant le 1er janvier 1990 par une entreprise juridiquement ou financièrement distincte de toute entreprise qui fabrique, importe ou commercialise une boisson alcoolique.

Art. L. 3323-3-1 *(L. n° 2016-41, 26 janv. 2016).* – Ne sont pas considérés comme une publicité ou une propagande, au sens du présent chapitre, les contenus, images, représentations, descriptions, commentaires ou références relatifs à une région de production, à une toponymie, à une référence ou à une indication géographique, à un terroir, à un itinéraire, à une zone de production, au savoir-faire, à l'histoire ou au patrimoine culturel, gastronomique ou paysager liés à une boisson alcoolique disposant d'une indentification de la qualité ou de l'origine, ou protégée au titre de l'article L. 665-6 du Code rural et de la pêche maritime.

Art. L. 3323-4 *(Mod., L. n° 2005-157, 23 févr. 2005).* – La publicité autorisée pour les boissons alcooliques est limitée à l'indication du degré volumique d'alcool, de l'origine, de la dénomination, de la composition du produit, du nom et de l'adresse du fabricant, des agents et des dépositaires ainsi que du mode d'élaboration, des modalités de vente et du mode de consommation du produit.

Cette publicité peut comporter des références relatives aux terroirs de production, aux distinctions obtenues, aux appellations d'origine telles que définies à l'article L. 115-1 du Code de la consommation ou aux indications géographiques telles que définies dans les conventions et traités internationaux régulièrement ratifiés. Elle peut également comporter des références objectives relatives à la couleur et aux caractéristiques olfactives et gustatives du produit.

Le conditionnement ne peut être reproduit que s'il est conforme aux dispositions précédentes.

Toute publicité en faveur de boissons alcooliques, à l'exception des circulaires commerciales destinées aux personnes agissant à titre professionnel ou faisant l'objet d'envois nominatifs ainsi que les affichettes, tarifs, menus ou objets à l'intérieur des lieux de vente à caractère spécialisé, doit être assortie d'un message de caractère sanitaire précisant que l'abus d'alcool est dangereux pour la santé.

Voir : notes sous article L. 3351-7, *infra*.

Art. L. 3323-5. – Il est interdit de remettre, distribuer ou envoyer à des mineurs des prospectus, buvards, protège-cahiers ou objets quelconques nommant une boisson alcoolique, ou en vantant les mérites ou portant la marque ou le nom du fabricant d'une telle boisson.

Art. L. 3323-5-1 *(Mod., L. n° 2019-1461, 27 déc. 2019)*. – Dans les collectivités mentionnées à l'article L. 751-1 du Code de la sécurité sociale, le représentant de l'État détermine, dans les conditions prévues au cinquième alinéa de l'article L. 3335-1 du présent code, le périmètre autour des établissements mentionnés au 4° du même article L. 3335-1 dans lequel la publicité ou la propagande, directe ou indirecte, en faveur d'une boisson alcoolique est interdite.

Art. L. 3323-6 *(L. n° 2003-709, 1er août 2003)*. – Le ou les initiateurs d'une opération de mécénat peuvent faire connaître leur participation par la voie exclusive de mentions écrites dans les documents diffusés à l'occasion de cette opération ou libellées sur des supports disposés à titre commémoratif à l'occasion d'opérations d'enrichissement ou de restauration du patrimoine naturel ou culturel.

TITRE III. – DÉBITS DE BOISSONS

CHAPITRE I. – LIMITATION DU NOMBRE DES DÉBITS DE BOISSONS

Art. L. 3331-1 *(Mod. à compter du 1er juin 2011, L. n° 2011-302, 22 mars 2011)*. – Les débits de boissons à consommer sur place sont répartis en trois catégories selon l'étendue de la licence dont ils sont assortis :

1° *(Abr. à compter du 1er juin 2011, L. n° 2011-302, 22 mars 2011)* ;

2° La licence de 2e catégorie, dite « licence de boissons fermentées », comporte l'autorisation de vendre pour consommer sur place les boissons des deux premiers groupes ;

3° La licence de 3e catégorie, dite « licence restreinte », comporte l'autorisation de vendre pour consommer sur place les boissons des trois premiers groupes ;

4° La licence de 4e catégorie dite « grande licence » ou « licence de plein exercice », comporte l'autorisation de vendre pour consommer sur place toutes les boissons dont la consommation à l'intérieur demeure autorisée, y compris celles du quatrième et du cinquième groupe.

Art. L. 3331-1-1 *(Abr. à compter du 1er juin 2011, L. n° 2011-302, 22 mars 2011)*.

Art. L. 3331-2 *(Mod. à compter du 1er juin 2011, L. n° 2011-302, 22 mars 2011)*. – Les restaurants qui ne sont pas titulaires d'une licence de débit de boissons à consommer sur place doivent, pour vendre des boissons alcooliques, être pourvus de l'une des deux catégories de licence ci-après :

1° La « petite licence restaurant » qui permet de vendre les boissons du deuxième groupe pour les consommer sur place, mais seulement à l'occasion des principaux repas et comme accessoires de la nourriture ;

2° La « licence restaurant » proprement dite qui permet de vendre pour consommer sur place toutes les boissons dont la consommation est autorisée, mais seulement à l'occasion des principaux repas et comme accessoires de la nourriture.

Les établissements dont il s'agit ne sont soumis ni aux interdictions mentionnées aux articles L. 3332-1 et L. 3332-2, ni à la réglementation établie en application des articles L. 3335-1, L. 3335-2 et L. 3335-8.

Art. L. 3331-3 *(Mod. à compter du 1er juin 2011, L. n° 2011-302, 22 mars 2011)*. – Les établissements titulaires d'une licence à consommer sur place ou d'une licence de restaurant peuvent vendre pour emporter les boissons correspondant à la catégorie de leur licence.

Les autres débits de boissons à emporter doivent, pour vendre des boissons alcooliques, être pourvus de l'une des deux catégories de licences ci-après :

1° La « petite licence à emporter » comporte l'autorisation de vendre pour emporter les boissons du deuxième groupe ;

2° La « licence à emporter » proprement dite comporte l'autorisation de vendre pour emporter toutes les boissons dont la vente est autorisée.

Art. L. 3331-4 *(Mod., L. n° 2009-879, 21 juill. 2009)*. – La distribution de boissons par le moyen d'appareils automatiques permettant la consommation immédiate est considérée comme une vente à consommer sur place.

Dans tous les commerces autres que les débits de boissons à consommer sur place, toute personne qui veut vendre des boissons alcooliques entre 22 heures et 8 heures doit au préalable suivre la formation prévue à l'article L. 3332-1-1.

La vente à distance est considérée comme une vente à emporter.

Art. L. 3331-5 *(Abr. à compter du 1er juin 2011, L. n° 2011-302, 22 mars 2011).*

Art. L. 3331-6 *(Mod., L. n° 2004-806, 9 août 2004).* – Le propriétaire d'un local donné à bail ne peut, nonobstant toute convention contraire, même antérieurement conclue, s'opposer à la transformation, réalisée par le locataire ou le cessionnaire du droit au bail, d'un débit de boissons de 3e ou 4e catégorie, soit en un débit *(Mots suppr. à compter du 1er juin 2011, L. n° 2011-302, 22 mars 2011)* « ... » de 2e catégorie, soit en un autre commerce, à la condition toutefois qu'il ne puisse en résulter, pour l'immeuble, ses habitants ou le voisinage, des inconvénients supérieurs à ceux découlant de l'exploitation du fonds supprimé.

L'occupant doit, avant de procéder aux modifications envisagées, informer le propriétaire, par lettre recommandée, avec demande d'avis de réception.

L'adaptation du contrat de bail aux conditions d'exploitation nouvelles est, à défaut d'accord entre les parties, effectuée dans les conditions prévues pour les baux de locaux à usage commercial.

CHAPITRE II. – OUVERTURES, MUTATIONS ET TRANSFERTS

Art. L. 3332-1-1 *(Mod., L. n° 2010-853, 23 juill. 2010 ; L. n° 2012-387, 22 mars 2012 ; D. n° 2020-54, 28 janv. 2020).* – Toute personne déclarant l'ouverture, la mutation, la translation ou le transfert d'un débit de boissons à consommer sur place de deuxième, troisième et quatrième catégorie ou toute personne déclarant un établissement pourvu de la « petite licence restaurant » ou de la « licence restaurant » doit suivre une formation spécifique sur les droits et obligations attachés à l'exploitation d'un débit de boissons ou d'un établissement pourvu de la « petite licence restaurant » ou de la « licence restaurant ».

Toute personne visée à l'article L. 3331-4 doit suivre une formation spécifique sur les droits et obligations attachés à la vente à emporter de boissons alcooliques entre 22 heures et 8 heures.

À l'issue de cette formation, les personnes visées à l'alinéa précédent doivent avoir une connaissance notamment des dispositions du présent code relatives à la prévention et la lutte contre l'alcoolisme, la protection des mineurs et la répression de l'ivresse publique mais aussi de la législation sur les stupéfiants, la revente de tabac, la lutte contre le bruit, les faits susceptibles d'entraîner une fermeture administrative, les principes généraux de la responsabilité civile et pénale des personnes physiques et des personnes morales et la lutte contre la discrimination.

Toutefois, pour les personnes mentionnées à l'article L. 324-4 du Code du tourisme, la formation prévue au présent article est adaptée aux conditions spécifiques de l'activité de ces personnes.

Tout organisme de formation établi sur le territoire national qui dispense les formations visées aux alinéas précédents doit être agréé par arrêté de l'autorité administrative.

Les organismes de formation légalement établis dans un autre État membre de la Communauté européenne ou dans un autre État partie à l'accord sur l'Espace économique européen souhaitant dispenser ces formations à titre temporaire et occasionnel sur le territoire national sont présumés détenir cet agrément dès lors que le programme de la formation qu'ils dispensent est conforme au présent article.

Cette formation est obligatoire.

Elle donne lieu à la délivrance d'un permis d'exploitation valable dix années. À l'issue de cette période, la participation à une formation de mise à jour des connaissances permet de prolonger la validité du permis d'exploitation pour une nouvelle période de dix années.

Les modalités d'application du présent article sont fixées par décret en Conseil d'État.

Art. L. 3332-2. – L'ouverture d'un nouvel établissement de 4e catégorie est interdite en dehors des cas prévus par l'article L. 3334-1.

Art. L. 3332-3 *(Mod., L. n° 2010-177, 23 févr. 2010 ; L. n° 2017-86, 27 janv. 2017 ; L. n° 2019-222, 23 mars 2019).* – Une personne qui veut ouvrir un café, un cabaret, un débit de boissons à consommer sur place *(L. n° 2011-302, 22 mars 2011, à compter du 1er juin 2011)* « et y vendre de l'alcool » est tenue de faire, quinze jours au moins à l'avance et par écrit, une déclaration indiquant :

1° Ses nom, prénoms, lieu de naissance, profession et domicile ;

2° La situation du débit ;

3° À quel titre elle doit gérer le débit et les nom, prénoms, profession et domicile du propriétaire s'il y a lieu ;

4° La catégorie du débit qu'elle se propose d'ouvrir.

5° Le permis d'exploitation attestant de sa participation à la formation visée à l'article L. 3332-1-1.

La déclaration est faite à Paris à la préfecture de police et, dans les autres communes, à la mairie ; il en est donné immédiatement récépissé.

Dans les trois jours de la déclaration, le maire de la commune où elle a été faite en transmet copie intégrale au représentant de l'État dans le département.

Art. L. 3332-4. – Une mutation dans la personne du propriétaire ou du gérant d'un café ou débit de boissons vendant *(Mots aj. à compter du 1er juin 2011, L. n° 2011-302, 22 mars 2011)* « de l'alcool » à consommer sur place doit faire, quinze jours au moins à l'avance et par écrit, l'objet d'une déclaration identique à celle qui est requise pour l'ouverture d'un débit nouveau. Toutefois, dans le cas de mutation par décès, la déclaration est valablement souscrite dans le délai d'un mois à compter du décès.

Cette déclaration est reçue et transmise dans les mêmes conditions.

Une translation d'un lieu à un autre doit être déclarée *(Mots rempl. à compter du 1er juin 2011, L. n° 2011-302, 22 mars 2011)* « quinze jours au moins à l'avance, dans les mêmes conditions ».

Art. L. 3332-4-1 *(En vigueur à compter du 1er juin 2011, L. n° 2011-302, 22 mars 2011 ; mod., L. n° 2019-222, 23 mars 2019). – (Al. mod., L. n° 2019-222, 23 mars 2019)* Une personne qui veut ouvrir un débit de boissons mentionné aux articles L. 3331-2 ou L. 3331-3 est tenue de faire, dans les conditions prévues aux premier à septième alinéas de l'article L. 3332-3, une déclaration qui est transmise au représentant de l'État dans le département conformément au dernier alinéa du même article. Les services de la préfecture de police ou de la mairie lui en délivrent immédiatement un récépissé qui justifie de la possession de la licence de la catégorie sollicitée.

Le permis d'exploitation mentionné au 5° de l'article L. 3332-3 n'est pas exigé lorsque la déclaration est faite par une personne qui veut ouvrir un débit de boissons mentionné à l'article L. 3331-3 sans vendre des boissons alcooliques entre 22 heures et 8 heures au sens de l'article L. 3331-4.

Une mutation dans la personne du propriétaire ou du gérant ou une modification de la situation du débit de boissons doit faire l'objet d'une déclaration identique, qui est reçue et transmise dans les mêmes conditions. Toutefois, en cas de mutation par décès, la déclaration est valablement souscrite dans le délai d'un mois à compter du décès.

Art. L. 3332-5 *(Mod., L. n° 2010-177, 23 févr. 2010).* – Les articles L. 3332-3 à L. 3332-4-1 ne sont pas applicables dans les départements du Haut-Rhin, du Bas-Rhin et de la Moselle.

Dans ces départements, l'article 33 du Code local des professions du 26 juillet 1900 reste en vigueur :

a) Pour les débits de boissons dont l'ouverture n'est pas interdite par les articles L. 3332-1 et L. 3332-2, pour les hôtelleries et pour le commerce de détail des eaux-de-vie et spiritueux ;

b) Pour le transfert ou le retrait d'autorisation des débits de boissons dont l'ouverture est interdite.

Les autorisations délivrées en vertu de l'article 33 Code local des professions ne peuvent l'être qu'à des personnes justifiant qu'elles sont françaises ou ressortissantes d'un État de l'Union européenne ou partie à l'accord sur l'Espace économique européen.

Art. L. 3332-6 *(Mod. à compter du 1er juin 2011, L. n° 2011-302, 22 mars 2011).* – Est considéré comme ouverture d'un nouveau débit de boissons, le fait de vendre des boissons alcooliques sans avoir effectué la déclaration prescrite par les articles L. 3332-3 ou L. 3332-4-1, ou la détention ou la vente des boissons d'un groupe ne correspondant pas à la catégorie de débit pour laquelle la déclaration a été faite.

Art. L. 3332-7. – N'est pas considérée comme ouverture d'un nouveau débit la translation sur le territoire d'une commune d'un débit déjà existant :

1° Si elle est effectuée par le propriétaire du fonds de commerce ou ses ayants droit et si elle n'augmente pas le nombre des débits existant dans ladite commune ;

2° Si elle n'est pas opérée dans une zone établie par application des articles L. 3335-1, L. 3335-2, L. 3335-8.

Art. L. 3332-8. – Lorsqu'un immeuble où est installé un débit de boissons a été supprimé ou affecté à une destination nouvelle, à la suite d'une expropriation pour cause d'utilité publique, ou lorsque cet immeuble a été

démoli par le propriétaire, il peut être transféré sur n'importe quel point du territoire de la même commune, sous réserve des zones protégées, à savoir :

1° Dans un immeuble déjà existant, au plus tard dans les douze mois de la fermeture qui doit être spécialement déclarée à la mairie de la commune dans les départements et à la préfecture de police à Paris ;

2° Dans un immeuble nouveau, dans les trois mois de la reconstruction de cet immeuble, et au plus tard dans les deux ans de la fermeture déclarée comme il vient d'être dit.

Art. L. 3332-9 et L. 3332-10 *(Abr., L. n° 2007-1787, 20 déc. 2007).*

Art. L. 3332-11 *(L. n° 2007-1787, 20 déc. 2007 ; L. n° 2009-888, 22 juill. 2009 ; mod., L. n° 2019-1461, 27 déc. 2019).* **– Un débit de boissons à consommer sur place exploité peut être transféré dans le département où il se situe. Les demandes d'autorisation de transfert sont soumises au représentant de l'État dans le département. Le maire de la commune où est installé le débit de boissons et le maire de la commune où celui-ci est transféré sont obligatoirement consultés. Lorsqu'une commune ne compte qu'un débit de boissons de 4e catégorie, ce débit ne peut faire l'objet d'un transfert qu'avec l'avis favorable du maire de la commune.**

Par dérogation au premier alinéa, un débit de boissons à consommer sur place peut être transféré dans un département limitrophe de celui dans lequel il se situe, dans les conditions prévues au premier alinéa. Les demandes d'autorisation de transfert sont soumises au représentant de l'État dans le département où doit être transféré le débit de boissons. Un débit de boissons transféré en application de la première phrase du présent alinéa ne peut faire l'objet d'un transfert vers un nouveau département qu'à l'issue d'une période de huit ans.

Par dérogation au premier alinéa du présent article et à l'article L. 3335-1, les débits de boissons à consommer sur place peuvent être transférés au-delà des limites du département où ils se situent au profit d'établissements, notamment touristiques, répondant à des critères fixés par décret.

Art. L. 3332-12. – Nonobstant les dispositions de l'article L. 3332-1 et sous réserve des zones protégées, le ministre de l'Économie et des Finances peut, à la demande du ministre chargé de l'aviation civile, autoriser le transfert, sur les aérodromes civils dépourvus de débit de boissons à consommer sur place, d'un débit existant dans un rayon de 100 kilomètres, quelle que soit sa catégorie.

Il peut, dans les mêmes conditions, autoriser un transfert ayant pour objet l'exploitation d'un débit de catégorie supérieure au lieu du débit déjà exploité sur l'aérodrome.

Les débits mentionnés au présent article ne peuvent faire l'objet d'un nouveau transfert hors de l'aérodrome.

Art. L. 3332-13 *(Mod., L. n° 2019-1461, 27 déc. 2019).* **– Sans préjudice de son pouvoir de police générale, le maire peut fixer par arrêté une plage horaire, qui ne peut débuter avant 20 heures et qui ne peut s'achever après 8 heures, durant laquelle la vente à emporter de boissons alcooliques sur le territoire de la commune est interdite.**

Art. L. 3332-14 *(Abr., L. n° 2007-1787, 20 déc. 2007).*

Art. L. 3332-15 *(L. n° 2003-239, 18 mars 2003 ; L. n° 2006-396, 31 mars 2006 ; mod., L. n° 2019-1461, 27 déc. 2019).* **– 1. La fermeture des débits de boissons et des restaurants peut être ordonnée par le représentant de l'État dans le département pour une durée n'excédant pas six mois, à la suite d'infractions aux lois et règlements relatifs à ces établissements.**

Cette fermeture doit être précédée d'un avertissement qui peut, le cas échéant, s'y substituer, lorsque les faits susceptibles de justifier cette fermeture résultent d'une défaillance exceptionnelle de l'exploitant ou à laquelle il lui est aisé de remédier.

2. En cas d'atteinte à l'ordre public, à la santé, à la tranquillité ou à la moralité publiques, la fermeture peut être ordonnée par le représentant de l'État dans le département pour une durée n'excédant pas deux mois. Le représentant de l'État dans le département peut réduire la durée de cette fermeture lorsque l'exploitant s'engage à suivre la formation donnant lieu à la délivrance d'un permis d'exploitation visé à l'article L. 3332-1-1.

Au vu des circonstances locales, le représentant de l'État dans le département peut déléguer par arrêté à un maire qui en fait la demande l'exercice, sur le territoire de la commune, des prérogatives mentionnées au premier

alinéa du présent 2. Le représentant de l'État dans le département peut mettre fin à cette délégation, dans les mêmes conditions, à la demande du maire ou à son initiative.

Les prérogatives déléguées au maire en application du deuxième alinéa du présent 2 sont exercées au nom et pour le compte de l'État. Le maire transmet au représentant de l'État dans le département, dans un délai de trois jours à compter de leur signature, les arrêtés de fermeture qu'il prend au titre de ces prérogatives. Le représentant de l'État dans le département peut ordonner la fermeture administrative d'un établissement, après une mise en demeure du maire restée sans résultat.

2 *bis*. L'arrêté ordonnant la fermeture sur le fondement des 1 ou 2 du présent article est exécutoire quarante-huit heures après sa notification lorsque les faits le motivant sont antérieurs de plus de quarante-cinq jours à la date de sa signature.

3. Lorsque la fermeture est motivée par des actes criminels ou délictueux prévus par les dispositions pénales en vigueur, à l'exception des infractions visées au 1, la fermeture peut être prononcée par le représentant de l'État dans le département pour six mois. Dans ce cas, la fermeture entraîne l'annulation du permis d'exploitation visé à l'article L. 3332-1-1.

4. Les crimes et délits ou les atteintes à l'ordre public pouvant justifier les fermetures prévues au 2 et au 3 doivent être en relation avec la fréquentation de l'établissement ou ses conditions d'exploitation.

5. À l'exception de l'avertissement prévu au 1, les mesures prises en application du présent article sont soumises aux dispositions du Code des relations entre le public et l'administration.

6. À Paris, les compétences dévolues au représentant de l'État dans le département par le présent article sont exercées par le préfet de police.

Art. L. 3332-16 *(L. n° 2003-239, 18 mars 2003)*. – Le ministre de l'Intérieur peut, dans les cas prévus au 1 et au 3 de l'article L. 3332-15, prononcer la fermeture de ces établissements pour une durée allant de trois mois à un an.

Le cas échéant, la durée de la fermeture prononcée par le représentant de l'État dans le département s'impute sur celle de la fermeture prononcée par le ministre.

Art. L. 3332-17. – Les pouvoirs dévolus au ministre de l'Intérieur par l'article L. 3332-16 sont exercés par le ministre chargé de l'outre-mer dans la collectivité territoriale de Saint-Pierre-et-Miquelon.

CHAPITRE III. – PÉREMPTION DES LICENCES

Art. L. 3333-1. – Un débit de boissons de 2ᵉ, de 3ᵉ et de 4ᵉ catégorie qui a cessé d'exister depuis plus de trois ans est considéré comme supprimé et ne peut plus être transmis.

Toutefois, en cas de liquidation judiciaire, le délai de trois ans est étendu, s'il y a lieu, jusqu'à clôture des opérations.

De même le délai de trois ans est suspendu pendant la durée d'une fermeture provisoire prononcée par l'autorité judiciaire ou administrative.

Lorsqu'une décision de justice a prononcé la fermeture définitive d'un débit de boissons, la licence de l'établissement est annulée.

Art. L. 3333-2. – Un établissement ayant cessé d'être exploité par suite :

1° De l'appel ou de la mobilisation de son propriétaire dans les armées françaises ou alliées, de son départ à destination d'un pays allié ;

2° De sa réquisition ;

3° D'une impossibilité absolue d'exploiter résultant des mesures générales d'interdiction ou d'évacuation,

peut être rouvert dans le délai d'un an à compter de la cessation de l'état de droit ou de fait ayant entraîné la suspension de l'exploitation.

Art. L. 3333-3. – Les débits de boissons détruits par les événements de guerre peuvent, à l'intérieur de la même commune et sous réserve des zones protégées, être rouverts ou transférés sur un emplacement autre que celui de l'immeuble primitif ou de substitution, dans les six mois qui suivent la réédification définitive de l'immeuble primitif quel que soit son emplacement.

Les mêmes débits de boissons réinstallés provisoirement, notamment dans des immeubles susceptibles d'être soumis aux obligations du remembrement ou de la reconstruction, peuvent être déplacés à l'intérieur de la même commune tant que l'immeuble dans lequel doit s'effectuer le transfert n'est pas édifié.

CHAPITRE IV. – DÉBITS TEMPORAIRES

Art. L. 3334-1. – Par dérogation aux dispositions des articles L. 3332-2 et L. 3332-3, l'ouverture, par des personnes ou sociétés de nationalité française ou étrangère, de débits de boissons de toute nature à consommer sur place est autorisée dans l'enceinte des expositions ou des foires organisées par l'État, les collectivités publiques ou les associations reconnues comme établissements d'utilité publique pendant la durée des manifestations.

Chaque ouverture est subordonnée à l'avis conforme du commissaire général de l'exposition ou de la foire ou de toute personne ayant même qualité. L'avis est annexé à la déclaration souscrite à la mairie ou à la préfecture de police à Paris, et à la recette buraliste des contributions indirectes.

Art. L. 3334-2 *(Rempl., L. fin. n° 2000-1352, 30 déc. 2000).* – Les personnes qui, à l'occasion d'une foire, d'une vente ou d'une fête publique, établissent des cafés ou débits de boissons ne sont pas tenues à la déclaration prescrite par l'article L. 3332-3, mais doivent obtenir l'autorisation de l'autorité municipale.

Les associations qui établissent des cafés ou débits de boissons pour la durée des manifestations publiques qu'elles organisent ne sont pas tenues à la déclaration prescrite par l'article L. 3332-3 mais doivent obtenir l'autorisation de l'autorité municipale dans la limite de cinq autorisations annuelles pour chaque association.

Dans les débits et cafés ouverts dans de telles conditions, il ne peut être vendu ou offert, sous quelque forme que ce soit, que des boissons des deux premiers groupes définis à l'article L. 3321-1.

Dans les départements de la Guadeloupe, de la Guyane et de la Martinique, le représentant de l'État dans le département peut autoriser, par voie d'arrêté, la vente des boissons de quatrième groupe, dont la consommation y est traditionnelle, dans la limite maximum de quatre jours par an.

CHAPITRE V. – ZONES PROTÉGÉES

Art. L. 3335-1 *(Mod., L. n° 2007-1787, 20 déc. 2007 ; L. n° 2019-1461, 27 déc. 2019).* – Le représentant de l'État dans le département arrête, sans préjudice des droits acquis, après information des maires des communes concernées, les distances en-deçà desquelles les débits de boissons à consommer sur place ne peuvent être établis autour des établissements suivants, dont l'énumération est limitative :

1° Établissements de santé, centres de soins, d'accompagnement et de prévention en addictologie et centres d'accueil et d'accompagnement à la réduction des risques pour usagers de drogues ;

2° Établissements d'enseignement, de formation, d'hébergement collectif ou de loisirs de la jeunesse ;

3° Stades, piscines, terrains de sport publics ou privés.

Ces distances sont calculées selon la ligne droite au sol reliant les accès les plus rapprochés de l'établissement protégé et du débit de boissons. Dans ce calcul, la dénivellation en dessus et au-dessous du sol, selon que le débit est installé dans un édifice en hauteur ou dans une infrastructure en sous-sol, doit être prise en ligne de compte.

L'intérieur des édifices et établissements en cause est compris dans les zones de protection ainsi déterminées.

L'existence de débits de boissons à consommer sur place régulièrement installés ne peut être remise en cause pour des motifs tirés du présent article.

Dans les communes où il existe au plus un débit de boissons à consommer sur place, le représentant de l'État dans le département peut autoriser, après avis du maire, l'installation d'un débit de boissons à consommer sur place dans les zones faisant l'objet des dispositions du présent article lorsque les nécessités touristiques ou d'animation locale le justifient.

Art. L. 3335-2 et L. 3335-3 *(Abr., L. n° 2007-1787, 20 déc. 2007).*

Art. L. 3335-4 *(Mod., L. n° 2009-888, 22 juill. 2009 ; D. n° 2019-1383, 18 déc. 2019).* – La vente et la distribution de boissons des groupes 3 à 5 définis à l'article L. 3321-1 est interdite dans les stades, dans les salles d'éducation physique, les gymnases et d'une manière générale, dans tous les établissements d'activités physiques et sportives.

Des dérogations peuvent être accordées par l'autorité administrative compétente pour des installations qui sont situées dans des établissements classés hôtels de tourisme ou dans des restaurants.

Sous réserve des décisions de justice passées en force de chose jugée, le maire peut, par arrêté, et dans les conditions fixées par décret, accorder des autorisations dérogatoires temporaires, d'une durée de quarante huit heures au plus, à l'interdiction de vente à consommer sur place ou à emporter et de distribution des boissons du troisième groupe sur les stades, dans les salles d'éducation physique, les gymnases et les établissements d'activités physiques et sportives définies par la loi n° 84-610 du 16 juillet 1984 relative à l'organisation et à la promotion des activités physiques et sportives, en faveur :

a) Des associations sportives agréées conformément à l'article L. 121-4 du Code du sport et dans la limite des dix autorisations annuelles pour chacune desdites associations qui en fait la demande ;

b) Des organisateurs de manifestations à caractère agricole dans la limite de deux autorisations annuelles par commune ;

c) Des organisateurs de manifestations à caractère touristique dans la limite de quatre autorisations annuelles, au bénéfice des stations classées et des communes touristiques relevant de la section 2 du chapitre III du titre III du livre Ier du Code du tourisme.

Art. L. 3335-11. – Les personnes qui, sous le couvert d'associations, vendent des boissons à consommer sur place, sont soumises à la réglementation administrative des débits de boissons dans les conditions fixées par l'article 1655 du Code général des impôts.

CHAPITRE VI. – EXPLOITATION

Art. L. 3336-1. – Les mineurs non émancipés et les majeurs sous tutelle ne peuvent exercer par eux-mêmes la profession de débitant de boissons.

Art. L. 3336-2. – Ne peuvent exploiter des débits de boissons à consommer sur place :

1° Les personnes condamnées pour crime de droit commun ou l'un des délits prévu aux articles 225-5, 225-6, 225-7 et 225-10 du Code pénal ;

2° Ceux qui ont été condamnés à un mois au moins d'emprisonnement pour vol, escroquerie, abus de confiance, recel filouterie, recel de malfaiteurs, outrage public à la pudeur, tenue d'une maison de jeux, prise de paris clandestins sur les courses de chevaux, vente de marchandises falsifiées ou nuisibles à la santé, infraction aux dispositions législatives ou réglementaires en matière de stupéfiants ou pour récidive de coups et blessures et d'ivresse publique.

L'incapacité est perpétuelle à l'égard de toutes les personnes mentionnées au 1°. Elle cesse cinq ans après leur condamnation à l'égard de ceux mentionnés au 2°, si pendant ces cinq années elles n'ont encouru aucune condamnation correctionnelle à l'emprisonnement. L'incapacité cesse en cas de réhabilitation.

L'incapacité prévue au présent article peut être prononcée contre les personnes condamnées pour le délit prévu à l'article 227-22 du Code pénal.

Art. L. 3336-3. – Les mêmes condamnations, lorsqu'elles sont prononcées contre un débitant de boissons à consommer sur place, entraînent de plein droit contre lui et pendant le même délai, l'interdiction d'exploiter un débit, à partir du jour où lesdites condamnations sont devenues définitives. Ce débitant ne peut être employé, à quelque titre que ce soit, dans l'établissement qu'il exploitait, comme au service de celui auquel il a vendu ou loué, ou par qui il fait gérer ledit établissement, ni dans l'établissement qui est exploité par son conjoint même séparé.

Art. L. 3336-4 *(Mod., L. n° 2018-771, 5 sept. 2018)*. – Il est interdit d'employer ou de recevoir en stage des mineurs dans les débits de boissons à consommer sur place, à l'exception du conjoint du débitant et de ses parents ou alliés jusqu'au quatrième degré inclusivement.

Dans les débits de boissons ayant fait l'objet d'un agrément, cette interdiction ne s'applique pas aux mineurs de plus de seize ans bénéficiaires d'une formation comportant une ou plusieurs périodes accomplies en entreprise leur permettant d'acquérir une qualification professionnelle sanctionnée par un diplôme ou un titre à finalité professionnelle obtenu dans les conditions prévues à l'article L. 335-5 du Code de l'éducation et enregistré conformément à l'article L. 6113-5 du Code du travail.

L'agrément est accordé, refusé, non renouvelé ou retiré dans des conditions fixées par décret en Conseil d'État.

TITRE IV. – RÉPRESSION DE L'IVRESSE PUBLIQUE ET PROTECTION DES MINEURS

CHAPITRE I. – RÉPRESSION DE L'IVRESSE PUBLIQUE

Art. L. 3341-1 *(L. n° 2011-392, 14 avr. 2011 ; L. n° 2021-646, 25 mai 2021).* **– Une personne trouvée en état d'ivresse dans les lieux publics est, par mesure de police, conduite à ses frais par des agents de la police nationale, des militaires de la gendarmerie nationale, des agents de police municipale ou des gardes champêtres, après avoir fait procéder à un examen médical, réalisé sur le territoire communal ou en dehors de celui-ci, attestant que son état de santé ne s'y oppose pas, dans le local de police nationale ou de gendarmerie le plus voisin ou dans une chambre de sûreté, pour y être retenue jusqu'à ce qu'elle ait recouvré la raison.**

Lorsqu'il n'est pas nécessaire de procéder à l'audition de la personne mentionnée au premier alinéa immédiatement après qu'elle a recouvré la raison, elle peut, par dérogation au même premier alinéa, être placée par un officier ou un agent de police judiciaire sous la responsabilité d'une personne qui se porte garante d'elle.

Art. L. 3341-2 *(Abr., L. n° 2009-879, 21 juill. 2009 puis rétabli dans la version suivante à compter du 1er juin 2011, L. n° 2011-392, 14 avr. 2011).* **– Lorsqu'il est mis fin à la rétention en chambre de sûreté de la personne, son placement en garde à vue, si les conditions de cette mesure prévues par le Code de procédure pénale sont réunies, n'est pas obligatoire dès lors qu'elle n'est pas tenue sous la contrainte de demeurer à la disposition des enquêteurs et qu'elle a été informée qu'elle peut à tout moment quitter les locaux de police ou de gendarmerie.**

Art. L. 3341-3. – Les affiches sont revêtues d'une marque extérieure et mises à la disposition des débitants de boissons.

Art. L. 3341-4 *(L. n° 2011-267, 14 mars 2011 ; mod., L. n° 2019-1428, 24 déc. 2019).* **– Dans les débits de boissons à consommer sur place dont la fermeture intervient entre 2 heures et 7 heures, un ou plusieurs dispositifs permettant le dépistage de l'imprégnation alcoolique doivent être mis à la disposition du public.**

Dans les débits de boissons à emporter, ces dispositifs sont proposés à la vente à proximité des étalages des boissons alcooliques.

Les modalités d'application du présent article en ce qui concerne notamment le délai de mise à disposition, le nombre des dispositifs et leurs caractéristiques techniques sont fixées par arrêté conjoint des ministres chargés des transports, de l'intérieur et de la santé.

CHAPITRE II. – PROTECTION DES MINEURS

Art. L. 3342-1 *(Mod., L. n° 2009-879, 21 juill. 2009 ; L. n° 2016-41, 26 janv. 2016).* **– La vente des boissons alcooliques à des mineurs est interdite. L'offre de ces boissons à titre gratuit à des mineurs est également interdite dans les débits de boissons et tous commerces ou lieux publics. La personne qui délivre la boisson exige du client qu'il établisse la preuve de sa majorité.**

« L'offre, à titre gratuit ou onéreux, à un mineur de tout objet incitant directement à la consommation excessive d'alcool est également interdite. Un décret en Conseil d'État fixe les types et les caractéristiques de ces objets. »

Art. L. 3342-2 *(Abr., L. n° 2009-879, 21 juill. 2009).*

Art. L. 3342-3. – Il est interdit de recevoir dans les débits de boissons des mineurs de moins de seize ans qui ne sont pas accompagnés de leur père, mère, tuteur ou toute autre personne de plus de dix-huit ans en ayant la charge ou la surveillance.

Toutefois, les mineurs de plus de treize ans, même non accompagnés, peuvent être reçus dans les débits de boissons assortis d'une licence de 1re catégorie.

Art. L. 3342-4 *(L. n° 2009-879, 21 juill. 2009).* **– Une affiche rappelant les dispositions du présent titre est apposée dans les débits de boissons à consommer sur place. Un modèle spécifique doit être apposé dans les débits de boissons à emporter. Les modèles et les lieux d'apposition de ces affiches sont déterminés par arrêté du ministre chargé de la santé.**

TITRE V. – DISPOSITIONS PÉNALES

CHAPITRE I. – BOISSONS

Art. L. 3351-1. – La mise en circulation ou la vente, pour un fabricant ou importateur de boissons alcooliques, en France ou sur un territoire soumis à l'autorité française, des boissons de troisième, quatrième ou cinquième groupe sans avoir fait la déclaration prévue à l'article L. 3322-1, est punie de 6 000 € d'amende.

La même peine est applicable aux importateurs et fabricants qui livrent lesdites boissons à la circulation ou à la vente sous des conditionnements non revêtus des indications imposées par l'article L. 3322-2 ou qui font figurer sur ces conditionnements les qualifications interdites par ledit article.

Art. L. 3351-2. – L'importation ou la fabrication, l'achat, la détention ou la mise en circulation en vue de la vente, la mise en vente, la vente ou l'offre à titre gratuit des boissons interdites par l'article L. 3322-3 (1° et 3°) est punie de 9 000 € d'amende.

Toutefois, la vente ou l'offre au détail n'est punie que de 3 750 € d'amende.

Dans tous les cas, la confiscation des produits interdits ou illicites est prononcée.

Les dispositions des alinéas précédents ne s'appliquent pas aux opérations mentionnées, lorsqu'elles sont effectuées en vue de l'exportation.

Art. L. 3351-3. – L'offre à titre gratuit ou la vente par un producteur ou un fabricant, à toute autre personne que celles autorisées par l'article L. 3322-5, d'anéthol ou d'essences pouvant servir à la fabrication de boissons alcooliques, est punie de 3 750 € d'amende.

Le fait pour toute personne autorisée par l'article L. 3322-5 à acheter ces produits, de les revendre sur le marché intérieur, contrairement aux dispositions de cet article, est puni de 3 750 € d'amende.

Le fait pour un pharmacien de délivrer ces produits sans ordonnance médicale, est puni de 3 750 € d'amende.

Art. L. 3351-4. – *(Mod., Ord. n° 2005-1512, 7 déc. 2005).* – Le fait de passer outre les interdictions énoncées à l'article L. 3322-5 est puni de six mois d'emprisonnement et de 3 750 € d'amende.

En outre, le tribunal prononce la confiscation des marchandises et des moyens de transport et la fermeture définitive de l'établissement.

Les infractions sont poursuivies et constatées comme en matière de contributions indirectes.

Art. L. 3351-5. – La vente au détail par un marchand ambulant de boissons des quatrième et cinquième groupes est punie de 3 750 € d'amende.

Art. L. 3351-6 *(Mod., L. n° 2009-526, 12 mai 2009 ; L. n° 2009-879, 21 juill. 2009).* – La mise à disposition du public d'un appareil automatique distribuant des boissons alcooliques est punie de 3 750 € d'amende.

L'appareil ayant servi à commettre l'infraction est saisi et le tribunal en prononce la confiscation.

En cas de récidive, un emprisonnement de six mois peut en outre être prononcé.

Le fait de vendre des boissons alcooliques entre 22 heures et 8 heures sans avoir suivi la formation prévue à l'article L. 3332-1-1 est puni de 3 750 € d'amende.

Art. L. 3351-6-1 *(L. n° 2009-879, 21 juill. 2009).* – Le fait de vendre des boissons alcooliques dans un point de vente de carburant en dehors des horaires prévus au quatrième alinéa de l'article L. 3322-9 ou d'y vendre des boissons alcooliques réfrigérées est puni de 7 500 € d'amende. La récidive est punie d'un an d'emprisonnement et de 15 000 € d'amende.

Les personnes morales coupables de l'infraction mentionnée au premier alinéa du présent article encourent les peines complémentaires prévues aux 2°, 4°, 8° et 9° de l'article 131-39 du Code pénal.

Art. L. 3351-6-2 *(L. n° 2009-879, 21 juill. 2009).* – Sauf lorsqu'elles sont déclarées ou autorisées dans les conditions prévues à l'article L. 3322-9, ou lorsqu'il s'agit de dégustations en vue de la vente au sens de l'article 1587 du Code civil, l'offre à titre gratuit à volonté, dans un but commercial, de boissons alcooliques ainsi que leur vente à titre principal contre une somme forfaitaire sont punies de 7 500 € d'amende. La récidive est punie d'un an d'emprisonnement et de 15 000 € d'amende.

Les personnes physiques coupables de l'infraction mentionnée au premier alinéa du présent article encourent également la peine complémentaire d'interdiction à titre temporaire d'exercer les droits attachés à une licence de débit de boissons à consommer sur place ou à emporter pour une durée d'un an au plus.

Les personnes morales coupables de l'infraction mentionnée au premier alinéa du présent article encourent les peines complémentaires prévues aux 2°, 4°, 8° et 9° de l'article 131-39 du Code pénal.

Art. L. 3351-7. – Les infractions aux dispositions des articles L. 3323-2, L. 3323-4 à L. 3323-6, relatifs à la publicité des boissons alcooliques, sont punies de 75 000 € d'amende. Le maximum de l'amende peut être porté à 50 % du montant des dépenses consacrées à l'opération illégale.

En cas de récidive, les personnes physiques reconnues coupables de l'infraction mentionnée à l'alinéa précédent peuvent encourir la peine complémentaire d'interdiction, pendant une durée de cinq ans, de vente de la boisson alcoolique qui a fait l'objet de l'opération illégale.

Le tribunal peut, compte tenu des circonstances de fait, décider que les personnes morales sont en totalité ou en partie solidairement responsables du paiement des amendes mises à la charge de leurs dirigeants ou de leurs préposés.

Le tribunal ordonne, s'il y a lieu, la suppression, l'enlèvement ou la confiscation de la publicité interdite aux frais des délinquants.

La cessation de la publicité peut être ordonnée soit sur réquisition du ministère public, soit d'office par le juge d'instruction ou le tribunal saisi des poursuites. La mesure ainsi prise est exécutoire nonobstant toutes voies de recours. Mainlevée peut en être donnée par la juridiction qui l'a ordonnée ou qui est saisie du dossier. La mesure cesse d'avoir effet en cas de décision de non-lieu ou de relaxe.

Les décisions statuant sur les demandes de mainlevée peuvent faire l'objet d'un recours devant la chambre d'accusation ou devant la cour d'appel selon qu'elles ont été prononcées par un juge d'instruction ou par le tribunal saisi des poursuites.

La chambre de l'instruction ou la cour d'appel statue dans un délai de dix jours à compter de la réception des pièces.

Art. L. 3351-8 *(L. n° 2007-1774, 17 déc. 2007 ; mod., L. n° 2009-879, 21 juill. 2009 ; L. n° 2011-525, 17 mai 2011 ; Ord. n° 2016-301, 14 mars 2016).* – Les agents habilités de la concurrence, de la consommation et de la répression des fraudes veillent au respect des articles L. 3322-2, L. 3323-2, L. 3323-4 et L. 3323-6 ainsi que des règlements pris pour leur application. Ils procèdent à la recherche et à la constatation des infractions ou manquements prévus par ces textes dans les conditions prévues à l'article L. 511-5 du Code de la consommation.

CHAPITRE II. – DÉBITS DE BOISSONS

Art. L. 3352-1. – Est puni de 3 750 € d'amende le fait d'ouvrir :

1° Sous réserve des dispositions prévues à l'article L. 3335-11, un débit de boissons à consommer sur place de 2e ou de 3e catégorie dans les communes où le total des établissements de cette nature et des établissements de 4e catégorie atteint ou dépasse la proportion d'un débit pour 450 habitants, ou fraction de ce nombre, selon les modalités de calcul prévues à l'article L. 3332-1.

Toutefois, ceci ne s'applique pas aux établissements dont l'ouverture intervient à la suite d'un transfert réalisé dans les conditions fixées par l'article L. 3332-11 ;

2° Un nouvel établissement de 4e catégorie, en dehors des cas prévus par l'article L. 3334-1.

Art. L. 3352-2. – L'ouverture d'un débit de boissons à consommer sur place de 3e ou de 4e catégorie, en dehors des conditions prévues par le présent titre, est punie de 3 750 € d'amende.

La fermeture du débit est prononcée par le jugement.

Art. L. 3352-3. – Est punie de 3 750 € d'amende l'ouverture d'un café, d'un cabaret, d'un débit de boissons à consommer sur place *(Mots aj. à compter du 1er juin 2011, L. n° 2011-302, 22 mars 2011)* « , vendant de l'alcool » :

1° Sans faire quinze jours au moins à l'avance et par écrit la déclaration prévue à l'article L. 3332-3 ;

2° *(Mod., Ord. n° 2010-177, 23 févr. 2010)* Sans justifier de la nationalité française ou de celle d'un autre État membre de l'Union européenne ou d'un autre État partie à l'accord sur l'Espace économique européen.

Art. L. 3352-4. – Est puni de 3 750 € d'amende le fait :

1° De procéder à une mutation dans la personne du propriétaire ou du gérant d'un café ou d'un débit de boissons vendant à consommer sur place sans que celle-ci ne soit, quinze jours au moins à l'avance et par écrit, l'objet d'une déclaration identique à celle requise pour l'ouverture d'un débit nouveau selon les dispositions de l'article L. 3332-4 ;

2° De ne pas déclarer « quinze jours au moins à l'avance, dans les mêmes conditions qu'au 1°, » toute translation.

Art. L. 3352-4-1 *(En vigueur à compter du 1er juin 2011, L. n° 2011-302, 22 mars 2011).* – Est punie de 3 750 € d'amende :

1° L'ouverture d'un débit de boissons mentionné aux articles L. 3331-2 ou L. 3331-3 sans faire quinze jours au moins à l'avance et par écrit la déclaration prévue au premier alinéa de l'article L. 3332-4-1 ;

2° La mutation dans la personne du propriétaire ou du gérant ou la modification de la situation du débit de boissons mentionné aux articles L. 3331-2 ou L. 3331-3 sans faire dans le délai prévu et par écrit la déclaration prévue au dernier alinéa de l'article L. 3332-4-1.

Art. L. 3352-5 *(Mod., L. n° 2019-222, 23 mars 2019).* – L'offre ou la vente, sous quelque forme que ce soit, dans les débits et cafés ouverts à l'occasion d'une foire, d'une vente ou d'une fête publique et autorisée par l'autorité municipale, de boissons autres que celles des deux premiers groupes définis à l'article L. 3321-1, est punie de 3 750 € d'amende.

L'action publique peut être éteinte, y compris en cas de récidive, dans les conditions prévues aux articles 495-17 à 495-25 du Code de procédure pénale, par le versement d'une amende forfaitaire d'un montant de 200 €. Le montant de l'amende forfaitaire minorée est de 150 € et le montant de l'amende forfaitaire majorée est de 450 €.

Art. L. 3352-6. – Le fait de ne pas se conformer à une mesure de fermeture d'établissement ordonnée ou prononcée en application des articles L. 3332-15 ou L. 3332-16 est puni de deux mois d'emprisonnement et de 3 750 € d'amende.

Art. L. 3352-7. – Le fait d'établir dans les zones faisant l'objet des dispositions de l'article L. 3335-2, un débit de boissons à emporter est puni de 3 750 € d'amende.

Art. L. 3352-8. – L'exercice de la profession de débitant de boissons par un mineur non émancipé ou par un majeur sous tutelle est puni de 3 750 € d'amende.

En outre, le tribunal peut prononcer la fermeture de l'établissement pour une durée de cinq ans au plus.

Art. L. 3352-9. – Est puni de 3 750 € d'amende le fait pour une personne frappée d'une ou plusieurs incapacités prévues à l'article L. 3336-2 :

1° D'exploiter un débit de boissons ;

2° D'être employé dans un établissement dans les conditions (rect. *JO* 29 juill. 2000) prévues à l'article L. 3336-3.

En outre, le tribunal prononce la fermeture définitive de l'établissement.

Art. L. 3352-10. – La récidive des infractions prévues aux articles L. 3352-3, L. 3352-4, L. 3352-8 et L. 3352-9 est punie de six mois d'emprisonnement et de 7 500 € d'amende.

En cas de récidive de l'infraction prévue à l'article L. 3352-8, le tribunal prononce la fermeture définitive de l'établissement.

CHAPITRE III. – RÉPRESSION DE L'IVRESSE PUBLIQUE ET PROTECTION DES MINEURS

Art. L. 3353-1. – Les officiers de police judiciaire et les agents de la force publique sont chargés de rechercher et de constater, chacun sur le territoire dans lequel il exerce des fonctions, les infractions prévues à l'article L. 3336-4 et au présent chapitre ; ils dressent des procès-verbaux pour établir ces infractions.

Art. L. 3353-2. – Les procès-verbaux constatant les infractions prévues à l'article L. 3336-4 et au présent chapitre sont transmis au procureur de la République dans les trois jours au plus tard, y compris celui où a été reconnu le fait sur lequel ils sont dressés.

Art. L. 3353-3 *(Rempl., L. n° 2009-879, 21 juill. 2009 ; L. n° 2016-41, 26 janv. 2016 ; L. n° 2019-222, 23 mars 2019).* – La vente à des mineurs de boissons alcooliques est punie de 7 500 € d'amende. L'offre de ces boissons à titre gratuit à des mineurs, dans les débits de boissons et tous commerces ou lieux publics, ou l'offre, à titre gratuit ou onéreux, à un mineur de tout objet incitant directement à la consommation excessive d'alcool dans les conditions fixées à l'article L. 3342-1 sont punies de la même peine.

Le fait de se rendre coupable de l'une des infractions prévues au présent article en ayant été condamné depuis moins de cinq ans pour un délit prévu au présent chapitre porte au double le maximum des peines encourues.

Les personnes physiques coupables de l'une des infractions mentionnées au premier alinéa encourent également la peine complémentaire d'interdiction à titre temporaire d'exercer les droits attachés à une licence de débit de boissons à consommer sur place ou à emporter pour une durée d'un an au plus.

Les personnes morales coupables de l'une des infractions mentionnées au premier alinéa encourent les peines complémentaires prévues aux 2°, 4°, 8° et 9° de l'article 131-39 du Code pénal.

Pour le délit prévu au premier alinéa du présent article, y compris en cas de récidive, l'action publique peut être éteinte, dans les conditions prévues aux articles 495-17 à 495-25 du Code de procédure pénale, par le versement d'une amende forfaitaire d'un montant de 300 €. Le montant de l'amende forfaitaire minorée est de 250 € et le montant de l'amende forfaitaire majorée est de 600 €.

Art. L. 3353-4 *(L. n° 2016-41, 26 janv. 2016).* – Le fait de provoquer directement un mineur à la consommation excessive d'alcool et le fait de provoquer directement un mineur à la consommation habituelle d'alcool sont réprimés par l'article 227-19 du Code pénal.

Art. L. 3353-5. – Dans les cas prévus au présent chapitre, le prévenu peut prouver qu'il a été induit en erreur sur l'âge du mineur, sur la qualité ou l'âge de la personne l'accompagnant ou encore sur l'état du malade. S'il fait cette preuve, aucune peine ne lui sera applicable de ce chef.

Art. L. 3353-6. – En cas de condamnation aux infractions prévues dans le présent chapitre, le tribunal correctionnel peut ordonner que son jugement soit affiché à tel nombre d'exemplaires et dans les lieux qu'il indique.

CHAPITRE IV. – MESURES CONSERVATOIRES

Art. L. 3354-1 *(Mod., Ord. n° 2021-409, 8 avr. 2021).* – Les officiers ou agents de la police judiciaire doivent, lors de la constatation d'un crime, d'un délit ou d'un accident de la circulation, faire procéder, sur la personne de l'auteur présumé, aux vérifications prévues au I de l'article L. 234-1 du Code de la route et à l'article L. 4274-14 du Code des transports destinées à établir la preuve de la présence d'alcool dans son organisme lorsqu'il semble que le crime, le délit ou l'accident a été commis ou causé sous l'empire d'un état alcoolique. Ces vérifications sont obligatoires dans tous les cas de crimes, délits ou accidents suivis de mort. Dans tous les cas où elles peuvent être utiles, elles sont également effectuées sur la victime.

Art. L. 3354-2. – Le refus de se soumettre aux vérifications prescrites par l'article L. 3354-1 est puni d'un an d'emprisonnement et de 3 750 € d'amende.

Art. L. 3354-3. – Lorsque le fait qui a motivé des poursuites en matière pénale peut être attribué à un état alcoolique, la juridiction répressive saisie de la poursuite peut interdire, à titre temporaire, à l'individu condamné, l'exercice des emplois des services publics ou concédés, où la sécurité est directement en cause, ainsi que l'obtention ou la détention du permis de chasser.

En cas de récidive, l'interdiction peut être prononcée à titre définitif.

Art. L. 3354-4. – Le fait de ne pas se conformer aux interdictions prévues à l'article L. 3354-3 est puni en cas de récidive d'un an d'emprisonnement et de 3 750 € d'amende.

Art. L. 3354-5. – Un décret en Conseil d'État détermine les mesures qui doivent être prises pour faciliter la pratique des examens prévus à l'article L. 3354-1 en vue d'établir les diagnostics concernant l'alcoolisme.

CHAPITRE V. – DISPOSITIONS COMMUNES

Art. L. 3355-1 *(Mod., L. n° 2004-806, 9 août 2004)*. – Les associations dont l'objet statutaire comporte la lutte contre l'alcoolisme, régulièrement déclarées depuis au moins cinq ans à la date des faits, peuvent exercer les droits reconnus à la partie civile pour les infractions prévues au présent titre.

Peuvent exercer les mêmes droits les associations de consommateurs mentionnées à l'article L. 421-1 du Code de la consommation pour les infractions prévues au chapitre I du présent titre ainsi que les associations familiales mentionnées aux articles L. 211-1 et L. 211-2 du Code de l'action sociale et des familles pour les infractions prévues aux chapitres I et III du présent titre.

Art. L. 3355-2. – Les droits prévus à l'article L. 3355-1 sont également reconnus aux syndicats formés conformément à la loi du 31 mars 1884 pour la défense des intérêts généraux du commerce des boissons.

Art. L. 3355-3. – Les personnes reconnues coupables de l'une des infractions prévues aux articles L. 3351-1, L. 3351-3, L. 3352-1, L. 3352-5 et au premier alinéa de l'article L. 3353-3 encourent la peine complémentaire d'interdiction des droits civiques, civils et de famille mentionnés à l'article 131-26 du Code pénal pour une durée d'un an au moins et de cinq ans au plus.

Art. L. 3355-4. – Les personnes physiques coupables d'une infraction prévue au présent titre encourent également la fermeture temporaire ou définitive de l'établissement.

Art. L. 3355-5. – En cas de poursuites pour une infraction pouvant entraîner la fermeture temporaire ou définitive d'un débit de boissons, le ministère public effectue les diligences prévues au dernier alinéa de l'article 706-37 du Code de procédure pénale.

Lorsque la personne titulaire de la licence ou propriétaire du débit de boissons n'est pas poursuivie, les mesures de fermeture temporaire ou définitive ne peuvent être prononcées que s'il est établi que cette personne a été citée à la diligence du ministère public avec indication de la nature des poursuites exercées et de la possibilité pour le tribunal de prononcer lesdites mesures.

La personne mentionnée à l'alinéa précédent peut présenter ou faire présenter par un avocat ses observations à l'audience. Si elle use de cette faculté, elle peut interjeter appel de la décision prononçant la fermeture temporaire ou définitive du débit de boissons.

Art. L. 3355-6 *(Mod., L. n° 2011-525, 17 mai 2011)*. – Les personnes physiques coupables d'une infraction prévue au présent titre encourent la peine complémentaire d'interdiction d'exercice de la profession de débitant à titre temporaire ou définitif.

En cas d'interdiction d'exercice de la profession prévue à l'alinéa précédent, ou en cas de fermeture d'établissement prévue par l'article L. 3355-4 la durée pendant laquelle les personnes condamnées doivent continuer à payer à leur personnel les salaires, indemnités et rémunération de toute nature auxquels il avait droit jusqu'alors, est fixée par le tribunal.

Pour le personnel rémunéré en tout ou partie par des pourboires, le tribunal évalue le montant des pourboires en se référant notamment aux règles fixées pour le calcul des cotisations d'assurances sociales.

Art. L. 3355-7. – L'infraction aux dispositions d'un jugement ou de la loi portant interdiction d'exercer la profession de débitant de boissons est punie de deux ans d'emprisonnement et de 4 500 € d'amende.

Pendant la durée de cette interdiction, la personne condamnée ne peut, sous les mêmes peines, être employée à quelque titre que ce soit dans l'établissement qu'elle exploitait, même si elle l'a vendu ou mis en gérance. Elle ne peut non plus être employée dans l'établissement qui serait exploité par son conjoint même séparé.

Art. L. 3355-8. – Lorsque l'interdiction d'exercer la profession de débitant de boissons est d'une durée supérieure à deux ans, le tribunal ordonne la vente du fonds aux enchères publiques si le fonds est la propriété de la personne interdite.

Si celle-ci l'exploitait pour le compte du propriétaire, le tribunal en autorise la reprise par ce dernier, nonobstant toutes conventions contraires et quelle que soit la durée de l'interdiction prononcée.

Lorsqu'il ordonne la vente, le tribunal nomme un administrateur provisoire du fonds et désigne le notaire chargé de procéder à la vente suivant les règles ordinaires en matière de vente de fonds de commerce.

En cas de difficultés, il est statué par le juge des référés.

....

CHAPITRE I. – BOISSONS

Section unique

Art. R. 3351-1. – Le fait pour les entrepositaires non fabricants ou importateurs et les détaillants de mettre en vente ou d'offrir, à titre gratuit, des boissons alcooliques dont l'étiquette ne porte pas les indications requises ou porte des indications interdites par le livre III de la présente partie est puni de l'amende prévue pour les contraventions de la 2ᵉ classe.

Art. R. 3351-2 *(Mod., D. n° 2010-465, 6 mai 2010)*. – Le fait pour un débitant de boissons à consommer sur place de ne pas avoir installé un étalage de boissons non alcooliques mises en vente dans son établissement dans les conditions prévues à l'article L. 3323-1 est puni de l'amende prévue pour les contraventions de la 4ᵉ classe.

Le fait pour un débitant de boissons de ne pas proposer à prix réduit, dans des conditions équivalentes, les boissons non alcooliques énumérées au deuxième alinéa de l'article L. 3323-1, pendant la période restreinte prévue au dernier alinéa du même article durant laquelle il propose des boissons alcooliques à prix réduit, est puni de la même peine.

Le fait pour ce débitant de ne pas annoncer la réduction de prix portant sur l'offre de boissons non alcooliques dans des conditions équivalentes à celles proposées pour les boissons alcooliques est puni de la même peine.

CHAPITRE II. – DÉBITS DE BOISSONS

Section unique

Art. R. 3352-1. – Le fait à l'occasion d'une foire, d'une vente ou d'une fête ouvertes au public, d'établir un débit de boissons, sans avoir obtenu l'autorisation de l'autorité municipale, est puni de l'amende prévue pour les contraventions de la 4ᵉ classe.

Art. R. 3352-2. – Le fait d'établir un débit de boisson à consommer sur place des 2ᵉ, 3ᵉ et 4ᵉ catégories sans respecter les distances déterminées par arrêté préfectoral avec les débits des mêmes catégories déjà existants est puni de l'amende prévue pour les contraventions de la 5ᵉ classe.

La récidive de la contravention prévue au présent article est réprimée conformément à l'article 132-11 du Code pénal.

Art. R. 3352-3. – Comme il est dit à l'article R. 4743-7 du Code du travail ci-après reproduit :

Art. R. 4743-7. – Le fait, pour un exploitant d'un débit de boissons à consommer sur place, sans avoir obtenu l'agrément prévu à l'article R. 4153-8, d'employer ou de recevoir en stage des mineurs, à l'exception du conjoint du débitant ou de ses parents ou alliés jusqu'au quatrième degré inclusivement, est puni de l'amende prévue pour les contraventions de la cinquième classe.

La récidive est réprimée conformément aux articles 132-11 et 132-15 du Code pénal.

CHAPITRE III. – RÉPRESSION DE L'IVRESSE PUBLIQUE ET PROTECTION DES MINEURS

Section I. – Répression de l'ivresse publique

Art. R. 3353-1. – Le fait de se trouver en état d'ivresse manifeste dans les lieux mentionnés à l'article L. 3341-1 est puni de l'amende prévue pour les contraventions de la 2ᵉ classe.

Art. R. 3353-2. – Le fait pour les débitants de boissons de donner à boire à des gens manifestement ivres ou de les recevoir dans leurs établissements est puni de l'amende prévue pour les contraventions de la 4ᵉ classe.

Art. R. 3353-3 *(D. n° 2020-605, 18 mai 2020)*. – Le non-respect des dispositions de l'article L. 3341-4 et de ses textes d'application est sanctionné dans les conditions prévues à l'article R. 234-7 du Code de la route.

Art. R. 3353-5. – Le fait pour un débitant de boissons à consommer sur place ou à emporter de vendre au détail, à crédit, soit au verre, soit en bouteilles, des boissons des troisième, quatrième et cinquième groupes est puni de l'amende prévue pour les contraventions de la 4e classe.

Est puni des mêmes peines le fait pour un débitant de boissons à consommer sur place, de vendre au détail à crédit, soit au verre, soit en bouteilles, des boissons du deuxième groupe.

Art. R. 3353-5-1 *(D. n° 2007-794, 10 mai 2007).* – Est puni de l'amende prévue pour les contraventions de la quatrième classe le fait de vendre des boissons alcoolisées à consommer sur place ou à emporter en violation des interdictions ou obligations édictées par arrêté.

Section II. – Protection des mineurs

Art. R. 3353-7 *(D. n° 2010-465, 6 mai 2010).* – I. – Est puni de l'amende prévue pour les contraventions de la deuxième classe le fait, pour un débitant de boissons :

1° De ne pas placer à l'endroit indiqué l'affiche prévue à l'article L. 3342-4 ;

2° D'apposer des affiches d'un autre modèle que celui défini au même article.

II. – Est puni de la même peine le fait de détruire, de lacérer ou d'altérer l'affiche mentionnée au 1° du I.

Art. R. 3353-8. – Le fait pour un débitant de boissons de recevoir dans son établissement des mineurs de moins de seize ans non accompagnés de leur père, mère, tuteur ou de toute personne de plus de dix-huit ans en ayant la charge ou la surveillance, est puni de l'amende prévue pour les contraventions de la 4e classe.

Art. R. 3353-9. – Dans les cas prévus à la présente section, le prévenu peut prouver qu'il a été induit en erreur sur l'âge du mineur ou sur la qualité ou l'âge de la personne l'accompagnant. S'il rapporte cette preuve, aucune peine ne lui est applicable.

Code du tourisme

Débits de boissons ayant pour activité principale l'exploitation d'une piste de danse

Art. L. 314-1 *(L. n° 2009-888, 22 juill. 2009).* – Un décret fixe les règles relatives aux heures de fermeture des débits de boissons ayant pour activité principale l'exploitation d'une piste de danse. Ce décret peut prévoir que la vente d'alcool n'est plus autorisée dans ledit débit pendant une plage horaire minimale précédant la fermeture de l'établissement.

Art. D. 314-1 *(D. n° 2009-1652, 23 déc. 2009).* – L'heure limite de fermeture des débits de boissons ayant pour objet principal l'exploitation d'une piste de danse est fixée à 7 heures du matin.

La vente de boissons alcooliques n'est plus autorisée dans les débits mentionnés au premier alinéa pendant l'heure et demie précédant sa fermeture.

ANNEXE 8

TRANSPORT

I. – Transport aérien .... p. 1907
II. – Transport ferroviaire .... p. 1912
III. – Circulation routière .... p. 1920

I. – TRANSPORT AÉRIEN

Bibliographie : J. Chevrier, *Réflexions sur les dispositions pénales de la loi du 10 juillet 1989 : Rev. fr. dr. aérien* 1989, p. 503. • J.-P. Tosi, *Responsabilité aérienne, Litec*, 1978.

Code des transports
(Ord., n° 2010-1307, 28 oct. 2010)

Circulation des aéronefs

Identification de l'aéronef

Art. L. 6142-4. – Est puni d'un an d'emprisonnement et de 75 000 € d'amende le fait pour l'exploitant technique, le propriétaire et, le cas échéant, l'exploitant commercial de mettre ou laisser en service un aéronef :

1° Sans avoir obtenu un certificat d'immatriculation lorsque celui-ci est exigible ;

2° Sans les marques d'identification prévues par l'article L. 6111-2.

Notion d'aéronef. Les engins de type ULM en tant qu'appareils capables de s'élever ou de circuler dans les airs constituent des aéronefs tels que les définit l'article L. 110-1 du Code de l'aviation civile et sont donc soumis aux dispositions dudit code (■ Cass. crim., 7 juin 1990 : *Dr. pén.* 1990, n° 260).

Art. L. 6142-5. – Est puni d'un an d'emprisonnement et de 75 000 € d'amende le fait pour le pilote :

1° De détruire le certificat d'immatriculation mentionné à l'article L. 6142-4 ou porter sur ce dernier des indications sciemment inexactes ;

2° De conduire sciemment un aéronef dans les conditions prévues par les articles L. 6142-4 et L. 6232-4.

Art. L. 6142-6. – Est puni de trois ans d'emprisonnement et de 18 000 € d'amende le fait pour le possesseur, le détenteur ou le pilote d'apposer ou de faire apposer sur l'aéronef des marques d'immatriculation non conformes à celles du certificat d'immatriculation ou de supprimer ou faire supprimer, rendre ou faire rendre illisibles les marques exactement apposées.

Est puni des mêmes peines le fait d'apposer ou de faire apposer sur un aéronef privé les marques distinctives réservées aux aéronefs publics ou de faire usage d'un aéronef privé portant lesdites marques.

Art. L. 6142-7. – Est puni des peines de l'abus de confiance prévues par les articles 314-1 et 314-10 du Code pénal le fait de détruire ou de détourner ou de tenter de détruire ou de détourner un aéronef ou des pièces de rechange grevés d'une hypothèque régulièrement inscrite.

Sont punies des mêmes peines toutes manœuvres frauduleuses destinées à priver le créancier de sa garantie.

Jets d'objets

Art. L. 6142-8. – Est puni de deux mois d'emprisonnement et de 3 750 € d'amende le jet volontaire et inutile, depuis un aéronef en évolution, d'objet ou de marchandise susceptible de causer des dommages aux personnes et aux biens à la surface, même si ce jet n'a causé aucun dommage et sans préjudice des peines plus fortes qui peuvent être encourues en cas de délit ou de crime.

Délit de fuite

Art. L. 6142-9. – En cas d'accident causé par un aéronef aux personnes situées à la surface, l'article 434-10 du Code pénal, prévoyant et réprimant le délit de fuite, est applicable, sauf lorsqu'il est établi que l'arrêt de l'aéronef aurait compromis la sécurité des passagers.

....

Droit de circulation

Art. L. 6232-2. – Est puni de six mois d'emprisonnement et de 15 000 € d'amende le fait pour le pilote de survoler, par maladresse ou négligence, une zone du territoire français en violation d'une interdiction prononcée dans les conditions prévues par le premier alinéa de l'article L. 6211-4.

Est puni d'un an d'emprisonnement et de 45 000 € d'amende le fait pour le pilote de :

1° S'engager ou de se maintenir au-dessus d'une zone mentionnée au premier alinéa ;

2° Ne pas se conformer aux prescriptions des articles L. 6211-4 et L. 6211-5.

Art. L. 6232-3. – Sans préjudice de l'application des peines prévues par la législation douanière, est puni de trois ans d'emprisonnement et de 30 000 € d'amende le fait pour le pilote, en infraction aux dispositions de l'article L. 6212-2, de ne pas utiliser, sauf cas de force majeure, un aéroport international au départ ou à l'arrivée d'un vol international.

Est puni des mêmes peines le fait pour un membre d'équipage de tenter de se soustraire aux contrôles réglementaires sur un tel aéroport.

Documents de bord

Art. L. 6232-4 *(Mod., Ord. n° 2022-456, 30 mars 2022).* – Est puni d'un an d'emprisonnement et de 75 000 € d'amende le fait pour l'exploitant technique, le propriétaire et, le cas échéant, l'exploitant commercial d'un aéronef de :

1° Mettre ou laisser en service un aéronef sans avoir obtenu un document de navigabilité ou un certificat de limitation de nuisances lorsque ceux-ci sont exigibles, en méconnaissance des dispositions de la présente partie et des textes pris pour son application, ou en méconnaissance des dispositions du règlement (UE) 2018/1139 du Parlement européen et du Conseil du 4 juillet 2018 concernant des règles communes dans le domaine de l'aviation civile et instituant une Agence de l'Union européenne pour la sécurité aérienne et modifiant les règlements (CE) n° 2111/2005, (CE) n° 1008/2008, (UE) n° 996/2010, (UE) n° 376/2014 et les directives 2014/30/UE et 2014/53/UE du Parlement européen et du Conseil, et abrogeant les règlements (CE) n° 552/2004 et (CE) n° 216/2008 du Parlement européen et du Conseil ainsi que le règlement (CEE) n° 3922/91 du Conseil et prévues dans les sections I, III et VII de son chapitre III, et des règlements pris pour leur application ;

2° Faire ou laisser circuler un aéronef dont le document de navigabilité ou le certificat de limitation de nuisances ont cessé d'être valables, en méconnaissance des dispositions de la présente partie et des textes pris pour son application, ou en méconnaissance des dispositions du règlement (UE) 2018/1139 du Parlement européen et du Conseil du 4 juillet 2018 concernant des règles communes dans le domaine de l'aviation civile et instituant une Agence de l'Union européenne pour la sécurité aérienne et modifiant les règlements (CE) n° 2111/2005, (CE) n° 1008/2008, (UE) n° 996/2010, (UE) n° 376/2014 et les directives 2014/30/UE et 2014/53/UE du Parlement européen et du Conseil, et abrogeant les règlements (CE) n° 552/2004 et (CE) n° 216/2008 du Parlement européen et du Conseil ainsi que le règlement (CEE) n° 3922/91 du Conseil et prévues dans les sections I, III et VII de son chapitre III, et des règlements pris pour leur application ;

3° Faire ou laisser circuler un aéronef ne répondant pas à tout moment tant aux conditions techniques de navigabilité ayant servi de base à la délivrance du document de navigabilité qu'aux règles relatives au maintien en

état de validité de ce document, en méconnaissance des dispositions de la présente partie et des textes pris pour son application, ou en méconnaissance des dispositions du règlement (UE) 2018/1139 du Parlement européen et du Conseil du 4 juillet 2018 concernant des règles communes dans le domaine de l'aviation civile et instituant une Agence de l'Union européenne pour la sécurité aérienne et modifiant les règlements (CE) n° 2111/2005, (CE) n° 1008/2008, (UE) n° 996/2010, (UE) n° 376/2014 et les directives 2014/30/UE et 2014/53/UE du Parlement européen et du Conseil, et abrogeant les règlements (CE) n° 552/2004 et (CE) n° 216/2008 du Parlement européen et du Conseil ainsi que le règlement (CEE) n° 3922/91 du Conseil et prévues dans les sections I, III et VII de son chapitre III, et des règlements pris pour leur application ;

4° Faire ou laisser circuler un aéronef dans des conditions d'utilisation non conformes aux règles édictées en vue d'assurer la sécurité par la présente partie ou par les textes pris en application de la présente partie par le ministre chargé de l'aviation civile et relatifs à l'équipement des aéronefs, aux modalités de leur utilisation, à la composition des équipages et à leurs conditions d'emploi ;

5° Faire ou laisser circuler un aéronef dans des conditions d'utilisations non conformes aux règles édictées en matière de navigabilité, de compatibilité environnementale, de sécurité des opérations aériennes, de conditions d'emploi des équipages, de leur composition, leur formation et leurs qualifications et de conception de l'équipement des aéronefs par le règlement (UE) 2018/1139 du Parlement européen et du Conseil du 4 juillet 2018 concernant des règles communes dans le domaine de l'aviation civile et instituant une Agence de l'Union européenne pour la sécurité aérienne et modifiant les règlements (CE) n° 2111/2005, (CE) n° 1008/2008, (UE) n° 996/2010, (UE) n° 376/2014 et les directives 2014/30/UE et 2014/53/UE du Parlement européen et du Conseil, et abrogeant les règlements (CE) n° 552/2004 et (CE) n° 216/2008 du Parlement européen et du Conseil ainsi que le règlement (CEE) n° 3922/91 du Conseil et prévues dans les sections I, II, III et VII de son chapitre III, ainsi que par les règlements pris pour leur application.

Art. L. 6232-5. – L'interdiction de conduite d'un aéronef quelconque peut être prononcée par le jugement ou l'arrêt pour une durée de trois mois à trois ans contre le pilote condamné, en vertu des articles L. 6142-5, L. 6142-6, L. 6232-2, L. 6232-7 et *(Réf. rempl., Ord. n° 2011-204, 24 févr. 2011)* « L. 6541-1 ».

Si le pilote est condamné une seconde fois pour l'un de ces mêmes délits dans un délai de cinq ans après l'expiration de la peine d'emprisonnement ou le paiement de l'amende ou la prescription de ces deux peines, *(Mots rempl. à compter du 1er déc. 2010, Ord. n° 2011-204, 24 févr. 2011)* « la durée de l'interdiction de conduire un aéronef peut être doublée ».

Les brevets dont sont titulaires les pilotes restent déposés pendant toute la durée de l'interdiction au greffe de la juridiction qui a prononcé l'interdiction. Les condamnés doivent effectuer les dépôts de ces brevets soit à ce greffe, soit à celui de leur domicile, dans les cinq jours qui suivent la date à laquelle la condamnation est devenue définitive, faute de quoi ils sont punis d'un an d'emprisonnement et de 9 000 € d'amende, sans préjudice des peines prévues par les articles L. 6142-5 et L. 6232-7 s'ils conduisent un aéronef pendant la période d'interdiction et qui ne peuvent se confondre.

Art. L. 6232-6 *(Mod., Ord. n° 2022-456, 30 mars 2022)*. – Est puni d'un an d'emprisonnement et de 75 000 € d'amende le fait d'exploiter un aéronef pour une ou plusieurs opérations de transport aérien public, en l'absence du certificat de transporteur aérien en cours de validité à la date du transport exigé en application de l'article L. 6221-1, ou, le cas échéant, en l'absence de la déclaration mentionnée par le dernier alinéa de l'article L. 6221-1, ou dans des conditions non conformes à celles fixées par ce certificat ou à celles décrites dans cette déclaration.

Art. L. 6232-7. – Est puni d'un an d'emprisonnement et de 75 000 € d'amende le fait, pour le pilote, de détruire un des documents de bord de l'aéronef prévus par la présente partie, autre que le certificat d'immatriculation prévu par l'article L. 6142-4, ou de porter sur l'un de ces documents des indications sciemment inexactes.

Transport de certaines substances, de certains animaux ou objets et usage aérien de certains appareils

Art. L. 6232-8. – Est puni des peines prévues par l'article L. 6232-4 le fait de :

1° Transporter par aéronef sans autorisation spéciale des explosifs, armes et munitions de guerre, des pigeons voyageurs ou des objets de correspondance y compris ceux du secteur réservé à La Poste tel qu'il est fixé par l'article L. 2 du Code des postes et des communications électroniques ;

2° Transporter, utiliser des appareils photographiques ou faire usage d'objets ou d'appareils dont le transport et l'usage sont interdits par les autorités administratives compétentes ;

3° Faire usage, sans autorisation spéciale, d'appareils photographiques au-dessus des zones interdites.

Art. L. 6232-9. – Outre le procureur de la République, le juge d'instruction et les officiers de police judiciaire désignés à l'article 16 du Code de procédure pénale peuvent, sous réserve des autorisations spéciales prévues par décret en Conseil d'État, saisir les explosifs, les armes et munitions de guerre, les pigeons voyageurs, les appareils photographiques, les clichés et les correspondances postales, ainsi que les appareils radiotélégraphiques et radiotéléphoniques qui se trouvent à bord :

1° Les fonctionnaires des corps techniques de l'aviation civile, les militaires ou marins et les agents de l'autorité militaire ou maritime, commissionnés à cet effet ;

2° Les gendarmes, les ingénieurs de l'armement affectés à l'aéronautique, les techniciens supérieurs d'études et de fabrication ;

3° Les agents des contributions indirectes, les agents des douanes, les agents techniques des eaux et forêts et les gardes champêtres.

Les mêmes autorités peuvent saisir les pigeons voyageurs, les appareils photographiques et les clichés qui se trouveraient à bord d'aéronefs autorisés à transporter ces objets dans le cas où ces aéronefs seraient passés au-dessus de zones interdites.

Elles peuvent également saisir les pigeons voyageurs ainsi que les messages dont ils seraient porteurs.

La confiscation des objets et appareils régulièrement saisis est prononcée par le tribunal.

Enquêtes techniques relatives aux incidents et accidents d'aviation civile

Art. L. 6232-10 *(Ord. n° 2012-872, 12 juill. 2012)*. – Est puni d'un an d'emprisonnement et de 15 000 € d'amende le fait, pour les personnes qui, de par leurs fonctions, sont appelées à connaître d'un accident ou d'un incident grave définis à l'article 2 du règlement (UE) n° 996/2010 du Parlement européen et du Conseil du 20 octobre 2010 sur les enquêtes et la prévention des accidents et des incidents dans l'aviation civile et survenus à un aéronef visé à l'article L. 6222-1, de ne pas en rendre compte.

……………………………………………………………………………………………

Actes de malveillance

Art. L. 6372-4. – Est puni de cinq ans d'emprisonnement et de 18 000 € d'amende sans préjudice, le cas échéant, de l'application des articles 322-1 à 322-11 et 322-15 du Code pénal réprimant les destructions, dégradations et détériorations, le fait, volontairement de :

1° Détruire ou endommager les immeubles ou installations destinés à assurer le contrôle de la circulation des aéronefs, les télécommunications aéronautiques, l'aide à la navigation aérienne ou l'assistance météorologique ;

2° Troubler, par quelque moyen que ce soit, le fonctionnement de ces installations ;

3° Détruire ou endommager un aéronef dans l'emprise d'un aérodrome ;

4° Entraver, de quelque manière que ce soit, la navigation ou la circulation des aéronefs, hors les cas prévus aux articles 224-6 et 224-7 du Code pénal ;

5° Interrompre à l'aide d'un dispositif matériel, d'une substance ou d'une arme, le fonctionnement des services d'un aérodrome si cet acte porte atteinte ou est de nature à porter atteinte à la sécurité à l'intérieur de cet aérodrome.

Pour toutes les infractions prévues par le présent article, la tentative du délit est punie comme le délit lui-même.

Art. L. 6372-5. – La juridiction saisie peut condamner à la réparation de l'atteinte portée aux aérodromes ou installations mentionnés à l'article L. 6332-1 qui ne font pas partie du domaine public, et notamment à l'enlèvement des ouvrages faits. Les personnes condamnées supportent les frais des mesures provisoires et urgentes que l'administration a pu être amenée à prendre pour faire cesser le trouble provoqué par cette infraction.

Art. L. 6372-6. – En cas de blessures ou de maladies résultant des faits prévus par l'article L. 6372-4 la peine est celle de la réclusion criminelle à temps de vingt ans.

S'il en résulte la mort d'une ou plusieurs personnes, la peine est celle de la réclusion criminelle à perpétuité, sans préjudice, s'il y a lieu, de l'application des dispositions des articles 221-1 à 221-4 du Code pénal réprimant les atteintes volontaires à la vie.

Les personnes physiques déclarées coupables des crimes prévus par le présent article encourent également, à titre de peines complémentaires, l'interdiction, suivant les modalités prévues par l'article 131-27 du Code pénal, soit d'exercer une fonction publique ou d'exercer l'activité professionnelle ou sociale dans l'exercice ou à l'occasion de l'exercice de laquelle l'infraction a été commise, soit d'exercer une profession commerciale ou industrielle, de diriger, d'administrer, de gérer ou de contrôler à un titre quelconque, directement ou indirectement, pour leur propre compte ou pour le compte d'autrui, une entreprise commerciale ou industrielle ou une société commerciale. Ces interdictions d'exercice peuvent être prononcées cumulativement.

L'attaque ou la résistance avec violence et voies de fait envers les agents préposés à la garde ou au fonctionnement des aérodromes ou installations mentionnés à l'article L. 6332-1, dans l'exercice de leurs fonctions, est punie des peines applicables à la rébellion, suivant les distinctions faites par les articles 433-7 et 433-8 du Code pénal.

Art. L. 6372-7. – Toute personne qui s'est rendue coupable, hors du territoire de la République, de l'une des infractions prévue par l'article 689-7 du Code de procédure pénale ou de la tentative de l'une de ces infractions peut être poursuivie et jugée par les juridictions françaises, si elle se trouve en France.

Servitudes aéronautiques

Art. L. 6372-8. – Les infractions aux dispositions régissant les servitudes aéronautiques de dégagement et de balisage instituées dans l'intérêt de la circulation aérienne sont punies de 3 750 € d'amende.

Art. L. 6372-9. – Sur réquisition du ministère public agissant à la demande du ministre intéressé, le tribunal saisi de la poursuite impartit aux personnes qui contreviennent aux dispositions de l'article L. 6372-8, sous peine d'une astreinte de 1,50 € à 15 € par jour de retard, un délai pour enlever ou modifier les ouvrages frappés de servitudes ou pour pourvoir à leur balisage.

Dans le cas où ce délai n'est pas observé, l'astreinte prononcée court à partir de l'expiration du délai jusqu'au jour où la situation est effectivement régularisée.

Si cette régularisation n'est pas intervenue dans l'année de l'expiration du délai, le tribunal peut, sur réquisition du ministère public agissant dans les mêmes conditions, relever à une ou plusieurs reprises le montant de l'astreinte, même au-delà du maximum prévu par le premier alinéa.

Le tribunal peut autoriser le reversement d'une partie des astreintes lorsque la situation a été régularisée et que le redevable établit qu'il a été empêché d'observer par une circonstance indépendante de sa volonté le délai qui lui avait été imparti.

En outre, si, à l'expiration du délai fixé par le jugement, la situation n'a pas été régularisée, l'administration peut faire exécuter les travaux d'office aux frais et risques des personnes civilement responsables.

....

Violences commises dans un aéronef ou dans un lieu destiné à l'accès à un aéronef

Art. L. 6433-2. – Lorsque des violences sont commises dans un aéronef ou dans un lieu destiné à l'accès à un aéronef, la sanction est celle prévue par les articles 222-12 et 222-13 du Code pénal.

Lorsque l'auteur de l'un des délits mentionnés au premier alinéa se trouve hors d'état de justifier d'un domicile ou d'un emploi sur le territoire français ou d'une caution agréée par l'administration habilitée à percevoir les amendes garantissant le paiement éventuel des condamnations pécuniaires encourues, le ou les bagages ainsi que le contrat de transport de la personne peuvent être retenus par l'officier ou l'agent de police judiciaire, jusqu'au versement d'une consignation dont le montant ne peut excéder 1500 €.

La décision imposant le paiement d'une consignation est prise par le procureur de la République, qui est tenu de statuer dans le délai de la garde à vue si la personne fait l'objet de cette mesure ou, à défaut, dans un délai de quatre heures à compter soit de la constatation du délit si celui-ci a été commis dans un lieu destiné à l'accès à un aéronef, soit de l'arrivée des passagers si le délit a été commis dans un aéronef.

La consignation est versée à un comptable du Trésor ou à un agent mentionné à l'article L. 6431-1 porteur d'un carnet de quittances à souche.

....

Sanctions pénales et administratives

Art. L. 6541-1 *(Mod., Ord. n° 2022-456, 30 mars 2022)*. – **Est puni d'un an d'emprisonnement et de 75 000 € d'amende le fait de conduire un aéronef sans être titulaire d'une licence, des qualifications requises et, le cas échéant, d'un certificat médical, en méconnaissance des dispositions du titre Ier du présent livre ou des dispositions du règlement (UE) 2018/1139 du Parlement européen et du Conseil du 4 juillet 2018 concernant des règles communes dans le domaine de l'aviation civile et instituant une Agence de l'Union européenne pour la sécurité aérienne et modifiant les règlements (CE) n° 2111/2005, (CE) n° 1008/2008, (UE) n° 996/2010, (UE) n° 376/2014 et les directives 2014/30/UE et 2014/53/UE du Parlement européen et du Conseil, et abrogeant les règlements (CE) n° 552/2004 et (CE) n° 216/2008 du Parlement européen et du Conseil ainsi que le règlement (CEE) n° 3922/91 du Conseil et prévues à la section 2 de son chapitre III.**

Art. L. 6541-2 *(Anc. art. L. 6531-2, dénum., Ord. n° 2011-204, 24 févr. 2011)*. – **Est puni d'un mois d'emprisonnement et de 3 750 € d'amende le fait d'exercer un des emplois correspondant aux brevets, licences et qualifications du personnel navigant professionnel de l'aéronautique civile en infraction aux dispositions du titre II du présent livre.**

Est puni de la même peine le fait, pour le responsable d'une entreprise, de confier un de ces emplois à une personne ne remplissant pas les conditions exigées par les dispositions du même titre.

Art. L. 6541-3 *(Anc. art. L. 6531-3, dénum., Ord. n° 2011-204, 24 févr. 2011)*. – **Est passible des peines de l'abus de confiance prévues par les articles 314-1 et 314-10 du Code pénal le fait pour l'exploitant de retenir indûment la contribution ouvrière précomptée sur le salaire, en application de l'article L. 6527-10.**

II. – TRANSPORT FERROVIAIRE

Code des transports

(Ord. n° 2010-1307, 28 oct. 2010)

Dispositions relatives à la conduite des trains

Art. L. 2221-9. – **Le fait de conduire un train sans être titulaire de la licence et des documents requis par la réglementation de sécurité ou d'affecter à la conduite de trains une personne qui n'est pas titulaire de ces documents est puni d'un emprisonnement d'un an et d'une amende de 75 000 €.**

....

Police du transport ferroviaire ou guidé

Art. L. 2242-1. – **Est puni de dix ans d'emprisonnement le fait d'employer volontairement un moyen quelconque aux fins de faire dérailler les véhicules ou de provoquer leur collision.**

S'il en résulte un homicide ou des blessures, le coupable est puni de la réclusion criminelle à perpétuité dans le premier cas et de vingt ans de réclusion criminelle dans le second.

Elément moral. Jugé que le mot « volontairement » qui est employé dans l'article 16 ne s'applique pas aux mots qui suivent ; en conséquence, les peines prévues par cet article sont légalement appliquées à l'individu déclaré « coupable d'avoir placé sur la voie des pierres faisant obstacle à la circulation, de manière à entraver la marche des convois ou à les faire sortir des rails » sans qu'il soit nécessaire de constater qu'il avait volontairement placé ces pierres (■ Cass. crim., 21 sept. 1893 : *DP* 1896, 1, 435).

Art. L. 2242-2. – **Est puni de cinq ans d'emprisonnement, le fait de menacer, par écrit anonyme ou signé, de commettre une des infractions prévues par l'article L. 2242-1, dans le cas où la menace a été faite avec ordre de déposer une somme d'argent dans un lieu indiqué ou de remplir toute autre condition.**

Si la menace n'a été accompagnée d'aucun ordre ou condition, la peine est de deux ans d'emprisonnement et de 3 750 € d'amende.

Si la menace avec ordre ou condition a été verbale, la peine est de six mois d'emprisonnement et de 3 750 € d'amende.

Art. L. 2242-3. – Est puni de six mois d'emprisonnement et de 3 750 € d'amende le fait de causer involontairement, sur un chemin de fer ou dans les gares ou stations, par maladresse, imprudence, inattention, négligence ou inobservation des lois ou règlements, un accident occasionnant des blessures.

Si l'accident a occasionné la mort d'une ou plusieurs personnes, la peine est de cinq ans d'emprisonnement et de 3 750 € d'amende.

1) Champ d'application. L'article 19 de la loi du 15 juillet 1845, punissant les auteurs de blessures et homicides involontaires lorsque l'accident est survenu sur une voie ferrée, s'applique, en raison de la généralité de ses termes, à toutes personnes et non pas seulement aux agents du chemin de fer (■ Cass. crim., 23 déc. 1952 : *Bull. crim.* n° 322).

2) Infractions de droit commun. Les articles 221-6 et 221-7 du Code pénal sont applicables lorsque la responsabilité d'une personne morale est engagée à l'occasion d'un accident causé sur les chemins de fer ou dans les gares ou stations, nonobstant les dispositions de l'article 19 de la loi du 15 juillet 1845 sur la police des chemins de fer (■ Cass. crim., 18 janv. 2000 : *Bull. crim.* n° 28 ; *JCP* G 2000, n° 40, II, 10935, note F. Debove ; *Bull. Joly* 2000, n°s 8-9, p. 809, note Ph. Delebecque ; *Dr. pén.* 2000, comm. 72, n° 6, note M. Véron).

Art. L. 2242-4. – Est puni de six mois d'emprisonnement et de 3 750 € d'amende le fait pour toute personne :

1° De modifier ou déplacer sans autorisation ou de dégrader ou déranger la voie ferrée, les talus, clôtures, barrières, bâtiments et ouvrages d'art, les installations de production, de transport et de distribution d'énergie ainsi que les appareils et le matériel de toute nature servant à l'exploitation ;

2° De jeter ou déposer un matériau ou un objet quelconque sur les lignes de transport ou de distribution d'énergie ou dans les parties de la voie ferrée ou de ses dépendances qui ne sont pas affectées à la circulation publique ;

3° D'empêcher le fonctionnement des signaux ou appareils quelconques ou de manœuvrer, sans en avoir mission, ceux qui ne sont pas à la disposition du public ;

4° De troubler ou entraver, par des signaux faits en dehors du service ou de toute autre façon, la mise en marche ou la circulation des trains ;

5° De pénétrer, circuler ou stationner sans autorisation régulière dans les parties de la voie ferrée ou de ses dépendances qui ne sont pas affectées à la circulation publique, d'y introduire des animaux ou d'y laisser introduire ceux dont elle est responsable, d'y faire circuler ou stationner un véhicule étranger au service, d'y jeter ou déposer un matériau ou un objet quelconque, d'entrer dans l'enceinte du chemin de fer ou d'en sortir par d'autres issues que celles affectées à cet usage ;

6° De laisser stationner sur les parties d'une voie publique suivie ou traversée à niveau par une voie ferrée des voitures ou des animaux, d'y jeter ou déposer un matériau ou un objet quelconque, de faire suivre les rails de la voie ferrée par des véhicules étrangers au service ;

7° De laisser subsister, après une mise en demeure de les supprimer faite par l'autorité administrative compétente de l'État, toutes installations lumineuses et notamment toute publicité lumineuse au moyen d'affiches, enseignes ou panneaux lumineux ou réfléchissants, lorsqu'elles sont de nature à créer un danger pour la circulation des convois en raison de la gêne qu'elles apportent pour l'observation des signaux par les agents du chemin de fer ;

8° De faire usage du signal d'alarme ou d'arrêt mis à la disposition des voyageurs de manière illégitime et dans l'intention de troubler ou d'entraver la mise en marche ou la circulation des trains.

9° *(L. n° 2011-267, 14 mars 2011)* De pénétrer sans autorisation dans les espaces affectés à la conduite des trains.

Élément moral : connaissance de l'absence d'autorisation. L'intention coupable de l'auteur du délit prévu par le 5° de l'article L. 2242-4 du Code des transports, est caractérisée par le fait, pour l'intéressé, de pénétrer, circuler ou stationner dans les parties de la voie ferrée ou de ses dépendances, qui ne sont pas affectées à la circulation publique, en sachant qu'il n'est pas titulaire d'une autorisation régulière à cet effet (■ Cass. crim., 9 déc. 2014, n° 14-80.200).

Art. L. 2242-5 *(L. n° 2016-339, 22 mars 2016)*. – Est puni de deux mois d'emprisonnement et de 3 750 € d'amende le fait de déclarer intentionnellement une fausse adresse ou une fausse identité auprès des agents assermentés mentionnés au I de l'article L. 2241-1.

Art. L. 2242-6 *(Mod., L. n° 2016-339, 22 mars 2016)*. – Est puni de six mois d'emprisonnement et de 7 500 € d'amende le fait de voyager, de manière habituelle, dans tout moyen de transport public de personnes payant sans être muni d'un titre de transport valable.

ANNEXE 8

L'habitude est caractérisée dès lors que la personne concernée a fait l'objet, sur une période inférieure ou égale à douze mois, de plus de cinq contraventions pour avoir voyagé sans titre de transport ou munie d'un titre de transport non valable ou non complété, qui n'ont pas donné lieu à une transaction en application de l'article 529-3 du Code de procédure pénale.

Art. L. 2242-7. – Est puni de six mois d'emprisonnement et de 7 500 € d'amende, l'outrage adressé à un agent d'un exploitant de réseau de transport public de personnes *(Mots aj., Ord. n° 2015-855, 15 juill. 2015)* « ou à un agent mentionné au 3° ou au 5° du I de l'article L. 2241-1 ».

Lorsqu'il est commis en réunion, l'outrage est puni d'un an d'emprisonnement et de 15 000 € d'amende.

Art. L. 2242-8. – Est puni de deux ans d'emprisonnement le fait pour l'agent chargé de la conduite d'abandonner son poste pendant la marche du convoi.

1) **Marche du convoi.** Par l'expression « pendant la marche du convoi », il faut entendre toute la durée du parcours que ce convoi doit effectuer, que ce convoi circule ou stationne, qu'il soit en pleine campagne ou en gare ; et il importe peu que le mécanicien qui abandonne le convoi en cours de route ait pris la précaution de placer le train sur une voie de garage ou qu'il ait prévenu ses chefs de ses intentions (■ Cass. crim., 18 déc. 1920, 2 arrêts : *DP* 1921, 1, p. 155).

2) **Abandon de poste.** L'abandon de poste pendant la marche d'un convoi ne consiste pas seulement dans l'abandon matériel du convoi par le mécanicien ou le conducteur garde-frein, mais résulte aussi du fait, par ces agents, de cesser, en cours de marche, d'exécuter la mission qu'ils avaient la charge de remplir (■ Cass. crim., 23 sept. 1920 : *DP* 1921, 1, p. 155).

....

Art. L. 2242-10 *(L. n° 2016-339, 22 mars 2016)*. – Le fait de diffuser, par quelque moyen que ce soit et quel qu'en soit le support, tout message de nature à signaler la présence de contrôleurs ou d'agents de sécurité employés ou missionnés par un exploitant de transport public de voyageurs est puni de deux mois d'emprisonnement et de 3 750 € d'amende.

Services internes de sécurité de la société nationale des chemins de fer français

Art. L. 2251-1 *(L. n° 2016-339, 22 mars 2016)*. – Sans préjudice des dispositions prévues par les titres III et IV du présent livre, la Société nationale des chemins de fer français et la Régie autonome des transports parisiens sont autorisées à disposer d'un service interne de sécurité.

Les services internes de sécurité de la Société nationale des chemins de fer français et de la Régie autonome des transports parisiens sont chargés, dans le cadre d'une mission de prévention, de veiller à la sécurité des personnes et des biens, de protéger les agents de l'entreprise et son patrimoine et de veiller au bon fonctionnement du service. Cette mission s'exerce dans les emprises immobilières nécessaires à l'exploitation du service géré par ces établissements publics et dans leurs véhicules de transport public de personnes. La prévention des violences et des atteintes à caractère sexiste dans les transports publics est un axe prioritaire de leur action.

Outre la formation initiale dont ils bénéficient, les agents des services internes de sécurité de la SNCF et de la Régie autonome des transports parisiens reçoivent une formation continue adaptée aux besoins des services, en vue de maintenir ou de parfaire leur qualification professionnelle, leur connaissance des règles déontologiques et leur adaptation aux fonctions qu'ils sont conduits à exercer.

Le contenu de ces formations est conforme à un cahier des charges fixé par arrêté conjoint du ministre de l'intérieur et du ministre chargé des transports.

Les services internes de sécurité de la Société nationale des chemins de fer français et de la Régie autonome des transports parisiens sont soumis aux dispositions du deuxième alinéa de l'article 2 et de l'article 4 de la loi n° 83-629 du 12 juillet 1983 réglementant les activités privées de surveillance.

Les conditions dans lesquelles les agents des services internes de sécurité de la Société nationale des chemins de fer français et de la Régie autonome des transports parisiens peuvent exercer ces missions sur la voie publique sont fixées par décret en Conseil d'État.

Art. L. 2251-1-1 *(Créé à compter du 1er janv. 2015, L. n° 2014-872, 4 août 2014 ; mod., L. n° 2018-515, 27 juin 2018 ; Ord. n° 2019-761, 24 juill. 2019 ; L. n° 2021-646, 25 mai 2021)*. – Le service interne de sécurité de la SNCF réalise cette mission au profit des gestionnaires d'infrastructure, des exploitants d'installations de service, des titulaires d'une convention d'occupation du domaine public ferroviaire dans une gare de voyageurs ou une autre installation de service reliées au réseau ferré national, des autorités organisatrices de transport ferroviaire, des entreprises ferroviaires utilisatrices du réseau ferré national ainsi que de leurs personnels, à leur demande et dans un cadre formalisé, dans le respect des principes d'équité et de non-discrimination.

Cette mission s'exerce dans les emprises immobilières nécessaires à l'exploitation des services de transport ferroviaire et routier pour les services organisés en application du 2° de l'article L. 2121-3 de personnes et de marchandises et dans les véhicules de transport public de personnes qui y sont affectés.

La SNCF publie chaque année un document de référence et de tarification des prestations de sûreté. L'Autorité de régulation des transports émet un avis conforme sur la tarification de ces prestations. L'exécution de ces prestations s'effectue dans des conditions transparentes, équitables et sans discrimination entre les entreprises ferroviaires.

Les conditions d'application du présent article sont définies par décret en Conseil d'État.

Art. L. 2251-1-2 *(Créé à compter du 1er janv. 2015, rempl., L. n° 2019-1428, 24 déc. 2019).* – Pour la Régie autonome des transports parisiens, la mission de prévention mentionnée à l'article L. 2251-1 s'exerce :

1° Dans les emprises immobilières de l'infrastructure du réseau express régional et du réseau de métropolitain, ainsi que des infrastructures du Grand Paris relevant des articles 20 et 20-2 de la loi n° 2010-597 du 3 juin 2010 relative au Grand Paris, dont elle est gestionnaire ;

2° Dans les véhicules de transport public de personnes nécessaires à l'exploitation ou à la gestion de ces réseaux.

En ce qui concerne les lignes de tramway et de transport routier régulier ou à la demande, cette mission s'exerce dans les véhicules de transport public et, le cas échéant, dans les emplacements correspondant aux arrêts et stations desservis par ces véhicules pour les services que la Régie autonome des transports parisiens exploite dans les conditions prévues à l'article L. 1241-6 du présent code, jusqu'aux échéances prévues au même article L. 1241-6.

La Régie autonome des transports parisiens est rémunérée pour l'exercice de cette mission par Île-de-France Mobilités dans le cadre d'une convention pluriannuelle qui définit les objectifs assignés et les moyens alloués.

La même mission peut, à leur demande, s'exercer au profit d'Île-de-France Mobilités ou de toute autre autorité organisatrice à qui cette autorité a délégué sa compétence ou des exploitants de services de transport, pour les autres services de transport public guidé que ceux mentionnés aux trois premiers alinéas du présent article et pour les services de transport routier réguliers ou à la demande, lorsqu'ils sont fournis dans le périmètre géographique de la région d'Île-de-France. La Régie autonome des transports parisiens est rémunérée par le demandeur, dans un cadre formalisé qui définit les objectifs et les moyens alloués à cette mission.

L'exercice de cette mission est assuré dans des conditions objectives, transparentes et non discriminatoires.

(Al. créé à compter du 1er janvier 2021, L. n° 2019-1428, 24 déc. 2019) La Régie autonome des transports parisiens publie chaque année un document de référence et de tarification des prestations de sûreté. L'Autorité de régulation des transports émet un avis conforme sur la tarification de ces prestations.

(Al. créé à compter du 1er janvier 2021, L. n° 2019-1428, 24 déc. 2019) Cette mission est comptablement séparée des activités d'exploitant de services de transport public de voyageurs et de gestionnaire d'infrastructures dévolues à la Régie autonome des transports parisiens. La Régie autonome des transports parisiens établit, pour chacune de ces activités, un bilan et un compte de résultat. Ces documents sont certifiés annuellement. Toute subvention croisée, directe ou indirecte, entre ces activités est interdite. De même, aucune aide publique versée à une de ces activités ne peut être affectée à une autre.

Cette mission s'exerce sans préjudice de l'exercice des compétences dévolues à la SNCF au titre des articles L. 2251-1 et L. 2251-1-1.

Les conditions d'application du présent article sont définies par décret en Conseil d'État.

Art. L. 2251-1-3 *(L. n° 2017-258, 28 févr. 2017).* – Par dérogation aux articles L. 2251-1-1 et L. 2251-1-2, sur les sites d'interconnexion des réseaux de la SNCF et de la Régie autonome des transports parisiens, les agents des services internes de sécurité de ces deux établissements publics peuvent intervenir ponctuellement dans les emprises immobilières et véhicules relevant de la compétence de l'autre service interne de sécurité :

1° Lorsque cette intervention est nécessaire à la constatation d'une infraction mentionnée à l'article L. 2241-1 ;

2° Pour assurer, avec l'autorisation de l'autorité administrative, la mission prévue au deuxième alinéa de l'article L. 2251-1.

Ces interventions ne peuvent être réalisées qu'avec l'autorisation conjointe des deux établissements publics.

Art. L. 2251-2 *(Mod. à compter du 1er janv. 2015, L. n° 2014-872, 4 août 2014 ; Ord. n° 2018-1125, 12 déc. 2018)*. – Les agents des services internes de sécurité de la SNCF et de la Régie autonome des transports parisiens qui ont fait l'objet d'une condamnation à une peine correctionnelle ou à une peine criminelle inscrite au bulletin n° 2 du casier judiciaire ou, pour les ressortissants étrangers, dans un document équivalent, ne peuvent être affectés ou maintenus dans ce service interne de sécurité. Il en va de même :

1° Si l'agent a fait l'objet d'un arrêté d'expulsion non abrogé ou d'une interdiction du territoire français non entièrement exécutée ;

2° S'il a commis des actes, éventuellement mentionnés dans les traitements automatisés et autorisés de données à caractère personnel gérés par les autorités de police, contraires à l'honneur, à la probité ou aux bonnes mœurs ou de nature à porter atteinte à la sécurité des personnes ou des biens, à la sécurité publique ou à la sûreté de l'État.

L'affectation d'un agent est subordonnée à la transmission par l'autorité administrative compétente de l'État de ses observations relatives aux obligations mentionnées aux trois premiers alinéas.

(Al. créé, L. n° 2019-1428, 24 déc. 2019) En application de l'article L. 114-2 du Code de la sécurité intérieure, une enquête administrative peut également être menée en cours d'affectation, à la demande de l'employeur ou à l'initiative de l'autorité administrative, afin de vérifier le respect des obligations mentionnées aux trois premiers alinéas du présent article.

Art. L. 2252-1. – I. – *(Abr., L. n° 2016-339, 22 mars 2016)*.

II. – Est puni d'un an d'emprisonnement et de 15 000 € d'amende le fait, pour les personnes mentionnées à l'article L. 2251-1, d'employer une personne en violation des dispositions de l'article L. 2251-2.

III. – Est puni de six mois d'emprisonnement et de 7 500 € d'amende le fait d'être l'employé du service mentionné à l'article L. 2251-1 en violation des dispositions de l'article L. 2251-2.

Art. L. 2252-2 *(L. n° 2016-339, 22 mars 2016)*. – Est puni d'un an d'emprisonnement et de 15 000 € d'amende le fait pour tout agent d'un service interne de sécurité mentionné à l'article L. 2251-1 de faire obstacle à l'accomplissement des contrôles exercés dans les conditions prévues à l'article L. 2251-6.

Décret n° 42-730 du 22 mars 1942

portant règlement d'administration publique sur la police, la sûreté et l'exploitation des voies ferrées d'intérêt général et local

(Abr., D. n° 2016–541, 3 mai 2016)

Rédaction antérieure. Art. 1er *(D. n° 86-1045, 18 sept. 1986 ; D. n° 90-661, 26 juill. 1990 ; D. n° 92-478, 29 mai 1992 ; D. n° 2000-286, 30 mars 2000 ; D. n° 2003-425, 9 mai 2003 ; D. n° 2006-1279, 19 oct. 2006)*. – Les dispositions du présent décret sont applicables à toutes les voies ferrées d'intérêt général ou d'intérêt local, sous réserve des restrictions mentionnées en tête des articles qui ne sont pas applicables à certaines catégories de voies.

(Al. abr. et codifié en tant qu'il concerne les remontées mécaniques définies à l'article L. 342-7 du Code du tourisme, D. n° 2006-1229, 6 oct. 2006. – V. C. tourisme, art. R. 342-14) Les articles 6, 73, 74, 74-1, 77, 80-1 à 80-9, 92 et 93 du présent décret sont applicables aux services de transports publics routiers de personnes réguliers et à la demande.

Code du tourisme

Art. R. 342-14 *(Rempl., D. n° 2007-934, 15 mai 2007)*. – Les personnes qui effectuent les vérifications prévues à l'article R. 342-13 sont indépendantes du maître d'ouvrage, du constructeur et de l'exploitant de la remontée mécanique ou du tapis roulant.

Rédaction antérieure. Art. 69 à 72 *(Abr., D. n° 2006-1279, 19 oct. 2006).*

Rédaction antérieure. Art. 73 *(Mod., D. n° 69-601, 10 juin 1969).* – Il est défendu à toute personne :

1° De modifier ou déplacer sans autorisation et de dégrader, déranger la voie ferrée, les talus, clôtures, barrières, bâtiments et ouvrages d'art, les installations de production, de transport et de distribution d'énergie, ainsi que les appareils et le matériel de toute nature servant à l'exploitation ;

2° De rien jeter ou déposer sur les lignes de transport ou de distribution d'énergie ;

3° D'empêcher le fonctionnement des signaux ou appareils quelconques et de manœuvrer sans en avoir mission ceux qui ne sont pas à la disposition du public ;

4° De troubler ou entraver, par des signaux faits en dehors du service ou de toute autre façon, la mise en marche ou la circulation des trains ;

5° De pénétrer, circuler ou stationner, sans autorisation régulière, dans les parties de la voie ferrée ou de ses dépendances qui ne sont pas affectées à la circulation publique, d'y introduire des animaux ou d'y laisser introduire ceux dont elle est responsable, d'y faire circuler ou stationner aucun véhicule étranger au service, d'y jeter ou déposer des matériaux ou objets quelconques, d'entrer dans l'enceinte du chemin de fer ou d'en sortir par d'autres issues que celles affectées à cet usage ;

6° De laisser stationner sur les parties d'une voie publique suivie ou traversée à niveau par une voie ferrée, des voitures ou des animaux, d'y jeter ou déposer des matériaux ou objets quelconques, de faire suivre les rails de la voie ferrée par des véhicules étrangers au service ;

7° De laisser subsister, après une mise en demeure de les supprimer faite par le préfet, toutes installations lumineuses, et notamment toute publicité lumineuse au moyen d'affiches, enseignes ou panneaux lumineux ou réfléchissants, lorsqu'elles sont de nature à créer un danger pour la circulation des convois en raison de la gêne qu'elles apportent pour l'observation des signaux par les agents du chemin de fer.

Rédaction antérieure. Art. 74 *(D. n° 79-659, 31 juill. 1979 ; mod., D. n° 86-1045, 18 sept. 1986 ; D. n° 90-661, 26 juill. 1990).* – Il est interdit à toute personne :

1° De voyager dans une voiture sans être munie d'un titre de transport valable complété, s'il y a lieu, par les opérations incombant au voyageur telles que compostage, validation ou apposition de mentions manuscrites ; de pénétrer dans les parties de la voie ferrée et de ses dépendances dont l'accès est réservé aux personnes munies d'un titre de transport sans être munie d'un titre valable et complété, s'il y a lieu, comme il est dit ci-dessus ;

2° De prendre une place déjà retenue régulièrement par un autre voyageur et d'occuper abusivement les places et filets avec des effets, colis ou autres objets, chaque voyageur ne pouvant disposer que de l'espace situé au-dessus ou au-dessous de la place à laquelle il a droit ;

3° D'occuper un emplacement non destiné aux voyageurs, de se placer indûment dans les compartiments ayant une destination spéciale, d'entraver la circulation dans les couloirs ou l'accès des compartiments ;

4° De monter dans les voitures en surnombre des places indiquées en conformité de l'article 24 du présent règlement ;

5° De mettre obstacle à la fermeture des portières immédiatement avant le départ, de les ouvrir après le signal de départ pendant la marche et avant l'arrêt complet du train ; d'entrer dans les voitures ou d'en sortir autrement que par les accès ménagés à cet effet et placés du côté où se fait le service du train ; de monter ou de descendre ailleurs que dans les gares, stations, haltes ou arrêts à ce destinés et lorsque le train n'est pas complètement arrêté ;

6° De passer d'une voiture dans une autre autrement que par les passages disposés à cet effet, de se pencher au dehors et de rester sur les marchepieds pendant la marche ;

7° *(Abr., D. n° 92-478, 29 mai 1992).*

8° De cracher ailleurs que dans les crachoirs disposés à cet effet ;

9° De se servir sans motif plausible du signal d'alarme ou d'arrêt mis à la disposition des voyageurs pour faire appel aux agents de la compagnie ;

10° De souiller ou de détériorer le matériel, d'enlever ou de détériorer les étiquettes, cartes, pancartes ou inscriptions intéressant le service de la voie ferrée ainsi que la publicité régulièrement apposée dans les gares et les voitures, sur les wagons ou les cadres et, d'une façon générale, dans toute dépendance du chemin de fer ;

11° *(D. 25 mars 1960)* De faire usage, dans les voitures, dans les salles d'attente, sur les quais ou dans les dépendances des gares accessibles aux voyageurs et aux autres usagers, d'appareils ou instruments sonores ;

12° De revendre au-dessus des prix résultant des tarifs homologués des titres de transport, des bulletins de réservation de places, suppléments couchettes ou voitures-lits.

Lorsque la perception du prix des places est effectuée dans les voitures, tout voyageur est tenu de payer le prix de la place occupée par lui aussitôt que l'agent de perception se présente et, s'il ne s'est pas présenté, avant de quitter soit la voiture, soit la gare d'arrivée, suivant les cas ; l'agent de perception est tenu de délivrer un billet à chaque voyageur.

1) Poursuite d'un trajet sans titre valable. Commet une infraction le voyageur qui reste dans une voiture de chemin de fer et continue sa route au-delà de la station pour laquelle il avait pris son billet et il peut être poursuivi même s'il acquitte la surtaxe due pour allongement de parcours (■ Cass. crim., 7 avr. 1870 : S. 1871, 2, p. 258. ■ Cass. crim., 8 déc. 1870 : *DP* 1870, 1, p. 447).

2) Élément moral : faute intentionnelle. L'infraction n'existe toutefois que si le fait matériel reste volontaire ; tel n'est pas le cas du voyageur qui, s'étant endormi, a dépassé de bonne foi la gare qui constituait le terme de son voyage (▪ CA Toulouse, 5 déc. 1893 : *DP* 1894, 2, p. 412).

3) Absence de titre ou titre périmé. Le billet périmé est assimilé au défaut de billet (▪ CA Grenoble, 15 déc. 1898 : *D.* 1899, 2, 234).

L'usage d'un titre de transport de chemin de fer déjà composté à une date antérieure à celle du transport à l'occasion duquel un contrôle est opéré constitue l'infraction d'utilisation d'un titre de transport non valable (▪ Cass. crim., 22 oct. 1987 : *Bull. crim.* n° 363).

Rédaction antérieure. Art. 74-1 *(Abr. à compter du 1er févr. 2007, D. n° 2006-1386, 15 nov. 2006).*

Rédaction antérieure. Art. 74-2 *(D. n° 94-561, 30 juin 1994).* – À bord des trains transportant des véhicules routiers et leurs passagers, il est interdit à toute personne :

- de faire fonctionner le moteur d'un véhicule en dehors des opérations de chargement et de déchargement ;
- de procéder à des actions de réparation ou d'entretien des véhicules ;
- de manipuler, lorsque son transport est autorisé, tout objet ou substance susceptible de créer des risques pour la sécurité, notamment en ce qui concerne les produits chimiques, les carburants, le gaz ;
- de manipuler le chargement des véhicules et de ne pas rejoindre les compartiments voyageurs, à bord des trains dans lesquels l'acheminement des personnes et des véhicules s'effectue séparément.

Rédaction antérieure. Art. 75 *(D. n° 2004-1022, 22 sept. 2004).* – Dans les catégories de trains désignées par arrêté du ministre chargé des transports, il est interdit à toute personne de déposer, dans l'espace situé au-dessus et au-dessous de la place à laquelle elle a droit ainsi que dans les espaces collectifs prévus à cet effet dans les voitures, un bagage ne comportant pas de manière visible la mention de ses nom et prénom.

L'accès aux trains désignés en application de l'alinéa précédent est interdit à toute personne portant avec elle des bagages ne comportant pas de manière visible la mention de ses nom et prénom.

Les dispositions ci-dessus ne s'appliquent pas aux effets ou menus objets que le voyageur conserve à sa disposition immédiate.

Rédaction antérieure. Art. 76. – Lorsqu'une voie ferrée est établie sur une voie publique ou traverse à niveau la plate-forme ou seulement la chaussée d'une voie publique, tout piéton, cavalier ou conducteur d'un véhicule doit, à l'approche d'une voiture ou d'un train appartenant au service de la voie ferrée, dégager immédiatement cette voie et s'en écarter de manière à livrer passage au matériel qui y circule.

Tout conducteur de troupeaux ou d'animaux doit les écarter de la voie ferrée à l'approche d'un train ou d'un véhicule appartenant au service de cette voie.

Pendant le franchissement d'une traversée à niveau, il est interdit à tout usager de la route de s'arrêter ou d'arrêter les véhicules ou animaux qu'il conduit.

Dans le cas d'une traversée non munie de barrières, l'usager de la route ne doit s'y engager qu'après s'être assuré qu'aucun train n'est visible ou que l'approche d'aucun train n'est annoncée.

Rédaction antérieure. Art. 77 *(Mod., D. n° 94-561, 30 juin 1994).* – L'entrée et le séjour dans l'enceinte du chemin de fer ou dans les dépendances de la voie ferrée sont interdits à toute personne en état d'ivresse.

Peuvent être exclues des compartiments affectés au public, les personnes atteintes visiblement ou notoirement de maladie dont la contagion serait à redouter pour les voyageurs. Les compartiments dans lesquels elles ont pris place sont, dès l'arrivée, soumis à la désinfection.

Rédaction antérieure. Art. 77-1 *(D. n° 94-561, 30 juin 1994).* – L'entrée des voitures est interdite à toute personne portant des matières qui, par leur nature, leur quantité ou l'insuffisance de leur emballage, peuvent être la source de dangers, ou des objets qui, par leur nature, leur volume ou leur odeur, pourraient gêner ou incommoder les voyageurs.

Toute personne autorisée à porter ou transporter une arme à feu ne peut accéder au train avec cette arme que si celle-ci est non chargée, démontée et maintenue dans une mallette fermée.

Toutefois, les agents de la force publique, lorsqu'ils y sont obligés par leur service, peuvent conserver avec eux des armes à feu chargées à condition de prendre place dans les compartiments réservés, sauf si cette condition est incompatible avec l'exercice de leur mission.

Rédaction antérieure. Art. 77-2 *(D. n° 94-561, 30 juin 1994).* – Toute personne qui aura refusé d'obtempérer aux injonctions adressées par les fonctionnaires et agents énumérés à l'article 23 de la loi du 15 juillet 1845 relative à la police des chemins de fer, en vue de faire respecter les dispositions du présent décret ou de faire cesser un trouble à l'ordre public, pourra se voir interdire l'accès au train par les agents de la force publique.

.....

Rédaction antérieure. Art. 80. – Les cantonniers, gardes-barrières et autres agents du chemin de fer doivent faire sortir immédiatement toute personne qui se serait introduite dans l'enceinte du chemin de fer ou dans quelque partie que ce soit des dépendances de la voie ferrée où elle n'aurait pas le droit d'entrer.

En cas de résistance de la part des contrevenants, tout employé de la voie ferrée peut requérir l'assistance des agents de la force publique.

Les animaux abandonnés qui sont trouvés dans l'enceinte du chemin de fer sont saisis et mis en fourrière.

Rédaction antérieure. Art. 80-1 *(D. n° 86-1045, 18 sept. 1986).* – Sera punie de l'amende prévue pour les contraventions de la deuxième classe toute personne qui aura contrevenu aux arrêtés relatifs à la circulation, à l'arrêt et au stationnement des véhicules dans les cours de gare.

Rédaction antérieure. Art. 80-2 *(Rempl., D. n° 90-661, 26 juill. 1990 ; mod., D. n° 92-478, 29 mai 1992 ; D. n° 94-561, 30 juin 1994 ; D. n° 2004-1022, 22 sept. 2004).* – Sera punie de l'amende prévue pour les contraventions de la 4ᵉ classe toute personne qui aura contrevenu aux dispositions des 2° à 12° du premier alinéa de l'article 74 et à celles des articles 74-2, 77, 77-1, 78, 79 et 85 (quatrième alinéa) ainsi qu'aux arrêtés pris en application de l'article 6 du présent décret, à l'exception de ceux mentionnés à l'article 80-1.

Sera puni des mêmes peines tout voyageur qui aura refusé d'obtempérer aux injonctions adressées par les agents de l'exploitant pour assurer l'observation des dispositions du présent décret.

Sera puni de l'amende prévue pour les contraventions de la 3ᵉ classe quiconque aura fumé hors d'un emplacement mis à la disposition des fumeurs.

Sera puni de l'amende prévue pour les contraventions de la 1ʳᵉ classe quiconque aura contrevenu aux dispositions de l'article 75.

Rédaction antérieure. Art. 80-3 *(D. n° 86-1045, 18 sept. 1986 ; abr. et codifié en tant qu'il concerne les remontées mécaniques définies à l'article L. 342-7 du C. tourisme, D. n° 2006-1229, 6 oct. 2006. - V. C. tourisme, art. R. 342-15).* – Sera punie de l'amende prévue pour les contraventions de la 4ᵉ classe toute personne qui aura voyagé dans les voitures des services de transports de grandes lignes de la Société nationale des chemins de fer français sans titre de transport ou munie d'un titre de transport non valable ou non complété, s'il y a lieu, par les opérations incombant au voyageur.

Sera punie de l'amende prévue pour les contraventions de la 3ᵉ classe toute personne qui aura voyagé dans les voitures des services de transports autres que ceux mentionnés au premier alinéa sans titre de transport ou munie d'un titre de transport non valable ou non complété, s'il y a lieu, par les opérations incombant au voyageur.

Sera punie de l'amende prévue pour les contraventions de la 3ᵉ classe toute personne qui aura pénétré dans les parties de la voie ferrée et de ses dépendances dont l'accès est réservé aux personnes munies d'un titre de transport sans être munie d'un titre valable et complété, s'il y a lieu, par les opérations incombant au voyageur.

Code du tourisme

Art. R. 342-15 *(Rempl., D. n° 2007-934, 15 mai 2007).* – À compter du 1ᵉʳ janvier 2009, les personnes mentionnées à l'article R. 342-14 doivent être préalablement agréées par le service technique des remontées mécaniques et des transports guidés. Cet agrément est délivré pour une durée maximale de cinq ans dans les conditions prévues à l'article R. 342-16.

Rédaction antérieure. Art. 80-4 *(D. n° 86-1045, 18 sept. 1986).* – Le montant de l'indemnité forfaitaire prévue par l'article 529-4 du Code de procédure pénale est fixé ainsi qu'il suit :

1° Pour les infractions prévues par l'article 80-2 : dix fois la valeur du billet correspondant à un trajet de 100 kilomètres en seconde classe sur le réseau de la Société nationale des chemins de fer français ;

2° Pour les infractions prévues par le premier alinéa de l'article 80-3 : huit fois la valeur du billet correspondant à un trajet de 100 kilomètres en seconde classe sur le même réseau ;

3° Pour les infractions prévues par le deuxième alinéa de l'article 80-3, à l'exception de celles commises dans les services de remontées mécaniques : vingt-quatre fois la valeur du module tarifaire défini au premier alinéa du présent article pour les voyageurs munis d'un titre de transport non valable ou non complété, s'il y a lieu, par les opérations incombant au voyageur, et trente-six fois la valeur du même module tarifaire pour les voyageurs démunis de tout titre de transport ;

4° Pour les infractions prévues par le troisième alinéa de l'article 80-3 : trente-six fois la valeur du module tarifaire mentionné par le 3° ci-dessus ;

5° *(Abr. et codifié, D. n° 2006-1229, 6 oct. 2006)* V. Code du tourisme, article R. 342-15.

Les auteurs des infractions prévues par le premier alinéa de l'article 80-3 et, si elles sont commises dans les services de transports non urbains, de celles prévues par le deuxième alinéa du même article doivent s'acquitter, en outre, de la somme due au titre du transport.

Dans tous les cas prévus par le présent article, le montant de l'indemnité forfaitaire est arrondi aux cinq francs immédiatement supérieurs.

Le montant du module tarifaire mentionné aux 3° et 4° du premier alinéa ci-dessus correspond au prix d'un billet de seconde classe vendu par carnet au tarif normal sur le réseau de la Régie autonome des transports parisiens.

Rédaction antérieure. Art. 80-5 *(D. n° 86-1045, 18 sept. 1986).* – Lorsque le montant de la transaction prévue par l'article 529-3 du Code de procédure pénale fait l'objet d'un versement immédiat, il est encaissé par ceux des agents de l'exploitant chargés du contrôle des titres de transport ou de la perception du montant de ces titres qui sont habilités à constater les infractions et assermentés dans les conditions prévues par l'article 23 de la loi du 15 juillet 1845 sur la police des chemins de fer.

Ce versement donne lieu à la délivrance immédiate d'une quittance extraite d'un carnet à souches comportant les mentions définies par arrêté du ministre chargé des transports.

Rédaction antérieure. Art. 80-6 *(D. n° 86-1045, 18 sept. 1986).* – Lorsque la transaction n'est pas réalisée par un versement immédiat dans les conditions prévues par l'article 80-5, l'agent habilité de l'exploitant établit un procès-verbal de constatation de l'infraction, dont le modèle est fixé par un arrêté conjoint du garde des Sceaux, ministre de la Justice, et du ministre chargé des transports.

Le procès-verbal mentionne l'objet et le montant de la transaction, le montant des frais de constitution de dossier et le délai et les modalités de versement des sommes dues. Il mentionne également le délai et les conditions dans lesquels peut être formulée la protestation prévue par l'article 529-5 du Code de procédure pénale. Il comporte en outre les observations du contrevenant, auquel est remise une copie de ce document.

Rédaction antérieure. Art. 80-7 ***(D. n° 86-1045, 18 sept. 1986).*** – Le montant des frais de constitution de dossier prévu par le deuxième alinéa de l'article 529-4 du Code de procédure pénale ne peut excéder 38 €.

Rédaction antérieure. Art. 80-8 ***(D. n° 86-1045, 18 sept. 1986).*** – Les dispositions des articles R. 49-5 à R. 49-8 du Code de procédure pénale sont applicables à l'amende forfaitaire majorée prévue par le deuxième alinéa de l'article 529-5 de ce code.

Rédaction antérieure. Art. 80-9 ***(D. n° 90-661, 26 juill. 1990).*** – Sera punie des peines prévues pour les contraventions de la 5e classe toute personne qui aura contrevenu aux dispositions des trois premiers alinéas de l'article 85. Dans ce cas les marchandises offertes, mises en vente ou exposées en vue de la vente seront saisies et confisquées.

…………………………………………………………………………………………

Rédaction antérieure. Art. 85 ***(Mod., D. n° 2010-561, 27 mai 2010).*** – Toute exploitation commerciale ou toute distribution d'objets quelconques, à titre professionnel, dans les cours ou bâtiments de gares ne peut être exercée ou effectuée qu'en vertu d'un titre d'occupation du domaine public ferroviaire.

La mendicité est interdite dans les mêmes lieux.

Rédaction antérieure. Art. 86. – Il est interdit d'introduire dans l'enceinte du chemin de fer, pour y être consommées par les agents, des boissons alcooliques autres que le vin, la bière, le cidre, le poiré ou l'hydromel non additionnées d'alcool.

Il est interdit au personnel des hôtels établis dans l'enceinte du chemin de fer, des buffets, buvettes et wagons-restaurants, de vendre aux agents et employés du chemin de fer des boissons alcooliques autres que celles énumérées ci-dessus.

…………………………………………………………………………………………

III. – CIRCULATION ROUTIÈRE

Bibliographie : F. Gauvin, *Circulation routière : JCl. Lois pénales spéciales.* • J. Pradel, *Un pari sur la dissuasion avec la loi du 10 juillet 1987 renforçant la lutte contre l'alcool au volant : D.* 1987, chron. p. 251. • P. Couvrat et M. Massé, *Circulation routière, infractions et sanctions,* Sirey 1989 ; *De quelques aspects de la dépénalisation actuelle en France : les décalages de la répression en matière de sécurité ro : RSC* 1989, p. 451. • M. Weyland, *Le cycliste, l'agent de police et le permis à points : JCP* G 1993, I, 3644. • J.-Cl. Roumilhac, *La suppression de la peine d'emprisonnement dans les textes des contraventions au Code de la route : Gaz. Pal.* Rec. 1994, 2, doctr. p. 1374 et s. • J.-P. Céré, *Le virage répressif de la loi n° 2003-495 du 12 juin 2003 sur la violence routière : D.* 2003, chron. p. 2705. • J.-Ph. Guedon, *Les efforts du législateur contre la violence routière : JCP* G 2003, I, 170. • J.-P. Céré, *L'illusion pénale de la responsabilité du titulaire du certificat d'immatriculation : AJ pénal* 2019, p. 418. • J.-P. Céré, *La procédure d'amende forfaitaire contraventionnelle : l'un et ses multiples : AJ pénal* 2019, p. 416. • J.-B. Iosca, *Le permis à points fête ses trente ans : AJ pénal* 2019, p. 421. • Th. Lebreton, *La preuve en droit pénal routier : AJ pénal* 2019, p. 424. • M. Bénéjat, *Le droit pénal de la route. Aux nouveaux modes de transport : AJ pénal* 2019, p. 42.

Code de la route

PARTIE LÉGISLATIVE

(Ord. n° 2000-930, 22 sept. 2000)

LIVRE PREMIER. – DISPOSITIONS GÉNÉRALES

TITRE PREMIER. – DÉFINITIONS

Art. L. 110-1. – Pour l'application du présent code, les termes, ci-après ont le sens qui leur est donné dans le présent article :

1° Le terme « véhicule à moteur » désigne tout véhicule terrestre pourvu d'un moteur de propulsion, y compris les trolleybus, et circulant sur route par ses moyens propres, à l'exception des véhicules qui se déplacent sur rails ;

2° Le terme « remorque » désigne tout véhicule destiné à être attelé à un autre véhicule.

Art. L. 110-2 *(Mod., L. n° 2019-1428, 24 déc. 2019).* – La définition des voiries nationales, départementales et communales est fixée aux articles L. 121-1, L. 122-1, L. 123-1, L. 131-1, L. 141-1, L. 151-1 et L. 161-1 du Code de la voirie routière ci-après reproduits :

Code de la voirie routière

Art. L. 121-1 *(Mod., L. n° 2004-809, 13 août 2004).* – Les voies du domaine public routier national sont :

1° Les autoroutes ;

2° Les routes nationales.

Le domaine public routier national est constitué d'un réseau cohérent d'autoroutes et de routes d'intérêt national ou européen. Des décrets en Conseil d'État, actualisés tous les dix ans, fixent, parmi les itinéraires, ceux qui répondent aux critères précités.

L'État conserve dans le domaine public routier national, jusqu'à leur déclassement, les tronçons de routes nationales n'ayant pas de vocation départementale et devant rejoindre le domaine public routier communal.

Art. L. 122-1 *(Mod., L. n° 2019-1428, 24 déc. 2019).* – Les autoroutes sont des routes sans croisement, accessibles seulement en des points aménagés à cet effet et réservées aux véhicules à propulsion mécanique.

Les autoroutes peuvent comporter des sections à gabarit routier, dans des conditions définies par décret en Conseil d'État, tenant compte notamment de contraintes topographiques.

Art. L. 123-1. – Les voies du domaine public routier national autres que les autoroutes définies à l'article L. 122-1 sont dénommées routes nationales.

Le caractère de route express peut leur être conféré dans les conditions fixées aux articles L. 151-1 à L. 151-5.

....

Art. L. 131-1. – Les voies qui font partie du domaine public routier départemental sont dénommées routes départementales.

Le caractère de route express peut leur être conféré dans les conditions fixées aux articles L. 151-1 à L. 151-5.

....

Art. L. 141-1. – Les voies qui font partie du domaine public routier communal sont dénommées voies communales.

Le caractère de route express peut leur être conféré dans les conditions fixées aux articles L. 151-1 à L. 151-5.

....

Art. L. 151-1. – Les routes express sont des routes ou sections de routes appartenant au domaine public de l'État, des départements ou des communes, accessibles seulement en des points aménagés à cet effet et qui peuvent être interdites à certaines catégories d'usagers et de véhicules.

....

Art. L. 161-1. – Les chemins ruraux sont les chemins appartenant aux communes, affectés à l'usage du public, qui n'ont pas été classés comme voies communales. Ils font partie du domaine privé de la commune.

Art. L. 110-3 *(L. n° 2004-809, 13 août 2004).* – Les routes à grande circulation, quelle que soit leur appartenance domaniale, sont les routes qui permettent d'assurer la continuité des itinéraires principaux et, notamment, le délestage du trafic, la circulation des transports exceptionnels, des convois et des transports militaires et la desserte économique du territoire, et justifient, à ce titre, des règles particulières en matière de police de la circulation. La liste des routes à grande circulation est fixée par décret, après avis des collectivités et des groupements propriétaires des voies.

Les collectivités et groupements propriétaires des voies classées comme routes à grande circulation communiquent au représentant de l'État dans le département, avant leur mise en œuvre, les projets de modification des caractéristiques techniques de ces voies et toutes mesures susceptibles de rendre ces routes impropres à leur destination.

Un décret en Conseil d'État détermine les conditions d'application du présent article.

TITRE II. – RESPONSABILITÉ

CHAPITRE I. – RESPONSABILITÉ PÉNALE

Art. L. 121-1. – Le conducteur d'un véhicule est responsable pénalement des infractions commises par lui dans la conduite dudit véhicule.

Toutefois, lorsque le conducteur a agi en qualité de préposé, le tribunal pourra, compte tenu des circonstances de fait et des conditions de travail de l'intéressé, décider que le paiement des amendes de police prononcées en vertu du présent code sera, en totalité ou en partie à la charge du commettant si celui-ci a été cité à l'audience.

1) Preuve de l'identité du conducteur. La preuve de l'identité du conducteur est libre (■ Cass. crim., 15 janv. 2019, n° 18-83.023). Si, aux termes de l'article L. 121 du Code de la route, le conducteur d'un véhicule est responsable pénalement des infractions commises par lui dans la conduite de ce véhicule, l'élément de preuve, constitué par une photographie ne permettant pas d'identifier le conducteur d'une automobile circulant à une vitesse prohibée, ne saurait à lui seul servir de base à la déclaration de culpabilité du propriétaire de la voiture (■ Cass. crim., 7 nov. 1977 : *Bull. crim.* n° 331). Mais les juges du fond apprécient souverainement si le véhicule était conduit par le prévenu (■ Cass. crim., 28 mai 1986 : *Jurispr. auto* 1986, p. 357).

Les juges apprécient selon leur intime conviction et les règles de preuve du droit commun, les présomptions invoquées par le ministère public quant à la culpabilité du conducteur d'une voiture automobile auquel est reproché un excès de vitesse constaté au moyen d'un appareil automatique sans que le conducteur ait été interpellé (■ Cass. crim., 30 nov. 1977 : *Bull. crim.* n° 378).

2) Certificat d'immatriculation. Encourt la censure pour contradiction de motifs la juridiction de proximité qui, pour renvoyer le prévenu des fins de la poursuite, énonce que le prévenu a fait immatriculer le véhicule au nom de sa fille, alors âgée de 5 ans, tout en conservant l'usage, l'entretien et en prenant soin de l'assurer en se désignant lui-même comme conducteur principal ; que la propriété véritable du véhicule par ce dernier ne permet pas pour autant de considérer qu'il est l'auteur des infractions, à défaut de procès-verbal, de rapport ou de témoignages le constatant (■ Cass. crim., 23 oct. 2013, n° 12-85.309 : *Dr. pén.* 2013, comm. 170, obs. J.-H. Robert).

3) Absence de présomption. Les contraventions réprimées par l'article R. 232 du Code de la route ne sont imputables qu'au conducteur du véhicule ; la charge de la preuve de la culpabilité du prévenu incombe à la partie poursuivante ; en condamnant pour excès de vitesse, constaté au moyen d'un cinémomètre couplé à un appareil de prise de vue, le prévenu qui contestait en être l'auteur, alors que le Code de la route n'a institué, pour la contravention d'excès de vitesse, aucune présomption légale de culpabilité à la charge des propriétaires ou locataires de véhicules, le tribunal, qui a inversé la charge de la preuve, n'a pas donné de base légale à sa décision (■ Cass. crim., 12 févr. 1997 : *JurisData* n° 1997-002790 ; *Dr. pén.* 1998, comm. 146, obs. J.-H. Robert).

4) Rôle du juge. Encourt la cassation le jugement d'un tribunal de police qui condamne, en application de l'article R. 232-2°, le dirigeant de la société propriétaire du véhicule contrôlé, sans constater que le prévenu en était le conducteur, alors que celui-ci contestait être l'auteur de l'infraction (■ Cass. crim., 17 sept. 1996 : *Bull. crim.* n° 315).

5) Moyen de défense. Le demandeur est mal fondé à se prévaloir pour la première fois devant la Cour de cassation du fait qu'il ne serait pas le conducteur du véhicule, dès lors que, régulièrement cité, il n'a pas comparu à l'audience ni ne s'est fait représenter et n'a pas déposé de conclusions (■ Cass. crim., 25 juin 2019, n° 18-86.628).

Art. L. 121-2 *(Mod., L. n° 2011-1862, 13 déc. 2011 ; L. n° 2020-105, 10 févr. 2020)*. **– Par dérogation aux dispositions de l'article L. 121-1, le titulaire du certificat d'immatriculation du véhicule est responsable pécuniairement des infractions à la réglementation sur le stationnement des véhicules ou sur l'acquittement des péages pour lesquelles seule une peine d'amende est encourue ainsi que des contraventions relatives à l'abandon d'ordures, de déchets, de matériaux ou d'autres objets, à moins qu'il n'établisse l'existence d'un événement de force majeure ou qu'il ne fournisse des renseignements permettant d'identifier l'auteur véritable de l'infraction.**

Dans le cas où le véhicule était loué à un tiers, cette responsabilité pèse, avec les mêmes réserves, sur le locataire.

Dans le cas où le véhicule a été cédé, cette responsabilité pèse, avec les mêmes réserves, sur l'acquéreur du véhicule.

Lorsque le certificat d'immatriculation du véhicule est établi au nom d'une personne morale, la responsabilité pécuniaire prévue au premier alinéa incombe, sous les mêmes réserves, au représentant légal de cette personne morale.

Bibliographie : V. *infra* sous article L. 121-3.

1) **Responsabilité pécuniaire et droit européen.** La présomption édictée par l'article L. 21-1 du Code de la route qui laisse entiers les droits de la défense n'est pas incompatible avec l'article 6.2 de la Convention européenne de sauvegarde des droits de l'homme et des libertés fondamentales (▪ Cass. crim., 11 juin 1992 : *Bull. crim.* n° 231. ▪ Cass. crim., 1er févr. 2000 ; *Bull. crim.* n° 51).

2) **Titulaire du certificat d'immatriculation.** Sur ce point V. *infra*, notes sous art. L. 121-3.

3) **Fourniture des renseignements permettant d'identifier le conducteur.** Satisfait aux obligations des articles 529-2 du Code de procédure pénale et L. 121-2 du Code de la route, la société de location de véhicules, qui, pour s'exonérer de sa responsabilité pénale, à la suite de la réception d'amendes forfaitaires majorées, en sa qualité de titulaire du certificat d'immatriculation, fournit à l'officier du ministère public l'identité des différentes entreprises locataires des véhicules verbalisés (▪ Cass. crim., 20 mars 2002, n° 01-85.719).

A justifié son jugement le tribunal de police qui refuse de déclarer pécuniairement redevable dès lors que le prévenu a fourni les renseignements permettant d'identifier l'auteur véritable de l'infraction (▪ Cass. crim., 29 janv. 2019, n° 18-83.943).

Encourt la cassation l'arrêt qui déclare pécuniairement responsable la société, alors même que le représentant légal a désigné le salarié de l'entreprise qui avait eu la garde du véhicule au moment des faits, sous prétexte qu'il n'avait pas fourni les éléments pour identifier l'auteur de l'infraction dès lors qu'il ressort de ses propres constatations qu'a été désignée la personne susceptible d'avoir commis l'infraction et que celle-ci n'a pas contesté avoir été en possession du véhicule au moment des faits, de sorte que l'auteur de l'infraction pouvait être identifié (▪ Cass. crim., 17 sept. 2019, n° 19-80.102).

Ne justifie pas sa décision le tribunal qui relaxe l'automobiliste poursuivie en tant que titulaire d'immatriculation au motif qu'elle a produit une attestation du directeur de l'école de son fils établissant qu'au moment de l'infraction, elle était présente à l'école qui se trouve à plus de 3 km du lieu de l'infraction lorsque les éléments produits par la prévenue ne portaient pas sur l'infraction poursuivie mais sur diverses circonstances de celle-ci (▪ Cass. crim., 19 nov. 2011, n° 19-82.356 : *AJ pénal* 2020, p. 82, obs. J.-P. Céré).

4) **Location du véhicule.** Le tribunal de police, qui a relaxé l'utilisateur d'un véhicule de location et déclaré pécuniairement redevable le représentant légal de la société de location pour stationnement gênant, au motif que le véhicule a été verbalisé plus de 5 heures après que la société a découvert que le véhicule avait été laissé en stationnement irrégulier et recouvré le contrôle et la garde du véhicule, n'a méconnu aucun texte dans la mesure où le véhicule n'était plus loué (▪ Cass. crim., 5 juin 2019, n° 18-82.408 : *JurisData* n° 2019-009582 ; *Dr. pén.* 2019, comm. 166, obs. J.-H. Robert).

5) **Mineur.** Si le titulaire du certificat d'immatriculation est un mineur (en l'espèce, un enfant de 5 ans), il n'est responsable pécuniairement que s'il est capable de discernement en application de l'article 122-8 du Code pénal (▪ Cass. crim., 14 nov. 2017, n° 17-80.893, P+B : *JurisData* n° 2017-022805 ; *Dr. pén.* 2018, comm. 10, obs. J.-H. Robert ; *Dr. pén.* 2018, étude 7, n° 1, obs. F. Gauvin). V., actuellement, art. L. 322-1-1, *infra*.

6) **Inapplicabilité du Code de procédure civile.** Méconnaît l'article L. 121-2 du Code de la route la juridiction de proximité qui écarte l'attestation établie par une personne indiquant que la prévenue, poursuivie pour stationnement dangereux, lui avait prêté son véhicule, et se reconnaissant comme l'auteur de l'infraction, au motif que cette attestation n'est pas conforme aux exigences posées par l'article 202 du Code de procédure civile, alors que ce texte est inapplicable devant les juridictions répressives, et que l'article L. 121-2 du Code de la route n'assujettit les renseignements fournis par le propriétaire du véhicule à aucun formalisme particulier (▪ Cass. crim., 14 déc. 2016, n° 16-81.105 : *Dr. pén.* 2017, comm. 23, note J.-H. Robert).

7) **Preuve de l'infraction.** Les procès-verbaux dressés par les officiers ou agents de police judiciaire font foi jusqu'à preuve contraire des contraventions qu'ils constatent. La preuve contraire ne peut être rapportée que par écrit ou par témoins. Doit être cassé l'arrêt qui relaxe la prévenue fournissant une attestation et la facture de restauration scolaire produites à l'appui de sa contestation qui accréditent ses déclarations, selon lesquelles son véhicule ne pouvait être présent aux heure et jour de l'infraction, et sont contraires aux énonciations du procès-verbal, dès lors que l'attestation produite ne constitue pas une preuve par écrit ou par témoins, au sens de l'article 537 du Code de procédure pénale (▪ Cass. crim., 10 déc. 2019, n° 19-82.354).

Art. L. 121-3 *(Mod., L. n° 2003-495, 12 juin 2003 ; L. n° 2005-47, 26 janv. 2005 ; L. n° 2009-526, 12 mai 2009 ; L. n° 2011-1862, 13 déc. 2011 ; L. n° 2016-1547, 18 nov. 2016 ; L. n° 2019-1428, 24 déc. 2019).* – **Par dérogation aux dispositions de l'article L. 121-1, le titulaire du certificat d'immatriculation du véhicule est redevable pécuniairement de l'amende encourue pour des infractions dont la liste est fixée par décret en Conseil d'État, à moins qu'il n'établisse l'existence d'un vol ou de tout autre événement de force majeure ou qu'il n'apporte tous éléments permettant d'établir qu'il n'est pas l'auteur véritable de l'infraction.**

La personne déclarée redevable en application des dispositions du présent article n'est pas responsable pénalement de l'infraction. Lorsque le tribunal, y compris par ordonnance pénale, fait application des dispositions du présent article, sa décision ne donne pas lieu à inscription au casier judiciaire, ne peut être prise en compte pour la récidive et n'entraîne pas retrait des points affectés au permis de conduire. Les règles sur la contrainte judiciaire ne sont pas applicables au paiement de l'amende.

Lorsque le certificat d'immatriculation du véhicule est établi au nom d'une personne morale, la responsabilité pécuniaire prévue au premier alinéa incombe, sous les réserves prévues au premier alinéa de l'article L. 121-2, au représentant légal de cette personne morale.

Lorsque le véhicule était loué à un tiers, la responsabilité pécuniaire prévue au premier alinéa incombe au locataire, sous les réserves prévues au premier alinéa de l'article L. 121-2.

Dans le cas où le véhicule a été cédé, la responsabilité pécuniaire prévue au premier alinéa du présent article incombe, sous les réserves prévues au premier alinéa de l'article L. 121-2, à l'acquéreur du véhicule.

Bibliographie : *JCl. Lois pénales spéciales, Circulation routière – Imputation des infractions routières*, par X. Pin et M. Wagner. • J. Buisson, *Les présomptions de culpabilité : Procédures 1999, chron. 15.* • *D.* 1999, jurispr. p. 589 : note Y. Mayaud, sous décision du Conseil constitutionnel du 16 juin 1999. • *Dr. pén.* 2009, comm. 93 par J.-H. Robert, sur la modification du dernier alinéa de l'article L. 121-3 par L. du 12 mai 2009. • E. Fortis, *Attribution de la charge du paiement de l'amende en matière de circulation routière* : *RSC* 2011, p. 89.

1) QPC. Non-lieu à renvoi au Conseil constitutionnel de deux questions prioritaires de constitutionnalité concernant l'article L. 121-3 du Code de la route (▪ Cass. crim., 5 janv. 2011, nos 10-90.112 et 10-90.113 : *Dr. pén.* 2011, comm. 50, obs. J.-H. Robert). Non-lieu à renvoi au Conseil constitutionnel d'une question critiquant notamment les règles de procédures différentes suivant l'application de l'article 121-3 du Code de la route aux personnes physiques ou aux personnes morales (▪ Cass. crim., 22 juin 2011, n° 11-90.053 QPC : *Dr. pén.* 2011, comm. 106, obs. J.-H. Robert ; *D.* 2011, p. 2823, note G. Roujou de Boubée ; *AJ pénal* 2011, p. 230, note A. Lacroix).

– Non-lieu à renvoi au Conseil constitutionnel de la QPC visant les dispositions de l'article L. 121-3 du Code de la route, en ce qu'elles attentent aux principes de réussite et de proportionnalité des peines (▪ Cass. crim., 16 avr. 2013, n° 13-90.002 : *Dr. pén.* 2013, comm. 90, obs. J.-H. Robert).

I – REDEVABILITÉ PÉCUNIAIRE DU TITULAIRE DU CERTIFICAT D'IMMATRICULATION

A – Notion et domaine d'application

2) Citation sur le fondement de l'article L. 121-3. Méconnaît le sens et la portée dudit texte la cour d'appel, qui, pour relaxer le prévenu de la contravention d'excès de vitesse, énonce qu'il ne pouvait être déclaré redevable pécuniairement de l'amende encourue, dès lors qu'il n'avait pas été cité sur le fondement de cette disposition, alors que l'article L. 121-3 du Code de la route n'est pas un texte d'incrimination (▪ Cass. crim., 1er oct. 2003 : *Bull. crim.* n° 179).

3) Absence de responsabilité pénale. Encourt la cassation l'arrêt ou le jugement qui condamne le titulaire du certificat d'immatriculation d'un véhicule pour excès de vitesse au motif que la preuve n'est pas rapportée qu'il ne serait pas l'auteur véritable de l'infraction, ce qui implique une présomption de culpabilité, et alors que la personne déclarée redevable pécuniairement de l'amende encourue en application des dispositions de l'article L. 121-3 du Code de la route n'est pas responsable pénalement de l'infraction (▪ Cass. crim., 3 mai et 31 mai 2007 : *JurisData* nos 2007-039330 et 2007-039903 ; *Dr. pén.* 2007, comm. 138, obs. J.-H. Robert. – *Adde* ▪ Cass. crim., 5 déc. 2007 : *JCP* G 2008, II, 10087, note S. Detraz, et ▪ Cass. crim., 1er oct. 2008 : *Dr. pén.* 2008, comm. 154, obs. J.-H. Robert).

– Lorsqu'il n'est pas démontré que le titulaire du certificat d'immatriculation, cité devant la juridiction de proximité du chef d'excès de vitesse, était au volant du véhicule lors de la commission de l'infraction, celui-ci doit, après avoir été mis en mesure de se défendre, être déclaré pécuniairement redevable de l'amende encourue, s'il n'établit pas qu'il ne pouvait être le conducteur du véhicule, ce même si une telle déclaration ne constitue pas une condamnation pénale (▪ Cass. crim.,

25 janv. 2011, n° 10-85.626 : *Bull. crim.* n° 13 ; *Dr. pén.* 2011, comm. 50, 3e esp., obs. J.-H. Robert).

– Les contraventions à la réglementation sur les vitesses maximales autorisées ne sont imputables qu'au conducteur du véhicule. Méconnaît le sens et la portée des articles L. 121-2 et L. 121-3 du Code de la route la juridiction de proximité qui déclare coupable de contraventions à la réglementation sur les vitesses maximales autorisées le locataire du véhicule au moyen duquel ces infractions ont été commises, aux motifs qu'il nie avoir été le conducteur et se dit incapable de désigner celui-ci, alors qu'il n'est pas établi qu'il conduisait le véhicule. Dans un tel cas, il appartient à la juridiction, en application des dispositions combinées de ces textes, de relaxer l'intéressé et de le déclarer redevable pécuniairement des amendes encourues (■ Cass. crim., 13 janv. 2009 : *Bull. crim.* n° 11 ; *Gaz. Pal.* 22-24 févr. 2009, Jur., p. 15, note S. Detraz).

– L'article L. 121-3 du Code de la route n'a institué à l'égard du titulaire du certificat d'immatriculation du véhicule, pour la contravention d'excès de vitesse, aucune présomption légale de culpabilité, mais seulement une responsabilité pécuniaire, à moins qu'il n'établisse l'existence d'un vol ou de tout événement de force majeure, ou qu'il n'apporte des éléments prouvant qu'il n'est pas l'auteur véritable de l'infraction. Méconnaît en conséquence ces dispositions, de même que celles de l'article 537 du Code de procédure pénale, la juridiction de proximité qui, saisie des poursuites exercées du chef d'excès de vitesse contre le propriétaire d'un véhicule, déclare le prévenu coupable de la contravention au motif qu'il ne prouve pas qu'il n'a pas commis l'infraction, alors qu'en l'absence de photographies permettant d'identifier le contrevenant lors du contrôle, il n'était pas établi que le propriétaire du véhicule en fût le conducteur (■ Cass. crim., 18 sept. 2012, n° 10-88.027 : *Dr. pén.* 2012, comm. 161, obs. J.-H. Robert).

– Statuant sur l'opposition formée par l'officier du ministère public à une ordonnance pénale qui avait relaxé le redevable de l'amende encourue pour excès de vitesse comme étant le titulaire du certificat d'immatriculation d'un véhicule qui avait été contrôlé le 6 avril 2007 à Porte-les-Valence (Drôme) circulant à une vitesse excessive inférieure à 20 km/h, la juridiction de proximité mettant à néant l'ordonnance querellée, a déclaré l'intéressé coupable des faits et l'a dispensé de peine, en retenant qu'il résultait des débats de l'audience et des pièces versées à la procédure que l'intéressé avait bien commis les faits qui lui étaient reprochés ; en prononçant ainsi, la juridiction de proximité a méconnu le sens et la portée de l'article L. 121-3 du Code de la route (■ Cass. crim., 8 nov. 2011 : *JurisData* n° 2011-028830 ; *Dr. pén.* 2012, comm. 23, obs. J.-H. Robert).

4) Absence de responsabilité pénale : conséquence procédurale. La citation délivrée au titulaire d'un certificat d'immatriculation en vue de sa condamnation sur le fondement de l'article L. 121-3 du Code de la route ne met pas l'action publique en mouvement, car cet article ne prévoit qu'une redevabilité pécuniaire et non une responsabilité pénale (■ Cass. crim., 27 nov. 2018, n° 18-81.622, P+B : *JurisData* n° 2018-021286 ; *Dr. pén.* 2019, comm. 30, obs. J.-H. Robert).

5) Application de la loi dans le temps. L'amende encourue par la personne redevable pécuniairement au sens de l'article L. 121-3 du Code de la route ne constituant pas une peine, les dispositions nouvelles issues de la loi n° 2009-526 du 12 mai 2009, modifiant ledit article et prévoyant un régime différent d'exonération des redevables de cette amende ayant la qualité de représentants légaux d'une personne morale, sont applicables même aux infractions commises antérieurement (■ Cass. crim., 15 sept. 2010, n° 09-87.326 : *Bull. crim.* n° 135 ; *Dr. pén.* 2010, comm. 137, obs. J.-H. Robert).

6) Champ d'application. Méconnaît le sens et la portée des articles L. 121-1 et L. 121-3 du Code de la route la juridiction de proximité qui déclare le titulaire du certificat d'immatriculation d'un véhicule redevable pécuniairement de l'amende encourue pour la contravention d'usage d'un téléphone tenu en main par le conducteur d'un véhicule en circulation alors que cette infraction ne figure dans aucune des énumérations que contiennent les textes précités (■ Cass. crim., 28 sept. 2005 : *Bull. crim.* n° 242 ; *Dr. pén.* 2005, comm. 173, obs. J.-H. Robert).

- Méconnaît le sens et la portée des articles L. 121-2 et L. 121-3 du Code de la route la juridiction de proximité qui relaxe le locataire d'un ensemble routier composé d'un véhicule tracteur et d'une remorque des fins de la poursuite pour excès de vitesse et dit qu'il n'est pas redevable pécuniairement de l'amende encourue aux motifs que le véhicule tracteur, auquel était attelée la remorque dont le numéro d'immatriculation a été relevé, n'a pu être identifié, sans rechercher si le prévenu, locataire de l'un des deux éléments, composant le véhicule verbalisé, se trouvait dans l'un des cas d'exception prévus par lesdits articles (■ Cass. crim., 27 mars 2008, n° 07-85.999 : *Bull. crim.* n° 82 ; *Dr. pén.* 2008, comm. 85, obs. J.-H. Robert).

B – Détermination du titulaire du certificat d'immatriculation

7) Locataire du véhicule. Il résulte des articles L. 121-3 et L. 121-2 du Code de la route que le ministère public peut poursuivre directement, en tant que pécuniairement redevable de l'amende encourue pour vitesse excessive, le locataire mentionné sur le certificat d'immatriculation du véhicule contrôlé, dont les informations sont reprises officiellement par le service d'immatriculation des véhicules (SIV) (▪ Cass. crim., 27 oct. 2015, n° 14-87.307).

– Est redevable pécuniairement de l'amende encourue pour les contraventions à la réglementation sur les vitesses maximales autorisées, commises avec un véhicule dont une personne morale est locataire, le représentant légal de cette personne morale à la date de la commission des faits, peu important les circonstances postérieures (▪ Cass. crim., 2 sept. 2010, n° 10-82.393 : *Bull. crim.* n° 129 ; *Gaz. Pal.* 17-18 nov. 2010, p. 11, note R. Mesa et p. 18, note S. Detraz ; *Dr. pén.* 2010, comm. 121, obs. J.-H. Robert).

8) Personne morale : principe. Il résulte de la combinaison des articles L. 121-2 et L. 121-3 du Code de la route que le représentant légal d'une personne morale est redevable pécuniairement de l'amende encourue pour les contraventions à la réglementation sur les vitesses maximales autorisées, commises avec un véhicule immatriculé au nom de cette personne morale, à moins qu'il n'établisse l'existence d'un événement de force majeure ou qu'il ne fournisse des renseignements permettant d'identifier l'auteur véritable de l'infraction (▪ Cass. crim., 26 nov. 2008 : *Bull. crim.* n° 240 ; *Dr. pén.* 2009, comm. 23, obs. J.-H. Robert).

– Il résulte de la combinaison des articles L. 121-2 et L. 121-3 du Code de la route que le représentant légal d'une personne morale est redevable pécuniairement de l'amende encourue pour les contraventions à la réglementation sur les vitesses maximales autorisées, commises avec un véhicule immatriculé au nom de cette personne morale, à moins qu'il n'établisse l'existence d'un événement de force majeure ou qu'il ne fournisse des renseignements permettant d'identifier l'auteur véritable de l'infraction ; dès lors, encourt la cassation l'arrêt qui, pour renvoyer des fins de la poursuite le prévenu, représentant légal de la société titulaire du certificat d'immatriculation, poursuivi sur le fondement de l'article L. 121-3 du Code de la route, qui avait formé une requête en exonération au motif qu'un de ses employés conduisait le véhicule, retient que ses déclarations sont confirmées par celles dudit salarié, qui a reconnu être dans le véhicule au moment du contrôle, et que le prévenu établit qu'il ne conduisait pas le véhicule, la loi ne l'obligeant pas à dénoncer le véritable conducteur et qui ajoute que sa seule qualité de représentant légal de la société titulaire du certificat d'immatriculation ne suffit pas à le rendre responsable au sens de l'article L. 121-3 du Code de la route (▪ Cass. crim., 13 janv. 2009 : *Bull. crim.* n° 10 : *Dr. pén.* 2009, comm. 32, obs. J.-H. Robert).

En l'absence d'identification de l'auteur d'une contravention d'excès de vitesse ou de non-respect de l'arrêt imposé par une signalisation commise à l'occasion de la conduite d'un véhicule détenu par une personne morale en vertu d'un contrat de location, la responsabilité pécuniaire prévue à l'article L. 121-3 du Code de la route s'applique à son représentant légal, peu important que le certificat d'immatriculation soit ou non établi au nom de la personne morale (▪ Cass. crim., 15 oct. 2019, n° 18-86.644 : *JurisData* n° 2019-017936).

9) Personne morale représentante légale d'une autre personne morale. Si une société représentante est la représentante légale d'une autre, elle-même titulaire du certificat d'immatriculation d'un véhicule surpris en infraction, la personne physique représentant légal de la première est débitrice de l'amende dans les conditions de l'article L. 121-3 du Code de la route (▪ Cass. crim., 7 mai 2018, n° 17-83.733, P+B : *JurisData* n° 2018-007568 ; *Dr. pén.* 2018, comm. 157, obs. J.-H. Robert).

10) Personne morale : préposé (non). Il résulte de l'article L. 121-3 du Code de la route qu'en l'absence d'identification de l'auteur d'une contravention d'excès de vitesse, seul le représentant légal de la personne morale titulaire du certificat d'immatriculation ou le locataire du véhicule peut être déclaré pécuniairement redevable de l'amende encourue. Dès lors doit être rejeté le pourvoi formé par l'officier du ministère public contre le jugement d'une juridiction de proximité qui relaxe le préposé d'une société, désigné par le représentant légal de cette dernière comme étant l'utilisateur habituel du véhicule contrôlé, en retenant qu'il n'était pas l'auteur de l'infraction relevée et qu'il n'avait ni la qualité de représentant légal de la personne morale titulaire du certificat d'immatriculation, ni celle de locataire du véhicule (▪ Cass. crim., 28 janv. 2014, n° 12-86.497 : *JCP G* 2014, act., p. 433, n° 271).

11) Personne morale : citation. En application de l'article L. 121-3, alinéa 3, du Code de la route, lorsque, le certificat d'immatriculation du véhicule est établi au nom d'une personne morale, la responsabilité pécuniaire prévue au premier alinéa de cet article incombe au représentant légal de cette personne morale. En conséquence, la citation doit être délivrée à la seule personne physique qui était, au moment des faits, le représentant légal de la personne morale titulaire du certificat d'immatriculation et qui, à ce titre, est pécuniairement redevable de l'amende encourue (▪ Cass. crim., 19 déc. 2012, n°s 12-81.607 et 12-80.861 : *Bull. crim.* n° 284 ; *Dr. pén.* 2013, comm. 24, obs. J.-H. Robert). – Méconnaît le texte et le principe ci-dessus rappelés, l'arrêt qui retient que la citation à comparaître devant la juridiction de proximité a été délivrée à la société, prise en la personne de son représentant légal, et que celle-ci a été mise en mesure d'exercer sa défense (■ Cass. crim., 19 déc. 2012, n° 12-81.984 : *Dr. pén.* 2013, comm. 24, obs. J.-H. Robert).

12) Personne morale, délégataire et locataire (non). Il résulte des articles L. 121-2 et L. 121-3 du Code de la route que, lorsque le certificat d'immatriculation d'un véhicule verbalisé pour excès de vitesse est établi au nom d'une personne morale, seul le représentant légal de celle-ci peut être déclaré redevable pécuniairement de l'amende encourue (■ Cass. crim., 30 sept. 2009 : *Bull. crim.* n° 163 ; *Dr. pén.* 2009, comm. 150, obs. J.-H. Robert. ■ Cass. crim., 13 oct. 2010, n° 10-81.575 : *Bull. crim.* n° 159 ; *D.* 2010, act., p. 2774, note M. Lena ; *Gaz. Pal.* 5-6 janv. 2011, chron., p. 17, note S. Detraz ; *Dr. pén.* 2011, comm. 7, obs. J.-H. Robert : en l'espèce c'est un délégataire de pouvoir qui avait été poursuivi).

– Il résulte de la combinaison des articles L. 121-2 et L. 121-3 du Code de la route que, lorsque le locataire d'un véhicule verbalisé pour excès de vitesse est une personne morale, seul le représentant légal de celle-ci peut être déclaré redevable pécuniairement de l'amende encourue. Justifie sa décision la juridiction de proximité qui renvoie des fins de la poursuite la personne morale locataire du véhicule verbalisé pour excès de vitesse dès lors que le représentant légal n'a pas été cité par un acte visant la société prise en la personne de ce dernier, signifié à une personne habilitée trouvée au lieu du siège social (■ Cass. crim., 13 oct. 2010, n° 10-81.865 : *Bull. crim.* n° 160. – Rappr. ■ Cass. crim., 27 oct. 2010, n° 10-81.868 : *Dr. pén.* 2011, comm. 8, obs. J.-H. Robert).

13) Personne morale : amende applicable. Le montant de l'amende encourue par le représentant légal de la personne morale titulaire du certificat d'immatriculation, pour les contraventions à la réglementation sur les vitesses maximales autorisées est celui défini par les articles R. 413-14 du Code de la route et 131-13 du Code pénal. Encourt la cassation l'arrêt qui condamne le représentant légal à une peine d'amende encourue, en application de l'article 131-41 du Code pénal, par les seules personnes morales (■ Cass. crim., 12 mai 2010 : *Bull. crim.* n° 83 ; *Dr. pén.* 2010, comm. 93, obs. J.-H. Robert ; *D.* 2010, p. 2693, note Ph. Bonfils et J.-P. Céré).

II – ÉLÉMENTS PERMETTANT D'ÉCARTER LA REDEVABILITÉ PÉCUNIAIRE

14) Liberté de la preuve. Méconnaît les dispositions des articles 537 du Code de procédure pénale et L. 121-3 du Code de la route, la cour d'appel qui, pour condamner le titulaire du certificat d'immatriculation en qualité de pécuniairement redevable de l'amende écarte, par motifs adoptés, une attestation susceptible d'apporter la preuve qu'il n'était pas le conducteur du véhicule aux motifs adoptés que cette preuve devait être rapportée par écrit ou par témoin, alors qu'en application de l'alinéa premier du second de ces textes le pécuniairement redevable de l'amende peut apporter tous éléments pour l'établir (■ Cass. crim., 29 mai 2013, n° 12-85.303 : *Bull. crim.* n° 120 ; *Dr. pén.* 2013, comm. 126, obs. J.-H. Robert ; *AJ pénal* 2013, p. 610, obs. J.-P. Céré. ■ Cass. crim., 15 janv. 2019, n° 18-83.023).

15) Objet de la preuve. Il s'agit de prouver que le titulaire du certificat n'est pas le conducteur, il ne peut lui être reproché en revanche pour refuser de l'exonérer qu'il n'ait pas donné les éléments pour identifier le véritable conducteur (■ Cass. crim., 4 sept. 2018, n° 17-87.546, D : *JurisData* n° 2018-014986 ; *Dr. pén.* 2018, comm. 196, obs. J.-H. Robert. ■ Cass. crim., 17 sept. 2019, n° 19-80.102).

16) Illustrations : identité. Doit être cassé l'arrêt qui condamne pécuniairement à une amende le titulaire du certificat d'immatriculation d'un véhicule, pour non-respect d'un feu rouge, en application de l'article L. 121-3 du Code de la route, alors qu'il constate que le conducteur était une femme, ce dont il résultait qu'il ne pouvait s'agir du propriétaire du véhicule (■ Cass. crim., 17 févr. 2004 : *Bull. crim.* n° 43 ; *D.* 2004, jur., p. 1192, note J.-P. Céré ; *Dr. pén.* 2004, comm. 109, obs. J.-H. Robert).

17) Illustrations : absence d'infraction. La personne citée comme redevable de l'amende contraventionnelle peut invoquer comme moyen de défense des éléments tendant à démontrer qu'aucune infraction n'a été commise (vitesse maximale autorisée supérieure à celle retenue) (■ Cass. crim., 17 mars 2020, n° 19-84.399 : *JurisData* n° 2020-004195 ; *Dr. pén.* 2020, comm. 96, obs. J.-H. Robert).

18) Témoignage. Justifie sa décision, sans méconnaître les dispositions de l'article 537 du Code de procédure pénale, la cour d'appel qui, pour renvoyer des fins de la poursuite le titulaire du certificat d'immatriculation du véhicule poursuivi sur le fondement de l'article L. 121-3 du Code de la route pour excès de vitesse, retient que l'intéressé verse une attestation d'un témoin établissant qu'au moment des faits, il se trouvait en un autre lieu, dès lors que le procès-verbal d'infraction ne constate pas l'identité du conducteur du véhicule (■ Cass. crim., 1er oct. 2008 : *Bull. crim.*

n° 200 ; *Dr. pén.* 2009, comm. 7, obs. J.-H. Robert ; *JCP* 2009, II, 10004, note T. Garé).

19) Attestations. Satisfait aux dispositions de l'article L. 121-3 du Code de la route, sans méconnaître l'article 537 du Code de procédure pénale, le jugement de la juridiction de proximité qui, pour dire le propriétaire d'un véhicule non redevable pécuniairement de l'amende encourue pour une contravention d'excès de vitesse alors que le procès-verbal n'avait pas permis l'identification du conducteur, retient que les attestations que la personne poursuivie a versées aux débats établissent qu'elle n'était pas l'auteur véritable de l'infraction (▪ Cass. crim., 17 déc. 2013, n° 12-87.923 : *Bull. crim.* n° 256 ; *Dr. pén.* 2014, comm. 23, obs. J.-H. Robert).

20) État de santé (non). Méconnaît les dispositions combinées des articles L. 121-2 et L. 121-3 du Code de la route, le jugement qui, pour dire que le représentant légal d'une personne morale, poursuivi sur le fondement de l'article R. 413-14 I dudit code, n'est pas redevable pécuniairement de l'amende encourue, retient que l'état de santé invoqué par le prévenu ne lui permettait pas de conduire le véhicule en infraction alors que cette circonstance ne constituait pas un événement de force majeure au sens de l'article L. 121-2 du Code de la route et que le prévenu n'avait pas fourni de renseignements permettant d'identifier l'auteur véritable de l'infraction (▪ Cass. crim., 10 févr. 2009 : *Bull. crim.* n° 32).

21) Infirmité (non). La preuve d'une infirmité n'est pas un cas de force majeure permettant d'exonérer de son obligation le redevable pécuniaire de l'amende due, au titre de l'article L. 121-3 du Code de la route, par le responsable légal d'une personne morale (▪ Cass. crim., 1er sept. 2009 : *Dr. pén.* 2009, comm. 136, obs. J.-H. Robert).

22) Dirigeant de la société propriétaire. Encourt la cassation le jugement de la juridiction de proximité qui déclare le prévenu, dirigeant de la société propriétaire d'un véhicule contrôlé en excès de vitesse, redevable de l'amende contraventionnelle en énonçant qu'il lui appartenait d'organiser le fonctionnement de son entreprise et l'utilisation de chaque véhicule avec le souci de responsabiliser chaque conducteur, alors qu'il résultait de ses propres constatations que le prévenu n'était pas l'auteur de l'infraction commise dès lors qu'il se trouvait à l'étranger (▪ Cass. crim., 26 sept. 2007 : *JurisData* n° 2007-040984 ; *Dr. pén.* 2007, comm. 159, obs. J.-H. Robert).

23) Préposé désigné. N'encourt pas la censure le jugement qui relaxe le préposé de la société, seul cité à l'audience, alors qu'en dépit de sa désignation par le représentant légal de la société, il conteste avoir été le conducteur du véhicule et qu'aucun élément probant ne corrobore cette désignation (▪ Cass. crim., 17 avr. 2013, n° 12-87.490 : *Bull. crim.* n° 90 ; *Dr. pén.* 2013, comm. 107, J.-H. Robert).

24) Dénonciation. Pour déclarer le prévenu redevable pécuniairement, en tant que titulaire du certificat d'immatriculation du véhicule, de l'amende encourue pour la contravention à la réglementation sur les signalisations imposant l'arrêt des véhicules, la juridiction du second degré relève qu'il a déclaré avoir prêté son automobile à un ami dont il n'a pas voulu révéler l'identité et qu'il ne rapporte pas la preuve contraire aux énonciations du procès-verbal, ni n'établit l'existence d'un vol ou d'un événement de force majeure ou de tout autre élément démontrant qu'il n'est pas l'auteur véritable de l'infraction (▪ Cass. crim., 21 sept. 2004 : *Dr. pén.* 2004, comm. 176).

25) Simples allégations. N'apporte pas « tous éléments permettant d'établir qu'il n'est pas l'auteur véritable de l'infraction », au sens de l'article L. 121-3 du Code de la route, le titulaire du certificat d'immatriculation du véhicule, redevable pécuniairement de l'amende encourue pour excès de vitesse, qui se borne à faire état d'allégations que ne corrobore aucun élément de preuve (▪ Cass. crim., 7 déc. 2011, n° 11-85.020 : *Bull. crim.* n° 250 ; *D.* 2012, p. 220, act., obs. M. Lena).

26) Procédure : juridiction du fond et Cour de cassation. Le prévenu qui, bien que régulièrement cité à comparaître devant la juridiction de proximité et n'ayant pas fourni d'excuse, n'a pas comparu et ne s'est pas expliqué devant cette juridiction, n'est pas recevable à mettre en discussion devant la Cour de cassation l'identité du conducteur du véhicule concerné ou le titre auquel celui-ci était utilisé (▪ Cass. crim., 26 févr. 2013, n° 12-84.471 : *Dr. pén.* 2013, comm. 74, obs. J.-H. Robert).

Art. L. 121-4 *(Mod., Ord. n° 2010-420, 27 avr. 2010).* **– Sauf cas de versement immédiat d'une amende forfaitaire ou d'une amende forfaitaire minorée, lorsqu'elles sont respectivement applicables, lorsque l'auteur d'une infraction se trouve hors d'état de justifier d'un domicile ou d'un emploi sur le territoire français ou d'une caution agréée par l'administration habilitée à percevoir les amendes garantissant le paiement éventuel des condamnations pécuniaires encourues, le véhicule ayant servi à commettre l'infraction pourra être retenu jusqu'à ce qu'ait été versée « au comptable public compétent » ou à un agent mentionné à l'article L. 130-4 porteur d'un carnet de quittances à souches une consignation dont le montant est fixé par arrêté. La décision imposant le paiement d'une consignation est prise par le procureur de la République, qui est tenu de statuer dans le délai maximum de vingt-quatre heures après la constatation de l'infraction.**

Le véhicule peut être mis en fourrière si aucune de ces garanties n'est fournie par l'auteur de l'infraction et les frais en résultant sont mis à la charge de celui-ci.

1) Consignation. À la supposer irrégulière, la décision imposant, en application de l'article L. 26 du Code de la route, à un contrevenant le paiement d'une consignation est sans conséquence sur la validité de la poursuite exercée pour la répression de la contravention (■ Cass. crim., 22 mai 1990 : *Bull. crim.* n° 206).

2) Mesure de sûreté. L'obligation de verser la consignation prévue par l'article L. 26 du Code de la route, qui présente le caractère d'une mesure de sûreté, n'est pas contraire aux prescriptions des articles 6.2 et 14 de la Convention européenne des droits de l'homme et des libertés fondamentales (■ Cass. crim., 22 mai 1990, préc.).

3) Consignation et droit européen. L'obligation de versement d'une consignation mise à la charge de l'auteur d'une infraction qui se trouve hors d'état de justifier d'un domicile ou d'un emploi sur le territoire national, instituée par l'article L. 26 du Code de la route, n'est pas contraire aux prescriptions de l'article 12 du traité CE et au principe de non-discrimination en raison de la nationalité ; (■ Cass. crim., 19 juin 2001 : *Bull. crim.* n° 145 ; *Dr. pén.* 2002, comm. 17, obs. J.-H. Robert).

Art. L. 121-4-1 *(L. n° 2007-297, 5 mars 2007 ; L. n° 2016-1547, 18 nov. 2016).* **– Lorsqu'un avis d'amende forfaitaire majorée concernant une infraction mentionnée à l'article L. 121-3 a été adressé par lettre recommandée au titulaire du certificat d'immatriculation ne pouvant justifier d'un domicile sur le territoire français et qu'il n'a pas été procédé, dans le délai de quatre mois à compter de sa date d'envoi, au paiement de l'amende ou à la réclamation prévue par l'article 530 du Code de procédure pénale, le véhicule ayant servi à commettre l'infraction peut, en cas d'interception du véhicule conduit par ce titulaire, être retenu jusqu'à ce que celui-ci verse le montant de l'amende due aux agents mentionnés à l'article L. 121-4. Il en est de même si le véhicule est conduit par un préposé du titulaire du certificat d'immatriculation ou par le représentant de ce titulaire s'il s'agit d'une personne morale.**

Le véhicule peut être mis en fourrière si ce versement n'est pas fait par l'intéressé et les frais en résultant sont mis à la charge de celui-ci.

La personne est informée qu'elle peut demander que le procureur de la République du lieu de l'interception soit avisé de l'application du présent article.

Pour l'application du présent article, est considérée comme le titulaire du certificat d'immatriculation la personne dont l'identité figure sur un document équivalent délivré par les autorités étrangères compétentes.

Art. L. 121-5 *(L. n° 2011-525, 17 mai 2011 ; L. n° 2019-222, 23 mars 2019).* **– Les règles relatives à la procédure de l'amende forfaitaire applicable à certaines infractions au présent code sont fixées aux articles 529-7 à 530-4 du Code de procédure pénale.**

Le recours à cette procédure, y compris en cas d'extinction de l'action publique résultant du paiement de l'amende forfaitaire, ne fait pas obstacle à la mise en œuvre et l'exécution des mesures administratives de rétention et de suspension du permis de conduire, ou d'immobilisation et de mise en fourrière du véhicule, prévues aux articles L. 224-1 à L. 224-7, L. 325-1 et L. 325-1-2 du présent code.

Code de procédure pénale

Art. 529-7. – Pour les contraventions au Code de la route des deuxième, troisième et quatrième classes dont la liste est fixée par décret en Conseil d'État, à l'exception de celles relatives au stationnement, l'amende forfaitaire est minorée si le contrevenant en règle le montant dans les conditions prévues par l'article 529-8.

Art. 529-8 *(Mod., L. n° 2015-177, 16 févr. 2015).* **–** Le montant de l'amende forfaitaire minorée peut être acquitté soit entre les mains de l'agent verbalisateur au moment de la constatation de l'infraction, soit dans un délai de quinze jours à compter de la constatation de l'infraction ou, si l'avis de contravention est ultérieurement envoyé à l'intéressé, dans le délai de quinze jours à compter de cet envoi.

En cas de non-paiement de l'amende forfaitaire minorée dans les conditions prévues ci-dessus, le contrevenant est redevable de l'amende forfaitaire.

Art. 529-9. – L'amende forfaitaire doit être versée dans le délai de quarante-cinq jours à compter de la constatation de l'infraction ou l'envoi de l'avis de contravention.

Les dispositions de l'article 529-2 relatives à la requête aux fins d'exonération et à la majoration de plein droit sont applicables.

Art. 529-10 *(Mod., L. n° 2011-1862, 13 déc. 2011 ; L. n° 2015-177, 16 févr. 2015 ; Ord. n° 2021-443, 14 avr. 2021)*. – Lorsque l'avis d'amende forfaitaire concernant une des *(Rempl., L. n° 2016-1547, 18 nov. 2016)* « infractions » mentionnées à l'article L. 121-3 du Code de la route a été adressé au titulaire du certificat d'immatriculation ou aux personnes visées aux trois derniers alinéas de l'article L. 121-2 de ce code, la requête en exonération prévue par l'article 529-2 ou la réclamation prévue par l'article 530 n'est recevable que si elle est adressée par lettre recommandée avec demande d'avis de réception, en utilisant le formulaire joint à l'avis d'amende forfaitaire, et si elle est accompagnée :

1° Soit de l'un des documents suivants :

a) Le récépissé du dépôt de plainte pour vol ou destruction du véhicule, ou pour le délit d'usurpation de plaque d'immatriculation prévu par l'article L. 317-4-1 du Code de la route ou une copie de la déclaration de destruction de véhicule établie conformément aux dispositions du Code de la route ;

b) Une lettre signée de l'auteur de la requête ou de la réclamation précisant l'identité, l'adresse, ainsi que la référence du permis de conduire de la personne qui était présumée conduire le véhicule lorsque la contravention a été constatée ;

c) Des copies de la déclaration de cession du véhicule et de son accusé d'enregistrement dans le système d'immatriculation des véhicules ;

d) Un document attestant, selon des modalités précisées par arrêté conjoint des ministres chargé des transports, de la sécurité routière et de la justice, qu'un système de délégation de conduite automatisé était activé conformément à ses conditions d'utilisation au moment de l'infraction.

2° Soit d'un document démontrant qu'il a été acquitté une consignation préalable d'un montant égal à celui de l'amende forfaitaire dans le cas prévu par le premier alinéa de l'article 529-2, ou à celui de l'amende forfaitaire majorée dans le cas prévu par le deuxième alinéa de l'article 530 ; cette consignation n'est pas assimilable au paiement de l'amende forfaitaire et ne donne pas lieu au retrait des points du permis de conduire prévu par le troisième alinéa de l'article L. 223-1 du Code de la route.

L'officier du ministère public vérifie si les conditions de recevabilité de la requête ou de la réclamation prévues par le présent article sont remplies.

Les requêtes et les réclamations prévues au présent article peuvent également être adressées de façon dématérialisée, selon des modalités précisées par arrêté.

Art. 529-11 *(Mod. à compter du 1er janvier 2015, L. n° 2011-1862, 13 déc. 2011)*. – L'avis de contravention prévu par les articles 529-1 et 529-8 ou l'avis de paiement de la transaction prévue par l'article 529-6 peut être envoyé à la suite de la constatation d'une contravention au Code de la route réalisée grâce à un appareil homologué de contrôle automatique. En cas de réclamation portée devant le tribunal de police, le procès-verbal ou le rapport de l'officier ou de l'agent de police judiciaire ou de l'agent verbalisateur faisant état du résultat de ce contrôle est alors dressé. Ce procès-verbal peut être revêtu d'une signature manuelle numérisée.

Art. 530 *(Mod., L. n° 2010-788, 12 juill. 2010)*. – Le titre mentionné au second alinéa de l'article 529-2, au second alinéa de l'article 529-5 ou au second alinéa du III de l'article 529-6 est exécuté suivant les règles prévues par le présent code pour l'exécution des jugements de police. La prescription de la peine commence à courir à compter de la signature par le ministère public du titre exécutoire, qui peut être individuel ou collectif.

Dans les trente jours de l'envoi de l'avis invitant le contrevenant à payer l'amende forfaitaire majorée, l'intéressé peut former auprès du ministère public une réclamation motivée qui a pour effet d'annuler le titre exécutoire en ce qui concerne l'amende contestée. Cette réclamation reste recevable tant que la peine n'est pas prescrite, s'il ne résulte pas d'un acte d'exécution ou de tout autre moyen de preuve que l'intéressé a eu connaissance de l'amende forfaitaire majorée. S'il s'agit d'une contravention au Code de la route, la réclamation n'est toutefois plus recevable à l'issue d'un délai de trois mois lorsque l'avis d'amende forfaitaire majorée est envoyée par lettre recommandée à l'adresse figurant sur le certificat d'immatriculation du véhicule, sauf si le contrevenant justifie qu'il a, avant l'expiration de ce délai, déclaré son changement d'adresse au service d'immatriculation des véhicules. ; dans ce dernier cas, le contrevenant n'est redevable que d'une somme égale au montant de l'amende forfaitaire s'il s'en acquitte dans un délai de quarante-cinq jours, ce qui a pour effet d'annuler le titre exécutoire pour le montant de la majoration.

La réclamation doit être accompagnée de l'avis d'amende forfaitaire majorée correspondant à l'amende considérée ainsi que, dans le cas prévu par l'article 529-10, de l'un des documents exigés par cet article, à défaut de quoi elle est irrecevable.

Art. 530-1 *(Mod., L. n° 2010-788, 12 juill. 2010)*. – Au vu de la requête faite en application du premier alinéa de l'article 529-2, de la protestation formulée en application du premier alinéa de l'article 529-5, de celle prévue par le III de l'article 529-6 ou de la réclamation faite en application du deuxième alinéa de l'article 530, le ministère public peut, soit renoncer à l'exercice des poursuites, soit procéder conformément aux articles 524 à 528-2 ou aux articles 531 et suivants, soit aviser l'intéressé de l'irrecevabilité de la réclamation non motivée ou non accompagnée de l'avis.

En cas de condamnation, l'amende prononcée ne peut être inférieure au montant de l'amende ou de l'indemnité forfaitaire dans les cas prévus par le premier alinéa de l'article 529-2, le premier alinéa de l'article 529-5 ou le premier alinéa du III de l'article 529-6, ni être inférieure au montant de l'amende forfaitaire majorée dans les cas prévus par le second alinéa de l'article 529-2, le second alinéa de l'article 529-5 et le second alinéa du III de l'article 529-6.

Dans les cas prévus par l'article 529-10, en cas de classement sans suite ou de relaxe, s'il a été procédé à la consignation prévue par cet article, le montant de la consignation est reversé à la personne à qui avait été adressé l'avis de paiement de l'amende forfaitaire ou ayant fait l'objet des poursuites. Les modalités de ce remboursement sont définies par voie réglementaire. En cas de condamnation, l'amende prononcée ne peut être inférieure au montant prévu à l'alinéa précédent augmenté d'une somme de 10 %.

Art. 530-2 *(Mod. à compter du 1er janvier 2015, L. n° 2011-1862, 13 déc. 2011)*. – Les incidents contentieux relatifs à l'exécution du titre exécutoire et à la rectification des erreurs matérielles qu'il peut comporter son déférés au tribunal de police, qui statue conformément aux dispositions de l'article 711.

Art. 530-2-1. – Lorsque les avis de contravention ou d'amende forfaitaire majorée sont adressées à une personne résidant à l'étranger, les délais prévus par les articles 529-1, 529-2, 529-8, 529-9 et 530 dont augmentés d'un mois.

Les dispositions des articles 529-10 et 530 du présent Code et des articles L. 121-2 et L. 121-3 du Code de la route relatives aux titulaires du certificat d'immatriculation du véhicule sont applicables aux personnes dont l'identité figure sur les documents équivalents délivrés par des autorités étrangères.

Art. 530-3 *(Mod., L. n° 2016-1547, 18 nov. 2016)*. – Un décret en Conseil d'État fixe le montant des amendes et indemnités forfaitaires, des amendes forfaitaires minorées et des amendes forfaitaires majorées ainsi que des frais de constitution de dossier et précise les modalités d'application du présent chapitre, en déterminant notamment les conditions dans lesquelles les agents habilités à constater les infractions sont assermentés et perçoivent le montant des amendes forfaitaires et celui des transactions.

Lorsque les amendes forfaitaires, les amendes forfaitaires minorées et les amendes forfaitaires majorées s'appliquent à une personne morale, leur montant est quintuplé.

Art. L. 121-6 ***(L. n° 2016-1547, 18 nov. 2016 ; mod., L. n° 2021-401, 8 avr. 2021)*. – Lorsqu'une infraction constatée selon les modalités prévues à l'article L. 130-9 a été commise avec un véhicule dont le titulaire du certificat d'immatriculation est une personne morale ou qui est détenu par une personne morale, le représentant légal de cette personne morale doit indiquer, par lettre recommandée avec demande d'avis de réception ou de façon dématérialisée, selon des modalités précisées par arrêté, dans un délai de quarante-cinq jours à compter de l'envoi ou de la remise de l'avis de contravention, à l'autorité mentionnée sur cet avis, l'identité et l'adresse de la personne physique qui conduisait ce véhicule, à moins qu'il n'établisse l'existence d'un vol, d'une usurpation de plaque d'immatriculation ou de tout autre événement de force majeure.**

Les dispositions du premier alinéa du présent article sont applicables lorsque l'infraction a été commise avec un véhicule dont le titulaire du certificat d'immatriculation ou le détenteur est une personne physique ayant immatriculé le véhicule en tant que personne morale ; l'obligation prévue au même premier alinéa est alors réputée satisfaite si le titulaire du certificat d'immatriculation ou le détenteur du véhicule justifie, dans le même délai et selon les mêmes modalités, que le véhicule est immatriculé à son nom.

Le fait de contrevenir au présent article est puni de l'amende prévue pour les contraventions de la quatrième classe.

Bibliographie : M. Marque, *Article L. 121-6 du Code de la route : un parcours bien tortueux : Dalloz actualité*, 22 oct. 2018. • M. Marque, *Article L. 121-6 du Code de la route : suite et fin : Dalloz actualité*, 7 janv. 2019.

1) QPC. La Cour de cassation a décidé d'un non-lieu à renvoi d'une question prioritaire de constitutionnalité relative à l'article L. 121-6 du Code de la route. En particulier, les arguments tirés du principe d'égalité et de la présomption d'innocence ne sont pas retenus par la chambre criminelle (▪ Cass. crim., 7 févr. 2018, n° 17-90.023, QPC : *JurisData* n° 2018-005430 ; *Dr. pén.* 2018, comm. 80, obs. J.-H. Robert. V. aussi le refus de renvoi d'une autre QPC appuyée sur d'autres fondements : ▪ Cass. crim., 2 mai 2018, n° 18-90.003, D : *JurisData* n° 2018-007363 ; *Dr. pén.* 2018, comm. 127, obs. J.-H. Robert).

Ne doit pas être renvoyée au Conseil constitutionnel la question prioritaire de constitutionnalité alléguant une violation de la présomption d'innocence en ce que l'article 121-6 du Code de la route créerait une présomption de culpabilité car, pour la chambre criminelle, elle ne présente pas un caractère sérieux car ce texte ne crée pas une présomption de culpabilité, mais sanctionne le fait personnel du dirigeant social, en l'occurrence le manquement à son obligation d'identifier le conducteur auquel le véhicule a été remis, et dont il peut s'exonérer en établissant que ce dernier a été volé ou qu'il y a eu usurpation des plaques d'immatriculation ou tout autre cas de force majeure (▪ Cass. crim., 19 mars 2019, n° 19-90.006).

– Ne présente pas un caractère sérieux la question prioritaire de constitutionnalité alléguant une violation par l'article L. 121-6 du Code de la route le principe selon lequel « la culpabilité ne saurait résulter de la seule imputabilité matérielle d'actes pénalement sanctionnés » dès lors que l'infraction constitue une contravention, dont celui-ci peut s'exonérer en établissant le vol du véhicule, l'usurpation de sa plaque d'immatriculation ou tout autre cas de force majeure (▪ Cass. crim., 10 déc. 2019, n° 19-90.032).

2) Convention de sauvegarde des droits de l'homme. L'obligation de communiquer l'identité du conducteur imposée par ce texte au représentant légal de la personne morale détenant le véhicule n'est pas en soi incriminante, si bien que l'article L. 121-6 n'est pas contraire à l'article 6 de la Convention de sauvegarde des droits de l'homme (▪ Cass. crim., 15 déc. 2020, n° 20-82.503 : *JurisData* n° 2020-020472 ; *Dr. pén.* 2021, comm. 27, obs. J.-H. Robert).

3) Exigence et taille d'une personne morale. L'article L. 121-6 ne peut pas trouver à s'appliquer en présence d'une entreprise ne disposant pas de la personnalité morale (▪ Cass. crim., 21 avr. 2020, n° 19-86.467 : *JurisData* n° 2020-005916 ; *Dr. pén.* 2020, étude 8, n° 14, obs. F. Gauvin). Inversement, qu'une société soit d'envergure nationale ne la dispense pas de se soumettre à l'article L. 121-6 pour des infractions commises par ses véhicules en régions (▪ Cass. crim., 4 mai 2021, n° 20-83.566, F-D : *JurisData* n° 2021-006934 ; *Dr. pén.* 2021, comm. 129, obs. J.-H. Robert).

4) Responsabilité de la personne morale. La personne morale qui n'indique pas l'identité de la personne physique qui conduisait le véhicule peut être déclarée responsable de la contravention (L. 121-6, al. 2) : ▪ Cass. crim., 11 déc. 2018, n° 18-81.320, D : *JurisData* n° 2018-022759 ; *Dr. pén.* 2019, comm. 29, obs. J.-H. Robert. ▪ Cass. crim., 11 déc. 2018, n°s 18-90.020, 18-81.320 et 18.82.631.

L'article L. 121-6 du Code de la route, sur le fondement duquel le représentant légal d'une personne morale peut être poursuivi pour n'avoir pas satisfait, dans le délai qu'il prévoit, à l'obligation de communiquer l'identité et l'adresse de la personne physique qui, lors de la commission d'une infraction constatée selon les modalités prévues à l'article L. 130-9 du Code de la route, conduisait le véhicule détenu par cette personne morale, n'exclut pas qu'en application de l'article 121-2 du Code pénal, la responsabilité pénale de la personne morale soit aussi recherchée pour cette infraction, commise pour son compte, par ce représentant (mêmes arrêts. ▪ Cass. crim., 22 oct. 2019, n° 18-86.193. ▪ Cass. crim., 7 janv. 2020, 19-83.739).

Méconnaît l'article L. 121-6 du Code de la route l'arrêt qui énonce que l'obligation de fournir les renseignements sur le conducteur pèse sur le représentant légal de la personne morale, qui peut seul être condamné de ce chef, à l'exclusion de la personne morale elle-même (▪ Cass. crim., 18 juin 2019, n° 19-80.289. ▪ Cass. crim., 15 oct. 2019, 19-80.237).

5) Obligation à la charge de la personne morale. Encourt la cassation le jugement qui relaxe la personne morale poursuivie considérant que la contravention initiale a été payée par son représentant légal qui, de ce fait, s'est autodésigné comme auteur de l'infraction alors qu'il résultait de ses constatations que la société n'avait pas indiqué, selon les modalités précitées, l'identité, l'adresse et la référence du permis de conduire de la personne physique qui conduisait le véhicule, fût-elle son gérant (▪ Cass. crim., 15 janv. 2019, n° 18-82.380 : *JurisData* n° 2019-000296 ; *JCP* S 2019, p. 1081, note H. Guyot ; *Dr. pén.* 2019, comm. 48, note J.-H. Robert ; *AJ pénal* 2019, p. 205, obs. J.-P. Céré).

6) Dualité de conducteurs. La personne morale poursuivie sur le fondement de l'article L. 121-6 du Code de la route ne peut s'exonérer de sa responsabilité pénale en désignant deux conducteurs comme également susceptibles d'avoir commis l'infraction initiale (▪ Cass. crim., 17 nov. 2020, n° 20-81.241 : *JurisData* n° 2020-018991. ▪ Cass. crim., 17 nov. 2020, n° 20-81.249 : *JurisData* n° 2020-018993 ; *Dr. pén.* 2021, comm. 9, obs. J.-H. Robert).

7) Véhicule de location. Lorsqu'une infraction constatée selon les modalités prévues à l'article L. 130-9 du Code de la route a été commise avec un véhicule dont le titulaire du certificat d'immatriculation est une personne morale ayant donné en location ledit véhicule à une autre personne morale, il appartient au représentant légal de la première d'indiquer, dans le délai de 45 jours à compter de l'envoi ou de la remise de l'avis de contravention, l'identité et l'adresse de la personne physique qui conduisait ce véhicule. Dans le cas où ledit représentant ne connaît pas l'identité du conducteur, il ne peut s'exonérer de sa responsabilité pénale qu'en indiquant, dans les mêmes conditions, l'identité et l'adresse de la personne morale ayant pris ledit véhicule en location (▪ Cass. crim., 1er sept. 2020, n° 19-85.465 : *JurisData* n° 2020-012292. ▪ Cass. crim., 1er sept. 2020, n° 19-85.466 : *JurisData* n° 2020-012600. ▪ Cass. crim., 1er sept. 2020, n° 19-85.467 : *JurisData* n° 2020-012602 ; *Dr. pén.* 2020, comm. 172, obs. J.-H. Robert).

8) Conducteur non salarié. Le fait que le conducteur, s'il est désigné, ne soit pas un employé de la personne morale poursuivie n'est pas une cause d'exonération prévue par l'article L. 121-6 du Code de la route (▪ Cass. crim., 17 nov. 2020, n° 20-81.241 : *JurisData* n° 2020-018991 ; *Dr. pén.* 2021, comm. 9, obs. J.-H. Robert).

9) Ambulance. La réglementation particulière du transport par ambulance ne dispense pas la personne morale titulaire du certificat d'immatriculation de son obligation de dénonciation d'un conducteur (▪ Cass. crim., 17 nov. 2020, n° 20-81.241 : *JurisData* n° 2020-018991 ; *Dr. pén.* 2021, comm. 9, obs. J.-H. Robert).

CHAPITRE II. – INDEMNISATION DES VICTIMES D'ACCIDENTS DE LA CIRCULATION

Art. L. 122-1. – Outre les dispositions du Code des assurances, les règles relatives à l'indemnisation des victimes d'accidents de la circulation sont fixées par les articles 1er à 6 de la loi n° 85-677 du 5 juillet 1985 ci-après reproduits :

Art. 1er. – Les dispositions du présent chapitre s'appliquent, même lorsqu'elles sont transportées en vertu d'un contrat, aux victimes d'un accident de la circulation dans lequel est impliqué un véhicule terrestre à moteur ainsi que ses remorques ou semi-remorques, à l'exception des chemins de fer et des tramways circulant sur des voies qui leur sont propres.

Art. 2. – Les victimes, y compris les conducteurs, ne peuvent se voir opposer la force majeure ou le fait d'un tiers par le conducteur ou le gardien d'un véhicule mentionné à l'article 1er.

Art. 3. – Les victimes, hormis les conducteurs de véhicules terrestres à moteur, sont indemnisées des dommages résultant des atteintes à leur personne qu'elles ont subis, sans que puisse leur être opposée leur propre faute à l'exception de leur faute inexcusable si elle a été la cause exclusive de l'accident.

Les victimes désignées à l'alinéa précédent, lorsqu'elles sont âgées de moins de seize ans ou de plus de soixante-dix ans, ou lorsque, quel que soit leur âge, elles sont titulaires, au moment de l'accident, d'un titre leur reconnaissant un taux d'incapacité permanente ou d'invalidité au moins égal à 80 %, sont, dans tous les cas, indemnisées des dommages résultant des atteintes à leur personne qu'elles ont subis.

Toutefois, dans les cas visés aux deux alinéas précédents, la victime n'est pas indemnisée par l'auteur de l'accident des dommages résultant des atteintes à sa personne lorsqu'elle a volontairement recherché le dommage qu'elle a subi.

Art. 4. – La faute commise par le conducteur du véhicule terrestre à moteur a pour effet de limiter ou d'exclure l'indemnisation des dommages qu'il a subis.

Art. 5. – La faute commise par la victime a pour effet de limiter ou d'exclure l'indemnisation des dommages aux biens qu'elle a subis. Toutefois, les fournitures et appareils délivrés sur prescription médicale donnent lieu à indemnisation selon les règles applicables à la réparation des atteintes à la personne.

Lorsque le conducteur d'un véhicule terrestre n'en est pas le propriétaire, la faute de ce conducteur peut être opposée au propriétaire pour l'indemnisation des dommages causés à son véhicule. Le propriétaire dispose d'un recours contre le conducteur.

Art. 6. – Le préjudice subi par un tiers du fait des dommages causés à la victime directe d'un accident de la circulation est réparé en tenant compte des limitations ou exclusions applicables à l'indemnisation de ces dommages.

TITRE III. – RECHERCHE ET CONSTATATION DES INFRACTIONS

Art. L. 130-1. – Les fonctionnaires du corps de commandement et d'encadrement de la police nationale, autres que ceux visés au 3° de l'article 16 du Code de procédure pénale affectés à une circonscription territoriale ne dépassant pas le ressort de la cour d'appel, nominativement désignés par arrêté des ministres de la Justice et de l'Intérieur après avis conforme de la commission prévue à l'article 16 (3°) du Code de procédure pénale, ont la qualité d'officier de police judiciaire, uniquement dans les limites de cette circonscription, pour rechercher et constater les infractions au présent code et les infractions d'atteintes involontaires à la vie ou à l'intégrité d'une personne commises à l'occasion d'accidents de la circulation, à l'exclusion de celles commises en relation avec des manifestations sur la voie publique, et de toutes autres infractions.

Art. L. 130-2. – Les fonctionnaires mentionnés à l'article L. 130-1 ne peuvent en aucun cas décider des mesures de garde à vue ni procéder à la visite des véhicules.

Ils ne peuvent exercer effectivement les attributions attachées à leur qualité d'officier de police judiciaire que dans les conditions prévues à l'article 16 du Code de procédure pénale.

Art. L. 130-3. – Les fonctionnaires du corps de commandement et d'encadrement de la police nationale mentionnés à l'article L. 130-1 qui n'ont pas obtenu la qualité d'officier de police judiciaire peuvent, dans les conditions fixées par l'article 20 du Code de procédure pénale, exercer les attributions attachées à leur qualité d'agent de police judiciaire pour la recherche et la constatation des infractions prévues à l'article L. 130-1.

Les fonctionnaires du corps de maîtrise et d'application de la police nationale affectés à une circonscription territoriale ne dépassant pas le ressort de la cour d'appel peuvent, dans les limites de cette circonscription et dans les conditions fixées par l'article 20 du Code de procédure pénale, exercer les attributions attachées à leur qualité d'agent de police judiciaire pour la recherche et la constatation des mêmes catégories d'infractions.

Les fonctionnaires mentionnés au présent article sont placés sous la surveillance du procureur général et sous le contrôle de la chambre d'accusation, conformément aux articles 224 à 229 du Code de procédure pénale.

Art. L. 130-4 *(Mod., L. n° 2003-495, 12 juin 2003 ; L. n° 2010-788, 12 juill. 2010 ; L. n° 2015-990, 6 août 2015 ; L. n° 2017-1754, 25 déc. 2017 ; L. n° 2019-1428, 24 déc. 2019 ; L. n° 2022-52, 24 janv. 2022).* – Sans préjudice de la compétence générale des officiers et des agents de police judiciaire, ont compétence pour constater par procès-verbal les contraventions prévues par la partie Réglementaire du présent code ou par d'autres dispositions réglementaires, dans la mesure où elles se rattachent à la sécurité et à la circulation routières :

1° Les personnels de l'Office national des forêts ;

2° Les gardes champêtres des communes ;

3° Les agents titulaires ou contractuels de l'État et les agents des communes, titulaires ou non, chargés de la surveillance de la voie publique, agrées par le procureur de la République ;

4° Les agents, agréés par le procureur de la République, de ceux des services publics urbains de transport en commun de voyageurs qui figurent sur une liste dressée dans des conditions fixées par décret en Conseil d'État ;

5° Les officiers de port et les officiers de port adjoints ;

6° Les fonctionnaires ou agents de l'État chargés du contrôle des transports terrestres placés sous l'autorité du ministre chargé des transports ;

7° Les agents des douanes ;

8° Les agents des exploitants d'une autoroute ou d'un ouvrage routier ouvert à la circulation publique et soumis à péage, agréés par le préfet de l'un des départements traversés par le réseau confié à l'exploitant qui les emploie ;

9° Les agents verbalisateurs mentionnés à l'article L. 116-2 du Code de la voirie routière ;

10° Les agents des exploitants d'aérodromes, assermentés et agréés par le préfet, pour les seules contraventions aux règles de stationnement dans l'emprise de l'aérodrome ;

11° Les agents de police judiciaire adjoints ;

12° Les fonctionnaires ou agents de l'État, chargés des réceptions des véhicules ou éléments de véhicules, placés sous l'autorité des ministres chargés de l'industrie et des transports ;

13° Les agents des exploitants de parcs publics de stationnement situés sur le domaine public ferroviaire, assermentés et agréés par le représentant de l'État dans le département, pour les seules

contraventions aux règles concernant la circulation, l'arrêt et le stationnement des véhicules dans l'emprise du parc public.

14° Les agents de l'établissement public Paris La Défense, dans les conditions prévues à l'article L. 328-4 du Code de l'urbanisme ;

15° Les gardes particuliers assermentés commissionnés par les propriétaires et agréés par le représentant de l'État dans le département, sur la propriété qu'ils sont chargés de surveiller.

La liste des contraventions que chaque catégorie d'agents mentionnée ci-dessus est habilitée à constater est fixée par décret en Conseil d'État.

Art. L. 130-5 ***(Rempl. à compter du 1er mai 2012, Ord. n° 2012-351, 12 mars 2012).*** **– Les règles relatives à la constatation des contraventions au présent code par les agents de police municipale sont fixées par les articles L. 511-1 et L. 512-2 du Code de la sécurité intérieure.**

Code de la sécurité intérieure

Art. L. 511-1 *(L. n° 2015-991, 7 août 2015 ; mod. à compter du 24 mars 2016, L. n° 2016-339, 22 mars 2016 ; L. n° 2017-258, 28 févr. 2017 ; à compter du 31 octobre 2017, L. n° 2017-1510, 30 oct. 2017 ; L. n° 2021-646, 25 mai 2021).* **–** Sans préjudice de la compétence générale de la police nationale et de la gendarmerie nationale, les agents de police municipale exécutent, dans la limite de leurs attributions et sous son autorité, les tâches relevant de la compétence du maire que celui-ci leur confie en matière de prévention et de surveillance du bon ordre, de la tranquillité, de la sécurité et de la salubrité publiques.

Ils sont chargés d'assurer l'exécution des arrêtés de police du maire et de constater par procès-verbaux les contraventions auxdits arrêtés. Sans préjudice des compétences qui leur sont dévolues par des lois spéciales, ils constatent également par procès-verbaux les contraventions aux dispositions du Code de la route dont la liste est fixée par décret en Conseil d'État ainsi que les contraventions mentionnées au livre VI du Code pénal dont la liste est fixée par décret en Conseil d'État, dès lors qu'elles ne nécessitent pas de leur part d'actes d'enquête et à l'exclusion de celles réprimant des atteintes à l'intégrité des personnes.

Ils sont habilités à établir l'avis de paiement prévu à l'article L. 2333-87 du Code général des collectivités territoriales.

Ils peuvent également constater par rapport le délit prévu par l'article L. 272-4.

Ils exercent leurs fonctions sur le territoire communal, dans les conditions prévues au 2° de l'article 21 du Code de procédure pénale.

Affectés sur décision du maire à la sécurité d'une manifestation sportive, récréative ou culturelle mentionnée à l'article L. 613-3 du présent code ou à celle des périmètres de protection institués en application de l'article L. 226-1 ou à la surveillance de l'accès à un bâtiment communal, ils peuvent procéder à l'inspection visuelle des bagages et, avec le consentement de leur propriétaire, à leur fouille. Ils peuvent également procéder, avec le consentement exprès des personnes, à des palpations de sécurité. Dans ce cas, la palpation de sécurité doit être effectuée par une personne de même sexe que la personne qui en fait l'objet.

Affectés par le maire à des missions de maintien du bon ordre au sein des transports publics de voyageurs, les agents de police municipale peuvent constater par procès-verbaux les infractions mentionnées à l'article L. 2241-1 du Code des transports sur le territoire de la commune ou des communes formant un ensemble d'un seul tenant dans les conditions définies à l'article L. 512-1-1 du présent code, sans pouvoir excéder le ressort du tribunal auprès duquel ils ont prêté serment.

À cette fin, les communes contiguës desservies par un ou plusieurs réseaux de transports publics peuvent conclure entre elles une convention locale de sûreté des transports collectifs afin de permettre à leurs polices municipales d'exercer indistinctement leurs compétences sur les parties de réseaux qui les traversent. Cette convention est conclue sous l'autorité du représentant de l'État dans le département dans le respect des conventions de coordination des interventions de la police municipale et des forces de sécurité de l'État prévues à la section 2 du chapitre II du présent titre et dans le respect du contrat d'objectif départemental de sûreté dans les transports collectifs.

....

Art. L. 512-2. – À la demande des maires de plusieurs communes appartenant à un même établissement public de coopération intercommunale à fiscalité propre, celui-ci peut recruter, après délibération de deux tiers

ANNEXE 8

au moins des conseils municipaux des communes intéressées représentant plus de la moitié de la population totale de celles-ci, ou de la moitié au moins des conseils municipaux des communes représentant les deux tiers de la population, un ou plusieurs agents de police municipale, en vue de les mettre à disposition de l'ensemble de ces communes. Leur nomination en qualité de fonctionnaires stagiaires ne fait pas obstacle à leur mise à disposition.

Les agents de police municipale ainsi recrutés exercent, sur le territoire de chaque commune où ils sont affectés, les compétences mentionnées à l'article L. 511-1, sans préjudice des compétences de police judiciaire qui leur sont dévolues par le Code de procédure pénale et par les lois pénales spéciales. Pendant l'exercice de leurs fonctions sur le territoire d'une commune, ils sont placés sous l'autorité du maire de cette commune.

Art. L. 130-6 *(Mod., L. n° 2013-431, 28 mai 2013 ; L. n° 2019-1428, 24 déc. 2019).* **– Les infractions prévues aux articles L. 233-2, L. 317-1 à L. 317-4-1, L. 318-3, L. 324-2, L. 325-3-1 et L. 413-1 peuvent être constatées par les fonctionnaires ou agents de l'État chargés du contrôle des transports terrestres placés sous l'autorité du ministre chargé des transports lorsqu'elles sont commises au moyen de véhicules affectés au transport routier de voyageurs ou de marchandises.**

Ces fonctionnaires ont accès à l'appareil de contrôle, dit « chronotachygraphe », et à toutes ses composantes afin d'en vérifier l'intégrité, sur les véhicules soumis à l'obligation d'en être équipés.

Ils ont également accès au poste de conduite afin d'y effectuer les vérifications prescrites par le présent code.

Art. L. 130-7 *(L. n° 2003-495, 12 juin 2003 ; L. n° 2019-222, 23 mars 2019 ; à compter du 1er janvier 2020, Ord. n° 2019-964, 18 sept. 2019).* **– Lorsqu'ils ne sont pas déjà assermentés, les agents qui ont compétence pour constater par procès-verbal les contraventions prévues à l'article L. 130-4 prêtent serment devant le juge du tribunal judiciaire, au siège de ce tribunal ou, le cas échéant, de l'une de ses chambres de proximité.**

Ce serment, dont la formule est fixée par décret en Conseil d'État, n'a pas à être renouvelé en cas de changement de lieu d'affectation de l'intéressé.

(Al. créé, L. n° 2019-1428, 24 déc. 2019) **L'assermentation des agents de l'exploitant d'une autoroute ou d'un ouvrage routier ouvert à la circulation publique et soumis à péage est valide sur l'ensemble du réseau confié à cet exploitant.**

Art. L. 130-8 *(L. n° 2003-495, 12 juin 2003 ; L. n° 2011-525, 17 mai 2011 ; L. n° 2015-992, 17 août 2015 ; Ord. n° 2016-301, 14 mars 2016).* **– Les agents de la concurrence, de la consommation et de la répression des fraudes sont habilités à rechercher et à constater les infractions prévues aux articles L. 317-5, L. 318-3 et L. 413-2. À cet effet, ils disposent des pouvoirs prévus au I de l'article L. 511-22 du Code de la consommation.**

Art. L. 130-9 *(L. n° 2003-495, 12 juin 2003 ; mod., L. n° 2004-204, 9 mars 2004 ; L. n° 2011-267, 14 mars 2011 ; L. n° 2016-1547, 18 nov. 2016 ; L. n° 2022-217, 21 févr. 2022).* **– Lorsqu'elles sont effectuées par ou à partir des appareils de contrôle automatique ayant fait l'objet d'une homologation, les constatations relatives aux infractions dont la liste est fixée par décret en Conseil d'État, font foi jusqu'à preuve du contraire. Ces constatations peuvent faire l'objet d'un procès-verbal revêtu d'une signature manuelle numérisée.**

Lorsque ces constatations font l'objet d'un traitement automatisé d'informations nominatives mis en œuvre conformément aux dispositions de la loi n° 78-17 du 6 janvier 1978 relative à l'informatique, aux fichiers et aux libertés, la durée maximale de conservation de ces informations ne peut excéder dix ans, sans préjudice de la possibilité pour le conducteur du véhicule ayant fait l'objet du contrôle de demander au procureur de la République territorialement compétent d'ordonner l'effacement des informations le concernant lorsqu'il a récupéré le nombre de points ayant été retirés de son permis de conduire ou lorsque la procédure le concernant a donné lieu à une décision définitive de relaxe.

Pour l'application des dispositions relatives à l'amende forfaitaire, le lieu du traitement automatisé des informations nominatives concernant les constatations effectuées par ou à partir des appareils de contrôle automatisé est considéré comme le lieu de constatation de l'infraction.

Lorsque l'excès de vitesse est constaté par le relevé d'une vitesse moyenne, entre deux points d'une voie de circulation, supérieure à la vitesse maximale autorisée entre ces deux points, le lieu de commission de l'infraction est celui où a été réalisée la deuxième constatation, sans préjudice des dispositions du précédent alinéa.

Les collectivités territoriales et leurs groupements gestionnaires de voirie peuvent installer les appareils mentionnés au premier alinéa du présent article servant au contrôle des règles de sécurité routière, sur avis favorable du représentant de l'État dans le département et après consultation de la commission départementale de la sécurité routière, sur la base d'une étude d'accidentalité portant sur les sections de route concernées et en tenant compte des appareils de contrôle automatiques déjà installés. Les constatations effectuées par les appareils installés par les collectivités territoriales et leurs groupements sont traitées dans les mêmes conditions que celles effectuées par les appareils installés par les services de l'État. Les modalités de dépôt et d'instruction des demandes d'avis sont fixées par décret.

Un décret en Conseil d'État précise les modalités d'application du présent article ainsi que la procédure pour l'expérimentation de la constatation des niveaux d'émissions sonores des véhicules par des appareils de contrôle automatique fixes et mobiles. Cette expérimentation est de deux ans..

1) Lieu de constatation de l'infraction. Aux termes de l'article L. 130-9, alinéa 3, du Code de la route, pour l'application des dispositions relatives à l'amende forfaitaire, le lieu du traitement automatisé des informations nominatives concernant les constatations effectuées par les appareils de contrôle automatisés est considéré comme le lieu de constatation de l'infraction ;

Méconnaît ce texte la juridiction de proximité de Rennes qui se déclare incompétente pour connaître d'un incident contentieux relatif à l'application des règles de l'amende forfaitaire pour un excès de vitesse commis à Marseille mais relevé par un appareil de contrôle automatisé, alors que la ville de Rennes, désignée par un arrêté du 13 octobre 2004 pour abriter le Centre national de traitement du contrôle automatisé devait être considérée comme le lieu de constatation de l'infraction (▪ Cass. crim., 17 sept. 2008 : *JurisData* n° 2008-045349 ; *Dr. pén.* 2009, comm. 8, obs. J.-H. Robert).

2) Lieu de constatation de l'infraction : « radar tronçon ». Une juridiction fait l'exacte application, des dispositions de l'article L. 130-9, dernier alinéa, du Code de la route, dès lors que, lorsque l'excès de vitesse est constaté par le relevé d'une vitesse moyenne, entre deux points d'une voie de circulation, supérieure à la vitesse maximale autorisée entre ces deux points, le lieu de commission de l'infraction est celui où a été réalisée la seconde constatation (▪ Cass. crim., 13 mai 2015, n° 14-83.559 : *Dr. pén.* 2015, comm. 111, obs. J.-H. Robert).

3) Contrôle automatique et preuve contraire (rejet). Il résulte des articles 537 du Code de procédure pénale et L. 130-9 du Code de la route que les procès-verbaux dressés par les officiers et agents de police judiciaire, au vu des enregistrements réalisés, en matière de franchissement par les véhicules d'une signalisation imposant leur arrêt, par un appareil de contrôle automatique homologué, font foi jusqu'à preuve contraire des contraventions qu'ils constatent et que la preuve contraire ne peut être rapportée que par écrit ou par témoins.

Encourt la cassation qui prononce la relaxe du prévenu, pour franchissement de feu rouge, au motif que les photographies étaient sombres, alors que la preuve contraire aux énonciations du procès-verbal n'était rapportée ni par écrit ni par témoin (▪ Cass. crim., 29 janv. 2014, n° 13-83.283 : *Dr. pén.* 2014, comm. 75, obs. J.-H. Robert ; *D.* 2014, act., p. 372).

4) Contrôle automatique et preuve contraire (admission). L'enregistrement sur chronotachygraphe de la vitesse d'un poids-lourd est un écrit au sens de l'article 537 du Code de procédure pénale. Il peut être utilisé pour combattre la force probante d'un procès-verbal dressé à partir de la mesure opérée par un radar automatique (▪ Cass. crim., 30 oct. 2018, n° 18-81.318, P+B : *JurisData* n° 2018-019050 ; *Dr. pén.* 2018, comm. 212, obs. J.-H. Robert).

Art. L. 130-9-1 *(L. n° 2019-1428, 24 déc. 2019)*. **– I. – Lorsque l'usage d'une voie de circulation a été réservé par l'autorité investie du pouvoir de police de la circulation aux véhicules de transport en commun, aux taxis, aux véhicules transportant un nombre minimal d'occupants, notamment dans le cadre du covoiturage au sens de l'article L. 3132-1 du Code des transports, ou aux véhicules à très faibles émissions au sens de l'article L. 318-1 du présent code, des dispositifs fixes ou mobiles de contrôle automatisé des données signalétiques des véhicules peuvent être mis en œuvre par les services de police et de gendarmerie nationales, par les services de police municipale de la ou des communes sur le territoire desquelles a été instituée cette voie ou, à Paris, par le service dont relèvent les agents de surveillance de**

Paris, afin de faciliter la constatation des infractions au présent code résultant de la violation des règles de circulation relatives à l'usage de cette voie réservée et afin de permettre le rassemblement des preuves de ces infractions et la recherche de leurs auteurs.

Les données à caractère personnel collectées au moyen de ces dispositifs peuvent faire l'objet de traitements automatisés dans les conditions prévues par la loi n° 78-17 du 6 janvier 1978 relative à l'informatique, aux fichiers et aux libertés.

II. – À la seule fin de faciliter la constatation des infractions aux règles réservant l'usage de certaines voies aux véhicules transportant un nombre minimal d'occupants, notamment dans le cadre du covoiturage au sens de l'article L. 3132-1 du Code des transports, et afin de permettre le rassemblement des preuves de ces infractions, les services mentionnés au premier alinéa du I du présent article peuvent utiliser des dispositifs permettant de constater le nombre de personnes présentes à bord des véhicules. Les données issues de ces dispositifs peuvent faire l'objet de traitements automatisés dans les conditions mentionnées au même I. Ces données ne permettent pas d'identifier directement ou indirectement les personnes.

III. – Afin de déterminer les véhicules dont la circulation est autorisée, les traitements mentionnés aux I et II peuvent comporter la consultation du fichier des véhicules pour lesquels une identification fondée sur leur contribution à la limitation de la pollution atmosphérique a été délivrée en application de l'article L. 318-1 ainsi que des fichiers des véhicules autorisés à circuler sur les voies concernées. Dans les seuls cas où ces consultations ne permettent pas de procéder à une telle vérification, ils peuvent également comporter une consultation du système d'immatriculation des véhicules prévu à l'article L. 330-1. Ces consultations, qui ont lieu immédiatement après la collecte des données signalétiques, ne portent que sur les données relatives aux caractéristiques du véhicule et à sa contribution à la limitation de la pollution atmosphérique et ne peuvent avoir pour objet d'identifier le titulaire du certificat d'immatriculation du véhicule.

Dès que la consultation de l'un de ces fichiers a permis de s'assurer du respect par un véhicule des règles de circulation mentionnées au premier alinéa du I du présent article, les données collectées relatives à ce véhicule sont détruites immédiatement.

Les données relatives aux véhicules pour lesquels il n'a pas été possible de s'assurer du respect des règles de circulation mentionnées au même premier alinéa peuvent être enregistrées et conservées pendant une durée qui ne peut excéder huit jours ouvrés à compter de leur collecte, sous réserve des besoins d'une procédure pénale.

Les données mentionnées au troisième alinéa du présent III font l'objet d'un traitement préalable destiné à empêcher de manière irréversible l'identification des personnes physiques présentes à bord du véhicule, à l'exception du conducteur.

Les données permettant l'identification du conducteur ne sont accessibles qu'au responsable du traitement. Il ne peut y avoir accès et ne peut les communiquer que sur demande du titulaire du certificat d'immatriculation ou de l'une des personnes mentionnées aux trois derniers alinéas de l'article L. 121-2 du présent code, destinataire de l'avis d'amende forfaitaire, ou de l'officier du ministère public en cas de requêtes ou de réclamations. Ces données ne sont communiquées qu'aux personnes ainsi désignées.

Seuls les agents de police municipale intervenant dans les communes sur le territoire desquelles une voie de circulation a été réservée dans les conditions mentionnées au I du présent article et, à Paris, les agents de surveillance de Paris ont accès aux données issues des traitements mis en œuvre en application du présent article par les services dont ils relèvent.

Lorsque ces dispositifs sont mis en œuvre par l'État, les agents de police municipale intervenant dans les communes concernées et, à Paris, les agents de surveillance de Paris peuvent être rendus destinataires des données caractérisant l'infraction pour les besoins du constat qu'ils ont compétence pour opérer.

IV. – La mise en place des dispositifs de contrôle mentionnés aux I et II est autorisée par arrêté du représentant de l'État dans le département et, à Paris, du préfet de police. Lorsque ces dispositifs sont mis en place par l'État à la demande d'une collectivité territoriale ou d'un établissement public de coopération intercommunale dont l'autorité investie des pouvoirs de police de circulation a réservé l'usage d'une voie de circulation à certaines catégories d'usagers ou de véhicules ou à certaines modalités de transport, une convention entre l'État et la collectivité ou l'établissement concerné définit les modalités de cette mise en place et, le cas échéant, la contribution de la collectivité ou de l'établissement à son financement.

V. – L'arrêté mentionné au IV précise les modalités d'information du public préalables à la mise en place des dispositifs de contrôle automatisé.

Art. L. 130-9-2 *(L. n° 2019-1428, 24 déc. 2019)*. – I. – Afin de faciliter la constatation des infractions aux règles du présent code relatives au poids maximum autorisé des véhicules de transport de marchandises ou de transport en commun de personnes et de permettre le rassemblement des preuves de ces infractions, des dispositifs fixes de contrôle automatisé des données signalétiques des véhicules, associés à des systèmes de pesage en marche des véhicules, peuvent être mis en œuvre par les services de police et de gendarmerie nationales ainsi que par les services et agents de l'État chargés du contrôle des transports terrestres placés sous l'autorité ou désignés par le ministre chargé des transports.

Les données à caractère personnel collectées au moyen de ces dispositifs peuvent faire l'objet de traitements automatisés dans les conditions prévues par la loi n° 78-17 du 6 janvier 1978 relative à l'informatique, aux fichiers et aux libertés.

II. – Afin de déterminer le poids maximal autorisé du véhicule, les traitements mentionnés au I peuvent comporter la consultation du système d'immatriculation des véhicules prévu à l'article L. 330-1. Ces consultations, qui ont lieu immédiatement après la collecte des données signalétiques, ne portent que sur les données relatives aux caractéristiques du véhicule et ne peuvent avoir pour objet d'identifier le titulaire du certificat d'immatriculation du véhicule.

Dès que la consultation de ce fichier a permis de s'assurer du respect par un véhicule des règles de circulation mentionnées au premier alinéa du I du présent article, les données collectées relatives à ce véhicule sont détruites.

Les données relatives aux autres véhicules peuvent être enregistrées et conservées pour une durée qui ne peut excéder huit jours ouvrés à compter de leur collecte, sous réserve des besoins d'une procédure pénale.

Lorsque la consultation du fichier mentionné au premier alinéa du présent II a permis de constater que le poids du véhicule mesuré par un appareil homologué est supérieur au poids maximal autorisé, les données recueillies sont enregistrées, conservées et traitées dans les conditions prévues à l'article L. 130-9.

Les données mentionnées au quatrième alinéa du présent II font l'objet d'un traitement préalable destiné à empêcher de manière irréversible l'identification des personnes physiques, à l'exception du conducteur.

Les données permettant l'identification du conducteur ne sont accessibles qu'au responsable du traitement. Ce dernier ne peut y avoir accès et les communiquer que sur demande du titulaire du certificat d'immatriculation ou de l'une des personnes mentionnées aux trois derniers alinéas de l'article L. 121-2, destinataire de l'avis d'amende forfaitaire, ou de l'officier du ministère public en cas de requêtes ou de réclamations. Ces données ne sont communiquées qu'aux personnes ainsi désignées.

III. – La mise en œuvre des dispositifs de contrôle mentionnés au I est autorisée par arrêté du représentant de l'État dans le département et, à Paris, du préfet de police. Cet arrêté précise les modalités d'information associées à la mise en œuvre des dispositifs de contrôle autorisés.

TITRE IV. – DISPOSITIONS RELATIVES À L'OUTRE-MER

CHAPITRE I. – DISPOSITIONS PARTICULIÈRES À LA COLLECTIVITÉ TERRITORIALE DE SAINT-PIERRE-ET-MIQUELON

Art. L. 141-1 *(Mod., Ord. n° 2000-1255, 21 déc. 2000)*. – Pour l'application des dispositions du présent livre dans la collectivité territoriale de Saint-Pierre-et-Miquelon, les termes énumérés ci-après sont remplacés comme suit :

1° « Départementales » par « territoriales » ;

2° « Cour d'appel » et « chambre d'accusation » [chambre de l'instruction] par « tribunal supérieur d'appel » ;

3° « Procureur général » par « procureur de la République près le tribunal supérieur d'appel » ;

4° « Tribunal de police » par « tribunal de première instance ».

Art. L. 141-2. – L'article L. 130-5 ne s'applique pas dans la collectivité territoriale de Saint-Pierre-et-Miquelon.

CHAPITRE II. – DISPOSITIONS APPLICABLES DANS LA COLLECTIVITÉ TERRITORIALE DE MAYOTTE

Art. L. 142-1 *(Mod., Ord n° 2000-1255, 21 déc. 2000).* **– Pour l'application des dispositions du présent livre dans la collectivité territoriale de Mayotte, les termes énumérés ci-après sont remplacés comme suit :**

1° « Cour d'appel et chambre de l'instruction » par « Chambre d'appel de Mamoudzou » ;

2° « Procureur général » par « procureur général près la cour d'appel » ;

3° « Préfet » par « représentant de l'État » ;

4° *(4° abr. à compter du 1er janvier 2020, Ord. n° 2019-964, 18 sept. 2019).*

Art. L. 142-2. – Les dispositions législatives du présent livre sont applicables dans la collectivité territoriale de Mayotte, à l'exception des articles L. 110-2 et L. 130-5.

Art. L. 142-3 *(Abr., L. n° 2013-1029, 15 nov. 2013).*

Art. L. 142-4 *(L. n° 2003-495, 12 juin 2003 ; L. n° 2011-525, 17 mai 2011).* **– Pour l'application dans la collectivité territoriale de Mayotte du 9° de l'article L. 130-4, les agents verbalisateurs compétents sont :**

1° Sur les voies de toutes catégories :

a) Les gardes champêtres des communes et les gardes particuliers assermentés ;

b) Les agents de police municipale ;

2° Sur les voies publiques ressortissant à leurs attributions :

a) Les ingénieurs des ponts des eaux et des forêts et les ingénieurs des travaux publics de l'État, assermentés ;

b) Les techniciens des travaux publics de l'État, les contrôleurs principaux de travaux publics de l'État et les agents des travaux publics de l'État, quand ils sont commissionnés et assermentés à cet effet.

Art. L. 142-4-1 *(L. n° 2015-990, 6 août 2015).* **– Pour l'application dans la collectivité territoriale de Mayotte du présent code, il est ajouté à l'article L. 130-4 un 14° ainsi rédigé :**

« 14° Les fonctionnaires de la police de Mayotte dans les conditions prévues à l'article 879-1 du Code de procédure pénale. »

Art. L. 142-5 *(Abr., L. n° 2011-525, 17 mai 2011).*

CHAPITRE III. – DISPOSITIONS APPLICABLES EN NOUVELLE-CALÉDONIE, EN POLYNÉSIE FRANÇAISE ET DANS LES ÎLES WALLIS-ET-FUTUNA

Art. L. 143-1 *(L. n° 2016-1547, 18 nov. 2016 ; mod., L. n° 2021-401, 8 avr. 2021).* **– I. – Sous réserve des adaptations prévues au II du présent article, les articles du présent code mentionnés dans la colonne de gauche du tableau ci-après sont applicables en Nouvelle-Calédonie, en Polynésie française et dans les îles Wallis-et-Futuna dans leur rédaction indiquée dans la colonne de droite du même tableau :**

DISPOSITIONS APPLICABLES	DANS LEUR RÉDACTION RÉSULTANT DE
Article L. 121-6	la loi n° 2021-401 du 8 avril 2021 améliorant l'efficacité de la justice de proximité et de la réponse pénale
Article L. 130-9	la loi n° 2019-1428 du 24 décembre 2019 d'orientation des mobilités

II. – Au deuxième alinéa de l'article L. 130-9, les mots : « lorsqu'il a récupéré le nombre de points ayant été retirés de son permis de conduire ou » sont supprimés.

Art. L. 143-2 *(L. n° 2017-256, 28 févr. 2017).* **– Sans préjudice de la compétence générale des officiers et des agents de police judiciaire, les agents des communes de la Nouvelle-Calédonie chargés de la surveillance de la voie publique ont compétence pour constater par procès-verbal les contraventions prévues par la réglementation applicable localement relatives :**

1° À l'arrêt pour le stationnement des véhicules, excepté l'arrêt ou le stationnement dangereux ;

2° À l'apposition du certificat d'assurance sur le véhicule.

....

LIVRE DEUXIÈME. – LE CONDUCTEUR

TITRE PREMIER. – ENSEIGNEMENT DE LA CONDUITE ET DE LA SÉCURITÉ ROUTIÈRE

CHAPITRE I. – FORMATION À LA CONDUITE ET À LA SÉCURITÉ ROUTIÈRE

Art. L. 211-1 A *(L. n° 2019-1428, 24 déc. 2019).* – I. – Informé d'un dépôt de plainte pour des faits de violence ou d'outrage prévus aux articles 222-9 à 222-13 et 433-5 du Code pénal commis à l'encontre d'un inspecteur du permis de conduire et de la sécurité routière ou d'un examinateur, agent public ou contractuel, dans l'exercice ou à l'occasion de l'exercice de ses fonctions, le représentant de l'État dans le département où l'infraction a été commise peut, dans les vingt-quatre heures suivant la transmission cette information, à titre provisoire, interdire à l'auteur des faits de se présenter à l'examen du permis de conduire. La durée de l'interdiction ne peut excéder deux mois pour les faits d'outrage et six mois pour les faits de violence.

II. – Quelle que soit sa durée, l'interdiction prononcée par le représentant de l'État dans le département cesse d'avoir effet lorsqu'est exécutoire une décision judiciaire prononçant une peine d'interdiction de se présenter à l'examen du permis de conduire.

L'interdiction prononcée par le représentant de l'État dans le département est considérée comme non avenue en cas d'ordonnance de non-lieu ou de jugement de relaxe ou si la juridiction ne prononce pas de peine d'interdiction de se présenter à l'examen du permis de conduire.

La durée de l'interdiction administrative s'impute, le cas échéant, sur la durée de la peine d'interdiction de se présenter à l'examen du permis de conduire prononcée par le tribunal.

Art. L. 211-1 *(Mod., L. n° 2003-495, 12 juin 2003 ; L. n° 2019-1428, 24 déc. 2019).* – En cas de commission des délits de violences ou d'outrage prévus par les articles 222-9 à 222-13 et 433-5 du Code pénal contre un inspecteur du permis de conduire et de la sécurité routière dans l'exercice ou à l'occasion de l'exercice de ses fonctions, la peine complémentaire d'interdiction de se présenter à l'examen du permis de conduire pour une durée de trois ans au plus est obligatoirement prononcée. La juridiction peut toutefois décider, par une décision spécialement motivée, de ne pas prononcer cette peine, en considération des circonstances de l'infraction et de la personnalité de son auteur.

Cette condamnation est portée à la connaissance du préfet du département concerné.

Art. L. 211-2 *(L. n° 2015-990, 6 août 2015).* – L'apprentissage de la conduite des véhicules à moteur en vue de l'obtention du permis de conduire se déroule selon des modalités fixées par le décret prévu à l'article L. 211-7.

Pour chaque catégorie de formation, à l'exception de celle mentionnée à l'article L. 211-6, le ministre chargé de la sécurité routière définit les compétences à atteindre.

Les établissements d'enseignement de la conduite et de la sécurité routière et les associations agréés au titre des articles L. 213-1 ou L. 213-7 proposent à chaque élève, lors de son inscription, un des modes d'apprentissage de conduite accompagnée définis aux articles L. 211-3 et L. 211-4.

(Al. créé, L. n° 2019-1428, 24 déc. 2019) Les établissements ou associations mentionnés aux articles L. 213-1 et L. 213-7 font renseigner par les enseignants de la conduite et de la sécurité routière un livret d'apprentissage numérique retraçant le parcours de formation de leurs élèves. Les candidats aux examens du permis de conduire ayant choisi l'apprentissage défini à l'article L. 211-6 renseignent ce même livret. Le livret d'apprentissage numérique comprend pour chaque élève ou candidat les informations portant notamment sur l'établissement ou l'association mentionnés aux articles L. 213-1 et L. 213-7, sur les enseignants de la conduite et de la sécurité routière ou, le cas échéant, l'accompagnateur, sur les heures de conduite effectuées et sur la formation dispensée. Une base de données centralise, sous la responsabilité du ministre chargé de la sécurité routière, les informations contenues dans les livrets d'apprentissage numériques.

Art. L. 211-3 *(L. n° 2015-990, 6 août 2015).* – L'apprentissage anticipé de la conduite est un apprentissage particulier dispensé aux élèves âgés d'au moins quinze ans en vue de l'obtention du permis de conduire des véhicules légers. Cet apprentissage ouvre droit à une réduction du délai probatoire suivant l'obtention du permis de conduire.

Il comprend, d'une part, une période de formation initiale dans un établissement ou une association agréés au titre des articles L. 213-1 ou L. 213-7 et, d'autre part, une période d'apprentissage en conduite accompagnée, sous la surveillance constante et directe d'un accompagnateur remplissant des conditions fixées par le décret mentionné à l'article L. 211-7, pendant laquelle l'élève doit parcourir une distance minimale pendant une durée minimale. Ces conditions de distance et de durée minimales sont précisées par arrêté du ministre chargé de la sécurité routière.

Art. L. 211-4 *(L. n° 2015-990, 6 août 2015 ; rempl., L. n° 2019-1428, 24 déc. 2019).* – Toute personne âgée d'au moins dix-huit ans peut suivre un apprentissage en conduite supervisée des véhicules légers, sous la surveillance constante et directe d'un accompagnateur, après validation soit de sa formation initiale, soit de compétences minimales lors de l'épreuve pratique du permis de conduire définies par arrêté du ministre chargé de la sécurité routière.

Art. L. 211-5 *(Mod., L. n° 2019-1428, 24 déc. 2019).* – Les personnes suivant une formation professionnelle en vue de l'obtention d'un diplôme de l'éducation nationale ou d'un titre professionnel délivré par le ministre chargé de l'emploi permettant la délivrance du permis de conduire peuvent pratiquer la conduite encadrée, sur un véhicule léger ou un véhicule du groupe lourd, sous la surveillance constante et directe d'un accompagnateur remplissant des conditions fixées par le décret mentionné à l'article L. 211-7.

La conduite encadrée est accessible à partir de l'âge de seize ans aux élèves ayant validé la formation préalable à l'obtention du permis de conduire des véhicules légers ou des véhicules du groupe lourd.

Art. L. 211-6 *(L. n° 2015-990, 6 août 2015).* – Sauf dans les périodes de conduite accompagnée définies aux articles L. 211-3 à L. 211-5, l'apprentissage de la conduite des véhicules légers sur la voie publique peut être effectué sur un véhicule répondant à des prescriptions particulières, avec un accompagnateur justifiant d'une condition d'ancienneté du permis de conduire précisée par le décret mentionné à l'article L. 211-7.

Art. L. 211-7 *(L. n° 2015-990, 6 août 2015).* – Un décret en Conseil d'État définit les conditions d'application du présent chapitre.

CHAPITRE II. – ENSEIGNEMENT À TITRE ONÉREUX ET ANIMATION DE STAGES DE SENSIBILISATION À LA SÉCURITÉ ROUTIÈRE

Art. L. 212-1 *(Mod., L. n° 2007-297, 5 mars 2007 ; rempl., Ord. n° 2008-507, 30 mai 2008 ; Ord. n° 2015-1682, 17 déc. 2015).* – I. – L'enseignement, à titre onéreux, de la conduite des véhicules à moteur d'une catégorie donnée et de la sécurité routière ainsi que l'animation de stages de sensibilisation à la sécurité routière mentionnés à l'article L. 223-6 sont subordonnés à la délivrance d'une autorisation administrative.

II. – Tout ressortissant d'un État membre de l'Union européenne ou d'un autre État partie à l'accord sur l'Espace économique européen y exerçant les activités mentionnées au I est réputé détenir l'autorisation administrative pour exercer en France ces activités de façon temporaire et occasionnelle, sous réserve d'être légalement établi dans l'un de ces États et, lorsque ni ces activités ni la formation y conduisant n'y sont réglementées, de les avoir exercées dans un ou plusieurs États membres pendant une année ou à temps partiel pendant une durée équivalente au cours des dix années qui précèdent la prestation.

Lorsque le professionnel fournit pour la première fois une prestation en France, il en informe au préalable l'autorité administrative par une déclaration écrite dont le contenu et la procédure de dépôt sont précisés par décret. Cette déclaration donne lieu à une vérification des qualifications professionnelles du prestataire afin de permettre à l'autorité de s'assurer que la prestation ne portera pas atteinte à la sécurité ou à la santé du bénéficiaire du service du fait du manque de qualification professionnelle du prestataire.

III. – Un accès partiel à la profession au sens de la directive 2005/36/CE du Parlement européen et du Conseil du 7 septembre 2005 relative à la reconnaissance des qualifications professionnelles peut être accordé au cas par cas aux ressortissants de l'Union européenne ou d'un autre État partie à l'accord sur l'Espace économique européen lorsque les trois conditions suivantes sont remplies :

1° Le professionnel est pleinement qualifié pour exercer, dans l'État d'origine membre de l'Union ou partie à l'accord sur l'Espace économique européen, l'activité professionnelle pour laquelle l'accès partiel est sollicité ;

2° Les différences entre l'activité professionnelle légalement exercée dans l'État d'origine membre de l'Union ou partie à l'accord sur l'Espace économique européen et la profession réglementée correspondante en France sont si importantes que l'application de mesures de compensation reviendrait à imposer au demandeur de suivre le programme complet d'enseignement et de formation requis en France pour avoir pleinement accès à la profession réglementée ;

3° L'activité professionnelle est distincte de la ou des autres activités relevant de la profession réglementée, notamment dans la mesure où elle est exercée de manière autonome dans l'État d'origine.

L'accès partiel peut être refusé pour des raisons impérieuses d'intérêt général, si ce refus est proportionné à la protection de cet intérêt.

Les demandes aux fins d'accès partiel sont examinées, selon le cas, comme des demandes à fin d'établissement ou de libre prestation de services temporaire et occasionnelle.

Art. L. 212-2 *(L. n° 2007-297, 5 mars 2007 ; rempl., L. n° 2015-177, 16 févr. 2015)*. – I. – Nul ne peut être autorisé à enseigner, à titre onéreux, la conduite des véhicules à moteur d'une catégorie donnée et la sécurité routière, s'il ne satisfait aux conditions suivantes :

1° Ne pas avoir fait l'objet d'une condamnation :

a) Soit à une peine criminelle ;

b) Soit à une peine correctionnelle prononcée pour une infraction figurant sur une liste fixée par décret en Conseil d'État ;

2° Être titulaire du permis de conduire, en cours de validité, valable pour la ou les catégories de véhicules considérés ;

3° Être titulaire d'un titre ou diplôme d'enseignant de la conduite et de la sécurité routière ou, dans des conditions déterminées par décret en Conseil d'État, être en cours de formation pour la préparation à l'un de ces titres ou diplômes ;

4° Remplir les conditions d'âge, d'ancienneté du permis de conduire et d'aptitude physique fixées par décret en Conseil d'État.

II. – Nul ne peut être autorisé à animer des stages de sensibilisation à la sécurité routière s'il ne satisfait aux conditions suivantes :

1° Ne pas avoir fait l'objet d'une condamnation :

a) Soit à une peine criminelle ;

b) Soit à une peine correctionnelle prononcée pour une infraction figurant sur une liste fixée par décret en Conseil d'État.

2° Remplir des conditions précisées par décret en Conseil d'État, relatives à la détention d'un permis de conduire, à l'âge, à l'aptitude physique et aux formations suivies.

Art. L. 212-3. – Dans l'hypothèse où les conditions prévues à l'article L. 212-2 cessent d'être remplies, il est mis fin à l'autorisation prévue à l'article L. 212-1. En cas d'urgence justifiée par des faits passibles d'une des condamnations visées à l'article L. 212-2, l'autorité administrative peut, après avoir mis l'intéressé en mesure de présenter ses observations, suspendre, pour une durée maximale de six mois, une autorisation délivrée en application de l'article L. 212-1.

Lorsque sont établis des procès-verbaux d'infractions correspondant à des faits mentionnés à l'alinéa précédent commises par des bénéficiaires d'autorisations délivrées en application de l'article L. 212-1, copie en est transmise par le procureur de la République à l'autorité administrative.

La mesure de suspension provisoire cesse de plein droit dès que l'autorité judiciaire s'est prononcée.

Art. L. 212-4 *(Mod., Ord. n° 2008-507, 30 mai 2008 ; L. n° 2015-990, 6 août 2015)*. – Le fait d'enseigner, à titre onéreux, la conduite des véhicules à moteur d'une catégorie donnée et la sécurité routière ou d'animer un stage de sensibilisation à la sécurité routière sans être titulaire de l'autorisation prévue à l'article L. 212-1 ou en violation d'une mesure de suspension provisoire de celle-ci est puni d'un an d'emprisonnement et de 15 000 € d'amende. Est puni de la même peine l'exercice temporaire et occasionnel de l'enseignement de la conduite et de la sécurité routière ou de l'animation d'un stage de sensibilisation à la sécurité routière sans respecter les conditions fixées au II de l'article L. 212-1.

II. – Les personnes physiques coupables de l'infraction prévue à l'alinéa précédent encourent également les peines complémentaires suivantes :

1° L'interdiction d'exercer l'activité professionnelle dans l'exercice ou à l'occasion de l'exercice de laquelle l'infraction a été commise, suivant les modalités prévues par l'article 131-27 du Code pénal ;

2° L'affichage ou la diffusion de la décision prononcée, dans les conditions prévues par l'article 131-35 du Code pénal ;

3° La confiscation de la chose qui a servi ou était destinée à commettre l'infraction ou de la chose qui en est le produit.

Art. L. 212-5. – Un décret en Conseil d'État détermine les conditions d'application du présent chapitre.

CHAPITRE III. – ÉTABLISSEMENTS D'ENSEIGNEMENT
ET D'ANIMATION DE STAGES DE SENSIBILISATION À LA SÉCURITÉ ROUTIÈRE

Art. L. 213-1 *(Mod., L. n° 2007-297, 5 mars 2007 ; L. n° 2015-177, 16 févr. 2015 ; L. n° 2015-990, 6 août 2015)*. – L'enseignement, à titre onéreux, de la conduite des véhicules à moteur d'une catégorie donnée et de la sécurité routière ainsi que l'animation des stages de sensibilisation à la sécurité routière mentionnés à l'article L. 223-6 ne peuvent être organisés que dans le cadre d'un établissement dont l'exploitation est subordonnée à un agrément délivré par l'autorité administrative.

L'enseignement, à titre onéreux, de la conduite des véhicules à moteur d'une catégorie donnée et de la sécurité routière est dispensé, au sein des établissements mentionnés au premier alinéa du présent article, par les titulaires d'une autorisation d'enseigner mentionnée à l'article L. 212-1. La proportion maximale des personnes en cours de formation mentionnées au 3° du I de l'article L. 212-2 est déterminée, au regard de l'effectif total des enseignants de la conduite et de la sécurité routière de l'entreprise, selon des modalités fixées par décret en Conseil d'État.

La formation, à titre onéreux, des candidats à l'un des titres ou diplômes exigés pour l'exercice de la profession d'enseignant de la conduite des véhicules à moteur d'une catégorie donnée et de la sécurité routière ne peut être dispensée que dans le cadre d'un établissement dont l'exploitation est subordonnée à un agrément délivré par l'autorité administrative, après avis d'une commission.

Art. L. 213-1-1 *(Créé, Ord. n° 2015-1682, 17 déc. 2015)*. – Un accès partiel, au sens de la directive 2005/36/CE du Parlement européen et du Conseil du 7 septembre 2005 relative à la reconnaissance des qualifications professionnelles, à la profession mentionnée à l'article L. 213-1 peut être accordé au cas par cas aux ressortissants de l'Union européenne ou d'un autre État partie à l'accord sur l'Espace économique européen lorsque les trois conditions suivantes sont remplies :

1° Le professionnel est pleinement qualifié pour exercer, dans l'État d'origine membre de l'Union ou partie à l'accord sur l'Espace économique européen, l'activité professionnelle pour laquelle l'accès partiel est sollicité ;

2° Les différences entre l'activité professionnelle légalement exercée dans l'État d'origine membre de l'Union ou partie à l'accord sur l'Espace économique européen et la profession réglementée correspondante en France sont si importantes que l'application de mesures de compensation reviendrait à imposer au demandeur de suivre le programme complet d'enseignement et de formation requis en France pour avoir pleinement accès à la profession réglementée ;

3° L'activité professionnelle est distincte de la ou des autres activités relevant de la profession réglementée, notamment dans la mesure où elle est exercée de manière autonome dans l'État d'origine.

L'accès partiel peut être refusé pour des raisons impérieuses d'intérêt général, si ce refus est proportionné à la protection de cet intérêt.

Les demandes aux fins d'accès partiel sont examinées comme des demandes à fin d'établissement.

Art. L. 213-2 *(Mod., L. n° 2014-344, 17 mars 2014 ; L. n° 2015-990, 6 août 2015 ; L. n° 2019-1428, 24 déc. 2019 ; L. n° 2020-1525, 7 déc. 2020)*. – Les conditions et les modalités de l'enseignement, à titre onéreux, de la conduite des véhicules à moteur d'une catégorie donnée et de la sécurité routière font l'objet d'un contrat écrit, qui peut être conclu dans l'établissement ou à distance, dans le respect de la section 2 du chapitre Ier du titre II du livre Ier du Code de la consommation, entre le candidat et l'établissement. Ce contrat

est conclu après une évaluation préalable du candidat. Il est conforme au contrat type de l'enseignement de la conduite, qui est défini par décret en Conseil d'État.

La restitution du dossier au candidat qui en fait la demande ne donne lieu à l'application d'aucuns frais.

Le transfert du dossier du candidat vers un autre établissement ne donne lieu à l'application d'aucuns frais. Les conditions d'application du présent alinéa sont définies par décret.

La présentation du candidat aux épreuves du permis de conduire ne peut donner lieu à l'application d'aucuns frais. Les frais facturés au titre de l'accompagnement du candidat à l'épreuve sont réglementés dans les conditions prévues au deuxième alinéa de l'article L. 410-2 du Code de commerce.

Les conditions et les modalités de la formation à titre onéreux des candidats à l'un des titres ou diplômes exigés pour l'exercice de la profession d'enseignant de la conduite des véhicules à moteur et de la sécurité routière font l'objet d'un contrat écrit entre le candidat et l'établissement.

Art. L. 213-2-1 *(L. n° 2015-990, 6 août 2015 ; Ord. n° 2016-301, 14 mars 2016 ; L. n° 2019-1428, 24 déc. 2019).* **– Sont passibles d'une amende administrative, dont le montant ne peut excéder 3 000 € pour une personne physique et 15 000 € pour une personne morale, les manquements aux quatre premiers alinéas de l'article L. 213-2 du présent code. Ces manquements sont recherchés et constatés par les agents mentionnés aux articles L. 511-3 et L. 511-21 du Code de la consommation, L. 511-7 du même code.**

L'autorité administrative chargée de la concurrence et de la consommation est l'autorité compétente pour prononcer, dans les conditions prévues au chapitre II du titre II du livre V du Code de la consommation, ces amendes administratives.

Art. L. 213-3 *(Mod., L. n° 2011-12, 5 janv. 2011 ; L. n° 2015-990, 6 août 2015).* **– Nul ne peut exploiter, à titre individuel, ou être dirigeant ou gérant de droit ou de fait d'un des établissements mentionnés à l'article L. 213-1, s'il ne satisfait aux conditions suivantes :**

1° Ne pas avoir fait l'objet d'une condamnation :

***a)* Soit à une peine criminelle ;**

***b)* Soit à une peine correctionnelle prononcée pour une infraction figurant sur une liste fixée par décret en Conseil d'État ;**

***c)* Soit à une peine prévue par les articles 186 et 192 de la loi n° 85-98 du 25 janvier 1985 relative au redressement et à la liquidation judiciaires des entreprises [art. L. 625-2 et L. 625-8 du Code de commerce], pendant la durée de cette peine.**

2° Justifier de la capacité à la gestion d'un établissement d'enseignement de la conduite ;

3° Remplir les conditions d'âge, et de réactualisation des connaissances fixées par décret en Conseil d'État.

Art. L. 213-4. – L'enseignement dispensé dans les établissements mentionnés à l'article L. 213-1 doit être conforme au programme de formation défini par l'autorité administrative qui en contrôle l'application.

> **Rédaction antérieure.** Art. L. 213-4-1 *(L. n° 2015-990, 6 août 2015 ; abr., L. n° 2020-1525, 7 déc. 2020).* – La répartition des places d'examen au permis de conduire attribuées aux établissements d'enseignement de la conduite et de la sécurité routière est assurée dans des conditions objectives, transparentes et non discriminatoires, ne portant pas atteinte à la concurrence entre ces établissements. Ces places sont attribuées aux établissements d'enseignement de la conduite et de la sécurité routière en fonction notamment du nombre d'enseignants à la conduite dont ils disposent, et de manière à garantir l'accès des candidats libres à une place d'examen.
>
> La méthode nationale de répartition ainsi que les pièces nécessaires à l'inscription à une session d'examen du permis de conduire sont définies par arrêté du ministre chargé de la sécurité routière.

Art. L. 213-5 *(L. n° 2015-990, 6 août 2015).* **– Dans l'hypothèse où les conditions prévues aux articles L. 213-3 et L. 213-4 cessent d'être remplies ou en cas de cessation définitive d'activité de l'établissement, il est mis fin aux agréments prévus à l'article L. 213-1.**

En cas d'urgence justifiée par des faits passibles d'une des condamnations visées à l'article L. 213-3, l'autorité administrative, après avoir mis l'intéressé en mesure de présenter ses observations, peut suspendre, pour une durée maximale de six mois, l'agrément délivré en application de l'article L. 213-1.

Lorsque sont établis des procès-verbaux d'infractions correspondant à des faits mentionnés à l'alinéa précédent commises par des bénéficiaires d'autorisations délivrées en application de l'article L. 213-1, copie en est transmise par le procureur de la République à l'autorité administrative.

La mesure de suspension provisoire cesse de plein droit dès que l'autorité judiciaire s'est prononcée.

Après que l'intéressé a été mis en mesure de présenter ses observations, une mesure de suspension provisoire pour une durée n'excédant pas six mois peut également être prononcée par l'autorité administrative, en cas de refus de se soumettre au contrôle prévu à l'article L. 213-4, de non-respect du programme de formation défini par l'autorité administrative ou pour méconnaissance des dispositions de l'article L. 213-2.

Art. L. 213-6 *(Mod., L. n° 2009-526, 12 mai 2009 ; L. n° 2015-990, 6 août 2015)*. – I. – Le fait d'exploiter un établissement d'enseignement de la conduite des véhicules à moteur d'une catégorie donnée et de la sécurité routière ou de formation des candidats pour l'exercice de la profession d'enseignant ou d'exploiter un établissement organisant des stages de sensibilisation à la sécurité routière sans avoir obtenu l'agrément prévu à l'article L. 213-1 ou en violation d'une mesure de suspension provisoire de celui-ci est puni d'un an d'emprisonnement et de 15 000 € d'amende.

Est puni des mêmes peines le fait d'employer un enseignant ou un animateur qui n'est pas titulaire de l'autorisation prévue à l'article L. 212-1.

II. – Les personnes physiques coupables de l'une des infractions prévues au I du présent article encourent également les peines complémentaires suivantes :

1° La fermeture définitive ou pour une durée de cinq ans au plus de l'un, de plusieurs ou de l'ensemble des établissements de l'entreprise appartenant à la personne condamnée ;

2° L'interdiction d'exercer l'activité professionnelle ou sociale dans l'exercice ou à l'occasion de l'exercice de laquelle l'infraction a été commise, suivant les modalités prévues par l'article 131-27 du Code pénal ;

3° L'affichage ou la diffusion de la décision prononcée, dans les conditions prévues par l'article 131-35 du Code pénal ;

4° La confiscation de la chose qui a servi ou était destinée à commettre l'infraction ou de la chose qui en est le produit.

III. – Les personnes morales déclarées responsables pénalement, dans les conditions prévues par l'article 121-2 du Code pénal, des infractions définies au I du présent article encourent, outre l'amende suivant les modalités prévues par l'article 131-38 du Code pénal :

1° La fermeture définitive ou pour une durée de cinq ans au plus de l'un, de plusieurs ou de l'ensemble des établissements de l'entreprise appartenant à la personne morale condamnée ;

2° L'interdiction d'exercer l'activité professionnelle ou sociale dans l'exercice ou à l'occasion de l'exercice de laquelle l'infraction a été commise, suivant les modalités prévues par l'article 131-39 du Code pénal ;

3° L'affichage ou la diffusion de la décision prononcée, dans les conditions prévues par l'article 131-35 du Code pénal ;

4° La confiscation de la chose qui a servi ou était destinée à commettre l'infraction ou de la chose qui en est le produit.

Art. L. 213-7 *(Mod., L. n° 2021-875, 1er juill. 2021)*. – L'enseignement de la conduite des véhicules à moteur d'une catégorie donnée et de la sécurité routière par les associations régies par la loi du 1er juillet 1901 relative au contrat d'association ou les fondations au sens de l'article 18 de la loi n° 87-571 du 23 juillet 1987 sur le développement du mécénat qui exercent leur activité dans le champ de l'insertion ou de la réinsertion sociale et professionnelle est subordonné à la délivrance d'un agrément par l'autorité administrative qui vérifie que les conditions prévues à l'article L. 212-2, au 1° de l'article L. 213-3 et à l'article L. 213-4 sont remplies.

Art. L. 213-8. – Les modalités d'application des articles L. 213-1 à L. 213-7 sont fixées par décret en Conseil d'État.

Art. L. 213-9 *(L. n° 2015-990, 6 août 2015)*. – Les établissements et associations agréés au titre des articles L. 213-1 ou L. 213-7 s'engagent dans des démarches d'amélioration de la qualité des prestations de formation qu'ils délivrent. La labellisation ou la certification par un organisme accrédité peuvent faire accéder ces établissements à des droits ou des dispositifs particuliers.

Ces établissements sont tenus de transmettre chaque année à l'autorité administrative les informations et statistiques relatives à leur activité de formation aux examens théoriques et pratiques du permis de conduire et aux résultats de leurs élèves, à charge pour l'autorité administrative de les analyser selon un cahier des charges fixé par arrêté pour permettre au Conseil supérieur de l'éducation routière d'établir un rapport public annuel sur la base de ces informations.

Les modalités d'application du présent article sont fixées par arrêté du ministre chargé de la sécurité routière.

TITRE II. – PERMIS DE CONDUIRE

CHAPITRE I. – VÉRIFICATION D'APTITUDE, DÉLIVRANCE ET CATÉGORIES

Art. L. 221-1 A *(L. n° 2015-990, 6 août 2015).* **– L'accès aux épreuves théoriques et pratiques du permis de conduire est un service universel. Tout candidat se présentant librement ou par l'intermédiaire d'un établissement ou d'une association agrée au titre des articles L. 213-1 ou L. 213-7, et ayant déposé une demande de permis de conduire se voit proposer une place d'examen, sous réserve d'avoir atteint le niveau requis.**

Art. L. 221-1 *(Mod., L. n° 2015-177, 16 févr. 2015).* **– Pour l'application du présent titre, sont assimilés au permis de conduire les titres qui, lorsque le permis de conduire n'est pas exigé, sont prévus par les règlements pour la conduite des véhicules à moteur.**

Toutefois, les dispositions du présent titre ne sont pas applicables au brevet de sécurité routière.

Art. L. 221-2 *(Ord. n° 2000-1255, 21 déc. 2000 ; L. n° 2003-495, 12 juin 2003 ; L. n° 2004-204, 9 mars 2004 ; L. n° 2011-267, 14 mars 2011 ; L. n° 2012-387, 22 mars 2012 ; L. n° 2015-990, 6 août 2015 ; L. n° 2016-1547, 18 nov. 2016).* **– I. – Le fait de conduire un véhicule sans être titulaire du permis de conduire correspondant à la catégorie du véhicule considéré est puni d'un an d'emprisonnement et de 15 000 € d'amende.**

Toutefois, les conducteurs des véhicules et appareils agricoles ou forestiers attachés à une exploitation agricole ou forestière, à une entreprise de travaux agricoles ou à une coopérative d'utilisation de matériel agricole sont autorisés à conduire ces véhicules ou appareils pendant la durée de leur activité agricole ou forestière sans être titulaires du permis de conduire correspondant à la catégorie du véhicule considéré dès lors qu'ils sont âgés d'au moins seize ans, sauf exceptions prévues par décret en Conseil d'État.

Les personnes titulaires du permis de conduire prévu pour les véhicules ayant un poids total autorisé en charge inférieur à 3,5 tonnes affectés au transport de personnes et comportant, outre le siège du conducteur, huit places assises au maximum ou affectés au transport de marchandises, peuvent conduire tous les véhicules et appareils agricoles ou forestiers dont la vitesse n'excède pas 40 kilomètres par heure, ainsi que les véhicules qui peuvent y être assimilés.

Le fait de conduire un véhicule ou un ensemble de véhicules mentionnés au deuxième alinéa sans respecter les conditions d'âge prévues au même alinéa est puni de l'amende prévue pour les contraventions de la quatrième classe.

II. – Toute personne coupable de l'infraction prévue au présent article encourt également les peines complémentaires suivantes :

1° La confiscation du véhicule dont le condamné s'est servi pour commettre l'infraction, s'il en est le propriétaire ;

2° La peine de travail d'intérêt général selon des modalités prévues à l'article 131-8 du Code pénal et selon les conditions prévues aux articles 131-22 à 131-24 du même code et à l'article 20-5 de l'ordonnance n° 45-174 du 2 février 1945 relative à l'enfance délinquante ;

3° La peine de jours-amende dans les conditions fixées aux articles 131-5 et 131-25 du Code pénal ;

4° L'interdiction de conduire certains véhicules terrestres à moteur, y compris ceux pour la conduite desquels le permis de conduire n'est pas exigé, pour une durée de cinq ans au plus ;

5° L'obligation d'accomplir, à ses frais, un stage de sensibilisation à la sécurité routière ;

III. – L'immobilisation peut être prescrite, dans les conditions prévues aux articles L. 325-1 à L. 325-3.

IV. – Dans les conditions prévues aux articles 495-17 et suivants du Code de procédure pénale, l'action publique peut être éteinte par le versement d'une amende forfaitaire d'un montant de 800 €. Le montant de l'amende forfaitaire minorée est de 640 € et le montant de l'amende forfaitaire majorée de 1 600 €.

1) Permis de conduire international. Ne justifie pas sa décision la cour d'appel qui déclare le prévenu coupable de conduite d'un véhicule sans permis sans rechercher, ainsi qu'elle y était invitée, si, à la date de commission du délit, l'intéressé, qui se prévalait d'un permis de conduire international obtenu en Tunisie, ne résidait pas normalement en France, au sens des articles R. 222-1 et R. 222-3 du Code de la route, depuis moins d'un an (■ Cass. crim., 12 mars 2014, n° 13-81.273 : *Dr. pén.* 2014, comm. 76, obs. J.-H. Robert).

– Justifie sa décision la cour d'appel qui, pour condamner un prévenu ayant la double nationalité française et israélienne, titulaire d'un permis de conduire français et d'un autre délivré par les autorités de l'État d'Israël, retient, notamment, que l'invalidation du permis de conduire français entraîne nécessairement l'interdiction du droit de conduire en France, quand bien même le prévenu serait-il titulaire d'un permis délivré par un autre État ou d'un permis international (▪ Cass. crim., 14 mai 2008 : *Bull. crim.* n° 111. ▪ Cass. crim., 7 sept. 2010 : *JurisData* n° 2010-017069 ; *Dr. pén.* 2010, comm. 124, obs. J.-H. Robert).

– L'annulation du permis de conduire délivré en France entraîne nécessairement l'interdiction du droit de conduire sur le territoire national. Dès lors commet le délit de conduite malgré l'annulation de ce permis, prévu par l'article L. 224-16, I, du Code de la route, la personne qui, pour s'affranchir de cette interdiction, invoque le fait qu'elle est titulaire d'un permis de conduire délivré par un État étranger (▪ Cass. crim., 8 janv. 2013, n° 12-80.501 : *Bull. crim.* n° 3 ; *Dr. pén.* 2013, comm. 40, obs. J.-H. Robert).

2) Permis délivré par un État étranger et délai d'échange. Le titulaire d'un permis de conduire délivré par un État non européen dispose d'un délai d'un an pour l'échanger contre un permis français (art. R. 222-3). Ce délai court à compter du début de validité du premier titre de séjour, en l'espèce la reconnaissance de la qualité de réfugié et non l'attestation de demande d'asile. Les demandeurs d'asile peuvent donc conduire sur le territoire français avec leur permis étranger tant que leur demande n'a pas été agréée sans commettre l'infraction définie par l'article L. 221-2 (▪ Cass. crim., 11 mars 2020, n° 19-80.465 : *JurisData* n° 2020-003217 ; *Dr. pén.* 2020, comm. 95, obs. J.-H. Robert).

3) Permis délivré par un État étranger et perte des points. Constitue l'infraction de conduite sans permis, tant dans son élément matériel que dans son élément intentionnel, le fait, par une personne titulaire d'un permis de conduire délivré par un État membre de l'Union européenne, de conduire un véhicule alors que le relevé d'information intégral du système national des permis de conduire fait apparaître que, d'une part, elle a commis des infractions rendant obligatoire l'échange de son permis de conduire en vertu des dispositions de l'article R. 222-2 du Code de la route et, d'autre part, elle n'est plus titulaire d'aucun droit à ce titre, en raison de la perte des points résultant de ces infractions (▪ Cass. crim., 12 mars 2019, n° 18-84.914 : *JurisData* n° 2019-003731 ; *Dr. pén.* 2019, comm. 88, obs. J.-H. Robert).

4) Absence de permis. L'annulation par la juridiction administrative d'un acte administratif implique que cet acte est réputé n'être jamais intervenu et prive de base légale la poursuite engagée pour violation de cet acte. Encourt la censure, l'arrêt qui retient qu'au moment du contrôle routier, la décision administrative de retrait du permis de conduire était en vigueur (▪ Cass. crim., 21 nov. 2007 : *Bull. crim.* n° 290 ; *Dr. pén.* 2008, comm. 20, obs. J.-H. Robert. ▪ Cass. crim., 12 mars 2008 : *JurisData* n° 2008-043450 ; *Bull. crim.* n° 63 ; *Dr. pén.* 2008, comm. 64, obs. J.-H. Robert. ▪ Cass. crim., 3 sept. 2008 : *Dr. pén.* 2008, comm. 142. ▪ Cass. crim., 15 oct. 2008 : *Dr. pén.* 2009, comm. 9).

V. aussi notes relatives à l'annulation de permis, sous art. L. 224-16.

5) Appréciation du retrait total de points. La compétence du juge répressif pour apprécier, en application de l'article 111-5 du Code pénal, la légalité du retrait total de points d'un permis de conduire, lorsque de cet examen dépend la solution du procès pénal, exclut que le retrait ultérieur de cet acte par l'autorité administrative, en raison de son illégalité, puisse constituer un fait nouveau de nature à faire naître un doute sur la culpabilité du condamné, au sens de l'article 622, 4° du Code de procédure pénale (▪ Cass. crim., 18 févr. 2009 : *JurisData* n° 2009-047347 ; *Dr. pén.* 2009, comm. 63, obs. J.-H. Robert).

– La juridiction correctionnelle, saisie de poursuites pour conduite malgré invalidation du permis de conduire en raison de la perte totale des points, est tenue d'apprécier la légalité de l'arrêté préfectoral enjoignant à l'intéressé de restituer son permis, dès lors qu'elle est saisie d'une exception d'illégalité de cet acte administratif et qu'il résulte des propres énonciations de l'arrêt que le solde des points pourrait être positif (▪ Cass. crim., 30 janv. 2008, n° 06-81.027 : *Dr. pén.* 2008, comm. 46, obs. J.-H. Robert).

6) Complicité de défaut de permis. Le prêt en connaissance de cause d'un véhicule automobile à un tiers non titulaire du permis de conduire caractérise la complicité de défaut de permis, par fourniture de moyens (▪ Cass. crim., 14 déc. 2010, n° 10-82.495 : *Dr. pén.* 2011, comm. 33).

7) Peine complémentaire d'interdiction de solliciter la délivrance d'un nouveau permis (non). Doit être cassé, par voie de retranchement, l'arrêt de la cour d'appel qui, condamnant le prévenu pour défaut de permis de conduire, prononce en outre contre lui la peine complémentaire d'interdiction de solliciter la délivrance d'un nouveau permis de conduire pour une durée de six mois, alors que cette peine complémentaire n'est prévue ni par l'article L. 223-5 ni par l'article L. 221-2 du Code de la route (▪ Cass. crim., 23 oct. 2007 : *JurisData* n° 2007-041691 ; *Dr. pén.* 2008, comm. 4, 3e esp., obs. M. Véron).

8) **Preuve du permis de conduire.** La seule production de la photocopie du permis de conduire ne pouvait suffire à établir son existence et qu'il appartient au juge, le cas échéant, d'ordonner des investigations complémentaires en application des articles 463 et 512 du Code de procédure pénale aux fins de production de l'original ou de vérification de la réalité de ce titre (■ Cass. crim., 26 nov. 2019, n° 19-80.597 : *JurisData* n° 2019-021133).

Art. L. 221-2-1 *(L. n° 2016-1547, 18 nov. 2016)*. – **I. – Le fait de conduire un véhicule sans être titulaire du permis de conduire correspondant à la catégorie du véhicule considéré tout en faisant usage d'un permis de conduire faux ou falsifié est puni de cinq ans d'emprisonnement et de 75 000 € d'amende.**

II. – Toute personne coupable de l'infraction prévue au présent article encourt également, à titre de peine complémentaire :

1° La confiscation obligatoire du véhicule dont elle s'est servie pour commettre l'infraction, si elle en est le propriétaire. La juridiction peut toutefois ne pas prononcer cette peine, par une décision spécialement motivée ;

2° La peine de travail d'intérêt général, selon des modalités prévues à l'article 131-8 du Code pénal et dans les conditions prévues aux articles 131-22 à 131-24 du même code et à l'article 20-5 de l'ordonnance n° 45-174 du 2 février 1945 relative à l'enfance délinquante ;

3° La peine de jours-amende, dans les conditions prévues aux articles 131-5 et 131-25 du Code pénal ;

4° L'interdiction de conduire certains véhicules terrestres à moteur, y compris ceux pour la conduite desquels le permis de conduire n'est pas exigé, pour une durée de cinq ans au plus ;

5° L'obligation d'accomplir, à ses frais, un stage de sensibilisation à la sécurité routière.

Sont également encourues les peines complémentaires prévues en matière de faux aux articles 441-10 et 441-11 du Code pénal.

III. – L'immobilisation du véhicule peut être prescrite, dans les conditions prévues aux articles L. 325-1 à L. 325-3 du présent code.

Art. L. 221-3 *(L. n° 2015-294, 17 mars 2015)*. – **Les candidats à l'examen du permis de conduire sont formés aux notions élémentaires de premiers secours.**

Cette formation fait l'objet d'une évaluation à l'occasion de l'examen du permis de conduire.

Le contenu de cette formation et les modalités de vérification de son assimilation par les candidats sont fixés par voie réglementaire.

Art. L. 221-4 *(L. n° 2015-990, 6 août 2015)*. – **L'organisation des épreuves suivantes est assurée par l'autorité administrative ou par des personnes agréées par elle à cette fin :**

1° Toute épreuve théorique du permis de conduire ;

2° Toute épreuve pratique des diplômes et titres professionnels du permis de conduire d'une catégorie de véhicule du groupe lourd.

Les frais pouvant être perçus par les organisateurs agréés auprès des candidats sont réglementés par décret, pris après avis de l'Autorité de la concurrence.

Art. L. 221-5 *(L. n° 2015-990, 6 août 2015 ; L. n° 2019-1428, 24 déc. 2019)*. – **Dans l'ensemble des départements où le délai médian entre deux présentations d'un même candidat à l'épreuve pratique du permis de conduire des véhicules du groupe léger est supérieur à quarante-cinq jours, l'autorité administrative recourt à des agents publics ou contractuels comme examinateurs autorisés à faire passer des épreuves de conduite en nombre suffisant pour garantir que le délai n'excède pas cette durée.**

La commission des délits de violences ou d'outrage prévus par les articles 222-9 à 222-13 et 433-5 du Code pénal contre l'un de ces agents dans l'exercice ou à l'occasion de l'exercice de sa fonction d'examinateur, est sanctionnée dans les conditions prévues à l'article L. 211-1 du présent code.

Les conditions de formation, d'impartialité et d'incompatibilité de fonctions que remplissent ces agents, ainsi que la durée pour laquelle cette habilitation est délivrée, sont définies par décret.

Voir : Décret n° 2015-1379 du 29 octobre 2015 fixant les conditions permettant à des agents publics ou contractuels de faire passer les épreuves pratiques du permis de conduire.

Art. L. 221-6 *(L. n° 2015-990, 6 août 2015)*. – **L'organisateur agréé d'une épreuve du permis de conduire présente des garanties d'honorabilité, de capacité à organiser l'épreuve, d'impartialité et d'indépendance à l'égard des personnes délivrant ou commercialisant des prestations d'enseignement de la conduite.**

Il s'assure que les examinateurs auxquels il recourt présentent les garanties mentionnées à l'article L. 221-8.

ANNEXE 8

Art. L. 221-7 *(L. n° 2015-990, 6 août 2015)*. – L'organisation des épreuves du permis de conduire répond au cahier des charges défini par l'autorité administrative, qui en contrôle l'application. L'autorité administrative a accès aux locaux où sont organisées les épreuves.

Art. L. 221-8 *(L. n° 2015-990, 6 août 2015)*. – Les épreuves du permis de conduire sont supervisées par un examinateur présentant des garanties d'honorabilité, de compétence, d'impartialité et d'indépendance à l'égard des personnes délivrant ou commercialisant des prestations d'enseignement de la conduite.

Art. L. 221-9 *(L. n° 2015-990, 6 août 2015)*. – I. – En cas de méconnaissance de l'une des obligations mentionnées aux articles L. 221-6 à L. 221-8, l'autorité administrative, après avoir mis l'intéressé en mesure de présenter ses observations, peut suspendre pour une durée maximale de six mois, l'agrément mentionné à l'article L. 221-4.

II. – En cas de méconnaissance grave ou répétée de l'une des obligations mentionnées aux articles L. 221-6 à L. 221-8, l'autorité administrative, après avoir mis l'intéressé en mesure de présenter ses observations, peut mettre fin à l'agrément mentionné à l'article L. 221-4.

III. – En cas de cessation définitive de l'activité d'organisation d'une épreuve du permis de conduire, il est mis fin à l'agrément mentionné à l'article L. 221-4.

Art. L. 221-10 *(L. n° 2015-990, 6 août 2015)*. – Les modalités d'application des articles L. 221-4 à L. 221-9 sont fixées par décret en Conseil d'État.

CHAPITRE II. – RECONNAISSANCE ET ÉQUIVALENCES

Le présent chapitre ne comprend pas de dispositions législatives.

CHAPITRE III. – PERMIS À POINTS

Art. L. 223-1 *(Mod., L. n° 2003-495, 12 juin 2003 ; rempl. à compter du 31 déc. 2007, L. n° 2007-297, 5 mars 2007 ; L. n° 2011-267, 14 mars 2011 ; L. n° 2015-990, 6 août 2015 ; Ord. n° 2018-207, 28 mars 2018)*. – Le permis de conduire est affecté d'un nombre de points. Celui-ci est réduit de plein droit si le titulaire du permis a commis une infraction pour laquelle cette réduction est prévue.

À la date d'obtention du permis de conduire, celui-ci est affecté de la moitié du nombre maximal de points. Il est fixé un délai probatoire de trois ans. Au terme de chaque année de ce délai probatoire, le permis est majoré d'un sixième du nombre maximal de points si aucune infraction ayant donné lieu à un retrait de points n'a été commise depuis le début de la période probatoire. Lorsque le titulaire du permis de conduire a suivi l'apprentissage anticipé de la conduite défini à l'article L. 211-3, ce délai probatoire est réduit à deux ans et cette majoration est portée au quart du nombre maximal de points. Le délai probatoire est en outre réduit pour le titulaire d'un premier permis de conduire qui se soumet à une formation complémentaire et ne commet durant ce délai aucune infraction ayant donné lieu à retrait de points ou ayant entraîné une mesure de restriction ou de suspension du droit de conduire.

Lorsque le nombre de points est nul, le permis perd sa validité.

La réalité d'une infraction entraînant retrait de points est établie par le paiement d'une amende forfaitaire ou l'émission du titre exécutoire de l'amende forfaitaire majorée, l'exécution d'une composition pénale ou par une condamnation définitive.

Le premier alinéa de l'article L. 223-6 n'est pas applicable pendant le délai probatoire mentionné au deuxième alinéa du présent article.

Voir : CE, avis, 5e et 4e sect., 20 nov. 2009, n° 329982 : *Dr. pén.* 2010, comm. 19, obs. J.-H. Robert. ; ▪ CE avis, 31 mai 2013, n° 366865, M. A... : *JurisData* n° 2013-010806 (absence de prorogation du délai en cas d'infraction ayant donné lieu à retrait de point avant la fin du délai probatoire).

Bibliographie : F. Samson, *Bilan de la jurisprudence sur le permis à points : Gaz. Pal.* 14-15 avr. 1999, p. 4. ● Sur la nature du retrait de points : V. *RSC* 1999, p. 145, obs. F. Massias. ● J.-P. Céré, *L'impasse juridique du permis à points : Gaz. Pal.* 28-29 janv. 2000, p. 3. ● J.-P. Céré et D. Botteghi, *Retrait et récupération des points : AJ pénal* 2008, dossier, p. 485.

1) **QPC.** Non-lieu à renvoi au Conseil constitutionnel de la QPC visant l'article L. 223-1, alinéa 4 du Code pénal (▪ Cass. crim., 12 déc. 2012, n° 12-83.421 : *Dr. pén.* 2013, comm. 75, obs. J.-H. Robert. ▪ Cass. crim., 1er avr. 2014, n° 14-90.004. V. sous C. route, art. L. 223-5, p. 1953).

2) Perte des points et sanction pénale. Selon les dispositions des articles L. 11 et suivants du Code de la route et celles des textes réglementaires pris pour leur application, la perte des points affectant le permis de conduire n'a pas le caractère d'une sanction pénale accessoire à une condamnation et ni sa légalité ni sa compatibilité avec la Convention européenne de sauvegarde des droits de l'homme et des libertés fondamentales ne relèvent de l'appréciation des juridictions répressives ; encourt dès lors la censure l'arrêt d'une cour d'appel qui déclare inapplicables à la cause lesdits textes, alors qu'ils ne servent pas de fondement à la poursuite et que le retrait automatique des points qu'ils prévoient ne prend effet qu'après le paiement de l'amende forfaitaire sur une condamnation devenue définitive, ce qui exclut en toute hypothèse l'intervention du juge pénal (▪ Cass. crim., 15 févr. 1995 : *Bull. crim.* n° 68).

3) Droit européen. L'article 6-1 de la Convention européenne des droits de l'homme ne concerne pas la procédure administrative de retrait des points affectant le permis de conduire, ledit retrait ne présentant pas le caractère d'une sanction pénale accessoire à une condamnation (▪ Cass. crim., 18 mai 1994 ; *Bull. crim.* n° 191. ▪ Cass. crim., 11 juill. 1994 : *Bull. crim.* n° 271. ▪ Cass. crim., 11 janv. 1995 : *Bull. crim.* n° 14).

– Lorsqu'ils sont saisis d'une poursuite exercée sur le fondement de la loi du 10 juillet 1989, instituant le permis à points, non pour une infraction pouvant entraîner une perte partielle de ces points mais pour refus de restitution d'un permis invalidé par suite de leur perte totale, les juges sont compétents pour apprécier la conformité de ce texte avec l'article 6 de la Convention européenne de sauvegarde des droits de l'homme et des libertés fondamentales ; aucune incompatibilité n'existe entre le régime du permis de conduire à points, prévu par la loi du 10 juillet 1989, et les dispositions de l'article 6 de la Convention européenne de sauvegarde des droits de l'homme et des libertés fondamentales dès lors que la perte partielle de points, bien que s'appliquant de plein droit et échappant à l'appréciation des juridictions répressives, est subordonnée à la reconnaissance de la culpabilité de l'auteur de l'infraction, soit par le juge pénal, après examen préalable de la cause par un tribunal indépendant et impartial, soit par la personne concernée elle-même, qui, en s'acquittant d'une amende forfaitaire, renonce expressément à la garantie d'un procès équitable (▪ Cass. crim., 26 juin 1996 : *Bull. crim.* n° 277 ; *Dr. pén.* 1996, comm. 245, obs. J.-H. Robert).

4) Aucune règle de droit international ne fait obstacle à ce qu'un État applique à ses nationaux des règles plus sévères que celles qui s'imposent, sur son territoire, à des ressortissants étrangers ; ainsi, ni l'article 14 de la Convention européenne des droits de l'homme, ni l'article 2.1 du Protocole additionnel n° 4 à ladite convention, n'interdisent d'appliquer aux titulaires d'un permis de conduire français la loi du 10 juillet 1989 instituant la procédure de retrait de points et d'invalidation du permis de conduire par la perte totale de points (▪ Cass. crim., 11 mars 1998 : *Bull. crim.* n° 97).

Voir aussi : (▪ CEDH, 23 sept. 1998 : *JCP* 1999, II, 10086, note F. Sudre).

5) Permis à points et individualisation des sanctions. Aucune incompatibilité n'existe entre le régime du permis à points prévu par la loi du 10 juillet 1989 et les dispositions des articles 132-17 et 132-24 du Code pénal dès lors que ces dispositions, issues de la loi du 22 juillet 1992, ne sont que la reprise de textes antérieurs et que le nombre de points retirés est proportionnel à la gravité de l'infraction (▪ Cass. crim., 16 nov. 1999 : *Bull. crim.* n° 257).

Art. L. 223-2 ***(Mod., L. n° 2003-495, 12 juin 2003).*** **– I. – Pour les délits, le retrait de points est égal à la moitié du nombre maximal de points.**

II. – Pour les contraventions, le retrait de points est, au plus, égal à la moitié du nombre maximal de points.

III. – Dans le cas où plusieurs infractions entraînant retrait de points sont commises simultanément, les retraits de points se cumulent dans la limite des deux tiers du nombre maximal de points.

Art. L. 223-3 ***(L. n° 2003-495, 12 juin 2003 ; Ord. n° 2015-1241, 7 oct. 2015).*** **– Lorsque l'intéressé est avisé qu'une des infractions entraînant retrait de points a été relevée à son encontre, il est informé des dispositions de l'article L. 223-2, de l'existence d'un traitement automatisé de ces points et de la possibilité pour lui d'exercer le droit d'accès conformément aux articles L. 225-1 à L. 225-9.**

Lorsqu'il est fait application de la procédure de l'amende forfaitaire ou de la procédure de composition pénale, l'auteur de l'infraction est informé que le paiement de l'amende ou l'exécution de la composition pénale entraîne le retrait du nombre de points correspondant à l'infraction reprochée, dont la qualification est dûment portée à sa connaissance ; il est également informé de l'existence d'un traitement automatisé de ces points et de la possibilité pour lui d'exercer le droit d'accès.

Quand il est effectif, le retrait de points est porté à la connaissance de l'intéressé par lettre simple ou, sur sa demande, par voie électronique. Un décret en Conseil d'État précise les conditions d'application du présent alinéa.

1) Information de l'auteur quant aux points retirés. Lorsqu'elle enjoint à l'auteur d'une infraction de restituer son permis de conduire invalidé par suite de la perte de tous les points, l'autorité administrative doit informer celui-ci du retrait des derniers points entraîné par cette infraction, mais la loi du 11 juillet 1979, relative à la motivation des actes administratifs, ne lui impose pas de lui rappeler, à cette occasion, les précédentes réductions de points, dont il a déjà été informé dans les conditions prévues par les articles L. 11-3 et R. 258 du Code de la route (▪ Cass. crim., 26 juin 1996 : *Bull. crim.* n° 277. ▪ Cass. crim., 12 mars 1997 : *Bull. crim.* n° 98).

2) Information de l'auteur quant aux points retirés : preuve. L'information prévue par les articles L. 223-3, alinéas 1 et 2, et R. 223-3, I, du Code de la route est une formalité substantielle qui conditionne la légalité de chaque retrait administratif de points du permis de conduire. N'est en revanche pas nouvelle la question relative à l'absence de notification postérieure dans une forme opposable de chaque retrait de points devenu effectif, en application des articles L. 223-3 *in fine* et R. 223-3 III dudit code (▪ Cass., avis, 6 oct. 2008 : *Bull. crim.* n° 4 ; *Bull. inf. C. cass.*, rapp. R. Koering-Joulin, obs. L. Di Guardia ; *Dr. pén.* 2009, comm. 6, obs. J.-H. Robert).

– Le relevé intégral des mentions relatives au permis de conduire d'une personne prouve la réalité des infractions qu'elle a commises et fait présumer aussi qu'en recevant l'avis de contravention, elle a été informée du risque de perte de points de son permis de conduire (▪ Cass. crim., 2 févr. 2011, n° 10-86.747 : Dr. pén. 2011, comm. 65, obs. J.-H. Robert). Justifie sa décision la cour d'appel qui, pour rejeter l'exception d'illégalité de l'arrêté ministériel portant notification de l'invalidation du permis de conduire du prévenu, résultant du retrait de la totalité des points, motif pris de ce que celui-ci n'aurait pas été avisé, à la suite de la constatation de chaque infraction, que celle-ci était susceptible d'entraîner un retrait de points, retient que le prévenu a reconnu qu'ayant restitué son permis de conduire à la préfecture après avoir été informé de la perte de la totalité de ses points, il circulait sans permis, que la réalité des infractions ayant contribué à la perte de la totalité des points est nécessairement établie par le paiement de l'amende forfaitaire, l'exécution d'une composition pénale, ou une condamnation définitive et qu'il s'en déduit que l'allégation selon laquelle le prévenu n'aurait pas reçu les informations prévues par les articles L. 223-3 et R. 223-3 du Code de la route ne saurait être retenue (▪ Cass. crim., 31 janv. 2012, n° 11-85.253 : *Bull. crim.* n° 28 ; *Dr. pén.* 2012, comm. 51, obs. J.-H. Robert).

– La réalité des infractions ayant contribué à la perte de la totalité des points est nécessairement établie par le paiement de l'amende forfaitaire, l'exécution d'une composition pénale ou une condamnation définitive. Dès lors, c'est à bon droit qu'une cour d'appel, saisie des poursuites exercées contre un prévenu du chef de conduite d'un véhicule sans permis en récidive, déclare la prévention établie en se fondant sur les faits et circonstances de la cause par elle souverainement appréciés, après avoir écarté l'allégation dudit prévenu selon laquelle il n'aurait pas reçu les avertissements et informations prévus par les articles L. 223-3 et R. 223-3 du Code de la route à la suite de chaque infraction entraînant retrait de points (▪ Cass. crim., 18 sept. 2012, n° 12-80.526 : *Dr. pén.* 2012, comm. 162, obs. J.-H. Robert ; *AJ pénal* 2013, p. 101, note J.-P. Céré).

3) Avertissement du retrait de points et constatation de l'infraction. Le défaut de visa, dans le procès-verbal, de l'article L. 11-3 qui prévoit qu'avertissement doit être donné au contrevenant du retrait éventuel de points, est sans effet sur la validité de la constatation de l'infraction poursuivie seule soumise à l'appréciation du juge répressif (▪ Cass. crim., 25 mai 1994 : *Dr. pén.* 1994, n° 263, obs. J.-H. Robert).

– Les mentions exigées par l'article L. 223-3 du Code de la route et relatives à l'information de la personne intéressée en matière de retrait de points du permis de conduire faisant suite à la constatation d'infractions ne concernent que la procédure administrative de retrait desdits points. En conséquence, le prévenu poursuivi devant la juridiction pénale du chef de contravention au Code de la route ne saurait, pour échapper à sa responsabilité, invoquer un défaut d'information, au sens du texte précité, qui n'est pas de nature à vicier le procès-verbal de constatation de l'infraction (▪ Cass. crim., 30 oct. 2012, n° 12-81.580 : *Bull. crim.* n° 227 ; *Dr. pén.* 2013, comm. 5, obs. J.-H. Robert).

4) Pouvoirs du juge répressif. Les dispositions des articles L. 223-3 et R. 223-3 du Code de la route imposent au ministre de l'Intérieur de porter à la connaissance du titulaire du permis de conduire, par lettre simple, chaque retrait de points quand il est effectif.

Toutefois, cette formalité, de même que l'envoi d'une lettre recommandée avec accusé de réception récapitulant l'ensemble des retraits de points successifs, ne revêt pas un caractère substantiel et, partant, elle ne conditionne pas la légalité de l'injonction de restituer le permis de conduire délivrée par le préfet du département en application de l'article L. 223-5 du Code de la route.

La personne poursuivie pour une infraction résultant de la perte de son permis de conduire pour défaut de points est recevable à exciper devant la juridiction pénale de l'illégalité pour une cause autre que celles tirées des conditions d'information et de notification, de chaque retrait de points. Le juge répressif peut lui-même relever d'office une telle illégalité (▪ Cass. avis, 30 avr. 2007 : *Bull. crim.* n° 4 ; *Dr. pén.* 2007, comm. 102, obs. J.-H. Robert).

Art. L. 223-4. – Les dispositions des articles 702-1 du Code de procédure pénale et 133-16 du Code pénal ne sont pas applicables au retrait de points affectant le permis de conduire.

Art. L. 223-5 *(Mod., L. n° 2003-495, 12 juin 2003)*. **– I. – En cas de retrait de la totalité des points, l'intéressé reçoit de l'autorité administrative l'injonction de remettre son permis de conduire au préfet de son département de résidence et perd le droit de conduire un véhicule.**

II. – Il ne peut obtenir un nouveau permis de conduire avant l'expiration d'un délai de six mois à compter de la date de remise de son permis au préfet et sous réserve d'être reconnu apte après un examen ou une analyse médicale, clinique, biologique et psychotechnique effectué à ses frais. Ce délai est porté à un an lorsqu'un nouveau retrait de la totalité des points intervient dans un délai de cinq ans suivant le précédent.

III. – Le fait de refuser de se soumettre à l'injonction prévue au premier alinéa du présent article est puni de deux ans d'emprisonnement et de 4 500 € d'amende.

IV. – Toute personne coupable de ce délit encourt également les peines complémentaires suivantes :

1° La suspension, pour une durée de trois ans au plus, du permis de conduire, cette suspension pouvant être limitée à la conduite en dehors de l'activité professionnelle ;

2° La peine de travail d'intérêt général selon des modalités prévues à l'article 131-8 du Code pénal et selon les conditions prévues aux articles 131-22 à 131-24 du même code et à l'article 20-5 de l'ordonnance n° 45-174 du 2 février 1945 relative à l'enfance délinquante ;

3° La peine de jours-amendes dans les conditions fixées aux articles 131-5 et 131-25 du Code pénal.

4° L'interdiction de conduire certains véhicules terrestres à moteur, y compris ceux pour la conduite desquels le permis de conduire n'est pas exigé, pour une durée de cinq ans au plus ;

5° L'obligation d'accomplir, à ses frais, un stage de sensibilisation à la sécurité routière ;

6° La confiscation du véhicule dont le condamné s'est servi pour commettre l'infraction, s'il en est le propriétaire.

V. – Le fait pour toute personne de conduire un véhicule à moteur pour la conduite duquel le permis est nécessaire, malgré l'injonction qui lui a été faite de remettre son permis de conduire conformément au I, est puni des peines prévues aux III et IV.

1) **QPC.** Il n'y a pas lieu à renvoi au Conseil constitutionnel des questions relatives à l'article L. 223-5 du Code de la route, qui ne présentent pas un caractère sérieux en ce que la perte de points, directement liée à un comportement délictuel ou contraventionnel portant atteinte aux règles de la circulation routière, et dont découlent l'injonction de remettre son permis de conduire au préfet et la perte du droit de conduire un véhicule sous peine de sanction, ne peut intervenir qu'en cas de reconnaissance de responsabilité pénale, après appréciation éventuelle de la réalité de l'infraction et de son imputabilité par le juge judiciaire, à la demande de la personne intéressée et qu'en outre, la régularité de la procédure de retrait de points peut être contestée devant la juridiction administrative (▪ Cass. crim., 1er avr. 2014 : *Bull. crim.* n° 97 ; *JCP G* 2014, n° 537, p. 903 ; *Dr. pén.* 2014, comm. 90, obs. J.-H. Robert).

2) **Permis de conduire international.** Doit être cassé l'arrêt qui, pour renvoyer le prévenu des fins de poursuite, énonce que la délivrance, avant l'annulation de son permis français, d'un permis de conduire étranger, permet à son titulaire de conduire, dès lors que l'État français ne lui a pas retiré le droit de faire usage de son permis de conduire international, alors que les juges se sont prononcés sur le fondement erroné de la Convention sur la circulation routière de Genève, texte abrogé et remplacé par la Convention de Vienne du 8 novembre 1968 et qu'ils n'ont pas recherché si le permis de conduire international était valable à la date des faits (▪ Cass. crim., 11 mai 2006 : *Bull. crim.* n° 126).

3) **Information relative au retrait de points.** Les dispositions des articles L. 223-3 et R. 223-3 du Code de la route imposent au ministre de l'Intérieur de porter à la connaissance du titulaire du permis de conduire, par lettre simple, chaque retrait de points quand il est effectif. Toutefois, cette formalité, de même que l'envoi d'une lettre recommandée avec accusé de réception récapitulant l'ensemble des retraits de points successifs, ne revêt pas un caractère substantiel et, partant, elle ne conditionne pas la légalité de l'injonction de restituer le permis de conduire délivrée par le pré-

fet du département en application de l'article L. 223-5 du Code de la route.

La personne poursuivie pour une infraction résultant de la perte de son permis de conduire pour défaut de points est recevable à exciper devant la juridiction pénale de l'illégalité pour une cause autre que celles tirées des conditions d'information et de notification, de chaque retrait de points. Le juge répressif peut lui-même relever d'office une telle illégalité (▪ Cass. avis, 30 avr. 2007, n° 0700009 : *Dr. pén.* 2007, comm. 102, obs. J.-H. Robert).

4) Annulation d'une injonction de restitution. L'annulation par la juridiction administrative d'un acte administratif implique que cet acte est réputé n'avoir jamais existé et prive de base légale la poursuite engagée pour violation de cet acte.

Dès lors, l'annulation d'un arrêté préfectoral enjoignant à une personne de restituer son permis de conduire en raison de la perte de la totalité des points dont il était affecté a pour conséquence d'enlever toute base légale à la poursuite et à la condamnation qui est intervenue pour conduite d'un véhicule à moteur malgré l'invalidation du permis de conduire (▪ Cass. crim., 16 nov. 2010, n° 10-83.622 : *Bull. crim.* n° 183 ; *D.* 2011, act. p. 82, et pan. p. 2823, note G. Roujou de Boubée. ▪ Cass. crim., 12 déc. 2012, n° 12-82.919).

– Il résulte de l'article L. 223-5 du Code de la route, ensemble le principe de légalité des délits et des peines, que le retrait d'un acte administratif implique que cet acte est réputé n'avoir jamais existé et prive de base légale la poursuite engagée pour violation de cet acte.

Dès lors doit être annulé l'arrêt ayant condamné une personne pour conduite d'un véhicule malgré un arrêté du ministre de l'intérieur portant notification de la perte de la totalité des points et de l'annulation de son permis de conduire, alors qu'un courrier du ministre de l'Intérieur, postérieur à l'arrêt attaqué notifiait à l'intéressé que les mentions relatives à plusieurs infractions commises de 2003 à 2007 ont été rectifiées et qu'ainsi, son permis de conduire initial a recouvré sa validité (▪ Cass. crim., 4 mars 2014 : *Bull. crim.* n° 64 ; *D.* 2014, act., p. 668).

Art. L. 223-6 ***(Mod., L. n° 2007-297, 5 mars 2007 ; L. n° 2011-267, 14 mars 2011).*** **– Si le titulaire du permis de conduire n'a pas commis, dans le délai de deux ans à compter de la date du paiement de la dernière amende forfaitaire, de l'émission du titre exécutoire de la dernière amende forfaitaire majorée, de l'exécution de la dernière composition pénale ou de la dernière condamnation définitive, une nouvelle infraction ayant donné lieu au retrait de points, son permis est affecté du nombre maximal de points.**

Le délai de deux ans mentionné au premier alinéa est porté à trois ans si l'une des infractions ayant entraîné un retrait de points est un délit ou une contravention de la quatrième ou de la cinquième classe.

Toutefois, en cas de commission d'une infraction ayant entraîné le retrait d'un point, ce point est réattribué au terme du délai de six mois à compter de la date mentionnée au premier alinéa, si le titulaire du permis de conduire n'a pas commis, dans cet intervalle, une infraction ayant donné lieu à un nouveau retrait de points.

Le titulaire du permis de conduire qui a commis une infraction ayant donné lieu à retrait de points peut obtenir une récupération de points s'il suit un stage de sensibilisation à la sécurité publique qui peut être effectué dans la limite d'une fois par an. Lorsque le titulaire du permis de conduire a commis une infraction ayant donné lieu à un retrait de points égal ou supérieur au quart du nombre maximal de points et qu'il se trouve dans la période du délai probatoire défini à l'article L. 223-1, il doit se soumettre à cette formation spécifique qui se substitue à l'amende sanctionnant l'infraction.

Sans préjudice de l'application des alinéas précédents du présent article, les points retirés du fait de contraventions des quatre premières classes au présent code sont réattribués au titulaire du permis de conduire à l'expiration d'un délai de dix ans à compter de la date à laquelle la condamnation est devenue définitive ou du paiement de l'amende forfaitaire correspondante.

Art. L. 223-7. – Les informations relatives au nombre de points détenus par le titulaire d'un permis de conduire ne peuvent être collectées que par les autorités administratives et judiciaires qui doivent en connaître, à l'exclusion des employeurs, assureurs et toutes autres personnes physiques ou morales.

Toute infraction aux dispositions de l'alinéa précédent est punie des peines prévues à l'article 226-21 du Code pénal.

La divulgation des mêmes informations à des tiers non autorisés est punie des peines prévues à l'article 226-22 du Code pénal.

Art. L. 223-8 ***(Mod., L. n° 2003-495, 12 juin 2003).*** **– Un décret en Conseil d'État précise les modalités d'application des articles L. 223-1 à L. 223-7. Il fixe notamment :**

1° Le nombre maximal de points du permis de conduire, le nombre de points affecté lors de l'obtention du permis de conduire et les modalités d'acquisition du nombre maximal de points ;

2° Les contraventions à la police de la circulation routière susceptibles de mettre en danger la sécurité des personnes et entraînant retrait de points ;
3° Le barème de points affecté à ces contraventions ;
4° Les modalités de l'information prévue à l'article L. 223-3 ;
5° Les modalités du retrait de points et de la formation spécifique prévue à l'article L. 223-6.

Art. L. 223-9 *(L. n° 2011-267, 14 mars 2011)*. – I. – Est puni de six mois d'emprisonnement et 15 000 € d'amende le fait, par l'auteur d'une contravention entraînant retrait de point du permis de conduire, de proposer ou de donner une rémunération à une personne pour qu'elle accepte d'être désignée comme conducteur du véhicule dans la requête en exonération ou la réclamation présentée dans les conditions prévues au *b* du 1° de l'article 529-10 du Code de procédure pénale.

II. – Est puni des mêmes peines le fait, par toute personne, de proposer ou d'accepter contre rémunération d'être désignée, par l'auteur d'une contravention entraînant retrait de point, comme conducteur du véhicule dans la requête en exonération ou la réclamation présentée dans les conditions prévues au même *b*.

III. – Lorsque les faits prévus au II sont commis de façon habituelle ou par la diffusion, par tout moyen, d'un message à destination du public, la peine est portée à un an d'emprisonnement et 30 000 € d'amende.

IV. – La personne coupable des délits prévus par le présent article encourt également les peines complémentaires suivantes :

1° La suspension, pour une durée de trois ans au plus, du permis de conduire, cette suspension ne pouvant pas être limitée à la conduite en dehors de l'activité professionnelle ;
2° La peine de travail d'intérêt général selon des modalités prévues à l'article 131-8 du Code pénal et selon les conditions prévues aux articles 131-22 à 131-24 du même code et à l'article 20-5 de l'ordonnance n° 45-174 du 2 février 1945 relative à l'enfance délinquante ;
3° La peine de jours-amendes dans les conditions fixées aux articles 131-5 et 131-25 du Code pénal ;
4° L'interdiction de conduire certains véhicules terrestres à moteur, y compris ceux pour la conduite desquels le permis de conduire n'est pas exigé, pour une durée de cinq ans au plus ;
5° L'obligation d'accomplir, à ses frais, un stage de sensibilisation à la sécurité routière.

CHAPITRE III *bis*. – POINTS AFFECTÉS AU CONDUCTEUR TITULAIRE D'UN PERMIS DE CONDUIRE DÉLIVRÉ PAR UNE AUTORITÉ ÉTRANGÈRE

Art. L. 223-10 *(L. n° 2016-1547, 18 nov. 2016)*. – I. – Tout conducteur titulaire d'un permis de conduire délivré par une autorité étrangère circulant sur le territoire national se voit affecter un nombre de points. Ce nombre de points est réduit de plein droit si ce conducteur a commis sur le territoire national une infraction pour laquelle cette réduction est prévue.

II. – La réalité d'une infraction entraînant un retrait de points, conformément au I du présent article, est établie dans les conditions prévues à l'avant-dernier alinéa de l'article L. 223-1.

Le retrait de points est réalisé dans les conditions prévues à l'article L. 223-2 et aux deux premiers alinéas de l'article L. 223-3. Il est porté à la connaissance de l'intéressé dans les conditions prévues au dernier alinéa du même article L. 223-3.

En cas de retrait de la totalité des points affectés au conducteur mentionné au I du présent article, l'intéressé se voit notifier par l'autorité administrative l'interdiction de circuler sur le territoire national pendant une durée d'un an. Au terme de cette durée, l'intéressé se voit affecter un nombre de points dans les conditions prévues au même I.

III. – Le fait de conduire un véhicule sur le territoire national malgré la notification de l'interdiction prévue au dernier alinéa du II du présent article est puni des peines prévues aux III et IV de l'article L. 223-5.

L'immobilisation du véhicule peut être prescrite dans les conditions prévues aux articles L. 325-1 à L. 325-3.

IV. – Le conducteur mentionné au I du présent article peut se voir affecter le nombre maximal de points ou réattribuer des points dans les conditions prévues aux premier à troisième et dernier alinéas de l'article L. 223-6.

Il peut obtenir une récupération de points s'il suit un stage de sensibilisation à la sécurité routière dans les conditions prévues à la première phrase de l'avant-dernier alinéa de l'article L. 223-6.

V. – Les informations relatives au nombre de points dont dispose le conducteur mentionné au I du présent article ne peuvent être collectées que dans les conditions prévues à l'article L. 223-7.

VI. – Un décret en Conseil d'État fixe les modalités d'application du présent article.

Art. L. 223-11 *(L. n° 2016-1547, 18 nov. 2016).* – Sans préjudice du deuxième alinéa de l'article L. 223-1, le permis de conduire national délivré par l'autorité administrative à un conducteur mentionné au I de l'article L. 223-10 ayant sa résidence normale en France est affecté d'un nombre de points équivalent à celui dont dispose ce conducteur à la date d'obtention du permis de conduire.

CHAPITRE IV. – INTERDICTION DE DÉLIVRANCE, RÉTENTION, SUSPENSION ET ANNULATION

Art. L. 224-1 *(Mod., L. n° 2003-495, 12 juin 2003 ; L. n° 2001-1062, 15 nov. 2001 ; L. n° 2011-267, 14 mars 2011 ; rempl., L. n° 2019-1428, 24 déc. 2019 ; L. n° 2022-52, 24 janv. 2022).* – I. – Les officiers et agents de police judiciaire retiennent à titre conservatoire le permis de conduire du conducteur :

1° Lorsque les épreuves de dépistage de l'imprégnation alcoolique et le comportement du conducteur permettent de présumer que celui-ci conduisait sous l'empire de l'état alcoolique défini à l'article L. 234-1 ou lorsque les mesures faites au moyen de l'appareil homologué mentionné à l'article L. 234-4 ont établi cet état ;

2° En cas de conduite en état d'ivresse manifeste ou lorsque le conducteur refuse de se soumettre aux épreuves et mesures prévues au 1° du présent I. Le procès-verbal fait état des raisons pour lesquelles il n'a pu être procédé aux épreuves de dépistage prévues au même 1°. En cas de conduite en état d'ivresse manifeste, les épreuves doivent être effectuées dans les plus brefs délais ;

3° Lorsqu'il est fait application des dispositions de l'article L. 235-2, si les épreuves de dépistage se révèlent positives ;

4° S'il existe une ou plusieurs raisons plausibles de soupçonner que le conducteur a fait usage de stupéfiants ou lorsqu'il refuse de se soumettre aux épreuves de vérification prévues au même article L. 235-2 ;

5° Lorsque le véhicule est intercepté, lorsque le dépassement de 40 km/h ou plus de la vitesse maximale autorisée est établi au moyen d'un appareil homologué ;

6° En cas d'accident de la circulation ayant entraîné la mort d'une personne ou ayant occasionné un dommage corporel, lorsqu'il existe une ou plusieurs raisons plausibles de soupçonner que le conducteur a commis une infraction en matière d'usage du téléphone tenu en main, de respect des vitesses maximales autorisées ou des règles de croisement, de dépassement, d'intersection et de priorités de passage ;

7° Lorsque le véhicule est intercepté, lorsqu'une infraction en matière d'usage du téléphone tenu en main est établie simultanément avec une des infractions en matière de respect des règles de conduite des véhicules, de vitesse, de croisement, de dépassement, d'intersection et de priorités de passage dont la liste est fixée par décret en Conseil d'État ;

8° En cas de refus d'obtempérer commis dans les conditions prévues aux articles L. 233-1 et L. 233-1-1.

II. – Les dispositions du I du présent article, hors les cas prévus aux 5°, 6°, 7° et 8° du même I, sont applicables à l'accompagnateur de l'élève conducteur.

III. – Les agents de police judiciaire adjoints mentionnés à l'article 21 du Code de procédure pénale sont habilités à retenir à titre conservatoire le permis de conduire du conducteur dans les cas prévus aux 5° et 7° du I du présent article.

Art. L. 224-2 *(Mod., L. n° 2001-1062, 15 nov. 2001 ; L. n° 2003-495, 12 juin 2003 ; Ord. n° 2004-637, 1er juill. 2004 ; L. n° 2011-267, 14 mars 2011 ; rempl., L. n° 2019-1428, 24 déc. 2019 ; L. n° 2022-52, 24 janv. 2022).* – I. – Le représentant de l'État dans le département peut, dans les soixante-douze heures de la rétention du permis prévue à l'article L. 224-1, ou dans les cent vingt heures pour les infractions pour lesquelles les vérifications prévues aux articles L. 234-4 à L. 234-6 et L. 235-2 ont été effectuées, prononcer la suspension du permis de conduire lorsque :

1° L'état alcoolique est établi au moyen d'un appareil homologué, conformément au 1° du I de l'article L. 224-1, ou lorsque les vérifications mentionnées aux articles L. 234-4 et L. 234-5 apportent la preuve de cet état ou si le conducteur ou l'accompagnateur de l'élève conducteur a refusé de se soumettre aux épreuves et vérifications destinées à établir la preuve de l'état alcoolique ;

2° Il est fait application des dispositions de l'article L. 235-2 si les analyses ou examens médicaux, cliniques et biologiques établissent que le conducteur conduisait après avoir fait usage de substances ou plantes classées comme stupéfiants ou si le conducteur ou l'accompagnateur de l'élève conducteur a refusé de se soumettre aux épreuves de vérification prévues au même article L. 235-2 ;

3° Le véhicule est intercepté, lorsque le dépassement de 40 km/h ou plus de la vitesse maximale autorisée est établi au moyen d'un appareil homologué ;

4° Le permis a été retenu à la suite d'un accident de la circulation ayant entraîné la mort d'une personne ou ayant occasionné un dommage corporel, en application du 6° du I de l'article L. 224-1, en cas de procès-verbal constatant que le conducteur a commis une infraction en matière d'usage du téléphone tenu en main, de respect des vitesses maximales autorisées ou des règles de croisement, de dépassement, d'intersection et de priorités de passage ;

5° Le permis a été retenu à la suite d'une infraction en matière d'usage du téléphone tenu en main commise simultanément avec une des infractions en matière de respect des règles de conduite des véhicules, de vitesse, de croisement, de dépassement, d'intersection et de priorités de passage dont la liste est fixée par décret en Conseil d'État ;

6° Le permis de conduire a été retenu à la suite d'un refus d'obtempérer commis dans les conditions prévues aux articles L. 233-1 et L. 233-1-1.

II. – La durée de la suspension du permis de conduire ne peut excéder six mois. Cette durée peut être portée à un an en cas d'accident de la circulation ayant entraîné la mort d'une personne ou ayant occasionné un dommage corporel, de refus d'obtempérer commis dans les conditions prévues à l'article L. 233-1-1, de conduite sous l'empire d'un état alcoolique, de conduite après usage de substances ou plantes classées comme stupéfiants et de refus de se soumettre aux épreuves de vérification prévues aux articles L. 234-4 à L. 234-6 et L. 235-2.

III. – À défaut de décision de suspension dans le délai prévu au premier alinéa du I du présent article, le permis de conduire est remis à la disposition de l'intéressé, sans préjudice de l'application ultérieure des articles L. 224-7 à L. 224-9.

1) **Vérification du dépassement des seuils.** Il appartient au représentant de l'État qui prononce une suspension du permis de conduire en application de l'article L. 224-2 du Code de route de s'assurer que les seuils prévus par l'article L. 234-1 du même code ont été effectivement dépassés et par suite de prendre en compte la marge d'erreur maximale tolérée par l'arrêté susvisé (■ CE, 14 févr. 2018, n° 407914 : *JCP A* 2018, act. 187, note C. Friedrich).

2) **Notification.** La notification d'un arrêté de suspension de permis de conduire se trouve réalisée par la présentation au domicile de l'intéressé de la lettre recommandée avec accusé de réception prévue par l'article R. 224-4 du même code (■ Cass. crim., 4 juin 2013, n° 12-86.877 : *Bull. crim.* n° 126 ; *Dr. pén.* 2013, comm. 127, obs. J.-H. Robert).

Art. L. 224-3 *(Mod., L. n° 2011-267, 14 mars 2011 ; L. n° 2019-1428, 24 déc. 2019)*. – Dans les cas prévus au I de l'article L. 224-2, le représentant de l'État dans le département, s'il s'agit d'un brevet militaire de conduite délivré par l'autorité militaire, transmet directement ce titre à ladite autorité, à qui il appartient de prendre les mesures nécessaires.

Art. L. 224-4. – Pendant la durée de la rétention du permis de conduire ainsi que dans le cas où le conducteur n'est pas titulaire de ce titre, il peut être procédé d'office à l'immobilisation du véhicule. L'immobilisation est cependant levée dès qu'un conducteur qualifié, proposé par le conducteur ou l'accompagnateur de l'élève conducteur ou éventuellement par le propriétaire du véhicule, peut en assurer la conduite. À défaut, les fonctionnaires et agents habilités à prescrire l'immobilisation peuvent prendre toute mesure destinée à placer le véhicule en stationnement régulier.

Art. L. 224-5 *(Abr., L. n° 2006-10, 5 janv. 2006)*.

Art. L. 224-6. – Dans le cas où la rétention du permis de conduire ne peut être effectuée faute pour le conducteur ou l'accompagnateur de l'élève conducteur titulaire de ce titre d'être en mesure de le présenter, les dispositions des articles L. 224-1 à L. 224-4 s'appliquent. Il lui est fait obligation de mettre à disposition de l'autorité requérante son permis de conduire dans le délai de vingt-quatre heures.

Art. L. 224-7 *(Mod., L. n° 2019-1428, 24 déc. 2019)*. – Saisi d'un procès-verbal constatant une infraction punie par le présent Code de la peine complémentaire de suspension du permis de conduire, le représentant de l'État dans le département où cette infraction a été commise peut, s'il n'estime pas devoir procéder au classement, prononcer à titre provisoire soit un avertissement, soit la suspension du permis de conduire ou l'interdiction de sa délivrance lorsque le conducteur n'en est pas titulaire. Il peut également prononcer à titre provisoire soit un avertissement, soit la suspension du permis de conduire à l'encontre de l'accompagnateur d'un élève conducteur lorsqu'il y a infraction aux dispositions des articles L. 234-1 et L. 234-8 et aux dispositions des articles L. 235-1 et L. 235-3.

Art. L. 224-8 *(Mod., L. n° 2003-495, 12 juin 2003 ; Ord. n° 2004-637, 1er juill. 2004 ; L. n° 2019-1428, 24 déc. 2019 ; L. n° 2022-52, 24 janv. 2022).* – La durée de la suspension ou de l'interdiction prévue à l'article L. 224-7 ne peut excéder six mois. Cette durée est portée à un an en cas d'infraction d'atteinte involontaire à la vie ou d'atteinte involontaire à l'intégrité de la personne susceptible d'entraîner une incapacité totale de travail personnel, de refus d'obtempérer commis dans les conditions prévues à l'article L. 233-1-1, de conduite en état d'ivresse manifeste ou sous l'empire d'un état alcoolique, de conduite après usage de substances ou plantes classées comme stupéfiants, de refus de se soumettre aux épreuves de vérification prévues aux articles L. 234-4 à L. 234-6 et L. 235-2 ou de délit de fuite. Le représentant de l'État dans le département peut également prononcer une telle mesure à l'encontre de l'accompagnateur d'un élève conducteur lorsqu'il y a infraction aux dispositions des articles L. 234-1 et L. 234-8 et aux dispositions des articles L. 235-1 et L. 235-3.

Art. L. 224-9. – Quelle que soit sa durée, la suspension du permis de conduire ou l'interdiction de sa délivrance ordonnée par le représentant de l'État dans le département en application des articles L. 224-2 et L. 224-7 cesse d'avoir effet lorsque est exécutoire une décision judiciaire prononçant une mesure restrictive du droit de conduire prévue au présent titre.

Les mesures administratives prévues aux articles L. 224-1 à L. 224-3 et L. 224-7 sont considérées comme non avenues en cas d'ordonnance de non-lieu ou de jugement de relaxe ou si la juridiction ne prononce pas effectivement de mesure restrictive du droit de conduire.

Les modalités d'application des deux alinéas précédents sont fixées par décret en Conseil d'État. La durée des mesures administratives s'impute, le cas échéant, sur celle des mesures du même ordre prononcées par le tribunal.

Art. L. 224-10. – Les dispositions des articles L. 224-7 à L. 224-9 ne sont pas applicables aux conducteurs de véhicules militaires, lorsqu'ils sont titulaires des brevets délivrés à cet effet par l'autorité militaire.

Droit européen. L'article 6-1 de la Convention européenne des droits de l'homme et des libertés fondamentales ne concerne pas les mesures prises par le préfet en application de l'article L. 18 du Code de la route, dès lors que ce fonctionnaire n'est pas appelé à statuer, selon les termes de la Convention, sur « le bien-fondé d'une accusation en madère pénale », mais qu'il prend seulement, dans l'attente de la décision judiciaire qui se prononcera sur cette « accusation », une mesure de sécurité provisoire (■ Cass. crim., 4 nov. 1988 : *JCP* G 1989, IV, 17).

Art. L. 224-11. – Le règlement qui réprime une contravention au présent code peut prévoir, dans les conditions prévues à l'article L. 224-12, lorsque le coupable est une personne physique, la peine complémentaire d'interdiction de délivrance du permis de conduire.

Art. L. 224-12. – Lorsqu'un conducteur a fait l'objet d'une condamnation susceptible de motiver le prononcé des peines complémentaires de suspension ou d'annulation du permis de conduire et qu'il n'est pas titulaire de celui-ci, ces peines sont remplacées à son égard, pour la même durée, par la peine d'interdiction d'obtenir la délivrance du permis de conduire.

Art. L. 224-13 *(Mod., L. n° 2019-1428, 24 déc. 2019).* – Les peines complémentaires de suspension, d'annulation ou d'interdiction de délivrance du permis de conduire ainsi que d'interdiction de se présenter à l'examen du permis de conduire peuvent être déclarées exécutoires par provision, à titre de mesure de protection.

Art. L. 224-14 *(L. n° 2003-495, 12 juin 2003).* – En cas d'annulation du permis de conduire prononcée en application du présent code ou pour les délits prévus par les articles 221-6-1, 222-19-1 et 222-20-1 du Code pénal ou en cas de suspension du permis de conduire dont la durée est fixée par décret en Conseil

d'État, l'intéressé ne peut solliciter un nouveau permis sans avoir été reconnu apte après un examen ou une analyse médicale, clinique, biologique et psychotechnique effectué à ses frais.

Art. L. 224-15 *(Abr., L. n° 2003-495, 12 juin 2003).*

Art. L. 224-16 *(Mod., L. n° 2003-495, 12 juin 2003 ; L. n° 2011-267, 14 mars 2011).* **– I. – Le fait pour toute personne, malgré la notification qui lui aura été faite d'une décision prononçant à son encontre la suspension, la rétention, l'annulation ou l'interdiction d'obtenir la délivrance du permis de conduire, de conduire un véhicule à moteur pour la conduite duquel une telle pièce est nécessaire est puni de deux ans d'emprisonnement et de 4 500 € d'amende.**

II. – Toute personne coupable du délit prévu au présent article encourt également les peines complémentaires suivantes :

1° La confiscation obligatoire du véhicule dont le condamné s'est servi pour commettre l'infraction, s'il en est le propriétaire. La juridiction peut toutefois ne pas prononcer cette peine, par une décision spécialement motivée. La confiscation n'est pas obligatoire lorsque le délit a été commis à la suite d'une des mesures administratives prévues aux articles L. 224-1, L. 224-2 et L. 224-7 ;

2° La suspension, pour une durée de trois ans au plus, du permis de conduire, cette suspension ne pouvant pas être limitée à la conduite en dehors de l'activité professionnelle ;

3° ***(3° mod. à compter du 30 sept. 2021, Ord. n° 2019-950, 11 sept. 2019)*** **La peine de travail d'intérêt général selon des modalités prévues à l'article 131-8 du Code pénal et selon les conditions prévues aux articles 131-22 à 131-24 du même code et à l'article L. 122-1 du Code de la justice pénale des mineurs ;**

4° La peine de jours-amendes dans les conditions fixées aux articles 131-5 et 131-25 du Code pénal.

5° L'interdiction de conduire certains véhicules terrestres à moteur, y compris ceux pour la conduite desquels le permis de conduire n'est pas exigé, pour une durée de cinq ans au plus ;

6° L'obligation d'accomplir, à ses frais, un stage de sensibilisation à la sécurité routière.

III. – Toute personne coupable du délit prévu au présent article, dans les cas où il a été commis à la suite d'une décision de suspension ou de rétention du permis de conduire, encourt également la peine complémentaire d'annulation de ce permis, avec interdiction de solliciter la délivrance d'un nouveau permis pendant trois ans au plus.

IV. – L'immobilisation peut être prescrite dans les conditions prévues aux articles L. 325-1 à L. 325-3.

V. – Le délit prévu au présent article, dans le cas où il a été commis à la suite d'une décision de suspension ou de rétention du permis de conduire, donne lieu de plein droit à la réduction de la moitié du nombre maximal de points du permis de conduire.

1) Permis délivré par un État étranger. L'annulation du permis de conduire délivré en France entraîne nécessairement l'interdiction du droit de conduire sur le territoire national. Dès lors commet le délit de conduite malgré l'annulation de ce permis, prévu par l'article L. 224-16, I, du Code de la route, la personne qui, pour s'affranchir de cette interdiction, invoque le fait qu'elle est titulaire d'un permis de conduire délivré par un État étranger (■ Cass. crim., 8 janv. 2013, n° 12-80.501 : *Bull. crim.* n° 3 ; *Dr. pén.* 2013, comm. 40, obs. J.-H. Robert).

2) L'annulation du permis de conduire délivré en France entraîne nécessairement l'interdiction du droit de conduire sur le territoire national. Dès lors, justifie sa décision au regard de l'article L. 224-16, I, du Code de la route, la cour d'appel qui déclare établi à l'encontre d'un prévenu le délit de conduite malgré une mesure d'annulation du permis de conduire assortie d'une interdiction temporaire de solliciter un nouveau titre de conduite, après avoir écarté l'argumentation dudit prévenu qui sollicitait sa relaxe en faisant valoir qu'à la date du contrôle, le délai lui ayant été imparti avant de pouvoir solliciter un nouveau titre de conduite était expiré et qu'il était titulaire d'un permis de conduire délivré par un autre État membre de l'Union européenne (■ Cass. crim., 22 oct. 2013, n° 12-83.112 : *Bull. crim.* n° 195 ; *Dr. pén.* 2013, comm. 171, obs. J.-H. Robert).

3) Date d'exécution. L'exécution d'une mesure d'annulation du permis de conduire ne prend effet qu'à compter du jour de la notification de la mesure par l'agent de l'autorité chargé de l'exécution (■ Cass. crim., 26 avr. 2017, n° 16-84.539 : *Dr. pén.* 2017, comm. 108, note J.-H. Robert).

Art. L. 224-17. – I. – Le fait, pour toute personne ayant reçu la notification d'une décision prononçant à son encontre la suspension ou l'annulation du permis de conduire, de refuser de restituer le permis suspendu ou annulé à l'agent de l'autorité chargé de l'exécution de cette décision est puni de deux ans d'emprisonnement et de 4 500 € d'amende.

II. – Le fait pour toute personne, pendant la période pour laquelle une décision de rétention du permis de conduire lui a été notifiée en application de l'article L. 224-1, de refuser de restituer le permis de conduire est puni de deux ans d'emprisonnement et de 4 500 € d'amende.

III. – Toute personne coupable de l'un des délits prévus au présent article encourt également les peines complémentaires suivantes :

1° *(1° mod. à compter du 30 sept. 2021, Ord. n° 2019-950, 11 sept. 2019)* La peine de travail d'intérêt général selon des modalités prévues à l'article 131-8 du Code pénal et selon les conditions prévues aux articles 131-22 à 131-24 du même code et à l'article L. 122-1 du Code de la justice pénale des mineurs ;

2° La peine de jours-amendes dans les conditions fixées aux articles 131-5 et 131-25 du Code pénal.

IV. – Toute personne coupable de l'un des délits prévus au présent article, dans les cas où il a été commis à la suite d'une décision de suspension ou de rétention du permis de conduire, encourt également les peines complémentaires suivantes :

1° La suspension, pour une durée de trois ans, du permis de conduire, cette suspension pouvant être limitée à la conduite en dehors de l'activité professionnelle ;

2° L'annulation du permis, avec interdiction de solliciter la délivrance d'un nouveau permis pendant trois ans au plus.

V. – Les délits prévus au présent article, dans les cas où ils ont été commis à la suite d'une décision de suspension ou de rétention du permis de conduire, donnent lieu de plein droit à la réduction de la moitié du nombre maximal de points du permis de conduire.

1) Notification de la décision. L'article L. 19 ne précise pas les formes de la notification à l'intéressé de la décision judiciaire prononçant la suspension ou l'annulation du permis de conduire, ou l'interdiction d'obtenir sa délivrance. La preuve que l'intéressé a eu connaissance de la suspension le concernant peut résulter des constatations souveraines des juges du fond (▪ Cass. crim., 19 oct. 1967 : *JCP* 1968, II, 15458, note Vitu. ▪ Cass. crim., 29 juin 1977 : *Bull. crim.* n° 250 ; *RSC* 1978, p. 332, obs. Vitu. ▪ Cass. crim., 17 mai 1990 : *Bull. crim.* n° 201. ▪ Cass. crim., 4 nov. 1999 : *Bull. crim.* n° 244).

– Une mesure de suspension du permis de conduire ne prend effet que du jour de la remise de ce document à l'agent de l'autorité publique chargé de l'exécution (▪ Cass. crim., 12 mars 2008, n° 07-85.965 : *Bull. crim.* n° 62 ; *Dr. pén.* 2008, comm. 63, obs. J.-H. Robert).

– Il résulte des articles L. 224-16 et L. 224-17 du Code de la route que l'exécution d'une mesure d'interdiction de solliciter la délivrance d'un nouveau permis de conduire faisant suite à l'annulation de ce document ne prend effet qu'à compter du jour de la notification de la mesure par l'agent de l'autorité chargé de l'exécution (▪ Cass. crim., 28 nov. 2012, n° 12-82.183 : *Bull. crim.* n° 263 ; *Dr. pén.* 2013, comm. 23, obs. J.-H. Robert).

– L'exécution de cette mesure, qui n'est pas subordonnée à l'enregistrement de la décision judiciaire la prononçant, prévu par l'article L. 30, 7° du code précité, prend effet du jour même de sa notification, ou, si celle-ci est effectuée alors qu'une mesure de même nature est en cours, à l'expiration de cette dernière, pour une durée s'ajoutant à la première, dans la limite du maximum légal (▪ Cass. crim., 17 févr. 1998 : *Bull. crim.* n° 60).

– L'article L. 19 du Code de la route ne soumet pas à une forme particulière la notification de la décision de suspension du permis de conduire. Se rend coupable du délit prévu et réprimé par l'article L. 19, alinéa 2 du même code, le conducteur qui a refusé de restituer son permis à l'agent de l'autorité (gendarme) chargé de l'exécution d'un arrêté préfectoral suspendant ledit permis (▪ Cass. crim., 22 mai 1991 : *D.* 1991, Flash, Cahier n° 26).

2) Restitution nonobstant procès pénal. Le conducteur doit restituer son permis dès la notification de la décision de suspension. La restitution doit être effectuée même s'il est cité à comparaître devant la juridiction répressive pour l'infraction qui a été à l'origine de la mesure administrative et même s'il a l'intention de demander par la suite à cette juridiction un aménagement de la mesure de suspension. Le délit de refus de restituer un permis de conduire suspendu est constitué par une abstention volontaire d'obtempérer à une injonction de l'agent de l'autorité chargé de l'exécution de la décision de suspension quel que soit le mobile de cette abstention (▪ Cass. crim., 3 mars 1980 : *Bull. crim.* n° 72. – V. aussi ▪ Cass. crim., 4 avr. 1991 : *JCP* 1991, IV, 270).

– Est également justifié l'arrêt qui déclare coupable du délit prévu par l'article L. 19 du Code de la route le prévenu qui, malgré la notification d'un arrêté préfectoral prononçant la suspension de son permis de conduire, a refusé de restituer cette pièce, alors même qu'un jugement ultérieur n'a pas prononcé, pour la même infraction, de mesure restrictive du droit de conduire. En effet, d'une part, aucune disposition légale n'autorisait le prévenu à refuser de restituer son permis aussi longtemps qu'une décision judiciaire ne serait pas intervenue : d'autre part si au termes de l'article L. 18, alinéa 5, du Code de la route, les décisions administratives que vise ce texte sont, en pareil cas, considérées comme non avenues, il ne s'ensuit pas pour autant que ces décisions soient entachées de nullité ou rétroactivement caduques, mais seulement deviennent sans effet et qu'il ne doit plus en être fait mention (■ Cass. crim., 15 juin 1977 : *Bull. crim.* n° 222 ; *RSC* 1978, p. 333, obs. Vitu). Même solution en cas de jugement ultérieur de relaxe (■ Cass. crim., 4 nov. 1988 : *Bull. crim.* n° 371). Pour une analyse différente, V. (■ T. corr. Montbéliard, 5 mars 1986 : *JCP* G 1987, II, 20780, note P. Chambon).

3) Constitution de l'infraction. Commet le délit réprimé par l'article L. 19 du Code de la route le conducteur condamné à une suspension de permis de conduire qui dépose ce document à la gendarmerie puis repart au volant de son automobile (■ Metz, 8 nov. 1989 : *JurisData* n° 1989-047796).

– La personne à laquelle a été notifiée une décision prononçant l'annulation de son permis de conduire peut être poursuivie du chef de l'infraction prévue par l'article L. 19, alinéa 1er, du Code de la route, même après l'expiration du délai pendant lequel il lui a été fait interdiction de solliciter la délivrance d'un nouveau permis (■ Cass. crim., 15 févr. 1994 : *Bull. crim.* n° 67 ; *D.* 1994, 459, note F. Gestermann).

– La personne, dont le permis de conduire a été annulé, est passible des peines prévues à l'article L. 19, alinéa 1er, du Code de la route si, à l'issue du délai lui ayant interdit de solliciter un nouveau permis, elle conduit un véhicule sans être titulaire de cette pièce (■ Cass. crim., 15 juin 1994 : *Bull. crim.* n° 241).

– La conduite d'un véhicule malgré l'invalidation du permis de conduire résultant de la perte totale des points n'est pas réprimée par l'article L. 19 du Code de la route mais constitue la contravention de conduite sans permis, prévue et sanctionnée par les articles R. 241-2 du Code de la route et 131-12 du Code pénal (■ Cass. crim., 6 mai 1998 : *Bull. crim.* n° 154. ■ Cass. crim., 3 sept. 2000 : *Dr. pén.* 2000, comm. 139, obs. J.-H. Robert).

– Le conducteur qui a refusé de remettre son permis de conduire en exécution d'une injonction préfectorale reste punissable à raison de cette désobéissance quoique, après sa condamnation, la juridiction administrative ait annulé l'ordre du préfet (■ Cass. crim., C. Rev. 12 déc. 2002 : *Dr. pén.* 2003, comm. 36, obs. J.-H. Robert).

4) Permis étranger. Un permis de conduire étranger, obtenu en échange d'un permis français annulé, ne peut accorder à son titulaire plus de droits que le permis auquel il s'est substitué. Ce document ne peut valoir autorisation de conduire un véhicule et doit être remis, par son détenteur, aux lieu et place du permis français, aux autorités chargées de l'exécution de la mesure d'annulation (■ Cass. crim., 11 mars 1998 : *Bull. crim.* n° 96).

5) Prescription de l'interdiction de solliciter un nouveau permis. Il appartient à la juridiction saisie d'une demande de confusion de peines, de s'assurer qu'aucune d'entre elles n'est atteinte par la prescription. Si l'annulation du permis de conduire s'exécute de plein droit dès que la condamnation est devenue définitive et n'est pas susceptible de prescription, l'interdiction de solliciter la délivrance d'un nouveau permis avant un certain délai se prescrit à compter de la même date et n'est plus susceptible d'exécution après l'expiration du délai de prescription ; la notification prévue par l'article L. 19 du Code de la route est dès lors inopérante si elle intervient postérieurement au délai de prescription (■ Cass. crim., 9 févr. 1994 : *Bull. crim.* n° 62).

Art. L. 224-18. – **I. – Le fait pour toute personne, par une fausse déclaration, d'obtenir ou de tenter d'obtenir le permis de conduire est puni de deux ans d'emprisonnement et de 4 500 € d'amende.**

II. – Toute personne coupable de ce délit encourt également les peines complémentaires suivantes :

1° La suspension, pour une durée de trois ans au plus, du permis de conduire, cette suspension pouvant être limitée à la conduite en dehors de l'activité professionnelle ;

2° *(2° mod. à compter du 30 sept. 2021, Ord. n° 2019-950, 11 sept. 2019)* **La peine de travail d'intérêt général selon des modalités prévues à l'article 131-8 du Code pénal et selon les conditions prévues aux articles 131-22 à 131-24 du même code et à l'article L. 122-1 du Code de la justice pénale des mineurs ;**

3° La peine de jours-amendes dans les conditions fixées aux articles 131-5 et 131-25 du Code pénal.

III. – Ce délit donne lieu de plein droit à la réduction de la moitié du nombre maximal de points du permis de conduire.

CHAPITRE V. – ENREGISTREMENT ET COMMUNICATION DES INFORMATIONS RELATIVES AU PERMIS DE CONDUIRE

Art. L. 225-1 *(L. n° 2016-1547, 18 nov. 2016)*. – **I. – Il est procédé, dans les services de l'État et sous l'autorité et le contrôle du ministre de l'Intérieur, à l'enregistrement :**

1° De toutes informations relatives aux permis de conduire dont la délivrance est sollicitée ou qui sont délivrés en application du présent code, ainsi qu'aux permis de conduire délivrés par les autorités étrangères et reconnus valables sur le territoire national ;

2° *(2° mod., L. n° 2019-1428, 24 déc. 2019)* De toutes décisions administratives dûment notifiées portant restriction de validité, retrait, suspension, annulation et restriction de délivrance du permis de conduire ou interdiction de se présenter à l'examen du permis de conduire ainsi que des avertissements prévus par le présent code ;

3° De toutes mesures de retrait du droit de faire usage du permis de conduire qui seraient communiquées par les autorités compétentes des territoires et collectivités territoriales d'outre-mer ;

4° De toutes mesures de retrait du droit de faire usage du permis de conduire prises par une autorité étrangère et communiquées aux autorités françaises conformément aux accords internationaux en vigueur ;

5° Des procès-verbaux des infractions entraînant retrait de points et ayant donné lieu au paiement d'une amende forfaitaire ou à l'émission d'un titre exécutoire de l'amende forfaitaire majorée ;

6° De toutes décisions judiciaires à caractère définitif en tant qu'elles portent restriction de validité, suspension, annulation et interdiction de délivrance du permis de conduire *(Aj., L. n° 2019-1428, 24 déc. 2019)* « ou interdiction de se présenter à l'examen du permis de conduire », ou qu'elles emportent réduction du nombre de points du permis de conduire ainsi que de l'exécution d'une composition pénale ;

7° De toute modification du nombre de points affectant un permis de conduire dans les conditions définies aux articles L. 223-1 à L. 223-8 ;

8° Du nombre de points affectés au conducteur mentionné au I de l'article L. 223-10 lorsque ce conducteur a commis une infraction entraînant un retrait de points, de toute modification de ce nombre et des décisions administratives dûment notifiées portant interdiction de conduire sur le territoire national.

II. – Ces informations peuvent faire l'objet de traitements automatisés, soumis aux dispositions de la loi n° 78-17 du 6 janvier 1978 relative à l'informatique, aux fichiers et aux libertés.

Art. L. 225-2 *(Mod., L. n° 2003-495, 12 juin 2003)*. – I. – Sans préjudice de l'application des lois d'amnistie, les informations relatives aux condamnations judiciaires, aux compositions pénales, aux amendes forfaitaires et aux mesures administratives affectant le permis de conduire doivent être effacées lorsque s'est écoulé un délai de dix ans sans que soit à nouveau intervenue une décision judiciaire, une mesure administrative mentionnée au 2° du I de l'article L. 225-1 ou une mesure établissant la réalité d'une infraction dans les conditions prévues à l'article L. 223-1.

II. – Le délai prévu au I du présent article court :

1° Pour les condamnations judiciaires, à compter du jour où la dernière condamnation est devenue définitive ; pour les compositions pénales, à compter du jour où la mesure est exécutée ;

2° Pour les amendes forfaitaires, à compter du jour du paiement de la dernière amende ou de l'émission du titre exécutoire de cette amende ;

3° Pour les mesures administratives, à compter du jour de la dernière décision.

III. – Au cas où une mesure administrative est annulée, l'effacement des informations relatives à cette mesure est effectué au jour de la décision judiciaire ou administrative prononçant cette annulation.

IV. – En cas d'interdiction définitive de solliciter un nouveau permis de conduire, les informations mentionnées au I sont effacées lorsque la personne atteint sa quatre-vingtième année.

V. – Le délai est réduit à trois ans à compter du jour où la dernière condamnation est devenue définitive, du jour du paiement de la dernière amende ou de l'émission du titre exécutoire de cette amende pour les informations mentionnées au 7° du I de l'article L. 225-1.

VI. – Le délai est réduit à deux ans à compter du jour de l'enregistrement pour les informations relatives aux permis de conduire dont la délivrance est sollicitée.

Art. L. 225-3 *(Mod., Ord. n° 2005-650, 6 juin 2005 ; L. n° 2016-1547, 18 nov. 2016)*. – Le titulaire du permis de conduire et le conducteur mentionné au I de l'article L. 223-10 ont droit à la communication du relevé intégral des mentions le concernant. Cette communication s'exerce dans les conditions prévues par la loi n° 78-753 du 17 juillet 1978.

Art. L. 225-4 *(Rempl., L. n° 2008-644, 1er juill. 2008 ; L. n° 2011-267, 14 mars 2011 ; L. n° 2016-339, 22 mars 2016 ; Ord. n° 2016-460, 14 avr. 2016 ; L. n° 2016-1547, 18 nov. 2016)*. – Les autorités judiciaires, les magistrats de l'ordre administratif dans le cadre des recours formulés contre les décisions de retrait de point du permis de conduire, les officiers de police judiciaire chargés de l'exécution d'une ordonnance juridictionnelle ou agissant dans le cadre d'une enquête de flagrance, le représentant de l'État dans le département dans l'exercice de ses compétences en matière de permis de conduire, les militaires de la gendarmerie et les fonctionnaires de la police nationale habilités à effectuer des contrôles routiers en application du présent code, les agents spécialement habilités des observatoires et des établissements publics chargés de réaliser des études statistiques sur les accidents de la route pour le compte du ministre chargé de la sécurité routière ainsi que les fonctionnaires ou agents de l'État chargés du contrôle des transports terrestres placés sous l'autorité du ministre chargé des transports pour l'exercice des compétences en matière de contrôle du transport routier prévues au présent code, sont autorisés à accéder aux informations enregistrées en application de l'article L. 225-1.

Art. L. 225-5 *(Mod., L. n° 2003-239, 18 mars 2003 ; L. n° 2003-495, 12 juin 2003 ; L. n° 2009-1503, 8 déc. 2009 ; L. n° 2013-431, 28 mai 2013 ; L. n° 2016-339, 22 mars 2016 ; L. n° 2016-1547, 18 nov. 2016)*. – Les informations relatives à l'existence, la catégorie et la validité du permis de conduire sont communiquées sur leur demande :

1° Au titulaire du permis ou au conducteur mentionné au I de l'article L. 223-10, à son avocat ou à son mandataire ;

2° Aux autorités compétentes des territoires et collectivités territoriales d'outre-mer, aux fins d'authentification du permis de conduire ;

3° Aux autorités étrangère compétentes, aux fins d'authentification du permis de conduire, conformément aux accords internationaux en vigueur ;

4° Aux officiers ou agents de police judiciaire agissant dans le cadre d'une enquête préliminaire ;

5° Aux militaires de la gendarmerie ou aux fonctionnaires de la police nationale habilités à effectuer des contrôles routiers en application des dispositions du présent code ;

5° *bis* Aux agents de police judiciaire adjoints et aux gardes champêtres, aux seules fins d'identifier les auteurs des infractions au présent code qu'ils sont habilités à constater ;

6° Aux autorités administratives civiles ou militaires pour les personnes employées ou susceptibles d'être employées comme conducteur de véhicule à moteur ;

7° Aux entreprises d'assurances pour les personnes dont elles garantissent ou sont appelées à garantir la responsabilité encourue du fait des dommages causés par les véhicules à moteur ;

8° À l'organisme chargé de la délivrance et de la gestion des cartes de conducteur associées au chronotachygraphe électronique utilisé pour le contrôle des transports routiers ;

9° À l'organisme chargé de la délivrance et de la gestion des cartes de qualification de conducteur destinées à prouver la qualification initiale et la formation continue des conducteurs de certains véhicules routiers affectés aux transports de marchandises ou de voyageurs ;

10° Aux fonctionnaires ou agents de l'État chargés du contrôle des transports terrestres placés sous l'autorité du ministre chargé des transports pour l'exercice des compétences en matière de contrôle du transport routier prévues au présent code ;

11° Aux entreprises exerçant une activité de transport public routier de voyageurs ou de marchandises, pour les personnes qu'elles emploient comme conducteur de véhicule à moteur.

Pour le conducteur mentionné au I de l'article L. 223-10, les informations mentionnées au premier alinéa du présent article comprennent celles relatives aux décisions dûment notifiées portant interdiction de conduire sur le territoire national enregistrées en application du 8° du I de l'article L. 225-1.

Art. L. 225-6 *(Mod., Ord. n° 2018-1125, 12 déc. 2018)*. – Aucune donnée à caractère personnel relative au permis de conduire ne peut être divulguée en dehors des cas expressément prévus aux articles L. 225-3 à L. 225-5.

Art. L. 225-7. – Le fait de prendre le nom d'une personne dans des circonstances qui ont déterminé ou auraient pu déterminer, en application de l'article L. 225-1, l'enregistrement au nom de cette personne d'une condamnation judiciaire ou d'une décision administrative est puni des peines prévues par l'article 434-23 du Code pénal.

Art. L. 225-8 *(Mod., Ord. n° 2018-1125, 12 déc. 2018)*. – Le fait, en prenant un faux nom ou une fausse qualité, de se faire communiquer le relevé des mentions enregistrées en application de l'article L. 225-1 et concernant un tiers est puni de la peine prévue par l'article 781 du Code de procédure pénale.

Est puni de la même peine le fait d'obtenir soit directement, soit indirectement, communication de données à caractère personnel dont la divulgation n'est pas expressément prévue par le présent code.

Art. L. 225-9. – **Des décrets en Conseil d'État fixent les conditions d'application des dispositions des articles L. 225-1 à L. 225-8 et notamment les modalités de la communication des décisions de justice par les autorités judiciaires.**

TITRE III. – COMPORTEMENT DU CONDUCTEUR

CHAPITRE I. – COMPORTEMENT EN CAS D'ACCIDENT

Art. L. 231-1 *(V. C. pén., art. 434-10 et 434-45).* – **Les dispositions relatives au délit de fuite commis par le conducteur d'un véhicule sont fixées par les articles 434-10 et 434-45 du Code pénal ci-après reproduits :**

QPC. Non-lieu à renvoi devant le Conseil constitutionnel de la QPC visant l'article L. 231-1 (■ Cass. crim., 19 août 2015, n° 15-81.055 : *Dr. pén.* 2015, comm. 155, obs. Ph. Conte).

Art. L. 231-2 *(Mod., L. n° 2003-495, 12 juin 2003).* – **Les personnes physiques coupables du délit prévu à l'article 434-10 du Code pénal commis à l'occasion de la conduite d'un véhicule encourent également les peines complémentaires suivantes :**

1° L'annulation du permis de conduire avec interdiction de solliciter la délivrance d'un nouveau permis pendant trois ans au plus ;

2° La peine de travail d'intérêt général selon des modalités prévues à l'article 131-8 du Code pénal et selon les conditions prévues aux articles 131-22 à 131-24 du même code et à l'article 20-5 de l'ordonnance n° 45-174 du 2 février 1945 relative à l'enfance délinquante ;

2° *(2° mod. à compter du 30 sept. 2021, Ord. n° 2019-950, 11 sept. 2019)* **La peine de travail d'intérêt général selon des modalités prévues à l'article 131-8 du Code pénal et selon les conditions prévues aux articles 131-22 à 131-24 du même code et à l'article L. 122-1 du Code de la justice pénale des mineurs ;**

3° La peine de jours-amendes dans les conditions fixées aux articles 131-5 et 131-25 du Code pénal.

4° L'interdiction de conduire certains véhicules terrestres à moteur, y compris ceux pour la conduite desquels le permis de conduire n'est pas exigé, pour une durée de cinq ans au plus ;

5° L'obligation d'accomplir, à leurs frais, un stage de sensibilisation à la sécurité routière ;

6° La confiscation du véhicule dont le condamné s'est servi pour commettre l'infraction, s'il en est le propriétaire.

Art. L. 231-3. – **Le délit rappelé à l'article L. 231-1 donne lieu de plein droit à la réduction de la moitié du nombre maximal de points du permis de conduire.**

Bibliographie : G. Defrance, *Le délit de fuite : Jurispr. auto 1997*, p. 540. V. aussi les notes sous l'article 434-10 du Code pénal.

1) **Absence de contact.** Il n'est pas nécessaire qu'il y ait eu contact entre le véhicule du prévenu et la personne blessée ou la chose endommagée (■ Cass. crim., 1er juin : 1935 : *Gaz. Pal.* 1935, 2, 314).

2) **Tiers non impliqué.** Il n'est pas nécessaire qu'un tiers soit impliqué pour que le délit s'applique, par exemple si le conducteur endommage un mur sur son passage (■ CA Poitiers, 18 oct. 2019, n° 17/01432 : *JurisData* n° 2019-022662 ; *Dr. pén.* 2020, ét. 8, n° 11, obs. F. Gauvin).

3) **Voie privée.** Les prescriptions de l'article L. 2 du Code de la route, réprimant le délit de fuite, sont applicables sur l'ensemble du territoire, serait-ce une voie privée (■ Cass. crim., 3 oct. 1983, préc.). *Adde*, ■ Cass. crim., 15 févr. 1982 : *Bull. crim.* n° 49 ; *JCP* 1983, II, 20022, note P. Chambon.

4) **Délit de fuite et homicide ou blessures involontaires.** Il n'est pas nécessaire, pour qu'il y ait délit de fuite, que le juge constate que le prévenu a encouru une responsabilité pénale ou civile ; il suffit qu'il ait pu l'encourir (■ Cass. crim., 23 mars 1974 : *D.* 1974 ; inf. rap. 99. ■ Cass. crim., 3 oct. 1983 : *Bull. crim.* n° 235. ■ Cass. crim., 3 nov. 1983 : *Bull. crim.* n° 276 ; *D.* 1984, 314 note D. Mayer ; *RSC* 1985, p. 293, obs. Ph. Delmas-Saint-Hilaire). Il importe donc peu que le prévenu ait été relaxé du chef d'homicide par imprudence (■ Cass. crim., 23 mai 1953 : *D.* 1953, 372) ou de blessures involontaires (■ Cass. crim., 2 janv. 1959 : *D.* 1959, 469, note J. Prévault). C'est l'événement accident (choc) et non la considération des « conséquences » de celui-ci, soumises à une appréciation purement subjective, différente d'un individu à un autre, qui doit déterminer l'arrêt immédiat de l'automobiliste (■ T. corr. Guingamp, 3 nov. 1989 : *Gaz. Pal.* 18-19 avr. 1990, Somm.).

5) **Abandon de véhicule.** Caractérise le délit de fuite, notamment dans son élément intentionnel, l'arrêt qui constate que le conducteur d'un véhicule, qui venait de causer un accident, a aban-

donné son véhicule sur place et s'est enfui avant d'avoir pu être identifié (▪ Cass. crim., 3 déc. 1975 : *Bull. crim.* n° 268 ; *RSC* 1976, p. 419, obs. Vitu. ▪ Cass. crim., 24 oct. 1978 : *D.* 1979, inf. rap. 39, obs. Puech ; *RSC* 1979, p. 324, obs. Vitu. ▪ Cass. crim., 10 févr. 1993 : *Bull. crim.* n° 68).

6) **Repentir actif.** L'arrêt devant avoir lieu sur place, est punissable le conducteur qui ne s'arrête pas mais se présente ensuite aux autorités de police ou de gendarmerie (▪ Cass. crim., 19 nov. 1974 : *Bull. crim.* n° 337) ou celui qui, à dessein, immobilise son véhicule plus loin et qui revient sur les lieux pour fournir des renseignements erronés à son sujet (▪ Cass. crim., 10 juin 1970 : *Bull. crim.* n° 195 ; *RSC* 1971, p. 110, obs. Vitu).

– Justifie sa décision la cour d'appel qui déclare un prévenu coupable du délit de fuite tout en énonçant qu'il a laissé son véhicule sur une aire de stationnement, dès lors qu'elle retient d'autres circonstances établissant qu'il a tenté d'échapper à sa responsabilité pénale ou civile ; l'obligation de s'arrêter est, en effet, destinée à permettre la détermination des causes de l'accident, ou tout au moins, l'identification du conducteur qui l'a causé (▪ Cass. crim., 29 oct. 1997 : *Bull. crim.* n° 361). Le conducteur qui a causé un dommage ne peut justifier sa fuite par la situation anormale du véhicule qu'il a accidenté (▪ Cass. crim., 3 oct. 1983, préc.).

7) **Arrêt suivie de fuite.** Est coupable le conducteur qui a aidé le motocycliste, qu'il venait de renverser, pour se rendre dans une pharmacie et qui aussitôt après s'en va en omettant sciemment de laisser son identité et tous renseignements sur l'immatriculation de son véhicule, ayant une bonne raison de le faire car il n'était pas assuré (▪ Aix-en-Provence, 2 mars 1989 : *JurisData* n° 1989-043240).

– Une immobilisation de quelques secondes du véhicule qui en a percuté un autre ne répond pas aux exigences de la loi (▪ Cass. crim., 4 juin 2002 : *Dr. pén.* 2003, chron. 2, obs. C. Marsat).

8) **Changement de conducteur.** Encourt la cassation l'arrêt condamnant le prévenu pour délit de fuite au motif qu'il savait que le véhicule, alors piloté par sa femme, venait d'occasionner un accident, et qu'il avait pris ensuite la conduite de la voiture pour s'échapper et se soustraire avec son épouse aux responsabilités encourues. En effet, la conductrice n'était pas elle-même poursuivie de ce chef, et la responsabilité pénale ou civile du prévenu ne pouvait être mise en jeu du seul fait de la maladresse imputable à son épouse (▪ Cass. crim., 25 févr. 1981 : *Bull. crim.* n° 75 ; *RSC*, 1982, p. 341, obs. Vitu).

9) **Complicité.** Est complice de délit de fuite la personne qui, impliquée dans un accident, a déplacé son véhicule pour échapper à toute éventuelle mise en cause et s'est entendu avec d'autres conducteurs, l'auteur de l'accident s'étant enfui, pour fournir une version erronée des événements afin d'égarer les recherches (▪ Cass. crim., 13 janv. 2004 ; *JurisData* n° 2004-022330 ; *Dr. pén.* 2004, note 83).

10) **Identification exclusive du délit.** Un livreur qui refuse de dresser un constat amiable et de dire son identité n'est pas condamné s'il conduit un véhicule peint à l'enseigne de son employeur qu'il s'empresse d'ailleurs d'aviser (▪ Aix-en-Provence, 2 mai 1989 : *JurisData* n° 1989-043304). Échappe également à la condamnation la conductrice maladroite qui, en se garant laborieusement près de chez elle, endommage les voitures voisines et passe à cette manœuvre assez de temps pour être reconnue par des personnes habitant son immeuble (▪ Aix-en-Provence, 20 avr. 1989 : *JurisData* n° 1989-043300).

CHAPITRE II. – ATTEINTES INVOLONTAIRES AUX PERSONNES

Art. L. 232-1 ***(V. C. pén., art. 221-6-1 et 221-8).*** **– Les dispositions relatives à l'homicide involontaire commis à l'occasion de la conduite d'un véhicule terrestre à moteur sont fixées par les articles 221-6-1 et 221-8 du Code pénal ci-après reproduits :**

Art. L. 232-2 ***(V. C. pén., art. 222-19-1, 222-20-1 et 222-44).*** **– Les dispositions relatives aux atteintes involontaires à l'intégrité de la personne commises par le conducteur d'un véhicule terrestre à moteur sont fixées par les articles 222-19-1, 222-20-1 et 222-44 du Code pénal ci-après reproduits :**

Art. 221-6-1. – Lorsque la maladresse, l'imprudence, l'inattention, la négligence ou le manquement à une obligation législative ou réglementaire de prudence ou de sécurité prévu par l'article 221-6 est commis par le conducteur d'un véhicule terrestre à moteur, l'homicide involontaire est puni de cinq ans d'emprisonnement et de 75 000 euros d'amende.

Les peines sont portées à sept ans d'emprisonnement et à 100 000 euros d'amende lorsque :

1° Le conducteur a commis une violation manifestement délibérée d'une obligation particulière de prudence ou de sécurité prévue par la loi ou le règlement autre que celles mentionnées ci-après ;

2° Le conducteur se trouvait en état d'ivresse manifeste ou était sous l'empire d'un état alcoolique caractérisé par une concentration d'alcool dans le sang ou dans l'air expiré égale ou supérieure aux taux fixés par les dispositions législatives ou réglementaires du Code de la route, ou a refusé de se soumettre aux vérifications prévues par ce code et destinées à établir l'existence d'un état alcoolique ;

3° Il résulte d'une analyse sanguine ou salivaire que le conducteur avait fait usage de substances ou de plantes classées comme stupéfiants, ou a refusé de se soumettre aux vérifications prévues par le Code de la route destinées à établir s'il conduisait en ayant fait usage de stupéfiants ;

4° Le conducteur n'était pas titulaire du permis de conduire exigé par la loi ou le règlement ou son permis avait été annulé, invalidé, suspendu ou retenu ;

5° Le conducteur a commis un dépassement de la vitesse maximale autorisée égal ou supérieur à 50 km/h ;

6° Le conducteur, sachant qu'il vient de causer ou d'occasionner un accident, ne s'est pas arrêté et a tenté ainsi d'échapper à la responsabilité pénale ou civile qu'il peut encourir.

Les peines sont portées à dix ans d'emprisonnement et à 150 000 euros d'amende lorsque l'homicide involontaire a été commis avec deux ou plus des circonstances mentionnées aux 1° et suivants du présent article.

....

Art. 221-8. – I. – Les personnes physiques coupables des infractions prévues au présent chapitre encourent également les peines complémentaires suivantes :

1° L'interdiction, suivant les modalités prévues par l'article 131-27, soit d'exercer une fonction publique ou d'exercer l'activité professionnelle ou sociale dans l'exercice ou à l'occasion de l'exercice de laquelle l'infraction a été commise, soit, pour les crimes prévus par les articles 221-1,221-2,221-3,221-4 et 221-5, d'exercer une profession commerciale ou industrielle, de diriger, d'administrer, de gérer ou de contrôler à un titre quelconque, directement ou indirectement, pour son propre compte ou pour le compte d'autrui, une entreprise commerciale ou industrielle ou une société commerciale. Ces interdictions d'exercice peuvent être prononcées cumulativement ;

2° L'interdiction de détenir ou de porter, pour une durée de cinq ans au plus, une arme soumise à autorisation ;

3° La suspension, pour une durée de cinq ans au plus, du permis de conduire, cette suspension pouvant être limitée à la conduite en dehors de l'activité professionnelle ; dans les cas prévus par l'article 221-6-1, la suspension ne peut pas être assortie du sursis, même partiellement, et ne peut pas être limitée à la conduite en dehors de l'activité professionnelle ; dans les cas prévus par les 1° à 6° et le dernier alinéa de l'article 221-6-1, la durée de cette suspension est de dix ans au plus ;

4° L'annulation du permis de conduire avec interdiction de solliciter la délivrance d'un nouveau permis pendant cinq ans au plus ;

4° *bis* L'obligation d'accomplir un stage de sensibilisation aux dangers de l'usage de produits stupéfiants, selon les modalités fixées à l'article 131-35-1 ;

5° La confiscation d'une ou de plusieurs armes dont le condamné est propriétaire ou dont il a la libre disposition ;

6° Le retrait du permis de chasser avec interdiction de solliciter la délivrance d'un nouveau permis pendant cinq ans au plus ;

7° Dans les cas prévus par l'article 221-6-1, l'interdiction de conduire certains véhicules terrestres à moteur, y compris ceux pour la conduite desquels le permis de conduire n'est pas exigé, pour une durée de cinq ans au plus ;

8° Dans les cas prévus par l'article 221-6-1, l'obligation d'accomplir, à ses frais, un stage de sensibilisation à la sécurité routière ;

9° Dans les cas prévus par l'article 221-6-1, l'immobilisation, pendant une durée d'un an au plus, du véhicule dont le condamné s'est servi pour commettre l'infraction, s'il en est le propriétaire ;

10° Dans les cas prévus par l'article 221-6-1, la confiscation du véhicule dont le condamné s'est servi pour commettre l'infraction, s'il en est le propriétaire.

La confiscation du véhicule est obligatoire dans les cas prévus par les 4° et dernier alinéa de l'article 221-6-1 ainsi que, dans les cas prévus par les 2°, 3° et 5° du même article, en cas de récidive ou si la personne a déjà été définitivement condamnée pour un des délits prévus par les articles L. 221-2, L. 224-16, L. 234-1, L. 234-8, L. 235-1, L. 235-3 ou L. 413-1 du Code de la route ou pour la contravention mentionnée à ce même article L. 413-1. La juridiction peut toutefois ne pas prononcer cette peine, par une décision spécialement motivée ;

11° Dans les cas prévus par les 2° et dernier alinéa de l'article 221-6-1, l'interdiction, pendant une durée de cinq ans au plus, de conduire un véhicule qui ne soit pas équipé par un professionnel agréé ou par construction d'un dispositif d'anti-démarrage par éthylotest électronique, homologué dans les conditions prévues à l'article L. 234-17 du Code de la route. Lorsque cette interdiction est prononcée en même temps que la peine d'annulation ou de suspension du permis de conduire, elle s'applique, pour la durée fixée par la juridiction, à l'issue de l'exécution de cette peine.

Toute condamnation pour les délits prévus par les 1° à 6° et le dernier alinéa de l'article 221-6-1 donne lieu de plein droit à l'annulation du permis de conduire avec interdiction de solliciter un nouveau permis pendant dix ans au plus. En cas de récidive, la durée de l'interdiction est portée de plein droit à dix ans et le tribunal peut, par décision spécialement motivée, prévoir que cette interdiction est définitive.

II. – En cas de condamnation pour les infractions prévues à la section 1 du présent chapitre, le prononcé des peines complémentaires prévues aux 2°, 5° et 6° du I est obligatoire. La durée des peines prévues aux 2° et 6° du I est portée à quinze ans au plus.

Toutefois, la juridiction peut, par une décision spécialement motivée lorsque la condamnation est prononcée par une juridiction correctionnelle, décider de ne pas prononcer ces peines, en considération des circonstances de l'infraction et de la personnalité de son auteur.

Voir : ss art. 222-19-1, p. 402, art. 222-20-1, p. 403 et art. 222-44, p. 432.

Art. L. 232-3. – Les infractions d'atteintes involontaires à la vie ou à l'intégrité de la personne soumises à l'occasion de la conduite d'un véhicule à moteur prévues par les articles 221-6-1, 222-19-1 et 222-20-1 du Code pénal donnent lieu de plein droit au retrait de la moitié du nombre maximal de points du permis de conduire.

CHAPITRE III. – COMPORTEMENT EN CAS DE CONTRÔLE ROUTIER

Art. L. 233-1 *(L. n° 2017-258, 28 févr. 2017 ; L. n° 2022-52, 24 janv. 2022)*. **– I. – Le fait, pour tout conducteur, d'omettre d'obtempérer à une sommation de s'arrêter émanant d'un fonctionnaire ou d'un agent chargé de constater les infractions et muni des insignes extérieurs et apparents de sa qualité est puni de deux ans d'emprisonnement et de 15 000 euros d'amende.**

II. – Nonobstant les articles 132-2 à 132-5 du Code pénal, les peines prononcées pour le délit prévu au I du présent article se cumulent, sans possibilité de confusion, avec celles prononcées pour les autres infractions commises à l'occasion de la conduite du véhicule.

III. – Toute personne coupable du délit prévu au I encourt également les peines complémentaires suivantes :

1° La suspension, pour une durée ne pouvant excéder trois ans, du permis de conduire ; cette suspension ne peut être assortie du sursis, ni limitée à la conduite en dehors de l'activité professionnelle ;

2° La peine de travail d'intérêt général, selon les modalités prévues à l'article 131-8 du Code pénal et dans les conditions prévues aux articles 131-22 à 131-24 du même code ainsi qu'à l'article L. 122-1 du Code de la justice pénale des mineurs ;

3° La peine de jours-amende, dans les conditions fixées aux articles 131-5 et 131-25 du Code pénal ;

4° L'annulation du permis de conduire, avec interdiction de solliciter la délivrance d'un nouveau permis pendant une durée ne pouvant excéder trois ans ;

5° La confiscation du véhicule dont le condamné s'est servi pour commettre l'infraction, s'il en est le propriétaire ou, sous réserve des droits du propriétaire de bonne foi, s'il en a la libre disposition, à la condition, dans ce second cas, que le propriétaire dont le titre est connu ou qui a réclamé cette qualité au cours de la procédure ait été mis en mesure de présenter ses observations sur la mesure de confiscation envisagée par la juridiction de jugement aux fins, notamment, de faire valoir le droit qu'il revendique et sa bonne foi ;

6° La confiscation d'un ou de plusieurs véhicules appartenant au condamné ;

7° L'obligation pour le condamné d'accomplir, à ses frais, un stage de sensibilisation à la sécurité routière.

IV. – L'immobilisation du véhicule peut être prescrite, dans les conditions prévues aux articles L. 325-1 à L. 325-3.

V. – Le délit prévu au I du présent article donne lieu, de plein droit, à la réduction de la moitié du nombre maximal de points du permis de conduire.

Art. L. 233-1-1 *(L. n° 2004-204, 9 mars 2004 ; L. n° 2017-258, 28 févr. 2017 ; L. n° 2022-52, 24 janv. 2022)*. **– I. – Lorsque les faits prévus à l'article L. 233-1 ont été commis dans des circonstances exposant directement autrui à un risque de mort ou de blessures de nature à entraîner une mutilation ou une infirmité permanente, ils sont punis de cinq ans d'emprisonnement et de 75 000 € d'amende.**

Les peines sont portées à sept ans d'emprisonnement et à 100 000 euros d'amende lorsque les faits ont été commis dans des circonstances exposant directement les personnes mentionnées au I de l'article L. 233-1 à un risque de mort ou de blessures de nature à entraîner une mutilation ou une infirmité permanente.

II. – Les personnes coupables d'un délit prévu au présent article encourent également les peines complémentaires suivantes, outre celles prévues par les 2°, 3°, 6° et 7° du III de l'article L. 233-1 :

1° La suspension, pour une durée de cinq ans au plus, du permis de conduire ; cette suspension ne peut être assortie du sursis ni être limitée à la conduite en dehors de l'activité professionnelle ;

2° La confiscation obligatoire du véhicule dont le condamné s'est servi pour commettre l'infraction, s'il en est le propriétaire ou, sous réserve des droits du propriétaire de bonne foi, s'il en a la libre disposition, à la condition, dans ce second cas, que le propriétaire dont le titre est connu ou qui a réclamé cette qualité au cours de la procédure ait été mis en mesure de présenter ses observations aux fins, notamment, de faire valoir le droit qu'il revendique et sa bonne foi. La juridiction peut toutefois ne pas prononcer cette peine, par une décision spécialement motivée ;

3° *(Abr., L. n° 2017-258, 28 févr. 2017)* ;

4° L'interdiction de détenir ou de porter, pour une durée de cinq ans au plus, une arme soumise à autorisation ;

5° La confiscation d'une ou plusieurs armes dont le condamné est propriétaire ou, sous réserve des droits du propriétaire de bonne foi, dont il a la libre disposition, à la condition, dans ce second cas, que le propriétaire dont le titre est connu ou qui a réclamé cette qualité au cours de la procédure ait été mis en mesure de présenter ses observations aux fins, notamment, de faire valoir le droit qu'il revendique et sa bonne foi.

III. – Toute condamnation pour les délits prévus au présent article donne lieu, de plein droit, à l'annulation du permis de conduire, avec interdiction de solliciter un nouveau permis pendant une durée ne pouvant excéder cinq ans.

IV. – Ces délits donnent lieu, de plein droit, à la réduction de la moitié du nombre de points maximal du permis de conduire.

Art. L. 233-1-2 *(Mod., L. n° 2022–52, 24 janv. 2022)*. – I. – Toute personne coupable, en état de récidive au sens de l'article 132-10 du Code pénal, de l'infraction prévue à l'article L. 233-1 du présent code encourt également la peine complémentaire de confiscation obligatoire du véhicule ayant servi à commettre l'infraction, si le condamné en est le propriétaire ou, sous réserve des droits du propriétaire de bonne foi, s'il en a la libre disposition, à la condition, dans ce second cas, que le propriétaire dont le titre est connu ou qui a réclamé cette qualité au cours de la procédure ait été mis en mesure de présenter ses observations sur la mesure de confiscation envisagée par la juridiction de jugement aux fins, notamment, de faire valoir le droit qu'il revendique et sa bonne foi. La juridiction peut, toutefois, ne pas prononcer cette peine, par une décision spécialement motivée.

II. – Toute condamnation pour le délit prévu à l'article L. 233-1 du présent code commis en état de récidive, au sens de l'article 132-10 du Code pénal, donne lieu, de plein droit, à l'annulation du permis de conduire avec interdiction de solliciter la délivrance d'un nouveau permis pendant une durée ne pouvant excéder trois ans.

III. – Toute condamnation pour les délits prévus au I de l'article L. 233-1-1 du présent code commis en état de récidive, au sens de l'article 132-10 du Code pénal, donne lieu, de plein droit, à l'annulation du permis de conduire, avec interdiction de solliciter la délivrance d'un nouveau permis pendant une durée ne pouvant excéder dix ans.

Art. L. 233-2. – I. – Le fait pour tout conducteur de refuser de se soumettre à toutes vérifications prescrites concernant son véhicule ou sa personne est puni de trois mois d'emprisonnement et de 3 750 € d'amende.

II. – Toute personne coupable de ce délit encourt également les peines complémentaires suivantes :

1° La suspension, pour une durée de trois ans au plus, du permis de conduire, cette suspension pouvant être limitée à la conduite en dehors de l'activité professionnelle ;

2° *(2° mod. à compter du 30 sept. 2021, Ord. n° 2019-950, 11 sept. 2019)* La peine de travail d'intérêt général selon les modalités prévues à l'article 131-8 du Code pénal et selon les conditions prévues aux articles 131-22 à 131-24 du même code et à l'article L. 122-1 du Code de la justice pénale des mineurs ;

3° La peine de jours-amendes, dans les conditions fixées aux articles 131-5 et 131-25 du Code pénal.

III. – Ce délit donne lieu de plein droit à la réduction de la moitié du nombre maximal de points du permis de conduire.

1) Conducteur uniquement. Aux termes de l'article L. 4 du Code de la route, les services de police ne peuvent exiger la production des documents afférents à la conduite d'un véhicule que s'ils s'adressent à son conducteur, c'est-à-dire celui qui se trouve au volant du véhicule, au moment du contrôle. Les textes en droit pénal étant d'application stricte, les services de police ne pourraient procéder à la recherche d'un conducteur non vu par eux au volant de son véhicule que dans l'hypothèse où ils auraient eu connaissance d'une infraction commise antérieurement par ce conducteur. En conséquence, une personne qui n'était pas, lors de l'arrivée des gendarmes, au volant de sa voiture, était en droit de refuser de produire les papiers afférents à la conduite de celle-ci (■ TGI Foix, 27 févr. 1979 : *JCP* 1981, II, 19559, note P. Chambon ; *RSC* 1981, p. 609, obs. Vitu).

2) Ouverture de coffre. L'obligation imposée par l'article L. 4 ne saurait autoriser les fonctionnaires ou agents chargés de constater les infractions à la circulation, à exiger sous peine de sanctions pénales l'ouverture du coffre d'un véhicule hors le cas d'investigations entreprises dans les formes légales (■ Cass. crim., 23 juin 1964 : *D.* 1964, 578).

– L'exigence de l'ouverture d'un coffre d'automobile au cours d'investigations policières, concernant un crime flagrant, n'a pas le caractère d'une perquisition domiciliaire et n'est donc pas soumise à toutes les restrictions pouvant résulter des articles 56 et suivants du Code de procédure pénale. Est dès lors justifiée la condamnation d'un conducteur qui, en de telles circonstances, a refusé de se soumettre aux « vérifications prescrites concernant le véhicule et la personne » visées par l'article L. 4 du Code de la route, ledit texte ne concernant pas seulement la constatation des infractions à la sécurité et à la circulation routières (■ Cass. crim., 8 nov. 1979 : *JCP* 1980, II, 19337, note Davia ; *D.* 1980, inf. rap. 523, obs. Puech. – *Adde.* D. Mayer, *Plaidoyer pour une définition du flagrant délit* : *D.* 1980, chron. 99. – P. Chambon, *L'ouverture forcée du coffre des véhicules automobiles* : *JCP* 1980, 1, 2983).

3) Fuite pour échapper au contrôle. Le conducteur qui a brusquement ralenti à l'approche d'un « appareil radar » au moyen duquel des fonctionnaires de police effectuent un contrôle de vitesse, et qui en prenant la fuite, ne permet pas à ces fonctionnaires de vérifier si son véhicule ne comporte pas un appareil prohibé par l'article R. 242-4 du Code de la route, se rend coupable d'une infraction à l'article L. 4 du Code de la route qui fait obligation à toutes conducteur d'un véhicule de se soumettre à toutes vérifications concernant le véhicule ou la personne (■ Cass. crim., 9 janv. 1986 : *Bull. crim.* n° 13 ; *RSC*, 1987, p. 195, obs. Ph. Delmas-Saint-Hilaire).

4) Agents assermentés de l'Office national des forêts. Le conducteur qui circule, en méconnaissance des dispositions de l'article R. 331-1 du 1 Code forestier sur une voie du domaine forestier fermée à la circulation, commet le délit prévu par l'article L. 4 du Code de la route lorsqu'il refuse d'obtempérer à une injonction de s'arrêter délivrée par un agent assermenté de l'Office national des forêts, régulièrement muni des signes distinctifs et apparents de sa fonction (■ Cass. crim., 21 juill. 1998 : *Bull. crim.* n° 219 ; *Dr. pén.* 1999, comm. 22, obs. J.-H. Robert).

CHAPITRE IV. – CONDUITE SOUS L'INFLUENCE DE L'ALCOOL

Bibliographie : G. Defrance, *La conduite sous l'empire d'un état alcoolique : Jurispr. auto* 1998, p. 4.

Voir : *infra*, notes ss art. L. 234-14.

Art. L. 234-1. – I. – Même en l'absence de tout signe d'ivresse manifeste, le fait de conduire un véhicule sous l'empire d'un état alcoolique caractérisé par une concentration d'alcool dans le sang égale ou supérieure à 0,80 gramme par litre ou par une concentration d'alcool dans l'air expiré égale ou supérieure à 0,40 milligramme par litre est puni de deux ans d'emprisonnement et de 4 500 € d'amende.

II. – Le fait de conduire un véhicule en état d'ivresse manifeste est puni des mêmes peines.

III. – Dans les cas prévus au I et II du présent article, l'immobilisation peut être prescrite dans les conditions prévues aux articles L. 325-1 à L. 325-3.

IV. – Ces délits donnent lieu de plein droit à la réduction de la moitié du nombre maximal de points du permis de conduire.

V. – Les dispositions du présent article sont applicables à l'accompagnateur d'un élève conducteur.

1) Si c'est à tort que l'arrêt énonce que les marges d'erreur prévues par les articles 3 du décret du 31 décembre 1985 et 15 de l'arrêté du 8 juillet 2003 ne peuvent s'appliquer à une mesure effectuée lors d'un contrôle d'alcoolémie, l'arrêt n'encourt pas pour autant la censure, dès lors que l'interprétation des mesures du taux d'alcoolémie effectuées au moyen d'un éthylomètre constitue pour le juge une faculté et non une obligation (■ Cass. crim., 24 juin 2009, n° 09-81.119 : *Bull. crim.* n° 134).

2) Il appartient au représentant de l'État qui prononce une suspension du permis de conduire en application de l'article L. 224-2 du Code de route de s'assurer que les seuils prévus par l'article L. 234-1 du même code ont été effectivement dépassés et par suite de prendre en compte la marge d'erreur maximale tolérée par l'arrêté (▪ CE, 14 févr. 2018, n° 407914 : *JCP* A 2018, act. 187, note C. Friedrich).

3) Méconnaît l'article 15 de l'arrêté du 8 juillet 2003 relatif au contrôle des éthylomètres la cour d'appel qui écarte le moyen tendant à la requalification du délit de conduite sous l'empire d'un état alcoolique en la contravention de l'article R. 234-1, 2°, du Code de la route aux motifs que l'argument tenant à la marge d'erreur est inopérant car deux taux supérieurs ou égaux à la limite légale ayant été relevés, à 15 minutes d'intervalle, sur un individu ayant reconnu avoir consommé, 1 heure avant le contrôle routier, deux verres de bière. En effet, seule ladite contravention pouvait être caractérisée, quel que soit le taux retenu et compte tenu de la marge d'erreur réglementaire de 8 % de la valeur mesurée pour les concentrations égales ou supérieures à 0,400 mg/l (▪ Cass. crim., 26 mars 2019, n° 18-84.900 : *JurisData* n° 2019-004507 ; *JCP* G 2019, p. 571, note L. Desessard ; *Dr. pén.* 2019, comm. 108, note J.-H. Robert).

Art. L. 234-2 ***(Mod., L. n° 2003-495, 12 juin 2003 ; L. n° 2011-267, 14 mars 2011).*** **– I. – Toute personne coupable de l'un des délits prévus à l'article L. 234-1 encourt également les peines complémentaires suivantes :**

1° La suspension, pour une durée de trois ans au plus, du permis de conduire, cette suspension ne pouvant pas être limitée à la conduite en dehors de l'activité professionnelle ;

2° L'annulation du permis de conduire avec interdiction de solliciter la délivrance d'un nouveau permis pendant trois ans au plus ;

3° ***(3° mod. à compter du 30 sept. 2021, Ord. n° 2019-950, 11 sept. 2019)*** **La peine de travail d'intérêt général selon des modalités prévues à l'article 131-8 du Code pénal et selon les conditions prévues aux articles 131-22 à 131-24 du même code et à l'article L. 122-1 du Code de la justice pénale des mineurs ;**

4° La peine de jours-amendes dans les conditions fixées aux articles 131-5 et 131-25 du Code pénal ;

5° L'interdiction de conduire certains véhicules terrestres à moteur, y compris ceux pour la conduite desquels le permis de conduire n'est pas exigé, pour une durée de cinq ans au plus ;

6° L'obligation d'accomplir, à ses frais, un stage de sensibilisation à la sécurité routière ;

7° L'interdiction, pendant une durée de cinq ans au plus, de conduire un véhicule qui ne soit pas équipé, par un professionnel agréé ou par construction, d'un dispositif homologué d'anti-démarrage par éthylotest électronique. Lorsque cette interdiction est prononcée en même temps que la peine d'annulation ou de suspension du permis de conduire, elle s'applique, pour la durée fixée par la juridiction, à l'issue de l'exécution de cette peine ;

8° ***(L. n° 2019-1428, 24 déc. 2019)*** **La confiscation du véhicule dont le condamné s'est servi pour commettre l'infraction, s'il en est le propriétaire.**

II. – La suspension du permis de conduire prévue au présent article ne peut être assortie du sursis, même partiellement.

1) Suspension de permis à titre de peine principale et sursis. Selon l'article 132-31 du Code pénal, qui ne comporte aucune restriction analogue à celle prévue par l'article L. 234-2, II du Code de la route, le sursis simple est applicable à la peine de suspension du permis de conduire lorsque celle-ci est prononcée, à titre principal, sur le fondement des articles 131-6 et 131-9 du Code pénal (▪ Cass. crim., 18 févr. 2004 : *Bull. crim.* n° 48 ; *Dr. pén.* 2004, comm. 86, obs. J.-H. Robert).

2) Sursis partiel. La suspension du permis de conduire prononcée en application du paragraphe 1er de l'article L. 234-2 II du Code de la route contre toute personne coupable de l'un des délits prévus à l'article L. 234-1 du même code ne peut être assortie de sursis, même partiellement ; encourt la cassation l'arrêt qui en méconnaissance de ces textes prononce une suspension de permis de conduire assortie du sursis (▪ Cass. crim., 24 janv. 2007 : *Bull. crim.* n° 16 ; *Dr. pén.* 2007, comm. 52, obs. J.-H. Robert).

Art. L. 234-3 ***(Mod., L. n° 2011-267, 14 mars 2011 ; L. n° 2016-41, 26 janv. 2016 ; L. n° 2021-646, 25 mai 2021).*** **– Les officiers ou agents de police judiciaire de la gendarmerie ou de la police nationales territorialement compétents soumettent à des vérifications destinées à établir l'état alcoolique, qui peuvent être précédées des épreuves de dépistage de l'imprégnation alcoolique par l'air expiré l'auteur présumé d'une infraction punie par le présent code de la peine complémentaire de suspension du permis de conduire ou le conducteur ou l'accompagnateur de l'élève conducteur impliqué dans un accident de la circulation ayant occasionné un dommage corporel. Sur l'ordre et sous la responsabilité desdits officiers de police judiciaire,**

les agents de police judiciaire adjoints soumettent à des épreuves de dépistage de l'imprégnation alcoolique par l'air expiré l'auteur présumé d'une infraction punie par le présent code de la peine complémentaire de suspension du permis de conduire ou le conducteur ou l'accompagnateur de l'élève conducteur impliqué dans un accident de la circulation ayant occasionné un dommage corporel.

Les officiers ou agents de police judiciaire de la gendarmerie ou de la police nationales territorialement compétents et, sur l'ordre et sous la responsabilité desdits officiers de police judiciaire, les agents de police judiciaire adjoints peuvent soumettre aux mêmes épreuves tout conducteur ou tout accompagnateur d'élève conducteur impliqué dans un accident quelconque de la circulation ou auteur présumé de l'une des infractions aux prescriptions du présent code autres que celles mentionnées au premier alinéa.

Art. L. 234-4 ***(Mod., L. n° 2001-1062, 15 nov. 2001 ; L. n° 2021-646, 25 mai 2021).*** **– Lorsque les épreuves de dépistage permettent de présumer l'existence d'un état alcoolique ou lorsque le conducteur ou l'accompagnateur de l'élève conducteur refuse de les subir ou en cas d'impossibilité de les subir résultant d'une incapacité physique attestée par le médecin requis, les officiers ou agents de police judiciaire font procéder aux vérifications destinées à établir la preuve de l'état alcoolique.**

Lorsque la constatation est faite par un agent de police judiciaire mentionné au 1° *bis*, 1° *ter*, 1° *quater* ou 2° de l'article 21 du Code de procédure pénale, il rend compte immédiatement de la présomption de l'existence d'un état alcoolique ou du refus du conducteur ou de l'accompagnateur de l'élève conducteur de subir les épreuves de dépistage ou de l'impossibilité de les subir résultant d'une incapacité physique attestée par le médecin requis à tout officier de police judiciaire de la police nationale ou de la gendarmerie nationale territorialement compétent, qui peut alors lui ordonner sans délai de lui présenter sur-le-champ la personne concernée.

(Al. mod., L. n° 2019-222, 23 mars 2019) **Les vérifications destinées à établir la preuve de l'état alcoolique sont faites soit au moyen d'analyses ou examens médicaux, cliniques ou biologiques, soit au moyen d'un appareil permettant de déterminer la concentration d'alcool par l'analyse de l'air expiré à la condition que cet appareil soit conforme à un type homologué. À cette fin, l'officier ou l'agent de police judiciaire peut requérir un médecin, un interne en médecine, un étudiant en médecine autorisé à exercer la médecine à titre de remplaçant ou un infirmier pour effectuer une prise de sang.**

1) Dépistages irréguliers. En application de l'article L. 234-3 du Code de la route, les agents de police judiciaire adjoints, sur l'ordre et sous la responsabilité d'officiers de police judiciaire, soumettent à des épreuves de dépistage de l'imprégnation alcoolique par l'air expiré l'auteur présumé d'une infraction au Code de la route punie de la peine complémentaire de suspension du permis de conduire. L'irrégularité de ces épreuves de dépistage a pour effet d'entraîner celle des vérifications ultérieures destinées à établir la preuve de l'état alcoolique. Encourt, en conséquence, la cassation l'arrêt qui, après avoir énoncé que le dépistage d'alcoolémie effectué par des agents de police judiciaire adjoints était irrégulier du fait qu'il n'avait pas été réalisé sur l'ordre et sous la responsabilité d'un officier de police judiciaire, retient que cette nullité ne pouvait entraîner celle de la procédure ultérieure (▪ Cass. crim., 22 oct. 2013, n° 12-86.825 : *Bull. crim.* n° 194 ; *Dr. pén.* 2013, comm. 173, obs. J.-H. Robert).

2) Certificat d'examen de type (ou homologation) du matériel expiré. Il résulte du dernier alinéa de l'article 6 du décret 2001-387 du 3 mai 2001 relatif aux instruments de mesure (en l'espèce un éthylomètre) que lorsque la validité du certificat d'examen de type n'est pas prorogée, les instruments en service conformes à ce type continuent à pouvoir être utilisés et réparés.

Fait une exacte application de ce texte la cour d'appel qui rejette une exception de nullité au constat de ce qu'un éthylomètre dont le certificat d'examen de type avait été délivré plus de dix ans avant l'utilisation en cause répondait aux exigences de ce décret qui prévoient que si la validité du certificat d'examen du type n'est pas prorogée, les instruments en service continuent à pouvoir être utilisés, sous réserve d'être vérifiés, ce qui était le cas de l'espèce, l'instrument ayant fait l'objet d'une vérification périodique (▪ Cass. crim., 15 janv. 2014, n° 13-83.218 : *D.* 2014, act., p. 211 ; *Dr. pén.* 2014, comm. 40, obs. J.-H. Robert). – Rappr. ▪ Cass. crim., 5 nov. 2013, n°s 13-80.235 et 13-81.447, cités dans cette même revue sous le même numéro.

– Les épreuves de dépistage permettent uniquement de présumer l'existence d'un état alcoolique, ainsi que le prévoient les dispositions des articles L. 234-3 et L. 234-4 du Code de la route, et, en application du second de ces textes, seuls les analyses et examens médicaux, cliniques et biologiques, ou les mesures par éthylomètre sont, à la condition que cet appareil soit conforme à un type homologué, de nature à déterminer le taux d'alcoolémie susceptible d'être retenu à l'occasion des poursuites judiciaires. Au regard des dispositions du décret du 3 mai 2001, les mentions relatives à l'homologation et à la vérification annuelle de l'éthylomètre utilisé suffisent à établir le bon fonctionnement de l'appareil. En conséquence, justifie sa décision la cour d'appel qui confirme le jugement condamnant un prévenu poursuivi du chef de conduite d'un véhicule sous l'empire d'un état alcoolique après avoir écarté son argumentation prise de l'absence d'indication, dans le procès-verbal d'enquête, des caractéristiques propres à l'éthylotest utilisé ainsi que de l'utilisation d'un éthylomètre dont l'homologation initiale, accordée pour dix années, était expirée au moment du contrôle (▪ Cass. crim., 28 janv. 2014, n° 13-81.330 : *JCP G* 2014, act., n° 271, p. 433).

– Les épreuves de dépistage permettent uniquement de présumer l'existence d'un état alcoolique ainsi que le prévoient les dispositions des articles L. 234-3 et L. 234-4 du Code de la route, et, en application du second de ces textes, seuls les analyses et examens médicaux, cliniques et biologiques ou les mesures par éthylomètre sont, à la condition que cet appareil soit conforme à un type homologué, de nature à déterminer le taux d'alcoolémie susceptible d'être retenu à l'occasion du poursuite judiciaire. Au regard des dispositions du décret du 3 mai 2001, les mentions relatives à l'homologation et à la vérification annuelle de l'éthylomètre utilisé suffisent à établir le bon fonctionnement de l'appareil.

En conséquence, justifie sa décision, la cour d'appel qui confirme le jugement condamnant un prévenu poursuivi du chef de conduite d'un véhicule sous l'empire d'un état alcoolique, après avoir écarté son argumentation prise de l'absence d'indication, dans le procès-verbal d'enquête des caractéristiques propres à l'éthylotest utilisé ainsi que de l'utilisation d'un éthylomètre dont l'homologation initiale, accordée pour dix années, était expirée au moment du contrôle (▪ Cass. crim., 28 janv. 2014, n° 13-81.330).

3) Contrôle périodique du matériel. Il résulte des articles L. 234-4 et R. 234-2 du Code de la route qu'en matière de conduite sous l'empire d'un état alcoolique, la recherche de la concentration d'alcool par l'analyse de l'air expiré est réalisée au moyen d'un appareil conforme à un type homologué et soumis à des vérifications périodiques.

Selon les articles 30 du décret du 3 mai 2001 relatif au contrôle des instruments de mesure et 13 de l'arrêté du 8 juillet 2003 relatif au contrôle des éthylomètres, si ces éthylomètres sont soumis à une vérification périodique annuelle, cependant, durant les cinq ans suivant la mise en service d'un instrument neuf, deux vérifications ne sont pas obligatoires, sous réserve que l'appareil soit vérifié la première année et qu'il ne soit pas dispensé de vérification deux années consécutives.

Encourt la censure, l'arrêt qui, pour rejeter l'argumentation d'un prévenu qui excipait de ce que seuls les instruments neufs peuvent être dispensés de deux vérifications annuelles durant les cinq ans suivant leur mise en service, énonce que l'appareil employé était bien dans les cinq premières années de sa vérification puisque le certificat d'examen de type, délivré le 24 septembre 2009, était valable jusqu'au 23 septembre 2019 et qu'au jour de la mesure la vérification périodique pouvait « conformément aux dispositions des articles 13 et 30 du décret de 2001 » avoir lieu tous les deux ans, alors que, d'une part, le certificat d'examen de type analysé s'appliquait à un appareil d'un type différent, et que, d'autre part, il appartenait à la cour d'appel de rechercher si l'appareil utilisé était un instrument neuf mis en service depuis moins de cinq ans et pouvant, à ce titre, être dispensé pendant cette période de deux vérifications (▪ Cass. crim., 8 sept. 2015, n° 14-85.563).

4) Organisme chargé des révisions périodiques. Encourt la cassation l'arrêt qui écarte le moyen tiré du défaut de fiabilité de l'éthylomètre résultant de l'absence de mention de l'organisme ayant procédé à la vérification périodique au motif que le bon fonctionnement de l'appareil est établi par homologation et ses vérifications périodiques alors qu'il appartenait aux juges de la cour d'appel de rechercher l'organisme ayant procédé à la vérification de l'appareil et de soumettre cet élément au débat contradictoire sur la preuve (▪ Cass. crim., 8 janv. 2020, n° 19-83.256).

5) Second contrôle. Justifie sa décision la cour d'appel, qui, pour écarter une exception de nullité tirée de l'absence d'un second contrôle de l'alcoolémie d'un conducteur en état d'ébriété, retient d'une part que les vérifications d'alcoolémie ont été effectuées conformément aux articles L. 234-4, L. 234-5 et R. 234-4 du Code de la route et d'autre part que le second contrôle prévu par l'article R. 234-4, 2° dudit code n'a pas été sollicité et n'avait pas à être opéré d'office par l'officier ou l'agent de police judiciaire (▪ Cass. crim., 6 déc. 2016, n° 15-86.619).

– La personne poursuivie pour conduite sous l'empire d'un état alcoolique n'est pas admise à contester devant les juges du fond la régularité des vérifications biologiques auxquelles elle a été soumise, dès lors qu'elle a expressément renoncé à l'analyse de contrôle prévue par l'article R. 3354-14 du Code de la santé publique (▪ Cass. crim., 12 nov. 2008 : *Bull. crim.* n° 226. – Rapp. ▪ Cass. crim., 19 déc. 1991 : *Bull. crim.* n° 486. – V. *infra* l'article R. 234-3 du Code de la route).

Art. L. 234-5. – *(Al. mod., L. n° 2019-222, 23 mars 2019)* **Lorsque les vérifications sont faites au moyen d'analyses ou examens médicaux, cliniques ou biologiques, un échantillon est conservé.**

Lorsqu'elles sont faites au moyen d'un appareil permettant de déterminer la concentration d'alcool par l'analyse de l'air expiré, un second contrôle peut être immédiatement effectué, après vérification du bon fonctionnement de l'appareil ; ce contrôle est de droit lorsqu'il est demandé par l'intéressé.

Art. L. 234-6. – **L'auteur présumé de conduite en état d'ivresse manifeste ou d'accompagnement, en état d'ivresse manifeste, d'un élève conducteur peut être soumis directement aux vérifications destinées à établir l'état alcoolique.**

Peut être soumise directement aux vérifications destinées à établir l'état alcoolique, en application de l'article L. 234-6 du Code de la route, la personne à l'encontre de laquelle a été caractérisé, à la suite d'un contrôle opéré sur le fondement de l'article L. 233-1 dudit code, le délit de conduite en état d'ivresse, incriminé par l'article L. 234-1 II du même code. En effet, ce délit n'est pas, à la différence de la conduite sous l'empire d'un état alcoolique, une infraction occulte (■ Cass. crim., 28 févr. 2017, n° 16-80.744).

Art. L. 234-7. – **Un décret en conseil d'État détermine les conditions dans lesquelles sont effectuées les opérations de dépistage et les vérifications prévues aux articles L. 234-3 à L. 234-6.**

Art. L. 234-8 *(Mod., L. n° 2003-495, 12 juin 2003).* – **I. – Le fait de refuser de se soumettre aux vérifications prévues par les articles L. 234-4 à L. 234-6 ou aux vérifications prévues par l'article L. 234-9 est puni de deux ans d'emprisonnement et de 4 500 € d'amende.**

II. – Toute personne coupable de ce délit encourt également les peines complémentaires suivantes :

1° La suspension, pour une durée de trois ans au plus, du permis de conduire, cette suspension ne pouvant pas être limitée à la conduite en dehors de l'activité professionnelle ;

2° L'annulation du permis de conduire avec interdiction de solliciter la délivrance d'un nouveau permis pendant trois ans au plus ;

3° *(3° mod. à compter du 30 sept. 2021, Ord. n° 2019-950, 11 sept. 2019)* **La peine de travail d'intérêt général selon des modalités prévues à l'article 131-8 du Code pénal et selon les conditions prévues aux articles 131-22 à 131-24 du même code et à l'article L. 122-1 du Code de la justice pénale des mineurs ;**

4° La peine de jours-amendes dans les conditions fixées aux articles 131-5 et 131-25 du Code pénal.

5° L'interdiction de conduire certains véhicules terrestres à moteur, y compris ceux pour la conduite desquels le permis de conduire n'est pas exigé, pour une durée de cinq ans au plus ;

6° L'obligation d'accomplir, à ses frais, un stage de sensibilisation à la sécurité routière.

7° *(L. n° 2019-1428, 24 déc. 2019)* **La confiscation du véhicule dont le condamné s'est servi pour commettre l'infraction, s'il en est le propriétaire ;**

8° *(L. n° 2019-1428, 24 déc. 2019)* **L'interdiction, pendant une durée de cinq ans au plus, de conduire un véhicule qui ne soit pas équipé par un professionnel agréé ou par construction d'un dispositif homologué d'antidémarrage par éthylotest électronique. Lorsque cette interdiction est prononcée en même temps que la peine d'annulation ou de suspension du permis de conduire, elle s'applique, pour la durée fixée par la juridiction, à l'issue de l'exécution de cette peine.**

III. – Ce délit donne lieu de plein droit à la réduction de la moitié du nombre maximal de points du permis de conduire.

IV. – La suspension du permis de conduire prévue au présent article ne peut être assortie du sursis, même partiellement.

1) Sursis (non). Doit être cassé l'arrêt qui, après avoir déclaré le prévenu coupable d'infraction aux dispositions de l'article L. 1 du Code de la route, prononce la suspension du permis de conduire pour six mois dont trois avec sursis ; en effet, l'article L. 14 interdit d'assortir du sursis toute condamnation prononcée pour une infraction prévue par l'article L. 1 du même code (■ Cass. crim., 4 juin 1981 : *Bull. crim.* n° 190).

2) Vérifications périodiques du matériel. Il résulte des articles L. 234-4, L. 234-5 et R. 234-2 du Code de la route qu'en matière de conduite sous l'emprise d'un état alcoolique, la recherche de la concentration d'alcool par l'analyse de l'air expiré est réalisée au moyen d'un appareil conforme à un type homologué et soumis à des vérifications régulières. La preuve de la vérification régulière de l'éthylomètre ne saurait résulter de la seule mention au procès-verbal de la date de la prochaine vérification de l'appareil. Ne justifie pas sa décision la cour d'appel qui, pour écarter l'argumentation du prévenu prise de l'absence de mention au procès-verbal de la date de la dernière vérification de l'éthylomètre se borne à énoncer qu'en raison de la périodicité annuelle des contrôles, cette date peut être aisément déterminée en se référant à celle de la prochaine vérification de l'appareil figurant au procès-verbal (■ Cass. crim., 7 mars 2007 : *Bull. crim.* n° 73).

3) Absence de réquisition. Ne caractérise pas le refus de se soumettre aux vérifications tendant à établir l'état alcoolique, le fait pour un conducteur conduit par les pompiers dans une clinique sur demande des gendarmes aux fins de prélèvement sanguin de quitter l'établissement sans avoir été, faute de réquisition, soumis au prélèvement sanguin souhaité par les gendarmes (■ Cass. crim., 7 mars 2007 : *Bull. crim.* n° 74).

Art. L. 234-9 *(Mod., L. n° 2011-267, 14 mars 2011 ; L. n° 2019-222, 23 mars 2019 ; L. n° 2021-646, 25 mai 2021).* **– Les officiers ou agents de police judiciaire de la gendarmerie ou de la police nationales territorialement compétents soit sur l'instruction du procureur de la République, soit à leur initiative peuvent, même en l'absence d'infraction préalable ou d'accident, soumettre toute personne qui conduit un véhicule ou qui accompagne un élève conducteur à des vérifications destinées à établir l'état alcoolique, qui sont soit réalisées immédiatement et sur les lieux, soit précédées d'épreuves de dépistage de l'imprégnation alcoolique par l'air expiré. Sur l'ordre et sous la responsabilité des officiers de police judiciaire, les agents de police judiciaire adjoints peuvent, même en l'absence d'infraction préalable ou d'accident, soumettre toute personne qui conduit un véhicule ou qui accompagne un élève conducteur à des épreuves de dépistage de l'imprégnation alcoolique par l'air expiré.**

En cas d'impossibilité de subir ces épreuves résultant d'une incapacité physique attestée par le médecin requis, les officiers ou agents de police judiciaire font procéder aux vérifications destinées à établir la preuve de l'état alcoolique au moyen d'analyses ou examens médicaux, cliniques ou biologiques, dans les conditions prévues par les articles L. 234-4 et L. 234-5.

1) Identification de l'OPJ. S'il se déduit de l'article L. 234-9 du Code de la route que le procès-verbal constatant l'infraction doit mentionner l'identité de l'officier de police judiciaire sur l'ordre et sous la responsabilité duquel a agi l'agent verbalisateur ainsi que les heure et lieu du contrôle préventif effectué, le juge peut suppléer le défaut de ces mentions en se référant à tout élément de preuve apporté au cours des débats et soumis à la discussion des parties (■ Cass. crim., 16 mars 2005 : *Bull. crim.* n° 94. ■ Cass. crim., 14 mai 2019, n° 18-84.552).

2) Dépistage par APJ. Il se déduit de l'article L. 3 du Code de la route que l'agent de police judiciaire qui dresse un procès-verbal de conduite sous l'empire d'un état alcoolique, à l'occasion d'un contrôle préventif, d'alcoolémie pratiqué sur l'ordre et sous la responsabilité d'un officier de police judiciaire, doit seulement mentionner dans le procès-verbal l'identité de celui-ci, ainsi que la nature de l'ordre reçu, concernant les heures et lieux du contrôle ; il n'est pas nécessaire que soit joint à la procédure un écrit, matérialisant cet ordre (■ Cass. crim., 10 mars 1998 : *Bull. crim.* n° 90).

– Il résulte de l'article L. 234-9 du Code de la route que les épreuves de dépistage de l'imprégnation alcoolique dans l'air expiré auxquelles les agents de police judiciaire adjoints peuvent soumettre, même en l'absence d'infraction préalable ou d'accident, tout conducteur de véhicule, doivent être réalisées sur l'ordre et sous la responsabilité d'officiers de police judiciaire de la gendarmerie ou de la police nationales territorialement compétents. Encourt la cassation l'arrêt d'une cour d'appel qui déclare réguliers de tels contrôles opérés par des agents de police judiciaire adjoints sur l'ordre d'un maire, au motif que cette qualité lui confère également celle d'officier de police judiciaire (■ Cass. crim., 8 sept. 2015, n° 14-85.562 : *Dr. pén.* 2015, comm. 142, obs. J.-H. Robert).

– Les agents de police judiciaire sont compétents, même s'ils ne sont pas placés sous la responsabilité d'un officier de police judiciaire, pour soumettre un automobiliste aux épreuves de dépistage de l'imprégnation alcoolique par l'air expiré, dès lors qu'ils relèvent des indices faisant présumer qu'il conduisait sous l'empire d'un état alcoolique (■ Cass. crim., 5 nov. 1997 : *Bull. crim.* n° 375).

– Ne justifie pas sa décision la cour d'appel qui écarte l'exception de nullité des opérations de dépistage soulevée par le prévenu, sans rechercher si l'ordre reçu de l'officier de police judiciaire permettait un contrôle préventif aux heures et lieu de la constatation de l'infraction (■ Cass. crim., 22 mars 2016, n° 15-86.093. ■ Cass. crim., 14 mai 2019, n° 18-85.399).

3) Rétention. Il résulte des articles L. 234-4, L. 234-5, L. 234-8 et L. 234-9 du Code de la route que les officiers et agents de police judiciaire qui procèdent aux vérifications destinées à établir la preuve de l'état alcoolique d'un conducteur disposent du droit de retenir la personne concernée pendant le temps strictement nécessaire à ces opérations. Encourt la censure l'arrêt qui, pour annuler les actes de la procédure postérieurs à l'interpellation d'un conducteur soumis aux épreuves de dépistage de son imprégnation alcoolique, retient que l'intéressé aurait dû être placé en garde à vue avant d'être conduit dans les locaux de gendarmerie pour y subir les épreuves de vérification de son état alcoolique (▪ Cass. crim., 21 juin 2006, n° 06-80-392).

4) **Réquisition à un médecin.** La réquisition délivrée, en application des articles L. 3354-1 et R. 3354-5 du Code de la santé publique, à un médecin par un officier de police judiciaire qui constate un accident de la circulation qui semble avoir été causé sous l'empire d'un état alcoolique n'est pas soumise à l'autorisation préalable du procureur de la République (▪ Cass. crim., 15 déc. 2009, n° 09-83-878 : *Dr. pén.* 2010, comm. 35, obs. J.-H. Robert).

5) **Lieu et moment du dépistage.** N'a pas justifié sa décision la cour d'appel qui relaxe le prévenu, poursuivi pour conduite sous l'empire d'un état alcoolique, au motif que les contrôles pouvant être exercés en vertu de l'article L. 234-9 du Code de la route impliquent que la personne contrôlée ait conduit un véhicule sur la voie publique et qu'ils aient lieu sur la voie publique alors qu'en l'espèce, la constatation des signes caractérisant une imprégnation alcoolique a eu lieu au moment où le prévenu se trouvait dans une cour privée et qu'il ne se trouvait ni au volant de son véhicule, ni sur la voie publique. L'arrêt doit être cassé car, d'une part, il ne résulte pas de la procédure que le contrôle de dépistage de l'imprégnation alcoolique ait eu lieu sur le fondement des dispositions de l'article L. 234-9 du Code de la route et, d'autre part, il ressort de ses propres constatations que le prévenu venait de circuler à bord d'un véhicule et qu'il se trouvait sur la voie publique, qu'il a rejoint sur les injonctions des policiers, au moment du dépistage de l'imprégnation alcoolique (▪ Cass. crim., 19 févr. 2019, n° 18-84.553).

Art. L. 234-10 et L. 234-11 *(Abr., L. n° 2003-495, 12 juin 2003).*

Art. L. 234-12 ***(Mod., L. n° 2011-267, 14 mars 2011).*** **– I. – Toute personne coupable, en état de récidive au sens de l'article 132-10 du Code pénal, de l'une des infractions prévues aux articles L. 234-1 et L. 234-8 encourt également les peines complémentaires suivantes :**

1° La confiscation obligatoire du véhicule dont le prévenu s'est servi pour commettre l'infraction, s'il en est propriétaire, la juridiction peut toutefois ne pas prononcer cette peine, par une décision spécialement motivée ;

2° L'immobilisation, pendant une durée d'un an au plus, du véhicule dont le prévenu s'est servi pour commettre l'infraction, s'il en est propriétaire.

II. – ***(Abr., L. n° 2003-495, 12 juin 2003).***

III. – Le fait de détruire, détourner ou tenter de détruire ou de détourner un véhicule confisqué en application des dispositions du présent article est puni des peines prévues par l'article 434-41 du Code pénal.

Vente préalable du véhicule. Le demandeur, qui se prévaut de la vente de son véhicule antérieurement au prononcé de la décision, est sans intérêt à critiquer ladite décision au regard de l'article L. 234-12 du Code de la route (▪ Cass. crim., 21 janv. 2020, n° 19-80.595).

Art. L. 234-13 ***(Mod., L. n° 2003-495, 12 juin 2003 ; L. n° 2019-1428, 24 déc. 2019).*** **– Toute condamnation pour l'une des infractions prévues aux articles L. 234-1 et L. 234-8, commise en état de récidive au sens de l'article 132-10 du Code pénal, donne lieu de plein droit à l'annulation du permis de conduire avec interdiction de conduire un véhicule qui ne soit pas équipé par un professionnel agréé ou par construction d'un dispositif homologué d'anti-démarrage par éthylotest électronique pendant une durée de trois ans au plus, applicable à compter de la date d'obtention d'un nouveau permis de conduire ; cette interdiction ne s'applique cependant pas si ce nouveau permis a été obtenu plus de trois ans après l'annulation du précédent. À l'issue de cette période d'interdiction, l'intéressé est soumis à un contrôle médical de l'aptitude à la conduite.**

1) **QPC.** L'article L. 234-13 du Code de la route a été déclaré conforme à la Constitution : ▪ Cons. const., 29 sept. 2010, n° 2010-40 QPC (*JurisData* n° 2010-030648 ; *Dr. pén.* 2010, comm. 122, obs. J.-H. Robert ; *JCP* G 2010, note 1149, A. Lepage et H. Matsopoulou ; *JCP* G 2011, doctr. 191, p. 341, A. Maron, J.-H. Robert et M. Véron).

2) **Application de la loi dans le temps.** La loi n° 2019-1428 du 24 décembre 2019 d'orientation

des mobilités a privé les juges du pouvoir de fixer la durée pendant laquelle le récidiviste de conduite sous l'empire d'un état alcoolique ne peut pas solliciter un nouveau permis de conduire, pour remplacer celui qui, selon l'article L. 234-13 du Code de la route, est annulé « de plein droit ». Elle a établi l'interdiction, à compter de l'obtention d'un nouveau permis, de conduire un véhicule non équipé d'un dispositif d'antidémarrage par éthylotest électronique. Cette disposition plus douce est immédiatement applicable (▪ Cass. crim., 12 oct. 2021, n° 21-80.370, F-B : *JurisData* n° 2021-015953 ; *Dr. pén.* 2021, comm. 207, obs. J.-H. Robert).

3) Motivation de la peine. Les juges du fonds n'ont pas à motiver les peines d'annulation du permis de conduire et l'interdiction de solliciter la délivrance d'un nouveau permis pendant 3 ans qui s'imposent au regard des dispositions de l'article L. 234-13 du Code de la route (▪ Cass. crim., 7 janv. 2020, n° 18-86.974).

Art. L. 234-14. – À compter d'une date et dans les conditions fixées par décret en Conseil d'État, tout conducteur d'un véhicule automobile devra justifier de la possession d'un éthylotest.

I – DÉFINITIONS

1) Calcul du taux légal. Le taux légal d'alcoolémie exprime un rapport poids/poids et s'apprécie donc par rapport à 1 000 g de sang et non par rapport à un litre de sang (▪ Cass. crim., 2 juill. 1980 : *Bull. crim.* n° 209 ; *Rev sc. crim.* 1981, 611, obs. Vitu).

2) Origine de l'ivresse (indifférence). L'état alcoolique peut provenir, non seulement de l'ingestion volontaire de boissons alcoolisées, mais aussi de la respiration de vapeurs alcooliques au cours du nettoyage d'une cuve dans un chai vinicole (▪ T. corr. Mautauban, 9 févr. 1968 : *JCP* 1969, II, 15781, note Clavel) ou lors de la manipulation de solvants par un ébéniste (▪ Metz, 19 oct. 1989 : *JurisData* n° 1989-046735).

3) Distinction de l'état alcoolique et de l'ivresse manifeste. « État alcoolique » et « ivresse manifeste » prévus respectivement par les articles L. 1er-I, alinéa 2 et L. 1er-1, alinéa 2 et L. 1er-II du Code de la route procèdent d'une même action coupable et constituent en l'espèce un fait juridique unique ne pouvant faire l'objet que d'une seule incrimination dont l'application simultanée avec un des délits réprimés par les articles 319 ou 320 du Code pénal entraîne l'annulation de plein droit du permis de conduire (▪ Cass. crim., 13 oct. 1982 : *Bull. crim.* n° 215).

4) État alcoolique et ivresse manifeste : requalification. Mais dans le cas de la substitution d'une qualification à l'autre, il appartient aux juges, en référence aux articles 388 du Code de procédure pénale, 6-1 de la CEDH et à l'article préliminaire du Code de procédure pénale, d'inviter le prévenu à se défendre sur la nouvelle qualification envisagée (▪ Cass. crim., 4 nov. 2003 : *Dr. pén.* 2004, comm. 37, obs. J.-H. Robert).

5) Élément moral : faute intentionnelle. La conduite d'un véhicule sous l'empire d'un état alcoolique, qui procède d'un comportement volontaire, est un délit intentionnel au regard de l'article 121-3, alinéa 1er, du Code pénal (▪ Cass. crim., 19 déc. 1994 : *Bull. crim.* n° 420).

6) Blessures involontaires : délit. Aux termes de l'article L. 1-III du Code de la route, les blessures involontaires commises par un conducteur en état d'ivresse ou sous l'empire d'un état alcoolique, sont réprimées, même si elles ont entraîné une incapacité de travail d'une durée inférieure à 3 mois, non de peines contraventionnelles, mais des peines correctionnelles prévues par l'article 320 du Code pénal ou, à compter du 1er mars 1994, par l'article 222-19 du Code pénal (▪ Cass. crim., 22 févr. 1995 : *Bull. crim.* n° 80).

II – CONTRÔLE DE L'ÉTAT ALCOOLIQUE

7) Compétence en matière de contrôles. V. notes *supra* sous art. L. 234-4 et L. 234-9.

8) Situation des contrôles : conduite. Au sens de l'article L. 234-9, la personne qu'un officier de police judiciaire peut soumettre aux épreuves de dépistage de l'imprégnation alcoolique par l'air expiré, même en l'absence d'infraction préalable ou d'accident, ne peut s'entendre que de la personne qui conduit un véhicule ou qui accompagne un élève conducteur ; pour infirmer le jugement ayant annulé la procédure au motif de l'irrégularité du contrôle d'alcoolémie pratiqué sur le prévenu alors que celui-ci avait cessé de conduire au moins une heure et quart auparavant, l'arrêt attaqué énonce que « le prévenu ne conteste pas qu'il a conduit son véhicule pour transporter son ami à l'hôpital et qu'il devait nécessairement repartir en le conduisant » ; la cassation est donc encourue (▪ Cass. crim., 23 oct. 2002 : *Dr. pén.* 2003, comm. 8, obs. J.-H. Robert).

– Mais le contrôle est régulier si, avant qu'il soit pratiqué, l'officier de police judiciaire l'a vu conduire et, un certain laps de temps après, l'a interpellée alors qu'elle était assise, ivre, sur le siège du conducteur (▪ Cass. crim., 7 mars 1989 :

Jurispr. auto 1989, p. 276. ▪ Cass. crim., 19 déc. 1989 : *Jurispr. auto* 1990, p. 59).

9) Situation des contrôles : suspicion d'ivresse. Lorsque les gendarmes procédant aux vérifications ont pu présumer que le conducteur était sous l'empire de l'alcool, ils doivent lui faire subir les épreuves de dépistage (▪ Cass. crim., 7 juin 1983 : *D.* 1984, inf. rap. 225, obs., G. Roujou de Boubée) ; même solution si le véhicule n'est pas directement impliqué dans la collision (▪ Cass. crim., 8 nov. 1983, *ibid.*).

10) Situation des contrôles : autre cas. Il résulte de la combinaison des dispositions des articles R. 127, R. 128, R. 129 du Code de la route, de l'arrêté du 31 juillet 1975 et de celui du 24 mars 1981 que le préfet peut, à raison de certaines incapacités physiques, restreindre la validité du permis de conduire en la soumettant à diverses conditions et notamment au port de verres correcteurs. La conduite au mépris de ces restrictions de validité équivaut à la conduite sans obtention d'un permis valable. Il s'ensuit qu'un conducteur dans une telle situation peut légalement, par l'application combinée des articles L. 1er-I, L. 12 et L. 14 du Code de la route, être soumis aux épreuves de dépistage et de vérification de l'état alcoolique (▪ Cass. crim., 13 nov. 1986 : *Bull. crim.* n° 339 ; *RSC* 1987, p. 422, obs. Ph. Delmas-Saint-Hilaire).

11) Contrôle sans dépistage. Si l'épreuve de dépistage pratiquée au moyen de l'alcootest est obligatoire dans certaines conditions prévues par la loi, elle ne saurait être considérée comme le préliminaire indispensable aux opérations de contrôle aux termes de l'article L. 1er-II, al. 2 (▪ Cass. crim., 25 janv. 1984 : *D.* 1984, inf. rap. 226, obs. G. Roujou de Boubée ; V. aussi ▪ Cass. crim., 8 nov. 1988 : *Bull. crim.* n° 380).

12) Intime conviction. Si l'article L. 1er-II du Code de la route, dans sa rédaction de la loi du 12 juillet 1978, énonce que les épreuves de dépistage – ainsi que, les vérifications effectuées dans les conditions prévues au § 1er – ou ces dernières vérifications seulement seront utilisées à l'égard de l'auteur présumé de l'infraction de conduite en état d'ivresse manifeste, les juges du fond peuvent recourir à tout autre moyen de preuve pour se prononcer sur la culpabilité du prévenu, conformément à leur intime conviction, alors même que les vérifications précitées n'auraient abouti à aucun résultat positif (▪ Cass. crim., 9 oct. 1984 : *Bull. crim.* n° 293. ▪ Cass. crim., 12 avr. 1995 ; *Bull. crim.* n° 156). Les résultats de l'expertise sanguine à laquelle il a été procédé sur le prévenu pour conduite sous l'empire d'un état alcoolique ne peuvent être considérés comme probants et servir de base à une condamnation pénale dès lors que le médecin qui a effectué l'expertise atteste avoir désinfecté la peau avec de l'alcool à 90° avant de procéder au prélèvement (▪ T. corr. Mont-de-Mars an, 9 juin 1987 : *Gaz. Pal.* 21-22 oct. 1988). A en outre été jugé qu'en l'absence de texte sanctionnant le défaut de vérification de l'éthylomètre préalablement à un second contrôle, les juges ne peuvent procéder à l'annulation des opérations de dépistage de l'imprégnation alcoolique que s'ils constatent également une contradiction entre les résultats des analyses d'air expiré incompatible avec un bon fonctionnement dudit appareil (▪ Cass. crim., 9 nov. 1994 : *Bull. crim.* n° 357). Sur le sujet d'une contestation relative au fonctionnement de l'éthylomètre, V. ▪ Cass. crim., 29 févr. 2000 : *JCP* 2000, II, 10412, note J.-P. Céré, ainsi qu'au contrôle de cet appareil (V. ▪ Cass. crim., 9 oct. 2012, n° 11-85.254 : *Dr. pén.* 2012, comm. 163, obs. J.-H. Robert).

– Les résultats des analyses qui ont été pratiquées afin de déterminer le taux d'alcoolémie du sang d'un prévenu pour conduite sous l'empire d'un état alcoolique sont soumis à l'appréciation des juges du fond qui conservent, aux termes de l'article 427 du Code de procédure pénale, le droit de se décider d'après leur intime conviction en se fondant sur les preuves qui leur sont apportées au cours des débats et contradictoirement discutées devant eux (▪ Cass. crim., 7 juin 1988 : *Bull. crim.* n° 259).

– Ainsi, justifie sa décision la cour d'appel qui pour relaxer le prévenu poursuivi pour conduite d'un véhicule sous l'empire d'un état alcoolique retient que le premier contrôle effectué par l'épreuve de l'éthylotest a révélé un taux d'alcoolémie de 0,20 milligramme par litre d'air expiré, que le résultat du second contrôle opéré à l'aide du même appareil n'a pas été précisé et qu'un doute subsiste sur l'heure à laquelle il a été procédé aux épreuves de dépistage de l'imprégnation alcoolique (▪ Cass. crim., 31 oct. 2006 : *Bull. crim.* n° 265).

– Les mesures du taux d'alcoolémie, effectuées au moyen d'un éthylomètre, étant soumises à l'appréciation des juges du fond, ceux-ci peuvent tenir compte, pour qualifier l'infraction, de la marge d'erreur tolérée par l'article 3 du décret du 31 décembre 1985, définissant les normes de contrôle de ce type d'appareil (▪ Cass. crim., 20 mars 1996 : *Bull. crim.* n° 120).

– Si c'est à tort qu'un arrêt énonce que les marges d'erreur prévues par les articles 3 du décret du 31 décembre 1985 et 15 de l'arrêté du 8 juillet 2003 ne peuvent s'appliquer à une mesure effectuée lors d'un contrôle d'alcoolémie, il n'encourt pas pour autant la censure dès lors que l'interprétation des mesures du taux d'alcoolémie effectuées au moyen d'un éthylomètre constitue pour le juge une faculté et non une obligation (■ Cass. crim., 24 juin 2009 ; *Bull. crim.* n° 134).

– Si le décret du 31 décembre 1985 fixe, pour les modalités d'homologation et de vérification des éthylomètres, l'erreur maximale tolérée sur la mesure de la concentration d'alcool éthylique à huit centièmes, en plus ou en moins, s'agissant de toute concentration supérieure ou égale à 0,40 milligramme par litre et inférieure à un milligramme par litre, ces dispositions ne font pas obstacle à l'appréciation, par les juges du fond saisis d'une poursuite pour conduite d'un véhicule sous l'empire d'un état alcoolique, des éléments de preuve soumis au débat contradictoire qui incluent, notamment, les résultats des contrôles opérés par un appareil de ce type ayant fait l'objet d'une homologation et de vérifications périodiques régulières (■ Cass. crim., 27 oct. 2009 : *Bull. crim.* n° 175).

– Le défaut de prélèvement sanguin, qu'il soit motivé par l'absence de médecin (■ Cass. crim., 24 janv. 1973 : *Bull. crim.* n° 33) ou par le temps écoulé depuis les faits (■ Cass. crim., 24 janv. 1973 : *Bull. crim.* n° 34) ne saurait faire obstacle à une condamnation.

13) Résultat des analyses. Aucune disposition légale ou réglementaire n'impose que les imprimés délivrés, le cas échéant, par un éthylomètre, soient joints à la procédure diligentée contre un prévenu, poursuivi pour conduite sous l'empire d'un état alcoolique ; justifie dès lors sa décision la cour d'appel, qui, pour rejeter l'exception soulevée par l'intéressé et prise de l'absence du « ticket » délivré par l'éthylomètre à la procédure, énonce que l'infraction reprochée a été relevée dans un procès-verbal régulier, et que la réalité de l'infraction n'est pas plus amplement discutée (■ Cass. crim., 6 mai 1997 : *Bull. crim.* n° 171).

14) Notification du résultat du contrôle. A justifié sa décision, la cour d'appel qui, saisie par un prévenu de l'exception de nullité de la notification de son imprégnation alcoolique, selon lui irrégulière alors qu'il était constaté par ailleurs qu'il n'était pas en mesure de comprendre la notification de ses droits en qualité de gardé à vue, a écarté le grief de nullité, et ce, dès lors, d'une part, que les vérifications d'alcoolémie avaient été effectuées conformément aux articles L. 234-4 et R. 234-4 du Code de la route, et, d'autre part, qu'il se déduit desdites dispositions que les vérifications doivent être effectuées dans le temps le plus voisin des épreuves de dépistage lorsqu'elles se sont avérées positives (■ Cass. crim., 16 févr. 2011, n° 10-80.855 : *Bull. crim.* n° 30).

15) Contestation du résultat du contrôle. Une maladie empêchant l'élimination naturelle de l'alcool ne saurait être une cause d'exonération (■ Bourges, 2 févr. 1989 : *JurisData* n° 1989-042931).

– Ne justifie pas sa décision la cour d'appel qui prononce la relaxe du chef de conduite d'un véhicule sous l'empire d'un état alcoolique sans rechercher, d'une part, si la prise de médicament invoquée par le prévenu comme l'exonérant de sa responsabilité pénale avait été effective et si, à la supposer établie, il avait pu être en mesure d'en connaître les effets, et alors, d'autre part, que les juges du second degré se sont référés aux seules déclarations de l'intéressé pour déterminer la quantité de boissons alcoolisées qu'il aurait ingéré volontairement (■ Cass. crim., 10 déc. 2003 : *Bull. crim.* n° 242).

III – REFUS DU CONTRÔLE

16) Alcootest et prélèvement. Si le fait de refuser le dépistage par alcootest n'est pas érigé en infraction (■ Cass. crim., 17 janv. 1976 : *Bull. crim.* n° 31. ■ Cass. crim., 29 mars 1977 : *Bull. crim.* 114. ■ Cass. crim., 26 févr. 1980 : *Bull. crim.* n° 71), en revanche le refus de prélèvement et des vérifications constitue un délit aux termes de l'article L. 1er-I, alinéa 6 du Code de la route (mêmes arrêts).

– L'article L. 1er du Code de la route, dont les dispositions ne sont pas à cet égard incompatibles avec la Convention européenne de sauvegarde des droits de l'homme et des libertés fondamentales, ne prévoit pas pour les auteurs des infractions visées par cet article et les conducteurs impliqués dans un accident de la circulation le droit de choisir entre les modes de vérification, auxquels la loi accorde la même valeur probante (■ Cass. crim., 27 oct. 1993 : *Bull. crim.* n° 316).

17) Conducteur. Se rend coupable du délit prévu par l'article L. 234-8 du Code de la route celui qui refuse de se soumettre aux vérifications visées par les articles L. 234-4 à L. 234-6, lesquelles sont destinées à établir la preuve de l'état alcoolique ; la qualité de conducteur du véhicule en cause doit s'apprécier au moment où est opposé ce refus (■ Cass. crim., 21 janv. 2004 : *Bull. crim.* n° 15).

– Se rend coupable du délit prévu par l'article L. 1er-I, dernier alinéa du Code de la route celui qui, étant présumé être l'auteur d'une des infractions énumérées à l'article 14 du même code, refuse de se soumettre aux épreuves de dépistage et de vérification de l'état alcoolique, quand bien même il ne serait pas établi en définitive qu'il était le conducteur de la voiture (■ Cass. crim., 11 mai 1982 : *Bull. crim.* n° 119).

18) Moment du contrôle. Aucun texte n'exige que les vérifications médicales, cliniques et biologiques visées par l'article L. 234-4 du Code de la route soient effectuées sur-le-champ ; se rend coupable du délit prévu par l'article L. 234-8 dudit code le conducteur impliqué dans un accident corporel de la circulation qui, trouvé trois quarts d'heure plus tard à son domicile, refuse de se soumettre aux vérifications destinées à établir la preuve de l'état alcoolique (▪ Cass. crim., 8 juin 2006 : *Bull. crim.* n° 167).

19) Infraction formelle. Le délit de refus de prélèvements est établi quand bien même le prévenu serait en définitive renvoyé des fins de la poursuite pour la contravention dont il a été présumé être l'auteur (▪ Cass. crim., 29 mars 1977 : *Bull. crim.* n° 114). Tout en relaxant un prévenu du délit de conduite en état d'ivresse ou sous l'empire d'un état alcoolique les juges peuvent, sans contradiction, le condamner pour refus de se soumettre aux vérifications prévues par l'article L. 1er du Code de la route, s'il est poursuivi de ce chef, dès lors que le comportement de l'intéressé pouvait laisser penser aux agents verbalisateurs qu'il conduisait dans un tel état (▪ Cass. crim., 6 oct. 1987 : *Bull. crim.* n° 337).

IV – ANNULATION DE PLEIN DROIT DU PERMIS DE CONDUIRE

Bibliographie : H. Mabille de la Paumelière, *L'annulation du permis de conduire au regard de la loi du 12 juillet 1978* : *D.* 1978, chron. 287. – G. Defrance, *Le point sur l'annulation de permis* : *Jurispr. auto* 1998, p.11.

20) Conditions d'application. L'annulation de plein droit du permis de conduire est subordonnée à l'application simultanée des articles L. 1er-I, alinéa 2 et II du Code de la route et 319 ou 320 du Code pénal [ancien] ; cette condition n'est pas remplie dans l'hypothèse prévue par l'article L. 1er-III, alinéa 2, qui faisant référence à l'article 320, est seulement indicatif des pénalités encourues (▪ Cass. crim., 4 juin 1981 : *Bull. crim.* 189. ▪ Cass. crim., 22 mars 1982 : *D.* 1982 inf. rap. 248. ▪ Cass. crim., 24 janv. 1983 : *Bull. crim.* n° 24). V. M.-E. Cartier, obs. *in JCP* 1983, I, 3123, n° 99.

– Selon l'article L. 15-II du Code de la route, le permis de conduire est annulé de plein droit en cas de récidive de l'un des délits prévus à l'article L. 1er dudit Code de la route ou lorsqu'il y a lieu à application simultanée de l'article L. 1-I ou L. 1-II du même code et des articles 221-6 ou 222-19 du Code pénal (▪ Cass. crim., 7 déc. 1994 : *Bull. crim.* n° 396).

21) Dispense de peine. Selon les termes de l'article 469-1, alinéa 2, du Code de procédure pénale, la déclaration de culpabilité suivie d'une dispense de peine exclut l'application des dispositions prévoyant des interdictions, déchéances ou incapacités de quelque nature qu'elles soient qui résulteraient de plein droit d'une condamnation, ce qui est le cas de l'annulation de plein droit du permis de conduire résultant d'une condamnation pour conduite sous l'empire d'un état alcoolique en récidive (▪ Cass. crim., 4 févr. 2004 : *Bull. crim.* n° 31 ; *Dr. pén.* 2004, comm. 86, obs. J.-H. Robert).

22) Suspension postérieure à l'annulation. Une peine de suspension prononcée par un arrêt trois mois après un arrêt ayant annulé le permis de conduire du prévenu est en réalité sans objet et, en tout cas, sans incidence sur l'exécution des différentes peines complémentaires, une autorisation administrative annulée ne pouvant être ultérieurement suspendue. Si les preuves complémentaires échappent à l'application générale de la règle du non-cumul, elles ne peuvent cependant être cumulativement subies au-delà du maximum prévu par la loi (▪ Paris, 21 janv. 1981 : *D.* 1987, 515, note H. Mabille de la Paumelière).

23) Relèvement de l'annulation (non). Si les dispositions de l'article 702-1 du Code de procédure pénale ne permettent pas le relèvement d'une mesure d'annulation du permis de conduire, elles autorisent cependant les juges à relever le condamné, en tout ou partie, du délai avant l'expiration duquel il ne peut solliciter un nouveau permis, dès lors que l'annulation n'a pas été prononcée à titre principal (▪ Cass. crim., 11 juill. 1994 : *Dr. pén.* 1994, n° 262, obs. J.-H. Robert ; à rapprocher, ▪ Cass. crim., 30 nov. 1988 : *Bull. crim.* n° 408. ▪ Cass. crim., 17 oct. 1991 : *Bull. crim.* n° 358).

– Selon l'article L. 15-II du Code de la route, le permis de conduire du prévenu est annulé de plein droit en cas de condamnation pour conduite sous l'empire d'un état alcoolique commise en état de récidive. Cette mesure ne peut pas faire l'objet d'une décision de relèvement dans les conditions prévues par l'article 702-1 du Code de procédure pénale (▪ Cass. crim., 18 janv. 2000 : *Bull. crim.* n° 25).

24) Effets de l'annulation. En retenant que l'annulation de plein droit s'étend à toutes les catégories du permis de conduire dont le prévenu est titulaire, la cour d'appel fait l'exacte application de l'article L. 15 du Code de la route (▪ Cass. crim., 29 oct. 1997 : *Bull. crim.* n° 356).

Art. L. 234-15 *(L. n° 2009-1503, 8 déc. 2009)*. **– Les éthylotests anti-démarrage dont sont équipés, à titre préventif, les véhicules des entreprises de transport permettent le traitement automatisé de données relatives à leur fonctionnement, au taux d'alcoolémie des conducteurs et au démarrage des véhicules.**

Les données relatives au taux d'alcoolémie des conducteurs ne doivent être ni consultées, ni communiquées, ni utilisées. Les autres données ne peuvent être consultées que par des personnes nommément désignées par le chef d'entreprise.

Art. L. 234-16 *(L. n° 2011-267, 14 mars 2011).* – I *(I mod., L. n° 2019-1428, 24 déc. 2019).* – Le fait de contrevenir à l'interdiction prononcée sur le fondement du 7° de l'article L. 234-2, du 8° du II de l'article L. 234-8 ou de l'article L. 234-13 est puni de deux ans d'emprisonnement et de 4 500 € d'amende.

II. – Toute personne coupable de l'infraction prévue au I encourt également les peines complémentaires suivantes :

1° L'interdiction de conduire certains véhicules terrestres à moteur, y compris ceux pour la conduite desquels le permis de conduire n'est pas exigé, pendant une durée de cinq ans au plus ;

2° L'annulation du permis de conduire avec interdiction de solliciter la délivrance d'un nouveau permis pendant trois ans au plus ;

3° *(3° mod. à compter du 30 sept. 2021, Ord. n° 2019-950, 11 sept. 2019)* La peine de travail d'intérêt général selon les modalités prévues à l'article 131-8 du Code pénal et selon les conditions prévues aux articles 131-22 à 131-24 du même code et à l'article L. 122-1 du Code de la justice pénale des mineurs.

III. – Toute personne coupable, en état de récidive au sens de l'article 132-10 du Code pénal, de l'infraction prévue au I du présent article encourt également la confiscation obligatoire du véhicule dont elle s'est servie pour commettre l'infraction, si elle en est le propriétaire. La juridiction peut toutefois ne pas prononcer cette peine, par une décision spécialement motivée.

Art. L. 234-17 *(L. n° 2011-267, 14 mars 2011).* – Les conditions d'homologation des dispositifs d'antidémarrage par éthylotest électronique ainsi que les modalités d'agrément des professionnels chargés de les installer sont fixées par voie réglementaire.

Voir : D. n° 2011-1661 du 28 novembre 2011 relatif aux dispositifs d'antidémarrage par éthylotest électronique : *JO* 30 nov. 2011.

Art. L. 234-18 *(En vigueur à compter du 1er juin 2011, L. n° 2011-392, 14 avr. 2011 ; mod., L. n° 2016-731, 3 juin 2016).* – Lorsqu'il a été procédé aux épreuves de dépistage et aux vérifications prévues par les articles L. 234-3 et L. 234-5, le placement en garde à vue de la personne, si les conditions de cette mesure prévues par le Code de procédure pénale sont réunies, n'est pas obligatoire dès lors qu'elle n'est pas tenue sous la contrainte de demeurer à la disposition des enquêteurs et qu'elle a été informée des droits mentionnés à l'article 61-1 du Code de procédure pénale.

CHAPITRE V. – Conduite après usage de substances ou plantes classées comme stupéfiants

Art. L. 235-1 *(Rempl., L. n° 2003-87, 3 févr. 2003 ; mod., L. n° 2003-495, 12 juin 2003 ; L. n° 2007-297, 5 mars 2007 ; L. n° 2016-41, 26 janv. 2016).* – I. – Toute personne qui conduit un véhicule ou qui accompagne un élève conducteur alors qu'il résulte d'une analyse sanguine ou salivaire qu'elle a fait usage de substances ou plantes classées comme stupéfiants est punie de deux ans d'emprisonnement et de 4 500 € d'amende.

Si la personne se trouvait également sous l'empire d'un état alcoolique caractérisé par une concentration d'alcool dans le sang ou dans l'air expiré égale ou supérieure aux taux fixés par les dispositions législatives ou réglementaires du présent code, les peines sont portées à trois ans d'emprisonnement et 9 000 € d'amende.

II. – Toute personne coupable des délits prévus par le présent article encourt également les peines complémentaires suivantes :

1° La suspension pour une durée de trois ans au plus du permis de conduire ; cette suspension ne peut pas être limitée à la conduite en dehors de l'activité professionnelle ; elle ne peut être assortie du sursis, même partiellement ;

2° L'annulation du permis de conduire avec interdiction de solliciter la délivrance d'un nouveau permis pendant trois ans au plus ;

3° *(3° mod. à compter du 30 sept. 2021, Ord. n° 2019-950, 11 sept. 2019)* La peine de travail d'intérêt général selon les modalités prévues à l'article 131-8 du Code pénal et selon les conditions prévues aux articles 131-22 à 131-24 du même code et à l'article L. 122-1 du Code de la justice pénale des mineurs ;

4° La peine de jours-amende dans les conditions fixées aux articles 131-5 et 131-25 du Code pénal.

5° L'interdiction de conduire certains véhicules terrestres à moteur, y compris ceux pour la conduite desquels le permis de conduire n'est pas exigé, pour une durée de cinq ans au plus ;
6° L'obligation d'accomplir, à ses frais, un stage de sensibilisation à la sécurité routière ;
7° L'obligation d'accomplir, à ses frais, un stage de sensibilisation aux dangers de l'usage de produits stupéfiants.
8° *(L. n° 2019-1428, 24 déc. 2019)* La confiscation du véhicule dont le condamné s'est servi pour commettre l'infraction, s'il en est le propriétaire.

III. – L'immobilisation du véhicule peut être prescrite dans les conditions prévues aux articles L. 325-1 à L. 325-3.

IV. – Les délits prévus par le présent article donnent lieu de plein droit à la réduction de la moitié du nombre maximal de points du permis de conduire.

1) QPC. Le premier alinéa du paragraphe I de l'article L. 235-1 du Code de la route est conforme à la Constitution (■ Cons. const., 9 déc. 2011, n° 2011-204 QPC : *JurisData* n° 2011-027142 ; *Dr. pén.* 2012, comm. 22, obs. J.-H. Robert ; *AJ pénal* 2012, p. 96, jurispr., obs. J.-R. Cere).

– Comp. avec ■ Cass. crim., 5 oct. 2011, n° 11-90.085, QPC, Renvoyant la question au Conseil constitutionnel : *Dr. pén.* 2011, comm. 150, obs. J.-H. Robert.

2) Preuve. L'article L. 235-1 du Code de la route même s'il figure au chapitre V dudit code intitulé « conduite sous l'influence de substances ou plantes chassées comme stupéfiants » incrimine le seul fait de conduire un véhicule après avoir fait usage de stupéfiants dès lors que cet usage résulte d'une analyse sanguine (■ Cass. crim., 12 mars 2008, n° 07-83.476 : *Bull. crim.* n° 61 ; *Dr. pén.* 2008, comm. 86, obs. J.-H. Robert).

– L'usage de stupéfiants, élément constitutif de l'infraction prévue par l'article L. 235-1 du Code de la route, qui incrimine le fait de conduire un véhicule après avoir fait usage de stupéfiants, ne peut être prouvé que par analyse sanguine (■ Cass. crim., 15 févr. 2012, n° 11-84.607 : *Bull. crim.* n° 48 ; *D.* 2012, act. p. 817, obs. M. Bombled ; *Dr. pén.* 2012, comm. 70, obs. J.-H. Robert ; sur les modalités du dépistage, V. ■ Cass. crim., 11 juill. 2017, n° 16-86.907 : *Dr. pén.* 2017, comm. 179, note J.-H. Robert).

– L'article L. 235-1 du Code de la route incrimine le seul fait de conduire un véhicule après avoir fait usage de stupéfiants dès lors que cet usage résulte d'une analyse sanguine (■ Cass. crim., 3 oct. 2012, n° 12-82.498 : *Bull. crim.* n° 207 ; *Dr. pén.* 2012, comm. 160, obs. J.-H. Robert ; *Gaz. Pal.* 12-13 déc. 2012, jurispr., p. 7, note R. Mesa).

3) Taux de produits stupéfiants (indifférent). L'article L. 235-1 du Code de la route incrimine le seul fait de conduire après avoir fait usage de stupéfiants dès lors que cet usage résulte d'une analyse sanguine, peu important que le taux de produits stupéfiants révélé par cette analyse soit inférieur au seuil minimum prévu par l'arrêté du 5 septembre 2001 fixant les modalités du dépistage des substances témoignant de l'usage de stupéfiants, qui est un seuil de détection et non un seuil d'incrimination (■ Cass. crim., 14 oct. 2014, n° 13-81.390 : *Bull. crim.* n° 203 ; *Dr. pén.* 2014, comm. 147, obs. J.-H. Robert).

– V., dans le même sens, ■ Cass. crim., 7 mai 2018, n° 17-84.744 : *JurisData* n° 2017-007585 ; *Dr. pén.* 2018, étude 7, n° 7, obs. F. Gauvin.

4) Complicité. Pour une application de la complicité à une personne ayant remis les clés du véhicule à une personne qu'il savait avoir consommé des stupéfiants V. ■ CA Papeete, 7 sept. 2017, n° 16/00124 : *JurisData* n° 2017-021338 ; *Dr. pén.* 2018, étude 7, n° 10, obs. F. Gauvin.

Art. L. 235-2 ***(L. n° 2003-87, 3 févr. 2003 ; L. n° 2011-267, 14 mars 2011 ; L. n° 2016-41, 26 janv. 2016 ; L. n° 2019-222, 23 mars 2019).*** **– Les officiers ou agents de police judiciaire de la gendarmerie ou la police nationales territorialement compétents et, sur l'ordre et sous la responsabilité des officiers de police judiciaire, les agents de police judiciaire adjoints font procéder, sur le conducteur ou l'accompagnateur de l'élève conducteur impliqué dans un accident mortel ou corporel de la circulation, à des épreuves de dépistage en vue d'établir si cette personne conduisait en ayant fait usage de substances ou plantes classées comme stupéfiants.**

Les officiers ou agents de police judiciaire de la gendarmerie ou la police nationales territorialement compétents et, sur l'ordre et sous la responsabilité des officiers de police judiciaire, les agents de police judiciaire adjoints peuvent également faire procéder à ces mêmes épreuves sur tout conducteur ou tout accompagnateur d'élève conducteur qui est impliqué dans un accident matériel de la circulation ou est l'auteur présumé de l'une des infractions au présent code ou à l'encontre duquel il existe une ou plusieurs raisons plausibles de soupçonner qu'il a fait usage de stupéfiants.

ANNEXE 8

Les officiers ou agents de police judiciaire de la gendarmerie ou la police nationales territorialement compétents, agissant sur réquisitions du procureur de la République précisant les lieux et dates des opérations et, sur l'ordre et sous la responsabilité de ces officiers de police judiciaire, les agents de police judiciaire adjoints peuvent également, même en l'absence d'accident de la circulation, d'infraction ou de raisons plausibles de soupçonner un usage de stupéfiants, procéder ou faire procéder, sur tout conducteur ou tout accompagnateur d'élève conducteur, à des épreuves de dépistage en vue d'établir si cette personne conduisait en ayant fait usage de substances ou plantes classées comme stupéfiants. Les réquisitions prévues au présent alinéa peuvent être adressées par tout moyen. Si elles sont adressées oralement, il en est fait mention dans le procès-verbal dressé par l'officier ou l'agent de police judiciaire.

Les officiers ou agents de police judiciaire de la gendarmerie ou de la police nationales territorialement compétents à leur initiative et, sur l'ordre et sous la responsabilité des officiers de police judiciaire, les agents de police judiciaire adjoints, peuvent également, même en l'absence d'accident de la circulation, d'infraction ou de raisons plausibles de soupçonner un usage de stupéfiants, procéder ou faire procéder, sur tout conducteur ou tout accompagnateur d'élève conducteur, à des épreuves de dépistage en vue d'établir si cette personne conduisait en ayant fait usage de substances ou plantes classées comme stupéfiants.

Si les épreuves de dépistage se révèlent positives ou lorsque le conducteur refuse ou est dans l'impossibilité de les subir, les officiers ou agents de police judiciaire font procéder à des vérifications consistant en des analyses ou examens médicaux, cliniques et biologiques, en vue d'établir si la personne conduisait en ayant fait usage de substances ou plantes classées comme stupéfiants. À cette fin, l'officier ou l'agent de police judiciaire peut requérir un médecin, un interne en médecine, un étudiant en médecine autorisé à exercer la médecine à titre de remplaçant ou un infirmier pour effectuer une prise de sang.

Lorsque la constatation est faite par un agent de police judiciaire adjoint mentionné aux 1° *bis*, 1° *ter*, 1° *quater* ou 2° de l'article 21 du Code de procédure pénale, il rend compte immédiatement de la présomption de l'existence d'un usage de substances ou plantes classées comme stupéfiants ou du refus du conducteur ou de l'accompagnateur de l'élève conducteur de subir les épreuves de dépistage à tout officier de police judiciaire de la police nationale ou de la gendarmerie nationale territorialement compétent, qui peut alors lui ordonner sans délai de lui présenter sur-le-champ la personne concernée.

Un décret en Conseil d'État détermine les conditions d'application du présent article.

1) Dépistage négatif (avant la loi de 2016). En l'absence des conditions requises par l'article L. 235-2 du Code de la route, dans sa rédaction antérieure à la loi n° 2016-41 du 26 janvier 2016, notamment l'indice objectif faisant soupçonner un usage de stupéfiants ou toute autre infraction, il n'entre pas dans les prérogatives de l'officier ou de l'agent de police judiciaire, chargé d'une opération de contrôle systématique de l'alcoolémie, de procéder, après un contrôle d'un conducteur se révélant négatif, à des opérations de contrôle de l'usage de stupéfiants après interrogatoire du conducteur sur sa consommation, en l'absence de réquisition appropriée du procureur de la République (■ Cass. crim., 10 févr. 2016, n° 15-81.268 : *Dr. pén.* 2016, comm. 61, obs. J.-H. Robert).

2) Dépistage positif. La réquisition destinée à vérifier si une personne conduisait en ayant fait usage de stupéfiants délivrée, en application de l'article L. 235-2 du Code de la route, par un officier de police judiciaire qui a soumis un conducteur à un dépistage positif de stupéfiants, n'est pas soumise à l'autorisation préalable du procureur de la République (■ Cass. crim., 21 juin 2016, n° 15-86.449 : *Dr. pén.* 2016, comm. 127, note J.-H. Robert).

Art. L. 235-3 *(L. n° 2003-87, 3 févr. 2003 ; L. n° 2003-495, 12 juin 2003 ; L. n° 2007-297, 5 mars 2007)*. – I. – Le fait de refuser de se soumettre aux vérifications prévues par l'article L. 235-2 est puni de deux ans d'emprisonnement et de 4 500 € d'amende.

II. – Toute personne coupable de ce délit encourt également les peines complémentaires suivantes :

1° La suspension pour une durée de trois ans au plus du permis de conduire ; cette suspension ne peut être limitée à la conduite en dehors de l'activité professionnelle ; elle ne peut être assortie du sursis, même partiellement ;

2° L'annulation du permis de conduire avec interdiction de solliciter la délivrance d'un nouveau permis pendant trois ans au plus ;

3° *(3° mod. à compter du 30 sept. 2021, Ord. n° 2019-950, 11 sept. 2019)* La peine de travail d'intérêt général selon les modalités prévues à l'article 131-8 du Code pénal et selon les conditions prévues aux articles 131-22 à 131-24 du même code et à l'article L. 122-1 du Code de la justice pénale des mineurs ;

4° La peine de jours-amende dans les conditions fixées aux articles 131-5 et 131-25 du Code pénal.

5° L'interdiction de conduire certains véhicules terrestres à moteur, y compris ceux pour la conduite desquels le permis de conduire n'est pas exigé, pour une durée de cinq ans au plus ;

6° L'obligation d'accomplir, à ses frais, un stage de sensibilisation à la sécurité routière ;

7° L'obligation d'accomplir, à ses frais, un stage de sensibilisation aux dangers de l'usage de produits stupéfiants.

8° *(L. n° 2019-1428, 24 déc. 2019)* La confiscation du véhicule dont le condamné s'est servi pour commettre l'infraction, s'il en est le propriétaire.

III. – Ce délit donne lieu de plein droit à la réduction de la moitié du nombre maximal de points du permis de conduire.

Art. L. 235-4 *(L. n° 2003-87, 3 févr. 2003 ; L. n° 2011-267, 14 mars 2011)*. – I. – Toute personne coupable, en état de récidive au sens de l'article 132-10 du Code pénal, de l'une des infractions prévues aux articles L. 235-1 et L. 235-3 du présent code encourt également les peines complémentaires suivantes :

1° La confiscation obligatoire du véhicule dont le prévenu s'est servi pour commettre l'infraction, s'il en est propriétaire, la juridiction peut toutefois ne pas prononcer cette peine, par une décision spécialement motivée ;

2° L'immobilisation, pendant une durée d'un an au plus, du véhicule dont le prévenu s'est servi pour commettre l'infraction, s'il en est propriétaire.

Le fait de détruire, détourner ou tenter de détruire ou de détourner un véhicule confisqué ou immobilisé en application des 1° et 2° est puni des peines prévues à l'article 434-41 du Code pénal.

II. – Toute condamnation pour les délits prévus aux articles L. 235-1 et L. 235-3 commis en état de récidive au sens de l'article 132-10 du Code pénal donne lieu de plein droit à l'annulation du permis de conduire avec interdiction de solliciter la délivrance d'un nouveau permis pendant trois ans au plus.

Preuve de la propriété du véhicule. Le certificat d'immatriculation du véhicule, qui ne constitue pas en soi un titre de propriété, produit par le prévenu et mentionnant le nom d'une tierce personne ne saurait suffire à établir de manière irréfutable le droit de propriété de celle-ci sur le véhicule, cette propriété pouvant être établie par tous moyens (■ Cass. crim., 11 sept. 2019, n° 19-80.300).

Art. L. 235-5 *(Abr., L. n° 2003-495, 12 juin 2003 puis rétabli dans la version suivante à compter du 1er juin 2011, L. n° 2011-392, 14 avr. 2011 ; mod., L. n° 2016-731, 3 juin 2016)*. – Lorsqu'il a été procédé aux épreuves de dépistage et aux vérifications prévues par l'article L. 235-2, le placement en garde à vue de la personne, si les conditions de cette mesure prévues par le Code de procédure pénale sont réunies, n'est pas obligatoire dès lors qu'elle n'est pas tenue sous la contrainte de demeurer à la disposition des enquêteurs et qu'elle a été informée des droits mentionnés à l'article 61-1 du Code de procédure pénale.

CHAPITRE VI. – COMPORTEMENTS COMPROMETTANT DÉLIBÉRÉMENT LA SÉCURITÉ OU LA TRANQUILLITÉ DES USAGERS DE LA ROUTE

Art. L. 236-1 *(Créé, L. n° 2018-701, 3 août 2018)*. – I. – Le fait d'adopter, au moyen d'un véhicule terrestre à moteur, une conduite répétant de façon intentionnelle des manœuvres constituant des violations d'obligations particulières de sécurité ou de prudence prévues par les dispositions législatives et réglementaires du présent code dans des conditions qui compromettent la sécurité des usagers de la route ou qui troublent la tranquillité publique est puni d'un an d'emprisonnement et de 15 000 € d'amende.

II. – Les peines sont portées à deux ans d'emprisonnement et à 30 000 € d'amende lorsque les faits sont commis en réunion.

III. – Les peines sont portées à trois ans d'emprisonnement et 45 000 € d'amende :

1° Lorsqu'il résulte d'une analyse sanguine ou salivaire que la personne a fait usage de substances ou plantes classées comme stupéfiants ou lorsque cette personne a refusé de se soumettre aux vérifications prévues par le présent code destinées à établir s'il conduisait en ayant fait usage de stupéfiants ;

2° Lorsque la personne se trouvait sous l'empire d'un état alcoolique caractérisé par une concentration d'alcool dans le sang ou dans l'air expiré égale ou supérieure aux taux fixés par les dispositions législatives ou réglementaires du présent code ou lorsque cette personne a refusé de se soumettre aux vérifications prévues par le présent code et destinées à établir l'existence d'un état alcoolique ;

3° Lorsque le conducteur n'était pas titulaire du permis de conduire exigé par la loi ou le règlement ou que son permis avait été annulé, invalidé, suspendu ou retenu.

IV. – Les peines sont portées à cinq ans d'emprisonnement et 75 000 € d'amende en cas de cumul d'au moins deux des circonstances prévues aux 1°, 2° et 3° du III.

Bibliographie : J-H. Robert, *Excès de vitesse législatif derrière les rodéos* : *Dr. pén.* 2018, comm. 158.

Art. L. 236-2 *(Créé, L. n° 2018-701, 3 août 2018)*. – Est puni de deux ans d'emprisonnement et de 30 000 € d'amende le fait :

1° D'inciter directement autrui à commettre les faits mentionnés à l'article L. 236-1 ;

2° D'organiser un rassemblement destiné à permettre la commission des faits mentionnés au II du même article L. 236-1 ;

3° De faire, par tout moyen, la promotion des faits mentionnés audit article L. 236-1 ou du rassemblement mentionné au 2° du présent article.

Art. L. 236-3 *(Créé, L. n° 2018-701, 3 août 2018 ; L. n° 2022-52, 24 janv. 2022)*. – Toute personne coupable des délits prévus aux articles L. 236-1 et L. 236-2 encourt également, à titre de peine complémentaire :

1° La confiscation obligatoire du véhicule ayant servi à commettre l'infraction si la personne en est le propriétaire ou, sous réserve des droits du propriétaire de bonne foi, si elle en a la libre disposition, à la condition, dans ce second cas, que le propriétaire dont le titre est connu ou qui a réclamé cette qualité au cours de la procédure ait été mis en mesure de présenter ses observations sur la mesure de confiscation envisagée par la juridiction de jugement aux fins, notamment, de faire valoir le droit qu'il revendique et sa bonne foi. La bonne foi est appréciée notamment au regard d'éléments géographiques et matériels objectifs. La juridiction peut toutefois ne pas prononcer cette peine par une décision spécialement motivée ;

2° La suspension pour une durée de trois ans au plus du permis de conduire ;

3° L'annulation du permis de conduire avec interdiction de solliciter la délivrance d'un nouveau permis pendant trois ans au plus ;

4° La peine de travail d'intérêt général selon les modalités prévues à l'article 131-8 du Code pénal et selon les conditions prévues aux articles 131-22 à 131-24 du même code et à l'article L. 122-1 du Code de la justice pénale des mineurs ;

5° La peine de jours-amende dans les conditions fixées aux articles 131-5 et 131-25 du Code pénal ;

6° L'interdiction de conduire certains véhicules terrestres à moteur, y compris ceux pour la conduite desquels le permis de conduire n'est pas exigé, pour une durée de cinq ans au plus ;

7° L'obligation d'accomplir, à ses frais, un stage de sensibilisation à la sécurité routière.

L'immobilisation du véhicule peut être prescrite dans les conditions prévues aux articles L. 325-1 à L. 325-3 du présent code.

TITRE IV. – DISPOSITIONS RELATIVES À L'OUTRE-MER

CHAPITRE I. – DISPOSITIONS PARTICULIÈRES À LA COLLECTIVITÉ TERRITORIALE DE SAINT-PIERRE-ET-MIQUELON

Art. L. 241-1. – Pour l'application du présent livre dans la collectivité territoriale de Saint-Pierre-et-Miquelon, le terme « département » est remplacé par « collectivité territoriale ».

CHAPITRE II. – DISPOSITIONS APPLICABLES DANS LA COLLECTIVITÉ TERRITORIALE DE MAYOTTE

Art. L. 242-1. – Les dispositions législatives du présent livre sont applicables dans la collectivité territoriale de Mayotte.

Art. L. 242-2. – Pour l'application des dispositions du présent livre dans la collectivité territoriale de Mayotte, les termes énumérés ci-après sont remplacés comme suit :

1° « Préfet » par « représentant du Gouvernement » ;

2° « Département » par « collectivité territoriale ».

CHAPITRE III. – DISPOSITIONS APPLICABLES À LA NOUVELLE-CALÉDONIE

Art. L. 243-1 *(Mod., L. n° 2003-495, 12 juin 2003 ; L. n° 2008-644, 1er juill. 2008 ; L. n° 2011-267, 14 mars 2011, L. n° 2019-222, 23 mars 2019 ; mod. à compter du 30 septembre 2021, L. n° 2021-646, 25 mai 2021).* – Pour l'application de l'article L. 225-4 en Nouvelle-Calédonie, les mots : « dans le département » sont remplacés par les mots : « dans la collectivité ».

Les articles L. 234-1 à L. 234-9 sont applicables à la Nouvelle-Calédonie dans la rédaction suivante :

« Art. L. 234-1. – I. – Même en l'absence de tout signe d'ivresse manifeste, le fait de conduire un véhicule sous l'empire d'un état alcoolique caractérisé par une concentration d'alcool dans le sang égale ou supérieure à 0,80 gramme par litre ou par une concentration d'alcool dans l'air expiré égale ou supérieure à 0,40 milligramme par litre est puni de deux ans d'emprisonnement et de 4 500 € d'amende.

II. – Le fait de conduire un véhicule en état d'ivresse manifeste est puni des mêmes peines. »

« Art. L. 234-2. – Toute personne coupable de l'un des délits prévus à l'article L. 234-1 encourt également les peines complémentaires suivantes :

1° La peine de travail d'intérêt général selon des modalités prévues à l'article 131-8 du Code pénal et selon les conditions prévues aux articles 131-22 à 131-24 du même code et à l'article L. 122-1 du Code de la justice pénale des mineurs ;

2° La peine de jours-amendes dans les conditions fixées aux articles 131-5 et 131-25 du Code pénal.

3° L'interdiction, pendant une durée de cinq ans au plus, de conduire un véhicule qui ne soit pas équipé, par un professionnel agréé ou par construction, d'un dispositif homologué d'anti-démarrage par éthylotest électronique. Lorsque cette interdiction est prononcée en même temps que la peine d'annulation ou de suspension du permis de conduire, elle s'applique, pour la durée fixée par la juridiction, à l'issue de l'exécution de cette peine. »

« Art. L. 234-3. – Les officiers ou agents de police judiciaire soumettent à des épreuves de dépistage de l'imprégnation alcoolique par l'air expiré l'auteur présumé de l'une des infractions prévues par les dispositions applicables localement susceptibles d'entraîner une suspension du permis de conduire, ou le conducteur impliqué dans un accident de la circulation ayant occasionné un dommage corporel.

Ils peuvent soumettre aux mêmes épreuves tout conducteur impliqué dans un quelconque accident de la circulation ou l'auteur présumé de l'une des infractions aux prescriptions applicables localement relatives à la vitesse des véhicules et au port de la ceinture de sécurité ou du casque. »

« Art. L. 234-4. – Lorsque les épreuves de dépistage permettent de présumer l'existence d'un état alcoolique ou lorsque le conducteur refuse de les subir, les officiers ou agents de police judiciaire font procéder aux vérifications destinées à établir la preuve de l'état alcoolique.

Lorsque la constatation est faite par un agent de police judiciaire adjoint mentionné au 2° de l'article 21 du Code de procédure pénale, il rend compte immédiatement de la présomption de l'existence d'un état alcoolique ou du refus du conducteur ou de l'accompagnateur de l'élève conducteur de subir les épreuves de dépistage à tout officier de police judiciaire, qui peut alors lui ordonner sans délai de lui présenter sur-le-champ la personne concernée.

Les vérifications prévues au premier alinéa sont faites soit au moyen d'analyses ou examens médicaux, cliniques ou biologiques, soit au moyen d'un appareil permettant de déterminer la concentration d'alcool par l'analyse de l'air expiré, à la condition que cet appareil soit conforme à un type homologué. À cette fin, l'officier ou l'agent de police judiciaire peut requérir un médecin, un interne en médecine, un étudiant en médecine autorisé à exercer la médecine à titre de remplaçant ou un infirmier pour effectuer une prise de sang. »

« Art. L. 234-5. – Lorsque les vérifications sont faites au moyen d'analyses ou examens médicaux, cliniques ou biologiques, un échantillon est conservé.

Lorsqu'elles sont faites au moyen d'un appareil permettant de déterminer la concentration d'alcool par l'analyse de l'air expiré, un second contrôle peut être immédiatement effectué, après vérification du bon fonctionnement de l'appareil ; ce contrôle est de droit lorsqu'il est demandé par l'intéressé. »

« Art. L. 234-6. – L'auteur présumé de conduite en état d'ivresse manifeste peut être soumis directement aux vérifications destinées à établir l'état alcoolique. »

« Art. L. 234-7. – Un décret en Conseil d'État détermine les conditions dans lesquelles sont effectuées les opérations de dépistage et les vérifications prévues aux articles L. 234-3 à L. 234-6. »

« Art. L. 234-8. – I. – Le fait de refuser de se soumettre aux vérifications prévues par les articles L. 234-4 à L. 234-6 ou aux vérifications prévues par l'article L. 234-9 est puni de deux ans d'emprisonnement et de 4 500 € d'amende.

II. – Toute personne coupable de ce délit encourt également les peines complémentaires suivantes :

1° La peine de travail d'intérêt général selon des modalités prévues à l'article 131-8 du Code pénal et selon les conditions prévues aux articles 131-22 à 131-24 du même code et à l'article L. 122-1 du Code de la justice pénale des mineurs ;

2° La peine de jours-amendes dans les conditions fixées aux articles 131-5 et 131-25 du Code pénal. »

« Art. L. 234-9. – Les officiers ou les agents de police judiciaire soit sur instruction du procureur de la République, soit à leur initiative peuvent, même en l'absence d'infraction préalable ou d'accident, soumettre toute personne qui conduit un véhicule à des vérifications destinées à établir l'état alcoolique, qui sont soit réalisées immédiatement et sur les lieux, soit précédées d'épreuves de dépistage de l'imprégnation alcoolique par l'air expiré. Sur l'ordre et sous la responsabilité des officiers de police judiciaire, les agents de police judiciaire adjoints peuvent, même en l'absence d'infraction préalable ou d'accident, soumettre toute personne qui conduit un véhicule ou qui accompagne un élève conducteur à des épreuves de dépistage de l'imprégnation alcoolique par l'air expiré.

Lorsque les épreuves de dépistage permettent de présumer l'existence d'un état alcoolique, les officiers ou agents de police judiciaire font procéder aux vérifications destinées à établir la preuve de l'état alcoolique au moyen de l'appareil permettant de déterminer la concentration d'alcool par l'analyse de l'air expiré, mentionné aux articles L. 234-4 et L. 234-5 et dans les conditions prévues par ces mêmes articles.

En cas d'impossibilité de subir ces épreuves résultant d'une incapacité physique attestée par le médecin requis, les officiers ou agents de police judiciaire font procéder aux vérifications destinées à établir la preuve de l'état alcoolique au moyen d'analyses ou examens médicaux, cliniques ou biologiques, dans les conditions prévues par les articles L. 234-4 et L. 234-5. »

Art. L. 243-2 *(Ord. n° 2004-567, 17 juin 2004 ; L. n° 2011-267, 14 mars 2011 ; L. n° 2017-258, 28 févr. 2017 : L. n° 2019-222, 23 mars 2019 ; mod. à compter du 30 sept. 2021, Ord. n° 2019-950, 11 sept. 2019).* – Les 2°, 3° et 6° de l'article L. 231-2, le I et les 2°, 3° et 5° du II de l'article L. 233-1, le I et les 4° et 5° du II de l'article L. 233-1-1, le I et les 2° et 3° du II de l'article L. 233-2, les articles L. 234-16 et L. 234-17, le I, les 3° et 4° du II et le III de l'article L. 235-1, l'article L. 235-2, le I, les 3° et 4° du II de l'article L. 235-3 et le I de l'article L. 235-4 sont applicables en Nouvelle-Calédonie.

Les articles L. 231-2, L. 233-1, L. 233-2, L. 234-16, L. 235-1, L. 235-3 sont applicables en Nouvelle-Calédonie dans leur rédaction résultant de l'ordonnance n° 2019-950 du 11 septembre 2019 portant partie législative du Code de la justice pénale des mineurs.

CHAPITRE IV. – DISPOSITIONS APPLICABLES À LA POLYNÉSIE FRANÇAISE

Art. L. 244-1 *(Mod., L. n° 2003-495, 12 juin 2003 ; L. n° 2008-644, 1er juill. 2008 ; L. n° 2011-267, 14 mars 2011, L. n° 2019-222, 23 mars 2019 ; L. n° 2021-646, 25 mai 2021).* – Pour l'application de l'article L. 225-4 en Polynésie française, les mots : « dans le département » sont remplacés par les mots : « dans la collectivité ».

Les articles L. 234-1 à L. 234-9 sont applicables à la Polynésie française, dans la rédaction suivante :

« Art. L. 234-1. – I. – Même en l'absence de tout signe d'ivresse manifeste, le fait de conduire un véhicule sous l'empire d'un état alcoolique caractérisé par une concentration d'alcool dans le sang égale ou supérieure à 0,80 gramme par litre ou par une concentration d'alcool dans l'air expiré égale ou supérieure à 0,40 milligramme par litre est puni de deux ans d'emprisonnement et de 4 500 € d'amende.

II. – Le fait de conduire un véhicule en état d'ivresse manifeste est puni des mêmes peines. »

« Art. L. 234-2. – Toute personne coupable de l'un des délits prévus à l'article L. 234-1 encourt également les peines complémentaires suivantes :

1° La peine de travail d'intérêt général selon des modalités prévues à l'article 131-8 du Code pénal et selon les conditions prévues aux articles 131-22 à 131-24 du même code et à l'article L. 122-1 du Code de la justice pénale des mineurs ;

2° La peine de jours-amendes dans les conditions fixées aux articles 131-5 et 131-25 du Code pénal ;

3° L'interdiction, pendant une durée de cinq ans au plus, de conduire un véhicule qui ne soit pas équipé, par un professionnel agréé ou par construction, d'un dispositif homologué d'anti-démarrage par éthylotest électronique. Lorsque cette interdiction est prononcée en même temps que la peine d'annulation ou de suspension du permis de conduire, elle s'applique, pour la durée fixée par la juridiction, à l'issue de l'exécution de cette peine. »

« Art. L. 234-3. – Les officiers ou agents de police judiciaire soumettent à des épreuves de dépistage de l'imprégnation alcoolique par l'air expiré l'auteur présumé de l'une des infractions prévues par les dispositions applicables localement susceptibles d'entraîner une suspension du permis de conduire, ou le conducteur impliqué dans un accident de la circulation ayant occasionné un dommage corporel.

Ils peuvent soumettre aux mêmes épreuves tout conducteur impliqué dans un quelconque accident de la circulation ou l'auteur présumé de l'une des infractions aux prescriptions applicables localement relatives à la vitesse des véhicules et au port de la ceinture de sécurité ou du casque. »

« Art. L. 234-4. – Lorsque les épreuves de dépistage permettent de présumer l'existence d'un état alcoolique ou lorsque le conducteur refuse de les subir, les officiers ou agents de police judiciaire font procéder aux vérifications destinées à établir la preuve de l'état alcoolique.

Ces vérifications sont faites soit au moyen d'analyses ou examens médicaux, cliniques ou biologiques, soit au moyen d'un appareil permettant de déterminer la concentration d'alcool par l'analyse de l'air expiré à la condition que cet appareil soit conforme à un type homologué. À cette fin, l'officier ou l'agent de police judiciaire peut requérir un médecin, un interne en médecine, un étudiant en médecine autorisé à exercer la médecine à titre de remplaçant ou un infirmier pour effectuer une prise de sang. »

« Art. L. 234-5. – Lorsque les vérifications sont faites au moyen d'analyses ou examens médicaux, cliniques ou biologiques, un échantillon est conservé.

Lorsqu'elles sont faites au moyen d'un appareil permettant de déterminer la concentration d'alcool par l'analyse de l'air expiré, un second contrôle peut être immédiatement effectué, après vérification du bon fonctionnement de l'appareil ; ce contrôle est de droit lorsqu'il est demandé par l'intéressé. »

« Art. L. 234-6. – L'auteur présumé de conduite en état d'ivresse manifeste peut être soumis directement aux vérifications destinées à établir l'état alcoolique. »

« Art. L. 234-7. – Un décret en Conseil d'État détermine les conditions dans lesquelles sont effectuées les opérations de dépistage et les vérifications prévues aux articles L. 234-3 à L. 234-6. »

« Art. L. 234-8. – I. – Le fait de refuser de se soumettre aux vérifications prévues par les articles L. 234-4 à L. 234-6 ou aux vérifications prévues par l'article L. 234-9 est puni de deux ans d'emprisonnement et de 4 500 € d'amende.

II. – Toute personne coupable de ce délit encourt également les peines complémentaires suivantes :

1° La peine de travail d'intérêt général selon des modalités prévues à l'article 131-8 du Code pénal et selon les conditions prévues aux articles 131-22 à 131-24 du même code et à l'article L. 122-1 du Code de la justice pénale des mineurs ;

2° La peine de jours-amendes dans les conditions fixées aux articles 131-5 et 131-25 du Code pénal. »

« Art. L. 234-9. – Les officiers ou les agents de police judiciaire soit sur instruction du procureur de la République, soit à leur initiative peuvent, même en l'absence d'infraction préalable ou d'accident, soumettre toute personne qui conduit un véhicule à des vérifications destinées à établir l'état alcoolique, qui sont soit réalisées immédiatement et sur les lieux, soit précédées d'épreuves de dépistage de l'imprégnation alcoolique par l'air expiré. Sur l'ordre et sous la responsabilité des officiers de police judiciaire, les agents de police judiciaire adjoints peuvent, même en l'absence d'infraction préalable ou d'accident, soumettre toute personne qui conduit un véhicule ou qui accompagne un élève conducteur à des épreuves de dépistage de l'imprégnation alcoolique par l'air expiré.

Lorsque les épreuves de dépistage permettent de présumer l'existence d'un état alcoolique, les officiers ou agents de police judiciaire font procéder aux vérifications destinées à établir la preuve de l'état alcoolique au moyen de l'appareil permettant de déterminer la concentration d'alcool par l'analyse de l'air expiré, mentionné aux articles L. 234-4 et L. 234-5 et dans les conditions prévues par ces mêmes articles.

En cas d'impossibilité de subir ces épreuves résultant d'une incapacité physique attestée par le médecin requis, les officiers ou agents de police judiciaire font procéder aux vérifications destinées à établir la preuve de l'état alcoolique au moyen d'analyses ou examens médicaux, cliniques ou biologiques, dans les conditions prévues par les articles L. 234-4 et L. 234-5. »

Art. L. 244-2 *(L. n° 2003-495, 12 juin 2003 ; L. n° 2011-267, 14 mars 2011 ; L. n° 2017-258, 28 févr. 2017 ; L ; n° 2019-222, 23 mars 2019 ; à compter du 30 sept. 2021, Ord. n° 2019-950, 11 sept. 2019).* – Les 2°, 3° et 6° de l'article L. 231-2, le I et les 2°, 3° et 5° du II de l'article L. 233-1, le I et les 4° et 5° du II de l'article L. 233-1-1, le I et les 2° et 3° du II de l'article L. 233-2, les articles L. 234-16 et L. 234-17, le I, les 3° et 4° du II et le III de l'article L. 235-1, l'article L. 235-2, le I, les 3° et 4° du II de l'article L. 235-3 et le I de l'article L. 235-4 sont applicables en Polynésie française.

Les articles L. 231-2, L. 233-1, L. 233-2, L. 234-16, L. 235-1, L. 235-3 sont applicables en Polynésie française dans leur rédaction résultant de l'ordonnance n° 2019-950 du 11 septembre 2019 portant partie législative du Code de la justice pénale des mineurs.

CHAPITRE V. – DISPOSITIONS APPLICABLES AU TERRITOIRE DES ÎLES WALLIS-ET-FUTUNA

Art. L. 245-1 *(Mod., L n° 2003-495, 12 juin 2003 ; L. n° 2008-644, 1er juill. 2008 ; L. n° 2011-267, 14 mars 2011 ; L. n° 2019-222, 23 mars 2019 ; L. n° 2021-646, 25 mai 2021).* – Pour l'application de l'article L. 225-4 dans les îles Wallis-et-Futuna, les mots : « dans le département » sont remplacés par les mots : « dans la collectivité ».

Les articles L. 234-1 à L. 234-9 sont applicables au territoire des îles Wallis-et-Futuna dans la rédaction suivante :

« Art. L. 234-1. – I. – Même en l'absence de tout signe d'ivresse manifeste, le fait de conduire un véhicule sous l'empire d'un état alcoolique caractérisé par une concentration d'alcool dans le sang égale ou supérieure à 0,80 gramme par litre ou par une concentration d'alcool dans l'air expiré égale ou supérieure à 0,40 milligramme par titre est puni de deux ans d'emprisonnement et de 4 500 € d'amende.

II. – Le fait de conduire un véhicule en état d'ivresse manifeste est puni des mêmes peines. »

« Art. L. 234-2. – Toute personne coupable de l'un des délits prévus à l'article L. 234-1 encourt également les peines complémentaires suivantes :

1° La peine de travail d'intérêt général selon des modalités prévues à l'article 131-8 du Code pénal et selon les conditions prévues aux articles 131-22 à 131-24 du même code et à l'article L. 122-1 du Code de la justice pénale des mineurs ;

2° La peine de jours-amendes dans les conditions fixées aux articles 131-5 et 131-25 du Code pénal ;

3° L'interdiction, pendant une durée de cinq ans au plus, de conduire un véhicule qui ne soit pas équipé, par un professionnel agréé ou par construction, d'un dispositif homologué d'anti-démarrage par éthylotest électronique. Lorsque cette interdiction est prononcée en même temps que la peine d'annulation ou de suspension du permis de conduire, elle s'applique, pour la durée fixée par la juridiction, à l'issue de l'exécution de cette peine. »

« Art. L. 234-3. – Les officiers ou agents de police judiciaire soumettent à des épreuves de dépistage de l'imprégnation alcoolique par l'air expiré l'auteur présumé de l'une des infractions prévues aux dispositions applicables localement susceptibles d'entraîner une suspension du permis de conduire, ou le conducteur impliqué dans un accident de la circulation ayant occasionné un dommage corporel.

Ils peuvent soumettre aux mêmes épreuves tout conducteur impliqué dans un quelconque accident de la circulation ou l'auteur présumé de l'une des infractions aux prescriptions applicables localement relatives à la vitesse des véhicules et au port de la ceinture de sécurité ou du casque. »

« Art. L. 234-4. – Lorsque les épreuves de dépistage permettent de présumer l'existence d'un état alcoolique ou lorsque le conducteur refuse de les subir, les officiers ou agents de police judiciaire font procéder aux vérifications destinées à établir la preuve de l'état alcoolique.

Ces vérifications sont faites soit au moyen d'analyses ou examens médicaux, cliniques ou biologiques, soit au moyen d'un appareil permettant de déterminer la concentration d'alcool par l'analyse de l'air expiré à la condition que cet appareil soit conforme à un type homologué. À cette fin, l'officier ou l'agent de police judiciaire peut requérir un médecin, un interne en médecine, un étudiant en médecine autorisé à exercer la médecine à titre de remplaçant ou un infirmier pour effectuer une prise de sang. »

« Art. L. 234-5. – Lorsque les vérifications sont faites au moyen d'analyses ou examens médicaux, cliniques ou biologiques, un échantillon est conservé.

Lorsqu'elles sont faites au moyen d'un appareil permettant de déterminer la concentration d'alcool par l'analyse de l'air expiré, un second contrôle peut être immédiatement effectué, après vérification du bon fonctionnement de l'appareil ; ce contrôle est de droit lorsqu'il est demandé par l'intéressé. »

« Art. L. 234-6. – L'auteur présumé de conduite en état d'ivresse manifeste peut être soumis directement aux vérifications destinées à établir l'état alcoolique. »

« Art. L. 234-7. – Un décret en Conseil d'État détermine les conditions dans lesquelles sont effectuées les opérations de dépistage et les vérifications prévues aux articles L. 234-3 à L. 234-6. »

« Art. L. 234-8. – I. – Le fait de refuser de se soumettre aux vérifications prévues par les articles L. 234-4 à L. 234-6 ou aux vérifications prévues par l'article L. 234-9 est puni de deux ans d'emprisonnement et de 4 500 € d'amende.

II. – Toute personne coupable de ce délit encourt également les peines complémentaires suivantes :

1° La peine de travail d'intérêt général selon des modalités prévues à l'article 131-8 du Code pénal et selon les conditions prévues aux articles 131-22 à 131-24 du même code et à l'article L. 122-1 du Code de la justice pénale des mineurs ;

2° La peine de jours-amendes dans les conditions fixées aux articles 131-5 et 131-25 du Code pénal. »

« Art. L. 234-9. – Les officiers ou les agents de police judiciaire soit sur instruction du procureur de la République, soit à leur initiative peuvent, même en l'absence d'infraction préalable ou d'accident, soumettre toute personne qui conduit un véhicule à des vérifications destinées à établir l'état alcoolique, qui sont soit réalisées immédiatement et sur les lieux, soit précédées d'épreuves de dépistage de l'imprégnation alcoolique par l'air expiré. Sur l'ordre et sous la responsabilité des officiers de police judiciaire, les agents de police judiciaire adjoints peuvent, même en l'absence d'infraction préalable ou d'accident, soumettre toute personne qui conduit un véhicule ou qui accompagne un élève conducteur à des épreuves de dépistage de l'imprégnation alcoolique par l'air expiré.

Lorsque les épreuves de dépistage permettent de présumer l'existence d'un état alcoolique, les officiers ou agents de police judiciaire font procéder aux vérifications destinées à établir la preuve de l'état alcoolique au moyen de l'appareil permettant de déterminer la concentration d'alcool par l'analyse de l'air expiré, mentionné aux articles L. 234-4 à L. 234-6 et dans les conditions prévues par ces mêmes articles.

En cas d'impossibilité de subir ces épreuves résultant d'une incapacité physique attestée par le médecin requis, les officiers ou agents de police judiciaire font procéder aux vérifications destinées à établir la preuve de l'état alcoolique au moyen d'analyses ou examens médicaux, cliniques ou biologiques, dans les conditions prévues par les articles L. 234-4 à L. 234-6 »

Art. L. 245-2 *(Ord. n° 2004-567, 17 juin 2004 ; L. n° 2011-267, 14 mars 2011 ; L. n° 2017-258, 28 févr. 2017 ; L. n° 2019-222, 23 mars 2019).* – Les 2°, 3° et 6° de l'article L. 231-2, le I et les 2°, 3° et 5° du II de l'article L. 233-1, le I et les 4° et 5° du II de l'article L. 233-1-1, le I et les 2° et 3° du II de l'article L. 233-2, les articles L. 234-16 et L. 234-17, le I, les 3° et 4° du II et le III de l'article L. 235-1, l'article L. 235-2, le I, les 3° et 4° du II de l'article L. 235-3 et le I de l'article L. 235-4 sont applicables dans les îles Wallis-et-Futuna.

Le I de l'article L. 235-1 est applicable dans sa rédaction résultant de la loi n° 2016-41 du 26 janvier 2016 de modernisation de notre système de santé.

L'article L. 235-2 est applicable dans sa rédaction résultant de la loi n° 2019-222 du 23 mars 2019 de programmation 2018-2022 et de réforme pour la justice.

LIVRE TROISIÈME. – LE VÉHICULE

TITRE PREMIER. – DISPOSITIONS TECHNIQUES

CHAPITRE I. – DISPOSITIONS GÉNÉRALES ET DÉFINITIONS

Art. L. 311-1. – Les véhicules doivent être construits, commercialisés, exploités, utilisés, entretenus et, le cas échéant, réparés de façon à assurer la sécurité de tous les usagers de la route.

Des décrets en Conseil d'État déterminent les conditions d'application du présent article.

La survenance d'une défaillance mécanique que, par sa nature même, le conducteur, à qui l'article L. 311-1 du Code de la route impose d'entretenir et réparer son véhicule de façon à assurer la sécurité de tous les usagers de la route, a la possibilité de prévenir, par la vérification préalable de l'état dudit véhicule, avant d'en faire usage, ne suffit pas, à elle seule, à constituer la force majeure au sens de l'article 121-3, alinéa 5, du Code pénal (■ Cass. crim., 6 nov. 2013, n° 12-82.182 : *Bull. crim.* n° 215 ; *Dr. pén.* 2014, comm. 24, obs. J.-H. Robert).

Art. L. 311-2 *(L. n° 2016-1547, 18 nov. 2016).* **– À l'occasion des contrôles des véhicules et de leurs conducteurs effectués dans les conditions prévues au Code de procédure pénale ou au présent code, les agents compétents pour effectuer ces contrôles, dont la liste est fixée par voie réglementaire, sont autorisés à procéder aux opérations leur permettant d'accéder aux informations et aux données physiques et numériques embarquées relatives à l'identification et à la conformité du véhicule et de ses composants, afin de vérifier le respect des prescriptions fixées au présent livre III et de vérifier si ce véhicule ou tout ou partie de ses équipements n'ont pas été volés ou recelés.**

Les informations et données embarquées du véhicule autres que celles mentionnées au premier alinéa ne peuvent être utilisées comme preuve de la commission d'autres infractions prévues par le présent code.

CHAPITRE II. – POIDS ET DIMENSIONS

Art. L. 312-1 *(L. n° 2012-387, 22 mars 2012).* **– Sauf exceptions prévues par voie réglementaire, la norme maximale en termes de poids total autorisé en charge d'un véhicule articulé, d'un train double ou d'un ensemble composé d'un véhicule à moteur et d'une remorque est fixée à 44 tonnes pour cinq essieux.**

CHAPITRE III. – ÉCLAIRAGE ET SIGNALISATIONS

Le présent chapitre ne comprend pas de dispositions législatives.

CHAPITRE IV. – PNEUMATIQUES

Art. L. 314-1 *(L. n° 2016-1888, 28 déc. 2016).* **– Dans les massifs mentionnés à l'article 5 de la loi n° 85-30 du 9 janvier 1985 relative au développement et à la protection de la montagne, le représentant de l'État détermine, après avis du comité de massif, les obligations d'équipement des véhicules en période hivernale.**

Un décret pris après avis du Conseil national de la montagne fixe les modalités d'application du présent article, et notamment les dispositifs inamovibles et amovibles antidérapants requis, dans le respect du règlement (CE) n° 661/2009 du Parlement européen et du Conseil du 13 juillet 2009 concernant les prescriptions pour l'homologation relatives à la sécurité générale des véhicules à moteur, de leurs remorques et des systèmes, composants et entités techniques distinctes qui leur sont destinés.

CHAPITRE V. – FREINAGE

Le présent chapitre ne comprend pas de dispositions législatives.

CHAPITRE VI. – ORGANES DE MANŒUVRE, DE DIRECTION ET DE VISIBILITÉ

Le présent chapitre ne comprend pas de dispositions législatives.

CHAPITRE VII. – DISPOSITIFS ET AMÉNAGEMENTS PARTICULIERS

Art. L. 317-1 *(Mod., L. n° 2019-1428, 24 déc. 2019).* **– Le fait, pour le responsable de l'exploitation d'un véhicule de transport routier, d'un engin de déplacement personnel à moteur ou d'un cycle à pédalage assisté soumis à une obligation de limitation de vitesse par construction, de ne pas respecter cette obligation, de modifier, ou, en tant que commettant, de faire ou de laisser modifier le dispositif de limitation de vitesse par construction afin de permettre au véhicule, à l'engin ou au cycle de dépasser sa vitesse maximale autorisée, est puni d'un an d'emprisonnement et de 30 000 € d'amende.**

Le préposé est passible des mêmes peines lorsque l'infraction résulte de son fait personnel.

Toute personne coupable de ce délit encourt également la peine complémentaire de suspension, pour une durée de trois ans au plus, du permis de conduire, cette suspension pouvant être limitée à la conduite en dehors de l'activité professionnelle.

Le véhicule, l'engin ou le cycle sur lequel l'infraction a été commise est immobilisé et retiré de la circulation jusqu'à ce qu'il ait été mis en conformité ou réparé. Un décret en Conseil d'État fixe les conditions d'application du présent alinéa.

Art. L. 317-2. – I. – Le fait de faire usage d'une plaque ou d'une inscription, exigée par les règlements en vigueur et apposée sur un véhicule à moteur ou une remorque, portant un numéro, un nom ou un domicile faux ou supposé est puni de cinq ans d'emprisonnement et de 3 750 € d'amende.

II. – Toute personne coupable de cette infraction encourt également les peines complémentaires suivantes :

1° La suspension, pour une durée de trois ans au plus, du permis de conduire, cette suspension pouvant être limitée à la conduite en dehors de l'activité professionnelle ;

2° La confiscation du véhicule.

III. – Ce délit donne lieu de plein droit à la réduction de la moitié du nombre maximal de points du permis de conduire.

Art. L. 317-3. – I. – Le fait de faire circuler, sur les voies ouvertes à la circulation publique un véhicule à moteur ou une remorque sans que ce véhicule soit muni des plaques ou inscriptions exigées par les règlements et, en outre, de déclarer un numéro, un nom ou un domicile autre que le sien ou que celui du propriétaire est puni cinq ans d'emprisonnement et de 3 750 € d'amende.

II. – Toute personne coupable de cette infraction encourt également les peines complémentaires suivantes :

1° La suspension, pour une durée de trois ans au plus, du permis de conduire, cette suspension pouvant être limitée à la conduite en dehors de l'activité professionnelle ;

2° La confiscation du véhicule.

III. – Ce délit donne lieu de plein droit à la réduction de la moitié du nombre maximal de points du permis de conduire.

Art. L. 317-4. – I. – Le fait de mettre en circulation un véhicule à moteur ou une remorque muni d'une plaque ou d'une inscription ne correspondant pas à la qualité de ce véhicule ou à celle de l'utilisateur est puni de cinq ans d'emprisonnement et de 3 750 € d'amende.

II. – Toute personne coupable de cette infraction encourt également les peines complémentaires suivantes :

1° La suspension, pour une durée de trois ans au plus, du permis de conduire, cette suspension pouvant être limitée à la conduite en dehors de l'activité professionnelle ;

2° La confiscation du véhicule.

III. – Ce délit donne lieu de plein droit à la réduction de la moitié du nombre maximal de points du permis de conduire.

1) Il appartient au propriétaire d'un véhicule, même si celui-ci est donné en location à un tiers, non seulement d'effectuer tes formalités de transfert de la carte grise, mais également de veiller à l'apposition des nouvelles plaques minéralogiques dès la remise au locataire du certificat d'immatriculation définitive (■ Cass. crim., 14 févr. 1989 : *Bull. crim.* n° 71).

2) L'infraction prévue à l'article 9, 1er du Code de la route, n'implique pas que le véhicule sur lequel la plaque a été apposée circule ou stationne dans un lieu public (■ Cass. crim., 22 févr. 1990 : *Dr. pén.* 1990, n° 165).

Art. L. 317-4-1 ***(L. n° 2004-204, 9 mars 2004).*** **– I. – Le fait de mettre en circulation ou de faire circuler un véhicule à moteur ou une remorque muni d'une plaque portant un numéro d'immatriculation attribué à un autre véhicule dans des circonstances qui ont déterminé ou auraient pu déterminer des poursuites pénales contre un tiers est puni de sept ans d'emprisonnement et de 30 000 € d'amende.**

II. – Toute personne coupable de cette infraction encourt également les peines complémentaires suivantes :

1° La suspension, pour une durée de trois ans au plus, du permis de conduire, cette suspension ne pouvant être limitée à la conduite en dehors de l'activité professionnelle ;

2° L'annulation du permis de conduire avec interdiction de solliciter la délivrance d'un nouveau permis pendant trois ans au plus ;

3° La confiscation du véhicule.

III. – Ce délit donne lieu de plein droit à la réduction de la moitié du nombre maximal de points du permis de conduire.

ANNEXE 8

Art. L. 317-5 *(L. n° 2006-10, 5 janv. 2006 ; L. n° 2019-1428, 24 déc. 2019)*. – I. – Le fait pour un professionnel de fabriquer, d'importer, d'exporter, d'exposer, d'offrir, de mettre en vente, de vendre, de proposer à la location ou d'inciter à acheter ou à utiliser un dispositif ayant pour objet de dépasser les limites réglementaires fixées en matière de vitesse, de cylindrée ou de puissance maximale du moteur d'un cyclomoteur, d'une motocyclette, d'un engin de déplacement personnel à moteur, d'un cycle à pédalage assisté ou d'un quadricycle à moteur est puni de deux ans d'emprisonnement et de 30 000 € d'amende.

II. – Le fait pour un professionnel de réaliser, sur un cyclomoteur, une motocyclette, un engin de déplacement personnel à moteur, un cycle à pédalage assisté ou un quadricycle à moteur, des transformations ayant pour effet de dépasser les limites réglementaires fixées en matière de vitesse, de cylindrée ou de puissance maximale du moteur est puni des mêmes peines.

III. – Le dispositif prévu au I est saisi. Lorsque le dispositif est placé, adapté ou appliqué sur un véhicule, un engin de déplacement personnel à moteur ou un cycle à pédalage assisté, ce véhicule, cycle ou engin peut également être saisi.

L'article L. 317-5 du Code de la route, qui interdit notamment le commerce de dispositifs ayant pour objet d'augmenter la puissance du moteur d'un cyclomoteur, ne prévoit aucune dérogation selon l'utilisation des cyclomoteurs transformés ou les voies de circulation empruntées par ces engins, et ce dans sa version issue de la loi n° 2003-495 du 12 juin 2003 comme dans celle issue de la loi n° 2006-10 du 5 janvier 2006 (■ Cass. crim., 9 sept. 2008 : *Bull. crim.* n° 179 ; *Dr. pén.* 2008, comm. 141, obs. J.-H. Robert).

Art. L. 317-6 *(L. n° 2003-495,12 juin 2003)*. – La tentative des délits prévus par l'article L. 317-5 est punie des mêmes peines.

Art. L. 317-7 *(Mod., L. n° 2006-10, 5 janv. 2006)*. – Les personnes physiques coupables des infractions prévues par l'article L. 317-5 encourent également les peines complémentaires suivantes :

1° La suspension, pour une durée de trois ans au plus, du permis de conduire ;

2° La confiscation du véhicule, lorsque le dispositif qui a servi ou était destiné à commettre l'infraction est placé, adapté ou appliqué sur un véhicule ;

3° L'interdiction, suivant les modalités prévues par l'article 131-27 du Code pénal, d'exercer l'activité professionnelle ou sociale dans l'exercice ou à l'occasion de l'exercice de laquelle l'infraction a été commise, pour une durée de cinq ans au plus.

Toute condamnation pour le délit prévu à l'article L. 317-5 donne lieu de plein droit à la confiscation du dispositif qui a servi ou était destiné à commettre l'infraction.

Art. L. 317-8 *(L. n° 2009-526, 12 mai 2009)*. – Les personnes morales déclarées responsables pénalement, dans les conditions prévues par l'article 121-2 du Code pénal, des infractions définies à l'article L. 317-5 encourent, outre l'amende suivant les modalités prévues par l'article 131-38 du Code pénal, les peines prévues par les 4° à 6°, 8° et 9° de l'article 131-39 du même code.

CHAPITRE VIII. – ÉNERGIE, ÉMISSIONS POLLUANTES ET NUISANCES

Art. L. 318-1 *(Mod., L. n° 2019-1428, 24 déc. 2019)*. – Les véhicules doivent être construits, commercialisés, exploités, utilisés, entretenus et, le cas, échéant, réparés de façon à minimiser la consommation d'énergie, la création de déchets non valorisables, les émissions de substances polluantes, notamment de dioxyde de carbone, visées à l'article 2 de la loi n° 96-1230 du 30 décembre 1996 sur l'air et l'utilisation rationnelle de l'énergie ainsi que les autres nuisances susceptibles de compromettre la santé publique.

La consommation énergétique des véhicules et ses méthodes de mesure ainsi que leur classification au titre de leur contribution à la limitation de la pollution atmosphérique telle que définie au troisième alinéa du présent article, doivent être affichées sur le lieu de leur vente ou de leur location.

Les véhicules à moteur font l'objet d'une identification fondée sur leur contribution à la limitation de la pollution atmosphérique et sur leur sobriété énergétique. Dans des conditions fixées par l'autorité chargée de la police de la circulation et du stationnement, les véhicules à très faibles émissions, en référence à des critères déterminés par décret, peuvent notamment bénéficier de conditions de circulation et de stationnement privilégiées.

Cette identification est renouvelée lors du contrôle technique mentionné à l'article L. 323-1 du présent code.
Des décrets en Conseil d'État déterminent les conditions d'application du présent article.

Art. L. 318-2 *(Abr., L. n° 2015-992, 17 août 2015).*

Art. L. 318-3 *(L. n° 2015-992, 17 août 2015 ; L. n° 2019-1428, 24 déc. 2019).* – I. – Est puni d'une amende de 7 500 € le fait de réaliser ou de faire réaliser sur un véhicule des transformations ayant pour effet de supprimer un dispositif de maîtrise de la pollution, d'en dégrader la performance ou de masquer son éventuel dysfonctionnement, ou de se livrer à la propagande ou à la publicité, quel qu'en soit le mode, en faveur de ces transformations.

II. – Les personnes physiques coupables du délit mentionné au I du présent article encourent également la peine complémentaire d'interdiction, suivant les modalités prévues à l'article 131-27 du Code pénal, d'exercer l'activité professionnelle ou sociale dans l'exercice ou à l'occasion de l'exercice de laquelle le délit a été commis, pour une durée maximale d'un an.

III. – Les personnes morales déclarées pénalement responsables, dans les conditions prévues à l'article 121-2 du Code pénal, du délit défini au I du présent article encourent, outre l'amende suivant les modalités prévues à l'article 131-38 du Code pénal, les peines prévues aux 4°, 5°, 8° et 9° de l'article 131-39 du même code.

Art. L. 318-4 *(L. n° 2015-992, 17 août 2015).* – Les mesures prévues aux articles L. 121-4, L. 325-1 à L. 325-3 et L. 325-6 à L. 325-9 sont applicables aux véhicules en infraction aux dispositions des articles L. 311-1, L. 318-1 et L. 318-3 ou aux textes pris pour leur application.

TITRE II. – DISPOSITIONS ADMINISTRATIVES

CHAPITRE I. – RÉCEPTION ET HOMOLOGATION

Art. L. 321-1 *(L. n° 2007-297, 5 mars 2007 ; mod., L. n° 2008-491, 26 mai 2008).* – Le fait d'importer, d'exposer, d'offrir, de mettre en vente, de vendre, de proposer à la location ou d'inciter à acheter ou à utiliser un cyclomoteur, une motocyclette un tricycle à moteur ou un quadricycle à moteur soumis à réception et non réceptionné ou qui n'est plus conforme à celle-ci est puni de six mois d'emprisonnement et de 7 500 € d'amende. Lorsque cette infraction est commise par un professionnel, elle est punie de deux ans d'emprisonnement et de 30 000 € d'amende. Le véhicule peut être saisi.

Un décret détermine les conditions dans lesquelles il peut être dérogé aux dispositions du présent article pour tout véhicule destiné à participer à une course ou épreuve sportive.

Art. L. 321-1-1 *(L. n° 2008-491, 26 mai 2008 ; mod. à compter du 1er avril 2022, L. n° 2022-52, 24 janv. 2022).* – Le fait de circuler sur les voies ouvertes à la circulation publique ou les lieux ouverts à la circulation publique ou au public avec un cyclomoteur, une motocyclette, un tricycle à moteur ou un quadricycle à moteur non soumis à réception est puni d'une contravention de la cinquième classe.

Les véhicules mentionnés au premier alinéa dont la vitesse peut excéder, par construction, vingt-cinq kilomètres par heure sont vendus, cédés ou loués par des professionnels dans des conditions définies par décret. Lorsqu'un de ces véhicules est loué, le contrat de location comporte le numéro d'identification du véhicule mentionné à l'article L. 321-1-2 et le numéro d'immatriculation du véhicule servant à le transporter.

Les véhicules mentionnés au deuxième alinéa ne peuvent pas être vendus, cédés ou faire l'objet d'une location-vente à un mineur. Ils ne peuvent pas être loués à un mineur de quatorze ans ou mis à sa disposition. Toutefois, la mise à disposition de ces véhicules aux mineurs de quatorze ans dans le cadre d'une association sportive agréée est autorisée.

Le fait de vendre, céder, louer ou mettre à disposition un de ces véhicules en violation de ces dispositions est puni d'une contravention de la cinquième classe.

Les véhicules mentionnés au deuxième alinéa ne peuvent être utilisés que sur des terrains adaptés à leur pratique dans des conditions définies par décret. Toutefois, un décret détermine les conditions dans lesquelles ces véhicules peuvent être utilisés sur des terrains privés à des fins professionnelles. Les mineurs de quatorze ans ne peuvent les utiliser sur des terrains adaptés que dans le cadre d'une association sportive agréée.

Est puni d'une contravention de la cinquième classe le fait d'utiliser ou de favoriser l'utilisation de ces véhicules en violation de ces dispositions.

La confiscation, l'immobilisation ou la mise en fourrière peuvent être prescrites dans les conditions prévues aux articles L. 325-1 à L. 325-9.

La récidive des contraventions prévues aux alinéas précédents est punie conformément aux articles 132-11 et 132-15 du Code pénal. La confiscation du véhicule utilisé pour commettre l'infraction est de plein droit, sauf décision spécialement motivée de la juridiction.

Décret n° 2010-44 du 12 janvier 2010

relatif à l'information concernant l'interdiction de circulation sur les voies ouvertes au public de certains engins motorisés

Art. 1er. – La mention lisible, visible et indélébile : « interdiction de circulation sur les voies ouvertes au public » figure sur les engins mentionnés au deuxième alinéa de l'article L. 321-1-1 du Code de la route, sur leur emballage, sur la notice d'emploi jointe et sur toute publicité relative à ces engins, quel qu'en soit le support. Elle est affichée sur leur lieu de vente ou de mise à disposition.

Art. 2. – Il est interdit d'exposer, de distribuer à titre gratuit, de mettre en vente, de vendre ou de mettre à disposition les engins mentionnés à l'article 1er qui ne répondraient pas aux dispositions du présent décret.

Art. 3. – Est puni de la peine d'amende prévue pour les contraventions de 3e classe le fait d'exposer, de distribuer à titre gratuit, de mettre en vente, de vendre ou de mettre à disposition les engins mentionnés à l'article 1er qui ne répondraient pas aux dispositions du présent décret.

Art. L. 321-1-2 *(L. n° 2008-491, 26 mai 2008 ; mod. à compter du 1er avril 2022, L. n° 2022-52, 24 janv. 2022)*. – Toute personne qui vend un véhicule neuf mentionné au deuxième alinéa de l'article L. 321-1-1 déclare ce véhicule auprès de l'autorité administrative, pour le compte de son acquéreur. Tout acquéreur d'un véhicule d'occasion mentionné au même deuxième alinéa déclare ce véhicule auprès de l'autorité administrative.

L'autorité administrative mentionnée au premier alinéa du présent article délivre au vendeur ou à l'acquéreur un numéro d'identification, qui doit être gravé sur une partie inamovible du véhicule.

Chacun de ces véhicules doit être muni d'une plaque fixée en évidence et portant le numéro d'identification délivré. Cette plaque peut être retirée dans le cadre d'une pratique sportive.

Un décret en Conseil d'État détermine les conditions d'application du présent article.

Les informations fournies lors de la déclaration peuvent faire l'objet d'un traitement automatisé dans les conditions prévues par la loi n° 78-17 du 6 janvier 1978 relative à l'informatique, aux fichiers et aux libertés.

Art. L. 321-2 *(L. n° 2006-10, 5 janv. 2006)*. – La tentative des délits prévus par l'article L. 321-1 est punie des mêmes peines.

Art. L. 321-3 *(L. n° 2006-10, 5 janv. 2006)*. – Les personnes physiques coupables des infractions prévues par l'article L. 321-1 encourent également les peines complémentaires suivantes :

1° La suspension, pour une durée de trois ans au plus, du permis de conduire ;

2° La confiscation de la chose qui a servi ou était destinée à commettre l'infraction, ou de la chose qui en est le produit ;

3° L'interdiction, suivant les modalités prévues par l'article 131-27 du Code pénal, d'exercer l'activité professionnelle ou sociale dans l'exercice ou à l'occasion de l'exercice de laquelle l'infraction a été commise, pour une durée de cinq ans au plus.

Art. L. 321-4 *(L. n° 2009-526, 12 mai 2009)*. – Les personnes morales déclarées responsables pénalement, dans les conditions prévues par l'article 121-2 du Code pénal, des infractions définies à l'article L. 321-1 encourent, outre l'amende suivant les modalités prévues par l'article 131-38 du Code pénal, les peines prévues par les 4° à 6°, 8° et 9° de l'article 131-39 du même code.

Art. L. 321-5 *(L. n° 2008-491, 26 mai 2008).* **– Les personnes physiques coupables des contraventions définies à l'article L. 321-1-1 encourent également la peine complémentaire de confiscation du véhicule qui a servi ou était destiné à commettre l'infraction.**

Art. L. 321-6 *(L. n° 2008-491, 26 mai 2008).* **– Les personnes morales coupables des contraventions définies à l'article L. 321-1-1 encourent également la peine complémentaire mentionnée au 5° de l'article 131-16 du Code pénal.**

Voir : Décret n° 2008-1455 du 30 décembre 2008 relatif à la déclaration et à l'identification de certains engins motorisés non autorisés à circuler sur la voie publique.

CHAPITRE II. – IMMATRICULATION

Art. L. 322-1 *(Mod. à compter du 1er janvier 2016, L. n° 2014-58, 27 janv. 2014 ; Ord. n° 2015-401, 9 avr. 2015 ; L. n° 2019-1428, 24 déc. 2019).* **– I. – Lorsqu'une amende forfaitaire majorée a été émise, le comptable public compétent a la possibilité et, dans le cas prévu au second alinéa du III de l'article 529-6 du Code de procédure pénale, l'obligation de faire opposition auprès de l'autorité administrative compétente à tout transfert du certificat d'immatriculation. Il en informe alors le procureur de la République.**

Cette opposition suspend la prescription de la peine.

Elle est levée par le paiement de l'amende forfaitaire majorée. En outre, lorsque l'intéressé a formé une réclamation, selon les modalités et dans les délais prévus par les articles 529-10 et 530 du Code de procédure pénale à peine d'irrecevabilité, et qu'il justifie avoir déclaré sa nouvelle adresse à l'autorité administrative compétente, le procureur de la République lève l'opposition.

II. – L'opposition au transfert du certificat d'immatriculation prévue par le premier alinéa du I est également applicable en cas d'émission du titre exécutoire prévu à l'article L. 2333-87 du Code général des collectivités territoriales, dans les conditions prévues par arrêté du ministre chargé du budget. Cette opposition suspend la prescription de l'action en recouvrement. Elle est levée par paiement du titre exécutoire.

Il incombe au ministère public de prouver l'envoi de l'avis d'amende forfaitaire majorée au contrevenant qui soutient n'avoir pas reçu un tel avis cette preuve ne pouvant résulter de la production de bordereaux collectifs d'envoi d'amendes forfaitaires majorées valant titres exécutoires au trésor public.

Encourt en conséquence la cassation l'arrêt qui retient que la réclamation adressée au ministère public était irrecevable au motif que l'avis d'amende forfaitaire majorée ne lui était pas joint (■ Cass. crim., 18 mai 2016, n° 15-84.729).

Art. L. 322-1-1 *(L. n° 2016-1547, 18 nov. 2016).* **– Lorsqu'une personne physique propriétaire d'un véhicule effectue une demande de certificat d'immatriculation, ce certificat est établi à son nom si cette personne est titulaire d'un permis de conduire correspondant à la catégorie du véhicule considéré.**

Si la personne physique propriétaire du véhicule n'est pas titulaire d'un permis de conduire correspondant à la catégorie du véhicule considéré, le certificat d'immatriculation est établi au nom d'une personne titulaire du permis de conduire requis, désignée par le propriétaire ou, si celui-ci est mineur, par son représentant légal. Dans ce cas, la personne désignée est inscrite en tant que titulaire du certificat d'immatriculation au sens des articles L. 121-2 et L. 121-3. Le propriétaire est également inscrit sur le certificat d'immatriculation.

Les conditions d'application du présent article sont fixées par décret en Conseil d'État.

Art. L. 322-2 *(Mod. à compter du 15 avr. 2009, D. n° 2009-136, 9 févr. 2009).* **– Préalablement à la vente d'un véhicule d'occasion, le propriétaire est tenu de remettre à l'acquéreur un certificat établi depuis moins de quinze jours par l'autorité administrative compétente et attestant qu'il n'a pas été fait opposition au transfert du certificat d'immatriculation d'un véhicule en application des dispositions législatives en vigueur.**

Art. L. 322-3 *(L. n° 2011-1862, 13 déc. 2011 ; D. n° 2018-211, 28 mars 2011).* **– I. – Par dérogation aux dispositions des articles R. 322-1 et R. 322-2, la circulation d'un véhicule est autorisée sous couvert d'un certificat provisoire d'immatriculation, d'un coupon détachable dûment rempli, d'un certificat W garage, d'un certificat provisoire d'immatriculation permettant la circulation à titre expérimental d'un véhicule à délégation**

partielle ou totale de conduite, dit certificat WW DPTC, ou d'un certificat de transit ou d'un document équivalent délivré par les autorités compétentes d'un État membre de l'Union européenne.

II. – Les conditions d'attribution et de durée d'utilisation du certificat provisoire d'immatriculation, du coupon détachable dûment rempli, du certificat W garage ou d'un certificat de transit ou d'un document équivalent délivré par les autorités compétentes d'un État membre de l'Union européenne sont définies par arrêté du ministre chargé des transports pris après avis du ministre de l'intérieur.

Les conditions d'attribution et de durée d'utilisation du certificat WW DPTC sont définies par arrêté conjoint du ministre chargé des transports et du ministre de l'intérieur.

III. – Le fait pour toute personne d'utiliser l'un de ces titres provisoires de circulation sans respecter les dispositions du présent article ou celles prises pour son application est puni de l'amende prévue pour les contraventions de la quatrième classe.

L'immobilisation du véhicule peut être prescrite dans les conditions prévues aux articles L. 325-1 à L. 325-3.

CHAPITRE III. – CONTRÔLE TECHNIQUE

Art. L. 323-1 *(Rempl., Ord. n° 2008-507, 30 mai 2008 ; mod., L. n° 2009-179, 17 févr. 2009 ; Ord. n° 2016-1809, 22 déc. 2016).* – I. – Lorsqu'en application du présent code, des véhicules sont astreints à un contrôle technique, celui-ci est effectué par les services de l'État ou par des contrôleurs agréés par l'État.

Cet agrément peut être délivré soit à des contrôleurs indépendants, soit à des contrôleurs organisés en réseaux d'importance nationale, sous réserve qu'ils n'aient fait l'objet d'aucune condamnation inscrite au bulletin n° 2 de leur casier judiciaire.

Les fonctions de contrôleur ainsi que les autres fonctions exercées dans ces réseaux sont exclusives de toute autre activité exercée dans la réparation ou le commerce automobile.

Les frais de contrôle sont à la charge du propriétaire du véhicule.

Un décret en Conseil d'État fixe les modalités de fonctionnement du système de contrôle et en particulier les conditions d'agrément des contrôleurs, des installations nécessaires au contrôle et des réseaux mentionnés au deuxième alinéa.

II. – Par dérogation au I, tout ressortissant d'un État membre de l'Union européenne ou d'un autre État partie à l'Espace économique européen, légalement établi, pour l'exercice de la profession de contrôleur technique de véhicules, dans un de ces États, peut exercer cette activité de façon temporaire et occasionnelle en France.

Toutefois, lorsque cette activité ou la formation y conduisant n'est pas réglementée dans l'État d'établissement, le prestataire doit avoir exercé cette activité dans un ou plusieurs États membres pendant une année, à temps plein ou à temps partiel pendant une durée totale équivalente, au cours des dix années qui précèdent la prestation.

Lorsque le prestataire fournit pour la première fois des services en France, il en informe au préalable l'autorité compétente par une déclaration écrite, dans les conditions fixées par décret en Conseil d'État.

Art. L. 323-1 *(Rempl., Ord. n° 2008-507, 30 mai 2008 ; mod., L. n° 2009-179, 17 févr. 2009 ; Ord. n° 2016-1809, 22 déc. 2016 ; à compter du 26 décembre 2021, L. n° 2019-1428, 24 déc. 2019).* – I. – Lorsqu'en application du présent code, des véhicules sont astreints à un contrôle technique, celui-ci est effectué par les services de l'État ou par des contrôleurs agréés par l'État dans des installations agréées.

Ces agréments peuvent être délivrés soit à des contrôleurs et installations indépendants, soit à des contrôleurs et installations organisés en réseaux d'importance nationale, sous réserve que les contrôleurs et les personnes physiques assurant l'exploitation de l'installation n'aient fait l'objet d'aucune condamnation inscrite au bulletin n° 2 de leur casier judiciaire.

Les fonctions de contrôleur ainsi que les autres fonctions exercées dans ces réseaux et installations sont exclusives de toute autre activité exercée dans la réparation ou le commerce automobile.

Les frais de contrôle sont à la charge du propriétaire du véhicule.

Un décret en Conseil d'État fixe les modalités de fonctionnement du système de contrôle et en particulier les conditions d'agrément des contrôleurs, des installations nécessaires au contrôle et des réseaux mentionnés au deuxième alinéa.

II. – Par dérogation au I, tout ressortissant d'un État membre de l'Union européenne ou d'un autre État partie à l'Espace économique européen, légalement établi, pour l'exercice de la profession de contrôleur technique de véhicules, dans un de ces États, peut exercer cette activité de façon temporaire et occasionnelle en France.

Toutefois, lorsque cette activité ou la formation y conduisant n'est pas réglementée dans l'État d'établissement, le prestataire doit avoir exercé cette activité dans un ou plusieurs États membres pendant une année, à temps plein ou à temps partiel pendant une durée totale équivalente, au cours des dix années qui précèdent la prestation.

Lorsque le prestataire fournit pour la première fois des services en France, il en informe au préalable l'autorité compétente par une déclaration écrite, dans les conditions fixées par décret en Conseil d'État.

CHAPITRE IV. – ASSURANCE

Art. L. 324-1. – Les règles relatives à l'obligation de s'assurer pour faire circuler un véhicule à moteur ou une remorque sont fixées par les articles L. 211-1 et L. 211-2 du Code des assurances ci-après reproduits :

Art. L. 211-1. – Toute personne physique ou toute personne morale autre que l'État, dont la responsabilité civile peut être engagée en raison de dommages subis par des tiers résultant d'atteintes aux personnes ou aux biens dans la réalisation desquels un véhicule est impliqué, doit pour faire circuler celui-ci, être couverte par une assurance garantissant cette responsabilité, dans les conditions fixées par décret en Conseil d'État. Pour l'application du présent article, on entend par « véhicule » tout véhicule terrestre à moteur, c'est-à-dire tout véhicule automoteur destiné à circuler sur le sol et qui peut être actionné par une force mécanique sans être lié à une voie ferrée, ainsi que toute remorque, même non attelée.

Les contrats d'assurance couvrant la responsabilité mentionnée au premier alinéa du présent article doivent également couvrir la responsabilité civile de toute personne ayant la garde ou la conduite, même non autorisée, du véhicule, à l'exception des professionnels de la réparation, de la vente et du contrôle de l'automobile, ainsi que la responsabilité civile des passagers du véhicule objet de l'assurance. Toutefois, en cas de vol d'un véhicule, ces contrats ne couvrent pas la réparation des dommages subis par les auteurs, coauteurs ou complices du vol.

L'assureur est subrogé dans les droits que possède le créancier de l'indemnité contre la personne responsable de l'accident lorsque la garde ou la conduite du véhicule a été obtenue contre le gré du propriétaire.

Ces contrats doivent être souscrits auprès d'une entreprise d'assurance agréée pour pratiquer les opérations d'assurance contre les accidents résultant de l'emploi de véhicules automobiles.

Les membres de la famille du conducteur ou de l'assuré, ainsi que les élèves d'un établissement d'enseignement de la conduite des véhicules terrestres à moteur agréé, en cours de formation ou d'examen, sont considérés comme des tiers au sens du premier alinéa du présent article.

L'assureur couvrant la responsabilité civile du prévenu, conducteur non autorisé d'un véhicule automobile et de son civilement responsable, qui a indemnisé la victime en cette qualité, ne peut exercer, devant la juridiction répressive, contre le responsable de l'accident ayant obtenu la garde ou la conduite du véhicule sans autorisation, l'action récursoire prévue à l'article L. 211-1 du Code des assurances (■ Cass. crim., 27 mai 2014 : *Bull. crim.* n° 137).

Art. L. 211-1-1 *(L. n° 2020-105, 10 févr. 2020)*. **–** Le contrat d'assurance prévu à l'article L. 211-1 prévoit que lorsque l'assuré d'un véhicule techniquement ou économiquement irréparable n'accepte pas la proposition d'indemnisation prévue à l'article L. 327-1 du Code de la route, la résiliation du contrat d'assurance est conditionnée à la fourniture d'un justificatif de destruction du véhicule, de sa réparation ou de souscription d'un contrat auprès d'un nouvel assureur. Un décret précise la nature du justificatif et les modalités de mise en œuvre du présent article.

L'assureur est tenu de rembourser à l'assuré la partie de prime ou de cotisation qui correspond à la période pendant laquelle le risque n'a pas couru, période calculée à compter de la date de cession du véhicule en vue de sa destruction.

Les dispositions du présent article sont d'ordre public et s'appliquent aux contrats en cours à compter du 1er juillet 2021.

Art. L. 211-2. – Les dispositions de l'article L. 211-1 ne sont pas applicables aux dommages causés par les chemins de fer et les tramways.

Art. L. 324-2 *(L. n° 2004-204, 9 mars 2004 ; L. n° 2016-1547, 18 nov. 2016).* – I. - Le fait, y compris par négligence, de mettre ou de maintenir en circulation un véhicule terrestre à moteur ainsi que ses remorques ou semi-remorques sans être couvert par une assurance garantissant sa responsabilité civile conformément aux dispositions de l'article L. 211-1 du Code des assurances est puni de 3 750 € d'amende.

II. - Toute personne coupable de l'infraction prévue au présent article encourt également les peines complémentaires suivantes :

1° La peine de travail d'intérêt général, selon les modalités prévues à l'article 131-8 du Code pénal et selon les conditions prévues aux articles 131-22 à 131-24 du même code ;

2° La peine de jours-amende dans les conditions fixées aux articles 131-5, 131-25 du Code pénal ;

3° La suspension, pour une durée de trois ans au plus, du permis de conduire, cette suspension ne pouvant pas être limitée à la conduite en dehors de l'activité professionnelle ;

4° L'annulation du permis de conduire avec interdiction de solliciter la délivrance d'un nouveau permis pendant trois ans au plus ;

5° L'interdiction de conduire certains véhicules terrestres à moteur, y compris ceux pour la conduite desquels le permis de conduire n'est pas exigé, pour une durée de cinq ans au plus ;

6° L'obligation d'accomplir, à ses frais, un stage de sensibilisation à la sécurité routière ;

7° La confiscation du véhicule dont le condamné s'est servi pour commettre l'infraction, s'il en est le propriétaire.

III. - L'immobilisation peut être prescrite dans les conditions prévues aux articles L. 325-1 à L. 325-3.

IV. - Dans les conditions prévues aux articles 495-17 et suivants du Code de procédure pénale, l'action publique peut être éteinte par le versement d'une amende forfaitaire d'un montant de 500 €. Le montant de l'amende forfaitaire minorée est de 400 € et le montant de l'amende forfaitaire majorée de 1 000 €.

CHAPITRE V. – IMMOBILISATION ET MISE EN FOURRIÈRE

Art. L. 325-1 *(Mod., L. n° 2013-431, 28 mai 2013 ; L. fin. n° 2016-1917, 29 déc. 2016).* – Les véhicules dont la circulation ou le stationnement en infraction aux dispositions du présent code ou aux règlements de police ou à la réglementation relative à l'assurance obligatoire des véhicules à moteur ou à la réglementation du transport des marchandises dangereuses par route compromettent la sécurité ou le droit à réparation des usagers de la route, la tranquillité ou l'hygiène publique, l'esthétique des sites et des paysages classés, la conservation ou l'utilisation normale des voies ouvertes à la circulation publique et de leurs dépendances, notamment par les véhicules de transport en commun peuvent à la demande et sous la responsabilité du maire ou de l'officier de police judiciaire territorialement compétent, même sans l'accord du propriétaire du véhicule, dans les cas et conditions précisés par le décret prévu aux articles L. 325-3 et L. 325-11, être immobilisés, mis en fourrière, retirés de la circulation et, le cas échéant, aliénés ou livrés à la destruction.

Peuvent également, à la demande et sous la responsabilité du maire ou de l'officier de police judiciaire territorialement compétent, même sans l'accord du propriétaire du véhicule, être immobilisés, mis en fourrière, retirés de la circulation et, le cas échéant, aliénés ou livrés à la destruction les véhicules qui, se trouvant sur les voies ouvertes à la circulation publique ou sur leurs dépendances, sont privés d'éléments indispensables à leur utilisation normale et insusceptibles de réparation immédiate à la suite de dégradations ou de vols.

L'immobilisation des véhicules se trouvant dans l'une des situations prévues aux deux alinéas précédents peut également être décidée, dans la limite de leur champ de compétence, par les agents habilités à constater les infractions au présent code susceptibles d'entraîner une telle mesure.

Art. L. 325-1-1 *(L. n° 2004-204, 9 mars 2004 ; mod., L. n° 2006-10, 5 janv. 2006).* – En cas de constatation d'un délit ou d'une contravention de la cinquième classe prévu par le présent code ou le Code pénal pour lequel la peine de confiscation du véhicule est encourue, l'officier ou l'agent de police judiciaire peut, avec l'autorisation préalable du procureur de la République donnée par tout moyen, faire procéder à l'immobilisation et à la mise en fourrière du véhicule.

(Al. mod., L. n° 2011-267, 14 mars 2011) Si la juridiction ne prononce pas la peine de confiscation du véhicule, celui-ci est restitué à son propriétaire, sous réserve des dispositions du troisième alinéa. Si la

confiscation est ordonnée, le véhicule est remis *(L. n° 2012-409, 27 mars 2012)* « au service des domaines » en vue de sa destruction ou de son aliénation. Les frais d'enlèvement et de garde en fourrière sont à la charge de l'acquéreur. Le produit de la vente est tenu, le cas échéant, à la disposition du créancier gagiste pouvant justifier de ses droits, pendant un délai de deux ans. À l'expiration de ce délai, ce produit est acquis à l'État.

Si la juridiction prononce la peine d'immobilisation du véhicule, celui-ci n'est restitué au condamné qu'à l'issue de la durée de l'immobilisation fixée par la juridiction contre paiement des frais d'enlèvement et de garde en fourrière, qui sont à la charge de ce dernier.

(L. n° 2011-1862, 13 déc. 2011) En cas de relaxe, le propriétaire dont le véhicule a été mis en fourrière sur autorisation du procureur de la République peut, selon des modalités précisées par arrêté du ministre de la justice, demander à l'État le remboursement, au titre des frais de justice, des frais d'enlèvement et de garde en fourrière qu'il a dû acquitter pour récupérer son véhicule.

Art. L. 325-1-2 *(L. n° 2011-267, 14 mars 2011 ; L. n° 2016-1547, 18 nov. 2016 ; L. n° 2019-222, 23 mars 2019 ; L. n° 2019-1428, 24 déc. 2019 ; L. n° 2022-52, 24 janv. 2022)*. – I. – Les officiers ou agents de police judiciaire peuvent, avec l'autorisation préalable donnée par tout moyen du représentant de l'État dans le département où l'infraction a été commise, faire procéder à titre provisoire à l'immobilisation et à la mise en fourrière du véhicule dont l'auteur s'est servi pour commettre l'infraction :

1° Lorsqu'est constatée une infraction pour laquelle une peine de confiscation obligatoire du véhicule est encourue ;

2° En cas de conduite d'un véhicule sans être titulaire du permis de conduire correspondant à la catégorie du véhicule considéré ;

3° En cas de conduite d'un véhicule en état d'ivresse manifeste ou lorsque l'état alcoolique défini à l'article L. 234-1 est établi au moyen d'un appareil homologué mentionné à l'article L. 234-4 ;

4° Lorsqu'il est fait application des dispositions de l'article L. 235-2, si les épreuves de dépistage se révèlent positives ;

5° En cas de refus de se soumettre aux épreuves de vérification prévues aux articles L. 234-4 à L. 234-6 et L. 235-2 ;

6° Lorsqu'est constaté le dépassement de 50 km/h ou plus de la vitesse maximale autorisée ;

7° Lorsque le véhicule a été utilisé :

a) Pour déposer, abandonner, jeter ou déverser, dans un lieu public ou privé, à l'exception des emplacements désignés à cet effet par l'autorité administrative compétente, soit une épave de véhicule, soit des ordures, déchets, déjections, matériaux, liquides insalubres ou tout autre objet de quelque nature qu'il soit si ces faits ne sont pas accomplis par la personne ayant la jouissance du lieu ou avec son autorisation ;

b) Ou pour déposer ou laisser sans nécessité sur la voie publique des matériaux ou objets quelconques qui entravent ou diminuent la liberté ou la sûreté de passage.

8° En cas de refus d'obtempérer commis dans les conditions prévues à l'article L. 233-1.

Ils en informent immédiatement, par tout moyen, le procureur de la République, sauf s'il a été fait recours à la procédure de l'amende forfaitaire.

Si les vérifications prévues à l'article L. 235-2 ne permettent pas d'établir que la personne conduisait en ayant fait usage de substances ou plantes classées comme stupéfiants, l'immobilisation et la mise en fourrière sont immédiatement levées.

II. – Lorsque l'immobilisation ou la mise en fourrière prévue à l'article L. 325-1-1 n'est pas autorisée par le procureur de la République dans un délai de sept jours suivant la décision prise en application du I du présent article, le véhicule est restitué à son propriétaire. En cas de mesures successives, le délai n'est pas prorogé.

Lorsqu'une peine d'immobilisation ou de confiscation du véhicule est prononcée par la juridiction, les règles relatives aux frais d'enlèvement et de garde en fourrière prévues à l'article L. 325-1-1 s'appliquent.

Lorsque l'auteur de l'infraction visée au I du présent article n'est pas le propriétaire du véhicule, l'immobilisation ou la mise en fourrière est levée à l'issue du délai prévu au présent II. Les frais d'enlèvement et de garde en fourrière sont à la charge du propriétaire. Toutefois, en cas de vol du véhicule ayant servi à commettre l'infraction ou lorsque le véhicule était loué à titre onéreux à un tiers, l'immobilisation ou la mise en fourrière est levée dès qu'un conducteur qualifié proposé par le titulaire du certificat d'immatriculation du véhicule peut en assurer la conduite.

Les frais d'enlèvement et de garde du véhicule immobilisé et mis en fourrière pendant une durée maximale de sept jours en application du présent article ne constituent pas des frais de justice relevant de l'article 800 du Code de procédure pénale.

Art. L. 325-2 *(Mod., L. n° 2003-239, 18 mars 2003 ; L. n° 2006-10, 6 janv. 2010 ; L. n° 2017-257, 28 févr. 2017 ; L. n° 2021-646, 25 mai 2021).* – Pour l'application des articles L. 325-1, L. 325-1-1 et L. 325-1-2 et sur prescription de l'officier de police judiciaire territorialement compétent, les fonctionnaires de police en tenue et les militaires de la gendarmerie habilités à constater par procès-verbaux les contraventions à la police de la circulation routière peuvent, en cas de besoin, ouvrir ou faire ouvrir les portes du véhicule, manœuvrer ou faire manœuvrer tous appareils. Ils peuvent conduire le véhicule ou le faire conduire, en leur présence, vers le lieu de mise en fourrière en utilisant, le cas échéant, les moyens autonomes de propulsion dont le véhicule est muni.

La mise en fourrière peut également être prescrite par l'agent de police judiciaire adjoint, chef de la police municipale ou qui occupe ces fonctions, territorialement compétent et, à Paris, par les agents de police judiciaire adjoints appartenant au corps des contrôleurs relevant du statut des administrations parisiennes exerçant leurs fonctions dans la spécialité voie publique. Pour l'application de cette disposition et sur prescription de l'agent de police judiciaire adjoint, chef de la police municipale ou qui occupe ces fonctions, les agents de police municipale, les gardes champêtres et, à Paris, les agents de surveillance de Paris, habilités à constater par procès-verbal les contraventions à la police de la circulation routière peuvent, en cas de besoin, ouvrir ou faire ouvrir les portes du véhicule, manoeuvrer ou faire manoeuvrer tous appareils. Ils peuvent conduire le véhicule ou le faire conduire, en leur présence, vers le lieu de mise en fourrière en utilisant, le cas échéant, les moyens autonomes de propulsion dont le véhicule est muni.

Dans les cas prévus aux alinéas précédents, l'assureur du propriétaire du véhicule est tenu de garantir dans les limites du contrat la réparation du dommage causé au tiers, sauf recours, s'il y a lieu, contre la collectivité publique qui, par son fait, a causé le dommage ayant donné lieu à la responsabilité de l'assureur et sans qu'une majoration de prime puisse en résulter pour le propriétaire. Il est statué sur ce recours ainsi que sur toute action en responsabilité en cas de non-assurance du véhicule dans les conditions prévues par l'article 1er de la loi n° 57-1424 du 31 décembre 1957 attribuant aux tribunaux judiciaires compétence pour statuer sur les actions en responsabilité des dommages causés par tout véhicule et dirigées contre une personne morale de droit public.

Art. L. 325-3. – Un décret en Conseil d'État détermine les conditions d'application des articles L. 325-1 à L. 325-2.

Il détermine notamment les clauses devant obligatoirement figurer dans le contrat type susceptible d'être passé entre les collectivités publiques intéressées et les entreprises aptes à effectuer la démolition des véhicules à moteur.

Art. L. 325-3-1 *(L. n° 2006-10, 5 janv. 2006).* – I. – Le fait, pour tout conducteur d'un véhicule, de faire obstacle à l'immobilisation de celui-ci ou à un ordre d'envoi en fourrière est puni de trois mois d'emprisonnement et de 3 750 € d'amende.

II. – Toute personne physique coupable de ce délit encourt également les peines complémentaires suivantes :

1° La suspension, pour une durée de trois ans au plus, du permis de conduire, cette suspension pouvant être limitée à la conduite en dehors de l'activité professionnelle ;

2° La peine de travail d'intérêt général selon les modalités prévues à l'article 131-8 du Code pénal et selon les conditions prévues aux articles 131-22 à 131-24 du même code et à l'article L. 122-1 du Code de la justice pénale des mineurs ;

3° La peine de jours-amende dans les conditions fixées aux articles 131-5 et 131-25 du Code pénal.

III. – Ce délit donne lieu de plein droit à la réduction de la moitié du nombre maximal de points du permis de conduire.

Art. L. 325-4 et L. 325-5 *(Abr., Ord. n° 2010-1307, 28 oct. 2010 et codifié, V. C. transports).*

Code des transports

Art. L. 3242-1. – L'absence à bord du véhicule du document prévu par l'article L. 3222-5 ou, pour les transports qui ne sont pas soumis aux dispositions de cet article, de la lettre de voiture prévue par la convention de Genève du 19 mai 1956 relative au contrat de transport international de marchandises par route, dûment remplis et signés par le remettant ou son représentant, entraîne l'immobilisation immédiate du véhicule ou de l'ensemble routier et de son chargement, prévue par l'article L. 325-1 du Code de la route, s'il a été en outre commis l'une des infractions suivantes :

1° Le dépassement de plus de 20 km/h de la vitesse maximale autorisée sur les voies ouvertes à la circulation publique ou de la vitesse maximale autorisée par construction pour son véhicule ;

2° Le dépassement de plus de 20 % de la durée maximale de conduite journalière ;

3° La réduction à moins de six heures de la durée de repos journalier.

Art. L. 3315-3. – En cas de délit ou de contravention concernant les conditions de travail dans les transports routiers, constaté sur le territoire national, le dépassement des temps de conduite et la réduction du temps de repos sont calculés, pour la période de temps considérée, en incluant les périodes de temps de conduite et de repos effectuées à l'étranger.

Art. L. 325-6. – **Les véhicules dont l'état ne permet pas la circulation dans les conditions normales de sécurité ou qui ne sont plus conformes à leur réception ne peuvent être retirés de la fourrière que par des réparateurs chargés par les propriétaires d'effectuer les travaux reconnus indispensables à leur remise en état ou en conformité.**

Ils ne peuvent ensuite être restitués à leurs propriétaires qu'après vérification de la bonne exécution des travaux.

En cas de désaccord sur l'état du véhicule, un expert est désigné dans des conditions fixées par décret en Conseil d'État. S'il constate que le véhicule n'est pas en état de circuler dans des conditions normales de sécurité ou qu'il nécessite une mise en conformité à la réception, il détermine les travaux à effectuer avant sa remise au propriétaire.

Art. L. 325-7 *(L. n° 2007-297, 5 mars 2007 ; mod., D. n° 2009-136, 9 févr. 2009 ; L. n° 2019-1428, 24 déc. 2019 ; en vigueur au plus tard le 1er avril 2021, Ord. n° 2020-773, 24 juin 2020 ; mod. à compter du 1er avril 2022, L. n° 2022-52, 24 janv. 2022).* – **Sont réputés abandonnés les véhicules laissés en fourrière à l'expiration d'un délai de quinze jours à compter de la mise en demeure faite au propriétaire d'avoir à retirer son véhicule.**

La notification est valablement faite à l'adresse indiquée par le traitement automatisé mis en œuvre pour l'immatriculation ou l'identification des véhicules. Dans le cas où le véhicule fait l'objet d'un gage régulièrement inscrit, cette notification est également faite au créancier gagiste.

Si le propriétaire ne peut être identifié, le délai précité court du jour où cette impossibilité a été constatée.

Le délai prévu au premier alinéa est réduit à dix jours en ce qui concerne les véhicules estimés d'une valeur marchande insuffisante, compte tenu de leurs caractéristiques techniques, de leur date de première mise en circulation et, le cas échéant, des motifs de leur mise en fourrière s'il s'agit de ceux mentionnés au deuxième alinéa de l'article L. 325-1 et au troisième alinéa de l'article L. 325-12, dans les conditions fixées par arrêté conjoint du ministre chargé de la sécurité routière et du ministre chargé du domaine.

Les véhicules visés à l'alinéa précédent sont, à l'expiration du délai de dix jours, livrés à la destruction.

Le délai prévu au premier alinéa du présent article est réduit à sept jours pour les véhicules ayant servi à commettre l'infraction prévue à l'article L. 236-1. Ces véhicules sont, à l'expiration de ce délai de sept jours, livrés à la destruction.

Les véhicules ayant servi à commettre ladite infraction pour lesquels les obligations relatives à l'immatriculation ou à l'identification n'ont pas été satisfaites au moment de leur mise en fourrière sont, en l'absence de réclamation du propriétaire dont le titre est connu ou de revendication de cette qualité au cours de la procédure, considérés comme abandonnés dès leur entrée en fourrière et livrés à la destruction.

Art. L. 325-8 *(L. n° 2007-297, 5 mars 2007).* – **I. – L'autorité dont relève la fourrière remet au service chargé du domaine les véhicules gardés en fourrière dont elle a constaté l'abandon à l'issue du délai prévu au premier alinéa de l'article L. 325-7 en vue de leur mise en vente. Ceux d'entre eux que le service chargé du**

domaine estime invendables et ceux qui ont fait l'objet d'une tentative de vente infructueuse sont livrés, sans délai, par l'autorité dont relève la fourrière, à la destruction.

(Al. créé, L. n° 2019-1428, 24 déc. 2019) Les véhicules remis au service du domaine peuvent être récupérés par leur propriétaire avant leur vente, dans des conditions fixées par décret.

II. – La propriété d'un véhicule abandonné en fourrière est transférée, selon le cas, soit au jour de son aliénation par le service chargé du domaine, soit à celui de sa remise à la personne chargée de la destruction.

Art. L. 325-9 *(Mod., L. n° 2003-495, 12 juin 2003 ; L. n° 2019-1428, 24 déc. 2019 ; Ord. n° 2020-773, 24 juin 2020).* – Les frais d'enlèvement, de garde en fourrière et de mise en vente ou de destruction du véhicule sont à la charge du propriétaire.

Le produit de la vente, sous déduction des frais énumérés à l'alinéa précédent, est tenu à la disposition du propriétaire ou de ses ayants droit ou, le cas échéant, du créancier gagiste pouvant justifier de ses droits, pendant un délai de deux ans. À l'expiration de ce délai, ce produit est acquis à l'État.

Lorsque le produit de la vente est inférieur au montant des frais visés ci-dessus, le propriétaire ou ses ayants droit restent débiteurs de la différence. Celle-ci est recouvrée dans les conditions fixées par décret.

Le montant des redevances pour frais de fourrière est fixé par arrêté et tient compte des difficultés de mise en œuvre des opérations d'enlèvement et de garde liées à l'importance des communes dans lesquelles ces opérations sont effectuées et à l'existence des problèmes de circulation et de stationnement que connaissent ces communes.

Art. L. 325-10 *(Abr., L. n° 2007-297, 5 mars 2007).*

Art. L. 325-11 *(Mod. au plus tard le 1er avr. 2021, Ord. n° 2020-773, 24 juin 2020).* – Un décret en Conseil d'État détermine les conditions d'application des articles L. 325-7 à L. 325-9.

Art. L. 325-12 *(Mod., L. n° 2003-239, 18 mars 2003).* – Peuvent, à la demande du maître des lieux et sous sa responsabilité, être mis en fourrière, aliénés et éventuellement livrés à la destruction les véhicules laissés, sans droit, dans les lieux publics ou privés où ne s'applique pas le Code de la route.

Un décret en Conseil d'État fixe les conditions d'application du présent article.

Peuvent également, même sans l'accord du propriétaire du véhicule, à la demande du maire ou de l'officier de police judiciaire territorialement compétent, agissant sur initiative et sous la responsabilité du maître des lieux publics ou privés où ne s'applique pas le présent code, être mis en fourrière et, le cas échéant, aliénés ou livrés à la destruction les véhicules privés d'éléments indispensables à leur utilisation normale et insusceptibles de réparation immédiate, à la suite de dégradations ou de vols.

Art. L. 325-13 *(L. n° 2003-239, 18 mars 2003 ; L. n° 2017–257, 28 févr. 2017).* – Le maire, le président d'un établissement public de coopération intercommunale, le président du conseil départemental et, à Paris, le maire de Paris ont chacun la faculté d'instituer un ou plusieurs services publics de fourrières pour automobiles relevant de leur autorité respective.

Art. L. 325-14 *(L. n° 2020-105, 10 févr. 2020).* – Dans les collectivités régies par l'article 73 de la Constitution, à défaut d'institution d'un service public local de fourrière, et si aucun gardien n'a pu être agréé ou si le nombre de gardiens agréés est insuffisant, il est possible, sur proposition du représentant de l'État dans le département et pour une durée définie, d'agréer comme gardien de fourrière une personne morale qui exerce également une activité de destruction ou de retraitement de véhicules usagés.

Les conditions d'application du présent article sont précisées par décret.

CHAPITRE VI. – ORGANISATION DE LA PROFESSION D'EXPERT EN AUTOMOBILE

Art. L. 326-1 *(Rempl., Ord. n° 2008-507, 30 mai 2008).* – Ont la qualité d'experts en automobile les ressortissants d'un État membre de la Communauté européenne ou d'un autre État partie à l'accord sur l'Espace économique européen qui remplissent les conditions de qualification professionnelle déterminées par décret en Conseil d'État.

Art. L. 326-2. – Nul ne peut avoir la qualité d'expert en automobile s'il a fait l'objet d'une condamnation pour vol, escroquerie, recel, abus de confiance, agressions sexuelles, soustraction commise par un dépositaire de l'autorité publique, faux témoignage, corruption ou trafic d'influence, faux ou pour un délit puni des peines du vol, de l'escroquerie ou de l'abus de confiance.

Art. L. 326-3 *(Mod., Ord. n° 008-507, 30 mai 2008 ; L. n° 2011-12, 5 janv. 2011).* – Nul ne peut exercer la profession d'expert en automobile s'il ne figure sur une liste fixée par l'autorité administrative.

L'inscription sur cette liste est de droit pour les personnes remplissant les conditions fixées par le présent chapitre.

Art. L. 326-4 *(Rempl., Ord. n° 2008-507, 30 mai 2008 ; Ord. n° 2015-1682, 17 déc. 2015).* – I. – Seuls les ressortissants mentionnés à l'article L. 326-1 inscrits sur la liste nationale des experts en automobile peuvent exercer les activités suivantes :

1° Rédaction à titre habituel de rapports destinés à être produits à des tiers et relatifs à tous dommages causés aux véhicules à moteur ainsi qu'aux cycles et à leurs dérivés, notamment toutes opérations et études nécessaires à la détermination de l'origine, de la consistance, de la valeur de ces dommages et à leur réparation ;

2° Détermination de la valeur des véhicules mentionnés au 1° du I du présent article.

II. – Tout professionnel ressortissant d'un État membre de l'Union européenne ou d'un autre État partie à l'Espace économique européen y exerçant l'activité d'expert en automobile est réputé détenir la qualification professionnelle pour exercer en France tout ou partie de cette activité de façon temporaire et occasionnelle, sous réserve d'être légalement établi dans l'un de ces États et, lorsque ni cette activité ni la formation y conduisant n'y sont réglementées, de l'avoir exercée dans un ou plusieurs États membres pendant une année ou à temps partiel pendant une durée équivalente au cours des dix années qui précèdent la prestation. Il est inscrit à titre temporaire sur la liste nationale des experts en automobile.

Lorsque le professionnel fournit pour la première fois une prestation en France, il en informe au préalable l'autorité administrative par une déclaration écrite dont le contenu et la procédure de dépôt sont précisées par décret. Cette déclaration donne lieu à une vérification des qualifications professionnelles du prestataire afin de permettre à l'autorité de s'assurer que la prestation ne portera pas atteinte à la sécurité ou à la santé du bénéficiaire du service du fait du manque de qualification professionnelle du prestataire.

II *bis*. – Un accès partiel à la profession au sens de la directive 2005/36/CE du Parlement européen et du Conseil du 7 septembre 2005 relative à la reconnaissance des qualifications professionnelles peut être accordé au cas par cas aux ressortissants de l'Union européenne ou d'un autre État partie à l'accord sur l'Espace économique européen lorsque les trois conditions suivantes sont remplies :

1° Le professionnel est pleinement qualifié pour exercer, dans l'État d'origine membre de l'Union ou partie à l'accord sur l'Espace économique européen, l'activité professionnelle pour laquelle l'accès partiel est sollicité ;

2° Les différences entre l'activité professionnelle légalement exercée dans l'État d'origine membre de l'Union ou partie à l'accord sur l'Espace économique européen et la profession réglementée correspondante en France sont si importantes que l'application de mesures de compensation reviendrait à imposer au demandeur de suivre le programme complet d'enseignement et de formation requis en France pour avoir pleinement accès à la profession réglementée ;

3° L'activité professionnelle est distincte de la ou des autres activités relevant de la profession réglementée, notamment dans la mesure où elle est exercée de manière autonome dans l'État d'origine.

L'accès partiel peut être refusé pour des raisons impérieuses d'intérêt général, si ce refus est proportionné à la protection de cet intérêt.

Les demandes aux fins d'accès partiel sont examinées, selon le cas, comme des demandes à fin d'établissement ou de libre prestation de services temporaire et occasionnelle.

III. – Par dérogation aux I et II ci-dessus, les activités exercées dans le cadre d'une procédure judiciaire ou intéressant la sécurité de l'État ou la défense nationale relèvent des seules dispositions particulières qui les réglementent.

IV. – Les conditions d'application du présent article sont fixées par décret en Conseil d'État.

Art. L. 326-5 *(Rempl. à compter du 1er mai 2011, L. n° 2011-12, 5 janv. 2011).* – Les conditions d'application des articles L. 326-1 à L. 326-4, et notamment le régime disciplinaire auquel sont soumis les experts en automobile, sont fixées par un décret en Conseil d'État.

Une commission nationale composée de représentants de l'État, de représentants des professions concernées par l'expertise et l'assurance et de représentants d'associations d'usagers est consultée pour avis par l'autorité administrative qui rend les décisions disciplinaires, selon des modalités prévues par décret.

Art. L. 326-6 *(Mod. à compter du 1er mai 2011, L. n° 2011-12, 5 janv. 2011)*. – I. – Est incompatible avec l'exercice de la profession d'expert en automobile :

1° La détention d'une charge d'officier public ou ministériel ;

2° L'exercice d'activités touchant à la production, la vente, la location, la réparation et la représentation de véhicules à moteur et des pièces accessoires ;

3° L'exercice de la profession d'assureur ;

I *bis*. – Les conditions dans lesquelles un expert en automobile exerce sa profession ne doivent pas porter atteinte à son indépendance.

II. – Un décret en Conseil d'État fixe les conditions d'application du présent article et notamment les règles professionnelles que doivent respecter les experts en automobile.

Art. L. 326-7. – Tout expert en automobile doit être couvert par un contrat d'assurance garantissant la responsabilité civile qu'il peut encourir en raison des activités mentionnées à l'article L. 326-4.

Un arrêté du ministre de la Justice et du ministre chargé de l'économie et des finances fixe les limites, conditions et garanties minimales de cette assurance.

Art. L. 326-8 *(Rempl., Ord. n° 2008-507, 30 mai 2008 ; Ord. n° 2015-1682, 17 déc. 2015)*. – L'usage, sans droit, de la qualité d'expert en automobile ou le fait de s'en réclamer ainsi que l'exercice temporaire et occasionnel de cette activité sans respecter les conditions fixées au II et au II *bis* de l'article L. 326-4 sont punis des peines prévues aux articles 433-17 et 433-22 du Code pénal.

Art. L. 326-9. – En cas de condamnation d'un expert en automobile pour des faits constituant un manquement à l'honneur ou à la probité, le tribunal peut, à titre de peine complémentaire, lui interdire, temporairement ou définitivement, l'exercice des activités mentionnées à l'article L. 326-4.

CHAPITRE VII. – VÉHICULES ENDOMMAGÉS

Art. L. 327-1. – Les entreprises d'assurances tenues à un titre quelconque à indemniser les dommages à un véhicule dont un rapport d'expertise fait apparaître que le montant des réparations est supérieur à la valeur de la chose assurée au moment du sinistre doivent dans les quinze jours suivant la remise du rapport d'expertise proposer une indemnisation en perte totale avec cession du véhicule à l'assureur. Le propriétaire du véhicule dispose de trente jours pour donner sa réponse.

Art. L. 327-2 *(Mod., D. n° 2009-397, 10 avr. 2009 ; L. n° 2015-992, 17 août 2015)*. – En cas d'accord du propriétaire de céder le véhicule à l'assureur, celui-ci transmet le certificat d'immatriculation du véhicule à l'autorité administrative compétente.

L'assureur doit vendre le véhicule à un acheteur professionnel pour destruction, réparation ou récupération des pièces en vue de leur revente ou reconstruction.

Lorsqu'il s'agit d'une voiture particulière ou d'une camionnette destinée à la destruction ou à la récupération des pièces en vue de leur revente ou reconstruction, l'assureur remet le véhicule à un centre de véhicule hors d'usage agréé.

En cas de réparation du véhicule, celui-ci ne peut être remis en circulation et faire l'objet d'une réimmatriculation qu'au vu du rapport d'expertise certifiant que ledit véhicule a fait l'objet des réparations touchant à la sécurité prévues par le premier rapport d'expertise et qu'il est en état de circuler dans des conditions normales de sécurité.

Art. L. 327-3 *(Mod., D. n° 2009-397, 10 avr. 2009)*. – En cas de refus du propriétaire de céder le véhicule à l'assureur ou de silence dans le délai fixé à l'article L. 327-1, l'assureur doit en informer l'autorité administrative compétente.

Celle-ci procède alors, pendant la durée nécessaire et jusqu'à ce que le propriétaire l'ait informée que le véhicule a été réparé, à l'inscription d'une opposition à tout transfert du certificat d'immatriculation. Elle en informe le propriétaire par lettre simple.

Pour obtenir la levée de cette opposition, le propriétaire doit présenter un second rapport d'expertise certifiant que ledit véhicule a fait l'objet des réparations touchant à la sécurité prévues par le premier rapport d'expertise et que le véhicule est en état de circuler dans des conditions normales de sécurité.

Un arrêté interministériel fixe la valeur de la chose assurée au moment du sinistre à partir de laquelle les dispositions prévues au présent article sont applicables.

Art. L. 327-4 *(Mod., D. n° 2009-397, 10 avr. 2009 ; mod. au plus tard le 1er avr. 2021, Ord. n° 2020-773, 24 juin 2020).* – Lorsqu'en raison de la gravité des dommages qu'il a subis, un véhicule a été immobilisé en application des articles L. 325-1 à L. 325-3, l'officier ou l'agent de police judiciaire qui procède aux constatations retire à titre conservatoire le certificat d'immatriculation. Lorsqu'en raison de la gravité des dommages qu'il a subis un véhicule a été mis en fourrière en application des articles L. 325-1 à L. 325-3 ou L. 325-12, l'officier ou l'agent mentionné à l'article L. 325-2 qui procède aux constatations retire à titre conservatoire le certificat d'immatriculation.

En l'absence de remise du certificat d'immatriculation, l'autorité administrative compétente de police avise le propriétaire de l'interdiction de circulation de son véhicule et procède à l'inscription d'une opposition au transfert du certificat d'immatriculation jusqu'à la remise de ce document.

Le véhicule n'est remis en circulation qu'au vu du rapport d'un expert en automobile certifiant que ledit véhicule est en état de circuler dans des conditions normales de sécurité.

Art. L. 327-5 *(Mod., D. n° 2009-397, 10 avr. 2009).* – Lorsqu'un expert en automobile constate qu'en raison de son état un véhicule ne peut circuler dans des conditions normales de sécurité, il en informe l'autorité administrative compétente, sans que puissent y faire obstacle les règles relatives au secret professionnel. Le préfet avise le propriétaire de l'interdiction de circulation de son véhicule et procède à l'inscription d'une opposition au transfert du certificat d'immatriculation jusqu'à la remise de ce document.

Le véhicule n'est remis en circulation qu'au vu d'un rapport d'un expert en automobile certifiant que ledit véhicule est en état de circuler dans des conditions normales de sécurité.

Art. L. 327-6 *(L. n° 2003-495, 12 juin 2003).* – Un décret en Conseil d'État fixe, en tant que de besoin, les conditions d'application du présent chapitre.

....

CHAPITRE VIII. – MESSAGES PROMOTIONNELS

Art. L. 328-1 *(L. n° 2019-1428, 24 déc. 2019).* – Toute publicité en faveur de véhicules terrestres à moteur est obligatoirement accompagnée d'un message promotionnel encourageant l'usage des mobilités actives, telles que définies à l'article L. 1271-1 du Code des transports, ou partagées, ou des transports en commun.

Un décret fixe les conditions d'application du présent article.

Art. L. 328-2 *(Créé, L. n° 2021-1104, 22 août 2021).* – Dans des conditions fixées par décret en Conseil d'État, l'autorité administrative peut sanctionner le manquement à l'obligation prévue à l'article L. 328-1 par une amende d'un montant de 50 000 € par diffusion. En cas de récidive, le montant de l'amende peut être porté à 100 000 €.

CHAPITRE IX. — SURVEILLANCE DU MARCHÉ DES VÉHICULES À MOTEUR

(Chap. créé, Ord. n° 2020-701, 10 juin 2020)

Section I. — Dispositions générales

Art. L. 329-1 *(Créé, Ord. n° 2020-701, 10 juin 2020).* – Les dispositions du présent chapitre définissent les conditions dans lesquelles s'exercent les contrôles de la conformité, ainsi que la recherche et les sanctions des non-conformités :

1° Des véhicules à moteur et de leurs remorques, des véhicules agricoles et forestiers et de leurs remorques, des véhicules à deux ou trois roues et quadricycles, des systèmes, des composants ainsi que des entités techniques distinctes, mis à disposition sur le territoire national, à la réglementation applicable en matière de réception des véhicules régis par les titres Ier et II du présent livre ainsi qu'à la réglementation européenne, à l'exception de l'article 18 du règlement (UE) n° 167/2013 du Parlement européen et du Conseil du 5 février 2013 relatif à la réception et à la surveillance du marché des véhicules agricoles et forestiers ;

2° Des pièces détachées et des équipements destinés à ces véhicules ainsi que de l'étiquetage des pneumatiques aux textes pris pour l'application des titres Ier et II du présent livre ainsi qu'à la réglementation européenne ;

3° Des feux spéciaux d'avertissement de certains véhicules à la réglementation du présent code relative aux dispositifs spéciaux d'éclairage et de signalisation des véhicules.

Art. L. 329-2 *(Créé, Ord. n° 2020-701, 10 juin 2020).* – Les dispositions du présent chapitre sont applicables aux opérateurs économiques définis :

1° Par l'article 3 du règlement (CE) n° 1222/2009 du Parlement européen et du Conseil du 25 novembre 2009 sur l'étiquetage des pneumatiques en relation avec l'efficacité en carburant et d'autres paramètres essentiels, en ce qui concerne le marché des pneumatiques ;

2° Par l'article 3 du règlement (UE) n° 167/2013 du Parlement européen et du Conseil du 15 janvier 2013 relatif à la réception et à la surveillance du marché des véhicules agricoles et forestiers, en ce qui concerne le marché des véhicules agricoles et forestiers ;

3° Par l'article 3 du règlement (UE) n° 168/2013 du Parlement européen et du Conseil du 5 février 2013 relatif à la réception et à la surveillance du marché des véhicules à deux ou trois roues et des quadricycles, en ce qui concerne le marché des véhicules à deux ou trois roues et des quadricycles ;

4° Par l'article 3 du règlement (UE) 2018/858 du Parlement européen et du Conseil du 30 mai 2018 relatif à la réception et à la surveillance du marché des véhicules à moteur et de leurs remorques, ainsi que des systèmes, composants et entités techniques distinctes destinés à ces véhicules, modifiant les règlements (CE) n° 715/2007 et (CE) n° 595/2009 et abrogeant la directive 2007/46/CE, en ce qui concerne le marché des véhicules à moteur et de leurs remorques ainsi que des systèmes, composants et entités techniques distinctes destinés à ces véhicules ;

5° Par l'article 3 du règlement (UE) 2019/1020 du Parlement européen et du Conseil du 20 juin 2019 sur la surveillance du marché et la conformité des produits, et modifiant la directive 2004/42/CE et les règlements (CE) n° 765/2008 et (UE) n° 305/2011, en ce qui concerne le marché des pièces détachées et des équipements.

Elles sont également applicables aux prestataires de services de la société de l'information au sens de l'article 3 du règlement (UE) 2019/1020 du 20 juin 2019.

Art. L. 329-3 *(Créé, Ord. n° 2020-701, 10 juin 2020).* – L'autorité chargée de la surveillance du marché des véhicules et des moteurs est une autorité administrative de l'État désignée par décret en Conseil d'État.

Elle assure cette surveillance par des contrôles appropriés, impose aux opérateurs économiques les mesures correctives nécessaires au respect de la réglementation applicable et, faute pour ces opérateurs de les mettre en œuvre, prend les mesures et sanctions qui s'imposent.

Art. L. 329-4 *(Créé, Ord. n° 2020-701, 10 juin 2020).* – Les opérateurs économiques coopèrent avec l'autorité chargée de la surveillance du marché des véhicules et des moteurs en vue de l'adoption de mesures susceptibles d'éliminer ou de réduire les risques que représentent des produits mis à disposition sur le marché par ces opérateurs.

Les prestataires de services de la société de l'information coopèrent avec cette autorité et à sa demande, dans les cas particuliers, en vue de faciliter toute mesure prise en vue d'éliminer ou, si cela n'est pas possible, d'atténuer les risques posés par un produit qui est ou a été proposé à la vente par l'intermédiaire de leur service.

Section II. — Habilitation

Art. L. 329-5 *(Créé, Ord. n° 2020-701, 10 juin 2020).* – Les agents de l'autorité chargée de la surveillance du marché des véhicules et des moteurs, commissionnés et assermentés à cet effet, sont habilités à rechercher et constater les manquements ou les infractions aux réglementations relatives à la conformité des produits mentionnées à l'article L. 329-1 ainsi qu'aux textes pris pour leur application. Ils ont une compétence nationale.

Ces agents peuvent également rechercher et constater les infractions de faux prévues aux articles 441-1 à 441-3 et 441-5 à 441-12 du Code pénal, les infractions d'escroqueries prévues aux articles 313-1 à 313-3 du Code pénal et les infractions de tromperie prévues aux articles L. 441-1, L. 454-1 à L. 454-5 du Code de la consommation.

Art. L. 329-6 *(Créé, Ord. n° 2020-701, 10 juin 2020)*. – Pour l'accomplissement de leurs missions, les agents habilités de l'autorité chargée de la surveillance du marché des véhicules et des moteurs peuvent recourir à toute personne qualifiée, dans les conditions prévues à l'article L. 512-17 du Code de la consommation.

Art. L. 329-7 *(Créé, Ord. n° 2020-701, 10 juin 2020)*. – L'autorité chargée de la surveillance du marché des véhicules et des moteurs peut confier le prélèvement et l'acheminement des échantillons destinés au contrôle prévus par les articles L. 329-20 et L. 329-21 :

1° À des agents habilités à cet effet par le ministre chargé des transports, appartenant à des organismes de droit public ou de droit privé ;

2° À des organismes de droit privé agissant par voie d'huissier de justice.

Art. L. 329-8 *(Créé, Ord. n° 2020-701, 10 juin 2020)*. – Lorsque la législation de l'Union européenne prévoit une coopération entre les États membres ou avec la Commission européenne, les personnes désignées par les autorités compétentes d'un autre État membre ou de la Commission européenne peuvent assister les agents habilités de l'autorité chargée de la surveillance du marché des véhicules et des moteurs dans les opérations de contrôle prévues par le présent chapitre.

Section III. — Pouvoirs d'enquête pour le contrôle de la conformité des produits

Sous section 1. — Dispositions communes

Art. L. 329-9 *(Créé, Ord. n° 2020-701, 10 juin 2020)*. – Les manquements ou les infractions sont constatés par des procès-verbaux, qui font foi jusqu'à preuve contraire.

Art. L. 329-10 *(Créé, Ord. n° 2020-701, 10 juin 2020)*. – Le secret professionnel ne peut être opposé aux agents habilités agissant dans le cadre des pouvoirs qui leur sont conférés par le présent chapitre.

Art. L. 329-11 *(Créé, Ord. n° 2020-701, 10 juin 2020)*. – Il est interdit de faire obstacle à l'exercice des fonctions des agents habilités.

Art. L. 329-12 *(Créé, Ord. n° 2020-701, 10 juin 2020)*. – Les contrôles de conformité, qu'ils résultent de contrôles documentaires, de tests, d'analyses, de contrôles physiques, d'essais en laboratoire ou d'essais sur route, sont réalisés de façon contradictoire.

Sous section 2. — Recueil de renseignements et de documents

Art. L. 329-13 *(Créé, Ord. n° 2020-701, 10 juin 2020)*. – Lorsque l'autorité chargée de la surveillance du marché des véhicules et des moteurs sollicite des documents ou des explications, l'opérateur économique les lui transmet dans le délai raisonnable qu'elle fixe et qui ne peut excéder deux mois.

Art. L. 329-14 *(Créé, Ord. n° 2020-701, 10 juin 2020)*. – Le recueil de renseignements et de documents par les agents habilités s'exerce dans les conditions prévues aux articles L. 512-8 à L. 512-10 et L. 512-12 à L. 512-14 du Code de la consommation.

Il comporte le droit d'accéder aux données issues d'un système informatique ou d'un traitement de données nominatives, sans que puisse être opposée l'obligation au secret professionnel.

Art. L. 329-15 *(Créé, Ord. n° 2020-701, 10 juin 2020)*. – Lorsque les documents sont sous une forme informatisée, les agents habilités de l'autorité chargée de la surveillance du marché des véhicules et des moteurs ont accès aux logiciels, aux données stockées et aux algorithmes et peuvent solliciter l'assistance de l'opérateur économique afin d'être en mesure de les exploiter. Ils peuvent demander la transcription de ces données par tout traitement approprié dans des documents directement utilisables pour les besoins du contrôle. Un format déterminé pour ces données peut être fixé par arrêté du ministre chargé des transports.

Art. L. 329-16 *(Créé, Ord. n° 2020-701, 10 juin 2020).* – Les agents habilités de l'autorité chargée de la surveillance du marché des véhicules et des moteurs peuvent exiger des opérateurs économiques qu'ils fournissent des informations, pour autant que ces informations soient pertinentes au regard du respect des exigences applicables et des contrôles en cours, d'une part, aux fins de l'identification du propriétaire d'un site internet et, d'autre part, sur :

1° La chaîne d'approvisionnement ;

2° Le détail des réseaux de distribution ;

3° Les quantités de produits sur le marché ;

4° D'autres modèles de produits dotés des mêmes caractéristiques techniques que le produit contrôlé.

Art. L. 329-17 *(Créé, Ord. n° 2020-701, 10 juin 2020).* – Le secret des affaires n'est pas opposable aux agents chargés du recueil de renseignements et de documents en application des articles L. 329-13 et L. 329-14. La protection du secret des affaires s'exerce dans les conditions prévues au titre V du livre Ier du Code de commerce.

Art. L. 329-18 *(Créé, Ord. n° 2020-701, 10 juin 2020).* – Lorsqu'un opérateur économique n'a pas donné accès, communiqué ou transmis les documents, informations ou explications demandés sur le fondement des dispositions de la présente sous-section dans le délai imparti, l'autorité chargée de la surveillance du marché des véhicules et des moteurs peut lui ordonner de le faire, sous astreinte journalière, dont le montant ne peut excéder 10 000 euros.

Sous-section 3. — Analyses, tests et essais

Art. L. 329-19 *(Créé, Ord. n° 2020-701, 10 juin 2020).* – Dans le cadre de leurs missions de surveillance du marché, les agents habilités de l'autorité chargée de la surveillance du marché des véhicules et des moteurs prélèvent des échantillons des produits contrôlés afin de réaliser des analyses, des tests, des essais en laboratoire et des essais sur route.

Ces prélèvements sont réalisés dans les conditions fixées par le décret prévu à l'article L. 329-51.

Art. L. 329-20 *(Créé, Ord. n° 2020-701, 10 juin 2020).* – Les échantillons de véhicules ou de remorques, neufs ou d'occasion, permettant d'effectuer les contrôles peuvent :

1° Être acquis par l'autorité chargée de la surveillance du marché des véhicules et des moteurs et, à l'issue des contrôles, être détruits ou cédés à des tiers selon leur état ;

2° Être loués auprès de professionnels ;

3° Être mis à disposition par les opérateurs économiques mentionnés à l'article L. 329-2 ;

4° Être mis à disposition par le titulaire du certificat d'immatriculation du véhicule ou de la remorque.

Dans le cas prévu au 4°, une indemnité peut être versée durant le temps de l'immobilisation, dont le montant est déterminé par arrêté du ministre chargé des transports. Si le bien vient à être endommagé et ne peut être restitué en l'état, une indemnisation est due, dont le montant est déterminé selon des modalités précisées par arrêté du ministre chargé des transports, ou, le cas échéant pour tenir compte de situations particulières, par accord amiable avec le titulaire du certificat d'immatriculation.

Art. L. 329-21 *(Créé, Ord. n° 2020-701, 10 juin 2020).* – Les échantillons de systèmes, de composants, d'entités techniques distinctes et de pièces détachées et équipements destinés aux véhicules peuvent être :

1° Prélevés chez des opérateurs économiques par les agents habilités, à leur demande et dans les limites strictement nécessaires à la réalisation du contrôle. Les échantillons dont la non-conformité à la réglementation n'a pas été établie sont remboursés à leur valeur, toutes taxes comprises, du jour où ils ont été remis aux agents ou remis à la disposition des opérateurs économiques avec leur accord ;

2° Acquis par l'autorité chargée de la surveillance du marché des véhicules et des moteurs, dans la mesure nécessaire aux vérifications à opérer.

Art. L. 329-22 *(Créé, Ord. n° 2020-701, 10 juin 2020)*. – Les résultats des contrôles documentaires, des tests, des analyses, des contrôles physiques, des essais en laboratoire et des essais sur route et les constatations opérées en application des dispositions du présent chapitre sont immédiatement transmis aux agents habilités de l'autorité chargée de la surveillance du marché des véhicules et des moteurs.

Sous section 4. — Accès aux locaux, visites et saisies, consignation

Art. L. 329-23 *(Créé, Ord. n° 2020-701, 10 juin 2020)*. – L'accès aux locaux et aux moyens de transport à usage professionnel s'exerce dans les conditions prévues aux articles L. 512-5 à L. 512-7 du Code de la consommation.

Art. L. 329-24 *(Créé, Ord. n° 2020-701, 10 juin 2020)*. – I. – Les agents habilités mentionnés à l'article L. 329-5 peuvent procéder aux visites et saisies dans les lieux à usage professionnel ou dans les lieux d'exécution d'une prestation de service ainsi que dans les moyens de transport à usage professionnel sur autorisation donnée par ordonnance du juge des libertés et de la détention du tribunal judiciaire dans le ressort duquel sont situés les lieux à visiter. Lorsque ces lieux sont situés dans le ressort de plusieurs juridictions et qu'une action simultanée doit être menée dans chacun d'eux, une ordonnance unique peut être délivrée par l'un des juges des libertés et de la détention compétente.

Le juge vérifie que la demande d'autorisation qui lui est soumise est fondée. Cette demande doit comporter tous les éléments d'information en possession du demandeur de nature à justifier la visite.

L'ordonnance comporte l'adresse des lieux à visiter, le nom et la qualité du ou des agents habilités à procéder aux opérations de visite ainsi que les heures auxquelles ils sont autorisés à se présenter.

II. – L'ordonnance est notifiée sur place par les agents habilités mentionnés à l'article L. 329-5 au moment de la visite à l'occupant des lieux ou à son représentant, qui en reçoit copie intégrale contre récépissé ou émargement au procès-verbal de visite. En l'absence de l'occupant des lieux ou de son représentant, l'ordonnance est notifiée, après la visite, par lettre recommandée avec demande d'avis de réception. Il en va de même lorsqu'il n'est pas procédé à la visite dans un des lieux visés par l'ordonnance. La notification est réputée faite à la date de réception figurant sur l'avis. À défaut de réception, il est procédé à la signification de l'ordonnance par acte d'huissier de justice.

L'acte de notification comporte mention des voies et délais de recours contre l'ordonnance ayant autorisé la visite et contre le déroulement des opérations de visite. Il mentionne également que le juge ayant autorisé la visite peut être saisi d'une demande de suspension ou d'arrêt de cette visite.

III. – La visite s'effectue sous l'autorité et le contrôle du juge des libertés et de la détention qui l'a autorisée. Le juge des libertés et de la détention peut, s'il l'estime utile, se rendre dans les locaux pendant l'intervention. Lorsque la visite a lieu en dehors du ressort de son tribunal judiciaire, il délivre une commission rogatoire pour exercer ce contrôle au juge des libertés et de la détention dans le ressort duquel s'effectue la visite. À tout moment, il peut décider la suspension ou l'arrêt de la visite. La saisine du juge des libertés et de la détention aux fins de suspension ou d'arrêt des opérations de visite n'a pas d'effet suspensif.

IV. – La visite est effectuée en présence de l'occupant des lieux ou de son représentant, qui peut se faire assister d'un conseil de son choix. En l'absence de l'occupant des lieux, les agents chargés de la visite ne peuvent procéder à celle-ci qu'en présence de deux témoins qui ne sont pas placés sous leur autorité.

Un procès-verbal relatant les modalités et le déroulement de l'opération et consignant les constatations effectuées est dressé sur-le-champ par les agents qui ont procédé à la visite. Le procès-verbal est signé par ces agents et par l'occupant des lieux ou, le cas échéant, son représentant et les témoins. En cas de refus de signer, mention en est faite au procès-verbal.

L'original du procès-verbal est, dès qu'il a été établi, adressé au juge qui a autorisé la visite. Une copie de ce même document est remise ou adressée par lettre recommandée avec demande d'avis de réception à l'occupant des lieux ou à son représentant.

Le procès-verbal mentionne le délai et les voies de recours.

V. – L'ordonnance autorisant la visite est susceptible d'appel devant le président de la chambre de l'instruction dans les dix jours à compter de sa notification, par déclaration au greffe de la chambre de l'instruction. Les parties ne sont pas tenues de constituer avocat.

L'ordonnance du président de la chambre de l'instruction est susceptible d'un pourvoi en cassation selon les règles prévues par le Code de procédure pénale.

Art. L. 329-25 *(Créé, Ord. n° 2020-701, 10 juin 2020).* – Les opérations de consignations et de saisie des produits mentionnés aux 3° de l'article L. 512-26 et 4° de l'article L. 512-29 du Code de la consommation s'effectuent dans les cas et conditions prévues par les articles L. 512-27 à L. 512-33 ou L. 512-34 à L. 512-38 du même code.

Sous-section 5. — Contrôle de la vente des biens en ligne

Art. L. 329-26 *(Créé, Ord. n° 2020-701, 10 juin 2020).* – Lorsque les biens sont vendus sur internet, les agents habilités de l'autorité chargée de la surveillance du marché des véhicules et des moteurs peuvent, pour effectuer les contrôles de la conformité prévus par l'article L. 329-1, faire usage d'une identité d'emprunt.

Les conditions dans lesquelles ils procèdent à leurs constatations sont précisées par le décret prévu par l'article L. 329-51.

Sous-section 6. — Échange et diffusion d'informations

Art. L. 329-27 *(Créé, Ord. n° 2020-701, 10 juin 2020).* – Les dispositions de l'article 11 du Code de procédure pénale ou celles relatives au secret professionnel ne font pas obstacle à la communication, aux autorités compétentes des États membres de l'Union européenne et à la Commission européenne, d'informations ou de documents détenus et recueillis par l'autorité administrative chargée de la surveillance du marché des véhicules et des moteurs dans l'exercice de ses missions de recherche et de constatation des manquements ou des infractions aux dispositions entrant dans le champ d'application de la réglementation européenne.

Cette communication s'effectue selon les conditions et modalités définies par la réglementation européenne.

Art. L. 329-28 *(Créé, Ord. n° 2020-701, 10 juin 2020).* – Les informations et documents recueillis dans le cadre des contrôles prévus par le présent chapitre peuvent être communiqués, pour l'exercice de leurs missions respectives en matière de conformité ou de sécurité des produits :

1° Aux agents des douanes ;

2° Aux agents de la concurrence, de la consommation et de la répression des fraudes ;

3° Aux agents du ministère de l'agriculture chargés de la surveillance du marché des véhicules agricoles et forestiers pour l'application de l'article 18 du règlement (UE) n° 167/2013 ;

4° Aux agents de contrôle de l'inspection du travail mentionnés à l'article L. 8112-1 du Code du travail ;

5° Aux agents de l'Agence nationale des fréquences mentionnés à l'article L. 40 du Code des postes et des communications électroniques ;

6° À la Commission européenne ou aux autorités de surveillance des autres États membres de l'Union européenne compétentes pour contrôler la conformité des produits à l'obligation générale de sécurité ou l'application de la réglementation applicable aux véhicules à moteur.

Il en va de même des informations et documents recueillis dans le cadre de la surveillance de l'étiquetage des pneumatiques.

Art. L. 329-29 *(Créé, Ord. n° 2020-701, 10 juin 2020).* – Les dispositions de l'article 11 du Code de procédure pénale ou celles relatives au secret professionnel ne font pas obstacle à la divulgation d'informations par les agents habilités de l'autorité chargée de la surveillance du marché des véhicules et des moteurs, en vue de prévenir un danger grave ou immédiat pour la santé ou la sécurité des personnes.

Section IV. — Procédure, mesures et sanctions consécutives aux contrôles de conformité

Sous-section 1. — Notification de la non-conformité par l'autorité chargée de la surveillance du marché

Art. L. 329-30 *(Créé, Ord. n° 2020-701, 10 juin 2020).* – Le caractère probant de constatations établies par l'autorité de surveillance du marché d'un autre État membre dans le cadre d'enquêtes visant à vérifier la conformité d'un même produit n'est subordonnée à aucune exigence formelle supplémentaire.

Art. L. 329-31 *(Créé, Ord. n° 2020-701, 10 juin 2020)*. – Lorsque l'autorité chargée de la surveillance du marché des véhicules et des moteurs constate une non-conformité sur le fondement des contrôles réalisés, elle transmet le rapport à l'opérateur économique et l'invite à présenter ses observations accompagnées de tout élément explicatif dans un délai raisonnable qu'elle fixe.

À l'issue du délai, si la non-conformité est avérée, l'autorité chargée de la surveillance du marché des véhicules et des moteurs en dresse procès-verbal.

Art. L. 329-32 *(Créé, Ord. n° 2020-701, 10 juin 2020)*. – I. – Le procès-verbal prévu à l'article L. 329-31 accompagné des pièces justificatives est transmis à l'opérateur économique qui dispose d'un délai de cinq jours francs à compter de sa notification pour indiquer s'il demande la mise en œuvre d'une expertise complémentaire.

II. – Lorsque l'opérateur économique ne demande pas d'expertise complémentaire, l'autorité administrative chargée de la surveillance du marché des véhicules et des moteurs dresse un procès-verbal définitif et met en œuvre les mesures prévues aux articles L. 329-35 à L. 329-42.

III. – Lorsque l'expertise complémentaire est demandée, deux experts sont choisis parmi les personnes physiques et morales figurant sur une liste établie par le ministre chargé des transports, l'un par l'autorité chargée de la surveillance du marché des véhicules et des moteurs, l'autre par l'opérateur économique, s'il le souhaite et dans un délai imparti par cette autorité.

Si l'opérateur renonce explicitement à choisir un expert ou ne le désigne pas dans le délai imparti, cet expert est nommé par l'autorité chargée de la surveillance du marché des véhicules et des moteurs.

L'autorité chargée de la surveillance du marché des véhicules et des moteurs met en demeure le détenteur de fournir le ou les échantillons prélevés, intacts, aux experts sous huitaine. Si les échantillons ne sont pas présentés dans ce délai, l'expertise complémentaire ne peut être réalisée et l'autorité chargée de la surveillance du marché des véhicules et des moteurs dresse un procès-verbal définitif et met en œuvre les mesures et sanctions prévues aux articles L. 329-35 à L. 329-45.

L'expert désigné par l'opérateur ou nommé d'office par l'autorité en l'absence de désignation par l'opérateur économique procède à une première expertise.

Si à l'issue de cette expertise, le résultat confirme les constatations portées sur le procès-verbal de non-conformité prévu à l'article L. 329-31, l'autorité chargée de la surveillance du marché des véhicules et des moteurs dresse un procès-verbal définitif et met en œuvre les mesures et sanctions prévues aux articles L. 329-35 à L. 329-45.

Si à l'issue de cette expertise, le résultat de l'expertise infirme les constatations portées sur le procès-verbal de non-conformité prévu à l'article L. 329-31, une contre-expertise est menée par l'expert désigné par l'autorité chargée de la surveillance du marché des véhicules et des moteurs.

À l'issue de cette contre-expertise, l'autorité chargée de la surveillance du marché des véhicules et des moteurs dresse un procès-verbal définitif et en cas de non-conformité met en œuvre les mesures et sanctions prévues aux articles L. 329-35 à L. 329-45.

L'expertise complémentaire s'effectue aux frais de l'opérateur économique. Toutefois, si aucune non-conformité n'est établie à l'issue de celle-ci, l'autorité chargée de la surveillance du marché des véhicules et des moteurs rembourse à l'opérateur les coûts liés à l'expertise complémentaire.

IV. – Lorsqu'un essai destructif doit être réalisé sur un véhicule, l'autorité chargée de la surveillance du marché des véhicules et des moteurs informe l'opérateur économique lors du prélèvement de la possibilité de demander une expertise et lui communique la liste des experts mentionnée au III.

L'opérateur économique dispose d'un délai de cinq jours francs pour indiquer s'il demande la mise en œuvre d'une expertise.

Lorsque l'expertise est demandée, l'essai ne peut être réalisé qu'une fois les experts désignés dans les conditions prévues par le III.

Lorsqu'il n'a été possible de disposer que d'un seul échantillon pour cette expertise portant sur un essai destructif, les experts procèdent en commun à l'analyse de l'échantillon.

Les frais liés à la participation à l'essai de l'expert désigné par l'opérateur économique sont supportés par l'opérateur économique. Si aucune non-conformité n'est constatée à l'issue de l'essai, ces frais sont remboursés à l'opérateur économique.

V. – Lorsque le procès-verbal définitif établi conformément au II ou au III du présent article constate une infraction de tromperie prévue aux articles L. 441-1, L. 454-1 à L. 454-5 du Code de la consommation, sur le fondement d'essais ou d'analyses, l'auteur présumé de l'infraction est informé par l'autorité chargée de la surveillance du marché des véhicules et des moteurs de la possibilité qui lui est offerte de demander une expertise qui s'effectue dans les conditions fixées par les articles L. 512-40 à L. 512-48 du Code de la consommation.

Sous-section 2. — Mesures et sanctions administratives

Art. L. 329-33 *(Créé, Ord. n° 2020-701, 10 juin 2020).* – Les mesures et sanctions prévues à l'article L. 329-35 sont décidées par l'autorité chargée de la surveillance du marché des véhicules et des moteurs en cas de manquement :

1° Aux dispositions techniques et aux dispositions administratives relatives à la réception des véhicules édictées en vertu des titres Ier et II du livre III du Code de la route et de la réglementation européenne ;

2° Aux articles L. 441-1 et L. 454-1 à L. 454-5 du Code de la consommation relatifs à la tromperie ;

3° Aux obligations relatives à l'étiquetage des pneumatiques résultant de la réglementation européenne ;

4° Aux obligations prévues par la réglementation du présent code relative aux dispositifs spéciaux d'éclairage et de signalisation des véhicules.

Art. L. 329-34 *(Créé, Ord. n° 2020-701, 10 juin 2020).* – Les mesures et sanctions prévues par la présente sous-section sont motivées et notifiées à l'opérateur en cause.

Art. L. 329-35 *(Créé, Ord. n° 2020-701, 10 juin 2020).* – I. L'autorité chargée de la surveillance du marché des véhicules et des moteurs peut, à l'issue d'une procédure contradictoire dont les modalités sont fixées par le décret prévu à l'article L. 329-51, prononcer une ou plusieurs des mesures suivantes :

1° L'avertissement ;

2° La mise en conformité ;

3° Le rappel ;

4° La suspension de mise sur le marché ;

5° Le retrait du produit ;

6° L'interdiction de mise à disposition sur le marché ;

7° La destruction des produits présentant un risque grave.

II. – Tout manquement à la réglementation de mise à disposition sur le marché des véhicules, remorques, systèmes, composants, entités techniques distinctes ainsi que des pièces détachées et équipements destinés aux véhicules est passible d'une amende administrative infligée par l'autorité chargée de la surveillance du marché des véhicules et des moteurs, dont le montant ne peut excéder un million d'euros par produit concerné.

III. – Lorsqu'elle prend des mesures ou inflige une sanction, l'autorité chargée de la surveillance du marché des véhicules et des moteurs en informe sans délai l'autorité administrative chargée de la réception des véhicules, la Commission européenne et les autorités de surveillance des autres États membres.

Art. L. 329-36 *(Créé, Ord. n° 2020-701, 10 juin 2020).* – Lorsque des mesures de retrait ou de rappel sont mises en œuvre, les opérateurs économiques établissent et maintiennent à jour un état chiffré des produits retirés ou rappelés, qu'ils tiennent à la disposition des agents habilités de l'autorité chargée de la surveillance du marché des véhicules et des moteurs.

Sans préjudice des mesures d'information des personnes et des autorités administratives compétentes prévues par la réglementation en vigueur, les opérateurs économiques qui procèdent au rappel ou au retrait en font la déclaration par voie dématérialisée, selon des modalités fixées par décret.

Art. L. 329-37 *(Créé, Ord. n° 2020-701, 10 juin 2020).* – Lorsqu'est constatée une non-conformité telle que le produit présente un danger grave ou immédiat pour la santé, la sécurité ou l'environnement, l'autorité chargée de la surveillance du marché des véhicules et des moteurs peut prononcer, à titre conservatoire, une suspension provisoire de mise sur le marché, un rappel ou un retrait des produits non conformes, aux frais de l'opérateur économique.

La durée de ces mesures conservatoires ne peut excéder quinze jours, renouvelables une fois.

La procédure contradictoire préalable au prononcé d'une mesure prévue à l'article L. 329-35 est engagée dès la notification de la mesure conservatoire.

Art. L. 329-38 *(Créé, Ord. n° 2020-701, 10 juin 2020)*. – Lorsqu'il n'existe pas de moyen efficace pour éliminer un risque grave, l'autorité chargée de la surveillance du marché des véhicules et des moteurs peut exiger le retrait du contenu d'une interface en ligne qui mentionne les produits concernés ou exiger l'affichage d'une mise en garde explicite des utilisateurs finaux lorsque ceux-ci accèdent à une interface en ligne.

Art. L. 329-39 *(Créé, Ord. n° 2020-701, 10 juin 2020)*. – Lorsqu'un opérateur économique fait l'objet d'une des mesures prévues par le I de l'article L. 329-35 en raison d'un manquement à la réglementation applicable mais s'avère dans l'incapacité manifeste de l'exécuter dans un délai raisonnable, l'autorité chargée de la surveillance du marché des véhicules et des moteurs peut lui enjoindre, pour une durée de deux mois susceptible d'être renouvelée par périodes de deux mois, d'informer les consommateurs de la mesure dont il a fait l'objet et de mentionner le véhicule, la remorque, le système, le composant, l'entité technique distincte ainsi que les pièces et équipements destinés aux véhicules, visés par cette mesure, selon les modalités fixées par cette injonction.

Les modalités d'application du présent article sont fixées par le décret prévu à l'article L. 329-51.

Art. L. 329-40 *(Créé, Ord. n° 2020-701, 10 juin 2020)*. – Lorsque l'opérateur économique n'a pas exécuté dans le délai qui lui a été imparti la ou les mesures qui ont été prononcées en application du I de l'article L. 329-35, l'autorité chargée de la surveillance du marché des véhicules et des moteurs peut :

1° Lui infliger une amende d'un montant maximal de 100 000 €, qui peut être assortie d'une astreinte journalière d'un montant maximal de 10 000 € ;

2° S'il y a lieu exiger du prestataire de services de la société de l'information qu'il restreigne l'accès à l'interface en ligne concernée, y compris en demandant à des tiers concernés d'appliquer de telles mesures.

Art. L. 329-41 *(Créé, Ord. n° 2020-701, 10 juin 2020)*. – À défaut pour l'opérateur économique d'effectuer le retrait, le rappel ou la destruction des véhicules, remorques, systèmes, composants, entités techniques distinctes, pièces détachées et équipements destinés à ces véhicules non conformes qui lui a été imposé sur le fondement du I de l'article L. 329-35, l'autorité chargée de la surveillance du marché des véhicules et des moteurs peut, après une nouvelle injonction sans résultat, y procéder d'office aux frais de l'opérateur.

Art. L. 329-42 *(Créé, Ord. n° 2020-701, 10 juin 2020)*. – L'autorité chargée de la surveillance du marché des véhicules et des moteurs peut décider la publication des mesures et sanctions prononcées sur le fondement des dispositions de la présente sous-section sur son site internet mais également par voie de presse ou sur tout autre support approprié.

L'opérateur économique est informé, préalablement à la publication envisagée, de la nature et des modalités de celle-ci qui est effectuée à ses frais.

Art. L. 329-43 *(Créé, Ord. n° 2020-701, 10 juin 2020)*. – Les amendes et astreintes prévues par les articles L. 329-35 et L. 329-40 ne peuvent porter sur des faits remontant à plus de dix ans s'il n'a été accompli dans ce délai aucun acte tendant à leur recherche, leur constatation ou leur sanction.

Art. L. 329-44 *(Créé, Ord. n° 2020-701, 10 juin 2020)*. – Les amendes et les astreintes prévues par le présent chapitre bénéficient d'un privilège de même rang que celui prévu à l'article 1920 du Code général des impôts. Il est procédé à leur recouvrement comme en matière de créances de l'État étrangères à l'impôt et au domaine.

L'opposition à l'état exécutoire pris en application d'une mesure de consignation ordonnée par l'autorité chargée de la surveillance du marché des véhicules et des moteurs devant le juge administratif n'a pas de caractère suspensif.

Art. L. 329-45 *(Créé, Ord. n° 2020-701, 10 juin 2020)*. – Sans préjudice des autres sanctions encourues, lorsque la non-conformité à la réglementation d'un produit a été établie par des contrôles réalisés en application du présent chapitre, le responsable de la mise sur le marché du produit ou, le cas échéant, toute autre personne responsable de la non-conformité supporte la totalité des frais directement exposés par l'autorité chargée de la surveillance du marché des véhicules et des moteurs pour réaliser les opérations de contrôle en cause.

Sous-section 3.- Transaction

Art. L. 329-46 *(Créé, Ord. n° 2020-701, 10 juin 2020).* – L'autorité chargée de la surveillance du marché des véhicules et des moteurs peut, tant que l'action publique n'a pas été mise en mouvement, transiger, après accord du procureur de la République, selon les modalités fixées par le décret prévu à l'article L. 329-51, pour les infractions prévues aux titres Ier et II du livre III punies d'une peine d'emprisonnement inférieur à trois ans.

La transaction s'effectue selon les modalités prévues aux articles L. 523-2 à L. 523-4 du Code de la consommation.

Sous-section 4. – Sanctions pénales

Art. L. 329-47 *(Créé, Ord. n° 2020-701, 10 juin 2020).* – Le fait de faire obstacle aux fonctions des agents habilités en violation de l'article L. 329-11 est puni de six mois d'emprisonnement et de 100 000 euros d'amende.

Art. L. 329-48 *(Créé, Ord. n° 2020-701, 10 juin 2020).* – Le fait de dissimuler des données ou des spécifications techniques établissant un manquement visé par l'article L. 329-33, à l'exclusion de son 2°, est puni de six mois d'emprisonnement et de 15 000 euros d'amende.

Art. L. 329-49 *(Créé, Ord. n° 2020-701, 10 juin 2020).* – Le fait d'importer, de mettre sur le marché ou de maintenir sur le marché des véhicules, remorques, systèmes, composants, entités techniques distinctes, pièces et équipements destinés aux véhicules est puni de trois ans d'emprisonnement et d'un million d'euros d'amende lorsqu'ils ne sont pas conformes aux prescriptions techniques suivantes :

1° Prescriptions applicables à la réception des véhicules, des systèmes, composants et entités techniques distinctes prévues par l'annexe II du règlement (UE) 2018/858, les annexes II et VI du règlement (UE) n° 168/2013, l'annexe I du règlement (UE) n° 167/2013 et les annexes IV et XI de la directive 2007/46/CE ;

2° Prescriptions résultant de la réglementation du présent code relative aux dispositifs spéciaux d'éclairage et de signalisation des véhicules.

Le montant de l'amende peut être porté, de manière proportionnée aux avantages tirés de la non-conformité, à 10 % du chiffre d'affaires moyen annuel, calculé sur les trois derniers chiffres d'affaires annuels connus à la date des faits, lorsque les produits concernés ont constitué un danger pour la santé, la sécurité ou l'environnement.

Art. L. 329-50 *(Créé, Ord. n° 2020-701, 10 juin 2020).* – I. – Les personnes physiques coupables des délits prévus à la présente sous-section encourent également les peines complémentaires suivantes :

1° L'interdiction, suivant les modalités prévues par l'article 131-27 du Code pénal, soit d'exercer une fonction publique ou d'exercer l'activité professionnelle ou sociale dans l'exercice ou à l'occasion de l'exercice de laquelle l'infraction a été commise, soit d'exercer une profession commerciale ou industrielle, de diriger, d'administrer, de gérer ou de contrôler à un titre quelconque, directement ou indirectement, pour son propre compte ou pour le compte d'autrui, une entreprise commerciale ou industrielle ou une société commerciale. Ces interdictions d'exercice peuvent être prononcées cumulativement ;

2° L'exclusion des marchés publics ;

3° La confiscation de la chose qui a servi ou était destinée à commettre l'infraction ou de la chose qui en est le produit, à l'exception des objets susceptibles de restitution.

II. – Les personnes morales déclarées responsables pénalement, dans les conditions prévues par l'article 121-2 du Code pénal encourent, outre l'amende suivant les modalités prévues par l'article 131-38 du même code, les peines complémentaires prévues à l'article 131-39 de ce code.

Sanction V. — Modalités d'application

Art. L. 329-51 *(Créé, Ord. n° 2020-701, 10 juin 2020).* – Sauf dispositions contraires, les modalités d'application du présent chapitre sont prises par décret en Conseil d'État.

TITRE III. – ENREGISTREMENT ET COMMUNICATION DES INFORMATIONS RELATIVES À LA CIRCULATION DES VÉHICULES

Art. L. 330-1. – Il est procédé, dans les services de l'État et sous l'autorité et le contrôle du ministre de l'Intérieur, à l'enregistrement de toutes informations concernant les pièces administratives exigées pour la circulation des véhicules ou affectant la disponibilité de ceux-ci.

Ces informations peuvent faire l'objet de traitements automatisés, soumis aux dispositions de la loi n° 78-17 du 6 janvier 1978 relative à l'informatique, aux fichiers et aux libertés.

Art. L. 330-2 *(Mod., L. fin. n° 2008-1425, 27 déc. 2008 ; L. fin. rect. n° 2009-431, 20 avr. 2009 ; L. n° 2010-788, 12 juill. 2010 ; L. n° 2013-619, 16 juill. 2013 ; L. n° 2015-992, 17 août 2015 ; L. n° 2016-339, 22 mars 2016 ; L. n° 2016-1917, 29 déc. 2016 ; L. n° 2019-1428, 24 déc. 2019 ; L. n° 2020-105, 10 févr. 2020 ; L. n° 2022-269, 28 févr. 2022).* – I. – Ces informations, à l'exception de celles relatives aux gages constitués sur les véhicules à moteur et aux oppositions au transfert du certificat d'immatriculation, sont communiquées :

1° À la personne physique ou morale titulaire des pièces administratives, à son avocat ou à son mandataire ;

2° Aux autorités judiciaires ;

3° Aux officiers ou agents de police judiciaire, dans l'exercice des missions définies à l'article 14 du Code de procédure pénale ;

4° Aux militaires de la gendarmerie ou aux fonctionnaires de la police nationale habilités à effectuer des contrôles routiers en application des dispositions du présent code ;

4° *bis* Aux agents de police judiciaire adjoints et aux gardes champêtres, aux seules fins d'identifier les auteurs des infractions au présent code qu'ils sont habilités à constater ;

5° Aux fonctionnaires habilités à constater des infractions au présent code, aux seules fins d'identifier les auteurs de ces infractions ;

6° Aux préfets, pour l'exercice de leurs compétences en matière de circulation des véhicules ;

7° Aux services du ministre de l'Intérieur, du ministre de la Défense, du ministre chargé de l'écologie, du ministre chargé de l'industrie et du ministre chargé des transports pour l'exercice de leurs compétences ;

8° Aux entreprises d'assurances garantissant les dommages subis par des tiers résultant d'atteintes aux personnes ou aux biens dans la réalisation desquels un véhicule à moteur, ainsi que ses remorques, est impliqué et aux organismes assimilés à ces entreprises dès lors que ces informations ont pour seul but d'identifier les biens et les personnes impliqués dans un accident de la circulation à condition qu'au moins un des véhicules soit assuré par le demandeur ou que ce dernier ait en charge l'indemnisation d'une des victimes ;

9° Aux autorités étrangères avec lesquelles existe un accord d'échange d'informations relatives à l'identification du titulaire du certificat d'immatriculation ;

9° *bis* Aux services compétents des États membres, pour l'application des instruments de l'Union européenne destinés à faciliter l'échange transfrontalier d'informations concernant les infractions en matière de sécurité routière ;

10° Aux services compétents en matière d'immatriculation des États membres de l'Union européenne et aux autres États parties à l'accord sur l'Espace économique européen, dans le cadre des dispositions prévoyant un échange d'informations relatives à l'immatriculation d'un véhicule précédemment immatriculé dans un autre de ces États, ou au titre de la répression de la criminalité visant les véhicules et ayant des incidences transfrontalières ;

11° *(Abrogé)* ;

12° *(Abrogé)* ;

13° Aux constructeurs de véhicules ou à leurs mandataires pour les besoins des rappels de sécurité et des rappels de mise au point des véhicules ;

14° Aux agents des exploitants d'une autoroute ou d'un ouvrage routier ouvert à la circulation publique et soumis à péage, assermentés dans les conditions prévues à l'article L. 130-7, aux seules fins d'identifier les auteurs des contraventions au présent code qu'ils sont habilités à constater conformément au 8° de l'article L. 130-4 ;

15° Aux agents mentionnés aux articles L. 2132-21 et L. 2132-23 du Code général de la propriété des personnes publiques ainsi qu'aux articles L. 2241-1, L. 4321-3, L. 4272-1, L. 5243-1 et L. 5337-2 du Code des transports habilités à dresser procès-verbal de contravention de grande voirie en application de ces mêmes codes et aux personnels de Voies navigables de France mentionnés à l'article L. 4272-2 du Code des transports habilités à constater les infractions définies par les règlements de police de la navigation intérieure, aux seules fins d'identifier le titulaire du certificat d'immatriculation ;

16° Au maire dans le cadre des attributions prévues aux articles L. 541-21-3 et L. 541-21-4 du Code de l'environnement, aux seules fins d'identifier le titulaire du certificat d'immatriculation ;

17° Aux personnels habilités du prestataire autorisé par l'État aux seules fins d'établir et de délivrer le dispositif d'identification des véhicules prévu à l'article L. 318-1 du présent code ;

18° Aux agents de la concurrence, de la consommation et de la répression des fraudes pour l'exercice de leurs missions en application du présent code et du Code de la consommation ;

19° Aux personnels habilités de l'organisme chargé par l'État de participer au traitement des appels d'urgence à seule fin d'identifier un véhicule conformément aux dispositions du règlement délégué (UE) n° 305/2013 de la Commission du 26 novembre 2012 complétant la directive 2010/40/UE du Parlement européen et du Conseil en ce qui concerne la mise à disposition harmonisée d'un service d'appel d'urgence (eCall) interopérable dans toute l'Union européenne. Toutefois, la communication d'informations est limitée aux données techniques liées à la marque, au modèle, à la couleur, à l'immatriculation et au type d'énergie utilisé.

II. – Les entreprises d'assurances doivent fournir à l'appui de leur demande tous éléments utiles permettant de vérifier la réalité du sinistre.

III. – Les exploitants d'une autoroute ou d'un ouvrage routier ouvert à la circulation publique et soumis à péage doivent produire à l'appui de leur demande tous éléments utiles permettant de vérifier la réalité de la contravention pour non-paiement du péage.

IV. – Les personnes mentionnées au 12° du I du présent article doivent produire à l'appui de leur demande tous éléments utiles permettant de vérifier la réalité des manquements au regard de la taxe prévus par l'ordonnance n° 2021-659 du 26 mai 2021 relative aux modalités d'instauration d'une taxe sur le transport routier de marchandises recourant à certaines voies du domaine public routier de la Collectivité européenne d'Alsace.

Art. L. 330-3 *(L. n° 2016-339, 22 mars 2016)*. – I. – Les informations relatives, d'une part, aux gages constitués sur les véhicules à moteur et, d'autre part, aux oppositions au transfert du certificat d'immatriculation sont communiquées :

1° À la personne physique ou morale titulaire des pièces administratives exigées pour la circulation du véhicule, à son avocat ou à son mandataire ;

2° Aux autorités judiciaires ;

3° Aux officiers ou agents de police judiciaire, dans l'exercice des missions définies à l'article 14 du Code de procédure pénale ;

4° Aux préfets, pour l'exercice de leurs compétences en matière de circulation des véhicules ;

5° Aux autorités compétentes des territoires et collectivités territoriales d'outre-mer pour l'exercice de leurs attributions en matière de circulation des véhicules.

II. – L'absence de déclaration de gage ou d'opposition faite au transfert du certificat d'immatriculation d'un véhicule défini par son seul numéro d'immatriculation peut, à l'exclusion de toute autre information, être portée à la connaissance de toute personne qui en fait la demande.

Art. L. 330-4 *(L. n° 2016-339, 22 mars 2016)*. – Les informations relatives à l'état civil du titulaire du certificat d'immatriculation, au numéro d'immatriculation et aux caractéristiques du véhicule ainsi qu'aux gages constitués et aux oppositions, sont, à l'exclusion de tout autre renseignement, communiquées pour l'exercice de leur mission :

1° Aux agents chargés de l'exécution d'un titre exécutoire ;

2° Aux administrateurs judiciaires ou mandataires liquidateurs désignés dans le cadre d'une procédure de redressement judiciaire ou de liquidation de biens prévue par la loi n° 85-98 du 25 janvier 1985 relative au redressement et à la liquidation judiciaires des entreprises [abrogé et codifié, V. C. com.] ;

3° Aux syndics désignés dans le cadre d'une procédure de règlement judiciaire ou de liquidation de biens prévue par la loi n° 67-563 du 13 juillet 1967 sur le règlement judiciaire, la liquidation des biens, la faillite personnelle et les banqueroutes [partiellement abrogée].

Art. L. 330-5 *(Rempl., L. fin. rect. n° 2009-431, 20 avr. 2009 ; mod., L. n° 2011-267, 14 mars 2011 ; Ord. n° 2015-1341, 23 oct. 2015).* – Sous réserve des dispositions des alinéas suivants, les informations nominatives figurant dans les pièces administratives exigées pour la circulation des véhicules ne peuvent être communiquées qu'aux destinataires mentionnés aux articles L. 330-2 à L. 330-4.

Ces informations nominatives sont également communicables à des tiers préalablement agréés par l'autorité administrative afin d'être réutilisées dans les conditions prévues aux articles L. 321-1 à L. 327-1 du Code des relations entre le public et l'administration :

– à des fins statistiques, ou à des fins de recherche scientifique ou historique, sans qu'il soit nécessaire de recueillir l'accord préalable des personnes concernées mais sous réserve que les études réalisées ne fassent apparaître aucune information nominative ;

– à des fins d'enquêtes et de prospections commerciales, sauf opposition des personnes concernées selon les modalités prévues au deuxième alinéa de l'article 38 de la loi n° 78-17 du 6 janvier 1978 relative à l'informatique, aux fichiers et aux libertés ;

– à des fins de sécurisation des activités économiques qui nécessitent une utilisation de caractéristiques techniques des véhicules fiables, sans communication des nom, prénom et adresse des personnes concernées.

La décision d'agrément mentionnée au deuxième alinéa peut être précédée d'une enquête administrative, dans les conditions prévues par l'article 17-1 de la loi n° 95-73 du 21 janvier 1995 d'orientation et de programmation relative à la sécurité, pour des motifs d'intérêt général liés à la protection des personnes et des biens.

Art. L. 330-6. – Le fait de prendre le nom d'une personne dans des circonstances qui ont déterminé ou auraient pu déterminer, en application de l'article L. 330-1, l'enregistrement au nom de cette personne d'une condamnation judiciaire ou d'une décision administrative est puni des peines prévues par l'article 434-23 du Code pénal.

Art. L. 330-7. – Le fait, en prenant un faux, nom ou une fausse qualité, de se faire communiquer le relevé des mentions enregistrées en application de l'article L. 330-1 et concernant un tiers est puni de la peine prévue par l'article 781 du Code de procédure pénale.

Est puni de la même peine le fait d'obtenir soit directement, soit indirectement, communication *(Rempl., Ord. n° 2018-1125, 12 déc. 2018)* « de données à caractère personnel » dont la divulgation n'est pas expressément prévue par le présent code.

Art. L. 330-8 *(Rempl., L. fin. rect. n° 2009-431, 20 avr. 2009).* – Des décrets en Conseil d'État fixent les conditions d'application du premier alinéa de l'article L. 330-1 et des articles L. 330-2 à L. 330-7.

TITRE IV. – DISPOSITIONS RELATIVES À L'OUTRE-MER

CHAPITRE I. – DISPOSITIONS PARTICULIÈRES À LA COLLECTIVITÉ TERRITORIALE DE SAINT-PIERRE-ET-MIQUELON

Art. L. 341-1. – Pour l'application des dispositions du présent livre dans la collectivité territoriale de Saint-Pierre-et-Miquelon, le terme « département » est remplacé par « collectivité territoriale ».

CHAPITRE II. – DISPOSITIONS APPLICABLES DANS LA COLLECTIVITÉ TERRITORIALE DE MAYOTTE

Art. L. 342-1. – Pour l'application des dispositions du présent livre dans la collectivité territoriale de Mayotte, les termes énumérés ci-après sont remplacés comme suit :

1° « Préfecture » par « représentation du Gouvernement » ;

2° « Département » par « collectivité territoriale » ;

3° « Préfet » par « représentant du Gouvernement ».

Art. L. 342-2 *(L. n° 2015-992, 17 août 2015).* – Les dispositions législatives du présent livre sont applicables dans la collectivité territoriale de Mayotte, à l'exception des articles L. 318-1 et L. 318-3.

Art. L. 342-3. – Les règles relatives à l'application du titre Ier du livre II du Code des assurances à la collectivité territoriale de Mayotte sont fixées par l'article L. 214-3 du Code des assurances, ci-après reproduit :

« Art. L. 214-3. – Les dispositions du titre Ier du livre II sont applicables à la collectivité territoriale de Mayotte à l'exception des articles L. 211-2, L. 211-4, L. 213-1, L. 214-1 et L. 214-2. »

CHAPITRE III. – DISPOSITIONS APPLICABLES À LA POLYNÉSIE FRANÇAISE

Art. L. 343-1 *(Mod., L. n° 2011-267, 14 mars 2011).* – Les articles L. 325-1, L. 325-2, L. 325-6 à L. 325-11 sont applicables à la Polynésie française, dans la rédaction suivante :

« Art. L. 325-1. – Les véhicules dont la circulation ou le stationnement, en infraction aux dispositions applicables localement, aux règlements de police ou à la réglementation relative à l'assurance obligatoire des véhicules à moteur, compromettent la sécurité ou le droit à réparation des usagers de la route, la tranquillité ou l'hygiène publique, l'esthétique des sites et paysages classés, la conservation ou l'utilisation normale des voies ouvertes à la circulation publique et de leurs dépendances, notamment par les véhicules de transport en commun, peuvent à la demande et sous la responsabilité du maire ou de l'officier de police judiciaire territorialement compétent, même sans l'accord du propriétaire du véhicule dans les cas et conditions précisés par le décret prévu à l'article L. 325-11, être immobilisés, mis en fourrière, retirés de la circulation et, le cas échéant, aliénés ou livrés à la destruction. »

« Art. L. 325-2. – Pour l'application de l'article L. 325-1 et sur prescription de l'officier de police judiciaire territorialement compétent, les fonctionnaires de police en tenue et les militaires de la gendarmerie habilités à constater par procès-verbaux les contraventions à la police de la circulation routière peuvent, en cas de besoin, ouvrir ou faire ouvrir les portes du véhicule, manœuvrer ou faire manœuvrer tous appareils. Ils peuvent conduire le véhicule ou le faire conduire, en leur présence, vers le lieu de mise en fourrière en utilisant, le cas échéant, les moyens autonomes de propulsion dont le véhicule est muni.

La mise en fourrière peut également être prescrite par un chef de service de police municipale territorialement compétent ou l'agent de police judiciaire adjoint qui occupe les fonctions de chef de la police municipale. Pour l'application de cette disposition et sur prescription du chef de service de police municipale territorialement compétent ou de l'agent de police judiciaire adjoint qui occupe les fonctions de chef de la police municipale, les agents de police municipale habilités à constater par procès-verbal les contraventions à la police de la circulation routière peuvent, en cas de besoin, ouvrir ou faire ouvrir les portes du véhicule, manœuvrer ou faire manœuvrer tous appareils. Ils peuvent conduire le véhicule ou le faire conduire, en leur présence, vers le lieu de mise en fourrière en utilisant, le cas échéant, les moyens autonomes de propulsion dont le véhicule est muni.

Dans les cas prévus aux alinéas précédents », l'assureur du propriétaire du véhicule est tenu de garantir, dans les limites du contrat, la réparation du dommage causé au tiers sauf recours, s'il y a lieu, contre la collectivité publique qui, par son fait, a causé le dommage ayant donné lieu à la responsabilité de l'assureur et sans qu'une majoration de prime puisse en résulter pour le propriétaire. »

« Art. L. 325-6. – Les véhicules dont l'état ne permet pas la circulation dans des conditions normales de sécurité ne peuvent être retirés de la fourrière que par des réparateurs chargés par les propriétaires d'effectuer les travaux reconnus indispensables.

Ils ne peuvent ensuite être restitués à leurs propriétaires, qu'après vérification de la bonne exécution des travaux.

En cas de désaccord sur l'état du véhicule, un expert est désigné dans des conditions fixées par délibération de l'assemblée de la Polynésie française. S'il constate que le véhicule n'est pas en état de circuler dans des conditions normales de sécurité, il détermine les travaux à effectuer avant sa remise au propriétaire. »

« Art. L. 325-7. – Sont réputés abandonnés les véhicules laissés en fourrière à l'expiration d'un délai de quarante-cinq jours à compter de la mise en demeure faite au propriétaire d'avoir à retirer son véhicule.

La notification est valablement faite à l'adresse indiquée au répertoire des immatriculations. Dans le cas où le véhicule fait l'objet d'un gage régulièrement inscrit, cette notification est également faite au créancier gagiste.

Si le propriétaire ne peut être identifié, le délai précité court du jour où cette impossibilité a été constatée.

Le délai prévu au premier alinéa est réduit à dix jours en ce qui concerne les véhicules qu'un expert désigné dans des conditions fixées par délibération de l'assemblée de la Polynésie française aura estimés d'une valeur

marchande inférieure à un montant fixé par le gouvernement de la Polynésie française et déclarés hors d'état de circuler dans des conditions normales de sécurité.

Les véhicules visés à l'alinéa précédent sont, à l'expiration du délai de dix jours, livrés à la destruction. »

« Art. L. 325-8. – Les véhicules abandonnés dans les conditions prévues au premier alinéa de l'article L. 325-7 sont remis au service des domaines en vue de leur aliénation dans les formes prévues pour les ventes du mobilier de la Polynésie française. Les véhicules qui n'ont pas trouvé preneur, à l'expiration d'un délai fixé par le président du gouvernement de la Polynésie française, sont livrés à la destruction sur l'initiative de l'autorité administrative investie des pouvoirs de police en matière de circulation. »

« Art. L. 325-9. – Les frais d'enlèvement, de garde en fourrière, d'expertise et de vente ou de destruction du véhicule sont à la charge du propriétaire.

Le produit de la vente, sous déduction des frais énumérés à l'alinéa précédent, est tenu à la disposition du propriétaire ou de ses ayants droit ou, le cas échéant, du créancier gagiste pouvant justifier de ses droits, pendant un délai de deux ans. À l'expiration de ce délai, ce produit est acquis à la Polynésie française.

Lorsque le produit de la vente est inférieur au montant des frais visés ci-dessus, le propriétaire ou ses ayants droit restent débiteurs de la différence. Celle-ci est recouvrée dans les conditions fixées par délibération de l'assemblée de la Polynésie française. »

« Le présent article est applicable au créancier gagiste en cas de confiscation du véhicule qui a servi pour commettre une infraction. »

« Art. L. 325-10. – La collectivité publique intéressée n'est pas responsable des dommages subis par les véhicules visés au quatrième alinéa de l'article L. 325-7, placés dans une fourrière non clôturée et non gardée. »

« Art. L. 325-11. – Un décret en Conseil d'État détermine les conditions d'application des articles L. 325-1, L. 325-2, L. 325-6 à L. 325-9.

Une délibération de l'assemblée de la Polynésie française détermine les clauses devant obligatoirement figurer dans le contrat type susceptible d'être passé entre les collectivités publiques intéressées et les entreprises aptes à effectuer la démolition des véhicules à moteur. »

CHAPITRE IV. – DISPOSITIONS APPLICABLES EN NOUVELLE-CALÉDONIE

Art. L. 344-1 *(Ord. n° 2004-567, 17 juin 2004 ; mod., L. n° 2006-10, 5 janv. 2006 ; L. n° 2011-267, 14 mars 2011 ; L. n° 2011-884, 27 juill. 2011 ; L. n° 2011-1862, 13 déc. 2011).* – I. – Les articles L. 325-1, L. 325-1-1, L. 325-2 et L. 325-6 à L. 325-11 sont applicables en Nouvelle-Calédonie, dans la rédaction suivante :

« Art. L. 325-1. – Les véhicules dont la circulation ou le stationnement, en infraction aux dispositions applicables localement, aux règlements de police ou à la réglementation relative à l'assurance obligatoire des véhicules à moteur, compromettent la sécurité ou le droit à réparation des usagers de la route, la tranquillité ou l'hygiène publique, l'esthétique des sites et paysages classés, la conservation ou l'utilisation normale des voies ouvertes à la circulation publique et de leurs dépendances, notamment par les véhicules de transport en commun, peuvent, à la demande et sous la responsabilité du maire ou de l'officier de police judiciaire territorialement compétent, même sans l'accord du propriétaire du véhicule dans les cas et conditions précisés par le décret prévu à l'article L. 325-11, être immobilisés, mis en fourrière, retirés de la circulation et, le cas échéant, aliénés ou livrés à la destruction.

Peuvent également, à la demande et sous la responsabilité du maire ou de l'officier de police judiciaire territorialement compétent, même sans l'accord du propriétaire du véhicule, être immobilisés, mis en fourrière, retirés de la circulation et, le cas échéant, aliénés ou livrés à la destruction les véhicules qui, se trouvant sur les voies ouvertes à la circulation publique ou sur leurs dépendances, sont privés d'éléments indispensables à leur utilisation normale et insusceptibles de réparation immédiate à la suite de dégradations ou de vols.

Art. L. 325-1-1. – En cas de constatation d'un délit ou d'une contravention de la cinquième classe prévu par le présent code ou le Code pénal pour lequel la peine de confiscation du véhicule est encourue, l'officier ou l'agent de police judiciaire peut, avec l'autorisation préalable du procureur de la République donnée par tout moyen, faire procéder à l'immobilisation et à la mise en fourrière du véhicule.

Si la juridiction ne prononce pas la peine de confiscation du véhicule, celui-ci est restitué à son propriétaire, sous réserve des dispositions du troisième alinéa. Si la confiscation est ordonnée, le véhicule est remis au

service des domaines en vue de sa destruction ou de son aliénation. Les frais d'enlèvement et de garde en fourrière sont à la charge de l'acquéreur.

Si la juridiction prononce la peine d'immobilisation du véhicule, celui-ci n'est restitué au condamné qu'à l'issue de la durée d'immobilisation fixée par la juridiction contre paiement des frais d'enlèvement et de garde en fourrière, qui sont à la charge de ce dernier.

En cas de relaxe, le propriétaire dont le véhicule a été mis en fourrière sur autorisation du procureur de la République peut, selon des modalités précisées par arrêté du ministre de la justice, demander à l'État le remboursement, au titre des frais de justice, des frais d'enlèvement et de garde en fourrière qu'il a dû acquitter pour récupérer son véhicule.

Art. L. 325-2. – Pour l'application des articles L. 325-1 et L. 325-1-1 et sur prescription de l'officier de police judiciaire territorialement compétent, les fonctionnaires de police en tenue et les militaires de la gendarmerie habilités à constater par procès-verbaux les contraventions à la police de la circulation routière peuvent, en cas de besoin, ouvrir ou faire ouvrir les portes du véhicule, manœuvrer ou faire manœuvrer tous appareils. Ils peuvent conduire le véhicule ou le faire conduire, en leur présence, vers le lieu de mise en fourrière en utilisant, le cas échéant, les moyens autonomes de propulsion dont le véhicule est muni.

La mise en fourrière peut également être prescrite par un chef de service de police municipale territorialement compétent ou l'agent de police judiciaire adjoint qui occupe les fonctions de chef de la police municipale. Pour l'application de cette disposition et sur prescription du chef de service de police municipale territorialement compétent ou de l'agent de police judiciaire adjoint qui occupe les fonctions de chef de la police municipale, les agents de police municipale habilités à constater par procès-verbal les contraventions à la police de la circulation routière peuvent, en cas de besoin, ouvrir ou faire ouvrir les portes du véhicule, manœuvrer ou faire manœuvrer tous appareils. Ils peuvent conduire le véhicule ou le faire conduire, en leur présence, vers le lieu de mise en fourrière en utilisant, le cas échéant, les moyens autonomes de propulsion dont le véhicule est muni.

Dans les cas prévus aux alinéas précédents, l'assureur du propriétaire du véhicule est tenu de garantir, dans les limites du contrat, la réparation du dommage causé au tiers sauf recours, s'il y a lieu, contre la collectivité publique qui, par son fait, a causé le dommage ayant donné lieu à la responsabilité de l'assureur et sans qu'une majoration de prime puisse en résulter pour le propriétaire.

Art. L. 325-6. – Les véhicules dont l'état ne permet pas la circulation dans des conditions normales de sécurité ne peuvent être retirés de la fourrière que par des réparateurs chargés par les propriétaires d'effectuer les travaux reconnus indispensables.

Ils ne peuvent ensuite être restitués à leurs propriétaires qu'après vérification de la bonne exécution des travaux.

En cas de désaccord sur l'état du véhicule, un expert est désigné dans des conditions fixées par délibération du congrès de la Nouvelle-Calédonie. S'il constate que le véhicule n'est pas en état de circuler dans des conditions normales de sécurité, il détermine les travaux à effectuer avant sa remise au propriétaire.

Art. L. 325-7. – Sont réputés abandonnés les véhicules laissés en fourrière à l'expiration d'un délai de quarante-cinq jours à compter de la mise en demeure faite au propriétaire d'avoir à retirer son véhicule.

La notification est valablement faite à l'adresse indiquée au répertoire des immatriculations. Dans le cas où le véhicule fait l'objet d'un gage régulièrement inscrit, cette notification est également faite au créancier gagiste.

Si le propriétaire ne peut être identifié, le délai précité court du jour où cette impossibilité a été constatée.

Le délai prévu au premier alinéa est réduit à dix jours en ce qui concerne les véhicules qu'un expert désigné dans des conditions fixées par délibération du congrès de la Nouvelle-Calédonie aura estimés d'une valeur marchande inférieure à un montant fixé par le gouvernement de la Nouvelle-Calédonie et déclarés hors d'état de circuler dans des conditions normales de sécurité.

Les véhicules visés à l'alinéa précédent sont, à l'expiration du délai de dix jours, livrés à la destruction.

Art. L. 325-8. – Les véhicules abandonnés dans les conditions prévues au premier alinéa de l'article L. 325-7 sont remis au service compétent de la Nouvelle-Calédonie en vue de leur aliénation dans les formes prévues pour les ventes du mobilier de la Nouvelle-Calédonie. Les véhicules qui n'ont pas trouvé preneur, à l'expiration d'un délai fixé par les autorités locales compétentes, sont livrés à la destruction sur l'initiative de l'autorité administrative investie des pouvoirs de police en matière de circulation.

Art. L. 325-9. – Les frais d'enlèvement, de garde en fourrière, d'expertise et de vente ou de destruction du véhicule sont à la charge du propriétaire.

Le produit de la vente, sous déduction des frais énumérés à l'alinéa précédent, est tenu à la disposition du propriétaire ou de ses ayants droit ou, le cas échéant, du créancier gagiste pouvant justifier de ses droits, pendant un délai de deux ans. À l'expiration de ce délai, ce produit est acquis à la Nouvelle-Calédonie.

Lorsque le produit de la vente est inférieur au montant des frais visés ci-dessus, le propriétaire ou ses ayants droit restent débiteurs de la différence. Celle-ci est recouvrée dans les conditions fixées par délibération du congrès de la Nouvelle-Calédonie.

Le présent article est applicable au créancier gagiste en cas de confiscation du véhicule qui a servi pour commettre une infraction.

Art. L. 325-10. – La collectivité publique intéressée n'est pas responsable des dommages subis par les véhicules visés au quatrième alinéa de l'article L. 325-7, placés dans une fourrière non clôturée et non gardée.

Art. L. 325-11. – Un décret en Conseil d'État détermine les conditions d'application des articles L. 325-1, L. 325-1-1, L. 325-2 et L. 325-6 à L. 325-9.

Les autorités de la Nouvelle-Calédonie déterminent les clauses obligatoires des contrats susceptibles d'être passés entre les collectivités publiques intéressées et les entreprises aptes à procéder à la démolition des véhicules à moteur. »

II. – L'article L. 330-2 est applicable en Nouvelle-Calédonie dans la rédaction suivante :

« Art. L. 330-2. – Sans préjudice de la compétence générale de la police nationale et de la gendarmerie nationale, les informations concernant les pièces administratives exigées pour la circulation des véhicules ou affectant la disponibilité de ceux-ci sont, à l'exception de celles relatives aux gages constitués sur les véhicules à moteur et aux oppositions au transfert du certificat d'immatriculation, communiquées sur leur demande aux agents de police judiciaire adjoints mentionnés au 2° de l'article 21 du Code de procédure pénale, aux seules fins d'identifier les auteurs des infractions au Code de la route applicable en Nouvelle-Calédonie qu'ils sont habilités à constater. »

Art. L. 344-1-1 *(L. n° 2019-1428, 24 déc. 2019)*. – Sont applicables en Nouvelle-Calédonie les dispositions des articles mentionnés dans la colonne de gauche du tableau ci-après, dans leur rédaction indiquée dans la colonne de droite du même tableau :

DISPOSITIONS APPLICABLES	DANS LEUR RÉDACTION
Art. L. 325-1-2	Résultant de la loi n° 2019-1428 du 24 décembre 2019 d'orientation des mobilités

Art. L. 344-2 *(Ord. n° 2009-537, 14 mai 2009)*. – Lorsqu'une amende forfaitaire majorée a été émise et que le comptable *(Mots rempl. à compter du 30 avr. 2010, Ord. n° 2010-420, 27 avr. 2010)* public compétent constate que le contrevenant n'habite plus à l'adresse enregistrée au fichier territorial des immatriculations, il peut faire opposition au service d'immatriculation territorialement compétent à tout transfert du certificat d'immatriculation. Il en informe le procureur de la République.

Cette opposition suspend la prescription de la peine.

Elle est levée par le paiement de l'amende forfaitaire majorée. En outre, lorsque l'intéressé a formé une réclamation, selon les modalités et dans les délais prévus par les articles 529-10 et 530 du Code de procédure pénale à peine d'irrecevabilité et qu'il justifie avoir déclaré sa nouvelle adresse au service d'immatriculation des véhicules de la Nouvelle-Calédonie, le procureur de la République lève l'opposition.

LIVRE QUATRIÈME. – L'USAGE DES VOIES

TITRE PREMIER. – DISPOSITIONS GÉNÉRALES

CHAPITRE I. – POUVOIRS DE POLICE DE LA CIRCULATION

Art. L. 411-1. – Les règles relatives aux pouvoirs de police de la circulation routière dévolus au maire dans la commune, à l'exception pour les communes des départements de la Moselle, du Bas-Rhin et du Haut-Rhin

ANNEXE 8

de celles visées à l'article L. 2213-6, sont fixées par les articles L. 2213-1 à L. 2213-6 du Code général des collectivités territoriales ci-après reproduits :

Art. L. 2213-1 *(Mod., L. n° 2014-58, 27 janv. 2014 ; L. n° 2019-1461, 27 déc. 2019)*. **–** Le maire exerce la police de la circulation sur les routes nationales, les routes départementales et l'ensemble des voies publiques ou privées ouvertes à la circulation publique à l'intérieur des agglomérations, sous réserve des pouvoirs dévolus au représentant de l'État dans le département sur les routes à grande circulation. À l'extérieur des agglomérations, le maire exerce également la police de la circulation sur les voies du domaine public routier communal et du domaine public routier intercommunal, sous réserve des pouvoirs dévolus au représentant de l'État dans le département sur les routes à grande circulation.

Les conditions dans lesquelles le maire exerce la police de la circulation sur les routes à grande circulation sont fixées par décret en Conseil d'État.

Par dérogation aux dispositions des deux alinéas précédents et à celles des articles L. 2213-2 et L. 2213-3, des décrets peuvent transférer, dans les attributions du représentant de l'État dans le département, la police de la circulation sur certaines sections des routes à grande circulation.

Art. L. 2213-1-1 *(Créé, L. n° 2015-992, 17 août 2015 ; mod., L. n° 2019-1428, 24 déc. 2019)*. **–** Sans préjudice de l'article L. 2213-1, le maire peut, par arrêté motivé, fixer pour tout ou partie des voies de l'agglomération ouvertes à la circulation publique une vitesse maximale autorisée inférieure à celle prévue par le Code de la route, eu égard à une nécessité de sécurité et de circulation routières, de mobilité ou de protection de l'environnement.

Le maire peut également, par arrêté motivé, fixer des règles dérogatoires à celles prévues par le Code de la route pour la circulation des engins de déplacement personnel sur tout ou partie des voies sur lesquelles il exerce son pouvoir de police ainsi que sur leurs dépendances, dans des conditions fixées par décret.

Art. L. 2213-2 *(Mod., L. n° 2010-788, 12 juill. 2010 ; L. n° 2014-58, 27 janv. 2014 ; L. n° 2019-1428, 24 déc. 2019 ; L. n° 2021-1104, 22 août 2021)*. **–** Le maire peut, par arrêté motivé, eu égard aux nécessités de la circulation et de la protection de l'environnement :

1° Interdire à certaines heures l'accès de certaines voies de l'agglomération ou de certaines portions de voie ou réserver cet accès, à certaines heures ou de manière permanente, à diverses catégories d'usagers ou de véhicules ;

2° Réglementer l'arrêt et le stationnement des véhicules ou de certaines catégories d'entre eux, ainsi que la desserte des immeubles riverains ;

3° Réserver sur la voie publique ou dans tout autre lieu de stationnement ouvert au public des emplacements de stationnement aménagés aux véhicules utilisés par les personnes titulaires de la carte « mobilité inclusion » portant la mention « stationnement pour personnes handicapées » mentionnée à l'article L. 241-3 du Code de l'action sociale et des familles, aux véhicules bénéficiant d'un label « autopartage », aux véhicules bénéficiant d'un signe distinctif de covoiturage, aux véhicules des usagers des transports publics de personnes ou aux véhicules à très faibles émissions au sens de l'article L. 318-1 du Code de la route.

Art. L. 2213-3 *(Mod., L. n° 2019-1428, 24 déc. 2019)*. **–** Le maire peut, par arrêté motivé :

1° Instituer, à titre permanent ou provisoire, pour les véhicules affectés à un service public et pour les besoins exclusifs de ce service et, dans le cadre de leurs missions, pour les véhicules de transport de fonds, de bijoux ou de métaux précieux, des stationnements réservés sur les voies publiques de l'agglomération ;

2° Réserver des emplacements sur ces mêmes voies pour faciliter la circulation et le stationnement des transports publics de voyageurs et des taxis ainsi que des véhicules de transport de fonds, de bijoux ou de métaux précieux, dans le cadre de leurs missions, et l'arrêt des véhicules effectuant un chargement ou un déchargement de marchandises ;

3° Réserver des emplacements sur la voie publique, de façon permanente ou à certaines heures, pour faciliter la circulation des véhicules de transport en commun, des taxis, des véhicules transportant un nombre minimal d'occupants notamment dans le cadre du covoiturage au sens de l'article L. 3132-1 du Code des transports ou des véhicules à très faibles émissions au sens de l'article L. 318-1 du Code de la route.

Pour des raisons liées aux conditions de circulation et à la sécurité routière, le maire peut ne pas autoriser la circulation sur ces emplacements réservés des véhicules de transport de marchandises de plus de 3,5 tonnes même s'ils répondent aux conditions du premier alinéa du présent 3°.

Art. L. 2213-3-1 *(L. n° 2010-788, 12 juill. 2010 ; mod., L. n° 2010-1563, 16 déc. 2010)*. **–** Lorsqu'une commune est membre d'une métropole, d'une communauté urbaine ou d'une communauté d'agglomération compétente en matière de voirie dont le territoire est couvert par un plan de déplacements urbains, ou d'une communauté de communes compétente en matière de voirie dont le territoire est couvert par un plan de déplacements urbains, le stationnement des véhicules à moteur est soit interdit, soit réservé à des catégories particulières de véhicules, ou limité dans le temps, ou soumis à paiement, sur les voies publiques supportant la circulation de véhicules assurant un service régulier de transport public et sur les trottoirs adjacents à ces voies lorsque ces mesures sont nécessaires pour faciliter la circulation de ces véhicules ou l'accès des usagers au service.

Art. L. 2213-4. – Le maire peut, par arrêté motivé, interdire l'accès de certaines voies ou de certaines portions de voies ou de certains secteurs de la commune aux véhicules dont la circulation sur ces voies ou dans ces secteurs est de nature à compromettre soit la tranquillité publique, soit la qualité de l'air, soit la protection des espèces animales ou végétales, soit la protection des espaces naturels, des paysages ou des sites ou leur mise en valeur à des fins esthétiques, écologiques, agricoles, forestières ou touristiques.

Dans ces secteurs, le maire peut, en outre, par arrêté motivé, soumettre à des prescriptions particulières relatives aux conditions d'horaires et d'accès à certains lieux et aux niveaux sonores admissibles les activités s'exerçant sur la voie publique, à l'exception de celles qui relèvent d'une mission de service public.

Ces dispositions ne s'appliquent pas aux véhicules utilisés pour assurer une mission de service public et ne peuvent s'appliquer d'une façon permanente aux véhicules utilisés à des fins professionnelles de recherche, d'exploitation ou d'entretien des espaces naturels.

(Al. créé, L. n° 2019-1428, 24 déc. 2019) Dans les îles mono-communales, l'interdiction mentionnée au premier alinéa peut couvrir l'ensemble du territoire de la commune.

Art. L. 2213-4-1 *(L. n° 2015-992, 17 août 2015 ; mod., L. n° 2019-1428, 24 déc. 2019 ; L. n° 2021-1104, 22 août 2021).* **–** I. – Pour lutter contre la pollution atmosphérique, des zones à faibles émissions mobilité peuvent être créées dans les agglomérations et dans les zones pour lesquelles un plan de protection de l'atmosphère est adopté, en cours d'élaboration ou en cours de révision en application de l'article L. 222-4 du Code de l'environnement, par le maire ou par le président d'un établissement public de coopération intercommunale à fiscalité propre lorsque celui-ci dispose du pouvoir de police de la circulation, sur tout ou partie du territoire de la commune ou de l'établissement public de coopération intercommunale

L'instauration d'une zone à faibles émissions mobilité est obligatoire avant le 31 décembre 2020 lorsque les normes de qualité de l'air mentionnées à l'article L. 221-1 du même code ne sont, au regard de critères définis par voie réglementaire, pas respectées de manière régulière sur le territoire de la commune ou de l'établissement public de coopération intercommunale à fiscalité propre compétent. À compter du 1er janvier 2021, l'instauration d'une zone à faibles émissions mobilité est également obligatoire, dans un délai de deux ans, lorsque les normes de qualité de l'air mentionnées au même article L. 221-1 ne sont pas respectées de manière régulière, au regard de critères définis par voie réglementaire, sur le territoire de la commune ou de l'établissement public de coopération intercommunale à fiscalité propre compétent et que les transports terrestres sont à l'origine d'une part prépondérante des dépassements. Un décret précise les conditions d'application du présent alinéa, en particulier les modalités de dérogation à cette obligation, compte tenu de la faible proportion de population exposée aux dépassements des normes de qualité de l'air ou des actions alternatives mises en place afin de respecter ces normes dans des délais plus courts que ceux procédant de la mise en place d'une zone à faibles émissions mobilité.

L'instauration d'une zone à faibles émissions mobilité est obligatoire avant le 31 décembre 2024 dans toutes les agglomérations de plus de 150 000 habitants situées sur le territoire métropolitain.

Pour l'application du troisième alinéa du présent I, la liste des communes incluses dans ces agglomérations est fixée par arrêté conjoint des ministres chargés de l'environnement et des transports. Cette liste est actualisée au moins tous les cinq ans.

L'obligation d'instaurer une zone à faibles émissions mobilité en application du même troisième alinéa est satisfaite sur le territoire de l'agglomération lorsque, le cas échéant, le président de l'établissement public de coopération intercommunale à fiscalité propre dont la population est la plus importante au sein de l'agglomération a créé une zone à faibles émissions mobilité couvrant la majeure partie de la population de l'établissement public.

Un décret précise les conditions d'application dudit troisième alinéa, en particulier les modalités de dérogation aux obligations pour des motifs légitimes ou en cas d'actions alternatives mises en place et conduisant à des effets similaires à ceux de la création d'une zone à faibles émissions mobilité.

II. – Les zones à faibles émissions mobilité sont délimitées par un arrêté qui fixe les mesures de restriction de circulation applicables, détermine les catégories de véhicules concernés et précise les motifs légitimes pour lesquels des dérogations individuelles peuvent être accordées. L'inclusion de voies du domaine public routier national ou de voies du domaine public routier départemental situées hors agglomération dans les zones à faibles émissions mobilité est subordonnée à l'accord, respectivement, du représentant de l'État dans le département et du président du conseil départemental sur les mesures de restriction qu'il est prévu d'y appliquer. Les véhicules circulant dans une zone à faibles émissions mobilité font l'objet de l'identification fondée sur leur contribution à la limitation de la pollution atmosphérique prévue à l'article L. 318-1 du Code de la route.

L'arrêté précise la durée pour laquelle les zones à faibles émissions mobilité sont créées.

Les mesures de restriction fixées par l'arrêté sont cohérentes avec les objectifs de diminution des émissions fixés par le plan de protection de l'atmosphère défini à l'article L. 222-4 du Code de l'environnement.

III. – Le projet d'arrêté, accompagné d'une étude présentant l'objet des mesures de restriction, justifiant leur nécessité et exposant les bénéfices environnementaux et sanitaires attendus de leur mise en œuvre, notamment en termes d'amélioration de la qualité de l'air et de diminution de l'exposition de la population à la pollution atmosphérique, ainsi que les impacts socio-économiques attendus à l'échelle de la zone urbaine, est mis à la disposition du public dans les conditions prévues à l'article L. 123-19-1 du Code de l'environnement et soumis pour avis, par l'autorité compétente, aux autorités organisatrices de la mobilité dans les zones et dans leurs abords, aux conseils municipaux des communes limitrophes, aux gestionnaires de voirie, ainsi qu'aux chambres consulaires concernées. À l'expiration d'un délai fixé par le décret prévu au V du présent article, cet avis est réputé favorable.

Lorsqu'un projet de zone à faibles émissions mobilité couvre le territoire de plusieurs collectivités territoriales, ce projet peut faire l'objet d'une étude unique et d'une seule procédure de participation du public.

L'étude réalisée préalablement à l'institution d'une zone à faibles émissions mobilité peut être reprise lorsqu'il est envisagé d'étendre les mesures arrêtées à tout ou partie du territoire d'une autre commune ou collectivité territoriale limitrophe, en y apportant les éléments justifiant cette extension et, le cas échéant, ceux nécessaires à l'actualisation de l'étude initiale.

Les dispositions du présent III sont toutefois pas applicables lorsque l'institution d'une zone à faibles émissions mobilité constitue l'une des mesures du plan d'action pour la réduction des émissions de polluants atmosphériques du plan climat-air-énergie territorial prévu au 3° du II de l'article L. 229-26 du Code de l'environnement et que les restrictions envisagées ont, pour l'essentiel, fait l'objet de l'étude prévue au deuxième alinéa du même 3°.

La création d'une zone à faibles émissions mobilité est accompagnée d'une campagne d'information locale, d'une durée minimale de trois mois. Cette campagne porte à la connaissance du public le périmètre contrôlé ainsi que les restrictions de circulation mises en œuvre. Elle expose également les alternatives à l'usage individuel de la voiture au sein du périmètre contrôlé, notamment l'offre de transport public, dont le transport à la demande.

IV. – L'autorité compétente pour prendre l'arrêté en évalue de façon régulière, au moins tous les trois ans, l'efficacité au regard des bénéfices attendus et peut le modifier en suivant la procédure prévue au III du présent article.

V. – Après consultation des représentants des catégories professionnelles concernées, un décret en Conseil d'État précise les modalités d'application du présent article, notamment les catégories de véhicules, y compris de transport collectif de personnes, dont la circulation dans une zone à faibles émissions mobilité ne peut être interdite, ainsi que les modalités selon lesquelles des dérogations individuelles aux mesures de restriction peuvent être accordées.

VI. – Dans les zones à faibles émissions mobilité rendues obligatoires en application du deuxième alinéa du I, l'autorité compétente prend des mesures de restriction de la circulation des véhicules automobiles construits pour le transport de personnes ou de marchandises dont le poids total autorisé en charge est inférieur ou égal à 3,5 tonnes et disposant d'au moins quatre roues.

En application du premier alinéa du présent VI, lorsque les normes de qualité de l'air mentionnées à l'article L. 221-1 du Code de l'environnement ne sont pas respectées dans ces zones de manière régulière au regard des critères mentionnés au deuxième alinéa du I du présent article, les mesures de restriction interdisent la circulation des véhicules automobiles construits pour le transport de personnes dont le poids total autorisé en charge est inférieur ou égal à 3,5 tonnes et disposant d'au moins quatre roues suivants :

1° Au plus tard le 1er janvier 2023, les véhicules diesel et assimilés dont la date de première immatriculation est antérieure au 31 décembre 2000 ainsi que les véhicules essence et assimilés dont la date de première immatriculation est antérieure au 31 décembre 1996 ;

2° Au plus tard le 1er janvier 2024, les véhicules diesel et assimilés dont la date de première immatriculation est antérieure au 31 décembre 2005 ;

3° Au plus tard le 1er janvier 2025, les véhicules diesel et assimilés dont la date de première immatriculation est antérieure au 31 décembre 2010 ainsi que les véhicules essence et assimilés dont la date de première immatriculation est antérieure au 31 décembre 2005.

Pour l'application du présent article, les mots : « véhicules diesel et assimilés » désignent les véhicules ayant une motorisation au gazole ainsi que les véhicules combinant une motorisation électrique et une motorisation au gazole. Les mots : « véhicules essence et assimilés » désignent les véhicules ayant une motorisation à l'essence ainsi que les véhicules combinant une motorisation électrique et à l'essence.

Les mesures de restriction rendues obligatoires en application du présent VI ne s'appliquent pas aux véhicules dont l'autonomie équivalente en mode tout électrique en ville est supérieure à cinquante kilomètres.

VII. – Dans les zones à faibles émissions mobilité rendues obligatoires en application du deuxième alinéa du I ou dans les agglomérations ou dans les zones mentionnées au premier ou au troisième alinéas du même I ou concernées par les dépassements mentionnés au deuxième alinéa dudit I, l'autorité compétente s'assure du déploiement et de l'installation des infrastructures de recharge pour véhicules électriques nécessaires au respect des normes de circulation.

L'autorité compétente a notamment la charge de concevoir, en concertation avec l'ensemble des parties prenantes, un schéma directeur de développement des infrastructures de recharge prévu à l'article L. 353-5 du Code de l'énergie. Ce schéma directeur tient compte des spécificités techniques de chaque borne et, le cas échéant, de la compensation financière des difficultés techniques qui y sont liées.

Art. L. 2213-4-2 *(L. n° 2019-1428, 24 déc. 2019)*. **–** I. – Afin de faciliter la constatation des infractions aux règles de circulation arrêtées en application de l'article L. 2213-4-1 et de permettre le rassemblement des preuves de ces infractions ainsi que la recherche de leurs auteurs, des dispositifs fixes ou mobiles de contrôle automatisé des données signalétiques des véhicules peuvent être mis en œuvre par les services de police et de gendarmerie nationales ou par les services de police municipale des communes sur le territoire desquelles a été instituée une zone à faibles émissions mobilité ou, pour la zone instaurée à Paris, par le service dont relèvent les agents de surveillance de Paris.

II. – La mise en œuvre des dispositifs de contrôle est autorisée par arrêté du représentant de ltat dans le département et, à Paris, du préfet de police.

Les lieux d'implantation des dispositifs fixes sont déterminés en tenant compte notamment des niveaux de pollution atmosphérique observés sur les voies de circulation concernées.

L'autorisation ne peut être délivrée que si :

1° Les modalités de contrôle ne conduisent pas à contrôler chaque jour plus de 15 % du nombre moyen journalier de véhicules circulant au sein de la zone ;

2° Le rapport entre le nombre de dispositifs de contrôle permettant les traitements automatisés des données signalétiques des véhicules mentionnés au III du présent article mis en œuvre au cours d'une même journée au sein de la zone à faibles émissions mobilité et la longueur totale de la voirie publique mesurée en kilomètres n'excède pas 0,025 ;

3° Les lieux de déploiement retenus n'ont pas pour effet de permettre un contrôle de l'ensemble des véhicules entrant dans la zone à faibles émissions mobilité ou dans un espace continu au sein de cette zone.

Les conditions prévues pour la délivrance de l'autorisation doivent être respectées lorsque des dispositifs mobiles de contrôle sont ajoutés.

La demande d'autorisation est accompagnée d'une étude de la circulation et de la pollution au sein de la zone à faibles émissions mobilité permettant d'apprécier le respect des conditions fixées aux 1° à 3° du présent II.

Le taux mentionné au 1° du présent II est le rapport entre le nombre de véhicules ayant donné lieu aux traitements automatisés mentionnés au deuxième alinéa du III et le nombre moyen de véhicules ayant circulé dans la zone.

Les huitième et avant-dernier alinéas et les conditions mentionnées aux 1° et 2° du présent II ne sont pas applicables lorsque les dispositifs mis en œuvre pour les finalités mentionnées au I permettent de s'assurer du respect par un véhicule des règles de circulation mentionnées au même I sans que soient mis en œuvre les traitements automatisés mentionnés au deuxième alinéa du III.

III. – Les données à caractère personnel collectées au moyen des dispositifs mentionnés au I peuvent, pour les finalités prévues au même I, faire l'objet de traitements automatisés dans les conditions prévues par la loi n° 78-17 du 6 janvier 1978 relative à l'informatique, aux fichiers et aux libertés.

Ces traitements automatisés peuvent comporter la consultation du fichier des véhicules pour lesquels une identification fondée sur leur contribution à la limitation de la pollution atmosphérique a été délivrée en application de l'article L. 318-1 du Code de la route, ainsi que des fichiers des véhicules autorisés à circuler sur les voies et espaces concernés. Dans les seuls cas où ces consultations ne permettent pas de procéder à une telle vérification, ils peuvent également comporter une consultation du système d'immatriculation des véhicules prévu à l'article L. 330-1 du même code. Ces consultations, qui ont lieu immédiatement après la collecte des données signalétiques, ne portent que sur les données relatives aux caractéristiques du véhicule et à sa contribution à la limitation de la pollution atmosphérique et ne peuvent avoir pour objet d'identifier le titulaire du certificat d'immatriculation du véhicule.

Dès que la consultation de l'un de ces fichiers a permis de s'assurer du respect par un véhicule des règles de circulation mentionnées au I du présent article, les données collectées relatives à ce véhicule sont détruites immédiatement.

Les données relatives aux autres véhicules font immédiatement l'objet d'un traitement destiné à masquer les images permettant l'identification des occupants du véhicule, de façon irréversible s'agissant des tiers et des passagers du véhicule. Elles peuvent être enregistrées et conservées pour une durée qui ne peut excéder huit jours ouvrés à compter de leur collecte, sous réserve des besoins d'une procédure pénale.

Sur demande du titulaire du certificat d'immatriculation ou de l'une des personnes mentionnées aux trois derniers alinéas de l'article L. 121-2 du Code de la route, destinataire de l'avis d'amende forfaitaire, ou de l'officier du ministère public en cas de requêtes ou de réclamations, le responsable du traitement communique les données permettant l'identification du conducteur du véhicule.

Seuls les agents de police municipale intervenant dans les communes sur le territoire desquelles une zone à faibles émissions mobilité a été instituée en application de l'article L. 2213-4-1 du présent code et, pour la zone instaurée à Paris, les agents de surveillance de Paris ont accès aux données issues des traitements prévus au premier alinéa du présent III.

Lorsque les dispositifs et traitements mentionnés au présent article sont mis en œuvre par l'État, les agents de police municipale intervenant dans les communes concernées et, à Paris, les agents de surveillance de Paris peuvent être rendus destinataires des données caractérisant l'infraction pour les besoins du constat qu'ils ont compétence pour opérer.

IV. – Lorsque les dispositifs et les traitements automatisés prévus au présent article sont mis en œuvre par l'État à la demande d'une collectivité territoriale ou d'un établissement public de coopération intercommunale qui a créé une zone à faibles émissions mobilité, une convention entre l'État et la collectivité ou l'établissement concerné définit les modalités de cette mise en œuvre et, le cas échéant, la contribution de la collectivité ou de l'établissement à son financement.

Art. L. 2213-5. – Le maire peut, par arrêté motivé, interdire l'accès de certaines voies ou de certaines portions de voies aux véhicules de transport de matières dangereuses visées par la directive 82/501 du Conseil du 24 juin 1982 concernant les risques d'accidents majeurs de certaines activités industrielles et de nature à compromettre la sécurité publique.

Art. L. 2213-6 *(Mod. à compter du 1er janv. 2016, L. n° 2014-58, 27 janv. 2014)*. **–** Le maire peut, moyennant le paiement de droits fixés par un tarif dûment établi, donner des permis de stationnement ou de dépôt temporaire sur la voie publique et autres lieux publics, sous réserve que cette autorisation n'entraîne aucune gêne pour la circulation, et la liberté du commerce. Les modalités de la tarification et la gestion matérielle du stationnement des véhicules sur la voie publique sont régies par l'article L. 2333-87.

1) La perception de la redevance de stationnement, légalement fixée par le maire dans le cadre des pouvoirs qu'il tient de l'article L. 2213-6 du Code des collectivités locales, au moyen d'appareils horodateurs, échappe au Code de la consommation. N'est pas entachée d'illégalité l'instauration d'un système de règlement de cette redevance exclusivement au moyen d'une carte prépayée, qui répond à l'objectif d'intérêt public de sécuriser les appareils contre le vol et qui n'apparaît pas imposer aux usagers de sujétions disproportionnées par rapport au but légitime en vue duquel cette mesure a été prise par l'autorité publique (■ Cass. crim., 26 avr. 2006 : *Bull. crim.* n° 114. ■ Cass. crim., 23 janv. 2013, n° 12-84.164).

2) Prive sa décision de base légale la juridiction de proximité qui, dans des poursuites exercées pour défaut d'affichage du ticket horodateur, alors qu'elle y était invitée par les conclusions régulièrement déposées par le prévenu, ne recherche pas s'il existait un arrêté municipal conforme aux dispositions de l'article L. 2213-2 du Code général des collectivités territoriales imposant l'affichage du ticket horodateur (■ Cass. crim., 4 mars 2009, *Bull. crim.* n° 51).

– *Rapprochements* : sur la nécessité de rechercher l'existence d'un arrêté municipal pour fonder des contraventions de stationnement, à rapprocher ■ Cass. crim., 2 sept. 1998 : *Bull. crim.* n° 225. ■ Cass. crim., 12 oct. 2005 : *Bull. crim.* n° 256.

3) Est légalement justifié le jugement de condamnation pour infraction à la réglementation sur le stationnement des véhicules à Paris, dès lors qu'il résulte de l'arrêté n° 2005-060 du 31 mars 2005, visant les textes réglementaires concernant le stationnement payant à Paris depuis sa mise en œuvre, auquel se réfère le jugement, que le stationnement était payant aux lieu, date et heure de la constatation de l'infraction (▪ Cass. crim., 12 nov. 2014, n° 13-88.040. ▪ Cass. crim., 19 nov. 2014, n° 13-87.101).

4) En application de l'article L. 2213-2 du Code général des collectivités locales, la décision du maire de réglementer le stationnement des véhicules doit être motivée par les nécessités de la circulation et celles de la protection de l'environnement, ces deux conditions étant alternatives et non cumulatives (▪ Cass. crim., 8 juin 2017, n° 16-85.633).

Art. L. 411-2 ***(Mod., L. n° 2014-58, 27 janv. 2014 ; L. n° 2017-257, 28 févr. 2017).*** **– Les règles relatives aux pouvoirs de police de la circulation routière à Paris sont fixées à l'article L. 2512-14 du Code général des collectivités territoriales.**

Art. L. 2512-14 *(Rempl. L. n° 2002-276, 27 févr. 2002 ; mod. à compter du 1er juillet 2006, Ord. n° 2006-460, 21 avr. 2006 ; mod., L. n° 2006-1772, 30 déc. 2006 ; L. n° 2014-58, 27 janv. 2014 ; rempl. à compter du 1er juillet 2017, L. n° 2017-257, 28 févr. 2017).* **–** I. – Le maire de Paris exerce les pouvoirs conférés au maire par la section 1 du chapitre III du titre Ier du livre II de la présente partie, sous réserve des II à VII du présent article.

II. – Sur certains sites, voies ou portions de voies fixés par arrêté du préfet de police après avis du maire de Paris, le préfet de police réglemente de manière permanente les conditions de circulation ou de stationnement ou en réserve l'accès à certaines catégories d'usagers ou de véhicules pour des motifs liés à la sécurité des personnes et des biens ou pour assurer la protection du siège des institutions de la République et des représentations diplomatiques.

Des dispositions de même nature et à caractère temporaire peuvent être arrêtées par le préfet de police pour assurer la sécurité des personnes faisant l'objet de mesures de protection particulières par les autorités publiques ou, après avis du maire de Paris, pour des motifs d'ordre public, en cas de manifestation de voie publique à caractère revendicatif ainsi qu'en cas de manifestation à caractère festif, sportif ou culturel, si la manifestation est itinérante ou si elle se déroule dans le périmètre défini au premier alinéa du présent II.

III. – Sur les axes essentiels à la sécurité à Paris et au bon fonctionnement des pouvoirs publics, le maire de Paris exerce la police de la circulation et du stationnement dans le respect des prescriptions prises par le préfet de police pour les aménagements de voirie projetés par *(Mots rempl. à compter du 1er janvier 2019, L. n° 2017-257, 28 févr. 2017)* la Ville de Paris. Ces prescriptions visent à garantir la fluidité de la circulation des véhicules de sécurité et de secours. La liste de ces axes est fixée par décret.

IV. – Sur les axes dont l'utilisation concourt à la sécurité des personnes et des biens à Paris en situation de crise ou d'urgence, le maire de Paris exerce, en tenant compte des motifs qui ont présidé à l'élaboration de la liste de ces axes, la police de la circulation et du stationnement, après avis du préfet de police. La liste de ces axes est fixée par arrêté du préfet de police, pris après avis du maire de Paris.

V. – Pour l'application du présent article, le contrôle administratif et le pouvoir de substitution conférés au représentant de l'État dans le département sont exercés, au nom de l'État, par le préfet de police.

VI. – Les pouvoirs conférés par le Code de la route au préfet sont exercés, à Paris, par le préfet de police.

VII. – L'exécution du présent article est assurée par les fonctionnaires de la police nationale ou, le cas échéant, en matière de circulation ou de stationnement, par des agents de *(Mots rempl. à compter du 1er janvier 2019, L. n° 2017-257, 28 févr. 2017 III)* la Ville de Paris placés sous l'autorité du préfet de police ou du maire de Paris selon leurs attributions respectives.

Art. L. 411-3. – Les règles relatives aux pouvoirs de police de la circulation routière dévolus au président du conseil général dans le département sont fixées par les articles L. 3221-4 et L. 3221-5 du Code général des collectivités territoriales ci-après reproduits :

Art. L. 3221-4. – Le président du conseil général gère le domaine du département. À ce titre, il exerce les pouvoirs de police afférents à cette gestion, notamment en ce qui concerne la circulation sur ce domaine, sous réserve des attributions dévolues aux maires par le présent code et au représentant de l'État dans le département ainsi que du pouvoir de substitution du représentant de l'État dans le département prévu à l'article L. 3221-5.

Art. L. 3221-4-1 *(Créé, L. n° 2019-1428, 24 déc. 2019).* **–** Le président du conseil départemental ou, lorsqu'il est l'autorité détentrice du pouvoir de police de la circulation, le maire ou le président de l'établissement public de coopération intercommunale peut fixer, pour les sections de routes hors agglomération relevant de sa compétence et ne comportant pas au moins deux voies affectées à un même sens de circulation, une vitesse maximale autorisée supérieure de 10 km/h à celle prévue par le Code de la route. Cette décision prend la forme d'un arrêté motivé, pris après avis de la commission départementale de la sécurité routière, sur la base d'une étude d'accidentalité portant sur chacune des sections de route concernées.

Art. L. 3221-5. – Le représentant de l'État dans le département peut, dans le cas où il n'y aurait pas été pourvu par le président du conseil général, et après une mise en demeure restée sans résultat, exercer les attributions dévolues au président du conseil général en matière de police en vertu des dispositions de l'article L. 3221-4.

Art. L. 411-3-1 *(Créé à compter du 1er janvier 2015, Ord. n° 2014-1543, 19 déc. 2014).* **– Dans la métropole de Lyon, les règles relatives aux pouvoirs de police de la circulation routière du président du conseil de la métropole et aux pouvoirs de police du stationnement des maires sont fixées au 5° du I de l'article L. 3642-2 du Code général des collectivités territoriales.**

Art. L. 411-4. – Les règles relatives aux pouvoirs de police de la circulation routière dévolus au président du conseil exécutif dans la collectivité territoriale de Corse sont fixées par les articles L. 4424-4 et L. 4424-30 [L. 4422-25 et L. 4424-21] du Code général des collectivités territoriales ci-après reproduits :

Art. L. 4422-25. – Le président du conseil exécutif prépare et exécute les délibérations de l'Assemblée.

Il est l'ordonnateur des dépenses et prescrit l'exécution des recettes de la collectivité territoriale de Corse, sous réserve des dispositions particulières du Code général des impôts relatives au recouvrement des recettes fiscales des collectivités locales.

Il est le chef des services de la collectivité territoriale de Corse. Il gère les personnels de la collectivité dans les conditions prévues par l'article 16-3 de la loi n° 72-619 du 5 juillet 1972 portant création et organisation des régions et la loi n° 84-53 du 26 janvier 1984 portant dispositions statutaires relatives à la fonction publique territoriale. Il peut, sous sa surveillance et sa responsabilité, donner une délégation de signature aux responsables desdits services.

Il gère le patrimoine de la collectivité territoriale de Corse. À ce titre, il exerce les pouvoirs de police afférents à cette gestion.

Il délègue par arrêté, sous sa surveillance et sa responsabilité, l'exercice d'une partie de ses attributions aux conseillers exécutifs. Ces délégations subsistent tant qu'elles n'ont pas été rapportées.

En cas d'empêchement pour quelque cause que ce soit, le président du conseil exécutif de Corse est provisoirement remplacé par un conseiller exécutif dans l'ordre de la liste élue.

Art. L. 4424-21. – La collectivité territoriale de Corse assure la construction, l'aménagement, l'entretien et la gestion de la voirie classée en route nationale. Par convention, la collectivité territoriale peut en déléguer la mise en œuvre aux départements.

La voirie classée en route nationale est transférée dans le patrimoine de la collectivité territoriale.

Sur le territoire de la Corse, par dérogation à l'article L. 110-3 du Code de la route, la liste des routes à grande circulation est fixée par délibération de l'Assemblée de Corse.

Art. L. 411-5. – Les règles relatives aux pouvoirs de police de la voie publique sur les routes à grande circulation dans les départements des Hauts-de-Seine, de la Seine-Saint-Denis et du Val-de-Marne sont fixées par l'article L. 2521-1 du Code général des collectivités territoriales ci-après reproduit :

Art. L. 2521-1. – Dans les départements des Hauts-de-Seine, de la Seine-Saint-Denis et du Val-de-Marne, le représentant de l'État dans le département a la charge de la police de la voie publique sur les routes à grande circulation y compris en ce qui concerne la liberté et la sûreté, en plus des attributions de police exercées dans les communes où la police est étatisée conformément aux articles L. 2214-3 et L. 2214-4.

Art. L. 411-5-1 *(L. n° 2003-660, 21 juill. 2003).* **– Dans les régions d'outre-mer où la voirie nationale a été transférée à la région, les règles relatives aux pouvoirs de police de la circulation routière dévolus au**

président du conseil régional sont fixées par les articles L. 4433-24-1-1 L. 4433-24-1-2 du Code général des collectivités territoriales ci-après reproduits :

Art. L. 4433-24-1-1. – À compter du transfert de la voirie nationale à une région d'outre-mer, le président du conseil régional gère le domaine transféré. À ce titre, il exerce les pouvoirs de police afférents à cette gestion, notamment en ce qui concerne la circulation sur ce domaine sous réserve des attributions dévolues par le présent code au maire et au préfet.

Art. L. 4433-24-1-2. – Le préfet peut, dans le cas où il n'y aurait pas été pourvu par le président du conseil régional et après une mise en demeure restée sans résultat, exercer les attributions dévolues au président du conseil régional en matière de police en vertu de l'article L. 4433-24-1-1.

Art. L. 411-6. – Le droit de placer en vue du public, par tous les moyens appropriés, des indications ou signaux concernant, à un titre quelconque, la circulation n'appartient qu'aux autorités chargées des services de la voirie.

Art. L. 411-7. – Sur les voies ouvertes à la circulation publique, l'organisation de courses de véhicules à moteur est soumise à autorisation de l'autorité investie du pouvoir de police.

(Al. créé à compter du 1er janvier 2015, Ord. n° 2014-1543, 19 déc. 2014) Pour l'application de l'alinéa précédent sur le territoire de la métropole de Lyon, l'autorité à laquelle il est fait référence est celle investie du pouvoir de police de la circulation.

Le fait d'organiser une course de véhicules à moteur sans avoir obtenu l'autorisation prévue par le présent article est puni de six mois d'emprisonnement et de 18 000 € d'amende.

Art. L. 411-8 *(L. n° 2019-1428, 24 déc. 2019)*. – L'autorité investie du pouvoir de police de la circulation peut, eu égard aux nécessités de la circulation ou de la protection de l'environnement, réglementer, de façon temporaire, notamment à certaines heures, ou de façon permanente, la circulation sur la voie publique du réseau routier national ou du réseau routier départemental hors agglomération.

Elle peut notamment réserver une partie de la voie publique pour en faire une voie de circulation destinée à faciliter la circulation des véhicules de transport en commun, des taxis, des véhicules transportant un nombre minimal d'occupants notamment dans le cadre du covoiturage au sens de l'article L. 3132-1 du Code des transports ou des véhicules à très faibles émissions au sens de l'article L. 318-1 du présent code.

Pour des raisons liées aux conditions de circulation et à la sécurité routière, elle peut ne pas autoriser la circulation sur ces emplacements réservés des véhicules de transport de marchandises de plus de 3,5 tonnes même s'ils répondent aux conditions du deuxième alinéa du présent article.

CHAPITRE II. – CONDUITE DES VÉHICULES ET CIRCULATION DES PIÉTONS

Art. L. 412-1. – Le fait, en vue d'entraver ou de gêner la circulation, de placer ou de tenter de placer, sur une voie ouverte à la circulation publique, un objet faisant obstacle au passage des véhicules ou d'employer, ou de tenter d'employer un moyen quelconque pour y mettre obstacle, est puni de deux ans d'emprisonnement et de 4 500 € d'amende.

Toute personne coupable de l'une des infractions prévues au présent article encourt également la peine complémentaire de suspension, pour une durée de trois ans au plus, du permis de conduire, cette suspension pouvant être limitée à la conduite en dehors de l'activité professionnelle.

Lorsqu'un délit prévu au présent article est commis à l'aide d'un véhicule, l'immobilisation et la mise en fourrière peuvent être prescrites dans les conditions prévues aux articles L. 325-1 à L. 325-3.

Les délits prévus au présent article donnent lieu de plein droit à la réduction de la moitié du nombre maximal de points du permis de conduire.

1) Entrave à la circulation. Sur l'organisation d'un barrage routier dans des conditions irrégulières par un lieutenant de louveterie, V. ■ Cass. crim., 24 févr. 1976 : *Bull. crim.* n° 69 ; *RSC* 1976, p. 959. obs. Vitu.

2) Voie privée ouverte à la circulation publique. Les juges du fait apprécient souverainement si une voie privée est ouverte à la circulation publique sans être tenus de surseoir à statuer jusqu'à ce que la juridiction éventuellement saisie se soit prononcée (■ Cass. crim., 6 mars 1984 : *Bull. crim.* n° 88).

3) **Manifestation.** Justifie sa décision la cour d'appel qui, pour déclarer les prévenus coupables d'entrave à la circulation publique, retient qu'ils ont délibérément fait obstacle au passage des véhicules en immobilisant, à plusieurs reprises, leurs automobiles et que la commission d'une infraction pénale ne saurait être justifiée par la participation à une manifestation sur la voie publique (■ Cass. crim., 8 mars 2005 : *Bull. crim.* n° 77).

Art. L. 412-2 *(L. n° 2002-3, 3 janv. 2002)*. **– Est puni de six mois d'emprisonnement et de 3 750 € d'amende tout conducteur d'un véhicule à moteur qui, dans un tunnel, ne respecte pas la distance de sécurité suffisante entre deux véhicules ou la distance de 50 mètres pour les véhicules de plus de 3,5 tonnes, et qui commet la même infraction dans un délai d'un an à compter de la date à laquelle cette condamnation est devenue définitive.**

Tout conducteur coupable de ce délit encourt également la peine complémentaire de suspension, pour une durée de trois ans au plus, du permis de conduire, cette suspension pouvant être limitée à la conduite en dehors de l'activité professionnelle.

L'immobilisation et la mise en fourrière peuvent être prescrites dans les conditions prévues aux articles L. 325-1 à L. 325-3.

Ce délit donne lieu de plein droit à la réduction de la moitié du nombre de points initial du permis de conduire.

CHAPITRE III. – VITESSE

Art. L. 413-1 *(Mod., L. n° 2003-495, 12 juin 2003 ; L. n° 2011-267, 14 mars 2011)*. **– I. – Est puni de trois mois d'emprisonnement et de 3 750 € d'amende tout conducteur d'un véhicule à moteur qui, déjà condamné définitivement pour un dépassement de la vitesse maximale autorisée égal ou supérieur à 50 km/h, commet la même infraction en état de récidive dans les conditions prévues par le deuxième alinéa de l'article 132-11 du Code pénal.**

II. – Tout conducteur coupable de ce délit encourt également les peines complémentaires suivantes :

1° La confiscation obligatoire du véhicule dont il s'est servi pour commettre l'infraction, s'il en est le propriétaire. La juridiction peut toutefois ne pas prononcer cette peine, par une décision spécialement motivée ;

2° La suspension, pour une durée de trois ans au plus, du permis de conduire, cette suspension ne pouvant pas être limitée à la conduite en dehors de l'activité professionnelle ;

3° L'interdiction de conduire certains véhicules terrestres à moteur, pour une durée de cinq ans au plus ;

4° L'obligation d'accomplir, à ses frais, un stage de sensibilisation à la sécurité routière.

III. – Ce délit donne lieu de plein droit à la réduction de la moitié du nombre maximal de points du permis de conduire.

Confiscation et droit européen. Le moyen, qui invoque pour la première fois devant la Cour de cassation le caractère disproportionné de l'atteinte spécifique portée au droit de propriété de l'intéressé, en violation de l'article 1er du Protocole additionnel n° 1 à la Convention européenne des droits de l'homme, par la mesure de confiscation de son véhicule prononcée par le tribunal de police pour la contravention d'excès de vitesse d'au moins 50 km/h, et confirmée par la cour d'appel, est nouveau, mélangé de fait et, comme tel, irrecevable (■ Cass. crim., 18 mai 2017, n° 16-83.201).

Art. L. 413-2 *(L. n° 2003-495, 12 juin 2003)*. **– I. – Le fait de fabriquer, d'importer, d'exporter, d'exposer, d'offrir, de mettre en vente, de vendre, de proposer à la location ou d'inciter à acheter ou à utiliser un appareil, dispositif ou produit de nature ou présenté comme étant de nature à déceler la présence ou perturber le fonctionnement d'appareils, instruments ou systèmes servant à la constatation des infractions à la législation ou la réglementation de la circulation routière ou de permettre de se soustraire à la constatation desdites infractions est puni de deux ans d'emprisonnement et de 30 000 € d'amende.**

II. – Cet appareil, ce dispositif ou ce produit est saisi. Lorsque l'appareil, le dispositif ou le produit est placé, adapté ou appliqué sur un véhicule, ce véhicule peut également être saisi.

Art. L. 413-3 *(L. n° 2003-495, 12 juin 2003)*. **– La tentative des délits prévus par l'article L. 413-2 est punie des mêmes peines.**

Art. L. 413-4 *(L. n° 2003-495, 12 juin 2003).* **– Les personnes physiques coupables des infractions prévues par l'article L. 413-2 encourent également les peines complémentaires suivantes :**

1° La suspension, pour une durée de trois ans au plus, du permis de conduire ;

2° La confiscation du véhicule, lorsque le dispositif qui a servi ou était destiné à commettre l'infraction est placé, adapté ou appliqué sur un véhicule.

Toute condamnation pour le délit prévu à l'article L. 413-2 donne lieu de plein droit à la confiscation du dispositif qui a servi ou était destiné à commettre l'infraction.

Art. L. 413-5 *(L. n° 2009-526, 12 mai 2009).* **– Les personnes morales déclarées responsables pénalement, dans les conditions prévues par l'article 121-2 du Code pénal, des infractions définies à l'article L. 413-2 encourent, outre l'amende suivant les modalités prévues par l'article 131-38 du Code pénal, les peines prévues par les 4° à 6°, 8° et 9° de l'article 131-39 du même code.**

CHAPITRE IV. – CROISEMENT ET DÉPASSEMENT

Le présent chapitre ne comprend pas de dispositions législatives.

CHAPITRE V. – INTERSECTIONS ET PRIORITÉ DE PASSAGE

Le présent chapitre ne comprend pas de dispositions législatives.

CHAPITRE VI. – USAGE DES DISPOSITIFS D'ÉCLAIRAGE ET DE SIGNALISATION

Le présent chapitre ne comprend pas de dispositions législatives.

CHAPITRE VII. – ARRÊT ET STATIONNEMENT

Art. L. 417-1. – Les véhicules laissés en stationnement en un même point de la voie publique ou de ses dépendances pendant une durée excédant sept jours consécutifs peuvent être mis en fourrière.

CHAPITRE VIII. – PUBLICITÉ ET PRÉENSEIGNES

Le présent chapitre ne comprend pas de dispositions législatives.

CHAPITRE IX. – PÉAGES

(L. n° 2019-1428, 24 déc. 2019)

Art. L. 419-1 *(L. n° 2019-1428, 24 déc. 2019).* **– I. – Le fait pour tout conducteur d'éluder de manière habituelle le paiement du péage sur une autoroute ou un ouvrage routier ouvert à la circulation publique est puni de 7 500 € d'amende.**

II. – Au sens et pour l'application du I, le conducteur qui élude de manière habituelle le paiement du péage est celui qui a fait l'objet, sur une période inférieure ou égale à douze mois, de plus de cinq contraventions pour avoir circulé sur une autoroute ou un ouvrage routier sans s'acquitter de l'intégralité du montant du péage.

Pour l'application du premier alinéa du présent II, une contravention ayant donné lieu à une transaction en application de l'article 529-6 du Code de procédure pénale n'est pas prise en compte dans le calcul du nombre de contraventions.

TITRE II. – DISPOSITIONS COMPLÉMENTAIRES APPLICABLES SUR CERTAINES VOIES

Le présent titre ne comprend pas de dispositions législatives.

TITRE III. – DISPOSITIONS COMPLÉMENTAIRES APPLICABLES À LA CIRCULATION DE CERTAINS VÉHICULES

CHAPITRE I. – MOTOCYCLETTES, TRICYCLES ET QUADRICYCLES À MOTEUR, CYCLOMOTEURS ET CYCLES

Art. L. 431-1. – Le véhicule à deux roues à moteur dont le conducteur circule sans être coiffé d'un casque ou muni des équipements obligatoires destinés à garantir sa propre sécurité peut être immobilisé.

Lorsque le conducteur du véhicule n'a pas justifié de la cessation de l'infraction dans un délai de quarante-huit heures, l'officier de police judiciaire peut transformer l'immobilisation en une mise en fourrière.

Les dispositions du présent article sont mises en application dans les conditions prévues par les articles L. 325-2, L. 325-3, L. 325-7 à L. 325-11.

CHAPITRE II. – VÉHICULES D'INTÉRÊT GÉNÉRAL

Le présent chapitre ne comprend pas de dispositions législatives.

CHAPITRE III. – TRANSPORTS EXCEPTIONNELS ET ENSEMBLE DE VÉHICULES COMPORTANT PLUS D'UNE REMORQUE

Art. L. 433-1 *(L. n° 2009-1503, 8 déc. 2009).* – L'accompagnement des transports exceptionnels est effectué par des conducteurs soumis à une obligation de formation professionnelle.

Sont dispensés de cette obligation les fonctionnaires des services actifs de la police nationale et les militaires de la gendarmerie nationale, en activité ou ayant cessé leur activité.

Un décret en Conseil d'État détermine les conditions d'application du présent article et notamment les conditions dans lesquelles les agents mentionnés à l'alinéa précédent sont dispensés de cette obligation lorsqu'ils ont cessé leur activité.

CHAPITRE IV. – CONVOIS ET VÉHICULES À TRACTION ANIMALE

Le présent chapitre ne comprend pas de dispositions législatives.

TITRE IV. – DISPOSITIONS RELATIVES À L'OUTRE-MER

CHAPITRE I. – DISPOSITIONS PARTICULIÈRES À LA COLLECTIVITÉ TERRITORIALE DE SAINT-PIERRE-ET-MIQUELON

Art. L. 441-1. – Les articles L. 411-1 à L. 411-5 ne s'appliquent pas dans la collectivité territoriale de Saint-Pierre-et-Miquelon.

Art. L. 441-2. – Les règles relatives aux pouvoirs de police de la circulation routière sont fixées par les articles L. 131-3, L. 131-4, à l'exclusion du 5e alinéa, L. 131-4-1, L. 131-4-2 et L. 131-5, 1er alinéa, du Code des communes applicable dans la collectivité territoriale de Saint-Pierre-et-Miquelon et par les articles 25, 5e alinéa, et 34, III, 2e alinéa, de la loi n° 82-213 du 2 mars 1982 relative aux droits et libertés des communes, des départements et des régions.

CHAPITRE II. – DISPOSITIONS APPLICABLES DANS LA COLLECTIVITÉ TERRITORIALE DE MAYOTTE

Art. L. 442-1. – Les dispositions législatives du présent livre sont applicables dans la collectivité territoriale de Mayotte, à l'exception des articles L. 411-1 à L. 411-5.

Art. L. 442-2. – Les règles relatives aux pouvoirs de police de la circulation routière sont fixées par les articles L. 131-3, L. 131-4, à l'exclusion du 5e alinéa, L. 131-4-1, L. 131-4-2 et L. 131-5, 1er alinéa, du Code des communes applicable dans la collectivité territoriale de Mayotte et par l'article 5, 2e alinéa, de la loi n° 76-1212 du 24 décembre 1976 relative à l'organisation de Mayotte.

CHAPITRE III. – DISPOSITIONS APPLICABLES À LA POLYNÉSIE FRANÇAISE

Art. L. 443-1. – L'article L. 417-1 est applicable à la Polynésie française.

CHAPITRE IV. – DISPOSITIONS APPLICABLES EN NOUVELLE-CALÉDONIE

Art. L. 444-1 *(Ord. n° 2004-567, 17 juin 2004).* – L'article L. 417-1 est applicable en Nouvelle-Calédonie.

PARTIE RÉGLEMENTAIRE

(D. nos 2001-250 et 251, 22 mars 2001)

LIVRE PREMIER. – DISPOSITIONS GÉNÉRALES

TITRE PREMIER. – DÉFINITIONS

Art. R. 110-1. – L'usage des voies ouvertes à la circulation publique est régi par les dispositions du présent code. Il en est de même de l'usage des voies non ouvertes à la circulation publique, lorsqu'une disposition du présent code le prévoit.

Art. R. 110-2 *(Mod., D. n° 2004-998, 16 sept. 2004 ; D. n° 2008-754, 30 juill. 2008 ; D. n° 2010-1390, 12 nov. 2010 ; D. n° 2019-1082, 23 oct. 2019 ; D. n° 2022-31, 14 janv. 2022)*. **– Pour l'application du présent code, les termes ci-après ont le sens qui leur est donné dans le présent article :**

– « agglomération » : espace sur lequel sont groupés des immeubles bâtis rapprochés et dont l'entrée et la sortie sont signalées par des panneaux placés à cet effet le long de la route qui le traverse ou qui le borde ;

– « aire piétonne » : section ou ensemble de sections de voies en agglomération, hors routes à grande circulation, constituant une zone affectée à la circulation des piétons de façon temporaire ou permanente. Dans cette zone, sous réserve des dispositions des articles R. 412-43-1 et R. 431-9, seuls les véhicules nécessaires à la desserte interne de la zone sont autorisés à circuler à l'allure du pas et les piétons sont prioritaires sur ceux-ci. Les entrées et sorties de cette zone sont annoncées par une signalisation ;

– « arrêt » : immobilisation momentanée d'un véhicule sur une route durant le temps nécessaire pour permettre la montée ou la descente de personnes, le chargement ou le déchargement du véhicule, le conducteur restant aux commandes de celui-ci ou à proximité pour pouvoir, le cas échéant, le déplacer ;

– « bande cyclable » : voie exclusivement réservée aux cycles à deux ou trois roues, aux cyclomobiles légers et aux engins de déplacement personnel motorisés sur une chaussée à plusieurs voies ;

– « bande d'arrêt d'urgence » : partie d'un accotement située en bordure de la chaussée et spécialement réalisée pour permettre, en cas de nécessité absolue, l'arrêt ou le stationnement des véhicules ;

– « bretelle de raccordement autoroutière » : route reliant les autoroutes au reste du réseau routier ;

– « carrefour à sens giratoire » : place ou carrefour comportant un terre-plein central matériellement infranchissable, ceinturé par une chaussée mise à sens unique par la droite sur laquelle débouchent différentes routes et annoncé par une signalisation spécifique. Toutefois, les carrefours à sens giratoire peuvent comporter un terre-plein central matériellement franchissable, qui peut être chevauché par les conducteurs lorsque l'encombrement de leur véhicule rend cette manœuvre indispensable ;

– « chaussée » : partie(s) de la route normalement utilisée(s) pour la circulation des véhicules ;

– « intersection » : lieu de jonction ou de croisement à niveau de deux ou plusieurs chaussées, quels que soient le ou les angles des axes de ces chaussées ;

– « piste cyclable » : chaussée exclusivement réservée aux cycles à deux ou trois roues, aux cyclomobiles légers et aux engins de déplacement personnel motorisés ;

– « stationnement » : immobilisation d'un véhicule sur la route hors les circonstances caractérisant l'arrêt ;

– « voie de circulation » : subdivision de la chaussée ayant une largeur suffisante pour permettre la circulation d'une file de véhicules ;

– « voie verte » : route exclusivement réservée à la circulation des véhicules non motorisés à l'exception des engins de déplacement personnel motorisés, des cyclomobiles légers, des piétons et des cavaliers ;

– « zone de rencontre » : section ou ensemble de sections de voies en agglomération constituant une zone affectée à la circulation de tous les usagers. Dans cette zone, les piétons sont autorisés à circuler sur la chaussée sans y stationner et bénéficient de la priorité sur les véhicules. La vitesse des véhicules y est limitée à 20 km/h. Toutes les chaussées sont à double sens pour les cyclistes, les conducteurs de cyclomobiles légers et les conducteurs d'engins de déplacement personnel motorisés, sauf dispositions différentes prises par l'autorité investie du pouvoir de police. Les entrées et sorties de cette zone sont annoncées par une signalisation et l'ensemble de la zone est aménagé de façon cohérente avec la limitation de vitesse applicable

– « zone 30 » : section ou ensemble de sections de voies constituant une zone affectée à la circulation de tous les usagers. Dans cette zone, la vitesse des véhicules est limitée à 30 km/h. Toutes les chaussées sont à double sens pour les cyclistes, les conducteurs de cyclomobiles légers et les conducteurs d'engins de déplacement

personnel motorisés, sauf dispositions différentes prises par l'autorité investie du pouvoir de police. Les entrées et sorties de cette zone sont annoncées par une signalisation et l'ensemble de la zone est aménagé de façon cohérente avec la limitation de vitesse applicable.

Art. R. 110-3. – *(D. n° 2003-425, 9 mai 2003)* Le présent code ne s'applique pas aux véhicules de transport public assujettis à suivre, de façon permanente, une trajectoire déterminée par un ou des rails matériels et empruntant l'assiette des routes.

Toutefois, les conducteurs de ces véhicules sont tenus de respecter les signaux comportant des prescriptions absolues ainsi que les indications données par les agents réglant la circulation routière.

TITRE II. – RESPONSABILITÉ

CHAPITRE I. – RESPONSABILITÉ PÉNALE

Art. R. 121-1. – Le fait pour tout employeur, hormis l'employeur des conducteurs de véhicules d'intérêt général dans les cas nécessités par l'urgence de leur mission, de donner, directement ou indirectement, à un de ses salariés chargé de la conduite d'un véhicule de transport routier de personnes ou de marchandises des instructions incompatibles avec le respect des vitesses maximales autorisées par le présent code est puni de l'amende prévue pour les contraventions de la cinquième classe.

Art. R. 121-2 *(Mod., D. n° 2008-269, 18 mars 2008 ; D. n° 2016-1550, 17 nov. 2016 ; D. n° 2016-1551, 18 nov. 2016)*. – Le fait, pour tout employeur auquel s'applique la réglementation relative au transport routier de personnes ou de marchandises, de donner, directement ou indirectement, à un de ses salariés chargé de la conduite d'un véhicule de transport routier de personnes ou de marchandises des instructions incompatibles avec le respect des dispositions :

1° De l'article 6 du règlement (CE) n° 561/2006 du Parlement européen et du Conseil du 15 mars 2006, relatives aux durées maximales de conduite ;

2° De l'article 8 du règlement (CE) n° 561/2006 du Parlement européen et du Conseil du 15 mars 2006, relatives à la durée minimale du repos journalier ainsi qu'à la durée minimale du repos hebdomadaire ;

3° Des articles R. 3312-51 à R. 3312-64 du Code des transports, relatives à la durée quotidienne du travail dans les entreprises de transport routier ;

4° Des articles L. 3121-20 à L. 3121-26 du Code du travail relatives à la durée hebdomadaire du travail,

est puni de l'amende prévue pour les contraventions de la cinquième classe.

Art. R. 121-3. – Le fait, pour tout employeur, de donner, directement ou indirectement, à un salarié des instructions incompatibles avec le respect des dispositions des articles R. 312-2, R. 312-3 et R. 312-4 relatives aux limites de poids des véhicules de transport routier de personnes ou de marchandises, est puni de l'amende prévue pour les contraventions de la cinquième classe.

Art. R. 121-4. – Le fait, pour tout expéditeur, commissionnaire, affréteur, mandataire, destinataire ou tout autre donneur d'ordres à un transporteur routier de marchandises, directement ou par l'intermédiaire d'un mandataire ou d'un préposé, de provoquer, par une fausse déclaration du poids d'un chargement placé à bord d'un véhicule, un dépassement des limites de poids fixées par les articles R. 312-2, R. 312-4 et R. 312-6, est puni de l'amende prévue pour les contraventions de la cinquième classe.

Art. R. 121-5 *(Mod., D. n° 2008-269, 18 mars 2008 ; D. n° 2016-1550, 17 nov. 2016)*. – Le fait, pour tout expéditeur, commissionnaire, affréteur, mandataire, destinataire ou tout autre donneur d'ordres, en connaissance de cause, de donner à tout transporteur routier de marchandises, ou à tout préposé de celui-ci, des instructions incompatibles avec le respect des dispositions :

1° De l'article 6 du règlement (CE) n° 561/2006 du Parlement européen et du Conseil du 15 mars 2006, relatives aux durées maximales de conduite journalière ;

2° De l'article R. 3312-51 du Code des transports ;

3° Relatives aux vitesses maximales autorisées par le présent code ;

4° Des articles R. 312-2, R. 312-3 et R. 312-4, relatives aux limites de poids des véhicules ;

5° Des articles R. 433-1 à R. 433-3 relatives aux transports exceptionnels de marchandises, d'engins ou de véhicules concernant le poids du véhicule et les dimensions du chargement,
est puni de l'amende prévue pour les contraventions de la cinquième classe.

Art. R. 121-6 *(Créé, D. n° 2016-1955, 28 déc. 2016 ; mod., D. n° 2018-795, 17 sept. 2018 ; D. n° 2022-1, 3 janv. 2022).* – Le titulaire du certificat d'immatriculation du véhicule est, en application de l'article L. 121-3, redevable pécuniairement de l'amende encourue pour des infractions aux règles sur :

1° Le port d'une ceinture de sécurité homologuée dès lors que le siège qu'il occupe en est équipé prévu à l'article R. 412-1 ;

2° L'usage du téléphone tenu en main ou le port à l'oreille de tout dispositif susceptible d'émettre du son prévus à l'article R. 412-6-1 ;

3° L'usage de voies et chaussées réservées à certaines catégories de véhicules, de voies vertes et d'aires piétonnes prévu au II de l'article R. 412-7 ;

4° L'arrêt, le stationnement ou la circulation sur les bandes d'arrêt d'urgence prévus à l'article R. 412-8, au 9° du II de l'article R. 417-10 et à l'article R. 421-7 ;

5° Le respect des distances de sécurité entre les véhicules prévu à l'article R. 412-12 ;

6° Le franchissement et le chevauchement des lignes continues prévus aux articles R. 412-19 et R. 412-22 ;

6° *bis* Le sens de la circulation ou les manœuvres interdites prévus aux articles R. 412-28 et R. 421-6 ;

7° Les signalisations imposant l'arrêt des véhicules prévues aux articles R. 412-30, R. 412-31 et R. 415-6 ;

8° Les vitesses maximales autorisées prévues aux articles R. 413-14, R. 413-14-1 et R. 413-17 ;

9° Le dépassement prévu aux articles R. 414-4, R. 414-6 et R. 414-16 ;

10° L'engagement dans une intersection ou dans l'espace compris entre les deux lignes d'arrêt prévu à l'article R. 415-2 ;

10° *bis* La priorité de passage à l'égard du piéton prévue à l'article R. 415-11 ;

11° L'obligation du port d'un casque homologué d'une motocyclette, d'un tricycle à moteur, d'un quadricycle à moteur ou d'un cyclomoteur prévue à l'article R. 431-1 ;

12° L'obligation, pour faire circuler un véhicule terrestre à moteur, d'être couvert par une assurance garantissant la responsabilité civile, prévue aux articles L. 211-1 et L. 211-2 du Code des assurances et à l'article L. 324-2 ;

13° Le port de plaques d'immatriculation dans les conditions prévues à l'article R. 317-8 ;

14° Le niveau d'émissions sonores prévue au deuxième alinéa de l'article R. 318-3.

CHAPITRE II. – INDEMNISATION DES VICTIMES D'ACCIDENTS DE LA CIRCULATION

Le présent chapitre ne comprend pas de dispositions réglementaires codifiées.

TITRE III. – RECHERCHE ET CONSTATATION DES INFRACTIONS

Art. R. 130-1 *(Mod., D. n° 2005-320, 30 mars 2005).* – Les personnels assermentés de l'office national des forêts peuvent constater, lorsqu'elles sont commises sur les chemins forestiers ouverts à la circulation publique, les contraventions prévues par :

1° Le présent code ;

2° Les articles R. 644-2 et R. 653-1 du Code pénal, lorsqu'il s'agit de contraventions se rapportant à la circulation routière ;

3° L'article R. 625-3 du Code pénal, lorsqu'il s'agit de contraventions commises à l'occasion de la conduite d'un véhicule ;

4° L'article R. 211-21-5 du Code des assurances relatif à l'affichage sur les véhicules d'un certificat d'assurance.

Art. R. 130-1-1 *(D. n° 2002-1256, 15 oct. 2002).* – Les agents de police judiciaire adjoints mentionnés aux 1°, 1 *bis* et 1 *ter* de l'article 21 du Code de procédure pénale peuvent constater par procès-verbal les contraventions aux dispositions du présent code, à l'exception de celles prévues aux articles R. 121-1 à R. 121-5, R. 221-18, R. 234-1, R. 314-2, R. 321-4 (alinéas 1 à 4) et R. 413-15.

Art. R. 130-1-2 *(Mod., D. n° 2008-754, 30 juill. 2008 ; D. n° 2017-1523, 3 nov. 2017 ; D. n° 2020-1494, 30 nov. 2020).* – Les agents de police judiciaire adjoints mentionnés au 1° *quater* de l'article 21 du Code de procédure pénale peuvent constater par procès-verbal, lorsqu'elles sont commises à l'intérieur du territoire de la ville de Paris, les contraventions aux dispositions du présent code, à l'exception de celles prévues aux articles R. 121-1 à R. 121-5, R. 221-18, R. 222-2, R. 234-1, R. 314-2, R. 321-4 (alinéas 1 à 4), R. 411-32, R. 419-1, R. 412-51, R. 412-52 et R. 413-15.

Art. R. 130-2 *(D. n° 2017-1523, 3 nov. 2017 ; D. n° 2020-1494, 30 nov. 2020)*. – Les agents de police judiciaire adjoints mentionnés au 2° de l'article 21 du Code de procédure pénale peuvent constater par procès-verbal, lorsqu'elles sont commises à l'intérieur du territoire communal sur les voies autres que les autoroutes, les contraventions aux articles R. 644-2 et R. 653-1 du Code pénal commises à l'occasion de la conduite d'un véhicule, les contraventions aux dispositions du présent code à l'exception de celles prévues aux articles R. 121-1 à R. 121-5, R. 221-18, R. 222-2, R. 234-1, R. 314-2, R. 411-32, R. 419-1, R. 412-51, R. 412-52, R. 413-15.

L'article 21 du Code de procédure pénale, dans ses deux derniers alinéas, confère aux agents de police judiciaire le pouvoir de constater par procès-verbal les infractions au Code de la route dans les limites fixées par l'article R. 130-2 du Code de la route. Est, dès lors, régulier le procès-verbal établi par un agent de police judiciaire, sans le contrôle d'un officier de police judiciaire, pour constater une contravention d'usage de téléphone tenu en main par le conducteur d'un véhicule en circulation (■ Cass. crim., 27 mai 2015, n° 14-82.126 : *Dr. pén.* 2015, comm. 97, obs. J.-H. Robert).

Art. R. 130-3 *(D. n° 2002-1256, 15 oct. 2002 ; D. n° 2017-198, 16 févr. 2017 ; D. n° 2017-1523, 3 nov. 2017 ; D. n° 2020-1494, 30 nov. 2020)*. – Les gardes champêtres peuvent constater par procès-verbal si elles sont commises à l'intérieur du territoire communal et sur des voies autres que les autoroutes :

a) Les contraventions de police prévues aux articles R. 644-2 et R. 653-1 du Code pénal lorsqu'il s'agit de contraventions se rapportant à la circulation routière ;

b) Les contraventions aux dispositions du présent code à l'exception de celles prévues aux articles R. 121-1 à R. 121-5, R. 221-18, R. 222-2, R. 234-1, R. 314-2, R. 411-32, R. 419-1, R. 412-51 et R. 412-52.

Art. R. 130-4. – Les agents mentionnés aux 3° et 4° de l'article L. 130-4 peuvent constater les contraventions aux dispositions concernant l'arrêt ou le stationnement des véhicules autres que celles prévues à l'article R. 417-9.

Les agents mentionnés au 5° et au 10° de l'article L. 130-4 peuvent constater les mêmes contraventions lorsqu'elles sont commises respectivement dans les enceintes portuaires ou dans l'entreprise des aérodromes.

Les agents mentionnés au 3° de l'article L. 130-4 peuvent également constater les contraventions prévues par l'article R. 211-21-5 du Code des assurances.

La liste des services publics urbains de transport en commun de voyageurs prévue au 4° de l'article L. 130-4 est fixée par arrêté préfectoral.

Les agents mentionnés au 12° de l'article L. 130-4 peuvent constater les contraventions prévues par les articles R. 321-4, R. 323-16 et R. 323-19.

Art. R. 130-5. – Les agents mentionnés à l'article L. 116-2 du Code de la voirie routière peuvent constater par procès-verbal les contraventions prévues par :

1° Les 1° et 2° de l'article R. 130-1 :

a) Lorsqu'elles sont connexes à des infractions à la police de la conservation du domaine public routier ;

b) Lorsqu'elles sont commises au droit ou aux abords de chantiers situés sur la voie publique et qu'elles ont ou peuvent avoir pour effet de porter atteinte à l'exploitation normale desdits chantiers ou à la sauvegarde du personnel employé sur ceux-ci ;

2° L'article R. 418-9.

Art. R. 130-6 *(D. n° 2003-636, 20 juin 2003 ; D. n° 2011-335, 28 mars 2011 ; D. n° 2011-368, 4 avr. 2011 ; D. n° 2012-3, 3 janv. 2012 ; D. n° 2014-784, 8 juill. 2014 ; D. n° 2017-198, 16 févr. 2017 ; D. n° 2020-1396, 17 nov. 2020)*. – Les fonctionnaires ou agents de l'État chargés du contrôle des transports terrestres placés sous l'autorité du ministre chargé des transports peuvent constater par procès-verbal :

1° Les contraventions aux dispositions des articles R. 121-1 à R. 121-5, R. 221-1-1, R. 221-20, R. 233-1, R. 233-2, R. 234-6, R. 311-3, R. 312-2 à R. 312-6, R. 312-10 à R. 312-14, R. 312-19 à R. 312-23, R. 313-1 à

R. 313-7, R. 313-9, R. 313-10, R. 313-12, R. 313-14, R. 313-17 à R. 313-20, R. 313-21, R. 313-24, R. 313-25, R. 313-26, R. 313-32-1, R. 313-33, R. 314-1, R. 314-3, R. 315-1, R. 315-2, R. 316-1, R. 316-3, R. 316-4, R. 316-6, R. 316-7, R. 316-8, R. 317-1, R. 317-3, R. 317-4, R. 317-5, R. 317-8 à R. 317-14, R. 317-18, R. 317-20, R. 317-23, R. 317-24, R. 317-24-1, R. 317-26, R. 317-28, R. 318-1, R. 318-3, R. 318-4, R. 322-1, R. 323-1, R. 323-2, R. 323-6, R. 323-22, R. 323-23 à R. 323-26, R. 325-2, R. 325-8, R. 411-17, R. 411-18, R. 411-19, R. 411-19-1, R. 411-21, R. 411-21-1, R. 411-23, R. 411-23-1, R. 411-23-2, R. 412-1, R. 412-13, R. 412-16, R. 433-1 à R. 433-8, R. 433-11, R. 433-12, R. 433-14 à R. 433-16, R. 433-20, R. 435-1 et R. 435-3 ainsi que, lorsqu'elles sont commises par le conducteur d'un véhicule qui doit être équipé d'un appareil de contrôle dit chronotachygraphe, les contraventions aux dispositions relatives aux vitesses maximales autorisées par le présent code ;

2° Toutes les autres contraventions prévues aux 1° et 2° de l'article R. 130-1 lorsqu'elles sont connexes à des infractions aux dispositions législatives relatives à l'accès aux professions du transport ferroviaire ou guidé et du transport routier et à leurs conditions d'exercice prévues au livre IV de la première partie et à la troisième partie du Code des transports ainsi qu'aux dispositions réglementaires prises pour leur application ;

3° Les contraventions prévues à l'article R. 211-14 du Code des assurances.

Art. R. 130-7. – Les agents des douanes peuvent constater par procès-verbal les contraventions aux dispositions des articles R. 312-2 à R. 312-6, R. 411-18, R. 412-16, R. 433-1 à R. 433-7, ainsi que les infractions prévues aux articles R. 211-14, R. 211-17, R. 211-21-1 et R. 211-21-2 du Code des assurances.

Art. R. 130-8 *(Mod., D. n° 2013-10, 3 janv. 2013 ; D. n° 2020-1494, 30 nov. 2020).* – Après avoir été agréés par le préfet et assermentés conformément à l'article L. 130-7, les agents de l'exploitant d'une autoroute ou d'un ouvrage routier ouvert à la circulation publique et régulièrement soumis à péage peuvent constater par procès-verbal les contraventions aux dispositions des articles R. 419-1 et R. 419-2.

Ces contraventions peuvent être constatées au moyen d'un système de vidéoprotection dans les conditions prévues aux articles L. 251-1 à L. 252-7 du Code de la sécurité intérieure.

Art. R. 130-9. – La formule du serment, prévu par l'article L. 130-7, est la suivante :

« Je jure de bien et fidèlement remplir mes fonctions et de ne rien révéler ou utiliser de ce qui sera porté à ma connaissance à l'occasion de leur exercice. »

Art. R. 130-10. – I. – Sans préjudice des pouvoirs conférés à d'autres agents par des lois spéciales, peuvent régler la circulation :

1° Les réservistes de la gendarmerie, les élèves gendarmes et les gendarmes auxiliaires placés sous le commandement de militaires de la gendarmerie et les volontaires servant en qualité de militaires dans la gendarmerie ;

2° Les réservistes de la police, les élèves policiers et les policiers auxiliaires et les adjoints de sécurité placés sous le commandement de fonctionnaires de la police nationale ;

3° Certains personnels militaires des unités de circulation de l'arme du train pour assurer l'acheminement des véhicules militaires.

4° Les agents de police municipale, les agents de surveillance de Paris et les gardes champêtres à l'intérieur du territoire communal, sur les voies autres que les autoroutes.

II. – Pour l'application du 3° du I ci-dessus, les modalités de l'habilitation et la définition des catégories de personnels habilités font l'objet d'un arrêté conjoint du ministre de l'Intérieur, du ministre de la Justice, du ministre chargé des armées et du ministre chargé des transports.

Art. R. 130-11 *(Créé, D. n° 2016-1955, 28 déc. 2016 ; D. n° 2022-1, 3 janv. 2022).* – Font foi jusqu'à preuve du contraire les constatations, effectuées par ou à partir des appareils de contrôle automatique ayant fait l'objet d'une homologation, relatives aux infractions sur :

1° Le port d'une ceinture de sécurité homologuée dès lors que le siège qu'il occupe en est équipé prévu à l'article R. 412-1 ;

2° L'usage du téléphone tenu en main prévu aux premier, quatrième et cinquième alinéas de l'article R. 412-6-1 ;

3° L'usage de voies et chaussées réservées à certaines catégories de véhicules prévu aux II et III de l'article R. 412-7 ;

4° La circulation sur les bandes d'arrêt d'urgence prévue à l'article R. 412-8 ;

5° Le respect des distances de sécurité entre les véhicules prévu à l'article R. 412-12 ;

6° Le franchissement et le chevauchement des lignes continues prévus à l'article R. 412-19 ;

6° *bis (6° bis créé, D. n° 2018-795, 17 sept. 2018, art. 3, 1°)* Le sens de la circulation prévu aux articles R. 412-28 et R. 421-6 ;

7° Les signalisations imposant l'arrêt des véhicules prévues aux articles R. 412-30 et R. 415-6 ;

8° Les vitesses maximales autorisées prévues aux articles R. 413-14 et R. 413-14-1 ;

9° Le dépassement prévu aux II et IV de l'article R. 414-4 et aux articles R. 414-6 et R. 414-16 ;

10° *(10° mod. D. n° 2018-795, 17 sept. 2018, art. 3, 2°)* L'engagement dans une intersection ou dans l'espace compris entre les deux lignes d'arrêt prévu à de l'article R. 415-2 ;

11° L'obligation du port d'un casque homologué d'une motocyclette, d'un tricycle à moteur, d'un quadricycle à moteur ou d'un cyclomoteur prévue à l'article R. 431-1 ;

12° L'obligation, pour faire circuler un véhicule terrestre à moteur, d'être couvert par une assurance garantissant la responsabilité civile, prévue aux articles L. 211-1 et L. 211-2 du Code des assurances et à l'article L. 324-2 ;

13° Le niveau d'émissions sonores prévue au deuxième alinéa de l'article R. 318-3.

N'a pas méconnu l'article 130-11 du Code de la route le tribunal de police qui rejette l'exception de nullité soulevée par le prévenu qui soutenait que la police n'était pas habilitée à constater la contravention de stationnement gênant par le recours à la vidéosurveillance puisque ce moyen n'est pas prévenu par ce texte dès lors qu'en application des dispositions de l'article L. 251-2 du Code de la sécurité intérieure, les agents de police peuvent constater les contraventions aux règles de la circulation par le moyen d'un dispositif de vidéo protection (■ Cass. crim., 8 janv. 2019, n° 18-82.776).

Art. R. 130-12 *(Créé à compter du 1er novembre 2021, D. n° 2021-468, 19 avr. 2021).* – I. – L'interdiction de rediffusion de tout message ou de toute indication émis par les utilisateurs d'un service électronique d'aide à la conduite ou à la navigation par géolocalisation mentionnée à l'article L. 130-11 est prise par le préfet, sur proposition des officiers ou agents de police judiciaire et des agents de police judiciaire adjoints de la gendarmerie et de la police nationales.

Le cas échéant, pour les contrôles routiers mentionnés à l'article L. 130-11 autres que ceux visant à procéder aux opérations prévues aux articles L. 234-9 ou L. 235-2, cette interdiction peut être prise par le ministre de l'intérieur.

La décision d'interdiction de rediffusion précise les voies ou portions de voies concernées et définit la date et les heures de commencement et de fin de cette interdiction.

II. – Les informations relatives à l'interdiction de rediffusion, à l'exclusion de toute information relative aux motifs du contrôle routier concerné, sont communiquées aux exploitants de service électronique d'aide à la conduite ou à la navigation au moyen d'un système d'information permettant de garantir leur confidentialité et leur intégrité lors de la transmission. Les informations relatives aux heures de commencement et de fin de l'interdiction font l'objet d'une communication distincte.

Les exploitants de service électronique d'aide à la conduite ou à la navigation accusent réception des informations communiquées au moyen du système d'information mentionné à l'alinéa précédent. La communication ainsi opérée vaut mise à disposition de la décision d'interdiction de rediffusion mentionnée au I.

La sécurité des informations échangées, notamment leur confidentialité et leur intégrité, ainsi que l'identification des exploitants destinataires de ces informations sont assurées conformément au référentiel général de sécurité mentionné à l'article 9 de l'ordonnance n° 2005-1516 du 8 décembre 2005 relative aux échanges électroniques entre les usagers et les autorités administratives et entre les autorités administratives et aux dispositions prises pour son application.

III. – Les informations communiquées au moyen du système d'information mentionné au premier alinéa du II sont détruites par ces exploitants dès la fin de la durée de l'interdiction de rediffusion.

IV. – Les modalités techniques d'échanges avec les exploitants de service électronique d'aide à la conduite ou à la navigation et de traçabilité des informations adressées ainsi que les moyens à mettre en place pour en assurer la protection et la destruction après utilisation sont définis par arrêté du ministre de l'intérieur pris après avis de l'Agence nationale de la sécurité des systèmes d'information.

TITRE IV. – DISPOSITIONS RELATIVES À L'OUTRE-MER

CHAPITRE I. – DISPOSITIONS PARTICULIÈRES À LA COLLECTIVITÉ TERRITORIALE DE SAINT-PIERRE-ET-MIQUELON

Art. R. 141-1. – Les 1° et 2° de l'article R. 121-2 et le 1° de l'article R. 121-5 ne sont pas applicables dans la collectivité territoriale de Saint-Pierre-et-Miquelon.

CHAPITRE II. – DISPOSITIONS APPLICABLES DANS LA COLLECTIVITÉ TERRITORIALE DE MAYOTTE

Art. R. 142-1. – Pour l'application du présent livre dans la collectivité territoriale de Mayotte, le terme « préfet » est remplacé par « représentant du Gouvernement ».

Art. R. 142-2. – Les dispositions réglementaires du présent livre sont applicables dans la collectivité territoriale de Mayotte.

Art. R. 142-3 *(Abr., D. n° 2018-953, 31 oct. 2018).*

Art. R. 142-4 *(Abr., D. n° 2018-953, 31 oct. 2018).*

Art. R. 142-5. – Pour l'application de l'article R. 130-5, les mots « à l'article L. 116-2 du Code de la voirie routière » sont remplacés par les mots « à l'article L. 142-4 ».

Art. R. 142-6 *(D. n° 2002-1256, 15 oct. 2002).* **– Pour l'application de l'article R. 130-10 :**

***a)* Le 4° est ainsi rédigé :**

« 4° ***Les agents de police municipale à l'intérieur du territoire communal.*** »

***b)* Le ministre chargé de l'outre-mer signe l'arrêté prévu au II de cet article.**

CHAPITRE III. – DISPOSITIONS APPLICABLES EN NOUVELLE-CALÉDONIE, EN POLYNÉSIE FRANÇAISE ET DANS LES ÎLES WALLIS-ET-FUTUNA

Art. R. 143-1 *(D. n° 2016-1955, 28 déc. 2016 ; D. n° 2018-795, 17 sept. 2018).* **– Sont applicables en Nouvelle-Calédonie, en Polynésie française et dans les îles Wallis-et-Futuna, les dispositions des articles mentionnés dans la colonne de gauche du tableau ci-après, dans leur rédaction indiquée dans la colonne de droite du même tableau :**

DISPOSITIONS APPLICABLES	DANS LEUR RÉDACTION
R. 130-11	Résultant du décret n° 2018-795 du 17 septembre 2018

LIVRE DEUXIÈME. – LE CONDUCTEUR

TITRE PREMIER. – ENSEIGNEMENT DE LA CONDUITE ET DE LA SÉCURITÉ ROUTIÈRE

CHAPITRE I. – FORMATION À LA CONDUITE ET À LA SÉCURITÉ ROUTIÈRE

Section I. – Attestations scolaires et brevet de sécurité routière

Art. R. 211-1 *(Rempl., D. n° 2002-675, 30 avr. 2002 ; mod., D. n° 2006-1712, 23 déc. 2006 ; D. n° 2010-774, 8 juill. 2010).* **– I. – Des attestations scolaires de sécurité routière de premier et de second niveaux sont délivrées aux élèves qui ont subi avec succès un contrôle des connaissances théoriques des règles de sécurité routière. Ce contrôle est organisé pour les élèves soumis à l'obligation scolaire définie à l'article L. 131-1 du Code de l'éducation ainsi que pour les élèves âgés de plus de seize ans inscrits dans un établissement scolaire.**

II. – Une attestation de sécurité routière est délivrée aux personnes qui ont subi avec succès un contrôle des connaissances théoriques des règles de sécurité routière. Ce contrôle est ouvert aux personnes qui, pour quelque

raison que ce soit, ne peuvent bénéficier des dispositions du I. Les titulaires d'un contrat d'apprentissage relèvent, quel que soit leur âge, des dispositions du présent alinéa.

(D. n° 2012-688, 7 mai 2012) Un arrêté conjoint du ministre chargé de la sécurité routière, du ministre de l'intérieur, du ministre chargé de l'emploi, du ministre chargé de l'éducation nationale, du ministre de la justice, du ministre chargé de la mer, du ministre chargé de la santé et du ministre chargé de l'agriculture fixe les modalités d'application du I et du II.

III. – Le brevet de sécurité routière est délivré aux titulaires d'une attestation scolaire de sécurité routière de premier ou de second niveau ou de l'attestation de sécurité routière ayant suivi une formation pratique organisée par une personne physique ou morale agréée par le préfet.

Un arrêté du *(D. n° 2012-688, 7 mai 2012)* « ministre chargé de la sécurité routière » fixe les modalités d'application du précédent alinéa.

III *(III rempl. à compter du 19 janv. 2013, D. n° 2011-1475, 9 nov. 2011)*. – Le brevet de sécurité routière prévu au second alinéa de l'article L. 221-1 est délivré aux personnes âgées de quatorze ans révolus :

1° Ayant réussi un contrôle des connaissances théoriques des règles de sécurité routière sanctionnée par la délivrance de l'attestation scolaire de sécurité routière de premier ou de second niveau ou de l'attestation de sécurité routière ;

2° Et ayant suivi une formation dispensée par un établissement ou une association agréés au titre de l'article L. 213-1 ou L. 213-7.

La durée de validité du titre attestant de la qualité de titulaire du brevet de sécurité routière est de quinze ans à compter de sa délivrance.

La date limite de validité est inscrite sur le titre de conduite.

Le brevet de sécurité routière correspond à la catégorie AM du permis de conduire au sens de la directive 2006/126/CE du Parlement européen et du Conseil du 20 décembre 2006 relative au permis de conduire.

Un arrêté du ministre chargé de la sécurité routière fixe les modalités d'application du présent article.

Art. R. 211-2 *(Rempl., D. n° 2002-675, 30 avr. 2002 ; mod., D. n° 2004-795, 29 juill. 2004 ; D. n° 2012-688, 7 mai 2012 ; mod. à compter du 19 janv. 2013, D. n° 2011-1475, 9 nov. 2011 ; mod., D. n° 2014-1295, 31 oct. 2014)*. – I. – Tout conducteur de cyclomoteur ou de quadricycle léger à moteur doit être âgé d'au moins quatorze ans.

II. – Tout conducteur de cyclomoteur ou de quadricycle léger à moteur, né après le 31 décembre 1987 doit être titulaire soit du permis de conduire, soit du brevet de sécurité routière ou d'un titre reconnu équivalent délivré par un État membre de l'Union européenne ou un autre État partie à l'accord sur l'Espace économique européen dont la liste est fixée par arrêté du ministre chargé de la sécurité routière.

III. – Le fait de contrevenir aux dispositions des deux alinéas précédents est puni de l'amende prévue pour les contraventions de la 2e classe.

IV. – L'immobilisation du véhicule peut être prescrite dans les conditions prévues aux articles L. 325-1 à L. 325-3.

Section II. – Apprentissage de la conduite

Art. R. 211-3 *(Rempl., D. n° 2009-1590, 18 déc. 2009 ; mod., D. n° 2012-688, 7 mai 2012 ; D. n° 2014-1295, 31 oct. 2014 ; D. n° 2015-1537, 25 nov. 2015 ; D. n° 2016-381, 30 mars 2016)*. – Pour apprendre à conduire un véhicule à moteur sur une voie ouverte à la circulation publique, en vue de l'obtention du permis de conduire, il faut :

1° Être âgé de seize ans minimum, ou de quinze ans dans le cadre de l'apprentissage dit anticipé de la conduite mentionné à l'article R. 211-5 ;

2° Être détenteur d'un livret d'apprentissage établi dans les conditions fixées par arrêté du ministre chargé de la sécurité routière, et précisant les objectifs et la progressivité de la formation ;

3° Être détenteur du formulaire de la demande de permis de conduire validée par le préfet du département dans lequel cette demande a été déposée, ou d'un récépissé du dépôt de la demande pour la catégorie B du permis de conduire délivré par le préfet pour une durée maximale de deux mois, dans les conditions fixées par arrêté du ministre chargé de la sécurité routière ;

4° Être, durant l'apprentissage, sous la surveillance constante et directe d'un enseignant, titulaire de l'autorisation d'enseigner la conduite des véhicules à moteur mentionnée aux articles L. 212-1 et R. 212-1 correspondant à la catégorie du véhicule utilisé, d'une personne en cours de formation titulaire de l'autorisation temporaire et restrictive d'exercer mentionnée au I *bis* de l'article R. 212-1, ou d'un accompagnateur titulaire, depuis au moins cinq ans sans interruption, du permis de conduire correspondant à la catégorie du véhicule utilisée ;

5° Utiliser, durant l'apprentissage, un véhicule conforme aux dispositions de l'article R. 317-25.

Art. R. 211-4 *(Mod., D. n° 2012-688, 7 mai 2012)*. – Pour chaque catégorie de permis de conduire, un arrêté du ministre chargé de la sécurité routière définit le contenu, la progressivité ainsi que la durée minimale de la formation. S'agissant des véhicules dont le poids total autorisé en charge n'excède pas 3,5 tonnes, la durée minimale de la formation est identique à celle prévue dans le cadre de l'apprentissage anticipé de la conduite.

Art. R. 211-5 *(Rempl., D. n° 2009-1590, 18 déc. 2009 ; mod., D. n° 2012-688, 7 mai 2012)*. – I. – L'apprentissage dit anticipé de la conduite est un apprentissage particulier dispensé en vue de l'obtention de la catégorie B du permis de conduire. Cet apprentissage ne peut être effectué après annulation ou invalidation du permis de conduire.

II. – Il comprend deux périodes :

1° Une période de formation initiale dans un établissement ou une association agréés au titre de l'article L. 213-1 ou L. 213-7.

Cette formation initiale est validée si l'élève conducteur a réussi l'épreuve théorique générale de l'examen du permis de conduire ou détient une catégorie du permis de conduire obtenue depuis cinq ans au plus, et s'il réussit l'évaluation réalisée par l'enseignant de la conduite à la fin de cette période ;

2° Une période d'apprentissage en conduite accompagnée sous la surveillance constante et directe d'un accompagnateur titulaire depuis au moins cinq ans sans interruption du permis de conduire de la catégorie B.

Cette période commence par un rendez-vous pédagogique préalable entre l'enseignant de la conduite, l'accompagnateur et l'élève conducteur. Deux autres rendez-vous pédagogiques doivent avoir lieu au cours de cette période, pendant laquelle l'élève conducteur doit parcourir une distance minimale pendant une durée minimale, précisées par arrêté du ministre chargé de la sécurité routière.

III. – Les conditions dans lesquelles les établissements d'enseignement de la conduite peuvent proposer et encadrer un apprentissage anticipé de la conduite sont fixées par arrêté du ministre chargé de la sécurité routière.

Art. R. 211-5-1 *(D. n° 2009-1590, 18 déc. 2009 ; mod., D. n° 2012-688, 7 mai 2012 ; D. n° 2015-1537, 25 nov. 2015 ; D. n° 2020-605, 18 mai 2020)*. – La période d'apprentissage en conduite dite supervisée, prévue à l'article L. 211-4, par un accompagnateur titulaire depuis au moins cinq ans sans interruption de la catégorie B du permis de conduire est accessible, à partir de l'âge de dix-huit ans :

1° A tout élève conducteur, inscrit dans un établissement ou une association agréés au titre de l'article L. 213-1 ou L. 213-7 pour suivre une formation à la conduite des véhicules de la catégorie B après la validation de la formation initiale.

La formation initiale est validée si l'élève conducteur a réussi l'épreuve théorique générale de l'examen du permis de conduire ou est titulaire d'une catégorie du permis de conduire obtenue depuis cinq ans au plus, et s'il a réussi l'évaluation réalisée par l'enseignant de la conduite et de la sécurité routière à la fin de cette période.

La période d'apprentissage en conduite supervisée commence par un rendez-vous pédagogique préalable entre l'enseignant de la conduite, l'accompagnateur et l'élève conducteur.

Les conditions dans lesquelles les établissements d'enseignement de la conduite proposent et encadrent une phase de conduite supervisée sont fixées par arrêté du ministre chargé de la sécurité routière.

2° Après validation, lors de l'épreuve pratique de l'examen du permis de conduire, des compétences minimales prévues par l'arrêté mentionné à l'article L. 211-4 par un inspecteur du permis de conduire et de la sécurité routière, par un agent public mentionné au quatrième alinéa de l'article D. 221-3 ou par l'un des agents publics ou contractuels mentionnés à l'article L. 221-5.

Art. R. 211-5-2 *(D. n° 2009-1590, 18 déc. 2009 ; mod., D. n° 2012-688, 7 mai 2012)*. – Les personnes suivant une formation professionnelle en vue de l'obtention d'un diplôme de l'éducation nationale permettant la délivrance du permis de conduire peuvent pratiquer la conduite dite encadrée, sur un véhicule de la catégorie B, avec un accompagnateur titulaire depuis au moins cinq ans sans interruption du permis de conduire de cette catégorie.

La période de conduite encadrée est accessible à partir de l'âge de seize ans aux élèves ayant validé les compétences théoriques et pratiques préalables à l'obtention du permis de conduire de la catégorie B dans le cadre de la préparation d'un diplôme de l'éducation nationale, et ayant participé à un rendez-vous pédagogique préalable avec l'enseignant chargé de l'enseignement de la conduite dans le cadre de la formation professionnelle et avec l'accompagnateur. Au moins un autre rendez-vous pédagogique doit avoir lieu au cours de cette période.

Un arrêté conjoint du ministre chargé de la sécurité routière et du ministre chargé de l'éducation nationale fixe les conditions d'application du présent article.

Art. R. 211-5-3 *(D. n° 2009-1590, 18 déc. 2009)*. – Lorsqu'une interdiction temporaire de délivrance du permis de conduire est prononcée par le préfet ou l'autorité judiciaire en application du présent code, la validité du formulaire de demande du permis de conduire ou du récépissé est suspendue jusqu'à l'expiration de cette interdiction.

Le préfet notifie à l'élève conducteur cette interdiction et l'obligation de restituer à la préfecture, dans un délai de dix jours francs à compter de la notification, son formulaire de demande de permis validée ou son récépissé.

L'élève conducteur qui ne défère pas à cette obligation est passible de l'amende prévue pour les contraventions de la cinquième classe.

Art. R. 211-6 *(Rempl., D. n° 2009-1590, 18 déc. 2009 ; mod., D. n° 2012-688, 7 mai 2012)*. – Les leçons de conduite des véhicules à moteur sont autorisées sur les autoroutes, dans les conditions fixées par arrêté conjoint du ministre chargé de la sécurité routière et du ministre chargé de l'intérieur.

Le fait, pour toute personne enseignant la conduite des véhicules à moteur, de contrevenir aux dispositions fixées par l'arrêté susmentionné est puni de l'amende prévue pour les contraventions de la deuxième classe.

Art. R. 211–7 *(Créé, D. n° 2020-605, 18 mai 2020)*. – Lorsqu'une mesure d'interdiction de se présenter à l'examen du permis de conduire a été prise en application de l'article L. 211-1 A, elle est notifiée à l'intéressé par lettre recommandée avec demande d'avis de réception.

L'arrêté du préfet portant interdiction de se présenter à l'examen du permis de conduire est transmis sans délai au procureur de la République dans le ressort duquel l'infraction a été commise.

Le procureur de la République communique sans délai au préfet du lieu de l'infraction toute décision judiciaire exécutoire ou définitive prononcée pour une infraction punie par le présent code de la peine complémentaire d'interdiction de se présenter à l'examen du permis de conduire.

CHAPITRE II. – ENSEIGNEMENT À TITRE ONÉREUX ET ANIMATION DE STAGES DE SENSIBILISATION À LA SÉCURITÉ ROUTIÈRE

(D. n° 2009-1678, 29 déc. 2009)

Art. R. 212-1 *(Mod., D. n° 2009-1678, 29 déc. 2009 ; mod., D. n° 2012-688, 7 mai 2012 ; D. n° 2016-381, 30 mars 2016 ; D. n° 2016-613, 17 mai 2016)*. – I. – L'autorisation d'enseigner la conduite des véhicules à moteur d'une catégorie donnée et la sécurité routière ainsi que l'autorisation d'animer les stages de sensibilisation à la sécurité routière mentionnés aux articles L. 223-6 et R. 223-5 sont délivrées, pour une durée de cinq ans, par le préfet du lieu de résidence du demandeur ou, pour un non-résident en France, par le préfet du département où il envisage d'exercer la profession d'enseignant ou d'animateur, dans les conditions fixées par arrêté du ministre chargé de la sécurité routière.

I *bis*. – L'autorisation temporaire et restrictive d'exercer est délivrée pour une durée de douze mois non renouvelable, dans les conditions fixées par le I *bis* de l'article R. 212-2, par le préfet du département où se trouve le siège de l'établissement d'enseignement de la conduite et de la sécurité routière avec lequel le demandeur, en cours de formation pour l'accès au titre professionnel, envisage d'exercer.

Cette autorisation permet à son titulaire l'exercice des seules compétences composant le certificat de compétences professionnelles qu'il a obtenu.

La proportion maximale par entreprise des personnes en cours de formation, mentionnées au 3° du I de l'article L. 212-2, représente 20 % par excès de l'effectif total, calculé en équivalent temps plein, des enseignants de la conduite et de la sécurité routière, salariés ou exploitants, titulaires d'une autorisation d'enseigner en cours de validité.

I *ter*. – Les autorisations mentionnées aux I et I *bis* sont valables sur l'ensemble du territoire national. Ces autorisations, ainsi que toutes les mesures affectant leur validité, sont inscrites dans un registre national qui est élaboré et tenu à jour dans les conditions prévues par la loi n° 78-17 du 6 janvier 1978 relative à l'informatique, aux fichiers et aux libertés.

II. – La déclaration mentionnée au II de l'article L. 212-1 est adressée au préfet du département dans lequel le prestataire envisage d'exercer l'activité d'enseignement de la conduite ou d'animation de stages de sensibilisation à la sécurité routière, ou les deux, pour la première fois sur le territoire national, accompagnée des documents suivants :

1° Une preuve de la nationalité du professionnel ;

2° Une attestation certifiant qu'il est légalement établi dans un autre État membre de l'Union européenne ou dans un autre État partie à l'accord sur l'Espace économique européen pour y exercer, selon le cas, soit l'activité d'enseignement de la conduite, soit l'activité d'animation de stages de sensibilisation à la sécurité routière, soit les deux, et qu'il n'encourt, au moment de la délivrance de l'attestation, aucune interdiction temporaire ou définitive d'exercer la profession, ni aucune condamnation pénale prévue à l'article R. 212-4 du Code de la route ;

3° Une preuve de ses qualifications professionnelles ;

4° Le cas échéant, la preuve par tout moyen qu'il a exercé l'activité mentionnée au premier alinéa ci-dessus pendant la durée prévue au premier alinéa du II de l'article L. 212-1 dans un ou plusieurs États membres, lorsque l'activité ou la formation y conduisant n'est pas réglementée dans l'État du lieu d'établissement.

La déclaration et les documents joints peuvent être transmis par tout moyen, accompagnés, le cas échéant, de leur traduction en langue française.

III. – Au vu de la déclaration mentionnée au deuxième alinéa du II de l'article L. 212-1, le préfet procède à la vérification des qualifications professionnelles du prestataire prévue à cet article.

Dans un délai maximal d'un mois à compter de la réception de la déclaration et des documents prévus au II, le préfet informe le prestataire de sa décision consistant soit à autoriser la prestation de service sans vérification des qualifications professionnelles, soit après vérification, d'autoriser la prestation de service ou d'imposer à l'intéressé une épreuve d'aptitude dans les conditions prévues ci-après.

La prestation de service consiste en l'exercice de tout ou partie des activités autorisées.

En cas de demande d'informations complémentaires ou de difficulté susceptible de provoquer un retard dans sa décision, le préfet informe le prestataire dans ce même délai des causes de ce retard. La difficulté est résolue dans le mois qui suit cette information. La décision du préfet est prise dans les deux mois qui suivent la levée des difficultés ou de la réponse à la demande d'information.

En cas de différence substantielle existant entre les qualifications professionnelles du prestataire et la formation exigée en France pour l'enseignement de la conduite ou l'animation de stages de sensibilisation à la sécurité routière, qui ne peut être considérée comme étant compensée par l'expérience professionnelle du prestataire ou par les connaissances, aptitudes et compétences acquises et qui est de nature à nuire à la sécurité des bénéficiaires du service, le prestataire se voit offrir la possibilité de démontrer qu'il a acquis les connaissances et compétences manquantes en passant une épreuve d'aptitude. Cette épreuve d'aptitude est organisée et les résultats lui en sont communiqués dans un délai maximal de trente jours à compter de la décision mentionnée au deuxième alinéa ci-dessus.

En l'absence de décision du préfet, ou, le cas échéant, de l'organisation de l'épreuve d'aptitude, dans les délais prévus ci-dessus, la prestation de services peut être effectuée.

Un arrêté du ministre chargé de la sécurité routière fixe les conditions d'application du présent article.

Art. R. 212-2 *(Mod., D. n° 2009-1678, 29 déc. 2009 ; D. n° 2012-688, 7 mai 2012 ; D. n° 2012-886, 17 juill. 2012 ; D. n° 2016-381, 30 mars 2016).* – I. – L'autorisation d'enseigner la conduite et la sécurité routière est délivrée aux personnes remplissant les conditions suivantes :

1° Être titulaire d'un des titres ou diplômes mentionnés à l'article R. 212-3 ;

2° Être âgé d'au moins vingt ans ;

3° Être titulaire du permis de conduire de la catégorie B dont le délai probatoire fixé à l'article L. 223-1 est expiré ;

4° Remplir les conditions d'aptitude physique, cognitive et sensorielle requises pour l'obtention du permis de conduire des catégories C1, C, D1, D, C1E, CE, D1E et DE dont les modalités sont fixées par arrêté du ministre chargé de la sécurité routière.

Le maintien de cette aptitude est subordonné à l'avis émis par un médecin agréé consultant hors commission médicale ou par la commission médicale, dans les conditions fixées au 2° du I de l'article R. 221-11.

La validité de l'autorisation d'enseigner est limitée à l'enseignement théorique lorsqu'une décision d'inaptitude à l'enseignement pratique de la conduite ou à la conduite elle-même a été prise par le préfet après avis du médecin précité ou de la commission médicale.

I *bis*. – L'autorisation temporaire et restrictive d'exercer est délivrée aux personnes remplissant les conditions mentionnées aux 2°, 3° et 4° du I, ainsi que les conditions suivantes :

1° Être titulaire d'un des certificats de compétences professionnelles composant le titre professionnel délivré par le ministre chargé de l'emploi, mentionné au I de l'article R. 212-3 ;

2° Avoir souscrit un contrat de travail avec un établissement agréé d'enseignement de la conduite et de la sécurité routière ;

3° Être inscrit à une session d'examen permettant de compléter la validation des compétences nécessaire à l'obtention du titre professionnel d'enseignant de la conduite et de la sécurité routière.

II. – L'autorisation d'animer les stages de sensibilisation à la sécurité routière est délivrée aux personnes remplissant les conditions suivantes :

– soit être titulaire de l'autorisation d'enseigner mentionnée au I du présent article et d'un diplôme complémentaire dans le domaine de la formation à la sécurité routière figurant sur une liste fixée par arrêté du ministre chargé de la sécurité routière ;

– soit être titulaire d'un diplôme permettant de faire usage du titre de psychologue et du permis de conduire dont le délai probatoire fixé à l'article L. 223-1 est expiré ;

– et, dans les deux cas, être âgé d'au moins vingt-cinq ans et être titulaire d'une attestation de suivi de formation initiale à l'animation de stages de sensibilisation à la sécurité routière délivrée dans les conditions fixées par arrêté du ministre chargé de la sécurité routière.

III. – Un arrêté du ministre chargé de la sécurité routière définit les conditions d'application du présent article.

Art. R. 212-3 *(Mod., D. n° 2009-1678, 29 déc. 2009 ; D. n° 2012-688, 7 mai 2012 ; rempl., D. n° 2014-1295, 31 oct. 2014 ; D. n° 2016-381, 30 mars 2016)*. – Les titres ou diplômes prévus au 1° du I de l'article R. 212-2 sont :

I. – Le titre professionnel d'enseignant de la conduite automobile et de la sécurité routière et les certificats de spécialisation de ce titre délivrés par le ministre chargé de l'emploi en application des articles R. 338-1 et suivants du Code de l'éducation.

II. – Le brevet pour l'exercice de la profession d'enseignant de la conduite automobile et de la sécurité routière (BEPECASER) obtenu avant le 31 décembre 2016 et les mentions « deux roues » et « groupe lourd » de ce même diplôme obtenues avant le 31 décembre 2019, dans des conditions fixées par un arrêté du ministre chargé de la sécurité routière. Ces mentions correspondent respectivement aux catégories AM, A1, A2 et A et aux catégories C1, C, D1, D, C1E, CE, D1E et DE du permis de conduire.

III. – L'un des titres ou diplômes énumérés ci-après :

1° Pour l'enseignement de la conduite des véhicules terrestres à moteur relevant de la catégorie B, B1 et BE du permis de conduire :

a) Le certificat d'aptitude professionnelle à l'enseignement de la conduite des véhicules terrestres à moteur (CAPEC) ;

b) La carte professionnelle et le certificat d'aptitude professionnelle et pédagogique (CAPP) ;

c) Les titres ou diplômes militaires définis par arrêté conjoint du ministre chargé de la sécurité routière et du ministre de la défense ;

d) Les diplômes d'enseignement de la conduite délivrés par les collectivités d'outre-mer et la Nouvelle-Calédonie ;

2° Pour l'enseignement de la conduite des véhicules correspondant aux mentions précisées au I :

a) Le certificat d'aptitude professionnelle à l'enseignement de la conduite des véhicules terrestres à moteur (CAPEC), pour les personnes ayant subi avec succès la ou les épreuves correspondantes auxdites mentions ;

b) Les titres ou diplômes mentionnés aux *b*, *c* et *d* du 1° du II à la condition que les titulaires aient été en possession, le 1er janvier 1982, des catégories de permis de conduire correspondantes.

IV. – Une qualification professionnelle satisfaisant aux conditions prévues à l'article R. 212-3-1.

V. – Un diplôme d'enseignement de la conduite délivré par un État qui n'est ni membre de l'Union européenne ni partie à l'accord sur l'Espace économique européen et reconnu pour l'exercice de la profession d'enseignant de la conduite automobile et de la sécurité routière par décision du ministre chargé de la sécurité routière.

Art. R. 212-3-1 *(D. n° 2009-1678, 29 déc. 2009 ; mod., D. n° 2012-688, 7 mai 2012 ; D. n° 2016-613, 17 mai 2016)*. – Les personnes ayant acquis leurs qualifications dans un autre État membre de l'Union européenne ou dans un autre État partie à l'accord sur l'Espace économique européen sont réputées satisfaire aux conditions de qualification professionnelle énoncées au 1° du I ou au II de l'article R. 212-2 dans les conditions suivantes :

1° Conditions générales de la reconnaissance :

a) Lorsque l'État dans lequel ont été acquises les qualifications réglemente la profession, le demandeur doit posséder l'attestation de compétences ou le titre de formation prescrit pour exercer la profession dans cet État ;

b) Lorsque l'État dans lequel ont été acquises les qualifications ne réglemente pas la profession, le demandeur doit avoir exercé la profession au cours des dix années précédentes dans un ou plusieurs États membres, un an, consécutif ou non, à temps plein ou pendant une durée totale équivalente, à temps partiel, et posséder au moins une attestation de compétences ou un titre de formation attestant la préparation à l'exercice de cette profession ;

2° Conditions de validité des titres :

Les attestations de compétences ou les titres de formation mentionnés aux *a* et *b* du 1° doivent avoir été délivrés par une autorité compétente de l'État dans lequel ont été acquises les qualifications.

Est assimilé au titre de formation mentionné aux *a* et *b* du 1° tout titre de formation ou ensemble de titres de formation qui :

– a été délivré par une autorité compétente d'un autre État membre de l'Union européenne ou d'un autre État partie à l'accord sur l'Espace économique européen ;

– sanctionne une formation acquise dans l'Union européenne ou dans l'Espace économique européen et reconnue par l'État de délivrance du titre comme étant de niveau équivalent ;

– et confère les mêmes droits d'accès ou d'exercice de la profession, ou prépare à l'exercice de cette profession.

Est également assimilée à un tel titre de formation toute qualification professionnelle qui, sans répondre aux exigences prévues par les dispositions législatives, réglementaires ou administratives de l'État dans lequel ont été acquises les qualifications pour l'accès à la profession ou son exercice, confère à son titulaire des droits acquis en vertu de ces dispositions.

Peuvent également justifier de leur capacité à exercer la profession les personnes qui possèdent un titre permettant son exercice, acquis dans un pays tiers et admis en équivalence dans un État membre de l'Union européenne ou dans un État partie à l'accord sur l'Espace économique européen si cet État réglemente l'exercice de la profession. Elles doivent en outre justifier avoir exercé la profession pendant trois ans dans l'État qui a admis l'équivalence de leur titre ;

3° Mesures de compensation :

Il peut être exigé de la personne qui remplit les conditions fixées aux alinéas précédents qu'elle accomplisse, selon son choix, un stage d'adaptation d'une durée maximum d'un an ou qu'elle se soumette à une épreuve d'aptitude dans l'un des cas suivants :

a) Lorsque la formation qu'elle a reçue porte sur des matières substantiellement différentes de celles que comporte la formation exigée des personnes ayant acquis leurs qualifications en France ;

b) Lorsqu'une ou plusieurs des activités réglementées constitutives de la formation exigée en France n'existent pas dans la profession correspondante dans l'État ayant délivré l'attestation de compétences ou le titre de formation dont elle fait état, et que cette différence est caractérisée par une formation spécifique qui est requise en France et qui porte sur des matières substantiellement différentes de celles couvertes par l'attestation de compétences ou le titre de formation.

Le contenu du stage d'adaptation ou de l'épreuve d'aptitude tient compte des connaissances acquises par le candidat au cours de son expérience professionnelle ou lors de son apprentissage tout au long de la vie.

Par dérogation au deuxième alinéa ci-dessus, le préfet de département peut imposer au demandeur, par une décision motivée, soit le stage d'adaptation soit l'épreuve d'aptitude mentionnés ci-dessus, lesquels doivent intervenir dans les six mois à compter de cette décision.

Le préfet prend sa décision après avoir vérifié les connaissances, les aptitudes et les compétences que le demandeur a acquises au cours de son expérience professionnelle à temps plein ou à temps partiel ou par la voie de l'apprentissage tout au long de la vie, et ayant fait l'objet à cette fin d'une validation en bonne et due forme par un organisme compétent, dans un État membre ou dans un pays tiers.

Les conditions dans lesquelles cette décision du préfet peut intervenir sont précisées par un arrêté du ministre chargé de la sécurité routière.

4° Peuvent s'établir en France, pour y exercer tout ou partie des activités placées sous le régime du III de l'article L. 212-1, les personnes, ressortissant d'un État membre de l'Union européenne ou d'un État partie à l'Espace économique européen :

a) Lorsqu'elles sont titulaires d'une attestation de compétences ou d'un titre de formation requis par l'autorité compétente d'un de ces États pour accéder à ces activités sur son territoire ou les y exercer ;

b) Ou, dans le cas où l'État dont elles sont le ressortissant ne réglemente pas l'exercice des activités en cause, lorsqu'elles peuvent justifier de l'exercice de ces activités à temps plein pendant une durée d'un an ou à temps partiel pendant une durée totale équivalente au cours des dix années précédentes.

Le contenu du stage d'adaptation ou de l'épreuve d'aptitude tient compte des connaissances acquises par le candidat au cours de son expérience professionnelle.

Le candidat est dispensé du stage d'adaptation ou de l'épreuve d'aptitude si les connaissances qu'il a acquises au cours de son expérience professionnelle couvrent l'intégralité de la différence substantielle constatée entre la formation qu'il a reçue et la formation dispensée sur le territoire français et requise pour l'enseignement de la conduite ou l'animation de stages de sensibilisation à la sécurité routière.

Les dispositions fixées au présent article sont précisées par arrêté du ministre chargé de la sécurité routière.

Art. R. 212-3-2 *(D. n° 2009-1678, 29 déc. 2009 ; mod., D. n° 2016-613, 17 mai 2016)*. – Les personnes ayant obtenu la reconnaissance de leurs qualifications professionnelles acquises dans d'autres États ou souhaitant exercer une prestation temporaire et occasionnelle dans les conditions du II de l'article L. 212-1 doivent avoir un niveau de connaissance du français suffisant pour l'exercice de l'activité d'enseignant de la conduite ou d'animateur de stages de sensibilisation à la sécurité routière en France.

Le préfet peut contrôler le respect par les professionnels de cette obligation lorsqu'il existe un doute sérieux et concret sur leur niveau de connaissance du français au regard des activités qu'ils entendent exercer.

Ce contrôle est limité à la connaissance du français et est réalisé après la reconnaissance de la qualification professionnelle de l'intéressé.

Art. R. 212-4 *(Mod., D. n° 2003-642, 11 juill. 2003 ; D. n° 2009-1678, 29 déc. 2009 ; D. n° 2014-1295, 31 oct. 2014 ; mod., D. n° 2016-381, 30 mars 2016)*. – Les autorisations mentionnées à l'article R. 212-2 ne peuvent être délivrées aux personnes qui ont fait l'objet d'une condamnation prononcée par une juridiction française ou par une juridiction étrangère, à une peine criminelle, ou à une peine correctionnelle pour l'une des infractions suivantes :

I. – Délits d'atteinte à la personne humaine prévus par le Code pénal :

- atteinte involontaire à la vie (art. 221-6-1) ;
- atteinte à l'intégrité physique ou psychique de la personne (art. 222-9 à 222-13, 222-14 [3° et 4°], 222-19-1 et 222-20-1, 222-27 à 222-33) ;
- mise en danger de la vie d'autrui (art. 223-1) ;
- trafic de stupéfiants (art. 222-36 [1er alinéa], 222-37 à 222-40) ;
- entrave aux mesures d'assistance et omission de porter secours (art. 223-5 à 223-7) ;
- proxénétisme (art. 225-5 à 225-7, art. 225-10 et 225-11) ;
- provocation de mineur à l'usage illicite de stupéfiants (art. 227-18) ;
- provocation de mineur au trafic de stupéfiants (art. 227-18-1) ;
- provocation de mineur à la consommation habituelle et excessive de boissons alcooliques (art. 227-19) ;
- provocation de mineur à la commission d'un crime ou d'un délit (art. 227-21) ;
- corruption de mineur (art. 227-22) ;

– propositions sexuelles à un mineur de quinze ans en utilisant un moyen de communication électronique (art. 227-22-1) ;

– fixation, enregistrement ou transmission d'images de mineur à caractère pornographique, offre, diffusion, importation, exportation, acquisition ou détention de ces images, consultation d'un service de communication au public en ligne mettant à disposition ces images (art. 227-23) ;

– fabrication, transport, diffusion ou commerce d'un message violent, pornographique ou incitant à se livrer à des jeux dangereux susceptible d'être vu ou perçu par un mineur (art. 227-24) ;

– incitation à la soumission ou à la commission d'une mutilation sexuelle d'un mineur (art. 227-24-1) ;

– atteinte sexuelle sur mineur de quinze ans (art. 227-25 et 227-26) ;

– atteinte sexuelle sur mineur de plus de quinze ans par ascendant ou personne ayant autorité (art. 227-27) ;

– atteinte sexuelle sur mineur de plus de quinze ans par personne abusant de l'autorité que lui confèrent ses fonctions (art. 227-27) ;

– provocation à la commission à l'encontre d'un mineur de l'un des crimes ou délits visés aux articles 222-22 à 222-31, 225-5 à 225-11, 227-22, 227-23 et 227-25 à 227-28 (art. 227-28-3).

II. – Délits d'atteinte aux biens prévus par le Code pénal :

– vol et tentative (art. 311-3 à 311-6 et 311-13) ;

– extorsion et tentative (art. 312-1, 312-2 et 312-9) ;

– escroquerie et tentative (art. 313-1 à 313-4) ;

– abus de confiance (art. 314-1) ;

– détournement de gage ou d'objet saisi (art. 314-5 et 314-6) ;

– organisation frauduleuse de l'insolvabilité (art. 314-7) ;

– recel (art. 321-1 et 321-2) ;

– détérioration de biens et tentative (art. 322-1 à 322-4).

III. – Délits d'atteinte à l'autorité de l'État et à la confiance publique prévus par le Code pénal :

– corruption active et trafic d'influence (art. 433-1 et 433-2) ;

– outrage et rébellion envers une personne dépositaire de l'autorité publique *(Mots aj., D. n° 2018-795, 17 sept. 2018)* ou chargée d'une mission de service public telle que définie aux articles R. 213-4 et D. 221-3, dans l'exercice ou à l'occasion de l'exercice de sa mission (art. 433-5, 433-7 et 433-8) ;

– témoignage mensonger et subornation de témoin (art. 434-13 à 434-15) ;

– violation, par le condamné, des obligations ou interdictions résultant des peines de suspension ou d'annulation du permis de conduire ou refus de restituer celui-ci ou destruction ou détournement d'un véhicule immobilisé (art. 434-41) [...] ;

– faux, usage de faux en écriture et détention de faux documents administratifs (art. 441-1 à 441-3) ;

– établissement d'attestation ou de certificat inexact, après avoir sollicité des offres, dons ou avantages (art. 441-8).

IV. – Délit prévu par la loi du 23 décembre 1901 modifiée réprimant les fraudes dans les examens et concours publics.

V. – Délits prévus par le Code du travail :

– atteinte à l'égalité professionnelle entre les hommes et les femmes (art. L. 1142-1 et L. 1146-1) ;

– fourniture illégale de main d'œuvre (art. L. 8231-1 et L. 8234-1) ;

– prêt de main d'œuvre (art. L. 8241-1 et L. 8243-1) ;

– travail dissimulé (art. L. 8221-1, L. 8221-3 à L. 8221-5, L. 8224-1) ;

– emploi d'étranger en situation irrégulière (art. L. 8251-1, L. 8256-1, L. 8256-2).

VI *(VI mod. D. n° 2015-1537, 25 nov. 2015, art. 4)*. – Délits prévus par le Code de la route :

– délit de fuite, refus d'obtempérer à une sommation d'arrêt, refus d'obtempérer aggravé par la mise en danger d'autrui, refus de se soumettre aux vérifications concernant son véhicule ou sa personne, conduite ou accompagnement sous l'empire d'un état alcoolique ou en état d'ivresse, refus de se soumettre aux vérifications destinées à établir la preuve de l'état alcoolique, conduite ou accompagnement sous l'influence de substances ou plantes classées comme stupéfiants, refus de se soumettre aux vérifications destinées à établir la preuve de la conduite sous l'influence de substances ou plantes classées comme stupéfiants (art. L. 231-1, L. 233-1, L. 233-1-1, L. 233-2, L. 234-1, L. 234-8, L. 235-1 et L. 235-3) ;

– entrave volontaire à la circulation (art. L. 412-1) ;

– usage d'une fausse plaque d'immatriculation, circulation sans plaque d'immatriculation, mise en circulation d'un véhicule muni de plaques inexactes, usurpation de plaques, modification du dispositif de limitation de vitesse par construction des véhicules de transports routiers, absence à bord du véhicule du transport routier de certains documents, destruction ou détournement d'un véhicule confisqué (art. L. 234-12 (III), L. 317-1 à L. 317-4, L. 317-4-1 et L. 325-4) ;

– conduite d'un véhicule sans être titulaire du permis de conduire correspondant à la catégorie du véhicule considéré, conduite d'un véhicule malgré la rétention, l'invalidation, la suspension ou l'annulation du permis de conduire (art. L. 221-2, L. 223-5 et L. 224-16) ;

– enseignement de la conduite des véhicules terrestres à moteur ou animation d'un stage de sensibilisation à la sécurité routière sans autorisation ou en violation d'une mesure de suspension (art. L. 212-4) ;

– exploitation d'un établissement d'enseignement de la conduite des véhicules terrestres à moteur et de la sécurité routière ou de formation des candidats pour l'exercice de la profession d'enseignant ou d'un établissement organisant des stages de sensibilisation à la sécurité routière sans l'agrément ou en violation d'une mesure provisoire de suspension (art. L. 213-6) ;

– emploi d'un enseignant ou d'un animateur non titulaire de l'autorisation prévue à l'article L. 212-1 (art. L. 213-6) ;

– usage du nom d'une personne pour enregistrement, au nom de cette personne, d'une condamnation judiciaire ou d'une décision administrative (art. L. 225-7 et L. 330-6) ;

– usage d'un faux nom ou d'une fausse qualité pour obtenir des renseignements sur un conducteur (art. L. 225-8 et L. 330-7) ;

– délits liés à l'offre ou à la commercialisation de dispositifs ayant pour objet d'augmenter la puissance du moteur d'un cyclomoteur, d'une motocyclette ou d'un quadricycle à moteur (art. L. 317-5 à L. 317-7) ;

– délits liés à l'offre ou à la commercialisation par un professionnel d'un cyclomoteur, d'une motocyclette, d'un tricycle ou d'un quadricycle à moteur soumis à réception et non réceptionné ou qui n'est plus conforme à celle-ci (art. L. 321-1 et L. 321-2) ;

– défaut d'assurance (art. L. 324-2) ;

– obstacle à une mesure d'immobilisation ou à un ordre d'envoi en fourrière (art. L. 325-3-1) ;

– organisation de courses de véhicules à moteur sans autorisation (art. L. 411-7) ;

– récidive de non-respect des distances de sécurité entre deux véhicules dans un tunnel (art. L. 412-2) ;

– grand excès de vitesse en récidive (art. L. 413-1) ;

– délits liés à l'offre ou à la commercialisation de dispositifs destinés à déceler la présence ou à perturber le fonctionnement des systèmes de constatation des infractions à la circulation routière (art. L. 413-2 à L. 413-5).

VII. – Délit prévu par le Code de la santé publique :

– usage de manière illicite de l'une des substances ou plantes classées comme stupéfiants (art. L. 3421-1).

Art. R. 212-4-1 *(D. n° 2009-1678, 29 déc. 2009 ; mod., D. n° 2012-688, 7 mai 2012)*. – I. – Pour obtenir le renouvellement quinquennal de l'autorisation d'enseigner la conduite des véhicules à moteur d'une catégorie donnée et la sécurité routière, l'enseignant doit remplir les conditions fixées au I de l'article R. 212-2 et à l'article R. 212-4.

II. – Pour obtenir le renouvellement quinquennal de l'autorisation d'animer les stages de sensibilisation à la sécurité routière, l'animateur doit :

1° Remplir les conditions fixées au II de l'article R. 212-2 et à l'article R. 212-4 ;

2° Justifier d'une attestation de formation continue à l'animation des stages de sensibilisation à la sécurité routière délivrée par le ministre chargé de la sécurité routière.

Un arrêté du ministre chargé de la sécurité routière précise les conditions d'application du présent article.

Art. R. 212-5 *(Mod., D. n° 2009-1678, 29 déc. 2009 ; D. n° 2012-688, 7 mai 2012)*. – En application de l'article L. 212-3, le retrait de l'autorisation d'enseigner la conduite des véhicules terrestres à moteur d'une catégorie donnée et la sécurité routière ou d'animer un stage de sensibilisation à la sécurité routière est prononcé après que l'intéressé a été mis à même de présenter ses observations, par arrêté du préfet du lieu de résidence du titulaire de l'autorisation ou, pour un non-résident, par le préfet du département où il exerce son activité lorsqu'une des conditions prévues pour sa délivrance cesse d'être remplie. La suspension de l'autorisation est prononcée dans les conditions prévues à l'article L. 212-3 par l'autorité préfectorale précitée.

Le procureur de la République transmet copie du procès-verbal visé à l'article L. 212-3 à l'autorité préfectorale susmentionnée.

Un arrêté du ministre chargé de la sécurité routière précise les conditions d'application du présent article.

Art. R. 212-5-1 *(D. n° 2009-1678, 29 déc. 2009 ; mod., D. n° 2016-613, 17 mai 2016).* – À la demande d'une autorité compétente d'un autre État membre de l'Union européenne ou partie à l'accord sur l'Espace économique européen sur le territoire duquel un enseignant de la conduite ou un animateur de stages de sensibilisation à la sécurité routière exécute ou déclare vouloir exécuter une prestation de services, le préfet du département du lieu de résidence de l'enseignant ou de l'animateur communique à cette autorité toutes les informations pertinentes sur la légalité de l'établissement en France du professionnel concerné. Si le professionnel est, à la date de la communication, sous le coup d'une suspension ou d'un retrait d'autorisation, mention en est faite.

Art. R. 212-6 *(Mod., D. n° 2012-688, 7 mai 2012).* – Le brevet d'animateur pour la formation des conducteurs responsables d'infractions (BAFCRI) est délivré par le ministre chargé de la sécurité routière aux personnes ayant subi avec succès les épreuves d'un examen.

Seuls peuvent se présenter à cet examen, en vue de l'obtention de ce brevet, les titulaires du brevet pour l'exercice de la profession d'enseignant de la conduite automobile et de la sécurité routière (BEPECASER) ou d'un titre ou diplôme reconnu équivalent en application de l'article R. 212-3.

L'examen est composé de deux épreuves écrites d'admissibilité et d'une épreuve orale d'admission.

Les épreuves écrites d'admissibilité portent l'une sur la réglementation de la sécurité routière et l'autre sur des éléments d'accidentologie, de pédagogie et de psychologie.

L'épreuve orale d'admission consiste en un entretien destiné à évaluer l'aptitude du candidat à animer un groupe de stagiaires.

Un arrêté du ministre chargé de la sécurité routière précise le contenu détaillé des épreuves et les modalités de l'examen.

CHAPITRE III. – ÉTABLISSEMENTS D'ENSEIGNEMENT

(D. n° 2009-1678, 29 déc. 2009)

Section I. – Établissements d'enseignement à titre onéreux et d'animation des stages de sensibilisation à la sécurité routière

Art. R. 213-1 *(Mod., D. n° 2009-1678, 29 déc. 2009 ; D. n° 2015-1537, 25 nov. 2015).* – Les agréments visés à l'article L. 213-1 sont délivrés pour une durée de cinq ans par le préfet du lieu d'implantation de l'établissement.

Les agréments, ainsi que toutes les mesures affectant leur validité, sont inscrits dans un registre national qui est élaboré et tenu à jour dans les conditions prévues par la loi n° 78-17 du 6 janvier 1978 relative à l'informatique, aux fichiers et aux libertés.

Lorsqu'un exploitant décède ou est dans l'incapacité physique ou légale d'exploiter l'établissement dans l'incapacité d'exploiter l'établissement, suite à une incapacité physique ou une mise sous tutelle ou curatelle, le préfet qui a délivré l'agrément peut maintenir ce dernier, sans qu'il soit justifié de la qualification d'une autre personne, pendant une période maximale d'un an à compter du jour du décès ou de l'incapacité.

Art. R. 213-2 *(Rempl., D. n° 2009-1678, 29 déc. 2009 ; mod., D. n° 2012-688, 7 mai 2012 ; D. n° 2015-1537, 25 nov. 2015 ; D. n° 2017-1518, 31 oct. 2017).* – I. – Pour les exploitants des établissements d'enseignement, à titre onéreux, de la conduite des véhicules à moteur d'une catégorie donnée et de la sécurité routière et pour les exploitants des établissements de formation des candidats à l'un des titres ou diplômes exigés pour l'exercice de la profession d'enseignant de la conduite, l'agrément prévu à l'article L. 213-1 est délivré aux personnes remplissant les conditions suivantes :

1° Ne pas avoir fait l'objet d'une condamnation prononcée par une juridiction française ou par une juridiction étrangère à une peine criminelle ou à une peine correctionnelle pour l'une des infractions prévues à l'article R. 212-4 ;

2° Justifier de la capacité à gérer un tel établissement en étant titulaire :
– soit d'un diplôme d'État ou d'un titre ou diplôme visé ou homologué de l'enseignement supérieur ou technologique d'un niveau égal ou supérieur au niveau III sanctionnant une formation juridique, économique, comptable ou commerciale ou d'un diplôme étranger d'un niveau comparable ;
– soit du certificat de qualification professionnelle de la branche professionnelle des services de l'automobile reconnu par arrêté du ministre chargé de la sécurité routière ;
– soit d'une qualification professionnelle satisfaisant aux conditions définies à l'article R. 213-2-1 ;
3° Être âgé d'au moins vingt-trois ans ;
4° Ne pas avoir fait l'objet dans les trois années précédentes d'un retrait de l'agrément prévu aux articles L. 213-1 et R. 213-1 en raison d'un manquement aux règles régissant l'exercice de l'activité d'exploitant d'un établissement mentionné à l'article L. 213-1. Cette condition s'applique à toute demande présentée sur le territoire national. À cette fin, ce retrait est inscrit dans le registre national mentionné à l'article R. 213-1. Il n'a pas pour effet de mettre fin aux autres agréments dont l'intéressé serait titulaire à la date de ce retrait ;
5° Justifier de garanties minimales concernant les moyens de formation de l'établissement. Ces garanties concernent les locaux, les véhicules, les moyens matériels et les modalités d'organisation de la formation ;
6° Justifier de la qualification des personnels enseignants :
– pour les établissements d'enseignement de la conduite, les enseignants doivent être titulaires de l'autorisation d'enseigner mentionnée à l'article L. 212-1 pour assurer les prestations d'enseignement théorique et pratique ;
– pour les établissements de formation des candidats à l'un des titres ou diplômes exigés pour l'exercice de la profession d'enseignant de la conduite des véhicules à moteur et de la sécurité routière, les personnels enseignants doivent satisfaire à des conditions particulières fixées par un arrêté du ministre chargé de la sécurité routière. Dans chacun de ces établissements un directeur pédagogique est désigné. Il organise et encadre effectivement la formation. Ce directeur doit être titulaire du brevet d'aptitude à la formation des moniteurs (BAFM). Nul ne peut être directeur pédagogique dans plus d'un établissement.

II. – Pour les personnes assurant l'exploitation effective d'au moins un établissement organisant des stages de sensibilisation à la sécurité routière mentionnés aux articles L. 223-6 et R. 223-5 et, le cas échéant, pour les personnes qu'elles désignent nommément pour l'encadrement administratif des stages, à l'exclusion des 5° et 6° pour ces dernières, l'agrément prévu à l'article L. 213-1 est délivré si celles-ci remplissent les conditions suivantes :
1° Ne pas avoir fait l'objet d'une condamnation prononcée par une juridiction française ou par une juridiction étrangère à une peine criminelle ou à une peine correctionnelle pour l'une des infractions prévues à l'article R. 212-4 ;
2° Justifier d'une formation initiale à la gestion technique et administrative d'un établissement agréé pour l'animation des stages de sensibilisation à la sécurité routière ;
3° Être âgé d'au moins vingt-cinq ans ;
4° *(4° abrogé, D. n° 2011-759, 28 juin 2011)* ;
5° Justifier des garanties minimales concernant les moyens de formation de l'établissement. Ces garanties concernent les locaux, les moyens matériels, les modalités d'organisation de la formation et, le cas échéant, les véhicules ;
6° Justifier de la qualification des personnels animateurs qui doivent être titulaires de l'autorisation mentionnée au II de l'article R. 212-2.
Les conditions fixées au présent article sont précisées par arrêté du ministre chargé de la sécurité routière.

Art. R. 213-2-1 *(D. n° 2009-1678, 29 déc. 2009 ; mod., D. n° 2011-759, 28 juin 2011 ; D. n° 2012-688, 7 mai 2012 ; mod., D. n° 2016–613, 17 mai 2016)*. – Pour satisfaire aux conditions de qualifications professionnelles énoncées au 2° du I et au 2° du II de l'article R. 213-2, les personnes ayant acquis leurs qualifications dans un autre État membre de l'Union européenne ou dans un autre État partie à l'accord sur l'Espace économique européen doivent satisfaire aux conditions suivantes :
1° Conditions générales de la reconnaissance :
a) Lorsque l'État dans lequel ont été acquises les qualifications réglemente la profession, le demandeur doit posséder l'attestation de compétences ou le titre de formation prescrit pour exercer la profession dans cet État ;
b) Lorsque l'État dans lequel ont été acquises les qualifications ne réglemente pas la profession, le demandeur doit avoir exercé la profession au cours des dix années précédentes dans cet État, soit à temps

plein pendant deux années continues ou non, soit à temps partiel pendant une durée totale équivalente aux deux années requises sur la base d'un temps plein, et posséder au moins une attestation de compétences ou un titre de formation attestant la préparation à l'exercice de cette profession. La condition relative à l'expérience professionnelle n'est toutefois pas exigée quand le candidat possède un titre sanctionnant une formation réglementée, spécifiquement orientée sur l'exercice de la profession, correspondant au minimum à un cycle d'études secondaires.

2° Conditions de validité des titres :

Les attestations de compétences ou les titres de formation mentionnés aux *a* et *b* du 1° doivent avoir été délivrés par une autorité compétente de l'État dans lequel ont été acquises les qualifications.

Est assimilé au titre de formation mentionné aux *a* et *b* du 1° tout titre de formation ou ensemble de titres de formation qui :

– a été délivré par une autorité compétente d'un autre État membre de la Communauté européenne ou d'un autre État partie à l'accord sur l'Espace économique européen ;

– sanctionne une formation acquise dans la Communauté européenne ou dans l'Espace économique européen et reconnue par l'État de délivrance du titre comme étant de niveau équivalent ;

– et confère les mêmes droits d'accès ou d'exercice de la profession, ou prépare à l'exercice de cette profession.

Est également assimilée à un tel titre de formation toute qualification professionnelle qui, sans répondre aux exigences prévues par les dispositions législatives, réglementaires ou administratives de l'État dans lequel ont été acquises les qualifications pour l'accès à la profession ou son exercice, confère à son titulaire des droits acquis en vertu de ces dispositions.

Peuvent également justifier de leur capacité à exercer la profession les personnes qui possèdent un titre permettant son exercice, acquis dans un pays tiers et admis en équivalence dans un État membre de la Communauté européenne ou dans un État partie à l'accord sur l'Espace économique européen si cet État réglemente l'exercice de la profession. Elles doivent en outre justifier avoir exercé la profession pendant trois ans dans l'État qui a admis l'équivalence de leur titre ;

3° Mesures de compensation :

Il peut être exigé de la personne qui remplit les conditions fixées aux alinéas précédents qu'elle accomplisse, selon son choix, un stage d'adaptation d'une durée maximum d'un an ou qu'elle se soumette à une épreuve d'aptitude dans l'un des cas suivants :

a) Lorsque la formation qu'elle a reçue porte sur des matières substantiellement différentes de celles que comporte la formation exigée des personnes ayant acquis leurs qualifications en France ;

b) Lorsqu'une ou plusieurs des activités réglementées constitutives de la formation exigée en France n'existent pas dans la profession correspondante dans l'État ayant délivré l'attestation de compétences ou le titre de formation dont elle fait état, et que cette différence est caractérisée par une formation spécifique qui est requise en France et qui porte sur des matières substantiellement différentes de celles couvertes par l'attestation de compétences ou le titre de formation.

Le contenu du stage d'adaptation ou de l'épreuve d'aptitude tient compte des connaissances acquises par le candidat au cours de son expérience professionnelle ou lors de son apprentissage tout au long de la vie.

Par dérogation au deuxième alinéa ci-dessus, le préfet de département peut imposer au demandeur, par une décision motivée, soit le stage d'adaptation soit l'épreuve d'aptitude mentionnés ci-dessus, lesquels doivent intervenir dans les six mois à compter de cette décision.

Le préfet prend sa décision après avoir vérifié les connaissances, les aptitudes et les compétences que le demandeur a acquises au cours de son expérience professionnelle à temps plein ou à temps partiel ou par la voie de l'apprentissage tout au long de la vie, et ayant fait l'objet à cette fin d'une validation en bonne et due forme par un organisme compétent, dans un État membre ou dans un pays tiers.

Les conditions dans lesquelles cette décision du préfet peut intervenir sont précisées par un arrêté du ministre chargé de la sécurité routière ;

4° Peuvent s'établir en France, pour y exercer tout ou partie des activités placées sous le régime de l'article L. 213-1-1, les personnes, ressortissant d'un État membre de l'Union européenne ou d'un État partie à l'Espace économique européen :

a) Lorsqu'elles sont titulaires d'une attestation de compétences ou d'un titre de formation requis par l'autorité compétente d'un de ces États pour accéder à ces activités sur son territoire ou les y exercer ;

b) Ou, dans le cas où l'État dont elles sont le ressortissant ne réglemente pas l'exercice des activités en cause, lorsqu'elles peuvent justifier de l'exercice de ces activités à temps plein pendant une durée d'un an ou à temps partiel pendant une durée totale équivalente au cours des dix années précédentes.

Le contenu du stage d'adaptation ou de l'épreuve d'aptitude tient compte des connaissances acquises par le candidat au cours de son expérience professionnelle.

Le candidat est dispensé du stage d'adaptation ou de l'épreuve d'aptitude si les connaissances qu'il a acquises au cours de son expérience professionnelle couvrent l'intégralité de la différence substantielle constatée entre la formation qu'il a reçue et la formation dispensée sur le territoire français et requise pour l'enseignement de la conduite ou l'animation de stages de sensibilisation à la sécurité routière.

Les dispositions fixées au présent article sont précisées par arrêté du ministre chargé de la sécurité routière.

Art. R. 213-2-2 *(Créé, D. n° 2016-613, 17 mai 2016).* – Les personnes ayant obtenu la reconnaissance de leurs qualifications professionnelles acquises dans un autre État membre de l'Union européenne ou dans un État partie à l'Espace économique européen doivent avoir un niveau de connaissance du français suffisant pour l'exercice de l'activité mentionnée au présent chapitre.

Le préfet peut contrôler le respect par les intéressés de cette obligation lorsqu'il existe un doute sérieux et concret sur leur niveau de connaissance du français au regard des activités qu'ils entendent exercer.

Ce contrôle est limité à la connaissance du français et est réalisé après la reconnaissance de la qualification professionnelle de l'intéressé.

Art. R. 213-3 *(Mod., D. n° 2009-1590, 18 déc. 2009 ; D. n° 2014-1295, 31 oct. 2014 ; D. n° 2016-381, 30 mars 2016 ; D. n° 2020-142, 20 févr. 2020).* – I. – Le contrat passé entre le candidat et l'établissement d'enseignement de la conduite, mentionné au premier alinéa de l'article L. 213-2, est conforme au contrat type annexé au décret n° 2020-142 du 20 février 2020 définissant le contrat type d'enseignement de la conduite prévu à l'article L. 213-2 du Code de la route.

Pour chaque catégorie de permis de conduire, un modèle de contrat type est arrêté par le ministre chargé de l'économie, après consultation du conseil national de la consommation.

II. – Le contrat passé entre le candidat et l'établissement, mentionné au quatrième alinéa de l'article L. 213-2, peut prendre la forme d'une convention simplifiée de formation professionnelle ou d'un contrat de formation professionnelle.

Art. R. 213-3-1 *(D. n° 2015-578, 27 mai 2015 ; D. n° 2015-1571, 1er déc. 2015).* – Constituent les frais de transfert interdits en application de l'article L. 213-2, tous frais, quelles que soient leurs dénominations, ou toutes majorations de prix, appliqués spécifiquement par un établissement d'enseignement de la conduite et de la sécurité routière à un candidat précédemment inscrit dans un autre de ces établissements.

Art. R. 213-3-2 *(D. n° 2015-1571, 1er déc. 2015).* – Constituent les frais de présentation interdits en application de l'article L. 213-2 tous frais, quelles que soient leurs dénominations, ou toutes majorations de prix, appliqués spécifiquement par un établissement d'enseignement de la conduite et de la sécurité routière à un candidat au titre de sa présentation à l'une des épreuves du permis de conduire ou dont le paiement est une condition à cette présentation.

Ne constituent des frais de présentation au titre du présent article ni les montants exigés pour la conclusion du contrat prévu à l'article L. 213-2, ni le coût de la formation initiale prévue aux articles L. 211-3 et L. 211-4.

Art. R. 213-3-3 *(D. n° 2015-1571, 1er déc. 2015).* – I. – Constituent les frais d'accompagnement au sens de l'article L. 213-2 tous frais, quelles que soient leurs dénominations, ou toute majoration de prix, appliqués spécifiquement par un établissement d'enseignement de la conduite et de la sécurité routière aux candidats au titre de la présence d'un membre de son personnel lors de l'épreuve ou du transport du candidat sur le site de celle-ci.

II. – Les frais appliqués au titre de l'accompagnement du candidat à l'épreuve sont déterminés préalablement à cette prestation.

Pour la partie pratique, ils couvrent forfaitairement l'ensemble de la charge de l'accompagnement, tant à l'épreuve en circulation que, le cas échéant, à celle hors circulation. Ils ne peuvent excéder les prix appliqués par l'établissement pour les durées de formation suivantes :

- pour le permis des catégories A1, A2, A et BE : une heure et demie ;
- pour le permis des catégories B1 et B : une heure ;
- pour les permis des catégories C1, C, D1 et D : deux heures ;
- pour les permis des catégories C1E, CE, D1E et DE : deux heures et demie.

Ces prix sont calculés en référence au tarif horaire de la formation pratique correspondante.

Art. R. 213-4 *(Mod., D. n° 2009-1678, 29 déc. 2009 ; D. n° 2012-688, 7 mai 2012 ; D. n° 2014-1295, 31 oct. 2014).* – Les programmes de formation prévus à l'article L. 213-4 sont définis par arrêtés du ministre chargé de la sécurité routière. Ils incluent notamment une sensibilisation aux comportements à adopter en cas d'accident, aux premiers secours à apporter aux victimes et aux risques encourus par les usagers vulnérables ainsi qu'à l'impact écologique et économique des déplacements. Les délégués et inspecteurs du permis de conduire et de la sécurité routière ou les agents publics qualifiés et spécialement habilités par un arrêté du ministre chargé de la sécurité routière procèdent au contrôle de l'application des programmes de formation et du respect des obligations mises à la charge du titulaire de l'agrément par le présent code.

Les agents des services de l'État chargés des procédures d'agrément de ces établissements peuvent également procéder à des contrôles administratifs.

Indépendamment de ces contrôles, des audits pédagogiques des établissements agréés pour l'organisation des stages de sensibilisation à la sécurité routière peuvent être opérés par tout expert autorisé par le ministre chargé de la sécurité routière.

Art. R. 213-5. – *(Mod., D. n° 2009-1678, 29 déc. 2009)* Le retrait des agréments mentionnés à l'article L. 213-1 est prononcé par le préfet du lieu d'implantation de l'établissement lorsqu'une des conditions prévues pour leur délivrance cesse d'être remplie ou en cas de cessation d'activité. Le retrait est prononcé après que l'intéressé a été mis à même de présenter ses observations. La suspension des agréments est prononcée, dans les conditions prévues par l'article L. 213-5, par l'autorité préfectorale précitée.

Le procureur de la République transmet copie du procès-verbal visé à l'article L. 213-5 au préfet du lieu d'implantation de l'établissement.

Art. R. 213-6 *(Rempl., D. n° 2009-1678, 29 déc. 2009 ; D. n° 2012-688, 7 mai 2012 ; D. n° 2017-1518, 31 oct. 2017).* – Lors du renouvellement quinquennal de l'agrément mentionné à l'article L. 213-1, l'exploitant doit :

1° Remplir les conditions fixées aux 1°, 4°, 5° et 6° du I ou du II de l'article R. 213-2, selon l'activité exercée ;

2° Justifier d'une formation attestant de la réactualisation de ses connaissances professionnelles dans le domaine spécifique de l'activité exercée ;

3° Justifier, en outre, pour les personnes désignées nommément par l'exploitant pour l'encadrement administratif des stages de sensibilisation à la sécurité routière, d'une attestation de réactualisation de leurs connaissances professionnelles dans ce domaine spécifique.

Les conditions fixées au présent article sont précisées par arrêté du ministre chargé de la sécurité routière.

Section II. – Enseignement de la conduite et de la sécurité routière par les associations d'insertion ou de réinsertion sociale ou professionnelle

Art. R. 213-7. – Les associations d'insertion ou de réinsertion sociale ou professionnelle mentionnées à l'article L. 213-7 ont pour objet de faciliter l'insertion ou la réinsertion des personnes citées au 3° de l'article R. 213-8 en s'appuyant notamment sur la formation à la conduite et à la sécurité routière. Ces associations mettent en œuvre des modalités spécifiques d'accueil, d'accompagnement et de suivi social et professionnel.

Art. R. 213-8 *(D. n° 2012-688, 7 mai 2012).* – La délivrance de l'agrément aux associations mentionnées à l'article L. 213-7 est subordonnée à l'ensemble des conditions suivantes ;

1° Être déclarée conformément à l'article 5 de la loi du 1er juillet 1901 susvisée relative au contrat d'association et soit être partie à une convention signée avec l'État, une collectivité locale, un établissement public ou une association chargée d'une mission de service public, soit être bénéficiaire d'une aide attribuée par une des personnes morales précitées, pour des actions parmi lesquelles l'apprentissage de la conduite et de la sécurité routière constitue un des moyens de l'insertion ou de la réinsertion sociale ou professionnelle ;

2° S'adresser exclusivement à des personnes qui relèvent soit des dispositifs d'insertion, soit de situation de marginalité ou de grande difficulté sociale, soit d'une prise en charge au titre de l'aide sociale ;

3° Ne recourir pour les prestations d'enseignement de la conduite théorique et pratique qu'à des titulaires de l'autorisation d'enseigner qui remplissent les conditions prévues par l'article R. 212-2 ;

4° Dispenser un enseignement conforme au programme de formation de l'enseignement de la conduite et de la sécurité routière visé à l'article R. 213-4 ;

5° Justifier de garanties minimales concernant les moyens de l'établissement. Ces garanties concernent les locaux, les véhicules, les moyens matériels. Ces garanties sont fixées par un arrêté du ministre chargé de la sécurité routière ;

6° Remplir les conditions prévues à l'article R. 213-2 (1°). Ces conditions sont exigées du président et de toute personne qu'il a, le cas échéant, dûment mandatée pour encadrer l'activité réglementée au présent chapitre.

Art. R. 213-9 *(Mod., D. n° 2012-688, 7 mai 2012).* – L'agrément est délivré, retiré ou suspendu dans les conditions fixées aux articles R. 213-1 et R. 213-5.

En outre, l'association agréée est tenue de présenter annuellement au préfet du département dans lequel elle dispense la formation mentionnée à l'article R. 213-7 un rapport d'activité. Ce rapport doit porter sur les activités de l'association pour l'insertion ou la réinsertion sociale ou professionnelle et préciser en particulier les actions entreprises pour la formation à la conduite et à la sécurité routière des publics concernés. Un arrêté du ministre chargé de la sécurité routière précise les conditions d'application du présent alinéa.

CHAPITRE IV. – CONSEIL SUPÉRIEUR DE L'ENSEIGNEMENT DE LA CONDUITE AUTOMOBILE ET DE L'ORGANISATION DE LA PROFESSION (CSECAOP)

(Implicitement rempl., D. n° 2009-1182, 5 oct. 2009)

Art. D. 214-1 *(Mod., D. n° 2011-570, 24 mai 2011 ; D. n° 2016-815, 17 juin 2016).* – Le Conseil supérieur de l'éducation routière est placé auprès du ministre chargé de la sécurité routière, qui peut le saisir de toute question relative à l'éducation routière, notamment l'apprentissage de la conduite, le permis de conduire et l'organisation des professions.

Le Conseil supérieur de l'éducation routière assure le suivi, l'observation et l'évaluation statistique des conditions d'accès au permis de conduire sur l'ensemble du territoire national. Il élabore un rapport public annuel.

Le Conseil supérieur de l'éducation routière peut présenter toutes propositions dans le domaine de l'éducation routière.

Art. D. 214-2 *(Mod., D. n° 2011-570, 24 mai 2011 ; D. n° 2016-815, 17 juin 2016 ; D. n° 2016-1377, 12 oct. 2016).* – Le Conseil supérieur de l'éducation routière comprend :

1° Deux parlementaires :

– un sénateur et un député désignés par leurs assemblées respectives ;

2° Cinq représentants de l'État :

– le délégué à la sécurité et à la circulation routières ou son représentant. Il préside ce conseil ;

– le vice-président du Conseil général de l'environnement et du développement durable ou son représentant ;

– le directeur général de l'enseignement scolaire ou son représentant ;

– le directeur général de la concurrence, de la consommation et de la répression des fraudes ou son représentant ;

– le directeur général du travail ou son représentant ;

3° Un représentant de chacune des organisations syndicales d'employeurs et de salariés du secteur de l'enseignement de la conduite et de la sécurité routière, représentatives au niveau de la branche professionnelle au sens des articles L. 2122-5 et L. 2152-1 du Code du travail ;

4° Un représentant de chacune des organisations syndicales représentatives des inspecteurs du permis de conduire et de la sécurité routière et des délégués au permis de conduire et à la sécurité routière ;

5° Deux représentants des consommateurs désignés sur proposition des organisations de consommateurs et après avis du ministre chargé de la consommation ;

6° Un représentant des jeunes désigné sur proposition du ministre chargé de la jeunesse ;

7° Un représentant des associations œuvrant pour la sécurité routière désigné par le ministre chargé de la sécurité routière ;

8° Un représentant des assureurs désigné sur proposition du ministre chargé de l'économie ;

9° Un représentant des éditeurs pédagogiques spécialisés dans l'éducation routière désigné par le ministre chargé de la sécurité routière ;

10° Un représentant des concepteurs de simulateurs de conduite désigné par le ministre chargé de la sécurité routière ;

11° Quatre personnalités qualifiées choisies en raison de leurs activités professionnelles ou de leurs travaux en matière d'éducation routière désignées par le ministre chargé de la sécurité routière.

Les membres du Conseil supérieur mentionnés aux 3°, 4°, 5°, 6°, 7°, 8°, 9°, 10° et 11° sont nommés par arrêté du ministre chargé de la sécurité routière pour une durée de cinq ans.

Art. D. 214-3 *(Mod., D. n° 2011-570, 24 mai 2011).* – Le président du Conseil supérieur de l'éducation routière est nommé par arrêté du ministre chargé de la sécurité routière, parmi les membres du conseil.

Art. D. 214-4 *(Mod., D. n° 2011-570, 24 mai 2011).* – Le Conseil supérieur de l'éducation routière siège au moins deux fois par an. Il peut être convoqué à tout moment par le président du conseil ou à la demande de la moitié au moins de ses membres.

Le Conseil supérieur de l'éducation routière établit son règlement intérieur, qui est approuvé par arrêté du ministre chargé de la sécurité routière.

Art. D. 214-5 *(Mod., D. n° 2009-1182, 5 oct. 2009, D. n° 2017-667, 27 avr. 2017).* – Le secrétariat du Conseil supérieur de l'éducation routière est assuré par la délégation à la sécurité routière.

Art. D. 214-6 à D. 214-8 *(Implicitement abr., D. n° 2009-1182, 5 oct. 2009).*

TITRE II. – PERMIS DE CONDUIRE

CHAPITRE I. – VÉRIFICATION D'APTITUDE – DÉLIVRANCE ET CATÉGORIES

Section I. – Dispositions générales

Art. R. 221-1 *(D. n° 2016-347, 22 mars 2016).* – I. – Le permis de conduire un véhicule terrestre à moteur s'obtient soit après réussite à l'examen du permis de conduire, soit après conversion d'un brevet militaire de conduite français, soit après échange d'un permis de conduire étranger, soit après réussite à une formation dispensée à cette fin ou validation d'un diplôme ou d'un titre professionnel délivrés à cette fin en France.

Les titres mentionnés à l'article L. 221-1 qui sont assimilés au permis de conduire lorsque celui-ci n'est pas exigé pour la conduite d'un véhicule à moteur, comprennent notamment le certificat d'examen du permis de conduire, l'attestation de suivi de la formation requise pour la conduite des véhicules de types L5e et L6e pour les personnes nées après le 31 décembre 1987 et le récépissé de déclaration de perte ou de vol d'un permis de conduire.

II. – Toute personne sollicitant un permis de conduire, national ou international, doit justifier de sa résidence normale ainsi que, le cas échéant, de son droit au séjour en France ou, pour les élèves et étudiants étrangers titulaires d'un titre de séjour ou d'un visa long séjour valant titre de séjour validé par l'office français de l'immigration et de l'intégration correspondant à leur statut, de la poursuite de leurs études en France depuis au moins six mois en France à la date de leur demande de permis de conduire.

III. – On entend par résidence normale le lieu où une personne demeure habituellement, c'est-à-dire pendant au moins 185 jours par année civile, en raison d'attaches personnelles et professionnelles, ou, dans le cas d'une personne sans attaches professionnelles, en raison d'attaches personnelles révélant des liens étroits entre elle-même et l'endroit où elle demeure.

Toutefois, la résidence normale d'une personne dont les attaches personnelles sont situées en France mais qui est établie à l'étranger pour y poursuivre ses études, une formation, un stage ou pour l'exécution d'une mission d'une durée déterminée, se situe en France.

Art. R. 221-1-1 *(D. n° 2016-347, 22 mars 2016)*. – I. – Nul ne peut conduire un véhicule ou un ensemble de véhicules pour la conduite duquel le permis de conduire est exigé par le présent code, s'il n'est titulaire de la catégorie correspondante du permis de conduire en état de validité et s'il ne respecte les restrictions d'usage mentionnées sur ce titre.

Par dérogation à l'article R. 110-1, ces dispositions sont également applicables à la conduite sur les voies non ouvertes à la circulation publique, sauf dans le cas prévu à l'article R. 221-16.

I *bis*. – La durée de validité des titres attestant de la qualité de titulaire du permis de conduire est limitée ainsi qu'il suit :

1° Les permis de conduire comportant les catégories A1, A2, A, B, B1 et BE du permis de conduire ont une durée de validité de quinze ans à compter de leur délivrance, sous réserve des dispositions de l'article R. 221-10 ;

2° Sous la même réserve, les permis de conduire comportant les catégories C, CE, CI, C1E, D, DE, DI et DIE ont une durée de validité de cinq ans.

La date limite de validité est inscrite sur le titre de conduite.

Les conditions de renouvellement des titres attestant de la qualité de titulaire du permis de conduire sont fixées par arrêté du ministre chargé de la sécurité routière.

II. – Le permis de conduire est délivré à tout candidat qui a satisfait aux épreuves d'examen prévues au présent chapitre par le préfet du département de sa résidence ou par le préfet du département dans lequel ces épreuves ont été subies.

III. – Le fait de conduire un véhicule sans respecter les conditions de validité ou les restrictions d'usage du permis de conduire est puni de l'amende prévue pour les contraventions de la quatrième classe.

IV. – L'immobilisation du véhicule peut être prescrite dans les conditions prévues aux articles L. 325-1 à L. 325-3.

V. – Toute personne coupable de l'une des infractions prévues au présent article encourt également les peines complémentaires suivantes :

1° La suspension, pour une durée de trois ans au plus, du permis de conduire, cette suspension pouvant être limitée à la conduite en dehors de l'activité professionnelle ;

2° L'interdiction de conduire certains véhicules terrestres à moteur, y compris ceux pour la conduite desquels le permis de conduire n'est pas exigé, pour une durée de trois ans au plus ;

3° L'obligation d'accomplir, à ses frais, un stage de sensibilisation à la sécurité routière.

VI. – La contravention prévue au III donne lieu de plein droit à la réduction de trois points du permis de conduire.

Art. R.* 221-2 *(D. n° 2001-250, 22 mars 2001)*. – Le préfet peut autoriser un sous-préfet d'arrondissement à délivrer un permis de conduire à une personne non domiciliée dans cet arrondissement, lorsque cette dérogation est de nature à améliorer sensiblement le service rendu à l'usager.

Art. D. 221-3 *(Anc. art. R. 221-3 mod. et dénum. à compter du 19 janvier 2013, D. n° 2011-1475, 9 nov. 2011 ; mod., D. n° 2016-723, 31 mai 2016)*. – Les examens du permis de conduire susvisés comportent une épreuve théorique et une épreuve pratique qui se déroulent dans les conditions et selon les modalités fixées par arrêté du ministre chargé de la sécurité routière.

Par exception aux dispositions de ce premier alinéa : l'épreuve pratique de la catégorie A est remplacée par le suivi d'une formation dispensée par un établissement ou une association agréés au titre de l'article L. 213-1 ou L. 213-7 pour les titulaires de la catégorie A2 depuis deux ans au moins.

Les examens organisés en vue de l'obtention du permis de conduire comprennent notamment une interrogation sur les effets de l'absorption de l'alcool ou d'autres substances modificatives du comportement des conducteurs.

Le permis de conduire à l'exception de la catégorie A obtenue dans les conditions définies au deuxième alinéa du présent article est délivré sur l'avis favorable soit d'un inspecteur du permis de conduire et de la sécurité routière, soit d'un agent public appartenant à une des catégories fixées par arrêté.

Il n'est valable pour les catégories autres que celles qu'il vise expressément que dans les conditions définies aux articles R. 221-7 à R. 221-9.

Le ministre chargé de la sécurité routière fixe par arrêtés les conditions et modalités d'application du présent article.

Art. D. 221-3-1 *(Abr., D. n° 2016-516, 26 avr. 2016).*

....

Section II. – Organisation des épreuves par l'autorité administrative

(Crée, D. n° 2016-516, 26 avr. 2016)

Art. R. 221-3-1 *(Créé, D. n° 2016-516, 26 avr. 2016).* – L'autorité administrative organise directement les épreuves du permis de conduire suivantes :

1° L'épreuve théorique générale, en cas de carence de l'offre proposée dans les conditions prévues à la section 3 par les organismes agréés en application de l'article L. 221-4 ;

2° Les sessions spécialisées pour l'épreuve théorique générale mentionnées à l'article R. 221-3-2 ;

3° Toute autre épreuve du permis de conduire.

Art. R. 221-3-2 *(Créé, D. n° 2016-516, 26 avr. 2016).* – Des sessions spécialisées sont organisées par l'autorité administrative pour des publics particuliers ne pouvant pas se présenter aux épreuves théorique et pratique de l'examen du permis de conduire dans les mêmes conditions que les autres candidats.

Les modalités d'organisation de ces sessions sont fixées par arrêté du ministre chargé de la sécurité routière.

La fréquence de ces sessions est décidée par le préfet dans le respect des seuils minimaux fixés par l'arrêté mentionné au précédent alinéa.

Si l'organisation d'une session spécialisée implique le recours à une traduction, la durée totale de l'épreuve théorique est fixée à une heure trente pour permettre la bonne compréhension des candidats, dont le nombre ne peut excéder dix.

Art. R. 221-3-3 *(Créé à compter du 1er juin 2016, D. n° 2016-516, 26 avr. 2016).* – Le passage de l'épreuve théorique générale organisée par l'autorité administrative donne lieu à la perception d'une redevance pour service rendu dont le montant est fixé par arrêté conjoint des ministres chargés des finances, de l'économie et de la sécurité routière. Cette redevance couvre, au plus, toutes les prestations nécessaires à un unique passage de cette épreuve, y compris l'inscription et la remise de l'attestation de résultat.

Cette redevance est acquittée préalablement à l'inscription à l'examen, par paiement dématérialisé, selon des modalités fixées par l'arrêté mentionné au premier alinéa.

Cet arrêté prévoit également les cas de dispense de paiement de cette redevance par les usagers dont l'insertion sociale est conditionnée par l'obtention du permis de conduire.

Sous réserve des dispositions du précédent alinéa, l'inscription à l'examen est subordonnée au paiement de cette redevance.

Section III. – Organisation des épreuves par les organismes agréés

(Crée, D. n° 2016-516, 26 avr. 2016)

Art. R. 221-3-4 *(Créé, D. n° 2016-516, 26 avr. 2016).* – I. – Les personnes pouvant organiser l'épreuve théorique générale du permis de conduire mentionnées au 1° de l'article L. 221-4 sont agréées par le ministre chargé de la sécurité routière pour une durée de dix ans renouvelable.

II. – La demande d'agrément mentionne l'identité du demandeur et son statut juridique. Elle justifie de sa capacité à respecter les conditions définies aux articles R. 221-3-6 à R. 221-3-9 et dans le cahier des charges prévu à l'article L. 221-7.

Le silence gardé pendant quatre mois sur une demande vaut décision d'acceptation.

III. – Si la personne agréée souhaite cesser son activité, elle notifie cette intention au ministre chargé de la sécurité routière quatre mois au moins avant l'arrêt de l'exploitation.

Art. R. 221-3-5 *(Créé, D. n° 2016-516, 26 avr. 2016).* – I. – L'ouverture de chaque site d'examen est subordonnée à une déclaration préalable, renouvelable tous les cinq ans, auprès du préfet du département où est situé le site. À Paris, cette déclaration est adressée au préfet de police.

II. – La déclaration par l'organisateur comprend :

1° Une copie de la décision d'agrément ou, le cas échéant, de la demande ayant donné naissance à une décision d'acceptation implicite conformément à l'article L. 231-1 du Code des relations entre le public et l'administration ;

2° La localisation du site, les heures d'ouverture et le nombre de places d'examen qui y seront proposées ;

3° Lorsque l'exploitation du site est confiée par l'organisateur agréé à une entité juridique différente, son identité et son statut juridique.

III. – L'arrêt d'exploitation d'un site ou la réduction du nombre de places offertes sont soumis à déclaration dans les mêmes conditions que l'ouverture d'un site. L'arrêt d'exploitation peut être refusé s'il conduit à la méconnaissance par l'organisateur agréé des obligations d'accès prévues par l'article R. 221-3-8 ou des textes pris pour son application.

Art. D. 221-3-6 *(Créé, D. n° 2016-516, 26 avr. 2016)*. – L'organisateur agréé organise le passage de l'examen à un prix identique toutes taxes comprises pour tous les candidats, quel que soit le site, sans imposer d'autres conditions que celles requises pour l'inscription. Ce prix couvre toutes les prestations nécessaires à un unique passage de l'épreuve théorique générale, y compris l'inscription et la remise de l'attestation de résultat, à l'exclusion de tout autre produit ou service.

Ce prix est arrêté conjointement par le ministre chargé de l'économie et par le ministre chargé de la sécurité routière en fonction des coûts supportés par les organisateurs, du nombre total de candidats et des obligations d'accès prévues à l'article R. 221-3-8.

L'achat de ces prestations ne peut être conditionné à celui d'autres produits ou services, ni être la condition de l'octroi d'un avantage commercial pour d'autres produits ou services.

Art. R. 221-3-7 *(Créé, D. n° 2016-516, 26 avr. 2016)*. – L'organisateur agréé assure l'égal accès des candidats aux épreuves qu'il organise, indépendamment des conditions dans lesquelles ceux-ci ont été formés et des établissements qui leur ont délivré cette formation.

Art. R. 221-3-8 *(Créé, D. n° 2016-516, 26 avr. 2016)*. – L'organisateur agréé assure, dans les conditions prévues au présent article, l'accès des candidats à des sites d'examen sur le territoire de chaque département métropolitain et de chacune des collectivités suivantes : Guadeloupe, Guyane, Martinique, La Réunion, Mayotte et Saint-Pierre-et-Miquelon.

Cet accès est assuré à des dates et horaires qu'il détermine et qui sont proposés aux candidats à la réservation en ligne.

Une session ne peut être annulée que si aucun candidat ne s'est inscrit sept jours avant la date programmée.

L'arrêté prévu à l'article D. 221-3-6 peut, pour chacun des territoires mentionnés au premier alinéa et en fonction du nombre d'examens qui y sont passés, de sa population et de sa superficie, préciser le nombre minimal de places à proposer et imposer la présence de sites dans certaines zones qui, sans cela, risqueraient de ne pas être desservies. Pour les territoires où la demande est faible, cet arrêté peut prévoir que les obligations de couverture peuvent être remplies conjointement par plusieurs des organisateurs agréés.

Dans un délai d'un an à compter de la date de son agrément, l'organisateur agréé est tenu d'assurer l'accès aux prestations précisées à l'article D. 221-3-6, dans les conditions prévues au présent article et par l'arrêté mentionné au quatrième alinéa. En cas de modification des obligations d'accès prévues par cet arrêté, ce dernier fixe un délai, qui ne peut pas être inférieur à six mois, pour leur prise en compte par les organisateurs déjà agréés. Cet arrêté peut fixer des obligations de couverture intermédiaires pendant ces périodes transitoires.

Art. R. 221-3-9 *(Créé, D. n° 2016-516, 26 avr. 2016)*. – I. – La personne qui assure la direction permanente et effective de l'activité pour le compte de l'organisateur agréé ne doit pas avoir fait l'objet d'une condamnation prononcée par une juridiction française ou par une juridiction étrangère à une peine criminelle ou à une peine correctionnelle pour l'une des infractions prévues à l'article R. 212-4 ou avoir assuré la direction de l'activité pour le compte d'un organisateur dont l'agrément a été retiré en application de l'article L. 221-9 dans les cinq années qui précèdent.

II. – L'organisateur agréé n'est lié, au sens du II de l'article 19 de l'ordonnance n° 2015-899 du 23 juillet 2015 relative aux marchés publics, à aucun établissement d'enseignement de la conduite et de la sécurité routière et à aucune entreprise commercialisant des produits pédagogiques dans le domaine de l'enseignement de la conduite et de la sécurité routière.

III. – L'activité d'un site d'examen s'exerce dans des locaux n'abritant aucune activité en lien avec l'enseignement de la conduite et ne communiquant avec aucun local abritant une telle activité.

Art. R. 221-3-10 *(Créé, D. n° 2016-516, 26 avr. 2016)*. – I. – Pour l'application du présent article, le qualificatif « examinateur » désigne toute personne du site d'examen intervenant pour le passage de l'épreuve.

II. – L'examinateur ne doit pas avoir fait l'objet d'une condamnation prononcée par une juridiction française ou par une juridiction étrangère à une peine criminelle ou à une peine correctionnelle pour l'une des infractions prévues à l'article R. 212-4.

III. – L'examinateur dispose des compétences nécessaires au bon déroulement de l'épreuve, y compris la gestion des incidents.

IV. – L'examinateur ne peut pas superviser les personnes suivantes :

1° Son conjoint ou son partenaire d'un pacte civil de solidarité ;

2° Ses ascendants et ses descendants au premier degré ;

3° Ses collatéraux au deuxième degré.

V. – L'examinateur n'exerce pas et n'a pas exercé, depuis trois ans, d'activité dans un établissement d'enseignement de la conduite et de la sécurité routière ou dans une entreprise commercialisant des produits pédagogiques dans le domaine de l'enseignement de la conduite et de la sécurité routière.

Art. R. 221-3-11 *(Créé, D. n° 2016-516, 26 avr. 2016)*. – Les organisateurs agréés :

1° Publient sur leur site internet la liste des sites d'examen déclarés et pour chacun d'entre eux le nombre de places proposées ;

2° Recueillent les données transmises par le ministre chargé de la sécurité routière pour l'organisation de l'épreuve, notamment les questionnaires soumis aux candidats ;

3° Vérifient auprès du ministre chargé de la sécurité routière l'éligibilité du candidat à passer l'épreuve ;

4° Transmettent au ministre chargé de la sécurité routière les réponses des candidats ;

5° Communiquent aux candidats le résultat transmis par le ministre chargé de la sécurité routière ;

6° S'assurent du respect par les examinateurs des garanties mentionnées à l'article R. 221-3-10 et du respect, pour chaque site, du cahier des charges prévu à l'article L. 221-7 ;

7° Transmettent annuellement au ministre chargé de la sécurité routière et au ministre chargé de l'économie un rapport d'exploitation qui comprend, pour chaque site, le nombre de places proposées et celui des examens effectivement organisés ;

8° Communiquent au ministre chargé de la sécurité routière ou au ministre chargé de l'économie, sur sa demande, toute autre information statistique relative à l'exploitation des sites d'examen.

Art. R. 221-3-12 *(Créé, D. n° 2016-516, 26 avr. 2016)*. – Le ministre chargé de la sécurité routière :

1° Approuve par arrêté le cahier des charges prévu à l'article L. 221-7, lequel énonce :

a) Les moyens matériels et techniques nécessaires à la réalisation des examens de l'épreuve théorique générale du permis de conduire ;

b) Les conditions dans lesquelles l'organisateur agréé s'assure du respect par les examinateurs des garanties mentionnées à l'article L. 221-8 ;

c) Les conditions dans lesquelles l'organisateur agréé s'assure du respect du cahier des charges pour chaque site d'examen ;

2° Est chargé du contrôle de l'application de ce cahier des charges ;

3° Élabore les questionnaires soumis aux candidats et les communique aux organisateurs agréés ;

4° Recueille et corrige les réponses des candidats et transmet le résultat aux organisateurs agréés.

Art. R. 221-3-13 *(Créé, D. n° 2016-516, 26 avr. 2016)*. – Pour l'application de l'article L. 221-7, les locaux auxquels l'autorité administrative a accès comprennent :

1° Les sites d'examen ;

2° Tout autre lieu où est entreposé le matériel nécessaire à l'organisation de l'examen à l'exception des locaux d'habitation des examinateurs.

Art. R. 221-3-14 *(Créé, D. n° 2016-516, 26 avr. 2016)*. – I. – Les données personnelles collectées par l'organisateur agréé pour l'inscription du candidat sont celles qui sont strictement nécessaires à l'organisation de l'examen.

II. – Le numéro d'enregistrement préfectoral harmonisé et le résultat de l'épreuve ne peuvent être conservés par l'organisateur agréé au-delà du délai nécessaire au contrôle de l'application du cahier des charges prévu à l'article L. 221-7. Ils ne donnent lieu à aucune utilisation ou diffusion à des tiers autres que l'autorité administrative.

Art. R. 221-3-15 *(Créé, D. n° 2016-516, 26 avr. 2016).* – Les déclarations de sites d'examen ainsi que toutes les mesures affectant leur validité sont inscrites dans un registre national, élaboré et tenu à jour dans les conditions prévues par la loi n° 78-17 du 6 janvier 1978 relative à l'informatique, aux fichiers et aux libertés.

Art. R. 221-3-16 *(Créé, D. n° 2016-516, 26 avr. 2016).* – I. – En cas de méconnaissance, pour un site d'examen déclaré, de l'une des obligations prévues à l'article R. 221-3-7, au III de l'article R. 221-3-9, à l'article R. 221-3-10 ou par le cahier des charges prévu à l'article L. 221-7, le préfet, après avoir mis l'organisateur agréé en mesure de présenter ses observations, peut suspendre, pour une durée maximale de six mois, l'exploitation de ce site.

II. – En cas de méconnaissance grave ou répétée, pour un site d'examen déclaré, de l'une des obligations prévues à l'article R. 221-3-7, au III de l'article R. 221-3-9, à l'article R. 221-3-10 ou par le cahier des charges prévu à l'article L. 221-7, le préfet, après avoir mis l'organisateur agréé en mesure de présenter ses observations, peut mettre fin à l'exploitation du site.

III. – En cas de non-respect des obligations de couverture prévues par l'article R. 221-3-8 ou par ses textes d'application, le ministre chargé de la sécurité routière, après avoir mis l'organisateur agréé en mesure de présenter ses observations, peut suspendre pour une durée maximale de six mois l'exploitation d'un ou plusieurs de ses sites d'examen. Cette mesure de suspension porte sur des sites situés dans des territoires autres que ceux où la défaillance a été constatée. Elle respecte les conditions suivantes :

1° Le nombre de places d'examen proposées par les sites dont l'exploitation est suspendue ne peut excéder le double du déficit de places dans les territoires où les obligations de couverture ne sont pas remplies ;

2° La suspension ne place pas l'organisateur agréé en situation de manquement à ses obligations de couverture dans le territoire concerné.

IV. – Les compétences prévues par le présent article sont exercées à Paris par le préfet de police.

Art. R. 221-3-17 *(Créé, D. n° 2016-516, 26 avr. 2016).* – Est puni de l'amende prévue pour les contraventions de la 5e classe le fait :

1° D'organiser un examen de l'épreuve théorique générale sans disposer de l'agrément prévu à l'article L. 221-4 ou lorsque ce dernier a été suspendu ;

2° D'organiser un examen de l'épreuve théorique générale dans un site dont l'exploitation n'a pas été déclarée conformément à l'article R. 221-3-5 ou dont l'exploitation a été suspendue ;

3° Pour un examinateur, de superviser un examen de l'épreuve théorique générale en infraction à l'article R. 221-3-10 ;

4° De contrevenir aux dispositions de l'article R. 221-3-14.

Section IV. – Catégories de permis

(Division créée, D. n° 2016-516, 26 avr. 2016)

Art. R. 221-4 *(Rempl. à compter du 19 janv. 2013, D. n° 2011-1475, 9 nov. 2011 et D. n° 2013-58, 17 janv. 2013 ; D. n° 2014-1295, 31 oct. 2014).* – I. – Les différentes catégories du permis de conduire énoncées ci-dessous autorisent la conduite des véhicules suivants :

Catégorie A1 :

Motocyclettes avec ou sans side-car, d'une cylindrée maximale de 125 cm^3, d'une puissance n'excédant pas 11 kilowatts et dont le rapport puissance/poids ne dépasse pas 0,1 kilowatt par kilogramme ;

Tricycles à moteur d'une puissance maximale de 15 kilowatts.

Catégorie A2 :

Motocyclettes avec ou sans side-car d'une puissance n'excédant pas 35 kilowatts et dont le rapport puissance/poids n'excède pas 0,2 kilowatt par kilogramme. La puissance ne peut résulter du bridage d'un véhicule développant plus de 70 kW.

Catégorie A :

Motocyclettes avec ou sans side-car ;

Tricycles à moteur d'une puissance supérieure à 15 kilowatts.

Catégorie B1 :

Véhicules de la catégorie L7e.

Catégorie B :

Véhicules automobiles ayant un poids total autorisé en charge (PTAC) qui n'excède pas 3,5 tonnes, affectés au transport de personnes ou de marchandises, conçus et construits pour le transport de huit passagers au maximum non compris le conducteur ainsi que les véhicules qui peuvent être assimilés aux véhicules précédents et dont la liste est fixée par arrêté du ministre chargé de la sécurité routière.

Véhicules mentionnés à l'alinéa précédent attelés d'une remorque lorsque le poids total autorisé en charge (PTAC) de la remorque est inférieur ou égal à 750 kilogrammes.

Mêmes véhicules attelés d'une remorque lorsque le poids total autorisé en charge (PTAC) de la remorque est supérieur à 750 kilogrammes, sous réserve que la somme des poids totaux autorisés en charge (PTAC) du véhicule tracteur et de la remorque de l'ensemble n'excède pas 4 250 kilogrammes.

Catégorie C1 :

Véhicules automobiles autres que ceux de la catégorie D et D1 dont le poids total autorisé en charge (PTAC) est supérieur à 3 500 kilogrammes sans excéder 7 500 kilogrammes et qui sont conçus et construits pour le transport de huit passagers au plus outre le conducteur.

Aux véhicules de cette catégorie peut être attelée une remorque dont le poids total autorisé en charge (PTAC) n'excède pas 750 kilogrammes.

Catégorie C :

Véhicules automobiles autres que ceux des catégories D et D1, dont le poids total autorisé en charge (PTAC) excède 3,5 tonnes et qui sont conçus et construits pour le transport de huit passagers au plus outre le conducteur.

Aux véhicules de cette catégorie peut être attelée une remorque dont le poids total autorisé en charge (PTAC) n'excède pas 750 kilogrammes.

Catégorie D1 :

Véhicules automobiles conçus et construits pour le transport de seize passagers au maximum non compris le conducteur, seize places assises maximum et d'une longueur n'excédant pas huit mètres.

Aux véhicules de cette catégorie peut être attelée une remorque dont le poids total autorisé en charge (PTAC) n'excède pas 750 kilogrammes.

Catégorie D :

Véhicules automobiles conçus et construits pour le transport de plus de huit passagers, non compris le conducteur.

Aux véhicules de cette catégorie peut être attelée une remorque dont le poids total autorisé en charge (PTAC) n'excède pas 750 kilogrammes.

Catégorie BE :

Véhicules relevant de la catégorie B auxquels est attelée une remorque ou une semi-remorque qui a un poids total autorisé en charge (PTAC) n'excédant pas 3 500 kilogrammes lorsque l'ensemble formé par le véhicule tracteur et la remorque ne relève pas de la catégorie B.

Catégorie C1E :

Véhicules relevant de la catégorie C1 attelés d'une remorque ou d'une semi-remorque dont le poids total autorisé en charge (PTAC) excède 750 kilogrammes ;

Véhicules relevant de la catégorie B attelés d'une remorque ou d'une semi-remorque dont le poids total autorisé en charge excède 3 500 kilogrammes.

Le poids total roulant autorisé des ensembles de véhicules relevant de la catégorie C1E ne peut excéder 12 000 kilogrammes.

Catégorie CE :

Véhicules relevant de la catégorie C attelés d'une remorque ou d'une semi-remorque dont le poids total autorisé en charge (PTAC) excède 750 kilogrammes.

Catégorie D1E :

Véhicules relevant de la catégorie D1 attelés d'une remorque dont le poids total autorisé en charge (PTAC) excède 750 kilogrammes.

Catégorie DE :

Véhicules relevant de la catégorie D attelés d'une remorque dont le poids total autorisé en charge excède 750 kilogrammes.

II. – Le permis de conduire peut être délivré, dans des conditions fixées par le ministre chargé de la sécurité routière, aux personnes atteintes d'un handicap physique nécessitant l'aménagement du véhicule.

III. – Il sera substitué au plus tard avant le 19 janvier 2033, dans les conditions fixées par un arrêté du ministre chargé de la sécurité routière, aux permis de conduire délivrés avant le 19 janvier 2013 un nouveau modèle de permis de conduire défini par arrêté du ministre chargé de la sécurité routière.

Art. R. 221-4-1 *(D. n° 2019-1260, 29 nov. 2019).* – Lorsqu'ils sont utilisés par les sapeurs-pompiers professionnels et volontaires des services d'incendie et de secours, les personnels de l'État et les militaires des unités investis à titre permanent de missions de sécurité civile ou les membres des associations agréées de sécurité civile au sens de l'article L. 725-1 du Code de la sécurité intérieure, les véhicules de transport de personnes ou de marchandises, conçus et construits pour le transport de huit passagers au maximum non compris le conducteur, affectés aux missions de sécurité civile, et dont le poids total autorisé en charge (PTAC) est supérieur à 3 500 kilogrammes sans excéder 4 500 kilogrammes, peuvent être conduits par le titulaire d'un permis de conduire de la catégorie B en cours de validité à la double condition que :

– le délai probatoire fixé à l'article L. 223-1 du présent code soit expiré ;

– le titulaire du permis ait suivi et validé une formation dont les modalités sont définies par arrêtés du ministre chargé de la sécurité routière.

Art. R. 221-5 *(Mod., D. n° 2002-675, 30 avr. 2002 ; D. n° 2006-1712, 23 déc. 2006 ; rempl. à compter du 19 janvier 2013, D. n° 2011-1475, 9 nov. 2011 ; mod., D. n° 2016-723, 31 mai 2016 ; mod. à compter du 1er décembre 2017, D. n° 2017-1578, 16 nov. 2017).* – Les conditions minimales requises pour l'obtention du permis de conduire sont les suivantes :

1° Être âgé(e) :

– de seize ans révolus pour les catégories A1 et B1 ;

– de dix-huit ans révolus pour les catégories A2, B, C1, BE et C1E ;

– de vingt et un ans révolus pour le conducteur d'un tricycle à moteur d'une puissance supérieure à 15 kilowatts ;

– de vingt et un ans révolus pour les catégories C, CE, D1 et D1E, sans préjudice des dispositions relatives à l'âge autorisant la conduite de ces véhicules figurant dans le décret n° 2007-1340 du 11 septembre 2007 modifié relatif à la qualification initiale et à la formation continue des conducteurs de certains véhicules affectés aux transports routiers de marchandises et de voyageurs.

– de vingt-quatre ans révolus pour les catégories D et DE, sans préjudice des dispositions relatives à l'âge autorisant la conduite de ces véhicules figurant dans le décret n° 2007-1340 du 11 septembre 2007 modifié relatif à la qualification initiale et à la formation continue des conducteurs de certains véhicules affectés aux transports routiers de marchandises et de voyageurs.

La reconnaissance des permis de conduire prévue aux articles R. 222-1 à D. 222-8 est également subordonnée au respect de ces conditions d'âge ;

2° Être titulaire :

a) Pour la première obtention du permis de conduire, s'agissant des personnes *(Mots rempl., D. n° 2018-795, 17 sept. 2018)* âgées de moins de 21 ans, de l'attestation scolaire de sécurité routière de second niveau ou de l'attestation de sécurité routière ;

b) En outre :

– pour l'obtention de la catégorie A, de la catégorie A2 du permis de conduire depuis deux ans au moins sauf, s'ils sont âgés de vingt-quatre ans révolus, pour les militaires de la gendarmerie nationale, titulaires du brevet militaire de conduite motocycliste lorsqu'ils en sollicitent la conversion en permis de conduire ainsi que pour les fonctionnaires de la police nationale lorsque le permis de conduire leur est délivré après réussite à l'épreuve théorique et à l'épreuve pratique dans le cadre de leur formation professionnelle ;

– pour l'obtention des catégories C1, C, D1, D, BE, de la catégorie B du permis de conduire ;

– pour l'obtention de la catégorie C1E, de la catégorie C1 du permis de conduire ;

– pour l'obtention de la catégorie CE, de la catégorie C du permis de conduire ;

– pour l'obtention de la catégorie D1E, de la catégorie D1 du permis de conduire ;
– pour l'obtention de la catégorie DE, de la catégorie D du permis de conduire.

Art. R. 221-6 *(Rempl. à compter du 19 janv. 2013, D. n° 2011-1475, 9 nov. 2011 ; rempl. D. n° 2016-723, 31 mai 2016)*. – Les modalités de la formation prévues au deuxième alinéa de l'article D. 221-3 sont fixées par arrêté du ministre chargé de la sécurité routière.

Art. R. 221-7 *(Rempl. à compter du 19 janv. 2013, D. n° 2011-1475, 9 nov. 2011 et D. n° 2013-58, 17 janv. 2013)*. – La catégorie A du permis de conduire autorise la conduite des véhicules relevant des catégories A2 et A1.

La catégorie A2 du permis de conduire autorise la conduite des véhicules relevant de la catégorie A1.

La catégorie B du permis de conduire autorise la conduite des quadricycles à moteur (véhicules des catégories L6e et L7e).

Les catégories C1E, CE, D1E et DE du permis de conduire autorisent la conduite des véhicules relevant de la catégorie BE.

La catégorie CE du permis de conduire autorise la conduite des véhicules relevant de la catégorie DE sous réserve que son titulaire soit en possession de la catégorie D du permis de conduire.

La catégorie C1E du permis de conduire autorise la conduite des véhicules relevant de la catégorie D1E sous réserve que son titulaire soit en possession de la catégorie D1 du permis de conduire.

Art. R. 221-8 *(Mod., D. n° 2005-320, 30 mars 2005 ; D. n° 2006-1811, 23 déc. 2006 ; D. n° 2010-1390, 12 nov. 2010 ; D. n° 2012-3, 3 janv. 2012 ; mod. à compter du 19 janv. 2013, D. n° 2011-1475, 9 nov. 2011 et D. n° 2013-58, 17 janv. 2013)*. – I. – La catégorie A du permis de conduire, obtenue avant le 1er mars 1980, ou les catégories A 2 ou A 3, obtenues entre le 1er mars 1980 et le 31 décembre 1984, autorise la conduite de toutes les motocyclettes.

Une licence de circulation, délivrée avant le 1er avril 1958, une catégorie quelconque du permis obtenue avant le 1er mars 1980, ou la catégorie A 1 du permis obtenue entre le 1er mars 1980 et le 31 décembre 1984, autorise la conduite des motocyclettes dont la cylindrée n'excède pas 125 cm^3, mises en circulation pour la première fois avant le 31 décembre 1984, et celle des motocyclettes légères.

La catégorie A du permis de conduire, obtenue avant le 19 janvier 2013, n'autorise à compter de sa date d'obtention et pendant une période de deux ans que la conduite des motocyclettes dont la puissance n'excède pas 35 kilowatts, avec un rapport puissance/poids en ordre de marche ne dépassant pas 0,2 kilowatt par kilogramme. Cette restriction d'usage est levée si le conducteur était âgé d'au moins 21 ans à la date d'obtention de la catégorie A.

La catégorie A du permis de conduire, obtenue avant le 19 janvier 2013, autorise la conduite des tricycles à moteur d'une puissance supérieure à 15 kW quel que soit l'âge du conducteur.

Les catégories A et A1 du permis de conduire obtenues avant le 19 janvier 2013 autorisent la conduite des quadricycles à moteur (véhicules des catégories L6e et L7e).

Les catégories B et B1 du permis de conduire obtenues avant le 19 janvier 2013 autorisent la conduite des tricycles à moteur dont la puissance n'excède pas 15 kilowatts et dont le poids à vide n'excède pas 550 kilogrammes ainsi que les quadricycles à moteur (véhicules des catégories L6e et L7e).

II. – La catégorie B du permis de conduire autorise la conduite, sur le territoire national, d'une motocyclette légère à la double condition que le conducteur soit titulaire de cette catégorie de permis depuis au moins deux ans et qu'il ait suivi une formation pratique dispensée par un établissement ou une association agréés au titre de l'article L. 213-1 ou L. 213-7.

Toutefois, la condition relative à la formation pratique n'est pas exigée des conducteurs qui justifient d'une pratique de la conduite d'une motocyclette légère ou d'un véhicule de la catégorie L5e au cours des cinq années précédant le 1er janvier 2011. La preuve de cette pratique est apportée par la production d'un document délivré par l'assureur et attestant la souscription d'une assurance couvrant l'usage de l'un ou l'autre de ces véhicules au cours de la période considérée.

III. – La catégorie B du permis de conduire autorise la conduite, sur le territoire national, d'un véhicule de la catégorie L5e à la triple condition que le conducteur soit âgé de 21 ans, soit titulaire de cette catégorie de permis depuis au moins deux ans et qu'il ait suivi une formation pratique dispensée par un établissement ou une association agréés au titre de l'article L. 213-1 ou L. 213-7.

Toutefois, ces deux dernières conditions ne sont pas exigées des conducteurs qui justifient d'une pratique de la conduite d'un véhicule de la catégorie L5e ou d'une motocyclette légère au cours des cinq années précédant le 1er janvier 2011. La preuve de cette pratique est apportée par la production d'un document délivré par l'assureur et attestant la souscription d'une assurance couvrant l'usage de l'un ou l'autre de ces véhicules au cours de la période considérée.

III *bis*. – La catégorie B du permis de conduire autorise la conduite des véhicules de la catégorie B attelés d'une remorque lorsque le poids total autorisé en charge (PTAC) de la remorque excède 750 kilogrammes et lorsque la somme des poids totaux autorisés en charge (PTAC) du véhicule tracteur et de la remorque est supérieure à 3 500 kilogrammes mais ne dépasse pas 4 250 kilogrammes sous réserve que le titulaire du permis ait suivi une formation dont les modalités sont définies par arrêté du ministre chargé de la sécurité routière.

IV. – Un arrêté conjoint du ministre chargé de la sécurité routière et du ministre chargé des assurances fixe les modalités d'application des II et III.

Section V. – Vérification d'aptitude

(Division créée, D. n° 2016-516, 26 avr. 2016)

Art. R. 221-9 *(Mod. à compter du 19 janv. 2013, D. n° 2011-1475, 9 nov. 2011)*. – I. – La catégorie C du permis de conduire, obtenue avant le 20 janvier 1975, ou la catégorie C1 du permis de conduire obtenue entre le 20 janvier 1975 et le 31 décembre 1984 ou la catégorie C du permis de conduire obtenue entre le 1er janvier 1985 et le 1er juillet 1990 autorise la conduite de tous les véhicules affectés au transport de marchandises ainsi que celle des véhicules affectés au transport en commun sur des parcours de ligne dépassant 50 kilomètres sous réserve, pour ces derniers, des conditions relatives à l'expérience de conduite ou à la formation du conducteur fixées par arrêté du ministre chargé des transports.

II. – La catégorie C du permis de conduire, obtenue entre le 20 janvier 1975 et le 31 décembre 1984, ou la catégorie C limitée, obtenue entre le 1er janvier 1985 et le 1er juillet 1990, autorise la conduite des véhicules affectés au transport de marchandises suivants :

1° Véhicules isolés dont le poids total autorisé en charge (PTAC) excède 3,5 tonnes ;

2° Véhicules dont le poids total roulant autorisé (PTRA) n'excède pas 12,5 tonnes, lorsqu'il s'agit du véhicule tracteur d'un ensemble de véhicules ou du véhicule tracteur d'un véhicule articulé.

II *bis*. – La catégorie C du permis de conduire obtenue avant le 19 janvier 2013 autorise la conduite de véhicules automobiles isolés autres que ceux de la catégorie D et dont le poids total autorisé en charge (PTAC) excède 3,5 tonnes.

III. – La catégorie D du permis de conduire, obtenue avant le 20 janvier 1975, lorsque l'examen a été subi sur un véhicule d'un poids total autorisé en charge (PTAC) de plus de 3,5 tonnes, autorise la conduite de tous les véhicules affectés au transport de marchandises ainsi que celle des véhicules affectés au transport en commun sur des parcours de ligne dépassant 50 km sous réserve, pour ces derniers, des conditions relatives à l'expérience de conduite ou à la formation du conducteur fixées par arrêté du ministre chargé des transports.

IV. – La catégorie D du permis de conduire, obtenue soit avant le 1er juin 1979, lorsque l'examen a été subi sur un véhicule d'un poids total autorisé en charge (PTAC) inférieur ou égal à 3,5 tonnes, soit entre le 1er juin 1979 et le 1er juillet 1990, lorsque l'examen a été subi sur un véhicule d'un poids total autorisé en charge (PTAC) inférieur à 7 tonnes, autorise la conduite des véhicules relevant de la catégorie B.

V. – La catégorie D du permis de conduire obtenue soit entre le 20 janvier 1975 et le 1er juin 1979, lorsque l'examen a été subi sur un véhicule d'un poids total autorisé en charge (PTAC) de plus de 3,5 tonnes, soit entre le 1er juin 1979 et le 1er juillet 1990, lorsque l'examen a été subi sur un véhicule d'un poids total autorisé en charge (PTAC) égal ou supérieur à 7 tonnes, autorise la conduite des véhicules affectés au transport de marchandises suivants :

1° Véhicules isolés dont le poids total autorisé en charge (PTAC) excède 3,5 tonnes ;

2° Véhicules dont le poids total roulant autorisé (PTRA) n'excède pas 12,5 tonnes, lorsqu'il s'agit du véhicule tracteur d'un ensemble de véhicules ou du véhicule tracteur d'un véhicule articulé.

VI. – La catégorie D du permis de conduire obtenue avant le 19 janvier 2013 autorise la conduite de véhicules automobiles affectés au transport de personnes comportant plus de huit places assises outre le siège du conducteur ou transportant plus de huit personnes, non compris le conducteur.

Aux véhicules de cette catégorie peut être attelée une remorque dont le poids total autorisé en charge (PTAC) n'excède pas 750 kilogrammes.

Art. R. 221-10 *(Mod., D. n° 2005-320, 30 mars 2005 ; D. n° 2009-1650, 23 déc. 2009 ; D. n° 2010-1223, 11 oct. 2010 ; mod. à compter du 1er septembre 2012, D. n° 2012-886, 17 juill. 2012 ; D. n° 2011-1475, 9 nov. 2011 ; D. n° 2016-723, 31 mai 2016)*. – I. – Les catégories A1, A2, A, B et BE du permis de conduire sont délivrées sans visite médicale préalable sauf dans les cas où cette visite est rendue obligatoire par arrêté du ministre chargé de la sécurité routière pris en application de l'article R. 226-1.

II. – Les catégories A1, A2, A, B1 délivrées pour la conduite des véhicules spécialement aménagés pour tenir compte du handicap du conducteur et les catégories C1, C1E, C, CE, D1, D1E, D et DE ne peuvent être obtenues ou renouvelées qu'à la suite d'un avis médical favorable.

III. – La catégorie B du permis de conduire ne permet la conduite :

1° Des taxis et des voitures de transport avec chauffeur ;

2° Des ambulances ;

3° Des véhicules affectés au ramassage scolaire ;

4° Des véhicules affectés au transport public de personnes,

que si le conducteur est en possession d'une attestation délivrée par le préfet après vérification médicale de l'aptitude physique.

[IV]. – La catégorie A du permis de conduire ne permet la conduite des véhicules motorisés à deux ou trois roues utilisés pour le transport à titre onéreux de personnes que si le conducteur est en possession d'une attestation délivrée par le préfet après vérification médicale de l'aptitude physique.

Art. R. 221-11 *(Mod., D. n° 2005-320, 30 mars 2005 ; D. n° 2010-1223, 11 oct. 2010 ; D. n° 2011-1475, 9 nov. 2011 ; D. n° 2012-886, 17 juill. 2012)*. – I. – Lorsqu'une visite médicale est obligatoire en vue de la délivrance ou du renouvellement du permis de conduire, celui-ci peut être ;

1° Dans les cas prévus aux I de l'article R. 221-10, accordé sans limitation de durée ou délivré ou prorogé selon la périodicité maximale définie ci-dessous ;

2° Dans les cas prévus aux II, III et IV de l'article R. 221-10, délivré ou prorogé selon la périodicité maximale suivante : cinq ans pour les conducteurs de moins de soixante ans, deux ans à partir de l'âge de soixante ans et un an à partir de l'âge de soixante-seize ans. Toutefois, pour les conducteurs titulaires des catégories D1, D, D1E ou DE du permis de conduire, la périodicité maximale est d'un an à partir de l'âge de soixante ans.

II. – La validité du permis ainsi délivré ne peut être prorogée qu'après l'avis médical établi par un médecin agréé consultant hors commission médicale ou par la commission médicale.

III. – La demande de prorogation doit être adressée au préfet du département du domicile du pétitionnaire. Lorsque l'avis médical est émis avant l'expiration de la durée de validité des catégories concernées, et tant que le préfet n'a pas statué sur la demande de prorogation dans les conditions fixées par arrêté du ministre chargé de la sécurité routière, le permis reste provisoirement valide. Cette disposition s'applique pour les avis médicaux concluant à l'aptitude, l'aptitude temporaire ou l'aptitude avec restriction d'utilisation du permis, dès lors que le conducteur justifie du respect de ces restrictions.

IV. – Les catégories A1, A2, A, B1 et B du permis de conduire délivrées pour la conduite des véhicules spécialement aménagés pour tenir compte du handicap du conducteur sont toutefois délivrées sans limitation de durée si le certificat médical favorable à l'attribution de ces catégories établit que l'intéressé est atteint d'une invalidité ou d'une infirmité incurable, définitive ou stabilisée.

Art. R. 221-12. – La validité d'une ou plusieurs catégories du permis peut être limitée dans sa durée, si lors de la délivrance ou de son renouvellement, il est constaté que le candidat est atteint d'une affection compatible avec l'obtention du permis de conduire mais susceptible de s'aggraver.

Art. R. 221-13 *(D. n° 2017-1523, 3 nov. 2017)*. – Le préfet soumet au contrôle médical de l'aptitude à la conduite :

1° Tout conducteur ou accompagnateur d'un élève conducteur auquel est imputable l'une des infractions prévues par les articles L. 234-1, L. 234-8, L. 235-1 et L. 235-3 ;

2° Tout conducteur qui a fait l'objet d'une mesure portant restriction du droit de conduire ;

3° Tout conducteur qui fait l'objet d'une mesure portant suspension du droit de conduire d'une durée supérieure à un mois pour l'une des infractions prévues au présent code, autres que celles mentionnées au 1° ci-dessus.

Calcul du délai. S'impute sur la durée de la suspension du permis de conduire décidée par le juge judiciaire la mesure administrative de suspension du permis de conduire, pendant la totalité de sa durée, qu'elle corresponde à la suspension décidée par le préfet ou au maintien de cette mesure, en application de l'article R. 221-14-1 du Code de la route à l'égard du conducteur qui a négligé de subir l'examen médical d'aptitude prescrit par l'article R. 221-13 du même code (■ Cass. crim., 14 avr. 2021, n° 20-83.607 : *JurisData* n° 2021-005245 ; *Dr. pén.* 2021, comm. 106, obs. J.-H. Robert).

Section VI. – Dérogations à l'obligation d'être titulaire du permis de conduire et conditions de délivrance

(Division créée, D. n° 2016-516, 26 avr. 2016)

Art. R. 221-14 *(Mod., D. n° 2012-886, 17 juill. 2012 ; D. n° 2017-1523, 3 nov. 2017).* **– I. – Postérieurement à la délivrance du permis, le préfet peut enjoindre à un conducteur de se soumettre à un contrôle médical de l'aptitude à la conduite :**

1° Dans le cas où les informations en sa possession lui permettent d'estimer que l'état de santé du titulaire du permis peut être incompatible avec le maintien de ce permis de conduire. Cet examen médical est réalisé par un médecin agréé consultant hors commission médicale ; au vu de l'avis médical émis, le préfet prononce, s'il y a lieu, soit la restriction de validité, la suspension ou l'annulation du permis de conduire, soit le changement de catégorie de ce titre ;

2° À tout conducteur impliqué dans un accident corporel de la circulation routière ;

3° Avant la restitution de son permis, à tout conducteur ou accompagnateur d'un élève conducteur à l'encontre duquel il a prononcé une mesure restrictive ou suspensive du droit de conduire pour l'une des infractions prévues par les articles L. 234-1, L. 234-8, L. 235-1 et L. 235-3, afin de déterminer si l'intéressé dispose de l'aptitude médicale à la conduite du véhicule. Cette mesure est prononcée, selon le cas, par le préfet du département de résidence du conducteur ou de l'accompagnateur de l'élève conducteur.

II. – *(Abrogé).*

Art. R. 221-14-1 *(D. n° 2017-1523, 3 nov. 2017).* **– La mesure portant suspension du droit de conduire est maintenue lorsque le titulaire du permis de conduire néglige ou refuse de se soumettre avant la fin de la durée de cette suspension, au contrôle médical de l'aptitude à la conduite qu'il doit effectuer en application des articles R. 221-13 et R. 221-14**

Le permis de conduire est suspendu lorsque son titulaire, qui ne fait pas l'objet d'une mesure portant suspension du droit de conduire, néglige ou refuse de se soumettre au contrôle médical de l'aptitude à la conduite, en application des articles R. 221-13 à R. 221-14, à l'issue du délai prescrit par le préfet.

Dans les cas prévus aux alinéas précédents, la suspension du permis de conduire prend fin lorsqu'une décision d'aptitude est rendue par le préfet, après avis médical émis, à la demande de l'intéressé, par le médecin agréé consultant hors commission médicale, ou par la commission médicale. »

Art. R. 221-15. – Ne sont pas soumis à l'obligation d'être titulaires du permis de conduire les conducteurs de véhicules à moteur électrique d'une puissance au plus égale à 1 kilowatt.

Un arrêté du ministre chargé des transports fixe le mode de détermination de la puissance pour l'application du présent article.

Art. R. 221-16. – Ne sont pas soumis à l'obligation d'être titulaires du permis de conduire les conducteurs de véhicules participant à des entraînements, des manifestations sportives, des compétitions se déroulant entièrement dans les lieux non ouverts à la circulation publique, lorsque les conditions suivantes sont réunies ;

1° Les lieux où se déroulent ces activités ont été homologués en application de la réglementation des épreuves ou manifestations organisées dans les lieux non ouverts à la circulation publique et comportant la participation de véhicules à moteur ;

2° L'organisation est assurée par une fédération sportive bénéficiant d'une délégation du ministre chargé des sports pour la discipline concernée ou par un organisme affilié à cette fédération ;

3° Tous les participants sont titulaires d'une licence délivrée par la fédération sportive intéressée et attestant qu'ils répondent aux conditions fixées à l'article R. 221-17.

Art. R. 221-17. – Les intéressés doivent, pour pouvoir prendre part à ces entraînements, manifestations sportives et compétitions, satisfaire à un test concluant une formation à la maîtrise du véhicule et aux comportements et règles de sécurité routière et sportive.

Un arrêté du ministre de l'Intérieur, du ministre chargé des transports et du ministre chargé des sports fixe les conditions d'âge des participants pour chaque type de véhicule, l'âge minimal déterminé en fonction des catégories d'activité sportive et le contenu de la formation visée à l'alinéa précédent.

Art. R. 221-18. – Le fait d'organiser des entraînements, compétitions ou manifestations sportives en violation de l'une des prescriptions de l'article R. 221-16 est puni de l'amende prévue pour les contraventions de la cinquième classe.

Le fait pour tout dirigeant de droit ou de fait de fédération sportive de délivrer une licence à une personne ne satisfaisant pas aux dispositions de l'article R. 221-17 et de celles prises pour son application est puni de l'amende prévue pour les contraventions de la cinquième classe.

Art. R. 221-19 *(Mod., D. n° 2012-886, 17 juill. 2012).* – Le ministre chargé de la sécurité routière détermine les conditions dans lesquelles doit être demandé, établi et délivré le permis de conduire et sont prononcées les extensions, prorogations et restrictions de validité des catégories de ce permis.

Art. R. 221-20. – I. – Les dispositions du présent chapitre ne sont pas applicables aux conducteurs des véhicules et appareils agricoles ou forestiers, attachés à une exploitation agricole ou forestière, à une entreprise de travaux agricoles ou à une coopérative d'utilisation de matériel agricole.

II. – Tout conducteur d'un véhicule ou appareil agricole appartenant à une exploitation agricole, à une entreprise de travaux agricoles ou à une coopérative d'utilisation de matériel agricole doit être âgé d'au moins seize ans.

III. – Tout conducteur de machine agricole automotrice ou d'ensemble comprenant un matériel remorqué, lorsque la largeur de ceux-ci excède 2,50 mètres, d'ensemble comprenant un véhicule tracteur et plusieurs remorques ou matériels remorqués, d'ensemble comprenant une remorque transportant du personnel et appartenant à une exploitation agricole, à une entreprise de travaux agricoles ou à une coopérative d'utilisation de matériel agricole, doit être âgé d'au moins dix-huit ans.

IV. – Les conditions d'application aux départements d'outre-mer du présent article sont déterminées par arrêté du ministre chargé de l'outre-mer, pris sur avis du ministre chargé des transports et du ministre chargé de l'agriculture.

V. – Le fait de conduire un véhicule ou un ensemble de véhicules mentionnés au présent article sans respecter les conditions d'âge prévues aux II et III est puni de l'amende prévue pour les contraventions de la quatrième classe.

VI. – L'immobilisation peut être prescrite dans les conditions prévues aux articles L. 325-1 à L. 325-3.

Art. R. 221-21. – Les dispositions du présent chapitre ne sont pas applicables, lorsqu'ils sont titulaires des brevets correspondants délivrés par l'autorité militaire, aux conducteurs :

1° Des véhicules militaires et des véhicules d'instruction et d'intervention de la sécurité civile ;

2° Des véhicules des formations de la sécurité civile mises sur pied dans le cadre des dispositions de l'ordonnance n° 59-147 du 7 janvier 1959 portant organisation générale de la défense.

CHAPITRE II. – RECONNAISSANCE ET ÉQUIVALENCES

Art. R. 222-1 *(D. n° 2016-347, 22 mars 2016 ; D. n° 2017-1523, 3 nov. 2017 ; D. n° 2021-1064, 9 août 2021).* – Tout permis de conduire national régulièrement délivré par un État membre de l'Union européenne ou partie à l'accord sur l'Espace économique européen ou par un État qui était membre de l'Union européenne ou partie à l'accord sur l'Espace économique européen à la date de sa délivrance, est reconnu en France sous réserve d'être en cours de validité.

Dans le cas où ce permis a été délivré en échange d'un permis de conduire d'un État n'appartenant pas à l'Union européenne ou à l'Espace économique européen et avec lequel la France n'a pas conclu d'accord de réciprocité en ce domaine, il n'est reconnu que pendant un délai d'un an après l'acquisition de la résidence normale en France de son titulaire.

Tout titulaire d'un des permis de conduire considérés aux deux alinéas précédents, qui établit sa résidence normale en France, peut le faire enregistrer par le préfet du département de sa résidence selon les modalités définies par arrêté du ministre chargé de la sécurité routière, après avis du ministre chargé des affaires étrangères.

1) Ne justifie pas sa décision la cour d'appel qui déclare le prévenu coupable de conduite d'un véhicule sans permis sans rechercher, ainsi qu'elle y était invitée, si, à la date de commission du délit, l'intéressé, qui se prévalait d'un permis de conduire international obtenu en Tunisie, ne résidait pas normalement en France, au sens des articles R. 222-1 et R. 222-3 du Code de la route, depuis moins d'un an (▪ Cass. crim., 12 mars 2014 : *Bull. crim.* n° 76).

2) Ne justifie pas sa décision au regard de l'article R. 222-1 du Code de la route, l'arrêt qui, pour entrer en voie de condamnation du chef de conduite sans permis, retient que le prévenu n'ayant pas la qualité de ressortissant de l'Union européenne et étant installé sur le territoire national depuis plus d'un an, il lui appartenait de faire procéder à l'échange de son permis danois aux fins d'obtenir la délivrance d'un permis français, sans mieux s'expliquer sur le respect, par l'intéressé, des critères posés par l'arrêté du 8 février 1999 fixant les conditions de reconnaissance et d'échange des permis de conduire délivrés par les États appartenant à l'Union européenne et à l'Espace économique européen, et sans, notamment, rechercher s'il avait obtenu son permis de conduire au Danemark ou si ce titre lui avait été délivré par cet État en échange d'un permis de conduire d'un État n'appartenant pas à l'Union ou à l'Espace économique européen et avec lequel la France n'a pas conclu d'accord de réciprocité (▪ Cass. crim., 17 nov. 2015, n° 13-84.294 : *Dr. pén.* 2016, comm. 7, obs. J.-H. Robert).

3) Justifie sa décision la cour d'appel qui condamne le prévenu pour conduite sans être titulaire du permis de conduire après avoir constaté que le prévenu a échangé son permis français contre un permis belge, lequel a été annulé et qu'il n'habite plus en Belgique (▪ Cass. crim., 25 juin 2019, n° 18-84.916).

Art. R. 222-2 ***(D. n° 2017-1523, 3 nov. 2017).*** **– Toute personne ayant sa résidence normale en France, titulaire d'un permis de conduire national délivré par un État membre de l'Union européenne ou d'un autre État partie à l'accord sur l'Espace économique européen, en cours de validité dans cet État, peut, sans qu'elle soit tenue de subir les examens prévus au premier alinéa de l'article R. 221-3, l'échanger contre le permis de conduire français selon les modalités définies par arrêté du ministre chargé de la sécurité routière, après avis du ministre de la Justice et du ministre chargé des affaires étrangères.**

L'échange d'un tel permis de conduire contre le permis français est obligatoire lorsque son titulaire a commis, sur le territoire français, une infraction au présent code ayant entraîné une mesure de restriction, de suspension, de retrait du droit de conduire ou de retrait de points. Cet échange doit être effectué selon les modalités définies par l'arrêté prévu à l'alinéa précédent, aux fins d'appliquer les mesures précitées.

Le fait de ne pas effectuer l'échange de son permis de conduire dans le cas prévu à l'alinéa précédent est puni de l'amende prévue pour les contraventions de la quatrième classe.

Constitue l'infraction de conduite sans permis, dans ses éléments matériel et intentionnel, le fait, par une personne titulaire d'un permis de conduire délivré par un État membre de l'Union européenne, de conduire un véhicule alors que le relevé d'information intégral du système national des permis de conduire fait apparaître que, d'une part, elle a commis des infractions rendant obligatoire l'échange de son permis de conduire en vertu des dispositions de l'article R. 222-2 du Code de la route et, d'autre part, elle n'est plus titulaire d'aucun droit à ce titre, en raison de la perte des points résultant de ces infractions (▪ Cass. crim., 12 mars 2019, n° 18-84.914 : *JurisData* n° 2019-003731 ; *Dr. pén.* 2019, comm. 88, obs. J.-H. Robert).

Art. R. 222-3 ***(D. n° 2017-1523, 3 nov. 2017).*** **– Tout permis de conduire national, en cours de validité, délivré par un État ni membre de l'Union européenne, ni partie à l'accord sur l'Espace économique européen, peut être reconnu en France jusqu'à l'expiration d'un délai d'un an après l'acquisition de la résidence normale de son titulaire. Pendant ce délai, il peut être échangé contre le permis français, sans que son titulaire soit tenu de subir les examens prévus au premier alinéa de l'article R. 221-3 Les conditions de cette reconnaissance et de cet échange sont définies par arrêté du ministre chargé de la sécurité routière, après avis du ministre de la Justice et du ministre chargé des affaires étrangères. Au terme de ce délai, ce permis n'est plus reconnu et son titulaire perd tout droit de conduire un véhicule pour la conduite duquel le permis de conduire est exigé.**

Art. R. 222-4 *(D. n° 2017-198, 16 févr. 2017).* – Les titulaires du permis de conduire en cours de validité délivré dans les conditions prévues aux articles R. 221-1-1, R. 221-3, R. 222-1 à R. 222-3, R. 222-7 ou R. 222-8 sont habilités, pour la catégorie définie à l'article R. 221-4 au titre de laquelle le permis leur a été délivré, à conduire les véhicules du ministère chargé des armées ou des établissements publics qui en dépendent.

Pour les véhicules du ministère chargé des armées ne relevant d'aucune de ces catégories ou pour certains types de conduite nécessaires aux besoins des armées, un arrêté du ministre de la Défense fixe les conditions dans lesquelles un brevet militaire de conduite peut leur être attribué.

Art. R. 222-5. – Le personnel militaire non détenteur de l'une des catégories du permis de conduire visées au premier alinéa de l'article R. 222-4 ne peut être habilité à conduire les véhicules des catégories correspondantes du ministère chargé des armées ou des établissements publics qui en dépendent que s'il est titulaire du brevet militaire de conduite.

Art. R. 222-6. – Le brevet militaire de conduite est délivré au personnel militaire qui a satisfait à un examen comportant, outre celles exigées par le présent code, des épreuves définies par arrêté du ministre de la Défense.

Art. R. 222-7 *(D. n° 2018–795, 17 sept. 2018).* – Tout titulaire d'un brevet militaire de conduite, validé par l'autorité militaire, peut, sans être tenu de subir les examens prévus au premier alinéa de l'article D. 221-3 obtenir la délivrance de la ou des catégories du permis de conduire correspondantes selon les modalités définies par arrêté du ministre chargé de la sécurité routière, après avis du ministre de la défense.

Art. D. 222-8 *(Mod. à compter du 19 janv. 2013, D. n° 2011-1475, 9 nov. 2011).* – Le ministre chargé de la sécurité routière fixe, par arrêté pris après avis du ministre chargé de l'éducation nationale et du ministre chargé de la formation professionnelle, les modalités et la liste des diplômes délivrés par le ministre chargé de l'éducation nationale ainsi que des titres professionnels de conduite routière délivrés par le ministre chargé de la formation professionnelle permettant, compte tenu de la nature et du contenu des épreuves conduisant à leur obtention, d'obtenir la délivrance du permis de conduire, sans subir les épreuves prévues à l'article D. 221-3.

CHAPITRE III. – PERMIS À POINTS

Section I. – Principes généraux

Art. R. 223-1 *(D. n° 2007-753, 9 mai 2007 ; Ord. n° 2018-207, 28 mars 2018).* – I. – Le permis de conduire est affecté d'un nombre initial de douze points.

II. – À la date d'obtention du permis de conduire, celui-ci est affecté d'un nombre initial de six points.Le délai probatoire est en outre réduit pour le titulaire d'un premier permis de conduire qui se soumet à une formation complémentaire et ne commet durant ce délai aucune infraction ayant donné lieu à retrait de points ou ayant entraîné une mesure de restriction ou de suspension du droit de conduire.

Au terme de chaque année du délai probatoire défini à l'article L. 223-1, si aucune infraction ayant donné lieu à retrait de points n'a été commise depuis le début de la période probatoire, ce permis de conduire est majoré de deux points. Cette majoration est portée à trois points si le titulaire du permis a suivi un apprentissage anticipé de la conduite.

(Al. créé à compter du 1er janvier 2019, D. n° 2018-715, 3 août 2008) Si le titulaire d'un premier permis de conduire a suivi la formation complémentaire prévue à l'article L. 223-1, le délai probatoire est réduit d'une année et le permis de conduire est majoré de deux points au terme de la première année du délai probatoire.

(Al. créé à compter du 1er janvier 2019, D. n° 2018-715, 3 août 2008) Si le titulaire du permis de conduire a bénéficié de l'apprentissage anticipé de la conduite défini à l'article L. 211-3 et a suivi la formation complémentaire, le délai probatoire de deux ans est réduit de six mois et le permis de conduire est majoré de trois points au terme de la première année du délai probatoire ainsi réduit.

(Al. créé à compter du 1er janvier 2019, D. n° 2018-715, 3 août 2008) Au terme du délai probatoire réduit, le nombre de points affectés au permis est égal au nombre maximal de points prévu au I.

III. – Pendant le délai probatoire, le permis de conduire ne peut être affecté d'un nombre de points supérieur à six. Ce nombre est augmenté de la majoration résultant de l'application du II du présent article.

IV. – À l'issue de ce délai probatoire, si aucune infraction ayant donné lieu à retrait de points n'a été commise, le permis de conduire est affecté du nombre maximal de douze points.

En cas de commission d'infraction ayant donné lieu à retrait de points au cours du délai probatoire, l'affectation du nombre maximal de points intervient dans les conditions définies à l'article L. 223-6.

V. – Le délai probatoire de trois ans court à compter de la date d'obtention du permis de conduire, quelle qu'en soit la catégorie. Ce délai est réduit à deux ans ou, s'il n'est pas achevé alors que la durée de deux ans est dépassée, prend fin lors de l'obtention de la catégorie B du permis de conduire dans le cadre de l'apprentissage anticipé de la conduite.

Art. R. 223-2 *(D. n° 2003-642, 11 juill. 2003)*. – Dans le cas où plusieurs infractions entraînant retrait de points sont commises simultanément, les retraits de points se cumulent dans la limite de huit points.

Art. R. 223-3 *(Mod., D. n° 2008-754, 30 juill. 2008 ; D. n° 2011-1048, 5 sept. 2011 ; D. n° 2015-1892, 29 déc. 2015 ; D. n° 2017-198, 16 févr. 2017)*. – I. – Lors de la constatation d'une infraction entraînant retrait de points, l'auteur de celle-ci est informé qu'il encourt un retrait de points si la réalité de l'infraction est établie dans les conditions définies à l'article L. 223-1.

II. – Il est informé également de l'existence d'un traitement automatisé des retraits et reconstitutions de points et de la possibilité pour lui d'accéder aux informations le concernant. Ces mentions figurent sur le document qui lui est remis ou adressé par le service verbalisateur. Le droit d'accès aux informations ci-dessus mentionnées s'exerce dans les conditions fixées par les articles L. 225-1 à L. 225-9.

III. – Lorsque le ministre de l'intérieur constate que la réalité d'une infraction entraînant retrait de points est établie dans les conditions prévues par le quatrième alinéa de l'article L. 223-1, il réduit en conséquence le nombre de points affecté au permis de conduire de l'auteur de cette infraction.

Si le retrait de points lié à cette infraction n'aboutit pas à un nombre nul de points affectés au permis de conduire de l'auteur de l'infraction, celui-ci est informé par le ministre de l'intérieur par lettre simple du nombre de points retirés. Le ministre de l'intérieur constate et notifie à l'intéressé, dans les mêmes conditions, les reconstitutions de points obtenues en application des premier, deuxième, troisième et cinquième alinéas de l'article L. 223-6.

Si le retrait de points aboutit à un nombre nul de points affectés au permis de conduire, l'auteur de l'infraction est informé par le ministre de l'intérieur par lettre recommandée avec demande d'avis de réception du nombre de points retirés. Cette lettre récapitule les précédents retraits ayant concouru au solde nul, prononce l'invalidation du permis de conduire et enjoint à l'intéressé de restituer celui-ci au préfet du département ou de la collectivité d'outre-mer de son lieu de résidence dans un délai de dix jours francs à compter de sa réception.

S'il avait été remis à la personne un certificat en échange de son permis de conduire, en application des articles R. 131-2, R. 131-4, R. 131-4-1 ou R. 132-45-1 du Code pénal ou des articles R. 15-33-53, R. 15-33-53-1 ou R. 17-4-1 du Code de procédure pénale, cette personne est tenue de remettre ce certificat au préfet. Le permis de conduire détenu par le greffe du tribunal *(Rempl., D. n° 2019-966, 18 sept. 2019)* « judiciaire » en application des mêmes dispositions est remis par le greffe au préfet.

Sur la nature de ces formalités, V. *supra*, C. route, ss art. L. 223-3, l'avis de la Cour de cassation du 30 avril 2007 : *Bull. crim.* n° 4, et du 6 oct. 2008 : *Bull. crim.* n° 4.

Art. R. 223-3-1 *(D. n° 2015-1892, 29 déc. 2015)*. – I. – Le titulaire du permis de conduire peut demander sur un site internet dédié et sécurisé que les informations relatives aux retraits et reconstitutions de points mentionnés au deuxième alinéa du III de l'article R. 223-3 ne lui soient plus communiquées par courrier simple, mais mises à sa disposition sous une forme dématérialisée sur un compte personnel accessible à partir de ce site.

Ce compte personnel lui est attribué sous réserve qu'il ait :

1° Communiqué une adresse électronique, qu'il lui revient de tenir à jour ;

2° Souscrit aux conditions générales de fonctionnement du site informatique ;

3° Attesté avoir pris connaissance des modalités de computation du délai de recours contre les décisions dématérialisées.

À tout moment, le titulaire du permis de conduire peut, dans les mêmes formes que celles de son ouverture, obtenir la fermeture de son compte qui ne prend effet qu'au terme du délai fixé par l'arrêté mentionné au IV. Celle-ci met fin à l'ensemble des prestations qui lui étaient proposées, ses éventuels retraits et reconstitutions de points postérieurs à la fermeture du compte lui étant communiqués selon les modalités prévues au deuxième alinéa du III de l'article R. 223-3.

II. – Lorsqu'une décision dématérialisée de retrait ou de reconstitution de points est déposée sur son compte personnel, l'intéressé en est alerté par un courrier électronique envoyé à l'adresse qu'il a déclarée au moment de l'enregistrement de sa demande et le cas échéant mise à jour.

III. – Les retraits et les reconstitutions de points dématérialisés sont réputés avoir été portés à la connaissance du titulaire du permis de conduire à la date à laquelle il les a consultés pour la première fois sur le compte personnel prévu au I, ou à défaut de consultation dans un délai de quinze jours à compter de la date de leur mise à disposition sur celui-ci, à l'issue de ce délai.

La date de notification de ces décisions dématérialisées est certifiée par le dispositif d'horodatage du site.

IV. – Un arrêté du ministre de l'intérieur précise les modalités selon lesquelles le titulaire du permis de conduire demande à bénéficier de cette procédure d'information dématérialisée et peut clôturer son compte personnel. Il fixe les caractéristiques et exigences techniques devant être respectées par les utilisateurs de l'application, ainsi que les modalités de la certification par horodatage et la durée de conservation des décisions dématérialisées sur le site.

Art. R. 223-4 *(Mod., D. n° 2008-754, 30 juill. 2008 ; D. n° 2015-1892, 29 déc. 2015).* – I. – Lorsque le conducteur titulaire du permis de conduire a commis, pendant le délai probatoire défini à l'article L. 223-1, une infraction ayant donné lieu au retrait d'au moins trois points, la notification du retrait de points lui est adressée par lettre recommandée avec demande d'avis de réception. Cette lettre l'informe de l'obligation de se soumettre à la formation spécifique mentionnée au quatrième alinéa de l'article L. 223-6 dans un délai de quatre mois.

II. – Le fait de ne pas se soumettre à la formation spécifique mentionnée au I dans le délai de quatre mois est puni de l'amende prévue pour les contraventions de la 4e classe.

III. – Toute personne coupable de cette infraction encourt également la peine complémentaire de suspension, pour une durée de trois ans au plus, du permis de conduire, cette suspension pouvant être limitée à la conduite en dehors de l'activité professionnelle.

Art. R. 223-4-1 *(Créé à compter du 1er janvier 2019, D. n° 2018-715, 3 août 2008).* – I. – La formation complémentaire prévue au II de l'article L. 223-1 a pour objectif de renforcer les compétences acquises par les conducteurs depuis le début de leur apprentissage de la conduite.

II. – Cette formation est d'une durée d'un jour. Elle a lieu entre le sixième et le douzième mois après l'obtention du permis de conduire et comprend :

1° Un module général qui précise les enjeux de cette formation complémentaire ;

2° Un ou plusieurs modules spécialisés afin de permettre aux conducteurs ayant une faible expérience de conduite de davantage percevoir les risques et mieux connaître les dangers spécifiques auxquels ils sont exposés.

III. – Cette formation est dispensée par un enseignant de la conduite et de la sécurité routière titulaire de l'autorisation d'enseigner, en cours de validité, mentionnée au I de l'article L. 212-2.

L'enseignant doit avoir suivi préalablement une formation spécifique.

IV. – Cette formation est dispensée dans :

1° Les établissements d'enseignement, à titre onéreux, de la conduite et de la sécurité routière agréés en application de l'article L. 213-1 ;

2° Les associations exerçant leur activité dans le champ de l'insertion ou de la réinsertion sociale ou professionnelle agréées en application de l'article L. 213-7.

Ces établissements et associations doivent disposer d'un label de qualité prévu par arrêté du ministre chargé de la sécurité routière au titre de l'article L. 213-9 ou d'une équivalence reconnue par ce même arrêté.

Les exploitants de ces établissements et associations délivrent une attestation de suivi de cette formation complémentaire. Ils transmettent un exemplaire de cette attestation au préfet du département du lieu de la formation, dans un délai de quinze jours à compter de la fin de celle-ci. Cette procédure peut être dématérialisée.

V. – Le contenu et l'organisation de la formation complémentaire et de la formation spécifique des enseignants, ainsi que les modalités de délivrance et de transmission de l'attestation de suivi des bénéficiaires sont fixés par arrêtés du ministre chargé de la sécurité routière.

Section II. – Des stages de sensibilisation à la sécurité routière

Art. R. 223-5 *(D. n° 2009-1678, 29 déc. 2009 ; D. n° 2012-688, 7 mai 2012).* – Le stage de sensibilisation à la sécurité routière prévu à l'article L. 223-6 est destiné à éviter la réitération des comportements dangereux. Il est d'une durée de deux jours consécutifs. Il est organisé dans les conditions fixées par arrêté du ministre chargé de la sécurité routière.

Art. R. 223-6 *(D. n° 2009-1678, 29 déc. 2009 ; D. n° 2012-688, 7 mai 2012).* – Le stage doit comprendre :

1° Un premier module ayant pour objet de poser le cadre et les enjeux du stage de sensibilisation à la sécurité routière ;

2° Un ou plusieurs modules spécialisés dont l'objet est d'impulser un processus de changement d'attitudes et de comportements chez le conducteur.

Le cadre de référence, le programme et les méthodes d'intervention sont fixés par arrêté du ministre chargé de la sécurité routière.

Ce programme d'éducation peut inclure un entretien avec un psychologue et une séquence de conduite.

Art. R. 223-7 *(D. n° 2009-1678, 29 déc. 2009).* – L'animation des stages de sensibilisation à la sécurité routière est assurée conjointement par un enseignant de la conduite et de la sécurité routière et un psychologue, titulaires de l'autorisation d'animer, en cours de validité, mentionnée au II de l'article R. 212-2.

Pour être reconnus aptes, ces formateurs doivent suivre une préparation spécifique à l'animation des stages. L'arrêté interministériel mentionné à l'article R. 223-5 précise le contenu et les modalités de cette préparation ainsi que la liste des diplômes dont la possession est exigée des formateurs.

Art. R. 223-8 *(Mod., D. n° 2009-1678, 29 déc. 2009 ; D. n° 2012-688, 7 mai 2012 ; D. n° 2014-551, 27 mai 2014).* – I. – Le titulaire de l'agrément prévu au II de l'article R. 213-2 délivre une attestation de stage à toute personne qui a suivi un stage de sensibilisation à la sécurité routière dans le respect de conditions d'assiduité et de participation fixées par arrêté du ministre chargé de la sécurité routière. Il transmet un exemplaire de cette attestation au préfet du département du lieu du stage, dans un délai de quinze jours à compter de la fin de celui-ci ;

II. – L'attestation délivrée à l'issue du stage effectué en application des dispositions [du] quatrième alinéa de l'article L. 223-6 donne droit à la récupération de quatre points dans la limite du plafond affecté au permis de conduire de son titulaire.

III. – Le préfet mentionné au I ci-dessus procède à la reconstitution du nombre de points dans un délai d'un mois à compter de la réception de l'attestation et notifie cette reconstitution à l'intéressé par lettre simple. La reconstitution prend effet le lendemain de la dernière journée de stage.

IV. – Dans le cas prévu à l'article R. 223-4, sont transmises au comptable de la direction générale des finances publiques du lieu de commission de l'infraction, dans le délai de quinze jours mentionné au I ci-dessus, l'attestation de suivi de stage ainsi que, si l'amende a été acquittée, les pièces nécessaires à son remboursement.

L'attestation de suivi de stage et les pièces nécessaires au remboursement de l'amende payée sont définies par arrêté conjoint du ministre de l'Intérieur, du ministre chargé du budget et du ministre chargé de la sécurité routière.

Art. R. 223-9 et R. 223-10 *(Abr., D. n° 2009-1678, 29 déc. 2009).*

Art. R. 223-11 et R. 223-12 *(Abr., D. n° 2006-665, 7 juin 2006).*

Art. R. 223-13 *(D. n° 2012-688, 7 mai 2012).* – Le brevet d'animateur pour la formation des conducteurs responsables d'infractions (BAFCRI) est délivré par le ministre chargé de la sécurité routière aux personnes ayant subi avec succès les épreuves d'un examen.

Seuls peuvent se présenter à l'examen, en vue de l'obtention de ce brevet, les titulaires du brevet pour l'exercice de la profession d'enseignant de la conduite automobile et de la sécurité routière (BEPECASER).

L'examen est composé de deux épreuves écrites d'admissibilité et d'une épreuve orale d'admission.

Les épreuves écrites d'admissibilité portent l'une sur la réglementation de la sécurité routière et l'autre sur des éléments d'accidentologie, de pédagogie et de psychologie.

L'épreuve orale d'admission consiste en un entretien destiné à évaluer l'aptitude du candidat à animer un groupe de stagiaires.

Un arrêté du ministre chargé de la sécurité routière précise le contenu détaillé des épreuves et les modalités de l'examen.

Art. R. 223-14 *(Abr., D. n° 2003-642, 11 juill. 2003).*

CHAPITRE IV. – INTERDICTION DE DÉLIVRANCE, RÉTENTION, SUSPENSION, ANNULATION, INVALIDATION

Section I. – Rétention et suspension administratives après constatation d'une infraction

Art. R. 224-1. – Dans les cas prévus à l'article L. 224-1, la décision de rétention du permis de conduire, qu'elle soit ou non accompagnée de la remise matérielle de ce titre, donne lieu à l'établissement d'un avis de rétention dont un exemplaire est immédiatement remis au conducteur ou à l'accompagnateur de l'élève conducteur.

Art. R. 224-2. – L'avis de rétention indique notamment au conducteur ou à l'accompagnateur de l'élève conducteur à quel service il devra s'adresser pour se voir restituer son permis de conduire.

Art. R. 224-3. – Pendant les douze heures qui suivent la fin de la période de rétention, le permis de conduire est tenu à la disposition du conducteur ou de l'accompagnateur de l'élève conducteur dans les bureaux du service désigné dans l'avis de rétention.

Toutefois, si la période de rétention expire entre dix-huit et vingt-deux heures, le délai de mise à disposition est prorogé jusqu'à midi le jour suivant.

Art. R. 224-4. – À l'issue du délai de mise à disposition mentionné à l'article R. 224-3, ou dès la fin de la période de rétention si l'intéressé en fait la demande, le permis de conduire lui est restitué par lettre recommandée avec accusé de réception si aucune mesure de suspension n'a été décidée.

Lorsqu'une mesure de suspension a été prise en application de l'article L. 224-2, elle est notifiée à l'intéressé soit directement s'il se présente au service indiqué dans l'avis de rétention, soit par lettre recommandée avec accusé de réception.

Art. R. 224-5. – Si, après vérification, l'état alcoolique du conducteur ou de l'accompagnateur de l'élève conducteur n'est pas établi, son permis de conduire est remis sans délai à sa disposition.

Art. R. 224-6 *(Abr., D. n° 2006-665, 7 juin 2006 ; rétabli, D. n° 2018-795, 17 sept. 2018 ; D. n° 2020-605, 18 mai 2020).* – I. – Dans les cas prévus aux articles L. 224-2 et L. 224-7, le préfet peut restreindre le droit de conduire d'un conducteur ayant commis l'une des infractions prévues par les articles L. 234-1, L. 234-8 et R. 234-1, par arrêté, pour une durée qui ne peut excéder un an, aux seuls véhicules équipés d'un dispositif homologué d'anti-démarrage par éthylotest électronique, installé par un professionnel agréé ou par construction, conformément aux dispositions de l'article L. 234-17, en état de fonctionnement et après avoir utilisé lui-même ce dispositif sans en avoir altéré le fonctionnement.

Pendant cette durée, le permis de conduire de l'intéressé est conservé par l'administration et l'arrêté du préfet vaut permis de conduire au sens des articles R. 221-1-1 à D. 221-3 et titre justifiant de son autorisation de conduire au sens du I de l'article R. 233-1.

L'arrêté du préfet est notifié à l'intéressé soit directement s'il se présente au service indiqué dans l'avis de rétention du permis de conduire, soit par lettre recommandée avec demande d'avis de réception.

II. – Est puni de l'amende prévue pour les contraventions de la cinquième classe le fait pour une personne ayant fait l'objet de l'arrêté mentionné au I :

1° De conduire un véhicule non équipé du dispositif mentionné au I ;

2° De conduire un véhicule équipé d'un tel dispositif soit après que celui-ci a été utilisé par un tiers pour permettre le démarrage, soit après l'avoir neutralisé ou détérioré ou l'avoir utilisé dans des conditions empêchant la mesure exacte de son état d'imprégnation alcoolique.

III. – Le fait, par toute personne, de faciliter sciemment, par aide ou assistance, la préparation ou la consommation de la contravention prévue au II est puni de la même peine.

IV. – Les personnes coupables des contraventions prévues au présent article encourent également les peines complémentaires suivantes :

1° La suspension du permis de conduire pour une durée de trois ans au plus, cette suspension ne pouvant pas être limitée à la conduite en dehors de l'activité professionnelle, ni être assortie du sursis, même partiellement ;

2° L'interdiction de conduire certains véhicules terrestres à moteur, y compris ceux pour la conduite desquels le permis de conduire n'est pas exigé, pour une durée de trois ans au plus ;

3° L'obligation d'accomplir, à ses frais, un stage de sensibilisation à la sécurité routière ;

4° La confiscation du véhicule dont le prévenu s'est servi pour commettre l'infraction, s'il en est propriétaire.

V. – La récidive des contraventions prévues au présent article est réprimée conformément à l'article 132-11 du Code pénal.

VI. – Ces contraventions donnent lieu de plein droit à la réduction de six points du permis de conduire.

VII. – L'immobilisation du véhicule peut être prescrite dans les conditions prévues aux articles L. 325-1 à L. 325-3.

Art. R. 224-7 à R. 224-11 *(Abr., D. n° 2006-665, 7 juin 2006).*

Art. R. 224-12. – *(D. n° 2006-665, 7 juin 2006 ; D. n° 2017-1523, 3 nov. 2017)* L'examen médical prévu à l'article R. 221-13 est effectué avant l'expiration de la décision administrative de suspension du permis de conduire.

Dans le cas où, à la suite d'un examen médical, le préfet est appelé à prononcer la restriction de la validité, la suspension ou l'annulation du permis de conduire ou le changement de catégorie du titre, cette mesure est prononcée en application des articles R. 221-12 à R. 221-14 indépendamment de la décision judiciaire qui a pu ou pourra intervenir. Dans le cas où la décision judiciaire n'est pas encore intervenue, l'arrêté du préfet est communiqué sans délai au parquet.

Art. R. 224-13 *(Abr., D. n° 2006-665, 7 juin 2006).*

Art. R. 224-14. – Le permis de conduire suspendu est conservé par l'Administration pendant la durée prévue par l'arrêté du préfet.

La suspension et le retrait du permis de conduire s'appliquent à toutes les catégories dont le conducteur ou l'accompagnateur de l'élève conducteur est titulaire.

Art. R. 224-15 *(D. n° 2006-665, 7 juin 2006).* – Lorsque l'intéressé n'a pas de domicile connu ou qu'il l'a quitté, la notification de la décision est valablement adressée au maire du lieu de l'infraction en vue de son affichage à la mairie.

Art. R. 224-16 *(Mod., D. n° 2020-605, 18 mai 2020).* – En vue de l'application du troisième alinéa de l'article L. 224-9, tout arrêté du préfet portant suspension du permis de conduire est transmis sans délai en copie au procureur de la République dans le ressort duquel l'infraction a été commise.

Art. R. 224-17. – Le procureur de la République communique sans délai au préfet du lieu de l'infraction toute décision judiciaire exécutoire ou définitive prononcée pour une infraction punie par le présent code de la peine complémentaire de suspension du permis de conduire ou pour l'une des infractions d'atteinte involontaire à la vie ou à l'intégrité physique ou psychique de la personne commise à l'occasion de la conduite d'un véhicule.

Art. R. 224-18 *(Mod., D. n° 2006-665, 7 juin 2006).* – Les articles R. 224-12 et R. 224-14 à R. 224-17 sont applicables à la mesure d'interdiction de délivrance du permis de conduire prévue à l'article L. 224-7.

Art. R. 224-19. – Si le préfet n'ordonne pas une suspension du permis de conduire, il peut adresser un avertissement à l'auteur de toute contravention punie par le présent code de la peine complémentaire de suspension du permis de conduire.

Art. R. 224-19-1 *(Créé, D. n° 2020-605, 18 mai 2020).* – Les dispositions du 7° du I de l'article L. 224-1 et du 5° du I de l'article L. 224-2 sont applicables aux infractions aux règles sur :

1° La conduite des véhicules prévues aux articles R. 412-9 et R. 412-10 ;
2° Les distances de sécurité entre les véhicules prévues à l'article R. 412-12 ;
3° Le franchissement et le chevauchement des lignes continues prévues aux articles R. 412-19 et R. 412-22 ;
4° Les feux de signalisation lumineux prévues aux articles R. 412-30 et R. 412-31 ;
5° Les vitesses prévues aux articles R. 413-14, R. 413-14-1 et R. 413-17 ;
6° Le dépassement prévues aux articles R. 414-4, R. 414-6, R. 414-7, R. 414-11 et R. 414- 16 ;
7° Les signalisations imposant l'arrêt des véhicules ou de céder le passage aux véhicules prévues aux articles R. 415-6 et R. 415-7 ;
8° La priorité de passage à l'égard du piéton prévue à l'article R. 415-11.

Section II. – Interdiction de délivrance, suspension et annulation judiciaires, invalidation

Art. R. 224-20 *(Rempl., D. n° 2003-642, 11 juill. 2003 ; mod., D. n° 2007-753, 9 mai 2007 ; mod. à compter du 19 janv. 2013, D. n° 2011-1475, 9 nov. 2011).* – Tout conducteur dont le permis de conduire a perdu sa validité en application de l'article L. 223-1 ou a été annulé à la suite d'une condamnation pour une infraction prévue par le présent code ou par les articles 221-6-1, 222-19-1 et 222-20-1 du Code pénal, et qui sollicite un nouveau permis doit répondre à nouveau aux conditions fixées à l'article D. 221-3.

Toutefois, pour les conducteurs titulaires du permis de conduire depuis trois ans ou plus à la date de la perte de validité du permis ou à la date de son annulation, et auxquels il est interdit de solliciter un nouveau permis pendant une durée inférieure à un an, l'épreuve pratique ou la formation prévue à l'article D. 221-3 est supprimée sous réserve qu'ils sollicitent un nouveau permis moins de neuf mois après la date à laquelle ils sont autorisés à le faire.

Art. R. 224-21 *(D. n° 2016-39, 22 janv. 2016).* – Tout conducteur dont le permis de conduire a été annulé, invalidé ou suspendu pour une durée égale ou supérieure à six mois doit, pour être admis à se présenter aux épreuves exigées pour la délivrance d'un nouveau permis ou solliciter la restitution de son permis suspendu, produire à l'appui de sa demande un avis médical délivré par un médecin agréé consultant hors commission médicale ou par la commission médicale attestant qu'il n'est atteint d'aucune affection médicale incompatible avec la délivrance du permis de conduire ou sa restitution.

L'avis médical ne peut être émis qu'après que l'intéressé a satisfait à un examen psychotechnique.

Art. R. 224-22 *(Rempl. à compter du 1er septembre. 2012, D. n° 2012-886, 17 juill. 2012 ; mod., D. n° 2016-39, 22 janv. 2016 ; mod. à compter du 1er juillet 2016, D. n° 2016-39, 22 janv. 2016).* – En vue d'établir l'avis mentionné à l'article R. 224-21, le médecin agréé consultant hors commission médicale ou la commission médicale procède à l'examen médical du candidat pour s'assurer que celui-ci est indemne de toute affection incompatible avec la délivrance du permis de conduire.

Dans l'affirmative, le candidat est soumis à un examen psychotechnique, qui porte sur les tests prescrits par le médecin agréé consultant hors commission médicale ou la commission médicale.

Les résultats de cet examen, qui se déroule dans un centre agréé par le préfet, sont communiqués au médecin agréé ou à la commission susmentionnée *(Mots ajoutés, D. n° 2018-795, 17 sept. 2018)* qui en prend connaissance avant de rendre son avis.

Art. R. 224-23 *(Mod. à compter du 1er septembre 2012, D. n° 2012-886, 17 juill. 2012 ; abr., D. n° 2018-795, 17 sept. 2018).*

Art. R. 224-24. – Après une mesure de suspension, la licence de circulation, délivrée antérieurement au 1er avril 1958, n'est pas restituée. Elle est remplacée par le permis de conduire mentionnant la catégorie correspondante.

CHAPITRE V. – ENREGISTREMENT ET COMMUNICATION DES INFORMATIONS RELATIVES AU PERMIS DE CONDUIRE

Art. R. 225-1 *(Mod., D. n° 2018-387, 24 mai 2018)*. – Le ministre de l'intérieur fait procéder à l'enregistrement :

1° Des mesures individuelles relatives au droit de faire usage du permis de conduire prises dans l'exercice de son pouvoir hiérarchique ;

2° Des mesures de retrait du droit de faire usage du permis de conduire prises par des autorités étrangères et communiquées aux autorités françaises conformément aux accords internationaux en vigueur ;

3° Des informations relatives aux échanges de titres français par les États appartenant à l'Union européenne ou à l'Espace économique européen ;

4° Des retraits de points du permis de conduire en application des articles L. 223-1, L. 223-2 et L. 223-10 ;

4° *bis* Des décisions administratives dûment notifiées portant interdiction de conduire sur le territoire national, en application du troisième alinéa du II de l'article L. 223-10 ;

5° Des décisions de création, de rectification et de radiation de dossiers à la suite d'enquêtes administratives ;

6° Des mises à jour consécutives notamment aux mesures de grâce, aux lois d'amnistie ainsi qu'aux transferts des informations relatives aux conducteurs décédés.

Art. R. 225-2 *(Mod., D. n° 2008-754, 30 juill. 2008 ; mod. à compter du 1er septembre 2012, D. n° 2012-886, 17 juill. 2012 ; mod. à compter du 1er juillet 2016, D. n° 2016-347, 22 mars 2016 ; D. n° 2020-605, 18 mai 2020)*. – I. – Le préfet du département dans lequel est domicilié le demandeur ou le titulaire du permis de conduire fait procéder à l'enregistrement :

1° Des demandes de permis de conduire, d'extension de permis de conduire et de duplicata de titres de conduite ;

2° Des décisions portant délivrance, extension et prorogation de catégories du permis de conduire ;

3° Des informations relatives à la délivrance et la gestion des titres de conduite ;

4° Des informations relatives aux permis de conduire délivrés par les autorités étrangères et reconnus valables sur le territoire national et aux échanges de titres français dans les États membres de la Communauté européenne dans les cas où ces titres seraient adressés directement aux autorités préfectorales émettrices par les autorités étrangères qui ont procédé aux échanges ;

5° Des décisions dûment notifiées portant retrait total ou partiel de titres ou de permis de conduire obtenus irrégulièrement ou frauduleusement ;

6° Des décisions dûment notifiées prises sur avis des médecins agréés consultant hors commission médicale ou des commissions médicales en application du présent code, portant inaptitude à la conduite des véhicules d'une ou plusieurs catégories, ou portant prorogation, limitation de la durée de validité, suspension, annulation, rétablissement ou changement de catégories du permis de conduire ;

7° Des mesures administratives dûment notifiées portant restriction du droit de faire usage du permis de conduire prises conformément aux articles L. 224-1, L. 224-2, L. 224-7, L. 224-8 et R. 224-6 à R. 224-19 à l'encontre de titulaires de permis français ou étrangers ainsi que des renseignements relatifs à la notification et à l'exécution de ces mesures ;

8° Des mesures de retrait du droit de faire usage du permis de conduire communiquées par les autorités compétentes des territoires et collectivités territoriales d'outre-mer ;

9° Des mesures de retrait du droit de faire usage du permis de conduire prises par une autorité étrangère et communiquées aux autorités françaises conformément aux accords internationaux en vigueur ;

10° Des mesures administratives dûment notifiées portant interdiction de se présenter à l'examen du permis de conduire ;

11° Des décisions rapportant les mesures précédentes.

II. – Les préfets font procéder à l'enregistrement des demandes de renouvellement ou de duplicata des permis de conduire perdus, volés ou détériorés ainsi qu'aux décisions de délivrance correspondantes formulées par les personnes établies à l'étranger définies au deuxième alinéa du III de l'article R. 221-1, avec le concours de l'autorité diplomatique ou consulaire territorialement compétente.

Le cas échéant, ils assurent l'enregistrement des demandes de rétablissement de leurs droits à conduire et les décisions correspondantes lorsque le permis perdu, volé ou détérioré est un permis de conduire étranger obtenu en échange d'un permis de conduire français.

Les conditions et modalités de mise en œuvre des dispositions figurant aux deux alinéas précédents, sont fixées par un arrêté du ministre chargé de la sécurité routière pris après avis du ministre des affaires étrangères.

III *(III créé à compter du 1er janvier 2019, D. n° 2018-715, 3 août 2008)*. – Le préfet du département du lieu de la formation complémentaire définie au deuxième alinéa de l'article L. 223-1 procède à l'enregistrement des attestations de suivi de la formation complémentaire prévues au IV de l'article R. 223-4-1 et réduit le délai probatoire du II de l'article L. 223-1 si aucune infraction donnant lieu à un retrait de points ou entraînant une mesure de restriction ou de suspension du droit de conduire n'a été commise.

IV *(IV créé à compter du 1er janvier 2019, D. n° 2018-715, 3 août 2008)*. – Le préfet du lieu du stage de sensibilisation à la sécurité routière défini au quatrième alinéa de l'article L. 223-6 procède à l'enregistrement des décisions portant reconstitution partielle du nombre de points du permis de conduire en application du I de l'article R. 223-8.

V *(V créé à compter du 1er janvier 2019, D. n° 2018-715, 3 août 2008)*. – Les procédures du III et du IV peuvent être dématérialisées.

Art. R. 225-3. – Le ministère public communique sans délai pour enregistrement au ministre de l'Intérieur les informations relatives aux mesures et décisions énumérées aux 3°, 4°, 5° et 6° de l'article L. 225-1.

Les supports techniques de cette communication sont fixés par arrêté conjoint des ministres de la Justice et de l'Intérieur.

Art. R. 225-4 *(Mod., D. n° 2018-387, 24 mai 2018)*. – I. – Sont autorisés à accéder directement aux informations mentionnées à l'article L. 225-1, à raison de leurs attributions et dans la limite du besoin d'en connaître :

1° Les agents habilités des services centraux placés sous l'autorité du ministre de l'intérieur chargés de l'application des dispositions de l'article L. 225-1 et les membres de l'inspection générale de l'administration chargés du contrôle de leur mise en œuvre ;

2° Pour l'application de l'article L. 225-4 :

a) Les autorités judiciaires ;

b) Les magistrats de l'ordre administratif dans le cadre des recours formulés contre les décisions de retrait de points du permis de conduire ;

c) Les officiers de police judiciaire des services de police ou des unités de la gendarmerie nationales chargés de l'exécution d'une ordonnance juridictionnelle ou agissant dans le cadre d'une enquête de flagrance ;

d) Le préfet dans l'exercice de ses compétences en matière de permis de conduire, ainsi que les agents des directions départementales interministérielles, placés sous son autorité et chargés de l'inscription au permis de conduire et les agents des préfectures et des sous-préfectures chargés de l'application de la réglementation relative aux permis de conduire ;

e) Les militaires de la gendarmerie nationale et les fonctionnaires de la police nationale habilités à effectuer des contrôles routiers en application du présent code ;

f) Les agents spécialement habilités des observatoires et des établissements publics chargés de réaliser des études statistiques sur les accidents de la route pour le compte du ministre chargé de la sécurité routière ;

g) Les fonctionnaires et agents de l'État chargés du contrôle des transports terrestres placés sous l'autorité du ministre chargé des transports pour l'exercice des compétences en matière de contrôle du transport routier prévues au présent code ;

3° Dans les conditions prévues par l'acte créant le traitement des données énumérées à l'article L. 225-1, les personnels de l'Agence nationale des titres sécurisés individuellement désignés et spécialement habilités.

II. – Sont également autorisés à accéder directement aux informations mentionnées à l'article L. 225-1, dans les conditions fixées à l'article L. 222-1 du Code de la sécurité intérieure :

1° Les agents des services de la police nationale et les militaires des unités de la gendarmerie nationale chargés des missions de prévention et de répression des atteintes aux intérêts fondamentaux de la Nation et des actes de terrorisme ;

2° Les agents des services spécialisés du renseignement mentionnés à l'article R. 222-1 du Code de la sécurité intérieure, pour les seuls besoins de la prévention des atteintes aux intérêts fondamentaux de la Nation et des actes de terrorisme.

III. – Les modalités techniques et financières de l'accès à ces données et informations sont définies :

1° Par un arrêté conjoint du ministre de l'intérieur et du ministre de la justice pour les autorités judiciaires et les juridictions administratives mentionnées au I du présent article ;

2° Par un arrêté conjoint du ministre de l'intérieur et du ministre chargé des transports pour les agents de l'État chargés du contrôle des transports terrestres pour l'exercice de leurs compétences en matière de contrôle du transport routier prévues au présent code.

Art. R. 225-5 *(Mod., D. n° 2018-387, 24 mai 2018)*. – I. – Parmi les autorités et personnes énumérées à l'article L. 225-5, reçoivent communication des informations mentionnées à cet article, à raison de leurs attributions et dans la limite du besoin d'en connaître, au moyen d'un accès direct :

1° Les officiers ou agents de police judiciaire, des services de police ou des unités de la gendarmerie nationales agissant dans le cadre d'une enquête préliminaire ;

2° Les agents de police judiciaire adjoints et les gardes champêtres, individuellement désignés et habilités par le préfet, sur proposition du maire de la commune, aux seules fins d'identifier les auteurs des infractions au présent code qu'ils sont habilités à constater ;

3° Les agents individuellement désignés et habilités des organismes chargés de la délivrance et de la gestion des cartes de conducteur associées au chronotachygraphe électronique pour le contrôle des transports routiers, ou des cartes de qualification de conducteur destinées à prouver la qualification initiale et la formation continue des conducteurs de certains véhicules routiers affectés aux transports de marchandises ou de voyageurs ;

4° Les personnels individuellement désignés et habilités des entreprises exerçant une activité de transport public routier de voyageurs ou de marchandises pour les personnes qu'elles emploient comme conducteur de véhicule à moteur ;

5° Les autorités des États membres de l'Union Européenne, aux fins d'authentification du permis de conduire, conformément aux accords internationaux en vigueur.

II. – Reçoivent, à leur demande, communication des données et informations mentionnées à l'article L. 225-5, à raison de leurs attributions et dans la limite du besoin d'en connaître, les autres personnes et autorités énumérées par cet article :

1° Par l'intermédiaire du responsable du traitement :

a) Les autorités compétentes de Saint-Barthélemy, de Saint-Martin, de Wallis-et-Futuna, de la Nouvelle-Calédonie et de la Polynésie française, aux fins d'authentification du permis de conduire ;

b) Les autorités étrangères compétentes, aux fins d'authentification du permis de conduire, conformément aux accords internationaux en vigueur ;

2° Par l'intermédiaire du préfet :

a) Les autorités administratives civiles ou militaires pour les personnes employées ou susceptibles d'être employées comme conducteur de véhicule à moteur ;

b) Les entreprises d'assurances pour les personnes dont elles garantissent ou sont appelées à garantir la responsabilité encourue du fait des dommages causés par des véhicules à moteur ;

3° Par l'intermédiaire des services de la police ou de la gendarmerie nationales territorialement compétents :

a) Les militaires de la gendarmerie nationale et les fonctionnaires de la police nationale habilités à effectuer des contrôles routiers en application du présent code, autres que ceux bénéficiant d'un accès direct en application du e du 2° du I de l'article R. 225-4 ;

b) Les fonctionnaires et agents de l'État chargés du contrôle des transports terrestres placés sous l'autorité du ministre chargé des transports pour l'exercice des compétences en matière de contrôle du transport routier prévues au présent code, autres que ceux bénéficiant d'un accès direct en application du *g* du 2° du I de l'article R. 225-4 ;

c) Les agents de police judiciaire adjoints et les gardes champêtres autres que ceux mentionnés au 2° du I du présent article, aux seules fins d'identifier les auteurs des infractions au présent code qu'ils sont habilités à constater.

III. – Les modalités d'application du présent article sont fixées par arrêté du ministre de l'intérieur.

Art. R. 225-5-1. – Afin d'accéder aux informations mentionnées à l'article L. 225-5, les entreprises exerçant une activité de transport public routier de voyageurs ou de marchandises déclarent les personnes qu'elles emploient comme conducteur de véhicule à moteur.

Lorsque les personnels mentionnés au 4° du I de l'article R. 225-5 accèdent à ces informations, ils reçoivent une attestation sécurisée et datée, délivrée par voie électronique par le ministère de l'intérieur, comportant ces informations.

Un arrêté du ministre de l'intérieur et du ministre chargé des transports précise la liste des activités concernées et détermine les conditions de déclaration des personnes employées et les modalités de délivrance et les caractéristiques de l'attestation sécurisée.

Art. R. 225-5-2. – Le service permettant aux entreprises exerçant une activité de transport public routier de voyageurs ou de marchandises d'accéder aux informations mentionnées à l'article L. 225-5 donne lieu à la perception d'une redevance, qu'elles versent à la personne morale chargée de les délivrer.

Les modalités de tarification de la redevance sont fixées par arrêté du ministre chargé de la sécurité routière.

La personne morale chargée de délivrer les informations mentionnées à l'article L. 225-5 assure le recouvrement de la redevance. Elle tient une comptabilité des services rendus permettant d'identifier les coûts relatifs à la gestion de la redevance mentionnée au premier alinéa.

Art. R. 225-6 *(Mod., D. n° 2018-387, 24 mai 2018)*. – I. – La communication au titulaire du permis de conduire, ou au conducteur mentionné au I de l'article L. 223-10, du relevé intégral des mentions le concernant mentionné à l'article L. 225-3 est assurée par le préfet du département dans lequel il a établi son domicile, ou s'il réside à l'étranger, par l'agent diplomatique ou le consul compétent.

II. – Le titulaire du permis de conduire ou le conducteur mentionné au I de l'article L. 223-10, son avocat ou son mandataire reçoit, à sa demande, communication des informations mentionnées à l'article L. 225-5 par l'intermédiaire du préfet.

Le titulaire du permis de conduire, s'il réside à l'étranger, peut demander au préfet ayant délivré son titre de conduite qu'il communique les informations le concernant à l'autorité étrangère auprès de laquelle il a sollicité l'échange de son permis de conduire français. Le préfet assure cette communication par voie dématérialisée et en informe l'auteur de la demande.

L'autorité étrangère peut également demander par voie dématérialisée la communication de ces informations auprès du préfet ayant délivré le titre présenté à l'appui de la demande d'échange. S'il a été directement saisi par l'autorité étrangère, il lui communique ces informations par voie dématérialisée.

Les modalités d'application du présent II sont fixées par arrêté conjoint du ministre de l'intérieur et du ministre des affaires étrangères.

III. – Nonobstant les dispositions du I et du II, le titulaire du permis de conduire peut consulter directement le solde des points affectés à son permis de conduire au moyen d'un site internet dédié et sécurisé.

Les modalités d'application du présent III sont fixées par arrêté du ministre de l'intérieur.

CHAPITRE VI. – Organisation du contrôle médical de l'aptitude à la conduite

(En vigueur à compter du 1er septembre 2012, D. n° 2012-886, 17 juill. 2012)

Art. R. 226-1. – Le contrôle médical de l'aptitude à la conduite consiste en une évaluation de l'aptitude physique, cognitive et sensorielle du candidat au permis de conduire ou du titulaire du permis :

1° Dans les cas prévus aux articles L. 223-5 et L. 224-14 ;

2° Atteint d'une affection médicale incompatible avec l'obtention ou le maintien du permis de conduire ou pouvant donner lieu à la délivrance de permis de conduire de durée de validité limitée, figurant sur une liste fixée par arrêté conjoint des ministres chargés de la sécurité routière et de la santé ;

3° Soumis à un contrôle médical, périodique ou occasionnel, dans les cas figurant sur une liste fixée par arrêté du ministre chargé de la sécurité routière.

Art. R. 226-2 *(Créé, D. n° 2012-886, 17 juill. 2012 ; mod. D. n° 2016-39, 22 janv. 2016 ; D. n° 2016-39, 22 janv. 2016 ; D. n° 2018-795, 17 sept. 2018)*. – Ce contrôle est effectué par un médecin agréé par le préfet, consultant hors commission médicale, ou des médecins siégeant dans une commission médicale primaire départementale ou interdépartementale, mentionnés à l'article R. 221-11.

Une commission médicale d'appel, composée de médecins généralistes et de spécialistes agréés, est créée dans chaque département. À défaut de praticiens en nombre suffisant, elle peut être interdépartementale.

Un médecin agréé ne peut effectuer le contrôle médical d'une personne dont il est le médecin traitant.

Si le contrôle médical de l'aptitude à la conduite intervient à la suite d'une invalidation, annulation ou suspension du permis d'une durée de six mois ou plus, il est complété par un examen psychotechnique réalisé dans les conditions prévues à l'article R. 224-22.

Lors de ce contrôle médical, le médecin agréé ou la commission médicale peut prescrire tout examen complémentaire. Il peut également solliciter, dans le respect du secret médical, l'avis de professionnels de santé qualifiés dans des domaines particuliers.

S'il l'estime médicalement nécessaire, le médecin agréé peut demander au préfet de convoquer la personne examinée devant la commission médicale primaire dont la compétence est alors substituée à la sienne.

Le médecin agréé consultant hors commission médicale ou la commission médicale émet un avis médical sur l'aptitude, l'aptitude temporaire, l'aptitude avec restrictions d'utilisation du permis ou sur l'inaptitude à la conduite de la personne examinée. Lorsque cet avis est rendu par la commission médicale, il est transmis au préfet par ses soins.

Le contrôle médical de l'aptitude à la conduite n'est pas pris en charge par l'assurance maladie.

Les modalités d'organisation de ce contrôle médical et des tests psychotechniques sont fixées par arrêté conjoint des ministres chargés de la sécurité routière et de la santé.

Voir : A. 31 juill. 2012 (*JO* 24 août 2012).

Art. R. 226-3. – La commission médicale primaire réalise les contrôles médicaux :

1° À la suite d'une annulation ou suspension consécutive à une infraction pour conduite sous l'influence de l'alcool ou après usage de substances ou plantes classées comme stupéfiants ;

2° À la suite d'une invalidation résultant de sanctions dont l'une au moins est imputable à une infraction pour conduite sous l'influence de l'alcool ou après usage de substances ou plantes classées comme stupéfiants ;

3° Après sa saisine par un médecin agréé dans les conditions mentionnées à l'article R. 226-2 ;

4° Dans les autres cas définis par décret.

Art. D. 226-3-1 *(Créé, D. n° 2018-1143, 13 déc. 2018).* – La commission médicale primaire réalise les contrôles médicaux à la suite d'une mesure de restriction du droit de conduire aux seuls véhicules équipés d'un dispositif homologué d'anti-démarrage par éthylotest électronique prise en application de l'article R. 224-6.

Art. R. 226-4. – La commission médicale d'appel peut être saisie par la personne qui a fait l'objet d'un contrôle médical lorsque, à la suite de l'avis qui lui a été transmis, le préfet a rendu à son encontre une décision d'aptitude temporaire, d'aptitude avec restrictions d'utilisation du permis ou d'inaptitude.

Cet appel ne suspend pas l'application de la décision préfectorale.

La commission médicale d'appel, après avoir examiné la personne et entendu, si elle le juge nécessaire, le ou les médecins agréés qui ont réalisé son contrôle médical en première instance, transmet au préfet son avis motivé.

La personne ayant fait l'objet d'une décision d'inaptitude, d'aptitude temporaire ou d'aptitude assortie de restrictions du préfet prise après avis de la commission d'appel, peut demander un nouveau contrôle médical par un médecin agréé consultant hors commission médicale ou par la commission médicale à l'expiration d'un délai de six mois suivant cette décision.

TITRE III. – COMPORTEMENT DU CONDUCTEUR

CHAPITRE I. – COMPORTEMENT EN CAS D'ACCIDENT

Art. R. 231-1. – Tout conducteur ou tout usager de la route impliqué dans un accident de la circulation doit :

1° S'arrêter aussitôt que cela lui est possible, sans créer un danger pour la circulation ;

2° Lorsque l'accident n'a provoqué que des dégâts matériels, communiquer son identité et son adresse à toute personne impliquée dans l'accident ;

3° Si une ou plusieurs personnes ont été blessées ou tuées dans l'accident :

a) Avertir ou faire avertir les services de police ou de gendarmerie ;

b) Communiquer à ceux-ci ou à toute personne impliquée dans l'accident son identité et son adresse ;

c) Éviter, dans toute la mesure compatible avec la sécurité de la circulation, la modification de l'état des lieux et la disparition des traces susceptibles d'être utilisées pour établir les responsabilités.

CHAPITRE II. – ATTEINTES INVOLONTAIRES AUX PERSONNES

Art. R. 232-1 *(Abr., D. n° 2005-320, 30 mars 2005).*

CHAPITRE III. – COMPORTEMENT EN CAS DE CONTRÔLE ROUTIER

Art. R. 233-1 *(Mod. à compter du 15 avril 2009, D. n° 2009-136, 9 févr. 2009 ; mod., A. 23 mars 2009 ; D. n° 2011-1475, 9 nov. 2011 ; D. n° 2012-284, 28 févr. 2012 ; D. n° 2014-784, 8 juill. 2014 ; D. n° 2014-1295, 31 oct. 2014 ; D. n° 2015-514, 7 mai 2015 ; D. n° 2015-1537, 25 nov. 2015 ; D. n° 2016-1289, 30 sept. 2016 ; D. n° 2017-198, 16 févr. 2017 ; D. n° 2020-605, 18 mai 2020).* **– I. – Lorsque les dispositions du présent code l'exigent, tout conducteur ou, le cas échéant, tout accompagnateur d'un apprenti conducteur, est tenu de présenter à toute réquisition des agents de l'autorité compétente :**

1° Tout titre justifiant de son autorisation de conduire ;

2° Le certificat d'immatriculation du véhicule et, le cas échéant, celui de la remorque si le poids total autorisé en charge (PTAC) de cette dernière excède 500 kilogrammes, ou de la semi-remorque s'il s'agit d'un véhicule articulé, ou les récépissés provisoires, ou les photocopies des certificats d'immatriculation dans les cas et dans les conditions prévues par un arrêté du ministre de la justice et du ministre de l'intérieur ;

3° Pour l'accompagnateur d'un apprenti conducteur, le permis de conduire exigé pour la conduite du véhicule obtenu depuis au moins cinq ans ou l'autorisation d'enseigner la conduite des véhicules à moteur mentionnée aux articles L. 212-1 et R. 212-1 correspondant à la catégorie du véhicule utilisé ;

4° Dans les cas mentionnés aux II et III de l'article R. 221-8, une attestation de la formation pratique ou le document attestant d'une expérience de la conduite conforme aux conditions prévues par ces dispositions ;

5° Les documents attestant de l'équipement du véhicule d'un dispositif homologué d'antidémarrage par éthylotest électronique et de la vérification de son fonctionnement, lorsque le conducteur :

***a)* A été condamné à une peine d'interdiction de conduire un véhicule qui ne soit pas équipé par un professionnel agréé ou par construction d'un tel dispositif ; ou**

***b)* Est soumis à l'obligation prévue au 7° de l'article 132-45 du Code pénal, au 4° *bis* de l'article 41-2 ou au 8° de l'article 138 du Code de procédure pénale ;**

***c)* Fait l'objet d'une décision de restriction d'usage du permis de conduire par l'autorité administrative compétente en application des articles R. 221-1-1 et R. 226-1 ;**

d) (d créé, D. n° 2018-795, 17 sept. 2018) **Fait l'objet d'une décision du préfet restreignant le droit de conduire, pendant une durée déterminée, aux seuls véhicules équipés par un professionnel agréé ou par construction, conformément aux dispositions de l'article L. 234-17, d'un dispositif homologué d'anti-démarrage par éthylotest électronique ;**

6° *(Abr., D. n° 2020-605, 18 mai 2020)* **;**

7° Le procès-verbal de contrôle technique périodique pour les véhicules mentionnés aux articles R. 323-23 et R. 323-25 ;

8° Le triangle de présignalisation prévu au I de l'article R. 416-19 ;

9° Le gilet de haute visibilité prévu au II de l'article R. 416-19.

II. – En cas de perte ou de vol du titre justifiant de l'autorisation de conduire le récépissé de déclaration de perte ou de vol tient lieu de titre pendant un délai de deux mois au plus.

III. – Le fait de ne pas présenter immédiatement aux agents de l'autorité compétente les éléments exigés par le présent article est puni de l'amende prévue pour les contraventions de la première classe.

IV. – Le fait, pour toute personne invitée à justifier dans un délai de cinq jours de la possession de son brevet de sécurité routière, de ne pas présenter ce document avant l'expiration de ce délai est puni de l'amende prévue pour les contraventions de la deuxième classe.

V. – Hors les cas prévus aux 8° et 9° du I, le fait, pour toute personne invitée à justifier dans un délai de cinq jours de la possession des autorisations et pièces exigées par le présent article, de ne pas présenter ces documents avant l'expiration de ce délai est puni de l'amende prévue pour les contraventions de la quatrième classe.

Art. R. 233-2. – Lorsque le conducteur d'un véhicule de transport en commun ne peut présenter l'attestation d'aménagement prévue à l'article R. 323-23, l'immobilisation peut être prescrite dans les conditions prévues aux articles L. 325-1 à L. 325-3.

Art. R. 233-3. – Les règles pénales relatives à l'obligation de présentation de l'attestation d'assurance et d'apposition sur le véhicule du certificat d'assurance sont fixées par les articles R. 211-14, R. 211-21-1 et R. 211-21-5 du Code des assurances ci-après reproduits :

Art. R. 211-14. – Tout conducteur d'un véhicule mentionné à l'article L. 211-1 doit, dans les conditions prévues aux articles de la présente section, être en mesure de présenter un document faisant présumer que l'obligation d'assurance a été satisfaite.

Cette présomption résulte de la production, aux fonctionnaires ou agents chargés de constater les infractions à la police de la circulation, d'un des documents dont les conditions d'établissement et de validité sont fixées par le décret en Conseil d'État prévu à l'article L. 211-1.

À défaut d'un de ces documents la justification est fournie aux autorités judiciaires par tous moyens.

Sera puni de la peine d'amende prévue pour les contraventions de 2e classe tout conducteur d'un véhicule mentionné à l'article L. 211-1 et non soumis à l'obligation prévue à l'article R. 211-21-1 qui ne sera pas en mesure de présenter un des documents justificatifs prévus aux articles R. 211-15 et R. 211-17. Toutefois, ces dispositions ne sont pas applicables lorsque ce conducteur est passible de la sanction prévue à l'alinéa suivant.

Sera punie de la peine d'amende prévue pour les contraventions de la 4e classe toute personne qui, invitée à justifier dans un délai de cinq jours de la possession d'un des documents mentionnés à l'alinéa précédent, n'aura pas présenté ce document avant l'expiration de ce délai.

Les documents justificatifs prévus au présent article n'impliquent pas une obligation de garantie à la charge de l'assureur.

Art. R. 211-21-1. – Tout souscripteur d'un contrat d'assurance prévu par l'article L. 211-1 doit apposer sur le véhicule automoteur assuré, dans les conditions fixées par un arrêté du ministre chargé de l'économie, le certificat d'assurance décrit aux articles R. 211-21-2 et R. 211-21-3, alinéa 2.

Les dispositions de l'alinéa 1er sont applicables aux véhicules à moteur dont le poids total autorisé en charge est inférieur ou égal à 3,5 tonnes, à l'exception des véhicules et matériels agricoles ou de travaux publics, des engins spéciaux et des véhicules circulant avec un certificat d'immatriculation spécial W.

Art. R. 211-21-5. – Sera puni de la peine d'amende prévue pour les contraventions de deuxième classe tout souscripteur d'un contrat d'assurance relatif à un véhicule mentionné à l'article R. 211-21-1 qui aura omis d'apposer sur le véhicule concerné le certificat prévu aux articles R. 211-21-2 et R. 211-21-3 ou aura apposé un certificat non valide.

CHAPITRE IV. – CONDUITE SOUS L'INFLUENCE DE L'ALCOOL

Art. R. 234-1 *(D. n° 2015-743, 24 juin 2015 ; mod., D. n° 2018-795, 17 sept. 2018)*. **– I. – Même en l'absence de tout signe d'ivresse manifeste, est puni de l'amende prévue pour les contraventions de la quatrième classe le fait de conduire un véhicule sous l'empire d'un état alcoolique caractérisé par :**

1° *(1° mod., D. n° 2019-871, 21 août 2019)* **Une concentration d'alcool dans le sang égale ou supérieure à 0,20 gramme par litre ou par une concentration d'alcool dans l'air expiré égale ou supérieure à 0,10 milligramme par litre et inférieure aux seuils fixés à l'article L. 234-1, chez le conducteur d'un véhicule de transport en commun chez le conducteur dont le droit de conduire est limité aux seuls véhicules équipés d'un dispositif homologué d'anti-démarrage par éthylotest électronique, installé par un professionnel agréé ou par construction, conformément aux dispositions de l'article L. 234-17, ainsi que chez le conducteur titulaire d'un permis de conduire soumis au délai probatoire défini à l'article L. 223-1 ou en situation d'apprentissage définie à l'article R. 211-3 ;**

2° Une concentration d'alcool dans le sang égale ou supérieure à 0,50 gramme par litre ou par une concentration d'alcool dans l'air expiré égale ou supérieure à 0,25 milligramme par litre et inférieure aux seuils fixés à l'article L. 234-1, chez les autres conducteurs.

II. – L'immobilisation peut être prescrite dans les conditions prévues aux articles L. 325-1 à L. 325-3.

III. – Toute personne coupable de l'une des infractions mentionnées au I encourt également les peines complémentaires suivantes :

1° La suspension du permis de conduire pour une durée de trois ans au plus, cette suspension pouvant être limitée à la conduite en dehors de l'activité professionnelle ;

2° L'interdiction, pendant une durée de trois ans au plus, de conduire un véhicule qui ne soit pas équipé d'un dispositif homologué d'anti-démarrage par éthylotest électronique par un professionnel agréé ou par

construction, conformément aux dispositions de l'article L. 234-17, en état de fonctionnement et après avoir utilisé elle-même ce dispositif sans en avoir altéré le fonctionnement.

IV. – Cette contravention donne lieu de plein droit à la réduction de six points du permis de conduire.

V. – Les dispositions du présent article sont applicables à l'accompagnateur d'un élève conducteur.

1) Méconnaît l'article 15 de l'arrêté du 8 juillet 2003 relatif au contrôle des éthylomètres la cour d'appel qui écarte le moyen tendant à la requalification du délit de conduite sous l'empire d'un état alcoolique en la contravention de l'article R. 234-1, 2°, du Code de la route aux motifs que l'argument tenant à la marge d'erreur est inopérant car deux taux supérieurs ou égaux à la limite légale ayant été relevés, à 15 minutes d'intervalle, sur un individu ayant reconnu avoir consommé, 1 heure avant le contrôle routier, deux verres de bière. En effet, seule ladite contravention pouvait être caractérisée, quel que soit le taux retenu et compte tenu de la marge d'erreur réglementaire de 8 % de la valeur mesurée pour les concentrations égales ou supérieures à 0,400 mg/l (▪ Cass. crim., 26 mars 2019, n° 18-84.900 : *JurisData* n° 2019-004507 ; *JCP* G 2019, 571, note L. Desessard ; *Dr. pén.* 2019, comm. 108, note J.-H. Robert).

2) Le juge, lorsqu'il est saisi d'une infraction pour conduite sous l'empire d'un état alcoolique, doit vérifier que, dans le procès-verbal qui fonde la poursuite, il a été tenu compte, pour interpréter la mesure du taux d'alcool effectuée au moyen d'un éthylomètre, des marges d'erreur maximales prévues par ce texte ; méconnaît ce principe le tribunal qui pour déclarer coupable le prévenu énonce que l'interprétation des mesures du taux d'alcoolémie effectuées au moyen d'un éthylomètre constitue pour le juge une faculté et non une obligation (▪ Cass. crim., 10 déc. 2019, n° 19-82.399).

V. ss C. route, art. L. 234-1, p. 1969.

Art. R. 234-2 ***(D. n° 2015-774, 29 juin 2015).*** **– Les opérations de dépistage de l'imprégnation alcoolique par l'air expiré, prévues par les articles L. 234-3 à L. 234-5 et L. 234-9, sont effectuées au moyen d'un éthylotest électronique ou chimique qui répond, selon sa nature, aux exigences fixées par le décret n° 2008-883 du 1er septembre 2008 relatif aux éthylotests électroniques ou par le décret n° 2015-775 du 29 juin 2015 fixant les exigences de fiabilité et de sécurité relatives aux éthylotests chimiques destinés à un usage préalable à la conduite routière.**

1) La cour d'appel, rejetant l'exception de nullité tirée du non-respect des dispositions de l'article R. 234-2 du Code de la route, aux motifs que la modification par le décret du 29 juin 2015 n'entraîne qu'un changement de définition des contraintes techniques qui doivent être respectées et ne change rien au fait que seuls les moyens techniques destinés à établir la preuve de l'état alcoolique sont soumis à une homologation dont le juge doit vérifier l'existence, a justifié sa décision, dès lors que dans sa rédaction issue du décret n° 2015-774 du 29 juin 2015, applicable à la date des faits, l'article R. 234-2 du Code de la route n'impose pas aux officiers ou agents de police judiciaire procédant à un contrôle d'alcoolémie, de justifier de la fiabilité d'un éthylotest homologué destiné à établir une présomption d'état alcoolique (▪ Cass. crim., 2 avr. 2019, n° 18-83.327).

2) L'article R. 234-2, dans sa rédaction issue du décret n° 2015-774 du 29 juin 2015, n'impose pas aux officiers ou agents de police judiciaire procédant à un contrôle d'alcoolémie, de justifier de la fiabilité d'un éthylotest homologué destiné à établir une présomption d'état alcoolique. Méconnaît le sens et la portée du texte ainsi que de ce principe la cour d'appel qui, pour faire droit à l'exception de nullité des opérations de dépistage et de vérification de l'alcoolémie et renvoyer le prévenu des fins de la poursuite, énonce que la simple mention en procédure d'un dépistage ne lui permet pas de connaître la fiabilité de l'éthylotest de nature indéterminée supposé avoir été utilisé pour le dépistage en cause et que ce dépistage irrégulier entraîne la nullité de la vérification éthylométrique ultérieure (▪ Cass. crim., 10 sept. 2019, n° 19-80.500).

3) Note. Sur l'homologation de l'appareil, V. sous C. route, art. L. 234-4, p. 1971 l'arrêt du 15 janv. 2014.

Art. R. 234-3 ***(Mod., D. n° 2021-1351, 15 oct. 2021).*** **– Les vérifications médicales, cliniques et biologiques opérées en application des articles L. 234-3 à L. 234-5 et L. 234-9 et destinées à établir la preuve de l'état alcoolique sont effectuées dans les conditions prévues au chapitre IV du titre V du livre III de la troisième partie du Code de la santé publique.**

Les dispositions du dernier alinéa de l'article R. 3354-3 du Code de la santé publique, selon lesquelles les opérations de contrôle de l'imprégnation alcoolique sont précédées d'un examen du comportement de la personne concernée, ne sont pas prescrites à peine de nullité.

A justifié sa décision la cour d'appel qui, pour rejeter l'exception de nullité tirée de l'absence, au dossier de la procédure, de fiche d'examen de comportement dite « fiche A », retient que cette absence est palliée par le versement au dossier du certificat médical relatant le bilan lésionnel effectué à l'arrivée de l'intéressé à l'hôpital et au terme duquel il présentait un taux d'alcoolémie de 3,11 g/L, et par l'examen clinique objet de la fiche B qui a relevé chez lui des explications embrouillées et une haleine caractéristique (■ Cass. crim., 20 mars 2018, n° 17-81.238).

Art. R. 234-4 ***(Mod., D. n° 2021-1351, 15 oct. 2021).*** **– Lorsque, pour procéder aux vérifications prévues par les articles L. 234-3 à L. 234-5 et L. 234-9 du présent code, ainsi que par l'article L. 3354-1 du Code de la santé publique, l'officier ou l'agent de police judiciaire fait usage d'un appareil homologué permettant de déterminer le taux d'alcool par l'analyse de l'air expiré, la vérification est faite selon les modalités ci-après :**

1° Le délai séparant l'heure, selon le cas, de l'infraction ou de l'accident ou d'un dépistage positif effectué dans le cadre d'un contrôle ordonné par le procureur de la République ou effectué sur initiative de l'officier ou de l'agent de police judiciaire et l'heure de la vérification doit être le plus court possible ;

2° L'officier ou l'agent de police judiciaire, après avoir procédé à la mesure du taux d'alcool, en notifie immédiatement le résultat à la personne faisant l'objet de cette vérification. Il l'avise qu'il peut demander un second contrôle. Le procureur de la République, le juge d'instruction ou l'officier ou l'agent de police judiciaire ayant procédé à la vérification peuvent également décider qu'il sera procédé à un second contrôle. Celui-ci est alors effectué immédiatement, après vérification du bon fonctionnement de l'appareil ; le résultat en est immédiatement porté à la connaissance de l'intéressé.

1) **Vérification de l'appareil.** Si l'article R. 234-4 du Code de la route prescrit de vérifier l'éthylomètre avant le second souffle, aucun texte ne prévoit une telle obligation avant le premier souffle ni n'impose de changer d'embout entre les deux souffles (■ Cass. crim., 19 mai 2015, n° 14-85.046 : *JCP* G 2015, act. 617, obs. L. Desessard).

2) **Auteur du second contrôle.** Le second contrôle prévu par l'article R. 234-4, 2° du Code de la route qui n'a pas été sollicité par le conducteur n'a pas à être opéré d'office par l'officier ou l'agent de police judiciaire (■ Cass. crim., 6 déc. 2016, n° 15-86.619).

3) **Résultats discordants.** Lorsqu'un conducteur qui a fait l'objet d'une vérification d'alcoolémie est soumis à un second contrôle en application de l'article R. 234-4 du Code de la route, seul le taux qui lui est le plus favorable doit être retenu et appliqué la marge d'erreur de 8 % prévue par l'arrêté du 8 juillet 2003 relatif aux éthylomètres (■ Cass. crim., 14 déc. 2021, n° 20-86.969, FS-B, §§ 8 à 10 : *JurisData* n° 2021-020311 ; *Dr. pén.* 2022, comm. 26, obs. J.-H. Robert).

Art. R. 234-5 ***(D. n° 2011-1048, 5 sept. 2011 ; D. n° 2017-198, 16 févr. 2017).*** **– I. – Est puni de l'amende prévue pour les contraventions de la cinquième classe le fait pour une personne ayant été condamnée à la peine d'interdiction de conduire un véhicule qui ne soit pas équipé par un professionnel agréé ou par construction d'un dispositif homologué d'antidémarrage par éthylotest électronique de conduire un véhicule équipé d'un tel dispositif soit après que celui-ci a été utilisé par un tiers pour permettre le démarrage, soit après l'avoir neutralisé ou détérioré ou l'avoir utilisé dans des conditions empêchant la mesure exacte de son état d'imprégnation alcoolique.**

Les dispositions du précédent alinéa sont également applicables lorsque les faits ont été commis :

– par une personne ayant accepté d'exécuter à titre de composition pénale la mesure prévue au 4° *bis* de l'article 41-2 du Code de procédure pénale, dès lors que la composition pénale a été validée dans les conditions prévues par cet article ;

– par une personne soumise à une interdiction de conduire un véhicule qui ne soit pas équipé, par un professionnel agréé ou par construction, d'un dispositif homologué d'antidémarrage par éthylotest électronique prononcée en application du 8° de l'article 138 du Code de procédure pénale dans le cadre d'un contrôle judiciaire ou d'une assignation à résidence sous surveillance électronique ;

– par une personne soumise à une interdiction de conduire un véhicule qui ne soit pas équipé, par un professionnel agréé ou par construction, d'un dispositif homologué d'antidémarrage par éthylotest électronique prononcée en application du 7° de l'article 132-45 du Code pénal, dans le cadre d'une contrainte pénale, d'un suivi socio-judiciaire, d'un sursis avec mise à l'épreuve ou assorti de l'obligation d'accomplir un travail d'intérêt général, d'un des aménagements de peine prévus aux articles 720-1-1, 721-2, 723-4 ou 723-10 du Code de procédure pénale, d'une libération conditionnelle, ou d'une surveillance judiciaire ou de sûreté.

II. – Le fait, par toute personne, de faciliter sciemment, par aide ou assistance, la préparation ou la consommation de la contravention prévue au I est puni de la même peine.

III. – Les personnes coupables des contraventions prévues au présent article encourent également les peines complémentaires suivantes :

1° La suspension du permis de conduire pour une durée de trois ans au plus, cette suspension ne pouvant pas être limitée à la conduite en dehors de l'activité professionnelle, ni être assortie du sursis, même partiellement ;

2° L'interdiction de conduire certains véhicules terrestres à moteur, y compris ceux pour la conduite desquels le permis de conduire n'est pas exigé, pour une durée de trois ans au plus ;

3° L'obligation d'accomplir, à ses frais, un stage de sensibilisation à la sécurité routière ;

4° La confiscation du véhicule dont le prévenu s'est servi pour commettre l'infraction, s'il en est propriétaire.

IV. – La récidive des contraventions prévues au présent article est réprimée conformément à l'article 132-11 du Code pénal.

V. – Ces contraventions donnent lieu de plein droit à la réduction de six points du permis de conduire.

VI. – L'immobilisation du véhicule peut être prescrite dans les conditions prévues aux articles L. 325-1 à L. 325-3.

Art. R. 234-6 *(D. n° 2012-3, 3 janv. 2012)*. – Tout conducteur d'un véhicule obligatoirement équipé d'un éthylotest antidémarrage doit utiliser ce dispositif préalablement au démarrage du véhicule.

Le fait pour le conducteur de conduire un véhicule équipé d'un tel dispositif soit après que celui-ci a été utilisé par un tiers pour permettre le démarrage, soit après l'avoir neutralisé ou détérioré ou l'avoir utilisé dans des conditions empêchant la mesure exacte de son état d'imprégnation alcoolique est puni de l'amende prévue pour les contraventions de la quatrième classe.

Le fait, par toute personne, de faciliter sciemment, par aide ou assistance, la préparation ou la consommation de la contravention prévue à l'alinéa précédent est puni de la même peine.

Art. R. 234-7 *(En vigueur à compter du 1er juillet 2012, D. n° 2012-284, 28 févr. 2012 ; D. n° 2020-605, 18 mai 2020)*. – Le fait de contrevenir aux dispositions de l'article L. 3341-4 du Code de la santé publique et de ses textes d'application est puni de l'amende prévue pour les contraventions de la quatrième classe.

CHAPITRE V. – CONDUITE SOUS L'INFLUENCE DE SUBSTANCES OU PLANTES CLASSÉES COMME STUPÉFIANTS

(D. n° 2001-751, 27 août 2001)

Section I. – Dispositions générales

Art. R. 235-1 *(D. n° 2016-1152, 24 août 2016)*. – En vue de procéder aux épreuves de dépistage et, le cas échéant, aux analyses ou examens médicaux, cliniques et biologiques prévus par l'article L. 235-2, le délai séparant, d'une part, l'heure de l'accident et, d'autre part, l'heure de l'épreuve de dépistage et, le cas échéant, des analyses ou examens précités doit être le plus court possible.

Art. R. 235-2 *(D. n° 2003-293, 31 mars 2003)*. – Pour l'application de l'article L. 235-2, doit être regardé comme étant un accident mortel de la circulation celui qui a des conséquences immédiatement mortelles.

Section II. – Épreuves de dépistage

Art. R. 235-3 *(Mod., D. n° 2008-754, 30 juill. 2008 ; D. n° 2012-3, 3 janv. 2012 ; D. n° 2021-1351, 15 oct. 2021)*. – Les épreuves de dépistage prévues par l'article L. 235-2 sont effectuées par un médecin, biologiste, ou un étudiant en médecine autorisé à exercer à titre de remplaçant, dans les conditions fixées à l'article L. 4131-2 du Code de la santé publique, requis à cet effet soit par un officier ou agent de police judiciaire soit par un agent de police judiciaire adjoint ou par un garde champêtre, sur l'ordre et sous la responsabilité d'un officier de police judiciaire, qui leur fournit les matériels nécessaires au dépistage lorsqu'il s'agit d'un recueil urinaire.

Ces épreuves sont effectuées par un officier ou agent de police judiciaire, par un agent de police judiciaire adjoint ou par un garde champêtre dans les conditions prévues à l'alinéa précédent, lorsqu'il s'agit d'un recueil salivaire.

Art. R. 235-4 *(D. n° 2016-1152, 24 août 2016)*. – Les épreuves de dépistage réalisées à la suite d'un recueil de liquide biologique sont effectuées conformément aux méthodes et dans les conditions prescrites par un arrêté des ministres de la Justice et de l'Intérieur ainsi que du ministre chargé de la santé, après avis du directeur général de l'Agence nationale de sécurité du médicament et des produits de santé.

Art. R. 235-5 *(D. n° 2016-1152, 24 août 2016)*. – Les vérifications mentionnées au cinquième alinéa de l'article L. 235-2 comportent une ou plusieurs des opérations suivantes :
- examen clinique en cas de prélèvement sanguin ;
- analyse biologique du prélèvement salivaire ou sanguin.

Art. R. 235-6 *(D. n° 2016-1152, 24 août 2016)*. – I. – Le prélèvement salivaire est effectué par un officier ou agent de police judiciaire de la gendarmerie ou de la police nationales territorialement compétent à l'aide d'un nécessaire, en se conformant aux méthodes et conditions prescrites par l'arrêté prévu à l'article R. 235-4.

À la suite de ce prélèvement, l'officier ou l'agent de police judiciaire demande au conducteur s'il souhaite se réserver la possibilité de demander l'examen technique ou l'expertise prévus par l'article R. 235-11 ou la recherche de l'usage des médicaments psychoactifs prévus au même article.

Si la réponse est positive, il est procédé dans le plus court délai possible à un prélèvement sanguin dans les conditions fixées au II.

II. – Le prélèvement sanguin est effectué par un médecin ou un étudiant en médecine autorisé à exercer à titre de remplaçant, dans les conditions fixées à l'article L. 4131-2 du Code de la santé publique, requis à cet effet par un officier ou un agent de police judiciaire. Le prélèvement sanguin peut également être effectué par un biologiste requis dans les mêmes conditions.

Ce praticien effectue le prélèvement sanguin à l'aide d'un nécessaire mis à sa disposition par un officier ou un agent de police judiciaire, en se conformant aux méthodes prescrites par un arrêté pris dans les conditions prévues à l'article R. 235-4.

Un officier ou un agent de police judiciaire assiste au prélèvement sanguin.

III. – L'examen clinique, en cas de prélèvement sanguin, est effectué par un médecin ou un étudiant en médecine autorisé à exercer à titre de remplaçant, dans les conditions fixées à l'article L. 4131-2 du Code de la santé publique, requis à cet effet par un officier ou un agent de police judiciaire.

Art. R. 235-7 *(D. n° 2016-1152, 24 août 2016)*. – Le prélèvement sanguin mentionné au troisième alinéa du I de l'article R. 235-6 est conservé dans un tube étiqueté et scellé par un officier ou agent de police judiciaire.

Le prélèvement sanguin prévu au II de l'article R. 235-6 est réparti entre deux tubes étiquetés et scellés par un officier ou agent de police judiciaire.

Art. R. 235-8 *(D. n° 2016-1152, 24 août 2016)*. – En cas de décès du ou des conducteurs impliqués, le prélèvement des échantillons sanguins est effectué dans les conditions fixées par l'article R. 235-5 et par le II de l'article R. 235-6.

Les méthodes de prélèvement et de conservation des échantillons sanguins applicables en cas de décès du ou des conducteurs impliqués sont fixées par l'arrêté prévu à l'article R. 235-4.

Le cas échéant, sur réquisition ou ordonnance de commission d'expert, il est procédé à un examen de corps ou à une autopsie.

Art. R. 235-9 *(D. n° 2016-1152, 24 août 2016)*. – L'officier ou l'agent de police judiciaire adresse l'échantillon salivaire prélevé, et, le cas échéant, l'échantillon sanguin prélevé, ou les deux échantillons sanguins prélevés, accompagnés des résultats des épreuves de dépistage, à un laboratoire de biologie médicale ou à un laboratoire de police scientifique, ou à un expert inscrit en toxicologie sur l'une des listes instituées en application de l'article 2 de la loi n° 71-498 du 29 juin 1971 relative aux experts judiciaires et de l'article 157 du Code de procédure pénale, dans les conditions prévues par l'article R. 3354-20 du Code de la santé publique.

Le laboratoire ou l'expert conserve le tube prévu au premier alinéa de l'article R. 235-7 ou un des deux tubes mentionnés au second alinéa du même article en vue d'une demande éventuelle d'un examen technique ou d'une expertise. L'arrêté prévu à l'article R. 235-4 précise les conditions de réalisation des examens de biologie médicale et de conservation des échantillons.

Art. R. 235-10 *(D. n° 2016-1152, 24 août 2016)*. – Les analyses des prélèvements salivaires et sanguins sont conduites en vue d'établir si la personne conduisait en ayant fait usage de substances ou plantes classées comme stupéfiants. Elles le sont dans les conditions définies par l'arrêté prévu à l'article R. 235-4.

Art. R. 235-11 *(D. n° 2016-1152, 24 août 2016 ; mod., D. n° 2019-1284, 2 déc. 2019)*. – Dans un délai de cinq jours suivant la notification des résultats de l'analyse de son prélèvement salivaire ou sanguin, à condition, dans le premier cas, qu'il se soit réservé la possibilité prévue au deuxième alinéa du I de l'article R. 235-6, le conducteur peut demander au procureur de la République, au juge d'instruction ou à la juridiction de jugement qu'il soit procédé à partir du tube prévu au second alinéa de l'article R. 235-9 à un examen technique ou à une expertise en application des articles 60,77-1 et 156 du Code de procédure pénale.

De même, le conducteur peut demander qu'il soit procédé, dans les mêmes délais et conditions, à la recherche de l'usage de médicaments psychoactifs pouvant avoir des effets sur la capacité de conduire le véhicule.

En cas d'examen technique ou d'expertise, ceux-ci sont confiés à un autre laboratoire ou à un autre expert répondant aux conditions fixées par l'article R. 235-9. Celui-ci pratique l'expertise de contrôle en se conformant aux méthodes prescrites en application de l'article R. 235-10.

Selon l'article R. 235-11, dans sa rédaction antérieure à celle issue du décret n° 2016-1152 du 24 août 2016, alors en vigueur, le conducteur, qui a fait l'objet d'un dépistage de l'usage de stupéfiants s'étant révélé positif ou d'une analyse sanguine ayant établi un tel usage, est en droit de demander à la juridiction de jugement une expertise, un examen de contrôle ou une recherche de médicaments psychoactifs, sans qu'un délai ne lui soit légalement imparti à peine de forclusion. Doit être cassé l'arrêt qui écarte la demande d'expertise formulée par le prévenu que la Cour considère comme dilatoire, au motif qu'il n'est pas possible de faire droit à sa demande de contre expertise, le laboratoire de police scientifique de Paris n'ayant pu que procéder à la destruction du deuxième échantillon de sang prélevé lors du contrôle initial, par application des textes qui n'imposent aux laboratoires de ne conserver les échantillons que pendant 1 an, alors que l'expertise demandée était de droit et que les juges ne sont pas assurés de la destruction du deuxième échantillon que les laboratoires étaient tenus de garder pendant au moins 1 an (■ Cass. crim., 15 janv. 2019, n° 18-83.082).

Art. R. 235-12 *(D. n° 2016-1152, 24 août 2016)*. – Les honoraires et indemnités de déplacement afférents aux épreuves de dépistage, aux prélèvements et aux examens biologiques prévus aux articles R. 235-4 et R. 235-6 sont calculés par référence aux articles R. 110, R. 111 et R. 117 du Code de procédure pénale.

Lorsqu'il est procédé à un examen clinique et à un prélèvement biologique, tant en application des dispositions de l'article R. 235-6 que des dispositions des articles R. 3354-7 à R. 3354-11 du Code de la santé publique, il n'est dû qu'une seule indemnité de déplacement et des honoraires que pour un seul acte.

Les frais afférents aux examens de laboratoire mentionnés aux articles R. 235-10 et R. 235-11 relatifs à la recherche de produits stupéfiants et, le cas échéant, les frais afférents à la recherche de médicaments psychoactifs sont fixés conformément aux dispositions de l'article R. 118 du Code de procédure pénale.

Les frais afférents à l'acquisition des matériels de recueil et de dépistage prévus par l'article R. 235-3 sont fixés par arrêté conjoint du ministre de la Justice et du ministre chargé du budget.

Art. R. 235-13. – *(D. n° 2001-751, 27 août 2001)* Les dépenses visées à l'article précédent constituent des frais de justice criminelle, correctionnelle et de police.

Le paiement de ces frais a lieu conformément aux dispositions du titre X du livre V du Code de procédure pénale.

TITRE IV. – DISPOSITIONS RELATIVES À L'OUTRE-MER

CHAPITRE I. – DISPOSITIONS PARTICULIÈRES À LA COLLECTIVITÉ TERRITORIALE DE SAINT-PIERRE-ET-MIQUELON

Art. R. 241-1 *(Mod., D. n° 2016-516, 26 avr. 2016)*. – Pour l'application des dispositions du présent livre dans la collectivité territoriale de Saint-Pierre-et-Miquelon, les termes énumérés ci-après sont remplacés comme suit :

1° « département » par « collectivité territoriale » ;

2° « départemental » par « territorial » ;

3° « départementale » par « territoriale » ;

4° « directeur départemental de la sécurité publique » par « directeur de la sécurité publique » ;
5° « directeur départemental de l'équipement » par « directeur de l'équipement » ;
6° « direction départementale de l'équipement » et « direction régionale de l'industrie, de la recherche et de l'environnement » par « direction de l'équipement ».
7° « préfet du département » par « préfet territorialement compétent ».

Art. R. 241-2 *(Mod., D. n° 2012-886, 17 juill. 2012)*. – La commission médicale prévue à l'article R. 226-1 est constituée, pour l'application de cet article dans la collectivité territoriale de Saint-Pierre-et-Miquelon, dans les conditions fixées par arrêté du préfet.

Art. R. 241-3 *(Abr., D. n° 2006-665, 7 juin 2006)*.

CHAPITRE II. – DISPOSITIONS APPLICABLES DANS LA COLLECTIVITÉ TERRITORIALE DE MAYOTTE

Art. R. 242-1. – Pour l'application du présent livre dans la collectivité territoriale de Mayotte, les termes énumérés ci-après sont remplacés comme suit :
1° « préfet » par « représentant du Gouvernement » ;
2° « département » par « collectivité territoriale » ;
3° « départemental » par « territorial » ;
4° « départementale » par « territoriale » ;
5° « directeur départemental de la sécurité publique » par « directeur de la sécurité publique » ;
6° « directeur départemental de l'équipement » par « directeur de l'équipement » ;
7° « direction départementale de l'équipement » par « direction de l'équipement » ;
8° « direction régionale de l'industrie, de la recherche et de l'environnement » par « service chargé de la réception des véhicules » ;
9° « préfecture » par « représentation du Gouvernement ».

Art. R. 242-2. – Les dispositions réglementaires du présent livre sont applicables dans la collectivité territoriale de Mayotte à l'exception de l'article R*. 221-2 et du 2° de l'article R. 221-21.

Art. R. 242-3. – Pour l'application du présent livre dans la collectivité territoriale de Mayotte :
1° Au I de l'article R. 212-3 et dans les articles R. 212-6, R. 213-2, R. 213-4 et R. 213-9, le terme « ministre chargé des transports » est remplacé par « représentant du Gouvernement » ;
2° Le ministre chargé de l'outre-mer signe les arrêtés ministériels prévus par les articles R. 221-4, R. 221-10 et R. 233-1 ;
3° Les arrêtés ministériels prévus par les articles R. 222-1 à R. 222-3, R. 222-7, R. 222-8 et R. 234-2 sont pris après avis du ministre chargé de l'outre-mer ;
4° Au quatrième alinéa de l'article R. 221-20, après les mots : « départements d'outre-mer », il est ajouté les mots : « et à la collectivité territoriale de Mayotte ».

Art. R. 242-4 *(Abr., D. n° 2018-953, 31 oct. 2018)*.

Art. R. 242-5 *(Abr., D. n° 2006-665, 7 juin 2006)*.

Art. R. 242-6. – Pour l'application dans la collectivité territoriale de Mayotte de l'article R. 234-4, les mots « L. 3354-1 » sont remplacés par « L. 3819-16 ».

Art. R. 242-7 *(D. n° 2001-751, 27 août 2001)*. – I. – *(Abr., D. n° 2019-1284, 2 déc. 2019)*.
II *(II mod., D. n° 2019-1284, 2 déc. 2019)*. Pour l'application de l'article R. 235-12 à Mayotte, le représentant du Gouvernement fixe par arrêté :
– les honoraires et indemnités de déplacement afférents aux épreuves de dépistage aux prélèvements et aux examens *(Suppr., D. n° 2019-1284, 2 déc. 2019)* « ... » biologiques prévus aux articles R. 235-4 et R. 235-6 ;
– les frais afférents aux examens de laboratoire prévus par les articles R. 235-10 et R. 235-11 relatifs à la recherche *(Suppr., D. n° 2019-1284, 2 déc. 2019)* « ... » des produits stupéfiants et, le cas échéant, les frais afférents à la recherche des médicaments psychoactifs.
III. – Pour son application à Mayotte, le deuxième alinéa de l'article R. 235-13 est ainsi rédigé :
« *Le paiement de ces frais a lieu conformément à la réglementation en vigueur à Mayotte.* »

CHAPITRE III. – DISPOSITIONS APPLICABLES À LA NOUVELLE-CALÉDONIE

Art. R. 243-1 *(Mod., D. n° 2011-1048, 5 sept. 2011 ; D. n° 2017-198, 16 févr. 2017 ; D. n° 2021-1351, 15 oct. 2021).* – Les articles R. 234-1, R. 234-2 et R. 234-4 et R. 234-5 sont applicables en Nouvelle-Calédonie dans la rédaction suivante :

« Art. R. 234-1 (D. n° 2015-743, 24 juin 2015). – I. – Même en l'absence de tout signe d'ivresse manifeste, est puni de l'amende prévue pour les contraventions de la quatrième classe le fait de conduire un véhicule sous l'empire d'un état alcoolique caractérisé par :

1° (1° mod., D. n° 2019-871, 21 août 2019) Une concentration d'alcool dans le sang égale ou supérieure à 0,20 gramme par litre ou par une concentration d'alcool dans l'air expiré égale ou supérieure à 0,10 milligramme par litre et inférieure aux seuils fixés à l'article L. 234-1, chez le conducteur d'un véhicule de transport en commun, chez le conducteur dont le droit de conduire est limité aux seuls véhicules équipés d'un dispositif homologué d'anti-démarrage par éthylotest électronique, installé par un professionnel agréé ou par construction, conformément aux dispositions de l'article L. 234-17, ainsi que chez le conducteur titulaire d'un permis de conduire soumis au délai probatoire défini à l'article L. 223-1 ou en situation d'apprentissage définie à l'article R. 211-3 ;

2° Une concentration d'alcool dans le sang égale ou supérieure à 0,50 gramme par litre ou par une concentration d'alcool dans l'air expiré égale ou supérieure à 0,25 milligramme par litre et inférieure aux seuils fixés à l'article L. 234-1, chez les autres conducteurs.

II. – L'immobilisation peut être prescrite dans les conditions prévues aux articles L. 325-1 à L. 325-3.

III. – Toute personne coupable de l'une des infractions mentionnées au I encourt également la peine complémentaire de suspension du permis de conduire pour une durée de trois ans au plus, cette suspension pouvant être limitée à la conduite en dehors de l'activité professionnelle. »

« Art. R. 234-2. – Les opérations de dépistage de l'imprégnation alcoolique par l'air expiré, prévues par les articles L. 234-3 à L. 234-5 et L. 234-9 sont effectuées au moyen d'un appareil conforme à un type homologué selon des modalités définies par arrêté du ministre chargé de la santé publique, après avis du ministre chargé des transports, du ministre de l'Intérieur et du ministre chargé des armées. »

« Art. R. 234-4. – Lorsque, pour procéder aux vérifications prévues par les articles L. 234-3, L. 234-4, L. 234-5 et L. 234-9, l'officier ou l'agent de police judiciaire fait usage d'un appareil homologué permettant de déterminer le taux d'alcool par l'analyse de l'air expiré, la vérification est faite selon les modalités ci-après :

1° Le délai séparant l'heure, selon le cas, de l'infraction ou de l'accident ou d'un dépistage positif effectué dans le cadre d'un contrôle ordonné par le procureur de la République ou effectué sur initiative de l'officier ou de l'agent de police judiciaire et l'heure de la vérification doit être le plus court possible ;

2° L'officier ou l'agent de police judiciaire, après avoir procédé à la mesure du taux d'alcool, en notifie immédiatement le résultat à la personne faisant l'objet de cette vérification. Il l'avise qu'il peut demander un second contrôle. Le procureur de la République, le juge d'instruction ou l'officier ou l'agent de police judiciaire ayant procédé à la vérification peuvent également décider qu'il sera procédé à un second contrôle. Celui-ci est alors effectué immédiatement, après vérification du bon fonctionnement de l'appareil ; le résultat en est immédiatement porté à la connaissance de l'intéressé. »

« Art. R. 234-5. – I. – Est puni de l'amende prévue pour les contraventions de la cinquième classe le fait pour une personne ayant été condamnée à la peine d'interdiction de conduire un véhicule qui ne soit pas équipé par un professionnel agréé ou par construction d'un dispositif homologué d'antidémarrage par éthylotest électronique de conduire un véhicule équipé d'un tel dispositif soit après que celui-ci a été utilisé par un tiers pour permettre le démarrage, soit après l'avoir neutralisé ou détérioré ou l'avoir utilisé dans les conditions empêchant la mesure exacte de son état d'imprégnation alcoolique.

Les dispositions du précédent alinéa sont également applicables lorsque les faits ont été commis :

– par une personne ayant accepté d'exécuter à titre de composition pénale la mesure prévue au 4° bis de l'article 41-2 du Code de procédure pénale, dès lors que la composition pénale a été validée dans les conditions prévues par cet article ;

– par une personne soumise à une interdiction de conduire un véhicule qui ne soit pas équipé, par un professionnel agréé ou par construction, d'un dispositif homologué d'antidémarrage par éthylotest

électronique prononcée en application du 8° de l'article 138 du Code de procédure pénale, dans le cadre d'un contrôle judiciaire ou d'une assignation à résidence sous surveillance électronique.

II. – Le fait, par toute personne, de faciliter sciemment, par aide ou assistance, la préparation ou la consommation de la contravention prévue au I est puni de la même peine.

III. – Les personnes coupables des contraventions prévues au présent article encourent également les peines complémentaires suivantes :

1° La suspension du permis de conduire pour une durée de trois ans au plus, cette suspension ne pouvant pas être limitée à la conduite en dehors de l'activité professionnelle, ni être assortie du sursis, même partiellement ;

2° L'interdiction de conduire certains véhicules terrestres à moteur, y compris ceux pour la conduite desquels le permis de conduire n'est pas exigé, pour une durée de trois ans au plus ;

3° L'obligation d'accomplir, à ses frais, un stage de sensibilisation à la sécurité routière ;

4° La confiscation du véhicule dont le prévenu s'est servi pour commettre l'infraction, s'il en est propriétaire.

IV. – La récidive des contraventions prévues au présent article est réprimée conformément à l'article 132-11 du Code pénal.

V. – L'immobilisation du véhicule peut être prescrite dans les conditions prévues aux articles L. 325-1 à L. 325-3. »

Art. R. 243-2 *(D. n° 2007-1626, 16 nov. 2007 ; mod., D. n° 2013-9, 3 janv. 2013 ; rempl., D. n° 2019-1284, 2 déc. 2019).* – Sont également applicables en Nouvelle-Calédonie, sous réserve des adaptations prévues au présent chapitre, les dispositions du présent titre mentionnées dans la colonne de gauche du tableau ci-après, dans leur rédaction indiquée dans la colonne de droite du même tableau :

DISPOSITIONS APPLICABLES	DANS LEUR RÉDACTION
R. 235-1	résultant du décret n° 2016-1152 du 24 août 2016
R. 235-2	résultant du décret n° 2003-293 du 31 mars 2003
R. 235-3	résultant du décret n° 2012-3 du 3 janvier 2012
R. 235-4	résultant du décret n° 2016-1152 du 24 août 2016
R. 235-5	résultant du décret n° 2016-1152 du 24 août 2016
R. 235-6	résultant du décret n° 2016-1152 du 24 août 2016
R. 235-7	résultant du décret n° 2016-1152 du 24 août 2016
R. 235-8	résultant du décret n° 2016-1152 du 24 août 2016
R. 235-9	résultant du décret n° 2016-1152 du 24 août 2016
R. 235-10	résultant du décret n° 2016-1152 du 24 août 2016
R. 235-11	résultant du décret n° 2019-1284 du 2 décembre 2019
R. 235-12	résultant du décret n° 2017-248 du 27 février 2017
R. 235-13	résultant du décret n° 2003-293 du 31 mars 2003

Art. R. 243-3 *(D. n° 2019-1284, 2 déc. 2019).* – Pour l'application en Nouvelle-Calédonie du présent titre :

1° Au premier alinéa de l'article R. 235-3, les mots : « un médecin, un biologiste, ou un étudiant en médecine autorisé à exercer à titre de remplaçant, dans les conditions fixées à l'article L. 4131-2 du Code de la santé publique » sont remplacés par les mots : « un médecin ou un biologiste » ;

2° À l'article R. 235-4, les mots : « un arrêté des ministres de la justice et de l'intérieur ainsi que du ministre chargé de la santé » sont remplacés par les mots : « un arrêté, tenant compte des particularités locales, des ministres de la justice et de l'intérieur ainsi que des ministres chargés de l'outre-mer et de la santé » ;

3° Au II et au III de l'article R. 235-6, les mots : « ou un étudiant en médecine autorisé à exercer à titre de remplaçant, dans les conditions fixées à l'article L. 4131-2 du Code de la santé publique » sont supprimés ;

4° Le premier alinéa de l'article R. 235-9 est ainsi rédigé :

« L'officier ou l'agent de police judiciaire adresse l'échantillon salivaire prélevé et, le cas échéant, l'échantillon sanguin prélevé, ou les deux échantillons sanguins prélevés, accompagnés des résultats des épreuves de dépistage, à un expert inscrit, sous une rubrique spéciale en toxicologie, sur la liste de la cour d'appel ou à un laboratoire de police technique et scientifique » ;

5° Au deuxième alinéa de l'article R. 235-12, les mots : « tant » et « que des dispositions des articles R. 3354-7 à R. 3354-11 du Code de la santé publique » sont supprimés.

CHAPITRE IV. – DISPOSITIONS APPLICABLES À LA POLYNÉSIE FRANÇAISE

Art. R. 244-1 *(Mod., D. n° 2011-1048, 5 sept. 2011 ; D. n° 2017-198, 16 févr. 2017 ; D. n° 2021-1351, 15 oct. 2021).* – Les articles R. 234-1, R. 234-2, R. 234-4 et R. 234-5 sont applicables en Polynésie française dans la rédaction suivante :

« Art. R. 234-1 (D. n° 2015-743, 24 juin 2015). – I. – Même en l'absence de tout signe d'ivresse manifeste, est puni de l'amende prévue pour les contraventions de la quatrième classe le fait de conduire un véhicule sous l'empire d'un état alcoolique caractérisé par :

1° (1° mod., D. n° 2019-871, 21 août 2019) Une concentration d'alcool dans le sang égale ou supérieure à 0,20 gramme par litre ou par une concentration d'alcool dans l'air expiré égale ou supérieure à 0,10 milligramme par litre et inférieure aux seuils fixés à l'article L. 234-1, chez le conducteur d'un véhicule de transport en commun, chez le conducteur dont le droit de conduire est limité aux seuls véhicules équipés d'un dispositif homologué d'anti-démarrage par éthylotest électronique, installé par un professionnel agréé ou par construction, conformément aux dispositions de l'article L. 234-17, ainsi que chez le conducteur titulaire d'un permis de conduire soumis au délai probatoire défini à l'article L. 223-1 ou en situation d'apprentissage définie à l'article R. 211-3 ;

2° Une concentration d'alcool dans le sang égale ou supérieure à 0,50 gramme par litre ou par une concentration d'alcool dans l'air expiré égale ou supérieure à 0,25 milligramme par litre et inférieure aux seuils fixés à l'article L. 234-1, chez les autres conducteurs.

II. – L'immobilisation peut être prescrite dans les conditions prévues aux articles L. 325-1 à L. 325-3.

III. – Toute personne coupable de l'une des infractions mentionnées au I encourt également la peine complémentaire de suspension du permis de conduire pour une durée de trois ans au plus, cette suspension pouvant être limitée à la conduite en dehors de l'activité professionnelle. »

« Art. R. 234-2. – Les opérations de dépistage de l'imprégnation alcoolique par l'air expiré, prévues par les articles L. 234-3 à L. 234-5 et L. 234-9 sont effectuées au moyen d'un appareil conforme à un type homologué selon des modalités définies par arrêté du ministre chargé de la santé publique, après avis du ministre chargé des transports, du ministre de l'Intérieur et du ministre chargé des armées. »

« Art. R. 234-4. – Lorsque, pour procéder aux vérifications prévues par les articles L. 234-3, L. 234-4, L. 234-5 et L. 234-9, l'officier ou l'agent de police judiciaire fait usage d'un appareil homologué permettant de déterminer le taux d'alcool par l'analyse de l'air expiré, la vérification est faite selon les modalités ci-après :

1° Le délai séparant l'heure, selon le cas, de l'infraction ou de l'accident ou d'un dépistage positif effectué dans le cadre d'un contrôle ordonné par le procureur de la République ou effectué sur initiative de l'officier ou de l'agent de police judiciaire et l'heure de la vérification doit être le plus court possible ;

2° L'officier ou l'agent de police judiciaire, après avoir procédé à la mesure du taux d'alcool, en notifie immédiatement le résultat à la personne faisant l'objet de cette vérification. Il l'avise qu'il peut demander un second contrôle. Le procureur de la République, le juge d'instruction ou l'officier ou l'agent de police judiciaire ayant procédé à la vérification peuvent également décider qu'il sera procédé à un second contrôle. Celui-ci est alors effectué immédiatement, après vérification du bon fonctionnement de l'appareil ; le résultat en est immédiatement porté à la connaissance de l'intéressé. »

« Art. R. 234-5. – I. – Est puni de l'amende prévue pour les contraventions de la cinquième classe le fait pour une personne ayant été condamnée à la peine d'interdiction de conduire un véhicule qui ne soit pas équipé par un professionnel agréé ou par construction d'un dispositif homologué d'antidémarrage par éthylotest

électronique de conduire un véhicule équipé d'un tel dispositif soit après que celui-ci a été utilisé par un tiers pour permettre le démarrage, soit après l'avoir neutralisé ou détérioré ou l'avoir utilisé dans des conditions empêchant la mesure exacte de son état d'imprégnation alcoolique.

Les dispositions du précédent alinéa sont également applicables lorsque les faits ont été commis :

– par une personne ayant accepté d'exécuter à titre de composition pénale la mesure prévue au 4° bis de l'article 41-2 du Code de procédure pénale, dès lors que la composition pénale a été validée dans les conditions prévues par cet article ;

– par une personne soumise à une interdiction de conduire un véhicule qui ne soit pas équipé, par un professionnel agréé ou par construction, d'un dispositif homologué d'antidémarrage par éthylotest électronique prononcée en application du 8° de l'article 138 du Code de procédure pénale, dans le cadre d'un contrôle judiciaire ou d'une assignation à résidence sous surveillance électronique.

II. – Le fait, par toute personne, de faciliter sciemment, par aide ou assistance, la préparation ou la consommation de la contravention prévue au I est puni de la même peine.

III. – Les personnes coupables des contraventions prévues au présent article encourent également les peines complémentaires suivantes :

1° La suspension du permis de conduire pour une durée de trois ans au plus, cette suspension ne pouvant pas être limitée à la conduite en dehors de l'activité professionnelle, ni être assortie du sursis, même partiellement ;

2° L'interdiction de conduire certains véhicules terrestres à moteur, y compris ceux pour la conduite desquels le permis de conduire n'est pas exigé, pour une durée de trois ans au plus ;

3° L'obligation d'accomplir, à ses frais, un stage de sensibilisation à la sécurité routière ;

4° La confiscation du véhicule dont le prévenu s'est servi pour commettre l'infraction, s'il en est propriétaire.

IV. – La récidive des contraventions prévues au présent article est réprimée conformément à l'article 132-11 du Code pénal.

V. – L'immobilisation du véhicule peut être prescrite dans les conditions prévues aux articles L. 325-1 à L. 325-3. »

Art. R. 244-2 *(Mod., D. n° 2013-9, 3 janv. 2013 ; rempl., D. n° 2019-1284, 2 déc. 2019 ; D. n° 2021-1351, 15 oct. 2021).* **– Sont également applicables en Polynésie française, sous réserve des adaptations prévues au présent chapitre, les dispositions du présent titre mentionnées dans la colonne de gauche du tableau ci-après, dans leur rédaction indiquée dans la colonne de droite du même tableau :**

DISPOSITIONS APPLICABLES	DANS LEUR RÉDACTION
R. 235-1	résultant du décret n° 2016-1152 du 24 août 2016
R. 235-2	résultant du décret n° 2003-293 du 31 mars 2003
R. 235-3	résultant du décret n° 2021–1351 du 15 octobre 2021
R. 235-4	résultant du décret n° 2016-1152 du 24 août 2016
R. 235-5	résultant du décret n° 2016-1152 du 24 août 2016
R. 235-6	résultant du décret n° 2016-1152 du 24 août 2016
R. 235-7	résultant du décret n° 2016-1152 du 24 août 2016
R. 235-8	résultant du décret n° 2016-1152 du 24 août 2016
R. 235-9	résultant du décret n° 2016-1152 du 24 août 2016
R. 235-10	résultant du décret n° 2016-1152 du 24 août 2016
R. 235-11	résultant du décret n° 2019-1284 du 2 décembre 2019
R. 235-12	résultant du décret n° 2017-248 du 27 février 2017
R. 235-13	résultant du décret n° 2003-293 du 31 mars 2003

Art. R. 244-3 *(D. n° 2019-1284, 2 déc. 2019).* – Pour l'application en Polynésie française du présent titre :

1° À l'article R. 235-3, les mots : « un médecin, un biologiste, ou un étudiant en médecine autorisé à exercer à titre de remplaçant, dans les conditions fixées à l'article L. 4131-2 du Code de la santé publique » sont remplacés par les mots : « un médecin ou un biologiste » et les mots : « ou par un agent de police judiciaire adjoint » sont supprimés ;

2° À l'article R. 235-4, les mots : « un arrêté des ministres de la justice et de l'intérieur ainsi que du ministre chargé de la santé » sont remplacés par les mots : « un arrêté, tenant compte des particularités locales, des ministres de la justice et de l'intérieur ainsi que des ministres chargés de l'outre-mer et de la santé » ;

3° Au II et au III de l'article R. 235-6, les mots : « ou un étudiant en médecine autorisé à exercer à titre de remplaçant, dans les conditions fixées à l'article L. 4131-2 du Code de la santé publique » sont supprimés ;

4° Le premier alinéa de l'article R. 235-9 est ainsi rédigé :

« L'officier ou l'agent de police judiciaire adresse l'échantillon salivaire prélevé et, le cas échéant, l'échantillon sanguin prélevé, ou les deux échantillons sanguins prélevés, accompagnés des résultats des épreuves de dépistage, à un expert inscrit, sous une rubrique spéciale en toxicologie, sur la liste de la cour d'appel ou à un laboratoire de police technique et scientifique » ;

5° Au deuxième alinéa de l'article R. 235-12, les mots : « tant » et « que des dispositions des articles R. 3354-7 à R. 3354-11 du Code de la santé publique » sont supprimés.

CHAPITRE V. – DISPOSITIONS APPLICABLES AU TERRITOIRE DES ÎLES WALLIS-ET-FUTUNA

Art. R. 245-1 *(Mod., D. n° 2007-1626, 16 nov. 2007 et rect. JO 20 nov. 2007 ; D. n° 2011-1048, 5 sept. 2011 ; D. n° 2017-198, 16 févr. 2017 ; D. n° 2021-1351, 15 oct. 2021).* – Les articles R. 234-1, R. 234-2, R. 234-4 et R. 234-5 sont applicables au territoire des Îles Wallis-et-Futuna dans la rédaction suivante :

« Art. R. 234-1 (D. n° 2015-743, 24 juin 2015). – I. – Même en l'absence de tout signe d'ivresse manifeste, est puni de l'amende prévue pour les contraventions de la quatrième classe le fait de conduire un véhicule sous l'empire d'un état alcoolique caractérisé par :

1° (1° mod., D. n° 2019-871, 21 août 2019) Une concentration d'alcool dans le sang égale ou supérieure à 0,20 gramme par litre ou par une concentration d'alcool dans l'air expiré égale ou supérieure à 0,10 milligramme par litre et inférieure aux seuils fixés à l'article L. 234-1, chez le conducteur d'un véhicule de transport en commun, chez le conducteur dont le droit de conduire est limité aux seuls véhicules équipés d'un dispositif homologué d'anti-démarrage par éthylotest électronique, installé par un professionnel agréé ou par construction, conformément aux dispositions de l'article L. 234-17, ainsi que chez le conducteur titulaire d'un permis de conduire soumis au délai probatoire défini à l'article L. 223-1 ou en situation d'apprentissage définie à l'article R. 211-3 ;

2° Une concentration d'alcool dans le sang égale ou supérieure à 0,50 gramme par litre ou par une concentration d'alcool dans l'air expiré égale ou supérieure à 0,25 milligramme par litre et inférieure aux seuils fixés à l'article L. 234-1, chez les autres conducteurs.

II. – L'immobilisation peut être prescrite dans les conditions prévues aux articles L. 325-1 à L. 325-3.

III. – Toute personne coupable de l'une des infractions mentionnées au I encourt également la peine complémentaire de suspension du permis de conduire pour une durée de trois ans au plus, cette suspension pouvant être limitée à la conduite en dehors de l'activité professionnelle. »

« Art. R. 234-2. – Les opérations de dépistage de l'imprégnation alcoolique par l'air expiré, prévues par les articles L. 234-3 à L. 234-5 et L. 234-9 sont effectuées au moyen d'un appareil conforme à un type homologué selon des modalités définies par arrêté du ministre chargé de la santé publique, après avis du ministre chargé des transports, du ministre de l'intérieur et du ministre chargé des armées. »

« Art. R. 234-4. – Lorsque, pour procéder aux vérifications prévues par les articles L. 234-3, L. 234-4, L. 234-5 et L. 234-9, l'officier ou l'agent de police judiciaire fait usage d'un appareil homologué permettant de déterminer le taux d'alcool par l'analyse de l'air expiré, la vérification est faite selon les modalités ci-après :

1° Le délai séparant l'heure, selon le cas, de l'infraction ou de l'accident ou d'un dépistage positif effectué dans le cadre d'un contrôle ordonné par le procureur de la République ou effectué sur initiative de l'officier ou de l'agent de police judiciaire et l'heure de la vérification doit être le plus court possible ;

2° L'officier ou l'agent de police judiciaire, après avoir procédé à la mesure du taux d'alcool, en notifie immédiatement le résultat à la personne faisant l'objet de cette vérification. Il l'avise qu'il peut demander un second contrôle. Le procureur de la République, le juge d'instruction ou l'officier ou l'agent de police judiciaire ayant procédé à la vérification peuvent également décider qu'il sera procédé à un second contrôle. Celui-ci est alors effectué immédiatement, après vérification du bon fonctionnement de l'appareil ; le résultat en est immédiatement porté à la connaissance de l'intéressé. »

« Art. R. 234-5. – I. – Est puni de l'amende prévue pour les contraventions de la cinquième classe le fait pour une personne ayant été condamnée à la peine d'interdiction de conduire un véhicule qui ne soit pas équipé par un professionnel agréé ou par construction d'un dispositif homologué d'antidémarrage par éthylotest électronique de conduire un véhicule équipé d'un tel dispositif soit après que celui-ci a été utilisé par un tiers pour permettre le démarrage, soit après l'avoir neutralisé ou détérioré ou l'avoir utilisé dans des conditions empêchant la mesure exacte de son état d'imprégnation alcoolique.

Les dispositions du précédent alinéa sont également applicables lorsque les faits ont été commis :

– par une personne ayant accepté d'exécuter à titre de composition pénale la mesure prévue au 4° bis de l'article 41-2 du Code de procédure pénale, dès lors que la composition pénale a été validée dans les conditions prévues par cet article ;

– par une personne soumise à une interdiction de conduire un véhicule qui ne soit pas équipé, par un professionnel agréé ou par construction, d'un dispositif homologué d'antidémarrage par éthylotest électronique prononcée en application du 8° de l'article 138 du Code de procédure pénale, dans le cadre d'un contrôle judiciaire ou d'une assignation à résidence sous surveillance électronique.

II. – Le fait, par toute personne, de faciliter sciemment, par aide ou assistance, la préparation ou la consommation de la contravention prévue au I est puni de la même peine.

III. – Les personnes coupables des contraventions prévues au présent article encourent également les peines complémentaires suivantes :

1° La suspension du permis de conduire pour une durée de trois ans au plus, cette suspension ne pouvant pas être limitée à la conduite en dehors de l'activité professionnelle, ni être assortie du sursis, même partiellement ;

2° L'interdiction de conduire certains véhicules terrestres à moteur, y compris ceux pour la conduite desquels le permis de conduire n'est pas exigé, pour une durée de trois ans au plus ;

3° L'obligation d'accomplir, à ses frais, un stage de sensibilisation à la sécurité routière ;

4° La confiscation du véhicule dont le prévenu s'est servi pour commettre l'infraction, s'il en est propriétaire.

IV. – La récidive des contraventions prévues au présent article est réprimée conformément à l'article 132-11 du Code pénal.

V. – L'immobilisation du véhicule peut être prescrite dans les conditions prévues aux articles L. 325-1 à L. 325-3. »

Art. R. 245-2 *(Mod., D. n° 2013-9, 3 janv. 2013 ; rempl., D. n° 2019-1284, 2 déc. 2019)*. – Sont également applicables dans les îles Wallis-et-Futuna, sous réserve des adaptations prévues au présent chapitre, les dispositions du présent titre mentionnées dans la colonne de gauche du tableau ci-après, dans leur rédaction indiquée dans la colonne de droite du même tableau :

DISPOSITIONS APPLICABLES	DANS LEUR RÉDACTION
R. 235-1	résultant du décret n° 2016-1152 du 24 août 2016
R. 235-2	résultant du décret n° 2003-293 du 31 mars 2003
R. 235-3	résultant du décret n° 2012-3 du 3 janvier 2012
R. 235-4	résultant du décret n° 2016-1152 du 24 août 2016
R. 235-5	résultant du décret n° 2016-1152 du 24 août 2016
R. 235-6	résultant du décret n° 2016-1152 du 24 août 2016
R. 235-7	résultant du décret n° 2016-1152 du 24 août 2016
R. 235-8	résultant du décret n° 2016-1152 du 24 août 2016
R. 235-9	résultant du décret n° 2016-1152 du 24 août 2016
R. 235-10	résultant du décret n° 2016-1152 du 24 août 2016

DISPOSITIONS APPLICABLES	DANS LEUR RÉDACTION
R. 235-11	résultant du décret n° 2019-1284 du 2 décembre 2019
R. 235-12	résultant du décret n° 2017-248 du 27 février 2017
R. 235-13	résultant du décret n° 2003-293 du 31 mars 2003

Art. R. 245-3 *(D. n° 2019-1284, 2 déc. 2019).* **– Pour l'application dans les îles Wallis-et-Futuna du présent titre :**

1° Au premier alinéa de l'article R. 235-3, les mots : « un médecin, un biologiste, ou un étudiant en médecine autorisé à exercer à titre de remplaçant, dans les conditions fixées à l'article L. 4131-2 du Code de la santé publique » sont remplacés par les mots : « un médecin ou un biologiste » ;

2° À l'article R. 235-4, les mots : « un arrêté des ministres de la justice et de l'intérieur ainsi que du ministre chargé de la santé » sont remplacés par les mots : « un arrêté, tenant compte des particularités locales, des ministres de la justice et de l'intérieur ainsi que des ministres chargés de l'outre-mer et de la santé » ;

3° Au II et au III de l'article R. 235-6, les mots : « ou un étudiant en médecine autorisé à exercer à titre de remplaçant, dans les conditions fixées à l'article L. 4131-2 du Code de la santé publique » sont supprimés ;

4° Le premier alinéa de l'article R. 235-9 est ainsi rédigé :

« L'officier ou l'agent de police judiciaire adresse l'échantillon salivaire prélevé et, le cas échéant, l'échantillon sanguin prélevé, ou les deux échantillons sanguins prélevés, accompagnés des résultats des épreuves de dépistage, à un expert inscrit, sous une rubrique spéciale en toxicologie, sur la liste de la cour d'appel ou à un laboratoire de police technique et scientifique » ;

5° Au deuxième alinéa de l'article R. 235-12, les mots : « tant » et « que des dispositions des articles R. 3354-7 à R. 3354-11 du Code de la santé publique » sont supprimés.

LIVRE TROISIÈME. – LE VÉHICULE

TITRE PREMIER. – DISPOSITIONS TECHNIQUES

CHAPITRE I. – DISPOSITIONS GÉNÉRALES ET DÉFINITIONS

Art. R. 311-1 *(Rempl., D. n° 2009-497, 30 avr. 2009 ; mod., D. n° 2016-448, 13 avr. 2016 ; D. n° 2016-697, 27 mai 2016 ; D. n° 2017-15, 6 janv. 2017 ; D. n° 2017-208, 20 févr. 2017 ; D. n° 2022-31, 14 janv. 2022).* **– Pour l'application du présent code, les termes ci-après ont le sens qui leur est donné dans le présent article :**

1. Véhicules de catégorie M : véhicules à moteur conçus et construits pour le transport de personnes et ayant au moins quatre roues ;

1.1. Véhicule de catégorie M1 : véhicule conçu et construit pour le transport de personnes et comportant, outre le siège du conducteur, huit places assises au maximum ;

1.2. Véhicule de catégorie M2 : véhicule conçu et construit pour le transport de personnes, comportant, outre le siège du conducteur, plus de huit places assises et ayant un poids maximal inférieur ou égal à 5 tonnes ;

1.3. Véhicule de catégorie M3 : véhicule conçu et construit pour le transport de personnes, comportant, outre le siège du conducteur, plus de huit places assises et ayant un poids maximal supérieur à 5 tonnes ;

1.4. Voiture particulière : véhicule de catégorie M1 ne répondant pas à la définition du véhicule de la catégorie L6e ou L7e et ayant un poids total autorisé en charge inférieur ou égal à 3,5 tonnes ;

1.5. Véhicule de transport en commun : véhicule de catégorie M2 ou M3 ;

1.6. Autobus : véhicule de transport en commun qui, par sa construction et son aménagement, est affecté au transport en commun de personnes et de leurs bagages ;

1.7. Autocar : autobus, répondant à des caractéristiques définies par arrêté du ministre chargé des transports, affecté au transport de personnes sur de longues distances et permettant le transport des occupants du véhicule principalement en places assises ;

1.8. Autobus articulé ou autocar articulé : autobus ou autocar composé d'au moins deux tronçons rigides reliés entre eux par des sections articulées, lesquelles permettent la libre circulation des voyageurs ; les sections rigides sont reliées de façon permanente et ne peuvent être disjointes que par une opération nécessitant des installations spécifiques.

1.9. Véhicule de transport en commun d'enfants : véhicule de catégorie M2 ou M3 affecté à titre principal au transport de personnes de moins de dix-huit ans, quel que soit le motif du déplacement ;

1.10. Véhicule affecté au transport d'enfants : véhicule comportant, outre le siège du conducteur, huit places assises au maximum défini aux points 1.4 et 6.7 du présent article assurant un transport organisé à titre principal pour des personnes de moins de dix-huit ans, quel que soit le motif du déplacement.

2. Véhicules de catégorie N : véhicules à moteur conçus et construits pour le transport de marchandises et ayant au moins quatre roues :

2.1. Véhicule de catégorie N1 : véhicule conçu et construit pour le transport de marchandises ayant un poids maximal inférieur ou égal à 3,5 tonnes ;

2.2. Véhicule de catégorie N2 : véhicule conçu et construit pour le transport de marchandises ayant un poids maximal supérieur à 3,5 tonnes et inférieur ou égal à 12 tonnes ;

2.3. Véhicule de catégorie N3 : véhicule conçu et construit pour le transport de marchandises ayant un poids maximal supérieur à 12 tonnes ;

2.4. Camionnette : véhicule de catégorie N1 ne répondant pas à la définition du véhicule de catégorie L6e ou L7e.

3. Véhicules de catégorie O : véhicules remorqués :

3.1. Véhicule de catégorie O1 : véhicule remorqué ayant un poids maximal inférieur ou égal à 0,75 tonne ;

3.2. Véhicule de catégorie O2 : véhicule remorqué ayant un poids maximal supérieur à 0,75 tonne et inférieur ou égal à 3,5 tonnes ;

3.3. Véhicule de catégorie O3 : véhicule remorqué ayant un poids maximal supérieur à 3,5 tonnes et inférieur ou égal à 10 tonnes ;

3.4. Véhicule de catégorie O4 : véhicule remorqué ayant un poids maximal supérieur à 10 tonnes ;

3.5. Remorque : véhicule non automoteur sur roues, destiné à être tracé par un autre véhicule ;

3.6. Semi-remorque : remorque dont une partie appréciable de son poids et du poids de son chargement est supportée par le véhicule tracteur.

4. Véhicules de catégorie L : véhicules à moteur à deux ou trois roues et quadricycles à moteur :

4.1. Véhicule de catégorie L1e : véhicule à deux roues dont la vitesse maximale par construction est égale ou supérieure à 6 km/h et ne dépasse pas 45 km/h et équipé d'un moteur d'une cylindrée ne dépassant pas 50 cm^3 s'il est à combustion interne ou d'une puissance maximale nette n'excédant pas 4 kilowatts pour les autres types de moteur ;

4.2. Véhicule de catégorie L2e : véhicule à trois roues (L2e) dont la vitesse maximale par construction est égale ou supérieure à 6 km/h et ne dépasse pas 45 km/h et équipé d'un moteur d'une cylindrée ne dépassant pas 50 cm^3 s'il est à allumage commandé ou d'une puissance maximale nette n'excédant pas 4 kilowatts pour les autres types de moteur ;

4.1.3. Cyclomobile léger : véhicule de la sous-catégorie L1e-B conçu et construit pour le déplacement d'une seule personne et dépourvu de tout aménagement destiné au transport de marchandises, dont la vitesse maximale par construction n'excède pas 25 km/ h, équipé d'un moteur non thermique dont la puissance maximale nette est inférieure ou égale à 350 W, ayant un poids à vide inférieur ou égal à 30 kg.

4.3. Véhicule de catégorie L3e : véhicule à deux roues sans side-car, équipé d'un moteur d'une cylindrée supérieure à 50 cm^3 s'il est à combustion interne et/ou dont la vitesse maximale par construction est supérieure à 45 km/h ;

4.4. Véhicule de catégorie L4e : véhicule à deux roues avec side-car, équipé d'un moteur d'une cylindrée supérieure à 50 cm^3 s'il est à combustion interne et/ou dont la vitesse maximale par construction est supérieure à 45 km/h ;

4.5. Véhicule de catégorie L5e : véhicule à trois roues symétriques, équipé d'un moteur d'une cylindrée supérieure à 50 cm^3 s'il est à combustion interne et/ou dont la vitesse maximale par construction est supérieure à 45 km/h ;

4.6. Véhicule de catégorie L6e : véhicule à moteur à quatre roues dont le poids à vide n'excède pas 350 kilogrammes, la vitesse maximale par construction est égale ou supérieur à 6 km/h et ne dépasse pas

45 km/h et la cylindrée n'excède pas 50 cm^3 pour les moteurs à allumage commandé ou dont la puissance maximale nette n'excède pas 4 kilowatts pour les autres types de moteur ;

4.7. Véhicule de catégorie L7e : véhicule à moteur à quatre roues dont la puissance maximale nette du moteur est inférieure ou égale à 15 kilowatts, le poids à vide n'excède pas 550 kilogrammes pour les quadricycles affectés au transport de marchandises et 400 kilogrammes pour les quadricycles destinés au transport de personnes, et qui n'est pas de catégorie L6e ;

4.8. Cyclomoteur : véhicule de catégorie L1e ou L2e ;

4.9. Motocyclette : véhicule de catégorie L3e ou L4e et dont la puissance n'excède pas 73,6 kilowatts (100 ch) ; l'adjonction d'un side-car à une motocyclette ne modifie pas le classement de celle-ci ;

4.10. Motocyclette légère : motocyclette dont la cylindrée n'excède pas 125 cm^3 et dont la puissance n'excède pas 11 kilowatts ; les motocyclettes qui, avant le 5 juillet 1996, étaient considérées comme motocyclettes légères ou qui avaient été réceptionnées comme telles restent classées dans ces catégories après cette date, à l'exception des véhicules à deux roues à moteur dont la cylindrée n'excède pas 50 cm^3 et dont la vitesse n'excède pas 45 km/h munis d'un embrayage ou d'une boîte de vitesses non automatique qui sont des cyclomoteurs ; les véhicules à deux roues à moteur d'une cylindrée n'excédant pas 125 cm^3 mis en circulation sous le genre « vélomoteur » avant le 1er mars 1980 sont considérés comme des motocyclettes légères ; l'adjonction d'un side-car à une motocyclette légère ne modifie pas le classement de celle-ci ;

4.11. Tricycle à moteur : véhicule de catégorie L5e, dont le poids à vide n'excède pas 1 000 kilogrammes, la charge utile n'excède pas 1 500 kilogrammes pour les tricycles destinés au transport de marchandises et 300 kilogrammes pour les tricycles destinés au transport de personnes ;

4.12. Quadricycle léger à moteur : véhicule de catégorie L6e, dont la charge utile n'excède pas 200 kilogrammes ;

4.13. Quadricycle lourd à moteur : véhicule de catégorie L7e, dont la charge utile n'excède pas 1 000 kilogrammes s'ils sont destinés au transport de marchandises et 200 kilogrammes s'ils sont destinés au transport de personnes.

5. Véhicules agricoles ou forestiers : un véhicule destiné à l'exploitation forestière est assimilé à la catégorie correspondante du véhicule agricole ;

5.1. Véhicules de catégorie T (à roues) ou C (à chenilles) : véhicules agricoles à moteur :

5.1.1. Tracteur agricole : véhicule à moteur, à roues ou à chenilles, ayant au moins deux essieux et une vitesse maximale par construction égale ou supérieure à 6 km/h, dont la fonction réside essentiellement dans sa puissance de traction et qui est spécialement conçu pour tirer, pousser, porter ou actionner certains équipements interchangeables destinés à des usages agricoles ou tracter des véhicules remorqués agricoles ;

5.1.2. Véhicule de catégorie T1 ou C1 : tracteur agricole dont la vitesse maximale par construction n'est pas supérieure à 40 km/h, dont la voie minimale de l'essieu le plus proche du conducteur est égale ou supérieure à 1 150 mm, la masse à vide en ordre de marche supérieure à 600 kilogrammes et la garde au sol inférieure ou égale à 1 000 mm ;

5.1.3. Véhicule de catégorie T2 ou C2 : tracteur agricole dont la vitesse maximale par construction n'est pas supérieure à 40 km/h, dont la voie minimale est inférieure à 1 150 mm, la masse à vide en ordre de marche supérieure à 600 kilogrammes et la garde au sol inférieure ou égale à 600 mm ;

5.1.4. Véhicule de catégorie T3 ou C3 : tracteur agricole dont la vitesse maximale par construction n'est pas supérieure à 40 km/h d'une masse à vide en ordre de marche inférieure ou égale à 600 kilogrammes ;

5.1.5. Véhicule de catégorie T4 ou C4 : tracteur agricole spécial dont la vitesse maximale par construction n'est pas supérieure à 40 km/h ;

5.1.6. Véhicule de catégorie T5 ou C5 : tracteur agricole à vitesse maximale par construction supérieure à 40 km/h ;

5.2. Véhicules de catégorie R : véhicules agricoles remorqués :

5.2.1. Remorque agricole : véhicule remorqué destiné au transport et conçu pour être attelé à un tracteur agricole ou à une machine agricole automotrice ;

5.2.2. Semi-remorque agricole : remorque agricole dont une partie de son poids et du poids de son chargement repose en partie sur le véhicule tracteur ;

5.2.3. Est assimilé à un véhicule agricole remorqué tout véhicule remorqué comportant un outil à demeure si le rapport entre le poids total en charge et le poids à vide du véhicule est supérieur ou égal à la valeur 3 et si le véhicule n'est pas conçu pour le traitement de matières ;

5.2.4. Véhicule de catégorie R1a : remorque ou semi-remorque agricole ayant un poids maximal sur l'ensemble de ses essieux inférieur ou égal à 1 500 kilogrammes et conçue pour une vitesse inférieure ou égale à 40 km/h ;

5.2.5. Véhicule de catégorie R1b : remorque ou semi-remorque agricole ayant un poids maximal sur l'ensemble de ses essieux inférieur ou égal à 1 500 kilogrammes et conçue pour une vitesse supérieure à 40 km/h ;

5.2.6. Véhicule de catégorie R2a : remorque ou semi-remorque agricole ayant un poids maximal sur l'ensemble de ses essieux supérieur à 1 500 kilogrammes et inférieur ou égal à 3 500 kilogrammes et conçue pour une vitesse inférieure ou égale à 40 km/h ;

5.2.7. Véhicule de catégorie R2b : remorque ou semi-remorque agricole ayant un poids maximal sur l'ensemble de ses essieux supérieur à 1 500 kilogrammes et inférieur ou égal à 3 500 kilogrammes et conçue pour une vitesse supérieure à 40 km/h ;

5.2.8. Véhicule de catégorie R3a : remorque ou semi-remorque agricole ayant un poids maximal sur l'ensemble de ses essieux supérieur à 3 500 kilogrammes et inférieur ou égal à 21 000 kilogrammes et conçue pour une vitesse inférieure ou égale à 40 km/h ;

5.2.9. Véhicule de catégorie R3b : remorque ou semi-remorque agricole ayant un poids maximal sur l'ensemble de ses essieux supérieur à 3 500 kilogrammes et inférieur ou égal à 21 000 kilogrammes et conçue pour une vitesse supérieure à 40 km/h ;

5.2.10. Véhicule de catégorie R4a : remorque ou semi-remorque agricole ayant un poids maximal sur l'ensemble de ses essieux supérieur à 21 000 kilogrammes et conçue pour une vitesse inférieure ou égale à 40 km/h ;

5.2.11. Véhicule de catégorie R4b : remorque ou semi-remorque agricole ayant un poids maximal sur l'ensemble de ses essieux supérieur à 21 000 kilogrammes et conçue pour une vitesse supérieure à 40 km/h ;

5.3. Véhicules de catégorie S : machines ou instruments agricoles remorqués :

5.3.1. Machine ou instrument agricole remorqué : véhicule remorqué non destiné principalement au transport et conçu pour être attelé à un tracteur agricole ou à une machine agricole automotrice et qui modifie la fonction du véhicule tracteur ou lui apporte une fonction nouvelle ;

5.3.2. Est assimilé à une machine ou instrument agricole remorqué tout véhicule comportant un outil à demeure ou conçu pour le traitement des matières, si le rapport entre le poids total en charge et le poids à vide du véhicule est inférieur à la valeur 3 ;

5.3.3. Véhicule de catégorie S1a : machine ou instrument agricole remorqué ayant un poids maximal sur l'ensemble de ses essieux inférieur ou égal à 3,5 tonnes et conçu pour une vitesse inférieure ou égale à 40 km/h ;

5.3.4. Véhicule de catégorie S1b : machine ou instrument agricole remorqué ayant un poids maximal sur l'ensemble de ses essieux inférieur ou égal à 3,5 tonnes et conçu pour une vitesse supérieure à 40 km/h ;

5.3.5. Véhicule de catégorie S2a : machine ou instrument agricole remorqué ayant un poids maximal sur l'ensemble de ses essieux supérieur à 3,5 tonnes et conçu pour une vitesse inférieure ou égale à 40 km/h ;

5.3.6. Véhicule de catégorie S2b : machine ou instrument agricole remorqué ayant un poids maximal sur l'ensemble de ses essieux supérieur à 3,5 tonnes et conçu pour une vitesse supérieure à 40 km/h ;

5.4. Machine agricole automotrice : appareil pouvant évoluer par ses propres moyens, normalement destiné à l'exploitation agricole et dont la vitesse de marche par construction ne peut excéder 25 km/h en palier ; cette vitesse est portée à 40 km/h pour les appareils dont la largeur est inférieure ou égale à 2,55 mètres et dont les limites de cylindrée ou de puissance sont supérieures à celles de la catégorie L6e. Des dispositions spéciales définies par arrêté du ministre chargé des transports, prises après consultation du ministre chargé de l'agriculture, sont applicables aux machines agricoles automotrices à un seul essieu.

6. Autres véhicules :

6.1. *(6.1 mod., D. n° 2019-620, 21 juin 2019)* Engin de service hivernal : véhicule à moteur ou véhicule remorqué de transport de marchandises, d'un poids total autorisé en charge supérieur à 3,5 tonnes, ou tracteur agricole appartenant aux collectivités gestionnaires des voies publiques ou aux personnes agissant pour leur compte, lorsqu'ils sont équipés d'outils spécifiques destinés à lutter contre le verglas ou la neige sur les voies ouvertes à la circulation publique ; un arrêté du ministre chargé des transports définit les caractéristiques de ces outils ;

6.2. Engin spécial : engin automoteur ou remorqué servant à l'élévation, au gerbage ou au transport de produits de toute nature, à l'exclusion du transport de personnes autres que le conducteur et éventuellement un convoyeur, et dont la vitesse ne peut excéder par construction 25 km/h ;

6.3. Véhicule présentant un intérêt historique (véhicule dit de collection) : véhicule qui remplit l'ensemble des conditions suivantes :

– il a été construit ou immatriculé pour la première fois il y a au moins trente ans ;

– son type particulier, tel que défini par la législation pertinente de l'Union européenne ou nationale, n'est plus produit ;

– il est préservé sur le plan historique et maintenu dans son état d'origine, et aucune modification essentielle n'a été apportée aux caractéristiques techniques de ses composants principaux ;

6.4. Véhicule d'intérêt général : véhicule d'intérêt général prioritaire ou bénéficiant de facilités de passage ;

6.5. *(6.5 mod., D. n° 2019-1328, 9 déc. 2019)* Véhicule d'intérêt général prioritaire : véhicule des services de police, de gendarmerie, des douanes, des services d'incendie et de secours et des unités militaires investies à titre permanent des missions de sécurité civile, d'intervention des services de déminage de l'État, d'intervention des unités mobiles hospitalières ou, à la demande du service d'aide médicale urgente, affecté exclusivement à l'intervention de ces unités et du ministère de la justice affecté au transport des détenus ou au rétablissement de l'ordre dans les établissements pénitentiaires ;

6.6. *(6.6 mod., D. n° 2019-1328, 9 déc. 2019)* Véhicule d'intérêt général bénéficiant de facilités de passage : ambulance de transport sanitaire, véhicule de premiers secours à personnes des associations agréées de sécurité civile, véhicule d'intervention de sécurité des sociétés gestionnaires d'infrastructures électriques et gazières, du service de la surveillance de la Société nationale des chemins de fer français, du service de la surveillance de la Régie autonome des transports parisiens, de transports de fonds de la Banque de France, des associations médicales concourant à la permanence des soins, des médecins lorsqu'ils participent à la garde départementale, de transports de produits sanguins et d'organes humains, engin de service hivernal et, sur autoroutes ou routes à deux chaussées séparées, véhicule d'intervention des services gestionnaires de ces voies ;

6.7. Véhicule spécialisé : véhicule de catégorie M, N, O, T ou C prévu pour une fonction qui requiert un aménagement ou un équipement spécifique ;

6.8. Véhicule spécialisé dans les opérations de remorquage : véhicule spécialisé dont l'aménagement comporte un engin de levage installé à demeure permettant le remorquage d'un véhicule en panne ou accidenté avec ou sans soulèvement du train avant ou du train arrière de ce dernier ;

6.9. Matériel de travaux publics : matériel spécialement conçu pour les travaux publics, ne servant pas normalement sur route au transport de marchandises ou de personnes autres que deux convoyeurs et dont la liste est établie par le ministre chargé des transports ;

6.10. Cycle : véhicule ayant au moins deux roues et propulsé exclusivement par l'énergie musculaire des personnes se trouvant sur ce véhicule, notamment à l'aide de pédales ou de manivelles ;

6.11. Cycles à pédalage assisté : cycle équipé d'un moteur auxiliaire électrique d'une puissance nominale continue maximale de 0,25 kilowatt, dont l'alimentation est réduite progressivement et finalement interrompue lorsque le véhicule atteint une vitesse de 25 km/h, ou plus tôt si le cycliste arrête de pédaler ;

6.12. Bateau amphibie : bateau normalement destiné à des activités de loisirs ou de sauvetage, équipé de roues ou de chenilles, à caractère routier non prédominant, pouvant transporter au plus trois personnes autres que le conducteur et dont la vitesse maximale par construction ne peut excéder 25 km/h.

6.13. *(6.13 créé, D. n° 2018-1045, 28 nov. 2018)* Navette urbaine : véhicule à moteur conçu et construit pour le transport de personnes en agglomération, ne répondant pas aux définitions des catégories internationales M1, M2 ou M3 et ayant la capacité de transporter, outre le conducteur, neuf passagers au moins et seize passagers au plus, dont quatre ou cinq peuvent être assis.

6.14. *(6.14 créé, D. n° 2019-1082, 23 oct. 2019)* Engin de déplacement personnel : engin de déplacement personnel motorisé ou non motorisé ;

6.15. *(6.15 créé, D. n° 2019-1082, 23 oct. 2019)* Engin de déplacement personnel motorisé : véhicule sans place assise, conçu et construit pour le déplacement d'une seule personne et dépourvu de tout aménagement destiné au transport de marchandises, équipé d'un moteur non thermique ou d'une assistance non thermique et dont la vitesse maximale par construction est supérieure à 6 km/h et ne dépasse pas 25 km/h. Il peut comporter des accessoires, comme un panier ou une sacoche de petite taille. Un gyropode, tel que défini au paragraphe 71 de l'article 3 du règlement (UE) n° 168/2013 du Parlement européen et du Conseil du 15 janvier 2013 relatif à la réception et à la surveillance du marché des véhicules à deux ou trois roues et des quadricycles, peut être équipé d'une selle. Les engins exclusivement destinés aux personnes à mobilité réduite sont exclus de cette catégorie ;

6.16. *(6.16 créé, D. n° 2019-1082, 23 oct. 2019)* Engin de déplacement personnel non motorisé : véhicule de petite dimension sans moteur.

7. Ensemble de véhicules :

7.1. Train double : ensemble composé d'un véhicule articulé et d'une semi-remorque dont l'avant repose soit sur un avant-train, soit sur le train roulant arrière coulissant de la première semi-remorque qui tient alors lieu d'avant-train ;

7.2. Train routier : ensemble constitué d'un véhicule à moteur auquel est attelée une remorque ou une semi-remorque dont l'avant repose sur un avant-train ;

7.3. Véhicule articulé : ensemble composé d'un véhicule tracteur et d'une semi-remorque.

7.4. *(7.4 créé, D. n° 2018-1045, 28 nov. 2018)* Train urbain : ensemble routier, conçu et construit pour le transport de personnes en agglomération, composé d'un véhicule automoteur destiné au transport de personnes tractant au plus trois véhicules non automoteurs.

Art. R. 311-1-1 *(Créé, D. n° 2021-873, 29 juin 2021).* – Pour l'application du présent code, les termes ci-après ont le sens qui leur est donné dans le présent article :

1. Système de conduite automatisé : système associant des éléments matériels et logiciels, permettant d'exercer le contrôle dynamique d'un véhicule de façon prolongée ;

2. Contrôle dynamique : exécution de toutes les fonctions opérationnelles et tactiques en temps réel nécessaires au déplacement du véhicule. Il s'agit notamment du contrôle du déplacement latéral et longitudinal du véhicule, de la surveillance de l'environnement routier, des réactions aux événements survenant dans la circulation routière et de la préparation et du signalement des manœuvres ;

3. Reprise en main : action du conducteur aux fins d'exercer le contrôle dynamique du véhicule. Les modalités de la reprise en main sont définies dans les conditions d'utilisation du système de conduite automatisé ;

3.1. Demande de reprise en main : requête du système de conduite automatisé aux fins de reprise en main du conducteur avant expiration de la période de transition ;

3.2. Période de transition : délai maximal dont le conducteur est informé entre une demande de reprise en main et une manœuvre à risque minimal ;

4. Domaine de conception fonctionnelle : conditions notamment géographiques, météorologiques, horaires, de circulation, de trafic et d'infrastructure dans lesquelles un système de conduite automatisé est spécifiquement conçu pour exercer le contrôle dynamique du véhicule et en informer le conducteur ;

5. Manœuvre à risque minimal : manœuvre ayant pour finalité la mise à l'arrêt du véhicule en situation de risque minimal pour ses occupants et les autres usagers de la route, automatiquement effectuée par le système de conduite automatisé, suite à un aléa non prévu dans ses conditions d'utilisation, à une défaillance grave ou un défaut de reprise en main à expiration de la période de transition ;

6. Manœuvre d'urgence : manœuvre automatiquement effectuée par le système de conduite automatisé en cas de risque imminent de collision, dans le but de l'éviter ou de l'atténuer ;

7. Dispositif d'enregistrement des données d'état de délégation de conduite : dispositif de stockage de données permettant de déterminer les interactions entre le conducteur et le système de conduite automatisé.

Art. R. 311-2. – La masse des batteries de propulsion des motocyclettes, des quadricycles et tricycles à moteur et des cyclomoteurs électriques n'est pas prise en compte pour la détermination des poids visés au présent titre.

Art. R. 311-3. – En cas d'infraction aux dispositions du présent titre, si le mauvais état du véhicule crée un danger important pour les autres usagers ou constitue une menace pour l'intégrité de la chaussée, l'immobilisation peut être prescrite dans les conditions prévues aux articles L. 325-1 à L. 325-3.

Art. D. 311-4 *(D. n° 2017-589, 20 avr. 2017).* – À l'occasion des contrôles des véhicules et de leurs conducteurs, sont seuls compétents pour procéder, en application de l'article L. 311-2, aux opérations permettant d'accéder aux informations et aux données numériques embarquées relatives à l'identification et à la conformité du véhicule et de ses composants les officiers ou agents de police judiciaire de la gendarmerie ou de la police nationales territorialement compétents ainsi que les fonctionnaires ou agents de l'État chargés du contrôle des transports terrestres placés sous l'autorité du ministre chargé des transports et détenteurs d'un dispositif technique permettant la lecture de ces informations et données.

« Lorsqu'elles sont de nature physique, les informations et données relatives à l'identification et à la conformité du véhicule et de ses composants peuvent être relevées par l'ensemble des agents habilités à procéder à ces contrôles conformément aux dispositions du Code de procédure pénale ou du présent code. »

CHAPITRE II. – POIDS ET DIMENSIONS

Section I. – Poids

Art. R. 312-1. – Le poids à vide d'un véhicule s'entend du poids du véhicule en ordre de marche comprenant le châssis avec les accumulateurs et le réservoir d'eau rempli, les réservoirs à carburant ou les gazogènes remplis, la carrosserie, les équipements normaux, les roues et les pneus de rechange et l'outillage courant normalement livrés avec le véhicule.

Le poids total d'un véhicule articulé, d'un ensemble de véhicules ou d'un train double est appelé poids « total roulant » du véhicule articulé, de l'ensemble de véhicules ou du train double.

Le ministre chargé des transports fixe par arrêté la définition du poids à vide et de la charge utile des motocyclettes, des tricycles et des quadricycles à moteur et des cyclomoteurs.

Art. R. 312-2 *(D. n° 2011-368, 4 avr. 2011 ; D. n° 2016-448, 13 avr. 2016)*. – Il est interdit de faire circuler un véhicule ou un élément de véhicule dont le poids réel excède le poids total autorisé en charge fixé par le service en charge des réceptions désigné par arrêté par le ministre chargé des transports ou par l'autorité compétente d'un État membre de la Communauté européenne et inscrit sur le certificat d'immatriculation de chaque véhicule ou élément de véhicule.

Il est interdit de faire circuler un véhicule ou un élément de véhicule dont un essieu supporte une charge réelle qui excède le poids maximal autorisé pour cet essieu.

Il est interdit de faire circuler un ensemble de véhicules, un véhicule articulé ou un train double dont le poids total roulant réel dépasse le poids total roulant autorisé fixé par la direction régionale de l'industrie, de la recherche et de l'environnement ou par l'autorité compétente d'un État membre de la Communauté européenne et inscrit sur le certificat d'immatriculation du véhicule tracteur.

Les conditions de circulation du véhicule tracteur d'un véhicule articulé même non attelé d'une semi-remorque sont déterminées par son poids total roulant autorisé.

Le ministre chargé des transports détermine par arrêté les modalités d'application du présent article et les conditions dans lesquelles des dérogations peuvent être accordées à certains ensembles de véhicules circulant à vitesse réduite et aux matériels de travaux publics.

Toute infraction aux dispositions du présent article ou à celles prises pour son application est punie :

a) Pour un véhicule ou un élément de véhicule d'un poids total autorisé en charge inférieur ou égal à 3,5 tonnes : de l'amende prévue pour les contraventions de la quatrième classe pour le dépassement jusqu'à 0,5 tonne du poids autorisé et, pour un dépassement supérieur, de la même amende prononcée autant de fois qu'il y a de tranches de dépassement de 0,5 tonne ;

b) Pour un ensemble de véhicules d'un poids total roulant autorisé inférieur ou égal à 3,5 tonnes : de l'amende prévue pour les contraventions de la quatrième classe pour le dépassement jusqu'à 0,5 tonne du poids autorisé et, pour un dépassement supérieur, de la même amende prononcée autant de fois qu'il y a de tranches de dépassement de 0,5 tonne ;

c) Pour un véhicule ou un élément de véhicule d'un poids total autorisé en charge supérieur à 3,5 tonnes : de l'amende prévue pour les contraventions de la quatrième classe pour le dépassement jusqu'à une tonne du poids autorisé et, pour un dépassement supérieur, de la même amende prononcée autant de fois qu'il y a de tranches de dépassement d'une tonne ;

d) Pour un ensemble de véhicules d'un poids total roulant autorisé supérieur à 3,5 tonnes : de l'amende prévue pour les contraventions de la quatrième classe pour le dépassement jusqu'à une tonne du poids autorisé et, pour un dépassement supérieur, de la même amende prononcée autant de fois qu'il y a de tranches de dépassement d'une tonne ;

e) Pour chaque essieu, de l'amende prévue pour les contraventions de la quatrième classe pour le dépassement jusqu'à 0,3 tonne du poids maximal autorisé pour cet essieu et, pour un dépassement supérieur, de la même amende prononcée autant de fois qu'il y a de tranches de dépassement de 0,3 tonne.

Toutefois, lorsqu'il est constaté une infraction aux dispositions du présent article en ce qui concerne le poids total autorisé en charge ou le poids total roulant autorisé, et qu'il est constaté concomitamment une infraction aux dispositions de l'article R. 312-4 similaire, seule l'infraction la plus grave est retenue et réprimée.

Lorsqu'il est constaté une infraction aux dispositions du présent article en ce qui concerne la charge à l'essieu, et qu'il est constaté concomitamment pour le même essieu une infraction aux dispositions des articles R. 312-5 ou R. 312-6, seule l'infraction la plus grave est retenue et réprimée.

En cas de dépassement du poids autorisé excédant 5 %, l'immobilisation peut être prescrite dans les conditions prévues aux articles L. 325-1 à L. 325-3.

Art. R. 312-3 *(D. n° 2011-368, 4 avr. 2011)*. – Le poids réel de la remorque ou des remorques attelées derrière un véhicule tracteur ne peut excéder 1,3 fois le poids réel de celui-ci.

Toutefois dans le cas où le poids total roulant réel d'un ensemble constitué d'un véhicule tracteur et d'une remorque est supérieur à 32 tonnes, le coefficient 1,3 ci-dessus est majoré d'une valeur égale à 80 % du rapport entre la partie du poids total roulant réel excédant 32 tonnes et 32 tonnes, sans pouvoir être supérieur à 1,5.

Le poids total en charge des remorques des motocyclettes, des tricycles et des quadricycles à moteur, des cyclomoteurs ne peut dépasser 50 % du poids à vide du véhicule tracteur.

Les dispositions du présent article ne sont pas applicables aux remorques des cycles et aux véhicules à traction animale.

Le ministre chargé des transports détermine par arrêté les modalités d'application du présent article et les conditions dans lesquelles des dérogations peuvent être accordées à certains ensembles de véhicules circulant à vitesse réduite et aux matériels de travaux publics et aux véhicules agricoles.

Toute infraction aux dispositions du présent article ou à celles prises pour son application est punie de l'amende prévue pour les contraventions de la quatrième classe pour le dépassement jusqu'à 0,1 du coefficient autorisé et, pour un dépassement supérieur, de la même amende prononcée autant de fois qu'il y a de tranches de dépassement de 0,1 du coefficient autorisé.

En cas de dépassement du poids autorisé excédant 5 %, l'immobilisation peut être prescrite dans les conditions prévues aux articles L. 325-1 à L. 325-3.

Art. R. 312-4 *(Mod., D. n° 2009-949, 29 juill. 2009 ; D. n° 2011-64, 17 janv. 2011 ; D. n° 2011-368, 4 avr. 2011 ; D. n° 2012-1359, 4 déc. 2012 ; D. n° 2016-448, 13 avr. 2016 ; D. n° 2021-1006, 29 juill. 2021)*. – I. – Le poids total autorisé en charge d'un véhicule ne doit pas dépasser les limites suivantes :

1° Véhicule à moteur à deux essieux, ou remorque à deux essieux : 19 tonnes ;

2° Véhicule à moteur à trois essieux, ou véhicule remorqué à trois essieux ou plus : 26 tonnes ;

3° Véhicule à moteur à quatre essieux ou plus : 32 tonnes ;

4° Autobus articulé comportant une seule section articulée : 32 tonnes ;

5° Autobus articulé comportant au moins deux sections articulées : 38 tonnes ;

6° Autocar articulé : 28 tonnes.

II. – Le poids total roulant autorisé d'un véhicule articulé, d'un train double ou d'un ensemble composé d'un véhicule à moteur et d'une remorque ne doit pas dépasser :

1° 38 tonnes, si l'ensemble considéré ne comporte pas plus de quatre essieux ;

2° 40 tonnes, si l'ensemble considéré comporte plus de quatre essieux.

3° 42 tonnes, si l'ensemble considéré comporte un véhicule à moteur à deux essieux avec semi-remorque à trois essieux transportant en opération de transport intermodal un ou plusieurs conteneurs ou caisses mobiles jusqu'à une longueur totale maximale de 13,72 mètres (45 pieds) ;

4° 44 tonnes, si l'ensemble considéré comporte un véhicule à moteur à trois essieux avec semi-remorque à deux ou trois essieux transportant en opération de transport intermodal un ou plusieurs conteneurs ou caisses mobiles jusqu'à une longueur totale maximale de 13,72 mètres (45 pieds).

II *bis*. – Pour l'application du II, il faut entendre par opération de transport intermodal :

1° Les opérations de transports combinés comprenant des transports de marchandises entre États membres effectuant un transport d'un ou plusieurs conteneurs ou caisses mobiles jusqu'à une longueur totale maximale de 13,72 mètres (45 pieds), qui utilisent la route pour la partie initiale ou terminale du trajet et, pour l'autre partie, le chemin de fer, une voie navigable, ou un parcours maritime lorsque celui-ci excède 100 kilomètres à vol d'oiseau.

Le trajet initial ou terminal routier est effectué, soit entre le point de chargement de la marchandise et la gare ferroviaire d'embarquement appropriée la plus proche pour le trajet initial et entre la gare ferroviaire de débarquement appropriée la plus proche et le point de déchargement de la marchandise pour le trajet terminal, soit dans un rayon n'excédant pas 150 kilomètres à vol d'oiseau à partir du port fluvial ou maritime d'embarquement ou de débarquement ;

2° Les opérations de transport de marchandises par voie d'eau effectuant un transport d'un ou plusieurs conteneurs ou caisses mobiles jusqu'à une longueur totale maximale de 13,72 mètres (45 pieds), pour autant que le trajet routier initial ou terminal ne dépasse pas 150 kilomètres.

La distance de 150 kilomètres mentionnée au précédent alinéa peut être dépassée en vue d'atteindre le terminal de transport approprié le plus proche pour les véhicules mentionnés aux 2°, 3° et 4° du II.

III. – Par dérogation aux dispositions du 2°, 3° et 4° du II, le poids total roulant autorisé d'un ensemble comportant plus de quatre essieux peut dépasser 40 tonnes, sans excéder 44 tonnes, pour un transport routier réalisé entièrement sur le territoire national.

IV. – Les véhicules à gazogène, gaz naturel pour véhicules, accumulateurs électriques ou systèmes de propulsion alternatifs bénéficient, dans la limite maximale d'une tonne, de dérogations correspondant au poids en ordre de marche soit du gazogène et de ses accessoires, soit du gaz naturel pour véhicules et de ses accessoires, soit des accumulateurs et de leurs accessoires, soit des stockages d'énergie mécaniques et de leurs accessoires. Ces dérogations peuvent être portées jusqu'à la limite maximale de deux tonnes pour les véhicules des catégories M2, M3, N2 et N3, dans les configurations mentionnées aux 1°, 2° et 6° du I, ainsi que dans les configurations mentionnées aux II et III, lorsque le véhicule à moteur est à émission nulle.

Les véhicules munis d'un ralentisseur bénéficient, dans la limite maximale de 0,5 tonne, d'une dérogation au poids en ordre de marche correspondant au poids de cet équipement.

Les ensembles routiers comportant au moins six essieux bénéficient, dans la limite maximale d'une tonne, d'une dérogation au poids en ordre de marche correspondant au poids du sixième essieu.

V. – Le poids à vide des cyclomoteurs à trois roues ne peut excéder 270 kilogrammes et leur charge utile ne peut excéder 300 kilogrammes.

VI. – Le ministre chargé des transports détermine par arrêté les modalités d'application du présent article et fixe le poids total autorisé en charge des engins de service hivernal.

VII. – Toute infraction aux dispositions du I au IV ou à celles prises pour leur application est punie de l'amende prévue pour les contraventions de la quatrième classe pour le dépassement jusqu'à une tonne du poids autorisé et, pour un dépassement supérieur, de la même amende prononcée autant de fois qu'il y a de tranches de dépassement d'une tonne du poids total autorisé.

VIII. – Toute infraction aux dispositions du V ou à celles prises pour leur application est punie de l'amende prévue pour les contraventions de la quatrième classe.

IX. – Toutefois, lorsque les dépassements excèdent de plus de 20 % les limites réglementaires prévues au V, l'amende encourue est celle prévue pour les contraventions de la cinquième classe.

X. – En cas de dépassement excédant 5 % des poids autorisés au présent article, l'immobilisation peut être prescrite dans les conditions prévues aux articles L. 325-1 à L. 325-3.

Art. R. 312-5 *(D. n° 2011-368, 4 avr. 2011 ; D. n° 2012-1359, 4 déc. 2012 ; mod., D. n° 2014-784, 8 juill. 2014 ; D. n° 2021-1006, 29 juill. 2021).* – L'essieu le plus chargé d'un véhicule ou d'un élément de véhicule ne doit pas supporter une charge supérieure à 13 tonnes, cette limite étant fixée à 12 tonnes pour un véhicule articulé, un train double ou un ensemble composé d'un véhicule à moteur et d'une remorque, circulant à plus de 40 tonnes.

Le ministre chargé des transports détermine par arrêté les conditions dérogatoires applicables à certains matériels de travaux publics.

Toute infraction aux dispositions du présent article ou à celles prises pour son application est punie de l'amende prévue pour les contraventions de la quatrième classe pour le dépassement jusqu'à 0,3 tonne de la charge autorisée et, pour un dépassement supérieur, de la même amende prononcée autant de fois qu'il y a de tranches de dépassement de 0,3 tonne de la charge autorisée.

En cas de dépassement de la charge par essieu excédant 5 %, l'immobilisation peut être prescrite dans les conditions prévues aux articles L. 325-1 à L. 325-3.

Art. R. 312-6 *(D. n° 2011-368, 4 avr. 2011 ; D. n° 2012-1359, 4 déc. 2012 ; mod., D. n° 2014-784, 8 juill. 2014 ; D. n° 2021-1006, 29 juill. 2021).* – I. – Sur les véhicules ou éléments de véhicules comportant plus de deux essieux, la charge de l'essieu le plus chargé appartenant à un groupe d'essieux ne doit pas, en fonction de la distance séparant deux essieux consécutifs de ce groupe, dépasser les valeurs suivantes :

a) Pour une distance entre deux essieux consécutifs inférieure à 0,90 mètre : 7,350 tonnes ;

b) Pour une distance entre deux essieux consécutifs supérieure ou égale à 0,90 mètre et inférieure à 1,35 mètre ; 7,350 tonnes majorées de 0,35 tonne par tranche de 5 centimètres de la distance entre les deux essieux diminuée de 0,90 mètre ;

c) Pour une distance entre deux essieux consécutifs supérieure ou égale à 1,35 mètre et inférieure à 1,80 mètre : 10,5 tonnes.

II. – Toutefois, la charge maximale de l'essieu moteur appartenant à un groupe de deux essieux d'un véhicule à moteur peut être portée à 11,5 tonnes, à condition que la charge totale du groupe ne dépasse pas, en fonction de la distance séparant les deux essieux, les valeurs suivantes :

1° Pour une distance entre les deux essieux inférieure à 0,90 mètre : 13,15 tonnes ;

2° Pour une distance entre les deux essieux supérieure ou égale à 0,90 mètre et inférieure à 1 mètre : 13,15 tonnes majorées de 0,65 tonne par tranche de 5 centimètres de la distance entre les deux essieux diminuée de 0,90 mètre ;

3° Pour une distance entre les deux essieux supérieure ou égale à 1 mètre et inférieure à 1,35 mètre, la plus grande des deux valeurs suivantes :

a) 13,15 tonnes majorées de 0,65 tonne par tranche de 5 centimètres de la distance entre les deux essieux diminuée de 0,90 mètre ;

b) 16 tonnes ;

4° Pour une distance entre les deux essieux supérieure ou égale à 1,35 mètre et inférieure à 1,80 mètre : 19 tonnes.

II *bis*. – Lorsqu'un véhicule articulé, un train double ou un ensemble composé d'un véhicule à moteur et d'une remorque circulent à plus de 40 tonnes et comportent un groupe de trois essieux, la charge totale supportée par ce groupe ne doit pas dépasser 27 tonnes.

III. – Le ministre chargé des transports détermine par arrêté les conditions dérogatoires applicables à certains matériels de travaux publics.

IV. – Toute infraction aux dispositions du présent article ou à celles prises pour son application est punie de l'amende prévue pour les contraventions de la quatrième classe pour le dépassement jusqu'à 0,3 tonne de la charge autorisée et, pour un dépassement supérieur, de la même amende prononcée autant de fois qu'il y a de tranches de dépassement de 0,3 tonne de la charge autorisée.

V. – En cas de dépassement des charges par essieu excédant 5 %, l'immobilisation peut être prescrite dans les conditions prévues aux articles L. 325-1 à L. 325-3.

Art. R. 312-7. – Pour les véhicules et matériels agricoles et les véhicules à traction animale non munis de pneumatiques, la charge supportée par le sol ne doit à aucun moment pouvoir excéder 150 kilogrammes par centimètre de largeur du bandage.

Toute infraction aux dispositions du présent article est punie de l'amende prévue pour les contraventions de la quatrième classe.

En cas de dépassement du poids autorisé excédant 5 %, l'immobilisation peut être prescrite dans les conditions prévues aux articles L. 325-1 à L. 325-3.

Art. R. 312-8 *(D. n° 2011-368, 4 avr. 2011)*. – Le ministre chargé des transports détermine par arrêté les règles relatives aux poids des engins spéciaux dont la vitesse ne peut excéder par construction 25 km/h.

Toute infraction aux dispositions du présent article ou à celles prises pour son application est punie de l'amende prévue pour les contraventions de la quatrième classe pour le dépassement jusqu'à une tonne du poids autorisé et, pour un dépassement supérieur, de la même amende prononcée autant de fois qu'il y a de tranches de dépassement d'une tonne du poids autorisé.

En cas de dépassement du poids autorisé excédant 5 %, l'immobilisation peut être prescrite dans les conditions prévues aux articles L. 325-1 à L. 325-3.

Art. R. 312-9. – Les dispositions de la présente section ne sont applicables aux véhicules et aux matériels spéciaux des armées que si elles sont compatibles avec leurs caractéristiques techniques de fabrication et d'emploi.

Section II. – Dimensions des véhicules

Art. R. 312-10 *(D. n° 2016-448, 13 avr. 2016 ; D. n° 2017-16, 6 janv. 2017).* – I. – Sauf pour les machines agricoles automotrices et les machines et instruments agricoles remorqués, la largeur totale des véhicules ou parties de véhicules, y compris les superstructures amovibles et les pièces de cargaison normalisées telles que les conteneurs et caisses mobiles, mesurée toutes saillies comprises dans une section transversale quelconque, ne doit pas dépasser les valeurs suivantes, sauf dans les cas et conditions où des saillies excédant ce gabarit sont explicitement autorisées par arrêté du ministre chargé des transports :

1° 2,60 mètres pour les superstructures à parois épaisses conçues pour le transport de marchandises sous température dirigée ;

2° 2,55 mètres pour les autres véhicules ou parties de véhicules ;

3° 2,95 mètres pour les véhicules à traction animale dont la carrosserie ou les garde-boue ne surplombent pas les roues ;

4° 2 mètres pour les motocyclettes, les tricycles, les cyclomoteurs à trois roues et quadricycles à moteur autres que les quadricycles légers de la sous-catégorie L6e-B et les quadricycles lourds de la sous-catégorie L7e-C ;

5° 1 mètre pour les cyclomoteurs à deux roues ;

6° 1,5 mètre pour les quadricycles légers de la sous-catégorie L6e-B et les quadricycles lourds de la sous-catégorie L7e-C.

II. – Le ministre chargé des transports détermine par arrêté les modalités d'application du présent article, les conditions dérogatoires applicables à certains matériels de travaux publics et fixe la largeur maximale des engins de service hivernal.

III. – Le fait de contrevenir aux dispositions du présent article ou à celles prises pour son application est puni de l'amende prévue pour les contraventions de la quatrième classe.

IV. – Toutefois, lorsque les dépassements excèdent les limites réglementaires de plus de 20 %, l'amende encourue est celle prévue pour les contraventions de la cinquième classe.

V. – Dans ce cas, la récidive de cette contravention est réprimée conformément à l'article 132-11 du Code pénal.

VI. – L'immobilisation peut être prescrite dans les conditions prévues aux articles L. 325-1 à L. 325-3.

Art. R. 312-11 *(Mod., D. n° 2003-468, 28 mai 2003 ; D. n° 2016-448, 13 avr. 2016 ; D. n° 2017-16, 6 janv. 2017 ; D. n° 2021-1006, 29 juill. 2021).* – I. – Sous réserve des dispositions des I *bis* à I *quinquies*, la longueur des véhicules et ensembles de véhicules mesurée en comprenant les superstructures amovibles et les pièces de cargaison normalisées telles que les conteneurs et caisses mobiles, et toutes saillies comprises dans une section longitudinale quelconque, ne doit pas dépasser les valeurs suivantes, sauf dans les cas et conditions où des saillies excédant ce gabarit sont explicitement autorisées par arrêté du ministre chargé des transports :

1° Cyclomoteur, motocyclette, tricycle à moteur et quadricycle à moteur autre que le quadricycle léger de la sous-catégorie L6e-B et le quadricycle lourd de la sous-catégorie L7e-C : 4 mètres ;

1° *bis* Quadricycle léger de la sous-catégorie L6e-B : 3 mètres ;

1° *ter* Quadricycle lourd de la sous-catégorie L7e-C : 3,7 mètres ;

2° Véhicule à moteur : 12 mètres ; toutefois, la longueur des autobus ou autocars à deux essieux peut atteindre 13,50 mètres et celle des autobus ou autocars à plus de deux essieux peut atteindre 15 mètres ;

3° Remorque :

a) Remorque de catégorie O, y compris le dispositif d'attelage : 12 mètres ;

b) Remorque de catégorie R et S, non compris le dispositif d'attelage : 12 mètres ;

4° Semi-remorque :

a) 12 mètres entre le pivot d'attelage et l'arrière de la semi-remorque, et

b) 2,04 mètres entre l'axe du pivot d'attelage et un point quelconque de l'avant de la semi-remorque ;

5° Véhicule articulé : 16,5 mètres ;

6° Autobus ou autocar articulé : 18,75 mètres ;

7° Autobus articulé comportant plus d'une section articulée : 24,5 mètres ;

8° Train routier *(D. n° 2018-1045, 28 nov. 2018)* train urbain et train double : 18,75 mètres ;

9° Véhicule ou matériel de travaux publics : 15 mètres ;

10° Ensembles de véhicules ou de matériels de travaux publics : 22 mètres ;

11° Autres ensembles de véhicules : 18 mètres ; toutefois, la longueur d'un ensemble formé par un autobus ou un autocar et sa remorque peut atteindre 18,75 mètres.

12° Engins de déplacement personnel motorisés : 1,35 mètre.

I *bis*. – La longueur maximale fixée au 2°, 3°, au a du 4°, au 5° et au 8° du I peut être dépassée de 15 centimètres pour les véhicules ou les ensembles de véhicules effectuant un transport de conteneurs ou de caisses mobiles d'une longueur de 13,72 mètres (45 pieds), vides ou chargés, si le transport routier du conteneur ou de la caisse mobile en question s'inscrit dans une opération de transport intermodal telle que définie au II *bis* de l'article R. 312-4.

I *ter*. – Les longueurs maximales des véhicules ou ensembles de véhicules affectés au transport de marchandises peuvent être dépassées pour l'emploi de cabines qui améliorent les performances aérodynamiques et l'efficacité énergétique ainsi que les performances en matière de sécurité. Ces dépassements n'entraînent pas d'augmentation de la charge utile. Ces véhicules ou ensembles de véhicules en mouvement doivent pouvoir s'inscrire dans une couronne circulaire d'un rayon extérieur de 12,50 mètres et d'un rayon intérieur de 5,30 mètres.

I *quater*. – Les longueurs maximales des véhicules de catégorie M2, M3, N2, N3, O1, O2, O3 ou O4, ou leurs ensembles, peuvent être dépassées pour l'emploi de dispositifs aérodynamiques montés à l'arrière des véhicules. Ces dépassements n'entraînent pas d'augmentation de la longueur de chargement. Ces véhicules ou ensembles de véhicules en mouvement doivent pouvoir s'inscrire dans une couronne circulaire d'un rayon extérieur de 12,50 mètres et d'un rayon intérieur de 5,30 mètres.

I *quinquies*. – La longueur maximale fixée au a du 3° du I peut ne pas tenir compte du dispositif d'attelage :

– pour les véhicules remorqués de catégorie O ayant fait l'objet d'une réception européenne et mis en circulation pour la première fois avant le 1er novembre 2014 ;

– pour les véhicules remorqués de catégorie O ayant fait l'objet d'une réception nationale et mis en circulation pour la première fois avant l'entrée en vigueur du présent décret.

Pour l'application du présent article, la longueur d'un autobus ou d'un autocar ou d'un autobus ou d'un autocar articulé ou d'un ensemble formé d'un autobus ou d'un autocar et de sa remorque est mesurée non compris les perches et dispositifs enrouleurs de cordes s'il s'agit d'un trolleybus et en incluant tout accessoire démontable tel qu'un coffre à skis.

II. – Les dispositions du présent article ne sont pas applicables aux véhicules à traction animale.

III. – Le ministre chargé des transports détermine par arrêté les modalités d'application du présent article et fixe la longueur maximale des engins de service hivernal.

IV. – Le fait de ne pas respecter les longueurs fixées au présent article ou dans les dispositions prises pour son application est puni de l'amende prévue pour les contraventions de la quatrième classe.

V. – Toutefois, lorsque les dépassements excèdent les limites réglementaires de plus de 20 %, l'amende encourue est celle prévue pour les contraventions de la cinquième classe.

VI. – Dans ce cas, la récidive de cette contravention est réprimée conformément à l'article 132-11 du Code pénal.

VII. – L'immobilisation peut être prescrite dans les conditions prévues aux articles L. 325-1 à L. 325-3.

Art. R. 312-12. – I. – Sauf dans les cas et conditions où des saillies excédant le gabarit sont explicitement autorisées par arrêté du ministre chargé des transports, les trains routiers doivent satisfaire aux conditions suivantes :

1° La distance mesurée parallèlement à l'axe longitudinal du train routier entre les points extérieurs situés le plus à l'avant de la zone de chargement derrière la cabine et le plus à l'arrière de la remorque de l'ensemble, diminuée de la distance comprise entre l'arrière du véhicule à moteur et l'avant de la remorque, ne doit pas excéder 15,65 mètres ;

2° La distance mesurée parallèlement à l'axe longitudinal du train routier entre les points extérieurs situés le plus à l'avant de la zone de chargement derrière la cabine et le plus à l'arrière de la remorque de l'ensemble ne doit pas excéder 16,40 mètres.

II. – Les distances fixées au présent article sont mesurées, toutes saillies comprises dans une section longitudinale quelconque, en comprenant les superstructures amovibles et les pièces de cargaison normalisées telles que les conteneurs et caisses mobiles.

III. – Le ministre chargé des transports fixe par arrêté les modalités d'application du présent article.

IV. – Le fait de contrevenir aux dispositions du présent article ou à celles prises pour son application est puni de l'amende prévue pour les contraventions de la quatrième classe.

V. – Toutefois, lorsque les dépassements excèdent les limites réglementaires de plus de 20 %, l'amende encourue est celle prévue pour les contraventions de la cinquième classe.

VI. – Dans ce cas, la récidive de cette contravention est réprimée conformément à l'article 132-11 du Code pénal.

Art. R. 312-13. – I. – Sauf dans les cas et conditions où des saillies excédant le gabarit sont explicitement autorisées par arrêté du ministre chargé des transports, les trains doubles doivent satisfaire aux conditions suivantes :

1° La distance mesurée parallèlement à l'axe longitudinal du train double entre les points extérieurs situés le plus à l'avant de la zone de chargement derrière la cabine et le plus à l'arrière de la semi-remorque attelée au véhicule articulé, diminuée de la distance comprise entre l'arrière du véhicule articulé et l'avant de la semi-remorque, ne doit pas excéder 15,65 mètres ;

2° La distance mesurée parallèlement à l'axe longitudinal du train double entre les points extérieurs situés le plus à l'avant de la zone de chargement derrière la cabine et le plus à l'arrière de la semi-remorque attelée au véhicule articulé ne doit pas excéder 16,40 mètres.

II. – Les distances fixées au présent article sont mesurées, toutes saillies comprises dans une section longitudinale quelconque, en comprenant les superstructures amovibles et les pièces de cargaison normalisées telles que les conteneurs et caisses mobiles.

III. – Le ministre chargé des transports fixe par arrêté les modalités d'application du présent article.

IV. – Le fait de contrevenir aux dispositions du présent article ou à celles prises pour son application est puni de l'amende prévue pour les contraventions de la quatrième classe.

V. – Toutefois, lorsque les dépassements excèdent les limites réglementaires de plus de 20 %, l'amende encourue est celle prévue pour les contraventions de la cinquième classe.

VI. – Dans ce cas, la récidive de cette contravention est réprimée conformément à l'article 132-11 du Code pénal.

Art. R. 312-14. – La longueur des ensembles formés par un véhicule remorqueur et un véhicule en panne ou accidenté ne peut excéder 30 mètres.

La longueur des ensembles formés par un véhicule remorqueur et un autobus en panne ou accidenté comportant plus d'une section articulée ne peut excéder 36 mètres.

La longueur des véhicules articulés transportant un véhicule en panne ou accidenté d'un poids total autorisé en charge supérieur à 3,5 tonnes peut, lorsqu'ils sont en charge, dépasser 16,5 mètres sans excéder 20 mètres, ce dernier chiffre comprenant l'éventuel dépassement du chargement vers l'arrière, qui ne doit pas être supérieur à 3 mètres.

En outre, la largeur de ces ensembles de véhicules et véhicules articulés peut dépasser 2,55 mètres, sans excéder 3,20 mètres en cas notamment de déformation du véhicule accidenté consécutive au choc reçu.

Le fait, pour tout conducteur, de contrevenir aux dispositions du présent article est puni de l'amende prévue pour les contraventions de la quatrième classe.

Toutefois, lorsque les dépassements excèdent les limites réglementaires de plus de 20 %, l'amende encourue est celle prévue pour les contraventions de la cinquième classe.

Dans ce cas, la récidive de cette contravention est réprimée conformément à l'article 132-11 du Code pénal.

Art. R. 312-15. – Les parties mobiles ou aisément démontables des véhicules et des matériels agricoles ou de travaux publics et des engins spéciaux doivent être repliées lors des trajets sur route.

Le fait, pour tout conducteur, de contrevenir aux dispositions du présent article est puni de l'amende prévue pour les contraventions de la quatrième classe.

Art. R. 312-16. – La hauteur des motocyclettes, des tricycles et quadricycles à moteur et des cyclomoteurs ne peut excéder 2,50 mètres.

Le fait de contrevenir aux dispositions du présent article est puni de l'amende prévue pour les contraventions de la quatrième classe.

Toutefois, lorsque les dépassements excèdent les limites réglementaires de plus de 20 %, l'amende encourue est celle prévue pour les contraventions de la cinquième classe.

Dans ce cas, la récidive de cette contravention est réprimée conformément à l'article 132-11, du Code pénal.

Art. R. 312-17. – Le ministre chargé des transports fixe par arrêté les règles relatives aux dimensions des engins spéciaux dont la vitesse ne peut excéder par construction 25 km/h.

Le fait, pour tout conducteur d'un engin spécial, de contrevenir aux dispositions prises en application du présent article est puni de l'amende prévue pour les contraventions de la quatrième classe.

Toutefois, lorsque les dépassements excèdent les limites réglementaires de plus de 20 %, l'amende encourue est celle prévue pour les contraventions de la cinquième classe.

Dans ce cas, la récidive de cette contravention est réprimée conformément à l'article 132-11 du Code pénal.

Art. R. 312-18. – Les dispositions de la présente section ne sont applicables aux véhicules et aux matériels spéciaux des armées que si elles sont compatibles avec leurs caractéristiques techniques de fabrication et d'emploi.

Section III. – Dimensions et conditions du chargement

Art. R. 312-19 *(Mod., D. n° 2020-1088, 24 août 2020).* – I. – Toutes précautions utiles doivent être prises pour que le chargement d'un véhicule ne puisse être une cause de dommage ou de danger.

II. – Tout chargement débordant ou pouvant déborder le contour extérieur du véhicule du fait des oscillations du transport doit être solidement amarré. Les pièces de grande longueur doivent être solidement amarrées entre elles et au véhicule, de manière à ne pas déborder dans leurs oscillations le contour latéral extérieur de celui-ci.

III. – Les chaînes, bâches et autres accessoires, mobiles ou flottants, doivent être fixés au véhicule de manière à ne sortir à aucun moment du contour extérieur du chargement, et à ne pas traîner sur le sol.

IV. – Le fait, pour tout conducteur, de contrevenir aux dispositions du II ou du III ci-dessus est puni de l'amende prévue pour les contraventions de la troisième classe.

V. – L'immobilisation des véhicules qui contreviennent aux dispositions du présent article peut être prescrite dans les conditions prévues aux articles L. 325-1, L. 325-2 et L. 325-3.

Art. R. 312-20. – La largeur du chargement d'un véhicule, mesurée toutes saillies comprises dans une section transversale quelconque, ne doit nulle part dépasser 2,55 mètres. Toutefois, le chargement des matériels de travaux publics peut excéder 2,55 mètres sous réserve de n'excéder en aucun cas la largeur du véhicule tracteur.

Les dispositions du présent article ne sont pas applicables aux récoltes, à la paille ou au fourrage transportés sur les véhicules agricoles à traction animale, sur le parcours des champs à la ferme et des champs ou de la ferme au marché ou lieu de livraison situé dans un rayon de 25 kilomètres.

Le fait, pour tout conducteur, de contrevenir aux dispositions du présent article est puni de l'amende prévue pour les contraventions de la quatrième classe.

Toutefois, lorsque les dépassements excèdent les limites réglementaires de plus de 20 %, l'amende encourue est celle prévue pour les contraventions de la cinquième classe.

Dans ce cas, la récidive de cette contravention est réprimée conformément à l'article 132-11 du Code pénal.

Art. R. 312-21. – À l'arrière, le chargement d'un véhicule ou d'une remorque ne doit pas dépasser de plus de 3 mètres l'extrémité dudit véhicule ou de sa remorque.

La longueur des ensembles spécialisés dans le transport des véhicules peut, lorsqu'ils sont en charge, être augmentée par l'emploi d'un support de charge autorisé pour ces transports. L'ensemble, y compris son chargement, ne doit en aucun cas excéder une longueur totale de 20,35 mètres s'il s'agit d'un train routier ou de 16,5 mètres s'il s'agit d'un véhicule articulé.

Le fait, pour tout conducteur, de contrevenir aux dispositions du présent article est puni de l'amende prévue pour les contraventions de la quatrième classe.

Toutefois, lorsque les dépassements excèdent les limites réglementaires de plus de 20 %, l'amende encourue est celle prévue pour les contraventions de la cinquième classe.

Dans ce cas, la récidive de cette contravention est réprimée conformément à l'article 132-11 du Code pénal.

Art. R. 312-22. – À l'avant, le chargement ne doit, en aucun cas, dépasser l'aplomb antérieur du véhicule et, s'il s'agit d'un ensemble de véhicules, du véhicule tracteur. À l'arrière, il ne doit pas traîner sur le sol. Le support de charge des ensembles spécialisés dans le transport des véhicules ne doit pas faire saillie à l'arrière du chargement.

Le fait, pour tout conducteur, de contrevenir aux dispositions du présent article est puni de l'amende prévue pour les contraventions de la troisième classe.

Art. R. 312-22-1 *(D. n° 2010-1390, 12 nov. 2010)*. – Par dérogation au premier alinéa de l'article R. 312-22, les véhicules d'exploitation des routes peuvent être équipés, pour l'exercice de leur mission, d'un outillage en dépassement de leur aplomb.

Un arrêté du ministre chargé des transports fixe les conditions d'application du présent article ainsi que les conditions de circulation des véhicules ainsi équipés.

Art. R. 312-23. – Sans préjudice de la réglementation relative au transport des matières dangereuses, les véhicules-citernes doivent satisfaire à des conditions de construction relatives à la capacité des citernes et de leurs compartiments ainsi qu'à leur stabilité transversale et à des règles de remplissage assurant un comportement dynamique satisfaisant dans les conditions de circulation normales.

Le ministre chargé des transports fixe par arrêté les règles de stabilité de route.

Toute infraction aux dispositions du présent article est punie de l'amende prévue pour les contraventions de la troisième classe.

Art. R. 312-24 *(Mod., D. n° 2001-751, 27 août 2001)*. – Le ministre chargé des transports fixe par arrêté les règles relatives au chargement des engins spéciaux dont la vitesse ne peut excéder par construction 25 km/h.

Le fait, pour tout conducteur d'un engin spécial, de contrevenir aux dispositions relatives aux conditions du chargement est puni de l'amende prévue pour les contraventions de la troisième classe.

Le fait, pour tout conducteur d'un engin spécial, de contrevenir aux dispositions relatives aux conditions du chargement est puni de l'amende prévue pour les contraventions de la quatrième classe. Toutefois, lorsque les dépassements excèdent les limites réglementaires de plus de 20 %, l'amende encourue est celle prévue pour les contraventions de la cinquième classe.

Dans ce dernier cas, la récidive de cette contravention est réprimée conformément à l'article 132-11 du Code pénal.

Art. R. 312-25. – Les dispositions de la présente section ne sont applicables aux véhicules et aux matériels spéciaux des armées et des services de secours et de lutte contre l'incendie que si elles sont compatibles avec leurs caractéristiques techniques de fabrication et d'emploi.

CHAPITRE III. – ÉCLAIRAGE ET SIGNALISATIONS

Section I. – Éclairage et signalisation des véhicules

Art. R. 313-1 *(Mod., D. n° 2019-1082, 23 oct. 2019 ; D. n° 2020-1088, 24 août 2020)*. – Tout véhicule ne peut être pourvu que des dispositifs d'éclairage ou de signalisation prévus au présent code. Ceux-ci doivent être installés conformément aux prescriptions du présent chapitre.

Ces dispositions ne concernent pas l'éclairage intérieur des véhicules sous réserve qu'il ne soit pas gênant pour les autres conducteurs.

Le fait, pour tout conducteur d'un véhicule à moteur ou à traction animale, de contrevenir aux dispositions du présent article est puni de l'amende prévue pour les contraventions de la troisième classe.

Le fait, pour tout conducteur d'un engin de déplacement personnel motorisé ou d'un cycle, de contrevenir aux dispositions du présent article est puni de l'amende prévue pour les contraventions de la première classe.

Les dispositions des articles R. 313-2, R. 313-3, R. 313-3-1 à R. 313-3-4, R. 313-4-1, R. 313-6 à R. 313-17 et R. 313-17-1 ne sont pas applicables aux engins de déplacement personnel motorisés.

L'immobilisation des véhicules qui contreviennent aux dispositions du présent article peut être prescrite dans les conditions prévues aux articles L. 325-1, L. 325-2 et L. 325-3.

Art. R. 313-2 *(Mod., D. n° 2008-1095, 28 oct. 2008 ; D. n° 2020-1088, 24 août 2020)*. – Feux de route.

I. – Sauf dispositions différentes prévues au présent article, tout véhicule à moteur doit être muni à l'avant de deux ou de quatre feux de route émettant vers l'avant une lumière jaune ou blanche permettant d'éclairer efficacement la route la nuit, par temps clair, sur une distance minimale de 100 mètres.

Sous réserve de l'observation des prescriptions précédentes, le véhicule peut être équipé d'un système d'éclairage avant adaptatif tel que défini à l'article R. 313-3-2 du présent code.

II. – Toute motocyclette, tout tricycle à moteur, tout quadricycle lourd à moteur doit être muni à l'avant d'un ou de deux feux de route.

III. – Tout tricycle à moteur ou quadricycle lourd à moteur, dont la largeur dépasse 1,30 mètre, doit être muni à l'avant de deux feux de route.

IV. – Les dispositions du I ci-dessus ne sont applicables ni aux cyclomoteurs ni aux quadricycles légers à moteur qui, toutefois, peuvent être munis d'un ou de deux feux de route.

V. – Lorsqu'un cyclomoteur à trois roues ou un quadricycle léger à moteur, dont la largeur dépasse 1,30 mètre, est muni de feux de route, ceux-ci doivent être au nombre de deux.

VI. – Les dispositions du I ci-dessus ne sont pas applicables aux véhicules et matériels agricoles ou de travaux publics, automoteurs, qui, toutefois, peuvent être munis de deux ou de quatre feux de route.

VII. – Le fait de contrevenir aux dispositions du présent article est puni de l'amende prévue pour les contraventions de la troisième classe.

VIII. – La nuit, ou le jour lorsque la visibilité est insuffisante, en cas d'absence, de non-conformité ou de défectuosité des feux de route, l'immobilisation peut être prescrite dans les conditions prévues aux articles L. 325-1, L. 325-2 et L. 325-3.

Art. R. 313-3 *(Mod., D. n° 2008-1095, 28 oct. 2008 ; D. n° 2020-1088, 24 août 2020)*. – Feux de croisement.

I. – Sauf dispositions différentes prévues au présent article, tout véhicule à moteur doit être muni à l'avant de deux feux de croisement, émettant vers l'avant une lumière jaune ou blanche permettant d'éclairer efficacement la route la nuit, par temps clair, sur une distance minimale de 30 mètres sans éblouir les autres conducteurs.

Sous réserve de l'observation des prescriptions précédentes, le véhicule peut être équipé d'un système d'éclairage avant adaptatif tel que défini à l'article R. 313-3-2.

II. – Toute motocyclette, tout tricycle à moteur, tout quadricycle à moteur, tout cyclomoteur doit être muni à l'avant d'un ou de deux feux de croisement.

III. – Tout tricycle à moteur, tout quadricycle à moteur, tout cyclomoteur à trois roues, dont la largeur dépasse 1,30 mètre, doit être muni à l'avant de deux feux de croisement..

IV. – Tout véhicule et matériel agricole ou de travaux publics, automoteur, peut être muni de deux feux de croisement supplémentaires.

V. – Le fait, pour tout conducteur, de contrevenir aux dispositions du présent article est puni de l'amende prévue pour les contraventions de la troisième classe.

VI. – La nuit, ou le jour lorsque la visibilité est insuffisante, en cas d'absence, de non-conformité ou de défectuosité des feux de croisement, l'immobilisation peut être prescrite dans les conditions prévues aux articles L. 325-1, L. 325-2 et L. 325-3.

Art. R. 313-3-1 *(D. n° 2016-448, 13 avr. 2016)*. – Feux d'angle.

Tout véhicule à moteur, peut être muni à l'avant de deux feux d'angle émettant latéralement une lumière blanche afin de compléter l'éclairage de la route située du côté vers lequel le véhicule va tourner.

Les véhicules agricoles à moteur peuvent être munis de deux feux supplémentaires.

Art. R. 313-3-2 *(D. n° 2008-1095, 28 oct. 2008 ; D. n° 2016-448, 13 avr. 2016)*. – Système d'éclairage avant adaptatif.

Tout véhicule à moteur peut être muni d'un système d'éclairage avant adaptatif destiné à s'adapter aux conditions ambiantes et aux paramètres d'utilisation du véhicule.

Le système d'éclairage avant adaptatif est un dispositif d'éclairage émettant des faisceaux fixes ou orientables et possédant des caractéristiques différenciées pour une adaptation automatique à des conditions variables d'utilisation des feux de croisement et, le cas échéant, des feux de route. Son fonctionnement est automatique sans intervention du conducteur du véhicule.

Le système d'éclairage avant adaptatif est constitué du fonctionnement simultané ou non, symétrique ou non, des feux définis aux articles R. 313-2, R. 313-3, R. 313-3-1, R. 313-4 et R. 313-8.

Si le système d'éclairage avant adaptatif est neutralisé, les feux visés aux articles R. 313-2, R. 313-3, R. 313-4 et R. 313-8 doivent remplir chacun leur fonction de base.

Art. R. 313-3-3 *(D. n° 2016-448, 13 avr. 2016)*. – Feux de courtoisie extérieurs.

Tout véhicule à moteur peut être muni de feux servant à fournir un éclairage supplémentaire pour aider le conducteur et les passagers à monter dans le véhicule, à en descendre ou à faciliter les opérations de chargement.

Art. R. 313-3-4 *(D. n° 2016-448, 13 avr. 2016)*. – Feux de manœuvre.

Tout véhicule à moteur peut être muni de feux fournissant un éclairage supplémentaire sur le côté du véhicule pour faciliter les manœuvres à vitesse réduite.

Art. R. 313-4 *(Mod., D. n° 2008-1095, 28 oct. 2008 ; D. n° 2009-497, 30 avr. 2009 ; D. n° 2016-448, 13 avr. 2016 ; D. n° 2020-1088, 24 août 2020)*. – Feux de position avant.

I. – Sauf dispositions différentes prévues au présent article, tout véhicule à moteur doit être muni à l'avant de deux feux de position émettant vers l'avant une lumière blanche orange ou jaune, visible la nuit, par temps clair, à une distance de 150 mètres, sans être éblouissante pour les autres conducteurs.

Lorsque le véhicule est équipé d'un système d'éclairage avant adaptatif tel que défini à l'article R. 313-3-2, en mode d'éclairage en virage, le feu de position avant peut être orienté en même temps que le feu auquel il est incorporé.

II. – Toute motocyclette, tout tricycle à moteur, tout quadricycle à moteur, tout cyclomoteur à trois roues doit être muni à l'avant d'un ou de deux feux de position.

III. – Lorsque la largeur d'un tricycle à moteur, d'un quadricycle à moteur ou d'un cyclomoteur à trois roues dépasse 1,30 mètre, il doit être muni à l'avant de deux feux de position.

IV. – Tout side-car équipant une motocyclette doit être muni d'un feu de position avant.

V. – Les dispositions du I ci-dessus ne sont pas applicables aux cyclomoteurs à deux roues qui, toutefois, peuvent être munis d'un ou de deux feux de position avant.

VI. – Tout véhicule et matériel agricole ou de travaux publics, automoteur, tout véhicule, machine ou instrument agricole remorqué peut être muni de deux feux de position avant supplémentaires.

VII. – Toute remorque peut être munie à l'avant de deux feux de position émettant vers l'avant une lumière blanche non éblouissante.

VIII. La présence des feux de position visés au VII ci-dessus est obligatoire lorsque la largeur hors tout de la remorque dépasse 1,60 mètre.

IX. – Les dispositions du I ci-dessus ne sont pas applicables aux véhicules de travaux publics remorqués.

X. – La nuit, ou le jour lorsque la visibilité est insuffisante, tout cycle doit être muni d'un feu de position émettant vers l'avant une lumière non éblouissante, jaune ou blanche.

XI. – Le fait, pour tout conducteur d'un véhicule à moteur, de contrevenir aux dispositions du présent article est puni de l'amende prévue pour les contraventions de la troisième classe.

XII. – LLa nuit, ou le jour lorsque la visibilité est insuffisante, en cas d'absence, de non-conformité ou de défectuosité des feux de position avant, l'immobilisation peut être prescrite dans les conditions prévues aux articles L. 325-1, L. 325-2 et L. 325-3.

XIII. – Le fait pour tout conducteur d'un cycle de contrevenir aux dispositions du présent article est puni de l'amende prévue pour les contraventions de la première classe.

Art. R. 313-4-1 *(D. n° 2016-448, 13 avr. 2016)*. – Feux de circulation diurne.

Tout véhicule à moteur peut être muni à l'avant de deux feux de circulation diurne émettant vers l'avant une lumière blanche permettant de rendre le véhicule plus visible de jour.

Tout side-car équipant une motocyclette peut être muni à l'avant d'un feu de circulation diurne.

Art. R. 313-5 *(Mod., D. n° 2020-1088, 24 août 2020)*. – Feux de position arrière.

I. – Sauf dispositions différentes prévues au présent article, tout véhicule à moteur ou toute remorque doit être muni à l'arrière de deux feux de position émettant vers l'arrière une lumière rouge non éblouissante, visible la nuit, par temps clair, à une distance de 150 mètres.

II. – Toute motocyclette, tout tricycle à moteur, tout quadricycle à moteur, tout cyclomoteur doit être muni d'un ou de deux feux de position arrière.

III. – Lorsque la largeur d'un tricycle à moteur, d'un quadricycle à moteur ou d'un cyclomoteur à trois roues dépasse 1,30 mètre, il doit être muni de deux feux de position arrière.

IV. – Tout side-car équipant une motocyclette doit être muni d'un feu de position arrière.

V. – La nuit, ou le jour lorsque la visibilité est insuffisante, tout cycle doit être muni d'un feu de position arrière. Ce feu doit être nettement visible de l'arrière lorsque le véhicule est monté.

VI. – Lorsque la remorque d'une motocyclette, d'un tricycle à moteur, d'un quadricycle à moteur, d'un cyclomoteur ou d'un cycle, ou son chargement, sont susceptibles de masquer les feux de position arrière du véhicule tracteur, la remorque doit être munie du ou des dispositifs correspondants, dont le nombre est fixé à deux obligatoirement si la largeur de la remorque dépasse 1,30 mètre.

VII. – Tout véhicule et matériel agricole ou de travaux publics doit être muni de deux feux de position arrière. Ces feux ne sont pas obligatoires pour les véhicules ou appareils remorqués qui ne masquent pas ceux du véhicule tracteur. Pour ces derniers véhicules ou appareils, ces feux peuvent en outre être fixés sur un support amovible.

VIII. – Les dispositions du présent article ne sont applicables aux véhicules et matériels spéciaux des services de secours et de lutte contre l'incendie que si elles sont compatibles avec leurs caractéristiques techniques de fabrication ou d'emploi.

IX. – Le fait, pour tout conducteur d'un véhicule à moteur, de contrevenir aux dispositions du présent article est puni de l'amende prévue pour les contraventions de la troisième classe.

X. – La nuit, ou le jour lorsque la visibilité est insuffisante, en cas d'absence, de non-conformité ou de défectuosité des feux de position arrière, l'immobilisation peut être prescrite dans les conditions prévues aux articles L. 325-1, L. 325-2 et L. 325-3.

XI. – Le fait, pour tout conducteur d'un cycle, de contrevenir aux dispositions du présent article est puni de l'amende prévue pour les contraventions de la première classe.

Art. R. 313-6 *(D. n° 2016-448, 13 avr. 2016 ; D. n° 2020-1088, 24 août 2020)*. – Feux de position latéraux.

I. – Tout véhicule à moteur ou toute remorque, dont la longueur est supérieure à 6 mètres, à l'exception des châssis-cabines et des véhicules agricoles ou forestiers, doit être muni de feux de position latéraux.

II. – Tout véhicule à moteur ou toute remorque, d'une longueur inférieure ou égale à 6 mètres, tout véhicule agricole ou forestier peut être muni de ces feux.

III. – Le fait, pour tout conducteur, de contrevenir aux dispositions du I ci-dessus est puni de l'amende prévue pour les contraventions de la troisième classe.

IV. – L'immobilisation des véhicules qui contreviennent aux dispositions du présent article peut être prescrite dans les conditions prévues aux articles L. 325-1, L. 325-2 et L. 325-3.

Art. R. 313-7 *(Mod., D. n° 2008-1095, 28 oct. 2008 ; D. n° 2016-448, 13 avr. 2016 ; D. n° 2020-1088, 24 août 2020)*. – Feux stop.

I. – Sauf dispositions différentes prévues au présent article, tout véhicule à moteur ou toute remorque dont le poids total autorisé en charge est supérieur à 0,5 tonne doit être muni à l'arrière de deux ou de trois feux stop émettant vers l'arrière une lumière rouge non éblouissante.

II. – Les feux stop doivent s'allumer lors de l'entrée en action du dispositif de freinage principal.

Ces feux peuvent également s'activer dans les conditions de la signalisation de freinage d'urgence telles que définies à l'article R. 313-17-1.

III. – Leur intensité lumineuse doit être notablement supérieure à celle des feux de position arrière tout en demeurant non éblouissante.

IV. – Toute motocyclette, tout tricycle à moteur, tout quadricycle à moteur, tout cyclomoteur doit être muni à l'arrière d'un, deux ou trois feux stop.

V. – Tout side-car équipant une motocyclette doit être muni à l'arrière d'un feu stop.

VI. – Lorsque la largeur d'un tricycle à moteur, d'un quadricycle à moteur ou d'un cyclomoteur à trois roues dépasse 1,30 mètre, il doit être muni à l'arrière de deux feux stop.

VII. – Les dispositions du I ci-dessus ne sont pas applicables aux véhicules et matériels agricoles ou de travaux publics qui, toutefois, peuvent être munis à l'arrière de deux ou trois feux stop répondant aux caractéristiques prévues par le présent article.

VIII. – Lorsqu'une remorque d'un poids total autorisé en charge inférieur ou égal à 0,5 tonne ou son chargement masque le ou les feux stop du véhicule tracteur, la remorque doit être munie du ou des dispositifs correspondants, dont le nombre est fixé à deux obligatoirement si la largeur de la remorque dépasse 1,30 mètre.

IX. – Le fait, pour tout conducteur, de contrevenir aux dispositions du présent article est puni de l'amende prévue pour les contraventions de la troisième classe.

X. – La nuit, ou le jour lorsque la visibilité est insuffisante, en cas d'absence, de non-conformité ou de défectuosité des feux stop, l'immobilisation peut être prescrite dans les conditions prévues aux articles L. 325-1, L. 325-2 et L. 325-3.

Art. R. 313-8 *(Mod., D. n° 2008-1095, 28 oct. 2008)*. – Feux de brouillard avant.

I. – Tout véhicule à moteur peut être muni à l'avant de deux feux de brouillard émettant de la lumière jaune ou blanche.

Le véhicule peut être équipé d'un système d'éclairage avant adaptatif tel que défini à l'article R. 313-3-2.

Lorsque les feux de brouillard sont inclus dans un système d'éclairage avant adaptatif dans lequel ils exercent également une autre fonction d'éclairage, leur axe peut être automatiquement orienté vers l'un ou l'autre côté.

II. – Toute motocyclette, tout tricycle à moteur, tout quadricycle à moteur, tout cyclomoteur à trois roues peut être muni d'un ou de deux feux de brouillard avant.

III. – Les dispositions du présent article ne sont applicables aux cyclomoteurs à deux roues.

Art. R. 313-9. – Feux de brouillard arrière.

I. – Tout véhicule à moteur ou toute remorque doit être muni d'un ou de deux feux de brouillard arrière émettant de la lumière rouge. Cette disposition ne s'applique qu'aux véhicules mis pour la première fois en circulation à compter du 1er octobre 1990.

II. – Les dispositions du I ci-dessus ne sont applicables ni aux motocyclettes, ni aux tricycles à moteur, ni aux quadricycles à moteur ni aux cyclomoteurs à trois roues, ni aux véhicules et matériels agricoles ou de travaux publics, automoteurs, qui, toutefois, peuvent être munis d'un ou de deux feux de brouillard arrière émettant de la lumière rouge.

III. – Les dispositions du I ci-dessus ne sont applicables ni aux cyclomoteurs à deux roues, ni aux véhicules et appareils agricoles ou de travaux publics remorqués.

IV. – Le fait, pour tout conducteur, de contrevenir aux dispositions du I ci-dessus est puni de l'amende prévue pour les contraventions de la troisième classe.

Art. R. 313-10 *(Mod., D. n° 2020-1088, 24 août 2020)*. – Feux d'encombrement.

I. – Tout véhicule à moteur ou toute remorque, dont la largeur, chargement compris, excède 2,10 mètres doit être muni de deux feux visibles de l'avant et de deux feux visibles de l'arrière situés le plus près possible de l'extrémité de la largeur hors tout. Ces feux doivent émettre une lumière non éblouissante de couleur blanche vers l'avant et rouge vers l'arrière. Deux feux supplémentaires visibles de l'avant et deux feux supplémentaires visibles de l'arrière peuvent être installés.

II. – Les feux d'encombrement arrière sont facultatifs sur les châssis-cabines.

III. – Tout véhicule à moteur ou toute remorque dont la largeur est comprise entre 1,80 et 2,10 mètres peut être muni de ces feux d'encombrement.

IV. – L'obligation prévue au I ci-dessus n'est pas applicable aux véhicules et appareils agricoles ou de travaux publics, automoteurs, qui, toutefois, peuvent être munis des feux qu'il prévoit.

V. – Les dispositions du I ci-dessus ne sont pas applicables aux véhicules et matériels agricoles ou de travaux publics remorqués à l'exception des véhicules, machines ou instruments agricoles remorqués d'une largeur supérieure à 1,8 m qui peuvent être munis des feux qu'il prévoit.

VI. – Le fait, pour tout conducteur, de contrevenir aux dispositions du I ci-dessus est puni de l'amende prévue pour les contraventions de la troisième classe.

VII. – La nuit, ou le jour lorsque la visibilité est insuffisante, en cas d'absence, de non-conformité ou de défectuosité des feux d'encombrement, l'immobilisation peut être prescrite dans les conditions prévues aux articles L. 325-1, L. 325-2 et L. 325-3.

Art. R. 313-11 *(D. n° 2016-448, 13 avr. 2016)*. – Feux de stationnement.

Tout véhicule à moteur, à l'exception des véhicules à deux ou trois roues et des véhicules de travaux publics, peut être muni de feux de stationnement. Ces feux, situés sur les côtés du véhicule, doivent émettre soit vers l'avant et vers l'arrière une lumière orangée, soit vers l'avant la même lumière que les feux de position et vers l'arrière une lumière rouge.

Art. R. 313-12. – Dispositif d'éclairage de la plaque d'immatriculation arrière ou de la plaque d'exploitation.

I. – Tout véhicule à moteur ou toute remorque doit être muni d'un dispositif lumineux capable de rendre lisible, à une distance minimale de 20 mètres, la nuit, par temps clair, le numéro inscrit sur sa plaque d'immatriculation arrière ou sur sa plaque d'exploitation.

II. – Pour les véhicules agricoles remorqués, ce dispositif peut être fixé sur un support amovible.

III. – *(Suppr., D. n° 2016-448, 13 avr. 2016)*.

IV. – Les dispositions du présent article ne sont applicables aux véhicules et matériels spéciaux des services de secours et de lutte contre l'incendie que si elles sont compatibles avec leurs caractéristiques techniques de fabrication ou d'emploi.

V. – Le fait, pour tout conducteur, de contrevenir aux dispositions du présent article est puni de l'amende prévue pour les contraventions de la troisième classe.

Art. R. 313-13 *(Mod., D. n° 2020-1088, 24 août 2020)*. – Lorsque la largeur d'une machine agricole automotrice ou d'un matériel de travaux publics automoteur dépasse 2,55 mètres, ce véhicule doit porter à l'avant et à sa partie supérieure un panneau carré éclairé la nuit, visible de l'avant et de l'arrière du véhicule à une distance de 150 mètres par temps clair, sans être éblouissant et faisant apparaître en blanc sur fond noir une lettre « D » d'une hauteur égale ou supérieure à 0,20 mètre.

Lorsque la largeur d'une machine, d'un instrument ou d'un matériel agricole ou de travaux publics, remorqué, dépasse 2,55 mètres, le véhicule tracteur doit être muni du panneau prévu à l'alinéa précédent.

Si ce panneau n'est pas visible de l'arrière de l'ensemble, le dernier véhicule remorqué doit porter à l'arrière un ensemble de dispositifs réfléchissants dessinant en blanc sur fond noir une lettre « D » de même dimension que ci-dessus.

Les dispositions du présent article ne sont pas applicables aux véhicules tracteurs équipés des feux spéciaux prévus pour les véhicules à progression lente ou encombrants.

Le fait, pour tout conducteur, de contrevenir aux dispositions relatives à l'installation du panneau « D » et des dispositifs réfléchissants mentionnés au présent article est puni de l'amende prévue pour les contraventions de la troisième classe.

La nuit, ou le jour lorsque la visibilité est insuffisante, en cas d'absence, de non-conformité ou de défectuosité du feu d'éclairage du panneau D, l'immobilisation peut être prescrite dans les conditions prévues aux articles L. 325-1, L. 325-2 et L. 325-3.

Le fait pour tout conducteur, dans les conditions visées au présent article, de circuler sans faire usage du dispositif d'éclairage du panneau « D » est puni de l'amende prévue pour les contraventions de la quatrième classe.

Art. R. 313-14 *(Mod., D. n° 2008-1095, 28 oct. 2008 ; D. n° 2016-448, 13 avr. 2016 ; D. n° 2020-1088, 24 août 2020)*. – Feux indicateurs de direction.

I. – Tout véhicule à moteur ou toute remorque dont le poids total autorisé en charge est supérieur à 0,5 tonne doit être pourvu de feux indicateurs de direction à position fixe et à lumière clignotante. Ces dispositifs doivent émettre une lumière non éblouissante orangée vers l'avant et vers l'arrière.

Ces feux peuvent également s'activer dans les conditions du signal de détresse ou du freinage d'urgence telles que définies aux articles R. 313-17 et R. 313-17-1.

II. – Les dispositions du I ci-dessus ne sont pas applicables aux cyclomoteurs qui, toutefois, peuvent être munis de feux indicateurs de direction.

III. – Lorsqu'une remorque d'un poids total autorisé en charge inférieur ou égal à 0,5 tonne ou un appareil agricole ou de travaux publics remorqué, ou son chargement masque les feux indicateurs de direction du véhicule tracteur, la remorque ou l'appareil doit être muni des dispositifs correspondants.

IV. – Pour tout véhicule ou matériel agricole ou de travaux publics remorqué, les feux indicateurs de direction peuvent être fixés sur un support amovible.

V. – Le fait, pour tout conducteur, de contrevenir aux dispositions du présent article est puni de l'amende prévue pour les contraventions de la troisième classe.

VI. – La nuit, ou le jour lorsque la visibilité est insuffisante, en cas d'absence, de non-conformité ou de défectuosité des feux indicateurs de direction, l'immobilisation peut être prescrite dans les conditions prévues aux articles L. 325-1, L. 325-2 et L. 325-3..

Art. R. 313-15. – Feux de marche arrière.

Tout véhicule à moteur, toute remorque, à l'exception des motocyclettes et des cyclomoteurs à deux roues, peut être muni d'un ou de deux feux de marche arrière, émettant une lumière blanche.

Art. R. 313-16 *(D. n° 2016-448, 13 avr. 2016)*. – Feux orientables.

I. – Tout véhicule à moteur peut, dans les conditions prévues par le ministre chargé des transports, être muni de feux orientables, émettant une lumière blanche jaune sélective ou orangée.

II. – Les dispositions du I ci-dessus ne sont applicables ni aux motocyclettes, ni aux tricycles et quadricycles à moteur, ni aux cyclomoteurs.

Art. R. 313-17 *(Mod., D. n° 2008-1095, 28 oct. 2008 ; D. n° 2016-448, 13 avr. 2016)*. – Signal de détresse.

I. – Tout véhicule à moteur ou toute remorque doit être muni d'un signal de détresse constitué par le fonctionnement simultané des indicateurs de direction.

Le signal de détresse se déclenche automatiquement en cas de collision si le véhicule est équipé d'un dispositif le permettant.

II. – Les dispositions du I ci-dessus ne sont applicables ni aux motocyclettes ni aux cyclomoteurs deux ou trois roues, ni aux quadricycles légers à moteur ni aux véhicules et appareils agricoles ou de travaux publics automoteurs qui, toutefois, peuvent être munis d'un signal de détresse.

III. – Les dispositions du I ci-dessus ne sont pas applicables, aux véhicules et matériels de travaux publics remorqués.

IV. – Le fait, pour tout conducteur, de contrevenir aux dispositions du I ci-dessus est puni de l'amende prévue pour les contraventions de la troisième classe.

Art. R. 313-17-1 *(D. n° 2008-1095, 28 oct. 2008)*. – Signalisation de freinage d'urgence.

Tout véhicule à moteur ou toute remorque peut être muni d'une signalisation de freinage d'urgence destinée à indiquer aux usagers de la route qui se trouvent en arrière du véhicule que celui-ci subit une puissante force de ralentissement.

La signalisation de freinage d'urgence est obtenue, sans intervention du conducteur du véhicule, par le fonctionnement synchrone de tous les feux stop ou de tous les feux indicateurs de direction, définis aux articles R. 313-7 et R. 313-14.

Art. R. 313-18 *(Mod., D. n° 2009-497, 30 avr. 2009 ; D. n° 2016-448, 13 avr. 2016)*. – Catadioptres arrière.

I. – Sauf dispositions différentes prévues au présent article, tout véhicule à moteur ou toute remorque doit être muni de deux catadioptres arrière rouges, de forme non triangulaire pour les véhicules à moteur et de forme triangulaire pour les remorques.

Toutefois, les remorques peuvent également être munies de deux catadioptres arrière rouges, de forme non triangulaire, à condition qu'ils soient groupés avec les dispositifs arrière de signalisation lumineuse.

II. – Toute motocyclette, tout cyclomoteur à deux roues tout side-car équipant une motocyclette doit être muni à l'arrière d'un catadioptre.

III. – Tout tricycle à moteur, tout quadricycle à moteur, tout cyclomoteur à trois roues doit être muni d'un ou de deux catadioptres arrière.

IV. – Tout cyclomoteur à trois roues ou tricycle ou quadricycle à moteur dont la largeur dépasse 1 mètre doit être muni de deux catadioptres arrière.

V. – Tout *(Mots aj. à compter du 1er juillet 2020, D. n° 2019-1082, 23 oct. 2019)* « engin de déplacement personnel motorisé ou » cycle doit être muni d'un ou plusieurs catadioptres arrière.

VI. – Lorsque la remorque d'une motocyclette, d'un quadricycle à moteur, d'un tricycle à moteur, d'un cyclomoteur ou d'un cycle, ou son chargement, masque le ou les catadioptres du véhicule tracteur, la remorque doit être munie du ou des dispositifs correspondants, dont le nombre est fixé à deux obligatoirement si la largeur de la remorque dépasse 1,30 mètre.

VII. – La nuit, ou le jour lorsque la visibilité est insuffisante, tout véhicule à traction animale doit être muni à l'arrière de deux catadioptres arrière. Lorsque, chargement compris, la longueur du véhicule dépasse 6 mètres ou sa largeur 2 mètres, ces dispositifs doivent être situés à la limite du gabarit du véhicule. Ces dispositifs doivent être placés de telle sorte qu'aucune partie du véhicule ou de son chargement n'en détruise l'efficacité en les cachant d'une façon totale ou partielle.

VIII. – La nuit, ou le jour lorsque la visibilité est insuffisante, les voitures à bras doivent être munies à l'arrière d'un catadioptre arrière, placé à gauche, à moins de 0,40 mètre de la largeur hors tout du véhicule. Ce dispositif doit être placé de telle sorte qu'aucune partie du véhicule ou de son chargement n'en détruise l'efficacité en le cachant d'une façon totale ou partielle.

IX. – Pour tout véhicule ou appareil agricole remorqué ou tout matériel de travaux publics remorqué, les catadioptres peuvent être fixés sur un support amovible.

X. – Le fait, pour tout conducteur d'un véhicule à moteur ou à traction animale, de contrevenir aux dispositions du présent article est puni de l'amende prévue pour les contraventions de la troisième classe.

XI. – Le fait, pour tout conducteur d'un *(Mots aj. à compter du 1er juillet 2020, D. n° 2019-1082, 23 oct. 2019)* « engin de déplacement personnel motorisé ou d'un » cycle, de contrevenir aux dispositions du présent article est puni de l'amende prévue pour les contraventions de la première classe.

Art. R. 313-19 *(D. n° 2016-448, 13 avr. 2016)*. – Catadioptres latéraux.

I. – Tout véhicule à moteur dont la longueur dépasse 6 mètres, toute remorque, tout cyclomoteur à deux roues ou trois roues, tout tricycle, tout quadricycle doit être muni d'au moins un ou de deux catadioptres latéraux, non triangulaires, de couleur orangée.

I *bis*. – Les catadioptres latéraux placés dans la partie arrière des véhicules de la catégorie L1e peuvent être de couleur rouge.

II. – Tout autre véhicule à moteur peut être muni d'un ou de deux catadioptres latéraux, non triangulaires, de couleur orangée.

III. – Tout *(Mots aj. à compter du 1er juillet 2020, D. n° 2019-1082, 23 oct. 2019)* « engin de déplacement personnel motorisé ou » cycle doit être muni de catadioptres orange visibles latéralement.

IV. – Le fait, pour tout conducteur d'un véhicule à moteur, de contrevenir aux dispositions du présent article est puni de l'amende prévue pour les contraventions de la troisième classe.

V. – Le fait, pour tout conducteur d'un *(Mots aj. à compter du 1er juillet 2020, D. n° 2019-1082, 23 oct. 2019)* « engin de déplacement personnel motorisé ou » d'un cycle, de contrevenir aux dispositions du présent article est puni de l'amende prévue pour les contraventions de la première classe.

Art. R. 313-20 *(Mod., D. n° 2008-1095, 28 oct. 2008 ; D. n° 2016-448, 13 avr. 2016)*. – Autres catadioptres.

I. – Toute remorque d'un véhicule à moteur à quatre roues, à l'exception de celle des quadricycles à moteur et des véhicules et appareils agricoles ou de travaux publics, doit être munie à l'avant de deux catadioptres non triangulaires de couleur blanche.

II. – Tout véhicule à moteur, à l'exception des véhicules de travaux publics automoteurs, peut être muni à l'avant de tels catadioptres.

III. – Les pédales de tout cycle, cyclomoteur ou quadricycle léger à moteur doivent comporter des catadioptres de couleur orange, sauf dans le cas des cyclomoteurs à deux roues à pédales rétractables.

IV. – Tout *(Mots aj. à compter du 1er juillet 2020, D. n° 2019-1082, 23 oct. 2019)* « engin de déplacement personnel motorisé ou » cycle doit être muni d'un catadioptre blanc visible de l'avant.

V. – Tout cycle peut comporter à l'arrière et à gauche un dispositif « écarteur de danger ».

VI. – La nuit, ou le jour lorsque la visibilité est insuffisante, tout véhicule à traction animale, dont, chargement compris, la longueur dépasse 6 mètres ou la largeur 2 mètres, doit être muni à l'avant, à la limite du gabarit, de deux catadioptres avant, réfléchissant une lumière blanche.

VII. – Le fait, pour tout conducteur d'un véhicule à moteur ou à traction animale, de contrevenir aux dispositions du présent article est puni de l'amende prévue pour les contraventions de la troisième classe.

VIII. – Le fait, pour tout conducteur d'un *(Mots aj. à compter du 1er juillet 2020, D. n° 2019-1082, 23 oct. 2019)* « engin de déplacement personnel motorisé ou » d'un cycle, de contrevenir aux dispositions du présent article est puni de l'amende prévue pour les contraventions de la première classe.

Art. R. 313-21 *(Mod., D. n° 2020-1088, 24 août 2020)*. – Si la largeur hors tout d'un chargement dépasse de plus de 0,40 mètre le point de la plage éclairante le plus éloigné du plan longitudinal médian du véhicule, le chargement doit être signalé la nuit, ou le jour lorsque la visibilité est insuffisante, par un feu ou un dispositif réfléchissant blanc vers l'avant et par un feu ou un dispositif réfléchissant rouge vers l'arrière, disposés de telle façon que le point de la plage éclairante ou réfléchissante de ces feux ou de ces dispositifs le plus éloigné du plan longitudinal médian du véhicule soit à moins de 0,40 mètre de l'extrémité de la largeur hors tout du chargement.

Le fait, pour tout conducteur, de contrevenir aux dispositions du présent article est puni de l'amende prévue pour les contraventions de la troisième classe.

La nuit, ou le jour lorsque la visibilité est insuffisante, en cas d'absence, de non-conformité ou de défectuosité des feux ou dispositifs exigés par le présent article, l'immobilisation peut être prescrite dans les conditions prévues aux articles L. 325-1, L. 325-2 et L. 325-3.

Art. R. 313-22. – Tout véhicule ou matériel agricole ou de travaux publics peut être muni, pour le travail de nuit, d'un ou plusieurs projecteurs de travail.

Le fait pour tout conducteur de faire usage de ces appareils sur les voies ouvertes à la circulation publique dans des conditions autres que le travail de nuit est puni de l'amende prévue pour les contraventions de la quatrième classe.

Art. R. 313-23. – I. – La nuit, ou le jour lorsque la visibilité est insuffisante, tout véhicule à traction animale doit être muni des dispositifs suivants :

1° À l'avant, un ou deux feux émettant vers l'avant une lumière blanche ou jaune ;

2° À l'arrière, un ou deux feux émettant vers l'arrière une lumière rouge.

II. – Ces lumières doivent être visibles la nuit par temps clair à une distance de 150 mètres sans être éblouissantes pour les autres conducteurs.

III. – S'il y a deux feux à lumière blanche ou jaune ou deux feux à lumière rouge, ils doivent être placés symétriquement. S'il n'y a qu'un seul feu à lumière blanche ou jaune ou un seul feu à lumière rouge, chacun d'eux doit être placé à la gauche du véhicule si ce dernier est en mouvement et du côté opposé au trottoir ou à l'accotement s'il est en stationnement.

IV. – Toutefois, peuvent n'être signalés que par un feu unique, placé du côté opposé à l'accotement ou au trottoir, émettant vers l'avant une lumière blanche ou jaune et vers l'arrière une lumière rouge :

1° Les véhicules à traction animale à un seul essieu ;

2° Les véhicules à traction animale à usage agricole ; le feu doit alors être fixé au véhicule ou porté à la main par un convoyeur se trouvant immédiatement à côté et à gauche du véhicule ;

3° Les autres véhicules à traction animale en stationnement, à la condition que leur longueur ne dépasse pas 6 mètres.

V. – Quand plusieurs véhicules à traction animale circulent en convoi, le premier véhicule de chaque groupe de deux ou trois véhicules se suivant sans intervalle doit être muni du ou des feux émettant une lumière blanche ou jaune et le dernier véhicule du ou des feux émettant une lumière rouge prévus ci-dessus. Le véhicule intermédiaire, s'il existe, est dispensé de tout éclairage.

VI. – Toutefois, pour les véhicules à l'arrêt ou en stationnement en agglomération, l'emploi des feux prévus au présent article n'est pas requis lorsque l'éclairage de la chaussée permet aux autres usagers de voir distinctement le véhicule à une distance suffisante.

VII. – La nuit, ou le jour lorsque la visibilité est insuffisante, toute voiture à bras doit être munie des dispositifs lumineux exigés pour les véhicules à traction animale à un seul essieu. Dans les mêmes circonstances, tout conducteur d'une voiture à bras, en circulation, à l'arrêt ou en stationnement sur une route, doit faire usage de ces dispositifs.

VIII. – Les feux visés au présent article doivent être placés de telle sorte qu'aucune partie du véhicule ou de son chargement n'en détruise l'efficacité en les cachant d'une façon totale ou partielle.

IX. – Le fait pour tout conducteur de contrevenir aux dispositions du présent article relatives à l'équipement des véhicules est puni de l'amende prévue pour les contraventions de la troisième classe.

X. – Le fait pour tout conducteur de ne pas faire usage, la nuit ou le jour lorsque la visibilité est insuffisante, des feux prévus au présent article est puni de l'amende prévue pour les contraventions de la quatrième classe.

Art. R. 313-24 *(Mod., D. n° 2006-499, 3 mai 2006 ; D. n° 2016-448, 13 avr. 2016 ; D. n° 2020-1088, 24 août 2020)*. – I. – Le ministre chargé des transports fixe par arrêté les conditions dans lesquelles sont assurées les connexions électriques des véhicules à moteur et de leurs remorques permettant le fonctionnement des dispositifs d'éclairage et de signalisation.

II et III *(Abr., D. n° 2016-448, 13 avr. 2016)*.

IV. – Le fait de contrevenir aux dispositions prises en application du I du présent article est puni de l'amende prévue pour les contraventions de la troisième classe.

V. – La nuit, ou le jour lorsque la visibilité est insuffisante, en cas de non-conformité ou de défectuosité des équipements exigés par le présent article, l'immobilisation peut être prescrite dans les conditions prévues aux articles L. 325-1, L. 325-2 et L. 325-3.

Art. R. 313-25. – Sauf dispositions contraires prises par arrêté du ministre chargé des transports, deux feux ou dispositifs de même signification et susceptibles d'être employés en même temps doivent être placés symétriquement par rapport au plan longitudinal de symétrie du véhicule ; ils doivent émettre ou réfléchir des faisceaux lumineux de même couleur et de même intensité.

Les feux et signaux ne peuvent être à intensité variable, sauf ceux des indicateurs de direction des feux de position arrière, des feux stop, des feux de brouillard arrière et du signal de détresse.

Le fait pour tout conducteur de contrevenir aux dispositions du présent article est puni de l'amende prévue pour les contraventions de la troisième classe.

Art. R. 313-26 *(Mod., D. n° 2009-497, 30 avr. 2009)*. – Le doublement des feux rouges, des feux stop et des feux indicateurs de direction arrière est autorisé sur les véhicules à moteur dont le poids total autorisé en charge excède 3,5 tonnes et les véhicules remorqués dont le poids total autorisé en charge excède 0,75 tonne, dans les conditions fixées par arrêté du ministre chargé des transports.

Le fait de contrevenir aux dispositions du présent article est puni de l'amende prévue pour les contraventions de la troisième classe.

Art. R. 313-27. – Feux spéciaux des véhicules d'intérêt général.

I. – Tout véhicule d'intérêt général prioritaire peut être muni de feux spéciaux tournants ou d'une rampe spéciale de signalisation.

II. – Tout véhicule d'intérêt général bénéficiant de facilités de passage peut être muni, sur autorisation préfectorale, de feux spéciaux à éclats.

III. – Tout véhicule d'intérêt général peut être muni de dispositifs complémentaires de signalisation par éléments fluorescents ou rétroréfléchissants.

Art. R. 313-28. – Tout véhicule à progression lente ou encombrant dont la liste est fixée par le ministre chargé des transports peut être muni de feux spéciaux et de dispositifs complémentaires de signalisation par éléments fluorescents ou rétroréfléchissants.

Art. R. 313-29 *(Mod., D. n° 2020-1088, 24 août 2020)*. – Le fait de détenir, d'utiliser, d'adapter, de placer, d'appliquer ou de transporter à un titre quelconque les feux réservés aux véhicules d'intérêt général est puni de l'amende prévue pour les contraventions de la quatrième classe.

Ces feux peuvent être saisis et confisqués.

L'immobilisation peut être prescrite dans les conditions prévues aux articles L. 325-1, L. 325-2 et L. 325-3.

Art. R. 313-30. – Les règles techniques prévues à la présente section ne sont applicables aux véhicules et matériels spéciaux des armées que si elles sont compatibles avec leurs caractéristiques techniques de fabrication et d'emploi.

Art. R. 313-31. – I. – Le ministre chargé des transports fixe par arrêté :

1° Les conditions d'application de la présente section et les conditions d'homologation et d'installation des dispositifs d'éclairage et de signalisation qu'elle prévoit ;

2° Les caractéristiques des feux spéciaux des véhicules d'intérêt général et des véhicules à progression lente ou encombrants ;

3° Les caractéristiques des dispositifs complémentaires de signalisation par éléments fluorescents ou rétroréfléchissants pouvant équiper à l'avant, à l'arrière ou latéralement les véhicules d'intérêt général et les véhicules à progression lente ;

4° Les catégories de véhicules devant comporter à l'arrière une signalisation complémentaire par des dispositifs fluorescents et rétroréfléchissants ainsi que les caractéristiques de ces dispositifs ;

5° Les catégories de véhicules pouvant comporter une signalisation complémentaire par des dispositifs fluorescents ou rétroréfléchissants ainsi que les caractéristiques de ces dispositifs ;

6° Les catégories de véhicules devant comporter, en fonction de leur longueur, des catadioptres latéraux supplémentaires ainsi que les caractéristiques et les conditions d'installation de ces dispositifs.

II. – Pour les véhicules et appareils agricoles et forestiers, le ministre chargé de l'agriculture doit être consulté.

III. – Le ministre chargé des transports peut interdire l'usage de dispositifs d'éclairage ou de signalisation non conformes à des types ayant reçu son agrément.

Art. R. 313-32. – Le ministre chargé des transports fixe par arrêté :

1° Les conditions spéciales d'éclairage et de signalisation des véhicules effectuant des transports de bois en grume ou de pièces de grande longueur débordant l'arrière des véhicules ;

2° Les règles relatives à la signalisation lumineuse des engins de service hivernal ;

3° Les règles relatives à l'éclairage et à la signalisation de certains engins spéciaux dont la vitesse ne peut excéder par construction 25 km/h.

Art. R. 313-32-1 *(Créé, D. n° 2020-1396, 17 nov. 2020).* – À l'exception des véhicules agricoles et forestiers, d'une part, et des engins de service hivernal et des véhicules d'intervention des services gestionnaires des autoroutes ou routes à deux chaussées séparées tels que définis respectivement aux points 5,6.1 et 6.6 de l'article R. 311-1 du présent code, d'autre part, les véhicules dont le poids total autorisé en charge excède 3,5 tonnes doivent porter, visible sur les côtés ainsi qu'à l'arrière du véhicule, une signalisation matérialisant la position des angles morts.

Le modèle de la signalisation et ses modalités d'apposition sont fixés par arrêté conjoint du ministre chargé des transports et du ministre chargé de la sécurité routière.

Le fait, pour tout conducteur, de contrevenir à l'obligation de signalisation imposée par le présent article et aux dispositions prises pour son application est puni de l'amende prévue pour les contraventions de la quatrième classe.

Section II. – Signaux d'avertissement

Art. R. 313-33. – Sauf dispositions différentes prévues au présent article, tout véhicule à moteur doit être muni d'un avertisseur sonore de route. Il peut être muni d'un avertisseur sonore pour l'usage urbain.

Les dispositifs sonores sont conformes à des types homologués répondant à des spécifications déterminées par le ministre chargé des transports.

Tout *(Mots aj. à compter du 1er juillet 2020, D. n° 2019-1082, 23 oct. 2019)* « engin de déplacement personnel motorisé ou » cycle doit être muni d'un appareil avertisseur constitué par un timbre ou un grelot dont le son peut être entendu à 50 mètres au moins. L'emploi de tout autre signal sonore est interdit.

Le fait, pour tout conducteur d'un véhicule à moteur, de contrevenir aux dispositions du présent article est puni de l'amende prévue pour les contraventions de la troisième classe.

Le fait, pour tout conducteur d'un *(Mots aj. à compter du 1er juillet 2020, D. n° 2019-1082, 23 oct. 2019)* « engin de déplacement personnel motorisé ou » d'un cycle, de contrevenir aux dispositions du présent article est puni de l'amende prévue pour les contraventions de la première classe.

Art. R. 313-34. – Les véhicules d'intérêt général prioritaires peuvent être équipés d'avertisseurs spéciaux en plus des avertisseurs exigés pour tout véhicule à moteur.

Les véhicules d'intérêt général bénéficiant de facilités de passage, à l'exception des engins de service hivernal, peuvent être équipés de timbres spéciaux en plus des avertisseurs exigés pour tout véhicule à moteur.

Un arrêté du ministre chargé des transports définit les caractéristiques de ces avertisseurs et timbres spéciaux.

Art. R. 313-35. – Le fait de détenir, d'utiliser, d'adapter, de placer, d'appliquer ou de transporter à un titre quelconque les timbres ou avertisseurs sonores spéciaux réservés aux véhicules d'intérêt général est puni de l'amende prévue pour les contraventions de la quatrième classe.

Ces dispositifs peuvent être saisis et confisqués.

CHAPITRE IV. – PNEUMATIQUES

Art. R. 314-1 *(Mod., D. n° 2019-1082, 23 oct. 2019 ; D. n° 2020-1088, 24 août 2020).* – Les roues de tout véhicule à moteur et de toute remorque, à l'exception des véhicules et appareils agricoles et des engins de déplacement personnel motorisés, doivent être munies de pneumatiques.

Les pneumatiques, à l'exception de ceux des matériels de travaux publics, doivent présenter sur toute leur surface de roulement des sculptures apparentes.

Aucune toile ne doit apparaître ni en surface ni à fond de sculpture des pneumatiques.

En outre, ceux-ci ne doivent comporter sur leurs flancs aucune déchirure profonde.

Lorsque les véhicules et appareils agricoles et les engins de déplacement personnel motorisés sont munis de pneumatiques, ceux-ci ne doivent comporter sur leurs flancs aucune déchirure profonde et aucune toile ne doit apparaître ni en surface ni en fond de sculpture.

La nature, la forme, l'état et les conditions d'utilisation des pneumatiques et autres dispositifs prévus par le présent article sont déterminés par arrêté du ministre chargé des transports.

Le ministre chargé des transports peut accorder des dérogations aux obligations prévues au présent article pour les matériels de travaux publics.

Le fait de contrevenir aux dispositions du présent article relatives à la nature, la forme, l'état et les conditions d'utilisation des pneumatiques est puni de l'amende prévue pour les contraventions de la quatrième classe.

L'immobilisation du véhicule peut être prescrite dans les conditions prévues aux articles L. 325-1, L. 325-2 et L. 325-3.

Art. R. 314-2. – Le fait de mettre en vente ou de vendre, sauf pour être mis au rebut, un pneumatique ne présentant pas les caractéristiques d'utilisation prévues à l'article R. 314-1 ou détérioré par un retaillage trop profond est puni de l'amende prévue pour les contraventions de la quatrième classe.

Art. R. 314-3 *(Mod., D. n° 2020-1088, 24 août 2020).* – Il est interdit d'introduire dans les surfaces de roulement des pneumatiques des éléments métalliques susceptibles de faire saillie. Le ministre chargé des transports fixe par arrêté les conditions dans lesquelles il peut être dérogé à cette interdiction ou fait usage de tout autre dispositif antidérapant.

L'usage des chaînes n'est autorisé que sur les routes enneigées.

Les dispositions du présent article ne sont applicables ni aux cyclomoteurs ni aux quadricycles légers à moteur.

Le ministre chargé des transports, après avis du ministre chargé de l'agriculture, fixe par arrêté les caractéristiques auxquelles doivent répondre les chaînes d'adhérence employées sur les pneumatiques des véhicules ou appareils agricoles automoteurs.

Le fait de contrevenir aux dispositions du présent article ou à celles prises pour son application est puni de l'amende prévue pour les contraventions de la quatrième classe.

L'immobilisation du véhicule peut être prescrite dans les conditions prévues aux articles L. 325-1, L. 325-2 et L. 325-3.

Art. R. 314-4 *(Mod., D. n° 2020-1088, 24 août 2020).* – Le ministre chargé des transports, après avis du ministre chargé de l'agriculture, fixe par arrêté les caractéristiques auxquelles doivent répondre les bandages métalliques des véhicules ou matériels agricoles.

Le fait pour tout conducteur de contrevenir aux dispositions prises en application du présent article est puni de l'amende prévue pour les contraventions de la troisième classe.

L'immobilisation du véhicule peut être prescrite dans les conditions prévues aux articles L. 325-1, L. 325-2 et L. 325-3.

Art. R. 314-5. – Les bandages métalliques des véhicules à traction animale ne doivent présenter aucune saillie sur leurs surfaces prenant contact avec le sol.

Le fait de contrevenir aux dispositions du présent article est puni de l'amende prévue pour les contraventions de la troisième classe.

Art. R. 314-6. – Les dispositions du présent chapitre ne sont applicables aux véhicules et matériels spéciaux des armées que si elles sont compatibles avec leurs caractéristiques techniques de fabrication et d'emploi.

Art. R. 314-7. – Le ministre chargé des transports fixe par arrêté les règles relatives aux pneumatiques des engins spéciaux dont la vitesse ne peut excéder par construction 25 km/h.

Le fait, pour tout conducteur d'un engin spécial, muni de pneumatiques, de contrevenir aux dispositions prises en application du présent article est puni de l'amende prévue pour les contraventions de la quatrième classe.

Le fait, pour tout conducteur d'un engin spécial, muni de bandages métalliques, de contrevenir aux dispositions prises en application du présent article est puni de l'amende prévue pour les contraventions de la troisième classe.

CHAPITRE V. – FREINAGE

Art. R. 315-1 *(Mod., D. n° 2020-1088, 24 août 2020)*. – I. – Tout véhicule à moteur et toute remorque, à l'exception des véhicules et matériels agricoles ou de travaux publics et des engins de déplacement personnel motorisés, doit être pourvu de deux dispositifs de freinage dont les commandes sont entièrement indépendantes. L'installation de freinage doit être à action rapide et suffisamment puissante pour arrêter et maintenir à l'arrêt le véhicule. Sa mise en œuvre ne doit pas affecter la direction du véhicule circulant en ligne droite.

II. – L'un au moins des dispositifs de freinage doit agir sur des surfaces freinées fixées aux roues rigidement ou par l'intermédiaire de pièces donnant une sécurité suffisante.

III. – Les dispositions du présent article ne sont pas applicables :

1° Aux remorques, dont le poids total autorisé en charge n'excède pas 80 kilogrammes, attelées à un cyclomoteur, une motocyclette, un tricycle ou un quadricycle à moteur ;

2° Aux remorques uniques, attelées à tout autre véhicule, sous la double condition que leur poids total autorisé en charge ne dépasse pas 750 kilogrammes ni la moitié du poids à vide du véhicule tracteur.

IV. – Le ministre chargé des transports, qui peut soumettre à homologation tout dispositif de freinage et interdire l'usage de dispositifs non conformes à des types ayant reçu son agrément, fixe les conditions dans lesquelles doivent être réalisées l'indépendance et l'efficacité du freinage des véhicules, quel qu'en soit le poids.

V. – Le fait de contrevenir aux dispositions du présent article ou à celles prises pour son application, lorsqu'elles s'appliquent à des véhicules de transport en commun ou aux véhicules dont le poids total en charge excède 3,5 tonnes, est puni de l'amende prévue pour les contraventions de la quatrième classe.

VI. – Toute autre infraction aux dispositions du présent article ou à celles prises pour son application est punie de l'amende prévue pour les contraventions de la troisième classe.

VII. – Dans tous les cas, l'immobilisation du véhicule peut être prescrite dans les conditions prévues aux articles L. 325-1, L. 325-2 et L. 325-3.

Art. R. 315-2 *(Mod., D. n° 2020-1088, 24 août 2020)*. – I. – Le ministre chargé des transports fixe les conditions dans lesquelles doit être assuré le freinage des véhicules et matériels agricoles et de travaux publics.

II. – Le fait de contrevenir aux dispositions prises en application du premier alinéa du présent article, lorsqu'elles s'appliquent aux véhicules dont le poids total autorisé en charge excède 3,5 tonnes, est puni de l'amende prévue pour les contraventions de la quatrième classe.

III. – Le fait de contrevenir aux dispositions prises en application du I ci-dessus, lorsqu'elles s'appliquent aux autres véhicules et matériels agricoles ou de travaux publics, est puni de l'amende prévue pour les contraventions de la troisième classe.

IV. – Dans tous les cas, l'immobilisation du véhicule peut être prescrite dans les conditions prévues aux articles L. 325-1, L. 325-2 et L. 325-3.

Art. R. 315-3. – Tout cycle doit être muni de deux dispositifs de freinage efficaces.

Le fait de contrevenir aux dispositions du présent article est puni de l'amende prévue pour les contraventions de la première classe.

Art. R. 315-4. – Si le relief l'exige, les véhicules à traction animale doivent être munis d'un frein ou d'un dispositif d'enrayage.

Le fait de contrevenir aux dispositions du présent article est puni de l'amende prévue pour les contraventions de la troisième classe.

Art. R. 315-5. – Les dispositions du présent chapitre ne sont applicables aux véhicules et matériels spéciaux des armées que si elles sont compatibles avec leurs caractéristiques techniques de fabrication et d'emploi.

Art. R. 315-6. – Le ministre chargé des transports fixe par arrêté les règles relatives aux dispositifs de freinage des engins spéciaux dont la vitesse ne peut excéder par construction 25 km/h.

Le fait, pour tout conducteur d'un engin spécial d'un poids total autorisé en charge supérieur à 3,5 tonnes, de contrevenir aux dispositions prises en application du présent article est puni de l'amende prévue pour les contraventions de la quatrième classe.

Le fait, pour tout conducteur d'un engin spécial d'un poids total autorisé en charge égal ou inférieur à 3,5 tonnes, de contrevenir aux dispositions prises en application du présent article est puni de l'amende prévue pour les contraventions de la troisième classe.

Art. R. 315-7 *(Créé à compter du 1er juillet 2020, D. n° 2019-1082, 23 oct. 2019).* – I. – Tout engin de déplacement personnel motorisé doit être muni d'un dispositif de freinage efficace, dont les caractéristiques sont fixées par un arrêté du ministre chargé de la sécurité routière et du ministre chargé des transports.

II. – Le fait de contrevenir aux dispositions du présent article ou à celles prises pour son application est puni de l'amende prévue pour les contraventions de la première classe.

CHAPITRE VI. – ORGANES DE MANŒUVRE, DE DIRECTION ET DE VISIBILITÉ

Art. R. 316-1 *(D. n° 2016-448, 13 avr. 2016).* – Tout véhicule à moteur, à l'exception des véhicules et matériels agricoles dont la vitesse maximale n'excède pas 40 km/h ou de travaux publics, doit être construit ou équipé de telle manière que le champ de visibilité du conducteur, vers l'avant, vers la droite et vers la gauche soit suffisant pour que celui-ci puisse conduire avec sûreté.

Le ministre chargé des transports fixe par arrêté les modalités d'application du présent article.

Le fait de contrevenir aux dispositions du présent article ou à celles prises pour son application est puni de l'amende prévue pour les contraventions de la troisième classe.

Art. R. 316-2 *(D. n° 2016-448, 13 avr. 2016).* – Si le champ de visibilité du conducteur d'un véhicule ou matériel agricole dont la vitesse maximale n'excède pas 40 km/h ou de travaux publics n'est pas suffisant en toutes directions pour que le conducteur puisse conduire avec sûreté, celui-ci doit être guidé par un convoyeur précédant le véhicule.

Le fait de contrevenir aux dispositions du présent article est puni de l'amende prévue pour les contraventions de la troisième classe.

Art. R. 316-3 *(D. n° 2016-448, 13 avr. 2016).* – Toutes les vitres doivent être en substance transparente telle que le danger d'accidents corporels soit, en cas de bris, réduit dans toute la mesure du possible. Elles doivent être suffisamment résistantes aux incidents prévisibles d'une circulation normale et aux facteurs atmosphériques et thermiques, aux agents chimiques et à l'abrasion. Elles doivent également présenter une faible vitesse de combustion.

Les vitres du pare-brise et les vitres latérales avant côté conducteur et côté passager doivent en outre avoir une transparence suffisante, tant de l'intérieur que de l'extérieur du véhicule, et ne provoquer aucune déformation notable des objets vus par transparence ni aucune modification notable de leurs couleurs. La transparence de ces vitres est considérée comme suffisante si le facteur de transmission régulière de la lumière est d'au moins 70 %. En cas de bris, elles doivent permettre au conducteur de continuer à voir distinctement la route.

Toute opération susceptible de réduire les caractéristiques de sécurité ou les conditions de transparence des vitres prévues aux alinéas précédents est interdite.

Le ministre chargé des transports fixe par arrêté les modalités d'application du présent article. Il détermine notamment les conditions d'homologation, y compris de transparence, des différentes catégories de vitres équipant les véhicules et, le cas échéant, les dérogations que justifieraient des raisons médicales ou des conditions d'aménagement de véhicules blindés.

Le fait de contrevenir aux dispositions du présent article ou à celles prises pour son application, à l'exception de celles relatives aux conditions de transparence, est puni de l'amende prévue pour les contraventions de la troisième classe.

1) Constat de l'infraction : transparence. Est cassé un arrêt confirmant une condamnation fondée sur un procès-verbal ne précisant pas en quoi la transparence des vitres était insuffisante (▪ Cass. crim., 19 juin 2018, n° 17-85.046, P +B : *JurisData* n° 2018-010678 ; *Dr. pén.* 2018, comm. 156, obs. J.-H. Robert ; *JCP* G 2018, 1077, note G. Wattelin). V. aussi, dans le même sens, ▪ Cass. crim., 27 nov. 2018, n° 18-80.513, D : *JurisData* n° 2018-021301 ; *Dr. pén.* 2019, comm. 32, obs. J.-H. Robert.

2) Contenu du constat et preuve contraire. La preuve de l'infraction à la réglementation sur la transparence des vitres de véhicule est établie par la constatation, par l'agent verbalisateur, de ce que celle-ci n'est pas suffisante. Le contrevenant a la possibilité de rapporter la preuve contraire conformément à l'article 537 du Code de procédure pénale, notamment en établissant que le facteur de transmission régulière de la lumière est d'au moins 70 %. En l'espèce, le procès-verbal de contravention précisait quelles vitres étaient concernées et en quoi leur transparence était insuffisante, en constatant expressément l'apposition de films teintés à l'avant rendant l'habitacle et les occupants non visibles. Le tribunal de police qui relaxe le prévenu n'a donc pas justifié sa décision (▪ Cass. crim., 23 oct. 2018, n° 18-80.854, D : *JurisData* n° 2018-018767 ; *Dr. pén.* 2018, comm. 211, obs. J.-H. Robert).

Encourt la cassation l'arrêt qui déclare coupable le prévenu de contravention à la règlementation sur la transparence des vitres des véhicules lors que le procès-verbal de contravention ne précisait pas concrètement quelles vitres étaient concernées, ni en quoi leur transparence était insuffisante, et ne comportait pas de constatations au sens de l'article 537 du Code de procédure pénale (▪ Cass. crim., 14 mai 2019, n° 18-84.367).

Art. R. 316-3-1 *(D. n° 2016-448, 13 avr. 2016 ; D. n° 2020-1088, 24 août 2020).* **– Le fait, pour tout conducteur, de circuler avec un véhicule ne respectant pas les dispositions de l'article R. 316-3 relatives aux conditions de transparence des vitres fixées à cet article ou à celles prises pour son application est puni de l'amende prévue pour les contraventions de la quatrième classe. Cette contravention donne lieu de plein droit à la réduction de trois points du permis de conduire.**

L'immobilisation peut être prescrite dans les conditions prévues aux articles L. 325-1, L. 325-2 et L. 325-3.

Art. R. 316-4 *(Mod., D. n° 2019-1082, 23 oct. 2019 ; D. n° 2020-1088, 24 août 2020).* **– Le pare-brise des véhicules à moteur, à l'exception des cyclomoteurs à deux roues, des cyclomoteurs à trois roues non carrossés, des quadricycles légers à moteur et des engins de déplacement personnel motorisés non carrossés, des motocyclettes, doit être muni d'au moins un essuie-glace ayant une surface d'action, une puissance et une fréquence suffisantes pour que le conducteur puisse, de son siège, voir distinctement la route.**

Le pare-brise doit également être équipé d'un dispositif lave-glace.

Le ministre chargé des transports fixe par arrêté les conditions d'application du présent article.

Le fait de contrevenir aux dispositions du présent article ou à celles prises pour son application est puni de l'amende prévue pour les contraventions de la troisième classe.

Art. R. 316-5 *(D. n° 2016-448, 13 avr. 2016 ; mod., D. n° 2019-1082, 23 oct. 2019).* **– À l'exception des quadricycles non équipés de carrosserie, des véhicules à deux ou trois roues et des engins de déplacement personnel motorisés non équipés de carrosserie et des véhicules ou matériels agricoles ou de travaux publics autres que les tracteurs agricoles, tout véhicule à moteur dont le poids à vide excède 350 kilogrammes doit être muni de dispositifs de marche arrière. Le fait de contrevenir aux dispositions du présent article est puni de l'amende prévue pour les contraventions de la troisième classe.**

Art. R. 316-6 *(Mod., D. n° 2009-1590, 18 déc. 2009 ; D. n° 2016-448, 13 avr. 2016 ; D. n° 2019-1082, 23 oct. 2019)*. – Tout véhicule à moteur, à l'exception des véhicules et appareils agricoles et des engins de déplacement personnel motorisés n'ayant pas de cabine fermée, doit être muni d'un ou de plusieurs systèmes de vision indirecte, disposés de façon à permettre au conducteur de surveiller de son siège la route vers l'arrière du véhicule quel que soit le chargement normal de celui-ci et dont le champ de visibilité ne comporte pas d'angle mort notable susceptible de masquer un véhicule s'apprêtant à dépasser.

Le ministre chargé des transports fixe les conditions d'application du présent article.

Le fait de contrevenir aux dispositions du présent article ou à celles prises pour son application est puni de l'amende prévue pour les contraventions de la troisième classe.

Art. R. 316-7 *(Mod., D. n° 2009-497, 30 avr. 2009 ; D. n° 2016-448, 13 avr. 2016)*. – I. – Les organes de direction doivent présenter des garanties suffisantes de solidité.

II. – Dans le cas où le fonctionnement des organes de direction fait appel à un système hydraulique ou électrique, ceux-ci doivent être conçus de telle sorte que le conducteur puisse garder le contrôle de son véhicule en cas de défaillance du système. Les véhicules et matériels agricoles dont la vitesse maximale n'excède pas 40 km/h et de travaux publics ne sont pas soumis à cette obligation.

III. – Le fait de contrevenir aux dispositions du présent article est puni de l'amende prévue pour les contraventions de la troisième classe.

Art. R. 316-8. – Les commandes des divers organes du véhicule susceptibles d'être utilisés pendant la marche doivent être facilement accessibles par le conducteur en position normale de conduite.

Le fait de contrevenir aux dispositions du présent article est puni de l'amende prévue pour les contraventions de la troisième classe.

Art. R. 316-9. – Les dispositions du présent chapitre ne sont applicables aux véhicules et matériels spéciaux des armées que si elles sont compatibles avec leurs caractéristiques techniques de fabrication et d'emploi.

Art. R. 316-10. – Le ministre chargé des transports fixe par arrêté les règles relatives aux organes de manœuvre, de direction et de visibilité des engins spéciaux dont la vitesse ne peut excéder par construction 25 km/h.

Le fait de contrevenir aux dispositions prises en application du présent article est puni de l'amende prévue pour les contraventions de la troisième classe.

CHAPITRE VII. – DISPOSITIFS ET AMÉNAGEMENTS PARTICULIERS

Section I. – Appareils de contrôle et de limitation de la vitesse

Art. R. 317-1 *(Mod., D. n° 2016-448, 13 avr. 2016 ; D. n° 2019-1082, 23 oct. 2019 ; D. n° 2020-1088, 24 août 2020)*. – Indicateur de vitesse.

I. – Tout véhicule à moteur, à l'exception des véhicules agricoles, hors les tracteurs enjambeurs dont la vitesse maximale par construction n'excède pas 30 km/h et matériels agricoles ou de travaux publics, des cyclomoteurs, tricycles ou quadricycles et des engins de déplacement personnel motorisés dont la vitesse maximale par construction n'excède pas 25 km/h, doit être muni d'un indicateur de vitesse placé bien en vue du conducteur et maintenu constamment en bon état de fonctionnement.

II. – Le ministre chargé des transports détermine les spécifications auxquelles doivent répondre les indicateurs de vitesse ainsi que les conditions de leur mise en place et de leur contrôle.

III. – Les dispositions du présent article ne sont applicables aux véhicules et aux matériels spéciaux des armées que si elles sont compatibles avec leurs caractéristiques techniques de fabrication et d'emploi.

IV. – Le fait de contrevenir aux dispositions du présent article et à celles prises pour son application est puni de l'amende prévue pour les contraventions de la troisième classe.

V. – L'immobilisation des véhicules qui contreviennent aux dispositions du présent article ou à celles prises pour son application peut être prescrite dans les conditions prévues aux articles L. 325-1, L. 325-2 et L. 325-3.

Art. R. 317-2. – Appareil de contrôle.

I. – Le ministre chargé des transports définit les véhicules qui doivent être équipés d'un appareil de contrôle permettant l'enregistrement de la vitesse du véhicule. Le ministre chargé de la métrologie légale définit, en accord avec le ministre chargé des transports, les exigences réglementaires applicables à cet appareil ainsi que les conditions de son installation, de sa réparation et de sa vérification. Le ministre chargé des transports définit les délais d'application du présent alinéa.

II. – Le conducteur d'un véhicule est tenu de présenter ou de remettre, à toutes réquisitions des agents ayant qualité pour constater les délits ou les contraventions en matière de circulation routière, les feuilles d'enregistrement de l'appareil de contrôle. Ces feuilles doivent être conservées pendant un an au moins et tenues à la disposition des agents de constatation.

III. – Pour l'application de la réglementation concernant les conditions de travail dans les transports routiers publics et privés, l'appareil de contrôle prévu ci-dessus devra permettre également l'enregistrement de tout ou partie des éléments suivants :

- distance parcourue par le véhicule ;
- temps de conduite ou autre temps de travail effectif en dehors de la conduite ;
- autre temps de présence au travail ;
- interruption de travail et temps de repos journaliers ;
- ouverture du boîtier contenant la feuille d'enregistrement.

Art. R. 317-3 *(Rempl., D. n° 2014-784, 8 juill. 2014)*. – L'appareil de contrôle, dénommé chronotachygraphe, doit être constamment maintenu en bon état de fonctionnement.

Le chronotachygraphe est astreint à un contrôle en service renouvelé tous les deux ans, sur l'initiative et aux frais du détenteur de l'appareil, par l'un des centres de contrôle agréés à cet effet par les préfets des départements où ces centres sont situés.

Les véhicules mentionnés à l'article R. 317-2 doivent être munis d'une plaquette d'installation périodique certifiant la conformité de l'appareil de contrôle aux prescriptions réglementaires et mentionnant la date limite avant laquelle le contrôle en service suivant devra être effectué.

Le fait de contrevenir aux dispositions du présent article est puni de l'amende prévue pour les contraventions de la quatrième classe.

Art. R. 317-4 *(Mod., D. n° 2003-536, 20 juin 2003 ; D. n° 2020-1088, 24 août 2020)*. – L'immobilisation des véhicules devant être équipés d'un appareil de contrôle permettant l'enregistrement de la vitesse peut être prescrite dans les conditions prévues aux articles L. 325-1, L. 325-2 et L. 325-3 :

1° Lorsque le conducteur est en infraction aux règles relatives aux conditions de travail dans les transports routiers, publics ou privés ;

2° Lorsque le conducteur ne peut présenter les documents dûment renseignés concernant les conditions de travail dans les transports publics et privés ;

3° En l'absence d'appareil de contrôle permettant l'enregistrement de la vitesse ou lorsque celui-ci a fait l'objet d'une modification ou d'une détérioration affectant son fonctionnement normal ;

4° *(D. n° 2014-784, 8 juill. 2014)* Lorsque le chronotachygraphe n'a pas fait l'objet du contrôle en service.

Art. R. 317-5 *(D. n° 2016-448, 13 avr. 2016 ; D. n° 2019-1082, 23 oct. 2019)*. – Compteur kilométrique.

I. – Tout véhicule à moteur, à l'exception des véhicules et matériels agricoles ou de travaux publics des cyclomoteurs, tricycles, ou quadricycles et des engins de déplacement personnel motorisés dont la vitesse maximale par construction n'excède pas 25 km/h, doit être muni d'un dispositif qui enregistre de façon cumulative la distance parcourue.

II. – Le ministre chargé des transports fixe par arrêté les spécifications auxquelles doit répondre ce dispositif et les conditions d'application du présent article aux cyclomoteurs.

III. – Les dispositions du présent article ne sont applicables aux véhicules et aux matériels spéciaux des armées que si elles sont compatibles avec leurs caractéristiques techniques de fabrication et d'emploi.

IV. – Le fait de contrevenir aux dispositions du présent article ou à celles prises pour son application est puni de l'amende prévue pour les contraventions de la troisième classe.

Art. R. 317-6 *(D. n° 2005-186, 25 févr. 2005)*. – Les véhicules de transport en commun de personnes d'un poids total autorisé en charge supérieur à 10 tonnes mis en circulation pour la première fois à partir du

1er janvier 1985 doivent être construits ou équipés de telle manière que leur vitesse maximale ne puisse pas dépasser 100 km/h.

Les autres véhicules d'un poids total autorisé en charge supérieur à 12 tonnes mis en circulation pour la première fois à partir du 1er octobre 1984 et les véhicules de transport de matières dangereuses mis en circulation pour la première fois à partir du 1er mai 1980 doivent être construits ou équipés de telle manière que leur vitesse maximale ne puisse pas dépasser 90 km/h.

Un arrêté du ministre chargé des transports fixe les modalités d'application de ces dispositions.

Art. R. 317-6-1 *(D. n° 2005-186, 25 févr. 2005)*. – I. – Les véhicules de transport en commun de personnes d'un poids total autorisé en charge inférieur ou égal à 10 tonnes et les autres véhicules d'un poids total autorisé en charge supérieur à 3,5 tonnes et inférieur ou égal à 12 tonnes, conformes aux valeurs limites d'émissions polluantes définies par arrêté du ministre chargé des transports et mis en circulation pour la première fois à compter du 1er octobre 2001, doivent, au plus tard le 1er janvier 2007, être construits ou équipés de telle manière que leur vitesse maximale ne puisse pas dépasser respectivement 100 km/h et 90 km/h.

II. – Un arrêté du ministre chargé des transports fixe les modalités d'application de ces dispositions.

Art. R. 317-7. – Les dispositions de la présente section ne sont applicables aux véhicules et aux matériels spéciaux des armées que si elles sont compatibles avec leurs caractéristiques techniques de fabrication et d'emploi.

Section II. – Plaques et inscriptions

Art. R. 317-8 *(Mod., D. n° 2009-136, 9 févr. 2009 ; A. 23 mars 2009 ; D. n° 2012-3, 3 janv. 2012 ; D. n° 2020-1088, 24 août 2020)*. – I. – Tout véhicule à moteur, à l'exception des matériels de travaux publics doit être muni de deux plaques d'immatriculation, portant le numéro assigné au véhicule et fixées en évidence d'une manière inamovible à l'avant et à l'arrière du véhicule.

Toutefois, toute motocyclette, tout tricycle ou quadricycle à moteur, tout cyclomoteur, tout véhicule agricole ou forestier à moteur attaché à une exploitation agricole ou forestière, à une entreprise de travaux agricoles ou à une coopérative d'utilisation de matériel agricole peut ne porter qu'une plaque d'immatriculation, fixée en évidence d'une manière inamovible à l'arrière du véhicule.

II. – Tout véhicule ou appareil agricole remorqué dont le poids total autorisé en charge est supérieur à 1,5 tonne, toute autre remorque dont le poids total autorisé en charge est supérieur à 500 kilogrammes, toute autre semi-remorque doit être munie d'une plaque d'immatriculation portant son numéro d'immatriculation et fixée en évidence, d'une manière inamovible, à l'arrière du véhicule.

Tout véhicule ou appareil agricole remorqué attaché à une exploitation agricole ou forestière, à une entreprise de travaux agricoles ou à une coopérative d'utilisation de matériel agricole, lorsqu'il n'est pas soumis à cette obligation, doit être muni à l'arrière de la plaque d'identité prévue à l'article R. 317-12.

Tout véhicule ou appareil agricole remorqué non attaché à une exploitation agricole ou forestière, à une entreprise de travaux agricoles ou à une coopérative d'utilisation de matériel agricole, toute autre remorque, toute autre semi-remorque, lorsqu'il n'est pas soumis à cette obligation, doit être muni à l'arrière d'une plaque d'immatriculation reproduisant la plaque arrière du véhicule tracteur. La plaque d'immatriculation peut, dans ce cas, être amovible.

Toutefois, toute remorque attelée à une motocyclette, à un cyclomoteur, à un quadricycle léger à moteur ou à un tricycle à moteur ne doit porter à l'arrière une plaque d'immatriculation reproduisant le numéro d'immatriculation du véhicule tracteur que si les dimensions de la remorque ou du chargement sont telles que la plaque d'immatriculation du véhicule tracteur n'est pas visible pour un observateur placé à l'arrière.

III. – Chaque plaque doit être maintenue dans un état d'entretien permettant la lecture des inscriptions qu'elle comporte.

IV. – Le ministre chargé des transports et le ministre de l'intérieur fixent par arrêté les caractéristiques et le mode de pose des plaques d'immatriculation.

V. – Le fait de faire circuler un véhicule à moteur ou une remorque sans qu'il soit muni des plaques ou inscriptions exigées par le présent article est puni de l'amende prévue pour les contraventions de la quatrième classe.

VI. – Le fait de contrevenir aux dispositions du présent article relatives à l'entretien, aux caractéristiques ou au mode de pose des plaques d'immatriculation est puni de l'amende prévue pour les contraventions de la quatrième classe.

VII. – L'immobilisation du véhicule peut être prescrite dans les conditions prévues aux articles L. 325-1, L. 325-2 et L. 325-3.

VIII. – Le fait d'exposer, d'offrir, de mettre en vente, de vendre, de proposer ou d'inciter à acheter ou à utiliser une plaque d'immatriculation non conforme aux caractéristiques visées au IV est puni de l'amende prévue pour les contraventions de la quatrième classe. La plaque est saisie et confisquée.

Immatriculation illisible. Sur l'assimilation de la plaque d'immatriculation illisible et de l'absence de plaque, V. ■ Cass. crim., 21 oct. 2015, n° 14-87.306 : *Dr. pén.* 2015, comm. 161, obs. J.-H. Robert.

Art. R. 317-9 *(D. n° 2016-448, 13 avr. 2016)*. – I. – Sauf dispositions différentes prévues au présent article, tout véhicule à moteur, toute semi-remorque agricole, toute remorque, à l'exception des véhicules ou matériels agricoles remorqués montés sur bandages non pneumatiques ou dont le poids total autorisé en charge est inférieur ou égal à 1,5 tonne, doit être muni d'une plaque du constructeur portant de manière apparente le nom de celui-ci ou sa marque ou le symbole qui l'identifie, le type, le numéro d'identification, ou, pour les véhicules ou matériels agricoles, le numéro d'ordre dans la série du type et les caractéristiques de poids du véhicule.

II. – La plaque du constructeur et de tout matériel de travaux publics doit en outre comporter l'adresse du constructeur.

III. – La plaque du constructeur de toute motocyclette, tout tricycle, tout quadricycle à moteur ou tout cyclomoteur doit comporter le nom du constructeur, la marque de réception, le numéro d'identification, le niveau sonore à l'arrêt et le régime moteur correspondant.

IV. – Sur tout véhicule à moteur de transport de marchandises d'un poids total autorisé en charge supérieur à 12 tonnes et sur toute remorque d'un poids total autorisé en charge supérieur à 10 tonnes, dont la date de première mise en circulation est postérieure au 1er octobre 1990, à l'exception de tout véhicule ou matériel agricole ou de tout matériel de travaux publics, doit être fixée une plaque dite plaque relative aux dimensions portant le nom du constructeur ou sa marque, ou le symbole qui l'identifie, le type, le numéro d'identification et les caractéristiques de dimension du véhicule.

V. – Dans tous les cas,

1° Les indications mentionnées sur la plaque du constructeur et sur la plaque relative aux dimensions peuvent être réunies sur une plaque unique ;

2° L'indication du type et le numéro d'ordre dans la série du type ou le numéro d'identification du véhicule doivent être frappés à froid, dans la moitié droite du véhicule, de façon à être facilement lisibles à un endroit accessible sur le châssis ou sur un élément essentiel et indémontable du véhicule. Pour toute motocyclette, tout tricycle, tout quadricycle à moteur ou tout cyclomoteur, le numéro d'identification doit être frappé à froid de façon à être facilement lisible à un endroit accessible du châssis ou du cadre, sur la partie droite du véhicule.

Pour les véhicules ou matériels agricoles, ces diverses inscriptions sont faites sous la responsabilité du constructeur.

VI. – Le ministre chargé des transports fixe par arrêté les modalités d'application du présent article.

VII. – Le fait de contrevenir aux dispositions du présent article ou à celles prises pour son application est puni de l'amende prévue pour les contraventions de la quatrième classe.

Art. R. 317-10 *(D. n° 2016-448, 13 avr. 2016)*. – Tout véhicule ou matériel agricole, à l'exception de celui disposant d'une réception au titre de l'article R. 321-6 du présent code, ou de travaux publics soumis à réception doit porter, sur une plaque spéciale, l'indication du lieu et de la date de sa réception par le service en charge des réceptions désigné par le ministre chargé des transports.

Ces diverses inscriptions sont faites sous la responsabilité du constructeur.

Le fait de contrevenir aux dispositions du présent article est puni de l'amende prévue pour les contraventions de la quatrième classe.

Art. R. 317-11 *(D. n° 2016-448, 13 avr. 2016)*. – I. – Sauf dispositions différentes prévues au présent article, tout véhicule à moteur ou toute remorque, dont le poids total autorisé en charge excède 3,5 tonnes, à l'exception des véhicules ou matériels agricoles automoteurs, des véhicules ou matériels de travaux publics, des motocyclettes, des tricycles ou quadricycles à moteur et des cyclomoteurs, doivent porter, en évidence, pour un observateur placé à droite, l'indication :

1° De son poids à vide, de son poids total autorisé en charge et de son poids total roulant autorisé ;

2° De sa longueur, de sa largeur et de sa surface maximales.

II. – Les remorques agricoles ne doivent porter que l'indication du poids à vide et du poids total autorisé en charge.

III. – Le ministre chargé des transports fixe par arrêté les conditions d'application du présent article.

IV. – Le fait de contrevenir aux dispositions du présent article ou à celles prises pour son application est puni de l'amende prévue pour les contraventions de la quatrième classe.

Art. R. 317-12 *(Mod., D. n° 2009-136, 9 févr. 2009 ; A. 23 mars 2009)*. – Tout véhicule ou matériel agricole ou forestier, attaché à une exploitation agricole, à une entreprise de travaux agricoles, à une coopérative d'utilisation de matériel agricole ou à une exploitation forestière, peut être muni, en complément d'une plaque d'immatriculation visée à l'article R. 317-8, d'une plaque d'identité portant un numéro d'ordre et fixée en évidence à l'arrière du véhicule.

Le ministre chargé des transports détermine, après avis du ministre chargé de l'agriculture, le modèle et le mode de pose de ces plaques dites plaques d'exploitation.

Art. R. 317-13. – Le ministre chargé des transports détermine les conditions d'application de la présente section aux matériels de travaux publics.

Art. R. 317-14. – Le ministre chargé des transports fixe par arrêté les règles applicables aux plaques et inscriptions des engins spéciaux dont la vitesse ne peut excéder par construction 25 km/h.

Le fait, pour tout conducteur d'un engin spécial, de contrevenir aux dispositions prises en application du présent article est puni de l'amende prévue pour les contraventions de la troisième classe.

Art. R. 317-14-1 *(D. n° 2019-1082, 23 oct. 2019)*. – Les dispositions des articles R. 317-8 et R. 317-9 ne s'appliquent pas aux engins de déplacement personnel motorisés.

Section III. – Dispositif antivol

Art. R. 317-15 *(D. n° 2016-448, 13 avr. 2016)*. – Tout véhicule à moteur, à l'exception des véhicules et matériels agricoles ou de travaux publics, doit être muni d'un dispositif antivol.

Un arrêté du ministre de l'Intérieur et du ministre chargé des transports détermine les conditions d'application du présent article.

Le fait de contrevenir aux dispositions du présent article ou à celles prises pour son application est puni de l'amende prévue pour les contraventions de la troisième classe.

Art. R. 317-16 *(Mod., D. n° 2019-1082, 23 oct. 2019)*. – Les dispositions de la présente section ne sont applicables aux véhicules et aux matériels spéciaux des armées que si elles sont compatibles avec leurs caractéristiques techniques de fabrication et d'emploi.

Elles ne sont pas applicables aux engins de déplacement personnel motorisés.

Art. R. 317-17. – Le ministre chargé des transports fixe par arrêté les règles relatives aux dispositifs antivol des engins spéciaux dont la vitesse ne peut excéder par construction 25 km/h.

Le fait, pour tout conducteur d'un engin spécial, de contrevenir aux dispositions prises en application du présent article est puni de l'amende prévue pour les contraventions de la troisième classe.

Section IV. – Attelage des remorques

Art. R. 317-18. – I. – Toute remorque, dont le poids total autorisé en charge excède :

1° Soit 1,5 tonne pour les remorques agricoles ou de travaux publics ;

2° Soit 750 kilogrammes pour toute autre remorque ;

3° Soit la moitié du poids à vide du véhicule tracteur,

doit être équipée d'un dispositif de freinage permettant son arrêt automatique en cas de rupture de l'attelage pendant la marche.

II. – À l'exception des remorques sans timon utilisées pour le transport des bois en grume ou des pièces de grande longueur et des semi-remorques, le dispositif de freinage prévu au I ci-dessus n'est pas obligatoire sur les remorques à un essieu dont le poids total autorisé en charge ne dépasse pas 1,5 tonne, si elles sont munies, en plus du dispositif d'attelage, d'une attache secondaire qui, en cas de rupture du dispositif d'attelage, empêche le timon de toucher le sol et assure un guidage résiduel de la remorque.

III. – L'attache secondaire ne peut être utilisée, après rupture de l'attache principale, qu'à titre de dépannage et à condition qu'une allure très modérée soit observée. Il en est de même pour l'utilisation d'attelages de fortune au moyen de cordes ou de tout autre dispositif.

IV. – Les attaches secondaires ou de fortune doivent être parfaitement visibles de jour comme de nuit.

V. – Lorsqu'un même tracteur remorque plusieurs véhicules, il ne peut être employé de moyen de fortune que pour un seul attelage.

VI. – Les dispositions du présent article ne sont pas applicables aux remorques des motocyclettes, des tricycles et quadricycles à moteur et des cyclomoteurs.

VII. – Le fait de contrevenir aux dispositions du présent article est puni de l'amende prévue pour les contraventions de la troisième classe.

Art. R. 317-19. – Les dispositions de la présente section ne sont applicables aux véhicules et aux matériels spéciaux des armées que si elles sont compatibles avec leurs caractéristiques techniques de fabrication et d'emploi.

Art. R. 317-20. – Le ministre chargé des transports fixe par arrêté les règles relatives aux dispositifs d'attelage des engins spéciaux dont la vitesse ne peut excéder par construction 25 km/h.

Le fait, pour tout conducteur d'un engin spécial, de contrevenir aux dispositions prises en application du présent article est puni de l'amende prévue pour les contraventions de la troisième classe.

Section V. – Remorquage des véhicules en panne ou accidentés

Art. R. 317-21. – Le ministre chargé des transports fixe par arrêté les conditions dans lesquelles les véhicules en panne ou accidentés peuvent être remorqués par un autre véhicule.

Il fixe également par arrêté les caractéristiques techniques auxquelles doivent répondre les véhicules spécialisés dans les opérations de remorquage ainsi que leurs conditions de circulation.

Le fait de contrevenir aux dispositions prises en application du présent article est puni de l'amende prévue pour les contraventions de la troisième classe.

Art. R. 317-22. – Les dispositions de la présente section ne sont applicables aux véhicules et aux matériels spéciaux des armées que si elles sont compatibles avec leurs caractéristiques techniques de fabrication et d'emploi.

Section VI. – Autres aménagements

Art. R. 317-23 *(D. n° 2016-448, 13 avr. 2016 ; D. n° 2020-1088, 24 août 2020).* – Tout véhicule à moteur, toute remorque, à l'exception des matériels agricoles ou de travaux publics, doit être aménagé de manière à réduire autant que possible, en cas de collision, les risques d'accidents corporels, aussi bien pour les occupants du véhicule que pour les autres usagers de la route.

Le ministre chargé des transports fixe les règles auxquelles sont soumis la construction et l'équipement des véhicules mentionnés au présent article.

Le fait de contrevenir aux dispositions du présent article ou à celles prises pour son application est puni de l'amende prévue pour les contraventions de la troisième classe.

L'immobilisation des véhicules qui contreviennent aux dispositions du présent article ou à celles prises pour son application peut être prescrite dans les conditions prévues aux articles L. 325-1, L. 325-2 et L. 325-3.

Art. R. 317-23-1 *(D. n° 2010-1390, 12 nov. 2010 ; D. n° 2019-1082, 23 oct. 2019 ; D. n° 2020-1088, 24 août 2020).* – Le fait d'utiliser un cyclomoteur ou un engin de déplacement personnel motorisé muni d'un dispositif ayant pour effet de permettre à celui-ci de dépasser les limites réglementaires fixées à l'article

R. 311-1 en matière de vitesse, de cylindrée ou de puissance maximale du moteur ou ayant fait l'objet d'une transformation à cette fin est puni de l'amende prévue pour les contraventions de la quatrième classe.

L'immobilisation et la mise en fourrière peuvent être prescrites dans les conditions prévues aux articles L. 325-1, L. 325-2 et L. 325-3.

La confiscation du véhicule peut être prononcée à titre de peine complémentaire.

Art. R. 317-24 *(D. n° 2011-368, 4 avr. 2011 ; mod., D. n° 2014-784, 8 juill. 2014 ; D. n° 2020-1088, 24 août 2020)*. – Tout véhicule destiné normalement ou employé exceptionnellement au transport de personnes doit être aménagé de manière à assurer la sécurité et la commodité des voyageurs.

Le ministre chargé des transports détermine les conditions particulières auxquelles doivent répondre, en plus de celles qui sont déjà prescrites par le présent chapitre, les différentes catégories de véhicules affectés au transport de personnes.

Le fait de contrevenir aux dispositions du présent article ou à celles prises pour son application relatives à la solidité des véhicules, à leur poids, à leur mode de chargement, au nombre et à la sûreté des voyageurs, à l'indication, à l'intérieur des voitures, des places qu'elles contiennent et du prix des places, à l'indication, à l'extérieur, du nom du propriétaire est puni de l'amende prévue pour les contraventions de la quatrième classe.

L'immobilisation du véhicule de transport en commun de personnes peut être prescrite dans les conditions prévues aux articles L. 325-1, L. 325-2 et L. 325-3.

Art. R. 317-24-1 *(D. n° 2014-784, 8 juill. 2014 ; D. n° 2020-1088, 24 août 2020)*. – À partir d'une date définie par arrêté du ministre chargé des transports, tout transport effectué par un autocar est réalisé au moyen d'un véhicule équipé de ceintures de sécurité.

Cette disposition n'est pas applicable aux véhicules dont le certificat d'immatriculation porte la mention d'usage « véhicule de collection ».

Le fait de contrevenir aux dispositions du présent article ou à celles prises pour son application est puni de l'amende prévue pour les contraventions de la quatrième classe.

L'immobilisation du véhicule de transport en commun de personnes peut être prescrite dans les conditions prévues aux articles L. 325-1, L. 325-2 et L. 325-3.

Art. R. 317-25 *(Rempl., D. n° 2009-1590, 18 déc. 2009)*. – Tout véhicule utilisé pour l'apprentissage de la conduite des véhicules à moteur, à l'exception des cyclomoteurs, des tricycles et quadricycles à moteur et des motocyclettes, doit être muni :

– à l'usage de l'élève, d'un rétroviseur intérieur, d'un rétroviseur latéral extérieur gauche et d'un rétroviseur latéral extérieur droit ;

– à l'usage de l'enseignant de la conduite ou de l'accompagnateur, d'un rétroviseur intérieur et d'un rétroviseur ou dispositif de rétrovision équivalent latéral extérieur droit ;

– à l'usage de l'enseignant ou de l'accompagnateur, de dispositifs de double commande dont la liste est définie par arrêté du ministre chargé des transports.

Les véhicules non munis réglementairement d'un rétroviseur intérieur destiné au conducteur ne sont pas soumis à l'obligation de rétroviseur intérieur complémentaire.

En outre, tout véhicule utilisé pour l'apprentissage de la conduite des véhicules à moteur, autre que les cyclomoteurs, les tricycles à moteur et les motocyclettes, doit être muni d'un panneau placé sur le toit du véhicule ou d'inscriptions visibles de l'avant et de l'arrière signalant aux usagers qu'il s'agit d'un véhicule d'apprentissage.

Pour l'apprentissage de la conduite des cyclomoteurs, des tricycles à moteur et des motocyclettes, les inscriptions signalant la situation d'apprentissage doivent figurer sur un gilet de haute visibilité, conforme aux dispositions du Code du travail relatives aux équipements de protection individuelle, porté par l'élève conducteur et par l'enseignant ou l'accompagnateur lorsque celui-ci est assis à l'arrière du véhicule. Lorsque l'enseignant ou l'accompagnateur est à bord d'un véhicule suiveur à quatre roues à moteur, celui-ci doit être muni d'un panneau de toit. L'enseignant ou l'accompagnateur, à bord d'un véhicule suiveur à deux ou trois roues à moteur, doit être équipé d'un gilet de haute visibilité comportant les inscriptions signalant la situation d'apprentissage.

Les véhicules utilisés pendant les périodes d'apprentissage anticipé, de conduite supervisée ou de conduite encadrée, mentionnées aux articles R. 211-5, R. 211-5-1 et R. 211-5-2 ne sont pas soumis aux obligations définies au présent article.

Un arrêté du ministre chargé des transports fixe les conditions d'application du présent article.

Le fait de contrevenir aux dispositions du présent article est puni de l'amende prévue pour les contraventions de la troisième classe.

Art. R. 317-26 *(D. n° 2016-448, 13 avr. 2016).* – Tout véhicule des catégories N et O doit être équipé de dispositifs antiprojections homologués.

Un arrêté du ministre chargé des transports fixe les conditions d'application du présent article.

Le fait de contrevenir aux dispositions du présent article ou à celles prises pour son application est puni de l'amende prévue pour les contraventions de la troisième classe.

Art. R. 317-26-1 *(D. n° 2005-173, 24 févr. 2005 ; D. n° 2016-448, 13 avr. 2016).* – Les machines agricoles automotrices peuvent être équipées de sièges de convoyeurs. Ils peuvent également être aménagés pour transporter une charge à des fins agricoles ou forestières.

Un arrêté du ministre des Transports, pris après avis du ministre de l'Agriculture, fixe les modalités d'application du présent article.

Art. R. 317-27. – Les dispositions de la présente section ne sont applicables aux véhicules et matériels spéciaux des armées que si elles sont compatibles avec leurs caractéristiques techniques de fabrication et d'emploi.

Art. R. 317-28. – Le ministre chargé des transports fixe par arrêté les règles relatives aux aménagements, prévus à la présente section, des engins spéciaux dont la vitesse ne peut excéder par construction 25 km/h.

Le fait pour tout conducteur d'un engin spécial de contrevenir aux dispositions prises en application du présent article est puni de l'amende prévue pour les contraventions de la troisième classe.

Art. R. 317-29 *(Abr., D. n° 2003-642, 11 juill. 2003).*

CHAPITRE VIII. – ÉNERGIE, ÉMISSIONS POLLUANTES ET NUISANCES

Art. R. 318-1 *(D. n° 2011-368, 4 avr. 2011).* – Les véhicules à moteur ne doivent pas émettre de fumées, de gaz toxiques, corrosifs ou odorants, dans des conditions susceptibles d'incommoder la population ou de compromettre la santé et la sécurité publiques.

Le ministre chargé des transports, le ministre chargé de la santé et le ministre chargé de l'environnement fixent par arrêté les conditions d'application du présent article.

Le fait de contrevenir aux dispositions du présent article ou à celles prises pour son application est puni de l'amende prévue pour les contraventions de la quatrième classe.

L'immobilisation peut être prescrite dans les conditions prévues aux articles L. 325-1 à L. 325-3.

Art. R. 318-2 *(D. n° 2016-858, 29 juin 2016 ; mod. à compter du 1er juillet 2017, D. n° 2017-782, 5 mai 2017).* – I. – Les véhicules à moteur des catégories M, N et L définies à l'article R. 311-1 sont identifiés, lorsque les conditions de leur utilisation le nécessitent, au moyen d'une vignette sécurisée appelée « certificat qualité de l'air ».

Le certificat qualité de l'air atteste de la conformité des véhicules à différentes classes établies en tenant compte du niveau d'émission de polluants atmosphériques et de leur sobriété énergétique. Le classement des véhicules tient compte notamment de leur catégorie au sens de l'article R. 311-1, de leur motorisation, des normes techniques applicables à la date de réception des véhicules ou de leur date de première immatriculation ainsi que des éventuels dispositifs de traitement des émissions polluantes installés postérieurement à la première mise en circulation des véhicules.

L'organisme chargé de la délivrance des certificats peut percevoir à titre de rémunération une redevance versée par les demandeurs, destinée à couvrir les coûts de développement, de maintenance et d'exploitation du service, ainsi que les coûts d'élaboration, de fabrication, d'acheminement et de suivi des demandes de certificats. Un arrêté du ministre chargé de l'environnement fixe le montant de cette redevance.

II. – Un arrêté des ministres chargés de l'environnement, des transports et de l'intérieur précise les critères de classement des véhicules et fixe les modalités d'application du présent article.

III. – Le fait, pour tout propriétaire ou locataire dans le cadre d'un contrat d'une durée supérieure ou égale à deux ans ou dans le cadre d'un crédit-bail, d'apposer sur son véhicule un certificat qualité de l'air ne correspondant pas aux caractéristiques de ce véhicule est puni de l'amende prévue pour les contraventions de la 4e classe.

Art. R. 318-3 *(Mod., D. n° 2011-368, 4 avr. 2011).* – Les véhicules à moteur ne doivent pas émettre de bruits susceptibles de causer une gêne aux usagers de la route ou aux riverains.

Le moteur doit être muni d'un dispositif d'échappement silencieux en bon état de fonctionnement sans possibilité d'interruption par le conducteur.

Toute opération tendant à supprimer ou à réduire l'efficacité du dispositif d'échappement silencieux est interdite.

Le ministre chargé des transports, le ministre chargé de la santé et le ministre chargé de l'environnement fixent par arrêté les conditions d'application du présent article.

Le fait de contrevenir aux dispositions du présent article ou à celles prises pour son application est puni de l'amende prévue pour les contraventions de la quatrième classe.

L'immobilisation peut être prescrite dans les conditions prévues aux articles L. 325-1 à L. 325-3.

La contravention prévue par l'article R. 318-3 du Code de la route, qui dispose que les véhicules à moteur ne doivent pas émettre de bruits susceptibles de causer une gêne aux usagers de la route ou aux riverains, peut être retenue à l'encontre du propriétaire du véhicule, dans le cas où il l'a prêté à autrui (■ Cass. crim., 17 déc. 2013, n° 12-87.646 : *Bull. crim.* n° 257 ; *Dr. pén.* 2014, comm. 25, obs. J.-H. Robert).

Art. R. 318-4 *(Mod., D. n° 2011-368, 4 avr. 2011).* – Tout véhicule à moteur doit être muni de dispositifs antiparasites radioélectriques.

Le ministre chargé des transports fixe par arrêté les conditions d'application du présent article.

Le fait de contrevenir aux dispositions du présent article ou à celles prises pour son application est puni de l'amende prévue pour les contraventions de la quatrième classe.

Art. R. 318-5 *(Mod., D. n° 2011-368, 4 avr. 2011).* – Le ministre chargé des transports fixe par arrêté les règles relatives aux émissions polluantes et aux nuisances sonores des engins spéciaux dont la vitesse ne peut excéder par construction 25 km/h.

Le fait de contrevenir aux dispositions prises en application du présent article est puni de l'amende prévue pour les contraventions de la quatrième classe.

L'immobilisation peut être prescrite dans les conditions prévues aux articles L. 325-1 à L. 325-3.

Art. R. 318-6. – Les dispositions du présent chapitre ne sont applicables aux véhicules et aux matériels des armées que si elles sont compatibles avec leurs caractéristiques techniques de fabrication et d'emploi.

Art. R. 318-7 et R. 318-8 *(Abr., D. n° 2017-21, 11 janv. 2017).*

Art. R. 318-9. – (Vacant).

Art. R. 318-10 *(D. n° 2003-727, 1er août 2003 ; mod., D. n° 2011-153, 4 févr. 2011).* – I. – Les voitures particulières et les camionnettes doivent être construites de façon à limiter l'utilisation de substances dangereuses afin de prévenir le rejet de ces substances dans l'environnement, de faciliter le recyclage des composants et matériaux des véhicules et d'éviter d'avoir à éliminer des déchets dangereux au sens des articles R. 541-7 à R. 541-11 du Code de l'environnement.

« Les substances dangereuses visées à l'alinéa précédent répondent aux critères des classes ou catégories de danger suivantes, visées à l'annexe I du règlement (CE) n° 1272/2008 du Parlement européen et du Conseil du 16 décembre 2008 relatif à la classification, à l'étiquetage et à l'emballage des substances et des mélanges :

a) Les classes de danger 2.1 à 2.4, 2.6 et 2.7, 2.8 types A et B, 2.9, 2.10, 2.12, 2.13 catégories 1 et 2, 2.14 catégories 1 et 2, 2.15 types A à F ;

b) Les classes de danger 3.1 à 3.6, 3.7 effets néfastes sur la fonction sexuelle et la fertilité ou sur le développement, 3.8 effets autres que des effets narcotiques, 3.9 et 3.10 ;

c) La classe de danger 4.1 ;

d) La classe de danger 5.1.

Un arrêté conjoint des ministres chargés des transports, de l'environnement et de l'industrie fixe les conditions d'utilisation du plomb, du mercure, du cadmium et du chrome hexavalent dans les composants et matériaux des véhicules.

II. – Les voitures particulières et les camionnettes doivent être construites de façon à faciliter leur démontage et leur dépollution lors de leur destruction ultérieure ainsi que le réemploi ou la valorisation, en particulier le recyclage, de leurs composants et matériaux.

Les composants et matériaux de ces véhicules font l'objet d'une codification afin de faciliter l'identification de ceux qui peuvent être réemployés et valorisés.

Un arrêté conjoint des ministres chargés des transports, de l'environnement et de l'industrie fixe les modalités d'application du présent II.

III. – Le respect des dispositions des I et II ci-dessus est vérifié lors de la réception communautaire prévue par les articles R. 321-6 à R. 321-14 du présent code.

Chapitre IX. — Dispositions applicables au véhicule à délégation de conduite

Art. R. 319-1 *(Créé, D. n° 2021-873, 29 juin 2021)*. – I.-Les conditions d'utilisation du système de conduite automatisé mentionnées à l'article L. 319-1 précisent notamment :

1° Le domaine de conception fonctionnelle du véhicule ;

2° L'état et la position dans lesquels le conducteur doit se maintenir, afin notamment de répondre à une demande de reprise en main du système de conduite automatisé, et de respecter les sommations, injonctions ou indications données par les forces de l'ordre ou les règles de priorité de passage des véhicules d'intérêt général prioritaires en application de l'article L. 123-1 ;

3° Les conditions dans lesquelles une demande de reprise en main est adressée au conducteur par le système, notamment la période de transition et les modalités d'information du conducteur ;

4° Les conditions dans lesquelles le système est, le cas échéant, en mesure d'exécuter le contrôle dynamique du véhicule sans effectuer de demande de reprise en main, quelles que soient les conditions de circulation, les situations de conduite et les défaillances rencontrées ;

5° Les modalités de reprise en main du véhicule par le conducteur ;

6° Les fonctions du système de conduite automatisé permettant de présumer que le conducteur est en état et en position de répondre à une demande de reprise en main ;

7° Les conditions dans lesquelles une manœuvre à risque minimal est activée par le système de conduite automatisé, ainsi que les conditions dans lesquelles une reprise en main est possible pendant l'exécution de cette manœuvre ;

8° Les conditions dans lesquelles une manœuvre d'urgence est activée par le système de conduite automatisé, ainsi que les conditions dans lesquelles une reprise en main est différée jusqu'à sa complète exécution pour des raisons de sécurité.

II.-Sous réserve des dispositions du 8° du I, le système de conduite automatisé doit pouvoir être désactivé à tout moment par une reprise en main du conducteur.

TITRE II. – DISPOSITIONS ADMINISTRATIVES

CHAPITRE I. – RÉCEPTION ET HOMOLOGATION

Section I. – Dispositions générales

Art. R. 321-1. – Pour l'application du présent chapitre, les termes ci-après ont le sens qui leur est donné dans le présent article :

– « constructeur » : personne ou organisme qui, quelle que soit sa place dans le processus de production ou de commercialisation, fait la demande de réception et se propose d'être responsable de tous les aspects du processus de la réception et de la conformité de la production ;

– « système » : ensemble de dispositifs techniques destinés à assurer une fonction du véhicule telle que le freinage ou la lutte contre la pollution.

Art. R. 321-2. – Les dispositions du présent chapitre ne sont pas applicables aux véhicules et aux matériels spéciaux des armées dont la réception est assurée par les services techniques de la défense nationale.

Art. R. 321-3. – Le ministre chargé des transports fixe par arrêté les règles relatives à la réception et à l'homologation pour les engins spéciaux dont la vitesse ne peut excéder par construction 25 km/h.

Art. R. 321-4. – Le fait de mettre en vente ou de vendre un véhicule ou un élément de véhicule sans qu'il ait fait l'objet d'une réception est puni de l'amende prévue pour les contraventions de la cinquième classe, sans préjudice des mesures administratives qui peuvent être prises par le ministre chargé des transports.

La récidive de cette contravention est réprimée conformément à l'article 132-11 du Code pénal.

Le fait de mettre ou maintenir en circulation un véhicule à moteur ou une remorque sans qu'il ait fait l'objet d'une réception est puni de l'amende prévue pour les contraventions de la quatrième classe.

Le fait de mettre en vente ou de vendre un dispositif ou un équipement non conforme à un type homologué ou à un type ayant fait l'objet d'une réception, lorsque l'agrément de ce dispositif ou équipement est imposé par le présent code ou par les textes réglementaires pris pour son application, est puni de l'amende prévue pour les contraventions de la quatrième classe.

Le fait de faire usage d'un dispositif ou d'un équipement non conforme à un type homologué ou à un type ayant fait l'objet d'une réception, lorsque l'agrément de ce dispositif ou équipement est imposé par le présent code ou par les textes réglementaires pris pour son application, est puni de l'amende prévue pour les contraventions de la première classe.

Art. R. 321-4-1 *(D. n° 2009-497, 30 avr. 2009 ; D. n° 2016-448, 13 avr. 2016)*. – La vente, l'offre de vente ou la mise en service des pièces ou équipements susceptibles de présenter un risque important pour le bon fonctionnement de systèmes essentiels pour la sécurité ou la performance environnementale d'un véhicule de catégorie M, N, O, L, T, C, R ou S n'est permise que si lesdites pièces ou équipements sont autorisés par l'autorité compétente en matière de réception.

Chaque pièce ou partie d'équipement autorisée en vertu du présent article doit recevoir un marquage approprié.

Le ministre chargé des transports fixe par arrêté les modalités d'application du présent article et, en particulier, la liste des pièces et équipements concernés.

Art. R. 321-4-2 *(D. n° 2019-1082, 23 oct. 2019)*. – Le fait de circuler sur la voie publique avec un engin de déplacement personnel motorisé dont la vitesse maximale par construction est supérieure à celle définie au 6.15 de l'article R. 311-1 est puni de l'amende prévue pour les contraventions de la cinquième classe.

La confiscation, l'immobilisation ou la mise en fourrière peuvent être prescrites dans les conditions prévues aux articles L. 325-1 à L. 325-9.

Art. R. 321-5. – Le ministre chargé des transports fixe par arrêté les dispositions nécessaires à la vérification de la puissance et de la vitesse maximale des motocyclettes, des tricycles et quadricycles à moteur et des cyclomoteurs.

Art. D. 321-5-1 *(D. n° 2007-405, 22 mars 2007)*. – Dans le cadre de la dérogation prévue au second alinéa de l'article L. 321-1, l'offre, la mise en vente, la vente et la proposition à la location d'un cyclomoteur, d'une motocyclette ou d'un quadricycle à moteur immatriculé, non conforme à sa réception et destiné à participer à une course ou une épreuve sportive, sont subordonnées à la déclaration préalable du retrait de la circulation du véhicule à l'autorité administrative compétente, selon les modalités de l'article R. 322-6.

Art. D. 321-5-2 *(D. n° 2007-405, 22 mars 2007)*. – La personne qui offre, met en vente, vend ou propose à la location les véhicules mentionnés à l'article D. 321-5-1 conserve une copie de la déclaration de retrait de la circulation et, en cas de vente, du document attestant de cette vente pendant une durée minimale de cinq ans.

Ces pièces sont présentées sur simple demande à tout agent habilité à constater les infractions aux dispositions de l'article L. 321-1.

Art. R. 321-5-3 *(D. n° 2009-497, 30 avr. 2009)*. – Le ministre chargé des transports fixe par arrêté les conditions et la durée de validité des réceptions.

Section II. – Réception communautaire ou réception CE

Art. R. 321-6 *(Mod., D. n° 2009-497, 30 avr. 2009)*. – La réception communautaire, dite réception CE, est destinée à constater qu'un véhicule ou un type de véhicule, de système ou d'équipement satisfait aux prescriptions techniques exigées pour sa mise en circulation.

Les règles techniques élaborées en application des actes réglementaires communautaires relatifs à la réception des véhicules, des systèmes ou des équipements sont fixées par arrêté du ministre chargé des transports.

Pour l'application de la présente section, les termes ci-après ont le sens qui leur est donné dans le présent article :

– « réception CE par type » : l'acte par lequel un État membre de la CE certifie qu'un type de véhicule, de système, de composant ou d'entité technique satisfait aux dispositions administratives et aux exigences techniques communautaires ;

– « réception individuelle » : l'acte par lequel un État membre de la CE certifie qu'un véhicule donné, qu'il soit unique ou non, satisfait aux dispositions administratives et aux exigences techniques applicables ;

– « mandataire du constructeur » : toute personne physique ou morale établie dans la Communauté européenne, dûment mandatée par le constructeur pour le représenter auprès de l'autorité compétente en matière de réception et agir pour son compte pour les questions relevant de la présente section, toute référence au terme « constructeur » devant être comprise comme visant le constructeur ou son mandataire.

Art. R. 321-7. – Le ministre chargé des transports est l'autorité compétente pour l'application des règles prévues en matière de réception CE.

Art. R. 321-8 *(D. n° 2016-448, 13 avr. 2016)*. – Les réceptions CE sont prononcées par délégation du ministre chargé des transports par le service en charge des réceptions désigné par arrêté par le même ministre.

Art. R. 321-9 *(Mod., D. n° 2009-497, 30 avr. 2009 ; D. n° 2019-1316, 9 déc. 2019)*. – Le constructeur adresse la demande de réception CE d'un type de véhicule, de système, ou d'équipement au ministre chargé des transports.

La demande est accompagnée d'un dossier constructeur qui comporte toutes les précisions nécessaires au contrôle de la conformité du type de véhicule, de système ou d'équipement aux prescriptions techniques exigées pour sa mise en circulation. La demande de réception d'un type de véhicule est également accompagnée de toutes les fiches de réception CE qui ont été accordées à des systèmes ou des équipements du type de véhicule concerné.

Le ministre chargé des transports vérifie, le cas échéant en coopération avec les autorités compétentes en matière de réception des autres États, que les mesures nécessaires ont été prises pour garantir la conformité des véhicules ou équipements produits au type réceptionné.

Lorsque le ministre chargé des transports constate que le type de véhicule, de système ou d'équipement satisfait aux exigences requises par la législation communautaire, il délivre une fiche de réception CE.

Néanmoins, si le ministre chargé des transports estime qu'un type de véhicule, de système ou d'équipement, quoique conforme aux exigences requises par la législation communautaire, compromet gravement la sécurité routière ou nuit gravement à l'environnement ou à la santé publique, il peut refuser de délivrer la fiche de réception CE. Cette décision doit être motivée et notifiée au constructeur intéressé avec indication des voies et délais de recours, aux autorités compétentes en matière de réception des autres États et à la Commission européenne.

Le constructeur donne à chacun des véhicules conformes à un type ayant fait l'objet d'une réception CE un numéro d'identification. Il remet à l'acheteur du véhicule un certificat de conformité attestant que le véhicule livré est entièrement conforme au type réceptionné.

Le constructeur, détenteur d'une fiche de réception CE d'un type d'équipement, appose sur chaque équipement fabriqué conformément au type réceptionné sa marque de produits ou de services, l'indication du type ou, si la directive communautaire applicable à l'équipement en cause le prévoit, le numéro ou la marque de réception.

Le ministre chargé des transports fixe par arrêté les modalités de l'examen des demandes de réception CE et le modèle type auquel doivent être conformes le dossier constructeur, la fiche de réception et le certificat de conformité.

Art. R. 321-10. – Lorsque le ministre chargé des transports a accordé une réception CE à un type de véhicule, de système ou d'équipement, il peut à tout moment faire vérifier par ses services les méthodes de contrôle de conformité appliquées dans les établissements de production du type réceptionné. Si une vérification met en lumière des résultats non satisfaisants, le ministre chargé des transports veille, le cas échéant en coopération avec les autorités compétentes en matière de réception d'autres États, à ce que les mesures nécessaires soient prises pour rétablir la conformité de la production dans les plus brefs délais.

Si le ministre chargé des transports constate que des véhicules, systèmes ou équipements accompagnés d'un certificat de conformité ou comportant la marque adéquate ne sont pas conformes au type auquel il a délivré la réception CE, il prend les mesures nécessaires pour faire en sorte que les véhicules, systèmes ou équipements redeviennent conformes au type réceptionné. Les mesures prises, qui peuvent aller jusqu'au retrait de la réception, sont portées à la connaissance des autorités compétentes en matière de réception des autres États.

Toute décision portant retrait d'une réception doit être précédée d'une demande d'explications adressée au constructeur sur les griefs qui lui sont reprochés. La décision est motivée et notifiée au constructeur avec indication des voies et délais de recours.

Si la non-conformité d'un véhicule découle exclusivement de la non-conformité d'un système ou d'un équipement, le ministre chargé des transports demande à l'autorité compétente de l'État ayant octroyé la réception du système ou de l'équipement de prendre les mesures nécessaires pour que les véhicules produits redeviennent conformes au type réceptionné.

Il en est de même si la non-conformité découle exclusivement de la non-conformité d'une version incomplète du véhicule, à laquelle un autre État membre a octroyé la réception CE.

Art. R. 321-11. – Tout véhicule dont le type a fait l'objet d'une réception CE valide et qui est muni d'un certificat de conformité valide peut être librement commercialisé et mis en circulation.

Un arrêté du ministre chargé des transports définit les types de véhicules incomplets qui, bien que munis d'un certificat de conformité valide, ne peuvent être immatriculés qu'après une nouvelle réception du véhicule complété.

Le certificat de conformité nécessaire pour l'obtention de l'immatriculation d'un véhicule dont le type a fait l'objet d'une réception CE doit être rédigé en français.

Le ministre chargé des transports peut préciser par arrêté les ajouts à lui apporter de façon à faire apparaître les données nécessaires à l'immatriculation des véhicules.

Art. R. 321-12 *(Mod., D. n° 2009-497, 30 avr. 2009)*. – Tout équipement ou système dont le type a fait l'objet d'une réception CE valide ou équivalente et comportant la marque adéquate peut être commercialisé librement.

Art. R. 321-13. – S'il est établi que des véhicules, systèmes ou équipements accompagnés d'un certificat de conformité ou portant la marque adéquate ne sont pas conformes au type réceptionné, le ministre chargé des transports demande aux autorités compétentes en matière de réception de l'État ayant procédé à la réception CE de vérifier si les véhicules, systèmes ou équipements produits sont conformes au type réceptionné.

Art. R. 321-14 *(Mod., D. n° 2009-497, 30 avr. 2009)*. – S'il est établi que des véhicules, systèmes ou équipements d'un type ayant fait l'objet d'une réception CE compromettent gravement la sécurité routière ou nuisent gravement à l'environnement ou à la santé publique alors qu'ils sont accompagnés d'un certificat de conformité en cours de validité ou qu'ils portent une marque de réception valide, le ministre chargé des transports peut, pour une durée de six mois au maximum, refuser d'immatriculer ces véhicules ou interdire la vente ou la mise en service de ces véhicules, systèmes ou équipements. Il en informe immédiatement le constructeur, les autorités compétentes en matière de réception des autres États et la Commission européenne en motivant sa décision. La décision doit également être notifiée au constructeur intéressé et indiquer les voies et délais de recours.

Art. R. 321-14-1 *(D. n° 2009-497, 30 avr. 2009 ; D. n° 2016-448, 13 avr. 2016)*. – Un constructeur auquel a été octroyée une réception CE par type de véhicule de catégorie M, N, O, L, T, C, R ou S doit rappeler les véhicules déjà vendus, immatriculés ou mis en service lorsqu'un ou plusieurs systèmes, composants ou entités techniques installés sur ces véhicules, qu'ils aient ou non été dûment réceptionnés, risquent de

compromettre gravement la sécurité routière, la santé publique ou la protection de l'environnement. Il en informe immédiatement le ministre chargé des transports pour les réceptions CE par type de véhicule que ce dernier a accordées et lui propose un ensemble de solutions appropriées en vue de neutraliser le risque. Le ministre chargé des transports communique aux autorités compétentes en matière de réception des autres États membres les mesures proposées par le constructeur. Il veille à la mise en œuvre efficace de ces mesures sur le territoire national.

Si le ministre chargé des transports juge insuffisantes les mesures communiquées par une autorité compétente en matière de réception ou si ces mesures n'ont pas été mises en œuvre dans un délai assez court, il en informe l'autorité compétente en matière de réception qui a accordé la réception CE par type de véhicule.

Lorsque le ministre chargé des transports est informé par une autorité compétente en matière de réception d'un autre État membre que les mesures communiquées sont insuffisantes ou n'ont pas été mises en œuvre dans un délai assez court, il en informe le constructeur et, s'il n'est pas satisfait des mesures de ce dernier, prend toutes les mesures de protection qui s'imposent, y compris le retrait de la réception CE par type de véhicule lorsque le constructeur s'abstient de proposer et de mettre en œuvre des mesures de correction efficaces. En cas de retrait de la réception CE par type de véhicule, le ministre chargé des transports informe le constructeur, les autorités compétentes en matière de réception des autres États membres ainsi que la Commission européenne.

Le ministre chargé des transports fixe par arrêté les modalités d'application des dispositions du présent article.

Section III. – Réception nationale par type ou à titre isolé et homologation

Art. R. 321-15 *(Mod., D. n° 2009-136, 9 févr. 2009 ; A. 23 mars 2009 ; D. n° 2014-357, 19 mars 2014 ; D. n° 2016-448, 13 avr. 2016).* **– Avant sa mise en circulation et en l'absence de réception CE, tout véhicule à moteur, toute remorque ou tout élément de véhicule, toute semi-remorque doit faire l'objet d'une réception nationale effectuée soit par type à la demande du constructeur, soit à titre isolé à la demande du propriétaire ou de son représentant.**

Toutefois, en ce qui concerne les véhicules ou éléments de véhicules qui ne sont pas fabriqués ou assemblés sur le territoire d'un État membre de l'Union européenne, la réception par type n'est admise que si le constructeur possède en France un représentant spécialement accrédité auprès du ministre chargé des transports. Dans ce cas, elle a lieu sur demande dudit représentant.

Le ministre chargé des transports détermine par arrêté les éléments de véhicule soumis à réception ainsi que les conditions particulières auxquelles sont soumis les différents éléments de véhicule pour assurer la conformité des véhicules formés à partir d'éléments avec les dispositions du présent code.

Toutefois, tout véhicule carrossé individuellement peut être mis en circulation après un contrôle de conformité initial effectué par un opérateur qualifié. Les catégories de véhicules soumis à ce contrôle, les modalités de ce contrôle et les conditions de désignation des opérateurs qualifiés sont fixées par arrêté du ministre chargé des transports.

Le ministre chargé des transports fixe la liste des matériels de travaux publics, appelés à être employés normalement sur les routes, qui doivent faire l'objet d'une réception.

Les remorques ou appareils agricoles destinés à être attelés à un tracteur ou à une machine agricole automotrice, s'ils sont montés sur bandages pleins ou si, étant équipés de bandages pneumatiques, leur poids total autorisé en charge (PTAC) est inférieur à 1,5 tonne, ne sont pas soumis à l'obligation de réception.

(Al. mod., D. n° 2019-1082, 23 oct. 2019) **Les dispositions du présent article ne sont pas applicables aux véhicules de collection, aux engins de déplacement personnel motorisés et aux véhicules appartenant à des personnes de statut diplomatique ou assimilé.**

Art. R. 321-16. – Tout véhicule isolé ou élément de véhicule ayant subi des transformations notables est obligatoirement soumis à une nouvelle réception. Le propriétaire du véhicule ou de l'élément de véhicule doit demander cette nouvelle réception au préfet.

Le ministre chargé des transports définit par arrêté les transformations notables rendant nécessaires une nouvelle réception.

Art. R. 321-17 *(D. n° 2016-448, 13 avr. 2016 ; D. n° 2017-16, 6 janv. 2017).* **– Tout véhicule à moteur ou toute remorque, dont les dimensions ou les poids excèdent les limites réglementaires et dont le déplacement est subordonné à l'autorisation ou à la déclaration préalable exigée pour les transports**

exceptionnels de marchandises, d'engins ou de véhicules, doit, avant sa mise en circulation, faire l'objet d'une réception par le service en charge des réceptions désigné par arrêté par le ministre chargé des transports sous l'autorité du ministre chargé des transports qui fixe, par arrêté, les conditions d'application du présent article.

Tout matériel de travaux publics dont les dimensions ou les poids excèdent les limites réglementaires, appelé à circuler occasionnellement sur les routes et dont le déplacement est subordonné à l'autorisation ou à la déclaration préalable exigée pour les transports exceptionnels, doit répondre aux prescriptions fixées par arrêté du ministre chargé des transports.

Art. R. 321-18 *(D. n° 2016-448, 13 avr. 2016)*. – Le ministre chargé des transports détermine les catégories de véhicules qui, lorsque leur carrosserie est montée sur un châssis déjà réceptionné, ne peuvent être mis en circulation qu'après une nouvelle réception faite par le service en charge des réceptions désigné par arrêté par le ministre chargé des transports.

Art. R. 321-19 *(D. n° 2016-448, 13 avr. 2016)*. – La demande de réception doit être accompagnée d'une notice descriptive dans les conditions fixées par le ministre chargé des transports et donnant les caractéristiques du véhicule ou de l'élément de véhicule ou du type de véhicule ou de l'élément de véhicule nécessaires aux vérifications de le service en charge des réceptions désigné par arrêté par le ministre chargé des transports.

Art. R. 321-20 *(D. n° 2016-448, 13 avr. 2016)*. – Au moment de la réception d'un véhicule ou d'un élément de véhicule, le constructeur doit déclarer le poids maximal admissible pour lequel le véhicule est construit ainsi que le poids maximal admissible sur chaque essieu. Il doit également déclarer, s'il s'agit d'un véhicule à moteur, le poids total roulant admissible de l'ensemble de véhicules ou du véhicule articulé que l'on peut former à partir de ce véhicule à moteur.

Le poids maximal autorisé d'un véhicule ou d'un élément de véhicule et le poids maximal autorisé pour chaque essieu sont fixés par le service en charge des réceptions désigné par arrêté par le ministre chargé des transports lors de la réception de ce véhicule, dans la limite des poids maximaux admissibles déclarés par le constructeur. Un ou plusieurs poids totaux autorisés en charge sont alors fixés par la direction régionale de l'industrie, de la recherche et de l'environnement dans la limite du poids maximal autorisé.

Le poids maximal roulant autorisé des ensembles de véhicules ou des véhicules articulés que l'on peut former à partir d'un véhicule à moteur est fixé par la direction régionale de l'industrie, de la recherche et de l'environnement lors de la réception de ce véhicule dans la limite du poids total roulant admissible déclaré par le constructeur. Un ou plusieurs poids totaux roulants autorisés sont alors fixés pour ce véhicule par la direction régionale de l'industrie, de la recherche et de l'environnement, dans la limite du poids maximal roulant autorisé.

Le ministre chargé des transports fixe par arrêté les modalités d'application du présent article.

Art. R. 321-21 *(D. n° 2016-448, 13 avr. 2016)*. – Lorsque le véhicule présenté satisfait aux prescriptions réglementaires, le service en charge des réceptions désigné par arrêté par le ministre chargé des transports dresse de ces opérations un procès-verbal de réception dont une expédition est remise au demandeur. Le modèle de ce procès-verbal est fixé par le ministre chargé des transports.

Art. R. 321-22. – Le constructeur donne à chacun des véhicules, conforme à un type ayant fait l'objet d'un procès-verbal de réception, un numéro d'ordre dans la série du type auquel le véhicule appartient et il remet à l'acheteur une copie du procès-verbal de réception ainsi qu'un certificat attestant que le véhicule livré est entièrement conforme à la notice descriptive du type.

Le modèle de ce certificat, dit certificat de conformité, est fixé par le ministre chargé des transports.

Pour les véhicules qui ne sont pas fabriqués ou assemblés sur le territoire d'un État membre de l'Union européenne, le certificat de conformité doit être signé, pour le constructeur, par son représentant accrédité en France.

Art. R. 321-23 *(D. n° 2016-448, 13 avr. 2016)*. – Les fonctionnaires du service en charge des réceptions désigné par arrêté par le ministre chargé des transports peuvent prélever gratuitement des véhicules ou éléments de véhicules, dont le type a fait l'objet d'une réception, chez les constructeurs, importateurs ou revendeurs en vue de contrôler la conformité de ces véhicules aux notices descriptives des prototypes réceptionnés.

Après contrôle, les véhicules sont restitués. S'il apparaît que les véhicules contrôlés ne sont pas conformes à la notice descriptive du prototype réceptionné, le procès-verbal de réception peut être annulé par décision du ministre chargé des transports.

Art. R. 321-24. – Le bénéfice de l'homologation d'un dispositif d'équipement de véhicule à moteur appartient à celui qui en a fait la demande et qui garde la responsabilité de la fabrication, c'est-à-dire soit au fabricant, soit à toute autre personne faisant fabriquer pour son compte par un façonnier. En cas de cession, le cédant et le concessionnaire doivent en aviser sans délai le ministre chargé des transports. Les noms du façonnier ou des façonniers successifs, s'il y a lieu, doivent être communiqués au ministre chargé des transports ; celui-ci peut faire effectuer tout contrôle et décider, le cas échéant, le retrait de l'agrément sur proposition de la commission de réception des projecteurs et des dispositifs d'équipement pour véhicules routiers.

Si le fabricant n'est pas établi dans un État de l'Union européenne, l'agrément ne peut être accordé qu'à son représentant en France, dûment accrédité auprès du ministre chargé des transports.

Les fonctionnaires et agents dûment habilités par le ministre chargé des transports peuvent procéder à des prélèvements gratuits de dispositifs homologués en vue d'en contrôler la conformité au type homologué.

Après essai, les dispositifs prélevés sont restitués si les essais et contrôles effectués ne les ont pas détruits. Ils sont conservés par la commission de réception des projecteurs et dispositifs d'équipement pour véhicules routiers dans le cas contraire.

Lorsque les dispositifs prélevés ne sont pas conformes au type agréé en ce qui concerne les matériaux, la forme et les dimensions ou si leurs caractéristiques sont hors des limites fixées par le cahier des charges auquel les dispositifs doivent être conformes, l'agrément du type peut être retiré par décision du ministre chargé des transports, sur proposition de la commission de réception des projecteurs et dispositifs d'équipement pour véhicules routiers.

Le retrait de l'agrément d'un type entraîne la suspension de la vente et de la livraison des dispositifs portant le numéro d'homologation de ce type dans les délais fixés par la décision de retrait.

Art. R. 321-25 *(D. n° 2009-497, 30 avr. 2009 ; D. n° 2016-448, 13 avr. 2016)*. – Un constructeur auquel a été octroyée une réception nationale par type de véhicule de catégorie M, N, O, L, T, C, R ou S doit rappeler les véhicules déjà vendus, immatriculés ou mis en service lorsqu'un ou plusieurs systèmes, composants ou entités techniques installés sur ces véhicules, qu'ils aient ou non été dûment réceptionnés, risquent de compromettre gravement la sécurité routière, la santé publique ou la protection de l'environnement. Il en informe immédiatement le ministre chargé des transports et lui propose un ensemble de solutions appropriées en vue de neutraliser le risque. Le ministre chargé des transports veille à la mise en œuvre efficace de ces mesures.

Si le ministre chargé des transports juge insuffisantes les mesures communiquées par le constructeur ou si ces mesures n'ont pas été mises en œuvre dans un délai assez court, il en informe le constructeur et prend toutes les mesures de protection qui s'imposent, y compris le retrait de la réception par type lorsque le constructeur s'abstient de proposer et de mettre en œuvre des mesures de correction efficaces.

En cas de retrait de la réception par type, le ministre chargé des transports informe le constructeur.

Le ministre chargé des transports fixe par arrêté les modalités d'application des dispositions du présent article.

CHAPITRE II. – IMMATRICULATION

Section I. – Délivrance du certificat d'immatriculation

Art. R. 322-1 *(Mod., D. n° 2009-136, 9 févr. 2009 ; A. 23 mars 2009 ; D. n° 2017-1278, 9 août 2017)*. – I. – Tout propriétaire d'un véhicule à moteur, d'une remorque dont le poids total autorisé en charge est supérieur à 500 kilogrammes ou d'une semi-remorque et qui souhaite le mettre en circulation pour la première fois doit faire une demande de certificat d'immatriculation en justifiant de son identité. Le propriétaire doit également pouvoir justifier, à la demande du ministre de l'Intérieur :

1° De la souscription, pour le véhicule considéré, d'une assurance conforme aux dispositions de l'article L. 211-1 du Code des assurances ;

2° Lorsque le propriétaire est une personne physique, d'un permis de conduire, le cas échéant celui de la personne physique désignée pour être titulaire du certificat d'immatriculation, correspondant à la catégorie du véhicule considéré conformément aux dispositions de l'article L. 322-1-1 ;

3° De son domicile, siège social ou établissement d'affectation ou de mise à disposition du véhicule ;

4° Sauf pour les véhicules définis au 6.3 de l'article R. 311-1, soit de la conformité de son véhicule à un type CE réceptionné ou à un type national réceptionné, soit que son véhicule a fait l'objet d'une réception à titre isolé ou d'une réception individuelle au sens des articles R. 321-6 et R. 321-15.

Cette demande de certificat d'immatriculation est adressée au ministre de l'Intérieur par le propriétaire, soit directement par voie électronique, soit par l'intermédiaire d'un professionnel de l'automobile habilité par le ministre de l'Intérieur.

II. – Lorsque le propriétaire est une personne morale ou une entreprise individuelle, celui-ci doit pouvoir justifier, à la demande du ministre de l'Intérieur, de son identité et de l'adresse de son siège social ou de celle de l'établissement d'affectation du véhicule.

III. – Pour un véhicule de location, le propriétaire doit pouvoir justifier, à la demande du ministre de l'Intérieur, de son identité et de l'adresse de son siège social ou de celle de l'établissement de mise à disposition du véhicule.

IV. – Pour un véhicule faisant l'objet soit d'un contrat de crédit-bail, soit d'un contrat de location de deux ans ou plus, le propriétaire doit pouvoir justifier, à la demande du ministre de l'Intérieur, de son identité et de l'adresse du domicile du locataire.

V *(V mod., D. n° 2019-1082, 23 oct. 2019)*. – Les dispositions du présent article ne sont pas applicables aux engins de déplacement personnel motorisés et aux véhicules ou appareils agricoles remorqués dont le poids total en charge est inférieur à 1,5 tonne.

VI. – Un arrêté du ministre chargé des transports, pris après avis du ministre de l'Intérieur, fixe les conditions d'application du présent article.

VII. – Le fait, pour tout propriétaire, de mettre en circulation un véhicule sans avoir obtenu un certificat d'immatriculation est puni de l'amende prévue pour les contraventions de la quatrième classe.

Art. R. 322-2 *(Mod., D. n° 2009-136, 9 févr. 2009 ; A. 23 mars 2009 ; D. n° 2016-448, 13 avr. 2016)*. – I. – Le certificat d'immatriculation est établi dans les conditions fixées par le ministre chargé des transports, après avis du ministre de l'Intérieur, et expédié à l'adresse du demandeur. Ce certificat comporte un numéro d'immatriculation attribué à titre définitif au véhicule par un système informatique centralisé. Le certificat d'immatriculation peut comporter un coupon détachable.

II. – Dans le cas de véhicules de transport exceptionnel dont les dimensions ou le poids excèdent les limites réglementaires, le certificat d'immatriculation doit porter un signe distinctif ou une mention spéciale pour indiquer que le véhicule a fait l'objet d'une réception spéciale par le service en charge des réceptions désigné par arrêté par le ministre chargé des transports et qu'il ne peut circuler que sous couvert d'une autorisation du préfet. Toutefois, pour les véhicules dont seul le poids total autorisé en charge ou le poids total roulant autorisé excède les limites réglementaires, le certificat d'immatriculation peut porter une mention spéciale complémentaire permettant, sans autorisation du préfet, la circulation du véhicule, dans les limites de poids fixées au présent livre.

III. – Le signe distinctif, la mention spéciale et la mention spéciale complémentaire prévus ci-dessus sont fixés par arrêté du ministre de l'Intérieur et du ministre chargé des transports.

IV. – Des mentions relatives à des usages ou à des caractéristiques techniques particulières du véhicule peuvent être indiquées sur le certificat d'immatriculation dans des conditions fixées par arrêté du ministre chargé des transports après avis du ministre de l'Intérieur.

V. – Dans le cas de véhicules appartenant à des personnes de statut diplomatique ou assimilé, le numéro d'immatriculation est complété par un numéro d'immatriculation spécifique lié à ce statut.

VI. – Un arrêté du ministre chargé des transports, pris après avis du ministre de l'Intérieur, fixe les conditions d'application du présent article.

Art. R. 322-3 *(Mod., D. n° 2009-136, 9 févr. 2009 ; A. 23 mars 2009 ; D. n° 2018-211, 28 mars 2018)*. – I. – Par dérogation aux dispositions des articles R. 322-1 et R. 322-2, la circulation d'un véhicule est autorisée sous couvert d'un certificat provisoire d'immatriculation, d'un coupon détachable dûment rempli, d'un certificat W garage, d'un certificat provisoire d'immatriculation permettant la circulation à titre expérimental d'un véhicule à délégation partielle ou totale de conduite, dit certificat WW DPTC, ou d'un certificat de transit ou d'un document équivalent délivré par les autorités compétentes d'un État membre de l'Union européenne.

II. – Les conditions d'attribution et de durée d'utilisation du certificat provisoire d'immatriculation, du coupon détachable dûment rempli, du certificat W garage ou d'un certificat de transit ou d'un document équivalent délivré par les autorités compétentes d'un État membre de l'Union européenne sont définies par arrêté du ministre chargé des transports pris après avis du ministre de l'Intérieur.

Les conditions d'attribution et de durée d'utilisation du certificat WW DPTC sont définies par arrêté conjoint du ministre chargé des transports et du ministre de l'Intérieure.

III. – Le fait pour toute personne d'utiliser l'un de ces titres provisoires de circulation sans respecter les dispositions du présent article ou celles prises pour son application est puni de l'amende prévue pour les contraventions de la quatrième classe.

L'immobilisation du véhicule peut être prescrite dans les conditions prévues aux articles L. 325-1 à 325-3.

Art. R. 322-4 *(Mod., D. n° 2009-136, 9 févr. 2009 ; A. 23 mars 2009 ; D. n° 2017-1278, 9 août 2017)*. – I. – En cas de changement de propriétaire d'un véhicule soumis à immatriculation et déjà immatriculé, l'ancien propriétaire doit effectuer, dans les quinze jours suivant la cession, une déclaration au ministre de l'Intérieur l'informant de cette cession et indiquant l'identité et le domicile déclarés par le nouveau propriétaire. Avant de remettre le certificat d'immatriculation à ce dernier, l'ancien propriétaire doit le barrer et y porter d'une manière très lisible et inaltérable la mention : « vendu le... /... /... » ou « cédé le... /.. /.... » (date de la cession), suivie de sa signature, et, sauf en cas de vente ou de cession à un professionnel de l'automobile, remplir le coupon ou, à défaut, découper la partie supérieure droite de ce document lorsqu'il comporte l'indication du coin à découper.

II. – L'ancien propriétaire effectue la déclaration mentionnée au I soit directement par voie électronique, soit par l'intermédiaire d'un professionnel de l'automobile habilité par le ministre de l'Intérieur.

III – En cas de cession à un professionnel de l'automobile, ce dernier effectue une déclaration d'achat dans les quinze jours suivants la transaction, soit directement par voie électronique, soit par l'intermédiaire d'un professionnel de l'automobile habilité par le ministre de l'Intérieur.

IV. – Lorsqu'un professionnel de l'automobile propriétaire d'un véhicule déjà immatriculé le revend à un non professionnel de l'automobile, il remet à l'acquéreur le certificat d'immatriculation sur lequel sont portées les mentions prévues au I, accompagné du récépissé de la déclaration d'achat en sa possession et remplit, s'il existe, le coupon de ce certificat d'immatriculation.

V. – Dans chacun des cas définis aux alinéas précédents, la remise du certificat d'immatriculation doit être accompagnée d'un certificat, établi depuis moins de quinze jours par le ministre de l'Intérieur, attestant à sa date d'édition de la situation administrative du véhicule. Celle-ci précise l'existence ou non d'un gage ainsi que toute opposition au transfert du certificat d'immatriculation du véhicule ou au transfert de la propriété du véhicule.

VI. – Le ministre chargé des transports définit par arrêté pris après avis du ministre de l'Intérieur les conditions d'application du présent article, notamment en ce qui concerne la situation administrative du véhicule, les véhicules tombés dans une succession, vendus aux enchères publiques ou à la suite d'une décision judiciaire, et les véhicules de location.

VII. – Le fait de ne pas effectuer les déclarations ou de ne pas respecter les délais prévus au présent article est puni de l'amende prévue pour les contraventions de la quatrième classe.

Art. R. 322-5 *(Mod., D. n° 2009-136, 9 févr. 2009 ; A. 23 mars 2009 ; D. n° 2017-1278, 9 août 2017)*. – I. – Le nouveau propriétaire d'un véhicule déjà immatriculé doit, s'il veut le maintenir en circulation, faire établir, dans un délai d'un mois à compter de la date de la cession, un certificat d'immatriculation à son nom dans les conditions prévues à l'article R. 322-1.

Cette demande est adressée au ministre de l'Intérieur soit directement par voie électronique, soit par l'intermédiaire d'un professionnel de l'automobile habilité par le ministre de l'Intérieur.

Le nouveau propriétaire doit pouvoir justifier, à la demande du ministre de l'Intérieur :

1° De la souscription, pour le véhicule considéré, d'une assurance conforme aux dispositions de l'article L. 211-1 du Code des assurances ;

2° De la déclaration certifiant la cession et indiquant que le véhicule n'a pas subi de transformation susceptible de modifier les indications du précédent certificat d'immatriculation ;

3° Lorsque le nouveau propriétaire est une personne physique, d'un permis de conduire, le cas échéant celui de la personne physique désignée pour être titulaire du certificat d'immatriculation, correspondant à la catégorie du véhicule considéré conformément aux dispositions de l'article L. 322-1-1 ;

4° De son domicile, siège social ou établissement d'affectation ou de mise à disposition du véhicule ;

5° D'être en possession de l'ancien certificat d'immatriculation du véhicule barré et signé, portant la mention « vendu le.../.../... » ou « cédé le.../.../... » ;

6° Pour tout véhicule soumis à visite technique, que celui-ci répond aux conditions requises pour être maintenu en circulation conformément aux dispositions du chapitre III du présent titre.

II. – Le nouveau propriétaire peut circuler à titre provisoire et pendant une période d'un mois à compter de la date de la cession sous couvert soit du coupon rempli du certificat d'immatriculation s'il existe, soit d'un certificat provisoire d'immatriculation.

III. – Le ministre chargé des transports définit par arrêté pris après avis du ministre de l'Intérieur les conditions d'application du présent article, notamment en ce qui concerne les véhicules vendus par les domaines, aux enchères publiques ou à la suite d'une décision judiciaire, les véhicules de collection et ceux démunis de certificat d'immatriculation.

IV. – Le fait, pour tout propriétaire, de maintenir en circulation un véhicule sans avoir obtenu un certificat d'immatriculation dans les conditions fixées au présent article est puni de l'amende prévue pour les contraventions de la quatrième classe.

L'immobilisation du véhicule peut être prescrite dans les conditions prévues aux articles L. 325-1 à L. 325-3.

Si le professionnel du commerce de l'automobile, dans le cadre de son activité de négoce, qui a enregistré sa déclaration d'achat, n'a pas l'obligation de demander l'immatriculation du véhicule à son nom avant toute cession, il lui appartient de justifier de la délivrance d'un certificat W garage dans les conditions prévues par l'arrêté du 9 février 2009 relatif aux modalités d'immatriculation des véhicules (▪ Cass. crim., 8 nov. 2016, n° 15-85.532).

Art. R. 322-6 *(Mod., D. n° 2009-136, 9 févr. 2009 ; A. 23 mars 2009 ; D. n° 2017-1278, 9 août 2017).* – I. – Si le propriétaire d'un véhicule déjà immatriculé ne désire pas le maintenir en circulation, il doit adresser au ministre de l'Intérieur par voie électronique le certificat d'immatriculation accompagné d'une déclaration l'informant de son retrait de la circulation.

Si cette déclaration fait suite à une cession du véhicule, elle doit être adressée par le nouvel acquéreur au ministre de l'Intérieur par voie électronique dans un délai d'un mois à compter de la date de la cession portée sur le certificat d'immatriculation du véhicule.

Le propriétaire n'est plus autorisé à circuler avec ce véhicule sur les vois ouvertes à la circulation publique et la validité du certificat d'immatriculation du véhicule est alors suspendue par le ministre de l'Intérieur.

II. – Lorsque le propriétaire du véhicule souhaite le remettre en circulation, il en fait la déclaration au ministre de l'Intérieur par voie électronique, la suspension de l'autorisation de circuler est alors levée et un nouveau certificat d'immatriculation est délivré au propriétaire du véhicule. Dans l'attente de ce nouveau certificat d'immatriculation, le propriétaire peut circuler pendant un mois sous couvert d'un certificat provisoire d'immatriculation.

III. – Le ministre chargé des transports détermine, par arrêté pris après avis du ministre de l'Intérieur, les conditions d'application du présent article.

IV. – Le fait, pour tout propriétaire, de ne pas effectuer la déclaration ou de ne pas observer les délais prévus au présent article est puni de l'amende prévue pour les contraventions de la quatrième classe.

L'acquéreur d'une automobile qui ne la fait pas circuler sur les voies publiques n'est pas tenu de demander un nouveau certificat d'immatriculation. Cependant il doit procéder, en vertu de l'article R. 322-6 du Code de la route, à une déclaration (▪ Cass. crim., 11 mai 2005 : *JurisData* n° 2005-028884 ; *Dr. pén.* 2005, comm. 146, note M. Véron).

Art. R. 322-7 *(Mod., D. n° 2009-136, 9 févr. 2009 ; A. 23 mars 2009 ; D. n° 2017-1278, 9 août 2017).* – I. – Tout propriétaire d'un véhicule soumis à immatriculation doit, dans le mois qui suit le changement de domicile, de siège social ou d'établissement d'affectation ou de mise à disposition du véhicule adresser par voie électronique une déclaration au ministre de l'Intérieur l'informant de ce changement. Le propriétaire doit

pouvoir justifier, à la demande du ministre de l'Intérieur, de son nouveau domicile, siège social ou établissement d'affectation ou de mise à disposition du véhicule.

II. – Lorsqu'il s'agit d'un véhicule faisant l'objet soit d'un crédit-bail, soit d'un contrat de location de deux ans ou plus, le locataire du véhicule déclare, dans un délai maximum d'un mois, tout changement mentionné au I au propriétaire qui le déclare par voie électronique au ministre de l'Intérieur dans un délai maximum de dix jours à compter de la réception de la déclaration du locataire.

III. – *(Abrogé).*

IV. – *(Abrogé).*

V. – Lorsque le ministre de l'Intérieur est informé de la réimmatriculation du véhicule dans un pays de l'Union européenne ou l'Espace économique européen, la validité du certificat d'immatriculation est suspendue en France.

VI. – Lorsque ce véhicule est remis en circulation en France, son propriétaire en fait la déclaration au ministre de l'Intérieur par voie électronique. La suspension de l'autorisation de circuler du véhicule est levée par le ministre de l'Intérieur et un nouveau certificat d'immatriculation est délivré au propriétaire du véhicule. Dans l'attente de ce nouveau certificat d'immatriculation, le propriétaire peut circuler pendant un mois sous couvert d'un certificat provisoire d'immatriculation.

VII. – Un arrêté du ministre chargé des transports, pris après avis du ministre de l'Intérieur, fixe les conditions d'application du présent article.

VIII. – Le fait, pour tout propriétaire d'un véhicule ou pour tout locataire d'un véhicule faisant l'objet soit d'un crédit-bail, soit d'un contrat de location de deux ans ou plus, de ne pas effectuer les déclarations ou de ne pas respecter les délais prévus au présent article, est puni de l'amende prévue pour les contraventions de la quatrième classe.

Infraction continue. La contravention de l'article R. 322-7 est de nature continue (■ Cass. crim., 9 mai 2018, n° 16-86.629, D : *JurisData* n° 2018-007628 ; *Dr. pén.* 2018, comm. 162, obs. J.-H. Robert ; *Dr. pén.* 2018, étude 7, n° 2, obs. F. Gauvin).

Art. R. 322-8 ***(Mod., D. n° 2009-136, 9 févr. 2009 ; A. 23 mars 2009 ; D. n° 2017-1278, 9 août 2017).*** **– « I. – Toute transformation apportée à un véhicule soumis à immatriculation et déjà immatriculé, qu'il s'agisse d'une transformation notable ou de toute autre transformation susceptible de modifier les caractéristiques indiquées sur le certificat d'immatriculation, nécessite la modification de celui-ci. Pour maintenir la validité du certificat d'immatriculation, le propriétaire doit adresser au ministre de l'Intérieur par voie électronique une déclaration dans le mois qui suit la transformation du véhicule. Le propriétaire peut circuler à titre provisoire, pendant une période d'un mois à compter de la date de la déclaration, sous couvert d'un certificat provisoire d'immatriculation. »**

II. – Un arrêté du ministre chargé des transports, pris après avis du ministre de l'intérieur, fixe les conditions d'application du présent article.

III. – Le fait, pour tout propriétaire, de ne pas effectuer la déclaration ou de ne pas observer le délai, prévus au présent article, est puni de l'amende prévue pour les contraventions de la quatrième classe.

Art. R. 322-9 ***(Mod., D. n° 2009-136, 9 févr. 2009 ; A. 23 mars 2009 ; mod. à compter du 31 mars 2011, D. n° 2011-153, 4 févr. 2011 ; D. n° 2017-675, 28 avr. 2017 ; D. n° 2017-1278, 9 août 2017).*** **– I. – Tout propriétaire d'une voiture particulière, d'une camionnette ou d'un cyclomoteur à trois roues qui le cède pour destruction remet le certificat d'immatriculation à un centre VHU agréé, au sens des dispositions du 3° de l'article R. 543-155 du Code de l'environnement, en application de l'article R. 543-162 du Code de l'environnement. À cet effet, il appose sur le certificat d'immatriculation, d'une manière très lisible et inaltérable, la mention « vendu le.../.../... » ou « cédé le.../.../... » (date de la cession) pour destruction, suivie de sa signature. Lorsque ce document comporte un coupon, il le complète, le découpe et le conserve dans les conditions fixées à l'article R. 353. Lorsqu'il comporte, dans la partie supérieure droite, l'indication du coin à découper, il le découpe et le détruit.**

Si le propriétaire du véhicule ne dispose pas du certificat d'immatriculation, il remet au centre de véhicules hors d'usage agréé soit un document officiel prouvant que le certificat d'immatriculation ne peut être fourni, soit la justification de propriété du véhicule.

II. – Au moment de l'achat pour destruction du véhicule hors d'usage, le centre VHU agréé délivre un certificat de destruction au propriétaire du véhicule. Concomitamment, le centre VHU agréé adresse au ministre de l'Intérieur

par voie électronique une déclaration l'informant de l'achat pour destruction du véhicule. Cette déclaration s'effectue dans les conditions prévues à l'article R. 322-4. Le ministre de l'Intérieur procède alors à l'annulation de l'immatriculation du véhicule.

III. – Le centre VHU agréé qui a déclaré l'achat d'un véhicule et qui souhaite ultérieurement le faire détruire émet à ce moment un certificat de destruction du véhicule. Concomitamment, le centre VHU agréé adresse au ministre de l'Intérieur par voie électronique une déclaration l'informant de son intention de détruire ce véhicule. Le ministre de l'Intérieur procède alors à l'annulation de l'immatriculation du véhicule.

IV. – Les dispositions du présent article s'appliquent également à la destruction des véhicules autres que ceux visés au I. Leur propriétaire n'est toutefois pas tenu de s'adresser à un centre VHU agréé.

V. – Le fait, pour tout propriétaire, de ne pas effectuer les déclarations ou de ne pas observer le délai prévu au I est puni de l'amende prévue pour les contraventions de la quatrième classe.

VI. – Le fait, pour tout centre VHU agréé, de ne pas délivrer un certificat de destruction au moment du transfert du véhicule hors d'usage ou de ne pas effectuer les déclarations prévues aux II et III est puni de l'amende prévue pour les contraventions de la quatrième classe.

VII. – Un arrêté conjoint des ministres chargés des transports, de l'intérieur, de l'industrie et de l'écologie fixe les conditions d'application du présent article.

Art. R. 322-10 *(Mod., D. n° 2009-136, 9 févr. 2009 ; A. 23 mars 2009 ; D. n° 2017-911, 9 mai 2017 ; D. n° 2017-1278, 9 août 2017)*. – En cas de perte, de vol ou de détérioration d'un certificat d'immatriculation, le propriétaire du véhicule peut en obtenir un duplicata en adressant une demande au ministre de l'Intérieur par voie électronique.

Pour tout véhicule soumis à contrôle technique, la délivrance du duplicata est subordonnée à la preuve que ce véhicule répond aux conditions requises pour être maintenu en circulation conformément aux dispositions du chapitre III du présent titre.

Un arrêté du ministre chargé des transports, pris après avis du ministre de l'Intérieur, fixe les conditions d'application des deux précédents alinéas.

La déclaration de perte ou de vol permet la circulation du véhicule pendant un délai d'un mois à compter de la date de ladite déclaration.

Art. R. 322-11 à R. 322-12-2 *(Abr., D. n° 2009-136, 9 févr. 2009 ; A. 23 mars 2009)*.

Art. R. 322-13. – Le ministre chargé des transports fixe par arrêté les règles relatives à l'immatriculation des engins spéciaux dont la vitesse ne peut excéder par construction 25 km/h et des matériels de travaux publics.

Art. R. 322-14 *(Mod., D. n° 2009-136, 9 févr. 2009 ; A. 23 mars 2009)*. – Les dispositions de la présente section ne sont pas applicables aux matériels civils et militaires de l'État qui font l'objet d'immatriculations spéciales.

Section II. – Opposition au transfert du certificat d'immatriculation

Art. R. 322-15 *(Mod., D. n° 2009-136, 9 févr. 2009 ; A. 23 mars 2009 ; D. n° 2017-1278, 9 août 2017)*. – Le ministre de l'intérieur délivre, à la demande du titulaire du certificat d'immatriculation du véhicule, le certificat mentionné à l'article L. 322-2 attestant de l'absence d'une opposition au transfert du certificat d'immatriculation. Le titulaire du certificat d'immatriculation du véhicule doit adresser sa demande au ministre de l'intérieur par voie électronique.

Art. R. 322-16 *(Abr., D. n° 2003-642, 11 juill. 2003, ; rétabli dans la version suivante, D. n° 2009-383, 6 avr. 2009 ; mod., D. n° 2014-551, 27 mai 2014)*. – L'opposition au transfert du certificat d'immatriculation prévue par l'article L. 322-1 en cas d'émission d'une amende forfaitaire majorée peut être effectuée par le comptable de la direction générale des finances publiques dans l'un des deux cas suivants :

1° Le contrevenant n'habite plus à l'adresse enregistrée au fichier national des immatriculations ;

2° Le contrevenant n'a pas payé le montant de cette amende dans un délai de quatre mois à compter de l'envoi à son domicile de l'avis prévu par l'article R. 49-6 du Code de procédure pénale.

Art. R. 322-17 *(Mod., D. n° 2012-1247, 7 nov. 2012)*. – Le comptable de la direction générale des finances publiques adresse sa demande d'opposition au transfert du certificat d'immatriculation au ministre de l'intérieur, soit par l'intermédiaire du préfet d'un département, soit par voie électronique.

Le comptable de la direction générale des finances publiques remet, sur sa demande, au titulaire du certificat d'immatriculation un avis récapitulatif détaillant les amendes qui ont entraîné l'opposition.

Par dérogation à l'article 25 du décret n° 2012-1246 du 7 novembre 2012 relatif à la gestion budgétaire et comptable publique, le règlement des amendes pour lesquelles il a été fait opposition s'effectue exclusivement par versement d'espèces, par carte de paiement ou remise à un comptable de la direction générale des finances publiques d'un chèque certifié. Toutefois, il peut également intervenir par télépaiement automatisé ou par timbre dématérialisé conformément aux dispositions des articles R. 49-3 et R. 49-3-1 du Code de procédure pénale.

Art. R. 322-18 *(Mod., D. n° 2009-136, 9 févr. 2009 ; A. 23 mars 2009 ; D. n° 2009-383, 6 avr. 2009 ; D. n° 2014-551, 27 mai 2014)*. – La levée de l'opposition intervient, soit à la suite du règlement au comptable de la direction générale des finances publiques des amendes pour lesquelles il a été fait opposition, soit lorsque l'intéressé a formé une réclamation selon les modalités et dans les délais prévus par les articles 529-10 et 530 du Code de procédure pénale à peine d'irrecevabilité, et, s'il n'habitait plus à l'adresse enregistrée dans le fichier, qu'il justifie avoir adressé la déclaration mentionnée à l'article R. 322-7.

CHAPITRE III. – CONTRÔLE TECHNIQUE

Section I. – Dispositions générales

Art. R. 323-1. – Tout propriétaire d'un véhicule mentionné au présent chapitre n'est autorisé à le mettre ou le maintenir en circulation qu'après un contrôle technique ayant vérifié qu'il est en bon état de marche et en état satisfaisant d'entretien.

Ce contrôle est effectué à l'initiative du propriétaire, dans les délais prescrits et à ses frais.

Le fait pour tout propriétaire de mettre ou maintenir en circulation un véhicule sans avoir satisfait aux obligations de contrôle technique fixées par le présent chapitre est puni de l'amende prévue pour les contraventions de la quatrième classe.

L'immobilisation peut être prescrite dans les conditions prévues aux articles L. 325-1 à L. 325-3.

À défaut de présentation aux contrôles techniques obligatoires ou dans le cas où les réparations ou aménagements prescrits par l'expert chargé des contrôles techniques ne sont pas exécutés, la mise en fourrière peut également être prescrite.

Art. R. 323-2 *(D. n° 2004-568, 11 juin 2004)*. – Le ministre chargé des transports fixe par arrêté les conditions d'application du présent chapitre et, notamment, les catégories de contrôles techniques, le contenu de ces contrôles et les conditions dans lesquelles ils sont matérialisés sur la carte grise et, le cas échéant, sur le véhicule lui-même.

Art. R. 323-3 *(D. n° 2017-208, 20 févr. 2017)*. – Les dispositions du présent chapitre ne sont pas applicables :

1° Aux véhicules et matériels spéciaux des armées ;

2° Aux véhicules immatriculés dans les séries diplomatiques ou assimilées et dans la série spéciale FFECSA ;

3° Aux véhicules de collection dont le poids total autorisé en charge est inférieur ou égal à 3,5 tonnes et dont la mise en circulation est antérieure au 1er janvier 1960 ;

4° Aux véhicules de collection dont le poids total autorisé en charge est supérieur à 3,5 tonnes.

Art. R. 323-4. – Un arrêté du ministre chargé des transports fixe les conditions d'application du présent chapitre aux matériels de travaux publics et, après avis du ministre de l'Agriculture, aux véhicules et matériels agricoles.

Art. R. 323-5. – Le ministre chargé des transports fixe par arrêté les règles relatives aux contrôles techniques applicables à certains engins spéciaux dont la vitesse ne peut excéder par construction 25 km/h.

Section II. – Agrément des contrôleurs, des installations et des réseaux
(D. n° 2004-568, 11 juin 2004)

Art. R. 323-6 *(D. n° 2004-568, 11 juin 2004 ; mod., D. n° 2010-163, 22 févr. 2010 ; D. n° 2017-208, 20 févr. 2017 ; mod. à compter du 1er janvier 2022, D. n° 2021-1062, 9 août 2021).* – I. – Les contrôles techniques prévus au présent chapitre sont effectués par les services de l'État ou par un contrôleur agréé par l'État ou un prestataire visé au II de l'article L. 323-1 exerçant ses fonctions, dans les conditions prévues par la présente section, dans des installations de contrôle agréées rattachées, le cas échéant, à un réseau de contrôle agréé.

II. – Pour l'application du présent chapitre, sont considérés comme :

1° Véhicules légers, les véhicules dont le poids total autorisé en charge est inférieur ou égal à 3,5 tonnes, de catégorie M1 ou N1, à l'exception des véhicules tracteurs composant les ensembles de véhicules mentionnés au 7.3 de l'article R. 311-1 et des véhicules utilisés pour le transport de marchandises dangereuses ;

2° Véhicules lourds :

a) Les véhicules de catégorie M2, M3, N2, N3, O3, O4 ;

b) Les véhicules tracteurs composant les ensembles de véhicules mentionnés au 7.3 de l'article R. 311-1, quel que soit leur poids total autorisé en charge, et les véhicules utilisés pour le transport de marchandises dangereuses ;

c) Les véhicules de catégorie M1 dont le poids total autorisé en charge est supérieur à 3,5 tonnes. Pour ces véhicules, les périodicités de contrôle technique sont celles fixées à l'article R. 323-22 ;

d) *(d créé, D. n° 2018-1045, 28 nov. 2018)* Les navettes urbaines mentionnées au 6.13. de l'article R. 311-1 et les remorques de catégorie O2 affectées au transport de personnes ;

3° Véhicules motorisés à deux ou trois roues et quadricycles à moteur, les véhicules de catégorie L1e, L2e, L3e, L4e, L5e, L6e et L7e.

Art. R. 323-7 *(D. n° 2004-568, 11 juin 2004).* – I. – Le ministre chargé des transports désigne un organisme technique, dénommé organisme technique central, chargé pour son compte et selon ses instructions :

1° De recueillir et d'analyser les résultats des contrôles afin de surveiller le fonctionnement des installations, de s'assurer de l'homogénéité des contrôles et de collecter des informations sur l'état du parc automobile national ;

2° De tenir à jour les éléments permettant d'adapter au progrès technique les équipements et les méthodes de contrôle, ainsi que l'information et la formation des contrôleurs ;

3° De fournir une assistance technique pour la vérification de la qualité des prestations fournies par les installations de contrôle.

II. – Cet organisme remplit ces missions dans le cadre d'une convention avec l'État approuvée par décret.

Art. R. 323-8 *(D. n° 2004-568, 11 juin 2004 ; D. n° 2015-1794, 28 déc. 2015 ; mod. à compter du 1er janvier 2022, D. n° 2021-1062, 9 août 2021).* – Les réseaux de contrôle sont les personnes morales de droit privé soumises à l'agrément du ministre chargé des transports.

Pour être agréé pour le contrôle technique des véhicules légers, un réseau doit comporter des centres de contrôle de véhicules légers répartis dans au moins quatre-vingt-dix départements.

Un réseau ne peut être agréé pour le contrôle technique des véhicules lourds que s'il exploite lui-même les centres de contrôle qui lui sont rattachés et s'il en compte au moins trente situés dans au moins treize collectivités parmi les régions de métropole, la Corse, la Guadeloupe, la Guyane, la Martinique et La Réunion.

Pour être agréé pour le contrôle technique des véhicules motorisés à deux ou trois roues et quadricycles à moteur, un réseau doit comporter des centres de contrôle de véhicules motorisés à deux ou trois roues et quadricycles à moteur répartis dans au moins quatre-vingt-dix départements.

Un réseau de contrôle ne peut exercer aucune autre activité que celle de contrôle technique.

Art. R. 323-9 *(D. n° 2004-568, 11 juin 2004 ; D. n° 2017-208, 20 févr. 2017).* – La demande d'agrément d'un réseau de contrôle indique l'identité du demandeur, son statut juridique et les catégories de contrôles techniques qui seront couvertes par l'agrément. Elle comporte la liste des centres de contrôle.

Elle est accompagnée d'un document par lequel le réseau s'engage à respecter les prescriptions d'un cahier des charges et précise les moyens qu'il compte mettre en œuvre pour respecter cet engagement. Ce document expose

en particulier l'organisation envisagée et le règlement intérieur du réseau, décrit les moyens matériels centralisés dont il dispose et prévoit les procédures qui s'imposeront aux contrôleurs et aux responsables des installations de contrôle. Le demandeur doit également s'engager à établir tous les moyens se rapportant à son activité prescrits par le ministre chargé des transports et à faciliter la mission des agents désignés par lui pour surveiller le bon fonctionnement des centres de contrôle.

L'agrément d'un réseau de contrôle est délivré pour une durée de dix ans renouvelable. L'engagement prévu à l'alinéa précédent est joint à la décision d'agrément.

Art. R. 323-10 *(D. n° 2004-568, 11 juin 2004).* **– Le réseau de contrôle s'assure en permanence de la bonne exécution des contrôles techniques conformément aux dispositions de la présente section. Il transmet à l'organisme technique central les données relatives aux contrôles techniques transmises par les installations de contrôle qui lui sont rattachées.**

Art. R. 323-11 *(D. n° 2004-568, 11 juin 2004 ; mod. à compter du 1er janvier 2022, D. n° 2021-1062, 9 août 2021).* **– Le réseau de contrôle doit respecter les modalités d'organisation fixées par arrêté du ministre chargé des transports destinées à assurer la disponibilité et la qualité des prestations et veiller à ce que les contrôleurs et toute personne physique ou morale exerçant des fonctions au sein du réseau n'aient pas d'activité dans la réparation ou le commerce automobile ou de motocycles et ne soient pas salariés d'une entreprise ayant un lien avec une telle activité.**

Art. R. 323-12 *(D. n° 2004-568, 11 juin 2004).* **– L'agrément d'un réseau de contrôle peut être retiré ou suspendu pour tout ou partie des catégories de contrôles techniques qu'il concerne si les conditions d'organisation et de fonctionnement du réseau de contrôle ne répondent plus aux prescriptions du cahier des charges et de la réglementation en vigueur. Cette décision de retrait n'intervient qu'après que le représentant du réseau intéressé a pu être entendu et mis à même de présenter des observations écrites ou orales.**

En cas d'urgence, l'agrément d'un réseau de contrôle peut être suspendu immédiatement pour une durée maximale de deux mois.

Art. R. 323-13 *(D. n° 2004-568, 11 juin 2004 ; mod. à compter du 1er janvier 2022, D. n° 2021-1062, 9 août 2021).* **– I. – Les installations de contrôle doivent comporter les moyens matériels nécessaires aux catégories de contrôles techniques réalisés et les moyens techniques permettant de recueillir les données relatives à ces contrôles et de transmettre ces données dans le délai fixé par arrêté du ministre chargé des transports soit à la direction du réseau de contrôle auquel elles sont rattachées, soit à l'organisme technique central, selon qu'il s'agit d'installations rattachées ou non à un réseau. L'ensemble de ces équipements est défini par arrêté du ministre chargé des transports.**

II. – L'activité d'un centre de contrôle doit s'exercer dans des locaux n'abritant aucune activité de réparation ou de commerce automobile ou de motocycles et ne communiquant avec aucun local abritant une telle activité.

III. – Sur la demande du ministre chargé des transports, le titulaire de l'agrément des installations d'un centre de contrôle met l'une ou plusieurs de ces installations à la disposition des fonctionnaires ou agents de l'État chargés des réceptions des véhicules ou éléments de véhicules, placés sous l'autorité des ministres chargés de l'industrie et des transports. Une convention à titre onéreux est passée entre l'exploitant et l'administration.

Note. Les agréments délivrés aux installations auxiliaires en vertu du II de l'article R. 323-13 du Code de la route, dans sa rédaction antérieure à la publication du décret n° 2012-1145 du 10 octobre 2012, peuvent être maintenus dans l'intérêt de la sécurité routière pour une durée d'au plus quatre ans à partir de cette date de publication si les circonstances locales le justifient.

Art. R. 323-13-1 *(Créé, D. n° 2019-1127, 4 nov. 2019)* (1). **– Toute personne physique ou morale exploitant une installation agréée en application de l'article R. 323-14 transmet au ministre chargé de l'économie ou à l'organisme que celui-ci désigne le prix de ses prestations relatives aux véhicules légers au sens du 1° du II de l'article R. 323-6.**

(1) Dispositions entrant en vigueur trente jours après la publication de l'arrêté mentionné à l'article R. 323-13-1, D. n° 2019-1127.

Lorsqu'une installation agréée propose pour la première fois de telles prestations, elle communique ses prix dans un délai de quarante-huit heures après leur entrée en vigueur.

Les personnes concernées communiquent également toute intention de modification de prix, avec la date et l'heure d'entrée en vigueur de celle-ci.

Par dérogation aux dispositions du II de l'article R. 323-21, les conditions d'application des précédents alinéas sont fixées par arrêté du ministre chargé de l'économie, après consultation du Conseil national de la consommation.

Art. R. 323-13-2 *(Créé, D. n° 2019-1127, 4 nov. 2019)* (1). – Tout manquement aux dispositions des trois premiers alinéas de l'article R. 323-13-1 est passible d'une amende administrative dont le montant ne peut excéder 1 500 euros. Ce montant peut être porté à 3 000 euros en cas de réitération.

Les agents de la concurrence, de la consommation et de la répression des fraudes sont habilités à rechercher et constater ces manquements. L'autorité administrative chargée de la concurrence et de la consommation est compétente pour prononcer les amendes administratives sanctionnant les manquements constatés.

Le délai de prescription de l'action de l'administration pour la sanction du manquement est d'une année révolue à compter du jour où le manquement a été commis si, dans ce délai, il n'a été fait aucun acte tendant à la recherche, à la constatation ou à la sanction de ce manquement.

Une copie du procès-verbal constatant les manquements est transmise à la personne mise en cause.

Avant toute décision, l'autorité administrative chargée de la concurrence et de la consommation informe par écrit la personne mise en cause de la sanction envisagée à son encontre, en lui indiquant qu'elle peut se faire assister par le conseil de son choix et en l'invitant à présenter, dans un délai d'un mois, ses observations écrites et, le cas échéant, ses observations orales. Passé ce délai, elle peut, par décision motivée, prononcer l'amende.

L'amende est recouvrée comme en matière de créances étrangères à l'impôt et au domaine.

Art. R. 323-13-3 *(Créé, D. n° 2019-1127, 4 nov. 2019)*. – Le ministre chargé de l'économie ou, le cas échéant, l'organisme qu'il désigne, rend librement accessible au public, sous forme électronique, les prix qui lui ont été communiqués en application des dispositions de l'article R. 323-13-1, dès leur entrée en vigueur ou, le cas échéant, à bref délai après leur réception. « Il peut également rendre publiques, sous la même forme, des données relatives aux prix en vigueur ou antérieurement communiqués, selon les modalités fixées par arrêté conjoint du ministre chargé de l'économie et du ministre chargé des transports

Art. R. 323-14 *(D. n° 2004-568, 11 juin 2004 ; mod. à compter du 1er janvier 2022, D. n° 2021-1062, 9 août 2021)*. – I. – L'agrément des installations d'un centre de contrôle est délivré par le préfet du département où est implanté le centre.

La demande d'agrément est adressée au préfet par la personne physique ou la personne morale qui exploite les installations du centre. Elle indique l'identité du demandeur, son statut juridique et les catégories de contrôles techniques qui seront effectués dans le centre et précise si celui-ci est rattaché ou non à un réseau de contrôle agréé. Elle est accompagnée d'un document par lequel l'exploitant s'engage à respecter les prescriptions d'un cahier des charges et précise les conditions dans lesquelles il sera satisfait à cet engagement.

L'engagement mentionné ci-dessus décrit notamment l'organisation et les moyens techniques mis en oeuvre par le centre pour assurer en permanence la qualité et l'objectivité des contrôles techniques effectués et éviter que les installations soient utilisées par des personnes non agréées ou ayant une activité dans la réparation ou le commerce automobile ou de motocycles. Le demandeur doit s'engager à établir tous les documents se rapportant à son activité prescrits par le ministre chargé des transports et à faciliter la mission des agents désignés par lui pour surveiller le bon fonctionnement des installations de contrôle.

Le dossier de demande comporte, en outre, l'avis du réseau de contrôle agréé lorsque le centre de contrôle est rattaché à un réseau, ou l'avis de l'organisme technique central dans le cas contraire.

II. – *(Abr., D. n° 2012-1145, 10 oct. 2012)*.

(1) Dispositions entrant en vigueur trente jours après la publication de l'arrêté mentionné à l'article R. 323-13-1, D. n° 2019-1127.

III. – Les agréments des installations de contrôle, ainsi que toutes les mesures affectant leur validité, sont inscrits dans un registre national qui est élaboré et tenu à jour dans les conditions prévues par la loi n° 78-17 du 6 janvier 1978 relative à l'informatique, aux fichiers et aux libertés.

IV. – L'agrément des installations de contrôle peut être suspendu ou retiré pour tout ou partie des catégories de contrôles techniques qu'il concerne si les conditions de bon fonctionnement des installations ou si les prescriptions qui leur sont imposées par la présente section ne sont plus respectées, et après que la personne bénéficiaire de l'agrément et le représentant du réseau de contrôle auquel les installations sont éventuellement rattachées ont pu être entendus et mis à même de présenter des observations écrites ou orales.

En cas d'urgence, l'agrément des installations de contrôle peut être suspendu immédiatement pour une durée maximale de deux mois.

Art. R. 323-15 *(D. n° 2004-568, 11 juin 2004)*. – I. – Lorsqu'un centre de contrôle agréé est rattaché à un réseau agréé, il ne peut dépendre que d'un seul réseau de contrôle.

(2e al. suppr., D. n° 2012-1145, 10 oct. 2012).

II. – Les contrôles techniques effectués sur des véhicules lourds appartenant à une même personne physique ou morale ne doivent pas représenter, chaque année, plus de 10 % de l'activité de contrôle technique des véhicules lourds d'un centre de contrôle non rattaché à un réseau ou de l'ensemble des installations de contrôles exploitées par le même réseau. Toutefois, le préfet de département peut accorder des dérogations à ces dispositions lorsque leur application constitue un obstacle manifeste à la bonne couverture géographique du territoire, sans que cette proportion puisse dépasser 35 %.

III. – Les réseaux de contrôle et les centres de contrôle non rattachés à un réseau perçoivent, pour chaque contrôle technique effectué et en sus du prix de celui-ci, une somme qui ne peut excéder 2 % du prix du contrôle qu'ils reversent à l'organisme technique central pour financer les prestations de celui-ci.

Le montant et les modalités de versement de cette somme sont fixés par arrêté conjoint du ministre chargé de l'économie et des finances et du ministre chargé des transports.

Art. R. 323-16 *(D. n° 2004-568, 11 juin 2004 ; mod., D. n° 2010-163, 22 févr. 2010 ; mod. à compter du 1er janvier 2022, D. n° 2021-1062, 9 août 2021)*. – I. – Le fait, pour le titulaire de l'agrément des installations d'un centre de contrôle, de faire réaliser un contrôle technique dans des locaux abritant une activité de réparation ou de commerce automobile ou de motocycles ou communiquant avec un lieu abritant une telle activité est puni de l'amende prévue pour les contraventions de la cinquième classe.

II. – Le fait, pour le titulaire de l'agrément des installations de contrôle, de ne pas transmettre les données relatives à un contrôle technique effectué dans ces installations dans le délai fixé par l'arrêté prévu au I de l'article R. 323-13 est puni de l'amende prévue pour les contraventions de la cinquième classe.

III. – Le fait, pour le titulaire de l'agrément des installations de contrôle, de faire réaliser un contrôle technique dans des installations ou au moyen d'équipements non conformes à l'agrément délivré ou aux dispositions définies par l'arrêté visé au I de l'article R. 323-13 est puni de l'amende prévue pour les contraventions de la cinquième classe.

IV. – Le fait, pour le titulaire de l'agrément des installations de contrôle, de faire réaliser un contrôle technique par un contrôleur agréé ou un prestataire visé au II de l'article L. 323-1 ne possédant pas la qualification requise pour ce contrôle est puni de l'amende prévue pour les contraventions de la cinquième classe.

V. – *(Al. suppr., D. n° 2010-671, 18 juin 2010).*

Art. R. 323-17 *(D. n° 2004-568, 11 juin 2004 ; mod., D. n° 2010-163, 22 févr. 2010 ; mod. à compter du 1er janvier 2022, D. n° 2021-1062, 9 août 2021)*. – I. – Les contrôleurs agréés doivent posséder une qualification dont les caractéristiques sont définies par arrêté du ministre chargé des transports pour chaque catégorie de contrôle technique.

II. – Un contrôleur agréé ne peut exercer aucune activité dans la réparation ou le commerce automobile ou de motocycles, que ce soit à titre indépendant ou en qualité de salarié.

III. – *(III abr., D. n° 2012-1145, 10 oct. 2012).*

IV. – Lorsqu'il est réalisé par un prestataire visé au II de l'article L. 323-1, le contrôle technique prévu par le présent chapitre ne peut être réputé avoir été réalisé que si, pour la prestation considérée, ce prestataire n'a aucun lien de nature à porter atteinte à son indépendance avec des personnes, organismes, sociétés ou

entreprises qui exercent une activité de réparation ou de commerce dans le secteur automobile ou de motocycles.

Note. – Les dispositions du III de l'article R. 323-17 du Code de la route demeurent applicables, dans leur rédaction antérieure à la publication du décret n° 2012-1145 du 10 octobre 2012, aux contrôleurs agréés en vertu de l'article R. 323-17 de ce code qui exercent dans les installations auxiliaires mentionnées au I.

Art. R. 323-18 *(D. n° 2004-568, 11 juin 2004 ; mod. à compter du 1er janvier 2022, D. n° 2021-1062, 9 août 2021)*. **– I. – L'agrément d'un contrôleur est délivré par le préfet de département où est implanté le centre de contrôle auquel il est rattaché.**

Cet agrément permet d'exercer sur tout le territoire.

Un même contrôleur peut être titulaire d'un agrément pour le contrôle technique des véhicules légers, d'un agrément pour le contrôle technique des véhicules motorisés à deux ou trois roues et quadricycles à moteur et d'un agrément pour le contrôle technique des véhicules lourds.

II. – La demande d'agrément précise à quel centre de contrôle le contrôleur est rattaché et les catégories de contrôles techniques qu'il pourra effectuer.

Elle est accompagnée de l'avis du réseau de contrôle agréé lorsque le centre de contrôle est rattaché à un réseau ou de l'avis de l'organisme technique central dans le cas contraire.

III. – Les agréments des contrôleurs, ainsi que toutes les mesures affectant leur validité, sont inscrits dans un registre national qui est élaboré et tenu à jour dans les conditions prévues par la loi n° 78-17 du 6 janvier 1978 relative à l'informatique, aux fichiers et aux libertés.

IV. – L'agrément d'un contrôleur peut être suspendu ou retiré pour tout ou partie des catégories de contrôles techniques qu'il concerne si les conditions posées lors de sa délivrance ne sont plus respectées ou s'il est constaté un manquement aux règles fixant l'exercice de l'activité du contrôleur.

La décision de suspension ou de retrait n'intervient qu'après que la personne intéressée a été entendue et mise à même de présenter des observations écrites ou orales.

En cas d'urgence, l'agrément d'un contrôleur peut être suspendu immédiatement pour une durée maximale de deux mois.

Un contrôleur ayant fait l'objet d'un retrait d'agrément ne peut demander un nouvel agrément pendant une durée de cinq ans à compter du retrait.

Art. R. 323-18-1 *(D. n° 2010-163, 22 févr. 2010 ; mod., D. n° 2011-2046, 29 déc. 2011 ; D. n° 2017-127, 2 févr. 2017)*. **– La déclaration mentionnée au II de l'article L. 323-1 est adressée au préfet du département dans lequel le prestataire envisage d'exercer l'activité de contrôleur technique.**

Elle doit être accompagnée des documents suivants lorsqu'elle est souscrite pour la première fois ou en cas de changement de situation :

1° Une preuve de la nationalité du prestataire ;

2° Une attestation certifiant que le prestataire est légalement établi dans un autre État membre de l'Union européenne ou dans un autre État partie à l'accord sur l'Espace économique européen pour y exercer la profession de contrôleur technique, et qu'il n'encourt, à la date de l'attestation, aucune interdiction, même temporaire, d'exercer ;

3° Une preuve de ses qualifications professionnelles ;

4° Lorsque la profession de contrôleur technique ou la formation y conduisant n'est pas réglementée dans l'État d'établissement, la preuve par tout moyen que le prestataire a exercé cette profession pendant la durée mentionnée au deuxième alinéa du II de l'article L. 323-1 ;

5° Une copie du contrat de travail ou une lettre d'engagement du centre de contrôle employeur.

La déclaration et les documents joints peuvent être transmis par tout moyen. Les documents en langue étrangère sont accompagnés de leur traduction en langue française.

Art. R. 323-18-2 *(D. n° 2010-163, 22 févr. 2010)*. **– La prestation est effectuée sous le titre professionnel porté dans l'État d'établissement ou, si le titre professionnel n'existe pas dans l'État d'établissement, sous le titre de formation du prestataire.**

Le titre professionnel ou le titre de formation est indiqué dans la langue officielle ou dans l'une des langues officielles de l'État d'établissement. Le titre de formation est suivi des noms et lieux de l'établissement ou du jury qui l'a délivré.

Art. R. 323-18-3 *(D. n° 2010-163, 22 févr. 2010).* – À la demande d'une autorité compétente d'un État membre de l'Union européenne ou partie à l'accord sur l'Espace économique européen sur le territoire duquel un contrôleur technique exécute ou déclare vouloir exécuter une prestation de services, le préfet du département du lieu de résidence de celui-ci communique à cette autorité toutes informations pertinentes sur la légalité de l'établissement en France du professionnel concerné. Si le professionnel est, à la date de la communication, sous le coup d'une suspension ou d'un retrait d'agrément, mention en est faite.

Art. R. 323-19 *(D. n° 2004-568, 11 juin 2004 ; mod., D. n° 2010-163, 22 févr. 2010).* – Le fait, pour tout contrôleur agréé ou prestataire visé au II de l'article L. 323-1, d'effectuer un contrôle technique dont le contenu, les modalités ou le résultat ne satisfont pas aux dispositions du présent chapitre et des dispositions prises pour son application ou de ne pas tirer de ce contrôle les conclusions qui s'imposent est puni de l'amende prévue pour les contraventions de la quatrième classe.

Art. R. 323-20 *(D. n° 2004-568, 11 juin 2004 ; D. n° 2020-1638, 21 déc. 2020).* – Toute utilisation des résultats du contrôle d'un véhicule à des fins autres que celles prévues par la réglementation est interdite. Les résultats du contrôle ne peuvent être communiqués à un tiers autre que l'organisme technique central, la direction du réseau de contrôle, les agents de l'administration chargés de la surveillance des installations et tout organisme désigné à cette fin par le ministre chargé des transports.

L'organisme technique central peut également communiquer les résultats du contrôle au ministre de l'intérieur à la seule fin de transmettre au propriétaire d'un véhicule qui le demande un historique des résultats détaillés des contrôles techniques successifs, y compris le kilométrage relevé à chacun de ces contrôles, dont ce même véhicule a fait l'objet.

Art. R. 323-21 *(D. n° 2004-568, 11 juin 2004).* – I. – La surveillance administrative des réseaux de contrôle, des installations de contrôle et des contrôleurs agréés est exercée par les fonctionnaires ou agents de l'État chargés de la réception des véhicules ou éléments de véhicules, placés sous l'autorité des ministres chargés de l'industrie et des transports.

II. – Le ministre chargé des transports fixe par arrêté les conditions d'application de la présente section.

Section III. – Dispositions applicables aux véhicules légers

Art. R. 323-22 *(Mod., D. n° 2001-449, 25 mai 2001 ; Anc. art. 323-6, dénum., D. n° 2004-568, 11 juin 2004 ; D. n° 2011-2046, 29 déc. 2011 ; D. n° 2017-208, 20 févr. 2017).* – I. – Les véhicules légers définis au II de l'article R. 323-6 doivent faire l'objet :

1° D'un contrôle technique dans les six mois précédant l'expiration d'un délai de quatre ans à compter de la date de leur première mise en circulation ;

2° Postérieurement à ce contrôle, d'un contrôle technique périodique, renouvelé tous les deux ans ;

3° Avant toute mutation intervenant au-delà du délai de quatre ans prévu au 1° ci-dessus, d'un contrôle technique, dont sont toutefois dispensés les véhicules ayant subi un contrôle technique dans les six mois précédant la date de demande d'établissement du nouveau certificat d'immatriculation.

4° Pour les véhicules de collection, le délai entre deux contrôles techniques est porté à cinq ans à l'exception des cas de mutation.

II. – En outre, les véhicules légers de catégorie N1 doivent faire l'objet, dans les deux mois précédant l'expiration d'un délai d'un an après chaque contrôle technique, d'un contrôle technique complémentaire portant sur le contrôle des émissions polluantes. Cette disposition n'est pas applicable aux camionnettes de collection.

Cette disposition n'est pas applicable aux camionnettes de collection.

III *(Mod., D. n° 2014-1725, 30 déc. 2014)* Ne sont pas soumis à ces obligations les véhicules devant subir un contrôle technique en application d'une réglementation spécifique, notamment les véhicules de moins de dix places, conducteur compris, affectés au transport public, collectif ou particulier, de personnes, les véhicules utilisés pour les transports sanitaires terrestres, les véhicules utilisés pour l'enseignement de la conduite des véhicules à moteur.

IV. – *(Abr., D. n° 2011-2046, 29 déc. 2011).*

Section IV. – Dispositions applicables aux autres véhicules
(Anc. sect. 3 dénum., D. n° 2004-568, 11 juin 2004)

Art. R. 323-23 *(Mod., D. n° 2005-1434, 18 nov. 2005)*. – Tout véhicule destiné normalement ou employé exceptionnellement au transport en commun de personnes et ayant fait l'objet d'une demande de certificat d'immatriculation ne peut être effectivement mis en circulation qu'après obtention d'une attestation d'aménagement délivrée soit par le constructeur si le véhicule a fait l'objet d'une réception par type, soit par les services de l'État chargés de la réception des véhicules.

Ces véhicules sont ensuite soumis à des contrôles techniques périodiques renouvelés tous les six mois.

(Al. créé, D. n° 2018-1045, 28 nov. 2018) Ces dispositions s'appliquent également aux navettes urbaines et aux remorques affectées au transport de personnes.

Art. R. 323-24. – Tout véhicule de moins de dix places, conducteur compris, affecté au transport public de personnes est soumis à un contrôle technique, au plus tard un an après la date de sa première mise en circulation, ou préalablement à son utilisation au transport public lorsque celui-ci a lieu plus d'un an après la date de sa première mise en circulation.

Ce contrôle technique doit ensuite être renouvelé tous les ans.

Art. R. 323-25 *(D. n° 2005-1434, 18 nov. 2005 ; mod., D. n° 2011-2046, 29 déc. 2011 ; D. n° 2014-357, 19 mars 2014 ; D. n° 2017-208, 20 févr. 2017)*. – Tout véhicule dont le poids total autorisé en charge est supérieur à 3,5 tonnes, à l'exception des véhicules mentionnés aux articles R. 323-23, R. 323-24 et R. 323-26, est soumis à un contrôle technique au plus tard un an après la date de sa première immatriculation.

Quel que soit leur poids total autorisé en charge, les véhicules tracteurs mentionnés au 7.3 de l'article R. 311-1 et les véhicules utilisés dans le transport de marchandises dangereuses sont soumis à un contrôle technique au plus tard un an après la date de leur première immatriculation.

Les véhicules mentionnés au présent article sont ensuite soumis à des contrôles techniques périodiques renouvelés tous les ans.

Art. R. 323-26 *(Mod., D. n° 2014-1725, 30 déc. 2014)*. – Tout autre véhicule à moteur, prévu pour une fonction spécifique nécessitant des adaptations de la carrosserie ou des équipements spéciaux, notamment les véhicules visés à l'article R. 323-24, les véhicules utilisés pour les transports sanitaires terrestres, les véhicules utilisés pour l'enseignement de la conduite des véhicules à moteur, les véhicules de transport public particulier de personnes, est soumis à un contrôle technique selon des modalités et dans des conditions fixées par arrêté du ministre chargé des transports.

CHAPITRE IV. – ASSURANCE

Art. R. 324-1 et R. 324-2 *(Abr., D. n° 2005-320, 30 mars 2005)*.

CHAPITRE V. – IMMOBILISATION ET MISE EN FOURRIÈRE

Section I. – Dispositions générales

Art. R. 325-1 *(Mod., D. n° 2005-320, 30 mars 2005 ; D. n° 2012-3, 3 janv. 2012)*. – L'immobilisation, la mise en fourrière, le retrait de la circulation et la destruction prévus à l'article L. 325-1 peuvent être décidés dans les cas et les conditions définis au présent code.

L'immobilisation et la mise en fourrière peuvent également être ordonnées conformément aux dispositions des articles L. 325-1-1 et L. 325-1-2.

Ces mesures ne font pas obstacle aux saisies ordonnées par l'autorité judiciaire.

Elles ne s'appliquent pas aux véhicules participant à des opérations de maintien de l'ordre.

Art. R. 325-1-1 *(D. n° 2005-320, 30 mars 2005 ; mod., D. n° 2012-3, 3 janv. 2012 ; D. n° 2014-551, 27 mai 2014)*. – Lorsque la juridiction prononce la confiscation d'un véhicule immobilisé et mis en fourrière en application des articles L. 325-1-1 ou L. 325-1-2, le l'administration chargée des domaines chargée de son aliénation informe préalablement le candidat acquéreur que le montant des frais d'enlèvement et de garde en fourrière seront à sa charge.

Section II. – Immobilisation

Art. R. 325-2. – L'immobilisation est l'obligation faite au conducteur ou au propriétaire d'un véhicule, dans les cas prévus au présent code, de maintenir ce véhicule sur place ou à proximité du lieu de constatation de l'infraction en se conformant aux règles relatives au stationnement.

En cas d'absence du conducteur ou lorsque celui-ci refuse de déplacer son véhicule, l'immobilisation de ce véhicule peut être assurée par un moyen mécanique.

Pendant tout le temps de l'immobilisation, le véhicule demeure sous la garde juridique de son propriétaire ou de son conducteur.

Le fait pour tout conducteur ou propriétaire d'un véhicule de transport de marchandises d'un poids total autorisé en charge excédant 3,5 tonnes ou d'un véhicule de transport en commun de contrevenir à l'obligation prévue au premier alinéa est puni de l'amende prévue pour les contraventions de la cinquième classe.

Le fait pour tout conducteur ou propriétaire d'un autre véhicule de contrevenir à l'obligation prévue au premier alinéa est puni de l'amende prévue pour les contraventions de la quatrième classe.

Art. R. 325-3 *(Mod., D. n° 2013-652, 18 juill. 2013 ; D. n° 2021-143, 10 févr. 2021)*. – L'immobilisation peut être prescrite par les officiers et les agents de police judiciaire ainsi que les agents de police judiciaire adjoints mentionnés à l'article 21 du Code de procédure pénale et les gardes champêtres lorsqu'ils constatent la nécessité de faire cesser sans délai une des infractions pour lesquelles cette mesure est prévue par le présent code.

Elle peut être prescrite par les agents mentionnés au 2° de l'article L. 116-2 du Code de la voirie routière lorsque l'infraction qui la motive est constatée dans les conditions prévues à l'article R. 130-5.

Elle peut également être prescrite, dans le champ de leur compétence, par les inspecteurs des transports, fonctionnaires ou agents de l'État chargés du contrôle des transports terrestres placés sous l'autorité du ministre chargé des transports mentionnés à l'article 25 de la loi n° 52-401 du 14 avril 1952, modifié par le décret n° 65-714 du 21 août 1965, les agents des douanes et les agents de contrôle de l'inspection du travail mentionnés à l'article L. 8112-1 du Code du travail lorsqu'il y a nécessité de faire cesser sans délai une infraction pour laquelle cette mesure est prévue par le présent code.

Elle peut être en outre prescrite par les agents verbalisateurs mentionnés à l'article L. 362-5 du Code de l'environnement.

L'immobilisation prévue à l'article 283 *bis* du Code des douanes peut être prescrite par les agents des douanes, de la police nationale, de la gendarmerie nationale ou du contrôle des transports terrestres.

Art. R. 325-4. – I. – Lorsque la décision d'immobilisation résulte de l'une des situations suivantes :

1° Le conducteur ou l'accompagnateur de l'élève conducteur est présumé en état d'ivresse ou sous l'empire d'un état alcoolique ;

2° Le conducteur n'est pas titulaire de la catégorie du permis exigée pour la conduite du véhicule considéré ;

3° Le conducteur est en infraction aux règles relatives aux conditions de travail dans les transports routiers, publics ou privés, ou ne peut présenter les documents dûment renseignés permettant de contrôler le respect de ces règles, le véhicule peut poursuivre sa route dès qu'un conducteur qualifié proposé par le conducteur ou, éventuellement, par l'accompagnateur de l'élève conducteur ou par le propriétaire du véhicule peut assurer la conduite de celui-ci.

II. – À défaut, les fonctionnaires et agents habilités à prescrire l'immobilisation peuvent prendre toute mesure destinée à placer le véhicule en stationnement régulier, au lieu qu'ils désignent, en faisant notamment appel à un conducteur qualifié.

Art. R. 325-5. – Lorsque la décision d'immobilisation résulte d'une infraction aux règles concernant l'état ou l'équipement du véhicule, elle peut n'être rendue effective que dans un lieu où le conducteur du véhicule sera susceptible de trouver les moyens de faire cesser l'infraction.

Il ne peut être fait usage de cette faculté que dans la mesure où l'accompagnement du véhicule jusqu'à ce lieu peut être assuré dans des conditions de sécurité satisfaisantes.

Le conducteur peut également être autorisé à faire appel à un professionnel qualifié pour la prise en remorque de son véhicule en vue de sa réparation. L'immobilisation devient alors effective au lieu de réparation.

Art. R. 325-5-1 *(D. n° 2016-448, 13 avr. 2016)*. – Lorsque le véhicule circule en infraction aux prescriptions de l'article R. 316-3 relatives aux conditions de transparence des vitres ou à celles prises pour son application, la décision d'immobilisation doit prescrire la mise en conformité du véhicule.

Dans ce cas, une fiche de circulation provisoire, dont la durée de validité ne peut excéder sept jours, peut être établie conformément aux prescriptions du II de l'article R. 325-9 et à celles de l'article R. 325-36.

Art. R. 325-6. – Lorsque le véhicule circule en infraction aux règles relatives aux contrôles techniques, la décision d'immobilisation doit prescrire la présentation du véhicule à un contrôle technique dans une installation de contrôle du choix du conducteur.

Dans ce cas, une fiche de circulation provisoire, valable sept jours, est établie par les autorités selon la procédure mentionnée à l'article R. 325-9. La ou les pièces administratives nécessaires à la circulation du véhicule sont restituées au vu d'un document attestant le résultat satisfaisant du contrôle technique.

Art. R. 325-7 *(D. n° 2005-947, 2 août 2005)*. – I. – Lorsque le véhicule est dépourvu d'appareil de contrôle permettant l'enregistrement de la vitesse ou lorsque cet appareil a fait l'objet d'une modification ou d'une détérioration affectant son fonctionnement normal, la décision d'immobilisation prescrit de faire procéder soit à son installation par un installateur agréé, soit aux réparations et mises en conformité nécessaires.

Un arrêté conjoint du ministre chargé de l'industrie et du ministre chargé des transports fixe les conditions d'application de ces dispositions.

II. – Lorsque le dispositif de limitation de vitesse par construction a fait l'objet d'une modification ou d'une détérioration affectant son fonctionnement normal, la décision d'immobilisation prescrit de faire procéder aux réparations et mises en conformité nécessaires par le constructeur du véhicule ou son représentant autorisé.

Un arrêté du ministre chargé des transports fixe les conditions d'application de ces dispositions.

III. – Lorsque l'immobilisation est prescrite en application des I et II, une fiche de circulation provisoire, dont la durée de validité ne peut excéder sept jours, est établie par les autorités selon la procédure mentionnée à l'article R. 325-9. Les pièces administratives nécessaires à la circulation du véhicule sont restituées au vu de documents attestant la mise en conformité ou, le cas échéant, l'installation du dispositif requis.

Art. R. 325-8 *(Mod., D. n° 2010-1390, 12 nov. 2010)*. – Lorsqu'un véhicule lui paraît en état de surcharge, le fonctionnaire ou agent habilité à prononcer l'immobilisation peut prescrire au conducteur de présenter son véhicule à une bascule proche autorisée pour un usage légal, en vue de sa pesée et, le cas échéant, de son immobilisation.

Lorsqu'un véhicule paraît exagérément bruyant, le fonctionnaire ou agent peut prescrire de le présenter à un service de contrôle du niveau sonore en vue de sa vérification.

Lorsqu'un véhicule paraît ne pas satisfaire aux prescriptions de l'article R. 318-1 et à celles prises pour son application, le fonctionnaire ou agent peut prescrire de le présenter à un service de contrôle.

Lorsqu'un cyclomoteur paraît avoir été équipé d'un dispositif ayant pour effet de permettre de dépasser les limites réglementaires fixées à l'article R. 311-1 en matière de vitesse, de cylindrée ou de puissance maximale du moteur ou avoir fait l'objet d'une transformation à cette fin, l'agent peut prescrire de le présenter à un service de contrôle en vue de vérifier la conformité du véhicule aux dispositions de l'article R. 311-1. Un arrêté du ministre chargé des transports fixe les conditions d'application de ces dispositions.

Dans les cas prévus aux trois précédents alinéas, le conducteur peut être autorisé par le fonctionnaire ou agent verbalisateur à conduire le véhicule dans un établissement de son choix pour y faire procéder aux réparations nécessaires ; en pareil cas, une fiche de circulation provisoire est établie conformément aux prescriptions du II de l'article R. 325-9 et à celles de l'article R. 325-36.

En cas d'infraction, les frais de ces opérations sont à la charge du propriétaire du véhicule.

Le fait pour tout conducteur ou propriétaire d'un véhicule de transport de marchandises d'un poids total autorisé en charge excédant 3,5 tonnes ou un véhicule de transport en commun de contrevenir aux injonctions prévues au présent article est puni de l'amende prévue pour les contraventions de la cinquième classe.

Le fait pour tout conducteur ou propriétaire d'un autre véhicule de contrevenir aux injonctions prévues au présent article est puni de l'amende prévue pour les contraventions de la quatrième classe.

Art. R. 325-8-1 *(Créé, D. n° 2020-1088, 24 août 2020)*. – Lorsqu'un véhicule des catégories M2, M3, N2, N3, O3, O4 et T5 définies à l'article R. 311-1 paraît présenter une défaillance majeure ou critique affectant son état ou son équipement, une décision d'immobilisation peut être prescrite et être assortie de l'obligation de soumettre le véhicule à un contrôle technique routier approfondi. Un arrêté du ministre chargé des transports définit les défaillances majeures ou critiques affectant l'état ou l'équipement du véhicule et les modalités du contrôle technique routier approfondi.

Une fiche de circulation provisoire, dont la durée de validité ne peut excéder sept jours, peut être établie selon la procédure mentionnée au II de l'article R. 325-9.

Le conducteur peut également être autorisé à faire appel à un professionnel qualifié pour la prise en remorque de son véhicule en vue de le soumettre au contrôle technique routier approfondi. L'immobilisation devient alors effective au lieu du contrôle.

Les pièces administratives nécessaires à la circulation du véhicule sont restituées au vu du rapport de contrôle technique et, le cas échéant, de la justification par tout moyen de la remise en état du véhicule lui permettant de reprendre la circulation sur la voie publique.

Art. R. 325-9 *(Mod., D. n° 2009-136, 9 févr. 2009 ; A. 23 mars 2009 ; D. n° 2020-1088, 24 août 2020)*. – I. – Lorsque l'infraction qui a motivé l'immobilisation n'a pas cessé au moment où l'agent quitte le lieu où le véhicule est immobilisé, l'agent peut saisir l'officier de police judiciaire ou l'agent de police judiciaire adjoint, chef de la police municipale ou occupant ces fonctions, territorialement compétent en lui remettant soit le certificat d'immatriculation du véhicule s'il s'agit d'un véhicule dont le poids total autorisé en charge n'excède pas 3, 5 tonnes et une fiche d'immobilisation, soit les pièces administratives nécessaires à la circulation du véhicule s'il s'agit d'un véhicule de transport de marchandises d'un poids total autorisé en charge excédant 3, 5 tonnes ou de transport en commun et la fiche d'immobilisation. Un double de cette fiche est remis au contrevenant.

II. – La fiche d'immobilisation énonce les date, heure et lieu de l'immobilisation, l'infraction qui l'a motivée, les éléments d'identification du véhicule et du certificat d'immatriculation, les nom et adresse du contrevenant, les noms, qualités et affectations des agents qui la rédigent et précise la résidence de l'autorité qualifiée pour lever la mesure.

III. – Par dérogation aux dispositions du I ci-dessus, si la mesure a été motivée par le franchissement d'une barrière de dégel, l'autorité saisie est l'ingénieur des ponts et chaussées ou, s'il s'agit d'une voie communale, le maire.

Art. R. 325-10. – Le procès-verbal de l'infraction qui a motivé l'immobilisation d'un véhicule est transmis dans les plus brefs délais au procureur de la République et au préfet. Il relate de façon sommaire les circonstances et les conditions dans lesquelles la mesure a été prise.

Art. R. 325-11 *(Mod., D. n° 2009-136, 9 févr. 2009 ; A. 23 mars 2009 ; D. n° 2020-1088, 24 août 2020)*. – I. – L'immobilisation ne peut être maintenue après que la circonstance qui l'a motivée a cessé.

II. – Elle est levée :

1° Par l'agent qui l'a prescrite ;

2° Par l'officier de police judiciaire ou l'agent de police judiciaire adjoint, chef de la police municipale ou occupant ces fonctions, saisi dans les conditions prévues à l'article R. 325-9, dès que le conducteur ou l'accompagnateur de l'élève conducteur justifie de la cessation de l'infraction. L'officier de police judiciaire restitue alors le certificat d'immatriculation au conducteur ou à l'accompagnateur de l'élève conducteur et transmet aux autorités destinataires du procès-verbal mentionné à l'article R. 325-10 un exemplaire de la fiche d'immobilisation ou une copie conforme de cette fiche, comportant la mention de la levée de la mesure. Lorsque le conducteur ou l'accompagnateur de l'élève conducteur n'a pas justifié de la cessation de l'infraction dans un délai de quarante-huit heures, l'officier de police judiciaire ou l'agent de police judiciaire adjoint, chef de la police municipale ou occupant ces fonctions, peut transformer l'immobilisation en une mise en fourrière ; il joint alors à chacun des exemplaires de la procédure de mise en fourrière qu'il adresse aux autorités mentionnées à l'article R. 325-10 un exemplaire ou une copie conforme de la fiche d'immobilisation ;

3° Par la décision de l'ingénieur des ponts, des eaux et des forêts ou du maire supprimant les barrières de dégel, lorsque la mesure a été motivée par leur franchissement. L'ingénieur des ponts, des eaux et des forêts ou le maire peut, avant la suppression des barrières de dégel, autoriser l'enlèvement du véhicule dans des conditions qu'il détermine. Il délivre alors au contrevenant une autorisation écrite valant justification à l'égard des services de police.

III. – Dans tous les cas, dès la cessation de l'infraction qui a motivé l'immobilisation, le véhicule peut circuler entre le lieu d'immobilisation et la résidence de l'autorité désignée pour lever la mesure, sous couvert du double de la fiche d'immobilisation remise au conducteur.

Section III. – Fourrière

Sous-section 1. – Dispositions générales

Art. R. 325-12. – I. – La mise en fourrière est le transfert d'un véhicule en un lieu désigné par l'autorité administrative ou judiciaire en vue d'y être retenu jusqu'à décision de celle-ci, aux frais du propriétaire de ce véhicule.

II. – L'immobilisation matérielle visée à l'article R. 325-2 peut constituer l'une des opérations préalables au commencement d'exécution de la mise en fourrière.

III. – La mise en fourrière est réputée avoir reçu un commencement d'exécution :

1° À partir du moment où deux roues au moins du véhicule ont quitté le sol, lorsque le transfert du véhicule vers la fourrière est réalisé au moyen d'un véhicule d'enlèvement ;

2° À partir du commencement du déplacement du véhicule vers la fourrière, quel que soit le procédé utilisé à cet effet.

Art. R. 325-12-1 *(Créé, D. n° 2020-775, 24 juin 2020, en vigueur au plus tard au 1er avr. 2021).* – Il est institué, sous l'autorité et le contrôle du ministre chargé de la sécurité routière, un système d'information permettant l'enregistrement, la gestion et le suivi par les autorités compétentes des procédures relatives aux véhicules mis en fourrière. Les collectivités territoriales ou leurs groupements qui ont mis en place un ou plusieurs services publics de fourrière pour automobiles en application de l'article L. 325-13 peuvent avoir recours à ce système d'information.

Celui-ci centralise notamment les données enregistrées par les gardiens de fourrière en application de l'article R. 325-25. Il permet l'échange d'informations entre les différentes autorités concernées par la procédure de mise en fourrière des véhicules et leur gestion et les gardiens de fourrière.

Art. R. 325-13. – Toute prescription de mise en fourrière est précédée d'une vérification tendant à déterminer s'il s'agit d'un véhicule volé.

Lorsque le résultat de cette vérification est positif, le propriétaire et son assureur sont immédiatement informés de la découverte du véhicule. Le véhicule est alors confié au gardien de fourrière à titre conservatoire en attendant que le propriétaire ou l'assureur se manifeste.

Art. R. 325-14 *(D. n° 2005-1148, 6 sept. 2005 ; D. n° 2020-775, 24 juin 2020).* – I. – Dans les cas prévus au présent code ou à la suite d'une immobilisation du véhicule, la mise en fourrière est prescrite dans les conditions prévues à l'article R. 325-9 et au 2° de l'article R. 325-11 :

– soit par un officier de police judiciaire territorialement compétent, de la police nationale ou de la gendarmerie nationale ;

– soit par un agent de police judiciaire adjoint, chef de la police municipale ou occupant ces fonctions, territorialement compétent, et, à Paris, par un agent de police judiciaire adjoint appartenant au corps des contrôleurs relevant du statut des administrations parisiennes et exerçant ses fonctions dans la spécialité voie publique de sa propre initiative ou sur proposition de l'agent qui a verbalisé à la suite d'une infraction justificative de mise en fourrière.

II. – Lorsque le véhicule a été volé, que son propriétaire n'a pu être identifié ou lorsqu'il est muni de fausses plaques d'immatriculation, sa mise en fourrière ne peut être prescrite que par un officier de police judiciaire de la police nationale ou de la gendarmerie nationale territorialement compétent, ou avec son accord préalable exprès.

Art. R. 325-15 *(Mod., D. n° 2020-775, 24 juin 2020 ; D. n° 2021-1351, 15 oct. 2021).* – En cas d'infraction aux règlements édictés pour la sauvegarde de l'esthétique des sites et des paysages classés, la mise en fourrière peut être également présente par le maire ou, à Paris, par le préfet de police.

Un officier de police judiciaire ou l'agent de police judiciaire adjoint, chef de la police municipale ou occupant ces fonctions, territorialement compétent peut être chargé d'exécuter, ou de faire exécuter, la mesure prévue à l'alinéa précédent. Un garde champêtre peut également être chargé d'exécuter une telle mesure.

Les dispositions de l'article R. 325-16 sont appliquées.

Art. R. 325-16. – *(Mod., D. n° 2005-1148, 6 sept. 2005 ; D. n° 2010-773, 8 juill. 2010 ; D. n° 2020-775, 24 juin 2020).* – L'officier de police judiciaire ou l'agent de police judiciaire adjoint, chef de la police municipale ou occupant ces fonctions, territorialement compétent et, à Paris, l'agent de police judiciaire adjoint appartenant au corps des contrôleurs relevant du statut des administrations parisiennes et exerçant ses fonctions dans la spécialité voie publique ou l'agent placé sous leur autorité :

1° Désigne la fourrière dans laquelle sera transféré le véhicule, cette désignation étant matérialisée par la pose d'un signe distinctif sur celui-ci ;

2° Dresse, si possible contradictoirement en présence du propriétaire ou du conducteur du véhicule et du préposé à l'enlèvement, un état sommaire, extérieur et intérieur, du véhicule, sans l'ouvrir, au moyen d'une fiche descriptive dont le modèle est fixé par arrêté du ministre de l'Intérieur, avant que la mise en fourrière reçoive un commencement d'exécution ;

3° Remet, le cas échéant, à ce propriétaire ou ce conducteur, s'il est présent, la fiche de circulation provisoire prévue à l'article R. 325-6. La fiche mentionnée au 2° relative à l'état du véhicule est transmise au conducteur ou au propriétaire, à sa demande, par tout moyen ;

4° Relate sur le procès-verbal de constatation ou le rapport les motifs de la mise en fourrière ; il y fait mention du retrait provisoire du certificat d'immatriculation et de l'heure d'appel du véhicule d'enlèvement.

Art. R. 325-17. – Lorsque la mise en fourrière a reçu un commencement d'exécution, le véhicule est restitué à son propriétaire ou son conducteur dans les conditions prévues à l'article R. 325-38.

Toutefois, si le propriétaire ou le conducteur du véhicule règle les frais d'opérations préalables prévus à l'article R. 325-29 ou s'il s'engage par écrit à les régler, et s'il s'engage à rendre immédiatement son usage normal à la voie publique, il peut être autorisé à reprendre aussitôt son véhicule.

Art. R. 325-18 *(D. n° 2005-1148, 6 sept. 2005).* – L'auteur d'une prescription de mise en fourrière informe l'autorité dont relève la fourrière dans les plus brefs délais.

Art. R. 325-19. – Chaque fourrière relève d'une autorité publique unique.

Cette autorité publique est l'une de celles qui sont prévues aux articles R. 325-20 et R. 325-21.

Cette autorité publique désigne le gardien de la fourrière sur la liste des gardiens de fourrière agréés par le préfet conformément aux dispositions de l'article R. 325-24.

Art. R. 325-20. – Si la mise en fourrière est effectuée dans un lieu public ou relevant d'une autorité publique, la fourrière relève de l'autorité respectivement du préfet, du président du conseil général, du président du conseil exécutif de Corse, du président de l'organisme de coopération intercommunale ou du maire, selon que l'État, le département, la collectivité territoriale de Corse, l'organisme de coopération intercommunale ou la commune est propriétaire, ou dispose de l'immeuble où se trouve la fourrière.

Art. R. 325-21 *(D. n° 2005-1148, 6 sept. 2005).* – À défaut d'institution d'un service public local de fourrière pour véhicules par l'une des autorités précitées, ou en cas de refus de leur part d'enlever, faire enlever, garder ou faire garder un véhicule faisant l'objet d'une prescription de mise en fourrière, l'État est substitué à ces autorités.

L'auteur de la prescription de la mise en fourrière signale au préfet du département le refus opposé à l'enlèvement ou à la garde du véhicule.

La fourrière peut être située dans un lieu privé avec l'assentiment du propriétaire ou du locataire de cet immeuble s'il accepte d'assurer la garde de cette fourrière.

Art. R. 325-22 *(Mod., D. n° 2012-3, 3 janv. 2012 ; D. n° 2020-775, 24 juin 2020)*. – I. – Lorsque le propriétaire du véhicule faisant l'objet de la mise en fourrière est domicilié ou réside dans le ressort de l'officier de police judiciaire ou de l'agent de police judiciaire adjoint, chef de la police municipale ou occupant ces fonctions qui prescrit cette mesure, celui-ci peut faire garder le véhicule par son propriétaire, à condition que le certificat d'immatriculation soit immédiatement retiré. Ce document reçoit la destination prévue à l'article R. 325-34.

II. – Dans cette hypothèse, l'autorité dont relève la fourrière est :

1° Soit le maire, lorsque la mise en fourrière a été décidée par lui ou par un de ses adjoints agissant en qualité d'officier de police judiciaire ou par l'agent de police judiciaire adjoint, chef de la police municipale ou occupant ces fonctions ;

2° Soit le préfet, dans les autres cas.

III. – Les dispositions du présent article sont applicables à la mise en fourrière prévue à l'article L. 325-1-2 lorsque le propriétaire du véhicule réside dans le département du représentant de l'État qui a prescrit cette mesure.

Art. R. 325-23 *(Mod., D. n° 2020-775, 24 juin 2020)*. – Le véhicule est placé sous la garde juridique du gardien de la fourrière jusqu'à la date d'effet de la mainlevée.

Art. R. 325-24 *(Mod., D. n° 2005-1148, 6 sept. 2005 ; D. n° 2020-775, 24 juin 2020)*. – Le préfet agrée les gardiens de fourrière et les installations de celle-ci, après consultation de la commission départementale de sécurité routière. Il peut, dans les mêmes conditions, procéder au retrait de l'agrément. La décision de retrait n'intervient qu'après que la personne intéressée a été mise à même de présenter des observations écrites et, le cas échéant, sur sa demande, des observations orales.

Nul ne peut être agrée comme gardien de fourrière s'il exerce également une activité de destruction ou de retraitement de véhicules usagés.

La fourrière doit être clôturée. Ses installations doivent notamment satisfaire aux dispositions législatives et réglementaires relatives à la protection de l'environnement.

Les dispositions qui précèdent ne sont pas applicables ni à la personne occasionnellement requise comme gardien de fourrière ni au propriétaire qui garde son véhicule dans les conditions prévues à l'article R. 325-22.

Art. D. 325-24-1. – En application de l'article L. 325-14 du Code de la route, la demande d'agrément comporte un descriptif des mesures prises pour que les activités de destruction ou de retraitement de véhicules usagés soient séparées sur les plans administratif, technique et financier. La durée de l'agrément, délivré dans les conditions prévues au premier et au troisième alinéas de l'article R. 325-24, est limitée à deux ans.

Art. R. 325-25 *(Mod., D. n° 2014-551, 27 mai 2014 ; D. n° 2020-775, 24 juin 2020)*. – Le gardien de fourrière enregistre, au fur et à mesure de leurs arrivées, les entrées des véhicules mis en fourrière, leurs sorties provisoires et définitives, les décisions de mainlevée de la mise en fourrière et, le cas échéant, les décisions de remise à l'administration chargée des domaines ou à une entreprise de destruction.

L'autorité dont relève la fourrière peut prescrire au gardien de fourrière d'enregistrer dans le système d'information prévu à l'article R. 325-12-1, outre les données mentionnées à l'alinéa précédent, celles relatives à l'enlèvement, la garde, la vente ou la destruction des véhicules. Ces données sont précisées par arrêté du ministre chargé de la sécurité routière.

Art. R. 325-26 *(D. n° 2005-1148, 6 sept. 2005 ; D. n° 2020-775, 24 juin 2020)*. – Les circonstances et les conditions dans lesquelles la mesure de mise en fourrière a été prise sont relatées :

– soit dans un procès-verbal de mise en fourrière, consécutivement à la commission d'une infraction. Ce procès-verbal est transmis au procureur de la République et au préfet ;

– soit dans un rapport de mise en fourrière, dans les autres cas. Ce rapport est transmis au préfet.

Une copie de ce document est transmise sans délai à l'autorité ayant compétence pour prononcer la mainlevée.

En cas d'absence du propriétaire ou du conducteur au moment de l'enlèvement du véhicule en fourrière, un double de la fiche descriptive remplie par l'agent de constatation est adressé sans délai au responsable de la notification de mise en fourrière.

Un autre double de cette fiche descriptive est remis par tout moyen au gardien de fourrière.

Art. R. 325-27 *(D. n° 2005-1148, 6 sept. 2005 ; mod., D. n° 2012-3, 3 janv. 2012).* – Les intéressés peuvent contester la décision de mise en fourrière :

– auprès du procureur de la République du lieu de l'enlèvement du véhicule, lorsque la procédure est consécutive à la commission d'une infraction, à l'exclusion des cas où elle est mise en œuvre par le préfet, dans le cadre des dispositions prévues à l'article L. 325-1-2 ;

– auprès du préfet du lieu de l'enlèvement du véhicule, dans les autres cas.

Dans le délai de cinq jours ouvrables, l'autorité compétente confirme la mesure ou, si elle estime la décision infondée, en ordonne la mainlevée. Elle en informe sans délai l'auteur de la prescription.

Art. R. 325-28 *(D. n° 2005-1148, 6 sept. 2005).* – Peuvent procéder au transfert d'un véhicule du lieu de son stationnement à celui de sa garde en fourrière :

1° Les personnels habilités mentionnés aux premier et deuxième alinéas de l'article L. 325-2 ;

2° Le professionnel agréé, ou son préposé, désigné pour l'enlèvement du véhicule dont la mise en fourrière a été prescrite ;

3° Un tiers en vertu d'une réquisition ;

4° Le propriétaire ou le conducteur du véhicule en vertu d'une réquisition.

Art. R. 325-29 *(Mod., D. n° 2005-1148, 6 sept. 2005 ; D. n° 2014-551, 27 mai 2014 ; D. n° 2020-775, 24 juin 2020).* – I. – Le propriétaire du véhicule est tenu de rembourser :

1° Lorsque la prescription de mise en fourrière a reçu le commencement d'exécution défini à l'article R. 325-12, les frais d'enlèvement ainsi que, le cas échéant, les frais de garde en fourrière, d'expertise sous réserve de l'application du IV de l'article R. 325-30 et de l'alinéa 3 de l'article R. 325-35, et de vente ou de destruction du véhicule ;

2° Lorsque le véhicule qui a été remis à l'administration chargée des domaines a été récupéré par son propriétaire avant son aliénation, les frais de mise en vente dans les conditions prévues à l'article R. 325-41 ;

3° Lorsque la prescription de mise en fourrière n'a pas reçu de commencement d'exécution, les frais afférents aux opérations préalables à la mise en fourrière, à condition que le véhicule d'enlèvement se soit rendu sur les lieux.

II. – Le propriétaire du véhicule rembourse les frais précités au gardien de la fourrière sur présentation d'une facture détaillée.

1° Les frais mentionnés au 1° et au 3° du I au gardien de la fourrière ;

2° Les frais mentionnés au 2° du I à l'administration chargée des domaines.

III. – Ces remboursements constituent des recettes budgétaires dans le cas de fourrières publiques.

IV. – Les taux maximaux des frais d'opérations préalables à la mise en fourrière, des frais d'enlèvement, de garde en fourrière, de mise en vente et de destruction des véhicules sont fixés par arrêté conjoint du ministre de l'intérieur et du ministre chargé de l'économie et des finances, compte tenu des catégories de véhicules.

V. – Les frais de vente par l'administration chargée des domaines sont fixés conformément aux dispositions de l'article A. 114 du Code du domaine de l'État.

VI. – Les professionnels auxquels l'autorité dont relève la fourrière fait appel dans le cadre de la mise en fourrière sont rémunérés par cette autorité.

À défaut de stipulations contractuelles, cette autorité indemnise les frais énumérés au IV dans les cas suivants :

1° Le propriétaire du véhicule mis en fourrière s'avère inconnu, introuvable ou insolvable ;

2° La procédure ou la prescription de mise en fourrière est annulée.

Art. R. 325-30 *(Mod., D. n° 2020-775, 24 juin 2020).* – I. – L'autorité dont relève la fourrière classe le véhicule dans l'une des deux catégories suivantes :

1° Véhicule à remettre à l'administration chargée des domaines en vue de son aliénation, à l'expiration du délai d'abandon prévu au premier alinéa de l'article L. 325-7 ;

2° Véhicule à livrer à la destruction, à l'expiration du délai d'abandon prévu au quatrième alinéa de l'article L. 325-7.

II. – Les véhicules réclamés par leurs propriétaires ou leurs conducteurs dans le délai de trois jours suivant la mise en fourrière peuvent être restitués sans avoir été classés.

Art. R. 325-31 *(Mod., D. n° 2009-136, 9 févr. 2009 ; A. 23 mars 2009 ; D. n° 2020-775, 24 juin 2020).* – La mise en fourrière est notifiée par l'auteur de la mesure ou, pour son compte, par le ministre chargé de la sécurité routière lorsque les données sont enregistrées dans le système d'information prévu à l'article R. 325-12-1 à l'adresse relevée, soit sur le traitement automatisé mis en œuvre pour l'immatriculation des véhicules, soit sur le procès-verbal d'infraction ou le rapport de mise en fourrière.

Lorsque le véhicule n'est pas identifiable, il n'est pas procédé à cette formalité. Mention en est faite dans le procès-verbal ou dans le rapport de mise en fourrière.

Art. R. 325-32 *(Mod., D. n° 2012-3, 3 janv. 2012 ; D. n° 2014-551, 27 mai 2014 ; D. n° 2016-1289, 30 sept. 2016 ; D. n° 2020-775, 24 juin 2020)*. – I. – Cette notification s'effectue par lettre recommandée avec demande d'accusé de réception, dans le délai maximal de cinq jours ouvrables suivant la mise en fourrière du véhicule.

II. – Cette notification comporte les mentions obligatoires suivantes :

1° Indication de l'auteur de la prescription, du motif de la prescription, de la fourrière désignée et de l'autorité dont relève cette fourrière ;

2° Décision de classement prise en application de l'article R. 325-30 ;

3° Autorité qualifiée pour donner mainlevée de la mise en fourrière ;

3° *bis* Présentation par le propriétaire ou le conducteur, afin d'obtenir la décision de mainlevée, de l'attestation d'assurance prévue à l'article R. 211-14 du Code des assurances couvrant le véhicule et du permis de conduire en cours de validité correspondant à la catégorie du véhicule concerné ;

4° Injonction au propriétaire du véhicule, s'il est soumis à immatriculation, de remettre immédiatement, sous peine d'encourir l'amende prévue pour les contraventions de la quatrième classe, le certificat d'immatriculation à l'autorité qualifiée pour donner mainlevée de la mise en fourrière ;

5° Mise en demeure au propriétaire de retirer son véhicule avant l'expiration d'un délai :

a) De dix jours à compter de la date de notification pour un véhicule à livrer à la destruction ;

b) De quinze jours à compter de la date de notification pour un véhicule à remettre à l'administration chargée des domaines en vue de son aliénation ;

6° Avertissement au propriétaire que son absence de réponse dans les délais impartis vaudra abandon de son véhicule et que ledit véhicule sera, dans les conditions prévues par décret, soit remis à l'administration chargée des domaines en vue de son aliénation, soit livré à la destruction ;

7° Nature et montant des frais qu'il sera tenu de rembourser ;

8° Faculté de demander une copie de la fiche descriptive à l'autorité prescriptrice ;

9° Enoncé des voies de recours.

III. – Si le traitement automatisé mis en œuvre pour l'immatriculation des véhicule révèle l'inscription d'un gage, copie de la notification de mise en fourrière est adressée par l'auteur de la prescription de mise en fourrière ou, pour son compte, par le ministre chargé de la sécurité routière lorsque les données sont enregistrées dans le système d'information prévu à l'article R. 325-12-1 au créancier-gagiste, par lettre recommandée avec demande d'accusé de réception, qui fait référence au décret n° 72-823 du 6 septembre 1972 (art. 5, 6 et 7) fixant les conditions de remise à l'administration chargée des domaines des véhicules non retirés de fourrière par leurs propriétaires.

Art. R. 325-33. – Le fait, pour le propriétaire d'un véhicule, de ne pas restituer le certificat d'immatriculation immédiatement après la notification qui lui a été faite en application de l'article R. 325-32 (II, 4°) est puni de l'amende prévue pour les contraventions de la quatrième classe.

Art. R. 325-34. – Toute personne se trouvant destinataire du certificat d'immatriculation d'un véhicule mis en fourrière est tenue de le transmettre sans délai à l'autorité ayant compétence pour prononcer la mainlevée.

L'autorité ayant compétence pour prononcer la mainlevée informe sans délai le préfet du département ou, à Paris, le préfet de police, de la réception du certificat d'immatriculation.

Art. R. 325-35. – En cas de désaccord sur l'état du véhicule ou sur la décision de classement visée à l'article R. 325-30, le propriétaire a la faculté de faire procéder à une contre-expertise.

La contre-expertise est faite par un expert choisi sur la liste visée à l'article R. 325-30.

Dans le cas où la contre-expertise confirme l'expertise initiale, les frais d'expertise et de contre-expertise sont à la charge du propriétaire. Dans le cas contraire, ces frais incombent à l'autorité dont relève la fourrière.

Art. R. 325-36 *(Mod., D. n° 2010-773, 8 juill. 2010)*. – L'autorité dont relève la fourrière ne peut s'opposer à la demande d'autorisation provisoire de sortie de fourrière présentée par le propriétaire du véhicule en vue exclusivement de faire procéder aux travaux reconnus indispensables par l'expert. Il en est de même lorsque le propriétaire du véhicule fait procéder à une contre-expertise, aux réparations remettant le véhicule en état de circuler dans des conditions normales de sécurité ainsi qu'au contrôle technique du véhicule dans un centre agréé.

Cette autorisation provisoire de sortie de fourrière, dont le modèle est fixé par arrêté du ministre de l'Intérieur, qui tient lieu de pièce de circulation et qui est limitée au temps des parcours nécessaires et des opérations précitées, peut prescrire un itinéraire et des conditions de sécurité.

Le réparateur doit remettre au propriétaire du véhicule une facture détaillée certifiant l'exécution des travaux prescrits en application du 2° du I de l'article R. 325-30.

Art. R. 325-37. – L'autorité dont relève la fourrière informe l'autorité qualifiée pour prononcer la mainlevée de la délivrance de l'autorisation provisoire de sortie de fourrière et de la durée de sa validité.

En ce qui concerne les véhicules volés retrouvés en fourrière, l'autorité dont relève la fourrière est tenue d'informer au préalable les services de police ou de gendarmerie compétents de son intention de délivrer une autorisation provisoire de sortie de fourrière.

Art. R. 325-38 *(D. n° 2016-1289, 30 sept. 2016 ; D. n° 2020-775, 24 juin 2020)*. – I. – Chaque prescription de mise en fourrière prend fin par une décision de mainlevée.

II. – En cas de restitution du véhicule, cette décision émane de l'autorité qui a prescrit la mise en fourrière ou de l'officier de police judiciaire chargé d'exécuter cette mesure. Elle est réputée donnée par la même autorité à l'issue du délai d'abandon prévu à l'article L. 325-7 pour les véhicules à détruire ou remis à l'administration chargée des domaines pour aliénation.

II *bis*. – La décision de mainlevée ne peut être prononcée qu'après la présentation par le propriétaire ou le conducteur de l'attestation d'assurance prévue par l'article R. 211-14 du Code des assurances couvrant le véhicule et du permis de conduire en cours de validité correspondant à la catégorie du véhicule concerné.

Lorsque le propriétaire décide de faire appel à un professionnel qualifié pour la prise en remorque de son véhicule vers un lieu de son choix, la décision de mainlevée est prononcée après la présentation de la seule attestation d'assurance. Cette décision mentionne que l'enlèvement est effectué par un professionnel qualifié.

III. – Lorsque l'autorité qualifiée pour prononcer la mainlevée est saisie en ce sens par le procureur de la République ou le préfet, comme il est prévu à l'article R. 325-27, elle est tenue de donner immédiatement mainlevée, sous réserve des dispositions du II *bis*.

IV. – Sous réserve des dispositions du II *bis*, l'autorité qualifiée pour prononcer la mainlevée est tenue d'y procéder, de restituer le certificat d'immatriculation du véhicule s'il a été retiré et de délivrer une autorisation définitive de sortie de fourrière sur demande du propriétaire ou du conducteur.

V. – Les dispositions du IV ci-dessus ne s'appliquent pas aux véhicules volés retrouvés en fourrière ainsi qu'aux véhicules dont le propriétaire et l'assureur demeurent inconnus ou introuvables malgré les recherches effectuées, pour lesquels la mainlevée ne peut être prononcée qu'après accord préalable exprès des services de police ou de gendarmerie compétents.

Art. R. 325-39 *(D. n° 2016-1289, 30 sept. 2016)*. – L'autorité qualifiée qui a prononcé la mainlevée ou qui a refusé de la prononcer pour défaut de présentation des documents mentionnés au II *bis* de l'article R. 325-38 en informe sans délai le préfet du département ou, à Paris, le préfet de police, en précisant la date d'effet de cette mesure.

Art. R. 325-40 *(D. n° 2016-1289, 30 sept. 2016)*. – La mainlevée prend effet au jour de la délivrance de l'autorisation définitive de sortie du véhicule dans les cas prévus au IV de l'article R. 325-38. L'autorisation définitive de sortie du véhicule mentionne la décision de procéder à l'enlèvement du véhicule par un professionnel qualifié dans le cas prévu au deuxième alinéa du II *bis* de l'article R. 325-38.

La mainlevée prend effet à compter de la remise du véhicule à l'administration chargée des domaines s'il est destiné à être aliéné, ou de sa remise à l'entreprise spécialisée s'il est destiné à être détruit.

Art. R. 325-41 *(D. n° 2016-1289, 30 sept. 2016 ; D. n° 2020-775, 24 juin 2020)*. – Le gardien de la fourrière restitue le véhicule à son propriétaire ou à son conducteur dès que ce dernier produit l'autorisation définitive de sortie de fourrière et s'est acquitté des frais de mise en fourrière, d'enlèvement et de garde, dans le cas où ces derniers sont à la charge du propriétaire. Ces frais sont arrêtés à la date de reprise du véhicule.

Dans le cas prévu au deuxième alinéa du II *bis* de l'article R. 325-38, le véhicule n'est restitué qu'après présentation d'un document justifiant l'intervention du professionnel qualifié figurant sur l'autorisation définitive de sortie du véhicule.

Si un propriétaire souhaite récupérer son véhicule alors que celui-ci fait l'objet d'une procédure de mise en vente, il doit, au préalable, s'acquitter des frais de mise en vente mentionnés à l'article R. 325-29 auprès de l'administration chargée des domaines et demander une mainlevée en application de l'article R. 325-38.

Art. R. 325-42 *(Mod., D. n° 2014-551, 27 mai 2014)*. – Aucun véhicule mis en fourrière ne peut être remis à l'administration chargée des domaines en vue de son aliénation ou à une entreprise de démolition en vue de sa destruction sans que la mainlevée de cette mesure ait été préalablement prononcée à l'une ou l'autre de ces fins.

Art. R. 325-43 *(Mod., D. n° 2012-3, 3 janv. 2012 ; D. n° 2014-551, 27 mai 2014)*. – En application des dispositions des articles L. 325-7 et L. 325-8 relatives aux véhicules abandonnés, l'autorité dont relève la fourrière décide de la remise du véhicule à l'administration chargée des domaines en vue de son aliénation ; elle décide également de la destruction des véhicules mentionnés au quatrième alinéa de l'article L. 325-7 ainsi que des véhicules qui ont été remis à l'administration chargée des domaines pour aliénation et qui n'ont pas trouvé preneur.

L'autorité dont relève la fourrière informe de ces décisions l'autorité qualifiée pour prononcer la mainlevée, détentrice du certificat d'immatriculation, ainsi que le préfet du département ou, à Paris, le préfet de police.

Dans ce cas, en se référant aux décisions susvisées, l'autorité qualifiée précitée envoie le certificat d'immatriculation, dûment barré, au préfet du département ou, à Paris, au préfet de police aux fins d'annulation de ce document. Si l'envoi du certificat d'immatriculation est impossible, elle en précise le motif.

Art. R. 325-44 *(Mod., D. n° 2003-727, 1er août 2003 ; D. n° 2014-551, 27 mai 2014 ; D. n° 2020-775, 24 juin 2020)*. – L'administration chargée des domaines informe l'autorité dont relève la fourrière de l'aliénation du véhicule ou de la nécessité de le détruire s'il n'a pas trouvé preneur. La destruction d'un véhicule ne peut être réalisée que dans des installations exploitées conformément aux dispositions du titre Ier du livre V du Code de l'environnement ou, lorsqu'il s'agit de véhicules soumis aux dispositions de l'article R. 543-154 du même code, que dans des centres de traitement de véhicules hors d'usage agréés conformément au 3° de l'article R. 543-155 de ce code.

Art. R. 325-45 *(Mod., D. n° 2003-727, 1er août 2003 ; D. n° 2012-3, 3 janv. 2012 ; D. n° 2020-775, 24 juin 2020)*. – I. – Le responsable de l'entreprise chargée de la destruction d'un véhicule prend en charge celui-ci en remettant au gardien de la fourrière un bon d'enlèvement délivré par l'autorité dont relève la fourrière. Il rend compte de la destruction dudit véhicule à l'autorité dont relève la fourrière, à l'autorité qui a prononcé la mainlevée de mise en fourrière, ainsi qu'au préfet du département ou, à Paris, au préfet de police.

L'autorité dont relève la fourrière peut transmettre au gardien de fourrière le bon de destruction afin que celui-ci puisse remettre le véhicule au responsable de l'entreprise chargée de la destruction. Le gardien de fourrière transmet à l'autorité dont il relève les informations relatives à cette entreprise et notamment sa raison sociale, son numéro SIREN, son adresse et, le cas échéant, son numéro d'agrément en tant que centre VHU.

III. – Les autorités dont relèvent les fourrières, définies aux articles R. 325-20 et R. 325-21, peuvent passer contrat avec des entreprises appelées à effectuer la destruction des véhicules.

IV. – Ce contrat doit comporter obligatoirement les clauses suivantes :

1° Obligations de l'entreprise contractante :

« L'entreprise s'engage sur le territoire de (...) :

a) À retirer et détruire les véhicules mis en fourrière et désignés par l'autorité dont relève cette fourrière ;

b) À retirer de fourrière les véhicules ainsi désignés dans le délai maximal de quinze jours à compter de la demande de retrait ;

c) À adresser au service de police ou de gendarmerie, dès la destruction complète du véhicule et dans le délai maximal de trois mois à compter de la date de la demande, le certificat d'immatriculation revêtu de la mention « Détruit » (suivie du cachet de l'entreprise et de la signature de son représentant) ou, si elle n'a pu entrer en possession de ce titre, une attestation certifiant cette impossibilité » ;

2° Obligations de l'autorité cocontractante dont relève la fourrière :

« L'autorité publique s'engage :

a) À désigner et réserver à la seule entreprise contractante toutes opérations d'enlèvement ou de destruction de véhicules auxquelles elle entendra faire procéder dans les conditions prévues par les articles L. 325-1 et suivants à moins que le propriétaire du véhicule n'ait demandé à le faire retirer de la fourrière par un réparateur de son choix, conformément aux dispositions de l'article L. 325-6 ;

b) et *c) (Abr., D. n° 2003-727, 1er août 2003).*

3° Droits de l'entreprise contractante :

« En contrepartie de ses obligations, l'entreprise a le droit :

a) De réclamer aux propriétaires des véhicules mis, sur la demande de l'autorité publique, sur son chantier le paiement, conformément au tarif approuvé par l'autorité publique, des frais de transfert et de garde à la condition que son chantier soit clôturé ou soit gardé jour et nuit. Toutefois, en ce qui concerne les véhicules hors d'usage mentionnés à l'article R. 543-154 du Code de l'environnement, seuls les frais de transfert peuvent éventuellement donner lieu à facturation sous réserve des dispositions de l'article R. 543-157 du même code ;

b) En cas de démolition du véhicule, de récupérer tout accessoire et toute pièce détachée en vue de sa revente après, en cas de besoin, remise en état ;

c) Après démolition et si l'entreprise effectue elle-même la destruction complète du véhicule, de disposer librement des matières ayant une valeur marchande (fer, cuivre, etc.). »

Art. R. 325-46. – Les dispositions concernant la mise en fourrière ne sont pas applicables aux véhicules militaires.

Sous-section II. – Véhicules laissés sans droit dans des lieux non ouverts à la circulation publique

Art. R. 325-47. – Le maître de lieux publics ou privés où ne s'applique pas le Code de la route qui veut faire procéder à l'enlèvement d'un véhicule laissé sans droit dans ces lieux en adresse la demande à l'officier de police judiciaire territorialement compétent.

Art. R. 325-48. – Lorsque le maître des lieux connaît l'identité et l'adresse du propriétaire du véhicule, il joint à sa requête la justification qu'il l'a mis en demeure, avec demande d'avis de réception, d'avoir à retirer son véhicule dans un délai de huit jours à compter de la date de réception.

L'officier de police judiciaire vérifie, avant de prescrire la mise en fourrière, l'identité du propriétaire du véhicule.

Art. R. 325-49 *(D. n° 2005-1148, 6 sept. 2005).* – Lorsque le maître des lieux ignore l'identité et l'adresse du propriétaire du véhicule, il joint à sa requête une demande d'identification. Si les recherches menées par l'officier de police judiciaire, de la police nationale ou de la gendarmerie nationale, territorialement compétent, permettent d'obtenir ces renseignements, l'officier de police judiciaire procède à l'expédition de la mise en demeure prévue à l'article R. 325-48. Les frais d'expédition sont à la charge du requérant.

Art. R. 325-50. – Dans tous les cas où le propriétaire a pu être identifié, l'officier de police judiciaire, après avoir prescrit la mise en fourrière, lui notifie cette mesure dans les conditions prévues à l'article R. 325-32.

Art. R. 325-51. – Lorsque le propriétaire n'a pu être identifié, l'officier de police judiciaire prescrit la mise en fourrière après avoir vérifié que le véhicule n'a pas été signalé comme ayant été volé.

Art. R. 325-52. – En ce qui concerne les véhicules abandonnés dans les forêts soumises au régime forestier, les ingénieurs et agents assermentés de l'office national des forêts peuvent demander, concurremment avec le maître des lieux ou en son nom, la mise en fourrière de ces véhicules, conformément à la procédure prévue aux articles R. 325-47 à R. 325-51.

CHAPITRE VI. – ORGANISATION DE LA PROFESSION D'EXPERT EN AUTOMOBILE

(Anc. chap. VII, dénum. et rempl., D. n° 2006-1808, 23 déc. 2006)

Section I. – Règles générales

Art. R. 326-1 *(D. n° 2006-1808, 23 déc. 2006)*. – **L'expert en automobile doit indiquer à la personne qui envisage de faire appel à lui le prix de sa prestation.**

L'expert ne peut se substituer au propriétaire du véhicule que s'il en a reçu mandat écrit.

Art. R. 326-2 *(D. n° 2006-1808, 23 déc. 2006)*. – **L'expert est tenu de donner ses conclusions dans la limite de sa mission. Toutefois, il doit informer sans délai le propriétaire et consigner dans son rapport les déficiences du véhicule ainsi que les défauts de conformité du véhicule ou d'homologation d'accessoires qu'il a découverts au cours de l'accomplissement de sa mission et qui sont susceptibles de mettre en danger la vie du conducteur ou celle d'autres personnes.**

Art. R. 326-3 *(D. n° 2006-1808, 23 déc. 2006)*. – **I. – Le rapport d'expertise comporte :**

– le nom de l'expert qui a procédé à l'expertise ;

– le rappel des opérations d'expertise effectuées, en précisant si elles l'ont été avant, pendant ou après les réparations ;

– l'indication du nom et de la qualité des personnes présentes lors de l'examen du véhicule ;

– les documents communiqués par le propriétaire ;

– les conclusions de l'expert.

II. – L'expert adresse une copie de son rapport et de tout rapport complémentaire au propriétaire du véhicule.

Art. R. 326-4 *(D. n° 2006-1808, 23 déc. 2006)*. – **Dès qu'il a connaissance d'une contestation portant sur les conclusions techniques ou sur le coût des dommages ou des réparations, l'expert doit en informer, par tous moyens à sa convenance, les parties intéressées, notamment le propriétaire et le professionnel dépositaire du véhicule.**

Section II. – Conditions à remplir pour l'exercice de la profession d'expert en automobile et procédure disciplinaire

Art. R. 326-5 *(Rempl., D. n° 2011-760, 28 juin 2011)*. – **Toute personne souhaitant être inscrite sur la liste des experts en automobile, à l'exception de celles mentionnées au II de l'article L. 326-4, doit en faire la demande au ministre chargé des transports. Cette demande est accompagnée des pièces justificatives suivantes :**

1° Un document établissant l'état civil de l'intéressé ;

2° La copie, suivant le cas :

– soit du brevet professionnel d'expert en automobile ou de la reconnaissance de la qualité d'expert en automobile prévus par le décret n° 74-472 du 17 mai 1974 relatif aux experts en automobile ou du diplôme d'expert en automobile prévu par le décret n° 95-493 du 25 avril 1995 portant création et règlement général du diplôme d'expert en automobile, ou du relevé de notes du diplôme d'expert en automobile délivré par le recteur d'académie ;

– soit d'un titre délivré par un autre État membre de l'Union européenne ou un autre État partie à l'accord sur l'Espace économique européen ou d'un titre reconnu par l'un de ces États, équivalents aux titres mentionnés à l'alinéa précédent ;

– soit de toute pièce de nature à établir l'expérience professionnelle acquise par l'intéressé en matière d'expertise automobile dans l'un des États mentionnés à l'alinéa précédent dans les conditions fixées par arrêté du ministre chargé des transports ;

3° Une déclaration sur l'honneur du demandeur attestant qu'il ne détient pas de charge d'officier public ou ministériel et n'exerce pas une activité incompatible avec la qualité d'expert en automobile, conformément aux dispositions de l'article L. 326-6.

Le ministre chargé des transports peut, en outre, demander à l'intéressé de fournir tout autre document ou renseignement utile, notamment son contrat de travail s'il s'agit d'un expert salarié, afin de lui permettre de vérifier que la condition d'indépendance est remplie ;

4° Un document justificatif de l'assurance obligatoire prévue par l'article L. 326-7 ;

5° Un extrait du bulletin n° 3 du casier judiciaire ou, pour les ressortissants étrangers, un document équivalent, accompagné d'une déclaration sur l'honneur de l'intéressé selon laquelle il n'a fait l'objet d'aucune des condamnations pénales prévues à l'article L. 326-2 et n'est pas sous le coup d'un jugement rendu en application de l'article L. 326-9 lui interdisant d'exercer l'activité d'expert en automobile ;

6° Un justificatif démontrant que, lorsqu'il sollicite la reconnaissance de sa qualification pour le contrôle des véhicules endommagés prévue par les articles L. 327-1 à L. 327-6, le demandeur répond aux conditions prévues à l'article R. 326-11 ;

Les pièces définies aux 4° et 5° ne peuvent dater de plus de trois mois au moment de leur production.

Les documents en langue étrangère mentionnés au présent article sont accompagnés de leur traduction en langue française.

Le ministre chargé des transports accuse réception du dossier du demandeur dans un délai d'un mois à compter de sa réception et l'informe, le cas échéant, de tout document manquant. Il statue sur la demande d'inscription par une décision motivée qui doit intervenir dans un délai de trois mois à compter de la date de réception du dossier complet présenté par l'intéressé.

Art. R. 326-6 *(Rempl., D. n° 2011-760, 28 juin 2011).* – La déclaration mentionnée au II de l'article L. 326-4 tient lieu de demande de première inscription à titre temporaire sur la liste des experts en automobile.

Elle est adressée au ministre chargé des transports et doit être accompagnée des documents suivants lorsqu'elle est souscrite pour la première fois ou en cas de changement matériel relatif à la situation établie par eux :

1° Une preuve de l'identité et de la nationalité du prestataire ;

2° Une attestation certifiant que le prestataire est légalement établi dans un autre État membre de l'Union européenne ou dans un autre État partie à l'accord sur l'Espace économique européen pour y exercer la profession d'expert en automobile, et qu'il n'encourt, lorsque l'attestation est délivrée, aucune interdiction même temporaire d'exercer ;

3° Une preuve de ses qualifications professionnelles ;

4° Lorsque la profession d'expert en automobile ou la formation y conduisant n'est pas réglementée dans l'État d'établissement, la preuve par tout moyen que le prestataire a exercé cette profession pendant *(Mots rempl., D. n° 2016-613, 17 mai 2016)* au moins une année à temps plein ou à temps partiel pendant une durée équivalente au cours des dix années qui précèdent ;

5° Une preuve que le prestataire est couvert par un contrat d'assurance garantissant la responsabilité civile qu'il peut encourir en raison des activités mentionnées à l'article L. 326-4 ;

6° La déclaration et les documents joints peuvent être transmis par tout moyen. Les documents en langue étrangère sont accompagnés de leur traduction en langue française.

Art. R. 326-7 *(Rempl., D. n° 2011-760, 28 juin 2011 ; rempl., D. n° 2016-613, 17 mai 2016).* – Le ministre chargé des transports peut demander, le cas échéant, au prestataire de justifier qu'il possède un niveau de connaissance du français suffisant pour l'exercice des fonctions d'expert en automobile en France.

Un contrôle de ces connaissances peut être imposé par le même ministre s'il existe un doute sérieux et concret sur le niveau de connaissance du français du prestataire. Ce contrôle ne peut être réalisé qu'après la reconnaissance de la qualification professionnelle de l'intéressé.

Art. R. 326-8 *(Rempl., D. n° 2011-760, 28 juin 2011).* – Le ministre chargé des transports procède à la vérification des qualifications professionnelles de l'expert relevant du II de l'article L. 326-4 au vu des pièces prévues à l'article R. 326-6, dans un délai d'un mois à compter de leur réception ainsi que de la déclaration qu'elles accompagnent et inscrit le prestataire sur la liste pour une durée d'un an.

À l'issue du délai mentionné à l'alinéa précédent, en l'absence de demande de complément d'information ou de notification du résultat de la vérification des qualifications, l'expert est réputé être inscrit sur la liste.

Un arrêté du ministre chargé des transports fixe les modalités d'application du présent article, et notamment les conditions dans lesquelles le prestataire peut être soumis à *(Mots rempl., D. n° 2016-613, 17 mai 2016)* une épreuve d'aptitude, si l'examen des documents prévus à l'article R. 326-6 fait apparaître une différence substantielle entre les qualifications professionnelles du prestataire et celles requises pour exercer l'activité en France, et dans la mesure où cette différence est de nature à nuire à la sécurité des personnes.

Si, à l'issue de la première année, le prestataire souhaite à nouveau exercer son activité de manière temporaire et occasionnelle, il adresse au ministre chargé des transports une demande de renouvellement de son inscription sur la liste pour une durée d'un an. Cette demande de renouvellement est accompagnée du document prévu au 5° de l'article 326-6.

Art. R. 326-8-1 *(Créé, D. n° 2016-613, 17 mai 2016).* – Un arrêté du ministre des transports précise :

1° Les conditions dans lesquelles il peut être exigé d'un ressortissant d'un État membre de l'Union européenne ou partie à l'accord sur l'Espace économique européen qui remplit les conditions fixées par l'article R. 326-5 que, selon son choix, il accomplisse un stage d'adaptation ou qu'il se soumette à une épreuve d'aptitude ;

2° Les modalités de reconnaissance des stages professionnels effectués dans un autre État membre de l'Union européenne ou de l'Espace économique européen.

Art. R. 326-9 *(Rempl., D. n° 2011-760, 28 juin 2011).* – À la demande d'une autorité compétente d'un État membre de l'Union européenne ou partie à l'accord sur l'Espace économique européen sur le territoire duquel un expert en automobile exécute ou déclare vouloir exécuter une prestation de services, le ministre chargé des transports communique à cette autorité :

– toute information pertinente sur la légalité de l'établissement en France de l'expert concerné. Si l'expert est, à la date de la communication, sous le coup d'une décision rendue en application de l'article R. 326-12, mention en est faite ;

– les sanctions disciplinaires prononcées, le cas échéant, par le ministre chargé des transports à l'encontre de cet expert ;

Cette communication ne porte pas atteinte au caractère confidentiel des renseignements fournis.

Art. R. 326-10 *(Rempl., D. n° 2011-760, 28 juin 2011).* – Les experts inscrits sur la liste signalent au ministre chargé des transports, dans les trente jours, tous les événements pouvant avoir des conséquences sur leur inscription, notamment les changements de lieu d'exercice professionnel, les cessations temporaires ou définitives d'activité ainsi que toute circonstance ou activité nouvelle incompatible avec l'activité d'expert en automobile.

Art. R. 326-10-1 à R. 326-10-4 *(Abr., D. n° 2011-760, 28 juin 2011).*

Art. R. 326-11 *(Rempl., D. n° 2011-760, 28 juin 2011).* – La qualification des experts en automobile pour le contrôle des véhicules endommagés prévue par les articles L. 327-1 à L. 327-5 est acquise après une formation dispensée dans les conditions définies par arrêté du ministre chargé des transports.

Elle est également accordée, dans des conditions fixées par arrêté du ministre chargé des transports, aux experts ayant bénéficié d'une formation dispensée dans un autre État membre de l'Union européenne ou un autre État partie à l'accord sur l'Espace économique européen ou établissant avoir une expérience professionnelle en matière de contrôle des véhicules endommagés acquise dans l'un de ces États, dès lors que cette formation ou cette expérience professionnelle permettent de justifier que les objectifs de la formation mentionnée à l'alinéa précédent sont acquis.

La liste des experts en automobile mentionne pour chaque expert concerné cette qualification.

Art. R. 326-12 *(Rempl., D. n° 2011-760, 28 juin 2011).* – Le ministre chargé des transports vérifie chaque année que l'expert inscrit remplit les conditions requises par l'article R. 326-5 sauf si celui-ci a été inscrit à titre temporaire en application du II de l'article L. 326-4.

Le ministre chargé des transports constatant qu'un expert ne remplit plus les conditions exigées par la réglementation pour l'exercice de sa profession peut à tout moment lui demander, par courrier, de régulariser sa situation.

En l'absence de régularisation, dans le délai d'un mois, le ministre chargé des transports peut décider de la suspension de l'expert jusqu'à régularisation effective.

Art. R. 326-13 *(Rempl., D. n° 2011-760, 28 juin 2011).* – [I. –] La liste des experts en automobile est consultable sur le site internet de la sécurité routière.

La mise à jour de la liste des experts en automobile sur le site internet de la sécurité routière intervient à tout moment suite à un changement de situation ou de condition d'exercice professionnel nécessitant une mise à jour de cette liste ou encore suite à une décision de suspension ou de radiation d'un expert.

II. – Les décisions de suspension ou de radiation sont consultables sur le site mentionné au I pendant la durée de leur effet.

Art. R. 326-14 *(Rempl., D. n° 2011-760, 28 juin 2011).* – I. – La procédure disciplinaire peut être engagée à l'encontre d'un expert en automobile, en cas de faute ou de manquement aux conditions d'exercice de son activité professionnelle, par le ministre chargé des transports, de sa propre initiative ou s'il est saisi d'une demande en ce sens.

II. – Le ministre notifie à l'expert mis en cause les griefs formulés à son encontre par lettre recommandée avec avis de réception ou par remise contre récépissé. Il en informe, le cas échéant, le demandeur. Il désigne pour chaque affaire un rapporteur n'appartenant pas à la Commission nationale des experts en automobile mentionnée à l'article L. 326-5.

Lorsque les griefs formulés à son encontre lui sont notifiés, l'expert mis en cause est informé qu'il peut prendre connaissance et copie, en personne ou par mandataire, des pièces du dossier qui sera soumis aux membres de la commission, notamment du rapport établi par le rapporteur et des éventuelles restitutions écrites de ses auditions. Il est également informé de la possibilité de se faire assister d'un défenseur et du délai dont il dispose, qui ne peut être inférieur à un mois, pour présenter ses observations écrites.

Le rapporteur désigné peut se faire assister de toute personne nécessaire à l'exercice de sa mission. Il entend l'expert si celui-ci le demande ou s'il le juge utile ainsi que toute personne nécessaire à l'instruction ou dont la demande est à l'origine de la procédure engagée. Il consigne le résultat de ses auditions par écrit. Il établit un rapport, au vu de l'ensemble des éléments du dossier.

III. – Au vu du rapport du rapporteur et après avoir, le cas échéant, entendu l'expert mis en cause, la Commission nationale des experts en automobile émet un avis motivé sur la sanction susceptible d'être prononcée par le ministre chargé des transports à l'encontre de l'intéressé parmi les sanctions suivantes : l'avertissement, le blâme, l'interdiction de l'exercice de son activité professionnelle pour une durée n'excédant pas trois ans ou la radiation de la liste des experts en automobile avec interdiction de solliciter une nouvelle inscription pendant cinq ans. La radiation peut être limitée à la qualification mentionnée à l'article R. 326-11. Les sanctions peuvent être assorties d'un sursis total ou partiel.

Au vu de l'avis de la commission, le ministre chargé des transports notifie à l'expert mis en cause la sanction envisagée. Celui-ci dispose d'un délai d'un mois pour présenter ses observations. À l'issue de ce délai, compte tenu, le cas échéant, des observations formulées par l'expert mis en cause, le ministre chargé des transports prend une décision, qu'il notifie à l'intéressé. La notification mentionne que la décision peut faire l'objet d'un recours de pleine juridiction devant la juridiction administrative compétente.

Art. R. 326-15 *(Rempl., D. n° 2011-760, 28 juin 2011).* – La commission nationale des experts en automobile comprend :

1° Un président désigné par le ministre chargé des transports ;

2° Quatre représentants de l'État désignés par le ministre chargé des transports ;

3° Quatre experts en automobile désignés par le ministre chargé des transports, sur proposition des organisations professionnelles ;

4° Deux représentants d'associations d'usagers de la route désignés par le ministre chargé des transports ;

5° Deux représentants des entreprises d'assurances désignés par le ministre chargé des assurances.

Les représentants des associations d'usagers de la route ne peuvent appartenir aux catégories mentionnées aux 3° et 5° du présent article.

Un suppléant de chaque membre titulaire de la commission est désigné dans les mêmes conditions.

Les membres titulaires et suppléants de la commission sont nommés pour trois ans par arrêté du ministre chargé des transports.

Art. R. 326-16 à R. 326-18 *(Abr., D. n° 2011-760, 28 juin 2011).*

CHAPITRE VII. – VÉHICULES ENDOMMAGÉS

(Rempl., D. n° 2009-397, 10 avr. 2009)

Art. R. 327-1 *(Rempl., D. n° 2009-397, 10 avr. 2009 ; D. n° 2017-1278, 9 août 2017).* – I. – Dans le cas prévu à l'article L. 327-2 où le propriétaire a donné son accord pour céder son véhicule à l'assureur, celui-ci déclare l'achat au ministre de l'Intérieur dans les conditions fixées à l'article R. 322-4.

II. – Dans le cas prévu à l'articleL. 327-3 où le propriétaire a refusé de céder son véhicule à l'assureur, ce dernier en informe le ministre de l'Intérieur par voie électronique dans un délai de quinze jours à compter du refus. Le ministre de l'Intérieur procède à l'inscription d'une opposition au transfert du certificat d'immatriculation.

III. – Les rapports d'expertise mentionnés aux articles L. 327-1 à L. 327-3 sont établis par un expert en automobile justifiant de la qualification prévue à l'article R. 326-17.

Le rapport visé à l'article L. 327-1 comporte la liste des réparations à effectuer si le véhicule est techniquement réparable.

Les rapports visés aux L. 327-2 et L. 327-3 sont adressés au ministre de l'Intérieur par voie électronique.

Ils attestent également que le véhicule n'a pas subi de transformation notable au sens de l'article R. 321-16, ni de transformation susceptible de modifier les caractéristiques indiquées sur le certificat d'immatriculation.

Art. R. 327-1-1 *(D. n° 2017-675, 28 avr. 2017)*. – Pour l'application du deuxième alinéa de l'article L. 327-2, l'assureur ne doit vendre un véhicule à un acheteur professionnel pour réparation que si ce véhicule est techniquement réparable.

L'assureur est tenu de présenter, en cas de contrôle par les agents mentionnés à l'article L. 541-44 du Code de l'environnement, le rapport d'expertise prévu à l'article L. 327-1 attestant du caractère réparable de ce véhicule.

Art. R. 327-2 *(Rempl., D. n° 2009-397, 10 avr. 2009 ; D. n° 2017-1278, 9 août 2017 ; D. n° 2020-775, 24 juin 2020)*. – I. – Lorsqu'un véhicule a été immobilisé ou mis en fourrière en application des articles L. 325-1 à L. 325-3 ou L. 325-12 en raison de la gravité des dommages qu'il a subis, l'officier ou l'agent mentionné au premier alinéa de l'article L. 327-4 qui procède aux constatations en informe le ministre de l'intérieur par voie électronique. Le ministre de l'intérieur informe le titulaire que son véhicule n'est plus autorisé à circuler sur les voies ouvertes à la circulation publique.

Lorsque le titulaire du certificat d'immatriculation ne remet pas son titre à l'officier ou l'agent de police judiciaire qui a procédé aux constatations en application de l'article L. 327-4, le ministre de l'Intérieur informe le titulaire que son véhicule n'est plus autorisé à circuler sur les voies ouvertes à la circulation publique et procède à l'inscription d'une opposition au transfert du certificat d'immatriculation.

II. – Lorsque le véhicule est examiné par un expert en automobile justifiant de la qualification prévue à l'article R. 326-11, afin de confirmer ou d'infirmer la présomption de dangerosité du véhicule, celui-ci établit un rapport qu'il adresse au ministre de l'intérieur par voie électronique.

III. – Dans le cas où l'expert infirme la présomption de dangerosité, le certificat d'immatriculation est restitué à son titulaire et l'interdiction de circuler et l'opposition au transfert du certificat d'immatriculation sont levées.

Dans le cas où l'expert confirme la présomption de dangerosité, son rapport comporte la liste des réparations à effectuer si le véhicule est techniquement réparable.

IV. – Lorsque l'expert justifiant de la qualification prévue à l'article R. 326-11, missionné par le propriétaire, atteste que les réparations touchant à la sécurité prévues par le premier rapport ont été effectuées et que le véhicule est en état de circuler dans des conditions normales de sécurité, il adresse un rapport au ministre de l'intérieur par voie électronique.

Ce rapport d'expertise mentionné au troisième alinéa de l'article L. 327-4 atteste également que le véhicule n'a pas subi de transformation notable au sens de l'article R. 321-16, ni de transformation susceptible de modifier les caractéristiques indiquées sur le certificat d'immatriculation.

Le certificat d'immatriculation est restitué à son titulaire et l'interdiction de circuler et l'opposition au transfert du certificat d'immatriculation sont levées.

Art. R. 327-3 *(Rempl., D. n° 2009-397, 10 avr. 2009 ; D. n° 2017-1278, 9 août 2017)*. – I. – L'information prévue par l'article L. 327-5 est adressée au ministre de l'Intérieur par voie électronique.

Le ministre de l'Intérieur informe le titulaire que son véhicule n'est plus autorisé à circuler sur les voies ouvertes à la circulation publique et procède à l'inscription d'une opposition au transfert du certificat d'immatriculation.

II. – Si le véhicule est techniquement réparable, l'expert précise la liste des réparations à effectuer.

III. – Lorsque l'expert justifiant de la qualification prévue à l'article R. 326-17, missionné par le propriétaire, atteste que les réparations touchant à la sécurité prévues par le premier rapport ont été effectuées et que le véhicule est en état de circuler dans des conditions normales de sécurité, il adresse un rapport au ministre de l'Intérieur par voie électronique.

Ce rapport d'expertise mentionné au deuxième alinéa de l'article L. 327-5 atteste également que le véhicule n'a pas subi de transformation notable au sens de l'article R. 321-16, ni de transformation susceptible de modifier les caractéristiques indiquées sur le certificat d'immatriculation.

IV. – Au vu du rapport visé au III du présent article, l'interdiction de circuler du véhicule et l'opposition au transfert du certificat d'immatriculation sont levées.

Art. R. 327-4 *(Rempl., D. n° 2009-397, 10 avr. 2009 ; D. n° 2017-1278, 9 août 2017).* **– Dans le cadre des dispositions des articles L. 327-1 à L. 327-5, un professionnel ayant acquis un véhicule endommagé doit, dans les quinze jours, adresser une déclaration d'achat au ministre de l'Intérieur par voie électronique.**

Art. R. 327-5 *(Rempl., D. n° 2009-397, 10 avr. 2009).* **– Est puni de l'amende prévue pour les contraventions de la quatrième classe :**

1° Le fait pour tout propriétaire de maintenir en circulation un véhicule dont le certificat d'immatriculation a été retiré ou qui a fait l'objet d'une interdiction de circuler ;

2° Le fait pour l'assureur qui propose une indemnisation à l'assuré avec cession du véhicule de ne pas déclarer cet achat au ministre de l'Intérieur conformément aux dispositions prévues par l'article R. 327-1 ;

3° Le fait pour un professionnel ayant acquis un véhicule endommagé de ne pas déclarer cet achat au ministre de l'intérieur conformément aux dispositions prévues par l'article R. 327-4.

Art. R. 327-6 *(Rempl., D. n° 2009-397, 10 avr. 2009).* **– Des arrêtés du ministre des Transports, pris après avis du ministre de l'Intérieur, fixent pour chaque catégorie de véhicules les modalités d'application du présent chapitre.**

Chapitre VIII. — Messages promotionnels

Le présent chapitre ne contient aucune disposition réglementaire.

Chapitre IX.- Surveillance du marché des véhicules à moteur

(Chap. créé, D. n° 2020-703, 10 juin 2020)

Section I. — Dispositions générales

Art. R. 329-1. – L'autorité chargée de la surveillance du marché des véhicules et des moteurs mentionnée à l'article L. 329-3 est le ministre chargé des transports.

Section II. — Habilitations

Art. R. 329-2. – Les agents de l'autorité chargée de la surveillance du marché des véhicules et des moteurs mentionnés à l'article L. 329-5 sont commissionnés par le ministre chargé des transports. Ils prêtent serment devant le tribunal judiciaire de leur résidence administrative selon les modalités prévues par l'article R. 130-9.

Le ministre chargé des transports délivre à ces agents une carte de commissionnement portant mention de leurs attributions et attestant leur assermentation.

Art. R. 329-3. – Les agents d'organismes publics ou privés, mentionnés au 1° de l'article L. 329-7, sont habilités par arrêté du ministre chargé des transports.

Art. R. 329-4. – Le commissionnement des agents mentionnés à l'article L. 329-5 et l'habilitation des agents mentionnés au 1° de l'article L. 329-7 peuvent être retirés par le ministre chargé des transports, sur proposition de l'autorité chargée de la surveillance du marché des véhicules et des moteurs, compte tenu des nécessités du service ou du comportement de l'agent dans l'exercice de ses fonctions après que l'intéressé a été mis à même de présenter ses observations, sauf urgence.

Section III. — Organismes admis à procéder aux contrôles de conformité

Art. R. 329-5. – Les contrôles documentaires, les tests, les analyses, les contrôles physiques, les essais en laboratoire et les essais sur route sont réalisés par des organismes publics ou privés.

La désignation des organismes admis à procéder à ces contrôles documentaires, ces tests, ces analyses, ces contrôles physiques, ces essais en laboratoire et ces essais sur route, s'effectue dans le cadre du respect des règles de la commande publique.

Les organismes publics et privés apportent la preuve de leur aptitude à effectuer les contrôles documentaires, les tests, les analyses, les contrôles physiques, les essais en laboratoire et les essais sur route conformément aux normes en vigueur. Ils présentent des garanties de confidentialité, d'impartialité et d'indépendance envers toute entreprise ou groupe d'entreprises exerçant une activité de production, d'importation ou de commercialisation de produits dans le domaine analytique pour lequel ils sont susceptibles d'intervenir.

Les organismes désignés par le ministre chargé des transports sont soumis, à tout moment, au contrôle du respect des conditions de désignation par l'autorité chargée de la surveillance du marché des véhicules et des moteurs.

Art. R. 329-6. – Lorsque ces organismes ne peuvent effectuer les contrôles documentaires, les tests, les analyses, les contrôles physiques, les essais en laboratoire et les essais sur route en raison de leur caractère de spécialisation exceptionnel ou en cas d'urgence, l'autorité chargée de la surveillance du marché des véhicules et des moteurs recourt à un organisme en mesure d'assurer les prestations requises, ou se fait assister d'un expert de son choix.

Art. R. 329-7. – Les organismes publics ou privés exerçant leurs activités dans un autre État membre de l'Union européenne ou partie à l'accord sur l'Espace économique européen sont admis à procéder aux contrôles documentaires, aux tests, aux analyses, aux contrôles physiques, aux essais en laboratoire et aux essais sur route, des échantillons prélevés.

Section IV. — Pouvoirs d'enquête pour le contrôle de la conformité des produits

Art. R. 329-8. – Les procès-verbaux constatant un manquement ou une infraction établis par les agents habilités de l'autorité chargée de la surveillance du marché des véhicules et des moteurs énoncent la nature, la date et le lieu des constatations ou contrôles effectués ainsi que la qualification des faits constatés.

Ils sont signés par l'agent ayant procédé aux constatations et contrôles.

Art. R. 329-9. – Les agents habilités peuvent requérir, en cas de nécessité, l'assistance des agents de la force publique pour les constatations, les prélèvements ou les saisies.

Art. R. 329-10. – Le nombre d'échantillons à contrôler est fixé par l'autorité chargée de la surveillance du marché des véhicules et des moteurs et est au moins égal à trois, sauf si la valeur du produit contrôlé, sa nature, son poids, son volume ou les quantités disponibles y fait obstacle.

L'un au moins des échantillons est laissé au propriétaire ou au détenteur du produit, lequel ne doit en aucun cas modifier l'état des échantillons qui lui sont confiés.

Toutefois, si le propriétaire ou le détenteur ne dispose pas des moyens de conserver le ou les échantillons dans des conditions de nature à permettre l'expertise, ces échantillons sont conservés dans un endroit désigné par l'agent habilité. Mention en est faite au procès-verbal.

Art. R. 329-11. – Lorsqu'un échantillon du produit à contrôler est prélevé, un procès-verbal est rédigé immédiatement, qui, outre un numéro d'ordre et l'indication de la date, de l'heure et du lieu, comporte les mentions suivantes :

1° Les nom, prénoms, qualité et résidence administrative de l'agent habilité ;

2° Les nom, prénoms, raison sociale, adresse et profession de la personne chez laquelle le prélèvement a été opéré ;

3° Une description des produits, des marques et étiquettes apposées ainsi qu'un exposé succinct des modalités d'obtention et de transport envisagées, l'importance du lot de produits échantillonnés, ainsi que toutes les indications jugées utiles pour établir l'authenticité des échantillons prélevés ;

4° L'identité du produit et la dénomination exacte sous laquelle ce dernier était détenu en vue de la vente, mis en vente ou vendu ;

5° Le numéro d'ordre du prélèvement ;

6° La signature de l'agent habilité.

Le propriétaire ou le détenteur du produit peut en outre faire insérer au procès-verbal toutes les déclarations qu'il juge utiles. Il est invité à signer le procès-verbal. En cas de refus, mention en est faite par l'agent habilité.

Si le propriétaire déclare renoncer au remboursement prévu à l'article L. 329-21, il en est fait mention dans le procès-verbal.

Art. R. 329-12. – Le détenteur du produit communique aux agents habilités toute information sur les risques éventuels liés aux prélèvements d'échantillons et les mesures qu'il convient de mettre en œuvre pour les réaliser en toute sécurité.

Le détenteur met à disposition des agents habilités le matériel nécessaire et les équipements de protection individuelle adéquats.

Art. R. 329-13. – Tout échantillon prélevé est mis sous scellés.

Ces scellés comportent une étiquette d'identification qui, outre un numéro d'ordre et l'indication de la date, de l'heure et du lieu du prélèvement, comporte les mentions prévues par l'article R. 329-11, à l'exception de son 3°.

Art. R. 329-14. – Lors du prélèvement, un récépissé est remis au propriétaire ou détenteur de la marchandise.

Il fait mention de la nature et des quantités d'échantillons prélevés.

Art. R. 329-15. – Les agents habilités de l'autorité chargée de la surveillance du marché des véhicules et des moteurs ou les agents habilités mentionnés au 1° de l'article L. 329-7 adressent les prélèvements qu'ils ont réalisés, accompagnés du procès-verbal prévu par l'article R. 329-11, à l'organisme public ou privé chargé de réaliser les tests, analyses, contrôles physiques, essais en laboratoire et essais sur route.

La copie de tout procès-verbal de prélèvement est adressée à l'autorité chargée de la surveillance du marché des véhicules et des moteurs qui enregistre le prélèvement.

Art. R. 329-16. – Le constat de manquements ou d'infractions à l'obligation de conformité de biens vendus en ligne donne lieu à l'établissement par les agents habilités de l'autorité chargée de la surveillance du marché des véhicules et des moteurs qui y procèdent d'un procès-verbal dans lequel sont mentionnées les modalités de consultation et d'utilisation du site internet, et notamment :

1° Les noms, qualité et résidence administrative de l'agent habilité en vertu de l'article L. 329-5 ;

2° Le cas échéant, l'identité d'emprunt sous laquelle l'agent habilité a conduit le contrôle ;

3° La date et l'heure du contrôle ;

4° Les modalités de connexion au site et de recueil des informations.

Section V. — Procédure, mesures et sanctions consécutives aux contrôles de conformité

Art. R. 329-17. – Les organismes publics ou privés mentionnés aux articles R. 329-5 et R. 329-7 dressent, dès l'achèvement de leurs travaux, un rapport où sont consignés et interprétés les résultats des contrôles documentaires, des tests, des analyses, des contrôles physiques, des essais en laboratoire et des essais sur route effectués sur l'échantillon.

Le rapport est adressé à l'autorité chargée de la surveillance du marché des véhicules et des moteurs.

Art. R. 329-18. – Si aucune non-conformité à la réglementation n'est constatée et qu'il n'existe aucun indice d'une présomption de non-conformité, l'autorité chargée de la surveillance du marché des véhicules et des moteurs en avise sans délai l'opérateur économique. Il est procédé d'office au paiement de la valeur des échantillons prélevés en application de l'article L. 329-21, sauf si le propriétaire a renoncé au remboursement dans les conditions définies à l'article R. 329-11.

Art. R. 329-19. – Lorsque des non-conformités ont été constatées et qu'une des mesures ou sanctions prévues par les articles L. 329-35 à L. 329-45 est envisagée, l'autorité chargée de la surveillance du marché des véhicules et des moteurs en informe l'opérateur économique concerné en joignant tous les éléments utiles et l'invite à présenter ses observations dans un délai qu'elle fixe en tenant compte de la technicité des irrégularités et de l'urgence à y remédier. Ce délai ne peut être inférieur à dix jours ouvrables.

Art. R. 329-20. – Les mesures ou sanctions prévues par les articles L. 329-35 à L. 329-45 ne peuvent intervenir qu'après que l'opérateur économique a été informé des griefs formulés, des décisions envisagées à son encontre ainsi que de leur fondement.

L'opérateur peut demander la communication de son dossier et en obtenir une copie auprès de l'autorité chargée de la surveillance du marché des véhicules et des moteurs, présenter des observations écrites ou orales et se faire assister par un conseil ou se faire représenter par un mandataire de son choix.

Les mesures et sanctions prévues à l'article L. 329-35 peuvent faire l'objet d'un recours de pleine juridiction devant la juridiction administrative.

Art. R. 329-21. – Les publications prévues à l'article L. 329-42 peuvent être effectuées par voie de presse, par voie électronique ou par affichage. La diffusion et l'affichage, en lieux publics ou privés et ouverts au public peuvent être ordonnés cumulativement.

La publication peut porter sur tout ou partie des mesures prononcées et prendre la forme d'un communiqué informant le public des motifs et du dispositif des mesures.

Les modalités de la publication sont précisées par la mesure prise par l'autorité chargée de la surveillance du marché des véhicules à moteur.

Art. R. 329-22. – Les coûts qui, en application de l'article L. 329-45, peuvent être mis à la charge du responsable de la mise sur le marché du produit ou, le cas échéant, de toute autre personne responsable de la non-conformité lorsque la non-conformité à la réglementation d'un produit a été établie comprennent les frais de prélèvement, de mise sous-scellés, de conditionnement, de transport, de contrôle documentaire, de test, d'analyse, de contrôle physique, d'essai en laboratoire et d'essais sur route, le coût de stockage ainsi que le coût des expertises et des contre-expertises que cette autorité a exposé.

Art. R. 329-23. – Le recouvrement est effectué à l'appui d'un titre de perception recouvré par le comptable public compétent, en application des dispositions des articles 23 à 28 et 112 à 124 du décret n° 2012-1246 du 7 novembre 2012 relatif à la gestion budgétaire et comptable publique.

Section VI. — Transactions

Art. R. 329-24. – L'autorité mentionnée à l'article R. 329-1 met en œuvre la procédure de transaction dans les conditions prévues par les articles R. 523-2 à R. 523-4 du Code de la consommation.

Section VII. — Sanctions pénales

Art. R. 329-25. – Sont punis de la peine prévue pour les contraventions de la cinquième classe :

1° Le fait pour un détenteur de marchandises de ne pas avoir conservé un échantillon laissé à sa garde en application du deuxième alinéa de l'article R. 329-10 ou d'en avoir modifié l'état ;

2° Le fait, en méconnaissance des dispositions d'une décision de suspension de mise sur le marché, de retrait du produit ou d'interdiction de mise à disposition sur le marché prise en application du I de l'article L. 329-35 ou d'une mesure prise en application du premier alinéa de l'article L. 329-37 :

a) D'importer, de mettre sur le marché ou de maintenir sur le marché des véhicules, remorques, systèmes, composants, entités techniques distinctes, pièces et équipements ayant fait l'objet d'une mesure de suspension ou d'interdiction de mise sur le marché ;

b) De ne pas procéder au retrait, au rappel ou à la destruction d'un véhicule, d'une remorque, d'un système, d'un composant, d'une entité technique distincte, d'une pièce ou d'un équipement ;

3° Le fait de ne pas établir et maintenir à jour un état chiffré des produits retirés ou rappelés en application des articles L. 329-35 ou L. 329-37 ou de ne pas en faire la déclaration dématérialisée conformément aux dispositions de l'article L. 329-36.

La récidive est réprimée conformément aux articles 132-11 et 132-15 du Code pénal.

TITRE III. – ENREGISTREMENT ET COMMUNICATION DES INFORMATIONS RELATIVES À LA CIRCULATION DES VÉHICULES

Art. R. 330-1 *(D. n° 2017-1278, 9 août 2017)*. – Le ministre de l'Intérieur fait procéder à l'enregistrement des informations prévues à l'article L. 330-1.

Art. R. 330-2 *(Mod., D. n° 2018-387, 24 mai 2018 ; D. n° 2021-285, 16 mars 2021).* – I. – Parmi les autorités et personnes énumérées à l'article L. 330-2, reçoivent communication, à raison de leurs attributions et dans la limite du besoin d'en connaître, des informations mentionnées à cet article, au moyen d'un accès direct :

1° Les autorités judiciaires ;

2° Les officiers ou agents de police judiciaire des services de police ou des unités de la gendarmerie nationales, dans l'exercice des missions définies à l'article 14 du Code de procédure pénale ;

3° Les militaires de la gendarmerie nationale et les fonctionnaires de la police nationale habilités à effectuer des contrôles routiers en application des dispositions du présent code ;

4° Les agents de police judiciaire adjoints et les gardes champêtres individuellement désignés et habilités par le préfet, sur proposition du maire de la commune, aux seules fins d'identifier les auteurs des infractions au présent code et des infractions relatives à l'abandon ou au dépôt illégal de déchets qu'ils sont habilités à constater ;

5° Parmi les fonctionnaires de l'État mentionnés au 5° du I de l'article L. 330-2, et aux seules fins d'identifier les auteurs d'infractions au présent code, les fonctionnaires habilités à constater ces infractions en vertu des 7° et 12° de l'article L. 130-4 ou des articles L. 130-6 et L. 130-8 ;

6° Les personnels de l'Agence nationale de traitement automatisé des infractions, chargés des opérations nécessaires à la délivrance par voie postale de l'avis de paiement mentionné à l'article L. 2333-87 du Code général des collectivités territoriales ou à l'émission du titre exécutoire prévu au même article ;

7° Les préfets pour l'exercice de leur compétence en matière de circulation des véhicules, ainsi que les agents des préfectures et des sous-préfectures chargés de la délivrance du certificat d'immatriculation et les agents des observatoires départementaux et régionaux de la sécurité routière chargés de réaliser des études statistiques sur les accidents de la route ;

8° Parmi les agents des services mentionnés au 7° du I de l'article L. 330-2 :

a) Les agents de l'observatoire national interministériel de la sécurité routière chargés de réaliser des études statistiques sur les accidents de la route ;

b) Les agents des services centraux du ministère de l'intérieur chargés de l'application de la réglementation relative à la délivrance du certificat d'immatriculation du véhicule ainsi que les membres de l'inspection générale de l'administration du ministère de l'intérieur chargés de leur contrôle ;

c) Les agents des services centraux des ministres chargés de l'écologie et des transports, chargés du contrôle technique de l'immatriculation et de la sécurité des véhicules ;

9° Les agents habilités de l'administration des finances publiques pour l'exercice de leurs compétences ;

10° Le maire dans le cadre des attributions prévues aux articles L. 541-21-3 et L. 541-21-4 du Code de l'environnement, aux seules fins d'identifier le titulaire du certificat d'immatriculation ;

11° Les personnels habilités du fonds de garantie des assurances obligatoires de dommages mentionné à l'article L. 421-1 du Code des assurances en vue de mener les missions fixées au V du même article (1) ;

12° Les agents habilités du prestataire autorisé par l'État aux seules fins d'établir et de délivrer le dispositif d'identification des véhicules prévu à l'article L. 318-1 ;

13° Dans les conditions prévues par l'acte créant le traitement des données énumérées à l'article L. 330-2, les personnels de l'Agence nationale des titres sécurisés individuellement désignés et spécialement habilités.

14° Les agents de la concurrence, de la consommation et de la répression des fraudes pour l'exercice de leurs missions ;

15° Les fonctionnaires et agents mentionnés à l'article L. 172-4 du Code de l'environnement, aux seules fins d'identifier les auteurs des infractions qu'ils sont habilités à constater.

II. – Sont également autorisés à accéder directement aux informations mentionnées à l'article L. 330-2, dans les conditions fixées par l'article L. 222-1 du Code de la sécurité intérieure :

1° Les agents des services de la police nationale et les militaires des unités de la gendarmerie nationale chargés des missions de prévention et de répression des atteintes aux intérêts fondamentaux de la Nation et des actes de terrorisme ;

(1) Conformément à l'article 4 du décret n° 2018-387 du 24 mai 2018, les dispositions du 11° du I de l'article R. 330-2 entrent en vigueur à la même date que les dispositions issues du 2° du I de l'article 35 de la loi n° 2016-1547 du 18 novembre 2016 de modernisation de la justice du XXIe siècle et au plus tard le 31 décembre 2018.

2° Les agents des services spécialisés du renseignement mentionnés à l'article R. 222-1 du Code de la sécurité intérieure, pour les seuls besoins de la prévention des atteintes aux intérêts fondamentaux de la Nation et des actes de terrorisme.

III. – Les modalités d'application du présent article sont fixées par arrêté du ministre de l'intérieur.

Art. R. 330-3 *(Mod., D. n° 2018-387, 24 mai 2018 ; D. n° 2021-285, 16 mars 2021)*. – I. – Parmi les autorités et personnes énumérées à l'article L. 330-2, reçoivent, à leur demande, à raison de leurs attributions et dans la limite du besoin d'en connaître, communication des informations mentionnées à cet article :

1° Par l'intermédiaire des services de la police ou de la gendarmerie nationales territorialement compétents :

a) Les agents de police judiciaire adjoints et les gardes champêtres autres que ceux mentionnés au 4° du I de l'article R. 330-2, aux seules fins d'identifier les auteurs des infractions au présent code et des infractions relatives à l'abandon ou au dépôt illégal de déchets qu'ils sont habilités à constater ;

b) Aux seules fins d'identifier les auteurs des infractions au présent code, les fonctionnaires habilités à constater ces infractions en application des 1°, 3°, 4°, 5° et 9° de l'article L. 130-4 ;

2° Par l'intermédiaire du ministre de l'intérieur, par voie électronique :

a) La personne physique ou morale titulaire des pièces administratives, son avocat ou son mandataire ;

b) Les entreprises d'assurances garantissant les dommages subis par des tiers résultant d'atteintes aux personnes ou aux biens dans la réalisation desquels un véhicule à moteur, ainsi que ses remorques, est impliqué et les organismes assimilés à ces entreprises, dès lors que ces informations ont pour seul but d'identifier les biens et les personnes impliqués dans un accident de la circulation, à condition qu'au moins un des véhicules soit assuré par le demandeur ou que ce dernier ait en charge l'indemnisation d'une des victimes ; ces entreprises d'assurances ou organismes assimilés doivent notamment fournir à l'appui de leur demande le numéro et la date de la police d'assurance ainsi que le numéro d'inscription de la déclaration du sinistre ;

c) Les autorités étrangères avec lesquelles existe un accord d'échange d'informations relatives à l'identification du titulaire du certificat d'immatriculation ;

d) Les services compétents des États membres, pour l'application des instruments de l'Union européenne destinés à faciliter l'échange transfrontalier d'informations concernant les infractions en matière de sécurité routière ;

e) Les services compétents en matière d'immatriculation des États membres de l'Union européenne et des autres États parties à l'accord sur l'Espace économique européen, dans le cadre des dispositions prévoyant un échange d'informations relatives à l'immatriculation d'un véhicule précédemment immatriculé dans un autre de ces États, ou au titre de la répression de la criminalité visant les véhicules et ayant des incidences transfrontalières ;

f) Les agents mentionnés aux articles L. 2132-21 et L. 2132-23 du Code général de la propriété des personnes publiques ainsi qu'aux articles L. 2241-1, L. 4321-3, L. 4272-1, L. 5243-1 et L. 5337-2 du Code des transports habilités à dresser procès-verbal de contravention de grande voirie en application de ces mêmes codes et les personnels de Voies navigables de France mentionnés à l'article L. 4272-2 du Code des transports habilités à constater les infractions définies par les règlements de police de la navigation intérieure, aux seules fins d'identifier le titulaire du certificat d'immatriculation ;

3° Par l'intermédiaire des services de la police ou de la gendarmerie nationales territorialement compétents, ou du ministre de l'intérieur par voie électronique :

a) Les agents habilités des services mentionnés au 7° du I de l'article L. 330-2, autres que ceux bénéficiant d'un accès direct en application du 8° du I de l'article R. 330-2 ;

b) Les agents des exploitants d'une autoroute ou d'un ouvrage routier ouvert à la circulation publique et soumis à péage, assermentés dans les conditions prévues à l'article L. 130-7, aux seules fins d'identifier les auteurs des contraventions au présent code qu'ils sont habilités à constater conformément au 8° de l'article L. 130-4, sous réserve qu'ils produisent, à l'appui de leur demande de communication, la date et l'heure de la contravention de non-paiement du péage, le numéro d'immatriculation du véhicule ainsi que le numéro identifiant de la demande de l'agent assermenté.

II. – La communication aux constructeurs de véhicules ou à leurs mandataires mentionnés au 13° du I de l'article L. 330-2 des informations mentionnées à cet article est effectuée à titre gratuit par le ministre de l'intérieur, selon des modalités fixées par voie conventionnelle. Pour l'application de ces dispositions :

1° Les rappels de sécurité s'entendent des rappels de véhicules effectués auprès des titulaires des certificats d'immatriculation en application des dispositions de l'article R. 321-14-1 ;

2° Les rappels de mise au point s'entendent des rappels de véhicules effectués auprès des titulaires des certificats d'immatriculation pour prévenir ou corriger, à titre gratuit et à des fins non commerciales, des défauts techniques qui ne sont pas de nature à compromettre gravement la sécurité routière, la santé publique ou la protection de l'environnement.

III. – Les modalités d'application du I du présent article sont fixées par arrêté du ministre de l'intérieur.

Art. R. 330-4 *(Mod., D. n° 2018-387, 24 mai 2018).* – I. – Parmi les autorités et personnes mentionnées à l'article L. 330-3, bénéficient de la communication des informations mentionnées à cet article, à raison de leurs attributions et dans la limite du besoin d'en connaître, au moyen d'un accès direct :

1° Les autorités judiciaires ;

2° Les officiers ou agents de police judiciaire des services de police ou des unités de la gendarmerie nationales, dans l'exercice des missions définies à l'article 14 du Code de procédure pénale ;

3° Les préfets pour l'exercice de leur compétence en matière de circulation des véhicules, ainsi que les agents des préfectures et sous-préfectures chargés de la délivrance du certificat d'immatriculation.

II. – Reçoivent, à leur demande, communication des informations mentionnées à l'article L. 330-3, par l'intermédiaire du ministre de l'intérieur par voie électronique ou des services de la police ou de la gendarmerie nationales territorialement compétents :

1° La personne physique ou morale titulaire des pièces administratives exigées pour la circulation routière, son avocat ou son mandataire ;

2° Les autorités compétentes de Saint-Barthélemy, de Saint-Martin, de Wallis-et-Futuna, de la Nouvelle-Calédonie et de la Polynésie française, pour l'exercice de leurs attributions en matière de circulation des véhicules.

Art. R. 330-5 *(Mod., D. n° 2018-387, 24 mai 2018).* – Les personnes énumérées à l'article L. 330-4 reçoivent, à leur demande, communication des informations mentionnées à cet article par l'intermédiaire du ministre de l'intérieur par voie électronique ou des services de la police ou de la gendarmerie nationales territorialement compétents.

Art. R. 330-6 *(D. n° 2017-1278, 9 août 2017 ; renum., D. 2018-387, 24 mai 2018).* – La communication des informations prévues aux articles L. 330-2 à L. 330-4 aux demandeurs qui disposent d'un droit d'accès en vertu d'une disposition législative particulière est assurée par le « ministre de l'Intérieur par voie électronique » ou par les services de la police nationale ou de la gendarmerie territorialement compétents.

Art. R. 330-7 *(D. n° 2010-682, 22 juin 2010 ; Ord. n° 2016-307, 17 mars 2016 ; D. n° 2017-1278, 9 août 2017).* – Les personnes souhaitant bénéficier des dispositions des cinq derniers alinéas de l'article L. 330-5 demandent au ministre de l'Intérieur la délivrance d'une licence dans les conditions prévues aux articles L. 323-1 et L. 323-2 du Code des relations entre le public et l'administration. La licence vaut agrément au sens de l'article L. 330-5.

La licence est dite statistique si elle est demandée aux fins prévues au troisième alinéa de l'article L. 330-5. Elle est dite commerciale si elle est demandée aux fins prévues à son quatrième alinéa. Elle est dite technique si elle est demandée aux fins prévues à son cinquième alinéa.

Art. R. 330-8 *(D. n° 2010-682, 22 juin 2010 ; D. n° 2016-308, 17 mars 2016).* – La demande de licence de réutilisation est présentée et instruite conformément aux articles R. 323-4 à R. 323-7 du Code des relations entre le public et l'administration.

Art. R. 330-9 *(D. n° 2010-682, 22 juin 2010).* – La licence de réutilisation est délivrée pour une durée maximale de cinq ans.

Elle est renouvelable.

Art. R. 330-10 *(D. n° 2010-682, 22 juin 2010).* – I. – La licence de réutilisation comprend des clauses conformes aux articles 38 et 41 du décret susmentionné du 30 décembre 2005.

II. – Elle précise que son titulaire ne peut transférer les données personnelles issues du « système d'immatriculation des véhicules » à d'autres personnes que celles :

1° Qui agissent sous sa responsabilité dans le cadre d'un contrat de prestation de services comportant un engagement de confidentialité ;

2° Ou qui sont énumérées à l'article L. 330-2, aux fins prévues au même article ;
3° Ou qui sont mentionnées à l'article L. 330-5, aux fins prévues par leurs licences.
III. – Les licences commerciales prévoient que leurs titulaires avisent ou font aviser les personnes faisant l'objet d'enquêtes ou de prospections du droit d'opposition mentionné au II de l'article R. 330-11.

IV. – La licence prévoit qu'elle peut être suspendue ou retirée, après que son titulaire a été mis en mesure de présenter ses observations, lorsque les conditions de sa délivrance cessent d'être remplies ou pour un motif d'intérêt général.

Art. R. 330-11 *(D. n° 2010-682, 22 juin 2010 ; mod., D. n° 2011-477, 2 mai 2011 ; D. n° 2017-1278, 9 août 2017 ; D. n° 2020-1638, 21 déc. 2020)*. – I. – Lors de l'enregistrement des informations mentionnées à l'article L. 330-1, toute personne physique est informée des droits qu'elle tient de l'article 21 du règlement (UE) 2016/679 du 27 avril 2016 relatif à la protection des personnes physiques à l'égard du traitement des données à caractère personnel et à la libre circulation de ces données, et abrogeant la directive 95/46/ CE et de l'article 56 de la loi n° 78-17 du 6 janvier 1978 relative à l'informatique, aux fichiers et aux libertés, et mise en mesure de les exercer.

II. – Lorsque les informations mentionnées à l'article L. 330-1 sont déjà enregistrées, toute personne physique peut s'opposer, auprès du ministre de l'intérieur par voie électronique, à la communication à des tiers des données à caractère personnel la concernant, en vue de leur réutilisation à des fins d'enquêtes et de prospections commerciales. Cette opposition est notifiée sans délai aux détenteurs d'une licence commerciale.

TITRE IV. – DISPOSITIONS RELATIVES À L'OUTRE-MER

CHAPITRE I. – DISPOSITIONS PARTICULIÈRES À LA COLLECTIVITÉ TERRITORIALE DE SAINT-PIERRE-ET-MIQUELON

Art. R. 341-1. – Pour l'application des dispositions du présent livre dans la collectivité territoriale de Saint-Pierre-et-Miquelon, les termes énumérés ci-après sont remplacés comme suit :
1° « direction régionale de l'industrie, de la recherche et de l'environnement » par « direction de l'équipement » ;
2° « département » par « collectivité territoriale » ;
3° « tribunal *(Rempl., D. n° 2019-966, 18 sept. 2019)* « judiciaire » par « tribunal de première instance » ;
4° « départementale » par « territoriale ».

CHAPITRE II. – DISPOSITIONS APPLICABLES DANS LA COLLECTIVITÉ TERRITORIALE DE MAYOTTE

Art. R. 342-1. – Pour l'application des dispositions réglementaires du présent livre dans la collectivité territoriale de Mayotte, les termes énumérés ci-après sont remplacés comme suit :
1° « direction régionale de l'industrie, de la recherche et de l'environnement » par « service chargé de la réception des véhicules » ;
2° « préfet » par « représentant du gouvernement » ;
3° « département » par « collectivité territoriale » ;
4° « préfecture » par « représentation du gouvernement » ;
5° *(5° abr. à compter du 1er janvier 2020, D. n° 2019-913, 30 août 2019)* ;
6° « départementale » par « territoriale ».

Art. R. 342-2. – Les dispositions réglementaires du présent livre sont applicables dans la collectivité territoriale de Mayotte, à l'exception des articles R. 314-3, R. 318-2, R. 318-7, R. 318-8, R.* 322-12 et du deuxième alinéa de l'article R. 325-24.

Art. R. 342-3. – Pour l'application des articles R. 312-8, R. 312-17, R. 312-24, R. 313-33, R. 314-3, R. 314-4, R. 314-7, R. 315-1, R. 315-6, R. 316-10, R. 317-8, R. 317-12, R. 317-17, R. 317-20, R. 317-23, R. 317-28, R. 318-1, R. 318-5, R. 321-3, R. 321-21, R. 322-1, R. 322-3, R. 322-13 et R. 323-5, le ministre chargé de l'outre-mer signe les arrêtés ministériels prévus par ces articles.

Les arrêtés ministériels prévus par les articles R. 322-1, R. 322-5, R. 322-7, R. 322-10, et R. 326-5 sont pris après avis du ministre chargé de l'outre-mer.

Art. R. 342-4 *(Mod., D. n° 2021-143, 10 févr. 2021).* – Pour son application dans la collectivité territoriale de Mayotte, l'article R. 325-3 est rédigé comme suit :

« Art. R. 325-3. – L'immobilisation peut être prescrite par les officiers de police judiciaire, les gendarmes qui n'ont pas la qualité d'officier de police judiciaire et les agents du cadre de police mahoraise agréés par le représentant du Gouvernement et ayant prêté serment devant le procureur de la République, lorsqu'ils constatent la nécessité de faire cesser sans délai une des infractions pour lesquelles l'immobilisation peut être prévue.

Elle peut être prescrite par les fonctionnaires des ponts et chaussées, y compris les conducteurs de chantiers ou agents de travaux assermentés à cet effet.

Elle peut également être prescrite dans le cadre de leur compétence, par les inspecteurs des transports, fonctionnaires ou agents de l'État chargés du contrôle des transports terrestres placés sous l'autorité du ministre chargé des transports, les agents de douanes et les agents de contrôle de l'inspection du travail mentionnés à l'article L. 8112-1 du Code du travail lorsqu'il y a nécessité de faire cesser sans délai une infraction pour laquelle elle est prévue.

Elle peut en outre être prescrite par les ingénieurs, chefs de district et agents techniques des eaux et forêts. »

Art. R. 342-5 *(Mod., D. n° 2006-1808, 23 déc. 2006).* – Pour son application dans la collectivité territoriale de Mayotte, l'article R. 326-17 est rédigé comme suit :

« Art. R. 326-17. – Le représentant du Gouvernement détermine les conditions que doivent remplir les experts pour être inscrits sur les listes d'aptitude prévues au premier alinéa de l'article R. 326-2. »

CHAPITRE III. – DISPOSITIONS APPLICABLES À LA POLYNÉSIE FRANÇAISE

Section I. – Dispositions générales

Art. R. 343-1. – *(D. n° 2007-1626, 16 nov. 2007)* Les articles R. 325-1 et R. 325-1-1 sont applicables à la Polynésie française dans la rédaction suivante ;

« Art. R. 325-1. – L'immobilisation, la mise en fourrière, le retrait de la circulation et la destruction prévus à l'article L. 343-1 peuvent être décidés dans les cas et les conditions définis aux articles R. 343-2 à R. 343-4.

Ces mesures ne font pas obstacle aux saisies ordonnées par l'autorité judiciaire.

Elles ne s'appliquent pas aux véhicules participant à des opérations de maintien de l'ordre.

Les dispositions concernant la mise en fourrière ne s'appliquent pas aux véhicules militaires. »

« Art. R. 325-1-1. – Lorsque la juridiction prononce la confiscation d'un véhicule immobilisé et mis en fourrière en application de l'article L. 325-1-1, dans sa rédaction applicable à la Polynésie française, le service chargé de son aliénation dans les formes prévues pour les ventes de son mobilier informe préalablement le candidat acquéreur que le montant des frais d'enlèvement et de garde en fourrière seront à sa charge. »

Art. R. 343-1-1 *(D. n° 2009-1644, 23 déc. 2009).* – Les articles R. 317-2, R. 317-3 et R. 317-4 sont applicables à la Polynésie française dans la rédaction suivante :

« Art. R. 317-2. – Dans les cas où la réglementation en vigueur en Polynésie française prévoit que des véhicules doivent être équipés d'un appareil de contrôle permettant l'enregistrement de la vitesse du véhicule, l'État définit les exigences réglementaires applicables à cet appareil ainsi que les conditions de son installation, de sa réparation et de sa vérification.

Le conducteur d'un véhicule équipé d'un appareil de contrôle permettant l'enregistrement de la vitesse du véhicule est tenu de présenter ou de remettre, à toutes réquisitions des agents ayant qualité pour constater les délits ou les contraventions en matière de circulation routière, les feuilles d'enregistrement de l'appareil de contrôle. Ces feuilles doivent être conservées pendant un an au moins et tenues à la disposition des agents de constatation.

« Art. R. 317-3. – L'appareil de contrôle doit être constamment maintenu en bon état de fonctionnement.

Le fait de contrevenir aux dispositions du présent article est puni de l'amende prévue pour les contraventions de la quatrième classe.

« Art. R. 317-4. – L'immobilisation des véhicules devant être équipés d'un appareil de contrôle permettant l'enregistrement de la vitesse peut être prescrite dans les conditions prévues à l'article L. 343-1 :

1° Lorsque le conducteur est en infraction aux règles relatives aux conditions de travail dans les transports routiers, publics ou privés, en vigueur en Polynésie française ;

2° Lorsque le conducteur ne peut présenter les documents dûment renseignés concernant les conditions de travail dans les transports routiers, publics et privés, en vigueur en Polynésie française ;

3° En l'absence d'appareil de contrôle permettant l'enregistrement de la vitesse ou lorsque celui-ci a fait l'objet d'une modification ou d'une détérioration affectant son fonctionnement normal. »

Section II. – Immobilisation

Art. R. 343-2. – Les articles R. 325-2 à R. 325-6 et R. 325-9 à R. 325-11 sont applicables à la Polynésie française dans la rédaction suivante :

« Art. R. 325-2. – L'immobilisation est l'obligation faite au conducteur ou au propriétaire d'un véhicule, en cas d'infraction prévue à l'article R. 343-3, de maintenir ce véhicule sur place ou à proximité du lieu de constatation de l'infraction en se conformant aux règles relatives au stationnement.

En cas d'absence du conducteur ou lorsque celui-ci refuse de déplacer son véhicule, l'immobilisation de ce véhicule peut être assurée par un moyen mécanique.

Pendant tout le temps de l'immobilisation, le véhicule demeure sous la garde juridique de son conducteur ou propriétaire.

Le fait pour tout conducteur ou propriétaire d'un véhicule de transport de marchandises d'un poids total autorisé en charge excédant 3,5 tonnes ou d'un véhicule de transport en commun de contrevenir à l'obligation prévue au premier alinéa est puni de l'amende prévue pour les contraventions de la cinquième classe.

Le fait pour tout conducteur ou propriétaire d'un autre véhicule de contrevenir à l'obligation prévue au premier alinéa est puni de l'amende prévue pour les contraventions de la quatrième classe. »

« Art. R. 325-3. – L'immobilisation peut être prescrite par les officiers ou agents de police judiciaire habilités à constater les contraventions de police de la circulation routière lorsqu'ils constatent la nécessité de faire cesser sans délai une des infractions prévues à l'article R. 343-3. »

« Art. R. 325-4. – Lorsque la décision d'immobilisation résulte de l'une des situations visées aux 1°, 2° et 10° de l'article R. 343-3, le véhicule peut poursuivre sa route dès qu'un conducteur qualifié, proposé par le conducteur ou éventuellement par le propriétaire du véhicule, peut assurer la conduite de celui-ci.

À défaut, les fonctionnaires et agents habilités à prescrire l'immobilisation peuvent prendre toute mesure destinée à placer le véhicule en stationnement régulier, au lieu qu'ils désignent, en faisant notamment appel à un conducteur qualifié. »

« Art. R. 325-5. – Lorsque la décision d'immobilisation résulte d'une infraction aux règles concernant l'état ou l'équipement du véhicule, elle peut n'être rendue effective que dans un lieu où le conducteur du véhicule sera susceptible de trouver les moyens de faire cesser l'infraction.

Il ne peut être fait usage de cette faculté que dans la mesure où l'accompagnement du véhicule jusqu'à ce lieu peut être assuré dans des conditions de sécurité satisfaisantes.

Le conducteur peut également être autorisé à faire appel à un professionnel qualifié pour la prise en remorque de son véhicule en vue de sa réparation. L'immobilisation devient alors effective au lieu de réparation. »

« Art. R. 325-6. – La décision d'immobilisation prise en vertu du 13° de l'article R. 343-3 doit prescrire la présentation du véhicule à une visite technique dans les conditions fixées par (D. n° 2007-1626, 16 nov. 2007) une décision du conseil des ministres de la Polynésie française. »

« Art. R. 325-9. (D. n° 2007-1626, 16 nov. 2007). – Lorsque l'infraction qui a motivé l'immobilisation n'a pas cessé au moment où l'agent quitte le lieu où le véhicule est immobilisé, l'agent saisit l'officier de police judiciaire territorialement compétent en lui remettant soit la carte grise du véhicule s'il s'agit d'un véhicule dont le poids total autorisé en charge n'excède pas 3,5 tonnes et une fiche d'immobilisation, soit les pièces administratives nécessaires à la circulation du véhicule s'il s'agit d'un véhicule de transport de marchandises d'un poids total autorisé en charge excédant 3,5 tonnes ou de transport en commun et la fiche d'immobilisation.

Un double de cette fiche est remis au contrevenant.

La fiche d'immobilisation énonce les date, heure et lieu de l'immobilisation, l'infraction qui l'a motivée, les éléments d'identification du véhicule et de la carte grise, les nom et adresse du contrevenant, les noms, qualités et affectations des agents qui la rédigent, et précise la résidence de l'officier de police judiciaire qualifié pour lever la mesure. »

« Art. R. 325-10. – Le procès-verbal de l'infraction qui a motivé l'immobilisation d'un véhicule est transmis dans les plus brefs délais au procureur de la République. Il relate de façon sommaire les circonstances et les conditions dans lesquelles la mesure a été prise. »

« Art. R. 325-11. – I. – L'immobilisation ne peut être maintenue après que la circonstance qui l'a motivée a cessé.

II. – Elle est levée :

1° Par l'agent qui l'a prescrite s'il est encore présent lors de la cessation de l'infraction ;

2° Par l'officier de police judiciaire saisi dans les conditions prévues à l'article R. 325-9, dès que le conducteur justifie de la cessation de l'infraction. L'officier de police judiciaire restitue alors au conducteur la carte grise ou les pièces mentionnées au même article et transmet au procureur de la République un exemplaire de la fiche d'immobilisation ou une copie conforme de cette fiche, comportant mention de la levée de la mesure.

III. – Lorsque le conducteur du véhicule n'a pas justifié de la cessation de l'infraction dans un délai de quarante-huit heures, l'officier de police judiciaire peut transformer l'immobilisation en une mise en fourrière ; il joint alors à chacun des exemplaires de la procédure de mise en fourrière un exemplaire ou une copie conforme de la fiche d'immobilisation. L'officier de police judiciaire adresse ces documents au procureur de la République.

IV. – Dans tous les cas, dès la cessation de l'infraction qui a motivé l'immobilisation, le véhicule peut circuler entre le lieu d'immobilisation et la résidence de l'autorité désignée pour lever la mesure, sous couvert du double de la fiche d'immobilisation remise au conducteur. »

Art. R. 343-3 *(D. n° 2017-16, 6 janv. 2017)*. – L'immobilisation peut être prescrite :

1° Lorsque le conducteur est présumé en état d'ivresse ou sous l'empire d'un état alcoolique ;

2° Lorsque le conducteur n'est pas titulaire du permis exigé pour la conduite du véhicule ;

3° Lorsque le mauvais état du véhicule, son poids, sa charge par essieu, la forme, la nature, l'état et les conditions d'utilisation des bandages, la pression sur le sol, l'absence, la non-conformité et la défectuosité de son équipement réglementaire en ce qui concerne les freins ou l'éclairage, ou son chargement, créent un danger important pour les autres usagers ou constituent une menace pour l'intégrité de la chaussée. Toutefois, peuvent seuls être retenus les dépassements du poids total autorisé ou des charges par essieu prévues par la réglementation en vigueur dans le territoire excédant 5 % ;

4° Lorsque le conducteur d'un transport exceptionnel ne peut présenter le document prévu par la réglementation en vigueur dans le territoire permettant la circulation de ce transport ;

5° Lorsque le véhicule ou son chargement provoque des détériorations à la route ou à ses dépendances ;

6° Lorsque le véhicule circule en infraction aux règlements en vigueur dans le territoire relatifs aux transports de matières dangereuses ou à ceux portant restrictions de circulation ;

7° Lorsque le véhicule circule en infraction aux dispositions en vigueur dans le territoire relatives aux organes moteurs ;

8° Lorsque le conducteur du véhicule est en infraction aux dispositions en vigueur dans le territoire et relatives à l'exécution commode et sans délai de toutes les manœuvres qui lui incombent, notamment lorsque ses possibilités de mouvement, son champ de vision et d'audition sont réduits par le nombre ou la position des passagers, par les objets transportés, par l'apposition d'objets non transparents sur les vitres ;

9° Lorsque le conducteur d'un véhicule de transport circule en infraction à la réglementation territoriale relative à l'autorisation de mise en circulation ;

10° Lorsque le conducteur d'un véhicule est en infraction à la réglementation territoriale relative aux conditions de travail, dans les transports routiers, ou ne peut présenter les documents dûment renseignés permettant de contrôler le respect de ces règles ;

11° Lorsque le conducteur est en infraction aux dispositions territoriales relatives à l'obligation d'assurance ;

12° Lorsque le conducteur circule sans satisfaire aux règles territoriales relatives à la circulation routière spéciale aux conducteurs de cyclomoteurs et aux motocyclistes, notamment au port du casque ;

13° Lorsque le conducteur circule en infraction aux règles en vigueur sur le territoire relatives aux visites techniques ;

14° Lorsque le conducteur d'un véhicule est en infraction avec les règles en vigueur dans le territoire et relatives à l'arrêt et au stationnement et à l'usage des voies à circulation spécialisée et refuse de faire cesser l'arrêt ou le stationnement irrégulier malgré l'injonction des agents.

Section III. – Fourrière

Art. R. 343-4. – Les articles R. 325-12, R. 325-13, R. 325-14 à R. 325-17, R. 325-18, R. 325-19 à R. 325-32, R. 325-33, R. 325-34 à R. 325-38, R. 325-40 à R. 325-43 et R. 325-45 sont applicables à la Polynésie française dans la rédaction suivante :

« Art. R. 325-12. – La mise en fourrière est le transfert d'un véhicule en un lieu désigné par l'autorité administrative ou par l'autorité judiciaire en vue d'y être retenu jusqu'à décision de celle-ci, aux frais du propriétaire du véhicule, afin de faire cesser une ou plusieurs des infractions prévues et réprimées par l'article R. 325-14.

L'immobilisation matérielle prévue à l'article R. 325-2 peut constituer l'une des opérations préalables au commencement d'exécution de la mise en fourrière.

La mise en fourrière est réputée avoir reçu un commencement d'exécution :

1° À partir du moment où deux roues au moins du véhicule ont quitté le sol, lorsque le transfert du véhicule vers la fourrière est réalisé au moyen d'un véhicule d'enlèvement ;

2° À partir du commencement du déplacement du véhicule vers la fourrière, quel que soit le procédé utilisé à cet effet. »

« Art. R. 325-13. (D. n° 2007-1626, 16 nov. 2007). – Toute prescription de mise en fourrière est précédée d'une vérification tendant à déterminer s'il s'agit d'un véhicule volé.

Lorsque le résultat de cette vérification est positif, le propriétaire et son assureur sont immédiatement informés de la découverte du véhicule. Le véhicule est alors confié au gardien de fourrière à titre conservatoire en attendant que le propriétaire ou l'assureur se manifeste. »

« Art. R. 325-14. – I. (D. n° 2007-1626, 16 nov. 2007). – La mise en fourrière est prescrite par un officier de police judiciaire territorialement compétent dans les cas suivants :

1° À la suite d'une immobilisation du véhicule, dans les conditions prévues à l'article R. 325-9 et au 2° du II de l'article R. 325-11 ;

2° En cas de stationnement de nature à créer une entrave ou une gêne à la circulation, lorsque le conducteur est absent ou refuse de faire cesser le stationnement irrégulier ;

3° En cas de stationnement de nature à créer un danger pour les usagers, quand le conducteur est absent ou refuse de faire cesser le stationnement irrégulier ;

4° En cas de stationnement en infraction à un règlement de police d'un véhicule dont la présence compromet l'utilisation normale de la chaussée ou de ses dépendance ou entrave l'accès des immeubles riverains, si le conducteur est absent ou refuse de faire cesser le stationnement irrégulier ;

5° En cas de stationnement en un même point de la voie publique ou de ses dépendances pendant une durée excédant sept jours consécutifs ;

6° En cas d'infraction aux règlements en vigueur dans le territoire pour la sauvegarde de l'esthétique des sites et des paysages ;

7° En cas de défaut de présentation à une visite technique obligatoire ou de non-exécution de réparations ou aménagements prescrits par l'expert chargé des visites techniques ;

8° En cas de circulation d'un véhicule de transport en infraction à la réglementation territoriale relative à l'autorisation de mise en circulation.

II. – Lorsque le véhicule a été volé, que son propriétaire n'a pu être identifié ou lorsqu'il est muni de fausses plaques d'immatriculation, sa mise en fourrière ne peut être prescrite que par un officier de police judiciaire de la police nationale ou de la gendarmerie nationale territorialement compétent, ou avec son accord préalable exprès. »

« Art. R. 325-15. – La mise en fourrière peut également être prescrite par l'autorité administrative ou par le maire dans le cas prévu au 6° de l'article R. 325-14.

Un officier de police judiciaire territorialement compétent peut être chargé d'exécuter ou de faire exécuter la mesure prévue à l'alinéa précédent.

Les dispositions du II de l'article R. 325-16 sont appliquées. »

« Art. R. 325-16 (Mod., D. n° 2007-1626, 16 nov. 2007). – I. – Dans les cas prévus à l'article R. 325-14, l'agent verbalisateur qui a constaté l'infraction justifiant la mise en fourrière saisit l'officier de police judiciaire territorialement compétent.

II. – L'officier de police judiciaire territorialement compétent ou l'agent verbalisateur spécialement mandaté par lui :

1° Désigne la fourrière dans laquelle sera transféré le véhicule, cette désignation étant matérialisée par la pose d'un signe distinctif sur celui-ci ;

2° Dresse, si possible contradictoirement en présence du propriétaire ou du conducteur du véhicule et du préposé à l'enlèvement, un état sommaire, extérieur et intérieur, du véhicule, sans l'ouvrir, au moyen d'une fiche descriptive dont le modèle est fixé par une décision du Conseil des ministres de Polynésie française, avant que la mise en fourrière reçoive un commencement d'exécution ;

3° Remet à ce propriétaire ou ce conducteur un double de la fiche relative à l'état du véhicule et, le cas échéant, une fiche de circulation provisoire ;

4° Relate sur le procès-verbal de l'infraction les motifs de la mise en fourrière ; il y fait mention du retrait provisoire de la carte grise et de l'heure d'appel du véhicule d'enlèvement. »

« Art. R. 325-17. – Lorsque la mise en fourrière a reçu un commencement d'exécution, le véhicule est restitué à son propriétaire ou à son conducteur dans les conditions prévues à l'article R. 325-38.

Toutefois, si, avant le transfert ou le déplacement effectif du véhicule, le propriétaire ou le conducteur du véhicule règle les frais d'opérations préalables prévus à l'article R. 325-29, ou s'il s'engage par écrit à régler, et s'il s'engage à rendre immédiatement son usage normal à la voie publique, il peut être autorisé à reprendre aussitôt son véhicule. »

« Art. R. 325-18 (D. n° 2007-1626, 16 nov. 2007). – L'auteur d'une prescription de mise en fourrière informe l'autorité dont relève la fourrière dans les plus brefs délais. »

« Art. R. 325-19. – Chaque fourrière relève d'une autorité publique unique.

Cette autorité publique est l'une de celles qui sont prévues aux articles R. 325-20 et R. 325-21.

Cette autorité publique désigne le gardien de la fourrière sur la liste des gardiens de fourrière agréés conformément aux dispositions de l'article R. 325-24. »

« Art. R. 325-20. – Lorsque la mise en fourrière est effectuée dans un lieu public ou relevant d'une autorité publique, l'autorité dont relève la fourrière est :

1° L'autorité compétente du territoire si le local ou le terrain appartient au territoire ou si celui-ci en a la disposition ;

2° Le maire si le local ou le terrain appartient à la commune ou si celle-ci en a la disposition. »

« Art. R. 325-21 (Mod., D. n° 2007-1626, 16 nov. 2007). – La fourrière peut être située dans un lieu privé avec l'assentiment du propriétaire ou du locataire de cet immeuble, s'il accepte d'assurer la garde de cette fourrière.

Dans cette hypothèse, l'autorité dont relève la fourrière est l'autorité désignée par une décision du Conseil des ministres de Polynésie française. »

« Art. R. 325-22. – I. – Lorsque le propriétaire du véhicule faisant l'objet de la mise en fourrière est domicilié ou réside dans le ressort de l'officier de police judiciaire qui exécute cette mesure, celui-ci peut faire garder le véhicule par son propriétaire, à condition que la carte grise soit immédiatement retirée. Ce document reçoit la destination prévue à l'article R. 325-32.

II. – Dans cette hypothèse, l'autorité dont relève la fourrière est :

1° Soit le maire, lorsque la mise en fourrière a été décidée par lui ou par un de ses adjoints agissant en qualité d'officier de police judiciaire ;

2° Soit l'autorité compétente du territoire. »

« Art. R. 325-23. – Le véhicule est placé sous la garde juridique du gardien de la fourrière jusqu'à la date d'effet de la mainlevée, sauf au cours de la sortie provisoire prévue à l'article R. 325-36. »

« Art. R. 325-24 (Mod., D. n° 2007-1626, 16 nov. 2007). – Des délibérations de l'assemblée de la Polynésie française fixent les conditions dans lesquelles sont agréés les gardiens de fourrière et les installations de celle-ci ; l'autorité compétente pour procéder au retrait de l'agrément est désignée par une décision du Conseil des ministres de Polynésie française. »

« Art. R. 325-25. – Le gardien de fourrière enregistre, au fur et à mesure de leurs arrivées, les entrées des véhicules mis en fourrière, leurs sorties provisoires et définitives, les décisions de mainlevée de la mise en

fourrière et, le cas échéant, les décisions de remise au service des domaines du territoire ou à une entreprise de destruction. »

« Art. R. 325-26. – Le procès-verbal de la mise en fourrière relate les circonstances et les conditions dans lesquelles cette mesure a été prise ; il est transmis dans les plus brefs délais au procureur de la République.

Un double de ce document est transmis dans les plus brefs délais à l'autorité ayant compétence pour prononcer la mainlevée.

En cas d'absence du propriétaire ou du conducteur au moment de l'enlèvement du véhicule en fourrière, le double de la fiche descriptive remplie par l'agent verbalisateur est adressé sans délai au responsable de la notification de mise en fourrière mentionné à l'article R. 325-31.

Un autre double de cette fiche descriptive est remis au gardien de fourrière. »

« Art. R. 325-27. – Les intéressés peuvent contester auprès du procureur de la République du lieu de l'infraction la décision de mise en fourrière. Ce magistrat confirme la mesure ou en ordonne la mainlevée dans le délai maximal de cinq jours ouvrables.

Si, à l'examen de la procédure, le procureur de la République estime qu'il n'a pas été commis d'infraction, il ordonne que soit donnée mainlevée de la mise en fourrière et en informe immédiatement l'autorité qui l'a prescrite. »

« Art. R. 325-28 (D. n° 2007-1626, 16 nov. 2007). – Peuvent procéder au transfert d'un véhicule du lieu de son stationnement à celui de sa garde en fourrière :

1° Les personnels habilités mentionnés aux premier et deuxième alinéas de l'article L. 325-2, dans sa rédaction applicable à la Polynésie française ;

2° Le professionnel agréé, ou son préposé, désigné pour l'enlèvement du véhicule dont la mise en fourrière a été prescrite ;

3° Un tiers en vertu d'une réquisition ;

4° Le propriétaire ou le conducteur du véhicule en vertu d'une réquisition. »

« Art. R. 325-29 (Mod., D. n° 2007-1626, 16 nov. 2007). – I. – Le propriétaire du véhicule est tenu de rembourser :

1° Lorsque la prescription de mise en fourrière a reçu le commencement d'exécution défini à l'article R. 325-12, les frais d'enlèvement ainsi que, le cas échéant, les frais de garde en fourrière, d'expertise, sous réserve de l'application du II de l'article R. 325-30 et du III de l'article R. 325-35, et de vente ou de destruction du véhicule ;

2° Lorsque la prescription de mise en fourrière n'a pas reçu de commencement d'exécution, les frais afférents aux opérations préalables à la mise en fourrière, à condition que le véhicule d'enlèvement se soit rendu sur les lieux.

II. – Le propriétaire du véhicule rembourse les frais précités au gardien de la fourrière sur présentation d'une facture détaillée.

III. – Les taux maximaux des frais d'opérations préalables à la mise en fourrière, des frais d'enlèvement, de garde en fourrière, d'expertise et de destruction des véhicules sont fixés par une décision du Conseil des ministres de Polynésie française.

IV. – Les frais de vente par le service territorial chargé des domaines sont fixés par une décision du Conseil des ministres de Polynésie française.

V. – Il appartient à l'autorité dont relève la fourrière d'assurer la rémunération, forfaitaire le cas échéant, des professionnels du secteur privé auxquels cette autorité fait appel dans le cadre de la procédure de mise en fourrière. Cette autorité peut conclure avec des professionnels une convention tarifaire, respectant les taux maximaux fixés par une décision du Conseil des ministres de Polynésie française. »

« Art. R. 325-30 (Mod., D. n° 2007-1626, 16 nov. 2007). – I. – L'autorité dont relève la fourrière classe le véhicule dans l'une des trois catégories suivantes :

1° Véhicules pouvant être restitués en l'état à son propriétaire ou son conducteur ;

2° Véhicules ne pouvant être restitués à son propriétaire ou son conducteur qu'après exécution des travaux reconnus indispensables ;

3° Véhicules hors d'état de circuler dans des conditions normales de sécurité et dont la valeur marchande est inférieure à un montant fixé par une décision du Conseil des ministres de Polynésie française, devant être livrés à la destruction à l'expiration du délai d'abandon prévu à l'alinéa 4 de l'article L. 325-7 dans sa rédaction applicable en Polynésie française.

II. – Le classement dans les deuxième et troisième catégories prévues au I ci-dessus est décidé après avis d'un expert désigné dans des conditions fixées par une décision du Conseil des ministres de Polynésie française.

III. – L'expert se prononce sur la capacité du véhicule à circuler dans des conditions normales de sécurité, définit dans le cas contraire les réparations indispensables propres à lui redonner cette capacité et fournit une évaluation de la valeur marchande du véhicule.

IV. – Les véhicules réclamés par leurs propriétaires ou leurs conducteurs dans le délai de trois jours suivant la mise en fourrière peuvent être restitués sans avoir été expertisés ni classés. »

« Art. R. 325-31. – (D. n° 2007-1626, 16 nov. 2007) La mise en fourrière est notifiée par l'officier de police judiciaire qui l'a prescrite ou qui a été chargé de l'exécuter, ou par l'autorité dont relève la fourrière, à l'adresse relevée sur le procès-verbal de l'infraction ayant motivé la mise en fourrière si le propriétaire ou le conducteur du véhicule était présent, ou à l'adresse indiquée au fichier des immatriculations.

« Lorsque le véhicule n'est pas identifiable, il n'est pas procédé à cette formalité. Mention en est faite dans le procès-verbal ou dans le rapport de mise en fourrière. »

« Art. R. 325-32 (Mod., D. n° 2007-1626, 16 nov. 2007). – I. – Cette notification s'effectue par lettre recommandée avec demande d'accusé de réception, dans le délai maximal de cinq jours ouvrables suivant la mise en fourrière du véhicule.

II. – Il y est joint un double de la fiche descriptive de l'état du véhicule mis en fourrière, en cas d'absence du propriétaire ou du conducteur au moment de l'enlèvement pour mise en fourrière.

III. – Cette notification comporte les mentions obligatoires suivantes :

1° Indication de l'autorité qui a prescrit la mise en fourrière, de la fourrière désignée et de l'autorité dont relève cette fourrière ;

2° Décision de classement prise en application de l'article R. 325-30 et indication de la faculté de faire procéder à une contre-expertise conformément aux articles R. 325-35 et R. 325-36 ;

3° Autorité qualifiée pour donner mainlevée de la mise en fourrière ;

4° Injonction au propriétaire du véhicule de remettre immédiatement, sous peine de sanctions édictées par une décision du Conseil des ministres de Polynésie française, la carte grise à l'autorité visée au 3° ci-dessus, à moins que le véhicule ne soit pas soumis à l'obligation d'immatriculation ;

5° Mise en demeure au propriétaire de retirer son véhicule avant l'expiration d'un délai :

a) De dix jours, dans les cas prévus aux quatrième et cinquième alinéas de l'article L. 325-7 dans sa rédaction applicable en Polynésie française ;

b) De quarante-cinq jours, dans les autres cas, ces délais commençant à courir un jour franc après la date de notification ;

6° Avertissement au propriétaire que son absence de réponse dans les délais impartis vaudra abandon de son véhicule et que ledit véhicule sera, dans les conditions prévues par décret, soit remis au service des domaines du territoire en vue de son aliénation, soit livré à la destruction ;

7° Nature et montant des frais qu'il sera tenu de rembourser ;

8° Énoncé des voies de recours.

IV. – Si le Fichier des immatriculations révèle l'inscription d'un gage, copie de la notification de mise en fourrière est adressée au créancier-gagiste, par lettre recommandée avec demande d'accusé de réception. »

« Art. R. 325-33 (D. n° 2007-1626, 16 nov. 2007). – Le fait, pour le propriétaire d'un véhicule, de ne pas restituer le certificat d'immatriculation immédiatement après la notification qui lui a été faite en application de l'article R. 325-32 (II, 4°) est puni de l'amende prévue pour les contraventions de la quatrième classe. »

« Art. R. 325-34. – Toute personne se trouvant destinataire de la carte grise d'un véhicule mis en fourrière est tenue de la transmettre sans délai à l'autorité ayant compétence pour prononcer la mainlevée. »

« Art. R. 325-35. – I. – En cas de désaccord sur l'état du véhicule ou sur la décision de classement visée à l'article R. 325-30, le propriétaire a la faculté de faire procéder à une contre-expertise, aux réparations remettant le véhicule en état de circuler dans des conditions normales de sécurité, ainsi qu'au contrôle technique du véhicule.

II. – La contre-expertise prévue ci-dessus est faite par un expert désigné conformément à l'article L. 325-6, dans sa rédaction applicable en Polynésie française.

III. – Les frais d'expertise et de contre-expertise sont à la charge du propriétaire dans le cas où la contre-expertise confirme l'expertise initiale. Dans le cas contraire, ces frais incombent à l'autorité dont relève la fourrière. »

« Art. R. 325-36 (Mod., D. n° 2007-1626, 16 nov. 2007). – L'autorité dont relève la fourrière ne peut s'opposer à la demande d'autorisation provisoire de sortie de fourrière présentée par le propriétaire du véhicule en vue exclusivement de faire procéder aux réparations visées au 2° du I de l'article R. 325-30, ainsi qu'à la contre-expertise, aux réparations et au contrôle technique visés au I de l'article R. 325-35.

Cette autorisation provisoire de sortie de fourrière, dont le modèle est fixé par une décision du Conseil des ministres de Polynésie française, qui tient lieu de pièce de circulation et qui est limitée au temps des parcours nécessaires et des opérations précitées, peut prescrire un itinéraire et des conditions de sécurité.

Le réparateur doit remettre au propriétaire du véhicule une facture détaillée certifiant l'exécution des travaux prescrits en application du 2° du I de l'article R. 325-30. »

« Art. R. 325-37. – L'autorité dont relève la fourrière informe l'autorité qualifiée pour prononcer la mainlevée de la délivrance de l'autorisation provisoire de sortie de fourrière et de la durée de sa validité.

En ce qui concerne les véhicules volés retrouvés en fourrière, l'autorité dont relève la fourrière est tenue d'informer au préalable les services de police ou de gendarmerie compétents de son intention de délivrer une autorisation provisoire de sortie de fourrière. »

« Art. R. 325-38. – I. – Chaque prescription de mise en fourrière prend fin par une décision de mainlevée.

II. – Cette décision émane de l'autorité qui a prescrit la mise en fourrière ou de l'officier de police judiciaire chargé d'exécuter cette mesure. Elle émane du procureur de la République dans le cas prévu à l'article R. 325-27.

III. – Sous réserve des dispositions de cet article, l'autorité qualifiée pour prononcer la mainlevée est tenue de le faire, de restituer la carte grise du véhicule si elle a été retirée et de délivrer une autorisation définitive de sortie de fourrière :

1° Sur simple demande du propriétaire ou du conducteur si elle concerne un véhicule classé dans la 1re catégorie visée à l'article R. 325-30 ;

2° S'il s'agit d'un véhicule classé dans la 2e ou la 3e catégorie visée à l'article R. 325-30, sur demande du propriétaire ou du conducteur, accompagnée, selon le cas :

a) De la facture mentionnée au troisième alinéa de l'article R. 325-36 ;

b) Du récépissé délivré par le service chargé des contrôles techniques en Polynésie française, postérieur à la date de mise en fourrière.

IV. – Les dispositions du II ci-dessus ne s'appliquent ni aux véhicules volés retrouvés en fourrière ni à ceux dont le propriétaire et l'assureur demeurent inconnus ou introuvables malgré les recherches effectuées, pour lesquels la mainlevée ne peut être prononcée qu'après l'accord préalable exprès des services de police ou de gendarmerie compétents. »

« Art. R. 325-40. – La mainlevée prend effet au jour de la délivrance de l'autorisation définitive de sortie du véhicule dans les cas prévus du III de l'article R. 325-38.

La mainlevée prend effet à compter de la remise du véhicule au service des domaines du territoire de Polynésie française s'il est destiné à être aliéné, ou de sa remise à l'entreprise spécialisée s'il est destiné à être détruit. »

« Art. R. 325-41. – Le gardien de la fourrière restitue le véhicule à son propriétaire ou à son conducteur dès que ce dernier produit l'autorisation définitive de sortie de fourrière et s'est acquitté des frais de mise en fourrière, d'enlèvement, de garde et d'expertise dans le cas où ces derniers sont à la charge du propriétaire. Ces frais sont arrêtés à la date de reprise du véhicule. »

« Art. R. 325-42. – Aucun véhicule mis en fourrière ne peut être remis au service des domaines du territoire de Polynésie française en vue de son aliénation ou à une entreprise de démolition en vue de sa destruction sans que la mainlevée de cette mesure ait été préalablement prononcée à l'une ou l'autre de ces fins. »

« Art. R. 325-43. – En application des dispositions des articles L. 325-7 et L. 325-8, l'autorité dont relève la fourrière décide de la remise du véhicule au service des domaines du territoire en vue de son aliénation ; l'autorité administrative investie des pouvoirs de police en matière de circulation décide de la destruction des véhicules mentionnés au cinquième alinéa de l'article L. 325-7 ainsi que des véhicules qui ont été remis au service des domaines du territoire de Polynésie française pour aliénation et qui n'ont pas trouvé preneur.

L'autorité dont relève la fourrière informe de ces décisions l'autorité qualifiée pour prononcer la mainlevée, détentrice de la carte grise.

Celle-ci envoie la carte grise dûment barrée au chef de service des transports aux fins d'annulation de ce document. »

« Art. R. 325-45 (Mod., D. n° 2007-1626, 16 nov. 2007). – Le responsable de l'entreprise chargée de la destruction d'un véhicule prend en charge celui-ci en remettant au gardien de la fourrière un bon d'enlèvement

délivré par l'autorité dont relève la fourrière. Il rend compte de la destruction dudit véhicule à l'autorité dont relevé la fourrière, et à l'autorité qui a prononcé la mainlevée de mise en fourrière.

Les collectivités concernées peuvent passer avec les entreprises appelées à effectuer la destruction des véhicules des contrats dont les clauses sont déterminées conformément à une décision du Conseil des ministres de Polynésie française. »

CHAPITRE IV – DISPOSITIONS APPLICABLES À LA NOUVELLE-CALÉDONIE

(D. n° 2007-1626, 16 nov. 2007)

Section I. – Dispositions générales

Art. R. 344-1. – Les articles R. 325-1 et R. 325-1-1 sont applicables en Nouvelle-Calédonie dans la rédaction suivante :

« Art. R. 325-1. – L'immobilisation, la mise en fourrière, le retrait de la circulation et la destruction prévus à l'article L. 325-1, dans sa rédaction applicable à la Nouvelle-Calédonie, peuvent être décidés dans les cas et les conditions définis au présent code.

L'immobilisation et la mise en fourrière peuvent également être ordonnées conformément aux dispositions de l'article L. 325-1-1, dans sa rédaction applicable à la Nouvelle-Calédonie.

Ces mesures ne font pas obstacle aux saisies ordonnées par l'autorité judiciaire.

Elles ne s'appliquent pas aux véhicules participant à des opérations de maintien de l'ordre. »

« Art. R. 325-1-1. – Lorsque la juridiction prononce la confiscation d'un véhicule immobilisé et mis en fourrière en application de l'article L. 325-1-1, dans sa rédaction applicable à la Nouvelle-Calédonie, le service chargé de son aliénation dans les formes prévues pour les ventes de son mobilier, informe préalablement le candidat acquéreur que le montant des frais d'enlèvement et de garde en fourrière seront à sa charge. »

Art. R. 344-1-1 *(D. n° 2009-1644, 23 déc. 2009).* – Les articles R. 317-2, R. 317-3 et R. 317-4 sont applicables en Nouvelle-Calédonie dans la rédaction suivante :

« Art. R. 317-2. – Dans les cas où la réglementation en vigueur en Nouvelle-Calédonie prévoit que des véhicules doivent être équipés d'un appareil de contrôle permettant l'enregistrement de la vitesse du véhicule, l'État définit les exigences réglementaires applicables à cet appareil ainsi que les conditions de son installation, de sa réparation et de sa vérification.

Le conducteur d'un véhicule équipé d'un appareil de contrôle permettant l'enregistrement de la vitesse du véhicule est tenu de présenter ou de remettre, à toutes réquisitions des agents ayant qualité pour constater les délits ou les contraventions en matière de circulation routière, les feuilles d'enregistrement de l'appareil de contrôle. Ces feuilles doivent être conservées pendant un an au moins et tenues à la disposition des agents de constatation. »

« Art. R. 317-3. – L'appareil de contrôle doit être constamment maintenu en bon état de fonctionnement.

Le fait de contrevenir aux dispositions du présent article est puni de l'amende prévue pour les contraventions de la quatrième classe. »

« Art. R. 317-4. – L'immobilisation des véhicules devant être équipés d'un appareil de contrôle permettant l'enregistrement de la vitesse peut être prescrite dans les conditions prévues à l'article L. 344-1 :

1° Lorsque le conducteur est en infraction aux règles relatives aux conditions de travail dans les transports routiers, publics ou privés, en vigueur en Nouvelle-Calédonie ;

2° Lorsque le conducteur ne peut présenter les documents dûment renseignés concernant les conditions de travail dans les transports routiers, publics et privés, en vigueur en Nouvelle-Calédonie ;

3° En l'absence d'appareil de contrôle permettant l'enregistrement de la vitesse ou lorsque celui-ci a fait l'objet d'une modification ou d'une détérioration affectant son fonctionnement normal. »

Section II. – Immobilisation

Art. R. 344-2. – Les articles R. 325-2 à R. 325-6 et R. 325-9 à R. 325-11 sont applicables à la Nouvelle-Calédonie dans la rédaction suivante :

« Art. R. 325-2. – L'immobilisation est l'obligation faite au conducteur ou au propriétaire d'un véhicule, dans les cas prévus au présent code, de maintenir ce véhicule sur place ou à proximité du lieu de constatation de l'infraction en se conformant aux règles relatives au stationnement.

En cas d'absence du conducteur ou lorsque celui-ci refuse de déplacer son véhicule, l'immobilisation de ce véhicule peut être assurée par un moyen mécanique.

Pendant tout le temps de l'immobilisation, le véhicule demeure sous la garde juridique de son propriétaire ou de son conducteur.

Le fait pour tout conducteur ou propriétaire d'un véhicule de transport de marchandises d'un poids total autorisé en charge excédant 3,5 tonnes ou d'un véhicule de transport en commun de contrevenir à l'obligation prévue au premier alinéa est puni de l'amende prévue pour les contraventions de la cinquième classe.

Le fait pour tout conducteur ou propriétaire d'un autre véhicule de contrevenir à l'obligation prévue au premier alinéa est puni de l'amende prévue pour les contraventions de la quatrième classe. »

« Art. R. 325-3. – L'immobilisation peut être prescrite par les officiers et les agents de police judiciaire ainsi que les agents de police judiciaire adjoints mentionnés à l'article 21 du Code de procédure pénale lorsqu'ils constatent la nécessité de faire cesser sans délai une des infractions prévues à l'article R. 344-3. »

« Art. R. 325-4. – I. – Lorsque la décision d'immobilisation résulte de l'une des situations suivantes :

1° Le conducteur ou l'accompagnateur de l'élève conducteur est présumé en état d'ivresse ou sous l'emprise d'un état alcoolique ;

2° Le conducteur n'est pas titulaire de la catégorie du permis exigée pour la conduite du véhicule considéré ;

3° Le conducteur est en infraction aux règles relatives aux conditions de travail dans les transports routiers, publics ou privés, ou ne peut présenter les documents dûment renseignés permettant de contrôler le respect de ces règles.

Le véhicule peut poursuivre sa route dès qu'un conducteur qualifié proposé par le conducteur ou, éventuellement, par l'accompagnateur de l'élève conducteur ou par le propriétaire du véhicule peut assurer la conduite de celui-ci.

II. – À défaut, les fonctionnaires et agents habilités à prescrire l'immobilisation peuvent prendre toute mesure destinée à placer le véhicule en stationnement régulier, au lieu qu'ils désignent, en faisant notamment appel à un conducteur qualifié. »

« Art. R. 325-5. – Lorsque la décision d'immobilisation résulte d'une infraction aux règles concernant l'état ou l'équipement du véhicule, elle peut n'être rendue effective que dans un lieu où le conducteur du véhicule sera susceptible de trouver les moyens de faire cesser l'infraction.

Il ne peut être fait usage de cette faculté que dans la mesure où l'accompagnement du véhicule jusqu'à ce lieu peut être assuré dans des conditions de sécurité satisfaisantes.

Le conducteur peut également être autorisé à faire appel à un professionnel qualifié pour la prise en remorque de son véhicule en vue de sa réparation. L'immobilisation devient alors effective au lieu de réparation. »

« Art. R. 325-6. – Lorsque le véhicule circule en infraction aux règles relatives aux contrôles techniques, la décision d'immobilisation doit prescrire la présentation du véhicule à un contrôle technique, dont les conditions sont fixées par une délibération du congrès de la Nouvelle-Calédonie.

Dans ce cas, une fiche de circulation provisoire, valable sept jours, est établie par les autorités compétentes localement selon la procédure mentionnée à l'article R. 325-9. La ou les pièces administratives nécessaires à la circulation du véhicule sont restituées au vu d'un document attestant le résultat satisfaisant du contrôle technique. »

« Art. R. 325-9. – I. – Lorsque l'infraction qui a motivé l'immobilisation n'a pas cessé au moment où l'agent quitte le lieu où le véhicule est immobilisé, l'agent saisit l'officier de police judiciaire ou l'agent de police judiciaire adjoint, chef de la police municipale ou occupant ces fonctions, territorialement compétent en lui remettant soit la carte grise du véhicule s'il s'agit d'un véhicule dont le poids total autorisé en charge n'excède pas 3,5 tonnes et une fiche d'immobilisation, soit les pièces administratives nécessaires à la circulation du véhicule s'il s'agit d'un véhicule de transport de marchandises d'un poids total autorisé en charge excédant 3,5 tonnes ou de transport en commun et la fiche d'immobilisation. Un double de cette fiche est remis au contrevenant.

II. – La fiche d'immobilisation énonce les date, heure et lieu de l'immobilisation, l'infraction qui l'a motivée, les éléments d'identification du véhicule et de la carte grise, les nom et adresse du contrevenant, les noms, qualités et affectations des agents qui la rédigent et précise la résidence de l'officier de police judiciaire ou l'agent de police judiciaire adjoint, chef de police municipale ou occupant ces fonctions, qualifié pour lever la mesure. »

« Art. R. 325-10. – Le procès-verbal de l'infraction qui a motivé l'immobilisation d'un véhicule est transmis dans les plus brefs délais au procureur de la République. Il relate de façon sommaire les circonstances et les conditions dans lesquelles la mesure a été prise. »

« Art. R. 325-11. – I. – L'immobilisation ne peut être maintenue après que la circonstance qui l'a motivée a cessé.

II. – Elle est levée :

1° *Par l'agent qui l'a prescrite s'il est encore présent lors de la cessation de l'infraction ;*

2° *Par l'officier de police judiciaire ou l'agent de police judiciaire adjoint, chef de la police municipale ou occupant ces fonctions, saisi dans les conditions prévues à l'article R. 325-9, dès que le conducteur ou l'accompagnateur de l'élève conducteur justifie de la cessation de l'infraction. L'officier de police judiciaire ou l'agent de police judiciaire adjoint, chef de la police municipale ou occupant ces fonctions, restitue alors la carte grise au conducteur ou à l'accompagnateur de l'élève conducteur et transmet au procureur de la République le procès-verbal mentionné à l'article R. 325-10 et un exemplaire de la fiche d'immobilisation ou une copie conforme de cette fiche, comportant la mention de la levée de la mesure. Lorsque le conducteur ou l'accompagnateur de l'élève conducteur n'a pas justifié de la cessation de l'infraction dans un délai de quarante-huit heures, l'officier de police judiciaire ou l'agent de police judiciaire adjoint, chef de la police municipale ou occupant ces fonctions, peut transformer l'immobilisation en une mise en fourrière ; il joint alors à chacun des exemplaires de la procédure de mise en fourrière qu'il adresse au procureur de la République un exemplaire ou une copie conforme de la fiche d'immobilisation.*

III. – Dans tous les cas, dès la cessation de l'infraction qui a motivé l'immobilisation, le véhicule peut circuler entre le lieu d'immobilisation et la résidence de l'autorité désignée pour lever la mesure, sous couvert du double de la fiche d'immobilisation remise au conducteur. »

Section III. – Fourrière

Art. R. 344-3 *(D. n° 2017-16, 6 janv. 2017)*. – L'immobilisation peut être prescrite :

1° Lorsque le conducteur est présumé en état d'ivresse ou sous l'empire d'un état alcoolique ;

2° Lorsque le conducteur n'est pas titulaire du permis exigé pour la conduite du véhicule ;

3° Lorsque le mauvais état du véhicule, son poids, sa charge par essieu, la forme, la nature, l'état et les conditions d'utilisation des bandages, la pression sur le sol, l'absence, la non-conformité et la défectuosité de son équipement réglementaire en ce qui concerne les freins ou l'éclairage, ou son chargement, créent un danger important pour les autres usagers ou constituent une menace pour l'intégrité de la chaussée. Toutefois, peuvent seuls être retenus les dépassements du poids total autorisé ou des charges par essieu prévues par la réglementation en vigueur sur le territoire excédant 5 % ;

4° Lorsque le conducteur d'un transport exceptionnel ne peut présenter le document prévu par la réglementation en vigueur dans le territoire permettant la circulation de ce transport ;

5° Lorsque le véhicule ou son chargement provoque des détériorations à la route ou à ses dépendances ;

6° Lorsque le véhicule circule en infraction aux règlements en vigueur sur le territoire relatifs aux transports de matières dangereuses ou à ceux portant restrictions de circulation ;

7° Lorsque le véhicule circule en infraction aux dispositions en vigueur sur le territoire relatives aux organes moteurs ;

8° Lorsque le conducteur du véhicule est en infraction aux dispositions en vigueur sur le territoire et relatives à l'exécution commode et sans délai de toutes les manœuvres qui lui incombent, notamment lorsque ses possibilités de mouvement, son champ de vision et d'audition sont réduits par le nombre ou la position des passagers, par les objets transportés, par l'apposition d'objets non transparents sur les vitres ;

9° Lorsque le conducteur d'un véhicule de transport circule en infraction à la réglementation territoriale relative à l'autorisation de mise en circulation ;

10° Lorsque le conducteur d'un véhicule est en infraction à la réglementation territoriale relative aux conditions de travail, dans les transports routiers, ou ne peut présenter les documents dûment renseignés permettant de contrôler le respect de ces règles ;

11° Lorsque le conducteur est en infraction aux dispositions territoriales relatives à l'obligation d'assurance ;

12° Lorsque le conducteur circule sans satisfaire aux règles territoriales relatives à la circulation routière spéciale aux conducteurs de cyclomoteurs et aux motocyclistes, notamment au port du casque ;

13° Lorsque le conducteur circule en infraction aux règles en vigueur sur le territoire relatives aux visites techniques ;

14° Lorsque le conducteur d'un véhicule est en infraction avec les règles en vigueur sur le territoire et relatives à l'arrêt et au stationnement et à l'usage des voies à circulation spécialisée et refuse de faire cesser l'arrêt ou le stationnement irrégulier malgré l'injonction des agents.

Art. R. 344-4. – Les articles R. 325-12 à R. 325-38, R. 325-40 à R. 325-43 et R. 325-45 à R. 325-46 sont applicables en Nouvelle-Calédonie dans la rédaction suivante :

« Art. R. 325-12. – I. – La mise en fourrière est le transfert d'un véhicule en un lieu désigné par l'autorité administrative ou judiciaire en vue d'y être retenu jusqu'à décision de celle-ci, aux frais du propriétaire de ce véhicule.

II. – L'immobilisation matérielle visée à l'article R. 325-2 peut constituer l'une des opérations préalables au commencement d'exécution de la mise en fourrière.

III. – La mise en fourrière est réputée avoir reçu un commencement d'exécution :

1° À partir du moment où deux roues au moins du véhicule ont quitté le sol, lorsque le transfert du véhicule vers la fourrière est réalisé au moyen d'un véhicule d'enlèvement ;

2° À partir du commencement du déplacement du véhicule vers la fourrière, quel que soit le procédé utilisé à cet effet. »

« Art. R. 325-13. – Toute prescription de mise en fourrière est précédée d'une vérification tendant à déterminer s'il s'agit d'un véhicule volé.

Lorsque le résultat de cette vérification est positif, le propriétaire et son assureur sont immédiatement informés de la découverte du véhicule. Le véhicule est alors confié au gardien de fourrière à titre conservatoire en attendant que le propriétaire ou l'assureur se manifeste. »

« Art. R. 325-14. – I. – Dans les cas prévus au présent code ou à la suite d'une immobilisation du véhicule, la mise en fourrière est prescrite dans les conditions prévues à l'article R. 325-9 et au 2° de l'article R. 325-11 :

– soit par un officier de police judiciaire territorialement compétent, de la police nationale ou de la gendarmerie nationale ;

– soit par un agent de police judiciaire adjoint, chef de la police municipale ou occupant ces fonctions, territorialement compétent, de sa propre initiative ou sur proposition de l'agent qui a verbalisé à la suite d'une infraction justificative de mise en fourrière.

II. – Lorsque le véhicule a été volé, que son propriétaire n'a pu être identifié ou lorsqu'il est muni de fausses plaques d'immatriculation, sa mise en fourrière ne peut être prescrite que par un officier de police judiciaire de la police nationale ou de la gendarmerie nationale territorialement compétent, ou avec son accord préalable exprès. »

« Art. R. 325-15. – En cas d'infraction aux règlements en vigueur sur le territoire pour la sauvegarde de l'esthétique des sites et des paysages, la mise en fourrière peut également être prescrite par l'autorité administrative compétente en Nouvelle-Calédonie.

Un officier de police judiciaire ou l'agent de police judiciaire adjoint, chef de la police municipale ou occupant ces fonctions, territorialement compétent peut être chargé d'exécuter, ou de faire exécuter, la mesure prévue à l'alinéa précédent.

Les dispositions du II de l'article R. 325-16 sont appliquées. »

« Art. R. 325-16. – L'officier de police judiciaire ou l'agent de police judiciaire adjoint, chef de la police municipale ou occupant ces fonctions, territorialement compétent, ou l'agent placé sous leur autorité :

1° Désigne la fourrière dans laquelle sera transféré le véhicule, cette désignation étant matérialisée par la pose d'un signe distinctif sur celui-ci ;

2° Dresse, si possible contradictoirement en présence du propriétaire ou du conducteur du véhicule et du préposé à l'enlèvement, un état sommaire, extérieur et intérieur, du véhicule, sans l'ouvrir, au moyen d'une fiche descriptive dont le modèle est fixé par une délibération du congrès de la Nouvelle-Calédonie, avant que la mise en fourrière reçoive un commencement d'exécution ;

3° Remet à ce propriétaire ou ce conducteur, s'il est présent, un double de la fiche relative à l'état du véhicule et, le cas échéant, la fiche de circulation provisoire prévue à l'article R. 325-6 ;

4° Relate sur le procès-verbal de constatation ou le rapport les motifs de la mise en fourrière ; il y fait mention du retrait provisoire du certificat d'immatriculation et de l'heure d'appel du véhicule d'enlèvement. »

« Art. R. 325-17. – Lorsque la mise en fourrière a reçu un commencement d'exécution, le véhicule est restitué à son propriétaire ou son conducteur dans les conditions prévues à l'article R. 325-38.

Toutefois, si le propriétaire ou le conducteur du véhicule règle les frais d'opérations préalables prévus à l'article R. 325-29 ou s'il s'engage par écrit à les régler, et s'il s'engage à rendre immédiatement son usage normal à la voie publique, il peut être autorisé à reprendre aussitôt son véhicule. »

« Art. R. 325-18. – L'auteur d'une prescription de mise en fourrière informe l'autorité dont relève la fourrière dans les plus brefs délais. »

« Art. R. 325-19. – Chaque fourrière relève d'une autorité publique unique.

Cette autorité publique est l'une de celles qui sont prévues aux articles R. 325-20 et R. 325-21.

Cette autorité publique désigne le gardien de la fourrière sur la liste des gardiens de fourrière agréés par la Nouvelle-Calédonie conformément aux dispositions de l'article R. 325-24. »

« Art. R. 325-20. – Lorsque la mise en fourrière est effectuée dans un lieu public ou relevant d'une autorité publique, l'autorité dont relève la fourrière est déterminée par une délibération du congrès de la Nouvelle-Calédonie. »

« Art. R. 325-21. – La fourrière peut être située dans un lieu privé avec l'assentiment du propriétaire ou du locataire de cet immeuble s'il accepte d'assurer la garde de cette fourrière. Dans cette hypothèse, l'autorité dont relève la fourrière est désignée par les dispositions applicables localement. »

« Art. R. 325-22. – I. – Lorsque le propriétaire du véhicule faisant l'objet de la mise en fourrière est domicilié ou réside dans le ressort de l'officier de police judiciaire ou de l'agent de police judiciaire adjoint, chef de la police municipale ou occupant ces fonctions, qui prescrit cette mesure, celui-ci peut faire garder le véhicule par son propriétaire, à condition que le certificat d'immatriculation soit immédiatement retiré. Ce document reçoit la destination prévue à l'article R. 325-34.

II. – Dans cette hypothèse, l'autorité dont relève la fourrière est :

1° Soit le maire, lorsque la mise en fourrière a été décidée par lui ou par un de ses adjoints agissant en qualité d'officier de police judiciaire ou par l'agent de police judiciaire adjoint, chef de la police municipale ou occupant ces fonctions ;

2° Soit l'autorité compétente du territoire en matière de circulation routière, dans les autres cas. »

« Art. R. 325-23. – Le véhicule est placé sous la garde juridique du gardien de la fourrière jusqu'à la date d'effet de la mainlevée, sauf au cours de la sortie provisoire prévue à l'article R. 325-36. »

« Art. R. 325-24. – Les conditions dans lesquelles sont agréés les gardiens de fourrière, la réglementation concernant leurs installations et l'autorité compétente pour procéder au retrait de l'agrément sont fixées par des dispositions applicables localement. »

« Art. R. 325-25. – Le gardien de fourrière enregistre, au fur et à mesure de leurs arrivées, les entrées des véhicules mis en fourrière, leurs sorties provisoires et définitives, les décisions de mainlevée de la mise en fourrière et, le cas échéant, les décisions de remise au service compétent de la Nouvelle-Calédonie chargé de son alinéation dans les formes prévues pour les ventes de son mobilier ou à une entreprise de destruction. »

« Art. R. 325-26. – Le procès-verbal de la mise en fourrière relate les circonstances et les conditions dans lesquelles cette mesure a été prise ; il est transmis dans les plus brefs délais au procureur de la République.

Un double de ce document est transmis dans les plus brefs délais à l'autorité ayant compétence pour prononcer la main levée.

En cas d'absence du propriétaire ou du conducteur au moment de l'enlèvement du véhicule en fourrière, un double de la fiche descriptive remplie par l'agent de constatation est adressé sans délai au responsable de la notification de mise en fourrière. »

« Art. R. 325-27. – Les intéressés peuvent contester auprès du procureur de la République du lieu de l'infraction la décision de mise en fourrière. Ce magistrat confirme la mesure ou en ordonne la mainlevée dans le délai maximal de cinq jours ouvrables.

Si, à l'examen de la procédure, le procureur de la République estime qu'il n'a pas été commis d'infraction, il ordonne que soit donnée mainlevée de la mise en fourrière et en informe immédiatement l'autorité qui l'a prescrite. »

« Art. R. 325-28. – Peuvent procéder au transfert d'un véhicule du lieu de son stationnement à celui de sa garde en fourrière :

1° Les personnels habilités mentionnés aux premier et deuxième alinéas de l'article L. 325-2, dans sa rédaction applicable à la Nouvelle-Calédonie ;

2° *Le professionnel agréé, ou son préposé, désigné pour l'enlèvement du véhicule dont la mise en fourrière a été prescrite ;*

3° *Un tiers en vertu d'une réquisition ;*

4° *Le propriétaire ou le conducteur du véhicule en vertu d'une réquisition. »*

« Art. R. 325-29. – I. – Le propriétaire du véhicule est tenu de rembourser :

1° *Lorsque la prescription de mise en fourrière a reçu le commencement d'exécution défini à l'article R. 325-12, les frais d'enlèvement ainsi que, le cas échéant, les frais de garde en fourrière, d'expertise sous réserve de l'application du IV de l'article R. 325-30 et de l'alinéa 3 de l'article R. 325-35, et de vente ou de destruction du véhicule ;*

2° *Lorsque la prescription de mise en fourrière n'a pas reçu de commencement d'exécution, les frais afférents aux opérations préalables à la mise en fourrière, à condition que le véhicule d'enlèvement se soit rendu sur les lieux.*

II. – Le propriétaire du véhicule rembourse les frais précités au gardien de la fourrière sur présentation d'une facture détaillée.

III. – Les taux maximaux des frais d'opérations préalables à la mise en fourrière, des frais d'enlèvement, de garde en fourrière, d'expertise, de vente et de destruction des véhicules sont fixés par des dispositions applicables localement, compte tenu des catégories de véhicules.

IV. – Les professionnels auxquels l'autorité dont relève la fourrière fait appel dans le cadre de la mise en fourrière sont rémunérés par cette autorité.

À défaut de stipulations contractuelles, cette autorité indemnise les frais énumérés au III dans les cas suivants :

1° *Le propriétaire du véhicule mis en fourrière s'avère inconnu, introuvable ou insolvable ;*

2° *La procédure ou la prescription de mise en fourrière est annulée. »*

« Art. R. 325-30. – I. – L'autorité dont relève la fourrière classe le véhicule dans l'une des trois catégories suivantes :

1° *Véhicule pouvant être restitué en l'état à son propriétaire ou son conducteur ;*

2° *Véhicule ne pouvant être restitué à son propriétaire ou son conducteur qu'après l'exécution des travaux reconnus indispensables, ou après avoir satisfait aux obligations de contrôles techniques, dont les modalités pratiques sont fixées par une délibération du congrès de la Nouvelle-Calédonie ;*

3° *Véhicule hors d'état de circuler dans des conditions normales de sécurité et dont la valeur marchande est inférieure à un montant fixé par le gouvernement de la Nouvelle-Calédonie, devant être livré à la destruction à l'expiration du délai d'abandon prévu au quatrième alinéa de l'article L. 325-7.*

II. – Le classement dans les deuxième et troisième catégories prévues au I ci-dessus est décidé après avis d'un expert en automobile désigné dans des conditions fixées par délibération du congrès de la Nouvelle-Calédonie.

III. – L'expert se prononce sur la capacité du véhicule à circuler dans des conditions normales de sécurité. Si le véhicule ne remplit pas ces conditions, l'expert définit les réparations indispensables propres à lui redonner cette capacité et fournit une évaluation de la valeur marchande du véhicule.

IV. – Les véhicules réclamés par leurs propriétaires ou leurs conducteurs dans le délai de trois jours suivant la mise en fourrière peuvent être restitués dans avoir été expertisés ni classés. »

« Art. R. 325-31. – La mise en fourrière est notifiée par l'officier de police judiciaire qui l'a prescrite ou qui a été chargé de l'exécuter, ou par l'autorité dont relève la fourrière, à l'adresse relevée sur le procès-verbal de l'infraction ayant motivé la mise en fourrière si le propriétaire ou le conducteur du véhicule était présent, ou à l'adresse indiquée au fichier des immatriculations.

Lorsque le véhicule n'est pas identifiable, il n'est pas procédé à cette formalité. Mention en est faite dans le procès-verbal ou dans le rapport de mise en fourrière. »

« Art. R. 325-32. – I. – Cette notification s'effectue par lettre recommandée avec demande d'accusé de réception, dans le délai maximal de cinq jours ouvrables suivant la mise en fourrière du véhicule.

Il y est joint un double de la fiche descriptive de l'état du véhicule mis en fourrière en cas d'absence du propriétaire ou du conducteur au moment de l'enlèvement pour mise en fourrière.

II. – Cette notification comporte les mentions obligatoires suivantes :

1° *Indication de l'auteur de la prescription, du motif de la prescription, de la fourrière désignée et de l'autorité dont relève cette fourrière ;*

2° Décision de classement prise en application de l'article R. 325-30 et indication de la faculté de faire procéder à une contre-expertise conformément aux articles R. 325-35 et R. 325-36 ;

3° Autorité qualifiée pour donner mainlevée de la mise en fourrière ;

4° Injonction au propriétaire du véhicule, s'il est soumis à immatriculation, de remettre immédiatement, sous peine d'encourir l'amende prévue pour les contraventions de la quatrième classe, le certificat d'immatriculation à l'autorité qualifiée pour donner mainlevée de la mise en fourrière ;

5° Mise en demeure au propriétaire de retirer son véhicule avant l'expiration d'un délai :

a) De dix jours pour un véhicule qu'un expert aura estimé d'une valeur marchande inférieure à un montant fixé par le gouvernement de la Nouvelle-Calédonie et déclaré hors d'état de circuler dans des conditions normales de sécurité ;

b) De quarante-cinq jours dans les autres cas, ces délais commençant à courir un jour franc après la date de notification ;

6° Avertissement au propriétaire que son absence de réponse dans les délais impartis vaudra abandon de son véhicule et que ledit véhicule sera, dans les conditions prévues par décret, soit remis au service compétent de la Nouvelle-Calédonie chargé de son aliénation dans les formes prévues pour les ventes de son mobilier en vue de son aliénation, soit livré à la destruction ;

7° Nature et montant des frais qu'il sera tenu de rembourser ;

8° Énoncé des voies de recours.

III. – Si le fichier des immatriculations révèle l'inscription d'un gage, copie de la notification de mise en fourrière est adressée par l'auteur de la prescription de mise en fourrière au créancier-gagiste, par lettre recommandée avec demande d'accusé de réception, qui fait référence aux articles 5, 6 et 7 du décret n° 72-823 du 6 septembre 1972 fixant les conditions de remise au service des domaines des véhicules non retirés de fourrière par leurs propriétaires. »

« Art. R. 325-33. – Le fait, pour le propriétaire d'un véhicule, de ne pas restituer le certificat d'immatriculation immédiatement après la notification qui lui a été faite en application de l'article R. 325-32 (II, 4°) est puni de l'amende prévue pour les contraventions de la quatrième classe. »

« Art. R. 325-34. – Toute personne se trouvant destinataire du certificat d'immatriculation d'un véhicule mis en fourrière est tenue de le transmettre sans délai à l'autorité ayant compétence pour prononcer la mainlevée. »

« Art. R. 325-35. – En cas de désaccord sur l'état du véhicule ou sur la décision de classement visée à l'article R. 325-30, le propriétaire a la faculté de faire procéder à une contre-expertise.

La contre-expertise est faite par un expert choisi sur la liste visée à l'article R. 325-30.

Dans le cas où la contre-expertise confirme l'expertise initiale, les frais d'expertise et de contre-expertise sont à la charge du propriétaire. Dans le cas contraire, ces frais incombent à l'autorité dont relève la fourrière. »

« Art. R. 325-36. – L'autorité dont relève la fourrière ne peut s'opposer à la demande d'autorisation provisoire de sortie de fourrière présentée par le propriétaire du véhicule en vue exclusivement de faire procéder aux travaux reconnus indispensables par l'expert. Il en est de même lorsque le propriétaire du véhicule fait procéder à une contre-expertise, aux réparations remettant le véhicule en état de circuler dans des conditions normales de sécurité ainsi qu'au contrôle technique du véhicule.

Cette autorisation provisoire de sortie de fourrière, dont le modèle est fixé par délibération du congrès de la Nouvelle-Calédonie, qui tient lieu de pièce de circulation et qui est limitée au temps des parcours nécessaires et des opérations précitées, peut prescrire un itinéraire et des conditions de sécurité.

Le réparateur doit remettre au propriétaire du véhicule une facture détaillée certifiant l'exécution des travaux prescrits en application du 2° du I de l'article R. 325-30. »

« Art. R. 325-37. – L'autorité dont relève la fourrière informe l'autorité qualifiée pour prononcer la mainlevée de la délivrance de l'autorisation provisoire de sortie de fourrière et de la durée de sa validité.

En ce qui concerne les véhicules volés retrouvés en fourrière, l'autorité dont relève la fourrière est tenue d'informer au préalable les services de police ou de gendarmerie compétents de son intention de délivrer une autorisation provisoire de sortie de fourrière. »

« Art. R. 325-38. – I. – Chaque prescription de mise en fourrière prend fin par une décision de mainlevée.

II. – Cette décision émane de l'autorité qui a prescrit la mise en fourrière ou de l'officier de police judiciaire chargé d'exécuter cette mesure.

III. – Lorsque l'autorité qualifiée pour prononcer la main levée est saisie en ce sens par le procureur de la République, comme il est prévu à l'article R. 325-27, elle est tenue de donner immédiatement mainlevée.

IV. – L'autorité qualifiée pour prononcer la mainlevée est tenue de le faire, de restituer le certificat d'immatriculation du véhicule s'il a été retiré et de délivrer une autorisation définitive de sortie de fourrière.

1° Sur simple demande du propriétaire ou du conducteur si elle concerne un véhicule classé dans la première catégorie visée à l'article R. 325-30 ;

2° S'il s'agit d'un véhicule classé dans la deuxième ou la troisième catégorie, sur demande du propriétaire ou du conducteur, accompagnée selon le cas :

a) De la facture détaillée du réparateur certifiant l'exécution des travaux reconnus indispensables par l'expert ;

b) Ou du récépissé délivré par un centre de contrôle technique désigné selon les dispositions localement applicables, postérieur à la date de mise en fourrière.

V. – Les dispositions du IV ci-dessus ne s'appliquent pas aux véhicules volés retrouvés en fourrière ainsi qu'aux véhicules dont le propriétaire et l'assureur demeurent inconnus ou introuvables malgré les recherches effectuées, pour lesquels la mainlevée ne peut être prononcée qu'après accord préalable exprès des services de police ou de gendarmerie compétents. »

« Art. R. 325-40. – La mainlevée prend effet au jour de la délivrance de l'autorisation définitive de sortie du véhicule dans les cas prévus au IV de l'article R. 325-38.

La mainlevée prend effet à compter de la remise du véhicule au service compétent chargé de son aliénation dans les formes prévues pour les ventes de son mobilier s'il est destiné à être aliéné, ou de sa remise à l'entreprise spécialisée s'il est destiné à être détruit. »

« Art. R. 325-41. – Le gardien de la fourrière restitue le véhicule à son propriétaire ou à son conducteur dès que ce dernier produit l'autorisation définitive de sortie de fourrière et s'est acquitté des frais de mise en fourrière, d'enlèvement, de garde et d'expertise, dans le cas où ces derniers sont à la charge du propriétaire. Ces frais sont arrêtés à la date de reprise du véhicule. »

« Art. R. 325-42. – Aucun véhicule mis en fourrière ne peut être remis au service compétent chargé de son aliénation dans les formes prévues pour les ventes de son mobilier en vue de son aliénation ou à une entreprise de démolition en vue de sa destruction sans que la mainlevée de cette mesure ait été préalablement prononcée à l'une ou l'autre de ces fins. »

« Art. R. 325-43. – En application des dispositions des articles L. 325-7 et L. 325-8 relatives aux véhicules abandonnés, dans leur rédaction applicable à la Nouvelle-Calédonie, l'autorité dont relève la fourrière décide de la remise du véhicule au service compétent chargé de son aliénation dans les formes prévues pour les ventes de son mobilier en vue de son aliénation ; l'autorité administrative investie du pouvoir de police en matière de circulation décide de la destruction des véhicules mentionnés au quatrième alinéa de l'article L. 325-7 ainsi que des véhicules qui ont été remis au service compétent chargé de son aliénation dans les formes prévues pour les ventes de son mobilier pour aliénation et qui n'ont pas trouvé preneur.

L'autorité dont relève la fourrière informe de ces décisions l'autorité qualifiée pour prononcer la mainlevée, détentrice du certificat d'immatriculation.

Dans ce cas, en se référant aux décisions susvisées, l'autorité qualifiée envoie le certificat d'immatriculation, dûment barré, à l'autorité compétente territorialement, aux fins d'annulation de ce document. Si l'envoi du certificat d'immatriculation est impossible, elle en précise le motif. »

« Art. R. 325-45. – I. – Le responsable de l'entreprise chargée de la destruction d'un véhicule prend en charge celui-ci en remettant au gardien de la fourrière un bon d'enlèvement délivré par l'autorité dont relève la fourrière. Il rend compte de la destruction dudit véhicule à l'autorité dont relève la fourrière, à l'autorité qui a prononcé la mainlevée de mise en fourrière.

II. – Les autorités dont relèvent les fourrières, définies aux articles R. 325-20 et R. 325-21, peuvent passer contrat avec des entreprises appelées à effectuer la destruction des véhicules, selon les modalités fixées par les autorités compétentes de la Nouvelle-Calédonie. »

« Art. R. 325-46. – Les dispositions concernant la mise en fourrière ne sont pas applicables aux véhicules militaires. »

Titre V. – DISPOSITIONS RELATIVES AUX DÉMARCHES EFFECTUÉES PAR VOIE ÉLECTRONIQUE

(D. n° 2017-1278, 9 août 2017)

Art. R. 350-1. – L'accomplissement des démarches par voie électronique prévues aux chapitres II et VII du titre II ainsi qu'au titre III est subordonné à la justification, par l'usager, de son identité dans les conditions fixées par l'article R. 112-9-1 du Code des relations entre le public et l'administration.

Art. R. 350-2. – À défaut de pouvoir faire lui-même une démarche par voie électronique, l'usager peut bénéficier d'un accès à un dispositif connecté au site de la démarche considérée et d'une assistance numérique, mis en place par l'administration.

Art. R. 350-3. – À l'occasion des démarches par voie électronique prévues au I de l'article R. 322-5, au I de l'article R. 322-6, au I de l'article R. 322-8 et au I de l'article R. 327-1, le certificat d'immatriculation du véhicule et, s'il existe, le coupon, sont conservés pendant cinq ans par le propriétaire qui les tient à la disposition du ministre de l'Intérieur. Le fait, pendant la période de cinq ans, de ne pas être en mesure de présenter au ministre de l'Intérieur le certificat d'immatriculation du véhicule, et, s'il existe, le coupon, est puni de l'amende prévue pour les contraventions de la quatrième classe.

« À l'issue de la période de cinq ans, le certificat d'immatriculation du véhicule, et, s'il existe, le coupon, sont détruits par le propriétaire. »

LIVRE CINQUIÈME. – L'USAGE DES VOIES

TITRE PREMIER. – DISPOSITIONS GÉNÉRALES

CHAPITRE I. – POUVOIRS DE POLICE DE LA CIRCULATION

Section I. – Pouvoirs généraux de police

Art. R. 411-1. – Les règles relatives aux modalités d'application de l'article L. 411-1 concernant les routes à grande circulation sont fixées par l'article R. 2213-1 du Code général des collectivités territoriales ci-après, reproduit :

Art. R. 2213-1. – Les pouvoirs dévolus au préfet sur les routes à grande circulation ne font pas obstacle à la mise en application immédiate des mesures de police que le maire juge nécessaire de prendre dans le cas d'urgence résultant notamment de sinistres ou périls imminents.

Art. R. 411-2. – Les limites des agglomérations sont fixées par arrêté du maire.

Art. R. 411-3 *(D. n° 2008-754, 30 juill. 2008)*. – L'autorité détentrice du pouvoir de police de la circulation détermine le périmètre des aires piétonnes et fixe les règles de circulation à l'intérieur de ce périmètre.

Art. R. 411-3-1 *(D. n° 2008-754, 30 juill. 2008)*. – Le périmètre des zones de rencontre et leur aménagement sont fixés par arrêté pris par l'autorité détentrice du pouvoir de police de la circulation après consultation des autorités gestionnaires de la voirie concernée et, s'il s'agit d'une section de route à grande circulation, après avis conforme du préfet.

Les règles de circulation définies à l'article R. 110-2 sont rendues applicables par arrêté de l'autorité détentrice du pouvoir de police constatant l'aménagement cohérent des zones et la mise en place de la signalisation correspondante.

Art. R. 411-4 *(D. n° 2008-754, 30 juill. 2008)*. – Le périmètre des zones 30 et leur aménagement sont fixés par arrêté pris par l'autorité détentrice du pouvoir de police de la circulation après consultation des autorités gestionnaires de la voirie concernée et, s'il s'agit d'une section de route à grande circulation, après avis conforme du préfet.

Les règles de circulation définies à l'article R. 110-2 sont rendues applicables par arrêté de l'autorité détentrice du pouvoir de police constatant l'aménagement cohérent des zones et la mise en place de la signalisation correspondante.

Art. R. 411-5. – Pour l'application des dispositions du présent code, les compétences de police attribuées par la loi au président du conseil général, au maire, au président du conseil exécutif en Corse en matière de circulation routière s'exercent sous réserve des pouvoirs propres du préfet en sa qualité d'autorité de police générale dans le département, lorsqu'il prend des mesures relatives au bon ordre et à la sécurité publique dont le champ d'application excède le territoire d'une commune.

Le préfet se substitue au président du conseil général par application de l'article L. 3221-5 du Code général des collectivités territoriales, au maire par application de l'article L. 2215-1 du même code, ou conjointement aux deux autorités lorsque celles-ci n'ont pas exercé leurs attributions de police respectives ou conjointes après qu'il les a mises en demeure.

Art. R. 411-6. – Les pouvoirs conférés par le présent code au préfet sont exercés à Paris par le préfet de police.

Art. R. 411-7 *(Mod., D. n° 2006-253, 27 févr. 2006 ; D. n° 2010-1390, 12 nov. 2010)*. – I. – Les intersections dans lesquelles le passage des véhicules est organisé par une signalisation spéciale ou par des feux de signalisation lumineux, sont désignées :

1° Hors agglomération :

a) Par arrêté du préfet pour les intersections de routes appartenant à la voirie nationale ;

b) Par arrêté du président du conseil exécutif de Corse, pour les intersections de routes prévues à l'article L. 4424-30 du Code général des collectivités territoriales ;

c) Par arrêté du président du conseil général pour les intersections de routes départementales ;

d) Par arrêté du maire pour les intersections de routes appartenant à la voirie communale ;

e) Par arrêté conjoint du préfet et du président du conseil général ou du maire lorsque l'intersection est formée par une route nationale ou une route à grande circulation et une route classée ou non à grande circulation relevant de la voirie départementale ou communale ;

f) Par arrêté conjoint du président du conseil général et du maire lorsque l'intersection est formée par une route départementale non classée à grande circulation et une route appartenant à la voirie communale non classée à grande circulation ;

g) Dans les départements des Hauts-de-Seine, de la Seine-Saint-Denis et du Val-de-Marne, par arrêté du préfet, après consultation du président du conseil général ou du maire, lorsque l'intersection est formée par une route à grande circulation et une route classée ou non à grande circulation relevant de la voirie départementale ou communale ;

2° En agglomération, par arrêté du maire ou, pour les routes à grande circulation, par arrêté conjoint du préfet maire et, dans les départements des Hauts-de-Seine de la Seine-Saint-Denis et du Val-de-Marne, par arrêté du préfet, après consultation du maire.

II. – *(Abr., D. n° 2010-1390, 12 nov. 2010)*.

Art. R. 411-8. – Les dispositions du présent code ne font pas obstacle au droit conféré par les lois et règlements aux préfets, au président du Conseil exécutif de Corse, aux présidents de conseil général et aux maires de prescrire, dans la limite de leurs pouvoirs, des mesures plus rigoureuses dès lors que la sécurité de la circulation routière l'exige. Pour ce qui les concerne, les préfets et les maires peuvent également fonder leurs décisions sur l'intérêt de l'ordre public.

Lorsqu'ils intéressent la police de la circulation sur les voies classées à grande circulation, les arrêtés du président du conseil général ou du maire fondés sur le premier alinéa sont pris après avis du préfet.

Art. R. 411-8-1 *(D. n° 2006-253, 27 févr. 2006)*. – Les projets qui, en vertu du second alinéa de l'article L. 110-3, doivent être, avant leur mise en œuvre, communiqués au représentant de l'État dans le département, sont les projets ou les mesures techniques de nature à modifier les caractéristiques géométriques ou mécaniques de la route classée à grande circulation ou de l'une de ses voies, en particulier, en affectant les profils en travers, les rayons en plan ou le gabarit ou en prévoyant la mise en place de dispositifs empiétant sur la chaussée.

Art. R. 411-9. – Le préfet exerce la police de la circulation sur les autoroutes, sous réserve des compétences conférées à d'autres autorités administratives en vertu du présent code.

Section II. – Commission départementale de la sécurité routière

Art. R. 411-10 *(D. n° 2006-665, 7 juin 2006 ; D. n° 2017-1279, 9 août 2017).* – I. – La commission départementale de la sécurité routière consultée préalablement à toute décision prise en matière :

1° *(Abrogé)* ;

2° *(Abrogé)* ;

3° D'autorisation d'organisation de manifestations sportives, dans les conditions prévues à l'article R. 331-26 du Code du sport ;

4° D'agrément des gardiens et des installations de fourrière.

II. – La commission peut également être consultée sur tout autre sujet relatif à la sécurité routière, tel que :

– la mise en place d'itinéraires de déviation pour les poids lourds ;

– l'harmonisation des limitations de vitesse des véhicules sur les voies ouvertes à la circulation publique ;

– les déclarations d'épreuves, courses ou manifestations sportives devant se disputer en totalité ou en partie sur les voies ouvertes à la circulation publique.

Art. R. 411-11 *(D. n° 2006-665, 7 juin 2006).* – La commission départementale de la sécurité routière est présidée par le préfet. Elle comprend :

1° Des représentants des services de l'État ;

2° Des élus départementaux désignés par le conseil général ;

3° Des élus communaux désignés par l'association des maires du département ou, à défaut, par le préfet ;

4° Des représentants des organisations professionnelles et des fédérations sportives ;

5° Des représentants des associations d'usagers.

À Paris, les élus visés aux 2° et 3° sont désignés par le conseil de Paris.

Art. R. 411-12 *(D. n° 2006-665, 7 juin 2006 ; D. n° 2017-1279, 9 août 2017).* – Des formations spécialisées peuvent être constituées par le président de la commission départementale de la sécurité routière au sein de cette commission pour exercer chacune des attributions qui lui sont dévolues par le I de l'article R. 411-10.

Elles comprennent au moins un représentant des catégories visées aux 1°, 2°, 3° et 5° de l'article R. 411-11 et au moins trois représentants de la catégorie visée au 4° du même article.

Pour l'exercice des compétences consultatives mentionnées au II de l'article R. 411-10, le président de la commission peut associer à ses travaux des représentants des gestionnaires des voies concernées.

Lorsque l'avis de la commission porte sur une autorisation de manifestation sportive motorisée ou sur une homologation de circuit, dans les conditions prévues respectivement aux articles R. 331-26 et R. 331-37 du Code du sport, la formation spécialisée comprend au moins un représentant de la fédération sportive délégataire concernée.

Art. R. 411-13 à R. 411-16 *(Implicitement abr., D. n° 2006-665, 7 juin 2006).*

Section III. – Interdictions et restrictions de circulation

Art. R. 411-17 *(D. n° 2011-368, 4 avr. 2011 ; mod., D. n° 2014-784, 8 juill. 2014).* – Le fait, pour tout conducteur, de ne pas respecter l'interdiction permanente d'accès de certaines routes à certaines catégories de véhicules, prise par l'autorité investie du pouvoir de police en application des articles L. 411-1 à L. 411-5-1 pour prévenir un danger pour les usagers de la voie, est puni de l'amende prévue pour les contraventions de la quatrième classe.

Lorsque, en outre, cette interdiction concerne une route ou une portion de route ne permettant pas d'éviter une descente dangereuse ou un tunnel, l'infraction est punie de l'amende prévue pour les contraventions de la cinquième classe. Tout conducteur coupable de cette infraction encourt également la peine complémentaire de suspension du permis de conduire pour une durée de trois ans au plus, cette suspension ne pouvant ni être limitée à la conduite en dehors de l'activité professionnelle ni être assortie du sursis, même partiellement. Cette contravention donne lieu de plein droit à la réduction de trois points du permis de conduire.

L'immobilisation du véhicule peut être prescrite dans les conditions prévues aux articles L. 325-1 à L. 325-3.

Art. R. 411-18. – Le préfet peut interdire temporairement la circulation d'une ou plusieurs catégories de véhicules sur certaines portions du réseau routier.

Des arrêtés du ministre de l'Intérieur et du ministre chargé des transports peuvent interdire la circulation d'une ou plusieurs catégories de véhicules durant certaines périodes, certains jours ou certaines heures sur tout ou partie du réseau routier.

Des arrêtés pris dans les mêmes conditions peuvent interdire ou réglementer la circulation des véhicules transportant des matières dangereuses.

Les dispositions prises en application du présent article ne sont applicables ni aux convois et transports militaires ni aux véhicules des unités d'instruction et d'intervention de la sécurité civile, qui font l'objet de règles particulières.

Le fait, pour tout conducteur, de contrevenir aux interdictions ou restrictions de circulation temporaires mentionnées au présent article est puni de l'amende prévue pour les contraventions de la quatrième classe.

L'immobilisation du véhicule peut être prescrite dans les conditions prévues aux articles L. 325-1 à L. 325-3.

Art. R. 411-19 *(Mod. à compter du 1er juillet 2017, D. n° 2017-782, 5 mai 2017)*. – Pour les mesures propres à limiter l'ampleur et les effets des pointes de pollution sur la population, le préfet définit le périmètre des zones concernées, les mesures de suspension ou de restriction de la circulation, notamment par la réduction des vitesses maximales autorisées, qu'il est susceptible de prendre et les modalités de publicité et d'information préalables des usagers en cas de mise en œuvre de ces mesures. Ces modalités comportent au minimum l'information des maires intéressés et sauf en cas de réduction des vitesses maximales autorisées ou de déviation de circulation faisant l'objet d'une signalisation routière conforme à l'article R. 411-25, la transmission d'un communiqué d'information à deux journaux quotidiens et à deux stations de radio ou de télévision, au plus tard à dix-neuf heures la veille de la mise en œuvre de ces mesures, afin de permettre sa diffusion dans les meilleurs délais.

Les mesures mentionnées à l'alinéa précédent peuvent comporter l'interdiction de circulation des véhicules certains jours en fonction de leur numéro d'immatriculation ou de leur identification prévue à l'article L. 318-1.

Le fait, pour tout conducteur, de contrevenir aux mesures de suspension ou de restriction de la circulation mentionnées au présent article, ou de circuler dans le périmètre des restrictions de circulation instaurées sans que le véhicule soit identifié conformément aux dispositions de l'article L. 318-1 et des textes pris pour son application, est puni de l'amende prévue pour les contraventions :

1° De la quatrième classe, lorsque le véhicule relève des catégories M2, M3, N2 ou N3 définies à l'article R. 311-1 ;

2° De la troisième classe, lorsque le véhicule relève des catégories M1, N1 ou L.

L'immobilisation du véhicule peut être prescrite dans les conditions prévues aux articles L. 325-1 à L. 325-3.

Art. R. 411-19-1 *(D. n° 2012-237, 20 févr. 2012 ; D. n° 2016-847, 28 juin 2016 ; mod. à compter du 1er juillet 2017, D. n° 2017-782, 5 mai 2017)*. – Le fait, pour un conducteur, de circuler dans le périmètre d'une zone à circulation restreinte instituée en application de l'article L. 2213-4-1 du Code général des collectivités territoriales, en violation des restrictions édictées ou lorsque le véhicule n'est pas identifié conformément aux dispositions de l'article L. 318-1 et des textes pris pour son application, est puni de l'amende prévue pour les contraventions :

1° De la quatrième classe, lorsque le véhicule relève des catégories M2, M3, N2 ou N3 définies à l'article R. 311-1 ;

2° De la troisième classe, lorsque le véhicule relève des catégories M1, N1 ou L.

Sans préjudice de l'article L. 121-2, est puni de l'amende prévue pour les contraventions de la quatrième classe, pour les véhicules des catégories M2, M3, N2 ou N3, ou de l'amende prévue pour les contraventions de troisième classe, pour les véhicules des catégories M1, N1 ou L, le fait de stationner dans le périmètre de la zone à circulation restreinte instituée en application de l'article L. 2213-4-1 du Code général des collectivités territoriales :

1° Lorsque le véhicule n'est pas identifié conformément aux dispositions de l'article L. 318-1 et des textes pris pour son application ; ou

2° Lorsque l'accès de ce véhicule à la zone de circulation restreinte est interdit en permanence.

Les infractions prévues au présent article peuvent entraîner l'immobilisation du véhicule dans les conditions prévues à l'article L. 325-1.

Le présent article n'est pas applicable lorsque le véhicule fait partie des véhicules dont l'accès à la zone à circulation restreinte ne peut être interdit en application des articles L. 2213-4-1 et R. 2213-1-0-1 du Code général des collectivités territoriales.

Art. R. 411-20. – Le préfet pour les routes nationales, le président du conseil général pour les routes départementales y compris les routes classées à grande circulation, le président du conseil exécutif de Corse, pour les routes prévues à l'article L. 4424-30 du Code général des collectivités territoriales, le maire pour les autres routes peut ordonner l'établissement de barrières de dégel. Ces autorités fixent les conditions de circulation sur les routes ou sections de routes soumises aux barrières de dégel.

L'établissement de barrières de dégel sur les routes forestières relève de la compétence du préfet, du président du conseil général ou du maire selon que la route appartient au domaine forestier national, départemental ou communal.

Les pouvoirs conférés par le présent article au préfet s'exercent sans préjudice des compétences qu'il tient de l'article R. 411-5.

Art. R. 411-21. – Le fait, pour tout conducteur, de contrevenir aux dispositions portant établissement de barrières de dégel est puni de l'amende prévue pour les contraventions de la cinquième classe.

La récidive de cette contravention est réprimée conformément à l'article 132-11 du Code pénal.

Tout conducteur coupable de l'infraction prévue au présent article encourt également la peine complémentaire de suspension, pour une durée de trois ans au plus, du permis de conduire, cette suspension pouvant être limitée à la conduite en dehors de l'activité professionnelle.

L'immobilisation du véhicule peut être prescrite dans les conditions prévues aux articles L. 325-1 à L. 325-3.

Art. R. 411-21-1 *(D. n° 2002-530, 11 avr. 2002 ; mod., D. n° 2012-3, 3 janv. 2012 ; rempl., D. n° 2014-784, 8 juill. 2014).* – Pour prévenir un danger pour les usagers de la voie ou en raison de l'établissement d'un chantier, l'autorité investie du pouvoir de police peut ordonner la fermeture temporaire d'une route ou l'interdiction temporaire de circulation sur tout ou partie de la chaussée, matérialisée par une signalisation routière adaptée.

Le fait pour tout conducteur de ne pas respecter les interdictions de circuler prescrites en application du premier alinéa du présent article est puni de l'amende prévue pour les contraventions de la quatrième classe.

Lorsque, en outre, cette interdiction concerne une route ou une section de route ne permettant pas d'éviter une descente dangereuse ou un tunnel, l'infraction est punie de l'amende prévue pour les contraventions de la cinquième classe.

Toute personne coupable de ces infractions encourt également la peine complémentaire de suspension, pour une durée de trois ans au plus, du permis de conduire, cette suspension pouvant être limitée à la conduite en dehors de l'activité professionnelle.

Ces contraventions donnent lieu de plein droit à la réduction de trois points du permis de conduire.

Art. R. 411-22. – L'autorisation de circulation des autobus articulés comportant plus d'une section articulée est délivrée par le préfet. Celui-ci fixe, par arrêté, leurs conditions de circulation, leur zone d'utilisation et leur itinéraire.

Le fait, pour tout conducteur d'un véhicule visé au présent article, de circuler sans autorisation préfectorale ou de ne pas respecter les prescriptions de l'arrêté préfectoral est puni de l'amende prévue pour les contraventions de la quatrième classe.

Art. R. 411-23. – La circulation des autobus articulés en dehors de leur zone d'utilisation n'est permise qu'à vide et est subordonnée à une autorisation délivrée dans les conditions prévues par les dispositions relatives aux transports exceptionnels de marchandises, d'engins ou de véhicules.

Le fait, pour tout conducteur d'un autobus articulé, de circuler en dehors de sa zone d'utilisation en transportant des passagers ou sans autorisation préfectorale ou sans respecter les prescriptions de l'autorisation préfectorale, est puni de l'amende prévue pour les contraventions de la quatrième classe.

Art. R. 411-23-1 *(D. n° 2014-784, 8 juill. 2014 ; D. n° 2015-1693, 17 déc. 2015 ; D. n° 2018-1045, 28 nov. 2018 ; D. n° 2020-1007, 6 août 2020).* – I. – Sans préjudice des dispositions de l'article R. 411-23-2, les autobus, les autocars, les navettes urbaines et les trains urbains dont l'aménagement le prévoit peuvent circuler avec des passagers debout à l'intérieur des agglomérations.

Toutefois, les véhicules effectuant des services occasionnels de transport public ou les services privés peuvent être soumis à des conditions d'aménagement fixées par arrêté du ministre chargé des transports.

II. – Lorsque ces véhicules sont affectés à des services publics de transport, ils sont également autorisés à circuler dans les limites du ressort territorial d'une autorité organisatrice de la mobilité définie à l'article L. 1231-1 du Code des transports ou d'Île-de-France Mobilités.

En dehors des agglomérations, l'autorité organisatrice de transports compétente définit les itinéraires empruntés sans préjudice du pouvoir de l'autorité de police compétente. Les conditions relatives au prolongement de ces itinéraires au-delà des agglomérations ou du ressort territorial d'une autorité organisatrice sont fixées par arrêté du ministre chargé des transports.

III. – En dehors des agglomérations, dans les limites du ressort territorial d'une autorité organisatrice de la mobilité définie à l'article L. 1231-1 du Code des transports ou d'Île-de-France Mobilités, le préfet peut à titre dérogatoire autoriser pour une durée déterminée des services privés à circuler avec des passagers debout au moyen des véhicules mentionnés au I, sur une distance maximale de 5 kilomètres. Cette autorisation fixe les conditions et limites de circulation, notamment l'itinéraire emprunté et la vitesse maximale à laquelle les véhicules sont autorisés à circuler. La demande d'autorisation adressée au préfet comporte tous les éléments nécessaires à son instruction.

IV. – En cas d'urgence, le préfet peut autoriser de façon limitée tout service ayant recours à tout véhicule destiné au transport de personnes.

V. – Le fait de contrevenir aux dispositions du présent article ou à celles prises pour son application est puni de l'amende prévue pour les contraventions de la quatrième classe.

VI. – L'immobilisation du véhicule de transport en commun de personnes peut être prescrite dans les conditions prévues aux articles L. 325-1 à L. 325-3.

Art. R. 411-23-2 *(D. n° 2014-784, 8 juill. 2014).* – Dans les véhicules de transport en commun d'enfants, les enfants sont transportés assis.

Dans une situation imprévue, de façon limitée et à titre exceptionnel, les enfants peuvent, sur décision de l'autorité organisatrice de transports concernée, être transportés debout aux conditions définies à l'article R. 411-23-1 dans les véhicules affectés à des services de transports scolaires, sans préjudice du pouvoir de l'autorité de police compétente.

Le fait de contrevenir aux dispositions du présent article ou à celles prises pour son application est puni de l'amende prévue pour les contraventions de la quatrième classe.

L'immobilisation du véhicule de transport en commun de personnes peut être prescrite dans les conditions prévues aux articles L. 325-1 à L. 325-3.

Art. R. 411-24. – Lorsqu'un conducteur est en infraction aux dispositions des articles L. 362-1 et L. 362-3 du Code de l'environnement ou aux mesures édictées en application des articles L. 2213-4 et L. 2215-3 du Code général des collectivités territoriales, l'immobilisation et la mise en fourrière peuvent être prescrites dans les conditions prévues aux articles L. 325-1 à L. 325-3.

Section IV. – Signalisation routière

Art. R. 411-25. – Le ministre chargé de la voirie nationale et le ministre de l'Intérieur fixent par arrêté conjoint publié au *Journal officiel* de la République française les conditions dans lesquelles est établie la signalisation routière pour signifier une prescription de l'autorité investie du pouvoir de police ou donner une information aux usagers.

Les dispositions réglementaires prises par les autorités compétentes en vue de compléter celles du présent code et qui, aux termes de l'arrêté prévu au premier alinéa, doivent faire l'objet de mesures de signalisation, ne sont opposables aux usagers que si lesdites mesures ont été prises.

Les usagers doivent respecter en toutes circonstances les indications résultant de la signalisation établie conformément au premier alinéa.

Les indications des feux de signalisation lumineux prévalent sur celles qui sont données par les signaux routiers réglementant la priorité.

Art. R. 411-26. – **Sauf dispositions différentes prévues au présent code, le fait, pour tout conducteur, de ne pas respecter les indications résultant de la signalisation routière est puni de l'amende prévue pour les contraventions de la deuxième classe.**

Art. R. 411-27 ***(Mod. à compter du 1er juillet 2017, D. n° 2017-782, 5 mai 2017).*** **– I. – Peuvent toutefois ne pas donner lieu à la signalisation prévue à l'article R. 411-25 les dispositions réglementaires énumérées ci-après, qui ont été prises par les autorités compétentes en vue d'assurer la sécurité ou la commodité de la circulation et qui ont été régulièrement publiées au *Journal officiel* :**

1° Les mesures temporaires applicables sur tout le territoire ;

2° Les mesures concernant certaines catégories de véhicules ou ensembles de véhicules.

II. – Peuvent également ne pas donner lieu à la signalisation prévue à l'article R. 411-25 les mesures prises en application de l'article R. 411-19.

Art. R. 411-28. – **Les indications données par les agents réglant la circulation prévalent sur toutes signalisations, feux de signalisation ou règles de circulation.**

Le fait, pour tout conducteur, de ne pas respecter ces indications est puni de l'amende prévue pour les contraventions de la quatrième classe.

Section V. – Courses et épreuves sportives

Art. R. 411-29 ***(Mod., D. n° 2007-1133, 24 juill. 2007 ; D. n° 2012-312, 5 mars 2012 ; D. n° 2017-1279, 9 août 2017).*** **– L'organisation des épreuves, courses ou compétitions sportives devant se disputer en totalité ou en partie sur les voies ouvertes à la circulation publique est soumise aux dispositions prévues à la section 4 du chapitre 1er du titre III du livre III du Code du sport.**

Par dérogation aux dispositions de l'article R. 322-1, la circulation sur la voie publique ou ouverte à la circulation publique d'un véhicule à moteur destiné à participer à une manifestation sportive entrant dans le cadre des articles R. 331-18 et R. 331-20 du Code du sport, non réceptionné ou qui n'est plus conforme à sa réception d'origine telle que prévue aux articles R. 321-1 et suivants, est autorisée sur un parcours de liaison tel que défini *(D. n° 2018-795, 17 sept. 2018)* au 10° de l'article R. 331-18 du Code du sport.

Cette autorisation est valide sous réserve d'une inscription à une manifestation sportive organisée conformément à l'article R. 331-26 du Code du sport.

Cette dérogation est strictement limitée à la date et à l'itinéraire prévus dans l'arrêté d'autorisation de la manifestation sportive.

Les modalités d'application relatives à l'identification des conducteurs sont fixées par arrêté conjoint du ministre de l'intérieur et du ministre chargé des sports.

Un arrêté du ministre chargé des transports fixe, pour chaque type de véhicule, les dispositifs techniques et de sécurité minimaux dont ils doivent disposer pour l'application de cet article.

Art. R. 411-30 ***(Mod., D. n° 2010-773, 8 juill. 2010 ; D. n° 2017-1279, 9 août 2017).*** **– L'autorité administrative compétente pour exercer le pouvoir de police en matière de circulation routière peut réglementer la circulation, l'interdire temporairement en cas de nécessite et prévoir que l'épreuve, la course ou la compétition sportive bénéficie d'une priorité de passage ou d'un usage exclusif temporaire de la chaussée portée à la connaissance des usagers par une signalisation appropriée, définie par arrêté du ministre de l'Intérieur, du ministre chargé des transports et du ministre chargé des sports.**

Le fan de contrevenir aux restrictions de circulation édictées en vertu du présent article à l'occasion des épreuves, courses ou compétitions sportives est puni de l'amende prévue pour les contraventions de la quatrième classe.

Art. R. 411-31 ***(Mod., D. n° 2012-312, 5 mars 2012 ; D. n° 2017-1279, 9 août 2017).*** **– L'autorité administrative peut agréer des représentants de la fédération ou de la personne physique ou morale qui organise l'épreuve, la course ou la compétition sportive. Ils portent des signes vestimentaires permettant de les identifier. Dans l'accomplissement de leur mission, ils sont tenus de se conformer aux instructions des**

membres des forces de police ou de gendarmerie territorialement compétents. Ils leur rendent compte des incidents qui peuvent survenir.

Le fait pour tout usager de contrevenir aux indications des représentants mentionnés à l'alinéa précédent et mettant en œuvre les mesures de circulation édictées en vertu de l'article R. 411-30 à l'occasion des épreuves, courses ou compétitions sportives est puni de l'amende prévue pour les contraventions de la quatrième classe.

Art. R. 411-32. – Le fait, pour tout organisateur, hors le cas du défaut d'autorisation des courses de véhicules à moteur, de contrevenir aux dispositions réglementant les courses de toute nature, ainsi que les épreuves ou compétitions sportives, est puni de l'amende prévue pour les contraventions de la quatrième classe.

CHAPITRE II. – CONDUITE DES VÉHICULES ET CIRCULATION DES PIÉTONS

Section I. – Équipements des utilisateurs de véhicules

Art. R. 412-1 *(Mod., D. n° 2006-1496, 29 nov. 2006 ; D. n° 2012-886, 17 juill. 2012).* – Chaque siège équipé d'une ceinture de sécurité ne peut être occupé que par une seule personne.

I. – En circulation, tout conducteur ou passager d'un véhicule à moteur doit porter une ceinture de sécurité homologuée dès lors que le siège qu'il occupe en est équipé en application des dispositions du livre III.

(Al. abr., D. n° 2018-795, 17 sept. 2018).

II. – Toutefois, le port de la ceinture de sécurité n'est pas obligatoire :

1° Pour toute personne dont la morphologie est manifestement inadaptée au port de celle-ci ;

2° Pour toute personne munie d'un certificat médical d'exemption, délivré par un médecin agréé consultant hors commission médicale chargé d'apprécier l'aptitude physique des candidats au permis de conduire et des conducteurs ou par les autorités compétentes d'un État membre de la Communauté européenne ou de l'Espace économique européen. Ce certificat médical doit mentionner sa durée de validité et comporter le symbole prévu à l'article 5 de la directive 91/671/CEE du Conseil du 16 décembre 1991 :

3° En intervention d'urgence, pour tout conducteur ou passager d'un véhicule d'intérêt général prioritaire ou d'une ambulance ;

4° Pour tout conducteur de taxi en service ;

5° En agglomération, pour tout conducteur ou passager d'un véhicule des services publics contraint par nécessité de service de s'arrêter fréquemment ;

6° En agglomération, pour tout conducteur ou passager d'un véhicule effectuant des livraisons de porte à porte.

III. – Le fait, pour tout conducteur ou passager, de contrevenir aux dispositions du présent article est puni de l'amende prévue pour les contraventions de la quatrième classe.

IV. – Lorsque cette contravention est commise par le conducteur, elle donne lieu de plein droit à la réduction de trois points du permis de conduire.

Art. R. 412-1-1 *(Créé, D. n° 2018-795, 17 sept. 2018).* – Sauf dispositions contraires, les passagers d'un véhicule à moteur sont transportés sur des sièges dans la limite du nombre de places assises mentionné sur le certificat d'immatriculation du véhicule. Chaque siège ne peut être occupé que par une seule personne.

Le fait, pour tout conducteur ou passager, de contrevenir aux dispositions du présent article est puni de l'amende prévue pour les contraventions de la quatrième classe.

Lorsque cette contravention est commise par le conducteur, elle donne lieu de plein droit à la réduction de trois points du permis de conduire.

Art. R. 412-2 *(D. n° 2003-440, 14 mai 2003 ; D. n° 2003-637, 9 juill. 2003 ; D. n° 2005-277, 25 mars 2005 ; D. n° 2006-1496, 29 nov. 2006).* – I. – En circulation, tout conducteur d'un véhicule à moteur dont les sièges sont équipés de ceintures de sécurité en application des dispositions du livre III, et dont le nombre de places assises, y compris celle du conducteur, n'excède pas neuf doit s'assurer que tout passager âgé de moins de dix-huit ans qu'il transporte est maintenu soit par un système homologué de retenue pour enfant, soit par une ceinture de sécurité. Dans les véhicules de même capacité, lorsqu'un siège n'est pas équipé de ceinture de sécurité, il est interdit d'y transporter un enfant de moins de trois ans.

II. – De même, le conducteur doit s'assurer que tout enfant de moins de dix ans est retenu par un système homologué de retenue pour enfant adapté à sa morphologie et à son poids.

III. – Toutefois, l'utilisation d'un système homologué de retenue pour enfant n'est pas obligatoire :

1° Pour tout enfant dont la morphologie est adaptée au port de la ceinture de sécurité ;

2° Pour tout enfant muni d'un certificat médical d'exemption qui mentionne sa durée de validité et comporte le symbole prévu au 2° du II de l'article R. 412-1 ;

3° Pour tout enfant transporté dans un taxi ou dans un véhicule de transport en commun.

IV. – Le fait, pour tout conducteur, de contrevenir aux dispositions du présent article est puni de l'amende prévue pour les contraventions de la quatrième classe.

Art. R. 412-3 *(Mod., D. n° 2006-1496, 29 nov. 2006).* **– I. – Le transport d'un enfant de moins de dix ans sur un siège avant d'un véhicule à moteur est interdit, sauf dans l'un des cas suivants :**

1° Lorsque l'enfant est transporté, face à l'arrière, dans un système homologué de retenue spécialement conçu pour être installé à l'avant des véhicules et que le coussin de sécurité frontal est désactivé ;

2° Lorsque le véhicule ne comporte pas de siège arrière ou si le siège arrière n'est pas équipé de ceinture de sécurité ;

3° Lorsque les sièges arrière du véhicule sont momentanément inutilisables ou occupés par des enfants de moins de dix ans, à condition que chacun des enfants transportés soit retenu par un système prévu au II de l'article R. 412-2.

II. – Le fait, pour tout conducteur, de contrevenir aux dispositions du présent article est puni de l'amende prévue pour les contraventions de la quatrième classe.

Art. R. 412-4. – Des arrêtés du ministre chargé des transports et du ministre de l'Intérieur fixent les conditions d'application des articles R. 412-1 à R. 412-3.

Des arrêtés du ministre chargé des transports fixent les conditions d'homologation des ceintures de sécurité et des systèmes de retenue pour enfants.

Art. R. 412-5. – Les dispositions des articles R. 412-1 à R. 412-4 ne sont applicables ni aux convois et transports militaires ni aux véhicules des unités d'instruction et d'intervention de la sécurité civile, qui font l'objet de règles particulières.

Section II. – Principes généraux de circulation

Art. R. 412-6 *(Mod., D. n° 2008-754, 30 juill. 2008).* **– I. – Tout véhicule en mouvement ou tout ensemble de véhicules en mouvement doit avoir un conducteur.**

Celui-ci doit, à tout moment, adopter un comportement prudent et respectueux envers les autres usagers des voies ouvertes à la circulation. Il doit notamment faire preuve d'une prudence accrue à l'égard des usagers les plus vulnérables.

II. – Tout conducteur doit se tenir constamment en état et en position d'exécuter commodément et sans délai toutes les manœuvres qui lui incombent. Ses possibilités de mouvement et son champ de vision ne doivent pas être réduits par le nombre ou la position des passagers, par les objets transportés ou par l'apposition d'objets non transparents sur les vitres.

III. – Le fait, pour tout conducteur, de contrevenir aux dispositions du II ci-dessus est puni de l'amende prévue pour les contraventions de la deuxième classe.

IV. – En cas d'infraction aux dispositions du II ci-dessus, l'immobilisation du véhicule peut être prescrite dans les conditions prévues aux articles L. 325-1 à L. 325-3.

La personne qui, tout en conduisant un véhicule en mouvement, fait usage d'un appareil téléphonique tenu en mains, n'est pas en état d'exécuter commodément et sans délai les manœuvres qui lui incombent ; dès lors, justifie sa décision le juge qui déclare le prévenu coupable de la contravention prévue par l'article R. 412-6 du Code de la route (■ Cass. crim., 2 oct. 2001 : *Bull. crim.* n° 196).

Art. R. 412-6-1 *(D. n° 2003-293, 31 mars 2003 ; D. n° 2012-3, 3 janv. 2012 ; D. n° 2015-743, 24 juin 2015 ; D. n° 2020-605, 18 mai 2020).* **– L'usage d'un téléphone tenu en main par le conducteur d'un véhicule en circulation est interdit.**

Est également interdit le port à l'oreille, par le conducteur d'un véhicule en circulation, de tout dispositif susceptible d'émettre du son, à l'exception des appareils électroniques correcteurs de surdité.

Les dispositions du deuxième alinéa ne sont pas applicables aux conducteurs des véhicules d'intérêt général prioritaire prévus à l'article R. 311-1, ni dans le cadre de l'enseignement de la conduite des cyclomoteurs, motocyclettes, tricycles et quadricycles à moteur ou de l'examen du permis de conduire ces véhicules.

Le fait, pour tout conducteur, de contrevenir aux dispositions du présent article est puni de l'amende prévue pour les contraventions de la quatrième classe.

Tout conducteur coupable de cette infraction encourt également la peine complémentaire de suspension, pour une durée de trois ans au plus, du permis de conduire, cette suspension pouvant être limitée à la conduite en dehors de l'activité professionnelle.

Cette contravention donne lieu de plein droit à la réduction de trois points du permis de conduire.

Voir : avant la loi du 31 mars 2003, note sous article R. 412-6 *supra* ; *Dr. pén.* 2006, étude 11 par A. Paulin.

1) Véhicule en circulation. L'obligation de se tenir constamment en position d'exécution commodément et sans délai de toutes les manœuvres nécessaires ne s'applique qu'au conducteur d'un véhicule en circulation (▪ Cass. crim., 13 mars 2007 : *Bull. crim.* n° 77 ; *Dr. pén.* 2007, note 105).

2) Véhicule arrêté sur une voie de circulation. Doit être regardé comme étant toujours en circulation, au sens et pour l'application de l'article R. 412-6-1 du Code de la route, le véhicule momentanément arrêté sur une voie de circulation pour une cause autre qu'un événement de force majeure. Justifie ainsi sa décision d'entrer en voie de condamnation du chef d'usage d'un téléphone tenu en main par le conducteur d'un véhicule en circulation, la juridiction de proximité qui relève que le prévenu a été contrôlé, faisant usage de son téléphone au volant de son véhicule, alors que celui-ci se trouvait momentanément à l'arrêt sur la file de droite d'un rond-point (▪ Cass. crim., 23 janv. 2018, n° 17-83-077 : *JurisData* n° 2018-000625 ; *Dr. pén.* 2018, comm. 44, note J.-H. Robert ; *Dr. pén.* 2018, étude 7, n° 4, obs. F. Gauvin).

– Pour un véhicule arrêté dans un embouteillage ou à un feu rouge V. ▪ Cass. crim., 20 sept. 2006, n° 06-81.943. ▪ Cass. crim., 14 nov. 2012, n° 12-83.157.

3) Usage d'un téléphone. L'usage d'un téléphone, interdit par l'article R. 412-6-1 du Code de la route, s'entend de l'activation de toute fonction par le conducteur du véhicule en circulation sur l'appareil qu'il tient en main.

Entre dans cette définition le fait, pour le conducteur, de manipuler le clavier de son téléphone avec l'un de ses doigts aux fins de vérifier la réception de SMS (▪ Cass. crim., 13 sept. 2011 : *Bull. crim.* n° 175 ; *Dr. pén.* 2011, comm. 135, obs. J.-H. Robert, avec note rectificative n° 153).

4) Constat de l'infraction. Cette infraction peut être constatée sans interception du véhicule (décision rendue avant que la loi ne permette le constat de cette contravention par un moyen de contrôle automatisé : actuellement art. R. 130-11) : ▪ Cass. crim., 2 mai 2018, n° 17-84.370, D : *JurisData* n° 2018-007345 ; *Dr. pén.* 2018, comm. 128, obs. J.-H. Robert.

Art. R. 412-6-2 ***(D. n° 2008-754, 30 juill. 2008 ; mod., D. n° 2012-3, 3 janv. 2012).*** **– Le fait de placer dans le champ de vision du conducteur d'un véhicule en circulation un appareil en fonctionnement doté d'un écran et ne constituant pas une aide à la conduite ou à la navigation est interdit.**

Le fait, pour tout conducteur, de contrevenir aux dispositions du présent article est puni de l'amende prévue pour les contraventions de la cinquième classe.

L'appareil mentionné au premier alinéa est saisi.

Toute condamnation donne lieu de plein droit à la confiscation de l'appareil qui a servi ou était destiné à commettre l'infraction.

Est également encourue la peine de confiscation de l'appareil mentionné au premier alinéa.

Cette contravention donne lieu de plein droit à la réduction de trois points du permis de conduire.

Art. R. 412-7 ***(Mod., D. n° 2008-754, 30 juill. 2008 ; D. n° 2010-1390, 12 nov. 2010 ; D. n° 2015-808, 2 juill. 2015).*** **– I. – Les véhicules doivent, sauf en cas de nécessité absolue, circuler sur la chaussée.**

Toutefois, ils peuvent franchir un trottoir, à partir de l'accès le plus proche, pour rejoindre ou quitter les accès carrossables des immeubles riverains ou des accès non ouverts à la circulation publique.

Ils peuvent également le franchir pour rejoindre une autre chaussée s'il existe un aménagement à cet effet.

Les engins d'entretien du trottoir peuvent y circuler dans l'exercice de leur mission, sauf dispositions contraires prises par l'autorité investie du pouvoir de police.

Dans l'exercice de leur mission, les véhicules d'entretien des voies du domaine public routier peuvent circuler et s'arrêter sur les bandes cyclables, les pistes cyclables et les voies vertes.

Les véhicules de collecte des ordures ménagères peuvent circuler et s'arrêter sur les bandes cyclables dans leur sens de circulation pour la réalisation des opérations de collecte de la section de rue concernée.

II. – Lorsque, sur la chaussée, une voie de circulation réservée à certaines catégories de véhicules est matérialisée, les conducteurs d'autres catégories de véhicules ne doivent pas circuler sur cette voie. Les conducteurs de véhicules motorisés ne doivent pas circuler sur une voie verte, ni dans une aire piétonne à l'exception des cas prévus par les règles de circulation mentionnées à l'article R. 411-3.

III. – Sous réserve de l'application des dispositions des deuxième à sixième alinéas du I, le fait, pour tout conducteur, de contrevenir aux dispositions du présent article est puni de l'amende prévue pour les contraventions de la 4e classe.

1) Voitures de grande remise. L'article R. 412-7 du Code de la route réprime le fait, pour tout conducteur, de faire circuler son véhicule sur une voie réservée à certaines catégories de véhicules. La liste de ces derniers, qui est fixée, en ce qui concerne la commune de Paris, par le préfet de police en application des dispositions des articles L. 411-2 du Code de la route et L. 2512-14 du Code général des collectivités territoriales, est limitative. Ainsi, les voitures de grande remise ne sont pas prévues par l'arrêté préfectoral, du 24 décembre 2001, portant création et utilisation de voies de circulation réservées à certains véhicules dans plusieurs arrondissements de Paris (■ Cass. crim., 16 janv. 2007 : *Bull. crim.* n° 5), les voitures de grande remise n'entrant pas dans la catégorie des transports collectifs publics de voyageurs (■ Cass. crim., 16 janv. 2008, n° 406-88.637 : *Dr. pén.* 2008, comm. 30, obs. J.-H. Robert).

2) Véhicules à deux ou trois roues. En application de l'article R. 412-7, § 2 et 3 du Code de la route, 27 de l'ordonnance préfectorale n° 71-16757 du 15 septembre 1971, 3 de l'arrêté n° 01-17233 du 24 décembre 2001, ensemble les articles L. 3123-1 et L. 3123-2 du Code des transports, les véhicules motorisés à deux ou trois roues assurant le transport de personnes à titre onéreux ne peuvent pas emprunter les voies réservées aux transports collectifs de voyageurs (■ Cass. crim., 26 juin 2013, n° 13-86.775 : *Dr. pén.* 2013, comm. 146, obs. J.-H. Robert).

3) Catégories de véhicules ayant accès aux voies de circulation réservée. Encourt la cassation le jugement qui relève, afin de renvoyer le prévenu des fins de poursuites, que le prévenu, poursuivi pour avoir circulé sur une voie réservée, exerce une activité de transports publics de voyageurs, par l'intermédiaire de sa société, qui est titulaire d'une licence pour le transport intérieur de personnes par route pour compte d'autrui, et accessible à tous les voyageurs alors que le tribunal n'a pas recherché si la possession de la licence suffisait à autoriser l'utilisation, par le véhicule qu'exploite son titulaire, des voies de circulation réservées, à Paris, aux catégories de véhicules limitativement définies par arrêté préfectoral (■ Cass. crim., 8 janv. 2019, n° 18-83.253).

Art. R. 412-8 ***(Mod., D. n° 2003-293, 31 mars 2003 ; D. n° 2012-3, 3 janv. 2012).*** **– La circulation sur les bandes d'arrêt d'urgence est interdite.**

Le fait de contrevenir aux dispositions du présent article est puni de l'amende prévue pour les contraventions de la quatrième classe.

Tout conducteur coupable de cette infraction encourt également la peine complémentaire de suspension du permis de conduire pour une durée de trois ans au plus, cette suspension pouvant être limitée à la conduite en dehors de l'activité professionnelle.

Cette contravention commise à l'occasion de la conduite d'un véhicule donne lieu de plein droit à la réduction de trois points du permis de conduire.

Art. R. 412-9 ***(Mod., D. n° 2003-293, 31 mars 2003 ; D. n° 2017-1279, 9 août 2017 ; D. n° 2018-795, 17 sept. 2018 ; D. n° 2019-1082, 23 oct. 2019 ; D. n° 2022-31, 14 janv. 2022).*** **– En marche normale, tout conducteur doit maintenir son véhicule près du bord droit de la chaussée, autant que le lui permet l'état ou le profil de celle-ci.**

Toutefois, un conducteur qui pénètre sur un carrefour à sens giratoire comportant plusieurs voies de circulation en vue d'emprunter une sortie située sur sa gauche par rapport à son axe d'entrée peut serrer à gauche.

Chaque manœuvre de changement de voie à l'intérieur du carrefour à sens giratoire reste soumise aux règles de la priorité et doit être signalée aux autres conducteurs.

Un conducteur d'engin de déplacement personnel motorisé, de cyclomobile léger ou de cycle peut s'éloigner du bord droit de la chaussée lorsqu'une trajectoire matérialisée pour les cycles, signalisée en application des dispositions de l'article R. 411-25, le permet.

Sur les voies où la vitesse maximale autorisée n'excède pas 50 km/h, un conducteur d'engin de déplacement personnel motorisé, de cyclomobile léger ou de cycle peut s'écarter des véhicules en stationnement sur le bord droit de la chaussée, d'une distance nécessaire à sa sécurité.

Sous réserve des dispositions des quatrième et cinquième alinéas du présent article, le fait, pour tout conducteur, de ne pas maintenir, en marche normale, son véhicule près du bord droit de la chaussée est puni de l'amende prévue pour les contraventions de la deuxième classe.

Le fait, pour tout conducteur, de circuler, en marche normale, sur la partie gauche d'une chaussée à double sens de circulation est puni de l'amende prévue pour les contraventions de la quatrième classe.

Tout conducteur coupable de cette dernière infraction encourt également la peine complémentaire de suspension du permis de conduire pour une durée de trois ans au plus, cette suspension pouvant être limitée à la conduite en dehors de l'activité professionnelle.

Cette dernière contravention donne lieu de plein droit à la réduction de trois points du permis de conduire.

Les dispositions du présent article ne s'appliquent pas aux représentants mentionnés à l'article R. 411-31 dans les cas prévus à l'article R. 414-3-1 et aux conducteurs dans les cas prévus à l'article R. 412-11-1.

Art. R. 412-10 *(Mod., D. n° 2003-293, 31 mars 2003).* – Tout conducteur qui s'apprête à apporter un changement dans la direction de son véhicule ou à en ralentir l'allure doit avertir de son intention les autres usagers, notamment lorsqu'il va se porter à gauche, traverser la chaussée, ou lorsque, après un arrêt ou stationnement, il veut reprendre sa place dans le courant de la circulation.

Le fait, pour tout conducteur, de contrevenir aux dispositions du présent article relatives au changement de direction est puni de l'amende prévue pour les contraventions de la deuxième classe.

Tout conducteur coupable de cette dernière infraction encourt également la peine complémentaire de suspension du permis de conduire pour une durée de trois ans au plus, cette suspension pouvant être limitée à la conduite en dehors de l'activité professionnelle.

Cette contravention donne lieu de plein droit à la réduction de trois points du permis de conduire.

1) **Force majeure contraventionnelle.** La survenance d'une défaillance mécanique (en l'espèce une panne de clignotant) ne saurait, à elle seule, constituer la force majeure au sens de l'article 121-3, alinéa 5, du Code pénal (■ Cass. crim., 6 nov. 2013, n° 12-82.182 : *Bull. crim.* n° 215 ; *Dr. pén.* 2014, comm. 24, obs. J.-H. Robert). Arrêt précité sous l'article L. 311-1 du Code de la route, et l'article 121-3 du Code pénal.

2) **Preuve.** Les mentions du procès-verbal de contravention, selon lesquelles le véhicule conduit par le prévenu a opéré, au lieu indiqué, un « changement de direction sans avertissement préalable », suffisent à établir la matérialité de l'infraction relevée (■ Cass. crim., 20 sept. 2016, n° 16-80.148).

Art. R. 412-11. – En agglomération, tout conducteur doit ralentir si nécessaire et au besoin s'arrêter pour laisser les véhicules de transport en commun quitter les arrêts signalés comme tels.

Le fait, pour tout conducteur, de contrevenir, aux dispositions du présent article est puni de l'amende prévue pour les contraventions de la deuxième classe.

Art. R. 412-11-1 *(Créé, D. n° 2018-795, 17 sept. 2018).* – Lorsqu'un véhicule équipé des feux spéciaux mentionnés aux articles R. 313-27 et R. 313-28 ou tout autre véhicule dont le conducteur fait usage de ses feux de détresse dans les conditions prévues au premier alinéa de l'article R. 416-18 est immobilisé ou circule à faible allure sur un accotement ou une bande d'arrêt d'urgence, tout conducteur circulant sur le bord droit de la chaussée doit à son approche réduire sa vitesse conformément à l'article R. 413-17 et changer de voie de circulation après s'être assuré qu'il peut le faire sans danger. Si le changement de voie n'est pas réalisable, le conducteur doit s'éloigner le plus possible du véhicule en demeurant dans sa voie.

Lorsque ce même véhicule est immobilisé ou circule à faible allure sur une chaussée, tout conducteur circulant sur la même voie de circulation doit à son approche réduire sa vitesse conformément à l'article R. 413-17, au besoin s'arrêter, et dépasser le véhicule en exécutant les manœuvres prévues à l'article R. 414-4.

Lorsque ce même véhicule est immobilisé ou circule à faible allure sur une voie de circulation adjacente, tout conducteur doit à son approche réduire sa vitesse conformément à l'article R. 413-17 et s'en éloigner le plus possible en demeurant dans la même voie.

Les manœuvres prévues au présent article se réalisent dans le respect de la signalisation routière ou, le cas échant, des indications données par l'un des agents mentionnés à l'article R. 411-28.

Le fait, pour tout conducteur, de contrevenir aux dispositions du présent article est puni de l'amende prévue pour les contraventions de la quatrième classe.

Art. R. 412-11-2 *(Créé, D. n° 2021-1006, 29 juill. 2021)*. **– En dehors des autoroutes et routes à accès réglementé, les véhicules de catégorie M2, M3, N2, N3, O1, O2, O3 ou O4, ou leurs ensembles, équipés de dispositifs aérodynamiques montés à l'arrière circulent avec lesdits dispositifs repliés, rétractés ou enlevés, dans les conditions définies par arrêté des ministres chargés des transports et de la sécurité routière.**

Le fait, pour tout conducteur, de contrevenir aux dispositions du présent article et aux dispositions prises pour son application est puni de l'amende prévue pour les contraventions de la quatrième classe.

Art. R. 412-12 *(D. n° 2001-1127, 23 nov. 2001)*. **– I. – Lorsque deux véhicules se suivent, le conducteur du second doit maintenir une distance de sécurité suffisante pour pouvoir éviter une collision en cas de ralentissement brusque ou d'arrêt subit du véhicule qui le précède. Cette distance est d'autant plus grande que la vitesse est plus élevée. Elle correspond à la distance parcourue par le véhicule pendant un délai d'au moins deux secondes.**

II. – Hors agglomération, lorsque des véhicules ou des ensembles de véhicules, dont le poids total autorisé en charge dépasse 3,5 tonnes ou dont la longueur dépasse 7 mètres, se suivent à la même vitesse, la distance de sécurité mentionnée au I est d'au moins 50 mètres.

III. – Les dispositions du II ne sont applicables ni aux convois et aux transports militaires et des unités de la police nationale ni aux véhicules des unités d'instruction et d'intervention de la sécurité civile, qui font l'objet de règles particulières.

IV. – Pour les ouvrages routiers dont l'exploitation ou l'utilisation présente des risques particuliers, l'autorité investie du pouvoir de police peut imposer des distances de sécurité plus grandes entre les véhicules.

V. – Le fait, pour tout conducteur, de contrevenir aux dispositions du présent article est puni de l'amende prévue pour les contraventions de la quatrième classe.

VI. – Tout conducteur qui a contrevenu aux règles de distance prises en application du présent article encourt également la peine complémentaire de suspension, pour une durée de trois ans au plus, du permis de conduire, cette suspension pouvant être limitée à la conduite en dehors de l'activité professionnelle.

VII. – La contravention prévue au V donne lieu de plein droit à la réduction de 3 points du permis de conduire.

Constat de l'infraction. Le procès-verbal qui n'indique pas les circonstances matérielles concrètes, hormis le temps et le lieu, de nature à caractériser le non-respect, par un véhicule, de la distance de sécurité avec celui qui le précède, ne comporte pas de constatations, au sens de l'article 537 du Code de procédure pénale, de nature à établir l'inobservation des prescriptions de l'article R. 412-12 du Code de la route (■ Cass. crim., 27 janv. 2016, n° 15-80.581 : *JurisData* n° 2016-001036 ; *Dr. pén.* 2016, comm. 45, obs. J.-H. Robert ; *Procédures* 2016, comm. 112, note A.-S. Chavent-Leclère).

Art. R. 412-13. – Lorsqu'un véhicule ou son chargement provoque des détériorations à la route ou à ses dépendances, l'immobilisation peut être prescrite dans les conditions prévues aux articles L. 325-1 à L. 325-3.

Art. R. 412-14. – En cas d'infraction aux règlements édictés pour la sauvegarde de l'esthétique des sites et des paysages classés, la mise en fourrière peut être prescrite dans les conditions prévues aux articles L. 325-1 à L. 325-3.

Art. R. 412-15. – Il est interdit de couper les éléments de colonnes militaires, de forces de police ou de cortèges en marche.

Le fait, pour tout conducteur, de contrevenir aux dispositions du présent article est puni de l'amende prévue pour les contraventions de la deuxième classe.

Art. R. 412-16 *(D. n° 2009-136, 9 févr. 2009 ; A. 23 mars 2009)*. **– Les véhicules de collection sont autorisés à circuler sur l'ensemble du territoire national dans les conditions fixées par un arrêté du ministre chargé des transports pris après avis du ministre de l'Intérieur.**

Le fait, pour tout conducteur, de contrevenir aux dispositions du présent article ou à celles prises pour son application est puni de l'amende prévue pour les contraventions de la quatrième classe.

L'immobilisation du véhicule peut être prescrite dans les conditions prévues aux articles L. 325-1 à L. 325-3.

Art. R. 412-17 *(Mod. D. n° 2021-873, 29 juin 2021).* – **Tout usager d'un ouvrage routier ouvert à la circulation publique et régulièrement soumis à péage doit, s'il n'est muni d'une autorisation spéciale, acquitter le montant du péage autorisé correspondant au parcours et à la catégorie du véhicule qu'il utilise.**

Le fait, pour tout conducteur, de refuser d'acquitter le montant du péage ou de se soustraire d'une manière quelconque à ce paiement est puni de l'amende prévue pour les contraventions de la deuxième classe.

Manœuvres frauduleuses : escroquerie. Si les méthodes utilisées pour franchir le péage peuvent s'analyser en des manœuvres frauduleuses au sens de l'article 313-1 du Code pénal, le délit d'escroquerie trouve à s'appliquer. ■ Chambéry, 3 mai 2018, n° 17/01152 : *JurisData* n° 2018-007857 : *Dr. pén.* 2018, étude 7, n° 8, obs. F. Gauvin.

Art. R. 412-17-1 *(Créé, D. n° 2021-873, 29 juin 2021).* – **I. – Lorsque le véhicule est partiellement ou hautement automatisé, le conducteur doit se tenir constamment en état et en position de répondre à une demande de reprise en main. Ses possibilités de mouvement et son champ de vision ne doivent pas être réduits par le nombre ou la position des passagers, par les objets transportés ou par l'apposition d'objets non transparents sur les vitres.**

II. – En application du 3° de l'article L. 123-1 et dans les conditions mentionnées au I, le conducteur doit également se tenir en état et en position d'effectuer sans délai une reprise en main afin d'exécuter les manœuvres qui lui incombent en application des dispositions du présent code afin :

1° D'obtempérer à une sommation de s'arrêter émanant d'un fonctionnaire ou agent chargé de constater les infractions et muni des insignes extérieurs et apparents de sa qualité ;

2° De respecter les indications données par les agents réglant la circulation en application des dispositions de l'article R. 411-28 ;

3° De faciliter le passage d'un véhicule d'intérêt général en application des dispositions des articles R. 414-2 et R. 414-9 ;

4° De céder le passage à un véhicule d'intérêt général prioritaire en application de l'article R. 415-12.

III. – Le fait, pour tout conducteur, de contrevenir aux dispositions des I et II ci-dessus est puni de l'amende prévue pour les contraventions de deuxième classe.

IV. – En cas d'infraction aux dispositions du présent article, l'immobilisation du véhicule peut être prescrite dans les conditions prévues aux articles L. 325-1 à L. 325-3.

Section III. – Matérialisation des voies de circulation

Art. R. 412-18. – **Lorsque des lignes longitudinales discontinues sont apposées sur la surface de la chaussée, elles autorisent leur franchissement ou leur chevauchement. Elles sont destinées notamment à délimiter les voies en vue de guider la circulation.**

Art. R. 412-19 *(Mod., D. n° 2003-293, 31 mars 2003 ; D. n° 2015-808, 2 juill. 2015 ; D. n° 2019-1082, 23 oct. 2019 ; D. n° 2022-31, 14 janv. 2022).* – **Lorsque des lignes longitudinales continues axiales ou séparatives de voies de circulation sont apposées sur la chaussée, elles interdisent aux conducteurs leur franchissement ou leur chevauchement.**

Toutefois, leur chevauchement est autorisé pour le dépassement d'un engin de déplacement personnel motorisé, d'un cyclomobile léger ou d'un cycle dans les conditions prévues par l'article R. 414-4.

Le fait, pour tout conducteur, de contrevenir aux dispositions du présent article est puni de l'amende prévue pour les contraventions de la quatrième classe.

Tout conducteur coupable de l'une des infractions prévues au présent article encourt également la peine complémentaire de suspension du permis de conduire pour une durée de trois ans au plus, cette suspension pouvant être limitée à la conduite en dehors de l'activité professionnelle.

Le franchissement d'une ligne continue axiale ou séparative de voies de circulation donne lieu de plein droit à la réduction de trois points du permis de conduire.

Sous réserve des dispositions du deuxième alinéa du présent article, le chevauchement d'une ligne continue axiale ou séparative de voies de circulation donne lieu de plein droit à la réduction d'un point du permis de conduire.

Signalisation. Le prévenu poursuivi du chef de la contravention de franchissement d'une ligne continue par le conducteur d'un véhicule ne peut utilement demander au juge de rechercher l'existence d'un arrêté du maire prescrivant, dans l'exercice de ses pouvoirs de police de la circulation, l'apposition sur la chaussée d'une telle signalisation horizontale, dès lors que, d'une part, les dispositions de l'article R. 412-19 du Code de la route incriminent le seul fait, pour un conducteur, de franchir ou chevaucher une ligne longitudinale axiale ou séparative de voies de circulation apposée sur la chaussée et que, d'autre part, l'article L. 113-1 du Code de la voirie routière réserve aux autorités chargées des services de la voirie le droit de placer en vue du public des indications ou signaux concernant, à un titre quelconque, la circulation (■ Cass. crim., 12 nov. 2014, n° 13-86.357 : *Dr. pén.* 2015, comm. 7, obs. J.-H. Robert).

Art. R. 412-20. – **Lorsqu'une ligne longitudinale discontinue est accolée à la ligne longitudinale continue, tout conducteur peut franchir ou chevaucher cette dernière si la ligne discontinue se trouve la plus proche de son véhicule au début de la manœuvre et à condition que cette manœuvre soit terminée avant la fin de la ligne discontinue.**

Art. R. 412-21. – **Les lignes longitudinales délimitant, pour les rendre plus visibles, les bords de la chaussée sont continues ou discontinues.**

Art. R. 412-22 *(Mod., D. n° 2012-3, 3 janv. 2012).* – **Les lignes longitudinales délimitant les bandes d'arrêt d'urgence sont continues ou discontinues. Elles ne peuvent être chevauchées ou franchies qu'en cas de nécessité absolue.**

Le fait, pour tout conducteur, de contrevenir aux dispositions du présent article est puni de l'amende prévue pour les contraventions de la quatrième classe.

Tout conducteur coupable de cette infraction encourt également la peine complémentaire de suspension du permis de conduire pour une durée de trois ans au plus.

Cette contravention donne lieu de plein droit à la réduction d'un point du permis de conduire.

Art. R. 412-23. – **I. – Lorsque la chaussée comporte des lignes longitudinales discontinues délimitant les voies de circulation :**

1° S'il s'agit de voies de circulation générale non spécialisées, tout conducteur doit en marche normale emprunter celle de ces voies qui est le plus à droite et ne franchir ces lignes qu'en cas de dépassement, dans les conditions fixées au chapitre IV du présent titre, ou lorsqu'il est nécessaire de traverser la chaussée ;

2° S'il s'agit d'une voie de circulation réservée à certaines catégories d'usagers, les autres usagers ne peuvent franchir ou chevaucher la ligne que pour quitter la chaussée ou l'aborder.

II. – Le fait, pour tout conducteur, de contrevenir aux dispositions du présent article est puni de l'amende prévue pour les contraventions de la deuxième classe.

Art. R. 412-24. – **Lorsque, sur les routes à sens unique et sur les routes à plus de deux voies, la circulation, en raison de sa densité, s'établit en file ininterrompue sur toutes les voies, les conducteurs doivent rester dans leur file.**

Toutefois, les changements de voies de circulation sont possibles pour préparer un changement de direction et doivent être effectués en entravant le moins possible la marche normale des autres véhicules.

Le fait, pour tout conducteur, de contrevenir aux dispositions du présent article est puni de l'amende prévue pour les contraventions de la deuxième classe.

Voir : Décret n° 2015-1750 du 23 décembre 2015 portant expérimentation de la circulation inter-files.

Art. R. 412-25 *(Mod., D. n° 2002-530, 11 avr. 2002).* – **Lorsqu'une route comporte trois voies ou plus, affectées à un même sens de circulation, il est interdit aux conducteurs des véhicules dont le poids total autorisé en charge excède 3,5 tonnes ou d'ensemble de véhicules dont la longueur excède 7 mètres d'emprunter d'autres voies que les deux voies situées le plus près du bord droit de la chaussée, sauf, en entravant le moins possible la marche normale des autres véhicules, pour préparer un changement de direction.**

Le fait, pour tout conducteur, de contrevenir aux dispositions du présent article est puni de l'amende prévue pour les contraventions de la deuxième classe.

Toutefois, ce fait est puni de l'amende prévue pour les contraventions de la cinquième classe lorsque, sur la chaussée, une voie de circulation au moins est couverte de neige ou de verglas sur tout ou partie de sa surface.

Dans ce cas, toute personne coupable de l'infraction encourt également la peine complémentaire de suspension, pour une durée de trois ans au plus, du permis de conduire, cette suspension pouvant être limitée à la conduite en dehors de l'activité professionnelle.

Section IV. – Sens de circulation

Art. R. 412-26. – Le fait pour tout conducteur de ne pas respecter une signalisation lui imposant une direction est puni de l'amende prévue pour les contraventions de la deuxième classe.

Art. R. 412-27. – Sauf dispositions différentes prises par l'autorité investie du pouvoir de police, tout ouvrage, borne, terre-plein ou monument, établi sur une chaussée, une place ou à un carrefour et formant obstacle à la progression directe d'un véhicule, doit être contourné par la droite.

Le fait, pour tout conducteur, de contrevenir aux dispositions du présent article est puni de l'amende prévue pour les contraventions de la quatrième classe.

Art. R. 412-28. – Le fait, pour tout conducteur, de circuler en sens interdit est puni de l'amende prévue pour les contraventions de la quatrième classe.

Tout conducteur coupable de cette infraction encourt également la peine complémentaire de suspension, pour une durée de trois ans au plus, du permis de conduire, cette suspension pouvant être limitée à la conduite en dehors de l'activité professionnelle.

Cette contravention donne lieu de plein droit à la réduction de quatre points du permis de conduire.

Art. R. 412-28-1 *(Créé à compter du 1er janvier 2016, D. n° 2015-808, 2 juill. 2015 ; mod., D. n° 2019-1082, 23 oct. 2019 ; D. n° 2022-31, 14 janv. 2022).* – Lorsque la vitesse maximale autorisée est inférieure ou égale à 30 km/h, les chaussées sont à double sens pour les conducteurs d'engins de déplacement personnel motorisés, de cyclomobiles légers et les cyclistes sauf décision contraire de l'autorité investie du pouvoir de police.

Section V. – Feux de signalisation lumineux

Art. R. 412-29. – Les feux de signalisation lumineux réglant la circulation des véhicules sont verts, jaunes ou rouges. Les feux de signalisation jaunes et rouges peuvent être clignotants.

Art. R. 412-30 *(D. n° 2017-16, 6 janv. 2017 ; D. n° 2019-1328, 9 déc. 2019).* – Tout conducteur doit marquer l'arrêt absolu devant un feu de signalisation rouge, fixe ou clignotant.

L'arrêt se fait :

1° Lorsqu'une ligne d'arrêt est matérialisée, en respectant la limite de cette ligne ;

2° Lorsqu'une ligne d'arrêt n'est pas matérialisée, en respectant la limite d'une ligne située avant le passage pour piétons s'il précède le feu et, dans les autres cas, à l'aplomb du feu de signalisation.

Sous réserve des articles R. 415-11 et R. 422-3, les dispositions du premier alinéa ne s'appliquent pas aux transports exceptionnels mentionnés à l'article R. 433-1 et à leurs véhicules d'accompagnement mentionnés à l'article R. 433-17 régulièrement engagés dans une intersection équipée de feux de signalisation affichant la couleur verte au moment du franchissement de ces feux par le premier véhicule d'accompagnement.

Lorsqu'une piste cyclable ou une trajectoire matérialisée pour les cycles, signalisée en application des dispositions de l'article R. 411-25, traversant la chaussée est parallèle et contiguë à un passage réservé aux piétons dont le franchissement est réglé par des feux de signalisation lumineux, tout conducteur empruntant cette piste ou cette trajectoire matérialisée est tenu, à défaut de signalisation spécifique, de respecter les feux de signalisation réglant la traversée de la chaussée par les piétons.

Le fait, pour tout conducteur, de contrevenir aux dispositions du présent article est puni de l'amende prévue pour les contraventions de la quatrième classe.

Toute personne coupable de cette infraction encourt également la peine complémentaire de suspension, pour une durée de trois ans au plus, du permis de conduire, cette suspension pouvant être limitée à la conduite en dehors de l'activité professionnelle.

Cette contravention donne lieu de plein droit à la réduction de quatre points du permis de conduire.

Poursuites. Lorsqu'une poursuite est fondée, non sur le texte pris pour l'implantation d'une signalisation lumineuse réglementant la circulation des véhicules, mais sur la méconnaissance de l'article R. 412-30 du Code de la route, cette disposition n'impose pas que soit produit, à peine de nullité de ladite poursuite, d'arrêté municipal désignant l'intersection, lieu de l'infraction, équipée d'un feu tricolore (■ Cass. crim., 11 déc. 2018, n° 18-82.493, D : *JurisData* n° 2018-022745 ; *Dr. pén.* 2019, comm. 31, obs. J.-H. Robert).

Art. R. 412-31. – Tout conducteur doit marquer l'arrêt devant un feu de signalisation jaune fixe, sauf dans le cas où, lors de l'allumage dudit feu, le conducteur ne peut plus arrêter son véhicule dans des conditions de sécurité suffisantes.

Le fait, pour tout conducteur, de contrevenir aux dispositions du présent article est puni de l'amende prévue pour les contraventions de la deuxième classe.

Art. R. 412-32. – Les feux de signalisation jaunes clignotants ont pour objet d'attirer l'attention de tout conducteur sur un danger particulier.

Ils autorisent le passage des véhicules sous réserve, le cas échéant, du respect des dispositions relatives aux règles de priorité établies par le présent code ou prescrites par une signalisation particulière.

Art. R. 412-33 *(D. n° 2017-16, 6 janv. 2017)*. **– Les feux de signalisation verts autorisent le passage des véhicules, sous réserve, dans les intersections, que le conducteur ne s'engage que si son véhicule ne risque pas d'être immobilisé et d'empêcher le passage des autres véhicules circulant sur les voies transversales et qu'un transport exceptionnel mentionné à l'article R. 433-1 ou un de ses véhicules d'accompagnement mentionnés à l'article R. 433-17 ne soit pas engagé sur ces voies. Dans ce dernier cas, la priorité de passage appartient au transport exceptionnel et à ses véhicules d'accompagnement.**

Section VI. – Circulation des piétons

Art. R. 412-34 *(Mod., D. n° 2010-1390, 12 nov. 2010 ; D. n° 2019-1082, 23 oct. 2019)*. **– I. – Lorsqu'une chaussée est bordée d'emplacements réservés aux piétons ou normalement praticables par eux, tels que trottoirs ou accotements, les piétons sont tenus de les utiliser, à l'exclusion de la chaussée. Ces dispositions ne s'appliquent pas aux aires piétonnes et aux zones de rencontre.**

I *bis*. – Les enfants de moins de huit ans qui conduisent un cycle peuvent utiliser les trottoirs ou accotements, sauf dispositions contraires prises par l'autorité investie du pouvoir de police, à la condition de conserver l'allure du pas et de ne pas occasionner de gêne aux piétons.

II. – Sont assimilés aux piétons :

1° Les personnes qui conduisent une voiture d'enfant, de malade ou d'infirme, ou tout autre véhicule de petite dimension sans moteur ;

2° Les personnes qui conduisent à la main un engin de déplacement personnel motorisé, un cycle ou un cyclomoteur ;

3° Les infirmes qui se déplacent dans une chaise roulante mue par eux-mêmes ou circulant à l'allure du pas.

III. – La circulation de tous véhicules à deux roues conduits à la main est tolérée sur la chaussée. Dans ce cas, les conducteurs sont tenus d'observer les règles imposées aux piétons.

Art. R. 412-35 *(Mod., D. n° 2008-754, 30 juill. 2008)*. **– Lorsqu'il ne leur est pas possible d'utiliser les emplacements qui leur sont réservés ou en l'absence de ceux-ci, les piétons peuvent emprunter les autres parties de la route en prenant les précautions nécessaires.**

Les piétons qui se déplacent avec des objets encombrants peuvent également emprunter la chaussée si leur circulation sur le trottoir ou l'accotement risque de causer une gêne importante aux autres piétons.

Les infirmes qui se déplacent dans une chaise roulante peuvent dans tous les cas circuler sur la chaussée.

Dans une zone de rencontre, les piétons peuvent circuler sur la chaussée mais ne doivent pas gêner la circulation des véhicules en y stationnant.

Art. R. 412-36. – Lorsqu'ils empruntent la chaussée, les piétons doivent circuler près de l'un de ses bords.

Hors agglomération et sauf si cela est de nature à compromettre leur sécurité ou sauf circonstances particulières, ils doivent se tenir près du bord gauche de la chaussée dans le sens de leur marche.

Toutefois, les infirmes se déplaçant dans une chaise roulante et les personnes poussant à la main un cycle, un cyclomoteur ou une motocyclette doivent circuler près du bord droit de la chaussée dans le sens de leur marche.

Art. R. 412-37 *(Mod., D. n° 2010-1390, 12 nov. 2010)*. – Les piétons doivent traverser la chaussée en tenant compte de la visibilité ainsi que de la distance et de la vitesse des véhicules.

Ils sont tenus d'utiliser, lorsqu'il en existe à moins de 50 mètres, les passages prévus à leur intention.

Aux intersections à proximité desquelles n'existe pas de passage prévu à leur intention, les piétons doivent emprunter la partie de la chaussée en prolongement du trottoir.

Les dispositions du présent article ne s'appliquent pas aux aires piétonnes et aux zones de rencontre.

Art. R. 412-38. – Les feux de signalisation lumineux réglant la traversée des chaussées par les piétons sont verts ou rouges et comportent un pictogramme. *(Mots aj., D. n° 2015-808, 2 juill. 2015)* Ils peuvent comporter un signal lumineux jaune indiquant leur mise en service.

Lorsque la traversée d'une chaussée est réglée par ces feux, les piétons ne doivent s'engager qu'au feu vert.

Lorsque la traversée d'une chaussée est réglée par un agent chargé de la circulation, les piétons ne doivent traverser qu'à son signal.

Art. R. 412-39 *(Mod., D. n° 2010-1390, 12 nov. 2010)*. – Hors des intersections, les piétons sont tenus de traverser la chaussée perpendiculairement à son axe.

Il est interdit aux piétons de circuler sur la chaussée d'une place ou d'une intersection à moins qu'il n'existe un passage prévu à leur intention leur permettant la traversée directe.

Ils doivent contourner la place ou l'intersection en traversant autant de chaussées qu'il est nécessaire.

Les dispositions du présent article ne s'appliquent pas aux aires piétonnes et aux zones de rencontre.

Art. R. 412-40. – Lorsque la chaussée est divisée en plusieurs parties par un ou plusieurs refuges ou terre-pleins, les piétons parvenus à l'un de ceux-ci ne doivent s'engager sur la partie suivante de la chaussée qu'en respectant les règles prévues par les articles qui précèdent.

Art. R. 412-41. – Lorsque la traversée d'une voie ferrée est réglée par un feu rouge clignotant, il est interdit aux piétons de traverser cette voie ferrée pendant toute la durée de fonctionnement de ce feu.

Art. R. 412-42. – I. – Les prescriptions de la présente section relatives aux piétons ne sont pas applicables aux cortèges, convois ou processions qui doivent se tenir sur la droite de la chaussée dans le sens de leur marche, de manière à en laisser libre au moins toute la moitié gauche.

II. – Elles ne sont pas non plus applicables aux troupes militaires, aux forces de police en formation de marche et aux groupements organisés de piétons. Toutefois, lorsqu'ils marchent en colonne par un, ils doivent, hors agglomération, se tenir sur le bord gauche de la chaussée dans le sens de leur marche, sauf si cela est de nature à compromettre leur sécurité ou sauf circonstances particulières.

III. – Les formations ou groupements visés au II ci-dessus sont astreints, sauf lorsqu'ils marchent en colonne par un, à ne pas comporter d'éléments de colonne supérieurs à 20 mètres. Ces éléments doivent être distants les uns des autres d'au moins 50 mètres.

IV. – La nuit, ou le jour lorsque la visibilité est insuffisante, chaque colonne ou élément de colonne empruntant la chaussée doit être signale :

1° À l'avant par au moins un feu blanc ou jaune allumé ;

2° À l'arrière par au moins un feu rouge allumé, visibles à au moins 150 mètres par temps clair et placés du côté opposé au bord de la chaussée qu'il longe.

V. – Cette signalisation peut être complétée par un ou plusieurs feux latéraux émettant une lumière orangée.

VI. – Toutefois, pour les colonnes ou éléments de colonne à l'arrêt ou en stationnement en agglomération, l'emploi des feux prévus au présent article n'est pas requis lorsque l'éclairage de la chaussée permet aux autres usagers de voir distinctement les colonnes ou éléments de colonne à une distance suffisante.

Art. R. 412-43. – Le fait, pour tout piéton, de contrevenir aux dispositions de la présente section est puni de l'amende prévue pour les contraventions de la première classe.

Section VI *bis*. – Circulation des engins de déplacement personnel motorisés
(Sect. créée, D. n° 2019-1082, 23 oct. 2019)

Art. R. 412-43-1 *(D. n° 2019-1082, 23 oct. 2019)*. – I. – En agglomération, les conducteurs d'engins de déplacement personnel motorisés doivent circuler sur les bandes ou pistes cyclables. Lorsque la chaussée est bordée de chaque côté par une piste cyclable, ils doivent emprunter celle ouverte à droite de la route, dans le sens de la circulation.

En l'absence de bandes ou pistes cyclables, ils peuvent également circuler :

1° Sur les routes dont la vitesse maximale autorisée est inférieure ou égale à 50 km/h. Les conducteurs d'engins de déplacement personnel motorisés ne doivent jamais rouler de front sur la chaussée ;

2° Sur les aires piétonnes dans les conditions définies au quatrième alinéa de l'article R. 431-9 ;

3° Sur les accotements équipés d'un revêtement routier.

II. – Hors agglomération, la circulation des engins de déplacement personnel motorisés est interdite, sauf sur les voies vertes et les pistes cyclables.

III. – Par dérogation aux dispositions des I et II, l'autorité investie du pouvoir de police de la circulation peut, par décision motivée :

1° Interdire la circulation des engins sur certaines sections des voies mentionnées aux I et II, eu égard aux nécessités de sécurité et de circulation routières, de fluidité et de commodité de passage ;

2° Autoriser la circulation des engins sur le trottoir, à condition qu'ils respectent l'allure du pas et n'occasionnent pas de gêne pour les piétons ;

3° Autoriser la circulation sur les routes dont la vitesse maximale autorisée est inférieure ou égale à 80 km/h, sous réserve que l'état et le profil de la chaussée ainsi que les conditions de trafic le permettent.

IV. – Dans le cas où il est fait application des dispositions du 3° du III :

1° Tout conducteur d'engin de déplacement personnel motorisé doit :

a) Etre coiffé d'un casque conforme à la réglementation relative aux équipements de protection individuelle, qui doit être attaché ;

b) Porter, soit un gilet de haute visibilité conforme à la réglementation, soit un équipement rétro-réfléchissant dont les caractéristiques sont fixées par arrêté du ministre chargé de la sécurité routière ;

c) Porter sur lui un dispositif d'éclairage complémentaire non éblouissant et non clignotant dont les caractéristiques sont fixées par arrêté du ministre chargé de la sécurité routière ;

d) Circuler, de jour comme de nuit, avec les feux de position de son engin allumés ;

2° La personne âgée d'au moins dix-huit ans qui accompagne un conducteur d'engin de déplacement personnel motorisé âgé de moins de dix-huit ans doit s'assurer, lorsqu'elle exerce une autorité de droit ou de fait sur ce ou ces conducteurs, que chacun est coiffé d'un casque dans les conditions prévues au *a* du 1° ci-dessus.

V. – Le fait, pour tout conducteur, de contrevenir aux dispositions du I et II ou aux restrictions de circulation édictées en vertu du 1° du III est puni de l'amende prévue pour les contraventions de la deuxième classe.

Dans le cas où trouvent application les dispositions du 2° du III, le fait pour tout conducteur d'engin de déplacement personnel motorisé de circuler sur le trottoir sans conserver l'allure du pas ou d'occasionner une gêne pour les piétons est puni de l'amende prévue pour les contraventions de la deuxième classe.

Dans le cas où trouvent application les dispositions du 3° du III, le fait pour tout conducteur d'engin de méconnaître les dispositions du *b*, du *c* et du *d* du 1° du IV est puni de l'amende prévue pour les contraventions de la deuxième classe.

Dans le cas où trouvent application les dispositions du 3° du III, le fait de ne pas respecter les règles relatives au casque fixées au a du 1° et au 2° du IV est puni de l'amende prévue pour les contraventions de la quatrième classe.

Art. R. 412-43-2 *(D. n° 2019-1082, 23 oct. 2019)*. – Il est interdit aux conducteurs d'engins de déplacement personnel motorisés de pousser ou tracter une charge ou un véhicule.

Il est interdit aux conducteurs d'engins de déplacement personnel de se faire remorquer par un véhicule.

Le fait de contrevenir aux dispositions du présent article est puni de l'amende prévue pour les contraventions de la deuxième classe.

Art. R. 412-43-3 *(D. n° 2019-1082, 23 oct. 2019)*. – I. – Tout conducteur d'engin de déplacement personnel motorisé doit être âgé d'au moins douze ans.

II. – Sans préjudice de l'application, le cas échéant, des dispositions du IV de l'article R. 412-43-1, lorsqu'il circule la nuit, ou le jour lorsque la visibilité est insuffisante, tout conducteur d'un engin de déplacement personnel motorisé doit porter, soit un gilet de haute visibilité conforme à la réglementation, soit un équipement rétro-réfléchissant dont les caractéristiques sont fixées par arrêté du ministre chargé de la sécurité routière. Le conducteur peut porter un dispositif d'éclairage complémentaire non éblouissant et non clignotant.

III. – Les engins de déplacement personnel motorisés ne peuvent transporter qu'un conducteur.

IV. – Le fait de contrevenir aux dispositions du II est puni de l'amende prévue pour les contraventions de la deuxième classe.

Le fait de circuler sur un engin de déplacement personnel motorisé en ne respectant pas les dispositions du III est puni de l'amende prévue pour les contraventions de la deuxième classe.

La personne âgée d'au moins dix-huit ans accompagnant un conducteur d'engin de déplacement personnel motorisé âgé de moins de douze ans, lorsqu'elle exerce une autorité de droit ou de fait sur ce conducteur, est punie de l'amende prévue pour les contraventions de la quatrième classe.

Art. R. 412-43-4 *(Créé, D. n° 2022-31, 14 janv. 2022).* – Les dispositions de la présente section sont applicables aux cyclomobiles légers.

Les dispositions applicables aux cyclomoteurs prévues au I de l'article R. 416-6, aux articles R. 211-2, R. 317-25, R. 431-1, R. 431-1-2, R. 431-9 et R. 431-10 ne s'appliquent pas aux cyclomobiles légers.

Section VII. – Circulation des animaux isolés ou en groupe

Art. R. 412-44. – Tout animal isolé ou en groupe doit avoir un conducteur.

Le fait de contrevenir aux dispositions du présent article est puni de l'amende prévue pour les contraventions de la deuxième classe.

Art. R. 412-45. – En marche normale, tout conducteur doit maintenir ses animaux près du bord droit de la chaussée, autant que le lui permet l'état ou le profil de celle-ci.

Le fait de contrevenir aux dispositions du présent article est puni de l'amende prévue pour les contraventions de la deuxième classe.

Art. R. 412-46. – La conduite d'animaux isolés ou en groupe circulant sur une route doit être assurée de telle manière que ceux-ci ne constituent pas une entrave pour la circulation publique et que leur croisement ou dépassement puisse s'effectuer dans des conditions satisfaisantes.

Le fait de contrevenir aux dispositions du présent article est puni de l'amende prévue pour les contraventions de la deuxième classe.

Art. R. 412-47. – Tout conducteur qui s'apprête à apporter un changement dans la direction de ses animaux, ou à en ralentir l'allure, doit avertir de son intention les autres usagers, notamment lorsqu'il va se porter à gauche, traverser la chaussée, ou lorsque, après un arrêt ou stationnement, il veut reprendre sa place dans le courant de la circulation.

Le fait, pour tout conducteur, de contrevenir aux dispositions du présent article relatives au changement de direction est puni de l'amende prévue pour les contraventions de la deuxième classe.

Art. R. 412-48. – Tout conducteur d'animaux isolés ou en groupe doit, dès la chute du jour, hors agglomération, porter de façon très visible, en particulier de l'arrière, une lanterne allumée. Cette prescription ne s'applique pas aux cavaliers.

Pour les animaux isolés ou en groupe à l'arrêt ou en stationnement en agglomération, l'emploi du feu prévu au présent article n'est pas requis lorsque l'éclairage de la chaussée permet aux autres usagers de voir distinctement le ou les animaux à une distance suffisante.

Le fait, pour tout conducteur, de contrevenir aux dispositions du présent article est puni de l'amende prévue pour les contraventions de la quatrième classe.

Art. R. 412-49. – Tout arrêt ou stationnement, gênant, dangereux ou contraire à toute disposition prise par l'autorité investie du pouvoir de police, d'un animal isolé ou en groupe est puni de l'amende prévue pour les contraventions de la première classe.

Est puni de la même sanction, le fait pour tout conducteur de s'éloigner du lieu de stationnement de son animal sans avoir pris les précautions utiles pour prévenir tout risque d'accident du fait de son absence.

Art. R. 412-50. – Le préfet détermine chaque année les conditions particulières à observer pour les troupeaux transhumants afin de gêner le moins possible la circulation publique et les itinéraires que doivent suivre ces troupeaux.

Le fait, pour tout conducteur de troupeaux transhumants, de ne pas respecter ces, conditions est puni de l'amende prévue pour les contraventions de la deuxième classe.

Section VIII. – Troubles à la circulation

Art. R. 412-51. – Le fait, pour toute personne ayant placé sur une voie ouverte à la circulation publique ou à ses abords immédiats un objet ou un dispositif de nature à apporter un trouble à la circulation, de ne pas obtempérer aux injonctions adressées, en vue de l'enlèvement dudit objet ou dispositif, par un des agents habilités à constater les contraventions en matière de circulation routière, est puni de l'amende prévue pour les contraventions de la quatrième classe.

Lorsque la contravention prévue au présent article est commise à l'aide d'un véhicule, la mise en fourrière peut être prescrite dans les conditions prévues aux articles L. 325-1 à L. 325-3.

Art. R. 412-52. – Le fait de distribuer ou faire distribuer des prospectus, tracts, écrits, images, photographies ou objets quelconques aux conducteurs ou occupants de véhicules circulant sur une voie ouverte à la circulation publique est puni de l'amende prévue pour les contraventions de la quatrième classe.

CHAPITRE III. – VITESSE

Section I. – Vitesses maximales autorisées

Art. R. 413-1. – Lorsqu'elles sont plus restrictives, les vitesses maximales édictées par l'autorité investie du pouvoir de police prévalent sur celles autorisées par le présent code.

Art. R. 413-2 *(Mod., D. n° 2020-1061, 14 août 2020)*. – I. – Hors agglomération, la vitesse des véhicules est limitée à :

1° 130 km/ h sur les autoroutes. Toutefois, lorsqu'une voirie appartenant au réseau routier national a fait l'objet d'un classement dans la catégorie des autoroutes en application du sixième alinéa de l'article R. 122-1 du Code de la voirie routière, la vitesse maximale autorisée demeure celle fixée antérieurement à ce classement ;

2° 110 km/ h sur les routes à deux chaussées séparées par un terre-plein central ;

3° *(3° rempl., D. n° 2018-487, 15 juin 2018)* 80 km/h sur les autres routes. Toutefois, sur les sections de ces routes comportant au moins deux voies affectées à un même sens de circulation, la vitesse maximale est relevée à 90 km/h sur ces seules voies. Ces sections font l'objet d'une signalisation routière dans les conditions prévues par l'article R. 411-25.

II. – En cas de pluie ou d'autres précipitations, ces vitesses maximales sont abaissées à :

1° 110 km/h sur les sections d'autoroutes où la limite normale est de 130 km/h ;

2° 100 km/h sur les sections d'autoroutes où cette limite est plus basse ainsi que sur les routes à deux chaussées séparées par un terre-plein central ;

3° *(3° rempl., D. n° 2018-487, 15 juin 2018)* 80 km/h sur les sections des autres routes mentionnées au 3° du I.

III *(III créé, D. n° 2018-487, 15 juin 2018)*. – Les autorités détentrices du pouvoir de police de la circulation compétentes communiquent au ministre chargé de la sécurité routière la liste des sections de routes relevant de leur compétence qui comportent au moins deux voies affectées à un même sens de circulation et sur lesquelles la vitesse maximale est relevée à 90 km/ h en application du 3° du I.

Art. R. 413-3 *(Mod., D. n° 2008-754, 30 juill. 2008)*. – En agglomération, la vitesse des véhicules est limitée à 50 km/h.

Toutefois, cette limite peut être relevée à 70 km/h sur les sections de route où les accès des riverains et les traversées des piétons sont en nombre limité et sont protégés par des dispositifs appropriés. La décision est prise par arrêté de l'autorité détentrice du pouvoir de police de la circulation, après consultation des autorités gestionnaires de la voie et, s'il s'agit d'une route à grande circulation, après avis conforme du préfet.

Sur le boulevard périphérique de Paris, cette limite est fixée à *(Mots remplacés à compter du 10 janv. 2014, D. n° 2014-3, 3 janv. 2014)* 70 km/h.

Art. R. 413-4. – En cas de visibilité inférieure à 50 mètres, les vitesses maximales sont abaissées à 50 km/h sur l'ensemble des réseaux routier et autoroutier.

Art. R. 413-5. – I. – Tout élève conducteur et, pendant le délai probatoire défini à l'article L. 223-1, tout conducteur titulaire du permis de conduire est tenu de ne pas dépasser les vitesses maximales suivantes :

1° 110 km/h sur les sections d'autoroutes où la limite normale est de 130 km/h ;

2° 100 km/h sur les sections d'autoroutes où cette limite est plus basse, ainsi que sur les routes a deux chaussées séparées par un terre-plein central ;

3° 80 km/h sur les autres routes.

II. – Tout conducteur mentionné au présent article doit, en circulation, apposer de façon visible, à l'arrière de son véhicule, un signe distinctif dont les conditions d'utilisation et le modèle sont fixés par arrêté conjoint du ministre de l'Intérieur et du ministre chargé des transports.

III. – Le fait, pour tout conducteur, de ne pas respecter l'obligation de signalisation imposée par le présent article et les dispositions prises pour son application est puni de l'amende prévue pour les contraventions de la deuxième classe.

Art. R. 413-6. – Les dispositions de l'article R. 413-5 ne sont pas applicables :

1° Aux conducteurs qui ont obtenu, après annulation ou perte de validité, un nouveau permis de conduire sans subir l'épreuve pratique ;

2° Aux conducteurs des véhicules militaires ;

3° Aux conducteurs des véhicules des unités d'instruction et d'intervention de la sécurité civile ;

4° Aux conducteurs des véhicules des formations de la sécurité civile mises sur pied dans le cadre des dispositions de l'ordonnance n° 59-147 du 7 janvier 1959 portant organisation générale de la défense.

Art. R. 413-7. – La vitesse des véhicules d'un poids total autorisé en charge inférieur ou égal à 3,5 tonnes et des véhicules de transport en commun, équipés de pneumatiques comportant des crampons antidérapants faisant saillie, est limitée à 90 km/h.

En circulation, les conducteurs de ces véhicules doivent apposer, de façon visible, à l'arrière de leur véhicule, sur la partie inférieure gauche, un disque dont les conditions d'utilisation et le modèle sont fixés par arrêté du ministre chargé des transports.

Le fait, pour tout conducteur, de ne pas respecter l'obligation de signalisation imposée par le présent article et les dispositions prises pour son application est puni de l'amende prévue pour les contraventions de la deuxième classe.

Le ministre chargé des transports fixe par arrêté les conditions d'utilisation des crampons antidérapants des autres véhicules.

Art. R. 413-8 *(Mod., D. n° 2006-1812, 23 déc. 2006 ; D. n° 2014-3, 3 janv. 2014).* – La vitesse des véhicules dont le poids total autorisé en charge est supérieur à 3,5 tonnes ou des ensembles de véhicules dont le poids total roulant autorisé est supérieur à 3,5 tonnes, à l'exception des véhicules de transport en commun, est limitée à :

1° 90 km/h sur les autoroutes ;

2° 80 km/h sur les routes à caractère prioritaire et signalées comme telles. Toutefois, cette vitesse maximale est relevée à 90 km/h pour les véhicules dont le poids total est inférieur ou égal à 12 tonnes sur les routes à deux chaussées séparées par un terre-plein central ;

3° 80 km/h sur les autres routes. Toutefois, cette vitesse maximale est abaissée à 60 km/h pour les véhicules articulés ou avec remorque dont le poids total est supérieur à 12 tonnes ;

4° 50 km/h en agglomération. Toutefois, cette vitesse maximale est relevée 70 km/h sur le boulevard périphérique de Paris.

Art. R. 413-8-1 *(D. n° 2006-1812, 23 déc. 2006 ; mod., D. n° 2008-754, 30 juill. 2008)*. – Toutefois, la vitesse des véhicules visés à l'article R. 413-8 qui sont destinés au transport de personnes et dont le poids total autorisé en charge est supérieur à 3,5 tonnes et inférieur ou égal à 12 tonnes, est limitée à :

1° 110 km/h sur les autoroutes ;

2° 100 km/h sur les routes à deux chaussées séparées par un terre-plein central lorsqu'elles sont à caractère prioritaire et signalées comme telles ;

3° 80 km/h sur les autres routes.

Art. R. 413-9 *(D. n° 2017-16, 6 janv. 2017)*. – La vitesse des véhicules transportant des matières dangereuses, dont le poids total autorisé en charge ou le poids total roulant autorisé est supérieur à 12 tonnes, ainsi que celle des transports exceptionnels mentionnés à l'article R. 433-1, est limitée à :

1° 80 km/h sur les autoroutes ;

2° 60 km/h sur les autres routes. Toutefois, cette vitesse maximale est relevée à 70 km/h sur les routes à caractère prioritaire et signalées comme telles, pour les véhicules possédant des caractéristiques particulières définies par arrêté du ministre chargé des transports ;

3° 50 km/h en agglomération. Toutefois cette vitesse maximale est relevée *(Mots remplacés à compter du 10 janv. 2014, D. n° 2014-3, 3 janv. 2014)* 70 km/h sur le boulevard périphérique de Paris.

Art. R. 413-10 *(Rempl., D. n° 2008-754, 30 juill. 2008 ; mod., D. n° 2018-487, 15 juin 2018)*. – I. – Hors agglomération, et à l'exception des voies sur lesquelles la vitesse des véhicules est limitée à 80 km/h en application du 3° du I de l'article R. 413-2, la vitesse des véhicules de transport en commun est limitée à 90 km/h.

II. – Toutefois, cette vitesse maximale est relevée à 100 km/h :

1° Sur les autoroutes pour les véhicules dont le poids total est supérieur à 10 tonnes et possédant des caractéristiques techniques particulières définies par arrêté du ministre chargé des transports ;

2° Sur les autoroutes et les routes à chaussées séparées par un terre-plein central pour les véhicules dont le poids est inférieur ou égal à 10 tonnes.

III. – En exploitation, ces vitesses maximales sont abaissées à 70 km/h pour les autobus et les autocars avec passagers debout.

Art. R. 413-11. – Lorsque le poids et les dimensions d'un engin de service hivernal excèdent les limites fixées au chapitre II du titre I du livre III, sa vitesse est limitée à 50 km/h.

Art. R. 413-12. – La vitesse des véhicules et matériels de travaux publics est limitée sur route à 25 km/h. Il en est de même de la vitesse des véhicules remorquant un matériel de travaux publics.

Toutefois, pour les matériels de travaux publics affectés à des opérations de déneigement des chaussées, la vitesse limite est portée à 50 km/h.

Art. R. 413-12-1 *(D. n° 2005-173, 24 févr. 2005)*. – La vitesse des ensembles agricoles constitués d'un véhicule à moteur et d'un véhicule remorqué est limitée sur route à 25 km/h. Toutefois, pour ces ensembles agricoles, la vitesse limite est portée à 40 km/h si chaque véhicule constituant l'ensemble a été réceptionné pour cette vitesse et si leur largeur hors tout est inférieure ou égale à 2,55 mètres.

Art. R. 413-13 *(Mod., D. n° 2008-754, 30 juill. 2008)*. – Les véhicules dont la vitesse est réglementée en raison de leur poids ou de leur mode d'exploitation doivent porter, visible à l'arrière, l'indication de la ou des vitesses maximales qu'ils sont tenus de ne pas dépasser.

Le *(D. n° 2018-487, 15 juin 2018)* ministre chargé de la sécurité routière fixe par arrêté les conditions d'application du présent article.

Le fait, pour tout conducteur, de ne pas respecter l'obligation de signalisation imposée par le présent article et les dispositions prises pour son application est puni de l'amende prévue pour les contraventions de la deuxième classe.

Art. R. 413-14 *(Mod., D. n° 2003-642, 11 juill. 2003 ; D. n° 2004-1330, 6 déc. 2004)*. – I. – Le fait, pour tout conducteur d'un véhicule à moteur, de dépasser de moins de 50 km/h la vitesse maximale autorisée fixée par le présent code ou édictée par l'autorité investie du pouvoir de police est puni de l'amende prévue pour les

contraventions de la quatrième classe. Toutefois, lorsque le dépassement est inférieur à 20 km/h et que la vitesse maximale autorisée est supérieure à 50 km/h, l'amende encourue est celle prévue pour les contraventions de la troisième classe.

II. – Toute personne coupable de l'infraction de dépassement de la vitesse maximale autorisée de 30 km/h ou plus encourt également les peines complémentaires suivantes :

1° La suspension, pour une durée de trois ans au plus, du permis de conduire, cette suspension pouvant être limitée à la conduite en dehors de l'activité professionnelle ;

2° L'interdiction de conduire certains véhicules terrestres à moteur, y compris ceux pour la conduite desquels le permis de conduire n'est pas exigé, pour une durée de trois ans au plus ;

3° L'obligation d'accomplir, à ses frais, un stage de sensibilisation à la sécurité routière.

III. – Toute contravention prévue au présent article donne lieu de plein droit à une réduction du nombre de points du permis de conduire dans les conditions suivantes :

1° En cas de dépassement de la vitesse maximale autorisée compris entre 40 km/h et moins de 50 km/h, réduction de quatre points ;

2° En cas de dépassement de la vitesse maximale autorisée compris entre 30 km/h et moins de 40 km/h, réduction de trois points ;

3° En cas de dépassement de la vitesse maximale autorisée compris entre 20 km/h et moins de 30 km/h, réduction de deux points ;

4° En cas de dépassement de la vitesse maximale autorisée de moins de 20 km/h, réduction d'un point.

Peines encourues. Le montant de l'amende encourue par le représentant légal de la personne morale titulaire du certificat d'immatriculation, pour les contraventions à la réglementation sur les vitesses maximales autorisées est celui défini par les articles R. 413-14 du Code de la route et 131-13 du Code pénal.

Encourt la cassation l'arrêt qui condamne le représentant légal à une peine d'amende encourue, en application de l'article 131-41, par les seules personnes morales (■ Cass. crim., 12 mai 2010, n° 10-80.031).

Art. R. 413-14-1 *(D. n° 2004-1330, 6 déc. 2004)*. **– I. – Le fait, pour tout conducteur d'un véhicule à moteur, de dépasser de 50 km/h ou plus la vitesse maximale autorisée fixée par le présent code ou édictée par l'autorité investie du pouvoir de police est puni de l'amende prévue pour les contraventions de la cinquième classe.**

II. – Toute personne coupable de cette infraction encourt également les peines complémentaires suivantes :

1° La suspension du permis de conduire pour une durée de trois ans au plus, cette suspension ne pouvant pas être limitée à la conduite en dehors de l'activité professionnelle, ni être assortie du sursis, même partiellement ;

2° L'interdiction de conduire certains véhicules terrestres à moteur, y compris ceux pour la conduite desquels le permis de conduire n'est pas exigé, pour une durée de trois ans au plus ;

3° L'obligation d'accomplir, à ses frais, un stage de sensibilisation à la sécurité routière ;

4° La confiscation du véhicule dont le prévenu s'est servi pour commettre l'infraction, s'il en est propriétaire.

III. – Cette contravention donne lieu de plein droit à la réduction de six points du permis de conduire.

Conventionnalité. La peine complémentaire de confiscation du véhicule prévue par l'article R. 413-14-1 du Code de la route en cas de dépassement de plus de cinquante kilomètres/heure de la vitesse autorisée, sanction à caractère principalement dissuasif dont l'objet est de lutter plus efficacement contre les grands excès de vitesse et de réduire le nombre de morts et de blessés causés par les accidents de la route, répond à un impératif d'intérêt général et ne méconnaît aucun principe conventionnel (■ Cass. crim., 10 févr. 2016, n° 15-82.324).

Art. R. 413-15 *(D. n° 2003-642, 11 juill. 2003 ; mod., D. n° 2012-3, 3 janv. 2012)*. **– I. – Le fait de détenir ou de transporter un appareil, dispositif ou produit de nature ou présenté comme étant de nature à déceler la présence ou perturber le fonctionnement d'appareils, instruments ou systèmes servant à la constatation des infractions à la législation ou à la réglementation de la circulation routière ou de permettre de se soustraire à la constatation desdites infractions est puni de l'amende prévue pour les contraventions de la cinquième classe.**

Le fait de faire usage d'un appareil, dispositif ou produit de même nature est puni des mêmes peines.

II. – Cet appareil, ce dispositif ou ce produit est saisi. Lorsque l'appareil, le dispositif ou le produit est placé, adapté ou appliqué sur un véhicule peut également être saisi.

III. – Toute personne coupable de l'infraction prévue au présent article encourt également les peines complémentaires suivantes :

1° La peine complémentaire de suspension, pour une durée de trois au plus, du permis de conduire, cette suspension pouvant être limitée à la conduite en dehors de l'activité professionnelle ;

2° La confiscation du véhicule, lorsque le dispositif qui a servi ou était destiné à commettre l'infraction est placé, adapté ou appliqué sur un véhicule.

Toute condamnation donne lieu de plein droit à la confiscation du dispositif qui a servi ou était destiné à commettre l'infraction.

IV. – Cette contravention donne lieu de plein droit à la réduction de six points du permis de conduire.

V. – Les dispositions du présent article sont également applicables aux dispositifs ou produits visant à avertir ou informer de la localisation d'appareils, instruments ou systèmes servant à la constatation des infractions à la législation ou à la réglementation de la circulation routière.

Les dispositions de l'article R. 413-15, I, du Code de la route ne prohibent pas le fait d'avertir ou d'informer de la localisation d'appareils, instruments ou systèmes servant à la constatation des infractions à la législation ou à la réglementation de la circulation routière, mais uniquement la détention, le transport et l'usage des dispositifs ou produits de nature ou présentés comme étant de nature à déceler la présence ou perturber le fonctionnement d'appareils, instruments ou systèmes servant à la constatation des infractions à la législation ou à la réglementation de la circulation routière ou à permettre de se soustraire à la constatation desdites infractions (■ Cass. crim., 6 sept. 2016, n° 15-86.412 : *JCP* 2016, 1246, note L. Desessard ; *Dr. pén.* 2016, comm. 172, note J.-H. Robert).

Art. R. 413-16. – **Le fait pour tout conducteur d'un véhicule autre qu'un véhicule à moteur de contrevenir aux dispositions du présent code relatives à la vitesse maximale autorisée est puni de l'amende prévue pour les contraventions de la deuxième classe.**

1) Cinémomètre. Aux termes de l'article 10 de l'arrêté du 7 janvier 1991, la périodicité de la vérification des cinémomètres de contrôle routier est d'un an. Ce délai se calcule de date à date à minuit. Ainsi, un cinémomètre vérifié le 1er avril 2004 n'a pas à faire l'objet d'une nouvelle vérification avant le 1er avril 2005 à minuit (■ Cass. crim., 4 oct. 2006 : *Bull. crim.* n° 243 ; *Dr. pén.* 2007, comm. 21, obs. J.-H. Robert).

2) Évaluation visuelle. Le cinémomètre n'est pas le seul moyen de preuve d'un excès de vitesse (■ Cass. crim., 18 sept. 2007 : *Bull. crim.* n° 210 ; en l'espèce, évaluation par des gendarmes d'une vitesse de 80/100 km à l'heure en agglomération, aux abords d'un collège, où elle était limitée à 30 km à l'heure).

3) Précisions sur le constat : vitesse. Encourt la cassation l'arrêt qui accueille l'exception de nullité tirée du défaut de mention, sur le procès-verbal constatant une vitesse excessive d'un véhicule, du texte dérogatoire aux dispositions fixant à 90 km/h la vitesse maximale autorisée sur la voie considérée, dès lors que ledit procès-verbal indiquait le lieu exact de l'infraction et qu'il appartenait au juge de vérifier le règlement applicable à cet endroit (■ Cass. crim., 23 oct. 2007 : *Bull. crim.* n° 250).

4) Précisions sur le constat : installation du cinémomètre. Justifie sa décision la juridiction de proximité qui, pour condamner le prévenu du chef d'excès de vitesse, rejette le moyen pris de ce que le procès-verbal ne mentionne aucun élément permettant de vérifier que le cinémomètre a été installé en respectant un angle de 25°, conformément à l'article 14 de l'arrêté du 7 janvier 1991, dès lors que, d'une part, la preuve contraire aux énonciations du procès-verbal n'avait pas été rapportée par écrit ou par témoins et que, d'autre part, le bon fonctionnement du cinémomètre était suffisamment établi par son homologation et sa vérification annuelle (■ Cass. crim., 18 mars 2009, nos 08-87.925 et 08-87.926. ■ Cass. crim., 29 avr. 2009 : *Bull. crim.* n° 82 ; *AJ pénal* 2009, p. 310, obs. J.-P. Céré).

5) Contrôle de l'appareil. Sur la question du contrôle de l'appareil par le fabricant, V. ■ Cass. crim., 25 mai 2011, nos 11-83.552 et 10-85.418 : *Dr. pén.* 2011, comm. 107, obs. J.-H. Robert).

– Justifie sa décision la cour d'appel qui, pour écarter l'exception de nullité du contrôle de vitesse opéré au moyen d'un cinémomètre, retient que les vérifications primitive et périodique de l'appareil ont été effectuées par la Direction régionale de l'industrie, de la recherche et de l'environnement (DRIRE), autorité locale en matière de métrologie légale, dont la compétence subsidiaire est prévue par les articles 12, 17 et 20 de l'arrêté du 4 juin 2009 relatif aux cinémomètres de contrôle routier, et qui répond aux exigences de qualité et d'impartialité posées par les articles 37 et 38 de l'arrêté du 31 décembre 2001, et que le choix de ce service au lieu de l'un des organismes désignés à cet effet par le ministre de l'industrie, dans les conditions prévues à l'article 12 de l'arrêté du 4 juin 2009, ne peut affecter la validité de la vérification technique, dès lors que le bon fonctionnement du cinémomètre était suffisamment établi par son homologation et sa vérification annuelle (■ Cass. crim., 18 sept. 2012, n° 11-87.423 : *Dr. pén.* 2012, comm. 163, obs. J.-H. Robert).

– Sur la mention au procès-verbal du nom de l'organisme ayant procédé à la vérification périodique, V. ■ Cass. crim., 25 nov. 2014, n° 13-86.447 : *Dr. pén.* 2015, comm. 35, obs. J.-H. Robert.

Section II. – Maîtrise de la vitesse

Art. R. 413-17 *(D. n° 2018-795, 17 sept. 2018)*. **– I. – Les vitesses maximales autorisées par les dispositions du présent code, ainsi que celles plus réduites éventuellement prescrites par les autorités investies du pouvoir de police de la circulation, ne s'entendent que dans des conditions optimales de circulation : bonnes conditions atmosphériques, trafic fluide, véhicule en bon état.**

II. – Elles ne dispensent en aucun cas le conducteur de rester constamment maître de sa vitesse et de régler cette dernière en fonction de l'état de la chaussée, des difficultés de la circulation et des obstacles prévisibles.

III. – Sa vitesse doit être réduite :

1° Lors du croisement ou du dépassement de piétons y compris ceux ayant quitté un véhicule ou de cyclistes isolés ou en groupe ;

1° *bis* Lors du croisement ou du dépassement de tout véhicule, immobilisé ou circulant à faible allure sur un accotement, une bande d'arrêt d'urgence ou une chaussée, équipé des feux spéciaux mentionnés aux articles R. 313-27 et R. 313-28 ou dont le conducteur fait usage de ses feux de détresse dans les conditions prévues au premier alinéa de l'article R. 416-18 ;

2° Lors du dépassement de convois à l'arrêt ;

3° Lors du croisement ou du dépassement de véhicules de transport en commun ou de véhicules affectés au transport d'enfants et faisant l'objet d'une signalisation spéciale, au moment de la descente et de la montée des voyageurs ;

4° Dans tous les cas où la route ne lui apparaît pas entièrement dégagée, ou risque d'être glissante ;

5° Lorsque les conditions de visibilité sont insuffisantes (temps de pluie et autres précipitations, brouillard...) ;

6° Dans les virages ;

7° Dans les descentes rapides ;

8° Dans les sections de routes étroites ou encombrées ou bordées d'habitations ;

9° À l'approche des sommets de côtes et des intersections où la visibilité n'est pas assurée ;

10° Lorsqu'il fait usage de dispositifs spéciaux d'éclairage et en particulier de ses feux de croisement ;

11° Lors du croisement ou du dépassement d'animaux.

IV. – Le fait, pour tout conducteur, de ne pas rester maître de sa vitesse ou de ne pas la réduire dans les cas prévus au présent article est puni de l'amende prévue pour les contraventions de la quatrième classe.

1) Contravention de défaut de maîtrise de la vitesse. L'article R. 413-17, IV, du Code de la route réprime non seulement le défaut de réduction de la vitesse d'un véhicule dans les cas prévus au paragraphe III dudit article, mais aussi le défaut de maîtrise de la vitesse eu égard aux circonstances visées par le paragraphe II du texte précité ; encourt la censure l'arrêt de la cour d'appel qui, alors que le conducteur avait heurté l'avant gauche d'un véhicule à l'issue d'une marche arrière effectuée de biais, renvoie l'intéressé des fins de la poursuite au motif que les faits ne caractérisent nullement l'infraction par l'article R. 413-17, IV, du Code de la route et ne sont susceptibles de recevoir aucune autre qualification pénale (■ Cass. crim., 5 déc. 2007 : *Bull. crim.* n° 303).

2) Établissement des faits et appréciation par les juges. Encourt la cassation qui relaxe le prévenu au motif que la procédure ne comporte aucune précision sur ce en quoi la vitesse aurait été excessive compte tenu des circonstances, ou aurait présenté un danger pour les autres usagers car, bien que le procès-verbal de contravention, qui n'indique pas les circonstances matérielles concrètes, hormis le temps et le lieu, de nature à caractériser le défaut de maîtrise de la vitesse du véhicule, ne comporte pas de constatations au sens de l'article 537 du Code de procédure pénale, le tribunal de police devait toutefois analyser le contenu du rapport complémentaire rédigé par l'agent verbalisateur et en apprécier souverainement la valeur probante (■ Cass. crim., 4 juin 2019, n° 18-86.331).

Art. R. 413-18 *(Mod., D. n° 2010-1390, 12 nov. 2010)*. **– Le conducteur d'un véhicule ou d'un engin qui circule dans un parc de stationnement aménagé sur un terre-plein ou qui franchit un trottoir ou y circule dans les conditions prévues à l'article R. 412-7 ne doit y rouler qu'à l'allure du pas et en prenant toute précaution afin de ne pas constituer un danger pour les piétons.**

Le fait, pour tout conducteur, de contrevenir aux dispositions du présent article est puni de l'amende prévue pour les contraventions de la quatrième classe.

Art. R. 413-19. – Aucun conducteur ne doit gêner la marche normale des autres véhicules en circulant sans raison valable à une vitesse anormalement réduite. En particulier sur autoroute, lorsque la circulation est fluide et que les conditions atmosphériques permettent une visibilité et une adhérence suffisantes, les conducteurs utilisant la voie la plus à gauche ne peuvent circuler à une vitesse inférieure à 80 km/h.

Le fait, pour tout conducteur, de contrevenir aux dispositions du présent article est puni de l'amende prévue pour les contraventions de la deuxième classe.

CHAPITRE IV. – CROISEMENT ET DÉPASSEMENT

Section I. – Croisement

Art. R. 414-1. – Les croisements s'effectuent à droite.

En cas de croisement de véhicules, chaque conducteur doit serrer sur sa droite autant que le lui permet la présence d'autres usagers.

Toutefois, certaines intersections peuvent être aménagées de façon telle que le conducteur doive, en fonction de la signalisation, serrer sur sa gauche pour permettre le croisement.

Le fait, pour tout conducteur, de contrevenir aux dispositions du présent article est puni de l'amende prévue pour les contraventions de la quatrième classe.

Art. R. 414-2 *(D. n° 2017-16, 6 janv. 2017)*. – Dans tous les cas où l'insuffisance de la largeur libre de la chaussée, son profil ou son état ne permettent pas le croisement avec facilité et en toute sécurité, les conducteurs de véhicules dont le gabarit ou dont le chargement dépasse 2 mètres de largeur ou 7 mètres de longueur, remorque comprise, à l'exception des véhicules de transport en commun en agglomération, doivent réduire leur vitesse et, au besoin, s'arrêter ou se garer pour laisser le passage aux véhicules de dimensions inférieure.

Dans les mêmes cas, tous les usagers doivent réduire leur vitesse et, au besoin, s'arrêter ou se garer pour faciliter le passage d'un véhicule d'intérêt général faisant usage des avertisseurs spéciaux autorisés pour sa catégorie ou d'un transport exceptionnel mentionné à l'article R. 433-1 et de ses véhicules d'accompagnement mentionnés à l'article R. 433-17.

Dans les cas prévus au premier alinéa, le transport exceptionnel et ses véhicules d'accompagnement doivent réduire leur vitesse et, au besoin, s'arrêter ou se garer pour laisser le passage à un véhicule d'intérêt général faisant usage des avertisseurs spéciaux autorisés pour sa catégorie.

Le fait, pour tout conducteur, de contrevenir aux dispositions du présent article est puni de l'amende prévue pour les contraventions de la quatrième classe.

Art. R. 414-3. – I. – Lorsque sur les routes de montagne et sur les routes à forte déclivité le croisement se révèle difficile, le véhicule descendant doit s'arrêter à temps le premier.

II. – S'il est impossible de croiser sans que l'un des deux véhicules soit contraint de faire marche arrière, cette obligation s'impose :

1° À un véhicule unique par rapport à un ensemble de véhicules ;

2° Au véhicule le plus léger des deux ;

3° À un véhicule de transports de marchandises d'un poids total autorisé en charge supérieur à 3,5 tonnes par rapport à un véhicule de transport en commun.

III. – Lorsqu'il s'agit de véhicules de la même catégorie, c'est le conducteur du véhicule descendant qui doit faire marche arrière, sauf si cela est manifestement plus facile pour le conducteur du véhicule montant, notamment si celui-ci se trouve près d'une place d'évitement.

IV. – Le fait, pour tout conducteur, de contrevenir aux dispositions du présent article est puni de l'amende prévue pour les contraventions de la quatrième classe.

Art. R. 414-3-1 *(D. n° 2017-1279, 9 août 2017)*. – Lorsqu'une épreuve, une course ou une compétition sportive bénéficie de l'usage exclusif temporaire de la chaussée, prévu au premier alinéa de l'article R. 411-30, tout conducteur d'un véhicule ou d'un engin qui circule sur la chaussée doit laisser le passage, s'arrêter ou se garer.

La personne physique ou morale qui organise l'épreuve, la course ou la compétition sportive doit signaler, par un dispositif approprié et adapté au déroulement de l'épreuve, le passage de la manifestation sportive aux autres usagers de la chaussée, par l'intermédiaire des représentants mentionnés à l'article R. 411-31.

Les conducteurs visés au premier alinéa ne peuvent reprendre leur marche qu'au signalement des représentants mentionnés au deuxième alinéa ou après le passage du véhicule signalant la fin de la manifestation.

« Le fait, pour tout conducteur, de contrevenir aux dispositions du présent article est puni de l'amende prévue pour les contraventions de la 4e classe. »

Section II. – Dépassement

Art. R. 414-4 *(Mod., D. n° 2003-293, 31 mars 2003).* – I. – Avant de dépasser, tout conducteur doit s'assurer qu'il peut le faire sans danger.

II. – Il ne peut entreprendre le dépassement d'un véhicule que si :

1° Il a la possibilité de reprendre sa place dans le courant normal de la circulation sans gêner celle-ci ;

2° La vitesse relative des deux véhicules permettra d'effectuer le dépassement dans un temps suffisamment bref ;

3° Il n'est pas lui-même sur le point d'être dépassé.

III. – Il doit, en outre, avertir de son intention l'usager qu'il veut dépasser.

IV. – Pour effectuer le dépassement, il doit se déporter suffisamment pour ne pas risquer de heurter l'usager qu'il veut dépasser. Il ne doit pas en tout cas s'en approcher latéralement à moins d'un mètre en agglomération et d'un mètre et demi hors agglomération s'il s'agit d'un véhicule à traction animale, d'un engin à deux ou à trou, roues, d'un piéton, d'un cavalier ou d'un animal.

V. – Le fait, pour tout conducteur, de contrevenir aux dispositions des II à IV ci-dessus est puni de l'amende prévue pour les contraventions de la quatrième classe.

VI. – Tout conducteur qui contrevient aux dispositions des II à IV ci-dessus encourt également la peine complémentaire de suspension du permis de conduire pour une durée de trois ans au plus, cette suspension pouvant être limitée à la conduite en dehors de l'activité professionnelle.

VII. – Cette contravention donne lieu de plein droit à la réduction de trois points du permis de conduire.

Les dispositions des articles R. 414-4 et suivants du Code de la route prescrivent des obligations particulières de sécurité ou de prudence aux conducteurs (■ Cass. crim., 28 mai 2019, n° 18-83.471).

Art. R. 414-5. – À l'approche des passages prévus à l'intention des piétons, les conducteurs ne doivent effectuer de dépassement qu'après s'être assurés qu'aucun piéton n'est engagé sur le passage.

Le fait, pour tout conducteur, de contrevenir aux dispositions du présent article est puni de l'amende prévue pour les contraventions de la quatrième classe.

Art. R. 414-6 *(Mod., D. n° 2003-293, 31 mars 2003).* – I. – Les dépassements s'effectuent à gauche.

II. – Par exception à cette règle, tout conducteur doit dépasser par la droite :

1° Un véhicule dont le conducteur a signalé qu'il se disposait à changer de direction vers la gauche ;

2° Un véhicule qui circule sur une voie ferrée empruntant la chaussée lorsque l'intervalle existant entre ce véhicule et le bord de la chaussée est suffisant, toutefois, dans ce dernier cas, le dépassement peut s'effectuer à gauche sur les routes où la circulation est à sens unique ou sur les autres routes lorsque le dépassement laisse libre toute la moitié gauche de la chaussée.

III. – Le fait, pour tout conducteur, de contrevenir aux dispositions du présent article est puni de l'amende prévue pour les contraventions de la quatrième classe.

IV. – Tout conducteur coupable de l'infraction prévue au présent article encourt également la peine complémentaire de suspension du permis de conduire, pour une durée de trois ans au plus, cette suspension pouvant être limitée à la conduite en dehors de l'activité professionnelle.

V. – Le fait de contrevenir aux dispositions du présent article donne lieu de plein droit à la réduction de trois points du permis de conduire.

Art. R. 414-7 *(Mod., D. n° 2003-293, 31 mars 2003).* – Tout conducteur qui effectue un dépassement par la gauche ne peut emprunter la moitié gauche de la chaussée que s'il ne gêne pas la circulation en sens inverse.

Le fait, pour tout conducteur, de contrevenir aux dispositions du présent article est puni de l'amende prévue pour les contraventions de la quatrième classe.

Tout conducteur coupable de cette infraction encourt également la peine complémentaire de suspension du permis de conduire pour une durée de trois ans au plus, cette suspension pouvant être limitée à la conduite en dehors de l'activité professionnelle.

Cette contravention donne lieu de plein droit à la réduction de trois points du permis de conduire.

Art. R. 414-8 *(Mod., D. n° 2003-293, 31 mars 2003)*. – Lorsqu'une chaussée à double sens de circulation comporte plus de deux voies, matérialisées ou non, les conducteurs effectuant un dépassement ne doivent pas emprunter la voie située pour eux le plus à gauche.

Le fait, pour tout conducteur, de contrevenir aux dispositions du présent article est puni de l'amende prévue pour les contraventions de la quatrième classe.

Tout conducteur coupable de cette infraction encourt également la peine complémentaire de suspension du permis de conduire pour une durée de trois ans au plus, cette suspension pouvant être limitée à la conduite en dehors de l'activité professionnelle.

Cette contravention donne lieu de plein droit à la réduction de trois points du permis de conduire.

Art. R. 414-9. – Dans tous les, cas où l'insuffisance de la largeur libre de la chaussée, son profil ou son état ne permettent pas le dépassement avec facilite et en toute sécurité, tout conducteur de véhicules dont le gabarit ou dont le chargement dépasse 2 mètres de largeur ou 7 mètres de longueur, remorque comprise, à l'exception des véhicules de transport en commun en agglomération, doit réduire sa vitesse et, au besoin, s'arrêter ou se garer pour laisser le passage aux véhicules de dimensions inférieures.

Dans les mêmes cas, tout usager doit réduire sa vitesse et, au besoin, s'arrêter ou se garer pour faciliter le passage d'un véhicule d'intérêt général faisant usage des avertisseurs spéciaux autorises pour sa catégorie.

Le fait, pour tout conducteur, de contrevenir aux dispositions du présent article est puni de l'amende prévue pour les contraventions de la quatrième classe.

Art. R. 414-10 *(Mod., D. n° 2003-293, 31 mars 2003)*. – Tout conducteur qui vient d'effectuer un dépassement par la gauche doit revenir sur sa droite sans provoquer le ralentissement du véhicule dépassé.

Le fait, pour tout conducteur, de contrevenir aux dispositions du présent article est puni de l'amende prévue pour les contraventions de la quatrième classe.

Tout conducteur coupable de cette infraction encourt également la peine complémentaire de suspension du permis de conduire pour une durée de trois ans au plus, cette suspension pouvant être limitée à la conduite en dehors de l'activité professionnelle.

Cette contravention donne lieu de plein droit à la réduction de trois points du permis de conduire.

Art. R. 414-11 *(Mod., D. n° 2003-293, 31 mars 2003)*. – Tout dépassement est interdit sur les chaussées à double sens de circulation, lorsque la visibilité vers l'avant n'est pas suffisante, ce qui peut être notamment le cas dans un virage ou au sommet d'une côte, sauf si cette manœuvre laisse libre la partie de la chaussée située à gauche d'une ligne continue ou si, s'agissant de dépasser un véhicule à deux roues, cette manœuvre laisse libre la moitié gauche de la chaussée.

Tout dépassement autre que celui des véhicules à deux roues est interdit aux intersections de routes, sauf pour les conducteurs abordant une intersection où les conducteurs circulant sur les autres routes doivent leur laisser le passage en application des articles R. 415-6, R. 415-7 et R. 415-8, ou lorsqu'ils abordent une intersection dont le franchissement est réglé par des feux de signalisation ou par un agent de la circulation.

Le fait, pour tout conducteur, de contrevenir aux dispositions du présent article est puni de l'amende prévue pour les contraventions de la quatrième classe.

Tout conducteur coupable de l'une des infractions prévues au présent article encourt également la peine complémentaire de suspension du permis de conduire pour une durée de trois ans au plus, cette suspension pouvant être limitée à la conduite en dehors de l'activité professionnelle.

Cette contravention donne lieu de plein droit à la réduction de trois points du permis de conduire.

Art. R. 414-12. – Tout dépassement est interdit aux traversées de voies ferrées non munies de barrières ou de demi-barrières.

Le fait, pour tout conducteur, de contrevenir aux dispositions du présent article est puni de l'amende prévue pour les contraventions de la quatrième classe.

Art. R. 414-13 *(Mod., D. n° 2003-425, 9 mai 2003)*. – Il est interdit à tout conducteur de dépasser un train ou un véhicules de transport public assujettis à suivre, de façon permanente, une trajectoire déterminée par un ou des rails matériels et empruntant l'assiette des routes à l'arrêt pendant la montée ou la descente des voyageurs du côté où elle s'effectue.

Le fait, pour tout conducteur, de contrevenir aux dispositions du présent article est puni de l'amende prévue pour les contraventions de la quatrième classe.

Art. R. 414-14. – Le fait pour tout conducteur d'effectuer un dépassement interdit par décision de l'autorité investie du pouvoir de police est puni de l'amende prévue pour les contraventions de la quatrième classe.

Art. R. 414-15. – Lorsque, sur les routes à sens unique et sur les routes à plus de deux voies, la circulation s'est, en raison de sa densité, établie en file ininterrompue sur toutes les voies, le fait que les véhicules d'une file circulent plus vite que les véhicules d'une autre file n'est pas considéré comme un dépassement.

Art. R. 414-16 *(Mod., D. n° 2003-293, 31 mars 2003)*. – Lorsqu'ils sont sur le point d'être dépassés, les conducteurs doivent serrer immédiatement sur leur droite sans accélérer l'allure.

Le fait, pour tout conducteur, de contrevenir aux dispositions du présent article est puni de l'amende prévue pour les contraventions de la quatrième classe.

Tout conducteur qui accélère l'allure alors qu'il est sur le point d'être dépassé encourt également la peine complémentaire de suspension du permis de conduire pour une durée de trois ans au plus, cette suspension pouvant être limitée à la conduite en dehors de l'activité professionnelle.

Dans ce dernier cas, la contravention donne lieu de plein droit à la réduction de deux points du permis de conduire.

Art. R. 414-17 *(D. n° 2002-530, 11 avr. 2002)*. – Lorsque, sur la chaussée, une voie de circulation au moins est couverte de neige ou de verglas sur tout ou partie de sa surface :

I. – 1° Le dépassement ou le changement de file est interdit à tout conducteur d'un véhicule dont le poids total autorisé en charge excède 3,5 tonnes ou à tout conducteur d'un ensemble de véhicules dont la longueur excède 7 mètres ;

2° Le dépassement des engins de service hivernal en action sur la chaussée est interdit à tout véhicule.

II. – Le fait de contrevenir au I du présent article est puni de l'amende prévue pour les contraventions de la quatrième classe.

III. – Toute personne coupable de cette infraction encourt également la peine complémentaire de suspension, pour une durée de trois ans au plus, du permis de conduire, cette suspension pouvant être limitée à la conduite en dehors de l'activité professionnelle.

CHAPITRE V. – INTERSECTIONS ET PRIORITÉ DE PASSAGE

Art. R. 415-1. – Tout conducteur s'approchant d'une intersection de routes doit vérifier que la chaussée qu'il va croiser est libre, circuler à allure d'autant plus modérée que les conditions de visibilité sont moins bonnes et, en cas de nécessité, annoncer son approche.

Le fait, pour tout conducteur, de contrevenir aux dispositions du présent article est puni de l'amende prévue pour les contraventions de la quatrième classe.

Art. R. 415-2 *(Mod., D. n° 2017-16, 6 janv. 2017 ; D. n° 2019-1082, 23 oct. 2019 ; D. n° 2022-31, 14 janv. 2022)*. – Tout conducteur ne doit s'engager dans une intersection que si son véhicule ne risque pas d'y être immobilisé et d'empêcher le passage des véhicules circulant sur les autres voies. En particulier, un conducteur ne doit pas s'engager dans une intersection de routes en cas de signalement, par le conducteur d'un des véhicules d'accompagnement mentionnés à l'article R. 433-17, du franchissement imminent de cette intersection par un transport exceptionnel mentionné à l'article R. 433-1.

Le conducteur d'un véhicule autre qu'un engin de déplacement personnel motorisé, un cyclomobile léger ou un cycle ne doit pas s'engager dans l'espace compris entre les deux lignes d'arrêt définies à l'article R. 415-15 lorsque son véhicule risque d'y être immobilisé.

L'autorité investie du pouvoir de police de la circulation peut autoriser les conducteurs de cyclomoteurs à s'engager dans l'espace et dans les conditions prévues à l'alinéa précédent.

Le fait, pour tout conducteur, de contrevenir aux dispositions du premier alinéa est puni de l'amende prévue pour les contraventions de la quatrième classe.

Le fait, pour tout conducteur d'un véhicule autre qu'un engin de déplacement personnel motorisé, un cyclomobile léger ou un cycle ou, en cas de bénéfice des dispositions du troisième alinéa, un cyclomoteur, de contrevenir aux dispositions du second alinéa est puni de l'amende prévue pour les contraventions de la deuxième classe.

Art. R. 415-3 *(Mod., D. n° 2008-754, 30 juill. 2008 ; D. n° 2019-1082, 23 oct. 2019)*. – I. – Tout conducteur s'apprêtant à quitter une route sur sa droite doit serrer le bord droit de la chaussée.

II. – Il peut toutefois emprunter la partie gauche de la chaussée lorsque le tracé du virage et les dimensions du véhicule ou de son chargement le mettent dans l'impossibilité de tenir sa droite ; il ne doit ainsi manœuvrer qu'à allure modérée, et après s'être assuré qu'il peut le faire sans danger pour autrui.

III. – Il doit céder le passage aux engins de déplacement personnel motorisés, aux cycles et cyclomoteurs circulant dans les deux sens sur les pistes cyclables qui traversent la chaussée sur laquelle il va s'engager.

IV. – Le fait, pour tout conducteur, de contrevenir aux dispositions du présent article est puni de l'amende prévue pour les contraventions de la quatrième classe.

Art. R. 415-4 *(Mod., D. n° 2008-754, 30 juill. 2008 ; D. n° 2019-1082, 23 oct. 2019 ; D. n° 2022-31, 14 janv. 2022)*. – I. – Tout conducteur s'apprêtant à quitter une route sur sa gauche doit serrer à gauche.

II. – Lorsque la chaussée est à double sens de circulation il ne doit pas en dépasser l'axe médian. Néanmoins, lorsque cette chaussée comporte un nombre impair de voies matérialisées, il doit, sauf dispositions différentes prises par l'autorité investie du pouvoir de police, emprunter la voie médiane.

III. – Il doit céder le passage aux véhicules venant en sens inverse sur la chaussée qu'il s'apprête à quitter ainsi qu'aux engins de déplacement personnel motorisés, aux cycles et cyclomoteurs circulant dans les deux sens sur les pistes cyclables qui traversent la chaussée sur laquelle il va s'engager.

IV. – Par exception à la règle fixée au I, tout conducteur d'engin de déplacement personnel motorisé, de cyclomobile léger ou de cycle, s'apprêtant à quitter une route sur sa gauche, peut serrer le bord droit de la chaussée avant de s'engager sur sa gauche.

V. – Le fait, pour tout conducteur, de contrevenir aux dispositions des I et II ci-dessus est puni de l'amende prévue pour les contraventions de la deuxième classe.

VI. – Le fait, pour tout conducteur, de ne pas respecter les règles de priorité fixées au III ci-dessus est puni de l'amende prévue pour les contraventions de la quatrième classe.

VII. – Toute personne coupable de cette infraction aux règles de priorité encourt également la peine complémentaire de suspension, pour une durée de trois ans au plus, du permis de conduire, cette suspension pouvant être limitée à la conduite en dehors de l'activité professionnelle.

VIII. – Cette contravention aux règles de priorité donne lieu de plein droit à la réduction de quatre points du permis de conduire.

Art. R. 415-5. – Lorsque deux conducteurs abordent une intersection par des routes différentes, le conducteur venant par la gauche est tenu de céder le passage à l'autre conducteur, sauf dispositions différentes prévues au présent livre.

Le fait, pour tout conducteur, de ne pas respecter les règles de priorité fixées au présent article est puni de l'amende prévue pour les contraventions de la quatrième classe.

Tout conducteur coupable de cette infraction encourt également la peine complémentaire de suspension, pour une durée de trois ans au plus, du permis de conduire, cette suspension pouvant être limitée à la conduite en dehors de l'activité professionnelle.

Cette contravention donne lieu de plein droit à la réduction de quatre points du permis de conduire.

Art. R. 415-6. – À certaines intersections indiquées par une signalisation dite « stop », tout conducteur doit marquer un temps d'arrêt à la limite de la chaussée abordée. Il doit ensuite céder le passage aux véhicules circulant sur l'autre ou les autres routes et ne s'y engager qu'après s'être assuré qu'il peut le faire sans danger.

Le fait, pour tout conducteur, de contrevenir aux dispositions du présent article est puni de l'amende prévue pour les contraventions de la quatrième classe.

Tout conducteur coupable de l'une des infractions prévues au présent article encourt également la peine complémentaire de suspension, pour une durée de trois ans au plus, du permis de conduire, cette suspension pouvant être limitée à la conduite en dehors de l'activité professionnelle.

Ces contraventions donnent lieu de plein droit à la réduction de quatre points du permis de conduire.

Art. R. 415-7. – À certaines intersections indiquées par une signalisation dite « cédez le passage », tout conducteur doit céder le passage aux véhicules circulant sur l'autre ou les autres routes et ne s'y engager qu'après s'être assuré qu'il peut le faire sans danger.

Le fait, pour tout conducteur, de contrevenir aux dispositions du présent article est puni de l'amende prévue pour les contraventions de la quatrième classe.

Tout conducteur coupable de cette infraction encourt également la peine complémentaire de suspension, pour une durée de trois ans au plus, du permis de conduire, cette suspension pouvant être limitée à la conduite en dehors de l'activité professionnelle.

Cette contravention donne lieu de plein droit à la réduction de quatre points du permis de conduire.

Art. R. 415-8. – *(Rempl., D. n° 2010-1390, 12 nov. 2010)* Toutefois l'autorité investie du pouvoir de police peut, lorsque les circonstances locales le justifient et après avis conforme du préfet, prendre un arrêté modifiant cette règle de priorité dans les conditions qu'il définit.

En agglomération, tout conducteur abordant une route à grande circulation et ne se trouvant pas lui-même sur une route de cette catégorie peut également, *(Mots rempl., D. n° 2008-754, 30 juill. 2008)* par arrêté du maire pris après avis conforme du préfet, être tenu de céder le passage aux véhicules qui circulent sur la route à grande circulation.

Le maire peut, par arrêté pris après avis du préfet, reporter l'obligation prévue à l'alinéa précédent sur les conducteurs qui abordent d'autres routes qu'une route classée à grande circulation si ces routes assurent la continuité de l'itinéraire à grande circulation ou imposer à ces conducteurs la même obligation.

La signalisation de ces routes est la même que celle des routes à grande circulation.

Le fait, pour tout conducteur, de ne pas respecter les règles de priorité fixées au présent article est puni de l'amende prévue pour les contraventions de la quatrième classe.

Tout conducteur coupable de cette infraction encourt également la peine complémentaire de suspension, pour une durée de trois ans au plus, du permis de conduire, cette suspension pouvant être limitée à la conduite en dehors de l'activité professionnelle.

Cette contravention donne lieu de plein droit à la réduction de quatre points du permis de conduire.

Art. R. 415-9 *(Mod., D. n° 2010-1390, 12 nov. 2010)*. – I. – Tout conducteur qui débouche sur une route en franchissant un trottoir ou à partir d'un accès non ouvert à la circulation publique, d'un chemin de terre ou d'une aire de stationnement ne doit s'engager sur la route qu'après s'être assuré qu'il peut le faire sans danger et qu'à une vitesse suffisamment réduite pour lui permettre un arrêt sur place.

II. – Il doit céder le passage à tout autre véhicule.

III. – Le fait, pour tout conducteur, de contrevenir aux dispositions du II ci-dessus est puni de l'amende prévue pour les contraventions de la quatrième classe.

IV. – Tout conducteur coupable de cette infraction encourt également la peine complémentaire de suspension, pour une durée de trois ans au plus, du permis de conduire, cette suspension pouvant être limitée à la conduite en dehors de l'activité professionnelle.

V. – Cette contravention donne lieu de plein droit à la réduction de quatre points du permis de conduire.

Art. R. 415-10. – Tout conducteur abordant un carrefour à sens giratoire est tenu, quel que soit le classement de la route qu'il s'apprête à quitter, de céder le passage aux usagers circulant sur la chaussée qui ceinture le carrefour à sens giratoire.

Le fait, pour tout conducteur, de ne pas respecter les règles de priorité fixées au présent article est puni de l'amende prévue pour les contraventions de la quatrième classe.

Tout conducteur coupable de cette infraction encourt également la peine complémentaire de suspension, pour une durée de trois ans au plus, du permis de conduire, cette suspension pouvant être limitée à la conduite en dehors de l'activité professionnelle.

Cette contravention donne lieu de plein droit à la réduction de quatre points du permis de conduire.

Art. R. 415-11 *(Mod., D. n° 2008-754, 30 juill. 2008 ; D. n° 2010-1390, 12 nov. 2010 ; D. n° 2018-795, 17 sept. 2018)*. – Tout conducteur est tenu de céder le passage, au besoin en s'arrêtant, au piéton s'engageant régulièrement dans la traversée d'une chaussée ou manifestant clairement l'intention de le faire ou circulant dans une aire piétonne ou une zone de rencontre.

Le fait, pour tout conducteur, de ne pas respecter les règles de priorité fixées au présent article est puni de l'amende prévue pour les contraventions de la quatrième classe.

Tout conducteur coupable de cette infraction encourt également la peine complémentaire de suspension, pour une durée de trois ans au plus, du permis de conduire, cette suspension pouvant être limitée à la conduite en dehors de l'activité professionnelle.

Cette contravention donne lieu de plein droit à la réduction de six points du permis de conduire.

Art. R. 415-12. – En toutes circonstances, tout conducteur est tenu de céder le passage aux véhicules d'intérêt général prioritaires annonçant leur approche par l'emploi des avertisseurs spéciaux prévus pour leur catégorie.

Le fait, pour tout conducteur, de ne pas respecter les règles de priorité fixées au présent article est puni de l'amende prévue pour les contraventions de la quatrième classe.

Tout conducteur coupable de cette infraction encourt également la peine complémentaire de suspension, pour une durée de trois ans au plus, du permis de conduire, cette suspension pouvant être limitée à la conduite en dehors de l'activité professionnelle.

Cette contravention donne lieu de plein droit à la réduction de quatre points du permis de conduire.

Art. R. 415-13. – Aux intersections, lorsqu'une chaussée à plusieurs voies comporte une ou plusieurs voies ou bandes réservées à la circulation de certaines catégories de véhicules, les règles de priorité prévues au présent livre s'imposent à tous les conducteurs circulant sur cette chaussée ou l'abordant.

Art. R. 415-14. – Pour l'application de toutes les règles de priorité, une piste cyclable est considérée comme une voie de la chaussée principale qu'elle longe, sauf dispositions différentes prises par l'autorité investie du pouvoir de police.

Art. R. 415-15. – *(Rempl., D. n° 2010-1390, 12 nov. 2010 ; D. n° 2015-808, 2 juill. 2015 ; D. n° 2022-31, 14 janv. 2022)* – L'autorité investie du pouvoir de police peut décider de :

1° Mettre en place sur les voies équipées de feux de signalisation une signalisation distincte destinée à une ou plusieurs catégories de véhicules ou indiquant une ou plusieurs directions ou remplissant ces deux fonctions de manière concomitante ;

2° Mettre en place sur les voies équipées de feux de signalisation communs à toutes les catégories d'usagers deux lignes d'arrêt distinctes, l'une pour les engins de déplacement personnel motorisés, les cyclomobiles légers et les cycles, l'autre pour les autres catégories de véhicules. La ligne d'arrêt pour les engins de déplacement personnel motorisés, les cyclomobiles légers et les cycles peut être autorisée pour les cyclomoteurs.

CHAPITRE VI. – USAGE DES DISPOSITIFS D'ÉCLAIRAGE ET DE SIGNALISATION

Section I. – Emploi des avertisseurs

Art. R. 416-1. – Hors agglomération, l'usage des avertisseurs sonores n'est autorisé que pour donner les avertissements nécessaires aux autres usagers de la route.

En agglomération, l'usage de l'avertisseur sonore n'est autorisé qu'en cas de danger immédiat.

Les signaux émis ne doivent pas se prolonger plus qu'il n'est nécessaire.

Le fait, pour tout conducteur, de contrevenir aux dispositions du présent article est puni de l'amende prévue pour les contraventions de la deuxième classe.

Il ressort de l'article R. 416-1 qu'en agglomération, l'usage de l'avertisseur sonore n'est autorisé qu'en cas de danger immédiat. Doit être cassé le jugement de relaxe au motif que l'usage du klaxon, sans doute intempestif, mais limité n'a pas engendré de trouble caractérisé à l'ordre public ou à la tranquillité publique alors que alors que d'une part, il résulte de ses propres constatations que le prévenu a fait un usage du klaxon en agglomération en dehors de toute situation de danger et d'autre part, la contravention aux dispositions de l'article R. 416-1 du Code de la route n'exige pas, pour être caractérisée, la constatation d'un trouble à l'ordre public ou à la tranquillité publique (■ Cass. crim., 4 juin 2019, n° 18-86.331).

Art. R. 416-2. – **De nuit, les avertissements doivent être donnés par l'allumage intermittent soit des feux de croisement, soit des feux de route, les signaux sonores ne devant être utilisés qu'en cas d'absolue nécessité.**

Le fait, pour tout conducteur, de contrevenir aux dispositions du présent article est puni de l'amende prévue pour les contraventions de la deuxième classe.

Art. R. 416-3. – **L'usage des trompes à sons multiples, des sirènes et des sifflets est interdit.**

Le fait, pour tout conducteur, de contrevenir aux dispositions du présent article est puni de l'amende prévue pour les contraventions de la deuxième classe.

Section II. – Éclairage et signalisation de nuit, ou de jour par visibilité insuffisante

Art. R. 416-4. – **La nuit, ou le jour lorsque la visibilité est insuffisante, tout conducteur d'un véhicule doit, dans les conditions définies à la présente section, faire usage des feux dont le véhicule doit être équipé en application des dispositions du livre III.**

Art. R. 416-5. – **Feux de route**

Sauf dispositions différentes prévues au présent code, les véhicules à moteur doivent circuler avec le ou leurs feux de route allumés.

À l'arrêt ou en stationnement, l'usage des feux de route est interdit.

Le fait, pour tout conducteur, de contrevenir aux dispositions du présent article est puni de l'amende prévue pour les contraventions de la quatrième classe.

Art. R. 416-6. – **Feux de croisement**

I. – Les cyclomoteurs et les quadricycles légers à moteur doivent circuler avec le ou leurs feux de croisement allumés.

II. – Les autres véhicules à moteur doivent circuler avec le ou leurs feux de croisement allumés, à l'exclusion des feux de route :

1° Quand le véhicule risque d'éblouir d'autres usagers :

***a)* Au moment où il s'apprête à croiser un autre véhicule ;**

***b)* Lorsqu'il suit un autre véhicule à faible distance, sauf lors d'une manœuvre de dépassement ;**

2° Quand le véhicule circule en agglomération sur une route suffisamment éclairée et hors agglomération sur une route éclairée en continu dès lors que cet éclairage est tel qu'il permet au conducteur de voir distinctement à une distance suffisante ;

3° Quand la visibilité est réduite en raison des circonstances atmosphériques. Toutefois, en agglomération, même par temps de pluie, cette disposition ne s'applique pas aux véhicules à moteur autres que les motocyclettes qui circulent avec au moins leurs feux de position allumés, lorsque la chaussée est suffisamment éclairée et que cet éclairage permet au conducteur de voir distinctement à une distance suffisante.

III. – La substitution des feux de croisement aux feux de route doit se faire suffisamment à l'avance pour ne pas gêner la progression des autres usagers.

IV. – Lorsqu'il est fait usage des feux de route, les feux de croisement peuvent être utilisés simultanément.

V. – Le fait, pour tout conducteur, de contrevenir aux dispositions du présent article est puni de l'amende prévue pour les contraventions de la quatrième classe.

Art. R. 416-7. – **Feux de brouillard**

I. – En cas de brouillard, de chute de neige ou de forte pluie, les feux avant de brouillard peuvent remplacer ou compléter les feux de croisement. Ils peuvent compléter les feux de route en dehors des agglomérations, sur les routes étroites et sinueuses, hormis les cas où, pour ne pas éblouir les autres usagers, les feux de croisement doivent remplacer les feux de route.

II. – Le ou les feux arrière de brouillard ne peuvent être utilisés qu'en cas de brouillard ou de chute de neige.

III. – Le fait, pour tout conducteur, de contrevenir aux dispositions du présent article est puni de l'amende prévue pour les contraventions de la quatrième classe.

Art. R. 416-8. – Feux de position

I. – Les feux de position peuvent être allumés en même temps que les feux de route ou les feux de croisement.

II. – Ils doivent être allumés :

1° En même temps que les feux de croisement si aucun point de la plage éclairante de ceux-ci ne se trouve à moins de 400 mm de l'extrémité de la largeur hors tout du véhicule ;

2° Dans tous les cas, en même temps que les feux de brouillard.

III. – *(Abr., D. n° 2003-536, 20 juin 2003).*

IV. – Le fait, pour tout conducteur, de contrevenir aux dispositions du présent article est puni de l'amende prévue pour les contraventions de la quatrième classe.

Art. R. 416-9. – I. – Les véhicules à moteur et les ensembles de véhicules doivent circuler avec :

1° Les feux rouges arrière allumés ;

2° Le ou les feux d'éclairage de la plaque d'immatriculation arrière allumés ;

3° Les feux d'encombrement allumés ;

4° Les feux de position des remorques allumés.

II. – Le fait, pour tout conducteur, de contrevenir aux dispositions du présent article est puni de l'amende prévue pour les contraventions de la quatrième classe.

Art. R. 416-10. – Les cycles ainsi que leur remorque doivent circuler avec le feu de position et le feu rouge arrière allumés.

Le fait, pour tout conducteur, de contrevenir aux dispositions du présent article est puni de l'amende prévue pour les contraventions de la première classe.

Art. R. 416-11. – Le fait, pour tout conducteur d'un véhicule à moteur, de circuler la nuit, ou le jour lorsque la visibilité est insuffisante, sans éclairage ni signalisation en un lieu dépourvu d'éclairage public, est puni de l'amende prévue pour les contraventions de la quatrième classe.

Tout conducteur coupable de cette infraction encourt également la peine complémentaire de suspension, pour une durée de trois ans au plus, du permis de conduire, cette suspension pouvant être limitée à la conduite en dehors de l'activité professionnelle.

Cette contravention donne lieu de plein droit à la réduction de quatre points du permis de conduire.

Art. R. 416-12 *(Mod., D. n° 2003-293, 31 mars 2003).* – I. – Sur une chaussée pourvue ou non d'éclairage public, les véhicules à moteur et les ensembles de véhicules doivent être placés à l'arrêt ou en stationnement avec :

1° À l'avant, le ou leurs feux de position allumés ;

2° À l'arrière, le ou leurs feux rouges et le ou leurs feux d'éclairage de la plaque d'immatriculation arrière allumés.

II. – Le fait, pour tout conducteur, de contrevenir aux dispositions du présent article est puni de l'amende prévue pour les contraventions de la quatrième classe.

III. – La nuit, ou le jour lorsque la visibilité est insuffisante, en cas d'arrêt ou de stationnement d'un véhicule à moteur sur la chaussée sans éclairage ni signalisation, en un lieu dépourvu d'éclairage public, le conducteur encourt également la peine complémentaire de suspension du permis de conduire pour une durée de trois ans au plus, cette suspension pouvant être limitée à la conduite en dehors de l'activité professionnelle.

IV. – Dans le cas prévu au III, la contravention donne lieu de plein droit à la réduction de trois points du permis de conduire.

Art. R. 416-13. – En agglomération, les véhicules à moteur, non attelés d'une remorque, dont la longueur n'excède pas 6 mètres et la largeur, 2 mètres doivent être arrêtés ou stationnés avec au moins un feu de stationnement allumé blanc, jaune ou orangé vers l'avant et rouge, jaune ou orangé vers l'arrière, placé du côté du véhicule opposé au bord de la chaussée le long duquel celui-ci est garé.

Le fait, pour tout conducteur, de contrevenir aux dispositions du présent article est puni de l'amende prévue pour les contraventions de la quatrième classe.

Art. R. 416-14. – Les remorques non accouplées à l'arrêt ou en stationnement sur la chaussée doivent être signalées soit par les feux prévus à l'article R. 416-12 soit par un feu blanc à l'avant et un feu rouge à l'arrière placés l'un et l'autre sur le côté du véhicule opposé au bord de la chaussée le long duquel cette remorque est garée.

Si la longueur de la remorque ne dépasse pas 6 mètres, les deux feux peuvent être réunis en un appareil unique.

Le fait, pour tout conducteur, de contrevenir aux dispositions du présent article est puni de l'amende prévue pour les contraventions de la quatrième classe.

Art. R. 416-15. – À l'arrêt ou en stationnement, les motocyclettes à deux roues sans side-car non munies de batterie, les cyclomoteurs à deux roues et les cycles à deux roues peuvent ne pas être signalés s'ils ne sont pas attelés d'une remorque mais ils doivent être garés au bord de la chaussée.

Art. R. 416-16. – En agglomération, tout véhicule à l'arrêt ou en stationnement peut ne pas être signalé lorsque l'éclairage de la chaussée permet aux autres usagers de voir distinctement celui-ci à une distance suffisante.

Section III. – Autres dispositions

Art. R. 416-17 *(D. n° 2007-271, 27 févr. 2007 ; D. n° 2016-448, 13 avr. 2016)*. – De jour, les motocyclettes, et les cyclomoteurs doivent circuler avec le ou leurs feux de croisement ou de circulation diurne allumés.

Le ministre chargé des transports fixe les conditions d'application du présent article et peut prévoir des dérogations pour les véhicules dont les caractéristiques interdisent l'utilisation permanente des feux de croisement.

Le fait, pour tout conducteur, de contrevenir aux dispositions du présent article ou à celles prises pour son application est puni de l'amende prévue pour les contraventions de la deuxième classe.

Art. R. 416-18. – Tout conducteur contraint de circuler momentanément à allure fortement réduite est tenu d'avertir, en faisant usage de ses feux de détresse, les autres usagers qu'il risque de surprendre.

Lorsque la circulation est établie en file ininterrompue, l'obligation prévue à l'alinéa précédent ne s'applique qu'au conducteur du dernier véhicule de la file.

Le fait, pour tout conducteur, de contrevenir aux dispositions du présent article est puni de l'amende prévue pour les contraventions de la deuxième classe.

Art. R. 416-19 *(Rempl., D. n° 2008-754, 30 juill. 2008 ; D. n° 2015-514, 7 mai 2015)*. – I. – Lorsqu'un véhicule immobilisé sur la chaussée constitue un danger pour la circulation, notamment à proximité des intersections de routes, des virages, des sommets de côtes, des passages à niveau et en cas de visibilité insuffisante, ou lorsque tout ou partie de son chargement tombe sur la chaussée sans pouvoir être immédiatement relevé, le conducteur doit assurer la présignalisation de l'obstacle en faisant usage de ses feux de détresse et d'un triangle de présignalisation.

En circulation, le conducteur doit disposer de ce triangle.

II. – Le conducteur doit revêtir un gilet de haute visibilité conforme à la réglementation lorsqu'il est amené à quitter un véhicule immobilisé sur la chaussée ou ses abords à la suite d'un arrêt d'urgence.

En circulation, le conducteur doit disposer de ce gilet à portée de main.

« Lorsqu'il conduit un véhicule à deux ou trois roues à moteur ou un quadricycle à moteur non carrossé, il doit disposer de ce gilet sur lui ou dans un rangement du véhicule. »

III. – « Les dispositions du I du présent article ne s'appliquent pas aux conducteurs de véhicules à deux ou trois roues à moteur et quadricycles à moteur non carrossés. »

Les dispositions du I ne s'appliquent pas aux conducteurs de véhicules d'intérêt général prioritaires faisant usage de leurs avertisseurs spéciaux.

Les dispositions du II ne s'appliquent pas aux conducteurs de véhicules agricoles, ni aux conducteurs des véhicules d'intérêt général prioritaires, dès lors que les conducteurs de ces derniers disposent d'une tenue de haute visibilité conforme aux dispositions du Code du travail relatives aux équipements de protection individuelle.

IV. – Un arrêté du ministre chargé de la sécurité routière fixe les caractéristiques de ces dispositifs et les conditions d'application des I et II du présent article.

V. – « Le fait, pour tout conducteur, de contrevenir aux dispositions du premier alinéa du I et du premier alinéa du II ou à celles prises pour leur application est puni de l'amende prévue pour les contraventions de la 4e classe.

Le fait, pour tout conducteur, de contrevenir aux dispositions du deuxième alinéa du II ou à celles prises pour leur application est puni de l'amende prévue pour les contraventions de la 1re classe. »

Est condamné par la cour d'appel pour la contravention de l'article R. 416-19 du Code de la route l'automobiliste qui s'est arrêté sur la bande d'arrêt d'urgence à proximité immédiate d'un virage sans avoir respecté les dispositions légales impliquant l'implantation d'une signalisation par triangle, quelle que soit la nature de la voie de circulation en cause. La cour d'appel a fait une exacte application des textes, dès lors que, d'une part, la bande d'arrêt d'urgence fait partie intégrante de la chaussée mentionnée à l'article R. 416-19 du Code de la route, d'autre part, le danger en résultant pour la circulation était caractérisé par ce stationnement dans un virage (■ Cass. crim., 26 mars 2019, n° 18-85.886).

Art. R. 416-20. – Le ou les feux de marche arrière ne peuvent être allumés que pour l'exécution d'une marche arrière.

Le fait, pour tout conducteur, de contrevenir aux dispositions du présent article est puni de l'amende prévue pour les contraventions de la quatrième classe.

CHAPITRE VII. – ARRÊT ET STATIONNEMENT

Section I. – Dispositions générales

Art. R. 417-1 *(D. n° 2015-808, 2 juill. 2015)*. **– I. – En agglomération, tout véhicule à l'arrêt ou en stationnement doit être placé par rapport au sens de la circulation selon les règles suivantes :**

1° Sur l'accotement, lorsqu'il n'est pas affecté à la circulation de catégories particulières d'usagers et si l'état du sol s'y prête ;

2° Pour les chaussées à double sens, sur le côté droit de celles-ci, sauf dispositions différentes prises par l'autorité investie du pouvoir de police ;

3° Pour les chaussées à sens unique, sur le côté droit ou gauche, sauf dispositions différentes prises par l'autorité investie du pouvoir de police.

II. – Tout arrêt ou stationnement contraire aux dispositions du présent article est puni de l'amende prévue pour les contraventions de la deuxième classe.

Art. R. 417-2 *(D. n° 2015-808, 2 juill. 2015)*. **– I. – Lorsque le maire décide d'instituer à titre permanent, pour tout ou partie de l'année, sur une ou plusieurs voies de circulation de l'agglomération, le stationnement unilatéral alterné des véhicules, la périodicité de celui-ci doit être semi-mensuelle.**

II. – Ce stationnement s'effectue alors dans les conditions suivantes :

1° Du 1er au 15 de chaque mois, le stationnement est autorisé du côté des numéros impairs des immeubles bordant la rue ;

2° Du 16 au dernier jour du mois, le stationnement est autorisé du côté des numéros pairs.

III. – Sauf dispositions différentes prises par l'autorité investie du pouvoir de police, le changement de côté s'opère le dernier jour de chacune de ces deux périodes entre 20 h 30 et 21 heures.

IV. – Tout stationnement contraire aux dispositions du présent article est puni de l'amende prévue pour les contraventions de la deuxième classe.

Art. R. 417-3 *(Mod., D. n° 2007-1503, 19 oct. 2007 ; D. n° 2015-808, 2 juill. 2015)*. **– I. – Lorsque l'autorité municipale décide, par voie d'arrêté, de limiter la durée du stationnement à l'intérieur de tout ou partie de l'agglomération, en prévoyant également l'obligation pour les conducteurs de véhicules d'apposer sur ceux-ci un dispositif destiné à faciliter le contrôle de cette limitation, ce dispositif doit être conforme à un modèle type.**

II. – Les indications du modèle type relatives aux heures d'arrivée doivent figurer parmi les mentions dont la stricte reproduction est obligatoire.

III. – Le ministre de l'intérieur fixe par arrêté le modèle type de ce dispositif.

IV. – Le dispositif de contrôle doit être placé à l'avant du véhicule en stationnement, et sur la face interne ou à proximité immédiate du pare-brise, si celui-ci en est muni, de manière à pouvoir être, dans tous les cas, facilement consulté, sans que le personnel affecté à la surveillance de la voie publique ait à s'engager sur la chaussée.

V. – Tout stationnement contraire aux dispositions du présent article est puni de l'amende prévue pour les contraventions de la deuxième classe.

À titre transitoire, les dispositifs de contrôle existant avant l'entrée en vigueur du décret du 19 octobre 2007 et comportant une heure limite de stationnement pourront être utilisés jusqu'au 31 décembre 2011.

Force probante du ticket horodateur. Justifie sa décision la juridiction de proximité qui condamne le conducteur du chef de stationnement irrégulier en zone de stationnement payant, pour n'avoir pas disposé le ticket horodateur de façon visible sur le tableau de bord de son véhicule, alors que le contrevenant produisait l'original d'un ticket horodateur valable aux date et heure des constatations de l'agent municipal, arguant de la preuve du paiement de la redevance, dès lors que le ticket produit, qui justifiait certes du paiement, a pu être acquis pour un autre véhicule, le numéro d'immatriculation de celui ayant donné lieu à la verbalisation n'y étant pas mentionné et qu'il appartenait à la juridiction de proximité d'apprécier la force probante du ticket horodateur produit, qui constituait un écrit (■ Cass. crim., 13 déc. 2016, n° 15-86.915).

Art. R. 417-4 ***(D. n° 2015-808, 2 juill. 2015).*** **– I. – Hors agglomération, tout véhicule à l'arrêt ou en stationnement doit être placé autant que possible hors de la chaussée.**

II. – Lorsqu'il ne peut être placé que sur la chaussée, il doit l'être par rapport au sens de la circulation selon les règles suivantes :

1° Pour les chaussées à double sens, sur le côté droit de celles-ci, sauf dispositions différentes prises par l'autorité investie du pouvoir de police ;

2° Pour les chaussées à sens unique, sur le côté droit ou gauche, sauf dispositions différentes prises par l'autorité investie du pouvoir de police ;

III. – Tout stationnement contraire aux dispositions du présent article est puni de l'amende prévue pour les contraventions de la deuxième classe.

Art. R. 417-5 ***(D. n° 2015-808, 2 juill. 2015).*** **– L'arrêt ou le stationnement d'un véhicule empiétant sur un passage prévu à l'intention des piétons est interdit.**

Le fait de contrevenir aux dispositions du présent article est puni de l'amende prévue pour les contraventions de la deuxième classe.

Art. R. 417-6 ***(D. n° 2015-808, 2 juill. 2015).*** **– Tout arrêt ou stationnement gratuit ou payant contraire à une disposition réglementaire autre que celles prévues au présent chapitre est puni de l'amende prévue pour les contraventions de la deuxième classe.**

1) Arrêté motivé. Selon l'article L. 2213-2 du Code général des collectivités territoriales, le maire peut, par arrêté motivé, eu égard aux nécessités de la circulation et de la protection de l'environnement, réglementer l'arrêt et le stationnement des véhicules ou de certaines catégories d'entre eux, ainsi que la desserte des immeubles riverains.

Ne justifie pas sa décision le juge qui, saisi de poursuites du chef de stationnement irrégulier en contravention d'un arrêté municipal, rejette l'exception tirée, pour défaut de motivation, de l'arrêté précité, sans rechercher, comme il y était invité, si l'arrêté litigieux était motivé non seulement eu égard aux nécessités de la circulation, mais aussi aux nécessités de la protection de l'environnement (■ Cass. crim., 20 nov. 2012, n° 12-83.339 : *Dr. pén.* 2013, comm. 22, obs. J.-H. Robert).

– La Cour de cassation est en mesure de s'assurer que le juge de proximité a rejeté l'exception d'illégalité de l'arrêté interdisant le stationnement, même le dimanche, par des motifs établissant que ladite interdiction, prise par l'autorité administrative compétente, était justifiée (■ Cass. crim., 1er sept. 2015, n° 14-88.297).

2) Infraction instantanée ou continue. Cassation d'un arrêt d'appel n'ayant pas répondu aux moyens de défense contenus dans l'acte d'opposition à l'ordonnance pénale, qui étaient relatifs au fait que le stationnement interdit constitue une contravention instantanée qui ne cesse que par l'enlèvement volontaire ou forcé du véhicule et qui ne peut donner lieu qu'à une seule poursuite, cette dernière étant au demeurant éteinte par le paiement effectué au titre du dernier avis de contravention. La Cour de cassation ne se prononce pas sur le caractère instantané ou continue : V. obs. J.-H. Robert (■ Cass. crim., 30 janv. 2018, n° 17-83.558, D : *JurisData* n° 2018-000961 ; *Dr. pén.* 2018, comm. 62, obs. J.-H. Robert).

Voir : D. n° 2011-876 du 25 juillet 2011 revalorisant le montant de l'amende forfaitaire pour certaines contraventions prévues par le Code de la route en matière d'arrêt et de stationnement ; 17 euros pour les contraventions prévues par les articles R. 417-1 à R. 417-6. – Au sujet des cartes de stationnement prépayées, V. les notes sous art. R. 642-3, p. 1031.

Art. R. 417-7. – **Il est interdit à tout occupant d'un véhicule à l'arrêt ou en stationnement d'ouvrir une portière lorsque cette manœuvre constitue un danger pour lui-même ou les autres usagers.**

Le fait de contrevenir aux dispositions du présent article est puni de l'amende prévue pour les contraventions de la première classe.

Art. R. 417-8. – **Tout conducteur ne doit s'éloigner du lieu de stationnement de son véhicule qu'après avoir pris les précautions utiles pour prévenir tout risque d'accident du fait de son absence.**

Le fait, pour tout conducteur, de contrevenir aux dispositions du présent article est puni de l'amende prévue pour les contraventions de la première classe.

Section II. – Arrêt ou stationnement dangereux, gênant ou abusif

Art. R. 417-9 *(Mod., D. n° 2003-293, 31 mars 2003).* – **Tout véhicule à l'arrêt ou en stationnement doit être placé de manière à ne pas constituer un danger pour les usagers.**

Sont notamment considérés comme dangereux, lorsque la visibilité est insuffisante, l'arrêt et le stationnement à proximité des intersections de routes, des virages, des sommets de côte et des passages à niveau.

Tout arrêt ou stationnement dangereux est puni de l'amende prévue pour les contraventions de la quatrième classe.

Lorsque le conducteur ou le titulaire du certificat d'immatriculation est absent ou refuse, malgré l'injonction des agents, de faire cesser le stationnement dangereux, l'immobilisation et la mise en fourrière peuvent être prescrites dans les conditions prévues aux articles L. 325-1 à L. 325-3.

Tout conducteur coupable de l'une des infractions prévues au présent article encourt également la peine complémentaire de suspension du permis de conduire pour une durée de trois ans au plus, cette suspension pouvant être limitée à la conduite en dehors de l'activité professionnelle.

Toute contravention au présent article donne lieu de plein droit à la réduction de trois points du permis de conduire.

Art. R. 417-10 *(Mod., D. n° 2008-754, 30 juill. 2008 ; D. n° 2010-1581, 16 déc. 2010 ; D. n° 2012-280, 28 févr. 2012 ; D. n° 2022-31, 14 janv. 2022).* – **I. – Tout véhicule à l'arrêt ou en stationnement doit être placé de manière à gêner le moins possible la circulation.**

II. – Est considéré comme gênant la circulation publique, l'arrêt ou le stationnement d'un véhicule :

1° Sur les trottoirs lorsqu'il s'agit d'une motocyclette, d'un tricycle à moteur ou d'un cyclomoteur à l'exception d'un cyclomobile léger ;

2° Sur les emplacements réservés à l'arrêt ou au stationnement des véhicules de transport public de voyageurs, des taxis, des véhicules titulaires du label « autopartage » » prévu par le décret n° 2012-280 du 28 février 2012 relatif au label « autopartage » ou des véhicules affectés à un service public ; l'autorité investie du pouvoir de police peut toutefois définir par arrêté les horaires pendant lesquels le stationnement est autorisé ;

3° Entre le bord de la chaussée et une ligne continue lorsque la largeur de la voie restant libre entre cette ligne et le véhicule ne permet pas à un autre véhicule de circuler sans franchir ou chevaucher la ligne ;

4° *(4° abr., D. n° 2015-808, 2 juill. 2015)*

5° Sur les emplacements où le véhicule empêche soit l'accès à un autre véhicule à l'arrêt ou en stationnement, soit le dégagement de ce dernier ;

6° Sur les ponts, dans les passages souterrains, tunnels et sous les passages supérieurs, sauf dispositions différentes prises par l'autorité investie du pouvoir de police ;

7° *(7° abr., D. n° 2015-808, 2 juill. 2015)*

8° *(8° abr., D. n° 2003-642, 11 juill. 2003).*

9° Sur les bandes d'arrêt d'urgence, sauf cas de nécessité absolue ;

10° Sur une voie publique spécialement désignée par arrêté de l'autorité investie du pouvoir de police municipale.

III. – Est également considéré comme gênant la circulation publique, le stationnement d'un véhicule :

1° Devant les entrées carrossables des immeubles riverains ;

2° *(2° mod., D. n° 2019-1082, 23 oct. 2019)* En double file, sauf en ce qui concerne les engins de déplacement personnel, les cycles à deux roues, les cyclomoteurs à deux roues et les motocyclettes sans side-car ;

3° Devant les dispositifs destinés à la recharge en énergie des véhicules électriques ;

4° Sur les emplacements réservés à l'arrêt ou au stationnement des véhicules de livraison. L'autorité investie du pouvoir de police peut toutefois définir par arrêté les horaires pendant lesquels le stationnement est autorisé ;

5° Dans les zones de rencontre, en dehors des emplacements aménagés à cet effet ;

6° Dans les aires piétonnes, à l'exception des engins de déplacement personnel, des cyclomobiles légers et des cycles sur les emplacements aménagés à cet effet ;

7° *(Al. aj., D. n° 2015-808, 2 juill. 2015)* Au-dessus des accès signalés à des installations souterraines.

IV. – Tout arrêt ou stationnement gênant prévu par le présent article est puni de l'amende prévue pour les contraventions de la deuxième classe.

V. – Lorsque le conducteur ou le propriétaire du véhicule est absent ou refuse, malgré l'injonction des agents, de faire cesser le stationnement gênant, l'immobilisation et la mise en fourrière peuvent être prescrites dans les conditions prévues aux articles L. 325-1 à L. 325-3.

Notion de gêne. Selon l'article R. 417-10, III, 1° du Code de la route, est considéré comme gênant pour la circulation publique le stationnement d'un véhicule, sur le domaine public, devant l'entrée carrossable d'un immeuble riverain, même lorsqu'il est le fait de l'occupant de cet immeuble.

Encourt la cassation le jugement d'une juridiction de proximité qui, pour renvoyer le prévenu des fins de la poursuite du chef de stationnement gênant, énonce que le stationnement de ce véhicule, sur le bord droit de la chaussée, ne gêne pas le passage des piétons, le trottoir étant laissé libre, mais, le cas échéant, seulement celui des véhicules entrant ou sortant de l'immeuble riverain par son entrée carrossable, c'est-à-dire uniquement les véhicules autorisés à emprunter ce passage par le prévenu ou lui appartenant, alors que l'article R. 417-10, III, 1°, du Code de la route, selon lequel est considéré comme gênant pour la circulation publique, qui comprend aussi celle des véhicules de secours ou de sécurité, le stationnement, sur le domaine public, devant les entrées carrossables des immeubles riverains, est également applicable aux véhicules utilisés par une personne ayant l'usage exclusif de cet accès (■ Cass. crim., 20 juin 2017, n° 16-86.838 : *Dr. pén.* 2017, comm. 130, note J.-H. Robert ; *Dr. pén.* 2018, étude 7, n° 9, obs. F. Gauvin).

Art. R. 417-11 *(D. n° 2003-642, 11 juill. 2003 ; D. n° 2012-1109, 1er oct. 2012 ; D. n° 2016-1849, 23 déc. 2016 ; D. n° 2020-605, 18 mai 2020 ; D. n° 2022-31, 14 janv. 2022).* – I. – Est considéré comme très gênant pour la circulation publique l'arrêt ou le stationnement :

1° D'un véhicule sur les chaussées et voies réservées à la circulation des véhicules de transport public de voyageurs, des taxis ou des véhicules d'intérêt général prioritaires ;

2° D'un véhicule ou d'un ensemble de véhicules de plus de 20 mètres carrés de surface maximale dans les zones touristiques délimitée par l'autorité investie du pouvoir de police ;

3° D'un véhicule sur les emplacements réservés aux véhicules portant une carte mobilité inclusion comportant la mention « stationnement pour personnes handicapées » prévue à l'article L. 241-3 du Code de l'action sociale et des familles ou une carte de stationnement pour personnes handicapées prévues à l'article L. 241-3 du même code dans sa rédaction antérieure au 1er janvier 2017 ;

4° D'un véhicule sur les emplacements réservés aux véhicules de transport de fonds ou de métaux précieux ;

5° D'un véhicule sur les passages réservés à la circulation des piétons en traversée de chaussée ;

6° D'un véhicule au droit des bandes d'éveil de vigilance à l'exception de celles qui signalent le quai d'un arrêt de transport public ;

7° D'un véhicule à proximité des signaux lumineux de circulation ou des panneaux de signalisation lorsque son gabarit est susceptible de masquer cette signalisation à la vue des usagers de la voie ;

8° D'un véhicule motorisé à l'exception des engins de déplacement personnel motorisés, des cyclomobiles légers et des cycles à pédalage assisté :

a) Sur les trottoirs, à l'exception des motocyclettes, tricycles à moteur et cyclomoteurs ;

b) Sur les voies vertes, les bandes et pistes cyclables ;

c) Sur une distance de cinq mètres en amont des passages piétons dans le sens de la circulation, en dehors des emplacements matérialisés à cet effet ;

d) Au droit des bouches d'incendie.

II. – Tout arrêt ou stationnement très gênant pour la circulation publique prévu par le présent article est puni de l'amende prévue pour les contraventions de la quatrième classe.

III. – Lorsque le conducteur ou le titulaire du certificat d'immatriculation est absent ou refuse, malgré l'injonction des agents, de faire cesser le stationnement très gênant pour la circulation publique, l'immobilisation et la mise en fourrière peuvent être prescrites dans les conditions prévues aux articles L. 325-1 à L. 325-3.

1) Arrêté municipal. Encourt la cassation la décision qui condamne un automobiliste pour stationnement gênant sur un emplacement réservé aux personnes handicapées, sans rechercher s'il existait un arrêté municipal pris en application de l'article L. 2213-2 du Code général des collectivités territoriales instituant l'emplacement réservé (▪ Cass. crim., 26 mai 2004, n° 04-81.617 : *JurisData* n° 2004-024425. ▪ Cass. crim., 12 oct. 2005 : *Bull. crim.* n° 256 ; *Dr. pén.* 2006, comm. 8, obs. J.-H. Robert ; *JurisData* n° 2005-030516. ▪ Cass. crim., 27 mars 2007 : *Dr. pén.* 2007, note 106, obs. J.-H. Robert, stationnement sur un parking de supermarché).

2) Réponse aux conclusions. Encourt la cassation l'arrêt qui, pour déclarer le prévenu coupable de la contravention de stationnement gênant sur un emplacement réservé aux véhicules affectés à un service public, se borne à énoncer qu'il résulte des débats de l'audience et des pièces versées à la procédure que celui-ci « a bien commis les faits qui lui sont reprochés », sans autrement s'expliquer sur les conclusions du prévenu qui avait contesté la légalité de l'acte administratif réglementaire fondant la poursuite, relevant notamment que la réservation du domaine public n'avait été faite que pour les seuls besoins d'un syndicat de police (▪ Cass. crim., 23 oct. 2013, n° 13-80.824 : *Bull. crim.* n° 205 ; *Dr. pén.* 2013, comm. 172, obs. J.-H. Robert).

3) Place ouverte au public. Une place sur laquelle le stationnement est de nature à gêner la circulation, tel un emplacement réservé à l'arrêt ou au stationnement des véhicules de livraison, ne peut être regardée comme ouverte au public au sens de l'article L. 241-3-2, devenu L. 241-3, du Code de l'action sociale et de l'aide aux familles (▪ Cass. crim., 14 nov. 2017, n° 17-81.061 : *Dr. pén.* 2018, comm. 9, note J.-H. Robert).

Art. R. 417-12. – **Il est interdit de laisser abusivement un véhicule en stationnement sur une route.**

Est considéré comme abusif le stationnement ininterrompu d'un véhicule en un même point de la voie publique ou de ses dépendances, pendant une durée excédant sept jours ou pendant une durée inférieure mais excédant celle qui est fixée par arrêté de l'autorité investie du pouvoir de police.

Tout stationnement abusif est puni de l'amende prévue pour les contraventions de la deuxième classe.

Lorsque le conducteur ou le titulaire du certificat d'immatriculation est absent ou refuse, malgré l'injonction des agents, de faire cesser le stationnement abusif, l'immobilisation et la mise en fourrière peuvent être prescrites dans les conditions prévues aux articles L. 325-1 à L. 325-3.

Art. R. 417-13. – **Dans les zones touristiques délimitées par l'autorité investie du pouvoir de police, le stationnement gênant d'un véhicule ou d'un ensemble de véhicules de plus de 20 mètres carrés de surface maximale est considéré comme abusif lorsqu'il s'est poursuivi pendant plus de deux heures après l'établissement du procès-verbal constatant l'infraction pour stationnement gênant.**

Le stationnement abusif mentionné au présent article est puni de l'amende prévue pour les contraventions de la quatrième classe.

Lorsque le conducteur ou le titulaire du certificat d'immatriculation est absent ou refuse, malgré l'injonction des agents, de faire cesser le stationnement abusif, l'immobilisation et la mise en fourrière peuvent être prescrites dans les conditions prévues aux articles L. 325-1 à L. 325-3.

CHAPITRE VIII. – PUBLICITÉ, ENSEIGNES ET PRÉENSEIGNES

Art. R. 418-1. – **Toute publicité lumineuse ou par appareil réfléchissant est interdite sur les véhicules.**

Le fait de contrevenir, à l'aide d'un véhicule à moteur, aux dispositions du présent article est puni de l'amende prévue pour les contraventions de la troisième classe.

Le fait de contrevenir, à l'aide d'un cycle, aux dispositions du présent article est puni de l'amende prévue pour les contraventions de la première classe.

Art. R. 418-2. – I. – Dans l'intérêt de la sécurité routière, sur les voies ouvertes à la circulation publique et en bordure de celles-ci, sont interdites, lorsqu'elles en sont visibles, la publicité et les enseignes, enseignes publicitaires et préenseignes :

1° Comportant une indication de localité, complétée soit par une flèche, soit par une distance kilométrique ;

2° Comportant la reproduction d'un signal routier réglementaire ou d'un schéma de présignalisation.

II. – Dans les mêmes conditions, sont interdites la publicité et les enseignes, enseignes publicitaires et préenseignes qui, par leur forme, leurs couleurs, leur texte, leurs symboles, leurs dimensions ou leur emplacement peuvent être confondues avec les signaux réglementaires.

III. – Sont interdits les dispositifs et dessins publicitaires :

1° Triangulaires à fond blanc ou jaune ;

2° Circulaires à fond rouge, bleu ou blanc ;

3° Octogonaux à fond rouge ;

4° Carrés à fond blanc ou jaune, s'ils sont disposés sur pointe.

IV. – Ces dispositions s'appliquent à tout dispositif, dessin, inscription ou marquage, quels que soient la nature des indications qu'il comporte, son objet commercial ou non, le procédé utilisé pour sa réalisation et la qualité de son auteur.

Art. R. 418-3. – Il est interdit d'apposer des placards, papillons, affiches ou marquages sur les signaux réglementaires et leurs supports ainsi que sur tous autres équipements intéressant la circulation routière. Cette interdiction s'applique également sur les plantations, les trottoirs, les chaussées et d'une manière générale, sur tous les ouvrages situés dans les emprises du domaine routier ou surplombant celui-ci.

Toutefois, lorsque l'autorité investie du pouvoir de police autorise une association ou un organisme sans but lucratif à implanter des signaux d'indication, le préfet peut permettre que le nom ou l'emblème du donateur figure sur le signal ou sur son support si la compréhension du signal n'en est pas rendue moins aisée. Il peut en être de même pour les installations annexes autorisées.

Art. R. 418-4. – Sont interdites la publicité et les enseignes, enseignes publicitaires et préenseignes qui sont de nature, soit à réduire la visibilité ou l'efficacité des signaux réglementaires, soit à éblouir les usagers des voies publiques, soit à solliciter leur attention dans des conditions dangereuses pour la sécurité routière. Les conditions et normes que doivent respecter les dispositifs lumineux ou rétroréfléchissants visibles des voies publiques, sont fixées par un arrêté conjoint du ministre chargé de l'équipement et du ministre de l'Intérieur.

Art. R. 418-5. – I. – La publicité et les enseignes publicitaires et préenseignes sont interdites sur l'emprise des voies ouvertes à la circulation publique, à l'exception de la publicité peinte ou fixée sur des véhicules circulant ou stationnant régulièrement sur les voies ouvertes à la circulation publique.

II. – Toutefois, des dérogations peuvent être accordées par l'autorité investie du pouvoir de police :

1° En agglomération, pour les enseignes publicitaires ;

2° Sur les aires de stationnement et les aires de services des routes ou autoroutes pour la publicité, les enseignes publicitaires et préenseignes non visibles de la route.

Art. R. 418-6. – Hors agglomération, la publicité et les enseignes publicitaires et préenseignes visibles des routes nationales, des chemins départementaux et des voies communales sont interdites de part et d'autre de celles-ci sur une largeur de 20 mètres mesurée à partir des bords extérieurs de la chaussée.

Toutefois, cette interdiction ne s'applique pas aux enseignes publicitaires et préenseignes qui, ne gênant pas la perception de la signalisation routière et ne présentant aucun danger pour la sécurité de la circulation, satisfont aux conditions de surface et d'implantation fixées par arrêté conjoint du ministre de l'Intérieur et du ministre chargé de l'équipement.

Art. R. 418-7. – En agglomération, la publicité et les enseignes publicitaires et préenseignes visibles d'une autoroute ou d'une route express sont interdites, de part et d'autre de celle-ci, sur une largeur de 40 mètres mesurée à partir du bord extérieur de chaque chaussée. Toutefois, l'autorité investie du pouvoir de police peut les autoriser dans les limites et aux conditions qu'elle prescrit.

Hors agglomération, la publicité et les enseignes publicitaires et préenseignes visibles d'une autoroute ou d'une route express sont interdites de part et d'autre de celle-ci, sur une largeur de 200 mètres mesurée à partir du bord extérieur de chaque chaussée.

Les dispositions du présent article ne font pas obstacle à l'installation de panneaux ayant pour objet de signaler, dans les conditions déterminées par les règlements sur la signalisation routière, la présence d'établissements répondant aux besoins des usagers.

Art. R. 418-8. – **Lorsque, par suite de modification concernant la voirie, une publicité, enseigne, enseigne publicitaire ou préenseigne cesse de satisfaire à la réglementation en vigueur, elle doit être supprimée dans un délai de deux ans à compter de la date d'ouverture au trafic de la voie avec ses nouvelles caractéristiques.**

Art. R. 418-9. – **I. – Le fait de contrevenir aux dispositions des articles R. 418-2 à R. 418-7 est puni de l'amende prévue pour les contraventions de la cinquième classe.**

La récidive de cette contravention est réprimée conformément à l'article 132-11 du Code pénal.

II. – En cas d'urgence, l'autorité investie du pouvoir de police peut :

1° Dès la constatation de l'infraction, ordonner soit la suppression des dispositifs non conformes à la réglementation, soit leur mise en conformité et, le cas échéant, la remise en état des lieux ;

2° Faute pour les intéresses de déférer à cette injonction dans le délai qui leur est imparti, faire procéder d'office, à leurs frais, dans l'intérêt de la sécurité, à la suppression du dispositif et à la remise en état des lieux. Par intéressés, il faut, suivant le cas, entendre soit les responsables de la mise en place du dispositif, soit le propriétaire de celui-ci ou de l'emplacement où il se trouve, soit ceux pour le compte de qui la publicité a été réalisée ;

3° Faire masquer tout dispositif publicitaire, enseigne, enseigne publicitaire ou préenseigne non conforme aux dispositions des articles R. 418-2 à R. 418-8 et des arrêtés pris pour leur application et s'il s'agit de publicité lumineuse, faire procéder à l'extinction totale ou partielle du dispositif litigieux.

Chapitre IX. — Péages

(Chap. créé, D. n° 2020-1494, 30 nov. 2020)

Art. R. 419-1. – **Tout usager d'un ouvrage routier ouvert à la circulation publique régulièrement soumis à péage doit, s'il n'est muni d'une autorisation spéciale, acquitter le montant du péage autorisé correspondant à son trajet et à la catégorie du véhicule qu'il utilise.**

Le fait, pour tout conducteur, de refuser d'acquitter le montant de ce péage ou de se soustraire d'une manière quelconque à ce paiement est puni de l'amende prévue pour les contraventions de la quatrième classe.

Pour l'application des dispositions du présent article aux contraventions constatées à la suite de l'usage d'un dispositif de péage permettant l'identification des véhicules et la perception du montant du péage sans recours à une barrière physique, un trajet est défini comme l'utilisation en continu d'un ouvrage routier, dans un même sens et par un même véhicule.

Art. R. 419-2. – **Tout usager d'une autoroute régulièrement soumise à péage doit, s'il n'est muni d'une autorisation spéciale, acquitter le montant du péage autorisé correspondant à son trajet et à la catégorie du véhicule qu'il utilise.**

Le fait, pour tout conducteur, de refuser d'acquitter le montant de ce péage ou de se soustraire d'une manière quelconque à ce paiement est puni de l'amende prévue pour les contraventions de la quatrième classe.

Pour l'application des dispositions du présent article aux contraventions constatées à la suite de l'usage d'un dispositif de péage permettant l'identification des véhicules et la perception du montant du péage sans recours à une barrière physique, un trajet est défini comme l'utilisation en continu, sur une période de vingt-quatre heures au plus, de sections d'autoroute soumises à péage gérées par un même exploitant, dans un même sens et par un même véhicule.

TITRE II. – DISPOSITIONS COMPLÉMENTAIRES APPLICABLES SUR CERTAINES VOIES

CHAPITRE I. – AUTOROUTES

Art. R. 421-1. – **Les dispositions relatives à la circulation sur les autoroutes sont également applicables aux bretelles de raccordement autoroutières.**

Art. R. 421-2. – I. – L'accès des autoroutes est interdit à la circulation :

1° Des animaux ;

2° Des piétons ;

3° Des véhicules sans moteur ;

4° Des véhicules à moteur non soumis à immatriculation ;

5° Des cyclomoteurs ;

6° Des tricycles à moteur dont la puissance n'excède pas 15 kilowatts et dont le poids à vide n'excède pas 550 kilogrammes ;

7° Des quadricycles à moteur ;

8° Des tracteurs et matériels agricoles et des matériels de travaux publics. Toutefois, sur les autoroutes la circulation des matériels de travaux publics peut être admise sur autorisation du préfet ou, par délégation, du directeur départemental de l'équipement ;

9° Des ensembles de véhicules comprenant plusieurs remorques et des ensembles de véhicules composés d'un véhicule articulé et d'une remorque dont la circulation est soumise à autorisation du préfet en application de l'article R. 433-8.

II. – Le fait pour tout piéton de circuler sur une autoroute est puni de l'amende prévue pour les contraventions de la première classe.

III. – Le fait, pour tout conducteur, de contrevenir aux dispositions du présent article est puni de l'amende prévue pour les contraventions de la deuxième classe.

Art. R. 421-3. – Tout conducteur qui emprunte une bretelle de raccordement autoroutière doit céder le passage aux véhicules qui circulent sur l'autoroute.

Le fait, pour tout conducteur, de ne pas respecter les règles de priorité fixées au présent article est puni de l'amende prévue pour les contraventions de la quatrième classe.

Tout conducteur coupable de cette infraction encourt également la peine complémentaire de suspension, pour une durée de trois ans au plus, du permis de conduire, cette suspension pouvant être limitée à la conduite en dehors de l'activité professionnelle.

Cette contravention donne lieu de plein droit à une réduction de quatre points du permis de conduire.

Art. R. 421-4. – I. – Aussitôt que, sur autoroute, une bretelle de sortie ou une bifurcation est annoncée, tout conducteur doit selon le cas :

1° Gagner la voie de circulation de droite ou de gauche s'il désire emprunter la bretelle de sortie ;

2° Gagner la voie ou l'une des voies de circulation correspondant à la branche d'autoroute dans laquelle il désire s'engager à la bifurcation.

II. – L'une et l'autre de ces manœuvres doivent être achevées au plus tard au moment où le conducteur atteint les signaux placés au début de la bretelle ou de la bifurcation.

III. – Le fait, pour tout conducteur, de contrevenir aux dispositions du présent article est puni de l'amende prévue pour les contraventions de la deuxième classe.

Art. R. 421-5 *(Mod., D. n° 2003-293, 31 mars 2003)*. – Les conducteurs ne doivent en aucun cas circuler, s'arrêter ou stationner sur la bande centrale séparative des chaussées.

Le fait, pour tout conducteur, de contrevenir aux dispositions du présent article est puni de l'amende prévue pour les contraventions de la quatrième classe.

Tout conducteur coupable de cette infraction encourt également la peine complémentaire de suspension du permis de conduire pour une durée de trois ans au plus, cette suspension pouvant être limitée à la conduite en dehors de l'activité professionnelle.

Cette contravention donne lieu de plein droit à une réduction de deux points, du permis de conduire.

Lorsque le conducteur ou le titulaire du certificat d'immatriculation est absent ou refuse, malgré l'injonction des agents, de faire cesser le stationnement irrégulier, l'immobilisation et la mise en fourrière peuvent être prescrites dans les conditions prévues aux articles L. 325-1 à L. 325-3.

Art. R. 421-6. – Les conducteurs ne doivent en aucun cas faire demi-tour sur une autoroute, même en traversant la bande centrale séparative des chaussées ou en empruntant une interruption de celle-ci. De même, ils ne doivent pas faire de marche arrière.

Le fait, pour tout conducteur, de contrevenir aux dispositions du présent article est puni de l'amende prévue pour les contraventions de la quatrième classe.

Tout conducteur coupable de l'une de ces infractions encourt également la peine complémentaire de suspension, pour une durée de trois ans au plus, du permis de conduire, cette suspension pouvant être limitée à la conduite en dehors de l'activité professionnelle.

Ces contraventions donnent lieu de plein droit à la réduction de quatre points du permis de conduire.

Art. R. 421-7. – **Sauf en cas de nécessité absolue, les conducteurs ne doivent pas arrêter ou stationner leur véhicule sur les chaussées et les accotements, y compris sur les bandes d'arrêt d'urgence des autoroutes.**

Tout conducteur se trouvant dans la nécessité absolue d'immobiliser son véhicule doit le faire en dehors des voies réservées à la circulation et dans tous les cas assurer la présignalisation de ce véhicule. S'il n'est pas en mesure de le remettre en marche par ses propres moyens, il doit faire le nécessaire pour assurer d'urgence le dégagement de l'autoroute.

Le fait, pour tout conducteur, de contrevenir aux dispositions du présent article est puni de l'amende prévue pour les contraventions de la deuxième classe.

Lorsque le conducteur ou le titulaire du certificat d'immatriculation est absent ou refuse, malgré l'injonction des agents, de faire cesser le stationnement irrégulier, l'immobilisation et la mise en fourrière peuvent être prescrites dans les conditions prévues aux articles L. 125-1 à L. 325-3.

N'est pas, lors d'un accident, conducteur au sens de la loi du 5 juillet 1985, celui qui, ayant stationné son automobile sur la bande d'arrêt d'urgence d'une autoroute, attendant des secours, et ayant allumé ses feux de détresse tout en restant à bord, quitte les commandes du véhicule, dont il n'a donc plus la maîtrise, et se repose sur la banquette arrière, lorsque survient le véhicule de l'auteur de l'accident (■ Cass. crim., 31 mai 2016, n° 15-83.625).

Art. R. 421-8. – **Les essais de véhicules à moteur ou de châssis, les courses, épreuves ou compétitions sportives sont interdits sur les autoroutes.**

Le fait, pour tout conducteur, de contrevenir aux dispositions du présent article est puni de l'amende prévue pour les contraventions de la deuxième classe.

Art. R. 421-9. – **Tout usager d'une autoroute régulièrement soumise à péage doit, s'il n'est muni d'une autorisation spéciale, acquitter le montant du péage autorisé correspondant au parcours et à la catégorie du véhicule qu'il utilise.**

Le fait, pour tout conducteur, de refuser d'acquitter le montant du péage ou de se soustraire d'une manière quelconque à ce paiement est puni de l'amende prévue pour les contraventions de la deuxième classe.

Art. R. 421-10 *(En vigueur à compter du 1er septembre 2012, D. n° 2012-953, 1er août 2012).* – **Le fait d'exercer l'activité de dépannage sur une autoroute concédée, ses dépendances domaniales ou ses installations annexes sans être titulaire d'un agrément délivré à cette fin par le préfet dans les conditions prévues par le contrat de concession est puni de l'amende prévue pour les contraventions de la 4e classe.**

CHAPITRE II. – VOIES À CIRCULATION SPÉCIALISÉE ET OUVRAGES D'ART

Art. R. 422-1. – **Lorsqu'ils circulent sur une voie de circulation exclusivement réservée à leur usage, les conducteurs de véhicules lents peuvent emprunter temporairement la voie située immédiatement à leur gauche pour effectuer le dépassement d'un véhicule, sauf dispositions différentes prises par l'autorité investie du pouvoir de police.**

Au sens du présent article, le terme véhicules lents désigne les véhicules ne pouvant circuler à une vitesse supérieure à 60 km/h dans la section de route en cause.

Art. R. 422-2. – **À l'extrémité des voies de circulation réservées aux véhicules lents, les conducteurs de ces véhicules doivent céder le passage aux usagers des voies affectées à la circulation générale.**

Le fait, pour tout conducteur, de ne pas respecter les règles de priorité fixées au présent article est puni de l'amende prévue pour les contraventions de la quatrième classe.

Art. R. 422-3 *(Mod., D. n° 2003-425, 9 mai 2003 ; D. n° 2003-536, 20 juin 2003)*. – I. - Lorsqu'une voie ferrée est établie sur une route ou la traverse à niveau, la priorité de passage appartient aux matériels circulant normalement sur cette voie ferrée, à l'exception des véhicules de transport public assujettis à suivre, de façon permanente, une trajectoire déterminée par un ou des rails matériels et empruntant l'assiette des routes dont les conducteurs doivent respecter les signalisations comportant des prescriptions absolues et les indications données par les agents réglant la circulation.

II. – Aucun conducteur ne doit s'engager sur un passage à niveau si son véhicule risque, du fait de ses caractéristiques techniques ou des conditions de circulation, d'y être immobilisé. Lorsqu'un passage à niveau est muni de barrières ou de demi-barrières, aucun usager de la route ne doit s'y engager lorsque ces barrières sont soit fermées, soit en cours de fermeture ou d'ouverture. Lorsqu'un passage à niveau n'est muni ni de barrières, ni de demi-barrières, ni de signal lumineux, aucun usager ne doit s'y engager sans s'être assuré qu'aucun train n'approche. Lorsqu'une traversée est gardée, l'usager de la route doit obéir aux injonctions du garde et ne pas entraver, le cas échéant, la fermeture des barrières.

III. – Tout conducteur doit, à l'approche d'un train, dégager immédiatement la voie ferrée de manière à lui livrer passage.

IV. – Les conducteurs de troupeaux doivent notamment prendre toute mesure leur permettant d'interrompre très rapidement le franchissement par leurs animaux du passage à niveau.

V. – En cas d'immobilisation forcée d'un véhicule ou d'un troupeau, son conducteur doit prendre toutes les mesures en son pouvoir pour faire cesser le plus rapidement possible l'obstruction de la voie ferrée ou, à défaut, d'y parvenir, pour que les agents responsables du chemin de fer soient prévenus sans délai de l'existence du danger.

VI. – Le fait, pour tout conducteur, de contrevenir aux dispositions du présent article est puni de l'amende prévue pour les contraventions de la quatrième classe.

VII. – Tout conducteur coupable d'infraction aux dispositions du présent article encourt également la peine complémentaire de suspension, pour une durée de trois ans au plus, du permis de conduire, cette suspension pouvant être limitée à la conduite en dehors de l'activité professionnelle. Cette contravention donne lieu de plein droit à la réduction de quatre points du permis de conduire.

Art. R. 422-4. – Sur les ponts qui n'offriraient pas toutes les garanties nécessaires à la sécurité des passages, le préfet pour la voirie nationale ainsi que pour les routes classées à grande circulation, le président du conseil exécutif pour les routes nationales en Corse, le président du conseil général pour les routes départementales ou le maire pour la voirie communale peut prendre toutes dispositions de nature à assurer cette sécurité. Le maximum de la charge autorisée et les mesures prescrites pour la protection et l'emprunt de ces ponts sont, dans tous les cas, placardés à leur entrée et à leur sortie de manière à être parfaitement visibles des conducteurs.

En cas d'urgence ou de péril imminent, le maire peut prendre les mesures provisoires que lui paraît commander la sécurité publique, sauf à en informer le préfet et, si le réseau routier départemental est concerné par ces mesures, le président du conseil général.

Les dispositions prises en application du présent article ne sont applicables ni aux convois et transports militaires ni aux véhicules des unités d'instruction et d'intervention de la sécurité civile, qui font l'objet de règles particulières.

Le fait, pour tout conducteur, de contrevenir aux dispositions concernant le passage des ponts est puni de l'amende prévue pour les contraventions de la cinquième classe.

La récidive de cette contravention est réprimée conformément à l'article 132-11 du Code pénal.

Tout conducteur coupable de cette infraction encourt également la peine complémentaire de suspension, pour une durée de trois ans au plus, du permis de conduire, cette suspension pouvant être limitée à la conduite en dehors de l'activité professionnelle.

L'immobilisation peut être prescrite dans les conditions prévues aux articles L. 325-1 à L. 325-3.

Poids autorisé et poids réel. Un pont ne pouvant être emprunté que par les véhicules d'un poids total autorisé en charge inférieur à seize tonnes, est inopérante la circonstance que, compte tenu de son chargement, le véhicule aurait été d'un poids réel inférieur à seize tonnes au moment du franchissement du pont, dès lors qu'il s'agissait d'un camion d'un poids total autorisé en charge de dix-neuf tonnes (▪ Cass. crim., 12 nov. 2003 : *Bull. crim.* n° 211).

Art. R. 422-5 *(En vigueur à compter du 1er septembre 2012, D. n° 2012-953, 1er août 2012).* – Le fait d'exercer l'activité de dépannage sur un ouvrage d'art concédé du réseau routier national, ses dépendances domaniales ou ses installations annexes sans être titulaire d'un agrément délivré à cette fin par le préfet dans les conditions prévues par le contrat de concession est puni de l'amende prévue pour les contraventions de la 4e classe.

TITRE III. – DISPOSITIONS COMPLÉMENTAIRES APPLICABLES À LA CIRCULATION DE CERTAINS VÉHICULES

CHAPITRE I. – MOTOCYCLETTES, TRICYCLES ET QUADRICYCLES À MOTEUR, CYCLOMOTEURS ET CYCLES

Art. R. 431-1 *(Mod., D. n° 2003-293, 31 mars 2003).* – En circulation, tout conducteur ou passager d'une motocyclette, d'un tricycle à moteur, d'un quadricycle à moteur ou d'un cyclomoteur doit être coiffé d'un casque de type homologué. Ce casque doit être attaché.

Le fait, pour tout conducteur ou passager, de contrevenir aux dispositions du présent article est puni de l'amende prévue pour les contraventions de la quatrième classe.

Conformément à l'article L. 431-1, le véhicule à deux roues à moteur dont le conducteur circule sans être coiffé d'un casque de type homologué ou sans que ce casque soit attaché peut être immobilisé dans les conditions prévues aux articles L. 325-1 à L. 325-3.

Lorsque cette contravention est commise par le conducteur, elle donne lieu de plein droit à la réduction de trois points du permis de conduire.

Les dispositions du présent article ne sont pas applicables aux conducteurs ou passagers portant la ceinture de sécurité lorsque le véhicule a été réceptionné avec ce dispositif.

Art. R. 431-1-1 *(D. n° 2008-754, 30 juill. 2008 ; D. n° 2016-1232, 19 sept. 2016).* – Lorsqu'ils circulent la nuit, ou le jour lorsque la visibilité est insuffisante, tout conducteur et passager d'un cycle doivent porter hors agglomération un gilet de haute visibilité conforme à la réglementation.

Le fait pour tout conducteur ou passager d'un cycle de contrevenir aux dispositions du présent article est puni de l'amende prévue pour les contraventions de la 2e classe.

Art. R. 431-1-2 *(D. n° 2016-1232, 19 sept. 2016).* – En circulation, tout conducteur ou passager d'une motocyclette, d'un tricycle à moteur, d'un quadricycle à moteur ou d'un cyclomoteur doit porter des gants conformes à la réglementation relative aux équipements de protection individuelle.

Le fait, pour tout conducteur ou passager, de contrevenir aux dispositions du présent article est puni de l'amende prévue pour les contraventions de la troisième classe.

Lorsque cette contravention est commise par un conducteur tenu de détenir un permis de conduire à points pour conduire ce véhicule, elle donne lieu de plein droit à la réduction d'un point du permis de conduire.

Les dispositions du présent article ne sont pas applicables aux conducteurs ou passagers des motocyclettes, des tricycles à moteur, des quadricycles à moteur ou des cyclomoteurs, équipés de portières et portant la ceinture de sécurité lorsque le véhicule a été réceptionné avec ce dispositif.

Art. R. 431-1-3 *(D. n° 2016-1800, 21 déc. 2016).* – I. – En circulation, le conducteur et le passager d'un cycle, s'ils sont âgés de moins de douze ans, doivent être coiffés d'un casque conforme à la réglementation relative aux équipements de protection individuelle. Ce casque doit être attaché.

II. – S'il est âgé d'au moins dix-huit ans, le conducteur de cycle qui transporte un passager âgé de moins de douze ans doit s'assurer que ce passager est coiffé d'un casque dans les conditions prévues au I.

De même, la personne âgée d'au moins dix-huit ans qui accompagne au moins un conducteur de cycle âgé de moins de douze ans doit s'assurer, lorsqu'elle exerce une autorité de droit ou de fait sur ce ou ces conducteurs, que chacun est coiffé d'un casque dans les conditions prévues au I.

III. – Le fait de contrevenir aux dispositions du II est puni de l'amende prévue pour les contraventions de la quatrième classe.

IV. – Un arrêté du ministre chargé de la sécurité routière fixe les caractéristiques du casque mentionné au I.

Art. R. 431-2 *(Abr., D. n° 2003-293, 31 mars 2003).*

Art. R. 431-3 *(D. n° 2016-1232, 19 sept. 2016)*. – Des arrêtés des ministres chargés des transports et de la sécurité routière fixent les conditions d'application des articles R. 431-1, R. 431-1-1 et R. 431-1-2.

Art. R. 431-4 *(Abr. à compter du 19 janv. 2013, D. n° 2011-1475, 9 nov. 2011)*.

Art. R. 431-5. – Sur les motocyclettes, tricycles et quadricycles à moteur, cyclomoteurs et cycles, le transport de passagers n'est autorisé que sur un siège fixé au véhicule, différent de celui du conducteur.

Pour l'application du présent article, la selle double ou la banquette est assimilée à deux sièges.

Le fait pour tout conducteur de transporter des personnes sans respecter les dispositions du présent article est puni de l'amende prévue pour les contraventions de la deuxième classe.

Art. R. 431-6. – Les conducteurs de cyclomoteurs, de cycles à plus de deux roues, de cycles attelés d'une remorque ou d'un side-car ne doivent jamais rouler de front sur la chaussée.

Le fait, pour tout conducteur, de contrevenir aux dispositions du présent article est puni de l'amende prévue pour les contraventions de la deuxième classe.

Art. R. 431-7. – Les conducteurs de cycles à deux roues sans remorque ni side-car ne doivent jamais rouler à plus de deux de front sur la chaussée.

Ils doivent se mettre en file simple dès la chute du jour et dans tous les cas où les conditions de la circulation l'exigent, notamment lorsqu'un véhicule voulant les dépasser annonce son approche.

Le fait, pour tout conducteur, de contrevenir aux dispositions du présent article est puni de l'amende prévue pour les contraventions de la deuxième classe.

Art. R. 431-8. – Il est interdit aux conducteurs de cycles et de cyclomoteurs de se faire remorquer par un véhicule.

Le fait, pour tout conducteur de cyclomoteur ou de cycle, de contrevenir aux dispositions du présent article est puni de l'amende prévue pour les contraventions de la deuxième classe.

Art. R. 431-9 *(Mod., D. n° 2003-283, 27 mars 2003)*. – Pour les conducteurs de cycles à deux ou trois roues, l'obligation d'emprunter les bandes ou pistes cyclables est instituée par l'autorité investie du pouvoir de police après avis du préfet.

Par dérogation aux dispositions de l'article R. 110-2, les conducteurs de cyclomoteurs à deux roues, sans side-car ni remorque peuvent être autorisés à emprunter les bandes et pistes cyclables par décision de l'autorité investie du pouvoir de police.

Lorsque la chaussée est bordée de chaque côté par une piste cyclable, les utilisateurs de cette piste doivent emprunter celle ouverte à droite de la route, dans le sens de la circulation.

Les conducteurs de cycles peuvent circuler sur les aires piétonnes *(Mots aj. à compter du 1er janvier 2016, D. n° 2015-808, 2 juill. 2015)* « dans les deux sens », sauf dispositions différentes prises par l'autorité investie du pouvoir de police, à la condition de conserver l'allure du pas et de ne pas occasionner de gêne aux piétons.

Les conducteurs de cycles peuvent circuler sur les accotements équipés d'un revêtement routier.

Le fait, pour tout conducteur, de contrevenir aux dispositions du présent article ou à celles prises pour son application est puni de l'amende prévue pour les contraventions de la deuxième classe.

Art. R. 431-10. – Hors agglomération, le long des routes pavées ou des routes en état de réfection, la circulation des cycles et cyclomoteurs à deux roues sans remorque ni side-car, est autorisée sur les trottoirs et contre-allées affectées aux piétons.

Dans ce cas, les conducteurs sont tenus de circuler à l'allure du pas à la rencontre des piétons et de réduire leur vitesse au droit des habitations.

Le fait, pour tout conducteur d'un cycle, de contrevenir aux dispositions de l'alinéa précédent, est puni de l'amende prévue pour les contraventions de la deuxième classe.

Le fait, pour tout conducteur d'un cyclomoteur, de contrevenir aux dispositions du même alinéa, est puni de l'amende prévue pour les contraventions de la quatrième classe.

Art. R. 431-11. – Sur les véhicules à deux roues sauf les cycles dits « tandems », le siège du passager doit être muni soit d'une courroie d'attache, soit d'au moins une poignée et de deux repose-pied.

Sur tous les véhicules à deux roues, pour les enfants âgés de moins de cinq ans, l'utilisation d'un siège conçu à cet effet et muni d'un système de retenue est obligatoire.

Le conducteur doit s'assurer que les pieds des enfants ne peuvent être entraînes entre les parties fixes et les parties mobiles du véhicule.

Le fait, pour tout conducteur, de contrevenir aux dispositions du présent article est puni de l'amende prévue pour les contraventions de la deuxième classe.

Art. R. 431-12 *(Créé, D. n° 2022-31, 14 janv. 2022).* – Les dispositions du présent chapitre qui ne sont pas applicables aux cyclomobiles légers sont précisées à l'article R. 412-43-4.

CHAPITRE II. – VÉHICULES D'INTÉRÊT GÉNÉRAL

Section I. – Véhicules d'intérêt général prioritaires

Art. R. 432-1. – Les dispositions du présent livre relatives aux règles de circulation des véhicules ne sont pas applicables aux conducteurs des véhicules d'intérêt général prioritaires lorsqu'ils font usage de leurs avertisseurs spéciaux dans les cas justifiés par l'urgence de leur mission et sous réserve de ne pas mettre en danger les autres usagers de la route.

Section II. – Véhicules d'intérêt général bénéficiant de facilités de passage

Art. R. 432-2 *(Mod., D. n° 2007-786, 10 mai 2007).* – Les dispositions du présent livre relatives aux vitesses maximales autorisées à la circulation dans des voies réservées à certaines catégories de véhicules et à l'emploi des avertisseurs la nuit ou en agglomération ne sont pas applicables aux conducteurs des véhicules d'intérêt général bénéficiant de facilités de passage lorsqu'ils font usage de leurs avertisseurs spéciaux dans les cas nécessités par l'urgence de leur mission et sous réserve de ne pas mettre en danger les autres usagers.

Art. R. 432-3. – Sur autoroute et route express, les dispositions relatives :

1° À la circulation, à l'arrêt et au stationnement sur la bande centrale séparative des chaussées et les accotements notamment sur les bandes d'arrêt d'urgence ;

2° Au demi-tour ;

3° À la marche arrière ;

4° Au franchissement des lignes longitudinales délimitant les bandes d'arrêt d'urgence ;

5° À l'arrêt et au stationnement sur les chaussées, ne sont pas applicables aux conducteurs des véhicules bénéficiant de facilités de passage lorsqu'ils font usage de leurs avertisseurs spéciaux dans les cas nécessités par l'exercice de leur mission et sous réserve de ne pas mettre en danger les autres usagers.

Art. R. 432-4. – Les dispositions relatives aux règles :

1° De circulation sur le bord droit de la chaussée ;

2° De circulation sur les routes à sens unique ou à plus de deux voies ;

3° De circulation à une vitesse anormalement réduite ;

4° Imposant un sens de circulation ;

5° De franchissement et de chevauchement des lignes continues ou discontinues ;

6° D'engagement d'un véhicule dans une intersection, ne sont pas applicables aux conducteurs des engins de service hivernal en action de déneigement, de sablage ou de salage lorsqu'ils font usage de leurs avertisseurs spéciaux et sous réserve de ne pas mettre en danger les autres usagers.

Section III. – Autres véhicules d'intérêt général

Art. R. 432-5 *(Mod., D. n° 2010-1390, 12 nov. 2010).* – Sur autoroute et route express, les dispositions relatives :

1° À la circulation, à l'arrêt et au stationnement sur la bande centrale séparative des chaussées et les accotements notamment sur les bandes d'arrêt d'urgence ;

2° Au demi-tour ;

3° À la marche arrière ;

4° Au franchissement des lignes longitudinales délimitant les bandes d'arrêt d'urgence ;

5° À l'arrêt et au stationnement sur les chaussées, ne sont pas applicables aux conducteurs des véhicules d'exploitation des routes lorsqu'ils font usage de leurs avertisseurs spéciaux dans les cas nécessités par l'exercice de leur mission et sous réserve de ne pas mettre en danger les autres usagers ;

6° À la vitesse minimale de 80 km/h sur la voie la plus à gauche.

Art. R. 432-6. – Sur autoroute, la circulation des véhicules militaires se déplaçant en colonnes ou dont les caractéristiques ne sont pas conformes à celles des véhicules civils autorisés à circuler sur ces voies est admise dans les conditions fixées par arrêté du ministre chargé des transports et du ministre chargé des armées.

Art. R. 432-7. – I. – Les dispositions relatives aux règles d'interdiction d'accès des autoroutes et des routes express à certains véhicules et usagers ne sont pas applicables :

1° Au matériel non immatriculé ou non motorisé des forces de police ou de gendarmerie, des services de lutte contre l'incendie, des services de sécurité, des administrations publiques et des entreprises appelées à travailler sur l'autoroute ou la route express.

2° Lorsqu'il circule à pied, à bicyclette ou à cyclomoteur, au personnel de ces administrations, services ou entreprises ainsi qu'à celui des autres administrations publiques dont la présence serait nécessaire sur l'autoroute ou la route express et à celui des concessionnaires ou permissionnaires autorisés à occuper le domaine public de l'autoroute ou de la route express.

II. – À l'exception du matériel appartenant aux forces de police ou de gendarmerie et aux services de lutte contre l'incendie et du personnel de ces services, ces véhicules ou ce personnel doivent être munis d'une autorisation spéciale délivrée, pour les autoroutes, par le préfet ou, sur délégation de celui-ci, par le directeur départemental de l'équipement.

CHAPITRE III. – TRANSPORTS EXCEPTIONNELS ET ENSEMBLES DE VÉHICULES COMPORTANT PLUS D'UNE REMORQUE

Section I. – Transports exceptionnels de marchandises, d'engins ou de véhicules

Art. R. 433-1 *(Mod., D. n° 2005-1655, 26 déc. 2005 ; D. n° 2011-368, 4 avr. 2011 ; D. n° 2017-16, 6 janv. 2017).* – I. – Le transport ou la circulation de marchandises, engins ou véhicules présentant un caractère exceptionnel en raison de leurs dimensions ou de leur masse excédant les limites réglementaires, doit faire l'objet d'une autorisation préalable. Ces dispositions s'appliquent aux catégories de véhicules suivantes :

1° Véhicule à moteur ou remorque transportant ou destiné au transport de charges indivisibles ;

2° Véhicule, matériel agricole ou forestier ou leur ensemble, machine agricole automotrice, machine ou instrument agricole remorqué dont les dimensions, y compris les outillages portés amovibles, dépassent une longueur de 25 mètres ou une largeur de 4,50 mètres ;

3° Véhicule à moteur ou remorque à usage forain ;

4° Ensemble forain dont la longueur est supérieure à 30 mètres ;

5° Véhicule ou engin spécial ;

6° Véhicule ou matériel de travaux publics ;

7° Véhicules qui dépassent les limites fixées aux articles R. 435-2, R. 435-4 et R. 435-5.

I *bis*. – Par dérogation aux dispositions du I, la circulation de certains véhicules à moteur ou remorques fait l'objet d'une déclaration préalable. Un récépissé attestant de son dépôt est délivré par l'autorité compétente mentionnée au II de l'article R. 433-2. L'arrêté prévu à l'article R. 433-5 précise les conditions et modalités d'application du présent I *bis*, notamment les caractéristiques des véhicules ou remorques concernés.

II. – Au sens du présent article on entend par charge indivisible une charge qui ne peut, aux fins de transport par route, être divisée en plusieurs chargements sans frais ou risque de dommages importants et qui ne peut, du fait de ses dimensions ou masse, être transportée par un véhicule dont les dimensions ou la masse respectent elles-mêmes les limites réglementaires.

III. – Le fait de faire circuler un véhicule mentionné au I sans autorisation préfectorale ou un véhicule mentionné au I *bis* sans avoir procédé à une déclaration préalable est puni de l'amende prévue pour les contraventions de la cinquième classe.

Le fait de faire circuler un véhicule mentionné au I sans respecter les prescriptions de l'autorisation préfectorale ou un véhicule mentionné au *bis* sans respecter les dispositions de l'arrêté prévu à l'article R. 433-5 mentionnées au 8° de cet article est puni conformément aux dispositions suivantes :

1° Pour le dépassement du poids du véhicule : il est fait application des dispositions du VII de l'article R. 312-4 prévoyant une ou plusieurs contraventions de la quatrième classe ;

2° Pour le dépassement de la charge maximale par essieu : il est fait application des dispositions du IV de l'article R. 312-6 prévoyant une ou plusieurs contraventions de la quatrième classe ;

3° Pour le non-respect de l'itinéraire autorisé : l'infraction est punie de l'amende prévue pour les contraventions de la cinquième classe ;

4° Pour le non-respect d'une prescription liée à la traversée d'un passage à niveau : l'infraction est punie de l'amende prévue pour les contraventions de la cinquième classe ;

5° Pour le non-respect d'une autre prescription : l'infraction est punie de l'amende prévue pour les contraventions de la quatrième classe.

Toutefois, pour les dimensions du chargement, l'infraction est punie de l'amende prévue pour les contraventions de la cinquième classe lorsque le dépassement excède les limites de l'autorisation de plus de 20 %.

IV. – *(Supprimé).*

V. – La récidive de la contravention prévue aux 3° et 4° du III est réprimée conformément à l'article 132-11 du Code pénal.

VI. – Lorsque le conducteur ne peut présenter l'arrêté d'autorisation préfectorale ou n'en respecte pas les dispositions, l'immobilisation du véhicule peut être prescrite dans les conditions prévues aux articles L. 325-1 à L. 325-3.

Il en est de même lorsque le conducteur ne peut présenter le récépissé attestant du dépôt d'une déclaration préalable ou ne respecte pas les dispositions de l'arrêté prévu à l'article R. 433-5 mentionnées au 8° de cet article.

Art. R. 433-2 *(Mod., D. n° 2011-335, 28 mars 2011 ; D. n° 2017-16, 6 janv. 2017).* – I. – L'autorisation prévue au I de l'article R. 433-1 est délivrée par arrêté du préfet du département du lieu de départ. Elle est valable sur des itinéraires précis ou sur l'ensemble des itinéraires situés sur un réseau routier, départemental ou national, défini dans les conditions prévues à l'article R. 433-2-1.

Pour les transports exceptionnels en provenance de l'étranger, l'autorisation est délivrée par le préfet du département d'entrée en France.

Lorsque le trajet couvre plusieurs départements, l'autorisation est délivrée après accord des préfets des départements traversés. Toutefois, lorsque l'autorisation est délivrée sur un réseau routier défini dans les conditions prévues à l'article R. 433-2-1, l'accord des préfets des départements traversés est présumé donné.

Le préfet peut délivrer des autorisations valables pour plusieurs voyages. Il peut également délivrer des autorisations individuelles permanentes valables pour une durée déterminée qui ne peut excéder trois ans.

L'arrêté du préfet portant autorisation de transport exceptionnel mentionne les mesures à prendre pour faciliter la circulation publique, préserver la sécurité et empêcher tout dommage aux routes, aux ouvrages d'art et aux dépendances du domaine public et, le cas échéant, l'itinéraire à suivre. S'il y a lieu, il est communiqué par le préfet du lieu de départ aux préfets des départements traversés afin de permettre à ces derniers de prendre toutes mesures de police nécessaires.

II. – La déclaration préalable prévue au I *bis* de l'article R. 433-1 est effectuée auprès du préfet du département du lieu de départ. Elle est valable sur l'ensemble des itinéraires situés sur un réseau routier départemental ou national, défini dans les conditions prévues à l'article R. 433-2-1 ainsi que sur d'éventuels raccordements à ce réseau n'excédant pas vingt kilomètres.

Pour les transports exceptionnels en provenance de l'étranger, la déclaration est effectuée auprès du préfet du département d'entrée en France.

La déclaration permet de circuler pendant une durée qui ne peut excéder trois ans.

III. – Le fait pour tout usager de contrevenir aux indications des conducteurs de véhicules de guidage mentionnés à l'article R. 433-17 et mettant en œuvre les mesures de circulation précisées par l'arrêté du préfet autorisant le transport exceptionnel est puni de l'amende prévue pour les contraventions de la quatrième classe.

Art. R. 433-2-1 *(D. n° 2017-16, 6 janv. 2017)*. – Les réseaux routiers départementaux sont définis par arrêté des préfets de département concernés, après avis des autorités gestionnaires des voies empruntées, cet arrêté précise les éventuelles restrictions à la circulation.

Les réseaux routiers nationaux sont définis par arrêté du ministre chargé de la sécurité routière et du ministre chargé des transports en agrégeant les réseaux routiers départementaux définis à l'alinéa précédent.

Art. R. 433-2-2 *(D. n° 2017-16, 6 janv. 2017)*. – La circulation des transports exceptionnels est préalablement signalée aux autorités chargées des services des voiries concernées selon les modalités définies par l'arrêté prévu à l'article R. 433-5.

Le conducteur d'un transport exceptionnel doit justifier avoir procédé au signalement de son passage prévu au premier alinéa en cas de réquisition des agents de l'autorité compétente.

Le fait de contrevenir aux dispositions du deuxième alinéa est puni de l'amende prévue pour les contraventions de la quatrième classe.

L'immobilisation du véhicule peut être prescrite dans les conditions prévues aux articles L. 325-1 à L. 325-3.

Art. R. 433-3 *(Mod., D. n° 2011-368, 4 avr. 2011 ; D. n° 2012-516, 18 avr. 2012)*. – I. – Lorsque des besoins locaux permanents le justifient, le transport de marchandises ou la circulation de véhicules présentant un caractère exceptionnel en raison de leurs dimensions ou de leur masse, lesquelles ne respectent pas les limites réglementaires, peut être réglementé par arrêté du préfet du département dans lequel est effectué le déplacement. Ces dispositions s'appliquent exclusivement aux catégories de véhicules ou de marchandises suivantes :

1° Pièce indivisible de grande longueur ;

2° Bois en grume ;

3° Matériel et engin de travaux publics ;

4° Conteneur.

II. – Le cas échéant, pour les besoins de l'exploitation, ce déplacement peut s'effectuer au-delà du département, mais seulement dans les départements limitrophes et sous réserve que des mesures similaires aient été arrêtées dans ces départements.

III. – L'arrêté du préfet est établi conformément à l'un des arrêtés types prévu au 7° de l'article R. 433-5.

IV. – Le fait de faire circuler un véhicule visé au présent article sans respecter les prescriptions de l'arrêté préfectoral est puni conformément aux dispositions des III, V et VI de l'article R. 433-1.

Art. R. 433-4 *(Mod., D. n° 2012-516, 18 avr. 2012)*. – I. – La circulation des véhicules effectuant des transports exceptionnels est interdite :

1° Sur l'ensemble du réseau routier et autoroutier du samedi ou veille de fête douze heures au lundi ou lendemain de fête six heures ; toutefois, le préfet qui a délivré l'autorisation de transport exceptionnel, peut, en cas de nécessité absolue et en tenant compte des circonstances locales, après avis le cas échéant des préfets des départements traversés, accorder des dérogations à cette interdiction ;

2° Pendant les périodes et sur les itinéraires d'interdiction de circulation des véhicules de transport de marchandises et de transport de matières dangereuses, définis chaque année par arrêté du ministre de l'intérieur et du ministre chargé des transports ;

3° Pendant la fermeture des barrières de dégel, sur les itinéraires qu'elles concernent ;

4° Par temps de neige ou de verglas ou lorsque la visibilité est insuffisante.

II. – Le fait, pour tout conducteur, de ne pas respecter les interdictions de circulation mentionnées au présent article est puni de l'amende prévue pour les contraventions de la quatrième classe.

III. – L'immobilisation du véhicule peut être prescrite dans les conditions prévues aux articles L. 325-1 à L. 325-3.

Art. R. 433-5 *(Mod., D. n° 2012-516, 18 avr. 2012 ; D. n° 2017-16, 6 janv. 2017)*. – Un arrêté conjoint des ministres chargés de la sécurité routière et des transports fixe les conditions d'application de la présente section, et notamment :

1° Les règles particulières de circulation des convois exceptionnels ;

2° Les périodes et les itinéraires d'interdiction de circulation ;

3° Les conditions dans lesquelles les accords des préfets des départements traversés sont recueillis ;

4° Les dispositifs spécifiques de signalisation des convois exceptionnels ainsi que les conditions dans lesquelles le préfet peut les compléter ;

5° Les conditions d'accompagnement des convois ;

6° Les dispositifs de signalisation et d'équipement des véhicules d'accompagnement ;

7° Les arrêtés types préfectoraux mentionnés à l'article R. 433-3 ;

8° Les dimensions et les masses maximales des transports exceptionnels soumis à la déclaration préalable ainsi que les modalités de la procédure de déclaration préalable ;

9° Les conditions et les modalités du signalement préalable du passage d'un transport exceptionnel aux autorités chargées des services des voiries concernées ;

10° Les modalités de définition des réseaux routiers départementaux et nationaux mentionnés à l'article R. 433-2-1.

Art. R. 433-6. – Les dispositions de la présente section ne sont applicables ni aux convois et aux transports militaires ni aux véhicules des unités d'instruction et d'intervention de la sécurité civile, qui font l'objet de règles particulières.

Section II. – Transports exceptionnels de personnes

Art. R. 433-7 *(Mod., D. n° 2011-368, 4 avr. 2011)*. – I. – Lorsque des besoins locaux spécifiques de transport de personnes le justifient, notamment du fait de l'affluence du public et des caractéristiques géographiques du lieu, le préfet du département autorise par arrêté la circulation de véhicules et d'ensembles de véhicules présentant un caractère exceptionnel en raison de leurs dimensions ou de leur masse, ne respectant pas les limites réglementaires, à condition que ces véhicules garantissent la sécurité des personnes et la protection de l'environnement.

II. – L'arrêté du préfet précise les conditions d'utilisation de ces véhicules et les itinéraires empruntés.

III. – Le fait de faire circuler un véhicule visé au présent article sans autorisation préfectorale est puni de l'amende prévue pour les contraventions de la cinquième classe.

Le fait de faire circuler un véhicule visé au présent article sans respecter les prescriptions de l'autorisation préfectorale est puni conformément aux dispositions suivantes :

1° Pour le dépassement du poids du véhicule : il est fait application des dispositions du VII de l'article R. 312-4 prévoyant une ou plusieurs contraventions de la quatrième classe ;

2° Pour le dépassement de la charge maximale par essieu : il est fait application des dispositions du IV de l'article R. 312-6 prévoyant une ou plusieurs contraventions de la quatrième classe ;

3° Pour le non-respect de l'itinéraire autorisé : l'infraction est punie de l'amende prévue pour les contraventions de la cinquième classe ;

4° Pour le non-respect d'une prescription liée à la traversée d'un passage à niveau : l'infraction est punie de l'amende prévue pour les contraventions de la cinquième classe ;

5° Pour le non-respect d'une autre prescription de l'autorisation préfectorale : l'infraction est punie de l'amende prévue pour les contraventions de la quatrième classe.

Toutefois, pour les dimensions du chargement ou le nombre de personnes transportées, l'infraction est punie de l'amende prévue pour les contraventions de la cinquième classe lorsque le dépassement excède les limites de l'autorisation de plus de 20 %.

IV. – *(Suppr., D. n° 2011-368, 4 avr. 2011)*.

V. – La récidive de la contravention prévue aux 3° et 4° du III est réprimée conformément à l'article 132-11 du Code pénal.

VI. – Lorsque le conducteur ne peut présenter l'autorisation préfectorale ou n'en respecte pas les dispositions, l'immobilisation du véhicule peut être prescrite dans les conditions prévues aux articles L. 325-1 à L. 325-3.

Section III. – Ensembles de véhicules comportant plus d'une remorque

Art. R. 433-8 *(Mod., D. n° 2011-368, 4 avr. 2011)*. – La circulation des ensembles de véhicules comprenant plus d'une remorque est interdite.

Toutefois, est autorisée la circulation des ensembles comprenant deux remorques, dans des conditions fixées par arrêté du ministre chargé des transports, et des trains doubles.

Par ailleurs, la circulation des autres ensembles comprenant plusieurs remorques ou des ensembles composés d'un véhicule articulé et d'une remorque est autorisée sous réserve d'avoir obtenu une autorisation du préfet délivrée dans les conditions prévues pour les transports exceptionnels de marchandises, d'engins ou de véhicules.

Le fait, pour tout conducteur, de faire circuler un ensemble de véhicules sans respecter les conditions fixées par le présent article ou sans l'autorisation préfectorale exigée ou sans en respecter les prescriptions est puni de l'amende prévue pour les contraventions de la quatrième classe.

L'immobilisation du véhicule peut être prescrite dans les conditions prévues aux articles L. 325-1 à L. 325-3.

Section IV. – Transports de bois ronds

(D. n° 2009-780, 23 juin 2009)

Art. R. 433-9 *(D. n° 2009-780, 23 juin 2009)*. – Les transports de bois ronds présentant un caractère exceptionnel en raison de leur poids, excédant la limite réglementaire de 40 tonnes de poids total roulant autorisé pour les ensembles de véhicules de plus de quatre essieux, sont autorisés dans les conditions prévues à la présente section.

Constitue un bois rond toute portion de tronc ou de branche d'arbre obtenue par tronçonnage.

Art. R. 433-10 *(En vigueur à compter du 9 juill. 2009, D. n° 2009-780, 23 juin 2009)*. – À l'intérieur d'un département, les itinéraires sur lesquels la circulation des véhicules transportant des bois ronds est autorisée dans les conditions prévues à la présente section, sont définis par un arrêté du préfet, pris après consultation des gestionnaires du domaine routier pour ce qui concerne les voies relevant de leur compétence. Ils disposent d'un délai de deux mois pour émettre leur avis.

Le préfet fixe par le même arrêté les conditions de circulation des véhicules concernés.

Les itinéraires sont déterminés afin de permettre la desserte des massifs forestiers et des industries de la première transformation du bois en veillant à la continuité entre départements.

Art. R. 433-11 *(D. n° 2009-780, 23 juin 2009)*. – L'existence d'une alternative économiquement viable au transport routier s'apprécie pour chaque liaison au regard des critères de coût, de délais d'acheminement et de qualité de service.

Les entreprises réceptionnaires de bois ronds remettent aux transporteurs une attestation sur l'honneur faisant état d'une absence d'alternative économiquement viable au transport routier. Une copie de cette attestation est en permanence à bord de chaque véhicule concerné.

Les entreprises réceptionnaires de bois ronds dont le chiffre d'affaires est supérieur à cinq millions d'euros établissent annuellement un plan de transport qu'elles communiquent au préfet de région à sa demande. L'entreprise dispose d'un délai d'un mois après la demande du préfet de région pour adresser son plan de transport. Ce plan présente les flux de transport de bois ronds approvisionnant l'entreprise, et précise les modes et les itinéraires utilisés à partir d'une analyse des alternatives économiquement viables au transport routier. Il précise les modalités prises par l'entreprise pour s'assurer du respect des charges autorisées fixées à l'article R. 433-12.

Lorsqu'il estime que le plan de transport établi par l'entreprise ne permet pas de justifier d'une absence d'alternative économiquement viable au transport routier, le préfet en informe l'entreprise et l'invite à faire valoir ses observations dans un délai de deux mois. Si le préfet confirme son appréciation, il met en demeure l'entreprise qui dispose d'un délai de deux mois pour procéder aux modifications nécessaires et adapter ses choix modaux.

Le préfet de région peut également demander que lui soit communiqué un bilan d'exécution du plan de transport de l'entreprise réceptionnaire selon une périodicité annuelle. L'entreprise précise les modifications intervenues ou envisagées.

Le fait, pour l'entreprise réceptionnaire des bois ronds, de ne pas communiquer au préfet de région le plan de transport ou le bilan de son exécution conformément aux dispositions des troisième et cinquième alinéas du présent article est puni de l'amende prévue pour les contraventions de la quatrième classe.

Le fait, pour l'entreprise réceptionnaire des bois ronds, après mise en demeure par le préfet de région demeurée sans effet, de ne pas recourir à un mode de transport non routier constituant une alternative économiquement viable au transport routier est puni de l'amende prévue pour les contraventions de la cinquième classe.

L'entreprise de transport s'assure de la présence de l'attestation prévue au deuxième alinéa à bord des véhicules. L'absence de ces documents à bord est punie de l'amende prévue par les contraventions de la quatrième classe.

Un arrêté du ministre chargé des transports fixe les modalités d'application du présent article.

Art. R. 433-12 *(D. n° 2009-780, 23 juin 2009 ; D. n° 2011-368, 4 avr. 2011).* – Le poids total roulant autorisé d'un véhicule articulé, d'un ensemble composé d'un véhicule à moteur et d'une remorque ou d'un train double ne peut excéder :

48 tonnes pour les véhicules articulés ou les trains routiers à 5 essieux ;

57 tonnes pour les véhicules articulés et les trains routiers à 6 essieux et plus ;

57 tonnes pour les ensembles composés d'un train double à 7 essieux et plus.

Un arrêté du ministre chargé des transports fixe les conditions d'application des limites des poids totaux roulants autorisés précités.

En outre, les véhicules et ensembles de véhicules concernés sont soumis aux dispositions de l'article R. 321-17.

Toute infraction aux dispositions du présent article ou à celles prises pour son application est punie conformément aux dispositions du VII de l'article R. 312-4.

La récidive de la contravention prévue à l'alinéa précédent est réprimée conformément à l'article 132-11 du Code pénal.

En cas de dépassement excédant 5 % du poids autorisé, l'immobilisation du véhicule peut être prescrite dans les conditions prévues aux articles L. 325-1 à L. 325-3 du présent code.

NB : Dispositions particulières et transitoires pour les ensembles de véhicules mis en circulation avant le 9 juillet 2009 et disposant d'une attestation de caractéristiques techniques établie dans le cadre des dispositions applicables avant cette date au transport de bois ronds : V. D. n° 2009-780, 23 juin 2009, art. 4, III.

Art. R. 433-13 *(En vigueur à compter du 9 juill. 2009, D. n° 2009-780, 23 juin 2009).* – Les dispositions réglementaires relatives aux charges maximales à l'essieu pour les ensembles de véhicules effectuant un transport de bois ronds sont celles prévues aux articles R. 312-5 et R. 312-6.

NB : Dispositions particulières et transitoires concernant les charges maximales à l'essieu autorisées pour les ensembles de véhicules mis en circulation avant le 9 juillet 2009 et disposant d'une attestation de caractéristiques techniques établie dans le cadre des dispositions applicables avant cette date au transport de bois ronds : V. D. n° 2009-780, 23 juin 2009, art. 4, IV.

Art. R. 433-14 *(En vigueur à compter du 9 juill. 2009, D. n° 2009-780, 23 juin 2009).* – Tout ensemble de véhicules de plus de 44 tonnes de poids total roulant autorisé qui effectue un transport de bois ronds doit disposer d'un équipement ou de documents se trouvant à bord permettant au conducteur de connaître le poids total roulant réel de l'ensemble.

Le non-respect de cette disposition est puni de l'amende prévue pour les contraventions de la quatrième classe.

NB : Dispositions applicables à compter du 1er juillet 2010 pour les véhicules neufs et à compter du 1er janvier 2015 pour l'ensemble des véhicules, D. n° 2009-780, 23 juin 2009, art. 4, II.

Art. R. 433-15 *(En vigueur à compter du 9 juill. 2009, D. n° 2009-780, 23 juin 2009).* – La longueur totale des ensembles de véhicules composés d'un tracteur équipé d'une grue et d'un arrière-train forestier ne peut excéder 18,75 mètres.

En cas de non-respect de ces dispositions, il est fait application des IV, V, VI et VII de l'article R. 312-11.

Art. R. 433-16 *(En vigueur à compter du 9 juill. 2009, D. n° 2009-780, 23 juin 2009).* – I. – La circulation des véhicules transportant des bois ronds est interdite :

a) Sur autoroute pour les ensembles de véhicules qui ne pourraient pas atteindre une vitesse en palier de 50 km/h ;

b) Sur l'ensemble du réseau routier et autoroutier du samedi ou veille de fête à 12 heures au lundi et lendemain de fête à 6 heures. Toutefois, le préfet peut, en cas de nécessité absolue et en tenant compte des circonstances locales, accorder des dérogations à cette interdiction ;

c) Par temps de neige ou de verglas ou lorsque la visibilité est insuffisante.

II. – Le fait, pour tout conducteur, de ne pas respecter les interdictions de circulation mentionnées au présent article est puni de l'amende prévue pour les contraventions de la quatrième classe.

III. – L'immobilisation du véhicule peut être prescrite dans les conditions prévues aux articles L. 325-1 à L. 325-3.

Section V. – Accompagnement des transports exceptionnels

(D. n° 2011-335, 28 mars 2011)

Art. R. 433-17 *(D. n° 2011-335, 28 mars 2011)*. – L'accompagnement des transports exceptionnels est constitué par des véhicules de protection et des véhicules de guidage.

Au sens de la présente section, on entend par :

– véhicules de protection : le véhicule pilote placé devant le convoi ou le train de convois et le véhicule de protection arrière qui suit le convoi ou le train de convois ;

– véhicules de guidage : le ou les véhicules destinés à guider le convoi ou le train de convois.

Un arrêté conjoint des ministres chargés des transports et de l'intérieur fixe les caractéristiques applicables à ces véhicules.

Art. R. 433-18 *(D. n° 2011-335, 28 mars 2011)*. – I. – Tout conducteur de véhicule de protection ou de véhicule de guidage destiné à l'accompagnement des transports exceptionnels doit avoir, préalablement à l'exercice de son activité de conduite, satisfait à une obligation de formation professionnelle initiale comportant la fréquentation de cours et sanctionnée par un examen.

La formation destinée aux conducteurs de véhicules de protection est accessible aux personnes titulaires du permis de conduire de la catégorie B, dont le délai probatoire défini à l'article L. 223-1 est expiré.

La formation destinée aux conducteurs de véhicules de guidage est accessible aux personnes âgées de vingt et un ans au moins et titulaires des permis de conduire des catégories A et B dont le délai probatoire défini à l'article L. 223-1 est expiré, ainsi que de l'attestation de formation aux premiers secours ou de prévention et secours civiques de niveau 1.

II. – Pour s'établir en France, est considéré comme qualifié pour exercer les activités mentionnées au I tout ressortissant d'un État membre de l'Union européenne ou d'un État partie à l'accord sur l'Espace économique européen, dès lors qu'il produit les pièces justificatives émanant de l'autorité compétente d'un de ces États prouvant qu'il possède la qualification conforme aux conditions fixées par le présent code pour y exercer ces activités.

III. – Par dérogation au I, tout ressortissant d'un État membre de l'Union européenne ou d'un État partie à l'accord sur l'Espace économique européen, légalement établi, pour l'exercice des activités mentionnées au I, dans un de ces États, peut exercer ces activités de façon temporaire et occasionnelle en France.

Toutefois, lorsque ces activités ou la formation y conduisant ne sont pas réglementées dans l'État d'établissement, le prestataire doit avoir exercé ces activités dans cet État pendant au moins deux ans au cours des dix années qui précèdent la prestation.

Lorsque le prestataire fournit pour la première fois une prestation en France, il en informe au préalable l'autorité compétente par une déclaration écrite qui donne lieu à une vérification de ses qualifications professionnelles. Les conditions d'application du présent alinéa sont fixées par arrêté du ministre chargé des transports.

IV. – Les fonctionnaires des services actifs de la police nationale et les militaires de la gendarmerie nationale ayant cessé leur activité sont dispensés de l'obligation de formation professionnelle initiale mentionnée au I s'ils ont exercé une activité d'escorte des transports exceptionnels durant les cinq années qui précèdent leur reprise d'activité en qualité de conducteur de véhicule d'accompagnement.

Cette situation est justifiée par une attestation d'exercice de l'activité de conducteur de véhicule d'escorte de transports exceptionnels délivrée, selon le cas, par l'autorité civile ou militaire dont dépendait le conducteur lorsqu'il était en activité. Le contenu de cette attestation est fixé par arrêté du ministre chargé des transports.

V. – Tout conducteur de véhicule de protection ou de véhicule de guidage doit effectuer un stage de formation continue tous les cinq ans.

Les conducteurs mentionnés au I doivent effectuer leur premier stage de formation professionnelle continue cinq ans après l'obtention de l'attestation de formation professionnelle initiale.

Les conducteurs mentionnés au IV doivent effectuer leur premier stage de formation continue dans un délai de deux ans après leur reprise d'activité en qualité de conducteur de véhicule d'accompagnement des transports exceptionnels.

Art. R. 433-19 *(D. n° 2011-335, 28 mars 2011 ; D. n° 2016-1550, 17 nov. 2016)*. – I. – Le programme, la durée et les modalités de mise en œuvre des formations prévues à l'article R. 433-18 sont fixés par arrêté du ministre chargé des transports.

II. – Les formations mentionnées à l'article R. 433-18 sont dispensées dans le cadre des établissements agréés mentionnés aux articles R. 3314-19 à R. 3314-24 du Code des transports.

III. – L'organisme de formation délivre au conducteur ayant satisfait aux obligations de formation initiale ou continue mentionnées à l'article R. 433-18 une attestation dont le contenu est défini par arrêté du ministre chargé des transports.

Art. R. 433-20 *(D. n° 2011-335, 28 mars 2011)*. – Tout conducteur de véhicule de protection ou de guidage doit être en mesure de justifier de la régularité de sa situation au regard des obligations de formation professionnelle initiale et continue par la présentation, sur leur demande, aux agents de l'autorité compétente, selon le cas, de l'attestation en cours de validité mentionnée au II de l'article R. 433-18 ou de l'attestation de formation en cours de validité mentionnée au III de l'article R. 433-19.

Le fait, pour tout conducteur de véhicule de protection ou de guidage, de ne pas présenter immédiatement l'attestation en cours de validité prévue au premier alinéa est puni de l'amende prévue pour les contraventions de la quatrième classe.

L'immobilisation du convoi peut être également prescrite dans les conditions prévues aux articles L. 325-1 à L. 325-3.

CHAPITRE IV. – CONVOIS ET VÉHICULES À TRACTION ANIMALE

Art. R. 434-1. – I. – Sauf dans le cas d'un transport exceptionnel ou d'un convoi de véhicules, il ne peut être attelé :

1° Aux véhicules servant au transport des marchandises, plus de cinq chevaux ou bêtes de trait s'il s'agit de véhicules à deux roues, plus de six bœufs ou de huit chevaux ou autres bêtes de trait s'il s'agit de véhicules à quatre roues sans que, dans ce dernier cas, il puisse y avoir plus de cinq animaux en enfilade ;

2° Aux véhicules servant au transport de personnes, plus de trois chevaux s'il s'agit de véhicules à deux roues, plus de six s'il s'agit de véhicules à quatre roues.

II. – Toutefois, cette limitation du nombre des animaux d'attelage n'est pas applicable sur les sections de route offrant des rampes d'une déclivité ou d'une longueur exceptionnelles.

III. – Le fait de contrevenir aux dispositions du présent article est puni de l'amende prévue pour les contraventions de la deuxième classe.

Art. R. 434-2. – Pour un convoi de deux véhicules, le nombre d'animaux attelés ne peut dépasser quatre pour le premier et deux, attelés de front, pour le deuxième.

Pour un convoi de trois véhicules, seul le premier peut avoir deux animaux attelés, les deuxième et troisième ne devant en comporter qu'un seul.

Les animaux attelés au deuxième véhicule et, éventuellement, au troisième doivent être attachés à l'arrière du véhicule qui les précède et de manière que chacun de ces véhicules ne puisse s'écarter sensiblement de la voie suivie par le précédent.

Le fait de contrevenir aux dispositions du présent article est puni de l'amende prévue pour les contraventions de la deuxième classe.

Art. R. 434-3. – Par dérogation à l'article R. 412-6, un convoi de véhicules à traction animale peut ne comporter qu'un seul conducteur sous réserve que le convoi ne comprenne pas plus de trois véhicules.

Ce conducteur, s'il n'est pas à pied, doit se trouver sur le premier véhicule.

Le fait de contrevenir aux dispositions du présent article est puni de l'amende prévue pour les contraventions de la deuxième classe.

Art. R. 434-4. – Quand le nombre de bêtes de trait d'un attelage est supérieur à six ou excède cinq en enfilade, il doit être adjoint un aide au conducteur.

Le fait de contrevenir aux dispositions du présent article est puni de l'amende prévue pour les contraventions de la deuxième classe.

CHAPITRE V. – AUTRES VÉHICULES

(D. n° 2005-1655, 26 déc. 2005)

Section I. – Véhicules et matériels agricoles ou forestiers

Art. R. 435-1 *(Mod., D. n° 2010-774, 8 juill. 2010 ; D. n° 2016-1521, 10 nov. 2016)*. – I. – La circulation des machines agricoles ou forestières automotrices définies au 5.4 de l'article R. 311-1 à deux essieux, ainsi que des machines et instruments agricoles ou forestiers remorqués définis au 5.3 de l'article R. 311-1 à deux essieux, et dont les poids dépassent les limites réglementaires définies au chapitre II du livre III du présent code sans excéder ni un poids total autorisé en charge de 26 tonnes, ni une charge à l'essieu de 14 tonnes, est soumise à des règles particulières fixées par arrêté conjoint du ministre chargé des transports et du ministre de l'intérieur..

Cet arrêté précise notamment :

1° Les périodes et les itinéraires d'interdiction de circulation ;

2° Les dispositifs spécifiques de signalisation ;

3° Les conditions et les modalités d'accompagnement ;

4° Les équipements spécifiques liés aux conditions de leur exploitation.

II. – Le fait de contrevenir aux dispositions du présent article et à celles prises pour son application est puni de l'amende prévue pour les contraventions de la quatrième classe.

III. – L'immobilisation du véhicule peut être prescrite dans les conditions prévues aux articles L. 325-1 à L. 325-3.

Art. R. 435-2 *(D. n° 2016-1521, 10 nov. 2016)*. – I. – La circulation des machines agricoles ou forestières automotrices définies au 5.4 de l'article R. 311-1 à deux essieux, ainsi que des machines et instruments agricoles ou forestiers remorqués définis au 5.3 de l'article R. 311-1 à deux essieux, et dont les poids dépassent les limites réglementaires définies au chapitre II du livre III du présent code sans excéder ni un poids total autorisé en charge de 26 tonnes, ni une charge à l'essieu de 14 tonnes, est soumise à des règles particulières fixées par arrêté conjoint du ministre chargé des transports et du ministre de l'Intérieur.

Cet arrêté précise notamment :

1° Les périodes et les itinéraires d'interdiction de circulation ;

2° Les dispositifs spécifiques de signalisation ;

3° Les conditions et modalités d'accompagnement ;

4° Les équipements spécifiques liés aux conditions de leur exploitation.

II. – Le fait de contrevenir aux dispositions du présent article et à celles prises pour son application est puni de l'amende prévue pour les contraventions de la quatrième classe.

III. – L'immobilisation du véhicule peut être prescrite dans les conditions prévues aux articles L. 325-1 à L. 325-3.

Section II. – Ensembles forains

Art. R. 435-3 *(Mod., D. n° 2010-774, 8 juill. 2010)*. – I. – La circulation des ensembles forains transportant des équipements ou animaux destinés à la présentation d'une attraction foraine, dont la longueur dépasse les limites réglementaires définies au chapitre II du livre III du présent code sans excéder 30 mètres, est soumise à des règles particulières fixées par un arrêté conjoint du ministre chargé des transports et du ministre de l'intérieur. Chacun des éléments composant cet ensemble doit respecter les limites réglementaires précitées.

Cet arrêté précise notamment :

1° Les périodes et les itinéraires d'interdiction de circulation ;

2° Les dispositifs spécifiques de signalisation ;

3° Les conditions et les modalités d'accompagnement.

II. – Le fait de contrevenir aux dispositions du présent article et à celles prises pour son application est puni de l'amende prévue pour les contraventions de la quatrième classe.

III. – L'immobilisation du véhicule peut être prescrite dans les conditions prévues aux articles L. 325-1 à L. 325-3.

Section III. – Véhicules automoteurs spéciaux

Art. R. 435-4 *(D. n° 2016-1521, 10 nov. 2016).* – I. – La circulation des dépanneuses définies au 6.8 de l'article R. 311-1 à quatre essieux et dont les poids dépassent les limites réglementaires définies au chapitre II du livre III du présent code sans excéder ni une charge à l'essieu de 14 tonnes, ni un poids total autorisé en charge de 48 tonnes, ni un poids total roulant autorisé de 60 tonnes, est soumise à des règles particulières fixées par arrêté conjoint du ministre chargé des transports et du ministre de l'Intérieur.

Cet arrêté précise notamment :

1° Les périodes et les itinéraires d'interdiction de circulation ;

2° Les dispositifs spécifiques de signalisation ;

3° Les équipements spécifiques liés aux conditions de leur exploitation.

II. – Le fait de contrevenir aux dispositions du présent article et à celles prises pour son application est puni de l'amende prévue pour les contraventions de la quatrième classe.

III. – L'immobilisation du véhicule peut être prescrite dans les conditions prévues aux articles L. 325-1 à L. 325-3.

Art. R. 435-5 *(D. n° 2016-1521, 10 nov. 2016).* – I. – La circulation, dans le cadre de leur mission, des véhicules d'intérêt général prioritaire de lutte contre l'incendie définis au 6.5 de l'article R. 311-1 à trois ou quatre essieux et dont les poids et dimensions dépassent les limites réglementaires définies au chapitre II du livre III du présent code, sans excéder ni une charge à l'essieu de 14 tonnes, ni un poids total autorisé en charge de 42 tonnes pour les véhicules à trois essieux ou de 56 tonnes pour les véhicules à quatre essieux, ni une largeur de 3 mètres, est soumise à des règles particulières fixées par arrêté conjoint du ministre chargé des transports et du ministre de l'Intérieur.

Cet arrêté précise notamment :

1° Les dispositifs spécifiques de signalisation ;

2° Les équipements spécifiques liés aux conditions de leur exploitation.

II. – Le fait de contrevenir aux dispositions du présent article et à celles prises pour son application est puni de l'amende prévue pour les contraventions de la quatrième classe.

III. – L'immobilisation du véhicule peut être prescrite dans les conditions prévues aux articles L. 325-1 à L. 325-3.

Art. R. 435-6 *(D. n° 2017-15, 6 janv. 2017).* – I. – La circulation d'un bateau amphibie défini au 6.12 de l'article R. 311-1 est soumise à une déclaration préalable auprès du préfet de département du point d'entrée sur le domaine public routier.

Un arrêté conjoint du ministre chargé des transports et du ministre chargé de la sécurité routière fixe les conditions d'application du présent I, notamment :

1° Le contenu et les modalités de la déclaration préalable et de délivrance du récépissé de déclaration ;

2° Les règles particulières de circulation des bateaux amphibies ;

3° Les dispositifs de signalisation et d'équipement de ces bateaux.

II. – Le fait de faire circuler un bateau amphibie sans avoir procédé à la déclaration préalable et obtenu un récépissé de déclaration est puni de l'amende prévue pour les contraventions de la cinquième classe.

Le fait de faire circuler un bateau amphibie sans respecter les prescriptions du récépissé de déclaration préalable ou les dispositions de l'arrêté prévu au deuxième alinéa du I est puni de l'amende prévue pour les contraventions de la quatrième classe.

Le fait de ne pas présenter le récépissé de déclaration préalable immédiatement aux agents de l'autorité compétente est puni de l'amende prévue pour les contraventions de la première classe.

III. – L'immobilisation du véhicule peut être prescrite dans les conditions prévues aux articles L. 325-1 à L. 325-3.

TITRE IV. – DISPOSITIONS RELATIVES À L'OUTRE-MER

CHAPITRE I. – DISPOSITIONS PARTICULIÈRES À LA COLLECTIVITÉ TERRITORIALE DE SAINT-PIERRE-ET-MIQUELON

Art. R. 441-1. – Pour l'application des dispositions du présent livre dans la collectivité territoriale de Saint-Pierre-et-Miquelon, les termes énumérés ci-après sont remplacés comme suit :

1° « départementales » par « territoriales » ;

2° « départementale » par « territoriale » ;
3° « département » par « collectivité territoriale » ;
4° « service départemental de la jeunesse et des sports » par « direction territoriale de la jeunesse et des sports » ;
5° « départements » par « collectivité territoriale » ;
6° « départementaux » par « territoriaux » ;
7° « directeur départemental de l'équipement » par « directeur de l'équipement » ;
8° « départemental » par « territorial ».

Art. R. 441-2. – L'article R. 411-1 n'est pas applicable dans la collectivité territoriale de Saint-Pierre-et-Miquelon.

Art. R. 441-3. – Les règles relatives aux modalités d'application de l'article L. 131-3 du Code des communes applicable dans la collectivité territoriale de Saint-Pierre-et-Miquelon concernant les routes à grande circulation sont fixées par l'article R. 131-3 du même code.

Art. R. 441-4. – Pour l'application de l'article R. 411-5 dans la collectivité territoriale de Saint-Pierre-et-Miquelon, les références aux articles L. 2215-1 et L. 3221-5 du Code général des collectivités territoriales sont remplacées par les références à l'article L. 131-13 du Code des communes applicable dans cette collectivité et au deuxième alinéa du III de l'article 34 de la loi n° 82-213 du 2 mars 1982 relative aux droits et libertés des communes des départements et des régions.

Art. R. 441-5. – Pour l'application de l'article R. 411-24 dans la collectivité territoriale de Saint-Pierre-et-Miquelon les références aux articles L. 2213-4 et L. 2215-3 du Code général des collectivités territoriales sont remplacées par les références aux articles L. 131-4-1 et L. 131-14-1 du Code des communes applicable dans cette collectivité.

CHAPITRE II. – DISPOSITIONS APPLICABLES DANS LA COLLECTIVITÉ TERRITORIALE DE MAYOTTE

Art. R. 442-1. – Pour l'application des dispositions du présent livre dans la collectivité territoriale de Mayotte les termes énumérés ci-après sont remplacés comme suit :
1° « départementales » par « territoriales » ;
2° « préfet » par « représentant du Gouvernement » ;
3° « départementale » par « territoriale »
4° « département » par « collectivité territoriale » ;
5° « service départemental de la jeunesse et des sports » par « service de la jeunesse et des sports » ;
6° « départements » par « collectivité territoriale » ;
7° « départementaux » par « territoriaux » ;
8° « directeur départemental de l'équipement » par « directeur de l'équipement » ;
9° « départemental » par « territorial ».

Art. R. 442-2. – Les dispositions réglementaires du présent livre sont applicables dans la collectivité territoriale de Mayotte, à l'exception des articles R. 411-1, R. 411-8-1, R. 411-20, R. 411-21, R. 414-17.

Art. R. 442-3. – Les règles relatives aux modalités d'application de l'article L. 131-3 du Code des communes applicable dans la collectivité territoriale de Mayotte concernant les routes à grande circulation sont fixées par l'article R. 131-3 du même code.

Art. R. 442-4. – Les pouvoirs attribués au président du conseil général par les articles R. 411-5, R. 411-7 et R. 422-4 sont exercés par le représentant du Gouvernement.

Art. R. 442-5. – Pour l'application de l'article R. 411-5 dans la collectivité territoriale de Mayotte, la référence à l'article L. 2215-1 du Code général des collectivités territoriales est remplacée par la référence à l'article L. 131-13 du Code des communes applicable dans cette collectivité.

Art. R. 442-6. – Pour l'application de l'article R. 411-24 dans la collectivité territoriale de Mayotte, les références aux articles L. 2213-4 et L. 2215-3 du Code général des collectivités territoriales sont remplacées par les références aux articles L. 131-4-1 et L. 131-14-1 du Code des communes applicable dans cette collectivité.

Art. R. 442-7. – Le représentant du Gouvernement prend les arrêtés prévus par les articles R. 411-18, R. 412-16 et R. 433-5.

Le ministre chargé de l'Outre-Mer signe les arrêtés prévus par les articles R. 411-25, R. 433-1, R. 433-2 et R. 433-4.

Code des assurances

DISPOSITIONS LÉGISLATIVES ET RÉGLEMENTAIRES RELATIVES À L'OBLIGATION D'ASSURANCE

Art. L. 113-3 *(L. n° 81-5, 7 janv. 1981 ; mod., L. n° 2013-504, 14 juin 2013).* – *(Al. mod., L. n° 2019-486, 22 mai 2019)* La prime est payable en numéraire au domicile de l'assureur ou du mandataire désigné par lui à cet effet. Toutefois, la prime peut être payable au domicile de l'assuré ou à tout autre lieu convenu dans les cas et conditions limitativement fixés par décret en Conseil d'État.

À défaut de paiement d'une prime, ou d'une fraction de prime, dans les dix jours de son échéance, et indépendamment du droit pour l'assureur de poursuivre l'exécution du contrat en justice, la garantie ne peut être suspendue que trente jours après la mise en demeure de l'assuré. Au cas où la prime annuelle a été fractionnée, la suspension de la garantie, intervenue en cas de non-paiement, d'une des fractions de prime, produit ses effets jusqu'à l'expiration de la période annuelle considérée. La prime ou fraction de prime est portable dans tous les cas, après la mise en demeure de l'assuré.

L'assureur a le droit de résilier le contrat dix jours après l'expiration du délai de trente jours mentionné au deuxième alinéa du présent article.

Le contrat non résilié reprend pour l'avenir ses effets, à midi le lendemain du jour où ont été payés à l'assureur ou au mandataire désigné par lui à cet effet, la prime arriérée ou, en cas de fractionnement de la prime annuelle, les fractions de prime ayant fait l'objet de la mise en demeure et celles venues à échéance pendant la période de suspension ainsi que, éventuellement, les frais de poursuites et de recouvrement.

Lorsque l'adhésion au contrat résulte d'une obligation prévue par une convention de branche ou un accord professionnel ou interprofessionnel, l'assureur ne peut faire usage des dispositions du présent article relatives à la suspension de la garantie et à la résiliation du contrat.

Les dispositions des deuxième à avant-dernier alinéas du présent article ne sont pas applicables aux assurances sur la vie.

La renonciation à un droit ne peut résulter que d'un acte manifestant sans équivoque la volonté de renoncer. Tel n'est pas le cas de l'encaissement que fait sans réserve l'assureur, après la date de la résiliation, d'une prime venue à échéance antérieurement (■ Cass. crim., 16 mai 2006 : *Bull. crim.* n° 133 ; *D.* 2006, jur., p. 2771, note D. Noguero).

Art. L. 113-8. – Indépendamment des causes ordinaires de nullité, et sous réserve des dispositions de l'article L. 132-26, le contrat d'assurance est nul en cas de réticence ou de fausse déclaration intentionnelle de la part de l'assuré, quand cette réticence ou cette fausse déclaration change l'objet du risque ou en diminue l'opinion pour l'assureur, alors même que le risque omis ou dénaturé par l'assuré a été sans influence sur le sinistre.

Les primes payées demeurent alors acquises à l'assureur, qui a droit au paiement de toutes les primes échues à titre de dommages et intérêts.

Les dispositions du second alinéa du présent article ne sont pas applicables aux assurances sur la vie.

Intention. Justifie sa décision la cour d'appel qui, pour rejeter une demande de nullité du contrat d'assurance et dire que le Fonds de garantie des assurances obligatoires des dommages n'était pas tenu à indemnisation, énonce que la société d'assurance ne rapporte la preuve de la fausse déclaration intentionnelle, à défaut de produire les réponses que l'assuré a apportées aux questions précises qui lui ont été posées lors de la conclusion du contrat, notamment dans le formulaire de déclaration du risque (■ Cass. crim., 18 mars 2014 : *Bull. crim.* n° 82).

Art. L. 211-1 *(Mod., L. n° 2007-1774, 17 déc. 2007)*. **– Toute personne physique ou toute personne morale autre que l'État, dont la responsabilité civile peut être engagée en raison de dommages subis par des tiers résultant d'atteintes aux personnes ou aux biens dans la réalisation desquels un véhicule est impliqué, doit pour faire circuler celui-ci, être couverte par une assurance garantissant cette responsabilité, dans les conditions fixées par décret en Conseil d'État. Pour l'application du présent article, on entend par « véhicule » tout véhicule terrestre à moteur, c'est-à-dire tout véhicule automoteur destiné à circuler sur le sol et qui peut être actionné par une force mécanique sans être lié à une voie ferrée, ainsi que toute remorque, même non attelée.**

Les contrats d'assurance couvrant la responsabilité mentionnée au premier alinéa du présent article doivent également couvrir la responsabilité civile de toute personne ayant la garde ou la conduite, même non autorisée, du véhicule, à l'exception des professionnels de la réparation, de la vente et du contrôle de l'automobile, ainsi que la responsabilité civile des passagers du véhicule objet de l'assurance. Toutefois, en cas de vol d'un véhicule, ces contrats ne couvrent pas la réparation des dommages subis par les auteurs, coauteurs ou complices du vol.

L'assureur est subrogé dans les droits que possède le créancier de l'indemnité contre la personne responsable de l'accident lorsque la garde ou la conduite du véhicule a été obtenue contre le gré du propriétaire.

Ces contrats doivent être souscrits auprès d'une entreprise d'assurance agréée pour pratiquer les opérations d'assurance contre les accidents résultant de l'emploi de véhicules automobiles.

Les membres de la famille du conducteur ou de l'assuré, ainsi que les élèves d'un établissement d'enseignement de la conduite des véhicules terrestres à moteur agréé, en cours de formation ou d'examen, sont considérés comme des tiers au sens du premier alinéa du présent article.

1) **Étendue de la couverture.** En application de l'article L. 211-1, un contrat automobile ne couvre la responsabilité de l'assuré que pour les véhicules désignés aux conditions particulières de la police ; justifie sa décision la cour d'appel qui, constatant qu'au moment de l'accident, dans lequel se trouve impliqué un ensemble routier articulé, la remorque attelée au tracteur du transporteur n'était pas comprise dans les véhicules mentionnés à la police de celui-ci, accueille l'exception de non-assurance présentée par un assureur (■ Cass. crim., 7 juin 1995 : *Bull. crim.* n° 204. ■ Cass. crim., 6 nov. 1996 : *Bull. crim.* n° 395).

2) **Circuit fermé.** Méconnaît ce texte l'arrêt qui, pour déclarer qu'un motocycliste n'était pas assujetti à l'obligation d'assurance, énonce qu'il évoluait en circuit fermé sur un terrain de motocross exploité par une association, hors de toute course, compétition sportive ou épreuve préparatoire (■ Cass. crim., 18 déc. 2000 : *Bull. crim.* n° 270).

3) **Responsabilité civile des parents.** Les dispositions d'ordre public de la loi du 5 juillet 1985 n'excluent pas la responsabilité des parents, recherchés comme civilement responsables.

Dès lors, justifie sa décision la cour d'appel qui écarte l'exception de non-garantie, fondée sur les dispositions relatives à l'assurance obligatoire des véhicules à moteur (article L. 211-1 du Code des assurances) et soulevée par l'assureur de responsabilité de la mère du prévenu, qui a été appelée en cause en qualité de civilement responsable de son enfant mineur, celui-ci ayant été déclaré coupable du vol d'un véhicule et d'homicide involontaire à l'occasion de la conduite de ce véhicule, la victime de l'homicide étant un passager du véhicule volé (■ Cass. crim., 8 févr. 2011, n° 10-81.568 : *JCP* 2011, note 555, p. 927, L. Perdrix).

4) **Action récursoire.** Il résulte de l'article 388-1 du Code de procédure pénale, dont les dispositions sont d'ordre public, que seuls les assureurs appelés à garantir le dommage sont admis à intervenir ou peuvent être mis en cause devant la juridiction répressive saisie de poursuites pour homicides ou blessures involontaires

Selon l'article L. 211-1 du Code des assurances, l'assurance obligatoire des véhicules terrestres à moteur couvre la responsabilité civile de toute personne ayant la garde ou la conduite, même non autorisée du véhicule, l'assureur étant subrogé dans les droits du créancier de l'indemnité contre la personne responsable de l'accident lorsque la garde ou la conduite du véhicule a été obtenue contre le gré du propriétaire.

Pour condamner le commettant du conducteur, à payer à la Mutuelle assureur du véhicule impliqué dans l'accident, la moitié de la somme qu'elle avait versée à la victime à titre de provision, l'arrêt attaqué retient que, dès lors qu'ils ont été l'un et l'autre déclarés tenus à indemniser la victime des conséquences de son préjudice, il sera partiellement fait droit à la demande de la Mutuelle à l'encontre du commettant qui devra lui payer à titre de provision, pour le compte de qui il appartiendra, la somme de 19 000 euros ;

En statuant ainsi, alors que la Mutuelle exerçait contre le commettant du prévenu, conducteur non autorisé du véhicule impliqué dans l'accident, l'action subrogatoire prévue à l'article L. 211-1 du Code des assurances, et que l'assureur du prévenu est sans qualité pour exercer, devant la juridiction pénale une action récursoire contre la personne responsable de l'accident qui a obtenu la garde ou la conduite du véhicule contre le gré du propriétaire, l'arrêt encourt la cassation (■ Cass. crim., 27 mai 2014, n° 13-80.849).

Art. L. 211-1-1 *(L. n° 2020-105, 10 févr. 2020)*. **– Le contrat d'assurance prévu à l'article L. 211-1 prévoit que lorsque l'assuré d'un véhicule techniquement ou économiquement irréparable n'accepte pas la proposition d'indemnisation prévue à l'article L. 327-1 du Code de la route, la résiliation du contrat d'assurance est conditionnée à la fourniture d'un justificatif de destruction du véhicule, de sa réparation ou de souscription d'un contrat auprès d'un nouvel assureur. Un décret précise la nature du justificatif et les modalités de mise en œuvre du présent article.**

L'assureur est tenu de rembourser à l'assuré la partie de prime ou de cotisation qui correspond à la période pendant laquelle le risque n'a pas couru, période calculée à compter de la date de cession du véhicule en vue de sa destruction.

Les dispositions du présent article sont d'ordre public et s'appliquent aux contrats en cours à compter du 1er juillet 2021.

Art. L. 211-2. – Les dispositions de l'article L. 211-1 ne sont pas applicables aux dommages causés par les chemins de fer et les tramways.

Art. L. 211-3 *(Abr., 1er janv. 1997, L. n° 96-314, 12 avr. 1996)*.

Art. L. 211-4 *(L. n° 94-5, 4 janv. 1994 ; mod., L. n° 2007-1774, 17 déc. 2007)*. **– L'assurance prévue à l'article L. 211-1 doit comporter une garantie de la responsabilité civile s'étendant à l'ensemble des territoires des États membres de la Communauté européenne ainsi qu'aux territoires de tout État tiers pour lequel les bureaux nationaux de tous les États membres de la Communauté européenne se portent individuellement garants du règlement des sinistres survenus sur leur territoire et provoqués par la circulation des véhicules ayant leur stationnement habituel dans cet État tiers. Cette garantie, lorsqu'elle est appelée à jouer hors du territoire français, est accordée par l'assureur dans les limites et conditions prévues par la législation nationale de l'État sur le territoire duquel s'est produit le sinistre ou par celle de l'État où le véhicule a son stationnement habituel lorsque la couverture d'assurance y est plus favorable.**

Cette assurance ne peut être résiliée et sa prime ne peut être modifiée au motif d'un séjour du véhicule dans un État membre de la Communauté européenne autre que la France pendant la durée du contrat.

Cette assurance doit également comporter une garantie de la responsabilité civile en cas de sinistre survenant au cours du trajet reliant directement deux territoires où le traité instituant la Communauté économique européenne est applicable, lorsqu'il n'existe pas, pour le territoire parcouru, de bureau national d'assurance.

Dans ce cas, l'assureur n'est tenu de couvrir que les dommages dont peuvent être victimes les ressortissants des États mentionnés au premier alinéa du présent article, dans les conditions prévues par la législation nationale sur l'obligation d'assurance en vigueur dans l'État où le véhicule qui a causé l'accident a son stationnement habituel.

Art. L. 211-4-1 *(L. n° 2007-1774, 17 déc. 2007)*. **– Le véhicule est réputé avoir son lieu de stationnement habituel en France :**

1° Lorsqu'il porte une plaque d'immatriculation qui lui correspond et qui a été délivrée par les autorités françaises ;

2° Lorsque, bien que soumis à l'obligation d'immatriculation en France, il est dépourvu de plaque-d'immatriculation ou porte une plaquette qui ne lui correspond pas ou ne lui correspond plus et que l'accident survient sur le territoire français ;

3° Lorsqu'il n'est pas soumis à l'obligation d'immatriculation et que la personne qui en a la garde est domiciliée en France.

Art. L. 211-5. – Le ***règlement d'administration publique*** **[décret en Conseil d'État] mentionné à l'article L. 211-1 fixe les conditions d'application du présent titre, et notamment l'étendue de la garantie que doit**

comporter le contrat d'assurance, les modalités d'établissement et de validité des documents justificatifs prévus pour l'exercice du contrôle, ainsi que les obligations imparties aux utilisateurs de véhicules en circulation internationale munis d'une lettre de nationalité autre que la lettre française.

Tout contrat d'assurance souscrit par une personne assujettie à l'obligation instituée à l'article L. 211-1 est, nonobstant toutes clauses contraires, réputé comporter des garanties au moins équivalentes à celles fixées dans le règlement d'administration publique prévu à l'alinéa précédent.

Art. L. 211-5-1 *(L. n° 2014-344, 17 mars 2014)*. – Tout contrat d'assurance souscrit au titre de l'article L. 211-1 mentionne la faculté pour l'assuré, en cas de dommage garanti par le contrat, de choisir le réparateur professionnel auquel il souhaite recourir. Cette information est également délivrée, dans des conditions définies par arrêté, lors de la déclaration du sinistre.

II. – L'indication obligatoire prévue au I est applicable aux contrats souscrits postérieurement à la publication de la présente loi ainsi qu'aux contrats à reconduction tacite en cours, pour lesquels la mention doit figurer sur chaque avis d'échéance annuelle de prime ou de cotisation.

Art. L. 211-5-2 *(Créé, L. n° 2020-1508, 3 déc. 2020)*. – Sont nulles les clauses par lesquelles l'assureur interdit à l'assuré, en cas de dommage garanti par un contrat d'assurance souscrit au titre de l'article L. 211-1, la cession à des tiers des créances d'indemnité d'assurance qu'il détient sur lui.

Art. L. 211-6 *(Mod., L. n° 2003-87, 3 févr. 2003)*. – Est réputée non écrite toute clause stipulant la déchéance de la garantie de l'assuré en cas de condamnation pour conduite en état d'ivresse ou sous l'empire d'un état alcoolique ou pour conduite après usage de substances ou plantes classées comme stupéfiants.

Art. L. 211-7. – Les dispositions du présent titre ne portent pas atteinte aux prescriptions réglementaires en vigueur, dans la mesure où ces prescriptions concernent des risques différents ou imposent des obligations plus étendues.

Art. L. 211-7-1 *(L. n° 2019-48, 22 mai 2019)*. – La nullité d'un contrat d'assurance souscrit au titre de l'article L. 211-1 n'est pas opposable aux victimes ou aux ayants droit des victimes des dommages nés d'un accident de la circulation dans lequel est impliqué un véhicule terrestre à moteur ainsi que ses remorques ou semi-remorques.

Dans une telle hypothèse, l'assureur qui garantit la responsabilité civile du fait de ce véhicule, de cette remorque ou de cette semi-remorque, est tenu d'indemniser les victimes de l'accident ou leurs ayants droit. L'assureur est subrogé dans les droits que possède le créancier de l'indemnité contre la personne responsable de l'accident, à concurrence du montant des sommes qu'il a versées.

Un décret en Conseil d'État fixe les autres exceptions de garantie qui ne sont pas opposables aux victimes ou à leurs ayants droit.

....

Art. L. 211-26 *(L. n° 2004-204, 9 mars 2004)*. – Les dispositions du Code de la route réprimant la conduite d'un véhicule terrestre à moteur sans être couvert par une assurance garantissant sa responsabilité civile conformément aux dispositions de l'article L. 211-1 du présent code sont reproduites ci-après :

Art. L. 324-2. – I. – Le fait, y compris par négligence, de mettre ou de maintenir en circulation un véhicule terrestre à moteur ainsi que ses remorques ou semi-remorques sans être couvert par une assurance garantissant sa responsabilité civile conformément aux dispositions de l'article L. 211-1 du Code des assurances est puni de 3 750 € d'amende.

II. – Toute personne coupable de l'infraction prévue au présent article encourt également les peines complémentaires suivantes :

1° La peine de travail d'intérêt général, selon les modalités prévues à l'article 131-8 du Code pénal et selon les conditions prévues aux articles 131-22 à 131-24 du même code ;

2° La peine de jours-amende dans les conditions fixées aux articles 131-5 131-25 du Code pénal ;

3° La suspension, pour une durée de trois ans au plus, du permis de conduire, cette suspension ne pouvant pas être limitée à la conduite en dehors de l'activité professionnelle ;

4° L'annulation du permis de conduire avec interdiction de solliciter la délivrance d'un nouveau permis pendant trois ans au plus ;

5° L'interdiction de conduire certains véhicules terrestres à moteur, y compris ceux pour la conduite desquels le permis de conduire n'est pas exigé, pour une durée de cinq ans au plus ;

6° L'obligation d'accomplir, à ses frais, un stage de sensibilisation à la sécurité routière ;

7° La confiscation du véhicule dont le condamné s'est servi pour commettre l'infraction, s'il en est le propriétaire.

III. – L'immobilisation peut être prescrite dans les conditions prévues aux articles L. 325-1 à L. 325-3.

IV. – Dans les conditions prévues aux articles 495-17 et suivants du Code de procédure pénale, l'action publique peut être éteinte par le versement d'une amende forfaitaire d'un montant de 500 €. Le montant de l'amende forfaitaire minorée est de 400 € et le montant de l'amende forfaitaire majorée de 1 000 €.

Art. L. 211-27 *(Anc. art. L. 211-26, mod., L. n° 85-1407, 30 déc. 1985 ; D. n° 88-260, 18 mars 1988 ; L. n° 94-5, 4 janv. 1994 puis dénum., L. n° 2004-204, 9 mars 2004 ; L. n° 2016-1547, 18 nov. 2016).* **– Les amendes forfaitaires, les amendes de composition pénale et les amendes prononcées pour violation de l'obligation d'assurance prévue par l'article L. 211-1, y compris les amendes qu'une mesure de grâce aurait substituées à l'emprisonnement, sont affectées d'une majoration de 50 p. 100 perçue, lors de leur recouvrement, au profit du fonds de garantie institué par l'article L. 420-1.**

Si la juridiction civile est saisie d'une contestation sérieuse, portant sur l'existence ou la validité de l'assurance, la juridiction pénale appelée à se prononcer sur les poursuites exercées pour violation de l'obligation d'assurance sursoit à statuer jusqu'à ce qu'il ait été jugé définitivement sur la contestation.

Les dispositions du présent article ne sont pas applicables lorsque l'assurance de la responsabilité civile concerne les véhicules ayant leur stationnement habituel sur le territoire d'un État visé à l'article L. 211-4 à l'exception de la France et de Monaco.

………………………………………………………………………………………………

Art. R.* 211-14. – Tout conducteur d'un véhicule mentionné à l'article L. 211-1 doit, dans les conditions prévues aux articles de la présente section, être en mesure de présenter un document faisant présumer que l'obligation d'assurance a été satisfaite.

Cette présomption résulte de la production, aux fonctionnaires ou agents chargés de constater les infractions à la police de la circulation, d'un des documents dont les conditions d'établissement et de validité sont fixées par le décret en Conseil d'État prévu à l'article L. 211-1.

À défaut d'un de ces documents la justification est fournie aux autorités judiciaires par tous moyens.

Sera puni de la peine d'amende prévue pour les contraventions de 2e classe tout conducteur d'un véhicule mentionné à l'article L. 211-1 et non soumis à l'obligation prévue à l'article R. 211-21-1 qui ne sera pas en mesure de présenter un des documents justificatifs prévus aux articles R. 211-15 et R. 211-17. Toutefois, ces dispositions ne sont pas applicables lorsque ce conducteur est passible de la sanction prévue à l'alinéa suivant.

Sera punie de la peine d'amende prévue pour les contraventions de la 4e classe toute personne qui, invitée à justifier dans un délai de cinq jours de la possession d'un des documents mentionnés à l'alinéa précédent, n'aura pas présenté ce document avant l'expiration de ce délai.

Les documents justificatifs prévus au présent article n'impliquent pas une obligation de garantie à la charge de l'assureur.

Art. R. 211-14-1. – Les dispositions de l'article R. 211-14 ne sont pas applicables aux conducteurs de véhicules ayant leur stationnement habituel au sens de l'article L. 211-4 sur le territoire d'un État, autre que la France et Monaco, visé au même article. Toutefois, tout conducteur dont le véhicule est immatriculé dans un État membre de l'Union européenne autre que la France ou immatriculé dans un État tiers mais en provenance d'un État membre doit être en mesure de produire, à l'occasion de contrôles de police effectués dans une finalité ne visant pas exclusivement à vérifier le respect de l'obligation d'assurance, un des documents justificatifs prévus aux articles R. 211-22 ou R. 211-23, ou de prouver par tout autre moyen qu'il est assuré.

Art. R. 211-15. – Pour l'application de l'article R. 211-14, l'entreprise d'assurance doit délivrer, sans frais, un document justificatif pour chacun des véhicules couverts par la police.

Si la garantie du contrat s'applique à la fois à un véhicule à moteur et à ses remorques ou semi-remorques, un seul document justificatif peut être délivré, à la condition qu'il précise le type des remorques ou semi-remorques qui peuvent être utilisées avec le véhicule ainsi que, le cas échéant, leur numéro d'immatriculation.

Pour les véhicules utilisés dans le cadre d'une activité de transport public particulier de personnes, si le document justificatif ne mentionne pas que la garantie du contrat couvre le transport de personnes effectué à titre onéreux, il est complété d'un justificatif qui en atteste.

Pour les contrats d'assurance concernant les personnes mentionnées à l'article R. 211-3, le document justificatif doit être délivré par l'entreprise d'assurance en autant d'exemplaires qu'il est prévu par le contrat.

Le document justificatif doit mentionner :

a) la dénomination et l'adresse de l'entreprise d'assurance ;

b) les nom, prénoms et adresse du souscripteur du contrat ;

c) le numéro de la police d'assurance ;

d) la période d'assurance correspondant à la prime ou portion de prime payée ;

e) les caractéristiques du véhicule, notamment son numéro d'immatriculation ou, à défaut, et, s'il y a lieu, le numéro du moteur.

Par dérogation aux dispositions ci-dessus, le document justificatif délivré aux professionnels de la réparation, de la vente ou du contrôle de l'automobile, ne comporte pas les indications prévues au e. Il mentionne par ailleurs la profession du souscripteur et, en termes apparents, le mot : « Garage ».

Tout conducteur d'un véhicule qui présente aux autorités chargées du contrôle le document justificatif comportant les mentions précisées à l'alinéa précédent doit en outre être en mesure de justifier que la conduite du véhicule lui a été confiée par une des personnes mentionnées au premier alinéa de l'article R. 211-3.

Art. R. 211-16.** – La présomption qu'il a été satisfait à l'obligation d'assurance est établie par le document justificatif pour la période mentionnée sur ce document. Toutefois, cette présomption subsiste un mois à compter de l'expiration de cette période.

Art. R. 211-17.** – Le document justificatif mentionné à l'article R. 211-15 est délivré dans un délai maximal de quinze jours à compter de la souscription du contrat et renouvelé lors du paiement des primes ou portions de primes subséquentes.

Faute d'établissement immédiat de ce document, l'entreprise d'assurance délivre sans frais, à la souscription du contrat ou en cours de contrat, une attestation provisoire qui établit la présomption d'assurance pendant la période qu'elle détermine, dont la durée ne peut excéder un mois.

Sera puni de la peine d'amende prévue pour les contraventions de deuxième classe tout assureur qui aura refusé de délivrer un des documents justificatifs mentionnés au présent article.

Cette attestation, qui est éventuellement établie en autant d'exemplaires que le document justificatif correspondant, doit mentionner :

- la dénomination et l'adresse de l'entreprise d'assurance ;
- les nom, prénoms et adresse du souscripteur du contrat ;
- la nature et le type du véhicule ou, en ce qui concerne les contrats d'assurance mentionnés à l'article R. 211-3 [*souscrits par les vendeurs ou réparateurs de véhicules*], la profession du souscripteur ;
- la période pendant laquelle elle est valable.

La carte internationale d'assurance, dite « carte verte », délivrée par le bureau central français des sociétés d'assurances contre les accidents d'automobile, vaut comme document justificatif pendant sa période de validité. La présomption qu'il a été satisfait à l'obligation d'assurance, établie par la carte internationale d'assurance, subsiste un mois à compter de l'expiration de cette période.

La prolongation d'un mois de la présomption mentionnée à l'article R. 211-16 ne s'applique pas à l'attestation provisoire mentionnée au deuxième alinéa.

Art. R. 211-18.** – Pour l'utilisation des véhicules appartenant à l'État ou mis à sa disposition, non couverts par un contrat d'assurance et n'ayant pas fait l'objet d'une immatriculation spéciale, il est établi une attestation de propriété par l'autorité administrative compétente.

Aucune attestation ne peut être délivrée par une autorité qui n'aurait pas reçu délégation à cet effet.

Art. R. 211-19.** – Un arrêté conjoint du ministre de l'Économie et des Finances, du garde des Sceaux, ministre de la Justice, du ministre de l'Intérieur, du ministre de la Défense et du ministre chargé des Transports fixe la forme en laquelle doivent être établis les documents prévus aux articles R. 211-15 et R. 211-18.

Art. R. 211-20.** – En cas de perte ou de vol des documents prévus à la présente section, l'assureur ou l'autorité compétente en délivre un duplicata sur la simple demande de la personne au profit de qui le document original a été établi.

Art. R. 211-21** *(D. n° 94-182, 1er mars 1994)*. – Les véhicules immatriculés dans un département ou un territoire français d'outre-mer ou dans la collectivité territoriale de Mayotte, ainsi que les véhicules non soumis à immatriculation dont le lieu de stationnement habituel est situé dans un de ces départements ou territoires ou dans la collectivité territoriale de Mayotte, sont soumis aux dispositions de la présente section lorsqu'ils circulent en France métropolitaine.

Toutefois, en ce qui concerne ces véhicules, sont également admis, à titre de document justificatif, les documents prévus aux articles R. 211-22 et R. 211-23 *[carte internationale dite « carte verte » ou document d'« assurance frontière »]*.

§ 2. – Le certificat d'assurance

Art. R.* 211-21-1 *(Mod., D. n° 2001-251, 22 mars 2001)*. – Tout souscripteur d'un contrat d'assurance prévu par l'article L. 211-1 doit apposer sur le véhicule automoteur assuré, dans les conditions fixées par un arrêté du ministre chargé de l'Économie, le certificat d'assurance décrit aux articles R. 211-21-2 et R. 211-21-3, alinéa 2.

Les dispositions de l'alinéa 1er sont applicables aux véhicules à moteur dont le poids total autorisé en charge est inférieur ou égal à 3,5 tonnes, à l'exception des véhicules et matériels agricoles ou de travaux publics, des engins spéciaux et des véhicules circulant avec un certificat d'immatriculation spécial W.

Art. R.* 211-21-2. – Pour l'application de l'article R. 211-21-1, toute entreprise d'assurance « pratiquant sur le territoire de la République française » doit délivrer sans frais un certificat pour chacun des véhicules couverts par le contrat, à l'exception toutefois des remorques.

Le certificat doit mentionner :

a) La dénomination de l'entreprise d'assurance ;

b) Un numéro permettant l'identification du souscripteur ;

c) Le numéro d'immatriculation du véhicule ;

d) Le numéro de moteur lorsque le véhicule n'est pas soumis à immatriculation ;

e) Les dates de début et de fin de validité.

Par dérogation au deuxième alinéa, le certificat délivré aux personnes mentionnées à l'alinéa 1er de l'article R. 211-3 [*réparateurs et vendeurs de véhicules*] ne doit comporter que les indications *a), b)* et *e)* ainsi qu'en termes apparents le mot « Garage ».

Tout conducteur d'un véhicule sur lequel est apposé le certificat décrit à l'alinéa précédent doit en outre être en mesure de justifier aux autorités chargées du contrôle des documents justificatifs que la conduite du véhicule lui a été confiée par une des personnes mentionnées à l'alinéa 1er de l'article R. 211-3.

Art. R.* 211-21-3. – Le certificat mentionné à l'article R. 211-21-2 est délivré par l'entreprise d'assurance dans un délai maximal de quinze jours à compter de la souscription du contrat et renouvelé lors du paiement des primes ou portions de primes subséquentes.

Faute d'établissement immédiat de ce document, l'entreprise d'assurance délivre, sans frais, à la souscription du contrat ou en cours de contrat, un certificat provisoire.

Les dates de validité portées sur le certificat et le certificat provisoire sont les mêmes que celles portées sur l'attestation et l'attestation provisoire.

En cas de perte ou de vol du certificat, l'assureur en délivre un double sur la demande justifiée du souscripteur du contrat.

Sera puni de la peine d'amende prévue pour les contraventions de deuxième classe tout assureur qui aura refusé de délivrer un certificat ou qui aura délivré un certificat non conforme aux dispositions fixées par le ministre de l'Économie, des Finances et du Budget.

Art. R.* 211-21-4. – La prolongation d'un mois de la présomption mentionnée à l'article R. 211-16 s'applique au certificat.

La prolongation d'un mois de la présomption mentionnée à l'article R. 211-16 ne s'applique pas au certificat provisoire.

Art. R. 211-21-5. – Sera puni de la peine d'amende prévue pour les contraventions de deuxième classe tout souscripteur d'un contrat d'assurance relatif à un véhicule mentionné à l'article R. 211-21-1 qui aura omis d'apposer sur le véhicule concerné le certificat prévu aux articles R. 211-21-2 et R. 211-21-3 ou aura apposé un certificat non valide.

Art. R. 211-21-6. – Les dispositions des articles R. 211-21-1 à R. 211-21-5 ne sont pas applicables dans les cas mentionnés au dernier alinéa de l'article R. 211-14 et aux personnes mentionnées aux articles R. 211-22 et R. 211-23 *[personnes résidant à l'étranger]*.

Art. R. 211-21-7 *(D. n° 97-635, 31 mai 1997)*. – Les véhicules visés au deuxième alinéa de l'article R. 211-21-1 utilisés par l'État doivent être équipés, lorsqu'ils ne font pas l'objet d'une immatriculation spéciale, d'un certificat d'assurance spécifique dont les caractéristiques sont fixées par le ministre chargé de l'Économie.

Code de l'environnement

CIRCULATION MOTORISÉE DANS LES ESPACES NATURELS

Art. L. 362-1 *(Mod., L. n° 2006-436, 14 avr. 2006 ; L. n° 2016-1087, 8 août 2016)*. – En vue d'assurer la protection des espaces naturels, la circulation des véhicules à moteur est interdite en dehors des voies classées dans le domaine public routier de l'État, des départements et des communes, des chemins ruraux et des voies privées ouvertes à la circulation publique des véhicules à moteur.

Les chartes de parc national et les chartes de parc naturel régional définissent des orientations ou prévoient des mesures relatives à la circulation des véhicules à moteur visant à protéger les espaces à enjeux identifiés sur les documents graphiques des chartes de parc national et sur les plans des chartes de parc naturel régional, pour des motifs de préservation des paysages et du patrimoine naturel et culturel. Ces orientations ou ces mesures ne s'appliquent pas aux voies et chemins soumis à une interdiction de circulation en application du premier alinéa du présent article.

Compétence des maires. En application de l'article L. 2213-4 du Code général des collectivités territoriales, les maires peuvent aggraver les interdictions de circulation dans les espaces naturels faites aux véhicules terrestres à moteur par les articles L. 321-9 et L. 362-1 du Code de l'environnement et interdire l'accès aux voies ou secteurs de la commune aux véhicules dont la circulation sur ces voies ou dans ces secteurs est de nature à compromettre la protection de ces espaces. La légalité de ces mesures est subordonnée à leur nécessité (■ Cass. crim., 14 mai 2008 : *Bull. crim.* n° 114).

Art. L. 362-2. – L'interdiction prévue à l'article L. 362-1 ne s'applique pas aux véhicules utilisés pour remplir une mission de service public.

Sous réserve des dispositions des articles L. 2213-4 et L. 2215-3 du Code général des collectivités territoriales, l'interdiction ne s'applique pas aux véhicules utilisés à des fins professionnelles de recherche, d'exploitation ou d'entretien des espaces naturels et elle n'est pas opposable aux propriétaires ou à leurs ayants droit circulant ou faisant circuler des véhicules à des fins privées sur des terrains appartenant auxdits propriétaires.

Art. L. 362-3 *(Mod., Ord. n° 2005-1527, 8 déc. 2005)*. – L'ouverture de terrains pour la pratique de sports motorisés est soumise à l'autorisation prévue à l'article L. 421-2 du Code de l'urbanisme.

Les épreuves et compétitions de sports motorisés sont autorisées, dans des conditions définies par décret en Conseil d'État, par le préfet.

L'utilisation, à des fins de loisirs, d'engins motorisés conçus pour la progression sur neige est interdite, sauf sur les terrains ouverts dans les conditions prévues au premier alinéa.

(L. n° 2014-1545, 20 déc. 2014) Par dérogation, le convoyage par ces engins de la clientèle vers les établissements touristiques d'altitude offrant un service de restauration est autorisé, dans des conditions fixées par décret en Conseil d'État.

1) Motos neige et usage professionnel. L'article 3 de la loi du 3 janvier 1991 relative à la circulation des véhicules terrestres dans les espaces naturels, dont la violation est sanctionnée de l'amende prévue pour les contraventions de la 5e classe par l'article 1er du décret du 30 mars 1992, n'interdit l'utilisation d'engins motorisés conçus pour la progression sur neige que lorsqu'elle a lieu à des fins de loisirs. Encourt la cassation l'arrêt qui déclare coupable de cette infraction l'exploitant d'un restaurant d'altitude utilisant un tel engin pour le ravitaillement de son établissement, alors que cette activité présente, à son égard, un caractère professionnel (■ Cass. crim., 3 avr. 2001 : *Bull. crim.* n° 90 ; *JCP* G 2002, II, 10056, note F. Gauvin).

2) Motos neige et usage de loisir. Les articles L. 362-3 et R. 362-2 du Code de l'environnement interdisent l'utilisation d'engins motorisés conçus pour la progression sur neige, lorsqu'elle a lieu à des fins de loisirs.

Encourt donc la cassation, l'arrêt qui déclare non coupable de cette contravention l'exploitant d'un restaurant d'altitude convoyant dans de tels engins des personnes désirant passer la soirée dans son établissement, alors que touristes, elles s'y rendaient à des fins de loisirs (■ Cass. crim., 4 avr. 2013, n° 12-81.759 : *Bull. crim.* n° 81 ; *AJ pénal* 2013, p. 611, obs. J.-P. Vial).

Art. L. 362-4. – **Est interdite toute forme de publicité directe ou indirecte présentant un véhicule en situation d'infraction aux dispositions du présent chapitre.**

Code de l'environnement

Art. R. 362-2 *(Anc. art. R. 362-1, dénum., D. n° 2011-269, 15 mars 2011 ; D. n° 2016-1412, 21 oct. 2016).* – **Est puni de l'amende prévue pour les contraventions de la 5e classe le fait, pour tout conducteur, de contrevenir aux dispositions des articles L. 362-1 et L. 362-3 concernant :**

1° L'interdiction de la circulation des véhicules à moteur en dehors des voies classées dans le domaine public routier de l'État, des départements et des communes, des chemins ruraux et des voies privées ouvertes à la circulation publique des véhicules à moteur ;

2° L'interdiction d'utilisation, à des fins de loisirs, d'engins motorisés conçus pour la progression sur neige, sous réserve des dispositions du dernier alinéa de l'article L. 362-3.

Art. R. 362-3 *(Anc. art. R. 362-2, dénum., D. n° 2011-269, 15 mars 2011).* – **Est puni de l'amende prévue pour les contraventions de la 5e classe le fait, pour tout conducteur, de contrevenir aux mesures édictées en application des articles L. 2213-4 et L. 2215-3 du Code général des collectivités territoriales.**

Art. R. 362-4 *(Anc. art. R. 362-3, dénum., D. n° 2011-269, 15 mars 2011).* – **Est puni de l'amende prévue pour les contraventions de la 5e classe le fait de réaliser toute forme de publicité directe ou indirecte présentant un véhicule ne respectant pas les dispositions de l'article L. 362-4 du présent code et des articles L. 2213-4 et L. 2215-3 du Code général des collectivités territoriales.**

Art. R. 362-5 *(Anc. art. R. 362-4, dénum., D. n° 2011-269, 15 mars 2011).* – **Lorsque le tribunal prononce l'immobilisation du véhicule en application de l'article L. 362-8, les articles R. 131-5 à R. 131-11 du Code pénal sont applicables.**

Art. R. 362-6 *(Anc. art. R. 362-5, dénum., D. n° 2011-269, 15 mars 2011).* – **Les dispositions des articles L. 121-4, L. 234-1, L. 325-1 à L. 325-3, L. 325-6 à L. 325-11 et L. 417-1 du Code de la route sont applicables aux véhicules circulant en infraction aux dispositions des articles L. 362-1 et suivants du présent code et des arrêtés pris pour l'application des articles L. 2213-4 et L. 2215-3 du Code général des collectivités territoriales, selon les modalités prévues par les dispositions du Code de la route.**

Art. R. 362-7 *(D. n° 2011-269, 15 mars 2011).* – **La récidive des contraventions prévues aux articles R. 362-2 à R. 362-4 est réprimée conformément aux articles 132-11 et 132-15 du Code pénal.**

ANNEXE 9

TRAVAIL

Bibliographie : G. Auzero, A. Charbonneau, S. Tournaux, V. Wester-Ouisse, *Travail : JCl. Lois pénales spéciales*. • B. Teyssié, *Code du travail 2017*, annoté, LexisNexis. • M. Danti-Juan, *Licenciement et droit pénal. Analyse du droit positif et critique de certaines solutions : RSC* 1989, p. 710. • Alvarez-Pujana, *Incidences de la réforme du Code pénal sur le droit du travail : Dr. ouvrier* 1993, p. 161. • E. Fortis : *Dr. sociétés* 1993, 884. • A. Cœuret et E. Fortis, *Droit pénal du travail*, *Litec*, 2004. • Colloque du 27 mai 2000, *Le droit pénal du travail : Dr. sociétés*, n° 11, spécial. • M. Keller, *La loi du 16 novembre 2001 relative à la lutte contre les discriminations : D.* 2002, p. 1355, Le point sur.... • M. Segonds, *Le droit pénal du travail, hétérodoxie ou orthodoxie : Dr. pén.* 2013, dossier 3.

Code du travail

PREMIÈRE PARTIE – LÉGISLATIVE

(L. n° 2008-67, 2 janv. 2008 ratifiant l'ordonnance n° 2007-329 du 12 mars 2007)

I. ÉGALITÉ PROFESSIONNELLE ENTRE LES FEMMES ET LES HOMMES

Art. L. 1142-1. – Sous réserve des dispositions particulières du présent code, nul ne peut :

1° Mentionner ou faire mentionner dans une offre d'emploi le sexe ou la situation de famille du candidat recherché. Cette interdiction est applicable pour toute forme de publicité relative à une embauche et quels que soient les caractères du contrat de travail envisagé ;

2° Refuser d'embaucher une personne, prononcer une mutation, résilier ou refuser de renouveler le contrat de travail d'un salarié en considération du sexe, de la situation de famille ou de la grossesse sur la base de critères de choix différents selon le sexe, la situation de famille ou la grossesse ;

3° Prendre en considération du sexe ou de la grossesse toute mesure, notamment en matière de rémunération, de formation, d'affectation, de qualification, de classification, de promotion professionnelle ou de mutation.

Art. L. 1142-2 *(Mod., L. n° 2008-496, 27 mai 2008)*. **– Lorsque l'appartenance à l'un ou l'autre sexe répond à une exigence professionnelle essentielle et déterminante et pour autant que l'objectif soit légitime et l'exigence proportionnée, les interdictions prévues à l'article L. 1142-1 ne sont pas applicables.**

Un décret en Conseil d'État détermine, après avis des organisations d'employeurs et de salariés représentatives au niveau national, la liste des emplois et des activités professionnelles pour l'exercice desquels l'appartenance à l'un ou l'autre sexe constitue la condition déterminante. Cette liste est révisée périodiquement.

L'article L. 123-1, *b* du Code du travail, qui prévoit que nul ne peut refuser d'embaucher une personne en raison de sa situation de famille, ne comporte aucune condition spéciale de publicité (▪ Cass. crim., 23 oct. 1990 : *Bull. crim.* n° 353).

....

Art. L. 1146-1. – Le fait de méconnaître les dispositions relatives à l'égalité professionnelle entre les femmes et les hommes, prévues par les articles L. 1142-1 et L. 1142-2, est puni d'un emprisonnement d'un an et d'une amende de 3 750 €.

La juridiction peut également ordonner, à titre de peine complémentaire, l'affichage du jugement aux frais de la personne condamnée dans les conditions prévues à l'article 131-35 du Code pénal et son insertion, intégrale ou par extraits, dans les journaux qu'elle désigne. Ces frais ne peuvent excéder le montant maximum de l'amende encourue.

Art. L. 1146-2 *(Ord. n° 2017-1386, 22 sept. 2017)*. – **Les dispositions des articles 132-58 à 132-62 du Code pénal, relatives à l'ajournement du prononcé de la peine, sont applicables en cas de poursuites pour infraction aux dispositions des articles L. 1142-1 et L. 1142-2, sous réserve des mesures particulières suivantes :**

1° L'ajournement comporte injonction à l'employeur de définir, après consultation du comité social et économique, et dans un délai déterminé, les mesures propres à assurer dans l'entreprise en cause le rétablissement de l'égalité professionnelle entre les femmes et les hommes ;

2° L'ajournement peut également comporter injonction à l'employeur d'exécuter dans le même délai les mesures définies.

La juridiction peut ordonner l'exécution provisoire de sa décision.

Art. L. 1146-3. – **À l'audience de renvoi et au vu des mesures définies et, le cas échéant, exécutées par l'employeur, la juridiction apprécie s'il y a lieu de prononcer une dispense de peine.**

Toutefois, lorsque le délai prévu au 2° de l'article L. 1146-2 n'a pas été respecté, la juridiction peut prononcer un nouvel et dernier ajournement et donner un nouveau délai au prévenu pour exécuter l'injonction.

....

II. RÈGLEMENT INTÉRIEUR

Art. L. 1331-2. – **Les amendes ou autres sanctions pécuniaires sont interdites.**

Toute disposition ou stipulation contraire est réputée non écrite.

N'est pas constitutif d'une sanction pécuniaire prohibée par l'article L. 122-42 le refus par l'employeur d'accorder une augmentation de salaire à certains employés, quand bien même ce refus serait motivé par la considération de leur qualité professionnelle estimée insuffisante. Une telle mesure ne peut s'analyser comme la sanction d'un agissement qui serait considéré comme fautif (■ Cass. crim., 26 avr. 1988 : *Bull. crim.* n° 180).

Dispositions pénales

Art. L. 1334-1. – **Le fait d'infliger une amende ou une sanction pécuniaire en méconnaissance des dispositions de l'article L. 1331-2 est puni d'une amende de 3 750 €.**

....

III. HARCÈLEMENTS

Harcèlement moral

Art. L. 1152-1. – **Aucun salarié ne doit subir les agissements répétés de harcèlement moral qui ont pour objet ou pour effet une dégradation de ses conditions de travail susceptible de porter atteinte à ses droits et à sa dignité, d'altérer sa santé physique ou mentale ou de compromettre son avenir professionnel.**

1) **QPC.** Non-lieu à renvoi au Conseil constitutionnel de la question prioritaire de constitutionnalité visant les dispositions de l'article L. 1152-1 du Code du travail, lesdites dispositions ayant été déjà déclarées conformes à la Constitution par la décision n° 2001-455 du 12 janvier 2002 du Conseil constitutionnel (■ Cass. soc., 11 juill. 2012, n° 12-40.051 : *Bull. inf. C. cass.* 2012, n° 1430). – Rappr. ■ Cass. crim. du 11 juillet 2012, cité *supra* sous article 222-33-2 du Code pénal, avec les notes de doctrine afférentes à ces arrêts.

– Non-lieu à renvoi au Conseil constitutionnel, car l'article 8 de la Déclaration des droits de l'homme et du citoyen, qui prescrit que la loi ne doit établir que des peines strictement et évidemment nécessaires, ne peut être utilement invoqué s'agissant des dispositions de l'article L. 1152-1 du Code du travail, qui instaurent des mesures de réparation civile en cas de harcèlement moral (■ Cass. soc., 11 oct. 2012, n° 12-40.066 : *Bull. inf. C. cass.* 2013, n° I-182 ; *JCP* 2012, n° 1255, p. 2124, n° 28, note B. Mathieu).

– Non-lieu à renvoi au Conseil constitutionnel de la question prioritaire contestant la constitutionnalité des articles L. 1152-1, L. 1152-2 et L. 1152-3, et L. 1154-1 du Code du travail, dès lors que la disposition contestée a déjà été déclarée conforme à la Constitution dans les motifs et le dispositif de la décision n° 2001-455 DC rendue le 12 janvier 2002 par le Conseil constitutionnel ; que la décision du Conseil constitutionnel n° 2012-240 DC rendue le 4 mai 2012, déclarant contraire à la Constitution l'article 222-33 du Code pénal relatif au harcèlement sexuel, ne constitue pas un changement de circonstances en justifiant le réexamen au sens de l'article 23-2 de l'ordonnance n° 58-1067 du 7 novembre 1958 portant loi organique sur le Conseil constitutionnel, dès lors que les textes en cause sont rédigés de manière différente ; qu'en effet, les dispositions du Code du travail caractérisent les faits susceptibles de constituer un harcèlement moral, en précisant que ces faits doivent avoir un caractère répété et avoir eu pour objet ou pour effet une dégradation de ses conditions de travail susceptible de porter atteinte à ses droits et à sa dignité, d'altérer sa santé physique ou mentale ou de compromettre son avenir professionnel et qu'enfin, l'article 8 de la Déclaration des droits de l'homme et du citoyen, qui prescrit que la loi ne doit établir que des peines strictement et évidemment nécessaires, ne peut être utilement invoqué s'agissant des dispositions des articles L. 1152-1, L. 1152-2, L. 1152-3 et L. 1154-1 du Code du travail, qui instaurent des mesures de réparation civile en cas de harcèlement moral (▪ Cass. soc., 1er mars 2013, n° 12-40.103 : *Bull. inf. C. cass.* juill. 2013, n° 906).

2) Ne méconnaît pas l'obligation légale lui imposant de prendre les mesures nécessaires pour assurer la sécurité et protéger la santé physique et mentale des travailleurs, notamment en matière de harcèlement moral, l'employeur qui justifie avoir pris toutes les mesures de prévention prévues par les articles L. 4121-1 et L. 4121-2 du Code du travail et qui, informé de l'existence de faits susceptibles de constituer un harcèlement moral, a pris les mesures immédiates propres à le faire cesser.

Viole les articles L. 1152-1, L. 4121-1 et L. 4121-2 du Code du travail la cour d'appel qui rejette la demande d'un salarié au titre du harcèlement moral sans qu'il résulte de ses constatations que l'employeur avait pris toutes les mesures de prévention visées aux deux derniers articles précités, notamment par la mise en œuvre d'actions d'information et de prévention propres à en prévenir la survenance (▪ Cass. soc., 1er juin 2016, n° 14-19.702 : *JCP* 2016, II, 822, note J. Mouly ; *D.* 2016, p. 1681, note J. Icard et Y. Pagnerre).

3) Il résulte des dispositions des articles L. 1152-1 et L. 1154-1 du Code du travail que, pour se prononcer sur l'existence d'un harcèlement moral, il appartient au juge d'examiner l'ensemble des éléments invoqués par le salarié, en prenant en compte les documents médicaux éventuellement produits, et d'apprécier si les faits matériellement établis, pris dans leur ensemble, permettent de présumer l'existence d'un harcèlement moral au sens de l'article L. 1152-1 du Code du travail. Dans l'affirmative, il revient au juge d'apprécier si l'employeur prouve que les agissements invoqués ne sont pas constitutifs d'un tel harcèlement et que ses décisions sont justifiées par des éléments objectifs étrangers à tout harcèlement.

Sous réserve d'exercer son office dans les conditions qui précèdent, le juge apprécie souverainement si le salarié établit des faits qui permettent de présumer l'existence d'un harcèlement et si l'employeur prouve que les agissements invoqués sont étrangers à tout harcèlement (▪ Cass. soc., 8 juin 2016, n° 14-13.418 : *JCP* 2016, II, 1262, note C. Leborgne-Ingelaere).

Art. L. 1152-2 *(Mod., L. n° 2012-954, 6 août 2012)*. – **Aucun salarié, aucune personne en formation ou en stage ne peut être sanctionné, licencié ou faire l'objet d'une mesure discriminatoire, directe ou indirecte, notamment en matière de rémunération, de formation, de reclassement, d'affectation, de qualification, de classification, de promotion professionnelle, de mutation ou de renouvellement de contrat pour avoir subi ou refusé de subir des agissements répétés de harcèlement moral ou pour avoir témoigné de tels agissements ou les avoir relatés.**

Art. L. 1152-3. – **Toute rupture du contrat de travail intervenue en méconnaissance des dispositions des articles L. 1152-1 et L. 1152-2, toute disposition ou tout acte contraire est nul.**

Art. L. 1152-4 *(Mod., L. n° 2012-954, 6 août 2012 ; rempl., Ord. n° 2014-699, 26 juin 2014)*. – **L'employeur prend toutes dispositions nécessaires en vue de prévenir les agissements de harcèlement moral.**

Les personnes mentionnées à l'article L. 1152-2 sont informées par tout moyen du texte de l'article 222-33-2 du Code pénal.

Art. L. 1152-5 *(Mod., Ord. n° 2014-699, 26 juin 2014).* – Tout salarié ayant procédé à des agissements de harcèlement moral est passible d'une sanction disciplinaire.

Art. L. 1152-6. – Une procédure de médiation peut être mise en œuvre par toute personne de l'entreprise s'estimant victime de harcèlement moral ou par la personne mise en cause.

Le choix du médiateur fait l'objet d'un accord entre les parties.

Le médiateur s'informe de l'état des relations entre les parties. Il tente de les concilier et leur soumet des propositions qu'il consigne par écrit en vue de mettre fin au harcèlement.

Lorsque la conciliation échoue, le médiateur informe les parties des éventuelles sanctions encourues et des garanties procédurales prévues en faveur de la victime.

Bibliographie : E. Monteiro, *Le concept de harcèlement moral dans le Code pénal et le Code du travail : RSC* 2003, p. 27.

Harcèlement sexuel

Art. L. 1153-1 *(L. n° 2012-954, 6 août 2012 ; mod. à compter du 31 mars 2022, L. n° 2021-1018, 2 août 2021).* – Aucun salarié ne doit subir des faits :

1° Soit de harcèlement sexuel, constitué par des propos ou comportements à connotation sexuelle ou sexiste répétés qui soit portent atteinte à sa dignité en raison de leur caractère dégradant ou humiliant, soit créent à son encontre une situation intimidante, hostile ou offensante ;

Le harcèlement sexuel est également constitué :

a) Lorsqu'un même salarié subit de tels propos ou comportements venant de plusieurs personnes, de manière concertée ou à l'instigation de l'une d'elles, alors même que chacune de ces personnes n'a pas agi de façon répétée ;

b) Lorsqu'un même salarié subit de tels propos ou comportements, successivement, venant de plusieurs personnes qui, même en l'absence de concertation, savent que ces propos ou comportements caractérisent une répétition ;

2° Soit assimilés au harcèlement sexuel, consistant en toute forme de pression grave, même non répétée, exercée dans le but réel ou apparent d'obtenir un acte de nature sexuelle, que celui-ci soit recherché au profit de l'auteur des faits ou au profit d'un tiers.

Art. L. 1153-2 *(Mod., L. n° 2012-954, 6 août 2012).* – Aucun salarié, aucune personne en formation ou en stage, aucun candidat à un recrutement, à un stage ou à une formation en entreprise ne peut être sanctionné, licencié ou faire l'objet d'une mesure discriminatoire, directe ou indirecte, notamment en matière de rémunération, de formation, de reclassement, d'affectation, de qualification, de classification, de promotion professionnelle, de mutation ou de renouvellement de contrat pour avoir subi ou refusé de subir des faits de harcèlement sexuel tels que définis à l'article L. 1153-1, y compris, dans le cas mentionné au 1° du même article, si les propos ou comportements n'ont pas été répétés.

Art. L. 1153-3 *(Mod., L. n° 2012-954, 6 août 2012 ; abr. à compter du 1er septembre 2022, L. n° 2022-401, 21 mars 2022).* – Aucun salarié, aucune personne en formation ou en stage ne peut être sanctionné, licencié ou faire l'objet d'une mesure discriminatoire pour avoir témoigné des agissements de harcèlement sexuel ou pour les avoir relatés.

Art. L. 1153-4. – Toute disposition ou tout acte contraire aux dispositions des articles L. 1153-1 à L. 1153-3 est nul.

Art. L. 1153-5 *(Mod., L. n° 2012-954, 6 août 2012 ; Ord. n° 2014-699, 26 juin 2014 ; L. n° 2014-873, 4 août 2014 ; L. n° 2018-771, 5 sept. 2018).* – L'employeur prend toutes dispositions nécessaires en vue de prévenir les faits de harcèlement sexuel, d'y mettre un terme et de les sanctionner.

Dans les lieux de travail ainsi que dans les locaux ou à la porte des locaux où se fait l'embauche, les personnes mentionnées à l'article L. 1153-2 sont informées par tout moyen du texte de l'article 222-33 du Code pénal ainsi que des actions contentieuses civiles et pénales ouvertes en matière de harcèlement sexuel et des coordonnées des autorités et services compétents. La liste de ces services est définie par décret.

Art. L. 1153-5-1 *(L. n° 2018-771, 5 sept. 2018)*. – Dans toute entreprise employant au moins deux cent cinquante salariés est désigné un référent chargé d'orienter, d'informer et d'accompagner les salariés en matière de lutte contre le harcèlement sexuel et les agissements sexistes.

Art. L. 1153-6 *(Mod., L. n° 2012-954, 6 août 2012)*. – Tout salarié ayant procédé à des faits de harcèlement sexuel est passible d'une sanction disciplinaire.

Actions en justice

Art. L. 1154-1 *(L. n° 2016-1088, 8 août 2016)*. – Lorsque survient un litige relatif à l'application des articles L. 1152-1 à L. 1152-3 et L. 1153-1 à L. 1153-4, le candidat à un emploi, à un stage ou à une période de formation en entreprise ou le salarié présente des éléments de fait laissant supposer l'existence d'un harcèlement.

Au vue de ces éléments, il incombe à la partie défenderesse de prouver que ces agissements ne sont pas constitutifs d'un tel harcèlement et que sa décision est justifiée par des éléments objectifs étrangers à tout harcèlement.

Le juge forme sa conviction après avoir ordonné, en cas de besoin, toutes les mesures d'instruction qu'il estime utiles.

Art. L. 1154-2. – Les organisations syndicales représentatives dans l'entreprise peuvent exercer en justice toutes les actions résultant des articles L. 1152-1 à L. 1152-3 et L. 1153-1 à L. 1153-4.

Elles peuvent exercer ces actions en faveur d'un salarié de l'entreprise dans les conditions prévues par l'article L. 1154-1, sous réserve de justifier d'un accord écrit de l'intéressé.

L'intéressé peut toujours intervenir à l'instance engagée par le syndicat et y mettre fin à tout moment.

Art. L. 1155-1. – Le fait de porter ou de tenter de porter atteinte à l'exercice régulier des fonctions de médiateur, prévu à l'article L. 1152-6, est puni d'un emprisonnement d'un an et d'une amende de 3 750 €.

Art. L. 1155-2 *(Mod., L. n° 2012-954, 6 août 2012)*. – Sont punis d'un an d'emprisonnement et d'une amende de 3 750 € les faits de discriminations commis à la suite d'un harcèlement moral ou sexuel définis aux articles L. 1152-2, L. 1153-2 et L. 1153-3 du présent code.

La juridiction peut également ordonner, à titre de peine complémentaire, l'affichage du jugement aux frais de la personne condamnée dans les conditions prévues à l'article 131-35 du Code pénal et son insertion, intégrale ou par extraits, dans les journaux qu'elle désigne. Ces frais ne peuvent excéder le montant maximum de l'amende encourue.

IV. CONTRAT DE TRAVAIL TEMPORAIRE ET AUTRES CONTRATS DE MISE À DISPOSITION

Art. L. 1251-1 *(Mod., L. n° 2009-972, 3 août 2009)*. – Le recours au travail temporaire a pour objet la mise à disposition temporaire d'un salarié par une entreprise de travail temporaire au bénéfice d'un client utilisateur pour l'exécution d'une mission.

Chaque mission donne lieu à la conclusion :

1° D'un contrat de mise à disposition entre l'entreprise de travail temporaire et le client utilisateur, dit « entreprise utilisatrice » ;

2° D'un contrat de travail, dit « contrat de mission », entre le salarié temporaire et son employeur, l'entreprise de travail temporaire.

Lorsque l'utilisateur est une personne morale de droit public, le présent chapitre s'applique, sous réserve des dispositions prévues à la section 6.

Caractérise une infraction à l'article L. 124-1 du Code du travail, selon lequel l'activité d'entrepreneur de travail temporaire est, pour la personne physique ou morale qui l'exerce, exclusive de toute autre activité, l'arrêt qui constate que, sous le couvert de plusieurs sociétés, dont il avait la maîtrise et qui formaient en réalité un ensemble économique unique, le prévenu exerçait une double activité de fournisseur de main-d'œuvre et d'entrepreneur de travaux publics (■ Cass. crim., 7 mai 1996 : *Bull. crim.* n° 194).

Art. L. 1251-2. – Est un entrepreneur de travail temporaire, toute personne physique ou morale dont l'activité exclusive est de mettre à la disposition temporaire d'entreprises utilisatrices des salariés qu'en fonction d'une qualification convenue elle recrute et rémunère à cet effet.

Art. L. 1251-3. – Toute activité de travail temporaire s'exerçant en dehors d'une telle entreprise est interdite, sous réserve des dispositions relatives aux opérations de prêt de main-d'œuvre à but non lucratif autorisées par l'article L. 8241-2.

Art. L. 1251-4 *(Mod., L. n° 2010-853, 23 juill. 2010)*. – Par dérogation au principe d'exclusivité prévu à l'article L. 1251-2, les entreprises de travail temporaire peuvent exercer :

1° Des activités de placement privé prévues à l'article L. 5321-1 ;

2° L'activité d'entreprise de travail à temps partagé.

Art. L. 1251-5. – Le contrat de mission, quel que soit son motif, ne peut avoir ni pour objet ni pour effet de pourvoir durablement un emploi lié à l'activité normale et permanente de l'entreprise utilisatrice.

Art. L. 1251-6 *(Mod., L. n° 2015-990, 6 août 2015 ; Ord. n° 2017-1386, 22 sept. 2017)*. – Sous réserve des dispositions de l'article L. 1251-7, il ne peut être fait appel à un salarié temporaire que pour l'exécution d'une tâche précise et temporaire dénommée « mission » et seulement dans les cas suivants :

1° Remplacement d'un salarié, en cas :

a) D'absence ;

b) De passage provisoire à temps partiel, conclu par avenant à son contrat de travail ou par échange écrit entre ce salarié et son employeur ;

c) De suspension de son contrat de travail ;

d) De départ définitif précédant la suppression de son poste de travail après consultation du comité social et économique, s'il existe ;

e) D'attente de l'entrée en service effective d'un salarié recruté par contrat à durée indéterminée appelé à le remplacer ;

2° Accroissement temporaire de l'activité de l'entreprise ;

3° Emplois à caractère saisonnier ou pour lesquels, dans certains secteurs définis par décret ou par voie de convention ou d'accord collectif étendu, il est d'usage constant de ne pas recourir au contrat de travail à durée indéterminée en raison de la nature de l'activité exercée et du caractère par nature temporaire de ces emplois ;

4° Remplacement d'un chef d'entreprise artisanale, industrielle ou commerciale, d'une personne exerçant une profession libérale, de son conjoint participant effectivement à l'activité de l'entreprise à titre professionnel et habituel ou d'un associé non salarié d'une société civile professionnelle, d'une société civile de moyens d'une société d'exercice libéral ou de toute autre personne morale exerçant une profession libérale ;

5° Remplacement du chef d'une exploitation agricole ou d'une entreprise mentionnée aux 1° à 4° de l'article L. 722-1 du Code rural, d'un aide familial, d'un associé d'exploitation, ou de leur conjoint, mentionné à l'article L. 722-10 du même code dès lors qu'il participe effectivement à l'activité de l'exploitation agricole ou de l'entreprise.

Il résulte des dispositions des articles L. 1251-5 et L. 1251-6, 1° et 2°, du Code du travail qu'il ne peut être fait appel aux salariés d'une entreprise de travail temporaire que pour des tâches non durables en cas de remplacement de salariés absents ou d'accroissement temporaire de l'activité de l'entreprise utilisatrice, et non pour pourvoir durablement des emplois liés à l'activité normale et permanente de cette entreprise.

Justifie sa décision, sans être tenue d'analyser chacun des contrats conclus, la cour d'appel, qui, pour déclarer une société coupable d'infraction à la législation sur le travail temporaire, retient que celle-ci a érigé le recours massif à l'intérim en un mode habituel de gestion résultant d'une organisation délibérée et du détournement du cadre légal définissant les conditions de recours au travail temporaire (■ Cass. crim., 10 mai 2016, n° 14-85.318).

....

Contrat de mise à disposition

Art. L. 1251-42. – Lorsqu'une entreprise de travail temporaire met un salarié à la disposition d'une entreprise utilisatrice, ces entreprises concluent par écrit un contrat de mise à disposition, au plus tard dans les deux jours ouvrables suivant la mise à disposition.

Art. L. 1251-43. – **Le contrat de mise à disposition établi pour chaque salarié comporte :**

1° Le motif pour lequel il est fait appel au salarié temporaire. Cette mention est assortie de justifications précises dont, notamment, dans les cas de remplacement prévus aux 1°, 4° et 5° de l'article L. 1251-6, le nom et la qualification de la personne remplacée ou à remplacer ;

2° Le terme de la mission ;

3° Le cas échéant, la clause prévoyant la possibilité de modifier le terme de la mission dans les conditions prévues aux articles L. 1251-30 et L. 1251-31. Cette disposition s'applique également à l'avenant prévoyant le renouvellement du contrat de mise à disposition ;

4° Les caractéristiques particulières du poste de travail à pourvoir et, notamment si celui-ci figure sur la liste des postes présentant des risques particuliers pour la santé ou la sécurité des salariés prévue à l'article L. 4154-2, la qualification professionnelle exigée, le lieu de la mission et l'horaire ;

5° La nature des équipements de protection individuelle que le salarié utilise. Il précise, le cas échéant, si ceux-ci sont fournis par l'entreprise de travail temporaire ;

6° Le montant de la rémunération avec ses différentes composantes, y compris, s'il en existe, les primes et accessoires de salaire que percevrait dans l'entreprise utilisatrice, après période d'essai, un salarié de qualification professionnelle équivalente occupant le même poste de travail.

Art. L. 1251-44. – **Toute clause tendant à interdire l'embauche par l'entreprise utilisatrice du salarié temporaire à l'issue de sa mission est réputée non écrite.**

1) Selon l'article L. 124-3-1° du Code du travail, s'il est fait appel à un travailleur temporaire pour remplacer un salarié absent de l'entreprise, le contrat de mise à disposition doit comporter notamment le nom et la qualification du salarié remplacé ; il en résulte que lorsqu'un travailleur intérimaire remplace, par glissement interne d'emploi, un salarié autre que celui effectivement absent, le contrat précité doit préciser les modalités de ce remplacement et mentionner le nom et la qualification du salarié absent. L'omission volontaire de l'une quelconque de ces indications constitue une infraction aux dispositions du texte susvisé, réprimée par les articles L. 152-2 et L. 152-2-1 du Code du travail (▪ Cass. crim., 9 oct. 1995 : *Bull. crim.* n° 298).

2) Commet l'infraction le directeur technique d'une entreprise qui initie une procédure de licenciement contre un salarié pour le réemployer comme travailleur temporaire (▪ Cass. crim., 22 janv. 2002 : *JurisData* n° 2002-012030 ; *Dr. pén.* 2002, comm. 60, obs. J.-H. Robert).

Travail temporaire

Art. L. 1255-1 *(Ancien article L. 1254-1 mod., L. n° 2011-525, 17 mai 2011 ; dénum., Ord. n° 2015-380, 2 avr. 2015).* – **Le fait de méconnaître les dispositions relatives aux conditions d'exercice de l'activité de travail temporaire, prévues à l'article L. 1251-2, est puni d'une amende de 3 750 €.**

La récidive est punie d'un emprisonnement de six mois et d'une amende de 7 500 €.

La juridiction peut prononcer, en outre, l'interdiction d'exercer l'activité d'entrepreneur de travail temporaire pour une durée de deux à dix ans. Lorsque cette mesure entraîne le licenciement du personnel permanent, celui-ci a droit, en dehors de l'indemnité de préavis et de l'indemnité de licenciement, aux indemnités prévues aux articles L. 1235-2, L. 1235-3 ou L. 1235-5.

Art. L. 1255-2 *(Ancien article L. 1254-2 dénum., Ord. n° 2015-380, 2 avr. 2015).* – **Est puni d'une amende de 3 750 €, le fait pour l'entrepreneur de travail temporaire :**

1° De recruter un salarié temporaire en ayant conclu un contrat ne comportant pas les mentions prévues aux 1° et 3° de l'article L. 1251-16 ou comportant ces mentions de manière volontairement inexacte ou sans lui avoir transmis dans le délai prévu à l'article L. 1251-17 un contrat de mission écrit ;

2° De méconnaître les dispositions relatives à la rémunération minimale prévues au premier alinéa de l'article L. 1251-18 ;

3° De méconnaître l'obligation de proposer au salarié temporaire un ou des contrats dans les conditions prévues à l'article L. 1251-34 ;

4° De mettre un salarié temporaire à la disposition d'une entreprise utilisatrice sans avoir conclu avec celle-ci un contrat écrit de mise à disposition dans le délai prévu à l'article L. 1251-42 ;

5° D'exercer son activité sans avoir fait les déclarations prévues à l'article L. 1251-45 ;

6° D'exercer son activité sans avoir obtenu la garantie financière prévue à l'article L. 1251-49.

La récidive est punie d'un emprisonnement de six mois et d'une amende de 7 500 €.

La juridiction peut prononcer en outre l'interdiction d'exercer l'activité d'entrepreneur de travail temporaire pour une durée de deux à dix ans. Les dispositions du deuxième alinéa de l'article L. 1251-47 sont applicables.

Art. L. 1255-3 *(Ancien article L. 1254-3 dénum., Ord. n° 2015-380, 2 avr. 2015)*. – Le fait pour l'utilisateur de conclure un contrat de mise à disposition ayant pour objet ou pour effet de pourvoir durablement un emploi lié à l'activité normale et permanente de l'entreprise, en méconnaissance de l'article L. 2151-5, est puni d'une amende de 3 750 €.

La récidive est punie d'un emprisonnement de six mois et d'une amende de 7 500 €.

Art. L. 1255-4 *(Ancien article L. 1254-4 mod., L. n° 2011-525, 17 mai 2011 ; dénum., Ord. n° 2015-380, 2 avr. 2015)*. – Le fait pour l'utilisateur de recourir à un salarié temporaire pour un objet autre que celui prévu au premier alinéa de l'article L. 1251-6 ou en dehors des cas mentionnés à ce même article est puni d'une amende de 3 750 €.

La récidive est punie d'un emprisonnement de six mois et d'une amende de 7 500 €.

Art. L. 1255-5 *(Ancien article L. 1254-5 dénum., Ord. n° 2015-380, 2 avr. 2015)*. – Le fait pour l'utilisateur de méconnaître les interdictions de recourir au travail temporaire, prévues aux articles L. 1251-9 et L. 1251-10, est puni d'une amende de 3 750 €.

La récidive est punie d'un emprisonnement de six mois et d'une amende de 7 500 €.

Art. L. 1255-6 *(Ancien article L. 1254-6 dénum., Ord. n° 2015-380, 2 avr. 2015)*. – Le fait pour l'utilisateur de méconnaître les dispositions relatives au terme du contrat, prévues à l'article L. 1251-11, est puni d'une amende de 3 750 €.

La récidive est punie d'un emprisonnement de six mois et d'une amende de 7 500 €.

Art. L. 1255-7 *(Ord. n° 2017-1387, 22 sept. 2017)*. – Le fait pour l'utilisateur de méconnaître les dispositions relatives à la durée de la mission, prévues par les stipulations de la convention ou de l'accord de branche conclu en application de l'article L. 1251-12 ou, le cas échéant, aux dispositions de l'article L. 1251-12-1, est puni d'une amende de 3 750 euros.

La récidive est punie d'un emprisonnement de six mois et d'une amende de 7 500 euros.

Art. L. 1255-8 *(Ord. n° 2017-1387, 22 sept. 2017)*. – Le fait pour l'utilisateur de méconnaître les dispositions relatives aux conditions de renouvellement du contrat, prévues par les stipulations de la convention ou de l'accord de branche conclu en application de l'article L. 1251-35 ou, le cas échéant, aux dispositions de l'article L. 1251-35-1, est puni d'une amende de 3 750 euros.

La récidive est punie d'un emprisonnement de six mois et d'une amende de 7 500 euros.

Art. L. 1255-9 *(Ord. n° 2017-1387, 22 sept. 2017)*. – Le fait pour l'utilisateur de méconnaître les dispositions relatives à la succession de contrats sur un même poste, prévues par les stipulations de la convention ou de l'accord de branche conclu en application de l'article L. 1251-36 ou, le cas échéant, aux dispositions de l'article L. 1251-36-1, est puni d'une amende de 3 750 euros.

La récidive est punie d'un emprisonnement de six mois et d'une amende de 7 500 euros.

Art. L. 1255-10 *(Ancien article L. 1254-10 dénum., Ord. n° 2015-380, 2 avr. 2015)*. – Est puni d'une amende de 3 750 €, le fait pour l'utilisateur de recourir à un salarié temporaire :

1° Soit sans avoir conclu avec un entrepreneur de travail temporaire un contrat écrit de mise à disposition, dans le délai prévu à l'article L. 1251-42 ;

2° Soit en ayant omis de communiquer, dans le contrat de mise à disposition, l'ensemble des éléments de rémunération conformément au 6° de l'article L. 1251-43.

La récidive est punie d'un emprisonnement de six mois et d'une amende de 7 500 €.

Art. L. 1255-11 *(Ancien article L. 1254-11 dénum., Ord. n° 2015-380, 2 avr. 2015 ; Ord. n° 2016-413, 7 avr. 2016)*. – Le fait de méconnaître, directement ou par personne interposée, l'interdiction d'exercer

l'activité d'entrepreneur de travail temporaire prononcée par la juridiction en application du dernier alinéa de l'article L. 1255-1 ou L. 1255-2 est puni d'un emprisonnement de six mois et d'une amende de 6 000 € ;

Art. L. 1255-12 *(Ancien article L. 1254-12 dénum., Ord. n° 2015-380, 2 avr. 2015)*. **– Dans tous les cas prévus à la présente section, la juridiction peut ordonner, à titre de peine complémentaire, l'affichage du jugement aux frais de l'entrepreneur de travail temporaire ou de l'utilisateur condamné, dans les conditions prévues à l'article 131-35 du Code pénal, et son insertion, intégrale ou par extraits, dans les journaux qu'elle désigne. Ces frais ne peuvent excéder le montant maximum de l'amende encourue.**

1) Caractérise une infraction à l'article L. 124-1 du Code du travail d'après lequel l'activité d'entrepreneur de travail temporaire est, pour la personne physique ou morale qui l'exerce, exclusive de toute autre activité, l'arrêt qui constate que sous le couvert de deux personnes morales juridiquement distinctes dont il avait la maîtrise et qui formaient en réalité un ensemble économique unique, le prévenu exerçait une double activité de location de main-d'œuvre et de prestation de services (▪ Cass. crim., 15 févr. 1983 : *Bull. crim.* n° 56. – V. aussi ▪ Cass. crim., 15 juin 1984 : *Bull. crim.* n° 229).

2) Ni l'article L. 124-1 du Code du travail, ni aucune des dispositions de ce code n'interdisent à l'entrepreneur de travail temporaire de fournir des outils de travail à des salariés qu'il met à la disposition des utilisateurs, dès lors qu'il n'en résulte pour lui aucune source de profit distincte de son activité professionnelle (▪ Cass. crim., 15 déc. 1981 : *Bull. crim.* n° 333).

3) L'article L. 124-2 du Code du travail n'a d'autre objet que d'interdire à l'employeur de faire appel à une entreprise de travail temporaire dans le but de remplacer des salariés en grève et de priver leur action d'efficacité ; ses termes ne sauraient être interprétés de façon extensive, comme lui faisant défense d'employer, dans leur qualification professionnelle, des travailleurs temporaires embauchés antérieurement à tout conflit (▪ Cass. crim., 2 déc. 1980 : *Bull. crim.* n° 330 ; *D.* 1981, p. 346, note Pélissier).

Groupements d'employeurs

Art. L. 1255-13 *(Ancien article L. 1254-13 dénum., Ord. n° 2015-380, 2 avr. 2015)*. **– Le fait de méconnaître les dispositions des articles L. 1253-1 à L. 1253-10 et L. 1253-17, est puni d'une amende de 3 750 €.**

La récidive est punie d'un emprisonnement de six mois et d'une amende de 7 500 €.

La juridiction peut également ordonner, à titre de peine complémentaire, l'affichage du jugement aux frais de la personne condamnée, à la porte du siège du groupement et aux portes des entreprises utilisatrices, dans les conditions prévues à l'article 131-35 du Code pénal, et son insertion, intégrale ou par extraits, dans les journaux qu'elle désigne. Ces frais ne peuvent excéder le montant maximum de l'amende encourue.

Portage salarial

Art. L. 1255-14 *(L. n° 2016-1088, 8 août 2016)*. **– Est puni de 3 750 € d'amende le fait pour un entrepreneur de portage salarial :**

1° De conclure un contrat de travail en portage salarial pour une activité de services, en méconnaissance de l'article L. 1254-5 ;

2° De conclure un contrat de travail en portage salarial sans respecter les dispositions prévues à l'article L. 1254-7 ;

3° De conclure un contrat de travail en portage salarial à durée déterminée ne comportant pas un terme précis ou ne fixant pas de durée minimale lorsque le contrat ne comporte pas un terme précis, en méconnaissance de l'article L. 1254-11 ;

4° De méconnaître les durées maximales du contrat de travail en portage salarial à durée déterminée prévues aux articles L. 1254-12, L. 1254-13 et L. 1254-17 ;

5° De conclure un contrat de travail en portage salarial ne comportant pas la mention obligatoire prévue aux articles L. 1254-14 ou L. 1254-20 ;

6° De conclure un contrat de travail en portage salarial ne comportant pas l'ensemble des clauses et mentions prévues aux articles L. 1254-15 ou L. 1254-21 ;

7° De ne pas transmettre au salarié porté le contrat de travail en portage salarial dans le délai prévu à l'article L. 1254-16 ;

8° De ne pas conclure avec une entreprise cliente d'une personne portée le contrat commercial de prestation de portage salarial dans le délai prévu à l'article L. 1254-22 ou de ne pas avoir délivré dans le même délai au salarié porté une copie de ce contrat ;

9° De conclure avec une entreprise cliente d'une personne portée un contrat commercial de prestation de portage salarial ne comportant pas les mentions prévues à l'article L. 1254-23 ;

10° De méconnaître les dispositions relatives aux conditions d'exercice de l'activité de portage salarial prévues à l'article L. 1254-24 ;

11° De méconnaître l'obligation de mettre en place et de gérer pour chaque salarié porté un compte d'activité, conformément à l'article L. 1254-25 ;

12° D'exercer son activité sans avoir souscrit de garantie financière, en méconnaissance de l'article L. 1254-26 ;

13° D'exercer son activité sans avoir effectué la déclaration préalable prévue à l'article L. 1254-27 ;

14° De ne pas respecter, en méconnaissance de l'article L. 1254-28, les obligations relatives à la médecine du travail définies aux articles L. 4121-1 à L. 4121-5.

La récidive est punie de six mois d'emprisonnement et de 7 500 € d'amende.

La juridiction peut prononcer en outre l'interdiction d'exercer l'activité d'entreprise de portage salarial pour une durée de deux à dix ans.

Art. L. 1255-15 *(L. n° 2016-1088, 8 août 2016).* – Est puni de 3 750 € d'amende le fait pour une entreprise autre que celle mentionnée à l'article L. 1255-14 de conclure un contrat de travail en portage salarial sans remplir les conditions requises pour exercer cette activité en application des articles L. 1254-24 à L. 1254-27.

Art. L. 1255-16 *(L. n° 2016-1088, 8 août 2016).* – Est puni de 3 750 € d'amende le fait pour une entreprise cliente :

1° De recourir à un salarié porté en dehors des cas prévus à l'article L. 1254-3 ;

2° De méconnaître les interdictions de recourir à un salarié porté prévues aux articles L. 1254-4 et L. 1254-5 ;

3° De ne pas conclure avec l'entreprise de portage salarial le contrat commercial de prestation de portage salarial dans le délai prévu à l'article L. 1254-22 ;

4° De conclure avec l'entreprise de portage salarial un contrat commercial de prestation de portage salarial ne comportant pas les mentions prévues à l'article L. 1254-23.

La récidive est punie de six mois d'emprisonnement et de 7 500 € d'amende.

Art. L. 1255-17 *(L. n° 2016-1088, 8 août 2016).* – Le fait de méconnaître, directement ou par personne interposée, l'interdiction d'exercer l'activité de portage salarial prononcée par la juridiction en application du dernier alinéa de l'article L. 1255-14 est puni de six mois d'emprisonnement et de 6 000 € d'amende.

Art. L. 1255-18 *(L. n° 2016-1088, 8 août 2016).* – Dans tous les cas prévus à la présente section, la juridiction peut ordonner, à titre de peine complémentaire, l'affichage ou la diffusion de l'intégralité ou d'une partie de la décision, ou d'un communiqué informant le public des motifs et du dispositif de celle-ci, aux frais de l'entrepreneur de portage salarial ou de l'entreprise cliente condamnée, dans les conditions prévues à l'article 131-35 du Code pénal, et son insertion, intégrale ou par extraits, dans les publications qu'elle désigne. Elle détermine, le cas échéant, les extraits de la décision et les termes du communiqué qui devront être affichés ou diffusés.

....

V. MARCHANDAGE

Art. L. 8231-1. – Le marchandage, défini comme toute opération à but lucratif de fourniture de main-d'œuvre qui a pour effet de causer un préjudice au salarié qu'elle concerne ou d'éluder l'application de dispositions légales ou de stipulations d'une convention ou d'un accord collectif de travail, est interdit.

1) Distinction entre marchandage et prêt illicite de main-d'œuvre. L'article L. 125-3 (devenu les articles L. 8241-1 et L. 8241-2) du Code du travail prohibe toute opération à but lucratif ayant pour objet le prêt de main-d'œuvre dès lors qu'elle n'est pas effectuée dans le cadre des dispositions régissant le travail temporaire.

L'article L. 125-1 (devenu l'article L. 8231-1) du même code interdit toute opération à but lucratif de fourniture de main-d'œuvre ayant pour effet de causer un préjudice au salarié qu'elle concerne ou d'éluder l'application des dispositions de la loi, d'un règlement, d'une convention ou d'un accord collectif de travail.

Les juges du fond, lorsqu'ils sont saisis d'une poursuite exercée en application des articles L. 125-1 et L. 125-3, à l'occasion du transfert de salariés entre des sociétés fonctionnant comme une entité unique, sont tenus, pour entrer en voie de condamnation, de caractériser le but lucratif de l'opération conclue entre ces entreprises, liées par des intérêts communs, qui peut consister, au profit de l'utilisateur ou du prêteur de main-d'œuvre, en un bénéfice, un profit ou un gain pécuniaire (▪ Cass. crim., 20 mars 2007 : *Bull. crim.* n° 86).

2) Est considéré à bon droit comme coauteur du délit prévu par l'article L. 125-1 (devenu l'article L. 8231-1) du Code du travail, l'utilisateur de main-d'œuvre intérimaire qui, sous le couvert de contrats successifs de mise à disposition de salariés conclus pour une période inférieure à 3 mois et justifiés par un surcroît occasionnel d'activité, occupe de façon permanente les mêmes travailleurs faisant ainsi échec aux dispositions de l'article L. 124-2 (devenu les articles L. 1251-2 et 3) dudit code alors en vigueur (▪ Cass. crim., 22 mars 1983 : *Bull. crim.* n° 191).

3) Justifie sa décision la cour d'appel qui, pour déclarer un chef d'entreprise coupable du délit prévu par l'article L. 125-1 du Code du travail, constate, d'une part, que les sociétés avec lesquelles avaient été conclus pour son entreprise de prétendus contrats de sous-traitance comportant l'exécution de tâches définies moyennant une rémunération forfaitaire, avaient été créées à l'époque de la conclusion des contrats, étaient composées de salariés ayant pour la plupart été précédemment employés par l'entreprise utilisatrice, afin d'effectuer le même travail, en qualité de travailleurs intérimaires et se trouvant étroitement mêlés au personnel de ladite entreprise, laquelle conservait en fait la direction des travaux, et qui énonce, d'autre part, que le transfert de responsabilités et de charges ayant en l'espèce accompagné le transfert des activités confiées à ces sociétés, alors que l'entreprise utilisatrice attendait essentiellement de ses cocontractants une fourniture de main-d'œuvre, ne faisait pas obstacle à l'application de l'article L. 125-1 du Code du travail susvisé, cet article n'exigeant pas, à la différence de l'article L. 125-3 (devenu les articles L. 8241-1 et L. 8241-2) du même code, que l'opération prohibée concernant la main-d'œuvre ait un caractère exclusif (▪ Cass. crim., 23 juin 1987 : *Bull. crim.* n° 263). Pour d'autres exemples, V. ▪ Cass. crim., 26 mai 1988 : *Bull. crim.* n° 228. ▪ Cass. crim., 25 avr. 1989 : *Bull. crim.* n° 169.

4) Doit être considéré comme **coauteur** du délit de marchandage, et non comme complice de cette infraction, l'utilisateur de main-d'œuvre qui, sous le couvert de prétendus contrats de sous-traitance a, en réalité, pris part à des opérations illicites de fourniture de main-d'œuvre (▪ Cass. crim., 25 avr. 1989 : *Bull. crim.* n° 170).

5) Caractérisation du marchandage. Caractérise les éléments constitutifs du délit de marchandage la cour d'appel qui retient qu'une société située en Suisse, n'ayant d'autre activité que de mettre ses salariés à la disposition de sa société mère située en France, a été créée à seule fin d'éluder la législation sociale française ; il n'importe que les contrats de travail des salariés aient été régulièrement soumis au droit suisse, dès lors, que loin d'exclure l'application de la loi pénale, cette circonstance caractérise le préjudice causé à ces salariés, qui se sont trouvés privés des avantages sociaux dont ils auraient bénéficié en vertu de la loi française s'ils avaient été employés par la société utilisatrice ; le but lucratif poursuivi par une société ayant pour seule activité de prêter de la main-d'œuvre est caractérisé dès lors qu'il est établi que cette opération a été effectuée par elle à titre onéreux fût-ce « à prix coûtant » ; un tel but peut également être apprécié en considérant le profit retiré de l'opération par la société utilisatrice de main-d'œuvre, dès lors que, celle-ci étant la société mère de la société prêteuse, l'intérêt de sa filiale est indissociable du sien (▪ Cass. crim., 12 mai 1998 : *Bull. crim.* n° 160).

6) Caractérise les éléments constitutifs du délit de marchandage, la cour d'appel qui relève qu'une société a fourni à titre onéreux de la main-d'œuvre à deux autres sociétés, non en raison de la spécificité de la prestation à effectuer mais seulement pour permettre à ces dernières de faire face à un surcroît d'activité, les salariés concernés ayant été embauchés par la société fournisseuse à une date très voisine de celle des conventions de mise à disposition, puis choisis par les sociétés utilisatrices qui les ont intégrés dans leurs équipes de travail et leur ont fourni les moyens nécessaires à leur tâche ; une telle opération a eu pour effet d'éluder l'application de la législation sociale et de causer un préjudice aux salariés mis à disposition dès lors qu'il est établi que, si ces salariés avaient été employés par les sociétés utilisatrices, ils auraient bénéficié de conventions collectives plus favorables que celle applicable au personnel de la société fournisseuse (▪ Cass. crim., 16 juin 1998 : *Bull. crim.* n° 195).

7) Recherche de la nature de la convention. Il appartient aux juges du fond, saisis de poursuites exercées contre un employeur sur le fondement du délit de marchandage prévu par l'article L. 125-1 du Code du travail, de rechercher, par l'analyse des éléments de la cause, la véritable nature de la convention conclue entre les parties, et, pour ce faire, de répondre aux réquisitions du ministère public faisant valoir, d'une part, que les prétendus sous-traitants ayant œuvré pour le prévenu avaient en fait le statut de salariés, en raison, notamment, de leur mode de rémunération subordonné à la quantité de travail effectué, et du fait que, nonobstant leur inscription au répertoire des métiers, ils fournissaient des prestations les mettant en état de subordination juridique par rapport au maître de l'ouvrage pendant tout le temps d'exécution de leurs tâches (▪ Cass. crim., 14 févr. 2006 : *Bull. crim.* n° 43).

Dispositions pénales

Art. L. 8234-1 *(Mod., L. n° 2014-790, 10 juill. 2014 ; L. n° 2014-1554, 22 déc. 2014 ; L. n° 2015-990, 6 août 2015).* **– Le fait de commettre le délit de marchandage, défini par l'article L. 8231-1, est puni d'un emprisonnement de deux ans et d'une amende de 30 000 €.**

Les peines sont portées à cinq ans d'emprisonnement et à 75 000 € d'amende :

1° Lorsque l'infraction est commise à l'égard de plusieurs personnes ;

2° Lorsque l'infraction est commise à l'égard d'une personne dont la vulnérabilité ou l'état de dépendance sont apparents ou connus de l'auteur.

Les peines sont portées à dix ans d'emprisonnement et à 100 000 € d'amende lorsque l'infraction est commise en bande organisée.

La juridiction peut ordonner, à titre de peine complémentaire, la peine de confiscation dans les conditions et selon les modalités prévues à l'article 131-21 du Code pénal.

La juridiction peut prononcer, en outre, l'interdiction de sous-traiter de la main-d'œuvre pour une durée de deux à dix ans.

Le fait de méconnaître cette interdiction, directement ou par personne interposée, est puni d'un emprisonnement de douze mois et d'une amende de 12 000 €.

La juridiction peut également ordonner, à titre de peine complémentaire, l'affichage ou la diffusion de la décision prononcée, dans les conditions prévues à l'article 131-35 du Code pénal. Lorsqu'une amende est prononcée, la juridiction peut ordonner que cette diffusion soit opérée, pour une durée maximale de deux ans, par les services du ministre chargé du travail sur un site internet dédié, dans des conditions prévues par décret en Conseil d'État pris après avis de la Commission nationale de l'informatique et des libertés.

Art. L. 8234-2 *(Mod., L. n° 2014-790, 10 juill. 2014).* **– Les personnes morales reconnues pénalement responsables, dans les conditions prévues par l'article 121-2 du Code pénal, du délit de marchandage défini à l'article L. 8231-1 encourent les peines suivantes :**

1° L'amende dans les conditions prévues à l'article 131-38 du Code pénal ;

2° Les peines mentionnées aux 1° à 5°, 8°, 9° et 12° de l'article 131-39 du même code.

L'interdiction mentionnée au 2° de l'article 131-39 porte sur l'activité dans l'exercice ou à l'occasion de l'exercice de laquelle l'infraction a été commise.

Lorsqu'une amende est prononcée, la juridiction peut ordonner que la diffusion prévue au 9° du même article 131-39 soit opérée, pour une durée maximale de deux ans, par les services du ministre chargé du travail sur un site internet dédié, dans des conditions prévues par décret en Conseil d'État pris après avis de la Commission nationale de l'informatique et des libertés.

Sur la condamnation d'une personne morale pour marchandage (▪ T. corr. Versailles, 18 déc. 1995 : *JurisData* n° 1995-049320), V. *Dr. pén.* 1996, comm. 71, obs. J.-H. Robert.

Art. L. 8234-3 *(L. n° 2011-672, 16 juin 2011).* **– Le prononcé de la peine complémentaire de fermeture provisoire d'établissement mentionnée au 4° de l'article 131-39 du Code pénal n'entraîne ni rupture, ni suspension du contrat de travail, ni aucun préjudice pécuniaire à l'encontre des salariés de l'établissement concerné.**

VI. PRÊT ILLICITE DE MAIN-D'ŒUVRE

Art. L. 8241-1 *(Mod., L. n° 2008-596, 25 juin 2008 ; L. n° 2008-789, 20 août 2008 ; L. n° 2011-893, 28 juill. 2011).* – Toute opération à but lucratif ayant pour objet exclusif le prêt de main-d'œuvre est interdite.

Toutefois, ces dispositions ne s'appliquent pas aux opérations réalisées dans le cadre :

1° *(Mod., Ord. n° 2015-380, 2 avr. 2015)* Des dispositions du présent code relatives au travail temporaire, aux entreprises de travail à temps partagé et à l'exploitation d'une agence de mannequins lorsque celle-ci est exercée par une personne titulaire de la licence d'agence de mannequin ;

2° Des dispositions de l'article L. 222-3 du Code du sport relatives aux associations ou sociétés sportives ;

3° Des dispositions des articles L. 2135-7 et L. 2135-8 du présent code relatives à la mise à disposition des salariés auprès des organisations syndicales ou des associations d'employeurs mentionnées à l'article L. 2231-1.

Une opération de prêt de main-d'œuvre ne poursuit pas de but lucratif lorsque l'entreprise prêteuse ne facture à l'entreprise utilisatrice, pendant la mise à disposition, que les salaires versés au salarié, les charges sociales afférentes et les frais professionnels remboursés à l'intéressé au titre de la mise à disposition.

Art. L. 8241-2 *(Mod., L. n° 2011-893, 28 juill. 2011 ; L. n° 2012-387, 22 mars 2012 ; L. n° 2017-1386, 22 sept. 2017 ; Ord., n° 2017-1718, 20 déc. 2017).* – Les opérations de prêt de main-d'œuvre à but non lucratif sont autorisées.

Dans ce cas, les articles L. 1251-21 à L. 1251-24, les 2° et 3° de l'article L. 2312-6, le 9° du II de l'article L. 2312-26 et l'article L. 5221-4 du présent code ainsi que les articles L. 412-3 à L. 412-7 du Code de la sécurité sociale sont applicables.

Le prêt de main-d'œuvre à but non lucratif conclu entre entreprises requiert :

1° L'accord du salarié concerné ;

2° Une convention de mise à disposition entre l'entreprise prêteuse et l'entreprise utilisatrice qui en définit la durée et mentionne l'identité et la qualification du salarié concerné, ainsi que le mode de détermination des salaires, des charges sociales et des frais professionnels qui seront facturés à l'entreprise utilisatrice par l'entreprise prêteuse ;

3° Un avenant au contrat de travail, signé par le salarié, précisant le travail confié dans l'entreprise utilisatrice, les horaires et le lieu d'exécution du travail, ainsi que les caractéristiques particulières du poste de travail.

À l'issue de sa mise à disposition, le salarié retrouve son poste de travail ou un poste équivalent dans l'entreprise prêteuse sans que l'évolution de sa carrière ou de sa rémunération ne soit affectée par la période de prêt.

Les salariés mis à disposition ont accès aux installations et moyens de transport collectifs dont bénéficient les salariés de l'entreprise utilisatrice.

Un salarié ne peut être sanctionné, licencié ou faire l'objet d'une mesure discriminatoire pour avoir refusé une proposition de mise à disposition.

La mise à disposition ne peut affecter la protection dont jouit un salarié en vertu d'un mandat représentatif.

Pendant la période de prêt de main-d'œuvre, le contrat de travail qui lie le salarié à l'entreprise prêteuse n'est ni rompu ni suspendu. Le salarié continue d'appartenir au personnel de l'entreprise prêteuse ; il conserve le bénéfice de l'ensemble des dispositions conventionnelles dont il aurait bénéficié s'il avait exécuté son travail dans l'entreprise prêteuse.

Le comité social et économique est consulté préalablement à la mise en œuvre d'un prêt de main-d'œuvre et informé des différentes conventions signées.

Le comité de l'entreprise prêteuse est informé lorsque le poste occupé dans l'entreprise utilisatrice par le salarié mis à disposition figure sur la liste de ceux présentant des risques particuliers pour la santé ou la sécurité des salariés mentionnée au second alinéa de l'article L. 4154-2.

Le comité social et économique de l'entreprise utilisatrice est informé et consulté préalablement à l'accueil de salariés mis à la disposition de celle-ci dans le cadre de prêts de main-d'œuvre.

L'entreprise prêteuse et le salarié peuvent convenir que le prêt de main-d'œuvre est soumis à une période probatoire au cours de laquelle il peut y être mis fin à la demande de l'une des parties. Cette période probatoire est obligatoire lorsque le prêt de main-d'œuvre entraîne la modification d'un élément essentiel du contrat de travail. La cessation du prêt de main-d'œuvre à l'initiative de l'une des parties avant la fin de la période probatoire ne peut, sauf faute grave du salarié, constituer un motif de sanction ou de licenciement.

1) Distinction entre prêt illicite de main-d'œuvre et marchandage. L'article L. 125-3 (devenu les articles L. 8241-1 et L. 8241-2) du Code du travail prohibe toute opération à but lucratif ayant pour objet le prêt de main-d'œuvre dès lors qu'elle n'est pas effectuée dans le cadre des dispositions régissant le travail temporaire.

L'article L. 125-1 (devenu l'article L. 8231-1) du même code interdit toute opération à but lucratif de fourniture de main-d'œuvre ayant pour effet de causer un préjudice au salarié qu'elle concerne ou d'éluder l'application des dispositions de la loi, d'un règlement, d'une convention ou d'un accord collectif de travail.

Les juges du fond, lorsqu'ils sont saisis d'une poursuite exercée en application des articles L. 125-1 et L. 125-3, à l'occasion du transfert de salariés entre des sociétés fonctionnant comme une entité unique, sont tenus, pour entrer en voie de condamnation, de caractériser le but lucratif de l'opération conclue entre ces entreprises, liées par des intérêts communs, qui peut consister, au profit de l'utilisateur ou du prêteur de main-d'œuvre, en un bénéfice, un profit ou un gain pécuniaire (▪ Cass. crim., 20 mars 2007 : *Bull. crim.* n° 86).

2) Caractérisation de l'infraction. Se rend coupable d'infraction à l'article L. 125-3 du Code du travail qui interdit le prêt de main-d'œuvre à but lucratif en dehors des dispositions légales relatives au travail temporaire, le chef d'entreprise qui, sous le couvert d'un contrat de sous-traitance simulé conclu à titre onéreux avec une société ayant pour activité déclarée la prestation de services et qu'il contrôlait en fait, a joué le rôle d'un prêteur de main-d'œuvre en même temps que celui d'utilisateur des salariés de cette société (▪ Cass. crim., 15 févr. 1983 : *Bull. crim.* n° 57. ▪ Cass. crim., 7 févr. 1984 : *Bull. crim.* n° 46).

3) Les juges qui constatent, par une appréciation souveraine des éléments de fait, que malgré un contrat de sous-traitance conclu avec une entreprise d'isolation et d'étanchéité, le sous-traitant prétendu se borne à fournir la main-d'œuvre nécessaire à l'entreprise principale, caractérisent suffisamment une opération de prêt illicite de main-d'œuvre (▪ Cass. crim., 3 nov. 1999 : *Bull. crim.* n° 242).

4) Il résulte des articles L. 125-3 (devenu les articles L. 8241-1 et 2) et L. 152-3 (devenu les articles L. 8234-1 et L. 8243-1) du Code du travail que constitue un prêt illicite de main-d'œuvre toute opération à but lucratif ayant pour objet exclusif le prêt de main-d'œuvre dès lors qu'elle n'est pas effectuée dans le cadre des dispositions du Code du travail relatives au travail temporaire ; méconnaît ces dispositions la cour d'appel qui, pour dire le délit de prêt illicite de main-d'œuvre non caractérisé à l'encontre d'une société poursuivie pour avoir, sous le couvert d'un marché public, mis du personnel à la disposition d'un établissement public administratif, énonce que les dispositions du livre Ier du Code du travail, au nombre desquelles figurent les articles précités, ne sont pas applicables à un tel établissement. Une telle circonstance est en effet sans incidence sur la constitution du délit à l'encontre de l'entreprise ayant fourni la main-d'œuvre (▪ Cass. crim., 30 sept. 2003 : *Bull. crim.* n° 175).

5) *Ne bis in idem.* La Cour de cassation a rejeté le pourvoi formé par un prévenu déclaré coupable de prêt illicite de main-d'œuvre et de travail dissimulé par dissimulation d'emploi salarié, qui s'appuyait sur le principe de *ne bis in idem* pour critiquer la double déclaration de culpabilité dont il faisait l'objet. Elle a alors constaté que le moyen qui soulevait la violation du principe de *ne bis in idem* dans le cadre de poursuites concomitantes est irrecevable. D'une part, parce que ce principe n'est pas d'ordre public, puisqu'alors appliqué dans le cas de poursuites concomitantes, il tend à protéger les intérêts du prévenu. D'autre part, car selon la Cour, le grief ne naissait pas de l'arrêt attaqué (▪ Cass. crim., 15 déc. 2021, n° 20-85.924).

Art. L. 8241-3 ***(Mod., L. n° 2018-217, 29 mars 2018 ; à compter du 1er janvier 2020, L. n° 2019-486, 22 mai 2019).*** **– I. – Par dérogation au dernier alinéa de l'article L. 8241-1 et dans les conditions prévues par le présent article, une entreprise peut mettre à disposition de manière temporaire ses salariés auprès d'une jeune ou d'une petite ou moyenne entreprise, afin de lui permettre d'améliorer la qualification de sa main-d'œuvre, de favoriser les transitions professionnelles ou de constituer un partenariat d'affaires ou d'intérêt commun. Le dispositif est applicable :**

1° Pour les entreprises utilisatrices, aux personnes morales dont la liste est fixée aux *a* à *g* du 1 de l'article 238 *bis* du Code général des impôts, aux jeunes entreprises qui ont moins de huit ans d'existence au moment de la mise à disposition et aux petites ou moyennes entreprises de moins de deux cent cinquante salariés ;

2° Pour les entreprises prêteuses, aux entreprises ou aux entreprises appartenant à un groupe d'au moins 5 000 salariés.

L'effectif salarié et le franchissement du seuil de deux cent cinquante salariés sont déterminés selon les modalités prévues à l'article L. 130-1 du Code de la sécurité sociale.

La mise à disposition d'un salarié dans les conditions prévues au présent article ne peut être effectuée au sein d'un même groupe, au sens des dispositions de l'article L. 233-1, des I et II de l'article L. 233-3 et de l'article L. 233-16 du Code de commerce.

Elle ne peut excéder une durée de deux ans.

II. – Les opérations de prêt de main-d'œuvre réalisées sur le fondement du présent article n'ont pas de but lucratif au sens de l'article L. 8241-1 pour les entreprises utilisatrices, même lorsque le montant facturé par l'entreprise prêteuse à l'entreprise utilisatrice est inférieur aux salaires versés au salarié, aux charges sociales afférentes et aux frais professionnels remboursés à l'intéressé au titre de sa mise à disposition temporaire ou est égal à zéro.

Ces opérations ne sont pas soumises aux dispositions de l'article L. 8241-2.

III. – Un décret en Conseil d'État détermine les conditions d'application du présent article.

....

Art. L. 8243-1 *(Mod., L. n° 2014-790, 10 juill. 2014 ; L. n° 2014-1554, 22 déc. 2014 ; L. n° 2015-990, 6 août 2015).* **– Le fait de procéder à une opération de prêt illicite de main-d'œuvre en méconnaissance des dispositions de l'article L. 8241-1, est puni d'un emprisonnement de deux ans et d'une amende de 30 000 €.**

Les peines sont portées à cinq ans d'emprisonnement et à 75 000 € d'amende :

1° Lorsque l'infraction est commise à l'égard de plusieurs personnes ;

2° Lorsque l'infraction est commise à l'égard d'une personne dont la vulnérabilité ou l'état de dépendance sont apparents ou connus de l'auteur.

Les peines sont portées à dix ans d'emprisonnement et à 100 000 € d'amende lorsque l'infraction est commise en bande organisée.

La juridiction peut ordonner, à titre de peine complémentaire, la peine de confiscation dans les conditions et selon les modalités prévues à l'article 131-21 du Code pénal.

La juridiction peut prononcer, en outre, l'interdiction de sous-traiter de la main-d'œuvre pour une durée de deux à dix ans.

Le fait de méconnaître cette interdiction, directement ou par personne interposée, est puni d'un emprisonnement de douze mois et d'une amende de 12 000 €.

Dans tous les cas, la juridiction peut ordonner l'affichage ou la diffusion de la décision prononcée, dans les conditions prévues à l'article 131-35 du Code pénal. Lorsqu'une amende est prononcée, la juridiction peut ordonner que cette diffusion soit opérée, pour une durée maximale de deux ans, par les services du ministre chargé du travail sur un site internet dédié, dans des conditions prévues par décret en Conseil d'État pris après avis de la Commission nationale de l'informatique et des libertés.

Art. L. 8243-2 *(Mod., L. n° 2014-790, 10 juill. 2014).* **– Les personnes morales reconnues pénalement responsables, dans les conditions prévues par l'article 121-2 du Code pénal, du délit de prêt illicite de main-d'œuvre prévu par l'article L. 8241-1 encourent les peines suivantes :**

1° L'amende dans les conditions prévues à l'article 131-38 du Code pénal ;

2° Les peines mentionnées aux 1° à 5°, 8°, 9° et 12° de l'article 131-39 du même code.

L'interdiction mentionnée au 2° de l'article 131-39 porte sur l'activité dans l'exercice ou à l'occasion de l'exercice de laquelle l'infraction a été commise.

Lorsqu'une amende est prononcée, la juridiction peut ordonner que la diffusion prévue au 9° du même article 131-39 soit opérée, pour une durée maximale de deux ans, par les services du ministre chargé du travail sur un site internet dédié, dans des conditions prévues par décret en Conseil d'État pris après avis de la Commission nationale de l'informatique et des libertés.

1) V. ▪ Cass. crim., 15 févr. 1983 : *Bull. crim.* n° 57. ▪ Cass. crim., 7 févr. 1984 : *Bull. crim.* n° 46, préc. sous l'article L. 1254-12, note 2.

2) N'ont pas la qualité de salariés détachés au sens des dispositions de l'ancien article L. 341-5 du Code du travail autorisant le détachement temporaire des salariés d'une entreprise non établie en France pour effectuer sur le territoire national des prestations de services, les travailleurs étrangers non liés par une relation de travail à l'entreprise d'envoi.

Justifie en conséquence sa décision la cour d'appel qui déclare établi le délit de prêt illicite de main-d'œuvre pratiqué hors des règles du travail temporaire à l'encontre de personnes morales ayant eu recours sur le territoire national, dans des conditions financières avantageuses, aux services de travailleurs recrutés en Pologne par une entreprise de droit britannique qui s'est bornée à mettre à disposition desdites personnes morales de la main-d'œuvre, sans entretenir avec celle-ci une quelconque relation de travail (▪ Cass. crim., 3 mars 2009 : *Bull. crim.* n° 50).

3) Justifie sa décision la cour d'appel qui déclare établi le délit de prêt illicite de main-d'œuvre à l'encontre d'une société française ayant eu recours aux services de travailleurs chinois mis à sa disposition par une société de droit allemand et exerçant la même activité que celle de ses propres salariés, sans apport d'un savoir-faire spécifique.

Ces travailleurs, qui se trouvaient dans un lien de subordination à l'égard de la société française en exécution d'un prêt illicite de main-d'œuvre sans entretenir avec la société allemande une quelconque relation de travail, ne sauraient être considérés comme des travailleurs temporaires détachés d'une entreprise non établie en France pour effectuer sur le territoire national des prestations de services (▪ Cass. crim., 8 juin 2010 : *Bull. crim.* n° 105).

4) Justifie sa décision la cour d'appel qui déclare établi à l'encontre d'une société de travail temporaire et d'une société de déménagement appartenant à un même groupe, et de leurs dirigeants, le délit de prêt illicite de main-d'œuvre, consistant, pour la première société, à avoir mis à la disposition de la seconde, en violation des dispositions régissant le travail temporaire, des salariés ayant occupé de façon exclusive, pendant plusieurs mois consécutifs, des emplois peu qualifiés correspondant à l'activité normale et permanente de l'entreprise utilisatrice, dès lors que les éléments retenus par ladite cour d'appel, relevant d'une fraude à la loi, établissent le caractère lucratif de l'opération conclue, qui a été source de profit pour la société de travail temporaire comme pour la société de déménagement, dont la masse salariale, allégée du paiement de gratifications et de primes d'ancienneté ou de fin d'année, a pu s'ajuster en permanence au carnet de commandes de l'entreprise (▪ Cass. crim., 13 nov. 2012, n° 10-80.862 : *Bull. crim.* n° 245 ; *Dr. social* 2013, chron. p. 151, note R. Salomon).

5) L'article L. 8241-1 du Code du travail, sauf dans les cas limitativement prévus par ce texte, prohibe toute opération à but lucratif ayant pour objet exclusif le prêt de main-d'œuvre.

Justifie en conséquence sa décision la cour d'appel qui déclare coupable de cette infraction le dirigeant d'une entreprise ayant eu recours, sous le couvert d'un contrat de prestation de services, au personnel fourni par une société étrangère qui avait œuvré, sans apport d'un savoir-faire spécifique, avec du matériel fourni par ladite entreprise et sous les ordres de son personnel d'encadrement, à des postes qui auraient dû être occupés par ses salariés, le but lucratif de l'opération résultant de ce que le paiement des charges sociales avait ainsi pu être éludé.

En pareil cas, le prévenu n'est pas fondé à invoquer les dispositions issues de la loi du 28 juillet 2011, entrée en vigueur postérieurement aux faits poursuivis, autorisant les opérations de prêt de main-d'œuvre, à but non lucratif, pour lesquelles l'entreprise prêteuse ne facture à l'entreprise utilisatrice que les salaires versés aux salariés, les charges sociales afférentes et les frais professionnels remboursés au titre de la mise à disposition (▪ Cass. crim., 19 mars 2013, n° 11-86.552 : *Bull. crim.* n° 67 ; *Dr. pén.* 2013, comm. 95, obs. J.-H. Robert).

6) N'encourt pas le grief pris d'un défaut de justification du but lucratif des délits de marchandage et prêt illicite de main-d'œuvre retenus contre une société exploitant une entreprise de travaux publics, à la disposition de laquelle une société d'intérim polonaise avait mis des travailleurs détachés, l'arrêt dont il résulte des énonciations, procédant de l'appréciation souveraine des juges sur les faits et circonstances de la cause, qu'un tel prêt de main-d'œuvre, qui a permis de pourvoir durablement des emplois liés à l'activité normale et permanente de l'entreprise utilisatrice, a relevé d'une fraude à la loi sur le travail temporaire ayant eu pour effet d'éluder l'application des dispositions protectrices relatives au contrat de travail, ce dont se déduisent tant le préjudice causé aux salariés concernés que le caractère lucratif de l'opération (▪ Cass. crim., 28 mars 2017, n° 15-84.795).

Art. L. 8243-3 *(L. n° 2011-672, 16 juin 2011)*. – **Le prononcé de la peine complémentaire de fermeture provisoire d'établissement mentionnée au 4° de l'article 131-39 du Code pénal n'entraîne ni rupture, ni suspension du contrat de travail, ni aucun préjudice pécuniaire à l'encontre des salariés de l'établissement concerné.**

VII. HYGIÈNE ET SÉCURITÉ

Infractions commises par l'employeur ou son représentant

Art. L. 4741-1 *(L. n° 2008-67, 21 janv. 2008 ; mod., L. n° 2009-526, 12 mai 2009 ; L. n° 2011-525, 17 mai 2011 ; Ord. n° 2016-413, 7 avr. 2016).* **– Est puni d'une amende de 10 000 €, le fait pour l'employeur ou son délégataire de méconnaître par sa faute personnelle les dispositions suivantes et celles des décrets en Conseil d'État pris pour leur application :**

1° Titres Ier, III et IV et ainsi que section 2 du chapitre IV du titre V du livre Ier ;

2° Titre II du livre II ;

3° Livre III ;

4° Livre IV ;

5° Titre Ier, chapitres II et IV à VI du titre III et titre IV du livre V ;

6° Chapitre II du titre II du présent livre.

La récidive est punie d'un emprisonnement d'un an et d'une amende de 30 000 €.

L'amende est appliquée autant de fois qu'il y a de travailleurs de l'entreprise concernés indépendamment du nombre d'infractions relevées dans le procès-verbal prévu à l'article L. 8113-7.

Jurisprudence : Une cour d'appel ne peut pas prononcer quatre peines d'amende à raison de quatre manquements à la santé et à la sécurité, elle ne doit prononcer qu'une seule peine d'amende. La décision est également censurée pour avoir retenu comme coefficient multiplicateur de l'amende susceptible d'être prononcée le nombre de salariés présents dans l'entreprise, alors qu'elle n'était en droit que de retenir le nombre de salariés concernés par les manquements à la santé et à la sécurité (▪ Cass. crim., 21 avr. 2020, n° 19-85.279 : *JurisData* n° 2020-006108 ; M. Segonds, *Un an de droit pénal du travail : Dr. pén.* 2020, chron. 11).

Art. L. 4741-2 *(Mod., L. n° 2011-525, 17 mai 2011).* **– Lorsqu'une des infractions énumérées à l'article L. 4741-1, qui a provoqué la mort ou des blessures dans les conditions définies aux articles 221-6, 222-19 et 222-20 du Code pénal ou, involontairement, des blessures, coups ou maladies n'entraînant par une incapacité totale de travail personnelle supérieure à trois mois, a été commise par un délégataire, la juridiction peut, compte tenu des circonstances de fait et des conditions de travail de l'intéressé, décider que le paiement des amendes prononcées sera mis, en totalité ou en partie, à la charge de l'employeur si celui-ci a été cité à l'audience.**

Art. L. 4741-3 *(Ord. n° 2016-413, 7 avr. 2016).* **– Le fait pour l'employeur de ne pas s'être conformé aux mesures prises par le directeur régional des entreprises, de la concurrence, de la consommation, du travail et de l'emploi en application de l'article L. 4721-1 est puni d'une amende de 3 750 euros.**

Art. L. 4741-3-1 *(Ord. n° 2016-413, 7 avr. 2016).* **– Le fait pour l'employeur de ne pas s'être conformé aux mesures prises par l'agent de contrôle en application des articles L. 4731-1 ou L. 4731-2 est puni d'un emprisonnement d'un an et d'une amende de 3 750 euros.**

Art. L. 4741-4. – En cas d'infraction aux dispositions de l'article L. 4221-1, de celles du livre III ainsi que des articles L. 4411-7, L. 4525-1 et L. 4721-4 et des décrets pris en application, le jugement fixe, en outre, le délai dans lequel sont exécutés les travaux de sécurité et de salubrité imposés par ces dispositions. Ce délai ne peut excéder dix mois.

Art. L. 4741-5. – En cas de condamnation prononcée en application de l'article L. 4741-1, la juridiction peut ordonner, à titre de peine complémentaire, l'affichage du jugement aux portes des établissements de la personne condamnée, aux frais de celle-ci, dans les conditions prévues à l'article 131-35 du Code pénal, et son insertion, intégrale ou par extraits, dans les journaux qu'elle désigne. Ces frais ne peuvent excéder le montant de l'amende encourue.

En cas de récidive, la juridiction peut prononcer contre l'auteur de l'infraction l'interdiction d'exercer, pendant une durée maximale de cinq ans, certaines fonctions qu'elle énumère soit dans l'entreprise, soit dans une ou plusieurs catégories d'entreprises qu'elle définit.

Le fait de méconnaître cette interdiction est puni d'un emprisonnement de deux ans et d'une amende de 90 000 €.

Art. L. 4741-6. – Les dispositions des articles L. 4741-1 à L. 4741-5 et L. 4741-9 à L. 4742-1 ne sont pas applicables aux établissements mentionnés aux 2° et 3° de l'article L. 4111-1.

Art. L. 4741-7 *(Mod., L. n° 2011-525, 17 mai 2011)*. – L'employeur est civilement responsable des condamnations prononcées contre ses directeurs, gérants ou délégataires.

Art. L. 4741-8. – Le fait d'employer des mineurs à la mendicité habituelle, soit ouvertement, soit sous l'apparence d'une profession, est puni des peines prévues aux articles 225-12-6 et 227-29 du Code pénal.

Infractions commises par une personne autre que l'employeur ou son représentant

Art. L. 4741-9 *(Mod., Ord. n° 2009-229, 26 févr. ; Ord. n° 2016-128, 10 févr. 2016 ; L. n° 2016-1088, 8 août 2016)*. – Est puni d'une amende de 3 750 euros, le fait pour toute personne autre que celles mentionnées à l'article L. 4741-1, de méconnaître par sa faute personnelle les dispositions des articles L. 4311-1 à L. 4311-4, L. 4314-1, L. 4321-2, L. 4321-3, L. 4411-1, L. 4411-2, L. 4411-4 à L. 4411-6, L. 4412-2, L. 4451-1 à L. 4451-4 et celles des décrets en Conseil d'État pris pour leur application.

La récidive est punie d'un emprisonnement d'un an et d'une amende de 9 000 €.

L'amende est appliquée autant de fois qu'il y a de salariés de l'entreprise concernés par la ou les infractions relevées dans le procès-verbal mentionné à l'article L. 8113-7.

Art. L. 4741-10. – En cas de condamnation prononcée en application de l'article L. 4741-9, la juridiction peut ordonner, à titre de peine complémentaire, l'affichage du jugement aux portes des établissements de la personne condamnée, aux frais de celle-ci, dans les conditions prévues à l'article 131-35 du Code pénal, et son insertion, intégrale ou par extraits, dans les journaux qu'elle désigne. Ces frais ne peuvent excéder le montant maximum de l'amende encourue.

En cas de récidive, la juridiction peut prononcer contre l'auteur de l'infraction l'interdiction d'exercer, pendant une durée maximale de cinq ans, certaines fonctions qu'elle énumère soit dans l'entreprise, soit dans une ou plusieurs catégories d'entreprises qu'il définit.

Le fait de méconnaître cette interdiction est puni d'un emprisonnement de deux ans et d'une amende de 9 000 €.

1) Les prescriptions du Code du travail en matière d'hygiène et de sécurité sont impératives, sauf dérogation légale. La circonstance qu'elles rendraient le travail plus difficile n'est pas un cas de force majeure et il n'appartient, ni aux chefs d'entreprise, ni aux juges d'apprécier l'utilité de l'efficacité de ces prescriptions (▪ Cass. crim., 27 nov. 1990 : *Bull. crim.* n° 409).

2) Fait apparaître la faute personnelle et caractérise en tous ses éléments le délit réprimé par l'article L. 263-2, le fait que le prévenu avait la direction du chantier et se trouvait sur les lieux au moment de l'accident dont un ouvrier a été victime en glissant d'une toiture et aurait dû exiger que la victime portât, comme ses camarades, une ceinture de sécurité (▪ Cass. crim., 3 mai 1978 : *JCP* 1979, II, 19073, note Cartier. ▪ Cass. crim., 14 mars 1979 : *Bull. crim.* n° 109 ; *RSC* 1980, p. 137, obs. Levasseur).

3) Est déchargé de sa responsabilité pénale le chef d'entreprise qui a régulièrement délégué la direction du service considéré à un préposé pourvu de la compétence et de l'autorité nécessaire pour veiller efficacement à l'observation de la loi (▪ Cass. crim., 18 oct. 1977 : *Bull. crim.* n° 305. – V. aussi ▪ Cass. crim., 17 nov. 1987 : *Bull. crim.* n° 416). Pour un exemple où les délégués ne disposaient ni de l'autorité, ni des moyens nécessaires pour faire respecter la réglementation sur l'amiante, V. ▪ Cass. crim., 10 sept. 2002 : *Bull. crim.* n° 160 ; *Dr. pén.* 2002, comm. 126, obs. J.-H. Robert. Sur la faculté de subdélégation, V. ▪ Cass. crim., 8 févr. 1983 : *Bull. crim.* n° 48. Le chef d'entreprise ne peut déléguer ses pouvoirs à plusieurs personnes pour l'exécution d'un même travail, un tel cumul étant de nature à restreindre l'autorité et à entraver les initiatives de chacun des prétendus délégataires (▪ Cass. crim., 6 juin 1989 : *Bull. crim.* n° 243). Le président de la société dominante d'un groupe de sociétés peut déléguer ses pouvoirs en matière d'hygiène et de sécurité à un membre d'une société filiale placé sous son autorité hiérarchique (▪ Cass. crim., 26 mai 1994 : *Bull. crim.* n° 208). Le moyen de défense tiré de l'existence d'une délégation de pouvoirs peut être invoqué en cause d'appel (▪ Cass. crim., 5 janv. 1993 : *Bull. crim.* n° 6).

4) Il appartient au chef d'entreprise, avant de prendre une décision d'aménagement important modifiant les conditions d'hygiène et de sécurité ou les conditions de travail, de s'assurer de la consultation du comité d'hygiène et de sécurité et des conditions de travail. Est dès lors inopérante la délégation de pouvoirs donnée par le chef d'entreprise à un cadre le représentant pour présider le comité. Celui-ci ne peut engager sa responsabilité pénale que s'il a personnellement porté atteinte au fonctionnement régulier du comité d'hygiène et de sécurité et des conditions de travail (▪ Cass. crim., 14 oct. 2003 : *Bull. crim.* n° 190).

5) Encourt la cassation l'arrêt de la cour d'appel qui, dans la poursuite exercée à la suite d'un accident du travail contre le salarié d'une société assumant la maîtrise d'ouvrage déléguée d'une opération de construction de logements, déclare inopérante l'argumentation du prévenu prise d'un défaut de délégation de pouvoirs et retient à la charge dudit prévenu, outre le délit de blessures involontaires, une infraction aux règles de sécurité ne pouvant être imputée qu'au seul chef d'établissement ou à son délégataire selon les dispositions de l'article L. 263-2 du Code du travail, devenu l'article L. 4741-1 du même code (▪ Cass. crim., 8 avr. 2008 : *Bull. crim.* n° 96).

6) N'encourt pas le grief allégué d'avoir retenu cumulativement la responsabilité pénale du chef d'établissement, poursuivi du chef d'infractions à la réglementation relative à l'hygiène et à la sécurité des travailleurs, et de son délégataire, l'arrêt de la cour d'appel qui, par les seuls motifs adoptés du jugement qu'il confirme, écarte les délégations de pouvoirs invoquées par le prévenu et le déclare coupable, en relevant qu'il n'est pas établi que le préposé concerné, âgé de 21 ans lors de la signature de la première délégation, moins d'une année après son arrivée dans l'entreprise, ait disposé d'une compétence et d'une autorité suffisantes (▪ Cass. crim., 8 déc. 2009 : *Bull. crim.* n° 210).

7) En matière d'hygiène et de sécurité du travail, la même infraction ne peut être retenue à la fois contre le chef d'entreprise et contre un préposé de celui-ci (▪ Cass. crim., 23 janv. 1975 : *JCP* 1976, II, 18333, note J.-H. Robert ; *D.* 1975, p. 375, note J. Savatier).

8) Les dispositions de l'article L. 263-2 du Code du travail réprimant les infractions aux règles prévues en matière d'hygiène et de sécurité du travail sont applicables aux dirigeants de fait ; dès lors, justifie sa décision au regard de ce texte, la cour d'appel qui déclare un chef de chantier coupable de telles infractions, après avoir relevé que, postérieurement à la démission du gérant de la société dont il était le salarié, il a exercé les pouvoirs du chef d'entreprise et qu'il lui appartenait, dans ces conditions, de prendre les mesures obligatoires prévues par les dispositions réglementaires propres à assurer la sécurité des travailleurs (▪ Cass. crim., 10 mars 1998 : *Bull. crim.* n° 94).

9) Il résulte de l'article 7 du décret n° 96-98 du 7 février 1996 modifié relatif à la protection des travailleurs contre les risques liés à l'inhalation de poussières d'amiante que les déchets résultant des travaux de désamiantage ne peuvent rester entreposés sans être conditionnés et traités de manière à éviter l'émission de poussière ; justifie en conséquence sa décision la cour d'appel qui, pour retenir la culpabilité du prévenu pour infraction à l'article précité (sanctionné par l'article L. 263-2 du Code du travail), énonce que, durant 2 heures, les ouvriers placés sous son autorité ont procédé au désamiantage en laissant s'accumuler les déchets sur le sol.

Le plan de retrait d'amiante établi par le chef d'entreprise en application de l'article 23 du décret n° 96-98 du 7 février 1996 ne saurait déroger aux prescriptions de l'article 4.2° de l'arrêté du 14 mai 1996 relatif aux règles techniques et de qualification que doivent respecter les entreprises effectuant des activités de confinement et de retrait d'amiante, selon lesquelles les salariés doivent être équipés d'appareils de protection respiratoire isolants à adduction d'air comprimé dès lors que la configuration de la zone de travail ne rend pas impraticable ou dangereuse l'utilisation de tels appareils (▪ Cass. crim., 10 sept. 2002 : *Bull. crim.* n° 160 ; *Dr. pén.* 2002, comm. 126, obs. J.-H. Robert).

10) Justifie sa décision la cour d'appel qui retient que l'ingénieur chef responsable des services techniques d'une ville, chargé de la coordination et de l'installation de la foire-exposition, devait observer les dispositions réglementaires s'imposant, pour les travaux en hauteur, en application du décret du 10 juin 1985 relatif à l'hygiène et à la sécurité du travail dans la fonction publique, et le déclare coupable du délit de blessures involontaires sur un employé municipal chutant d'une échelle, ce prévenu ayant manifestement violé une obligation particulière de sécurité (▪ Cass. crim., 3 déc. 2002 : *Bull. crim.* n° 219 ; préc. ss art. 221-6 du Code pénal).

11) L'exception apportée par l'article L. 263-2, alinéa 2 du Code du travail à la règle générale de non-cumul des peines doit être appliquée restrictivement ; doit être cassé l'arrêt qui prononce huit amendes distinctes après avoir constaté que quatre ouvriers étaient concernés par l'infraction retenue pour défaut de port du casque de protection (▪ Cass. crim., 26 mai 1981 : *Bull. crim.* n° 173).

12) En cas de conviction de plusieurs crimes ou délits la peine la plus forte est seule prononcée ; il n'est pas dérogé à cette règle lorsqu'un délit d'homicide involontaire est poursuivi en même temps que des infractions correctionnelles aux dispositions protectrices de la sécurité des travailleurs ; au contraire l'article L. 263-2 (ancien) du Code du travail rappelle, dans son dernier alinéa, que le cumul des peines est exclu en pareil cas conformément à l'article 5 du Code pénal (▪ Cass. crim., 25 juill. 1986 : *RSC* 1987, p. 237, obs. Lazerges).

– Après avoir déclaré le prévenu coupable du délit de blessures involontaires et de trois infractions à la réglementation relative à la sécurité des travailleurs, visées à l'article L. 263-2, alinéa 1er, du Code du travail, l'arrêt l'a condamné à une amende de 6 000 euros et à trois amendes de 3 000 euros ; en prononçant ainsi, la cour d'appel a fait l'exacte application des articles L. 263-2 du Code du travail et 132-3 du Code pénal ; qu'en effet, lorsqu'à l'occasion d'une même procédure, la personne poursuivie est reconnue coupable de plusieurs infractions en concours, les unes visées à l'article L. 263-2, alinéa 1er, du Code du travail, les autres d'homicide ou de blessures involontaires prévus par les articles 221-6, 222-19 et 222-20 du Code pénal, les peines de même nature se cumulent dès lors que leur total n'excède pas le maximum légal de la peine la plus élevée qui est encourue (▪ Cass. crim., 13 sept. 2005 : *Bull. crim.* n° 224).

Il est possible de déclarer un employeur coupable, à l'égard du même salarié, à la fois du délit d'homicide involontaire et d'infraction à la réglementation relative à la sécurité des travailleurs, sans méconnaître le principe *ne bis in idem* :

« en effet, ne procèdent pas de manière indissociable d'une action unique caractérisée par une seule intention coupable, d'une part, les atteintes involontaires à la vie ou à l'intégrité des personnes commises par la violation d'une obligation particulière de prudence ou de sécurité prévue par la loi ou le règlement, d'autre part, les délits ou contraventions qui sanctionnent le non-respect de ladite obligation » (▪ Cass. crim., 9 avr. 2019, n° 17-86.267 : *D.* 2019, p. 762).

13) QPC. La Cour de cassation a refusé de transmettre une question prioritaire de constitutionnalité au Conseil constitutionnel, question qui pointait une prétendue violation du principe d'égalité devant la loi entre les employeurs personnes physiques et personnes morales (▪ Cass. crim., 4 sept. 2018, n° 18-80.942 : *JurisData* n° 2018-016883 ; *Dr. pén.* 2019, étude 9, obs. M. Segonds).

Infractions aux règles de représentation des salariés

Art. L. 4742-1 *(L. n° 2015-990, 6 août 2015)*. **– Le fait de porter atteinte ou de tenter de porter atteinte soit à la constitution, soit à la libre désignation des membres du comité d'hygiène, de sécurité et des conditions de travail, notamment par la méconnaissance des dispositions du livre IV de la deuxième partie relatives à la protection des représentants du personnel à ce comité, est puni d'un emprisonnement d'un an et d'une amende de 7 500 €.**

Le fait de porter atteinte au fonctionnement régulier du comité est puni d'une amende de 7 500 €.

1) Commet le délit d'entrave prévu et réprimé par l'article L. 263-2-2 du Code du travail l'employeur qui, ayant formé un recours en annulation de l'élection des membres au comité d'hygiène, de sécurité et des conditions de travail se refuse délibérément à réunir le comité nouvellement élu dans l'attente de la décision à intervenir sur sa contestation (▪ Cass. crim., 25 févr. 2003 : *Bull. crim.* n° 53).

2) Commet le délit d'entrave au fonctionnement régulier du comité d'hygiène, de sécurité et des conditions de travail l'employeur qui, en méconnaissance de l'article L. 236-4 du Code du travail, ne présente pas à cet organisme le bilan annuel de la situation générale de l'hygiène, de la sécurité et des conditions de travail dans son établissement ainsi que des actions de prévention. Aucune disposition légale n'impose audit comité de formuler une demande préalable de communication des documents mentionnés dans ce texte, pour que soit caractérisé l'élément intentionnel de l'infraction (▪ Cass. crim., 14 nov. 2006 : *Bull. crim.* n° 284).

3) La délégation de pouvoirs consentie à un préposé en vue de la présidence du comité d'entreprise ou d'établissement et du comité d'hygiène, de sécurité et des conditions de travail ne saurait être étendue au-delà des limites qu'elle définit.

Les dispositions pénales de l'article L. 263-2-2 du Code du travail relatives aux entraves au fonctionnement régulier des comités d'hygiène, de sécurité et des conditions de travail, qui sont d'interprétation stricte, ne s'appliquent qu'aux organismes énumérés par ce texte, et ne peuvent, faute de mention dans ce texte, être étendues au bénéfice du comité de coordination des comités d'hygiène et de sécurité créé conformément à l'article L. 236-6 du même code (▪ Cass. crim., 12 avr. 2005 : *Bull. crim.* n° 129 ; *Dr. sociétés* 2005, p. 856, obs. F. Duquesne).

4) Il appartient au chef d'entreprise, avant de prendre une décision d'aménagement important modifiant les conditions d'hygiène et de sécurité ou les conditions de travail, de s'assurer de la consultation du comité d'hygiène et de sécurité et des conditions de travail. Est dès lors inopérante la délégation de pouvoirs donnée par le chef d'entreprise à un cadre le représentant pour présider le comité. Celui-ci ne peut engager sa responsabilité pénale que s'il a personnellement porté atteinte au fonctionnement régulier du comité d'hygiène et de sécurité et des conditions de travail (■ Cass. crim., 14 oct. 2003 : *Bull. crim.* n° 190).

Dispositions particulières aux personnes morales

Art. L. 4741-11 *(Ord. n° 2017-1386, 22 sept. 2017)*. **– Lorsqu'un accident du travail survient dans une entreprise où ont été relevés des manquements graves ou répétés aux règles de santé et sécurité au travail, la juridiction saisie, qui relaxe la ou les personnes physiques poursuivies sur le fondement des articles 221-6, 221-19 et 221-20 du Code pénal, fait obligation à l'entreprise de prendre toutes mesures pour rétablir des conditions normales de santé et sécurité au travail.**

À cet effet, la juridiction enjoint à l'entreprise de présenter, dans un délai qu'elle fixe, un plan de réalisation de ces mesures, accompagné de l'avis motivé du comité social et économique.

La juridiction adopte le plan présenté après avis du directeur régional des entreprises, de la concurrence, de la consommation, du travail et de l'emploi. À défaut de présentation ou d'adoption d'un tel plan, elle condamne l'entreprise à exécuter, pendant une période qui ne peut excéder cinq ans, un plan de nature à faire disparaître les manquements mentionnés au premier alinéa.

Dans ce dernier cas, les dépenses mises à la charge de l'entreprise ne peuvent annuellement dépasser le montant annuel moyen des cotisations d'accidents du travail prélevé au cours des cinq années antérieures à celle du jugement, dans le ou les établissements où ont été relevés les manquements.

Le contrôle de l'exécution des mesures prescrites est exercé par l'inspecteur du travail. S'il y a lieu, celui-ci saisit le juge des référés, qui peut ordonner la fermeture totale ou partielle de l'établissement pendant le temps nécessaire pour assurer cette exécution.

L'employeur qui, dans les délais prévus, n'a pas présenté le plan mentionné au deuxième alinéa ou n'a pas pris les mesures nécessaires à la réalisation du plan arrêté par la juridiction en vertu du troisième alinéa, est puni d'une amende de 18 000 euros ainsi que des peines prévues à l'article L. 4741-14.

1) Excède les limites de sa compétence le juge d'instruction qui, se fondant sur les dispositions de l'article L. 263-3-1 du Code du travail, fait obligation à un inculpé de présenter dans un délai de 6 mois un plan de réalisation de mesures en vue de rétablir les conditions normales d'hygiène et de sécurité dans son usine ; en effet, le magistrat s'est ainsi approprié des pouvoirs que la loi réserve aux seules juridictions de jugement (■ Cass. crim., 24 févr. 1981 : *JCP* 1981, II, 19689, note W. Jeandidier).

2) Il ne saurait être fait grief à un arrêt d'avoir dépassé le maximum de l'amende prévue par l'article L. 4741-11 du Code du travail, dans sa version antérieure à l'ordonnance n° 2016-413 du 7 avril 2016, dès lors qu'aux termes de l'article 131-38 du Code pénal, dont la portée est générale, le taux maximum de l'amende applicable aux personnes morales est égal au quintuple de celui prévu pour les personnes physiques par la loi qui réprime l'infraction (■ Cass. crim., 27 févr. 2018, n° 17-80.387).

Art. L. 4741-12. – Lorsqu'il a été fait application de l'article L. 474-11, aucune infraction nouvelle ne peut être relevée pour la même cause durant le délai qui a été, le cas échéant, accordé.

En cas de récidive constatée par procès-verbal, après une condamnation prononcée en vertu de l'article précité, la juridiction peut ordonner la fermeture totale ou partielle, définitive ou temporaire, de l'établissement dans lequel n'ont pas été faits les travaux de sécurité ou de salubrité imposés par les dispositions légales.

Le jugement est susceptible d'appel. Dans ce cas, la juridiction statue d'urgence.

Art. L. 4741-13. – Les condamnations prononcées en application de l'article L. 4741-12 ne peuvent, sous réserve des dispositions du second alinéa, entraîner ni rupture, ni suspension du contrat de travail, ni aucun préjudice pécuniaire à l'encontre des salariés concernés.

Lorsque la fermeture totale et définitive entraîne le licenciement du personnel, elle donne lieu, en dehors de l'indemnité de préavis et de l'indemnité de licenciement, aux dommages et intérêts prévus aux articles L. 1235-2 à L. 1235-5 en cas de rupture du contrat de travail.

Art. L. 4741-14. – En cas de condamnation prononcée en application de l'article L. 4741-12, la juridiction peut ordonner, à titre de peine complémentaire, l'affichage du jugement aux portes des établissements de la personne condamnée, aux frais de celle-ci, dans les conditions prévues à l'article 131-35 du Code pénal, et son insertion, intégrale ou par extraits, dans les journaux qu'elle désigne. Ces frais ne peuvent excéder le montant maximum de l'amende encourue.

En cas de récidive, la juridiction peut prononcer contre l'auteur de l'infraction l'interdiction d'exercer, pendant une durée maximale de cinq ans, certaines fonctions qu'elle énumère soit dans l'entreprise, soit dans une ou plusieurs catégories d'entreprises qu'elle définit.

Le fait de méconnaître cette interdiction est puni d'un emprisonnement de deux ans et d'une amende de 9 000 €.

1) La durée de l'affichage doit être précisée par les juges, dans la limite de 2 mois fixée, sauf disposition contraire de la loi, par l'article 51 du Code pénal (▪ Cass. crim., 26 nov. 1985 : *Bull. crim.* n° 377).

2) Les peines complémentaires d'affichage et de publication de la décision de condamnation, telles que définies par l'article L. 263-6 du Code du travail qui se réfère lui-même aux dispositions des articles L. 263-2 et L. 263-4 du même code, ne sont pas applicables aux délits d'entrave aux fonctions de délégués du personnel, au fonctionnement régulier du comité d'entreprise et du comité d'hygiène, de sécurité et des conditions de travail, réprimés par les articles L. 482-1, L. 263-2-2 et L. 483-1 dudit code (▪ Cass. crim., 27 sept. 1989 : *Bull. crim.* n° 333).

VIII. LICENCIEMENT ÉCONOMIQUE

Art. L. 1238-2 ***(Ord. n° 2017-1386, 22 sept. 2017).*** **– Le fait de procéder à un licenciement sans accomplir les consultations du comité social et économique prévues aux articles L. 1233-29, L. 1233-30, L. 1233-34 et L. 1233-35, est puni d'une amende de 3 750 euros, prononcée autant de fois qu'il y a de salariés concernés par l'infraction.**

Art. L. 1238-3. – Le fait de ne pas respecter le délai d'envoi des lettres de licenciement prévu à l'article L. 1233-9 est puni d'une amende de 3 750 €, prononcée autant de fois qu'il y a de salariés concernés par l'infraction.

Art. L. 1238-4. – Le fait de procéder à un licenciement sans le notifier à l'autorité administrative dans les conditions prévues à l'article L. 1233-46 est puni d'une amende de 3 750 €, prononcée autant de fois qu'il y a de salariés concernés par l'infraction.

Art. L. 1238-5. – En cas de redressement ou de liquidation judiciaire, le fait pour l'employeur, l'administrateur ou le liquidateur de ne pas respecter les dispositions des articles L. 1233-58 et L. 1233-60 est puni d'une amende de 3 750 €, prononcée par l'infraction.

1) Commet le délit de l'article L. 321-11 l'employeur qui procède à l'un des licenciements prévus à l'article L. 321-7 sans avoir présenté à l'autorité administrative la demande d'autorisation que prévoit ce texte (▪ Cass. crim., 17 oct. 1979 : *Bull. crim.* n° 787).

2) Les dispositions relatives au licenciement économique ayant un caractère d'ordre public, commet le délit réprimé par l'article L. 321-11 l'employeur qui obtient de salariés la signature de protocoles d'accord pour quitter l'entreprise après refus d'autorisation de l'inspecteur du travail (▪ Cass. crim., 27 oct. 1981 : *D.* 1982, IR p. 120).

3) L'article L. 321-11 sanctionne l'inobservation par l'employeur des obligations énumérées par l'article L. 321-3 (obligation de réunir et consulter le comité d'entreprise sur le projet de licenciement) et non celles résultant de l'article L. 432-4 (consultation des instances représentatives du personnel en ce qui concerne la marche générale de l'entreprise) (▪ Cass. crim., 31 mai 1983 : *Bull. crim.* n° 165).

4) L'autorisation administrative n'est pas nécessaire en cas de licenciement dû à un cas de force majeure (cyclone dans une bananeraie ▪ Cass. crim., 4 janv. 1984 : *Bull. crim.* n° 6).

5) Se rend coupable de licenciement pour motif économique d'ordre conjoncturel ou structurel, sans avoir obtenu ni sollicité l'autorisation de l'inspecteur du travail, l'employeur qui, en raison de la réduction de l'activité de son entreprise, a, durant 2 mois en 1983, placé un certain nombre de salariés au « chômage technique total » pendant

4 semaines, puis informé ultérieurement sept d'entre eux qu'il ne pourrait leur donner du travail à l'issue de cette période en leur conseillant de procéder aux formalités nécessaires pour être admis au bénéfice des allocations du régime d'assurance chômage.

Pour déclarer la prévention établie, la cour d'appel, après avoir énoncé que l'offre de réintégration formulée par l'employeur ne comportait aucune garantie et n'était en réalité qu'une « manœuvre de dernière minute » destinée à le décharger de la responsabilité de la rupture, relève, d'une part que le fait de laisser sans activité ni rémunération pendant plus de quatre mois des salariés qui ne pouvaient ni occuper ni même rechercher un autre emploi, constituait une modification substantielle de leur contrat de travail et que cette modification non acceptée par les intéressés équivalait en l'occurrence à un licenciement ; d'autre part que le caractère économique de cette mesure résultait des propres déclarations du prévenu, lequel n'avait d'ailleurs pas remplacé les travailleurs prétendument démissionnaires. En l'état de ces motifs la cour d'appel a caractérisé en tous ses éléments, le délit prévu par l'article L. 321-11 du Code du travail, les constatations précitées établissant que les salariés en cause avaient expressément refusé la prolongation indéterminée de leur mise en chômage total (■ Cass. crim., 23 juill. 1986 : *D.* 1987, somm. p. 209, obs. Langlois).

6) Se rend coupable du délit prévu à l'article L. 321-11 l'employeur qui, envisageant de supprimer de nombreux emplois, pour motif économique, omet de procéder aux formalités prescrites par les dispositions d'ordre public des articles L. 321-21 et suivants relatives au licenciement pour motif économique ; il n'importe, à cet égard, que les emplois ne soient supprimés que par la voie de départs volontaires (■ Cass. crim., 29 nov. 1994 : *Bull. crim.* n° 385).

IX. TRAVAIL DISSIMULÉ

Bibliographie : Circ. 29 nov. 1995, sur le renforcement de la lutte contre le travail clandestin : *JCP* 1995, III, 67716. ● T. Aubert-Monpeyssen, *Le renforcement de la lutte contre le travail illégal : Dr. soc.* 1997, p. 915.

Art. L. 8221-1. – Sont interdits :

1° Le travail totalement ou partiellement dissimulé, défini et exercé dans les conditions prévues aux articles L. 8221-3 et L. 8221-5 ;

2° La publicité, par quelque moyen que ce soit, tendant à favoriser, en toute connaissance de cause, le travail dissimulé ;

3° Le fait de recourir sciemment, directement ou par personne interposée, aux services de celui qui exerce un travail dissimulé.

Justifie sa décision la cour d'appel qui, pour renvoyer une société et des préposés de celle-ci des fins de poursuites pour recours aux services de personnes exerçant un travail dissimulé, relève qu'en l'espèce, les relations contractuelles entre la société et ces personnes étaient celles inhérentes au contrat de vente.

La société poursuivie ne se trouvait en effet pas dans la situation d'un donneur d'ordre ayant recours aux services d'une personne exerçant un travail dissimulé (■ Cass. crim., 4 sept. 2012, n° 11-87.225 : *Dr. pén.* 2013, comm. 27, obs. J.-H. Robert).

Les qualifications de travail dissimulé, de marchandage et de prêt illicite de main-d'œuvre peuvent être cumulées mais les juges du fond doivent alors, pour éviter la censure de la Cour de cassation, établir les éléments constitutifs des deux derniers délits (■ Cass. crim., 15 oct. 2019, n° 17-86.838 : *Dr. soc.* 2020, p. 171, obs. R. Salomon).

L'article L. 8221-1, 3°, du Code du travail interdit le fait de recourir sciemment, directement ou par personne interposée, aux services de celui qui exerce un travail dissimulé. La Cour de cassation juge que les dispositions des articles L. 8222-1 et R. 8222-1 du Code du travail, relatives à l'obligation de procéder à des vérifications lors de la conclusion de contrats portant sur des opérations d'un montant au moins égal à 3 000 €, concernent la seule application de la solidarité financière imposée par ledit code entre les donneurs d'ordre et les maîtres d'ouvrage (■ Cass. crim., 3 avr. 2013, n° 12-83.373). Il s'ensuit que ces dispositions n'ont pas pour objet de réduire le champ de l'incrimination du délit de recours aux services d'un travailleur dissimulé, défini à l'article L. 8221-1, 3°, du Code du travail, aux seules hypothèses où est méconnue l'obligation de vérification précitée (■ Cass. crim., 7 déc. 2021, n° 20-86.055 : *JurisData* n° 2021-020396 ; *Dr. pén.* 2022, comm. n° 33, obs. J.-H. Robert).

Art. L. 8221-2. – Sont exclus des interdictions prévues au présent chapitre, les travaux d'urgence dont l'exécution immédiate est nécessaire pour prévenir les accidents imminents ou organiser les mesures de sauvetage.

Travail dissimulé par dissimulation d'activité

Art. L. 8221-3 *(Mod., L. n° 2011-1906, 21 déc. 2011).* **– Est réputé travail dissimulé par dissimulation d'activité, l'exercice à but lucratif d'une activité de production, de transformation, de réparation ou de prestation de services ou l'accomplissement d'actes de commerce par toute personne qui, se soustrayant intentionnellement à ses obligations :**

1° Soit n'a pas demandé son immatriculation au répertoire des métiers ou, dans les départements de la Moselle, du Bas-Rhin et du Haut-Rhin, au registre des entreprises ou au registre du commerce et des sociétés, lorsque celle-ci est obligatoire, ou a poursuivi son activité après refus d'immatriculation, ou postérieurement à une radiation ;

2° *(2° mod. à compter du 1er janvier 2018, L. n° 2017-1836, 30 déc. 2017)* **Soit n'a pas procédé aux déclarations qui doivent être faites aux organismes de protection sociale ou à l'administration fiscale en vertu des dispositions légales en vigueur. Cette situation peut notamment résulter de la non-déclaration d'une partie de son chiffre d'affaires ou de ses revenus ou de la continuation d'activité après avoir été radié par les organismes de protection sociale en application de l'article L. 613-4 du Code de la sécurité sociale ;**

3° *(3° créé, L. n° 2018-771, 5 sept. 2018)* **Soit s'est prévalue des dispositions applicables au détachement de salariés lorsque l'employeur de ces derniers exerce dans l'État sur le territoire duquel il est établi des activités relevant uniquement de la gestion interne ou administrative, ou lorsque son activité est réalisée sur le territoire national de façon habituelle, stable et continue.**

Art. L. 8221-4. – Les activités mentionnées à l'article L. 8221-3 sont présumées, sauf preuve contraire, accomplies à titre lucratif :

1° Soit lorsque leur réalisation a lieu avec recours à la publicité sous une forme quelconque en vue de la recherche de la clientèle ;

2° Soit lorsque leur fréquence ou leur importance est établie ;

3° Soit lorsque la facturation est absente ou frauduleuse ;

4° Soit lorsque, pour des activités artisanales, elles sont réalisées avec un matériel ou un outillage présentant par sa nature ou son importance un caractère professionnel.

1) Est réputé travail dissimulé par dissimulation d'activité, au sens de l'article L. 324-10 devenu l'article L. 8221-3 du Code du travail, l'exercice à but lucratif d'une activité de prestations de services ou l'accomplissement d'actes de commerce par toute personne qui, se soustrayant à ses obligations, n'a pas demandé son immatriculation au répertoire des métiers ou, dans les départements de Moselle, du Bas-Rhin et du Haut-Rhin, au registre des entreprises ou au registre du commerce et des sociétés, lorsqu'une telle immatriculation est obligatoire.

Justifie sa décision la cour d'appel qui, pour déclarer un prévenu coupable de travail dissimulé, en sa qualité de dirigeant d'une société de taxis et d'exploitant, retient que les prestations de transport qu'il effectuait selon un cahier des charges imposant diverses obligations relatives au caractère luxueux des véhicules utilisés, à la présentation des chauffeurs, à l'organisation des déplacements, aux horaires de travail et aux lieux de prise en charge, constituaient l'exploitation de voitures de grande remise, activité distincte de l'activité principale de taxi, qui aurait dû faire l'objet, en tant que telle, d'une immatriculation au registre du commerce et des sociétés ou au registre des entreprises institué dans les départements de Moselle, du Bas-Rhin et du Haut-Rhin, par application des articles L. 123-1 et suivants, R. 123-32 et suivants du Code de commerce, 19 et suivants de la loi du 5 juillet 1996 et 7 et suivants du décret du 2 avril 1998 (■ Cass. crim., 3 avr. 2013, n° 08-83.982 : *Bull. crim.* n° 77 ; *Dr. pén.* 2013, comm. 96, obs. J.-H. Robert ; *Dr. soc.* 2013, p. 626, études, note R. Salomon). – Rappr. ■ Cass. crim., 23 mai 1995 : *Bull. crim.* n° 192.

2) Doit être rejeté, sans qu'il y ait lieu de poser une question préjudicielle à la Cour de justice de l'Union européenne, le pourvoi formé par une société étrangère de transports aériens condamnée pour avoir omis de déclarer aux organismes de protection sociale les salariés, par elle employés sur le sol français, qui étaient immatriculés au régime de protection sociale espagnol et présentés comme des travailleurs détachés, dès lors qu'en l'absence d'un détachement de salariés entrant dans les prévisions de l'article 141, *a* du règlement (CEE) 1408/71, en vigueur à la date des faits poursuivis, la société, dont l'activité en France était exercée dans le cadre d'une base d'exploitation telle que définie par l'article R. 330-2-1 du Code de l'aviation civile, sous la direction d'un cadre dirigeant au sens de l'article L. 3111-2 du Code du travail et relevait du droit d'établissement au sens des dispositions de l'article L. 1262-3 du même code et de la jurisprudence de la Cour de justice de l'union européenne, ne pouvait se prévaloir des certificats délivrés par l'autorité étrangère en cas de détachement de travailleurs au sein de l'Union européenne, dits formulaires E101, et que se trouvait caractérisée à son encontre en tous ses éléments constitutifs l'infraction de travail dissimulé prévue par les dispositions, d'ordre public, de l'article L. 8221-3, 2° de ce code (■ Cass. crim., 11 mars 2014, n° 12-81.461).

3) Justifie sa décision la cour d'appel qui, pour condamner une société anglaise de transports aériens de passagers du chef, notamment, de travail dissimulé par dissimulation d'activité et de salariés, par suite d'un défaut d'immatriculation ainsi que de déclarations fiscales et sociales attachées à l'exercice d'une activité économique en France et d'un défaut de déclarations nominatives de salariés préalables à l'embauche, retient, après avoir constaté que ladite société avait développé sur le territoire national une activité habituelle, stable et continue, que cette activité relève des règles relatives au droit d'établissement, exclusives des dispositions applicables au détachement transnational, et non de la liberté de prestation de services au sens des articles 52 et suivants du Traité instituant la Communauté économique européenne modifié, et en déduit qu'en application des règles du droit du travail et du règlement (CEE) n° 1408/71 du 14 juin 1971 en vigueur à la date des faits, la société aurait dû procéder aux formalités requises.

Pour s'exonérer de sa responsabilité, la personne morale prévenue ne saurait utilement invoquer la circonstance que, postérieurement aux agissements poursuivis, elle a conclu, sur le fondement de l'article 17 du règlement (CEE) n° 1408/71 du 14 juin 1971, un accord dérogatoire ayant maintenu l'affiliation des salariés concernés au régime de sécurité sociale étranger et entraîné la délivrance de certificats E106 et E101 de nature à s'imposer aux administrations et juridictions des États membres de la Communauté (■ Cass. crim., 11 mars 2014, n° 11-88.420).

4) Acquiert la qualité de commerçant assujetti à l'immatriculation au registre du commerce et des sociétés, quiconque, agissant en son nom et pour son propre compte, se livre de manière habituelle et professionnelle à des achats de biens meubles en vue de les revendre, que ces ventes aient lieu en France ou à l'étranger ; est réputé travail dissimulé par dissimulation d'activité l'accomplissement d'actes de commerce par toute personne qui se soustrait intentionnellement à l'obligation de demander son immatriculation au registre du commerce et des sociétés lorsque celle-ci est obligatoire.

Encourt la censure l'arrêt qui, pour confirmer la relaxe de deux prévenus poursuivis du chef de travail dissimulé, relève que ceux-ci n'exerçaient qu'une activité très limitée dont le caractère professionnel n'était pas démontré, que s'ils avaient réalisé de très nombreux achats d'objets divers, notamment de véhicules revendus sur internet, et constitué un stock, il leur était loisible de ne pas revendre ces objets et qu'au demeurant les opérations de revente n'étaient pas, selon leurs dires, réalisées sur le territoire français (■ Cass. crim., 30 mars 2016, n° 15-81.478).

5) L'obligation de procéder aux déclarations qui doivent être faites aux organismes de protection sociale ou à l'administration fiscale en vertu des dispositions en vigueur, dont la méconnaissance constitue, selon le paragraphe 2° de l'article L. 8221-3 du Code du travail, l'une des formes du délit de travail dissimulé par dissimulation d'activité incriminé par ce texte, concerne tant la déclaration initiale de l'activité économique que les déclarations périodiques (■ Cass. crim., 30 mars 2016, n° 15-80.761).

6) Justifie sa décision la cour d'appel qui, pour déclarer le gérant d'une entreprise coupable de travail dissimulé, en application du premier paragraphe de l'article L. 8221-3 du Code du travail, retient que l'inscription au registre du commerce et des sociétés de l'établissement principal de cette société n'a pas dispensé le prévenu de déclarer, dans les délais légaux, un établissement secondaire, dès lors que ce dernier a consisté en un établissement permanent, distinct du premier (■ Cass. crim., 28 mars 2017, n° 16-81.944).

7) Une société commerciale immatriculée dans un pays étranger est tenue de s'immatriculer au registre du commerce et des sociétés français, sur le fondement des dispositions des articles L. 123-1, I, 3°, L. 123-11 et R. 123-35 du Code de commerce, dès lors qu'elle ouvre un premier établissement dans un département français, c'est-à-dire lorsqu'elle y établit une agence, une succursale ou une représentation.

Est justifié l'arrêt qui déclare coupable de travail dissimulé par dissimulation d'activité le gérant d'une société immatriculée aux Comores pour y exercer une activité de construction immobilière, par des motifs dont il résulte qu'alors que cette société disposait en France, au domicile dudit gérant, d'une représentation permanente pour les besoins de son activité commerciale, laquelle valait ouverture d'un premier établissement sur le territoire national, l'intéressé ne l'avait pas fait immatriculer au registre du commerce et des sociétés français (■ Cass. crim., 20 juin 2017, n° 14-85.879).

8) Élément moral. Le travail dissimulé est un délit intentionnel, mais la jurisprudence s'appuie le plus souvent sur le fait que le prévenu est un professionnel et qu'il ne peut donc ignorer les obligations pesant sur lui, notamment en matière d'immatriculation et de déclarations à l'administration (■ Cass. crim., 20 juin 2017, n° 14-85.879 : *Bull. crim.*, n° 137).

Travail dissimulé par dissimulation d'emploi salarié

Art. L. 8221-5 ***(Mod., L. n° 2010-1594, 20 déc. 2010 ; L. n° 2011-672, 16 juin 2011 ; L. n° 2016-1088, 8 août 2016).*** **– Est réputé travail dissimulé par dissimulation d'emploi salarié le fait pour tout employeur :**

1° Soit de se soustraire intentionnellement à l'accomplissement de la formalité prévue à l'article L. 1221-10, relatif à la déclaration préalable à l'embauche ;

2° Soit de se soustraire intentionnellement à la délivrance d'un bulletin de paie ou d'un document équivalent défini par voie réglementaire, ou de mentionner sur le bulletin de paie ou le document équivalent un nombre d'heures de travail inférieur à celui réellement accompli, si cette mention ne résulte pas d'une convention ou d'un accord collectif d'aménagement du temps de travail conclu en application du titre II du livre 1er de la troisième partie ;

3° Soit de se soustraire intentionnellement aux déclarations relatives aux salaires ou aux cotisations sociales assises sur ceux-ci auprès des organismes de recouvrement des contributions et cotisations sociales ou de l'administration fiscale en vertu des dispositions légales.

1) Doivent être analysés comme un temps de travail effectif au sens de l'article L. 3121-1 du Code du travail, dont l'absence de prise en compte dans le calcul du salaire caractérise le délit de travail dissimulé, les temps de déplacement professionnel ne relevant pas des dispositions de l'article L. 3121-4 dudit code, effectués par le salarié d'une entreprise d'aide à la personne pour se rendre du domicile d'un client à celui d'un autre afin d'y accomplir la mission que lui confie son employeur (■ Cass. crim., 2 sept. 2014, n° 13-80.665 : *Bull. crim.* n° 179). V. *Dr. pén.* 2014, étude 4, p. 35, par J.-Y. Frouin et V. Malabat).

2) Justifie sa décision l'arrêt qui, pour déclarer l'exploitant d'un restaurant coupable de travail dissimulé par dissimulation d'emploi salarié, pour s'être, en méconnaissance des dispositions de l'article L. 8221-5, 3°, du Code du travail, intentionnellement soustrait aux déclarations relatives aux salaires ou aux cotisations sociales assises sur ceux-ci, retient que le prévenu avait organisé un système de pourboires dont il fixait les clefs de répartition et les modalités de retrait dans une stratégie de management du personnel, et en conclut que ces sommes, centralisées et gérées par l'employeur, auraient dû figurer sur les bulletins de paie, dès lors que, d'une part, il résulte des articles L. 3244-1 et L. 3244-2 du code susvisé que toutes les perceptions faites « pour le service » par l'employeur ainsi que toutes les sommes remises volontairement par les clients pour le service entre les mains de l'employeur, ou centralisées par celui-ci, doivent être intégralement versées au personnel en contact avec la clientèle et s'ajoutent au salaire fixe, sauf dans le cas où un salaire minimum a été garanti, et que, d'autre part, selon l'article L. 242-1 du Code de la sécurité sociale, ces pourboires sont soumis aux cotisations sociales (■ Cass. crim., 1er déc. 2015, n° 14-85.480).

3) La modification opérée par l'article 40-I de la loi n° 2010-1594 du 20 décembre 2010 dans la rédaction de l'article L. 8221-5 du Code du travail ne concerne que la définition du délit de travail dissimulé par dissimulation d'emplois salariés, prévu par ce texte, et non celle du délit de travail dissimulé par dissimulation d'activité, figurant à l'article L. 8221-3 du même code (■ Cass. crim., 30 mars 2016, n° 15-80.761).

4) L'article L. 8221-5, 3°, du Code du travail, qui répute travail dissimulé par dissimulation d'emploi salarié le fait pour tout employeur de se soustraire intentionnellement aux déclarations, légalement requises, relatives aux salaires ou aux cotisations sociales assises sur ceux-ci, auprès des organismes de recouvrement des contributions et cotisations sociales ou de l'administration fiscale, s'applique aussi bien au défaut de souscription de toute déclaration qu'au fait, lorsqu'une déclaration a été souscrite, d'y porter des informations tendant à minorer les obligations de l'employeur (■ Cass. crim., 27 mars 2018, n° 16-87.585).

5) Il se déduit des arrêts de la Cour de justice de l'Union européenne du 27 avril 2017 (■ CJUE, 27 avr. 2017, aff. C-620/15, *A-Rosa Flussschiff GmbH*) et du 6 février 2018 (■ CJUE, 6 févr. 2018, aff. C-359/16, *Ömer Altun*) que le juge pénal, lorsqu'il est saisi de poursuites du chef de travail dissimulé, pour défaut de déclarations aux organismes de protection sociale, et que la personne poursuivie produit des certificats E101, devenus A1, à l'égard des travailleurs concernés, délivrés au titre de l'article 14, § 2, sous a, du règlement (CEE) n° 1408/71, ne peut, à l'issue du débat contradictoire, écarter lesdits certificats que si, sur la base de l'examen des éléments concrets recueillis au cours de l'enquête judiciaire ayant permis de constater que ces certificats avaient été obtenus ou invoqués frauduleusement et que l'institution émettrice saisie s'était abstenue de le prendre en compte, dans un délai raisonnable, il caractérise une fraude constituée, dans son élément objectif, par l'absence de respect des conditions prévues à la disposition précitée et, dans son élément subjectif, par l'intention de la personne poursuivie de contourner ou d'éluder les conditions de délivrance dudit certificat pour obtenir l'avantage qui y est attaché.

Doit ainsi être cassé l'arrêt de la cour d'appel qui écarte les certificats E101 sans avoir, au préalable, recherché si l'institution émettrice desdits certificats avait été saisie d'une demande de réexamen et de retrait de ceux-ci sur la base des éléments concrets recueillis dans le cadre de l'enquête judiciaire permettant, le cas échéant, de constater que ces certificats avaient été obtenus ou invoqués de manière frauduleuse et que l'institution émettrice s'était abstenue, dans un délai raisonnable, de les prendre en considération aux fins de réexamen du bien-fondé de la délivrance desdits certificats, et dans l'affirmative, sans établir, sur la base de l'examen des éléments concrets et dans le respect des garanties inhérentes au droit à un procès équitable, l'existence d'une fraude de la part de la société poursuivie, constituée, dans son élément matériel, par le défaut, dans les faits de la cause, des conditions prévues à l'article 14, § 2, sous a, précité aux fins d'obtention ou d'invocation des certificats E101 en cause et, dans son élément moral, par l'intention de ladite société de contourner ou d'éluder les conditions de délivrance dudit certificat pour obtenir l'avantage qui y est attaché.

En revanche, prononce par des motifs conformes à la doctrine de la Cour de l'Union européenne précitée la cour d'appel qui, pour relaxer les prévenues, sociétés d'aviation civile, énonce que l'enquête n'a pas permis de constater les éléments de fraude et s'abstient, en conséquence, d'opérer une vérification relative aux certificats E101 produits par elles (▪ Cass. crim., 18 sept. 2018, n° 13-88.631 : *JurisData* n° 2018-015920. ▪ Cass. crim., 18 sept. 2018, n° 15-88.632 : *JurisData* n° 2018-015921. ▪ Cass. crim., 18 sept. 2018, n°s 15-80.735 et 15-81.316 : *JurisData* n° 2018-015924 : *AJ pénal* 2018, p. 581, obs. F. Chopin ; *Dr. soc.* 2019, p. 76, obs. R. Salomon).

6) Les heures non déclarées travaillées par l'épouse de l'employeur au-delà des heures définies dans le contrat de travail relèvent de l'infraction de travail dissimulé et non de l'entraide familiale (▪ Cass. crim., 26 mai 2021, n° 20-85.118 : *AJ pénal* 2021, p. 371, obs. F. Chopin).

7) *Ne bis in idem.* La Cour de cassation a rejeté le pourvoi formé par un prévenu déclaré coupable de prêt illicite de main-d'œuvre et de travail dissimulé par dissimulation d'emploi salarié, qui s'appuyait sur le principe de *ne bis in idem* pour critiquer la double déclaration de culpabilité dont il faisait l'objet. Elle a alors constaté que le moyen qui soulevait la violation du principe de *ne bis in idem* dans le cadre de poursuites concomitantes est irrecevable. D'une part, parce que ce principe n'est pas d'ordre public, puisqu'alors appliqué dans le cas de poursuites concomitantes, il tend à protéger les intérêts du prévenu. D'autre part, car selon la Cour, le grief ne naissait pas de l'arrêt attaqué (▪ Cass. crim.,15 déc. 2021, n° 20-85.924).

Art. L. 8221-6 ***(Mod., L. n° 2008-776, 4 août 2008 ; L. n° 2011-1906, 21 déc. 2011 ; L. n° 2015-991, 7 août 2015).*** **– I. – Sont présumés ne pas être liés avec le donneur d'ordre par un contrat de travail dans l'exécution de l'activité donnant lieu à immatriculation ou inscription :**

1° Les personnes physiques immatriculées au registre du commerce et des sociétés, au répertoire des métiers, au registre des agents commerciaux ou auprès des unions de recouvrement des cotisations de sécurité sociale et d'allocations familiales pour le recouvrement des cotisations d'allocations familiales ;

2° Les personnes physiques inscrites au registre des entreprises de transport routier de personnes, qui exercent une activité de transport scolaire prévu par l'article L. 214-18 du Code de l'éducation ou de transport à la demande conformément à l'article 29 de la loi n° 82-1153 du 30 décembre 1982 d'orientation des transports intérieurs ;

3° Les dirigeants des personnes morales immatriculées au registre du commerce et des sociétés et leurs salariés.

II. – L'existence d'un contrat de travail peut toutefois être établie lorsque les personnes mentionnées au I fournissent directement ou par une personne interposée des prestations à un donneur d'ordre dans des conditions qui les placent dans un lien de subordination juridique permanente à l'égard de celui-ci.

Dans ce cas, la dissimulation d'emploi salarié est établie si le donneur d'ordre s'est soustrait intentionnellement par ce moyen à l'accomplissement des obligations incombant à l'employeur mentionnées à l'article L. 8221-5.

Le donneur d'ordre qui a fait l'objet d'une condamnation pénale pour travail dissimulé en application du présent II est tenu au paiement des cotisations et contributions sociales à la charge des employeurs, calculées sur les sommes versées aux personnes mentionnées au I au titre de la période pour laquelle la dissimulation d'emploi salarié a été établie.

1) Lorsqu'ils sont saisis de poursuites exercées contre un prévenu du chef de travail clandestin, les juges du fond sont tenus de s'expliquer sur les éléments constitutifs de l'infraction au regard des dispositions de l'article L. 324-10 du Code du travail (▪ Cass. crim., 24 avr. 1990 : *Bull. crim.* n° 154).

2) Sont visées non seulement les professions soumises à inscription au registre du commerce ou des métiers mais aussi les activités de prestation de services (▪ Cass. crim., 8 déc. 1992 : *Bull. crim.* n° 411 ; *Dr. pén.* 1993, comm. 111, obs. J.-H. Robert, pour l'enseignement de la musique. ▪ Cass. crim., 21 nov. 2001 : *Dr. pén.* 2002, comm. 46, obs. J.-H. Robert, pour l'activité de voyance et de guérisseur).

3) L'emploi de salariés sans observer les formalités prévues par l'article L. 324-10-3° n'est réputé clandestin que si ces salariés sont employés à l'une des activités énumérées par l'alinéa 1er de ce texte. Tel n'est pas le cas de **l'emploi par un particulier** d'un salarié comme gardien d'une propriété (▪ Cass. crim., 29 mars 1994 : *Bull. crim.* n° 120 ; *Dr. pén.* 1994, n° 183, obs. J.-H. Robert).

4) Il résulte des articles L. 8222-1 et D. 8222-4 du Code du travail que **le particulier** qui contracte pour son usage personnel est considéré comme ayant procédé aux vérifications requises lorsqu'il s'est fait remettre par son cocontractant un devis portant les mentions prévues à l'article D. 8222-5, 2° du même code.

Justifie sa décision déclarant un particulier coupable de travail dissimulé la cour d'appel qui écarte cette présomption de vérification en retenant l'absence de concordance entre la dénomination de la société désignée sur le devis remis et l'identité du cocontractant (▪ Cass. crim., 9 nov. 2010, n° 10-80.252 : *Bull. crim.* n° 177).

5) Lorsque l'employeur omet de tenir le registre du personnel, il commet le délit de travail clandestin prévu par l'article L. 324-10-3° du Code du travail (▪ Cass. crim., 27 sept. 1994 : *Bull. crim.* n° 306 ; *JCP* 1995, II, 22444, note F. Taquet).

L'accident survenu au temps et au lieu du travail est un accident du travail. La circonstance que l'employeur soit reconnu coupable du délit travail dissimulé n'a pas d'incidence sur le droit de la victime à la protection de la législation sur les accidents du travail (▪ Cass. crim., 11 févr. 2003 : *Bull. crim.* n° 30).

6) Ont justifié leur décision au regard de l'article L. 120-3, alinéa 2, du Code du travail, dans sa rédaction issue de la loi du 11 février 1994, les juges qui ont requalifié en relation de travail salarié, l'activité de deux artisans, dont il était prétendu qu'ils exécutaient des travaux en sous-traitance pour le compte d'une entreprise du bâtiment, dès lors qu'il résulte de leurs constatations que ces travailleurs, bien que régulièrement inscrits au répertoire des métiers, exerçaient leur activité dans des conditions de fait caractérisant un lien de subordination juridique permanente à l'égard de cette entreprise, et qui ont condamné le prévenu pour emploi de salariés dissimulés (▪ Cass. crim., 10 mars 1998 : *Bull. crim.* n° 95. – *Adde* ▪ Cass. crim., 31 mars 1998 : *D.* 1999, 137, note Frossard).

7) Pour un autre exemple de requalification de contrats de sous-traitance en contrats de travail, en matière de transports routiers, et de condamnation du président du directoire d'une société qui, en raison de sa participation personnelle au délit de travail dissimulé, n'a pu arguer d'une délégation de pouvoir, V. ▪ Cass. crim., 17 juin 2003 : *Juris-Data* n° 2003-020138 ; *Dr. pén.* 2003, comm. 127, obs. J.-H. Robert.

8) La demande d'inscription modificative au répertoire des métiers étant obligatoire, son omission volontaire doit être assimilée au défaut d'immatriculation prévu à l'article L. 324-10-1° du Code du travail (▪ Cass. crim., 23 mai 1995 : *Bull. crim.* n° 192).

Dès lors que la déclaration aux organismes de protection sociale est une formalité obligatoire, la poursuite de l'activité postérieurement à une radiation doit être assimilée à l'exercice de travail dissimulé (▪ Cass. crim., 21 nov. 2001 : *Dr. pén.* 2002, comm. 46, obs. J.-H. Robert, préc.).

9) Seule l'inobservation intentionnelle des formalités limitativement énumérées à l'article L. 324-10 du Code du travail caractérise le délit de travail clandestin prévu par l'article L. 324-9 dudit code. Encourt, dès lors, la censure l'arrêt d'une cour d'appel qui, après avoir à bon droit retenu que l'activité d'agent de voyages entre dans les prévisions de l'article L. 324-10 précité, se borne à déduire l'existence du délit de travail clandestin de l'exercice d'une telle activité sans la licence exigée par l'article 1er de la loi du 11 juillet 1975 alors en vigueur, devenu l'article 1er de la loi du 13 juillet 1992, fixant les conditions d'exercice des activités relatives à l'organisation et à la vente de voyages et de séjours (▪ Cass. crim., 14 mai 1996 : *Bull. crim.* n° 201).

10) L'élément intentionnel du délit prévu par l'article L. 324-10 du Code du travail peut être déduit de l'ancienneté et la nature des relations commerciales entre la prévenue et l'entreprise clandestine aux services de laquelle elle avait recours sans avoir effectué aucune des vérifications imposées par l'article L. 324-14 dudit code (▪ Cass. crim., 21 janv. 1997 : *Bull. crim.* n° 21).

Commet sciemment le délit de recours aux services d'une personne exerçant un travail dissimulé celui qui ne vérifie pas, alors qu'il y est tenu par l'article L. 8222-1 du Code du travail, la régularité, au regard des articles L. 8221-3 et L. 8221-5 dudit code, de la situation de l'entrepreneur dont il utilise les services (▪ Cass. crim., 1er déc. 2015, n° 14-85.828).

11) Justifie sa décision, sur le fondement des articles L. 324-9 et L. 324-10-2°, du Code du travail, la cour d'appel qui, pour déclarer les exploitants d'un verger coupables d'avoir sciemment eu recours aux services des travailleurs agricoles exerçant leur activité sans respecter les obligations prévues par l'article L. 324-10 précité, relève que les prévenus, qui se sont abstenus, lors de la signature des contrats avec les travailleurs indépendants, de procéder aux vérifications prévues par l'article L. 324-14 du même code, savaient, pour avoir eux-mêmes employé des ouvriers salariés, que, compte tenu de la rémunération versée à leurs cocontractants et du coût de l'heure du travail, ces derniers ne pouvaient réaliser de bénéfices qu'en ne déclarant que partiellement les heures réellement effectuées (▪ Cass. crim., 11 mars 1997 : *Bull. crim.* n° 97).

12) Se rend coupable de complicité de travail clandestin, celui qui, en connaissance de cause, participe à la gestion d'une société exerçant son activité sans qu'ait été accomplie l'une quelconque des obligations prévues par l'article L. 324-10 du Code du travail (▪ Cass. crim., 1er juill. 1997 : *Bull. crim.* n° 262).

13) Si la législation sur le travail clandestin a été édictée en vue de l'intérêt général, elle ne tend pas moins également à la protection des particuliers qui peuvent, lorsque sa méconnaissance leur a causé un préjudice direct et personnel, en obtenir réparation devant la juridiction pénale ; que tel est le cas en l'espèce, un employeur ayant subi un préjudice personnel et direct du fait de l'exercice par le prévenu, son employé, d'une activité clandestine d'acheteur et de revendeur de voitures pour son compte, sans être inscrit au registre du commerce, en profitant de son travail salarié de vendeur de véhicules (▪ Cass. crim., 17 nov. 1998 : *Dr. pén.* 1999, comm. 44, obs. J.-H. Robert). Justifie aussi sa décision la cour d'appel qui déclare recevable et fondée l'action civile du travailleur clandestin justifiant d'un préjudice directement causé par le délit de travail dissimulé dont son employeur est déclaré coupable (▪ Cass. crim., 6 févr. 2001 : *Bull. crim.* n° 32).

14) Une concierge qui, moyennant rémunération, s'entremet dans la vente et la location des appartements de l'immeuble qu'elle garde commet les délits de travail dissimulé et d'exercice illégal de la profession d'agent immobilier (▪ Cass. crim., 22 janv. 2002 : *JurisData* n° 2002-013031 ; *Dr. pén.* 2002, comm. 59, obs. J.-H. Robert).

15) Encourt la cassation l'arrêt qui, après avoir constaté la présence d'un travailleur non déclaré dans l'entreprise, relaxe la gérante de la société pour défaut d'intention coupable sans rechercher si les prestations de travail n'avaient pas été fournies à l'entreprise, dans un rapport de subordination, et moyennant une rétribution, fût-elle indirecte, et alors que la seule constatation de la violation en connaissance de cause d'une prescription légale ou réglementaire implique de la part de son auteur l'intention coupable exigée par l'article 121-3 du Code pénal (▪ Cass. crim., 19 mars 2002 ; *Dr. pén.* 2002, comm. 87, obs. J.-H. Robert. ▪ Cass. crim., 9 nov. 2010 : *Dr. pén.* 2011, comm. 39, obs. J.-H. Robert).

16) La seule constatation de la violation en connaissance de cause d'une prescription légale ou réglementaire implique de la part de son auteur l'intention coupable exigée par l'article 121-3, alinéa 1er, du Code pénal.

Dès lors encourt la cassation l'arrêt qui, pour relaxer des employeurs des fins de la poursuite du chef d'exécution d'un travail dissimulé résultant d'un défaut de remise de bulletins de paie à une salariée, retient la bonne foi des prévenus au motif qu'ils s'étaient informés sur le montant des cotisations sociales qu'ils devaient acquitter et ignoraient devoir rédiger des bulletins de paie alors que la rémunération consistait en la fourniture d'un logement (▪ Cass. crim., 17 juin 2008, n° 07-87.518 : *Bull. crim.* n° 155 ; *Dr. pén.* 2008, comm. 132, obs. J.-H. Robert). *Adde*, dans le même sens, pour le défaut de déclaration préalable à l'embauche de deux salariés ▪ Cass. crim., 20 janv. 2009 : *Dr. pén.* 2009, comm. 53, obs. J.-H. Robert, déclarant justifiée la décision de la cour d'appel condamnant le chef d'entreprise pour travail dissimulé, et son employé, qui avait organisé l'embauche, pour complicité de ce délit.

17) Encourt la cassation l'arrêt qui se borne à relever que l'employeur était affilié à l'URSSAF depuis le 27 novembre 2005, que ce dernier justifie avoir acquitté les cotisations URSSAF et ASSEDIC pour la période et qu'ainsi il n'apparaît aucune volonté de dissimuler les salariés ; en se déterminant ainsi, par des motifs inopérants et contradictoires, alors que la régularisation ultérieure d'une situation irrégulière ne saurait avoir pour effet de faire disparaître l'infraction et sans s'être prononcée sur l'absence de remise de bulletin de paie dont elle était également saisie, la cour d'appel n'a pas légalement justifié sa décision (▪ Cass. crim., 20 janv. 2009 : *Dr. pén.* 2009, comm. 55, obs. J.-H. Robert).

18) Donne une base légale à sa décision au regard des dispositions des articles L. 143-3 et L. 320 et L. 324-10, alinéa 2, du Code du travail, l'arrêt qui, pour déclarer le prévenu, exploitant d'un fonds de commerce de restauration, coupable de travail dissimulé, retient que l'intéressé employait son épouse de façon durable et permanente, en qualité de cuisinière, dans un rapport de subordination, sans l'avoir déclarée aux organismes sociaux, sans l'avoir inscrite sur le registre unique du personnel et sans lui avoir remis de bulletin de paye, et alors qu'elle n'avait ni le statut de conjoint associé, ni celui de conjoint collaborateur (▪ Cass. crim., 22 oct. 2002 : *Bull. crim.* n° 192 ; *JCP* 2003, II, 10176, note C. Pomart).

19) Justifie sa décision, sans méconnaître les articles 49 et 50 du Traité sur l'Union européenne, la cour d'appel qui, pour écarter l'argumentation d'un prévenu faisait valoir qu'il n'était plus soumis aux exigences du droit français depuis qu'il avait constitué une société en Grande-Bretagne et pour dire établis à son encontre les délits de travail dissimulé et de défaut de tenue d'un registre d'objets mobiliers commis à l'occasion de l'exercice de l'activité de brocanteur, retient que le prévenu n'a pas œuvré en France de manière temporaire pour le compte d'une société de droit anglais, et qu'il a poursuivi sur le territoire national, après sa radiation du registre du commerce, la même activité que celle qu'il exerçait auparavant, en omettant de se soumettre aux obligations de déclaration auxquelles il était astreint et en s'abstenant, même par négligence, de tenir un registre d'objets mobiliers (▪ Cass. crim., 3 oct. 2006 : *Bull. crim.* n° 242 ; *Dr. pén.* 2006, comm. 159, obs. J.-H. Robert).

20) Justifie sa décision la cour d'appel qui, pour condamner une société anglaise de transports aériens de passagers du chef, notamment, de travail dissimulé par dissimulation d'activité et de salariés, par suite d'un défaut d'immatriculation ainsi que de déclarations fiscales et sociales attachées à l'exercice d'une activité économique en France et d'un défaut de déclarations nominatives de salariés préalables à l'embauche, retient, après avoir constaté que ladite société avait développé sur le territoire national une activité habituelle, stable et continue, que cette activité relève des règles relatives au droit d'établissement, exclusives des dispositions applicables au détachement transnational, et non de la liberté de prestation de services au sens des articles 52 et suivants du Traité instituant la Communauté économique européenne modifié, et en déduit qu'en application des règles du droit du travail et du règlement (CEE) n° 1408/71 du 14 juin 1971 en vigueur à la date des faits, la société aurait dû procéder aux formalités requises. Pour s'exonérer de sa responsabilité, la personne morale prévenue ne saurait utilement invoquer la circonstance que, postérieurement aux agissements poursuivis, elle a conclu, sur le fondement de l'article 17 du règlement (CEE) n° 1408/71 du 14 juin 1971, un accord dérogatoire ayant maintenu l'affiliation des salariés concernés au régime de sécurité sociale étranger et entraîné la délivrance de certificats E106 et E101 de nature à s'imposer aux administrations et juridictions des États membres de la Communauté (▪ Cass. crim., 11 mars 2014 : *Bull.* crim. n° 74).

21) Doit être rejeté, sans qu'il y ait lieu de poser une question préjudicielle à la Cour de justice de l'Union européenne, le pourvoi formé par une société étrangère de transports aériens condamnée pour avoir omis de déclarer aux organismes de protection sociale les salariés, par elle employés sur le sol français, qui étaient immatriculés au régime de protection sociale espagnol et présentés comme des travailleurs détachés, dès lors qu'en l'absence d'un détachement de salariés entrant dans les prévisions de l'article 14, § 1, a du règlement (CEE) n° 1408/71, en vigueur à la date des faits poursuivis, la société, dont l'activité en France était exercée dans le cadre d'une base d'exploitation telle que définie par l'article R. 330-2-1 du Code de l'aviation civile, sous la direction d'un cadre dirigeant au sens de l'article L. 3111-2 du Code du travail et relevait du droit d'établissement au sens des dispositions de l'article L. 1262-3 du même code et de la jurisprudence de la Cour de justice de l'union européenne, ne pouvait se prévaloir des certificats délivrés par l'autorité étrangère en cas de détachement de travailleurs au sein de l'Union européenne, dits formulaires E101, et que se trouvait caractérisée à son encontre en tous ses éléments constitutifs l'infraction de travail dissimulé prévue par les dispositions, d'ordre public, de l'article L. 3221-3, 2°, de ce code (▪ Cass. crim., 11 mars 2014 : *Bull. crim.* n° 75).

22) Il résulte d'une part, des articles 49 de la Charte des droits fondamentaux de l'Union européenne et 111-3 du Code pénal que nul ne peut être condamné pour une action ou une omission qui, au moment où elle a été commise, ne constituait pas une infraction d'après le droit national ou international et d'autre part, des articles 3, b de la directive 2002/15/CE du Parlement européen et du Conseil du 11 mars 2002, directement applicable en droit interne, et L. 8221-5 du Code du travail que les périodes pendant lesquelles le travailleur mobile accompagne un véhicule transporté par ferry-boat, constituent du temps de disponibilité et non du temps de travail effectif.

N'est ainsi pas constituée l'infraction de travail dissimulé par dissimulation d'emploi salarié résultant de la mention sur le bulletin de paie d'un nombre d'heures de travail inférieur à celui réellement accompli lorsque les heures non mentionnées sur la fiche de salaire, correspondant à un temps durant lequel le conducteur n'exerce aucune activité et peut vaquer librement à des occupations personnelles, ne constituent pas du temps de travail effectif (▪ Cass. crim., 5 juin 2012, n° 11-83.319 : *Bull. crim.* n° 143 ; *Dr. pén.* 2012, comm. 123, obs. J.-H. Robert ; *Gaz. Pal.* 25-26 juill. 2012, jurispr. p. 13, note R. Mesa ; *Rev. dr. trav.* 2012 p. 401, act., note A. Moulinier).

23) Il résulte de l'article L. 8221-5 du Code du travail qu'est réputé travail dissimulé par dissimulation d'emploi salarié le fait pour tout employeur de mentionner sur le bulletin de paie un nombre d'heures de travail inférieur à celui réellement accompli, sauf si cette mention résulte d'une convention ou d'un accord collectif d'aménagement du temps de travail conclu en application du titre II du livre Ier de la troisième partie dudit code.

En conséquence, encourt la censure l'arrêt de la cour d'appel qui déclare constitué le délit de travail dissimulé à l'encontre d'un prévenu qui, n'ayant apporté aucun correctif aux distorsions existant dans son entreprise entre les horaires de travail prévus par la convention collective nationale étendue de la distribution directe du 9 juillet 2004 et ceux réellement effectués, n'a reporté sur les bulletins de paie que les heures préalablement quantifiées en application de cette convention, alors qu'une telle mention n'est pas punissable au regard de l'article L. 8221-5 du Code du travail dans le cas où elle résulte d'une convention ou d'un accord collectif d'aménagement du temps de travail conclu en application des dispositions susvisées dudit code (▪ Cass. crim., 16 avr. 2013, n° 12-81.767 : *Bull. crim.* n° 89 ; *Dr. pén.* 2013, comm. 96, obs. J.-H. Robert ; *Dr. soc.* 2013, p. 626, études, note R. Salomon).

24) Les prescriptions de l'article L. 611-10 du Code du travail, qui imposent la remise au contrevenant d'un exemplaire du procès-verbal dressé par l'inspecteur du Travail, ne sont applicables qu'en cas d'infraction aux dispositions relatives à la durée du travail ; fait une exacte application de ce texte, l'arrêt qui énonce que l'inobservation de l'article L. 611-10 du Code du travail ne peut être invoquée par un prévenu poursuivi du chef de travail dissimulé (▪ Cass. crim., 22 nov. 2005 : *Bull. crim.* n° 308 ; *Dr. pén.* 2006, comm. 60).

25) Il appartient aux juges du fond, saisis de poursuites exercées contre un employeur sur le fondement du délit de travail dissimulé, de rechercher, par l'analyse des éléments de la cause, la véritable nature de la convention conclue entre les parties.

Justifie sa décision, la cour d'appel qui, pour condamner une société du chef de travail dissimulé, retient, que, sous le couvert de mandats qu'elle avait établis avec d'anciens salariés ayant pris ensuite le statut d'autoentrepreneur, ces derniers fournissaient en réalité des prestations les plaçant dans une situation de subordination juridique permanente par rapport à la société (▪ Cass. crim., 15 déc. 2015, n° 14-85.638 ; *JCP* 2016, 118, note F. Duquesne).

26) Le dirigeant d'une association dont l'activité principale était le transport à titre onéreux par des salariés de personnes non membres de l'association, ce dont il résulte que cette activité ne pouvait être considérée comme relevant de services privés de transport, au sens de l'article 2 du décret n° 87-242 du 7 avril 1987, et dont les bulletins de paie de deux employés mentionnent un nombre d'heures de travail inférieur au nombre réellement accompli, se rend coupable de travail dissimulé (▪ Cass. crim., 17 nov. 2015, n° 14-82.224).

27) Action civile. Il résulte des articles 2 et 3 du Code de procédure pénale, que l'action civile en réparation du dommage causé par une infraction ne peut être exercée devant la juridiction pénale en même temps que l'action publique que pour les chefs de dommages découlant des faits qui sont l'objet de la poursuite.

Doit être cassé l'arrêt qui, dans une poursuite exercée du chef de travail dissimulé par dissimulation de salariés, alloue à la partie civile l'indemnité forfaitaire prévue par l'article L. 8223-1 du Code du travail, en cas de rupture du contrat de travail de salariés employés dans les conditions prévues à l'article 8221-5 dudit code, alors que l'indemnité en cause, dont l'allocation relève de la compétence exclusive du conseil de prud'hommes, ne pouvait constituer, au sens des articles 2 et 3 précités, la réparation du préjudice causé par l'infraction déclarée établie (▪ Cass. crim., 30 oct. 2012, n° 11-81.694).

28) Le préjudice résultant d'une infraction doit être réparé dans son intégralité, sans perte ni profit pour aucune des parties.

Encourt la censure l'arrêt qui, pour déclarer irrecevable la constitution de partie civile de l'URSSAF contre les auteurs d'une infraction de travail dissimulé, retient qu'en calculant le montant de son préjudice sur la base du montant des cotisations éludées, l'URSSAF demande en réalité à la juridiction correctionnelle la condamnation des prévenus au paiement des cotisations éludées dont l'action en recouvrement obéit à des règles spécifiques prévues par le Code de sécurité sociale, alors que l'organisme social justifiait d'un préjudice résultant du défaut de paiement desdites cotisations (▪ Cass. crim., 13 mai 2014, n° 13-81.240).

De même, justifie sa décision la cour d'appel qui, pour allouer des dommages-intérêts à l'URSSAF n'incluant pas les cotisations éludées, retient que celle-ci a subi un préjudice découlant directement des agissements délictueux (■ Cass. crim., 1er déc. 2015, n° 14-85.828).

29) Action civile syndicale. L'exercice d'un travail dissimulé est de nature à causer à la profession représentée par le syndicat demandeur un préjudice distinct de celui subi personnellement par les salariés concernés.

Doit être cassé l'arrêt qui, pour déclarer irrecevable l'action civile d'un syndicat qui s'était constitué partie civile à l'encontre de personnes poursuivies pour travail dissimulé par dissimulation d'activité et dissimulation d'emplois salariés, énonce que le syndicat n'établit l'existence d'aucun préjudice même indirect porté à l'intérêt collectif de la profession, distinct de l'intérêt général et du préjudice individuel subi par les salariés (■ Cass. crim., 6 déc. 2011, n° 10-86.829 : *Bull. crim.* n° 244 ; *D.* 2012, act. p. 104, obs. M. Bombled. – Rapp. ■ Cass. crim., 11 oct. 2005 : *Bull. crim.* n° 254. ■ Cass. crim., 15 nov. 1983 : *Bull. crim.* n° 299).

Art. L. 8224-1. – Le fait de méconnaître les interdictions définies à l'article L. 8221-1 est puni d'un emprisonnement de trois ans et d'une amende de 45 000 €.

Art. L. 8224-2 *(L. n° 2014-1554, 22 déc. 2014)*. – Le fait de méconnaître les interdictions définies à l'article L. 8221-1 par l'emploi dissimulé d'un mineur soumis à l'obligation scolaire est puni d'un emprisonnement de cinq ans et d'une amende de 75 000 €.

Le fait de méconnaître les interdictions définies au même article L. 8221-1 en commettant les faits à l'égard de plusieurs personnes ou d'une personne dont la vulnérabilité ou l'état de dépendance sont apparents ou connus de l'auteur est puni d'un emprisonnement de cinq ans et d'une amende de 75 000 €.

Le fait de méconnaître les interdictions définies aux 1° et 3° du même article L. 8221-1 en commettant les faits en bande organisée est puni de dix ans d'emprisonnement et de 100 000 € d'amende.

L'article L. 362-3 ne prévoit aucune exception à la règle générale du non-cumul des peines édictée en matière de crimes et de délits par l'article 5 du Code pénal. Doit, en conséquence, être cassé l'arrêt qui, après avoir déclaré le prévenu coupable d'avoir employé clandestinement trois salariés, prononce contre lui une peine d'emprisonnement avec sursis et trois peines d'amende distinctes (■ Cass. crim., 5 déc. 1989 : *Bull. crim.* n° 468).

Art. L. 8224-3 *(Mod., L. n° 2008-776, 4 août 2008 ; L. n° 2015-990, 6 août 2015 ; L. n° 2018-771, 5 sept. 2018)*. – Les personnes physiques coupables des infractions prévues aux articles L. 8224-1 et L. 8224-2 encourent les peines complémentaires suivantes :

1° L'interdiction, suivant les modalités prévues par l'article 131-27 du Code pénal, soit d'exercer une fonction publique ou d'exercer l'activité professionnelle ou sociale dans l'exercice ou à l'occasion de l'exercice de laquelle l'infraction a été commise, soit d'exercer une profession commerciale ou industrielle, de diriger, d'administrer, de gérer ou de contrôler à un titre quelconque, directement ou indirectement, pour son propre compte ou pour le compte d'autrui, une entreprise commerciale ou industrielle ou une société commerciale. Ces interdictions d'exercice peuvent être prononcées cumulativement ;

2° L'exclusion des marchés publics pour une durée de cinq ans au plus ;

3° La peine de confiscation dans les conditions et selon les modalités prévues à l'article 131-21 du Code pénal ;

4° L'affichage ou la diffusion de la décision prononcée, dans les conditions prévues à l'article 131-35 du même code.

Le prononcé de la peine complémentaire d'affichage ou de diffusion de la décision est obligatoire à l'encontre de toute personne coupable d'un délit mentionné à l'article L. 8224-2 du présent code. L'affichage ou la diffusion est alors opéré pour une durée maximale d'un an par les services du ministre chargé du travail sur un site internet dédié, dans des conditions prévues par décret en Conseil d'État pris après avis de la Commission nationale de l'informatique et des libertés. Toutefois, la juridiction peut, par une décision spécialement motivée, décider de ne pas prononcer la peine mentionnée au présent alinéa, en considération des circonstances de l'infraction et de la personnalité de son auteur ;

5° L'interdiction, suivant les modalités prévues par l'article 131-26 du Code pénal, des droits civiques, civils et de famille.

1) Aux termes de l'article 111-3 du Code pénal, nul ne peut être puni d'une peine qui n'est pas prévue par la loi ; encourt la cassation limitée aux peines complémentaires, l'arrêt qui, après condamnation du prévenu pour travail clandestin ordonne l'affichage et la publication de la décision alors que l'article L. 362-4, 4° du Code du travail ne permet de prononcer que l'une ou l'autre de ces peines complémentaires, dans les conditions prévues par l'article 131-35 du Code pénal (■ Cass. crim., 13 mai 1997 : *Bull. crim.* n° 180).

2) Peut être qualifié d'objet ayant servi directement ou indirectement à commettre l'infraction de travail dissimulé ou été utilisé à cette occasion, au sens de l'article L. 8224-3, 3°, du Code du travail, et, comme tel, susceptible de confiscation, le véhicule automobile dont se sert un employeur pour se rendre sur les chantiers où il surveille les travailleurs en cause ou pour assurer leur transport. Dès lors justifie sa décision la chambre de l'instruction qui ordonne la remise de ce bien meuble à l'Agence de gestion et de recouvrement des avoirs saisis et confisqués aux fins d'aliénation, en application de l'article 41-5, alinéa 2, du Code de procédure pénale, dans sa rédaction alors en vigueur (■ Cass. crim., 14 avr. 2015, n° 14-80.896).

3) À défaut de précision expresse, la peine de confiscation prévue par l'article L. 8224-3 du Code du travail ne peut porter que sur l'objet, l'instrument ou le produit de l'infraction et non de façon générale sur tout ou partie du patrimoine du condamné (■ Cass. crim., 21 janv. 2020, n° 19-80.257), à moins qu'il s'agisse du produit direct ou indirect de l'infraction (■ Cass. crim., 12 juill. 2016, n° 15-83.355).

Art. L. 8224-4. – Tout étranger coupable des infractions prévues aux articles L. 8224-1 et L. 8224-2 est passible d'une interdiction du territoire français qui peut être prononcée dans les conditions prévues par l'article 131-30 du Code pénal pour une durée de cinq ans au plus.

Art. L. 8224-5 ***(Mod., L. n° 2014-790, 10 juill. 2014 ; L. n° 2018-771, 5 sept. 2018).*** **– Les personnes morales reconnues pénalement responsables, dans les conditions prévues par l'article 121-2 du Code pénal, des infractions prévues par les articles L. 8224-1 et L. 8224-2 encourent :**

1° L'amende, dans les conditions prévues à l'article 131-38 du Code pénal ;

2° Les peines mentionnées aux 1° à 5°, 8° et 12° de l'article 131-39 du même code.

L'interdiction prévue au 2° de l'article 131-39 du Code pénal porte sur l'activité dans l'exercice ou à l'occasion de l'exercice de laquelle l'infraction a été commise.

3° L'affichage ou la diffusion de la décision prononcée, dans les conditions prévues à l'article 131-39 du Code pénal.

Le prononcé de la peine complémentaire d'affichage ou de diffusion de la décision est obligatoire à l'encontre de toute personne coupable d'un délit mentionné à l'article L. 8224-2 du présent code. L'affichage ou la diffusion est alors opéré pour une durée maximale d'un an par les services du ministre chargé du travail sur un site internet dédié, dans des conditions prévues par décret en Conseil d'État pris après avis de la Commission nationale de l'informatique et des libertés. Toutefois, la juridiction peut, par une décision spécialement motivée, décider de ne pas prononcer la peine mentionnée au présent alinéa en considération des circonstances de l'infraction et de la personnalité de son auteur.

Art. L. 8224-5-1 ***(L. n° 2011-672, 16 juin 2011).*** **– Le prononcé de la peine complémentaire de fermeture provisoire d'établissement mentionnée au 4° de l'article 131-39 du Code pénal n'entraîne ni rupture, ni suspension du contrat de travail, ni aucun préjudice pécuniaire à l'encontre des salariés de l'établissement concerné.**

Art. L. 8224-6. – Le fait, pour toute personne soumise aux obligations énoncées à l'article L. 8221-7, de diffuser ou de faire diffuser, ou de communiquer au responsable de la publication ou de la diffusion des informations mensongères relatives à son identification est puni d'une amende de 7 500 €.

....

X. TRAVAILLEURS ÉTRANGERS

Art. L. 5221-4 ***(L. n° 2008-67, 21 janv. 2008).*** **– Sous réserve des accords internationaux, il est interdit à une entreprise de travail temporaire de mettre à la disposition de quelque personne que ce soit des travailleurs étrangers si la prestation de service s'effectue hors du territoire français.**

Art. L. 5221-8 *(Mod., L. n° 2008-126, 13 févr. 2008)*. **– L'employeur s'assure auprès des administrations territorialement compétentes de l'existence du titre autorisant l'étranger à exercer une activité salariée en France, sauf si cet étranger est inscrit sur la liste des demandeurs d'emploi tenue par l'institution mentionnée à l'article L. 5312-1.**

Art. L. 5221-11. – Un décret en Conseil d'État détermine les modalités d'application des articles L. 5221-3 et L. 5221-5 à L. 5221-8.

....

Art. L. 8251-1 *(Mod., L. n° 2011-672, 16 juin 2011)*. **– Nul ne peut, directement ou indirectement, embaucher, conserver à son service ou employer pour quelque durée que ce soit un étranger non muni du titre l'autorisant à exercer une activité salariée en France.**

Il est également interdit à toute personne d'engager ou de conserver à son service un étranger dans une catégorie professionnelle, une profession ou une zone géographique autres que celles qui sont mentionnées, le cas échéant, sur le titre prévu au premier alinéa.

1) Les dispositions de l'article 341-6 (devenu les articles L. 5221-8, L. 5221-11 et L. 8251-1) impliquent nécessairement que l'employeur s'informe de la nationalité de celui qu'il embauche et vérifie, dans le cas où il s'agit d'un étranger, s'il est titulaire du titre précité. Commet sciemment l'infraction audit article L. 341-6 celui qui omet volontairement de remplir ces obligations (▪ Cass. crim., 29 mars 1994 : *Bull. crim.* n° 121 ; 1994, n° 166, obs. J.-H. Robert). Il résulte de l'article L. 341-6 du Code du travail que l'employeur qui, sous couvert d'un contrat de sous-traitance fictif constituant en réalité un prêt illicite de main-d'œuvre, engage un salarié par personne interposée est tenu de s'informer de la nationalité de celui-ci et de vérifier, le cas échéant, s'il est muni d'un titre l'autorisant à travailler en France ; l'inexécution de ces obligations caractérise l'élément intentionnel de l'infraction aux dispositions dudit article (▪ Cass. crim., 6 mai 1997 : *Bull. crim.* n° 178).

2) Si les mesures transitoires à l'acte d'adhésion du Portugal à la Communauté économique européenne permettent l'assimilation des ressortissants de ce pays aux ressortissants français, pour l'application de l'article L. 341-6 du Code du travail, à compter du 1er janvier 1992, la disposition législative, support légal de l'incrimination d'emploi irrégulier d'étrangers en France, n'ayant pas été modifiée, demeure applicable aux faits commis avant cette date par un entrepreneur d'un pays tiers – en l'occurrence la principauté de Monaco – qui exécute, avec sa main-d'œuvre portugaise, un contrat de sous-traitance, sans pouvoir bénéficier de la liberté des prestations de services au sein de la Communauté économique européenne (▪ Cass. crim., 3 oct. 1995 : *Bull. crim.* n° 291).

Art. L. 8251-2 ***(En vigueur à compter d'une date fixée par décret en Conseil d'État et au plus tard le 30 sept. 2011, L. n° 2011-672, 16 juin 2011 ; L. n° 2016-274, 7 mars 2016)*. – Nul ne peut, directement ou indirectement, recourir sciemment aux services d'un employeur d'un étranger non autorisé à travailler.**

....

Art. L. 5222-1. – Il est interdit, sous réserve des dispositions de l'article L. 7121-18 de se faire remettre ou tenter de se faire remettre, de manière occasionnelle ou renouvelée, des fonds, des valeurs ou des biens mobiliers en vue ou à l'occasion de l'introduction en France d'un travailleur étranger ou de son embauche.

Art. L. 5222-2 *(Mod., D. n° 2009-331, 25 mars 2009)*. **– Il est interdit à tout employeur de se faire rembourser la redevance forfaitaire qu'il a versée à l'Office français de l'immigration et de l'intégration ou les frais de voyage qu'il a réglés pour la venue d'un travailleur étranger en France ainsi que d'opérer sur le salaire de celui-ci des retenues, sous quelque dénomination que ce soit, à l'occasion de son embauche.**

....

Art. L. 5224-1. – Le fait de méconnaître les dispositions de l'article L. 5221-4 est puni d'une amende de 3 000 €.

La juridiction peut également prononcer à titre de peines complémentaires :

1° L'interdiction d'exercer l'activité d'entrepreneur de travail temporaire pour une durée de dix ans au plus ;

2° L'affichage du jugement aux frais de la personne condamnée dans les conditions prévues à l'article 131-35 du Code pénal et son insertion, intégrale ou par extraits, dans les journaux qu'elle désigne. Ces frais ne peuvent excéder le montant maximum de l'amende encourue.

Art. L. 5224-2. – Le fait de méconnaître les dispositions de l'article L. 5222-1 est puni d'un emprisonnement de trois ans et d'une amende de 45 000 €.

La juridiction peut également prononcer à titre de peines complémentaires :

1° L'interdiction pour une durée de cinq ans au plus, d'exercer directement ou par personne interposée l'activité professionnelle dans l'exercice ou à l'occasion de l'exercice de laquelle l'infraction a été commise, selon les modalités prévues par l'article 131-27 du Code pénal ;

2° L'exclusion des marchés publics pour une durée de cinq ans au plus ;

3° La confiscation des objets ayant servi, directement ou indirectement, à commettre l'infraction ou qui ont été utilisés à cette occasion, à quelque personne qu'ils appartiennent dès lors que leur propriétaire ne pouvait en ignorer l'utilisation frauduleuse, ainsi que des objets qui sont le produit de l'infraction et qui appartiennent au condamné ;

4° L'affichage du jugement aux frais de la personne condamnée dans les conditions prévues à l'article 131-35 du Code pénal et son insertion, intégrale ou par extraits, dans les journaux qu'elle désigne. Ces frais ne peuvent excéder le montant maximum de l'amende encourue ;

5° L'interdiction, suivant les modalités prévues par l'article 131-26 du Code pénal, des droits civiques, civils et de la famille ;

6° L'interdiction de séjour pour une durée de cinq ans au plus.

Art. L. 5224-3. – L'interdiction du territoire français peut être prononcée, dans les conditions prévues par les articles 131-30 à 131-30-2 du Code pénal, pour une durée de dix ans au plus ou à titre définitif à l'encontre de tout étranger coupable des infractions définies à l'article L. 5224-2.

....

Art. L. 8256-1. – Le fait de se rendre coupable de fraude ou de fausse déclaration pour obtenir, faire obtenir ou tenter de faire obtenir à un étranger le titre mentionné à l'article L. 8251-1 est puni d'un emprisonnement d'un an et d'une amende de 3 000 €.

Art. L. 8256-2 *(Mod., L. n° 2011-672, 16 juin 2011 ; L. n° 2016-274, 7 mars 2016).* **– Le fait pour toute personne, directement ou par personne interposée, d'embaucher, de conserver à son service ou d'employer pour quelque durée que ce soit un étranger non muni du titre l'autorisant à exercer une activité salariée en France, en méconnaissance des dispositions du premier alinéa de l'article L. 8251-1, est puni d'un emprisonnement de cinq ans et d'une amende de 15 000 €.**

Le fait de recourir sciemment, directement ou indirectement, aux services d'un employeur d'un étranger non autorisé à travailler est puni des mêmes peines.

Ces peines sont portées à un emprisonnement de dix ans et une amende de 100 000 € lorsque l'infraction est commise en bande organisée.

Le premier alinéa n'est pas applicable à l'employeur qui, sur la base d'un titre frauduleux ou présenté frauduleusement par un étranger salarié, a procédé sans intention de participer à la fraude et sans connaissance de celle-ci à la déclaration auprès des organismes de sécurité sociale prévue à l'article L. 1221-10, à la déclaration unique d'embauche et à la vérification auprès des administrations territorialement compétentes du titre autorisant cet étranger à exercer une activité salariée en France.

L'amende est appliquée autant de fois qu'il y a d'étrangers concernés.

1) Le fait d'engager ou de conserver à son service un étranger non muni de titre l'autorisant à exercer une activité salariée est une infraction intentionnelle qui requiert, pour être constituée, la connaissance par l'employeur de la qualité d'étranger du salarié (■ Cass. crim., 1er oct. 1987 : *Bull. crim.* n° 327).

2) Est coupable du délit d'emploi, par personne interposée, de travailleurs étrangers en situation irrégulière l'entrepreneur principal qui recourt à un sous-traitant fictif pour se procurer la main-d'œuvre qu'il emploie en parfaite connaissance de sa situation (■ Cass. crim., 20 mai 1992 : *Bull. crim.* n° 198).

3) Le délit d'emploi d'un étranger non muni d'une autorisation de travail salarié cause nécessairement un préjudice direct et personnel au travailleur étranger irrégulièrement employé.

Justifie, dès lors, sa décision la cour d'appel qui, après avoir déclaré le prévenu coupable d'emploi d'un étranger non muni d'une autorisation de travail, le condamne à la réparation du préjudice moral subi par ce salarié (■ Cass. crim., 11 avr. 2012, n° 11-85.224 : *Dr. pén.* 2012, comm. 100, obs. J.-H. Robert ; *Dr. soc.* 2012, p. 726, obs. R. Salomon, et p. 755, obs. F. Duquesne).

4) Encourt la cassation l'arrêt qui déclare un prévenu coupable d'emploi d'un ressortissant roumain non muni d'une autorisation de travail, alors que la Roumanie étant devenue membre de l'Union européenne le 1er janvier 2007, la totalité des restrictions à l'accès au marché du travail a été levée pour les ressortissants de cet État à compter du 1er janvier 2014, de sorte que l'infraction poursuivie avait perdu son caractère punissable (■ Cass. crim., 3 nov. 2015, n° 14-84.459 : *Dr. pén.* 2016, comm. 13, obs. J.-H. Robert).

5) Élément moral. La Cour de cassation a rejeté un pourvoi dirigé contre un arrêt de condamnation du chef d'emploi d'un étranger non autorisé à travailler en France, aux motifs que « le prévenu, en s'abstenant de vérifier si le travailleur étranger qu'il envisageait de recruter était autorisé à exercer une activité salariée sur le territoire français, a sciemment commis le délit qui lui est reproché ». Le pourvoi soutenait au contraire que « le simple doute de l'employeur sur l'identité du salarié qu'il embauche ne caractérise pas l'élément intentionnel du délit » (■ Cass. crim., 8 août 2018, n° 17-84.920 ; *Dr. soc.* 2019, p. 76, obs. R. Salomon).

....

Art. L. 5224-4. – Le fait de méconnaître les dispositions de l'article L. 5222-2 est puni d'un emprisonnement de deux ans et d'une amende de 3 000 €.

La juridiction peut également ordonner, à titre de peine complémentaire, l'affichage du jugement aux frais de la personne condamnée dans les conditions prévues à l'article 131-35 du Code pénal et son insertion, intégrale ou par extraits, dans les journaux qu'elle désigne. Ces frais ne peuvent excéder le montant maximum de l'amende encourue.

....

Art. L. 8256-3 *(Mod., L. n° 2014-790, 10 juill. 2014 ; L. n° 2015-990, 6 août 2015)*. **– Les personnes physiques coupables des infractions prévues à l'article L. 8256-2 encourent les peines complémentaires suivantes :**

1° L'interdiction, pour une durée de cinq ans au plus, d'exercer directement ou par personne interposée l'activité professionnelle dans l'exercice ou à l'occasion de l'exercice de laquelle l'infraction a été commise, selon les modalités prévues par l'article 131-27 du Code pénal ;

2° L'exclusion des marchés publics pour une durée de cinq ans au plus ;

3° La peine de confiscation dans les conditions et selon les modalités prévues à l'article 131-21 du Code pénal ;

4° L'affichage ou la diffusion de la décision prononcée, dans les conditions prévues à l'article 131-35 du Code pénal. Lorsqu'une amende est prononcée, la juridiction peut ordonner que cette diffusion soit opérée, pour une durée maximale de deux ans, par les services du ministre chargé du travail sur un site internet dédié, dans des conditions prévues par décret en Conseil d'État pris après avis de la Commission nationale de l'informatique et des libertés ;

5° L'interdiction, suivant les modalités prévues par l'article 131-26 du Code pénal, des droits civiques, civils et de la famille ;

6° L'interdiction de séjour pour une durée de cinq ans au plus.

Art. L. 8256-4. – Les personnes physiques coupables des infractions prévues à l'article L. 8256-2 encourent la peine complémentaire de fermeture des locaux ou établissements tenus ou exploités par elles et ayant servi à commettre les faits incriminés.

Art. L. 8256-5. – Les personnes physiques condamnées au titre de l'infraction prévue au deuxième alinéa de l'article L. 8256-2 encourent la peine complémentaire de confiscation de tout ou partie de leurs biens, qu'elle qu'en soit la nature.

Art. L. 8256-6. – L'interdiction du territoire français peut être prononcée, dans les conditions prévues par les articles 131-30 à 131-30-2 du Code pénal, pour une durée de dix ans au plus ou à titre définitif à l'encontre de tout étranger coupable des infractions définies à l'article L. 8256-2.

Art. L. 8256-7 *(Mod., L. n° 2014-790, 10 juill. 2014).* **– Les personnes morales reconnues pénalement responsables, dans les conditions prévues par l'article 121-2 du Code pénal, des infractions prévues au présent chapitre, à l'exception de l'article L. 8256-1, encourent :**

1° L'amende, dans les conditions prévues à l'article 131-38 du Code pénal ;

2° Les peines mentionnées aux 1° à 5°, 8°, 9° et 12° de l'article 131-39 du même code.

L'interdiction mentionnée au 2° de l'article 131-39 porte sur l'activité dans l'exercice ou à l'occasion de l'exercice de laquelle l'infraction a été commise.

Lorsqu'une amende est prononcée, la juridiction peut ordonner que la diffusion prévue au 9° du même article 131-39 soit opérée, pour une durée maximale de deux ans, par les services du ministre chargé du travail sur un site internet dédié, dans des conditions prévues par décret en Conseil d'État pris après avis de la Commission nationale de l'informatique et des libertés.

Art. L. 8256-7-1 *(En vigueur à compter d'une date fixée par décret en Conseil d'État et au plus tard le 30 sept. 2011, L. n° 2011-672, 16 juin 2011).* **– Le prononcé de la peine complémentaire de fermeture provisoire d'établissement mentionnée au 4° de l'article 131-39 du Code pénal n'entraîne ni rupture, ni suspension du contrat de travail, ni aucun préjudice pécuniaire à l'encontre des salariés de l'établissement concerné.**

Art. L. 8256-8 *(Mod., L. n° 2011-672, 16 juin 2011).* **– Les personnes morales condamnées au titre de l'infraction prévue au troisième alinéa de l'article L. 8256-2 encourent la peine complémentaire de confiscation de tout ou partie de leurs biens, quelle qu'en soit la nature.**

....

XI. TRAVAILLEURS PRIVÉS D'EMPLOI

Art. L. 5124-1 *(Rempl., L. n° 2013-1203, 23 déc. 2013 ; mod., L. n° 2018-1317, 28 déc. 2018).* **– Sauf constitution éventuelle du délit d'escroquerie, défini et sanctionné à l'article 313-1, au 5° de l'article 313-2 et à l'article 313-3 du Code pénal, le fait de bénéficier ou de tenter de bénéficier frauduleusement des allocations mentionnées aux articles L. 5122-1 et L. 5123-2 du présent code est puni des peines prévues à l'article 441-6 du Code pénal. Le fait de faire obtenir frauduleusement ou de tenter de faire obtenir frauduleusement ces allocations est puni de la même peine.**

Art. L. 5429-1 *(Rempl., L. n° 2013-1203, 23 déc. 2013 ; L. n° 2016-1917, 29 déc. 2016).* **– Sauf constitution éventuelle du délit d'escroquerie défini et sanctionné à l'article 313-1, au 5° de l'article 313-2 et à l'article 313-3 du Code pénal, le fait de bénéficier ou de tenter de bénéficier frauduleusement des allocations d'aide aux travailleurs privés d'emploi définies au présent livre est puni des peines prévues à l'article 441-6 du Code pénal. Le fait de faire obtenir frauduleusement ou de tenter de faire obtenir frauduleusement ces allocations et cette prime est puni de la même peine.**

Art. L. 5429-2 *(Mod., L. n° 2018-771, 5 sept. 2018).* **– En cas de récidive dans le délai de trois ans, l'employeur qui a indûment retenu la contribution prévue au 2° de l'article L. 5422-9 et précomptée sur le salaire est puni des peines prévues par l'article L. 244-6 du Code de la sécurité sociale.**

1) Une activité, fût-elle bénévole, met celui qui s'y livre à plein temps dans l'impossibilité de rechercher un emploi ; se rend, dès lors, coupable de l'infraction prévue par l'article L. 365-1, le président d'une association qui exerce une telle activité alors qu'il perçoit dans le même temps des prestations de chômage (▪ Cass. crim., 27 févr. 1996 : *Bull. crim.* n° 95). V. J. Savatier, *Activités bénévoles et statut de chômeur* : *Dr. soc.* 1996, p. 593.

2) Le délit de fausse déclaration pour obtenir des allocations d'aide aux travailleurs privés d'emploi, prévu et puni par l'article L. 365-1 du Code du travail, n'est caractérisé que si celles-ci ne sont pas dues. Leur caractère indu ne peut se déduire de la seule fausseté de la déclaration (▪ Cass. crim., 16 juin 2004 : *Bull. crim.* n° 161 ; *Dr. pén.* 2004, comm. 161, obs. J.-H. Robert).

3) La perception des indemnités de chômage est indue, au sens de l'article L. 365-1 du Code du travail (rédaction antérieure à la loi du 23 mars 2006) quand l'allocataire s'absorbe dans des activités qui l'empêchent de chercher un nouvel emploi (▪ Cass. crim., 30 janv. 2007 : *Dr. pén.* 2007, comm. 77, obs. J.-H. Robert).

4) Une activité professionnelle, fût-elle bénévole, met celui qui s'y livre à plein temps dans l'impossibilité de rechercher un emploi. Dès lors, ne justifie pas sa décision la cour d'appel qui, saisie d'une poursuite exercée sur le fondement de l'article L. 365-1 du Code du travail, déboute l'Assedic de sa demande de remboursement d'allocations de chômage, au motif que le prévenu bénéficiaire de ces allocations, ayant procédé comme simple exécutant à des démarches en vue de l'immatriculation en France de l'établissement d'une société de droit allemand et à l'embauche d'un salarié, ne pouvait être considéré comme gérant de fait de la société, sans rechercher si l'activité exercée alors qu'il percevait le revenu de remplacement versé par l'Assedic lui permettait d'accomplir des actes positifs de recherche au sens de l'article L. 351-1 du même code (■ Cass. crim., 20 mars 2007 : *Bull. crim.* n° 87 ; *Dr. pén.* 2007, comm. 89, obs. J.-H. Robert).

5) Il résulte de l'article L. 365-1 du Code du travail, dans sa rédaction issue de la loi du 23 mars 2006 comme dans celle antérieure, que le fait, pour un bénéficiaire des allocations d'aide aux travailleurs privés d'emploi, de ne pas déclarer à l'Assedic l'exercice d'une activité professionnelle caractérise la fraude en vue d'obtenir lesdites allocations. Cassation de l'arrêt qui approuve la motivation des premiers juges qui, pour relaxer un prévenu, indiquent que le fait de ne pas avoir informé l'Assedic d'une activité professionnelle constituait une abstention et non un acte positif nécessaire à la fausse déclaration et caractéristique de la fraude, et ajoute que l'article L. 365-1 du Code du travail, dans sa rédaction issue de la loi du 23 mars 2006, exclut qu'une absence de déclaration antérieure à la promulgation de cette loi puisse être considérée comme un acte constitutif de l'infraction prévue par ledit article dans sa rédaction antérieure (■ Cass. crim., 27 mars 2007 : *Bull. crim.* n° 95. ■ Cass. crim., 12 déc. 2007 : *Dr. pén.* 2008, comm. 54).

XII. ENTRAVES AU FONCTIONNEMENT DES ORGANES REPRÉSENTANT LES SALARIÉS ET AU DROIT D'EXPRESSION DES SALARIÉS

Art. L. 2146-1. – Le fait d'apporter une entrave à l'exercice du droit syndical, défini par les articles L. 2141-4, L. 2141-9 et L. 2141-11 à L. 2143-22, est puni d'un emprisonnement d'un et d'une amende de 3 750 €.

Constitue une entrave punissable le fait de refuser à un délégué syndical ou à un délégué du personnel des casinos le droit, qu'il tient des articles L. 2143-13 et L. 2315-1 du Code du travail, 18 *bis* de la convention collective étendue du 29 mars 2002 applicable, de choisir, pour la compensation de ses heures de délégation prises hors du temps de travail, entre l'allocation d'un repos compensateur et le paiement de ces heures (■ Cass. crim., 26 janv. 2016, n° 13-85.770 : *Dr. pén.* 2016, comm. 66, obs. J.-H. Robert).

L. 2146-1 du Code du travail s'applique tant aux entreprises privées qu'à la fonction publique d'État (■ Cass. crim., 4 sept. 2018, n° 17-86.619). Afin de savoir si le délit d'entrave au droit syndical est constitué, le juge doit rechercher, d'une part, si le motif de la venue du délégué syndical dans l'établissement était une réunion ou une visite d'établissement, d'autre part, si la décision du chef d'établissement, restreignant la liberté de circulation d'un délégué syndical au sein de locaux administratifs, était nécessaire, adaptée et proportionnée aux informations dont il avait connaissance (même arrêt).

Art. L. 2431-1. – Le fait de rompre le contrat de travail d'un délégué syndical ou d'un ancien délégué syndical en méconnaissance des dispositions relatives à la procédure d'autorisation administrative prévues par le présent livre est puni d'un emprisonnement d'un an et d'une amende de 3 750 €.

Le fait de transférer le contrat de travail d'un salarié mentionné au premier alinéa compris dans un transfert partiel d'entreprise ou d'établissement, en méconnaissance des dispositions relatives à la procédure d'autorisation administrative, est puni des mêmes peines.

1) L'entrave est constituée dès lors que l'employeur a, par des moyens de rétorsion, fait échec au droit pour un syndicat représentatif de constituer une section syndicale (■ Cass. crim., 21 avr. 1977 : *Bull. crim.* n° 126), ou lorsqu'il suscite la démission d'un délégué syndical (■ Cass. crim., 9 mai 1979 : *Bull. crim.* n° 170) ou refuse de lui communiquer des indications le mettant dans l'impossibilité de tenir son rôle (■ Cass. crim., 5 oct. 1982 : *Bull. crim.* n° 207).

2) Les dispositions législatives relatives au licenciement d'un délégué syndical ont institué au profit d'un tel salarié et dans l'intérêt de l'ensemble des travailleurs qu'il représente une protection exceptionnelle et exorbitante du droit commun qui exclut que soit poursuivie par la voie judiciaire la résiliation du contrat de travail. Méconnaît donc le sens et la portée de l'article L. 412-15 dans sa rédaction antérieure à la loi du 28 octobre 1982 l'arrêt relaxant du chef d'entrave à l'exercice du droit syndical l'employeur qui, n'ayant pu obtenir l'avis conforme de l'inspecteur du travail pour le licenciement d'un délégué syndical, a engagé devant la juridiction prud'homale une action tendant à la résiliation judiciaire du contrat de travail le liant à ce salarié (■ Cass. ass. plén., 28 janv. 1983 : *Bull. crim.* n° 37).

3) Les dispositions législatives soumettant à l'assentiment préalable du comité d'entreprise ou à la décision conforme de l'inspecteur du travail le licenciement de salariés légalement investis de fonctions représentatives, ont institué au profit de tels salariés et dans l'intérêt de l'ensemble des travailleurs qu'ils représentent, une protection exceptionnelle exorbitante du droit commun qui interdit, par suite, à l'employeur de poursuivre par d'autres moyens la résiliation du contrat de travail ; l'employeur ne saurait se soustraire à l'observations de ces dispositions d'ordre public en proposant au salarié de mettre fin au contrat de travail par un accord de résiliation ; refuse de tirer les conséquences légales de ses propres constatations l'arrêt qui, après avoir relevé que l'inspecteur du travail avait refusé d'autoriser le licenciement de la déléguée syndicale, et constaté que les prévenus avaient ensuite proposé à celle-ci un accord de résiliation de son contrat de travail, retient, pour les relaxer du délit d'entrave à l'exercice du droit syndical, qu'une telle offre n'était pas discriminatoire et qu'elle était « plutôt généreuse au regard des usages » (■ Cass. crim., 6 janv. 2004 : *Bull. crim.* n° 4).

4) Justifie sa décision l'arrêt qui, pour dire ces dispositions d'ordre public méconnues, retient que les négociations auxquelles se sont livrés les cadres d'une entreprise avec les salariés protégés étaient destinées, pour les cadres, à obtenir la résiliation des contrats de travail de ceux-ci sans observer les prescriptions légales que leur confère leur statut, dans le but de faciliter la mise en place d'un plan social et, pour les salariés protégés, à bénéficier d'avantages obtenus en méconnaissance des mandats dont ils étaient investis (■ Cass. crim., 28 janv. 2004 : *Bull. crim.* n° 22 ; *Dr. pén.* 2004, comm. 55, obs. J.-H. Robert).

5) De même est à bon droit déclaré constitué le délit d'entrave à l'exercice du droit syndical reproché à un chef d'entreprise à la suite du départ négocié d'un représentant du personnel employé selon un contrat de travail à durée déterminée, alors que l'inspecteur du travail, consulté à l'issue du contrat en application de l'article L. 425-2, alinéa 2, du Code du travail, avait constaté l'existence de pratiques discriminatoires prises à l'égard dudit salarié et refusé la rupture des liens contractuels, le contrat du salarié devenant ainsi, en application des articles L. 122-3-10 et L. 412-18 du même code, un contrat de travail à durée indéterminée ne pouvant être rompu qu'après autorisation administrative (■ Cass. crim., 14 nov. 2006 : *Bull. crim.* n° 284).

6) Sur le refus de réintégration d'un salarié protégé après annulation non encore définitive de l'autorisation de licenciement, V. ■ Cass. ch. mixte, 3 déc. 1982 : D*Bull. crim.* n° 274 ; *D.* 1984, p. 233, note Y. Mayaud. – Sur le refus de réintégration lorsqu'il y a annulation définitive de l'autorisation de licenciement, V. ■ Cass. crim., 22 nov. 1983 : *Bull. crim.* n° 310. ■ Cass. crim., 13 mars 1984 : *Bull. crim.* n° 103.

7) Le droit à réintégration reconnu au salarié investi de fonctions représentatives à la suite de l'annulation, sur recours hiérarchique, d'une autorisation de licenciement n'est pas subordonné au caractère définitif de cette annulation ; justifie sa décision la cour d'appel qui condamne le gérant de la société pour entraves à l'exercice du droit syndical et au fonctionnement régulier du comité d'entreprise (■ Cass. crim., 14 mars 2006 : *Bull. crim.* n° 72).

8) Ne constitue pas une atteinte au droit syndical l'exercice, par l'employeur, de son droit d'agir en justice contre un syndicat de salariés en réparation d'un préjudice causé à son entreprise, dès lors que son action ne revêt pas un caractère abusif (■ Cass. crim., 24 janv. 1978 : *Bull. crim.* n° 29. ■ Cass. crim., 27 nov. 1979 : *Bull. crim.* n° 338), ni l'attribution d'une prime exceptionnelle aux salariés n'ayant pas participé à une grève (■ Cass. crim., 28 nov. 1978 : *Bull. crim.* n° 336) ni l'abattement sur des primes d'assiduité, imposé à des salariés ayant participé à un mouvement de grève, la participation à un tel mouvement ne pouvant caractériser à elle seule l'exercice d'une activité syndicale (■ Cass. crim., 15 déc. 1981 : *Bull. crim.* n° 330).

9) Les déplacements effectués par un délégué syndical pour l'accomplissement de sa mission ne sont pas soumis à l'autorisation préalable de l'employeur. Justifie sa décision l'arrêt condamnant, pour entrave à l'exercice du droit syndical, un chef d'entreprise qui a infligé une sanction disciplinaire pour absence illégale à un délégué syndical, alors que celui-ci lui avait fait parvenir en temps utile un bon de délégation régulièrement établi afin de l'avertir de son déplacement à l'extérieur de l'entreprise, dans le cadre de sa mission syndicale (■ Cass. crim., 4 févr. 1986 : *Bull. crim.* n° 46).

10) L'article L. 481-2 du Code du travail réprime toute entrave apportée à l'exercice du droit syndical ; de même l'article L. 483-2 sanctionne toute entrave apportée au fonctionnement régulier du comité d'entreprise. La loi ne fait aucune distinction selon l'auteur de l'infraction. Encourt dès lors la cassation l'arrêt qui écarte les préventions d'entraves à l'exercice du droit syndical et au fonctionnement régulier du comité d'entreprise à l'égard de membres du personnel d'une entreprise qui se sont opposés à la réintégration à son poste de travail d'un salarié, délégué syndical et représentant syndical auprès du comité d'entreprise, irrégulièrement licencié (▪ Cass. crim., 9 déc. 1986 : *Bull. crim.* n° 368).

11) Il appartient au chef d'entreprise, en cette qualité, de faire respecter le statut protecteur des représentants du personnel et des organisations syndicales et de surmonter des oppositions manifestées, au sein de son entreprise, à la réintégration d'un salarié de cette catégorie irrégulièrement licencié ; de telles oppositions ne sauraient en effet constituer un cas de force majeure de nature à justifier de sa part l'inexécution d'obligations légales pénalement sanctionnées et l'exonérer de sa responsabilité (même arrêt ; V. aussi ▪ Cass. crim., 29 nov. 1988 : *Bull. crim.* n° 404).

12) Seuls caractérisent le délit d'entrave à l'exercice du droit syndical les manquements aux dispositions légales définissant les droits reconnus aux syndicats dans les entreprises, ainsi qu'aux conventions ou accords étendant les droits ainsi définis. Encourt la cassation l'arrêt qui condamne un employeur du chef d'entrave à l'exercice du droit syndical en raison de la violation de dispositions conventionnelles qui ne résultent pas d'une extension ou d'une dérogation apportée à une disposition législative expresse dans une matière déterminée, dont l'inobservation est, seule, pénalement sanctionnée (▪ Cass. crim., 24 févr. 1987 : *Bull. crim.* n° 97).

13) Selon l'article L. 2263-1 du Code du travail, lorsqu'en application d'une disposition législative expresse dans une matière déterminée, une convention ou un accord collectif de travail étendu déroge à des dispositions légales, les infractions aux stipulations dérogatoires sont punies des sanctions qu'entraîne la violation des dispositions légales en cause.

Encourt la censure l'arrêt d'une cour d'appel qui condamne un prévenu pour méconnaissance de la convention collective des grands magasins, étendue par arrêté ministériel, qui dispose qu'avant toute décision ayant pour objet de fixer au-delà de 20 heures l'heure de fermeture d'un magasin, la direction devra consulter le comité d'entreprise ou d'établissement, ou, à défaut, les délégués du personnel et engager une négociation sur ses modalités avec les délégués syndicaux, alors que seule la violation des dispositions d'une convention ou d'un accord collectif de travail étendu dérogeant à des dispositions légales, en application d'une disposition législative expresse dans une matière déterminée, peut entrer dans la catégorie des agissements pénalement sanctionnés par l'article susvisé (▪ Cass. crim., 19 juin 2012, n° 11-84.884 : *Bull. crim.* n° 154 ; *Dr. pén.* 2012, comm. 134, obs. J.-H. Robert).

14) L'obligation pesant sur l'employeur de payer à l'échéance normale comme temps de travail le temps nécessaire aux délégués syndicaux et aux délégués du personnel pour l'exercice de leurs fonctions est limitée aux heures dont le nombre est fixé par la loi et ne s'étend pas à celles qui sont prises en fonction de circonstances exceptionnelles dont il appartient au salarié d'établir l'existence préalable à tout paiement par l'employeur de même que la conformité de l'utilisation desdites heures eu égard au mandat représentatif dont il est investi (▪ Cass. crim., 26 mai 1987 : *Bull. crim.* n° 219).

15) Dès lors qu'un employeur a payé à leur échéance normale les heures de délégation d'un délégué syndical, l'action par lui exercée devant le juge prud'homal en contestation de l'usage fait des heures ainsi allouées, et qui lui est ouverte par l'article L. 412-20 du Code du travail, ne constitue pas en elle-même et en l'absence d'abus par l'employeur de son droit d'agir en justice, une entrave à l'exercice du droit syndical (▪ Cass. crim., 16 oct. 1990 : *Bull. crim.* n° 343, deux arrêts).

16) La négociation annuelle obligatoire sur les salaires effectifs prévue par l'article L. 132-27 du Code du travail doit concerner la situation de l'ensemble des salariés de l'entreprise ; constitue en conséquence un manquement à l'obligation imposée par le texte précité, sanctionné comme tel, par l'article L. 152-3 du Code du travail, des pénalités prévues pour le délit d'entrave, le fait, pour l'employeur, de refuser d'inclure dans la négociation les modifications qu'il se propose d'apporter au calcul de la paie d'une catégorie du personnel (▪ Cass. crim., 28 mars 1995 : *Bull. crim.* n° 130).

17) La conclusion d'accords entre l'employeur et des institutions représentatives du personnel distinctes des organisations syndicales constitue le délit prévu et réprimé par les articles L. 412-1 et L. 481-2 du Code du travail lorsqu'elle a eu pour objet ou pour effet de porter atteinte au monopole que la loi confère aux organisations syndicales pour représenter les intérêts des salariés dans la négociation collective ; tel est le cas, lorsque, comme en l'espèce, l'accord conclu avec un comité d'établissement, en dépit de l'existence d'une représentation syndicale dans l'entreprise, a porté sur une matière relevant de la négociation annuelle obligatoire instituée par l'article L. 132-27 du Code du travail et qu'il a, au surplus, institué un aménagement du temps du travail entrant dans les prévisions de l'article L. 212-8 du même Code ; la négociation de tels accords doit nécessairement être engagée par l'employeur, conformément aux prescriptions de ces articles et de l'article L. 132-19 dudit code, avec les organisations syndicales de salariés représentatives dans l'entreprise au sens de l'article L. 132-2 (▪ Cass. crim., 18 nov. 1997 : *Bull. crim.* n° 390).

18) L'employeur qui modifie unilatéralement les conditions du contrat de travail d'un délégué syndical et qui lui refuse le bénéfice d'une prime annuelle accordée aux autres salariés, est tenu d'apporter la preuve de la pleine justification de ces mesures ainsi que de leur absence de tout lien avec la qualité de délégué syndical.

Ne donne pas de base à sa décision l'arrêt qui, pour prononcer une relaxe des chefs d'entrave à l'exercice du droit syndical et de discrimination syndicale, retient que l'employeur avait informé la déléguée syndicale par courrier, de ses nouvelles attributions en raison du traitement de la comptabilité générale en un autre site, et que le non-paiement de la prime était dû à une erreur (▪ Cass. crim., 6 janv. 2004 : *Bull. crim.* n° 4).

19) Le délit d'entrave à l'exercice du droit syndical est une infraction instantanée à laquelle le repentir de l'employeur est indifférent ; ne donne pas de base légale à sa décision l'arrêt qui, après avoir constaté plusieurs manquements aux dispositions du Code du travail, notamment l'absence du panneau d'affichage prévu par l'article L. 412-8 dudit code, prononce une relaxe du chef d'entrave à l'exercice du droit syndical, en retenant qu'après avoir été rappelés à l'ordre, ils ont régularisé la situation, et que les parties civiles appelantes ne justifient pas de la persistance de ces manquements (même arrêt).

20) La seule mise à pied d'un salarié protégé, qui ne suspend pas l'exécution de son mandat, ne constitue pas en soi une entrave aux fonctions représentatives de l'intéressé. Encourt dès lors la cassation l'arrêt d'une cour d'appel qui, pour retenir à l'encontre d'un employeur l'existence d'une faute civile résultant des faits d'entrave poursuivis, énonce, sans caractériser plus précisément les agissements qui auraient entravé les fonctions représentatives d'un salarié protégé, que les mises à pied de ce salarié étaient fondées sur des faits dépourvus de tout caractère fautif et traduisaient la volonté de son employeur de faire obstacle à l'exercice de ses fonctions (▪ Cass. crim., 8 avr. 2014 : *Bull. crim.* n° 107 ; *Dr. pén.* 2014, comm. 111, obs. J.-H. Robert).

21) Droit syndical des gérants non salariés. 1° En application des articles L. 7321-1 et L. 7322-1 du Code du travail, les gérants non salariés des succursales de commerce de détail alimentaire bénéficient du droit syndical dans les mêmes conditions que les salariés.

En conséquence, le fait de transférer le contrat d'un gérant non salarié d'une succursale de maison d'alimentation de détail, titulaire d'un mandat syndical, dans le cadre d'un transfert d'établissement, en méconnaissance des dispositions relatives à la procédure administrative, est puni par l'article L. 2431-1, alinéa 2 du Code du travail.

2° En application des mêmes textes, les gérants non salariés de succursales de maison d'alimentation de détail peuvent se prévaloir de l'ensemble des dispositions légales relatives aux institutions représentatives du personnel, sous réserve des aménagements expressément prévus par les dispositions particulières les concernant.

En conséquence, la rupture, en méconnaissance des dispositions relatives à la procédure d'autorisation administrative, du contrat d'un gérant non salarié d'une succursale de maison d'alimentation de détail, titulaire d'un mandat de délégué syndical, est sanctionnée par l'article L. 2431-1, alinéa premier du Code du travail (▪ Cass. crim., 11 oct. 2011, n° 10-86.944 : *Bull. crim.* n° 204 ; *RJS* 2012, p. 76).

22) Les gérants non salariés de succursales de maisons d'alimentation de détail peuvent se prévaloir de l'ensemble des dispositions légales relatives aux institutions représentatives du personnel, sous réserve des aménagements expressément prévus par les dispositions particulières les concernant. En conséquence, la rupture du contrat conclu avec un gérant qui était délégué syndical constitue un délit d'entrave à l'exercice de ses fonctions (▪ Cass. crim., 5 janv. 2015, n° 13-80.967 : *Dr. pén.* 2015, comm. 39, obs. J.-H. Robert).

23) Action civile syndicale. Ne justifie pas sa décision la cour d'appel qui alloue à un syndicat, constitué partie civile, des dommages-intérêts sur le fondement du délit d'entrave à l'exercice du droit syndical en retenant qu'un cadre d'entreprise ayant dirigé sa voiture automobile en direction d'un groupe de grévistes et légèrement heurté l'un d'entre eux, un tel fait était de nature à impressionner les salariés en grève pour soutenir le syndicat, alors que ce comportement était, en lui-même, impropre à caractériser l'élément matériel de l'infraction (▪ Cass. crim., 28 avr. 2009, n° 07-82.901 : *Bull. crim.* n° 74 ; *Dr. pén.* 2009, comm. 111, obs. J.-H. Robert).

24) Un syndicat a la capacité d'exercer le droit syndical dans les conditions prévues par les articles L. 2141-4 à L. 2141-8 du Code du travail sans qu'il soit nécessaire qu'il ait été reconnu comme représentatif.

Encourt dès lors la cassation l'arrêt qui subordonne la constitution des infractions d'entrave à l'exercice du droit syndical et de discrimination à la représentativité du syndicat concerné (▪ Cass. crim., 31 janv. 2012, n° 11-84.113 : *Bull. crim.* n° 31).

Art. L. 2135-2 *(L. n° 2008-789, 20 août 2008 ; L. n° 2012-387, 22 mars 2012).* **– Les syndicats professionnels et leurs unions et les associations de salariés ou d'employeurs mentionnés à l'article L. 2135-1 qui contrôlent une ou plusieurs personnes morales au sens de l'article L. 233-16 du Code de commerce, sans entretenir avec elles de lien d'adhésion ou d'affiliation, sont tenus, dans des conditions déterminées par décret pris après avis du Conseil national de la comptabilité :**

a) **Soit d'établir des comptes consolidés. L'article L. 823-2 du Code de commerce n'est pas applicable lorsque les ressources de l'ensemble constitué par les syndicats professionnels et leurs unions et les associations de salariés ou d'employeurs et les personnes morales qu'ils contrôlent ne dépassent pas, à la clôture d'un exercice, le seuil mentionné à l'article L. 2135-6 du présent code ;**

b) **Soit de fournir, en annexe à leurs propres comptes, les comptes de ces personnes morales, ainsi qu'une information sur la nature du lien de contrôle. Dans ce cas, les comptes de ces personnes morales doivent avoir fait l'objet d'un contrôle légal, sauf lorsque les ressources de l'ensemble constitué par les syndicats professionnels et leurs unions et les associations de salariés ou d'employeurs et les personnes morales qu'ils contrôlent ne dépassent pas, à la clôture d'un exercice, le seuil mentionné au même article L. 2135-6.**

Art. L. 2146-2. – Le fait pour l'employeur de méconnaître les dispositions des articles L. 2141-5 à L. 2141-8, relatives à la discrimination syndicale, est puni d'une amende de 3 750 €.

La récidive est punie d'un emprisonnement d'un an et d'une amende de 7 500 €.

1) Si la seule participation à un mouvement de grève ne suffit pas à caractériser en elle-même une action syndicale, il en est autrement lorsque ce mouvement a été déclenché par une organisation syndicale et que les mesures prises par l'employeur ont eu pour objet de faire pression sur le syndicat ; a pu décider que les délits d'atteinte à l'exercice du droit syndical et de discrimination syndicale n'étaient pas constitués, l'arrêt qui relève que l'annonce faite par l'employeur, au cours d'un mouvement de grève déclenché par une organisation syndicale, d'une mesure de licenciement économique, de la promesse d'avantages salariaux pour ceux qui reprendraient le travail, et la menace de licenciements pour fautes lourdes, n'avaient pas eu pour objet de briser l'action du syndicat, dès lors que l'entreprise connaissait des difficultés avant la grève, qu'aucun licenciement économique n'était en définitive intervenu, que la promesse d'avantages salariaux était générale et que les licenciements pour fautes lourdes sanctionnaient, non des faits de grève, mais des atteintes au droit de propriété et des violences (▪ Cass. crim., 4 avr. 1995 : *Bull. crim.* n° 146).

2) Entre dans les prévisions de l'article L. 412-2, alinéa 3, devenu l'article L. 2141-7 du Code du travail qui prohibe l'emploi d'un moyen de pression en faveur ou à l'encontre d'une organisation syndicale quelconque, le fait, par le dirigeant d'une société, de solliciter, autoriser et porter à la connaissance du personnel d'encadrement, la mission donnée à un prestataire de service visant, notamment, par des séances d'accompagnement professionnel (coaching) à réduire l'influence d'un syndicat au profit d'un autre, dans la perspective d'élections à venir.

– Constitue la complicité du délit le fait, par le dirigeant de la société prestataire de services, de fournir à ce chef d'entreprise les moyens de mettre en œuvre ces mesures dont ils sont préalablement convenus (▪ Cass. crim., 2 sept. 2008 : *Bull. crim.* n° 174 ; *Dr. pén.* 2008, comm. 145, obs. J.-H. Robert ; *JCP* E 2009, 1320, p. 40, note C. Gaillard). Sur la notion de moyen de pression au sens de l'article L. 412-2, alinéa 3, du Code de travail, à rapprocher ▪ Cass. crim., 2 juin 1976 : *Bull. crim.* 1976, n° 196 (1). ▪ Cass. crim., 20 mars 1979 : *Bull. crim.* 1979, n° 114. ▪ Cass. crim., 27 nov. 1979 : *Bull. crim.* 1979, n° 338 (1), et l'arrêt cité.

3) La mise à pied d'un délégué syndical à raison de ses fonctions constitue tant le délit d'entrave à l'exercice du droit syndical réprimé par l'article L. 481-2 du Code du travail que celui de discrimination syndicale réprimé par l'article L. 481-3 du même code. Il s'ensuit que le prévenu, qui, à la suite de tels faits, a été cité devant le tribunal correctionnel pour entrave, ne saurait se faire un grief de ce que les juges aient requalifié ses agissements en discrimination syndicale (▪ Cass. crim., 25 janv. 2000 : *Bull. crim.* n° 38).

4) Est justifié la décision des juges du fond qui déclare constitués, en raison des mêmes agissements d'un prévenu, les délits de discrimination syndicale et de harcèlement moral prévus par les articles L. 481-3 du Code du travail et 222-33-2 du Code pénal qui sanctionnent la violation d'intérêts distincts (■ Cass. crim., 6 févr. 2007 : *Bull. crim.* n° 29).

5) Les dispositions des articles 225-2 du Code pénal et L. 412-2 du Code du travail concernant les délits de discrimination et d'entrave à l'exercice du droit syndical n'instituent aucune dérogation à la charge de la preuve en matière pénale, qui incombe à l'accusation.

Dans ces conditions, il ne saurait être reproché aux juges du fond qui, pour statuer sur une poursuite exercée contre un employeur en application des textes précités, de pas s'être déterminés par référence à l'article L. 122-45 du Code du travail, selon lequel lorsque le salarié présente des éléments de fait laissant supposer l'existence d'une discrimination directe ou indirecte, il incombe à la partie défenderesse de prouver que sa décision est justifiée par des éléments objectifs étrangers à toute discrimination (■ Cass. crim., 3 avr. 2007 : *Bull. crim.* n° 105 ; *Dr. sociétés* 2007, p. 902, obs. F. Duquesne).

6) La mise à pied d'un représentant du personnel, qu'elle soit de nature conservatoire ou disciplinaire, n'a pas pour conséquence de suspendre l'exécution de son mandat (■ Cass. crim., 11 sept. 2007 : *Bull. crim.* n° 199 ; *Dr. pén.* 2007, comm. 144, obs. J.-H. Robert).

7) L'article L. 412-2, devenu L. 2141-5 du Code du travail, concernant le délit de discrimination syndicale, n'institue aucune dérogation à la charge de la preuve en matière pénale. Il résulte, par ailleurs, des articles préliminaires du Code de procédure pénale et 6, § 2, de la Convention européenne des droits de l'homme que tout prévenu étant présumé innocent, la charge de la preuve de sa culpabilité incombe à la partie poursuivante.

Encourt la censure l'arrêt qui, pour dire constitué le délit de discrimination syndicale, retient qu'il incombait à l'employeur de justifier des raisons de service l'ayant conduit à écarter la priorité d'emploi attachée à la situation de la partie civile et de justifier de l'impossibilité d'affecter d'autres surveillants au poste peu attractif attribué à celle-ci, motifs impliquant un renversement de la charge de la preuve, alors qu'il appartenait à la cour d'appel de rechercher l'existence d'une relation de causalité entre les mesures jugées discriminatoires et l'appartenance ou l'activité syndicale de la partie civile (■ Cass. crim., 11 avr. 2012, n° 11-83.816 : *Bull. crim.* n° 95 ; *Dr. pén.* 2012, n° 106, obs. J.-H. Robert ; *Gaz. Pal.* 4-5 juill. 2012, jurispr. p. 8, note J. Lasserre-Capdeville et L. Mourey ; *Procédures* 2012, comm. 229, note A. S. Chavent-Leclere ; *JCP* 2012, note 862, p. 1445, S. Brissy).

Art. L. 2432-1 ***(Ord. n° 2017-1386, 22 sept. 2017).*** **– Le fait de rompre le contrat de travail d'un salarié membre élu à la délégation du personnel au comité social et économique, candidat à la délégation du personnel au comité social et économique, ancien membre élu à la délégation du personnel au comité social et économique ou d'un salarié ayant demandé l'organisation d'élections pour la mise en place d'un comité social et économique, en méconnaissance des dispositions relatives à la procédure d'autorisation administrative prévues par le présent livre, est puni d'un emprisonnement d'un an et d'une amende de 3 750 euros.**

Le fait de licencier un représentant syndical ou un ancien représentant syndical au comité social et économique, en méconnaissance des dispositions mentionnées au premier alinéa, est puni des mêmes peines.

Le fait de transférer le contrat de travail d'un membre élu à la délégation du personnel au comité social et économique ou d'un représentant syndical au comité social et économique compris dans un transfert partiel d'entreprise ou d'établissement, en méconnaissance des dispositions relatives à la procédure d'autorisation administrative, est puni des mêmes peines.

1) L'infraction d'atteinte à l'exercice régulier des fonctions de représentant du personnel est une infraction intentionnelle (■ Cass. crim., 16 mars 1978 : *D.* 1979, IR p. 10. ■ Cass. crim., 3 juin 1982 : *D.* 1982, IR, p. 387).

2) L'employeur ne saurait exciper de sa bonne foi pour se soustraire à la répression (■ Cass. crim., 28 avr. 1953 : *Bull. crim.* n° 143. ■ Cass. crim., 2 juin 1976 : *JCP* 1977, II, 18736, note F. Dekeuwer).

3) Commet le délit l'employeur qui limite abusivement le temps d'une réunion ou l'interrompt abusivement (■ Cass. crim., 17 nov. 1967 : *D.* 1967, p. 201), ou qui pratique à l'encontre des délégués des mesures abusives de discrimination (■ Cass. crim., 27 nov. 1973 : *Bull. crim.* n° 437), ou qui réduit le droit reconnu aux délégués de s'absenter pour exercer leurs fonctions ou par refus de rémunérer de telles absences (■ Cass. crim., 14 févr. 1978 : *Bull. crim.* n° 58), ou qui ne réintègre pas le salarié irrégulièrement licencié (■ Cass. crim., 26 juin 1979 : *Bull. crim.* n° 231).

4) La mise en chômage technique de l'entreprise, si elle suspend le contrat de travail, n'entraîne pas la suspension des fonctions de délégué du personnel. Commet le délit d'entrave l'employeur qui interdit à des délégués du personnel de pénétrer dans les locaux de l'entreprise et de communiquer avec les employés qui y assurent un service réduit de permanence, alors que la fermeture des ateliers avait été décidée en raison de coupures du courant électrique (▪ Cass. crim., 25 mai 1983 : *Bull. crim.* n° 153).

5) La pratique des bons de délégation n'est pas illicite dès lors que ceux-ci n'instituent pas en réalité un contrôle *a priori* sur l'emploi du temps de délégation (▪ Cass. crim., 12 déc. 1978 : *Bull. crim.* n° 353. ▪ Cass. crim., 4 avr. 1979 : *D.* 1980, p. 125, note Bousquet. ▪ Cass. crim., 31 mars 1981 : *D.* 1982, IR p. 77, obs. Pélissier).

6) Constitue l'infraction le fait pour un employeur de refuser par une décision présentant un caractère unilatéral et autoritaire de se conformer à des usages régissant l'activité des délégués du personnel et comportant des dispositions plus favorables que celles des textes législatifs (▪ Cass. crim., 12 janv. 1982 : *Bull. crim.* n° 12 ; *D.* 1983, p. 167, obs. Reinhardt) ; même solution lorsqu'il s'agit de dispositions conventionnelles plus favorables que la loi (▪ Cass. crim., 14 févr. 1978 : *D.* 1978, IR p. 384, obs. Pélissier) ; *adde* Borricand, *D.* 1980, chron. p. 323.

7) La diffusion d'une note de service limitant les attributions légales des délégués du personnel dans l'entreprise, même non suivie de mise en application, constitue non pas une simple tentative d'atteinte, mais, indépendamment de ses conséquences, une atteinte consommée aux prérogatives statutaires attachées à la qualité de délégué du personnel (▪ Cass. crim., 20 mars 1984 : *Bull. crim.* n° 118).

8) Dès lors qu'un employeur a payé à leur échéance normale les heures de délégation d'un délégué du personnel, l'action par lui exercée devant le juge prud'homal en contestation de l'usage fait des heures ainsi allouées, et qui lui est ouverte par l'article L. 424-1 du Code du travail, ne constitue pas en elle-même et en l'absence d'abus par l'employeur de son droit d'agir en justice, une atteinte à l'exercice régulier des fonctions de délégué du personnel (▪ Cass. crim., 16 oct. 1990 : *Bull. crim.* n° 343, deux arrêts).

9) Lorsque des poursuites sont exercées contre un chef d'entreprise pour le délit d'entrave prévu par les articles L. 482-1 et L. 483-1 du Code du travail, à raison de la mise à pied d'un salarié protégé intervenue dans les conditions précisées par les articles L. 425-1 et L. 436-1 du même code, il appartient aux juges du fond de rechercher si l'employeur a pu prononcer la sanction litigieuse de bonne foi et au juste motif d'une faute grave commise par le salarié concerné. L'infraction est constituée par une sanction excessive ou injustifiée (▪ Cass. crim., 4 janv. 1991 : *Bull. crim.* n° 10).

10) Les dispositions législatives soumettant à l'avis préalable du comité d'entreprise ou à l'autorisation de l'inspecteur du travail le licenciement des salariés investis de fonctions représentatives, ont institué au profit de tels salariés, et dans l'intérêt de l'ensemble des travailleurs qu'ils représentent, une protection exceptionnelle et exorbitante du droit commun qui interdit, par suite, à l'employeur de poursuivre par d'autres moyens la résiliation de leur contrat de travail ; les stipulations d'une convention collective ne sauraient faire obstacle à ces dispositions d'ordre public (▪ Cass. crim., 26 nov. 1996 : *Bull. crim.* n° 428).

Constitue une entrave aux fonctions des représentants du personnel ou des délégués syndicaux, le fait d'obtenir la résiliation de leur contrat de travail moyennant une forte indemnité (▪ Cass. crim., 28 janv. 2004 : *Bull. crim.* n° 22 ; *Dr. pén.* 2004, comm. 55, obs. J.-H. Robert). V. *supra*, notes sous art. L. 481-2.

11) L'autorisation de licencier un salarié protégé donnée à l'employeur par l'inspecteur du Travail subsiste en dépit de l'annulation par le tribunal administratif de la décision du ministre ayant rejeté le recours formé par le salarié contre ladite autorisation. Il n'en irait autrement que si le salarié avait également demandé et obtenu l'annulation de la première décision ; dès lors, justifie sa décision l'arrêt qui relaxe l'employeur poursuivi du chef d'entrave à raison de son refus de réintégrer le salarié licencié (▪ Cass. crim., 17 févr. 2004 : *Bull. crim.* n° 45).

12) Selon l'article L. 425-2, alinéa 2, du Code du travail, l'arrivée du terme du contrat à durée déterminée d'un délégué du personnel n'entraîne la cessation du lien contractuel qu'après constatation, par l'inspecteur du travail, que le salarié ne fait pas l'objet d'une mesure discriminatoire ; ne justifie pas, dès lors, sa décision, une cour d'appel qui relaxe un employeur cité pour atteinte à l'exercice des fonctions d'un délégué du personnel, alors qu'il résulte de ses constatations que le prévenu avait fait cesser le lien contractuel et ce en dépit de la constatation, par l'inspection du travail, que le salarié faisait l'objet d'une mesure discriminatoire (▪ Cass. crim., 19 juin 2001 : *Bull. crim.* n° 151).

13) Si la simple demande d'autorisation de licenciement d'un délégué du personnel n'est pas, en elle-même, constitutive du délit d'entrave, tel n'est pas le cas de la demande présentée à cette fin par un employeur en raison de l'absence d'obtention par ce salarié investi de fonctions représentatives d'un diplôme avant l'expiration des délais impartis, cette demande ayant ensuite été maintenue abusivement, en connaissance de cause alors que ledit salarié avait obtenu une prorogation de délai pour valider sa formation (■ Cass. crim., 5 mars 2013, n° 11-83.984). Rappr. ■ Cass. crim., 10 sept. 2002, n° 01-85.302.

14) Caractérise le délit d'atteinte à l'exercice régulier des fonctions de délégué du personnel, le fait, par un employeur, alors que le licenciement a été refusé par l'inspecteur du Travail, de ne pas réintégrer le délégué du personnel mis à pied dans le poste de son emploi et de lui imposer un changement de fonctions (■ Cass. crim., 11 déc. 2001 : *Bull. crim.* n° 266 ; *Dr. pén.* 2002 comm. 45, obs. M. Véron).

15) Dans un tel cas, le juge répressif n'a pas à examiner la légalité des décisions administratives intervenues, leur illégalité, à la supposer fondée, n'étant pas de nature à enlever aux faits constatés leur caractère délictueux (même arrêt).

16) La seule mise à pied d'un salarié protégé, qui ne suspend pas l'exécution de son mandat, ne constitue pas en soi une entrave aux fonctions représentatives de l'intéressé.

Encourt dès lors la cassation l'arrêt d'une cour d'appel qui, pour retenir à l'encontre d'un employeur l'existence d'une faute civile résultant des faits d'entrave poursuivis, énonce, sans caractériser plus précisément les agissements qui auraient entravé les fonctions représentatives d'un salarié protégé, que les mises à pied de ce salarié étaient fondées sur des faits dépourvus de tout caractère fautif et traduisaient la volonté de son employeur de faire obstacle à l'exercice de ses fonctions (■ Cass. crim., 8 avr. 2014, n° 12-85.800).

17) L'assistance du salarié par le délégué du personnel, lors de l'entretien avec l'employeur, n'est rendue obligatoire que par les dispositions de l'article L. 122-41 du Code du travail, pour l'entretien préalable à une sanction disciplinaire, et par celles de l'article L. 122-14 du même code pour l'entretien préalable au licenciement. Ne caractérise pas le délit d'atteinte à l'exercice régulier des fonctions de délégués du personnel, le fait, par un employeur, alors qu'un salarié a demandé à être reçu accompagné du délégué du personnel pour un entretien relatif à son évaluation professionnelle, de recevoir le salarié seul (■ Cass. crim., 11 févr. 2003 : *Bull. crim.* n° 32 ; *Dr. soc.* 2003, p. 631, note F. Duquesne).

18) Justifie sa décision la cour d'appel qui condamne les prévenus pour entraves à l'exercice régulier des fonctions de délégué du personnel, dès lors que :

– l'article L. 424-4 du Code du travail n'instituant aucune dérogation au principe de la réception mensuelle exigée par ce texte lorsque l'entreprise ne comporte qu'un seul délégué du personnel, l'inobservation de cette obligation ne peut être justifiée, hors le cas de force majeure, que si elle a pour cause le refus ou la défection du délégué lui-même ;

– que la pratique consistant, pour le chef d'établissement, lors de la réception mensuelle des délégués du personnel exigée par le texte susvisé, à imposer la présence, en surnombre, d'un tiers choisi par lui est de nature à porter atteinte à l'exercice des fonctions représentatives ;

– qu'il résulte des dispositions de l'article L. 424-2 du Code du travail que le chef d'établissement est tenu, hors le cas de force majeure, de mettre à la disposition des délégués du personnel, un local adapté à l'exercice de leur mission (■ Cass. crim., 25 sept. 2007 : *Bull. crim.* n° 222). *Adde*, pour le refus de local, ■ Cass. crim., 26 mai 2009, n° 08-82.979 : *Dr. pén.* 2009, comm. 111 (2e esp.), obs. J.-H. Robert.

Art. L. 2433-1 ***(Ord. n° 2017-1386, 22 sept. 2017).*** **– Le fait de rompre le contrat de travail d'un salarié représentant de proximité, candidat à cette fonction ou ancien représentant de proximité en méconnaissance des dispositions relatives à la procédure d'autorisation administrative prévues par le présent livre, est puni d'un emprisonnement d'un an et d'une amende de 3 750 euros.**

Le fait de transférer le contrat de travail d'un représentant de proximité compris dans un transfert partiel d'entreprise ou d'établissement, en méconnaissance des dispositions relatives à la procédure d'autorisation administrative, est puni des mêmes peines.

Art. L. 2317-1 ***(Ord. n° 2017-1386, 22 sept. 2017).*** **– Le fait d'apporter une entrave soit à la constitution d'un comité social et économique, d'un comité social et économique d'établissement ou d'un comité social et économique central, soit à la libre désignation de leurs membres, notamment par la méconnaissance des dispositions des articles L. 2314-1 à L. 2314-9 est puni d'un emprisonnement d'un an et d'une amende de 7 500 €.**

Le fait d'apporter une entrave à leur fonctionnement régulier est puni d'une amende de 7 500 €.

1) Commet le délit d'entrave l'employeur qui procède à la création de deux sociétés distinctes pour faire échec à l'obligation de constituer un comité d'entreprise en opérant une division artificielle du corps électoral, quand bien même la création des deux sociétés est juridiquement régulière et économiquement justifiée (■ Cass. crim., 23 avr. 1970 : *Bull. crim.* n° 144).

2) Aux termes de l'article L. 2263-1 du Code du travail, lorsqu'en application d'une disposition législative expresse dans une matière déterminée, une convention ou un accord collectif de travail étendu déroge à des dispositions légales, les infractions aux stipulations dérogatoires sont punies des sanctions qu'entraîne la violation des dispositions légales en cause.

Justifie sa décision au regard de ce texte la cour d'appel qui déclare coupables du délit d'entrave à la constitution d'un comité d'entreprise prévu à l'article L. 2328-1 du Code du travail le président et le directeur d'une association gérant un centre social d'insertion et de réinsertion, en retenant que si, en raison d'un effectif inférieur à cinquante salariés, la mise en place d'un comité d'entreprise dans ce centre n'était pas obligatoire, les dispositions de l'article L. 2322-3 du même code permettant, en pareil cas, de créer un tel organisme par convention ou accord collectif de travail et la convention collective nationale étendue des centres sociaux, à laquelle l'association était soumise, imposaient à celle-ci, conformément à cette convention collective, de créer un conseil d'établissement, cet organisme étant doté des mêmes attributions et exerçant le même rôle que le comité d'entreprise (▪ Cass. crim., 5 mars 2013, n° 11-83.984 : *Bull. crim.* n° 59 ; *Bull. inf. C. cass.* 1er juill. 2013, n° 950 avec note jointe ; *Dr. pén.* 2013, comm. 80, obs. J.-H. Robert ; *JCP* S 2013, n° 1197, p. 44, note F. Duquesne). Rappr. ▪ Cass. crim., 19 juin 2012, n° 11-84.884 : *Bull. crim.* n° 154.

3) Le défaut de convocation à la réunion du comité d'entreprise, des membres suppléants, même si ces derniers sont indisponibles ce jour-là, constitue le délit (▪ Cass. crim., 16 juin 1970 : *JCP* 1970, II, 16551), quel que soit l'ordre du jour de la réunion (▪ Cass. crim., 24 janv. 1974 : *Bull. crim.* n° 41).

4) Se rendent coupables du délit d'entrave au fonctionnement régulier du comité d'entreprise les dirigeants d'une société qui ont refusé à cet organisme et à la commission de formation professionnelle tout moyen d'investigation sur les besoins des salariés en milieu de formation professionnelle ; si le recours à un organisme étranger à l'entreprise devait être subordonné à l'accord de l'employeur, il ne pouvait en être ainsi en ce qui concerne les investigations auxquelles les membres du comité et ceux de la commission de formation professionnelle voulaient procéder par eux-mêmes (▪ Cass. crim., 7 janv. 1981 : *Bull. crim.* n° 4). Commet le délit d'entrave l'employeur qui fait participer les représentants suppléants du personnel à la délégation du personnel au comité d'hygiène et de sécurité ; qui malgré un partage de voix s'oppose à la désignation du candidat le plus âgé comme secrétaire du comité d'entreprise ; qui fait rédiger sous son contrôle le procès-verbal d'une délibération du comité d'entreprise par une personne étrangère au comité (▪ Cass. crim., 1er déc. 1987 : *Bull. crim.* n° 442).

5) Commet le délit d'entrave l'employeur qui met au chômage partiel un salarié protégé ; cette modification substantielle du contrat de travail, refusée par le salarié, équivaut à un licenciement irrégulier en l'absence d'autorisation administrative (▪ Cass. crim., 7 févr. 1989 : *Bull. crim.* n° 53). Même solution pour l'employeur qui ne confie plus la conduite d'un camion à un chauffeur membre du comité d'entreprise (▪ Cass. crim., 23 janv. 1990 : *Bull. crim.* n° 173).

6) Commet le délit d'entrave au fonctionnement régulier du comité d'entreprise et à l'exercice du droit syndical l'employeur qui, en l'absence d'autorisation de licenciement ou de transfert d'un salarié investi de fonctions représentatives à l'occasion de la mise en œuvre d'un projet d'externalisation de services de l'entreprise, tient ledit salarié isolé dans un bureau de l'entreprise sans lui fournir de tâche à exécuter, dès lors que toute mutation de poste ou de fonctions imposée contre son gré à un tel salarié, si la preuve de la pleine justification de cette mesure n'est pas rapportée, équivaut à un licenciement intervenu en dehors des dispositions protectrices du Code du travail (▪ Cass. crim., 22 nov. 2005 : *Bull. crim.* n° 306 ; *Dr. soc.* 2006, p. 693, obs. F. Duquesne).

7) Commet le délit d'entrave au fonctionnement régulier du comité d'entreprise le secrétaire de ce comité qui engage une dépense ayant été soumise au vote dudit comité et n'ayant pas été approuvée par la majorité des membres de celui-ci (▪ Cass. crim., 4 nov. 1988 : *Bull. crim.* n° 374).

8) Fait une exacte application de la loi la cour d'appel qui énonce que la vente, à diverses personnes, d'une partie des actions d'une société, opération ne comportant ni cession de contrôle, ni transfert de direction, ne peut être subordonnée à la consultation du comité d'entreprise d'une filiale de ladite société, cette opération n'étant pas de nature à intéresser l'organisation, la gestion ou la marche générale de la filiale ni à influer sur la condition de ses salariés (▪ Cass. crim., 22 mars 1983 : *Bull. crim.* n° 90. – Comp. ▪ Cass. crim., 10 nov. 1981 : *Bull. crim.* n° 300. ▪ Cass. crim., 29 juin 1982 : *Bull. crim.* n° 179).

9) L'accord de la majorité des membres du comité central d'entreprise ne peut être retenu comme une cause de justification de l'atteinte portée au fonctionnement de ce comité (▪ Cass. crim., 29 juin 1982 : *Bull. crim.* n° 179).

10) La responsabilité pénale des préposés n'est nullement exclusive de celle du chef d'entreprise dès lors que les juges du fond relèvent en fait qu'il a personnellement participé à la réalisation de l'infraction (▪ Cass. crim., 15 avr. 1982 : *D.* 1983, IR p. 357, obs. Langlois).

11) Le délit d'entrave au fonctionnement du comité d'entreprise prévu et réprimé par l'article L. 483-1 du Code du travail peut être imputé au directeur général d'une société ayant participé, aux côtés du président de celle-ci, à la consultation du comité d'entreprise, dès lors qu'a été caractérisée à son encontre une faute personnelle en relation avec les faits constitutifs de l'infraction ; constitue une telle faute, le refus opposé par lui, sans motif légitime et en violation de l'article L. 431-5 du Code du travail, de communiquer au comité d'entreprise un document en sa possession, qui était nécessaire à l'information de cette institution (▪ Cass. crim., 18 nov. 1997 : *Bull. crim.* n° 390).

12) La consultation du comité d'entreprise, prescrite, d'une part, par l'article L. 432-1, alinéa 1er, du Code du travail pour les questions intéressant l'organisation, la gestion et la marche générale de l'entreprise et, d'autre part, par l'article L. 432-3, alinéa 1er, dudit code, pour les problèmes généraux concernant les conditions de travail résultant de l'organisation du travail, de la technologie, des conditions d'emploi, de l'organisation du temps de travail, des qualifications et des modes de rémunération, s'impose à l'employeur lorsque les mesures envisagées sont importantes et ne revêtent pas un caractère ponctuel ou individuel ; c'est dès lors à bon droit qu'une cour d'appel retient que la décision prise par un employeur d'introduire de nouvelles technologies dans le réseau informatique de la société nécessitait l'information et la consultation préalables du comité d'entreprise, en raison des répercussions importantes sur les conditions de travail de plusieurs catégories de personnel (▪ Cass. crim., 13 déc. 1994 : *Bull. crim.* n° 405).

13) Il résulte de l'article L. 432-1 du Code du travail que, dans l'ordre économique, le comité d'entreprise est obligatoirement informé et consulté sur les questions intéressant l'organisation, la gestion et la marche générale de l'entreprise, et notamment sur les mesures de nature à affecter le volume ou la structure des effectifs, la durée du travail, les conditions d'emploi, de travail et de formation professionnelle du personnel ; il en est ainsi, lorsque la mise en œuvre, échelonnée dans le temps, d'un plan de restructuration fait l'objet d'un avancement de calendrier, cette modification rendant indispensables l'information et la consultation préalables du comité d'entreprise du fait de ses répercussions nécessaires sur la marche générale de l'entreprise, au sens de l'article L. 432-1 précité (▪ Cass. crim., 19 sept. 2006 : *Bull. crim.* n° 229).

14) Le délit d'entrave au fonctionnement régulier du comité d'entreprise est constitué dès lors que la décision de l'employeur est définitive à la date de la consultation du comité, peu important que celle-ci intervienne avant la mise en œuvre effective des mesures envisagées (▪ Cass. crim., 13 déc. 1994 : *Bull. crim.* n° 405).

15) Le chef d'entreprise est tenu de respecter les dispositions du règlement intérieur du comité d'entreprise régulièrement adoptées, lesquelles s'imposent à lui tant qu'il n'en a pas obtenu l'annulation par le juge civil ; dès lors, c'est à bon droit qu'une cour d'appel déclare le directeur d'un centre EDF-GDF coupable d'entrave au fonctionnement régulier du comité mixte à la production, auquel sont applicables les textes du Code du travail relatifs au comité d'entreprise, en vertu d'une circulaire interne à caractère réglementaire en date du 23 mars 1987, après avoir relevé que le prévenu avait refusé de tenir la séance dudit comité, au motif prétendu qu'une clause de son règlement intérieur était nulle, comme contraire aux prescriptions de la circulaire précitée (▪ Cass. crim., 8 juin 1995 : *Bull. crim.* n° 210).

16) L'annonce faite par l'employeur à la presse d'un projet de licenciement économique, en l'absence de consultation du comité d'entreprise, ne constitue pas une entrave au fonctionnement de ce dernier, dès lors que la mesure annoncée procède d'une simple déclaration d'intention du chef d'entreprise (▪ Cass. crim., 4 avr. 1995 : *Bull. crim.* n° 146).

17) Caractérise l'existence d'un projet de compression des effectifs au sens de l'article L. 432-1 du Code du travail, la cour d'appel qui, analysant la diminution régulière et importante des effectifs d'une entreprise au cours d'une certaine période à la suite de nombreux « départs naturels » de salariés, relève que cette diminution n'est pas le fait de la conjonction inopinée de ces départs mais résulte d'une stratégie délibérée de la direction dans un souci d'adaptation à la conjoncture économique ; est dès lors justifiée la décision qui déclare un chef d'entreprise coupable d'entrave au fonctionnement du comité d'entreprise pour n'avoir, à aucun stade de la mise en œuvre d'une telle réduction des effectifs, soumis celle-ci au comité (▪ Cass. crim., 4 nov. 1997 : *Bull. crim.* n° 370).

18) Justifie sa décision la cour d'appel qui, pour déclarer coupable d'entrave au fonctionnement du comité d'entreprise un employeur ayant consulté directement les salariés de l'entreprise sur une modification de l'horaire de travail, retient, d'une part, que cette consultation n'avait d'autre objet que d'exercer des pressions sur le comité d'établissement pour l'amener à se désister d'une action judiciaire engagée contre l'employeur et, d'autre part, que, lors de la consultation, l'employeur a présenté comme définitivement acquises les modifications de l'organisation du travail et la diminution de rémunération qu'impliquerait la modification envisagée alors que ces questions n'avaient fait l'objet d'aucune consultation préalable du comité d'établissement en application de l'article L. 432-3 du Code du travail (■ Cass. crim., 11 janv. 2000 : *Bull. crim.* n° 13).

19) Aux termes de l'article L. 432-4-1 du Code du travail, le chef d'entreprise informe périodiquement le comité d'entreprise de la situation de l'emploi, en faisant apparaître, notamment, le nombre de salariés appartenant à une entreprise extérieure ; ne justifie pas, dès lors, sa décision une cour d'appel qui, pour relaxer un chef d'entreprise, cité du chef d'entrave, pour n'avoir pas donné au comité l'information précitée, relève que le prévenu ne disposait pas de ladite information (■ Cass. crim., 19 juin 2001 : *Bull. crim.* n° 150).

20) Selon les dispositions des articles L. 432-4-1 et R. 231-45 du Code du travail, le chef d'entreprise est tenu, à la demande du comité, de porter à sa connaissance tous les contrats avec les entreprises de travail temporaire et l'informe, par ailleurs, des actions menées au cours de l'année écoulée, notamment dans le domaine de la sécurité ; ne donne pas de base légale à sa décision une cour d'appel qui, pour relaxer un prévenu du chef d'entrave, retient que ce dernier n'a pas assuré, au comité d'entreprise, la communication des contrats et l'information précités, mais que ces éléments étaient disponibles par ailleurs (même arrêt).

21) Lorsque le comité d'entreprise se réunit pour donner son avis sur le projet de licenciement de l'un de ses membres ou d'un représentant syndical, ni l'article L. 434-3, alinéa 2, du Code du travail, ni aucune autre disposition légale ou réglementaire n'impose un délai pour la convocation du salarié concerné en vue de son audition par le comité en application de l'article R. 463-2 du même code ; encourt, dès lors, la censure l'arrêt qui, pour condamner un chef d'entreprise du chef d'entrave retient que le salarié a reçu la convocation moins de trois jours avant la réunion du comité d'entreprise en violation de l'article L. 434-3, alinéa 2, du code précité, alors qu'il appartenait aux juges de rechercher si, en connaissance de cause, le prévenu avait privé le salarié d'un délai suffisant pour préparer son audition et se rendre à ladite réunion (■ Cass. crim., 5 mars 2002 : *Bull. crim.* n° 56 ; *RSC* 2002, p. 836, obs. G. Giudicelli-Delage).

22) L'article L. 434, alinéa 3 du Code du travail n'impose pas à l'employeur de communiquer au membre du comité d'entreprise dont le mandat se trouve suspendu par l'effet d'une mesure de mise à pied conservatoire prise à son encontre, l'ordre du jour de la réunion de ce comité appelé à donner son avis sur son projet de licenciement en application de l'article L. 436-1 du Code du travail (même arrêt).

23) Selon l'article 111-3 du Code pénal, nul ne peut être puni pour un délit dont les éléments ne sont pas définis par la loi.

Ni l'article L. 433-13 du Code du travail ni aucune autre disposition légale ou réglementaire n'imposent au chef d'entreprise de recourir à un autre procédé que l'affichage pour informer le personnel de l'organisation des élections au comité d'entreprise.

En conséquence méconnaît le principe ci-dessus énoncé une cour d'appel qui condamne un chef d'entreprise du chef d'entrave sur le fondement de l'article L. 483-1 du Code du travail après avoir relevé qu'il n'avait pas pris les dispositions requises pour informer de l'organisation des élections au comité d'entreprise un salarié qui, en raison de la mesure de mise à pied dont il faisait l'objet, se trouvait dans l'impossibilité de prendre connaissance de l'affichage (même arrêt).

24) Pour infirmer le jugement de relaxe et déclarer le prévenu coupable, la cour d'appel, après avoir relevé que l'intéressé a fait des observations et formulé une proposition soumise à l'appréciation des membres du comité, sur un point inscrit à l'ordre du jour, conclut que le prévenu a sciemment porté atteinte aux prérogatives du comité, lequel était juridiquement seul à avoir qualité pour apprécier l'utilité du recours à l'expert-comptable, et dont les choix devaient s'imposer à l'employeur, sans possibilité pour ce dernier de les remettre en cause ; en l'état de ces énonciations, qui ne caractérisent pas le délit défini par l'article L. 483-1 du Code du travail, la cour d'appel a méconnu le texte et le principe de l'interprétation stricte de la loi pénale édicté par l'article 111-4 du Code pénal (■ Cass. crim., 5 mars 2002 ; *Dr. pén.* 2002, comm. 86, obs. J.-H. Robert).

25) Lorsque l'entreprise comporte des établissements multiples, la subvention de fonctionnement prévue par l'article L. 434-8 du Code du travail doit être versée à chaque comité d'établissement ; l'abstention volontaire de verser au comité d'établissement la subvention de fonctionnement constitue le délit d'entrave au fonctionnement du comité d'établissement (■ Cass. crim., 11 févr. 2003 : *Bull. crim.* n° 31).

26) Les frais de déplacement des représentants du personnel, membres des institutions représentatives, ne s'imputent pas sur les frais de fonctionnement de ces institutions et restent à la charge de l'employeur lorsqu'ils se rapportent aux réunions organisées à son initiative.

Constitue le délit d'entrave au fonctionnement régulier du comité d'entreprise, de la délégation unique du personnel ou du comité d'hygiène, de sécurité et des conditions de travail, le refus de l'employeur de prendre en charge les frais de déplacement des salariés affectés sur des sites éloignés lorsqu'il les convoque à une réunion au siège social, dès lors qu'un tel refus a pour effet de restreindre les déplacements de ces salariés et d'empêcher ainsi leur participation aux réunions des institutions susvisées (■ Cass. crim., 22 nov. 2005 : *Bull. crim.* n° 307).

27) Constitue le délit d'entrave au fonctionnement du comité d'établissement le refus de communiquer au comité d'établissement le montant de la masse salariale annuelle brute sur laquelle sont assises les subventions versées aux comités d'établissement (même arrêt).

28) Un projet d'accord consécutif à une opération de fusion-absorption, qui fixe le taux moyen pondéré de la contribution patronale aux œuvres sociales pour l'ensemble de l'entreprise et qui détermine les règles de répartition prenant en compte les besoins propres à chaque comité d'établissement, requiert, par son objet, simultanément, la consultation préalable du comité central d'entreprise, par application de l'article L. 432-1, alinéa 8, du Code du travail, et des comités d'établissement, par application de l'article L. 435-2, alinéa 2, du même code ; dès lors, justifie sa décision la cour d'appel qui, constatant qu'un comité d'établissement n'a pas été consulté préalablement à la signature d'un tel accord, déclare constitué le délit d'entrave au fonctionnement du comité d'établissement (même arrêt).

29) Il résulte de l'article L. 435-5 du Code du travail qu'en cas de fusion-absorption, lorsque l'entreprise absorbée devient un établissement de la société absorbante, son comité d'entreprise demeure en fonctions comme comité d'établissement de cette société ; en conséquence, ne justifie pas sa décision, la cour d'appel qui, pour déclarer irrecevable l'appel interjeté, par un comité d'entreprise, se borne à énoncer qu'en l'état de la fusion-absorption dont a fait l'objet la société au sein de laquelle il avait été institué, il n'a plus qualité pour agir (■ Cass. crim., 25 févr. 2003 : *Bull. crim.* n° 52).

30) Le délit d'entrave au fonctionnement du comité d'entreprise prévu et réprimé par l'article L. 483-1 du Code du travail est établi à la charge du directeur régional d'une succursale de la Banque de France qui refuse au comité d'établissement la communication intégrale d'un rapport d'inspection sur le fonctionnement de cet établissement (■ Cass. crim., 3 juin 2003 : *Bull. crim.* n° 110 ; *RSC* 2003, p. 807, obs. G. Giudicelli-Delage pour les 3 derniers arrêts cités).

31) Un chef d'entreprise est pénalement responsable du délit d'entrave au comité d'entreprise s'il ne s'assure pas que cet organe a été effectivement consulté sur une décision importante (■ Cass. crim., 20 mai 2003 : *Bull. crim.* n° 101 ; *Dr. pén.* 2003, comm. 103, obs. J.-H. Robert).

32) Le délit d'entrave au fonctionnement du comité d'entreprise prévu et réprimé par l'article L. 483-1 du Code du travail peut être imputé au directeur des ressources humaines chargé, par délégation du chef d'entreprise, de présider le comité d'établissement, dès lors qu'a été caractérisée à son encontre une participation personnelle aux faits constitutifs de l'infraction ; constitue l'infraction d'entrave le refus, sans motif légitime et en violation des dispositions des articles L. 432-1, alinéa 1er, et L. 432-3, alinéa 4, du Code du travail, de consulter le comité d'établissement sur l'instauration, pour les salariés de cet établissement, d'horaires de travail individualisés (■ Cass. crim., 16 sept. 2003 : *Bull. crim.* n° 164 ; *Dr. pén.* 2003, comm. 151, obs. J.-H. Robert).

33) La délégationde pouvoirs consentie à un préposé en vue de la présidence du comité d'entreprise ou d'établissement ne saurait être étendue au-delà des limites qu'elle définit (■ Cass. crim., 12 avr. 2005 : *Bull. crim.* n° 129 ; *Dr. soc.* 2005, p. 856, obs. F. Duquesne ; *Dr. pén.* 2005, comm. 95, obs. J.-H. Robert).

34) Au sujet de la condamnation d'un chef d'entreprise de transport aérien pour des entraves au fonctionnement régulier du comité d'entreprise (obstacle à la mission de l'expert-comptable désigné par cet organisme, non-convocation du représentant syndical à une réunion du comité d'entreprise (imputé également au directeur adjoint aux relations sociales), absence de présentation du rapport annuel au comité d'entreprise par ces deux responsables, cependant relaxés d'un autre chef d'entrave faute de l'élément intentionnel du délit, V. ■ Cass. crim., 30 oct. 2006 : *Bull. crim.* n° 259).

35) Le prévenu, dirigeant d'une association qui, avec une autre association qu'elle se propose d'absorber, constitue une société civile immobilière dans laquelle il prend une participation majoritaire, se rend coupable d'entrave au fonctionnement du comité central d'entreprise en s'abstenant volontairement de procéder à la consultation de cet organisme préalablement à la constitution de ladite société, comme l'exige l'article L. 432-1 du Code du travail, auquel renvoie l'article L. 435-3 du même code, ce texte n'établissant aucune distinction selon que l'entreprise prend une participation dans une société déjà constituée ou à constituer (■ Cass. crim., 3 févr. 2004 : *Bull. crim.* n° 30).

36) S'agissant d'une modification de l'organisation économique et juridique de l'entreprise, la consultation du comité central d'entreprise est obligatoire quelle que soit l'importance économique et financière du projet (même arrêt).

37) Le droit à réintégration reconnu au salarié investi de fonctions représentatives à la suite de l'annulation, sur recours hiérarchique, d'une autorisation de licenciement n'est pas subordonné au caractère définitif de cette annulation ; justifie sa décision la cour d'appel qui condamne le gérant de la société pour entraves à l'exercice du droit syndical et au fonctionnement régulier du comité d'entreprise (■ Cass. crim., 14 mars 2006 : *Bull. crim.* n° 72).

38) La transaction indemnitaire par laquelle un salarié protégé (membre du comité d'entreprise, délégué du personnel et délégué syndical) accepte de ne pas être réintégré après annulation de l'autorisation de son licenciement, n'empêche pas qu'ait été consommé le délit d'entrave à ses fonctions et ne lui interdit pas de se constituer partie civile contre son employeur du chef de cette infraction et d'en obtenir réparation (■ Cass. crim., 31 janv. 2006 : *JurisData* n° 2006-032526 ; *Dr. pén.* 2006, comm. 145, obs. J.-H. Robert).

39) Caractérise l'élément matériel du délit d'entrave au fonctionnement du comité central d'entreprise la remise tardive et incomplète à cet organisme du bilan social, une telle remise équivalant à un défaut de présentation de ce document, au sens des articles L. 438-1 et L. 438-5 du Code du travail. L'élément intentionnel est suffisamment caractérisé par la décision des juges du fond qui met en évidence, à la charge du prévenu, des agissements ou abstentions délibérées et réitérés (■ Cass. crim., 15 mai 2007 : *Bull. crim.* n° 126 ; *Dr. pén.* 2007, comm. 108, obs. J.-H. Robert).

Selon la nature des faits d'entrave, la responsabilité pénale est imputable soit au chef d'entreprise, soit à son délégué (même arrêt).

40) Les textes réprimant l'entrave au fonctionnement des délégués du personnel et du comité d'entreprise, abrogés par l'ordonnance n° 2017-1386 du 22 septembre 2017, demeurent applicables tant que le comité social et économique n'a pas été élu et peuvent justifier le prononcé d'une sanction pénale (■ Cass. crim., 4 juin 2019, n° 18-82.504, inédit ; *Dr. soc.* 2020, chron. p. 776, obs. R. Salomon).

Art. L. 2335-1 *(L. n° 2015-990, 6 août 2015).* **– Le fait de ne pas constituer et réunir pour la première fois un comité de groupe dans les conditions prévues aux articles L. 2333-5 et L. 2334-3 ou d'apporter une entrave à la désignation des membres d'un comité de groupe, est puni d'un emprisonnement d'un an et d'une amende de 7 500 €.**

Le fait d'apporter une entrave au fonctionnement régulier de ce comité est puni d'une amende de 7 500 €.

Justifie sa décision, la cour d'appel qui, pour relaxer le président de la société dominante poursuivi pour entrave à la constitution du comité de groupe sur le fondement de l'article L. 483-1-1 du Code du travail, après avoir constaté qu'aucun accord n'est intervenu sur le nombre et la répartition des représentants par société au sein de groupe, et qu'aucun juge n'a été saisi du litige, énonce que le délai de 6 mois prévu par l'article L. 439-5 du même code n'a pas couru (■ Cass. crim., 11 juin 2002 : *Bull. crim.* n° 133).

Art. L. 2346-1 *(L. n° 2015-990, 6 août 2015).* **– Le fait d'apporter une entrave soit à la constitution d'un groupe spécial de négociation, d'un comité d'entreprise européen ou à la mise en œuvre d'une procédure d'information et de consultation, soit à la libre désignation de leurs membres, notamment par la méconnaissance des articles L. 2342-1 à L. 2342-7 et L. 2343-1, est puni d'un emprisonnement d'un an et d'une amende de 7 500 €.**

Le fait d'apporter une entrave à leur fonctionnement régulier est puni d'une amende de 7 500 €.

Art. L. 2434-1 *(Ord. n° 2017-1386, 22 sept. 2017).* **– Le fait de rompre le contrat de travail d'un salarié membre de la délégation du personnel du comité social et économique interentreprises, candidat à cette fonction ou ancien membre de la délégation du personnel du comité social et économique interentreprises en méconnaissance des dispositions relatives à la procédure d'autorisation administrative prévues par le présent livre, est puni d'un emprisonnement d'un an et d'une amende de 3 750 euros.**

Le fait de transférer le contrat de travail d'un membre de la délégation du personnel du comité social et économique interentreprises compris dans un transfert partiel d'entreprise ou d'établissement, en méconnaissance des dispositions relatives à la procédure d'autorisation administrative, est puni des peines prévues au premier alinéa.

Art. L. 2283-1. – Le fait pour l'employeur de refuser d'engager la négociation en vue de la conclusion d'un accord définissant les modalités d'exercice du droit d'expression des salariés, prévue à l'article L. 2281-5, est puni d'un emprisonnement d'un an et d'une amende de 3 750 €.

Art. L. 2283-2 *(Ord. n° 2017-1386, 22 sept. 2017)*. – Dans les entreprises et organismes où aucun délégué syndical n'a été désigné ou dans lesquelles l'accord définissant les modalités d'exercice du droit d'expression des salariés, prévu à l'article L. 2281-5, n'a pas été conclu, le fait de refuser de consulter le comité social et économique est puni d'un emprisonnement d'un an et d'une amende de 3 750 euros.

XIII. ENTRAVE À LA DÉSIGNATION DES CANDIDATS CONSEILLERS PRUD'HOMMES ET À L'INDÉPENDANCE ET À L'EXERCICE RÉGULIER DES FONCTIONS DE CONSEILLERS PRUD'HOMMES

Art. L. 1443-1 *(Ord. n° 2016-388, 31 mars 2016)*. – Le fait de porter atteinte ou de tenter de porter atteinte soit à la libre désignation des candidats à la nomination des conseillers prud'hommes, soit à l'indépendance ou à l'exercice régulier des fonctions de conseiller prud'homme, notamment par la méconnaissance des articles L. 1442-2, L. 1442-5 à L. 1442-7 et L. 1442-10, est puni d'un emprisonnement d'un an et d'une amende de 3 750 euros.

Art. L. 2438-1 *(Ord. n° 2017-1386, 22 sept. 2017)*. – Le fait de rompre le contrat de travail d'un conseiller prud'homme, candidat à cette fonction ou ancien conseiller, en méconnaissance des dispositions relatives à la procédure d'autorisation administrative prévues par le présent livre, est puni d'un emprisonnement d'un an et d'une amende de 3 750 euros.

1) L'article L. 514-2 du Code du travail soumettant le licenciement d'un conseiller prud'homme à la procédure prévue par l'article L. 412-18 du même code, il en résulte que le conseiller prud'homme doit être assimilé à un salarié mentionné à l'article L. 412-18.

En conséquence, par application de ces textes, le licenciement du conseiller prud'homme ne peut intervenir qu'après l'autorisation de l'inspecteur du travail y compris en cas de redressement ou liquidation judiciaire, peu important, par ailleurs, que l'intéressé fut salarié d'une société tierce de celle ayant procédé au licenciement (▪ Cass. crim., 25 mai 2004 : *Bull. crim.* n° 137 ; *Dr. pén.* 2005, comm. 75, obs. J.-H. Robert).

2) Est une entrave aux fonctions de conseiller prud'homme le fait de lui faire signer d'avance une lettre de démission non datée puis de l'envoyer aux autorités judiciaires après qu'il a été exclu du syndicat qui avait soutenu sa candidature (▪ Cass. crim., 26 mai 2009 : *JurisData* n° 2009-048844 ; *Dr. pén.* 2009, comm. 112, obs. J.-H. Robert).

XIV. OBSTACLES À L'ACCOMPLISSEMENT DES FONCTIONS D'UN INSPECTEUR OU D'UN CONTRÔLEUR DU TRAVAIL

Art. L. 8114-1 *(Ord. n° 2016-413, 7 avr. 2016)*. – Le fait de faire obstacle à l'accomplissement des devoirs d'un agent de contrôle de l'inspection du travail mentionnés à l'article L. 8112-1 est puni d'un emprisonnement d'un an et d'une amende de 37 500 euros.

1) Le délit d'obstacle à l'accomplissement des devoirs d'un inspecteur du travail est constitué dès lors que les renseignements donnés lors d'un contrôle comportent volontairement des inexactitudes (▪ Cass. crim., 27 oct. 1987 : *Bull. crim.* n° 376). Il en est ainsi lorsque l'employeur communique des renseignements qui se révèlent inexacts, marquant ainsi son intention d'éluder la surveillance de l'inspection du travail (▪ Cass. crim., 28 sept. 1993 : *Dr. pén.* 1994, comm. 44).

2) Ne justifie pas sa décision la cour d'appel qui, saisie des poursuites exercées sur le fondement de l'article L. 631-1 du Code du travail contre le dirigeant d'une entreprise spécialisée dans la distribution de prospectus publicitaires n'ayant pas produit à un contrôleur du Travail les documents nécessaires au décompte des heures travaillées des salariés, déclare la prévention non établie au motif que les faits poursuivis consistent en un défaut de décompte quotidien ou hebdomadaire de la durée du travail pouvant constituer la contravention prévue par l'article L. 620-2 du Code du travail, alors que le prévenu avait refusé de satisfaire aux demandes réitérées de présentation des décomptes permettant le contrôle, qui s'imposait pour la catégorie de personnel employé, de la durée de travail et de l'application d'une rémunération au moins égale au salaire minimum de croissance (■ Cass. crim., 8 nov. 2005 : *Bull. crim.* n° 285).

3) Il résulte de l'article L. 991-3 devenu l'article L. 6361-5 du Code du travail que le contrôle de la formation professionnelle continue est inclus dans les attributions des inspecteurs du travail que ceux-ci exercent concurremment avec les inspecteurs de la formation professionnelle ; caractérise le délit d'obstacle à l'accomplissement des devoirs d'un inspecteur du travail toute obstruction apportée aux demandes d'un fonctionnaire de contrôle, en vue de l'empêcher d'exercer sa mission (■ Cass. crim., 14 oct. 2008 : *Bull. crim.* n° 209 ; *Dr. pén.* 2009, comm. 13, obs. J.-H. Robert).

4) Justifie sa décision la cour d'appel qui, pour dire la présidente d'une association exploitant une crèche coupable d'entrave à l'exercice des fonctions d'un inspecteur ou d'un contrôleur du travail, retient notamment que, malgré plusieurs demandes, les fonctionnaires n'ont pu se faire remettre les documents relatifs à l'emploi de la main-d'œuvre dans les locaux de la crèche où le personnel avait son activité, et en particulier le registre unique du personnel qui, selon l'article L. 1221-13 du Code du travail, doit être tenu dans tout établissement où sont employés des salariés (■ Cass. crim., 31 janv. 2012, n° 11-85.226 : *Bull. crim.* n° 32).

5) Ne justifie pas sa décision la cour d'appel qui, saisie des poursuites exercées sur le fondement de l'article L. 8114-1 du Code du travail contre le dirigeant d'une exploitation agricole employant un salarié et n'ayant pas produit à un inspecteur du travail les documents nécessaires au contrôle de l'application des dispositions relatives à la durée et à l'aménagement du temps de travail, énonce, pour déclarer la prévention non établie, que l'intéressé n'a ni opposé un refus, ni produit des éléments faux, mais a agi par méconnaissance des règles administratives, incompétence et, éventuellement, négligence fautive, alors que le prévenu avait fait l'objet de rappels réitérés d'avoir à satisfaire à ses obligations afin de permettre le contrôle de l'inspecteur et que ces rappels étaient demeurés sans effet (■ Cass. crim., 14 avr. 2015, n° 14-83.267).

6) Constitue l'infraction d'obstacle à l'accomplissement des devoirs d'un inspecteur ou contrôleur du travail, prévue par l'article L. 8114-1 du Code du travail, le fait d'effectuer de fausses déclarations à l'inspecteur du travail en vue de dissimuler l'absence de versement de la subvention de fonctionnement du comité d'entreprise et de faire ainsi obstacle à l'accomplissement de sa mission (■ Cass. crim., 15 mars 2016, n° 14-87.989).

7) Justifie sa décision la cour d'appel qui, pour déclarer les gérants d'une entreprise de restauration coupables d'obstacle aux fonctions de contrôleur du travail, relève que des informations ont été dissimulées ou ont volontairement été fournies de manière incomplète à la suite d'un contrôle de l'inspection du travail, dès lors que constituent ce délit, sans porter atteinte au droit à ne pas s'auto-incriminer de l'employeur, d'une part, le défaut, par ce dernier, de représentation des documents permettant de vérifier le temps de travail effectif des salariés au sein de l'entreprise, dont la tenue, prévue par la loi, répond à l'objectif d'intérêt général de protection des salariés, d'autre part, son abstention de fournir les information qui lui sont demandées en cas de mentions insuffisantes ou irrégulières dans les documents présentés (■ Cass. crim., 25 avr. 2017, n° 16-81.793).

Art. L. 8114-2 ***(L. n° 2016-1088, 8 août 2016).*** **– Les dispositions des articles L. 433-3, L. 433-5 et L. 433-6 du Code pénal qui prévoient et répriment respectivement les actes de violences, d'outrages et de résistance contre les officiers de police judiciaire sont applicables à ceux qui se rendent coupables de faits de même nature à l'égard des agents de contrôle de l'inspection du travail mentionnés à l'article L. 8112-1 du présent code.**

Art. L. 8114-3. – Les dispositions des articles L. 8114-1 et L. 8114-2 ne sont pas applicables à l'État, aux collectivités territoriales et à leurs établissements publics administratifs.

XV. DIFFUSION DES OFFRES D'EMPLOI

Art. L. 5334-1. – Le fait d'insérer une offre d'emploi ou une offre de travaux à domicile, en méconnaissance des dispositions de l'article L. 5331-4, est puni d'un emprisonnement d'un an et d'une amende de 37 500 €.

Le fait d'insérer une offre de service concernant les emplois et carrières, en méconnaissance des dispositions de l'article L. 5331-5, est puni des mêmes peines.

L'annonceur qui a demandé la diffusion de l'offre est responsable de l'infraction commise. Le directeur de la publication ou le fournisseur du service ayant communiqué l'offre au public est responsable lorsqu'il a agi sans demande expresse d'insertion de l'offre émanant de l'annonceur.

XVI. REPOS

Art. R. 3135-1. – Le fait de ne pas attribuer à un salarié le repos quotidien mentionné aux articles L. 3131-1 à L. 3131-3, est puni de l'amende prévue pour les contraventions de la quatrième classe.

Les contraventions donnent lieu à autant d'amendes qu'il y a de salariés indûment employés.

Art. R. 3135-2. – Le fait de méconnaître les dispositions des articles L. 3132-1 à L. 3132-14 et L. 3132-16 à L. 3132-31, relatives au repos hebdomadaire, ainsi que celles des décrets pris pour leur application, est puni de l'amende prévue pour les contraventions de la cinquième classe.

Les contraventions donnent lieu à autant d'amendes qu'il y a de salariés illégalement employés.

La récidive est réprimée conformément aux articles 132-11 et 132-15 du Code pénal.

NB : *a)* V. sur l'interprétation stricte de ce texte, (▪ Cass. crim., 31 janv. 2012, n° 10-86.968 : *Bull. crim.* n° 25 ; *D.* 2012, p. 1047, note P. Hennion-Jacquet, *supra*, sous l'article 111-4 du Code pénal).

b) Sur les QPC ayant fait l'objet de non-lieu à renvoi au Conseil constitutionnel et visant certains des articles du Code du travail sanctionnés par l'article R. 3135-2, V. (▪ Cass. soc., 5 juin 2013, n° 12-27.478 (2 arrêts).

1) Les infractions à la règle du repos dominical prescrite par l'article L. 221-5 du Code du travail, devenu L. 3132-3, et les infractions à un arrêté préfectoral pris en application de l'article L. 221-17 du même code, devenu L. 3132-29, prescrivant la fermeture au public un jour de la semaine, lorsqu'elles sont commises concomitamment, doivent être réprimées distinctement, ces infractions comportant des éléments constitutifs spécifiques (▪ Cass. crim., 16 mars 2010, n° 08-88.418 : *Bull. crim.* n° 51).

2) Selon l'article R. 262-1 du Code du travail dans sa rédaction issue du décret du 6 août 1992, aujourd'hui devenu l'article R. 3135-2 du même code, les contraventions à la règle du repos dominical donnent lieu, qu'elles aient été commises une seule fois ou à plusieurs reprises, à autant d'amendes qu'il y a de personnes irrégulièrement employées (▪ Cass. crim., 16 mars 2010, n° 09-82.198 : *Bull. crim.* n° 52 ; *Dr. pén.* 2010, comm. 76, obs. J.-H. Robert ; *JCP* 2010, art. 441, p. 820).

3) La loi n° 2009-974 du 10 août 2009 (*JO* 11 août 2009, p. 13313), qui réaffirme le principe du repos dominical et vise à adapter, sous certaines conditions, les dérogations à ce principe dans les communes et zones touristiques et thermales, ainsi que dans certaines agglomérations pour les salariés volontaires, n'a pas eu pour effet de priver de support légal les infractions au repos dominical constatées avant son entrée en vigueur (▪ Cass. crim., 16 mars 2010, n° 09-82.198 : *Bull. crim.* n° 52 ; *JCP* 2010, act. 441, p. 820).

Pour condamner une société du chef de du chef de mise en place illégale d'un travail de nuit dans une entreprise, l'arrêt énonce que cette dernière n'a pas contesté le recours à l'emploi régulier de salariés après 21 heures tel que retenu par l'inspection du travail au cours de la période considérée. Le juge ajoute que l'article L. 3122-1 du Code du travail énonce que le recours au travail de nuit est exceptionnel, qu'il prend en compte les impératifs de protection de la santé et de la sécurité des travailleurs et est justifié par la nécessité d'assurer la continuité de l'activité économique ou des services d'utilité sociale. Il précise que les conditions posées afin de permettre le travail de nuit s'apprécient au regard du secteur d'activité pour lequel cette forme d'activité est inhérente ou pour lequel il n'existe pas d'autres possibilités d'aménagement du temps de travail. Il relève que tel n'est pas le cas en l'espèce, l'employeur n'établissant pas que les difficultés de livraison alléguées et le caractère périssable de certaines denrées nécessitent que son établissement soit ouvert à la clientèle de nuit et qu'il soit dérogé au mode d'organisation normale du travail de son personnel. Il en déduit que l'infraction poursuivie est caractérisée en tous ses éléments à l'encontre de la société, représentée par sa directrice titulaire d'une délégation de pouvoirs, comme à l'encontre de cette dernière. Cette décision est justifiée dès lors que, d'une part, l'article R. 3124-15 du Code du travail, dans sa version applicable à la date des faits, sanctionne toute violation des dispositions relatives au travail de nuit, notamment celle de l'interdiction de faire travailler des salariés après 21 heures, posée par l'ancien article L. 3122-29 du Code du travail, reprise aux articles L. 3122-1 et L. 3122-2, alinéa 2, du Code du travail et que cette interdiction ne se confond pas avec les conditions exigées par l'article L. 3122-31 devenu L. 3122-5 du Code du travail, pour qu'un salarié puisse être considéré comme travailleur de nuit et bénéficier des garanties et contreparties spécifiques en résultant. D'autre part, la démonstration d'un travail effectif reviendrait à exiger la preuve d'un élément supplémentaire que ni l'ancien article L. 3122-29 du Code du travail, ni les articles L. 3121-1 et L. 3121-2 du Code du travail n'ont prévue (▪ Cass. crim., 4 sept. 2018, n° 17-83.679 : *JurisData* n° 2018-014984).

4) Le juge pénal, saisi d'une exception d'illégalité d'un arrêté préfectoral édicté en application de l'article L. 3132-29 du Code du travail, prise de ce que l'accord intervenu entre les organisations syndicales de salariés et d'employeurs d'une profession sur les conditions dans lesquelles le repos hebdomadaire est donné aux salariés, n'aurait pas exprimé la volonté de la majorité des professionnels concernés, ne peut accueillir cette exception que s'il résulte des éléments du dossier qu'une telle volonté majoritaire faisait défaut, à la date de l'arrêté litigieux ou à celle des faits poursuivis (▪ Cass. crim., 8 avr. 2014, n° 11-84.722).

5) Le repos compensateur accordé à un salarié après un travail dominical doit être rémunéré en plus du salaire double dû pour ce travail (▪ Cass. crim., 22 sept. 2015, n° 13-82.284 : *Dr. pén.* 2015, comm. 147, obs. J.-H. Robert).

6) Il résulte de l'article L. 3122-1 du Code du travail qu'il ne peut être recouru au travail de nuit que de façon exceptionnelle et en considération de la situation propre à chaque établissement, et seulement lorsqu'il est justifié par la nécessité d'assurer la continuité de l'activité économique ou de services d'utilité sociale. L'existence d'une convention collective ne suffit pas à établir que ces conditions sont réunies. Encourt la cassation la décision de relaxe des prévenus du chef d'infractions à la règle du repos dominical dans les commerces de détail alimentaires dès lors qu'il résulte de la combinaison des articles L. 3132-3 et L. 3132-13 que la possibilité de déroger à la règle du repos dominical après 13 heures ne peut résulter que d'une disposition légale précise (▪ Cass. crim., 7 janv. 2020, n° 18-83.074 : *JurisData* n° 2020-000061).

Art. R. 3135-3. – Le fait de méconnaître les dispositions des articles L. 3133-4 à L. 3133-6 et D. 3133-1, relatives à la journée du 1er mai, est puni de l'amende prévue pour les contraventions de la quatrième classe.

L'amende est appliquée autant de fois qu'il y a de salariés indûment employés ou rémunérés.

XVII. TRAVAILLEURS MALADES ET BLESSÉS

Art. L. 5215-1. – En cas de méconnaissance des dispositions de l'article L. 5213-5 relatives au réentraînement au travail et à la rééducation professionnelle des malades et blessés, les dispositions des articles L. 4741-4, L. 4741-5 et L. 4741-12 sont applicables.

TABLE DES TEXTES CITÉS

Cette table regroupe l'ensemble des textes cités qu'ils soient intégralement reproduits ou qu'ils modifient les textes existants.

Textes codifiés

TEXTES CODIFIÉS REPRODUITS	PAGES
Code de l'action sociale et des familles	
art. L. 121-9	1400
art. L. 227-4 à L. 227-8	1373
art. L. 321-4	1374
art. L. 421-1	1375
art. L. 421-10 à L. 421-12	1375
art. R. 221-15-1	1384
art. R. 221-15-3	1384
Code des assurances	
art. L. 113-3	2253
art. L. 113-8	2253
art. L. 211-1 à L. 211-2	1997
art. L. 211-1 à L. 211-7-1	2254
art. L. 211-26	2256
art. L. 211-27	2257
art. R. 211-14	2082
art. R.* 211-14 à R. 211-21-7	2257
art. R. 211-21-1	2082
art. R. 211-21-5	2082
Code civil	
art. 16-7	605
art. 16-9	605
art. 21-27	1381
art. 25	1381
art. 47	1382
art. 229-1	595
art. 371-1	394
art. 373	595
art. 373-2-2	595
art. 378	394
art. 378-2	394
art. 388	1383
art. 515-9 à 515-13	597
art. 515-13	395
Code de commerce	
art. L. 241-1 à L. 242-6	1096
art. L. 243-1	1098
art. L. 246-1 et L. 246-2	1098
art. L. 310-1 à L. 310-7	1223
art. L. 320-1 à L. 322-16	1226
art. L. 410-1 et L. 410-2	1190
art. L. 420-1 à L. 420-7	1191
art. L. 441-1	1196
art. L. 441-1-1 à L. 442-5	1197
art. L. 442-6 à L. 442–11	1210
art. L. 450-1 à L. 450-10	1212
art. L. 490-1 à L. 490-10	1221
art. L. 653-11 à L. 654-20	1086
art. L. 820-7	1098
art. R. 330-1 et R. 330-2	1189
Code de la consommation	
art. liminaire	1114
art. L. 111-1 à L. 111-7	1115

TEXTES CODIFIÉS REPRODUITS	PAGES
art. L. 112-1 à L. 112-4-1	1117
art. L. 112-1 et L. 112-2	1197
art. L. 121-1 à L. 121-12	1118
art. L. 121-3	1209
art. L. 121-15 à L. 121-17	1127
art. L. 121-20 à L. 122-6	1128
art. L. 122-17 et L. 122-18	1131
art. L. 131-1 à L. 132-9	1131
art. L. 132-11 et L. 132-12	1133
art. L. 132-14 et L. 132-15	1134
art. L. 132-17 à L. 132-25	1135
art. L. 132-27 et L. 132-28	1137
art. L. 141-1	1197
art. L. 212-1 et L. 212-2	1138
art. L. 221-9 et L. 221-10	1138
art. L. 224-69 à L. 224-72	1139
art. L. 224-79 à L. 224-81	1140
art. L. 224-97 à L. 224-99	1140
art. L. 224-100	1197
art. L. 242-5 à L. 242-9	1141
art. L. 242-27 à L. 242-31	1142
art. L. 242-33	1142
art. L. 242-36 à L. 242-38	1143
art. L. 312-22	1143
art. L. 312-25	1143
art. L. 312-53	1144
art. L. 313-24 et L. 313-25	1144
art. L. 313-30 et L. 313-31	1144
art. L. 313-34	1145
art. L. 313-38	1145
art. L. 313-41	1145
art. L. 313-58 et L. 313-59	1146
art. L. 313-62	1146
art. L. 314-5 et L. 314-6	1146
art. L. 315-4 à L. 315-7	1146
art. L. 315-9 à L. 315-11	1147
art. L. 315-15	1148
art. L. 315-18	1148
art. L. 322-1 à L. 322-3	1148
art. L. 341-12 à L. 341-18	1148
art. L. 341-37 à L. 341-44	1149
art. L. 341-46	1150
art. L. 341-49 à L. 341-51	1150
art. L. 341-56 à L. 341-59	1151
art. L. 342-2 à L. 342-6	1151
art. L. 413-1 à L. 414-1	1152
art. L. 431-1 à L. 432-6	1153
art. L. 433-2	1155
art. L. 433-9	1155
art. L. 441-1 à L. 441-5	1155
art. L. 451-1 à L. 454-7	1156
art. L. 455-2	1168
art. L. 511-15	1168
art. L. 512-4	1168

TEXTES CODIFIÉS REPRODUITS	PAGES
art. L. 512-29	1169
art. L. 521-4	1169
art. L. 521-16	1169
art. L. 521-19	1169
art. L. 521-22 et L. 521-23	1169
art. L. 523-1	1170
art. L. 531-1 à L. 531-5	1170
art. L. 621-1	1171
art. L. 751-1 et L. 751-2	1172
art. L. 762-1 et L. 762-2	1172
art. R. 131-1 à R. 132-3	1172
art. R. 242-1 à R. 242-20	1173
art. R. 341-1 à R. 341-27	1175
art. R. 451-1 à R. 452-4	1177
art. R. 531-1 à R. 532-2	1178
Code de la construction et de l'habitation	
art. L. 111-6-1 (ant.)	1049
art. L. 111-34 (ant.)	1050
art. L. 123-3 (ant.) et L. 123-4 (ant.)	1050
art. L. 126-3 (ant.)	1055
art. L. 126-17	1050
art. L. 143-3	1054
art. L. 151-1 (ant.)	1055
art. L. 152-2 (ant.) à L. 152-5 (ant.)	1055
art. L. 152-10 (ant.) à L. 152-12 (ant.)	1058
art. L. 181-1	1055
art. L. 183-2 à L. 183-4	1056
art. L. 183-6	1058
art. L. 183-11 à L. 183-13	1058
art. L. 184-1 à L. 184-9	1052
art. L. 241-1 à L. 241-9	1058
art. L. 263-1 à L. 263-3	1062
art. L. 521-4	1063
art. L. 642-28	1064
art. L. 651-10	494
Code de la défense	
art. L. 2121-1 à L. 2121-8	742
art. L. 2131-1	748
art. L. 2331-1 à L. 2332-1	762
art. L. 2332-4 à L. 2332-8-1	763
art. L. 2332-11	764
art. L. 2335-1 à L. 2335-7	764
art. L. 2338-2 à L. 2339-3-1	766
art. L. 2339-4 à L. 2339-6	800
art. L. 2339-10 à L. 2339-19	801
art. L. 2341-1 à L. 2341-7	803
art. L. 2342-1 à L. 2343-12	809
art. L. 2344-2 et L. 2344-3	805
art. L. 2344-7 à L. 2344-10	805
art. L. 2351-1 à L. 2353-14	823
art. R. 2352-110 à R. 2352-125	806
art. R. 2353-3 à R. 2353-21	807
Code des douanes	
art. 451 *bis*	1279
art. 459	1279
art. 464 et 465	1280
Code électoral	
art. L. 86 à L. 88	929
Code de l'entrée et du séjour des étrangers et du droit d'asile (ancien)	
art. L. 111-1 à L. 111-11	1470
art. L. 121-1 à L. 122-3	1473
art. L. 211-1 à L. 213-9	1475
art. L. 221-1 à L. 224-4	1479
art. L. 311-1 à L. 311-13	1485
art. L. 312-1 à L. 314-15	1489
art. L. 316-1 à L. 317-1	1503
art. L. 321-1 à L. 322-1	1504
art. L. 322-2 et L. 322-3	1507
art. L. 331-1 et L. 331-2	1507

TEXTES CODIFIÉS REPRODUITS	PAGES
art. L. 411-1 à L. 411-8	1507
art. L. 421-1 à L. 421-4	1508
art. L. 431-1 à L. 431-3	1509
art. L. 441-1	1510
art. L. 511-1 à L. 514-2	1510
art. L. 521-1 à L. 521-5	1519
art. L. 522-1 à L. 524-4	1521
art. L. 531-1 à L. 532-1	1523
art. L. 541-1 et L. 541-2	1526
art. L. 541-3 et L. 541-4	1527
art. L. 551-1 à L. 556-2	1527
art. L. 561-1 à L. 561-3	1540
art. L. 563-1	1543
art. L. 571-1	1543
art. L. 571-2 à L. 571-4	1544
art. L. 611-1 à L. 611-3	1545
art. L. 611-4 à L. 611-12	1548
art. L. 621-1 à L. 621-2	1551
art. L. 622-1 à L. 626-1	1553
art. R. 121-1 à R. 122-5	1565
art. R. 311-1 à R. 311-18	1570
art. D. 311-3-2 et D. 311-3-3	1573
art. R. 311-31 et R. 311-32	1578
art. D. 311-33	1578
art. R. 311-34 à R. 311-36	1578
art. R. 313-1 à R. 313-5	1579
art. R. 314-1 à R. 314-1-5	1581
art. R. 314-3 et R. 314-4	1583
art. R. 321-1 à R. 321-8	1584
art. D. 321-9	1584
art. R. 411-1 et R. 411-2	1585
art. R. 431-1	1585
art. R. 512-1 et R. 512-1-1	1585
art. R. 513-1 à R. 513-2	1586
art. R. 522-1	1586
art. R. 523-1	1586
art. R. 523-4	1586
art. R. 531-1 à R. 531-4	1586
art. R. 551-1 à R. 553-14-8	1587
art. R. 621-1 à R. 621-3	1598
art. R. 625-1 à R. 625-4	1598
art. R. 625-13 à R. 626-4	1599
Code de l'entrée et du séjour des étrangers et du droit d'asile (nouveau)	
art. L. 110-1 à L. 110-6	1380
art. L. 142-1 à L. 142-3	1382
art. L. 142-4 et L. 142-5	1385
art. L. 251-1 à L. 253-1	1385
art. L. 261-1 à L. 264-1	1387
art. L. 270-1	1387
art. L. 330-1 à L. 333-5	1388
art. L. 340-1 à L. 343-3	1389
art. L. 423-1 à L. 423-6	1393
art. L. 423-14 à L. 423-20	1394
art. L. 424-1 à L. 424-21	1395
art. L. 425-1 à L. 425-4	1399
art. L. 425-5 à L. 425-10	1401
art. L. 510-1 à L. 513-7	1402
art. L. 610-1 à L. 615-2	1405
art. L. 630-1 à L. 632-7	1412
art. L. 640-1 à L. 641-3	1415
art. L. 700-1 et L. 700-2	1415
art. L. 710-1 à L. 711-2	1416
art. L. 720-1 à L. 722-12	1416
art. L. 730-1 à L. 733-17	1419
art. L. 740-1 à L. 744-17	1424
art. L. 750-1 à L. 754-8	1432
art. L. 810-1 à L. 812-2	1439
art. L. 812-3 à L. 814-1	1444
art. L. 820-1 à L. 824-12	1446
art. R. 270-1 à R. 270-4	1454
art. R. 330-1	1455

TEXTES CODIFIÉS REPRODUITS — PAGES

art. R. 332-1 ... 1455
art. R. 614-1 ... 1455
art. R. 810-1 à R. 812-1 ... 1461
art. R. 814-1 ... 1462
art. R. 814-2 à R. 814-4 ... 1463
art. R. 820-1 ... 1463
art. R. *821-1 ... 1463
art. R. 821-2 à R. 822-5 ... 1463
art. R. 831-1 à R. 831-3 ... 1466
art. R. *832-1 ... 1466
art. R. 832-2 et R. 832-3 ... 1466
art. R. *833-1 ... 1466
art. R. 833-2 et R. 833-3 ... 1467
art. R. *834-1 ... 1467
art. R. 834-2 et R. 834-3 ... 1467
art. R. *835-1 ... 1468
art. R. 835-2 et R. 835-3 ... 1468
art. R. *836-1 ... 1469
art. R. 836-2 et R. 836-3 ... 1469

Code de l'environnement

art. L. 173-9 ... 307
art. L. 362-1 à L. 362-4 ... 2260
art. L. 581-1 à L. 581-20 ... 1235
art. L. 581-26 ... 1240
art. L. 581-34 à L. 581-43 ... 1240
art. R. 362-2 à R. 362-7 ... 2261

Code général des collectivités territoriales

art. L. 2213-1 à L. 2213-6 ... 2022
art. L. 2512-14 ... 2027
art. L. 2521-1 ... 2028
art. L. 3221-4 à L. 3221-5 ... 2027
art. L. 4422-25 ... 2028
art. L. 4424-21 ... 2028
art. L. 4433-24-1-1 et L. 4433-24-1-2 ... 2029
art. R. 2213-1 ... 2193

Code de justice administrative

art. R. 776-1 à R. 776-34 ... 1455

Code de la justice pénale des mineurs

art. préliminaire ... 1289
art. 1er et 2 ... 1364
art. L. 11-1 à L. 13-4 ... 1290
art. L. 111-1 à L. 113-8 ... 1291
art. L. 121-1 à L. 124-2 ... 1295
art. L. 211-1 à L. 211-3 ... 1298
art. L. 221-1 à L. 221-3 ... 1299
art. L. 231-1 à L. 231-10 ... 1299
art. L. 241-1 et L. 241-2 ... 1300
art. L. 311-1 à L. 311-5 ... 1300
art. L. 321-1 à L. 323-3 ... 1302
art. L. 331-1 à L. 334-6 ... 1304
art. L. 411-1 à L. 413-17 ... 1307
art. L. 421-1 à L. 423-14 ... 1310
art. L. 431-1 à L. 435-2 ... 1315
art. L. 511-1 à L. 513-4 ... 1319
art. L. 521-1 à L. 522-1 ... 1321
art. L. 531-1 à L. 532-1 ... 1326
art. L. 611-1 à L. 613-1 ... 1327
art. L. 621-1 à L. 621-3 ... 1328
art. L. 631-1 à L. 634-1 ... 1329
art. L. 711-1 à L. 712-1 ... 1331
art. L. 721-1 à L. 723-3 ... 1331
art. R. 11-1 ... 1333
art. D. 12-1 et D. 12-2 ... 1333
art. D. 112-1 à D. 112-20 ... 1333
art. R. 112-21 ... 1335
art. D. 112-22 à D. 112-33 ... 1335
art. R. 112-34 et R. 112-35 ... 1337
art. D. 112-36 à D. 113-5 ... 1337
art. R. 113-6 et R. 113-7 ... 1338
art. D. 113-8 ... 1338
art. R. 113-9 ... 1338

TEXTES CODIFIÉS REPRODUITS — PAGES

art. R*. 122-1 ... 1339
art. R. 122-2 à R. 122-4 ... 1339
art. D. 122-5 et D. 122-6 ... 1339
art. R. 122-7 à R. 124-6 ... 1339
art. D. 124-7 ... 1343
art. R. 124-8 à R. 124-38 ... 1343
art. D. 124-39 à D. 124-41 ... 1348
art. R. 124-42 à R. 124-45 ... 1348
art. D. 211-1 ... 1349
art. D. 221-1 ... 1349
art. D. 231-1 ... 1349
art. R. 241-1 à R. 241-9 ... 1349
art. D. 241-10 à D. 241-20 ... 1351
art. R. 241-21 ... 1354
art. D. 241-22 à D. 241-31 ... 1354
art. R. 241-32 et R. 241-33 ... 1355
art. D. 241-34 et D. 241-35 ... 1355
art. R. 241-36 ... 1356
art. D. 241-37 à D. 241-39 ... 1356
art. D. 311-1 et D. 311-2 ... 1357
art. D. 322-1 à D. 323-2 ... 1357
art. R. 322-11 à R. 322-13 ... 1358
art. D. 331-1 ... 1358
art. R. 331-2 à R. 332-2 ... 1359
art. D. 333-1 et D. 333-2 ... 1359
art. R. 334-1 à R. 334-5 ... 1360
art. D. 411-1 ... 1361
art. R. 412-1 à R. 413-3 ... 1361
art. D. 413-4 ... 1361
art. D. 422-1 à D. 422-6 ... 1362
art. R. 422-7 à R. 423-1 ... 1362
art. D. 423-2 à D. 423-9 ... 1363
art. R. 431-1 ... 1364
art. D. 432-1 ... 1365
art. D. 512-1 ... 1365
art. R. 521-1 ... 1365
art. D. 521-2 à D. 521-10 ... 1366
art. D. 531-1 et D. 531-2 ... 1366
art. D. 611-1 à D. 612-2 ... 1367
art. D. 621-1 et D. 621-2 ... 1369
art. R. 631-1 à R. 634-1 ... 1369
art. D. 711-1 ... 1370
art. R. 720 ... 1370
art. D. 721-1 à D. 721-3 ... 1370
art. R. 721-4 ... 1371
art. D. 721-5 à D. 723-2 ... 1371
art. R. 722-2 à R. 722-5 ... 1371
art. R. 723-3 ... 1372

Code monétaire et financier

art. L. 151-1 à L. 152-6 ... 1273
art. L. 163-1 à L. 163-12 ... 1284
art. L. 165-1 ... 1279
art. L. 231-1 ... 1111
art. L. 231-3 et L. 231-4 ... 1112
art. L. 231-7 et L. 231-7-1 ... 1112
art. L. 231-9 à L. 231-12 ... 1112
art. L. 231-14 ... 1113
art. L. 231-16 à L. 232-1 ... 1113
art. L. 313-2 et L. 313-3 ... 1287
art. L. 341-1 à L. 341-4 ... 1267
art. L. 342-1 à L. 342-3 ... 1270
art. L. 351-1 à L. 353-6 ... 1270
art. L. 464-1 ... 1272
art. L. 465-1 à L. 465-3-5 ... 1260
art. L. 465-4 ... 1273
art. L. 466-1 ... 1273
art. L. 511-1 à L. 511-3 ... 1245
art. L. 511-5 ... 1245
art. L. 511-8 ... 1245
art. L. 511-33 à L. 511-37 ... 1246
art. L. 512-1 à L. 512-2 ... 1248
art. L. 512-102 ... 1249

TEXTES CODIFIÉS REPRODUITS	PAGES
art. L. 514-1	1249
art. L. 515-1 à L. 515-2	1250
art. L. 517-1	1250
art. L. 518-2	1251
art. L. 518-25 et L. 518-25-1	1251
art. L. 519-1 et L. 519-1-1	1252
art. L. 519-4	1253
art. L. 524-1	1253
art. L. 531-1	1253
art. L. 531-11	1253
art. L. 532-1	1254
art. L. 571-1 à L. 572-4	1254
art. L. 573-1 à L. 573-13	1258
art. R. 151-1 à R. 152-4	1282
art. R. 152-11	1283
art. R. 163-1 et R. 163-2	1287
Code pénal	
art. 221-6-1	1965
art. 221-8	1966
Code des postes et des communications électroniques	
art. L. 1 à L. 3	1788
art. L. 17 à L. 20	1790
art. L. 26	1791
art. L. 28 et L. 29	1791
art. L. 34-11	999
art. L. 39 à L. 39-6	1792
art. L. 39-9 et L. 39-10	1793
art. L. 63	1794
art. L. 65 à L. 67	1794
art. L. 72 à L. 75	1795
art. L. 81 et L. 82	1795
art. L. 97-3	1796
art. R. 10 à R. 10-11	1796
art. R. 20-25 à R. 20-27	1799
art. R. 30 et R. 31	1800
art. R. 41	1800
art. R. 45 à R. 52	1800
Code de procédure pénale	
art. préliminaire	578
art. 56-1-2	578
art. 60-1-1	579
art. 78-1 à 78-2-2	1440
art. 91	569
art. 100	579
art. 349-1	156
art. 365-1	239
art. 464-2	277
art. 485-1	241
art. 529-7 à 530-3	1929
art. 689-11	330
art. 706-119 à 706-134	152
art. 706-135 à 706-140	154
art. 729-2	1543
Code de la propriété intellectuelle	
art. L. 341-1 à L. 343-7	551
art. L. 423-1	1185
Code de la route	
art. L. 110-1 et L. 110-2	1920
art. L. 110-3	1921
art. L. 121-1 à L. 121-5	1922
art. L. 121-6 et L. 122-1	1931
art. L. 130-1 à L. 130-5	1934
art. L. 130-6 à L. 130-9-2	1936
art. L. 141-1 à L. 143-2	1939
art. L. 211-1 à L. 213-9	1941
art. L. 221-1 à L. 221-10	1947
art. L. 223-1 à L. 225-9	1950
art. L. 231-1 à L. 232-2	1964
art. L. 232-3 à L. 236-3	1967
art. L. 241-1 à L. 245-2	1984

TEXTES CODIFIÉS REPRODUITS	PAGES
art. L. 311-1 à L. 312-1	1989
art. L. 314-1	1990
art. L. 317-1 à L. 318-4	1990
art. L. 321-1 et L. 321-1-1	1993
art. L. 321-1-2 à L. 324-1	1994
art. L. 324-2 à L. 325-4	1998
art. L. 324-2	2256
art. L. 325-6 à L. 327-6	2001
art. L. 328-1 à L. 330-8	2005
art. L. 341-1 à L. 344-2	2017
art. L. 411-1	2021
art. L. 411-2	2027
art. L. 411-3	2027
art. L. 411-3-1 et L. 411-4	2028
art. L. 411-5	2028
art. L. 411-5-1	2028
art. L. 411-6 à L. 413-5	2029
art. L. 417-1	2031
art. L. 419-1	2031
art. L. 431-1	2031
art. L. 433-1	2032
art. L. 441-1 à L. 444-1	2032
art. R. 110-1 à R. 110-3	2033
art. R. 121-1 à R. 121-6	2034
art. R. 130-1 à R. 130-12	2035
art. R. 141-1 à R. 143-1	2039
art. R. 211-1 à R. 213-9	2039
art. D. 214-1 à D. 214-8	2054
art. R. 221-1 à R.* 221-2	2055
art. D. 221-3 et D. 221-3-1	2056
art. R. 221-3-1 à R. 221-3-5	2057
art. D. 221-3-6	2058
art. R. 221-3-7 à R. 226-4	2058
art. D. 222-8	2069
art. D. 226-3-1	2080
art. R. 231-1 à R. 233-3	2080
art. R. 234-1 à R. 235-13	2082
art. R. 241-1 à R. 245-3	2087
art. R. 311-1 à R. 319–1	2095
art. D. 311-4	2100
art. R. 321-1 à R. 321-5	2133
art. D. 321-5-1 et D. 321-5-2	2134
art. R. 321-5-3 à R. 327-6	2134
art. D. 325-24-1	2158
art. R. 329-1 à R. 330-11	2169
art. R. 341-1 à R. 344-4	2176
art. R. 350-1 à R. 350-3	2193
art. R. 411-1	2193
art. R. 411-2 à R. 419–2	2193
art. R. 421-1 à R. 422-5	2235
art. R. 431-1 à R. 435-6	2239
art. R. 441-1 à R. 442-7	2251
Code rural et de la pêche maritime	
art. L. 211-12	1017
art. L. 241-1	1819
art. L. 243-1 à L. 243-4	1819
art. R. 214-90 et R. 214-91	1009
art. R. 214-99 et R. 214-100	1009
art. R. 215-10	1010
art. R. 233-3-7	1010
Code de la santé publique	
art. L. 1115-1 et L. 1115-2	1821
art. L. 1121-1 à L. 1122-2	1822
art. L. 1124-1	1830
art. L. 1126-1 à L. 1126-12	1831
art. L. 1131-1 à L. 1131-1-3	1838
art. L. 1131-3	1839
art. L. 1133-1 à L. 1133-5	1840
art. L. 1221-4 à L. 1221-12	1840
art. L. 1222-9	1843
art. L. 1231-1 à L. 1231-3	1843

TEXTES CODIFIÉS REPRODUITS PAGES

art. L. 1233-1 et L. 1233-2 1844
art. L. 1241-1 1844
art. L. 1243-1 1845
art. L. 1243-4 1845
art. L. 1243-6 1846
art. L. 1244-3 et L. 1244-4 1846
art. L. 1244-7 1846
art. L. 1245-4 1846
art. L. 1271-1 à L. 1271-8 1847
art. L. 1274-1 et L. 1274-2 1848
art. L. 2131-1 1848
art. L. 2131-4 à L. 2131-4-2 1849
art. L. 2141-1 à L. 2141-9 1850
art. L. 2161-1 à L. 2162-8 1853
art. L. 2164-1 et L. 2164-2 1854
art. L. 2212-1 et L. 2212-2 1854
art. L. 2221-1 à L. 2223-2 1855
art. L. 2324-1 1372
art. L. 2326-4 1372
art. L. 3212-1 1833
art. L. 3212-7 à L. 3213-5-1 1833
art. L. 3214-1 à L. 3215-4 1836
art. L. 3321-1 à L. 3323-6 1888
art. L. 3331-1 à L. 3331-6 1892
art. L. 3332-1-1 à L. 3335-4 1893
art. L. 3335-11 à L. 3336-4 1898
art. L. 3341-1 à L. 3342-4 1899
art. L. 3351-1 à L. 3355-8 1900
art. L. 3421-1 à L. 3425-2 1868
art. L. 3511-1 à L. 3515-7 1873
art. L. 4130-1 à L. 4131-2 1803
art. L. 4141-1 à L. 4141-4 1806
art. L. 4151-1 à L. 4151-6 1808
art. L. 4161-1 à L. 4162-1 1810
art. L. 4163-3 à L. 4163-11 1812
art. L. 4211-1 et L. 4211-1-1 1856
art. L. 4221-1 et L. 4221-1-1 1857
art. L. 4223-1 à L. 4223-3 1858
art. L. 4243-1 et L. 4243-2 1858
art. L. 4311-1 et L. 4311-2 1813
art. L. 4314-1 à L. 4314-7 1814
art. L. 4321-1 et L. 4321-2 1815
art. L. 4322-1 à L. 4322-2-3 1816
art. L. 4323-1 à L. 4323-7 1817
art. L. 5111-1 à L. 5111-4 1859
art. L. 5122-1 1862
art. L. 5132-1 à L. 5132-9 1871
art. L. 5421-1 à L. 5421-6 1860
art. L. 5421-6-2 à L. 5421-7 1861
art. L. 5421-9 1861
art. L. 5421-13 à L. 5421-15 1861
art. L. 5422-1 à L. 5422-3 1862
art. L. 5422-5 à L. 5423-7 1862
art. L. 5424-1 à L. 5424-19 1864
art. L. 5432-1 et L. 5432-2 1872
art. L. 5434-1 à L. 5435-1 1856
art. L. 5438-1 à L. 5438-8 1866
art. R. 3351-1 à R. 3352-3 1905
art. R. 3353-1 à R. 3353-3 1905
art. R. 3353-5 et R. 3353-5-1 1906
art. R. 3353-7 à R. 3353-9 1906
art. R. 3512-2 à R. 3512-4 1886
art. R. 3512-7 1886
art. R. 3512-9 1887
art. R. 3513-2 à R. 3513-4 1887
art. R. 3513-5 1887
art. R. 3515-2 à R. 3515-8 1887
art. R. 4127-44 580

Code de la sécurité intérieure

art. L. 211-1 à L. 211-4 381
art. L. 211-1 à L. 211-8 833
art. L. 211-9 .... 175, 828

TEXTES CODIFIÉS REPRODUITS PAGES

art. L. 211-11 à L. 211-14 834
art. L. 211-11-1 761
art. L. 211-12 381
art. L. 211-14 381
art. L. 224-1 756
art. L. 251-1 à L. 255-1 546
art. L. 312-1 à L. 312-4-1 768
art. L. 312-4-3 à L. 312-15 771
art. L. 313-2 à L. 315-2 774
art. L. 313-3 763
art. L. 317-1 à L. 317-12 776
art. L. 435-1 175
art. L. 511-1 1935
art. L. 512-2 1935
art. L. 861-2 741
art. D. 211-10 828
art. R. 211-11 à R. 211-16 828
art. D. 211-17 829
art. R. 211-18 829
art. D. 211-19 et D. 211-20 829
art. R. 211-21 et R. 211-21-1 830
art. R. 311-1 à R. 312-3 780
art. R. 312-21 à R. 312-25 788
art. R. 312-39 789
art. R. 312-45 à R. 312-58-1 789
art. R. 312-60 à R. 312-63 793
art. R. 312-65 et R. 312-66 793
art. R. 315-1 à R. 315-18 794
art. R. 317-1 à R. 317-13 796

Code de la Sécurité sociale

art. L. 471-4 931

Code du tourisme

art. L. 314-1 1906
art. D. 314-1 1906
art. R. 331-1 558
art. R. 331-11 558
art. R. 342-14 1916
art. R. 342-15 1919

Code des transports

art. L. 2221-9 .... 759, 1912
art. L. 2242-1 à L. 2242-8 1912
art. L. 2242-1 à L. 2242-4 759
art. L. 2242-10 1914
art. L. 2251-1 à L. 2251-2 1914
art. L. 2252-1 et L. 2252-2 1916
art. L. 3242-1 2001
art. L. 3315-3 2001
art. L. 6142-4 à L. 6142-9 1907
art. L. 6142-9 895
art. L. 6232-2 à L. 6232-10 1908
art. L. 6232-8 et L. 6232-9 761
art. L. 6372-4 à L. 6372-9 1910
art. L. 6433-2 1911
art. L. 6541-1 à L. 6541-3 1912

Code du travail

art. L. 1142-1 et L. 1142-2 2263
art. L. 1146-1 à L. 1146-3 2263
art. L. 1152-1 à L. 1155-2 2264
art. L. 1238-2 à L. 1238-5 2284
art. L. 1251-1 à L. 1251-6 2267
art. L. 1251-42 à L. 1251-44 2268
art. L. 1255-1 à L. 1255-18 2269
art. L. 1261-1 1505
art. L. 1331-2 2264
art. L. 1334-1 2264
art. L. 1443-1 2313
art. L. 2135-2 2304
art. L. 2146-1 et L. 2146-2 2300
art. L. 2283-1 et L. 2283-2 2313
art. L. 2317-1 2307
art. L. 2335-1 2312

TEXTES CODIFIÉS REPRODUITS	PAGES
art. L. 2346-1	2312
art. L. 2431-1	2300
art. L. 2432-1 à L. 2434-1	2305
art. L. 2438-1	2313
art. L. 4131-1	423
art. L. 4741-1 à L. 4742-1	2279
art. L. 5124-1	2299
art. L. 5215-1	2316
art. L. 5221-1 à L. 5221-5	1506
art. L. 5221-4	2295
art. L. 5221-7	1506
art. L. 5221-8	2296
art. L. 5221-10 et L. 5221-11	1506
art. L. 5221-11	2296
art. L. 5222-1 et L. 5222-2	2296
art. L. 5224-1 à L. 5224-3	2296
art. L. 5224-4	2298
art. L. 5334-1	2314
art. L. 5429-1 et L. 5429-2	2299
art. L. 5523-1 à L. 5523-3	1506
art. L. 8114-1 à L. 8114-3	2313
art. L. 8221-1 à L. 8221-6	2285
art. L. 8224-1 à L. 8224-6	2294
art. L. 8231-1	2272
art. L. 8234-1 à L. 8234-3	2274
art. L. 8241-1 à L. 8241-3	2275
art. L. 8243-1 à L. 8243-3	2277
art. L. 8251-1 et L. 8251-2	1563, 2296
art. L. 8256-1 et L. 8256-2	2297
art. L. 8256-1 à L. 8256-8	1563
art. L. 8256-3 à L. 8256-8	2298
art. L. 8323-2	1507
art. R. 3135-1 à R. 3135-3	2315
art. R. 4743-7	1905
Code de l'urbanisme	
art. L. 480-1 à L. 480-9	1067
art. L. 480-12 à L. 480-16	1081
art. L. 610-1 à L. 610-4	1064
Code de la voirie routière	
art. L. 121-1 à L. 123-1	1921
art. L. 131-1	1921
art. L. 141-1	1921
art. L. 151-1	1921
art. L. 161-1	1921

Textes non codifiés

TEXTES NON CODIFIÉS REPRODUITS	PAGES
1789	
Déclaration des Droits de l'Homme et du Citoyen du 26 août 1789	
art. 1er et 2	1686
art. 4 et 5	1686
art. 7 à 12	1686
art. 16 et 17	1687
1881	
Loi du 30 juin 1881 sur la liberté de réunion	
art. 1er	835
art. 5 et 6	835
art. 8 à 12	835
Loi du 29 juillet 1881 sur la liberté de la presse	
art. 1er à 38	1703
art. 38 *ter* à 70	1760
1905	
Loi du 9 décembre 1905 concernant la séparation des Églises et de l'État	
art. 31 à 33	468
1907	
Loi du 28 mars 1907 relative aux réunions publiques	
art. 1er et 2	835
art. L. 212-1	837
1932	
Loi du 13 avril 1932 tendant à réprimer la fraude en matière de divorce ou de séparation de corps	
art. unique	596
1942	
Décret n° 42-730 du 22 mars 1942 portant règlement d'administration publique sur la police, la sûreté et l'exploitation des voies ferrées d'intérêt général et local	
art. 1er (ant.)	1916
art. 69 (ant.) à 77-2 (ant.)	1917
art. 80 (ant.) à 80-3 (ant.)	1918
art. 80-4 (ant.) à 80-9 (ant.)	1919
art. 85 (ant.) et 86 (ant.)	1920
1944	
Ordonnance du 28 août 1944 relative à la répression des crimes de guerre	
art. 1er à 6	327
1945	
Ordonnance n° 45-174 du 2 février 1945 relative à l'enfance délinquante	1289
Ordonnance n° 45-2658 du 2 novembre 1945 relative aux conditions d'entrée et de séjour des étrangers en France	
art. 37	1380
1950	
Convention européenne de sauvegarde des droits de l'homme et des libertés fondamentales du 4 novembre 1950	
art. 1er à 18	1694
1952	
Protocole additionnel du 20 mars 1952 à la Convention européenne de sauvegarde des droits de l'homme et des libertés fondamentales tel qu'amendé par le Protocole n° 11	
art. 1er à 3	1696
1954	
Convention de New York du 28 septembre 1954 relative au statut des apatrides	
art. premier à 5	1398
art. 12	1399
art. 31 et 32	1399

TEXTES NON CODIFIÉS REPRODUITS — PAGES

1955

Loi n° 55-385 du 3 avril 1955 instituant un état d'urgence
art. 1er à 15 743

1958

Constitution de la République Française du 4 octobre 1958
art. 1er et 2 1683
art. 4 1684
art. 16 et 17 1684
art. 26 1684
art. 34 1684
art. 36 et 37 1685
art. 36 742
art. 66 à 68-1 1685

Ordonnance n° 58-1331 du 23 décembre 1958 relative à la constatation, la poursuite et la répression des infractions en matière de répartition des produits industriels et de l'énergie
art. 1er à 24 1229

1959

Ordonnance n° 59-28 du 5 janvier 1959 réglementant l'accès des mineurs à certains établissements
art. 1er et 2 1372

1960

Décret n° 60-59 du 15 janvier 1960 réprimant les contraventions aux dispositions prises en application de l'article 1er de l'ordonnance n° 59-28 du 5 janvier 1959 réglementant l'accès des mineurs à certains établissements
art. 1er à 3 1373

1963

Loi de finances n° 63-628 du 2 juillet 1963 rectificative pour 1963 portant maintien de la stabilité économique et financière
art. 1er et 2 1233

Protocole n° 4 du 16 septembre 1963 à la Convention européenne de sauvegarde des droits de l'homme et des libertés fondamentales
art. 1er à 4 1697

1964

Loi n° 64-1326 du 26 décembre 1964 tendant à constater l'imprescriptibilité des crimes contre l'humanité
art. unique 336

1972

Loi n° 72-618 du 5 juillet 1972 relative aux publications, imprimés et objets vendus dans un but philanthropique
art. 1er à 6 1234

1978

Loi n° 78-17 du 6 janvier 1978 relative à l'informatique, aux fichiers et aux libertés
art. 1er à 128 507

1981

Loi n° 81-908 du 9 octobre 1981 portant abolition de la peine de mort
art. 2 321

1982

Loi n° 82-652 du 29 juillet 1982 sur la communication audiovisuelle
art. 6 1783
art. 89 1784
art. 93 1784
art. 93-2 à 97 1784

1983

Protocole n° 6 du 28 avril 1983 à la Convention européenne de sauvegarde des droits de l'homme et des libertés fondamentales
art. 1er à 3 1697

Loi n° 83-634 du 13 juillet 1983 portant droits et obligations des fonctionnaires
art. 11 *bis* A 124

1984

Protocole n° 7 du 22 novembre 1984 à la Convention européenne de sauvegarde des droits de l'homme et des libertés fondamentales
art. 1er 1698
art. 4 1698

1985

Loi n° 85-677 du 5 juillet 1985 tendant à l'amélioration de la situation des victimes d'accidents de la circulation et à l'accélération des procédures d'indemnisation
art. 1er à 6 1933

1986

Ordonnance n° 86-1243 du 1er décembre 1986 relative à la liberté des prix et de la concurrence
art. 61 1190

1987

Décret n° 87-246 du 6 avril 1987 relatif à l'exercice du droit de réponse dans les services de communication audiovisuelle
art. 1er à 10 1787

Loi n° 87-588 du 30 juillet 1987 portant diverses mesures d'ordre social
art. 99 1375

1989

Loi n° 89-421 du 23 juin 1989 relative à l'information et à la protection des consommateurs ainsi qu'à diverses pratiques commerciales
art. 6 1179

Loi n° 89-548 du 2 août 1989 relative aux conditions de séjour et d'entrée des étrangers en France
art. 1er à 9 1379

1990

Convention d'application de l'Accord de Schengen du 19 juin 1990 entre les gouvernements des États de l'Union économique Benelux, de la République fédérale d'Allemagne et de la République française relatif à la suppression graduelle des contrôles aux frontières communes
art. 22 1462

Décret n° 90-506 du 25 juin 1990 relatif à l'application de l'article 1er de la loi n° 66-1010 du 28 décembre 1966
art. 1er à 4 1287

1993

Loi n° 93-122 du 29 janvier 1993 relative à la prévention de la corruption et à la transparence de la vie économique et des procédures publiques
art. 20 à 27 1243

TEXTES NON CODIFIÉS REPRODUITS PAGES

1994

Loi n° 94-589 du 15 juillet 1994 relative à l'exercice par l'État de ses pouvoirs de police en mer pour la lutte contre certaines infractions relevant de conventions internationales
art. 1 86
art. 5 86

Loi n° 94-665 du 4 août 1994 relative à l'emploi de la langue française
art. 1er à 7 1185
art. 14 à 17 1187
art. 20 1187
art. 21 1187

Décret n° 94-699 du 10 août 1994 fixant les exigences de sécurité relatives aux équipements d'aires collectives de jeux
art. 1er à 7-1 1179

1995

Décret n° 95-240 du 3 mars 1995 pris pour l'application de la loi n° 94-665 du 4 août 1994 relative à l'emploi de la langue française
art. 1er à 4 1187

1998

Loi n° 98-468 du 17 juin 1998 relative à la prévention et à la répression des infractions sexuelles ainsi qu'à la protection des mineurs
art. 32 à 35 1376

1999

Décret n° 99-240 du 24 mars 1999 relatif aux conditions de commercialisation de certains objets ayant l'apparence d'une arme à feu
art. 1er à 5 825

Décret n° 99-771 du 7 septembre 1999 portant application du chapitre III du titre II de la loi n° 98-468 du 17 juin 1998 relative à la prévention et à la répression des infractions sexuelles ainsi qu'à la protection des mineurs
art. 8 1377

Circulaire de la direction des affaires criminelles et des grâces « Politique pénale relative au prononcé et au relèvement des peines d'interdiction du territoire » 1526

2000

Protocole n° 12 du 4 novembre 2000 à la Convention européenne de sauvegarde des droits de l'homme et des libertés fondamentales
art. 1er 1698

Charte des droits fondamentaux de l'Union européenne du 7 décembre 2000
art. 1er à 54 1687

2001

Loi n° 2001-434 du 21 mai 2001 tendant à la reconnaissance de la traite et de l'esclavage en tant que crime contre l'humanité
art. 1er 327

Loi n° 2001-504 du 12 juin 2001 tendant à renforcer la prévention et la répression des mouvements sectaires portant atteinte aux droits de l'homme et aux libertés fondamentales
art. 19 458

TEXTES NON CODIFIÉS REPRODUITS PAGES

2002

Protocole n° 13 du 3 mai 2002 à la Convention européenne de sauvegarde des droits de l'homme et des libertés fondamentales
art. 1er 1698
art. 3 1698

Décret n° 2002-925 du 6 juin 2002 portant publication de la convention portant statut de la Cour pénale internationale, adoptée à Rome le 17 juillet 1998
art 1er 331
art. 5 à 8 331

Décret n° 2002-1465 du 17 décembre 2002 relatif à l'étiquetage des viandes bovines dans les établissements de restauration
art. 1er à 3 1181

2004

Loi n° 2004-575 du 21 juin 2004 pour la confiance dans l'économie numérique
art. 6-1 611

2005

Convention du Conseil de l'Europe du 16 mai 2005 sur la lutte contre la traite des êtres humains, adoptée à Varsovie
art. 1er à 4 1699
art. 18 à 26 1699

Décret n° 2005-1309 du 20 octobre 2005 pris pour l'application de la loi n° 78-17 du 6 janvier 1978 relative à l'informatique, aux fichiers et aux libertés
art. 110 (ant.) 546

2006

Décret n° 2006-1129 du 8 septembre 2006 relatif à la sécurité des briquets
art. 1er à 11 1181

2010

Décret n° 2010-44 du 12 janvier 2010 relatif à l'information concernant l'interdiction de circulation sur les voies ouvertes au public de certains engins motorisés
art. 1er à 3 1994

Loi n° 2010-1192 du 11 octobre 2010 interdisant la dissimulation du visage dans l'espace public
art. 1er à 3 477

2011

Loi n° 2011-267 du 14 mars 2011 d'orientation et de programmation pour la performance de la sécurité intérieure
art. 68 826

Loi organique n° 2011-333 du 29 mars 2011 relative au Défenseur des droits
art. 28 473

2012

Arrêté du 4 juillet 2012 fixant la liste d'appareils et de dispositifs techniques prévue par l'article 226-3 du Code pénal
art. 1er à 3 994

2015

Décret n° 2015-125 du 5 février 2015 relatif au blocage des sites provoquant à des actes de terrorisme ou en faisant l'apologie et des sites diffusant des images et représentations de mineurs à caractère pornographique
art. 1er à 8 612

TEXTES NON CODIFIÉS REPRODUITS — PAGES

Décret n° 2015-253 du 4 mars 2015 relatif au déréférencement des sites provoquant à des actes de terrorisme ou en faisant l'apologie et des sites diffusant des images et représentations de mineurs à caractère pornographique
art. 1er à 7 613

Décret n° 2015-1740 du 24 décembre 2015 relatif aux modalités de vérification d'un acte de l'état civil étranger
art. 1er et 2 1382

2016

Décret n° 2016-364 du 29 mars 2016 fixant les exigences de sécurité concernant les bicyclettes
art. 4 1184
art. 6 1184
art. 9 1185

Loi n° 2016-1547 du 18 novembre 2016 de modernisation de la justice du XXIe siècle
art. 60 et 61 473

Loi n° 2016-1691 du 9 décembre 2016 relative à la transparence, à la lutte contre la corruption et à la modernisation de la vie économique
art. 6 190
art. 7-1 et 8 190

2017

Circulaire du 28 février 2017 présentant les dispositions de la loi n° 2017-242 du 27 février 2017 portant réforme de la prescription en matière pénale 64

Instruction du 16 octobre 2017 du Ministère de l'Intérieur relative à l'éloignement des personnes représentant une menace pour l'ordre public et des sortants de prison 1521

TEXTES NON CODIFIÉS REPRODUITS — PAGES

2018

Décret n° 2018-383 du 23 mai 2018 autorisant les traitements de données à caractère personnel relatifs au suivi des personnes en soins psychiatriques sans consentement.
art. 1 581

Circulaire du 3 septembre 2018 relative à la présentation de la loi n° 2018-703 du 3 août 2018 renforçant la lutte contre les violences sexuelles et sexistes 967

Circulaire du 5 novembre 2018 présentant les dispositions de droit pénal immédiatement applicables de la loi n° 2018-778 du 10 septembre 2018 pour une immigration maîtrisée, un droit d'asile effectif et une intégration réussie 1548

2019

Loi n° 2019-222 du 23 mars 2019 de programmation 2018-2022 et de réforme pour la justice
art. 16 1382

Décret n° 2019-1457 du 26 décembre 2019 portant création du service à compétence nationale dénommé Office anti-stupéfiants
art. 1er à 5 431

2020

Ordonnance n° 2020-1733 du 16 décembre 2020 portant partie législative du Code de l'entrée et du séjour des étrangers et du droit d'asile
art. 1 à 3 1380
art. 20 1380

INDEX ALPHABÉTIQUE

Les numéros renvoient respectivement aux développements d'annotations qui suivent les articles de la loi ou du décret.

A

Abandon d'armes ou d'objets dangereux, art. R. 641-1, p. 1030.

Abandon d'enfant :
- délaissement de mineur, art. 227-1 et s., p. 588 ;
- provocation ou entremise à l', art. 227-12, p. 604.

Abandon de famille, art. 227-3 et 227-4, p. 589 et s. ;
- radicalisation, art. 227-17 (nº 3), p. 606 ;
- soustraction aux obligations de l'autorité parentale, art. 227-17, p. 606.

Abandon d'ordures, déchets ou matériaux, art. R. 632-1, p. 1025 ;
- transport dans un véhicule, art. R. 635-8, p. 1029.

Abandon de poste :
- transport ferroviaire, conducteur, C. transp., art. L. 2242-8, p. 1914.

Absentéisme scolaire, art. R. 624-7, p. 1020.

Absinthe, Annexe 7, p. 1803.

Abstention de combattre un sinistre, art. 223-7, p. 453.

Abus d'autorité :
- agressions sexuelles sur mineurs, art. 222-28, p. 417 ; art. 222-30, p. 418 ; art. 227-26, p. 617 ;
- atteintes sexuelles sans violence, art. 227-27, p. 618 ;
- contre l'administration, art. 432-1 et s., p. 838 ;
- contre les particuliers, art. 432-4 et s., p. 840 ;
- provocation à une infraction, art. 121-7, p. 136 ;
- proxénétisme, art. 225-7, p. 483 ;
- viol, art. 222-24, p. 413.

Abus de biens sociaux, Annexe 2, p. 1085. – C. com., art. L. 654-2 (nº 23), p. 1089 ; art. L. 820-7 (nºs 17 et s.), p. 1101.

Abus de blanc-seing, art. 314-1 (nº 51), p. 687 ; art. 441-1 (nº 23), p. 921.

Abus de confiance, art. 314-1 et s., p. 680. – C. transp., art. L. 6541-3, p. 1912 ;
- aéronef, C. transp., art. L. 6142-7, p. 1907 ;
- récidive, art. 132-16, p. 270.

Abus de faiblesse, Annexe 2, p. 1085.

Abus d'ignorance ou de faiblesse, art. 223-15-2, p. 455.

Abus de position dominante, Annexe 2, p. 1085.

Abus de qualité vraie, art. 313-1, p. 658.

Accidents de la route, art. 221-6-1, p. 372 ; art. 222-19-1 et 222-20-1, p. 402 et s. ; art. 223-2 (nº 28), p. 444 ;
- délit de fuite, art. 434-10, p. 895.

Accidents du travail, Annexe 9, p. 2263.

Accouchement :
- défaut de déclaration, art. R. 645-4, p. 1035 ;
- obligation de déclaration de naissance, art. 433-18-1, p. 886.

Acte commandé par l'autorité légitime, art. 122-4, p. 168.

Acte manifestement illégal, art. 122-4, p. 168.

Actes administratifs :
- contrôle de légalité, art. 111-5, p. 22 ;
- état d'urgence, art. 111-5, p. 22 ;
- interprétation, art. 111-5, p. 22 ;
- légalité, art. 111-5, p. 22.

Actes de barbarie, V. *Tortures et actes de barbarie.*

Actes inhumains :
- crimes contre l'humanité, art. 212-1 et s., p. 326.

V. *Crimes contre l'Humanité, Tortures et actes de barbarie.*

Actes d'intimidation commis contre les personnes exerçant une fonction publique, art. 433-3, p. 871.

Actes médicaux :
- autorisation de la loi, art. 122-4 (nº 20), p. 173.

Action civile :
- associations de consommateurs, Annexe 2, p. 1085.

Adjudication publique, art. 313-6, p. 676.

Administration de :
- substances de nature à entraîner la mort, art. 221-5, p. 345 ;
- substances nuisibles, art. 222-15, p. 396.

Administration pénitentiaire (fonctionnaires de l') :
- destructions, dégradations et détériorations, art. 322-3, p. 713 ;
- détention arbitraire, art. 432-6, p. 841 ;
- embuscade, art. 222-15-1, p. 397 ;
- évasion (complicité), art. 434-33, p. 908 ;
- menaces, art. 433-3, p. 871 ;
- meurtre, art. 221-4, p. 343 ;
- remise illégale d'objets ou de correspondances à un détenu, art. 434-35, p. 909 ;
- tortures et actes de barbarie, art. 222-3, p. 378 ;
- violences, art. 222-8, p. 381 ; art. 222-10, p. 383 ; art. 222-12 à 222-14-1, p. 388 et s.

Adoption, L. 29 juill. 1881, art. 39 *quater*, p. 1762 ;
- provocation ou entremise à l'abandon d'enfant, art. 227-12, p. 604.

Aérodromes, Annexe 8, p. 1907.

Aéronefs, Annexe 8, p. 1907 ;
- application de la loi dans l'espace, art. 113-11, p. 84 ;
- application de la loi française, art. 113-4, p. 75 ;
- détournement, art. 224-6 et s., p. 465 ; art. 421-1, p. 750 ;
- fausses informations, art. 224-8, p. 465.

Aérosols, Annexe 2, p. 1085.

Affichage de la décision de condamnation :
- atteintes à la dignité de la personne, art. 225-19, p. 497 ;
- atteintes à la filiation, art. 227-30, p. 620 ;
- atteintes à l'intégrité physique ou psychique, art. 222-46, p. 434 ;
- atteintes à la personnalité, art. 226-31, p. 588 ;
- atteintes à la vie privée, art. 226-7, p. 559 ;
- atteintes volontaires à la vie, art. 221-10, p. 375 ;
- contenu et modalités d'application, art. 131-35, p. 229 ;
- contenu et modalités d'application (renvoi), art. 131-48, p. 237 ;
- dénonciation calomnieuse, art. 226-12, p. 569 ;
- peine complémentaire, art. 131-10, p. 200 ; art. 131-39, p. 235 ;
- producteur de base de données, CPI, art. L. 343-7, p. 554.

Affichage officiel, L. 29 juill. 1881, art. 15, p. 1712 ; art. 17, p. 1712.

Âge :
- discrimination, art. 225-1, p. 467.

Agence française anticorruption, art. 131-39-2, p. 236.

Agences matrimoniales, V. *Courtage matrimonial.*

Agent consulaire :
- CESEDA (ancien), CESEDA (ancien), art. L. 111-6, p. 1471.

Agents diplomatiques :
- application de la loi dans l'espace, art. 113-10, p. 84.

Agents des douanes :
- destructions, dégradations et détériorations, art. 322-3, p. 713 ;
- menaces, art. 433-3, p. 871 ;
- meurtre, art. 221-4, p. 343 ;
- tortures et actes de barbarie, art. 222-3, p. 378 ;
- violences, art. 222-8, p. 381 ; art. 222-10, p. 383 ; art. 222-12 et 222-13, p. 388 et s.

Agents d'un réseau de transports publics :
- menaces, art. 433-3, p. 871 ;
- meurtre, art. 221-4, p. 343 ;
- tortures ou actes de barbarie, art. 222-8, p. 381 ;
- violences, art. 222-8, p. 381 ; art. 222-10, p. 383.

Aggravation des peines, V. *Circonstances aggravantes.*

Agression, art. 221-6-2, p. 373.

Agression sexuelle, art. 222-22 et s., p. 405 ; art. 222-27 et s., p. 416 ;
- crimes et délits de guerre, art. 461-4, p. 947 ;
- esclavage, art. 224-1 B, p. 460 ;
- récidive, art. 132-16-1, p. 271 ;
- traite des êtres humains, art. 225-4-1, p. 475.

Agressions sonores, art. 222-16, p. 397 ; art. R. 623-2, p. 1018.

Aide ou assistance :
- complicité, art. 121-7, p. 136.

Aide à l'entrée, à la circulation et au séjour irréguliers, Code de l'entrée et du séjour des étrangers et du droit d'asile (nouveau), art. L. 823-1, p. 1449 ;
- circonstances aggravantes, Code de l'entrée et du séjour des étrangers et du droit d'asile (nouveau), art. L. 823-3, p. 1450 ;
- conditions des poursuites, Code de l'entrée et du séjour des étrangers et du droit d'asile (nouveau), art. L. 823-10, p. 1451 ;
- immunités :
  - ▶ immunité familiale, Code de l'entrée et du séjour des étrangers et du droit d'asile (nouveau), art. L. 823-9, p. 1451 ;
  - ▶ immunité humanitaire, Code de l'entrée et du séjour des étrangers et du droit d'asile (nouveau), art. L. 823-9, p. 1451.
- peines complémentaires, Code de l'entrée et du séjour des étrangers et du droit d'asile (nouveau), art. L. 823-4, p. 1450 ;
  - ▶ personnes morales, Code de l'entrée et du séjour des étrangers et du droit d'asile (nouveau), art. L. 823-7, p. 1450.

Ajournement :
- conditions d'octroi, art. 132-60 et s., p. 304 ;
- aux fins de consignation d'une somme d'argent, art. 132-70-3, p. 308 ;
- aux fins d'investigations sur la personnalité, art. 132-70-1 et 132-70-2, p. 307 et s. ;
- avec injonction, art. 132-66 et s., p. 306 ;
- avec mise à l'épreuve, art. 132-63 et s., p. 306 ;
- du prononcé de la peine, art. 132-58, p. 303.

Alcoolisme, Annexe 7, p. 1803.

Aliénation mentale :
- causes d'irresponsabilité ou d'atténuation de la responsabilité, art. 122-1, p. 148.

Aliment, V. *Pension alimentaire.*

Aliments :
- filouterie, art. 313-5, p. 675 ;
- privation d'un mineur de quinze ans, art. 227-15, p. 605.

Altération de preuves, art. 434-4, p. 891.

Amende, C. route, art. L. 121-2 et L. 121-3, p. 1922 et s. ;
- calcul, art. 132-22, p. 283 ;
- contravention, art. R. 610-3 et R. 610-4, p. 1013 ;
- cumul de peines, art. 131-2, p. 193 ; art. 131-15, p. 202 ; art. 132-7, p. 256 ;
- décès du condamné, art. 133-1, p. 315 ;
- dissolution de la personne morale, art. 133-1, p. 315 ;
- forfaitaire, C. route, art. 529-7 et s., p. 1929 ;
- fractionnement, art. 132-28, p. 289 ;
- interdiction de cumul avec les peines privatives ou restrictives de droit, art. 131-15, p. 202 ;
- interdiction de cumul avec la peine de jours-amende, art. 131-9, p. 199 ;
- jours-amende, art. 131-3, p. 193 ; art. 131-5, p. 195 ; art. 131-25, p. 215 ;

- majoration, art. 132-20, p. 281 ;
- montant, art. 131-38, p. 234 ; art. 132-20, p. 281 ;
- motivation, art. 132-20, p. 281 ;
- peine contraventionnelle, art. 131-12 et 131-13, p. 202 ; art. 131-15-1, p. 202 ;
- peine correctionnelle, art. 131-3, p. 193 ;
- peines criminelles, art. 131-2, p. 193 ;
- personne morale, art. 131-37 et 131-38, p. 234 ; art. 131-41, p. 236 ;
- récidive, art. 132-9 et s., p. 266 ; art. 132-12 et s., p. 270 ;
- réhabilitation, art. 133-13, p. 321 ;
- sursis simple, art. 132-31 et s., p. 290 ; art. 132-34, p. 291 ; art. 132-39, p. 293.

Amnistie, art. 133-1, p. 315 ;
- effets, art. 133-9 et s., p. 319 ;
- récidive, art. 132-10 (nº 7), p. 268.

Amputation, V. *Mutilation ou infirmité permanente.*

Animal :
- interdiction de détention, art. 131-21-2, p. 214.

Animaux, art. 221-6-2, p. 373 ;
- agression, art. 222-19-2, p. 402 ; art. 222-20-2, p. 404 ;
- arme, art. 132-75, p. 311 ;
- atteinte involontaire à la vie ou à l'intégrité, art. R. 653-1, p. 1040 ;
- atteinte volontaire à la vie ou à l'intégrité, art. R. 655-1, p. 1041 ;
- atteintes volontaires à la vie, art. 522-1, p. 963 ;
  - peines complémentaires, art. 522-2, p. 963.
- blessures involontaires, art. 221-6 (nº 18), p. 352 ; art. 221-6 (nº 41), p. 355 ; art. 222-19-2, p. 402 ; art. 222-20-2, p. 404 ;
- confiscation, art. 131-10, p. 200 ; art. 131-16, p. 202 ; art. 131-21-1, p. 214 ; art. 131-39, p. 235 ; art. R. 131-51, p. 990 ;
  - modalités d'exécution, art. R. 131-50, p. 990.
- dangereux, art. 131-21-1, p. 214 ;
- demande de fonds sous contrainte, art. 312-12-1, p. 657 ;
- divagation, art. R. 622-2, p. 1017 ;
- euthanasie, art. 131-21-1, p. 214 ;
- excitation, art. R. 623-3, p. 1018 ;
- expériences scientifiques, art. 521-2, p. 963 ; art. R. 511-1, p. 1009. – C. rur., art. R. 214-90 et s., p. 1009 ;
- homicide involontaire, art. 221-6 (nº 41), p. 355 ;
- interdiction de détention, art. 131-16, p. 202 ;
- mauvais traitements, art. R. 654-1, p. 1040 ;
- sévices graves ou acte de cruauté, art. 521-1 et s., p. 958 ; art. R. 511-1, p. 1009 ;
- stage de sensibilisation à la prévention et à la lutte contre la maltraitance animale, art. 131-5-1, p. 195.

V. *Chien.*

Année :
- diffamation, C. com., art. L. 654-1, p. 1086.

Annulation du permis de conduire, art. 324-7, p. 730. – C. route, art. L. 235-1, p. 1980 ;
- atteintes à l'autorité de la justice pénale, art. 434-41, p. 910 ;
- atteintes à l'intégrité physique ou psychique, art. 222-44, p. 432 ;
- atteintes à la vie, art. 221-8, p. 374 ;
- peine correctionnelle, art. 131-6, p. 196.

Antiquaire, V. *Brocanteur.*

Apologie de crime, L. 29 juill. 1881, art. 24, p. 1715.

Appellations d'origine, Annexe 2, p. 1085.

Appels téléphoniques malveillants, art. 222-16, p. 397 ; art. 222-16 (nº 2), p. 398.

Application de la loi dans l'espace, art. 113-1 et s., p. 67 ;
- aéronefs, art. 113-4, p. 75 ; art. 113-11, p. 84 ;
- atteintes aux intérêts fondamentaux de la Nation, art. 113-10, p. 84 ;
- atteintes sexuelles sur mineur, art. 227-26 (nº 5), p. 618 ;
- compétence personnelle :
  - dénonciation officielle, art. 113-8, p. 80 ;
  - plainte préalable de la victime, art. 113-8, p. 80 ;
  - requête du ministère public, art. 113-8, p. 80.
- compétence réelle, art. 113-10, p. 84 ;
- compétence territoriale, art. 113-2, p. 67 ;
  - indivisibilité, art. 113-2 (nº 39), p. 72 ;
  - *non bis in idem*, art. 113-2 (nº 50), p. 73.
- complicité, art. 113-5, p. 75 ;
- extradition, art. 113-9, p. 82 ;
- haute mer, art. 113-12, p. 84 ;
- immigration illicite, art. 5, p. 86 ;
- infractions commises à l'étranger :
  - compétence personnelle active, art. 113-6, p. 76 ;
  - compétence personnelle passive, art. 113-7, p. 78 ;
  - double incrimination, art. 113-6 (nº 5), p. 76.
- intérêts financiers de l'Union européenne, art. 113-14, p. 87 ;
- internet, art. 113-2-1, p. 74 ;
- mandat d'arrêt européen, art. 113-9, p. 82 ;
- meurtre, art. 221-5-4, p. 347 ;
- navires, art. 113-3, p. 75 ;
- piraterie, art. 5, p. 86 ;
- pollution marine, art. 113-12 (nº 2), p. 85 ;
- proxénétisme, art. 225-11-2, p. 487 ;
- recours à la prostitution, art. 225-12-3, p. 489 ;
- stupéfiants, art. 113-12 (nºs 5 et s.), p. 85 ; art. 5, p. 86 ;
- terrorisme, art. 113-13, p. 87 ;
- tortures et actes de barbarie, art. 222-6-3, p. 379 ;
- traite des êtres humains, art. 225-4-8, p. 477 ;
- violences, art. 222-16-2 et s., p. 399.

Application de la loi dans le temps, art. 112-1 et s., p. 29 ;
- lois plus douces, art. 112-1 (nº 55), p. 38 ;
- lois plus sévères, art. 112-1 (nº 18), p. 33 ;
- lois relative à la compétence, art. 112-2 (nº 1), p. 53 ;
- lois relatives à l'exécution des peines, art. 112-2 (nº 38), p. 58 ;
- lois relatives à la procédure, art. 112-2 (nº 15), p. 55 ;
- prescription, art. 112-2 (nº 57), p. 61 ;
- validité des actes de procédure, art. 112-4, p. 66 ;
- voies de recours, art. 112-3, p. 65.

Apprentissage, Annexe 9, p. 2263.

Arbitre :
- corruption, art. 434-9, p. 894 ;
- menaces, art. 434-8, p. 894.

Archéologie, V. *Découverte archéologique.*

Archives :
- destructions, dégradations et détériorations, art. 322-3-1, p. 714 ;

- vol, art. 311-4-2, p. 639.

Armée :
- démoralisation, art. 413-4, p. 738 ;
- diffamation, L. 29 juill. 1881, art. 30, p. 1743 ;
- levée de forces armées, art. 412-7, p. 737 ;
- mercenaire, art. 436-1, p. 917 ;
- provocation à la désobéissance, art. 413-3, p. 738.

Armes, art. 421-1, p. 750 ;
- abandon dans un lieu public, art. R. 641-1, p. 1030 ;
- animal, art. 132-75, p. 311 ;
- armes chimiques, art. 461-23, p. 950 ;
- circonstance aggravante, art. 132-75, p. 311 ;
- par destination, art. 132-75, p. 311 ;
- interdiction de détenir, art. 131-16, p. 202 ;
- par nature, art. 132-75, p. 311 ;
- objets assimilés, art. 132-75, p. 311 ;
- port d'armes :
  - manifestation publique, CSI, art. L. 211-3, p. 381 ; art. L. 211-12, p. 381.
- trafic, art. 222-52 à 222-67, p. 437 et s.

V. *Confiscation, Usage d'une arme.*

Arrestation arbitraire, art. 432-4 et s., p. 840.

Arrêtés de police (violation des interdictions et manquement aux obligations), art. R. 610-5, p. 1013.

Assassinat, art. 221-3, p. 343 ; art. 221-5-1, p. 347 ; art. 221-5-3, p. 347.

Assistance médicale à la procréation, V. *Procréation médicalement assistée.*

Assistante sociale :
- secret professionnel (levée), art. 226-14, p. 579.

Assistantes maternelles, Annexe 3, p. 1289.

Association de malfaiteurs, art. 450-2 à 450-4, p. 946 ;
- crimes contre l'espèce humaine, art. 214-4, p. 338 ;
- crimes contre l'humanité, art. 212-3, p. 328 ;
- délit, art. 450-1, p. 943 ;
- non-justification de ressources ou ressources fictives, art. 321-6-1, p. 708 ;
- terrorisme, art. 421-2-1, p. 751.

Associations :
- abus de confiance, art. 314-2, p. 691 ;
- entrave à la liberté d'association, art. 431-1, p. 826 ;
- liberté de réunion et d'association, Charte des Droits fondamentaux de l'Union européenne 7 déc. 2000, art. 12, p. 1688. – CESDH 4 nov. 1950, art. 11, p. 1696 ;
- responsabilité pénale, art. 121-2 (nº 58), p. 107.

Associations de consommateurs, Annexe 2, p. 1085.

Assurances, Annexe 8, p. 1907. – C. assur., art. L. 113-3 et s., p. 2253 ;
- escroquerie, art. 313-1 (nº 40), p. 667.

Astreinte :
- dispense de peine avec injonction, art. 132-67, p. 306 ; art. 132-69, p. 307.

Atteintes à l'action de la justice, art. 434-1 à 434-28, p. 888 et s. ; art. 434-30 à 435-1, p. 908 et s. ;
- évasion, art. 434-29, p. 907.

Atteintes à l'administration publique, art. 433-1 et s., p. 868 ; art. 435-1 à 435-5, p. 913 et s. ; art. 435-7 à 435-10, p. 914 et s. ; art. 435-12 à 435-15, p. 916.

Atteintes à l'autorité de l'État, art. 431-1 et s., p. 826.

Atteintes à l'autorité de la justice, art. 434-24 et s., p. 902.

Atteintes à l'autorité parentale, art. 227-5 et s., p. 599.

Atteintes à la défense nationale, art. 413-1 à 413-11, p. 737 et s.

Atteintes à la dignité de la personne, art. 225-1 et s., p. 467 ;
- discrimination, art. 225-1 et s., p. 467 ;
- interdiction de détenir ou de porter une arme, art. 225-20, p. 497 ;
- interdiction du territoire français, art. 225-21, p. 498 ;
- peines complémentaires, art. 225-19 et 225-20, p. 497.

Atteintes à la dignité des victimes d'une infraction pénale, L. 29 juill. 1881, art. 39 *bis*, p. 1762 ; art. 39 *quinquies*, p. 1763.

Atteintes aux droits de la personne résultant des fichiers ou traitements informatiques, art. 226-16 et s., p. 583 ;
- fournisseur d'accès, art. 226-17-1, p. 584.

Atteintes à la filiation :
- affichage de la décision de condamnation, art. 227-30, p. 620 ;
- provocation ou entremise à l'abandon d'enfant, art. 227-12 et s., p. 604.

Atteintes aux intérêts fondamentaux de la Nation, art. 410-1 et s., p. 733 ;
- application de la loi dans l'espace, art. 113-10, p. 84.

Atteintes à l'inviolabilité du domicile, art. 432-8, p. 842.

Atteintes involontaires à l'intégrité de la personne :
- atteinte résultant d'un manquement délibéré à une obligation de sécurité ou de prudence, art. R. 625-3, p. 1021 ;
- ITT inférieure ou égale à trois mois, art. R. 625-2, p. 1021 ;
- ITT de plus de 3 mois, art. 222-19 et 222-19-1, p. 401 et s. ;
- récidive, art. 132-16-2, p. 271 ;
- sans ITT, art. R. 622-1, p. 1016 ;
- violation manifestement délibérée d'une obligation particulière de sécurité, art. 222-20, p. 403.

Atteintes involontaires à la vie, art. 221-6, p. 348.

Atteintes à la liberté d'accès et à l'égalité des candidats, V. *Marchés publics.*

Atteintes à la liberté des funérailles, art. 433-21-1 et 433-21-2, p. 887.

Atteintes à la liberté individuelle, art. 432-4 et s., p. 840.

Atteintes aux mineurs et à la famille, art. 227-1, p. 588 ;
- délaissement de mineur, art. 227-1 et s., p. 588 ;
- interdiction de quitter le territoire, art. 227-29, p. 619 ;
- peines complémentaires, art. 227-29, p. 619.

Atteintes à la monnaie :
- acceptation, détention, utilisation de signe monétaire non autorisé, art. R. 642-2, p. 1030 ;
- refus des pièces de monnaie ou billets de banque ayant cours légal, art. R. 642-3, p. 1031 ;
- utilisation comme support de publicité des pièces de monnaie ou billets de banque, art. R. 642-4, p. 1031.

Atteintes à la paix publique, art. 431-1 et s., p. 826 ; art. R. 431-1 et s., p. 1007.

Atteintes à la personnalité, art. 226-1, p. 500 ;
- interdiction de détenir ou de porter une arme, art. 226-31, p. 588 ;

- peines complémentaires, art. 226-31, p. 588 ;
- plainte préalable de la victime, art. 226-6, p. 559.

Atteintes à la personne résultant de l'étude génétique de ses caractéristiques ou de l'identification par ses empreintes génétiques, art. 226-25 et s., p. 587.

Atteintes à la présomption d'innocence, L. 29 juill. 1881, art. 29 (nº 31), p. 1735.

Atteintes à la représentation de la personne :
- consentement (défaut de), art. 226-8 et s., p. 560 ;
- image d'une personne, art. 226-8 et s., p. 560.

Atteintes au respect dû aux morts, art. 225-17, p. 496.

Atteintes au secret des correspondances, art. 226-15 et s., p. 581 ; art. 432-9, p. 843 ; art. 715-2, p. 971 ; art. 725-2, p. 974.

Atteintes au secret de la défense nationale, art. 413-9 et s., p. 739 ; art. R. 413-6, p. 1006.

Atteintes au secret professionnel :
- définition, art. 226-13 et s., p. 570 ;
- exclusions, art. 226-14, p. 579 ;
- justification, art. 226-13 (nº 66), p. 578.

Atteintes à la sécurité des forces armées, art. 413-1, p. 737 ;
- accès sans autorisation à un terrain ou un engin militaire, art. R. 644-1, p. 1032 ;
- dessins, levés ou enregistrements dans une zone interdite, art. R. 645-2, p. 1035 ;
- zones protégées, art. R. 413-1 et s., p. 1005.

Atteintes aux services spécialisés de renseignements, art. 413-13, p. 740.

Atteintes sexuelles :
- non-dénonciation, art. 434-3 et s., p. 889 ;
- récidive, art. 132-16-1, p. 271 ;
- traite des êtres humains, art. 225-4-1, p. 475.

Atteintes sexuelles sur mineur, art. 227-25, p. 616 ; art. 227-27, p. 618 ;
- circonstances aggravantes, art. 227-26, p. 617 ;
- compétence personnelle active, art. 227-27-1, p. 618 ;
- déchéance ou retrait de l'exercice de l'autorité parentale, art. 227-27-3, p. 618 ;
- définition, art. 227-27, p. 618 ;
- hors agression sexuelle, art. 227-25, p. 616 ;
- inceste, art. 227-27-2-1, p. 618 ;
- suivi socio-judiciaire, art. 227-31, p. 620 ;
- tentative, art. 227-27-2, p. 618.

Atteintes aux systèmes de traitement automatisé de données, art. 323-1 et s., p. 721.

Atteintes à la vie privée :
- caractère sexuel (aggravation), art. 226-2-1, p. 506 ;
- consentement (défaut de), art. 226-1, p. 500 ;
- définition, art. 226-1, p. 500 ;
- dispositifs techniques, art. R. 226-1 et s., p. 994 ;
- fichiers ou traitements informatiques, art. 226-3, p. 506 ;
- *revenge porn*, art. 226-2-1, p. 506.

Atteintes volontaires à l'intégrité de la personne :
- images relatives à la commission des infractions., art. 222-33-3, p. 427 ;
- ITT inférieure ou égale à huit jours, art. R. 625-1, p. 1021 ;
- menaces, art. R. 623-1, p. 1017 ;
- récidive, art. 132-16-4, p. 271 ;
- sans ITT, art. R. 624-1, p. 1019 ;
- tortures et actes de barbarie, art. 222-1 et s., p. 377.

V. *Violences.*

Atteintes volontaires à la vie, art. 221-1 et s., p. 339 ; V. *Assassinat, meurtre, empoisonnement, Violences.*

Attentat, art. 412-1 et s., p. 736 ; V. *Terrorisme.*

Attentat à la pudeur, art. 222-27 et 222-28, p. 416 et s. ; art. 227-25, p. 616 ;
- atteintse sexuelles sur mineur, art. 227-27, p. 618.

Atténuation de peine, art. 312-6-1, p. 651 ;
- assassinat, art. 221-5-3, p. 347 ;
- atteintes à l'action de la justice, art. 435-11-1, p. 915 ;
- atteintes à l'administration publique, art. 435-6-1, p. 914 ;
- corruption et trafic d'influence, art. 432-11-1, p. 850 ; art. 433-2-1, p. 871 ;
- empoisonnement, art. 221-5-3, p. 347 ;
- entraves à l'exercice de la justice, art. 434-9-2, p. 895 ;
- tortures et actes de barbarie, art. 222-6-2, p. 379 ;
- trafic de stupéfiants, art. 222-43, p. 431 ;
- vol, art. 311-9-1, p. 642 ; art. 324-6-1, p. 730.

Attroupement, art. 431-3, p. 827. – CSI, art. L. 211-9 et s., p. 828 ; art. 431-4 à 431-6, p. 831 ; art. R. 431-1, p. 1007.

Audiovisuel, Annexe 6, p. 1703 ; L. 29 juill. 1982, p. 1783 ;
- atteinte aux intérêts fondamentaux de la Nation, art. 412-8, p. 737 ; art. 413-3 et 413-4, p. 738 ;
- atteintes à la vie privée, art. 226-2, p. 505 ;
- droit de réponse, L. 29 juill. 1982, art. 6, p. 1783 ; D. 6 avr. 1987, p. 1787 ;
- message violent ou pornographique, art. 227-24, p. 614 ;
- provocation au suicide, art. 223-15, p. 455 ;
- rébellion, art. 433-10, p. 880 ;
- terrorisme :
  - ▶ provocation ou apologie, art. 421-2-5, p. 753.

Auteur de l'infraction, art. 121-4, p. 125 ; art. 121-6, p. 136 ;
- assimilation avec le complice, art. 121-4 (nº 64), p. 131 ;
- auteur direct, art. 121-3, p. 111 ;
- auteur indirect, art. 121-3, p. 111 ;
- auteur moral, art. 121-4 (nº 62), p. 130.

Autorisation de la loi :
- causes d'irresponsabilité ou d'atténuation de la responsabilité, art. 122-4, p. 168 ;
- crimes contre l'humanité (exclusion), art. 213-4, p. 336.

Autorité des normes comptables, C. mon. fin., art. L. 511-35, p. 1247.

Autorité parentale :
- atteintes à l'autorité parentale, art. 227-5 et s., p. 599 ;
- déchéance, art. 221-5-5, p. 347 ; art. 222-31-2, p. 419 ; art. 222-48-2, p. 435 ;
- déchéance ou retrait de l'exercice :
  - ▶ atteintes sexuelles incestueuses sur mineur, art. 227-27-3, p. 618.
- recherche biomédicale, art. 223-8, p. 453.

Aviation civile, Annexe 8, p. 1907.

Avocat :
- destructions, dégradations et détériorations, art. 322-3, p. 713 ;
- immunité de la défense, L. 29 juill. 1881, art. 41, p. 1763 ;
- menaces, art. 433-3, p. 871 ; art. 434-8, p. 894 ;

- meurtre, art. 221-4, p. 343 ;
- secret professionnel, art. 226-13, p. 570 ;
- tortures et actes de barbarie, art. 222-3, p. 378 ;
- violences, art. 222-8, p. 381 ; art. 222-12 et 222-13, p. 388 et s.

Avortement, Annexe 7, p. 1803. – CSP, art. L. 2212-1 et s., p. 1854 ;
- consentement (défaut de), art. 223-10 et s., p. 454.

V. *Interruption illégale de grossesse, Interruption volontaire de grossesse.*

B

Bande organisée, art. 132-71, p. 308 ; art. 222-14-1, p. 394 ; art. 222-35, p. 428 ; art. 311-9, p. 641 ; art. 312-6-1, p. 651 ; art. 313-2, p. 674 ; art. 321-2, p. 698 ; art. 322-8, p. 718 ; art. 323-4-1, p. 723 ; art. 324-2, p. 729 ; art. 434-30, p. 908 ; art. 442-2, p. 935 ;
- aide à l'entrée et au séjour irréguliers :
  - étrangers (ancien), CESEDA (ancien), art. L. 622-5, p. 1556.
- conditions de travail contraires à la dignité :
  - étrangers (ancien), CESEDA (ancien), art. L. 622-5 (nº 3), p. 1557.
- corruption de mineur, art. 227-22, p. 608 ;
- crimes contre l'espèce humaine, art. 214-3, p. 338 ;
- détournement d'un moyen de transport, art. 224-6-1, p. 465 ;
- enlèvement, art. 224-5-2, p. 465 ;
- exploitation de l'image d'un mineur, art. 227-23, p. 609 ;
- exploitation de la mendicité, art. 225-12-7, p. 489 ;
- exploitation de la vente à la sauvette, art. 225-12-10, p. 490 ;
- mariage (fraude) :
  - étrangers (ancien), CESEDA (ancien), art. L. 623-1, p. 1558.
- meurtre, art. 221-4, p. 343 ;
- proxénétisme, art. 225-8, p. 484 ;
- séquestration, art. 224-5-2, p. 465 ;
- tortures ou actes de barbarie, art. 222-4, p. 379 ;
- traite des êtres humains, art. 225-4-3, p. 477.

Banque, Annexe 2, p. 1085 ;
- changes, Annexe 2, p. 1085 ;
- chèque et carte de paiement, Annexe 2, p. 1085 ;
- crédit, Annexe 2, p. 1085 ;
- démarchage, Annexe 2, p. 1085. – C. mon. fin., art. L. 341-1 et s., p. 1267 ;
- faux, art. 441-1 (nºs 9 et s.), p. 919.

Banque mutualiste ou coopérative :
- offre au public de titres financiers, C. mon. fin., art. L. 512-1, p. 1248.

Banque postale, C. mon. fin., art. L. 518-25, p. 1251.

Banqueroute, Annexe 2, p. 1085. – C. com., art. L. 654-1 et s., p. 1086.

Banquier :
- usage irrégulier de qualité, art. 433-18, p. 886.

Barbarie (actes de), V. *Tortures et actes de barbarie.*

Bases de données :
- atteintes à la vie privée, art. 226-3, p. 506.

Bateau, V. *Navires, Piraterie.*

Bibliothèques publiques :
- destructions, dégradations et détériorations, art. 322-3-1, p. 714 ;
- vol, art. 311-4-2, p. 639.

Bicyclettes, Annexe 2, p. 1085.

Bigamie, art. 433-20, p. 887.

Billets de banque :
- acceptation, détention, usage de signes monétaires destinés à remplacer les billets, art. R. 642-2, p. 1030 ;
- falsification et contrefaçon, art. 442-1 et s., p. 934 ;
- refus de recevoir les billets ayant cours légal, art. R. 642-3, p. 1031 ;
- refus de restitution de faux billets, art. R. 645-9, p. 1037 ;
- usage comme support de publicité, art. R. 642-4, p. 1031.

Billets de spectacle, art. 313-6-2, p. 678.

Bioéthique, art. 511-1 et s., p. 953 ;
- crimes contre l'espèce humaine, art. 214-1 et s., p. 338 ;
- empreintes génétiques, art. 226-25 et s., p. 587 ;
- expérimentation sur la personne humaine, art. 223-8, p. 453.

Bizutage :
- définition, art. 225-16-1 et s., p. 495 ;
- discrimination, art. 225-1-2, p. 468.

Blanchiment des capitaux, art. 222-38, p. 429 ; art. 321-6, p. 707 ; art. 324-1 et s., p. 725 ;
- terrorisme, art. 421-1, p. 750.

Blessures et homicides involontaires, art. 221-6 (nº 111), p. 371 ; V. *Atteintes involontaires à la vie et atteintes involontaires à l'intégrité de la personne.*

Blessures ou lésions :
- involontaires :
  - ITT inférieure ou égale à 3 mois, art. R. 625-2, p. 1021 ;
  - sans ITT, art. R. 622-1, p. 1016.
- résultant d'un manquement délibéré à une obligation de sécurité ou de prudence, art. R. 625-3, p. 1021 ;
- volontaires :
  - ITT inférieure ou égale à huit jours, art. R. 625-1, p. 1021 ;
  - sans ITT, art. R. 624-1, p. 1019.

Boissons, Annexe 7, p. 1803 ;
- filouterie, art. 313-5, p. 675 ;
- provocation de mineur à la consommation d'alcool, art. 227-19, p. 607.

Bombes, V. *Explosifs.*

Bourse, Annexe 2, p. 1085.

Bracelet électronique, V. *Placement sous surveillance électronique.*

Bris de scellés, art. 434-22, p. 900.

Brocanteur, art. 321-7 et 321-8, p. 708 et s. ;
- réglementation de l'activité de vente et échange d'objets, art. R. 321-1 et s., p. 1001 ; art. R. 633-1 et s., p. 1026 ;
  - déclaration, art. R. 321-1 et R. 321-2, p. 1001 et s. ; art. R. 633-1 et s., p. 1026 ;
  - non-respect de la réglementation, art. R. 635-3 à R. 635-5, p. 1029 ; art. R. 635-7, p. 1029 ;
  - registre, art. R. 321-3 à R. 321-8, p. 1002 et s.

- réglementation des manifestations de vente et échange d'objets, art. R. 321-9 et s., p. 1003 ;
  - ▶ non-respect de la réglementation, art. R. 633-5, p. 1026 ;
  - ▶ registre, art. R. 321-9 à R. 321-12, p. 1003.

Bruits :
- appels téléphoniques malveillants, art. 222-16, p. 397 ;
- bruits ou tapages injurieux ou nocturnes, art. R. 623-2, p. 1018.

Burqa, V. *Dissimulation du visage.*

C

Cadavre :
- atteinte à l'intégrité, art. 225-17 et s., p. 496 ;
- prélèvements à des fins scientifiques, art. 511-5-1, p. 954 ;
- recel de cadavre, art. 434-7, p. 893.

Caisses de Crédit municipal, C. mon. fin., art. L. 514-1, p. 1249.

Caractéristiques génétiques :
- discrimination, art. 225-1, p. 467.

Carburants :
- filouterie, art. 313-5, p. 675.

Carte grise, V. *Circulation routière.*

Carte de paiement, Annexe 2, p. 1085 ;
- interdiction d'utiliser, art. 131-6, p. 196 ; art. 131-14, p. 202 ; art. 131-16, p. 202 ; art. 131-20, p. 203 ; art. 131-39, p. 235 ; art. 131-42, p. 236 ;
- restitution, art. 131-20, p. 203.

Casier judiciaire :
- dispense de peine, art. 132-59, p. 303.

Castration, art. 221-6, p. 348 ;
- assassinat, art. 221-3, p. 343 ;
- meurtre, art. 221-4, p. 343 ;
- tortures et actes de barbarie, art. 222-1 et s., p. 377.

Causes d'irresponsabilité ou d'atténuation de la responsabilité :
- autorisation de la loi, art. 122-4, p. 168 ;
- commandement de l'autorité légitime, art. 122-4, p. 168 ;
- contrainte, art. 122-2, p. 157 ;
- crimes contre l'humanité (exclusion), art. 213-4, p. 336 ;
- droits de la défense, art. 122-4 (n° 49), p. 178 ;
- droits fondamentaux, art. 122-4 (n°s 49 et s.), p. 178 ;
- erreur sur le droit, art. 122-3, p. 163 ;
- état de nécessité, art. 122-7, p. 184 ;
- lanceur d'alerte, art. 122-9, p. 189 ;
- légitime défense, art. 122-5 et 122-6, p. 180 et s. ;
- liberté d'expression, art. 122-4 (n°s 51 et s.), p. 179 ;
- mineurs, art. 122-8, p. 188 ; art. 122-8 (fut.), p. 188 ;
- ordre de la loi, art. 122-4, p. 168 ;
- trouble psychique ou neuropsychique, art. 122-1 et s., p. 148.

Cellules souches embryonnaires :
- conservation sans autorisation :
  - ▶ peine, art. 511-19-2, p. 956.
- exportation ou importation sans autorisation :
  - ▶ peine, art. 511-19-3, p. 957.

Changement de domicile ou de résidence :
- abandon de mineur, art. 227-4 et s., p. 595 ;
- sursis avec mise à l'épreuve (anc.), art. 132-44, p. 295 ;
- sursis probatoire, art. 132-44, p. 295.

Changement de nom, art. 433-19, p. 886.

Changes, Annexe 2, p. 1085.

Chantage, art. 312-10 et s., p. 652 ;
- récidive, art. 132-16, p. 270.

Charte des droits fondamentaux, Annexe 5, p. 1683.

Chef d'entreprise :
- responsabilité pénale, art. 121-1 (n° 33), p. 91.

Chef de l'État :
- diffamation, L. 29 juill. 1881, art. 31, p. 1745.

Chemins de fer, Annexe 8, p. 1907.

Chèque, Annexe 2, p. 1085 ;
- interdiction d'émettre, art. 131-6, p. 196 ; art. 131-14, p. 202 ; art. 131-16 et 131-17, p. 202 et s. ; art. 131-19, p. 203 ; art. 131-39, p. 235 ; art. 131-42 et 131-43, p. 236 et s. ; art. 131-48, p. 237.

Chèques d'accompagnement personnalisé, Annexe 2, p. 1085.

Chien :
- agression, art. 221-6-2, p. 373 ; art. 222-19-2, p. 402 ; art. 222-20 (n° 3), p. 403 ; art. 222-20-2, p. 404 ;
- blessures involontaires, art. 222-19-2, p. 402 ; art. 222-20 (n° 3), p. 403 ; art. 222-20-2, p. 404.

Chose jugée, art. 112-1, p. 29.

Cinéma, Annexe 6, p. 1703.

Cinémomètre, C. route, art. L. 121-1 (n° 3), p. 1922 ; art. L. 413-3, p. 2030 ; art. R. 413-16 (n° 5), p. 2217.

Circonstances aggravantes :
- armes, art. 132-75, p. 311 ;
- bande organisée, art. 132-71 et s., p. 308 ;
- complice, art. 121-7 (n° 97), p. 146 ;
- conjoint, art. 132-80, p. 314 ;
- cryptologie, art. 132-79, p. 314 ;
- discrimination, art. 132-76 et 132-77, p. 312 ;
- effraction, art. 132-73, p. 310 ;
- escalade, art. 132-74, p. 311 ;
- guet-apens, art. 132-71-1, p. 310 ;
- orientation sexuelle de la victime, art. 132-77, p. 312 ;
- préméditation, art. 132-72, p. 310.

Circonstances atténuantes, V. *Causes d'irresponsabilité ou d'atténuation de la responsabilité.*

Circulation (entrave à la libre circulation sur la voie publique), art. R. 644-2, p. 1033.

Circulation routière, Annexe 8, p. 1907. – C. route, art. L. 121-1 (n° 3), p. 1922 ; art. L. 121-2 et L. 121-3, p. 1922 et s. ; art. L. 221-2 et L. 221-2-1, p. 1947 et s. ;
- accidents de la route, art. 221-6-1, p. 372 ; art. 222-19-1 et 222-20-1, p. 402 et s. ; art. 223-2 (n° 28), p. 444 ;
  - ▶ indemnisation, C. route, art. 1er et s., p. 1933.
- agents verbalisateurs, C. route, art. L. 130-4 et s., p. 1934 ;
- aire piétonne, C. route, art. R. 110-2, p. 2033 ; art. R. 411-3, p. 2193 ;
- alcoolémie, C. route, art. L. 234-1, p. 1969 ; art. L. 234-3 et s., p. 1970 ; art. R. 234-4, p. 2084 ;
  - ▶ dépistage, C. route, art. L. 234-9 et s., p. 1974.
- amende forfaitaire, C. route, art. L. 121-4, p. 1928 ; art. 529-7 et s., p. 1929 ; art. L. 321-1, p. 1993 ;
- animaux, C. route, art. R. 412-44 et s., p. 2212 ;

- arrêt, C. route, art. R. 417-1 et s., p. 2229 ;
- assurance, C. route, art. L. 324-1 et s., p. 1997 ; art. L. 327-1 et s., p. 2004 ; art. R. 324-1, p. 2152. – C. assur., art. L. 113-3 et s., p. 2253 ;
- autoroutes, C. route, art. R. 421-1 et s., p. 2235 ;
- avertisseurs, C. route, art. R. 416-1 et s., p. 2225 ;
- barrières de dégel, C. route, art. R. 411-20, p. 2197 ;
- casque (port du), C. route, art. L. 431-1, p. 2031 ;
- ceinture de sécurité, C. route, art. R. 412-1 et s., p. 2200 ;
- communication irrégulière d'informations, C. route, art. L. 225-8, p. 1963 ;
- conduite en état d'ivresse, C. route, art. L. 224-1 et s., p. 1956 ; art. L. 234-1 et s., p. 1969 ; art. R. 234-1 et s., p. 2082 ;
  - ▶ dépistage, C. route, art. L. 234-3 et s., p. 1970 ; art. L. 234-4 (nº 5), p. 1972 ; art. L. 234-8 (nº 3), p. 1974 ; art. L. 234-14 (nº 7), p. 1976 ;
  - ▶ éthylotest, C. route, art. L. 234-3 et s., p. 1970 ; art. L. 234-4 (nº 5), p. 1972 ; art. L. 234-8 (nº 3), p. 1974 ; art. L. 234-14 (nº 7), p. 1976.
- conduite malgré annulation ou suspension du permis de conduire, C. route, art. L. 224-16 (nº 3), p. 1959 ;
- confiscation du véhicule, C. route, art. L. 234-12, p. 1975 ;
- consignation, C. route, art. L. 121-4, p. 1928 ;
- constatation des infractions, C. route, art. L. 130-1 et s., p. 1934 ; art. R. 130-1 et s., p. 2035 ;
- contrôle technique, C. route, art. L. 323-1, p. 1996 ; art. R. 323-1 et s., p. 2145 ;
- courses de véhicules, C. route, art. L. 411-7, p. 2029 ; art. R. 411-29 et s., p. 2199 ;
- croisements, C. route, art. R. 414-1 et s., p. 2219 ;
- cyclistes, C. route, art. R. 431-9 et s., p. 2240 ;
- cyclomoteurs, C. route, art. R. 431-1 et s., p. 2239 ;
- délit de fuite, art. 434-10, p. 895. – C. route, art. L. 231-1 et s., p. 1964 ;
- dépassements, C. route, art. R. 414-4 et s., p. 2220 ;
- destruction de véhicule, C. route, art. R. 322-9 et s., p. 2143 ;
- distance entre véhicule, C. route, art. L. 412-2, p. 2030 ; art. R. 412-12, p. 2205 ;
- éclairage, C. route, art. R. 416-4 et s., p. 2226 ;
- émissions polluantes, C. route, art. R. 318-1 et s., p. 2131 ;
- engins de service hivernal, C. route, art. R. 311-1, p. 2095 ;
- enseignement de la conduite, C. route, art. L. 212-1 et s., p. 1942 ;
- entraves à la circulation, C. route, art. L. 412-1, p. 2029 ;
- équipements, C. route, art. R. 412-1 et s., p. 2200 ;
- éthylotests, C. route, art. L. 234-15, p. 1979 ; art. L. 234-17, p. 1980 ;
- excès de vitesse, C. route, art. R. 413-14, p. 2215 ;
- expert en automobile, C. route, art. L. 326-1 et s., p. 2002 ; art. R. 326-1 et s., p. 2164 ;
- fourrière, C. route, art. L. 325-1 et s., p. 1998 ; art. R. 325-12 et s., p. 2156 ;
- freinage, C. route, art. R. 315-1 et s., p. 2121 ;
- gabarit des véhicules, C. route, art. R. 312-10, p. 2105 ;
- homicide – blessures involontaires, art. 221-6 (nº 37), p. 354 ;
- immatriculation, C. route, art. L. 317-2 et s., p. 1991 ; art. R. 317-8 et s., p. 2126 ; art. R. 322-1 et s., p. 2139 ;
- immobilisation de véhicule, C. route, art. L. 325-1 et s., p. 1998 ; art. R. 325-2, p. 2153 ;
- imprégnation alcoolique, C. route, art. L. 234-1 et s., p. 1969 ;
- interdiction de circulation, C. route, art. R. 411-18, p. 2196 ; art. R. 412-16, p. 2205 ;
- intersections de routes, C. route, art. R. 415-1 et s., p. 2222 ;
- ligne continue, C. route, art. R. 412-19 et s., p. 2206 ; art. R. 414-11 et s., p. 2221 ;
- maire (pouvoir de police), C. route, art. L. 2213-1 et s., p. 2022 ;
- maire (pouvoirs de police), C. route, art. R. 411-3 et s., p. 2193 ;
- modification du système de limitation de vitesse, C. route, art. L. 317-1, p. 1990 ;
- motocyclettes, C. route, art. R. 311-1, p. 2095 ;
- neige, C. route, art. R. 412-25, p. 2207 ; art. R. 414-17, p. 2222 ;
- nuisances, C. route, art. R. 318-1 et s., p. 2131 ;
- omission d'obtempérer à une sommation de s'arrêter, C. route, art. L. 233-1, p. 1967 ;
- permis de conduire :
  - ▶ délivrance – catégories, C. route, art. L. 221-1 et s., p. 1947 ; art. R. 221-1 et s., p. 2055 ;
  - ▶ rétention – suspension – annulation, C. route, art. L. 224-1 et s., p. 1956 ; art. L. 234-13, p. 1975.
- piétons, C. route, art. R. 412-34 et s., p. 2209 ;
- plaques d'immatriculation, C. route, art. L. 317-2, p. 1991 ; art. L. 317-4-1, p. 1991 ;
- pneumatiques, C. route, art. R. 314-1 et s., p. 2120 ;
- points (permis à), C. route, art. L. 223-1 et s., p. 1950 ; art. L. 231-3, p. 1964 ; art. L. 232-3, p. 1967 ; art. R. 223-1 et s., p. 2069 ;
- ponts, C. route, art. R. 422-4, p. 2238 ;
- président du conseil général (pouvoirs de police), C. route, art. L. 3221-4 et s., p. 2027 ;
- priorité de passage, C. route, art. R. 415-1 et s., p. 2222 ;
- quadricycles à moteur, C. route, art. R. 311-1, p. 2095 ;
- refus de se soumettre à des vérifications, C. route, art. L. 233-2, p. 1968 ;
- remorques, C. route, art. R. 317-18 et s., p. 2128 ;
- responsabilité pénale, C. route, art. L. 121-1, p. 1922 ;
- restitution de permis de conduire suite à annulation ou suspension, C. route, art. L. 224-17 (nº 5), p. 1961 ;
- rétention du permis de conduire, C. route, art. R. 224-1 et s., p. 2073 ;
- rétention du véhicule, C. route, art. L. 121-4, p. 1928 ;
- signalisation routière, C. route, art. R. 411-25 et s., p. 2198 ;
- signalisation au sol, C. route, art. R. 412-19 et s., p. 2206 ;
- signalisation des véhicules, C. route, art. R. 313-14 et s., p. 2114 ; art. R. 416-4 et s., p. 2226 ;
- stationnement, C. route, art. R. 412-49, p. 2212. – C. route, art. R. 417-1 et s., p. 2229 ;
- stupéfiants, C. route, art. L. 235-1 et s., p. 1980. – C. route, art. R. 235-1 et s., p. 2085 ;
- taux d'alcoolémie, C. route, art. L. 234-1, p. 1969 ; art. L. 234-14 (nºs 1 et s.), p. 1976 ; art. R. 234-1, p. 2082 ;
- téléphone (usage), C. route, art. R. 412-6-1, p. 2201 ;
- transports exceptionnels, C. route, art. R. 433-1 et s., p. 2242 ;

- troubles à la circulation, C. route, art. R. 412-51, p. 2213 ;
- véhicule :
  ▶ réception – homologation, C. route, art. L. 321-1 et s., p. 1993 ; art. R. 321-1 et s., p. 2133.
- véhicules agricoles, C. route, art. R. 311-1 et s., p. 2095 ;
- vitesse, C. route, art. L. 413-1, p. 2030 ; art. R. 317-1, p. 2124 ; art. R. 413-1 et s., p. 2213 ;
  ▶ conducteur, C. route, art. L. 121-1 (nº 1), p. 1922.
- voies ferrées sur route, C. route, art. R. 422-3, p. 2238 ;
- voiture à bras, C. route, art. R. 313-23, p. 2117 ;
- zone 30, C. route, art. R. 411-4, p. 2193.

Classification des infractions, art. 111-1, p. 3 ; art. R. 610-1 et s., p. 1013.

Clonage, art. 214-2, p. 338 ; art. 511-1 à 511-1-2, p. 953 ; art. 511-17 à 511-18-1, p. 956.

CNIL, V. *Commission nationale de l'informatique et des libertés.*

Code des étrangers :
- dispositions applicables à compter du 1er mai 2021, Ord. 16 déc. 2020, art. 20, p. 1380 ;
- dispositions applicables jusqu'au 1er mai 2021, CESEDA (ancien) p. 1470.

Code des étrangers (ancien) :
- champ d'application, CESEDA (ancien), art. L. 111-2, p. 1470 ; art. L. 111-4, p. 1471.

Code des étrangers (nouveau), Code de l'entrée et du séjour des étrangers et du droit d'asile (nouveau) p. 1380 ;
- champ d'application, Code de l'entrée et du séjour des étrangers et du droit d'asile (nouveau), art. L. 110-2, p. 1380.

Collectivités territoriales :
- responsabilité pénale, art. 121-2, p. 99 ; art. 221-6 (nº 83), p. 366 ;
  ▶ applications, art. 121-2 (nº 7), p. 100.

Combats de coqs, art. 521-1, p. 958.

Comité consultatif de la législation et de la réglementation financière, C. mon. fin., art. L. 511-35, p. 1247.

Commandement de l'autorité légitime, art. 122-4, p. 168 ; art. 462-8, p. 952 ;
- crimes contre l'humanité (exclusion), art. 213-4, p. 336.

Commencement d'exécution, art. 121-5, p. 132 ; V. *Tentative.*

Commerce, Annexe 2, p. 1085.

Commissaire aux comptes, C. com., art. L. 820-7 (nos 92 et s.), p. 1110.

Commission d'infraction à raison de la race, la religion ou l'orientation sexuelle, art. 311-4, p. 638 ; art. 312-2, p. 650.

Commission nationale de l'informatique et des libertés :
- atteinte à la vie privée, art. 226-3, p. 506 ;
- entrave à l'action de la, art. 226-22-2, p. 586.

Communication audiovisuelle, V. *Audiovisuel.*

Communications électroniques, Annexe 6, p. 1703 ;
- corruption de mineur, art. 227-22, p. 608 ;
- pédopornographie, art. 227-23, p. 609 ;
- propositions sexuelles à un mineur, art. 227-22-1, p. 609.

Compagnie financière :
- comptes sociaux et documents comptables, C. mon. fin., art. L. 511-35, p. 1247.

Compétence universelle :
- Crimes contre l'humanité, art. 212-3 (nº 8), p. 330. – CPP, art. 689-11, p. 330 ;
- Génocide, art. 211-1 (nº 1), p. 325.

Complicité :
- application de la loi dans l'espace, art. 113-2 (nº 48), p. 73 ; art. 113-5, p. 75 ;
- application de la loi française, art. 113-1, p. 67 ;
- atteintes volontaires à l'intégrité de la personne, art. 222-33-3, p. 427 ; art. R. 624-1, p. 1019 ;
- concours :
  ▶ *non bis in idem*, art. 121-7 (nº 108), p. 147.
- contravention, art. R. 610-2, p. 1013 ;
- crimes de guerre, art. 462-7, p. 952 ;
- définition, art. 121-6 et 121-7, p. 136 ;
- disparition forcée, art. 221-13, p. 376 ;
- immunités familiales, art. 311-12 (nº 11), p. 644 ;
- organisation frauduleuse de l'insolvabilité, art. 314-8, p. 697 ;
- peine justifiée, art. 121-7 (nos 111 et s.), p. 148 ;
- personnes morales, art. 121-2, p. 99.

Complot, art. 412-2, p. 736 ; art. 414-3, p. 749.

Comptable public :
- détournement, art. 432-15, p. 864.

Comptes sociaux, C. mon. fin., art. L. 511-35, p. 1247.

Concerts, art. 313-6-2, p. 678.

Concierge, V. *Gardien d'immeuble.*

Concours d'infractions, art. 132-2 et s., p. 243 ;
- réhabilitation, art. 133-15, p. 321 ;
- relèvement de peine, art. 132-6, p. 256.

Concubin :
- ordonnance de protection, C. civ., art. 515-13, p. 599.

V. *Conjoint.*

Concurrence, Annexe 2, p. 1085. – C. com., art. L. 410-1 et s., p. 1190.

Concussion, art. 432-10, p. 844.

Condamnations :
- par contumace, art. 133-5, p. 316 ;
- effacement, art. 133-1 et s., p. 315 ;
- juridictions pénales d'un État membre de l'Union européenne, art. 132-23-1 et s., p. 287 ; art. 133-16-1, p. 322.

Conditions d'exercice, Annexe 7, p. 1803.

Conditions de travail ou d'hébergement contraires à la dignité de la personne :
- confiscation, art. 225-26, p. 499 ;
- étrangers, art. 225-15-1, p. 495 ;
- fonds de commerce, art. 225-16, p. 495 ;
- infraction de, art. 225-14 et s., p. 491 ;
- interdiction d'acquérir un bien immobilier, art. 225-26, p. 499 ;
- mineurs, art. 225-15-1, p. 495 ;
- traite des êtres humains, art. 225-4-1, p. 475.

Confiscation, art. 227-33, p. 620 ; art. 450-5, p. 946 ;
- d'un animal, art. 131-16, p. 202 ; art. 131-21-1, p. 214 ; art. 131-39, p. 235 ; art. 131-43, p. 237 ; art. R. 131-50 et R. 131-51, p. 990 ;

- d'armes, art. 131-6, p. 196 ; art. 131-14, p. 202 ; art. 131-16, p. 202 ;
- biens appartenant au condamné, art. 131-21, p. 204 ;
- biens susceptibles de restitution, art. 131-21, p. 204 ;
- de la chose qui a servi à commettre l'infraction, art. 131-6, p. 196 ; art. 131-14, p. 202 ; art. 131-16, p. 202 ; art. 131-21, p. 204 ; art. 131-42 et 131-43, p. 236 et s. ; art. 131-48, p. 237 ;
- contenu et modalités d'application, art. 131-21, p. 204 ;
- décès du condamné, art. 133-1, p. 315 ;
- dissolution de la personne morale, art. 133-1, p. 315 ;
- droits incorporels, art. 131-21, p. 204 ;
- droits du propriétaire de bonne foi, art. 131-21, p. 204 ;
- facultative, art. 131-21, p. 204 ;
- fausse monnaie, art. 442-16, p. 937 ;
- objets dangereux ou nuisibles, art. 131-21, p. 204 ; art. 132-58, p. 303 ;
- peine complémentaire, art. 131-10, p. 200 ;
- de plein droit, art. 131-21, p. 204 ; art. 131-39, p. 235 ;
- presse, art. 131-14, p. 202 ;
- du produit de l'infraction, art. 131-6, p. 196 ; art. 131-14, p. 202 ; art. 131-16, p. 202 ; art. 131-21, p. 204 ;
- sursis probatoire, art. 132-45, p. 296 ;
- d'un véhicule, art. 131-6, p. 196 ; art. 131-21, p. 204.

Conflit armé, V. *Guerre*.

Confusion des peines, art. 132-4 et s., p. 250 ;
- condamnation prononcée par les juridictions pénales d'un État membre de l'Union européenne, art. 132-23-1, p. 287.

Conjoint :
- abandon de famille, art. 227-3, p. 589 ;
- agression sexuelle, art. 222-28, p. 417 ;
- bigamie, art. 433-20, p. 887 ;
- circonstance aggravante, art. 132-80, p. 314 ;
- destructions, dégradations et détériorations, art. 322-3, p. 713 ;
- harcèlement, art. 222-33-2-1, p. 426 ;
- immunités familiales, art. 311-12, p. 642 ; art. 312-9, p. 652 ; art. 312-12, p. 656 ; art. 313-3, p. 675 ; art. 314-4, p. 692 ; art. 434-6, p. 892 ; art. 434-11, p. 896 ;
- insolvabilité frauduleuse, art. 314-7 et s., p. 695 ;
- menaces, art. 222-18-3, p. 401 ;
- meurtre, art. 221-4, p. 343 ;
- ordonnance de protection, C. civ., art. 515-13, p. 599 ;
- tortures et actes de barbarie, art. 222-3, p. 378 ;
- viol, art. 222-24, p. 413 ;
- violences, art. 222-8, p. 381 ; art. 222-10, p. 383 ; art. 222-12 à 222-14, p. 388 et s.

Consentement :
- dispositif électronique mobile anti-rapprochement, art. 132-45-1, p. 298 ;
- injonction de soins, art. 131-36-4, p. 232 ;
- placement sous surveillance électronique mobile, art. 131-36-12, p. 233 ;
- suivi socio-judiciaire, art. 131-36-4, p. 232 ;
- travail d'intérêt général, art. 131-8, p. 197.

Consentement (défaut de), art. 511-3 et s., p. 954 ;
- viol, art. 222-23 (nº 19), p. 411 ;
- Violences, art. 222-11 (nº 22), p. 388.

Consignation :
- ajournement de peine, art. 132-70-3, p. 308.

Consommation, Annexe 2, p. 1085 ;
- information des consommateurs, C. consom., art. L. 111-1 et s., p. 1115 ;
- vente forcée par correspondance, art. R. 635-2, p. 1028.

Consommation volontaire de substances psychoactives :
- Causes d'irresponsabilité ou d'atténuation de la responsabilité (non), art. 122-1-1 et 122-1-2, p. 157.

Constitution, Annexe 5, p. 1683 ;
- contrôle de constitutionnalité, (nº 18), p. 8 ;
- légalité des infractions et des peines :
  - ▶ principe, art. 111-3, p. 10.

Construction, CCH p. 1049.

Contrainte :
- agressions sexuelles, art. 222-22, p. 405 ;
- causes d'irresponsabilité ou d'atténuation de la responsabilité, art. 122-2, p. 157 ;
- extorsion, art. 312-1, p. 646 ;
- Homicide involontaire, art. 221-6 (nº 104), p. 370 ;
- viol, art. 222-23, p. 408.

Contrainte par corps :
- application de la loi dans le temps, art. 112-2 (nº 44), p. 58.

Contravention, art. R. 610-1 et s., p. 1013 ;
- amende, art. 131-13, p. 202 ; art. R. 610-3 et R. 610-4, p. 1013 ;
- classification des infractions, art. 111-1, p. 3 ;
- complicité, art. R. 610-2, p. 1013 ;
- confiscation, art. 131-14, p. 202 ; art. 131-16, p. 202 ;
- emprisonnement, art. R. 625-1 (nº 1), p. 1021 ;
- force majeure, art. 121-3, p. 111 ;
- immobilisation d'un véhicule, art. 131-14, p. 202 ;
- interdiction de conduire certains véhicules, art. 131-16, p. 202 ;
- interdiction de détenir un animal, art. 131-16, p. 202 ;
- interdiction de détenir une arme, art. 131-16, p. 202 ;
- interdiction d'émettre des chèques, art. 131-14, p. 202 ; art. 131-17, p. 203 ;
- interdiction de pratiquer la navigation, art. 131-16, p. 202 ;
- légalité, art. 111-2, p. 3 ;
- peines complémentaires, art. 131-18, p. 203 ;
- peines contraventionnelles, art. 131-12, p. 202 ;
- peines privatives et restrictives de droits, art. 131-14, p. 202 ;
- peines de stage, art. 131-16, p. 202 ;
- retrait du permis de chasser, art. 131-14, p. 202 ; art. 131-16, p. 202 ;
- retrait des titres de conduite en mer, art. 131-16, p. 202 ;
- sursis simple, art. 132-33 et 132-34, p. 291 ;
- suspension du permis de conduire, art. 131-14, p. 202 ; art. 131-16, p. 202 ; art. 131-16, p. 202.

Contrefaçon :
- application de la loi dans l'espace, art. 113-7 (nº 6), p. 79 ;
- monnaie, art. R. 645-9, p. 1037 ;
- timbres, art. R. 645-11, p. 1037.

Contrôle de conventionnalité :
- Convention européenne des droits de l'homme, (nº 29), p. 9 ;

- Union européenne, (nº 20), p. 8.

Contrôles d'identité :
- annexe étrangers, Code de l'entrée et du séjour des étrangers et du droit d'asile (nouveau), art. L. 812-2, p. 1440.

Contumace :
- prescription, art. 133-5, p. 316.

Convention européenne des droits de l'homme, Annexe 5, p. 1683 ; CESDH 4 nov. 1950, p. 1693 ;
- contrôle de conventionnalité, (nº 29), p. 9 ;
- droit à un procès équitable (art. 6), L. 29 juill. 1881, art. 29 (nº 24), p. 1733 ; art. 38 (nº 3), p. 1760 ;
- interprétation de la loi, art. 111-4, p. 18 ;
- légalité des infractions et des peines :
  - ▶ principe, art. 111-3, p. 10.
- liberté d'expression (art. 10), L. 29 juill. 1881, art. 2 (nº 2), p. 1704 ; art. 29 (nºs 1 et s.), p. 1727 ; art. 29 (nº 24), p. 1733 ; art. 29 (nº 31), p. 1735 ; art. 38 (nº 6), p. 1760 ;
- sources, (nº 29), p. 9.

Convention internationale :
- Charte des droits fondamentaux de l'Union européenne, Annexe 5, p. 1683 ;
- Convention du Conseil de l'Europe du 16 mai 2005 sur la lutte contre la traite des êtres humains, Annexe 5, p. 1683 ;
- Convention européenne des droits de l'homme, Annexe 5, p. 1683 ;
- sources, (nº 8), p. 4.

Coqs (combats de), art. 521-1, p. 958.

Corps humain (protection du), art. 511-2 et s., p. 953.

Correspondances :
- atteinte au secret, art. 226-15, p. 581 ; art. 432-9, p. 843 ;
- détenus, art. 434-35, p. 909 ;
- vente forcée, art. R. 635-2, p. 1028.

Corridas, V. *Courses de taureaux.*

Corruption, art. 432-11 et 433-1, p. 847 et s. ; art. 434-32 et 435-1, p. 908 et s. ; Annexe 2, p. 1085 ;
- autorités judiciaires, art. 434-9, p. 894 ;
- de personnes n'exerçant pas une fonction publique, art. 445-1 et s., p. 941.

Corruption de mineur, art. 227-22, p. 608 ;
- bande organisée, art. 227-22, p. 608 ;
- confiscation, art. 227-33, p. 620.

Coups et blessures :
- involontaires, art. 222-19 et s., p. 401 ;
  - ▶ ITT inférieure ou égale à 3 mois, art. R. 625-2, p. 1021 ;
  - ▶ sans ITT, art. R. 622-1, p. 1016.
- résultant d'un manquement délibéré à une obligation de sécurité ou de prudence, art. R. 625-3, p. 1021 ;
- volontaires, art. 222-7 et s., p. 380 ; art. 222-12 à 222-14, p. 388 et s. ; art. 222-33-3, p. 427 ; art. 431-1, p. 826 ;
  - ▶ ITT inférieure ou égale à huit jours, art. R. 625-1, p. 1021 ;
  - ▶ sans ITT, art. R. 624-1, p. 1019.

Coups et blessures involontaires, V. *Atteintes involontaires à la vie et à l'intégrité de la personne.*

Coups et blessures volontaires, V. *Violences.*

Cour d'assises, Annexe 3, p. 1289.

Cour pénale internationale, D. 6 juin 2002, p. 331 ; art. 434-4-2, p. 892 ; art. 434-23-1, p. 902 ;
- crimes contre l'humanité, art. 8, p. 332 ;
- crimes de guerre, art. 8, p. 332.

Courses de taureaux, art. 521-1, p. 958.

Courtage matrimonial, L. 23 juin 1989, art. 6, p. 1179.

Crédit, Annexe 2, p. 1085.

Crime :
- classification des infractions, art. 111-1, p. 3 ;
- élément moral, art. 121-3, p. 111 ;
- légalité, art. 111-2, p. 3 ;
- peines, art. 131-1 et s., p. 192 ;
- peines complémentaires, art. 131-10, p. 200.

Crimes contre l'espèce humaine, art. 214-1, p. 338 ;
- actes préparatoires, art. 214-4, p. 338 ;
- bande organisée, art. 214-3, p. 338 ;
- confiscation, art. 215-1, p. 339 ;
- définition, art. 214-1 et s., p. 338 ;
- interdiction d'exercer une fonction publique, art. 215-1, p. 339 ;
- interdiction de séjour, art. 215-1, p. 339 ;
- interdiction du territoire français, art. 215-2, p. 339 ;
- période de sûreté, art. 214-3, p. 338 ;
- personne morale auteur, art. 215-3, p. 339 ;
- precription, art. 215-4, p. 339.

Crimes contre l'humanité :
- actes préparatoires, art. 212-3, p. 328 ;
- apologie, L. 29 juill. 1881, art. 24, p. 1715 ;
- autorisation de la loi (exclusion), art. 213-4, p. 336 ;
- autres que le génocide, art. 212-1, p. 326 ;
- commandement de l'autorité légitime (exclusion), art. 213-4, p. 336 ;
- compétence universelle, art. 212-3 (nº 8), p. 330 ;
- complicité, art. 213-4-1, p. 336 ;
- confiscation, art. 213-1, p. 335 ;
- crimes de guerre, art. 212-2, p. 327 ;
- esclavage, art. 1er, p. 327 ;
- génocide, art. 211-1 et s., p. 325 ;
- imprescriptibilité, art. 133-6 (nº 1), p. 316 ; art. 213-5 (anc.), p. 336 ;
- interdiction d'exercer une fonction publique, art. 213-1, p. 335 ;
- interdiction de séjour, art. 213-1, p. 335 ;
- interdiction du territoire français, art. 213-2, p. 336 ;
- négationnisme, L. 29 juill. 1881, art. 24 *bis*, p. 1723 ;
- non-rétroactivité, art. 212-3 (nº 1), p. 328 ;
- période de sûreté, art. 212-3, p. 328 ;
- port ou exhibition d'insignes rappelant les responsables de crime contre l'humanité, art. R. 645-1, p. 1034 ;
- réduction de peine, art. 213-4, p. 336 ;
- statut de Rome, D. 6 juin 2002, p. 331 ;
- traite, art. 1er, p. 327.

Crimes de guerre, art. 212-2, p. 327 ; art. 461-1 et s., p. 947 ;
- apologie, L. 29 juill. 1881, art. 24, p. 1715 ;
- définition, art. 212-2, p. 327 ;
- période de sûreté, art. 212-2, p. 327.

Cryptologie, art. 434-15-2, p. 898 ; Annexe 6, p. 1703 ;
- circonstance aggravante, art. 132-79, p. 314.

Cumul de peines :
- amende, art. 131-15, p. 202 ;
- peines contraventionnelles, art. 131-12, p. 202 ; art. 131-14 et s., p. 202 ; art. 131-40, p. 236 ; art. 132-7, p. 256 ;
- peines correctionnelles, art. 131-6, p. 196 ; art. 131-9 et s., p. 199 ; art. 131-39, p. 235 ;
- peines criminelles, art. 131-2, p. 193 ; art. 131-39, p. 235 ;
- peines privatives ou restrictives de droits, art. 131-15, p. 202 ;
- suivi socio-judiciaire, art. 131-36-6, p. 233.

Cybercriminalité, art. 323-1 et s., p. 721.

D

Débats judiciaires :
- immunité de la défense, L. 29 juill. 1881, art. 41, p. 1763 ;
- interdiction d'enregistrement, L. 29 juill. 1881, art. 38 *ter* et 39, p. 1760 et s.

Débiteur :
- détournement de gage ou d'objet saisi, art. 314-5, p. 692 ;
- insolvabilité frauduleuse, art. 314-7 et s., p. 695.

Débits de boissons, Annexe 7, p. 1803 ;
- fermeture d'établissement, art. 131-33, p. 228 ;
- interdiction de fréquenter, art. 132-45, p. 296.

Décès du condamné :
- effets sur l'execution des peines, art. 133-1, p. 315.

Déchéance :
- peine complémentaire, art. 131-10, p. 200.

Décision :
- affichage :
  - infractions fiscales, V. *Affichage de la décision.*

Déclaration des droits de l'homme et du citoyen, Annexe 5, p. 1683.

Décorations, art. 433-18, p. 886 ;
- port illégal, art. 433-14, p. 883.

Découverte archéologique, art. 322-2 (nº 4), p. 712 ;
- destructions, dégradations et détériorations, art. 322-3-1, p. 714 ;
- vol, art. 311-4-2, p. 639.

Défaut de permis de conduire, C. route, art. L. 221-2 et L. 221-2-1, p. 1947 et s.

Défaut de réponse à une réquisition judiciaire ou administrative, art. R. 642-1, p. 1030.

Défense nationale :
- accès sans autorisation à un terrain ou un engin militaire, art. R. 644-1, p. 1032 ;
- dessins, levés ou enregistrements dans une zone interdite, art. R. 645-2, p. 1035 ;
- destructions, dégradations et détériorations, art. 322-3, p. 713 ;
- secret :
  - atteintes, art. R. 413-6, p. 1006 ;
  - définition, art. 413-9, p. 739.
- zones protégées, art. R. 413-1 et s., p. 1005.

Dégradation, V. *Destruction, dégradation ou détérioration.*

Délaissement :
- personne vulnérable, art. 223-3 et s., p. 446.

Délaissement de mineur :
- définition, art. 227-1, p. 588 ;
- mutilation ou infirmité permanente, art. 227-2, p. 588 ;
- suivi de mort, art. 227-2, p. 588.

Délation, V. *Repenti, Dénonciation calomnieuse.*

Délégation de pouvoirs, art. 221-6 (nº 115), p. 372 ;
- responsabilité pénale, art. 121-1 (nº 55), p. 94.

Délégué du procureur de la République, art. R. 645-8-1, p. 1036.

Délit :
- classification des infractions, art. 111-1, p. 3 ;
- élément moral, art. 121-3, p. 111 ;
- légalité, art. 111-2, p. 3 ;
- peines, art. 131-3, p. 193 ;
- peines complémentaires, art. 131-10 et 131-11, p. 200 et s.

Délit de fuite, art. 434-10, p. 895 ; Annexe 8, p. 1907. – C. route, art. L. 231-1 et s., p. 1964 ;
- aéronef, C. transp., art. L. 6142-9, p. 1908.

Délit d'initié, C. mon. fin., art. L. 465-1 et s., p. 1260 ;
- poursuites et sanction :
  - avis de l'AMF, C. mon. fin., art. L. 466-1, p. 1273.

Délit de non-justification de ressources :
- confiscations, art. 222-49 (nº 2), p. 436.

Délit privé :
- atteintes à la personnalité, art. 226-6, p. 559 ;
- divulgation de données à caractère personnel :
  - atteinte à la considération, art. 226-22, p. 586 ;
  - atteinte à la vie privée, art. 226-22, p. 586.

Délits de presse, V. *Presse.*

Demande de fonds sous contrainte, art. 312-12-1, p. 657.

Démarchage, Annexe 2, p. 1085 ;
- bancaire ou financier, Annexe 2, p. 1085. – C. mon. fin., art. L. 341-1 et s., p. 1267 ;
- à domicile, Annexe 2, p. 1085.

Démence, V. *Trouble psychique et neuropsychique.*

Démoralisation de l'armée, art. 413-4, p. 738.

Déni de justice, art. 434-7-1, p. 893.

Dénonciation, art. 442-9, p. 936 ;
- espionnage, art. 414-2, p. 748 ; art. 414-4, p. 749 ;
- infractions imaginaires, art. 434-26, p. 905 ;
- insurrection, art. 414-4, p. 749 ;
- non-dénonciation d'infraction, art. 434-1 et s., p. 888 ;
- sabotage, art. 414-2 et s., p. 748 ;
- trafic de stupéfiants, art. 222-43, p. 431 ;
- trahison, art. 414-4, p. 749.

Dénonciation calomnieuse :
- définition, art. 226-10, p. 560 ;
- sursis à statuer, art. 226-11, p. 568.

Dentistes, Annexe 7, p. 1803.

Déportation :
- crimes contre l'humanité, art. 212-1 et s., p. 326.

Dépositaire de l'autorité publique, art. 432-15, p. 864.

Dépôt public (biens contenus dans un), art. 433-4, p. 872.

Député, V. *Parlementaires.*

Désinformation, art. 411-10, p. 735.

Désistement, V. *Tentative.*
Destructions, dégradations et détériorations, art. 322-1 et s., p. 710 ; art. 322-3-1 et 322-4, p. 714 ; art. 411-9, p. 735 ; art. R. 635-1, p. 1027 ;
- aviation civile, C. transp., art. L. 6372-4, p. 1910 ;
- fausses alertes, art. 322-14, p. 720 ;
- incendie ou explosion, art. 322-5 et 322-6, p. 715 et s. ;
- involontaire, art. 322-5, p. 715 ;
- légères, art. 311-4, p. 638 ; art. 314-5, p. 692 ; art. 413-10, p. 739 ; art. 431-1, p. 826 ; art. 434-41, p. 910 ;
- lors d'une manifestation, CSI, art. L. 211-1 et s., p. 381 ;
- menaces, art. 322-12 et 322-13, p. 719 ; art. R. 631-1, p. 1025 ; art. R. 634-1, p. 1027 ;
- registre, minute ou acte original de l'autorité publique, art. 322-2, p. 712 ;
- terrorisme, art. 421-1, p. 750 ;
- visage dissimulé, art. 322-3, p. 713 ;
- vol, art. 311-4, p. 638.

Détention arbitraire, art. 432-4 à 432-6, p. 840 et s.
Détention criminelle, art. 131-1 et s., p. 192.
Détention à domicile sous surveillance électronique, art. 131-4-1, p. 194 ;
- aménagement ab initio, art. 132-25, p. 288 ;
- mesures d'aide de l'article 132-46, art. 132-26, p. 289 ;
- mesures de contrôle de l'article 132-44, art. 132-26, p. 289 ;
- obligation de demeurer au lieu désigné, art. 132-26, p. 289 ;
- obligation particulière de l'article 132-45, art. 132-26, p. 289 ;
- obligation de répondre aux convocations des autorités publiques, art. 132-26, p. 289.

Détenu, art. 433-9, p. 880 ;
- évasion, art. 434-27 et s., p. 906 ;
- remise illégale d'objets ou de correspondances, art. 434-35, p. 909.

Détournement d'un aéronef, art. 421-1, p. 750.
Détournement de biens :
- abus de confiance, art. 314-1 et s., p. 680 ;
- par un dépositaire public, art. 432-15 et 432-16, p. 864 et s. ;
- dans un dépôt public, art. 433-4, p. 872.

Détournement de gage ou d'objet saisi, art. 314-5 et 314-6, p. 692.
Détournement d'un moyen de transport, art. 224-6, p. 465 ;
- atténuation de peine, art. 224-8-1, p. 466 ;
- bande organisée, art. 224-6-1, p. 465 ;
- détournement d'aéronef, de navire ou de moyen de transport, art. 224-7, p. 465 ;
- exemption de peine, art. 224-8-1, p. 466 ;
- interdiction du territoire français, art. 224-11, p. 466 ;
- mort (suivi de), art. 224-7, p. 465 ;
- peines complémentaires, art. 224-9, p. 466 ;
- repenti, art. 224-8-1, p. 466 ;
- suivi socio-judiciaire, art. 224-10, p. 466 ;
- tortures et actes de barbarie, art. 224-7, p. 465.

Détournement de scellés, art. 434-22, p. 900.
Diffamation :
- audiovisuel, L. 29 juill. 1982, art. 6, p. 1783 ;
- bonne foi (25 à 43), L. 29 juill. 1881, art. 29 (nº 43), p. 1737 ;
- circonstances aggravantes, L. 29 juill. 1881, art. 32, p. 1748 ;
- définition (1 à 24), L. 29 juill. 1881, art. 29 (nº 24), p. 1733 ;
- non publique, art. R. 621-1, p. 1014 ;
  ▶ à caractère raciste ou discriminatoire, art. R. 624-3, p. 1020.
- origine ou appartenance, L. 29 juill. 1881, art. 32, p. 1748 ;
- polémique politique (44 à 51), L. 29 juill. 1881, art. 29 (nº 56), p. 1740 ;
- presse, L. 29 juill. 1881, art. 29 et s., p. 1726 ;
- répression (52, 53), L. 29 juill. 1881, art. 29 (nº 58), p. 1740.

Diffusion de la décision de condamnation :
- atteintes à l'intégrité physique ou psychique, art. 222-46, p. 434 ;
- atteintes volontaires à la vie, art. 221-10, p. 375 ;
- contenu et modalités d'application, art. 131-35, p. 229 ;
- contenu et modalités d'application (renvoi), art. 131-48, p. 237 ;
- peine complémentaire, art. 131-10, p. 200 ; art. 131-39, p. 235.

Diffusion de l'image d'une personne menottée, Annexe 6, p. 1703. - L. 29 juill. 1881, art. 35 *ter*, p. 1758.
Diffusion d'informations mensongères ou calomnieuses, art. 717-2, p. 972 ; art. 727-2, p. 977.
Diffusion de messages à caractère violent ou pornographique :
- susceptibles d'être vus par un mineur, art. 227-24, p. 614.

Diffusion de messages contraires à la décence, art. R. 624-2, p. 1019.
Diffusion de procédés de fabrication d'engins de destruction, art. 322-6-1, p. 718.
Diplomate :
- outrage, L. 29 juill. 1881, art. 37, p. 1759.

Diplôme :
- faux, art. 441-1 et s., p. 917 ;
- usurpation, art. 433-17, p. 883.

Discrédit sur une décision de justice, art. 434-25, p. 904.
Discrimination, art. 225-1, p. 467 ; art. 713-3, p. 970 ;
- bizutage, art. 225-1-2, p. 468 ;
- boycott, art. 225-2 (nº 13), p. 470 ;
- comportements incriminés, art. 225-2, p. 468 ;
- défenseur des droits, art. 28, p. 473 ;
- définition, art. 225-1, p. 467 ;
- diffamation et injures non publiques à caractère raciste ou discriminatoire, art. R. 624-3 et s., p. 1020 ;
- entrave à l'activité économique, art. 225-2 (nº 11), p. 470 ;
- exclusions, art. 225-3, p. 474 ;
- harcèlement sexuel, art. 225-1-1, p. 468 ;
- interdiction, CESDH 4 nov. 1950, art. 14, p. 1696 ;
- interdiction générale, Prot. 4 nov. 2000, p. 1698 ;
- outrage sexiste, art. 621-1, p. 966 ;
- personne morale (auteur), art. 225-4, p. 474 ;
- provocation, L. 29 juill. 1881, art. 24, p. 1715 ;
- testing, art. 225-2 (nº 28), p. 472 ; art. 225-3-1, p. 474 ;
- travail, C. trav., art. L. 1142-1, p. 2263.

Discriminations, art. 432-7, p. 841 ;
- circonstance aggravante, art. 132-76 et 132-77, p. 312.

Disparition forcée :
- complicité (assimilation), art. 221-13, p. 376 ;
- crimes contre l'humanité, art. 212-1, p. 326 ;
- définition, art. 221-12 et s., p. 376 ;
- interdiction du territoire français, art. 221-16, p. 376 ;
- période de sûreté, art. 221-12 et s., p. 376 ;
- prescription, art. 221-18, p. 377 ;
- suivi socio-judiciaire, art. 221-15, p. 376.

Dispense de peine, art. 132-58, p. 303 ;
- conditions d'octroi, art. 132-59, p. 303 ;
- juge de l'application des peines, art. 132-65, p. 306 ;
- mention au casier judiciaire, art. 132-59, p. 303.

Dissimulation du visage :
- attroupement, art. 431-4 et 431-5, p. 831 ;
- destructions, dégradations et détériorations, art. 322-3, p. 713 ;
- dans l'espace public, art. 1er, p. 477 ;
- extorsion, art. 312-2, p. 650 ;
- forcée, art. 225-4-10, p. 477 ;
- manifestations sur la voie publique, art. R. 645-14, p. 1038 ;
- stage de citoyenneté, art. 3, p. 478 ;
- vol, art. 311-4, p. 638.

Dissolution de la personne morale :
- contenu et modalités d'application, art. 131-45, p. 237 ;
- peine complémentaire, art. 131-39, p. 235.

Distribution d'argent à des fins publicitaires sur la voie publique, art. 431-29 et s., p. 838.

Divorce :
- dissimulation de procédure de, L. 13 avr. 1932, p. 596.

Document délivré par une administration publique :
- utilisation frauduleuse, art. R. 645-8, p. 1036.

Documents comptables, C. mon. fin., art. L. 511-35, p. 1247.

Domicile :
- caravane et abri de camping, C. tourisme, art. R. 331-11, p. 558 ;
- changement de :
  - ▸ atteintes à l'autorité parentale, art. 227-6, p. 602.
- destructions, dégradations et détériorations, art. 322-3, p. 713 ;
- expulsion arbitraire, art. 226-4-2, p. 559 ;
- introduction, art. 226-4, p. 555 ;
- maintien, art. 226-4, p. 555 ;
- violation, art. 226-4, p. 555 ; art. 432-8, p. 842 ;
- vol, art. 311-4 et 311-5, p. 638 et s.

V. *Atteintes à l'inviolabilité du domicile.*

Don des produits du corps humain, Annexe 7, p. 1803.

Données à caractère personnel :
- collecte illicite, art. 226-18, p. 584.

Dons :
- complicité, art. 121-7, p. 136.

Dons de gamètes, art. 511-13, p. 955.

Douanes :
- relations financières avec l'étranger, Annexe 2, p. 1085.

Douanier, V. *Agents des douanes, Douanes.*

Drapeau tricolore :
- outrage, art. 433-5-1, p. 878 ; art. R. 645-15, p. 1039.

Drogue, V. *Stupéfiants.*

Droit international humanitaire, art. 461-1, p. 947 ;
- port illégal de signes définis par les conventions de Genève, art. 433-14 et s., p. 883.

Droit de rectification :
- autorité publique, L. 29 juill. 1881, art. 12 et s., p. 1707.

Droit réponse :
- presse, L. 29 juill. 1881, art. 13, p. 1707 ; art. 34, p. 1754.

Droit de visite ou d'hébergement :
- atteintes à l'autorité parentale, art. 227-6, p. 602.

Droits civiques, civils et de famille :
- peine correctionnelle, art. 131-26, p. 216 ;
- relèvement, art. 132-21, p. 283.

Droits de l'homme, Annexe 5, p. 1683 ; Annexe 5, p. 1683.

E

Eau :
- vol d'énergie, art. 311-2 (no 3), p. 634.

Échange d'objets mobiliers (Réglementation de l'activité de vente et échange), art. R. 321-1 et s., p. 1001 ; art. R. 633-1 et s., p. 1026.

École, V. *Établissements scolaires.*

Écologie, V. *Environnement.*

Écrit, V. *Presse.*

Effacement des condamnations, art. 133-1 et s., p. 315.

Effets publics, art. 443-1 et s., p. 937.

Effraction, art. 132-73, p. 310 ;
- destructions, dégradations et détériorations, art. 322-3, p. 713 ;
- évasion, art. 434-27, p. 906 ;
- légitime défense, art. 122-6, p. 184 ;
- vol, art. 311-4 et 311-5, p. 638 et s.

Électricité :
- vol d'énergie, art. 311-2 (no 3), p. 634.

Elément moral, art. 121-3, p. 111.

Élus :
- inéligibilité, art. 131-26-1, p. 218 ;
- peine applicable, art. 131-27, p. 219 ;
- prise illégale d'intérêts, art. 432-12 et s., p. 850 ;
- responsabilité pénale, art. 121-1 (no 101), p. 98 ; art. 221-6 (no 56), p. 361.

Embryon :
- diagnostic préimplantatoire, CSP, art. L. 2131-4, p. 1849 ;
- diagnostic prénatal, CSP, art. L. 2131-1, p. 1848 ;
- étude sans autorisation :
  - ▸ peine, art. 511-19, p. 956.
- protection, art. 511-15 et s., p. 955 ; art. 726-9 et s., p. 975.

Embuscade, art. 222-15-1, p. 397.

Empoisonnement, art. 221-5 et 221-5-1, p. 345 et s. ; art. 222-15, p. 396.

Empreintes génétiques, art. 713-4 et 713-5, p. 970 et s. ; art. 723-5, p. 973 ; Annexe 7, p. 1803 ;
- consentement (défaut de), art. 226-25 et s., p. 587 ;
- détournement d'informations, art. 226-26, p. 587 ;
- divulgation, art. 226-28, p. 587 ;
- état civil, art. 226-28, p. 587 ;

- identification prohibée, art. 226-27 à 226-28-1, p. 587.

Emprise manifeste de produits stupéfiants :
- agression sexuelle, art. 222-28, p. 417 ;
- agressions sexuelles sur mineurs, art. 222-30, p. 418 ;
- viol, art. 222-24, p. 413 ;
- violences, art. 222-13, p. 390.

Emprisonnement :
- aménagement *ab initio*, art. 132-19, p. 274 ;
- interdiction de l'emprisonnement pour dette, Prot. 16 sept. 1963, art. 1er, p. 1697 ;
- maximum, art. 131-4, p. 194 ;
- motivation spéciale de l'emprisonnement ferme, art. 132-19, p. 274 ;
- motivation spéciale du refus d'aménagement *ab initio*, art. 132-19, p. 274 ;
- nécessité, art. 132-19, p. 274 ;
- peine correctionnelle, art. 131-3, p. 193 ;
- réhabilitation, art. 133-13, p. 321 ;
- sursis avec mise à l'épreuve (anc.), art. 132-41, p. 294 ;
- sursis probatoire, art. 132-40 à 132-41-1, p. 293 et s. ;
- sursis simple, art. 132-29, p. 289 ; art. 132-31, p. 290.

Enchères, art. 313-6, p. 676 ; Annexe 2, p. 1085.

Endettement, Annexe 2, p. 1085.

Énergie (vol d'), art. 311-2 (no 3), p. 634.

Enfance délinquante, Annexe 3, p. 1289.

Enlèvement :
- atténuation de peine, art. 224-5-1, p. 465 ;
- bande organisée, art. 224-5-2, p. 465 ;
- chantage, art. 224-4, p. 464 ;
- circonstances aggravantes, art. 224-2, p. 463 ;
- disparition forcée, art. 221-12, p. 376 ;
- exemption de peine, art. 224-5-1, p. 465 ;
- infraction, art. 224-1, p. 461 ;
- mineur, art. 224-5, p. 464 ;
- otage, art. 224-4, p. 464 ;
- période de sûreté, art. 224-1 à 224-5, p. 461 et s. ; art. 224-5-2, p. 465 ;
- pluralité de victimes, art. 224-3, p. 463 ;
- rançon, art. 224-4, p. 464 ;
- réduction de peine, art. 224-1, p. 461 ; art. 224-3 et 224-4, p. 463 et s. ;
- repenti, art. 224-5-1, p. 465 ;
- terrorisme, art. 421-1, p. 750.

Enregistrement :
- consentement (défaut de), art. 226-1, p. 500 ;
- dispositifs techniques, art. R. 226-1, p. 994.

Enseignant, art. 222-8, p. 381 ;
- meurtre, art. 221-4, p. 343 ;
- tortures et actes de barbarie, art. 222-3, p. 378 ;
- violences, art. 222-10, p. 383 ; art. 222-12 et 222-13, p. 388 et s.

Enseignes, Annexe 2, p. 1085.

Entente, V. *Bande organisée, Complicité, Groupements ou ententes, Plan concerté.*

Entrave :
- à l'exercice de la justice, art. 434-7-1 et s., p. 893 ;
- au fonctionnement des organes représentant les salariés, Annexe 9, p. 2263 ;
- à l'interruption volontaire de grossesse, Annexe 7, p. 1803 ;
- à la liberté des enchères, art. 313-6, p. 676 ;
- aux libertés d'expression, du travail, d'association, de réunion ou de manifestation, art. 431-1, p. 826 ;
- aux libertés publiques, art. 431-1, p. 826 ;
- aux mesures de secours, art. 223-5, p. 447 ;
- à la saisine de la justice, art. 434-1 et s., p. 888.

Entrave à la libre circulation sur la voie publique, art. R. 644-2, p. 1033.

Entrave aux naissances :
- génocide, art. 211-1, p. 325.

Entrée en France :
- CESEDA (ancien), CESEDA (ancien), art. L. 211-1, p. 1475.

Entrée irrégulière sur le territoire français, Code de l'entrée et du séjour des étrangers et du droit d'asile (nouveau), art. L. 821-1, p. 1447 ;
- nouvelle entrée, Code de l'entrée et du séjour des étrangers et du droit d'asile (nouveau), art. L. 824-11, p. 1454.

Entrée en vigueur, V. *Application de la loi dans le temps.*

Entremise, art. 321-1, p. 698 ; art. 511-2, p. 953 ; art. 511-15, p. 955.

Entremise à l'abandon d'enfant, art. 227-12, p. 604.

Entreprise d'investissement :
- comptes sociaux et documents comptables, C. mon. fin., art. L. 511-35, p. 1247.

Environnement, art. 322-5 et 322-6, p. 715 et s.

Épaves de véhicules, art. R. 635-8, p. 1029.

Équipement terminaux, Annexe 6, p. 1703.

Erreur sur le droit, art. 122-3, p. 163.

Erreur de fait, art. 121-3 (no 18), p. 115.

Escalade, art. 132-74, p. 311 ; art. 322-3, p. 713 ; art. 434-35-1, p. 909 ;
- vol, art. 311-4, p. 638.

Esclavage, art. 212-1, p. 326 ;
- circonstances aggravantes, art. 224-1 C et s., p. 460 ;
- crimes contre l'humanité, art. 212-1, p. 326 ; art. 1er, p. 327 ;
- définition, art. 224-1 A et s., p. 460 ;
- exploitation, art. 224-1 B, p. 460 ;
- interdiction, Charte des Droits fondamentaux de l'Union européenne 7 déc. 2000, art. 5, p. 1688. - CESDH 4 nov. 1950, art. 4, p. 1694 ;
- obligations positives, art. 224-1 C (no 1), p. 461 ;
- période de sûreté, art. 224-1 A, p. 460 ; art. 224-1 C et s., p. 460 ;
- servitude, art. 224-1 C (no 3), p. 461 ;
- traite des êtres humains, art. 225-4-1, p. 475.

Escroquerie, art. 313-1 et 313-2, p. 658 et s. ;
- au logement, art. 313-6-1, p. 678 ;
- récidive, art. 132-16, p. 270.

Espace public :
- dissimulation du visage, art. 1er, p. 477.

Espaces naturels, Annexe 8, p. 1907.

Espèce humaine (protection de l'), art. 511-1 et s., p. 953 ;
- clonage, art. 214-2, p. 338 ;
- eugénisme, art. 214-1 et s., p. 338.

Espionnage, art. 411-1 et s., p. 733 ; art. 414-2, p. 748 ; art. 414-4, p. 749.

Essence, V. *Carburant*.

Établissement de crédit, Annexe 2, p. 1085 ;
- comptes sociaux et documents comptables, C. mon. fin., art. L. 511-35, p. 1247.

Établissement pénitentiaire :
- évasion, art. 434-27, p. 906 ;
- intrusion, art. 434-35-1, p. 909.

Établissements publics communaux de crédit et d'aide sociale, C. mon. fin., art. L. 514-1, p. 1249.

Établissements scolaires, art. 431-27, p. 838 ; art. R. 624-7, p. 1020 ;
- agressions sexuelles sur mineurs, art. 222-30, p. 418 ;
- bizutage, art. 225-16-1 et s., p. 495 ;
- destructions, dégradations et détériorations, art. 322-3, p. 713 ;
- établissements hors contrats, art. 227-17-1, p. 606 ;
- extorsion, art. 312-2, p. 650 ;
- intrusion, art. 431-22 et s., p. 837 ; art. R. 645-12, p. 1038 ;
- outrage, art. 433-5, p. 873 ;
- provocation à la consommation d'alcool, art. 227-19, p. 607 ;
- provocation de mineur à commettre des actes illicites ou dangereux, art. 227-21 et s., p. 607 ;
- provocation au trafic de stupéfiants, art. 227-18-1, p. 607 ;
- provocation à l'usage de stupéfiants, art. 227-18 et s., p. 607 ;
- sex-shop (à proximité), L. 30 juill. 1987, art. 99, p. 1375 ;
- trafic de stupéfiants, art. 222-39, p. 430 ;
- violences, art. 222-12 et s., p. 388 ;
- vol, art. 311-4, p. 638.

État :
- responsabilité, art. 121-2, p. 99 ;
  - ▶ travail d'intérêt général, art. 131-24, p. 215.

État civil :
- atteintes à l'état civil des personnes, art. 433-18-1 et s., p. 886 ;
- bigamie, art. 433-20, p. 887 ;
- CESEDA (ancien), CESEDA (ancien), art. L. 111-6, p. 1471 ;
- empreintes génétiques, art. 226-28, p. 587 ;
- obligation de déclaration de naissance, art. 433-18-1, p. 886 ;
- officier d'état civil, art. R. 645-3, p. 1035 ;
- registres, art. R. 645-3 et s., p. 1035 ;
- simulation ou substitution d'enfant, art. 227-13, p. 604 ;
- usurpation, art. 433-19 et s., p. 886 ; art. 434-23, p. 901.

État d'ivresse manifeste :
- agression sexuelle, art. 222-28, p. 417 ;
- agressions sexuelles sur mineurs, art. 222-30, p. 418 ;
- viol, art. 222-24, p. 413 ;
- violences, art. 222-13, p. 390.

État des lieux d'un crime ou d'un délit :
- modification, art. 434-4, p. 891.

État de nécessité, art. 122-7, p. 184 ; art. 311-3 (nº 13), p. 636.

État de santé :
- discrimination, art. 225-1, p. 467.

État de siège, art. 414-1, p. 741.

État d'urgence, art. 414-1, p. 741 ;
- dérogation à la Conv. EDH, CESDH 4 nov. 1950, art. 15, p. 1696.

Éthique biomédicale, art. 223-8, p. 453 ; art. 511-1 et s., p. 953 ; Annexe 7, p. 1803 ;
- crimes contre l'espèce humaine, art. 214-1 et s., p. 338 ;
- empreintes génétiques, art. 226-25, p. 587.

Éthylotest, C. route, art. R. 234-7, p. 2085 ;
- antidémarrage, art. R. 131-4-1, p. 984. – C. route, art. R 234-6, p. 2085.

Étrangers, Annexe 4, p. 1379 ;
- conditions de travail ou d'hébergement contraires à la dignité de la personne, art. 225-14 (nº 19), p. 494 ; art. 225-15-1, p. 495 ;
- dispositions applicables à compter du 1er mai 2021, Ord. 16 déc. 2020, art. 20, p. 1380 ;
- dispositions applicables jusqu'au 1er mai 2021, CESEDA (ancien) p. 1470 ;
- droits politiques, CESDH 4 nov. 1950, art. 16, p. 1696 ;
- emploi d'un étranger non autorisé à travailler, CESEDA (ancien), art. L. 8323-2, p. 1507 ;
- expulsion (garanties procédurales), Prot. 22 nov. 1984, p. 1698 ;
- interdiction des expulsions collectives, Charte des Droits fondamentaux de l'Union européenne 7 déc. 2000, art. 19, p. 1689. – Prot. 16 sept. 1963, art. 4, p. 1697 ;
- interdiction de séjour, art. 131-31, p. 227 ;
- interdiction du territoire français, art. 131-30 à 131-30-2, p. 223 et s. ; art. 131-32, p. 228 ;
- mineur :
  - ▶ fichier, Code de l'entrée et du séjour des étrangers et du droit d'asile (nouveau), art. R. 221-15-3, p. 1384 ;
  - ▶ tests osseux, Code de l'entrée et du séjour des étrangers et du droit d'asile (nouveau), art. 388, p. 1383.

Étrangers (ancien) :
- accords de Schengen, CESEDA (ancien), art. L. 531-3, p. 1525 ;
- aide à l'entrée et au séjour irréguliers, CESEDA (ancien), art. L. 622-1, p. 1553 ;
  - ▶ atteinte à la dignité, CESEDA (ancien), art. L. 622-5, p. 1556 ;
  - ▶ bande organisée, CESEDA (ancien), art. L. 622-5, p. 1556 ;
  - ▶ certificats de nationalité, CESEDA (ancien), art. L. 622-1 (nº 3), p. 1553 ;
  - ▶ immunités, CESEDA (ancien), art. L. 622-4, p. 1554 ;
  - ▶ interdiction du territoire français, CESEDA (ancien), art. L. 622-3, p. 1554 ;
  - ▶ mineur, CESEDA (ancien), art. L. 622-5, p. 1556 ;
  - ▶ usage de faux, CESEDA (ancien), art. L. 622-1 (nº 3), p. 1553.
- assignation à résidence, CESEDA (ancien), art. L. 561-1, p. 1540 ;
  - ▶ expulsion, CESEDA (ancien), art. L. 523-3, p. 1522 ;
  - ▶ avec surveillance électronique, CESEDA (ancien), art. L. 561-2-1, p. 1543.

- carte de résident, CESEDA (ancien), art. L. 313-4-1, p. 1490 ; art. L. 314-2, p. 1498 ;
  - violences conjugales, CESEDA (ancien), art. L. 316-4, p. 1504.
- carte de séjour :
  - ordonnance de protection, CESEDA (ancien), art. L. 316-3, p. 1503 ;
  - violences conjugales, CESEDA (ancien), art. L. 316-3, p. 1503.
- carte de séjour temporaire, CESEDA (ancien), art. L. 313-4, p. 1490 ;
  - activité professionnelle, CESEDA (ancien), art. L. 313-10, p. 1494 ;
  - scientifique, CESEDA (ancien), art. L. 313-8, p. 1493 ;
  - vie privée et familiale, CESEDA (ancien), art. L. 313-11, p. 1495 ;
  - violences conjugales, CESEDA (ancien), art. L. 313-12, p. 1497.
- conditions de travail ou d'hébergement contraires à la dignité de la personne :
  - bande organisée, CESEDA (ancien), art. L. 622-5 (no 3), p. 1557.
- contrat d'accueil et d'intégration, CESEDA (ancien), art. L. 311-9, p. 1486 ;
- définition, CESEDA (ancien), art. L. 111-1, p. 1470 ;
- emploi d'un étranger non autorisé à travailler, CESEDA (ancien), art. L. 8256-7-1, p. 1564 ;
- entrée en France, CESEDA (ancien), art. L. 213-1, p. 1477 ;
- entrée irrégulière, CESEDA (ancien), art. L. 621-2, p. 1551 ;
- entreprises de transport, CESEDA (ancien), art. L. 625-1, p. 1561 ;
- expulsion :
  - motifs, CESEDA (ancien), art. L. 521-2, p. 1519 ;
  - recours, CESEDA (ancien), art. L. 521-5, p. 1521 ;
  - refus d'exécution, CESEDA (ancien), art. L. 624-1, p. 1558.
- fichiers ou traitements informatiques, CESEDA (ancien), art. L. 611-3, p. 1548 ;
- infractions du CESEDA :
  - interdiction du territoire français, CESEDA (ancien), art. L. 622-7, p. 1557.
- interdiction de retour, CESEDA (ancien), art. L. 511-1 et s., p. 1510 ;
- interdiction du territoire français, CESEDA (ancien), art. L. 541-1, p. 1526 ;
  - refus d'exécution, CESEDA (ancien), art. L. 624-1, p. 1558 ;
  - relèvement, CESEDA (ancien), art. L. 541-2, p. 1526 ;
  - rétention administrative, CESEDA (ancien), art. L. 555-1, p. 1538.
- liberté conditionnelle, CESEDA (ancien), art. L. 571-1, p. 1543 ;
- maintien irrégulier, CESEDA (ancien), art. L. 624-1, p. 1558 ;
- mineur :
  - fichier, CESEDA (ancien), art. L. 611-6-1 (no 1), p. 1549.
- nouvelle entrée irrégulière, CESEDA (ancien), art. L. 624-1-1, p. 1559 ;
- obligation de quitter le territoire, CESEDA (ancien), art. L. 511-1 et s., p. 1510 ;
  - contentieux, CESEDA (ancien), art. L. 512-1, p. 1514 ;
  - pays de destination, CESEDA (ancien), art. L. 513-2, p. 1518 ;
  - refus d'exécution, CESEDA (ancien), art. L. 624-1, p. 1558.
- obligation de réacheminer, CESEDA (ancien), art. L. 625-7, p. 1562 ;
- principe de fraternité, CESEDA (ancien), art. L. 622-4, p. 1554 ;
- reconduite à la frontière, CESEDA (ancien), art. L. 511-1 et s., p. 1510 ;
  - refus d'exécution, CESEDA (ancien), art. L. 624-1, p. 1558.
- rétention administrative, CESEDA (ancien), art. L. 551-1, p. 1527 ;
  - assignation à résidence, CESEDA (ancien), art. L. 552-4, p. 1533 ;
  - condition de rétention, CESEDA (ancien), art. L. 553-1, p. 1536 ;
  - finalité, CESEDA (ancien), art. L. 554-1, p. 1537 ;
  - libération, CESEDA (ancien), art. L. 552-6, p. 1534 ;
  - procédure antérieure, CESEDA (ancien), art. L. 552-1 (anc.) (no 7), p. 1533 ;
  - prolongation, CESEDA (ancien), art. L. 552-1, p. 1531 ;
  - recours effectif, CESEDA (ancien), art. L. 552-1 (anc.) (no 4), p. 1532.
- séjour irrégulier, CESEDA (ancien), art. L. 621-1 (anc.), p. 1551 ;
- soustraction à une mesure d'éloignement, CESEDA (ancien), art. L. 624-1-1, p. 1559 ;
  - test PCR, CESEDA (ancien), art. L. 624-1-1 (no 4), p. 1560.
- titre de séjour :
  - violences conjugales, CESEDA (ancien), art. L. 431-2, p. 1509.
- vérification du droit au séjour, CESEDA (ancien), art. L. 551-2, p. 1530 ;
- violences conjugales, CESEDA (ancien), art. L. 314-9, p. 1501 ;
- visite domiciliaire :
  - JLD, CESEDA (ancien), art. L. 561-2 (no 1), p. 1542.
- zone d'attente :
  - juge compétent, CESEDA (ancien), art. L. 222-1 (no 2), p. 1482 ;
  - maintien, CESEDA (ancien), art. L. 221-1, p. 1479 ;
  - privation de liberté, CESEDA (ancien), art. L. 221-2 (no 1), p. 1480 ;
  - rétention, CESEDA (ancien), art. L. 221-2 (no 2), p. 1480.

Étrangers (dispositions applicables depuis le 1er mai 2021), Code de l'entrée et du séjour des étrangers et du droit d'asile (nouveau) p. 1380 ;
- aide à l'entrée, à la circulation et au séjour irréguliers, Code de l'entrée et du séjour des étrangers et du droit d'asile (nouveau), art. L. 823-1, p. 1449 ;
  - circonstances aggravantes, Code de l'entrée et du séjour des étrangers et du droit d'asile (nouveau), art. L. 823-3, p. 1450 ;
  - conditions des poursuites, Code de l'entrée et du séjour des étrangers et du droit d'asile (nouveau), art. L. 823-10, p. 1451 ;
  - immunités, Code de l'entrée et du séjour des étrangers et du droit d'asile (nouveau), art. L. 823-9, p. 1451 ;

- ▶ peines complémentaires, Code de l'entrée et du séjour des étrangers et du droit d'asile (nouveau), art. L. 823-4, p. 1450 ; art. L. 823-7, p. 1450 ;
- ▶ sur le territoire d'un autre État, Code de l'entrée et du séjour des étrangers et du droit d'asile (nouveau), art. L. 823-2, p. 1450.
- aide à l'entrée et au séjour des étrangers, Code de l'entrée et du séjour des étrangers et du droit d'asile (nouveau), art. L. 810-1, p. 1439 ;
- amende administrative :
- ▶ entreprises de transport, Code de l'entrée et du séjour des étrangers et du droit d'asile (nouveau), art. L. 821-6, p. 1448 ; art. L. 821-10, p. 1448 ; art. R. 821-4, p. 1463.
- apatride :
- ▶ statut, Code de l'entrée et du séjour des étrangers et du droit d'asile (nouveau), art. L. 424-18, p. 1397.
- asile, Code de l'entrée et du séjour des étrangers et du droit d'asile (nouveau), art. L. 510-1, p. 1402 ;
- ▶ actes de persécution, Code de l'entrée et du séjour des étrangers et du droit d'asile (nouveau), art. L. 511-2, p. 1402 ;
- ▶ asile interne, Code de l'entrée et du séjour des étrangers et du droit d'asile (nouveau), art. L. 513-5, p. 1404 ;
- ▶ conditions, Code de l'entrée et du séjour des étrangers et du droit d'asile (nouveau), art. L. 510-1, p. 1402 ;
- ▶ exclusion, Code de l'entrée et du séjour des étrangers et du droit d'asile (nouveau), art. L. 511-6, p. 1402 ;
- ▶ motifs de persécution, Code de l'entrée et du séjour des étrangers et du droit d'asile (nouveau), art. L. 511-3, p. 1402 ;
- ▶ partage d'informations, Code de l'entrée et du séjour des étrangers et du droit d'asile (nouveau), art. L. 513-6, p. 1405 ;
- ▶ persécutions, Code de l'entrée et du séjour des étrangers et du droit d'asile (nouveau), art. L. 513-2, p. 1404 ;
- ▶ protection subsidiaire, Code de l'entrée et du séjour des étrangers et du droit d'asile (nouveau), art. L. 512-1, p. 1403 ;
- ▶ qualité de réfugié, Code de l'entrée et du séjour des étrangers et du droit d'asile (nouveau), art. L. 511-9, p. 1403 ;
- ▶ retrait du statut de réfugié, Code de l'entrée et du séjour des étrangers et du droit d'asile (nouveau), art. L. 511-7, p. 1403 ;
- ▶ statut de réfugié, Code de l'entrée et du séjour des étrangers et du droit d'asile (nouveau), art. L. 511-1, p. 1402.
- assignation à résidence, Code de l'entrée et du séjour des étrangers et du droit d'asile (nouveau), art. L. 730-1, p. 1419 ;
- ▶ annulation de l'OQTF, Code de l'entrée et du séjour des étrangers et du droit d'asile (nouveau), art. L. 614-18, p. 1412 ;
- ▶ citoyens de l'Union européenne, Code de l'entrée et du séjour des étrangers et du droit d'asile (nouveau), art. L. 262-1, p. 1387 ;
- ▶ conditions, Code de l'entrée et du séjour des étrangers et du droit d'asile (nouveau), art. L. 731-1, p. 1419 ;
- ▶ décision d'expulsion non exécutée, Code de l'entrée et du séjour des étrangers et du droit d'asile (nouveau), art. L. 731-4, p. 1420 ;
- ▶ décision de transfert, Code de l'entrée et du séjour des étrangers et du droit d'asile (nouveau), art. L. 751-2, p. 1432 ; art. L. 751-4, p. 1433 ;
- ▶ demandeur d'asile, Code de l'entrée et du séjour des étrangers et du droit d'asile (nouveau), art. L. 752-1, p. 1435 ;
- ▶ durée, Code de l'entrée et du séjour des étrangers et du droit d'asile (nouveau), art. L. 732-3, p. 1421 ;
- ▶ expulsion, Code de l'entrée et du séjour des étrangers et du droit d'asile (nouveau), art. L. 731-5, p. 1420 ;
- ▶ information de l'étranger, Code de l'entrée et du séjour des étrangers et du droit d'asile (nouveau), art. L. 732-7, p. 1421 ;
- ▶ justificatif d'identité, Code de l'entrée et du séjour des étrangers et du droit d'asile (nouveau), art. L. 733-4, p. 1422 ;
- ▶ lieu, Code de l'entrée et du séjour des étrangers et du droit d'asile (nouveau), art. L. 732-2, p. 1420 ;
- ▶ manquement aux prescriptions de l', Code de l'entrée et du séjour des étrangers et du droit d'asile (nouveau), art. L. 733-17, p. 1424 ;
- ▶ menace grave, Code de l'entrée et du séjour des étrangers et du droit d'asile (nouveau), art. L. 733-3, p. 1422 ;
- ▶ mesures applicables, Code de l'entrée et du séjour des étrangers et du droit d'asile (nouveau), art. L. 733-1, p. 1421 ;
- ▶ motivation, Code de l'entrée et du séjour des étrangers et du droit d'asile (nouveau), art. L. 732-1, p. 1420 ;
- ▶ obligations de présentation, Code de l'entrée et du séjour des étrangers et du droit d'asile (nouveau), art. L. 733-1 et L. 733-2, p. 1421 et s. ;
- ▶ obstruction de l'étranger, Code de l'entrée et du séjour des étrangers et du droit d'asile (nouveau), art. L. 733-6, p. 1422 ;
- ▶ peine d'interdiction du territoire, Code de l'entrée et du séjour des étrangers et du droit d'asile (nouveau), art. L. 733-16, p. 1424 ;
- ▶ procédure contentieuse, Code de l'entrée et du séjour des étrangers et du droit d'asile (nouveau), art. L. 732-8, p. 1421 ;
- ▶ régime, Code de l'entrée et du séjour des étrangers et du droit d'asile (nouveau), art. L. 732-2, p. 1420 ;
- ▶ report d'éloignement, Code de l'entrée et du séjour des étrangers et du droit d'asile (nouveau), art. L. 731-3, p. 1420 ; art. L. 732-9, p. 1421 ;
- ▶ report du de transfert, Code de l'entrée et du séjour des étrangers et du droit d'asile (nouveau), art. L. 751-6, p. 1433 ;
- ▶ risque de fuite, Code de l'entrée et du séjour des étrangers et du droit d'asile (nouveau), art. L. 751-3, p. 1433 ;
- ▶ terrorisme, Code de l'entrée et du séjour des étrangers et du droit d'asile (nouveau), art. L. 733-14, p. 1423 ;
- ▶ visite du domicile, Code de l'entrée et du séjour des étrangers et du droit d'asile (nouveau), art. L. 733-9, p. 1423.

- citoyens de l'Union européenne, Code de l'entrée et du séjour des étrangers et du droit d'asile (nouveau), art. L. 110-4, p. 1380 ; art. L. 251-1 et s., p. 1385 ;
- contribution financière de l'employeur, Code de l'entrée et du séjour des étrangers et du droit d'asile (nouveau), art. R. 822-2, p. 1465 ;
- contribution forfaitaire de l'employeur, Code de l'entrée et du séjour des étrangers et du droit d'asile (nouveau), art. L. 822-2, p. 1449 ;
- contrôle des documents autorisant à circuler ou séjourner en France, Code de l'entrée et du séjour des étrangers et du droit d'asile (nouveau), art. L. 812-1, p. 1440 ;
  - ▶ conditions, Code de l'entrée et du séjour des étrangers et du droit d'asile (nouveau), art. L. 812-2, p. 1440.
- contrôle aux frontières, Code de l'entrée et du séjour des étrangers et du droit d'asile (nouveau), art. L. 331-1, p. 1388 ;
- contrôles d'identité, Code de l'entrée et du séjour des étrangers et du droit d'asile (nouveau), art. L. 812-2, p. 1440 ;
- contrôles et sanction :
  - ▶ citoyens de l'Union européenne, Code de l'entrée et du séjour des étrangers et du droit d'asile (nouveau), art. L. 270-1, p. 1387.
- décision de transfert, Code de l'entrée et du séjour des étrangers et du droit d'asile (nouveau), art. L. 751-1, p. 1432 ;
  - ▶ assignation à résidence, Code de l'entrée et du séjour des étrangers et du droit d'asile (nouveau), art. L. 751-2, p. 1432 ;
  - ▶ exécution, Code de l'entrée et du séjour des étrangers et du droit d'asile (nouveau), art. L. 751-13, p. 1435 ;
  - ▶ rétention, Code de l'entrée et du séjour des étrangers et du droit d'asile (nouveau), art. L. 751-9, p. 1434 ;
  - ▶ risque de fuite, Code de l'entrée et du séjour des étrangers et du droit d'asile (nouveau), art. L. 751-10, p. 1434.
- décisions d'éloignement :
  - ▶ citoyens de l'Union européenne, Code de l'entrée et du séjour des étrangers et du droit d'asile (nouveau), art. L. 251-1 à L. 253-1, p. 1385 et s.
- définition, Code de l'entrée et du séjour des étrangers et du droit d'asile (nouveau), art. L. 110-3, p. 1380 ;
- délai de départ volontaire :
  - ▶ annulation du refus de, Code de l'entrée et du séjour des étrangers et du droit d'asile (nouveau), art. L. 614-17, p. 1412.
- demande d'asile :
  - ▶ dans le but de faire échec à l'éloignement, Code de l'entrée et du séjour des étrangers et du droit d'asile (nouveau), art. L. 754-3, p. 1438 ;
  - ▶ étranger placé en rétention, Code de l'entrée et du séjour des étrangers et du droit d'asile (nouveau), art. L. 754-1, p. 1438.
- demandeur d'asile :
  - ▶ assignation à résidence, Code de l'entrée et du séjour des étrangers et du droit d'asile (nouveau), art. L. 752-1, p. 1435 ; art. L. 753-2, p. 1437 ;
  - ▶ demande de suspension de l'éloignement, Code de l'entrée et du séjour des étrangers et du droit d'asile (nouveau), art. L. 752-5, p. 1435 ; art. L. 753-7, p. 1437 ;
  - ▶ demande de suspension de l'OQTF, Code de l'entrée et du séjour des étrangers et du droit d'asile (nouveau), art. L. 752-6 et L. 752-7, p. 1436 ;
  - ▶ rétention, Code de l'entrée et du séjour des étrangers et du droit d'asile (nouveau), art. L. 753-2, p. 1437 ;
  - ▶ rétention administrative, Code de l'entrée et du séjour des étrangers et du droit d'asile (nouveau), art. L. 752-2, p. 1435 ;
  - ▶ suspension de l'OQTF, Code de l'entrée et du séjour des étrangers et du droit d'asile (nouveau), art. L. 752-11, p. 1436.
- Détention :
  - ▶ procédure contentieuse, Code de l'entrée et du séjour des étrangers et du droit d'asile (nouveau), art. L. 614-14, p. 1411.
- droit de communication, Code de l'entrée et du séjour des étrangers et du droit d'asile (nouveau), art. L. 811-3, p. 1439 ; art. R. 811-3, p. 1461 ;
- éloignement, Code de l'entrée et du séjour des étrangers et du droit d'asile (nouveau), art. L. 610-1, p. 1405 ; art. L. 615-2, p. 1412 ;
  - ▶ annulation de la décision relative au séjour, Code de l'entrée et du séjour des étrangers et du droit d'asile (nouveau), art. L. 614-19, p. 1412 ;
  - ▶ annulation de l'OQTF, Code de l'entrée et du séjour des étrangers et du droit d'asile (nouveau), art. L. 614-16, p. 1412 ;
  - ▶ assignation à résidence, Code de l'entrée et du séjour des étrangers et du droit d'asile (nouveau), art. L. 614-7, p. 1410 ;
  - ▶ décision d'un autre État, Code de l'entrée et du séjour des étrangers et du droit d'asile (nouveau), art. L. 615-1, p. 1412 ;
  - ▶ délai de recours, Code de l'entrée et du séjour des étrangers et du droit d'asile (nouveau), art. L. 614-8, p. 1411 ;
  - ▶ information de l'étranger, Code de l'entrée et du séjour des étrangers et du droit d'asile (nouveau), art. L. 613-3 à L. 613-5, p. 1408 et s. ;
  - ▶ motivation, Code de l'entrée et du séjour des étrangers et du droit d'asile (nouveau), art. L. 613-1, p. 1408 ;
  - ▶ pays de renvoi, Code de l'entrée et du séjour des étrangers et du droit d'asile (nouveau), art. L. 612-12, p. 1408 ;
  - ▶ procédure contentieuse, Code de l'entrée et du séjour des étrangers et du droit d'asile (nouveau), art. L. 614-1 et L. 614-2, p. 1409 et s. ; art. L. 614-4 à L. 614-6, p. 1410 ;
  - ▶ qualité d'apatride, Code de l'entrée et du séjour des étrangers et du droit d'asile (nouveau), art. L. 613-6, p. 1409 ;
  - ▶ qualité de réfugié, Code de l'entrée et du séjour des étrangers et du droit d'asile (nouveau), art. L. 613-6, p. 1409 ;
  - ▶ rétention, Code de l'entrée et du séjour des étrangers et du droit d'asile (nouveau), art. L. 614-7, p. 1410 ;
  - ▶ risque de soustraction à l'OQTF, Code de l'entrée et du séjour des étrangers et du droit d'asile (nouveau), art. L. 612-3, p. 1406.
- enquêtes administratives, Code de l'entrée et du séjour des étrangers et du droit d'asile (nouveau), art. L. 811-1, p. 1439 ; art. R. 811-1, p. 1461 ;

- entrée irrégulière, Code de l'entrée et du séjour des étrangers et du droit d'asile (nouveau), art. L. 810-1, p. 1439 ;
  - incrimination, Code de l'entrée et du séjour des étrangers et du droit d'asile (nouveau), art. L. 821-1, p. 1447.
- exécution d'office de l'OQTF :
  - citoyens de l'Union européenne, Code de l'entrée et du séjour des étrangers et du droit d'asile (nouveau), art. L. 261-1, p. 1387.
- expulsion, Code de l'entrée et du séjour des étrangers et du droit d'asile (nouveau), art. L. 630-1, p. 1412 ;
  - abrogation des décisions d', Code de l'entrée et du séjour des étrangers et du droit d'asile (nouveau), art. L. 632-3, p. 1414 ;
  - citoyens de l'Union européenne, Code de l'entrée et du séjour des étrangers et du droit d'asile (nouveau), art. L. 252-2, p. 1387 ;
  - commission d'expulsion, Code de l'entrée et du séjour des étrangers et du droit d'asile (nouveau), art. L. 632-1, p. 1413 ;
  - exclusion, Code de l'entrée et du séjour des étrangers et du droit d'asile (nouveau), art. L. 631-4, p. 1413 ;
  - restrictions, Code de l'entrée et du séjour des étrangers et du droit d'asile (nouveau), art. L. 631-3, p. 1413.
- fiche individuelle de police, Code de l'entrée et du séjour des étrangers et du droit d'asile (nouveau), art. R. 814-1, p. 1462 ;
- garanties de rapatriement, Code de l'entrée et du séjour des étrangers et du droit d'asile (nouveau), art. R. 822-1, p. 1465 ;
- incriminations du CESEDA, Code de l'entrée et du séjour des étrangers et du droit d'asile (nouveau), art. L. 810-1, p. 1439 ;
- infractions :
  - aide à l'entrée, à la circulation et au séjour irréguliers, Code de l'entrée et du séjour des étrangers et du droit d'asile (nouveau), art. L. 823-1 et L. 823-2, p. 1449 et s. ;
  - formalités d'enregistrement, Code de l'entrée et du séjour des étrangers et du droit d'asile (nouveau), art. R. 270-1, p. 1454 ;
  - maintien irrégulier sur le territoire, Code de l'entrée et du séjour des étrangers et du droit d'asile (nouveau), art. L. 824-3, p. 1452 ;
  - manquement aux conditions d'entrée, Code de l'entrée et du séjour des étrangers et du droit d'asile (nouveau), art. L. 821-1, p. 1447 ;
  - manquement à l'exécution d'une décision d'éloignement, Code de l'entrée et du séjour des étrangers et du droit d'asile (nouveau), art. L. 824-1 à L. 824-2, p. 1452 ;
  - méconnaissance d'une décision de refus d'entrée, Code de l'entrée et du séjour des étrangers et du droit d'asile (nouveau), art. L. 821-3, p. 1447 ;
  - méconnaissance des prescriptions liées à l'assignation à résidence, Code de l'entrée et du séjour des étrangers et du droit d'asile (nouveau), art. L. 824-4, p. 1452 ;
  - nouvelle entrée sur le territoire, Code de l'entrée et du séjour des étrangers et du droit d'asile (nouveau), art. L. 824-11, p. 1454 ;
  - refus de se soumettre aux opérations de relevé d'empreintes digitales et de prise de photographies, Code de l'entrée et du séjour des étrangers et du droit d'asile (nouveau), art. L. 821-2 et L. 822-1, p. 1447 et s. ;
  - soustraction à l'exécution d'une mesure d'éloignement, Code de l'entrée et du séjour des étrangers et du droit d'asile (nouveau), art. L. 824-9 (nº 1), p. 1453 ;
  - soustraction au placement ou maintien en rétention administrative, Code de l'entrée et du séjour des étrangers et du droit d'asile (nouveau), art. L. 824-8, p. 1453.
- interdiction de retour sur le territoire français, Code de l'entrée et du séjour des étrangers et du droit d'asile (nouveau), art. L. 612-6, p. 1407 ;
  - abrogation, Code de l'entrée et du séjour des étrangers et du droit d'asile (nouveau), art. L. 613-7, p. 1409 ;
  - durée, Code de l'entrée et du séjour des étrangers et du droit d'asile (nouveau), art. L. 612-10, p. 1408 ;
  - motivation, Code de l'entrée et du séjour des étrangers et du droit d'asile (nouveau), art. L. 613-2, p. 1408.
- interdiction du territoire français, Code de l'entrée et du séjour des étrangers et du droit d'asile (nouveau), art. L. 641-1, p. 1415 ;
  - CESEDA, Code de l'entrée et du séjour des étrangers et du droit d'asile (nouveau), art. L. 640-1, p. 1415 ;
  - relèvement, Code de l'entrée et du séjour des étrangers et du droit d'asile (nouveau), art. L. 641-2 et L. 641-3, p. 1415 ;
  - rétention, Code de l'entrée et du séjour des étrangers et du droit d'asile (nouveau), art. L. 741-2, p. 1424.
- libération conditionnelle, Code de l'entrée et du séjour des étrangers et du droit d'asile (nouveau), art. L. 722-11, p. 1419 ;
- maintien au-delà du délai de départ volontaire :
  - interdiction de retour sur le territoire français, Code de l'entrée et du séjour des étrangers et du droit d'asile (nouveau), art. L. 612-7, p. 1407.
- maintien irrégulier, Code de l'entrée et du séjour des étrangers et du droit d'asile (nouveau), art. L. 810-1, p. 1439 ;
- manquement à l'exécution d'une décision d'éloignement, Code de l'entrée et du séjour des étrangers et du droit d'asile (nouveau), art. L. 824-1, p. 1452 ;
  - maintien irrégulier sur le territoire, Code de l'entrée et du séjour des étrangers et du droit d'asile (nouveau), art. L. 824-3, p. 1452 ;
  - méconnaissance des prescriptions liées à l'assignation à résidence, Code de l'entrée et du séjour des étrangers et du droit d'asile (nouveau), art. L. 824-4, p. 1452 ;
  - refus de se soumettre aux opérations de relevé d'empreintes digitales et de prise de photographies, Code de l'entrée et du séjour des étrangers et du droit d'asile (nouveau), art. L. 824-2, p. 1452 ;
  - soustraction à l'exécution d'une mesure d'éloignement, Code de l'entrée et du séjour des étrangers et du droit d'asile (nouveau), art. L. 824-9 (nº 1), p. 1453 ;
  - soustraction au placement ou maintien en rétention administrative, Code de l'entrée et du séjour des étrangers et du droit d'asile (nouveau), art. L. 824-8, p. 1453.
- mariage frauduleux, Code de l'entrée et du séjour des étrangers et du droit d'asile (nouveau), art. L. 823-11, p. 1451 ;
  - bande organisée, Code de l'entrée et du séjour des étrangers et du droit d'asile (nouveau), art. L. 823-12, p. 1451 ;

▶ peines complémentaires, Code de l'entrée et du séjour des étrangers et du droit d'asile (nouveau), art. L. 823-13, p. 1451.
- méconnaissance d'une décision de refus d'entrée, Code de l'entrée et du séjour des étrangers et du droit d'asile (nouveau), art. L. 821-3, p. 1447 ;
- mineur :
  ▶ fichier, Code de l'entrée et du séjour des étrangers et du droit d'asile (nouveau), art. L. 142-3, p. 1383 ;
  ▶ rétention, Code de l'entrée et du séjour des étrangers et du droit d'asile (nouveau), art. L. 741-5, p. 1425.
- nouvelle entrée irrégulière, Code de l'entrée et du séjour des étrangers et du droit d'asile (nouveau), art. L. 824-11, p. 1454 ;
- obligation de quitter le territoire, Code de l'entrée et du séjour des étrangers et du droit d'asile (nouveau), art. L. 610-1, p. 1405 ; art. L. 615-2, p. 1412 ;
  ▶ annulation de la décision relative au séjour, Code de l'entrée et du séjour des étrangers et du droit d'asile (nouveau), art. L. 614-19, p. 1412 ;
  ▶ annulation de l'OQTF, Code de l'entrée et du séjour des étrangers et du droit d'asile (nouveau), art. L. 614-16, p. 1412 ;
  ▶ décision d'un autre État, Code de l'entrée et du séjour des étrangers et du droit d'asile (nouveau), art. L. 615-1, p. 1412 ;
  ▶ délai de départ volontaire, Code de l'entrée et du séjour des étrangers et du droit d'asile (nouveau), art. L. 612-1, p. 1406 ;
  ▶ information de l'étranger, Code de l'entrée et du séjour des étrangers et du droit d'asile (nouveau), art. L. 613-3 à L. 613-5, p. 1408 et s. ;
  ▶ motifs, Code de l'entrée et du séjour des étrangers et du droit d'asile (nouveau), art. L. 611-1, p. 1405 ;
  ▶ motivation, Code de l'entrée et du séjour des étrangers et du droit d'asile (nouveau), art. L. 613-1, p. 1408 ;
  ▶ pays de renvoi, Code de l'entrée et du séjour des étrangers et du droit d'asile (nouveau), art. L. 612-12, p. 1408 ;
  ▶ procédure contentieuse, Code de l'entrée et du séjour des étrangers et du droit d'asile (nouveau), art. L. 614-1 et L. 614-2, p. 1409 et s. ; art. L. 614-4 à L. 614-6, p. 1410 ;
  ▶ qualité d'apatride, Code de l'entrée et du séjour des étrangers et du droit d'asile (nouveau), art. L. 613-6, p. 1409 ;
  ▶ qualité de réfugié, Code de l'entrée et du séjour des étrangers et du droit d'asile (nouveau), art. L. 613-6, p. 1409.
- obligation de quitter le territoire français :
  ▶ citoyens de l'Union européenne, Code de l'entrée et du séjour des étrangers et du droit d'asile (nouveau), art. L. 251-2, p. 1386.
- OQTF contentieux, Code de l'entrée et du séjour des étrangers et du droit d'asile (nouveau), art. L. 720-1, p. 1416 ; art. L. 740-2, p. 1424 ;
  ▶ assignation à résidence, Code de l'entrée et du séjour des étrangers et du droit d'asile (nouveau), art. L. 730-1, p. 1419 ;
  ▶ décision prise par un État membre de l'Union européenne, Code de l'entrée et du séjour des étrangers et du droit d'asile (nouveau), art. L. 722-9, p. 1418 ;
  ▶ décisions administratives d'éloignement, Code de l'entrée et du séjour des étrangers et du droit d'asile (nouveau), art. L. 722-3, p. 1418 ;
  ▶ délai de départ volontaire, Code de l'entrée et du séjour des étrangers et du droit d'asile (nouveau), art. L. 721-6, p. 1417 ;
  ▶ éloignement effectif, Code de l'entrée et du séjour des étrangers et du droit d'asile (nouveau), art. L. 722-7, p. 1418 ;
  ▶ escorte, Code de l'entrée et du séjour des étrangers et du droit d'asile (nouveau), art. L. 722-12, p. 1419 ;
  ▶ exécution par l'autorité administrative, Code de l'entrée et du séjour des étrangers et du droit d'asile (nouveau), art. L. 720-1, p. 1416 ;
  ▶ exécution des décisions d'éloignement, Code de l'entrée et du séjour des étrangers et du droit d'asile (nouveau), art. L. 700-1, p. 1415 ;
  ▶ exécution par l'étranger, Code de l'entrée et du séjour des étrangers et du droit d'asile (nouveau), art. L. 710-1, p. 1416 ;
  ▶ exécution d'office, Code de l'entrée et du séjour des étrangers et du droit d'asile (nouveau), art. L. 722-1, p. 1417 ;
  ▶ maintien en rétention par le JLD, Code de l'entrée et du séjour des étrangers et du droit d'asile (nouveau), art. L. 742-1, p. 1426 ;
  ▶ pays de renvoi, Code de l'entrée et du séjour des étrangers et du droit d'asile (nouveau), art. L. 721-3, p. 1417 ;
  ▶ peinte d'interdiction du territoire français, Code de l'entrée et du séjour des étrangers et du droit d'asile (nouveau), art. L. 722-6, p. 1418 ;
  ▶ préparation de l'exécution d'office, Code de l'entrée et du séjour des étrangers et du droit d'asile (nouveau), art. L. 721-1, p. 1416 ;
  ▶ remise à un État membre de l'Union européenne, Code de l'entrée et du séjour des étrangers et du droit d'asile (nouveau), art. L. 722-10, p. 1419 ;
  ▶ rétention, Code de l'entrée et du séjour des étrangers et du droit d'asile (nouveau), art. L. 740-1, p. 1424 ;
  ▶ transmission d'informations, Code de l'entrée et du séjour des étrangers et du droit d'asile (nouveau), art. L. 721-2, p. 1416 ;
  ▶ vulnérabilité, Code de l'entrée et du séjour des étrangers et du droit d'asile (nouveau), art. L. 741-4, p. 1424.
- procédure contentieuse :
  ▶ assignation à résidence, Code de l'entrée et du séjour des étrangers et du droit d'asile (nouveau), art. L. 614-7, p. 1410 ; art. L. 614-12, p. 1411 ;
  ▶ code de justice administrative, Code de l'entrée et du séjour des étrangers et du droit d'asile (nouveau), art. R. 614-1, p. 1455 ;
  ▶ délai de recours, Code de l'entrée et du séjour des étrangers et du droit d'asile (nouveau), art. L. 614-8, p. 1411 ;
  ▶ détention, Code de l'entrée et du séjour des étrangers et du droit d'asile (nouveau), art. L. 614-14, p. 1411 ;
  ▶ rétention, Code de l'entrée et du séjour des étrangers et du droit d'asile (nouveau), art. L. 614-7 et L. 614-8, p. 1410 et s. ; art. L. 614-13, p. 1411 ;

▶ tribunal administratif, Code de l'entrée et du séjour des étrangers et du droit d'asile (nouveau), art. L. 614-9, p. 1411.

- protection subsidiaire, Code de l'entrée et du séjour des étrangers et du droit d'asile (nouveau), art. L. 424-9, p. 1396 ; art. L. 512-1, p. 1403 ;
  ▶ atteintes graves, Code de l'entrée et du séjour des étrangers et du droit d'asile (nouveau), art. L. 513-2, p. 1404 ;
  ▶ conditions, Code de l'entrée et du séjour des étrangers et du droit d'asile (nouveau), art. L. 513-2, p. 1404 ;
  ▶ exclusion, Code de l'entrée et du séjour des étrangers et du droit d'asile (nouveau), art. L. 512-2, p. 1403 ;
  ▶ retrait, Code de l'entrée et du séjour des étrangers et du droit d'asile (nouveau), art. L. 512-3, p. 1404 ;
  ▶ risque d'atteinte grave, Code de l'entrée et du séjour des étrangers et du droit d'asile (nouveau), art. L. 513-4, p. 1404.
- qualité de réfugié :
  ▶ conditions, Code de l'entrée et du séjour des étrangers et du droit d'asile (nouveau), art. L. 513-2, p. 1404 ;
  ▶ crainte de persécutions, Code de l'entrée et du séjour des étrangers et du droit d'asile (nouveau), art. L. 513-4, p. 1404.
- reconnaissance frauduleuse d'enfant, Code de l'entrée et du séjour des étrangers et du droit d'asile (nouveau), art. L. 823-11, p. 1451 ;
  ▶ bande organisée, Code de l'entrée et du séjour des étrangers et du droit d'asile (nouveau), art. L. 823-12, p. 1451 ;
  ▶ peines complémentaires, Code de l'entrée et du séjour des étrangers et du droit d'asile (nouveau), art. L. 823-13, p. 1451.
- réfugiés, Code de l'entrée et du séjour des étrangers et du droit d'asile (nouveau), art. L. 424-1, p. 1395 ;
- refus de délai de départ volontaire :
  ▶ motivation, Code de l'entrée et du séjour des étrangers et du droit d'asile (nouveau), art. L. 613-2, p. 1408.
- refus d'entrée, Code de l'entrée et du séjour des étrangers et du droit d'asile (nouveau), art. L. 332-1, p. 1388 ; art. R. 332-1, p. 1455 ;
  ▶ exécution d'office, Code de l'entrée et du séjour des étrangers et du droit d'asile (nouveau), art. L. 333-1, p. 1388.
- refus de se soumettre aux opérations de relevé d'empreintes digitales et de prise de photographies :
  ▶ entrée sur le territoire, Code de l'entrée et du séjour des étrangers et du droit d'asile (nouveau), art. L. 821-2, p. 1447 ;
  ▶ séjour sur le territoire, Code de l'entrée et du séjour des étrangers et du droit d'asile (nouveau), art. L. 822-1, p. 1449.
- rétention, Code de l'entrée et du séjour des étrangers et du droit d'asile (nouveau), art. L. 740-1, p. 1424 ;
  ▶ accès aux lieux de, Code de l'entrée et du séjour des étrangers et du droit d'asile (nouveau), art. L. 744-12, p. 1432 ;
  ▶ appel, Code de l'entrée et du séjour des étrangers et du droit d'asile (nouveau), art. L. 743-23, p. 1430 ;
  ▶ assignation à résidence alternative à la, Code de l'entrée et du séjour des étrangers et du droit d'asile (nouveau), art. L. 743-13, p. 1429 ;
  ▶ avocat, Code de l'entrée et du séjour des étrangers et du droit d'asile (nouveau), art. L. 743-25, p. 1430 ; art. L. 744-5, p. 1431 ;
  ▶ compétence du juge administratif, Code de l'entrée et du séjour des étrangers et du droit d'asile (nouveau), art. L. 754-3, p. 1438 ;
  ▶ conditions de, Code de l'entrée et du séjour des étrangers et du droit d'asile (nouveau), art. L. 744-2, p. 1430 ;
  ▶ contestation de la décision de placement, Code de l'entrée et du séjour des étrangers et du droit d'asile (nouveau), art. L. 741-10, p. 1425 ;
  ▶ contrôle par l'autorité judiciaire, Code de l'entrée et du séjour des étrangers et du droit d'asile (nouveau), art. L. 743-1, p. 1427 ;
  ▶ décision de placement, Code de l'entrée et du séjour des étrangers et du droit d'asile (nouveau), art. L. 741-6, p. 1425 ;
  ▶ décision de placement placement, Code de l'entrée et du séjour des étrangers et du droit d'asile (nouveau), art. L. 741-1, p. 1424 ;
  ▶ décision de transfert, Code de l'entrée et du séjour des étrangers et du droit d'asile (nouveau), art. L. 751-9, p. 1434 ;
  ▶ demande de mise en liberté, Code de l'entrée et du séjour des étrangers et du droit d'asile (nouveau), art. L. 742-8, p. 1427 ; art. L. 743-18, p. 1429 ;
  ▶ demandeur d'asile, Code de l'entrée et du séjour des étrangers et du droit d'asile (nouveau), art. L. 750-1, p. 1432 ;
  ▶ droits de l'étranger au cours de la procédure, Code de l'entrée et du séjour des étrangers et du droit d'asile (nouveau), art. L. 743-24, p. 1430 ;
  ▶ droits des étrangers placés en, Code de l'entrée et du séjour des étrangers et du droit d'asile (nouveau), art. L. 744-4, p. 1431 ;
  ▶ durée, Code de l'entrée et du séjour des étrangers et du droit d'asile (nouveau), art. L. 741-3, p. 1424 ;
  ▶ étranger pénalement poursuivi, Code de l'entrée et du séjour des étrangers et du droit d'asile (nouveau), art. L. 744-10, p. 1431 ;
  ▶ fin, Code de l'entrée et du séjour des étrangers et du droit d'asile (nouveau), art. L. 742-9, p. 1427 ;
  ▶ information de l'étranger, Code de l'entrée et du séjour des étrangers et du droit d'asile (nouveau), art. L. 741-9, p. 1425 ;
  ▶ information du procureur de la République, Code de l'entrée et du séjour des étrangers et du droit d'asile (nouveau), art. L. 741-8, p. 1425 ; art. L. 743-19, p. 1429 ;
  ▶ information du tribunal administratif, Code de l'entrée et du séjour des étrangers et du droit d'asile (nouveau), art. L. 743-20, p. 1429 ;
  ▶ JLD, Code de l'entrée et du séjour des étrangers et du droit d'asile (nouveau), art. L. 743-1, p. 1427 ;
  ▶ maintien par le JLD, Code de l'entrée et du séjour des étrangers et du droit d'asile (nouveau), art. L. 742-1, p. 1426 ;

- médecin, Code de l'entrée et du séjour des étrangers et du droit d'asile (nouveau), art. L. 743-25, p. 1430 ;
- mineur, Code de l'entrée et du séjour des étrangers et du droit d'asile (nouveau), art. L. 741-5, p. 1425 ;
- notification des droits, Code de l'entrée et du séjour des étrangers et du droit d'asile (nouveau), art. L. 744-6, p. 1431 ;
- nouveau placement, Code de l'entrée et du séjour des étrangers et du droit d'asile (nouveau), art. L. 741-7, p. 1425 ;
- nouvelle prolongation, Code de l'entrée et du séjour des étrangers et du droit d'asile (nouveau), art. L. 742-4, p. 1426 ;
- prolongation, Code de l'entrée et du séjour des étrangers et du droit d'asile (nouveau), art. L. 743-9, p. 1428 ;
- prolongation exceptionnelle, Code de l'entrée et du séjour des étrangers et du droit d'asile (nouveau), art. L. 742-5, p. 1426 ;
- terrorisme, Code de l'entrée et du séjour des étrangers et du droit d'asile (nouveau), art. L. 742-6, p. 1427 ;
- transfert, Code de l'entrée et du séjour des étrangers et du droit d'asile (nouveau), art. L. 744-17, p. 1432 ;
- visite de lieux de, Code de l'entrée et du séjour des étrangers et du droit d'asile (nouveau), art. L. 744-12, p. 1432 ;
- voies de recours, Code de l'entrée et du séjour des étrangers et du droit d'asile (nouveau), art. L. 743-21, p. 1429 ;
- vulnérabilité, Code de l'entrée et du séjour des étrangers et du droit d'asile (nouveau), art. L. 741-4, p. 1424.

- rétention administrative :
  - demande d'asile en, Code de l'entrée et du séjour des étrangers et du droit d'asile (nouveau), art. L. 754-1, p. 1438 ;
  - demandeur d'asile, Code de l'entrée et du séjour des étrangers et du droit d'asile (nouveau), art. L. 752-2, p. 1435.
- retenue :
  - audition, Code de l'entrée et du séjour des étrangers et du droit d'asile (nouveau), art. L. 813-8, p. 1445 ;
  - avocat, Code de l'entrée et du séjour des étrangers et du droit d'asile (nouveau), art. L. 813-6, p. 1445 ;
  - conditions, Code de l'entrée et du séjour des étrangers et du droit d'asile (nouveau), art. L. 813-2, p. 1444 ;
  - droits de l'étranger, Code de l'entrée et du séjour des étrangers et du droit d'asile (nouveau), art. L. 813-5, p. 1444 ;
  - durée, Code de l'entrée et du séjour des étrangers et du droit d'asile (nouveau), art. L. 813-3, p. 1444 ;
  - fichier, Code de l'entrée et du séjour des étrangers et du droit d'asile (nouveau), art. L. 813-14, p. 1446 ;
  - garde à vue, Code de l'entrée et du séjour des étrangers et du droit d'asile (nouveau), art. L. 813-15, p. 1446 ;
  - information du procureur de la République, Code de l'entrée et du séjour des étrangers et du droit d'asile (nouveau), art. L. 813-4, p. 1444 ;
  - inspection des bagages, Code de l'entrée et du séjour des étrangers et du droit d'asile (nouveau), art. L. 813-9, p. 1445 ;
  - lieu, Code de l'entrée et du séjour des étrangers et du droit d'asile (nouveau), art. L. 813-11, p. 1445 ;
  - placement, Code de l'entrée et du séjour des étrangers et du droit d'asile (nouveau), art. L. 813-1, p. 1444 ;
  - prise d'empreintes, Code de l'entrée et du séjour des étrangers et du droit d'asile (nouveau), art. L. 813-10, p. 1445 ;
  - procès verbal, Code de l'entrée et du séjour des étrangers et du droit d'asile (nouveau), art. L. 813-13, p. 1446.
- retenue du passeport, Code de l'entrée et du séjour des étrangers et du droit d'asile (nouveau), art. L. 814-1, p. 1446 ;
- secret professionnel :
  - droit de communication, Code de l'entrée et du séjour des étrangers et du droit d'asile (nouveau), art. L. 811-3, p. 1439.
- séjour irrégulier, Code de l'entrée et du séjour des étrangers et du droit d'asile (nouveau), art. L. 810-1, p. 1439 ;
- soustraction à une mesure d'éloignement, Code de l'entrée et du séjour des étrangers et du droit d'asile (nouveau), art. L. 810-1, p. 1439 ;
- titre de séjour :
  - apatride, Code de l'entrée et du séjour des étrangers et du droit d'asile (nouveau), art. L. 424-18, p. 1397 ;
  - conjoint de Français, Code de l'entrée et du séjour des étrangers et du droit d'asile (nouveau), art. L. 423-1, p. 1393 ;
  - étranger malade, Code de l'entrée et du séjour des étrangers et du droit d'asile (nouveau), art. L. 425-9, p. 1401 ;
  - motif humanitaire, Code de l'entrée et du séjour des étrangers et du droit d'asile (nouveau), art. L. 425-1, p. 1399 ;
  - ordonnance de protection, Code de l'entrée et du séjour des étrangers et du droit d'asile (nouveau), art. L. 425-6, p. 1401 ;
  - protection internationale, Code de l'entrée et du séjour des étrangers et du droit d'asile (nouveau), art. L. 424-1 et s., p. 1395 ;
  - protection subsidiaire, Code de l'entrée et du séjour des étrangers et du droit d'asile (nouveau), art. L. 424-9, p. 1396 ;
  - réfugiés, Code de l'entrée et du séjour des étrangers et du droit d'asile (nouveau), art. L. 424-1, p. 1395 ;
  - regroupement familial, Code de l'entrée et du séjour des étrangers et du droit d'asile (nouveau), art. L. 423-14, p. 1394 ;
  - victime de violences conjugales, Code de l'entrée et du séjour des étrangers et du droit d'asile (nouveau), art. L. 423-5, p. 1394.
- traitement automatisé de données, Code de l'entrée et du séjour des étrangers et du droit d'asile (nouveau), art. L. 142-1 et s., p. 1382 ;
- vérification d'acte d'état civil, Code de l'entrée et du séjour des étrangers et du droit d'asile (nouveau), art. L. 811-2, p. 1439 ;
- vérification d'acte d'état civil étranger, Code de l'entrée et du séjour des étrangers et du droit d'asile (nouveau), art. R. 811-2, p. 1461 ;

- victime de traite ou de prostitution :
  - protection, Code de l'entrée et du séjour des étrangers et du droit d'asile (nouveau), art. L. 425-4 (n° 1), p. 1400.
- victime de traite ou de proxénétisme :
  - titre de séjour, Code de l'entrée et du séjour des étrangers et du droit d'asile (nouveau), art. L. 425-1, p. 1399.
- victime de violences conjugales, Code de l'entrée et du séjour des étrangers et du droit d'asile (nouveau), art. L. 423-5, p. 1394 ;
- zone d'attente, Code de l'entrée et du séjour des étrangers et du droit d'asile (nouveau), art. L. 340-1, p. 1389 ;
  - droits de l'étranger, Code de l'entrée et du séjour des étrangers et du droit d'asile (nouveau), art. L. 342-16 et L. 343-1, p. 1392 ;
  - fin du maintien, Code de l'entrée et du séjour des étrangers et du droit d'asile (nouveau), art. L. 342-19, p. 1392 ;
  - juge compétent, Code de l'entrée et du séjour des étrangers et du droit d'asile (nouveau), art. L. 342-1 (n° 1), p. 1390 ;
  - jugement, Code de l'entrée et du séjour des étrangers et du droit d'asile (nouveau), art. L. 342-5, p. 1391 ;
  - maintien, Code de l'entrée et du séjour des étrangers et du droit d'asile (nouveau), art. L. 342-1, p. 1390 ;
  - placement, Code de l'entrée et du séjour des étrangers et du droit d'asile (nouveau), art. L. 341-1, p. 1389 ;
  - voies de recours, Code de l'entrée et du séjour des étrangers et du droit d'asile (nouveau), art. L. 342-12, p. 1391.
- zones frontalières :
  - contrôles d'identité, Code de l'entrée et du séjour des étrangers et du droit d'asile (nouveau), art. L. 812-2, p. 1440 ;
  - péages, Code de l'entrée et du séjour des étrangers et du droit d'asile (nouveau), art. R. 812-1, p. 1462 ;
  - visite des véhicules, Code de l'entrée et du séjour des étrangers et du droit d'asile (nouveau), art. L. 812-3, p. 1444.

Eugénisme, art. 511-1, p. 953 ;
- définition, art. 214-1, p. 338.

Europe, Annexe 5, p. 1683.

Évasion, art. 434-27 et s., p. 906.

Exception d'illégalité, art. 111-5, p. 22.

Excision, art. 222-9, p. 383.

Excitation d'animaux dangereux, art. R. 623-3, p. 1018.

Exclusion des marchés publics :
- contenu et modalités d'application, art. 131-34, p. 229 ;
- contenu et modalités d'application (renvoi), art. 131-48, p. 237 ;
- peine complémentaire, art. 131-34, p. 229 ; art. 131-39, p. 235.

V. *Marchés publics.*

Exemption de peine, art. 312-6-1, p. 651 ; art. 414-3, p. 749 ;
- assassinat, art. 221-5-3, p. 347 ;
- association de malfaiteurs, art. 450-2, p. 946 ;
- atteintes à l'action de la justice, art. 434-37, p. 909 ;
- empoisonnement, art. 221-5-3, p. 347 ;
- espionnage, art. 414-2, p. 748 ;
- fausse monnaie, art. 442-9, p. 936 ;
- repenti, art. 132-78, p. 313 ;
- sabotage, art. 414-2, p. 748 ;
- terrorisme, art. 422-1, p. 758 ;
- tortures et actes de barbarie, art. 222-6-2, p. 379 ;
- trafic de stupéfiants, art. 222-43-1, p. 431 ;
- vol, art. 311-9-1, p. 642 ; art. 324-6-1, p. 730.

Exercice illégal :
- de l'art dentaire, CSP, art. L. 4161-2, p. 1811 ;
- de la médecine, CSP, art. L. 4161-1, p. 1810 ; art. L. 4161-5, p. 1812 ;
- de la médecine ou de la chirurgie des animaux, C. rur., art. L. 243-1, p. 1819 ; art. L. 243-4, p. 1821 ;
- de la pharmacie, Annexe 7, p. 1803 ;
- de la profession de chirurgien-dentiste, CSP, art. L. 4161-5, p. 1812 ;
- de la profession d'infirmier, CSP, art. L. 4314-4, p. 1814 ;
- de la profession de masseur-kinésithérapeute, CSP, art. L. 4323-4 et L. 4323-4-1, p. 1817 et s. ;
- de la profession de pédicure-podologue, CSP, art. L. 4323-4, p. 1817 ; art. L. 4323-4-2, p. 1818 ;
- de la profession de sage-femme, CSP, art. L. 4161-4 et L. 4161-5, p. 1811 et s.

Exhibition sexuelle, art. 222-32, p. 420.

Expériences ou recherches scientifiques, art. 461-3, p. 947 ;
- animaux, art. 521-2, p. 963 ; art. 716-16, p. 972 ; art. R. 511-1, p. 1009.

Expérimentation sur la personne humaine :
- consentement (défaut de), art. 223-8, p. 453 ;
- génétique, art. 223-8, p. 453.

Expert :
- en automobile, C. route, art. L. 326-1 et s., p. 2002 ; art. R. 326-1 et s., p. 2164 ;
- corruption, art. 434-9, p. 894 ;
- faux, art. 434-20, p. 900 ;
- menaces, art. 434-8, p. 894 ;
- subornation, art. 434-21, p. 900.

Exploitation de l'image d'un mineur, art. 227-23, p. 609 ;
- bande organisée, art. 227-23, p. 609 ;
- presse :
  - détermination des personnes responsables, art. 227-28, p. 619.
- tentative, art. 227-23, p. 609.

Exploitation de la mendicité, V. *Mendicité.*

Explosifs, art. 322-5 et s., p. 715 ; art. 412-5, p. 737 ; art. 434-30, p. 908 ;
- détention ou transport, art. 322-11-1, p. 719 ;
- terrorisme, art. 421-1, p. 750.

Expulsion arbitraire, art. 226-4-2, p. 559.

Extinction des peines :
- décès du condamné, art. 133-1 et s., p. 315 ;
- dissolution de la personne morale, art. 133-1, p. 315 ;
- prescription, art. 133-2 à 133-4, p. 316.

Extorsion, art. 312-1 à 312-7, p. 646 et s. ; art. 312-12-1, p. 657 ; art. 321-6-1, p. 708 ;
- récidive, art. 132-16, p. 270 ;
- terrorisme, art. 421-1, p. 750.

F

Fait justificatif, V. *Causes d'irresponsabilité ou d'atténuation de responsabilité.*

Falsification des marques de l'autorité, art. 444-1 à 444-9, p. 939 et s.

Falsification des titres ou autres valeurs fiduciaires émises par l'autorité publique, art. 443-1 à 443-8, p. 937 et s. ; art. 715-5, p. 972.

Famille, V. *Abandon de famille, Abandon d'enfant, Immunités familiales, Conjoint, Violences conjugales.*

Fausse information, art. 322-14, p. 720 ; art. 411-10, p. 735 ;
- aéronef, art. 224-8, p. 465 ;
  ▶ tentative, art. 224-8, p. 465.
- navire, art. 224-8, p. 465 ;
  ▶ tentative, art. 224-8, p. 465.

Fausse monnaie, art. 442-1 à 442-14, p. 934 et s. ; art. R. 645-9, p. 1037.

Fausse qualité, art. 313-1, p. 658 ; Annexe 8, p. 1907 ;
- vol, art. 311-4, p. 638.

Fausses alertes, art. 322-14, p. 720 ;
- aéronef, art. 224-8, p. 465 ;
  ▶ tentative, art. 224-8, p. 465.
- navire, art. 224-8, p. 465 ;
  ▶ tentative, art. 224-8, p. 465.
- tentative, art. 224-8, p. 465.

Fausses clefs :
- effraction (circonstance aggravante), art. 132-73, p. 310.

Fausses clés, V. *Effraction.*

Fausses factures, art. 441-1 (nº 13), p. 920.

Fausses nouvelles, C. mon. fin., art. L. 465-3-5 (nºs 4 et s.), p. 1267. – L. 29 juill. 1881, art. 27, p. 1725.

Fautes pénales, V. *Élément moral.*

Faux, art. 441-1, p. 917 ; art. 441-3 à 441-7, p. 927 et s. ; art. 441-9 à 441-12, p. 933 et s. ;
- faux documents administratifs, art. 441-2, p. 926.

V. *Falsification des marques de l'autorité et Falsification des titres ou autres valeurs fiduciaires émises par l'autorité publique.*

Faux documents administratifs, art. 441-3, p. 927.

Faux nom, art. 313-1, p. 658 ; art. 433-19, p. 886 ; Annexe 8, p. 1907 ;
- usurpation d'identité, art. 226-4-1, p. 558.

Faux serment, art. 434-17, p. 899.

Faux témoignage, art. 434-13 et s., p. 896.

Favoritisme, art. 432-14, p. 860.

Fermeture d'établissement :
- contenu et modalités d'application (renvoi), art. 131-48, p. 237 ;
- interdiction d'exercice, art. 131-33, p. 228 ;
- peine complémentaire, art. 131-10, p. 200 ; art. 131-33, p. 228 ; art. 131-39, p. 235 ;
- personne morale, art. 131-39, p. 235 ;
- proxénétisme, art. 225-22, p. 498 ;
- trafic de stupéfiants, art. 222-50 et 222-51, p. 436 et s.

Fichiers ou traitements informatiques, art. 323-1 et s., p. 721 ; art. 411-6 et s., p. 734 ; art. 411-9, p. 735 ; art. 421-1, p. 750 ; art. R. 625-10 et s., p. 1023 ;
- atteintes à la vie privée, art. 226-3, p. 506 ;
- conservation (durée excessive), art. 226-20, p. 586 ;
- détournement, art. 226-21, p. 586 ;
- divulgation de données à caractère personnel, art. 226-22, p. 586 ;
  ▶ État tiers, art. 226-22-1, p. 586.
- données médicales (soins psychiatriques), art. 1, p. 581 ;
- données relatives aux origines ou appartenances, art. 226-19, p. 584 ;
- effacement des données, art. 226-23, p. 586 ;
- fonctionnaires, art. 226-16-2, p. 583 ;
- fournisseur d'accès, art. 226-17-1, p. 584 ;
- illicites, art. 226-16 et 226-17-1, p. 583 et s. ;
- personnes chargées d'une mission de service public, art. 226-16-2, p. 583 ;
- prospection, art. 226-18-1, p. 584 ;
- recherche médicale, art. 226-19-1, p. 585 ;
- répertoire national d'identification des personnes physiques, art. 226-16-1, p. 583 ;
- RGPD, art. 226-17, p. 583.

Filiation :
- abandon d'enfant, art. 227-12 et s., p. 604.

Filouterie, art. 313-5, p. 675.

Fonctionnaire, art. 432-2 et 432-3, p. 839 ; art. 432-7 à 432-11, p. 841 et s. ; art. 432-14 et 432-15, p. 860 et s. ;
- abus d'autorité, art. 432-1, p. 838 ; art. 432-4 à 432-6, p. 840 et s. ;
- prise illégale d'intérêts, art. 432-12 et s., p. 850 ;
- responsabilité pénale, L. 13 juill. 1983, p. 124.

Fonctionnaire international :
- Code des étrangers (ancien), CESEDA (ancien), art. L. 111-4, p. 1471.

Fonctionnaires :
- fichiers ou traitements informatiques, art. 226-16-2, p. 583.

Forains, C. route, art. R. 435-3, p. 2250.

Force majeure, art. 221-6 (nº 104), p. 370 ;
- contravention, art. 121-3, p. 111 ; art. 121-3 (nº 87), p. 123 ;
- exonération, art. 121-1 (nº 96), p. 98 ; art. 122-2, p. 157.

Forêts :
- incendie, art. 322-5 et s., p. 715.

Fournisseurs d'accès :
- atteintes aux droits de la personne résultant des fichiers ou traitements informatiques, art. 226-17-1, p. 584.

Fractionnement des peines :
- emprisonnement, art. 132-27, p. 289 ;
- jours-amende, art. 132-28, p. 289 ;
- suspension du permis de conduire, art. 132-28, p. 289.

Frais de justice :
- décès du condamné, art. 133-1, p. 315 ;
- dispense de peine, art. 132-59, p. 303 ;
- dissolution de la personne morale, art. 133-1, p. 315.

Fraudes et falsifications, Annexe 2, p. 1085 ; Annexe 2, p. 1085 ;
- médicaments, Annexe 7, p. 1803.

Frères et sœurs, V. *Immunités familiales.*

Funérailles, art. 433-21-1, p. 887 ;
- inhumation illicite, art. R. 645-6, p. 1036.

G

Gage, art. 314-5, p. 692.

Gallodrome, art. 521-1, p. 958.

Garantie financière :
- intermédiaire, C. mon. fin., art. L. 519-4, p. 1253.

Gardien d'immeubles :
- menaces, art. 433-3, p. 871 ;
- meurtre, art. 221-4, p. 343 ;
- tortures et actes de barbarie, art. 222-3, p. 378 ;
- violences, art. 222-8, p. 381 ; art. 222-10, p. 383 ; art. 222-12 et 222-13, p. 388 et s.

Gardien de prison, V. *Administration pénitentiaire (fonctionnaire de l').*

Gendarmerie (militaires de la) :
- assassinat, art. 221-3, p. 343 ;
- destructions, dégradations et détériorations, art. 322-3, p. 713 ;
- embuscade, art. 222-15-1, p. 397 ;
- menaces, art. 433-3, p. 871 ;
- meurtre, art. 221-4, p. 343 ;
- tortures et actes de barbarie, art. 222-3, p. 378 ;
- violences, art. 222-8, p. 381 ; art. 222-10, p. 383 ; art. 222-12 à 222-14-1, p. 388 et s.

Génétique :
- caractéristiques génétiques, art. 226-25 et s., p. 587 ;
- consentement (défaut de), art. 226-25 et s., p. 587 ;
- discrimination, art. 225-1, p. 467 ; art. 225-3, p. 474 ;
- expérimentation sur la personne humaine, art. 223-8, p. 453 ;
- identification prohibée, art. 226-27, p. 587.

Génocide :
- définition, art. 211-1, p. 325 ;
- période de sûreté, art. 211-1, p. 325 ;
- provocation, art. 211-2, p. 326.

Genre :
- discrimination, art. 225-1, p. 467 ;
- thérapies de conversion, art. 225-4-13, p. 479.

Gens du voyage :
- occupation illicite de terrain, art. 322-4-1, p. 715.

Gestation pour autrui :
- provocation ou entremise à l'abandon d'enfant, art. 227-12, p. 604.

Grâce :
- assassinat, art. 221-3 et s., p. 343 ;
- décret de grâce, art. R. 133-2, p. 992 ;
- effet, art. 133-7 et s., p. 318 ;
- effet sur la confusion, art. 132-6, p. 256 ;
- extinction des peines, art. 133-1, p. 315 ;
- recours en grâce, art. R. 133-1 et s., p. 992.

Graffitis urbains, art. 322-1, p. 710 ; art. 322-3, p. 713.

Grivèlerie, art. 313-5, p. 675.

Grossesse, V. *Personne vulnérable.*

Grossesse (interruption illégale de), CSP, art. L. 2222-1 et s., p. 1855 ;
- consentement (défaut de), art. 223-10, p. 454.

Groupements ou ententes, art. 222-14-2, p. 395 ; art. 222-34, p. 428 ; art. 323-4, p. 723 ; art. 461-18, p. 949.

Groupes de combat, art. 431-13 et s., p. 836 ;
- terrorisme, art. 421-1, p. 750.

Guerre, art. 413-1, p. 737 ;
- crimes de guerre, art. 212-2, p. 327 ; art. 461-1 et s., p. 947 ;
- mercenaire, art. 436-1 et s., p. 917.

Guet-apens, art. 132-71-1, p. 310 ; art. 222-12, p. 388 ; art. 222-14-1, p. 394 ;
- assassinat, art. 221-3, p. 343 ;
- tortures et actes de barbarie, art. 222-3, p. 378 ;
- violences, art. 222-8, p. 381 ; art. 222-10, p. 383 ; art. 222-13, p. 390.

H

Handicap :
- discrimination, art. 225-1, p. 467.

V. *Discrimination, personne vulnérable.*

Harcèlement :
- appels téléphoniques malveillants, art. 222-16, p. 397 ;
- causant une altération de la santé, art. 222-33-2-2, p. 426 ;
- moral, art. 222-33-2, p. 423 ; art. 222-33-2-2, p. 426 ; Annexe 9, p. 2263 ;
- outrage sexiste, art. 621-1, p. 966 ;
- scolaire, art. 222-33-2-3, p. 427 ;
  - ▶ peines, art. 222-33-2-3, p. 427.
- au sein du couple, art. 222-33-2-1, p. 426 ;
- sexuel, art. 222-33, p. 421 ; Annexe 9, p. 2263.

Harcèlement sexuel :
- sexuel :
  - ▶ discrimination, art. 225-1-1, p. 468.

Haute mer :
- application de la loi dans l'espace, art. 113-3, p. 75 ; art. 113-12, p. 84.

Hébergement :
- conditions de travail contraires à la dignité :
  - ▶ étrangers (ancien), CESEDA (ancien), art. L. 622-5 (nº 3), p. 1557.
- droit de visite ou d'hébergement, art. 227-6 et s., p. 602 ;
- étrangers, art. 225-14 (nº 19), p. 494 ;
- indigne, art. 225-14, p. 491.

Homicide :
- blessures involontaires, art. 221-6 (nº 11), p. 350 ; art. 221-6 (nº 20), p. 352 ; art. 221-6 (nº 52), p. 359 ;
- crimes contre l'humanité, art. 212-1, p. 326 ;
- génocide, art. 211-1, p. 325 ;
- involontaire, art. 221-6, p. 348 ; art. 222-6, p. 379 ;
  - ▶ par le conducteur d'un véhicule terrestre à moteur, art. 221-6-1, p. 372 ;
  - ▶ récidive, art. 132-16-2, p. 271.
- recel de cadavre, art. 434-7, p. 893 ;
- tortures et actes de barbarie, art. 222-6, p. 379 ;
- volontaire, art. 221-1 à 221-4, p. 339 et s.

Homicide involontaire, art. 221-6 (nº 16), p. 352 ;
- blessures involontaires, art. 221-6-2, p. 373.

Homicide volontaire, V. *Meurtre, assassinat, empoisonnement.*

Homophobie, V. *Circonstance aggravantes et discriminations.*

Hospitalisation pour troubles mentaux, Annexe 7, p. 1803.

Hôtel :
- filouterie, art. 313-5, p. 675.

Hygiène et sécurité (travail), Annexe 9, p. 2263.

Hymne national, art. 433-5-1, p. 878.

I

Identité :
- usurpation, art. 226-4-1, p. 558 ; art. 434-23, p. 901.

Identité de genre :
- thérapies de conversion, art. 225-4-13, p. 479.

Image d'une personne, art. 226-1, p. 500 ; art. 431-6, p. 831 ;
- consentement (défaut de), art. 226-1, p. 500 ; art. 226-8, p. 560 ;
- mineur, art. 227-23, p. 609 ;
- rébellion, art. 433-10, p. 880.

Immeuble classé :
- destructions, dégradations et détériorations, art. 322-3-1, p. 714 ;
- vol, art. 311-4-2, p. 639.

Immixtion, V. *Prise illégale d'intérêts, Usurpation.*

Immobilier :
- escroquerie au logement, art. 313-6-1, p. 678 ;
- promotion immobilière, CCH p. 1049.

Immobilisation de véhicule, art. 434-41, p. 910 ; Annexe 8, p. 1907 ;
- agent compétent, art. R. 131-5 et s., p. 984 ;
- peine complémentaire, art. 131-10, p. 200 ;
- peine contraventionnelle, art. 131-14, p. 202 ;
- peine correctionnelle, art. 131-6, p. 196.

Immunité de la défense, L. 29 juill. 1881, art. 41, p. 1763.

Immunité de juridiction :
- application de la loi dans l'espace :
  - chef d'État étranger, art. 113-7 (nº 9), p. 79 ;
  - membre du gouvernement étranger, art. 113-7 (nº 9), p. 79.

Immunités familiales, art. 221-2 (nº 2), p. 342 ; art. 311-12, p. 642 ; art. 312-9, p. 652 ; art. 312-12, p. 656 ; art. 313-3, p. 675 ; art. 314-4, p. 692 ; art. 434-1, p. 888 ; art. 434-6, p. 892 ; art. 434-11, p. 896 ;
- application de la loi dans le temps, art. 112-1 (nº 51), p. 37.

Immunités parlementaires, L. 29 juill. 1881, art. 41, p. 1763.

Imprescriptibilité (crimes contre l'humanité), art. 133-6 (nº 1), p. 316.

Imprimés officiels, art. 444-3 et s., p. 939.

Imprudence, art. 413-10, p. 739 ; art. R. 610-2, p. 1013 ;
- élément moral, art. 121-3, p. 111.

V. *Atteintes involontaires à la vie, Atteintes involontaires à l'intégrité de la personne, Élément moral.*

Incapacité :
- peine complémentaire, art. 131-10, p. 200.

Incapacité totale de travail :
- de 3 mois au plus :
  - atteintes involontaires à l'intégrité de la personne, art. 222-20 à 222-20-2, p. 403 et s. ;
  - violences involontaires, art. R. 625-2, p. 1021.
- de 8 jours au plus :
  - destructions, dégradations et détériorations, art. 322-7, p. 718 ;
  - extorsion, art. 312-2, p. 650 ;
  - violences, art. 222-13 à 222-14-1, p. 390 et s. ;
  - vol, art. 311-5, p. 639.
- aucune :
  - atteinte à l'intégrité de la personne, art. R. 625-3, p. 1021 ;
  - atteintes involontaires à l'intégrité de la personne, art. R. 622-1, p. 1016 ;
  - violences, art. R. 624-1, p. 1019.
- de plus de 3 mois, art. 222-19 et 222-19-1, p. 401 et s. ;
  - atteintes involontaires à l'intégrité de la personne, art. 222-19-2, p. 402.
- de plus de 8 jours :
  - destructions, dégradations et détériorations, art. 322-8, p. 718 ;
  - extorsion, art. 312-3, p. 651 ;
  - violences, art. 222-11 et 222-12, p. 385 et s. ; art. 222-14 et 222-14-1, p. 393 et s. ;
  - vol, art. 311-6, p. 640.

Incendie, art. 322-5 et s., p. 715 ;
- bois d'autrui, art. 322-7, p. 718 ;
- évasion, art. 434-30, p. 908 ;
- fausse alerte, art. 322-14, p. 720 ;
- menaces de destruction, art. 322-12 et s., p. 719 ;
- terrorisme, art. 421-1, p. 750 ; art. 421-3, p. 757.

Inceste :
- agressions sexuelles, art. 222-28, p. 417 ; art. 222-31-1 (anc.) et 222-31-2, p. 419 ;
- atteintes sexuelles sans violence, art. 222-31-1 (anc.) et 222-31-2, p. 419 ; art. 227-26 et 227-27, p. 617 et s. ; art. 227-27-2-1, p. 618 ;
- déchéance ou retrait de l'exercice de l'autorité parentale, art. 227-27-3, p. 618 ;
- viol, art. 222-24, p. 413 ; art. 222-31-1 (anc.) et 222-31-2, p. 419.

Incitation à commettre une mutilation sexuelle sur mineur, art. 227-24-1, p. 616.

Indices d'un crime ou d'un délit, art. 434-4, p. 891.

Individualisation :
- peines, art. 132-1, p. 238.

Indivisibilité :
- application dans l'espace, art. 113-1, p. 67 ;
- application de la loi dans l'espace, art. 113-2 (nº 39), p. 72.

Infanticide, art. 221-4, p. 343.

Infirmiers ou infirmières, Annexe 7, p. 1803.

Informatique :
- atteintes à la vie privée, art. 226-3, p. 506 ;

- CNIL :
  ▶ entrave, art. 226-22-2, p. 586.
- consentement (défaut de), art. 226-18, p. 584 ;
- conservation (durée excessive), art. 226-20, p. 586 ;
- détournement, art. 226-21, p. 586 ;
- données relatives aux origines ou appartenances, art. 226-19, p. 584 ;
- fichier, art. 226-20, p. 586 ;
- fichiers, art. 226-16 à 226-19-1, p. 583 et s. ; art. 226-21, p. 586 ;
  ▶ divulgation de données à caractère personnel, art. 226-22, p. 586.
- fournisseur d'accès, art. 226-17-1, p. 584 ;
- fraude, art. 323-1 et s., p. 721 ; art. 323-7, p. 724 ;
- recherche médicale, art. 226-19-1, p. 585.

Infractions :
- auteur, art. 121-4, p. 125 ; art. 121-6, p. 136 ;
- classification des infractions, art. 111-1, p. 3 ;
- commission, art. 121-4 (nos 1 et s.), p. 125 ;
- complicité, art. 121-6 et 121-7, p. 136 ;
- concours, art. 132-2 et s., p. 243 ;
- douanières :
  ▶ décès du condamné, art. 133-1 (no 1), p. 315.
- économiques, Annexe 2, p. 1085 ;
- élément moral, art. 121-3, p. 111 ; art. 221-1 (no 13), p. 341 ; art. 222-11 (no 19), p. 387 ; art. 223-6 (no 8), p. 448 ;
  ▶ complice, art. 121-7 (nos 85 et s.), p. 145 ;
  ▶ mobile, art. 121-3 (no 24), p. 115 ;
  ▶ mobiles, art. 311-1 (no 53), p. 633 ; art. 313-1 (no 65), p. 670.
- infraction continue, art. 121-4 (no 33), p. 128 ;
- infraction d'habitude, art. 121-4 (no 54), p. 129 ;
- infraction instantanée, art. 121-4 (nos 6 et s.), p. 126 ;
- infraction successive, art. 121-4 (no 47), p. 129 ;
- instantanée, art. R. 625-11 (no 1), p. 1024 ;
- légalité, art. 111-2 et 112-1, p. 3 et s. ; Annexe 2, p. 1085 ;
- omission, art. 121-4 (nos 1 et s.), p. 125 ;
- réitération, art. 132-16-7, p. 272 ;
- sexuelles :
  ▶ *non bis in idem*, art. 222-22 (no 17), p. 407.
- tentative, art. 121-4, p. 125.

Infractions commises à l'étranger :
- atteintes sexuelles sur mineur, art. 227-27-1, p. 618 ;
- compétence personnelle active, art. 113-6 et s., p. 76 ;
- compétence personnelle passive, art. 113-7, p. 78 ;
- complicité, art. 113-5, p. 75 ;
- double incrimination, art. 113-6 (no 5), p. 76 ;
- meurtre, art. 221-5-4, p. 347 ;
- tortures et actes de barbarie, art. 222-6-3, p. 379 ;
- violences, art. 222-16-2 et s., p. 399.

Ingérence :
- prise illégale d'intérêts, art. 432-12, p. 850.

Inhumation illicite, art. R. 645-6, p. 1036.

Initié (délit d'), Annexe 2, p. 1085 ;
- terrorisme, art. 421-1, p. 750.

Injonction de soins :
- peine complémentaire, art. 131-10, p. 200 ;
- suivi socio-judiciaire, art. 131-36-4, p. 232 ;
- sursis probatoire, art. 132-45, p. 296.

Injonction thérapeutique, CSP, art. L. 3423-1 et s., p. 1870.

Injure, Annexe 6, p. 1703. – L. 29 juill. 1881, art. 29 (no 73), p. 1743 ;
- circonstances aggravantes, L. 29 juill. 1881, art. 33, p. 1751 ;
- excuse de provocation, L. 29 juill. 1881, art. 33, p. 1751 ;
- non publique, art. R. 621-2, p. 1016 ;
  ▶ à caractère raciste ou discriminatoire, art. R. 624-4, p. 1020.
- origine ou appartenance, L. 29 juill. 1881, art. 33, p. 1751 ;
- presse, L. 29 juill. 1881, art. 29 et s., p. 1726 ;
- tapages injurieux, art. R. 623-2, p. 1018.

Insémination artificielle, art. 511-12, p. 955.

Insignes :
- groupes de combat, art. 431-21, p. 836 ;
- port ou exhibition d'insignes rappelant les responsables de crime contre l'humanité, art. R. 645-1, p. 1034 ;
- usurpation de signe réservé à l'autorité publique, art. 433-15, p. 883 ; art. R. 643-1, p. 1032.

Insolvabilité frauduleuse, art. 314-7 et s., p. 695.

Inspecteur du permis de conduire :
- violences ou outrage, C. route, art. L. 211-1, p. 1941.

Inspection du travail :
- entrave à l'exercice des fonctions, C. trav., art. L. 8114-1, p. 2313 ;
- menaces, art. 433-3, p. 871 ;
- violences – outrage, C. trav., art. L. 8114-2, p. 2314.

Insurrection, art. 412-3 et s., p. 736.

Intelligences avec une puissance étrangère, art. 411-4 et 411-5, p. 734.

Intention de commettre l'infraction, art. 121-3, p. 111 ;
- erreur de fait, art. 121-3 (no 18), p. 115.

Interceptions de sécurité, Annexe 6, p. 1703.

Interdiction :
- de conduire certains véhicules, art. 131-6, p. 196 ;
- de détenir ou de porter une arme, art. 132-45, p. 296 ;
- d'émettre des chèques, art. 131-6, p. 196 ; art. 131-14, p. 202 ; art. 131-39, p. 235 ; art. 131-42, p. 236 ; art. 131-42 et 131-43, p. 236 et s. ;
- d'engager des paris, art. 132-45, p. 296 ;
- d'entrer en relation avec certaines personnes, art. 131-6, p. 196 ;
- d'entrer en relation avec la victime, art. 132-45, p. 296 ;
- d'exercer une activité professionnelle ou sociale, art. 131-27 à 131-29, p. 219 et s. ; art. 131-48, p. 237 ;
- d'exercer une fonction publique, art. 131-27, p. 219 ; art. 131-29, p. 222 ;
- d'exercer une profession commerciale ou industrielle, art. 131-6, p. 196 ; art. 131-27, p. 219 ;
- de faire appel public à l'épargne, art. 131-39, p. 235 ;
- de fréquenter certaines personnes, art. 131-6, p. 196 ;
- de fréquenter des débits de boissson, art. 132-45, p. 296 ;
- interdiction de faire appel public à l'épargne, art. 131-47, p. 237 ;
- de paraître en certains lieux, art. 131-6, p. 196 ; art. 434-41, p. 910 ;
- de participer à des manifestations, art. 131-32-1, p. 228 ;
- de percevoir une aide publique, art. 131-39, p. 235 ;

- de pratiquer la navigation, art. 131-16, p. 202 ;
- d'utiliser une carte de paiement, art. 131-6, p. 196 ; art. 131-14, p. 202 ; art. 131-20, p. 203 ; art. 131-39, p. 235 ; art. 131-42, p. 236 ; art. 131-42, p. 236.

Interdiction de s'approcher de la victime :
- dispositif électronique mobile anti-rapprochement, art. 132-45-1, p. 298.

Interdiction de conduire certains véhicules :
- contenu et modalités d'application, art. R. 131-3 et s., p. 984 ;
- peine correctionnelle, art. 131-6, p. 196 ;
- sursis probatoire, art. 132-45, p. 296.

Interdiction de détenir un animal, art. 131-16, p. 202 ;
- contenu et modalités d'application, art. 131-21-2, p. 214 ;
- peine complémentaire, art. 131-39, p. 235 ; art. 131-43, p. 237 ;
- peine contraventionnelle, art. 131-16, p. 202 ;
- personne morale, art. 131-43, p. 237.

Interdiction de détenir ou de porter une arme, art. 223-18, p. 459 ;
- atteintes à l'intégrité physique ou psychique, art. 222-44, p. 432 ;
- atteintes à la vie, art. 221-8, p. 374 ;
- attroupement, art. 431-7, p. 831 ;
- destructions, dégradations, détérioration, art. 322-15, p. 720 ;
- manifestations illicites, art. 431-11, p. 833 ;
- peine contraventionnelle, art. 131-16, p. 202 ;
- rébellion armée, art. 433-24, p. 888 ;
- sursis probatoire, art. 132-45, p. 296 ;
- vol, art. 311-14, p. 645.

Interdiction des droits civiques, civils et de famille, art. 131-26, p. 216 ; art. 222-45, p. 433 ;
- droit d'être expert devant une juridiction, art. 131-26, p. 216 ;
- droit d'être tuteur ou curateur, art. 131-26, p. 216 ;
- droit d'exercer une fonction juridictionnelle, art. 131-26, p. 216 ;
- droit de représenter ou d'assister une partie, art. 131-26, p. 216 ;
- droit de témoigner en justice, art. 131-26, p. 216 ;
- droit de vote, art. 131-26, p. 216 ;
- durée de l'interdiction, art. 131-26, p. 216 ;
- d'exercer une fonction publique, art. 131-26, p. 216 ;
- modalités d'application, art. 131-29, p. 222 ;
- peine d'inéligibilité, art. 131-26 à 131-26-2, p. 216 et s. ;
- relèvement, art. 132-21, p. 283.

Interdiction d'émettre des chèques :
- contenu et modalités d'application, art. 131-19, p. 203 ;
- contenu et modalités d'application (renvoi), art. 131-48, p. 237 ;
- peine contraventionnelle, art. 131-14, p. 202 ; art. 131-16 et 131-17, p. 202 et s. ;
- peine correctionnelle, art. 131-6, p. 196 ;
- personne morale , art. 131-39, p. 235 ; art. 131-42 et 131-43, p. 236 et s.

Interdiction d'engager des paris :
- sursis probatoire, art. 132-45, p. 296.

Interdiction d'entrer en relation avec certaines personnes :
- peine correctionnelle, art. 131-6, p. 196.

Interdiction d'entrer en relation avec la victime :
- sursis probatoire, art. 132-45, p. 296.

Interdiction d'exercer une activité professionnelle ou sociale :
- contenu et modalités d'application, art. 131-28, p. 222 ;
- contenu et modalités d'application (renvoi), art. 131-48, p. 237 ;
- modalités d'application, art. 131-29, p. 222 ;
- peine complémentaire, art. 131-27, p. 219.

Interdiction d'exercer une fonction publique :
- modalités d'application, art. 131-29, p. 222 ;
- peine complémentaire, art. 131-27, p. 219.

Interdiction d'exercer une profession commerciale ou industrielle :
- peine complémentaire, art. 131-27, p. 219 ;
- peine correctionnelle, art. 131-6, p. 196.

Interdiction d'exercice :
- personne morale, art. 131-39, p. 235.

Interdiction de faire appel public à l'épargne, art. 131-47, p. 237 ;
- peine complémentaire, art. 131-39, p. 235 ;
- personne morale, art. 131-39, p. 235.

Interdiction de fréquenter les débits de boissons :
- sursis probatoire, art. 132-45, p. 296.

Interdiction de mise à disposition de certains documents aux mineurs, Annexe 3, p. 1289.

Interdiction de paraître en certains lieux :
- peine correctionnelle, art. 131-6, p. 196.

Interdiction de participer à des manifestations :
- contenu et modalités d'application, art. 131-32-1, p. 228 ;
- peine complémentaire, art. 131-32-1, p. 228.

Interdiction de percevoir une aide publique :
- personne morale, art. 131-39, p. 235.

Interdiction de pratiquer la navigation :
- peine contraventionnelle, art. 131-16, p. 202.

Interdiction de quitter le territoire, art. 324-7, p. 730 ;
- atteintes à l'intégrité physique ou psychique, art. 222-47, p. 434 ;
- atteintes aux mineurs et à la famille, art. 227-29, p. 619 ;
- atteintes volontaires à la vie, art. 221-11-1, p. 375 ;
- mariage forcé, C. civ., art. 515-13, p. 599.

Interdiction de séjour, art. 434-38, p. 910 ;
- atteintes à l'intégrité physique ou psychique, art. 222-47, p. 434 ;
- cessation de plein droit, art. 131-32, p. 228 ;
- contenu et modalités d'application, art. 131-31, p. 227 ;
- imputation sur la peine privative de liberté, art. 131-32, p. 228 ;
- prescription, art. 133-6 (n° 3), p. 316.

Interdiction du territoire français, art. 131-30, p. 223. – CSI, art. L. 211-14, p. 381 ;
- aide à l'entrée et au séjour irréguliers (ancien), CESEDA (ancien), art. L. 622-3, p. 1554 ;
- atteintes à l'action de la justice, art. 434-46, p. 912 ;
- atteintes à la défense nationale, art. 414-6, p. 749 ;
- atteintes à la dignité de la personne, art. 225-21, p. 498 ;

- atteintes à l'intégrité physique ou psychique, art. 222-48, p. 434 ;
- atteintes volontaires à la vie, art. 221-11 et 221-11-1, p. 375 ;
- CESEDA, Code de l'entrée et du séjour des étrangers et du droit d'asile (nouveau), art. L. 641-1, p. 1415 ;
- CESEDA (ancien), CESEDA (ancien), art. L. 541-1, p. 1526 ;
- contenu et modalités d'application, art. 131-30, p. 223 ;
- crimes contre l'espèce humaine, art. 215-2, p. 339 ;
- crimes contre l'humanité, art. 213-2, p. 336 ;
- détournement d'un moyen de transport, art. 224-11, p. 466 ;
- disparition forcée, art. 221-16, p. 376 ;
- exécution de plein droit, art. 132-48, p. 300 ;
- fausse monnaie, art. 442-12, p. 937 ;
- faux, art. 441-11, p. 934 ;
- groupes de combat et mouvement dissous, art. 431-19, p. 836 ;
- mariage frauduleux (ancien), CESEDA (ancien), art. L. 623-2, p. 1558 ;
- motivation spéciale, art. 131-30-1, p. 223 ;
- prononcé exclu, art. 131-30-2, p. 224 ;
- réhabilitation, Circulaire de la direction des affaires criminelles et des grâces, p. 1526 ;
- relèvement, Circulaire de la direction des affaires criminelles et des grâces, p. 1526 ;
- rétention administrative, Code de l'entrée et du séjour des étrangers et du droit d'asile (nouveau), art. L. 741-2, p. 1424 ;
- sursis probatoire, art. 132-40, p. 293 ;
- terrorisme, art. 422-4, p. 759 ;
- vol, art. 311-15, p. 645.

Interdiction d'utiliser une carte de paiement :
- contenu et modalités d'application, art. 131-20, p. 203 ;
- peine contraventionnelle, art. 131-14, p. 202 ; art. 131-16, p. 202 ;
- peine correctionnelle, art. 131-6, p. 196 ;
- personne morale, art. 131-39, p. 235 ; art. 131-42, p. 236.

Intérêt légal, Annexe 2, p. 1085. – C. mon. fin., art. L. 313-2 et s., p. 1287.

Intérêts financiers de l'Union européenne :
- application de la loi dans l'espace, art. 113-14, p. 87.

Intérêts fondamentaux de la Nation, art. 410-1 et s., p. 733 ; art. 434-2, p. 889.

Intermédiaires, C. mon. fin., art. L. 519-1, p. 1252.

Internet :
- application de la loi dans l'espace, art. 113-2 (nº 23), p. 70 ; art. 113-2-1, p. 74 ;
- messages prohibés, art. 227-24, p. 614 ;
- pornographie, art. 227-23, p. 609 ;
- usurpation d'identité, art. 226-4-1, p. 558.

Interprétation :
- actes administratifs, art. 111-5, p. 22 ;
- loi, art. 111-4, p. 18.

Interprète, art. 434-18 et 434-19, p. 900 ;
- CESEDA (ancien), CESEDA (ancien), art. L. 111-7, p. 1471 ;
- menaces, art. 434-8, p. 894.

Interruption illégale de grossesse, art. 223-10, p. 454 ; art. 223-12, p. 454 ; Annexe 7, p. 1803. – CSP, art. L. 2222-1 et s., p. 1855.

Interruption volontaire de grossesse, CSP, art. L. 2212-1 et s., p. 1854 ;
- entrave, Annexe 7, p. 1803.

Intimidation (acte d'), art. 433-3, p. 871 ; art. 434-8, p. 894 ;
- autorités judiciaires, art. 434-8, p. 894 ;
- avocat, art. 434-8, p. 894 ;
- personne exerçant une fonction publique, art. 433-3, p. 871 ;
- témoins, art. 434-15, p. 897 ;
- victime, art. 434-5, p. 892.

Intrusion :
- dans les établissements scolaires, art. R. 645-12, p. 1038 ;
- dans les lieux historiques ou culturels, art. R. 645-13, p. 1038.

ITT, V. *Incapacité totale de travail.*

Ivresse publique, Annexe 7, p. 1803 ;
- troubles psychiques ou neuropsychiques, art. 122-1 (nº 12), p. 150.

J

Jeux dangereux :
- messages prohibés, art. 227-24, p. 614.

Journalistes, V. *Presse.*

Journaux, V. *Presse.*

Jours-Amende :
- contrainte judiciaire, art. 131-25, p. 215 ;
- défaut de paiement, art. 131-25, p. 215 ;
- délai de paiement, art. 131-25, p. 215 ;
- fractionnement, art. 132-28, p. 289 ;
- interdiction de cumul avec l'amende, art. 131-9, p. 199 ;
- maximum légal, art. 132-5, p. 255 ;
- maximums, art. 131-5, p. 195 ;
- peine correctionnelle, art. 131-3, p. 193 ;
- prononcé, art. 131-5, p. 195 ;
- réhabilitation, art. 133-13, p. 321 ;
- sursis simple, art. 132-31, p. 290 ; art. 132-39, p. 293.

Juge, V. *Magistrat.*

Juge de l'application des peines :
- dispense de peine, art. 132-65, p. 306 ;
- placement sous surveillance judiciaire, art. 131-46, p. 237 ;
- sursis avec mise à l'épreuve (anc.), art. 132-44, p. 295 ; art. 132-47 et 132-48, p. 299 et s. ;
- sursis probatoire, art. 132-41-1, p. 295 ; art. 132-44 et 132-45, p. 295 et s. ; art. 132-47 et 132-48, p. 299 et s. ;
- travail d'intérêt général, art. 131-22, p. 215 ; art. 131-36, p. 230 ; art. R. 131-12, p. 985.

Juré :
- corruption, art. 434-9, p. 894 ;
- diffamation, L. 29 juill. 1881, art. 31, p. 1745 ;
- intimidation, art. 434-8, p. 894 ;
- menaces, art. 433-3, p. 871 ; art. 434-8, p. 894 ;
- meurtre, art. 221-4, p. 343 ;
- outrage, art. 434-24, p. 902 ;
- tortures et actes de barbarie, art. 222-3, p. 378 ;
- violences, art. 222-13, p. 390.

Justice :
- atteinte à l'action de la justice, art. 434-1 et s., p. 888 ;
- défaut de réponse à une réquisition judiciaire, art. R. 642-1, p. 1030 ;
- discrédit sur une décision de justice, art. 434-25, p. 904 ;
- soustraction de pièce, art. R. 645-7, p. 1036.

V. *Atteintes à l'action de la justice.*

Justice militaire :
- Crimes de guerre, Ord. 28 août 1944, p. 327.

K

Kidnapping, V. *Enlèvement.*

L

Lanceur d'alerte :
- application de la loi dans le temps, art. 112-1, p. 29 ;
- cause d'irresponsabilité, art. 122-9, p. 189 ;
- secret professionnel, art. 226-13 (nº 66), p. 578.

Langue française, Annexe 2, p. 1085.

Légalité des infractions et des peines :
- principe, art. 111-2 et 111-3, p. 3 et s. ;
- principe conventionnel, CESDH 4 nov. 1950, art. 7, p. 1695.

Légitime défense, art. 122-5 et 122-6, p. 180 et s.

Lettres, V. *Correspondances.*

Levée de forces armées, art. 412-7, p. 737.

Liberté, V. *Atteintes à la liberté individuelle.*

Liberté de communication, Annexe 6, p. 1703.

Liberté d'expression, DDHC 26 août 1789, art. 11, p. 1686. – Charte des Droits fondamentaux de l'Union européenne 7 déc. 2000, art. 11, p. 1688. – CESDH 4 nov. 1950, art. 10, p. 1695 ;
- entrave, art. 431-1, p. 826.

Liberté d'expression, du travail, d'association, de réunion ou de manifestation, L. 29 juill. 1881, art. 29 (nos 1 et s.), p. 1727.

Liberté individuelle, art. 432-4 et s., p. 840.

Liberté de la presse, L. 29 juill. 1881, art. 1er, p. 1703.

Liberté de religion, Charte des Droits fondamentaux de l'Union européenne 7 déc. 2000, art. 10, p. 1688. – CESDH 4 nov. 1950, art. 9, p. 1695.

Liberté de réunion et d'association, Charte des Droits fondamentaux de l'Union européenne 7 déc. 2000, art. 12, p. 1688. – CESDH 4 nov. 1950, art. 11, p. 1696.

Liberté surveillée, Annexe 3, p. 1289.

Licenciement économique, Annexe 9, p. 2263.

Lieu accueillant du public :
- discrimination, art. 225-2, p. 468.

Lieu d'habitation, V. *Domicile.*

Lieux historiques ou culturels :
- intrusion, art. R. 645-13, p. 1038.

Livraison du territoire national de forces armées ou de matériel à une puissance étrangère, art. 411-2 et s., p. 733.

Livret A, C. mon. fin., art. L. 518-25, p. 1251.

Locaux de l'administration, art. 222-39, p. 430.

Locaux diplomatiques ou consulaires :
- application de la loi dans l'espace, art. 113-10, p. 84.

Loi « Informatique et libertés », art. 226-3, p. 506.

Loi pénale :
- application dans l'espace, art. 113-1 et s., p. 67 ;
  - ▶ atteintes sexuelles sur mineur, art. 227-27-1, p. 618 ;
  - ▶ proxénétisme, art. 225-11-2, p. 487 ;
  - ▶ recours à la prostitution, art. 225-12-3, p. 489 ;
  - ▶ tortures et actes de barbarie, art. 222-6-3, p. 379 ;
  - ▶ traite des êtres humains, art. 225-4-8, p. 477 ;
  - ▶ violences, art. 222-16-2 et s., p. 399.
- application dans le temps, art. 112-1 à 112-4, p. 29 et s. ;
- classification des infractions, art. 111-1 et s., p. 3.

Lois relatives à la compétence :
- application dans le temps, art. 112-2, p. 53.

Lois relatives à l'exécution des peines :
- application dans le temps, art. 112-2, p. 53.

Lois relatives à la procédure :
- application dans le temps, art. 112-2, p. 53.

Loteries publicitaires, Annexe 2, p. 1085.

M

Magistrat, art. 434-7-1, p. 893 ;
- corruption, art. 434-9, p. 894 ;
- destructions, dégradations et détériorations, art. 322-3, p. 713 ;
- menaces, art. 433-3, p. 871 ; art. 434-8, p. 894 ;
- meurtre, art. 221-4, p. 343 ;
- outrage, art. 434-24, p. 902 ;
- usage irrégulier de qualité, art. 433-18, p. 886 ;
- violences, art. 222-12, p. 388.

Maintien irrégulier sur le territoire français, Code de l'entrée et du séjour des étrangers et du droit d'asile (nouveau), art. L. 824-3, p. 1452.

Maintien de l'ordre public :
- emploi de la force, art. 431-3, p. 827. – CSI, art. L. 211-9 et s., p. 828 ; art. R. 431-1, p. 1007.

Maire :
- prise illégale d'intérêts, art. 432-12, p. 850 ;
- responsabilité pénale, art. 121-1 (nº 26), p. 90 ; art. 221-6 (nº 56), p. 361 ;
- usage irrégulier de qualité, art. 433-18, p. 886.

Mandataire de justice :
- abus de confiance, art. 314-3, p. 692 ;
- placement sous surveillance judiciaire, art. 131-46, p. 237.

Manifestation :
- attroupement, art. 431-3, p. 827. – CSI, art. L. 211-9 et s., p. 828 ; art. R. 431-1, p. 1007 ;
- destructions, dégradations et détériorations, CSI, art. L. 211-1 et s., p. 381 ;
- dissimulation illicite du visage, art. R. 645-14, p. 1038 ;
- entrave à la liberté de manifestation, art. 431-1, p. 826 ;
- illicite, art. 431-9, p. 832 ;
- interdiction de participer, art. 131-32-1, p. 228 ;
- réglementation, CSI, art. L. 211-1 et s., p. 381 ;
- de vente et d'échange d'objets mobiliers, art. R. 321-9 et s., p. 1003 ;
- violences, CSI, art. L. 211-1 et s., p. 381.

Manquement à l'exécution d'une décision d'éloignement, Code de l'entrée et du séjour des étrangers et du droit d'asile (nouveau), art. L. 824-1, p. 1452 ;
- refus de se soumettre aux opérations de relevé d'empreintes digitales et de prise de photographies, Code de l'entrée et du séjour des étrangers et du droit d'asile (nouveau), art. L. 824-2, p. 1452.

Manquement à une obligation de sécurité, art. 223-1, p. 439 ; art. 322-5, p. 715.

Manquements au devoir de probité, art. 432-10 et s., p. 844.

Marchandage, Annexe 9, p. 2263. – C. trav., art. L. 8231-1, p. 2272 ; art. L. 8241-2 (nº 1), p. 2276.

Marchés financiers, Annexe 2, p. 1085.

Marchés publics :
- atteintes à la liberté d'accès et à l'égalité des candidats, art. 432-14, p. 860 ;
- exclusion, art. 131-34, p. 229 ; art. 131-48, p. 237.

Mariage :
- agressions sexuelles, art. 222-22, p. 405 ;
- bigamie, art. 433-20, p. 887 ;
- consentement, art. R. 645-3, p. 1035 ;
- courtage matrimonial, L. 23 juin 1989, art. 6, p. 1179 ;
- droit au mariage, Charte des Droits fondamentaux de l'Union européenne 7 déc. 2000, art. 9, p. 1688. – CESDH 4 nov. 1950, art. 12, p. 1696 ;
- forcé, C. civ., art. 515-13, p. 599 ; art. 515-13, p. 599 ;
  - ▶ infraction de prévention, art. 222-14-4, p. 395 ;
  - ▶ ordonnance de protection, C. civ., art. 515-13, p. 599.
- fraude (ancien CESEDA) :
  - ▶ bande organisée, CESEDA (ancien), art. L. 623-1, p. 1558 ;
  - ▶ sanction pénale, CESEDA (ancien), art. L. 623-1, p. 1558.
- interdiction de quitter le territoire, C. civ., art. 515-13, p. 599 ;
- officier d'état civil, art. R. 645-3, p. 1035 ;
- ordonnance de protection, C. civ., art. 515-13, p. 599 ;
- religieux antérieur au mariage civil, art. 433-21, p. 887.

Mariage frauduleux :
- à fins d'obtention d'un titre de séjour, Code de l'entrée et du séjour des étrangers et du droit d'asile (nouveau), art. L. 823-11, p. 1451 ;
  - ▶ bande organisée, Code de l'entrée et du séjour des étrangers et du droit d'asile (nouveau), art. L. 823-12, p. 1451 ;
  - ▶ peines complémentaires, Code de l'entrée et du séjour des étrangers et du droit d'asile (nouveau), art. L. 823-13, p. 1451.

Marques de l'autorité, art. 444-1 et s., p. 939.

Marseillaise, V. *Hymne national.*

Masseurs-kinésithérapeutes, Annexe 7, p. 1803.

Mauvais traitements à animaux, art. 521-1 et s., p. 958.

Mauvais traitements à enfants :
- soustraction aux obligations de l'autorité parentale, art. 227-17, p. 606.

Mayotte, art. 721-1, p. 972 ; art. R. 721-1 et s., p. 1045.

Méconnaissance d'une décision de refus d'entrée, Code de l'entrée et du séjour des étrangers et du droit d'asile (nouveau), art. L. 821-3, p. 1447.

Méconnaissance des prescriptions liées à l'assignation à résidence, Code de l'entrée et du séjour des étrangers et du droit d'asile (nouveau), art. L. 824-4, p. 1452.

Médailles, V. *Décorations.*

Médecin, art. 221-6 (nº 52), p. 359 ; Annexe 7, p. 1803 ;
- exercice illégal, CSP, art. L. 4161-1, p. 1810 ;
- homicide involontaire, art. 221-6 (nº 16), p. 352 ; art. 221-6 (nº 35), p. 354 ;
- interruption illégale de grossesse, art. 223-10, p. 454. – CSP, art. L. 2222-1 et s., p. 1855 ;
- menaces, art. 433-3, p. 871 ;
- meurtre, art. 221-4, p. 343 ;
- mise en danger, art. 223-2 (nº 8), p. 441 ;
- recherche biomédicale illégale, art. 223-8, p. 453 ;
- secret médical, art. 226-13, p. 570 ;
- secret professionnel (levée), art. 226-14, p. 579 ;
- stupéfiants, art. 222-37, p. 428 ;
- tortures et actes de barbarie, art. 222-3, p. 378 ;
- violences, art. 222-8, p. 381 ; art. 222-10, p. 383.

Médias, Annexe 6, p. 1703.

Médiateur du procureur de la République, art. R. 645-8-1, p. 1036.

Médicaments, Annexe 7, p. 1803.

Menaces, art. 312-10, p. 652 ; art. 411-11, p. 735 ; art. 431-1, p. 826 ; art. 434-24, p. 902 ;
- autorités judiciaires, art. 434-8, p. 894 ;
- de commettre un crime ou un délit, art. 222-17 et s., p. 399 ;
- complicité, art. 121-7, p. 136 ;
- conjoint, concubin ou pacsé, art. 222-18-3, p. 401 ;
- destructions, dégradations ou détériorations, art. 322-12 et 322-13, p. 719 ; art. R. 631-1, p. 1025 ;
- destructions, dégradations ou détériorations non dangereuses, art. R. 634-1, p. 1027 ;
- extorsion, art. 312-1, p. 646 ;
- personnes exerçant une fonction publique, art. 433-3, p. 871 ;
- provocation ou entremise à l'abandon d'enfant, art. 227-12, p. 604 ;
- témoin, art. 434-15, p. 897 ;
- transport ferroviaire, C. transp., art. L. 2242-2, p. 1912 ;
- victime, art. 434-5, p. 892 ;
- viol, art. 222-23, p. 408 ;
- violation de domicile, art. 226-4, p. 555 ;
- violences, art. R. 623-1, p. 1017.

Mendicité, C. trav., art. L. 4741-8, p. 2280 ;
- exploitation de, art. 225-12-5 et s., p. 489 ;
  - ▶ bande organisée, art. 225-12-7, p. 489.
- mise en péril des mineurs, art. 227-15, p. 605 ;
- traite des êtres humains, art. 225-4-1, p. 475.

Mercenaire, art. 436-1 et s., p. 917.

Messages contraires à la décence, art. R. 624-2, p. 1019.

Messages (diffusion de) :
- agression sexuelle, art. 222-28, p. 417 ;
- corruption de mineur, art. 227-22, p. 608 ;
- viol, art. 222-24, p. 413.

Mesures de sûreté :
- confiscation spéciale, art. 131-21 (nº 4), p. 205 ;

- placement sous surveillance électronique mobile, art. 131-36-9 et s., p. 233.

Meurtre, art. 221-1 et s., p. 339 ; art. 421-1, p. 750 ; art. 421-3, p. 757.

Milices privées, art. 431-15, p. 836.

Militaire :
- crimes de guerre, art. 461-1 et s., p. 947 ;
- mercenaire, art. 436-1 et s., p. 917 ;
- trahison, art. 411-1, p. 733.

Mineur, art. 313-4, p. 675 ; Annexe 3, p. 1289 ; Ord. 2 févr. 1945, p. 1289 ;
- abandon de famille, art. 227-3, p. 589 ;
- alcoolisme (protection), Annexe 7, p. 1803 ;
- atteintes sexuelles, art. 227-25, p. 616 ;
- atteintes sexuelles sans violence, art. 227-26 et 227-27, p. 617 et s. ;
- autorité parentale, art. 222-14, p. 393 ;
- causes d'irresponsabilité ou d'atténuation de la responsabilité, art. 122-8, p. 188 ; art. 122-8 (fut.), p. 188 ;
- conditions de travail ou d'hébergement contraires à la dignité de la personne, art. 225-15-1, p. 495 ;
- corruption (de), art. 227-22, p. 608 ;
- crimes de guerre, art. 461-7, p. 948 ;
- délaissement, art. 227-1 et s., p. 588 ;
- enfance délinquante, Annexe 3, p. 1289 ; CJPM p. 1289 ;
- enlèvement - séquestration, art. 224-5, p. 464 ;
- étranger :
  - ▶ fichier, Code de l'entrée et du séjour des étrangers et du droit d'asile (nouveau), art. R. 221-15-3, p. 1384 ;
  - ▶ tests osseux, Code de l'entrée et du séjour des étrangers et du droit d'asile (nouveau), art. 388, p. 1383.
- inceste, art. 222-31-1 (anc.) et s., p. 419 ;
- incitation à commettre une mutilation sexuelle sur, art. 227-24-1, p. 616 ;
- mendicité, art. 227-15 et 227-16, p. 605. - C. trav., art. L. 4741-8, p. 2280 ;
- message incitant à la mise en danger de, art. 227-24, p. 614 ;
- message violent ou pornographique, art. 227-24, p. 614 ;
- mesures éducatives, CJPM p. 1289 ;
- meurtre, art. 221-4, p. 343 ;
- mise en péril, art. 227-15 à 227-17, p. 605 et s. ;
- non-dénonciation de disparition, art. 434-4-1, p. 892 ;
- non-dénonciation d'infraction, art. 434-3 et s., p. 889 ;
- non-remise d'un enfant trouvé nouveau-né, art. R. 645-5, p. 1036 ;
- non-représentation d'enfant, art. 227-5, p. 599 ;
- obligation scolaire, art. 227-17-1, p. 606 ; art. R. 624-7, p. 1020 ;
- offre - cession de stupéfiants, art. 222-39, p. 430 ;
- pornographie :
  - ▶ communications électroniques, art. 227-23, p. 609.
- propositions sexuelles à un mineur, art. 227-22-1, p. 609 ;
- provocation à commettre des actes illicites ou dangereux, art. 227-21, p. 607 ;
- provocation à la consommation d'alcool, art. 227-19, p. 607 ;
- provocation à subir une mutilation sexuelle, art. 227-24-1, p. 616 ;
- provocation au trafic de stupéfiants, art. 227-18-1, p. 607 ;
- provocation à l'usage de stupéfiants, art. 227-18, p. 607 ;
- proxénétisme, art. 225-7 et 225-7-1, p. 483 et s. ;
- recel de délinquance de mineurs, art. 321-6-1, p. 708 ;
- recours à la prostitution de, art. 225-12-1, p. 487 ;
- responsabilité pénale, CJPM p. 1289 ;
- secret professionnel (levée), art. 226-14, p. 579 ;
- simulation ou substitution d'enfant, art. 227-13, p. 604 ;
- soustraction de, art. 227-7 et 227-8, p. 602 et s. ;
- traite des êtres humains, art. 225-4-1, p. 475 ;
- victime :
  - ▶ interdiction de diffusion d'informations, L. 29 juill. 1881, art. 39 *bis*, p. 1762.
- violences, art. 222-14, p. 393.

Mineur (Code de justice pénale des mineurs), CJPM, art. L. 422-1, p. 1310 ;
- alternatives aux poursuites, CJPM, art. L. 422-2, p. 1310 ;
- aménagement des peines, CJPM, art. L. 621-1 à L. 621-3, p. 1328 ;
- application des peines, CJPM, art. L. 611-7 à L. 612-4, p. 1327 et s. ;
- assignation à résidence sous surveillance électronique, CJPM, art. L. 333-1 et L. 333-2, p. 1306 ;
- assistance d'un avocat, CJPM, art. L. 12-4, p. 1290 ;
- audience d'examen de culpabilité, CJPM, art. L. 521-7 à L. 521-12, p. 1322 et s. ;
- audition libre, CJPM, art. L. 412-1 et L. 412-2, p. 1307 ;
- casier judiciaire, CJPM, art. L. 631-1 à L. 631-4, p. 1329 ;
- centres éducatifs fermés, CJPM, art. L. 113-7, p. 1295 ;
- composition pénale, CJPM, art. L. 422-3 et L. 422-4, p. 1311 ;
- convocation des représentants légaux, CJPM, art. L. 431-1 à L. 431-3, p. 1315 ;
- détention provisoire, CJPM, art. L. 334-1 à L. 334-5, p. 1306 et s. ;
  - ▶ Moyen de télécommunication audiovisuelle, CJPM, art. L. 334-6, p. 1307.
- dossier de personnalité, CJPM, art. L. 322-8 à L. 322-10, p. 1302 et s. ;
- garde à vue, CJPM, art. L. 413-6 à L. 413-11, p. 1308 et s. ;
- incarcération, CJPM, art. L. 124-1 et L. 124-2, p. 1298 ;
- information, CJPM, art. L. 311-1 à L. 311-5, p. 1300 et s. ;
- juge d'instruction, CJPM, art. L. 221-1 et L. 221-2, p. 1299 ;
- juridictions de jugement, CJPM, art. L. 231-1 à L. 231-6, p. 1299 ;
  - ▶ cour d'assises des mineurs, CJPM, art. L. 231-7 à L. 231-10, p. 1300.
- justice restaurative, CJPM, art. L. 13-4, p. 1291 ;
- mandats, CJPM, art. L. 332-1 et L. 332-2, p. 1306 ;
- mesure judiciaire d'investigation éducative, CJPM, art. L. 322-7, p. 1302 ;
- mesures éducatives, CJPM, art. L. 111-1 et L. 111-2, p. 1291 ; art. L. 111-4, p. 1291 ;
  - ▶ cumul de peines, CJPM, art. L. 111-3, p. 1291 ;
  - ▶ dispense, CJPM, art. L. 111-6, p. 1291 ;
  - ▶ récidive, CJPM, art. L. 111-5, p. 1291.
- mesures éducatives judiciaires, CJPM, art. L. 112-2, p. 1292 ; art. L. 321-1 à L. 322-3, p. 1302 ;
  - ▶ cumul de peines, CJPM, art. L. 112-3, p. 1292 ;
  - ▶ durée, CJPM, art. L. 112-4, p. 1292 ;

▶ insertion, CJPM, art. L. 112-5 et L. 112-6, p. 1292 et s. ;
▶ placement, CJPM, art. L. 112-14 à L. 113-6, p. 1294 et s. ;
▶ provisoires, CJPM, art. L. 323-1 à L. 323-3, p. 1303 ;
▶ réparation, CJPM, art. L. 112-8 à L. 112-10, p. 1293 ;
▶ santé, CJPM, art. L. 112-11 à L. 112-13, p. 1293.
- mesures de sûreté, CJPM, art. L. 433-1, p. 1316 ;
▶ contrôle judiciaire, CJPM, art. L. 331-1 à L. 331-7, p. 1304 et s. ;
▶ détention provisoire, CJPM, art. L. 433-2 à L. 433-8, p. 1316 et s.
- mise à l'épreuve éducative, CJPM, art. L. 521-13 à L. 521-23, p. 1323 et s. ;
- peines, CJPM, art. L. 121-3, p. 1296 ; art. L. 121-5, p. 1296 ; art. L. 121-7, p. 1296 ; art. L. 122-4, p. 1297 ;
▶ amende, CJPM, art. L. 121-6, p. 1296 ;
▶ confiscation, CJPM, art. L. 121-4, p. 1296 ;
▶ détention à domicile sous surveillance électronique, CJPM, art. L. 122-6, p. 1297 ;
▶ exécution provisoire, CJPM, art. L. 123-2, p. 1297 ;
▶ maintien en détention, CJPM, art. L. 123-2, p. 1297 ;
▶ motivation, CJPM, art. L. 123-1, p. 1297 ;
▶ non application, CJPM, art. L. 121-1, p. 1295 ;
▶ stage, CJPM, art. L. 121-4, p. 1296 ; art. L. 122-5, p. 1297 ;
▶ suivi socio-judiciaire, CJPM, art. L. 122-3, p. 1297 ;
▶ sursis probatoire, CJPM, art. L. 122-2, p. 1296 ; art. L. 123-2, p. 1297 ;
▶ travail d'intérêt général, CJPM, art. L. 121-4 et L. 122-1, p. 1296.
- poursuites, CJPM, art. L. 423-1 à L. 423-6, p. 1311 et s. ;
- procureur de la République :
▶ compétence, CJPM, art. L. 211-2 et L. 211-3, p. 1298.
- protection judiciaire de la jeunesse (PJJ), CJPM, art. L. 241-1 et L. 241-2, p. 1300 ;
- publicité restreinte, CJPM, art. L. 12-3, p. 1290 ;
- recueil de renseignements, CJPM, art. L. 322-4 et L. 322-5, p. 1302 ;
- responsables légaux, CJPM, art. L. 12-5, p. 1290 ;
- retenue, CJPM, art. L. 413-1 à L. 413-4, p. 1307 et s. ;
▶ avocat, CJPM, art. L. 413-5, p. 1308.
- saisine, CJPM, art. L. 423-7 et L. 423-8, p. 1313 ;
- voies de recours, CJPM, art. L. 423-13, p. 1315.

Ministre :
- diffamation, L. 29 juill. 1881, art. 31, p. 1745 ;
- inéligibilité, art. 131-26-1, p. 218 ;
- prise illégale d'intérêts, art. 432-13, p. 859 ;
- usage irrégulier de qualité, art. 433-18, p. 886.

Ministre des cultes, art. 433-21, p. 887 ;
- secret, art. 226-13, p. 570.

Minute :
- destructions, dégradations et détériorations, art. 322-2, p. 712.

Mise en danger de la personne d'autrui, Annexe 8, p. 1907 ;
- délit, art. 223-1 et 223-1-1, p. 439 ;
- faute pénale, art. 121-3, p. 111.

Mise en péril des mineurs :
- privation d'aliments ou de soins, art. 227-15 et s., p. 605 ;
- soustraction aux obligations de l'autorité parentale, art. 227-17 et s., p. 606.

Mobiles, V. *Infractions (élément moral).*

Mœurs :
- diffusion de messages contraires à la décence, art. R. 624-2, p. 1019.

Monnaie, art. 442-1 et s., p. 934 ;
- acceptation, détention, usage de signes monétaires non autorisés, art. R. 642-2, p. 1030 ;
- refus de recevoir des pièces de monnaie ayant cours légal, art. R. 642-3, p. 1031 ;
- refus de restitution de signes monétaires contrefaits ou falsifiés, art. R. 645-9, p. 1037 ;
- usage de pièces de monnaie comme support de publicité, art. R. 642-4, p. 1031.

Montage de paroles ou d'images d'une personne :
- consentement (défaut de), art. 226-8, p. 560.

Monts-de-piété, C. mon. fin., art. L. 514-1, p. 1249.

Monuments aux morts (profanation), art. 225-17 et s., p. 496.

Morts :
- atteinte au respect, art. 225-17, p. 496 ;
- diffamation, L. 29 juill. 1881, art. 34, p. 1754 ;
- funérailles, art. 433-21-1, p. 887 ;
- recel de cadavre, art. 434-7, p. 893.

Motivation des décisions judiciaires :
- emprisonnement ferme, art. 132-19, p. 274 ;
- interdiction du territoire, art. 131-30-1, p. 223 ;
- peines, art. 132-1, p. 238 ;
- refus d'aménagement *ab initio*, art. 132-19, p. 274.

Mouvement dissous, art. 431-15, p. 836 ; art. 431-17 et s., p. 836 ;
- terrorisme, art. 421-1, p. 750.

Mouvement insurrectionnel, art. 412-3 et s., p. 736.

Musée :
- destructions, dégradations et détériorations, art. 322-3-1, p. 714 ;
- vol, art. 311-4-2, p. 639.

Mutilation ou infirmité permanente, art. 222-5, p. 379 ; art. 222-9 et 223-1, p. 383 et s. ; art. 223-4, p. 446 ; art. 311-7, p. 640 ; art. 312-4, p. 651 ; art. 322-9, p. 718 ; art. 461-3, p. 947 ;
- délaissement de mineur, art. 227-2, p. 588 ;
- enlèvement et séquestration, art. 224-2, p. 463 ;
- provocation à subir une mutilation sexuelle, art. 227-24-1, p. 616 ;
- secret professionnel (levée), art. 226-14, p. 579 ;
- viol, art. 222-24, p. 413.

Mutilation sexuelle :
- incitation à commettre une mutilation sexuelle sur mineur, art. 227-24-1, p. 616 ;
- provocation de mineur à subir une mutilation sexuelle, art. 227-24-1, p. 616.

N

Nationalité :
- acquisition, Code de l'entrée et du séjour des étrangers et du droit d'asile (nouveau), art. L. 110-6, p. 1381 ;
- acquisition (CESEDA ancien), CESEDA (ancien), art. L. 111-5, p. 1471 ;

- déchéance, Code de l'entrée et du séjour des étrangers et du droit d'asile (nouveau), art. 25, p. 1381 ;
- obstacle à l'acquisition, Code de l'entrée et du séjour des étrangers et du droit d'asile (nouveau), art. 21-27, p. 1381.

Navires :
- application de la loi dans l'espace, art. 113-3, p. 75 ;
- détournement, art. 224-6 et s., p. 465 ;
- fausses informations, art. 224-8, p. 465.

Nécessité :
- principe, art. 111-3 (nº 42), p. 17.

Négationnisme, L. 29 juill. 1881, art. 24 *bis*, p. 1723.

Négligence, art. 321-7, p. 708 ; art. 413-10, p. 739 ; art. 432-16, p. 867 ; art. R. 610-2, p. 1013 ; art. R. 622-1, p. 1016 ;
- élément moral, art. 121-3, p. 111.

Nom :
- faux nom, art. 313-1, p. 658 ;
- usurpation, art. 433-19, p. 886 ; art. 434-23, p. 901 ;
- usurpation d'identité, art. 226-4-1, p. 558.

***Non bis in idem* :**
- application de la loi dans l'espace, art. 113-2 (nº 50), p. 73 ;
- complicité, art. 121-7 (nº 108), p. 147 ;
- droit à ne pas être jugé ou puni deux fois, Prot. 22 nov. 1984, art. 4, p. 1698 ;
- infractions sexuelles, art. 222-22 (nº 17), p. 407.

Non-assistance à personne en danger, art. 223-6, p. 447.

Non-confusion des peines :
- atteintes à l'action de la justice, art. 434-31, p. 908 ;
- rébellion, art. 433-9, p. 880 ;
- révocation du sursis simple, art. 132-38, p. 293 ;
- usurpation, art. 434-23, p. 901.

Non-cumul des peines, V. *Concours d'infractions*.

Non-dénonciation d'infraction, art. 434-1 et s., p. 888 ; art. 434-3, p. 889 ;
- disparition d'un mineur, art. 434-4-1, p. 892.

Non-représentation d'enfant, art. 227-5, p. 599.

Non-rétroactivité, art. 112-1 et s., p. 29.

Notaires, V. *Officier public ou ministériel*.

Nouvelle-Calédonie, art. 711-1 et 711-1 (fut.), p. 969 ; art. 711-3 et 711-4, p. 969 ; art. R. 711-1, p. 1043 ; art. R. 711-3 et s., p. 1043.

Nuit :
- légitime défense dans un lieu habité, art. 122-6, p. 184 ;
- tapage nocturne, art. R. 623-2, p. 1018.

O

Obligation d'assiduité scolaire, art. R. 624-7, p. 1020 ;
- soustraction aux obligations de l'autorité parentale, art. 227-17-1 et s., p. 606.

Obligation de déclaration de naissance, art. 433-18-1, p. 886.

Obligation de faire :
- peine complémentaire, art. 131-10, p. 200.

Occupation illicite de terrain, art. 322-4-1, p. 715.

Office français de l'immigration et de l'intégration :
- CESEDA (ancien), CESEDA (ancien), art. L. 211-8, p. 1476.

Officier d'état civil, art. 433-20, p. 887 ;
- manquements, art. R. 645-3, p. 1035.

Officier public ou ministériel, art. 433-13, p. 882 ; art. 433-20, p. 887 ;
- abus de confiance, art. 314-3, p. 692 ;
- destructions, dégradations et détériorations, art. 322-3, p. 713 ;
- menaces, art. 433-3, p. 871 ;
- meurtre, art. 221-4, p. 343 ;
- tortures et actes de barbarie, art. 222-3, p. 378 ;
- usage irrégulier de qualité, art. 433-18, p. 886 ;
- violences, art. 222-13, p. 390.

Offre au public de titres financiers :
- banque mutualiste ou coopérative, C. mon. fin., art. L. 512-1, p. 1248.

Offres d'emploi, Annexe 9, p. 2263.

Offres en vue de commettre un assassinat ou un empoisonnement, art. 221-5-1, p. 347.

Omission :
- consommation, art. 121-4 (nºˢ 1 et s.), p. 125 ;
- d'empêcher un crime ou un délit, art. 223-6, p. 447 ;
- de témoigner, art. 434-11, p. 896.

Omission de porter secours, art. 223-6, p. 447.

Opérations de banque :
- intermédiation, C. mon. fin., art. L. 519-1, p. 1252.

Opinions politiques :
- discrimination, art. 225-1, p. 467.

Opposition à l'exécution de travaux publics, art. 433-11, p. 880.

Ordonnance de protection, p. 597 ;
- interdiction de sortie du territoire, C. civ., art. 515-13, p. 395 ;
- mariage forcé, C. civ., art. 515-13, p. 395 ;
- non-respect, art. 227-4-2, p. 596 ;
- obligations et interdictions, C. civ., art. 515-11, p. 597.

Ordonnances fictives ou de complaisance, art. 222-37, p. 428.

Ordre de la loi :
- causes d'irresponsabilité, art. 122-4, p. 168 ;
- crimes contre l'humanité (exclusion), art. 213-4, p. 336.

Ordre de remplir une condition :
- menaces, art. 222-18, p. 400.

Ordures, déchets, matériaux, art. R. 632-1, p. 1025 ; art. R. 635-8, p. 1029.

Organes (prélèvement), art. 511-2 et s., p. 953. - CSP, art. L. 1231-1, p. 1843.

Organisation frauduleuse de l'insolvabilité, art. 314-7 et s., p. 695 ; art. 314-9, p. 697.

Orientation sexuelle :
- thérapies de conversion, art. 225-4-13, p. 479.

Orientation sexuelle de la victime, art. 222-13, p. 390 ;
- circonstance aggravante, art. 132-77, p. 312 ;
- discrimination, art. 225-1, p. 467 ;
- meurtre, art. 221-4, p. 343 ;

- tortures et actes de barbarie, art. 222-3, p. 378 ;
- viol, art. 222-24, p. 413 ;
- violences, art. 222-8, p. 381 ; art. 222-10, p. 383 ; art. 222-12, p. 388.

Otage :
- enlèvement, art. 224-4, p. 464 ;
- séquestration, art. 224-4, p. 464.

Outrage :
- agent d'un réseau de transport public de personnes, C. transp., art. L. 2242-7, p. 1914 ;
- diplomates, L. 29 juill. 1881, art. 37, p. 1759 ;
- drapeau tricolore, art. 433-5-1, p. 878 ; art. R. 645-15, p. 1039 ;
- établissement scolaire ou éducatif, art. 433-5, p. 873 ;
- hymne national, art. 433-5-1, p. 878 ;
- juré, art. 434-24, p. 902 ;
- magistrat, art. 434-24, p. 902 ;
- message violent ou pornographique, art. 227-24, p. 614 ;
- personne chargée d'une mission de service public ou dépositaire de l'autorité publique, art. 433-5, p. 873 ;
- à la pudeur, art. 222-32, p. 420 ;
- sexiste, art. 621-1, p. 966.

Outre-mer, art. 711-1 et 711-1 (fut.), p. 969 ; art. R. 711-1 et s., p. 1043 ; art. R. 721-1 et s., p. 1045 ;
- pratiques anti-concurrentielles, C. com., art. L. 420-2-1, p. 1193.

P

Pacte civil de solidarité, art. 222-13, p. 390 ;
- circonstance aggravante, art. 132-80, p. 314 ;
- ordonnance de protection, C. civ., art. 515-13, p. 599 ;
- tortures ou actes de barbarie, art. 222-3, p. 378 ;
- viol, art. 222-24, p. 413 ;
- violences, art. 222-8, p. 381 ; art. 222-10, p. 383 ; art. 222-12, p. 388.

Parents :
- abandon d'enfant, art. 227-12, p. 604 ;
- abandon de famille, art. 227-3, p. 589 ;
- atteintes à la vie privée, art. 226-1, p. 500 ;
- mère porteuse, art. 227-13, p. 604 ;
- non-représentation d'enfant, art. 227-5, p. 599 ;
- obligation scolaire, art. 227-17-1, p. 606 ; art. R. 624-7, p. 1020 ;
- ordonnance de protection, C. civ., art. 515-13, p. 599 ;
- parricide, art. 221-4, p. 343 ;
- simulation ou substitution d'enfant, art. 227-13, p. 604 ;
- soustraction de mineur, art. 227-7, p. 602 ;
  - par personne déchue ou privée de l'exercice de l'autorité parentale, art. 227-10, p. 603.
- soustraction aux obligations légales, art. 227-17, p. 606.

Paris :
- interdiction, art. 132-45, p. 296.

Parlementaire :
- diffamation, L. 29 juill. 1881, art. 31, p. 1745 ;
- immunité parlementaire, L. 29 juill. 1881, art. 41, p. 1763 ;
- usage irrégulier de qualité, art. 433-18, p. 886.

Parricide, art. 221-4, p. 343.

Partie civile :
- destructions, dégradations et détériorations, art. 322-3, p. 713 ;
- meurtre, art. 221-4, p. 343 ;
- tortures et actes de barbarie, art. 222-3, p. 378 ;
- violences, art. 222-10, p. 383 ; art. 222-12 et 222-13, p. 388 et s.

Partis ou groupements politiques :
- peine applicable, art. 131-39, p. 235.

Pédicures-podologues, Annexe 7, p. 1803.

Pédophilie :
- atteintes sexuelles sur mineur, art. 227-25, p. 616 ;
- communications électroniques, art. 227-23, p. 609.

Pédopornographie :
- bande organisée, art. 227-23, p. 609 ;
- confiscation, art. 227-33, p. 620 ;
- consultation, art. 227-23, p. 609 ;
- image d'une personne, art. 227-23, p. 609 ;
- message violent ou pornographique, art. 227-24, p. 614.

Peine justifiée :
- complicité, art. 121-7 (nos 111 et s.), p. 148.

Peine de mort :
- abolition, Prot. 28 avr. 1983, p. 1697 ; Prot. 3 mai 2002, p. 1698 ;
- interdiction, Const. de la République Française 4 oct. 1958, art. 66-1, p. 1685. – Charte des Droits fondamentaux de l'Union européenne 7 déc. 2000, art. 2, p. 1687. – CESDH 4 nov. 1950, art. 2, p. 1694.

Peines :
- aggravation, art. 132-71 à 132-77, p. 308 et s. ; art. 132-79 et 132-80, p. 314 ;
- ajournement, art. 132-60 et s., p. 304 ;
  - aux fins de consignation d'une somme d'argent, art. 132-70-3, p. 308 ;
  - aux fins d'investigations sur la personnalité, art. 132-70-1, p. 307 ;
  - avec injonction, art. 132-66, p. 306 ;
  - avec mise à l'épreuve, art. 132-63, p. 306 ;
  - du prononcé, art. 132-58, p. 303.
- aménagements de peines, art. 132-25, p. 288 ;
- amnistie, art. 133-9 et s., p. 319 ;
- application dans le temps, art. 112-4, p. 66 ;
- choix de la peine, art. 132-18 et s., p. 273 ;
- concours d'infractions, art. 132-3, p. 249 ;
- confusion, art. 132-4 à 132-6, p. 250 et s. ; art. 132-23-1, p. 287 ;
- criminelles, art. 131-1 et s., p. 192 ;
- cumul, art. 132-3, p. 249 ; art. 132-7, p. 256 ; art. 132-16-7, p. 272 ; art. 132-38, p. 293 ;
- détention à domicile sous surveillance électronique, art. 132-25, p. 288 ;
- dispense, art. 132-58 et 132-59, p. 303 ; art. 132-65, p. 306 ;
- exemption, art. 132-78, p. 313 ;
- extinction, art. 133-1 et s., p. 315 ;
- fonctions, art. 130-1 et s., p. 192 ;
- fractionnement, art. 132-27 et 132-28, p. 289 ;
- grâce, art. 132-6, p. 256 ; art. 133-7 et s., p. 318 ;

- individualisation, art. 132-1, p. 238 ; art. 132-17, p. 272 ; art. 132-24, p. 288 ;
- légalité, art. 111-3, p. 10 ;
- mineurs, art. 122-8, p. 188 ; art. 122-8 (fut.), p. 188 ;
- motivation, art. 132-1, p. 238 ;
- non-confusion, art. 132-16-7, p. 272 ;
- peines accessoires ou automatiques, art. 132-17, p. 272 ;
- peines contraventionnelles, art. 131-12, p. 202 ;
- peines correctionnelles, art. 131-3, p. 193 ;
- période de sûreté, art. 132-23, p. 283 ;
- personnalisation, art. 132-24 et s., p. 288 ;
- placement à l'extérieur, art. 132-25, p. 288 ;
- prescription, art. 133-2 à 133-4, p. 316 ;
- principe de légalité, DDHC 26 août 1789, art. 8, p. 1686 ;
- principe de nécessité, DDHC 26 août 1789, art. 8, p. 1686 ;
- prononcé, art. 132-17 et s., p. 272 ;
- récidive, art. 132-23-1 (n° 4), p. 288 ;
- réduction au maximum légal, art. 132-3, p. 249 ;
- réhabilitation, art. 133-12 et s., p. 320 ;
- relèvement, art. 132-6, p. 256 ; art. 132-21, p. 283 ;
- repenti, art. 132-78, p. 313 ;
- semi-liberté, art. 132-25, p. 288 ;
- sursis probatoire, art. 132-40, p. 293 ;
- sursis simple, art. 132-29 et s., p. 289.

Peines accessoires :
- relèvement, art. 132-21, p. 283.

Peines alternatives :
- détention à domicile sous surveillance électronique, art. 131-4-1, p. 194 ;
- jours-amende, art. 131-5, p. 195 ;
- peines privatives ou restrictives de droits, art. 131-6 et 131-7, p. 196 et s. ; art. 131-9, p. 199 ; art. 131-42, p. 236 ;
- peines privatives ou restrictives de liberté, art. 131-6 et 131-7, p. 196 et s. ;
- sanction-réparation, art. 131-8-1, p. 198 ;
- stage(s), art. 131-5-1, p. 195 ; art. 131-9, p. 199 ;
- travail d'intérêt général, art. 131-8 et 131-9, p. 197 et s.

Peines complémentaires :
- affichage de la décision de condamnation, art. 131-10, p. 200 ; art. 131-35, p. 229 ; art. 131-39, p. 235 ;
- confiscation, art. 131-10, p. 200 ; art. 131-14, p. 202 ; art. 131-16, p. 202 ; art. 131-21 et 131-21-1, p. 204 et s. ; art. 131-39, p. 235 ;
- déchéance, art. 131-10, p. 200 ;
- diffusion de la décision de condamnation, art. 131-10, p. 200 ; art. 131-35, p. 229 ; art. 131-39, p. 235 ;
- dissolution de la personne morale, art. 131-39, p. 235 ;
- exclusion des marchés publics, art. 131-34, p. 229 ; art. 131-39, p. 235 ;
- fermeture d'établissement, art. 131-10, p. 200 ; art. 131-33, p. 228 ; art. 131-39, p. 235 ;
- immobilisation, art. 131-10, p. 200 ; art. 131-14, p. 202 ;
- incapacité, art. 131-10, p. 200 ;
- injonction de soins, art. 131-10, p. 200 ;
- interdiction, art. 131-10, p. 200 ; art. 131-14, p. 202 ;
- interdiction de conduire certains véhicules, art. 131-16, p. 202 ;
- interdiction de détenir un animal, art. 131-16, p. 202 ; art. 131-21-2, p. 214 ; art. 131-39, p. 235 ;
- interdiction de détenir ou de porter une arme, art. 131-16, p. 202 ;
- interdiction d'émettre des chèques, art. 131-17, p. 203 ; art. 131-19, p. 203 ; art. 131-39, p. 235 ;
- interdiction d'exercice, art. 131-27, p. 219 ; art. 131-39, p. 235 ;
- interdiction de faire appel public à l'épargne, art. 131-39, p. 235 ;
- interdiction de participer à des manifestations, art. 131-32-1, p. 228 ;
- interdiction de percevoir une aide publique, art. 131-39, p. 235 ;
- interdiction de pratiquer la navigation, art. 131-16, p. 202 ;
- interdiction de séjour, art. 131-31, p. 227 ;
- interdiction du territoire français, art. 131-30, p. 223 ;
- interdiction d'utiliser une carte de paiement, art. 131-20, p. 203 ; art. 131-39, p. 235 ;
- obligation de faire, art. 131-10, p. 200 ;
- peines contraventionnelles, art. 131-12, p. 202 ; art. 131-14, p. 202 ; art. 131-16 à 131-18, p. 202 et s. ; art. 131-40, p. 236 ; art. 131-43 et 131-44, p. 237 ;
- peines correctionnelles, art. 131-10 et 131-11, p. 200 et s. ;
- peines criminelles, art. 131-2, p. 193 ; art. 131-10, p. 200 ;
- peines délictuelles, art. 131-3, p. 193 ;
- peines privatives ou restrictives de droits, art. 131-6, p. 196 ;
- peines privatives ou restrictives de liberté, art. 131-6, p. 196 ;
- peines de substitution, art. 131-11, p. 201 ; art. 131-18, p. 203 ;
- personnes morales, art. 131-40, p. 236 ; art. 131-43 et 131-44, p. 237 ;
- placement sous surveillance judiciaire, art. 131-39, p. 235 ;
- retrait d'un droit, art. 131-10, p. 200 ;
- retrait des titres de conduite en mer, art. 131-16, p. 202 ;
- sanction-réparation, art. 131-8-1, p. 198 ;
- stage(s), art. 131-5-1, p. 195 ; art. 131-16, p. 202 ;
- suivi socio-judiciaire, art. 131-36-1, p. 231 ; art. 131-36-5, p. 233 ;
- sursis simple, art. 132-31, p. 290 ; art. 132-34, p. 291 ;
- suspension du permis de conduire, art. 131-16, p. 202 ;
- travail d'intérêt général, art. 131-17, p. 203 ;
- violation de la peine, art. 131-11, p. 201.

Peines contraventionnelles :
- amende, art. 131-12 et 131-13, p. 202 ; art. 131-15 et 131-15-1, p. 202 ;
- cumul de peines, art. 132-7, p. 256 ;
- peines alternatives, art. 131-15-1, p. 202 ;
- peines complémentaires, art. 131-14, p. 202 ; art. 131-16 à 131-18, p. 202 et s. ; art. 131-40, p. 236 ;
- peines privatives ou restrictives de droit, art. 131-14, p. 202 ;
- peines privatives ou restrictives de droits, art. 131-12, p. 202 ; art. 131-15, p. 202 ;
- personnes morales, art. 131-40 et s., p. 236 ; art. 131-44, p. 237 ;
- prescription, art. 133-4, p. 316 ;
- récidive, art. 132-11, p. 269 ;

- sanction-réparation, art. 131-12, p. 202 ; art. 131-15-1, p. 202 ; art. 131-44-1, p. 237.

Peines correctionnelles :
- amende, art. 131-3, p. 193 ; art. 131-39-1, p. 235 ;
- détention à domicile sous surveillance électronique, art. 131-3 et 131-4-1, p. 193 et s. ;
- emprisonnement, art. 131-3 et 131-4, p. 193 et s. ;
- fractionnement, art. 132-27, p. 289 ;
- interdiction des droits civiques, civils et de famille, art. 131-26, p. 216 ;
- interdiction des peines fermes d'un mois au plus, art. 132-19, p. 274 ;
- jours-amende, art. 131-3, p. 193 ; art. 131-5, p. 195 ; art. 131-25, p. 215 ;
- peine minimale, art. 132-19, p. 274 ;
- peines complémentaires, art. 131-3, p. 193 ; art. 131-10 et 131-11, p. 200 et s. ; art. 131-27, p. 219 ;
- peines privatives ou restrictives de droits et de libertés, art. 131-3, p. 193 ; art. 131-6, p. 196 ;
- personnes morales, art. 131-37 à 131-39, p. 234 et s. ;
- prescription, art. 133-3, p. 316 ;
- principe de l'*ultima ratio*, art. 132-19, p. 274 ;
- récidive, art. 132-9 et 132-10, p. 266 et s. ;
- sanction-réparation, art. 131-3, p. 193 ; art. 131-8-1, p. 198 ; art. 131-39-1, p. 235 ;
- stage, art. 131-3, p. 193 ; art. 131-5-1, p. 195 ;
- suivi socio-judiciaire, art. 131-36-7, p. 233 ;
- sursis, art. 131-3, p. 193 ;
- sursis probatoire, art. 131-3, p. 193 ;
- travail d'intérêt général, art. 131-3, p. 193 ; art. 131-8, p. 197 ; art. 131-22, p. 215.

Peines criminelles :
- amende, art. 131-2, p. 193 ;
- détention criminelle, art. 131-1 et s., p. 192 ;
- minimum, art. 132-18, p. 273 ;
- peines complémentaires, art. 131-2, p. 193 ; art. 131-10, p. 200 ;
- personnes morales, art. 131-37 à 131-39, p. 234 et s. ;
- prescription, art. 133-2, p. 316 ;
- récidive, art. 132-8, p. 266 ;
- réclusion criminelle, art. 131-1, p. 192.

Peines planchers :
- application de la loi dans le temps, art. 112-1, p. 29.

Peines privatives ou restrictives de droits :
- cumul de peines, art. 131-15, p. 202 ;
- interdiction de cumul avec l'amende, art. 131-15, p. 202 ;
- interdiction de cumul avec l'emprisonnement, art. 131-9, p. 199 ;
- peine contraventionnelle, art. 131-12, p. 202 ; art. 131-40, p. 236 ;
- personne morale, art. 131-40, p. 236 ;
- sursis simple, art. 132-31, p. 290 ; art. 132-34, p. 291 ;
- violation de la peine, art. 131-9, p. 199.

Peines de substitution :
- peines complémentaires, art. 131-11, p. 201 ;
- peines contraventionnelles, art. 131-18, p. 203 ;
- peines privatives ou restrictives de droits, art. 131-42, p. 236 ;
- personnes morales, art. 131-44, p. 237 ;
- suivi socio-judiciaire, art. 131-36-7, p. 233.

Pension alimentaire :
- abandon de famille, art. 227-3 et s., p. 589 ;
- insolvabilité frauduleuse, art. 314-7 et s., p. 695 ;
- sursis probatoire, art. 132-45, p. 296.

Période de sûreté, art. 132-23, p. 283 ;
- administration de substances nuisibles, art. 222-15, p. 396 ;
- assassinat, art. 221-3, p. 343 ;
- attentat, art. 412-1, p. 736 ;
- blanchiment de capitaux, art. 222-38, p. 429 ;
- crimes contre l'espèce humaine, art. 214-3, p. 338 ;
  - ▶ actes préparatoires, art. 214-4, p. 338.
- crimes contre l'humanité, art. 212-1, p. 326 ;
  - ▶ actes préparatoires, art. 212-3, p. 328.
- crimes de guerre, art. 212-2, p. 327 ;
- destructions, dégradations et détériorations, art. 322-8, p. 718 ;
- détournement d'un moyen de transport, art. 224-6, p. 465 ;
- disparition forcée, art. 221-12, p. 376 ;
- durée, art. 132-23, p. 283 ;
- emprisonnement, art. 221-5, p. 345 ;
- enlèvement, art. 224-1 et 224-2, p. 461 et s. ; art. 224-4 et 224-5, p. 464 ; art. 224-5-2, p. 465 ;
- esclavage, art. 224-1 A à 224-1 C, p. 460 ;
- espionnage, art. 411-2, p. 733 ;
- extorsion, art. 312-3, p. 651 ;
- facultative, art. 132-23, p. 283 ;
- fausse monnaie, art. 442-1, p. 934 ;
- génocide, art. 211-1, p. 325 ;
- meurtre aggravé, art. 221-2, p. 341 ;
- de plein droit, art. 132-23, p. 283 ;
- proxénétisme, art. 225-7, p. 483 ;
- séquestration, art. 224-1 et 224-2, p. 461 et s. ; art. 224-4 et 224-5, p. 464 ; art. 224-5-2, p. 465 ;
- stupéfiants, art. 222-34, p. 428 ;
- terrorisme, art. 421-3, p. 757 ;
- tortures et actes de barbarie, art. 222-1, p. 377 ;
- viol, art. 222-25, p. 415 ;
- violences, art. 222-8, p. 381 ; art. 222-10, p. 383 ; art. 222-12, p. 388 ; art. 222-14, p. 393 ;
- vol, art. 311-6, p. 640.

Permis de chasser :
- retrait, art. 131-6, p. 196 ; art. 131-14, p. 202 ; art. 131-16, p. 202 ; art. 434-41, p. 910.

Permis de conduire :
- annulation, art. 131-6, p. 196 ;
- délivrance – catégories, C. route, art. L. 221-1 et s., p. 1947 ; art. R. 221-1 et s., p. 2055 ;
- enseignement de la conduite :
  - ▶ violences ou outrage contre un inspecteur du permis de conduire, C. route, art. L. 211-1, p. 1941.
- interdiction, art. 131-16, p. 202 ;
- interdiction de conduire certains véhicules, art. 131-6, p. 196 ;
- obligation de se présenter aux épreuves, art. 132-45, p. 296 ;
- points (permis à), C. route, art. L. 223-1 et s., p. 1950 ; art. L. 231-3, p. 1964 ; art. L. 232-3, p. 1967 ; art. R. 223-1 et s., p. 2069 ;
- prescription (annulation), art. 133-6 (nº 2), p. 316 ;

- rétention - suspension - annulation, C. route, art. L. 224-1 et s., p. 1956 ; art. L. 234-13, p. 1975 ; art. L. 234-14 (nos 20 et s.), p. 1979 ;
- suspension, art. 131-6, p. 196 ; art. 131-14, p. 202 ; art. 131-16, p. 202 ; art. 132-28, p. 289 ; art. R. 131-1 et s., p. 983 ; Annexe 8, p. 1907 ;
- violences ou outrage contre un inspecteur du permis de conduire, C. route, art. L. 211-1, p. 1941.

Permis de construire, C. urb. p. 1064.

Personnalisation des peines, art. 132-24 et s., p. 288.

Personnalité, V. *Atteintes à la personnalité*.

Personne vulnérable, art. 314-2, p. 691 ;
- conditions de travail ou d'hébergement contraires à la dignité, art. 225-13 et s., p. 490 ;
- délaissement, art. 223-3 et s., p. 446 ;
- discrimination, art. 225-1, p. 467 ;
- escroquerie, art. 313-2, p. 674 ;
- étrangers, art. 225-15-1, p. 495 ;
- meurtre, art. 221-4, p. 343 ;
- non-dénonciation d'infraction, art. 434-3 et s., p. 889 ;
- proxénétisme, art. 225-7, p. 483 ;
- recours à la prostitution de, art. 225-12-1, p. 487 ;
- réduction en servitude, art. 225-14-2, p. 494 ;
- secret professionnel (levée), art. 226-14, p. 579 ;
- viol, art. 222-24, p. 413 ;
- violences, art. 222-8, p. 381 ; art. 222-10, p. 383 ; art. 222-12 à 222-14, p. 388 et s. ;
- vol, art. 311-5, p. 639.

Personnes morales :
- complicité, art. 121-2, p. 99 ;
- dissolution, art. 131-39, p. 235 ; art. 131-45, p. 237 ; art. 133-1, p. 315 ; art. 434-43, p. 911 ; art. 434-47, p. 912 ;
- peines, art. 131-37 et s., p. 234 ; art. R. 131-52 et R. 131-53, p. 991 ;
- peines complémentaires, art. 131-44, p. 237 ;
- peines contraventionnelles, art. 131-40 et s., p. 236 ; art. 131-44, p. 237 ;
- placement sous surveillance judiciaire, art. 131-46, p. 237 ;
- presse, L. 29 juill. 1881, art. 43-1, p. 1775 ;
- récidive, art. 132-12 et s., p. 270 ;
- réhabilitation, art. 133-14, p. 321 ;
- responsabilité, art. R. 621-1 (no 1), p. 1014. – L. 29 juill. 1982, art. 93-4, p. 1786 ;
- responsabilité pénale, art. 121-2, p. 99 ; art. 221-6 (no 82), p. 365 ;
- sursis simple, art. 132-30, p. 290 ; art. 132-32 à 132-34, p. 291.

Pharmacie, Annexe 7, p. 1803.

Pièce produite en justice, art. 313-1 (no 35), p. 665 ; art. R. 645-7, p. 1036 ;
- faux, art. 441-1 (nos 40 et s.), p. 924.

Pillage, art. 122-6, p. 184 ; art. 412-5, p. 737.

Piratage informatique, art. 323-1 et s., p. 721.

Piraterie, art. 224-6 et s., p. 465.

Piscines, CCH p. 1049.

Placement à l'extérieur :
- aménagement ab initio, art. 132-25, p. 288 ;
- mesures d'aide de l'article 132-46, art. 132-26, p. 289 ;
- mesures de contrôle de l'article 132-44, art. 132-26, p. 289 ;
- obligation d'activité, art. 132-26, p. 289 ;
- obligation de répondre aux convocations des autorités publiques, art. 132-26, p. 289 ;
- obligations particulières de l'article 132-45, art. 132-26, p. 289 ;
- prise en charge sanitaire, art. 132-26, p. 289.

Placement sous surveillance électronique :
- évasion, art. 434-29, p. 907.

Placement sous surveillance électronique mobile, art. 131-36-9 et s., p. 233 ;
- consentement, art. 131-36-12, p. 233 ;
- faisabilité technique de la mesure, art. 131-36-11, p. 233 ;
- mesure de sûreté, art. 131-36-9, p. 233 ;
- obligations pour le condamné, art. 131-36-12, p. 233 ;
- personnes placées, art. 131-36-10, p. 233 ;
- suivi socio-judiciaire, art. 131-36-9, p. 233 ;
- violation des obligations, art. 131-36-12, p. 233.

Placement sous surveillance judiciaire :
- contenu et modalités d'application, art. 131-46, p. 237 ;
- peine complémentaire, art. 131-39, p. 235 ; art. 131-39, p. 235 ;
- personnes morales, art. 131-46, p. 237.

Plainte préalable de la victime :
- atteintes à la vie privée, art. 226-6, p. 559 ;
- divulgation de données à caractère personnel, art. 226-22, p. 586.

Plan concerté, art. 431-1, p. 826 ;
- autres crimes contre l'humanité, art. 212-1 et s., p. 326 ;
- crimes de guerre, art. 212-2, p. 327 ;
- génocide, art. 211-1, p. 325.

Poids ou mesures, art. R. 643-2, p. 1032.

Poinçons, art. 444-1 et s., p. 939.

Police nationale (fonctionnaires de la), art. 322-3, p. 713 ;
- meurtre, art. 221-4, p. 343 ;
- tortures et actes de barbarie, art. 222-3, p. 378 ;
- violences, art. 222-8, p. 381 ; art. 222-10, p. 383 ; art. 222-12 à 222-14-1, p. 388 et s.

Polygamie, art. 433-20, p. 887.

Polynésie française, art. 711-1 et 711-1 (fut.), p. 969 ; art. 711-3 et 711-4, p. 969 ; art. R. 711-1, p. 1043 ; art. R. 711-3 et s., p. 1043.

Pompier, V. *Sapeur-pompier.*

Pornographie :
- communications électroniques, art. 227-23, p. 609 ;
- image d'une personne, art. 227-23, p. 609 ;
- message violent ou pornographique, art. 227-24, p. 614 ;
- messages contraires à la décence, art. R. 624-2, p. 1019.

Port illégal d'arme, art. 431-5, p. 831 ; art. 431-10, p. 833.

Port illégal de décoration ou d'uniforme, art. 433-14, p. 883.

Portage salarial, Annexe 9, p. 2263. – C. trav., art. L. 1255-14 et s., p. 2271.

Position dominante, Annexe 2, p. 1085.

La Poste, C. mon. fin., art. L. 518-25, p. 1251.

Postes et communications électroniques, Annexe 6, p. 1703.

Pratique eugénique, art. 511-1, p. 953.

Préméditation, art. 132-72, p. 310 ; art. 222-3, p. 378 ;
- assassinat, art. 221-3, p. 343 ;
- violences, art. 222-8, p. 381 ; art. 222-10, p. 383 ; art. 222-12, p. 388.

Préparation d'une infraction :
- complicité, art. 121-7, p. 136.

V. *Complicité*.

Prescription :
- application de la loi dans le temps, art. 112-2, p. 53 ; art. 112-2 (nº 57), p. 61 ; Circ. 28 févr. 2017, p. 64 ;
- banqueroute, C. com., art. L. 654-16, p. 1094 ;
- blanchiment de capitaux, art. 324-1 (nº 20), p. 728 ;
- crimes contre l'humanité (imprescriptibilité), art. 133-6 (nº 1), p. 316 ; art. 213-5 (anc.), p. 336 ;
- entrave aux enchères publiques, art. 313-6 (nº 20), p. 678 ;
- escroquerie, art. 313-1 (nº 81), p. 672 ;
- faux, art. 441-1 (nºs 47 et s.), p. 926 ;
- infractions sexuelles, art. 222-22 (nº 19), p. 407 ;
- injure non publique à caractère raciste ou discriminatoire, art. R. 624-4 (nºs 1 et s.), p. 1020 ;
- omission de porter secours, art. 223-6 (nº 34), p. 452 ;
- organisation frauduleuse de l'insolvabilité, art. 314-8, p. 697 ;
- peine, art. 133-1 et s., p. 315 ;
  - ▶ interruption, art. 133-4-1, p. 316 ;
  - ▶ peines contraventionnelles, art. 133-4, p. 316 ;
  - ▶ peines criminelles, art. 133-2 et s., p. 316 ;
  - ▶ peines délictuelles, art. 133-3, p. 316.
- recel, art. 321-3 (nº 18), p. 701.

Prescription de l'action publique , art. 221-6 (nº 111), p. 371.

Président de la République, V. *Chef de l'État*.

Présomption :
- conducteur, C. route, art. L. 121-1 (nº 3), p. 1922 ;
- de culpabilité, C. route, art. L. 121-3, p. 1924.

Presse, art. 434-16, p. 899 ; Annexe 6, p. 1703 ;
- action civile, L. 29 juill. 1881, art. 46, p. 1776 ;
- affichage officiel, L. 29 juill. 1881, art. 15, p. 1712 ; art. 17, p. 1712 ;
- apologie de crime, L. 29 juill. 1881, art. 24, p. 1715 ;
- atteinte aux intérêts fondamentaux de la Nation, art. 412-8, p. 737 ; art. 413-3 et 413-4, p. 738 ;
- atteintes à la vie privée, art. 226-1 et 226-2, p. 500 et s. ;
- colportage, L. 29 juill. 1881, art. 18 et s., p. 1713 ;
- compétence, L. 29 juill. 1881, art. 45, p. 1776 ;
- complice, L. 29 juill. 1881, art. 43, p. 1773 ;
- confiscation, art. 131-21, p. 204 ;
- crimes contre l'humanité, L. 29 juill. 1881, art. 24 *bis*, p. 1723 ;
- cris ou chants séditieux, L. 29 juill. 1881, art. 24, p. 1715 ;
- débats judiciaires, L. 29 juill. 1881, art. 38 *ter* et 39, p. 1760 et s. ; art. 41, p. 1763 ;
- débats parlementaires, L. 29 juill. 1881, art. 41, p. 1763 ;
- dépôt légal, L. 29 juill. 1881, art. 10, p. 1706 ;
- diffamation, art. R. 621-1 et R. 621-2, p. 1014 et s. - L. 29 juill. 1881, art. 29 et s., p. 1726 ; art. 32, p. 1748 ;
- directeur de la publication, L. 29 juill. 1881, art. 6, p. 1705 ; art. 42 et 43, p. 1769 et s. ;
- discrimination raciale ou religieuse, L. 29 juill. 1881, art. 24, p. 1715 ;
- droit de rectification, L. 29 juill. 1881, art. 12, p. 1707 ;
- droit de réponse, L. 29 juill. 1881, art. 13 et 13-1, p. 1707 et s. ; art. 34, p. 1754 ;
- fausses nouvelles, L. 29 juill. 1881, art. 27, p. 1725 ;
- imprimeur, L. 29 juill. 1881, art. 3, p. 1705 ; art. 9, p. 1706 ;
- information interdite, L. 29 juill. 1881, art. 39 *bis*, p. 1762 ; art. 39 *quater*, p. 1762 ;
- injure, L. 29 juill. 1881, art. 29 et s., p. 1726 ; art. 41, p. 1763 ;
- liberté, L. 29 juill. 1881, art. 1er, p. 1703 ;
- liberté d'expression, Charte des Droits fondamentaux de l'Union européenne 7 déc. 2000, art. 11, p. 1688. - CESDH 4 nov. 1950, art. 10, p. 1695 ;
- message violent ou pornographique, art. 227-24, p. 614 ;
- négationnisme, L. 29 juill. 1881, art. 24 *bis*, p. 1723 ;
- outrage envers un diplomate étranger, L. 29 juill. 1881, art. 37, p. 1759 ;
- peines, art. 131-39, p. 235 ;
- poursuites, L. 29 juill. 1881, art. 42 et s., p. 1769 ;
- provocation aux crimes et délits, L. 29 juill. 1881, art. 23 et 24, p. 1713 et s. ;
- provocation au suicide, art. 223-15, p. 455 ;
- provocations de mineur à se mettre en danger :
  - ▶ détermination des personnes responsables, art. 227-28, p. 619.
- publication en vue d'influencer les témoins ou une décision judiciaire, art. 434-16, p. 899 ;
- publications interdites, L. 29 juill. 1881, art. 38 et s., p. 1759 ;
- rappel de condamnations amnistiées, art. 133-11 (nº 5), p. 320 ;
- rébellion, art. 433-10, p. 880 ;
- responsabilité en cascade, L. 29 juill. 1881, art. 42 et 43, p. 1769 et s. ;
- responsabilité des personnes morales (non), art. R. 621-1 (nº 1), p. 1014. - L. 29 juill. 1881, art. 43-1, p. 1775. - L. 29 juill. 1982, art. 93-4, p. 1786 ;
- saisie d'un journal, L. 29 juill. 1881, art. 5, p. 1705 ;
- secret professionnel, L. 29 juill. 1881, art. 2 (nº 3), p. 1704 ;
- secret des sources, art. 226-13 (nº 14), p. 572. - L. 29 juill. 1881, art. 2, p. 1703 ; art. 2 (nºs 2 et 3), p. 1704 ;
- souscription interdite, L. 29 juill. 1881, art. 40, p. 1763 ;
- terrorisme :
  - ▶ provocation ou apologie, art. 421-2-5, p. 753.

Pressions exercées sur les témoins, art. 434-16, p. 899.

Prêtre, V. *Ministres des cultes*.

Prise illégale d'intérêts, art. 432-12 et s., p. 850 ; art. 715-3 et s., p. 971 ; art. 725-3 et s., p. 974 ;
- magistrat, art. 432-12-1, p. 859.

Prison, V. *Établissement pénitentiaire, Administration pénitentiaire (fonctionnaire de l')*.

Privation d'aliments ou de soins, art. 434-3, p. 889 ;
- enlèvement et séquestration, art. 224-2, p. 463 ;

- mineur, art. 227-15, p. 605 ;
▶ mort de la victime, art. 227-16, p. 605.
- secret professionnel (levée), art. 226-14, p. 579 ;
- soustraction aux obligations de l'autorité parentale, art. 227-17, p. 606.

Prix, art. 717-2, p. 972 ; Annexe 2, p. 1085 ; Annexe 2, p. 1085 ;
- hausse ou baisse artificielle du prix (outre-mer), art. 727-2, p. 977.

Probation :
- mesures d'aide de l'article 132-46, art. 132-46, p. 299 ;
- suivi renforcé, art. 132-41-1, p. 295 ;
- sursis, art. 132-40 à 132-41-1, p. 293 et s.

Procédures collectives, Annexe 2, p. 1085.

Procréation médicalement assistée, art. 511-10 à 511-13, p. 955 ; art. 511-21 et 511-22, p. 957 ; art. 511-24 et 511-25, p. 957. - CSP, art. L. 2141-1, p. 1850 ;
- médecin (responsabilité), art. 223-2 (nº 8), p. 441.

Profanation de sépulture, art. 225-17, p. 496.

Professions exercées dans les lieux publics (non-respect de la réglementation), art. R. 644-3, p. 1033.

Promesse :
- complicité, art. 121-7, p. 136.

Promotion immobilière, CCH p. 1049.

Proportionnalité, CSI, art. L. 435-1, p. 175 ; art. 122-5, p. 180 ; art. 122-7, p. 184 ;
- principe, art. 111-3 (nº 48), p. 18.

Propositions sexuelles à un mineur par un moyen de communication électronique, art. 227-22-1, p. 609.

Propriété industrielle, Annexe 2, p. 1085.

Prostitution, art. 461-4, p. 947 ; art. 611-1 et s., p. 965 ; art. R. 625-8, p. 1023 ;
- crimes contre l'humanité, art. 212-1, p. 326 ;
- établissement de prostitution, art. 225-10, p. 484 ;
- forcée, art. 225-7, p. 483 ;
- proxénétisme, art. 225-5 et s., p. 479 ;
- racolage, art. 225-10-1, p. 487 ;
- récidive, art. 225-12-1, p. 487 ;
- recours à :
▶ compétence personnelle active, art. 225-12-3, p. 489 ;
▶ récidive, art. 225-12-1, p. 487.
- tolérance de, art. 225-10, p. 484.

Protection du corps humain, art. 511-2 et s., p. 953 ; art. 726-1 et s., p. 975.

Protection de l'embryon humain, art. 511-15, p. 955.

Provocation :
- à l'abandon d'enfant, art. 227-12, p. 604 ;
- à s'armer illégalement, art. 412-8, p. 737 ;
- à l'avortement, Annexe 7, p. 1803 ;
- à la commission d'infractions de mise en péril de mineur, art. 227-28-3, p. 619 ;
- à la désobéissance, art. 413-3, p. 738 ;
- espionnage et trahison, art. 411-11, p. 735 ;
- génocide, art. 211-2, p. 326 ;
- à une infraction, art. 121-7, p. 136 ;
- de mineur à commettre des actes dangereux, immoraux, ou illicites, art. 227-21, p. 607 ;
- de mineur à la consommation d'alcool, art. 227-19, p. 607 ;
- de mineur à subir une mutilation sexuelle, art. 227-24-1, p. 616 ;
- de mineur au trafic de stupéfiants, art. 227-18-1, p. 607 ;
- de mineur à l'usage de stupéfiants, art. 227-18, p. 607 ;
- à la rébellion, art. 433-10, p. 880 ;
- au suicide, art. 223-13, p. 454.

Provocation au suicide, art. 223-14 et 223-15, p. 454 et s.

Proxénétisme :
- atténuation de peine, art. 225-11-1, p. 487 ;
- bande organisée, art. 225-8, p. 484 ;
- circonstances aggravantes, art. 225-7, p. 483 ;
- compétence personnelle active, art. 225-11-2, p. 487 ;
- comportements assimilés, art. 225-6, p. 482 ;
- confiscation, art. 225-24 et 225-25, p. 499 ;
- définition, art. 225-5 et s., p. 479 ;
- établissement de prostitution, art. 225-10, p. 484 ;
- exemption de peine, art. 225-11-1, p. 487 ;
- fermeture d'établissement, art. 225-22, p. 498 ;
- mineur, art. 225-7-1, p. 484 ;
- période de sûreté, art. 225-7, p. 483 ;
- récidive, art. 132-16-3, p. 271 ;
- repenti, art. 225-11-1, p. 487 ;
- retrait de la licence de débit de boissons, art. 225-23, p. 499 ;
- tentative, art. 225-11, p. 487 ;
- tortures et actes de barbarie, art. 225-9, p. 484.

Publication en vue d'influencer des témoins ou une décision judiciaire, art. 434-16, p. 899.

Publicité, art. R. 642-4, p. 1031 ; Annexe 2, p. 1085 ; Annexe 2, p. 1085. - C. com., art. L. 441-2, p. 1198. - C. route, art. R. 418-1 et s., p. 2233 ;
- boissons alcoolisées, Annexe 7, p. 1803 ;
- médicaments, Annexe 7, p. 1803 ;
- suicide, art. 223-14, p. 454 ;
- tabac, Annexe 7, p. 1803.

R

Racisme, art. 432-7, p. 841 ; art. R. 624-4, p. 1020 ;
- circonstance aggravante, art. 132-76 et 132-77, p. 312 ;
- crimes contre l'humanité, art. 212-1 et s., p. 326 ;
- discrimination, art. 225-1 et s., p. 467 ;
- génocide, art. 211-1, p. 325.

Racket, art. 312-1, p. 646 ; art. 312-12-1, p. 657.

Racolage, art. 225-10-1, p. 487 ; art. R. 625-8, p. 1023.

Radicalisation :
- soustraction aux obligations de l'autorité parentale, art. 227-17 (nº 3), p. 606.

Rapt, V. *Enlèvement.*

Rébellion, art. 433-6 à 433-8, p. 878 et s.

Recel, art. 321-1 et s., p. 698 ; art. 321-4, p. 707 ;
- immunités familiales, art. 311-12 (nº 11), p. 644.

Recel de cadavre, art. 434-4 (nº 2), p. 891 ; art. 434-7, p. 893.

Recel de criminel, art. 434-6, p. 892.

Recherches biomédicales, Annexe 7, p. 1803 ;
- consentement (défaut de), art. 223-8, p. 453.

Récidive :
- agressions ou atteintes sexuelles, art. 132-16-1, p. 271 ;
- avertissement du condamné, art. 132-20-1, p. 283 ;
- blanchiment de capitaux, art. 324-5, p. 730 ;
- concours d'infractions, art. 132-5, p. 255 ;
- fausse monnaie, art. 442-16, p. 937 ;
- infractions assimilées, art. 132-16, p. 270 ; art. 132-16 à 132-16-4-1, p. 270 et s. ;
- peines contraventionnelles, art. 132-11, p. 269 ;
- peines correctionnelles, art. 132-9 et 132-10, p. 266 et s. ;
- peines criminelles, art. 132-8 et s., p. 266 ;
- personnes morales, art. 132-12 et s., p. 270 ;
- proxénétisme, art. 132-16-3, p. 271 ;
- recel, art. 321-5, p. 707 ;
- réhabilitation, art. 133-13, p. 321 ; art. 133-16, p. 322 ;
- relevé d'office, art. 132-16-5, p. 271 ;
- sursis avec mise à l'épreuve, art. 132-42, p. 295 ;
- sursis avec mise à l'épreuve (anc.), art. 132-41, p. 294 ;
- sursis probatoire, art. 132-41 et 132-42, p. 294 et s. ;
- trafic d'armes, art. 132-16-4-1, p. 271 ;
- traite des êtres humains, art. 132-16-3, p. 271 ;
- violences volontaires, art. 132-16-4, p. 271.

Réclusion criminelle, art. 131-1 et s., p. 192.

Reconduite à la frontière, art. 131-30, p. 223.

Reconnaissance frauduleuse d'enfant :
- à fins d'obtention d'un titre de séjour, Code de l'entrée et du séjour des étrangers et du droit d'asile (nouveau), art. L. 823-11, p. 1451 ;
  - ▶ bande organisée, Code de l'entrée et du séjour des étrangers et du droit d'asile (nouveau), art. L. 823-12, p. 1451 ;
  - ▶ peines complémentaires, Code de l'entrée et du séjour des étrangers et du droit d'asile (nouveau), art. L. 823-13, p. 1451.

Redevabilité pécuniaire, C. route, art. L. 121-3, p. 1924.

Redressement – Liquidation judiciaire, Annexe 2, p. 1085.

Réduction de peine :
- fausse monnaie, art. 442-10, p. 936 ;
- repenti, art. 132-78, p. 313 ;
- terrorisme, art. 422-2, p. 758 ;
- trafic de stupéfiants, art. 222-43, p. 431.

Refus de se soumettre aux opérations de relevé d'empreintes digitales et de prise de photographies :
- entrée sur le territoire, Code de l'entrée et du séjour des étrangers et du droit d'asile (nouveau), art. L. 821-2, p. 1447 ;
- séjour sur le territoire, Code de l'entrée et du séjour des étrangers et du droit d'asile (nouveau), art. L. 822-1, p. 1449.

Refus de vente, Annexe 2, p. 1085.

Registre :
- brocanteur, art. 321-7, p. 708 ;
- destructions, détériorations ou dégradations, art. 322-2, p. 712.

Règles du jeu :
- blessures involontaires, art. 221-6 (n° 11), p. 350.

Réhabilitation :
- délais, art. 133-13, p. 321 ;
- effacement de la condamnation, art. 133-1, p. 315 ;
- judiciaire, art. 133-12, p. 320 ;
- personnes morales, art. 133-14, p. 321 ;
- de plein droit, art. 133-12 et s., p. 320.

Réitération d'infractions, art. 132-16-7, p. 272.

Relations financières avec l'étranger, Annexe 2, p. 1085.

Repenti, art. 221-5-3, p. 347 ; art. 222-6-2, p. 379 ;
- atteintes à l'action de la justice, art. 434-37, p. 909 ; art. 435-6-1, p. 914 ; art. 435-11-1, p. 915 ;
- corruption et trafic d'influence, art. 432-11-1, p. 850 ; art. 433-2-1, p. 871 ;
- cryptologie, art. 434-15-2, p. 898 ;
- entraves à l'exercice de la justice, art. 434-9-2, p. 895 ;
- exemption de peine, art. 132-78, p. 313 ;
- extorsion, art. 312-6-1, p. 651 ;
- réduction de peine, art. 132-78, p. 313 ;
- terrorisme, art. 422-1, p. 758 ;
- trafic de stupéfiants, art. 222-43 et 222-43-1, p. 431 ;
- vol, art. 311-9-1, p. 642 ; art. 324-6-1, p. 730.

Repentir actif, art. 121-5 (n° 24), p. 134.

Représentation de la personne :
- consentement (défaut de), art. 226-8, p. 560 ;
- pédopornographie, art. 227-23, p. 609.

Réquisition judiciaire ou administrative :
- défaut de réponse, art. R. 642-1, p. 1030.

Réseau de communication électronique :
- application de la loi dans l'espace, art. 113-2-1, p. 74 ;
- application de la loi française, art. 113-1, p. 67.

Résidence :
- application de la loi dans l'espace, art. 113-13, p. 87 ;
  - ▶ compétence territoriale, art. 113-2-1, p. 74 ;
  - ▶ intérêts financiers de l'Union européenne, art. 113-14, p. 87.

Respect du corps humain :
- empreintes génétiques, art. 226-25, p. 587 ;
- provocation ou entremise à l'abandon d'enfant, art. 227-12, p. 604.

Responsabilité pécuniaire, C. route, art. L. 121-2, p. 1922.

Responsabilité pénale :
- acte commandé par l'autorité légitime, art. 122-4, p. 168 ;
- associations, art. 121-2 (n° 58), p. 107 ;
- causes d'irresponsabilité ou d'atténuation, art. 122-1, p. 148 ;
- chef d'entreprise, art. 121-1 (n° 33), p. 91 ;
- collectivités territoriales, art. 121-2, p. 99 ;
  - ▶ applications, art. 121-2 (n° 7), p. 100.
- conduite d'un véhicule, C. route, art. L. 121-1, p. 1922 ;
- contrainte, art. 122-2, p. 157 ;
- élus, art. 121-1 (n° 101), p. 98 ;
- erreur sur le droit, art. 122-3, p. 163 ;
- État, art. 121-2, p. 99 ;
- état de nécessité, art. 122-7, p. 184 ;
- force majeure, art. 122-2, p. 157 ;
- légitime défense, art. 122-5 et 122-6, p. 180 et s. ;
- maire, art. 121-1 (n° 26), p. 90 ;
- mineurs, art. 122-8, p. 188 ; art. 122-8 (fut.), p. 188 ;
- ordre de la loi, art. 122-4, p. 168 ;
- personnes morales, art. 121-2, p. 99 ;

- responsabilité personnelle, art. 121-1 et s., p. 87 ;
- trouble psychique ou neuropsychique, art. 122-1, p. 148.

Ressources :
- justification mensongère, art. 324-1 et s., p. 725 ;
- justification de ressources fictives, art. 321-6 et s., p. 707 ;
- non-justification, art. 321-6 et s., p. 707 ;
  - exploitation de la mendicité, art. 225-12-5, p. 489 ;
  - exploitation de la vente à la sauvette, art. 225-12-8, p. 490 ;
  - proxénétisme, art. 225-6, p. 482.

Restitution :
- amnistie, art. 133-9, p. 319.

Rétention administrative :
- dispositions applicables depuis le 1er mai 2021, Code de l'entrée et du séjour des étrangers et du droit d'asile (nouveau), art. L. 740-1, p. 1424 ;
- information du procureur de la République, Code de l'entrée et du séjour des étrangers et du droit d'asile (nouveau), art. L. 741-8, p. 1425 ;
- juge des libertés et de la détention, Code de l'entrée et du séjour des étrangers et du droit d'asile (nouveau), art. L. 743-1, p. 1427 ;
  - appel, CESEDA (ancien), art. R. 552-12, p. 1589 ;
  - délai de jugement, Code de l'entrée et du séjour des étrangers et du droit d'asile (nouveau), art. L. 743-4, p. 1428 ;
  - libération, Code de l'entrée et du séjour des étrangers et du droit d'asile (nouveau), art. L. 743-2, p. 1427 ;
  - prolongation, Code de l'entrée et du séjour des étrangers et du droit d'asile (nouveau), art. L. 743-9, p. 1428 ;
  - vidéo-audience, Code de l'entrée et du séjour des étrangers et du droit d'asile (nouveau), art. L. 743-8, p. 1428.
- organisation, CESEDA (ancien), art. R. 553-6, p. 1594 ;
- recours effectif, CESEDA (ancien), art. L. 552-1 (anc.) (nº 4), p. 1532.

Retrait d'un droit :
- peine complémentaire, art. 131-10, p. 200.

Retrait de la licence de débit de boissons :
- proxénétisme, art. 225-23, p. 499 ;
- trafic de stupéfiants, art. 222-50 et 222-51, p. 436 et s.

Retrait du permis de chasser :
- atteintes à l'autorité de la justice pénale, art. 434-41, p. 910 ;
- atteintes à la vie, art. 221-8, p. 374 ;
- meurtre, art. 221-8, p. 374 ;
- peine contraventionnelle, art. 131-14, p. 202 ; art. 131-16, p. 202 ;
- peine correctionnelle, art. 131-6, p. 196.

Retrait des titres de conduite en mer, art. 131-16, p. 202.

Rétroactivité, V. *Application de la loi dans le temps.*

Réunion :
- entrave à la liberté de réunion, art. 431-1, p. 826 ;
- illicite, art. 431-9, p. 832 ;
- liberté de réunion et d'association, Charte des Droits fondamentaux de l'Union européenne 7 déc. 2000, art. 12, p. 1688. - CESDH 4 nov. 1950, art. 11, p. 1696.

Révélation d'informations issues d'une enquête ou d'une instruction, art. 226-13, p. 570 ; art. 434-7-2, p. 893.

Revenge porn, art. 226-2-1, p. 506.

Revente à perte, Annexe 2, p. 1085.

Risques causés à autrui :
- délit, art. 223-1, p. 439.

Ruse, art. 122-6, p. 184 ; art. 322-3, p. 713 ;
- vol, art. 311-4, p. 638.

S

Sabotage, art. 411-9, p. 735 ; art. 414-2, p. 748 ; art. 414-8, p. 749.

Sage-femme, Annexe 7, p. 1803 ;
- homicide involontaire, art. 221-6 (nº 17), p. 352.

Saisie, art. 314-6, p. 692.

Sanction ayant le caractère de punition :
- légalité, art. 111-3 (nº 4), p. 11 ;
- notion, art. 111-3 (nº 5), p. 11.

Sanction-réparation, art. 131-8-1, p. 198 ;
- contenu et modalités d'application, art. R. 131-45, p. 990 ;
- peine contraventionnelle, art. 131-12, p. 202 ; art. 131-15-1, p. 202 ;
- peine correctionnelle, art. 131-3, p. 193 ;
- personne morale, art. 131-37, p. 234 ; art. 131-39-1 et 131-40, p. 235 et s. ; art. 131-44-1, p. 237 ;
- violation de la peine, art. 131-39-1, p. 235.

Sapeur-pompier :
- embuscade, art. 222-15-1, p. 397 ;
- entrave aux mesures de secours, art. 223-5, p. 447 ;
- menaces, art. 433-3, p. 871 ;
- meurtre, art. 221-4, p. 343 ;
- tortures et actes de barbarie, art. 222-3, p. 378 ;
- violences, art. 222-8, p. 381 ; art. 222-10, p. 383 ; art. 222-12 à 222-14-1, p. 388 et s.

Sceaux, art. 444-1 et s., p. 939.

Scellés, art. 434-22, p. 900.

Scène de crime, V. *État des lieux d'un crime ou d'un délit.*

Secours :
- entrave, art. 223-5, p. 447 ;
- fausses alertes, art. 322-14, p. 720.

Secret des communications téléphoniques :
- atteinte commise par une personne dépositaire de l'autorité publique ou chargée d'une mission de service public, art. 432-9, p. 843 ;
- correspondances, art. 226-15, p. 581 ;
- dispositifs techniques, art. 226-3, p. 506 ; art. R. 226-1, p. 994.

Secret des correspondances, art. 226-15, p. 581.

Secret des correspondances (violation), art. 432-9, p. 843.

Secret de la défense nationale (violation), art. 413-9 et 413-10, p. 739 ; art. R. 413-6, p. 1006.

Secret de l'instruction :
- violation, art. 434-7-2, p. 893.

Secret de l'instruction (violation) :
- recel, art. 321-3 (nos 23 et s.), p. 702.

Secret médical :
- exclusions, art. 226-14, p. 579 ;
- fichiers ou traitements informatiques, art. 1, p. 581 ;
- levée, art. 226-14, p. 579 ;
- violation, art. 226-13, p. 570.

Secret professionnel :
- avocat, art. 226-13 (nº 35), p. 574 ; art. 226-13 (nº 46), p. 575 ; art. 226-13 (nº 70), p. 578 ;
- droit à la preuve, art. 226-13 (nºs 61 et s.), p. 577 ;
- justification de la violation, art. 226-13 (nº 66), p. 578 ;
- levée, art. 132-22, p. 283 ;
- médecin, art. 226-13 (nº 38), p. 574 ; art. 226-13 (nº 51), p. 575 ;
- protection de l'enfance, art. 226-13 (nº 51), p. 575 ;
- recel de violation, art. 226-13 (nº 25), p. 573 ;
- violation, art. 226-13, p. 570 ; art. 321-3 (nºs 23 et s.), p. 702.

Secret des sources (journalistes), L. 29 juill. 1881, art. 2, p. 1703.

Sectes, art. 223-15-2, p. 455 ; art. 19, p. 458.

Sécurité sociale :
- escroquerie, art. 313-1 (nº 41), p. 667 ; art. 313-2, p. 674.

Semi-liberté :
- aménagement ab initio, art. 132-25, p. 288 ;
- évasion, art. 434-29, p. 907 ;
- mesures d'aide de l'article 132-46, art. 132-26, p. 289 ;
- mesures de contrôle de l'article 132-44, art. 132-26, p. 289 ;
- obligation de rejoindre l'établissement, art. 132-26, p. 289 ;
- obligation de répondre aux convocations des autorités publiques, art. 132-26, p. 289 ;
- obligations particulières de l'article 132-45, art. 132-26, p. 289.

Sénateur, V. *Parlementaires, Débats parlementaires.*

Sépultures :
- profanation, art. 225-17 et s., p. 496.

Séquestration :
- atténuation de peine, art. 224-5-1, p. 465 ;
- bande organisée, art. 224-5-2, p. 465 ;
- chantage, art. 224-4, p. 464 ;
- circonstances aggravantes, art. 224-2, p. 463 ;
- esclavage, art. 224-1 B, p. 460 ;
- exemption de peine, art. 224-5-1, p. 465 ;
- infraction, art. 224-1, p. 461 ;
- mineur, art. 224-5, p. 464 ;
- otage, art. 224-4, p. 464 ;
- période de sûreté, art. 224-1 à 224-5, p. 461 et s. ; art. 224-5-2, p. 465 ;
- pluralité de victimes, art. 224-3, p. 463 ;
- rançon, art. 224-4, p. 464 ;
- réduction de peine, art. 224-1, p. 461 ; art. 224-3 et 224-4, p. 463 et s. ;
- repenti, art. 224-5-1, p. 465 ;
- terrorisme, art. 421-1, p. 750.

Serment, art. 434-13 et s., p. 896 ; art. 434-17, p. 899.

Services de paiement :
- intermédiation, C. mon. fin., art. L. 519-1, p. 1252.

Servitude, art. 225-13, p. 490 ;
- interdiction, Charte des Droits fondamentaux de l'Union européenne 7 déc. 2000, art. 5, p. 1688. - CESDH 4 nov. 1950, art. 4, p. 1694 ;
- réduction en :
  - ▶ définition, art. 225-14-2, p. 494.

Sex-shop :
- à proximité d'un établissement scolaire, L. 30 juill. 1987, art. 99, p. 1375.

Sida :
- administration de substances nuisibles, art. 222-15 (nº 5), p. 397 ;
- discrimination, art. 225-2 (nº 7), p. 469 ;
- Homicide involontaire, art. 221-6 (nº 99), p. 369 ;
- omission d'empêcher une infraction., art. 223-6 (nº 5), p. 447 ;
- omission de porter secours, art. 223-6 (nº 34), p. 452 ;
- prescription, art. 223-6 (nº 34), p. 452 ;
- produits sanguins contaminés, art. 221-5 (nº 11), p. 346.

Signature, art. 312-10, p. 652 ;
- extorsion, art. 312-1, p. 646 ;
- faux, art. 441-1 (nº 1), p. 918.

Simulation d'enfant, art. 227-13, p. 604.

SMS, art. 222-16 (nº 2), p. 398.

Société de bourse, Annexe 2, p. 1085.

Sociétés, Annexe 2, p. 1085 ;
- banqueroutes, Annexe 2, p. 1085.

Soldes, Annexe 2, p. 1085.

Sous-location, art. 313-6-1, p. 678.

Soustraction à l'exécution d'une mesure d'éloignement, Code de l'entrée et du séjour des étrangers et du droit d'asile (nouveau), art. L. 824-9 (nº 1), p. 1453 ;
- non-respect des obligations sanitaires, Code de l'entrée et du séjour des étrangers et du droit d'asile (nouveau), art. L. 824-9 (nº 2), p. 1453 ;
- test PCR, Code de l'entrée et du séjour des étrangers et du droit d'asile (nouveau), art. L. 824-9 (nº 3), p. 1454.

Soustraction de mineur, art. 227-8, p. 603 ;
- au-delà de cinq jours, art. 227-9, p. 603 ;
- définition, art. 227-7, p. 602 ;
- étranger, art. 227-9, p. 603 ;
- par personne déchue ou privée de l'exercice de l'autorité parentale, art. 227-10, p. 603.

Soustraction d'une pièce produite en justice, art. R. 645-7, p. 1036.

Soustraction au placement ou maintien en rétention administrative, Code de l'entrée et du séjour des étrangers et du droit d'asile (nouveau), art. L. 824-8, p. 1453.

Souteneurs, V. *Proxénétisme.*

Spectacles, art. 313-6-2, p. 678.

Sport :
- accidents du travail, art. 221-6 (nº 12), p. 350 ;
- blessures involontaires, art. 221-6 (nº 11), p. 350 ;
- compétitions sportives sur les voies ouvertes à la circulation, C. route, art. R. 411-29 et s., p. 2199 ;
- homicide - blessures involontaires, art. 221-6 (nº 60), p. 361 ;
- sports motorisés, C. envir., art. L. 362-3, p. 2260 ;
- violences, art. 222-11 (nº 20), p. 387.

Stage, art. 131-5-1, p. 195 ;
- attestation de fin de stage, art. R. 131-40, p. 990 ;
- de citoyenneté, art. 131-5-1, p. 195 ; art. 131-16, p. 202 ; art. 222-45, p. 433 ; art. 611-1, p. 965 ; art. 621-1, p. 966 ;
- contenu, art. R. 131-35 et s., p. 988 ;
- durée, art. R. 131-36, p. 989 ;
- de lutte contre le sexisme et de sensibilisation à l'égalité entre les femmes et les hommes, art. 131-5-1, p. 195 ; art. 131-16, p. 202 ; art. 611-1, p. 965 ; art. 621-1, p. 966 ;
- organisation, art. R. 131-38, p. 989 ;
- peine contraventionnelle, art. 131-16, p. 202 ;
- peine correctionnelle, art. 131-3, p. 193 ;
- personnes chargées de la mise en œuvre, art. 131-36, p. 230 ;
- de responsabilisation pour la prévention et la lutte contre les violences au sein du couple et les violences sexistes, art. 621-1, p. 966 ;
- de responsabilisation pour la prévention et la lutte contre les violences au sein du couple et sexiste, art. 131-5-1, p. 195 ;
- de responsabilité parentale, art. 131-5-1, p. 195 ; art. 131-16, p. 202 ; art. 222-45, p. 433 ;
- de sensibilisation aux dangers de l'usage de produits stupéfiants, art. 131-5-1, p. 195 ;
- de sensibilisation à la lutte contre l'achat d'actes sexuels, art. 131-5-1, p. 195 ; art. 131-16, p. 202 ; art. 611-1, p. 965 ; art. 621-1, p. 966 ;
- de sensibilisation à la prévention et à la lutte contre la maltraitance animale, art. 131-5-1, p. 195 ;
- de sensibilisation à la sécurité routière, art. 131-5-1, p. 195 ; art. 131-16, p. 202 ; art. R. 131-11-1, p. 985 ; art. R. 132-45, p. 991. - C. route, art. R. 223-5 et s., p. 2072 ;
- sursis probatoire, art. 132-45, p. 296 ;
- violation de la peine, art. 131-9, p. 199.

Statut de Rome, D. 6 juin 2002, p. 331.

Stérilisation, art. 461-4, p. 947 ;
- crimes contre l'humanité, art. 212-1, p. 326.

Stupéfiants :
- application de la loi dans l'espace, art. 113-12 (nº 5), p. 85 ;
- blessures involontaires, art. 221-6 (nº 19), p. 352 ;
- conduite après usage de, C. route, art. L. 235-1 et s., p. 1980 ;
- définition, art. 222-41, p. 431 ;
- détention, art. 222-37, p. 428 ;
- homicide involontaires, art. 221-6 (nº 19), p. 352 ;
- office anti-stupéfiants, art. 5, p. 86 ; art. 5, p. 432 ;
- provocation de mineur au trafic de, art. 227-18-1, p. 607 ;
- provocation de mineur à l'usage de, art. 227-18, p. 607 ;
- trafic, art. 222-34 et s., p. 428 ;
  ▶ non-justification de ressources ou ressources fictives, art. 321-6-1, p. 708.
- usage illicite, Annexe 7, p. 1803.

Subornation :
- expert, art. 434-21, p. 900 ;
- interprète, art. 434-19, p. 900 ;
- témoin, art. 434-15, p. 897.

Substances ou produits incendiaires (détention ou transport), art. 322-11-1, p. 719.

Substances vénéneuses, Annexe 7, p. 1803.

Substitution d'enfant :
- simulation d'enfant :
  ▶ tentative, art. 227-13, p. 604.
- substitution d'enfant :
  ▶ tentative, art. 227-13, p. 604.

Suicide, art. 223-13 et s., p. 454 ;
- complicité, art. 121-7 (nº 15), p. 138 ;
- mineurs (diffusion d'informations), L. 29 juill. 1881, art. 39 *bis*, p. 1762 ;
- Omission de porter secours, art. 223-6 (nº 1), p. 447.

Suivi socio-judiciaire, art. 131-36-1 et s., p. 231 ;
- atteintes à l'intégrité physique ou psychique, art. 222-48-1, p. 434 ;
- atteintes volontaires à la vie, art. 221-9-1, p. 375 ;
- consentement, art. 131-36-4, p. 232 ;
- contenu, art. 131-36-1, p. 231 ;
- durée, art. 131-36-1, p. 231 ;
- expertise médicale, art. 131-36-4, p. 232 ;
- injonction de soins, art. 131-36-4, p. 232 ;
- interdiction de cumul avec un sursis probatoire, art. 131-36-6, p. 233 ;
- mesures d'assistance, art. 131-36-3, p. 232 ;
- mesures de surveillance, art. 131-36-2, p. 232 ;
- obligations, art. 131-36-2, p. 232 ;
- placement sous surveillance électronique mobile, art. 131-36-9, p. 233 ;
- réhabilitation, art. 133-16, p. 322 ;
- suspension, art. 131-36-5, p. 233 ;
- violation de la peine, art. 131-36-1, p. 231 ; art. 131-36-5, p. 233.

Sûreté de l'État, art. 410-1 et s., p. 733 ; art. 413-1 à 414-9, p. 737 et s.

Surprise, art. 222-22, p. 405 ;
- stratagème, art. 222-22 (nº 10), p. 406 ;
- viol, art. 222-23 et s., p. 408.

Sursis :
- amnistie, art. 133-9, p. 319 ;
- concours d'infractions, art. 132-5, p. 255 ;
- emprisonnement, art. 131-3, p. 193 ;
- avec mise à l'épreuve, art. R. 132-45, p. 991 ;
- sursis avec mise à l'épreuve, art. 132-40, p. 293 ;
- sursis probatoire, art. 132-40, p. 293 ;
- sursis simple, art. 132-29 et s., p. 289.

Sursis avec mise à l'épreuve (anc.), art. 132-40, p. 293 ; art. 132-43, p. 295 ; art. 132-45, p. 296 ;
- condamnation non avenue, art. 132-52, p. 301 ;
- durée du délai d'épreuve, art. 132-42, p. 295 ;
- effets, art. 132-52, p. 301 ;
- récidive, art. 132-41, p. 294 ;
- révocation, art. 132-47 et 132-48, p. 299 et s. ; art. 132-52, p. 301.

Sursis probatoire :
- avertissement donné au condamné, art. 132-40, p. 293 ;
- condamnation non avenue, art. 132-52, p. 301 ;
- délai de probation, art. 132-43, p. 295 ;
- durée du délai de probation, art. 132-42, p. 295 ;

- effets, art. 132-52, p. 301 ;
- emprisonnement, art. 131-3, p. 193 ;
- mesures d'aide de l'article 132-46, art. 132-43, p. 295 ; art. 132-46, p. 299 ;
- mesures de contrôle de l'article 132-44, art. 132-43 et 132-44, p. 295 ;
- notification des obligations, art. 132-40, p. 293 ;
- obligations particulières de l'article 132-45, art. 132-43, p. 295 ; art. 132-45, p. 296 ;
- probation, art. 132-40, p. 293 ;
- prolongation, art. 132-52, p. 301 ;
- récidive, art. 132-41, p. 294 ;
- régime, art. 132-43, p. 295 ;
- révocation, art. 132-47 et 132-48, p. 299 et s. ; art. 132-52, p. 301 ;
- suivi renforcé, art. 132-41-1, p. 295.

Sursis simple :
- assortissant une peine d'amende, art. 132-31 et 132-32, p. 290 et s. ; art. 132-34, p. 291 ;
- assortissant une peine complémentaire, art. 132-31 et 132-32, p. 290 et s. ; art. 132-34, p. 291 ;
- assortissant une peine d'emprisonnement, art. 132-31, p. 290 ;
- assortissant une peines privative ou restrictive de droits, art. 132-31, p. 290 ; art. 132-34, p. 291 ;
- avertissement du condamné, art. 132-29, p. 289 ;
- condamnation non avenue, art. 132-35, p. 291 ; art. 132-37, p. 293 ;
- effets, art. 132-35 et s., p. 291 ;
- personne morale, art. 132-30, p. 290 ; art. 132-32 et 132-33, p. 291 ;
- personne physique, art. 132-31, p. 290 ; art. 132-33, p. 291 ;
- révocation, art. 132-35 à 132-37, p. 291 et s.

Surveillance électronique, Annexe 3, p. 1289 ;
- détention à domicile sous surveillance électronique, art. 131-4-1, p. 194 ; art. 132-26, p. 289 ;
- dispositif anti-rapprochement, C. civ., art. 515-11-1, p. 598 ;
- dispositif électronique mobile anti-rapprochement, art. 132-45 et 132-45-1, p. 296 et s. ;
- évasion, art. 434-29, p. 907 ;
- placement sous surveillance électronique mobile, art. 131-36-9, p. 233 ;
- suivi socio-judiciaire, art. 131-36-9, p. 233.

Suspension du permis de conduire, Annexe 8, p. 1907 ;
- fractionnement, art. 132-28, p. 289 ;
- limitation à la conduite en dehors de l'activité professionnelle, art. R. 131-1 et s., p. 983 ;
- peine, art. 132-28, p. 289 ;
- peine contraventionnelle, art. 131-14, p. 202 ;
- peine correctionnelle, art. 131-6, p. 196.

Syndicats :
- discrimination, art. 225-1 et s., p. 467 ;
- peine applicable, art. 131-27, p. 219 ; art. 131-39, p. 235.

T

Tabac, Annexe 7, p. 1803.

Tags, V. *Graffitis urbains.*

Tapages :
- injurieux ou nocturnes, art. R. 623-2, p. 1018.

Taux d'intérêt légal, Annexe 2, p. 1085.

Taxi :
- filouterie, art. 313-5, p. 675.

Télé-achat, Annexe 2, p. 1085.

Télécommunications, Annexe 6, p. 1703 ;
- agression sexuelle, art. 222-28, p. 417 ;
- corruption de mineur, art. 227-22, p. 608 ;
- pédopornographie, art. 227-23, p. 609 ;
- viol, art. 222-24, p. 413.

Témoin :
- destructions, dégradations et détériorations, art. 322-3, p. 713 ;
- diffamation, L. 29 juill. 1881, art. 31, p. 1745 ;
- faux témoignage, art. 434-13 et s., p. 896 ;
- meurtre, art. 221-4, p. 343 ;
- omission de témoigner, art. 434-11 et s., p. 896 ;
- publication en vue d'influencer les témoins, art. 434-16, p. 899 ;
- refus de comparaître, de prêter serment ou de déposer, art. 434-15-1, p. 898 ;
- subornation, art. 434-15, p. 897 ;
- tortures et actes de barbarie, art. 222-3, p. 378 ;
- violences, art. 222-10, p. 383 ; art. 222-12 et 222-13, p. 388 et s.

Tentative, art. 511-26, p. 957 ;
- définition, art. 121-4 et 121-5, p. 125 et s. ;
- homicide volontaire, art. 221-1 (nº 3), p. 340 ;
- vol, art. 311-13 (nº 3), p. 645.

Territoire de la République, art. 113-1 et s., p. 67.

Territoires d'outre-mer, art. 711-1 et 711-1 (fut.), p. 969 ; art. R. 711-1 et s., p. 1043.

Terrorisme, art. 421-1 et 421-2, p. 750 et s. ; art. 421-2-6 à 422-1, p. 755 et s. ; art. 422-5, p. 759 ; art. 434-1, p. 888 ; art. 715-1, p. 971 ; art. 725-1, p. 974 ;
- actes terroristes, art. 421-1 et s., p. 750 ;
- apologie ou provocation, art. 421-2-5 et s., p. 753 ;
- application de la loi dans l'espace :
  ▶ terrorisme, art. 113-13, p. 87.
- armes, art. 421-1, p. 750 ;
- association de malfaiteurs en vue de préparer des actes terroristes, art. 421-2-1, p. 751 ;
- confiscation des biens, art. 422-6, p. 759 ;
- déchéance de nationalité, Code de l'entrée et du séjour des étrangers et du droit d'asile (nouveau), art. 25, p. 1381 ;
- entreprise individuelle, art. 421-2-6, p. 755 ;
- exemption de peine, art. 422-1 et s., p. 758 ;
- financement, art. 421-2-2 et s., p. 753 ;
- interdiction de sortie du territoire, art. 421-2-6, p. 755 ;
- message incitant au terrorisme, art. 227-24, p. 614 ;
- non-dénonciation, art. 434-2 et s., p. 889 ;
- peines, art. 421-3 et s., p. 757 ;
- provocation ou apologie, art. 421-2-5, p. 753 ;
- ressources injustifiées, art. R. 421-2-3 et s., p. 753.

Test PCR :
- étrangers, Code de l'entrée et du séjour des étrangers et du droit d'asile (nouveau), art. L. 824-9 (nº 3), p. 1454 ;

- étrangers (ancien), CESEDA (ancien), art. L. 624-1-1 (nº 4), p. 1560.

Testing, art. 225-3-1, p. 474.

Tests génétiques, V. *Génétique*.

Thérapie cellulaires ou génique, art. 511-8-1 et s., p. 955.

Thérapies de conversion, art. 225-4-13, p. 479.

TIG, V. *Travail d'intérêt général*.

Timbres, art. 443-1 et 443-2, p. 937 ; art. 443-4, p. 938 ;
- fiscaux :
  ▶ altération ou contrefaçon, art. R. 645-10 et s., p. 1037.
- postes :
  ▶ altération ou contrefaçon, art. R. 645-10 et s., p. 1037.

Titre de séjour :
- modèle, CESEDA (ancien), art. R. 311-13-1, p. 1575.

Titres, art. 443-1 et s., p. 937 ;
- usurpation, art. 433-17, p. 883.

Titulaire du certificat d'immatriculation, C. route, art. L. 121-2 et L. 121-3, p. 1922 et s.

Tortures et actes de barbarie, art. 222-1 et s., p. 377 ; art. 311-10, p. 642 ; art. 312-7, p. 652 ;
- assassinat, art. 221-3, p. 343 ;
- crimes contre l'humanité, art. 212-1, p. 326 ;
- interdiction, Charte des Droits fondamentaux de l'Union européenne 7 déc. 2000, art. 4, p. 1688. – CESDH 4 nov. 1950, art. 3, p. 1694 ;
- viol, art. 222-26, p. 415.

Toxicomanie, Annexe 7, p. 1803.

Trafic d'influence, art. 432-11 et 433-1, p. 847 et s. ; art. 435-1 et s., p. 913.

Trafic de stupéfiants, V. *Stupéfiants*.

Trahison, art. 411-1, p. 733.

Train de vie, V. *Ressources*.

Traite des êtres humains :
- atténuation de peine, art. 225-4-9, p. 477 ;
- bande organisée, art. 225-4-3, p. 477 ;
- circonstances aggravantes, art. 225-4-2, p. 476 ;
- compétence personnelle active, art. 225-4-8, p. 477 ;
- confiscation, art. 225-24 et 225-25, p. 499 ;
- crimes contre l'humanité, art. 1er, p. 327 ;
- définition, art. 225-4-1 et s., p. 475 ;
- exemption de peine, art. 225-4-9, p. 477 ;
- non-justification de ressources ou ressources fictives, art. 321-6-1, p. 708 ;
- récidive, art. 132-16-3, p. 271 ;
- règles spécifiques de pénalité, art. 225-4-5, p. 477 ;
- repenti, art. 225-4-9, p. 477 ;
- tentative, art. 225-4-7, p. 477 ;
- tortures et actes de barbarie, art. 225-4-4, p. 477.

Traitements automatisés de données à caractère personnel, art. 323-1 et s., p. 721 ; art. 323-4-1, p. 723 ;
- atteintes à la vie privée, art. 226-3, p. 506 ;
- commission nationale de l'informatique et des libertés, CSI, art. L. 253-2, p. 549 ;
- producteur de base de données, CPI, art. L. 343-7, p. 554 ;
- vidéoprotection, CSI, art. L. 251-8, p. 548.

Traitements inhumains :
- génocide, art. 211-1, p. 325 ;
- interdiction, Charte des Droits fondamentaux de l'Union européenne 7 déc. 2000, art. 4, p. 1688. – CESDH 4 nov. 1950, art. 3, p. 1694.

Transfusion sanguine, Annexe 7, p. 1803.

Transparence des activités économiques, Annexe 2, p. 1085.

Transports :
- aviation civile, Annexe 8, p. 1907 ;
- détournement, art. 224-6 et s., p. 465 ;
- ferroviaires, Annexe 8, p. 1907 ;
- homicide involontaire, art. 221-6 (nº 20), p. 352 ;
- terrorisme, art. 421-1, p. 750 ;
- vol, art. 311-4, p. 638.

Travail, Annexe 9, p. 2263 ;
- accidents du travail, art. 221-6 (nº 46), p. 356 ;
- conditions indignes, art. 225-14, p. 491 ;
- conditions de travail ou d'hébergement contraires à la dignité, art. 225-13 et s., p. 490 ;
- discrimination, art. 225-2 et s., p. 468. – C. trav., art. L. 1142-1, p. 2263 ;
- enlèvement et séquestration, art. 224-1 (nº 20), p. 463 ;
- entrave à la liberté du travail, art. 431-1, p. 826 ;
- forcé, art. 225-14-1, p. 494 ;
- grève :
  ▶ séquestration, art. 224-1 (nºs 15 et s.), p. 462.
- harcèlement moral, art. 222-33-2, p. 423 ;
- harcèlement sexuel, art. 222-33, p. 421 ;
- homicides – blessures involontaires, art. 221-6 (nº 46), p. 356 ;
- illégal, Annexe 9, p. 2263 ;
- infractions routières :
  ▶ préposé (responsabilité), C. route, art. L. 121-1, p. 1922.
- marchandage, C. trav., art. L. 8231-1, p. 2272 ; art. L. 8241-2 (nº 1), p. 2276 ;
- vol commis par un préposé, art. 311-1 (nº 54), p. 634.

Travail forcé, art. 225-14-1, p. 494 ;
- esclavage, art. 224-1 B, p. 460 ;
- interdiction, Charte des Droits fondamentaux de l'Union européenne 7 déc. 2000, art. 5, p. 1688. – CESDH 4 nov. 1950, art. 4, p. 1694 ;
- réduction en servitude, art. 225-14-2, p. 494 ;
- traite des êtres humains, art. 225-4-1, p. 475.

Travail d'intérêt général, art. 131-8, p. 197 ;
- consentement, art. 131-8, p. 197 ;
- contenu et modalités d'application, art. 131-22, p. 215 ;
- contrôle de l'exécution, art. R. 131-29 (anc.) à R. 131-34 (anc.), p. 988 ;
- cumul avec une activité professionnelle, art. 131-23, p. 215 ; art. 131-36, p. 230 ;
- délai d'exécution, art. 131-22, p. 215 ;
- destructions, dégradations et détériorations, art. 322-1 et s., p. 710 ;
- durée, art. 131-8, p. 197 ;
- examen médical, art. 131-22, p. 215 ;
- habilitation des personnes morales bénéficiaires, art. R. 131-12 et R. 131-13 (anc.), p. 985 et s. ; art. R. 131-15 (anc.) à R. 131-16-1 (anc.), p. 986 ;

- hygiène et sécurité, art. 131-23, p. 215 ;
- interdiction de cumul avec l'emprisonnement, art. 131-9, p. 199 ;
- liste des travaux d'intérêt général, art. 131-36, p. 230 ; art. R. 131-17 (anc.) à R. 131-20 (anc.), p. 986 et s. ;
- maximum légal, art. 132-5, p. 255 ;
- mesures de contrôle, art. 131-22, p. 215 ;
- modalités d'exécution, art. R. 131-23 (anc.) à R. 131-28 (anc.), p. 987 ;
- peine contraventionnelle, art. 131-17, p. 203 ;
- peine correctionnelle, art. 131-3, p. 193 ; art. 131-8, p. 197 ;
- personnes morales bénéficiaires, art. 131-8, p. 197 ;
- personnes morales habilitées, art. 131-36, p. 230 ;
- responsabilité de l'état, art. 131-24, p. 215 ;
- sursis probatoire, art. 132-45, p. 296 ;
- suspension, art. 131-22, p. 215 ;
- violation de la peine, art. 131-9, p. 199 ; art. 434-42, p. 911.

Travail temporaire, Annexe 9, p. 2263.

Travailleurs étrangers, Annexe 9, p. 2263.

Travaux, V. *Construction, Travaux publics, Urbanisme.*

Travaux publics, art. 433-11, p. 880 ;
- atteintes à la liberté d'accès et à l'égalité des candidats dans les marchés publics, art. 432-14, p. 860.

Tribunaux pour enfants, Annexe 3, p. 1289.

Tromperie, Annexe 2, p. 1085.

Trouble psychique ou neuropsychique :
- causes d'irresponsabilité ou d'atténuation de la responsabilité, art. 122-1, p. 148.

U

Uniforme :
- groupes de combat, art. 431-21, p. 836 ;
- port ou exhibition d'uniformes rappelant les responsables de crimes contre l'humanité, art. R. 645-1, p. 1034 ;
- port illégal, art. 433-14, p. 883 ;
- usurpation de signes réservés à l'autorité publique, art. R. 643-1, p. 1032.

Union européenne, Annexe 5, p. 1683 ;
- compétence pénale, (n° 13), p. 5 ;
- contrôle de conventionnalité, (n° 20), p. 8 ;
- droit de séjour CESEDA (ancien), CESEDA (ancien), art. L. 121-1, p. 1473 ;
- légalité des infractions et des peines :
  - ▶ principe, art. 111-3, p. 10.
- sources, (n° 20), p. 8.

Urbanisme, C. urb. p. 1064.

Usage d'une arme, art. 222-14, p. 393 ; art. 311-8 et 311-9, p. 641 ; art. 312-5 et 312-6, p. 651 ; art. 431-5, p. 831 ; art. 431-10, p. 833 ; art. 434-30, p. 908 ; art. 434-32, p. 908 ;
- agression sexuelle, art. 222-28, p. 417 ;
- agressions sexuelles sur mineurs, art. 222-30, p. 418 ;
- rébellion, art. 433-8, p. 880 ;
- tortures et actes de barbarie, art. 222-3, p. 378 ;
- violences, art. 222-13, p. 390.

Usage irrégulier de qualité, art. 433-18, p. 886.

Usure, Annexe 2, p. 1085.

Usurpation :
- de commandement militaire, art. 412-7, p. 737 ;
- de fonctions, art. 433-12 et 433-13, p. 881 et s. ; art. R. 645-8-1, p. 1036 ;
- d'identité, art. 226-4-1, p. 558 ;
- de nom, art. 433-19, p. 886 ; art. 434-23, p. 901 ;
- de signes réservés à l'autorité publique, art. 433-14 à 433-16, p. 883 ; art. R. 643-1, p. 1032 ;
- de titres, art. 433-17, p. 883 ; art. R. 645-8-1, p. 1036 ;
  - ▶ chirurgien-dentiste, CSP, art. L. 4162-1, p. 1812 ;
  - ▶ médecin, CSP, art. L. 4162-1, p. 1812 ;
  - ▶ sage-femme, CSP, art. L. 4162-1, p. 1812.

V

Valeurs fiduciaires, art. 443-1 et s., p. 937.

Véhicule :
- abandon d'épave, art. R. 635-8, p. 1029 ;
- destruction, art. 434-41, p. 910 ;
- immobilisation, art. R. 131-5 et s., p. 984 ;
- interdiction de conduire certains véhicules, art. 131-6, p. 196 ; art. 131-16, p. 202 ; art. 132-45, p. 296 ; art. R. 131-3, p. 984.

Vente, Annexe 2, p. 1085 ;
- dans un but philanthropique, Annexe 2, p. 1085 ;
- au déballage, Annexe 2, p. 1085 ;
- forcée par correspondance, art. R. 635-2, p. 1028 ;
- immeubles à construire, CCH p. 1049 ;
- dans les lieux publics, art. R. 644-3, p. 1033 ;
- revente à perte, Annexe 2, p. 1085 ;
- à la sauvette (exploitation de), art. 225-12-8 et s., p. 490 ;
  - ▶ bande organisée, art. 225-12-10, p. 490.

Vente d'objets mobiliers :
- réglementation des manifestations de vente et échange d'objets, art. R. 321-9 et s., p. 1003.

Ventes aux enchères, art. 313-6, p. 676. – C. com., art. L. 322-1 et s., p. 1228 ;
- armes, C. com., art. L. 322-8 et s., p. 1229.

Vestiges archéologiques, V. *Découverte archéologique.*

Vétérinaires, Annexe 7, p. 1803.

Victime :
- accidents de la route, C. route, art. 1er et s., p. 1933 ;
- accord pour affichage ou diffusion de la décision de condamnation, art. 131-35, p. 229 ;
- application de la loi dans l'espace, art. 113-8, p. 80 ;
  - ▶ compétence personnelle passive, art. 113-7, p. 78.
- circonstance aggravante, art. 132-77, p. 312 ;
- destructions, dégradations et détériorations, art. 322-3, p. 713 ;
- empoisonnement, art. 221-4, p. 343 ;
- indemnisation :
  - ▶ ajournement du prononcé de la peine, art. 132-70-2, p. 308 ;
  - ▶ grâce, art. 133-8, p. 318 ;

▸ sanction-réparation, art. R. 131-45, p. 990 ;
▸ sursis probatoire, art. 132-45, p. 296.
- interdiction de diffusion d'informations, L. 29 juill. 1881, art. 39 *quinquies*, p. 1763 ;
- interdiction d'entrer en relation, art. 132-45, p. 296 ;
- menaces, art. 434-5, p. 892 ;
- meurtre, art. 221-4, p. 343 ;
- plainte préalable, art. 113-8, p. 80 ;
- tortures et actes de barbarie, art. 222-3, p. 378 ;
- violences, art. 222-8, p. 381 ; art. 222-10, p. 383 ; art. 222-12 et 222-13, p. 388 et s.

Vidéoprotection :
- atteintes à la vie privée, art. 226-3, p. 506.

Vidéosurveillance, V. *Vidéoprotection.*

Vie privée, art. 226-1, p. 500 ;
- atteinte, art. R. 623-4, p. 1019 ; art. R. 625-9, p. 1023 ;
- consentement (défaut de), art. 226-1 et s., p. 500 ;
- dispositifs techniques, art. R. 226-1 et s., p. 994 ;
- dispositifs techniques autorisés, CPCE, art. L. 34-11, p. 999 ;
- divulgation de données à caractère personnel, art. 226-22, p. 586 ;
- parties intimes, art. 226-3-1, p. 555.

Vie privée et familiale :
- droit au respect, Charte des Droits fondamentaux de l'Union européenne 7 déc. 2000, art. 7 et 8, p. 1688 et s.

VIH, V. *Sida.*

Viol, art. 222-23 et s., p. 408 ; art. 222-31-2, p. 419 ;
- crimes contre l'humanité, art. 212-1, p. 326 ;
- Irresponsabilité pénale :
  ▸ consommation volontaire de substances psychoactives, art. 222-26-2, p. 416.
- suivi de mort, art. 222-25, p. 415 ;
- tortures et actes de barbarie, art. 222-26, p. 415.

Violation des dispositions réglementant les professions exercées dans les lieux publics, art. R. 644-3, p. 1033.

Violation de domicile, art. 432-8, p. 842 ;
- définition, art. 226-4, p. 555.

Violation des interdictions édictées par les décrets et arrêtés de police, art. R. 610-5, p. 1013.

Violation des peines privatives ou restrictives de droits, art. 434-39 à 434-42, p. 910 et s.

Violation des secrets de la défense nationale, art. 413-9 et 413-10, p. 739.

Violences, art. 222-8 (nº 3), p. 383 ; art. 222-12, p. 388 ; art. R. 625-1, p. 1021. - C. transp., art. L. 6372-6, p. 1910 ; art. L. 6433-2, p. 1911 ;
- autorité parentale, C. civ., art. 378-2, p. 394 ;
- ayant entraîné la mort, art. 222-7 et 222-8, p. 380 et s. ;
- conjoint, art. 222-13, p. 390 ;
- droit de correction, C. civ., art. 378-2, p. 394 ;
- extorsion, art. 312-1, p. 646 ;
- intrafamiliales, art. 222-14, p. 393 ;
- ITT supérieure à huit jours, art. 222-11, p. 385 ;
- lors d'une manifestation, CSI, art. L. 211-1 et s., p. 381 ;
- menaces, art. R. 623-1, p. 1017 ;
- mineur, art. 222-13 et 222-14, p. 390 et s. ;
- mutilation ou infirmité permanente, art. 222-9 et 222-10, p. 383 ;
- Scène unique de violence, art. 222-11 (nº 3), p. 385 ;
- sport, art. 222-11 (nº 20), p. 387 ;
- terrorisme, art. 421-1, p. 750 ;
- violences psychologiques, art. 222-11, p. 385 ;
- vol, art. 311-4 et 311-5, p. 638 et s. ; art. 311-9, p. 641 ;
- volontaires :
  ▸ ITT inférieure ou égale à huit jours, art. R. 625-1, p. 1021 ;
  ▸ sans ITT, art. R. 624-1, p. 1019.

Violences conjugales, art. 227-4-2 et s., p. 596 ;
- circonstance aggravante, art. 132-80, p. 314 ;
- dispositif électronique mobile anti-rapprochement, art. 132-45 et 132-45-1, p. 296 et s. ;
- éloignement du domicile conjugal, art. 132-45, p. 296 ;
- harcèlement, art. 222-33-2-1, p. 426 ;
- interdiction de s'approcher de la victime, art. 132-45 et 132-45-1, p. 296 et s. ;
- interdiction de paraître , art. 132-45, p. 296 ;
- menaces, art. 222-18-3, p. 401 ;
- ordonnance de protection, art. 227-4-2 et s., p. 596 ;
- placement sous surveillance électronique mobile, art. 131-36-12-1, p. 234 ;
- prise en charge sanitaire, sociale et psychologique, art. 132-45, p. 296 ;
- secret professionnel (levée), art. 226-14, p. 579 ;
- stage de responsabilisation (prévention et la lutte contre les violences au sein du couple et sexiste), art. 132-45, p. 296 ; art. 222-44, p. 432 ;
- viol, art. 222-23 (nº 20), p. 411.

Violences de genre :
- discrimination, art. 225-1 (nº 5), p. 467.

Violences de groupes, art. 222-14-2, p. 395.

Violences intrafamiliales :
- secret professionnel (levée), art. 226-14, p. 579.

Violences psychologiques, art. 222-14-3, p. 395 ; art. 222-14-3 (nº 3), p. 395.

Violences volontaires :
- récidive, art. 132-16-4, p. 271.

Virginité :
- examens en vue d'attester la, art. 225-4-12, p. 479 ;
  ▸ provocation, art. 225-4-11, p. 479.

Visa :
- CESEDA (ancien), CESEDA (ancien), art. L. 211-2, p. 1475.

Voie publique :
- demande de fonds sous contrainte, art. 312-12-1, p. 657 ;
- entraves à la libre circulation, art. R. 644-2, p. 1033 ;
- violences, CSI, art. L. 211-1 et s., p. 381.

Voies de fait, art. 411-11, p. 735 ; art. 431-1, p. 826 ; art. 431-3, p. 827 ; art. 433-11, p. 880.

Voies de recours :
- application dans le temps, art. 112-3, p. 65.

Voile islamique, V. *Dissimulation du visage dans l'espace public.*

Vol, art. 311-1 et s., p. 621 ;
- avec arme, art. 311-8, p. 641 ;
- bande organisée, art. 311-9 et 311-9-1, p. 641 et s. ;
- effraction, art. 132-73 (nºs 1 et s.), p. 310 ;
- énergie, art. 311-2 (nº 3), p. 634 ;

- immunités familiales, art. 311-12, p. 642 ;
- légitime défense, art. 122-6, p. 184 ;
- récidive, art. 132-16, p. 270 ;
- terrorisme, art. 421-1, p. 750 ;
- visage dissimulé, art. 311-4, p. 638.

Voyeurisme :
- atteintes à la vie privée, art. 226-3-1, p. 555.

W

Wallis-et-Futuna, art. 711-1 et 711-1 (fut.), p. 969 ; art. 711-3 et 711-4, p. 969 ; art. R. 711-1, p. 1043 ; art. R. 711-3 et s., p. 1043.

Z

Zoophilie, art. 521-1, p. 958.

Composé par JOUVE SAS,
561, rue Saint Léonard,
53100 Mayenne

Certifié PEFC

Ce produit est issu de
forêts gérées durablement
et de sources contrôlées

PEFC™
04-31-3011

www.pefc-france.org

Imprimé en Allemagne
CPI books GmbH, Germany
Dépôt légal : juin 2022